[清] 罗汝怀　编纂

湖南文征

㈥

湖湘文库编辑出版委员会
岳麓书社

湖湘文库

湖南文徵卷一百五

公牘上

公請題奏嶽麓書院呈 康熙八年

陶之典

竊惟觀人文以化成實關氣運樂英才而教育必藉振興何幸遭逢敢虛盛事長沙古稱文獻之地人知嚮學士習尊經而大魁名臣多在南宋當時有四大書院以嶽麓爲冠葢自宋初朱尙書洞肇建孔廟講堂齋舍厥制咸備嗣是賢者相繼代有規模其修舉也宋則有劉安撫潘直閣元則有劉別駕明則有錢郡守陳郡倅楊郡丞諸當事之經營其講學也宋則有朱張兩

夫子明則有王文成張殿元諸大儒之教澤宇內嚮風化同鄒魯然代經守臣奏請賜額頒書敦聘山長堂長以春秋致祭先師蠲糧田以餼士廣試額以作人筦鑰司存規垂永久無何兵燹之後鞠爲荒榛南軒義利之辯不聞考亭安撫之賢難邁遂致科名替落敎學衰微幸際 熙朝爭思拔濯撫憲濂閣合轍教養兼施學廢墜而復興士淵磨而知貴賢科蔚起義塾觀型因而感動羣情公請重興書院合七郡之士紳輸助荷同時之師率贊成董事得人期年竣役如廟亭講院齋舍亭臺規制悉復舊觀吏民絕無煩擾除礲石請記外懇乞轉詳比照宋時事例俯賜題請載爲成憲俾美軼前人益煥中天之聖道功垂

奕禩永昭 盛世之儒風斯文幸甚地方幸甚

控私征叩　闕陳情狀　石崙森

湖南長沙府湘潭縣儒學廩膳生員臣石崙森謹狀爲
皇恩蠲免六年官囊私吞百萬悖　旨横徵剝民苛派受害泣
陳急救生靈事竊蠲免阻於中飽民瘼苦於不達湖南自吳逆
蹂躪康熙十八年恢復民控拋荒田地共四萬八千七百六十
頃巡撫韓世琦具疏部議差員踏勘應候部文定奪時值巡撫
隨征遭署長沙府知府任紹爌聽信漏犯劉嶙府戚嚴天麒嚴
天敘王林友揑稱部覆不允行文屬縣征荒湘鄉各邑尙推部
文未到不敢奉行捐復湘潭知縣姜修仁到任重刑首倡勒限
全完卽如湘潭一縣報荒田地二千五十三頃用戶房郭連玉

郭乃來其徵條編正餉銀三萬餘兩用糧房楚玉珍楊孝則其
徵南漕折米銀一萬有零刑斃廩生甘明道聶元瑞等兼之蠹
棍王成甫黃星麗王逸孫陳天祥鑽充縣總除中般秋般加倍
壘派外更加大計兩番每番一縣六千兩楠木三派共計每縣
萬餘金火秏解費每兩加四又有額荒奏銷三節壽誕花紅脫
業封櫃謁見私幫編審水腳補庫丈荒雜項各名色奇酷異貪
贓山怨海任知府降調戀任三載同弟任紹烜親臨各縣嚴催
追比更甚又復申巡撫徧飭各郡幷征以報薦陞知府私恩首
府作俑禍延七郡每年侵欺正餉其一十九萬八百兩每年侵
欺漕米共八萬四千六百石自十八年起私征瓜分蠲免錢糧

百數十萬及奉到部文除招回人丁班匠本年應征外其新荒
田地及十九二十兩年續報開墾者俱於六年後起科務俾民
沾實惠不容中飽等因始知　皇仁浩蕩覆載宏深士民方
恨已納官吏仍比未完遴差家丁虎蠹沿鄉苛索賣兒鬻女死
獄斃杖慘難悉數臣有印信串票及知縣手批爲據並屢經湘
潭縣民趙大魁胡興張垂周余孝吳國用聶貝奇長沙縣民閻
仲閏董賜寰等署湘陰知縣江謙壘控總督董臬司范批發永
州府常德府同知及長沙府知府案訊寃無一伸人卷可驗並
原任慈利縣知縣袁貽訓澧州民彭九鼎衡山縣民劉湘劉贊
李先吉耒陽縣民蔣夢艮李燦英等公證確據臣遭荒糧噬害

申府復串譚緯張延壽劉光黎姚膚公揑造匿名帖申臬屢害
傾家二十三年二月二十二日巡撫丁思孔到任據實泣控指
望略甦民困不料仍批任知府觸怒屈審彌縫蔽寃招案可據
至今横征苛派莫敢控告湖廣凋殘遠隔自康熙三年分撫以
來至今天日久暗悖　旨虐民相沿成習似此百萬蠲荒盡皆
恣意侵欺將來三載減稅自是仍飽谿壑更可異者劉嶙獻計
貽害七府各官將嶙前犯害民奉部應追欽贓一案欺隱明知
嶙妻湯氏媳郭氏子基匊四人合家俱存家貲巨萬故令嚴密
譚正言王維善徐集之假充鄉保立結誑稱妻子死亾家產盡
絕串同經承黃見隆徐盡忠矇囘戶部展延欺罔尤甚臣拚一

己之命略訴萬民之冤拋棄八旬老母離家四年住京三載苦
情難達伏望　天聰大開言路急救生靈震威親斷立傳湖
南在京文武現任候選官員貢監人等詢問眞情立明若批湖
南蔽日遮天厚賄朋奸民冤難申臣命莫保一字有虛身甘寸
磔天高法遠冒死上告
奏
旨朕涖大位二十六載何嘗一日不爲民念應宜仰體朕意愛
民如子孰知不法貪官悖旨私征吸民骨髓飲民膏血欲囊
無底朕閱本中弊端豎髮衝冠仰刑部逐名嚴提到京親審
發落以爲天下文武之戒如有各省效尤者許卽擬名實錄

罪款直入奏聞欽此
本月初八日
皇上遊海淀出西直門外有湖南長沙府湘潭縣生員石崙森
叩閽　上問你是何人口稱云云
皇上將本收靴桶哈哈將紅繩去拴此人
上諭他無罪秀才爲國爲民不必拴當至海淀將本發刑部審
問口供俟有全鈔再報
五月十二日奉
旨細閱情切慘傷該部細問口供具奏事關欺隱毋得含糊以
致小民含冤欽此

六月初二日刑部審明口供具奏奉
旨石崙森所奏贓款歷歷有據著湖北巡撫湖廣總督會同嚴
審究擬石崙森給與驛站口糧官兵護送不許加刑仍留活
人親詢併一干人犯解京定奪欽此
六月初三日兵部爲遞送事準刑部咨稱奉
旨湖廣湖南長沙府湘潭縣叩　閽廩膳生員石崙森發往湖
廣總督湖北巡撫會審移請官兵遞送應撥跨驢一頭口
糧一分並官一員兵十名逐移更替沿途不許淩辱悖許
如違許該地方官報明卽行報部參處毋違

公請南北分闈呈　　　郭　遠

爲湖南鄉試極苦籲乞疏題分闈以普　皇仁以廣樂育事竊惟天地之大以萬物各得所爲心聖王之仁以一夫不被澤爲歉我　皇上臨御四十一年養士愛民慮無不周西被東漸遠無不届如鄉會廣西俱額中進士名數所以體恤邊遠士子至詳至厚而湖廣今年鄉試復廣額至八十三名　天恩浩蕩曷可名言惟是湖南九府州僻處荒徼瞻天萬里於多士奮興之日獨有北喜南愁之歎不得不備陳苦情仰冀矜憐而處置者葢湖南隔阻洞庭洞庭之波八百餘里南士赴武昌鄉試有遠至二三千里不等者扁舟一葉常以六月閒起程而長

途遷延加以大湖風阻或相守至十日半月不能移身比至省城試期已過每科多有而今年不及試期者尤甚如郴州生員楊遂等二十五人於八月初八日抵省雖蒙北藩憲寬政俱準入場其餘初九早始到長沙屬生員尹有孚等四十二人衡州屬生員趙居敬等九十三人常德屬生員唐若愚等八十七人郴州屬生員朱大澍等九十六人皆以棄舟奔趕不及場期者合計尙得四百二十七人數千里裹糧而來至不得一望見棘闈竟去辛苦悽涼誰可告訴况又有冒險赴期風波不測爲南士之所極不忍言者乎又湖北七十二學奉取正科舉三千名湖南七十二學亦奉取正科舉三千名然湖廣每科鄉試合南北常萬有餘人湖北除正科舉外遺才盡收入場多至八千餘人中至六十七名湖南二千人中僅十有五人往年或中至二十餘人豈眞湖南之人才遜於湖北哉徒以湖南遠而湖北近近則赴闈易而遺才入場者多故中者亦多遠則赴闈難不惟遺才絕少倂正科舉入場者皆少故中者亦少是湖南湖北之科舉中式其難易多寡至於如此懸殊者固非其人其才爲之實其地其勢爲之也尤有可歎者南士相戒以科舉爲畏途蓽門寒士資斧艱難至有終身不窺場屋近科以來赴闈者視從前又加少矣及今不爲早計將來日益凋落可憐湖南數千里賦稅之地漸棄爲科第淪落之鄉則是　朝廷今日之加恩廣

額以湖北爲近水之樓臺而湖南終不免向隅之嗟若也然則爲湖南念久遠爲諸生擇利害計無有大於分闈一事者且長沙爲湖南省會節制則另有撫憲分司則另有藩臬錢糧戶口官職考成事事與湖北判然爲二雖南北總轄於制府亦猶兩江兩廣總督之例南撫憲卽我南闈之監臨南藩憲卽我南闈之提調南臬憲卽我南闈之監試此於事體何所不宜且如平溪四衞楚地也版章戶口悉隸湖南惟以四衞遠楚而近黔鄉試則撥赴貴州况湖南湖北相距二三千里中阻大湖獨奈何舍長沙近地顧使越險奔赴於湖北之遠省乎夫湖南雖僻南嶽禹穴在焉山川風土賦稅人文實倍甲於雲貴廣西乃雲貴

廣西得以邊遠自爲省分每科中式四十餘人三十餘人不等・而湖南阻於險遠每科僅得十有餘人大既不比數於湖北小亦不能比例於雲貴廣西此又湖南分闈之事體在今日宜亟爲通變者也然分闈一事諸生亦屢以爲請而從前上憲或不果具題者不過以分闈則建貢院有費科場供給有費費多則事難遽任耳生等竊以爲分闈須費有不敢仰給之　朝廷者湖南各屬文武諸生約計近二萬人建貢院則約費若干願照各屬學分大小諸生捐銀彙解力亦可辦而三年科場供給則湖南每科協濟湖北爲數若干可留爲南闈之用不足則以各屬額設之科舉盤費濟之亦可得三千餘金又不足則各屬觀

場之貢監生員復願按名捐費當無不給於用者且我　皇上至仁如天比年賑濟蠲免錢糧歲計百萬況於因地制宜開湖南莫大之美利定百王不易之經制乎若夫三年之中爲湖南別設一督學爲湖南別差兩典試與夫湖南湖北中式舉人名數當作何定額　朝廷自有公平正大之制非諸生草茅所敢議者以今　聖天子在上德洋恩溥復恭際都憲大人福星南照一路春回興大利除大害千載一時瞻仰此舉伏乞疏請分闈長沙就近鄉試俾湖南多士大有功名之望更無性命之憂則　皇恩永戴憲德永垂當與嶽山竝峙湘水同流矣

案此文作於康熙四十一年至分闈時已閱二十年矣中凡幾經艱苦曲折而此則初覆一簣也汝懷坿記

示譯使告安南入貢人　張塤

古蠻徼不毛之區去中國遠夷言鳥面雕題蹋齒聖王猶以聲教開道之而郡縣其土地今安南諸國名爲外夷君其地者實中土人前朝往也此宜奉法守令兢兢焉惟上國尺度是循乃其閒篡竊攘奪阻我聲教視古者夷言鳥面雕題蹋齒殆甚焉甚矣夫世衰道降雖華居外夷倘反干以相向而他何責哉其國人負固不軌無論其遠自前明歷今僅三百年始而黎氏作亂矣又莫氏來訴矣親置其主於松耶柏耶之閒而寢處其宮室莽操之惡所不能長行於中華者安南恬不爲怪而展轉相承焉時求故地也又請增封也黷且貪實甚吾　聖朝慈仁不

加誅絕者非苦其難圖德威惟畏欲罔靡金錢人民不罹兵革耳否則橫海伏波漢收南越成法具在而謂可數數寬邪抑觀其醜類本標枝野鹿不足較每入貢中朝賜書外兼求金石篆刻尚書古文歷代史似好學者其實麤通而已非有如高句麗小西飛之屬世子入學官生應舉慕吾皇居帝里文物聲名之盛也往往闕下見祠部宴朝鮮使車馬雍容拜獻進退有度歎箕子古風去人不遠若日南醜輩垂髫跣足執猨狙而軒冕之殊爲不文所過名勝地輒好題壁紀行蝌蚪蟲魚自鳴得意尾署某國狀元好事流傳尤爲可笑戊申之春余行河壖上見十數人走泥中衣貌踉蹌且怒且詈不能明其作何語急近偵之

知爲日南小兒鬻物於市・論價低昂不合而拳毆・坐買也・後無賴少年輩羣譟逐之・余使旁觀人遮止之・彼客我主・柔遠人古所訓也・詰朝一二譯使著高檐帽・刺小船登岸・持鏹取前所鬻物於市・諗知譯者爲吾奉議・聞人書此告之・庶鑾徼後至者過都越國知守法戒云

弭盜安民宜匯法

張坊

從來安民之法・莫先於弭盜・而弭盜之法・一在重保甲之稽查・一在嚴捕役之賞罰・蓋本地匪類・牌甲斷無不知・捕役盡皆深悉・卽外來盜賊・總不離乎本地窩綫・捕役果能據實查拏・何愁案犯之不獲・然而案情一發・官雖嚴責捕役・而十無一獲者・緣人情只知趨利・不顧刑法・得官賞之難・必不如受賊賄之現成也・賊盜方行・旦夕焉能出境・彼已深知窩綫黨羽・一一分明・夥件散役串通彌縫・而積匪畏罪・約數分贓・或捉他賊支吾・或指疑似搪塞・一縱而眞贓已化烏有・正賊悉皆遠颺・迨經妻子監比・受累良心發現・欲求眞贓正賊・杳不知所之・蓋不徒染指難

言之苦衷已也・卽果不知蹤影・而奉批緝賊・費無所出・則指鼠竊小賊・索錢求貰・稍不遂意・輒羅織情形・請官嚴訊・倘不卽爲深究・則以官太慈祥・往後大案難辦・設本官輕信・疊夾輾轉・拏提致生多少冤誣・而正賊安然自適・變贓剩分・反得置身事外而爲旁觀之竊笑・是每一案出・彼正藉以訛詐・若案犯一獲・憑何資以養贍耶・夫且訴告同衙・謂官已籤批・夥件日食・買綫用費・甯能出自己囊・不得不爲拉用・及訪得眞綫・正賊亦盡償伊從前負欠・更希後來之需索矣・究之捕快一役・本係賊頭・原冀圖利充當・亦何恤衆人之痛心切齒也哉・晉省習俗・鄰人被盜夜呼閉戶・不救者甚多・懼賊之移禍也・顧俗情雖避禍・而亦未

嘗不貪圖重利賊將夜行日先探路窩綫走動往來形迹豈盡無所聞見然有害而無利誰肎出頭首報雖見猶不見也一有重賞在前則貪之者至矣矧一人得賞眾皆豔羨將隨時隨地無不關心留意者而誰其犯之夫州縣一官每年養廉雖厚而上下往來應支不少命拐各案況復時見誰盡慷慨性成每案揮金百十爲民歲歲捐其緝賞耶即或每案封懸重賞並給路費彼捕役老奸慣猾迎合本官意旨皆原封繳還不敢領受以緩官怒而固官寵是雖有懸賞之名而無邀賞之實所以捕役留賊以自衞情願賣放受比不肎據實拏獲以領薄賞致得罪於同事同謀以絕後來之利而受同夥之怨也幸遇疏懶之員

一比再比通報之後恐生枝節即甘受處分一切漸置不論値風厲者勒限嚴比畏法潛逃及至緝獲究治終與案犯無益推求其故緣賄實而賞虛賄重而賞輕賄無窮而賞有盡也而況有害而無利者之拑口捫舌欲求案犯之獲其可得乎本縣橫覽役態窮極賊情與其弭之於已發孰若弭之於未然與其謀賞於臨時孰若謀賞於先事昔年牧粵西全州於該州萬鄉創立弭盜之法緝殲唐羅蔣三巨盜所存千金地方至今恃以無恐今於曲沃一縣三十六里中亦將歷年俸銀共捐給二百金分俻各村莊中殷實好義之家力可捐給者自當思患預防踴躍從事量力樂輸以保身家以貽子孫各成一會名曰安民即將所收捐資若干兩各交該村莊廟宇公所收貯弭安官匣擇該莊老成殷實之人營運生息輪流經管每年即於所得營息之內酌量村莊大小僱覓夫役多寡爲通年支更守夜修葺柵堡之用但不許擅用本銀以致缺項如有事發到官即爲查明所失贓數以酌定賞格先給捕役賞單於獲犯之日即令匣中照數封出同司事當官給賞並令不拘何項人等有能眞知確實賊犯消息即行首報捕拏亦與獲犯後匣中照數封出同司事當官賞給如有牌甲知而不首鄰右喊而不救即於獲犯日嚴加究治其村中有曾經犯竊犯窩之人令鄉地據實開冊二本送官過硃一發官匣一存縣案以憑稽查窩綫有能引綫拏

賊者亦一體照例給賞至他處解回原籍安插本縣收管之犯亦著鄉地於司事公項息銀捐給鐵鍬一鐵鋤一筐擔一交該犯具領爲村中鋤地傭工以當公差以便查察自有是舉也在印官之給賞既可取給於公中自不待經營籌度量所報之贓以定賞而不存出納吝惜之意在捕役之踹緝不獨希圖獲本官額外之恩賞而先得安民會匣之重賞自可不受賊賄以罷勉拏賊而無逃脫懸案之虞在知有綫索消息之人亦希得實在重賞自必據實首報而無瞻徇隱匿反長賊風漠視鄉鄰之理在各村莊既知各有安民公費之息可以長年幫助僱夫守望而無優免富衿攤派貧戶推託疏防閉門怯賊之患在盜賊

亦知有弭安官匪之項．賞重賄輕．有犯必獲．法嚴賞實．有賄不行．技無所施．亦望望然去．而不入有備之鄉．以自投法綱之內．村皆藏此重金．人都壯志．官時懸一信賞．賊盡寒心．衆志成城．隱隱具祟墉之勢．無兵守固．凜凜有難犯之形．邑鮮失竊之案．民免拖累之苦．官無處分之虞．一舉而諸善備焉．將見夜不閉戶．家可安枕．爾民亦何憚而不倡舉以遵行也哉．

貴州民狀 代

陳紫繩

爲懇恩題達救民水火事．切緣黔省苗漢各半．歷年苗性固屬殊頑．本朝開闢以來．邊隅百姓幸際昇平．雍正六年奉　旨淸理苗疆．原欲永除黔黎之害．無如奉行不力．文貪招撫．武欲邀功．糜費　國帑．輕殘士卒．三進古州．苗民何曾向化．屢撫丹江．兵民大半無歸．幺雞雖開．百姓難堪苦累．雞溝略靜．遂爾粉飾太平．倘撫綏有道．布置多方．自不致九股復叛．突於雍正九年九月．逆苗圍困招撫使．戕官弁三十二員．兵丁一千有奇．糧夫鄉勇不計其數．總因從前撫不成撫．勦不成勦．以致養成禍胎．復不能痛加洗勦．反以招撫了事．賄奸買詐．以生苗爲好百

姓．捏飾虛題．奸欺之輩．率從優敘．二月古州苗叛．三月九股苗復叛．倘據實題達．焉有今日．一味假報．釀成此禍．四月初九燒殺鎭遠所屬卯水八洞四百餘寨．僅存孤城．全於州首被慘禍．凱里巖門遇害．更酷靑平黃平兩城連失．州牧典史死之．五月沅協堵禦大戰．橫塘殺苗僅百餘耳．官兵十喪其九．廿七日靑溪城陷．卯水難民死者無數．排札合營俱燬．臺拱全師受困．百姓望風逃潰．哭聲振天．纔幸脫刀頭．終爲餓鬼．此情此慘．誰代白於　天廷．泣訴泣呈．祈洞達於臺憲．幸辰永道憲．慟切痌瘝．荷蒙俞允．賑濟難民．揚威邊徼．第恐文武復蹈故轍．兵民冤沈海底．耗費　國帑．圖彼富貴．糜難兵民．增伊功閥．某等幸逃虎

口本欲赴愬　朝廷奈　君門萬里欲控不能只得冒死陳情

欽命大宗師閣下乞粘呈密奏務盡根株不惟生死沾恩

其有功於　國多矣謹狀

諭諸生文　段起玲

太平之日久矣生齒浩繁物力凋敝謀生之計日迫一日輿學之思歲減一歲目前情景歷歷可見想爾輩亦共知之矣然則處此而得安坐一室以讀聖賢之書可不思其艱難而務盡其力耶夫學何事不過欲全其爲人而已爲人之道莫備於宋儒小學一書余雖愧不克行其萬一然每讀之而不厭也顧學者視爲不急之務而倦聽之是猶不知重裘之可以禦寒稻粱之可以止饑也亦惑之甚矣志也者一生之究竟不可不尙也志趨汙下永無出頭之日顏子志學虞舜孟子志學孔子其卒果如其願今人若言志學顏孟則含羞不敢出諸口至於聲色貨利之場辱身賤行之事反公然行之而無忌是敢於爲惡而不敢於爲善安得不相率而入於禽獸之途哉夫世運雖有升降而天理終不滅於人心子曰言忠信行篤敬雖蠻貊之邦行矣言不忠信行不篤敬雖州里行乎哉以古驗今初不相遠然則聖賢之必不負人此兩言決之矣天下傷心之事莫甚於蹉跎歲月白首無成追悔少年揚艮時不再至人孰無情得不慟心乎古之享大名成大業者皆有志之人爲之而非異人也今乃不思自奮以希古人而多惑於術士之說徒徧求吉地以圖昌後是生者之聰明才力反不足用而冢中枯骨可使我爲公侯將相也豈不愚之甚哉夫榮華富貴直三春草耳一時葱鬱轉

盼旋枯士君子當堅松柏之心樹節於嚴霜大雪之日豈肩與
眾芳鬬豔爭三春之景色邪勗矣諸生撫時勢之維艱念詔華
之易邁雖欲不蹶然而興不可得已

諭安邑縣士子觀風文

魏瀚

以中條涑水山川之所鬱蟠舜陵禹治神聖之所依託魏絳毛
義循良之所經理閔仲叔衞叔寶賢達之所居遊此其秀靈之
所鍾孕流風餘韻之所激發其人士必磊落而英多其文章必
彪炳而陸離自非稱量天下才者不可與道古而如令之奔走
風塵者奚足以語此哉矧令攝官承乏官舍一蘧廬耳官事一
鴻爪耳視篆之始牒訴文移擾我心曲敲朴追呼亂我視聽又
地當孔道日持手版謁上官飾廚傳稱過使官客且惟恐不得
當於此而自飾為安靜之吏且強與於斯文不令我子衿齒冷
邪顧吾聞古之志士不以勞逸殊其行不以久暫易其慮下不

菲薄其官長而後有風俗上不鄙夷其士民而後有政事苟清
其心隨所接無濁事也苟潔其行隨所處無汙地也令自束髮
受書及今筮仕亦既三年矣令之心猶昔之心令之行猶昔之
行文書積案令對之猶聖經賢傳也公庭決獄令視之猶明窗
淨几也衝泥而度地揮汗而觀稼令當之猶清風明月也必通
乎風詩關睢麟趾之意而後可讀律必明乎周官醯人醢人之
義而後可催科前聖欲正人心厚民俗而筆之書後人闡其義
旨而發為文章而今日之文章即可卜他日之事業而苟歧而
二之此其為政必非古昔所謂政其為文必非古昔所謂文也
唐宋以來騷人墨客言清而行濁貌潔而志汙必且謂挹爽氣

於分雲之嶺淪靈府於青石之泉而後足供其吟嘯懷我好音所謂淸言遠韻豈謂是歟夫良吏以振興文學爲先務豈惟是誤我人士以章句之學誘我子弟以科第之榮而遂爲畢乃公事殆亦文與行必兼衡治與道無異致而後上之政事可入循吏之傳下之風俗必列君子之林乎令不自揣其米鹽筐篋之懷竊願與諸君子論文談埶期進於古處如謂大雅之才不可雜以簿書將使目論之士不謂令也俗則謂近盬之民沃土不才二者皆令之所羞也惟諸君子幸垂敎焉

飭州縣清理積案札　賀長齡

照得東省積案繁多急須淸理業經本護院剴切通飭勒令各州縣依限審結在案惟查有咨部展限之案或良贓無獲不克遽定爰書或要證未齊辦理恐滋枉縱該州縣自應作速追起查傳迅卽審辦以期獄無淹滯無如該州縣以此等案件限期已展無須再顧考成怠忽因循輒置高閣應質人證延不關傳未獲之贓延不查起遂至罪囚瘐斃案結無期卽如嘉慶二十一年間鄒城縣審辦盜犯張五供攀趙七夥劫事主潘守業銀兩一案因要證李普等未到迄今十有餘年尚未訊辦此外懸而未結者正復不少查犯事在逃尙有計歲開除之例監候待質亦有限滿查辦之時而此等展限之犯一入囹圄羈囚沒世其在罪干大辟之重犯倖逃顯戮旣不獲明正刑誅倘係被攀待質之良民負屈含冤竟爾終身淹禁職司民牧者顧能晏然處之乎除將鄒城縣趙七一案批司核議詳辦外合亟札飭札到立卽通飭各州縣凡有咨部展限之案要證未到者卽趕緊催傳贓具未明者卽趕緊查起其有要證原贓遠在他省者亦卽詳請咨催務須次第清釐仍責成該管道府隨時督催總期無辜得免株連正犯不致漏網以清罪獄而肅刑章仍飭各州縣先將咨部展限現有人犯在監各案開摺逕稟本護院查考如無亦卽具文申覆毋遲切切特札

禁淫祀示　賀長齡

為正民俗以惜民財事照得東昌曹州兩屬境內民情癡愚既信鬼神又好遊玩往往斂錢結會朝山進香因有不法棍徒率領成羣男婦行則搖旗止則鳴金眾皆視其指麾以為進退在愚民斂錢燒香不過媚神以求福而棍徒搖旗鳴金則實違例以惑民該兩屬每多習教之徒未嘗不由於此按察司即札飭該府轉飭該州縣躬親開導始知鬼神不聽諂媚福祿不由干求縱教日日燒香日日求神亦屬無益況每年春秋遊山必有所費積之以勤劬耗之以嬉戲甚可惜也與其為無益之遊何如為有用之積即將所積錢文糴買豆穀以備凶荒纔是防患

未然之謀何苦聽棍徒招邀燒香結會既耗錢財又干例禁乎嗣後如有棍徒簸弄鄉愚搖旗鳴金號稱會首者該州縣迅即查拏從重處治去其魁則黨自散拔其根則蔓自除愚民尚可宥其無知棍徒斷難寬其滋事誠能嚴查力禁則斂錢之謀絀聚眾之事自稀信鬼之念輕習教之源自窒所謂圖難於易圖大於細不可不加意也經此次札飭之後倘該州縣並不認眞查禁仍有結會燒香搖旗鳴金等事一經訪聞或別發覺定治該州縣以不職之咎決不姑寬凜切慎切特札

關防詐偽示　賀長齡

為關防詐偽事照得各官到任向例皆有關防告示所以防微杜漸揭明心迹於吏若民也夫心迹豈文告所能明日久相沿竟成故套雖亦懸衢挂壁誰復寓目警心前者分巡東省將及兩年代庖柏垣復經匝月性情行事諒已共見共聞更何事於申誡然而藩署乃利名之藪東省尤叢弊之區本司即能自信豈必人皆我信則亦有不得不預為宣示者一則提陞調補之無可營競也缺有難易亦有苦樂人有賢愚亦有生熟或資整頓則為缺擇人所以重民事或資調劑則因人畀缺所以惜人才總皆一秉至公斷不意為高下本司通籍以來疊膺膴仕悉

出　君恩已無干求之事豈肎受人干求哉一則收支領解之無可弊混也馬曰法馬法無可犯之時平曰天平天無可欺之理矧民膏之宜惜絲粒難浮繫　國帑之攸關分豪不假出納一歸嚴謹解支誰敢留難款必有銀那有虛存之款銀必有款斷無溢取之銀極知地是脂羶敢曰處脂而不潤業以身為表率能無遠利以自全哉是故律己維嚴馭下必謹一事不敢忽過一時不敢放疏總蘄洗手奉公庶冀風清弊絕然而世情叵測機變難防保無鬼蜮之徒妄逞險膚之技或假稱親族或謬託年家或附輿臺謂爪牙之足恃或依胥役謂耳目之能司遇事生風招搖舞弊豈無昏愚之輩誤墮術中雖有敗露之時追

悔莫及・除飭各府州縣密訪嚴拏外・合行出示曉諭・爲此示仰閤屬軍民人等知悉・其遵坦道・勿涉歧途・官宜潔己以從公・民務洗心而守法・本司博詢利弊・確定權衡・無難達之隱情・無妄干之蹊徑・如有前項匪棍乘此下車之初・藉端嘗試者・該軍民等卽扭稟地方官拏解來轅・從重懲治・地方官如有聞見・亦卽據實稟報・萬勿遷延消弭・倘敢容留扶隱・卽屬朋比爲奸・一經訪聞或被告發・定卽撤底究辦・斷難稍事姑容・須知發軔之始・法在必行・慎毋視等泛常・自干咎戾也・特示

嚴禁旗丁刁難示　賀長齡

爲嚴禁旗丁刁難勒索以肅漕政事・照得東省漕糧向分閘內閘外・閘外州縣皆係冬兌春開・時日甚寬・各州縣從容收足・運赴水次・無須買米交幫・旗丁不能藉端勒索・故兌費尚不甚多・閘內州縣因運河歲須冬挑・皆係冬兌冬開・時日甚迫・各州縣相距水次近者一二百里・遠者三四百里・或因糧多收未足數・或因車少趕運不及・勢不能不在水次買米墊兌・而旗丁遂藉此多方索詐・始準買補兌交・並勾通米店擡價居奇・或勒折重價代爲買兌・漁利稍不遂意・輒將現米駁斥不收・徑自開船出閘・轉以該州縣誤兌稟揭・該州縣恐蹈誤漕之咎・祇得另雇船

隻運赴閘外趕兌・需索日甚・兌費日加・而濟甯前幫之任姓各丁尤爲豪橫・訪聞任振標・任嚴化等挾貲鉅萬・恣意妄爲・一經簽派頭船・則運官聽其指揮・州縣等於魚肉・若非百計刁難・何能飽其慾壑・閘內州縣兌漕因之甚爲苦累・查買米兌漕・固屬例不準行・而向來零星小戶升合之米・鄉民每以不便斛量・情願折色交納・該州縣亦因數太零星・恐斛手斗級人等易於高下・朘削鄉愚・亦遂準其折交・代爲買兌・其距倉窵遠之糧戶・路遙費重・運送本極艱難・若值陰雨連潮・米石更易傷耗・故鄉僻小民尤願以銀錢折納・該州縣亦不能不變通以宜民・誠以天庾正供・所重在米・米若不佳・卽實係糧戶之米・亦準幫丁駁

換令該州縣買補另交但期米粒乾潔並未嘗以買補爲不可行東省闔內三十餘州縣開厫收米以至兌畢開行爲期尙不及一月以數千至萬餘石之漕尅期於旬日之間揆時度勢旣斷斷不能收足叉萬萬趕運不及而泥於不準買米上兌之例徒供旗丁訛索之資若更相沿不改其勢必且日增當經本護院援照江蘇成案專摺具奏請將闔內有漕州縣如屆期未收足數並趕運不及者準令於各水次就近買補墊兌以免旗丁挾制並將不法幫丁斥革查實辦理欽奉　諭旨交部議奏茲經戶部覆準並令將旗丁挾制需索之處會同本部堂出示嚴禁奉

旨依議欽此欽遵咨會前來除檄飭司道遵照辦理外合行出示嚴禁爲此示仰各幫旗丁知悉自示之後務須守法奉公應得兌費均遵糧道核定之數止敷辦公而止不得藉端多索恣意挑斥尤不許勾通米店擡價居奇勒折重價倘敢故違或仍如從前之徑自開船出鬬轉以州縣誤兌稟揭及橫豪滋事別情定卽按名盡法懲辦決不寬貸其各凜遵毋違

交代舊案定限札　賀長齡

札某府州知悉照得東省倉庫之不清皆由交代之糾轕本司於奏報到任摺內已將東省未結交案二百餘件據實陳明恭奉

硃批竭力認眞查辦不可再有因循欽此本司仰承

嚴旨俯念職司孰籌查辦之方力杜因循之弊業將各屬逾限未結交代分別任數立定限期札發該府州按限督算詳報如有逾違提省核辦通飭遵照在案惟前札所定限期係指各處算清由府州核轉而言至會算遲延亦應定以限期違卽撤參方足以資警惕且新案交代現已詳請　奏明如逾違二參卽照易結不結例詳參革職其舊案未結交代二參久逾祇因積壓過

多是以酌予期限已屬格外從寬若再不按限算結僅止提省轉比新案交代較輕何以示懲警而昭平允茲特通計交案之多寡核算之難易分定限期通飭趕辦札到該府州立卽遵照單開各處交代以札到之日起限按照註明限期趕緊督算依限淸結有虧之員卽稟揭請參無虧之員卽由現任與監交委員出具印結依限稟送一面造具達部冊結送候詳咨如不依限稟道本司亦不復札催卽將前後任一並詳請　奏參革職提省核辦該管府州亦附請參處除隔省咨提有需時日者卽憑監交暨各後任出具無浮及日後查出舛錯願甘參辦甘結存案核算完結外其有隔屬人員札調不應者該府州稟明本司立卽

押赴該府州嚴催結算斷不稍任違延夫以交案如此之積壓
硃批如此之嚴切若不破除情面一力挽回卽三令五申亦
復何裨於事現已將結報到司虧案十數起全數詳參無稍顧
惜若此番所定結算限期一有違逾定卽嚴行撤參斷不冐前
後兩歧啟人玩視之漸該府州職在督催責無旁貸向乃置身事
外竟若豪不與聞可謂荒唐已極今本司惟知執法不問其他
所有各屬交代一惟該府州是問倘視此札爲具文仍踵因循之
故習則是自蹈愆尤不得謂本司過刻若本司仍復姑容不但
無以對 朝廷又何以令僚屬乎至已出單結各交案因前任
有虧是以未造冊結現在參賠各案均經詳 奏無所格礙竝

卽接連造報所有未經造冊及所造不符駁換之處亦卽飭遵
前札定限造送均毋稍任玩違竝干未便速速此札

嚴究訟師札　賀長齡

照得山東控案之繁甲於各省固屬刁民好訟實由訟棍挑唆
欲息刁風先除訟棍查鍾臬司前在首郡任內每遇委審控案
無不力追訟師自獲辦多名之後京控漸稀乃去冬至今又復
絡繹不絕本年省中復究獲訟師數名按例擬辦然究辦於提
省委審之後則拖累已多若嚴追於甫經控訴之時則訟端自
息且訟師亦正不難追究耳大凡捏詞誣告之徒意在圖準而
不圖審若遇案必審審虛卽嚴究主唆何難卽時獲破無如顢
頇了結隨結隨翻控詞則愈多愈幻若能究拏訟師何致塵牘
日積現據署郯城姜令訪獲訟師徐正誼稟辦到院該令到任

未久卽能留心整頓實屬可嘉除稟批示外合亟札飭札到該
府司州立卽轉通併飭所屬凡遇一切詞訟務須迅速勒傳集審如訊係
捏情妄告卽就案嚴追訟師立拏究辦竝遴派丁役隨處密訪
如有積慣訟棍潛藏境內刻速捕拏盡法懲治毋稍寬縱總之
州縣不憚審鞫之勞小民卽鮮譸張之愬訟棍無所施其伎倆
良善便可遂其謀生倘經此番通飭之後各牧令仍敢怠惰偷
安遇案不審或審虛而不追究訟師任其播弄鄉愚陷害良懦
句通胥吏嚇詐擾害本護院一經訪聞定卽登諸白簡若該管
府州督率不嚴徇庇不揭一竝參處慎勿泄視致貽後悔

墊支準於交代作抵詳文　　賀長齡

爲州縣墊支銀兩事出因公情非得已應準作抵詳請具　奏事竊照州縣經徵錢糧原應儘徵儘解催徵不力例有處分故墊完民欠奉　旨飭禁交代案內不準作抵惟墊支錢糧實與墊解不同凡遇因災緩徵例準支借者只有正佐役食教佐俸銀其丞倅正印俸銀以及正佐養廉各廟祭祀孤貧口糧一切雜支前於道光二年咨準部覆不準借支是災緩之年非特俸廉無出卽祭祀典禮亦將因災而廢其窮獨孤貧竝且枵腹待斃有地方之責者豈能漠不相關不爲籌款墊發又驛站項下夫馬工料遇災借領前奉部咨行令將應借銀數暨緩徵數

目造冊詳咨奉準部覆方準出借勢必往返咨查輾轉耽擱而夫係計口授食馬係按日喂養有地方之責者又安得不先行墊支迨至交卸停緩者未屆啟徵請借者未奉部覆無項可歸卽成懸款此因災籌墊之實在情形也揆其墊發之由不但事屬因公且以地方情形而論亦必籌款墊支方爲實心辦公之道蓋孤貧乃仁政所先祭祀尤典禮所係官俸爲養廉之制役食亦逮下之恩驛站之建設所以飛遞公文夫馬之工料豈能緩期支給若使該地方官一値災緩卽不墊發竟將前項事宜置之不辦則是該地方官全不以公事爲重按法衡情卽應治以不職之罪今若不準墊支則不辦者卽蹈誤公之愆而墊辦者又無開銷之項不知該地方官竟將何道之從也查直隸省每遇災歉緩徵所有各州縣應支官俸役食驛站工料向由司庫籌款借給分款造冊咨部如有情願墊支不行請領者聽其自便統歸存留奏銷冊內核實造報歷經辦有成案東省事同一例若將緩徵俸工不準借給而工料一項必俟奉準部覆方準借支竝將緩徵俸工工料及各廟祭祀孤貧口糧一切雜支不準列抵未免向隅且東省現當嚴查交代釐剔積弊之際遇有本身虧缺立時詳參不容稍有隱飾若墊支一項不準列抵參以虧缺實屬屈抑本司議請嗣後各州縣如遇災款緩徵卽將緩徵各州縣應支俸工工料及一切雜支各銀數先由本司

籌計應動銀款造冊咨部循例借給如有不願借給者聽其自便準於存留奏銷冊內據實聲明交代案內照數列抵其從前墊支各員亦請一律準其列抵交代欠款庶墊支之員不致因公而受累而於法亦得其平是否有當擬合詳請憲臺鑒核具奏爲此備由呈請照詳施行

通飭各道如限申報詞訟札　賀長齡

札仰各道知悉照得黔省各屬民苗赴院司道府上控事件及府廳州縣自理詞訟審辦例有定限必須依限審結庶民鮮拖累兼免訟棍挑唆書差訛索等弊合亟札飭札到該道卽分飭所轄各府廳州縣將上控批發暨自理詞訟未結各案截至本年七月三十日止作爲積案逐案查明事由開具清摺註明係某衙門批發或係自理事件限文到五日內具文申送本部院查考切勿遺漏隱匿並將八月初一日以後之案作爲新案將逐日審結新舊各案按旬摺報院司道衙門察核如審明所控屬實卽將被告究懲否卽照律坐誣並嚴究作詞唆訟之人分

別懲辦不得以事出有因情急妄控到案供明從輕了結致刁劣棍徒益無忌憚其有原告兩月不到者將現到被證人等訊明審釋控案詳銷俟拏獲原告照律治以應得之罪若於未經提審之前據實具悔核其所告情節酌量減擬發落至呈詞內有牽控多人或係老幼婦女或因患病外出未到而案已審結應免提質書差因鄉愚無知仍行傳提藉端嚇詐事所不免應令各屬將現在審結之案開列案由明白曉示使被證人等共見共聞以杜索詐之弊本部院總以各屬結案之多寡審斷之當否定該員等之黜陟尤不準濫委雜員代審潦草塞責該道務認眞考察勤限清釐嚴飭各府廳州縣振刷精神秉公審辦屬吏中有聽斷勤愼公平者據實保舉其延案不結闒茸無能者亦卽稟報揭參以肅吏治仍將拏辦訟棍嚴懲誣告由該道剴切出示曉諭俾刁徒知所警畏本部院令出惟行事期核實該道務轉飭各屬毋得仍前藐玩僅以虛文搪塞倘有揑飾等弊一經查出定行懲處不貸切切特札

爲申明前札未盡事宜詳細諭知務各趕緊遵辦以淸積案而除民累事照得本部院前因延案累民通飭各屬將上批自理已未結新舊各案按旬摺報以別勤惰而定黜陟業將延案不結之平越州文口　奏參革職以儆疲玩而肅官方恐各屬不知省悟仍蹈因循積習覆轍相尋並恐辦理未能得法合將前

札未盡事宜詳細申明務各趕緊遵辦免罹咎愆札到該司道卽諄切分飭各屬將上批自理新舊未結各案自立課程排日提訊虛則反坐必究明主唆之人務獲嚴辦使知凜畏實卽照例擬結必曉以情理之平俾免再訟其有被告人證到案而原告不到者卽訊被證切供存案立行釋放若被告已去而原告方到者不準再傳被告專治原告以有心拖累之罪其有情虛逃匿差緝始獲者照例於誣告罪上再加逃罪二等切勿輕縱至長刁風至差役傳提人證必於票上硃限日期另設內號簿一本逐日親查逾期不到卽行比追以杜臥票不提藉票索詐之弊查黔省差役藉案索擾最爲民害往往原告到案則私縱

被告使去被告到案則私縱原告使去藉口人證不齊使本官無從集訊官若稍欠精明每致墮其術中爲所指使應於頭門外設鑼一面大張告示曉諭原被人等有到案者無論蚤晚卽鳴鑼該管官一聞鑼聲立卽升堂提訊該差等倘敢私自阻攔不令擊鑼者許原被人等扭住喊稟盡法處治幷飭各屬於旬日報摺內務將某日提訊某案已未審結逐件開明其原控情節及審斷緣由均於摺內撮要登註上批之案則註明某月日奉批自理之案則註明某月日呈控逐一登載具文詳送以憑批發本部院卽以結案之遲速分別審訊之勤惰自理案件尤不準以多報少若遇有上控呈詞指明在該屬控告幾次而旬

報摺內不載者卽以諱案揑報嚴行參辦現查各屬開報案摺參差不齊幷有率用驗文礙難批發者玆特擬定格式發司道照式繕寫通須以昭畫一不獨淸釐獄政兼可察看人材本部院屢次申誡不憚至再至三果其有志循良必當愈自知奮所望各屬細繹札中事宜一一實力遵行息訟安民定有明效可覩昨閱邸鈔見東撫 奏稱京控 奏咨各案埽數全完幷稱濟南府知府王鎭審結京控案四百餘起平反重案數起請以道員升用奉有 俞旨在案東省素稱多訟倘能案無留牘況黔省事簡之區豈轉不能淸理而任其陳陳相因苦我黎庶乎孰無聰明才力何甘讓美他人現因京控日多 詔旨屢下必以淸理庶獄爲諄諄故濟南王守之 奏升立予 報可各屬倘有精於鞫審勤於聽斷如濟南王守者該司道卽據實保舉本部院必立登薦牘破格請升以爲勤職者勸若罔知振作積壓多案宕延不結者該司道亦卽照文牧之例據實揭參本部院必立掛彈章以爲溺職者戒各宜凜遵愼毋自誤切切特札

諭州縣親民札

賀長齡

江甯布政使司爲申明職守剴切曉諭事照得州曰知州縣曰知縣今該州縣果能於所屬情形纖悉畢知乎　國家設官衆矣而州縣獨曰親民今該州縣果能與民相親乎夫政必因地以施行不知則何以行且恐貿然以行而扞格愈甚矣事必及之而後知不及則何由知卽或略有所知而隔膜已多矣然則欲致其知必先親民而誠欲親民則必日坐堂皇躬巡阡陌而後可夫堂皇者政事之所出而阡陌者政事之所訖也民之赴訴必於大堂此官與民相見之地特恐深居簡出則小民欲訴無門吏胥卽從中舞弊堂上遠於百里堂下遠於千里壅蔽之

害何可勝言微獨有冤不能訴也或訴矣而不卽審審矣而不卽結大則蕩產傾家小亦廢時失業卽使曲直分明已守候之爲苦若復是非顚倒更屈抑之難堪在本人固瀕死奚辭而鄰證尤無辜受累若州縣肎日坐大堂則小民又安有此害況大堂乃萬目圜覩之地如果讞訊明允則斷結一案不獨兩造愜服卽觀者亦無不傾心是折服不僅一案之人後有訟事俱可迎刃而解更能於斷結之後將案情之曲直是非反覆譬曉則言尤易入而令尤易行是不拖累者卽所以爲養而善曉諭者卽所以爲敎但能勤坐大堂便已百廢俱舉果以民事爲心則亦何憚而不爲也然此特有事入城者始得見官而終老鄉里之編氓仍不識本官之聲音笑貌爲何似而官民之情仍不通則猶未能舉斯民而親之卽未能舉一州一縣而盡知之也其尤必躬巡阡陌乎州縣之地小或百餘里大亦不過數百里畫東西南北爲四鄉每月必到一鄉四閱月而一徧竟歲卽可三徧卽或有事不能時歷一歲之中總可再徧誠能輕騎減從以父母自任而以子弟視其民民之親之未有不如父母者也至於民皆父母其官則復何情不輸何事不辦由此而察看情形以爲措施則措施無不當也時詢疾苦以爲補救則補救無不固也因事而宣講　聖諭必指其敝俗以爲戒則敎化易行也隨地而抽查保甲必不使奸宄之或容則稽察易密也舉

凡賊盜地棍及一切習敎結會唆訟窩賭窩娼之類咸凜然於本官之耳目甚近而又不時下鄉則必無敢託足其境且將革面自新矣或有小爭訟卽可立予集訊而民不必入城矣或錢糧疲抗卽可摘傳欠戶立加懲處而輸將無敢後矣是州縣但能時巡阡陌與民相親則聽斷緝捕撫字催科以及敎養保甲諸善政無一不舉果以民事爲心則亦何憚而不爲也而其要不外一勤而勤又必由於寡嗜好誠使一意趨公更復何暇旁騖始或不無勉强久且習而忘疲行見名登上考譽滿神君州縣之樂無大於是矣而或且諉曰無暇夫今日當事諸大吏惟講公事不喜趨承苟無要事稟商雖衙門可以不上何有於省

門之僕僕何有於迎送之勞勞是今日乃聚精會神努力做好官之時也該州縣其各立堂事簿以自考課並將每月巡歷何鄉作何訪察辦理何事按月據實稟報以備查核所冀其臻實效幸勿徒託空言若知府直隸州之於所屬亦宜於因公過境之時虛衷采訪屏騶從以毋擾稽政事之所宜藉查吏而親民卽親民以察吏輿情之向背官聲之優劣也訟訴之稀繁治具之修廢也軒蓋所經必勵勤而警惰風聲所樹自吏畏而民懷此乃平近切實之事並非迂遠難行倘能持以實心必克著有成績諸寅好其共勉之毋負本司諄諄至意特劄

交代二參照例嚴辦詳文　賀長齡

爲詳請具　奏申明交代二參定例通飭遵照依限嚴辦以重國帑而肅官方事竊查例載交代違逾二參州縣照易結不結例革職該管上司不行揭參者降調推原例意誠以州縣司倉庫交代卽爲盤查必須予以限期使之無可挪掩則方其在任卽必力加撙節不敢任意侵挪卽該管上司亦必認眞稽查不肎代人受過且無數任糾纏之弊則頭緒不亂結算易明又當交卸未久之時則囊橐未空催繳亦易卽有事故亦可翩然徑去不爲交務稽延或遇升遷更可當官而行不受同僚牽制是交代之辦二參所以重　國帑而肅官方用意至深遠也乃各省現在奉行而東省獨不遵辦遂至未結交案積至二百有餘在前任之交卸者懼罹參處每藉詞以宕延而後任之接收者冀得便宜復有意以勒捐一遇偏袒上司或徇前任情面或聽後任刁難或求免於己身之分賠或藉口於大局之宜顧甚或巧詞聳聽謂一參則帑項無著不如從容調濟庶公私可以兩全於是劣員遂有恃無恐視公帑如私財中材亦漫不經心笑節儉爲鄙嗇在官之時既不知量入以爲出去任之日更莫辨孰詘而孰贏一交卸而遂若旁觀累年歲而竟同無事久之而餘蓄無存幾於繳無可繳久之而人或物故並至追無可追所以一縣之款動涉數人一人之身輒連數縣前案甫參後

案已積舊虧未補新虧又增倉庫何以能清官箴何以能肅與言及此大可寒心本司現將未結交代趕緊清釐斷不敢稍涉因循矧敢養癰貽禍然但辦既往而不預杜將來則涓涓不絕將成江河終屬無濟於事相應詳請憲臺將前項積弊據實入奏嚴飭通省新案交代務必遵照二參定限辦理有虧卽揭無虧卽結必在二參例限之內逾限不結卽照易結不結例將前後任一併揭參該管道府并干嚴議倘有絲毫虧短既揭則惟前任是問與後任無干既結則惟後任是追與前任無涉如此各專責成則前任懼爲後任所揭必不敢恣意侵虧後任恐爲前任受累必不敢蒙混出結盡能認眞則更何有於僞各爲其

私而實有濟於公有一任卽結一任釐剔亦易爲力有一案卽辦一案整頓正復無難益以峻限挽頹波實寓保全於懲創雖一時不免決裂而日久終見曲成似於　國計官方兩有裨益本司爲預計久長力截流弊起見理合詳請憲臺鑒核具　奏通飭遵照實爲公便爲此備由呈請照詳施行

通飭標協各營切實保送人員札

賀長齡

爲通行事照得設官分職下職其詳上職其要而用人之權操之自上實分寄於下所以昭愼重而專責成也卽如通省文職陞遷本督撫衙門主政而每遇缺出凡補署代理皆先由藩司揀員出考具詳由督撫察核分別准駁層層覈實以收得人之效而滇黔兩省武職出缺一經該管申報一切補署代理等事向由本部堂一人酌定該管從不豫聞想歷來舊章恐迹涉擅專且杜瞻徇偏執之漸不知果有情弊本部堂儘可隨時更正甚則并當揭參萬一本部堂稍涉瞻徇或偶爲偏執以及耳目未周誤用匪人諸僚屬以議出自上不敢匡救豈不遺害地方

廢弛營伍實於政體大有關係本部堂實心辦事虛心集益惟望同舟共濟各舉所知況該管見聞切近於所轄賢否自必周知現當整飭營伍考核不厭精詳今擬將武職量爲變通仿照文職之例每遇缺出除千總以下仍循舊章不計外若守備以上補署代理一經呈報出缺卽一面於所轄內先行斟酌揀選擇其人地相宜營分相近開列淸單銜名履歷及所遺各缺遞委人員分別正陪注明道里最近次近一體秉公出考附文咨報將操守廉潔弓馬優嫻緝捕勤能者列爲一等守潔而緝捕勤者列爲二等守潔而弓馬嫻者列爲三等倘有可以就近兼護兼署亦卽聲明本部堂卽從此酌核分別准駁倘意見不符

亦卽再行斟酌另委。如此明定章程。逐層詳核。在各該管既得各抒所見。而人材之遴選亦精。本部堂博采衆論。兼證所知。於用人既昭慎重。於地方自有裨益。庶無失　國家設官分職逐層考覈之意。該協營鎮亦宜秉公據實。克協輿情。無負委任。倘所屬將備弁較少。無可保送。亦卽隨文申復。以憑核奪。除咨　撫部院提督暨行各鎮外。合亟通飭遵照辦理。毋違。切切特札。

通飭改旬報為月報札

賀長齡

為剴切通飭改旬報為月報事。本部院前飭各屬將所鞫各案所辦各事按旬開報。原以稽勤惰而別賢否。乃日久弊生。每因上案多未訊結。恐干申飭。輒將無憑之自理案開列多起。以圖牽混掩飾。並有倩人捏做者。雖未必盡然。而十常八九。上以實求。而下不以實應。殊堪浩歎。至於相驗踏勘。或不親往。或委佐雜代行。甚或派令書役往查。以致人心不服。案外生案。逃兇逃盜以及各項匪徒。查拏不力。動為民害。又或偶因細故。輒押多人。既不照例取保。又不隨時省釋。往往拖累無辜。徒供地棍衙蠹之訛索。不知是何居心。亟宜酌定章程。以期核實釐弊。所有自理各案另列一摺。不使相混。其上批案件及相驗踏勘。並緝捕管押各案事。同列一摺。課功察過。惟此為憑。並將旬報改為月報。頒發摺式三件。仰布政司會同按察司移知三道。通飭各屬細看摺式。一律遵辦。毋或參差。夫設官原以為民。循名必須責實。眞偽豈能強飾。得失諒亦自知。榮辱升沈。總恃各該員之自取。本部院豪無容心也。各宜努力。相見以誠。特札。

收繳應禁書本示　賀長齡

爲收繳應禁書本以端風化事照得淫詞小說最足陷溺人心敗壞風俗有心世道者無不共相禁戒以期絕惡未萌乃訪聞近日各屬書坊公然收藏各項淫書板本刷印售賣輾轉流傳竝有開店租賃藉此獲利者其書名不一無非描寫才子佳人桑中濮上之詞編造本自無稽形容更復盡致凡麤解文義者輒皆手挾一冊恬不爲非卽名教中人亦多嗜此而豈知其爲害之烈哉一則敗人名節也民生有欲而色爲甚士有百行而節爲先一犯色戒名辱節隳雖有他長亦無足取夫人卽至愚未有不知自愛者特以少年血氣未定嗜欲方開一見此等淫

書遂爾神智昏迷勃不自遏聰明子弟尤易犯此既以自玷其身竝且玷人閨闥一經傳播有女子羞忿自盡者矣有父兄惡其玷辱門戶逼令投繯者矣及至釀成人命　國法固所難逃卽幸而獲免而身敗名裂亦無以自立於人世況果報昭彰冥譴亦必及之乎一則秏人精神也凡人欲成一業無論士農工商皆須以全副精神赴之方能日起有功而一爲色欲所迷則精神日損必致作輟時行無論所爲不成卽成亦必不精甚或身體瘦羸年歲短促徒令父母躭憂妻子失靠不孝不慈皆由於此推原禍始則皆淫書誤之彼撰爲此書者罪固不可勝誅而售賣租賃輾轉流傳者其推波助瀾之罪亦不容稍從末減嗟如之人卽不爲他人子孫計獨不爲自家子孫計乎亦弗思之甚矣本部堂主持風化極力挽回與其截於末流莫若先去其籍合行嚴切示諭爲此示仰闔屬書坊及衿士人等知悉如有舊存淫詞小說書本板片限兩月內赴地方官呈繳焚燬其人概置不究各書坊仍取不敢售賣切結存案再犯加倍治罪如有富家大族端人吉士廣收此書或公同設局隨見隨買隨買隨焚有鉅力者盡劈其板力稍遜者多燬其書日積月累功德無量但不準胥吏稽查以禁騷擾竝不準旁人首告以杜誣陷若經此番諄切誥戒猶敢仍前售賣匿不焚燬縱逃　王章亦遭陰譴闔屬人等尚諒本部堂一片救世苦心協力收燬除

此大害是爲至幸凜之毋違特示

嚴禁淫戲以正人心而美風俗札諭

賀長齡

爲嚴禁淫戲以正人心而美風俗事照得移風易俗莫善於樂良以聲之感人如風之被物無微而不入其引人於善也不賞而自勸其怵人於惡也不刑而自懲聖人以二南之詩之可以修身齊家而陶淑天下也爰是被之筦絃而用之閨門焉用之鄉黨焉且用之邦國焉此化民善俗之微權所由默運潛移而人不覺也昔唐魏徵侍宴於太宗見破陣之樂則俯首不視奏七德之舞則諦觀不置古大臣之格主如此其嚴也曾謂化民而可苟乎自古樂不傳於世化導已失其方而民間演劇賽神猶存遺意於什一孟子曰今之樂猶古之樂也每見梨園奏曲

遇忠孝節義可歌可泣之事雖武夫悍卒鄉僻婦孺無不爲之感泣彼其人其事去今已數十百年憂樂悲歡有何關涉而白叟黃童又未嘗把卷流連知人論世也乃一經歌舞而出之遂若身履其境而躬親其事者甚至散歸之後猶相與聚談某忠某孝某詐某姦感慨欷歔不能自已則豈非此心此理之同不以時世隔不以智愚殊鼓之舞之使民興起猶反掌耳故曰吾觀於鄉而知王道之易易也雅道陵遲澆風競扇曬邪醜正實蕃有徒往往以小說淫詞曲爲傅會但博觀者之一粲不顧聲色之蕩人卽如水滸西廂非淫卽盜律以異言亂政之條其人宜誅其書宜燬乃鄉愚無知搬演作劇不以爲可戒反以爲可欣聚眾環觀連村演唱遂使血氣未定之徒視打家劫舍爲故常以偸期密約爲韻事越禮犯分意惑神迷烏乎古以防淫今以助欲古以宣化今以長亂大則身陷刑誅小亦動罹法網是牖民者轉而厲民也豈不謬哉明司寇呂新吾先生我　朝相國李文貞公世所稱名臣大儒也其生平持論每以釐定曲戲爲正樂化民之要何者告戒之空文不若託諸古人之行事足信也莊論之難入不若播諸樂律聲歌之易感也庠序詩書僅及秀士猶未若村歌俗舞之幷能化及愚頑也觀察太守丞倅牧令皆與本部院共理此民者也懲於惡俗之旣成則難爲力鼓其善機之自動則易爲功爲此剴切通飭仰該管官各於所

屬村市場集先行出示曉諭只準唱演有益風化之戲其涉於姦盜邪淫敗壞風俗者概不準唱竝傳班頭呈出曲本該管官斟酌應刪應留面加開導其應刪者竝將曲本立予銷燬不準存留以免遺害倘敢違禁私演卽將班頭重責四十不準復充追出曲本繳銷點戲之人一併責罰抑本部院更有望焉大凡事之病民者官禁不如私禁之嚴各鄉紳耆皆民之望未有不願子弟之興於善而遠於惡者從前陋習想亦深所痛心特苦於積重難返又無在上者爲之倡耳自示之後務宜互相約敕一洗舊污由村而鄉由鄉而縣父戒其子兄勉其弟耳目勿卽於慆淫志行自歸於端慤於以助流政化蒸成美俗盍較之遒

人之木鐸。黨正之讀法。感人尤易而入人尤深矣。易繫不云乎。撓萬物者莫疾乎風。觀民設教。是在司風化者加之意耳。特諭。

州縣宜照例久任以專責成札　賀長齡

爲親民之官。宜照例久任以專責成事。照得設官所以爲民。州曰知州。縣曰知縣。未有知之不眞而能行之力者。即未有任之不久而能知之眞者。其或明敏過人。雖履任未久而四境情形已不啻瞭然在目。亦未嘗無其人。然使任之不久。則或知之而未及行。或行之而未能竟。亦於地方無裨益。況其人未可多得哉。九載六年之說。雖難行之今日。而三年大計。則現行通例也。自調劑之議起。於是爲人擇缺。日事紛更。而黔省又有過冬之說。得優缺者知其不能久也。則但思亟肥囊橐。而不暇恤民生。其瘠者又以爲上將調劑我也。則且營競窺探。更無心於民事。益一過冬而皆搖搖有去志矣。即有實心任事之人。而胥吏意其將去。亦且呼喚不靈。匪徒以爲無能爲。更或肆行無忌。則皆調劑之說誤之也。夫爲民設官。原以利民。非以自利也。今乃以市賈之心待其屬。而各屬亦以市賈之心望其上。此念豈可以對士民。詎非兩失之道歟。本部院撫黔九年。悉心體察。其不給於用者。不過三數缺耳。餘皆足以自贍。但使謹身節用。自能到處寬然。且非獨爲地方計也。即爲各屬計。亦無便於此。何者。黔省不通舟楫。每一量移。其眷屬傔從。至少亦須百十夫役。綜計頻年往來之費。不知空耗若干。而風霜之苦。跋涉之勞。尚所弗計。則何如久任安居。一無札費。計其所省。不猶愈於優缺之所入乎該司數歷已久此弊自所洞悉整飭必有同心爲此札飭該司會同藩臬司確切查詢某某缺實係入不敷出應另行詳定任滿二年公事無誤者量予調劑衝途各缺應察看差事繁簡經理是否得宜隨時酌辦若衰庸貽誤並劣迹顯著者亟應撤參或其過稍輕及在任絕無善聲者罰令出差皆不能拘以三年外嗣後無論正雜凡有地方之責者均以三年爲斷知府方面大員不在此例劉知幾云倏來忽往蓬轉萍流既懷苟且之謀何暇循良之政誠有味乎其言之也挽積習以破俗見飭吏治以固民心實於該司有厚望焉此札

諭書院肄業諸生　賀長齡

朝廷建立書院聚生徒而教之并優設膏火用資養贍原以作育人材望諸生爲明體達用之儒以備　國家敷政治民之用迺近日諸生溺於科舉之學將應讀經卷置而不觀徒取濫惡墨卷揣摩剽竊以爲弋取科名之計舍本求末立志已卑非但經濟全無卽見之舉業亦復淺陋麤疏理法俱失殊乖　朝廷作育之意本部堂忝膺　簡命總制一方視諸生猶吾子弟是以酌定學規俾諸生循是用功庶幾醞釀深厚蔚爲醇儒惟念人之才質敏鈍不齊若竟束以一法恐諸生艱於從事因仿昔人三舍之法分別上內外三等隨才造就諸生中有能照前示學規實力誦讀者卽升作上舍優給膏火其取錄正附課諸生卽爲內舍未經取錄附課諸生卽爲外舍內外二項雖功課減於上舍亦必將讀過經書四書悉心講讀與上舍各生每日將所讀之書按日填注功課簿內本部堂公餘之暇當親詣院中按簿抽籤試背並摘問講義庶不致舍業以嬉荒廢時日查五華書院額設正課膏火八十分近又續添附課膏火八十分原欲諸生常川住院加意學業詎料諸生倖邀取錄惟離省較遠者尚住院中其附近諸生不過於課期赴院作文苟且塞責而附課各生又以所得無多更加廢弛於作育之道實屬有名無實本部堂此次甄別照舊取錄正課八十名其附課膏火八十

分只取四十分其四十分特改爲八分每分五兩酌爲拔補上舍諸生膏火以示優異此次取錄諸生中有能照前立學規認眞誦讀者卽在監院處報名造冊送衙幷存副本於院經本部堂試背十次皆能成誦講解者卽補上舍膏火倘雖經報名而試背不熟幷昧講義者立予沙汰用杜欺罔再查舊例諸生有在外教讀不能住院用功者向只給正課膏火一半此次仍應遵照辦理其所餘膏火卽補給備補諸生用符舊例其附課諸生雖未取錄有能十課內考列二超一特者遇有內舍缺出亦準挨補內舍諸生有於十課內考列三次一等者正課降副副課降外經此次酌定之後諸生等各宜努力認眞鼓勵務循名

而責實勿始勤而終怠夫讀書者成己之事也果立志向上步趨先哲將科名具屬末務又何藉區區膏火官師督責始克振興第立法獎勸在上之責特此詳悉示知各宜勉旃毋忽特諭

整吏治以清政本札

賀長齡

爲剴切指示通省牧令居官事宜以除積習而清政本事照得安民之要察吏爲先本部堂前此撫黔卽聞滇省事甚悉日近復恭承　恩命涖任以來無日不以各屬同做好官報　國愛民爲望及體察近日民風似不如前此之湻總由吏治未能齊心振作民情無所觀感日以驕肆古人風草之喩確乎不易牧令爲親民之官果能正己正人矢勤矢愼斯民莠少良多其忍負親正廉明之父母官而甘爲惡者曾有幾人查現在各屬牧令盡心愛民者原不乏人闒冗不職者亦所難免有一於此本部堂卽無以報　國惟是遽行參劾心有未安合亟宣布腹心

爲通省牧令申戒大凡爲牧令者莫謂官卑職小須時時玩味親民二字去貪去惰去奢最爲先務官吏舞文弄法科斂民財固貪之尤卽民平常詞訟多少得開數金先收帶案費後收結案費滇省多半貧瘠所得幾何民閒已說此官不清家丁書役藉官之名必取數倍怨盡歸官甚屬不値奸民因此誣陷善良但欲被告傾家不必原告理直且印官不清則廳官汛弁及鄉保人等皆得欺淩愚懦有恃無恐又或因生辰以收分藉苦差而告幫民貧且吝徒穢官聲歌頌勉刊控告旋至民將仇官親於何有深居高臥玩視民瘼者固惰之尤卽如聽斷緝捕稍存懈弛呈詞到眼付之幕賓數日不批書役便索買批費又隔數

日無票書役便索出票費又隔數日不審書役便索升堂費一堂未結改日再審又須守候民間原被爭執舊案改爲新案一案添爲數案小案變爲大案愈大則愈難結遂有拖至十餘年者滇省民情雖悍不刁其呈詞有何難批虛衷細問有何難結事或細微全家蕩盡命案尤甚造孽何窮至於滇省盜賊原難驟除淨盡然多半係四外人一案報官數日而後出票差又歛費始行賊已遠去無蹤難免隱匿不報因之賊膽愈大盜案日多民知官不拏賊見賊亦不追問賊知官不恤民稍閒又來搶劫究之賊少民多官不與民一氣便覺賊多難制民將棄官親於何有紈絝性成恣意暴殄固奢之尤卽如日用起居不知節

儉僚屬親友家丁差役從欲媚官聲色裘馬肥甘上有好者下必有甚士庶漸染成風喪祭嫁娶皆增浮費滇省瘠缺雖多而官場局面甚侈再不更改變本加厲負債日多終爲民累民將鄙官親於何有況滇省近年氣習尙有甚於此者或因案需索不遂立斃杖下是爲旣貪且酷流娼有打洋琴之名出入公館衙署省中候委各員有公然開賭者各屬在任之員有官幕家丁同賭者又或吸食鴉片暗違禁例俾晝作夜圖署曹騰是爲旣惰且昏縱酒任情喜怒不時飲食宴樂多品相耀到省之初無論有缺無缺有子無子先置姬妾嫡庶不分一到實任官親塞署或兼外變擾亂是非倖獲優缺債利更迫歸休無資遂成

寄籍初爲贅壻後爲鼻祖傷天害理相習爲常是爲旣奢且濫以上各條雖不明指其人各牧令當有見聞本部堂可曾道著實處想不言而喻也本部堂由詞垣出爲府道洊歷封圻甚羨各牧令得與民親造福最易似此玩泄豈不可惜可恨至在省候委各員正宜講求公事立定腳根如果清勤首府縣樂得相助本部堂亦喜其將來實任定是好官卽令查監查街名爲閒散也要精神若如以上各條豈能望其盡職官無大小同受
國恩付託民命本部堂求賢若渴疾惡如仇聞有好官喜而不寐聞有劣蹟恨之甚深各牧令念本部堂一片苦心孜孜求治相與湔除積習力矢清勤則與本部堂皆同寅之誼必當隨時

薦剡効用　國家倘仍執迷不悟置若罔聞則是負　君負民本部堂豈能姑息自失本心前此接見各屬業已諄諄訓囑但恐各牧令未能共曉除飭各該管上司嚴密查訪外爲此特再推心置腹反覆申戒務期有則改之無則加勉在省候委者莫淫莫賭莫羣居游戲留心地方公事勤當現派差使多看前賢治譜及例案諸書得委後幕友有吸煙縱酒不明公事者婉辭愼請酌量繁簡少帶家丁藉省夫馬亦免冗雜生事到任後問民疾苦去其太甚收呈隨到隨批提案隨到隨審得暇時巡察鄉里敎民以孝弟馴良及守望相助之法署中居家務循倫理儉約自奉埽除一切浮華嚴察舞弊丁役課士般勤獎勵不令

出入干預大略不過如此已是正本清源至於因地制宜全賴存心做去難以盡述總之少一分耗費之才力卽多一分辦公之才力少一分耗費之精神卽多一分辦公之精神言雖淺近所以移風易俗荅　君父之恩積子孫之福者實不外此果能同心振作行見吏治日清民生日厚本部堂不虛此言豈非厚幸若此番申戒之後仍蹈前非一經發覺是傷本部堂之心定予嚴參照例懲辦其毋後悔愼之愼之特飭

湖南文徵卷一百六

湖湘後學集編

公牘下　駢體附

禁鬬毆示

張力卓

爲諭禁鬬毆各保性命事照得相爭曰鬬相打曰毆山西鬬毆之案多於各省平遙鬬毆之案又多於各縣豈眞天性冥頑實緣風氣獷悍片言不合便出惡聲被罵不甘便行打架手足他物不顧輕重金刃等件只圖快利更有匪徒預造兇器如鐵管烟筒木管假戳之類不但非民閒日用所有抑且爲例載兇器所無或挈伴而相攻或負力而獨逞肉爛骨損皮破血流緩則逾限弗痊速則登時殞命到官莫能狡賴入禁那望生全起衅甚微釀禍甚大父母妻子見面都難桎梏囹圄轉身不易悔之無及死亦轂磨試思萬物之中惟人最貴乃因一朝之忿忘身及親咎將誰歸孽由自作本署縣既未敢曲法以貸又何忍不敎而誅爲此示諭諸色人等務崇禮讓期爲　盛世良民毋恃橫強要做眼前好漢遇事忍氣曲直總可徐分立志饒人嫌怨自然胥化至於本宗外姻尊長服制攸關當循卑幼之分克盡卑幼之心稍有干犯加等治罪雖逢　赦典亦不宥原爾等宜體本署縣諄切訓誡之意互相提撕咸懷警悟能惜人之性命卽保已之性命生是樂生死非刑死愼勿習於鬬毆而不知畏也

稟查禁水手滋事章程四則　唐鑑

案奉憲臺行准部咨御史章口奏請查禁糧船水手恃衆不法一摺欽奉　上諭嗣後糧船所過地方著沿途各督撫派職分較大之營員酌帶兵丁一路挨遞巡查遇有水手滋事立即嚴拏有犯必懲毋令一名漏網等因行道欽遵令即嚴督押運廳幷各幫重空二弁議立章程隨時嚴密稽查約束如有前項不法水手滋事立即會同所在地方文武查拏究辦將如何防範緣由具稟察核等因職道伏查糧船水手恃衆行兇械鬬殘殺滋生事端節奉各憲臺奏明加重治罪法律極嚴無如該水手人等冥頑性成怙惡不悛近年以來仍復如前沿途搶奪藉

端起釁聚衆恃强累成巨案實屬兇頑已極竊查一唱百和乃有渠魁肆虐逞兇多恃器械此防範不可不加嚴稽查不可不加密也職道上年督運沿途細心察訪有應行禁約各款謹撮爲四條稟請憲裁

一各幫水手皆有頭目不可不確查也定例水手不過九名而重運自瓜洲口以至抵通每船所添縴夫多至二三十人少亦十餘人每幫約五六百七八百人不等有無賴兇棍或老安支石安支石安支中强悍之人爲頭目謂之拉頭船凡數百人聽其指示每人拉若干里派錢若干一經披定即不敢違謂之披濟子其沿途搶奪逞兇圖財害命皆聽拉頭船指使若某幫與某幫爭窩鬬殺則拉頭船爲之率領指麾至其勒索幫丁淩虐行路猶屬常事日復一日年復一年但不顯然械鬬如廬州二幫之案即纍次殺人無有能知其姓名者此應責成各幫重空運弁暗中確切訪察務將拉頭船人姓名年貌住址查實無論與否於重運渡黃時通稟存記一遇水手犯案不難挨幫查拏免致臨期費手使正犯得以脫逃也

一每船悶艙藏有器械不可不盡搜也定例押運糧船止準重空千總各帶鳥鎗一桿其餘軍器不許攜帶如有私帶銃礮幷多帶鳥鎗將失察之該管官照失察銃礮鳥鎗各本例分別議處可見例禁甚嚴除兩千總各帶鳥鎗一桿之外糧船本不許

攜帶器械近日拉船水手多屬無賴匪徒動輒逞兇肆行殘害恃器械爲護身之符即爲拒捕之柄凡所藏鎗銃刀戟皆在船頭悶艙中緩則秘之不宣急則挺而爲險幫弁知之不敢問地方官知之不敢查誠以其人衆其器兇也然平時無事未嘗不畏法律未嘗不服盤查可否即於幫船過淮驗時將悶艙逐一搜尋凡屬刀銃等物全行收燬幷出示曉諭此次免其治罪如再怙不悛下次仍敢攜帶按律從重究辦不貸庶幾虎翦其翼蠆去其尾而寬其已往戒其將來或者自新有路改匪爲良即不然挾持無具亦可戢暴於未萌矣

一沿途挨遞巡查所有營兵不可不核實也南省糧船自水次

開行抵通經歷數省節節應有本汛及加派營員帶領兵丁兩岸彈壓分段巡查然某處至某處係派營員何人派兵若干名并無文書知會若倉卒有事從何會營登時查辦一俟輾轉找尋或數十里或數百里方得接應則有需時日已緩不及事矣應請將各省所派各處弁兵先期知會督押過屬庶幾隨時有備見犯必懲不至有遞送之名無巡查之實也

一沿河斷肢殘體雖無報案不可不存查也凡糧船水手縴夫非無籍窮黎卽兇頑刁面見財則因貪致殺鬬氣則逞很爲讎往往戕害相尋殘忍特甚黑夜斃命投棄河中所在時有而閘壩官因無來歷惟恐惹事地方官因無報案置若罔聞以爲可

省公牘不知益長兇殘此宜責成經過沿河州縣遇有浮屍一面驗明交保甲收埋標記一面嚴密查訪一有端倪卽報明究辦庶使殺人者有所償命而玩法者亦知所儆惕矣以上數條謹就職道見聞所及肅泐具稟是否有當統祈憲核示遵

禁枷鎖賽祭示　唐鑑

照得迎神賽會本干例禁而金陵風俗每於賽祭之時多有婦女童稚枷鎖隨行誑誕不經殊堪駭異以此爲獻愚誠神何可媚以此爲知懺悔神大難欺試思爲善善報爲惡惡報果有善行自然仰荷神休如是惡人安能倖逃冥責此等愿心實屬惡習合行出示禁止爲此示仰軍民人等知悉爲善去惡方能感動神明獻媚求哀斷難潛消罪孽況存此心術無事不可欺人恃此禳求無惡不可妄作嗣後如再有婦人孺子枷鎖游街者立卽查拏該家長照例懲究斷不寬貸特示

禁止淫詞小說示　唐鑑

照得淫詞小說最有關於風俗人心誘人於邪陷人於惡往往以未有之事裝點而爲金粉之樓臺以本無之人雜糅而成溱洧之士女見者心動舍廉恥而入奇衺聞者豔稱棄禮義而談輕薄人心之壞風俗之澆莫甚於此除飭各府州縣將一切淫詞小說以及新出畫舫青樓等錄概行飭坊燒燬毋許存留外合行出示曉諭爲此仰城鄉士農工賈人等知悉爾等各有正業無事閒書愼勿以有用之心身自蕩於淫邪之詞曲更勿以有限之歲月甘擲於荒忽之見聞豈聖賢傳經可讀而反不讀世俗傳奇不可讀而反欲讀邪當不如此其愚昧也特諭

勸種樹株檄　　黃德濂

爲勸種樹株以盡地利以蘇民困事照得湖平府屬界在邊隅地氣寒冷小民生計爲艱每至饔飧不給農非不力地非不耕柰鹵壤瘠薄沙土輕浮一畝之地歲止收穀數升農民終歲勤動尙不能以自贍遂至困苦流離居民鮮少卽府城以內亦且戶口蕭條本府奉　天子命來守此土目覩彫零窮苦之狀心實惻然欲求養民之道而計無所出惟思種樹有經爲政之所必講管子云十年之計樹木史記山居千章之材安邑千樹棗燕秦千樹栗其人皆與千戶侯等是種樹之利自古已然今府屬地方樹木希少舉目皆係童山曠野平原略無遮蔽以致

建造無材多營窟穴而居烹飪無薪至拾糞草以爨生無以爲器具死無以爲棺槨遇水旱之年田園無樹枝之芘蔭易報暵乾地土無樹根之糾結每爲沖刷此皆不知種樹之弊諒爲人所共曉況五行之用不剋則不生樹木稀少則木不剋土土性輕浮是以嘉種誕降每至隨風颺去若樹木蘩多則土不飛騰布置田間滋生必易此乃自然之理又非本府之臆說也如謂土不宜木何以古寺村旁亦間有成林之處總之地道敏樹斷無種十而不活七八之理第鄉曲愚民不計久遠難於謀始惟視地方官之勸諭督課爲何如耳訪得此地樹植以楡柳楊三種爲宜若能就此三種勸令各屬居民每家每歲各種數十株不待十年地方必一望青葱蔚然深秀既可以資財用又可以備水旱且落葉在地經雨潤日暄蒸化滋液滲漬田間將易磽薄爲肥美地方必漸臻富庶本府德薄能鮮幸得與諸君子共事一方不忍坐視此地居民常形彫瘠於計無所出之中爲此籌畫雖種樹之效不能奏於目前而種樹之利實可普於後日務望於文到之日卽行勸諭所屬村莊鄉地居民自本年爲始每逢春令發生之時於山阿水畔村落畦旁一切閒空之地擇土性所宜每家各種楡柳楊數十株曉以種樹之益示以久遠之謀每遇因公下鄉之便隨地察看勤於培植者格外獎勵惰於栽種者量爲懲處官府有轉移風會之權願諸君子實力奉

行勿以迂緩而不爲勿以文告而塞責至百姓栽植以後儻有敢於攀折偷砍以及故縱牛羊挫折生機者在十株以內照不應輕律予笞在十株以外照不應重律予杖但須卽時發落不可一日稽留諸君子果能實心勸課行見美蔭滿野一樹十穫地利漸普民困日蘇月計雖云不足歲計自可有餘本府於一年之後將按行各屬以觀成效并將所出告示寄送一紙以備查考須知帖者

稟陳勸民栽植樹木

舒夢齡

敬稟者竊思布物土之宜地道等於人道權山澤之利樹木倍於樹禾卑縣風俗儉樸編甿尙勤稼穡而於培養栽植之法絕不講求以故山童土曠一望濯然樵采無資多掘草根爲薪小民制器利用一竹一木盡仰外來商販加以宅少桑柘野鮮木綿蠶績之事無聞凡衣食日用一切皆取給於田一遇旱潦凶年別無可以營生如道光三年秋猝被災祲飢民非流散卽束手坐困情形視他處尤慘其明徵也卑職涖巢一年諗知地方艱苦之故而又慮愚民狃於積習難與謀始因遣屬赴附近蓄樹之區購買松苗數萬桃李梓桐各數百株徧植城內之牛山

以爲之導牛山綿亙二三里上建巢湖書院荒廢已久而一經培護條焉改觀一面於下鄉勸捐豐備倉穀之便諄勸鄉農廣覓樹苗在於荒山隙地或道路之旁以及屋側牆陰趁此春和各就已業栽插其有踴躍將事者分別獎勵樹桑爲上備材用者次之果梨之屬又次之并飭各里地總督率興種以稽植之多寡定總甲之勤惰務使野無曠土各收無窮之利再圩隄之旁大率無樹者居多是以猝値水災隄埂難於保護管窺之見與其經營於事後莫若防備於事前現令圩鄉民人於隄邊栽柳樹一排蓋楊柳易於成活而臨水尤易長發將來枝大根深隄埂益加堅固卽遇有水之年可以捍風抵浪於田疇大有裨益旬月以來卑職逐加察訪各鄉之民尙屬樂從不致徒託空言第此等事宜俱係守土官分所應爲之事本不敢上瀆憲聽惟隄旁栽柳一節尙屬簡便易行可否通行各屬之處祇候鈞示遵循所有卑縣辦理情形肅泐稟聞伏祈垂鑒

稟陳淸釐積案　舒夢齡

敬稟者案照卑縣楚南下士材識庸愚自去春謬膺民社知州縣爲親民之官一切上控及自理詞訟均應隨到隨結庶小民可免拖累案牘可冀日淸是以每遇告期親自收詞設有情節支離以及揑詞刁告之事隨當堂駁飭將原詞擲還分別輕重酌予懲儆其準理之案幷奉到各憲批發之件無不卽時審辦如控情得實者立將被告治以應得之罪倘所控子虛一經訊明立卽究處以戢刁風從不稍任經差延擱昨奉署本府諄札令淸釐積案遵卽弔齊原卷比差嚴提分別訊詳在案惟思獄訟之積壓固由承審之遷延然其中勢不能及時辦結者有四

敬爲憲臺陳之夫刁民健訟俱係架揑大題圖準不圖審希冀滋擾善良及至差提緊追輒卽上告藉得宕延時日卽使奉文押發往往乘閒脫逃州縣以事關上案未便以久不投到詳請銷案以致經年莫結者一也再原告具控之後被告或逃亾病故或住居隔屬備文關提累月經年杳無蹤蹟而原告猶刺刺不休甚至一案牽涉多人先到者交保候訊及未到者續傳到案而交保之人又已潛匿此往彼來鮮集訊之期以致無從審辦者二也亦有兩造控訴到官業經親族調處具結詳銷上憲因情節未協駁飭覆審而原被證佐均已四散外出不願再行投質以致案結無期者三也至於刁生劣監無地無之開徵錢漕之時該生監等本戶糧賦斷不肎上緊全完及至差催非上告經匠浮收卽係胥役勒折呼朋作證引類聯名以告爲抗乃其長技及奉憲批提審卽避不到案而核其情節又係牽涉書差不敢詳銷致干憲詰以致延難訊結者四也以上四條積案內大約居其半管窺之見請憲臺通飭各屬查明檔案凡原告架揑大題幷生監告浮收勒折之案如久不投到者準予詳請註銷將來再控另作新案辦理若控情較重專拏原告治罪其有被告實係逃亾病故無從提質及案內牽連無干之人飭傳不到者亦準敘具妥詳呈請核銷如有重大事件被告在逃聲明緝獲另結其有先經和息詳請銷案復奉各憲駁訊者倘求

逾格慈施準予覆詳銷案不必再行傳審以省延累此外原被人證俱未集訊併上控未結新案仰祈酌定期限諭飭迅速完結似此明定章程準其銷結予以限期自可趕緊淸釐不致有名無寔矣鄙見所及用敢稟陳伏候憲示遵行肅此具稟

遵　旨議飭州縣添設民壯召募士兵詳　羅繞典

爲遵　旨妥議詳覆事道光二十一年月日蒙巡撫部院楊
國楨案驗本年九月二十八日準兵部咨九月二十一日內閣
鈔出奉　上諭足兵所以衞民各直省設立營伍遇有征調
每以老弱游民充數平日營伍本不足額迨經調撥遂至人數
愈少設有緩急更安望其折衝禦侮耶著各省督撫飭令各州
縣於添設民壯之外召募士兵勤加訓練選其精銳收置營伍
既可保衞地方兼可豫備征調該督撫務當行之以實不得虛
應故事冒濫名糧致滋流弊將此通諭知之欽此仰見　皇
上愼重武備隨時變通之至意本司等竊以爲兵壯之名不同
捍衞之心則一而欲行之久而無弊要必審乎民情土俗之所
宜查士兵之設卽古者寓兵於農之制本便民而不至擾民以
晉省民情則設士兵難募民壯易是莫若廣添民壯而不必另
設士兵蓋晉民習於商賈外出者多其爲士爲農者株守家園
皆有恆業類多不願爲兵卽丁壯可備折衝每願編歸營伍實
得名糧不肎散處鄉閭自爲團練雖地方官籌備經費極意招
徠而一旦易民爲兵轉恐征調不時致妨本業勢必觀望不前
惟民壯本係官人相沿已久小民不致視爲畏途平時處之本
署耳目易周任以差操勤惰立見若民壯外另設士兵將聚居
城市則約束不到日久恐滋事端散之鄉閭則訓練易疏虛名

難收實用本司等再四思維惟有變通辦理使民爲官役而胥
徒皆我腹心役卽充兵而營伍更增羽翼則官衙之役無非土
著之兵遇有緩急相需自可立收實效現查山西各州縣額設
民壯共二千八百八十四名供平常差使有贏無絀而欲兼資
捍衞自應遵奉　諭旨隨地酌添現擬於原額外增添二成
應新募民壯五百七十餘名加入原額外共得三千四百五十
餘名飭令該管官認眞挑選實力稽查有一人必得一人之用
習一技必求一技之精汰除老弱悉成勁旅且令其隨營操演
如遇營兵缺額卽從民壯撥充平時既聲勢聯絡入伍亦氣臭
相投遇有征調自能收指臂之用第非嚴定章程詳加訓練轉
恐始勤終惰難期得力除將操演稽查各事宜另開清單外所
有遵　旨籌議各緣由理合會詳憲臺核奪

案州縣民壯大抵不下二三千人原以捍圉禦暴承平既久
則但供差遣多涉嬉游失其實矣往歲癸丑邑議募丁守城
蒙告令曰以鄉勇守城不如卽民壯守城各有家屬可以維
繫其身若鄉人則聞警遁耳民壯本受食於官不必別籌口
糧但操練時略與獎賞而已會有讒閒遂格不行而於城市
分設團局募勇明年三月賊至官紳鄉勇皆委而去之矣此
議民壯云云故是良法美意汝懷附記

查覆貴州幷無銀礦情形詳　羅繞典

爲詳覆事。道光二十四年四月二十八日。奉憲臺牌開。本年四月二十五日承準兵部火票遞到軍機大臣密寄。欽奉　上諭。自古足國之道。首在足民。未有民足而國不足者。天地自然之利。原以供萬民之用。惟經理得宜。方可推行無弊。即如開礦一事。前朝屢行。而官吏因緣爲奸。久之而國與民俱受其累。我朝雲南貴州四川廣西等處。向有銀廠。每年抽收課銀。歷年以來。照常輸納。幷無絲豪擾累於民。可見官爲經理。不如任民自爲開采。是亦藏富於民之一道。因思雲南等省。除現在開采外。尙多可采之處。著寶興桂良吳　賀長齡周　體察地方

情形。相度山場。民間情願開采者。準照現開各廠。一律辦理。斷不可假手吏胥。致有侵蝕滋擾阻撓諸弊。該督撫必能仰體朕意。妥爲籌辦。固不可畏難苟安。亦不得抑勒從事。總期於民生國計。兩有裨益。方爲妥善。各省情形不同。不準彼此觀望。將此各密諭知之。欽此。遵　旨寄信前來。合就恭錄轉飭。爲此密行該署司。卽便欽遵。移會臬司三道。密飭各屬。一體遵照。除現在開采黑鉛銀廠抽收課銀外。尙有何處可采銀礦。密速查明稟報。一面體察地方情形。相度山場。民間情願開采者。準照現開各廠。一律辦理。斷不可假手吏胥。以致侵蝕阻撓。亦不得畏難苟安。觀望遷延。及抑勒擾累滋弊。切切等因。當經前署司移會

各道。飭屬遵照辦理去後。嗣據貴西道鄭　清平縣汪申稱。接到憲臺密札。查勘稟覆。節蒙行知到司。本司等遵查黔省山多地瘠。小民生計維艱。如有可以開采之處。俾民苗人等仰沐皇仁。踴躍從事。誠屬裕課便民之要務。急宜分飭各州縣。實心勸諭開采。俟開有成效。始行酌收課稅。不許官吏侵擾病民。隨卽檢查案卷。又於久任本省各員。確加詢訪。皆稱黔省地氣磽薄。向不產銀。非他省舊有銀礦者可比。惟天柱縣屬之遠口金雞沖坑頭等處。乾隆年間。曾經開采金礦。因礦薄不敷工本。旋卽停止。至現在貴西道每年解部銀課。係威甯等屬。炸子福集媽姑各鉛廠。煎鍊黑中零碎銀砂。鍊鉛萬斤。約得銀八九十

兩。向按四成抽課。幷無定額。鉛旺之時。解課千有餘兩。近來硐老山空。鉛斤短絀。解課減至百數十兩。鉛廠一十八處。現已停止四處。無鉛可采。其清平縣屬之永興寨等廠。所產黑鉛。形質不堅。幷無銀砂攙雜。向無銀課。又如貴筑縣屬之紅岩白岩廠興義府屬之迴龍廠。八寨廳屬之羊五加河廠。所產皆是水銀。由廠戶開采煎鍊。計水銀百斤。例抽三十斤。變價輸課。每年收銀自二千兩至千餘兩不等。俱經報部有案。此外別無銀礦。亦幷無采銀成案。又黔民於耕種貿易之外。皆恃開采爲利途。見有礦苗。卽糾合親友。出貲報官。試采廠民。自爲經理。幷不致因人衆滋事。但礦旺則共分其利。礦薄則人散工停。又有久虧工

費方冀獲礦旋因山硐暗水陡發束手封閉者是以屢經勸諭辦理甚難實無官吏侵擾阻撓諸弊本司等伏念數月以來屢奉鈞札勸諭尙無紳民報采銀礦之事前貴西道及清平汪令所稟是係實在情形惟念通省地方遼闊民苗雜處恐尙有林密山深覊訪不到之處一時難以周知且天地自然之利無論何項礦苗一經開采卽可使無數窮民藉資餬口雖輸課有限其於綏靖民苗大有裨益安可視爲緩圖現奉 諭旨諄切惟有催飭各州縣隨時采訪辦理不可畏難苟安亦不得抑勒從事以期仰副憲懷所有遵查催辦各緣由理合先行詳覆呈請憲臺酌核施行

遵 旨議覆銀錢畫一章程詳　羅繞典

爲遵 旨等事道光二十六年四月十三日奉 憲臺 撫部院裔 行準戸部咨開議覆御史劉良駒條奏銀錢畫一章程一摺道光二十六年二月初一日奏本日奉 上諭穆彰阿等奏遵旨會議御史劉良駒條奏銀錢畫一章程一摺銀錢幷重本係制用常經果能隨時酌覈不使輕重相懸裕國便民兩有裨益未可輒稱窒礙不思設法變通著該督撫等各就地方情形詳細體察悉心妥議具奏務使法立可以推行不致流弊毋得任聽屬員巧爲推諉稍存畏難苟安之見僅以一奏塞責欽此欽遵鈔奏咨行妥議到司奉此本司等遵卽分飭各屬一體悉心籌議通計黔省額徵地丁正耗銀一十三萬六千三百餘兩內除改徵米石畱支各款外實解司庫銀六萬八千餘兩藩庫收支之數本屬無多其兵餉銀本由外省撥款協濟勢難以錢支放溯查黔中民苗交易向祇用銀雍正年間前 督部堂 憲臺 鄂口口始議設錢局嗣據提督楊天縱以錢法壅滯籌議錢糧稅務銀錢幷收兵餉搭錢支放究未準行迄今用銀者多而用錢者仍少誠以地勢所限水道不通艱於搬運然近來紋銀一兩尙祇換制錢一千六百餘文與部定價值相去無幾皆由黔省交易均用實錢絕無錢票其興義鎭甯貞豐一帶用錢均計斤兩不計千百無由攙雜小錢故流通錢數視別省較難而平準銀價亦視

別省較易也。本司等竊以制用貴酌其通而更化尤當以漸。現在黔省銀價雖不甚貴而貴陽大定錢局歲以二十爐鼓鑄。亦須疏通無滯始足以濟錢法之窮。特以錢糧重務難以驟議更張。若舉批解藩庫六萬八千之正項概議銀錢并收。則制錢每千重七斤有餘。需用人夫百十餘名始足解制錢千串。其距省遠者一二十站。每站脚費需銀十有餘兩。經費浩繁。累官勢必累民。兼以深山窮谷苗性多疑。驟改舊章又恐徒滋紛擾。至於支放各款。凡文職俸工養廉銀兩現以鑄錢搭放。又復扣收減平。未便再議。其各役分給工食為數無多。此外貢廩坊儀零碎等款。覈及錙銖亦非政體。且均係地丁耗羨內撥留備支之項。

與解庫各款未便兩歧。應請概仍其舊。惟查有稅羨一項。係原摺內所列為外支外用之款。黔省各屬每年應解稅羨銀三萬二千四百五十餘兩。以五成兼收計算。每銀一兩折錢一千五百文。應收錢二萬四千三百四十餘串。又查支發項下各屬稅務書巡工食。孤貧監犯鹽菜口糧米折。并各屬通事更夫禁卒工食。又省提塘辦公盤費等銀。歲支實銀一萬六千四十餘兩。卽可遵照部價全行改錢支放。遇閏照數加增。統計每年收放錢文之數約五萬餘千內外。由是商販流通。皆知銀錢并重。入而鄉曲城市制錢處處通行。亦可漸議推廣矣。此外義倉穀石出糶收買。向均用銀。卽飭各屬并準以錢出納。雖歲無定額。亦

屬推廣重錢之一法。似此酌量辦理。則官無賠累之虞。民無滋擾之患。且鼓鑄無庸加卯。簡便易行。將來銀價益平。卽行詳請具　奏。仍照舊章辦理。總期試行可收成效。現將收放錢文各細數逐一確查。如蒙　奏準。行司再行造冊詳請咨部。是否有當。伏候憲臺俯賜察覈具　奏。

飭修碥路札　易棠

照得野涂有軌載在周官道茀不行見譏前志則平治道途乃地方官所有事而事關郵驛亦本署司所當過問者也甘省重巒複嶂跬步皆山蹊徑盤紆坡陀高下無論矣其甚者左枕山岡右臨淵壑羊腸一綫咫尺縈迴車馬轉旋已形不便加以碥路傾欹土性鬆乏一經雨潦塌卸尤多以致覆輪折軸墜馬隕牛往往而有雖險緣天設勢本地形而輔相裁成補救亦豈無術本署司再四思維謂宜於狹者闢之使寬欹者剗之使平促者引之使紆其傍空之處或輔以條石或欄以木樁縱未遽底康莊亦可藉免顚覆第工段較多若責令地方官捐修未免力

有不逮顧業必有主事宜分任現經本署司會同藩司札飭各廳州縣督率佐雜各官分歷各村莊查禁私種罌粟宜乘此便將境內通行要路詳加履勘何處尚無妨礙何處必須修理逐一開載明晰曉諭保甲人等督率業戶於農事未殷之時先將最要處所重力修治其稍可緩修之處俟農隙時次第辦理仍不准濫差胥役下鄉致滋索擾該地方官於因公下鄉之便隨時點視董勸酌加獎賞使之樂於趨事赴功總期於事有禆於民不擾此亦因利擇勞之一端特在有司之盡心與否善辦與不善辦耳合行札飭爲此札仰該府卽便移行各廳州縣一體遵照仍將若何籌辦緣由徑行切實稟復查考毋違

禁種罌粟花示　易棠

爲嚴禁栽種罌粟以裕民食事照得栽種罌粟收漿製造鴉片烟土首從各犯俱擬絞罪例禁森嚴豈容輕犯近聞偏僻地畝往往私行栽種製烟售賣此等奸民趨利忘刑原無足惜惟查種植罌粟皆繫膏腴地畝果能加功耕耨則樹藝五穀收獲較豐仰事俯育旣有餘饒兼可糶賣獲利接濟鄰境比戶熙熙共享太平之福豈非盛事乃無知小民祇便一己目前之私罔顧地方久遠之害產糧之地年少一年喫烟之人日多一日以致糧價騰昂風俗敗壞子弟效尤喫食不務正業悖入之貲終歸悖出夫亦何所利而爲此況甘省氣寒地瘠土物較稀何堪更

以此害人之物妨我稼穡邪本司等職任甸宣主持風紀雖未遽能有利必興有害必除而此厚生正德之心無刻不廑諸懷抱若坐視其病俗殃民不爲拯救清夜自思何以安枕現値東作方興亟應申嚴禁令除札飭該廳州縣率同佐雜各官刻日親身分詣各村莊逐一查勘剴切曉諭毋許仍前栽種已種立卽剷除淨盡責令改種穀麥雜糧倘敢不遵卽行按例懲辦該地方官一切夫馬飯食之費概不準派及民間嚴禁丁役人等毋許需索分文本署司等仍不時委員密行查察如該地方官陽奉陰違及絲豪擾累卽以玩視民瘼嚴揭參辦外合行示諭爲此示仰闔屬有業人等知悉嗣後務宜各勤農務不得違禁

栽種倘有不遵許地保鄰佑指名首告若扶同徇隱除本犯照例治罪田地入官外地保鄰佑人等均干連坐本司等言出法隨洩不姑寬勿以此爲泛常文告而忽之也凜之特示

駁三金幷用札

易棠

據詳銀少價昂公私交困請以黃金紅銅與銀幷用黃金一兩抵銀二十兩紅銅十兩抵銀一兩無分公私一律行使該司目擊時艱力籌濟用意誠善矣然揆之事理非惟不可行抑亦不能行也物價貴賤視乎物之良楛尤與時爲推移賤者不能強之使貴猶貴者不能抑之使賤故孟子曰物之不齊物之情也必强以一律不特　朝廷禁令有所不行卽商賈懋遷亦有不知其然而然者卽如制錢一千折銀一兩何嘗不有定例乃嘉慶初年每銀一兩僅易錢八九百文今則驟至二千內外相去已至三倍果能使之顯若畫一國家何不爲之禁令使罔敢軒輊乎此必不能之勢也如黃金一種出產多寡不同成色高低各異時値亦貴賤相殊有値銀十八九換者有値銀十三四換者今定爲二十換與銀幷行必官以此放民以此交然後出入適均公私交利該司議請一切賦稅正供起運撥解均與銀幷用說誠是矣然各省庫藏焉有黃金勢不得不先收之民閒以爲搭放之本今行使大錢折當若干明著字樣民閒猶不免折算之弊乃將黃金定爲二十換能保民閒價值不隨時長落乎設民閒以十餘換之金抵銀二十兩交庫庫中焉能不收旣收之後卽以金一兩抵銀二十兩放出兵民得此仍不過當十餘兩之用其爲窒礙豈可勝言今議與銀幷用謂以利民乎則現

在無力貧民采山淘瀾，日取錙銖，金肆零星收買，有力之家或置以作簪珥，或買以利輕齎，何嘗不通行無滯，初不待官爲設法也。謂以利國乎，則庫中多收金一兩，卽少收銀二十兩，彼贏此絀，未見其利。該司之意，以爲銀少則價昂，故藉用金以平其價，不知金之爲產，其少奚止百倍於銀，今市肆買賣黃金亦自通行，銀價何曾平減。至謂金價旣貴，淘沙窆礦食力者多，足增流轉，不知淘沙窆礦者，皆不農不工不商不賈之無賴貧民耳，果能多采，何肎自靳其力。今卽定爲二十換，所增亦不過十之一二，欲以些須之利，驅有業之民使致力坑冶，得乎。此黃金之不可行亦不能行也。至銅之爲物，較之白銀相去奚止十倍，黃

銅一觔不過値錢二三百文，卽純淨紅銅，其價亦難加倍。今以紅銅十兩抵銀一兩，是以二三百文之物作銀一兩之用，揆之物理，實有未然。今當百大錢每文重一兩有餘，推行尚多窒礙，乃欲以紅銅一兩抵銀一錢，視當百大錢價値尤貴，試問能行否乎。該司以紅銅非可消毁而得，民閒無從作僞，不思五金之產，所在多有，特產有多少耳。產多則官爲招商開采，以資其利，產少者招商無從獲利，無業貧民終日淘窆，僅資餬口，亦勢所不禁，非向無坑冶之處絕無五金生產也。今若將紅銅頓增十倍之價，場冶偷漏何以禁之，小民以賤易貴何以禦之，至於出納之病官病民，較之用金尤甚，又不待言。此紅銅之不可行亦不能行也。至謂利權操之於上，自可令如流水，其說亦不爲無本。古者市師有政，平準有法，故輕則斂之，重則散之，使商賈不得操其奇贏，而物無偏重之患，雖曰權操於上，實則利溥於民。若以國用之不足，而輕重其物價以取必於民，竊恐其時亦有所不能也。今時事方殷，公私交困，本督部堂蒿目軫懷，考之於古，驗之於今，欲求一濟時之術，終不可得。該司旣力籌長策，本督部堂何容臆爲阻撓，然熟思審慮，用金流弊稍輕而無濟於事，用銅之弊殆有不可勝言者，故曰不可行亦不能行也。

示諸生　湯昭彌

古之學者學爲人，今之學者學爲文，而文又不根於道也。富貴利達之見，中於父兄師友之心，士當束髮受書，已爲爛臭時文所誤，與言古作，不知有魏晉，有唐宋，況兩漢乎？況周秦乎？吾嘗深求古人之文矣，明白如日星之麗天，厚重如山河之奠地，璀璨如禹鼎商盤，恬淡如布帛菽粟，衡容大雅，郁郁彬彬，當其得諸心而應諸手，彌中而彪外也。有至道卽有至文，理固然耳。歐公謂晉無文章，惟陶淵明歸去來辭一篇；東坡謂唐無文章，惟韓愈送李愿歸盤谷一篇。予謂以文章論，一代何止一人，又何止一篇耶？如欲垂世立教，實可羽翼經傳，氣足而理亦足者，一

代作手不過數篇、十數篇而已。昔黃山谷教人嘗讀原道，昌黎此文有體有用，大儒修己治人之方，於是乎在。後之學者則雖病其言仁而不言體，言誠意而不言致知，文雖可師，於道終有未備者，是則是矣。然韓子生當漢儒以後、宋儒以前，無師承，無將伯，起衰衞道，傑然標仁義之旨，闢佛老之非，此其文爲何如文，道爲何如道邪？吾於古人文章無偏好，亦無不好。性命之文，取以正心；經濟之文，取以淑世；廊廟典冊之文，取以壯大觀而輔元氣；山林風月之文，取以祛俗慮而暢幽情。葢文可取，取其文；道可取，尤取其道，無成心也。若謂魏晉唐宋之文必無周秦，必無兩漢，彼董子之醇，後人何以祇取正誼明道數語？韓子之醇，當日何無太極、西銘等作乎？甚矣，文之佳者不可多得，而載道之文之佳者，尤爲不可多得耳。世之有志爲文者，倘汲汲乎知所以學道哉。抑朱子有言：韓退之因文求道，落第二義。葢求道本不爲文，而爲文必須求道。韓子之文，其埽六朝而上追兩漢者，夫豈不以其道邪？嗟夫！爲文且不可離道，則其所以爲人之故，諸生固可不待予言矣。

議撫建鹽引稟

首煥彪

竊某蒙委催銷撫建兩府鹽引。刻卽遵諭親歷各屬會同設法嚴催具稟在案兩月以來督催既徧。惟是撫建鹽引情形實在疲敝已極某旣蒙差委自當力求振興苟有所見豈可自安含默而不勉竭愚誠以副大人淸釐鹽政之盛心乎因姑就耳目之所及縷陳始末謹查撫建兩府三面接壤閩疆而杉關一路。內則光澤外則新城。閩私悉從此出。從前由閩至石峽下船布散南豐南城逕走撫郡許灣分入各屬近則山溪嶺曲出路尤多由都石可直走廣昌由樂安公平墟可直走崇仁宜黃由獅口可直走瀘溪。由景口鎭可直達南城臨川。小夥零販出沒不

常而新城南豐尤屬絡繹。雖各隘口防捕甚嚴。而此拏彼竄偷越日多何也。蓋利之所在人爭趨之害之所在人爭避之苟利害相懸不遠猶可強人從我而私鹽與官鹽利害之相懸則遠甚請試言之私鹽每斤不過四五十文官鹽必須七八十文其相懸者一也私鹽潔淨而味甘官鹽雜穢而味苦其相懸者二也私鹽買卽可食官鹽必煎熬乃能食熬旣費力尤多耗折其相懸者三也私鹽十兩半斤可買官鹽必以包計錢須多而拆包難其相懸者四也。私鹽無錢便買可從容賒欠婦女出斗粟尺布皆可易鹽官鹽必須現錢其相懸者五也私鹽近村鄰舍早晚沿門來賣官鹽必城鎭始有地之相距遠者多至二三十

里取攜不便其相懸者六也。利害相懸有六是私鹽大便於民。而官鹽大不便於民矣小民飲食維艱官必禁其所至便而強以所不便於心旣不安同爲　朝廷赤子彼則聽其就便而食此則不聽其便而必強以難食。於勢亦不順於不安不順之事。而必強蚩蚩之氓使之安使之順其將能乎此官壅私暢之弊所由來也。或謂官壅私暢雖由積弊使然然亦未必非半因武弁防制之不力半因州縣整頓之無方夫就今日事勢之因循而責武弁以不力詰州縣以無方似也顧今日之武弁州縣實有難以爲力難以想方者請得先言武弁兩府隘口卡巡碁布星羅苟能嚴查密捕何難絕彼姦私然武弁每年俸薪止百餘

金兵役每年工食止十餘金未獲重賞固難望其日夜巡邏出死命而與私梟爲敵而鹽徒又多巨惡大夥十百成羣鎗礮刀棍人人備具一遇兵役緝捕彼卽累鹽成牆持械相鬬置鎗孔中傷人必斃卒至殺傷過多釀成巨案不惟無功反易受過是以近日官弁兵役往往視緝私爲畏途而不敢問私販安得不多至於州縣職司守土自應周知一州一縣之戶口人丁假令結之以恩約之以法恩與法旣盡卽買運鹽斤按戶而爲之計口授食夫亦何難乃今日之州縣殊枯眉棘手而有所不能者何也　天家正供莫重錢漕近日錢漕重地奸民日夜思與官爲仇官且勞心焦思謀所以安輯之不暇何暇議催銷引卽有

諳心鹽務者。不恤辛勤不顧賠累。而時時以催銷爲事。乃所銷甚贏賞固未必驟及。即所銷甚絀罰亦未必遽加。江西引係融銷。而賞罰不立。毋怪各州縣祇求銷至一二分以上爲足。顧考成而遂已也。雖日委員催督。烏乎有濟。故江西鹽政之疲久矣。近因憲臺涖任以來。悉心籌畫。大有起色。而撫建兩府。尤關江西一省全局。昔之議者曰專商辦運也。通綱貼費也。事已阻格不行。而今之防制者既如此。整頓者又如彼。然則欲變通撫建以顧全省之局。其將何策乎。則惟有與閩通銷之一法。苟能斟酌辦理。實心行之。尙足爲目前救其弊。請得爲大人陳之。攷引課之贏絀。視戶口之多寡。撫郡丁戶未必倍於建郡。而撫郡每

歲額引配銷至二萬七千餘。建郡每歲額引配銷止七千五百餘。尙不及撫郡三分之一。然雍正八年額冊。撫郡配銷多至四萬以上。以今計之。減去大半矣。假令兩府屬地盡銷淮引。不惟七千五百引不足敷建屬之食。即二萬七千五百引亦未足敷撫郡之食。而不患其不敷。則以閩私之攙越日甚。勢不至侵盡兩府地界不止也。撫建本近閩域。而必令食淮鹽。名隸淮綱。實銷閩引。百姓多買私食。私之累淮商。抱引滯本。虧之憂。公私雜揉。轇轕不清。設卡設巡。徒煩工食。日差日委。虛糜經費。是以乾隆五十六年。江西撫憲姚有請改建昌之　奏。後以部議淮地大削不果。然與其實削而名不削。淮課之困愈甚。閩私之弊莫除。是閩坐收其利。而江西終蒙其害也。不如移文閩省鹽臣。公同酌辦。或淮或閩。聽民便食。隨地遠近。增減價值。而於閩鹽出場之時。或分別加錢。彼此連界之交。或稽查抽稅。如前明正德六年。贛州起立鹽廠。抽分閩廣鹽貨故事。合局核算。均引清課。有公無私。而以閩銷之有餘。補淮之不足。庶幾因其近便。淮地爲閩銷鹽。而抽其盈餘。藉閩爲淮補課。彼此交濟。有盈無虧。況閩鹽引地既廣。價亦必貴。亦無待減價敵私。淮引漸次可以疏通。從此通同計引核銷。商課改爲稅課。私鹽盡屬官鹽。無簽商限地之煩。少立卡委查之費。不特事簡民安。即經費所省之處。必多於額課所缺之數。久久行之。撫建理而淮課漸紓。西江之

鹺政不由此可振乎。憲臺裕國惠民。經猷素著。卑職愚昧之見何足仰贊高深。然語不云乎。狂夫之言。聖人擇焉。因敢忘其迂疏寡效之譏。率臆妄陳。惟冀敎誨而裁成之。謹稟

遵札籌議江西防守事宜　鄧仁堃

修城柵　江西省城女牆過高向外不能俯察宜於各垜口下添土墊高（將鵞卵石子平鋪一層於其上守城可免泥濘急時可以擊賊）使與胸齊兵民外望下視庶便擊打又馬道太少若急時往來上城不便須多開磴道每半里或一里開道一條安設柵門撥兵看守垜夫非挨班不準私下閒雜人等嚴禁上城

清水道　江河隘口宜預查明某處可明設守兵某處可暗伏奇兵船隻可備攻戰者宜編定字號往來船隻及漁船有警須禁止

安敵臺　省城北白沙過城處立木城既虞火攻掘深濠恐能

填塞似不如仿古敵臺之制於沙堆左右各築二敵臺賊來即派兵護守兩邊顧視便於夾擊臺貴長出不宜橫闊（如臺基長出一丈五尺橫闊只用一丈二尺基須下寬上削）或築爲三角形而平其尖兩臺相去不宜太近近則鎗礮自傷又不宜過遠遠則矢石難及築臺基用石上用甎土高須與城平或再高數尺牆頭多開銃眼於挨城處搭蓋窩鋪以備兵丁輪替棲止收藏火藥器械臺下於兵丁往城外出入便處左右或開一暗門尤能出奇制勝戰守皆宜

預儲積　寇氛漸近凡城外銅鐵鉛錫硝磺木石甎瓦米穀雜糧燭麪煤炭油鹽柴薪火把一切日用所需皆須搬運入城或令自行擇地堆積或官給閒房收貯并先行出示曉諭一切仍係各家私物官不得取用分豪均令照常售賣官有所需亦照價購買竹木一項宜諭知大小商販已登岸者速運入城在水次者均遠移僻處至近省各縣及城外紳民堆積米穀在家與待價者距省較近處即運入城照常糶賣止許城內買食不準顆粒出城其距省窵遠者皆令移貯僻處倘不早運事急遺棄官即收爲守城兵丁之用免資盜糧

清四野　勦寇莫妙於清野然省會非外邑可比環城而居屋廬鱗次均令搬移拆毀出示早則民心不服且虞搖動出示遲則人思走避拆卸不及但城外三二丈內有房屋如係木壁篾牆焚燒猶易若係高樓峻壁則堅固難拆賊匿其中運土梯木

可以登城挖掘城根可安地雷通地道升屋騎脊可以向城內擊打請斟酌情勢緩急明白曉諭出示之後有不拆毀搬移者一逾限期官即爲分段焚燒

設探報　凡賊來路及城外各要口宜先查明道里遠近分設塘報伏探某處幾人幾日輪換以及所需工食燈火之類皆造冊註明仍派委員梭巡伏探有能改裝入賊營打聽的實消息者破格重賞

編壯丁　守城必用垜夫宜先查明城垜共有若干每垜擬派三人或二人共計需用垜夫若干名擬派某色人充當宜先酌定臨編時係居民則令鄰右互保係貿易則令店主具結老幼

均不入編紳富許其僱募有切結之人．分派定後．即將其姓名按地按人書於城牆粉壁之上．以便臨時各認信地．尤須按守垛人數多寡分為二班．一晝夜一輪換．百垛或五十垛．擇一人為之長．一人副之．仍委官巡邏．垛夫皆須有器械．或官給或自備．均不準空手．

設窩鋪　每垛口五箇．立人字大窩鋪一間．上加苫蓋．下用板鋪．板下掘數坑．置大缸三四口．（釉缸最佳土缸亦可）口與地平．缸中多貯有蓋小沙罐．備作灰瓶之用．板鋪缸上．可以歇宿兵丁．羅置軍器．守城時．以此缸貯灰火葯各物．既免雨濕．又便取用．

備守具　一曰櫺木．用長數尺沈重木為之．兩頭拴繩．用時兩人扯繩下擊．仍可收上．　一灰瓶．只用石灰瞇目．其體重易於下沈而不能飛．宜用柴灰或細黃沙攙合．貯土罐中．蓋好．以細繩縛之．　一甎石．每垛均將大小石子石塊碎甎共為一堆．以便臨時擊打．　一人糞．每十垛挖一坑．如竈．上設一鐵鍋．垛夫大小便均在其中．賊攻城時．用柴草將糞水煑滾．用勺桶向下潑灑．著人肉爛痛至死．較之煑沸油糯米粥．省便而利用．　一備燈火．每五垛設一油紙燈籠．用一直木．上安五尺橫竿．用細繩鐵環懸之．垂向城外．離城身五尺．離地七尺．賊來易見．而賊無從仰視．燈籠下綴小石．避風．上蓋箬篷遮雨．換燭即用輪更之人．不準延誤間斷．違者查夜官立予責打．　一鳥鎗手上城．

須多帶裝官火葯鉛子火繩．　一火罐火礮長鎗短刀斧棍等類．宜查營中現存多寡．以便臨時分設．　一多用竹片編籬．作長方塊．守城時可蔽城下矢石．　一凡拋打之物．原為防賊上城．凡賊在十步之外．不準妄發．免致不能中賊．徒損實用．

設屯兵　賊氛漸近．城外必設屯兵．非僅為城中犄角已也．即以江西省城形勢論．東北平曠之區．既虞賊寇蔽野而來．任意分佈．西南巷道叢雜．尤易藏奸．我兵若株守城中．則皆為賊所據．出奇設伏．我兵將應援不遑．似須於城外各要害處．所在居民之外．相離一二里．即設一土臺．安兵設礮．凡有煤炭渣土高坡處．皆可將坡頂剗平．用代礮臺．以此駐兵．向前可以迎擊．分伏可以鈔襲．仍於房屋樹木叢雜處．多設旂幟．以為疑兵．賊即分路而來．處處不能直進．牽綴賊勢．彼自左右顧慮．不敢并力攻城矣．

分信地　城上分信地．宜派定官員紳士分守．某方用某色旂．不得混亂．紳士守城．須各就其家之便者．分派舉監生員及衞所官．亦可派入．均令分班輪管．晝夜巡視．造冊註名．

量兵馬　預先算明城中共有兵馬若干．中分若干為守垛兵．若干為戰兵．若干為親兵．若干為游兵．若干為奇兵．若干俱定有限制．明示科條．

分游兵奇兵　城上分游兵四枝．派守四方．某方有警．即往援．

應他方兵不準輕動以防城下聲東擊西另設奇兵二枝以爲接應游兵及救火之用

設選鋒　警報到日須選擇精悍兵卒以爲心腹親自統帶鎮撫城中防他盜戢內應定民心壯士氣從古主帥必有親兵葢不徒示威望而已

安鄉民　城外避兵之民城內有親依親無親者官爲安插寺廟內先令各廟僧道報明注冊共若干名搬令共居將膽出廟宇安置鄉民安置後即委員帶同地保詳細識認冊內註名某人向居何處再令其同鄉之人共居一廟者互相識認十人遞一連環保結如有隻身無人認識又無隨身什物尤須加意查

問即非細作亦即斥逐出城

盤奸細　平時盤詰奸細似應令委員分段細查門牌除紳宦婦女外挨戶點名盤問凡係寓居及小貿營生外來游民僧道尤須細心盤詰至茶坊酒肆煙館妓館澡堂賭場剃頭鋪不難嚴禁畱寓外來之人然驅逐不淨稽查不周勢必巧爲避藏蹤尤詭密不如陽爲寬大暗派幹員及精細信心差役改裝采訪來去不常早晚靡定或買囑以上開館各色人如能盤出奸細一名密報到官賞銀若干以藏奸之所即爲詰奸之人利之所在較易驅策仍須嚴諭不準誣攀至有警報時應於各城門設一公所令委員與鄉紳數人帶兵輪管惟本府本縣人聽其出入如係鄉鎮及別府縣人務須細問城中果有姻戚往來之人必得城中親識保領方許放入至游食僧道及外來醫卜星相賣藥等人一概不準放入

嚴火禁　失火之處須防內應先令居民各於門外用缸桶貯水備用出示有失火者依軍法問斬失火如在城上各兵夫不準擅離信地專用奇兵救火如在城下另行派員帶該地方屯札之兵撲救嚴究失火之人城上尤須多設水桶泥漿桶（城門樓防火非塗泥漿不可）廠搭鐵鉤各救火物

定人心　一有警報即出示曉諭居民自有兵將護城殺賊不必驚惶走避致爲土匪所苦

設大礮　對城有高阜及樓房城上須安大礮防賊於對面起望樓

嚴火葯　火葯鉛丸最爲軍中要物庫貯宜派兵弁護守給散兵丁者尤須隨時稽核

畱城門　守城將各門堵塞最爲用兵之忌即兵少不敷支應亦須畱一二門勿堵以便應變出奇

設甕聽　賊臨城下須繞城多掘坑內安大甕使人坐其旁聽之（瞽者亦可用）如賊擊地道必有聲息

定號令分燈旗明賞罰　三者爲軍中最要應出自鈞裁未敢擅擬

請先事拆徙附城民房稟　　鄧仁堃

竊思城垣所以衞民．卽所以防奸．城外官地建造屋宇．本干法紀．今　國家承平日久．占造民房不一而足．德勝章江廣仁惠民四門外紛紛列肆．甚至緊貼城根．卽借城垣爲牆垣．江西省城本不高．而民房之高者幾與之埒．卽低者不過相去丈餘至數尺不等．倘此中窩留盜賊．乘夜逾城而入．竊有財物．由屋上援遞而出．無事時有此已屬可虞．況當賊氛屢警．在在須防．卑府再四思維．若擬盡拆．既恐擾民．若俱不拆．又恐誤事．會邑委妥員細爲查勘．凡距城雖近與城濠尙無防礙之屋．不可勝數．只好任從民便．概不拆動．其與城毗連者．幸只二百八十餘家．其間小鋪居多．卽有大鋪．祇須拆去後進竈間．似亦尙易．現度城中空地不少．城外應拆小屋木料甎瓦俱尙有用．無力者給以搬運修理之費．移建城內．較爲穩固．是於衞民中更寓恤民之意．衆卽至愚．剴切諭之．諒必悅服．惟應拆徙之二百餘家．苟安畏難．保其一無浮言．而定大計者．每不恤輿論．乘此閒暇．大可從容拆徙．若至急遽之時．拆徙不及．勢必從而燒毀．彼時無須拆徙者亦被延燒．且恐火燄飛入城中．爲害不少．故知量移有數者．僉謂事不宜遲．有不知其詳者．動云拆屋不順輿情．現奉　諭旨清理濠溝．此舉似在所急．卽如正月十三四日．民之驚惶遷避．無非爲升屋卽可登城．城難固守．以致於此．比

聞湖北不能思患預防．至賊到之時．將城外房屋盡燒．致賊借火殃民之說．鼓惑衆心．湖南紳士於賊去之後．逐漸拆毀城外房屋．爲亾羊補牢之計．就二者觀之．得失甚明．緩急亦不難立辨．卑府職司守土．不能不先事熟籌．是否應辦．伏乞裁奪．以便遵行．

田賦勇條約六　　　何名俊

一曰因田糧以贍勇。吾邑自咸豐五年粵匪入寇以來，節次按糧養勇，每糧一石派錢二千有奇，更歲五載，耗財七萬，而所養勇額止四百名，厥費猶僅僅支給，一遇事變，徬徨無措。以所養額勇應調傾隊而出，不足堵禦一隘，欲增添召募，則又財絀用乏，難於措注。其四鄉村團所調戶勇，人數過多，費給甚少，類皆出病即返，莫能久駐；且數動則疲，久積成玩，初則奮集踴躍，繼則應調稀疏，至其卒也，則三申五諭，絕無至者。而所發告示諭帖，徒粘牆壁，塞案几矣。無他，糜費於無事之日者鉅，故支用於有事之時者絀；輸納於城局者已重，故給發於鄉團者不繼也。愚以為欲救其弊，莫如以田糧所派軍需於臨事調遣時令各村團按糧派辦，以自贍其勇。計桂陽田糧七千三百石有奇，除屯糧鼠尾人戶散出不便查編，另宜帶征交納軍需以備公用外，為糧亦不下七千石。每遇出勇之日，以糧一石贍勇一名，則有勇七千，視前額勇僅四百名者，為數不啻二十分。遣更調其說詳於第四條足敷用。使援壘連營，隱然重鎮，小小寇賊，聞風自退。即不遠退，而吾以費於平日之錢贍勇於臨時，可以與賊相持二三旬，加以分番更調之法，可以與賊相守二三月，而吾事力綽有餘裕矣。其按糧贍勇之錢，宜十日一限清給，頭限既清，然後復派。欠限有不清者，甁團紳士列其甲號人數指稟印官，即將欠數之人行標遣調為勇，以儆疲頑。如欠數之人不遵遣調，團紳將所欠花戶名開單呈送，即給冊里書令其帶

徵收取欠數稍多者，仍行票提；少者暫恕，務令徹底清繳，無開拖延端隙，以昭畫一。其縣城總局止宜養勇三四十名，以為行牌各村飛調團勇之用。其勇糧即以屯糧鼠尾所上軍需給之，不足，然後薄捐上等大戶以濟之。

二曰籍丁戶以抽勇。贍勇之費自糧出，而當勇之人仍宜自戶抽。前者村團所調戶勇莫能久駐，浸成疲玩，蓋以人各自備口糧及村團所給食用不敷，故今既有田糧以為資贍，則糧食齎發不累烟戶，允無從前之患，而審丁於戶，選勇於丁，自可按籍抽派。抽派之法，先須以糧多之戶與糧少之戶分配停勻，俾田糧一石之內有戶二三，可出丁壯數人，於數人內抽取一人為勇，或輪流換當，或掣籤抽當，立定成規，使其遵辦。若至出勇一次之後，有派糧不清之戶，則以其戶之人指稟充當，然後輪掣自二十以上、六十以下，除辦團紳士及患病聾疾，免當外，餘人盡入丁壯數內，無許規避。自不充當僱人代當者聽。則事力均壹，出勇者不得以獨任勞役刁脅厚値，而贍勇經費可以酌定額規，不苦重繁矣。每勇出至隘口駐防，給費至多不得過錢百文；召至縣城聽候調遣，只給火食錢五十文。

三曰立甲號以編勇。費之按派與勇之抽派散而無紀，則分數不明，弗便番調，難於統管，必須編糧成號，聯號成甲，合甲成哨，然後列伍分隊，按地可出，迭休番上，如期而集。其法宜以糧三十石為一號，令成三總；隊有隊長，以糧六百石為一總，甲令成三哨。哨有哨長、協哨一。號設辦理一人，佐理二人，以催收贍勇用費；一甲設總辦一人，督辦二人，以督催發給贍勇用費；一總甲設監察

二人以稽查各甲號團務弛理團勇缺備如此認眞編集勿以虛文故套了事則平日部署已定一經檄調辦糧者即刻齊糧統勇者即刻齊勇總理分辦各司其職按籍而行比符而集錢可立辦勇可立出覘彼臨事猝合勉强支吾推諉觀望終成畫餅者蓋又虛實之異效矣

四曰分番次以調勇勇既編號成甲則徵比有法節轄素明有事之日可以分番更調番調之法每聞寇氛逼近鄰境飛檄各村團於所編戶勇內一號中調其一旗一甲中調其一隊一總甲中調其一哨立赴縣城核實點視人數無缺器械俱備即遣往所在防禦去處跨據隘要築壘堵截務使營屯連比形勝

隱然斥候遠及探報無誤凡勇不得於人家及店中分住須盡數出營駐札晝則旗幟高標遠出夜則燈火徧列明燎其番上更替以十日爲期十日將訖寇警猶熾換檄村團調其甲號內二旗二隊二哨瓜代而息再滿十日復調其三旗三隊三哨瓜代而息循環上下週而復始則財用不大繁耗人力不苦疲勞分爲三番亦約其大略而言如寇勢尚緩賊數不多則酌量節制或分鄉輪調或減數少調臨時相度於財力更爲簡省侯賊勢緊急然後傾隊而出幷力捍禦以我全軍當彼小醜庶力衆志一勢輔形合固我疆圉保無虞失夫也

五曰主賢貴以馭勇治軍以法制法以人治非其人則才不足相馭制非其分則權不足相統從前團勇所以此出彼歸前後錯落莫相統一終於散離也茲既列伍成隊合隊成營則必隊有隊長營有營官營官之上復有統帶如勦寇大營規制然後足以綱紀衆庶申嚴禁令邑中現在文有縣尹武有參戎皆刑賞得操威權足馭列營分哨之日縣尹參戎各當一面縣尹務殷事劇不暇赴營營中守備官位亦尊委代可也凡諸營隊有干令亂行者營官綑送立刻處治法無不行令無不肅蓋赫然統帶聲威也非以責馭賤乎營官隊長精加遴委拔其機警任幹俠健過人守法奉公不爲蠹蝕者隨才分大小差次任之才小者爲隊長才大者爲營官營官未經上憲札委未便僭稱改爲哨長協哨隊長即於各村遴簡哨長於鄉團遴簡務在得人如本鄉團不得其人須合一縣通融精選擇其人與彼鄉團紳勇諳識習熟兩相協宜者始用之管理軍政約束營伍指揮有法提挈惟宜蓋儼然營官百長職任也非以賢馭衆乎

六曰明賞罰以飭勇統馭既定則以人持法而法可加人以法制人而人必奉法賞罰之用所當明以飭之矣賞罰之行營壘爲重團辦次之簡閱又次之要隘堵截屯壘連營本以捍衞鄉里而或爲梟鄉里鈔掠不禁攪擾多端此法所不容者也宜斬一警衆而加以大辟其餘或營隊不歸則爲離汛或號召不至則爲梗令或潛返偷歸則爲逃伍或諠嚷競毆則爲亂規或哨探失機則爲誤公皆法所必糾者也宜按律懲究而予以常刑團辦之際董理紳士玩令骫法不勸不公於罰宜有參糧戶壯勇抗糧避役不遵不從於罰宜有參簡閱之際或召點而玩違不至遲誤失期或巡點而候視不時將事不恪於罰宜有參此

罰之科也宣力營壘之士臨敵衝鋒拒退寇賊者授上賞予優敘臨敵哨探賊情稔悉事機備禦有功者授上賞予優敘臨敵哨探斬有賊級者予賞敘獲賊哨探審非僞冒者予賞敘防堵出力寇賊漸退疆圉無恙積久成勞營官隊長酌差次予賞敘力戰卻敵著有顯功堪以稟報上臺優行保舉則辦團紳士力戰無缺者錄勤勞酌輕重普予勳敘尋常辦團平素簡閱不懈其職於仲冬大閱日具酒饌爲奬敘此賞之條也操是二道飭而行之毋瞻循顧藉毋輕重畸側必公毋冒獲倖免毋濫授溢予必愼毋挾任權數毋徒事誑餂必信公則明愼則當信則孚舉措允愜張弛合道衆畏法人用命鼓舞震疊效力獻情團練

之務以次舉矣

上吳撫憲請減象貢浮費稟　何紹祺

稟爲象差貢差擬請少派委員減帶貨物以恤吏民事卑職來滇入黔省界挨聞滇省此次貢差象差情形例貢無多私貨甚重沿途既已漏稅又復多索夫馬稍有遲誤卽加鞭笞至於象差行抵貴陽以東每站費至五六百金不等去滇愈遠作惡益劇押送官甚難彈壓因之蠻官蠻奴肆行無忌龍里一帶除供給酒食公館夫馬外每日象須洗腳費四十金其實費到免洗大約至山西直隸始稍斂戢卑職赴任廣通細加訪察客秋此差大爲官民之累彼時委員不過兩文一武廣通又著名瘠區然而每站用夫至四百餘名委員尙屬安靜蠻官已漸猖狂酒

席必須海味而實不知食據地妄臥鋪墊污損且蠻人大官二官各帶有廚子數人予馬則索轎予轎則索馬又有邊地漢人蓄髮冒充蠻使導引需索辦差者求伊出境多費不辭及至用度無資不得不藉資民力遂成控案前署令林家人有被蠻奴用五尺打傷腰脅者鞭傷面目者亦不止一縣爲然將去又復聲言失去金盌銀盌銀杯銀箸等事強者聽之懦者賄之其實辦差物件佳者輒行藏匿廣通一縣二十年象價象差公館鋪墊八百九十兩零尙未攤完客秋又添二百九十餘金賠款請攤一差如此他差可知一縣如此他縣可知竊見　大人由楚赴滇自備資斧　制軍去歲駐節保山不準供給何等矜恤何

等感戴此項南蠻貢物準其呈進原係　聖主懷柔遠人之意而中原民庶飄非赤子似此蹂躪其大官未必盡知已往雖究何益將來預防宜早本年回差自必輕減然而京貨沿途售賣迤西前路銷處尚多未必十分輕減也卑職愚見擬請少派委員護送即文員一人已不爲少祗須嚴飭過境文武多派兵役親帶護送責成既專誰敢泄玩所帶貨物量予限制扛擡實用若干夫馬實用若干倘有私帶多人多貨準地方官查明扣稟漢人從中需索者準予薄懲即該管道府亦不宜多派差撥先行擾累卑職此時饔飧不繼斷無餘力應此浮費然豈有誤差之理若蒙　憲諭諄飭委員就查貨物卑職藉可核實辦理

不致僞差假冒民累稍輕緬使無辭必知感畏伏惟　大人酌核施行

請臬憲區別齋匪稟自記附　何紹祺

敬稟者近日　大府查辦靑蓮教一案業經入奏仰見防患未然至周至密免將來釀成巨案眞滇省官民之福惟　大人督讞勤勞恐不遑稍憩耳但祺思此等匪徒其倡首者妄稱九十六億生靈將遭大劫傳教收徒設壇斂費處太平之日爲不祥之語妖言左道罪不容誅所謂副教首者幫同傳播斂錢亦實目無法紀但鄉愚易惑難曉附和者多將來漸成叛逆固未可知而目前只冀消災似宜稍恕微聞各犯到時有情願改悔者大府即準施恩照天主教跨十字架之例令其破齋而去洵屬法外施仁功德不可思議祺聞知不勝欽佩所可慮者各州縣

差役每易藉端生事其傳教要犯未必上緊緝拏而鄉曲之閒有持齋諷經者悉可藉訪察之名遂貪饕之實祺風聞迤西一帶閒有無知男婦一聞緝拏持齋之人卽行自盡不一而足持齋者未必皆習教習教者未必皆斂錢斂錢者未必皆謀逆有官職僭號者爲一等有藏匿軍器者爲一等有荒謬經咒者爲一等僅持齋念佛者爲一等槩令一併緝拏非所以仰體　憲懷愼重民命也祺地處衝途山徑四達深恐要犯逗遛枉境俾逃法網是以懸賞揀差盤查隘口然亦恐差役下鄉訛詐諄諄曉諭至再至三倘無溝瀆自經之事而鄰封有書相告心甚惻然不揣冒昧擬請此後持齋之人實係省中各犯扳出者指名

按拏勘明有經卷而謬妄及家中供奉無生老母神牌者卽行解省歸案辦理此外只有尋常經卷並未奉神者只各解各府訊明問其是否改悔予以自新之路至並無經卷只係吃眼光齋觀音齋竈齋者各州縣自行保釋毋庸詳解幷嚴飭營汛兵役不準下鄉訛詐再行出示開導愚民其眞正要犯仍遵大府之意準其首出免罪領賞庶幾玉石攸分小民樂業祺下愚之見未必有當知　大人虛懷聽納用敢私陳出自　憲裁希恕冒昧

此稟到省　兩司憲立下通飭並將押省各犯開釋百餘人未到省者陸續放歸此後無自盡事自記

請臯憲查辦淹禁稟自記附

何紹祺

敬稟者竊卑職查點縣監核訊各犯供詞罪名有李廷重一犯係南安州回民在楚雄地方吸食鴉片一年六箇月限內拏獲擬流二千五百里賫發廣西中途截回於道光二十一年七月二十二日至卑縣瑱玗箐地方逃走前任夏署令報明飭緝旋經援緝之王前令於二十二年九月初二日拏獲報後加擬流三千里依限申府前楚雄府張守依限於是年十二月初六日核轉詳呈　前憲至今未奉批回卑職於本年三月初五日面稟現署楚雄府徐守蒙查府卷相符旋卽夾單代呈　憲鑒幷發下牌諭飭卑職專丁挨查各站卑職查得此項府詳情罪年貌文冊於二十二年十二月初九日發至卑縣本城初十日至捨資驛十一日至祿豐縣十三日至安甯州十四日至昆明呈遞沿途並無遺失似是前署憲沇公事煩多漏未批發或幷未咨　部亦未可知卑縣各前任未將已詳未批緣由移交及至查出官經五任事逾三年該犯罪雖應得未便永遠監禁從新另辦初獲何以造報監糧斯事雖細然前任四川總督琦奏辦淹禁罪歸州縣一案會奉　嚴旨實降實革者多萬一犯屬控告或別經發覺則　各位大人與卑職等均難辭咎卑職稟府又將三月現在應如何妥速辦結之處恭候　大人憲裁或請示　院憲迅賜密札飭遵實爲公便謹此肅具蕪稟恭請

鈞安伏惟慈鑒。

再卑職愚見此案如已咨　部奉覆則徑請　批下作爲前報犯病今始報痊起解如并未咨　部只得作爲初獲一面照前詳改日咨　部一面飭府縣換卷另詳以免往返申報從新扣限又加半年耽延其監糧冊例不解　部應免追問前任未獲處分自未銷除聽之而已　憲幕精敏何難辦此且風聞各屬尙有久於此者敬望速查少禁一犯少造一孽　大人以爲何如

此稟到省蒙一體查辦共辦出二十九案設法咨部發落皆署臬憲周子儼先生之力也自記

東安禁金罐告示　翁普恩

照得　朝廷立法首嚴不孝之誅人子事親當繹無違之旨葢喪葬惟期乎盡禮而墳塋尤冀其永安此貴賤所同然而智愚所固有者也乃聞此間風俗於其祖父之死卽存一將來改葬之心殮以薄材瘞之汚壤故令水淹蟻蛀以速其朽且化而後邀同族衆舂鍤相偕發塚劈棺取骸檢驗其尙有枯筋纏絡血痕漬滯者則以刀銼刮剔之以鼎鑊糜煮之傾置盆中混加洗滌然後請之入甕其甕與常製異上下相合如缸高廣俱不盈尺底鑿數孔以吸地氣有專門業此以濟惡者美其名曰金罐祗此尺餘金罐中舉所謂三百六十五節骨殖者無論爲首爲足爲面爲背羣焉顚倒錯亂於其中而人子之心於是乎大慰矣遂乃邀請地師購求吉壤選時擇日重覓牛眠戚友親鄰咸相走送鮮不以爲發福發祥可計日待迨至久無佳耗甚或轉見衰頹則又將此金罐再發再剜再洗再瘞竝聞有一歲屢遷卒至拋棄而不敢聲張者葢以金罐取攜甚便費用無多可以爲所欲爲不若舁棺還葬之艱於舉事也然此猶不過惑於風水之說罔知禮義之厚將其祖父之枯骸以爲子孫邀福之具耳又有貪人吉地詭謀侵葬私將骸罐偸附他人墓側以盜其吉及被主家知覺投族告官受罰受刑仍然斷令還葬未得其利先受其害亦何樂而爲此然此猶不過意在吉地成此陰謀

而非有訛詐勒索於其間也。又有奸狡之徒，或因貧困難堪，或因訛詐不遂，特挖祖骸一具，葬入他人墳山，騎頂當胸，故礙風水，勒索幫錢改葬，方肯遷回者。並有用罐盛取猪狗他骨，暗埋人墳，誣人換易者。亦有埋一空罐，誣人拋棄者。且有預埋破罐誣人毀罐棄骸者，種種虛誣，不堪枚舉。然此猶不過揑詞詐索，非眞有毀棄換易之事也。豈意婪吉之徒，因見無人守墓，竟於昏夜挖塚出骸，投諸水火，卽以其祖之骸易置罐內，修築完好，主家不知，猶時時拜祭他人之祖父，以祈福。祈而不效，且歸咎於此地之無靈，又復挖出再遷，更求吉地。而此盜葬者之子若孫，方竊幸詭計之獲售，而亦卒無一效，甚且不轉瞬而同歸滅

絕。斯固婪吉者之棄人祖父以便私圖，自必難逃天譴，而實亦主家之自用金罐自毀祖骸，自貪吉壤有以啟之也。向使有封有樹，有墓有棺，其能容盜葬者之得所藉手耶？又有盜葬之罐被人知覺，密爲挖出其骸，遺之糞廁，或與牛骨同燒，而暗以猪狗他骨仍藏罐內，照舊掩埋，而此盜葬之家見無速效，亦復再挖再葬，竟以猪狗之骨爲其祖骸，又爲主家所竊笑而稱快者。卒之兩敗俱傷，同歸於盡，又天理之可奪乎地理者也。他若懷仇挾恨，怨毒難伸，而暗棄其仇之祖骸以爲報復之計者，尤不可以罄述。何莫非自用金罐之所致耶？然此猶不過陌路仇讐，傷天害理，爲此凶很忍毒之行，而非有水源木本之思也。尤可

異者，則以一脈之親，互相殘賊，同一父也，而有利某子不利某子之分，於是長忽遷諸東，仲忽遷諸西，叔與季忽遷諸南與北，而母之爲嫡爲繼爲庶者，更無論矣。至若支分派衍，子姓繁多，聽信形家之言，謂此地於某房爲利，於某房爲害，於是以長房之祖骸盜葬於次房之墓側，又或以三房之金罐竟易以四房之祖骸，而水火之投，糞廁之遺，以及雜諸牛骨之燒，又皆所勿計者矣。嗟乎！此金罐之害之巍可舉似者也。其中情獘詭譎萬端，有非人情所能擬議，以故此爭彼拒，殺伐相尋，訟棍土豪從而搆訟，禍連鄉里，仇結子孫，累月經年，傾家蕩產，而猶鰓鰓焉抱此金罐以爲奇貨可居，而至死不悟。然則金罐之害，可勝言

哉。所以　聖朝制律，備極周詳，不孝之誅，至嚴且密，而鄉愚無識，竟皆毅然爲之，毅然認之，亦若分所當爲，而略無妨礙也者。今若驟繩以法，未免陷於不知。合行恭錄律文，明白曉諭，爲此示仰合邑軍民人等知悉：爾等如有從前已用金罐未經入土者，限於一月以內，趕緊安厝。以後不得再違，違者重究。其自出示以後，再有發掘祖父屍骸，改用金罐者，卽行照律治罪。其有製造金罐售賣與人者，準人捉送到官，一併嚴究。茲將律例分列於後，庶使一目了然，知所儆戒，無自罹於極典，以力挽夫頹風，則仁孝之心，釀爲和氣，是則守土者之厚望也。切宜凜遵毋違。特示

上兩學請詳陳維國入鄉賢祠呈　楊　縉

竊惟芳行潔志懿好實塞乎兩間崇德報功殷禮肇稱於二仲惟鄉評旣定斯國典攸宜大聖人起而亦許爲師藻芹生色鄉先生沒而可祭於社桑梓增榮有故宦陳諱維國者篤行君子博學名儒十歲能文里社有神童之譽一芹薄采黌庠著哲匠之稱時當逆寇揚氛殺掠不啻齧齕適值嚴親被執刀鋸難緩須臾公乃至孝格天精誠動地救父難於萬死一生之際利刃何辭回賊怒於千盤百折之餘微軀克免登賢書於壬午一時望重南金售計偕於壬辰九陌人推東箭初通仕籍出宰信陽雖鞅掌於簿書仍慇懃於督課敦詩說禮下邑共美絃歌弄月

吟風比戶咸欽高潔黜頑梗而民歌父母祈時雨而天賜甘霖善政多端口碑猶載流風不改歌詠如新及其解組歸田投簪終老蕭條行李祇餘好月一船寂寞奚囊不過殘詩幾卷家徒壁立買山旣已無貲炊歎釜懸枵腹何由得免爰集徒於絳帳假代耕於硯田負笈從游如逢元禮論文講學不減胡公人稱老教書特其戲耳已名村學究實自嘲之閉戶著書功不輟於寒暑對花拈韻興每寄於漁樵無何賊變滇南遽爾開科常武廣搜逸士僞設制官訪公於草莽之中强授以文衡之任公乃抗詞卻聘執意深藏託蹟空門苟全性命於亂世隱居巖穴克全亮節於　興朝大兵克復元老南征綏遠將軍服其大義親王貝子許以孤忠至於身其康强允矣是翁矍鑠躬懷道德卓哉大老風流口不絕吟至臨年而益篤手不釋卷雖垂老而弗衰昔東里流芳賴有博聞之彥西河誌盛幸生干木之賢豈邑有典型而士無攸好但論必歷久而定名因沒世而彰謹詮次其芳規用備陳夫梗概伏冀老師臺惟德成鄰與人爲善采通庠之公論加看品題發潛德之幽光賜詳轉達籲恩準祀備主入祠崇前哲以勉後生幸鼓勵儒林之多士洽輿情而昭　國典知主持風敎之有人矣

月課告示　張增

爲月課事照得甯邑嶺嶠名區人才叢藪亭亭雲蓋矗起文峯泠泠玉泉漱分芹沼辰岡瑤嶺屢占徵應之靈鍾乳丹砂夙毓珍奇之產緬扶輿之清淑識人物之魁奇江漢朝宗佳製卽錦心繡口仙盤承露瑤篇悉鳳羽龍鱗或一榜而數人或一門而數士由前明以溯唐宋不乏偉人自國朝以迄於今尤多達者由來舊矣何其盛哉本學倖領賢書再膺司鐸攜來兩袖方計偕而未能坐擁一氊愧師承而無具顧茲近嶽觀瀾之彥悉皆學山至海之才亦旣下車宜行月課邇者槐陰滴翠榴火垂丹澡完溫水之泉競罷瀘溪之渡鵬方振翼恰當羊角風清鯉欲

舒鱗正値石蓮香滿滴養旣就考課宜勤爲此預期出示曉諭文武諸生知悉務於五月十一日齊赴明倫堂舉行課藝以憑解報至義館家塾中有不棄鄙陋攜卷而來者亦於是日分題考試共鬬靈樞直抒胸臆文成錦繡恍疑八面玲瓏光射斗牛儼若七星璀璨迴蝌斗之仙句諸君幸染翰而來酌醽醁之香泉多士共登瀛而去須至告示者

詳請前任常德太守華亭王公入名宦呈　陳長鎭

呈爲賢守遺愛難忘輿情謳思莫慰籲請崇祀以光大典事竊以儀鳳政治穎川爰立崇祠佩犢風移渤海聿修時祭舉報功之典勤事攸先稱元祀之儀上丁特重蓋精神所注則魂夢猶依而學校式憑斯羹牆可見茲有前任常德府知府華亭王公諱葉滋者烏漢名家青箱宿望始以文章紆　眷紅餠遙頒旋因經濟蒙　知朱輪獨擁心眞似水昔傳三泖同清纓本無塵今向五溪更濯憶丁未下車之日際庚癸屢籲之秋鵠面鳩形望望其蘇涙斷龜腸蟬腹林林來暮聲低椒俄走乎南陽家沾玉粒渠更疏乎鄭國山矗金隄剪去萑苻犬無驚吠招還流轉

鴻不哀鳴此其涖任之初已盡昔賢之能事又況丕新黌序文林荊棘全開宏奬儒宗藝圃薪標倍茂張四維於屬邑訓諭勤宣崇本富於編氓耕桑交勸表張氏同居之義惠錫百朋題鄭公通德之門榮褒一字以及馭下則力芟積蠹狐敢假威聽訟則屢雪覆盆鴉還受繳米鹽瑣碎出納廉平商賈雲屯規條簡約庭堪羅雀引片石爲同心戶每懸魚恃故人之知我廿四橋邊明月咸歌似練江平短長亭畔夕陽共羨如弦道直凡茲懿美詎勝揄揚迨乎節秉上游績難磬竹糧儲獨總丁徭豁而軍免量沙雄臬兼司牙角消而人知愛樹此在耆生有口方鐫碧落之碑何期白玉成樓遽踐瓊瑰之夢遨童雨泣華叟兒啼幼

婦捨其簪環士子弛其琴瑟洵可謂存不慚於杜母殁無謝於文翁者矣·嗟我常之四屬被公德者六年想借寇於當年痛深割耳緬思劉於此日悲甚裂裳殿上醉韓稜下邳生前鈌眞廟中酬葛亮益州死後增悲伏願賜以申詳躋之名宦進李琪之表星漢爲昭刊杜牧之文人琴如昨·鶴歸郴嶺城隍未改舊游神賽羅池雞犬依然識主庶直道去人不遠蘋藻常馨而羣工能自得師官聯益勵矣·

去繁文而修實政札

賀長齡

照得上下交際不廢牋牘往還·所以達情而圖事也或上有欲辦之事而未諳各處情形則不得不周詢於下·或下有欲達之情而未悉通省大局則不能不折衷於上·語無泛設言不虛陳·雖片紙隻字之敷宣皆吏治民瘼所關繫若乃禮通慶祝誼款寒温始亦緣夫人情久竟沿爲俗例旣儷黃而配白復錯采以鏤金·銀花手脫幕賓徒益冗忙雨驟風馳驛遞能無騷擾而且險縻磨短側理抛殘·積以歲年大爲煩費披覽徒勞目力酬荅何與心聲將焉用之甚無謂也爲此札司轉飭所屬·嗣後年節生辰一概不必具稟以節勞費而汰虛浮本護院開誠布公集思廣益凡有關於風俗人心吏疵民病·無不虛襟延佇切實講求·果以勸學興賢爲不迂所冀詳申其碩畫更如水利農田之是務弁將卓薦以通才若夫

聖諭何以宣揚淑慝何以旌別·盜竊何以剔除訟師何以懲治·義倉何以勸設保甲何以推行·積牘何以清釐逋糧何以催納·邪說何以不能誣民豪强何以無敢害治何以化民息鬬爭何以諭民謀積貯何以挽重利輕生之習何以敦睦鄰恤族之風水旱凶荒何以備之·鰥寡孤獨何以養之·才劣生監何以戢之·奸猾書差何以懾之·如有良法美意不妨據臆直陳·勿秘囊底之智獨得還須共商·休談紙上之兵聆聲更當詢事本護院求言以實·各寅好事上惟誠·必

有嘉謨以匡不逮．用據悃款．無任翹勤．切切特札．

崇儉尚勤札　賀長齡

從來官聲之美．無若廉明．廉明之本．必由勤儉．何者．遇事講求自不終於闇昧．隨時撙節．更何事乎求多．是故習勤以生明．尚儉以養廉．在達官無不宜然．至牧令尤爲切要．況江蘇地本膏腴．祿入較厚．各州縣缺雖繁劇．俗尚渲亘．然而問倉庫則虧欠滋多．考官方則案塵坌積．豈量入爲出之果有不敷．抑夜寐夙興之尚虞不逮．我同官亦可返躬而自省矣．本司自涖吳以來．逐處咨詢．隨時察看．各牧令之克敦勤儉者．固不乏人．而經理失宜．以致不能振作者．亦復不少．廉明之譽．蓋難言之．夫初登仕版．孰不勉爲循良．乃畏難而苟安．每始勤而終怠．官事竟束

之高閣．民瘼曾不以關心．尸素之譏．何辭自解．大約無志與氣則怠玩之習乘之．無才與識則因循之弊中之．精力既流於弛懈．神明亦失其虛靈．欲再振以無由．遂一蹶而莫起．平昔之期許何意．斯民之仰望何心．中夜以思．能無汗下．卽或民疲吏玩．整頓維艱．缺苦差繁．補苴乏術．亦當勉思職守．振刷精神．別利器於盤根．理棼絲而就緒．豈可甘心頹廢．自玷官聲．至若吏治未嫺．恥於下問．簿書未習．復喜偷閒．謂折獄在片言．竝不虛中研鞫．謂丁胥爲可信．罔知加意防閑．牒訴紛投．準駁只聽之秉筆．句提羈押．去留悉聽之原差．於是民有冤而莫之聞．吏有奸而莫之察．當前蒙蔽．將舉目而不見泰山．聽人指揮．雖有形而

無殊傀儡.則是闒署皆官.本員竟同旒贅.自累累民.庸有極乎.此因不勤以致不明之獘也.又或恃有處脂之潤.竟忘露肘之虞.嗟寒儉爲迂拘.詡奢華爲豪舉.但圖適意開銷.全付之家丁.只使目前揭借.不嫌於重利.奴從則恣意貪饕.竟漿酒而藿肉.妻孥則娛情奢麗.更囊帛而櫝金.用之既若泥沙.取之必窮豪末.遂見利而忘義.且假公以濟私.豈知簠簋不飭.豪奴皆得而把持.狼籍多端.衿棍亦從而挾制.曾所利之無幾.舉動莫能自由.況不節之興嗟.觸處盡成瘡孔.逮乎青蚨飛去.白璧成瑕.累且及於子孫.名不齒於清議.所謂酖酒止渴.毒脯療飢.快意一時.貽羞畢世.試念青氈故我.何遽利令智昏.祇緣陋習之移人.

遂飲貪泉而不悔.焚身以賄.可爲寒心.此因不儉以致不廉之獘也.況夫紛華蕩其志.斷難勤力以趨公.晏安錮其心.豈能謹身而節用.逋累之極.振飭俱難.惰窳之深.持籌亦拙.則又不儉不勤之交相爲獘也.凡此數端之流獘.皆足廢事而傷財.所以庫款之盈虛在己.未嘗預計.解交之支絀臨時.始費周章.一逢瓜代之期.不勝葛藤之繞.冊開轇轕.輒思朦混以占便宜.參限森嚴.遂忘欺隱之罪.後累及至.僞難久假.咎無可寬.大則法網身罹.小則交游擯絕.自謀不善.雖悔何追.比經各前憲壘加整飭.向時積獘.定已一掃而空.然而溯運甓之芳.縱雖勉力而猶多慚德.仰懸魚之高致.卽約損而終愧清風.有一事之不勤.卽

何以自別於闒茸.有一端之不儉.卽難免自蹈其漏卮.本司忝領藩條.殷懷共濟.旣以自勖.並冀交修.謹與各州縣約.自今伊始.無論實授署事人員.務於行政理財二大端.力矢精勤.時加節儉.臨民一日.當思一日應辦之事.何以受祿不誣.在任一年.當思一年財用之經.何以量入爲出.每日將應辦事件登註一冊.朝夕自爲考課.總期一無積壓.而後卽安.其錢穀各款.務於到任後.卽將每年徵解正項實數.開列一冊.捐支雜款實數.開列一冊.署中各項用度.開列一冊.隨時逐條登記.每月比較一次.終年合算一次.俾截長補短.平日了了胸中.一遇交盤.卽可摘鈔原冊.照案清釐.何至逾限未完.轉多饒舌.本司現定催提

章程.將各該州縣應解銀款.勒限嚴催.毋許絲豪蒂欠.不容時日稍稽.以冀挪掩無由.其歸完善.其各地方應辦公事.亦皆趕緊札飭.次第舉行.第發令之初.該牧令必有以爲煩苦者.譬如一家之中.約束子弟.不得濫費偷安.當時非不謂繩之太急.洎乎日計不足.月計有餘.乃知督率之嚴.正屬成全之切.該牧令素勵廉隅.有志向上.幸各體本司諄諄勸誡之苦心.於以力敦樸素.黽勉從公.用彰勤儉之風.聿楙廉明之績.其於　國計民生.裨益實非淺鮮.幸勿迂闊其言而慭置之也.

采舉壽母楊鄧氏百歲晉一呈詞　葛樹著
爲呈報昇平人瑞以昭風化以光邦族事竊惟光華復旦景運
更軼乎中天宇宙長春澤施不遺乎匹婦欲志昇平之瑞端推
壽考之祺茲有邑輿仁七都民婦楊鄧氏原係邑士鄧某之女
耆民楊某之妻而楊某等之母生於雍正六年戊申三月十一
日訖今道光八年戊子實年百有一歲維氏南陽世胄關右華
宗温淑性成勤儉習慣六齡出閣辮髮以見尊嫜二七同牢荊
釵而相夫子九男二女母儀實熸口嘵音耄耋期頤壺福偏童
顏兒齒饈租五畝在昔饁冀缺之耕斑服盈庭至今酉敬姜之
績有時金閨試問答如七代干支矧乃玉燭頻賡記說四朝樂

利溯自詩成卷軸文山以登拜爲榮擬諸穎貿花陰相國之家
聲足式徽音可嗣眉壽而臧月前值設帨之辰職等曾醵金以
祝而氏也朱衣上著繡履安行一茗一菸出中堂而見客幾人
幾輩各慰藉以申辭奉席而前孫子亦凍梨台背稱觴而退曾
元皆瑜珥蘭芽如此大年洵乎勝會是則醴泉甘露未遂徵造
物之休祥雖在岐麥嘉禾祇以資生民之恬養也爲是采訪懿
行敘明履歷造具楊鄧氏生平事實清冊世圖弃取具戶族里
鄰甘結伏乞憲恩賞賜申詳各大憲咨題　昇平人瑞俾編氓
巾幗邀曠典於　天家而隴畝春秋被　殊恩於化國王喬
鶴算召伯鴻仁職等無任懇切祈請之至

傳一

劉宏化傳

趙開心

劉宏化字衡麓同郡攸縣人長沙衛籍十齡失怙茹貧績學隨
月升屋志不稍懈萬曆丁酉與江夏熊廷弼同舉於鄉熊寓攸
久爲莫逆交庚戌與邑人洪雲蒸同登進士第洪素講學以賢
者自命公視洪無多讓釋褐兩令山右劇邑以循卓著聲內遷
部曹糾輔臣附宦官無少避議紅丸移宮兩案勿株連引蔓有
損國體於邊圉大計尤三致意焉其奏議與洪雲蒸爲國子監

助教時所上備邊任將疏同一剴切天啟辛酉典試山東得士
極盛壬戌廣甯失守熊棄市乙丑下楊左諸君子於獄許顯純
承魏璫旨誣楊等受熊賄公具疏辨熊功罪又公揭保熊竟不
行迫傳首九邊而公亦怏怏未幾轉吏科給事忌者復誣以亦
受熊萬金幸璫焰漸息崇禎初特昭雪之是時洪雲蒸方戮力
東粵公復任兵科晉太常寺卿轉南大理寺正卿無如門戶角
立朝綱日弛公既不獲大展其用遂引疾歸里家居不營田宅
不飾輿從惓惓軫念地方疾苦如爲大理時奏免長郡額外派
徵銀五千兩至今利賴洵無愧雲蒸同志云所著有衡麓秘錄

羅貞一先生傳　王岱

羅公諱其鼎字旨臣號月江其稱貞一先生者公之及門追憶芳軌而私諡之者也羅氏族姓著于楚者晉之含宋之點明之喻義散于豫章者南唐若洞晦宋若從彥若大經若泌明若欽順若璟若倫若洪先先後皆鉅儒名臣公之譜系又由豫章徙于楚之桃源故江楚之族姓皆同源焉其世久遠者不復載自貴澄公生奇山奇山生文所世有隱德稱桃源隱君子文所生子四人公其季也齒未亂崎嶷精敏具夙慧讀書目矚口誦心習神會五官竝運一展無遺忘其爲文章方伸楮含毫數紙輒盡皆人鏤心琢思百索不一屬者同輩用是咤異避席然常切

廓清之志才足濟務非沾沾章句流也庚午應諸生試而學使者拘牽繩削多士之卓犖者皆不錄公其一焉適唐公暉以督餉至楚得公文亟賞拔置之遺錄比入闈時迫而見屏生徒不下數千鬨于試院以希復收肩摩肘擊喧雜擁搶致公不得前受卷及入巳午公倚案疾揮七藝立就時獲雋爭相傳誦以爲口實方伯杜公某爲紀其事旋丁太夫人艱至庚辰始成進士而文所公方八十終養歸里踰季亦興憂國仕進路絕公素至性每引孫固之言以憂親之心憂君乃祿不逮養所不忘夙夜者國恩未報旨時闖獻交逆中原多故襄鄧之間已無淨土未幾楚蜀全陷公乃糾集里社子弟立保甲練鄉團設隊伍嚴烽堠捍禦半壁辰常燐火閒爲衰息及北闕蒙塵南基再定公瀝血披心呼天搶地期于盡節致命乃閒關行在以舒積悃而神鼎雖遷煬竈未去元黃復戰水火犨興公處大行散曹猶披誠抗疏以爭國䟦迄奉使南行而金陵不守公志謚迫會楚撫何公騰蛟堵公允錫章公曠義旗雲集湖湘聲勢復振招公其勸大舉公亦毅然誓志捐軀戎馬與何公鄉書往復商推進取以家事屬其子剋期就道心摧形毀寢食竝廢病遂痼篤臨沒而呻吟展轉于國事者不置天乎命也然公之在閈里也無念不在拯世救民如城工之役水利之復解絹之繁糧餉之累凡有裨于里人者皆大聲疾呼與當局者爭與除務期于利存害去

狐鼠因而斂迹至歲值凶毀議賑議濟散粟炊糜活人無算其餘急患難勤推解歲無倦色獎善宥過身鮮宿怨宗黨之內孝友雍睦吾儒分內應盡者略無缺焉而蕃楊澹素恥比要人亮節坦懷不欺孺子則自性成也公所著制藝有仙掌社月江草行藏合稾紅雪社古文辭有月江集前箸草諸種娶李氏生子三今四川道御史紫蘿公人琮其長也珹瑛皆諸生紫蘿壬午孝廉辛丑進士其詩若文能世其家學焉

王太史二彌先生傳　王　岱

太原王二彌先生諱卲字炳藜周靈王太子晉之後漢以後其
族系不及攷而明則世有隱德自學博公奇郡司馬公嗣至耆
賓公起其時僑寓陜之孤山於瓜圃遇異人曰汝後嗣有如是
瓜俄而不見識者知爲後昌之徵乃生瑞廷公所用以明經起
家宰蜀仁懷瑞廷有文名博涉羣書尤究心理學子弟負笈受
業者數千里不絶多致通顯當宰仁懷時値僻陋荒陬兼兵燹
殘躪公撫綏敎養有文翁之化懷民德之來歌去頌不置瑞廷
生三子二彌先生其長也先生夙秉善根淵源孝友家學旣勤
天質更敏齒亂能文年十三受知文太青拔冠童子試十六食

廩餼試輒前茅辛酉登恩選遂魁鄉試先生諸生時卽丁盛孺
人之艱舉孝廉又値瑞廷公之變皆哀毀骨立憾淩風木念灰
進取淹留十載至辛未春官始成進士與楊機部廷麟同出倪
文忠元璐之門並選庶常與黃石齋文鐵庵王覺斯輩友善日
以名節相砥礪兼留心古學時學者當弇州竟陵角競之交出
奴入主聲吠失實先生獨自立位置蘊籍經史取裁古人發爲
文章伐毛洗髓陳言務去以天下爲己任孝廉時値保德寇亂
糾里人團練捍禦通籍後愈抱宗社隱憂生民疢疾思得當以
報君父而熹懷之際外苦寇賊有玄黃之戰內苦門戶有水火
之爭主憂而臣不甯政繁而世不治爲有識者痛心先生獨立
不懼進退以禮務期盡瘁竭力前後拜疏數千言長歎痛哭知
無不言言無不盡及奉使代藩道經梓里復値寇臨仍率父老
子弟荷戈執鋭日夜固圉寇因尋退而秦警震鄰請兵募餉寇
不敢入復備陳防守救災蠲恤諸利弊入告時烈皇帝志在滅
寇撫髀思賢召閣臣以下廿一人先生官起居注經筵展書得
與其數卽口疏用人要務謂用人必先得用人之人則一時君
子連彙而進破門戶破資格毋使人才摧抑求老成開自新毋
使小過屛棄愼撫按監司守令之選而後大法小廉悉民困兵
匱國耗之情而後外甯內治滌軍餉鹽政錢法之弊而後國裕
家給因言晉撫吳甡撫民禦寇方略上爲霽顔旋擢吳甡樞貳

及先生再使代儲猶復理召對前說申奏至再暨疏所過郡縣
寇氛災傷情形上爲動色屢賜溫慰思所以大用而部黨孽起
正人並退先生亦以疾告矣迄回籍後猶時時與地方大吏議
戰守爲桴里救瘡痍爲太行孟門保障至癸未以司業召先生
而先生不赴未幾竟以憂勞國事至疾以卒誰謂先生見幾求
退爲自求計乎先生家世理學於忠孝大節信貞守定不容毫
髮或爽至於急難賑饑施棺澤枯建橋音濟種種不能悉舉先
生分校禮闈得二十人皆知名士己卯主楚試入彀者九十六
人其四十八人副焉中多志節之士不獨以文章稱楚材也如
陳文節純德楊中丞文薦竟以身殉國難先生之得人可知矣

岱與叔長𪬇暨兄士乾世顯皆己卯所拔士會以甲乙之變流離播遷遂至淪落無以副其知遇方縈縈在疚戊午先生仲子宗本官艮鄉丞始以遺稾見示岱讀竟高文典冊居然賈陸韓蘇再出不覺感歎留連至於出涕有師如此四十年尙不知其文章之博奧豈復可比於人數哉典型在望百世猶師矧身出其門牆者乎於是因爲點定詩文共得十卷剞劂行世以俟世之尙論者焉

歐陽始亨傳

陳履謙

歐陽始亨字晉侯號南雲少尹理南先生長子也弟賡生應亨震亨悉善屬文同懷相師友中順治丁酉副榜游京師總憲長沙趙公洞門延譽相國高陽李公坦園李重其淹博命二子受業且以先生通達治體凡有奏議每就商摧時楚地遼闊省治偏處東北隅中隔洞庭錢糧獄訟多困於風波盜賊大爲官吏百姓患康熙甲辰特命偏沅巡撫移駐長沙增設布政按察二司統理湖南七府二州先生與有力焉初相國李公特疏論薦詔隨征陝西大將軍圖公偉其器識假節司馬有功特授陝西延安府宜川縣令時流移未集公政簡民安歸者輻輳未及報最卒百姓哀思之著有楚詞定本康熙二十一年　詔祟祀鄉賢

向九疇傳

陳履謙

向九疇字禹錫以明經起家司訓巴陵嘗置酒岳陽樓集諸生臨眺互相酬唱轉南昌二尹廉慈小心氣恬而內剛其事上官以正無媚詞曲恭故上官亦雅重之分理爭訟成而乎人亦樂輸其誠號爲無枉公江西舊制二尹徵收漕南二米後遂幷於長吏而責成如故同僚約請於各上憲無枉公曰利害相倚伏吾不獲此中贏餘害必不及官舍蘧廬耳何戀戀哉南昌令盧炳事之如兄臬司黃常集大僚暨搢紳上元後高宴侈張令佐先期奔走者且浹旬無枉公日在署豪飲絕迹不往覘客勸之則曰吾豈效涓子生一斗徑醉哉先生有恆業衣食聽子孫自爲理余嘗過廬嶽便道訪之會臘杪雪封盡歡者三旬因謂之曰君以官爲家無簿書之擾蒲鞭不設目前無俗物胸中無俗慮優游麵蘗之鄉豈讓梅仙令獨步哉年七十有四巡撫馬題授豐城令卒於官明年其子命葵扶櫬以歸

劉光鈺傳

陳履謙

劉光鈺字子美歲貢生爲邑文學友望先生長子有志操慷慨敢言以禮自持而樂於成人之美康熙初吳逆驛騷楚南子美與友望先生靜鎭不撓偕諸弟斂迹講學嘗歷主族政奉祭田歲入租五十三石介而善裁族人薰其德瞿然顧化子姪常請業族某公見其困乏給近郊田三十畝族有鬻田於公者久之索歸許實不持壁公諾曰無庸計年穀之入足以償矣凡鄉里曲直糾紛得公一言渙然冰釋有爭論廛舍者價輕重不得其平傾橐給之無吝常薦張某館於湘潭某家張如期往則或屹然高座談經矣慨然曰寒士豈堪虛此終歲計如數酬之邑重大公務必竭力勸事期底於成諸目擊顚連無告必隨其力爲之曲全然絕無慷慨然諾輕財好施之態蓋其天性慈良一出於自然也雍正癸卯卒年七十五凡前座右園非箴儆訓子孫一以聖賢志趨爲的屢請鄉飲賓不就昔孔子於春秋名鄉獨許叔向爲古之遺直吾於先生亦云子應源有志行孫樹人早卒樹香慤謹能讀父書

周節婦傳　陳履謙

周氏適江西醫士子張子揚，年十八夫卒，葺夫履履之，如外履，周旋終身，補綴若集腋。起居一室，狹小，露井雨注，則盛之以飲。內外限童子不得踰。奉大士，火必達曙。不成炊，賣米呼門外，若有召者，諸所需亦如之。鄉里觀感，或泣下，曰至誠格神。親舊或存問，謝曰：「枉顧念我耳，眞念我終身勿枉顧。」當始寡時，遺孤未周，內外無緦功之親，年未四十，孤殞，復獨居三十餘年乃卒。卒後髮不可櫛，夫履始委置牀頭，猶端列若雙鳬焉。

陳子曰：周節婦世稱奉大士所需皆應，念陋矣。彼其守義堅貞，形影相質，神明眂之，乃炯炯也，諒哉。

明松潘衞總兵朱公傳　田祿

公諱化龍，字慶雲，姓朱氏，其先江西南昌，永樂初遷辰溪，遂爲辰溪人，數世皆不仕。公生有異徵，幼入鄉塾，識句讀，弗好也，去學劍槊。年十七八，以不羈爲里中所短。公曰：「大丈夫當爲國建功，取封侯貴耳，安能久困此乎。」天啟中，水西酋安邦彥叛，偏沅撫軍王三善募勇士，公乃應募，王公奇其貌，署爲隊長。安酋退，我師深入六廣河，失利，公病創伏嵒洞中，及還，言師敗由於深入無援，凡追敵而後營不整及相去遠者，皆敗道也。年餘，安酋平，公功爲多。崇禎元年，進守備沅州衞百戶世襲。公方討五寨司叛苗，而流賊老回回、一斗粟等肆中原，總兵張景珠奏公才，

取爲提調。未幾，景珠恃勇戰歿，詔公以都司領之。於是同秦良玉等討賊，經年，遷黃嶺參將，旣而進海防中協副總兵。公緝練水師，鬭誠獎勵，兵遂雄海上。及戰長山島，獲海船數十，籍其珍寶致諸京，歸被擄者。續聞，詔賜蟒玉，進都督僉事。三年，念其母老，屢疏歸養，上憫之，乃補偏沅巡撫中軍。公至，登堂拜母，子國璽長矣，與其故交抵掌懽笑，且曰：「爲將之道，膽爲主，輔之以懼，與謀事可成矣。」而氣度嫻雅，里中老人曰：「慶雲今日乃不似其十七八時。」公笑曰：「吾十七八不如彼，焉有今日。」然復不喜人如已，戒其子國璽力讀，補諸生。衡州土賊陳朝明圖衡，公奉檄往勦，賊遁盆陽，望見旗鼓嚴整，稍卻，公乘之，手刃數賊，諸軍競戰

斬無算寇退七十里公尾之諸軍昧爽入賊營擒數百訊其眞寇斬之而釋其迫脅者至衡謁桂王王喜曰孤與卿宗也公謝不敢是時賊萬餘棲牛矢寨圍之數日乃別開一面令奔可擒也遂擒朝明獻桂王戮諸市而以朝明幼子陳佳盛爲養子人皆稱朱相公云復賜蟒玉進左都督加三代誥封沅州衞指揮世襲既而閣臣楊嗣昌督師討張獻忠調公爲中軍及其圍賊於房縣也白嗣昌謂賊乏糧宜乘時進滅不允公乃辭職養親而兵部蜀人陳新甲奏調公松潘衞總兵以沅陵石可達爲中軍未幾賊逸嗣昌死公在鎭未常不悼恨其言之不用也及懷宗殉社稷江左再失而桂王號稱永歷我　大清兵定湖廣張

獻忠奔蜀僭號蜀地盡失而公獨不屈賊亦憚不敢逼乃遣其僞威茂道蔡說降公責以大義斬之賊將曾英來寇公擊卻之賊自此益畏公而松潘一隅獨不罹賊也　大清兵入蜀獻忠受誅統軍親王以恪勤忠孝諭公公不答是時永歷在滇素知公者獻賊死餘黨歸滇滇蜀始通永歷封公平蜀侯賜之印公在徼與士卒同甘苦誓與所守地爲存亾壬辰遣其養子陳佳盛往候明故閣部李乾德值　大清命吳三桂巡川東遇諸塗佳盛遂以獻三桂且稱公巡番界當乘其不備襲之三桂以爲向而以總兵王明德之師隨焉諸關隘見朱相公皆降抵城而公尚在邊閭城陷鞭馬墮崖馬死而公無恙明德獲公乃幷其家屬解赴嘉定州死之七月三十日也而中軍石可達忽起呼曰我公乘白馬雲中呼我當速殺我遂死越數日陳佳盛病疽呼石哥饒我竟洞背而死長子國璽以侍祖母居家免於難次子國璋以年幼釋三十餘乃歸里嗚呼余生也晚聞諸父老言明末死節有不知者矣有知而不傳者矣若公者豈非其時一偉人哉　聖天子於先朝爲其主者　命所在有司建祠致祭且予美謚焉葢所以勵臣節而敎之忠也若公者豈宜使其不傳邪謹述其本末以俟採風者

陳繹思和本初傳

曹耀珩

陳確字繹思金陵人從父官長沙之湘鄉遂家焉為人倘大節不治生工詩字所居一茅廬書數卷竹數竿而已長沙之能文者皆豪之相往來然特與北方人和本初友善本初者繹思里人彭謇菴妹壻也其父由武舉官守備而本初事文藝隸善化庠名藉甚胸無城府人有過面爭之扶人於危口不市德產於南慷慨悲歌尚有燕趙風繹思好游歷九疑登滕王閣走山陰道上歲以為常本初連試有司不得志亦下舟淮揚間康熙癸未春有官粵者羅本初幕下本初曰吾有友陳某客永新不相見數載能迂道訪之從公游其人許之中途易小舟遶道入永

新未至誤墮水死時繹思從夏葛民幕永新意忽忽無聊移寓蕭寺日買酒爛醉醉則吟搖筆如飛間狂歌拔劍呼故人姓名葛民莫省其故也本初計至疾走撫棺大哭氣幾絕家人救復甦有閒日本初為我死吾何復求活吾將從好友地下矣不食卒兩主人各厚殯之買舟送歸長沙人無識不識皆太息云

案先世鈔本中有東村陳確詩數首乃贈少廷尉張湘門先輩昆仲者有北堂不問知來客為聽書帷起笑譁之句其為莫逆可知讀此文始知其人汝懷附記

夏雲臥傳

曹耀珩

夏君光洛字禹書號秘菴年十七為諸生食餼為文縝密有法度然未嘗一試鄉闈好塡詞吐屬入妙工書飛白遠近爭購之初居城後徙邑九里之河塘茅屋數椽號雲臥道人堂前梅一株巢其上為坐具又號梅巢居士梅巢側闢莽通山為馴園怪石修篁杉松綺錯小逕盤曲而上翼亭於巔亭之中茶鐺木榻劍匣書籤俱有致又有石磬錚錚然縣亭角層峯細澗俯呈於几席之下雲臥安之不問世事天倫中至性過人侍母疾臥牀下年餘不解帶友愛二兄兄子貧讓其分宅年逾三十屣視一衿以母卒悲思不已其長兄先卒亦痛甚自是意嘗忽忽不樂

深夜行階除捫胸長歎儔眾偕處獨欷歔於邑問之終不言聞戚友不如意事蒼皇慘澹至泣下沾袖遇積雪尺餘服羽士衣冠帶劍挈瓢登山椒狂走數十里投止埜人家人以為僊夜獨宿亭中虎繞亭歔略無懼色憤激輒豪吟絕叫夜半起擊石磬聲徹里許知雲臥者高之不知雲臥者怪之也暘菴曰雲臥生平所遇坎壈不稱意宜其自處有然然士遭窮如雲臥不少且有過之者雲臥何自苦若是是其明於憂患者乎令得志於時任天下之事憂當若何矣

劉鹿山傳　　陳雅琛

先生子邑人也姓劉名憲字廷式號鹿山曾祖伯川祖宗賓父綱以先生貴贈大理寺丞先生幼孤卽能理家政性明敏躭經史年二十補諸生與同庠羅先生安文轡幷馳成化辛卯以尙書領鄉薦戊戌登進士第令江南蕪湖縣績有治聲遭旱造五色土龍步禱烈日中雨果霑足歲大熟士夫競以詩頌之撫按官交章薦癸卯擢廣西道監察御史丁祖母郭氏艱服闋除浙江道御史丁母陳宜人艱服闋除山東道御史平反冤獄劾大監李實罪下獄奪俸內班劾失儀者錦衣誤持先生先生叱且諍孝宗察而見釋稱爲鐵面御史先後在臺中十有六年章凡

數百上皆扶植綱常攻擊權佞之類舉朝以直御史稱焉陞大理寺右丞轉左參議奏駁明允三載考績荷恩誥封朝議大夫贈父如已官母妻皆宜人奉命勘宣府守將失和事議稱當兵部馬端肅公薦先生曉暢軍務機敏有爲差往延甯二鎭招兵馬得精鋭二萬餘人宏治辛酉敕授都察院右僉都御史巡撫甯夏寬猛適宜軍民胥靖甲子虜號十萬從石溝池入寇先生立五哨拒敵親冒矢石斬首甚多奪獲戰馬軍器萬計捷聞下敕褒獎賜金幣金牌正德丁卯陞南京刑部右侍郎甯夏軍民遮道號泣建生祠祀之時逆瑾擅權惡先生不已附涖任方數月逮繫獄先生終不屈竟斃獄中瑾既伏誅廷臣以先生守正

被害白於朝命蔭子入監讀書吾楚士大夫請於撫按祀諸鄉嘉靖辛卯特加葬祭其文曰皇帝遣湖廣布政使司左參議郭日休諭祭於南京刑部右侍郎劉憲惟爾性資明敏才識優長發迹賢科馳聲劇邑擢官風紀超陟棘司晋拜蘭臺撫按邊徼盡心戎政績有能聲迨佐秋卿實參臬務奉公守正終始不渝中被權奸无妄致禍横遭拘繫疾死可傷朕念幽寃特頒恤典命官營葬遣祭有儀九原有知尙其欣慰初先生柩歸自京縣尹吳公廷壁爲營葬事卜兆横嶺先生示夢其子鳳詔曰斯地多蟾宜卜於邑南杏山祖塋依吾母側土具五色而吉既啟壙横嶺果聚白蟾杏山果具五色其靈爽有如此者先生內行敦

篤祖母年九十餘母年六十餘俱能得其歡心爲人剛直明決具文武全才一時方之小范許襄毅公爲冢宰時亟稱其能方將大用而遽爲奸奄所陷天下寃而惜之所著有鹿山雜集三卷疏稟無存南京戸部尙書靈寶許公誥爲撰墓表予忝居後進徵文考獻悠然嚮往傷邑乘之略而弗詳也因採輯而傳之

論曰少司寇劉公出處大節先人往往稱之余嘗於入城時望公墓展拜撫碑碣追往事低佪不能去竊恨逆瑾害正知公者咸結舌果燎原之火有不可嚮邇者乎何敢怒不敢言也噫盡其道而以桎梏死彼脂韋骫骳之輩或笑爲計之左矣夫安知所惡有甚於死者哉

王醒齋先生傳　李文炤

醒齋先生旣卒之六年其孤書思抵予舍泣而言曰寒家將刊家譜而先君子尚未立傳計相知之厚者莫吾子若敢以請予誼不敢辭忘其固陋而次輯之謹按王氏係安福巨族及先生之遠祖徙於邵其尊公某登賢書值國變完節以終先生其季子也生而外樸內慧一日尊公偶見其文迺大奇之受知於蔣愼齋嗣後學使者皆推為國士試輒冠軍丙子已薦元其二場為謄錄所毀遂報罷天性孝友忠信三黨無閒有亾兄遺產悉以畀其外甥諸姪家被疫每晨各至其門告厲神曰神奉帝命豈敢歸咎但有罪者速罰無辜者勿波及也旣而皆愈為父及

伯父從祀鄉賢賣田以給其費而不以均之諸兄姪藩府有萃牛者率眾於龍山開礦不許則將煽亂先生倡首鳴之縣府達之制置事乃已戊子歲學使者試未徧而卒諸庠科舉公貲皆以前案例分給先生領寶慶府學批獨併遺才而均之曰優等豈常在我輩乎眾皆允服其學無所不窺太極洪範律呂經世皆深造詣極南華西竺之說亦洞究其蘊而抉其非蓋自紫陽之學六傳以及方侯城遭靖難之變而其統遂絕河汾崛起曲高寡和而陳公甫王伯安遂鼓其偏執之說以亂之學士大夫從風而靡雖胡敬齋羅整菴力加攻詆譬之諸葛之討賊韓范之平戎名義甚正而力或未之逮也至

氏始大聲疾呼以號於一世然其書散在天下不知者以為文評也其知者以為講義也先生獨曰百世絕學之傳賴有此耳率其同志精思力究南方風氣為之一變其稾行世無不以為醇儒之文云少多脫略晚乃嚴密溫和沖澹渾然不見其圭角故後學無不傾心先生隨材造就遠及數郡先君子於庚午鄂邸得見先生謂炤等曰舉子中乃有斯人汝輩得所就正矣自是以往質疑問難誼等天親炤嘗充嶽麓書院山長繆作中庸易通講義先生首肎為點竄其總論會重訂儀禮經傳先生賜之敘言又以生平所未徹者數事伏問先生迺作廣道蠡測鬼神死生四篇示之手澤尚新嗚呼痛哉先生生於丁酉年十月十二日卒於辛

丑年七月十六日嗣子一卽書思邑庠生嗣孫四人文集若干卷詩稾若干卷藏於家元復其名也能愚其字也蓋以顏氏之子自命乎

顧公傳

康應瑚

邑有顧公總管者唐人也其名與字遠莫可攷髫齡時先王父告予曰顧公於唐季因寇猖獗民無所依遂起義師據寨以守寇至困守數月堅不可破寇偪寨下擂石如雨退去數里旋於暮夜以羊數十束火於首尾鼓譟上及天明矢石俱盡寨遂破焉公怒髮上指戎服跨馬率麾下數百人邀虜於寨下力戰斬首數百衆寡不敵乃下馬自刎復一躍上捉首西奔路經金鳳坡遇汲婦告曰需爾水接首婦曰首已斷矣水何能接遂落馬而逝衆士卒以公屍葬於絮垡坡有坊上書唐朝顧公關西六字迄今呼金鳳坡爲落馬坡以此其宰殺湯池米臼至今猶存

相傳爲本里顧謝二之祖子孫刻木以祀稱之曰顧公明洪武初釐正神祀事聞追封爲都督享祀南嶽祠舊刻公像戎服乘馬兩目怒睜鄉人猝覩而駭後畫像祀之遂爲兩貌曰大公二公公之義勇冠世保羣黎於搶攘之際抗强寇於萬死之餘既刎猶跨騅而逝嗚呼烈矣遭明季兵燹廟宇灰燼里人繪公像以重祠公也宜哉

游女清姑傳

張汝治

清姑者何從其不嫁而名之也女無名也吾欲枚舉以名之曰孝曰義曰信曰貞曰賢曰烈舉莫盡也故第從其不嫁名之也清姑爲誰吾邑前明游氏女也游氏先時丁戶數十相聚而居遭大疫死且無餘僅存其父名萬金母鍾氏生女及弟乾女生於隆慶初乾小於女十一歲乾生而萬金卒越三年鍾氏亦卒母病時泣曰游氏一綫將安託女泣謂母曰游氏幾無噍類幸遺吾父不幸猶遺吾弟天或未欲絕吾宗乎兒與弟相倚爲命終身相保時乾方四齡女躬哺飼保護盡瘁鄰有先與其父搆隙者亟肆侵淩女諭老僕以禮抗拒之乾稍長延師課讀卒通

曉知自立父母在時不輕以女許人至是遠近慕其賢請婚者紛紛至女皆堅拒曰吾不幸非男吾保游氏後卽游氏男也將安適乾既娶指授家事閉居一室人莫見其面卒年七十有一附葬母墓旁乾生四子後皆蕃衍諸游奉女祔祖廟余爲游氏甥每聞諸舅氏說女行因爲傳以記之贊曰女之爲功於本宗者有矣魯義姑舍子全姪李文姬之匿其弟燮是也然義姑惟恤兄後而文姬轉託諸人今游氏無乾則無全宗而無女則必無乾是其功偉於義姑而苦於文姬也或曰不嫁非義也女卽嫁亦何妨於撫弟乎余曰夫義取重者也方女是時義莫大於全宗挈孤他適以曠祀不可也卽贅壻於家使他姓與宗閧亦

不可也。且古之立義者，必常有所重堅忍以壹其志。女之不嫁，當其語母時，志已決矣。使又轉爲伉儷計，安知其不更利乾所有。利乾所有，安知其不且不復恤乾。一牽於私，何所不至哉。故凡女日後有成者，蓋定於早，非偶然也。吾故獨從其不嫁而名之，以明女之壹於志云。

先君子傳略　曾紹孔

先君字唯參，號隱菴，諱士魯，行二，享壽六十九歲。孔其第四子也。生時先君四十有五，孔十年乳臭，又十年就塾，非歲時伏臘賓延慶會，不得過庭階。先君嘉言懿行，安從窺其萬一。獨自成童暨弱冠，業惟兄授，脊不分燈晝，常共席。空山夢醒，獨室人孤，大兄每涕泗交頤，告孔曰：吾家自曾祖少洲公徙邑治，王父漢宇公繼之，慷慨有大志，以古豪傑自期也。不幸昊天降割，不少延。我大人於時十齡耳，伯父早夭，孤立煢煢，門無二履，寡母弱稚，風波鼎沸，凜乎未墜之緒，若懸千鈞於一絲，而臨以不測之淵也。大人一嬰兒，出萬死一生，茲背繭足，神駭股栗，卒莫逢其害。同時儕輩，無智愚賢不肖，皆驚喜。後人聞之，猶有泣下者。顧當其身，操心之危，慮患之深，何如邪。況運際革除，賊寇煽虐，一望野火寒山，殘黎僅可指數，夫焉有田園爲歸，募功強近爲依，半粟寸絲，庇而爲生也。大人不得已，長跪白王母：兒請棄詩書，服賈牽車，用遂孝養，而一切家事，概不貽吾母憂。王母許焉，知時有不得不然耳。由是食蓼茹荼，茲鞋草笠，踉蹌烽火中，餒不飽，營凍不煖，謀朝稟母，出暮入如之。偶阻未歸，念母心勞，夢寐閒輒放聲而號。每雞旣鳴，始和衣寢，天寒宵永，擁衾待旦，率以爲常。不數朞而業就，自是甘肥罔缺。益慟王父棄養，而猶幸得事王母也。一遇節誕，必治具置酒，召親婦鄰嫗，迭起捧觴爲王母壽至於宴笑極歡然後罷數遊獻逆裹糧負王母匿僻塢或數日不返晡初見虎迹纍纍出石穴距丈許得不驚咸以爲神王母偶疾獨謹醫藥嗟王父病篤時懵懵無知識或爲誤之也洎沒一慟幾絕尤嚴葬祭雖纖細備極周愼其時無貴賤遠邇白馬素車塡塞街衢每念及王父喪不及王母哀號如新迄今猶然此吾大兄備述之時孔雖少記憶不敢忘己卯秋闈二兄偕往既被乙潸然謂孔曰窮達有命蚤暮有數若勉之我輩無爲也憶髫齡侍膝下大人輒詔以古今成敗得失事方總角延師督課五夜一燈主賓坐話聽書聲疾徐斷續相與程作輟勤惰將寢辭入辨明出謁他往必告如是者十餘年一日値僞吳

校士或紿曰郎君時未可失也大人爲若弗聞者又告乃婉謝之退而笑曰教子必導以正如若言有逃死茺谷已耳因徙甯邑避外祖之谷塘　王師平湖南始返故墟今五踏省門屢戰屢北徒辜堂上願非子情之所安也孔復泣誌之知諸兄課讀不少假者其來有自嗣後孔成立偕諸兄常侍先君側先君顧而言曰爾輩失意無悲失意悲得意則驕果無媿人知即不得意何憾第嗟目中所見近今皆邈然後生儕流無在者則余亦將衰已賴婚嫁畢託先人之蔭有子幸克負荷吾可息肩矣邑檀樹界築室在焉閭固往居之元孔姑依余市井必不可久處脂韋非長者府爲端方又懼忤俗山間林下夜寐夙興無怖水

旱墮業也無賤寸陰謂不逢年也驅馳百氏拮据三時如上古世疇爲侮余孔兄弟拜受命先君又以兄弟中孔獨少未磨礪世事遂以家政委焉惟月吉晨起肅衣燃燭拜妥先靈既望如朔旦暮策杖與二三知己徜徉春草秋林桑田藥圃閒夜則焚香靜坐語平生事及家艱痛定思痛則泫然而泣已而更大笑謂不鐵漢吾無今日矣但此不宜語汝然欲使知汝父困苦而益思憤勵也孔私證兄言乃愈知所未知先君秉資凝重端莊不苟言笑子姪雖溽暑不衣冠不敢見當道想望丰采然未嘗足趾一躡公庭邑侯某公欲先君一見屬某友鉤致之且曰是高先生之行誼也先君故諸後卒不往其守介不屈多類此少

壯興頗豪服物皆極華麗年二十七授室冀游名山川走京洛以圖進取邑司馬郭先生勸勿往謂當婚娶爲祠祀計又戒去奢靡弗事浮名先君始娶左孺人盡傾笥橐鬻於市厥後衣弗重裘食無兼味出入屛輿馬迄老步履兼人至歲辛巳緣事赴善溪小莊往還月餘無恙也居明日召兩兄至曰曩僕僕風塵纔瞬眸東瀼足及西瀼今六七里許必席地坐坐且汗喘不停衰之至也吾已矣乎汝輩爲營後事概從簡薄務與汝祖稱毋益我罪孔兄弟飲泣寬慰乃形神漸索九月廿九日終正寢不他語但曰汝母淑愼事吾有終練裳竹笥績紲執臬靡甯恨未逮舅姑潔酒漿滫瀡以安先祀禮賓師罄筐筐簪珥無靳吾以

是敬之他日與吾合葬先人之兆是吾志也言訖乃瞑孔於時慟入肝脾長號欲求速死又不可得毀瘠餘生覥顏偷息惟念先君前無所承後無所待獨行己志如山欲摧復撐立之如水將覆又別注之卒能有成始以孤嬰續將絕之宗繼以令子成克家之裔顧不賢歟子孫若是而爲祖父者乃樂有賢子孫父兄若是而爲子弟者乃樂有賢父兄得此誠難也顧幽光不顯使非兄長提命余小子鮮克知況他人乎惟是王父天永以年先君得享前人之庇而無苦於喪亂之時宜若爲世用則以其修身正家者施之郡國措之天下不知視古經濟才爲何如惜所遭若此嗚呼天生先君竟何爲哉然既使其道行之一身吾

家百餘年來子孫廬墓田園詩書之繼賓恃此以不墜而晚歲尤以其超曠之識閎遠之度獨得之趣放浪於山巔水涯嚣宇彌深風骨益上德隨齒邵翕然有長者聲由斯以觀不居位食祿先君亦可無恨而余小子齟齬轗坷生未獲列鼎以養沒不獲焚黃以祭無一慰先君志者可悲也矣可媿也矣爰是濡血濡豪藉手無華之詞撰次其略以俟世之樂善闡幽者配左孺人長兄紹聞二兄紹固三兄紹元四郎紹孔一姊適甯邑賀象賢孔先年爲行述載睦族恤孤賑貧數事事非不善且爲父老所豔稱然鄉黨自好稍知推解之義者其有不能邪似不足爲先君重故不復書孔爲傳其大者盥沐端拜以志

赤腳和尚傳

曾紹孔

赤腳和尚者始住吾邑七公廟莫識所自亦不知其名跣足不履人以是呼之貌清癯容止樸略在廟蚤暮擊磬焚香拜佛一次未嘗見其課誦亦未拈椎豎拂作宗門指示然自洗鉢燒鍋鋤園掃地一切碎瑣事靡不爲曰不令吾心孔稍閒耳日夕則趺坐堂前達曙不寐鮮有寢室夏常行酷暑中數十里衣不汗一蒲團露坐雖嚴霜積雪手足不龜所偕兩徒每隆冬夜研豆汁作腐或教之劈柴架爐中燃之焰如蓮花狀問何益曰無益直戲也客過相與談論皆如其意以去偶及法門事卽不荅聞於邑侯欲招之見遺以錦綺不受人怪之曰將焉用此勸之往

曰方外鄙夫見知宰官非福也吾何見焉遂行卜邑梓梁巖把茅爲居環堵容膝告其徒曰此中大自在採松花燒筍蕨爲食足矣既而土人見其清苦爭供米鹽菓蔬得不乏於是遂有終焉之志後二年卒爲邑侯知罪以惑衆逐之觀者相視太息彼意泊如也棄而之武陵年已六十矣游桃源朗水憩德山卓錫萬壽菴菴屬武弁香火夙苦健兒牧馬溷穢滿廊和尚至清淨如洗羣相戒曰僅見眞佛子安可慢久之聞於帥府卜日遣公子屛騶從往迎固辭不獲乃詣府投謁帥一見大喜相得如舊交留三日然後出由是傾動郡中自大尹郡佐守令偏裨紳士耆庶下及吏胥兵卒婦女童稚輩莫不頂禮尊信隨其貧富以

作布施雖非所樂然以老不能更徙也所得飲食服物輒推以與窮而無告者因終焉坐化之先日辭素所往還之家曰吾明旦當告歸矣及期果然荼毗送者咸白冠炷香於手頂至塞街巷齋者李某與和尚夙不洽往辭李固不信後悔之馳守化場三晝夜盡哀而歸

曾子曰吾觀赤腳和尚作止語言淡然寡營始終遁於釋絕不聞有浮屠氏氣息庶幾吾儒之降志行義而以緇流隱者歟亦何隨所至令人傾服乃爾彼尚若是而況於學聖人之道者哉或見惡邑宰或得志帥府皆莫之致而致矣士君子固不役役於榮辱而卒所以榮辱者盍未嘗不若是也嗚呼可勝道哉

劉傳松傳

陳大受

劉傳松字耐雪蔭山其別號長沙攸縣人司馬晉仙公仲子少從學於曾祖月三公誦書能自句讀無戲言動見者咸目爲理學名裔總角補弟子員及長沈酣經史流覽百家務悉其底蘊而一貫之以發揮旁通於四子經義奄有荆川思泉遺韻前後督學姚潘岳王董李繆數公交推許之數奇竟以明經終所著述多自荼毗以不忘受知名宿故僅存試草一帙當時文體波靡賣菜求益市瓜取肥眞氣蕩然無存或變爲剽掠字句則又以艱深文淺陋讀耐雪文穆然見典型焉生平孝友性成父晉仙公下世哀毀成疾母陳安人嘗遘病躬侍湯藥經月不倦常

倣范文正公故事廣置祠田宗族咸義之有周媼爲先生乳母後沈病經年忽晝見二青衣獰獰怒目抽刀授之曰汝呻吟聒我可自刎媼倉皇失措適先生來省二豎趨出嚴正足以驅邪媼由是愈鄉民袁君彌鄰家有鬼物頻劫去財物及袁君相率立廟以祀祟如故先生詣其地草文檄之火其像遂不復爲患人往往埒之狄梁公訓子先行後文嘗曰吾生平所爲家庭本分事孝慈之理在人心顧能勉不能勉耳後生勿徒銳意取科名少安毋躁學乃有獲車欲其徵至而樸屬也不然必裂爾曹宜自勗也諸哲嗣皆能世其家學競爽騰芳長介煇選貢重煇有煇其煇相繼舉孝廉一堂砥礪幷與湖湘知名士共相切劘

焉。湘西李東黃先生讀中丞陳公所作傳係以贊曰。士讀書百卷不能發明於時。登承明之廬操三寸管。則當鍵戶於山陬水澨閒。上下千古成一家言。先生之先有文塚焉。今猶有過杯州兜率寺而弔之者。自齦齦者不厚培根柢。徒修飾枝葉以希榮一時。君子嗤之。余讀先生遺槀。慨然想見其爲人。昌黎有言。道弸於中而襮之以蓺。彪之以文。其信然矣。

石耕翁傳　陳長鎭

予道不攻篆而有嗜歠癖。甫總角。集石瑩錯及長。稍辨其筋骨體勢。有徐顚者刀腕蹊徑頗尙太古。然齾齾饎露而神未固也。一日詣友人趙仲韶。見壁聯遒跳如龍蛇不可執。詰之。仲韶曰。吾所好與子同。而東南善手是爲之冠。艾氏名顯字無山。嗜奇若鶩。尤錮於金石篆籀。力抉根荄。獨游繩契。避囂入桃源深谷。搆小茅署曰石耕小隱。性孤岸。扃戶不與世接。嘗曰。交未易言也。有終者鮮。謹始其可。故人無知者。獨與予游。此正子所欲得。出所琢大小二篆蟲嚼鳥蹇屈鐵半折。鉥心劌目。如有獝狰老虯破石欲出。益大奇之。擬秋高氣清。裹糧造焉。越日阿童貸書於趙云。趙有異客瘠骨深目。古冠服。其音硍硍。色有自得。予曰。必石耕翁也。遽闌入。宛然麋鹿之姿。齟齬之性。終日默默莫得其涘。翼往稍露稜角。數往則活活矣。具酒醴要之。復與獵奇字。摧圖牒。訛贗虒虒。若決。酒酣。嚱嘘大言曰。惟子可與語。貽予私章數鈕。玉骨杈立。霞采迸散。斑斕蒼勁。殆不可狀。喟曰。道臻是邪。以彼其能刻荆玉。勒洪碑。上而飛天下。而鎭地。亦足以揚國家之盛。即不然。遇名公卿。一昌其聲。必不落寞。而吾徒乃得私其一爪一甲。以張吾軍。詎不幸歟。第金石之傳。斯冰而來不絕如綫。翁獨深入篆室。與古相見。匪人力矣。顧抑鬱不獲有所紀撰於後。而翁又老矣。予懼綫之終絕也。故次而傳之。

李谷叟公家傳

張垣

公諱琪字蒲臣號谷叟泰衡公之季子也性孝友疏貲財篤鄉誼年未壯受知於邑侯黃公以遠大相期與諸名士立岸花社文名卓然丙戌丁亥間流賊屠戮潭邑李氏被慘尤甚諸伯父及孺人張氏皆遭兵疫以死一年中九喪幷厝措拄摒擋不避辛苦以祖居栗塘近郭徙去城百餘里烏石峯下戊子復遭餘寇馬進忠之變家產燹燼媦屬流離公奔走求食於山林墟市間數年或寄情杯酒間輒詩歌自解迄無慍色亂定後凡泰衡公所遺田產盈萬或餌於官或徙於商隨其貲多寡售之不爲競先是湘洲公由宗伯晉宮保田產所遺子孫亂離遠竄家政

乏理僮僕有力者詣公來請曰願公撫而有之勿利他人公笑揮之曰我雖貧豈以是汙我名哉屢赴棘闈不第遂謝絕舉子業閉門深山不謁權貴城市罕見其迹研精羲象著周易便蒙一書論詩酷愛陶靖節手不釋卷與謝公藴房石公天半余公攻瑕胡公影桑爲詩酒至交邑侯趙公重其品徵爲鄉飲大賓題其門曰衣惹白雲丙子夏夢人贈一聯云籬下黃花千日酒山中紅葉白雲衣覺遂恍然若有悟曰此余像贊也余將行矣不數月無疾而逝年八十四著有寓衡吟耐菴集爲文人所稱許子四人鯤同鶚曉邑文學彪宗侯選州同騏俏郡文學孫男五人瀛邑文學沅郡文學餘俱能自卓立抗厥宗云

論曰余嘗過烏石峯下竹木蓊鬱陂塘明瑟類高人居郡民指曰此李公谷叟所棲息也當流離顛沛公獨詩歌不輟迹其胸次殆不以生死利害計者嗚呼豈不賢哉

案烏石峯下汝懷先世蒼松老屋在焉謝氏石氏亦聚居其間石公天半者陳恪勤公婿翁恪勤詩集注中言有紅雨山房亦在其地谷叟翁徙百里避地於此殆緣謝石兩家今不能考其處矣其著述亦未之見汝懷附記

陳之駓傳　羅典

陳之駓字桃文歲貢生世家於攸生後於熊漢陽劉黃岡康熙十九年庚申督學莊愼齋得試卷驚爲鷹翮摩空雞彝在望再後則督學潘書原目以蒼古奇崛不顧俗眼側白生平知己僅是桃文曠代軼才稽經諏史不爲口耳學古文自秦漢而下貫穿陶鑄目遠心空得古人深處乃見古人淺處其略具於集內所選歷朝古文序言制藝不下數千首比諸臨川大士渠開物所爲古文詞沈博絕麗漢魏六朝共爐而冶探諸靈府妙合生成聞有別錄一通乃深至所傾歎晚歲目盲爲無識狡取今傳於後者制藝尚可掇其尤古文詞零落無從採輯其宗人思邁

汲古士也會梓畠孫集十二卷多方採輯存十一於千百不盡可存以不忍割愛存之卷首卽畠孫記攸陳太史春江云此記近二千字文筆之古一空仿像當時劉黃岡諸孫見而詫異因皐禮訪焉乃爲指示原原本本今刻本流傳割裂失眞識者辨之太史之言蓋有所自云

論曰當熊劉競爽文壇正桃文習靜山中時也雄雞一聲天下白三楚起衰功熊劉而後又以桃文爲首庸焉沈酣今古闢闔戶牖及門郭青來輩不免望洋彼其非道不徇經訓自娛長洲韓宗伯崑山徐司寇屢折簡頜之而已若桃文者其不朽豈獨以文哉

沈直齋傳　羅典

直齋先生者瀏陽西鄉之隱君子也瀏居湖湘之東隅而多山山之嶙峋鬼崛巍然聳翠不啻天台雁蕩爲天下之奇觀故其靈氣鍾於人而生先生先生體貌魁梧器宇磊落卓卓有古人風閭里有事艱大則任之紛難則息之平生孝友出於天性凡遠近交游咸則焉家素饒好積穀多至萬石非誇富也時值凶歉則平糶升斗不拘其所周䘏無不至壬申歲大饑捐施粥賴以生活者不可枚舉室中奴婢悉爲及時婚嫁願自贖者不索金而欣然許之其有田授人耕種尤極寬恕隨田之腴瘠以取租無苛求無外取凡佃田者靡不樂先生之厚道焉柰中年多

故其後嗣長次俱不幸更有妄人乘而以橫逆加勿與較或資以財縱不得已首之公廷亦不爲已甚一日邑侯陳公謨聞以公事入其里聞先生高誼遂造門謁享以酒食盡賓主歡日夕止宿書齋劇談終夜相與語民間疾苦農務士習而公門事不及焉時則見其嗣君仁軒邑侯握其手曰此掌中珠也他日必爲沈氏光齋中所設栴木几數事侯見而羨之以其材不易得也先生心知其欲卽舉以相贈侯感之旋報以詩詩至今猶傳誦云云以後無復有欺侮者先生之晚節森森矻然如千丈松年七旬有三而步履不假杖其神完而康且健也顧如是乎邑之人欽其齒與德舉爲鄉飲賓先生姓沈氏名忠華字公亮直

齋其號也。

論曰先生有道人也以其力之所可及行其心之所不忍奚必在位者而後可澤及於人哉吾嘗過其鄉聞先生之風其亦仰高山而徘徊久之不能去云

湖南文徵卷一百八　　湖湘後學集編

傳二

王冰確傳　　曠敏本

王冰確一字賓脩吾邑山後人也無兄無弟無妻子居無廬冬無衾夏無帳歲假隴上小茅舍召村童訓讀以資生夜則投僧寺而棲或倚亭檐宿焉冰確既奇窮而偏孳孳行善事疲心瘁力於橋梁道路開自山後撞鐘石至白杲市春雨冬雪滑澾不可行予昔往來予女夫趙體仁家每薄暮過心甚惴焉今一望皆鑱礪石成坦道冰確募修力也凡冰確所見而心惻者則必修修則必成衡之人感其意之誠操之廉也他募或不應冰確募無不應者冰確歲獲訓蒙資自給饔飧外偶有餘俱以供修路費或憫之或且嗤之今山前有路當修者每延冰確爲募主或幷請監工於予予嘗過村中人家門庭之外遇雨輒踏泥中而彼擁厚貲者於人世之顚厄曾不一加意又或時謟舉羸耗財於無益之土木求毛髮之益於人世不可得聞冰確之風其不可以愧而奮乎如冰確者其於人世所謂飽食煖衣且非其所冀豈復更有聲色貨利之足以縈其慮哉吾輩之役役于美衣美食浮名浮利者又對冰確而羞澀無地矣予有友修一橋三年未成賴冰確力竣工

贈文林郎陳公幼呂別傳

劉暐澤

康熙六十年辛丑夏。贈文林郎幼呂陳公端卒於辰陽纂明府署。公子兆翺扶櫬歸葬長沙。公故上元世族也。父知縣君字子昭。宰楚湘鄉。公生於官署。幼而岐嶷。舉動率異常兒。六七歲入小學。後知縣君聞以書口授。悉記誦。時時繞膝前語笑。清慧得堂上歡。母程孺人早卒。卒數年後。知縣君值吳逆之變。棄官客游。卒於旅次。公與兄間關持喪。窆之星沙嶽麓山之陽。遂卜築焉。凡前後居父母憂。雖幼弱。俱哀毀盡禮。厥後漸成長。留心經世之學。爲四方大僚所賓禮。然性極方嚴難合。其在粵中制府論事。少有齟齬。輒大聲折辨。面發赤。達官憚之。公軀幹甚偉。高冠

長劍。舉止傲岸。時露剛直之氣。大類徐文長客胡宗憲幕中風采云。喜爲詩。尤長於酒。每與彭警菴先生昕、劉西廷先生戡諸人縱飲。連日輒以巨甕盛酒。用大斛更飲之。飲酣。嘗共登故王城紫金山。口占爲詩。慷慨懷古。且曰。吾輩皆少孤。值困苦。不獲以文業自振。繼前人光。然利人濟物之心未忘也。科名付諸兒曹可耳。公天懷眞摯。篤於孝友。故竭力葬兄及弟。事寡嫂尤盡敬。撫養兄弟遺孤子女。不啻已出。酒後耳熱。每念骨肉凋謝。多悽愴傷懷。雜以歌哭。莫能自已。子姪輩俱不忍仰視。四方來宦楚豫間者。多公交游。輒迎致賓館。遇事難剖決。公爲指陳設施。多於民生有裨益。且發姦擿伏。動若神明。蓋公少喪父母。奴子輩欺其孱弱。與惡黨謀害公。公與仲兄繹思公定計紿之。執奴子幷其黨。於官皆伏罪。其好謀能斷。自少小已然也。生平尤精岐黃術。所活人不可數計。有通家子劉暐澤者。病溼熱凡兩月餘。投以百藥俱弗效。適公歸過問。診視。檢秘方授之。一二服稍愈。時某省中丞耳公名。道楚中。造廬訪公。以重聘延之。卽欲與俱。公語子翺曰。吾與澤家雅有世誼。且是子頗工詩文。器宇亦可成就。吾必使獲全。乃不媿爲父執。由是竟謝某中丞。後翺舉以語澤。澤感泣。聞者皆高其義焉。公卒後五年。雍正丙午。澤與公子翺偕舉鄉試。爲同年生。翺膺檢選。屢知江南銅陵石埭縣事。郵書於澤。責舊所託爲公傳。澤乃敬述其槩如此。至公享年

如千歲。卒葬某鄉某原。及行實之詳。具載翺所爲行述。曁彭警菴先生所作傳中云。

案文中所稱繹思公者。卽前卷曹暘菴先生所傳之陳繹思也。合二篇觀之。而繹思之家世具見。其在楚南交游之廣。亦可見矣。汝懷附記

又案沅湘耆舊集卷五十三載陳確繹思七言律詩二首。蓋誤以爲長沙人也

游楷儒先生傳

劉暐澤

游士端字楷儒先世西江人楷儒始徙於楚因家焉少好讀書尤愛蘇洵父子策略之文年二十三充善化弟子員尋食餼屢試輒冠其曹自善邑暨遠近州郡藉藉稱楷儒若一口然楷儒頗不好舉子業既屢躓場屋益肆力於詩古文及刑律戰陣之學杜門掃軌敝廬數椽敗絮自擁而嗜古不倦讀書聲時斷斷陋巷中以楚南地僻雖山水奇勝不足以極心目又家貧資斧不給不能遠游於是旁搜一統輿地諸志及所手鈔地形論說邊防考略諸書參之以見聞聞者著方輿指掌十卷凡古建都會布行陳形勢之高下夷險攻守主客出奇設伏之要靡不

畢具詳審該覈類若親歷者然絕非經生識見蓋留心世務欲以效用於時而所如輒不偶既乃慨然歎曰此亦破碎駁雜之學術耳名教之責匪異人任身雖賤貧庶幾當代有賢公卿者出吾將以經世之說進之使措諸行事會武進趙公甫承命撫楚尚未悉土俗而欲大有所設施每於朔望謁聖人廟召諸生立明倫堂虛懷下問楷儒美須髯雙目炯炯善談論顧見輩流皆囁嚅畏怯計不足共論事即有所籌畫諒必不當公意乃長揖直前侃侃論說公亦為之掀髯動容退即列時務切要十餘事以進公雖未一一舉行然每顧諸廣文官再三嘉歎以謂此眞書生中有用人也繼此若潘公陳公李公撫楚時其說間進陳公時所上救弊八策尤可採其辭別錄蓋與所進於趙公者大略相似文則縱橫馳騁而議意切當其方駕蘇氏父子而進乎賈晁之閒者也陳公奇之奏疏參用其說阻於事會未盡展布迨陳公由楚遷閩卒於官而楷儒亦頭顱班班行且老矣時人怪其行事指目為迂且狂楷儒岸然不屑與校也晦明風雨偕二三學徒歌吟唱歎上下千古雖時復衣食奔走而磊砢奇偉之概終未嘗少減厥後竟以醉後郊行陷池中得疾而卒年四十八卒時謂其子曰嗟哉此身不能復為世用矣然有湘客芳玖兩人在身雖死吾志或猶可表見時也湘客姓劉氏名暐潭芳玖名暐澤皆先生門下士也卒後又二年澤乃為之

傳

贊曰有明才人中潦倒困苦莫若徐渭文長乃今觀先生何如出一轍也與嗚呼使先生獲用於世必不等於庸碌者明矣乃卒抑鬱以死死矣而剛勁之氣猶令人往來心目閒顧不偉哉

湘客曰先生奇於窮更奇於死蓋非復繩律中人故無之不在人意外也先生生平無如意事死後得芳玖一傳須眉欲動名永骨香足矣芳玖已亥春有哭先生詩三十首詩成即焚其槀雖余亦不盡覩蓋芳玖之用意微矣

伯父西廷公家傳

劉暐澤

西廷公諱甚行，三少居金陵。金陵爲前明留都，鍾山龍蟠，孝陵在焉。公先世墓去陵十里許，前列翁仲石馬豐碑屹然。公生八九歲，會舅父彭公秋水與里中勢家有卻，將陷以重罪，倉皇出走。公父君甫公走送郊外古刹，秋水公於神前且拜且出矢言曰：吾與君幸託肺腑戚，今不幸亾命，以老父暨家屬累君，君必使獲全，誓終身不忘君德。遂恩恩別去。勢家者果誣公外祖於官，捕下獄，禍且不測。公父破產謀救解，如秋水公約，緩其獄，遂挈公母子及秋水公弟子嵩公之楚南。子嵩公客經略洪公幕，洪公薦授甯鄉令，公是時居子嵩公署，年且十五六矣。秋水公亾命後，挾策干當時，爲滇南中丞袁九敘所知，薦知祿勸州事，外艱服闋，補雲南新興州，嘗試令公代署。公移公於所受民詞舉筆判決。秋水公以其少年遲廳，加以斥責，已而諦視之，驚曰：老吏不如也。秋水公雖勤於吏事，而性篤好書，爲文典麗，詩尤雄古，公悉得其傳，益深愛之，延名師教以科舉業及古文四六諸體。會逆藩吳三桂變起，繫秋水公於獄，已更迫脅之，挾至楚南。公閒道入山中省母，旋奉命往從秋水公於羈旅，遂謀脫秋水公與俱走粵西，依顏澹叟方伯者數年。寇平，乃同歸長沙。時公父已前卒，葬長沙沱市村矣。公以未奉含飯，哭盡哀，毀瘠見骨，聞者悲感。先是公往來戎馬閒，又轉徙異地，所挼多跰跙自

喜負氣好謀略及據鞍磨盾才調絕出之士。公雖少年，亦時出其詩若文，爭奇鬭捷，閒揣兵事形勢上下，其議論互爲旗鼓，加以身所經歷部曲營壘之散布，山徑谿谷之陷且深，雞鳴月落旨風瘴雨辛苦仳離之感，嘆喟之音形諸篇章，豪宕感激，頓落落有古氣。佟公國勤者，舊與公相識如弟昆，好初守粵東廉陽，偕公往，嗣監司浙東溫處，觀察江西，尋擢藩雲南，改湖南藩轄，開府豫章，前後四十年閒皆賴公籌畫。公性坦，所與人交有肝膈，而性所不合，雖達官貴人，常奴畜之，往往酒後抗聲談天下事，或指名面斥人過，人多以是見嫉。共傳劉西廷使氣好嫚罵，人相戒勿犯也。既久客佟幕，歲所入歸以遺母，施及戚鄙之貧乏者。佟公雅重其品，一府中咸嚴憚公。公杜請託，絕苞苴，與人以可敬。暇則抱膝長吟，傲睨自若，日成數十篇，不名一家，動與古會。其視世之規橅獻吉、于鱗，拘拘格律者不相入也。嘗作詩戒姪輩凡數篇，其一篇曰：人生天地閒，安能如草木？草木萎仍華，歲月逝不復。昔人多務本，惟知耕與讀。耕者望有年，讀者思自淑。今人尚奢華，羅綺炫人目，不知稼穡難，日夕娛絲竹，豈知轉瞬閒，蕭然無隔宿。嚴霜苦雨中，充腸無半菽。今者固其宜，昔者非其福。所以年少人，持身尚謹肅，行身必端方，語言慎反覆。出門交有功，義合無謟瀆，彼富何足援，維貧慎勿忽。吾家青藜業，汝輩當賡續，勤學不及時，老大空碌碌，誰不願肥鮮，古人常

晝粥。誰不願華裳鶉衣原憲服。詩書氣自華豈在修邊幅。嗟哉此拙言爾曹宜手錄。其他亦多規切語。足爲終身韋弦。至贈姜旦兮先生有曰。黃金浪盡原該死白首依人不可憐。此豈他人所敢言於前輩者哉。卒章乃曰衰年不必多憂鬱。大節從來看屈伸。又何古義卓然也。公既好爲詩尤雄於酒。歲時招故人讌集。興至即不復用常杯。傾酒釜中。與豪客爲拇陣。勝負紛挐。輒大聲笑呼。以巨瓢盛飲。可數十瓢。即席分題長篇險韻。他人沈吟欲出吻。公已立就數百言。一時名流未能或先也。客散則捫腹徐行吟哦聲不絕。子姪輩有索詩者。隨所求立應之。所箸有紅雨樓稾。雙江集。巴山集。若干卷。然尤多散佚不存者。早歲游

浙中。西湖詩人陸蓋進思愛其才。爲之媒贅於沈氏。沈陸內姻也。中間常至都下。頗知名。己丑三月來長沙。拜母彭孺人於牀下。母喜命酒共飲。越數日孺人無疾而卒。公得奉含飯。葢母子至情若相待也。晚年以佟潛修公子宦雲南。復緣世誼堅約公偕。公前贈楚友有四上金臺三入滇。蘆溝明月板橋烟之句。合是行計之。且四入滇。不數歲竟卒於滇。滇於公何有哉。初秋水公念舊約。又以甥舅故。待公兄弟甚厚。其於公生平文學既多所成就矣。而秋水公尤慷慨然諾。急朋友難。不惜千金。亦常揮霍。友人金不沾沾作世俗態。公少而從游。既熟見其行事。且性情深相合也。故於友戚多所贈遺。稱貸者未嘗錙銖計。公表弟彭譽菴先生輓公詩云。慷慨共知甥似舅。清狂自署酒中仙。葢實錄也。公伯兄諱曰伐。字旹征。仲兄諱曰戭。字衛廷。皆與諸弟相友愛。公一子曰暐潮。

彭先生傳　　聶燾

先生姓彭諱士商字克家號衡陬幼從父駮園贈公學穎悟人呼神童十三歲列庠生隨食餼邑中老宿見其文者命子弟相從贈公曰禮有之二十博學不教吾兒尚未二十非教時也而卒不獲辭先生且敎且學經史而外無書不究一以宋醇儒爲宗主集賢書院時每登祝融絕頂望日出尤徘徊方廣書院方廣故朱子與南軒講學地語從游曰吾生平讀朱子書便覺親切有味吾游方廣歸讀朱子書更覺至味津津不能喻人也其言如此登進士具呈就教得黃州府授毅然以師道自任懇懇與諸生言所以敦品讀書之道風俗翕然丕變士以不通經學

古爲恥仕習廣文正副多不相得先生一洗其舊視副授如弟一切齋規應得之物悉以推讓惟以讀書立師道相勸勉副授感之一時爲廣文者聞風興起勉爲和衷咸以先生之敎爲敎他郡人士爭來就學儆左右屋以居談論至夜分酒食肴核隨需郎得蓋師毋熊賢而善中饋故也而當是時孝感夏公觀川太史者鄉會同年友也齊名曰南彭北夏至是主江漢書院兩家門人互相師資極陶淑之盛先生語夏曰黃州二程夫子篤生地君寬宏請爲程伯子余嚴峻竊以叔子自勖焉於是倡修程子河東書院率門人講學其中徘徊景慕如游方廣時他如赤壁西山黃鶴晴川不過一寄耳然其俯仰憑弔飲酒賦詩文采風流與山水相輝映矣先生學博而精雍正十二年議舉博學鴻詞辭後都御史李公穆堂於朝堂大聲曰湖廣何以不舉彭某古文曰衡陬集詩曰曉松吟曰鞭後集制藝曰恆農堂稾夏公序其古文曰識古書作古語倚馬削牘雖二三行文詞必古以爲左國可以爲荀揚莊馬可序其詩曰諸體幷佳古尤傑出如俯斷崖下視寒潭百尺使人驚怖也如諸侯壁上觀項王破秦軍無不一當百如半嶺聞孫登嘯聲也時藝有湖北督學松陵吳公序之然先生詩古時文本渾而爲一善讀先生時藝者郎以夏公序詩古文讀之可也先生每恨不得大題目入手雍正十年聘修湖廣通志分纂精核有龍門扶風之目又爲糧

道崔公纂漕務紀要三院重薦辭梓贈公詩訖具詳致仕擬歸衡山結廬先墓側舉生平心得別著一書以終庭訓尋病卒於官年五十六卒前數日門人環侍常聞其吟哦雅頌詩神清音朗若平時櫬歸學徒號哭失聲官吏至平民祭送數十里呈祀名宦批允存案衡山議鄉賢者亦然生有奇表顱骨圓峙若太陽之麗天中耳白過面目光爛爛聲如洪鐘美須髯步履雍然胸次悠然讀書教人外人世得失毫不動心而孝思欒欒老猶垂淚弟典文子坊姪陸俱以孝廉出仕坊宰浙江之浦江攜先生詩古時文以行浙人傳誦苦不多得書肆別爲鋟板門下士及千人隨才高下各有所得

聶燾曰先生每自評其生平止一樂字樂名山邪樂古書邪樂門生邪先生曰吾游名山讀古書不得門生則不暢惟先生以名山古書視門生故門生亦以名山古書奉先生鄉賢名宦祠中必有位置先生者公論攸存固非阿好

秦徵齋傳

聶燾

君姓秦名增字損之號徵齋幼失恃尊甫受五公命其就養於伯兄嫂君事伯兄禹平如事父事嫂氏如母人稱爲孝悌性成稍長從仲兄定之學自數行下誦讀之聲大而遠若洪鐘撞而瓦釜息諸同塾敬憚之爲文章具奇氣應童子試未售益自刻苦臨文搆思漸覺艱澁鄖縣羅公卓然笑曰此奔軼絕塵材也東之則蹶時爲康熙癸巳　聖祖仁皇帝萬壽大湖南北百官齊集岣嶁南嶽備極莊麗命君往而縱觀凡一月歸而文思沛若江河又二季河南葛黼皇先生來宰衡山大興文教延陳際虞先生掌教文峯書院從者近百人君來學冠其曹葛先生

每單騎至書院攜酒榼與陳先生講學論文問門下士誰優陳先生舉君與聶燾對葛先生呼而面試賞以果餌自是君與聶燾誼加友善院中生異之至爲語曰交不減秦與聶交有神聶與秦兩人者時誦其語以相勉勵君謂聶燾曰作人作文惟有一字曰氣而已人無氣爲死人文無氣爲死文昌黎云氣水也言浮物也水大而物之浮者大小畢浮氣盛則言之短長與聲之高下皆宜吾自游南嶽歸悟得作文短長高下四字吾讀古人文字不費思索惟就其短長高下讀之使吾聲之短長高下與作者相應氣盡即止不爲苦吟吾自作文但稱吾氣之所至未嘗規規然摹彷古人之短長高下以爲之而時暗與之合聶

燾師其言。其後學使命題。非其鬼而祭之諂也。見義不爲無勇也。晶燾曰。此秦增得意題。必有發揮。必售。榜出果驗。然卒困於棘闈。爲諸生數十年。屢赴鄉試見屏。人咸爲惜。而君訖不以此挫其氣。其爲人耿介自矢。以樹品存心爲先務。見無禮者斥之。重然諾。輕施予。野老片長可錄。亦與之談論娓娓。或共飲歡笑。至於輕浮士子。矜文采夸富貴。絕不與近。亦無有敢近之者。敎授生徒。遠邇帖服。舉子二。長名驥。次名駒。皆遵君敎。駒讀書酷肖君。晶燾許以女妻之。未嫁而女歿。駒嗣入學。先君卒。君年六十有幾。有文集藏家。

論曰。徵齋浩氣孤行。挹厥丰裁。頑廉懦立。葢其壯哉。而其援引

善類。孳孳然不啻飢渴。又何虛也。生平交游。曰陳天佑。晶燾。李元饒。閒懋四子者。先後掇科名。會文字報徵齋。獨以諸生老命也。夫萬一得志於時。出其所蘊。辨別淑慝。砥柱波瀾。與東漢諸賢激濁揚清相比烈。雖李元禮范孟博。無以過之。

三好先生傳

孫邦英

三好先生濱以南處士也。邑暘菴曹先生有人鑑。獨心折先生。呼之曰三好。葢言品行文章世裔也。先生聞之瞿然曰。好何易言。斯語也以策吾後效可耳。吾嘗有鑑於水矣。始蒙泉中習坎。終放海利而導之。沄爾而順。旋則中規。折則中矩。匯而聚之。沕爾而深。平則若衡。清則若鑑。觸之有聲也。不鼓鐘而大非金石而和。幽若鳴絃。冷如漱玉。風蕩焉如雲如鱗。石激之如鷺如鯉。他若負大舟。幕天地。滋萬彙。潤百卉。濯修篁。浥蘭桂。膏千尺之喬松。化鵾鵬而浴日月。豈一日之積哉。要皆行其所無事耳。若夫搏激飛沫。橫溢靡涯。非水之過也。惟人亦然。不渾其源。無淆

其節。本乎自然。各順其則。庶乎其近是歟。浴溪子聞其言而韙之。如暘菴誠知先生者。先生立身千仞。薄棄塵喧。表裏洞達。風雅孤騫。終日如默。玉潤而堅。其亦湛湛溶溶。激濁揚清。不鑑於流而鑑於靜者矣。著書肆志。抉密抽深。渟蓄充溢。得其粹精。古人有心。由我而今。其亦浩浩洋洋。雷騰雲奔。綺分繡錯。映乎空虛者矣。鱗征排厠。左右恂恂。嚴如吏治。舉屋皆春。克彰乃德。以振厥聲。不亦百川派別。歸海而會。惡盈流謙。疏故納新。淵然油然而大。其宗者哉。而況終日乾乾。猶悲往昔。如勸厥初。濬深納細。顯龍焉加。窮老奚恤。其亦川之不已乎。宜乎志其鄉者驚向若也。先生姓曾氏。自號我山子云。

家蘭洲老傳　陳夢元

族兄天放先生有子曰棻字向父又字蘭洲余爲同姓叔行蘭洲秊長余數倍余嘗出詩文就繩削不敢以族兄子行隨衆稱也烏虖蘭洲古學矯翼厲爾橫鶩捷出湖嶽衡潭閒壯歲迄耆秊軒眉扼腕舞吼戚歎不知於誰而仾乾隆戊辰春二月伯兄采㑒先生下世窮窶悲蹙草知存活余嘗薄暮出東郭過蘭洲草舍蘭洲攜余手步石矼臨沙汀裴回江上指江岸百十秊前在南岸遠數十丈茲沙地從前原非洲對岸茅屋老樹俱當日帆檣上下出沒隱見處顧望太息怊悵依依然吾彼自皇孫文以六經左國秦漢魏晉之文倣儻傀偉奮迅楚南北彼學者至

今知古學崇尚皆吾家蘭洲續振聲響故選學衍繹實有師法癸酉試於鄉蘭洲與余鄰號舍據板几傲筆不停綴文不加點迨日西余首蓺未畢蘭洲曰毋過苦毋大秏悴於此事後余中式越明秊舉於禮部預館選旋乞歸侍養蘭洲迓余喜曰抱此區區藉子光潤老人不腐哉余諾之烏虖蘭洲始晞余得霑祿有所資以梓其集而廣侈之也今者蘭洲下世廿餘秊矣而余以手疾坐廢林泉端憂多暇秋草雨溼秋江澄映感舊微吟孔日不恰屢念古學吾宗人有克負荷而耀文采乎蘭洲介節亮直兩孝廉爲賢考紀存待入志乘毋需余贅烏虖心存不忘余之私也盡焉志余私輯入春江課存爲仾家蘭洲老傳時乾隆乙巳壯月秋分後五日夜雨僑寓滬上書罷是夜孔懷際曉而不成寐

蘭洲晞高慕古長想遠思古詩學選學太白平生雅不嗜杜韓詩筆閒於元次山稱引諷歎古賦及雜文出入兩司馬揚班之閒湘潭陳學田觀察會刻蘭洲雜編於浙西余攜至京師亾友郭解元昆甫一見把翫太息又著有如如經解亾友林半霞太史亟嘆妙絕卽金剛經也經板存某所雜編板已燬芳馨藻韻猶留吾几案衣袪能無盡然愴憶乎

案學田名樹著陳恪勤公第四子曾官浙江兵備驛鹽諸道蘭洲雜編之刻據道光十九秊續修攸志云存而如如經解

云佚蓋雜編版雖燬而書尚有傳本也今未之見攸志中載洞庭賦靈龜峯賦春夜游嶽麓記記亦見他本同治丙寅九月朔汝懷㞕記

明經劉林青傳　陳夢元

我攸邑經明行修羣奉老成典型爲吾師龍標江先生先師屈指及門弟子稱亾友劉君經彐能隱修經業杜門不出夐絕凡庸先伯兄采侯先生推説經鏗鏗爲畏友第一今日典型殂謝伯兄別我四十五寒暑劉君辭世又十有一季今日執筆爲君立傳含哀多涕且日迫西夕字畫何能落紙上長言之我號咷短言之知君冥漠嘘唏甚君恆慟一身單獨無依欲出觀大山水毋知遇嘗誦五達道維朋友之交輒戚嗟若涕沱若不勝獨曉曉余爲平生知己一友伯兄下世之歲君以小柬唁我云賢弟念係世亢宗當抖擻精神立定腳根力所能爲盡之已力所

不能聽諸天我慟哭曉夕不能已已太夫人痛予小子單獨煢煢恐心太瘁傷勉止余哭吁嗟乎志士仁人忠臣孝子在此數語也余明發悔痛未由追君奉母盡孝道至庇其本根枝葉無落余病未能余讀書好文選兩漢書君硏精覃思古經洽熟毛氏十七史君鉤校點勘九變復貫大易卦變互卦有心得未語人余間君偶説一二文便驚歎奇驗君著洪範傳未成詩晚歲學擊壤實未敢謂爲然有樓曰宜稼茶陵彭大司馬所署君再三及大司馬門問學大司馬稱其各種書洽熟洵無媿負先師用范史稱鄭康成語以稱君也乾隆己丑余入都君從北鄉貽余書曰翰林一官必洽熟經傳諸子詩賦兵書術數方技書學必洽熟古今字書及諸家俗體可堪供職毋負方聞稱知言之選此行且爲前卻余不克如君言然卒遂林泉讀書之志矣君又語余宜檢存標江先生時文錄爲歷試草問過庭者應以存殘無幾俱散佚問以行述未及伀相覗泫然又曰令兄與我親厚無間我無一字傳令兄於身後子其謂我何余跪謝君先兄之傳君亦未及伀也君諱林青字經彐又字南村邑中學者稱南村先生著有經疑洪範傳卦變詁貞悔詁存於宜稼樓孫某某能記書聞於鄉里君卒於壬寅正月某日季七十近世士大夫鶩虛名實力窮於經者卒尠倍誦白文注解於專經全本覔寥寥君誦書必求熟熟必默寫不擇紙先師器重君大司馬

逢攸人士每稱君腹中有積書獨慟吾先君別我太速未及悉君學行之卓若是也先世篤行暨君行已節目具載名人志狀中不附贅乾隆壬子閏仲

節孝王母張孺人傳　黃玉衡

孺人姓張氏文學廣聞之淑女而王公仁達之德配也子一人曰宣玉介其友吳子東來特徵詩文啟示予而乞余一言余嘗觀古今士大夫之興衰皆由於內政之修廢未有內治而外不治者夫子繫家人之彖詞必先言女正位乎內而後言男正位乎外蓋內不正外若不可得而正故女德綦難余自承乏宜邑公餘稍暇輒閱荊溪外紀風土記及孚齋王氏竹逸徐氏前後志乘諸書至所傳節烈事未嘗不低徊久之然節難矣節而孝尤難孝而兼弟與慈者世不一見也嗟乎孝弟慈聖人之所謂王道也乃今讀吳子所示詩文啟而節母胥可無憾蓋觀於節

母而知王道之易易焉此尤司牧者所宜急為表而以待輶軒之採輯者也謹按啟曰恨翁姑之淹逝侍養無方幸父母之庭幃瞻依有託蓋孺人之字於王也夫子已失怙恃婦人治蘋藻歲祀必謹其於父母也歸甯以時迄年二十六而所天又隕孺人則摩笄見志截髮盟天弱息單門綿綿翼翼迄今三十餘年而堂構聿新貧喪允紹將所謂女中荀息閫內程嬰啟詞蓋紀實也此足徵孺人之節而孝道尤備矣啟又曰夫壻遽悲玉折於前阿兄又悼蘭摧於後孺人為經其喪撫諸孤逾於己出蓋張氏三子未嘗不仰阮姑之德而白首老人亦幸得膝前之慶焉此則本愛兄之心以愛親推愛子之心以愛姪芣苢之義也鳲鳩之教也而弟與慈胥協也夫王道始於閨門而婦人之卓卓可傳者為尤重矧孺人以冰霜之節而克全乎孝慈之至行意者宜荊兩邑湖山秀麗甲江左而孺人所居面銅官之峯挹畫溪之流清淑菁英之氣有獨鍾焉是亦足以副國家烏頭綽楔之鉅典且俾邑中人蓄道德而能文章者颺闡母芳徽誄桓懿範用克被諸筦絃編諸志乘惜去官旋里而不獲躬與其盛也茲因其子宣玉之請爰不辭而為之傳焉

論曰孺人之節柏舟風厲克孝克慈兼能克悌至行可欽王道攸繫此非直煒於彤管女史之章而實允符乎大易家人之義

易三傳　陳益

易三者沅陵人少學擊劍恣游武漢間爲巨商衞藏已而自謂弗善也改業爲賁生計刺船濟行者年三十餘居常德東市賣漿宿旅久之有老人行乞市中日呼易三門求食體潰惡疽臭穢不可近易心哀之日貯盂食以給老人旋求儠居亦內焉老人朝出暮歸蹌踉怪狀室中人皆恨且詈易獨不然居且一年老人病痢糞赤白下雜疽臭益不可近易殷勤候食息無畏色老人夜分呼易曰吾有意子久矣子誠善也吾術可授子吾固不患疽亦不患痢姑試子耳易諦視老人體如常人及視所下赤白糞皆澄清可鏡易心異之老人昧爽呼易步東郭高岡授

法懷中出所乞食盂取水祝令沸以短刀置盂水不仆戒曰凡吾術可以醫百病祝水不沸刀不豎不可治卽治不可受人財又不可妄傳人易俯首謝老人忽不見遙聞吾乃張姓云易得術急欲醫人人無與醫者適其稺子患腹痛欲割治妻不肎伺妻出戶潛祝水割腹滌臟積妻突入號踊乃以手覆所割處無迹立愈由是漸醫外人手到輒痊不受酬犒如老人戒凡所治內外證必割必祝水令沸刀令豎乃治焉數十年來病者舁視就廬無虛日四方官貴延治者不遠數千里乾隆庚午五月中丞開公以監司董公言自沅延入府治病易椎魯凡見達官不爲禮又醫無方餌中丞意其野而誕也易徑歸久之府中所治

病如其日月之限皆愈中丞異之屬董公再延入府意酬之也易入府府中人無貴賤男女皆羅拜呼神仙至易出主董公署中丞延一飯不往強乃赴城中官貴單馬攀迎者亦堅不往必治病乃赴中丞酬白金二十兩不受九月初觧署登舟風逆不得去市人知者羣延治病日閱數十人每步履市中如飛觀者擁左右呼易神仙予嘗於友人坐見之古心古貌不苟言笑意所必至徑直無周旋問其年曰八十三矣尙善啖肉食其視病以己手中指診病者額視指輒知病由不待病者言卽不可治不治其可治亦不卽爲方期以遠近輕則摩撫立愈甚則或取各色布歸病者以楮書姓名及生年月日至家祝水一盂卷所

取諸病者之布叱符向空焚之卽燼揭病者年月姓名次第以卜效之遠近而病者異地告愈其奇驗如此以予所見亦未嘗用割治之方或老而加慎焉董公嘗以繭數束贈爲衣易不能卻又不欲妄受旋以繭爲諸病者代所用之布其所取病者神福胙臠不食卽食犬亦斃其去來供億來則資人去則自給而已易語余云吾治病吾不能知有主之者假吾手耳求者誠則驗不則不驗吾藉受人報歲可致巨萬而貧如故吾術非不傳無可傳者吾嘗授宋生生得吾術治制府某公病受制府五十金歸詰之詐應五日死凡吾術必用元神水元神水者赤子之眞可以質幽明無憾者也初老人授易術時遺一盂易歸視之

金質重六兩後易父母死薦佛事闕金鑠盂乃得金十兩并資冥薦老人忽一日老人至以鑠盂詰易易駭老人乃袖出盂曰某日盂至我所仍還子子善寶之今其盂故在易比欲隨老人去老人曰未也待子年八十六再晤耳故易常自計浮生止餘三歲云其奇氣又如此易爲人敦龎堅樸雖出入官貴門不以光寵自矜歸則與子孫安耕鑿有子四人孫十餘人妻亦年八十老不著名字人呼易先生應呼易神仙應卽呼易三亦應

汾浦氏曰以余所聞秦越人湇于意華陀之屬疑好事者附會玆於易三驗之信又世無神仙而所謂老人張姓者果何物邪往讀中州侯朝宗遺文見所爲陳士慶傳事相類然士慶貪財

淫色而玆獨否夫嗜欲之累人雖方技猶不得傳況有進於此者哉固宜世之少傳人也

處士游君傳

張九思

嗚呼　國家以科名奔走天下士童子誦習經書而通其句讀文義能敷之爲文每歲中所在郡縣羣聚而試之其文之明而切才之秀而可底於學則次第其名以升於州若府州若府又試而先後之上督學使者使者至則以校而去取之按其額以補學官弟子其舊爲學官弟子者等第亦皆試試有歲有科歲分文與武而科試惟文士而已使者歲科試凡三歲而徧其子午卯酉之年則有鄉試取於新舊學官弟子中是科者號爲舉人又進於禮部則有會試取於鄉試之舉人中是科者曰進士丁辰戌丑未之年其鄉會試皆　天子臨遣京朝官翰詹科

道部曹嫺文者及九卿大員主其試大抵踵明之故而士之懷才抱器毅然思有所表見於當世靡不由是進故嘗爭自濯磨以期有得於科名者而人材之出於是爲不少矣然有司者猥以尺度相衡徒眩於名實則高材積學之士皓首窮經而不獲一遇蓋往往有也而至見遺於督學不得爲學官弟子者之遇爲尤窮處士游君少嘗挾其文與縣人朋試於令守既有聲矣而屢蹶於督學士之無知與不知皆惜之然君不以介意曰顧吾所爲未至也吾所爲學生舉人進士者之實也實不至而名加焉吾則愧矣吾堪之其實也而名不吾以有司者之過耳何損於吾且士不務以古人自繩而區區較得失於一夫之目而

以爲憂喜進退於其閒其亦鄙矣悲夫今之人之不復知有古之學也君爲人修潔自憙進止落落而中懷樂易所至能以禮讓化服人與之處由由如也久而愈篤不厭入其家肅肅訢訢如也退而與其子弟門人游恂恂如也尤虛懷樂善每經書有疑義反復推究期以自得於心雖一字之誤必訂正之歸於是而后已其於古今文皆能辨其體裁而精別其雅鄭授徒里中從游之屨爲滿然遇友人相過有善於經旨文法者輒斂容屈已帥先諸生聽受曰小子識之此古今大事汝曹師吾明者又吾師也晚年所學益邃然多病且母彭太君篤老有勸之應試者皆不荅邑中先達如李君而述黃君沛宇郭君昆甫每歎以

爲屈而君處之略無憤懣不平之色所與交雖富貴也非其人棄若涕唾意所推服如恐不得其於相知者升沈聚散未嘗不關於心則慨然曰吾無所望於時矣然斯世斯民之責諸君子任之可也蓋君雖自以不用而不忘經世者如此君姓游氏諱明純字元素善化人乾隆庚申年五十有三而卒

贊曰九思祖母處士君之姑也君與先人爲中表兄弟相善也戊午之歲君偕余讀書永慶寺中寺在所居石獅口者山深址高烟雲杳靄使人興獨往之思余時年少氣壯直以謂古臯夔事業可立就聞者無不駭且笑而君獨嘉賞其意荏苒二十餘年余之狂既託空言而君便已隔世嗚呼可哀也

明孝廉馮根公傳

張九思

公姓馮氏諱一第字根公善化人中天啟丁卯鄉試高才博學崇禎癸未獻賊陷長沙大脅諸人士公知不免易姓名逃之上湘先是土人有害公者爲賊耳目蹤跡公脅之以出公始見賊以大義陳說不聽且曰第從我不者且殺汝公大罵叱曰我好人知綱常曉順逆從汝賊邪今日死固其所賊怒遂磔之公臨行爲文以自弔初公嘗與友人郭幼隗讀書城南爲司理江門蔡公所知蔡公者晉江人以司理守長沙城陷被執不屈死者也余攷江門集有夜巡城望南臯燈火憶兩人詩又以知昔賢作吏平時之汲汲亟意於得人也於後江門既死職而公亦就

義可謂相知也已

贊曰使馮公不遇難老死牖下亦安知其勁氣所發如是土人之陷公乃適以成之也公有莊距余居二里所先世之邱壠在焉余嘗過其墟慨然太息者久之以謂福者庸人之所貪名者造物之所靳忠義之士受禍愈慘名亦倍烈以爲是足以酬矣不然奚其澤之流乃若是世有不務篤行之實而亟於名何哉

傭者誰傳　郭焌

北平傭者不傳其姓氏余聞其人書山書山閩之宗伯方公宗伯方公見都御史魏公親言其事憯草知其誰但號爲傭者誰云傭爲人勤誠實寡笑言氣力過人日所食亦倍於人甚見重於主人主人者魏公也傭有兄一人貧失業且老不能自存活往依之食主人食既數日傭心獨念兄非己無所得食己且爲傭食於主人主人以己故暫食兄兄食主人食無功義不以己兄故多食主人食而己非主人食又無所得食兄乃請於主人計其常所食之數出粟自爨減其食之半以爲兄食又時取其傭之值節省之具肉食爲膳常少度不得皆飽膳具則託以事

出令兄前食食已乃至啖其餘兄或不留餘輒以草具自飯其兄安之久之兄乃以肉食可常繼閒一不得則怒且詈人所不能堪傭前謝焉顏色愈和事之數季終不改兄亦如故於是人皆稱傭之賢而以兄爲非人也魏公曰有傭焉如此者可不謂賢乎哉方公曰子且以爲與兄之賢奚若魏公曰兄則何賢之有方公曰吾以爲傭之賢不若兄兄也賢魏公曰吁子乃獨謂其兄賢也不亦怪乎方公曰是太上之事非吾子所及也頃之語書山具道所以戊午季春余客京師夜過書山宿書山爲余話其事書山方公之弟子也呼之爲先生言先生之言曰彼兄乃眞賢者也人有弟於此減食食我具膳膳我得之卽以爲不安不得則以爲吾德之不暇而又可以怒且詈耶夫外人德之可也吾弟德之不可也是天性薄也彼惟不外人其弟故以食之得肉爲常其得之是弟之能事我也安之也固宜其不得之是弟之不能事我也怒且詈之也亦無不宜宜而不知其宜乃情也知其宜而宜之求至乎情也如傭者豈不謂賢乎哉猶全乎人者也全乎人之與全乎天者之相去也遠矣魏公不察也余由是知世之有此傭傭之兄又天下之畸人也以謂此人情之至疑於非情非方公不能識也若此言也不可以多有書山曰又有之矣人之於父母兄弟也有十分之十不可謂不厚也雖然猶薄人之於妻子也無一分之十不可謂不薄也雖然猶

厚厚與薄之故先生不言然無不可知也吾知之子知之人與人不知遂乃澌壞淪滅譬則木心之有蠹敗而不可復救烏乎此乃向者傭之所羞也余維一夕之閒諠聞所不聞得天下之至言再可爲極卒而皆起於言傭傭之補於余也亦大矣坐聽其老斃無傳於後世傭不負余而余負傭余既已南歸居窮山中方公書山皆不得朝夕繼見如曩時獨其言猶在余意中留而葺之忝抑人之與余生竝世猶有姓字湮沒不可考如是者況在千百世之後其爲疑信又安足據是皆不能無感余因之而作傭者誰傳茲感也乃亦爲傭之卒歟書山名酉姓葉氏與方公同里皆桐城人有至性人無知者以文章稱

劉正時先生傳　　劉權之

劉先生諱啟周，字嶽鳳，號正時，長沙醴陵人。甫一歲失怙，事節母郭孺人以孝聞。苦心嗜學，枕藉經史，嘗夜讀咳血濡卷帙，深掩之，恐傷母心。與兄啟海以五經應試，攻制舉藝，自先秦訖勝代名家文，搜括罔遺，固欲以是遂顯揚志也。母沒，哀毀骨立，廬墓三載，乃絕意進取。筮易，得否之九五，曰：休否大人則吉，予其為苞桑之繫乎。居家課子孫，在外課生徒，皆嚴立程期，彬彬有所成就。會桂林陳文恭公撫楚修通志，先生縷母節行顛末呈於公，為傳以傳，至今邑省通志咸表彰之。母固報本樂施，先生視聽無違，凡可以收族利人者無不為，不程其力之贏絀。倡立

培高追遠諸祀，用貽無替。會拾遺金多餘，愼封而楊還其人。佃有鬻妻償債者，捐穀數百斛以全。廉於納而惠於出，儉於己而不刻於人，臨財率類此。丈夫子四，長君繼志，見在正紅旂教習，曾為余兒輩師，余知先生益悉。先生生平無疾言遽色，與人交不設城府，所至卽小夫孺子皆歡語款洽。意所不為，雖達官要人面折之不少避。謝諸生業，久讀書猶矻矻靡懈。自節母之亾，值誕辰諱日，率家人齋醱，涕泗橫流，不能自已，終其身如一日，尤難能也。慨自內行之鮮，舉狂者或斷裾奪情，愚者至刲股毀性，是皆有愧於先生者。吾聞先生有傳癖，殆欲澤純孝一言，蔽左氏內外之旨，而以身示之也與。

前史官曰：世傳先生游藝甚賅，於日者葝辰家言無不旁涉鉤致，迹其撰時營壙，協吉發達，皆預定於生前，以為先生之術之精。予竊非之，瓜地牛眠，古人俱以孝感，先生之誠能前知，宅無後艱，在此不在彼。不然，如郭璞者著葬經矣，而石擁孤墓，何以稱焉。

湯老人傳　　孫良貴

湯老人不知何許人也。居漢陽門下。自言生明萬歷四十四年。爲楚王府護軍。日渡江營生計以養三旗。於　朝食俸六品。當事復優恤之常。對以潤騫人。先是康熙乙未。老人百有十歲。出自咸甯山中。告於衆曰。而儕不爲我請典乎。我先朝小臣。先哭能經略楊都堂屈死闖逆。次哭賀國老死事。三慟國變遯逃。山中埋滅姓字七十餘年矣。逮奉　聖朝出而受福。庶不虛生。爰踞鵠磯。指點獻賊犯城狀。且道寇退。左良玉黃澍迫脅袁繼咸東下。何騰蛟南走長沙。涕橫交頤。聽覩者相顧愕眙而信疑半也。既而大言曰。若曹年地誠後。多所怪耳。定秀才聞尚在是。知

我者。於是定先生九十三矣。以貢爲訓導。與告三十年。聞之扶杖前熟視曰。哈唉。是我先子故人湯雲山也。今乃尚在。亟再拜稠中。潘國祚博雅士也。與聞雲山名。曰是矣是矣。先兄太邛言楚府護軍湯蒼深心高蹈人也。非老人其誰。老人笑而起。翔步紆容去。頃有訟產者經數官不決。老人曰非我莫解。遂謁令於堂曰。是天啟七年乙祖某價置某姓也。曾與飲署名。令閱乙契艮然。乃懲甲而判焉。始信老人生於萬歷間者非謾也。令因以聞。獲旌焉。會先大父漢上歸。小子聞而識之。越三十年爲乾隆乙丑。老人百四十歲。余公事滯鄂。乃得再造其門。見老人星眉炯目。矍鑠如五六十許。喜健談。談熊楊賀三公逸事。歌哭紛若至妖書株陷郭侍郎正域。及魏奄乾兒李魯生典楚學。借手誅擊楚士。洩憤清流。頓髮怒上指。余亦驚聞憤懣而不可禁。次年制府疏請允增食俸五品。又越五年卒。

烈婦陶氏傳　羅智燭

陶氏者陳之婦也族出衡陽陳則居邵東中鄉之港頭衝與子爲同里也素貧賤佃別里富人業爲生陶氏父避亂寓陳居不能自贍遂以氏幼適陳子其姑甫得陶氏在幼畜之若女愛護甚摯迄稍長不離晨夕然女性正嚴笑言無所借姑雖極愛亦頗憚之賴其婦能執婦道雖勞瘁無怨言遠之無隙辛酉歲洊饑稱貸莫應姑聽奸人計以嫁婦說其舅舅愿者也且爲富室兼取所交迫從而啇之其子子與婦深相得聞計失聲哭聲達陶氏陶氏詢得實悲痛不自已已而私謂其夫曰妾幼鞠於姑婦也猶女也身委於君恩雖女也義實婦也姑愛其恩君愛其

義誰忍舍我毋乃以歲饑食貧緩舊債之見促便新債之易貸耳夫長於陶智不及陶遂不復問陶亦不爲意越翼日舅姑故出其夫媒氏導迎婦者車至陶見之坐哭不能視良久憤甚拊膺曰有是哉果忍爲乎姑執爨以犒僕夫陶氏仍一一起而代之及僕夫等茶飯畢仍一一斂廚中器無異其素退不食姑勸之不從哭謂曰姑舍我乎哉姑之忍舍我而嫁也非姑之忍舍我舅我舍乎哉舅之忍聽我而嫁也非舅之忍聽也夫壻又舍我乎哉夫壻之忍出而不還也非夫婿之忍出也命矣夫事已至此勢得自由乎不如行也遂託妝掩闔刎頸死時年纔二十云噫太史司馬公曰閭巷之人欲砥行立節者非附青雲之士烏能聲施後世哉是可悲也夫予深愧力不足以揚之因述其狀以爲之傳

羅明允先生傳　劉香

先生諱作士字明允號克齋明經淡菴之孫處士谷聲季子也生而沈潛端確異於常兒明經最鍾愛之七歲入家塾穎悟不及諸兄而勤懇過之既而羣從兄弟皆英年補博士弟子員而公屢試不售處士謂曰家漸貧科第非汝所能當力稼穡公承命不敢違朝督耕隴上暮歸讀古人書一日喟然歎曰我之不敏固氣稟所拘實物欲所蔽非克己安能有成遂以克名其齋嘗言先儒謂敬則無己可克予謂不克己何以能敬己既克則敬亦不待言矣用力於內者知公之有得也處士教家甚嚴小不如意即加責讓公先意承志得其歡心事繼母尤極孝謹兄

弟之閒怡怡如也與從祖兄弟亦然鄉黨以為式充養和粹不為崖異之行然人有過必面責之故賢者愛之不肖者畏之環所居村落無匪人人比之陳太邱王彥方之化俗云生平無所怨惡於人自謂五十後所為皆可對人言一克字之力也晚有末疾時或不良於行然來謁者聞聲即扶杖出送之必於大門外或固卻之曰豈可以老病廢禮兩耳重聽嘗曰吾於絲竹雜犬之聲或不聞知然聽諸孫子讀書聲琅琅然卻字字明白噫豈其然哉抑所以勵後人也與好織藤椅如古織簾先生其結繩之用力甚勞不肯假手織成即以與族戚中之苦心讀書者曰吾憫其坐久也公素甘貧孺人陳氏以勤儉佐佑故家不至大賓公歿年八十有五孺人前卒四十餘年年止三十有八公義不再娶四子伯曰壯讀書勤苦致疾早卒仲曰履先公卒叔曰浮能承克己之學季曰澄亦克家子也吳縣張殿撰書勳乃公從曾孫修源之座主聞公之學行曰是眞儒者之高蹈今世之逸民也於公八旬之年為序寄贈曰敦孝弟重廉隅皦然不欺有古遺直風人謂公與張公盖神交於四千里之外得一人知己可以不朽然公之不朽則固有在也

湖南文徵卷一百九

傳三

陳桃文先生傳

張九鉞

湖湘後學集編

陳先生諱之騂字桃文長沙攸縣人生時有鬼夜呼其名於學使者門連呼會元狀元學使者急命吏徧查試籍無其名顧吏曰志之弱冠穎悟如神一目十行下家貧不能鬻書聞湘中某氏以藏書雄乞爲檢鈔不索値數月而盡讀所藏書皆默識曰吾終身不鬻書矣年十九出應試學使者悉蒨事尤奇其文曰得毋鬼呼驗邪然先生得元十餘次矣已而皆落去毘陵學士

潘公宗洛者江南名進士也視學楚南耳先生名見文駭未曾有置第一翼日集諸生於庭出先生卷颺言此眞秦漢文也先生執卷詣案前曰某文薄蒙甄拔甚愧許隲甚過當但某句出某書宜讀某句宜句指誤處眾失色潘公起離席揖曰某弋科第早汲古淺幸教我取案上筆令改正更對諸生朗誦稱善人直先生尤以是多公虛懷云先生旣屢黜文益高益嗜讀書嘗寓省城華光廟華光神俗稱主文試事試之前三日士紛紛持牲醴跽禱翦牲血石上流地凝五寸許环珓雜遝搖籤聲砉砉然又有衒贋骨董物者賣傀儡者泥牛繭虎者提笄櫛囊帨脂粉葴管篋者攤錢者偃師戲者往來足不支先生執史記危坐如深山中吟誦不輟嘗欲闡三禮精旨融貫紫陽勉齋之說爲一書苦小室暑蒸灼借人池上魚梁覆草蓬坐其中納涼風臨淸漪浩然有得狂喜拍膝大叫幾墮池水每思經中疑難周院落行或跋躧山徑溪橋以指畫肚忽憂忽喜見者莫測何事家人呼之食不顧或竟大怒罷食其後潘公以御史中丞開府楚南先生亦垂垂老矣迎之不至予之金不受竟以明經終先生之學邃於諸經尤長三禮旁睢於諸史百家爲文每樹一義天造地設陽開陰闔疑有鬼神呵助非人力同作者舌橋不敢下亦相與饜而安之聞有經解若干卷古文若干卷詩賦若干卷時蕝若干卷後嗣不能收弆盡散佚吾邑門人關維夏梓其時

蕝百餘首今行

張九鉞曰異哉先生之僅以明經終也鼎也不可使柱車虎也不可使守閭昌黎子言之矣天旣生斯材而必欲使命與相妨焉何也李賀召賦白玉樓出唐人小說若夫文昌主試天上開科乃傳奇家游戲耳豈有是理乎尼其運者必昌其文烏乎其所傳者又止於是而已悲夫

偃師三孝子合傳　張九鉞

乾隆二十六年秋伊洛大溢水破外隄灌城汹汹有聲民皆避水奎星樓上張大觀者奉母亦登焉水撼急樓傾衆皆溺大觀左手爲樓石柱戕臂至腕皆折不斷如縷血漂波赤不顧入奔濤救母孫號救大觀叱之去望母鬐露水中得之負出水有老樹橫偃衢口大觀曳其斷手獨以右手舉母騎樹枝上復泅而覓食食母母撫其斷手泣佯慰母兒手雖折幸不創母自愛毋憂水退負母歸家猶舁當衣食是夜創重竟死同日有蔡應泰楊璞事

蔡應泰母死水將至以繩縛母柩旋繞數十匝合固兩大帶爲

繯水至妻子號救不應跪負母柩轉洪波中上下柩與手若兩翼飛瞬息八十里下鞏縣神隄灘神隄灘者北邙山尾也山橫洛口遏黃河河漲倒灌洛流縈旋灘上柩忽爲沙擁鄩民異之以長鉤引至岸舁之上蔡亦無恙天將暮聞鄰鄩喧救兩人趨視之則其妻與子也衆嗟歎曰神感也醵錢送之歸

寺莊民楊璞與其弟某奉母居弟饒於貲璞貧且懦水至弟以筏載其妻逃北山母呼之不應竟去璞怒棄其妻子襁母於背將浮沈抵北窯水勢奔驟若有挈之者旋躍大溜中山上人望之如黿鼉濩漬不沈亦下神隄灘鄩民救之登岸頃之有一婦人抱子漂下母遙望忽號曰吾婦與孫也救之果然翼日歸而其弟舟將抵北山下大樹崩壓舟夫婦俱溺死先是鄩民夜聞空中神語明日當速救孝子母民驚起各具舟與竿以俟以故俱得生母壽九十餘無疾終璞今六十餘猶在

偃師任天篤九世同居傳　張九鉞

偃師佾生任天篤，其家自山西洪洞遷邑之顧城鎭，鎭爲成周時緱氏邑故城，顧故字沿譌也。其地濱洛川，原平衍，土厚水濴，自其四世祖光玉至四世孫瑞豐，九世同饎共爨，男婦至一百六十餘口。河南巡撫何公裕城以其事聞諸朝，天子嘉悅，親灑宸翰以詩章區額旌之，復賜鏹帛表宅里。任氏之盛，遂駕唐壽長張氏、宋江州陳氏而上之。先是天篤祖開昌生五子，俱以力耕讀書爲業，開昌欲其勿析居，先試之，潛以金二百置麥囷中，爲士堯、士舜所拾，以告開昌。開昌佯曰：此天賜也，汝二人曷分取之。二人以子無私蓄堅請，開昌喜曰：是可教矣。迺立永不析產議，使士堯條爲家訓：一曰婚姻，爲人倫之始；二曰孝弟，爲敦化之原；三曰杜私，爲正家之要；四曰勤儉，爲持家之法。博引經書史傳、先儒家訓，以己意發明之，大書刊懸祠堂中。其喪祭遵紫陽家禮，不濫僧道，而冬至祀始祖，立春祀先祖，本程子意，兼用邱文莊公累世同居得行立春一祭之禮。其訓婦女尤得易家人、受以睽渙意，謂家道之離由婦人，田眞泣樹，繆彤自撾，往事具在。令新婦三日廟見後，家長召至中堂，以孅惡利害反覆引伸其說，俟彼心領神會無閒言，乃使隨衆婦後覘饎佐雝，不率者再教之，弗悛，暫令反母家，給以日供使，彼母氏開道，俟愧悟立迎歸。新婦入門，許用簪珥紵羅，廟見次

日卽分貯中堂公廚，扃識之，俟歸甯領用。給布衣椎髻，操作予棉花紡織，隨時變易，備嫁匳貲。朔望次日，家長坐中堂，以孝經女訓訓婦女，紬繹其旨，毋憚煩。以故婦女毋私饋，毋私假，毋飾容觀，毋適私室，毋貪麴蘗，羣居交勖禮義。年五十始不執役，其或不終所天者，毋入廚，衣食稍豐，以厲節。衆婦更番代勞，毋怨言。女適人者夫死守志，毋墮節。其閑子弟之法，毋鮮衣怒馬，毋越境逐末，毋入城市，毋傳述時事，毋呰窳偷生，耕讀外惟令學醫濟人，毋索酬，不能者則令執本家百工之業，凡陶冶織薄皆予以値，毋廢人，毋見尊長傲嫚，毋口斥人，非毋行不讓路，其居室堂居中爲宗祠，環以昭穆，毋紊，婦女由他道出入，毋混，行廚分內外左右，毋踰閾，食先男後女，皆以班序，毋儳越，毋出嘂咤聲，毋嬉笑聲達外。望其莊，雲霞赫昕，煙火錯繡，牛羊雞犬，日夕自歸，無俟呼叱，儼然朱陳邨畫圖也。聞當事詢天篤不析產故，對曰：不忍也。其言較張公藝書忍字義尤大而遠，可以報國恩，可以培元氣，可以懲頹俗，可以召祥和。余故因天篤所呈家訓冊，撮其要作傳，將以示天下後世之閑有家者。

藥師院苦行僧傳

張九鉞

藥師院苦行僧居院五十年人不知其俗姓以其永州音呼永州老和尚又郎所建亭稱曰複亭師云師長七尺餘貌瘦而黑少年隨其父別駕某官蜀中好擊劍任俠父以虧官項繫獄師徒步走南北籌三千金歸救父護之歸鄉里一日忽棄其妻子入蜀轉徙無定常爲人報讐誅其猾匿迹邊塞上挽鐵弩射生番蠻人聞其嘯吼聲輒奔去邊帥欲予以官不受能徒手搏虎松潘山中爲害者殺幾盡一日殺虎嗅刀頭血忽有悟詣峩眉山中伏虎寺落髮爲僧然悒鬱鬱不樂居聞峩眉中峯絕頂有老頭陀年百餘歲趺坐懸崿中跣足躡溪雪攀天門八十四盤

而登至懸崿趺所五體投地頭陀睨視之笑曰若來邪此山非若安身立命處東走四千里遇馬祖即住爲苦行僧可矣師未讀經錄不知馬祖爲何如人以頭陀言即縛行縢東下瞿唐穿九谿歷洞庭瀟湘一日至武功山遇同寓人問馬祖居何處人曰豫章省城北門外七里街右有藥師院咸稱馬祖道場豈其是邪師拍掌大笑曰得之矣乃兼程至其地見江岸遼闊荆棘荒蕪法象傾圮破殿半開僅懸殘額藥師院三字師恍然曰豈吾師欲我作苦行僧重新此道場邪迺急治耰鋤冒風雨竭胼胝犂院前荒田三十餘畝積歲之所入爲修葺費不立募疏不繁工役一木一石咸出己手二十餘年棟宇翛然龍象森列成巨剎矣復於院之左右種竹幾數十萬本中搆一亭曰複亭爲習靜所桃李梅杏之屬環焉余自玉峽調南昌勘濱湖水災月夜檥舟江岸聞踏水車人歌鏗鏘可聽問之曰此永州老和尚自作太平車水歌七言詩也勘災歸入院訪之年八十餘以鄉人握手如故坐所居籔箕中苦薛稚筍縱譚移晷贈以七言二律有曰參來猛虎刀頭血飛下峩眉雪頂身今日籔箕聊對坐艸書如斗尙驚人籔箕用馬祖偈中語也師大喜作擘窠大字書之於壁嗣後以公事過必坐複亭中聽竹聲流連竟日師傾自作香醪酣我余大笑曰余今日眞可謂一口吸盡西江水矣或曰師有異術能驅虎豹役鬼神江漲以鉢汲水咒龍立退七

里街居人有病者以手摩其頂卽愈云

明孝廉馮一第傳　余廷燦

獻賊攻陷長沙司李蔡忠烈公死城寸磔既騎箕尾而壯河山是時善化舉人馮一第亦獻賊所百計誘脅總窮而不能屈與忠烈公同殉難以節死者也一第姓馮氏字椵公善化人始祖開本江西之淸江熊氏以木賈入楚贅於馮遂後馮而姓馮父時聘母某氏一第樸質天然拔去俗塵殆萬丈淸修篤古鍵帷刪述尤精史學作史發一書於古今治亂得失之故貫宗穿極洞若觀火同時人見者咸服其才鋒識鑒精卓不可磨因史而溢於詩以所論箸形爲歌咏作代古詩斷自虞初迄於隋季得入詩者四十九人謂李唐而下變詩爲律稱近體無古詩遂止

不作代古詩劉覽寥邈幽情鬱韻如誥如詮如謠如箴誦各隨古人之時與事而升降上下其中淵淵乎猗那之志格近於掤絕不受漢魏人牢籠韁鎖其他各體詩亦奇崛黝深排奡於邊幅之外多與陶仲調周伯孔郭幼隗諸子相酬唱游止當其時竟陵譚友夏主盟壇坫羣心折服獨招一第讀書寒河入詩社已而徵約不果竟陵既沒一第作詩悔悼早歲中天啟丁卯鄉試忠烈之司李長沙也心契一第注意賓延一夕馬蹋夜城巡邏遙望南郊燈火知爲一第讀書處時漏下三鼓忠烈下令啟魚鑰走詩索和其詩曰好月霜難下孤城獨馬看遙憐山影外人在剔燈寒其相慕重如此獻賊薄長沙一第走湘鄉將乞師他所賊下僞檄徵求甚急一第作書卻之曰第起身單寒鈔旁迂士也少小誦讀叨入賢書將近廿年不敢尤怨初意閉戶箸書成一家言藏之名山詎期天步多艱措躬無地近挈老母入山冒寒衝霧吐血及斛足折難扶忽從邑長接捧徵檄讀尹聘幡然語殊覺延攬之誠在古無是禮而第又豈昧時務者乎郎萬一値不偶有强項作頑民耳伏乞明公置之羅治之外遂其野鹿之心區區所銜結以報者况盛世不拘逸民天造原多隱士有應詔之魏徵亦有不至之劉翼有草詔之陶穀亦有難化之韓通稽之前代往往而然又第八旬老母依子爲命正古人所謂此身未敢許人者豈明公盛德將置此不講邪或者下石

之流以譽爲譎遂使推轂之輩索玉於瑕專望仁慈亟收成命小子幸甚老母幸甚如必欲如明諭豈無山之南山之北可爲第託足之地者請從此辭幸勿復我又作自弔文避亂改姓文以自傷悼賊度一第終不肯來乃繫其母與兄招之一第不得已就縛賊反復諭降堅不可乃劫之曰若而母與而兄何則曰願賜一死以免母與兄賊將斬之一老僧從旁伏地請免而一第終不可屈賊乃截鼻劓舌斫兩手罵不絕口而死然卒義免其母與兄死時年四十箸史發二十卷代古詩一卷各體詩一卷學者私謚曰介烈崇祀二忠祠論曰曩聞朗軒李氏謂覆校一第集未能免於文士浮華之習而怪忠烈與友善未有切磋

補益亦未知李氏所見何集子考一第師友淵源所漸或不盡粹於程朱要其抗響颺音激昂淸越亦鼎波湯沸時商聲變調不聞繁霜十月之忒刪於雅離騷天問之不軌於經也況宛轉劄裾無忝盡倫殿後丹心皎日甯爲范孟博之固不爲楊子雲之通逐與忠烈志同氣合無間死生其節尤偉亮者此豈可議以谷永杜欽之倫談有餘而諒不足哉夫聲名太盛或折滅望風蜂蠆起懷卽宂豫不定嗟乎此固一第之人所以不可死卽一第之文所以不可朽也

朱侍讀學士筠傳　余廷燦

君諱筠字美叔一字竹君順天大興人自幼穎異年十四五通五經善屬文與其弟石君珪俱有聲日下名公鉅卿多先就訪之者乾隆甲戌成進士授編修丁父艱服闋卽乞假期將爲汗漫之游欲徧歷名山大川以自廣旣而其弟珪除服召見

上前詢問家事甚悉又問汝兄編修宜卽補官不似汝候缺也珪以兄實無疾不敢飾詞妄奏則謹應聲曰是出卽徧告翰林取前假狀銷毀强君起官君佇思良久已乃欣然曰只無忝一段奇緣不成耳自是洊歷官至侍讀學士中閒數充鄉會試同考官一典福建鄉試旋奉　命視學安徽君言吾於是役將使是邦人士爲注疏之學而無不窮經爲說文之學而無不識字甫下車卽拜奠婺源故士江永之木主祟祀鄉賢以勸學江永者故安徽樸學能究窮十三經注疏而有得於己者也又刻舊本許氏說文解字標楬四端曰部分曰字體曰音聲曰訓詁爲學六書之學者大啟溝澮又言稽古莫如金石文字可證經史之譌所在叢祠野廟破荒剔蘚聚至千餘種初翰林院貯有永樂大典中多古書割裂字句分隸洪武正韻牽散而無統伏而未發會　上下詔求遺書君乃奏請開局纂錄大典且條畫搜輯之法甚備經軍機大臣議行　御製七言八韻詩紀其事其後纂輯四庫全書得自大典中者至五百餘部皆宋元來經義

傳說子史記載及星歷算數方技諸秘本爲世所不見不傳者一旦次第刊行布流海內皆自君發其端也又請做漢唐故事擇儒臣較正十三經文字勒石太學其後以過降級得 旨復爲編修在四庫全書處行走總辦日下舊聞纂修事初君爲諸城劉文正公所知遇以不次至是文正卒金壇于文襄公以掌院學士領總裁尤心重君文襄夙夜直軍機凡館書稾本有宜總裁纂修相見於館所訖不造門請謁遇朱墨披駁盤錯處君往復辨析瑣碎繁雜者意欲君就見面質而君堅執翰林故事則直陳已所見侃侃辨論不稍下文襄以聞奏言朱筠辦書頗遲 上曰可命蔣賜棨促之而君自若也其弟石君珪自山

西藩使緣事復入翰林從容爲君言宜稍自勉强抑損和同者君曰吾弟亦作是言邪君既久次望益重則大言翰林以立品讀書爲職業不宜修小禮曲意委順於達官貴勢惟喜奬藉寒畯見有一善者輒譽之如不及有請益者必誠告之惟恐不盡一時材雋輻輳其門多所成就以故士心公論皆翕然歸君室中聚書數萬卷君於其閒考古箸述窮日夜不倦性嗜酒客至則命酒酣嬉淋漓酒罷落筆無論大篇短紙自奇氣橫溢怒生不可逼視而莊諧正譎開闔雜糅又無不曲折盡情態其後又視學福建提挈經義六書一如安徽某生爲攝令某鍛鍊殺人君發其覆雪之大吏士氣賴以扶持及逾年 上使其弟珪

代之君固喜山水及輶車所至更得恣心廣意於黃山再登於五夷前労玉華諸名勝皆躋攀幽峻窮覽不厭歸自閩數月遂病卒箸詩古文集若干卷行世君口吃詞澀然忠告讜論遇義卽啟謇謇不可遏抑性孝友坦易實乃恬於勢利恥於婟嫪終日矻矻皇皇欲求文章成名於後世喜援引後進欲成人才於一時可謂直諒多聞不愧所學能舉其官者矣

君之將赴安徽也廷燦草薦吳秀才書一通命館吏齎上君孰視之曰吾後車已延致十一人皆宿彥也頗不謂無助雖然妙文不可虛奇士不可失卽命車就訪引吳秀才同載而歸又明日聯鑣十二乘出國門一時國門傳學使賓從之盛無有與朱

學士儔者君之好士好文大率類此君擬改葬海王邨故遼李君墓碑寶慶孟太守灝曾以搨本遺予予珍藏之篋衍旣久君歿後時取以讀玩自娛如見君面己酉來京師見君集闕載是篇卽挈搨本還之君次子錫庚不獨期錫庚網羅散佚亦心知君之精氣靈魄必長結念於斯文而不肎聽其零落無所收拾者也錫庚篤志學古能傳其父業以顯者

張太史江傳　　余廷燦

張江字百川．別字曉樓．江西南城人．其族望頗蕃昌．世居邑之郭下．邑人稱郭下張家．前明成化己丑殿試一甲一名張昇．歷官至禮部尚書．謚文僖．乃江先世．第不知文僖於江實爲何世祖也．江少卽敏於時文．一題輒拈數藝．如翻水湧雲．能各盡其變態．每下筆不自休．卽老宿亦橋舌畏之．長與同邑羅燌梅枚潘安禮．何天爵數子相友善．磨切數子．俱工時文．獨江益變而沈涵今古．有自得於中．人莫窺其所以然者．故江文遂擅天下．天下經生家無不知讀張百川時文者．以雍正癸卯成進士．入史館．是時金壇王太史步青方主持壇坫．與江同年同館．王既

重江之人與其文．江亦相覲莫逆．遂盡出其篋中文．委王別擇．無何江以丙午病死京邸．又六年．王乃序江平生所得於時文之故．梓百篇行世．於其爲文之甘苦疾徐．凡經幾變者．既標目甚悉．而江才力包羅旁魄．崛起於同時諸名作之外．又早歲卽心契安溪李文貞諸緒論．旁搜幽討．堅定不疑．因得藉窺六經之奧旨．以求合孔曾思孟之微言．故其文之神明變化．莫可端倪．要粹然一出於正．於五家有其精微瘦勁．無其連犿俶詭．其後又十數年．桂林陳文肅公宏謀撫江右．復得江未刻稾五十餘篇．以書趣王太史續刻之．是時王年七十有八．又合訂江文得百五十篇有奇．續序所謂炳炳麟麟．飫覲益暘者．王之神契於江至微也．文肅之貴仕與王之耄勤．俱惓惓焉．惟懼失其殘篇賸字．而不獲公之海內也．江文則既信於今時．傳於後世矣．然江初客死京邸．賴其鄉同官賻匱南歸．歸則藁黃殯本邑瀕河之萬歲寺．寺故多寄殯．以百十計．而江子立夫初不知旌題其匱．其後似惘惘莫辨識．久之．邑人有詰問立夫者．則云已葬茔口．其實訪之茔口．又竝無江墓．及今尚疑不能明也．立夫籍南城縣學弟子員．前後提學江西者．多以江故賓禮其子．而立夫隋窳不類．坐秏蕩無所歸．立夫亦有子．長既早夭．其次繩武又薙髮爲某寺僧．已而繩武日長大．其師慕波謂江名公．不可無後．乃賫而遣還張氏．邑人高慕波之義．亦謀醵金合助．爲繩

武立家室．而繩武又不振．一日竟遙遙遠去．莫知所之．江工書法．喜鼓琴．他皆無所嗜．獨嗜治時文．有天得於博簺．或偶一爲之．則其時文更神勇孤詣．盩勤一世．出死力以盡用於斯文．雖駁雜時之血路．心城無非顓壹時之血路心城也．立夫貧不自存．以江所讀毛詩．尚書．周易．春秋四經舊本．及筆筒一．破琴一．質錢於同邑太學生王氏．王氏重江所遺畱．許之．乾隆己酉．王氏有子聘珍．以選拔赴京．　廷試．明年秋．同予僦舟南歸．因爲予備述其詳．又言筆筒週遭書前後赤壁賦．皆江小楷手蹟．至今宛然．其評點四經．多在章法句法字法．而於經義則略不及．亦其平生結習則然乎．予因謂聘珍．南城有文如江者．豈可無

片土封墓子曷卽以四經舊本及筆筒破琴爲江招魂起冢使後來過訪南城者有所瞻望興起聘珍則敬復曰諾抑予又聞江之同族銘領己卯鄉薦出令大與翁閣學方綱之門歷官至松泰兵備道倖入最豐而於江後略無省錄頓置翁提學江西時每言及江輒太息惋憾不已者甚矣江之窮於死而予傳之所以不可不刱作也

論曰或言造物忌名然自制蓺旣興以來其有文阨於其生而卒不阨於其死且大顯於其死者死則造物無所用其忌耳而獨江之旣死則犯忌轉酷矣昔南昌杜果見奇文沈埋不曜必標楬品評惟恐堙滅其論至比于拾遺骨收棄兒江文旣曜於

當時可傳于後世幸不至零落無所收拾而乃屍解若委蛻嗣續化塗人何與杜氏所論若適相準則然豈全乎此之精者爲存其神卽不必保乎彼之粗者爲僅遺其迹邪抑羣奉以此之虛名所得於人世者猶少而偏降以彼之實禍其受罰於帝者更多邪

江愼修永傳

余廷燦

江永字愼修婺源人家於江灣好深沈之思其學孤起草澤中由究窮十三經注疏而入尤覃心三禮於制度名物之寓於訓詁涉於九數六書者皆旁參造極得其制作所本始以是讀書善比勘於步算鐘律聲韻尤精其論歲實消長也宣城梅氏歸之高衝近冬至則漸消過冬至則漸長亦歧莫能定永則正之曰日平行於黃道是爲恆氣恆歲實終古無增損者而因有本輪均輪高衝（本輪屬於黃道循黃道而右所謂平行者均輪以近本輪心爲最近高衝又極近爲最卑者）之差以生贏縮則謂之視行視行歲歲微有移徙卽定氣時刻之多寡亦歲歲不同今當以恆者爲準而高衝爲縮末贏初之端

則但隨其時之高衝以算定氣而歲實消長可勿論猶之月有平朔平望之策以求定朔定望而此月與彼月多於朔策幾何少於朔策幾何俱不計也其說簡易直捷如此從來黃鍾之宮聚訟短長則以四寸五分爲斷謂黃鍾半律卽黃鍾之宮故後世樂以黃鍾清聲爲調首而琴家正宮調黃鍾不在大絃而在第三絃正黃鍾之宮爲律本遺意其黃鍾生林鍾則不以全律下生而以半律益一分上生蓋黃鍾之宮位乎清濁之閒在其前者有林鍾夷則南呂無射應鍾五全律爲濁而下生乎淸在其後者有大呂大蔟夾鍾姑洗仲呂蕤賓六半律爲淸而上生乎濁證之國語伶州鳩論武王四樂以夷則無射爲上宮黃鍾

大簇爲下宮可知律長者用其淸聲律短者用其濁聲古樂立均之法固如此此論正與管呂諸書論聲律相生者一一符合非韓邦奇王廷相李文利瞿九思諸人執一滯百也自吳才老作韻補而崑山顧氏炎武又上下古今考其同異訂其是非作音學五書天下翕然尊之永則謂其過信古人韻緩不煩解字之說於天田等字皆無音其古音表部分亦多未當蓋考古之功多審音之功淺於是分平上去三聲皆爲十三部入聲分爲八部以正顧氏之疏而虞屬魚模者分之以屬侯幽先屬元寒者分之以屬眞諄蕭至豪四韻之讀如今音爲一部者又分之以屬侯幽覃至鹽屬添嚴者分之以屬侵又眞以後十有四韻

之當分爲二侵已後九韻以斂侈當分爲二此皆考之三百篇用韻畫然者而顧氏皆略之蓋顧氏鑿疏巨手在奠高山大川別古今州部封域而支港分合壤地瓜離則永又能溝剖其毗連交錯亦羽翼顧書有功古韻者易彖言往來上下者謂之卦變率以二體內外虛象言之永則謂上下經俱以反對爲次序卦變卽當於反卦取之凡曰來曰下曰反者皆自反卦之外卦來居內卦也曰往曰上曰進曰升者皆自反卦之內卦往居外卦也謂兵農之分率言分自井田旣廢時然管子治齊參其國以爲三軍三軍皆出自士鄉十五而伍其鄙以別居農農不聞隸之師旅蓋兵農早分矣晉惟一軍其後屢增軍制又屢損軍

制其旣增而又損者蓋除其軍籍使之歸農若軍盡寓於農則農民固在安用屢易軍制哉隨武子曰楚國荆屍而舉商農工賈不敗其業列國之農不從軍可概見者若魯作三軍季氏取其乘之父兄子弟盡征之孟氏取其半以其半歸公叔孫氏臣其子弟而以父兄歸公所謂父兄子弟皆壯老隸在軍籍卒乘者非通國出稅之農民也其後舍中軍季氏擇二二子各一皆盡征之而貢於公若農民出田稅者自仍然歸之君否則亦盡屬三子哀公何以云二吾猶不足哉陽虎壬辰戒都車令癸巳至此又魯軍常近國都之明證其野處之農久非兵也深衣之制孔氏玉藻疏謂布六幅交解爲十二永則謂偏邪似非法服

且玉藻文明言衽當旁則在旁名衽者交裂而餘幅皆正裁不交裂續衽者裳之左旁連合其衽鉤邊者裳之右旁別用一幅斜裁綴於後衽鉤曲而前以掩裳際漢時謂之曲裾故鄭注曰鉤邊若今曲裾也蓋其論古識斷皆有通證大率視此初永少逐隊里塾童子中勉治世俗之學顧非其所好一日見明邱氏濬大學衍義補遇條舉周禮章段處輒心奇之以爲異書卽求得藏書家周禮正文手鈔口誦大有領悟自是遂壹意治經見周官大宗伯吉凶軍賓嘉五禮舊次謂三代禮儀大綱總統在是舉其綱而稽類比附則萬目犂然因成禮經綱目一書足與朱子儀禮經傳通解相庚續完補者際　朝廷開館定三禮義

疏館臣檄下郡縣錄送是書以備參訂知者亦稍稍傳寫其後同郡程編修恂一延永至京師三禮館總裁桐城方侍郎苞聞永所學面以所疑士冠禮士昏禮中數事爲問永從容條答侍郎乃心折服而荆溪吳編修紱自少深於禮儀及獲交永亦從質周禮中疑義是以有周禮疑義舉要一書然卒未有出口薦雄章徵所學者又數年 上方崇奬實學命大臣各舉經術鴻儒有欲爲永進所著書來起永者永自顧垂垂就老歲晏甯堪展布又昔時京師所與交游散去皆無在者意思愈益感愴乃固辭謝不可强起居鄉里以孝悌仁讓相躬先遇豐歲約其鄉人共輸穀若干設立義倉行之三十年一鄉不知有饑蓋積

穀不在官而在民使民自相補救法莫良者而倡之則自貧書生始乾隆壬午三月卒年七十二所著書周禮疑義舉要六卷禮記訓義擇言六卷深衣考誤一卷禮經綱目八十八卷律呂闡微十一卷春秋地理考實四卷鄉黨圖考十一卷讀書隨筆十二卷古韻標準六卷四聲切韻表四卷音學辨微一卷推步法解五卷七政衍金水二星發微冬至權度恆氣注歷辨歲實消長辨歷學補論中西合法擬草各一卷近思錄集注十四卷其同志戴震恐久就墜失次其治經事略并整齊遺書二十餘種藏於其家廷燦因據事略傳之曰自江永以注疏之學傳經一時戴東原震亦以說文爾雅之學起休甯若宮商應和於是漢經師碩儒授受微言遂大顯於世而好者頗稀永既死震入都客秦尚書蕙田所饒衍中擕永一二著述尚書方集五禮通考見而奇之乃摭其說入觀象授時一類而推步法解則取全書載入且深惜其不得見禮經綱目者其後大興朱學士筠視學安徽鋭意以興起注疏說文之學厲士乃躬拜奠婺源故士江永主祠入鄉賢而所著鄉黨圖考古韻標準近亦稍稍刊布矣然傳者一二不傳者尙壓架閣束墨漫紙刓其終飽蠹魚齧蝕徒留書目在人間乎抑後世復有子雲而薶蘊積久之業自不可揜其實而發其光乎

郭君小傳　余廷燦

郭君佐平名世遵一字鴻渚湘陰縣人靜而好深思頗熟儒先理語學時文不肎隨人下筆銳意在自出匠心先是君名世仙讀書仰高書社都講亟器之是時巡撫湖南敎公以興賢育才爲己任一日小憩仰高目君於稠眾獨詢問甚悉爲改名世遵然久困隊伍中無所遇乾隆己亥從予會學於城南是歲縣試拔冠童子軍得籍縣學及學使者按部試諸生君歲科兩考文連署第一食米廩名噪一黌自是益志遠到顧瘦瘠善病癸卯秋闈宿疴頓作咸阻君於省門君尙力疾戰文文不稱意愈撫脉激楚不自休及病益篤尙强作笑語以紓親憂冬十二月十

六日吟詩屬昆季曰天既促我命脈脈語不得死者安足悲生者各努力遂投筆逝年三十二子其弟誠世之次子家祜爲嗣君自待不薄每急人之病如己病推解無難色秀民貧而廢學則歲出槖金助讀其人因成學不徙業輯成郭氏家譜具有條理又約羣從爲聯芳譜會醵金權子母累至千金以敦友愛其見之施行者如此其未見者可知也矣君家自高曾世有隱德尊甫益篤古心每縣中有學校大興作及培壯彨勝津梁衢路諸大役輒多括家貲以蕆事生君兄弟六伯子世遴亦以文食餼而君與其季弟世暹乃先就萎叔子誠世爲予述之京師甚悲及歸長沙又撰具顛末乞予文傳君子頗不欲爲以人世之死於耆年長壽與其死於達官貴仕者尙或草亾木卒朝榮夕萎自冢士外卽一無所留於世而君年不躋中壽名不挂朝籍吾文於君復何有既而誠世又价其同志吾族士第以書敦促是日予方治周官經讀地官閭胥之法敬敏任恤者則書之讀族師之法孝弟睦婣有學者則書之因念君曾執經請業於予則予亦君之閭胥族師也而考君行誼又應周官經書法使其生也予尙當執筆特書以厲學行矧短折不展所抱顧聽其泯泯就堙晦沈薶無一言標揭於吾文乎乃作小傳次其略以復誠世俾藏於家而傳於後焉

徐瘋子傳

潘相

瘋子繡林人·讀書好奇不治生產業·家貧落魄·以星命術游鄉校·徑入坐上坐·無一語·問之則朗誦詩古文·兒撫一世·豪兒齷齪自用·輒嫚罵·尤不樂諸富兒·諸富兒固請·亦往往多拂衣去·緣道歌咏·跳踉大叫·人皆曰瘋子·瘋子笑曰·我誠瘋·因自號徐瘋子·瘋子游燕趙·善一傖·傖故奇士·與劇切·瘋子文益奇·摹寫人物·衡喉而出·皆肖生·至嘲弄戲謔·不可堪·人亦笑受之·且曰是瘋子耳·勿深計·閒涸迹諸俠少中·俠少好著紬綾褲·長摩土·瘋子竊翦其齊尺餘·爲譏裝·曰吾截長補短耳·與俠少入惡鬼廟·惡鬼獰目張斧·俠少倒地·揪其尻·瘋子獨攫鬼箠搖之·曰鬼

畏我·與我不我祟也·嘗薄暮·自黃山來·倉皇奔趨·高吟遐眺·時遇里中失火者·眾怒臂拳瘋子·曰若放火·賴友人救得免·其人復具食謝·且索詩·瘋子又欣然弄筆·都不記憶·爲人推算多奇中·得金·封多·散置牆孔中·見乞兒或手一塊·遇其空乏時·一妻一子一姪·饑腸如雷鳴·不顧也·逢瘍子·曰余耳·瘋子名奇之·瘋子過余齋·出所作示余·信奇·余爲之範我馳驅·瘋子復叫號·更奇甚·病莫狂於心·若瘋子者·獨貌狂耳·余聞放浪山水中·多奇士·徐瘋子儻其人歟

雙節傳

王坦修

雙節傳者·爲茶陵譚母尹孺人暨媳彭孺人作也·婦人重名節亦以勵風俗·矧其姑媳媲美而竝邀　恩榮者哉　國家深仁厚澤浹及閭閻·凡閨閣之英·有能貞白自砥者·得由州郡以申於大吏·而達諸　朝　錫旌典·雖其人已往·而搜羅軼行亦足光於泉壤·今譚氏兩母矢心井水·託命松門·後先繼武·誠有不可湮沒者·謹就　題事實以次詮記·固非諛語也·尹孺人儒士譚公世爾之妻·本州任藍山縣廣文尹公一璁孫女·康熙三十五年·年十八歸譚·譚故寒·尊章亦老·母問衣燠寒·滫瀡固缺·遇有疾·必親和藥餌以進·丁大故·佐喪葬祭祀·盡敬盡禮·鄉

里稱賢焉·夫卒·母年未三十·遺孤數歲·篝燈課讀·至於成立·爲州名諸生·蓋之調公是也·母性貞烈·不輕出閨門·人罕見其面·然家事無不躬自摒擋·一日有外侮·母攜孤痛哭訴於神·主主自動者數日·里之人無不駭目怵心·事遂寢·至今猶競傳以爲奇·此與古逸士傳刻本事相類·蓋幽明之隔·呼吸可通·由其至性至誠·與爲感格者然也·母歿於雍正二年·後四年·媳彭孺人年十九來歸之調公·彭州望族·孺人爲拔貢康孫女·儒士元隆公女·幼嫻內則·長動循禮法·及歸調公·梁孟之匹·莊如也·常念不獲事翁姑·調公教授多外館·翁姑生忌辰·致悲享祀·必豐潔焉·調公謝世·有欲奪其志者·亟鳴諸族·族重懲其人·其慟夫也

每祭必攜孤哭拜嘗嘔血數升人益服其節之堅年四十四終
孤今廩庠宗衍先生也學優譽廣吾郡人多師之倦游搆滿花
軒著書孫人豪丞貢成均教習　宗學現以知縣用經傳紗幔
不是過也兩世苦節報亦宜哉制臺畢公撫軍姜公以州府之
呈言請云冰霜同清松筠接翠孤鸞弱影長棲獨活之枝寡鵠
悲吟嗣響女貞之木事高堂而盡孝尹氏已昭懿範於前撫穉
子以成名彭氏復紹芳蹤於後茹荼兩世清標既協鄉評完璧
一門　旌表宜邀　鉅典疏入　褒綸弁荷綽楔雙輝於
戲美哉渠獨梓里光哉爰作雙節傳

論曰姑媳繼寡家之弗幸姑媳繼節史不概見葢苦節難貞也

婦節則諸姑姑渠起而謀諸婦哉茲　聖化之隆亦士族之
有素也傳曰區明風烈昭我彤管吾於茲益信而亦不能已於
言

槐塘先生傳　周錫溥

予之先人與君族同出江西既系籍兩邑源遠益分支派遂不
可合然衡宇相望僅二十里許予入省門必道君宅前乾隆丁
亥予偕仲弟湜甫肄業嶽麓識君講院中予年差少兄事君時
相就切劘其後散歸予歲歲過君君必命孺人作數日供具子
姪環侍如家人禮君過予亦如之予自維平生交久且篤者莫
如君彈指三十餘年君遂歿而予亦頹然老矣君歿後五載而
君之子俊卿校族譜視君手澤欷歔葢譜亦君存時所撰述也
俊卿因是乞予爲傳附諸家乘之次以紓其悲予爲就所知者
書以與之君諱輔字鳴世號槐塘考福安公有隱德生子五人

君居季而憐惜特甚就塾時囑師簡其程督而君夙慧日常倍
之下筆纚纚千言不休弱冠以文受知學使秀水鄭公補郡弟
子員未幾食餼於庠每試輒冠其曹而累滯於大比至五十六
歲始循年資入成均謝免諸生籍而已六十歲卒予與君之相
從嶽麓也方富盛時慨然欲有所樹立而隱規其志趣之同者
於時醴陵鄢方亭君邑人楊道園永綏胡樸園新化孫石溪先
後集一見訂交而齒湜甫末行爲七子社社日輳方亭舍中先
說經而次質其所爲詩古文辭批抉往復窮乙夜乃已獨謂制
義非古而數壞於科舉之習非有所得戒勿爲爲之必以日力
之餘其義法則宗前明葢以爲一涉筆卽心靈之所棲託而不

敢苟以悅人也以是見駭於同舍生嘖嘖非笑之及出而應舉果躓又數年則舉於鄉貢於學使者相望而予幸再得於禮部不得者獨君與方亭耳豈非其命與然君之學自是乃益進於古視予之趑趄薄宦以失故行者又未知其孰得而孰失也君天性孝友哭福菴公口喀喀血出後遂常有此證太孺人喪予唁諸其次涉旬見羸形乾隆戊子鄉試君兄三人走百里爲治辦場具而是時君伯兄某幾六十其友愛君如此卽君可知矣孺人吳先君没君埽室獨處偕子孫治經史而能以善及人族故有祠子姓辨訟上於族長則啟祠而聽有過行扑雖尊親不貸故百年來鮮犯於有司者君之爲族長也嘗先事而激之以

恥訟遂稀族人畏家法之嚴而尤樂君之寬謂得法外意其於閭里抚敝之俗閒有所激勸亦爲之止有王彥方許子將遺風君以文學知名而內行修飭教於家以及其鄉人其於應天下之務沛然有餘而施不及遠故予追念昔游而終以不與科目爲憾俊卿與兄之鑑同入邑庠之瀚業儒皆傳君學其系屬卒葬詳於譜者不復具

鄭節婦傳

王邦光

鄭節婦湘陰人姓劉氏名芳字貞靜年十五歸同縣鄭先正先正固貧婦安之篝燈伴讀績紝率夜分不輟越五年先正病遂卒婦痛之不食幾死念夫未有子娠且累月家貧舅姑老義不忍棄乃強起飦粥閱七月而子生婦孝且慈每登堂侍飲食色甚愉退而乳其子淚涔涔下不能止後歸甯母憐其少寡貧苦欲奪其志婦堅拒者數母不懌啐之婦大慟曰野鳥知匹我人也而不如乎遽起奮刀斫一指斷血淋漓滿衣履母持之不及則哭兄弟來視皆哭里中婦孺過之亦莫不欷歔嗚咽不知涕之何從也嗟乎烈士殉名往往好爲畸節苦行以震盪人耳目

是以其名不壓而走婦失所天慟急而起憤發於須臾不自知其云何者豈復計有名哉然則烈士人也烈婦天也予固聞而異之乾隆四十二年春有客造予曰鄭宏玉延入詢之則節婦子也移時款語述其母生平與向所聞不異玉又曰父没後母容不飾衣不帛未嘗莞而笑也家固貧所以視吾祖父母者雖不盡豐然吾祖父母嘗忘吾父之没也喪葬皆盡禮祭祀必虔與人恂恂數十年妯娌無忤色宏玉故善病母鞠之倍勞比就傅雖甚愛然課讀嚴束脩皆十指出不後於人巳爲宏玉娶生子則喜曰未亡人旦夕入地無憾矣宏玉今年四十二有子男三人女二母六十二益健步昧爽而起猶肩肩家事雖貧喜濟

人老而不倦至於蔬蓏棄餘可藥餌者滉而乾之纍纍牆壁間或詗其瑣屑及有所需用猝不獲示而取之則喜出望外母以爲固然推斯志也濟人不必有權仁者不必富豈不然哉邑侯李公月槎語及則歎曰梁高行段紀配不是過也乃請於上官褚大宗師爲之序與制府陳大中丞敦會疏 上聞乾隆三十九年甲午奉 旨建坊坊於縣南青竹山麓於是一時賢士大夫相與爲詩歌揚扢之甚夥宏玉貧未能梓行將梓之宏玉字匪石母命之玉無瑕匪石不可轉也母志也宏玉云

行齋公家傳

陳士雅

府君諱文遠字自邇號行齋一號星圃大父九萬公第三子也府君天資英特自幼時卽揮霍有大志與羣兒異大父席前世山田數十畝食指日繁常苦貧以故不及早授府君書府君年八歲一日偕儕輩拾株栗道上擲而歸泣謂大母曰母啞令不令兒習冠裳俎豆至下與庸奴伍兒不恥者非人矣聞諸大父大驚異於是俾府君同大伯父弃南公就塾且博延名宿爲之師湯公南溟胡公遲菴咸器重焉而祖舅易公稚閑出其手錄經義指授府君由此益得沈酣六籍不苟爲浮華剽竊之文弱冠補弟子員旋食餼登乾隆元年丙辰 恩科賢書往還京邑與一時賢士大夫游益以道誼名節相切劘則又重自刻厲博觀歷代史事舉其用人行政得失之要分類纂錄法戒炯若列眉於直省郡縣皆編輯成書各以吏治之繁簡民俗之澆漓土壤之沃瘠險易條系於下詳審精覈常舉示士雅曰如有用我執此以往蓋府君之學無所不窺而其用心尤以天下國家之務爲己任上將獻之 朝宁下亦思惠牧一方民意氣磊砢騰踔見讀書人積財利自私問舍求田輒欲臥之牀下乃三試春官不遇考補覺羅教習報滿引 見擬就銓矣丁大父艱歸歸不數載而府君遂齎志以沒矣府君之服闋家居也明府李公聘修邑志時值學舍陊圮府君謂志以記事末也學以育才本

也。且全聖之祀繫焉。宜先。卽首倡鳩眾量功。李公從之。役興。人人爭自效。門庭堂廡悉增於舊。其與修邑志也。臧否人物一衷於義。有某者內行不修。其子求爲立傳。將以重貲啖同事諸公。畏府君廉。懷其金不敢獻。緣族祖某以姻婭謁府君。艴然曰。嘻。柰何欲以私故汙汗靑。爲異日都人士口實乎。竟黜之。後無恩者。府君孝友滈篤。大父性嚴毅。能曲承其志而不違於道。登賢書後。猶有小過則撻。大父偶不懌。則省疚數日。然後敢見。奔大父喪。自以不獲與含斂。哀毀柴立。旣免喪。遇有時新必薦。猶涕泗交頤。南紀公年過四十乏嗣。府君憂甚。助置側室。逾年生男。舉宗慶之。季父尹度公尫羸善病。府君庀其家事。資之藥餌。因

得小瘳。後府君卒五年乃卒。生平急公樂善。友教所得俸餘。隨散與親故族人。略盡。卒之日。家無儋石之儲。與人交必盡其誠。見人有失。立誚責。然卒蒙其益。人以不怨。善化張竹軒先生輓以詩曰。肝膽一鳴劍。風流數酒杯。蓋深知府君者。最後省身彌約。士雅六七歲趨庭受讀。言動一束以禮。閨門峻整。常揭大易家人上爻於壁以自警。又銘其座右曰。若能細尋己過。豈肎輕說人非。烏乎。使天假之年。不惟應世之才得少見其崖略。而於聖賢所以爲己之學。亦將日新月盛而未有涯也。乃得年僅三十有九而止。豈獨遺孤之不幸也哉。士雅生八歲而孤。故於府君嘉言懿行多不及詳。而但列其少小所知見暨所承於太孺人之訓。與父執傳述者如此。抑又嘗閱邑志。載府君教習天潢貴冑。嚴而有方。每憾莫由考信。迨乾隆三十九年。閒覺羅敦公撫楚。命屬吏訪求府君後。召見士雅兄弟。拳拳禮接。語之曰。子之先人學行純懋。予所以服官至今。幸全大節者。由克遵吾師之遺教也。子其毋忘先人之業。夫教習一職。人或視爲傳舍。而府君誠意所孚。至於久而弗衰。是固足見中丞念舊之殷。亦以見當時志乘秉筆。非阿所好。卽府君之感諸人而垂諸後者。概可知矣。所著有鑑略類鈔。直省郡縣考。朱子全書節纂。藏於家。若所爲詩古文詞。非所以知府君之大者。故不著。

常惺園傳　黃賢寶

惺園姓常氏名道沁字如心別號祖蒙長沙人也曾大父樓山公以進士宰豫徐大父立菴公太學生贈修職郎父警堂公中乙榜司鐸新田新化今　上萬壽覃恩贈修職郎惺園至性過人幼羸瘠多病五歲大母煨芋啖之謂食此可長生應聲曰果爾願祖母食一枚一枚遺吾母束髮受書數過即成誦年十二能文章出語驚長老然試有司輒抑三十二始泮游時母太君久棄養惺園終日涕洟以不及見為憾戊午舉於鄉值尊甫六十壽與尊甫獲雋值大父六十壽同己未赴都聞父訃匍匐奔喪悲號動鄰里墓故在屋側日必至至必哀憾不如母病時親

視醫藥也方警堂公司鐸時官冷祿薄罷歸無餘貲於是從而經紀之命仲弟掌家政叔季俱遣就學已乃載筆客諸侯自是而足迹半天下矣有閩海吟江行雜詠北征日記華原篇華原續篇吟詠多至性語又著郵程日記一書於山水源委泉關隘土宜民情靡不登載與人言歷歷如指諸掌其為華原山長也立課程十餘條以敦行為本文不拘格歸於有所成就而已七試禮部皆報罷其閒堂薦者四卒以額遺大挑列二等嘉慶戊寅選授永州校官逾年遽卒惜哉惺園險阻備嘗而皆獲福蔭己未出京夜行濱河車覆幾落水絓於木而免辛未大水瀰漫不辨道車行水中旬餘卒無恙赴太原時車夫謀不利鳴於官得免在朝邑地震夜聞有聲如雷又若百萬人馬疾行起立即踣生徒數人排闥入負之出而牆傾素患頭疼嘔吐居朝邑益劇藥之竟痊胡履險如夷而居安乃危也聞往歲辛酉同仲弟宿夢至一官府將見世所謂閻羅者門者曰爾尚早須為永州行也時弟已在內迨乙丑弟先下世君既之官心惡之邑邑不樂竟如所夢惺園篤友誼一日無良朋即惘惘若有所失余素無介紹戊辰晤於京邸相得甚歡及同官永往來益密而不意遽有宿草之傷也惺園歿三月弟道滋道治兩孝廉寓書命紀其實乃作傳惺園生於乾隆甲申十一月　日卒於嘉慶己卯五月朔日子一人孫一人

湖南文徵卷一百十

湖湘後學集編

傳四

唐相劉瞻列傳　陳昭謀

劉瞻字幾之其先本彭城後徙桂陽郴縣父景字司光家貧十歲許在鄭絪左右主筆硯至十八九絪爲御史西巡荆部商山歇馬亭俯瞻山水時雨新霽巖巒奇秀泉石甚佳絪欲吟詩顧見新題一絶奇之詢爲景作比歸戒子弟與共學曰景有奇才他日學必超異至三數年所成文章詞理優壯後至解薦擢進士第絪召辟法寺歷臺省清級絶鄺坊從事劉禹錫贈景擢第詩云湘中才子是劉郎望在長沙住桂陽昨日鴻都新上第五陵年少讓清光瞻奇偉能文才思敏捷素負大志嘗從兄瞻讀

書東山偶微行逢一道士童顏鶴髮揖瞻兄弟而語曰汝昆季清姿丹表非凡骨也儻能相師吾當成汝瞻欣然從之瞻笑曰丈夫得君行道不負所生豈效喬松之輩熊經鳥伸無益人世哉遂究心墳典舉大中元年丁卯進士第尋擢博學宏詞科歷太常博士劉瑑執政薦爲翰林學士拜中書舍人進承旨出爲河東節度使咸通十一年以中書侍郎同中書門下平章事同昌公主薨懿宗捕太醫韓宗紹等送獄逮繫宗族數百人瞻諭諫官皆不敢言卽上疏固爭曰臣聞修短之期人之定分賢愚共一古今攸同喬松彜花稟氣各異至於籛鏗壽考不因有智而延齡顏子早亾不爲不賢而促壽此皆含靈稟氣自然之理也一昨同昌公主久嬰危疾深軫聖慈醫藥無徵幽明遽隔陛下過鍾宸愛痛切追思爰責醫工令從嚴憲然韓宗紹等因緣蓺術備荷寵榮想於診候之時無不盡其方術亦欲病如沃雪藥暫通神其奈禍福難移竟成差跌原其情狀亦可哀矜而差誤之愆死未塞責自陛下雷霆一怒朝野震驚囚九族於狴牢因兩人之藥誤老幼械繫三百餘人咸云宗紹荷恩之日寸祿不霑進藥之時人不同議此乃禍從天降罪非己爲物議沸騰道路嗟歎陛下以寬仁厚德御宇十年四海萬邦咸歌聖政何

事遽忘前志頓易初心以達理知命之君涉肆暴不明之謗且徇宮主而違道囚平人而結冤此皆陛下安不思危忿不顧難者也陛下信崇釋典意在天生大要不過喜捨慈悲方便布施不生惡念所謂福田則業累盡消往生忉利比居濁惡未可同年伏望陛下盡釋繫囚易怒爲喜虔奉空王之教以資愛主之靈中外臣寮同深懇激帝不悅復與京兆尹温璋等力爭之帝大怒卽日賜罷以檢校刑部尚書同平章事爲荆南節度使温璋貶振州司馬璋歎曰生不逢時死何足惜仰藥卒路巖韋保衡譖瞻通醫投毒俄斥廉州刺史翰林學士承旨鄭畋草制有曰安數畝之居仍非己有卻四方之賂惟畏人知巖怒謂畋曰

君乃表薦劉相耳貶敗刺梧州御史中丞孫瑝諫議大夫高湘等坐與瞻善分貶嶺南嚴素與瞻論議不慊既貶猶未慊按十道圖視驩州去長安萬里再貶驩州司戶參軍事命李庾作詔極詆將逐殺之天下謂瞻鯁正特爲讒擠舉以爲冤幽州節度使張公素上疏申解嚴等不敢害方公被貶南行繪三湘圖示將老焉行次韶臺泊舟江濱有少年丫頭布衣衝雨而來衣履不溼容貌可二十許近視之乃曆也瞻已皤然衰朽又爲逐臣悲喜不自勝話平生闊事一夕忽去不知所在僖宗立徙康虢二州刺史乾符元年五月以刑部尚書召復拜中書侍郎平章事瞻之貶也人無賢愚莫不痛惜及還長安市人率錢顧百

戲迎之瞻聞改期由他道入初瞻南遷劉鄴附於韋路共短之至是鄴懼延瞻置酒瞻歸而薨時八月辛未居相位三月人以爲鄴鴆之也瞻爲人廉介所得俸以餘濟親舊之窶困者家不畜儲無第舍四方獻饋不及門行己始終完潔稱爲大唐第一賢相歸葬於郡南四十里艮市㝊塋南向坐大鵝嶺左琉璃江明年夏六月雷雨暴作人見叢雲之中劉相乘而上天少需往瞰之其墳已陷闚其中屍與棺解惟一空冢而已乾符末司空鄭畋自梧州徙郴刺史見公屍解語人曰平章立朝氣節風骨不恩權豪已翹然有仙風矣尋爲公營其墓今郡東東山有劉相讀書堂祀鄉賢兄曆小字宜哥家貧好道入羅浮山服神芝

逾月道成弟助字元德性仁孝幼時與諸兄游飲食取最下者及長能文辭喜黃老言年二十卒子延賞官渭南尉右拾遺（唐書本傳宰相世系表通鑑）又子贊初婚李氏所生幼性頑鈍讀書終不記憶其舅李侍郎殷衡以劉氏不可無後常加楚箠李夫人念其宿分不忍苦之一旦不告他適數年方歸曰入嵩山遇白衣叟謂曰與汝開心自是日誦一卷兼有文藻天祐乙丑擢進士第爲梁崇政院學士預時俊之流瞻猶子懿自言家世合有一人得道白衣叟其髣髴乎因唐史列傳過略詳考諸書補入人知劉仙兄弟三人成神仙誰知三代皆進士郴志依類分載今彙爲列傳一篇以便觀者考焉

瑤樞尹先生傳　羅健亨

先生諱辰字人龍號瑤樞雍正乙卯以縣首補郡庠旋食餼乾隆丙戌膺歲貢世居潭邑之十總大父諱某父諱某皆讀書有學術行義於鄉中鄉之人稱世有隱德焉先生生而孝友質直厚重不苟訾笑居常正衣冠端作止事無巨細人無親疏莫不遇之以誠遠近執經請者數百計多所成就絕無矯戾炫飾之態惟禮貌稍衰則去之鄉之中知有師道尊嚴者賴先生矣聖賢精理苦志玩索心自得之得則發之於言筆之於書無非仁義中正之旨生平文最富詩次之顏其稾曰求心堂謂以己之心求符合乎聖賢之心而已矣遇不遇弗計也鄉之中知立言

貴明道而不屑屑於隨時俯仰者賴先生矣食貧守約一介必嚴嘗誦子思子言曰不取於人之謂富不辱於人之謂貴吾見人世所謂富貴者亦苦矣數十年來與予鄰居相望登其堂婦子家人怡然自得其親族中亦有老而無歸者恆生養死葬之卒不見有艱難窘迫之一日人或有以艱難窘迫相嘗者輒面發赤而若將浼此何如其自潔也平居非其有者固不受朋亦有知交投贈轉致怪而不相往來者先生之風豈不足以廉頑起懦哉吁得為者為之不得為者胥聽之聽之二字為先生一生得力處予媿淺見寡聞辱先生以知言謬許風晨月夕兩不能忘因得習聞斯道知所由來者良不易也曾妄撰聽之歌一闋以為壽固不足揄揚什一誠亦有不能自已於中者今往矣鄉之中稱有道仁人者必首推云則先生之所得亦可謂不徒然已矣先生生於康熙壬午二月初四日於乾隆戊子三月十三日卒元配陳孺人生女二長適楊某次適王某繼娶陳孺人生子一名澍字時霖有聲膠庠皆先生所自教孫三作樑作楷作棣幼業儒先生當病劇未嘗一日或廢書與談聖賢風化事輒娓娓不倦容顏如無病狀比瀕危之先一日尚然其秉性剛毅天成也曾子曰仁以為己任死而後已先生有焉

案尹先生子雨麓先生舉孝廉方正成進士官衡州教授孫作翰亦成進士官江西安徽知縣作翰孫某近科舉人人謂

善人有後惟文稾無從採獲汝懷附記

吴磊巖傳

胡光北

乾隆戊戌及乙巳兩歲旱魃恣虐大無麥禾殍於饑者道相枕・先生出所蓄市棺以瘞不給則勸豐財者瘞之老疾罷廢轉死溝壑之侶骼胔無暴露有由然矣逮嘉慶辛酉春夏之交有客籍某倡諸無賴阻禁鄉曲閭里中年少漸尤而效之某正幸響應者眾而懼人沮之也先生度其事體繩以義家喻戶曉曰恤鄰救災國之大政木饑金穰歲有適然彼豐此歉此穫彼荒循環理也苟非移粟相濟彼饑我飽固相安矣脫彼飽我饑彼亦效若所爲不將終饑乎恕者諒無是昔周禮大司徒以荒政十有二聚萬民六曰去譏去門關之譏便民轉移也葵邱載書命

無遏糴俾推食周急通厥有無也漢仰巴蜀粟於江陵唐運山東江淮粟於京洛他若宋轉漕粟於他路告富人無閉糴凡以謂穀之養民利用通人不能躋仕版建勳猷黨畎畝中即事即物運籌而匡濟之未必非孔子所云是亦爲政之意柰何於荒年粟不能通之轉遏之邪且嘗聞之阻禁者照光棍擾害良民論罪當遣是以利若者害若若奚取諸少年聞之咸相悅以解不謂倖其響應而懼人沮者聞沮之適爲先生也一日遭先生於道出不遜語逞不遜狀先生知不可說不與校未幾阻禁河干截櫓斷檣極諸橫肆移粟者訴諸宰適各郡縣查拏綦嚴宰捕某及諸無賴羈監懲治里中無株連始信先生之言匪迂而先生之惠不淺也先生諱良弼字立廷以四十七齡卒二子俱倜儻能文章

羅貞女傳　羅廷彥

貞女轉姑族姪德安之女姪孫榮高之姊今篤毅篤光之姑母也幼端慧工紃組甫笄許字陳氏陳氏未婚而壻殤聞訃哀毀依母陳氏矢志不貳踰年母疾卒榮高僅六齡轉姑事堂上孝撫弱弟慈摒擋井臼殆無虛日未幾德安卒有覬覦榮高孤產者岌岌然危如毀室轉姑折以大義覬覦者輒斂不敢肆無何榮高又卒篤毅篤光俱未成立轉姑偕娣氏楊料理家政延師訓課竝教育諸姪孫今篤光登上舍姪孫愼璠入仕籍愼璵隸黌宮皆轉姑教督力也卒年六十有八篤光輩視殮環泣不啻若子云

論曰天地正大之氣不鍾於男子則鍾於婦人故婦人之柏舟自矢從一而終者則爲彤管書之綽楔旌之所以正倫紀而彰風化者意至深遠也然此乃爲巳嫁而夫死者言之若許字而寡則既無合巹同牢之誼自可免再醮失節之嫌是以古今所傳節婦恆多而貞女絕少而況四德具備如吾族轉姑者乎余自庚戌通籍後緣謁祖過篤光家早悉轉姑顛末茲特爲表而出之亦可見巾幗女子冰霜勁節有鬚眉丈夫所不逮者名曰貞女夫何愧焉

陶孝子傳　陶必銓

三十二兄必鑲銓十四叔之長子於同堂齒居七故小名排七以乾隆丙子四月二十六日殉父死人咸稱孝子云子以孝名不易矣兄曷從以孝子稱初正歲之八日孝子母故其父夙以功名迍邅傺侘若病狂至是愈甚孝子侍左右不敢懈先一日爲孝子生辰旣爲酒食以饗父矣是日復問有餘輒市鮮奉之巳而父步江濱水方漲父赴水孝子急援父臂其弟後至徑援孝子弟弱力不勝釋手孝子遂與父俱溺死後尋得之猶持父臂未脫時年方十四也孝子之於親也視於無形聽於無聲不幸有過而能諭之於道君子韙之又不幸不能救而至以身殉則君子以爲難

鴻臚寺少卿羅慎齋先生傳

嚴如熤

先生姓羅名典字徽五號慎齋湖南湘潭人少倜儻負奇節狀貌瑰偉家屢空篤志於學文思雋異警拔學使斐園阮公學士句山陳公皆海內文章宗匠每見先生文輒歎金嘉魚復生乾隆丁卯舉鄉試第一辛未成進士入詞垣遷江南道監察御史轉吏工二科掌印給事中晉鴻臚寺少卿充會試順天鄉試同考官者再兩主河南鄉試一爲四川學政先生立朝二十餘年清耿無所阿居言路不搏擊沽直聲通達治體平心持法奏論必本忠誠大學士劉文正公座主也遇大措置暨事有疑輒相諮嘗曰羅君益我不但爲吾老友精衡鑑校士優劣錙銖不差

然性詳慎中州試卷六千餘手親評點兩次操文柄知名士甄拔無遺視學四川則以學政職不專衡文汲汲造士育人才按試諸郡至則詣明倫堂集師生講經書聲響如鐘所講明白曉暢近裏切己鍼頑砭愚聽者悚然心動試畢進諸生規誨之娓娓無倦容卽未列高等生以疑義叩訓示無所吝樂易愻懃朗如霽日而和如惠風蜀中士習文風日烝烝上暨今五十餘年數學使賢必首舉先生乙未扈　蹕熱河　純皇帝召見奏對稱　旨嘉奬者再　諭諸大臣曰羅典是正經老實人會先生以太恭人春秋高請終養大學士金壇于公語補山孫公曰君與慎齋善　上方鄉用曷語慎齋少留先生曰某既以終養請倖一時榮遇中輟則前請者僞也不慊於中何以事　聖明卒請而歸承色笑年餘太恭人壽終葢不以一歲九遷易高堂一日之歡也先生雖以制藝名一世而精神專注則在經其治經也以古人簡質文字無閒隙卽經詁經字柢而句梳之旣皆有確切注腳則通之一章又通之全篇全經有所窒則廢寢食夜以繼日必得其融貫而後安注易始京寓之凝園名曰管見壬寅詩管見成戊午今文尚書管見成春秋管見成於甲子年八十六矣攝心志觀義理加以閱世之深洞澈於天人之微事物之變周情孔思立說時出新義要其精者實闡古人不傳之秘先是尚書漢三李公官蜀耳熟先生名撫湖南延主嶽麓書

院講席朗夫陸侍郎杜蘅姜尚書志同道合倍禮重焉學使雪門姚侍讀南園錢通政訒齋張閣讀歎先生尤心推服執後輩禮維虔先生立教務令學者陶泳其天趣堅定其德性而明習於時務晨起講經義暇則率生徒看山花聽田歌徜徉亭臺池塢之間隱烏皮几生徒藉草茵花先生隨所觸爲指示憶甲辰冬夜偕彭薄墅向魯齋陶士升周蓮若秦竹浯李白橋吳桃溪羅麓西諸友同侍有叩禮有犯無隱之義者先生曰汝知聖人勿欺之訓乎勿欺者先毋自欺古之人有其善而陳爲其難而責有感格之實者存焉否則折檻引裾未能信其無欺矣又有言居官不貪庶幾寡欺先生曰難言也不貪榮利自好者勉焉

不貪於名君子或未之能有貪名心則察察爲明皦皦爲潔煦煦爲仁甚或假託聖賢以誤世且但不貪則恬澹寡營而已國計民生奚賴焉先生之以中道裁狂狷多類此三十年來大湖以南人材輩出登甲第內外蒙 擢用曁孝廉明經以行品才猷文學著名者數百人門牆之盛爲從來所未有先生內行修潔撫弟姪篤恩誼作族譜聯合宗人生平寡嗜好謹細微積精誠而致剛健不服藥不事導引以心之常用形骸之常運爲養生方年九十無疾而終撫臣請於 朝祀鄉賢子紹祁端謹有品事先生嘗先意承歡孫四皆力學能世其業

贊曰余至川邊老生言羅學院將試保甯閬中縣誤童爲盜擄

治之縶其父與師生童大譟聚訴之府府遑遽牒鎮將以兵捕諸生百餘人繫獄衆洶洶學院至則檄府某日歲試出諸生與試府嗾鎮將見學院稱憑府牒捕叛今使者釋之將縱叛邪羅學院正色曰諸生叛邪倡亂爲誰屯聚何所且公同城果叛則捕不需時不得俟府牒非叛安可以府牒擅發兵諸生試後仍可歸案訊吾行入告矣鎮將心折不敢違川北距省數百里聞鎮將以士譁用兵大駭制府某公言學使機警慎重決無事數日事定喜曰吾固知學使能了此論者謂先生倉卒定大難不動聲色倘再登朝建樹必更烜赫惜終不起然先生杖履優游出餘緒培英育才在嶽麓掌教期滿前後撫臣四奏訓迪著成效 聖恩予紀錄八次則名山講論卽謂爲老儒臣之鼓吹休明贊助 醲化詎夸也歟

陳惠傳　趙愼畛

陳惠字仁五長沙府攸縣人文學澹軒年伯冢嗣己酉同年選貢敘齋伯氏也生四歲母劉見背九歲屬文詞下筆灑灑千餘言自成機杼不襲古人某家畦町自秦漢魏晉六朝暨唐宋以下諸傳槀悉手鈔撮其源流大指嘗謂淵明讀書不求甚解蓋意有所會非粗略遇之獨處紫金書屋終日危坐雖盛暑嚴寒足不踰戶限事繼母袁克盡孝小疾藥餌必親調少攜敘齋入家塾一日講中庸天命章自卯達日午娓娓不倦敘齋亦恍然悟其教人以小學爲先每慨然曰士生斯世不能俎豆馨香樹士林坊表徒執筆喔咿學舉子業以弋取榮名誇耀閭里有道

恥之邑先輩劉經雪目爲國士湘中李仲枝高士呼爲小友與衡山曠六柱太史同甲子太史適寓潭州旅舍慕其名投刺謁避之既而曰余非羞作雌甲辰無因至前有按劒相盼者嗣是六柱宦京師遇攸士必詢仁五歎曰海上成連可望不可卽獨行君子也族姪明經錫東邑知名士嘗語人曰吾雖從族祖澹軒先生游然文章行誼得力於仁五叔爲多其鄰邑學者炙其片言緒論皆騰踔去乾隆甲午褚筠心學使試湖南古學以麥秋七排詩置第一旋抱病歸年三十卒疾革時猶惓惓以修德砥行爲訓生平箸述甚富不自收拾脫槀多爲好事者持去所存僅紫金書屋詩文集四卷余讀漢書儒林傳曰七十子之徒散游諸侯大者爲卿相師傅小者友教士大夫或隱而不見心嚮往之孝景時黜黃老刑名百家之言延文學儒者以百數至平帝時有甲科乙科丙科爲郎中舍人補文學掌故有差今仁五遺行芳躅有古大儒風而天之困阨若此士固有幸有不幸焉歲庚戌京邸余與敘齋往來密青燈夜坐敘齋談及伯氏輒潸然余備諫垣後魚鴈沈杳今春遇攸人得悉仁五子錫章弱冠補弟子員旋卒孫星階善屬文年二十一亦卒悵悵者久之因綜其梗概而爲之傳

胡學山傳

胡光瓚

余壯歲至嶽麓從慎齋師羅公游・晤瀏邑學山先生於院中・余同宗也・先生祖籍江右・由宋遷瀏・與余族遷潙甯頗早・先生以同宗故・夜雨靑燈・論文無虛夕・然先生派與余同・馬齒較長・先生戲呼余爲家兄・余亦以舍弟呼先生・及余官巴蜀數十年・以老病歸・訪先生於舊宅・重聯舊好・往來者又七八年・不意歲丙申先生招余飲・笑言優渥・余謂明歲八秩・當以祝觴進・先生笑頷之・未幾謝以倦入內寢・不三時而卒・其子啟昀泣以傳屬余・余雖老悖・焉敢辭・謹按先生諱光北・字楚艮・號學山・時自號學山老樵・父承柏公生先生兄弟十人・先生居第四・性奇穎・從蒙

師游・卽能講四子書・私作時藝・藏案底・人於是愈異之・後從某師學・某固理學士・每以性理學庸爲訓・先生豁然貫通・豪無疑難・而學從此有本云・姚雪門夫子試湖南・以古學取錄・乃從慎齋師游麓山・終師世二十四年・傳其衣缽・慎齋師嘗曰・光北之學・博而約・悍而精・詩文其餘事耳・註釋五經・有不決處・呼先生至・一語是非立判・語人曰・古來多材多藝・羣謂周公・光北材學博洽・可以周公呼之・於是每呼周公而不名・然其時師好修復嶽麓舊迹・若書院・若屈子祠・若嶽麓寺・以及愛晚亭之刱造・經營鳩庀・先生之力居多・同硯者余君邵賢・余公廷燦之嗣也・與先生講論詩文・審辨音韻・歸與乃翁廷燦公言・詳述音韻之學・

廷燦公歎曰・昔于耐圃從京都一紙遞余・問五聲入音之原・余只述其皮毛・至於所以然・則嘗思而未得也・惜未早聞而以其說進也・因寄語曰・文章如此足矣・多買書史・以廣見聞・先生聞之・喟然曰・是知我者・厥後同學者宦迹半天下・交游奔趨・儼如朝市・先生匪特無此態・並無一字營求・羅公麓西守鎮江・分俸以贈・先生謂其以無謂爲周旋・毅然辭之・其手札至今膾炙人口・後嚴公樂園按察陝西・亦分俸爲贈・先生對使者曰・寄語樂園・好爲官・勿以不義之物污故人也・使我茍貪此・早至樂園署矣・奚俟其遺我爲・由邑廩貢成均・就教職・親友請以試卷爲分發計・先生曰・陶靖節不爲五斗折腰・余柰何以貢生作抽豐耶・

卒不聽・中年主幕府・廉介有聲・縣令某迎先生衡文・請以案首易穀三百石・先生力持不可・慨然歎曰・家有荒園數畝・足以蔽風雨・訓蒙足以給饔飧・讀聖賢書・所學何事・願入渭流而不自返邪・乃決然辭歸・設學外舍・從之者頗衆・教人必以敦倫爲先・文次之・嘗訓諸生曰・爾等爲文・滿紙忠孝節義之談・及處己接物・大異所言・是從事於虛・未踐其實・異日烏足以化民成俗・以故出其門者・皆醇愿之儒・其所餘館金・悉以貸人・類皆一去不返・或有問及者・先生已焚其券矣・祖遺屋數椽・賃佃他姓・有不能遷從者・先生貣以用費・使之遷移・由此家益貧・而先生處之無德色・亦無怨言・淸瀏胡姓三・皆富而豪・欲與先生合廟祀・衆

將諸之懼先生之不許也以金爲先生壽先生挺然曰我輩雖同出自江右然其來或在宋或在元明皆後先不齊以前之譜乘既無從查考而欲合而爲一則派必紊亂不倫勢將以前之所謂祖者子之子者祖之矣豈子孫敬宗尊祖之道哉必不可會高坪胡氏修譜請先生序先生稱其以至瀏爲始祖者之善而申以敬宗收族之大義於是眾議始定晚年著有詩韻便讀及聲音蠡測學山堂詩古文辭不下數千首以家貧故皆待梓焉想其著述之餘閉關靜坐默誦周易學庸及李杜諸詩時或杖策花徑羨池魚游行飛鳥鳴空煮苦茗以解吟懷致足樂也或取街巷俗語編以成對閱者無不解頤儻所謂不知老之將

至非耶故其絕筆有云儻能著述垂千古便是儒冠不誤身卽此亦足徵先生之大概矣生乾隆己卯年五月十一日午時卒道光丙申年十月二十四日寅時享壽七十有八女一字張子一啟昀謹厚綽有父風

竹塘氏曰先生一生學問全在義利中勘破出來故有遇遺金於曠途而不動心之量然其保全晚節尤人所難蓋或失則疏或失則固先生泰然自樂不以貧富動其心洵一鄉賢也茲故略而傳之至於文名賢聲湖以南無不豔稱之余故不贅嗚乎使世人咸若先生則廉恥之風不未墜也哉

俊明禪師傳

蔣湘培

俊明禪師者江甯人不詳其姓氏未出家時數夢一龐眉老僧教之持誦耳熟之顧漫不省爲何語也一日游某寺中聞僧誦經琅琅皆夢中語大怪問之荅曰此般若波羅蜜多心經也師凝思良久曰緣在是矣遂棄妻子披削受具梵行清修精研禪悅道俗禮敬焉居無何湘鄉褒忠山某僧適江甯募藏經一部未畢憩師寺中病且死語師曰客死不足惜顧藏經未蕆柰何師誠能完募經遠致湘鄉某山寺者老僧死不憾師則應曰諾後遂如言重繭跋涉數千里卒致全經褒忠山寺中既畢付將歸而邑人彭青選者高其行留住寺中爲建藏經閣居之師既

居寺每持誦多心經戒律甚嚴精進不懈夜不就席跏趺寂坐常於定中默觀諸相靈迹顯應赫然流聞諸方欽仰於是往來荆紫大溈諸山迭主法席空費雙照應　無礙爲叢林之盛焉里中數以旱延請禱雨其設壇置缽注水如常儀日獨持楊柳繞缽行口誦佛號不絕應時甘雨傾注四野沾洽遠近驚以爲神嚴冬大雪寺無儲粟青選夜夢師言寺僧且饑晨起急摒擋數巨囊遣數力荷上山諸役難之曰山雪皚皚沒脛如何師笑曰第行阿師自有處分俄抵山則樵徑自露積凍微釋人蹤宛然湀怪之至寺乃見韋馱杵爲雪泥沾染雪水涔涔下也嘗夜憩主人家天未曉而輒行主人言方齋供乞小留師曰無爾吾

定中弟子見辭也。及寺有巨龍長數丈，方盤繞藏經閣楹上，昂首欲去。師戒曰：毋壞寺，毋傷生靈，毋捐禾稼。說誡訖，龍方蜿蜒行礐确山石間，可半里許，俄然陰雲四合，震風巨霆，摧山破谷，劈石飛去，投於江潭也。今閣下龍見處，厥迹存焉。非具智慧威神，烏能理感於靈物乎。山中舊有虎，山風颼颼，嘯聲怖行人。及師住寺久，乃復不知虎所在。晚歲溈山復遣徒衆來迎，師歎曰：吾久欲還江甯舊寺，今老滯於此，豈非數也。然龍與虎俱去矣，老僧何爲久畱閻浮世界乎。吾行西歸決矣。止從者勿復迎。是歲遂示寂於邑之荆紫峯。

韓京傳

歐陽厚均

韓京，字世京，衡之安仁人也。居蒲陽里，生而膂力過人，長於謀略。宋南渡時，仗義勤王，屢立戰功（見湖廣湖南通志及縣志）。官本路統領，屯兵衡山茶陵縣（見岳忠武遺集）。紹興元年，知鄂州曹成叛，掠湖西，犯沅州，屯瀏陽，攻潭州，犯安仁縣，執安撫使向子諲，進攻道州，陷之。二年，釋向子諲，犯郴州永興縣。二月，以李綱爲湖南宣撫使，仍命岳飛率京及馬友、李宏、吳錫共討曹成諸盜（俱見宋史高宗本紀）。成擁衆十餘萬，歷湖湘，據道、賀二州。飛權知潭州，兼權本路安撫使都總管。成聞飛將至，驚曰：岳家軍來矣。卽分道而遁（見宋史岳飛傳）。飛卽時關報，會合京及吳錫等各前來。飛軍馬至茶陵，京屯兵三

千人，除畱看輜重外，出戰者一千餘人，襲追掩擊（見岳忠武遺集）。四月，擊破成於賀州。成走連州，追擊破之。又走郴州，入邵州，韓世忠招降之。十一月，李綱入潭州，湖南盜賊悉平（俱見宋史高宗本紀）。移京一軍屯廣東，官兵馬鈐轄（見廣東通志）。四年，廣賊區稠圍韶州樂昌縣，鈐轄京遣兵擊斬之（見宋史高宗本紀）。知廣州兼經略使南連夫命京領三千屯營廣州。京頗恃恩而驕，連夫委曲啟導之，京遂革心爲善。會潰軍掠南雄，招撫得宜，餘黨屯聚，京擊破大盜七十餘屯，民賴以安（見廣東通志南連夫傳）。先是，惠州有狂男子聚衆數千，僭號作亂。季陵帥廣，入境，誘其徒曾衮，合以功續罪，不旬日斬之（見宋史季陵傳）。衮既受招復叛，京時爲摧鋒軍統制，六年十月，督諸兵討

之募敢死士七十三人夜劫其營有易青者摧鋒軍效用在行中爲所執賊驅至後軍趙續砦外謂續曰汝大軍爲我所擒者甚多青大呼曰勿信所擒者我也賊又言不殺汝第令持黃牓來招安青又呼曰勿聽任賊殺我惟以死報國賊怒焚之青死駡不絕口衮尋出降見宋史易青傳京威震嶺南盜平授建州觀察使知循州見廣東通志京本傳十年宜章洞民駱科鈑犯桂陽郴州道連賀諸州命發大兵討之見宋史高宗本紀初詔遣京往討徽猷閣待制兼廣東經略使陳橐奏廣東累年困於寇賊自京移屯敵稍知畏今悉軍赴廣西則廣東危矣秦檜以橐爲京地坐稽留機事降橐秩見宋史陳橐傳十六年賞統制京及張淵捕廣東福建諸盜功各

進官有差見宋史高宗本紀京階中亮大夫加殿前司摧幹軍都統制封上黨郡開國侯見縣志京知循州時兵燹之後邑里蕭條京一意安輯百廢具興埽瓦礫立城郭繕亭堠館舍百有餘所民不知役越陌度阡流民載未來歸守循十年大有功於民嘗督兵捕賊於梅守臣銜之因其建寺壯麗譖於朝遂罷去循人繪像祀於學見廣東通志京本傳祠曰韓侯祠見廣輿地記歸里後置別墅於縣北門外廣袤數里亭池花卉極一時之盛士人呼爲韓家園沒後贈太尉敕葬於寶塔邨鳳凰嶺下俱見縣志

論曰韓侯生而有勇謀略素優當宋南渡時仗義勤王統領本路兵馬隨岳少保以討賊俾湖以南而悉平繼而移兵粵東屢擒巨寇破賊而威名丕震守土而惠政宏施民賴以安立祠而祀宋史雖未立專傳而散見於高宗本紀及南連夫季陵陳橐等列傳中其功烈尙赫赫可考也廣東通志有傳載之尤詳惟志傳中稱侯爲河南人徧閱河南通志人物各傳俱無其名而湖廣湖南新舊通志及郡邑志內載侯之里居葬地歷歷不爽且證以岳忠武遺集所載奏申名狀其爲吾邑安仁人無疑粵志所載蓋湖與河音相近或傳寫之譌耳梓鄉名將績著前朝爵列通侯沒贈亞相不可令其湮沒而弗彰也爰蒐輯其軼事濡豪而爲之傳俾後之修志者采錄焉

成烈女傳　舒東

吾師譚辛庵先生爲言其族未成婦婦成女也族子名家理方讀未娶夭喪女聞計雉經以殉柩歸於譚事聞於　朝合葬樹楔事已畢先生諈諉爲文紀之東承命歎曰烏乎世所爲義必死而不死者多矣死或烈丈夫所難而況可不必死也卽何以得之一女子哉雖然無謂女不必死也不必死是將必改字人改字人卽無甯死然知其必改字者何也當譚子病時女家人更番言不利女日積有聞聞日以慼始微示家人意以死誓父微聞之以語女曰若無然事容未遽至此卽至此若固未行吾不難爲若相攸終得當耳然則此必改字人之説也策譚子死

必謂守無名不聽守而以字人字人又故以未及行爲幸烏乎凡言幸者皆烈士所爲悲心也女果毅然不言而日以大慼而終以死其死也父命之矣然又無謂女死爲無名昏禮納采問名皆筵几待命於廟明有屬也謂應有後慮卽不應告廟告廟卽不應再漬今當再漬否也詩柏舟之死靡他訟言母氏説詩者以竝指父母爲辭古無有稱舅姑父母者以是知其義未爲婦也律有應嫁婦爲自欲嫁者言之律以防變經以防正也譚成爲世好譚母成出女嬰年時二母固相得甚歡故以女許譚而抱以告廟當是時實所謂兩髦者也女若謂非父命如楚季芊猶可爲顧有明命如其義者不可爲邪故士受聘爲君臣女受聘爲夫婦其義一也且人不難以死明其志夷齊未嘗委身事殷而終餓死亦必欲相訾謷是何不成人之美而啟人幸之心乎且事又非一日之故也譚子兒時故嘗隨母來成氏與女兩小無嫌數相見後不復見及是病革女晨昏嘿籲天俄一日譚子昏憒中語曰四妹至能歷指其坐作狀一室惶惑四妹者女行也謂非精靈所積結而然邪女幼失恃長爲父綱紀內政婉事繼母死之日猶視數歲弟就學塾中先是家人以女故陰戒譚氏脫不諱密以聞其日計至塾不及防其弟弟乃坌息奔告女女一慟而暈已稍甦視家人密邇左右覘知爲已乃起操作如平時會家人膾鵞夜侍母刀砧竝作以故防者意懈乃人

室湢浴已復趨詣父母所語良久弟故伴女宿返視弟寢遂不出厥明乃得女屍於臥室之樓上其日乾隆壬子九月七日譚子死之次日也帶周於頸羃首以帛帛斜入項下縫合之靑衣練裙施巾正幅遂以殮發視巾笥中物各封識俵散周視有差訊其弟則夜語誡視平時款懇尤殷綣訣曰且日告阿父我行宿譚氏地也凡所爲此者度非朝夕所猝辦矣今稍卽安也昔歸震川論女子在室無爲人死與守之義然則東獨柰何以死勸人顧若女者脫非死又安能明其志哉女名達娥卒年二十歲綽楔溦水市上冢在縣西南百里之山寔譚氏葬云

潘烈婦傳　　舒　東

新有楔在山之麓。門人告余曰此潘烈婦墓也。初潘氏有子娶於陳。未幾出就塾。家新雇傭一。日婦密謂姑曰是必不可畱。不者無令入廚。時方耕作。未能遣。亦不禁。且不省新婦云何也。既而婦早作執爨廚下。　聞聲嘶一發遂寂。天明姑起入廚視婦僵刃橫於前。婦中刃縱橫如副瓜。傳頷揕胸未殊時。奴已颺矣。嗚諸縣。三日縣公來。血肉浸淫天又暑潰爛不可視。氣息猶屬。姑告以縣至。則開目淚涔涔。顧縣嗜曰傭奴要我要我。齒牙有聲。遂絕。兩手一拳一申。申臂上刃畫衣入寸許。掌幾斷。蓋格奪傷也。縣爲流涕。邏獲奴梏之。一鞫而伏。蓋實欲無禮於婦。婦

號先鏦其喉。故聲不繼。攬其指猶格奪。故連揮之。既仆實且憾思復活。必且甘心。遂搚椓備施。故傷亂。獄具。乃辟當路者以聞於　朝。故樹是楔也。此不十年事。潘氏子方讀書。未知成名否

李母歐陽氏傳　　柳廷方

歲丙子。余館瀏北歐陽家。嵎谷汪門兩先生昆季。朝夕過從。爲數道其女兄弟李節母之貞苦行義。感且歎。余心識之。冬暮將北上。館務倥傯。會李族譜成。其男某手母氏行狀丐爲傳。余誼不敢辭。謹按氏本邑晉贈奉直大夫歐陽光楚公女。幼卽沈靜曉大義。年二十適李翁光國公。生二子。長逢揚。氏夫也。次逢春配湯氏。翁故饒貲產。以性豪宕喜揮霍。家中落。既歿。兩子旋廢讀。各分依其外舅以居。氏夫遂就讀舅家。久之又廢讀。負大志無所事事。益侘傺不自聊。則更放情於酒。終日極飲大醉於世事。沈冥不復問。氏婉規之。繼以泣。卒不聽。則瞿然歎曰。不早圖家聲且終墜。此其責在我矣。由是益務劬苦。託父母兄弟陰積其匳田歲入之貲。備儲蓄。方是時氏叔娣夫婦兩人俱後先相

繼歿。歿且無子。不數歲夫又病卒。氏甫二十餘。襁中兒纔三月。每哭則痛絕。父母持之泣。則又失聲拊心曰。吾事尚未畢。胡遽死。吾叔死。吾娣死。今吾夫又死。吾家兩世一身。賴此襁中兒。吾則胡遽死。因發憤勉斥華鉛。逾年體積勞致病。病益課兒讀。畢婚嫁。迨其卒也。兒年成立且生子。而李氏遂不墜。方氏父母屬纊時。哀女志。遺命兩子更贈氏田七十畝。兩兄弟泣。惟命。氏受券歸。則呼子至前。兩泣揚聲曰。悲乎。吾父母兄弟愛我誠至厚。然吾家世業素豐。吾爲未亡人。異日不克返先世遺產。顧何以

竟吾夫未竟之緒見吾翁地下耶後銖寸累積產果盡復如曩時女二一適彭晚年以埓窖俾移至家爲代積槖金百餘遺之穀數百斛曰吾不敢忘吾父母遺義也卒之日年僅踰五十於是李生持狀哽咽而前曰烏乎吾母生平心力盡此矣傳成行當以母節義備呈之當事請旌

論曰士窮見節義此在偉男子猶難之況婦人乎易曰地道无成而代有終无成非難也代有終斯難矣母能延就絕之緒又盡復先世遺產考史冊所載節烈焯焯時亦多有然於事卒無濟抑又何也晚近重貲財姻戚孤危至覿面不相識以一弱女子能承家世遺行母義則高矣如歐陽氏者又可少乎哉

下殤子盛郎傳

柳廷方

族兄澄溪與余少同研今越三十年鬢蒼然白矣歲授徒他姓每歸必過余談笑竟日乃去去冬至館寒暄不數語貌甚慼怪之既手一紙示余曰子能治古文行屬子爲殤子傳苟得請余以伸余私也抑匪直私而已余介余主人盛君之意以重有請也言已則歎詰之則又歎曰此余門授句讀童弟子也殤數月矣憶余之交盛君在庚子今且二十年余始館盛氏時童子未生也近六七年童子生且長眉目若漆父兄以早慧故俾入學始入學髮鬖鬖學跪揖拜起如成人晨起赴館北面執經立授書數巡即上口兀坐莊讀不好弄不左右愕顧覆之不失一字

余與其父兄樂甚笑曰此後來儁也日暮散館諸生雀躍去童子欲去顧又不即去昏黑中依余若慈母督之始徐徐去余憐之讀不數月而病病且劇昏憒時猶口喃喃作誦書聲余悲童子之慧秀早殤而不克有成也忽忽六七年余及見其生且育以至於死也數月來惘惘恆不自適披吾帷行吾庭若有遺也聞其父兄泣汪然不知涕之何從也夫是以歎也重有請也余重澄溪之爲人敦篤不妄語不忍拂其意爲筆次之童子行幾名某某年月日生某年月日殤瘞某山之麓爲余語盛君盛望族也今之凋者猶儁材也族之昌人材之茂將券於是惜余之不及交盛君也

鄱陽附生周爲楫傳

王泉之

周生爲楫字巨川號蘭舟鄱陽學附生性純樸幼不與羣兒嬉五歲失恃日夜對天號泣謂天喪其母也六歲就外傅聰穎過人五經四子書一年讀畢且能晰其蘊誦無母何恃之句輒嗚咽流涕其天性使然也宗族鄉黨咸以神童目之八歲學爲文卽馳驟奔放不可羈勒伯樂之千里馬王武子之八百駿也自是博覽羣書穿穴經義十二歲應童子試學使王省崖先生見其書法端秀文氣豪縱擊節稱賞而以年幼抑之使老其才嘉慶十一年余攝篆芝陽觀風列生上等科試拔置前茅謁見時詢其年十三歲其先世濂溪之嗣也余曰生爲濂溪先生之裔

應知幾善惡之義生應聲曰卽中庸所謂莫見乎隱莫顯乎微也余曰朱子訓隱爲暗處微爲細事則非幾之謂也生曰隱心也靜而未動也微意也由靜而之動也動靜之幾善惡所由分也急宜正其心誠其意決去其非而存其是此愼獨之要也若以爲細事則已昭然著於外矣尙得曰迹雖未形哉更問唐虞心法之傳至孔子而集其成曾子得其宗其傳之子思孟子皆是也何以大學言明德而極之於天下平中庸言性命而極之於天地參生曰大學修己治人之功也中庸盡人合天之學也余曰孟子心法之學其功在於知言養氣其成在於盡心知性王陽明提唱良知二字豈孟子別有心法歟生曰陽明先生勳業文章彪炳一時其提唱良知未免借聖學以逃禪也良知之說孟子不過隨時指點以明性善猶食色之謂性也非眞謂人皆生知不待學問也以孔子之聖不以生知自居其他可知矣余曰如子言何以又有釋道兩教耶生曰釋道另立名色卻有一片苦衷世人以人欲陷溺其本心而莫之救孔子引其好名之心以名教激之釋氏引其畏死之心以死懼之道者引其貪生之心以長生誘之釋道無補於綱常其欲人去惡從善一也各自爲教耳何必陽託於儒而陰入於釋哉此陽明先生之過也余驚而異之以爲此子不特可以羽翼經傳將來必爲斯道之傳人豈僅文章名世已哉十五歲補弟子員省崖學使贊不

絕口訓以立身行己之道給生朱子近思錄呂子呻吟錄生持示余謂六經皆載道之書論孟尤爲切實自先正格言出理境反多一障生眞解人也丙子鄉試後生染腳疾余以母憂去任雖羇滯此閒不復與生見而生忽以病肺羅沈疴年十七遂作長逝之人死之時顧祖父母繼母而言曰兒不孝爲數所限不得承歡膝下幸保赤子之心全而受者全而歸若羊叔子之事爲不妄當復爲周家子言訖而逝病中作詩四章寄余字字從肺腑中流出余一官受累旣抱終天之憾復遭折翼之傷母死弟亾不能會面肝腸已寸裂矣覩生絕命之詞心愈傷焉顏淵死子哭之慟豈得已哉生孝友恭敬行道之人無不咨嗟太息

其父搴園進士痛之深哀之切憫其夭而無傳屬余傳之思以傳其子也余竊惟盈天地閒皆人也其生且死者不知凡幾生者自生死者自死與化推遷而已生之有死猶晝之有夜也死者不復生猶逝水之難返也生而冈生雖生何益死而不死雖死何傷彭祖壽也而以爲夭顏子夭也而以爲壽壽與夭視其人之所處爲何如耳孔子云朝聞道夕死可矣生其夭而壽者乎搴園進士具經世宰物之略行將以學問播諸事功傳不朽之業於宇宙孔子傳伯魚亦傳釋迦傳羅睺亦傳老聃傳子宗亦傳歷觀三教之中有明徵焉故人樂有賢父兄也夫生者死之根死者生之根昔顧況長子十七歲夭況悲悼不既其子游

魂依戀復入輪迴仍爲況子七歲不言況次子戲批之始言曰我是爾兄爾何可侮我歷敘前生事如初信乎羊叔之子爲不妄矣生之死其年與況子等永訣之年與況子同其果復爲周家兒周氏有令子斯道有傳人余之傳生徒爲辭費矣

兩羅先生傳

周樹槐

嘉慶初楚之南學者稱耆儒碩德必曰兩羅先生

謙齋先生諱登選字升之衡山人也少溺苦於學遂患心疾年二十九棄諸生益閉戶讀書僑居會城足不及市者五十有餘年爲人温而恭仁而好施與人言姝姝然如恐傷之故人子弟見雖盛暑衣冠坐無惰容見者自肅故人子貧無完衣贈之袍又私解所衷衣衣之家人請浣而後知之偷者竊入緣庭樹自蔽家人環噪止之徐呼使下予千錢諭而遣之其學自經史百家天文律歷句股旁及醫卜老釋之書無所不通所箸京房易傳解大戴禮記訓詁春秋三傳辨異律呂新書籖義敦本堂詩

文集卒年八十有五

愼齋先生諱典字徽五湘潭人乾隆辛未進士翰林院庶吉士授編修改江南道監察御史晉工科給事中轉吏科掌印給事中擢鴻臚寺少卿歷充丙子河南副考官壬午河南正考官己卯順天鄉試癸未會試同考官四川學政先生頎而碩膚貌奇偉吐聲若鐘性嚴毅常面折人過爲御史侃侃不阿彈劾無所避爲督學訓士嚴然時引大體護士類按試保甯縣卒與某生有隙誣以事令繫之獄諸生詣縣爲解不得譟於府府引聚衆律牒鎭將以兵捕繫百餘人先生聞檄府悉召人試事遂已始川督閩保甯以士譁用兵大駭既而曰學使必能了此爲鴻臚

一年母老乞養歸尋以聘掌嶽麓書院大修學舍增其膏火弟子著籍者歲常數百人自爲御史益治經箸凝園讀易管見凝園者京師寓邸也其後註毛詩今文尙書春秋成皆以凝園冠之先生於經字梳句櫛澄心研理不主故常釋經多新義其教學者讀書爲文亦然故事嶽麓掌院六年具題輒予議敘先生凡四具題歷二十有七年年九十卒祀鄉賢

周樹槐曰兩先生出處不同制行亦異余猶及愼齋先生之門竊聞先生釋經大旨然先生亟稱謙齋之學謙齋卒先生哭之慟余疏於治經於兩先生之學無能有所發明著其爲人大略後之傳儒林者有所徵焉

齋姑傳

周樹槐

齋姑善化黃氏女也名芳蕰晚自號齋姑云生有至性母疾齋宿以身禱矢不嫁以事父母强之不可父母各以壽終齋姑四十餘矣晚依從子以居年七十有二卒壯學子曰吾聞諸黃錦堂齋姑其族祖姑也女子子其於天性之愛一也然而女子之不得比於子也子之娶妻以事父母女子之嫁去其父母而事人之父母悲夫女子之於父母也其情常有所抑而不得伸以是爲仁孝之所窮然而仁孝在焉孟子曰不孝有三無後爲大世固有不娶之子矣不能盡以不孝責也女子之不嫁不至若無後者之爲罪也然而世無不嫁之女子夫事爲舉世之所不

爲者其可以不爲亦以此見天性之愛之根於人心者無有極也齋姑以不忍去其父母之心不能自克雖其可以不爲者斷然爲之蓋情之至者無不伸也而況於行庸德之行哉錦堂爲余言齋姑晚屛一室雖族中子姓罕得見者飯蔬禮佛一經一鉢穆如也余以齋姑行至高迹其所以悲其志彼欲盡其心於父母而身爲之累亦已不爲身謀而又懼乎身之不安弁其心不可得而盡也上不得古先聖賢之明訓而事爲流俗人之所駭進退兩無所據不得已而託於佛原其心獨有父母耳且不知何者爲聖爲賢又惡知何者爲佛獨其矢志之初自以質諸鬼神而無疑而正以此差有以解於人而得乎藏身之固及夫

養之終也業已託之半生得完其本願煢然就木之身舍此安歸夫其沒齒則猶之乎初心也葢至是齋姑之志自以不負矣然而齋姑之志反以齋隱矣或曰齋姑淸修亮節七十年如一日是誠有得於彼法者若是則非余之所知也

襄陽太守鄭公傳

周樹槐

鄭公敦允號芝泉長沙人也年二十三登嘉慶甲戌進士改翰林院庶吉士授刑部主事稍遷員外郎中道光八年出守湖北襄陽府權武昌兼護糧道道光辛卯科鄉試提調官回襄陽十二年正月卒公博覽强記尤究心法家言在刑部屢決疑獄犀照觽解堂上官委重焉兩遇京察皆最其治郡有所興除不避艱鉅本之以精心輔之以勤力是以事無不舉下車覩風集七邑士周諮利病發策問所宜先乳泉書院圮新之令所屬學官各舉一二人闢署旁隙地居之優其餼廩躬親教育示風厲七邑士蒸蒸焉公以謂後世官民稍闊遠古之利民之政或至擾民去其害而民自利襄俗樸直少訟游民潛匿教唆公嚴拘痛懲之皆竄伏公故長聽斷判決常至夜分積牘爲空訪所屬衙蠹及莠民最爲民患苦者十餘人論如律民大悅襄故多盜公請帑籌息充捕費邏者四出躬督飭爲設方略獲盜百餘巨盜梅杈僥勇多徒黨人少莫能近以眾往則逸公偵知所在卽夜率壯丁馳禽之榻上其徒追者數百公令曰欲奪犯者殺而以其屍與之眾莫敢逼以杈歸訴者麇至皆曰久不敢以言言輒火其居也公曰苦吾民矣宜城南漳之交港汊紛歧壤錯安陸爲盜藪公親相度請飭兩郡各委官督兵役巡哨禁居民夜渡便稽察河道肅清穀城陳家坑河灘險峻奸民以巨石截流龍

竹取魚曰置方水沸湧舟近石則糜公嚴檄毀之商民額首稱慶棗陽土瘠民貧客商以倍稱準其產田入客籍者多公飭縣控追者許貸戶自陳子浮於母則除之積困頓蘇漢水舊至方山歧為二分繞郡城南徑檀溪北貫襄樊至明楊一魁築老龍隄南流絕水合益駛齧樊城壞民居十之四五公議甃石隄四百餘丈覸土程工二年而成不愆於素明年漢大漲樊城賴以全襄郡岸高水下遇旱無從引溉公繪筒車式頒郡屬至今為便利焉江故有救生船苦闊不相及公權武昌益造複底輕舸芻施漏棍破浪衝風不憂沈溺會異漲潁江田廬盡沒救濟無算襄屬雖水不為災樊城石工有被掣者公固請回任及水落

修之襄人走迎三百里日夜牽挽而至議沿流增砌子岸護隄根刻期蕆事而各郡災民以襄稍豐就食者烏而集公倡捐籌賑為蘧廬數千居老疾婦稚木柵環之壯者令赴工自食公日巡工勞勉會雨雪工未竟而公疾始隄之成襄人亭其上亭臨漢水望峴山曰對峴亭公為之記公卒襄人相與哭於亭其明年乃譔次公治蹟卓卓者十餘事請祀名宦督撫學政會疏以聞　制曰可

周樹槐曰公與伯兄荔農同舉癸酉鄉試其後八年伯兄成進士余以選人從始識公京師公在刑部已有聲又六年公出守京師士大夫過余吉水者言公終當入掌刑部也公竟以襄陽終公弟奔喪未至舟泊襄干二人刃而登勢張甚舟子襄人也出呵之曰何為此鄭公家迎喪者也曰嚄則退舟子告曰彼襄中巨盜也以名捕者五公殺其三矣曰不虞相讎邪曰公持法平人信之彼盜何敢然烏乎公勤民而民不能忘詰盜而盜不敢怨孟子曰是非之心人皆有之信矣哉昔之傳循吏者一二端已足不朽余以襄人言彙次之備　國史采擇焉

湖南文徵卷一百十一　湖湘後學集編

傳五

温靖介先生傳　趙先雅

温靖介先生名賢書字再雅邑諸生也家碧津北好學善屬文自前明來温氏以詩禮世其家而皆不逢先生承前人累代之蓄饒田宅有以自老無求於人年三十補博士弟子員踰年賓興先生偕其曹偶出就試始至士衆蠭午相推排或僵仆衣被及筐中具狼籍滿地衆蹂踐其肩背行且譁於門先生見之歎曰國家以科目招人曰爲　國求賢明經取士若此者亦足當賢士選耶亟命僕襆被返邑有煙波洲當資水中流后戴土出旁雜葭菼平地數畝爲園圃周以樹邑人建樓閣其上與龜臺山龍洲書院竝峙以覽觀江山之勝先生自會垣返維舟其間登臨吟嘯盤桓竟日然後歸遂老諸生中弗就試先生居市井間常扃戶讀書其家不輕出出則具衣冠是時士自重人亦爭重之先生出市肆居沽家皆起立無敢譁語者已過咸指目之曰此温先生也先生不嗜酒工書好爲文箸有寸香草精覈理法以香二寸課文一首居平每用此爲樂其前後所與交遊曹暘菴徐對盧葛廬陳禹封李竹所蔡叔山二然陳在軒諸先生竝居同井能文章每以時讌集先生家紬繹舊聞析疑義作

十日遊乃去當此時邑城未築先生門前臨江嘗月夜泛小舟泝流上檥白鹿潭下舍舟登岸杖策上白鹿山白鹿山者唐時裴休嘗結亭讀書於此有白鹿銜花出聽故山與潭皆以白鹿名之諸先生旣共躋亭開褰裳瞻眺循山之麓以下聽慶洲漁唱譜其聲作款乃曲鼓棹而返相娛樂歲率以爲常先生論文甚嚴前人諸選多所駁而性謙謹意常自下爲他人評隲文字及定其子弟文率楷書無激論生平書不多作偶乘興爲之以寄其趣所箸寸香草不自收拾輒爲人持去多散逸今其存者葢十二三云先生旣席豐厚耽山水之樂不讀書箸文自娛不干仕進爲諸生四十餘年而卒卒後邑長老及嘗遊先生門者

皆稱爲靖介先生曹暘菴先生箸有聽濤園詩古文及四書文徐對盧先生箸有四書文葛廬先生對盧公從子也治古文箸有葛廬遺集陳禹封先生善書箸有　詩竝已行世李竹所先生亦善書與蔡叔山二然兩先生陳在軒先生各箸有詩及文未刻余嘗見其遺槀多有靖介先生評跋云

陳夢元傳

文自炳

陳夢元字涵一又字體齋自少好學深思孤沈迴造乾隆癸酉與星沙余存吾受知房考雩都管公臥村管公得試卷詫爲嘉魚替人甲戌聯捷踰年歸養折節雲陽先正探墨香閣之藏辛巳散館授檢討先後居官十載供職外惟顓顓服習與實東臯姚姬傳諸名宿相討論絕不以馳逐聲華銷鑠才具最後交休甯戴吉士東原東原與同年月生呼之爲兄體齋勤於許叔重之解字鄭康成之詁經與東原符契東原箸述等身其原善三卷孟子私淑五卷恒寶蓄之數以示體齋兩人相眡莫逆也乙未南還東原作序贈行悉知已之言居林下廿餘載講席孤鐙

淒神琢骨覩書多日見所不足記問詳日砭所爲非古文詞凡數變覩東原所云心細悟生無訏語無俊氣可知制藝亦數變覩東臯所云渾渾流出雕琢鋤耘俱化可知晚自訂春江古文四卷詩賦五卷制藝七十首矜貴簡檢不肎一豪率意鹵莽曩所刊杓稾諸編淘汰無存由壯歲至垂老夙夜矻矻辨别欺慊求古人爲己之學以温故知新經明而行修於是乎爲庶幾焉

論曰吾攸陳桃文先生有起衰之功於楚越數十載而體齋繼之是攸之儒者可僂指也楚南自雲陽彭后源先正以博洽震都下而曠峋嶁羅愼齋繼之體齋與余存吾又繼之是楚南之儒者可僂指也名山之藏殆不偶然爰約論之以俟知言者

調梅和尚小傳

張晉本

調梅者總佛寺僧也辛巳夏余移寓大花園長伏苦熱寺在紫荊園右高而敞受滿城風亭臨四方塘風掠波過襲人毛髮遂與僧因緣著㽉蒲龕閒理舊劫前明藩基占省垣大半內宅爲今　萬壽宮前之可指者爲東西牌樓王府坪後爲大花園俗呼麻園誤也右側爲更衣亭再右爲王城隄今寺爲梳妝樓塘爲萬春池府署側爲小花園院署爲四將軍府老照壁或其屏牆與北門之營盤街蓋其護衞之所居也和尚不參文字禪而苦持戒律清晨誦經暇則閉目靜坐余每到門必竚竢其經聲寂乃掀簾入否則止自嶽麓退院畫六朝松而趺坐其閒蓋

寓六根清淨之意爲戲綴數語嘗出示其師祖碧朗冊葉兩部余嘉其能守先人故物足以愧俗子和尚幼學水墨老益工以體孱不耐久坐故涉筆絕少余嘗倩作碧梧淸暑圖一方不謂遂成絕筆和尚來於癸酉七月在世七十年於其化後撫其崖略傳之止兩字偈送之曰去了又書輓聯十四字此老差堪和尚者而今始算出家人裝潢懸於影座俾其法嗣傳之一如所以傳碧朗者則謂和尚不死也可時道光二年歲在元黓敦牂暮春月

案作者有花園三老圖說云省會有大小麻園之名其來舊矣余訂以爲花園考明藩邸制五殿三宮設山川社稷廟於

城内城垣周以四門，堂庫等室在焉，總宮殿室屋八百間有奇。故省會幾爲藩府占其十七八，今遺蹟之流傳者曰端履街，曰王府坪，曰東西牌樓，是又明初護衛少者三千，多者萬九千餘，則今日之營盤街，殆兵役所棲止乎。大廡圜圄官倉後，葢在宮殿之間，此何所用廡圜邪，云云。案會城街市，多沿前代舊稱，亦或傳久音譌，作者致詳於此，亦留心故迹者，汝懷附記。

三兄蒼山先生傳　陳士杜

蒼山先生諱士松，字喬秀，士杜第三兄也。世居長沙萬壽鄉，少好學，工古文詞，尤長於詩。年二十餘，從祖愚谷公評其文有國士之目，館於鄉塾，同邑堯山李先生名下士也，見其文相質擊節歎賞，遂訂交。己卯歲　功令初以詩試士，學使鄭枚士湖南兄入試賦賈太傅故宅、擬涉江采芙蓉等篇，主司歎賞，置第一。時長郡士子數千，以詩古中選者二，一爲潭邑貢士夏公楓江，一則兄也。當是時，兄名噪甚，都人士識與不識，莫不懷紙筆爭相傳寫，偶以帖括失檢被黜。是歲學使入都，極稱於吾鄉尙書羅南川先生。丙戌，從兄每田同其師堯山與計偕，謁南川公，見卽詢兄名，對猶布衣，公悵然久之，徐曰：幸爲吾致聲，願厚自愛，相見有日也。年三十有二，始受知於盧幾餘先生，拔冠多士，旋以秋水賦及擬李太白擣衣篇見賞，食餼。及試竣還京，復寓書長邑司鐸鄭公絅菴，索兄全稾，絅菴促兄繕寄。是年堯山入都，攜至京，會幾餘先生歸里，遂寢。其後兄困場屋者二十餘年，戊申貢成均，以嘉慶丙辰五月卒，年六十有一。病亟時，同好爲梓其詩，適每田兄主城南講席，寫而序之，兄讀之，愴然太息。葢兄平時每攻苦於文，而詩殆天授，往往酒酣，縱筆疾書，舉人人意中所有者，兄一發語，忽若天外飛來，咫尺間具有雷雨晦明、神號鬼哭、波濤簸天、魚龍出沒之狀，使人目眩心悸，唶嗚隕涕。

舞蹈不能自已。徐觀其脈絡縱橫變態百出淋漓跌宕音節古雅直入盛唐諸公之室其他近體靡不博大沈雄寄託深遠描寫情態歷歷如在目前制藝力追先輩人以其弗利於梟子業多不之知獨每田兄以爲出入羅儀部金司馬大士大力諸家劌心鑱目恆怖而不敢與之角識者以爲知言所作古文簡質恍惚昌黎惜散逸無留稾易簀時呼士杜訣曰死生定數余何憾今詩已付梓汝後更當作傳第舉吾生平攻苦得力者以遺後人足矣杜垂涕受命迄今十有六年兄三子皆覲窶賫末業以生杜亦齒踰五十而窮愁益甚恐旦暮死無以慰兄意乃撰次其才氣之雄時命之尼以傳於後世之覽者能不哀其志想見其爲人乎嗟夫蒼山既豐於才雕繪萬象以取造物之忌天不窮斯人誰當窮者獨是杜以不才之人無一足追隨乎兄後而亦類其窮以至於老此所以日夜低徊杳不知所以致此者故每讀兄詩益不禁欷歔自悼也夫

楊孝子傳代

巢邦光

孝子名先科字紫華力農而有至性八歲失怙哀毀如成人事母王冬煖被暑夜揮蒲母帳外潔膳膳出告刻期反面娶康氏婦歷數月知其得母歡心乃與成禮母七旬失明逾耄耄事之彌謹母卒擗踊骨立廬墓逾三年家人促之且毀其廬乃號慟而返初紫華髫年時母稱蔡姆好金環紫華覓環急尋以爬糞拾銀六錢紫華半銷銀半易金爲飾不增値而環成長沙舟中購鯽魚思急奉母俄南風大作抵家魚味猶鮮墓廬之夕有鬼物戲弄焚香時聞紫華哭聲嘯而去長子培英年十四負米來廬中踰牆撲地竹枝掛腎囊卵出矣紫華拾納囊中但以鍼縫不數日而傷痕竟合凡皆至誠感召之所致也邑令李侯聞之以行修端本額其閭焉友愛諸昆分多爲潤財亦始嗇而後豐子弟讀書知禮義天之報善曷嘗爽哉世之罔念天親秖罍致缺者聞紫華之風亦可以立起自責矣

周訒菴傳　黃崇光

君諱思仁字恕三訒菴其號也生而穎異甫襁褓解承順能言授以書輒解悟齠齔能屬文其言曰根本忠孝發爲文章無非至情流露此聖學之淵源也邑中先達大驚異之君之學殆有宿根焉十齡遊泮十二齡食餼旋登拔萃科時值督撫藩憲月課拔其卷皆第一葢自丱角時見器於郡守徐公逮成名後學使夏醴谷先生及督撫方伯莫不重加獎異而訒菴文名噪兩湖矣幼失恃隨父事祖父母祖歿父官江西德安令內用刑部主事迨告養旋未抵家而祖母故君身肩大事一切如禮家故清貧以書承父歡逮事繼母無間言翼仲季俾成立析産時擇

膏腴畀仲嗣人咸多之治家嚴肅自奉菲約禁子弟紈袴習惟以敦本業延詩書澤爲要務堂中伯叔子婦老且病者養者孤者貧不能葬者爲周恤經畫俾得其安初不矜德色焉訒菴負其所學無意經時足不輕履公庭居一室左右圖書問字者屨常滿必先教以正心術品行後及文藝葢訒菴所以教卽平日之所以學宜從遊之士卓然多所成就也主濂溪書院講席郡守重其文行聘修邑志其好學老且益勤所著有四書貼講詩話類長楚詞帖舊聞新話杜詩編年刪詩後待梓問世其子孫亦多有能讀祖父書者

單煒傳　黃本驥

單煒字丙文自號定齋居士宋光宗時人也先世本錢塘故家自煒始徙居沅州之黔陽父夔乾道中以奉議郎知湖州官至侍從煒好古博雅書學王獻之又善畫梅始學晁无咎旣而自成一家鄱陽姜夔嘗學書於煒煒與夔鄉人張世南論絳帖謂劉次莊輩數十家釋帖非是吾所定者只張芝秋涼帖鍾繇宣示帖皇象文武帖王廙小字二帖皆在右軍之上著有絳帖評二十卷世南服其精審煒所蓄奇玩甚富仍精於別辨慶元閒以武舉得西班供奉官仕至路公平生俸入盡費於此沅芷產黎溪石紫者頗類端歙其金束腰眉子紋亦閒有潤者煒始刱

製爲硯有色綠而紋如水波者有肌墨而金星者有就石中自然銅琢爲三臺北斗狀者有中生白綫琢爲琴式者其類不一以遺故舊黎溪硯遂盛行於時子銓以書法繼其家學紹定改元舉鄉貢進士其時朱子弟子饒敏學適宰黔邑大修學校刱建寶山書院改建縣治州學教授東嘉翁永年爲之記碑刻見在卽銓所書也明年敏學請於朝始置黔學教授以銓充其選今祀教澤堂外史氏曰余昔與修省志徧閱羣書於漢代人物增入七人唐宋人物增入五十餘人其所以殷殷爲此者傳曰惟楚有才今日之楚非無材也地處偏隅材之湮沒失傳者多也及秉鐸來黔見宋甯宗時修縣治碑爲黔人單銓所書字法

端雅意其人必非尋常士檢縣志闕其家世偶閱張氏世南游宦紀聞得一人焉曰單煒本中原故家居黔陽書法爲姜白石所師著有絳帖評二十卷甯宗時人也在銓書碑之前三十餘年則煒必銓之父也又閱厲太鴻宋詩紀事得一人焉曰單夔錢塘人官至侍從孝宗時人也又在煒前三十餘年則夔必煒之父也世南所謂中原故家者葢由錢塘遷居黔陽自煒始也第煒之仕履未詳世南目爲西班稱之曰路公殆以三班借職而宦於饒州者與世南饒人猶近日稱邑侯郡伯之謂耳黔學生員有單氏二人曰麟曰戺必煒銓後裔年代久遠譜系未必具存因合張厲之書參以縣志纂成此傳以爲異日續修黔志

之據又閱周密齊東野語於姜白石條附載單煒行略謂其能文善書與世南所載略同第密以爲沅陵人余曾采入通志矣今以銓隸黔陽證之則張說爲是周說非也竝正之

唐義士傳　黃本驥

明義士唐元宗字丹崖辰州溆浦人少有膽略遇事敢爲年十六補博士弟子員有聲譽溆在萬山中惡溪靈峒多土猺窟穴嘉靖三十八年猺沈亞當等叛大爲境內患元宗建平猺策上之有司事洩爲猺所殺時七月十四日也先是元宗父琮哲好任俠善養士能得人死力至是客感元宗之死有代琮哲走京師伏闕上書以事白者詔下湖廣總督石勇議勦勇檄總兵官都督同知石邦憲將兵勦之屯白馬山猺恃負固往來厓谷捷若飛猱士卒仰視皆驚怖不敢進邦憲嚴申軍令編愛子於行陣開親鼓督戰軍有後顧者乃斬子以徇士卒皆股慄殊死戰

直抵野豬窩生擒亞當等斬獲二百有奇土猺悉平邦憲葬其子於營盤山土人呼爲石公子墓竝祀邦憲於其地而於接龍橋建義士祠以祀元宗　國朝乾隆二十六年金匱楊鴻觀爲撰祠記其略曰史稱孟嘗君能得士士皆雞鳴狗盜之雄議者病其不能以南面制强秦今琮哲之客獨能爲元宗復仇因以翦除一邑之患雖古豪傑不是過而琮哲能使人樂爲用其氣誼必有以服人向非元宗之死永陵之世上下相蒙以養成大患則受屠毒者不獨一隅之民矣是則平猺之功雖成於石總戎其實成於元宗父子元宗年少捐軀以衞鄉邑記曰能捍大患則祀之今溆人之祀元宗禮也道光二十年元宗九世族孫

思忠持狀屬爲之傳將以徵海內之能詩文者表彰其事余謂元宗之義楊君論之詳矣余復奚言竊謂有后公子之死而邦憲之功以成有琮哲之養士而元宗之仇以復是可以勸天下萬世之爲父子者故於后公子事爲史所未及者亦牽連書之惜不得其名字云

羅柳江先生小傳

黃本驥

羅柳江先生耒陽人乾隆戊申名解元也性恬淡能文章六上公車不第髮毿毿白矣就永綏廳學官永綏人士知嚮學自先生始先是永綏城在苗砦中嘉慶二年移至花園堡就民屋爲學署敝漏如破甕不可以蔽風雨先生力爲新之集諸生講學其中月有課季有考挾冊而來者不拒也郡縣學官例有正有副有門子以供指使有學田以給饔飧學使者三年兩考入文武生或四五十人學官視貧富而收其贄償終歲之用常有羸餘焉惟乾鳳永三廳正副以一人兼之屋一二蒼頭以供指使歲收屯穀百石以給饔飧學使者三年一考入文武生十二人苗生四人類皆貧者而永綏尤甚屋角炊煙往往無風自斷而先生處之晏如也先生子若孫指以百計四男女皆有執業奉所配某孺人居於家惟攜一妾兩孫隨侍笥中舊繡非朔望不加於身出常以步市人擠肩而過不知爲學官也其性之恬淡大都類此驥七歲時就塾師問字有市先生元文者師取而誦之曰此古文家也近十餘科無此作矣當是時驥一童子耳不知古文爲何物然師之所言謹志之不敢忘弱冠後衣食奔走於衡郡郴澧閒所至之處類皆有學官而學官類皆岸然道貌齒德俱尊後生恆畏見之學官亦自負其尊恆不樂與後生接見故學官之門草嘗徑尺惟鄧南坡尹兩麓諸先生幸以文字

忿年交去歲至衡陽又交譚曉園先生終不得至永綏一訪先生講求所謂古文者爲恨今幸至永綏矣先生一見如舊相識若自忿其齒德之尊出生平所爲文使讀之驟以童子時之所聞一旦而償於二十七年之後不可謂非厚幸也第見先生繩牀茗盌硜硜說經而吾師之誦先生文者已違侍十年不可復見則又愀然悲矣

贊曰耒水出桂陽經縣治前東流而會於湘驥嘗掉扁舟往來其間煙水蒼茫望杜陵祠墓不可卽低徊久之意其中必有高年頎學可以弔古爲一鄉文獻之徵者所謂伊人在水一方今乃於斯地遇之欲訂後游驥非其侶自喜又自愧也

僧竹軒傳

黃本驥

竹軒名本照字印雲湘潭董氏子自幼入等覺寺薙髮爲僧不事經梵嗜爲詩嘗從劉賓門太史游詩益進先君子客潭時往來甚密寺故饒香火貲竹軒好以蔬筍餉詩人坐是日窘太史及先君子謝世後竹軒遂遊南嶽住祝融峯頂豎拂稱方丈師凡幽巖邃谷虎豹虵虺之所藏雲蘿之所翳樵牧罕到者無不有竹軒趾迹焉遊數載歸主懺心寺既又主善化桐溪寺會賓谷廉訪以兩淮都轉遷長沙下車卽問竹軒所在盞歙人黃心菴曾選其詩屬廉訪物色之也余持片札招至竹軒戴破笠曳長布衲衣闖然直入廳事門者以何物野僧喝止之余爲達其名遽延入談及海內詩人半爲舊好出生平所爲詩質之廉訪廉訪贈以詩有袖中出詩本要我定推敲之句既而朱魯門方伯亦以心菴之屬訪之每入署必責蔬其飯且有歸田結社之約招主北關外關福寺寺爲五代馬氏會春園故址前帶湘流有煙帆上下漁舟出沒之勝後有古樟綠蔭數畝環以湖名碧浪菡萏菱芡雜浸其中境甚幽異竹軒爲結茅亭一所具脫粟燒芋魁集詩人開湘春詩社湘春者北關名也竹軒貌瘦削類枯樹根兩耳豪毿毿長徑寸目短視而好看詩或授以詩必以鼻端帖紙下上久之性善記史傳逸事叩之響應搆思最捷圖韻聯吟之會無先之者詩主性情不尙雕刻集名杯渡齋稾少

壯老凡三刻。一自選。一南城吳白厂選。一方伯孫小雲谷選。又喜爲長短句。柔情綺思。讀者不知爲僧語也。近日長沙之寄塵。湘潭之滌塵。以詩僧名於身後。皆其學詩後輩云。論曰。竹軒一老衲子耳。而嗜詩若是。不猶愈於坐禪說偈。指蒲團袈裟爲眞衣缽者乎。或乃議其好與當事往來。然亦有以招至之。非竹軒所當拒也。余謂竹軒好名則有之。遊朱門如蓬戶。不足爲其累也。嗟嗟。深山窮衲。數十年之心力。耗於無用之詩。使復匿迹逃名。孰從而知之。孰從而信之。昌黎之序石鼎聯句。至今猶擬軒轅彌明爲神仙中人。然當劉侯談蓺時。亦且饜不自禁。稍獻其技。若竹軒者。倘近之與。

彭拱辰傳　彭永思

人生所遭富貴貧賤。豈偶然哉。嘗見中人之產。子若弟偷惰遊蕩。以致坐耗流離。席父兄升斗之榮。驕揚奢侈。不旋踵而流爲卑污者無論已。若以寒畯而驟膺通顯。以薄殖而漸積豐盈。人咸謂時也命也。而不知勤苦刻厲。奮發振興。旋轉於屯蹇鬱塞中者。天實有以試諸艱而厚其報。余觀拱辰之行事。建立而益慨然悟矣。君諱宗北。字拱辰。號萬順。系出隴西彭姓。本慶公家嗣也。母氏馬善病。弟宗南宗立侍奉左右。勿出里門。拱辰負奇氣。有遠志。喜讀書。不事工作。乾隆戊戌歲大歉。別父母兄弟。擔簦走龍山厰。後歷黔歷蜀歷漢陽雲夢。拱辰非精醫卜星相九

流雜術。可以衒奇也。非專門刑名法術簿書。可以遊干鉅公而使幣聘也。惟慨念夫史遷所云賤之徵貴。貴之徵賤者。持籌握算。不憚星霜。踰越險阻。溷迹魚鹽。所獲每多稱意。性耿介。生平纖豪無所於苟。重然諾。敦信義。客游四十餘年。湖海許爲長者。其初往龍山也。與王姓晏姓爲莫逆。越數年。偕王走澧陽。王死。拱辰以其殯歸晏。後稽王存籍。云貸拱辰百四十金。如數償。拱辰曰。王未嘗假我焉用償。堅持不受。卽其不背死不欺生。殆與卻遺金者同其卓卓。彼世有不問本心。甘鴆酒以止渴者。聞拱辰之風。可以少愧矣。宜天之默爲佑助。償以厚實報以熾昌也。乎子二。益周益淸。孫曾林立。方興未艾。余故樂爲之傳。俾處富

貴貧賤者咸知所策勵以拱辰爲法至其與弟均產無所私任恤推解戚鄰其高其誼則仁厚之性固然也無俟余之贅述云

名世郭君傳

何慶元

郭君名世桂東縣學生其父端慤翁子前爲作家傳者也君生而簡直剛塞讀書拙記誦達大旨以古先德言與其爲繩於身試於事望於朋友膺善仇姦擲力殉志雖受挫歷弗移曰道當是而時非吾何嗛性不喜文士顧善希濂因及子曰二君者可人也希濂死義恤其家二十年無可爲乃貿田以祀嘗以希濂故隆冬百里就子謀子危之君嘻笑跣而濯其趺曰是乃不知有雪君骨榦彊韌神魄堅沈固深阻無所放其意見咫尺義輒爲家日落不屑治生又不能不治生則躬率其孥闢荒山爲棟宇樹漆林栗橡既數年漆可采忽僦傭肩而過子爲子母夫人髹櫬曰須十年當鉅萬是靡弗義公輩皆受吾潤矣少涉孫吳書自謂知兵比年橡栗蕃詡子曰吾所謂兵者是可糧子曰食無鹽將喘脹且能贍幾何子休矣君默然不懌松洲死之年冬走弔顏悴慘意氣與曩異子詬曰名世得無貧乎有憂乎不然色何墨君又默然不懌閒數月凶問至矣春秋六十有幾有子男五人子閔君璞玉廾金雖蘊奇光勿耀其所爲乃比古獨行君子聞其死慟之甚及至葬子親奠而覘窆焉贊曰郴桂山川陵駛民之材者類剛急直義罔增飾固少文然其誠可任以名世語貌規爲迕物叢嗤子親之反見嫵媚其惇摯發於中心也彼褊堅騁僞隆氣矜信誓旦旦然非其質亦奚足恃哉

范雲龍傳　何慶元

范雲龍桂陽人家貧落魄投廣西某營從征逆苗以奮勇拔行營外委旋以首功卽眞賞戴藍翎綆險獲紅衣礮壓千總宵劫苗寨苗蜂起攢刺之刃箭傷如蝟身浴血卒馘苗酋首以歸經略壯之爲上其事遷都司　賜頭等巴圖魯賞戴花翎凱旋補廣西慶遠營中軍都司教匪亂河南陝西雲龍復自請奮勇身先士卒所向披靡嘗與教匪戰弩洞要害拔矢益厲又中鳥鎗腋腕飮子各一瞋目大呼短兵接決賊首無算賊卻乃已所飮子竟附著不可出云事平遷廣西提標後營遊擊時兩廣總督百齡與副將劉不協劉舉雲龍能百故撓之命與其曹角射

雲龍慷慨前曰遊擊以奮勇名喋血百戰取寸進知殺賊而已射非所習也百怒降雲龍千總雲龍負氣欲棄官會百解任繼百者知雲龍屈奏復職令入覲　上閱其功籍念雲龍數瀕死爲　國家出力不宜以射苛因詰責百齡而遷雲龍江西九江鎭遊擊未幾陞饒州營參將考滿擢袁臨副將又以忤總兵楊爲巡撫所奏雲龍遽繳花翎　上猶念前勞還其翎給半俸原品休職雲龍目不知書性慤直無所屈下驍勇健戰喜深入蹈危機意氣不少挫亦會有天幸得脫死暇輒拊髀太息恨不得畢命封疆居江西時年且老常咄咄顧影嗟語人曰武夫遭遇太平身閒無所事事空受　朝廷豢養耳其壯志不衰若此雲龍之始至廣西也覬依其叔父程甫程甫不禮焉乃投軍程甫者隨故全州州同宗機任贅土人康姓因家廣西雲龍貴程甫家日落雲龍撫其二子爲之娶妻雲龍功名起廣西其致仕也亦歸廣西有子十卒時年七十有三

太史氏曰雲龍戰將也入死地卒全歸彼鋒鏑何能死人哉太平久物眾地大稂莠閒欒芽文吏貪偸釀亂武夫臨難卒瑟縮如雲龍何可多得雍正乾隆閒有宋和貴者亦邑人也起卒伍從征歷百戰得官事與雲龍類檢志乘僅傳其名而勳階弗具問其子孫微矣弗克徵予因次雲龍事而爲之三歎焉

范孝子傳　何慶元

范孝子仲光桂陽東鄉農家子天性過人其父母命之學年十八父遘危疾醫禱窮潛封兩股家莫知見其慘黯無人色竊危之曰病如此何以處父竟死孝子宛轉眩瞀神支離不自克如欲無生者其母懼失孝子踰兩月召其同學者數輩彊掖之館所孝子重戚母忍涕習所業手掔縮艱上下人靜輒絮泣其曹疑之瞯與語持而禮其臂則左右各去肉倍寸赭如渥孝子哭其曹皆哭人始知孝子封股也免喪試補弟子員續舉一子終以毀故病咳血年二十五遽沒妻何氏亦東鄉人爲孝子守義撫孤克有立

朱孝子傳　何慶元

朱孝子諱有合桂陽井頭人井頭宋孝女明旌靖一姑故宅也姑遭家難貞女身撫周歲族弟雲伯後其父母苦汲掘宅隙得泉因井之後坊其井曰義井宅其宅曰井頭云孝子爲姑所撫雲伯十六世裔孫父元載母范氏有兒三人年十四刲股愈母病二十喪父以艱食與其叔分耕營內母從伯仲居井頭井頭去營內六里而近孝子且耕且奉母宵必定母寢僕僕道途應晷刻終其母之身弗衰母卒時年七十有八孝子免喪後覗瞿瞿恒中夜涕泣晚起家倍愴咽痛其父母弗逮也孝子之妻胡氏弗戒於火面焦爛胡盛年尙無子人或謂孝子納妾泫然曰

是與吾共事吾母者忍負諸後胡爲孝子舉四男相孝子昌其家孝子以居遠伯仲艱數見見必極歡別慘淚如嬰孩然孝子款樸無緣飾見人語嘔嘔人易之聞其事則肅然起敬嘉慶丙子丁丑閒朱氏有事譜牒又會修邑志胥謂孝子宜有述孝子齗齗執不可涕盈眶當是時孝子老矣習孝子者重傷孝子志事乃已孝子壽七十有七而終妻後孝子十三年卒孝子身後族春秋祭其先自靖一姑上下咸頌孝子長生胙永世勿替

論曰予寡出弗獲見孝子數數聞父老談孝子事近始得其委曲烏乎難矣哉天亨孝子遲莫愈以戚孝子阨其妻賓敬如鼓琴愛憎非與人異而所性弗渝順信休助終逢其吉有以夫

八先生傳　湯鵬

八先生諱懋政號琴堂與余爲從昆弟又爲蒙師口授余詩書易春秋周禮爾雅北面請業或易祟名以稱之則瞿然謝曰毋吾固喜爲八先生也且子稱甚樸禮意甚醇世之自命爲老師宿儒以取尊稱於衆者皆僞也游於鄉試於縣與府無少長識與不識翕然稱之曰八先生其不以是稱者弗荅八先生名遂大彙鄉邑州郡閒先是伯父短菴以高文懋學結社麓山尤與漵浦嚴公如熤善嚴公雅負經濟才後以縣吏薦擢至廉訪而伯父獨摧挫老八先生其嗣也少負奇氣性聰慧能文章伯父晚授徒於紋洲文君艮策出其門蓋東坡子長之亞而八先生

林與之埒伯父私竊喜然率羈縻童子軍中故文君猶中鄉科而八先生獨摧挫老性癖飲館穀所入呼兒換美酒弗恡也飲忽醉醉忽醒醒忽飲飲忽醉酒酣目熱慷慨語余曰古者貴亾過蘇秦六印富亾過元載胡椒八百石此皆魏然挾其衣冠印綬輿馬婢妾錢財氣力以橫行鄉國生則榮沒則已焉而劉伶阮籍李白之徒以飲酒名後世吁何其壯也邑廖氏故豪族喜讌召閒八先生善飲集座客簡善飲者數十人將困之八先生據席勒鬚張舌倒飲其數十人各以次起行酒八先生氣益銳飲益豪數十人不能難也飲畢上馬揖別行里許忽下馬至酒肆沽酒復飲主人送之行者相顧驚愕歸報其座客皆大慙方

余毀齒學爲八股之文既授題八召八先生飲輒去余偕童稚嬉戲笑傲竟日未嘗思索八先生酒酣歸瞋目大怒曰吾當械汝以警其後余急攝衣前請願就所坐短檠上跪而成文八先生佯許諾而心疑其爲童子大言也遂掉臂不復顧偃几而臥臥方酣余文稾立就自朗吟數過八先生驚起視之時余立其旁甚怖察其色若喜既而私語人曰某授徒鄉里二十季童子英靈亾逮若者異日當以文章擅天下然若狂毋遽語若以長其驕也余故微聞之益自刻厲爲文章癸未余成進士聞八先生囂囂然語於人曰吾得若終季矣然以薄宦羇畱京師不得見者五六季家書猝至而八先生墮水死矣其死之前一夕有

叩門而過者曰得毋使者執若書自京師來邪余聞而悲之爲之傳以報其卒志焉

贊曰士之坎坷不遇而隱且死於窮簷老屋閒者何可勝道獨八先生隱於酒而死於水吾聞塊壘鬱結則酒以澆之此其所以酣嬉淋漓於酒而弗厭也與抑又聞之屈原悲憤而投汨羅之水則八先生浮水而死亦固其所又何怪焉

黃朝臣傳

歐陽泳

道光癸巳吾邑南鄉延壽團茂才黃子華開館予於其家數數爲予言其先世諱朝臣者明季遭紅冦亂部勒子弟扼險禦賊身死之賊迄不得騁鄉克全其條教具在予核得實因爲之傳俾後世捍患者有所依據焉朝臣生有明天啟閒果毅絕倫語兵法崇禎末年盜蜂起蹂躪桂陽十室九空慨然思守禦之策鄉有畱福巖中空外合巔漏天光深約五里許可受萬人半巖有口口陡下數仞緣壁蛇行始達巖腹朝臣倡捐金粟督率修葺創鐵門於巖口設雲梯通上下門內兩旁甃礮二高於門數尺礮立四人執器械賊入則自上擊下無一得脫者巖之腹婦

孺老弱處之男女別內外又括其鄉之財粟盡實焉使賊進無所掠其強壯膽勇者則編爲六隊隊六十人身親訓練分守各隘口遏敵而立大營居中爲策應其法十人一隊長六十人一統隊長外設閒諜二人機快二人知書記二人功過必稽賞罰必信一人勝賞十人十人勝賞全隊一人敗罰十人十人敗罰全隊故士皆用命鄉之西曰甑頭坳駐一隊遏賊自九峯至者東曰泥山口駐一隊遏賊自大官嶺至者南曰深江駐一隊遏賊自廟行墟龍虎洞至者北曰山田江排下嶺各駐一隊遏賊自百丈嶺及縣中至者中軍一隊則屯郭家橋今營盤坵是也擊東西應擊西東應擊南北應擊北南應擊中東西南北皆應

賊有數百人自永甯鄉度大官嶺勢張甚截於泥山口大敗之至大分戮其半至九分盡殲之大小數十戰無一挫有司壯其能表爲延壽隘官一日賊自深江入與大戰於冬茅岡獲其魁翼日賊復大至朝臣度力不能支乃慷慨語其隊曰賊所以悉眾來者爲彼帥報仇也吾與賊勢不兩立當以死赴敵我死賊必憯諸君以全力繼之蔑不濟矣聞者咸瞋目厲刃以死自決朝臣見眾有鬭志乃持大刀砍賊陣左沖右突賊披靡身亦叢重傷猶手刃數十人力竭被捦不屈死先是朝臣婭君煥爲北隊長賊之來也分道入煥拒於泥山口聞變急赴救遇賊於郭家橋大戰之窮追至龍虎洞殺賊幾盡竟奪朝臣屍以歸賊自

是不敢復窺延壽朝臣死之明年有司上其事於撫軍撫軍旌以保障山河嶺今尚懸玉境觀云

江孝子傳　魏承柷

江孝子盛照清泉橫江橋人生六十日而喪父母氏李鞠育之幼有至性家貧不能讀書麤識字業織布兼爲人拾字紙養母營生兩兄貿粵東先後客死與寡嫂猶子同爨無閒言孝子年三十餘未有室晝出傭力夜歸臥母榻下疾痛痾養必敬抑搔之涕唾穢溺必親滌拭之母六旬遘危疾昏不知人醫者束手孝子伏榻側哀慟幾絕夢延醫中堂皙面修髯衣冠甚古孝子負母出診視甫切右手曰止疾不可爲也哀懇再四曰爾以左臂與母嚙之倘可瘳孝子卽伸臂奉母嚙嚙未殊而寤母仍瞑目榻上氣丹丹不絕如縷孝子曰噫神人教我也取機上刀磨

之光瑩如半月銛可薙髮裂白布裹而藏之中堂神座下家人見之以爲孝子將自刎從母也搜其刀不獲夜半孝子齋戒沐浴更衣跪庭中焚香祝天願減十年算延母壽乃出懷中刀袒左手承頤牙齒扎臂肉起半寸許右手割之作磔布聲唾肉於盞再拜而起臂間微覺廝木亦無血惟刀痕四圍綻黃汁數瀝而已白布束臂捧盞炊竈火熟之跪榻前以匙進湯於母喉中格格作響漸乃浸沈而下有頃母張目曰兒何處得人蔘飲我耶病頓起孝子堅屬家人勿以割臂事驚母母見孝子常捧其臂屢詰之託辭以疾對終不忍以情白母也後十年母乃沒孝子四十餘始娶生三女五十九舉一子猶敬拾字紙不衰云魏

子曰余觀古孝子割股養親事疑不足爲孝徒以傷親之心耳今觀盛照割臂始末其用心抑何至也旣瘳其母又没齒不以告非至誠而能如是乎大孝之人不可見如此愚孝者亦何可少也卒以此延母之年孰謂天道無知哉

閨姑泰乾傳

湯昭彌

祖姑諱立貞字泰乾十四派祖玉洲公女也玉洲公以文學世其家凡內外大小男女悉令讀聖賢書祖姑生而早慧六七歲時玉洲公授以女史女箴毛詩內則諸篇爲之講解大義祖姑卽能默會其意於章句之表鄰有誦觀音經者祖姑聞之而問玉洲公曰觀音何人玉洲公曰古之奇女子從聲緣證無上道者祖姑曰觀音何在公曰經中祖姑笑曰兒恐觀音未必在經中耳玉洲公奇之字本里某氏未婚而某氏子死祖姑泣謂玉洲公曰兒生而父母以兒字人者父母之命也以兒字人而所字之人死兒之命也知命者達人安命者君子兒請事父母以終身可乎玉洲公奇而許之從此楞嚴金剛朝夕頂禮涅槃圓覺次第手繙偶閱趙州公案至狗子無佛性語思之未得廢寢食者數日忽然大悟而述偈曰偶喫狗子橫著肚中一竝吐卻肚中乃空叢林奇其語謂非秦時老古錐脫得炙脂帽子鶻臭汗衫者不能道也祖姑醉心祖道得臨濟正宗平時齋供靑鹽白粥口不茹葷衣裳止用布素禪牀拂子儼然頭陀淨業嘗爲所服釵釧與所蓄紡績之貲建寶壽寺前面牙廊重新諸菩薩聖像又請於胞兄帶江公刻法華觀音諸經爲善男信女結般若緣當玉洲公夫婦之未亾也祖姑先意承顏能以志養晨起盥櫛畢卽入父母寢所問安否父母曰安然後誦經堂中雲板

聲木魚聲唸佛聲琅琅然達戶外。否則左右父母而堂內寂然。故家人恆以經堂之喧寂卜堂上主人之安否。而祖姑亦曰世尊古佛何似父母活佛。人不能敬目前之活佛。雖日禮古佛而古佛不許也。自玉洲公夫婦再亾後。但遇忌辰祖姑便請名僧說法。以資父母冥福。終其身不改。祖姑於佛祖門中事方其參破狗子語時。已能不費言詮了知三世。後來再加保任。益造深穩。乎實之地。其與人言。又謂原無佛法。有問以西來的的意者。祖姑第應之曰黑白難分。再叩之則曰無邊落木蕭蕭下。不盡長江滾滾來。皆不曉其意。一日忽謂家人曰。汝等諸人欲知佛法。應明日可為汝等說破。翼日悉將所誦經本燒卻曰。許多之

乎也者。留下何用。頃之沐浴更衣。安坐內寢。問現今何時。家人曰日正午矣。祖姑曰老身打三更去了。一笑而逝。世壽七十有四。葬之日棺不舉。有優婆夷自衆中出。撫其棺曰。師姑師姑。何今日猶不撒脫也。聲未絕而柩行。衆覩夷而夷已不知所在。前明時胞姪汾陽彙其事請諸當路。朝廷高其奇行。以道合明神四字額諸邑之學宮。我　朝道光之十年。采入總坊。資陽節孝祖姑其冠首云。

論曰。自昔聖賢立教。貴庸行不貴奇行。以庸可常。而奇不可常也。祖姑知有父子。不知更有夫婦。迹奇矣。然人苟略其迹而原其心。謂祖姑為貞女可。為孝女可。為節婦為道姑亦無不可。百千億萬化身。抑知總此圓滿報身清淨法身之為之也乎。事固奇而又何嘗不庸邪。吾聞祖姑侍女名解空者。祖姑屢為擇配。解空終以不願事人固辭。誦觀音經。亦能喃喃上口。祖姑死數日。解空亦合掌而逝。然則解空亦奇女子哉。

無名先生傳

湯昭翮

無名先生益陽人也胡然而以無名著哉先生非無名者少有乳名有學名長好任俠好仙術有任俠仙佛名今先生旣無所好人卽不得以先生所不好者强名先生故人皆有名而先生獨無先生曰予何名哉無名卽其名耳名以無傳其傳或久昔孟子之父名激公宜董之爨菁亦三字爲名程伯休父張公純嘏劉中原父皆三字爲字孔安國孟浩然張巡郭子儀王僧綽殷仲文劉孝綽姚崇皆卽名爲字劉向兩名曼多三名老子號重耳號老萊子號元中法師號金闕帝君號廣成子號務成子號尹壽號夔邑號育成號支邑先生號叔子號老子道君號史

儋號黃后公號河上公謚聃是一人而無數名也京房陸羽因數得名顧雍桓溫因人得名楊覃李騏因君得名子同小同因親得名名固以義起也費人有曾參門戶有李益詩人有韓翃城南有子夏他如王宏王褒俱十一張良張敞王吉八龔熊顏回毛遂陳遵李廣阿瞞張儉蔡邕朱買臣王羲之張華伯夷李膺江泌南宮括公孫龍貢禹京房上官桀王恢韓安國王章王莽張禹公孫宏杜延年莊蹻召平俱二董仲舒三王喬劉歆四漢元時毛韓甘王焦五姓五延壽五季時王汪何三姓三彥章趙審酈司馬四姓四食其蘭張司馬三姓三相如何魏公孫三姓三無忌越宓兩姓兩子賤杜朱兩姓兩光庭錢僭兩姓兩長卿陳文兩姓兩子禽魯越兩姓兩勾踐陳楚兩姓兩子玉宋陳兩姓兩偃師子產之子名子思孔伋亦字子思鄭衛皆有行人子羽楚子爲君名棄疾楚宮廄尹亦名棄疾衛有公子荆哀公庶子亦名子荆名不妨同白居易黃居難杜荀鶴杜荀鴨名不妨異陶朱梅福名不妨變巢父許由名不妨逃然則子何名哉總歸之無名而已無名何以傳曰傳不傳不在名也鶴銜經狐聽講鴿傳書魚吞字蝸繡篆鷹觸邪馬識途蟻知水皆足傳也楊子雲有文章而不明節義許敬宗有功名而不明忠孝孔張禹有經術而不明進退綱正皆不足傳也先生曰予何傳哉傳其文章節義與無文章節義也傳其功名忠孝與無功名忠孝

也傳其進退綱正與無進退綱正也言則眞實者八九詼諧者八九行則倔强者大半癡黠者大半拙如鳩笨如鴨蟄如蠖縮如龜不足傳也人謂先生今之古人先生曰古之今人也人謂先生人之君子先生曰天之小人也或以先生爲腫背馬爲闟單牛爲羊公鶴爲轅下駒者先生不辭亦不辨也然則先生曷不卽名之曰馬曰牛曰鶴曰駒乎先生曰不可兩筋牛的盧馬雜羣鶴名家駒不常有者也子襲其名而無其實可乎夫先生固有先生之名也封胡羯末昔人乳名也默沈渾深昔人學名也朱家郭解昔人任俠名也都散漢自了漢昔人學仙學佛名也人隨口喚先生卽隨口應然則先生何必有名又何必無名

乎且先生友敎二十餘年矣及門呼曰先生鄉黨宗族呼曰先生而先生亦自名爲先生竟忘乎先生之非先生名也冉里錦里東郭南郭皆名先生而先生則非冉里錦里東郭南郭也烏有先生而已矣世有名冉里錦里東郭南郭爲先生者先生荅之曰是是是有有有呼先生爲冉里錦里東郭南郭者先生則大笑曰非非非非無無無無

周烈婦歐陽氏傳

張聲玠

歐陽氏湖南善化人國子生從煥女適湘潭周生翼襄姑翁氏與氏母爲兄弟以親論婚者也翼襄祖系蔚以副貢爲永綏敎官叔祖系英戸部侍郎翼襄以舊家子醇謹知禮惟幼失怙家中落而體尤清羸年二十二始娶氏至夫家凡三載有奇生二女氏善事姑怡聲下氣由家及親族之長者咸愛之以靜婉稱翼襄居辰山鄉道光辛丑十月遊於邑染時疫歸氏以姑在側飲泣侍藥然晝夜未敢殆者一月十一月二十三日翼襄卒氏撲地號絕少甦更以首搶棺傷額血涔涔染鬢滴地處凝如脂家人力救舁之牀越一夕强起纕絰成服每自泣曰妾不能早生男罪也不死無以對我夫子復就牀臥家人以氏勞瘁久當致疾延醫胗之投以藥不效與之食不食强之進米汁一合如是者數日而氏舌短時家人猶冀其瘥私相謂曰此新憂情事久當自解耳十二月八日竟卒年二十二計後夫死十八日耳纍纕斬然在身家之人且悲且敬謂能信其順而不能遽料其烈云

論曰歐陽氏有必死於其夫之心故始則以搶棺而碎首繼則以不食而絕命而延一息於米汁之中遂後其夫十八日而死則姑之命爲之也夫憤激成名者易從容就義者難如氏者不謂之烈不得也疾風之中見勁草焉烏乎難矣哉

湖南文徵卷一百十二

湖湘後學集編

傳六 駢體附

朱愼甫先生傳　　蕭寅顯

先生先世淸瀏人也。乾隆初曾大父來長沙。遂家焉。姓朱氏。諱文炑。字愼甫。弱冠時。父朗齋久客於外。貧無以養。賣卜於市。又自號伊蔚子。先生生於乾隆戊申某月日。生之夕。母夢月墮入懷中。寤而先生誕。周七齡猶不語。一日與羣兒嬉戲。仰視霄漢間。恍若數十衣冠者流結隊走。遂驚而語。就塾師授經。甚穎敏。年十六。棄舉子業。篤志性命之學。竊聞先生嘗有言曰。讀書所以明道也。世未有不通四子五經而能明道者。亦未有不明濂洛關閩之道而能通四子五經者。四子五經猶鎖也。濂洛關閩則開關啓鑰之書也。先生於前代及熙朝理學名儒諸書。靡所不讀。而要必以宋五子爲依歸。其讀之也熟。其思之也精。其辨之也明。其體之也切。是以於聖人之道。獨於諸儒爲深造焉。先生之學。以誠爲本。以敬爲宗。以精義集義爲程途。以明體達用爲究竟。嘗謂易翼者內聖之書也。學而不明乎易。欲以遠窺斯道之全體不可得也。蓋自幼卽好之。歲月研摩。由孔子而上溯文周。由文周而遠窺羲畫。由羲畫而探源河洛。靡不剖晰精詳。而足以盡發前人之蘊。又謂春秋者外王之書也。學而不通春秋。欲以遽極斯道之大用。亦不可得也。惜乎說是書者多鑿耳。由是博考精思。乃能於諸儒傳註之外。獨窺聖人所以作經之本旨。又謂前有孔孟。卽有釋老。後有程朱。卽有陸王。吾人爲學第一要別淸塗徑。塗徑不淸。浸淫乎異氏而不自覺。故凡浮屠老莊以及陽儒陰釋之學。靡不有以拔其本而搜其根。又謂性道。學之本也。經濟。學之用也。學而不博。亦有難以言致用者。故凡天文歷算律呂方輿以及諸子百家衆技之長。亦靡不爲之究極底蘊。而區其或得或失。或異或同之故。是以其爲學也。貫徹天人。淵深浩博。無涯涘。在當世鮮有能知之者。而先生亦以道自樂。初無暇求人之知也。先生外和粹而內剛直。居恆言必信。行必謹。視聽必以禮。終日振襟危坐。雖盛暑未嘗肉袒。雖造次顚沛。未嘗疾言遽色。或偶有過失。則返己自責。終日不快。憂嘗見於眉睫之間。其事親也。心愛而氣和。色愉而容婉。尤能先意承志。以諭親於道。及其居憂之日。思哀思敬。蔬食三年。其事從父也。事之如己父。從父方病革時。未嘗同居。凡飲食藥物。躬自調治奉送。隔數里許。日輒往返五六次。月餘。從父沒。兩足爲之潰爛。血淋漓。幾不能臨其棺。以俟其窆。其交友也。不苟同。不立異。故雖有不滿於先生者。終亦自知其非。而交好於先生。其與人也。寬而恕。坦而夷。故雖傭奴孺子。莫不知有先生而愛敬之。其樂天而知命也。雖艱難萬狀。從不以告人。間有知其貧而遺之以金者輒卻而不受嗟夫夫苟非知之眞養之粹而行之果其孰能與於斯哉道光癸未先生奉母往楚北省父遂居於北數年壬辰春奉老父母以歸居數月丁父艱家計益窘甚無以養母服物書籍典質一空戊戌五月復奉老母之北依故友胡君寶堂以居甫一載己亥秋九月忽寢疾數日而歿歿年五十有二胡君爲之具棺殮殯卜地武昌之南郊后牌嶺下葬焉越二祀老母亦相繼故並葬之后牌嶺下與先生上下其棺以爲塋此皆胡君一人經理其事可謂不忝平生之言作事有始終者於乎眞不愧爲先生之友矣先生生平所著述有大易粹言春秋本義中庸箋玩五子通錄（即見心錄）聖學罷譯諸書從

不輕以示人沒日胡君請其遺槀於母僅存易圖正旨一卷五子見心錄二卷從學劄記一卷序說書記若干篇其餘皆亾失無從究詰嗟乎先生之言皆微詞奧旨而竟不獲概傳於世烏乎可惜也寅之知雖不足以知先生然旣重先生之學行烏得不爲先生傳之今謹誌其梗概如此

蔣烈婦傳

成毅

昔五代時虢州司戶之妻李氏過開封逆旅主人牽其臂而出之李氏大慟曰吾爲婦人此臂乃爲人所執邪遂引斧斷其臂曰不忍以一臂故遂汚吾身後世稱之忍齋氏曰吾乃今見之於蔣烈婦矣烈婦者吾從兄子也幼無父無母無兄弟適蔣龍翔蔣之母於烈婦父爲姊憐其孤露撫如女子烈婦自幼卽甚當母意母故貧早寡與其二子居先人老屋長子婦卒遺一子烈婦身字之其同居之族娣姒姑姊妹輩固皆以謂烈婦賢矣蔣與翼者無賴子也於蔣母爲再從姪遇烈婦嫂呼之與翼有母有兄與嫂與蔣母其衡宇居西偏而蔣母則處其東其尤近

烈婦所者則爲其族人婦萬氏之室己丑某月日與翼族母某以生日假與翼宅爲設賀客萬氏期烈婦旦日往爲壽烈婦辭焉時蔣母先攜幼孫適女家矣夜烈婦理紡車與翼闖然入於室烈婦怒遽呵之與翼强從則幸萬氏奔而往也見烈婦面灰敗氣結搥胸不能一語而與翼奪門跳矣蓋與翼涎烈婦久乃先以計囮龍翔戲葉子於外廳且覸萬氏已出往客所將牽戀於女子之黨一介弱女撐拒呼號固可以爲其所欲爲矣而不虞烈婦之鋒卒不可犯萬氏固未出皦然一號之遂聞聲而相救也斯時則幸萬氏奔而往也然而烈婦則素羞澀如處子自逆之輒頳頳重自珍惜其身如素絲白練之不可點辱已甚固

不堪。又竊憤龍翔懦不能制與翼。遂乘閒遠自引決。時年二十有三。烏乎烈哉。獄上烈婦邀　旌典。或曰烈婦可以忍而不死者也。烏乎生死之際大矣。苟非有所大慟於心而爲百端之所不可解者。卽安肎以其姑婦相得夫妻其愛之身決然捨去如敝帚哉。司戶之妻誤牽其臂。忍而斷之。狂暴之辱豈直牽其臂而已乎。臂汙而恥及其身。身辱尚可以洗滌之乎。臂汙而斷之而身潔也。身辱而死之而心潔也。此司戶之妻之志也。烏乎烈哉。然吾獨慨乎逆旅主人誤引一烈婦人臂而罪以笞。被强暴者干名犯義。迫人於死。聽斯獄者方且得其情而故宛轉求出其罪。易他辭以坐與輕典。是豈所謂罰麗於事者耶。吾恐長逝者私恨無窮期也。

青惠烈公別傳

羅鑒龜

公姓青諱文勝字質夫。贈謚惠烈。蜀之大甯人也。貌清癯循循雅飭。明洪武閒以貢生起爲湖廣常德龍陽縣典史。潔已勤政愛民如子。龍陽地濱洞庭。每春夏之澇。蜀漲遄遏。泛濫衍溢。匯爲澤國。禾稼概付洪濤。又水鬬浪騰。風波吞吐。齧岸畝畝。竟遭漂沒者有之。而龍陽田賦爲石三萬七千有奇。有司按冊以索。或田荒徵熟。或田去賦存。民無以輸。累逋數十萬。敲朴死者相踵。於是公之涖任蓋五年矣。惻然傷之。詣南都疏民情土俗以聞。再上不報。歎曰。何面目歸見父老乎。復具疏擊登聞鼓以進。遂自經於鼓下。洪武二十四年五月初一日事也。上遣官馳抵

龍陽覈之。至則四望瀰漫。得腐禾遺棄以上。遂蒙特旨計畝免賦二萬四千有奇。永額不科。予謚予葬予祭。又恐後之人無以勤祀事。除捐正項另給田一所。坐縣南軍山鋪。俾其子孫世守奉祀焉。公疏稾散佚無存。惟月明五夜愁天旱。雨落三朝怕水淹。魚行靡走路。三歲兩無收數語。楚人至今傳誦之。時公年三十有二。子孤婦寡不能還蜀。遂占籍龍陽。今孫曾繁衍。詩書之澤未衰。皆公盛德之蔭也。

硜硜小人曰。龍陽之民困亟矣。青公身寄末僚。非肩民社之任者也。彼印纍綬若。巍巍濟濟於其上。而膜視之者。繄何人哉。公已溺已饑。不以爵之大小紛其志。祈天請命。甘以身殉。初不計

事之濟否耶亦烈矣卒蘇民困奕世永賴公亦俎豆馨香於不替焉天何負於藎臣哉然非公意計之所及也今事久論定其朽腐於白楊衰草者悉守土之窮官墜秩昭暴於日星河嶽者偏讓此遺榮畢命幺麼之丞倅焉泄泄有知吾不知其恚心而靦顏否惜不能起而問之也謂之何哉

雙江先生傳

羅江

雙江先生容溫靄質敦厚先大父愛之重之余童年猶及見之先生長君墨泉交吾父家孫來朋交於吾皆五年以長歷世有三故其瑰意琦行可得而言其略也先生姓陳氏名士毅字懷遠聚族邑之鐵鑪山里中稱鐵鑪陳氏先生少勤誦讀圖進取旣不得志則精研儒先之書以飭躬亦以誨人岸然爲鄉里矜式菊及岐黃青烏家言晚歲優游林下發爲詠歌浸淫儲王上追元亮吉光片羽見於沅湘耆舊集中太翁廷耀修家乘未畢先生踵成之亦如司馬父子之史記對山父子之武功志焉先生家在烏石峯下淸流徼湍二水匯爲一川瀠洄以去舊名雙

江其上有墨溪會出水如墨故又名墨泉先生父子得擅焉他人不敢居也圖書滿室先生涵泳其中探本溯原及爲詩不入理障不作迂談苟胸有滯礙能如是乎余族曾大父行有諱天閶字雲臯者居鼓橐洲之西塘講易論史亦工吟詠其意趣與先生同余思合兩人詩爲昭潭二布衣集而當時固竝稱羅西塘陳雙江云

糞叟傳　羅澤南

糞叟者不記其姓氏．其先世仕於周爲草人．掌土化之法以物地．周公采其術著於周禮．其後有爲上農夫者．戰國時諸侯去其籍．遂不顯．子孫皆能世其業．叟素黠慧能含忍．少年卽自食其力．講求治糞之術日益精．其具有簣有箒有杓有䉛．其地有廁有池有溝有窖有甋房土室茅廠．糞有人溲禽溲獸溲．出自人者曰大．獸之類不一．若牛若羊若豕犬若麋鹿貆狐有所別．若者宜於禾．若者宜於麥．若者宜於麻．若者宜於園瓜果．又煮其骨汁浸種以投合地氣．瘠者可使之肥．惡者可使之美．雜腐草敗葉用泥蘊釀之．經數月以成．有火糞．掘土合薪以燎之．貯

其灰．凡收拾積聚．罔不有法．叟性不事修飾．屋數椽僅以蔽風雨．堂屋廚階皆糞器．飲食與之俱．往來交際．其家者習爲常．鮮潔己進者．習勤苦．朝夕拮据不憚勞瘁．有所利．雖數百里求之不辭．弗獲則百計經營．卑躬屈節．必欲其得而後已．當長夏盛暑時．熱氣蒸鬱．臊臭不可耐．其蟲曰蠦曰蛣蜣．終日飛緣牖戶間．且多蚊蠹人．輒紅腫．至有爲所傷而死者．叟坐立其間．觀望周章．色嘻嘻以爲樂．家人呼之食不遽往．或諷之曰．吾固所利於此也．舍是終身貧且賤矣．人得其糞以施於田園．無不利．爭售之．巨室日聞其名．家以是致富．得復草人職．丞相某議興水利於西北．將試用．因其議中阻不果行．子孫在官者祿皆有差．人有求其術者．秘勿宣．惟侈談其事以誇人．人稱爲糞叟云．德馨子曰．百畝之糞．固農夫所利賴者．叟以此致富貴．而不自計其穢．苦矣哉．

案此文滑稽之流．當入雜文．以卷已編成．仍之．且糞實利用之物．故孟子稱舉之．近善化賀氏所輯經世文編中有說糞一篇．乃詳其法．此文可與互相發明．汝懷附記

彭翁傳

周曜焜

翁諱正進字廷瑞姓彭氏明兵部尚書襄毅公裔也其先長沙人祖某徙湘陰大塘乾隆間翁考子建尋家邑西鄉之義合圍時翁與伯兄皆幼失母長則作苦於衣食事蓄久之慨然語其長子曰兒輩但隸耕何以知禮義科名富貴非吾望也爲明理人足矣汝其經營生計督汝弟本芝讀書修行焉翁子孫業儒繇翁始翁面目黴皙而臞須麋蕭瑟不知者曰骯髒人也性寬厚事兄謹析產恆取瘠撫諸孤如己子有以匃貸諉者翁不爲辭歲久不能納子母輒代償終不復言道光壬辰夏大疫延醫炊藥加食與漿躬親於貧病餽餉之中而人自全於溝壑塡委

之外家故瀕臨湘渚洄潭輪轉舟上下失勢觝硨淪溺者往往有之翁惻然多方以拯而佗身之救生牟利者舉不敢過而窺矣無主之墓之齧於波濤者蕘牧之毀傷者與年久而窾者目所觸輦護之紙錢麥飯時亦波及訖晚歲恐勞不廢夫已責卹藠或曰非族姻則鄰里鄉閭耳若往來行牒葳冢纍纍不皆親故也特不忍其沈溺而𥚃露無所爲而爲也顧擁貲自雄者率皆莫之禁而或不爲而無餘財者固行義若嗇欲此非心之厚於仁不能然也嘗値大水將穿屋翁慮其潰瀁也趣家人避大隄宅中己迺牽傭艇載家具亾何暴風雨臭載傭以泅免獨不見翁沿而救者相繼也皆錯愕謂必無生理已而徐徐然歸衣履無絲豪溼家人驚訊來上游何也翁笑荅曰吾不知但見雲霧繚繞篷櫂開樣舟登岸而已時癸巳夏六月某日也觀者咸詫曰翁長者儻所謂自天祐之非邪後又十年而卒年七十有八云今三子家皆小康孫賢且文者曰舒焱曰樹滋皆補縣學生員曾孫男子六人天之報翁者其將有以昌其嗣大其門者歟余蓋於翁之行諡卜之耳

張生宗浩小傳　易光焯

張宗浩字心㫗一字蒔齋醴陵人從予學者五年許配以女六年矣年十九突患瘵疾出館數月而卒予深慟之不敢以凶問聞於家月餘吾女竊聞之悲不能勝語阿母曰張郎不作久矣爹何匿不予聞也兒月前夜夢不祥無端服縞素自門外歸天命之矣義無二天命不敢違不歸張氏兒將安往泣不已日欲奔喪阿翁聞之亟成其志不三月卽以冢嗣次子元楨子之俾之撫育此亾壻之所以終成余壻也壻天分不能過人而溫靜足尙日讀書不過二百餘言言咀吮不肎一言滑過不自背誦再三不質予前稍躓反席猶必低聲吾伊寂乃掩卷作字審

玩古法置帖於前凝睇成癡伸紙操筆如營大廈意定乃作作已游目往來若喜若愠久而不置所讀書冊經數歲紙色如新所用器物安頓如前無一零亂嘿不多言簡素自喜惟屑些點涴則浣易隨之好潔之性豈來造物忌耶予嘗以守成令器爲期而其言不驗悲夫幸子兒子年已就傅他日感傷風木形容安仿略爲言之牽予愁緒竝語予女持此以示後人於無窮焉耳

鄧雲渠先生傳　鄒漢勳

先生姓鄧氏名顯鶴字子振雲渠其自號也先世爲江西泰和人明中葉徙湖廣新化遂爲新化人世有隱德　聖祖康熙中新化有還遺金鄧公者卽先生之曾祖元臣也先生祖曰勝達字維庭爲縣增廣生贈鉅野知縣考曰長智字若愚國子生贈甯鄉訓導先生天性孝友少事里中宿儒張先生誨以窮經植品澹泊自守遂守之以終身初爲學時卽一言一動必依禮則佻達者或戲呼爲道學先生先生弗顧也先生母曰毛孺人靖州訓導毛君學古之女也嘗遣先生省父於靖州瀕行自作授經圖左手執經右手持杖以針刺指血濡其上圖成以授

先生曰兒離吾左右愼勿忘持杖語誡時也及至靖州毛君留之使學先生遂閉門晝夜勤學夜分倦苶則展授經圖而泣泣已誦讀弗輟以達於旦如此者數年學益進遂於書無不窺旁及陰陽卜筮之學亦罔不硏究及　仁宗嘉慶初先生之二親俱老而家徒壁立無以爲養遂於里中傳授生徒資其餔修以易甘旨雞鳴卽起督課餔後必歸省父母歸則備述諸生一日課程以承色笑國子君晚患氣疾遇寒卽發一日爲諸生講已登坐發難矣秋風微起卽輟講至家徑取篋中衣送國子君遊所國子君曰吾知兒必來也有疾恆竟夕侍國子君或勉自支慰遣其就館先生則篝鐙寢室戶外屏息評閱生徒課藝

以遶曙室中有轉側呻吟未嘗不在側也如是者十餘年國子君及毛孺人相繼殂沒先生偕弟湘皋先生顯鶴廬居墓旁所畜犬夜常蹲伏廬外廬中悲哭犬亦狺狺作哭聲應之小祥日犬忽不食而死人以為孝感所致湘皋先生幼多疾父母鍾愛絕憐之先生常每夜焚香禱天輒有減壽延雙親分年與兄弟之語及湘皋先生壯遊之時客揚客蘄客粵客皖經年每一念至中夜不能寐歸則昆弟三人圍鑪達旦其友愛蓋自性生也

今上道光初湘皋先生客皖中將自皖中赴都謁選先生作聽雨圖以寄並寓書其略曰吾弟此行以謁選入都也老兄迂腐之見誠恐吾弟或得縣令既以遠宦鞅掌不獲常聚且徒

以華侈溺子弟心故常諄諄抑吾弟進取之志吾弟亦唯唯從命可謂恭矣抵都之日即當向吏部遞呈改教以成吾兄弟偕隱之初志也後又寓書其略曰吾弟幼即羸病十五以下四十以上日日有可危之勢其得存活至於今日者實非始願所敢必也今吾弟年已五十矣精力漸衰須髮亦白實不敢更以吏事勞汝形且汝負性戇直豈能如世俗妾婦之事其上官者乎況吾父母存時不能謀薄祿以養今日忍博美糈豢養兒女輩乎汝之兄久甘澹泊固不望汝之纍纍多金汝之婦荊布素安亦不望汝之結駟連騎而竊自享珈副之榮汝之子若姪正宜使之習勞苦知艱難豈可輒以甘肥輕煖溺其心思陸其志气然則全家久絕奢望各安貧賤吾弟又何必獨以其身試於宦海乎昔東坡與潁濱拳拳於疇昔挑燈聽雨之約故其詩曰君知此意不可忘慎勿苦愛高官職今為弟葺小室於宅左顏曰聽雨山房老友歐陽磵東題之曰今湘皋有四方之志其久暫艮不可知老兄須矣故山無恙慎勿忘此意哉語絕沈痛牽錄紙尾願吾弟再三熟讀也時桐城吳侍御賡枚見之歎服不已手書二通一寄其弟涪州知州庭煇一寄其子巴州州判孫垷且曰觀鄧氏兄弟之間而後人之為兄弟者勸其為時賢所推如此湘皋先生至都改就教諭大挑即得二等除甯鄉訓導益先生教也越數年新化教諭張君家渠重先生學行欲舉先生

優行以告先生先生陳書固辭張君得書知不可強遂不舉亦不更舉它人時學使為秀水汪公世穠試畢謂張君曰它學皆舉薦優行君獨不能得人邪張君以先生事告汪公為嗟歎久之又三年張君卒舉先生於學使岳公鎮南而先生不知也識者謂吾郡六學二百年來惟此事尚不失舉優行生之初制云

永州猺逆之變湖以南郡縣騷動多結聚為剽掠皆以穀直過昂為辭時先生家居寗詣里中有粟之家諭使平糶又召貧民陳諭禍福且告以富民無閉糶長直之事與之持錢各詣有粟者之家糴糴價果平衆情遂沮故先生里中獨亾剽掠之事先是里有神巫媼能禍福人或迎於家中庭架木為臺綴几橙諸

物螺旋成浮圖狀巫媪乃升最上層手持木偶口囁嚅作符呪不可辨衆婦女環伺其下屛息轉側以求神福鄰里觀者如堵牆第相誡勿使鄧先生知先生聞之卽至其家撤所爲浮圖巫媪遂持木偶蹣跚而去卒無以禍先生也有矮孝子者家貧不娶傭力以養其母甘旨無缺先生頻加餽遺不受必親造其廬慰藉而強之受其卒也爲之擇地而葬表其墓并爲作傳其居鄉維持風俗類如此自湘臯先生之官甯鄉也先生居甯鄉學舍居十二年而歸歸一年而卒道光二十一年正月九日也年六十又八先生居甯鄉日與湘臯先生召兩邑中名雋之士相與往來談義暇則著書故郡邑之士多宗尚之先生著有春秋

目論　卷說詩讖語　卷文集　卷又有史漢目論未成書子瑤拔貢生琭國子生皆有雋才

易孝子傳

袁芳瑛

易風雩先生諱若點邑之一都人也事孀母龍孺人以孝著世遂稱爲孝子云幼承庭訓父偶怒將有所笞卽跪於地待解顔始起琅琅誦讀如故甫七歲失怙易簀之夕母哭孝子亦哭母憐其痛甚聞孝子聲呑聲強止自是孝子每哭必背母日晨起入塾登牀問母安然後往日夕向母揖揖罷或故作嬉舞狀以博母歡稍長造詣日進緣母氏善病家政須代謝舉業遂廢居恆奉甘旨必親調以進非大不得已事未嘗一日離膝下或與人議論短長得母一語卽時頓釋少頃必以其已釋之故白母母性素嚴稍不如意輒予杖孝子受之惟謹當祖母在堂時偶

從而解免杖畢孝子私請於祖母曰母有所憤於中必盡洩而後快兒受杖兒身何傷必促母杖母心先傷矣幸祖母無過憐此者則曰吾既有子堂上侍養一身可自盡縱得新婦恐轉不當母意也家故饒資產有所周恤旣稟命慷慨無吝容嘗倡置龍州等處祀田五百餘畝又置義山一所於四眼塘乾隆戊戌歲邑苦旱道路饑饉相望孝子合里中人設減糶局獨捐穀百餘石鄉民賴以全活者無數母顧而喜曰汝能承吾志以好行其德是眞不愧吾子矣孝子事母三十餘年色笑無少閒母歿哀毀踰節營葬後自營生壙於墓側日必往墓哭聲感行路未

幾以憂疾卒・遺命附葬其後・至今人呼其墓山爲孝子衛・袁子曰余昔遊鑿石浦工部草堂道經株洲訪孝子墓處・下輿展拜爲肅然起敬者久之・後與其曾孫糺我交・聞孝子傅極羣書・嘗撫先人手澤泣曰・吾讀父書數十年・不克稍有成就以榮吾親・吾所抱恨者多矣・以余思之・不朽有三・太上立德・孝子獨能爲世俗之所不能爲・以盡其性之所自盡・雖棲隱草澤而名譽之所流・精神之所寄・直炳然與日月爭光・以視彼紆青拖紫者・流外觀有耀而內問多虧・孰重孰輕・必有能辨之者・獨恨余身爲鮮民・悔未能及時奉養・欲報之德・昊天罔極・景孝子之行・不覺汗涔涔自背下也・孝子行事略具邑志孝友傳中・茲其家將重修譜牒・因糺我請爲敬序其詳焉・

三賢侯傳　　唐祖价

予問王廣文繼之・自乾隆至今百餘年・湘潭縣令更數十・令孰賢・曰白希宋・衛鶴村・父老稱白衛云・曰噫其難也・曰得葉枚生而三・予乃詢事略・退而作三賢侯傳・

白侯諱璟・字希宋・奉天舉人・乾隆四十一年授湘潭知縣・凡三年去・四十七年復任・逾年別補令・侯偉岸・吏治嚴明・執法莫撓・坐堂上・傳呼聲如洪鐘・吏胥皆股慄・時或寬假辭色・卒莫敢作奸犯科者・故所禁必止・政聲日起・胡六・冬瓜者・邑六都大奸・人黨數百・白晝衣輕策肥・夜則探丸劫掠・莫敢誰何・初以他訟廷見侯・侯銜之・一夕掠王某・賚某赴愬・侯眦裂髮指・率縣役直入室・捦送大府・治如律・黨禽獸散・由是六都無賊者三十年・侯潔清自矢・絲粟不累民・民大感悅・而不知所報・先是侯議增渡倉門前濟往來行李・會其母生辰・士民醵錢爲壽・卻之・因造三艇竝築亭南岸・倣漢白公涇陽渠・唐白傅錢唐隄・名曰白公渡・以志不忘・侯亦顏南岸之亭曰燕喜・從衆志也・

衛侯諱際可・號鶴村・河南濟源人・乾隆間舉於鄉・嘉慶己未涖潭・性敏達而仁厚・聽訟先諭曲直・徐以情理開布・兩造悅服・往往自請息・故城市齠奓時聚廳事前觀聽斷焉・禁一切傅揜攘揄・風夜嘗獨游衢巷察之・數月間人人憚畏・莫爲非・良民道頌莠民亦安所隱恨者・奸胥耳・湘蓮充貢・素產衡陽・而派累於潭・

每年陸地結廠沿江設巡船收買丁役藉勢滋擾侯革除之捐俸赴衡州籌解後著爲例歲荒設法平糶前令李華黼修萬樓未成爲藏其事任甫再及期忤總督百齡遂以事鐫級去之日士民感泣送赴省垣者數千人而侯三四僮僕敝簏數肩視初涖任時行李無少加逾六年後令吳哲申報庫項積欠侯應攤賠若干大吏咨調侯來潭人曰吾慈父母也吾慈父母也忍其久滯斯土與三日代償如數贏二千金侯還之追送長沙舟次仍還之

葉侯諱攀鱗字枚生浙江麗水人道光乙酉優貢生癸巳冬涖潭見習俗侈靡思爲撙節培養計月課士論文箸戒訟八則習

儉一篇傳示一邑其接見紳士辭氣溫和惟恐人不盡言及于以非義則正色不語甲午邑大水沒艮田千頃而濒江民舍纍纍蔽巨浸中男婦倉猝莫避蹲踞危樓不得食侯作餠麋餔飥盪小舟從簷隙給發旋設廠六所極貧賑施次貧賑糶至漲退乃已全活數千百人童謠一葉扁舟來活佛此其時也乙未又大旱於是農事艱難盜賊充斥侯親至民間詢問疾苦捕匪徒之擾民者明年教民種麥以益民食會侯沒不果死之日誤指家人爲保甲胥役厲聲曰某積賊宜亟除某豪强宜亟治不移時而侯死矣侯輩家財之官嘗出以育嬰設東窰港義渡及大馬頭小渡船用不足典質空篋云侯年僅四十二子皆幼穉其元配暨從子二喪在潭並侯喪而三無資歸浙縣民醵助之發引之日僚佐紳耆士女童叟及菜傭販婦手焚瓣香咸來哭送

論曰自教之衰也牧令咸利其胥吏鷹犬於百姓百姓亦視牧令如蟁蝱當其前逾年或不屑道其姓字甚且戟手詬誶加之牧令乃嘗其百姓爲涼風薄俗若三賢侯令潭惟葉在十年內白衞去今一六十年一四十年矣而顧頌之祝之且議祠之如是夫非循艮難得而遺愛在人者爲不沒與然則謂涼風薄俗者何如也

郭孝子釗傳

唐祠价

余姑之子郭釗於余爲表兄善化人也余以其親黨師友之論稱孝子云釗家貧窶讀書刻苦屢應童子試不利母督課益急母寢疾釗侍左右數月無倦容疾革刲左股肉血和藥進而母已不能食事在道光十二年正月母沒而父且病釗擗踊無節晝夜悲哀食不知味衣不解帶旣葬其母復席地父榻前進饘粥奉藥餌嚶嚶月餘雙目大瘇値令節則又號泣塚上以頭搶地弟妹要之歸乃歸如是者以爲常竟以毀致疾吐血四年而卒年二十有五凡釗之親黨師友僉曰孝子死矣初釗持刀一盌一登樓移時袖而下無識爲刲股者明日倩鄰姑縫母附身

衣裳釗大號叩頭謝鄰姑手扶觸創處痛仆於地久之乃起亦不知爲何迨百日沐浴澣濯則袒服膏血如漆創口未合也予至長沙以嚴君命助釗讀書資見釗布衣柴瘠讀書倍刻苦嘗述母病狀中夜絮泣達曙予聞之益涕泗橫集越五載戊戌余覗姑夫玉臺姑夫又縷敘釗狀予聞之益泫然泣或曰禮毀瘠不形割股愚孝然毀以卒者見諸經傳而廬墓割肝亦往往表其里閭載在史策何論毀耶葢至情一往忠臣之事君孝子之事親有過情無不及情也余故於釗之刲股信其親黨師友之稱爲不誣也釗除服之日爲文祭其母竝作古詩二章哀婉可誦余持原稾歸失於舟次不能記憶余媿釗地下多矣

少伯山人傳

舒燾

少伯姓張名宜尊湖南澧州人山人其自號也早年以畫名於京師達官某贈以妾爲謀官嘉慶中選安徽巢縣柘皋巡檢時百文敏公總督兩江行部過柘皋聞山人名召至行館使畫大悅飲以酒載歸金陵從官無不辟易山人名由此起後吾楚陶文毅公來撫皖特重山人自道府上下無不欲得山人畫爲榮縑素堆案山人應之以暇落筆輒盡數紙無不如意去有所迫則終歲不可得某方伯旗員也欲山人畫檄至省時山人方辦賑舍之來方伯曰無他欲君來爲吾畫耳山人作色曰某辦賑日夕不暇食恐公有要事故星夜泝舟逆流而上若公欲某畫

某雖微甯有以檄致者即趨出方伯謝之轉加敬故大府皆呼之曰先生無以屬吏覗者嘗暑日入大府門外吏束冠帶汗流被面屏息俟閽者通報山人科頭衣白葛衫直排闥入留飲談輒深夜戟轅將弁皆儼立以待譙鼓數下聞啟閤子聲兩紗鐙導前則大府送山人出矣人有以他事干者卻之默不發或地方獘病與民閒疾苦則知無不言時江南北多被水黍麥皆無收高者又爲蝗所食有司多匿不報民無以爲生大府廉得其實奏免賦給賑賴以安全人咸謂山人之力居多柘人某以爭葬地致訟山人知其情先往圖其地召兩造俱前指示之無豪釐差訟乃已或以小事角山人每排解之有所餽不取一錢故

其人至今愛戴無少衰遷貴池縣丞署婺源縣事年七十餘卒於官妾數人無子以姪孫某爲嗣山人畫山水以枯淡勝好用皴法少著色其臨古必變化不欲僅得其形似故其品與倪雲林爲近詩閒遠無煙火氣字得顚谷遺意近時三絕罕見倫比然皆爲畫所掩惟於題跋見之他皆不傳晚年以歲入潤筆貲買山於栢皋爲菟裘手植松數萬株號曰十萬松園未及歸而歿今又十餘年松皆成林殆逾十萬數里外靑蒼蔽日遠近皆知爲張氏山云

舒燾曰山人蓋隱於官者也當是時有以技蓺受當途知擢至監司者山人以末吏跌宕督撫閒卒以丞尉終不稍屈非心別

有所樂而能若是乎昔吾父宰巢與山人善約爲昆弟後遷州府山人常以事往來故得所畫較多當時不甚愛惜皆爲人持去今所存冊頁數幀耳憶予兒時山人每置膝上伸筆畫墨鴨爲戲十餘年來如前日事屢過其十萬松園輒低徊不能卽去云

業師黃心泉先生傳

鍾顯震

先生諱賢寶號心泉長沙人長沙湖南首邑夙稱文藪而詞壇老宿翕然推先生最無異辭先生姿稟卓絕幼讀書異常童比長不屑屑爲俗學褚公筠心視學吾楚名知文以第一拔入縣校期許甚至先生愈奮負笈嶽麓凡六易寒暑窮年手一編不置掌教曠公岣嶁周公桐圃皆深契之爲文慘淡經營鏤心劌目守先正法程而能自出機杼乾隆癸卯登賢書名益振而限於命四試禮部不售先生亦淡於榮祿惟出所學以友教四方歷游湘陰衡山桂陽臨武粵西之太平南甯足迹所至執經受業悉一時知名士得指授者先後騰達取科第難僂指數而蘄

水陳沆且獲大魁嘉慶丁丑選縣令先生曰風塵廝廝恐失吾本來改校官可也籤皷得零陵七年告歸又十年而終爲道光甲午壽八十二初零陵人聞先生至則大喜遠近學者爭趨附齋廡爲隘會稽宗稷辰時主萃香書院講席亦投贄爲弟子蓋人師難得而先生道德文章有以傾服之也學有士與縣吏爭吏倚令勢凌士令庇吏將不直士先生以理折之令慚悟士卒得直零陵人至今稱之歸復講學湘陰巋然靈光而神明不少衰替課生徒蓺外求書文者日坌集皆隨手應付雖嚴寒大暑未嘗辭勞暇更爲詩歌自娛有松月山房詩行世先生爲人潔清自愛方正有守言動必依於禮性嗜書嘗節淸俸購書數千

卷·倩寫生手作擁書圖照·士林題詠傳爲佳話·李石梧宮保賦五古一章有云·未與執梃列調飢積心曲·嗛其不隸門下也·去永數年·永人士不遠千里常造廬請謁·咸豐乙卯先生鄉人有司永鐸者·諸生猶殷勤通書訊存問其家世·當是時先生沒久去永已三十年矣·其敎澤入人之深有如此·

族祖卓人翁傳

左輝石

翁湘鄉人·世居荊紫白石兩峯下·湘山水奇特·兩峯尤擅其勝·翁既居此·其懷清履潔·亦雅與之稱者也·家世勤儉·嘗自言三四歲時·卽於田耘草·日盡數器·長更寄意耶壑·效伐檀詩人自食其力·當此之時·風俗競於奢蕩·一二富貴人或要結聲譽·相藉爲凌轢·翁不可·輒私以戒其子弟·道光咸豐間·東南告警·王師征戰十年未息·翁長子梧生·謹而才·當事多招與俱·翁倚杖臨門送之曰·昔人有言·軍旅之間·惟仁惟恕·可以集事·爾其勉之·毋謂十萬貔貅·遂倚勢以逞·時翁年八十矣·翁天眞爛漫·凡事不依傍古人·而輒與之合·其事大父母父母也·先意承志·備

極色養·疾革時·猶執手連稱兒孝兒孝者再·其處己接物也·貌粥粥然若無能者·出語惟恐傷人·故自少至老·從無與人爭競事·居大耋之日·戚里麕至·翁之配熊老孺人亦年七十以上·朱顏白髮·悉壽而康·坐客嘖嘖詫爲吾鄉人瑞·且曰惟德永年·觀於翁益信·余爲翁族子·洒退而私識之·俾後生小子知吾家老成典型·尚有舊云·

竹工方義生傳　左輝石

方義生爲竹工湘潭人少不羈任俠尚氣其族祖某故爲棒師嘗取鐵釜置於背召鄉中健兒與之約曰釜破畀金十衆爲圜陣逼之棒雨下卒無能近釜者義生大喜學焉未幾兼習拳法道光初始自潭來寓居於湘鄉八都之桂花樹當是時兩邑豪民悍族或相仇怨爲爭奪必挾重貲招方方至抹額登場當者輒仆益喜自負一日其友人偶爲講孟子世俗所謂不孝章以諷之乃大慚不終席馳去初方父沒母貧不能自存既改適無子方迎養焉一切昏定晨省悉如禮至是悔乃更引刀施鋸以供朝夕而謝其黨不復出論者謂方之獷悍其友乃能箴之友

固佳士而方亦奇人也然方自此意忽忽若有忘問其故曰吾早歲浮舟洞庭而下抵漢上走大江南北所傳聞類多草澤亡命豪奸大俠意謂從古英雄大抵如斯昨聽友人講孟子始知聖賢好道理儘多悔此生未嘗學問徒作一不解事漢耳予聞其言而異之且敬之念方意氣跳盪幾二十年卒能自悔以歸於正而又事母孝與人交性耿介不苟爲然諾求之士類殆亦不可多得而顧困於賤役銷歇聲華使人指而目之曰某竹工某竹工爲可悲也予知方久欲爲立傳不果今年春方以弟貿易故去之臨武藍山間不復見乃爲敘其梗概如右方爲人在雅俗之閒自改行易轍後生平嗜好無一存者惟花月之夕傭工歸來取壁上琴撫之或有客至佐以淸歌則漏四下不休甲寅冬夜予偕二三友訪之見方方安絃操入拍後繁節促音不可斷絕如聽大軍厮殺萬馬奔騰金鐵皆鳴已復掀髯吐響演漢壽亭侯義釋曹瞞一齣蓋當年好事之態猶依稀見於面顏間云

曾孝女傳　張九鐔

孝女山東長清人今郴州牧曾君尙增南村次女曾許侍御毛公鏡浦之次男者也華署鍾祥淸門毓秀幼嫺詩敎領庭訓於晉吳長習禮儀守閨箴夫三五以依母宜人隨任郴郡寢帷侍疾奉湯藥以常調莞簟問安御衣裳而未解而乃既延午夜災降寒更旣先覺而聲呼扶持莫繼復當闕而擁護撲滅維艱於斯時也非夜行之暫止獨戀慈闈與待姆其無殊更全女道老嫗幼婢逃死何方僕夫隸人救生奚術身可避而不避人孰無情母今亾則俱亾言猶在耳於是甘心毒焰奮臂洪鑪體以覆而相連魂一靈之未滅光欲燼而如現歷萬劫以難銷烏乎玉

碎崑山眞精不壞珠明元室烈性猶存薪桂香殘望蟾蜍而泣露焦桐韻冷悲離鳳以嘑春此眞瀟九河之淚痕丹誠共鑒拭千年之碧血貞魄常留者矣在昔沈瓜驚濤曹娥之精英不泯銀瓶墜井岳女之義憤長昭凡皆殉難於艱危況乃舍生於倉卒標名金管何慚黃絹之詞紀實靑編定染赤麟之筆國家賢媛烈女祀列二丁姱飾貞操志歸一統望　旌題之褒美衆好僉同感誄弔以悲傷人傳不朽固宜鐫諸金石永垂史冊之文報以馨香先慰幽潛之志庶使蕙心蘭質薦列蘋蘩玉骨冰肌光生篆素芳魂歸去在東山東海之閒靈鳥飛來集郴嶺郴江而上戊寅冬十月晦日

袁雪齋先生傳　鍾昌澍

先生諱承祚字錫昌號雪齋澧州石門人也一代名流三生慧業當受書而入塾大異常童初搦管而爲文便驚長老七歲時贈君以辟如行遠命題令橅仿所讀登高句陳文先生恥藩籬之依傍拔旗幟而特張成一家言獨探麟篆作萬里想遠寄鵬程大父某公見而奇之宜其歎爲千里駒也辨鐙簷之四聲楊綰何愧才子賦棊弈於七歲李泌眞是神童十歲讀禮記二十日卽畢全經口誦者十萬言庚魚能化手鈔者八千紙亥豕無訛年十三補弟子員歲科試屢列高等時督學褚公筠心李公寶幢范公攝山皆許以大器期以遠到焉任延年少秀出班行

陸遜才高聲騰黌序固不待蘇子瞻上書之歲庾蘭成射策之年早已推文陣雄師號騷壇健將嘉慶三年領鄉薦當是時也俊鶚摩霄快展秋風之翮神魚跋浪待揚春水之鬐人咸謂鎖院聯鑣無煩再戰都堂納卷不待重來蓬觀橫翔木天捷步可操券矣而乃北道幾上公車南宮虛懸甲榜手能造鳳翮不摶鵬紅杏看人靑氊坐我十三年大挑二等借補辰州府學訓導旋丁外艱服闋補湘陰敎諭以身爲度以道得民苜蓿供餐蟾魄團團之地藻芹儲秀鸞旂茷茷之天廿載春風羅江徧被八句老宿湘浦羣欽是眞胡安定之規模可著爲令楊伯起之矩範足重於時者也儒行聿修民彝克篤當潘令閒居之際有謝

傳出山之思會尊堂徐太孺人染目疾先生左右無方晨昏罔懈虞悰之伏戶外湯藥聽呼荀或之侍膝前起居扶掖蓋十數年中無形而視柔色以溫雖萊子娛親茅容奉母何多讓焉孝能養志友復因心兄弟孔懷父母其順培謝家之玉樹階可名蘭羅楊氏之銅盤室堪號竹人第見青銅鍊行白璧褆躬或疑方格之獨標未必圓程之共赴詎知尹氣則峯峻其度則淵涵故雖遠客移牀避塵障扇未嘗不凜凜難犯嶽嶽帶搖而城府胸空詩書腹滿寸心推赤接人如飲以醪雙睞垂青說士猶甘於肉皛皛焉翯翯焉蓋又有孟卯之濃情季壬之雅量而況睢麟德性受福之基龍馬精神是壽者相有李光精鋭兼高允聰

強方期公望公才長欣北斗之仰詎料人歌人哭俄驚南嶽之頹道光十三年無疾終於官署壽八十有幾湘人士莫不停舂隕涕執紼含悲迄今距先生之逝已七年矣猶復望西州而增慟悵東閣之難窺非所謂賢者使人不能忘歟烏乎夢裏鵬飛賈太傅當年噩兆雲中鶴化丁令威何日歸來曳杖人亾徒傷木壞刺船仙去空切蒿思然而問字亭傳千載識楊雄之宅藏書楹啟一經昌晏子之家子三人孫　人曾孫　人皆有父風克承祖德森森竹立馥馥芸香長嗣　長孫組綬父子皆食餼鸞掖文章選青錢而價重鳳毛家世擬黃絹而名齊有子爭羨蘇瓌是孫無忝楊震齊張健翮於上強臺則所以迪前光繩祖武者正方興未艾也所愧繡絲未就譜失金鍼畫扇難工筆無銀管述公穆行愧同蟬翼之微鳴寫我荒言聊當龍門之小傳

湖南文徵卷一百十三　　湖湘後學集編

碑記上

重修善化縣學碑記　　胡爾愷

帝王御世重典維三曰井田曰封建曰學校歷周以來井田封建廢不可復不復亦治維建學之制不問烏止誰屋莫之或革卽馬上得天下必於建學致隆平焉今　皇上春秋鼎盛海內一家辟雍之化不啻圜橋數十萬之風則郡邑宜有以承之也善化自新安朱子創書院以昌明理學厥後遂爲儒宗澤宮之地帶湘江揖嶽麓鍾靈爲最故科第名臣繩繩弗絶及兵燹之餘鞠爲茂草殿陛堂廡之基不可復辨後進之士經其墟者掉臂而去不知爲釋菜之宮師儒所宅茅屋數椽雜荆莽中風雨不蔽宰是者經任未嘗一徧求其草萊鼎新不惟不能亦不暇矣今邑侯孫公朔方名儒鳴絃茲土不以才大國小爲嫌下車之日詔父老子弟曰吾吏也歟哉吾而父而師也於是問疾苦淸俗獘凡可爲民福者不惜冒戾行之師旅賦繁每捧一檄輒爲憯瘁催科中大藏撫字時嚴諜祟逋逃所坐遂得重律公飭保甲謹什伍似涉嚴厲民卒賴以無坐誠得國家寬猛之法矣公退食之餘手不釋卷愛士以德課試維勤每念學宮圮墮撫髀太息慨然有披荆創建之意於是捐祿庀工屬諭訓丁公

唐公爲之董以戊戌梅月經始越桂秋而厥功已竣士大夫入都者備道其盛自櫺星門以入而廡而殿而堂而閣以至啟聖之祠師儒之室丹堊輝輝屹然太平文廟焉所費不貲未嘗動宮府一錢勞民一刀公之明德遠矣宮成之後諄諄講訓卽應酬戎餉下馬拂汗必詣宮集士論文恬不爲勞自是以往菁莪化洽子衿無佻達之譏南征見多士之吉皆公愷悌作人之休也雖余含香待詔不遑甯晷不容不乘閒誌之以爲千載不朽云

重修順天學宮碑記　王岱

京師爲首善之地成均而外其隸順天府屬者又有𫷷宮以養賢育材故其規制宏麗甲於外郡幾與辟雍等歷代相承無不盡制．本朝右文亦所首重庀材鳩工似無餘力而棟圮垣頹事不恆有余以康熙十六年量移京衞教授至文學𫷷宮見傾圮荒蕪不覺驚愕失措謂都之人士曰京師首善之地亦復如是何也士人曰不然禮樂待人而興往者順天𫷷宮號稱巨麗歲月淹久官師視爲具文司鐸視爲傳舍陳陳相因無復過問至康熙二年少京兆高公適涖督學堂事興起教化百廢具舉會捐數千金取數百年之堂構鼎新之一時廟貌改觀未幾公

解任而守視者無人由是日廢月墮漸爲風雨之飄搖牲畜之踐踏蕪穢溷雜出入無禁市儈游閒不復知爲羹牆之地而旗甲之無棲者且從而盤踞之馬埒立于公堂橐鞬懸於廊廡每至祀丁告朔趨蹌宂塞無徑可入馬矢牛溲叉手箕足嫗嬉童舞投礫擲石亂其儀次法不能繩司事者往往改度徒欝欝於中未有能善其後者斯道淩替遂不可底使高公久任茲土必不至是矣余聞其言感歎久之因想見公之爲人而無由一識其風采也士人曰不僅此也往歲公爲少京兆時吏不敢舞文士不敢踰矩植善鋤宄風俗丕變尤以民生休戚爲心有冤抑莫伸者必向公呼泣公得其情必根株盡法或肘掣不展卽拜疏爲民請命公曾以救一孤寡幾致受過亦不挫其志而變其節公之不畏强禦介特類如此余因言益感歎不已而慕公尤切乃於十七年復補少京兆至期之明日卽入廟謁聖甫歷階陛廡不覺色勃然變心惻然思久之咄嗟相繼卽詢所屬官吏窮黌宮所傾圮之故衆嘿然無以對公歸署仍復捐金舉事運木石補垣墉塞徑竇清隱占更其朽桷腐椽飾以刻節繪棁精詳周愼仍如其舊獨是旗甲之鳩居者未能遽徙遣吏致詰反脣相譏公毅然曰是吾責也吾職司督學法不能伸非所以盡職也法行而生患非所以安人也吾有驅祛之策在乃往詣鑲黃旗都統某公爲之開誠布公語以大義而都統亦豁然悔悟

卽徹其旗甲之營駐之他所於是宮牆肅清鍾簴得奠俎豆得陳一時里巷之居人聳然知先聖之尊不可褻文廟之重不可踐一時屬吏及多士亦瞿然知我公不猛之威令勁悍知懼不顯之德使頑蠢俱化共思立石以紀其事而以記屬之余余微員也又不足爲公重抑何能記公乎獨念余幕公行事久則記公所願也語云口碑載道又曰輿人之頌口碑者草野之言不必文也輿人者臺隸之屬非闒茸也則余記之亦猶行古之道也矧如公者安可不記也何也今夫人居一官每視官爲寄復不肎實心任天下事故其事不立或爲勢阻或爲利屈遷延瞻顧首尾俱畏故其事不成公以天下爲己任居其職必思盡其職闕

蔣學憲去思碑文　譚紹琬

慎齋蔣老先生視學吾楚近六年矣楚之學憲時分時合當其分時參衡之氣不接湘漢之流中斷故漢陽之嘉樹不能移植於嶽麓湘洲之芳草不能易種於江汝非其教異勢有所分也而公則適當其合故事歲科兩竣以最聞者即擢京秩次亦循例遷去則是能與不能皆弗克久於其位也師與士不相習教與學不相浹中阿之莪未能待其垂青公門之李猶難需其成蹊任之不久何有於責成乎而公則適當其久六館之士惟大司成得而甲乙之每歲鄉試隊逐京闈未有退而試於鄉者域匠伯於雲夢豈能持斧而伐上林羈孫陽於外廄豈能執策而

驅冏寺也乎京省既隔於壤鄉國莫盡其才知冰鑑之有時窮也而公則適會其全夫合南北兩湖之雋而陶於一冶綜午酉二科之奇而收之一羅彙鄉學國學之彥而定於一衡豈非學政之僅事哉而吾所難公者審乎文運之正變審乎士氣之盛衰序循乎先後而節協乎寬嚴也楚文之雄海内所推近尚清正流爲柔脆公式訓諸生以古學振之即以楚風厲之博之以墳典廣之以邱索幽之以九歌九章九辯而至於近代詩文如李西涯之沖淡吳明卿之雅贍袁公安之雋上鍾退谷之隱秀未嘗不旁搜遠紹爲諸生一申命焉又慮博雅之過或失則浮奇崛之過或失則詭於是衷以程朱執以大全俾其肆力奇博而不失於浮且詭所謂審乎正變之運而序循乎先後也時巡行北屬漸告厥成而大湖以南尙阻聲教公登城展眺顧謂羣公吾部下諸生得無有矢甄濟之介勵蘇源明之潔而陷身割據不克振拔者乎得無有振藻如王維知名如鄭虔而濡迹泥滓不克洗濯者乎誕敷所及無遠弗屆風聲所動自北而南蓋不待高軒涖止而子衿萬輩拭目學憲之按臨矣未幾滇黔霧捲湘衡廓清而七郡歸版之日爲公三年報政之期我　皇上垂念南服謂招攜懷遠惟德惟禮學政之司非異人任仍以是屬公於是泛湘流登嶽頂駕蒼梧以盥九疑巡辰沅以探二酉蓋楚之風於是始合公之教於是久且全焉而公敷政湖南

則更有瘁於湖北者搴芳於灕烝取材於衡嶷憑軾寓目無微不錄其有拒僞命於隴外標高節於巖處者則馳檄旌異以示風勵或行藏未愼失足迷塗亦諒其偶誤曲賜矜全而垂憐難生下令招徠不啻收離而糾逖者憐才之意轉而取節包荒之旨徵於匿瑕所謂察士氣之盛衰而節協乎寬嚴也公慧眼乎衡兩榜元魁皆公所首拔士而午榜宋元竟以馳華詞林爲吾楚張宣公知人之譽歐陽得士之頌蓋南北無異詞焉今公北上報最詹吉戒行多士沐浴之餘不忍去公徵言於余以申去思余惟公之所以教多士多士之所以思公者據實書之俾勒諸石

學道署碑代　陳之駜

古未有買山而隱今有買署而官者乎買署而官自予始予以戊午春朔有四來涖楚督學詢視事處亡之役非宿舊難以紀遠聞明季督學惟一楚疆寥廓橫貫二千七百里所學使者按部舟車行次勤於星言衡文之日少一届棘期竝日促事　國朝始立督學二有湖南北之分康熙元季壬寅仍合爲一雖奔命如初而歲科併試稍暇十二季復分科歲夫仕者視署猶逆旅固然督學倂監察尤以行爲職以居爲寄未獲所安遑克遠圖矧分合靡常栽南栽北輒有一曠風雨鳥鼠任厥交侵忽以圮矣予來時軍興方遽　朝廷無餘財民無餘力堪治官府故

今所居藩右司署也右司焉得避予古設巡撫一藩司二臬我司各一建治武昌鄖襄偏沅撫備重地而已不總會政鄖撫久栽順治十七季庚子邊境無事移偏巡開府長沙割湖以南七府二州隷之司道具置北攝南增事權敵重抗若分省於是湖南布政以北右司往充署曠予請督撫得之猶苦狹藩司取官吏參謁而已將輸累百止非有督學校士鷺立充庭雁行布席其名常千數又其左逼參巡復購民居備價二千得某氏券拓右掖以爲容有相地勢者曰是署後負胭脂之岡橫開朱扉黃鵠前過如几如帶上有浮爵鐘鼎之狀最利仕宦往督學鮮竣成事者以故武昌十五年闕歲考今公兩送秋闈聲名藹藹得非輿氣實式憑諸嗟夫予拙宦矣公懷恕自應穩稱乃爾豈有擇而取哉即有之願徵福於楚之諸生與後之居是署者予瓜代幾何昔或獻佳壤於范希文公曰宇此可世卿相公曰一家貴何如一郡貴遂以爲湖州學古人福不私據澤必遠貽督學署諸生堂垣也甲第林出太朝顯業居者共榮焉署東西若干丈南北若干丈爲門者一爲廳事者一爲堂者一寢一凡幾楹左右廂及署後宅凡幾何閒隨級參差陟于層岡有花亭足容樊閑有書齋足開窗布席文昌閣便登覽最高殿以土地祠四時祭福於此居是署遞修葺之毋貽將至者憂銘曰昔維藩貳金粟殷盈今爲學督蹌濟羣英崇岡掩映質極文明國泉無損

民力匪驚薄宦傾裝易券受成尙書中丞鎭涖茲盟永爲督學之萱

武岡改復大學碑記　車萬育

皇帝御極之三十有一年至治誕敷深仁翔洽崇教化廣勵人材薄海內外蒸蒸丕變而武岡於是年夏亦得改復大學猗歟休哉千古作人之盛無踰於此是誠　聖天子右文之至意而又重以名公卿之鼓吹休明以逮賢守令委曲建白與一二師儒左右贊襄於以成茲盛舉而宏敎澤於無疆也粤稽武岡造士之制始於東晉陶士行爲令營度學宮中間興廢頻仍至宋崇甯間始建有學歷元而明科名不乏代有文人從前取士之例咸以大學著但武岡僻在南徼　國朝定鼎楓門洞口尙屬勝國之遺順治十四年督學使者劉公校士湘中武岡人士

不能開闢應試乃邵邑諸童假藉投誠學使意主招徠槪錫泮游緣人數寥落遂用中學報部至次年武岡始隸版圖劉學使隨臨郡補行歲試閱武岡人文始悔前此中學之誤然經未能題復自是而後雖屢陳於學使及諸有司總以部例已定未可紛更尼抑潦倒者三十餘年州守任侯每於月課之暇偕學博兩君言及此未嘗不愍焉傷之歲辛未大中丞王公以淸節峻望持節鉞來鎭楚南任侯聞之欣然喜曰我武岡大學之復其在斯乎因於請謁之始首以是爲言公頷之侯返署集文武諸生宣明德意隨有生員張碩鵬許謙朱萬鍾彭澤謝燦等赴轅門言狀大中丞王公親賜明問翼日下督學確議督學復以其事由府而州遞下之學遂又條陳本末以上大中丞公得狀具以請欣蒙　俞允武岡學著改爲大學豈非闔門額俊之風無遠弗屆振古鑠今者乎武岡之士莫不加額曰是不可無記爰是乞言於予予既記其事如右竊念猶是武岡也縱觀文獻之舊金石之藏柳柳州之銘文文山之記其揚厲者數矣人物如諸先達常卓卓可稱道雲山蔥鬱濟水澄渟豈鍾靈孕秀偏嗇於此時邪毋亦人材之盛衰視氣化爲隆替今日者　聖天子崇儒右文廣勵敎化者如此而名公鉅卿所以保釐宣化以及守令師儒之造就者復如此詎非昌隆之一會也邪爲武岡之士者夫亦可奮然勃然羣起而應　休明之運矣大中丞

王公名樑奉天人督學邛公名圖卜睢甯人前郡伯劉公名光業奉天甯遠人署府事馬公名雲從遼陽人郡伯沈公名聯鏕大興人州守任公名進孝瀋陽人學正高君名俊武昌人司訓梅君名奔庭廣濟人例得備書

重建長沙縣治碑記

車萬育

嘗攷長沙之爲郡自西漢始也長沙之爲邑自隋大業始也前乎此曰臨湘後乎此曰龍喜曰常豐代有更置而以隋所稱名者近是故元與明皆因之古來縣治東西屢遷洪武初建於北城之內尋移於北城之外是郡自郡而邑自邑也皇哉世運隆平疆宇清晏雖作邑於郊而人不誠古道有然閱二百餘年吏恪職而民樂生閭里無歎息之聲比屋有可封之俗至今父老談天寶遺事猶足令人耳熱焉無何隆萬而下風漸囂陵人無固志爾時吏政亦遂有難爲者矣萬歷乙巳洛陽趙公彬鶩心時事請於湖宗門內便民倉阯而營邑焉今卽其處也迨崇禎

癸未不四十年流賊張獻忠由秦豫至斯時也徭賦增而人心恐藩蘗作而內釁生遂令瓦解而邑治燬者四十年伊可歎邪亦可鑒也天祚　皇清一統中外惟湖南不靖復若而年滇禍重生西山蠢動幾番徵調蕞爾長沙無一得免民力衰竭所固然也官茲土者類如傳舍或僦居藩邸或賃貸民房社稷無依地靈罔叶無他官不知愛養則物力絀民不親長上則攜貳生有坐視其廢墜焉爾𡨚及癸亥序易上元識者謂否將傾矣恭逢邑侯朱公前詒江南名閥且名士也深心大力學道愛人者有年分符涖邑甫下車而慨念曰有是哉邑無官廨令宰雞栖矣以爲政乎然勞民力而耗民財吾不忍也於焉自傾資斧矣曰割餐錢矣除供億之常數汰胥辦之漏巵矣且也比較寬而手足得暇追呼省而愁怨日紓癸亥之秋因相其舊區披荊榛滌瓦礫度形規勝而鼎建之凡軍民廝其基者還以價而木石采於里者給以錢萬姓懽呼踴躍趨事無旦夕焉公迺戒曰勿亟且有待然其士民樂效急欲觀成皇皇如也經四閱月而工竣請公擇吉居之則十二月八日也是日也紳士與民無遠近皆至簇擁鼓歌公升堂而樂焉僚屬賀曰經四十年閱十六官而莫能興復我公毅然任之涖治甫半載鳩工不數月而告成功非愛養情深民心推戴不至此於以鞏千百載之苞桑肇億萬人之樂利建國本而奠民生皆我公再造之長沙齊世戴

德曷敢忘乎最異者公喬遷猶未竟日其先所僦民舍幾被鄰災公得以無恐馳往載拜而風反火滅人謂天之報施循良如此行見公之身登紫闥公之家大駟門與今縣治叶吉同作是觀烏可不勒石以示後人哉邑之人徵言於余余家邵陵距長沙二百餘里德政錫光照鄰甚邇雖備員垣中聞之志喜得采風而爲之記

高念東先生致祭炎陵戴德碑 康熙七年　羅士彝

今上登極之六年親理庶政大詔天下遣官致祭歷代帝王陵寢為首務示欽崇大典道法同也越明年戊申春宗人府高公命梯山航水三越月得抵我酃以祭於炎帝之陵先是酃屬丸邑屢經兵燹遺民可屈指而數鄉落一望邱墟爾咸懼以為是祭也迺　天子之大臣不知其幾番絡繹幾許供奉渺茲窮瘠未敢安枕而寢也及至惟圖書數篋肩輿數乘齋居茹蔬一切供帳之具屏置不用所歷州縣肅然若未曾有草野之人無不以手加額曰吾儕小人不圖今日得見太平宰相寬和樂易有如是乎眞社稷之望蒼生之福也屆期祗命有司備

牲儀虔潔顒若有孚祭畢陛辭則又頓首致祝曰願祚我　國家皇圖鞏固時和年豐物無夭扎民無疵癘眷茲一方為古帝湯沐且目擊凋殘悽然動念屢進民問疾苦民稽首陳情形公惻然曰爾酃之困於賦役視他邑為甚賦苦於八畝成石役苦於計人授丁當今　聖朝恩德翔洽無一夫不被其澤獨忍茲一隅之阽危乎此如人之久病尩羸欲復元氣非一七之藥所能起也豈弟肫摯溢於言表眞如慈母視赤子之顚連撫摩痛惜惟恐不及民環跪百拜且感且泣思惟宋富鄭公明劉忠宣公足以匹之稽古名臣錄有以丰采著有以節操顯有以開誠布公為生民請命有以薦幽疏滯為朝廷得人有以食用不飾自奉恆薄為官箴立體有以鞠躬盡瘁不避艱險為庶寮樹則今仰觀於公何前後如出一轍也雖立綱陳紀為天地立心為生民立命為千古植道統為百世翊景運在　宸衷自有睿鑒非偏鄙愚賤所能窺其萬一惟是過化存神風被草偃其愛民之深憂民之切淪洽於民之心者不能一日忘爰壽諸堅珉以識恩德一以紀斯民之公悃一以見　天子之休命代天行祀誠敬仁愛足為萬世法庶與鹿原雲秋並垂不朽

公諱珩字念東山東淄州籍蒙陰人癸未進士宗人府府丞奉命致祭炎帝虞帝二陵

廣武山白龍王廟碑記　陳鵬年

川瀆之神。卽以其族之靈且長者爲之。惟其精氣猋薄嘘噏動變。能致禍福於斯民。故龍王之祀於百川四瀆也。厥由惟舊。而黃河則尤其專司。康熙六十年七月。河決於武陟。濱出故道。挾沁水而馳。瀕河之民蕩於洶濤。浸淫及於三省。而徐兗之間運道梗矣。當是時　天子憂勞於上。擇大臣之孰於其事者。授方略。假便宜。令與守土大吏刻日堵築。而鵬年適於四月中有南河之　命。聞信已先期馳至。因得與襄版築。兩閱月而告功焉。時逼仲冬。沙塞土彊。斧冰壘基。不任衝刷。春水方至。氣融冰釋。頹然渙然。復卽於圮。鵬年以無狀。蒙　恩攝河務。思所

以召災降。恫實繫於職司。迺以康熙六十一年二月二十三日復渡河而北。循決口上下。周遭相視。集屬吏而告之曰。是不可於下流爭也。夫水之行地。鄣之則激。導之則流。不洩則決。不分則壅。黃河由三門建瓴而來。蜿蜒繞出於廣武山下。而沁水之入黃者。亦於此出口合流。所以決而北者。以沙淤南漲。地勢紆迴。暴汎湍駛。宣洩不及。故漫溢而四出也。若於廣武山下開濬引河。紆者直之。漫者東之。迎上流澎湃之勢。由此以徑達於滎澤。大河庶其有瘳哉。皆曰然。迺繪圖而奏。諸　朝。既得請。遂以三月初五日集眾起工。自西徂東。跨河陰、滎澤二縣。綿亙三十五里。寬若干丈。深若干丈。役夫三萬餘人。不足迺更募於旁邑。飭屬吏之勤且幹者十一人。畫彊而分督之。不三旬而竣事。方其土工之始舉也。漫山被野。萬夫雷動。鑿地作炊。偃波夜臥。舉鍤成雲。下鍤如雨。而擔夫販豎。亦時有列肆山腳。以供役人之所需者。鵬年不敢自愛。戴星沐露。晝夜雜操作間。稽惰勤。戒驕擾。故憑山而居者若不知有是役也。月之二十三日。刻期放溜。缺月銜山。牽牛正中。職司冠佩。徒眾荷鍤。咸竚立於兩崖之際。俄而人聲漸沸。薄雲作霧。旌旗反風。鳴鉦徹天。鋤挶齊下。惟聞濤聲怒號。隱隱磤磤。挾歡呼之聲而奔騰。以注於引河之內。越三日。由決口挽舟而上。惟見風帆颯颯。暎帶山光。估航市舶。悉銜尾直趨。迴視向漫流處。已水落沙呈。舟膠而不可行矣。是舉

也。賴　聖天子威靈。羣力襄助。得無隕越。然非神之默佑。其吏不能至此也。記曰。能禦大災則祀之。能捍大患則祀之。神之協於祀典也明矣。去秋九月。決信至。淮上星奔卽路。秋末涉冬。川原蕭瑟。肩輿假寐。恍兮惚兮。見有龍髯素顏者。傴僂前導。若拱揖狀。驚醒諦覶。倏忽不見。迴語從者。則咸詫曰。是殆龍王神也。噫。豈其間將有大興作。而神之靈先爲來告乎。及茲役既成。念神之功不可忘。與南河劉丞循山相度。得地一區於嶽山寺之左。負山面河。西接虎牢。東臨睢汴。控豫省全河之勢。皆在目前。是可以爲神靈棲泊之所矣。且夫白者。西方之色也。於五行屬金。而土則爲中色。時當季春。又以木司令。生尅之理有固然

者因爲之立廟而并紀其事於石若飭工庀材則開封府南河同知劉永錫暨陽武縣縣丞謝球例得書

韓文公祠碑記　　陳鵬年

吳中故無韓文公祠公之裔諱艮臣者於康熙三十六年卽其宅改建今祠役未就而歿越十餘年其子謙卒成之徧告當事請編入國典列秩祀自督撫以下咸甚嘉焉茲以予來守土求文以記其事予惟祭義能禦大災則祀之能捍大患則祀之天下之災孰有如人心陷溺天下之患孰有如邪說横行之爲甚者故禹抑洪水孟子距楊墨說者謂其功不在禹下禦災捍患之義也昌黎倡絶學於孔孟不傳之日闢異端以衞聖道其得秩於典祀也豈顧問哉然周禮凡有功者祭於大烝卽書所謂記功宗以功作元祀是也後代遵之元勳配享然不別立廟祗從祀於廟廷而已其非元勳而有功德於民及前哲令德爲人民所瞻仰者則或祀於其官或祀於其鄉以無所祔乃得立廟蓋各就其生之所嘗棲息者以求神焉匪是則神所不憑祭於何有昔諸葛武侯旣薨所在各求立廟向充以爲盡從人心則黷而無典建之京師又逼近宗廟宜因其近墓立之於沔陽使所屬以時致祭由是言之祭不欲疏疏則慢亦不欲數數則瀆令所在而盡立廟也則比於瀆矣今文公之廟祀於其鄉則在昌黎於其官則在潮陽吳非其神之所嘗棲息也而亦且立之者則在後人追思而索饗之意也傳曰鬼神非其類不歆其祀衞不可以祀相而晉可以祀虞謙雖遠支抑猶然公之苗裔

也。廟而祀之，其誰曰不然。蘇子以謂公之神在天下，如水之在地，無所往而不得。信斯言也，則水莫盛於東南，繼自今公之衣冠南游湖而東游吳，雲車風御，直儵忽之閒耳，而謂公之神不在是者，盇亦偶而已矣。祠在臥龍街東門，堂各三楹，隙地一區，直前蔽以崇垣，垣之旁有古榆一章，空其中而扶蘇其上，漫天作雪，亦與公之詩有相印發云。謙將更建原道堂以拓其制，而虞後之不無侵奪也，竝請爲禁。予告之曰：人之暴也，孰與鱷？公生能驅鱷，死不能格人以自衞其宇也，豈理也哉？夫其禦災捍患，今猶古也，生何懼焉？第爲之毋墮厥成，而以予言刻諸麗牲之石，俾觀者亦有所懲夫。

吳復菴先生祠碑記

陳鵬年

明神廟時，江陵當國，以奪情起復，一時沈艾鄉趙諸君子交章彈劾，俱獲譴遣奇禍，維首發之者爲武進吳復菴先生。當是時，江陵位元輔，事幼沖，內挾震主之威，外樹不世之業，舉朝承望風旨，臺諫且紛紛請留輔政。先生職非諫官，地非言路，止以孤忠憤激，伏闕批鱗，雷馳霆迅，幾致捐軀。竊歎江陵生平相業，當時事叢脞極敝之秋，身膺重任，殫心整頓，不避恩怨，朝野之閒肅然改觀，獨病在擅權啫進，遂羅清議。先生直言論斥，不啻如唐子方、鄒志完之在宋世，至今讀植綱常一疏，凜凜猶有生氣。江陵沒後，朝廷追思昔年建言得罪諸臣，先生復起詞垣，乃九

死餘生，百折不磨，三仕三黜，竟不及柄用，當世惜之。事久論定，入本朝來，神聖御宇，崇儒重道，當事名公鉅卿發潛闡幽，先生以鄉先大夫勝朝直節，宜臻廟祀，蒸嘗邦國，肅奉明禋，且俎豆於賢人君子之列，廟食千秋矣。裔孫國學生挺奇能世其家聲，不忘先業，鳩集宗人，特於其家建祠奉祀。祠成，來請碑記於余。余薄官江左，於挺奇有一日之雅，每思公之高節，闕議在史冊，流風餘思在人心，景行前哲，夙有素心，且嘉其子姓讀書秉禮，彬彬好學，維茲廟貌翼然修舉，睠念祖德，恍然如高曾衣冠謦欬之在上，將以時展其孝思，俾先世之嘉言懿行奉以不墜，是不可不有以記也。於是乎書。

相國張文貞公祠堂記　陳鵬年

古之君子處則爲眞儒出則爲名相位不同而道一焉然而相有二有救時之相有輔文之相救時以才輔文以學才可勉致而學難倖成故輔文倍艱於救時也當其遭逢明盛聖天子勵精於上百職司宣力於下沐浴雅化歌咏太平斯時才無可見而一二賢相從容密勿內則小心翼翼而外不居赫然之名本其道德蔚爲經綸蓋成於學者然也我　皇上御極五十餘年離照內涵乾綱獨運文德布於寰中豐功揚於海外厚澤深仁肌髓淪浹自唐虞三代以來未有若斯之盛也而吾師相國張文貞公躬際其休自通籍至入相後凡五十餘載君臣之間

穆穆皇皇相得益章故入則調元燮化出則養晦韜光天下戴聖天子之德而不知陰食相君之福譬之天心順正雨暘時若萬物德天而忘風霆雨露之宣贊也嗚乎此所謂學與時行者乎公之歿也　天子追悼不已褒崇之典贈䘏之恩亙古未有及其扶櫬歸里里之紳士耆老下逮販夫牧豎靡弗拜迎道左欷歔泣下相與謀建祠以祀之某謂公之功在社稷澤在生民天下之歌公慕公而俎豆公者甯獨一潤爲然昔蘇子瞻作潮州韓昌黎廟碑云公之神在天下者如水之在地中無所往而不在也而潮人獨信之深思之至焄蒿悽愴若或見之譬之鑿井得泉而曰水專在是豈理也哉雖然京江故公梓里也其神之所棲較之昌黎之不眷戀於潮有間矣且曩者公丁內艱廬墓城南某曾奉函丈焉今里人咸曰鶴林寺之西隅舊有濂溪周夫子祠故並建於茲蓋一爲眞儒一爲名相出處不同而道則一使吾鄉人歲時伏臘祭而拜之於濂溪仰道德之尊於公仰經綸之盛均爲不朽無疑也爰度地面勢鳩工庀材趨事者旣踴躍歡欣時某自庚寅被吏議居潤者三載茲冬蒙聖明昭雪亦得操畚鍤以從凡閱月而告竣於其成也爰拜手而爲之記

重立瘞鶴銘碑記　陳鵬年

瘞鶴銘在焦山西麓不知何人書書中但載甲子不列朝代其後崩墮江中遂名雷轟石亦不紀何歲月宋元以降傳錄傅會舛謬相仍莫能考正蓋歷世旣遠文字殘缺江濤險阻摹搨爲艱固其所也余自庚寅十月再罷郡羈繫京江足不踰戸庭且三歲越壬辰冬蒙

天語昭雪洞及隱微禁綱始疏乃間以扁舟一至山下尋探崖壁適雨雪稀少水落石露異乎常時乃命工人是相是伐巉巖尋丈力難全舁是劃是剔不遺餘力以求遺文出之重淵躋之崇岡乃得七十餘字質體完固精采飛奕鶱然煥然如還舊觀自冬徂春凡三閱月厥工乃成是爲癸

巳二月旣望士民觀瞻莫不忭舞蓋茲銘在焦山著稱殆千有餘年沒於江者又七百年蛟鼉之所盤踞波浪之所剝蝕沙泥之所沈埋此七十餘字自歐陽文忠公以至今日宛然猶存非山川鬼神護之惜之曷至此乃隱見汨沒於狂瀾巨浸之中歷有年所一旦復得重覩天日而余以愚昧重獲罪戾兩蒙

特宥之恩得優游自放於山巓水涯事與時會以畀茲銘力挽而拂拭之其出也又恭逢我

皇上重熙累洽之朝如河洛圖書因時而見如日星雲漢萬象維新用以黼黻太平光昭文治而山海效靈之徵幽仄明揚之慶於茲重有合焉誠

盛世之嘉祥亦千秋之勝舉也乃遵原刻行次存者表之亾者闕之贊以山石儼若摩崖略循故迹覆以層軒環以周垣不事雕縷不施丹黃以速厥成毋俾散佚鳩工之次余滋懼焉至是書撰造確係何人傳寫荒唐與補刻之謬妄古今人論辨頗詳載之別編以備覽觀余不具論是役也余旣典裘傭書以爲之倡勸事者爲同門友任城潘子兆遴余及門黃山汪生玉樹京口李生心琱吳門勞生城余老友雲開林子企忠齊昌徐子琮而浮屠氏昌齡勝珠義果之力居多其捐基立石爲本山住錫釋行載以及建立亭宇修築牆垣將伯之助不謂無人例得竝書碑陰以示來世

案王虛舟給事竹雲題跋云此銘舊在焦山下崖江流亂石

閒非俟霜降水涸布席仰臥卽不可搨故人閒難得近日滄洲使君拽致山上搨之爲易然正恐自此以後無鶴銘矣雍正六年秋七月特遣從事孫龍往焦山搨一本并滄洲新刻石亦搨以來王述菴侍郎曰原刻焦山之陰崖石上後摧落江中宋淳熙中嘗挽出不知何年復墮江中康熙甲午蘇州守長沙陳鵬年滄洲募工挽拽遷而出之者五石今所搨者是也其未拽出時張弨力臣嘗於水落時臥石上搨之甚精位置石本繪爲圖於是汪士鋐退谷備采昔人之論詳加辨證著瘞鶴銘攷一卷近海昌陳氏刻之玉烟堂法帖中與流傳各本俱字句多寡不同以今石本校之往往不合似皆非

確據石刻者案金石萃編未載恪勤記文而滄洲新刻今未曾見詢之子貞山長亦不知之以滄洲工書躬自摹掌原石讐校必精非若他刻之僅從搨本重摹失眞以致字句多寡亦有不同也惜不知此石之何往矣汝懷以道光戊戌九秋至焦山觀此碑石係五段粘合與五石之說相符三十年來其地屢經兵戈擾攘聞石猶無恙殆滄洲靈爽式憑也同治戊辰閏四月杪附識

重修石靈橋碑記

張璨

去郡城六十里有河焉名燒湯有橋焉名石靈崩圮累年川塗交病子姻家黃君廷英過而盡傷見鄉人之募修者困於道謀乃獨身任之費千金而事蕆徒旅水陸咸躋於安鄉之人磨石紀事而來乞予言予維古者大同之世上下爲一體田里樹畜民事也自上制之道路橋梁官政也自下勞之後世田不井授人自爲生富連阡陌而貧無立錐井稅之外欲其率一錢以佐公家之急卽相顧有後言由私生吝由吝生忍大之城郭次及橋梁廢壞不修者比比而是夫天下之事賊於需成於斷今黃君之斯舉可謂偉矣顧或者曰地有神最靈斯舉也神實示兆

以啓黃君君適有禱焉蒙神之佑而以酬之夫神誠靈受佑者宜不止一黃君君受神佑而卽能推神之佑以惠及無疆則覩斯河橋一片石其亦有觀感而興起者乎是爲記

如山菴碑記　敬　藿

去邵治而東皆山也其最大而稱勝者少北曰龍山號岳平言其當與衡岳平也而居衡七十二峯之一者爲吾鄉之邪薑山邪薑小於龍山而大於吾鄉諸山山之環邪薑以南者盤旋磊砢當以千百數皆不足以當邪薑之勝故不可得而名雖名亦不甚顯而如山得名於以文上人之手鄉人競傳之其下爲祁邵接壤余嘗來瀟湘間道其地見乎峯巒迴合勢與邪薑相望而山陂峻曲若不可窮曰殆必有異導者曰此其上如山也雖未至輒遙傾之惜乎傳之者莫能傳僅能傳其居山之人而已余於此獨有感也當上人之始至迹若孤雲野鶴得一片袈裟

地足矣四十年來援引號召大暘厥風處之遐陬荒僻之中豺狼麋鹿之所穴走燐飛螢之所聚一缽一衲之身披霜露斬荊棘而山之莽者幽水之枯者潤林皋之蕪穢者洞豁而深邃經聲雲影樹色風旛若別有一天地然則登此山也雖不足以擬龍山邪薑之勝而一邱一壑在達觀者亦未嘗不可攬覽放意肆志焉豈僅以結佛場爲流俗輩嘖嘖云爾哉夫美不自美因人而彰非以和尚願力宏多安能爲山林闢生面也邪山本敬氏業而和尚素敦樸有行先以我　朝之甲辰自岐山來有尊者慰而留之遂處於此和尚以是爲不可忘而余又嘉和尚之力能闢此山也故爲之記康熙四十四年

補修老女橋碑記　敬　藿

橋以人紀因人重橋即以橋旌人也衢道之通杠梁可誌者甚繁茲獨以老女稱女者未嫁之名老矣何仍名女老於女即以老女所積成是橋此人之所以可旌橋之所以足重也按女出仁風尹氏幼聰慧兄朝讀書女耳熟輒通其義父廣複愛之甚篤爲擇配李氏文斗將結褵李卒父母憐其艾思更爲覓壻女徵聞誓曰母也天只何姑息爲愛乃爾一與之盟終身不改義也旣聘而改適生何爲將引繩自決母挽諸姑慰諭詞愈厲父母知其不可奪因造小樓居之直表其志額曰望夫閉處其中非慶節不下雖諱闥不窺日勤黹繡蓄所贏至耄得百餘金屬

兄命匠鑿石成橋以濟行人竝嵌置納聘時所得鏡與翦於其上曰吾翦髮未烈使流水常鑒吾心也蓋前明宏治閒事而鄉鄰嘖嘖至今三百餘年如一日鏡不翳翦不銹若或相之亦一異也歲在雍正癸亥邑庠尹子甲第母李氏慕其操命捐金益加完補以固其迹舊有碑剝落不可盡讀尹子懼其久而泯以余爲其同里知之悉走書數千里求文以記亦若欲假金石以壽之者余惟金石之壽幾何此女堅於金石之心深入人銘於金石之口乃眞壽也業已壽之三百餘年行自有千古者黃絹幼婦之辭於曹娥乎何加哉顧以爲不必經斯橋而已得斯橋之人之可重則韓陵片石必有謂可與共語者是爲記

邑侯江公禁革陋規碑記

夏寢大

凡政教之利及一時者，人未必不感，而終易於忘；惟澤及於數十世者，不必人感，而人自莫能忘。我邑令江公諱闓，字辰六，歙之貴陽人。癸卯孝廉，兩舉博學宏詞，湖廣甲子科同考試官。前是庚申十月蒞任益陽，時洞庭以南寇氛未熄，師旅雲集，邑當南北之衝，賓疲奔命。公下車曰：我輩讀聖賢書，既受殘疆事，使瘡痍無起色，非　國家設長令意也。於是其自待也，勞苦不避；其臨事也，詳慎無遺；其治民也，務持其大，不市恩，不沽名；其應物也，務得其平，無成心，無偏好。與薦紳交相期以正，言不及私；與諸生語，相勉有成色，未嘗倦。簿書則案無留牘，讞鞫則片言

折獄。公初不望人之感，人亦習而安之。他如新文廟，繕城池，修倉庫，除兇暴，清匪類，人亦不知其可感，但視爲應得之數。自定冊編廂，而使苦樂齊匀；圖均戶，而使弊端絕。正供得用一緩二之方，軍需有舍重就輕之妙。事干大利大害，不惜展轉周詳，以爲民請，人卒不知其可感，祗信爲民上者盡當如此。乃刱十有九賢之祠，修百八十年之志，文獻備焉，勸懲寓焉，風化繫焉，所以爲民者至切。公猶以爲未也。公性清介，入境之日，輒將邑之陋規裁且盡，猶恐及身而止，非所以爲民生久遠計也。於是舉數年爲士民商賈工匠徹底禁革者，條請於撫軍，乞永著爲令。撫軍果嘉與而如其請。夫然後益之父老子弟，咸知公之政教貽澤於茲土，將數十世而未有已也。如此者，公非有求於人之感，人亦無所用其感，無如澤之入人之深，固結於心，浸淫於骨，展轉思之，而自莫能忘也。故屬予筆之於石，併其禁革諸條，勒於碑陰，以昭示來茲，則又以感公之澤者，廣公之德於無涯也。

復細民上納碑記　夏寢大

刱法之與復古孰難哉・曰刱難・刱一時維新之法・與復數百年久湮之法孰難哉・曰復難・曷言乎復難也・蓋敝之久・作者之良法美意浸失其傳・一旦改絃易轍・則人且以因循爲由舊・以復古爲變更・而聚訟盈廷・終年築舍・是非知之極其明・處之極其當・行之極其決・未易語此・吾邑徵輸法壞・議復細民・殆非一日・乃當事者拘義牽文・故士民議之・而官或違・官從之・而吏或拂・吏依之・而鄉與市未必翕然向風者・數年於茲矣・邑侯胡嵋雪先生夢虎・以辛亥季秋來益・因從前逋賦過多・折節徧訪・遂深晰我益之苦・莫甚於當年・而痛此日之包侵賠累・誠爲積重莫返

之勢・思欲障挽狂瀾・無如細民上納一事・於是傳集子衿父老・誓與益邑更始・一時士民固深願之・猶戛戛乎難之也・太守張公翰宸・輶軒偶至・益人士復呈以請・太守知侯有更化之舉・嘉與維新・卽縷呈藩憲給示・而侯志益堅・於是不謀左右・不畏强禦・遂毅然刱始・不期月而耳目一新・雲深山僻・絡繹輸公・議者謂侯之化俗・疑有神助・不知侯惟以一邑疾苦・引爲痌瘝・故其招之使來也・則有鴛鴦票之法・而其勸之使輸也・則有急公獎賞之法・慮戶口之散而無統也・則有穹甲穹戶之法・慮一時册籍未必徹底澄清也・則有旋查旋改之法・慮耕鑿之儔難以遷延時日也・則有辰完辰給卯完卯給之法・其誠之所感・民實不知其然而然・其法之所驅・民卽欲不然而亦不敢不然・益之想望幾倖數十年而不得者・侯且靜穆揮絃・移之一日而有餘也・今則大功成矣・頌聲作矣・春花滿山・春水滿澤・民忘饑餧・言飽乎德・侯曰・此有司分內事・無庸鋪張・爲益人士曰・功成一時・澤垂永久・不言而自章也・侯之功・侯之德也・百世弗能忘也・維時紳衿率諸父老・敬勒之石・以誌不朽云・

重建文昌塔碑記

陳大受

吾邑居楚南上游山川清淑風俗敦龐聞於天下在勝國中葉人才輩出名卿接武當時造士講學之區則有文昌書院考之邑乘書院刱建於萬歷初邑進士銅仁太守來溪鄧公地距城約二里許湘水自西東注祁水北來匯之復折而南石岸峻嶒屹然成阜書院峙其上實據一邑之勝又以形家者言此地爲邑下游關鎖建塔鎮之以砥柱江流培毓秀氣於闔邑文運有裨盎前輩之勇於爲義以嘉惠枌榆也厥後天啟時有邑人臒監生陳朝誧誤信形家邪說倡衆毀塔而書院亦廢由是邑中人才銷歇者垂六十年至　國朝康熙初邑令曲安王公頤始

復立書院置田畝以資膏火卽故塔址建文昌閣頗稱雄麗自是邑中文士有復振之勢然較昔盛時則不啻霄壤論者皆歸咎於塔毀之故曩余爲諸生時卽有志修復而力未之逮也乾隆甲子余巡撫皖城捐俸千五百金屬同里原任安平令王君錞原任寶坻令伍君澤榮孝廉陳君世俊任其事相與籌度而經營之請於邑令覺羅卓公鳩工興事經始於乾隆丙寅歲二月越戊辰歲十二月告成爲七級高一百一十尺有奇初基周寬十有六丈每級門八玲瓏虛敞階徑層折遊者登降出入迴異常觀凡石工砌工之以日計者五萬有奇土木之工四之計費九千餘金工竣諸君走書告余曰願有記余聞之躍然喜恨不得從諸君子後登而覽之以爲快也夫浮圖昉於釋氏風水出於術家而吾儒幼學壯行亦豈必沾沾以科第爲榮然文運之盛衰卽爲人材之興廢不有以培植而長養之其何以鍾天地之靈蔚爲人文之瑞邪自今以往吾邑人士之有志於學者層纍日積繼長增高思上達之必由下學戒九仞之或虧一簣則是塔旣成文運之昌人材之盛可以茲役卜之矣余旣樂觀厥成又嘉諸君之勞不可泯也輒操管而爲之記至修復書院始末則詳於邑令李公所作碑

安化義學碑記　龍德懋

古者教不擇地學不擇人自鄉學國學而外凡黨庠里塾無不教之地自元子適子而下凡農工商賈無不學之人然其道尤先於蒙養蓋以爲聖功所由基當全其固有人才所從出當擴其未能淸學術邪正之源儲國家待用之器顧不重歟迨夫其後教疏於上有不教之地矣學荒於下多不學之人矣甚至窮陬僻壤終身未覩詩書微賤單寒髫年卽甘自棄豈眞古今人不相及哉艮由教之者無其具也若我侯之嘉惠於我梅也其盛心古矣梅素知學若於教育之無人侯栅書院處庠士月三課以較其工拙既不惜丹之黃之甲之乙之捐公餘之暇以琢

磨多士而尤殷殷爲諸蒙慮以爲古國家之需士也需其才之有用有司之養士也當養其學之未成梅之中豈無有欲學而不知學知學而不能學者乎欲就正而無其人欲居肄而無其地以此云學難已爰立義學於書院側以訓蒙士凡鳩工庀材悉資廉養經營布置咸出匠心制度精嚴規模宏敞當其中以爲講授之所室其後以爲游息之處廡其兩旁以爲肄業之舍垣墉戶牖無不詳且盡焉又爲之聘名儒以主師席又爲之置義田以贍孤寒侯之於梅抑何計之周澤之徧敎思之無窮有如此哉然則梅之士得入其中者登其堂當思何以不愧於高明入其室當思何以克造其閫奧習於兩廡當思何以不荒於嬉而毀於隨觀於門垣戶牖之周詳當思何以始終之必一體用之必全精粗內外交養而互發也然則兹學之建侯不儼然以爲學之序入德之門成章後達之道示諸子哉其爲嘉惠又何如也學成梅之人思所以志不朽也命懋爲紀其事懋既感侯之大有造於梅而慶諸蒙之得所養也謹拜手而爲之記且以爲諸子勖焉

重修李公祠碑記

張玢

辰州重岡複嶺·控扼溪峒·閒雜苗猺·素稱難治·又值吳逆兵燹之餘·撫循綏戢·政爲尤難·夫古之稱良吏者·史不絕書·其美政亦不一而足·然大要終不外以民心爲心也·今李公之治辰州也亦然·公名慶祖·字介福·奉天鐵嶺人·康熙二十六年·來爲辰州郡守·時吳逆之難初靖·民之瘡痍猶未復也·公至·首除奸民而豪强屛迹·痛釐積弊而派累盡除·勸農敦本·興行教化·董勵師儒·旌表貞節·使蚩蚩之民·咸遂其有生之樂·久之·版籍增·苗民格·倉廩實·禮義興·公益自勵·聽斷必公·暮金必卻·民好好之·民惡惡之·治聲日著·雖古良吏·不是過也·治辰四載·兒童婦女

咸知有公·欲得公長存·以永其治·乃未幾·感疾卒於官·遠近之民聞之·莫不悲悼·如喪考妣·旣以公崇祀名宦祠·而郡人思公不置·復於府城隍廟側建祠以祀·歲時伏臘·享祀不絕·是眞所謂古之遺愛歟·不然·胡令人追思若是·夫公之精誠旣有造於辰·死復有庇於民·宜辰之民感公之切·戴公之深也·前郡人建公祠旣成·其嗣君清錀·今出守太原者·過祠瞻拜·置田弋畝·歲額糧二斗一升·命道士張復一歲收租息·以爲奉祀修葺之費·今瀘溪鄧君伯衡·感公疇昔知遇之深·幕游老矣·追念先型·復西謁太原·歸而出太原所贈·遺新其祠·更置店屋一所·歲收其租·以廣祀費·郡人咸欲勒銘以垂永久·屬余作記·余家世湘潭·去辰州不遠·自少時即知公有古良吏風·雖不文·得附名於茲·亦所欣願也·遂書以勒於石·後之守是邦者觀於此·亦可以知良吏之可爲而食報爲不爽也·

初葺忠義孝弟祠碑記　　謝　才

學之左故有忠義孝弟祠葢雍正元年所頒行通建者也其裒集郡志忠義孝友行誼義俠四篇所載者爲木板題名則相沿之製作不知昉自何人要之忠義孝弟既須祀典而郡中之請祀忠義孝弟者絕少當時有司及士紳不能考定應祀之人而草率爲此爾辛酉余官兹郡一日曾生季超向余言曰有明萬歷中郡大饑至人相食七世祖巖山公捐穀數萬石活之當事高其義請於朝給冠帶既沒與前忠節竝祀於兹祠焉今生與族紳及饒於貲者若而人願率而重葺焉余言於郡伯王公驟然色喜遂諏日鳩工曾生尚董其役余勸其成不匝月釁之傾

欹剝蝕者竟翕然煥然矣余因之有感焉邵州夙稱富壤與巖山同時而以富稱者知未易更僕數今其人安在其子孫皆千百盈盈者乎而巖山之子若孫鳳翔鶴起爲郡邑冠巖山之聲施亦到今未衰歲時且尸而祝之此亦足以覘爲善者之必有後而積金積德之說常較然其不誣也至曾生與其族人不愛重貲以爲一郡新斯祠孝子順孫錫類之心固應如是要亦僅事矣均不可以不紀

少昊陵碑　　潘　相

少昊金天氏帝陵在曲阜舊縣東北一里許元宋以上祭法無聞前明肇載祀典三歲一舉欽惟我　國家監古作則恭奉帝主於歷代帝王廟位景德崇聖殿東室第一逢國大慶遣祭山陵與成陽闕里竝重乾隆十有三年　皇上巡幸東魯躬蕆明禋禮如廟祀厥後親題神位敬獻名香疊爲詩章歌吟功德遣王大臣致祭其禮典甚盛歲在己丑下吏相承乏兹土職司防護拜瞻壇像宮殿牆垣林樹藩級閒多陊剝支拄叢猥禿夷敬以來歲諏日命工修飭塗茨金碧丹艧剋期報竣會明年辛卯暮春　車駕臨幸先遣理藩院尚書固倫額駙超勇親王

色布騰巴爾珠爾祭告越二日丁未　皇帝御征衣駕蒼龍至石坊前降輿步入中門王公大臣恭導至殿中拜位前北向立上柱香次上瓣香行一跪三拜禮畢入至陵前周覽久之迺出自殿中門陞輿還　行宮文武百官跪道送迎如制是年冬十月恭懸　御書額曰金德貽祥聯曰前統紹軒臺紀因鳳鳥崇封傳魯阜守有熊羆十二月朔一日恭陳　欽頒笵銅供器五于殿中明年春正月吏部右侍郎曹秀先奉　命以

皇太后萬壽祭告卜日成禮時則下吏皆欣得躬預修治埽除虔備品物敬隨節鎭監司郡守奔走執事榮幸無比僉謂宜有一言敬志於碑乃虔具牢醴俯伏灌薦九叩首而言曰

於惟帝之所以丕纘黃農宏闡頊嚳德性行實立極配天者循蜚疏佚荒略失傳固非後世軨材末職所能仰窺惟竊觀左史所載鳥紀名官分至啟閉旣開義和仲叔之先而五鳩鳩民五雉夷民九扈扈民所為生聚敎訓利用均衡董其耕農禁其淫放者蓋與典謨誓誥二帝三王治天下之大經大法一軌同源用能俾萬邦四海式遵天常諸福洊臻高陽蒙業其神靈之長存終古者至使千百世後　大聖人憑弔遺墟窺尋心法隆禮閟文闡揚尊奉舉所為修太昊之業配日月之明通山川之氣諸神人之願者昭揭穹天永傳無極嗚乎鑠哉乃作詩曰

天開草昧孰纘三皇惟少昊帝箸績雲陽汶泗之南龜蒙之北石室巖壇帝陵有赫肇自明代盛於　皇朝命官虔祀典竝陶堯惟　聖天子尊師幸魯親祭帝陵盛儀載舉　天章宸藻焜燿輝煌闡幽微顯帝道以光彝器用頒倘方所製昭德紀功勒銘萬世惟帝之德神聖性安以金紀序以鳥命官應天順軌義各有司統於歷正敬授人時鳩雉當扈治法精詳九農五土各以其方因天則地察物明倫天人心理百王共遵矜是聖鄉周公邦域孔道大明侯之不惑雲陽永奠華渚長存川流嶽峙參兩乾坤

濮州陶唐氏陵碑

潘相

乾隆元年六月甲子禮部臣奏言臣等欽遵　諭旨集議古帝陶唐氏陵墓至尊至重案據山東撫臣岳濬疏言歷稽史傳俱稱帝葬穀林穀林於今屬濮州委官展謁州城東南六十里古雷澤之東穀林莊前靈域巋然崇四丈五尺博二十丈前有享殿三閒四周祀田一頃二十畝濠地四十畝時嘉靖時撫臣陳鳳梧檄行知州張寰建置　國初沿明之舊致祭東平無徵不信神弗享歆臣等謹按呂氏春秋堯葬穀林皇甫謐釋穀林為成陽劉向曰堯葬濟陰皇覽堯冢在濟陰成陽帝王世紀堯葬濟陰之成陽西北是為穀林漢書濟陰郡成陽縣注有堯冢

靈臺禹貢雷澤在西北後漢書晉書括地志太平寰宇記十道志鄭樵通志皆因其說水經注又云成陽縣城西二里有堯陵陵南一里有堯母慶都陵於城為西南稱曰靈都鄉曰崇仁邑號修義皆立廟陵東城西五十餘步有中山夫人祠蓋堯妃也前史又載後漢元和元年遣使者祀以太牢宋熙甯元年知濮州韓鐸奏請敕本州歲時致祭則帝陵之在濮歷歷有徵伏惟聖朝祀典明備尊崇歷代帝王陵寢尤加隆禮應請俯允撫臣所奏以修葺東平州帝陵估需工料銀六千兩移建濮州帝陵殿宇殿東立帝母靈臺祠配以中山夫人　國家宏敷慶典遣官祭告與闕里泰山沂山東海竝舉州牧時享守陵陵戸

胥如曩例，仍令東平州毋廢祀事，其庶準於義而協乎。臣等謹眛死以聞。　制曰：可。迺作享殿三間，東西朝房各三間，大門二門各三間，聖母靈臺祠一間，石坊一座，崇閎壯麗，稱厥典制。而歲久漂搖，坍頹剝落。壬辰季夏，下吏潘相來刺是邦，諏吉升禋，量工命日，經營重葺。明年夏旱，并走羣望，僉曰：帝陵古井，自昔漢太守孟郁及前刺史潘汝誠有祈卽應，盍往求之。迺帥紳士耆孺步行呼號，百拜神堂，虔汲玉水。是日也，旱旣太甚，炎炎赫赫，肅捧北還。薄暮及郊，倏見西南雲起，疾走升壇，濃陰四合，靈雨滂沱，百穀用成。僉曰：赫哉帝陵，福我烝庶，宜勒麗牲之碑，以諗來世。相竊謂放勳殂落，二典三謨不載山陵大禮，呂覽以

後迺云遠葬成陽，諒由考妣哀思，四海一心，所在祭醊哭泣，起土爲塚，春秋麥飯，禮若家人，狄山、平陽、成陽、東平未之或異。正與　欽定禮記義疏所言舜葬蒼梧大旨符合。至於帝德廣運，巍巍蕩蕩，羲農軒嚳、皇虞神禹無能竝大。葢其德性之純，行實之粹，光輝之徧，峻德之明，使夫終古大人修身及家平均天下之學，奉爲宗祖，而敬天勤民，治法治人，宏綱細目，統歸範圍。以是如天之仁，覆蔭萬禩，高明博厚，誠感咸孚，事有適合，理有或然。下吏何人，敢以區區忱悃謂能仰邀靈鑒，干冒尊嚴邪。乃拜手稽首而系以詞曰：

於皇上帝，誕闢屯難，世作君宰，制惟　聖帝。開天厥大，配乾三五，莫先逮神。器攸託，黃屋輻說，橋山紀略，烏號龍髯，萬里依瞻。有高冢巖巖，鬱彼成陽，穀林古莊，於赫壇場。我　皇初載，祀典新改，閎宮隆隗，惟　帝聖德，涵濡九域，于萬斯億，以生以長，風吹雨養，煦嫗洸瀁。皞墟潭潭，孔林毿毿，竝立爲三。渤海波澄，泰岱雲蒸，永翊我聖陵。

南嶽廟碑　　潘相

五嶽法天高明體地廣厚而衡山象應璣璿位列赤帝天假神柄噴雲泄霧鎭奠火維地荒爲靈最著　國家威德震疊懷柔炎天朱鳥玉冊寶印統馭仙官驅策百神　列聖重光寵錫宸翰臚歡祝釐遣官祭告備物盡儀神靈右享抿湘苗猺九疑五嶺之區旨風不作怪雨無聲時和年豐人厭魚蟹厥功茂焉神廟在祝融峯下古柏虬松粉牆丹柱鬼物圖畫照眩心目當夫陰氣晦昧澒洞飄簸上海下天幻冥一色少焉萬雲飛卷日見界明峯嶺千皺湖江一縷神靈歘歘怪怪奇奇而潛心默禱呼吸感通用康我南天孝子忠臣良士貞婦德施倍普其與

國咸休永佐佑　天子之丕顯休命乃作詩曰

巖巖嶽廟屹鎭南離權衡萬物日月重麗自我天覆乾端坤倪軒豁呈露民安物嬉逌命官牧肅將祀儀惟文治世惟神之持山無虧日靈無蝕時福我蒼赤億年無期

何分守璘遺愛碑記　　彭儀鳳

城綏有苗猺切膚災也苗猺有橫嶺峝節根蝕也治城綏苗猺必先控橫嶺一峝披腹心拔本塞源之方也橫嶺長安坪據城綏九峝之中西南鄰粵界苗寨東北鄰城綏民村苗性最兇頑狡黠極以焚劫爲事城綏士民無一息得安袵席苗患日穩苗勢彌熾近因大軍將集派夫運糧遠近騷然城綏尤甚當是時非有公忠體國痌瘝民瘼大臣不能排衆議以除害非有誠心憂民不詭勢之父母公祖不能毅然力持不回故自明迄今苗害相尋無已我　朝用兵屢勦復叛乾隆三年蒲寅山鳳老一猖獗前縣蔣侯德重通詳請征善後未完五年粟賢宇等復僭

李天寶年號僞稱閣老將軍楚粵勾連蜂擁蟻聚殺官戕吏攻壘薄城一時議勦議撫相持不決幸巡撫都堂馮公光裕斷然主勦檄令縣父母杜侯珣縣尉朱君文旭躬領鄉民誓死捍衞公守城步府大捷連營堵禦提督軍門杜公愷星夜驅馳荷蒙

聖明遠念邊黎弗堪荼毒不惜數萬帑金　特命貴州總督張公廣泗爲經略是年八月師至於是分巡辰沅兵備道王公柔參贊軍機驛鹽長寶道馬公靈阿奉檄代巡衡永郴桂道劉公應鼎爲監紀經略公英謀神算動中機宜賞罰公平將士用命傾巢搗穴城綏二縣峝寨千百年積寇一月之閒元兇授首羣醜俘庭兼參贊公多謀善斷委本學教諭吳君中孚督

率勇士計捡竹岔梘頭濫溪源白崖腳猺類絕種頑峝蕩平皆我 聖天子知人善任文武和衷克奏膚功而經略公猶念横嶺峝之長安坪當粤交衝爲城綏九峝重地會𠫊城步仍歸寶犒隨建城設協移駐理猺府居中治理留文武各員領兵防守搜緝餘黨題請同知寶慶事何公璘總理善後事宜清田安堡城綏之民衢歌巷舞謂當出水火而登袵席也不意 廟謨已定工匠雲興六年九月當事計忽中變罷協撤堡棄長安不守惟議安營毛田衆情疑懼謂毛田實不能控禦横嶺而下情無由上達賴我父母何公目擊時艱瀝語地勢重念城綏數萬生靈力陳長安巖阻特立不移巡撫許公容洞鑒情形七年

三月總督孫公嘉淦奏 命親勘虗衷諮訪相視地形謂横嶺之長安坪決不可棄而毛田山腰一塘建營無益議定長安設協增兵九百彈壓分立老寨左右守戎二營以爲首尾仍委我理猺何公辦理善後事宜縣父母張侯方佳督修新疆工程縣尉朱君之綱分辦勸理又委靖州協總鎮辥公儒統領協防官兵併委督標遊府謝公壠協參互援同心一德民苗趨赴息戈貢定八年十月總督阿爾賽公又親臨省邊公忠爲國洞悉新疆區畫得宜十萬年大計一朝底定此又我城綏邊民久安長治之良策也仰惟 朝廷德威既張有苗來格崇墉犨屹文教覃敷各憲大人議勸擴清於前而理猺何公者日與縣父母張公勞心瘁力維持調劑於后其爲城綏生靈造福保障南天之功尤大且遠何可忘也緣相與勒石恭紀昭告來兹庶幾使我城綏之民獲享敉甯之慶永永無極者咸知成功有自也

九峯書院碑記

許伯政

今

聖天子御極之十二年予膺命來宰於彭彭雖僻而地匪瘠貧戶口頗庶其民無甚富而其俗不崇奢勸勤重本芟莠植嘉尙易爲理故父老亦安予之拙也公餘課我子弟質穎敏而愿慤類多良秀惜其銳志科名未能確見學問之本原亟思所以敎之爰闢官地於學宮之右偏而經營之深五十丈廣二十丈捐俸五百餘金鳩工庀材構講學舍二十三間廚舍五間置屛門外而週以垣墉門之內築甬道長十七丈左右地長與地埒寬平可以肄射既拓基值金酋構逆轉餉倥偬功未獲竣酋既投誠乃落成於庚午歲之仲春額其門曰彭成義學延邑

中之學優行端者爲師資俸薪而誨子弟於其中爰集諸子而詔之曰安業者必課其功繼職者必考其績然而一屋之田十家之市農女工賈各有恆業而士獨否上自公卿下及臺隸朝察夕稽各有常職而士獨無之惟其以誦讀爲業夫是以不習田園而享稻帛遊市廛而資器用以學聖賢爲職夫是以進不在朝退不在野而公卿賓之不敢役臺隸事之不敢名也然則士無工可課無績可考乎試之經史而未嘗能通諸以古今而不能對業斯荒矣居不志仁由不志義其入不孝其出不弟職斯曠矣譬諸遊惰之莠民茸闒之員役而譴黜隨之矣子夏曰百工居肆以成其事君子學以致其道是以學者士之肆也而設餉以萃之延師以訓之會其朋友以講習之優其廩餼以贍給之樂羣恆於斯敬業恆於斯吾子弟勉旃詹晷移而志士潛驚荒雞鳴而壯夫起舞是予所厚望也夫於是有進而請曰公陳明訓詳於立體而不及於致用者何也曰不然語云閉門造車出門合轍言任重致遠之具修之在我非將爲車而問道之夷險廣狹以曲就之也且夫舟楫非以行陸輪輻非以濟川持非其具而倖有功者鮮矣若乃三代以上士無志穀之學德埶修而上弗庸尤悔寡而祿不在者吾未之前聞凡我子弟生逢盛世何天之衢爾惟無飾虛無攻異崇本務實日新其德業庶幾處爲體道之士出爲致用之才矣諸生唯唯咸請序次予

語并建學之顛末勒諸石以誌不忘余重違其請因序以予之

常州孟河關夫子廟碑記　喻世欽

廟建於明世宗時距今二百餘年矣棟宇牆垣傾圮殆盡居斯土者欲重修之有志未逮歲辛卯余鄉祝公來膺閫寄謁廟爲之慨然亟謀所以興復於是衆紳士戮力經營得千餘金鳩工庀材自壬辰四月十吉凡七月而廟成繚以周垣輝以金碧前有歌臺後有層樓客堂耳房僧舍廚傳靡不具備廟貌一新美哉煥乎嗟乎夫子恨失吞吴又烏知吴之人閱千載下慕夫子敬夫子俎豆夫子不敢少有違禮乎卽又烏知夫子受命於吴顧乃惠吴人佑吴人不肎畛域吴人雖閱千萬年長庇吴人乎嘗考嘉靖三十四年王師駐嘉興討倭寇軍中若見夫子已而

大捷立廟嘉興明年師過常州軍中又見夫子遂禽盜魁江南所在廟祀自此始然則夫子向所惡者乃竊據之孫氏賊漢之阿蒙耳非吴民也不然討章武至嘉靖時千四百餘年矣何以猶大震其神威靈響爲吴人禦災捍患若此方倭寇之來也艨艟巨艦直抵孟河焚掠再四至戟嬰兒以爲戲故彈丸之地築城堡設都閫屯重兵屹然爲一大鎭蓋自徐海就禽而兵燹之患寖息矣非吾夫子之力而誰力與我　朝重熙累洽百有餘年民增其居軍減其額江干變爲沃野大瀆有如細流祝公裴帶翩翩諸君子獲與享昇平之福境無烽燧之煙家鮮宵人之警大江之濱風恬浪靜人慶安瀾庸詎知冥冥中默相茲土者大有神靈故至此邪夫百神之助我　皇朝惟夫子爲最著而累朝之崇祀夫子亦惟我　朝爲最隆今　天子三十有五年再命禮臣恭晉徽號煌煌鉅典又何有加無已乎是役也祝公主之余君倡之諸君子成之匪報也禮也夫子之神自在天下天下之敬祀夫子未必不如茲土亦各言其志爾矣抑予長沙人祝公武陵人昔夫子下長沙旣又割長沙武陵以畀吴是長沙武陵皆吴人也祝公旣官於是而予自京還楚因得與諸君子相晤適當聖廟落成乃不以予之譾陋屬作文記之此其閒殆有天焉予雖不文其又敢辭乎薰沐危坐而書誌敬也

華亭縣城隍廟碑記

張世法

城隍於一邑職司保障凡歲時民閒災患無不愼事至於境內兵戎水火盜賊猝然變起非常捍禦功爲最大禮所爲能禦大災能捍大患者則祀之之謂也當四十九年土回之變賊始倡亂鹽茶勾連石峯堡底店等處從固原而西至華亭縣界焚掠聖女化平二鎭勢益洶洶然將以其眾薄城下官吏惶遽莫知所爲而賊旋以偵者之言不敢逼攻遁去城得保無害先是賊使偵者回民爲鄉導狃於城小而惡向不置兵衞以故無懼志及城見城上抹首韡袴刀衣旗幟蔽女堞而環列者且數百人則驚走告賊以是遁去不敢逼攻邑民諜實乃咨嗟詫異相與

涕泣交頤向廟羅拜皆曰此邑城隍神者之爲也吾華人世世生生頂戴神威於不置矣後賊平之五十三年夏余涖華始得聞其事苟神之庥政簡刑淸地方甯謐金革晏然已及二載終以邏者不誡至偶有遣戍逋亡之患時例議改發到境稽轄者有脫逃官罹譴倍重而縣之胥役疲㢢相傳沿十數官積習不可破一旦見長官法嚴明陰利其然雖購賞千金皆私覩莫肯力捕上憲文書絡繹交迫余曰是非倚神之威烈其能自脫於禍患邪齋祓覩夜移文以請神如其志越日賊犯自林箐歸命先後無敢遠颺者然余亦因是積憂成疾惶愧竟免官自辭去夫愼兵戎水火盜賊爲天子衞此一方民人社稷者邑令有司之事也至令不德而毗賴於神亦可羞矣惜乎無力又未能言其事於公以張大我神之威烈則余羞滋甚因爲文以貽於邑之人使刻諸廟碑而并繫以詩辭曰

墉非言屹浚不深冽狂貒窺垣投戈於門駭若靈旗望空而下陰風走趨汗赤其馬罪人斯逃疇往執之攝魄褫魂魑魅役厮我令遂歸民實神依匪神不鑒令我溺職謂我言惑請勒斯石

重修步雲橋碑記

陳聖清

事有功成於此而遂及於彼者·成之者在規畫之中·而及之者在經營之外·考之周禮司險設國之五溝五涂·而因樹之林木·以爲藩落而爲阻固·山林之阻則開鑿之·川澤之阻則橋梁之·而又及於國家兵事·使藩塞道路而止行者·至於大司徒辨山林川澤制畿疆而封溝之·而因以設社稷之壝而樹之田主·各以其野之所宜木·遂以名其社與其野·蓋事之相因而及者類如此·余邑北門外兩小江水如帶·縈洄與宏水通·舊有辥公步雲二橋·接踵相望·前歲辥公橋圮·邑侯山西陳公捐俸督修之·較舊日高增基石·另起欄杆以防傾跌·便利濟旨而余邑之文

風且緣茲諠盛·於是邑人某某因茲辥公之役·以謂二橋均成於明成化間·重修於我　朝康熙之末·今辥公修而步雲安必其不敝·乘其未敝而整葺之·則用力少而成功大·且橋之上舊亦無欄杆·當冰霜之候·行人之隕墜者尤堪憫也·乃復捐募鳩工·葺而新之·俾橋面加增欄杆整頓·蓋體吾邑侯規畫經營之意而連及於斯·亦庶幾免歲久之摧頹·行人之傾覆也·乃余於此則更有祝焉·茲橋之沓爲步雲也·邑中士子赴秋闈試·邑侯於此結綵餞行焉·是將以司空之視塗加之司馬之題柱也·且二橋爲北城之鎮·先是辥公橋成·較舊制更高聳·於以培翼文風·其效已見於前矣·今步雲之葺而新者·亦繼長而增高·吾知後之乘駟馬車以過此橋者相繼而增其兆·可卜也·夫夢卜求賢·比之伾楫·篤棐成休·期於其濟·易有之利涉大川·利見大人·此一役也·其殆兩利而俱存之·則夫因辥公而及步雲·而培植士林·亦卽在乎此·又甯非周官之遺意乎哉·

重修石洞觀碑記　陳聖濤

頊田之南曰石灘其流淵瀲頊洞連山長林周環其際重谿複嶺窈窕緜延葢兼有山水之勝者灘之上故有觀余陳氏所施建也中列南嶽聖像及諸神位往者余至頊田遊是觀隔江山色映入簾中清光澈照明月入懷每嘆天下佳秀之區佛寺道觀葢往往擅其美焉其聖像前琉璃鐙相傳爲余遠祖某公所置也數百年來而光景如新撫其物抑竦然敬越數載頊田族人以先人舊基懼其久而圮也思更而新之而同里好善者咸共襄厥成費至千餘金簷宇榱題殘與南嶽相埒告竣乃使人囑序於余葢迴覗余向時之遊者其佳麗又復何如也夫佛老

清淨殊途同歸然西竺之教自東漢始倡而道德遺經乃與吾道竝壽魏文帝盡汰天下沙門不留子遺而崇信道教獨堅而不可破君子譏之自漢以來言方士道術者往往近誣則於茲觀之修安用是汲汲爲然余嘗謂釋道之有於今非徒以崇其術也抑亦卽相生相養之道焉世際昇平人民康阜樂善好施之意靡所不洽爲民者六而教處其三葢匪自今伊始矣今其道士隸茲觀者相與服田力穡以資産是務洵非有事於元虛也則夫崇先哲之舊基煇靈壇之祕宇諸君子之雅意何可忘哉若其觀之矜麗瑰奇他年至頊田猶將縱觀之以爲快

湖南文徵卷一百十四　湖湘後學集編

碑記下

馮公祠碑　夏大鼎

新甯學舍東偏有馮公祠明天啟癸亥建也公諱福謙字諟海蜀之南充人萬歷己未以乙科宰甯有循聲通志稱其慈明端亮左右不敢干以私紀實也祠附於學何居溯茲邑學基自漢第五倫經過指示未遷明初因之英賢輩出洎中葉惑形家言凡五遷士氣不振科目缺如公博採羣議卽第五公故阯徙而新之於時登賢書捷南宮者若接軫甯人德公生肖像祠祀之

標今名歲久而圮前司鐸胡子國掄田子宏輝再建文昌奎星二閣閒而勢未叶越乾隆癸卯鼎節俸擇爽塏徙像而奠焉緬惟古之稱遺愛者若桐鄉之於朱仲卿羅池之於柳子厚屢紀閱世槪蕭悽愴若或見之所謂恩則父母靈則明神也況遐陬僻壤手口拮据嘉惠士林自有不容泯沒者葢德存愛俱功立名傳夫豈藻飾簿書錢穀者所能彊致哉今之學猶昔之學也乃敗瓦頹垣日鄰衰颯無以安　聖靈卽無以作士氣我公有知倘亦徬徨乎彝水之滸不無怨恫者矣鼎橋門竊祿荏苒八霜每式典型思繩前武往釀若干緡甫告廟旋困於歲茲被議將去涼德鮮終行滋疚已所幸櫺星門暨道德兩坊得同學

引爲己任。庀材鳩工。且毅然有志糾合同人。幸襄鉅典。倘冀我公幽贊次第觀成。是則惓惓不置者耳。佇見多士耳目旣新。精神自振。摛華掞藻。上副　聖天子儲材之至意。鼎雖湘上散樗。他日向能肅一瓣香。偕二三耆舊吏下南豐一拜也。祠起訖於是年冬。乾山巽向。外亙以垣。徙遺愛碑表之。擬以每歲八月望前一日舉祀。葢建學月日云。

奎文書院碑記　　常琬

周官黨有庠。術有序。國都之學與里巷之大小相維。要以取材多。作育廣。使人無不學。學無不至於成德。進業出則彌綸政敎。處則端表風俗。其用基於閭里聚廬。而其極至於化成天下。我朝軼軌百王。翔洽大化。翼民成俗。一切以敎養人材爲本。有司承風仰德。不於是乎當務之急。則所謂簿書期會。風塵鞅掌。抑已末矣。湞之爲邑。在粱鄭之郊。東里著迹。發揚今古。雖區域蕞爾。而詩書絃誦之風。亦克媲通邑。記云。不有倡者。誰其和之。疇昔之令長。是方者。或作而起之。或因而仍之。其於本末不盡暢然。余於甲寅冬受檄承乏。卽措意延經學之士。陶冶吾民之秀者。以共臻於恢廓大方之閒。湞之人士。亦欣欣相望。越明年。於縣西北隅擇地之爽塏者。營爲書院。一區顏之曰奎文。搆堂三楹。顏曰濯錦。外周廊廡。前置門宇。落成於夏四月。其材木瓦石匠工之費。余悉任之。無他及也。創構始成。卽延經師授學。徒請業者四十餘人。余乘暇日。亦時課之。所謂歌陽春謳白雪者。未始不取於余之一倡也。猶冀後之人有所繼續。有所擴充。不以學徒之聚廬冒爲廨舍府藏。則是書院之幸也。千秋一日矣。余顧專美乎哉。

占星亭碑記　鄢正笏

天官書文昌戴匡六星在北斗魁前而壁宿二星亦主文章宋史乾德三年三月五星從塡星聚於奎太史奏爲天下文明之占此皆文昌見於紀載之可徵者我　國家運屬休明景星歲見文治於昭於斯爲盛矣邑有文昌閣枕岡藉溪踞郊郭之形勝旁爲超然書院爽塏稱之惟西營之地蕪穢不治觀者弗善乃相與鳩工累土爲基翼亭其上軒牖洞開天闕象緯大塊景物咸可俯仰得之亭甫就適舊尹田侯信宿其地顏曰占星葢於文昌義類爲從指斗魁而瞻黃潤俾醴人士彙征蔚起以應國家文明之象其尤錫嘉之意歟是役也經始於暮春吉諏兩

閱月而落成費祀神公醵錢百緡外張主政邦柱益以五金董其役者爲黎君榻生袁君烜李君朝窗黎君棨生李君煇黎君架生曹君枝欣陽君聖道及笏凡九人工雖微固僉謀也

易忠節公祠堂碑　徐世佐

士君子卓喬嶽之神抱江河之氣揭日星之光當國家隆盛之時出而佐聖天子通鬼神之德開禮樂之源暘萬物之生聲色俱無可指以爲異而環海內外熙熙皞皞不復知虞夏黃農爲何代豈不偉哉不然而覆冒萬里分治一方亦足以遠不皇猷昭蘇殊類使窮荒絕徼咸入蕩平斯亦良臣之事也不幸而干戈危亂之中塗肝碎腦以節義終非其志矣易忠節公生而穎敏敦肅强毅自其未冠固已如成人忠孝仁義洋洋包造化之精神而爲之軀幹若水之溼若火之熱不自知其然而不能已也讀書以古大臣自期串貫時事達於天人經術湛深兼資文

武其學問涵泳優游以養其蟠天際地之氣平居恂恂若無能者明初特重太學生與進士分途入官進士得其文章議論不足以知其果賢太學則皆茂才異等篤學力行之士選天下大儒申教之天子親察其賢否優絀器之所宜而用之湘陰自夏忠靖公以鄉薦入太學擢戸部主事遂爲名臣公繼之以歲貢入兩人皆人傑也永樂三年安南黎季犛驕横甚紿朝命殺使臣大理卿薛喦於芹站天子震怒大發兵討之季犛依宣洮沲富良江爲險築城多邦隘營柵橋艦連九百里聚兵七百萬人以抗王師大將朱能道卒張輔代之才指揮遂進連破之取其東西二都五年夏至日南奇羅遂擒季犛安南平天子以其地

入職方明年遂開版圖置交阯省分交州北江諒江三江建平新安建昌奉化清化鎭蠻諒山新平演州乂安順化十五府太原宣化嘉興歸化廣威直隸五州分轄三十六州二百一十縣建官必能勘亂致治化民成俗必奇才有德之士時黃福以太學生累官戶部尚書翹楚六卿中出掌藩臬而牧守爲難自部曹直省官稱斯舉者幾人而止於是公以太學生特簡授知諒山府公受命陛辭慷慨登車天子旣深知公而公固已懷國士之遇矣是年冬簡定叛沐晟敗績于生厥江明年輔復出數大戰敗之入屆江獲定於美良山中旣班師而陳季擴復爲害亂如初九年輔復出大戰神沒海十一年大戰愛子江明年破蹇

蠻昆蒲至老撾捡季擴十三年輔歸復出鎭守平餘賊十四年冬輔歸而黎州復叛當是時交阯地方數千里父子兄弟宛轉於雲旗風旆霜戈雪刃之中死者相枕籍流膏潤草木而民無悔禍之心其守令不皆賢吏多侵擾其地自唐亾淪沒四百餘年習爲異類獷悍喜亂勇于戰鬭苦中國約束往往起附賊定而復叛諒山在其腹中戎機軍餉夜以達旦卒斃馬僵而公倥傯旁午之閒外籌軍旅內撫百姓寬其徭役省其刑罰訟者以理諭之而解賦斂惟正供遇事制宜條理燦然不戾於其俗使民易從建學校興敎化柔之以禮讓歲旱爲壇禱雨五日而署內枯井泉發七日雨如注禾盡起歲乃大孰是時官斯土者或視民若豺虎鳥獸之不可馴公獨噢咻保抱惟恐不及民之愛之亦如赤子之依慈父母也張輔歸之歲公考滿入朝民扶老攜幼送之呼天曰日還公活我籲號于三司不絕于路者數千人事聞上喜甚詔晉秩三品還掌府事民聞其來若更生當是時利旣猖獗而中官馬騏以採辦至大索金寶橫戾朘削民不堪命桀黠者鼓煽之竝起爲亂陸那順州南靈左平俄樂四忙乂安浮樂偈江邛溫武定使州善誓同利善才大灣衙儀惡江安老東潮亂者如麻殺將吏焚廬舍攻屠剽掠而諒山晏然公之力也其後諸賊以次殄滅而利遠颺仁宗卽位召黃福還鎭將李彬已前卒朝廷倦於討賊務綏戢之授利官知清州府利

佯受命以懈我而寇如故於是賊以撫愚官以撫愚朝廷賊愈熾縱橫蹂躪皆解甲據冰坐視以待其來赴吾官也宣德元年利旣陷茶籠不逞者乘之飈舉雲合朝廷以恩詔餌之不能得王通大敗於甯橋割地與賊走還東關閉門不敢出明年柳升敗死於倒馬坡全軍盡沒於是朝廷不復用兵當是時賊已陷黃江侯保死之陷瑰縣馮貴死之陷昌江李任顧福死之陷諒江劉子輔死之陷邛溫徐麒蔡顒死之不死者降賊不降棄城走公守孤城聲援絕或具舟請行公曰吾郡守與城存亾練兵葺壘氣益厲賊至東都犯諒山屬地公出擊斬千餘級賊來益衆度不敵退爲城守令城外居民遠遁願同死者入民爭入

守甚固賊環攻之飛樓衝車雲梯地道礮山以百數公隨方禦之三月糧盡度不支北向稽首稱萬歲曰臣力竭矣願爲厲鬼殺賊城陷軍民流涕擁公擐甲掖公出公顧曰吾死耳汝曹自爲計遂入謂夫人朱氏曰汝何如夫人曰死耳子徹哭曰父母不生兒何之公縊夫人徹投井死從死者十八人公死賊愈熾朝廷不能制遂棄交趾復淪爲異域而公生平事業遂與雲煙俱盡矣豈不惜哉永樂洪熙宣德之閒國運方隆天子英明選建賢能開拓宇宙公以太學生擢郡守其受知亦不可謂不深矣獨惜其用之猶未盡也公以考滿入朝當此之時黃福勞且老交人猶未靖而諒山獨治則雖謂公之賢愈於福可也使朝

廷召福還而以福之任授公公得以治諒山者治全交未必不如諒山之治交人愛之未必不如諒山之民則交可靖民必不爲亂黎利可滅雖有不逞之徒無所緣而起不然利鉞張輔不復出即以任輔者任公則亦必能破賊雖其將略或不如輔其勝於王道陳智方政柳升李安馬瑛勇夫紈袴亦明矣且公之誠足以動人恩足以撫衆智足以謀勇足以戰其聲名洽于遐邇軍吏士卒樂爲之死吾又安知輔之果愈於公也且使朝廷召公處之凝丞輔弼之地公得以治諒山者治天下則豈特交人之福哉乃皆不能而公卒死於諒山以節義終是其用公者未盡亦其知公者猶未至也公旣死布政司弋謙以狀聞上太息贈布政司參政謚忠節遣進士張純往諭祭晉封光祿大夫詔以櫬歸葬建祠於湘陰城中有司以時祀之天子之恩旣渥而公之大節於是乎炳炳繫三光之命後之人登其堂如親見公之性情行事雖懦儒細人莫不欷歔悼歎慷慨激昂有壯夫之氣然則公之所以爲功於天地者不在當時而在後世矣夫人與天異形而同氣者也祖與孫異形而同氣者也孝與忠亦異形而同氣者也公之祖延慶五代時以純孝稱親沒廬墓三年產玉芝十八莖自五代迄於明初四百餘年孝子之氣積而發於公爲忠臣公之子爲孝子天之氣積於忠孝公父子以忠孝積天之氣久而益厚必有偉人自明以來四百餘年公之子

孫蔚如鄧林之木今　國家隆盛　壽考作人其必有喬嶽其神江河其氣日星其光出於忠臣孝子之門然則公之精光浩氣洋洋之神猶有未盡於當時者且必發之子孫其有能出而佐　聖天子熙皞之治于黃農虞夏之上是公之志也夫祠在城中北街有坊在南街明末皆燬今　皇上褒崇忠節乾隆四年八月　詔發帑銀重修祠宇大中丞高公檄邑侯鄧公董其事祠成春秋祀典與　國無極八月十八日公生辰其子孫自祭少長咸至銘曰

明明在上爾眷爾顧謂忠何禍謂奸何祜交趾則遠漢唐所宇明之復之厥功惟輔是時天子乃文乃武伊胡爲者若斯未覯

馬騏肆虐，抉髓而餔民，以不堪寇賊，是附王通，則將畏寇如虎，覆軍宵橋，走喘閉戶，蠢爾山壽，綴君以撫，諸司從之，偃旗臥鼓，賊乃縱橫，雷電風雨，摧山裂江，陷城夷署，官吏逋逃，夜不遑處，綦福包宣，乃縶而俯，桓桓我公，武臣是恥，舞陽指髮，睢陽嚼齒，殺賊斯行，守城斯止，如雷斯奮，如嶽斯峙，糧盡力殫，抱符以死，從夫死妻，從父死子，闔門殉節，忠義所使，天子曰吁，有烈斯臣，光我家邦，立我民人，贈官惟寵，贈謚惟眞，祭于所死，祠于所生，魂兮歸來，湘流以淸，今 皇至聖，褒忠勵節，祠宇重新，祀典是式，飭頑起懦，不貳不折，于萬斯年，曷其有極。

朱季子壽藏碑

徐世佐

朱季子年五十五，卜地于宅之東若六里麻子山，爲壽藏，將夫婦終焉，宅幽於此，碑于其旁，而屬予爲文，予始聞而怪之，旣而思之，太息至於累日，意彷徨不自得，夫人日夜逐逐，蒙霜露，冒寒暑，足累重繭而不止，計其所至，追野馬之尾，其所求，蟲之臂，鼠之肝，糜頂及踵，而終無悔者，幸而綰半通綬，厠名下吏之末，輒朋喜以爲大榮，若渤海無際，棹小舟，飄颶風之怒，犯轟天之波，至於雷雨晦冥，魚龍百怪，交於前，往往魂魄俱亡，面有死色，然而終不悔也，季子貢於部，有名，例得選官，未老，昂昂灑灑，氣厚神完，目光如炬，且軺車走京師，遊貴人之門，爲仕宦津梁，鱗

次於銓曹，發迹於丞簿，以季子之敦厚廉靜，不爲世瑕疵，雖復短狐金蠶，與接爲搆，終亦無害，矧夫 皇路淸光，抱融風，引星辰而上，然則綴珪組，曳黼黻，白首歸來，未晚也，而季子一廬若將終焉，視富貴若浮雲，幻滅於太虛，且夫生死亦大矣，而季子怡然不以屑意，卜壽藏如卜家居，碑而揭之，如堂之額，不知其孰爲生死者，嗚乎，其亦達矣，季子少予六年，其兄叔子與予同年生，燥髮相友，季子雁行及之，每秋月春風，舉觴相屬，豁如也，其後予行四方二十年，泥塗坎壈，烟波澒洞，覓升斗之祿，一官如火，長海濱，蕭條鼪生，㹨望閒以葦荻，豺狼雄嘷，狐鼠雌嘯，悲風無聊，邊靄淒淸，冷笛一聲，重陰自結，得罪西徙，出玉門，脛膝

履屩。涉流沙。陵積雪。陟天山之頂。踐車師。度烏孫。包西突厥。三年。聖天子恩旨賜環。重返舊廬。季子方引盃坐石上。看童子灌花。修竹千竿。長松謖謖。作羲皇之聲。落花盃中。異香滃鼻。上注於腦。眉目皆沁。劃然一笑。夕陽滿衣。然則窮通得喪生死哀樂之情。其不足以入斯人之心亦久矣。昔司空圖自爲石壙。延客入其中。客有難色。圖笑曰。君視此非人世乎。圖之爲此。誠欲自逃於禍亂之外。季子當　國家重熙累洽之時。非有所爲而爲之也。予故思之太息。至於累日。遂書以文其碑。銘曰。

孰勞予。孰逸予。茲宅也方丈而華胥。

重修黃梁橋碑記

張邦柱

橋以黃梁名。於義何屬。或言往居其地者多黃氏梁氏。命曰黃梁。毀橋遂冒是而得名。其信然歟。顧剏建年代及中間廢興。國朝以前弗可考。康熙丙戌毀於水。陳翁孟三。在修伯仲。鄒翁康廷首倡修復。乾隆甲戌仍毀於水。晏君順衡等募修之。不數稔而再圮。戊子春。浮屠松山惻然有徒涉之傷。偕諸首事等過余山中。議復。余稟請叔父星門。命與族里人士牽率相度。約河身之寬狹。審水勢之急紓。捨舊岸而更定新址焉。規制表廣。視昔有加。衆志僉同。乃介於邑尹洪公集崖。學博胡公孱陵。各爲弁引。樹之先聲。伐石斷流。次第鳩庀。松山以工鉅費絀。日夕勞瘁。一目幾爲眚。嗣諸君子相與併心壹力。越期始克蕆事。郵書京師。屬余爲記。憶余少時。橋方完善。從先大夫後。策款段。御籃輿。歲數經過。雖昏夜無顧慮。自橋之圮。溪流暴溢。厲揭維艱。有急則呼渡稽遲。非時則卬須莫應。甚至褰裳不戒。濡首堪虞。閒值星軺突來。伐木以濟。闆左藉是驛騷。官司殊多躑躅。今者長虹屹若。帶水恬然。居民無鼛鼓之煩。行旅有康莊之適。詎非快事。覩彼庸夫愚婦。與金輦粟。奔走於二氏之庭。以希覬福利。而喁喁然恐後者。孰得孰失。相去當何如也。抑又以見我　朝休養生息。涵煦百餘年之久。用能家室盈甯。歲時豐樂。鄉人士嚮風慕義。不吝財賄。以仰佐　聖世除道成梁。民無病涉之仁政而松山以四大俱空之身勤勤懇懇爲一方舉廢墜是固佛氏慈悲之旨而與吾儒利濟之心若相符契者嗚呼其亦足嘉也已橋經始於己丑桂月落成於辛卯臘月約費白金共貳千百餘兩董其事者朱禹璜陳將仕及族子九洪等助輸姓名則視捐之多寡第其後先另書於碑云

石門潭文昌閣碑記　陶必銓

水月老人觀音閣既竣事擬於其上一層肖梓橦君祀之未就也時里之讀書其中者多獲雋僉以爲念感所致癸丑余兄洞庭毅然集同志諸君子成之而顏其閣曰文昌文昌君者梓橦君也姓張諱亞子越嶲人早取科第不樂仕進隱於蜀之梓橦藉敎授以行其志士人宗之咸曰天有文昌君卽其人矣故世謂之文昌君余考周禮司中司命司祿實爲文昌之第四五六星自周以上皆祀之孔子生於周末爲繼往開來至聖而自宋以後祀始徧天下然村落中猶未敢廟祀也今司中司命司祿統於幽禜未有特祭而鄉人猶得以祀梓橦者祀文昌亦可思矣夫人受天地之中以生湯言降衷是也孔子謂不知命無以爲君子學也而祿在其中每慨讀書識字之人往往棄故有圖非分饕餮素餐以穢其迹不惟與孔子之道悖亦非文昌之所以敎也余忝列同事與諸君子夙夜砥礪期爲綱常中人毋貽名敎罪此物此志卽將藉以自程非如世俗求福田者之所爲也故於蕆工之際弁數語於碑首因以告後之有志於學者

雩家口義渡碑記　陶必銓

尙書濬畎澮距川。周官萬夫有川。川上有路。注云可容牛馬行。蓋謂可車行也。而川之利用舟獨缺不載。豈王政爲有未備歟。然吾嘗考畫埜分疆起於黃帝。作舟車以濟不通。旁行天下。亦自黃帝始之。洎後禹乘四載以平水土。以懋遷有無化居。乃粒。是則聖人制治。夷險通阻。陸有梁。江有津。所以通天下之窮者。至周而甚備。其所由來久。考工文不具。不足疑也。資水發源都梁。路山行千八百里。與沅合爲益陽江口。其支流東南出與湘合爲陵子口。而雩家口則支分首受水處也。熙熙攘攘。實爲孔道。夫衝要之區。商舟來往。俱得從流上下矣。而行旅肩摩。獨不

得亂流而渡。何也。蓋昔之人亦嘗醵金爲計。而每苦於舟子之貪。坐困於行囊之澀。是利濟而反以病涉也。使居守者熊羆是裘。客行者汪洋興歎。此又仁人義士所扼腕而奮臂者也。大抵計利則忘義。本仁以行義。則事可永圖而無所不利。以小人之貪於利。而險者益險。阻者益阻。梏於其習之不仁也。君子行其義而險者以夷。阻者以通。發於其心之至仁也。欣逢我　國家累洽重熙。雨暘時若。比歲以來。濱湖一帶民多富實。修利隄防。開通道路。有利必興。有病務去。國學生何君易詮。縣學生郭君平邦。復惻然念雩家口之阻於險。而行者之蓄於囊也。謀於眾。得若干金。於是爲兩舟。水其一而亭其一。以時油飾。更迭升下。而又置田數十畝。收其入以備節年修理。以贍舟人朝夕。使不得索行人之直。兩岸廣爲石步。而下岸受水衝激。不無崩圮之虞。亦石甃之。令益堅。蓋其用心亦勤矣。功既竣。將以好義諸姓名勒之石。而以書求記。於虖。此義行不惟隄基固而人安枕席。津道通而人慶康莊。亦可以饜舟人之腹。而長其樂善之良矣。地名俗呼毛角口。有某先生者謂昔有雩氏世居此土。當爲雩家口。因幷正之云。

移建濂溪祠碑記　歐陽厚均

嶽麓舊無濂溪周子專祠。嘉慶初年吾師羅愼齋夫子掌教時。倡建屈子祠於山之陰。落成後以其左爲賈太傅祠。祔周子主於其內。每朔望釋菜春秋丁祭大成殿禮成。率諸生躬詣祠內行禮。歲以爲常。厥後有通人秉臬吾楚。以屈公稱謂不典。易其額爲三閭大夫。於賈祠內增設左徒弟子宋玉景差唐勒等主。復以周子未聞一至嶽麓。乃卽其主刓削之。改題爲漢太史司馬遷。加丹漆焉。謂遷曾至楚有史記可考也。近日遂有以漢侍中王逸嘗注離騷。復增一主於祠內者。夫注離騷者前後數十家。往哲名流指不勝屈。安得人人而祀之。此其不待辨者也。至

於濂溪未至嶽麓。而刓其主易其名。如腐遷者奚堪與大儒相頡頏邪。且如宋玉唐勒景差人品更不足論。亦嘗涉足至吾楚南地邪。濂溪楚人。以鄉人祀其鄉先生。何地不宜。乃黜濂溪而祀諸子。通人固如是邪。嘉慶壬申袁峴岡侍講爲院長。始建專祠於書院內。特祀濂溪周子。捐貲者平江黃修諒宜章吳楚翔臨湘　大錦溆浦嚴正基董其役者善化楊瑋。碑記具在也。越六年厚均膺聘而來。又三年大中丞李松雲先生率僚屬渡江送學。周視祠宇。以濂溪之有專祀。禮固宜之。惟祠在朱張兩夫子之右。位置尙爲不協。於是諸同人聞之。請移建於上。適新闢地。搆四箴亭以祀兩程夫子。其旁尙有隙地。祠濂溪於其左。位次先後。庶幾咸宜矣。爰以募建崇聖祠之羨金。鳩工庀材。三閱月而告成。仍奉周子木主祀於其中。製龕位者衡山肆業生周濂也。先是康熙年間邵陽車給諫主講席時。嘗摘張南軒詩句超然會太極五字。手書爲額。藏於院。今粉飾而新之。懸諸祠內。以存鄉先輩之手迹云爾。

改修六君子堂碑記

歐陽厚均

書院之祀六君子也始於前明嘉靖五年學道許宗魯郡守楊表改舊院講堂爲祠御史黃衷記之隆慶二年於其前建倉二間嶽麓舊志載之甚悉今其遺阯未知在何處也 國朝康熙八年撫偏沅周大中丞諱召南始移建於四箴亭之上崇岡巖起樹林蓊蔚歷磴道數十級而上游人之迹罕至焉閱今百四十餘載風雨飄搖雀鼠穿穴櫨楹牆壁勢不能支亟欲撤而新之費無所出乃屬監院申請於大府發帑餘以資修葺估計履勘有稽時日乃者暴風摧木簷瓦多毀轉瞬伏雨秋霖漏涔涔下非所以妥神靈也會諸同人新闢地移建濂溪祠於上其舊祠巋然猶存爰乃貸貲濟用即舊宇坋除之補葺之塗塈茨焉塗丹雘焉浹旬蕆事遷六君子主祀於其中門額則羅慎齋夫子所書仍懸之以存吾師之手澤六君子者朱郡守朱公洞山長周公式郡守李公允則安撫使劉公珙元時與朱張兩夫子合祀一祠明始特建祠以祀朱張曰崇道更爲堂焉祀諸君子益以明判長沙府事陳公鋼同知府事楊公茂元爲六蓋皆有功書院者也厥後屢有興築祠與堂莫不並建今移堂於祠之右位次既宜庶足以復舊觀矣舊志載六君子之外宜祀者尚有元學正劉必大通判劉安仁明知府錢澍王秉良孫存潘鑑李本吳道行及指揮楊溥標其姓名著之篇首以志表揚今按

舊志所錄榜而懸諸祠內其 國朝以來有功書院者采輯而踵行之以俟後之君子顧近日有刊石載桂林陳文恭公撫楚時大修嶽麓齋舍者有鏤板載其事屬之諸城劉文清公者稽之舊牘陳文恭公曾釐定書院章程迄今悉遵行之其大修齋舍事在乾隆四十有四年己亥歲距文恭撫楚時十餘年矣維時鎮撫湖南者南豐李中丞諱湘吾座師長沙劉文恪公實董其役廉使姚雪門先生碑記具在也乃工猶未竣中丞調任粵東受代者爲劉文清公甫下車遽命停撤以故齋舍雖修講堂暨各祠廟悉仍其舊論者至今惜之事關書院興廢恐傳聞異辭紀載不實並書之以告來者

新葺嶽神廟碑記　歐陽厚均

衡嶽七十有二峯，綿亙數百里，迄於此峯，故稱麓焉。在湘江之西，其東岸爲長沙郡，今湖南會垣也。出雲降雨，環郡之人往往於此占驗，故又稱靈麓焉。昔宋眞西山帥潭時，祈晴謝雨，嘗祭麓山之神，今其文具載於郡邑志中。厥後官斯土者，偶遇雨暘愆期，罔不渡江而禱，禱亦罔有不應者，蓋麓山之爲靈昭昭也。書院建山下，故事相沿，春秋二仲月，山長率肄業生望而祭之，歲以爲常。余旣遷六君子堂於崇道祠右，其舊宇特立於高岡之上，瓦破簷欹，榱楹蠹損，倘不及時修築，勢必日就傾頹。爰與諸同人謀，卽以工次羨金，急爲補葺，易朽材，購新料，垣墉塗塈，

煥然一新。製嶽麓山神之主，祠於其中，顏其門曰嶽神廟。自今以始，歲時享祀，庶有專地矣。廟成之次年，歲在壬午夏四月，山中蟲食樹葉殆盡，土人走告於余，余乃擇吉於望後三日，宿齋戒，厥明具牲醴告於神曰：靈山之髮，厥惟草木，神實司之。昆蟲毋作，蠶爾昆蟲，厥生孔速，適從何來，彌山滿谷。山有檣松，林有樸樕，昔也蔥蔥，今也濯濯。螟螣蟊賊，害我種稑，田祖有神，尚火其族。赫赫明神，實佐衡嶽，嶽視三公，神亦蒲穀。惟天惟喬，神所覆育，蠶爾昆蟲，敢肆其毒。神赫斯怒，風馳電逐，殲彼羣醜，塡於溝壑。我酒旣清，升香燃燭，神其鑒茲，庇此靈麓。祭畢，命旁近各祠廟僧人悉鳴鐘伐鼓，以助神之威靈。越翼日，天乃雨，殷殷其雷，有風自西來，振拂於林樾閒。移時而蟲䖟䖟蔽空而墜，入於泥，胥化爲鱉。噫，奇矣！麓山之爲靈昭昭矣。於是同人請書其事於石，余惟神廟之立，其顚末亦不可以不書，爰伐石而備記之。

案近來會垣祈禱晴雨，皆於李眞人廟行香誦經，久不得，則又從鄉中迎眞人入城饗之，亦有得有不得，竊嘗疑之。謂惟山川之神能出雲爲風雨，麓山爲潭州之望，凡有祈禱，宜從西關外設壇望祀，以瞻望伊邇，可不渡江也。觀於此文，乃知道光初季猶沿宋以來之舊，孰意後來於祈神之事亦舍正路而尋捷徑乎。材木爲民生利用之大端，蝕蟲傷木，等於害稼，當用治蝗之法，幷藉神功，文中所紀皆事理之可信者，勿

視爲弔奇也。汝懷附記

族中捐置歲課田租碑記　歐陽厚均

古者家塾之設與庠術并重所以陶養中材其功效甚捷而遠願塾必有課或以旬或以月或以季或以歲優劣第焉勤惰分焉於培育之中寓鼓勵之意家教之日宜所由來矣吾族自先大夫建立家塾歲延師以訓族中子弟閱今五十餘年成就多材甚盛舉也往余嘗在塾中肄業多年復主講席於每月常課之外時聚闔族生徒而課之歲或數舉焉迨予備官京師以後此舉遂廢雖間一行之復不能歲有常課課有常期於是仲兄樹堂與族衿倚華南林雨田謀以每歲秋祭後一日課族中子弟於祠諸父老僉以爲可復慷慨輸金捐置田租以爲課期經

費適余省親旋里聞是舉而深爲吾族喜也既有塾以教之又有課以董之勸之從此賢肖輩出烝烝日上諸父老栽培振興之良法美意詎可忘哉爰述顛末用告來者

遺愛祠碑記　歐陽紹洛

國家以羣力輯民事自內外大寮至庶尹百執事無非爲民生計而其尤與民親者惟令之於民百務相關呼吸可通其受殘者痛必深則其受養者感必切幹濟之力人服其才而未必信其心姑息之仁民佯其寬而不能得其力故古之稱吏者曰循焉曰良焉循則愛無不周良則事罔弗立是則守土之能事具而司牧之名無歉也　朝廷嘉獎賢吏體恤民情令天下郡縣得立名宦祠於聖廟前榮之左春秋一體致祀禮至備矣我邑自乾隆己卯補修邑志其與祀典者固已詳之前志而自己卯以後迄今又八十餘載賢士大夫宦迹所及父老豔談往事

或舉其姓而不能知其名或知其名而不能悉其出身里貫邑人士相與慨然謂吾鄉賢父母柰何使久而就湮今值重修縣志而此事不亟舉行非義也顧年來物力稍絀而我邑衆志所趨考棚書院北塔等衆役并興兼今歲逆猺之變軍務旁午未暇重葺聖廟不得於聖廟前榮之名宦一祠獨加修飾且聖廟嚴閟之地非平時可常瞻省撫諸子民飲食尸祝之意歟而不親於是議者以增入名宦尙需時日今衆情既一義無久曠乃建於考棚西南隙地爲屋三楹建立遺愛之祠奉祀新志所修應祀諸公神主將俟後之賢尹及學師縣尉城守凡有惠澤於斯土者得以次附益不敢遺不敢濫惟輿論之協從云是役也

經始壬辰八月既望甫越月工竣士庶鼓舞咄嗟成事所謂美而愛愛而傳傳而思永庶幾飲水知源之義也因備書工作時日而爲之記

踏滸市社倉田碑記 代

陶澍霍

踏滸市有三四五都社倉一區額穀外苦無羨餘積爲社長之累者數十年矣予初聞而疑之曰異哉天下有行朱子之良法而反爲人累者哉其非倉之累長抑長職有未盡耳無何而家兄某任其事予時從勷役焉細詢舊人乃知向之甘受其累者非不欲盡厥職而少爲變通也顧一疑於更張之難二疑於募化之難三疑於分任之難積此三疑是以甯率舊章而不敢少加於前人之制甯費己財而不忍借助於同社之力相沿相襲隱忍賠墊於三年之內而倖其息肩此遺累之局所以久不可變也予聞而憮然曰天下事豈特一社倉哉凡爲敎爲養一切

良法美意未有積久而弊不生者茍無治人治法相與維輔於不衰一不振而法叢脞矣再不振而法秏蠹矣師儒之視學宮爲逆旅守令之視州縣爲傳舍其中非無俯仰太息之人而終不能不以有所疑畏而掣肘蓋繼起任事之難往往如此而從前社長之焦心勞思罷力費財於此者其情亦大可諒矣然予竊以爲職有未盡者何也則以能去今日之累正以全昔人之美原不嫌於更張也時當重熙累洽之久地爲仁漸義摩之深則募化較昔人當更易也人之好善誰不如我將伯一呼倡予和汝又何憂乎分任之無人特無有嘗試爲之者耳予遂不揣力微於乾隆甲寅之春邀集同志分簿募捐其時三都好義之

士幸有同心果數月而千金集置莊田新廢倉酌經費定章程數十年爲累之倉一旦而轉爲樂利同人曰信哉天下未有行朱子之良法而反爲人累者然非某人之力不及此請泐石以紀之予曰否否茲役也倡焉而人無異議此前人立法之善也輸焉而人無吝容此社姓好義之善也任焉而人無推諉此同人共濟之善也三善集而事舉予何力之有焉顧其事亦有不可不記者夫以前人行朱子之良法尚不能保其不遺今日之累吾儕今日雖已踵前人之法而除其累亦特能盡一時社長之職耳卽又安知數十年後人異世殊此事之終不叢脞秏蠹而遺後人之累乎哉安知後人任斯役者之不視社長爲逆旅傳舍乎哉然則治人治法因時而維輔於不衰其所望於後之君子正無盡又安得無一言以諗之是則區區載筆之心也夫

忠義節孝祠碑記

胡澤匯

維　國家敎澤涵濡百有餘年凡忠義節烈孝子順孫皆令舉於鄉縣學鄉縣學登於郡有司郡有司上其狀於方伯中丞中丞以達於　朝於是差次其事迹彰顯行能輕重覆下於郡縣學以旌其人以祀於鄉里以爲風俗訓甚或勒之郡邑志乘列史館資載記幾與古之忠義節孝比烈故有地雖僻而一行一誼亦傳不朽者人之稟於天者固然亦其感激湲焉矣城步嚴邑也自我　朝雍正間前令史始遵檄建忠義節孝祠於邑城內當衢之闤迄今七十四年榱桷陊牆屋欹春秋祀不舉而忠義節孝之開絕不登者亦數十年於茲嗚乎是豈邑之士女不

復奮興於善與抑牧斯土者鄙夷其民雖舉而不暇行與不然則是閭巷之人姓名幽隱卽有之而力亦不能强之與然則竦者擢句者導爬羅而薰浴之是守令責也是余之所滋媿也嘉慶四年冬余攝篆謁祠下周視黯剝慨然憫有進而請者曰不治且潰豈緊祠祀之故抑衢之人憂爰撤其舊楹材盡橈遂悉更之凡瓴甓之費摶埴之工棟梲之計其若干宮之廣凡幾尋堂之三凡幾筵仍碑忠義於左坊節孝於右龕之中分者亦如之前爲室皇額其門基稍朒於昔便衢道也制棊實於舊謀鞏固也而費之眾輸者節孝裔唐氏爲倍不足則取充於公又不足則益以廉俸夫是祠之修也前令劉公以費絀中寢而余踵

其事非第幸其成也亦將於邑乘所採而闕旌表者附著焉以爲後之忠孝節義者勸故述而碑之是役也經始於三月初七日落成於六月贊成者司諭胡澤匯司訓陳基署司訓吉啟耕董其事者縣尉郭維均監修者邑紳陳王緯饒晉緯戴飛雲王光琰例皆得附書

祠堂碑記　郭誠世

吾族自信豐遷粵明季由粵東南雄之保昌遷於湘陰世居城市四傳至霞軒公人文漸起乾隆四十二年丁酉始立行派醵錢爲聯芳譜會嗣是凡添丁入泮食餼納粟各有捐貲歷年生息至五十六年共積得白金七百五十兩商建祠宇相度地宜買城南十字街房屋一所壬子春鳩工庀材撤而新建定其基阯高其垣墉繚以井欄樹以槐桂氣象規模可謂軒昂宏敞矣共費白金一千三百餘兩積項不能敷從伯曦三公率昆弟子姓量力捐輸八閱月而告竣董是役者長房秀鍾二房師望三房俊章欽周也乾隆六十年乙卯冬至肅主入祠于焉尊祖於

焉敬宗即於焉收族有爲文運公所自出者霞軒公同懷弟之後裔也有爲天寵公所自出者霞軒公同堂叔之後裔也羣昭羣穆合敬合愛其自始祖姚山公下靡不願而樂之計自起立譜會以及建祠入主相距幾二十年而始蕆事栁始之難蓋若斯也有基勿壞繼起者正當何如爰泐顛末於石俾後人覽而知所自云

謝貞肅公祠碑　鄧顯鶴

貞肅以成化五年來守吾郡去久民益思之嘉靖中立專祠於東山書院之右祠久燬道光乙巳夏重修

有明一代寶慶賢守曰貞肅公謝氏名省官滿乞歸位秩未崇壹名節惠錫此美謚望實竝隆傳聞古老公歸無資坐一官舸歸即斥賣得價約庫手自識封即此一節見公全體本末始終世衰俗弊道失民散上下相蒙貪人敗類瘠民肥己罔卹疲癃如公清節今無古少足挽頹風書院之右爰有專祠祀奉致恭歲久隋弛僅餘穹碑立荒圃中我來主講摩挲嗟玩藉訪遺蹤碑字剝落篆額猶炳掩映蒿蓬念當修復手無斧柯柰此厲叢有長老周將節母命斬蘐芟茸其弟炳文庀材飭匠是斲是礱

不謀官帑不賫眾力成此鉅工迺安公位兼及侑食左右陪從善恥獨爲德不孤立懿好攸同時則志局釐定祀典前後五忠復有陳子獻錢十萬助粢牲供厥名之彌樂善足式戶冊高閎春秋之義作事書始勒於鼎鏞矧此大舉遏可無述紀事書庸公籍黃巖家有名子交西涯翁師友淵源文章風義爲時所宗固宜出守不負所學成此治功我作此碑大書深刻東山之東敬告守土靖共爾位視此新宮時惟七月龍集辛亥改元咸豐記其事者鄧名顯鶴南村老農有子侍側命之作篆其名曰琮刻之者誰彌甥唐鈞字曰季箾

浯溪顏元祠碑　鄧顯鶴

事有近時視爲非急務而修舉釐正守土不容緩者名義世教所關即人心風俗所由以鼓動轉移之具非苟焉已也浯溪爲湖外勝境有唐中興碑在焉其上有祠祀顏魯公元次山先生不知刱自何時稽之志乘宋紹興中郡守張永有記永以紹興二十一年守郡過祁陽謁二公祠屬縣宰劉獬易而新之未幾獬罷去以後宰李和劇終其事既成以書抵永曰願有述也言修祠事甚悉今去紹興辛未六百九十有八年矣是祠之興廢遷復不一地矣前史無明文不得言獨記余於嘉慶末年過浯時猶及見故祠面江而立中肖二公象北向坐廟貌黯然祗徊

流連形諸歌咏有黯黯荒祠幾點煙句詩今刻浯溪石壁上可覆按也道光丁未重來溪上尋故祠不可得見迤東背江南向一祠若新建然牆壁裂弛不敢近移時祁令王君至肅客入則前令所建二公祠也按其碑記年月甚近而頹委若此可歎也既入廟謁視易象以主大書二公官爵而元居顏前余語王君曰祠當主道州而客魯公今主居客前可乎王君然余言即時更正且云祠初建即圮如是不可不亟爲改造聞之祠必有侑今二公巋然上坐無以侑之懼其孤也先生習於禮而語掌故獨無以進之乎余曰諸歸檢永志覆閱知故祠自唐以來即有本名顏元祠不知何時倒置又考永西朝陽巖舊有元刺史祠

嘉靖間郡守唐瑤以黃文節公庭堅蘇文忠公軾文定公轍范忠宣公純仁鄒忠介公浩范學士祖禹張忠獻公浚胡忠簡公銓蔡西山元定諸公配享易名曰寓賢崇禎時司理萬元吉復進祀楊誠齋萬里父子於席於是覆書王君議於正祀外別爲東西兩龕分祀黃蘇諸公而增祀次山先生外弟袁滋德淡於上德淡善篆隸唐廎銘即其所篆也以其官勳較崇唐書有專傳又與次山爲兄弟行故進之配享與蘇黃同列而居首非僭也若祠必有侑凡在交游門牆弟子之列皆得與江華令瞿令問與季康親爲次山篆書銘記之人一時所與往還則有唐節張季秀揆之於法皆宜侑而以次山先生子友讓及誠齋子某

同退處東西序如是則光復舊物俎豆允協王君又濲以余言爲然明年夏祠成製主分配合祀如禮以書來徵余文記其事嗚乎名義風教所關不能一日昧於世也古昔聖王儒碩賢者相與講明切究扶持羽翼矜尙而風示之者非一事也當有唐天寶之亂也河北郡縣皆陷魯公以隻手獨抗賊鋒老盡節賊庭萬死不爲不義屈次山始以討賊功遷官迄刺道州當賊徒潰敗之後蠲徭薄賦出民水火如濡首焦髮之不及待痌瘝倒懸之切於身作歌告哀千載下讀其詞使人咨嗟流涕而不能已至今呼之曰元道州與顏魯公竝稱中興之石砰訇震耀於天壤婦人女子亦知爲二公遺蹟寶而重之不敢褻廟貌所在雖歷萬劫而不毀也嗚乎此豈非名義世教所關人心風俗所恃以長存而不敝者與配享諸公考東坡穎濱兩先生皆未至永坡翁雖有移永之命未果來也而文章風義實有與永之山水相發者邦人樂祀之不敢有所進退也王君名葆生字初田鳳陽人修復二公祠而所以配饗侑食兢兢焉修舉釐正惟恐失墜庶幾能知緩急本末者旣記其事碑於祠以告天下後世復爲迎神送神之曲冀聞者知所感發興起又以望來者之謹守勿替云其詞曰

神之來兮湘濤騎箕尾兮鸞驂朝發河北兮夕江南左憑玉座兮右琅函聊容與兮一龕　神之來兮江陰揚桂楫兮霓驅朝

發昆墟兮夕浯巖左挹顏臂兮右元襟聊肸蠁兮同歆　神之去兮湘天攬余轡兮遲延悵天路之阻艱兮虎豹當關神兮歸來福吾民兮毋使民冤　神之去兮湘壖弭余節兮迴旋悵川路之渺漫兮蛟鼉垂涎神兮歸來奠吾民兮永以民安

新建杉木鋪參政祠碑　鄧顯鶴

宋陳參政公當南渡初避地襄漢湖嶠間行萬里路詩益奇壯造次不忘憂愛論者比之少陵所至爲湖山增重顧少陵爲寓公於楚足迹未至吾邵而簡齋先生寓邵久見於集中可考者貞牟遠軒羅江之類不一而足其初至邵將至杉木鋪望野人居詩春風漠漠野人居若使能詩我不如數株蒼檜當官道一樹桃花映草廬曉發杉木詩古澤春光淡高林露氣清紛紛世上事寂寂水邊行客子凋雙鬢農家自一生有詩還忘記無酒卻思傾溪情遠韻感愴無端七百年後如聞其語如見其人道光乙巳余重來主東山承修郡志求杉木鋪所在葢無有能言

其處者矣巳同邵陽學博彭君彥溪履得其地在今黑田驛官道旁雙株屹立鐵幹銅柯挺然道左古光油然千餘年物也土人亭其下呼爲乾杉樹黔陽學博黃君虎癡稱其大十餘圍高十餘丈霜皮盡褪鐵骨高撐可入畫境爲採入湖南方物志踰年余以事道黑田復憩其下摩挲嗟玩不能去因思此種神物溷迹風塵古道中爲蕘牧所狎而高官貴人冠蓋如織亦熟視無覩幷簡齋之詩不知作何語良可嘅也乃爲歌詩以張之一時湖外名流海內詞宿和章鱻至既刻爲古杉詩社分貺同志矣先是余語彥溪以雙杉之古見簡齋集宜爲世珍重顧閱七百年之久方志別集無一語道及若再閱歲時不爲培護將遂湮沒於蠻煙瘴雨中矣不重可嘅哉謂宜圍以石欄搆亭其上榜曰古杉木鋪而別作一祠爲簡齋草堂大書兩詩刻於貞珉以昭示來世彥溪以爲然而志事初起艱於籌畫無力他及書生望古言之而已適孝義張公來守寶慶聞之欣然曰興廢舉墜守土責也余不可不爲兩君成此美舉戊申春公以事往返長沙親履其地周遭審視仰見雙杉岌岌於茅茨荆莽中若神龍之困於魚服然曰是誠在我遂諏吉興工以事始於余兩人鄭重相屬縣人楊正東者有田在其地其人諳習工程勤樸可倚乃白於公委以監造之責其年十月三日偕往相視宿古杉樹下經營圖度以官地狹又買他姓地拓其基凡得地周三十

五丈六尺爰召工匠肇石運甓薙宄除穢爲臺一崇八尺有八寸長伍其數而少強廣視長有半皆以石上爲石梘石檽修潔玲瓏長廣如其數中爲重臺崇五尺長廣整方方各八尺八寸恐其久而差也四隅鉤連處鑿爲要形溶鐵汁銜之所以固杉身也右爲草堂以祠參政高二十一尺深如其高強三尺廣視深殺一有二尺名簡齋草堂所以嚮響少陵也亭其左爲八觚二層以便登眺取簡齋一樹桃花映草廬句曰桃映亭崇二十有八尺高距臺顚平視木杪至此四山之畏佳起伏行人之往來出沒皆可俯而窺仰而跂也迤右爲碑亭立石以紀建置本末右爲橫舍五閒高丈八尺廣五丈六尺參分其廣以其一爲

之溪右之下爲屋一以棲守者置恆產以飼之其隙有小杉亦圍以小臺所以別凡木也臺之左右爲牌樓二高十有六尺左書古杉木鋪右書陳參政祠祠外爲惜字鑪一大凡用石三千六百八十杠木四百八十九株石灰萬九千二百八十五觔甎三萬八千二百八十有奇瓦十萬四千有奇都計靡金錢八十一萬四千七百六十一不費官中一絲不假民間一粒成此鉅工蔚爲偉觀負乎美哉夫游觀臺榭賢者不廢晚近好言福利凡有關風水禱祠之事皆樂爲之若茲地距郡治七十里而遙非有游觀之便登陟之樂也荒驛曠野非有風水之益也寓公祠客非能爲禱祠之靈也而公淸苦淡泊度支繁鉅又非有餘

於財也乃孜孜汲汲不惜勞與費爲之此豈無說以處此末俗彫敝久矣鄉曲愚氓怵於禍福不惜竭物力以崇奉土木一二庠序士亦靡然從之好巫信鬼楚俗類然邵人尤甚至語以古蹟巋存之可寶名賢流寓之可貴則漠然如不聞因錮蔽而固陋因固陋而弇鄙榛僿狂惑陷溺所關於人心風俗靡淺參政公在宋爲名臣爲碩儒爲詞伯當南渡初避地來邵留題最富其詩奇壯悲憤與其憂時感世之隱旁薄噴溢而出在宋詩中卓然爲一大家以之接武少陵洵無愧色而邦人無能稱道方志且誤入名宦俗子又競爲鄙俚詩詞以附會假託吁國猶有人不如是之陋也此祠成與兩杉赫然道左俾東西行過是路者皆得仰觀翹望於以聳國人之耳目擴鄉曲之知識激發後生小子之心志將於此舉倡之若徒與少陵草堂竝峙爲一方之掌故尤淺之乎視此舉矣旣述其事文於碑復系以詩太守名鎭南字儷卿山西孝義人詩曰

有宋詩老陳簡齋翁大名抗杜忠愛亦同南渡之初避地湖徼開闢跋涉遂歷吾邵茲地一宿今成千古雙樹矗矗歷劫不腐左杉木鋪右參政祠中爲草堂翁神實棲作堂祠翁甃石護杉敬恭仰止邦人式瞻豈徒邦人百代過客光景如新吟魂不隔閱人成世論世知人在唐韓杜在宋蘇陳詩有正聲時逢變雅擾擾塵寰棲棲曠野高林古澤如聞其聲孤標千尺渺若平生

吾祖兩言爲翁寫照橋木新祠荒村炳耀刻此豐碑屹立中道用告來哲詩以聲之

新建江神廟碑　鄧顯鶴

漢書地理志資水過郡二行千七百里入洞庭蓋言水源之遠且大也。湖自郡境茱萸灘奔騰曲赴至縣門繞而西復東北出縣境過安化益陽以達洞庭。其間經歷最險處灘高道阻兩峽刺天中惟一綫通舟亂石橫亙撞擊砰磕如怒霆狂吼舟觸輒沈溺人賈客掉膽驚心街尾開頭而下昔人所云三百里灘即水經之茱萸峽也。縣在萬山中濱資而城土瘠民貧物產所宜土戶挾區區竹木油鐵煤米以轉運四方財物冀獲微息者動劣供日用凡百所需半資他境而殷商巨賈率望而卻步一二色咨嗟相戒惴惴焉惟江神是賴。縣故有水府廟二一在下渡

江一在大街後湫隘庳陋不足以棲神迓福。近居民等以資岸迤東步頭被齧多圮建石隄以捍奔湍隄成廟其上為正殿一拜臺一神臺一廂房四周以圍牆高大宏整地既爽塏工復堅緻規模雄壯氣象喬皇洵足以妥神靈而福吾民矣。經始於道光甲辰冬越丁未夏告竣。計用甎二十六萬瓦三十六萬木二千餘株石三千餘方都費白金六千兩有奇。歲以春秋佳日釀金歌舞奉祀從此嘉福神惠舟楫往來布帆無恙履險如夷馴致物阜民豐其邀福於江神者甯有既哉。是役也董其事者監生某某從九職銜某某皆自備薪水旋相督工始終勤謹。監修者某某。述其事來徵文者郡學生員劉洪澤也。既記其事。復為詩以正資水之名使來者有所考焉。詩曰

洞庭五渚鉅浸有四沅澧瀟湘資當其次訓曰濱清亦名曰濟
三百里灘滔滔東逝臨資清口稱名略備易潚為瀟呼濟為[illegible]
名易地殊古義今昧要誰尸之如水行地梅山之阿資水之澨
實有專祠歲久寖敝懿與邦人作廟奕奕歌舞迎神肸蠁肇祀
福我四民利及百世詩以聲之敬告來裔

廣濟眞人祠碑代　鄧顯鶴

武岡州治之東有問雨軒建自嘉慶間州牧咸甯許刺史紹宗刺史自爲記以謂軒面雲山山能興雲雲可致雨故以問雨名所以課晴雨重農力甚盛舉也顧其所謂問者將問之天乎天不言也問之山乎山無語也問之民乎民不知而徒工怨咨也將於何問之夫亦曰有司之者而已司之者誰昔先王之治天下也先成民而後致力於神又曰先王以神道設教夫所謂致力設教者豈求之不可知之域索之無何有之鄉也哉誠以井田學校聖王治天下之大經禮樂刑政聖王治天下之大法而雨暘休咎陰陽差迭水旱災眚與一切祈祥徵應之故必有尸

其職操其柄者矣聖王爲之齋戒其神明精一其心志以交於冥漠之中夫是以天人訢合神人胥悅百穀順成羣黎蒙福蓋其心無愧於屋漏而後鬼神得免於怨恫鬼神無怨恫而後閭閻無愁苦嗟歎之聲人民鮮夭札瘥厲之患聖王調燮之精吾儒修省之密胥是道也秦漢以後五畤禱而神仙之說熺金人夢而佛氏之教興自是以降仙眞帝釋普濟靈佑之號徧天下或且疑之其在寶慶奉英佑侯爲水神孚佑侯爲渠渡神以及文斤眞人之於文竹李震眞人之於高霞申天師之於余湖孫眞人之於龍山莫不功施億兆靈著洞淵雖時有升降運有隆替而其保制屯厄攘除凶妖感應之捷靈爽之昭實有彰彰在人耳目者非誕妄之說所可同日語故嘗以爲佛以救世爲心仙以度人爲術聖賢非必有求於仙佛而仙佛實能濟聖賢之窮今天下之待救望度者多矣世道凌夷人心陷溺聖化所不能移王道所不能格舍仙佛其誰援手哉此廣濟眞人之所以著靈於湖湘間繼晉唐諸眞人而起也今夏旱魃爲虐湖以南多歉於收武岡獨書大有年愷澤甘霖頻祈晏應非藉眞人靈貺何以臻玆爰思敬建祠宇仰荅慈惠適問雨軒就圮因卽其基阯改構崇閣奉眞人居焉題曰駐雲以閣面雲山踞一州之盛也山故爲道書所稱第六十九福地有秦盧侯二仙之迹焉傑哉斯閣與七十一峯對峙縹渺於重阻齊秀芳風藻川聞吾

知仙仗佛幢必有樂駐於斯者其造福吾官民豈有旣哉則謂先王成民而致力於神與以神道設教之旨胥於是乎在焉亦無不可也眞人名毓萬長沙李氏道號子靜居縣之花果園生元至正間以醫術濟人不索謝貧者與以藥賁喜誦黃庭經嘗學道於周野仙得太乙刀圭之旨年三十六羽化於水渡河龍潭山盛暑幅榦不腐異香聞遠近土人卽其地爲龕以奉有疾病求之卽愈明代之末藩封福國佑民金紫光祿大夫非眞人意也道光六年歲旱當道徧禱不應已迎眞人法相入城甘雨隨車祟朝立沛湖南巡撫上其事　詔封廣濟眞人今立廟長沙城內稱廣濟眞人祠星冠雲服儼然上坐從眞人素志也

金峯嶺紀功碑　鄧顯鶴

國家承平日久地大物博芽孳易滋楚於天下幅幀尤廣西南際黔粵諸郡峒窟歧錯苗猺雜處民氣最囂非得知勇深沈威信素著者坐鎮而久任之不易戢於是　朝廷以今太子太傅兵部尙書長白裕泰公名德宿望爲楚民憚服由初泣湖南至總督湖廣益二十五年於茲矣其時湖內外數數有兵事無不應機立辦而蕞爾一邑十五年閒四動大兵屢起屢撲厪而底定則莫如寶慶新甯之甚尤莫如新甯金峯嶺之著金峯嶺卽金城山道書所稱五十九福地也近爲賊巢穴公旣誘之歸聚而畢殲復生致其酋於　闕下而正僨　今天子登阼

新政郊　天諡　廟禮成之際薄海內外震動恪恭奔走恐後受成視學以訊馘告　天子益用嘉賴酬庸紀績是不可無述已當雷再浩之起事也當事議修新甯城事平城竣而李沅發之變繼起沅發水頭村細民也素蓄異謀乘道光二十九年夏歲饑人心易動輒以劫富濟貧爲名嘯聚村落閒謀旣定遂率其黨謝友興羅登爵陳爾坤等數百人昏夜入城爲亂旣劫獄戕署知縣萬鼎恩城隨陷時十月丁丑也賊據城益號召遠近迫脅二十八村八峒鄉民從逆僞令蓄髮易服人給紅巾爲號有衆二千餘人潛遣其魁分赴楚粵黔三省句結醜類僞設五營頭目分造五色旗幟勢張甚公聞變　奏請親行旣抵長沙會北撫以憂赴時荊湖大祲驟易主帥慮有他變乃　奏請回鎮辦振而以兵事專屬南撫南撫旣受事駐節寶慶分任提鎮道員督募壯勇旬日獲萬餘人合各營兵攻城城小而固相持四十五日始破賊乘閒潰圍宵遁而南撫遽以復城報賊四竄焚劫戕守臨官如故事聞　先帝震怒命公以重兵繼往兼問諸臣失事狀公聞　命卽行明年正月乙卯抵寶慶以武岡爲行營易將增兵練勇籌餉分布未竟賊已竄入粵之古宜旋有傳素之失傳素龍勝副將瑪忠阿戰歿地也傳素失利賊氣益熾是時　朝廷方有　大喪公在行閒疊聞　兩宮哀詔驚怛不勝灑涕視事而賊中警

報日至公度賊蹤遠颺不西走黎鎭必東窺辰沅密遣健足兩晝夜抵黎平陰結黎人爲助且飭古州嚴備飛檄靖州裘牧琨鳴嚴守洪江遏賊北渡而以常德協孫副將應照護提督永州協谷副將韞燦署總兵以靖州副將博春鎭筸遊擊李英爲統領各將兵分勦復以靖州空虛慮賊竄越命護鹽道永順府夏守廷樾永桂陳通守炳馳會裘牧暨通道縣余令鳳鳴協力防堵賊由牙屯堡至茅坪距州城十五里爲靖人擊退復竄三眼橋防兵寡猝與之戰死綏者六人我兵奮勇鼓而前殺數十人生擒七人賊知靖有備始不復窺洪江矣賊旣不得渡折而西南躪黔之四鄉所平茶所黑洞特峒裹脅日衆劫取財帛日益

多規合九華山股圖進取九華山黔西一淵藪也適古州防兵先至賊驚爲神復走南江水口粵西界也粵中有備不得逞退走地平時續調兵未集公所遣遊擊李英兵甫至乘勢追勦殺數百人奪獲器械無算時二月壬午也捷聞　天子嘉獎有旨飭令三省官兵會勦且命廣督撥餉二十萬飛致行營聽公調度公感激　上知督戰益力賊往來黔楚粵郊東西衝突出沒無常兵勇疲之動與相左　聖心焦慮盼捷音甚急公憤甚將移營東安遏賊壘賊跳而走沙宜以三月壬寅渡永福之理定河粵兵不及防公飛調副將博春鎭筸遊擊傅振邦綏靖遊擊韓世禧及李英將兵三千人窮追而以夏護道督兵永

綏翟同知誥主餉候補縣劉廷玉偵探賊蹤懸軍深入戒之曰不得賊勿歸也賊渡河後竄臨桂歷懷遠踰融縣越永甯走陽朔領容修仁荔浦所至輒敗我軍益奮而沅發恃其黨翻山走險之能無復畏忌有趨西延規五排之意公詭曰五排爲猺窟賊得之以窺東粵殆矣不如虛一面以誘之歸吾計決矣乃盡撤西路防兵以示無備而陰令署新甯縣戚令天保前署縣吳令逢泰城步委員前桂陽州俞牧昌會候補縣徐令國斌城步縣蔣令成密爲之防且以其策　入告　聖心頷之公益喜　廟謨之合乃令諸將博春應照𧺫燦預爲覊伏先是上以賊久未平令四川提督向榮調湖南助公向公宿將也至是抵武岡公密授機宜星夜赴粵賊畏向公謀東下甚急由梅溪口小陸井下公已先遣湖北候補府劉守若珪前漢陽經歷孫守信會同新甯知縣敎官各募壯勇練習儲偫以待四月戊寅賊回新甯盡焚水頭村聲言渡江攻城我伏兵四起斃賊甚眾賊窮蹙擁沅發登金峯嶺嶺高而險上有大叢林饒蓄積賊據以爲負嵎計無敢仰攻庚辰向公至親督兵嶺腹會天大霧連日不克甲申公虔禱漢前將軍關侯廟越日天霽黎明公下令滅賊朝食向公身先士卒距踴登山親冒矢石斬軍士反顧者以徇眾奮躍陳爾坤者賊中驍將也抵死抗拒我軍連發四巨礮斃之賊遂潰大軍乘之縱火焚廟生擒劇賊五十八人

餘眾盡數殲斃無得脫羅登爵擁沅發由嶺後遁鄉勇截獲縛獻軍前其日爲乙酉也而賊中所稱巨猾善戰無敵之謝友與亦就縛於東安知縣邵綬名賊遂平公下楊安民檻送李沅發京師伏誅有　旨命臣泰酉辦善後事宜公　奏定章程以其事責成臣廷樾署寶慶府知府臣魁聯督率官耆等按村按戶嚴密句稽議設新平營守備弁兵以資鎭壓原設千總兵卒移駐楚粵黔界地爲分防營汛以備守禦事皆施行如章邊境肅清士民悅服是役也護巡撫布政使司臣萬貢珍經理兵餉署布政使按察使司臣春熙署按察使辰沅靖永道臣呂恩湛衡永郴桂道臣張其仁總理局務司行營軍餉者長沙府

同知臣陸咸升、道州知州臣俞舜欽、暨臣廷樾、臣若珪、臣誥、臣聯、最先赴軍前、募義勇防禦團練、與守土投效文武官紳通若干人、以勞卒於軍者爲洒陽州知州吳璪、遇賊不屈死者爲新甯舉人陳佳保、督領鄉勇遇賊被害者爲新甯生員訓導銜鄧樹堃、靖州生員沈開甲、守隘被戕者有經歷劉炳南、守備熊釗、對仗戰死者有守備哈心靖、千總世職黃廷英、千總胡國祥、諸人事聞　天子以臣泰功最、晉太子太傅、臣榮交部從優議敘、臣貢珍、臣熙、臣恩湛、臣其仁交部議敘、以道員升用、仍從優議敘者臣廷樾、以知府升用者臣咸升、臣誥、以同知直隸州升用者臣國斌、臣廷玉、加知州銜者臣天保、從優議敘者臣琨鳴、

臣鳳鳴、臣成等五人賞戴花翎者臣若珪、臣炳、臣聯、臣舜欽、臣綬名五人、將弁臣疆燦、臣補春、臣振邦、臣世禧等六人、賞換花翎、賞給巴圖魯名號者各三人、賞戴藍翎及以州縣佐貳、參遊都守升用者又若干人、凡從戎投效諸人、皆晉秩授職、死事諸人皆照律蔭卹有差、凱旋在事諸公、率邊郡士民、以我公英謀偉伐、奠此巖疆、不可無述、屬新化鄧顯鶴爲文以紀、顯鶴州民也、無能爲役、而新甯縣咸令使人礲石於金峯嶺之顚、邵陽縣劉令馨朝、亦將州將命議立石東山精舍之右、曰願有述也、俾天保等亦得挂名不朽、遂免爲文、刻石宣布　聖化、昭示來茲、俾我公功德與茲山竝峙、永永無極、其詞曰

天佑　聖清、際海環瀛、偕我太平、蠢茲南服、峒窟林麓、實生異族、前藍後雷、爲蛇爲虺、旋熾旋灰、雷逆方懲、李逆復興、無歲不徵、徵兵四出、山鳴谷溢、坐使賊逸、城小而固、卒驕而怖、

帝聞震怒、曰惟爾泰、論功稱最、以爾平蔡、公拜稽首、奔走恐後、靖此羣醜、諏吉南行、禡於所征、遂抵行營、易將添防、措置未遑、　天地悽惶、　攀髯莫及、公慘以泣、三軍悚立、

嗣皇親政、河嶽稟命、罔有不令、憫爾一隅、盱盱呿呿、晝嘯宵呼、始竄城靖、終踰粵嶺、莫知所騁、公曰噫嘻、窮寇勿追、吾計誘之、鼠兩巍三、狐北烏南、舊穴賊貪、乃開一面、驅豚歸圈、若操左券、金峯之巔、高可鑱天、聚而殲旃、凡此謀猷、神乎龜繇、速於置郵、

公曰主臣　天子聖神、諸將兟兟、將猛賊蹎、遂安我邊、天子輴輴、邊圉既奠、爾宅爾佃、市井不變、　帝曰元戎、余嘉乃功、錫爵酬庸、公拜稽首、　天子萬壽、敢不拜受、惟　帝之哲、惟公之烈、日月竝揭、作此詩篇、刻之山顚、於萬斯年、

重修三臺塔碑記

趙先雅

塔之建也鄉前輩著有成勞矣乾隆四十八年蔡二然夫子暨熊玉峯周樹園溫巨湖阮雲階朱炎仲王錦堂葉一山諸先生始議與役於治東五里孟家洲命之曰三臺塔蓋前明羅萸江郭些菴兩公嘗建三臺閣於此而塔因以名焉仍前志也二然夫子即世後踵修者謝雲槎許鷟湖鄧梅亭臧近亭周斗南諸鄉達斗南樹園先生上嗣也功踰半矣壽龍吳省田先生暨李蕚堂踵成之其塔之作前後凡二十年成未幾旋圮邑之人有意新之而重其事不果吾友文君漢卿慷慨負意氣毅然以邑中事有關風教者為已任常欲修舉廢墜復還舊觀成鄉前輩

之志而潘雲門丈以老成宿望與其議契合曩者試禮部南北往返途中屢為余及阮霞衣言之嘉慶十八年冬介休任明府宰吾邑雲門丈與漢卿具以告任公曰是吾志也迺悉徵邑父老搢紳先生僉以為盛舉願從事爰命匠氏因舊阯為七級高百二十尺洞其中梯其左右闢門其四方螺旋蟻緣可升高而望遠其財用出入則邑諸同志掌其徵雲門丈之季弟宇逵司其目其經營大小諸事則漢卿與雲門丈執其總吳君慶堂決其謀慶堂省田先生上嗣也當是時合心同規課督甚急工匠丕作遠近資給者亦源源相濟落成有日矣任公解組去延川李明府及文武同僚發焉蓋自嘉慶十九年春經始越明年夏六月甲子告成夫事莫難於刱始亦莫難於成終方議重興是役也余私慮其落落難合洎乎審曲面勢風至飈舉不再朞而工畢此豈徒以冥冥決事而成功顧若是速哉惟信足以動眾惟敏足以趣時惟有所承藉而為之則易為力向非鄉前輩遺其基董斯役者勤其職以及通邑諸君子踴躍輻輳仗意氣而急公義何以臻茲其諸所謂始之終之相與以有成者乎是皆宜與浮圖並不朽者也塔成踰年漢卿歸道山雲門丈勾出考入要會臚列同志暨捐貲諸君姓氏屬霞衣記之與慶堂謀勒諸石又明年余與計偕北上由進士入詞垣乞假南還會刻石方蕆事邑人士以事惟紀實且前此刱修者姓氏不可沒謬謂

余識其顛末如此其山川形勢與是塔之為下流鎮霞衣論詳矣茲不復云

重修酃縣學碑記代沈邑侯道寬　毛國翰

酃縣學舊自宋嘉定後由縣西移而東雍正十一年復撤其陰明倫堂於東別建地迺得宏敞道光三年余承乏來茲邑顧禮殿將傾圮且非古弗稱制度因與學師長沙毛君桂陽劉君謀舉而新之越二年所議乃定於是鳩工庀材擴隘而廣易陋而古斲礱黝堊丹雘暨𣪘明年之六月畢役殿廡戟門煥然改觀邑人士願紀其歲月於石以昭不朽余惟郡縣立學自漢始故其時吏治烝烝化及遐陬酃故漢縣幾經更置猶存舊名而隸於衡地居深山中其民氣勇健湻固惇樸猶有先代遺俗曩者困於兵燹迄闖獻之變泉零郴桂以北及酃皆擾動山谷剽掠

無虛日而學舍頹廢於榛蕪中者久之　盛朝德教敷暨遐裔庠序之化沈浸醇醲於今二百年矣酃爲湖外底邑其去帝畿視漢都雍洛更千里而遙則儒師之所訓迪有司之所巡厲與敎勸學之制可緩於中州乎吏斯土者博之詩書以拓其心胸習之禮讓以文其剛勁佩之華藻以化其樸質課之日月以精其埶能使翹秀既易於成椎魯亦樂於爲善酃士之興將必與董賈班揚之倫競秀千載而爲當代禎祥者風敎所臻不與酃之邑俱古乎是役也經始於五年七月壬辰凡十一越月而告成董其事者玉山縣丞羅子首山先後贊理者例皆得以其名附焉

修獅子磯虎子磯碑記　蔡用錫

自桃源溯流而上率多險灘瘦石綿亙棱角森列或數里或數十里水勢斗急駭浪雪濺操舟者無異陸行之入蠶叢已惟甕子洞一帶舊有鐵索百餘丈牽輓有藉其利甚溥迆西爲獅子磯又西爲虎子磯又西爲上虎子磯相距二里許怪石錯起若踞若蹲濤聲怒吼令人股栗以獅虎名之狀其猛悍不可近也而石岸壁立峭峻不可仞度其低而陂者欹斜不能躋一二凹處或有鳥道則又狹不容足鐵索無可施舊亦間就低處懸之而稍漲則沒於水莫仰其力舟行至此顚簸沸騰之中觸擊磔硌之所絕無把握每隨大險蓋自來爲水道計者付爲莫彌之

缺陷焉太守雷公因捐廉修治命武庠某董其役石工倚崖支木橫架爲梁猱緣鳥坐剷琢其上而石質堅凝遇鐵迸火數舊椎鑿破不及指集工數十人閱數月乃得開通其峭側者皆截半壁而刳剜之上闢若宇深拓若廊高五尺許寬一尺長二丈八尺其凹者寬之平之欹斜者直正之甃石坎三處折長三十六丈計鑿新路長二十五丈二尺鑿舊路長十六丈四尺寬皆一尺挂舊鐵索十三丈增新鐵索十四丈較舊製丈加十斤自是數里中負者擔者亦坦然步武舳艫牽輓之利復何待言疏鑿龍門可思明德已工既竣士民請予記以勒諸石

龍山尋禹碑記　劉紀廉

予嘗往來資江於茱萸灘兩山相束處曰岣嶁門者顧名思義久之不得其解一日與李艮醫談龍山之勝云邵水濫觴古廟者亦有岣嶁碑焉三十年前采藥見之乃悟資陰之山發於龍山而資江之門因碑而名之者也考方志無徵遂置之明年遇浮雲石靜師亦云見之但出地强半耳於是決意往尋今五月新霽再宿黃泥洞居停李君款設極山家珍肥而甘者豨也問之則曰豨孳生極蕃大而絕有力凡播殖羣過爲空山農苦之時李病足使其從弟梅莊導焉明旦披星而往轉旅風亭上寒婆坳山高且峻凡若干折會龍山路三數里至甯家嶺緣嶺刀

耕火種樹杪多結巢云夜則擊柝以驚山豨者艮久至南塘日卓午矣山饒老松虬枝蒼鬣倚杖聽畫眉聲頓忘炎暑頗以此境不在城市爲恨下覩莫家衝古廟在焉因解衣蒳薄坐老樹根梅莊曰彼綿亙崔巍之嶺產朮朱點斑駮與茅山者相埒因憶靜參言昔申眞人隱此山餌朮仙去事低徊久之維時一手扶僮一手支杖展轉彳亍忘路遠近至一澗就石少坐仰視山頭則半被白雲封裹矣隔澗獵者過詢以古廟路則曰去此二三里再溯澗里許過獨木橋累陟累降又一牛鳴地過石門始至則甎廟非石廟也澗自後來繞右前出左右巉巖壁立排闥其前儼然岣嶁門也因坐聽流水潺潺不獨洗耳覺胸中數十年磊塊與之偕消固一快事也僧歸啟闢亟起索之惟旁豎二新碑廚臥殘碑一段然皆紀名者僧云神禹座後舊有符篆碑砌諸壁年久瓦解歲甲申冶鐵者積炭廟內外一夕火作碑災焉彼沒土未燼者猶埋諸牆龜趺當在耳因排牆索之既亦了無所見嗟乎禹告成功勒石衡山三千年後始樵者遇雖好奇如韓昌黎劉夢得皆道聽塗說何嘗登岣嶁峯而自尋之今予則闘非一人又親歷其境而碑竟如雲煙變滅莫可蹤迹豈眞神物不輕令塵世人見邪乃沿澗歸過野人家主人童顏鶴髮問知其故曰窮巖絕巘少讀書人相傳山以產龍得名古人立禹碑鎮厭之近十餘年蛟患頻作安知非碑亡之故乎問姓名

不荅相與咨嗟而別八九里經老龍潭謁秦芝廟無龍神像而有敕封龍神敕賜廟額等碑殆宋寶慶後敕建也出廟十丈許又有宋邵州潘別駕忠恕記龍神顯應碑頗豐惜剝蝕不完遂悵然返仍涉長坡抵黃泥洞暮矣主人責酒以勞徐曰碑可毀名不可滅請誌之以存山川勝蹟且使岣嶁門無負虛名亦郡掌故者責也因挑燈記此時道光二十有四年也

湖南文徵卷一百十五

神道碑上　墓表墓碣　　湖湘後學集編

方逸巢先生繼室吳孺人墓碣　　陳鵬年

余在湘南卽聞江南有二方子。及守江甯始知其父逸巢先生。以詩人之傑陸沈而隱於酒時伯氏新喪余表其墓與仲交最深而先生不可得而見也及余再遭誣罷法邀
聖恩湔宥
從館閣校勘而仲亦以南山集牽連隸旗籍孺人遂卒於京師方謀歸葬先期涕泣徵銘於余謹按孺人姓吳氏莆田人紹興郡丞諱勉之女也郡丞官罷無歸持家依親故江南抵六合往來金陵於方氏宗老塗山所見逸巢先生詩許繼室而郡丞尋卒先生出贅寄寓棠村凡十季時兩家皆窘空一婢老不任事孺人躬汲爨撫前二女及所生子女凡八人櫛沐縫紉浣濯皆手之先生嘯歌古人不知其身之困也及還金陵黃岡二杜公日夕過從楚越遺民道江介多造其廬先生常與渥洽酣嬉孺人黽勉中饋諸公賓從不知先生之窶艱也自二子發聲四方家計漸充及仲子苞北徙復憂菽水而孺人意色常熙熙苞雖老晨昏在側孺人猶撫摩飾視寒煖飢渴苞心安焉不知其身之在難也始苞赴詔獄卽戒家人毋聲與縣令偕入見孺人稱以相國安溪李公薦特徵卽日登程及孺人北上苦無辭以對

而
天子果詔入南書房。賜大宅。孺人疾　賜御醫。
頒內府藥物酒醴孺人竟死不知苞之獄事故余譜孺人之行而歎其夫婦母子之閒皆可法也孺人生於明崇正十五季正月十五日卒於　大清康熙五十四季十二月初九日以某季月日與逸巢先生合葬某鄉某原銘曰

妻之令夫以成其行母之賢子以忘其艱有珉在塋高行其徵。

方百川先生墓碣

陳鵬年

自用時文舉甲乙科、以諸生之文而爲海內所誦法、人知其名、家有其書者、惟桐城方百川先生。先生寄寓江甯、余來典郡、歿已逾歲矣。友其弟望溪、稽之與久故者、然後知先生非文人。先生生棠村、六七歲讀左氏太史公書、遇兵事、輒集錄置袷衣中、議其所由勝敗、暇則之大澤、召羣兒布勒左右爲陣。時三藩逆亂、比邑旱蝗、憂之或廢寢食。既長、還金陵、家貧、召徒授章句、無應者、乃與望溪學爲時文、遂用此知名。四方名輩造請、望溪常引接、而先生鍵戶弗與通。惟燕人王源、邑子宋潛虛、宿松朱書自負經世略、時就先生證嚮今故、論辯鑿鑿、先生終無言。退乃

爲望溪發其覆曰、諸君子口談最賢、非以憂天下也。先生性孤特、而內行篤修。其父逸巢先生每語人曰、記所云視於無形、聽於無聲者、於此子見之。望溪行遊四方十餘年、先生常居守、服勤盡瘁。其後望溪歸、先生東遊登萊、極滄海、視日之始生、北過燕市、遘疾以還、逾歲自知不可療。妻子在前、未嘗一給視。卒之夕、強言笑、陰戒望溪奉二親就寢、曰、命盡矣、恐記吾音容、異日常燗然於寢寐也。妻子環而哭之、喻使退、曰、君子以齊終、吾獨宜死弟手。先卒之數日、閉戶悉焚平生所論著、其古文眾見者、惟課試擬庾亮南樓讌集序、絡緯賦二篇、又於宗伯長洲韓公所得廣師說一篇。韓公曰、雖退之無以尚也。望溪治古文、詁諸

經、皆先生發其端緒。死之後、親故過時而哀、吳中十郡薦紳羣士、條其行誼、詣督學使者、乞定祀於鄉、山陬海聚嗜古績文者、皆爲累欷不置云。先生諱舟、上元縣學生、卒年三十有七、葬於某鄉某原。銘曰、

積之不施、維遇之艱。學之未竟、而奪其年。厥德渾堅、而風寂然。奚必彰於事、而襮於言。

烈婦遲孚萬妻馬氏墓碑銘　楊超曾

遲君維型字孚萬吾執友辰州太守煓之仲子而馬氏則鎮海將軍三奇之猶女也年二十歸於孚萬隨侍辰州最得舅姑心孚萬銳意舉業好詩古文寒暑不輟吟以此嬰疾烈婦躬視湯藥久而不倦每晨夕叩天乞以身代旣孚萬病益篤烈婦誓以身殉不食者八日形骸骨立孚萬彌留之頃目注婦婦執孚萬手大號曰從君地下矣遂一慟而絕於時辰之學士大夫父老子弟莫不欷歔歎爲奇事夫節烈亦古今所時有也情激於中截髮毀容引刀自決者有之若不先不後同時而歿稽之史冊類不多覯時司農趙公申喬具以其事　上聞下禮部議覓格

於成例士論惜之上冬太守公將遣櫬歸里辰人士僉謀留葬且以太守公撫守於玆十有五年民感其恩懽遣棺而重傷公心於是環轅力請公遂俯順輿情卜吉於城東三皓寺之左一時牽車執紼經營塚壙者競奔恐後葬之歲康熙五十八年某月某日也嗟乎節義之感人固如是哉獨是孚萬好學能文齎志早歿得毋徵有不足者乎然有婦如是謂非孚萬有以感之乎則其夫婦之清風峻節將與酉水辰山同其流峙況今
聖天子加意節孝超曾幸濫竽史館他日軒輶采擇自當書之
國乘炳耀百世又何必以一時之修短沈湮爲欣慼也哉余與孚萬爲三世交且高辰人之義旣具述本末復爲之銘曰

奕奕名家篤生貞烈植紀植綱樹玆奇節松比其堅玉符其潔郡人葬之享祀弗缺遂厥初心同衾同穴遙遙千禩穹碑不滅

婦翁王府君墓表　　曾紹孔

翁諱有奇字用九官山其號也邑庠生性沈毅不爲戲狎容貌詞氣往往足以動衆獨坐如對賓然稠人中偶得一笑語勝金貝珠玉之賜族里閒不平事片言剖決重於刑章丁寇氛餘燼產破於追呼居平守約恬淡自如治農桑外無他及故常貧長女適孔六年歿甥男女各一翁撫於家保視惟謹數呼曰吾女吾女吾未死如汝存焉又泣語孔曰宜速繼好看覷兒女子翁是時未有息痛女隱隱自痛孔亦不自哀而爲翁哀然不虞其終無子也悲夫越三載復以三女妻孔烏乎豈直兒女故竊其意尤別有所屬今孔僅以歲貢就儒學司訓見道亦第以郡庠

生援例入成均又不幸長女後翁五載夭折以死豈翁所知哉皆孔德薄能鮮負翁地下耳翁生順治九年正月二十寅時卒以康熙四十七年四月十七日元配丁氏生女三殀其次副室李氏劉氏李生幼女適吳唐才葬羅岡山祖塋下時志銘未備余悲翁之視予猶子而卒莫以報也又忍聽其湮沒不傳乎故述其大略而表之銘曰

年五十七不爲多而又止其身可哀如何千古惟此銘松柏不改石不磨

明旌表義行贈承德郎羅公墓表　　蔡揚宗

乾隆二十一季孟夏之月揚宗方病告家居石門教諭羅君聚上以六載滿引　見京師便道歸省適其族人議修五世祖宗玉公墓命君自爲表君以程期甚迫不得遂其私乃枉過草堂手家乘一編以表屬予焉予與君同學久且厚又姻家也不敢以病辭越數日取其家乘讀之見太史氏碧村黃先生所爲傳教諭君所自爲記參之郡邑志所載乃斂容而起曰公之遺德若此今安得復有斯人哉羅氏之興其有自來矣按羅氏世爲豫章望族明洪武初有政齋先生者始從吉水遷於湘潭卽公高祖父也曾祖源佐祖志亮父必高世有隱德弗顯公諱瑤宗

玉其字也生而偉異修眉廣額茂外樸中讀書務經世之學論天下事多奇中時值明中葉海內已有弄兵者加之水旱薦臻差務繁重大湖以南疲困極矣公獨慨然以一邑爲己任季未壯卽見重當事凡邑有大政必與之議而後行或竟以委之如學宮舊在文星門卑溼弗堪公建議廢廣慧寺而遷之今學是也歲大饑社倉久廢公出穀千餘石以實之賴以活者萬計證之郡人黃寶湘潭遷學記邑侯高應正暮雲橋碑二公言信不誣至於族戚鄉里備極周䘏待以舉火者不可沙算孤寒後進賴以拔擢者三十餘人竟有位至臺輔者張文毅公治是也遇事風發雷動諷貪官成廉吏勸士人收棄婦至今里老猶有能

道其軼事者天性孝友處門內有古人風父沒卜吉於湘北橋子港會葬者數千人七郡賢豪皆至率子弟廬墓累季當是時子若孫登仕籍者六人游庠序貢成均者十餘人而公嚴家政一門數百口皆循循規矩時人比之張鄭分巡僉事王公喬齡具其事以聞敕建崇義坊以旌之先是郡有大僚欲以人材薦公於朝辭不就時論益高之沒季八十一歲以孫軫階貤贈承德郎至明末公之後裔遭遇時艱或以忠烈顯或以孝義著或以文章隱德稱故兩朝鼎革之際邑之搢紳閥閱大半凋零而鼓磉洲羅氏巋然無恙 國朝承平百有餘季人文之盛邑之巨族亦未有能過之者天之報施善人果何如哉公墓在鼓磉

洲邑乘所謂中挹湘流上延嶽秀羅氏世居者卽其地也墓至是凡三修規制宏麗有加於前世逾遠而澤愈長眞可以不朽矣揚宗生也晚耳目所逮非直一邑求之四方指不能以再屈且世德相紹簪組交暎卽教諭君之淸謹亦足以振起家聲況顯庸猶未艾也然則勒石紀行爲後來表式亦獨非史氏之所有事哉雲仍繩繩載在家乘茲不盡錄錄其修墓諸孫爲報本追遠者勸亦教諭君意也

羅洋山人自製墓碣　郭焌

羅洋山人者不詳其姓氏善化人也生九歲失父母寄養外氏好讀書能爲詩古文詞生平無一欺人語居常飲酒言笑不設崖岸及嘗以非義則雖三公之言萬金之利弗顧也所箸述甚富輒隨手散去若不屑屑者歷游幕府有聲足迹所至殆過太史公抱器不施遂無仕進意會有相知者薦爲國子助教已而不樂以病去死之日自題其墓碣乃終且繫之辭曰

古聖人之有言兮必知生而知死羌磊磊以爲人兮又何惑乎爲鬼招衆神兮九閽呼羣仙兮八垠若木曜兮扶桑暾千秋百世兮誰沒誰存烏乎此羅洋山人之精魂

例贈文林郎甯鄉縣學增廣生黃君墓表　唐仲冕

道光壬午夏五月，甯鄉黃子本驥禮闈報罷，游關中，以尊甫石櫓君行述求表其墓，謂余輓詩曾有他日題君墓門碣之句，今距先君卒三十八年，葬亦三十五年，敢以請。余慨然曰：徵予言幾負吾執友矣。爰序次其狀而述吾兩人少長相於之篤，以志勿忘。君諱湘南，字一吾，號石櫓，以本貫入津門學補弟子員。祖道恩，乾隆丁丑進士，虹縣知縣。父立隆，乾隆癸酉拔貢生，歷官天津知府。母秦恭人。君與其兄攣生，而兄殤，貌皙蹇於行，性特穎異，讀書十數行下，爲文斐亹數千百言不倦，嘗一夕和余紀行長律百篇，辭筆淵雋，宗工推服，然鄉舉輒薦不售。年二十九

客殁於淛玉環同知署，識者傷之。君天性醇摯人也，事虹縣公、天津公皆有深愛，幼失恃，事繼母章佳恭人，時其喜怒，曲盡子道，有人所難能者。恭人滿洲正白旗人，天津公卒且葬，恭人挈諸子赴都門，命君守墓，君泣求侍養，弗許。先是君贅通道學博劉公元煒，攜眷歸長沙家，亦貧，仍依劉里宅讀書，恒以未得奉母爲悲，見於詩詞者屢矣。聞恭人自都赴淛，君乃馳三千里往起居，尋以疾卒，若幸得省其母，雖死無憾。君奇才篤行，中道摧折，無所表見，獨見諸文章撰箸，皦富不自收錄，今其嗣哀集之，得詩三千首，詞三百首，他雜文稱是，都爲一集，曰大溈山房稾。讀其書，猶可想見其人也。余之始與君友也，天津公方守大名，余以事至，以年家子晤其君及君堂兄長原，同研席，且應京兆舉，同舟車邸舍，詩歌間作，誼至洽也。余愛君眞，雖分張，音問酬唱不絕，訖於君卒。有曹華者，君舊僕，及薄宦江南，爲余傔從，每追話往時分箋題襟之好，未嘗不對之欷歔也。今余年七十矣，長原更名湘虔，尙宰長垣，惟君音徽渺不可追。君卒乾隆五十年乙巳，歲越三年，葬於四都北山灣之原，蓋自淛歸櫬也。君娶劉氏，湘潭人，有丈夫子二：本騏，嘉慶戊辰科舉人，借補城步縣訓導；本驥，道光辛巳科舉人。女一，適善化禮部儀制司主事唐業謙。孫二人。劉孺人有鍾郝風，以節孝　旌於門，親課二子，制行績學，名於世。二子能讀父書，克成母志，鬱積而發，無疑也。烏乎！由前觀之，造物之所以厄君者何其酷；由後觀之，造物之所以報君者正未艾也。余故表而出之，以爲他日徵。

翰林院檢討兼充三通館纂修官余公墓表　唐仲冕

公諱廷燦字卿雯姓余氏湖南長沙人也以學行爲世宗仰晚號存吾學者稱存吾先生考諱某初　封文林郎晉封儒林郎妣陳氏初　封太孺人晉贈安人儒林秉產課子築詒穀草堂購書延師聚公兄弟三人誦讀其中知公頭角崢嶸性絕穎異必爲傳人未幾草堂燬公兄弟皆廢書公乃走四方與諸名流相研究季二十五登癸酉科賢書辛巳　恩科成進士改庶吉士聞儒林疾乞假省覲例京察季不準假歸渠文莊詩正專奏奉　俞旨歸侍醫藥者四季儒林卒公哀毀盡禮戊子入都

散館授職檢討充三通館纂修官辛卯季聞其兄沒其弟巳先逝母季七十有八侍養無人迺引疾而歸歸而田少食指多則藉束脩爲仰事俯育資主講城南書院多士景從及丁陳安人憂執喪一如儒林禮因患亂嚏不復作出山想矣又十季恭逢庚戌八月爲　純廟八旬萬壽當往祝　釐復入都至其季九月仍乞假還里主講石鼓書院論學益精詣越戊午二月卒於里第士林悼之公學有根柢力敦六行雖貧約皆能行其志以本身應得　封典　貤贈其兄嫂興宗祠培遠墓立祀田墓田撫兄遺孤四人婚嫁成立館其弟遺女之壻於家而以儒林遺業三分之一推與昆季承儒林志經紀其從父兄弟無缺

乏其隨分推解戚黨無間言篤於友誼以講學爲宗故撤瑟之前辰猶有荅余習園慶長論學書千餘言不倦也其發爲文辭也原本經籍隱括濂洛關閩性理微言及諸子百家彙緯勾股律呂音韻之書皆提其要而納之軌物自謂神明規矩吾得安溪蓋紀實也制藝以古文爲時文鉅人長德咸推許之傳誦偏海宇遊其門者治經有法取科第如攟髭耳惜夫退處日多未得膺衡文之任也公生雍正十三季卒嘉慶三季季七十配周安人後公五季卒季七十有四子三人永賢乾隆丁酉科副榜舉人今平江縣教諭邵賢己酉科拔貢壬子科舉人正黃旗覺羅官學教習京賢孫若干人曾孫若干人昔先大夫與公爲執

友永賢嘗執經問業仲冕於乾隆己酉公車謁公春明質以所箸周禮岱志及以禮闈三蓺請則曰胸中有書筆下無書惟溥博如天淵泉如淵題文周天三百六十度所渠千七百一川二語爲欠警策耳果報罷尋奉諱返公亦還山及癸丑通籍牽絲吳中改訂岱志爲岱覽先付棗氏周禮至今未成書而公與先大夫先後歸道山矣烏乎道光二年冬永賢自岳州寄書來得讀公文集并示書仲冕癸丑闈墨後一篇益仰公之厚於執友而期望小子之深也永賢以行述屬爲之傳雖弗文弗敢辭謹序次而表其墓云

山西蒲州府同知公舉名宦陳君墓表

唐仲冕

君諱世昌・號蓺蓀・湖南武陵人也・曾祖諱其治・祖諱瓊・父諱天祚・君未十齡・父母相繼逝・偕弟世俊養於叔祖母胡・幼而好學・年十四補諸生・旋食餼・應拔萃試・以胡疾篤・辭不與・明年辛酉舉優行第一・領鄉薦・屢上春官不第・考補國子監學正・充戊辰科鄉試內收掌官・遷博士・歷祿米倉儲濟倉監督・廉靖綜覈・吏不能欺・國博報滿・引　見記名・選蒲州府同知・蓋其蹭蹬塲屋者十餘年・迴翔京秩又十餘年・始以司馬佐郡・人或惜才屈於遇・君則謂士特患不能其官耳・何必顯位・於是敦勉教化・竭悃忱而施之・既下車・知民苦獄訟久懸・一歲之中・剖決七百餘

牘・創建條陽書院・設學規膏火・多士雲集・修永樂鎮文廟・遵行丁祭・生儒習禮其中・助寒畯赴省試之艱於貲者・皆蠲奉爲之導・人樂從而成其美・玉溪澗久淤・率民疏濬・躬親其勞・渠成而資其灌溉者數十里・禁民爲優・窮其强猾任育兒等十數人・奸宄斂蹟・民有貧而滯喪不葬者・諭而佽之・有揜骼埋胔之風・山有狼爲禾稼害・禱於神・獵其二磔之・而害遂絕・及權監掣・巖治私販・修涑水河渠・商甿胥賴・凡有關於民生利病・必興除有成效乃已・當盛夏旱暵・君步行數十里至雙泉觀及諸神祠虔禱・大雨平地尺・土民以惠我無私頌之・而君瘁矣・君卒於道光三年十二月六日・年四十八・配氏戴・丈夫子二・慶基・慧基・女子子二・君卒後・蒲郡衿士臚其政績・舉名宦・蓋三代直道之公也・曰余官江南牧守・君自京師寓書・詢爲政之要・承上接下之道・何以與古人合・則其究心經世之學久矣・著有親雅堂詩文若干卷・乙酉夏・其孤慶基乞文於余・因約蒲人所臚陳者而爲之表・

同母弟經歷君墓碣

郭家彪

予同母兄弟三人蘭友居次出後世母胡太安人太安人守節十二季而君生生二十五季而有子先梅八季而太安人卒卒十四季而先梅死六季而君又死遂無後烏乎太安人之德靜而嚴性厚而慈君繼之以沈密淵徵信善容物宜壽考碩大而所遭如是世固有蘊之宏而被之毒若君者耶始君少時尙才負氣縱橫捭闔恢奇自喜不屑法度士所爲稍稍墮其家太安人大恚君即日閉門謝交游痛自繩削折節爲端謹家之墮者日益完宗族兄弟或十餘季不能窺君一面而上自天下生民利病國家制度律令下至市物貴賤君言之娓娓若常所從事

不遺纖微發之於言淸通簡要而不煩筆之於書明辨精微而不惑而自負其奇未嘗與世周旋款洽世亦卒莫知知君者獨謂能通市井瑣事一二士大夫嘗與往來謂君有知慮深湛不自炫露君固一切縱浪頹廢任所止而休焉終不一用其奇烏乎君之道其足悲也已君晚季開出一接人事修洞庭神祠置臨濱市小河義渡予子嵩燾丁未成進士君應時至爲布署賓客人曰此非君之素守其愈有不得於中者乎果以其季九月十三日卒卒季五十君諱家驥少納貲爲布政司經歷蘭友其字也始娶祭氏繼娶吳氏前卒君卒逾日檢君藏無豐饒之積窺君室無侍御之親子婦劉氏守貞不嫁殯君如禮葬而銘諸碣者同母兄家彪也詞曰

世有早遂曷如晩豐幼榮老顚於物爲凶君季在冠髮鬖肌晳搏髀歌咢有忻無戚一朝大覺闔門施鍵以終母喪厥嗣熸焉衰季子子積哀成瘁迍邅咤鬱以死誰憖貞姬在室茹檗飮冰曷延君後藐躬是承濡淚綴詞抒幽詔遠有徵君藏視此林巘

先大夫家貧嗜學澹於名利嘗終歲手一編不求進取亦不問家之有無間爲詩古文辭甫脫稾輒便棄去崑燾兄弟少不更事長而奔走四方於先人手澤弗獲及時收拾迨先大夫棄養檢點遺墨則已十無一存近歲纂修家譜乃始搜得此篇崑燾以次子立璋爲經歷公後承先大夫意也崑燾謹注

署山西平陸縣知縣常君墓表　賀熙齡

署山西平陸縣事知縣常君以道光九秊五月二十五日卒於太原館次後數月其兄道滋以書抵余曰吾弟習於子其生平植志行身之方惟子知之悉其爲表於其阡余卒卒未暇作嗣余歸長沙屢見必以爲言余復何敢以不文辭以重負吾友之託也案狀君諱道治字稚黃號小皋世居長沙之大賢里曾祖愼齋以進士歷任河南之洧川南陽江蘇之儀徵金山知縣皆有政績可紀祖立菴父謍堂以舉人選教諭所至造士有方君長身特立至性過人刻苦於學十歲時母黃孺人病甚婢子報夜飯熟尋見君至屋側小室中焚香拜禱爲母祈壽與兄道溉

道滋前後舉於鄉有文名兩兄志氣激昂言事踔厲風發而君溫溫自克余幼時應童子試漠然無友惟君兄弟時與偕後讀書嶽麓同游少鴻臚羅愼齋先生之門益以文學相淬厲君爲文章始喜富麗繼乃穹窅幽微覃思古初其趨同於人不合於聖者不言也以是見知於愼齋先生亦以是見訾於俗而君爲之益力六應禮部試不售留滯都門最久鍵戶攻苦課徒自給足不躡貴人公卿之門道光六秊始以大挑一等用知縣分發山西大吏知其才疑難事多以委君君聽斷惟允必盡其情而後繩以法七秊署平陸縣多鹽池每歲冬末奸民漁利擾民君廉知之立法嚴禁積獘盡革在任三月斷事二百餘民稱其平於虖君少卽以文章名而未獲見施於朝廷其吏事之試者亦其小小者耳未盡其才而造福生民者已如此此亦可以見君矣君生於乾隆四十七秊壬寅某月日享秊四十有八丈夫子四數枚擧徵以某月日葬君於某原

誥授資政大夫工部左侍郎崇祀鄉賢韓公神道碑銘

鄧顯鶴

道光十一年六月癸卯資政大夫工部左侍郎韓公以疾終於家其年十月丁未公子湛等奉公匶葬於長壽韓家嶺千子墳而神道之左禮宜銘公子湻使人礱石於巴以書暨公手輯年譜來屬其門下士新化鄧顯鶴文於碑先是顯鶴入都爲選人謁公於宣武門邸第臨別公出年譜命序且曰吾老矣身後不知誰屬將待子文以瞑目顯鶴斂容避席對曰 朝廷方以杜石待公願吾師長爲國家元老顯鶴執筆紀功德祝眉壽仰視公色黯然憫憫而別無何公以疾歸歸後踰年遂捐館舍顯鶴

於弟子籍中受知最深公之喪在數千里外無由視含殮葬又不克襄凡役事湻書五六至敦促不厭其敢以不文辭謹按譜次其畧於左公諱鼎晉字樹屏四川長壽縣人曾祖某縣學生貤贈資政大夫祖某縣學生 誥贈資政大夫父某某乾隆十五年舉人甘肅碾伯縣知縣 累贈資政大夫曾祖妣姚氏謝氏祖妣聶氏妣曾氏皆贈夫人碾伯生三子公次二韓氏始居湖廣麻城縣明季徙蜀自碾伯公以上世以名德重於鄉里碾伯居官有政績未竟其用公天性夙成四歲隨父任八歲同蜀以碾伯罷官刻苦自勵年十一屹然若成人十六碾伯歸自肅州公學已成二十四補縣學生二十五補優廩膳生試皆第一三十充乾隆己酉拔貢生是科舉於鄉逌成乙卯進士改庶吉士年三十六矣嘉慶改元散館授職檢討旋乞假歸省是時白蓮教匪起楚之當陽蹦樊襄窺荆峽沿途多警公晝夜馳歸抵家而達州巳告變公奉碾伯公遷涪遷渝靡有暇晷二年丁碾伯憂遺命長壽爲賊衝不可居乃全家移寓重慶而舊宅遂燬於賊四年服闋奉張太夫人入都供職充功臣館提調 國史館纂修官六年充辛酉科順天鄉試同考官八年以御史記名九年充甲子科湖南鄉試副考官是年補河南道監察御史十年冬以母老乞養歸蜀十二年春丁太夫人憂服闋踰年赴都補官十六年補江西道御史掌河南道御史巡視南城巡

視東漕十七年署禮科掌印給事中十八年京察一等轉工科給事中升光祿寺少卿督陝甘學政是年冬擢鴻臚寺卿十九年遷通政司副使再遷大理少卿二十年遷太常寺卿二十三年轉大理寺卿二十四年擢都察院左副都御史祭告豫楚嶽瀆陵廟差旋督福建學政二十五年在福建學政任聞

仁宗睿皇帝升遐自以邊隅寒畯受 特達知一旦攀髯莫及悲慟欲絕道光二年回京供職五年署刑部右侍郎兼署禮部右侍郎六年六月授倉場侍郎九月因病解任七年四月病愈仍署禮部右侍郎是年十月授工部左侍郎兼署禮部右侍郎公體素健中年後以勞失血在倉場任內病霍亂後時患頭

目昏眩猶力疾治事　上賞假者再嗣請解任調理養痾都門至八閱月之久病起授冬官兼權儀部公趨積勞益以痰喘往往而劇屢值召對面陳衰病情形願乞骸骨　上頷之八年正月　詔以原品休致歸後二年卒公狀貌英偉言論慷慨少有經世之志通籍後值教匪擾蜀親見軍中勦辦事宜於地方利弊民生休戚蒿目怵心時思建白嘗言教匪之起由莠民日多邪說易入其始一二姦回假大乘天主名目相蠱惑而無業流民椎埋博徒展轉糾結馴至大逆而不可解故欲息邪說先除莠民除莠民自博徒始初至諫垣即上言天主教流傳之害請禁本師燬經卷以絕根株再至即力言四川應除積弊六

條首口陰嘓匪以防積漸其年復言關東三省及各直省賭博之弊由於游蕩閒民聚衆招引官吏書役得受陋規官爲之倡民受其誘俾有業之良民忽成無賴之匪類其機甚微其受害甚大又言京師首善之地各王公大臣豈肎使左右習御蹈此惡習臣近聞京城轎子房賭風漸熾內城旗人多受其累以有限之錢糧供無窮之揮霍當生齒日繁之時其流弊有不可言者次日復言臣昨日請禁賭博一摺欽奉　諭旨令臣據實指明臣實不敢稍存迴護且臣業將王公大臣陳奏於前更復何所避忌　先帝嘉公言確即日獲博徒三起一時親貴近臣莫不悚息而　睿廟之知公亦自此始矣當入奏時或

疑博徒事小王公位尊不宜牽連陳奏不二年而林清之黨嘯聚畿輔震驚　宮闕大抵多流蕩失業之民附之然後知公之所見者大而所慮者遠也公歷官一十四任未履外臺而於農田水利漕務賑荒詰戎諸大政講求不遺餘力在巡漕時履勘十七州縣泉源以爲舊泉實力疏浚足利運行不必添設新泉徒爲民累又奏復東省運河挑工舊制東人稱便在倉場時值初試行海運籌議迎卸兩運數百萬天庾視常年倍捷在陝甘時言榆綏各屬倉貯空虛宜設法籌補榆綏貧蒙古糧接濟今腹裏口外俱荒宜分別安置撫恤當是時方勦辦南山賊匪而林逆餘孽尚有稽誅未盡獲者公首言南山逼近老林與蜀道

通賊匪所在掠食宜行堅壁清野之法山內流民雜處最爲姦藪宜嚴行保甲使逆黨無所匿而賊匪亦易蹤又請嚴禁弁兵擄掠難民子女慎選南山附近地方及豫東三省經兵州縣牧令又以其時言川北荒歉與南山毗連鹽梟嘓匪多出其中請先事預防設法調濟在福建時言閩省積弊甚深由吏治久弛請不限資格用廉明幹吏調補汀漳泉望緊要缺久任以專責成漳泉營伍向有通盜豢賊惡習請責成提鎮大員立予重典毋稍袒護最後乃條陳學政事宜四公方職文字所言皆軍國大計封疆要務公不以出位爲嫌　上亦不以侵官爲慮奏夕入旦即下所司議行蓋公忠誠上結　兩朝　聖明

之知見諸施行彰彰若是其他心有所欲言與言而未盡者雖其家不與聞無由知若其著於譜者又不能悉載也公學無不窺以窮經致用爲本文不取艱澀以達爲主所上封事洞胸而出悃悃款款曲盡情事論者謂其近古名臣奏議嘗奉　命恭擬陝甘平原地方教民論二篇　睿廟稱其通暢奉旨刊行西人至今能誦之著有樹屛文集年譜族譜若干卷性至孝先後陳請歸養終身孺慕督學陝甘時過礪伯舊治訪求先公手治故牘遺蹟見舊時老吏悽然涕下歸田後以私宅作家廟以祖遺產爲祭田兼贍養疏族之貧而無告者與人交胸無城府義之所在斷斷不少屈人有片長稱道不釋口屢掌文柄

凡爲考官學政外知會試貢舉一監順天鄉試繙譯會試各一武會試總裁一會試覆試　朝考翰林散館閱卷大臣七稽查左右翼學二大挑直省舉人一拔識多知名士督學時尤兢兢以正人心端士習爲亟世競稱其在闈時誓關廟文此特公借以警愚頑之苦心無足爲公異獨念公抱經世才未得大展其用或以公孤立寡援爲惜嗚乎此尤見公遭際　聖明恩禮始終之大節爲暢然無憾者矣公春秋七十有二配李夫人淑愼慈惠先公八年卒子四人浩早卒湛優貢生候選知縣湆三品蔭生通政使司經歷改補貴州印江縣知縣李夫人出潤側室李孺人出女四人李夫人出者一乙酉拔貢蕪湖知縣陳棣森其壻也餘側室出孫十人慶棨郡學廩生慶楷縣學附生曾孫十五人蓋公之後方昌矣公歿後鄉人以公行誼上於朝奉

旨入鄉賢祠銘曰

奕奕韓公西土之光南國之紀爰自臺館游歷卿貳迄歸田里其氣嶽嶽其論侃侃無少挫靡公言言官以言爲職當持大體

公爲大臣以言造福施及四海凡公所言協乎筮龜人厭

天喜百鍊之精兼金之純以礪以砥謂宜秉軸持天下衡萬物受理飄示去國會不崇朝嶽頹星隕哲人之痛朝野同聲豈獨小子述德表哀代石刻辭敢告來禩

誥授奉政大夫湖南武岡州知州鳳皇直隸廳同知前翰林院庶吉士咸甯許先生神道碑銘　鄧顯鶴

先生姓許氏諱紹宗字迪光一字蓮舫先世浙江山陰人祖廷相贈文林郎湖南武陵縣知縣妣葉氏贈孺人父燦國子監生累封朝議大夫湖南武岡州知州加一級妣孫氏累贈恭人朝議公好游客關中久樂其風土家焉遂占籍爲咸甯人先生生於陝西漢南旅寓性穎異五歲喪母哀痛如成人稍長讀書有夙悟十七歲通經史及古雜家言爲文精湛無浮響十九歲隸咸甯縣學籍爲縣學生嘉慶三年中陝西鄉試舉人六年成進士改庶吉士踰年散館授湖南永定縣知縣兼攝慈利縣事署

巴陵縣調補武陵縣知縣稍遷武岡州知州鳳皇直隸廳同知先生偉軀幹豐頤廣顙腰大十圍目光炯炯出睫外神清識朗聲如洪鐘望而知爲巨人其宰永定也年甫二十有五廉明剛斷擿伏如神王嗣南者永定十四都傳教之頭目也其師爲慈利楊金龍嵇羅其清餘黨金龍傳慈利毛登楊登楊傳嗣南嗣南傳向大順王嗣年等七人展轉傳八十餘人先生偵知密不發一日託勘事出先期集役晝卯而陰擇健者五十人平明令曰皆集十四都違者斃杖下夜二鼓抵其地縶嗣南盡得其經卷悖逆書狀嗣南知事洩備陳七人姓名居址窮一夜捕獲皆無所得脫論如法而貰八十餘人使自新凡八日而獄具辰州民向登前鷙悍多膂力其弟曰拃二拃三拃四日與其黨數十人盤踞慈利爲民害官不敢過問胥役或他有句攝輒爲所劫趙氏嫠新寡拃四利其貲與其兄一夕劫之去嫠伺間脫鳴官不能理先生至登前使拃二來陳訴蓋嘗試也先生佯語之曰事虛實未可知而汝兄弟畏匿則情可疑果虛者俱來吾直汝未幾拃三來好語如初登前刺知官無他乃與拃四俱來俱縶之而陰諭鄉民犯已集無恐於是訴者麕至先生坐堂皇大集衆而讞之登前等相覷錯愕不能出一語立予重杖幾斃四人者相繼死餘黨潰散民大悅武陵窮民王世龍獨居古廟死數日人無知者村民祀神至見扃戶闔而入世龍屍赫然地下往

報其弟世鳳奔視檢衣物無存先生訪知往勘視其出入蹤蹟曰盜不遠矣村民李開名素無賴疑之搜其家無贓而於其兄開咸家得棉馬褂一襲與贓目同召世鳳視之確而開名堅不承反復鞫之則曰此我兄所爲耳拘其兄則盡室行矣乃絹開成而羈開名待質先生一日閉開名靜室中好言撫之曰爾認棉馬褂實乎爾兄之冤亦爾冤也開名泣曰此眞小人物前言盜者誣供也然則何以與贓目同也曰冤哉小人之衣青而藍裹綫用白世龍之衣青而藍裹綫用藍官不信請裂而質之先生曰若然殺世龍者非他人卽爾也馬褂未得何以知爲藍綫開名口噤詰其贓埋叢樹下起視宛然武陵把總某家被發棺

上有斧痕不得盜捕一人來曰滕林子麻陽人也其父曾以行竊首於官捕者黑夜遇之墟郭閒手持斧疑爲發冢也一訊而伏問以贓則曰黑夜負之登舟倉皇沈水惟一韡存已賣漁者陳甲矣拘陳至則如林子言問其韡則轉賣誰何之人無可迹林子故操舟爲業者也覆訊之無異先生曰是其言太易非眞盜督捕如故捕懟甚曰盜認而官疑更何所得盜乎先生不聽督諠亟一日平明捕遇一賣柑人挾兩筐疾走視其筐有複底啟之則藏襚衣數事皆無鈕叩復啟其一斧鑿在焉問其姓名爲熊大用繫以來先生曰此眞發冢盜矣葢楚俗殮衣必去鈕驗其斧與林子斧合訊之自發把總冢後至是凡發十一冢矣

其明斷摘發類如此先生作令二十年治官事如家事興利除害勸農桑明學校於書院育嬰農田水利諸大政孜孜如不及每去一官百姓奔走哭送相屬於道永定西有漩水四面皆山外爲青魚潭漊水匯焉漩水出山罅灌田甚眾舊有洞洩水乾隆中洞塞水漲田皆淹居民議開溝引水入漊而青潭民畏下流氾溢相持久不下先生集山內外耆老曲爲曉譬溝之如議而償水所過者直工成溉田數千畝青潭民田竟無恙滄港爲古滄浪在武陵東地有市聚西南驛路所經也人煙稠密姧民乘水涸築子隄於北岸水不得洩市民苦之訟諸官時守常者爲宜黃應君先烈謂隄築已久黠者飛糧爭占議勿毀先生慨然曰是與水爭利也不數年子隄日高無滄港矣謁守具陳隄當毀狀守拂然爭之愈力竟從先生議沅水西來常德郡治當其衝恃一隄爲捍先生洊慮隄工未固議更築以費鉅止時歎曰三十年後必有受其害者道光辛卯隄潰鼎澧閒遂成澤國其言卒驗武陵多水災民開例借給子種墨吏姧胥從中掊克民償不如額前令董如岡以虧帑罹法至是災民援例請眾謂勿給便先生曰是因噎廢食也乃集耆民誓之曰吾子若庫項無絲豪扣減汝能如期償乎眾泣曰有官如此而忍負者明神殛之乃飭庫吏如數封固登記纍纍積堂上先生自操牢盆而諭鄉民自檢封發視驗無豪髮爽乃各書領狀持去越歲如期

爭償無一後者其感人若此先生才大而識卓讀書從乙部入作識論謂集天下大事存乎才定天下大事存乎識治事之暇或巡行所部必以吏冊自隨有讀史隨筆於古今治亂得失之故鄭重言之精於吏事而不輕定讞終夜秉燭披牘平明集兩造於廷平心易氣不輕予杖而民自服所至大書其廳事曰當思百姓妻孥亦子女毋以一已喜怒亂是非湖以南民氣刁健越訴部控者比比先生所蒞三縣一州之民獨無有焉性嚴重事上官以禮而不爲詭隨大吏過境有所銜於先生將中以危法或促其陳謝解免先生屹不爲動卒亦無如何平生篤嗜風雅矜尚名義口不言錢作居官六字箴曰忍曰斷曰勤曰愼曰

静曰恆獨不及淸其言曰苞苴之不行簠簋之必飭稍知自好者皆能之不足異也先生負經世才思大有所建白旣迴翔牧令不得展汲汲以人才爲念愛禮賢士嘉與來學課書院生徒務爲體用明備之學凡三爲同考官及州縣試所得士最盛出先生門者皆有本末可觀於先賢文獻搜討尤力修武陵志稾武岡州志簡嚴有法又訪得管白雲先生墓於武陵傅忠節公墓於武岡皆爲之封識勒碑以紀及移官鳳皇又以書招顯鶴謀修三廳志書發而先生病革凶問踵至矣悲夫先生學有本原詩古文詞俱不苟作古文尤有義法議論偉然有讀雪軒學詩讀雪齋學文讀雪軒經藝讀史隨筆史評補若干卷嘗以關

學自明康對山呂涇野韓五泉及　國初李二曲先生以來先正典型危如一髮近時孫酉峯戴未堂兩老先門多敏達君子而亟思所以埽除振起之者惜乎年未中壽以歿不及踐其言爲可惋也先生歿後　今天子登極方破格求賢有起自守令旦夕至方伯連帥者時　廷臣多知先生得以其名上而先生不及待矣不尤重可哀哉先生生於乾隆四十三年二月二十二日卒於嘉慶二十五年六月二十八日春秋四十有三配强宜人先卒側室秦氏葉氏秦孺人生子一鈞壻於武陵趙氏前雲貴總督太子少保文恪公愼軫孫壻山西候補知縣敦訓子壻也葉孺人生一女適萊陽趙氏前分巡辰沅兵備道文在

之子某早卒先生旣卒官鳳皇鈞幼朝議公將謀以其喪歸舟過武陵其民悲戀相與留葬於武陵西城外數武之古原而朝議公率孤嫠依之因家焉今又爲武陵人也朝議公篤老鈞讀書用武陵籍應試將有成矣以道光十八年六月日先朝議公八月卒遺一子二女子七閱月今甫八齡趙氏婦亦卒矣嗚乎天道人事其尙可量耶先生葬武陵久辛壬之水環鼎城廬墓皆毀先生墓獨無恙顧墓道之石尙未立鈞在時嘗以爲言念生平以文字受知先生義甚渥今先生之門獨顯鶴與武陵劉君夢蘭在耳恐溘先朝露不克執筆重負師門罪戾滋大爰敘次先生居官爲學之大系以銘碑於墓道以俟他日史館傳儒

林循吏者有所采擇且以望其孤孫之成立焉銘曰

漢治近古吏尙安靜安則不擾靜則不競先生之學達於爲政六言自箴百族在泳令行禁止刑端景正居以民甯去而益詠臨沅之西周道緯經公體實函遙望生敬昔歲龍蛇懷襄告警萬瓦濤飛千塋露迸公冢巋然百靈從令石闕高銜穿中孤臢峴首涕隕隨原心怲人亦有言于門當盛至於先生其言不應煢煢孤嫠土𦓤塵甑棠舍餘芰麥舟待贈惟余小子受公提命無德不酬居卑誰聽勒此貞珉敢告億姓我言不誣公集可證善人有後天理終勝更千百年繁衍滋慶

誥贈朝議大夫福建道監察御史翰林院編修貴州正安州吏目　敕祀名宦嘉善徐君神道碑銘

鄧顯鶴

黔於天下最貧瘠獨遵義以橡繭利轉致四方財物稱富饒乾隆中遵義守歷城陳君實經緯之而始其事者正安吏目嘉善徐君也陳君有祀於遵義矣正安人以徐君始事之功久而不可沒也相與屢籲於官請祀典今貴州巡撫善化賀公廉其實聞於　朝得　旨入祀名宦州人爰相與醵金立專祠置祭田歲以君生日率州民歌舞上壽如生時於是君之曾孫檠以其事屬新化鄧顯鶴爲文以紀且曰曾祖官吏目然邀　國恩

以從父準官御史贈如其階願得一言以文麗牲之石按徐氏嘉善巨族世以文學行義顯有從學平湖陸先生研經績學毋沒嘔血數升夢神與藥而蘇者君之祖也名善建有耗親之喪三年不進蔬果免後不衣裘帛郡縣以孝廉方正應徵不就者君之父也名正誼兩世皆爲嘉善縣學生皆祀鄉賢君名階平字荀令誠篤有幹才初官江南泰州吏目懲治里魁某甲許曰自新其人感悔卒爲千夫長目才勇稱丁內艱去服闋補貴州正安州吏目正安隸遵義遠在黔西民不知蠶織君至物其土宜少桑獨多橡樹可繭慨然曰此百世利也柰何棄之乃諭令家植橡而自購蠶種教飼如法繭成織帛盛行利無算迺設肆通商而橡繭遂衣被於天下皆君始事之功也檠又言君至正安盜魁趙飛二跪門泣求爲良民問之則曰吾不忍負好官也與泰州某甲事同州有古鳳書院無生徒饑資君捐給之今州民分絲市羨金爲君祀歲以什之二入書院成君志也歷觀古史傳所載循吏如衞颯茨充諸人教民種植桑柘麻苧養蠶織履及杜絕奸宄修明庠序使邦俗從化而君實兼之後世吏治不如古專城之尊視小民利害漠然如秦越人視肥瘠簿尉曰下抑無譏焉今君以吏目卑官理恤民事居官如家其惠澤入人之深能使百餘年後之民目其姓名治蹟達於　朝列在名祀傳於無窮不其賢哉君官正安十四年以老乞休其卒也貧

不能歸喪葬於遵義之鳳皇地因家焉子五人錫圭錫恩錞錫嘏錫疇其後遂分居黔楚浙其占籍遵義者爲錫恩恩之子淵乾隆乙酉貴州鄉試舉人準乾隆庚子進士翰林院編修福建道監察御史準子懋昭昭子長庚於君爲元孫實守墓奉祀事占籍善化者爲錞湖南道州吏目錞之子濬河南候補知縣濬之子檠江西候補知縣棠候選縣丞檠改名鳳藻道光癸卯湖南鄉試舉人於君爲曾孫錫圭錫嘏錫疇居浙江原籍圭子汝劉汝劉子大章嘏子渭疇子漢世爲嘉善縣學生類能讀書力行無愧良吏子孫蓋徐氏之後方大矣謹按今制五品以上得立碑龜趺螭首侈示行路御史階五品君以孫貫　贈朝議其

行又應銘法於碑宜鳳藻故從余游以兄命將卜期造黔展墓乃敘次其世系行實俾立石於隧道而述州人之意以爲銘銘曰

黔西之鄙地寒土瘠民不知蠶百餘年來橡繭利興富甲西南其利維何青棡赤槲冰蟲所甘旨燠旨溫儼儼緣木食數眠三分繭稱功繒我纊我衣被遐覃伊誰使之俾我婦子飽煖以酣有倬徐公碩儒之孫亘孝之男官卑道崇我溫公煦我餔公含摧牙落角鵙革鸞栖濟濟梗枏惟公之澤施及一隅百族荏涵惟公之功式闢無前於天匪貪我祖我父逮我孫子巷議街談吾儕小人坐享美利何德以堪井鬼之野牂牁之墟公體實函

作廟奕奕叢櫟古柏高與天參神其宅此利公後嗣福我蒼黔時和歲豐挾纊鼓腹和樂且湛

湖南文徵卷一百十六　　湖湘後學集編

神道碑下　墓表

戶部左侍郎提督江蘇學政周公神道碑銘　　魏　源

上之是非不明則其公在下下之是非不明上之是非明則其公在上公在下則是非與黜陟出於二公在上則匪直出於一且以黜陟正是非尤足昭撫萬物平槩羣品　國家承明之弊決塞去壅而　今上六七載各直省若涇縣之獄渭南之獄太原之獄德清之獄匹夫匹婦猶有不獲其情者輒煩　朝

廷重臣親跋涉萬里或內付廷尉而後平反之重蔽牢棠咸卒破壞故幽隱畢達而吏不敢以民命草芥其尤甚者湖南湘潭之獄侍郎周公以手書爲撫臣訐奏身譴職削吏乘勢諠無忌黨幷雷同剷根滅迹巨奸逸法網良牧絓劾議萬夫吞氣放臣息影惴惴蝸居灰心望絕矣而雷霆忽發於　新政之初起廢之詔舊撫之譴與一二嗣治獄之督撫按察相繼盡投閒散而復公舊職駸歷中外復爲天子重臣使獄事虛實曲直出覆盆而照日月者皆出　天明天聰特照獨斷烏虖豈非公在上而是非出一者與方獄事之起始以江西客民之獷橫繼以湖民之報復大吏不善鎮撫以至閉城罷市械鬭兼旬人心洶

惶幾激大變時値　仁廟六旬萬壽之年撫臣慮干不測
初奏至卽諱匿不以實聞而首羅織在籍石給事中爲鉗塞言
路計識者蚤知其無意獄事矣公詢其齎奏材官盡得狀知虛
實大懸慮釀湖南巨患既面奏本末有　敕馳詢猶不以撫臣
爲不可與言手書忠告撫臣方倉皇於　廷敕不德反讎遂一
意護前反噬構陷公以是獲　嚴譴然天下亦遂曉其一樸
誠一傾險一忠直一罔上詩曰云不可使得罪於天子亦云可
使怨及朋友古今君臣寮友之際詎不甚難哉以公至誠無逆
億若是設遇軍國事重且大於此者必不肎隱忍卻顧囁嚅明
矣遇友有賢於舊撫者其必竭誠無不盡明矣被放南歸先後

尙棠樸實之　褒鯁直之　諭　仁廟知公不謂不
淡乃守制起復未幾而被議　今上再起復嚮用而遂不祿
士功業偉不顯於世固自有命焉於人又何尤公文學在士林
典型在鄉邦政績在海內有李君兆洛行狀及江蘇請祠名宦
公狀在惟湘潭一獄本末則迄今海內傳聞尙有不盡其情者
故敬揭　國家所以重民隱浹蒼赤伎孤立樸誠之士百摘不
傾有以作百世臣子之氣者於前而後以公生平他行銘諸後
公諱系英字孟才號石芳湖南長沙府湘潭縣人乾隆戊申鄉
試舉人庚戌進士授翰林院編修歷官詹事府右春坊右贊善
司經局洗馬翰林院侍讀侍講侍講學士侍讀學士光祿寺卿
太常寺卿內閣學士吏戶兵工四部侍郎兼署禮部右侍郎充
高宗實錄館纂修官　仁宗實錄總纂官副總裁咸安宮
總裁治河方略館副總裁文淵閣直閣日講起居注官　南書
房　尙書房行走嘉慶戊午庚申順天鄉試壬戌會試同考官
福建江南順天鄉試副考官四川山西江西江蘇學政卒道光
四年七月三十日生乾隆三十年二月二十五日年六十歲奉
旨祀江蘇名宦祠曾祖新彩祖昭俊父世宇皆贈如公官妣某
以上皆贈太夫人配謝夫人子銘恩副貢生江華縣教諭詒棫
監生詔樸廣東鹽庫大使孫二葬某原銘曰
帝選宿學入侍　講幄公矢其慤匪夕伊朝受知　兩朝

若雲在霄曰汝教督于汾于蜀士胥其讀曰汝司衡于南于京
士春其英曰汝貳部司空司馬朕肱且股　天鑒其衷民顒
其恫公蹇其躬雖則蹇難　仁廟斯眷溫綸載煥卒俟其定
以貽　嗣聖大正厥命臣受於君子受於親惟命之循
實錄手輟中夜感涕曰思　先帝弗懲厥前言矢厥肩捄
民恐遑言拮口瘏大宗克蘇一氣克存厤公其言以潤四海曷
云不待公重如山公粹如璠萬夫之憲公位日崇公產不充一
畝之宮顯顯令哲皤皤黃髮曷云其忽穹碑湘濆公配恪勤以
教事君

太子太保兩江總督陶文毅公神道碑銘　魏　源

維道光十有九年夏六月二日太子少保兩江總督陶公薨於位．天子震悼．　詔以公任事勇敢不避嫌怨堪式百辟．加太子太保入祀賢良祠．　予謚文毅．幷　允淮北士民之請建專祠海州．明年又　特允入江蘇名宦祠不交部議．嗚乎　朝廷所以勸臣工風中外者博矣哉　國家承明制撟明弊．以內政歸六部．外政歸十七省總督巡撫．而　天子親覽萬機．一切取裁於上．百執事拱手受成．上無權臣方鎮之擅命．下無刺史守令之專制．雖庸瑣中材．皆得容身養拙於其閒．漸摩既久．以推諉爲明哲．以因襲爲老成．以奉行虛文故事爲

得體．惡肩荷．惡更張．惡綜覈名實．若靳文襄之刱中河．鄂文端之改土歸流．皆力戰羣議．屢躓屢奮而後勝之．以怡賢親王之識輔水利．猶不旋踵而泯蕩．故便文畏事寰陋之臣．遇大利大害．則動色相戒．卻步徐視而不肎身預．自　仁廟末年以因循泄沓申戒中外．而優游成習．卒莫之反也．東南大計無如漕鹽．二百載來文法委曲煩重．致利不歸下不歸上而盡歸中飽．官民交困．閒有講求刷剔芟薙更革者．則中飽蠹蝕之人轟起而交持之．道光五年夏．漕河大梗．萬檣林束．　詔江南大吏籌海運．維時上海關儈撓於南．通倉胥吏撓於北．屯船丁役撓於中．不曰風濤．則曰盜賊．不曰霉變．則曰糜費．　天子移公自安徽撫江蘇．公慨然一疏任之．明年春海艘數千米百六十萬石條抵天津．不損一人一舟．每百石費僅數十金．視河運省費固倍．視前撫臣章煦所奏海運每石價三百兩之數．且省數倍．明年公遂擬改蘇松太倉三屬之漕永歸海運．以大蘇官民之困．先後章程六條八條．雖事格未竟行．而人知海漕利國利民利官．爲東南捄極敝第一者．自此始．道光十年冬．公督兩江．兼管鹽政．承蠱壞之後．如淮南之窩價．淮北之壩槓．兩淮之岸費．皆浮糜數百萬．仰食其閒者千億計．當事熟視其弊．不敢動．公謂非減價不能敵私．非輕本不能減價．非裁冗費不能輕本．遂奏裁淮南窩價百餘萬．江西湖廣揚州各官費百餘萬．

又三奏疏駁糧艘夾帶歲少蘆私十數萬引．而淮北則刱改道不改捆．歸局不歸商之制．每歲暢行倍額．溢課數十萬．盡償淮北之積逋．且劑淮南之懸引．末年幷欲推淮北之法於淮南．條舉規畫甫定而公已病．然天下皆知劉晏舊法爲澄源上計．不爲綱法所縛持者．自此始．方公初議海運．則南漕北倉撓之．議裁釐費．則窩商蠹吏撓之．議裁糧私．則長蘆總漕撓之．議改票鹽．則壩夫岸吏撓之．羣議沸騰．奏牘盈尺．使公之仔肩稍不力．　天子之倚任稍不堅．必不能善其後．故敬揭公之力犯羣忌而未嘗不舉．　恩禮未嘗不卒者於碑．以爲封疆大吏勸．又以謂今日東南民計　國計莫因於漕鹽．公所排決疏導可

垂久大者亦莫如海運與票鹽後有來者欲大蘇東南之困爲國家籌百世利非賡其緒而恢之不可也公諱澍字子霖雲汀其自號也湖南安化人嘉慶七年進士由翰林院編修改御史歷戶科吏科給事中巡中城巡南漕出爲川東兵備道道光元年擢山西按察使安徽布政使三年巡撫安徽五年移撫江蘇十年加太子少保總督兩江兼管鹽政卒年六十有二生平所至興革務挈大綱導大竅若治安徽之荒政之水利之淸釐庫帑治江蘇之松江婁江白茆河孟瀆河他人得其一皆足名世而於公則爲緖餘故不悉書系出晉大司馬侃曾祖崇雅祖孝信皆贈如公官考必銓邑諸生祀鄉賢祠曾祖妣彭祖妣李妣

黃皆贈一品太夫人妻黃夫人側室賀張劉盧楊張子次桄方八歲　恩賞主事女七所著奏議詩文集蜀輶日記陶靖節集注各如干卷以二十年某月日葬安化某原源自弱冠識公京師中歲棲遲江左受知至懇以篤曾預託以身後欒后之文因敢删舉其大者揭諸麗牲以餉來世銘曰萬生芸芸以利相羣如蝨萃身有奮其除必爬與梳萬衆讙呼鄭有國僑唐有文饒始謗終謠我洞其原必撟其偏以對乎天我導其始人竟其委以俟君子蒿夫之持兼人之力孰幹王國勛在三江魂返九江孰幹王邦如暘如月如霜如雪維臣心是渤如雪如霜如月如暘維　帝心是傷

金鼎黃君墓表　何慶元

黃君金鼎既葬之明年其子旋持狀乞予表其墓初君之獲見於予也以歐陽子松洲松洲歿予視斂焉衣財足索冠韠無有其家人涕泗而前曰是今春爲黃君送死矣蓋君年未五十素彊毅死弗虞松洲方壯佼齒又穉於君尤不自意其命之將訖也嗚呼痛哉君居南鄉去縣治四十里而遥往歲松洲館君家嘗爲君七世祖朝臣紀其保鄉死難事歸正於予言君世有隱德其考尤篤宗族時節出米肉計寠貧口分之以爲常君所受產僅中貲顧渴義勿恡靡愧其先世後予以粵警偕松洲周視南隘過君家信宿焉審君沈毅可任事築隘之役一委君君初

擬卒成功倍而費匆請益松洲曰黃子以私財濟之矣然君卒未嘗自言也松洲之以　朝考入　都也君助之金數十後有急復假之百金松洲死旋奉遺命歸其劵且爲償責二十金君匪獨生無忝祖考又能迪厥子紹厥志以濟厥美於其身後嗚呼可謂賢也已君諱華開金鼎其字少爲邑諸生妻李氏先君卒惟生旋一人孫男三人君之卒先松洲二月即以其年七月初三日葬君於延壽墟虎形歐陽子所爲君卜宅也

故吏部郎陳君墓表　何慶元

予友陳君雲心之罷官京師也浩然南歸疢於途及家而甚踰兩月竟下世濕葬予病不及臨追念平生游從之樂文章氣誼相期許之隆盡有痛於予心迺爲表墓之辭以紓其哀且章君志事云君諱起詩字敦復號雲心世爲郴州大族自其祖父以來咸以魏科碩德典型鄉國丱角警敏稟家學無不通達十六歲入州學十七食餼督學星伯徐先生待以國士聲大起楚南士無識不識皆知有郴州才子陳雲心者道光乙酉以本科選拔中湖南鄉試第三名己丑登甲科授吏部主事浮沈曹署者十年轉員外郎記名御史旋以言事忤其長罷官始予與君同

爲諸生年相若意氣相親善及予爲選拔則識桂東李君克鈿邵陽魏君源君夙與李君師友而因予得知魏君於是四人者交始合議論古今人物出所業互切劘而君才識尤雄獨奥博遠近趨附當是時魏君與予及君率少年李君齒方剛各負恃志氣覬望奢遠忽忽二十年閒李君死魏君衣食奔走於四方予屢躓塌屋君亦羈閒散無可發舒乙未予應禮部試至都復見君與魏君則已蒼然皆有頒髮且禿然君意尚豪甚日攷校國家利病人材邪正學術得失源流稽古諏今鈎致深遠表裏洞達顧世俗屑屑當其意者無幾人予假歸後數年聞君當得御史喜且懼懼君出所有攄積憤或觸忌將齟齬斯世竟用是蹉跌靡推挽卷利器以藏身莫贖嗚呼造物者生才之難摧折之之易而世路行止夷險友朋聚散死生之變幻莫可恃若此是可爲太息流涕者矣君自少工詩賦雜文雄健有奇氣通籍後戒不復作壹意爲經世之學乙丙閒館予其寓數縱言天下事條畫秩秩曰吾異日不得試於時則將盡出其畜託空文以告來玆今已矣暇當爲君網羅散佚傳之天下慰君九原君以道光二十一年十二月十一日卒年四十七即以其月二十八日葬於州城外之南塔嶺君始娶羅氏繼娶龐氏子男二人善圻善坦龐氏出雖幼聞已嶄然見頭角庶能紹君志事者

希濂先生墓碣

何慶元

造物者艱生才生且閼或奪之如有所忌然則咎其居才不善干天人怒故致此若乃信履順思克由繹希無忝所受蘖方茁遽摧以萎如吾亾友希濂先生李君者又何以說焉君諱克鈿字冠湖號希濂其先世徙郴之桂東遂爲桂東人父基成母某氏十五歲入縣學旋食餼二十八歲貢入太學就職州判三十八歲遽歿葬於某山之原君生有異稟神識超雋丰儀粹裕簡十行下自成童時則已盡通六經諸史百家之說作爲古歌詩雜文命筆夙成天然妙遠他人苦思極詣弗能造也君顧不以此自多年幾壯北游京師聞其友魏君源講學慨然曰吾所

爲蓺也雖出入仁義直假途無事實失今不悔後何以爲人乃盡購宋儒程朱諸書以歸亹亹慕效飭言動敦倫理而稍稍絀詩文不事君性故和易渴義喜施與人無諼渝及篤信儒先緒言則訔恍恂密栗表裏符合無事儼若思宵有闕且必書於冊稠人廣座望之闇闇然傷晚學積𥚃忩時自怨自艾涕泗橫流軀幹素清瘠又少傷於酒亶以刻苦言不支知君者咸爲君危而君方痛自檢溉力憔悴矻矻不稍休竟以死悲夫君有二子駿不能治生業幾無以爲祀其友郭子名世豐其弟子劉拔元李錦春鍾岑蕃斂錢買田歲以祀君君詩文散佚不可收拾僅存者率非其至既促其生又厖其夊天乎痛哉

歐陽松洲墓表

何慶元

道光二十有四年夏四月戊戌昧爽歐陽子松洲暴疾卒年四十無子其節母與其妻朱使來告予走哭徧告諸與還往者畢會哭料衣襦徵冠履庀衾櫬遂收遺文籍書冊越二日乃斂孟冬日者告葬期諸戚故謀主後節母曰立姪則年均母若當遠嫌且口殷莫贍不如立孫乃與其宗人簡同父昆弟之孫謙六者後其殤子興慶承重服焉冬十有一月丁卯合賻幣禮葬之東門外一里甯馨壟將出祖守土吏曁薦紳知舊咸在旅奠羣引酸鼻失聲數欲爲之誌慟弗能舉其辭又二年始追而表之曰君諱泳字子季號松洲考諱鈺字兆康號愼齋生男子四人

君其季也少穎敏以考命出嗣季父依節母膝下婉愉巧變揉情嚮指闓擅閔拂壯長如孩嬰十九歲入縣學旋食餼三十三歲爲選拔　廷試不中程困而歸當是時愼齋公夫婦迫大耋伯仲食指繁叔僅遺寡弱舉窶窘靡發舒不四三年閒妣卽世二長繼殂殞愼齋公鰥且獨意緒蒼涼紆鬱弗聊賴喜怒恆失旄君於其閒踳局愕眕聽徵矚幽千籌萬畫中棘外夷語笑妲坦暇則挾鉛槧彊識爲詞章旁覽星相醫卜陰陽五行山經地志覬獲侈祿豐貲佐滑甘裘褐養貧孤以舒家難而開耄志迨癸卯秋賦竟報罷逼歲除愼齋公復捐館壘莽蓼神貿倍秏斁涉春忽洞下俄有閒旋復初卒之夕猶以愼齋公葬事與其諸

子姪齗齗也嗚乎斯所謂服勤至死者矣君體貌魁岸才識闊達能飲酒喜詼嘲由由然與世偕行弗爲斬絶其中有不得已者與人交持一心緩急盡誠罔顧里俗嗤笑初學文於予惟予諶踰月驟長遂以出於人後予有患難君必與相翼贊如左右手予文在草君書字無訛予言古今文義法或戾故常聞者率瞪視惟君悅以解比年家多難彌曬予月必三五至至必詰究經史反復屈伸消長之變咨歎人世宣幽易險詰屈詭幻之情畧將昃然後歸雖羸瘵尚昂昂然盛氣不謂其遽死也君既死而予始孤矣悲夫

曾白珩先生墓表　嚴正基

鎭筸介武溪上游與黔西邊徼犬牙錯地踞形勝屏蔽全楚建廳治曰鳳凰設總鎭副使以控制之永保翼其西南乾瀘麻犄其東北環廳境谿洞幽深爲紅苗狙伏巢窟馴則人獷則獸率數十年一大變變則黔楚邊圻震動非用大兵累年又得老成智計之士爲之經略戡定其勢或燎原而莫可遏以余聞乾隆乙卯之變維時保全鳳凰廳城佐當事建置全楚邊防迄今見稱於楚人士者則爲我鳳凰廳曾明經白珩先生方鎭苗之竊發廳境也總兵明安圖以兵往捕殲於陣遂結黔苗傾巢爲變永綏被圍乾州陷沒麻瀘保繼蹂躪時鎭帥新亾廳城僅存兵二百苗乘勝攻城人情洶洶勢幾殆先生避賊城內募壯勇五百偕文武晝夜登陴居民咸有固志湖南提督劉君輔來援初至昧地利戰屢北先生遣募勇半爲鄉導始所嚮克捷湖廣總督福甯繼至駐廳城籌辦戰守事宜胥諮先生策以行是年五月苗復集大隊來攻逼城西南之冷西坳茶園坡援軍營山脊者莫能禦直薄城南之虎尾峯城東南有觀景山者距峯近山俯瞰城中瓢石從高下擊可乘城登先生懼苗據山攻城而永州鎭蘇靈列營西北魏莊非苗衝有兵三千可撤回禦苗迺急奔總督行轅適福公策馬出請屏左右白兵事福公延之入先生進曰事棘矣觀景山爲廳城保障此山一失城立破盍速發

令縋北門出檄蘇鎮分兵千五踰大橋循觀景山至虎尾峯攻其前再以兵千五由打嚴廠趨隄溪河截歸路庶易危爲安福公諱其言卽飛檄蘇鎮分兵兩路出苗不意奮擊之乘勝禽斬殆盡自是苗不敢窺城下城守益完其操勝算以保全廳城者功甚大旣而傅司馬鼐以嘉慶丙辰來視鳳凰廳事憤逆苗叛服靡常思一大創之以靖鬼區稔知先生能義知兵時就家延訪兵事司馬創爲依飛練勇仿沈希儀鵰剿之法剷平負固各苗峒建築碉卡哨樓以毖要隘藩籬諸苗戢首聽命莫敢兵弄潢池先生實陰贊之其散給歸業廳民牛具籽種及施貧匱者之饘粥楮衣藥餌司馬悉屬先生一人料簡先後凡三載有奇

先生又以廳民狃外逋亾日久其子弟不盡椎魯而鶩辰雞跣奔馳學殖荒落榛蕪請於司馬修葺敬修書院籌備師生脩脯廩餼延明師勤加講肄其章程悉經先生釐定厥後司馬㳺陟副使臚狀籲增民苗舉額精夫火老之儔魋結觀光鴻都邊徼莘莘嚮學人文媲於鄒魯先生倡率之力居多其佐當事以建置邊防德甚厚雖然先生出經緯之才爲鄉井綏冠紓難規復隆平盛軌年已垂七十矣抑又聞其大父友德公曾任靖州戎府雖以武奮起家而拔陳天寵於書識割俸縉助之讀書卒成進士靖人士翕然稱之先生祗承祖訓少卽能以文學自勵蜚英黌序長游嶽麓甯鄉王九溪山長以老宿主講席愛其楷法謂得松雪齋筆意長沙府署昂牆外列有貞西山詩石刻其遺迹也屢登薦錄未售始歸里授徒城東書齋外闢小圃種竹額曰淇園取髦而好學義將終身焉性躭吟詠王燕平副使有詩名備兵篁城時招致衙齋分韻唱酬竟日其見重名流如此至其內行涫備剛介不阿流俗訓子弟嚴明有法羣從以肄武得官胥彬彬有詩禮風論者謂先生韜鱗頤志其才足以剸劇機務其德足以模範人倫其學亦翛然遠邁時流假令遭際風雲文通武達必克以偉伐著聲洎晚年見知大帥福文襄公以州倅注籍選部迄未一藉手以沒何數之奇也然遇變小試其端功德暴於鄉邑下爲紳耆所頌上爲將帥所推正復卓犖瀛寰

自足千古矣必藉仕宦而始顯哉先生諱朝瑞號楚珍一號山亭白珩其字湖南鳳凰廳學歲貢生軍功甄敘州同以嘉慶庚申卒於里第彌留時索筆書爾曹愛年不可野心二語示其子弟詳繹其義蓋古人惜陰求放之意相勗於戲卽此可以覘先生生平定識定力教有義方也配吳氏淑慎有婦德子二世崧拔貢生世澤舉人湖北荆門州州同孫四毓琪鎮篁後軍把總奎齡歲貢生世崧出惠齡遐齡世澤出女一適庠生李占魁某之先人當苗疆滋事之初嘗草平苗方略佐節帥幕府五載始終兵事與先生友善世澤復從游先人門下通門過從因得悉先生一生志事最詳夫書紀苗民逆命艮以夷性犬羊帝世尙

不免狡焉思逞之事要在上下安不忘危建未雨綢繆之策豫防其變而不失之疏卽變亦必有以芟夷而安輯之可永永敉甯無事先生沒已四十餘年世澤乞余文以表其墓余爲敘先生出處崖略尤詳著其宣力苗疆守城善後諸大端俾揭之於阡庶後之有事苗疆者得所攷鏡焉

夏一卿主政墓表　　毛國翰

吏部驗封司主事攸縣夏君一卿之喪至自京師長沙毛國翰往哭於舟次既歸葬其子光迪以狀來請爲表其墓烏乎余言豈足以表一卿之行者然余與一卿交最久今都中故人已多零落余亦將以窮而老矣而一卿又未嘗卒用其才不得遂其志以終是亦增余悲也一卿爲人廉悍樸敦辭受不茍勇於爲義論天下得失毅然見於辭色嘗所與遊有過必切規之邑令有知其賢者厚遇之邑中豪猾或有所干於令謁一卿欲得一言爲請卒不敢發而退其剛直亦天性也久之以優行貢成均道光元年舉京兆鄉試已丑成進士改庶吉士尋改隸吏部非

所樂也然朝夕居官次勤習故事益究當世之利弊時他部有獄事連吏部坐之者衆羣執其議甚牢一卿知其多所枉以爲言不可獄將成矣則委曲救之益力主者感其誠事解乃多得全其守正不戾於時類此世亦以此多之然一卿之所見於世者如是而已而世之得見者又不足盡一卿之所自見則余以世之所得爲一卿述者亦僅如是而已也嗚乎其可悲也夫一卿幼好學家故貧其父令事他術一卿曰貧士之常也他術亦須日月則學成亦可謀養由是益自力年十六補弟子員學且教以事其親至是以歲時家祭輒泫然以祿不及養也然自一卿分部曹已十年矣同時儕輩或已至通顯而一卿無所抑鬱

暇日則讀書尤喜司馬遷班固之文以爲論事達時務也頃年以書來訊余曰吾年未五十須髮斑白精力行就衰矣而事無所就知日月當復幾何也余聞其言異之明年隨大學士湯公使江南道中疾作是歲始補今職既還京師病稍閒而復劇以道光十九年十月十一日卒於官次享年五十一卿諱恆世爲攸縣人祖諱家樂父諱之璋一卿貴皆贈如其官一卿爲詩爽健有古風嘗與余相聚於鄖東洣上數數爲之及別去橐亦散佚既到官亦閒作今其存者無多時新化鄧敎諭顯鶴方選沅湘者舊詩因付而錄之俟彙其全別爲一集一卿屢喪其婦男子子三長光迪邑庠生同邑楊氏出次光适繼室湘潭王氏出

次光通生纔數月女子子二皆幼繼室會稽山陰施氏出施氏先一卿八月卒孫男三昭銓昭錫昭鈺孫女三先迪以道光二十年十二月四日卜葬其父喪於攸之西鄉黃桑橋祖山辛山乙向與施氏合窆一卿之卒也光迪時在道其友官於京者爲經紀其喪光迪至護喪南歸諸君以道遠弱小不能偕南於是貴筑縣黃吏部輔辰爲其兒子聘一卿長女旹於家其幼二女則長沙彭編修舒萼益陽胡編修林翼相分輔之俟稍長乃遣南歸彭君既出守轉屬南豐劉戶部良駒竟其事嗚乎朋友之所得爲者諸君爲之而一卿之所欲者卒不能一有爲於時天也然天之所以限一卿者遇而其志行卓卓足以見於時光於後則一卿之得於天有非遇之所得而加損者特慮其既久將無由知而述也故特爲之表其概於石以示後人

甯鄉訓導鄧湘皋先生墓表　劉基定

距甯鄉三百四十里爲新化縣與安化接壤縣隸寶慶府寶慶卽古邵州其地有芳風藻川之勝宋元以來名人多有著述迄今通儒碩彥爲世名稱者咸以邵州爲淵藪新化鄧湘皋先生其最後著者也先生諱顯鶴字子立號湘皋三世皆以名德稱於州里祖勝逵諸生講學資邵閒著錄弟子凡數十人通籍者二人學者稱松堂先生著有松堂詩存父長智國子監生與弟山東鉅野縣君長信以孝友型於家母氏毛前母氏李生三子長顯鵾次顯鵬諸生專攷据著有春秋史漢目論毛詩闡微若干卷栞行於世季卽先生當毛孺人孕先生時夢長庚星入懷

而始寤幼穎慧姿性過人讀書入目成誦有神童之異年二十補諸生旋餼於庠是時制舉之文不盡根柢經義專務詞華先生獨鉤稽六籍沈湛大家以歐曾之法行之一時目爲高材生嘉慶甲子舉於鄉明年春官報罷襆被旋里與母兄雲渠築聽雨山房於南郘之旁閉戶讀書講求經濟之學凡一切朝章大政國家掌故靡不綜錄成帙以期實用尤邃於詩古文每一篇出必以漢魏爲標準以杜韓爲法律風泉滿聽雲霞生色無寥寥窮苦之音有造化微妙之旨甚有聲譽時南城曾賓谷中丞轉運兩淮主持風雅以東南壇坫自歸耳其名不遠千里專致書幣延入幕府凡一篇一集悉屬點定每當高會廣座長吟短咏應口雒誦無不驚異服其婣雅居淮上五年挾其才徧遊東諸侯所至適館授餐皆爲上客傾動海內晚歲不樂華膴之習迺入京師詣選籍銓就閒職得甯鄉校官束裝赴任壹以著作專門名家余自道光辛卯始交先生嗣是每歲必數至至則止宿署中常雪夜縱談明季蔡忠烈公死事僮僕皆有動色頭彌屛風猶感憤不少息爰搜採軼事證以詩文創爲年譜總若干卷俾以鉛槧襄校閱時合河康中丞紹鏞長白裕宮傅泰新安程侍郎恩澤皆有書問訊省著述無虛日居甯鄉十餘稔稍厭士習澆薄引疾告歸諸大吏聘主朗江濂溪兩書院官甯鄉時增輯明季周伯孔楚寶四十五卷主朗江時編輯資江耆舊集

六十四卷其南村詩文集總四十四卷先已開雕主濂溪時編輯沅湘耆舊集二百卷續編八十卷今咸豐元年復主濂溪續纂寶慶府志百五十七卷方竣事竟以閏八月廿八日壽終講院其他經史雜著尙六七種未鋟木可謂多矣天下承平日久士大夫每以科名祿位相矜尙獨先生以儒官隻輪孤翼遨翔公卿閒與纂述相終始宜世所推重與衡陽王而農先生後先媲美夫學術不患不博患其不精詩文不患不多患其不古先生之學與文信乎其可傳也故余於先生身後爲之崀崀然綜其生平纍白於世使今世學者知先生一代傳人他日文苑儒林有所張本彼徒以陳篇戾句譊口侈談者烏足以測其高深

也哉子二人琳廩貢生應京兆試卒於都中琮道光丁酉拔貢癸卯舉人先生卒後十日以孝終海內鉅公必有爲志傳銘墓者詳其世系生忌故不具特詳其所著述祓於阡

蕭處士墓表　羅澤南

善化蕭氏有隱君子曰仲虎諱寅顯郡學生曾祖正煜祖文載父衡萬皆不仕先生生而穎異爲文落落有奇氣弱冠時豪放自若務爲倜儻可喜事瀏陽朱脊甫先生文炑見而奇之勉以學由是折節讀書於先儒諸集罔不研究尤殫心於易反復經傳湥思力索務究厥旨嘗言古今注易家其不合於經者皆由不細讀孔氏傳易之故因以所得著易象闡微六卷自成一家言晚年識諠進有所見輒易其槀有謀以付梓者先生弗之許意有待也家貧授徒自給以不樂爲科舉業不事進取視塵世軒冕泊如也嚴取與進退之辨士大夫不以禮不能得其一見然待人平易與論學及談當世務亹亹不倦固非無意於世者行成而不耀言立而不章吾黨傷之以咸豐元年閏八月二十七日卒年六十有九病革輾然謂友人曰吾至此此心無一事矣是殆有得於易之消長之理者與葬長沙縣河西都泉塘衝先塋下與弟篤修德揚合家娶瞿氏撫弟篤修之子庸暹爲嗣女一適李澤南親先生最久思其人之行誼與其書湮沒而不傳偕諸同志表其墓以俟知者

勅授文林郎周先生墓表　鄧瑤

余幼時聞邑人言鄉先達有髫齡應試郡守以子男五十里屬對應聲答以府尹二千石者心慕其屬辭敏捷而自咎質之甚鈍也後以諮先叔父湘皋公知爲吾邑周素芳先生事先生諱恭先字素芳一字平山學者稱平山先生生有異稟七歲能文通五經史鑑大略年九歲父榮幹負之應童子試郡守王湘奇之故以五字屬對而督學桐城葉酉面試詫爲神童其年卽隸縣學籍閱二年爲乾隆十八年癸酉應湖南鄉試監臨范公時綬得卷亟賞以三場病未與見遺范公出語其父曰是兒大成器登科稍遲固甚善又十年舉乾隆庚辰湖南鄉試丙戌成進

士選雲南建水知縣先生以牧令爲親民官遇事必求盡其職慎治獄性尤廉介建水故產金令多因緣爲利有因罪宜抵而讞已定將出之先生至閱讞牘曰是不宜出吏挾前令畫稾固爭則力斥之其夜因家懷重金求緩峻卻持益力因盡駁前讞問如律大府以故入罪先生遣戍烏魯木齊十年始釋歸歸後足蹟不履城市布衣蔬食躬耕自給與田夫野老相酬荅嘗暑月芸於野憩柳陰下值歲試報罷歸者就問試題過者以其農也揶揄之默而退畢尙書沅先生會試房師也官湖廣總督亟稱於某觀察延爲子師會寶慶舉行郡試觀察屬先生兩子於郡守而不使先生知及知卽戒兩子無與試二子名維贊維襄雅有文譽以先生戒不應試卽亦安恬澹終其身不獲青一衿然能讀父書守家法固不失爲令子而先生律已之峻訓子之嚴卽茲一事已可槪見百世下猶足令人低徊想慕不能置矣先生喜吟詠與同縣吳蘭柴詩老標以詩交最篤先叔父選其詩入沅湘耆舊集爲作小傳謂蘭柴之詩專主才氣以雄博勝先生斂才鍊氣醞釀淡厚格律渾成雖遭意外貶斥久處塞外而出語和平渾厚無激烈譙殺之音可以知其養矣其推重先生若此先生歿已三十餘載流風餘韻鄉人多能道之頃維贊維襄介其從弟維霖乞爲墓表余固景仰先生至久且篤因不辭而述其梗槪如此俾往來過者知爲周素芳先生之墓咸憬

然生其傚慕之心焉咸豐十年季夏月同里鄧瑤表

例授武德騎尉候補守備鄧君墓表

鄧瑤

吾楚鳳皇廳有鄧君諱宏升字雲階者古之剛介君子也乾隆末辰州苗匪蠢動　上命文襄公福康安督師征勦迄嘉慶八年事平時鳳皇廳城外諸廟被焚辰沅永靖兵備道傅公鼐以諸廟載在祀典例宜修發白金二千檄君購辦本料君謹筦出入令家人無敢私用公項一錢一日晨出賣菜傭過門君妻就取數十錢予菜值未及償而君遽歸察知大罵將遂杖之君妻屏息弗敢出一語子萬鍾長跽請代母受杖徐徐怒稍解乃得免杖君有姊適田氏居恆事之甚謹日者偶語君弟受二千金𧦝公得毋少沾溉耶君氣憊面赤厲聲應曰斯言胡至吾

耳姊豈弗知我者而亦爲此言耶絕不與語其姊跼蹐弗自甯即日言歸余謂君以一言故至欲與姊絕良過顧其律已之正治事之嚴不肎絲豪自苟於茲誠可信矣軍興以來主將之能與士卒共甘苦者固不乏人而貪利自肥剋減軍糈者或亦弗免矣儻悉如君之絲豪弗苟能使士卒用命賊豈眞不能滅哉即君一節之善有足令人慨然長歎欷歔太息於不容已也君善騎射苗匪之變在戎行八載大小數十戰然酬不稱庸以是又見當時敘功之嚴且慎若此在軍嘗奉檄稽察軒細同事多以無辜邀賞君遇鄉人從賊中逃歸者廉實必力請於主者釋之嘗云取人頭以博富貴吾不忍爲也事父母最謹鄉族稱其

孝性雖嚴厲遇善人君子必屈抑相從溫語終日人有告貸者輒傾所蓄以應或竟不責償此又君之內行厚德有足紀者年五十矣始生萬鍾萬鍾雖武人通文史嚴正雅類君歷官新化縣把總寶慶協千總軍功保舉守備署寶慶協都司所涖能服其下始至新化凡舊沿陋規悉裁汰敬禮士大夫有加邑人翕然稱之蓋其稟承先訓者素矣萬鍾頃持君狀請爲墓表因揭其大者著於文以爲士大夫勸且以塞萬鍾哀慕之思

龔府君墓表　　鄧瑶

邵陽隆回鄉有古孝子龔國仕翁者。没已六十餘年。其曾孫光南舉於鄉。邑人稍稍傳其孝德。光南爲余言益詳。遂再拜請紀以文。余謂同郡有至行純篤如龔府君者。卽無子孫之請。猶當求其事書之以爲世勸。况重以賢後裔之涕泣以請耶。乃次其事爲墓表俾傳諸世。君諱良昌。世爲邵陽人。生有至性。事兩親至孝。兄弟四人。君居季。析居最早。已伯仲歿。各遺二子。叔兄僅一子。忽攜之遠出。不知所之。方是時。家貧甚。諸孤煢煢無所衣食。君極憂之。隆回固產漆。居民往往以所產貿之他省。君少習是業。稍獲利。或勸之娶。君泣曰。吾兩兄死。遺孤無以自存。吾忍

遽言娶耶。乃悉召諸子。復同產。率之貿荆襄間。其後家漸裕。乃始娶婦。是時君父健在。當除夕。家人團宴。太翁舉觴屬君曰。兒能撫孖孤姪。吾心滋慰。顧安得汝叔兄父子一見爲慊。君跪白曰。兒誓往覓。朝正四日。遽束裝孑身出。時兄音問久梗。或傳其在滇。君至滇。歷訪數郡縣。無所値。凡離家六閱月。徒步萬餘里。貲將盡矣。窮途哭泣。兩目盡腫。見者咸咨嗟感歎不已。一日薄暮。抵村塾。塾師朱翁亦邵人。君告以故。朱翁止之宿。且爲筮之曰。賀君明日兄弟卽相見矣。君大喜。其夕復夢兩舟相磨戛。自以爲兄弟相遇之兆。益復大喜。雞初鳴。卽别朱翁。行天明至一村落。遇有曉汲者。熟視類其兄。子呼之。良然。葢父子流寓其地

困甚。日夕思歸而不得也。君見兄。相持大哭。亟偕歸。與同居。太翁心大慰。勞君酒。復舉觴相屬曰。兒眞孝子。吾死且瞑目矣。光南述至此。葢嗚咽不能自勝。云君勤苦成家。育諸子如己子。家門嚴肅。婦女輩絕口不敢言析居事。年八十餘卒。卒之前歲。始爲諸子析產。厚予兄子田宅。而令己子少受。諸子固辭。則曰。若曹佐我成家甚劬苦。吾子勞逸旣殊。受產詎可與諸兄等耶。卒令少受。兩子亦怡然從之。嗚乎。世俗偷薄日甚。兄弟骨肉之際。葢有不忍言者矣。府君所爲若此。求諸古之孝子悌弟。所稱至行。足以感行路。泣鬼神。化異類者。又何多讓。顧其事烏可當吾世而俾之湮滅弗傳也。抑歐陽文忠公有云。爲善無不報。遲速有時。斯固理之有可憑者歟。光南爲人子孫。宜益思所以顯揚之矣。

恭擬禮部尚書德明碑文嘉慶五年　周系英

朕惟禮樂自天子出實資習掌故之臣籩豆則有司存允賴駿奔走之職緬舊勞之可念禮惬褒崇昭令聞於弗諼義存獎勸爰稽彝典式表嘉名爾太子少保禮部尚書德明奉上惟勤執事有恪早由司庫遷職奉常掌六祀而正辭修七祀而靡忒遂從妙選躋秩清卿游貳春官升華宗伯詔相小禮玉帛鐘鼓之閒贊導法儀進退周旋之習經筵侍講臚句傳聲歷三衙統制之司攝四譯會同之館偶迴翔於銓部實終始於容臺惟先朝之任遇良專屬在疢而畸毗尤切靖共爾位襄　大禮以告虔夙夜惟寅贊明禋於　妥侑宫銜特晉嘉乃成勞遺疏俄聞淡予軫恤綜生平之行誼錫美謚以恪勤考典易名鐫辭崇實於戲國之大事在祀汝既宣惇典之勤人惟求舊有言朕豈靳酬庸之禮貽諸奕葉視此豐碑

恭擬甯夏將軍奉恩鎮國公斌甯碑文嘉慶五年　周系英

朕惟杖鉞宣威允賴干城之選運籌決勝正資鼙鼓之思悼宿將之云亾緊舊勞之可念匪由銘勒曷表嘉庸爾原任甯夏將軍奉恩鎮國公斌甯事上樸忠秉姿沈毅玉林擢秀藩珪推枝輔之恩羽衛宣勤蘭錡肅鉤陳之隊瓊編瑤籍既分典夫宗盟七萃八屯復屢參乎戎秩睠焉西顧資爾老謀總制高牙獨當方面古朔方郡籌邊端藉乎弢鈐封狼居胥固圉不驚於甌脫方倚大宗之維翰遽淪小疢以弗瘳嘉乃壯猶淡予軫念備飾終之殊渥舉考行之彝章賜謚恪勤用昭恩禮於戲令名長在惟茲金石之傳茂績攸章不巽旂常之紀特崇徽賜永播休譽

案文載陽湖李氏兆洛所刻　皇淸文典中爲詞臣應奉文字之一種存爲撰擬之式汝懷坿記

賜謚原任浙江提督追封三等壯烈伯李長庚碑文 擬

袁名曜

朕惟威揚海徼必資致果之才功著巖疆用勵成仁之節矢雄心於馬革倬彼英風錫茂典於龍章壽之貞石爾原任浙江提督追封三等壯烈伯李長庚質原驍健性最沈雄始宿衞於期門旋副營於浙水荷三遷而洊陟　簡命屢沛於先朝宥一眚以宣勤顯秩仍躋乎閫府屬以幺麽作慝畀秉鉞於樓船因之感激誓師期蕆功於磬島廢十年之寢蓐號一軍爲淩波鵲尾鷁頭駕風飆而轉戰鮫宮鼉窟涉溟涬以窮搜屢揮王濬之艫常斷孫恩之笮已枯魚之遊釜功屆垂成詎妖蜮之含沙困

猶能鬬策勳未遂嗟飲至以何期齎志云徂覽封章而墮淚崇加爵秩優予賻資遺疆吏以薦馨飾祼祠而報享銘功表碣稽古易名覈厥平生謚爲忠毅於戲淒涼宰樹猶緬懷下瀨之勞髣髴靈旗尚默佐殲魁之烈庶垂光於不朽謚永譽於方來

文照陳君墓碑銘

廖宗湘

中郎頌有道之碑撫而抆淚文範加太邱之謚言詎怍心吾鄉文照先生生應祆精幼聞衣悳彝倫榘其楷範孝友將於至誠貼月每飛鳴臯有聞夫其論神斷葘驗精蔽志文正之醫如相忠宣甫志活人家濟荀龍兒數石馬蒂蘇燼矣是用康彊若乃百口名橋三宗待爨蜀正方難犯腹甲唐克治竝無李蹊攻譬孟方有踞牀之毽魂甜書味忘近檐之桑守劍施逵式廬左巷有梏彝行賁筵剛貞儒林稟之坫壇鄉評章於袞服於戲古之矜也廉繄形熓則表正人之生也直故君子斯曰終蕺永昭明爰銘芳軌銘曰

於休先生得天之正曰高匪寒曰清匪輕懿抱貞懷存思沒哀相山峩巍與永無摧

湖南文徵卷一百十七

湖湘後學集編

墓志銘上

工部司務周公竹嬾墓志銘

王岱

登仕郎工部司務加一級周公竹嬾與余同里處洞庭南服長衡煙火相望也其官京師又天涯比鄰晨夕與數公修軀耆顔和氣緩性色不形喜怒復健飯無疾年及花甲猶然精粹未艾庚申冬忽思歸里謀於余余驚曰公何遽及此湖南久困兵荒歸隱無地曷暫浮沈薄祿藉以優游公默然行意遂緩迄辛酉秋又以請假告余復慰止之而公意決絕當局者方念公久勞未遷欲留之遲牒不下公忽忽若病不旬日竟卒於旅予方恨知公未深也公嗣君潤聞計奔都門過予里囑吾兒禹書爲公志銘而公之伯兄士儀亦惓惓致書相委士儀博學篤行隱君子也著史貫暨詩若文行世余不覺愧懼恐其言之不副又竹嬾生平交名公卿安用予戔戔之言潤又請不已禮云知生而不知死弔而不傷知死而不知生傷而不弔予於竹嬾悉知其生死得無言乎按公諱士儼字若思號竹嬾楚之衡州酃縣人其先汝南以國爲氏其居酃者始祖榮宗任江西南昌少府傳至希堯郡諸生希堯生道國道國生錫我以選拔官學博錫我生祉祉子八公其三也早慧記悟俱敏文筆犀利儕輩折角年

十五補諸生屢試高等督學高彙旃堵牧遊劉陟岵諸先生皆拔之冠軍會兵革淪草莽者十有五載 本朝定鼎公始復理故業試輒報罷戊戌乃得拔選入成均爲司成章子儀陳學山楊地一諸公所賞識同時肄業爲文字交者先後捷去崇爵厚秩相望而公僅得秘書選見知曲沃衛公久之晉秘書典籍直誥敕撰文歷俸七載偶以隻字詿誤鐫級歸里庚戌臺中李公某始疏公冤還公故物公終不欲自白彰人過量移國子學正乙卯晉工部司務遇 覃恩父母封如其官公守職清愼橐無長物恆思急人之急戚里遠至接引周恤不幸病且卒者糾同心與殯葬其居鄉爲梓里興除利弊如條滌粵鹽蘇商民之困

戚里咸受其庇其生平大槩類是公生於天啟壬戌九月十三日寅時歿於康熙辛酉八月念五日亥時享年六十娶唐氏早卒繼劉氏前戶部郎中劉享甲季女又卒再娶明經歐陽珠次女側室林氏洪氏子六人長潤衡陽縣學廩生次瀍酃縣學廩生次夢齡業儒俱歐陽氏出次灝業儒次渭俱幼葬某山爲之銘曰

厥才何豐厥遇何嗇世浮其名公探其實綿綿之裔是謂嚮德勒石垂聲庶幾不忒

湘潭宰桐城渥源姚府君墓志銘　王岱

公祟著陝州迨宋遷臨安復宦安慶更卜居於桐城其裔勝三生宗顯宗顯生旭中爲明景泰辛未進士官刑科給事天順復辟時以訟于忠肅冤外謫累官滇南大參旭中之後希廉生承虞承虞生之騏公天資夙昇復勤學强記於經史百家貫串綜覈下筆爲文鮮潔峭拔不屑拾人牙後慧故技與時左遇亦遲暮教授里中子弟成名者相接踵諸季輩如之蘭之藺若水皆雁行而師事之公困童試尼子衿至癸卯始出陶望齡王思任門丁未成進士復出吾邑李騰芳之門前後皆名家信文字臭

味不苟也公起家卽湘潭令潭爲兩粤滇黔水陸之衝五方商旅輻輳之聚地最繁劇非歷練長材者莫能控馭公一繩以法强禦不畏岸獄得情平反認理拊不以上官掣以故輿人頌謗相參繡衣使者入境廉得公狀不爲中山匿書所撓且曰姚令廉明雖嚴不害吾其入告最首以公名冠時論韙之公簿書暇卽課士文月一殿最拔其尤者羹牆鼓舞人文不變己酉分校楚闈入彀者如后如謝皆潭士也其知人如是至他治績催科撫字俱得上考將赴內召會有項孺人之疾暨聞孤甥某之訃頓嘔血竟以是卒於官年纔四十七卒之日四壁蕭然橐無贏物監司某適駐潭素與公惙感公之廉撫視而哭因與潭民其經紀其喪慕義者爭致賻累千金然項孺人卒二子承公素志一棺周身外悉卻之而楚按君復遣役扶柩歸里其見重如此公生平著述不戒於火遂不傳獨此遺憾公生某年月日卒某年月日二子長卽孫林郡庠生次孫森龍泉學博二女長適諸生吳道震早孀撫孤死節建坊次適庠生吳道濟孫三文焱己酉孝廉官廣文文燮己亥進士官郡丞文熒貢監生考授州同曾孫七人曾孫女六人公卒已七十餘年其官潭也在余未生之前先君爲博士弟子員亦會以文見知悉公行事今公之孫文燮於康熙辛酉持其狀命銘余不顯不文分無銘理然余實潭人又與文燮爲文字交誼不容辭乃黽勉爲之銘銘曰

廉吏之後世有其賢其緌若若其文蔚然報施善人其不爽焉

泰亨羅處士墓志銘　　王岱

泰和羅處士沒其子若孫以行狀請銘夫諛墓非古也然處士
抱道以沒潛德不彰亦吾儒之責也於是謹按狀志之狀曰公
諱闓朝字泰亨父蓮池祖後山曾祖碧潭皆文學世有隱德號
稱理學淵源考羅氏自春秋時伯嘉實出有熊之苗裔國在楚
宜城兩徙支江長沙閱傳至羅含官晉世祖太康中給事含傳
至艤從桓宣武伐蜀有功擢知襄陽府事因家襄陽傳至宏信
官唐憲宗時節度使遷太師進爵臨清郡王子紹威襲封長沙
郡王數傳至恭官文宗開平中金陵太守又家金陵傳至崇勳
官武宗會昌中殿前都指揮使贈太保徙江州傳至琉官昭宗

時光祿大夫由南昌徙廬陵塅下後傳道徙泰和子三人洞霄
洞晦洞天晦官南唐端明殿大學士霄天同舉進士傳朝偉官
至元給事中傳尙英徙界溪英傳汞達及碧潭其家世代有顯
者處士生而靈穎端慤五歲如巨人岸然自異不與羣兒伍見
者奇之讀書目過不忘從前輩廖滈初養泉學天質旣優學力
綜核含豪吮墨頃刻千言一時聲譽藉甚然志在經世凡兵刑
禮樂及天官地理稗官野志風角諸書尤加考證初試童子例
自負椅棹卽拂衣出曰朝廷待士固自有體乃竟同星卜舉止
邪遂絕意仕進惟窮經授徒爲業講學戴氏里從遊者日益衆
因材誘掖多所造就嘗諭子弟曰吾人學問上之聖賢次之豪

傑再次文章然文章必先行誼苟不端心術莫辯利義徒以八
股博上第據要津其人不足稱也苟忠孝不虧衾影無愧衡門
泌水讀書樂道亦自可傳耳生徒貧者不問修脯更急其有無
授徒四十餘年無長物嘗得館穀若干攜歸爲俯仰計途遇難
者卽傾橐濟之其生平慷慨多類此公孝友性成父沒哀慟毀
形水漿不入口三年苦塊啜粥不茹酒葷遇生忌之辰則涕泣
不食族里咸以孝子稱其餘睦族里如一父之子窘乏者婚喪
疾病患難無不賑助至典器鬻物不止卽悠悠陌路以困阨來
告亦盡力以濟無嗔無倦喜爲人排解里有忿爭不下者片言
剖釋公剛方無慾故人多德之與人談皆稼穡艱難水旱災傷

宜家應世之法功過感應之事無褻語也大至古今興衰治亂
歷歷若指掌聽者忘倦閒及節烈奇偉之行則擊節稱快其屈
枉不平之事則切齒不休善善力而惡惡嚴故善者日親惡者
日遠未嘗不默爲感化也兄汞春守會稽頻以書招公公不欲
以貨取竟不往崇禎中詔行保舉公不欲以虛聲誤國事亦不
就舉鄉飲者再皆堅辭未赴明末吉贛等郡流寇蹂躪公素精
兵法風角乃團練族里弟子勒步伍爲扞禦大破賊於界溪閒
有渠魁曹賊號梟獍攻掠暴至族里驚竄公以大義曉之曰汝
等平日忠憤何在茲賊勢壓境須決死戰滅此朝食乃竟效兒
女子態乎吾歷世忠義棄祖宗廬墓何以生爲誓死不去然從

公者甚少又皆怯敵公憤呼曰賊貪子女玉帛寶無戰心我利甲兵堅壁壘具有死無生之志滅賊必矣兵法用奇貴少貴精安用怯也於是命次子應培擊其前鋒提百斤巨刃衝突中堅所殺過當賊爲披靡散而復合四面交敵公令眾登屋飛瓦石自辰至申殺賊無算應培更斬紅旗首二級隻手提屍揮賊賊爲駭散迄今界溪墳廬無毀戶口猶存圖史守器皆完好公之力也性耽山水勝情兼具贏糧負笈不憚寒暑覽故廬之東東山之麓岡巒環抱隱然如谷遂名曰東谷構亭貯書鑿池種荷移竹植樹手自經營恒葛衣烏巾箕踞青松白石間作梁甫吟陰晴雨雪皆日至焉攜諸孫采花果口授詩詞相和荅爲樂飲

酒日可一石未嘗酒失讀書浮白信口作詩多不屬草與同族葵陽玉壺伯園輩互相唱和嘗手錄陶詩於壁自況晚年謝客日窮研性理於周程張邵朱陸之書槩其羅氏端明洞晦文質從彥博士泌文毅倫文莊欽順中丞欽忠祭酒璟修撰玶參政汝芳文恭洪先給事大紘諸理學之言參考得失體會於心實踐於事毅然以斯道爲己任時以大儒目之滄桑既更絕迹城市次子偶被橫逆公自反順受未幾暴虐者罹禍人謂公至誠所感云以疾正寢於家誡子孫曰吾儒守身爲大汝曹宜讀書行善以古人爲法言訖而逝享年七十有三生萬歷二十二年甲午九月卒康熙五年丙午五月公方面修髯聲洪目爛器宇宏偉儼若神人端凝吉藹與物無競殆遯世無悶者乎卒之日里人至下涕者其感人深矣葬仁善鄉湖舍之陽配本邑劉氏恭儉慈愛以淑德聞先公沒子二女一女適郭某子長子應垣娶郭氏生孫五宏治宏啟宏肇宏哲宏化次子應培娶蕭氏生孫三宏斐宏昱宏雯孫女一爲之銘曰

負材而隱抱道而終不怍不愧君子時中高山仰止其德可風

段母賀太孺人墓志銘

陳鵬年

太孺人姓賀氏爲常甯望族歸於道州學正段公今予姻家中翰相山名巘生其次孫也太孺人生而貞靜聰慧女箴閨範不煩姆教皆通曉大義王父朝節公尚氣節中年棄舉子業學劍術明季率鄉兵殺賊復邑城授五品軍官辭不受與段公世好爲莫逆交懷宗初公官秦州以家事相託遂聯姻年十七賦結褵當是時數丁陽九海內寇盜交訌飢殣盈路舅某公任杭州司馬南北道梗祖產無幾百口仰食太孺人毅然盡鬻其匳中珍珠文錦並家畜買穀若干置田千餘畝舉家賴以無恙越明年某公督餉赴京道卒吳門廣文公悲慟不勝太孺人相夫子

竭力經營得數百金卒從崎嶇亂離中扶柩旋里凡葬祭悉如禮性至孝姑李宜人年高病噎親嘗湯藥晨夕侍奉目不交睫父賀公卒迎母詹夫人養於家凡四十年沒之日附身附棺極盡誠敬待妯娌和順無間言視諸姪恩誼有加自舉某公後兩產俱不育卽勸夫子納妾彭氏廿餘年情同一體彭沒後遺子四太孺人悉卵育教誨之如己出俾有成今俱以科名才望著聞舅某公常歎曰吾家皆汝所造也居家務節儉無錦綺飾特好施與宗黨親串困乏者捐助不遺餘力臧獲服勤年邁俱遣之不取值素明鑒有遠識當吳逆踞衡州謀僭號搜求故明遺逸爲勸進計某公爲僞將軍范某所執脅以僞職誓死拒之不屈太孺人潛遣人齎百金賂守者得脫去遂挈家匿山洞中僞將軍郭某遣其將率賊衆攻洞輒散家財結敢死士拒之會洞中右姓亦率猺民固守太孺人遣人以牛酒金帛犒師衆心感奮歡聲如雷力戰於王洞山口擒其僞副將並鄉導劉金彝磔之洞中不損一人未幾三桂死大兵復衡州羣賊獸散合洞萬餘家俱獲免有欲以事上聞某公曰我自不順三桂耳豈於廟堂言功哉事遂寢太孺人深以爲然某公旣棄世每遇生辰飲食不御淚泣盈襟屆六十時親黨將稱觴上壽太孺人泫然顧子若孫曰未亡人何忍受此可善辭之年幾九十神明不衰子孫曾元羅列冠蓋成行稱一時盛事丙戌相山成進士授中翰

將赴部辭郄下太孺人曰人生會無百年此行後會難期但使汝曹爲淸白吏不墜家聲吾願足矣緣相山早喪母太孺人素所鍾愛自幼朝夕撫摩未嘗頃刻離也歲辛卯春二月以病卒春秋八十有八子六長崴進士候選司訓次昌紀庠生次昌綸附監生候補州同知次昌紳庠生次昌緘廩生次昌總癸酉舉人廣西容縣知縣女二俱適名族孫二十六曾孫九元孫一詳載行述中相山之來南也予方謬膺吳郡且以會勘來京口相山過予旅舍握手道平生相得歡甚以尊人垂白侍王母在堂不欲久客天涯俟予回吳署流連旬日卽歸楚起居太孺人値予被論羈滯京江相山遂留吳下眷眷不忍去閒作寸緘見遺

惟時時持大義相勗略不用温語慰勞自秋徂夏幾一載終無倦色而太孺人已於今春仙逝矣報至相山號慟擗踊幾不欲生惘惘帶星去予與相山有子女婚姻之約又素以道義相交好予蹇遭吏議相山獨以故人情重周旋患難不欲脫身長往竟以此不得奉王母殯殮抱終天之恨嗚咽不能解是卽古之仁人孝子其至情至性曷以加諸余自問二十年來薄宦東南由州縣黐典兩郡攝藩篆迂疏寡當動罹世網日在驚波駭浪中消磨歲月家園數千里慈闈白髮倚門倚閭無裨家國重累友朋如相山者眞人情之所難能而余滋愧矣余聞太孺人之計旣爲文以祭之相山復屬余言以志太孺人墓石略爲敘述

如右竝系之以銘銘曰

於惟夫人鍾郝相望女宗圭璧母德芬芳實相夫子孝事尊嫜猗歟子姓簪組盈牀曾元繁衍五世一堂年躋耆耋乘雲上翔卜茲吉兆佳城永藏山川拱衛百世其昌

石天際墓志銘　黃中理

公諱嵩森字天際湘潭人明進士官温處兵備副使諱萬程之嫡孫也公生而穎異一目十行下童子時所誦習書史至老以口授人一字不忘張安世虞世南不是過也少補弟子員爲文敏捷日十餘藝皆可觀慷慨有大志每以范文正爲諸生自期自三藩反後軍書旁午誅求無藝守土者皆不得其人乘隙爬梳民閒財不已公用憤單騎詣　闕上書訟諸守土者當天子意　諭曰此秀才之爲國爲民者也許乘傳歸籍聽勘所歷地方毋得淩虐賴以免奸人手勘後諸不法者處分有差公時以次進貢士遂作五湖遊越十年歸先是上書內牽連悉

虐諸爪牙盡漏網銜公甚至是摭拾他莫須有事以中公風波獄成公卒以不免烏乎蘭薰而摧玉縝則折物忌堅芳人諱明潔從古如斯可哀也已公元配劉氏晚娶側室劉氏沈氏男二長謙元配出次觀女一劉出卒於康熙三十七年二月時六十二歲以今年月日葬於下四都龍山之原嗣子謙請銘銘曰

浩然者氣骯髒者骨氣曜日星骨堅金石仁成義遂永固安宅

案石公上書在康熙二十六年其遇害在本邑城西詩老余少泉竹枝詞所謂春流不洗萇宏碧千古傷心小埠橋者卽其地也相傳忌者擴入湖北夏包子逆案以害之其後曾元甲科鼎盛亦聊以伸冤抑乎汝懷附記

翰林院庶吉士　內殿纂修陳君延溪墓志銘

彭維新

乾隆十有四年冬十一月望後一日。都城積雪深尺許。薄莫庶常陳君宗五衝寒披齋戶告曰。鎮辭家踰兩載。憶老母恆廢眠食。明當倍道歸。以公稔悉此心也。來言別詞氣甚摯。次日使詗之則辨色已行矣。未幾有傳其凶問者。余方怦怦然洎胡編修中垣至。言君緣曉夜冒雨雪行致疾。近里門始知太君奄逝。慟毀嘔血。遂至不起。今將葬。以君季鈞所譔行述徵銘。余南嚮哭之。歎君之篤於天性。必欲從親地下以成其志也。余居京師數十年。聞世所謂淹洽能文章慷慨負經世才者。率薄於天性。雖

不欲近。獨於君晤接頻數。久而益不厭。始君之以學使者舉優入都也。鉅公要人耳其名。競欲羅致之。君避弗往。嘗語余曰。鎮早失怙。忍死日侍母氏。覽昔人絕裾齧臂事。輒面頳髮上指。今茲之來。母命疊迫。故夙昔矢志。獲讀書負米長依膝下。於願畢矣。世榮不以易也。余韙其言。既而薦宏博。登賢書。不以為喜。兩屈於春官。怡然遄歸。若將終焉。而太君期以祿養。弗之許也。會試期將屆。復預趣之北上。先是平郡王徧求洞達古今之士而難其人。慕君文行。卑辭厚幣。敦請君。以親老固辭至再三。至是放牒後。王多方得致太君。諭以要之。君不得已就焉。不欲入朱邸。王特葺別第館之。時過從諮問禮。滋恭。君與言一依於忠孝。常舉古賢喆懿行嘉言以證。此外無片語他及。王益加敬。戊辰春。應南宮試。獲雋。魁其房。旋入翰林。充　內殿纂修。此士人榮遇。而君邑邑終日。念太君彌甚。或當食長歎。枕函常有淚痕。頻欲歸。王亦不能奪也。會王遘沈疾數月。薨。坐是淹行期。君貌甚悴。鬢髮增白絲。迫謁假得請。馬首南指。望雲行。漸近。羣度公得抽身歸子舍。夙願克副。今而後喜可知已。曾不意其所值若此至於以身殉親。蕲償其未竟之志也。悲夫。君生有異徵。太君夢吞月華。考芷瀕先生復夢玉函從空墮。標曰斯文大壯。君手承之於仙庭。三歲授書。即上口。五歲能作韻語。其警句往往傾倒耆宿。家多藏書。繙研殆徧。說經折諸聖。歷史及諸子百氏。悉能

擷其綱要而摘其疵瑕。所為古今文別裁偽體。匯眾美成一家言。故為諸生時試輒冠曹偶。尤長於詩。始跨昌谷。繼神明於少陵。漫叟以上。闚漢魏。即率爾之作。亦殊凡響。練悉政理。垂髫贊厥考歷宰劇邑。老吏宿幕愧弗及。祁陽陳冢宰撫皖時。延之署中。多所裨補。　殿試對策。敷陳吏事。侃切數千言。歎服者非僅若李鄗一人而已。慎擇交。涇渭無少溷。所與遊有面規無後言。情恕理遣之事。不可彈舉。於道義孚洽者。憂愉如一體。有事惟力是眎。素無長物。雖一面之識。告緩急。必罄所有資之。因是世或稱君為通儒。為詞人。或稱為饒經濟。為崇氣誼。凡所品目皆君之餘事也。君孝友至性。纏綿固結。已推之為諸父羣從之惸

睦。暨及於宗族鄉里之振援。而其心猶日以子職未盡皇皇如不自克。此君之所以迥出時髦。而余所以與君久處而不厭者亦正在此不在彼。而今已矣。如斯人者可易得哉。君先世東甌始遷祖玉川。以任子從戎楚南。因家武陵。高曾多隱德。考諱某由名孝廉宰某縣。政最需次部郎。居鄉型俗。當官卹民。鄉賢名宦兩祀之。所稱芷濱先生者也。妣黎太君早逝。生某君伯兄王太君生君及季歲貢生長鈞。君諱長鎮。字宗五。號延溪。乾隆戊午科舉人。戊辰科二甲進士。翰林院庶吉士。充 武英殿纂修官。生某年某月某日。卒某年某月某日。年若干歲。配某氏。子幾某某。出幼。遺稾古今體詩駢體及雜錄評纂等共若干卷。鈞檢

而輯之。藏於家。鈞亦好學工文辭。某年某月某日葬君於某處。

銘曰

詞已出克。掀於逴行。晞古不襲。諸貌名昌。其身非所好。至性過人。竟死於孝。凡百所稱。銘舉厥要。

光祿大夫太子太保兩廣總督文肅陳公墓志銘　彭維新

乾隆十有六年秋八月甲寅。太子太保兩廣總督陳公疾終官署。事聞 天子悼惜 賜祭 賜謚文肅。又 命入賢良祠。加贈三代如公官。復廕其子巽數也。朝士嘗與遊者泣相告。江南閩粵之氓吏。多為位巷哭。匶歸祁陽。葬有日。其孤纒祖奉狀走京師。徵余銘。冀傳其實以納諸藏。公諱大受。字占咸號可齋。系出潁川。至九世祖鑣。為勝國曲沃令。始擇居祁。曾大父曰一科。大父曰震倫。均長者。父曰綵。積行樂施。與歲歉。出粟帛拯邑里之寒飢。夢神人授以緋衣兒。生公。公頭角殊眾。幼塾

師授句讀。輒能以意疏解。甫為舉業文字。出語驚老宿。時稱神童。洎長。單心六經。於濂洛關閩書橫豎鈎貫。由邑試首拔充弟子員。積數年。學使者甄貢成均。登雍正己酉順天鄉薦。奔贈公暨唐太夫人喪歸。服除。癸丑成進士。選翰林院庶吉士。乾隆元年丙辰授職編修。明年夏 御試詞臣擢第一。嗣是四歲七遷。洊歷中外重任。公有至性。乳哺中本生母周太夫人見背。後值忌日。每哽咽不自勝。奉贈公唐太夫人以孝稱。素靜默無諧語。敦儉習勞。坦夷不設城府。不為矯激之行。亦不澒涊隨俗。其學務軌於正。志在經世通籍後。剳記曩哲治行。期可見之行。以故當官幹實。所在皆有可紀。其出撫安徽。中塗飭辦賑務條畫

詳陋無贖鑄。初視事。剖決疑案。老吏駭其精敏。方是時江北積貯久空。即奏行買麥易粟實倉。歲復荒。賴此賑饑。人民乏食多羅盜案。贓止斗粟斛麥。分別奏予原減。生全者甚眾。嚴汎巡緝大江掠奪。優聘碩儒主書院。人才彌振。　上嘉其吏能。畀撫江蘇。際頻年積澇。古溝決。陳家浦漫。白茆黃浦奇漲。諸郡縣墊被患。公備籌溝防潊淫。悉善。奏貯帑海州庫。迴環糴糶濟民食。咨部踵用小口斛收漕白糧。輸者鼓舞。倡捐蘇城義學經費。增普濟育嬰廣仁三堂公產。俾可久。購地闢逵以絕火延。議覆察禁商販遲糶。謂米質難久貯。斷不能停待踰年。若概查禁。必潛運他處。宜聽其自行出售。議覆城工核減。謂浮估固耗帑。然不

細籌工料。專圖節省。辦員苟且卒事。必難歷久。耗帑更甚。皆切中事理。太湖爲逋逃藪。緣江浙舊設參遊。分駐東西山。緝捕互諉。不逞者得恣攫奪。公奏改江蘇參將爲副將。兼控轄兩省銜。改浙江遊擊爲都司。分防絕推御而弭寇賊。爲從前撫吳者慮畫所未及。在上下江偏災必奏聞。凡六賑水災。運兌法艮。米艘鱗集。抑中飽。領賑者得實。澇退。奏給牛種。杜蝗蝻孳育。散藥以辟疫疹。道鮮鵠鳩。野無胔骼。其撫閩也。鎮定明察。嚚恬姦戢。人樂安之。臺灣撥運歷欠。久爲具文。公根查顚末。列陳流弊。清二十餘年塵案。復備爲善後計。請以四萬石額貯臺倉。每年碾支歸補。免采買派累民番。其爲總制。飭軍戎以綏地方。畿輔循治粵俗亦一變。峒蠻溪蜑息剽劫。吳粵皆兼筦榷務。不私不苛。在粵兼理鹺政。無纖滓。公二十年中。發聞翰苑。出膺節鉞。入爲正卿。贊機務。任寄甚鉅。一以眞誠勤慎貫其終始。案牘遝至。必手覽目裁。提約明故。邅疾不少息。黠胥無從因緣爲姦利。故自始仕訖於終。保寵榮而遠譽吳。非倖也。其歷官。內自編修遷侍講侍講學士詹事府少詹事詹事內閣學士吏部侍郎。洊陟吏兵二部尙書。兼戶部。敎習庶吉士。協辦內閣大學士。軍機處行走。中間一充　日講官。兩充　經筵講官。外自巡撫安徽。移撫江蘇福建。署直隸總督。擢授兩廣總督。以宣力封疆。加太子少保。以金川平定。晉太子太保。加軍功三級。其校文號得人。丙辰順

天鄉試。丁巳會試同考官。戊午浙江正考官。戊辰會試大總裁。文武　殿試讀卷官。充書局總裁者三。　武英殿三禮館方略館也。主武鄉試者二。甲子江南。丁卯福建也。其承　賜賚。自　御書至冠服葠藥食物。甚渥。其邀封典。乙卯丙辰丁巳　覃恩。今次　特恩也。迴憶癸丑春三月。余與方靈皐各作類稠記。時公方成進士。適至。强之撰作。屬稾未半。意與言皆得。余大擊賞。靈皐亦稱善。後公以撫蘇入覲。宿余寓齋。論歷代名臣治行。因及東南政要。極得古大臣意。余且深期之。而不意其年止五十。未究所蘊以終也。惜哉。公初配張夫人。卒。繼配成夫人。皆有婦德。子男五人。逑祖早殤。煇祖監生。一品廕生。娶同邑

庠生劉正長女繩祖監生娶同邑舉人衡山教諭徐上長女嚴祖未聘及祖聘邵陽羅氏女女子二人一適同邑諸生徐學海一幼未字以乾隆十七年五月六日卜葬浯溪蟠虬山之陽銘曰

仕學一源道惟不苟流競喧豗人趨我守蠢迪檢押刮磨黯黮修辭立誠臨人居厚掇科承　恩如響應扣秩峻祀崇光錫嵒卣天嬴其逢胡嗇其壽所施未竟以俟厥後鄉雋覃季寓哲聱叟名山名川在左在右蝸虬此蟠貍貓屏內紀行堅珉厚載竝久

蔡眉人墓志銘　　陳之駓

文而俠廉而厚可謂美行矣蔡眉人能之蔡世族自有科名不絕其文卒不得見餘文學讀書外無涉事方內士也眉人生別致撐胸瞠目縱覽百家年十八補博士弟子又十年食餼文凡三變初爲趨時之文琱樸顏素爛乎搖光逼拂之引睇也庚子後惡其淫豔更爲精果之文窮兵短巷梃刃接鬭人所尤怖甲寅以來好爲古文詞散見別作與時文爲左右廣八科未雋狎視明經學博勸勉就生平好文如飢渴聞名公先生千里接迹士有文能惟恐弗揚所長不自知向人前悉已徧交遊日博名日崢嶸自搢紳儒雅咸希得眉人爲氣勢性義烈雖被服儒素不使不仁加乎其身攖之則勢必伸然成人之美赴人之急邑有建言非眉人莫前較其勞煩甚於在己益文而俠者也昔在邢州爲通守許公所致又應當塗令藍𤣥公幕俱尊爲客卿未嘗干以私布袍葛巾坦如也在當塗陰多庇益令不失名已亦不望報出入關防令不禁不過與彼都人士唱酬淸賞贏得風藻自湖以北騷動江左而已以廉故不富偏敦倫泛愛厥弟有孤弱子弗克振撫諸家與己子同學代經其產殖族子受業知其乏口不言質衣事一遠人負笈盜擠寒溼狠籍至分飧其食既成其業歸贈以貲後俱籍諸生族子且廪長者憙何厚也大抵世無聖賢惟俠者能無所取多所與然非眞文人不能俠古

有俠而不文鄭莊輩是也文而不俠任昉所遺五交是也眉人眞文人少不爲寒蹇行規模揮斥但所得盡以買書田園寢落籤函富侈家置萬卷樓晚坐其上日擬一篇嘗曰我輩須存讀書種子卽至獄詞訟牘皆從容蘊藉曲盡情理如東坡同甫其於文何如邪方病之殷有來問所託事家人辭已從枕上大聲應傳荀息曰死者復生生者不愧眉人知病革自以死期其意謂生者幾時能不相見生者後死死者不愧非眞文人信道之篤能不侵然諾若是邪彼有古文若干卷詩若干首著某書若干卷付其子曰忠厚光明無替先德文則汝知之矣生於某年月日云云銘曰

淥水之西士也無遇精華不掩在詩文賦風流文園經綸武庫貴交平遊計以千數輕財如酬壯節界怒千秋萬祀過此封土尚知爲蔡眉人之墓

編修車麗上墓志銘

王文清

先生諱鼎晉字麗上號平嶽先世江南潤州人後有別駕於楚者過邵陽眈其山水遂家焉至高曾大敬膺歲薦不仕曾祖泌書由明經教授常德府事載楚通志中迄萬育公力學益勤以松脂代膏火取康熙甲辰進士拔庶常官至兵科掌印給事前後抗疏數十直聲動朝野子四人長鼎錫叔道南季世南而其仲則先生也給諫之志在移孝以作忠先生之志則以盡忠而成孝幼通帖括能詩成童冠國子諸生庚午舉鄉魁丁丑捷南宮拔庶常亦如給諫壬午典粵西試得鄺君悅等名俊百粵風氣遂變時給諫退居金陵先生就養病則衣不解帶喪則哀毀

骨立慟范太安人早逝孺慕終身　聖祖南巡命在籍詞臣校刊全唐詩錄先生與焉入覲　行在　上問給諫卒葬期甚悉先生退而流涕曰凡我子孫宜永佩天語忽忘也後因分獻太學燔肉不至大聲力爭當事以識大體嘉之嗣是三朝政治典訓治河方略玉牒館諸職靡不恪襄其事癸巳典順天武闈李維塞都輩出其門八旗會狀於是始視學閩中於儋陳二生之孤寒則錄之於夏午尼之邪說則火之於考亭墓碣宰木則葺之於黃榦陳淳之從祀則請之在官則扁舟蕭然士子負米輸薪舟幾爲之覆去後則踴躍樂輸代淸逋負者至二千餘金計先生入官凡數轉其間受　御書三文綺一緣

松石硯一·佩文韻府一·周易折衷一·明心寶鑑一·進呈經鋤堂志一·奉和　御製甘霖詩一·而荷　寵曰隆·自牧愈謹·令嗣敏來·敦本由科甲牧民·所至皆守先生敎·烏乎·給諫移孝作忠之訓·先生眞不負也哉·車氏自其曾祖·祖若父·三世皆祀於鄉賢·先娶彭太安人·早卒·繼娶顧太安人·男子子六人·長東·早殤·彭恭人出·次敏來·進士·官州牧·次敦本·孝廉·官縣令·次述·次速·俱國學生·王氏出·次暾·幼·楊氏出·女子子四人·孫男三人·孫女二人·曾孫女三人·生於楚邵陽·沒於江甯·郡下·葬於前山之陽·爲之銘曰·

先生之家·父父子子·世德作求·忠孝而已·父也作之·子也嗣之·

夙夜匪懈·式穀似之·靈風徜徉·瞻望故鄉·重湖之上·召國之陽·

亾室元配王氏墓志銘

曾紹孔

君姓王氏·生無名字·死而孔追有之·名賓·吾字逸君·與孔齊庚·十八歲歸孔·時大人秉家政·內事一統於母太君·太君下子婦三人及逸君而四·咸司佐理而已·孔亦晝夜自苦爲學家於塾·入則客然莫識逸君賢不賢也·僅伺太君常假以顏色·久而愛憐之·又或左右終日言笑爲常·下顧奴婢·子罔不爭相入侍者·孔心識之·甫六載·疾卒·年二十四·卒之日·凡吾家不問內外·無小大·號咷盈室·弔者不忍聞其聲·大人亦爲泫然涕不止·諭以禮葬·葬後其言面常若有憂歎者·太君哭之慟·至屛食飲·對人且泣且訴曰·初來家·奉所事·所言悉中吾儀法·不學以能·孔是

時弗敢哭·弗敢泣·跪白兩大人·寬譬者數·願以義抑哀·無重死者罪·又戒止諸哭者·而皆不能·此可强致耶·其亦有迫於中而不容已者歟·烏乎·人之死生亦大事也·秉受於初·歸全於終·生無不樂·死無不悲·則賢矣·由太君哭泣之詞·嘻·賢矣哉逸君也·奈何不幸以致此·固所謂命者非邪·其始終之際·今尚有知者·更歷數十年·無傳聞·則懼後之人不復能知逸君之賢矣·爰銘以述之·男一·志道·女一·殀·始葬以其地未善·卒改·未得吉卜·終當與孔合其藏·銘曰·

同所生·異所死·不汝歸兮·獨知止·生則短·死則長·待我來兮·竝受祉·

孝懿先生墓志銘　　鄒致肅

往孝懿先生寢疾於庭，走介促余臂而涕曰：余殆不起，子知我深，隧道之石可不狀而誌也。余亦涕而諾。歷今二十七年，嗣子瀲踖余門而速貞珉之誌。烏乎！自君之沒也，感切偲之無侶，而進取之路遂荒，則子產之哭子皮也；念知音之莫再，而詩文之志亦乖，則伯牙之慟子期也。不然，易簀之託亦歷有年，何至退管在案，竟屢援而屢擲，以待公嗣之諈諉也乎？烏乎！余其忍弗銘。君姓羅氏，諱瑄，字仲宣，先世自衡徙祁，又自祁徙邵之鐵塘，代有名人，邵之誌先賢者再書特書，爲虺邑箸姓矣。又數傳至文學養浩公，配甯太君，生子三，君其仲也。負夙慧，太翁奇愛之。

年二十補邑弟子員，踰年餼於二十人中。兩踏棘闈不利，遂絕意名場，惟以文史友朋爲性命。顧家貧多故，旣遭婦喪，又連喪其子，奉倩之神未定，嬴博之坎頻掩，君不怨不尤，一以命自安，不爲西河之慟者，亦不流爲東門之達。常別闢一小樓，坐臥其中，而題曰邀月，蓋有感於喪悼之餘，顧影無儔，惟餘一子一孫，又皆出就外傳，故取太白舉杯邀明月、對影成三人之句以自寄其悲思。後余來過，君指問其義，余舉前事以對，則踴而起曰：子眞古之所謂第二我者乎！相笑也，已而相泣，皆不自得也。晚歲尤嗜書，斗室千卷，供其漁獵。又手鈔杜林合注，排纘字說，合注止於宣成，字說終於上下平，雖未獲成書，亦足見君之老志不衰矣。公至性天植，不少緣飾。初，太翁年五十，淸羸善病，幾不粒食，君購牛於圈，每五更則自取其乳，熟蒸以進，如是者有年，食稍復初。後事繼母周，孝養備至，沒之日，哀慕不減甯太君，而慟甯之早棄養也，渭陽尤篤。其舅氏介石君性嚴峭難近，君多所周旋，不拂其意。恭伯兄，友季弟，雖各居，一遇公事，卽引爲己任。有豪無賴者搆大獄於官，君獨力以往，寒暑弗惜，遂遘危疾，幾至不起，賴其婦賢，多方營護，保君於危棘之際，亦閨閣中所難。課子最嚴，雖壘經喪悼，而於一子一孫，自詩書以及服食之細，曾不少借。子微規之，則歷舉某某之鮮衣美食而敗者，以爲不遠之鑒，子不能復置一喙。至若收族睦黨，外和而內辨，平曲

直，息爭訟，一裁於義，鮮有違者。夙友愛從兄錫南，至老彌摯，相距五六里，未嘗有旬日之隔，每得鮮竊，彼此不獨享也。迄今兩家子姓猶能繼述云。君子六人，惟第四子瀲爲收子。君卒，鄉人士私謚曰孝懿，學者稱孝懿先生。

亾媳喻氏墓志銘　曠敏本

此予長媳喻墓也老友卓人先生之幼女長男大椿之妻爾父年六十生爾時猶未舉子嘗指謂予曰是吾子也予往來喻氏爾數數繞予郄予顧謂爾父曰是予女也歸曠十五年予女爾未嘗媳爾也爾之賢族黨知之邑人士皆知之舅姑也父母之娣姒也姊妹之予止一女爾更不翅兄弟之爾質懿而容端十五年中未嘗言笑聲出戶外予嘗謂爾姑曰喻宜有福今胡不驗邪豈予之孽禍及爾身邪爾生于雍正乙巳正月三日沒于乾隆丙子正月二日生男子二人曰喆曰佶予敎之女子三人爾姑育之爾雙目竟瞑邪獨不顧堂上人之兩眼如注邪爾二

子皆能讀予書是當光爾墓臺者然言至此而予腸更斷矣㫪爾月形山祖墓旁坐丑向未郎在予住宅後予猶謬想爾之不離予也痛哉銘曰

天厭予災延爾生前薄祜死後應隆祉爾不死爾有子

彭孺人墓志銘　聶燾

歲庚子燾侍先師衡陬先生讀書葛公邑署館粲優隆先生笑曰此間飲食帶官廚習氣吾家門首有甘泉釀酒不減醽醁池有魚園有蔬雞豚孕字足給盤餐吾妻自爲女時嫻閨訓善事吾父母烹飪合內則波及鄙人分餘甘焉凡所以使吾奉祭祀娛高堂樂姻親歡鄰里友朋酣嬉門生晨夕讀書講學作文以至就館遠遊登高賦詩絕不以家人俗務敗吾興者皆吾妻之助也吾何羨乎官廚矣後燾住京師京師士大夫好誦先生詩文一日湖南北兩館大會談及黃州教授之樂謂是東坡以來後身抑其室有賢婦善解夫子陶淑意每出游門生隨者數十

人酒食肴核擔攜載道歸而醉飽充然燈下錄所賦詩人各一帙先生甲乙定使人持眎孺人曰無以云報聊償酒債耳一時聞者無不撫掌大笑飲興轉豪傳爲佳語葢孺人自于歸彭氏侍舅駭園先生課讀陋漏齋以來館中飲食及文士風流豪邁之況皆其素習而在座者多湖北人或現居翰林或秩滿待陞或膺選赴任或應禮部試需次皆先生所陶冶而成親被孺人之德意故其言之縷縷更有爲湖南人所未悉者其可與疇昔先生語互證如此己未冬燾拜見孺人於黃署越一年先生柩歸復拜見又八年任陝與次君吾友坊結姻家又八年內艱終養見孺人者不數計初二次以師生禮見命兒孫將命貌莊禮

肅受拜訖卽退結姻後漸假語言孺人曰而師生平口不問家人產在黃久四方以乞文潤筆者致金頗多悉以散之門生故舊不置田宅吾以織紝節縮所餘擴充之不吾許也惟買世家所藏古書萬卷費千餘金指吾曰此吾子孫艮田今書在室坊兒因我老不謀仕時復讀之吾子時來共讀加講析焉毋荒此艮田足矣按萬卷書得自名宿王昊盧前輩家昊盧批識至精先生復加精手澤炳然吾友坊能讀而焘不能讀其何以酬孺人之言哉孺人姓熊氏世有名德父諱佩鼎隱君子舅諱齡贈公郎課讀陋漏齋者有駭園詩集行世毋曹太君姑楊太孺人夫諱士商康熙辛丑進士官湖北黃州府教授學者稱衡陬先

生子三長城庠生次坊甲子舉人次墉城墉先卒坊養親辭會試孫十其第九曰仍珣卽余壻也曾孫七雍正甲辰以　覃恩應敕封孺人不忍貤贈王姑生康熙庚午九月某日卒乾隆庚辰三月某日享年七十有一乙酉十二月某日葬毋家熊氏宅左地名劉家灣酉山卯向距宗祠室廬舅姑夫子墳墓僅里許先是吾師葬孝昌夏太史觀川志銘之至是坊以命焘銘曰

師也葬孝昌銘才非孝昌筆不靈曰是爲儒宗德配之幽扃

周方伯墓志銘

郭焌

君諱憲豐字方伯甯鄉人其先代以武功起家居邑之小源世有隱德父諱某母某氏生君時有異兆兄弟四人君其伯氏也君幼穎悟好學善屬文甫弱冠爲諸生屢試秋闈不第益自折節讀書生平慷慨有遠志然君卒不遇年六十以明經終君既卒之數月吾戚胡翁雨耆道君嗣子意以書來乞銘烏乎君余故人也念戊午余客京師始與君相識余時年少不羈外之人率多厭余爲狂生而君獨與之相結是秋君病癰余旦夕來視君每爲之泣當是時君幾死其後有善醫者治之君竟得不死死於客與死於鄉於君亦安所損益而君卒必南歸牖下又十

年然後死者此以知君德之不應致爾也君爲人孝謹端重志行多可紀具於嗣子所爲狀人人知而信之余故不錄錄其與余交而足感戀者如此君生於康熙二十七年六月初五日卒於乾隆十二年四月二十九日將以明年某月某日葬於某山之陽君有男三人爾鼎爾鼒皆有學行介胡翁書來乞銘者鼎也女五人皆適名族余旣與君有舊又重是請遂爲銘銘曰

大陵之松下有茯神冬不閉涷天地胡春烏乎君之德不昌其身而利其嗣人

朱先生墓志銘　郭焌

先生諱天章字依雲姓朱氏其先浙人也大父諱某爲廣東仁化縣令辭官來長沙樂其風土遂家焉父諱某籍善化以明經官甯鄉訓導母贈孺人章氏生母許氏先生生順治十二年十月十五日無兄弟而早孤以吳三桂亂後徙長沙之東鄉故又改籍長沙年三十爲諸生後七年食廩餼又後三十年而貢貢二十餘年而卒卒年八十七乾隆六年之二月二十九日也配劉氏有男三人女二人孫九人曾孫十四人初先生父歿生母許氏悲憤旋卒嫡母章孺人恚曰皆相死焉置此兒者專屋挾先生以居支持而保護之雖甚貧務令學先生朝出就師暮歸

與母宿冬寒從道上拾枯薪於夜具爐火張一燈几上孺人則手木綿引紡車以轉先生坐其旁就讀書每風急雨淋相顧酸淒人影單隻孺人泣先生亦泣由是益自刻苦折節厲志外日有名其後母死遭亂國傷未夷家難繼作白日鬼魅豺虎變怪時時惴恐然先生卒以學完行高爲老師最不墜其前業者雖天性固殊亦由孤貧感激勢使然也先生爲人氣仁而好義貧色及酒一無所嗜平居靳靳以肅至其接物則又熙熙以和困者賑之病者藥之後進小生執經請業者繼於門有所指畫必盡意乃罷凡十下棘闈皆不售後遂不赴亦無憤憤色能文而有道時論以爲難晚喜讀易別署號曰虛山遠近學者私相語迨其死至今稱之必曰先生烏乎可銘也男三人者芾藻華華前卒皆有學行先生之父子與焌先人交好也焌又與諸生游少時失父母依外祖父朱公平齋居常於其家見先生前一揖今公已歿九年先生又歿一年其嗣以是冬十一月十九日葬先生於某山之原蓋二十載而焌爲銘銘曰

豐乃才嗇乃遇死以孤童志乃墓

王豐川先生墓志銘

陳長鎮

歲辛亥季夏朔四日舅氏豐川王公卒於家將以某月日葬於某所秋九月鎮應舉入京師公配文孺人泣謂諸子曰陳甥知汝父銘之惟甥宜表兄載九奔走來告鎮大痛曰嗟乎鎮何能銘公也夫公一生以齟齬窮自刻厲於文詞期昌其業曼衍澎濞狎而遊之無有統極已乃懼其泛濫鉤心擿肺獨闢崖岸琢鏤完好特呈怪變旣與爲抹擬世亦駭而反走一日寸裂所著悉焚之曰知我者冥漠君也蓋其中鬱積而發之激詭可哀也矣少補弟子員食廩餼性剛直簡略不能札腰矩步年四十八領鄉薦　今上癸卯釐剔人材應得補吏畏趨走署冷曹非

其好也卒不就年六十五卒初疾革遺鎮書欲一面阿士託以後事予適亦臥疾背不往越月走位哭文孺人曰若舅未易簣時自哀一帙戒曰焚餘得此天或爲餘留也以貽陳甥必能成我志鎮復痛曰嗟乎鎮何能成公也夫公旣坎壈厭仕進所著又盡燔棄疑若逃名者顧沾沾身後慮然後知公之未始忘乎名也昔人謂詩人少達多窮如公卒窮以死旣無有氣力者奬拔使信於今又安必有與爲表章使傳於後公顧拳拳於鎮如是意有自信必傳者固難爲淺識道也公諱爲垣字東注不偶於俗惟與先君鹿山公交篤尹甯川時公往來吳會鎮獲從遊竊其緒論故敢志而銘之所著有浪山集六瀾集家世能詩有隱德父諱道宏明經不第少與兄爲壤弟爲城兩公齊名稱王氏三傑皆富著述亦以明經不得志卒公卒後湖南北文士識與不識皆爲太息銘曰

嗟蚩蚩施倒持筐櫓石柱摘髭公揭揭背以馳奇其數放厥詞彼憒憒吠而嗤後者知誰之司烏乎公塚在斯

孝廉黃華川墓志銘　余廷燦

烏乎士廢日力役於舉子業亟亟趨時赴變求合有司尺度至於摧折踣頓猶不肎已其幸者偶一合有司尺度得自鄉貢名禮部禮部籍試之卽不幸不得猶得注籍吏部以縣官學博待銓選而又疾病疫癘之無常康强壽考之不可必至於中道短折展轉彌留猶諄諄舉愛子屬人若惟恐後來爲之者之或不工其術以爲必師某某者卽如吾卽不師某某者卽不如吾噫其篤於文也已黃生敏功從予講習於濂江書院予懼末學離眞失僞教學者以澄澈心源解脫纏縛思人之所以爲人思學之所以爲學其有主於內也譬入海者貴得元珠其漸融於外

也若消冰之得夏日而文在其中矣然不信者以予言爲迂闊也其信之者則又以予言爲求工文字之捷徑也是二說者淺深固皆無當雖黃生亦然然充其質勿懈可進於道而工於文者已而黃生狀其父之行實請予銘幽其狀曰生父性寛平於父母無不承順於兄弟篤好相切劘如師友早歲泛濫涉獵兼工書畫然非其好也壹意學爲八股文補博士弟子員試必魁其曹既廩於庠名譽日起然在舉場數戰數退乾隆庚辰乃以第二人舉於鄉兩赴禮部試又不第丙戌己丑歲疏通乙科選格士之舉於鄉者半得官去生父以體氣羸弱獨杜門養疾於家不得預其在家毛髮絲粟經紀秩如遠近學子請業者俱有聞有立既九年竟不起以乾隆壬辰年二月二十六日歿畢君光祖者生父同年友也兩人志學甚相得是時畢官醴陵縣教諭又以內憂主講濂江書院生父命小子敏功曰吾死汝當學於畢汝其以父事之今畢補官遠去敏功不得追從然聲瑱瑱在耳敏功猶時時泣志之不敢忘其平生所業文字多散佚無收拾者敢請吾師一言圖不朽嗟乎士之不爲舉子業與爲其業而不精其術精其術而不投於時俱可以自告君一一反是而其效止於此鮮有不悔而改圖者而君又望其子爲之而且望其爲之之得師以庶幾盡善噫若君者其篤於文也已矣君諱大年字象椿號華川醴陵人祖茂省由福建省入籍醴陵父

鳳山例贈文林郎母某氏例贈孺人子四人長敏開次敏功卽從予於濂江者次敏發早夭次敏達女子子三人君生康熙壬寅年九月十八日年五十有一以乾隆三十九年十月二十七日葬君於箭竹山銘曰

孰控之起孰擠之止眾萬之生若驟若馳叶恥摶沙成質解散則已君於其閒勤而無所叶洗有崇者封神還太始抑猶有子君其不死

敕封孺人羅孺人墓志銘

周大澍

族弟玉圃之配羅孺人，以嘉慶十九年六月己卯卒。時孺人子樹棠自京計偕旋，侍子樹槐自沁源闈計歸，諸盧前葬，以父命乞銘。余雖聞族諸母嘖嘖道孺人賢，按所爲行略次之。曰孺人姓羅氏，工部尚書源漢之女，年十六來歸於周。逮事祖姑舅姑，旁接先後外及姻族，翕然悅而安之。平安溫愼，未嘗有惰容。治其家以儉約，及玉圃用以急人之急，未嘗有吝色。子男九人，及見樹槐成進士，樹棠舉於鄉。曰科名汝家故物，期不負耳。樹槐假省之官，曰昔吾侍若外大父，亟稱若大父江津公之爲令也，若勉之。其敎諸子多類此。此其行之大者。烏乎賢已。司空公起

家翰林，洊歷卿尹，其篤棐格於　宸衷，其丰裁式於百辟。孺人習於庭訓，匪朝伊夕，固宜其賢過人遠也。昔桓少君提甕小節耳，猶以貴而能勤，著美前史。孺人生長京華，目不覩故鄉井曰何狀。戚里笙歌，豪門珠翠，流蘇結帳，油碧飾車，日下見聞，歲遷月異，一賦于歸，三日廚下，洗手羹湯，田嫗蠶女，如識生平。榛栗棗脩，虔修婦事，往來餽問，蘘布溫煖，斯爲難矣。吉劉向傳列女，反覆推本古人胎敎之法。今樹棠兄弟質美而學修，方將奮翼天衢，騰驤皇路，此雖由玉圃淵源家學，夙秉義方，孺人所以成敎於家者，必有異於尋常所爲敎者矣。烏乎是可銘也已。玉圃名某，江津公諱某。孺人享年五十有二，子男某某，女四人，適某某，孫男女若干人。某年月甲子，葬某原。銘曰：

有婉女士，司空之子，以篤周祜，江津之緒。濟濟翼翼，柔嘉維則。維年之裔，壽於茲石。

欽賜祭葬祀昭忠祠署定陶縣知縣賀君墓志銘

唐仲冕

君諱德翰字勻莽長沙甯鄉縣人先世由吉水屯長沙明丞樂初徙居甯鄉曾大父發大父淸寅皆諸生曾大父考授州同母老不謁選有拾金還人事大父鬻穀百石儲社倉皆載府縣志父嘉謀國子監生母蔡氏君生之前夕父夢達官至堂傳呼援詔生而端偉穎異九歲能文乾隆己亥 恩科以廩生舉於鄉嘉慶辛酉年大挑知縣發山東歷荷澤鄆城利津朝城范縣定陶皆有廉能聲卒殉難定陶年六十有四先是首逆林淸伏莽近畿藉邪教嘯聚煽惑以癸酉年九月搆逆於直隸山東河南

地錯交而兇黨徐安幗朱成貴等分擾曹縣定陶初十日昧旦蠭至定陶城外委張廷立率守卒數十人拒之傷斃君知事急取印付僕李庭來齎郡而自衣冠升堂大聲諭之弗退且刼獄君三日前聞陷滑縣練義勇未成隊君卽率之迎捕力不敵遂死之君死時罵不絕口故受禍最烈賊退邑士民收其屍哭奠三日後觀察熊公方受驗視乃殮顏色如生中丞同公輿以聞奉 旨如例賜卹予雲騎尉罔替卹葬銀各百兩致祭一次國史立傳祀長沙府昭忠祠君性和易獨於名節所關則辭氣震厲居官案無留牘在朝城嚴治竊盜閭里安枕回民叢毆傷人人畏其橫君必按問如律徵賦請行江南販串法民便之在范爲糜粥賑貧饑粥可立箸乃分食之權定陶未一月卽罹難當是時承平日久民不知兵不軌之徒變起倉卒甚至逆天犯 闕毒流三省然不旋踵而殲磔靡遺蓋 國家德澤淪肌髓故雖稂莠蔓生而芟夷薀崇之無難也夫平日培之蕃之責在州縣使爲政期月化行而禦侮有備必能式遏安堵無如時暫而變劇然君致命遂志吏民感歎烝嘗弗衰 朝廷褒卹子孫榮蔭可謂不負所學矣余與君計偕相友善每以行誼交勖是年余監試出闈得君八月中旬書言抵任檢災甚勤未及復而邸報君死難矣爲之欷歔流涕信君之不媿其言也君子懋榑以君行狀寄余請志其墓余曷敢辭君配王孺人同邑進

士廣西上林令忻之女先君卒子三懋榑蔭雲騎尉懋槐懋檽皆邑諸生女四皆適士族孫二容熺榑生容煥槐生孫女七皆幼君殉節之明年三月懋榑等始自定陶扶櫬歸里卜吉於某年月日葬其邑之二都九區東茅嶺之陽銘曰

砥行以豫臨難不撓況佩名義當 仁聖朝綰綬執殳咸爲毅魄所尤難者官攝時迫君學有原有文有政文惟理明政惟經正爽犬旁猘突不及防惟志素定處變如常歸神故土 旌寵葬祭臣節 國恩施及苗裔

前揚州府知府伊君墓志銘　　唐仲冕

嘉慶二十年秋九月前揚州太守伊君卒於揚州州人祠其主於湖上之三賢祠聘其子念曾扶櫬歸閩越明年念曾匍匐金陵乞銘於執友唐仲冕曰公許爲先人志墓今將葬矣敢述行狀以請仲冕謹諾君諱秉綬字墨卿汀州甯化人六齡就塾穎異爲大父所喜稍長益向學恪奉庭訓師陰靜夫先生與聞先正雷翠庭先生講論以居敬窮理爲宗守以敦篤出爲循廉初入刑曹受知阿文成公任以綜核秋讞出守廣東惠州旹弟方嚴豪斂弱植建豐湖書院牖諸生以小學近思錄海上人士皆知有考亭之學矣其慮囚亭疑法如海盜中有被脅未從盜者

二十有二人律載三年減死此五年憲府疑當重論君以委未行劫五年一如三年宜從實請卒得問遣陸豐巨猾肆劫勒贖遲者支解君力請上司震以兵威縛其渠七人戮之故歸善博羅永安之變陸豐安堵歸善有陳亞本博羅有爛屐四將爲亂君皆請提督興捕不應乃以計擒亞本適緣他議去職而博羅變作矣君且有遣戍軍臺之罰博羅餘黨竄永安新制軍巡惠惠人訴君冤丐還君者數千百人制軍入　告　上知惠州士民有總督不聽知府未早發兵撲滅之語　恩免戍臺事既伸僚友相佽復官奏發南河旋授揚州府時淮南大水君方檢高郵寶應災傷刺一小舟雖棲戶柱渚必親閱手書及之任尤劬躬率屬賑貸紛紜錙銖必覈吏無所容其奸倡富商巨室錮置粥廠以鉅萬計誅北湖萑苻鐵庫子輩杖校詭道誑愚之聶兆和故民雖饑困心無惶惑是年仲冕亦督察鹽城阜甯荒政君寄以詩如春陵行相勖眞心捄濟詩以憂去士民懷思不衰逍服闋入都過揚匄留談讌不忍遽離而遂終焉殆非偶然君先世由太原遷甯化高祖某順昌縣訓導耿藩僞將劫掠不屈耿敗乃免以曾孫貴贈奉政大夫曾祖某贈朝議大夫祖某以孫加級請封晉贈資政大夫考朝棟乾隆己丑科進士累官光祿寺正卿晉封資政大夫光祿公講學有淵源立　朝有氣節嘉慶元年六十有八恭與　千叟宴君扶掖以入十年君以復

官　召見　今上垂詢光祿有朕惜未見之諭其德望如此光祿公親受業於雷先生得閩學眞傳君紹聞既習立志最早晚年專心愼獨故自律己型家涖官以至綴文作書皆是物也而世或譏之夫曲學俗學無論已即詞翰重選學攷訂重漢學惡知心性之學哉著坊表錄攻其集修齊正論未成書有留春草堂詩七卷君年十六補弟子員己亥舉於鄉己酉成進士改刑部主事遷員外郎戊午科典試湖南京察一等兩任知府權河庫道及鹽運使司皆有廉聲君生於乾隆十九年正月卒年六十有二娶李氏夫人生子二紹祖監生候選布政司庫大使念曾嘉慶癸酉科拔貢生候選教諭女二皆適名門孫二性存

念曾子成存紹祖子某年月日葬君於某山之原銘曰
名父之子人師之弟敬義夾持動必以禮曲突謀沮遺黎嗚咽
城旦書成　聖主昭雪拼溺若沈處脂不潤治身治官一秉
忠信奉諱家居將母秋園旣愴風木廣置義田武夷匡廬晦翁
遺躅匪云好游以寫衷曲出山遲回良友敦勸魂兮歸來若孚
輿願讀君詩集春長酉摩君分隸風格遒報春秋兮俎豆蔭子
孫兮松楸問學無朋兮使我心憂

會同縣教諭李君墓志銘　唐仲冕

君諱道甯字坤亭湖南善化人也先世居邑之側茅嶺前明多
聞人詳郡邑人物志曾祖有藻康熙初廩膳生贈奉直大夫妣
胡氏贈宜人祖天柱康熙某科舉人信陽州知州奉直大夫入
名宦祠妣黎氏宜人父聞知雍正某科舉人平江縣教諭文林
郎妣車氏孺人三世皆有集行於世君乾隆甲午科舉人選會
同教諭以疾辭不赴嘉慶某年月日卒距生於乾隆某年月日
年若干歲君性直諒有丰棱寡言笑與人交始終不渝然與脂
韋滑稽軋齟齬不合教子嚴而有法會同學官租入頗豐人勸
之任君曰不可以衰病溷學校其安貧守義類如此先君子爲
信陽公門人於平江公爲友然嘗言文章得力於平江公爲多
平江公勘點文字高踞一席先君子侍立拱聽平江公無媿色
先君子亦無倦容忠告且然義方可知君之受教於平江公也
稍不稱意投之以硯額且損故君教子弟一守其家法不少撓
余以通家世好爲同年友其孤某將葬君於某原以書求志其
墓謂君落落寡交此事非余莫屬余何敢辭君配某氏繼配某
氏子二長某諸生娶某氏次某娶某氏女幾人長適湘潭編修
石承藻次適某孫幾人銘曰
家傳哲匠世守方軌義不苟祿況於財賄室無斗筲楹有書史
歸眞此宅宜爾孫子

詩人甯鄉縣學生何君墓志銘　唐仲冕

余年二十八遇何君星田於岱下明年余主泰山講席君敎授泰安縣公衙齋數常過從以文學行誼相切劘重以婚姻著有東理齋唱和集及君歸省余爲賦別且序以送之後十餘年余宰江南延君課讀久之病目歸雖數千里外無歲無詩筒往還嗣君寅來訪讀所箸詩筆喜其健在不意前年愕聞凶耗寢門一痛宿草長悲傷直諒多聞之友不再覯也今寅以狀請銘其墓謂君遺言惟陶山知之深始克傳之余何敢辭君名同余家諱贈荅常以字行謹案君字星田號梅莊長沙甯鄉人也縣學諸生生乾隆辛未年正月廿五日卒嘉慶己卯年閏四月廿九

日年六十有九其先曰德明者自新化徙今縣曾祖其淵祖中瀚父大榮母氏廖兄四有炳有焜有烈有典先世頗饒於財以君父好施予而貧君生晚無乳和麪哺之長而羸多疾然好刻苦讀書敦行孝弟年十五授徒鄉曲以修脯佐其兄養夜囏餞香照字默誦庚子居父喪哭泣過禮目眵昏時有炳客泰安君往從之應黃明府之聘癸卯歸應鄉舉結茅羅俊坡事母課子乙巳有炳歸天倫樂聚菽水藜藿驩如也乙卯一遊吳門尋以母老辭歸庚申居母喪哀泣目益眚時有炳先殁教其孤應煃入邑庠徙宅梅莊閉戶箸書而諸兄皆逝傷痛遂至失明有展墓詩云諸兄如夢歸靑草季子澆山又白頭君養醇學粹尤邃於詩抒寫性靈扶持風教其於事親從兄交友接物與夫悲愉感慨一發之詩悉出以和平而無憤懟嘽曼之音丙寅刻梅莊詩鈔編邑中耆宿諸作爲玉潭詩選爲邑大令謝公靑莪校刻翠圍山房詩集皆爲名流稱許君晚年不能視少時所習卷軸無一字忘誤箸述尤富口授兒曹錄稾幾欲脫腕有以文藝就正者命其人讀一周逐句指點改竄咸中繩準從遊者益衆爭取其稾致多散佚尙有梅莊古文梅莊家訓藏於家君配談氏子二人鶚娶胡寅國學生娶談繼娶賀女適余兄子國學生錫次適廖季字趙孫二人承錫鶚出承鏞寅出以某月日葬於某山之原銘曰

品如緝芷文如佩瓊迺挫其釆又黜其明不見塵坌斯見精瑩十子遺教水部嗣聲潛窺道妙獨得詩淸古高士傳視此佳城

長沙宗聖祠奉祀生曾君墓志銘　唐仲冕

聖朝崇秩　先聖賢旣各立學官設冢戶置五經博士矣又於其後裔之分徙他郡邑者亦得聚族建祠擇善行爲奉祀生以肸蠁芬烈傳諸無窮而其裔孫遴承冑緒能束身名教以詩書啟其子弟以昌其閭斯爲良也曾君衍先字補之　宗聖曾子六十七代孫也由嘉祥遷江西至五十六代祖芝客湖南之善化明末復歸永豐又來長沙大賢都後徙省城迄君父子始貫善化近時湖南客籍長沙湘潭拒不納以善化爲藪或疑邑人士有他端余謂流品不雜畛域可通如君父子爲　宗聖裔夫復何嫌君少有志功名無所遇乃出其蓄而爲人佐中年歸族

里卻埽敦行歲戊午合族爲　宗聖立祠以君董其役祠成謂君人品端方堪膺奉祀由衍聖公會同巡撫學政咨禮部選補而君益自刻勵義方必嚴矣子興仁初以國子生應鄉舉卽登丙子賢書捷報之速而未有艾也君奉祀生以子揀知縣例贈文林郎生乾隆壬午卒嘉慶己卯年六十有八配蔣氏例封孺人子卽興仁孫二毓逵毓達卽以是年秋八月葬羅眷岡之阡而以墓志不遠二千里請銘於余興仁甯氏壻余亦其姑壻有戚好故不克辭銘曰

一貫薪傳門人莫喻實踐有由曰惟忠恕近譬求仁道在彊勉況爲苗裔而忘數典君謝浮躁砥厲廉隅成人之美然諾不渝與忠恕義默相符契不媿薌香以承支祭業完而歸身固而藏積培之數視其後昌

從兄南坡先生墓志銘　周系蔚

從兄南坡先生諱系贊，字慕陸，南坡其別號也。先曾祖贈文林郎井門公生余祖兄弟八人，季叔祖湘岸公諱昭仔，以孝廉知浙江奉化、建德、平湖等縣事，擢同知，事蹟具家譜及郡邑志中。湘岸公之仲子例選州同艮顏公諱世昰，生南坡。南坡長余三歲，幼穎異，湘岸公奇愛之。余自戊寅與共研席，親若同懷。凡十餘載而會課擅場者，必南坡也。會湘岸公梓行文集，命南坡往官舍校讐，暇或寓意丹青，寄情絲竹，他無所嗜好。比歸，受知楮筠心夫子，取入縣庠，名亥第二，乃益肆力經史古文，旁及騷賦，所作俄頃立就，試輒高等，雄才灝氣，有湘岸公遺風焉。性方

質無屈撓而善病，所遇亦輒多不順。自甲午赴闈，妣王安人卒於家，匍歸號痛幾絕。辛丑為姚雪門學使所賞拔，當食餼，又丁艮顏公憂，不果。嗣是釁侮叢生，彌禦兩無長，不得已亾命走酔鄉，慷慨悲歌，愈益憤懣，病以日增。蓋其天才卓犖，無難立致青雲，乃遇既不能遂其志，境又不能適其性，此所以急欲脫身塵世，追隨李長吉、石曼卿，狎侮於許飛瓊、蔡少霞者流，以畢其生，而烏冐卻飲養痾，久跼蹐於人閒世也哉，亦可悲已。今年秋，約余弟系英赴試，行有日矣，忽舊恙作，適兄學軒暴卒，南坡哭之哀，病遂篤，持余手謂曰：「我其終於是矣。」以後事見屬，長逝不顧。哀哉！憶從兄雲閣先生與余及南坡三人相得甚厚，諄諄以砥行立名相敦勉。雲閣登賢書，余兩人喜甚，忘己之躓。癸卯余已入彀，旋落副車，兩人者代為扼腕。蓋弟兄相師友，依若性命。天既奪雲閣矣，茲南坡復棄余去，何余周氏之多不幸也。君生於乾隆壬申九月十三日，歿於丁未七月廿三日，年僅三十有六。德配石孺人，出名門，有淑行。女四人，長許配余甥何秀瓚，庶胡氏。嗣子詒玢，甫五歲。余為卜葬龍潭壩金盆山子山午向。所遺詩文，容檢集梓行。爰泣誌其墓，而余弟系英且為之銘。銘曰：嗚乎南坡，眾中翳翳，詎謂斯人而止於斯世。絕而紹祀，乃不墮理邪數邪，吾不能知。天乎人乎，又將尤誰。嗟乎！觀於此，信茲茲者之皆無可恃，而其能不悲。

湖南文徵卷一百十八　湖湘後學集編

墓志銘下 駢體附

唐寠生壙志　蔣雲寬

嘉慶五年秋予將有長安之行。甑光唐翁過舍。執予手曰。某年七十有九矣。後晤之期杳未可知。自惟生平碌碌。無所繩美。顧區區之志。竊有不甘汩沒者。子盍爲我預撰墓志。使予親見之以爲快也。予觀古人文集。如韓昌黎之於何蕃。司馬君實之於范蜀公。皆及其生存。爲之立傳。非以其言之足信。不妨質之於身前乎。翁達者。敢以預凶非禮謝哉。謹按先生名暉華。字甑光。

世居永明學右。先君子徙居與結鄰焉。由是朝夕過從。論交甚懽。予幼時從家塾出。遇見翁。必令諷倍讀過經書。試其生熟。與羣兒嬉。小不敬。禁督立紀。子之試於場屋。黜者屢。售者屢。黜則翁爲之怫然。售則翁爲之躍然。時慰之。時勉之。時獎許之。雖父兄於子弟相關之切。不是過也。生平於投縈呼白。吹竹彈絲之事。一無所嗜。而悄悄慕學。中年雖遯迹邱園。絕意進取。然灌花飼魚之暇。輒手一編。呻吟不倦。今年春手出文二篇。詩二十餘首見示。淸光壯采。咄咄逼人。絕無老年衰颯之態。知其得力於此道者深矣。先生長不踰中人。晳而髯。容貌充充然。聲淸揚。遠聞。顧盼閒精神淵映。善氣迎人。與世無忤。無賢不肖。皆慄然意下。尤好說前賢遺事。凡可歌可泣。可奉龜鑑。可資嘔噱者。搵擥而談。汩汩如傾河。不啻李龜年之談開元天寶也。年雖高。神明不衰。能於燈下作蠅頭細楷。波磔如畫。性豪曠。不拘小節。暑月解衣盤礴。足不繫襪。傷晚偕童冠浴於瀟水之濱。諧謔風發。人竟忘其爲先生長者也。配周氏。靑盲而慧。鍼黹絕工。與先生白首相持。人比之梁鴻之與孟光云。子二人。長志汪。增廣生。子同硏友也。次學汪。孫四人。某某。翁年六十時。卽自製棺槨衾絞等具。又卜吉壤於某山之原。以待百歲之後而藏之。死生一視。修短不貳。如先生者。可謂知命矣。銘曰。

水湜湜。山嵂嵂。是爲先生之室。後千百年。藏茲永吉。

周上舍墓志銘

蔣雲寬

周君既卒且葬有年矣。隧首之石銘辭尙闕。其子某寓書於余求爲文以表之。余與君同里世聯婣婭。不獲辭乃序而銘之。君諱日起。字熙緒。祖父以上世業儒術。君爲人悃愊質訥。蒽蒽細謹。自倫紀周旋之地以及起居進退之節。畫綫而蹈。終身不失豪髮。世俗一切突梯滑稽機穽綱絡之巧。非特有所恥而不爲。亦其性有必不可移者。周氏世以勤儉持家。君尤瞿瞿自力。故産著有加於舊。然未嘗以錐毛慳惜爲心。繕橋甃衢。粥餓構嵩。凡利於人者無不爲也。雖嘗援例入太學。而無心干祿。時自肆於園池竹石之閒。足迹不履公庭。獨與親知結里社。歲時伏臘

綱魚斸蔬。召集觴飲。君酒戶不大。而欲人盡醉以爲歡。其性趣如此。君之從兄嫂。予姊氏也。少時往省姊氏。因與君相識。君長予二十餘歲。顧煦愉善下。不少年視予。禮援殷勤。眞意溢出。嘗語予姊氏曰。阿戎固非凡材。烏乎。予垂垂老矣。自惟一生行業。初無以加於凡人。其辱君之知者何在哉。君享年五十歲。葬於某山。殁時五子俱幼。今皆嶷嶷有立。銘曰。

不隨不戾。不任謀以破制。泊然自足人閒世。形之恒化徹不替。積慶所詒在來裔。

贈修職佐郎堂兄子青府君墓志銘

蔣雲寬

君姓蔣氏。諱雲峯。字子青。予堂兄也。少力學。誦覽百家文字。手鈔積帙盈巾篋。能辨說穿貫洞達。聞者服其陳義之高。文不循俗。年二十四始爲學諸生。歲科連試不前。遂捨去。業其家曰。士喪所守生於求。求生於窮迫。窮迫生於偷惰。予欲處於無求之地。非自勵勤苦不得。君以子然儒生。不官不商。而山有杉櫧之饒。負郭田倍於其舊。則勤儉致之。居恆於里社謳歌戲劇酒食徵逐之事。一切謝絕。惟善爲弈。賓至偶與對局。一時竟無敵者。然亦非所好也。遇人欣欣恂濡謙下。於義所在。雖利害無關於己。詞氣激發不少讓。待族姻之黨。惠愛必周。有急難援救恐後。

志軌先民而不矯情以絕物。行孚內外而非溷俗以同塵。迹其生平。可謂敦厚篤實。卓然自立者矣。以乾隆四十八年月日卒。年五十有九。以子啟錧貴。贈修職佐郎。曾祖諱縈旋。贈承德郎。祖諱向榮。贈中憲大夫。父諱元緒。郡庠生。同父兄弟四人。君居仲。娶李氏。繼娶王氏。子二人。啟錧。廩貢生。邵陽訓導。鷹揚。邑庠生。授營千總職。女二人。孫幾人。君歿之十餘年。葬於荷園某山之原。予少失怙。君愛護有恩。督就儒業。日詣塾省其勤惰。爲之講說文藝。指授義法。且勵以立身制行之道。俾無貽先人羞。君之爲益於予。殆以兄道而兼師道者。隧首之詞。非予誰屬哉。乃次其行事而爲之銘曰。

維艱而勤以有立。行無瑰異世莫及。銘詞不諛惟摭實。後有考徵碑岌岌。

王母唐孺人墓志銘　　蔣雲寬

孺人唐氏。生而婉孌幽靜。不苟言笑。年及笄。來歸勳翁唐先生爲繼室。服勞習勤。相對逌然。勳翁善治生產。孺人助之。持家錢通主進圭撮靡誤。故能驟興其業。勳翁晚年頗厭市囂。徙居西鄉之雙溪家焉。召工治廬舍。凡餼廩布縷料簡一切。孺人經理之力居多。工甫竣而溘然仙逝。積數歲之勤。不獲享一年之逸。豈人生居室之故。天亦有數焉限之耶。宜其子每言及母之劬勞而淚若綆縻也。乃爲之銘曰。

碩人媞媞其德克馨。佩環鳴玉金井。徵行纖常當戶嘯。不倚楹。循循內則習若性成。曰嬪於王勖帥以敬。儷笄而朝婉娩從命。

如絃斯調如響斯應。其司伊何筦鑰楎椸。其蓄伊何韲菹醓醢。綢繆織管宛轉盤匜。作羹沸酒罔不咸宜。敬事威姑威姑懽娛。旁和築里款款愉愉。歲時膢臘我滑我酤。和丸教子含飴弄孫。一門春滿熙熙熏熏。餘須侮爾曰亦吾類。如何笞督不一垂愛。呼而進之補其襍襬。言偕君子卜築西鄉。有唐有陳有序有堂。經之營之朝昃不遑。居既落成示疾不起。玉女峯頹婺星墜矣。楚山環碧楚水流清。卜茲幽窆以妥慈靈。既安且固永蔭孫曾。千秋彤管請證斯銘。

內閣中書李君墓志銘　　陶澍

嘉慶癸酉正月十二日，白橋李君以疾卒於京邸，同年生陶澍與其友官於京朝者相率經紀其喪南歸，已復念君裔志沒不可無述也，輒次君行實以寄其孤，俾碣而納之於壙。君諱在靑，字貫時，白橋其號，一號柏橋，同郡湘潭人也。先世故衡陽籍，其後乃定居長沙云。曾祖吉，候選縣丞；祖榮傑，太學生；父宗瑚，早逝。母陳太安人守節撫君至於成立。太安人素嚴明，篝燈敎讀，未嘗以一子假借，作止必依法度。稍長，文譽大起，旋入學爲博士弟子員，試輒冠其曹。嶽麓山長羅愼齋鴻臚尤愛重之，每言李生一日千里，施之大廈棟梁材也。是時大湖以南莫不嘆白

橋名，咸謂功名可摘髭取，而君鄉試顧屢詘。及戊午，以優行貢成均，同貢者彭寶臣浚也。明年禮部會考天下優生，君第一。庚申與寶臣同舉北闈，君卷出靈石何水部元烺之門，冠其一房。其後寶臣占大魁，而君僅以鑲紅旗敎習期滿出爲敎諭於沅陵。辛未復赴會試，雲夢楊員外世英得君卷以呈大總裁富陽董相國誥、歙縣曹大司農振鏞、通州胡少司馬長齡、滿洲閣學文幹，皆驚歎爲名作，楊發復冠其一房。始君之捷北闈也，閣學與長沙劉相國權之、滿洲侍郎英和爲主考官，咸於君有國士之目，至是尤相慶得人。長安諸鉅公爭欲識君，君閉門謝客，惟日書試卷數千字，曰盡其在我而已，藥籠中物非所樂也。殿試名在十卷，不列鼎甲。傳臚先日赴　乾淸宮引　見，出遇讀卷諸公，新城陳侍郎希曾就執君手曰：是李君邪？策對書法一時無兩，向固疑爲君矣。慰藉久之。長沙相國亦太息焉。既而館選不得預，蒙　恩以中書用。君自揣精力尙壯，欲改官一邑以自效，史館諸先生以君學問精博，留君校理秘文。會蒙古王公大臣表傳成，遂以委君，行且用優敘注選，而君竟不起矣。君爲人淸矯拔俗，規外而矩中，議論手采奕奕然，貌癯削如巖松磵石。爲文淸勁刻露，迥絕時流，書法入趙吳興室。生而孤苦，晚始一第，又不如其志，他人或爲之不平，而君泊如也。病革時，澍與劉比部敎五、楊孝廉世瑛、唐太史鑑、賀太史長齡立牀簀

閒，問遺言，惟云人生不免此一日。良久，復曰莫非命也，遂卒。蓋臨終不亂如此。君生於乾隆甲申正月初一，享年五十。配廖氏，生子立恆；側室謝氏，生一女，尙幼。君官沅陵時，嘗力舉苦節三人。辛未春，有夢迎節孝扁額自君所者，其數適三，其年遂登第。及官內閣，以母氏節行呈部請　旌，　命下，君已歿，竟不及知，是尤可哀也已。銘曰：

經以德，緯以辭，材其身而無施，烏乎斯人也而止於斯。

陜西按察使司按察使晉贈通奉大夫布政使銜樂園嚴公墓志銘　　陶澍

皇帝即位之初元首擢漢中知府嚴公爲陜安兵備道四季正月復以公宣力於陜有季功在南山　特加按察使銜硃旨獎勵如漢璽書勞問故事旋實授陜西按察使將大其用而公遽以病卒　天子悼焉因秦人之恫　俞其請俾奉祀名宦歲時享祀勿絕仍加贈一階以布政使銜入祠酬藎庸表遺愛也嚴氏出浙之桐廬宋末始遷湖南漵浦明景泰間有諱秀者當方瑛討黔苗時以諸生應募率熟苗破賊而不受官歿祀忠義祠是爲公八世祖數傳至諸生自治有隱德家益起

祖應鼎國學生父君極貢生兩世贈如公官生母李夫人方孕公嫡母何夫人夢大星墜懷中光四溢因小字滿星始讀書目十行下季十二補縣學生師事少鴻臚羅先生典於嶽麓先生極重之乾隆己酉以優行貢學使者張姚成稱爲經世才足當大任時海內承平久武備弛公獨留心兵事會乙卯正月黔苗作亂據乾州犯鎮草辰沅震動　朝廷命雲貴總督福康安公督師進討湖南巡撫姜晟及兩湖總督畢沅以師會於辰姜公固嘗訪人才於學使張姚公者也夙知公延問計所出公草平苗議十二則言勦撫防禦之策甚備其要在急復乾州由乾進永綏可與保靖松桃鎮草聲勢相通而攻乾道瀘溪必先得大小章人乃無阻大小章人者故土司遺民散處邊界名曰犵狫最勁健與苗世讎苗之攻浦市也假道犵狫不應怒焚其寨犵狫率衆出保浦市兵勇漸集不能禦苗則執犵狫以爲功犵狫忿苗因誘與俱叛官軍頻失利公乃募能爲犵狫語者得向國果數人赴大小章開示利害挾其酋六人以出公推誠與同卧起咸感動歃血誓不反遂子弟十九人爲質許率其屬陽投乾州爲官兵內應約一舉破賊會雲貴主兵者欲專其功嚴檄楚軍毋輕動計遂不行然明季卒賴其力以救兩鎮兵於河溪通乾州東路自後復平隆戰花園埽諸巢率常爲軍鋒而大小章於大府檄或不奉必得公手書始行云公在姜幕凡四季嘉慶

庚申始以孝廉方正科赴　廷試時川陜湖北教匪方熾　制詔詢平定三省善後事宜公對言軍興數載師老財匱以數萬罷敝之衆與猾賊追逐數千里長林深谷之中投誠之賊無地安置則已降復亂流離之民生活無資則良亦從亂鄉勇戍卒多游手募充慮一旦兵撤餉停則反思延亂如此則亂何由弭臣愚以爲莫若仿古屯田之法三省自遭蹂躪叛亾各產不下億萬畝舉流民降賊之無歸鄉勇戍卒之無業者悉編入屯團練捍衛計可養勝兵數十萬餉省而兵增化盜爲民計無出此疏上　睿皇帝親擢第一以公疏末有迫寸晷限尺幅未得盡攄愚忱之語　傳旨次日詣軍機處俾罄所言

公迺復條上屯政方略十二事蒙　召見圓明園以知縣
發往陝西茲其疏交三省大帥督撫采行明年二月補洵陽縣
縣宅萬山中袤延七八百里與湖北之鄖西竹山竹谿陝西之
白河鎭安安康平利犬牙相錯官兵追賊急往來折竄皆道洵
公乃力主堅壁淸野之議相地險要爲寨堡遴置團勇正副長
且耕且守且戰設卡於高岡瞭望賊至舉礮一耕佮者斂農具
舉礮二人畜皆歸寨堡舉礮三則團勇各據隘以守頃刻閒警
備逮數百里公念百姓可勝不可敗賊鋒銳勿迎擊俟其無所
掠必去去則出奇鈔其尾覘其夕頓處多方擾之疲其力使不
得休息又念賊以劫掠爲生所至飄忽而官軍行必待糧故追

常不及乃擇堅寨値兵衝者貯糗糧備供給由是聲息連絡賊
勢大蹙其季四月遂督寨勇生擒賊帥陳朝觀五月殲賊徐添
德樊人傑六月復與官軍夾擊張天倫張三標熊翠兒等七股
賊於太平寨凡萬餘人一戰平之經略額勒登保參贊德楞泰
連上其功得　旨加知州銜賞戴花翎嗣復擊敷楚北逸
匪二千餘人於蜀河口計斬賊目王詳擒方孝德伏誅方孝德
故戕白河令黃家者也羣賊憚公威名相戒勿入境督撫奏之
命以同知直隸州用癸亥八月補定遠廳是時賊勢益
竄分竄山林而西鄉縣界川境多淡奮初設廳以公守之公以
廳爲全陝門戶乃建新城復於廳之西南各百餘里擇地曰黎

壩漁渡壩分築二石城爲犄角團練武備如治洵陽時賊至輒
殲先後擒陳心元及戕害朱副將之賊馮世周等巡撫方公維
甸奏加知府銜旋丁生母憂僉議援金革例請留公以情不可
奪名節當全婉辭大府重之聽扶柩歸丁卯服闋入都
諭仍發陝西以同知用交軍機處記名己巳二月題補潼關廳
同知　特旨授漢中府知府公以兵燹後民困兵驕散勇
逸匪羣不逞之徒心面未革敎養之法宜先於是舉工賑修渠
堰完倉廩以足民食聯營伍治堡寨團保甲以固民衛愼訟獄
培學校禁邪說以正民俗疏節闊目與民休息南山遂大安以
其閒開諭悍囘縛獻亾命賊七十二人於磐渭散軍功王姓匪

徒數百於甯羌捦圓頓敎首陳恒義等於城固皆推誠心置人
腹治渠魁寬脅從人心悅服令行禁止而十八年廂匪之變至
勤大兵勦討說者謂始事時苟得公治之當可不煩一兵雖旋
踵撲滅公亦以饟饋無缺加道銜然非公意也公在南山旣久
亭障要隘村寨徑路曲折無不口講指畫而心縈繚之窮鄉邃
谷老兵婦孺皆識其姓字關漢臺選髦儁躬親講授十三年如
一日所成就士起家侍從牧令者數十人率有聲然勞於治民
拙於事上始大吏咸度外待公嘗歲暮卜築甯陝新舊二城歸
而南山晚收大歉已逾請賑之期遂元旦趨撫轅稽首請棄一
官爲百姓請命巡撫董敎增卒爲破例奏獲請言聽計從故得

發舒。及董公去。而公十季不得調。謚懇懇飭吏治勤民事。名滿三省。開道光元季　特擢備兵陝安。以諸臣條奏南巴二山情形。下陝西四川湖北督撫議。時川督今大學士蔣公攸銛。屢道陝安境。亟稱公之治。遂會奏委公總勘。公自川入楚反陝。數千里相度形勝。析官移治。增營改汛。條列井井奏入　報可。邊防遂密。然公平日言山內州縣距各省會遠。轄長莫及。推諉牽掣。宜仿古梁州自爲一道。及明設鄖陽巡撫之例。專設大員鎮撫。而割三省邊郡州縣以附益之。庶勢專權一。百世無患。以叚張重大。未竟其議也。壬午巡撫盧公坤至。特重公。隨拜加銜之　命。仍留陝安道任。公愈感激思效。盧公采其議奏增廳

治於盩厔洋縣界。增營兵於商州及略陽。復委公興修水利。先是公在漢中。因平壩田衍。艱灌溉。履視山河五門楊鎮大小百餘堰。皆加疏治。至是欲廣其法於全秦。奉檄視灃涇壩滻渭汭諸川。鄭白龍首諸廢渠。疏鑿蓄洩。規畫具備。而社倉義學諸法亦以次推行焉。乙酉十一月　詔授貴州按察使。未行。丙戌正月。仍留陝西按察使。入　覲三承　召見。奏對悉稱旨。歸途感微疾。抵任七日卒。道光六季三月初二日也。距其生乾隆二十四季八月二十四日。季六十有八。公起諸生。爲縣令。擢道府至臬司。皆出　特簡。中閒小有阻　主知弗替。今上用賢。多不次。與廷臣言。畺吏才。未嘗不首及公。特以

南山二十季鎮靜之功。非公莫屬。故雖遷擢頻仍。猶若不得已遲留之俾斂惠於一方。比任久地方綏輯。規畫已無遺。　天子慨然思大其福於秦民。驟用公而公不及待矣。於虖惜哉。其卒也。秦民巷哭如失慈父母。願比朱邑桐鄉。請其柩入南山。弗得。則籲請祀名宦。而湖南之人亦具公事狀。請入鄉賢祠。爲桑梓矜式。皆得　旨報可。公諱如熤。字炳文。生平慕范希文爲人。取先憂後樂意。自號樂園。性豪邁。去邊幅。泊榮利。晚叚沖粹。視之田夫野老人也。及其馳騁古今。理亂貫串。天文河渠兵法星卜。以逮輿地險要。形格勢禁。若聚米畫沙。燭照而龜灼。所規畫常在數十百季外。遇盤根錯節。無不迎刃以解。其措施略見

於所著書。嘗佐兩廣總督那公彥成籌海寇。有洋防備覽。佐姜公籌苗疆。有苗防備覽。佐辰沅道傅公鼐籌屯田。有屯防書。又有三省邊防備覽。漢中府志。及樂園詩文集若干卷。後之有志經世者。必將取鏡焉。公配張夫人。佐公治漢中。手繅車。敎民婦紡織棉花之利。遂興。生子二。長芝。癸酉科副榜貢生。以官學敎習分發河南試用知縣。次正坊。候選府經歷。側室胡氏生女一。適候補中書南海吳尚志。又撫兒女一。適沂州營都司世襲雲騎尉麻陽滕國興。孫男女各一。以丁亥十月初七日葬本邑會仙亭右之青竹隴。公子以狀來乞銘。澍之　先人與公敦古交。知公最詳。且將以備　史館之采。故繁而不殺焉。銘曰

倬彼南山。維石巖巖。分陝由之。化逮漢南。是稱陸海。灌驂榛莽。所守或非。化爲夔魍。桓桓嚴公。四馬南來。亦文亦武。涖此漢臺。自公之來。再造鶉首。披荆刈棘。盪滌羣醜。訟不再炊。畝有餘糧。以拯秦人。於溝於隍。昕閭庠鼓。迹屛城闕。以革秦人。於獝於狘。秦人望公。如歲如慈。秦人敬公。如保如師。孝廉方正。其名甚芙。如公克稱。一人而已。載茲蓋篤。天子所知。貽爾樂利。百姓是思。百姓既思。天子既知。循吏何負。而人不爲。奕奕南山。其大千里。公廟巋然。與之竝峙。公廟在山。公墳在南。我辭可徵。百爾式監。

長女瑞姿墓志銘

陶澍

長女瑞姿。適湘潭周氏。幼而端淑。神氣粹然。予妻黃夫人尤鍾愛之。九歲隨予之官。翰林太常卿周石芳先生聞其賢。爲其第三子詒樸求聘焉。戊子春。于歸。其日石芳先生擢吏部侍郎。予亦論科倖 記名以道府用。觀者榮之。以爲女貴人也。故厥值之盛如此。逾年生子翼涑。又逾年生子元官。其時予方自川東擢晉臬。旋擢藩。兩次入 覲。均主石芳先生家。先生不俟予坐定。即挈以視女。蓋先生夫婦視之不啻己出。憐其念父母而急欲一慰之也。然女雖見父。顧久不見母。思之益甚。又元官殤。哭之傷。血遂病。會石芳先生由工部侍郎視學江西。旋調戶部。移江蘇學政。女方自京師隨其姑謝夫人由水路之江南抵皖署。而予適奉安徽巡撫之命。女則喜。病體爲稍愈。居兩月偕壻歸。爲其舅姑六十壽。無何病復作。遂卒於江陰官舍。其舅姑哭之痛。至於什地不能起。自妯娌以至奴婢臧獲。皆哀泣不止。於虖。此可以覘女德矣。性儉約。雖處勢閥。猶布荊也。尤愛惜物力。一絲一縷。必手自檢點。其孝思肫然。已嫁而念父母。比歸又念舅姑。輾轉弗能自割。以至於病。其可悼也已。其生以嘉慶五年庚申二月初五日亥時。其殁以道光三年十一月三十日戌時。得年二十有四。女殁之次年。石芳先生亦卒。女柩隨之。將歸葬於辰山壠周氏之兆。乃爲銘之以抒予悲。因以昭示其後裔。銘曰

空潭瀉春。古鏡照神。穆乎其氣之清也。落花無言。人淡如菊。闃乎其度之貞也。緱山之鶴。彎頂之雲。杳乎其乘月以返眞也。蓋司空之品詩如此。舉以品吾女。乃適如其人也。於虖。孰不有古。南山峩峩。宅於此。俾爾後之人福蔭孔多。

公餘則駕杉船渡海至高公島鷹游門人迹罕至之區以按奸宄涖諭父老子弟大義焉在州四載民大誠和量移通州擧輸畱者幾萬比至通値淮大澇急買米設粥且請弛關禁以便流民革喊稟之俗以懲吏胥時大吏皆賢公連署松江蘇州府癸酉推升福建建甯知府總督張公百齡奏請以道員畱江南檄查海州安東阜甯諸淤地按畝升科公謂此擧近牟利而實無利可謀不如其已旣知事難中止則請照舊賦之下則三等分別定則訖事無擾已復檄濬吳淞江公以江之淤由海潮挾沙宜疏來源除內壅修閘壩大擧一勞乃可久時以費絀不能盡用其議至今惜之公年四十始釋褐爲縣令積勞至二千石勤

懇練於事先後督撫如岳公起黎公世序及張公皆薦加倚重顧淸羸善病常志退閒諸公輒勉畱之一署河庫道兩署按察使 今上卽位拔用人材多不次公以候補道員 特旨擢福建按察使元年五月抵閩九月擢陝西布政使在陝僅一年三護巡撫印查勘南山收成及議覆錢糧加耗諸疏皆順輿情四方想望風采庶幾大竟其用而公則已老矣三年正月遂致仕公爲政務大體不喜操切而察吏懲奸無稍姑息在閩時有陳某者以海盜投誠積官至副將性婪虐索賄於騎都尉某不遂則誣以事公廉得其實治陳罪閩人大快權蘇臬時富宦僕茅某濫膺五品公立按之如例人尤服其廉明學本庭訓以

護理陝西巡撫陝西布政使司布政使陶山唐公墓志銘

陶澍

道光七年三月念二日致仕陝西布政使陶山唐公卒於金陵寓邸公有德於吳閭者輟舂相海州之民尤悼具事狀請祀於名宦祠蘇州亦繪像刻石滄浪亭適長君鑑卜葬有期以澍知公尤深來請銘澍不敢辭謹按狀公諱仲冕字六枳世爲湖南長沙府善化縣人曾祖啟科祖學文國子生父煥乾隆辛酉擧人山東平陰知縣有惠政祀其地曾祖妣劉氏祖妣彭氏母李氏譚氏三代皆以公貴 誥贈如例譚太夫人生子三公其次也年十二應童試學使盧學士文弨大奇之擧乾隆甲午鄉

試癸丑成進士以知縣分發江蘇補荊溪初涖任卽洩陳獄數十老吏驚服調吳江地濱太湖多盜柵至則審戶籍界垣墉別良楛一革其舊尋調吳縣辦淸漕擢知海州州鄰山東郯沂境梟匪出沒倚羽山爲巢穴白晝攫人財物名曳刀手計擒其渠餘黨遁迹先是州試附淮安府道遠罕赴又無書院肄習士益側陋乃刱石室書院甄拔俊異親授讀書之法言於學使者奏請歲按臨卽石室爲考棚試竣仍以棲學者由是文教大起爲河北冠州城不通舟米薪無市爲鑿渠自新浦口達東門濠長千餘丈時嘉慶九年也因名之曰甲子河州人便之更呼爲唐公河歲歉請寬肩負私鹽之禁以卹災黎官爲給籌謂之籌鹽

通經爲致用服官三十季未嘗一日廢書布衣幅巾蕭然儒素海內識與不識皆稱爲陶山先生所著五禮六聯表儀禮蒙求家塾蒙求陶山文錄詩錄詞錄岱覽若干卷行於世晚歲撰退閒錄經學錄泰階六符又擬撰衡疏未竟而卒距生乾隆十八季九月初八日季七十有五配甯夫人先卒子三長鑑己巳進士翰林院檢討浙江道監察御史廣西平樂府知府娶甯鄉王氏宗人府主事文清孫女繼鄠縣楊氏溫州府知府兆鶴女次鍈浙江鹽運司副使娶本邑甯氏繼江甯楊氏山東長清縣知縣宣女次錢甘肅涇州直隸州知州娶甯鄉黃氏文學燦女女二長適邑增廣生黃栻次適江西上淸司巡檢陳玉衡孫男三

爾羨聘京畿道御史賀熙齡女爾鴻聘同邑舉人俞超孫女皆錢出爾潤鑑出孫女八鑑出者七長適工部侍郎宛平顧德慶之子廕生蘭徵三許字翰林侍讀錢塘戚人鏡之子其一錢出初譚太夫人卒於山東官舍遂葬肥城之陶山故公以自號茲改鑑鍈籍其地遺命祔葬山向以甲庚銘曰

生衡宗藏岱宗考焉宦妣焉宮生焉侍沒焉從鬱松柏馬鬣封緊唐氏系陶同宅於茲蔭無窮黃鶴返白雲淪魂來往故鄉通

古節婦墓志銘

孫起鵬

郡城昇平門外隄上一墓予幼過之友指曰此節婦墓叩其姓氏時代皆不可得心識之及十八歲從沅陵呂先生羽遊乃爲予言節婦前明諸生妻生與一富生友善生病富生頻視且周焉因窺其妻粲者也遂懷悖心嚴不敢狎託鄰嫗致意婦勃然乃佯驚曰吾夫病有不測則吾必死矣幸而濟則善耳此時非嫗之所宜言也然婦自是衣衫皆繭結朝夕依夫榻藥必嘗而後進其夫卒不起楄柎之費皆出富生冀以爲好也婦於夫瘞後哭奠三日夜釋衰服絲謝鄰嫗以一篋授之曰感某生周濟之德翼日來與之嫗喜擬託之也至夜而節婦已自經於樹矣

覩其書前深謝其惠痛無以報後則責其滅友誼爲德不卒始之不卽顯非保奸也感初意之善不可招其過以爲名耳富生得書慚悔仍爲棺斂就其地藏焉卽今之纍然者也余年十二見半碑字剝不可讀得之父老之傳聞如此鵬聞而悲之夫自古賢婦之以節著者或齧冰茹苦或截鼻斷髮以保厥軀至勢窮事極則捐脰一瞑而萬事不覩遂其烈也乃節婦以惸惸單門狼狽爲命狂且伺之苟一怒而夫聞聞而不勝其恚是至殺其夫也毅然絕之固宜然其夫貧乏不自存藥餌必不繼亦何以爲夫地腸回百結之時勉爲數語以謝之其用心亦良苦矣或謂君子行事不使人疑且不食不義之食友背倫而受其周

豈義乎且夫死而已從心乃得白耳假令夫愈而令夫絕之不知者不疑其背惠乎懼背惠之名忍令夫復與交乎縱惠可背交可絕而此時富生與鄰媼不已疑其心許乎節婦之處此未盡也予曰不然夫富生之始來也爲友也其周之義也後或以非義之心來而此仍以義絕之非知爲色來而招而受之也要皆不得以權爲其夫計而非其自爲計也明矣郡志於節婦名氏不存呂先生言此事時年八十四歲距茲三十八年計先生十二歲見所謂斷碑則已百有十年廖君文曾爲勒碑亦莫詳其事恐再數十年墓亦爲人侵削而陵平之矣予懼其磨滅也故記之俟修志者銘曰

一坏屹屹兮危於隄大江齒齒兮神不囑之馬之磷磷兮不踐其泥共保此節兮民之彝

熊氏兩貞女墓志銘

朱色

兩貞女者余表兄熊君九畹之女也長曰三曼訂湘鄉龍氏次曰五曼訂吾兒以知縣攝揚州豐利場鹽大使顯恪之孫二女皆姿容閑雅有至性三曼自幼事父母極孝余姨伯禹孫先生春秋高夜難安寢兩曼每侍立達曙姨伯因嘗掌珠愛之然三曼見大父倚己而父母亦老遂陰有不字之志每言大父素健老尚須人吾父至大父年非我事之無當意者因不事閨妝常態家知其意毋或時以女必依人諷之則荅曰女苟自立何必依人然九畹終慮其後之無依也潛以訂上湘龍氏於是納幣有日矣三聞之泣謂父曰兒所以無適人志者以大人老妹將

適朱無與爲左右者今乃不諒兒耶吾志不可易也哭之至嘔血九畹以實告龍氏龍誤爲嫌貧鳴之官且株連及五曼三曼曰吾終無適人志雖訟無益顧不意以吾故而及吾妹也憤甚疾劇卒五曼見姊卒大哭曰吾姊爲父母而矢志也乃轉以我故而激以死耶吾誓終姊志也遂亦欲不字於是摽梅日促而五志益堅因取姊所有鍼紉諸物日與相對而涕泣不已遂疾作未二年繼三曼卒三生某年歿某年五生某年歿某年同穴葬湘潭十四都廟公石老屋後山二女皆聰敏事女紅多慧巧然尤力於紡績雖在室未嘗有尋常嬌綺之態乃長以貞歿次以姊之貞歿雖未獲伸其志之所欲然閨闥弱質一激於義至

死不易未易及也可哀也銘曰
竹萌當春志在干雲石壓不伸乃伏其根於世無聞其節彌純
二女誰倫有如斯云

亾室劉孺人墓志銘

魏　晉

不見孺人閱十月矣今乃並此斑然卷然者而與之永訣也悲哉孺人繫出烏鵶院劉李氏考諱榮膺字鶚薦母邑文學鄢曲江夫子次女先贈妣同母妹也孺人年十二以考攜家至攸邑遂來歸時先贈君病革矣一應紉箴補綴釜汲廚炊婉娩聽從居恒聞孺人訓子婦曰吾少時側聆人談及他家閨政者悉以志好則吾之師不則吾之鑒也以是無見惡於姑若夫先祖妣胡太孺人屆大耋病痿痹孺人襁負兒於背上貳代舉下貳代履月凡派分旬日非其旬時復補姊姒行所不逮歷三載無寒暑朝夕依先姑左右三十餘年繼隨余移祖居太孺人含涕送

曰好去作家成先翁志雖然予不忍汝久離也孺人孱攜少暇卽躬趨問視趣之歸然後歸太孺人遐齡八十有八寢疾八日命孺人理其髮易其襦隨握孺人手循腕至膞泣曰非汝不能裝遣備至性卞急一以和緩消息之其尤難者四十前米鹽淩雜倍費支絀孺人委曲調劑且有以遺之光每館歸會計錢穀出納少不符移時必有以復回憶析煙時食指已不下六七人歲入食田十畝耳盡其值不足以酬所貸以今視昔始願本不及此抑孺人內助之力居多焉嘉慶之二十四年余官鎮平孺人至動以寬相勖暇則勸予急退謂君年周甲有三矣曩者不

及效馳驅・得以祿仕逮事親之存也・今則自君而下皆仰食於官・君雖明察恐指官爲民害者或多且君獨不鑒前官之貽父老口實而滋子弟罪過乎・踰年解組歸・孺人曰今而後始貼席安寢矣・詎歸無甯日・遠連年氣結於中而大作於外耶・病始於乙酉春・苦忌鹽・凡百無可下咽者・冀其生也安之・懲予兄弟多故・力促分居・器具財賄有者均・缺者補・多稟承於孺人・訖兩春秋始定・葢孺人之心於是乎慰・孺人之精亦於是乎瘁・而所以食孺人之福者其感泣又當何如也・生平儀度溫淑・無疾言遽色・而多示慈惠・其病也族里間聞其瘥也則欣・聞其劇也則惜・而今已矣・悲哉・以道光七年丁亥正月二十七日未時沒・距生

乾隆二十四年己卯四月二十二日酉時・壽六十有九・隨余薄官・敕封孺人・兒孫輩以十月十五日卯時葬於地名流泉堰上莊側左鞏鳳形山首甲趾庚兼卯酉・余悲不自禁・爲摘其槪如右・銘曰

及爾偕老・與子成說・黽勉同心・柔嘉維則・云徂何往・我心苑結・有卷者阿・如鳥斯革・觀其流泉・在彼河側・迺左迺右・此維與宅・永言保之・緜緜瓜瓞・

蔡君儀甫墓志銘

朱聲亨

蔡君儀甫・湘潭之孝而樂義者也・諱鴻・字雲逵・以字行・行四・號儀甫・別號青莊・其先世由蘇之西洞庭山遷潭・某官某某官某・代有名賢・顯於南土・儀甫數最奇・而績學不倦・其爲文雄偉縱橫・力追蘇韓・應童子試・屢列前茅・年廿四補弟子員・又十年食餼於庠・歲科試輒高等・前邑侯三韓白璞齋先生・昭潭掌院衡山曠蚼嶁先生・督學范叔度先生・陳花農先生・均以大器相許・其授徒往往試輒售・掇巍科・儀甫獨以文律過嚴與時好多齟齬・困諸生三十餘年・其品其學・爲士林倚重者亦數十年・歲在庚辰・儀甫貧且病・文字之交・氣誼之友・日候其門者踵相接・比易

簀・臨者皆失聲・里黨爲之罷春・去歌・會葬者數百人・生徒居其大半・皆門下士・觀者羨之・此儀甫之應志者也・而吾謂儀甫之可志不在此・儀甫失恃方二齡・痛生平無板輿之歡・每入寢門・悲不自勝・如有所失・及補弟子員・適失怙・哀毀幾不欲生・遇忌設奠・竟日涕泣・如新喪・數十年如一日・兄弟四人・長某・三某・早世・二某雖析箸・孺之愛至老而益篤・孀嫂某氏迎養不怠・其至性有大過人者・妻之外祖妣胡孺人・耄而獨・親戚遠之・儀甫迎養以終・愛敬哀戚如禮・子曰新・爲陳公小村婿・小村故河道總督恪勤陳公曾孫也・既早世・母老子幼・幾無以自立・儀甫念名臣之裔・迎養其母・並維持其子以至成立・無何亦逝・儀甫輓之

左百愚先生墓銘

魏　瀚

百愚先生司鐸興甯應鄉舉於長沙遘疾以卒無子凶問至族人乃立其從兄之子洪材爲之後親故相與言於道謂厚德如先生何阨其遇而竝艱其身後之嗣也厥以應銘某乃爲之銘銘曰左氏之先徙自武林曰明曰達植德孔深吉實毓澍錫字子霖贇實之祥夢協厥占弱齡失怙母劉是任頭角嶄然樹望湘南油油色養實慰母心無競於物如海斯涵仁以化各儉以祛貪後生所式維德之欽矯矯文學旁搜幽探垂髫屬文毀齒工吟冠登於庠旣青我衿更十七年與舉孝廉乙諸貳乘靡克振淹薄宦泛梗歷沅訖郴位下道崇迪敎師嚴在泮餐甚鴞懷

好音如虬與鸞鱗羽式瞻五十知非歲又歷三甲干子支秋氣蕭森賢人乃嗟遂迫西崦歸窆邱壠識山維杉祔以配李其藏幽潛繼室有張拂蟻同岑果梓易殤空祝宜男女子六人竝褵邑琴材紹厥緒穀似克堪維公湻懿華實兩兼潘楊世睦久抯沖襟天不憖遺永歎幽沈君自此遠青壁千尋高上坎中松楸無侵埋石鐫詞終古永緘

云名臣有後悲瓊瑰天道無知召玉樓其生平義舉大率類此吾觀當世特達之士率多奔走名利之場而不遑學學焉而以風雲月露相角其於本根節目之地或逡巡不講儀甫家無長物見義不疑譬如松柏竹箭挺然獨秀於冰雪沍寒之開其度量相越爲何如耶儀甫之可志以此娶唐氏生子日新邑庠生娶陳氏女二長適廖鴻次字張某男孫三俱業儒女孫三俱幼儀甫生於乾隆辛巳八月初四日寅時卒於嘉慶庚辰九月十二日戌時享壽者葬縣西伍家灣小塘衝龜形山之陽吉壤也銘曰

潭爲通邑士氣不伸惟吾儀甫松心竹筠孝率其性義忘其貧

文肆而法學麗以醇地望所歸山斗鳳麟昊天不惠萎此哲人佳城鬱鬱堂斧告窆其後必大斯理不泯亨實銘此以觀億春

李司馬日莊墓志銘　彭永思

君之惓惓於官卒於官而累於官也。人以爲君惜。而余竊爲君幸。世之宦者爭以肥潤身家爲計。以光寵交遊爲榮。惟君忘私而嘗以私所有者相貸。忘家而嘗以家所餘者相傾。而曾不顧己之爲累也。君以兵部主政改司馬。分發滇南。借補晉甯州缺。晉瘠地也。君不惟無所取於民。且時有以周於民。故其民愛之如慈父母然。而循聲以著。滇省鹺務借辦粵東。是役也。同官交相避忌。君獨肩其任。前後四載。此累之所由始也。復任黑井。井塌滷縮。竈戶苦之。君慨然代輸。而累於課。署路南廠衰額缺。而君累於銅。調雲州。徼荒野曠。而君累於邊。既而權龍陵。治日勤

神日憊。遂抱病以卒。囊無長物。當事共高其廉。而凡所涖河西、甯州、魯甸與夫元年調辦迤西軍需。勸制府慶。多所全活者。在在士民皆不忘。聞之相與流涕。人惜君之累於官。而余獨幸君之累於官而澤於民。必有以貽子若孫而食報於不替焉矣。君工古今體詩。公餘愛寫蘭。曾寄白柄來都。余珍惜之。此又性之恬雅固然也。君李姓。諱端元。號日莊。生平篤友愛。重施舍。其先代由豫章家淶城。凡十五世。祖學陞公。父雲東公。均多隱德。君卒某年月日。享年五十。葬某山。子二。長家譽。余壻也。次家鑾。譽請爲志墓。余仕滇南。與君同卓薦。又締兒女好。不得辭。銘曰。

其生福民。其沒昌後。佳氣鬱蟠。精英護佑。

孝女惠觀墓志銘　唐鑑

孝女惠觀。姓唐氏。江南江安督糧道鑑之女子子。陝西布政使陶山府君之孫。生四五歲。知孝父母。長而益篤。道光壬辰年。隨父之官平樂府。適楚南江華猺匪滋事。父督兵守邊。母病風痰。厥日數次。投藥不效。女呼天默禱。竊左腕肉寸許。煎湯奉母。厥不復發。甲午年。父觀察江安。督運北行。女侍母在署。屬大病小瘳。母病呃逆欲絕。女焚香籲天。請以身代。晝夜伏母旁。不解帶者三十餘日。母病愈而女病不能起矣。女生於嘉慶癸酉年五月初四日。卒於道光甲午年七月初三日。病中每以三日爲念。蓋預知其期也。卒之日。其母一慟而昏。見梅樹花滿。頃刻而落。

指告母曰。此卽女身也。烏乎。女何生之淸而化之幻耶。乙未孟春月。葬於金陵聚寶門外天界寺旁鳳山之原。銘曰。

其來也。天知之而畀之以仁。其去也。天知之而完之以眞。仁耶。眞耶。女可無失其天耶。

試用從九品吳君墓志銘

周樹槐

余至吉水之明年。有以故試用從九品吳君之殯告者。君諱長春。大興人。嘉慶十七年冬。以縣民盧炳京控事。會勘來此。十月己酉。會食縣署之西廳。遇疾不能語。索筆以進。遂不知人。遂以其日卒。君子身來江西。無知君家世者。僕張貴從君需次會城久。言君有母就養廣西之左州。知州田文煦。君姊夫也。又言君有兩弟在京師。不能舉其名。其他皆不能知。於是前令無錫華翊殯君於城東之龍華寺。爲告於大府。杳君之籍。以達君家。而使以喪歸。又使貴計於左州。皆不報。又二年。吳興章耀曾來權縣事。悼君喪之淹也。於是田君亦去左州。乃爲書以告知州高

作霖。使訪田君。以達君家。訖不得報。烏乎。君以奉檄客死三千里外。旅殯十有一年。兩弟邪母邪。姊邪。今皆安在邪。君之喪。其不可以待。余既重哀君而忝茲邑。誼得爲君主。遂以道光三年四月癸卯。葬君龍華寺之原。直浮屠之西若干步。余讀柳子厚襄陽丞趙矜墓志。矜客死柳州。官爲葬於城北之野。後十餘年孤來。章始壯。自襄州徒行求其冢。不得。至日哭於野。凡十九日。卒感神卜。以得之。烏乎。君家既不可知。君儻有子。若來章者邪。余又懼夫秦涮之不可再遇也。爲之志而哀以銘。銘曰

仕爲貧死。胡子兮。羈十載。魂長怛兮。人亦有言。隨葬達兮。抑返葬。仁君儻歸兮。龍華之原。草萋萋兮。我爲之銘。冢不夷兮。

從父芳澤處士君墓志銘

羅江

士有溷迹齊民之中。克全倫理之大。易足於己。無慕於外。爲朝廷留敦樸之俗。於鄉里稱善良之表。徵諸古昔。往往有之。今則我從父芳澤處士其人也。處士諱修湝。芳澤其字。曾祖文學生。贈儒林郎。諱作敬。祖國子生。贈承德郎。諱晉。父諱紹舒。江之叔祖也。處士周歲喪父。五歲失母。依祖父母暨兄以生。事兄如嚴父。終其身色無弗愉。與人無城府。而有涇渭。然人咸愛其樂易無或與忤。一門羣從九無間言。效顏觸之晚食。服桓沖之故衣。特其餘耳。初處士攻制舉業。從舅之官。 禁近者貽書期以遠大。其後學使者按臨。留意故家材儁。人謂遇合在旦暮間。處

士卒不赴試。遂以布衣終焉。娶周氏。邑之望族。明書史。舉子二女一。女亦通曉故事。居常治事之暇。各執一編。流覽而相與論說。房闥之中。若家塾然。婦孺雍雍。終年不聞誶語。處士不覺其冉冉以老也。道光九年三月四日。以微疾卒。距生乾隆三十一年三月三日。享年六十有四。逾年。葬黃田衝小螺山首辛趾乙。子世宋。郡庠生。試屢冠其曹。世柄。儉謹守家法。孫德煒。善讀能文。餘尚幼。江與從父同堂而東西居。稔知行誼。故宋弟以勒石之文相屬。乃撮舉其槩。箸之不及詳也。銘曰

思其親。孝莫伸。敬其兄。盡厥倫。優游畎畝。養天眞。無懷民兮。葛天民。有構胄子。穀詒孫。無名之樸。生則泯。樵蘇戒。此善人墳。

李希廉墓志銘　魏源

嘉慶十有八年提督湖南學政蕭山湯侍講貢士八十餘人於朝明年桂東李君克鈿試畢出都侍講三諗之曰損酒益食損文益質損名益實君拜受以行時年二十有九矣豈弟溫良吉祥而芳負斐然之狂邁嘐嘐之志卒歸反求能自得師一年而損口二年而損交五年而損飾其未能然也於家家多鬨者於鄉鄉多嘖者久益克誠家邦歸仁于于以興未見其止也逾年郴州陳起詩以書來則君死矣悲夫悲夫於是同門魏源卒哭而爲之志曰君之始終可知也幼慧自憙長敏於爲從教諭嚴先生某而折節知自克及見湯先生而始刳心於道士之赴

道者以名君獨以其誠親廷叱咤不及犬馬交處十年未嘗忿顏覯侮不知遇謑不億侮愧謑服不大聲色抑天性過人非矯揉以然至其引繩墨切過失閑小大枉尋尺則自君之歿吾黨士咸若無所依者詩曰仲氏任只其心塞淵君其有焉而遽以死天其祝予悲夫悲夫君卒以道光元年七月年三十有九妻前黃後胡子二葬某原希廉字也詩文發於天機有晉人之風油油可詠銘曰

望其墟臯如皤如大哉死乎君子以息其軀

連家墓志　張力卓

石工李萬言城西十五里麥隴邊石刻場出內有奇字搨而觀之蓋唐時邑人連簡字隆暨室張氏同穴而首行但題大周故飛騎尉連府君墓志銘妻統於夫也序十六行銘七行不著撰書人名文沿六朝餘習字兼篆草行三體其載年月日等字武后所製時人不識故云奇唐武散官釆隋舊名貞觀十二年始於左右屯衞設飛騎尉秩從六品朝會則周尉階陛聽敕宣入巡幸則夾馳道衣五色袍乘六閑馬連君以征高麗功得補斯職序稱六羆良家首膺召募與貞觀十九年克遼城詔率五陵之勁騎董六羆之良家合卒於永昌元年實中宗嗣聖六年明

年九月武后稱皇帝國號周飛騎幸不及見耳葬於天冊萬歲二年景申一月天冊萬歲次年卽萬歲通天元年春時尙未改也丙作景猶避唐諱也武后以十一月爲正月故以正月爲一月至謂連氏系出伯禽是東野氏之比意當時通姓氏學者多如李守素且號人物志源流或不謬歟此墓經今一千一百三十七年矣連族環居衣衿猶眾徒以譜牒失傳未能紀遠秋塲既滌約與赴勘地室隱然其上平疇六畝范氏之業屬其公瞞仍封志石並成墳植樹以表之獨惜飛騎占籍襄垣已非一世祖父皆顯兆域無稽茲山昔名第平原頗占形勝其東三里桃園元集賢學士連肇之墓在焉又東二里東鎮明建文御史連

楹之墓在焉。楹致命遂志。彪炳史冊。葬僅招魂。亦足悲矣。然擘祀鄉賢。楹祀忠義。豈非其先流澤孔長哉。余徵志詞之信。九欣古塚之完纍。而勒石俾連氏子孫。其勉爲忠孝云。

先室吳孺人墓志銘

郭汪璨

孺人事余二十一年而棄余以歿。余獨居者又十三年而志其墓。言之痛心。不知涕淚之交集也。孺人姓吳氏。籍江南丹徒。父尚鵬以孝聞。祖母沈。母竇。皆節孝入邑乘。孺人幼秉母教。柔順慈惠得之性生。貌端而和。喜人談古賢媛事。志弗忘。年二十二歸余。能得先大父先府君先太孺人歡心。中外親故。援以温恭。遇貧乏者必加禮貌。厚撫卹。嘗脫簪珥典衣服。解吾友某急。遍先太孺人以爲賢。嘗與母舅彭光甲先生稱道之。益吾家世以周急爲務云。先太孺人棄養。孺人事後姑如初。心捫揣家務。黎明卽起。夜漏三下方就枕。饈饍必躬親。衣裳必自浣濯。待下極

慈。膺疾則賜以藥。有失則原其誤。人多感之。嘗有役暴死。兩兒來尋釁。叔某理論之去。其叔固屢受周給恩也。余多兒女。累又善病。將廢舉子業。孺人曰。君其力圖進取。以娛親老。妾勤鍼黹。以佐日用所不及。余深感其言。往歲丙寅。余與人合賈。折數百金。又前後以友人緩急負重累。先府君憐而悉償之。孺人曰。妾聞古人以能悅親心爲孝。君當思堂上屬望何在。勿戚戚有無也。迨癸酉甲戌。余得連舉兩闈。先府君猶及見之。而孺人已下世四年矣。追維曩時挑鐙勸讀。嘗至夜分。室廬依然。形單影孑。營奠營齋。皆今日疚心事也。兒女輩嘗泣向余。母在時暑夕常坐庭階課詩。而次第獎勵之。今兒輩稍知古事。麤語韻語則已

抱恨終天矣·余聞而益悲之·烏乎·孺人之動余感者·可言罄也哉·孺人生乾隆戊子十一月廿四日寅時·嘉慶庚午五月二十日巳時歿·得年四十有三·子三·長如翰·道光辛巳舉人·壬午進士·緣病告假·俟癸未科補行 殿試·娶周氏·同邑舉人任金山知縣世宅公孫女·太學生系培公次女·次如藩·聘善化翰林羅公瑛妹·三如垣·未聘·女四·長適衡山翰林羅公廷彥孫選拔任湘鄉教諭鳳五公子·邑庠生喬年·次適桂東訓導李公疇子·湘陰廩生星沅·二四未字·孫女一·翰出·茲擇十一都菊花坪前高學堂左吉地·以壬午年八月廿四日肂而爲之銘·銘曰

婦三從·父之外·視夫與子·夫通籍·汝之相·余多矣·兒通籍·亦汝

燕翼所自始·家方興·而未艾·汝庶可瞑目於嵔㠥·痛施厚而莫酬·謂余情其何能以已

案·雲麓先生邑中推長厚君子·中年失儷·不復更娶·尤人所欽服·其後作令關中·旁無姬侍·日與講肄諸生論文·未幾歸田·蓋不樂吏事也·其一門風雅·世皆知之·詩多見於長沙毛氏所輯湖南女士詩及新化鄧氏沅湘耆舊集中·觀此志文可知其所自矣·汝懷附記

翰林院侍讀學士王正亭先生墓志銘　劉基定

乾隆四十七年 高宗純皇帝治賚鑒古·德洽敷文·特召儒臣·編輯四庫·校勘永樂大典·吾邑王正亭先生實與斯選·時餘姚邵二雲晉涵·休甯戴東原震·兩先生以博通經義·爲天下士同任分校·先生肩隨其間·與之編纂提要·撮舉大凡·志相壹·道相合也·先生諱坦修·字中履·號正亭·世爲甯鄉人·曾祖用弼·祖炳旭·兩世皆諸生·父忻·乾隆丙戌進士·廣西陽朔知縣·敕授文林郎 晉封朝議大夫·母黎太恭人·生三子·先生系居長·少沈毅穎異·絕倫·年十七歲補諸生·中乾隆辛卯鄉試·壬辰成進士·殿試第三甲·改庶常·散館·授檢討·充三統館纂修·武英殿校

勘官·遷右春坊贊善·分校順天鄉試同考者二·會試同考者一·陞侍講·轉侍讀·兼日講起居注官·戊申夏 扈蹕熱河·奉 旨著在尚書房行走·傅 皇曾孫教讀·陞侍讀學士·諸城劉文正公重其學術·先生每以所見敷陳·某事當行·某事當去·其說多見施用·迨 睿廟親政·旰昃日隆·不次進御·俾居禁近·命侍 皇次子講讀·先生感兩朝恩遇·益勵清操·在班行·粥粥斷斷·不求烜赫之譽·又孤立無援·雖有權要招徠·絕不一至·其地用是忌者滋多·居禁地八年·不得遷擢·旋以嘉慶己未丁朝議君艱·聞訃趣裝·戴星歸里·至則經營窀穸·封樹墓道·服闋·點檢巾箱·赴京供職·瀕行驟發心疾·踰時忽作·遂具奏乞假養疴

田里明年諸大吏敦請講學聘主朗江書院旋移主嶽麓講席沅湘士子爭向先生問學皆以名德推重其高材生後多通顯當事慕先生名踵門求見力辭不得亦不報謝己巳秋七月二七日晨起腹痛頻泄閱日病劇遂至不起卒於嶽麓半學齋中彌留時以　國恩未報爲念言不及私平時家居篤於孝友輯睦宗御俸入以賑三族貧窮家無餘財箸有東湖文集經史劄記藏於家屢遇　覃恩誥封二代配彭恭人生四子鉉例監生翥歲貢銘鈞皆諸生鐙胡孺人生一子鈺業儒女子四人皆適仕族孫幾人浞溥皆諸生曾孫幾人生乾隆甲子十月初三日享壽六十六歲以某年月日葬本二都覓山之原遺命勿求志

表迄今四十餘年未有穿中之石其季子鈺以爲終不可廢以狀屬余敘次用敢摭其行實纂爲斯文移其副於史館以備他日國史采擇使後之官京朝者所徵信焉銘曰

稟精湢曜蘊靈川嶽皇衢攬轡帝所聽樂册府回翔石渠揚搉四庫菁華三天飲啄乞閒養痾田園志樂兩主皋比諸生卓犖丹地趨承　聖恩優渥迄今卅載得聞先覺攷實徵行貞珉斯昕

劉先生墓志

蔡用錫

劉先生諱彧江西饒州府萬年縣人湖南石門縣幕賓也生平慷慨有大節每談時事輒歎息淚下崇禎癸酉三月偕同志修禊靈泉飲酒賦詩有安得半段槍盪寇蘇瘡痍益知爲奇男子也歲之冬賊渠高迎祥李自成等自豫躪楚眾號數十萬大集鄖陽分掠州郡所在告急而奸民乘釁爲寇劫掠四起石邑故無城池而毗連長樂鶴峯多崇山峻嶺寇盜出沒其間猾匪王進才結連嵩鑾於十二月初十日自老虎山循九里坡等處直逼縣治大掠市肆時邑令勘事外出先生飛書役曰有我在無恐命急傳哨軍救援乃逡巡不至先生選健役守護倉庫文案

自執器械率數十人固閉署門拒之賊破門入先生抵死出鬬顧役紿賊曰速往東苑守庫賊信之羣毁東牆留賊數十人拒其追捕力盡被縛賊以刀迫之曰苟相從無憂富貴先生厲聲怒罵曰鼠輩敢爾食爾肉粉爾骨以紓國憤以復民仇嚼血噴賊賊遂殺之尋市人挾哨軍鼓譟至賊乃遁去倉庫文案藉以無恙邑令歸以禮葬於署之西苑題碣於墓邑人聞其事莫不痛哭設先生位而奠焉先生居石幕兩載嚴正自持助邑令力蘇氏困每批示事狀曉以大義故邑人皆銘感弗忘夫以先生之志行苟得尺寸柄則其忠義奮發勳烈又不知當何如胡天之不弔邪雖然致命遂志先生固堪千古矣

李渭溪墓志銘　陳士杜

李君諱國鼎字玉璜號渭溪善化名儒朗軒先生曾孫也以嘉慶戊辰某月日卒年三十有五將葬其孤忠儀銜太祖祖父母命來告謂余知渭溪乞志其墓垂涕請不獲讓乃撮其梗概書之君性純明上承累世詩禮之訓且習聞曾祖正心誠意之學故處庭闈以孝敬稱與人交至性肫篤無飾詞宗人暨里黨咸欽重之嘉慶辛酉補弟子員已發篋睹朗軒先生昔時精研濂洛心性之旨喜曰道在是矣乃棄時藝益潛心體玩有議其迂以告余者余曰渭溪有志於道豈惟役役科名哉且子獨不聞朗軒先生嘗以鄉貢士講學嶽麓乎當是時海內名賢若方望

溪韓慕廬諸先生輩莫不馳書道敬聞風諮訪嚮非以先生蓄道德而湛經術安能俾四方英傑傾仰若是乎渭溪志先人之志而學其所學也固宜遂年學益進與人言皆娓娓見道語及卒吾黨哭之慟歎曰使渭溪更十數年不死克紹先業著書以明道亦未必不見稱於當世有道君子也今乃不永其年以卒烏乎惜哉配康氏子三長忠儀次忠倬次忠仕君卒始生以本年某月日葬本邑某山之原銘曰

山之阻兮子之室閉千秋兮去白日睇鳶魚之飛躍兮駕雲車而往質藐世俗之青紫兮侈生花於夢筆形既隕而靈存兮信春華之與秋實詞刻石以永貞兮利後人其安吉

廖含虛先生墓志銘　魏源

郴州含虛先生之歿也弟子在武昌者喪服走二千里踵門而哭之郴之人巷不歌舂不相者逾月或曰先生力學篤行於孤貧之中爲國人矜式故能然蓋隱君子也或曰不然先生不由師傅自靈樞遁甲形家言放而至於丹青琴弈詩古文詞靡不通課子若孫以忠孝奚其隱或曰先生晚而逃禪兼習導引其生歿皆有異其遊方之外者歟或曰詩人歟邵陽魏源獲交於先生之孫宗湘湘爲言先生行事至章以備卒亦莫能專名也烏乎古則有士不耀其光世而我遺放彼窮鄉行無轍迹學無故常未嘗自賓於萬物物亦莫之能傷無他其天全也源何足

以知之無已請志之曰先生廖其姓奇珍其名庸之其字念虛晚自號也郴州人卒嘉慶二十有五年九月日年七十有五葬州之西鳳鄉尋母巖下配曹子二紹衡紹蓮孫五宗湘宗南宗玫宗海宗岱所著書若干卷藏於家又纂其行繫諸銘銘曰

有古君子頎而閒少賤多藝驚其羣負薪掛書汲養親翦髮鬻斂負土墳國人皆曰孝子珍不夷不惠行中倫神完氣夷無色聲聞其磬欬皆逡巡五鑿六欲分喪眞獨楗其戶堙其原赤光出戶夜驚鄰嗒然坐逝遺吾身羌孰測兮天耶人素車東躬來踵門弟子千里走以踆曷以瘞幽塡怪穨有孫有孫能斯文

處士張謙庵墓志銘　　黎吉雲

君諱禮字謙庵世居江西安福縣後遷蓮花廳代有聞人至君考西偶君來湖南流寓湘潭遂爲湘潭人配李氏生子五人君次第三生有異稟典籍過目成誦於書無所不窺獨不爲制藝文字故未嘗就有司試性好吟詠生平篇什甚富所刊謙庵詩鈔若干卷壽陽祁公曾兩序之緣君與郴州陳吏部起詩至契屢以君之學行達於壽陽也君渾樸寬博終身無疾言遽色知與不知皆推爲長者所爲詩如其人夷猶駘宕一歸盅雅熒然一燈操觚不輟嘗論詩之爲敎溫柔敦厚唐人詩不皆佳然其韻味得詩敎之本宋惟取陸務觀一人餘不免槎枒麤硬游其

門者甚衆見其人與詩皆知爲謙庵弟子又嘗刊行三詩僧遺稾三詩僧者瀟塵白舟漱石瀟塵歿於嘉慶中季纔十六所作幾千餘篇三僧皆經君指授者也君生於乾隆某季月日歿於道光某季月日配唐氏先君歿子以增早逝以堂兄以培之子承鑑爲嗣娶曹氏余交君久適奉諱歸里得哭君於寢門承鑑將以月日葬君於本邑二都六甲雷鳴塘胞兄得義塋之左以志銘請銘曰

詩能昌身穆行湝湝詩能昌物所至流春韜光不揚百寶涵海大集𣚧𣚧其人斯在膏馥未歇名山巋然擷毛薦馨豈惟裔孫

李孝婦墓志銘　　成　毅

余門人李生釗持李孝婦狀來請曰此釗族人尙鸞之妻國鏞國鐵之母而雁塯翁之子婦也雁塯翁二子長卽尙鸞乾隆五十七年鸞客蜀孝婦與繼姑奉翁家居翁病噎且劇孝婦惶懼計夫遠客不得歸禱於神弗愈孝婦益心憂乃私刲股肉雜糜粥以進翁啜之能下咽病日以緩家人怪孝婦形容委頓而衣有血蹟詰之始得實未幾尙鸞遽歸言某月日夜恍惚有人促令急返醒而悸核其時則孝婦刲股之日夜也尙鸞歸月餘而翁卒孝婦時年三十有一又七年生子鏞又四年尙鸞卒遺腹生子鐵孝婦撫之成立以今道光二十二年壬寅三月日卒距

生於乾隆辛巳實得年八十有二卜今某月日葬於某原乞先生志其墓烏乎如孝婦者其貞克以至誠格於鬼神者也天之佑其身而使之有子也宜哉是宜書孝婦姓劉氏與尙鸞竝臨湘人今居巴陵銘曰

紀獨行納諸幽惟世世子孫用永保享於千秋

彭菊村墓志銘

陳起書

先生姓彭諱陶字菊村先世衡山人父商於郴遂爲郴人十餘歲時父負債數千金常累日不食以養父父没爲債家所迫係於官者月餘余先祖憐之解其訟因教之學曰子有造才也見其容若病者問之曰無食食之年餘補弟子員去爲童子師而以文字正於余先祖文日進數年食廩餼是時館穀漸豐而兄弟六人皆食於先生且爲之娶妻長兄死葬之撫其孤母又老病醫藥甚勤年三十六母曰汝以子與兄弟故而無妻其於嗣續何汝其娶以慰予娶妻踰月而母卒踰年妻又卒貧益甚乃不娶而教季弟學亦補弟子員三兄死葬之撫其孤而先生亦

病道光十一年年四十三卒無子葬於黄茅嶺父墳之側死之日朋友皆至市人曰彼皎皎自好諸人胡爲者而哭彭先生銘曰

以孝友而貧以貧而無子烏乎惟天所使

二叔父繹思公墓志銘

李傳敏

叔父名家申字念兮號繹思行二晚自號無述叟少好讀書先大父錦林公延名師課之吾父與諸叔父資性皆過人獨叔父遲鈍先大父課最嚴每一藝不精必擲之再作至晚遣奚僮給茶食撤其簟席鑰齋門以去詰旦始啟鑰呈課藝仍不精則怒甚笞之必見血乃罷叔父迫甚研索久之一日忽豁然以解始出應試試屢擢前茅然卒以數奇不得志於有司援例就職後終以負父師恩爲大恨賦性忠直與人語不洽意必偘偘直抒所見晚年平易近人尤篤於友于與吾父居處不能一日去諸左右好閉戶讀經史倦則與吾父縱談興酣則白髮苒苒二老

皆掉頭相質屬垣聽之皆喃喃少時作某藝撻若干彷彿錦林公聲口縷述之猶作恐怖狀也乙未冬敏在都聞訃丙申春匍匐抵里門與叔父相對見似心怵嘗涕泗涔涔下一日語敏曰汝父去吾亦老矣每念之輒無意於人世但平生負父師恩不可不筆之以告來者近作無述叟傳又於邑之西營生塋汝其推吾意志諸石無諛辭敏以豫凶非禮辭叔父曰望溪氏最謹古文法集中有姑母生壙志姑與叔一也此可爲例矣敏受而讀之皆省過自責恐懼罪己之語居多夫以叔父篤於內行而阨於遭際負其耿直磊落之性而不爲世用杜門謝客老於佔畢其心地光明可以對天地質鬼神而無愧而猶痛自刻責老

而好學作無述之篇以自儆·其危悚至於如此·如敏者出其身與世相周旋·內而骨月天顯·外而名師益友·淸夜捫心·媿負叵多·而年力尚富·强精神尚未頹敗·而且悠悠忽忽·不自振拔·以至於今日·而極其所至·以至於叔父之年·吾父之去日浸以遠·而吾諸叔父·勢必至漸次凋落·無老成典型以防閑其身心·而血氣又日就衰邁·其頹然不自省者·不知伊於胡底·是大可懼也·然則叔父之元氣淋漓·後之孫子必有起而應之·以繼其志之所未逮者·而斯穴之吉與否·又不必計也·叔父生於某年某月某日·終於某年某月某日·葬邑之西鄉某村某山某向·子六·長某·先公卒·周孺人出·次邑庠生某·三某早世·四邑庠生某·童

孺人出·五某早逝·六某從九職銜·陳孺人出·女二人·孫若干人·曾孫若干人·謹遵命銘之·銘曰

維斯山之元氣·與公之元氣·磅薄鬱積·以長其子孫而莫之或替·

歐陽府君墓志銘

馬敬之

道光二十有六年正月·麓樵先生歐陽君卒·孤子兆熊創鉅痛深·水漿竝輟·篤終之節·旁攬乎前民·衔恤之情·有踰乎近士·諏期營葬·譔狀乞銘·家孫廷縉·余女壻也·平時行誼·悉所周知·和仲之偁·永叔更爲有徵·陳留之述·林宗殆云無愧·君諱辰·字介夫·號麓樵·先世自廬陵遷湘潭·遂爲湘潭人·曾祖某·祖某·考某·均隱德不耀·矜式鄉里·惟君媲美北州之後·孕奇南斗之旁·夷簡其中·秀贏其外·顧歡累代屈迹農田·劉峻壯年傾囊典冊·三周疾滯·四隩華離·江蘋俶聞·海棗佯對·有一於此·博涉冥捜·未弱冠·戰其藝於有司·偪陽之布屢縣·款段之鞭空振·念無以娛

杖屨·潔牢匜·洒隱几以悟·投幘而興·龍邱棄其蘭臯·鳳律喑其黍谷·降心俛首·坐數十年·温衣美飯·和熹之語胡爲·廣宅良田·公理之懷攸慰·而不彫其樸·彌晦其明·非禮相干·內恕諸己·若邪之英·緣諾言而見賤·善芳之佩·値瞻智而失珍·井泉與鄰·其歲早·鄰私其井·君不問·泉忽涸·俄穴出君莊院·別成一井·源飛疏勒·彌恢幅練之觀·脈引副夷·更激球璜之響·豈徒佳話·抑亦栁閭·所居後園·鄰侵去十數武·因築室·欲復其基·仍畀以錢·若相市·易德容縛紲而讓·畔齊相慇懃而復宅·方茲蔑如也·自學塗埃壒·道岸荆榛·假禍福以疑民·傎陰陽以眩俗·溺人情而違天理·誣聖敎而瀾王章·冠帶之倫·皋淆其說·君乃銀刀氣肅·玉

鏡神清·不信禳祈·不諳拘忌·家延痘醫種痘·醫設痘神位·君怒擲諸地·見者愕眙顧卒無恙·會攜洋痘術來潭者·邑人擯弗信·君獨捐貲建局·至今活人以萬計·巫祝之風爲之頓息·相宅家有所謂太歲三煞者·君作宅兩犯焉·或言某日興役不利·君笑頷之·偏於其日趣舉畚鍤·新居白屋頻移·趙尉之家遺廟青州竟斥蘇侯之位·益君子在上則美其政·在下則美其俗·故身同隱退·而志㦗維持·嘗閱邸報至某官復蒙顯擢·輒走訊朋儕·怡然累日·金甌有兆·眷君實之升沈·玉鉉無私·伺深源之出處·於虖·亦可以億其梗概矣·君之學以堅忍刻苦爲主·而趣韻超曠形檢詼誕·則又和光亞周史·玩世侔厭次·嘗盛暑修謁·君方手

諸孫會課文稾·葛衫半曳·木杖低揞·招之使來·咄而命坐·有詩人寬綽之意·無賤儒軥錄之態·靈臺自濬·語不礙夫詼諧·畏壘大穰·儀忝躅夫拱揖·其宗原也若彼·其放意也若此·方圖霽月長契·芳襟詎料·衝飈先蕣·碩果哀哉·君生於乾隆某年月日·春秋八十·計撤瑟之期·距懸弧之旦·才浹旬耳·惟君秕稗鼎鐘·錙銖軒冕·匪介匪通·奚隨奚激·乘時之略·未盡展於哲人·備福之名·宜有光於穹壤·以本年某月日·葬金章·戴塍聯翩·虎觀之藏石紀·永刊燼·朗龍威之續銘·曰

丙午之年季秋之月·湘水之鞠·湘山之㞐·㞐佳之原·吉祥之宅·

蕭君妻徐宜人墓志銘　馬敬之

宜人姓徐氏·邑國子監生諱某之女·蕭君名楨之室也·懿質星凝·昌暉月孕·幼罹匪莪之苦·長擅季蘭之譽·弄機顧杼·非姆教而慧解·納順膺祥·詎女史所殫詳·年十六·于歸蕭君·窈窕施縏之雅·展也好俅·綢繆執燭之儀·覯茲靈匹·戚中眷之戚·鄉稱之蕭故洪族·蔚跂奄茂·雖食兼膳衣重縠·行乎富貴·不以爲泰·宜人則葆其素·章罔渝·疇昔鉛華·屏而罔麗·錦段因之失珍·龍鄉曙警·襄馨潔於堇荁·蜂宇鐙涼·闡諧和於繹絡·固知掞張大節·用例餘行·高柔愛玩·靖節省曠·亶有由已·元綍難諶·逝軫易杳·忽抱微痾·俄延徂謝·徒令媼婢搯摽·嫂姪慞惶·見垣不洞·求醫

之悔何遲·升屋而號·禱佛之聲未歇·哀哉·夫以莊周齊物·懷令溺文·尚復歌激鼓盆·淚揮旋旆·矧迺蕭君性郁情崇·海深山重·能勿㥓墨中纏·吁歎外激·悼遺挂之在壁·悽承盍之翳深·爰以書屬其姻家敬之·曰·之楨爲先室營葬·欲銘其墓·敢乞駢文·又曰·先室爲之楨閨中良友·疾革時·猶諄諄兒輩讀書·烏乎·彭城君之畫·字千禩·儷名仲郢·母之和丸·九京齎志·豈可不謂賢焉·往者煒管散佚·徽音淪替·中壘輯頌於前·長康稱圖於後·遂使梱閫幽光·曠代殊烈·安有矜莊若彼·淑善若此·秀啟葳結之侶·識抗塵墻之表·致其賓儀·終閟雌律·弗宜者乎·宜人生道光五年·歲在旃蒙作噩·某月日·卒於咸豐元年·歲在重光大淵獻·某

月日時年二十有七卽以其年閏月日葬邑都甲大唐山之原癸山丁向子二長邦鉞次邦鑑殤女二幼是用詮敘崖略銘之云爾

粲粲宜人温惠淵令玉度裏韜金章旁映幼失怙恃叔母是依壼職閨範手狎心儀及笄芳齡賛幣吉禮梁廡冀郊往相君子重闈福介中表恤均頌椒扇烈評菊祓芬毒霧晨霏炎曦夕曀如何穹蒼不惠而厲撫膺誓臆傳韋逞經言猶在耳述之泗零我銘宜人載賁窀穸其谷其陵誦茲貞石

唐某君曁元配合墓銘　馬敬之

少微躔倬白楡爇旁躪南斗媥儷儆陶高翟苦綝彀孶臣揖扶齊詁亶切積爾如委玉紐醫踰一日侅金徽裂棲靈雙韜此其穴鵝鵝排垌龍偃㽞䂮迺元將眾所傑羅預天閶叡器掇載頌紫誥褒先烈萬億秭祀囫昝輟

行狀

陳定甫狀略　丁之翕

先生諱國寶字定甫武陵新里人也父庠生諱大忠富於貲數出穀濟饑人置家塾立家則教孥子弟屢爲鄉飲大賓邑侯王公從鵬額其門爲善人之閭先生幼齡入邑庠學使者試輒冠軍同邑龍太常膺以先達與訂交種學植品邑人士皆敬憚之遭明之季選官不仕好善樂施一秉厥考志也崇禎癸未冬張獻忠陷常德賊蹤四處蹂躪鄉中巨室鮮有全者先生初聞賊

焰熾甚㮈文弱無可爲計里中人素德公會有挈家遠遁者約詣之謂公宜早訣先生於是命從子文彬與議曰今都邑徧戎馬吾等將何之死於家與死於外均也賊至不如拒之雖死庸愈乎眾然之皆應曰吾等從公死耳遠近避難者聞之扶老攜幼益附焉皆視其才勇者而步武之供其屝屨衣糧之屬爲寨柵於宅西之文江渡渡鄉出入要路也去舊大道八里許部署甫定賊果至皆揭竿斬木隱於林伺其半濟也而擊之所中傷甚多賊大創退曰此蟻子地有人焉須移大隊居之而公從子等數人亦被掠去乃益戒備數日後聞賊三面劫掠不再過其境偵之則其巨黨實相誡毋入善人里且懲其前者之輕入也

定後所全活無算賊戮之衆隨在白骨如莽先生憫之日督僕輩收瘞不給則傭工倡義徧畀爲義冢三阜作菴於側額曰淨土今俱存家緣此日替至孫思虞時內外近二百口不能支乃析箸同居者五世云之翥兒時嘗聞諸父老曰賊入常時水陸連營幾百里所殺戮最慘河後一帶浮屍塞流先生以一書生庇其鄉至欲與賊抗棱以片羽燎紅鑪耳其卒得完者豈偶然哉豈偶然哉

先祖些菴公述

郭宏碧

我祖些菴公先曾祖通宇公之第三子也通宇公由明經司訓常德陞開縣令秉鐸宰邑處已治人仁義由行道德自全始終無閒晚年生我祖些菴公幼擅才名文章事業一身任之年十四試童子冠軍十六歲拔一等第一食廩祿越二年秋薦於鄉二十三歲壬戌成進士癸亥官行人司正馳驛往閩封王復奉敕藩王道經益陽時賜一品服焜燿鄉閭榷聲載道是冬復命而曾祖妣陳太夫人已逝明先帝差錦衣衞馬吉翔敕贈安人命祖歸以盡子道三年制終丙寅除原職丁卯充同考官得門下士六人史道鄰其首選也庚午陞吏部稽勳司主事而祖母

潘安人卒於其任繼娶通判程雲芝女爲室焉調驗封司辛未調考功司甲戌調文選司員外洊歷諸司關節不通用人允當乙亥我曾祖卒於家祖聞計歸丁丑除四川參議己卯官江西學憲所取皆眞才不徇情受賂辛巳陞江西分守嶺北道壬午陞廣東督糧道數月適張獻忠寇境明先帝欽諭我祖巡撫江西有洪承疇先革職不用我祖陞見即奏懇爲帥以鎭遼陽等處祖撫江時左良玉屯兵九江覬望卽介馬乞師外禦强寇內調悍將始得保袁吉等府癸未欽賜兵部左侍郎仍巡撫江西時太平日久兵餉無措一日約諸紳往鐵柱宮發誓凡係撫軍衙門內外一切應入供給俱捐以助餉隨解組歸田甲申聞三

月十七日明先帝之變益不復作宦遊想乙酉門人史閣部欲我祖爲南京操江堅辭不受丙戌卜菴於石門此郎曾祖妣陳太安人之墓所山名王母梳妝處也落髮爲僧以詩名壬辰本朝恢復洪閣部奉　命禮遇先人報舊恩也饋之金不受欲攜我父監軍亦堅辭不允淸介之操甘守苦節蔬食飲水道佛兼修每無定居流寓沔陽十有六載所著有補山堂等集庚戌州尹朱作賓祖撫江時門人也爲之勒石遺迹存焉辛亥歸桃江結草廬作假山工書法寫竹枝與隱士槎菴作花裏過數十首及壬子以詩累見訟客死江陵之承天寺乃六月二十四日事也猶作末梢苦吟數首當辭當道蔡督臺諸公冬月我父與

四叔父扶柩歸里庚申冬十一月始附葬於石門墓趾下丈餘地次年冬碧偕宏景暨三弟修祠堂以享祭焉此我祖生平年譜之大略不敢增飾一語以傳信也時康熙甲戌仲夏月嫡長孫宏碧謹述

方可齋行狀

曾紹孔

士有篤於謀道者巴陵方可齋先生與孔聞聲相思者十年握手訂交者十八年以乾隆十年正月十五日卒於里第其孤沃函計以聞既又編纂其事匍匐數百里謂孔必述其行丐大君子一言壽諸石孔含淚唯唯蓋舍是無爲旣厭衷矣公諱宣試號可齋耀四其字自其先祖開公由烏雀林徙居黃陂歷南北宋訖元明科甲蟬聯不絕高祖見吾公某州知州治績詳郡志曾祖參兩公明經選訓導未就父世國公郡庠生生公神穎殊絕身魁傑方面秀眉吐音鏗然目無游睇自童時不爲嬉弄五歲授書卽成誦稍長能自擇師觀諸塾案頭本經外無他卷帙

慨然曰稽古者顧若此哉訪知唐力誠先生爲吾楚李習之劉長人兩名宿高弟子願往學焉顧家貧無負笈資元配劉孺人脫簪珥佐之行比至唐先生教之曰學人溺風華而薄本實此異端也汝姿性不凡外之文詎足難宜以斯道自命因與談易象究心內典遠揆元覽一空從前所有讀書以經史爲根柢以濂洛關閩儒先衆說爲博要務在會聖賢之精神以敦其源叩英雄之行實以溯其流不輕令作文偶一爲之唐先生欣然曰可矣又曰是豈不足於文邪顧吾不專望爾以手治也廿歲補郡弟子員旋食國餼從此行益修學益進交游益附居恆兀坐一室根於靜力苦世俗苛禮握齱不與接手一編丹黃讐校駁

難諸註家折而低昂之若權石然所以輕重之者獨嚴他如陰陽兵律山經地志卜筮方藥諸書下逮浮屠老子之文靡不精覈異同間其說者如客得歸公之負才積學自幼時已如此逼唐先生溺死回頭陂公聞報縞素趨哭誄文數百言酸悽心骨苟語及必涔涔泣下世國公自城歸冒風露得癱輭之疾公目不交睫者六閱月居喪百勞一身獨竭吾力讀禮之餘心怦怦不釋杜門促榻淡自閉塞若疾然醒而醉黠而癡數載乃已嗣是扁舟草履放浪山水閒看激湍鑒澄潭步危橋坐茂林探幽鑿升高峯問道元亭棲心野觀過屈宋息作之鄉閱李杜登眺之蹟從賢人長者賦詩飲酒爲樂洗滌心源獨立物表悲歌嘯

傲與天地眞氣相往來魚躍鳶飛觸處體認託旨幽眇結言悱惻皆較然不欺其志者也凡自湘沅鄂岳來者數道公且語其詩慕焉而公亦訪孔於六君書屋在戊申秋年已五十矣貌莊重清姿勁骨疏髯灑灑危坐身不偏倚步趨如有循手容張拱望之若老幹磔砢傲然霜雪之表而意態安舒沈默渾淪未嘗以言詞先人有問則隨事剖晰雖野老孺子皆曲盡其情試與探圖書之秘究性命之源極天地事物之變揆鬼神生死之機與凡治亂興衰升沈得喪之故衝喉而出若江河百折而東下而是非之際確不可回卽王公大人不阿所好也其愛人自愛多若此其主張斯道也以求仁爲大本以閑邪爲入手以直任

天命流行植立擴充爲實際終日忘言默自省觀胸中洞然四無畔岸故其精神洋溢眞意融盎雖食貧居賤不啻處九層之臺俯萬有而享百珍終其身未嘗支一木覆一瓦爲子孫計也教子弟重躬行次文藝因材而造不設規條初來學者令靜坐返觀使心地活潑倘有疑隨機引入粗浮者如未有教實能領略者若覩蒼旻游溟渤滌條風而飲甘露罔弗醉心焉說詩論文嘗曰水以浩瀚而放海誠有源而有委者也絲以蔓衍而成錦誠有緒而有倫者也士君子立言不衷諸道無異爲勺水爲亂絲觀者亦徒以其水也絲也安從溯其流而尋其源援其緒而求其理哉生平喜讀古人書而發其幽光樂道今人之善一

言可師如拾碎金一事可法如珍拱璧愛之重之流連而歌詠之其載諸集中者詎徒作詩文觀哉又嘗語孔曰先世自祖父以上皆歸眞完樸身不困而道亦亨至試身漸蹇此德薄所致不敢不厚自保植恐無以面先人地下耳試能詩文比之前猶穉秕也卒十五次戰鎖闈不入彀悲已辛酉之役年六十有五由舍赴省賦別孔有靑雲事業奮風雷白髮詩書依日月之句歎公壯志及此不倦且謂公卽不行其志而久存以極其道亦足爲斯人指南無何以明經授常德府司訓　命下一月而卒嗚呼公謀道一生坎坷顚躓不挫其志不辱其身幾老矣乃稍出爲世用而又死蓄於身不獲施於人命也然其不朽者固在

獨念孔交譜中如公者幾有君子之淡有巨卿之信有南村之素心公瑾之醇醪即吾求交於世得此亦難而顧得之傾蓋開邪惟彼我俱傷老大恨得之晚也已與游處雖終歲不晤而風雨雞鳴篝燈掩卷之餘輒如公從雲霄碧落去來胸臆中而公亦以孔為知己頻買舟過我或有所箸未嘗不郵致商搉也今皆已矣嗚呼假當吾身視其泯沒不傳後世何述故考公操向行實述其略俾風流遠遺倘有興者假公之死遲以歲年則其學之所至言之所及又豈孔之所得而知哉享壽六十有八子沃邑庠膳生孫五諸所箸述謹各輯錄若干卷藏於家

荆室徐夫人行略

羅源漢

夫人姓徐氏為余同縣庠膳生雍齋先生次女其母氏則吾宗也幼嫻禮教稍識文字年二十歸余孝事我兩先人惟順惟謹兩先人絕愛憐之初余屢不得志於童子試夫人寬余迫余中雍正十年鄉舉明年成進士入翰林又明年夫人奉兩先人命來京邸入門敬述我兩先人起居已則曰願君毋忘勵志小試時我今其敢以官人婦忘勞勤余媿其言而頷之自是余每挑燈課館業夫人即紉箴補綴以佐讀米鹽瑣屑不復余關矣乾隆二年遭先太夫人喪夫人偕余歸里贊治喪事倍哀勞因遘瘵疾幾不起後已而間作竟至不瘳四年冬服闋先大夫促余還館職余欲留侍養夫人曰行矣我其代君留肩子職乃得請於先大夫留夫人余愴然就道回首南雲耿耿不甯於心者靡日夕豈圖次年夏即有先大夫之變至以藥餌含斂獨屬夫人悲恨終天何以自解也夫人既以瘵成痼疾生子一女四不復震每欲余得人以助箸十八年冬余視學廣西得替還夫人先歸長沙瀕行又請曰我今且不得以羸身從君北願君早置妾侍君邸寓豈惟助我我一子其可使無弟助余感其眞摯諾焉得王氏生仲子翻遠而夫人所生長子裕遠於二十一年舉於鄉計偕奉夫人偕來而撫抱翻兒如裕兒襁褓時幾不知為王氏出也嗣王氏又生三兒樹遠四兒本遠其保護亦如之王氏

亦幾覩其兒爲夫人兒矣京師同鄉官稔知者共稱道以爲難二十二年余承　恩命總督倉場夫人在官所感暑疾凡四十餘晝夜不得眠以爲必死又不藥而愈至於上歲年六十兒輩稱觴爲壽夫人乃自壽曰少時日者謂我不壽我亦自謂不壽年三十病幾死近五十時又病幾死皆得不死今且六十雖非上壽而於我則爲壽我以寒門女歸夫子致通顯兩膺　誥敕德薄福祟非分所宜顧亦惟惜物力甘淡泊習勤苦少留不盡之福以還天地以貽子孫卽月持齋幾日非以祈福謂以惜福我乃今言之欲汝曹之志我志也聞者咸感動嗚乎儻所謂人之將死其言也善邪其所以越稱觴七月而死邪其所以兩瀕

死不死年逾六十而死有子有庶子有孫者其惜福所致邪夫人生於康熙四十八年八月初九日未時卒於乾隆三十四年二月十三日亥時享年六十有一乾隆元年余爲翰林院編修十六年任順天府府尹兩遇　覃恩夫人得以孺人晉封夫人子四人序如前裕遠娶黃氏翽遠太學生聘王氏樹遠聘蔣氏本遠聘方氏女七人夫人出者一適劉氏前卒一適周氏一適黃氏一適陳氏側室王氏出三一字彭氏一字周氏一未字孫一人士傑孫女五人一字劉氏一字閻氏一適劉氏一字翁氏一未字右所書夫人行略僅此他如和妯娌慈臧獲好施予非人所難卽亦非夫人難者不備書書人所謂難而非夫人難者以存家乘以示後來亦冀大人先生哀余晚歲悼亾其荆布之婦庶幾一二庸德庸言有可採而風者錫之文章爲泉壤光俾余藉以寬其悲思卽夫人子若孫感且不朽

梅巢居士行述

夏逢夔

居士諱光洛，字禹書，號祕庵，別號雲臥。草堂前有梅一株，花放時架巢其上，故又號梅巢居士。年十七補弟子員，十九食餼，試輒高等，然未一入棘闈，戚友強之，皆不應。辛丑疾作，當歲試，上書兩齋師，靜候除名，幷以廩讓後來者。兩師高其義，請於學使者，前學使嘉之，竟不除名，以諸生終。居士至性過人，以禮自牧，臨事詳愼，無巨細，必熟思審處而後行之。先大父昌一公鐸武昌，卒於署，先伯父幻齋公往迎柩，居士甫十歲，旦暮號泣，出城東門臨江盼望。先大父沒後，與先庶祖妣姚氏相依，家事悉聽幻齋公經理，居士事之若嚴父然，唯諾之閒，恪如也。家大人卜

居樅江，幻齋公命居士同肄業，幷授蘷經，久未歸省。一日見故衣破壞處，泣數行下，曰：此吾母補痕也，今復破壞，而色笑久違，他日欲求吾母補此，不可得矣。明日告歸，時年已二十矣。歲乙酉，幻齋公卽世，居士慟甚。初葬不吉，居士遷於所居之原，附先塋焉。幻齋公子八人，四逢若幼失恃，先是居士承幻齋公意，撫爲子，卒授田給僕，得自成家。其逢誥兄弟四人，當幻齋公棄世時，尚在丱角襁褓中，煢煢孤稚，一猶先大父之棄居士也。居士仔肩綜理，與幻齋公無異。時居士與家繼伯母相繼移居鄉閒，相距約五六里，居士戴月披星，往來經紀，無閒寒暑。逢誥兄弟就外傅，卽親自課讀，不數年逢誥入泮，冠邑軍。家伯母喜甚，居士泫然曰：此何足以報吾兄萬一耶，惜乎吾兄不及見此也。先庶祖母姚氏己丑之沒也，居士擗踊幾絕，總總皇皇，附身附棺，必誠必信。既附葬，廬墓側三年，深夜悲號，時與風雨聲相閒。服闋，作堂於居室之前，與先墓相望，顏曰屺齋，以致其思云。與家大人相友愛，久而彌篤，家大人或往視，則親自烹茗責酒，務盡歡悅，臨別送出門，竚立望影盡乃入，率以爲常。觀居士所以事家大人者，如見其事幻齋公時也。遇人謙謹懇摯，雖待僮僕，無疾言遽色，然不苟嚬笑，人自望而畏之。居家嚴密，內外肅然。歲設春秋二祭，遇考妣忌日，必素服端坐，不延見賓客，顏色慘戚，異於平時。自奉儉素，而款客常豐，紙窗竹屋，一室清幽，酒鐺茶

竈，器用備具，賓至如歸焉。處冠婚喪葬事，綽有條理，必籍記而行。癸巳冬，先庶祖妣彭氏暴卒，居士以事遠出未還，舉家倉皇無所措，發篋得手書一帙，則自斂殯及內外大小親疏服制事宜，開載悉備。某友有喪，入棺時男婦號擗，居士止之曰：送死大事，慟雖甚，獨不恐貽後悔耶。乃悉叱出，閉人令周視完密，然後殯焉。其於他事，亦多類此。至於精神明朗，有所藻鑑權衡，必洞悉其表裏始終曲折，人或目笑爲迂，歷久驗之，多不出所料之外也。以是卒多幽愁憂思，骨肉桑梓閒，居士皆爲深思遠慮，事有不得意，則太息流涕不止。又自幼以來，頻遭慘故，生事葬祭，雖可無憾，而居士常若有不慊然於心者，燈前枕上，獨坐羣居

吁歎之聲不絶喉臆・問之終亦不語・惟好游・每遇一邱一壑一山一水・輒怡然終日・閒値好友盤桓・則相與開懷抵掌歡呼不倦・或謂其有徜徉肆志之心焉・而不知非也・歲丁酉僕婢背逃・應門之僮惟一跛者・居士親督農桑・蕭然自遠・明年繞屋後山築隄成・乃從梅巢之下闢路通爲馴園・而搆翼亭於山頂・其閒杉坡竹徑・勻泉横嶺・屈曲隨宜・天然位置・亭中布簾紙壁・酒椀茶鐺・蒲團石磬・寶劍瑤琴・與圖書幷列左右・居士晨起吟嘯・更潑嘯月・春掇幽芳・冬踏積雪・或挾一卷隨處展觀・或招良朋席地坐話・一時高人韻士・咸樂從之游焉・而居士亦以此自遣・不問人閒得失矣・居四年疾作・卽自刻墓誌・作棺銘・幷手書沒後

斂殯成服厝葬事宜・纖悉具載・一以儉薄爲主・禁作佛事・不許豐設奠・亦不用贊禮・悉如平生素志・今春病開・肩輿候家大人安・依依數日而歸・踰夏轉秋・將買舟入城・圖晤邑中諸友・未行疾篤・越數日端坐而逝・嗚呼痛哉・居士雖病甚・神志不迷・日讀史傳數百行・一覽卽盡・句讀無差誤・媚娅友朋饋遺贈荅・未嘗以病廢・易簣前一日・視疾者塡門・飲食坐臥・皆居士指揮料理・言笑從容・顏色不變・惟見家大人則涕泗而已・幼穎悟・工書・尤善飛白・長於詞・所箸有閒情草一集・不欲行於世・病中悉焚之・嗚呼慟哉・居士性樂恬退・無事業表見於天壤・其斂也・遺命於所服袍上書懺字於胸・罪字於背・又遺書告戚友以薄葬自責之意・夫以居士之賦性植行・持身涉世如此・而猶負罪懷慚・若無益於人世者・夔亦何敢復侈文詞・顯爲撰述・以重違居士意・顧居士一生苦志純行・務自韜晦・若遂泯滅不表白於世・其何以發幽潛之德・而致思慕之情・故敢綜述生平・據實陳辭・存其梗概・伏惟當世仁人君子・憐其志而弔其行・賜之傳誄・以垂不朽・則居士雖死猶生矣・居士生於康熙二十一年壬戌五月十七日・卒於康熙六十一年壬寅八月二十一日・享年四十有一・初娶曹氏・早喪・有賢德・居士思之不忘・繼娶陳氏・生子三・逢芝・逢葰・逢蕙・未娶・女三・已字・以本年十二月十五日奉遺命葬於先壠之下・依庶祖妣姚氏墓址焉・永訣日戒神主毋僭稱府君

及稱公與先生・稱居士者・從厥志也・

先考樂山府君行狀

聶　燾

嗚呼痛哉府君竟棄不孝燾等而長逝耶不孝燾等何能狀府君耶府君諱繼榑字瓊芳號樂山先世自南宋時奏議大夫貴洪公由江西撫州府遷清江縣之板橋世爲荊林聶氏至府君爲一十五世高祖丹泉公曾祖含枒公祖公明公父起龍公俱生荊林府君始生於湖南之衡山府君六歲喪母七歲就塾質性端凝才思敏達衣冠整潔言笑不苟凡十季學問日進四書孝經小學詩書易經及左國秦漢唐宋以來應讀之文大概屬就習舉子業爲文章貫通明徹人勸其應衡試以籍限不合將歸試清江而先祖又去世府君時季十七歲廢舉業入藥局隨

先祖學醫往河東母氏山旁營葬地而山鄰丁姓欺府君客籍季少柩到山畔興衆攔阻府君赤手掀翻數人柩乃得上然終不許下穴呑縣鳴官官爲江西南豐進士李公長祚閱狀念其孝卽單騎赴穴場訊驗明白飭令下葬時康熙己巳府君季十八也府君因先祖既得地遂移先祖母棺竝葬葢先祖母去世時避兵茁山淺棺長壽庵後至是歷十有三季而合葬焉明季服闋贅於曹牏二季先母自曹于歸佐府君孝養買受環溪山田圍壕植松趣造城中新屋甲戌屋成繼曾祖母卒葬環溪左山癸未繼祖母卒葬河東與先祖母合冢自戊辰至癸未歷十有六季府君屢遭大故服三季之喪者三其閒嫁老姑嫁二妹送弟就學娶弟婦於江西傷哉瘁矣當葬先繼祖母時府君在山營墓守藥局不謹夜被盜店貲一空負欠多端將城中所居出質挈室棲環溪先曾祖時與先叔同居新屋旁之東偏不欲徙府君因於城中賃一小店仍開藥局以爲先曾祖晨昏定省計而醫乃大有名値大疫呼號乞救於門者無晝夜府君心切救人於貧民及禁犯尤多施捨自是而府君行誼見重郡邑諸當事丁亥環溪被水儒學師黃陂歐陽東朙先生約衆夥金助之贖回原宅諸當事旌其廬爭贈縞紵府君由此時住邑署夜歸訓先兄醫課燾讀書竝自讀書遇有疑義輒隱几而思思而得之方肎就寢如仍未得係醫書者則質之先曾祖暨歐陽南

一先生係堪輿書者則質之傅諱朝彥先生傅黃陂名諸生精易理好堪輿天官家言與府君訂交於東朙先生學署盡以笥中所鈔書授之故府君精醫兼通堪輿天官癸巳先祖卒葬環溪正山甲午先母卒葬雞罩灣乙未訂續娶於衡陽丙申先繼母于歸丁酉訪傅先生於黃陂後於雍正十季傅公有札府君命好收藏戊戌自河東遷葬先祖於白后遷葬先祖母於富塘又遷葬先母於董家潭左山庚子往江西遷先曾祖母歿葬衡山環溪山右遵先曾祖成命也此六七季中府君俱受邑矦葛鶒皇先生聘常居署中葛中州名進士知府君最眞信府君最篤謂府君曰君存心救人吾無以報君教汝子讀書成名卽所以云報也召燾肄業

文峯集賢兩書院先後從陳菉嶼夏映川二先生遊後彭衡陬先生館署中命燾隨署就學彭發去卽親加訓誨甲辰取縣首未院試而公隨解組歸雍正丙午燾始偕弟子員乙卯中湖南鄉試府君攜之進京乾隆丙辰自京回衡丁巳在家接燾會試捷音庚申攜歸江西祭祠墓并與堂叔輝先分清祖遺田園塘池屋基原經先曾祖分清本季查明輝叔以伊分田少府君因憑族衆酌勻立分闗合同各執一紙永遠爲據叔德芳代筆辛酉應沅江聘創建學宮文埆歸而先兄熙已殁葬之環溪壬戌燾館長沙馬觀察署府君七十一觀察製屛徵詩文雷翠庭閣師作序癸亥燾館茶陵書院乙丑館昭潭書院府君來湘與張先生湘門晚聞兄弟李壺山太史胡敬亭司寇潘晴皐進

士梁黃山明經諸公敘舊數日丁卯燾復館茶陵是冬接有截取文書府君辦理進京事宜戊辰春攜進京由江西附糧船行秋選得陝西直隸商州鎭安縣由西安赴任住月餘由龍駒寨歸計府君之兩度往京也僕僕川原共歷兩載所到皆以濟人利物爲心當乙卯之行由漢鎭滬口時隆冬沍寒行者多病府君以藥施之無不立愈至京師乞藥者滿焉府君因欲爲燾辦理入闈事不暇遍給揭曉後見燾文已薦命留京待 恩科而自與岳州李友方鵾海南同歸留住月餘嘗言此番得以脫然歸者方公子之力也當戊辰之行入山東境糧船諸幫適染大疫府君於本船中病人給以藥立愈諸幫咸呼號於船側維纜使不得解府君不忍捨去因於王家營賃騾轎命燾從陸路行燾至京選期尚遠適值前科人員未到遂以截取得缺府君至時燾已掣得鎭安矣鎭安山路崎嶇辛苦萬狀府君不以爲勞嘗於途中作詩曰商於六百崎嶇路到此崎嶇古未聞疊疊山盤蛇磴曲磷磷澗渡馬蹄勤鄰家對嶺成胡越老樹僵途礙斧斤聽說日斜狼虎出早停板屋卧餘曛至署周覽形勢指示應培風水及山民采藥之法語燾曰僻邑須耐煩爲之墾山田驅虎患修道路分社倉最爲緊著作詩數章書於壁乃歸其一曰秦關百二古稱强阡陌開來古法亾多少山田開不盡尙留一半臥豺狼二曰虎口餘生是爾民脂膏膸出屢何人請看今日

提攜意痛癢關懷獨老親三曰東西兩社咨會分南北千峯了不間惆悵汚邪何日滿四鄉豚酒祀神君四曰貧瘠騾難談禮樂顓愚忍久任蒙屯思量合用斲輪術不疾不徐有數存歸之明年遣眷口來任寄誡子書一篇懇懇幾萬言總不出詩中之意明年庚午送眷人回家府君詢知地方官民相親相愛誡子書中所言施行有效甚喜明年辛未府君年躋八十以 覃恩敕封文林郎陝西直隸商州鎭安縣知縣先母曹 敕贈孺人繼母莊妣 敕封孺人先祖 貤贈文林郎陝西直隸商州鎭安縣知縣先祖母歐陽妣及繼祖母鄺妣俱 貤贈孺人燾恭遣長男肇堂捧 誥命朝服冠帔歸家府君排香案北望叩首

劉經雪行狀

余廷燦

君既沒之踰月，體齋陳檢討來自攸縣，一日與愼齋羅鴻臚暨廷燦三人小聚於葉方伯坐上，檢討徐告曰：經雪死矣。三人者相與歔泣無聲，黯然而別。其明年，攸縣學者請述其師之行於予。予未識君面，然二十年神相交也，其忍辭。君諱林青，字經雪，一字慕暉，居攸縣北江之南郇，學者因稱南郇先生。先世由永新浯塘來族於攸，著望北門，為北門劉氏。君又由北門奉母遷南郇者也。高祖學春，明神廟時考授經歷，辭官歸里，養親樂志。曾祖儼升，未仕。祖光諫，以孝義聞，茶陵彭大司馬為立傳。考應洵，邑庠生，文行並茂。妣譚氏，生妣李氏。祖父兩世事蹟俱詳郡

縣志，又采入湖南省通志。君禀受岸異，材性絕人，好讀古今傳子史，目光十數行並下，落筆有神。自為童子時，戰文則魁其曹。淮南阮裴園學使大校士湘中，以國士目君，署名第一，品藻亦與湘潭羅鴻臚等。兩人聲名既一日齊出，又志同氣合無間。其後鴻臚翺翔於朝，取友徧天下，然歷數十寒暑，愈益慕重君之學行，心相許與，往復不忘。君奉母居南郇，後又或徙宅就城市，取藥餌，供甘脆，求可以適母意。母沒，居中門外，不御酒肉，不脫麻衣經帶，攸人始復見古經喪禮。足迹不輕出門閭。彭大司馬學貫天人，又家多藏書，嘗一再至茶陵，偕牡龠縱觀四部卷軸，講疑析道，遂豁然撤去牆壁崖岸，會合本源，了無滯礙。大司馬數謂君眞吾老友也。乾隆庚寅秋，寄書走四千里至京師，與廷燦論學。廷燦讀其書，又攜就陳檢討館寓共讀。檢討曰：經雪古心自鞭，吾畏友益友，平生一人而已矣，憾予不面其人。旨廷燦答書數百言，君亦莫逆於心，初不以為不然。性厚倫理，重然諾，必盡其誠，尤成就後進，甚夥。及門高弟選拔余世本言：湘中學有宗旨，行有本末，可師法，先生其一也。於六經尤有心得，隨日劄記，每積寸許輒燒去，存者無幾。嘗言古人戒好著書，不特悔其少作，教學者無忘斯語。君以攸縣學廩生貢成均，生於康熙癸巳正月十三日，以乾隆壬寅正月十三日下堂傷足，越六日疾作，啜卮酒，含笑而逝。娶蔡氏，妾歐陽氏，生子大建；王氏生女，

適龍綬顏氏；生女許配國學生劉世元第三子。大建先君卒。長孫起枝，十九歲夭，娶賀氏女明義，矢節能奉君養。次孫成枝，承重服。又次孫順枝。初，光諫生二子，次即應洵，長曰應灝，有子林榮，林榮之子大魁無後。君念自祖光諫下四世丁單，乃命順枝為大魁後，益成枝為繼禰之小宗，順枝為繼祖之小宗，皆君志也。廷燦從檢討詳知君梗概，從攸縣學者詳知君家世次，因掇其大者為行狀，俾付成枝，藉圖不朽於立言君子焉。

節婦蔡黃氏行狀　唐仲冕

湘潭蔡孝廉銈以其族母黃氏節孝梗概丐余論次以傳謹按黃氏吳縣黃家堡人生而孝勤及笄適蔡正聲正聲患瘵娶四年而歿黃時年二十有四一慟幾絕以舅姑在子纔三齡不敢死家貧辟纑飼蠶以供菽水無缺乏又十餘年舅姑相繼歿喪葬成禮子廷栻既成立服賈荊湘黃爲聘秦氏又繼殷氏凡十餘年無所出黃日夕拜禱祖先以繇夫祀若有神告之者殷連舉三孫黃乃喜家亦漸豐則以其所有助宗黨喪葬婚嫁無吝色卒年七十有一銈原貫蘇州之洞庭山於節婦爲族從子云

節婦唐蕭氏行狀　唐仲冕

節婦唐蕭氏者余族子孝廉業謙之曾祖母也節婦爲邑諸生蕭孚昇女適邑諸生唐超韓超韓以勤學早卒節婦年二十有四欲從死閉戶自經其母李覺之毀門解救旣蘇勸以子方在抱撫孤重殉節輕節婦乃收涕茹蘗撫育其子若孫讀書敦行躬自操作勤約一襲十餘年不易補綴重疊曰吾以惜福也撫陳氏姊孤女配名門歉歲振䘏貧乏鄰有數日不舉火者夜遺餽米其家卒年七十有六子浩與涫承節婦志皆自毀其家延師課子不遺餘力今業謙昆季少有奇童目長爲世知名士節婦卒後二十餘年浩旣請旌建坊復書其節概以示余余喜九宗有人而柏舟之流徽不可泯因敘次其行狀云

李子和府君遺事述　　鄧顯鶴

余少即喜從人談鄉老先遺事。憶五六歲時甫就傅塾師教以兩手拱揖深至地因言李子和深有禮以其居常教子弟旦晚必一揖揖必深至地也其時不知子和爲何許人十二歲讀書李氏從母家從母則子和之曾孫婦也遂得備悉其孝友睦卹及格虎救劫諸軼事類皆可歌可泣稍長學爲文思摭拾其事傳之李氏諸老亦以爲言乃爲題其祠壁有於國爲遺民於家爲孝子於里爲功臣語顧其事始末不詳方志但紀其格虎事餘無傳傳者又多失實難徵信今年來邵重領濂溪講席有纂修郡志之役其六世孫治適來襄事因盡發官書及各家私載

凡有關郡事者條件摘出復證以其家譜牒所紀與當日情事適合乃編而次之爲遺事述。述曰

李氏之先見於譜可考者在元有故之爲鄉貢士在明有仲艮洪熙時以貢官刑部主事自仲艮以下九世至藻爲君父有還遺金事見府縣志由藻上溯至故之凡十一世皆爲府縣學生云府君名作梅字子和其號曰松山今城東有松山坪又其後族居之鷓鴣塘有松山灣皆以君字得名也而子和之字尤著明季縣學生慷慨有膽略能知人家故饒於財散金結客所交多奇人魁士故身處亂世而能保其鄉族不被劫掠續順公沈永忠者　國初從龍入關有功致祥之子也順治七年實慶初內附　上命永忠率兵鎮之九年李定國從貴州至郡復陷永忠將退保湘潭潰兵四散其部將李戴者擁之順流下至新化泊舟赤石遇風舟壞亂民乘之擁永忠墜水死事　聞　朝命將盡誅左右居民先是君于武昌旅次遇一髯詞其狀貌偉異邀與飲談次髯曰功名者時至自爲之今張空拳困守旅次一飯之莫飽其能翼而飛邪君即資遣之其人識君里居姓名鄭重而去至是朝廷以永忠故遣官問墜水狀即君昔年相遇武昌資遣入都之髯也至則訪君敘舊圖報君力陳居民了遺無罪可憫髯爲感動不深求遂免誅戮明季之亂有鍾氏強暴兩人獲一美女子爭持不下將見殺君以金贖歸訪還其家牛萬

才掠新化甚慘章京侯某者（家傳稱章京侯考其時破牛賊者綫國安固章京也當即其人）進兵破之萬才遁章京見君風度加禮焉遂相結成莫逆顧其下不戢多擄掠婦女君委曲陳說曉譬大義章京心動又聞君有出金贖女子訪還其家事躍然曰何可使李子和獨爲善人乃諭鄉民各認歸所掠婦女已而一夕移營由北路去陰與君約凡有婕者束稻草然之舉煙爲號即免掠兵至吉慶村雞初號計一路所過村墟門前無不煙者乃歎曰嘻何李子和親串之多也又其時私鹽禁甚嚴犯者斬有九人被獲應斬君爲白於官曰私販在未懸示之先獲犯在方懸示之始九人皆得減死嘗覆舟銅柱灘同舟多溺死君獨免出金貸善水者出而瘞之高

岸標諸人姓名於上馳書報其家幷得收葬君有至性內行肫篤居家嚴肅造次必依禮法事繼母曲承色笑每出必揖其婦以母諄屬如己在家時歸則以一揖謝之俗傳君夫婦如賓晨夕相見必揖故有李子和濱有禮之謠也兄弟六人食必同席晨起相率問父母安坐立必以序鄉里化之至今少爭競者君善騎有良馬嘗乘往親串家縱轡假寐瞬息三四十里不覺也有某將軍者思得之而難於言君曰今一邑數萬人生命寄將軍手我敢愛一馬邪遂牽以獻一日君詣將軍馬聞聲悲嘶躑躅騰於櫪圉人以告將軍曰馬猶戀主何況人乎乃謝而歸之一日母病薄暮君騎而往城求醫中途假寐馬忽踣前足君驚

覺則一虎蹲前咆哮聲甚厲君呼而揖曰吾母病須藥急而爾當途必欲乘人之急邪虎逡巡去此事載府縣志其地則今之南臺山麓也新之婦人女子皆能言之余故摭拾其他事之可徵信者次之爲遺事述以遺諸李俾垂譜牒爲家傳且以此備志館之擇焉　鄧顯鶴曰漢書言能活千人者子孫必封侯以余所聞鄉先生李子和氏活人多矣其後裔繁衍昌熾不亦宜乎君之子孫與余家有婣故知之特詳君子八人皆起家孝秀殿標康熙丙子舉人以明通進士官澧州學正孫文纘曾孫光嶙元孫宗泮來孫浚凡六世相繼舉於鄉其隸府縣學以廩膳次貢者又數十人嗚呼可不謂爲善之報哉

同知銜武陵學訓導儲石友先生死寇行狀

劉基定

曾祖諱某字聲之例監生

祖諱某字南坡廩膳生

父諱某字碧山優廩生

烏虖世有以倜儻非常之勇略遭披猖莫制之狂寇仗義從軍心勤王室其忠憤激烈毅然自矢迨至寇深城陷猶提戈巷戰殺賊數百人終以衆寡不侔厥功未就捐軀殉難要皆天實爲之非其志之不振也故吾於儲石友先生有深慟焉先生諱玫躬字石友號眞如先籍淮南十五代祖諱某明永樂時官廣西

右布政使右參政解職適楚舟過偏沅樂其山水瀠洄風俗湻古遂占籍湖南世爲靖州人父祖兩世皆諸生有聲黌序碧山公讀書務實學篤於內行州俗多溺女公獨捐資育嬰刱立堂宇收養甚衆至今不替先生爲碧山公冢嗣自其少時誦諸經畢落落有大志負奇氣工制舉文字尤喜讀洴澼百金方及戚大將軍練兵實紀等書講求營陣攻擊之灋嘉慶庚辰歲試補諸生明年餼於庠道光丙申學使順德蔡公以副拔貢生選額乃十入省闈三登薦卷皆不得錄己酉夏有無賴子某傳習左道揭竿倡亂聲勢頗張州中人人惴恐先生與其弟延昌出家財召募奇零之衛卒田夫身領其衆禽獲首惡頭目十餘人械

赴省垣戮於市事遂寢越庚戌新甯李沅發戕害官弁先生慮賊衆充斥蔓延郡邑先事防禦復督率鄉民從間道出蹤山谷以兩晝夜行數百里馳至通道縣城堵截關隘不費軍餉明年新甯蕩平敘功以訓導選用旋丁父艱廬墓守制暇日與州人士議建社倉儲穀麥以備凶歉首捐穀五百石爲之倡刊布條約期於久遠咸豐壬子二月部選武陵訓導未赴任值粵逆洪秀全犯長衡　欽命丁憂在籍禮部侍郎曾監督軍紀穩知先生夙抱偉略調入軍營兼辦火藥及軍裝器械功未竣札委桂東一路勦辦土匪督兵窮追七八百里歷江西省界回至洋泉白水洞殺賊數十人復解藍山圍斬首百餘級搶獲騾馬軍裝

無算繼賊至道州四廣橋亦殄滅百餘州城解嚴衆皆竄逸臘底回衡州營錄功入奏奉　旨加五品同知銜往江南京口軍門効用甫趨襄謀知甯鄉失守曾公命以所部五百人從夜半赴援卽同姪甥諸生楊華英身先士卒冒雨衝鋒由甯鄉南門直逕北城外殺賊四百餘人擊沈賊船七十餘隻時尙未朝食復轉至南城外玉潭橋遇賊伏橋右又以溪岸險偪四路夾攻身被數十創猶手刃數賊罵不絕口遂與楊華英同時殉難隨身哨卒陣亡十九人時甲寅二月十三也諜報至省明日曾公遣材官四人料理棺櫬檢護屍首絞衾殯殮舁櫬進城嗚呼慟哉當先生殺賊時不惜軀命以身殉寇甘之如飴無少怨悔其精靈昭著實與茲土有眷顧之念或謂生不能殄寇以安民死必爲禦菑而捍患方今　聖天子拯念水火視民如傷宵旰日盡殄妖氛蕩平餘孽而賊猶伺隙蹶張使軍中將吏有負清貞强幹之才不能究其施用卒至血刃疊場身膏原野可淡痛哭今邑中人士謀爲先生專祠立主以展禋祀以弔國殤屬余狀其事嵌於祠壁並貽孤子先培先基爲他日史館張本當世不乏文章博雅之士別爲志墓立傳以慰忠魂儻更如理靈坡易名賜卹詔議襃錄余雖老猶能執筆以俟甯鄉八十禿鬢翁劉基定謹狀

漱石先生行狀

何俊

先生姓何氏，諱慶元，字積之，號漱石。先世本籍江西某郡。宋時有曰玉者，官郴州刺史，其子珪仕因徙家郴之桂陽，遂爲桂陽人。曾大父諱恩佑，縣學生。王父諱光鴻，例授直隸州州同。考諱仁文，縣學生，誥贈文林郎翰林院庶吉士。先生幼有慧解，七八歲時，父指壁間鏡命作破題，脫口輒誦。又嘗至外祖家竊資治通鑑一帙觀之，浹日皆語貫。及長，傑邁豪奇，矯然峻騁。補博士弟子，聯爲督學徐公松、湯公金釗所器重，遂拔貢太學。是時湖南知名士桂東李希濂克鈿、郴州陳雲心起詩、邵陽魏默深源皆高等在選，見先生爭師友，因相與作爲古文，又講說前儒程

張諸子學，一時聲譽赫然，楚南人士爭嚮附之。道光辛卯　恩科中湖南鄉試第三名，乙未登甲科，改翰林院庶吉士，假歸侍養。益遠詣逌趣，肩取宏重，勖志命行，毅然及希古聖賢名儒，無冐有出入墨從者。其自將偘偘，不爲小儒齷齪，而趣舍大閑，慄嚴峻厲，不可繭髮瑕尤。爲文沈浸六籍，涵茹百家，仰規俯逮，上下眄睞，當其自得，奧言川湧，麗字霞淩，鏗聲炳耀，殷地燭天，雖咸韶振韻，黼藻揚華，不能多其光響也。先生銳毅沈斷，才任濟時，而韜遏抑蔽，不自暴試，遠猷碩畫，世莫得而窺也。然其在里遺歷事變，臨決洶亂，每一指顧，禍敗輒刻候立紓，籌慮有出人意表者。道光壬辰，崗猺趙金龍亂，衡、永、郴屬大震，桂尤甚。有奸民李觀章者，草竊與甯徼下，躪縣北鄉，蝟聚且千人；南鄉閧劫亦哀擁數百夥，洶洶將亂。先生間變，立見邑侯易公大來，慧令畀典史楊珸壯健，馳北鄉迅殄之，觀章卒就禽；又慧珸至南鄉授指團練，閧劫頓息，縣境由是復安。歲甲午大荒，先生方赴縣議賑，民有走署告糶者，市城諸不逞趁嗾之，擁入治，忽大譟，易公倉黃輿出，衆捽下，列刃向，將劫往北郭焚躪。先生急爲敎授易公計遏之，及昏，衆逡巡相視散。當是時，微先生指畫，民且變，易公幾不免。辛丑，縣有粵警，民恇，一日數十驚。邑侯劉公澐籌策綏定，舉以詢先生，爲軌伍民戶，使相聲援捍屏，復相擇邊粵阸要，築八隘一墩一卡，奪險防控，外寇迄不得肆，至今賴之。丙

午、丁未間，齋匪聲擾半天下，縣民多竊入匪籍，窟穴南東諸鄉，保廣脅絡，肆賄斂，樹黨日盛，起爲寇，使其徒潛入近地劫愚民從之。民間猝驚潰，讙號比里，比里亦紛拏共潰，粵盜乘之，城野皆搶攘喘奔先生。先生詣邑侯方公其正，建議簡紳耆幹語者數人，分所鎭禦，拔大姓陷隸匪籍者，鬨使首滌雪之，賊氛頓滅，民安堵，里閈自後無亾失者。先生性純孝，侍養父母及大父大母，竭誠盡愼，無幾微拂沮者。待人誠恕，於故舊尤厚。所善李克鈿、歐陽泳蹇歿，爲恤嫠置孤，及刊其遺文。遇事明銳，與建縣邑廢墜事甚夥，增修　文廟書院其大者。著有知新閣散體文四書文百餘篇及漱石制義行世。先生卒道光庚戌正月二十七

日距其生之年得年五十有六將以某月日葬北鄉白苡村迴頭嶺之原子男四人長安仁太學生次安義安禮安智女子四人孫男二人道光三十年三月二十二日甲寅門人何俊謹狀

湖南文徵卷一百二十

湖湘後學集編

誄

白仲調誄詞

王岱

嗚乎仲調萬人之傑一代之英今時箕尾前身歲星其生不偶其没匪輕上秉慧根拔類出羣十行一目讀書等身含豪摛詞才智兼人珠玉謦咳流藻飛瓊垂聲牛耳建幟白門經術經世度廣識宏氣節介石道義斷金身方衡泌望繫蒼生天下已任隆替疚心丁年遇剝馳棘鼎沈激義罹患事同湯膺百煉愈鋼眾涅愈清冰消松翠霧散星明聲騰鶴禁譽長雞林俊傑識時應運而興文戰奪幟後庚前辛玉兔金犬大器晚成意在濟世試任廷評補黥息劓訟獄允平不疑釋之號無寃民帝眷方始再命試閩海珠無遺島蛟獻珍其文炳蔚斯道一新蘇軾之官韓愈之名同聲相慶與有餘榮豈期喬木忽然頽傾嗚乎仲翁百行不忝締納尤勤傾蓋即故接物心誠推食解衣排難解紛太丘能容奔走羣英戶外屨滿聯膈接茵一言必賞一技必旌參苓並納良醫之門人疑道廣我愛謙尊自聞公計眾歎羣呻或傷其遇或嗟其貧才大未竟業遠未成臨風雪涕遇物悲吟矧如某等契誼尤深對此蒼茫慟憶摧心百端交集有懷莫伸素車白馬無路將迎椒漿遙奠庶幾來歆

陶仲調先生誄詞　王岱

嗚乎先生．爲岳降神．爲湘毓靈．爲震澤之砥柱．爲正學之典型．由髫至耆．節堅志淸．人倫有道．慧業傳人．宿根再來．不慮而文．文思泉湧．雋譽雲蒸．馬空冀北．魚化南溟．試鏌鋣于歐冶．摩石鼓於成均．詩追三百．賦擬兩京．想伊人之如玉．乃擲地而聲金．蓺無試而不賞．鳴每出而驚人．器已具夫瑚璉．材自足於幹楨．乃遭時不造．四郊烽烟．既題橋之未就．遂棄繻之空言．恥終南之捷徑．聊百粵之冷氈．及乎陽九運邁．社屋鼎移．懷宗澤之呼渡．奮祖逖之舞雞．欲前席而借箸．故入幕而握奇．磨盾草布．橫槊賦詩．時緩帶以運算．時綸巾以指揮．雖蒙難而勿恤．縱百折

以靡回．慕志士之成仁．羞俊傑之識時．埋名林壑．全身亂離．望隆綺皓．潔比由夷．屨安車而不駕．惟鳩杖以咸嬉．松風華陽．桃花靈源．爲軒爲義．亦釋亦仙．南窗寄傲．北牖高眠．羅四世於膝下．聚五喆於几筵．如太丘之星聚．厭萬石之笏添．嗚乎先生．天人之全．不愧不怍．無疚無愆．既來去之任運．豈夭壽之內顛．過絳老之甲子．邁轅固之高騫．安時處順．蟬蛻翛然．吁嗟俗士．涕淚洏漣．豈知仁者．中閒安然．惟此末學．守其蹄筌．哲人無倣．望雲而瞻．庶幾成連．汪洋來旋．

王雁亭太守誄　張九鉞

空靈木彫．波落爲渚．鷗鵠哀嘷．晏陰作雨．送我故人．歸於厚土．憶我舊遊．茲茲終古．維楚兩生．同居京洛．秘館校書．成均分鐸．掉鞅文壇．雲龍馳逐．公卿倒屣．四座錯愕．綺筵侯家．名花事杜．我狂不羈．飛揚跋扈．酒酣大雪．抵几歌呼．公以靑裘．擁之達曙．文章用舍．隨世所宜．龍蛇虎鼠．天實使爲．各謀祿養．非糺以疲．後先捧檄．慷慨分馳．公之治行．勝我什佰．悃愊無華．寬猛克協．以誠感民．以愼立則．三吳口碑．至今赫弈．東南功業．首重防河．壯哉書生．宏猷孔多．手搴長茭．足踏淇波．人震以慄．公嘯也歌．大吏以績．入告延英．　帝曰欽哉．汝庸用旌．銀章靑綬．典右北

平五馬．朝天諏春．將行河風．陡塵丹心．九竭驟膺．沈寒溘然萎茶．斷吾右臂．大吏悲咽．墮厥長城．同僚泣啜．感公生平．扶危急義．賻襚視含．備禮簋器．封識巾箱．以待孤嗣．咨請靈輀．歸入里第．以死勤事．自古稱榮．紀之簡冊．貞珉崢嶸．是謂顯親．是謂全名．宜風有位．以作典型．海內知音．頻年凋盡．望公大伸．我氣亦振．胡天奪之．不憖一瞚．獨搔白頭．中夜悲憤．春申浦上．執手臨歧．壯同志業．老必追隨．登公之堂．圖書鼎彝．望而不見．淚下綆縻．公之諸嗣．人握靈蛇．文采風流．蔚爲　國華．我作斯辭．質而不夸．懿戚良朋．哀感無涯．

明經劉斗垣誄　高崧

昔在子政．校書天祿．太乙降觀．燃藜照讀．用俾卯金．領袖儒服．大雅不墜．宗風載續．燕許之手．郝邊之腹．文谿縹緗．詩成卷軸．衷古裁今．蔚然名宿．維麟有趾．維鳳有毛．雁行頡頏．鶴立清高．竹馬輟御．心兵獨操．博搜齊諧．旁及諸皋．輿之所至．率爾揮毫．文壇立幟．筆陣橫鏖．薰班摘宋．壓白吞曹．鱗爪何用．羽毛其豐．蜚聲蚤歲．泮水從公．膠東甫列．冀北皆空．無訛雌霓．獨當雄風．崑山片玉．嶧陽孤桐．藻鑑之明．在彼宗工．屢試高等．莫之與同．肅肅南園．錢學憲諱澧實維物望．節高行方．學邃識亮．謂公制藝．不同時尚．古調誰彈．廣陵傳喪．不意人間．猶留斯樣．存以矜式．宗

此大匠．拔之釁序．空所倚傍．詞人少達．造物忌名．文星易暗．鐵笛無聲．暫羈驥足．豈礙鵬程．功堅破釜．志決登瀛．棘闈屢北．惆悵管城．古人欺我．大器晚成．時論翕然．為之不平．不諧於今．益力於古．沈謝何劉．鮑庾李杜．上下千年．條貫四部．爬剔搜羅．濬源靈府．鉤要提元．心花蕊吐．顏曰紀聞．人爭先覩．功在先民．貽我高矩．相彼山雞．亦愛其羽．矧此紀聞．載離寒暑．三年一葉．成此玉楮．賸馥殘膏．隻字片語．嘉惠後人．昭茲來許．日月如梭．歲不我與．有其舉之．未竟厥緒．纘緒維何．克家有子．軾轍嗣洵．詩禮傳鯉．析薪負荷．式媲厥美．賦成三都．文貴洛紙．夙知此編．不脛千里．經明言立．懿此芳軌．是謂不朽．古之人矣．

貤贈恭人呂母李恭人誄　鄧瑤

恭人姓李氏．江南沭陽縣國子監生厚南女．同縣　貤贈朝議大夫呂君憲夫之妻．而湖南長沙府知府麗堂太守恩湛之嫂也．恭人性貞孝．年十七歸朝議．閱二載．寡無子．方是時．朝議之大父某官湖南常德郡守．父某官山西觀察使．恭人請於舅．來楚省覲．既至．婉娩將順．大得常德府君懽．觀察君心亦慰．祖姑吳太恭人年老篤病．坐臥飲食皆需人．恭人事之十二年．備歷辛苦．尤為人所難．為其事舅之父母能盡誠敬如此．則事舅姑之必能盡道．弗待言矣．可不謂之節孝兼盡歟．麗堂太守生最晚．恭人視之善．太守感之．事之亦甚謹．既上其節孝　旌如例．

復申　貤封之請．并以子柱臣後之．噫．如太守之所以待嫂者．雖古所稱馬伏波事寡嫂．不冠不入盧．王禹玉奉寡嫂家事諮而後行．殆無多遜．雖然．太守賢矣．非恭人淑慎嚴明．又烏能使之敬憚盡禮．終始罔懈如是．而世但賢太守之能事寡嫂．抑又何也．恭人卒於道光二十一年某月日．春秋八十有九．嫠居實七十有一年．計至楚．太守哭之哀．其僚友郴州牧王君景章屬鄧瑤為文誄之．其詞曰．

猗嗟恭人．江左名媛．繕性貞嫕．秉德淑善．年十七齡．來嬪於呂．以禮自範．以道為輔．祥女入門．僕媼皆喜．猝遘閔凶．夫以夭死．海枯石爛．志不可改．慟絕強起．曰舅姑在．為夫事親．為舅致孝．

重闈色喜九泉含笑螟蛉有子鞠之彌苦恩勤教誨母而兼父猗嗟恭人志勞力頳篤慈隆養畢先夫事賢哉太守內行篤厚敬事寡嫂奉之如母請　旌乞　封泣告於　朝　天子嘉之綸綍宣昭表厥宅里寵以章服匪一門慶庶勵薄俗恭人遜謝感極涙傾曰未亾人忍以此榮猗嗟恭人節行不滅更千百年皎如日月我非史職景仰徽風大書表襮昭我管彤

孝廉鄧君仲權年丈誄

羅萱

維咸豐元年九月廿有六日故揀選知縣孝廉鄧君以毀卒嗚呼哀哉昝何曾世稱令德孺慕見其哀淚謝貞家傳至孝感慟幾於氣絕類皆鑱名泰琴昞表鄉里若鄧君者則又所謂顧後絕配瞻前無鄰者乎父諱顯鶴故甯鄉學官世所稱湘皋先生者也初辭膴仕捐惠文之冠晚定遺經居通德之里名山一席鄉論千秋君之所秉槩可知已先是訓導君卒於郡城君方歸乎家街呼違升屋慟甚憑棺甂乃長號絕乎蒼霄狂飆起於黑夜文如柴之骨不任風吹居斬苴之中僅以月計無父何怙覗疚如歸嗚呼哀哉君諱琮字仲權別字小皋寶慶新化人也齠

年發德丱日表姿謝宏微貌類中郎宗童子號稱學士於菟墮地早辨於三日之中龍文在家當求諸千里之外潛心五際畢覽百家思通於神語驚其長譽兒不嫌有癖阿士固足稱奇既陔咏循蘭亦蘋勤流麥年十六隸縣學生越歲丁酉與從兄伯昭廣文同舉選拔撼山才大同符二到之名如海人中分領一夔之儁由是英聲風起淸譽日隆當張纘柔達之年正臣朔上書之歲岱御塗而繇共機入洛以雲偕一門羣從美若醍醐萬里山河助其跌宕未幾復舉鄉試一應禮闈方謂吐聲中朝擢秀暘谷而君以連枝久擢背草獨樹白雲繞舍緇塵浣衣琴白脊乎庭闈鉛丹從於觴篥天倫至性宗黨稱焉君抱寫熙春儀

修森木。涉目則誦。會心已通。奪山綠以秀生。注河黃而瀾湧。湖沅湘之舊補輶前編。嗜蝌蚪之文。嚴芟俗體。時而被酒。雅好倚聲。鬱伊子野之歌。旖旎屯田之唱。豈謂瓊樓玉宇。蕭瑟秋來。殘月曉風。飄零曲盡。嗚呼哀哉。方君之再入都門也。麴材之館。實可負書。修刺之家。詎難濫卷。而況手鳴霹靂。心印金蘭。吳公之薦。待伸皇甫之迎。恐後。將見一林桃杏。欲嫁東風。四嶽雲雷。不屯時雨。乃能青松厲操。白水澄懷。芥青紫而弗拾。屣朱丹而已脫。洵所謂亭亭物表。皎皎霞外。天爵修而屏貴。天眞樂而遺榮者乎。昝當丙午之年。共醉長沙之酒。秋風客邸。夜雨吟壇。容我見嬉。忝君父執。猶憶推襟送抱。趾接肩隨。陽岸遊山。臨江對郭。

弔三閭之廟。哦六朝之松。沙輭當席。因以對眠。星兇躭波。幾忘返舍。方期飲常十日。樂可百年。曾幾須臾。遂成古昔。他日者望定王臺畔。雪爪難尋。經黃公酒壚。風儀莫覿。素車白馬。竟無馳赴之時。斗酒隻雞。遂負平生之語。不憖誄長。亦用述哀。其辭曰。

猗歟鄧君。飛翹挺秀。河導源長。木培本厚。梓衢仁里。松蔭遺構。纘祖興宗。學貞德懋。自時厥考。益大其閎。行無慙影。學不干時。不脛而走。匪輪而馳。秉古人心。爲後學師。惟君篤生。是承洪緒。植質文囿。搴蕚蓺圃。力追韓肆。恥竝樊伍。後來壇坫。中原旗鼓。惟君髫齔。輒彼儔偶。潙山侍宦。濱離母角。猶總雙齡。纔與九蘭筋千里。梅花百首。爰從簉鼓。迄於弓招。言採其芹。亦拔其茅。驥騁萬里。鶻盤九霄。廷試不遇。頻年自韜。趨對鯉庭。侍養鱣堂。偶然躭策。遂復皐鄉。羣期騫翥。仍筮歸藏。古籍味永。天倫樂長。究心文獻。研精纂著。頡烏義蟲。飛煙結霧。妙詞三變。新詩七步。甯以文稱。實惟行著。惟水有源。惟木有根。惟民有君。惟兒有親。積痡銷骨。銜哀斂魂。雖死弗死。求仁得仁。嗚呼哀哉。

湖南文徵卷一百二十一

湖湘後學集編

祭文一

祭蔡公江門文

劉友光

晉江江門蔡公司李長沙，以崇禎十六年八月城陷罵賊遇害。攸紳士明年正月醵金卜地，祠公於城之正街。祠成，擇今六月初四祀木主於位，部下通家子劉某絮酒生芻修洗馬之薄祭，爲文而哭曰：今上十五年，劉子北征梗南越。明年六月東馬抵燕，而武昌之陷報矣。江險天設，漢沔不恃，予已知潭無東門。然此衷猶不作覆巢想者，以與元有子羽在也。書奏不報，還軫南

向，蒸湘數郡已無完城，人固知公必死，余猶冀其或生。多故以來，英雄坐困，棄家置寺，積薪屬門，一鄉黨自好者能爲之，死與立孤，難易昭然。公固非易人，予亦望彊爲其難。舟極琴亭，公靖難之計閒矣。嗟乎！公才可以難，而亦爲其易者，天下事尚忍言哉！方賊壓岳陽，公盡出城中士女，以忠義勉諸將士，與危城相終始，詎世無劉錡，徒使陳規誓死之言以文人自竟耳。於戲！身殞名成，公復何憾。泱死不生，重追曷及。獨念江河日下，中流之檝杳無其人，使僞襲紫袍，因兵土門，曳柴揚塵，逼棄饒圍，衡永吉袁，何不可與樂安博陵犄角自固哉？是世人皆以公死爲可哭，予獨以國步需才，哭公之輕生，更甚於哭公之不愛死。貴死輕生，兵家之說，然言士卒，不言將帥，矧將將者乎？公固知我者，聞予言之堪聽，憫世故之日非，夜臺無友，新亭有淚，嗚嗚之情，知所不免。公理潭三載，斷獄多隱德，閒喜爲詩，竹鄄之便，聚而等尺，今隨兵燹爲異物矣。後死之人，不言神傷。猶記壬午春，公奉命部漕，予以銀甌進酒爲公祝，轅公寄書函壁云：此日應難醉，何煩寄酒盃。吾觀陶士行少有酒失，及晉室淩遲，飲遂有限，殷庾勸進，不爲少增，公之淡情露於此矣。予痛公日，淡哀不成文。及今五月二十夜，夢公角巾儒服，手予七言古一詩，中刪二句，內改一語，且云風順四日可至武昌，益以二十六期便抵家園矣。醒起披衣，潸然達旦。噫歔！迢遞遠而公魂始有故園之思，

豈不哀哉！至六月初一，公兄元昆馳義興堵公所撰墓銘來，始知以是日虛葬公於郡城之醴陵坡。公靈雖烱，何與予幽明相關亦至於此？予何得不哭公之淡也。予固以詩文遇公者，壁壘稍清，當潔筆爲傳，焚之祠前，用投私嗜，魂無不之，公其望焉。

祭郡守周石拙文　劉友光

於戲食人之食不死人之事者臣子所不忍言也食人之食不死人之事而又鬻國於人尤臣子所不忍言者也咸豐癸未公以倅攝攸事獻逆破湖南郡縣公亦委城去予意公爲懦人也明年乞師復楚湖南郡縣官無一存公獨以其身馳走於白骨青燐之閒撫順誅叛民乃得定是時廟貌未移公方銳意銷兵思以生聚贍教訓而西方潰將率收召亾命竄湖南以自鳩民益不堪公數敷陳大義有不率者梟首市門收復以來長沙無名之師數萬其不至大毒者公力多也然後知公前之所以不卽死者思得一當以畢其生平顏司徒不死平原而死大梁其

意正未可與俗人道也一時諸臺使爭才公上其勞於天子晉公潭守公益感泣今年乘傳抵攸進某於署曰予滇南鄙人因天下亂君恩遂至於斯雖不敏有與此土相終始耳脫有故君其善爲我誄予心義之今五月闖部大潰餘逆保瀏陽山中長沙恃以壯聲援者黃氏孤軍耳公慨然言於督撫請以精騎數百縛厥魁以祭先皇帝於地下撫軍偉之單騎哨至賊營賊斂甲示弱公明日戎服督陣鳴鐘以進賊逆於官渡以精卒厭我軍後我軍不支公以陣亾是役也賊負山未逼城人或惜公爲躁進守土不典兵人或議公爲貪功兵爲不捕之貓將無死綏之心又或譏公爲昧於知己以公之才豈不明於避凶豈不深於算敵其所以毅然一往者予知之深矣蓋以祖宗養士三百年國家用兵三十載搢紳懦怯成風引決不如臧獲而禍至今日矣公思以一死明己之節而復思以一死動天下人之感而思憤也吉州烏合其不足當蒙古明矣文山知之而必欲爲之其可哭更甚於土室獨囚之後公死一月江南之信至矣豈公知北師之必南當先逝而不忍見邪是予之後公而死其何以後公而生公有家萬里魂渺渺其何之公有子二齡呱呱其無依公有城十二民哀哀其誰訴公不之惜而乃以有用之才不可死之身激於大義之不苟遂使我人琴俱痛公何壯也亦何忍也嗟乎江上之數峯猶青山樓之秋聲在樹誰復有幅巾

過我彈棋玩著論古今之興亾決當時之要害過夜半而不言疲者公今旣死而國事益非時固不可言而亦誰與言者靑蘋布韈請從此爲晉之元亮宋之皋羽酒後一詠荊軻悲來一哭宋瑞公靈不昧當時時往來於淸泉白石以察予心之苦也憶去年六月今日公率予同哭江門於祠意盡哀今一年耳復以是日哭公於所經營之地余何得不悲公訃至堵公牧遊自溆馳書來告亦云往與子同哭蔡今又哭周異日子當合我而三哭之此言出堵之口入予之耳告公之靈傳於四方人之心有不潸然出涕而以公爲躁進爲貪功爲昧於知己者此必鬻國於人食人之食不死人之事者言之也

弔施愚山先生文

王岱

烏乎慟哉先生竟長逝矣記余別先生于去季六月先生方病開且招余榻前爲餞余私瞯其神色愈精粹鬢髮愈黝黑語言愈淸淺意先生過此以往定得長季相期還山異時訪于敬亭之麓及余至韓江同學陳園公詢先生動履爲之備詳始末共加喜慰至冬盡有自都門來者傳先生凶問因搖手謝之且引子瞻疾病連季人皆相傳爲已夗之語以相感歎其後傳者三至不爲動色今季五月蒼頭自故鄉來言吾兒禹書以齎捧入都都門咸傳先生以癸亥七月卒于燕邸烏乎先生果長逝矣尚忍言哉當余定交于乙未時聚四方名宿爲京社之會者十

有八人惟余留滯都門最久時先生官比部日夕唱酬無間其後聚于歷下再聚于吉州二三十季中十八人存亾聚散皆不可問而余與先生未嘗一日或間也丁已歲今上有博學之徵先生應聘出山又聚于都門同試體仁閣雖得喪各殊休慼仍共先生既遇仍以余見屛爲鬱鬱是先生之與余未嘗一日或疏也余生平無浪游于先生之官舍再至授餐解槖勤且不倦是豈與絛絛衆人同其面交也哉然先生至性緇衣篤誼天下知名之士無或外其締納卽一技一長皆爲傾倒與之延譽道廣意周尊賢容衆貧困之士望風投止典服鬻器以供酬應盡情竭歡日無暇晷故仕宦半生家無長物至于詩文筆墨戶屨充塞必皆滿願而去其官詞林尤甚遂至于病方其疾之作也操觚牖下寒風中肌竟不自覺頓昏悶臥席余與阮亭擕如問疾牀下先生張目熟視以指畫掌于是累日皆詩文語若游夢囈者知與不知皆偕醫沓至議者以先生素羸弱宜服峻厲獨余弟擕如不可謂先生脈無恙但膈痰未去必先治此然後議補其是者十之一二否者十之七八時有高郵生以醫名諸先達客之乃專主峻厲日投參附至數斤延四十日病稍間而余與擕如終吐舌不許亦逆慮其後患豈意三閱月仍有不起之慘雖曰天命亦由人事矣烏乎慟哉先生孝友性成留心正學體用純粹欲登濂洛之門夭壽不貳適來適去哀慼又安所

計哉且也先生甲子季六十六不爲夭讀書取科名歷官中外持衡海岱視草木天不爲不遇教育英才奔走賢哲名成于前聲垂于後尚復何憾乎獨余以石友束帶萬里外不能一啓手足效童子之歌執紼靈輀爲范式之誼視子之慟能不悲哉烏乎先生正學是傳不爲素隱道近自然居易俟命是謂天全辦香一片以告余虔烏乎神聽庶幾享焉

祭陳印水親翁文　譚紹琬

奕奕東山旁薄鬱積。水面光浮騰紫泛赤。銅章虎符隱躍可挹。篤生偉人爲世牧伯。魏科膴仕照耀今昔。昔在總憲明初作弼。位隆亞相公孤比秩。作我良臣徽傳御筆。公爲文孫克繩祖烈。柏臺承休烏府踵蹟。曠三百年後先一轍。公弱冠時才名赫奕。東豪入闈壓到元白。應制北上游梁歷鄴。藻振圜橋芳流頖璧。炳炳麟麟照耀上國。牽絲崇信化行巖邑。批郤導窾游刃不括。改攝固原於任加劇。試器盤錯奏刀立釋。撫按才之上考書績。循卓登聞主爵擊節。或省或臺唾手立獲。公明於時進退審擇。乞身壯年投閒就逸。用與才違當塗歎息。遺時滄桑銅駝荆棘。

東晉南宋畫江爲域。始閩後黔相繼擁立。何堵兩公左提右挈。義聲一呼智勇畢集。知公民望兼屬素識。馳書走幣敦請延入。樽俎折衝十不失一。李闖殘隊潛蘆竄荻。晝地指天待時竊發。二公杞憂延公咨度。單騎入營健兒悚惕。改轅而南供我驅策。紀功司勳不次登陟。初冠觸邪繼秉節鉞。纘厥列祖蔚然作述。天不祚漢東南中裂。何悼淪亾堵悲折北。辱在所親爲公變色。公善韜晦隱鱗戢翼。鱗既隱矣何憂網密。翼既輯矣何憂弋獲。內院洪公收離糾逖。先朝遺賢藉以綏輯。耳公盛名目幾爲拭。相見軍前握手怡悅。將具特疏還公要職。公爲婉辭據誠陳乞。脫爾網羅迴車轉轍。萊野營堂輞川築室。招致名流吟弄風月。

余性寡交公不棄斥。少共談文商推瞿薛。老共談詩吐納陶謝。其在長公年好孔洽。詩筒文郵往來絡繹。疇昔之春便道胥謁。坐之賓筵式飲式食。公喜手談與余同癖。角勝狂呼幾亾主客。今歲壽秋道經公宅。懷刺欲投櫂攖靜攝。公不遐心寄聲道及。吾弟過省倘煩語悉。終始交誼此語成訣。時際冰霜草枯木折。萬樹凋殘延及松柏。聞訃之時知交痛絕。昔在東山仰止莫及。今過東山崩崖墜石。余獨何心能不於悒。在公生平卓自樹立。名在國書良史紀實。祀永桐鄉尸祝弗絕。諸郎濟美孫復繩蟄。高陽八才濟美堪匹。太邱二難競爽尤溢。公年益高庶幾大耋。公福益隆康強逢吉。公德益崇髦修聿飭。齋心內典穆乎禪寂。

憑虛御風退返冥極。悟到無生何生何滅。公喜余言倘其迴覿。

祭石天際文　　廖志灝

歲戊寅夏五月余以汎舟中湘聞天際先生訃將東生芻而奠之於其靈塗爲素識者所沮且搖手附耳語曰此獲罪於天下之人而無所禱者也雖密邇五服舉未嘗一哭焉不宜祭余雖姑首肎其說而未嘗遽爲止之及至扉三扣不應竟不果弔而返雖然先生獲罪以法而致弔以情五服慹然路人作附耳態亦何視天下之人太狹而置媢戚友朋之過疏歟爰刺舟中流望風設位而致一詞曰嗚呼先生知今日祭者爲何人邪則前此十年閒一會於郡邸再會於黃鶴樓三會於漢陽朝宗門廖子湘門者是也方初會時先生輒大言炎炎其胸中不知視世界人居何等極其睥睨古今之槪若謂豫讓茅焦荊軻聶政皆其所奴隸而不足爲者識者懼其狂言賈禍余謂不然先生當丁卯叩閽之時伺　乘輿出西直門突然犯駕面見　天子陳湖南疾苦狀至無顧忌左右請械之　上曰不可此無罪者嗟乎使其有罪則死於此時爲義士矣然而　詔下無罪則凡罪之小者舉不足以死之也迨武昌裁兵之變先生輒見機投江左不爲賊染方是時疆場蹐難者獨憲副葉公一人得死所使其勇於罵賊效常山正學者流則死於此時爲忠魂矣然而臨大故克明大義凜然告無罪於天下則凡罪之稍大不及殺一家死罪三人者當不足以死之也今家居且已十年矣固

宜其遁蹟邱墟以終餘年覓白雲深處猶惟恐其不深而顧乃死於白骨場中首領不全使鄉之人以及四方之相識竟皇然跼蹐緘首相戒而不敢置一香焚一楮爲化者考終豈先生眞有大叛逆大不敬與夫殺人放火嘯聚綠林之事乎哉余山中人莫知其所以致此者臆揣之必其家居之日仍炎炎如故也必其仍炎炎如故而塵視一切世界人也且必塵視一切猶有一豫讓茅焦荊聶之見橫亙於胸中而其禍則胎於此也當日西直門之舉　天子曰無罪上官曰無罪有司必曰無罪矣今胡以家居之日讐家曰無赦有司曰無赦因而朝廷亦曰無赦朦朧射影搆成巨獄無他必以狂言之故余然後乃知狂言

者爲今世之大罪人矣雖　天語煌煌載在令甲於此見有司示人以愼言之戒謂如石某者大言炎炎縱有　朝廷之明詔於前爲執法所不宥而多言之罪實浮於殺人者也且以見有司之法爲眞可畏多言且大辟則凡果殺人謀叛禦人而取不義者不知更服何等刑也然則先生之死直爲湖南半壁百萬生靈之師矣昔禰正平抱屈鸚鵡近世有李卓翁放廢江黃皆狂肆無忌暨先生而三之豈吾楚有一接輿首唱而世世不乏狂者邪湖上笠翁祭忠節范觀公設文文山一位爲陪余欲彷而爲之將招禰李二子之魂共先生酬酢而惜乎其舟次褊窄不及多款嘉賓以少盡主人之誼也意先生其必乘素車白

禱洞庭文　廖志灝

維庚午之中秋前三日。廖生以心香一炷清釀一勺禱於洞庭之神而告之曰。某聞之帝命飛廉號錫巽女噓噫羣生呼呵六府。徧覆載兮休揚假吹噓爲鼓舞鵬摶萬里之雲雁入重霄之渚。又如神禹治水績導岷陽至於衡嶽過於九江蓋是川之封禪。便吳楚之雲航商賈樂鴻毛之利英雄快桂子之芳類皆一葦自如三江極目。纜轡在手烟波託足霞引路兮扶搖風入帆兮神速人與水而相忘減招招之頻蹙若彼往來互異南北雜帆。呼薰而北望朔欲南血食共禱稽拜相參稍拂猶憾神固其難。然而妙握機權赫饒勝算全遂爲艱平施各半或曉發而夕更或今施而明換壘送往以迎來可就急而略緩。醉岳陽兮醒長沙月洞庭兮朝沔漢。飛鳥宿兮漁歌行夜漏停兮曉鐘斷唱客調兮優游樂神工之泮渙胡乃金飈肅烈雪浪翻芷龍宮震伏鳶翌暗藏發於子半盛於夕陽初秋伊始彌月方剛駕扁舟而遇敵沸萬頃如撥湯夜渤噴而伏戎起寒陣森而鬼物翔神萬物兮父母曷令人乎徬徨今有遊子汎舟浪思覓第未解雕龍妄希折桂客夢在斗牛之鄉江畔值風雲之會。讀宋玉之悲秋假屈子之問意將歸去兮賦無懷祗遨遊兮戲三昧想試典之未違或朔風之可制胡調息乎未然返屑濤而靡際洞賓三醉兮徒沈鬱於酩酊范蠡一喪兮竟彌留於邇地嗟乎余之來馬遨遊洞庭赤壁間。與擊鼓之吏罵人之傖。抵掌歡笑各敘衷曲於逍遙樹下矣請致二子一語曰。廖生招魂一詞可以不作也。尚饗也始發涤江以瀝瀟湘欲假雲夢至於武昌秋山冉冉秋水湯湯洞庭止我舟泊其陽雄風漫露逢神之怒濛雪霏霜畏神之狂慘烈橫秋神忽而啾烟爛翻絮神忽而戲或怒或狂莫得其詳或啾或戲容解其趣得毋撓余妄圖富貴闒期已畢神怒可息胡乃云云日復一日往愬於神神曰不必以待來朝且永今夕嗚呼匪德獲咎余固靡緣孥舟偶語豈罝漠然愚言如此神在穹元儻蒙佑啟解愠歡騰其或瀆聽神度如天於穆有靈庶鑒茲言

祭顧中書侠君嗣立文　陳鵬年

嗚呼哀哉地闊三泉風驚百谷晰頭鬪蟻承塵飛鵩竟促芽絃難憑詹卜雹碎春紅霜彫夏綠有才無命自古而然王濛早逝謝朏無年從來天上頻葬神仙何圖今日又殞名賢君負軼材研精獨造筆海驚波文園鞠草豪不軼軌雋無傷道日下雲間家珍國寶予忝末交知君頗久夙昔琴尊流連文酒方締金蘭遽悲翣柳成佛生天是誰先後君之懿德獨厚人倫少孰獨行庭無間言傷心棣萼掩泣鴒原田株姜被幾歷悲歡君之宏博補亾三篋鄭樵夾漈明誠金石梳疑決滯是鐫是剔滴露研朱傾華瀝液君之詩筆奇變無方沈博絕麗風味南唐中年間道

篳陣堂堂鉛華振落歸於老蒼君之雅懷翹場超駕狂倒接離舞攜甘蔗達類公榮酣如興霸百熱歌呼心開意寫數君生平云何不壽柱急絃危風摧木秀鄰笛空聞黃壚依舊賭墅碁收竹林觴覆追惟曩昔共事編摩緗書玉案竝轡銅駝曉風南內殘月東華音塵未寂笑語猶譁尙冀他年或陶良夜醴筵琴席燈闌月榭共散愁襟重傾別斝短景遂淹良辰不借更陳微尙寄居九泉子以薄劣暫領防川思搴鳳羽一試龍淵豈期奄化不我少延昨宵匠門黔南書至書中語君纏緜數四生死交情涕零如雨絮酒隻雞餞君長路

祈雨文　陳鵬年

惟神功施利濟，福佑下民，所以節宣氣化，使河濱順流，雨暘時若者，厥有專司。某奉 天子命總斯河務，凡而開導洩宣，俾運道無困於旱乾，羣生咸蒙其休澤者，實憑協贊分職幽明。迺者雨澤愆期，重運阻於遄行， 廟堂頻憂旰食，且江淮兗豫之閒，民氣秏竭。某用是夙夜祗懼，不敢甯居，思所以召休弭患，邀福明神。仰惟洪庥，賜之甘雨，使萬方玉食，不滯於運行，三省殘黎，頓甦於垂盡，緊神明是賴。若當官不戒於職司，致天之怒，則亦惟神降之災，無俾移禍於生民。運道惟神鑒之。

祭班若熊先生文　李文炤

嗚呼，大鈞播物，生則有死，彼庸庸者，亦何足齒，草木俱灰，歸於盡耳。惟彼賢達，落落古今，詩書頌讀，企慕無垠。履遺劍掛，怳惚儀型，矧伊同人，當此永訣。經師易逢，人師難得，淒風斷雲，同我傷惻。憶昔髫年，辱公知遇，國士相期，空羣一顧。素榻高懸，仙舟對晤，日月既久，此情彌深。歷時不見，鄙吝盈襟，悠悠千古，耿耿寸心。公升青雲，我辱泥塗，劉蕡下第，不勝嗟吁。年富力强，子其勉諸。公在京師，我樂衡泌，有花倦賞，有酒慵涯，夜雨孤燈，琴書寂歷。迨公之歸，二豎交攖，我來訊之，色笑相迎。二載之閒，話對英英，春窗和風，秋堂皎月，反覆更端，陳編披閱，進退古今，表裏人物。六經之奧，史冊之紛，百家之學，方技之文，民風國政，目見耳聞，大無不包，細無不徧，有倫有脊，聽者忘倦，怳惚緒餘，聾瞶色變。不讀異書，當見異人，南州冠冕，東國人倫，我誠何幸，而得嘗親。天乎天乎，云胡不淑，白玉樓成，記文是屬，不念吾曹，道孤學獨。武昌玉樹，送置空山，廣陵逸散，無復人閒，日星河嶽，頓覺俱閒。嗚呼哀哉，尚饗。

祭玉友張先生文 本姓余　李文炤

嗚呼。豪傑之生。關乎氣運。澆先長辭。能無遺憾。楚南僻壤。正學
榛蕪。實惟先生。大聲疾呼。操縱乾坤。卷舒今古。揖讓前修。升堂
窺戶。潛心大業。薄彼雕蟲。揮豪所及。海濤天風。洛陽才子。杜陵
野老。勍敵周旋。壁觀擾擾。黃農夢寐。官禮規模。賈不我及。玉豈
亾沽。心遠地偏。孝友為政。出其緒餘。皋比講論。嗟哉先生。後學
取裁。方期遠篤。克副長才。豈料生平。志紓命促。展禽云亾。伯淯
無祏。炤也不才。少而狂愚。欣欣河伯。莫覩歸墟。弱冠以還。獲聆
有道。申以婚姻。繙以世好。雲山雖閒。趣步則頻。烟霞精舍。花鳥
芳晨。上諏羲皇。下參晦叟。旁及百家。窾分郤剖。或問無生。先生

曰惡。陟降在帝。造化為徒。或問久視。先生曰否。天地為鑪。金石
終朽。憂閔後學。示以指南。悠悠玉宇。皎月寒潭。癸酉秋殘。握手
抵舍。登高望遠。醉酬清夜。丁丑冬朔。先慈負痾。餐風鞭雪。欲起
沈瘥。亦越甲申。嚴君棄世。卜兆遄行。有光泉壤。歲在戊子。災難
紛紜。草堂來唁。其情離羣。孰意斯游。永訣衡宇。几席依然。遺蹤
終古。客歲鄂渚。逐隊棘闈。清秋好月。心朋並攜。樽酒言歡。高談
逸志。長路何遙。老其將至。惟期子等。其砥修名。毋徒致歎。夙知
暮成。歲未一周。言猶在耳。計音忽來。神魂徙倚。嗟哉先生。而竟
何之。江聲岳色。恍惚容儀。長夏如焚。策蹇覩殯。淚溢西河。琴傷
子敬。寒冬栗烈。執紼荒塍。絮陳孺子。劍挂延陵。匣藏琅玕。胸盟

膠漆。冥明路殊。斯情無斁。賢嗣玉立。慎爾優游。相期征邁。克紹
箕裘。伏冀鶴還。無多甲子。人物依然。離憂慰止。嗚呼哀哉。尚饗

祭能愚王先生文（諱元復邵陽人）

李文炤

嗚呼湞風旣喪彫蟲是工華葩其外朽蠹其中惟此哲人奮乎百世始卒不渝表裏一致先生家世源遠流長亭亭雙鵠雲路翩翩絕巘貞松淩霜傲雪餘慶所貽篤生英傑少而韜晦璞玉渾金一朝觸悟新刃發硎夢寐之閒恍若神遇握手論文先民趨步（先生髫齔時夢登夫子之堂子夏握手告以姓氏又夢朱子教以作文之法云）秋潮驚注春葩怒生百家諸子靡幽不明振衣千仞濯足萬里淫詖邪遁洞見原委和平豈弟淑氣薰風汪汪千頃百谷皆容恩殫孤嫠信堅金石鄉黨儀型邦郡法則任眞懷樸外此形骸衣冠揖讓起敬朋儕（長沙楊子方豪士也見先生退而歎曰吾輩中動容周旋中禮者能愚一人而已）銖視金玉塵視軒

冕淡泊無營琴書偃蹇本其涓意發爲粹文荊川復作宇內公論元酒鮮嘗太音誰識長抱遺經鵬程鍛翮共期眉壽師表士林云胡不淑太初爲鄰炤也孤陋妄希絕學雲山雖遙聲應氣合弱冠之歲維張與熊實相介紹獲覩德容（先生及車公補旃與吾郡歲薦張王友亞元熊班若訂交越三年引予往見之）甫及壯齡訂交周敬載服載驂偕聆誨訓（先生謂予曰吾鄉周自稷近沈潛敬宏烈近高明汝可友之予遂從命）數十年開音問頻來切劘備至不鄙散材痛念厚恩先君遐棄伯喈作誄林宗無愧辱叨鄉薦命駕窮鄉濟時行道告誡周詳禮書草創獨蒙賞晰惠以弁言華袞寵錫（予作增刪儀禮經傳通解先生序之）青燈黃卷授業山菴微言見示淩董跨韓（先生館洋湖張宅予笑謂曰昔老子過秦授關尹五千言今先生可無一言以祛吾輩之惑乎因作廣道鬼神生死蠡測四篇）自茲以往清話無期七年不見夢寐懷思嗟我先生而至於此光燭月巖精託箕尾朱塗墨改光怪陸離期我同人採拾靡遺計告已聞窀穸未卜尚冀他時奔走執紼秋空皎潔秋月澄鮮音容宛在竚望南天嗚呼哀哉尚饗

祭楊安仲先生文 諱紹闓江夏人

李文炤

嗚呼人之相知貴相知心或同堂而殊趣或異地而斷金苟中情之靡閒何死生之契闊蓋瞬息乎百年而微塵乎六合滔滔湘漢各異風炯炤也遇公豈曰非天歲在丙子公來吾趨一覿儀型彌年就正長江捲地衡嶽劃空扁舟來往泣泣途窮自茲以還相見益密晰疑賞奇永朝永夕何此歡之不可常得思故里而心遐欲湖游而宛在徙北望以咨嗟亦越壬午棘闈逐隊維舟江干月時晤對臨岐把臂解纜言旋相期遠大未敢仔肩告別丁甯近思之錄衰輯發揮惟子是屬遄歸彌歲始克成書函封遠寄天雁河魚甲申始和辱承尺素歷言生平之艱辛次

及先民之矩矱末乃鑴金石之誨規我以小學之虧欲登高而行遠必自邇而自卑遽意斯言遂成永訣一鑑既亾百媸誰別猶憶曩時同人相聚月旦公評載趨載步僉謂曲禮三千目躬行四十年玆與叔之高行惟公可庶幾焉孰謂此語遂爲先事之讖而命不少延道之不明德之不立縱及百齡亦復奚益公年雖短所志則長法言法服可對先王秋日淒淒百卉具腓啟手啟足全受全歸朔風冽冽萬象蕭瑟計音始來寢門傷惻而今而後永歎質亾淒風落月衰草斜陽芳規在左忠告在右冀佩服以終身諒九原之不疚君心我意天日臨之靈其鑒矣無我遐遺尙饗

雹神廟文

張坊

狐突晉賢大夫子毛偃女狐姬實生文公其言行功烈載左傳檀弓史記甚詳晉人之在在祀之也宜哉乃余宰陽曲時二月吉日吏請祀狐突神云神職掌冰雹載在祀典余心異之或曰民閒廟祀龍神皆以公配享及官天鎮鄰邑陽高許家園有狐突廟傳係雹神每歲孟秋士民請余往致祭比至廟則闢以北農夫閧闘走數百里拜禱恐後其威靈感應何其與陽曲之祀典無異與夫石勒詢雹所由致徐光謂去年禁寒食得罪介推韋謏尙駁其非晉書詳之司寒之神春秋左傳以爲少昊之叔元冥請尊杜預鄭元之註宋史載在大觀禮局今狐突之爲雹

神不知本於何書考交城志公葬邑馬鞍山二子毛偃從之公乃郤波故城人去太原路八十里即今交城縣是載同大明一統志明韓祜記其廟碑云唐長史王及善徙縣山南遺祠縣北屢有靈驗凡水旱災荒疫癘隨禱輒應廟貌森嚴人心敬畏至宋大觀二年封忠惠廟宣和五年封護國利應侯俗以中元節日爲神誕鄉人報賽有司亦於是日致祭明永樂加香燭價米三石六斗以爲血食之資公神靈之在鄉人固無求不應也今以職司冰雹第弗深考抑於唐宋元明時或別有顯異之實載在志乘碑記秘而未之見與然余既敷與其祭亦不敢強爲附會因備錄之俟他日之考訂且將求徵信於好古之士也

登第歸告祖父

王文清

雍正三年正月十四日王氏裔孫文清謹奉　御賜文筆二管綵緞一疋綵紬一疋尚食梨二箇餠二箇及自備香楮祭筵致告於堂上宗親之神座前曰湖吾家之世澤起自軍功標勝國之勳勞分屯長衞長沙衞世襲指揮迄中葉而弓刀績廢漸替簪纓越數世而徭役事繁久頹閥閱清荷祖先之庇佑稍鍾歷代之精神五歲開蒙得邀長者之期望十年力學不安小就之程途自十三歲而離師何門立雪因數百里而訪友有志登龍而離師未及得師屢以師心卅錯訪友枉思尚友反失友善之觀摩幸而性好購書功思稽古先賢千言萬語開卷便是我師藏書

四庫九經觸手卽逢良友從此風雨陰晴卽須臾不忘本業寢食坐臥無一日冐廢工夫敢云希聖希賢但養此身之正氣每念爲臣爲子誓學千古之成人適在童子之年徑奪小軍之冠當事有神駒之目鉅公以名駿相期時書原潘公松伍趙公皆加歎賞維時胸中僅半隙之明眼底薄八股之業遂以疏狂而見忌轉因戇直以招尤而運蹇彌勤銘膈益切羞爲帖括生活力尋經史源頭朝斯夕斯總是詩書易禮瞬也息也無非左國莊騷甯終老而不售毋僥倖以苟取觀光鎖院頻懷刖足之悲涼逐隊風簷空受宗工之賞識歲逢癸巳恭遇　恩科得奪前魁辱膺鄉薦時乙酉戊子辛卯俱得薦今遇嚴寶成夫子始得售以少年登科爲懼輿大川利涉之思南北東西終歲以舌耕作計春秋寒暑潛心以伏案爲功事尚可爲年方及壯公車六次轉眼無歇無休匹馬孤身長路獨來獨往囊空似罄思美酒而夜半難沽裘薄如冰補縕袍而春淺不暖披風戴雨江湖老子弟之顏涉水登山驛旅牽家鄉之夢上事父母下畜妻子般般關舉子之心內謀衣食外結親朋事事星征夫之慮忽以德涼致遭血疾斯時也旁觀皆下淚而寒心在我自聽天而安命心如無愧豈應遭不壽之殃死亦何妨但願作成名之鬼幸而皇天有眼不忍負辛苦之人大造無私亦欲扶豪傑之士屬甲辰之秋月蒙　盛世之殊恩玉尺量材金臺選馬七篇文字直從　三殿評來半榻科名遙向　九重報

下時蒙御覽所錄續發一榻太平　天子特表吾道於千秋草野書生得覲　君顏於咫尺瓊漿玉液清香不似人間錦軸金花燦爛直開天外鳳凰池上攜來滿袖爐烟翡翠牀邊須得滿枝彤管諸品御賜　二十年三更燈火猶在眼前十二載萬里風霜盡經身受身非鐵石遭百鍊而彌堅手指日星照寸衷而可白沐奇逢於一旦聊得顯親而揚名問素志於平生豈在溫衣而飽食今日一第既登　君恩初受百年未卜臣職如何願以清白傳家留與兒孫受用如有纖豪負國難逃神鬼鑒臨謹告

祭任宗丞文　王文清

嗚呼大耋其凶邦國之賊追溯典型仰止何極公之先德鬱乎未彰公紹其業積厚而光匪螢是囊匪壁是鑿明月在天分其炤灼惟孝與友爲政於家人言無閒負米耘瓜朱紱何遲待時藏器確乎不拔尊德樂義寸心孤詣抱此遺經斯文戶牖扶鑰啟局事記元珠義通白虎獨坐窮廬含今茹古乃縻好爵鳴鶴在陰明堂清廟譪譪傳音　先帝貽謀俾司豫教學焉後臣保衞自效道非堯舜不敢前陳　天子是若馮翼斯人周禮周官　聖朝述作淹中曲臺用宏守約先儒宛在注漢疏唐兩輪日月懸此典常亦有詖辭不冐坿會質彼九原弗以爲

汰天家錫慶儕在宗盟棠棣行葦競秀敷榮自勖晚年光增秉燭齒髮雖衰營魄尙足胡然疾作臥簀在牀九霄脂藥莫起膏肓公座有銘朝聞夕死而今而後庶幾乎此老成云謝立言則多壽之方策如山如河

哭十四兒蓮栻文　王文清

痛哉我兒如何可死上有老親下有幼子憶爾始生穎慧出羣四歲識字九歲能文至十一歲誦十三經公穀甫授餘經其明侍我　京師同朝交羨王公卿輔喜識其面　賜餅　賜果會與分甘龍樓鳳輦略望一斑十二歲中足蹟遠至陸則中州鄒魯燕薊舟沿東海濟泗淮揚建業彭蠡南泝江湘遇景啚題賦心蕩漾及爾兩兒（時樞桂兩兒同行）同游何壯歸來故里年入十三蓮蓬荷葉名動儒官（時栻與掌教向公游池上向出對云荷葉魚兒傘兒應聲荅日蓮蓬蜂子窩）戊辰年閒隨游嶽麓蘭澗清風觴流九曲濟濟童冠爾未成童驚人有句名列碑中（時同學以予學規勒石兒名附焉）是歲畢姻名門之女期爾成

立式續乃父豈知命蹇福薄災生奄奄一病膏肓已侵久服參苓良醫罔效力斥師巫守我儒教（時庭內兄弟俱欲從俗命師巫祈禳兒決不從）歲値壬申三月初五爾遂長辭拋爾父母呱呱其子黯黯其妻雞鳴冷落琴瑟含棲問爾不言呼爾不聽爾最愛親胡不我應爾醒何日爾返何時百歲之後再摩我須（兒病篤後每兩手摩我之須）爾之所知得正而斃（兒危時必欲立起坐連書二正字而歿）正寢而終成人何異死爲順鬼生是正人爾能孝友鄉族譽名爾到黃泉逢祖考妣問我則對守常如此好依都下轉悲作喜爾弟運本爾姊一姑去後無夢曾念我乎爾往相會骨肉如初回首庭幃今已已矣哭死哀哀不能再起爾心所憾爾名未成（兒常憾不能早成名以慰父母）爾壽又夭抱痛

更溪幸哉有子爾目可瞑（兒死目即瞑）讀殘有書磨殘有硯著殘有衣喫殘有飯耕殘有田種殘有園住殘有屋事事完全爾子嗣之家聲不歇枯樹盤根千枝萬葉莫憂爾父父尚康强莫憂爾母母體無傷（兒母先曾得病後愈）莫憂爾妻妻能守志莫憂爾子子承宗祀莫憂爾弟聰俊有雙莫憂爾妹妹小玲瓏爾自有靈扶佑家室永古千秋綿綿翼翼

公祭相國尹公文　王文清

嗚呼天降元臣弼亮三世哀我邦家斯人其逝初逢訪落置之講官能作訓典國無有殘乃陟司成陶鈞在手棫樸芃芃可薪可槱年未七十遂乞歸休一邱一壑以遨以遊　先皇當璧顧問前席凡厥善敗獻於朝夕六卿式序俾作司空山澤咸若匪直百工驄馬繡衣其直如矢文武是憲之綱之紀周原膴膴地重遼陽尹玆東夏容保無疆沓爾秩宗敬典三禮玉帛犧牲笙簧酒醴　三后在天綏我曾孫公司　園寢神聽和平　天子予之爰立作相夾輔一人天工惟亮皤皤黃髮克壯其猷式是百辟對揚王休令嗣繼之蒼生司命三宥八成咸

中有慶某等新進得備馳驅用人報國敎始庭趨旻天不弔不遺一老公則令終式穀載考撤樂減膳痛在　皇躬典型謝矣長白之東

祭臨川李太夫人文 穆堂太母　王文清

嗚呼壽母云亾徽音難再式是南邦其儀宛在延陵之族天植其靈婉娩受學能誦六經吐詞如蘭自諧音律乃尚褧衣敬修棗栗婦道妻道得自禮宗牖下肅肅居室雝雝君子遠遊畀之家政閑家富家則篤其慶母而能父勞與愛俱篝燈機火育此名儒子孫其昌風存澹泊纘績必親無怠力作縻爾好爵必報君親作忠移孝尚法古人孝子顯揚乃心啟沃百折不回剛者無慾大文華國煌煌鉅卿名成讓善無忝所生季子承歡永矢高尚車乘徒招不違色養處者求志達對王休粵西持節三按綢繆　寵錫天書北堂鶴算光被里門風雲燦爛鳴鶴在陰其

子和之九皋聲聞四野播之　聖主推恩錫封晉秩錦衣繡裳既安且吉年將髦矣四世一堂振振蟄蟄佩玉將將三禮詔修屬之博雅萬里寢門晨昏祝嘏皇華歸省咫尺倚閭入則靡至罔極空悲吾儕聞之瞻望弗及念彼棘人佇立以泣猗嗟淑德南望迷茫匡廬蕩蕩彭蠡湯湯嗚呼哀哉尚饗

祭張石攻先生文　李芳華

嗚呼兩閒之氣如醞斯酌醲者日淡厚者日薄三代以後舛錯不齊嚱壽顏夭今古同悲龍蛇値歲哲人之凶吁嗟先生迺殞厥躬曰惟先生秉賓清正高明特達勇敢善任聖遠言湮異端混淆洛閩燈寒新建風號波頹瀾倒近五百載六籍晦冥彝倫晻曖先生舊起倡學南陬遠宗鄒魯近逃程朱運丁鼎革神疲力瘁不以艱瘁挫其精銳鉤深索微必極源委迪我後生厥功斯偉詩追李杜文駕韓曾典章經術賈傅董生掃氛蕩穢揚光泗水蕙樹九畹蘭滋百畮曰孝曰友一室融融詩禮共勖甘旨親供嗜義如饑聞善則服行誼炳烺在人耳目方期大行黼黻

經綸力挽頹風鼓吹休明何意彼蒼不我慭遺一疾不起與世長辭嗚呼芳切從游山川遠隔荏苒半生未遑立雪昔在郡邸得挹清徽竟日晤言虛往實歸不鄙譾陋令嗣是託諄諄乎誨語語良藥今年初夏遠寄尺書期以秋杪來過山居豫擬側席共證今古蕭齋夜月無懷不吐河魚甫到凶問隨來梁木既頹草樹含哀嗚呼爲水湯湯爲山嶽嶽匠石既徂郢堊誰斲音容永隔遺卷長留孤燈雒誦涕泗橫流敬述哀情臨風致奠先生式享鑒茲寸念

告山神文　曾紹孔

孔野人行不獲倅神明德不足薦馨香歲從吾鄉父老後一祀於神以有年祀循往迹也夏五鄉人告孔當祀諏日維吉牲肥酒香樽爵淨潔乃相同力以旣厥事孰知所享明冥懸隔意而已矣而吾鄉少長咸集吹笙擊鼓再拜稽首以奉神歡豈不曰庇我者尙有鬼神顧謂神能已乎頃嘉穀奮興蟲蝗洊酷初及苗葉蠶食加焉蔓延轉滋寖落如翦罔有遏止稻無遺種豈不殆哉神安得長有此祀乎及是農悲於野婦泣於闈商賈不安於市途日與咨嗟慨歎傍徨奔走謀所以祀神者祈脫於戹孔謂神不可瀆瀆乃亂也百神受命於帝匪神弗福意帝降之罰

而神有不得爲邪聊用儆戒我人民而神圖其後焉未可知也若旣享之矣自必降依茲土以庥庇其人民神亦永有薦祭使利其災而慫其患民曷賴焉不足於前而求益之貪無藝也神不宜然矧虎狼蟲魚之爲人害古未嘗無也豈帝所欲哉而神者固無往而不福人也盡其所當爲而弗冀其所欲得今曷不如是此余之爲神計也神其鑒之

祭從兄簡夫府君文　羅作士

辛巳之秋八月廿五　皇清貤贈修職郎可齋五兄府君之柩來自石潭將合葬於其配石孺人之兆從父弟作士痛花萼之彫悲雁行之折謹偕姪孫新益忠等以牲醴庶羞之奠灑血而昭告焉嗚呼吾兄幼而失怙維我先君分顇以哺惟兄之生幼卽岐嶷不與羣兒好弄競嬉比年及長克愛其身文以爲穡學以爲耕業成於己名著於人大放厥辭膠庠震聲兄之中年古義罕有孝友睦婣難更僕數營居異地遠篤宗親春露秋霜虔赴於祊兄之德性溫良誠篤俯晛同儕鮮有其績惟兄有子皋比儀型蜚聲藝苑王國之英惟兄有孫蘭茁其芽翩聯庠序必

大厥家義方食報特沐　皇仁覃恩汪濊修職是榮頤養晚和旣壽且臧左圖右史娛目甯康或釣於溪或圃於岡以是爲樂容與相羊我心悠悠泌水洋洋云胡不淑奄忽而亾嗚呼哀哉惟我王父有孫九人惟兄與我後死孤存柰何于今又棄而先遺是一老顧影孑然昔兄來斯我出門迎羅列豆觴笑語溫溫今兄來斯我奠几筵追維今昔能不涕漣池頭之原兄之安止媿德先塋合葬以祉嗚呼吾兄生有榮施歿有佳裔九原可作含笑無旣獨念後人典型莫卽我心傷悲曷其有極拊棺一慟永訣終天失聲長號淚落懸泉嗚呼哀哉尙饗

遙哭胡雲舫文

劉暐澤

雲舫胡君與余遊處幾二十年。最初則其尊君芝盧先生。與余父及伯父西廷先生舅氏彭警菴先生。俱有文章骨肉之誼。又以親戚故往還稠疊。故余受知於芝盧先生者最早。而久與雲舫爲昆弟交。余幼頗嗜讀書。芝盧先生每見必考其學業。嘗謂余神氣軒舉而下筆波瀾老成。尤可畏。意不啻豕叔之於子瞻者。而雲舫以甲午冬贅壻長沙。晨夕晤言。余時漸長。往往酒酣耳熱。負氣好大言。閒爲他人所譏讓。雲舫獨心賞之。至以余所論說比諸鐵面彈章。風霜逼人。益其鑒賞與尊君若出一契也。謂非余眞知己得乎。乃今芝盧先生坐他人事遠謫隴首。而雲

舫且竟以憂死矣。哀哉。記庚子春芝盧先生作宰宜黃。雲舫自長沙與余別去。此後心知隔壤山川。閒之聞其往來西山南浦閒。又嘗之姑蘇。又嘗之大梁。而余伏處蓬戶。歌吟寂寞之濱。幾有風馬牛之勢。顧音問常通。迹遠神親。如一日也。迨丁未夏五重聚長沙。握手歡忭如疇昔。嗣是花晨月夕。必治具招余相對劇談。感慨欷歔。輒至夜闌燈炧。客秋余以未與館選歸自都門。楚南人士咸爲扼腕。而雲舫慨惜尤深。嗚呼。雲舫余於君之死也。戚好之誼。不能釋然。其於君家兩世知己之愛。尤不能釋然矣。芝盧先生之獲罪也。以家累頗重。命雲舫南還。雲舫未得隨侍。每西望號吼。嘔血不止。其與族黨周旋。雖勉自排遣。而憂來傷人。卒至不起。雲舫室人爲余姨姊。而余內子又爲雲舫從妹。故知之獨悉也。嗚呼。是可悲也已。十餘年來。有無相告。休戚相其文章學問相切劘。劉盧世好經過之密。倡和之多。此後可復得乎。嗚呼。是可悲也已。余自少迄壯。他無所長。而於詩古文辭諸體則嘗大肆其力。每振筆疾書千言不輟。私謂獲雋春秋。必將於史事少助紀述。乃京華旅食。貧無資斧。不足以廣交遊。又素羞干謁。未學掃門。無由邀其薦舉。轉悔唐喪苦心。曾不如當途一盼。可以逸獲。而誤信男兒須讀五車之句也。猶幸公論在人。鄉評不爽。加以戚友閒深爲慰藉。稍自解釋耳。乃今入川半載。而故園知己如吾雲舫者竟歸夜壑。將吾生平萬有一得之

文章誰爲拊缶命酒。擊節欣賞不置乎。嗚呼。此亦足以徵余命之不辰也歟。芝盧先生高才宿學。以乙未成進士。亦不與館選。晚年遭逢乃復如是。然則余之所處殆猶幸焉。獨何堪以懷文抱質兼優應世之技能如吾雲舫者。竟當强立之年而齎志以歿也。天其可問邪。其不可問邪。哀哉。

湖南文徵卷一百二十二

祭文二　湖湘後學集編

祭范坦夫文　陳大受

嗚乎士有食詩書之澤未獲竟詩書之用者匪詩書弗效靈於人有居其居焉以扼之使其人與詩書皆不能爲政嗚乎維我年翁坦夫豈非有扼之而然者乎君詩書世閥科名宦蹟舊有望於楚由先侍御兩方伯而下俱以老明經名孝廉爲朝野式君以英敏之姿承積善之慶髫年列弟子員餼二十人中貢成均魁鄉闈聯捷南宮其騰逪奔軼之氣如春葩之茁地而不可遏也如迅鳥之戾遙空而不知所止也如瞿塘之水甫出上峽不貶眼而泛灩澦也如轟雷爍電之聲滿乾坤而光射九州也噫嘻應無有扼之者矣萬一以君之才登承明操詞翰建身於外秉樞於中文章事功何減昔人即不然而速膺民社早展經猷考功報最必歷幾遷更不然而俯聽選例循次奏效計其所得必倍尋常而乃歸班需次棲里巷者數年司鐸教者數年伏苫凷者數年服闋而起近五旬矣宰獲嘉者未及三年鞅掌賢勞一疾以殁嗚乎是孰使之然哉以君爲未食詩書之澤乎彼夫皓首窮經老死巖穴者若而人求如君之遭逢而不可得者矣以君爲竟詩書之用乎則夫古之君子發名成業當君之年而惠澤普施物無不利者以君較之得無有不足於中者耶蓋嘗推尋其故而知其中自有主之者贏嗇屯亨一聽厥命惟循分自盡者能不朽焉君家居整飭典型後進出宰獲嘉多善政口碑在人久而弗諼其所自盡者偉矣太夫人春秋雖高而君之伯仲孝友素聞必能奉養無懈且君之令嗣沐浴庭訓文學品行有聲於時行將發君未發之藴君又何恨哉惟念桑梓膠漆匪伊一朝今匏繫京師紼紼之禮缺然奠酹遙餞冀君鑒茲

哭伯祖谷聲公文　羅升

嗚乎伯祖何不幸而竟沒也升家人父子賴伯祖維持之功大沐伯祖屬望之意遠涓滴未報溘然長逝今而後不得復見矣父自庚辰來石潭託廬於此與邱墓相去百里癸未生升幼年於前人事蹟未得與聞焉稍長父夜讀書升侍其側掩卷告升曰我有今日皆汝伯祖之力也升起而問其故乃詳言曰汝祖某年沒汝曾祖又於某年沒當時我止三五歲弱齡不諳世務汝伯祖棄儒業身任兩家事育我教我長而婚娶我存產業遺我常望我大成以續家聲汝伯祖雖未成名而今古罔不悉品端性直言無所忌而孝友尤篤焉汝伯祖之待我如子我之賴

汝伯祖也如父今雖異地而義方之訓常諄諄於音問闊升閭之恨不得旦暮見之矣壬寅冬升年二十倖博弟子員父攜往謁祖墓登伯祖之堂而叩首焉伯祖顧升曰嘻我祖孫今日始得相見我家籍湘世十四矣舍詩書之外別無貲裘汝年少當有大志不可以此終相侍半月朝夕撫摩尤殷而升聆其詞觀其舉動一一與父言不爽嗚乎前日之所耳聞者今何幸得而親見之嗣是或一歲一至焉或再歲一至焉去秋謁見呼升曰宗祖皆讀書人汝勉之汝之後子若孫雖貧如洗不可不勉之以會祖　廷試時手錄詩卷授升惓惓言之終夜不倦及告歸臨行若有不忍釋意升見舉止矍鑠猶意承歡無盡時詎意彼時之言即永訣之言也彼時之別即永訣之別也今年六月得疾而愈升以餬口計未得省問想冬閒得依膝下苟知其如此何不舍館而朝夕左右病可以奉湯藥危可以聞遺命憑棺而哭臨穴而哀猶得以少將一念也嗚乎人莫不有一死伯祖享年七十有四伯祖母有兩叔父孝養而諸弟俱以耕讀承家又何憾焉獨是一生辛勤俾升父得成人望升成人望升之子若孫成人功甚大而不能報也意甚遠而不能慰也升之悲恨曷有已哉當其以詩卷授升見先人之手澤不可忘而貽謀爲無缺耳故舍館之際諄諄於曾祖入志一言嗚乎何孝友之篤至沒而不僻也今而後升雖不得復見而伯祖之訓終身黽勉而

不敢忘矣

祭郭太母文　羅升

上章閹茂之年天統黃鐘之月。郭老夫人靈歸馬鬣之封。魂返牛眠之窟。爾乃先之壘人協以吉兮。筮氏告之貞。歷吉日而將行兮。虞歌鏘其淒鳴。丹旐郅揭之旖旎兮。聊先驅乎遄征。靈旂偃蹇而欲降兮。褮衣颷風而縱橫。前蚩尤使蹕路兮。後巫咸使按程。埽魃蜮與畢方兮。罔有不蹕而蜜清。厭輀車於中央兮。黃腸龔廇翣之鮮明。鸞鳳紛其銜裝兮。玉女效其精誠。感宓妃而動湘娥兮。皇剡剡其升迎。齊總總以撙撙其相膠轕兮。傑僊參差遙指乎百年之佳城。斯時也。則有奉倩傷神。安仁哀逝。桂輪仄兮罷團圞。菱鑑分兮乖伉儷。詮篤遺簪兮。悽愴思纏。故劍兮

隕涕。歎窮泉兮竆穴。望窅窊兮路絕。思苾苾兮心如結。悲切切兮泉聲咽。又有荀龍擗踴。群鳳摧傷。勤鞠子之惘斯兮。和熊膽而粉參黃。日月忽其不淹兮。芳萱謝乎北堂。氶寸草之難將兮痛懷橘乎陸郎。呼天只其無聲兮。撫匱忽忽而有亡。就折骼而不任趾兮。淚汍瀾以斷腸。更有翟茀魚軒。髻而致祀。白馬素車翩其戾止。或驚天姥峯頹。或訝媧皇石徙。少女風悲。其微夫人城痛其圮。掎裳連袂。于通德之坊。躡踵接迹。于高陽之里。某忝叨姻亞。夙有葭莩。哀伊人之信淑。苦時命之沈浮。遽溘爾其長逝。軑埃塩以儃遊。玉軸兮周流。飄紼兮夷猶。聯敷衽兮陳詞。靈連蜷其少留。詞曰。

柔嘉維則。擅女宗兮。衡亙錚鎗鳴雝雝兮。盤匜克相頌溫恭兮。皇覽錫祚蘭桂叢兮。芳馥肸蠁浩無窮兮。又曰。胡天不弔兮。婺女沈輝。蓮凋華井兮。竹隕湘妃。七襄機斷兮。洞簫音微。寂寂萱堂兮閴閴。慈闈鶴駕長征兮。緱嶺難歸。亂曰。卜宅兆兮。山之中。望佳氣兮。鬱青葱。帶湘流兮。渾灝。揭衡嶽兮。龍從。豐碑屹兮。贔屭。古柏翠兮。蒙茸。晨晞薤露兮。夜冷松風。嗚呼令範兮。安此幽宮。

祭座師高安朱公文（公名軾字可亭）　曠敏本

嗚乎天地晦冥雨黯雲淒東魯驚泰山之崩衡嶽傳天柱之摧維公毓兩儀之閒氣應五百之昌期荷　三朝之知遇慶一德于淸時謂宜佐　今皇之神聖長作柱石于彤墀夫何人數之靡定而天事不可窺遂使　九重泣元老之喪四海哭哲人之萎慨自孔孟之已往遺緒渺而難追公遐揆而遠述樹斯道之藩籬揆混茫之奧旨析義利於危微用能衍濂洛關閩之統系而邁范韓歐富之芳徽溯自初通仕籍以至晉秩黃扉其入告之議論當官之設施前後四十年如一日常自任以天下之重而不疑其集思而廣益也若滄海之莫測其津涯其

懷淸而履潔也雖冰蘗而莫喻其操持其推赤心而置人腹也豁然無纖芥之滯吝而其嶽嶽巖巖于和同比周之介者又未嘗不愴持祿而嫉喔咿故險邪爲之屛息而善類賴以護攜當夫定大計決大疑公卿斂容而待命以爲公必自有說而不敢更置一辭乃者彌留之際語不及私惟惓惓反覆于民生之休戚官方之淸濁與夫人心風俗之澆漓宜乎　皇衷慟悼　玉趾頻移入臣門而視疾撫靈牀而涕洟蓋自古以來君臣恩遇禮數之所未有而乃僅一見于今茲惟公下慰民望上荅　主知抒經邦之大業奠太平之宏基所謂功加于時澤緜于彼者舍公其誰是固宜與穹天博地流川峙嶽而長貽也憶雍正乙巳之歲謬擁景山之皋比（敏本時充景山教習）潭浦蔡公先敏本於公邀青睞之特垂　今皇登極登舊進耆元年二月南宮選士　特命公與鄂公爲總裁念自束髮受書以來每以出大賢之門爲愉怡何衡茅之下士適夙願之克諧迺修誠而拜謁荷國士之見推諄諄于道脈之絕續謂宜迴狂瀾以柱搘方冀長陪乎函丈柰何箕尾之遽騎傷此見之不久而安得不賫咨於乎天不遺一老後生小子其何所折衷而依歸此在朝在野之所共痛而甯惟敏本一人之私悲

焚黃告墓閱齋家報知有調繁及卓異告終養之說覆示云蒙
皇恩封贈兩代正宜竭忠報效我二老尚康健勿以告終養
爲念至於調繁必係兼三兼四之缺家中無强幹人幫助恐致
誤事我不爲爾願若得卓異回任候陞即可於彼時告終養然
事勢靡定亦不必奢望止宜於此時將鎮安做滿是爲素位而
行之道此數年內陝西有應行計典齋名皆在正薦因督撫彼
此調任展限未行癸酉補行齋列卓異造冊已就本道張公行
牌調取進省會驗乃方進省而制臺又調任四川劄又展限齋
思府君事勢靡定之訓誠爲至言然告終養一舉自有不容已
者逢中堂桂林陳公自閩省再來撫陝一見即問父母起居荅

公數年前撫陝時曾詢知府君之爲人又見過誡子書於公文
內夾帖有太翁盛德卓識欲爲製匾祝嘏之語故於此腆腆問
及時值辦軍需不敢以告終養請事竣正擬上請公已具題調
補齋鳳翔府鳳翔縣公亦隨調任甘肅乙亥五月奉到　部文
到任視事僅七十日繼妣在籍身故未及回籍公從甘肅又調
撫湖南府君晉謁於雯峯書院亟稱府君善教子賜以纂刻書
籍凡十數種口外絨氊衣料一軸齋後進見公曰太翁古貌古
心接其言論具徵實學我前擬製匾稱祝至今當踐也明年公
又調陝撫是冬有茶陵陳安兆著書一案辦案官任意牽連齋
亦在內府君正在梅橋起造新屋豎梁時忽接省城一信衆皆

驚愕不知所爲府君談笑自若人問之荅曰我見從不妄交非
人陳某之書我雖未見然可信其決無訕謗語　聖明天子
在上如何可欺耶次日著兒子肇堂來省手諭云此事自有
皇上作主只須安靜聽之切不可聽信省中長隨書辦募賓
騙哄銀錢以爲料理之術未一月奉到　恩旨此案頓如日麗
冰消人咸服府君先見之明府君曰某何知　皇上聖明天
下萬世士類之福也府君盡心祖塋所在置有墓田守莊戊寅
十月於環溪左畔起造新屋壬午年九月十一陳公復來撫湖
南齋晉謁問及茶陵一案齋以府君梅橋語對公曰　皇上
聖明若翁能見之於早非讀書知道何能如此乃書盛德卓識

四字額相贈又手撰一聯云厚德詒謀躋上壽大年耽學是儒
仙且曰吾欲以德壽逢之　朝矣癸未巡邊至衡山邑侯張迎
之栯塘鋪命其用名帖請府君相見於雯峯公館令子孫隨從
親下階迎入內堂其話良久時於途中受有暑氣府君因爲診
脈面開一方公笑曰高年書法楷勁如此眞昇平人瑞也因言
及具疏　題逢之意府君力辭公曰我已向張令言之翁弗預
聞可也府君辭出送出大堂命轎至覗之坐賜鶴翎洋扇二把
雨前松茗四瓶旱桂香珠十串綢紗汗巾十條捧名帖者至門
云大人即來親拜傳呼已集可否著人去稟阻府君即著齋去
面稟并繳帖謝賜公曰然老者安之我至州界即返再訂敘

談也。是夜五鼓起程。燾送時惓惓。府君不置。嗚呼府君自與四方賢士大夫晉接以來。無不傾心相待。邑侯自葛公後。如長白德任邱高俱事以父執。然求其格外之賞。則未有若中堂陳公者。公未及永界卽奉　旨馳往湖北總督新任。辦理欽案。隨入都補授兵吏二部尚書。協辦內閣大學士。人咸謂府君德壽大人必面呈　黼座。府君曰吾以布衣蒙當世理學名臣隆禮相待。榮寵已至。且吾身受　誥封。贈及父母　國恩深重。老不能報。何敢復邀　題達。已於公前面辭矣。是年八月患有足疾。至九月而愈。十月又發。藥不見效。左邊手足竟成偏枯。舉動俱需人扶掖。甲申春接任爲中丞裔公。欲踵陳公轍具疏　題達。

府君命燾往省力辭。未幾裔公復調任去。而府君病勢日重。自知難起。吩示祔葬環溪祖塋之右。退後半棺。有的實人進京。修稟鳴謝中堂知遇之恩。遵行家禮。勿尙浮文。早葬爲上。又曰我曾祖高祖上至始祖。俱葬淸江。我祖我父爲我訂姻衡山。爲我弟繼芳訂姻淸江。原爲兩地分居。長守墳墓計。不幸我弟夫婦均隕於衡。幷無後嗣。我庚申年回淸江。與輝先弟立定合約。各貽子孫。今不能復歸矣。命取合約看。涕垂垂下。次晨又曰我夜夢騎白鹿往九仙觀。我生平不談仙佛。此辭世之夢也。願爾等世篤孝友。各勤本業。無忝祖宗彝訓而已。他何言哉。自此三日不粒食。端坐而逝。嗚呼痛哉。府君稟賦甚厚。狀貌雄秀。精神完固。習勞惡佚。每日早起晏眠。非應酬卽觀書。長夏白晝。從不假寐。禮席歌筵。危坐竟日。肩背竦直。手足不移。八十不杖。九十雖曳杖。不拄。健飯強記。聲如洪鐘。其生平股肱之用。悉竭致於親墓。籍衡以來。手厝十餘喪。近棺尺許。不聽擴夫營築。躬自負土。以足代杵。務令堅勻。歲時挂埽。遇有崩塞。卽行疏補。春秋祭祀如臨如在。楮帛之類。親手撿點。嘗立辦終日。每至廢餐。最苦者在庚子往江西遷葬。一舉時爲十二月。灘河風雪。舟不能進。府君痛骨未安。土到家 闕 生平手不釋卷。宋元大儒諸書而外。於素問一書。硃墨點畫。遇有心得。輒注編端。目光炯炯。老年能於燈下作蠅頭小楷。不用眼鏡。無一偏斜脫落。自廢舉業。未嘗作

時文。燾等所作。多指其瑕疵。屢責燾不留心書法。用以課諸孫。閒作詩。多格言。自謂質直。不欲眩人。著有朱子家訓證釋一卷。培逮堂四規纂要四卷。家常說話一篇。藏於家。其誡子書一篇及赴任諸絕句。爲中堂所鑒賞。士大夫家多有其稾。公更命作流寓傳刻入鎭安縣志。嗚呼痛哉。府君上承江右。開籍衡山。心秉仁慈。學惟誠敬。沐　聖朝封誥之典。受賢相特達之知。茲值盍棺論定。泣陳梗概。伏求當世大人先生。錫之公評。俾詒來裔。不孝燾等世世子孫。感且不朽。

先考樂山府君行狀　聶　燾

嗚呼痛哉府君竟棄不孝燾等而長逝耶不孝燾等何能脥府君耶府君諱繼樽字瓊芳號樂山先世自南宋時奏議大夫貴洪公由江西撫州府遷清江縣之板橋世爲荆林聶氏至府君爲一十五世高祖丹泉公曾祖含初公祖公明公父起龍公俱生荆林府君始生於湖南之衡山府君六歲喪母七歲就塾質性端凝才思敏達衣冠整潔言笑不苟凡十季學問日進四書孝經小學詩書易經及左國秦漢唐宋以來應讀之文大概靡就習舉子業爲文章貫通明徹人勸其應衡試以籍限不合將歸試淸江而先祖又去世府君時季十七歲廢舉業入藥局隨

先祖學醫往河東母氏山旁營葬地而山鄰丁姓欺府君客籍季少柩到山畔輿衆攔阻府君赤手掀翻數人柩乃得上然終不許下穴吞縣鳴官官爲江西南豐進士李公長祚閱狀念其孝卽單騎赴穴場訊驗明白飭令下葬時康熙己巳府君季十八也府君因先祖既得地遂移先祖母棺竝葬葢先祖母去世時避兵岳山淺棺長壽庵後至是歷十有三季而合葬焉明季服闋贅於曹踰二季先母自曹于歸佐府君孝養買受環溪山田園壕植松起造城中新屋甲戌屋成繼曾祖母卒葬環溪左山癸未繼祖母卒葬河東與先祖母合冢自戊辰至癸未歷十有六季府君屢遭大故服三季之喪者三其間嫁老姑嫁二妹送弟就學娶弟婦於江西傷哉瘁矣當葬先繼祖母時府君在山營墓守藥局不謹夜被盜店貲一空負欠多端將城中所居出質挈室棲環溪先曾祖時與先叔同居新屋旁之東偏不欲徙府君因於城中賃一小店仍開藥局以爲先曾祖晨昏定省計而醫乃大有名値大疫呼號乞救於門者無晝夜府君心切救人於貧民及禁犯尤多施捨自是而府君行誼見重郡邑諸當事丁亥環溪被水儒學師黃陂歐陽東朙先生約衆夥金助之贖回原宅諸當事旌其廬爭贈縞紵府君由此時住邑署夜歸訓先兄醫課燾讀書竝自讀書遇有疑義輒隱几而思思而得之方肎就寢如仍未得係醫書者則質之先曾祖暨歐陽南

一先生係堪輿書者則質之傅諱朝彥先生傅黃陂名諸生精易理好堪輿天官家言與府君訂交於東朙先生學署盡以笥中所鈔書授之故府君精醫兼通堪輿天官癸巳先祖卒葬環溪正山甲午先母卒葬雞罩灣乙未訂續娶於衡陽丙申先繼母于歸丁酉訪傅先生於黃陂後於雍正十季傅公有札府君命好收藏戊戌自河東遷葬先祖於白石遷葬先祖母於富塘又遷葬先母於董家潭左山庚子往江西遷先曾祖母歧葬衡山環溪山右遵先曾祖成命也此六七季中府君俱受邑侯葛黼皇先生聘常居署中葛中州名進士知府君最眞信府君最篤謂府君曰君存心救人吾無以報君敎汝子讀書成名卽所以云報也召燾肄業

文峯集賢兩書院先後從陳茱嶼夏映川二先生遊後彭衡陬先生館署中命熹隨署就學彭發去即親加訓誨甲辰取縣首未院試而公隨解組歸雍正丙午熹始伀弟子員乙卯中湖南鄉試府君擕之進京乾隆丙辰自京回衡丁巳在家接熹會試捷音庚申擕歸江西祭祠墓犴與堂叔輝先分清祖遺田園塘池屋基原經先曾祖分清本秊查明輝叔以伊分田少府君因憑族衆酌勻立分關合同各執一紙永遠爲據叔德芳代筆辛酉應沅江聘創建學宮文廟歸而先兄熙已歿葬之瓌溪壬戌熹館長沙馬觀察署府君七十一觀察製屏徵詩文雷翠庭閭師伀序癸亥熹館茶陵書院乙丑館昭潭書院府君來湘與張先生湘門晚聞兄弟李壺山太史胡敬亭司寇潘晴皋進

士梁黃山明經諸公敍舊歎曰丁卯熹復館茶陵是冬接有截取文書府君辦理進京事竣戊辰春擕進京由江西附糧船行秋選得陝西直隸商州鎮安縣由西安赴任任月餘由龍駒寨歸計府君之兩度往京也僕僕川原共歷兩載所到皆以濟人利物爲心當乙卯之行由漢鎮漏口時隆冬沍寒行者多病府君以藥施之無不立起至京師乞藥者滿焉府君因欲爲熹辦理入闈事不暇遍給揭曉後見熹文已薦命留京待　恩科而自與岳州秊友方鷗海南同歸留住月餘嘗言此番得以脫然歸者方公子之力也當戊辰之行入山東境糧船諸幫適染大疫府君於本船中病人給以藥立起諸幫咸呼號於船側維纜使不得解府君不忍捨去因於王家營賃騾轎命熹從陸路行熹至京選期尙遠適値前科人員未到遂以截取得缺府君至時熹已掣得鎮安矣鎮安山路崎嶇辛苦萬狀府君不以爲勞嘗於途中伀詩曰商於六百崎嶇路到此崎嶇古未聞疊疊山盤蛇磴曲嶙嶙澗渡馬蹄勤鄰家對嶺成胡越老樹僵途礙斧斤聽說日斜狼虎出早停板屋臥餘曛至署周覽形勢指示應培風水及山民采藥之法語熹曰僻邑須耐煩爲之墾山田驅虎患修道路分社倉最爲緊著伀詩數章書於壁乃歸其一曰秦關百二古稱强阡陌開來古法亾多少山田開不盡尙留一半臥豺狼二曰虎口餘生是爾民脂膏膸出屢何人請看今日

捏擕意痛癢關懷獨老親三曰東西兩社爵會分南北千峯了不聞惆悵汚邪何日滿四鄉豚酒祝神君四曰貧瘠驟難談禮樂顓愚忍久任蒙屯思量合用斲輪術不疾不徐有數存歸之明秊遣眷口來任寄誡子書一篇懇懇幾萬言總不出詩中之意明秊庚午送眷人回家府君詢知地方官民相親相愛誡子書中所言施行有效甚喜明秊辛未府君秊躋八十以　覃恩敕封文林郎陝西直隸商州鎮安縣知縣先母曹　敕贈孺人繼母莊氏　敕封孺人先祖　貤贈文林郎陝西直隸商州鎮安縣知縣先祖母歐陽氏及繼祖母鄺氏俱　貤贈孺人熹恭遣長男肇堂捧　誥命朝服冠帔歸家府君排香案北望叩首

祭業師彭先生文（先生名仕商字克家號衡陬）　曠敏本

於戲敏本終不得見先生矣先生以庚申卒于官舍準以古人心喪之義已在三年之外而敏本視猶初喪者敏本於先生未可以尋常師友槩也自爲童子時即蒙先生國士之目時先子館紫雲院先生館集賢院先子命持課藝就正先生必具雞黍留宿其話嘗夜半提酒壺命敏本爇破故紙溫之縱談經史莊騷娓娓達旦有得意作則曰此文字有奇趣當待某來賞之嘗邀先生登祝融時日已西先生重違敏本意夜半持炬抵南天門寺門閉不納徑抵祝融時秋杪風寒先生與敏本抵背藉草席取溫待旦是日登絕頂下臨無地目無險巇先生謂敏本曰

昌黎咋指直是氣怯吾與爾膽力疑過之須知吾輩作文亦當不讓前人嘗就郡試其宿阿耨林敏本中夜大叫先生喚之曰適得何夢曰適夢讀書觀湘洲空中雷擊雲開星朗先生曰適見爾試藝將來定是湖南有數人物於戲先生所以期敏本者豈謂今日猶以閑散庶常鹿鹿湀山哉壬寅以後敏本受知于長汀黎公渟浦蔡公至以道州道脈期敏本竊念二十年來幸獲見推于當世大人先生者實先生教誨之力今日之哭先生殆不啻鄭國僑之哭子皮蘇軾之哭歐陽子也壬子敏本領解額見先生于鄂城呈試卷先生不愜意雖不欲挫敏本氣但曰爾固當得盛名然八股小技當務其不朽者自承先生教拋棄制義銳意學詩古文每篝燈得句拍案狂喜曰當令先生見之然自先生官齊安以後相見日少敏本所作詩文先生曾未見十之一詎料遂終不之見耶戊午又見先生于鄂城先生曰吾與爾當共訂名山事業爾前札吾謂十七年前南嶽之遊還期再續吾歸志決矣爾時見先生食少而神氣漸衰然不料遂棄敏本之速也於戲嶽雲黯黮集賢紫雲老成凋謝回思南天望日依依目前殆不自禁其淚之如注也

祭陳蘅洲先生文　聶燾

嗚呼師弟之恩生三事一。況燾於先生尤非尋常師弟子比乎。燾年十六獲從門下時爲康熙乙未邑侯商邱葛公來宰衡山。先生以高文受知請爲雯峯書院山長遠邇負笈者百數十人。極一時英才之盛燾以駑鈍逐隊其閒先生念燾生市廛頗篤實又聞居母憂稍盡苫塊麤節以爲孺子可教進而陶冶之於侍講知有宋儒緒論於授文知有先正淵源於課藝知有性靈運用葛公每值公餘卽攜酒榼單騎至學與先生論文晰義問門下士誰佳先生舉其優者以薦玉筍班中燾也姓名掛其後焉噫何其殷也越二年丁酉葛公念先生鄉試近不宜授學送

之靜養觀湘書院月餽膏火諸生中獨命燾隨觀湘故逼邑靈勝時未遭頹敗茂林修竹環映碧波先生優游其中案頭不置一卷埽地焚香以活天機隨意作文極嚴整雅鍊而游行自如。遂於是科膺鄉薦公車北上自先生北上燾從衡陬彭先生門雖日積月累隨年擴充而遵聞行知不忘故業乙巳鄉科謝絕館事靜養山莊彷彿先生在觀湘洲時亦趨亦步卒繼絕塵足役也入號臨文檢點筆硯全然遺失偕鄰筆墨取瓦代硯憶先生丁酉亦然心擬必利詎用自豪其後宰終南山內崇嶺深箐登涉瀕危與先生在蜀不約而同噫異哉豈文章有衣鉢而宦轍亦相循耶嘗於丙子春恭謁先生函丈尊酒談文偶話及先生曰吾師弟都如此日前戴敦五亦云然相與歡笑乃至夜分。次日握手送別期以後會嗚乎痛哉孰意先生竟爾長逝哉先生德行文章政事略具於燾所作墓志銘茲敘數十年從事私情以瀉吾哀因爲輓詩四截一曰十歲能周衆說郛三湘七澤老師儒讀書莫怨窮如許自有文章在我徒二曰巫山深處半痍創妙劑會勞肘後方屹屹豐碑遺愛在有人墮淚護甘棠三曰老去摩挲只一編齊眉鴻案兩皤然斑衣隊裏門生在載酒時來讀太元四曰朗朗文星澈水湄夜深占說忽騎箕那能片后光泉下只當中郎有道碑嗚乎哲人萎梁木壞泰山頹仰放何其鑒此心哀

祭陳可齋相國文　郭焌

嗚乎。侯河可清。人壽難期。瞻彼傅說。乃在南箕。水碧三湘。山青九嶷。炳靈於公。爲世鼎彝。公望在人。富弼韓琦。況乎遇合。千載一時。公爲諸生。冠珮陸離。先天下憂。學顏志伊。來貢太學。摩挲古碑。北方人士。莫公等夷。爾蘇京兆。正正之旗。伯樂一顧。天馬誰羈。尋春紫陌。校書青藜。翱翔蓬萊。與羣仙嬉。忽有　綸言。試賦及詩。人皆贔屭。而公淋漓。搖筆欲落。風雨隨之。稍定而視。片玉一枝。少雙寡二。惟　天子知。珪璋之達。何幣何皮。縱壑昂霄。曰惟始基。千里萬里。不介而馳。乃膺九遷。乃冠百司。乃作節度。於皖之湄。明霜秋森。愛日春遲。高牙大旆。稱公須眉。吳都珍

怪。吞鯨吐鯢。閩海冥茫。出蛟入螭。公往撫字。以恬以熙。凡官三徙。厥聲四施。吏勇於公。民飽其私。來乎何暮。去則益思。　帝簡乃勞。還於京師。爰位冢宰。冰鑑是持。爰贊宅揆。樞府是資。公有嘉謀。爰告爰咨。外莫得聞。其中黟頤。公保儲貳。是翼是爲。公督畿輔。是保是釐。公使嶺南。根荄前滋。雷奮風厲。以福耆黎。海水皆立。天雲下垂。匪躬之故。耿耿孜孜。食少事煩。公樂不疲。服勤至死。乃分之宜。　皇帝曰嗟。天不憖遺。是惟賢良。其祀於祠。封乃先代。蔭乃後茲。生而獨榮。歿又奚悲。維楚有材。振古如斯。東山西涯。政事文辭。於維我公。亦步亦趨。北斗以南。帳望追維。典型已矣。吁嗟噫嘻。

祭譚坦齋先生文　郭焌

嗚乎。先生沒近二年矣。記焌垂髫時。遇先生於經原李氏齋中。先生詢知世系。慨然自道其常請業於焌曾大父。憐其孤兒也。前持手而立。欷歔太息。如不自勝者。於時先生年未五十。焌纔十餘歲。私感拳拳之意。竊以謂焌者天下之恨人。而先生乃今長者也。益自焌祖父兩世夭亾。門戶祚薄。人皆謂郭氏無復興理。其不遺先世之好。而猶望其後嗣之立者。惟彭公譬庵。周公思皇。吳公堯山。張公文若。李公浴仙。恒齋及先生數人而已。然數君子者。皆不得志於時以歿。而譬庵以貧獨歷落。歿爲絕可悲也。先生與焌先人交。不如前數公之密。而故情戀戀若出一

軌。爲尤難得。世有如任西華之窮。而覩見存劉孝標之意者。生死離別之閒。其能以無慟乎。焌與兩嗣君交。分誼若兄弟。歲戊午。復與履常有兒女婚媾之盟。憂樂有無。相爲呼吸。時時登堂奉先生教。而先生更能忘年齒。寬禮數。與之酣嬉淋漓。顚倒而不厭。甲子冬。焌赴公車。先生猶親送之。乙丑下第。走吳越浙光黃。遂留武昌。側聞先生尚健飯無恙。焌是冬有長子之喪。踉蹌歸里。閒閒來候。先生以病不能出。未及數月。而先生卒。嗚乎華屋山邱。自古痛之。昔之孤童。已爲壯士。自今維始。寒暑不二十餘。而老成盡矣。昔人謂有文爲不朽。有子爲不歿。以此言之。先生其可以無憾。而焌獨悲夫古義之不行於今。羊舌郈成其人

安枉蘇子瞻詩云古人不可望今人不可傷嗚乎將非先生之哭而誰哭歟尙饗

祭外祖朱公平齋文　郭焌

烏乎昔人之言我有二天此心何心同一潸然感念平生痛淚疇昔不有外祖焉知今日易墮者淚難盡者情撫事含懷執筆涕盈悠悠昊蒼其曷可問骨肉之慘母乃已甚數十年來家運離披疾痛交亾爲世所悲哀哀我父八月而孤睠念慈帷瞻言令圖苦節之貞神號鬼哭積十三春同茲冥籙頭角漸露甥館載登兒女成行臧獲充庭胡天降亂相尋未已母病連年至於不起慘我嚴親感憤刺骨徂夏淩秋相繼又没咄咄淪喪三月兩親酷哉造物何恨於人已已此生冷冷風木每一念及傷心慘目追悼鞠凶父病彌留張目豎指葺白隱憂外祖泣下慊慨

相語謂汝呱呱幼子弱女皆我塊肉夫復何辭一息尙存身獨任之因卽引手拍肩以示吾父首肎溘然而逝於斯時也諸孤憒憒長者九齡弱纔三歲天崩地裂不知嘑號祚薄門衰諠痛嘐嗷自得卵翼乃忘怙恃遂蒼卻家常依甯氏明年相隨倶赴鄱陽九江帶水千里浮糧及客南昌適丁多難室磬空懸陶奴遠竄顛毛種種形影依依蓼苦荼辛曾幾何離西風拂袖攜歸桑梓旣謀鶴田復成燕壘男勸之學俾紹先人女求其偶必擇名門數年之內婚嫁漸了宅分兩地累遺一老追營菟裘猶未卽安夜常課讀食必分甘回念有初寒暑二十懃懃懇懇待其成立亦年周甲曰老而傳尙冀顯名以娛衰年令父母存恩豈

祭胡翁陋齋文　郭焌

鳥乎生死異情盛衰異態豈於今之忽然實自古而同慨翟公之所以署門而謝絕劉侯之所以廣論而刺譏匪盛德之固姝子忝此其從誰維翁駿烈契我淸芬兄從惟祖父事惟曾見紹者不羣語我者無惰徐穉忝而懸榻陳遵來而驚坐步趨乎雁序之徐嚮應乎鶴鳴之和已而阿承擇壻伯鸞聘妻葬克匪斧葬娶匪媒我大父以外戚器太君於中闈綫度月中語來冰上朝蕣有譎忿之情夕秀啓忌憂之望蓋潘楊之好結蟠而孔李之交彌亮況乃艤舟湘西邸車麓南晏嬰以近市而傻潘岳以面城而閒訪林園於七七踏草徑之三三衮衮而逢沈沈而酌

方酣之窗燭齊輝已醉之簷花盡落然以翁少衰之歲感我多難之季日月忽其茲昧雨雲紛其變遷方夫太公無恙小坡有傳當戶之屨常滿到門之車疊旋問楊雄者奇字叩蔡邕者異書送酒陶潛之宅投詩顧況之廬於斯時也維羽觴橫肉豆襲芳蘭譽嘉樹握手而臭味親促膝而肝膽露驩然於頤則座客春融莀不爲之酣嬉怏意而淋漓也暨然於創則羣賓秋冷亦盡爲之踟躇感歎而嗟吝也暨乎子樹忽凋孫枝尚弱寡婦歎輿孤兒行伀乃遂笑隕瘡之鳥奚飛銜索之魚何泣脩脩兮若空谷來風肌凜慄至於南條再伐北邸重送黃口靡依白頭如夢且叜謂趙胡之孤不立若敖之鬼餒而皮皮兮若陰山霾積踰此詎命不猶而今已矣吁嗟外祖踰季不見戀德含恩涕零如綫翁也冬日進藥牀頭六十稱觴亦慕思柔藉謂承顏樂此餘日明神何辜而不我恤既廢蓼莪又摧藤樹渺渺子懷寄身何處嗟彼逝者杳無還期叫嗥不聞魂夢空疑顧念舅氏棄予同病外乏因依內鮮强近對影身孤聞歌心惻相顧煢煢空山夜泣載撫罷劍載讀遺書物存猶是人逝焉如死而有靈有泉者臺翁之逝者今其在哉杳杳長夜荒荒宿莽既見阿翁亦覯吾母臨誄之音琅琅堪證共有餘歡復何遺恨回顧貌孤風雨淒其熒熒夜照宋宋書帷冷淚暗落殘編靜對臨之質之精魂斯在默默此衷誰可訴言當復如何以慰九泉生者有愧死者

不返悵望天涯雲飛滿眼撫棺一痛酬酒三巡新鬼故鬼悄不聞聲慘慘悲風爲我歎息欲報之德依然罔極月之初九予將遠行言歸泣送墓門之側淒涼白日蕭條寒景神其歸來省此哀殯鳥乎尚饗

心酸悽天竟如何人胡至此非予心之所知亦吾翁之所不喜也於維我翁悲旣踰時歡惟歷世舊好不忘新盟復締求聿寬於郄門得魏舒於甯第以翼訓之女孫歸諸書之稚弟瓞綿綿兮迨今葛蔓蔓兮憶昨三生后上語精魂九子山前酉蓼嶽謂火蓋熱而有涼飈謂泉蓋寒而有溫湯未睹夫尺寸之短又烏知夫尋丈之長乎前思未弭後慼仍繼胡仁而終胡智而斃嗟一老之慭遺入九泉而長逝零露漙兮菊枝寒嚴霜隕兮楓葉乾黃壚無旦不復覺青松有室誰當看以茲疚懷不怡中夜三世情鍾一朝歌罷盍棺萬事定絮漿千里馳招翁魂兮四極跪薦酒而陳辭庶披髮於大荒舞靈旗而下之

祭黃翁文

郭焌

烏乎某生六十有六年無所遇於世而世亦羣笑以爲迂旣窮且老矣又抱有喪子之痛重以風痺不能自遂扶杖欲起且恐且慄日有聞見輒皆黃口者單煢之形呱啼之聲人之尊此生也而爲樂如此則未知死者之何悲也夫造物者直以生人爲委蛻委順而元氣陰陽坱然迴薄於太虛之中者其無不知也而有私乎其信能賞功而罰罪有眞君存乎一木一本也一草一荄也當者枝枝向者葉葉朝蓐而夕秀蝎中而螢飛我以此一概彼一胡然而然又胡然而不然嗟乎嗟乎其獨何能無慕於我翁哉翁鍾衡山之精生湘南望族莊莊乎士油油乎孺子

未嘗有幾微之失纖芥之慝貽笑於端人賢士用能光其先緒以利其嗣人子樹孫枝軒豁呈露年及中壽公而上昇蓋書之稱五福曰富曰壽曰康甯曰攸好德曰考終命翁皆可以無憾而畸行頎德所以食報於天休者亦卽此而信然則某之慕翁宜何如也方翁與吾父約爲婚姻某兄已早世其後吾妹歸榮九而某繼有從子之喪數十年來骨肉衰謝零落兩姓之交未始不歡然無少閒至於今承舊好締新盟則加密焉而某之一子喪二年矣眼花員員頭髮凋宣生死契濶不可問天往吾父之殁也翁親來弔之今翁之葬而某以疾廢烏乎其如斯乎墓門闕矣某於公乎復奚言

祭鴻臚卿陳學田先生文代　　朱　色

乾隆四十三年九月日謹以山殽野酌致祭於　誥授中憲大夫鴻臚寺正卿陳公學田先生之靈曰嗚乎哀哉德以才宏才以德致道濟瀾鴒瀾流淸邃惟公之賢少雙寡二天人悉究仕學交懿藻浥班揚難追元季遭遇　聖明推施誰企簉仕鵷鳩慈流劓刵刑獄之災火爇大熾挺身縱囚獄成囚至人非不逃公仁素被其在閩漳羣宵网忌狐嘯氛迷官縮民避公奮神謀頓折螳臂其在浙省異政紛曁海防波澄鹽莢人利惟時大旱飢民踣躓公解麥舟雲霓竝萃乃陞滇省肉好是司剔弊洗奸利者知義羣酋猖獗蜂屯蟻覬感被淸風帖然息鼙乃陞長蘆

鹺弊舊積乃竭經營商輸無匱七年之仁艘滿艖庇凡以貞婞靖其厥位　帝眷因隆鴻臚旋畀詎意灤河亾星光墜緬維風儀淸標特植鵷鷺蜚聲雲霞棲志所以餘閒鍾王是肄所以繼軌恪勤令嗣所以天錫貂綴光翠所以焚案識無遺字所以齎志　天子長眴今茲輀車歸殯無遲秋日懸空秋露墜淚芳不可挹軌不可擬野羞山酌薦茲一觶嗚乎哀哉尙饗

案學田名樹著號潭嶼河督恪勤公第四子志乘惟載刑部失火燒卷簪追敘獨多人服其強記此文所述放囚自歸等事皆無傳也汝懷坿記

祈雨文　　朱　色

維嘉慶元年六月十八日壬辰朱某齋祓其心澡雪其體明淨其衣拈瓣香祈雨於關帝之神前曰天災流行旱魃爲虐生民奔奏無有朝暮近此數日江絕塘涸嘉禾跬仆地裂淡鄺艮農長泣主伯無措方逆苗蓮匪之妖氛未殄際此蘊隆何令人驚悸失魄卵夫利物濟人匪某之職撫時感事匪某之意天道精微匪某所測至誠感神匪某之德螻蟻之私敢逼元默妄冀雨若知枉匍匐第以當今　太上皇帝廑念民瘼而不能慰其宵旰　嗣皇帝踐祚未久邊際多艱嘗珪璧之既竭亦震駭於百官大藩小吏殷憂孰寬某亦臣子忍不辛酸湖南不熟天

下不足嘅飢號寒豈楚所獨舊穀既沒秋無所收嫁妻賣兒轉眼紛稠戊戌巳亥此景在目今時何時而可再哭夫治久而亂成焉人衆而奸生焉戾氣積而陰陽失其平焉於此而欲救萬姓之劫回翔和之運惟帝之神功乃足啟上帝之抑鬱而釋百神之忿某用是哀祈忘厥賤分於戲惟帝之悳侔於天地惟帝之神造化同竅小人鄙私謬冀明賜槁苗之生其絕如綺三日而雨尙有生理鄙懷激切頓首懇旨（自注是日余歸小臥夢人告曰明日有雨一連三日）果然

天中節祭三閭大夫文　朱景英

沅與湘兮通波發枉渚兮弭節汨羅胡僵佪兮此上帝告巫陽曰有人在下叶擣蘺兮椒蘭靈修浩蕩兮無端羌獨處兮沅芷忽而終古兮以此謂滯淫兮江南眇如軫兮趁纏蕉萃兮潭畔將何之兮汗漫指洞庭兮睠清沅擊汰乘舲兮申子煩冤莽不可辨兮周鼎康瓠千秋萬歲兮苾苾歸路惟荆楚兮重歲時吉日良辰兮重午爲期怨渡江兮盪晝橈歌齊發兮升屋同號依彭咸兮跐遺則魂歸來兮此焉故國山川無極兮疑是非苟貪此兮復奚歸嗤鴆媒兮曷毒呼詹尹兮安卜智破涕兮啟顏何楚塞兮秦關緊昭忠兮雖闕四方上下兮心欷思越文章祖兮

日月光金相玉式兮志潔行芳高會兮規矩衣被兮來許報芬薌兮涉汀洲瓊靡粻兮瓊枝羞莪陬詞乎景宋神肸蠁兮訊於掌夢

建天后宮上梁文　朱景英

惟神秀毓坤靈材勝乾棟銅柯挺特揩廣厦以標奇鐵幹輪囷峙祟祠而常耀頌以地臘之先日蔵成天后之巍宮昭肸蠁於慈航福茲枉位仗扶持於俾質妥彼棲靈期長享乎苾芬叨永坐夫芘蔭蔵消吉日蔵潔牲牷用布神前伏惟昭格

祭錢太夫人文　羅典

嗚乎時序如常情隨事變緬懷令壽飛駢在霄由驛道背函計音會城傳悉太母以今歲己酉三月廿三日終於滇之居第冡嗣爲今銀臺學使南園先生時於四月初枝士衡州屬以念六日聞北堂大故南園之心則盡傷矣某於南園篤好如親昆季母猶吾母也山齋與諸生晨夕兩月之交覩聽瞀亂忽忽若春暉之暗慘與夫凱風之淒極有不禁感極而悲者初南園來蒞學使任母攜南園元配夫人至自滇尋以夫人卒遂歸去盍母與拙齋太翁相賓敬便林居於官舍無所復戀故爾發途時旌蓋指城西河澳南園以騎導貌若甚慼母乘安輿出窗光映發

容體厚盛可無離別之色惟端有儀使嚣肆聲息夾道肅然其儔衆有能言者夙欽南園之手栽節概振頹式靡輒相與歎爲是母是子有乃俱有云猶憶丙午歲太翁以壽始屆八旬南園於仲秋潔壻備具及母帨辰雙慶傳歡至日簪紱塡庭歌筵上夜某得聯杖接席與此光榮而愴無物以稱志享因臆度詩稱福履菑進履以致福也當與稱觥獻壽異用而同歸乃敬製絲履二緉以將略倣周官赤舄黑舄之色以辨外內左右意實祝母之歸依於翁嘗奠閒甯適時以是履坐則同几几而安以是履立則同莪莪而竦以是履行則同攸攸而利也乃今者翁方盟志松齡傳之畫册由南園遣示某以韻語申之且偕爲左方

聯句以壽指爲畫是眞也亦洵眞矣嗚乎若母之至自滇而復歸自楚者往還萬里舟車迭易翩然若輕鴻矯鶴是非畫也眞也胡至是而止當伀畫觀耶計自母歸後南園膺　簡命晳督學任踰年得側室舉丈夫子未幾輒見之座間解登堂拜客南園以貽冬遣內眷將以還姑爲翁慰抱孫之隱卽爲母治含飴弄孫之願此亦古人承志之一端今距差竣只數月爾南園擬復　命陳情乞養邀　孝治鴻慈得侍翁與母餘年用補宦游所曠缺而今顧頓使慈幃未寧劇念游子衣線之吟何當得報豈事不如意固將常八九論耶今學使自衡還會城以母逝在憂服中不親事事亦粗畢六年來九郡四州之經疊試

者初以南園在御史臺有威望頗憚其爲夏日秋霜之烈以肅也及親炙旣久見其淸勤平正無過甚之行畏而愛存嚴由寬立究之有所激厲而成就焉者仍不滅春暉煦育之功亦猶凱風長養之力凡皆得於母推擴其慈量也某主講嶽麓久日熟諸生之私論議舉書詞則曰厚德引諺語則曰婆心悉具以表學使之衷曲所存且寓推本於母之意昝長沙人士感桓公之都督茲士皆慨然稱陶母之賢今亦猶此情也薄奠無足云惟念負軒前至居學署亦數閱月於彼於此其庶幾母靈陟降之所在也耶

禱風神文　陳夢元

嗚呼新穀之不登士女將無以樂生也日夜露立中野望上天降雨而暘恒赫星恒明也每四方雲影忽萃忽渙淒淒油油不伀而不興也羣雛嗷咷思救者不得禱之雲師雨師不自我民聽也不哀矜吾羣也嗚呼司雲雨之權回彼蒼之怒維神之力實可使凶歲爲順成也神之聽主於巽巽象曰隨風巽君子以申命行事神所以代上帝宣揚使命令之行也雲興於西北雨從西北行神其使西北之雲停也雲興於東南雨從東南行神其使東南之雲凝也巽柔而善入一雨有以潤大地之枯焦使萬彙而無不靑靑也巽順而能隨使時雨降爲十日之霖零而

多稼之入無不均而糶糴之爭無事乎官司調停之而自無不平也嗚乎小民之命旦暮不可待維神鼓舞雲師與雨師使旦暮伀者伀興者興無俟占三日於後庚也而小民由亟而之生也再緩之再延之雖不蹈溝瀆之自經亦將同涸壑之流萍也維神其聽之而哀矜之也戊戌六月晦日

祭大司空羅南川先生文　余廷燦

偉公德之淵涵稟湖嶽之沖氣息元運以脈渾納萬千而交會毓金玉於鑛璞貫柯葉於根荄神明通而無方大道咸而不器是故意氣氷銷塵埃蟬蛻春盎則融月霽何礙偶茌險而不驚亦履盛而如未蓋嘗論人則無所不爲惟天純不容僞乎既盈而心亨中旡妥而道泰羔雁載贄以昭衷圭璋特達而何价蹟公仕官五十年自翰林以洊鼎貴和順於至正大中豪不參三而雜二是惟近於性者成於學根於心者達於事所謂國之典型人之著蔡世有綱維民有依賴曲飾畸行不屑尸位昧昧我思髣髴望東洋而仰泰岱嗚乎公之既薨也曾不使宅可宅田

可田尤足厲貪墨而儆於有位憶昔癸酉之賓興蒙也隨貢於計吏公使粵以還　朝頫拂拭而館餼曁再北以承顏獲讀書於中秘辱許與以文章每秀舉而瑕蓋澤我道德仁義之中期我功名富貴之外嗚乎太夫人與予共高曾公實我之自出親懿逝而誰歸矧又竊承乎提誨誄詞以哭其私亦天下所共感喟。

同鄉公祭桂林相國陳公文　余廷燦

於戲斯文在茲海若汪洋交暢發揮一理闡揚理學之幟南宋初張吾楚濂溪最先濫觴關洛代興賡續發明紫陽朱氏益大以光程門高弟曰游曰揚朱門勁者推勉齋黃元之吳許恪守傳燈太和河津前明頡頏代有作者承一瓣香顧諸君子動遭謗傷或奇而蟄或起而僵其德不耀其施不長較其名業孰與陸王王尤邁陸戡定家邦論者齗齗遂生異同子考二家源一流雙何朱不競束手廟廊將非其人或不精詳抑非其時有虧有成爰及　本朝安溪堂堂儀封之張睢陽之湯體與用俱光被穹壤理學之盛至是乃彰於惟我公應運篤生八桂連蜷五

嶺交相幽芬閒氣鬱爲奇英被服造次若水有防飫程朱學曰黍稻粱金門高騫畫省迴翔一麾典郡澄清維揚臺領方面屏藩勗勤遂開幕府大建旍幢歷滇吳楚更粵與秦天下自任早雨川航梳痒爬垢蹇蹇匪躬陽開陰闔品物咸亨後由吾楚命作股肱總典夏官提挈天綱視漢魏丙媲唐杜房純懿遠過揆席恪恭仕五十年何不飽嘗墨守所學寵辱不驚既倦台鼎陳請徬徨進退無忝　嘉語皇皇稠恩未有榮及歸裝何遽騎箕返神太空生榮死哀存順歿甯某備九列儀式秉承疇昔謂予楚寶故鄉投契之分不翅非常公之勳業勤施四方公手訂書嘉惠無疆羅縷星漏撮其始終遵聞行知後先相望斯

道擔負人倫君宗五嶽之鎭五星之芒豈惟我公程朱不亾陳詞薦酒髣髴來享

祭井塘泉神文　余廷燦

惟神涵元儲精滴瀝滲漉當其瀵湧穿嶽演瀆惟此一方周遭墝埆而神脉胎津潤綫霤斷續黑蝂臥潛有蠲其蜸蘊利閟靈慳我嘉穀居人斯恐競陬畚掘濬坎培封撥源一六爰告有神鞭笞蛣蜛通氣騰波化堉爲沃毋或氿出毋或沛伏萬穴匯流百泉潄賁靈長霑濡黍稷或或地不愛寶民實受福敬薦蘋藻用冀優渥惟神有仁尚鑒茲役

告埽竹廟神文

水清木華儒宮一畝社護神呵滌蕩羣醜何物幺麽巧乘子丑踰垣跳梁貪緣狗苟拱而人立滚目舒肘狂忽猷奔高尻下首

拳毛縮項聚足齧口伺雞于棲夜攫以手不辨雙膳甯齧五毋肆其突張翻巢捕鷇嘐嘐貫耳輿常寢偶奪此與彼誰執其咎神實有靈胡弛綱紐願讙族行投畀淵藪絡以徽纆函以械杻庶宅吾宅家康物阜歲報隻雞還侑尊酒

官石巖禱雨文　張九鉞

走赤日兮黃塵望靈祠兮渴奔松虬蓋兮柏螭蟠陰房縿幕兮杳不見天仰玲瓏兮三品石東雲西雲兮出以入攀緣氿疲兮神心則懌穿叢篁兮谽谺開𨸏芬手挈兮下崔嵬靈綏綏兮隨以來兜鍪犀甲兮兄弟搖芝旌兮飀藺旆雙桃丞兮含海意石一卷兮潤天地紛總總兮靚巫釵攢羅兮髻尺餘蜀帬兮花裾播鼗兮吹竽跳歌舞兮哀以吁摐金兮伐鼓椎大牛兮氣哮虎取血膋兮進俎雜豕兮肥羜千人號呼兮繞庭廡嗟吏兮艸土臣餅無由兮叩　帝閽願神秉笏兮朝天門伏形墀兮陳言天膏兮不可稍屯降雨兮惠鄉之民

弔陸機文　張九鉞

穹亳郊之荒榛兮瞰陽渠之高滑寒風蕭蕭其振柯兮野獸駭走而號羣思典午之舊蹟兮士衡於此乎敗軍昔蒼鵝之兆亂兮肆晨牝之痛毒八王乘釁以操戈兮自刀俎爲魚肉倫既雎刺天常兮穎亦覬覦乎神器首舉兵以犯闕兮交呑噬於冏乂搆成都爲連雞兮吁反覆其可畏何夫子之感私恩兮罔詳大義之順逆彼負莽操之奸資兮豈桓文之勳業倚板詔以立功兮腹心推而莫赤盛名不可居兮矧羇旅之縣陟遇小夫之悻悻兮失包荒之大術怨豁奴之作督兮靳公掾若巳出知失律之當誅兮又縱虎而反咥懼首鼠之兩端兮又羸角之自折驅

書生於鋒鏑兮若飛蛾之赴爇交蜂蠆之螫兮彼昏狂其焉察騏驥制於螻蟺兮鵾鶤嚇夫雛鶵闌入豺狼之羣兮焉能身之獨完悲雙璧之俱碎兮孫費不得鳴其冤非視死如歸兮倘何白袷之安閒景夫子之文藻兮希班張而溯風騷多材生於亂世兮天不惜其所遭明珠當禍以懷兮太阿亦匣以韜栖惡木而飲盜泉兮入陷阱而攖烹魚嗟夫子之一擲兮其泰山與鴻毛惟儉德之避難兮亦窮大之失居豈入洛而逢彌鬼兮談易理而遺諸序豪士之賦兮戒高位之難殉戴顧勸辭弗從兮張潘覆車而莫聞文人言行不顧兮羌不解夫鸜鵒與鴝鶵撫篇章以流涕兮囧丁陽九而難逃過華亭之故居兮聽唳鶴之灘

聲氣秀杰以猶存兮三江碧而九峯青思蓴鱸而速歸兮吾獨愛夫步兵

哭劉鹿峰文　　鄧勝逵

嗚乎古今交情之重重以道義而非重以生死苟道義之相維不以生死而渝則當其一生一死死者長逝生者含哀胡不有愧於太上之忘情況以迹涉梗萍心堅金石交二十年而撒手一日如某於鹿峰矣止車過腹痛也溯自雍正癸丑冬遊學資陽得與君識面次年因得假館斯時遊蹤乍合未可稱知己也越三載家居君郵書來招予亦棹舟重訪文章意氣歡若生平其時君伯兄階次及從子景山者與君或把酒花前或敲詩月下因而竹林中又添一戇拙士也賓主綢繆因館於君家者八載諸郎紱四仁友奎四及猶子習禹輩皆同事筆研而長君再

試縣郡遂巳補博士弟子員矣次君以苦志士遲久屯邅常牢騷作不平狀君撫之曰無傷會有期矣憤激何爲猶憶長君隷學官時余方稍稍適意君顧余曰此前程必遊之徑茲不過發軔之初耳余聞之竊心壯其語而斯技之不久囿池中也旣而伴讀者復有歷年越乾隆辛酉得舉於鄉樽酒談心披衷道故盍非喜科名之有憑竊私幸所學之足據異日看花長安校書天祿隱隱其有志焉而未逮也無何壬戌春闈偶覊駿足僅得楊薦明通自是再上公車亦復落第卽今司鐸安福屈居冷曹況次君侘傺童子試中積願其何以遽酬耶科名得失誠有大不滿君意者巳而君優遊林下瀟灑含飴余仍潦倒困頓鬱鬱

茲土。或時起抱病過我詳道前好。把酒作破涕歡。我亦時復掩卷過君。袍袖淋漓燒鐙爲夜月飲酒酣閒慮子樸直其於世路酸辛人情險陂誨余所不及者二十年如一日也嗚乎孰謂君非余知巳乎盍嘗曠觀人世閒生死者數也交遊者遇也離合者緣也曩者余倦歸故里君就養安福今者余陳迹踏而君櫬達墓門離合之數其緣之數定者耶抑道義之相維不以死生渝也昔張元伯停車不去巨卿素車白馬而臨爲知巳也夫士爲知巳者死則自今而後浮丘峯頂莫調高山之曲桃花江上誰憐流水之音海內第一知巳巳別余復何心於人世耶慙余疏淺無以誄君君懿行芳軌輿論傳之譜乘記之故略而不書直書爾我交情以慰知巳之感。

冬獵祭藝亭城隍廟文　張世法

維季月日藝亭縣令謹以牲帛酒醴致祭於城隍之神而言曰。令不德來尹是邑其日雷電大作雨雹交集幾害此禾苗豆麥夏秋愁霖彌月民又不能稔收穫今則冬深不雪來季恐致旱乾天札疾疫之事方旦夕深悚仄羌何故以捕捉射獵重困我虞人百姓神將謂汝有司爲邑蠹賊汗浹顏背莫可言說乃者居山不以魚鼈爲禮地方無以申節供令私貔獻豜幽土不以爲銛載獫歇驕秦俗不以爲勞今之民居卽古之地也爰命於典而原人不給於鮮用私布於神之卒隸其戒爾山林土地驅策羣力無使飛熛歪疾雞兔各五十雙鹿之辰牡或十或八令不敢貪多殺亦無有所降罰謹告

祭李文正公墓文　謝振定

維嘉慶七年歲在壬戌六月朔庚子越宜祭之辰戊申後學謝振定等謹以牲醴香楮之儀致祭於明贈太師華蓋殿大學士吏部尚書李文正公之廟侑之以文曰斯文未墜代有正宗曰韓曰歐勝朝則公青田靑邱開國兩雄文運中屯僞體迺豐七子未出誰起頹風扶將騷雅公柱其中郡舉神童族稱孝子七十三公慕如稚齒飲可百觚以嚴訓止佩觿一編桑榆昧旨中和之氣文行同軌坦履道貞吉辭章美初事孝宗爲文學臣明良一德遂秉國鈞武宗失政太阿授人徽立中朝圭稜嶙峋豺鴟吞聲國有鳳麟閹黨竟誅國法以伸方闖橫時劉謝去位子

輿濡滯尹士潛議悻悻去國非大臣誼顧命在耳先帝重寄舊學較親回翔盡瘁調護元氣保全善類況公求去凡十餘章天變宜畏公奏皇皇國本宜建公言堂堂公棼諫草直不自彰外人不知柱史固藏別本流傳足補佚亾公在春官玉尺銅律度材審音百不漏一與善思誤論文語質公所取士華稱其實單詞片長汲引恐失千秋業偉四海才出公事四朝淸德嚼然秉樞當要歷十八年盎無餘粟郭無瘠田相公歸林坐只一氊賓筵賣文以佐酒錢揚淸廉貪聞者興焉式廬表里況其祠墓畏吾村邊巍然封樹新廟落成几筵孔固匪私於公名德昭布騎箕明神降崧初度公靈儻來鑒茲誠悰尙饗

禱城隍廟文　張世法

季月日㽞亭邑令爲站徒賈二配軍王進才浹旬捕者無所獲乃爲文以告爾城隍尊神之靈而言曰維神代天以降禍譎維吏奉王以弼明刑自京畿至郡國有不順天常率王化者吏得執法殄其妖孽神亦鑒幽譏其魂魄城隍爲一邑之保障司其靈者主其名余奉王命來理是邑力所可治神既治之所不可治神亦治之此地胥役悍頑疲敝覬覦票爲弁髦弄鞭扑若兒戲豢之非父母怒之則仇敵蟲孳萌芽化生一氣及其醉酣公然吽詈官曰杖若環顧唯諾譬彼虎威爪牙相屬曾是二者如何指逐竪而幟旃譴不至是忍不究治爲邦之恥罪人偕逃誰

往縶歸告於爾神其佐余爲今余弱職豈伲神依藐焉城旦頻斥要荒不悛其惡如豕斯突如兎斯脫扞王之條干天之網或潛於鄰或遁於莽雷披電攝仗此威德使四無稽顯戮民亦不敢伲慝余將敬治犧牲酒醴玉帛以大張神之光烈具官某謹告

湖南文徵卷一百二十三

祭文三

都中祭陳年伯文　湖湘後學集編　趙愼畛

惟年月日致祭於修職郎陳年伯諱世慶字福玉之靈曰嗚乎先生遽驂虬而返彼太空耶。緬生長於扶彝秉淸氣於鴻濛羌岐岐而嶷嶷蓄道德於厥躬。溯累葉之家乘祖太守曰和公懼淵源之或墜思奮發以亢宗。紛昆季其四人宛玉樹之臨風嗟髫齡之失怙恆慘怛以呼穹奉孀慈以至孝撫諸弟以友恭膺家督之重任遂絕志於逵鴻藉職員以終老實莫愜乎素悰弱

弟勖以勤勉早採芹於黌宮。諸郎紛其鵲起嚴督課於漏終。縱寒暑而弗輟意倍切於和熊。主器品學之兼懋拔辛酉而望隆。竚巍科其聯掇以上慰乎龍鍾。孫枝蔚其挺秀羣繞膝而怡翁。持家政以勤愼性嚴正而達窮。通援友賓以和藹挹卑牧之謙沖。臘底代人償債無德色之形容。鄉閭帖其心折一言足啟夫愚蒙悼無田之不祀捐緣畝於南東且神祠之鼎建城隍龍皇其攸崇遇　聖詔之過境跪焚香而御節無少長之弗敬邑侯亦旌其茂功曰德厚兮貽昌洵南國之高蹤。用申文於上臺乃仰達夫　天聰謂翁齒德之雙稀合表其門以教孝忠。荷殊恩之浩蕩賜粟帛以衮庸。歎盛德之如斯宜康蕭祿於無窮。何彼蒼之不憖遽返眞於華嵩。歎鸞鶴之長往宛離俗之喬松。姪舊未親乎德範時仰止夫高峯聆舅氏春墅之前言識海嶽之襟胸。茲令似之聞訃謚切怛乎余衷。同人倍潸以嗚咽泣南天之靑楓。謂斯人之不作將何去而何從。奠芳樽以暾爵魂髣髴其享此椒醲。

禱城隍廟文　唐仲冕

惟神爲國保障，作邑干城，令治于顯，神治于冥，冥冥之中更有以相顯治之不通，而陰察乎令之所行。仲冕作令荊溪，以十二月二十七日到任，乃于二十八日有周學成販魚湖中爲盜所殺，卽日往驗，見其慘酷異常，豈令平時不德，故遣此劇案于到任之明日耶。夫令之賢否，神實瞯之，民之死生，神尤鑒之，令不德宜加以黜遷，民慘死必予以矜憐。仲冕跂望湖水，汪浩無邊，又以初任未知詰盜，無時不仰屋嗟歎，以爲失事疏防，處分有例，僅鐫級其奚怨，而寇攘殺越，沈冤莫伸，任逸盜以難安，是以齋心刻志，泣禱于神，惟神憫此無辜，誅彼大憝，鯨鯢不漏于網，

萑苻盡殲于澤，行者清靖，死者冤雪，然後覗令之賢否而賞罰之，令復何說。伏地虔求，伏惟炤察。

奠長兄菊溪先生文　唐仲冕

嗚乎，吾兄之友愛眞摯，而竟舍弟而逝耶。自十齡就傅，相從受經，晝則同案，夜則同檠，居則同席，出則同行，過庭則代改課藝以博色笑，應試則攜持出入，勖望速成，此固承之少小而卽要之畢生者也。中閒或合或離，依然相親相愛，歷有年所，不可備載。迄乎通籍釋褐，作宰江蘇，迎兄至署，於政事焉是圖，朝夕請益，實能補其偏而擴其拘墟，遇事脫略則戒之以不虞，任情卞急則解之以寬舒，時而憤懣則導之以和愉，久而困乏則益堅之以廉隅，憂其蹉跌而喜其遷除，如是者廿載有餘。近來閒居需次，爲我親課兩孫，孜孜不倦，及權臬事，尙賴勖以明允，珍重

驛傳。豈料弟既暫還白下，兄且就養龍潭，擊柝相聞，仍稱健飯，竟不念弟之衰老多疾，無師長之規勸，而遽從先大夫於九京，使弟抱憾不獲一面。嗚乎痛哉，念自風木永感，季弟先悲，惟弟與兄形影相弔，手足相依，今其已矣，如秋花之未落，如子雁之孤飛，猶攖塵鞅，未能退歸，有懷而無與告，有過而無與規，追思同氣，能弗愴悽。惟吾兄之子若孫，皆能不扶自植，儻有待乎維持者，無不爲之盡心，一如兄之存日，兄固可存順歿安，默然其逢吉也。嗚乎哀哉，尙饗。

奠舅氏文　唐仲冕

嗚乎吾母兄弟四人惟舅爲弟友愛最殷常相過從各濟艱辛及母從任泣別江濱母往歲餘時維庚寅一病不起淹厝榆山父旋罷官兩袖清貧甥等不孝旅櫬未還甲午之夏陶山起墳卜穴云吉遠葬長年吾舅聞之悽惻傷神母也罔極長望白雲見我舅氏如見慈親色笑雖杳音容逼眞方期舅氏與我嚴君樂數晨夕情話常溫客夏失怙生爲鮮民縗絰一載舅疾顰呻急趨省問慰苦諄諄診脈稱藥意頗歡欣詎知委頓一朝駭聞嗚乎痛哉天道難言吾母之德孝睦恭仁不享其報他鄉棄捐

繄吾舅氏秉德端醕乃及垂暮運亦蹇屯母德無報無賢子孫舅氏遺澤豈其終堙遠以族之不於其身鬱而必暢無恨九原嗚乎舅氏冥感宛然其見吾母姊弟如存因與吾父共敘生前道及甥輩頑懦不賢相對周遮能無永歎泉臺有知夫復何云

禱晴文　唐仲冕

雨澤當春發生萬物害於粢盛乃爲淫泆嗟自新年愁霖孔密田疇泥潦川池汎溢於暮之春小霽初吉纔喜暄暖輒憂沈鬱幽雲復興寒風又拂春將盡矣麥何能實菜萎於園蠶飢於室矧茲來牟民食所出歲比不登安望甯壹咎徵曰狂內省多疚對此陰霾戰戰慄慄民則何辜神其勤恤暘以和氣煦以旭日屏翳告遁句芒旣秩庶受厥明實穎實栗繼之播種木棉稻秫事不容紆時不可失爲民請命不敢自逸惟神鑒臨惟天陰騭引領開朗報以芬苾

先考焚黃祭文　歐陽厚均

維嘉慶二十年歲次乙亥某月日。嗣子具官厚均謹以羊一豕一清酌庶羞之儀。及奉直大夫朝議大夫之告二通告於先考之靈曰厚均命也不辰幼而失怙。自維薄植方懼殞夫家聲猥以菲材竟克躋於朝列。名題雁塔身厠鵷班。蘭省含香。洊升郎位柏臺珥筆旋晉諫垣。仰惟燕翼詒庥。實賴先人之庇廕。恭遇鸞章錫類疊拜　天子之褒嘉。粤在嘉慶四年冬。

高宗純皇帝升祔禮成。則有奉直大夫戶部主事加一級之贈。及嘉慶十有四年我　皇上五旬萬壽。則又有朝議大夫戶部主事加三級之贈。荷　申命之有加。聊酬恩於罔極。乃貪

升斗久戀京畿。五千里迢遞關河。遠隔羊腸之路。十六年稽遲歲月。未瞻馬鬣之封。每履霜露而愴懷。徒望雲山而結念。茲得陳請　楓陛省視萱闈。願稍遂夫烏私。身暫離於　象魏。言歸桑梓。瞻望松楸。禮重焚黃。謹循舊典。誠抒積素。恭埽先塋。嗚乎祿不逮存。常抱終身之恨。靈兮如在。猶思繞膝之歡。曷勝悲哀庶幾鑒佑。尚饗

祭曹曉齋文　柳廷方

嗚乎公年長余二十。聯以婚姻。契逾車笠。公之少壯。勁節磊硌。余甫識荊。但瞻丰采。歲在甲子。兒女婚成。頻年接公。乃識公誠公之剛直。待人無欺。語鮮輕諾。有諾不移。公之縝密。無微不悉纆有衣袽。終日戒栗。公每接余。杯酒談心。知無不告。翦燭宵深公之次君。余之愛倩。公以屬余。煩君提命。前年公疾。氣蠱浸淫余爲公告。不治將深。公亦自憂。憂其不起。兩載忽瘳。既瘳乃喜公喜告余。大運頗蹇。過此關津。年壽或遠。公喜告余。貞疾既可明年七十。公來壽我。壽域將開。舊疾復作。子婦求神。史巫紛若公曰毋然。大數有定。身後事宜。我先自盡。乃備喪禮。纖悉畢照

乃命家人。飛騎相召。公笑謂余。人誰不死。及我之生。有言託子子眞達者。盍生誌余。南山片石。待君爲書。余笑諾公。公復促我死祭徒然。生誌較可。既死而祭。贅語紛來。只有四字。嗚乎哀哉余怵公言。乃述公旨。公坐其旁。授余一紙。述公生平。騎射讀書既壯遊庠。鼇擲鯨呿。述公懿行。捐逋焚券。兢兢義方。貽謀罔倦後紀年齒。葬某岡阜。某年月日。某某頓首。書丹既竣。我淚沾膺我泣公笑。謂我曰能。君生誌我。我生謝君。我死君祭。仍用斯文今也誄公。公已見許。嗚乎哀哉。或非贅語。尚饗

祭宋生桂林文　　梛廷方

嗚乎宋君。何遽至此。一棺束身。萬事都已。君生穎異。劇喜讀書。祖父鍾愛。甚於掌珠。聞汝前年。偶焉咯血。君體素強。或作或輟。去春始劇。卜藥求神。既飲上池。漸次康平。續遭摧折。鏡分鸞死。似水芳年。情誰遣此。君叔及弟。來遊吾門。病欲偕行。堂上阻君。君志翻然。不來不暢。兒女情消。風雲氣壯。緣君志堅。俾君負笈。既得偕來。孜孜汲汲。堂上憐君。攻苦過刻。屢次謂予。毋相敦迫。今春羣彥。文戰方酣。君邀甄錄。附課城南。府縣試臨。摩拳擦掌。每戰必爭。搴旗力上。病雖間作。力不中停。工夫迭進。如日方升。余聞進方。俾君調理。服藥有靈。君心則喜。君質軒昂。君材富有。

同堂睥睨。呼為畏友。畏君不凡。畏君深造。余樂陶然。相期遠到。五六月間。精神諧暢。余獨慮君。秋宜防恙。甫及立秋。君陡失血。日易數方。余心碎裂。君以輿返。我神與俱。君身杌杌。我志瞿瞿。歸未及旬。聞君病亟。我來診視。脈數氣急。余雖面慰。私切心憂。所憂君者。或在季秋。誰期到館。頻驚噩夢。倏焉伻來。凶問傳送。聞君垂絕。尚念師生。君言刀割。我淚泉傾。傷哉余心。痛哉君死。計與君偕。七月而已。七月師生。肝膽可共。惘惘離情。觸輒生痛。余為君論。傾瀝無餘。君有肺腑。亦必告余。同堂失君。如雁折羽。言輒欷歔。推案起舞。憶君歸時。情猶濡滯。恐病雖痊。或阻院試。傷哉此語。痛入心脾。春蠶到死。尚有餘絲。試期今屆。九月上弦。同人棘院。君獨黃泉。棘院燈紅。黃泉路黑。知君英靈。臨場悽惻。無可柰何。告君一語。身外浮名。天地逆旅。抑君有靈。塵寰再至。苦盡今生。食報來世。為君痛者。渺渺青年。蒼天何意。一線不延。與言及此。傷心難已。我有一言。為君破涕。君之文章。作作有芒。以文易子。血食爭光。自古名人。不皆有後。斯文金玉。天壤未朽。君祖若父。釋痛在茲。我之報君。亦在於斯。行徵君文。擇取其是。傳之名山。百年不死。

祭石人文　魏瀚

乾隆五十一年余丈佑享自祁陽來歸云其寄寓之處有水通湘江地名楊橋墳每三年舟輒一覆相繼而死者葢不知幾何人矣鄉人患之而無如何也余曰嘻異哉是何厲歟曰津之側有石人焉俗謂之新人葢女子于歸而没於此者殆其爲祟乎余將食以牲酒令其勿爲患子爲我撰數語以告之余悲夫祁人罹災之多又嘉余丈之志可以格鬼神也遂告之曰吾衡陽南厓魏翰哀爾之無知而有言也天下無不死之人而人世有不弔之鬼溺而死禮之所不弔也葢或競渡乘潮以水爲戲自不有其躬將何弔焉爾則何爲乎爾以亂離而死憑弔爾者自

不乏人而後之没於此津者相繼世人遂謂繼爾而死者爾死之其後此者則又繼爾而死者死之行人相戒從而怨爾詈爾也爾之罪其可辭哉且夫溺於水者則爲茲水之神二妃之沈於湘江也楚之人無不誦湘君湘夫人之賢悲其志傷其遇之不偶伯玉之妻死爲洛神豔麗者過之輒溺焉至今猶傳爲妬婦津此其度量相越豈不遠哉爾將何從乎爾沈溺茲水凡水族之爲患者亦當力爲驅除何堪身猶爲厲縱謂溺人非爾亦不過爾所溺之人溺之爾爲倡而衆效尤上帝其能容爾流毒若是乎爾本以無罪而死上帝自未有不憫爾自今以後爾能與繼爾而死者不爲祟於茲則爾可神而其餘亦不至湮没於鬼籙矣人無没溺之患居民當無不戴爾若猶沈迷不悟是爾不思爲可敬之神並不欲爲可弔之鬼甘受怨詈而不恤也爾之愚不亦甚耶余丈以文告爾爾其聽之

祭風神文　魏瀚

吁嗟未雨之際人同其憂、呼號待命之忱神罔時怨伏惟尊神
爵崇惟伯德大稱師巽以行權時若曰聖潛天而天潛地而地、
恭資長養之功曰雨而雨曰暘而暘總藉吹噓之力、事關扈正
物企鴻施茲當周七八月之閒偶愆夏甲子雨之序人方般於
待澤神何意以屯膏大旱之望雲霓且喜且懼、小人務茲稼穡
有報有祈、用敢冒瀆尊嚴虔恭籲請、祈徇維魚之望少需從虎
之威、綏靖嘉師不啻推食食我、彌綸神化總斷以雨雨人、瀚職
任封圻、能懸變理、百穀之膏爲其仰六宗則貴有常尊降福三
登定知昇平之有象、籲澤下尺勿俾比戶以無鳩、

祭嶽麓山神文　袁名曜

天作爲嶽元工橐籥有矗南飛煜煜燴燴、麓遠而靈蜿其盤薄、
或厂而谽或凸且崿干湘之澮神光顯爍擊奸護良布威溥澤
錫民以安毓材尤博粵稽有宋人文蔚起式枷雲構永奠厥阯
喬室堂廚鱗次迤邐壇席宏開碩儒杖履儻有吟哦篆鐫是紀
偶有種樹璆琳是寶遺芬剩馥奕禩覃被於鑠　皇清聖風
雲靡無栽弗培無植弗美維神效靈滋蘭秀茝朝挺其英夕蒔
而子、詞藻聯翩烝烝多士、邇者非族欲肆貪鄙有穴而炭有薪
而杝、高峯剃落地脈潛圮、繄神震怒用鋤莠秕貪謀不遂先後
繼萎勿愆乃罰士林逾意感茲神應旌別臧否爰儆貍祭饈以

甘旨恭祈來歆增錫繁祉、爲　國樹人楚材工庀秋桂輪囷金
飈馥藥銛鋒競斫懷丹握紫、瓊梯連步蓬萊宮裏春風今夕呵
護湲只敢告

祭羅慎齋先生文

袁名曜

麓山多秀吾道南來泰岱終頹哲人西逝惟極盛之難繼尤後顧而前思維我先生之主講麓院也斗山望重圭璧瞻同樹楷模於壇席盡人願見先生收杞梓於名山不問知爲弟子大匠成材詎惟雕我洪爐冶物豈止鑄回且其作人則人傑長養如化雨春風培地則地靈氣象壯文津道岸飾已成之局增未造之規啟景行之遐思廣息遊之勝趣桃李盡在公門書聲忘倦桑梓莫踰斯士人至如歸擁臯比者二十七年親絳帳者六十三縣先生之澤長矣先生之教大矣某淡墨榜中叨陪私淑赫曦臺畔未與親承鴻門作士空瞻夫子牆高瀛館隨班猶悵長

安路遠梁木先壞素絰方歸固誠望嶽雲而意渺臨湘水以思湊者久之乃者謬膺撫軍之聘濫操教士之權欲度金針慚無玉尺水能生木蹄窪之止無多火可鍊金鐙羨之鎔有限撫後生而莫導先道思先哲而安步後塵然而高下量也俯仰情也敢曰盡心聊思學步資斅學以相半月落雞鳴欲人地之兼成雲輿鵲搆工歌伐木卽以公而濟公人樂輸金自少有而富有無壞我薪木牆屋惟其塗墍茨垣墉士林之力也先生之心也惟是開道學於濂溪夫子特祀修祠增祭享以九溪先生棲神闢地王侍中注騷伊始三閭尚有功臣丁中丞修院爲先千載應光俎豆凡此幾疑首牣詎言獨出心裁居後起以樂觀其成總當年之有志未逮恢宏素念敬達微忱伏祈天上栽培永護灃芷沅蘭之秀人間化育長留湖雲嶽雨之英先生千古後進同心不敢不勉不敢不告

祭禮部謝薌泉先生文　陶澍

緊惟先生毓靈漣水．太傅之祁．蔣公之里．幼習名教．鄂不韡英．枝騈賫桂．蔭襲田荊．爰暨叔兄．賢書同上．紅餠開筵．黃金射鵠．木天之府．高敞穹窿．履觚入直．花影搖紅．旋擢烏臺．班先豹直．果有諫名．柏無屛邑．道避驄馬．樹鳴鳳皇．勁正之氣．躓而弗僵．秩秩儀曹．寀名瑞錦．樺燭晨趨．壺冰夕飲．屢持紅旆．植幟文壇．奇搜秦梓．秀擷江蘭．德樹務滋．勇形爲敢．照古以神．騰今以贍．一經有業．兩到相攸．國香初馥．憶去之秋．壯志方長．貽謀伊始．孰云先生．而止於是．澍等備員淸切．夙景芳型．臨風泣歎．懷此德馨．爰奠瓊漿．載陳旨酒．靈旗翩然．如在左右．

祭協揆紀河間師文　陶澍

於虖三台位炳．八柱材長．扶輿淸氣．以礴以磅．篤生賢哲．爲國棟梁．河間古郡．文獻舊邦．維公煥起．益迪前光．家傳鏤管．人號繡囊．名門習教．世德餘慶．爰自束髮．已出輩行．桂林秋馥．高擷無雙．旋游瀛渤．壘晉春坊．書窺武庫．地接文昌．上林儷馬．羽獵儔揚．繄二千石．其治惟艮．一麾欲出．　聖眷逾常．俾留侍從．獨領鉛黃．至今盛事．芬溢縹緗．根盤利斲．冶鍊彌剛．玉關生入．金殿重翶．駁娑上値．薇閣兼襄．旋佐圻父．南省嚴莊．烏臺五掌．操厲冰霜．偉偉宗伯．典禮肅將．惟寅惟直．不忒不忘．官總六十．濟濟蹌蹌．古稱夔契．伯仲頡頏．維公開出．司命文章．如蘇在宋．如韓在唐．當其落筆．萬斛獨扛．風雨離合．河海汪洋．經史醞釀．百家笙簧．王楊沈宋．驅使奴隸．屢持文柄．星使建幢．材搜瑰異．體刷紛呢．春闈三度．玉尺評量．公門蔚秀．桃李芬芳．斗山之望．允矣克當．昔在　四庫．綜理書倉．一斤較重．三篋訂亡．丁午竅導．亥豕譌詳．箋宗古策．鋒發新鋩．排籤插架．挈領提綱．編帙之富．於古未嘗．潤流學海．幟樹詞場．他難僕數．此尤煌煌．維公在職．夙夜不遑．心伴水鏡．度協圭璋．　天子有命．股肱巖廊．貳公宏化．燮理陰陽．倘期元老．永贊平康．曷來甲馬．倏爾雲驤．澍等夙親函丈．久侍門牆．周模孔楷．卓爾在望．寒煙漠漠．白雲浪浪．瞻懷舊德．嘅然神傷．爰陳蕙俎．爰沃椒漿．靈兮不昧．鑒此馨香．

海運告海神文　陶澍

伏以百川衍派海濱當薈萃之區千舶飛騶江左值轉輸之候慶廣儲於豐稔米本如山卜利涉於安平波還似鏡凡此水道經由之所胥賴神明護佑之庥今者海運議成新漕待發諏吉二月之朔糧艘閒行路出扶桑望長安而近日津通析木指溟渤以瞻風惟神位奠左闕久昭赫濯澤勇東瀛盡仰朝宗伏祈水德靈長靖風濤而庚鄧尾援其仰 金倉充裕貢米粟而丁運首輸俾南船順軌而行惟神之力望北極連檣而進祷 天之庥敢告

水災告江神文　陶澍

竊見本年霖淋日久蛟水乘之皖處下游被災尤重隄穿圩潰沙走崖傾魚鼈游於堂前田畝沈於潦底流離載道老弱顛連加以東北風多連月不息埂處棚栖之眾屢捲於波濤鳩形鵠面之人半塡於溝壑酸心之狀蒿目難言非徒煎慮於畺臣實已慘聞於神聽伏思天心育物無剝而不復之機 帝德好生有服而卽舍之罰況匍匐有同於入井豈拯援莫切乎瀕危仰惟尊神職司水府奉天宣化爲 國承流朝宗之路是遵利濟之功宜洽所冀鴻慈廣被匯水潛消障銀浪以東趨捲銅旗而西下樓臺不幻雲邊之蜃氣全消窟穴無留釜底之蛟涎盡掃人歸田里戶泯懷襄庶幾澹此沈災恩同再造多稌多黍今茲之屬望雖虛有幹有年來歲之經營有賴敢告

為水患礮擊江潮告江神海神文　陶澍

維道光十有一年孟秋月朔日辛亥越告日庚子太子少保兵部尚書兩江總督陶澍謹遣京口水師營副將李恩元署揚州營參將三等子陳述祖以香楮之儀致告於江神海神之前曰伏以萬流仰鏡滄瀛歸容納之區百谷遵王江漢識朝宗之路惟神有職就下爲墟茲者鴻水成災鳩民失業崩崖裂石長橋來吮血之蛟潰岸穿隄矮屋有跳梁之蜮歷五旬而漲猶未退逕千里而瀾竟思迴竹箭無聲蘆灰莫止但見洲荒一片淚捲雲寒忍聞野哭千家甑沈竈破具官無狀定知變不虛生百姓何辜竊冀神罔時怨特專水師敬致瓣香爰借火攻宣通巨礮

氣引列星而上電掣雷轟水障百川以東沙飛石走波上之水犀利涉潮頭之金弩齊鳴驅蛇龍而放之菹請從此逝聽鴻雁之嗷于澤庶幾來歸敢告

祭學使周石芳侍郎文　陶澍

於虖天柱峯頹郴州爲之慟哭玉芝霜隕夢得聞而撫膺㝡以耆舊云亾古今同慨知覯零落人生所悲惟我先生器秉　國楨行成士表鮮于泣芋時方弱齡郴母丸熊教成孤子陸氏則崑岡並美馬家之白眉尤㝡讀東觀書弭西清筆星軺四出無非藻芹玉尺所收盡枉桃李承明著作　帝典出於一家天府文昌貳卿同平八座雖波生宦海臣已投閒而日照驪淵　帝原鑒直知齊賢爲可用因老其才召李泌以還朝必竟其用當　聖主龍飛之始思草茅蟄伏之賢　北闕綸宣東山屐出　兩朝再遇甫佩學士之魚一月三遷遽賜侍郎之

紱三載奉皇華之　命兩江仰冰鑒之懸方幸甲子甫周常拜　紫鸞之賜誰知龍蛇已讖不度白雞之年此固縉紳所同哀抑亦　朝廷所深惜者矣若夫魏公陳迹自有龜趺子雲著書均在虎觀而荆州人物豈能無惜元龍吾輩棟梁何可遽亾叔寶憶昔金華把袂玉署聯鑣六科是前奉爲先正十年以長事若諸兄旣彈王貢之冠爰結朱陳之好蘿從柏施過從方殷燕去鴻歸風塵旋判一自送歸舟於湘水捧諭檄於巴山萬里生離十年春夢吳江皖水蹟雖通而仍暌秉鉞乘軒職各羈而莫晤巨卿之見元伯忽是夢中劉晏之交景山已成夙友於虖哀哉一别終古半月還疑檢巾篋之書九言猶在懷元賓之

誼一字皆珍莫鼓靈牀之琴空效寢門之哭丹旐一去流水千秋阮陳醑之七哀非子誰為徐豫章之一酹於禮為宜謹薦椒馨用伸絮奠九京可作吾將與隨武子游旅魄來歸君應從屈大夫去於虖哀哉尚饗

祭黃公文為家大人作　周樹槐

維嘉慶二十有三年七月丁巳　敕授文林郎河間縣知縣黃公以疾卒官越明年二月癸酉公之喪至自河間至之明日其姻家弟周某謹以清酌庶羞之奠告於公靈噫嘻乎公是耶非耶翩翩其還燕雲秋暝楚水春寒瞻望靈輿涕零如綫曰六年矣自我不見三世之好義徹黃泉微福和順及先江津為箕為裘兩家子弟謂如公者先德之似匪惟婚媾典型是瞻處師其儉出師其廉位不充才壽不充德於公何有小子何述昔公送我載登我堂公且復出我有西行誓言倦游白首相過公出不復命也則那枉昔和順亦終厥位惟其循聲到今不墜公為能吏人或知之公為良吏民或尸之如是我聞公其不死庶醑清白貽厥孫子公無我斁若平生歡為公破涕勸公加餐尚饗

祭歐陽松洲文

何慶元

茫茫上帝，與下異情，數理乖違，疇測而明，謂天乃壽，謂修偏折，昨菀今枯，朝暘暮雪，人入其中，慍喜悲歡，妄形非據，大夢忽闌，倒顛聚散，變幻寄歸，匹羣翱顧，愴矣其欷，惟子之生，雋敏遜悌，委曲倫彝，苦甘荼薺，降心柔氣，求友丁丁，渴於予厚，如影在形，予初剛急，有弗予知，范君開予，是繾殊姿，予無忤怍，日親以浹，哀樂夙生，唱和歌泣，我庭我廬，子簡子編，子履我蹟，我丹子鉛，肩隨二紀，倍憐神駿，磨礲光晶，漱滌清峻，遭逼家禍，踏局彼穹，篤信予規，敬業寶躬，予年始衰，恃子予弼，子亦倚予，調呂應律，律亢以嘒，呂柔以悽，夜半有力，負之而西，蒼天蒼天，踐予妖夢，

拔桂披心，孰知予慟，有女無兒，有衣無棺，徧告知舊，來摧肺肝，急收遺文，痛籌狐藐，事當次舉，少安無擾，大斂既畢，范君諗予，子容胥見，甚慚瞿瞿，予昏弗省，歸悟自責，予有期衰，焉用芾舄，哀哉吾子，雖夙未亾，非禮弗服，幽室煌煌，敬焚素冠，要絰草屨，以安子慊，以補予誤，似予續子，永予千秋，不餒不忘，責在吾儔，惟子信予，惟予知子，子無遺言，其言盈耳，予與諸君，淚傾巵酒，長號拊心，靡所歸告，高天厚地，風淒日曛，焄蒿匪隔，豈曰無聞，嗚乎哀哉，尚饗。

祭童雲逵封君文

李隆萼

惟湘孕秀，惟嶽降神，大溈歸然，賁生哲人，爲圭爲璋，蓋代之珍，德精熒熒，日在南斗，燕兆投懷，龜徵壓紐，左癖耽腑，易爻注口，鞭奮祖先，名懋盧后，搏鵬大海，走馬長安，圜橋釋褐，邊徼彈冠，分野列宿，乃應郎官，蘆蒲蒼黎，陶冶苗蠻，遷秩典牧，竹馬迎歡，淸白貽謀，詩書衍澤，庭有笏牀，門高金戟，主器克家，承明列籍，泶翰蟠坳，蜚聲鸞掖，雀曲方謠，龔黃復覯，桂子紛紛，桐孫奕奕，徯福從今，恢基勝畚，公官古竺，我遊京曹，祖餞國門，逖聽賢勞，捧檄步塵，誼忝同袍，我來公去，歸田輿豪，一官去就，視若弁髦，西峴栖麗，南山樂陶，昨我倦還，言尋故里，既獲談笑，時親杖履，

遺興敖騷，豪吟代史，謂翁矍鑠，殆壽者昆，喜見方瞳，庶臻載齒，眞率風流，會將古比，何期閶闔，遽下巫陽，歲尼龍蛇，來𣪘不祥，倏及大殉，愴焉永傷，不慭遺老，曷極哀腸，載賡楚些，奠公一觴，公靈用爽，式格來嘗。

恭擬睿親王初次祭文嘉慶七年　周系英

葉翦圭桐繼紹早蒙夫葛庇根分仙李紹封倏愴夫蘭摧驚看三載之中弓裘益墜痛惜元勳之後似續偏艱爰命薦馨聊抒軫念爾和碩睿親王寶恩雅恂表度恭愼宅心藉慶皇條綺歲無慙於麟角丕升寵樹妙齡克荷夫龍光蜚西外之英聲企東平之懿矩溯乃祖功在社稷原同武穆文昭迨爾躬訓秉義方應擅楚詩沛易肅句陳之環列氣靜千廬領羽衞之親班禮崇百辟蔚有老成之望益滋夙夜之恭方期風翮九霄霜蹄千里用寄屏藩之重任長承圭組之殊榮屬偶遘夫沈痾謂祇宜於靜攝何圖冠齒遽夭頹齡遺訃俄聞傷懷彌切備乃飾終之禮

賜襚卹金將予慟悼之微忱輟朝致奠於戲逾百年而復始原期懋賞之延收九族以睦親獨感岐姿之邈靈而不昧尚克歆承

恭擬大學士王杰祭文嘉慶十年　周系英

人臣之事君如一忠愛無朝野之殊天下之達尊有三老成繫典型之重里旋通德嘉戀闕以重來望重靈光愴騎箕之遽邈新詩增感舊德難忘胡不慭遺爲之嗟悼爾予告大學士王杰天資正直人望清嚴鍾靈傑則有太華洪河論科名不愧狀元宰相早從拔萃司鐸黌宮洎領羣仙揮毫玉署宮僚淬擢任遇日隆升金掌之輝象原惟月陟柏臺之長氣本如霜卽家而膺喉舌之司宅揆而優股肱之寄屏唯阿而孤立參密勿以論思被

先朝特達之知荷一時逾常之眷顧問勤於朵殿師資表於冑筵爲兩浙之文宗振八閩之士習四司秋賦盈籠參

苓五主春官滿城桃李冰壺方潔玉鏡倖清匪特大事不糊塗可云一生無纖芥肆予纘極圖任舊人亮工熙績之謨前席方隆夫接晝名遂身退之義歸田詎慕夫遺榮乃乞身至於再三仍慰諭申於數四深念引年之義重違止足之懷無地起樓臺豈有優游之樂乃心懷魏闕長懸獻納之思入奏開旬齊眉志喜多其錫賚俾爾壽康恩屢賁於邱園禮豈求於筋力何意脂車而入謝特令扶杖以趨朝偉矣黃鮐喜耆英之矍鑠賜之詩翰曼舊韻以頻仍汝力未衰朕心良慰詎嚴寒之偶感遂無疾以告終遺疏忽聞軫懷無已襚之經被厚以帑金階晉宮師典崇祠祀既申奠醊載舉彝章聿隆展卹之恩用備飾終之禮於

戲晻耆儒於邇列・落落晨星・念林際之高風・寥寥晝錦・昔也車幾兩馬幾匹・歎大夫之獨賢・今也芻一束酒一尊・悵斯人之不作・倘其來格・歆此苾芬・

擬　孝淑皇后歲暮祭文嘉慶七年　袁名曜

藺儀掩綵・陳象設以重扃・玉座凝寒・閱鴻鈞之六轉・啟壽原而卽窆・來年待引龍輴・晻律谷以回春・餞歲彌驚蜡節・典修臘祀・感切幽宮・惟　孝淑皇后婉嫕其儀・柔嘉維則・炳星軒而正位・範著長秋・俔天妹以符祥・德昭時夏・疇昔雞鳴・致儆佐視膳於松雲・祇今鶴馭難追・感遺絃於蕙路・慶篤螽麟之緒・瑲式貽光・儀傳翬翟之休・金相儷質・椒塗久閟・愴先庚後甲之年・葦籥頻吹・匝女丁婦壬之歲・星符牛紀・隔神路之幽嚴・地卜萬年・就仙原之葱鬱・躊躇惠問・怊悵昌暉・撫來冬・移御之有期・悼歲暮斯筵之不再・於戲・夏日冬夜・近當歸室之期・柏酒椒盤・臏紀迎年之節・靈兮肹蠁・鑒此衷懷・

恭擬奉恩輔恩公緜佐初祭祭文嘉慶十一年　袁名曜

恩隆敦族・榮膺寶玉之封・誼篤敘宗・典重餠餌之錫・撫桓圭而心惻・酹醆斝以情深・爾緜佐秀茁蘭芽・蔭承若木・禮云宗臣・授事以爵以官・詩曰价人維藩・之屏之翰・紹鴻庥於世・及允迪前光・隨鷺序以趨承・式其爾位・遽沈疴之不起・用奠醊之特施・於戲・綸綍寵頒・賁光榮於幽轄・尊彝儐列・備典物於初筵・靈其有知・庶茲祇受・

中嶽神告祭文嘉慶十四年

維・神嵩高眞體・峻極蟠基・壽星以豫埊分躔・福地則坤儀聳

鎭。祥開中土會陰陽風雨之和。秩視三公矗伊洛瀾滙之表。茲以朕五旬開袠萬寓臚歡。爰舉鴻儀用申虔告。遣亘僚而持節。蠲吉日以升薌。扶輿鍾太少之靈。藹祥光於望秩。懋典洽庡懸之祀。輶故事於登封。庶　鑒精禋。不釐蕃祐。

恭擬天津淀神廟祭祝文　袁名曜

維神德洽瀛壖。靈綏甸服。渟涵澤藪。亙南埀北際而遙峻。峙隄防儼東沼西陂之隔。地周八百餘里。溉田成上上膏腴。沽標七十二名。輪蹵赴茫茫溟渤。經支衍派。容亙浸以汪洋。畎澮注川集涓流而演漾。阜閭閻之百產。薪蒸偕蜃蛤爭饒。滋衣食於三登。菽麥與桑麻競蔚。既沐盈甯之佑。宜隆肸蠁之文。靈祠遡建

於庚年。卅其禋祀。秩祭肇稱於戊歲。三月時巡。方展義以斯臨。特申香而式侑。於戲。有功德則祀。考章聿重於禮經。命祝史以陳錫福。永昭於畿輔。靈其歆格。鑒此苾芬。謹告。

恭擬江瀆神告祭文　袁名曜

維神南條噏吸。東海朝宗。繞梁荆揚貫三州之遠。長淮河漢居四瀆之尊。茲以洗甲揚休。安瀾永慶。快長鯨之殲盡。江有沱其嘯其歌。命召虎以告成。江之滸於疆於理。敬陳淸酌。尙鑒虔忱。

恭擬河瀆神告祭文　聶鎬敏

維神德潤溥長。靈彰允翕。亙金隄于九曲。湍流穩赴歸墟。泛錦浪於三春。漕運實資利濟。攬夏代獻珠之契。亥既輝騰。稽堯年刻玉之巡。寅淸禮重。茲以朕五旬展慶。萬國臚歡。懋舉崇儀。特申昭告。仰榮光之上燭。挨源溯星漢而遙。徵符瑞於澄瀾。沛澤共海天俱永。神其歆格。鑒此明禋。

恭擬郡王銜貝勒綿志嫡夫人瓜爾佳氏祭文　賀長齡

宗潢儷德桐圭分寶冊之榮仙馭馳輝栢館閟瑤華之嬍惟表柔嘉而埀範爰推恩誼以須綸爾郡王銜貝勒綿志嫡夫人瓜爾佳氏閫則揚芬鞶儀秉式播徽音於譜牒蘋藻流馨襄內職於闈幃珩璜協度方冀長承夫象服何期遽返夫霓旌迺考彝章特頒奠醊於戲素車莫挽空瞻翟茀之陳彤管長留載潔雕筵之薦靈兮不爽尚克來歆

恭擬和碩怡親王祖母嫡福晉瓜爾佳氏祭文

禮崇大母特褒淑範於桐封澤溯重闈用賁殊施於秬卣惟壼

德表柔嘉之美斯朝章荷恩誼之隆爾和碩怡親王祖母嫡福晉瓜爾佳氏敬慎揚徽溫恭秉式蘭佩叶銀潢之系陵養延和椒蕃流玉牒之芬鞶儀衍慶乃孫枝之正茂遽慈竹之云凋爰沛恩綸用申奠斝於戲瑪筵錫鬯式增象服之榮彤管垂芳載煥魚軒之色靈其未杳尚克來歆

祭文四

祭易屏山先生文　嚴正基

於戲先生沒矣悲哉夫死生亦人情之常何悲也悲先生之沒生民靡所瞻依將有凋而瘵者也後生小子喪所宗仰將有背而馳者也其能勿悲乎夫先生貌不踰中人言訥訥不能出諸口亦猶夫人耳抑又何悲也然而先生異矣夫先生產五溪荒僻之鄉文學非鄒魯匹秀良不吳越若而先生嘐嘐然自以為方隅可以限庸眾而不能以阻豪傑曾閔之行吾可折節為之

董劉之學吾可殫精肆之賈晁之政事兵略吾可練達古今出之不屑儕流俗之中日樂與古人為伍先生誠異矣因先生之沒思先生之異其能勿悲乎先生少從先大夫遊先大夫固不為方隅所囿而常以古賢豪志事自命一見目為國士盡以所學詔之先生卒亦能副師門之望先大夫異先生而先生始異先生自異而異先大夫者益翕然以為眞異矣余是以悲先生之沒而重悲先大夫也又能勿悲乎然而疑先生者以為好異忌先生者又以為立異夫先生非有驚時駭俗之情示異於人也好與立何涉焉余自總角時從先生遊壯同學晚同官蓋五十餘年於茲義則師友也誼則昴弟也先生異余不以庸眾相

遇余亦竊以豪傑志事自勵，誠不敢自異於先生也。故知先生之異之深者莫如余，知先生之不好異不立異者亦莫如余。夫先生少負文望，登湘闈賢書第一，旋捷南宮，充內廷教習，講席文章，風采推重名流。洎出宰盧氏、孟縣，遷刺鄧州，權篆光州，所至剸繁劇，教牧兼施，類有百年必世之規，不減古良吏名迹。程梓庭、楊海梁二制府均以治術尤異上聞，雖官不再遷，中外士大夫稱之。至在京師脫同年友山丹令鄭君於獄，負重逋不顧；在中州代償本師通城令楊公虧帑於楚，累數千緡不惜。識李生夢周、胡生丕昌、黃生元吉、劉生一山等於童子軍，招至內署親教之，登甲科入詞館者相望，義聲教澤洋溢京雒，先生喪

然不以自異。先生誠異矣，而先生剛介不阿，遇不可意事，輒義形於色，大府前亦侃侃力諍，僚友之名檢不飭者，相對終日無一語，以故上下齟齬，動多掣肘，泣鄧數年之閒，迄不得一發舒，疑且忌者始則以先生好異，甚且以爲立異，自是而先生遂以乞養歸矣。夫先生豈眞好異者哉！道高毀來，德修謗興，古今同慨，顧知先生之異者大有人在，而知之尤深者實莫如余也。先生沒矣，而能勿悲乎！且先生之乞養歸也，嘗一主龍標講席，以太夫人年高，晨夕侍養有乖，不再就。辰郡雷震初太守修文翁、吳公遺軌，親教督郡人士，聞先生鄰郡老宿，重之，屬余敦請爲諸生師，復以道遠固辭。里居陔養十餘年，班衣馨膳，跬步不離。

太夫人年近百齡，以壽考終。古人不以三公之貴易一日之養，先生有焉，異矣。先生晚年學益邃，養益醇，擔簦躡門請業者常數十百人，就其才質爲提撕，所成就者甚衆。生平貫通經史，旁涉諸子百家，演究古今天人精蘊，爲文奧衍雄深，一空依傍，於制藝尤臻超詣。性不喜著作，故別無纂述專集，至於天文兵法，厮索契其竅要。嘗以江華猺變，草有平猺臆說；海疆島夷內犯，草有平夷條議。邵陽魏默深刺史，當代淹通士也，深以其議爲可見諸施行。先生又異矣。然中閒遭家多故，閒以橫逆萬難排解，涉訟公庭，議者引爲先生訾議。昔陳白沙爲世大儒，以祖先祀產垂廢，訟其近屬無賴子於有司，當時不以爲非，似不可以

此刻繩先生也。於戲！先生沒矣，誰復能如先生之異者，悲哉！由今以思，先生之行，一曾閔也；先生之學，一董劉也；先生之政事兵略，一賈晁也。起五溪荒僻之鄉，獨能以豪傑自命，翹然特出於流俗之表，而動與古人爲伍，斯豈方隅所得而限耶？鄒魯之文學，吳越之秀良，又詎有加耶？於戲，異矣！今世運未躋康乂，斯文猶待振興，時局維艱，需才孔棘，而先生不可復作矣，悲哉！夫先生既不復作，生民靡所瞻依，將有淍而瘵者矣；後生小子喪所宗仰，將有背而馳者矣。知先生之異者莫如余，其能勿思先生之異，傷先生之沒，而酹酒雲天，涕泗滂沱，以致其咨嗟懷慕之忱？余之心恫矣，先生之心益恫矣。於戲悲哉！

祭告漢侍中王叔師文名逸順帝時侍中作楚辭註王中秋入祀嶽麓之三閭大夫之廟　嚴正基

在昔痛隕懷沙萬古雪纍臣之涕篇傳哀郢三湘補騷國之風於以高著作於熊疆登詞章於檮史古之作者亶其然乎惟侍中以東觀之名流為南州之才子誦木末芙蓉之賦獨有會心箋山中薜荔之文都非凡解别淫哇於巴里搜軼事於芊封釋必及乎蟲魚文因成為羽翼夫游湘涉遠甘竄逐於猨猱呵壁問天侈荒唐於神鬼遲鄂君之翠被枉寄相思佇山鬼之桂旗空言遠者執斯以論將至臨文章而隱傷其怨寫忠愛而莫諒其心設非有蕙香摘豔之才為之表章於魚腹鑠古陵今之識

因以揚厲其鴻裁烏能擄白芷之芳馨光則爭乎日月續紅蘭之絕筆字如挾乎風霜者哉某白雪未調生香敬祀郢都文字尚有知音宋玉風流斯其嗣響用是發幽光於潛德策繼起於騷壇祔諸左徒肅將苾祀於戲九原可作百世不祧譜香草於美人同是一家之眷屬配清流於湘水允膺三楚之烝嘗

公祭傅重庵廉訪文　嚴正基

於戲洗兵蝸塞天朝右將帥之才釋菜龍城邊徼崇師儒之望乃有威宣蠻部教汜鬼方張奐之鎮安西乖崖之定巴蜀帝方賚弼天遽奪年萬里城傾九重雨泣豈非花門務面長痛遺澤於旌麾槐市椎心莫挽精靈於箕尾者哉恭維重庵廉訪韜𡡉頗牧望蔚范韓潮水龍蟠越山虎奮受風后之金法作楊公之鐵星方其捧檄滇池作尉洱海猓夷犯塞肆劫鹽車少府防邊選兵武庫弓鳴霹靂羅伽之妖雪驚飛劍引轆轤蒙段之蜈雲立盡固早已聲飈六詔而威爍百蠻矣無何螳斧煽氛於蚍闕狼烽徹曉於熊楚精夫火老兵弄潢池青犢赤眉凡探山洞倚

烏巢為窟穴踏蠻徼無堅城千里蟲沙三軍猨鶴夜郎自大漢將如飛是時也北闕有憂邊之色南中無報捷之書五溪之草木皆兵二酉之風煙蔽塞赤囊馳警白雁春哀畫角戒嚴青虹夜泣攙攖天狼之虐邊士半歎無家而聞風鶴之驚楚才齊思紓難公以飛熊之表赴豕突之戎帕首從軍韡刀誓眾桓元子蓮花幕內但有郗生周亞夫細柳營中誰當劇孟爾乃身入虎穴手縛鬼章三更已奪崑崙一鼓而禽元濟槃瓠膽落漸識丞相天威虎旅氣雄爭赴將軍號令是以榮垂珠串五馬優遷寵曳孔翎三刀立兆天子有干城之寄營平特假以便宜元戎策埽穴之勳渤海毋拘以文法然而公洊登顯秩益效馳驅聞士

雛之雞五更起舞叱王尊之馭九折奚辭因思永靖銅駝長驅鐵馬匈奴未滅男兒何以家爲小醜尙存壯士爲之髮指此甘松互市終防銀鵠之奔梨樹請盟長嚴朱鳶之壘者也夫其階將舞羽寇且彎弧鼠竄方甯鴟張益狡公練兵於無敵殺賊於未央爰乃變其徽章廣招梟俊募僧騰客置曳落河罰必當鄒賞無慮濫訓之如子弟敎之以詩書如火如荼簡十萬蒼頭之卒爲鸛爲鶴立六千君子之師以故滾入不毛專征有豸勒兵后峴決勝金塘摩旌茶洞之巔援桴花園之塞製宣王之輭履曳朱泚之雲橋雜馮異之塗眉儆永昌之吹角其奪隘也如怒霆擊空其摧堅也如疾風埽籜雁都盡落鵰勦如神斯非肅天

討以報中朝翦餘氛而安全楚者乎於是犂庭告捷堅壁防秋斥堠折邊雙烏耀日闌廂瞰寨萬雉鈔雲樹劍閣於蠶叢投戈相戒建鼓樓於烏道鳴檬長閭假使戊己無屯歎軍糈之少備亦將癸庚興譏致兵氣之不揚公則休武侯渭水之師行充國金城之策置屯田之校尉四寨經營任興農之中郎十年擘畫牙璋曉握非問以錢穀而不知金甲春耕用峙乃糗糧而亾害業已金湯屹乎難犯芻茭可待不虞公又脫劍維文止戈爲武調停頑性當宣帝德以無私潤澤羣材乃見皇風之罔外則有三舍授蘇湖之宅衿子半解橫經六鄉闢河洛之宮奬童亦知嚮學升其俊秀明絕域無棄才登以賢書示天家頒異數章縫濟濟俎豆莘莘葢惟公靖干戈於絃誦有神武不殺之風寓保障於敦槃廣文德誕敷之化公之烈也國之光也楚人之望也邊氓之福也公亦用是對揚休命簡在帝心陳臯芊封司馬光八條按部提刑栢府陸宣公五術糾奸斯宜白簡霜嚴朱軒風肅國有神羊之擊人避驄馬之行而公需三湘之吉雨作一路之福星含飴者延息郇膏挾纊者負暄趙日置萬閒之廣廈正如河潤士林布三載之春風洵是海流講院比以政成入覲寵賚有加三錫自天臣子之恩榮已極八州作督朝廷之倚畀方長何乃六月飛霜遽凋大樹九秋雨霰頓隕將星痛甚堯宮手敕優褒乎一德哀深魏笏頭銜特換於九泉酒灑黃村榮流身

後誄宣丹陛恩重生前鑾鄉之哀諸葛姎徒聽拜靈旗雁郡之思郅都鳳詔許營祠廟延嗣續於螟階爭喜蘇瓌有子列殊勛於麟閣居然褒國書名公之目可以瞑矣公之功可不朽矣所可痛者慶雲匿彩難尋西澗儒宗卿月沈輝大失南州士望先生休矣弟子黯然湘浦紅蘭齊灑秋風之淚渚宮白雪都成薤露之聲海內聞而傷心英雄爲之扼腕豈第蘆笙寫怨摧血淚於溪峒銅鼓流哀弔神靈於邊戍也哉茲以金棺長掩丹旐將翔繐帳徐陳䡞車欲發楚歌雪涕羣披靈席以薦漿越絕首邱敬導諸生而執紼弓刀兮自動卜旌節其來思今日招魂人是郢都之宋玉他年酹酒公爲漢代之伏波

諭祭故僕李順文　　嚴正基

於戲曩遊京邸惟爾我從埽除執爨靡役弗供靈椿告瘁輤徠渭東言旋梓里爾亦我同我徂河洛爾酉漵中米鹽料篙圖匱於豐我紱中折歸覲萱宮潘輿迎養爾復泝墉息川洧水爰逮宏農服勤官閣歷佐庖饔爾嬰沈痾於菅之封我悲失恃哀痛塡胸素旐南發載返盧峯炎風薄笨暑雨孤篷長途扶病時惻我衷方謂霍然命續秋蛩云胡鬼伯促譽悤悤爾生北燕心戀南穹激山激水夢寐恆通如親故土於此焉終桐棺七尺墓道數弓首邱既遂馬鬣斯崇我悲君賓爾賓朴忠相依廿載忽化飄風爾無眷屬嗣息其空將繼螟蛉俾延爾宗荒原麥飯寒食

常逢潔醎牲醴我心則忡夜臺渺渺爾其恫恫特告

公祭羅湘洲太史文　　吳　瑩

烏乎玉魚識老人閉泣斷春風甲馬聲高嶽嶺愁摧天柱徵詔仙於碧落雲暗西清躋待詔於紫霄星霾南極筵中經掩緗林絳帳之悲海上琴孤流水空山之恨羌蘭皋兮蕙徑何處招魂蹇桂酒兮椒漿還思薦芷惟我湘洲夫子荆衡右族當代名儒西眷東崔譽緜淸第岡頭澤底號著甲門公生而穎悟幼便宏通薪鐵樹之四聲識黃初無二月夜讀而燃殘松節朝吟而坐老楓根一卷玉杯蓬觀蘭臺之寶千行金粟鸞笙雁瑟之音弱冠補博士弟子員越六年貢成均又十年領鄉薦當是時也長安諸老爭識馬周秘閣名流交推到溉公亦意氣干霄心精耀

日以爲樂聞東塔雲見南宮鏁院聯鑣祇須一戰都堂納卷不待重來矣而乃困公車者廿年躓禮闈者八次在他人必且竺落交愁兜羅飲恨長辭驢背不上雞行公乃窮且愈堅晚而彌篤識芙蓉之晚茂不怨東風信文章之有神何愁白蠟庚戌成進士旋改庶常曲江花暖喜學士終看禁苑春遲羨先生竟入金坡侍直易篇到而先達嘆聲菱汁宣麻陸扆批而行輩盡伏不數月公以仲弟計音至痛雁行之夢渺遂烏哺之情深乞假里門問安寢舍宮袍五色權當萊衣寸草八年聊娛點養無何太封翁與太師母繼逝公風木悲來蓼莪涕灑而年已六十矣哀纏馬鬣空餘此日王裒舞逐雞鳴不是當年祖逖齋居何妥

一巷白楊帶繼康成半階綠草諸大夫以夫子之克扶文教也干旄孑孑束帛戔戔既玉振於濂溪復金聲於岳鼓歲甲戌廣省堂中丞聘主城南壽月初臨光風徧拂某等或松檐立雪鼓聽三通或槐市橫經香抒一瓣方期北斗星明十載學唐庚之報豈料西州后折一門服郭禹之繐烏乎痛哉公品粹如金性介如石杜私門之干謁任誚蟬棲謝公路之攀援矯同鶴立以故王通老去欲遠河汾而李倫疏成終推溧水亦可想見其爲人矣況公畢生勞瘁少而雞窗雪案五夜氈寒長而魚鑰風簷卌年管禿蒲帆十幅挂殘黔水東西玉笛一枝吹徧大江南北歷嘗險阻備極艱辛而卒也花甎晚步較楊賓而猶榮皓首傳

經比伏生而更健兒曹悉是蘭芽孫曾亦同玉筍非蒼天與直善氣致祥而能若是哉然則公之心可無恨矣公之目可以瞑矣今日者鄭公怛化一冊龍蛇邵子神歸漫天鶴雁瓦飛東閣後堂之絲竹齊愁雨簇長廊一院之風沙盡黯悵繐帷之蕭瑟曳杖人亾慘丹旐之飄零種松客渺楚騷調苦同賡宋玉之謳虞殯音淒長下侯芭之淚塲廬他日酒酹今朝夫子有靈庶幾來格

公祭嚴可亭文

吳　瑩

烏乎霜凋玉樹無情總是秋風露萎紅蘭惹憾非關舊雨悼咸明之早喪座客俱哀慟公彥之中摧路人飲泣淩空咄咄天道奚論對此茲茲浮生若寄宛其死矣能不悲哉而況鄉關迢遞口丞閉以誰憐客館淒其目將瞑而孰語望辰陽兮不見大夢應醒渺湘水兮橫流招魂何處先生溆浦人也族是清賢之裔風雅名宗門臨明月之巖牙幢壓第髫年積學蜚雋譽於雙丁壯歲鋤經演奇書於二酉家原豪貴不愁扈載清寒性極豪華詎類韋莊豁刻方己卯之來講院也一囊書劍千里河山高氣雲騰逸情霞舉作文壇之飛將勇搏千人領酒國之雄師飲能

一石每至天外風高江心月滿尋香草於左徒祠畔摩古字於北海碑前有句皆豪無觴不醉或鐵撥銅琶高唱大江東去或哀絲豪竹低吟水調歌頭雖長卿放浪中散清狂不是過也然而鷹隼秋風常思奮翮驊騮遠到慣欲淩雲以君才大如江學深似海何難搏潏墨以書名望强臺而振臂鸞掞文章鶴歸才子龍門聲價本屬詞人而乃黃葉西風迭幻蕉邊之鹿青衫夜雨頻聞驛口之蟬莫蔫鬱輪空題筎竺而君志愈奮也今年適屆午科例開乙榜君效偪陽之縣蘇而復上拭桑公之硯磨欲終穿大雪孤征强弓獨挽方期汞鍊煙青丹成九轉豈料峯高瑟老曲斷三湘烏乎痛哉平安默禱猶牽白髮之情寒暑關心

尚入紅顏之夢豈無媚亞慘怛何堪亦有諸昆悲涼曷已當瘵劇時君猶欷歔奮迅聲徹鄰齋當亦有不能自平者邪然而詩書臭味本至性之相關朋輩謳思即長歌以當哭邈昂霄之壯志鬼亦稱雄負蓋世之英聲魄非爲厲遮須國好舍子誰司碧落官淸非君莫領生是騷人死爲仙吏其又何悲其又何悲某等或搴裳聯襪躬親張緒風流或識曲聆音耳熟仲宣醇粹蒿調幾曲聊申宿草之情淸酒一樽共灑寒林之淚

祭楊菊泉文

曾興仁

道光乙未四月十六日李小帆自長沙來述同鄉趙城明府楊君菊泉死節事余驚且駭不覺失聲旋以道路傳聞何可憑信及六月八日閱邸報始知死節甚確竝合家內外一時同死十有三人以訪拏邪教逮被焚殺也余與君交好有素乃於越日丁酉設位以招君魂而哭之曰余不見君十七年兮君作吏年亦十五君官晉而余官吳兮距兩地數千里許悵邇來消息之莫通兮各供乃職守厥土余補裔復調鈐兮時仲冬而歲在甲午何踰歲之三月四日兮賊剚刃於君而忠魂去嗟哉上有母而中有妻兮下有依依之兒女更有幕賓閽人兮逮奴婢而同

遭一炬羅此難而揆其由兮六村嘯聚强奪取君爲見幾收捕兮變生刧獄以相拒實爲逆魁之曹順兮脅制良民幾千戶蠢爾朝花文炳兮公然竊持縣印組何期守義之鄉人兮保聚勇夫共一舉尤賴少府張君兮受傷殺賊乃安堵不崇朝而醜類澌滅兮合家被害君獨苦人言苦而余竊不然兮以君誠得其死所丈夫許國謂何兮大節昭昭功厎柱況同死十有三人兮忠貞骨肉仍相聚憶君癸酉領解兮君與秋笛爲同譜余因秋笛交君兮遂得唱予而和汝嗣余公車同上兮舍館草廠復同處挑鐙拔劍論史兮偶把山西人物數君謂狄靑勇莫當兮余謂德威其智亦可賈余謂薛瑄節難磨兮君謂遇吉之威甚可

覲。豈知君恰官晉陽兮。後先忠烈竟同侶。側聞俸滿秩遷兮。萬里南安州已補。湥羡猶令趙城兮。致使忠肝揭千古。 天子聞之感悼兮。難蔭承恩例知府。四海聞之傷心兮。藎臣今日說湘浦。爰奠犧牲雞卜兮。遠地哭君淚如雨。余且欹枕就夢兮。定有君魂來共語。

祭姊兄吳東麓文

彭定本

緬句吳之公子兮。擅禮樂之明備。歷上國以遨遊兮。爛聲施於後裔。翁繼武以亢宗兮。羌眾美而舉最。既家學之淵源兮。復楷模於前輩。獨好修以為常兮。雖履盛其如未。得神仙之職官兮分草 制於中秘。扛龍文之百斛兮。殊巨靈之贔屭。抗世南之風烈兮。捧毛檄而走番地。宣 王化於萬里兮。用華禮而俗異洵荆楚之良材兮。超顧球而歷試。儵雄飛於雲中兮。乘五馬而擁千騎。歎叔度之來暮兮。惜侯霸之遄棄。未期年而丁故兮。借寇恂以無計。鼂鷃鶩於關山兮。夕弭節於唐肆。駕飛龍以南征兮。從帝子而長逝。捐玦珮於江皋兮。騎箕尾乎天際。橫鄂渚而

揚靈兮。女嬃娟其莫致。嗟予為翁內弟兮。紛離別之有歲。冀迴節以綢繆兮。忽死生之殊界。譜楚辭以薦馨兮。聊歔欷而寄哀思。

祭湘陰胡壽山文　李任

烏乎去冬聞先生訣瑜凶秏竟日咨嗟無能自已以爲習倘滔滔波流靡靡惟藉一二邵德耆年爲媚親矜式登謂楷模代謝使吾黨又失一老成烏乎傷矣先生於弟爲外兄行舊好也繼以令家君長媛許繆行九姪孫叔孫令媛許繆行二孫隊隊新媚先生固不以迂拙爲弟棄而弟之所爲向慕者要在德而不在其他則今之所爲悼悼者亦惟其言之質而已先生弱冠時即登仕版與先難兄南圃先生雁隊蘇湖其政事之優官聲之美固已載在口碑矣無何鴻猷方展烏曲旋揮不再任即奉尊翁諱解組奔喪終制後昆仲怡怡不復尋宦途味南圃先生躬

承先緒綱紀門閭而先生推才讓能翛然以遠一惟讀書適意養鶴怡情說者每以昔人下帷不窺稻粱相議及南圃先生懷和長畢門高事劇說者遂爲先生難然而先生固不可測也古人有言曰修之家者獻之廷此以學優則仕而言也推而論之優於仕者固無不可以施於家以余觀於先生獨濬孔懷之誼更彈子敬之琴攬宏綱而該巨細分鹽潤米悉寓陳平宰割之經綸雖素所未經之事紛至沓來而觸緒分披皆如輕車熟路者然夫乃知韜鋒斂鍔其才固未許人擬議也自是渠孟雙崇文人蔚起馬氏瑤環咸登貴籍而先生貴不忘勤富不忘儉退閒之餘惟以敎讀課農謹愼謙和爲事事余聞屬纊以前扶策流憩手執一編終日不倦退而與家人道恆細聒不能休從旁聆之則傳家之寶也烏乎懿矣昔陸清獻公令松楊時謂所親曰六諭集解雖爲愚民而設然士大夫覽之亦甚有益劉忠宣云致政之暇教子讀書外披簑笠督耕耨語之曰苦之所以益之也先生其有見而然歟弟自甲午冬晉謁崇階藉瞻先生晚年進德彌益宏深歸常傳以爲訓厥後屢欲趨階稽留未及至去冬甫弔几筵則已不聞珠玉矣越今日而執紼長歌則益無及矣哀哉尚享

祭李湘帆文　李中涵

烏乎湘帆余去冬十二月廿六日夜夢二客盛服攜一童子參戶入若遠行而來別者余起送至南門而寤僅記一爲趙君仙伯時仙伯病正甚余大慟曰仙伯殆矣內人驚問其故遂以夢告而仙伯訃至然終不知所夢二客一童子仙伯之外更爲何人未幾里人方某死或曰是殆先生所夢與趙君來別者乎余曰非也夢者形神相接而成仙伯與余交最久知最深情最洽故於其卒也神合於夢不他人別而余別者契誼締結於生前精誠感兆於死後故也若某者與余無傾蓋之雅乎昔之知烏足當之吾猶慮知交中繼有變出也今年二月癘疫大作而君

忽罹疾不起一時同人傷君之貧而又悲君之孤孀無託無不相視而泣詎知君喪未月餘而君之長子進德亦相繼委化烏乎哀哉君余故人也君之子余門弟子也疇昔之夢二客一童子所不能記識者非君父子而何烏乎湘帆余與君結鄰三載僅隔一牆雖風雨晦明罔不相聚迨後余遷居稍遠君亦時相過從談文講藝與趙仙伯家春園諸子文酒讌遊魚魚雅雅何其樂也迄今時隔幾何而君與仙伯春園皆先後下世回首舊遊邈若山河復求一夕之談一尊之其此生此世已渺不可得何其悲也第不知君與仙伯春園比肩九原猶能復入余夢焉否耶

祭五人火死文　李中涵

烏乎傷哉古人重去其鄉依父母戀妻子恆老死不踰里閈雖迫之以飢寒窮困極人世不堪之境俯仰一室晏如也爾五人以衣食之故依人代耕別父母去妻子有千里而來茲者有數百里而來茲者有經年不返數歲始獲一返者山川悠遠音問閒阻遊子懷鄉風雨淒其旅況亦良苦矣茲乃以余之運蹇於是歲二月十八日累及爾五人陷身烈燄援救不及以致殞命烏乎傷哉余自聞災即重趼狂奔悲傷悼歎對案不食者累日蓋以不虞之災秏余數萬之財猶可居積而復至斃爾五人之命雖搏土范金已無可贖每一念及忽忽不知涙泗之何從也

烏乎傷哉今爾五人自殞命以來余已令人求得其尸計聞其家買棺以殮擇地以殯爾五人骨肉之親近者已至遠者或猶在道不日可歸骨於家可以遂首邱之願可以妥遊魂而無憾但余卒憫爾五人不得其死又復召緇流誦經以懺之具酒脯爲位以奠之爾五人死而有知當念人孰無死死於火與死於病死於水死於縊死於兵刃死於覆壓死於辛螫豺虎雖死不一致要其捐軀亾身則一也爾五人又何怨而何尤也哉孟子曰盡其道而死者正命也桎梏死者非正命也爾五人者謀人事未嘗不忠乎時無干天怒召人怨取死之罪一旦禍殃猝發同室諸人獲免爾五人獨當其厄是有莫之爲而爲莫之致而

致者則爾五人於歿壽不貳修身俟命之旨何悖何昧而不自釋於冥冥中也烏乎傷哉今爾同事諸人事畢將去爾五人羈魂漂泊於此何依語云葉落歸根人窮反本尙其收爾驚魂斂爾殘魄駕風乘霧隨爾骨月之親去歸其鄉依爾祖宗之邱墓以享爾家人之祭毋久棲於此嘯雨啼煙化陰壑之燐爲幽墟之厲流離異鄉捐桑梓而不歸也五人有靈尙其知之烏乎傷哉何享

祭朱文公譴魘魅文　　鍾昌澍

惟　夫子儒林北斗道岸南鍼闡羣聖之微言淵源遙接萃諸儒之要義旨趣同歸異端闢若雷霆大道炳如星日閑其邪而崇其正惟理是衡彰厥往而察厥來無微不燭凡消沮閉藏之輩固先惡其自欺卽魑魅魍魎之端莫不畏而潛遁塵寰廘廘亭毒魚魚學禮學詩訓有慚於鯉退肎堂肎構謀敢忘夫燕詒憶自嘉慶之歲依玆舊宅建厥新閭雖無三沼五亭足供晏息亦覺九柯十匠頗費經營搆造踰年落成不日祗冀賀應來燕庶幾居不嫌蝸而乃夢未占乎大人祟偏作於匠氏削竹頭而如箭鑿柱孔以韜鋒妄逞害人之私暗施魘魅之術所幸眞艮

乍見隱慝親供當已斤自手操曾挨兩片厥後圖經指畫復取一枝盍伏匿有方取之易易者直等探囊之物而挨尋無術索之冥冥者徒費鑿空之思竊念彼本自心狠詐莫窮其百變竟使我旋同首鼠疑不釋此兩端欲易而新之爭奈前功俱廢欲仍其舊也未審後事何如縱教草號忘憂曷勝歎蕙淚說木名無患乍覓拾櫨羌龜卜以奚從總狐疑而莫釋凝思邈慮特竭寅衷指事抒詞敬陳　丙鑑伏冀　文光朗耀照較勝於溫犀邪祟潛消懸無假於秦鏡從教已取之怪術直共冰消儻有未抉之壓魘允同霧散由此禍皆轉福端賴正可勝邪好事重來不藉吉丁之佩邪魔遠避何煩剛卯之銘鳳首春多花榮仁壽

雞頭瑞溢草茂秎名。銀州紀郭氏之䴥玉樹競謝家之秀。門稱歸厚雞犬自覺皆恬。宅取安仁蛇鼠無能爲厲。於以爰居爰處各得所求。庶乎有幹有年。十云其吉是下士所切期也惟　明神其鑑臨焉。

代鎮筸鎮告風神文　　黃本驥

維年月日具官某致告於風神曰。風之薫兮解慍。不慍之解而徒薫。神不若是之忍也。風之時兮阜財。不財之阜而違時神其何以示閔也。將吏不職罰所自來也。邊民何辜罹此災也。稻之早者未秀而其晩者猶未茂也。況彼山田易滲漏也。十日一雨尙恐澤之未透今已兼旬苗將槁而莫救也。非神之佑而誰佑也。雲溶溶而欲布孰爲剸之。雷隱隱其將鳴孰爲遏之。雨翳翳其待施孰爲奪之。咎無所歸惟神之尤兮。功不可貪惟神之求兮。神其召屛翳敕豐隆。迴羲馭而反此風也。約以三日神之功也。三日不雨神聽之不聰也。爲民請命將吏之責也。牲醴旣具禱祀維虔不職之罰其或可以少釋也。尙饗。

代謝風神文　黃本驥

維年月日某官致謝於風神曰、時惟仲夏、南風大作、雨澤愆期、軍民焦灼、設壇致禱、陳辭略略、自辰至酉、風勢愈惡、方謂失職、非神之虐、俄而反風、涼氣入幕、雨隨風至、霑濡優渥、徧及田疇、漸入城郭、竟夕連朝、傾盆注壑、孰比其甘、醍醐乳酪、合境民苗、皆大歡樂、惟神之靈、洞察民瘼、如慈父母、有求必諾、得此時霖、可占秋穫、敬陳牲醴、藉申虔恪、匪曰報功、聊紓愧怍、雨沛雲油、雷轟電爍、凡百神祇、同享此酌、尚饗、

道光丙戌五月、余客鎮筸、時値亢旱、嘉禾待槁、呼籲莫及、陳雨峯鎮軍階平以函致余曰、吾鄉某前輩忘其姓名、老名士也、生平不詣官府、歲値大旱、忽詣巡撫轅求見、巡撫倒屣迎之、旣見、問何事枉顧、某曰、方今雨澤不降、南風阻之也、祈雨無益、袖中出祭風文稾曰、別設一壇、虔誠致禱、霖霫可必得也、巡撫從之、果得大雨、今先生來鎮、見弟等匍匐郊壇、三禱無驗、忍坐視乎、敬求大筆撰文一如吾鄉故事、余復之曰、地方官誠求如此、無不立應、驥非某先生比也、承命撰文、自不敢卻、因擬草付之、鎮軍遂設壇致祭、是日自辰至午、南風更烈、及至酉末、忽轉北風、陰雲四集、大雨如注、連宵達旦、三日始止、禾遂大熟、鎮軍因刱建風神廟於城南、大會賓客、以落其成、弁刊石記之、越十年乙未、客吳荷屋中丞榮光幕中、語

及此事、中丞索觀是文、歎曰、丙戌之雨、實此文致之也、又十年乙巳季夏、偶檢舊稾、附識於後、

祭譚縣令文　常大湘

穆穆伊人昴靈發祥應期誕德溫敏肅良宅心道祕體微知章金昭玉粹文以化光和順內凝勞謙靡已芳風晻藹殊略卓峙味道研幾愼終如始僉曰休哉南國之紀弱冠厲翼彊記洽聞天才博贍學綜該明飛辯摛藻暉光日新擢應嘉舉跨騰風雲學優則仕幰帷蘭甸撫同上德惠訓不倦元澤滂流仁風潛扇允迪大猷　皇情爰眷父憂去職喪過乎哀經歷山河泣涕如頽哀風興感行雲徘徊孝齊參閔邈無不懷其在先生退守邱塋棄官從好游目典墳結志區外解體世紛稚賓自免曾何足云念昔宴私旨酒盈樽微風動衽朗月照軒此驩之人孰能

飛翻宛宛長離子思罔宣我聞積善神降之吉宜享遐紀長保天秩弗慮弗圖乃寢乃疾昊天不弔景命其卒魂兮往矣與世長乖孤嗣在疚號慟崩摧邦族揮淚撫櫬盡哀競羞野卓申酌長懷余以頑蔽淸塗攸失俯感知己澹然自逸矧伊燕婉肆於百里潘楊之睦有自來矣承諱忉怛涕零沾襟汪汪軌度恂恂德心疇昔之游分著情深舉聲增痛哀有餘音烏乎哀哉元首未華黃金難化埏隧既開朱軒靡駕東首塋園卽宮長夜敬陳奠饋芳猷永謝

代莊選祭太學生夏鼎文　高崧

烏乎杳火初熾綿雨乍停柳陰黯綠草色空青所謂伊人逝歸元冥素帷蕭瑟丹旐飄零昔在處仲酒壚重經感懷舊好愴念遺型矧茲戚好迹渾渭涇遽歸大暮溘焉長暝緊維先生會稽名宗桐廬之孝貴池之恭無回其德有粹其容行端其表言思其從性耽六籍文足三冬錦標在手智珠存胸書精內史易研敬公流風不墜蔚矣芳蹤德闓賢關學探月窟晏與登舟冠須東髮迪惟前光慶流祥發乃隸成均藉茲蔭樾茹古涵今三洗九伐過眼空迷棘闈屢躓祉燕誰棲怪事咄咄胸中壘塊何以澆之亦有鄠涂酌而飲斯誦茲反恥挹此如池臨風把酒心曠

神怡或云狂藥攝生非宜不見蘇徽雖悔莫追一飲不醉江公所嗤盈量而止山濤我師予自齠齔友君昆季望衡對宇同方合志論文古人務談當世爰本心知申以姻誼雷陳益堅江庾益摯我思朝永君先夕遲我方叩扉君已倒屣借飲陶然奚醒奚醉茂男晉謁屢申德言學慚公治器逾謝元嗟君伯氏早歸九泉雁行折翼黯慘春園茂男晉謁教思彌敦漸達有志未遂雲騫君猶強健道範長存津梁一夜重與細論聚散何常初終一致奚離莊夏與君異地屣陸登舟數月一至至有餘歡杯無停次不在括頸惟期寫意去年七月三部負累此偶然耳奚足爲異豈若膏肓醫緩難治既又聞之日甚一日兪跗束手巫彭

無術睠言顧之衈焉若失事亢子幼食少氣壹猶復強持不自謂疾乃命茂男附近估畢經史餘閒勤問安吉伺君病閒貽我信悉三千珠闕十二碧城雲煙縹緲樓觀崢嶸五靈之后雲和之笙觥酬交錯雅奏淒清洪崖抑鬱浮邱悲鳴羣仙停會四座皆驚旌旗鶴雁雲車下迎先生欣然御之而行烏乎先生超凡絕俗昔爲余言英公遺躅道士黃衣指迷山曲若遂修道可登眞籙英公不荅毋乃局促我若遇之願從所欲且飲且言人貴知足言猶在耳增我躑躅嗟余薄祜兄弟二人弟年視君少十

二春弟逝之期先君二旬相逢地下猶是比鄰哭君哭弟輾轉相因逝者日疏生者誰親古而無死孰百年身達觀如寄其又誰嗔魏魏品望淵淵德音風流頓盡疑臥藤陰載咏楚些淚下沾襟載歌虞殯欷歔難禁我有斗酒爲君一斟佐以隻雞君其來歆一滴能到九泉非湲庶幾幽靈鑒此微忱

祭李蘭卿都轉文　湯鵬

嗟百川之東流到江海而始注何人命之不常歷中道而塌步國有驥而摧頹士有凰而物故雖時數其適然心懷憂而不去登巍科以爾皇固惟君之妙季衣服粲以麗都神眸熌而雙懸始迴翔於中書繼拔寘於樞垣接上公之優禮故獨著於班聯驅五馬於南甯又攬轡乎吉安薰盜賊以良善進農圃使儒冠奏龔黃之令績騰名實以超遷樹江南之旌旂指齊魯以飛騫偉君子之爲政　帝繾綣其問旃悲夫君之在公最勤勞而倜儻左吏胥其進退右幕賓其俯仰理文書而若流草告牒而如響治紛綸以專壹寫綢繆於跌盪髮未老其先枯才既長而獨

往惟吾職之艱乎曾不可乎豢養政優優而更學肆抽騁於篇章掉孤情於陶阮發麗句於盧王外彪炳以隆縟內綿邈而淡長擘彝鼎於商周攬蘭芷於沅湘吐胸臆之精能故古往而今當刪時俗之非笑呼朋儕以頡頏朝攜壺而遨游夜肏韻以鏗鏘得一善其服膺齒流芬而心藏益夔才若性成斯樂道其無方悲夫今之愍愍罕若君之體用樹檀櫟以蔽陽匪榱桷之充棟傷鶵細而成羣擬丹穴之鳴鳳長蒿目以傷心披賈生之餘痛願與君而百年擔世道以惶恐媿勳伐於皋夔還風騷於屈宋傷吾心之徒然怪彼蒼之如夢已焉哉君既亾茲弗慟而誰慟哀哉尚享

告劉猛將軍神文　　羅江

維咸豐八年四月三日湘潭縣上十七都四甲易俗鄉善政里南嶽豐宮保信士縣學生員羅江暨合境人等虔誠跪告劉猛大將軍之神舊歲季秋酉臨朔旦羣飛蔽野自北而南於古謂螽經傳有錄其後曰蝗史冊攸紀詵詵蟄蟄爰集於林嘤嘤趯趯恚延夫竹萬竿儼立一葉靡留清風不來綠雲頓盡剗之水瀉地則荀稀斤斧何賫平安誰報南山既罄東園又災拾芥無遺蹴蔬殆甚老圃乍見寒畦一空茹素之士安覓蔬兒終窶之民難言菜色園林徧及阡陌同之卷葹不見寔止拔心采蕨無從如何盈掬淨如野燒酷過嚴霜天地菁英悉資蠶食山川蘊

蓄莫厭饞饕飽乞餘不足又顧之他千里縣連萬家愕眙時幸已穫故不爲災爾迺冬有愆陽兆無三白入未千尺出則四延淫潦遺其糜爛炎氣滋其蠢動九十九子同出二十一日能飛蟓蝝不能擬其繁蒲盧無以喻其速孳生不息充斥何堪當天高聽遠之時切土曠民流之懼無由上達於帝閽惟有仰藉夫神功惟神翊贊歷朝剪除大患拯億萬眾以不死經千百載而如生因在古屢著奇功故　國家車隆祀典生年踰七十祭戒詔鬼災防元二急思抱佛遂於去秋九月偕土人於珍珠峕山廟中恭立神位致敬百拜邀福一方茲當播穀之餘益切食苗之恐將率子弟以行搜捕實藉威勇以肆殲除敬薦醴牲並陳傀儡以爲娛樂庶幾格歆爰作迎神之曲二章其詞曰

傀儡登場兮士民歡士民何歡兮神降壇神降壇兮威儀肅靈旗颺颺兮出林屋林際霏微兮生遠煙神所祐兮福綿綿野蔌陳兮旃檀爇物不腆兮庶芳以潔　神居會垣兮煥華堂雲車風馬兮歷我鄉於此於彼兮同一降祥竹斑斑兮松蒼蒼昆蟲毋作兮家足稻粱鄉俗湻兮神所福小人屬饜兮君子有穀

公祭邑侯葉公攀鱗文　馮芳葵

烏乎谿壑迴姿天上之春風頓去・冰霜霽色人間之冬日旋昏・矧乃製錦方鮮鳴琴未闋・絲剩未繅之繭后留待補之天・一旦鬼不憐才豎能作祟・大裘破裂挾纊爲之不溫・喬木摧藏小草於焉失蔭・此所以士類廢書而歎耕夫輟耒而嗟・舂者無相杵之聲行者少視途之目也・慟惟邑侯枚生先生・產出越邊學純鄒魯・孕西湖之秀氣・蜚朝翼之英聲・玉立骨以珊珊冰貯心而皎皎・弱齡繡虎早揚曹植之鋒・壯歲飛梟便著王喬之舄・以錢塘之清華・種潘岳之濃花・式我南邦報君北闕・方其涖任輿甯也値僻陋之巖疆試經綸之巨手・文翁治蜀澤以詩書・言子愛

人陶之絃管・故得狉榛變俗德愛鐫碑・野喧畫一之歌朝報循良之最・劉寵去東平之日曾無隙地容車・召公棄南國之年尙有甘棠留舍・然而蝸居蠻觸界限封疆・鷸蚌藩籬事窮耳目・是以流風善政美意良規・尙屬管窺難以枚舉・迨攝篆而來吾潭也・牛刀莞爾鶴鷺飄然・逖聽先聲未春已暖・獲親雅量如月初生・觀露冕之風郊原改色・灑下車之澤枯朽含滋・固已措鴇生於衽席之間・慰大旱以雲霓之望・已亥年歲行水毀災釀木饑・當是時也稻花萬頃鏟入濤頭・瓜蔓千條延於坤軸・畫閣連雲之地半作蛟宮・銅街擊轂之場全飛雀舫・榱崩棟折旣無容足之區・日炙雨淋兼乏充腸之物・粒漸同於炊玉潮日見其湧銀・

壓溺之懼方殷攘奪之風且熾・公則爲之捐廉俸振困窮・義若黔敖食爲於路・位非秦穆役汎以舟而且礮擊鯨波奪錢鏐之鐵弩・畚完雉堞築蘇軾之黃樓・爭錢路於牛羊之蹶奪黔首於龍蛇之腹・曉星戴出薰溼蟄之腥臊・斜日歸來洗泥塗之韡韈・卒使天吳潛遁河伯效誠・人獲平居稻留遺種・向微公也吾其魚乎・且夫淸廉者易入於刻方正者每流爲迂・安閒者應事或疏聰明者恃才自用・公則品磨潔玉兼含溫潤之姿・氣肅秋霜仍有晛消之候・謝東山優游靜鎭濟以小心・度上虞發摘奸欺略無矜色・照人若鏡膽輒爲張・立吏於冰心皆自怯・治獄惟渠魁是罪勢破連雞・和民以息訟相規鬥憐困獸・粟分五斗怕聞

索乳之嘑聲・金謝四知且給焚膏之資・斧喚渡而迷桃葉買觀音救苦之航・祈甘以活黍苗摧旱魃如焚之氣・每至公餘暇日判牘閒時・鼓冷官衙香凝燕寢・縱雀鼠而離網招蝴蝶而上階・或接鄉先生虛己諮詢・或對都人士優容獎異・信陵好客郭泰憐才・有集思廣益之心以激濁揚淸爲任・翦燭而文衡玉案運郢人斲堊之斤・燒燈而花豔春宵邀名士踏青之屐・隱若神仙之梅尉一空俗吏之塵襟・某等鴇坐風中・親依宇下・方冀福星一路長明湘水之湄・生佛萬家不返崑崙之域・所以大府有調遷之命闔邑生瞻戀之心・以爲乙未之旱在前庚癸之呼隨後・不有君子誰抱痌瘝・用是屢牘陳情籲哀請命・未打曙天之鼓

先哲吳郡鄧攸爭攀使者之車暫乞臨淮侯霸是時也潭倚公爲長城公視潭爲湯沐方且從容晝策慷慨倡捐議富鄭公青州之條考朱元晦社倉之法人有樂生之氣春無屯沛之膏鼓枵腹者翻洋洋而樂飢張貧口者漸嗷嗷而待哺詎料羽書雲集牙纛風馳扉屨給而益繁手版遞而不斷命方奔於鞅掌瘁遽盡於鞠躬賈生年少鵩來而竟死長沙諸葛事煩星隕而尙懷遺恨烏乎痛哉殲我良人蒼天曷其有極喪人慈母赤子究竟無辜非公命之不猶實我邦之無福猶憶蒲鞭辟道騶唱鳴街竊從鹵部班行窺見匡廬面目雖然沈約瘦減腰圍豈識田光早亾精魄即至丹求換骨牀臥剝膚悪秏風驚臚言厤起婦

人孺子皆號我佛以焚香走卒販夫亦向君平而買卜不惜百身之贖思扶一柱之傾人盡洶洶天難瞶瞶乃聽夢中之囈語猶念民依而吟囈後之孤星竟成詩讖絲難續命香不還魂亦曰瘁哉吁其慟矣且夫愛民者天之心也福善者天之報也彼夫鶩仕途如利孔變宦海爲貪泉但謀腰槖之肥不顧脂膏之竭鄉迷寶玉氣障金銀酷類蒼鷹猾逾狡兔反得使揚揚策馬坦坦懸魚屢邀變虎之榮長保爽鳩之樂以公較彼誰劣誰優乃自專柄以來即受盤根之錯纔解產黿之厄又罹雲漢之憂將丁化鶴之辰猶困風塵之擾一悲鸞鏡再泣龍文笑無開口之期愁鎖斂眉之日卒使朝衫典盡便褁絞衿廩秩散完惟含貝玉不向天邊捧日翻從地下修文天之心安在邪天之報又安在邪且至白雲深處尙茂椿萱春草夢中猶開棠棣始則把一麾而去終乃擁四翣而歸雖能振淸白之家聲何以慰拋離之骨肉而又孺人寡鵠稚子雛鶯飄零弱息倚寄他鄉轉徙長途難扶旅櫬莊舄之顯吟固苦王凝之隱恨尤深公而有知又能無渡浙江之潮其胥濤而鳴咽摩會稽之嶺逐越鳥而哀號也哉獨是某等恩波久沐化雨頻沾蛇報德以無從雀醻恩於何處悲塡楚澤難招神父之魂哭撼衡雲不返慈君之駕慟子產之誰嗣嗟來日其大難將倣羅池柳廟之文作朱邑桐鄉之祭黃蕉丹荔待歌他日之神絃綠酳縹醪且灑此時之恨血追

維韓愈治潮之績曷禁玉筯縱橫或有廉頗思趙之心尙賴靈旗擁護烏乎哀哉尙饗

哭南山師文　鍾昌言

世之頌師恩者。謂其口講指畫。廣學殖作名人也。謂其誘掖獎勸相期於聖域賢關也。然而師道盡矣。語此者蓋綦難。若吾夫子於言則更有進。言年十二。即奉夫子教。是時立訓嚴毅。門下士類有勸罰。所面命而耳提者。迄今四十年。猶能記憶。厥後戊辰祛衣門下。頑梗高曠之習。四年間辜負吾夫子陶鑄裁成之力者實多。而夫子猶諄諄訓誨。欲相期於有成也。不意命蹇時乖。身多病。家亦多故。公門桃李。遂成野鶴閒雲。十數年顚倒挫折。所倚賴而關切者。父母以外。惟師一人。然師猶望其保性命愼踐履。審機宜。以爲太平無事之居士也。閒時柱叩柴關。必執

言手而問曰。老夫數月未見汝。汝身無恙。汝家無恙。汝妻兒無恙。及奉以杯酒。則歡情洋溢。恍惚依依。函杖時賞奇析疑之樂至語以不平。又不覺奮袖起舞。髮指冠衝。若身受其屈者。然夫世之外剛中柔。模棱兩端者多矣。倚勢利事標榜者亦不罕覯。言非有鐘鳴鼎食之榮。奇節異行之槪。而師之視言疾若己疾。視言怒若己怒者。至性過人。非泛泛之情所能擬也。宜乎事父母則有孝子之名。處鄉黨則有君子之風。待門弟子則有嚴君之目。烏乎。今泰山頹矣。吾黨之服勤至死者。類皆沐夫子訓誨之恩。感夫子懇摯之義。而言獨聲淚俱下。悽斷而不能自已者。非僅在口講指畫誘掖獎勸也。蓋視予猶子也。靈其鑒之。尙饗。

祭李可北周調臣朱綬卿吳中尹蔡六橋五友文　鍾昌言

壬辰秋。言以四十生辰召諸友賞菊止園。明日將畢其事。是夕乃書李可北周調臣朱綬卿吳中尹蔡六橋五亾友名於齋之南。酹酒而哭曰。五君之先後相從於地下也。樂乎。言之懷想五君固已勤矣。當五君之存。歲且數遇。尤剌剌道契闊不休。及其別則亦眷戀於懷而不能釋。烏乎。聚散死生之大。能弗令人悽斷哉。今天下之人。競言交。以貨財爲固結。以聲氣爲標榜。彼且倒篋捐軀。誓死生而不惜。久則情遷腹變。得失之不齊。好惡之偶異。而冰炭之矣。噫齷齪陰險之流。拒之懼不速也。夫五君於

言豈必有管鮑之惠哉。顧言生多病。廢棄自甘。而遂流夫懶散。五君乃諄諄爲言。振其頹靡。去其偏向。以期至於古君子。若寒暑興居。彼泛泛者。必瑣碎相屬。五君固不齒。及獨是五君者。皆奇異卓犖之士。而或放蕩於酒。或潦倒於名。或遯處於一壑。或有志收覽而事與願違。或意在披尋而偃蹇以沒。使他人必有無聊不平之氣鬱鬱於泉下。觀可北之自輓曰。九泉翻喜故人多。是五君者其亦有弄酒聯吟拍案豪談之樂如生前。則言所願也。夫撫今而念昔。觸景以傷懷。凡有情者皆然。況言於五君乎。五君之靈其仍徜徉於籬下以慰我懷思乎。尙其鑒之。

湖南文徵卷一百二十五　　湖湘後學集編

祭文五　哀辭附

公祭陳翥堂文　　陳起書

公酒人也篤於友誼幼同松心聽雲心講易有得因與松心論文補弟子員菊村與鹿泉飲不勝走告公公曰我其試之與之飲鹿泉曰子我畏友也松心曰叔何可以酒廢學公曰子何可以學廢酒天下多學而達者幾人乎吾懼子學之多也至省垣是時松心兄弟所交多知名士公見希蓮曰希蓮有道德氣希蓮告松心曰兄叔翥堂天姿曠達可引以學松心曰病酒希蓮笑曰與吾同見修梅曰修梅長者吾尤愛其詩修梅曰翥堂樂哉吾不及其酒見積之積之曰翥堂太圓公曰積之太方見謙庵曰謙庵大有詩意謙庵曰翥堂大有酒意月喬困棘闈中聞其爲雲心友也扶持之月喬告松心曰昨幸遇翥堂郴州多善人其於朋友之朋友且如此後數年而與玉圃挹謙聚於雪卿所每酒酣雪卿吹笛公唱大江東去舉座皆笑曰何笛有腔而詞無腔也松心兄弟讀書湖北公與諸友數日一至必大醉諸友去而公獨留諸友曰翥堂不能行乎公曰有餘酒將以賞月耳雲心之官去松心獨居湖上積之松洲煥之至松洲曰吾久耳翥堂酒名請與之角三人者不能勝公謂松心曰諸友醉矣然吾不可不盡意乃連飲數十觥而歸中途雨大至風滅燭電光燎人眉目公大呼醉歌行聲與雷相唱和積之失足落田中公挾之歸笑曰吾終日醉實終身不醉也修梅病於郴公請懷堂醫之懷堂曰修梅將不起子曷勸之歸公謂修梅曰吾見子欲哭修梅曰何哭公曰子歸欲哭子不歸欲哭也修梅曰吾歸矣雖然子其痛飲以送修梅歸而死公賑之菊村病公治其湯藥數月彌留時諸友皆至公曰我死諸友皆來諸友疏於事公爲菊村衣冠悉稱葬之日諸友皆哭公大笑曰菊村可以死矣哀哉誰知今日竟祭公也介生曰吾兄之死也公愛松心之墓誌銘今鹿泉飲巨觥雪卿吹笛松心歌詩以侑四座默然無語鹿泉曰諸友無語公必大笑也吾輩之言公聞之公之笑吾輩不得聞之矣哀哉鹿泉又曰忽忽十餘年來月喬雲心入都積之謙庵遠處希蓮菊村修梅死別壬辰予病於省垣公曰鹿泉其死乎予時頗自懼孰意歸而公竟舍我以去也哀哉予醉不能文松心其書予語以祭

祭文昌帝君文　劉際泰

伏以在天成象，六星之氣連珠，下地騰文，半月之形合璧，惟光華不遺於穹壤，斯典祀宜報以馨香，恭惟帝君位重三台，樞分四輔，明占黃潤，坦拱紫微，北魁總將相之權，東壁綰圖書之寶，人間孝友，十七世爲士大夫，身天上精英，億萬年掌文昌府事，書琳瑯之姓字，先德行而後文章，勒鐘鼎之勳猷，抑浮名而崇陰騭，唐宋元迭膺封號，爲帝爲王，天地人其荷鈞陶，司中司命，今以二月初吉，實爲帝君誕辰，廟貌聿新，於京師宮祠遂徧於僻壤，某等咸沾聖教，久沐恩光，對越益虔，駿奔恐後，采蘋蘩於沼沚，卽同釋菜之儀，薦俎豆於堂階，敬效獻芹之悃，以文會友，庶無罪悔，迄於今，得士者昌，倘冀鑒觀之不爽，尚饗，謹告。

祭舅氏金公文代父　劉際泰

烏乎，浮生死夢之說，其然邪，其不然邪，然觀於弟而又信矣，弟先世籍居潮宗門，而弟生於斯，長於斯，少游戲於斯，讀於斯，壯營謀於斯，娶於斯，繼而往來過從恆於斯，今乃歷數十年寒暑而又獲死於斯，烏乎，其生邪，其浮邪，其夢邪，且所謂浮生者，名浮也，利浮也，妻子室家浮也，宗族交游浮也，衣服飲食與一切榮枯得失喜怒哀樂之屬，皆浮也，第生而爲浮名浮利與一浮而無不浮之妻子室家衣服飲食一切榮枯得失喜怒哀樂所牽者，此浮而不浮者也，及其死夢也，生而不爲浮名浮利與一浮而無不浮之妻子室家宗族交游衣服飲食及一切榮枯得

失喜怒哀樂所牽者，此浮而浮者也，當其生亦夢也，弟少不習詩書，博人間靑若紫，則無浮名，守祖業不樂爲田舍翁，而又任其飄薄，則無浮利，始娶妻，旋喪妻，繼有子，旋喪子，由是家無以爲家，室無以爲室，宗族不過本支，交游不出里巷，舉所謂一浮而無不浮之衣服飲食者，可知也，榮幸得爲鄉人，枯不至同槁木，其得也無大得，其失也亦無大失，與人接無喜容，爲世忤無怒色，承死父之重，又遭妻孥之慘變，而終身不見有至哀，承生母之歡，目擊乃兄之流離，而天倫亦復無眞樂，烏乎，此洵所謂浮而浮者矣，其生也，其浮也，其生也，其夢也，以視夫榮情世故臨生死而縮縮作兒女態者，抑差勝矣，兄與弟爲內表，繼又爲

郞舅行自己丑歲弟僑寓吾家藉得朝夕事母越辛卯而汝妹不祿自是而日用瑣事頗爲弟累矣今又棄老母而與世辭在兄固事而毋如吾母弟原可以無慮獨是弟生固舉名利妻子室家宗族交游與衣服飲食及一切榮枯得失喜怒哀樂而浮之而又舉老母而亦浮之也是此生誠不愧爲浮而浮矣憶弟死已閲月弟母與予言曰一月之中弟不曾示一夢予曰噫嘻是固然弟生固本如夢死亦安得有夢乎今玆屆三虞命子際泰代予以祭奠以送弟靈并備冥屋冥貲冥中受用冥冥有知愼毋謂予生既舉名利妻子室家宗族交游與衣服飲食及一切榮枯得失喜怒哀樂而浮之死又安用此瑣瑣者爲哉夫以

弟生死故土同若大夢然較之老食奔走暮楚朝秦卒之求老死歸下而不得者其爲夢之勞與逸又當何如耶烏乎浮生死夢其然耶其不然耶尙饗

祭李迪庵文

胡林翼

烏乎我公一代純忠仁者之勇儒將之雄公生之始惟嶽降靈正氣爲骨厚德爲形曰忠曰孝積之百年積久而光篤生名賢生有奇骨敦厚如勃肝膽沈雄口舌木訥樸如新息晚成大器誠如涑水脚踏實地公處於鄉幽潛不彰會公倡義乃起戎行惟羅惟謝與公頡頏率其子弟赴難豫章初戰不利謝公先亾臨淮代將西平視師吉水廬陵延望公麾公麾既至所向披靡遂由衡桂至於巴陵既定湖湘進克鄂城縱橫埽蕩三千餘里半壁山巓十萬賊壘公所部兵五百人耳前鋒始交勝負莫測公師躍入十盪十決岸赭江紅飛毛灑血采石順昌詎足擬此

湘軍之雄自公伊始公乃不矜粥粥無能言簡意重淵默雷聲山不言高海不言深潯陽渡江馬首遂東弋陽大戰信州奏功義甯轉鬬來援於鄂余時困厄氣羸力薄鼓聲不鳴賊氛甚惡公來生我生我楚人倚公爲命以至於今百戰奇勳芒刃不頓萬賊嬰城凍蠅自困乃建長圍以斷賊饟妖祲夜落將星無光丙辰三月羅公云亾哀疏入告　天子改容誰堪大任授公元戎以我卒伍隸公麾幢軍謀鉅細一秉於公公賤權謀接士以誠公審賞罰制事惟明萬幕無譁六轡不驚軍律暇整莫與之京困獸猶鬬羣梟來援公所經綸動中機先既決長渠遂取城闉以定江漢以復蘄春時方饑饉野無靑草五月無糧一飯

不飽。公軍於潯。强寇在門。人或囂爭。公軍無言。人之欲食。誰不如我。公往撫之。如腹自果。人之欲衣。無衣則寒。公往煦之。如纊自溫。匪法所制。惟德之純。賤貨尙義。君子之軍。軍勞不恤。我心獨悲。畺吏無狀。使我士飢。嗟我有位。無郎於荒。毋營私槖。以裹行糧。黽勉同心。負也何傷。狐嘯於城。兔藏於窟。湓口之氛。六年莫遏。藎抱獨勞。奇謀自靖。渠塹十重。湖連千頃。鐵騎雲屯。戈船夜警。天陸四張。檻獸莫騁。賊在彭湖。狼狽相需。一夫當關。如虎負嵎。公有奇計。潛師夜趨。聲言宿松。返施后鐘。將軍天人。莫測其蹤。賊在蘄黃。蟻附鴟張。批亢擣虛。以救潯陽。公兵渡江。肆應不遑。軍興九年。額兵虛設。無正無奇。不缺則折。譬之解紛。勢禁

形格。孰拊其背。孰搤其吭。彭湖之戰。惟公知方。賊陣如蛇。縈左拂右。賊性如犬。利進鈍走。惟公兄弟。角前掎後。蘄黃之役。功乃不朽。百道幷攻。萬雷齊發。江流沸騰。山城迸裂。公麾先登。一鼓殄滅。執訊獲醜。焚巢埽穴。九江之功。於今爲烈。惟　帝念功。車服以庸。毋掣其肘。專奏　九重。毋撓其權。大官是祟。哀此皖民。汝往孳之。兵怯賊狂。汝往治之。公拜稽首。受　命不辭。公性至孝。望雲思親。書飛雁帛。淚墮綸巾。公讀家書。誨言肫如。義先君國。恩後庭闈。王事多難。無念爾私。公聞有命。感泣歔欷。公之專征。一軍四分。眷念江楚。公心獨仁。固知兵少。不忍惜身。固知賊多。不敢遑　君。四城既下。道無留者。急援廬州。何其速也。狂賊十萬。乘我於危。血戰千里。力盡而疲。我聞其時。星隕如雷。愁雲四合。毒霧爲霾。胡天不弔。羅此閔凶。　帝曰吁嗟。王臣匪躬。億萬斯民。巷哭相從。嗟我棘人。母喪返里。負土未成。大變突起。出山非禮。在山非義。涓埃無補。金革無辟。始聞公死。將信將疑。中夜彷徨。若忘若遺。公豈死耶。吾人何依。斯人不出。吾誰與歸。疇昔之夜。大風披帷。天容慘淡。沙石亂飛。我公至止。冠帶巍巍。笑言旣洽。顏色若怡。握手勞苦。歡若平生。忽忽自驚。疑公已薨。欲言未言。悲不自勝。公曰否否。我豈其死。討賊之事。在吾與子。餘音在耳。荒雞初鳴。蹶然坐起。憂心怦怦。雖死猶生。公之忠魂。魂兮歸來。活此黎民。與公共命。靦顏尙存。釃酒爲奠。灑淚爲詞。英靈如在。尙其鑒茲。尙饗。

祭杜貞女文　　魏承柷 原名槐

惟天地之正氣是生偉人・男則爲忠爲孝・女則爲節爲貞・可以
箴頑懦厲子臣・蓋其所守者重・故視富貴死生而皆輕・然而風
詩所歌誓柏舟者惟共姜一人・而至以貞稱・則魯伯姬而外・春
秋二百四十二年之間・杳乎其未之前聞・秦漢而下・武昌山頭
有望夫之石・清風嶺上留貞婦之銘・亦足垂不朽矣・獨至於未
經作婦・鬖面存貞・奉翁姑・負螟蛉・爲泉下人終未了之事業・此
實爲千百載所罕覯・而又何論乎從容就義・殺身成仁・使生於
異代・猶當爲之欷歔而隕涕・而況奸締朱陳・近出於槐之姻親・
惟貞母生既足敬兮・沒猶有榮・試看　龍綸下逮・樹表建坊・

致動百千萬億人之觀聽・我知眉壽永年・福祿重申・不在其身・
必在其子孫・烏乎已矣兮・又何必爲之傷神・

告廬州府城隍文　　江忠源

維咸豐三年歲次癸丑十又二月辛丑朔越巳日戊辰・安徽巡
撫江忠源謹具清酌庶饈之儀・致告於　廬州府城隍之神曰・
惟　神廟食此土・以禦災捍患爲事・忠源奉　天子命來撫
是邦・亦欲埽除羣醜・奠我蒸民・乃涖任一日・賊即圍城・猥以病
軀登陴固守・幸賴將士用命・官民一心・二十餘日屢挫兇鋒・人
心益定・惟是軍餉告竭・借貸已窮・子藥無多・諸物不備・援兵雖
集・未能直達城下・脫有不虞・忠源受事不效・死有餘罪・百姓何
辜・罹此荼毒・神享　國祀典二百餘年・當此寇臨城下・諒不
忍袖手坐視・自取罪戾・且此賊兇殘・辱及神鬼・萬一此城不保・

神縱不愛百姓・豈不自愛其身・今與　神約・限三日內・其率
爾爪牙・助我城內外之兵・勇同心戮力・共殲醜類・迅解重圍・儻
衆有不足・力有不能・冥冥之中必有擁精兵良將之神・願效包
胥之請・理當有應・如謂廬郡之人劫數難逃・即欲於圍解後・以
忠源一人之身・代城中數萬生靈・受刀鋸斧鉞之戮・區區微忱
伏惟采納・尚饗

祭三閭大夫文　周燮祥

嘉慶二十有五年夏五之五日修復屈忠潔公祠廟將次告竣俗以是日投角黍競龍舟弔公之魂乃具酒殽祀於廟使祝讀文曰維公三楚純臣忠節凜風霜之氣千秋騷祖詞壇爭日月之光博物望重於南邦潤色名齊乎東里當懷王踐位之始正左徒用命之年入參幃幄之謀出肅嘉賓之令國其有豸敵不加兵於是取八邑於襄陵合六國爲從約法度之嫌疑攸別先功之照耀彌彰富強可稱伊誰之力不謂蛾眉易妒珍髢誰誇在功高者豈自伐其能而躬曲者早陰妨其寵竟肆鴟梟之喙叫嘯庭楸坐看鸞鳳之儀竄飛榛莽烏乎唐虞已邈誰知稷契

之賢湯武云遙孰重伊周之任濯汚泥而此情莫諒釆芳草而誰與爲貽欲叫帝閽君心難輓願明臣志讒口猶張呼父呼天原冀申其哀怨稱名稱物用自寫其憂愁君或可回俗仍能改離騷之作所由來與毋何良臣之柄終疏外侮之乘日起騏驥負鹽車而去虎狼行厚賂而來絕我婚姻反貪讎寇六百里之河山安在恨滿商於八萬人之戈戟齊摧愁生丹淅及藍田之師不克而鄧邑之襲旋驚出函關而殘甲空還望渤海而援矢不至悔之何及嗟乎晚矣已而敵國既願和親仍還漢郡王心終懷雪恥甘受讎頭何以虎既入藩掉尾之於菟可刃卒使魚能脫網揚鬐之鱗甲終逃原以厚幣之行致設詭辭之藉國其誰誤釀成朋黨之奸王獨何心竟聽妖姬之請迫至倚方請劍悔而追之而關法鳴雞翩然逝矣豈不誤哉向使有公之圖議則秦不能欺也任公之明通則齊不至絕也何至巧計迭行蒙恥殆盡若此耶乃敵愈懷欺復設要盟之餌而君終不悟竟成婚媾之求斯時也檻折殿前痛哭輓君王之駕鱗批闕下欷歔陳君國之謨卒之蹇叔之諫不行崤陵之兵終伏去武關而旌旗不返望荊門而輿櫬空歸悲乎哉欲賦大招客死之魂莫返繫懷宗社孤臣之淚難乾事可知也良足悲矣又況嗣主之昏庸愈甚貪人之柄用彌專益設讒譖遂行流放自行吟於澤畔憔悴誰憐抱貞潔之姱修離憂何訴天終難問徒悲三代興亾

鬼亦無靈空奏九歌神曲詹尹之拂龜莫卜漁人已鼓枻而過欲作遠遊比干無可去之義因懷自盡彭咸有效死之心遂乃唱招魂之歌賦懷沙之句湘流渺渺誰收魚腹之骸郢樹迢迢獨灑龍門之涕當日忠風一代長懷楚澤纍臣至今廟食千年永奠汨羅抔土某等生依福地素企高風瞻廟貌之傾頹何異餐霜吸露願神靈之妥佑因爲相土鳩工今者邃宇重新翠帳耀層臺之色朱筵布列羽觴酌瓊液之漿盤傾角黍芬芳靈其鑒止羮雜幽蘭馨苾魂兮歸來乃復爲迎神之曲以歌之其詞曰湘山峩峩兮湘水迢迢魂歸故居兮魂無逃新迴廊兮伏檻樹蘭茝兮申椒靈之來兮渡江皋乘雲車兮飛星軺降此突廈

兮堪遊遨。備樽俎兮陳牲醪。奏金鼓兮吹玉簫。靈其鑒止兮通此焄蒿。望靈旗兮影飄飄。福我民兮沛恩膏。

文昌祠驅疫文　馬敬之

祀區五義。施德繼以禦災。官辨六祈。禬除均於營域。迺者去秋收歛。長夏溽蒸。地困鬱湮。人增流徙。氛煩嬈而競熾。食騰箭而徙勞。救荒有政。雖循賑貸之文。弭沴無方。但抱痌瘝之願。惟神秩膺注祿。封錫宏仁。上將原應上能。司民況歸司命。幔黃儀於薪槱。肅賦雅詩。配鉅典於羽瑚。欣逢　昭代。貞辰載柬。大丙先馳。寶馭飈翔。開化之威自遠。芬枝霧結。積和之氣攸宜。敢藉噫歆。用邀降鑒。

弔屈靈均文

周燿祥

伊大道之衰謝兮咸鳳竄而遐翱。憫世途之溷濁兮祥麟且遁諸窮荒。當楚風之不競兮公何爲乎降止。生旣非其時兮曷獨攬玆芳揆。業巳釜之雷鳴兮奚不抱黃鐘而遠徙。迨謠諑之隱讒兮訴離憂而何歸。縱反覆其哀籲兮又孰從而聽之。霧隱之元豹誠高兮詎效騏驥而長馳。果奮懷玆遠猷而莫試兮又何邦不可建。白俾千秋之憑弔兮咸執玆爲公惜。竊獨不以爲然兮彼安測公之高深。抱耿耿之廉貞兮羌獨異此寸心。苟可去父母之邦兮詎不希蹤於鄒魯。原三仁其親戚兮獨與箕比接武。或君心其一悟兮方三宿而返予。竟悽愴江潭而不顧兮有

誓白水而弗渝。歌哀郢而白公之忠兮諷漁父而得公之潔。披遠遊而見公之心兮謳懷沙而悉公之節。呵天問而知公之憤憤兮筮卜居又知公之默默。湘水汩汩兮揚風波其下。流毒兮藏蛟鼉。靈不返兮當柰何。龍之舟兮桂之橈。雲旗翻兮鼉鼓號。魂歸來兮當遊遨。山之阿兮故居。層臺累榭兮華且都。魂歸來兮堪相。於雲之帳兮煙之幔。丹之楹兮光燦爛。魂歸來兮恣泮奐。醢豚羔兮供膾苴。包黍稻兮雜粢菰。魂歸來兮亨鼎臑。奠璃漿兮細斟酌。吳醴湘醽兮注瑤爵。魂歸來兮燕以樂。磬管鏘兮酣笙竽。鏗鐘按鼓兮揚吳歈。魂歸來兮聊悅娛。哀江南兮心欲灰。波激蕩兮山崔巍。望雲中兮魂歸來。

告山神除毛蟲文

周曜焜

嘗聞考牧之法去其害馬者而已。殖穀之道去其害苗者而巳。天生五材民竝用之。山之有木。以前民用。將爲十年之計。匪鋤夫爲樹病者。奚自培根而蕤實也。今夫柯葉不改。斯迺天地所以普發育也。喬條入貢斯迺　聖皇所以徵咸若也。梁棟儲材斯迺山神所以昭靈貺也。故天地之噓植也。潤之以雨露。沃之以土膏。　聖皇之長養也。守之以衡鹿。掌之以舟鮫。山神之呵護也。榮之以賁若。達之以宗生。當此之時。萌芽之安無不遂矣。槎櫱之禁無或弛矣。斧斤之入無不時矣。蔥蘢可悅。葉泥泥而紛敷。羽葆邁臨。荅亭亭而廣蔭。其有折偶違乎方長。牧或

縱乎牛羊。猶不足以順陰陽之和。而守山虞之法。況敢有如蠶斯食。如蠹斯朽者哉。何物毛蟲。異莎雞之趯趯。儼螽羽兮繩繩。升與猱而儷捷。登共雉以齊高。跂之蝮也。蝡蠕虐兮喙之交也。蝨賊饕兮。曾不祟朝。毒氛惡矣。曾不浹日。科上槁矣。岡陵濯濯。靡有濃陰。孤榦索索。不見欗槮。是天地欲茁之。而毛蟲敢殺之。　聖皇欲昌之。而毛蟲敢攘之。山神欲成之。而毛蟲敢傾之。枚未伐而翠彫。何白響韓宣之樹。葉非秋而黃落。居然翦召伯之棠。彼其拂天地蘆敷之意。負　聖皇培養之心。干山神厲禁之典。卽天地所不容。　聖皇所必誅。而尤山神所必殄者也。且夫國家歲舉瘞薶之典。與廢縣沈疈之禮而竝重。所以祇

肅山靈者·謂其能禦災捍患·以其分贊化之功·滋體栽成之意·
而降福於民物也·茲者時和年豐·百靈效順·會是堯天舜日之
中·顧可任是區區者蠕蠕焉·蜎蜎焉·以生以息·肆毒螫於林皋
而莫之盪滌乎·繼自今伏望神濯其靈·旦夕殲滅·或金風四起
用彰殺伐之威·或炎火潛然·秉畀幺麼之族·或俾雀啄其噍類
或令蜩化於無形·庶有以宣天地之穌布　聖皇之澤·而山
神職守之嚴·尤於是乎著焉·已繇是而狃獷不臻者·即以使昆
蟲闔懌·回首面內也·豈不懿歟·薦貢時陳·敬臚微悃·敢瀆聰聽
毋任禱切謹告

祭外舅馬梅初先生文　歐陽勳

紬維癸卯·勳年十七·是冬婚成·東林誼密·憶初從事·樂舞高齋
當時弱植·今已成圍·日月跳丸·不覺其久·愛我教我·期我彌厚
先後門下·受益綦多·況親如勳·尤深琢磨·凡材之生·兀於奇特
犧樽青黃·坐遭挫抑·長吉則夭·東野則窮·漁畋是陞·天罰其躬
非此之說·而奚爲然·矧云素體·魄固神全·去夏染疾·歐血數升
勿藥有喜·養癰莫懲·秋冬之交·神氣凋索·長沙高君·診視約略
爲勳屢言·不利明春·嗟哉斯疾·而在斯人·獻歲以來·人事羈絆
元宵招飲·沈醉達旦·翼日病作·醫藥自主·元精枯槁·參苓罔補
中間小愈·强支自寬·一變何斟·歐盡心肝·三月望日·自知不起

神色安定·烏乎已矣·人孰不死·死貴令名·偉如先生·不負生平
先生爲人·傲兀自喜·有不如意·唾猶泥滓·往日嗜酒·意氣豪勇
奇態雲幻·高論泉湧·邇來守約·與人寡交·嗣宗篤默·曼倩詼嘲
道光而還·士氣偷薄·矯振以義·謇謇諤諤·先生之學·邑里所稱
早歲聖童·其擬飛騰·迺困場屋·未博一第·徙字悔初·冀成孤詣
徐庾清新·班揚瑰偉·逾俗賤萬·去古則咫·凡厥所爲·得力堅忍
冥心刻斷·拗力橫騁·惜未卒業·生也有涯·天乎人乎·吁可怪耶
佚老息死·蒙莊妙義·今卽不息·胡佚可憙·蕭然古寺·鳥雀啾音
修竹萬竿·翠參豐尋·形藏幽林·神棲禪室·其愼葢殯·有待卜吉
城市囂塵·久矣難居·病中斯言·猶舉示余·被髮入山·息機遠遯

耕田食力讀書重本我語諸孤庭訓無忘勿以小惡而遂披猖人多暇日孫卿所憂德成蓺成覯質孰優我校遺文篇殘簡斷卷分爲五本末可按經蓺千篇散佚難稽搜尋故紙竝付災棃以終往志以踐宿言詩書不替傳與後昆湘水之鞫湘山之岊有磐彼石請紀生沒先生知交多世交碩往懇屬辭永壽貞石今也百日我馳我悲謹具醪羞泣奠陳辭

祭羅幼崧文

歐陽勳

烏乎我初識君聞貞增默温如其容蕭然其色迄與君久意氣甚豪有時益我如飲醇醪今歲讀書就我室側仲也憐才熙然相得我自塾歸每就君論洵心遠拓遺謂俱抿君之文章精銳滾浩閎爲詩歌揮翰奮藻我視餘子所畏惟君君雖彊項乃過推勳凡今之朋聲華藻繪惟君覩我不牽於外君素體弱時聞唸咿羈人寒骨信如君詞平生落落藏器襲錦一日過我入門伏枕是夕獨歸從此減餐我往問疾强支笑顏中秋以後骨虬病鶴我去長沙醫者是託客中問訊未知其詳但聞神短鎮日在牀孰意別來五十三日忽傳君秏愴然若失謂仁者壽胡爲

其然人命危脃豈不自天猶憶七夕唱酬如昨投我瑤篇自傷搖落君亦不知蠶死絲窮諒哉善言一讀難終徘徊東閣涕出偏潸几硯詩書歷歷在眼月下花影階前秋聲音容疇昔振觸平生君叔有言爲君立後并刊遺篇以垂不朽今世之英誰能不思思已焉哉嗚咽陳辭

祭陳母廖孺人文　　鄒漢勛

蓋聞風雅之始·卽尚幽閑·紀傳之終·必臚芳淑·人雖綿邈·不輟歌謠·世已推遷·尚煩豪素·況專貞之配·無廢舊章·德義之門·式昭懿範·儷皮既舉·久爲異姓之親·彤管堪書·曾有同時之慶者哉·如我姻母廖孺人者·則朱矩裴儀·鍾法郝禮·鬱爲女表·實號鍼神·粤自綺年·箴於望族·葛纍能逮·不藉同生·心囑生輝·實關知命·欣欣內治·佐家氏以賢名·肅肅中幃·事君姑以孝養·迨乎女君既沒·內事誰持·宗祊高橋·不無協趣之痛·淵明達士·尚有喪偶之悲·奉倩傷神·平原守禮·孺人亦服纍纍之訓·終五五之期·重服既除·中闈應續·叔姬升嫡·軼典載於春秋·絡秀輿宗·遺

芬表於晉紀·於是擢房舊薦·奄有室家·牢燭新陳·始成判合·昭芳徽於壼闈·靄雝穆於庭楣·教寓繙書·高子以勤修而勿替·嚴淡載帽·裴兒以督訓而皆成·如此清芬·宜臻耄耋·云何不弔·遽爾長徂·慘澹簾櫳·淒涼院落·袿衣何在·繐帳空陳·維時義伯馭輪·方首途於鳥陸·常儀方駕·記發軔於蛇隅·山谷郁夷·鴝枝託乎遐阻·川原紆鬱·鹿駕迴乎崳巇·厘居穷桑·望旌旟而霣涕·未親含具·展稼稅以增悲·勳比年以來·家門多故·琦已薄祜·早當室而考妣·娟又多艱·胡未行而姑喪·於乎·閔凶屢集·於微躬禁毒·釁延於上族·尋其所遇·已足增傷·況我孺人·壼德昭垂·母儀宣著·九風騷所樂誦·載籍所必書者哉·親賢畢至·虞祔初臨·呼

楚些·而聲凝誦·虞歌而韻咽·勳以薄族·忝廁新姻·雖愧名寒·豈尚楚臣·奢願豚難·掩豆幸同·齊相素風·魚以爲牲·棗以爲酒·亦聊以申悃款·志哀情已爾·

祭聶梧岡先生文　鄒漢勳

夫財之所由起。非天子以生長收藏之時。化以動散潤晅之氣。節以張火虛昴之候。則其財不殖。非地毓以恆霍岱華之靈。沃以江河淮濟之膏。孟以草木金石之利。則其殖不蕃。非人竭其股肱耳目之勞。奉其農工商賈之職。宣其器械舟車之用。則其蕃不聚。其殖而蕃。蕃而聚。如是之難也。是以聖人重之。故理財著於周易。生財詳於禮經。夫以宣父之聖。子輿之賢。理陰陽之微。論治平之續。尙惓惓於財如此。則世之能聚財者。不誠偉人乎。乃七十子沒而微言絕。當時之士。莫知財所由起。輒重僞學與縱橫而輕財。故七國危而亾秦族。此皆重游說尊俗儒而輕

財之明驗也。迨至漢興。紀綱麤立。有司馬遷者。作史記以續六經。首刱貨殖之傳。以紀能聚財之士。葢獨得聖賢之微意云。故漢道之昌。自成周以來莫之或逮。古之能聚財者。周公其隆也。故其著周官也。山澤有虞。川林有衡。郊甸有賦。邦國有貢。人民有供。董之以冢宰。任之以司徒。申之以司空。叉有司會大府廩人鄉遂之屬爲之佐貳。其於財至周至備而無遺矣。厥後則管敬仲端木子貢范蠡猗頓。皆聖賢之流亞。漢則蕭何。唐則劉晏。宋則陳恕。明則李善長。皆豪傑之士。不錄錄伏案執經問難。閉塞固滯。揣摩曲說以希王公大人之顧盼。而能聚財者也。故其身顯於當時。名垂於史冊。令人景仰。至今不已。士何樂而不爲聚財者乎。然而不知奉天因地取人之略。則終日遑遑。突不暇黔。席不暇暖。以冀夫升合銖兩而卒無由獲。信乎聚財其難矣。聚財之士洵足貴矣。夫今而後始知我姻伯梧岡先生之人之偉也。胡天不弔。而遽喪我典型也耶。天乎。

祭表弟周杏齡文　羅萱

嗚呼杏齡而遂死耶人孰不畏死憯死而君乃不㠯爲苦而樂於死耶豈誠有所不得於中而不能自已耶抑冥冥中果有爲之主而爲之使耶人世困阨窮餓顛倒錯亂有百苦於君之際遇而尚不死而君方倖免於衣食之奔走且脫屣於妻孥之束縛終日陶然醉鄉而無過而非焉者而尚不甘而旨耶其亦忍於堂上兩母堂下兩弟呱呱弱姪甫尺有咫耶儻其狂淫爲厲迷惑失志君其訟之於神明而豈有不爲之理耶君亦知家人骨肉親戚故舊及鄰里交游與君相好無尤者求其故而不得徒駭歎於今日之呼君不起耶它日者爲君擇猶子中之賢者㠯繼家督而承宗祧永奉君之粟主君其順陰陽之大化而降之福祉耶嗚呼哀哉尚饗

三忠祠入主祭文代　羅萱

維咸豐七年十月日兵部侍郎湖南巡撫駱秉章謹以清酌庶羞之儀致祭於安徽巡撫忠烈江公湖南提督忠武塔公布政使銜浙江甯紹台道忠節羅公之靈曰嗚呼我撫此土適罹寇殃名將迭出撻伐大張大星隕空長城失倚東南半壁孰與柱砥䚟䚟江公負幹濟才練勇殄寇鄉團肇開轉戰西東誓師泥上兵單援絕致命慨慷塔公善戰忠勇罕匹瀕危不敗天相其吉圍城弗克若負咎殃憤極而殞遺憾潯陽羅公崛起正學是宗號召徒黨英髦景從楚師遂雄由贛而鄂九仞尚虧一个又弱嗚呼三忠遽受艮止江水湯湯流恨何已荆南冀北何緣盍簪成仁取義異苔同岑　敕建專祠禮隆合祀軍民感慟聚觀如市竹帛有盡鐘鼎無窮英光浩氣上貫蒼穹儼覩威嚴參布森列赫濯晢靈歆此芬潔尚饗

案是年先兄從江西瑞州軍營假歸適忠祠落成今陝督恪靖伯左公時在撫幕令擬此稾祭時用之未幾祠增李忠武續賓王壯武鑫二龕爲五忠近又增胡文忠林翼李勇毅續宜蕭壯果啟江張忠毅運蘭江壯節忠濬五龕而劉武烈騰鴻曾忠愍國華諸公皆在祔祀之列劉曾二公固與先兄共事瑞州者也歲歷一星而吾兄亦以今年三月廿二殉難於貴州施秉縣東之黃飄白堡開矣存此文以志傷慟同治己巳十月弟𧦬謹識

王夢樓先生哀辭　謝振定

夢樓先生之沒也在嘉慶七年四月之十有二日．余之聞先生之沒也在五月之二十日．時余方臥病．為之驚叫眩掉．淚涔涔墮不能休．病又增劇焉．閱十日少閒．乃為之位而哭之．不知百端之何以交集也．余十三四時聞先生名．輒慕之．比官京師．先生已歸休林下．不得見．偶於友人所見先生片紙隻字．乞取之以為珍．乾隆五十九年．余奉　命視漕淮南．督艘至京口．乃得執後進禮踵門求見．先生一見如舊相識．因相與定交．余駐淮南四閱月．先生渡江過訪．往返以十數計．凡人有一藝之長．未嘗不心為儀而眉為翥也．凡先生之好友高弟子．未嘗不先

容稱道．引而進見之也．其瀕江名勝之區．未嘗不與偕遊．遊未嘗不欣然．先至快然以忘疲也．洎北還．別先生．諄諄以千秋之業相屬．嗣後音問率歲三四至．輯之今裒然成巨冊．比余罷廢再南遊．先生交益密．且語人曰．謝公雖黜．益足增吾輩之重．余恧然有愧乎其言．遂相與登北固焦山．流連數日而別．其歲寄書猶曩時也．今歲二月．其子通判君來．得先生去歲三月寄余書云．足下當海鵬斂翼之時．得究心千古之業．俯視塵濁．眞如野馬吹空．蒼狗幻影．當自有樂其所樂者．某遠在數千里外．不為公惜．且為公慶．又謬獎余古詩．其於律體詩則極陳源流之異與夫生平所致力之端．為余詩痛下鍼砭．余讀之惕然以感

張牛子哀辭　張世法

嘻乎牛子．汝之殘膚腐骨．纍然委於溝谷矣．而今伥伥夜游之鬼．載髑髏以為封使君卒耶．上帝有何震怒．下民有何罪愆．余為父母．而何無德失職．使爾牛子蠢蠢弱息至不能保三尺形軀．迺為虎所生攫而食耶．房山峩峩．蘆水悠悠．一邑之人役既免而休也．麥且實而收也．薪者出於林．而擔者憩於途也．誰實不仁．縱彼貪饕以為民讐也．父老來告．余知其由陰與媒合山神是尤．嘻乎嘻乎．天罰未加．神職則瘝．厲刃抽戈．往諭居民虎今渡河．

惶然以慚惴惴乎恨不得卽時命駕相與上下其議論也時余有棘闈之役不得覓寸晷作荅孰意先生此書卽先生永訣之言也烏乎痛哉先生之文名播瀛海內外三尺之童無不知有先生者先生誠可以不朽余獨惟夫詩瀾之潰也媒心買巧以求媚乎人人其獘至牛鬼蛇神不可方物温柔敦厚之旨益幾幾乎息先生乃砥柱中流恪守前賢矩矱自漢魏六朝迄三唐兩宋一取諸醇雅以爲宗後生小子之能學伊吾者無不因其材牖其明而軌之於正是以先生雖宏奬風流而於論詩特嚴今先生逝矣海上之琴愔愔如在耳也童顏朱履謦欬應山谷殷殷如在目也千載而下庶幾髣髴想見其爲人也至於了去

來得解脫熊經鳥伸參補造化之義吾烏能窺先生之涯涘也哉爰縷述舊遊以攄余悲其辭曰

徵海外之文心兮揚盛名於清祕驂上駟而騁康逵兮宦萬里其猶寄旣脫履於塵羈兮昌詞壇而樹幟雖慕才之若渴兮卓譚藝而守粹秋月涵淸兮春山盎翠其人與文兮實無二致期我千秋兮心所愧和墨寫悲兮涕交泗

許月南哀辭

唐仲冕

許生桂林字月南與其兄喬林字后華皆海州舉人余刺州試諸生月南冠其曹因師余嘗課余兩兒爲人文行竝篤爲余註家塾蒙求梓於廣陵余亦梓所著宣西通於白下久別輒與其兒寄詩古文辭爲問遺近又以易義商搉雖數千里外渠兄弟無歲無執訊也道光壬午閏月余宦關中忽得其兄書無月南名愕不敢啟啟乃知月南於辛巳九月十九日辰時告終久不以聞者恐傷懷抱也云屬纊時自題輓帖曰只恨著書未了要爲孔聖明一經望後起有人儻與吾徒傳絕學若論短命堪悲已比顏子多十歲況天上不苦還從老母侍仙游端坐而逝箸

書四十餘種凡百數十卷烏乎月南潛心經學兼通象緯句股音韻小學諸家余嘗序其穀梁釋例及宣西通皆傑識精裁他書可知也又云州人士公舉從祀鄉賢葢月南少孤孝於母及生母無閒言家雖貧不以厚幣易遠游孝弟忠信好學不倦克副賢名襲生不年可以無憾矣獨余衰暮失此良友誰相知勵吾行而定吾文者不知涕之何從出也爰爲哀辭以抒吾哀以報其兄云

嗟月南之好學兮余何足爲之師余獲友夫直諒多聞兮緬雲樹而長思何忽聞令原之永歎兮使余嚶鳴而興悲天旣生此慧業兮胡弗付之纂述而靡遺若云天上亦少此才兮問修文

今安之書等身而未卒業兮又使余孤陋而莫之裨誦緜惙之自輓兮如怨如慕如有期惟躬修夫曾史兮望殆庶而可希幸秉彝之直道猶存兮當俎豆於庠序之祠願哲昆爲了所願兮時啟余所不知魂兮歸來俾親恩友誼之交盡兮長無齎志於修辭

唁侯祝將

魏瀚

吳橋侯君祝將昔以拔貢生入太學宦游京師者與往還久咸多其善交人而知其出於庭幃之教由是知侯君者無不知其尊人湛露先生祝將既已得選當仕湖北以先生年七十不得就養於官遂乞告歸里杜門十年而先生頤養純固弗稍衰於歲之丙辰祝將以先生命南來江西於時予忍齋師官江西糧道故識祝將舍祝將於署署中賓客多嘗游京師者亦皆祝將舊知而予適以從師游得交於祝將予之多祝將猶其游於京師者也今年春喜祝將歸省先生矍鑠猶昔仍命祝將南來月餘而凶問至知祝將者既美先生內行之懿嘉祝將陳養之志而悲其今茲之離憂也僉謂予爲先生哀辭而即以唁祝將焉

詞曰

夷門之嬴抱關之特取交信陵市衆駭愧譎以濟師詭乃自賊名眘於俗行莫之則懿若先生壽俊者德侯宗之良後生所式不省出門有聲京國籍籍羣公子章厥迹羣公休之天子優之咨來先生饗玉羞之靈壽之藤鏤顛維鳩噎無廢齒哽有祝喉言旋於里榮其鄉人榮光之錫匪物實珍物既珍止手澤存止有子旦昏奉於寢門子仕有祿祿則違養眘念庭闈捧檄恨恨一日失歡三公何償辭稍潔膳華殺蘭饋伊昔有訓車牛肇牽中孝維勞娛茲耄年行時不逾耄年不須嚴霜夏零喬柯春摧

計來忽忽羣公走弔．胡不憖遺俾律德邵子之南來奉命以行．不遂其初客路煢煢父終獲考子職匪虧在側與遠古云理齊．致哀不舒視此唁詞．

李舍人白橋哀辭

唐鑑

嘗讀書至古人之磊落光明犖行焯焯．才足以當一世之務．德足以敦百行之本．而或崎嶇不遇．雖遇而不滿其志者．未嘗不高其行．哀其窮．悲其齎志以沒．而為之留連而不已也．夫自古人以至於今．亦已數千百年矣．目未嘗覩其形容．耳未嘗傾其言論．進退揖讓．未嘗相接．而見其通也．每鼓舞而歡欣．見其塞也．恆低徊而太息．立乎百世之下．而百世之上有與吾相契而相感者．尚不能不想像於冥漠之中．討論於聞見之外．而況生與同其時．居與同其地．立志同其方．營道同其術乎．余初以孤陋不敢廣交天下士．聞李君之名而慕之．及嘉慶十六年．李君

舉進士．拜舍人．始見於京師．相與友善．言信而婉．行篤而潔．有善則相勸．有不善則相規．人曰．李君古人也．是誠古人哉．少孤事其母以至孝聞．而生平讀書考道．常欲有所建白於天下．使其早得一官．盡展其志．內修甘旨之奉．外以經濟施於時．則在家為孝子．在國為名臣．豈非古人之復見於今乎．而乃鬱抑數十年．甫獲一第．淹沒以死．豈不哀哉．其辭曰．

汪汪萬頃兮撓不濁而澄不淸．其器廣濚兮前叔度而後斯人．與之相接兮神如秋而氣如春．才當見用兮生乃不辰．坎坷若此兮又何獨悲乎古人．

三生哀辭　丙午　何慶元

何傑邑諸生世居東鄉與其弟俊從予遊迫貧病弗竟學去而課童蒙願渴善男義其於孝友睦婣摯摯也父病四十晝夜不交睫女兒夫家患時疫門莫過趨省之曰戚難之弗恤焉用戚鄉豪索負摔以季冬迅烈如水火其外舅以此蹈危機則括私蓄而徧謀於所親解其禍道光甲辰病勞死其弟俊過時而哀誦厥行於予予悲其志遲欲有言未果也閱數月東鄉之人來告曰何生虎文死矣虎文亦諸生居邇傑循飭相如而秀穎過之爲文章汩汩有氣勢居書院三年日多鬪謂體憊乃息而敎人敎人非息也竟以死其居書院也與葉生茂蓮交最善茂蓮

予外姪也姿警敏彊識儼思學文能肖其體貌先後有司校院者皆最茂蓮茂蓮亦私自喜覬有所發舒尼病艱弗獲試六月咳血死年二十有四少於虎文三年少於傑十三年也皆無後烏乎三生者行蓺出人予將振翼涵揉養以待老昊天弗弔侵尋牽率萃殄滅靡孑遺栽傾培覆之恆數殆不可詢而予之頹邁眊荒其眞漠然無所觸也已乃徇俊意次其事竝爲文以哀之其辭曰　嗟予生之稚齒兮遺縞紵於四方躪五都而睇騁兮森滿目之璆琅璧錯珍以充佩兮猶睎睨乎序房謂大貝與天球兮詎近玩之能當胡晚節之牢落兮懷隻璣寸瑀而不長嚾瓦礫其塡溢兮盱山黯而海荒烏乎哀哉兮曷其有常

殤姪殤子哀辭　羅澤南

乙未夏大旱余院試不售歸步行數百里所過之處禾黍皆荒閏六月十九夜抵家見父問安否聞哭聲父曰庚兒疫莫救庚兒者吾兒之子也父哭余亦哭少頃妻起入室視之若無所見者問之曰某日失明究其由不言又問兒睡否又不言出而問父父亦不言妻哭聲自室中出矣始知吾兒以前六月十三日殀也余哭父亦哭是時猶不暇爲兒泣急爲救生計家中錢米俱罄鄰舍避疫出借貸醫藥皆親往二十四日姪死是時又不暇爲兒與姪哭父以孫死故憤甚憊余益懼幸免疾不數日妻疫作幾死歷十餘日漸痊始憶兒與姪之死而哭之然又不僅

爲兒與姪哭者憶自甲申冬完娶家中大小共十三人越明年母喪又明年兒與嫂喪又明年兒之女喪不三年死者四人戊子夏余始生子後又生一子皆穎秀自謂可昌吾門後先祖以庚寅終長兒次兒皆以壬辰春亾踰年妹死不三年死者又四人去年三兒生余已不敢必其能長命也然猶自幸曰兒雖死有子吾又生子或可以承先人祀方以家貧不能送姪讀書爲憂孰意兒與姪二人又相繼而夭耶烏乎痛哉十年之中前後死者計十人存者僅六人此六人之中吾妹與兒之長女皆適人弟客他郡亦不知其何如在家者惟三人父年已邁妻則耳目不能視聽病不休余邇年亦多疾腰背酸痛家貧不能購艮

藥以自治此三人又如此死者不可生生者其長存乎烏乎痛哉是我之德薄致兒與姪之夭也命也天也理也數也俱有不可知者烏乎痛哉吾今日之哭者其哭吾姪乎抑哭吾兒與嫂之絕其祚乎其哭吾兒之屢生不育乎抑哭吾妻之喪其子喪其明乎其哭吾弟客遊生死不可卜乎抑哭吾父之年日邁不獲弄孫自樂乎其哭旱旣太甚吾雖生而無以爲生乎抑哭天下之共被災氛多不免於死乎恍恍惚惚迷迷離離是血是淚終莫能辨烏乎痛哉烏乎痛哉詞曰

秋風颯颯兮秋草其萎矣吾不能承先人之祀兮吾姪與兒遂此其長棄矣他日黃泉猶得見爾之嬉戲矣魂兮魂兮倘其余

逝矣又曰秋風颯颯兮秋日其斜矣吾其能承先人之祀兮吾見吾姪其再生於吾家矣他日入廟猶得薦我以旨嘉矣魂兮魂兮棄不我遐矣

案忠節以正學自任遺集中無非論說理道之文至其處境之窮約艱阨殆無以加而卒能修業立功成就甚偉錄此以見其誠有身體力踐之功非口談道學者比而窮約艱阨者可援以自廣也汝懷坿記

劉椒雲哀辭

舒燾

漢陽劉君傳瑩字椒雲年十八舉於鄉官國子監學正予乙巳至京師曾學士滌生與言楚北多才能文之士甚眾而獨以年少力果志古之學推君後吾師梅先生伯言又爲言君學宗漢人能辨古書眞僞予始與之交時君寓內城喪耦獨居多疾病圖史之外藥鑪而已予每至引入內室談輒移晷見其案頭所陳書無便俗學者而尤精許氏說文予時習辭章聲律之學心竊怪之君笑曰以君之才讀書甯不識字耶予退而始稍覷其書君逾數日必剳記數條遣奚童持以相詢予懼無以應也雖欲不治許氏書不可得噫此古之人所以樂多賢友而歎獨學

者之無成而予何幸生今之世得與君相遇也其年秋君疾稍瘳繼娶於鄧氏乃移居宣武門外之虎坊橋予居魏染衚衕距最近且夕過從樂甚丁未春予南歸值君疾作居內寢頗行遂不復見秋開客吳門得君書始知以病免盡室歸楚今春滌生忽以書告予曰椒雲死矣吾與若當同聲一哭也予聞之心痛念予居京師二年以學問相勸勉者惟君與滌生吾三人雖顯晦不同而性相近志相得無閒也今滌生方由侍從擢卿貳將大行其志與學而君乃抱無窮之業不幸未竟以死予年來駑罷如故奔走道路身復羸弱後日之成否甯能自必耶猶憶在都君每過予偕游廠肆購書籍必日落始散時高才之士類多

策安車走津要其次者以聲伎酒食爲豪予與君徒步市中覓斷簡殘碑樂而忘返人多匿笑之君顧予曰薰蕕不同氣吾儕以此易彼也予將歸君約以他日來都當比屋而居予諾之豈知予歸君亦繼歸予復來則君已亾逾年矣每過廠肆憶曩日之游忽忽乎不自知其不樂也君無子所著書俱未成存者經說及書尾劄記數卷而已伯言先生表其墓而滌生銘之予因爲詞以哀之曰

潮大造之生人兮每有始而無終如君才之信姱兮何學富而命窮憶與君之初接兮心惕惕其若悾憫獨學之無師兮爲啟瞶而振聾請蒙生之可儔兮漸心蹟如駏蛩歎四海之茲茲兮

欣竝世而一逢期白頭之長聚兮互砥礪以磨礲庶大道之共聞兮去偏頗以底厥中倏分手之未幾兮徒想像乎遺容豈無交游之落落兮多委靡與龍鍾惟君年之相若兮而道又爲吾之所宗忽中道以徂謝兮孰能開予心之蓬茸滋後死之恐懼兮欲努力其何從行能修而祿不永兮豈天道之夢夢惟亙古已如斯兮又何懟乎蒼穹

湖南文徵卷一百二十六　　湖湘後學集編

雜文一

募建藏經閣疏　　王　岱

藏經者三藏十二部之經卽世尊四十九年所說之法所云羊鹿三車白馬西馱之本也其後各禪語錄附入之初經自西來皆梵本梵字鳩摩羅什始繙譯漢字自晉以前皆以談經爲上座迄初祖西來以直指見性爲宗經遂故紙注經爲擔扳漢天下藏經者亦少然亦有兼通宗教善知識未盡可度也何也吾儒五經三史狃心性之學爲糟粕然經史之中心性之理未嘗

不備豈得空疏無識遂能聞道乎如途之程雖有健步非記程無從如藥之方雖有良醫非方莫治神而明之存乎其人未可徒恃頓悟也湖郡有景韓祠寺中有藏經因其地近市未得清淨經亦空懸閱者無人徒飽脈望茲老僧達文年八十餘素具實行住景韓寺有年欲於寺後建閣藏經俾有志者入山閱藏有所棲止此地禪亦罕遘教亦無聞得此藏開示當必由漸入頓次亦不落魔道則藉達文之力多矣願諸信心共勷其成可也

募建元帝殿疏

王岱

元帝古未載見。見於道家。謂其爲淨樂國王后。遂有種種誕異。因有磨針淵觀音大士點化之說。是以釋氏亦祀之。明成祖靖難。姚廣孝稱㑂其師至旋於空中見披髮像。曰此北方神也。及成祖成帝業。乃於楚之參山建殿。冶金像即成祖御容。故四方奔趨之揆。其始則又以道士張豐曾卓茅參山臨去留銅笠。且云此山後有人王顯。而成祖以覓三丰爲名。其實則欲物色建文。自種種附會。皆神道設教之意。究帝號元而足躡龜蛇。爲元武。蛇亦水屬。皆北方。是帝爲北方之神無疑。古有功德於民者。例得爲神。即以爲淨樂國王后亦可。元釋二氏。釋主性。元主命。

即祀於釋亦可。至帝有宮妃之屬。似於瞿曇之宮若相礙。然佛法廣大。優婆姨婆塞亦未嘗不入法會。亦無不可。總爲神道設教之意。而住持喝溪不過偕以香火使田夫野婦瞻拜起敬。厺惡化善。則其爲元爲釋。亦無不可。若云明心見性。一切有爲之法俱可不事。非如丹霞難燒木佛。非如破竈墮墮破竈。此最上一乘。未可論喝溪輩也。於是數言爲之募。

後乞巧文

王岱

丙辰七月七夕。余旣效柳州作乞巧文。及寓都門。偶以示人。不知己者誤以爲譏訕。然余之爲文自作自嘯。何預人事。至己未七夕。念自有天地以來。即有是夕。其天孫之渡河而以巧乞者。不知凡幾。何天孫之巧無盡。而天孫之不憚煩若是耶。抑天孫假渡河之例。以飾其野合之非乎。夫以飾非爲巧。拙莫大焉。巧旣不足。安能乞人。且也伉儷綢繆。心堅金石。琴瑟和樂。情孚膠漆。如負水之難離。似比翼之聯翩。豈始合而終乖。與暫偕而永隔。曠四序於九秋。盡季歡於永夕。如天孫者乎。今天孫會以歲期。臨河中夜。鵲橋甫畢。雞漏旋聞。會契闊之未傾。乃河梁之遽

別。一苦機杼之役。一經胼胝之勞。以終歲之勤動。竭半夕之歡娛。暫須臾之握手。忽襟袂之中分。席不暇煖。歡短悲長。世間之偕老何多。天上之唱隨不乏。乃獨令天孫乖若參商。風同牛馬。心鬱塞而不通。腸牽縈而屢轉。是智有所不及。神有所不通。巧者固如是乎。或者曰。男女恒情。樂新厭故。合多生怨。離久牽情。惟暌合而交孚。惟姤遇而乃壯。情每歲而再定。歡白首以如新。實大巧而若拙。非勢困而智屯。是又不然。夫河梁修阻。歸妹愆期。曠怨纏綿。家人嗃厲。在恒人爲不偶。矧天孫爲固然。雖天意之多乖。實人謀之未善。巧之所稱。將安在乎。又或者曰。太上忘情。至人無欲。天孫旣位叅列宿。豈下同乎流俗。偕隔河以爲婚

睮情發而禮束旹又不然對境忘情坐馳喪德郗納女懷阮醉鄰側苟人情而不涤自孤居而無適胡盈盈於一水遂僕僕於薦席情固未忘巧尤成拙若是則天孫實無其巧而世猶乞之不休夫亦未聞乎大道未達乎時變也何也世界之所乏者非巧而世界之所以破壞者皆巧之所致也請畢其說粤自太極未判本於無極二儀攸分淸濁始闢氣淸上浮質濁下立日月代照星辰吐熠山川流峙五行消息乾坤交而雲雨施陰陽薄而風雷赫虩物有萬蕃變充盈胎卵溼化蠢動含靈造化之巧不一其形成爲世界住爲法輪壞爲缺陷空爲渾淪（內典有成住壞空）三災毀裂五濁埋沈混沌七鑿一眞不存樸散爲器質滅留文

羲文象數倉頡糺紛雨粟號鬼山奔川盈文繁獘滋法密奸興禁嚴亂熾律重刑增天變地災饑溺凶德人夭物折木甲草兵俗奢風侈陽亢陰淫凡此者皆巧之所致尙復乞靈於天孫何異抱薪救焚揚堁弭塵牵天孫之無巧庶可返斯世於龐鴻又何事相沿夫七夕衍拜祝之虛文願天孫速回星駕毋惑世之聽聞使百世而下絕聖棄智無復鼓郗州之餘脣

戲祝革韠文

曹耀珩

土人以革爲韠陰雨用之衝泥十月朔諺云革韠生以是日晴雨十一冬多不爽歲丙戌是日霽夏子雲臥來余齋戲索文爲壽請所呼夏子笑曰呼足下非諛余因笑執筆而祝之曰欆枏而梁棟之騂角而犧牲之適於用斯樂耳以足下之用度足下之心謂宜枉雨余獨以爲不然天道泰於象爲陽晴則陽之徵也天道否於象爲陰雨則陰之徵也夫惟其陰極而陽衰不得已起足下於寬閒之區俾出其致遠之才禦侮之力以濟當世之涸濁俟會朝之淸明足下豈誠樂夫時之窮而顯己能哉且天下之物勞則速獘逸則長存時値夫陰卽欲不盡瘁疆埸而

不得盡瘁而天下不以爲樂而其身且有履危之勢時値夫陽卽欲不高處堂階而無庸高處而天下不以爲嫌而其身叓得不奪之休卽足下萬萬不爲身計而吾之所以壽足下在此非獨壽足下也壽世也壽世所以壽足下也夏子曰言雖小可以喻大

島孫記

陳之駓

予生畏俗禮不任衣冠歲時伏臘餙牽爲樂一循天眞家人不予強也有文十者同予往歲暮客予予約曰明當元旦家人父子變熟爲生叔兮伯兮何多揖也相對欲何語豈不顔甲鄰里昨昔恆見越宿間叟爲賓主將迎甚俳優明晨毋蚤起毋拜賀毋擇向出行飲餐如常度日巳中任家人相識之紛紛而路也請別爲樂以避之於是選步出遊遊以訪古蹟爲勝予城生也五歲移鄉祖居一入塾後養成逸性半里不知向去今日將見足蹟焉出坊下石橋數十百步臨於長湖湖故江道聞族盛時臨流濯纓甚優有形家言何不辟江而遠因帶江爲湖節築之

可以畜魚先人便其言今尋其下流崩衝洄洑與江正相爲吐納獨不知其來也湖之首曰堯鑑堯鑑上悉平田何由與江通已而相其田左右若隧道夾岸隱肰高濱之理在也其中況有塘自田半里許遂聯湘岳洲想古亦無洲也自洲走馬一鞭地辟江向外因積其土爲洲至今猶有小溝廣咫導田中水想塞江時亦慮地氣壅閉留此少洩此堯鑑之來也堯鑑之委分爲二如人字其左曰當門其右曰曲尺曲尺之下爲堆湖絕有小致其受水寬處容小阜抵千五百石舟古樹數株茂草濱碧鳧鶩棲其上人或於春夏間奪之卵先祖遂歲以租四石募人增土護其址防齧蝕也堆湖下曰方湖濫湖長湖皆西向與江會人字之右曰仲毅仲毅之下無名世久遠湖荒廢不可得而存也皆西南流先與江會江環半規然後西流入之當辟江時破村衣遠山去開塞力非易族盛時諒無難事江湖新而科名遂不起因歎湖田其初一人之業也迨族子蕃人不能四畝人矚是田則無以待蚤炊矚是湖則無以爲蔭溉脫余得志散族人以千金盡收諸湖田於堯鑑之上開渠引江水亦不敢大啟淘汰湖岸盡通隄上下設橋門蓄洩關以柵小鱗可入尾大不軼種菱芡以佐酒茗兩岸植木陰森小艇釣竿時時往來予甚陋堆湖之名可改呼爲島孫比於海島之微云爾島孫設素亭可坐五六人詩文高尚者今之未能也聊記其志

若兒分居手諭　夏光洛

若兒初名至爲先大兄幻齋公第四子少失恃多病先大兄以余母子肎憐之聽余畜爲子迄今十有三年一經相授不善敎卒無所成余負吾兄矣乙酉秋大兄於風雨舟中䟽手永訣謂余曰四兒終以累吾弟盍大兄已諒余之心固無他也今兒巳立室抱子而余日益貧恐無以善其後聊分給制𤰞沖宅地田山一所以爲恆產小奴一以供薪水兒其以耕以畜以贍衣食保妻孥無患貧寡也汝祖受產僅二石厥後剏業至三千餘畝汝父受產百餘石至今存者不及什之三豐嗇何常亦顧其人何如耳汝父德薄能淺不足效汝祖發蹟九里始基於此兒得

服先疇以勤儉起家比蹟前人奚難哉囑者立心制行甯拙毋巧甯厚毋刻甯讓毋爭盈則虧剛則折非但人事實天道也兒愼此以往使宗族鄉黨無閒言兒不負吾矣他日地下余亦可以對我兄也維山與田有與他族及伯叔壤相錯者此疆彼界較如也雖然毋競尋丈以滋多口昔人有言終身讓畔不失一段終身讓路不枉百步立書諸紳以代韋絃之佩晉陶淵明以一力給其子手書致之曰此亦人子也善視之今小奴映雪年雖少慈以畜之得力有時也且其父㚇於事其母背而他適尤可恤矣念之念之書此示意二兒湘巖姪師姪夔姪誥見之皆曰善兒亦好存之其無若伯魯之簡

陳情紀事　石嵩森

從來事屬於公雖在下非爲越分理持其平卽獨鳴不禁陳言三楚原屬一省從古於玆湖南明末先遭土寇闖獻荼毒　國朝定鼎四年始入版圖然猶兵來賊去旋失旋復邑里邱墟閭閻榛棘至順治十八年經略洪平定僅見十年生聚今　上御極之三年龍陽彭之鳳納賄題疏南北分撫時值西山用兵疲困撫軍某作俑於前某踵跡於後誅求之事漸起至康熙十三年吳逆蹂躪㚇徙流亡不可勝道十八年恢復民控拋荒田地撫軍韓世琦疏請　恩免六年業巳停徵三載忽於二十年始而追荒費繼而折荒糧且徵荒餉蕩丁巳久事出無名橫征

暴斂較前更甚一閱月而江蘇所空之庫餉旣週再閱月而長安所記之逋欠又足未半載鼎盛行鹽之重貲渤海發動輒數十萬金索取搬運昭明彰著何一非小民之膏脂如此者四載湖南之民力竭矣每見　朝廷有公事視爲奇貨卽如南杉木値功令各官捐助湖南派在里民按糧加派延及烟戶計口出金殃民且以肥巳一邑數萬追比嘑號不忍聽聞雖經排夫控部題疏然而全情未楚又如戶部行查荒糧止清數也而湖南藉以丈荒派費　皇上岳麓賜匾以重道也而湖南亦因之科費如此之類不堪枚舉今二十載計之某某苛剝於民然猶重儒術也今則斯文埽地矣某之害止於苛派糧里今則羅鉗

吉綱令州縣訪士民之饒裕者動稱院訪拘禁講價一綱打盡矣某之縱貪於穢蹟著聞者間有參罰之時今則苞桑孔固不動不搖矣某於士民之呼號者雖不申冤亦不加害今則阿堵入手處置盡情反發本官任其肆虐矣某猶勉强顧名於一年之前某則饕餮橫行於下車之日詎淡詎熱愈趨愈下雖皇恩浩蕩湖南不沾涓滴百姓反罹苦害漕糧每石價止征四錢每石解折二兩二錢一倍五倍況荒熟竝征新舊交迫爲禍叚烈卽令督憲仁廉諸如禁鄉保革里役停詞訟懲濫取不許承差下屬種種大澤止及湖北獨湖南洞庭阻隔全無忌憚竟成鬼蜮民有冤情一控督憲卽觸撫怒底夗不釋如安鄉劉朮

昆濬士進鄒海揚王中公至今尚幽囹圄卽督撫屢駁行提而鍛鍊如故大抵蓄鷹遺患南楚之害未必非楚人爲之崙自宋初以守信公裔世襲於湘耕讀爲業忠厚傳家情屬同室之鬭敢爲不平之鳴思范文正公爲秀才時以天下爲己任崙才不能逮公心竊同患忍令湖南一隅地若越人視秦人肥瘠而漠不相關者乎躬逢　堯舜之君斯民不沾如天好生之德可爲長太息也因此不揣螳臂當轅冒昧繪圖入告本年五月初八日恭逢　聖駕出巡匍匐哀鳴　天顏咫尺洞悉民艱一見俯允卽發司寇旣裳　厚宥釋縶又荷　賜諭矜憐六月初二日大部審明口供具覆又叨　聖恩賜以往返火牌勘合口糧沿途官兵護送知讐害甚衆必留書生活命以俟廷論煌煌　天語遐邇共聞無非念民困重敢言也非止崙一人之幸實湖南七郡六十三州縣之幸也崙馳驛歸鄂投文候督撫二位師相大老爺秉法行提湖南各府州縣徵荒解費冊劵批回一間檄至縣而於府府請於司雖某撫索追原行牌票概未曾繳始終徘徊瞻顧竊某所徵四年崙有薛張二藩司印牌年歲縣分數目不入令書不經交盤註載荒餉一一分明某徵二十三年荒糧正餉一十九萬七千八百兩與南杉價費一切雜派赫赫在位誰肎直陳如上年恩免之尾欠文到已經全完止有虛名本年蠲免之一半現在各邑征費豈沾實惠

屬在下吏聽其頤指互相朦蔽必然之勢也但望同鄉各郡邑凡受肌膚之痛均屬同舟之情密以各郡邑苛派數目一切實據及二十三年征荒告示印付串票給崙倘得重睹　龍顏一定剖心泣訴當今　聖主以子臺子砮爲心督憲以己饑己溺爲念凡有被害應於此時敷陳不宜畏怯錯過或曰某之綢繆固結牢不可破勢若太山形同百足其在江蘇也昔兩江總制于公成龍與之一袍縫合兩袖喻以伸手之戒竟莫能懲其貪聞　聖駕幸姑蘇有官婦夫夗於禁被髮露體泣冤而訟之者雖達　御覽從寬暫釋俟其改過今怙惡不悛穢行彰聞莫敢糾劾　命下已逾兩月縱容貪令居然視事嚼民

蠹棍在外逍遙漏囚劉琳上下官司始終庇護潛匿妻子似此强悍欺罔　天威且不知畏督憲將若之何予曰否否某之行徑夫人而知之也天鑒之照臨甚明今非昝比督憲之廉訪極確公道難掩法不容情或又曰今者官蠹盈庭暮夜聚謀暗思所以殺子子其殆哉余曰唯唯但使民困稍甦　皇仁下逮國法於此昭彰吞舟不致漏網得從三閭大夫遊固吾所願盡崙之心竭崙之力吾楚多材將以俟繼起者昔崙祖萬程公明僖宗朝爲新安太守甫下車卽值黃山開採牽累萬餘人子祖盡釋其人並焚其牘忤璫掛冠削髮披緇逃去至今徽人廟祀尤存崙清白吏家孫也祖得志則棄一官以全民社崙不得

志則捐一身以救梓里出處雖曰不同祖孫應當一轍但願上可以對君父下可以對桑梓天地鬼神實式臨之至於成敗數也生死命也濟與不濟非所問也今日代巡久停言路閉塞聰明睿知如我　皇上萬一因此類推大廣耳目俯念疾苦詔諭海內每歲春秋定期以代省耕省斂親自御門使天下含冤無告者自行赴愬選廉正大臣批閱則於民瘼不達之時倣古縣鞀設鐸之意愚賤小民得見天子而言情將見守令不敢肆其虐院司各自愛其鼎宵小喪膽蒼赤安生何至蒼鷹乳虎之草菅民命哉崙死之日如生之年復何憾哉然聞今日湖廣官吏上下追贓官蠹相怨人心暘然已見一班封疆大臣始也不恤廉隅備極搜括繼而專工逢迎不自愧悔更移文卷挽回證佐縱鈇鉞可逃清夜平旦羞惡之心惻忍之心安在也況今　聖主明威照臨日月自當魑魅滅形魍魎授首三湘氣象煥然一新剝極而復其在斯乎獨力難持衆擎易舉是所望於同志嗚乎賈誼之涕旣流禰衡之鼓欲撾非敢位卑言高聊以愧身都通顯而以梓里爲壑者康熙二十六年八月中秋之日湖湘石崙森天際氏書於鄂城漢陽門內紅牆閘口主人黃君性之旅次中郎或遷寓有賜顧者先問主人必須領教切勿誤投

續綱鑑總論　　黃　秀

余觀陽節通鑑總論其於古今來治道之大經大法人材之用舍進退已縷陳於篇中首末矣至君德有純疵宮幃有淑慝政事有治忽固昭然其可法可戒也臣品之忠奸民生之休戚中外之防維又燦然其宜勸宜懲也且權奸之僭僞簒竊異端之惑世誣民莫不層見疊出致其丁甯反覆之意誠可包羅十七史而爲古今之龜鑑矣若夫天下之大勢有分合歷數有暫久時代之興衰存亡或同或異以及國本國都之豎建得失安危自周以至唐宋尚有未遑盡及者而元明兩代其事益缺如也余得取而一一詳言之唐虞三代有堯舜禹湯文武爲君稷契

皋益伊傅周召爲臣君臣一德上下同心府事修和庶績咸熙以至雍動太和之盛治載在書傳班班可攷故夏商周之祖其事一堂皆以積功累仁受命而興其致王雖遲速有殊享國雖多寡不一而得天下則一也及其失也如出一轍匪特女戎滋害良由喪德敗道其主實甚耳至宣王中興克復文武舊物洵爲有周令主然一傳而禍亂又作周道不復振矣天於斯時雖生水精之聖不獲繼衰周而王雖有鄒國之賢不克位名世而相然其刪定贊修述六經以垂世教稱仁道義距二氏以正人心道已大明矣而曾氏源出於夏子思孫承乎祖四子之書皆三聖之裔也師道立而羣蒙開眞萬古生民之幸也所以天下後世皆曉然於綱常倫紀之大義詩書禮樂之微言其道卽未大行厥功不亦鉅且遠哉迺自東遷而後五侯各霸於春秋七雄爭長於戰國縱横雲擾亂靡有定周天王名爲共主僅一守府如人患尫羸手足痺痿喘息奄奄猶長延歲月非仁厚之報乎至赧王獻地國亡是周之久於合而卽久於分者其時已如此秦莊襄仁義不施上首功爲務能徙木爲信蠶食六國並吞諸侯至呂政統一之天下有將合之勢然得以詐力者守復以暴鷙傳至二世而趙高弒其君閹宦之禍昉於此矣雖鑄鐻銷兵自謂可常安海宇然所患者不在稱干比戈之剟辟而在斬木揭竿之勝廣亂民之首倡又基於此六國復立楚漢交爭沛

公以亭長之微起而成西漢之業其除秦代苛法約漢法三章豁達大度誠可與有爲也但其輔佐諸臣道未聞夫純王術多流於雜霸故時雖近古而治不古若惜哉恭儉如文帝時方富庶而賈生治安有策止問鬼神於宣室雄略如武帝好爲爭戰雖董子天人有對僅作賦於江都嗟嗟賢者不獲大其用才士未盡展其長自古而已然矣況又疏直臣而用五利信方士以求神仙其與明帝崇佛教唐宗迎佛骨以變中國亂人心者何異不且開天下後世以虛無寂滅之習也哉遞傳至成帝以禍水滅炎火以致太后臨朝外戚擅權相沿至孝平之後而莽賊簒漢矣西漢之天下其合已二百年至此而蜀隴割踞赤眉銅

馬煽亂天下之勢又將分矣幸白水眞人提一旅以復漢室天下自此而合焉故其中興如殷周而其治亦可與西京竝列迨歷數傳皆守成中主瑕瑜亦不相掩至桓靈鬻爵聚財已爲兆禍之階及獻而孱弱彌甚常侍專權而黨錮之禍以起何進召外兵以除內變流離播遷實成奸雄篡弒之謀在操懿兩大奸睥睨神器此大臣之害也而惡同莽賊矣夫天心以好生爲德人牧以嗜殺爲戒乃莽方鴆孺子而莽首隨傳於宛殺人實自殺耳阿瞞弒伏后罪不容誅然不於其身卽於其子孫故其後殺甄氏殺毛嬪天既假手以復后仇而遂曹芳刺曹髦人卽借劍而誅賊嗣其禍已烈矣至司馬氏永熙纂殂於毒餅懷愍憂

殞於靑衣且六宮俱遭戮辱八王自相殘殺典午之裔四代卽滅其禍不更慘乎嗟乎天道好還固銖黍不爽而讐冤相償則倍蓰尤多不忍言也伊可畏也出爾反爾胡弗戒之胡弗戒之由是天下之勢其分也多而且久旣分爲三國又分爲兩晉分而南則爲宋齊梁陳分而北則爲元魏周齊瓜裂州郡臠切人民雖有江左之小康願治之霸主亦未能合四海而悉臣也隋氏素未積德累仁一旦起而兼倂之其倂天下也隋堅之詐謀纂雖遜於祖龍其失天下也楊廣之弒逆罪更過於胡亥雖曰驟合然不一再傳而天下遂亾甯與秦人有異耶唐高以隋氏舊臣用裴寂劉文靜之謀旣臣附乎突厥又受劫於宮人其囊括四海不如漢高之正大賴太宗貞觀之政得房杜姚宋王魏諸人以佐之其治亦卓然可紀但閨幃多慚貽謀未善及至明皇奢靡淫逸內則三綱淪滅寵妃穢過於夏商而外則兩京克復安史亂平於李郭自是而後聚稅斂如德宗而其時朝恩居觀軍容矣平淮蔡若憲宗而其後巢賊亂海內矣藩鎭僭踞於前宦寺變生於後弒逆相尋天下大亂朱溫以羣盜之雄滅唐而竊天位仍不改殘賊之行再傳至唐晉漢五十餘年一十三君八易其姓祚短國亾君臣等於讐敵百姓塗炭已極惟後郭太祖儉約自持勤政恤民雖踐祚三年而善多可紀柴世宗以養子承統其美政尤足稱述較前數代諸君其賢遠矣惜其六

年遂殂雖周祚甚短亦宋運當興耳且在嗣源焚香籲天之日適應期以生眞主天下不賴以是定於一乎宋祖誕於夾馬營中仕爲殿前檢點陳橋起兵倉卒袖中詔出俄頃亦治五代陋習然規模宏遠雖遜於劉漢而綱常之整肅則超於李唐故有天下釋兵權於杯酒用宰相以文人雖禍亂漸次削平海宇將歸一統而狡焉啟疆於外者混同有耶律西夏有元昊後則有阿骨打又肇於漠北鐵木眞復興於斡難爲異日後患是其兵威未甚壯而邊備尙有弗暇與然而一代之文教理學將自此開矣太宗之太平仁宗之仁厚得文正文靜魏公鄭公諸賢遞爲輔相故五星聚奎而濂洛眞儒相繼輩出文治之光華可媲

周而軼漢焉。乃神宗急於圖治，安石捌立新法，而護法傳法之小人比爲周黨，宋室之元氣已漸喪於此，靖康之禍亂即醞釀於此。況以人主爲教主，國君作道君，彼兩蔡童韋皆奸賊，蠱惑朝廷，以姦爲忠，以賢爲黨，卒至辱身喪敗於五國城，不與行酒靑盞者同類而其譏耶。康王疋馬南渡，雖與北宋於江東，其中興稍類漢唐，然偏處臨安，忘父兄之大仇，與强鄰而逼處，雖有李趙之賢相，宗劉韓岳之良將，而檜賊代金行閒，惑於議和一言，卒之中原陸沈，未復二帝三王之舊，天下雖合於宋，不能不分於遼金元之迭起。嗟乎，世變至此，可勝浩歎。雖有大儒生於其閒，不擢爲輔弼，亦且道學有斥，僞學有禁，叟遭彌遠侂胄似

道諸元凶摧殘善類，破碎河山，當時即有忠良，而大廈將傾，一木難支，遂至遠遁崖山，抱帝沈海，亡國之禍，至宋又一變。且宋有天下，始鄰於契丹，繼鄰於完顏，終鄰於蒙古，宋之君若臣鮮深謀遠慮，既不能存遼以抗金，乃與金共滅之，復不能存金以抗元，又與元共滅之，所謂獨坐窮山放虎自衛者，誠哉是言也。嘗見古之禦外患也，亦惟固吾疆宇，守在四裔耳，未有猖獗之盛如元人者。至忽必烈挾兵威以滅宋而有天下，垂統既一，功烈雖若顯著，而善政亦少概見，不知崇聖教，反貶大聖爲中賢，不思重儒術，乃降儒士爲九等，其他務未可殫述。至發宋諸陵，取寶玩，漆理宗首爲飲器，是人君也而行同於盜矣。但擁位而

兒有弑，亦前代所有者，若君沒而后再適，則曠古罕聞也，能不致汙青史歟。迨順帝嗣位，天怒人怨，方且行番僧運氣之術，讚宮中佛號之稱，而天魔有舞，龍舟有戲，荒淫無度，且罷科舉而信桑門，開河渠以斂民怨，凡亡國所未嘗有者，無不爲之，欲不亡其何待。故其始雖有許衡、姚樞、劉秉忠、安童、楚材諸臣，已邈不可追；後有仁山、白雲、淵穎諸賢，亦曼乎難幾矣。即有余闕、李黼、泰不華之忠義，亦無救於喪敗。以故白蓮聚眾，紅巾煽妖，韓林兒、劉福通僭號於楚豫，陳友諒僞稱於漢沔，張士誠雄踞於姑蘇，方國珍等鴟張於浙粵之閒，分崩離析，天下大亂。幸天生聖人，以淮右布衣託身皇覺，憫斯民之陷溺，以救世爲已任，驅

蒙古而正位號，其得天下也，原與漢同其正。況有靑田之運籌過子房，魏公之轉餉同相國，徐常湯馮之戰勝攻取，勇略實超乎三傑，且景濂之臺閣文章，又非厚重少文者比，而靜誠之辭爵，其淸風高致，又迥出赤松桐江上矣。故一代之節義，媲美於東漢。若夫綱舉目張，禮樂衣冠之盛，典章文物之詳，自宮闈以至朝廷，自朝廷以及海甸，政治莫不釐然畢舉，有非前代所能及者。獨惜其英敏大智，知太孫文弱，半邊月兒則難全而受也，影落江湖豈能允王保之，向使不拘於嫡孫承統之說，而立燕王爲儲嗣，封建文以大國，亦何至有靖難之兵，糜爛生民，屠害忠良，且令癡兒削髮爲僧耶。故余意嘗謂立嫡本屬恆理，但史

氏執此說以誤帝乙俾受辛遂亡商祚假令立微子之賢庶以承祧則天下當不若是之驟滅也且如漢祖諸子原有代王之賢雖知惠帝慈柔呂后悍妒不能廢嫡立庶遂至亂生諸呂唐高賴世民之力有天下苟知建成難爲兄元吉難爲弟能越長及仲又安覩血污武門哉至扶蘇楊勇又不足論矣然則立嫡固爲常經而立賢亦豈權變非必如堯舜之官天下也惟枉知人識勢者擇親賢之善以好爲之而已矣且夫永樂爲君雖逆取順守而勤於求治崇聖道而黜方術求賢才而赦無辜重風憲而選守令遴儒臣而備顧問庶幾三代遺風然其喜於用兵或一時之雄心未盡亡而果於屠戮始所謂三十年殺運尚未

除者乎仁宗仁心爲質半載之間善政屢屢而帝星遽墜亘足悼也宣宗十載之間亦美不勝書卽有微眚不掩大德至於英宗違祖訓而首寵王振致蒙塵土木幸中華有主乃得生還不然其不爲宋之徽欽也幾希其後南宮復辟力反舊政想其得於憂患者深乎獨惜石亨輩以奪門迎復誣于少保以冤死君子不無遺恨焉武宗復任劉瑾罔習政務耽於遊獵乃欲降天子之尊自署元帥之名向非文成文定襲宸濠而獻之則明之天下亦岌岌乎殆哉世宗入繼大統作無逸殿頒敬一箴惠澤敷而甘澍適降實協斯民望治之心乃首議大禮在人主以天下爲心而繼統與繼嗣亦異議禮者紛紛聚訟張桂迎合主意固鄰於諫佞而諸臣伏闕痛哭得毋行之多激乎厥後信崇道教不御萬幾一任奸嵩爾父子鸞華諸宵小欺君誤國嫉賢戕能殺大臣殺諫官況於人倫數大端猶有慚德乎神宗沖齡踐祚內則江陵輔相外則李戚爲將四海敉甯初政猶有可觀嗣是而貨殖興疑忌起邊隙開帝方欲委裘而治不知內變外患實始基之矣享國雖久曷足道哉熹宗昏庸尤甚乃任忠賢逆璫客氏妖孽濁亂朝綱誅貶賢臣且東林黨起門戶爭立水火分於政府秦越聚於朝端致使奸邪得以乘釁諸臣自相攻劫國亂民怨禍滋熾矣幸其七載遂崩俾大憝蚤爲授首否則大變安忍言哉故有明之君仁愛賢明如宏熙隆慶泰昌年皆不

永嗟乎是天未欲平治天下也不然何奪之速歟懷宗以智勇深沈之姿不動聲色而首殲大憝以擴清宮掖又且敬天勤民虛懷納諫亦欲發憤有爲無如民困國貧財貨盡歸私室寇強兵懦將士俱乏精忠孟賊內訌邊烽外儆雖有揆首若溫周止知固寵營私而濟時無策盜魁如闖獻竟敢稱兵犯闕而慘殺多殃災害益至傾危立見嗚乎其君非亡國之君而能死社稷臣乃亡國之臣而皐鼇淵深殉節煤山豈特其貴戚不顧生於皇家哉卽令後人聞之亦且爲欷歔泣下矣是有明得國失國皆出於正又豈前代所可同日而語哉其間殺身成仁者固多而偷生降賊者亦不少乃向之藏金匿寶者不以之輸國紓助

兵餉而欲苟免逆賊之刑法貞狗彘不如矣自古來更有奇出意外者凡開刱一二代後每有禍亂出焉如有窮之篡也桐宮之放也東山之徂也雖時有久暫皆前三代所同也又如漢與唐雖嬰禍及於女后唐與明骨肉變生於蕭牆雖地有遠近亦皆後三代所同也意者殷憂啟聖多亂興邦其在斯乎斯雖氣運使然實則人謀不臧誠以小人女子多為之蠱惑也易曰開國承家小人勿用故小人逢迎其君或聲色貨利或闢土開疆人主方謂其有益於國也抑知實有大損於其君而人主寵用其臣或高爵厚祿或納賄攬權小人方謂有利於家也不知實以喪其身凡若此者四千餘年其勢之或分或合為異為同雖

時勢有盛衰人事有得失而孰非天實為之哉吾思天意欲與人國必生聖明之主開於上賢良之臣佐於下君相志同道合以圖善治而朝野咸臻於極盛及其衰也天或生暴戾之君或生昏庸之辟卽有奸邪亂政僉壬誤國長惡逢惡以導之馴致敗亡此古昔所同也雖然予更有說焉天下大勢固有分與合矣而帝王之都會其勢尤宜徧觀而審量之洪蒙初闢風氣未開於四方而運會先肇於中土故庖羲都宛神農都陳軒轅邑於涿堯平陽而舜蒲阪禹安邑而湯亳都皆在冀豫分野之間至王氣鍾於豐鎬而文武建都於此厥後秦之咸陽漢唐之長安皆關中地也誠以重關百二表裏河山可成天府之國周公營洛邑為王城平王遷居數百年而周衰惟東漢國祚多歷年所若西晉北魏與北宋或都鄴或都汴則平原廣野無山谿以陷戎馬孫吳城於金陵以至六朝相沿盡屬偏安難以北瞰秦晉皆不足為帝王所居也昔朱子嘗云王氣鍾於燕薊暨於平灤洵古今一大都會觀其控制前襟大河後枕居庸左臨東海右倚西山又非若陝右近於沙漠臨安逼於海濱故自金為大都以及元而明成祖北遷焉已閱數百年今我　盛朝定鼎於玆宅中圖大居高臨下方興未艾誠萬世不拔之基也故天以北極為樞紫微垣列眾星羣拱乎帝座而地以北平為軸紅雲高捧萬方咸衛乎東京形勝之大而且久洵有莫過於此者矣

昔孔子對定公有曰為君難為臣不易是君與臣宜交相勉也吾思人臣事君無欲以矢其志無妄以立其誠盡其心以忠君而無一念或僞致其身以報國而無一事或欺位無論大小事無論巨細時無論常變勢無論險易皆殫智竭忠以為之不以固寵營私分其志不以美官多錢肥其家斯臣道於是乎無忝矣而為人君者正心修身誠敬以承帝眷仁育義正愛養以厚蒼生崇儒重道而文運興立綱陳紀而庶政舉進賢良而屏奸佞則睿照無私而乾綱獨斷不授其權於左右大夫重農桑而敷教化則人心宜格而風俗不變不雜其志於刑名法術武備修軍政飭星羅碁布而兵恆藏於不試內變弭外患息海晏河

清而四郊不聞其多壘內無宦豎宮妾蔽主聰以擅執國柄外無雄藩草竊肆跋扈而倒持太阿而且察吏安民機務詳也省刑薄斂湛恩沛也蠲租減賦德施普也積粟貯穀國常豐也救災恤患民恆足也斯君德之大本立而君道之大原全矣若此者曠覽前後盱衡古今則惟我　國家　祖功　宗德膺景運以隆興肇開一統之鴻基　聖子　神孫承貽謀而燕翼永綿億年之寶籙常合而無分也可大而可久也其在書有曰元首明股肱良庶事康記云一人元良萬國以貞詩曰商邑翼翼四方之極又曰于萬斯年受天之祜者皆此之謂也由是宮府咸爲一體德險俱屬竝峙鞏赤縣若磐石蹐群黎于仁

壽成道一風同之化致久安長治之休於以媲唐虞邁三代自能衍慶乎百世而超越乎千古矣又何漢唐宋明之足云

息機園聽客夜譚

張九鍵

班笥卿之叉路君平甫隸武弁屢從征討識要略年老歸休園於息機班笥卿詣郡輒寓其園一夕披衣謁笥卿曰子文士也知讀書之道而未諳用兵之策試酌酒一語子子其通於兵乎凡兵之道雄兵與精兵戰則精兵勝貪兵與義兵戰則義兵勝闘兵與備兵戰則備兵勝追兵與伏兵戰則伏兵勝無一不勝與如不自勝之兵戰則如不自勝之兵勝夫如不自勝其勝神矣藏於無形攻於不意隱地於天隱天於地無首無尾若滅若生若行無地若入無人戰之統也其迅其捷如張弩如發機如轉圓石於千仞之山如決積水於千仞之谿戰之勢也其步其

伐有截無迮如鞭龍蛇如搏兕虎立於必勝是以無必戰之情也韅靷鞅靽周列成文揮之如羽縱之如焚昒然四分如風捲雲搖旗息鼙寂若無聞窺我無隙破我無門逃離違惑萬敵紛犇戰之彰也長戈利弟鋭卒輕車迺乘其亂進攻其瑕一呼百應勇氣倍加曾不頃刻而敵已滅威已駭及於奏凱而旋置戍留守所過謹蹕卒以無譁戰之完也兼此數善是謂如不自勝之軍然而其金泥之者若齧之者傷犯之者全敗佳之者不笭昔有馬服君之子讀之而不能通之安平君武安君輩通之而不能盡之漢諸葛君則躬盡之勢未能施之神乎神乎其惟鷹揚之老叟與運籌之帝師乎今吾子上明三光之次下察九區

之宜中習先王仁誼之教吉凶賓嘉之禮而旁及於百家陰陽形衛方名象數之奇獨未變而合之使熟於戎　內廷一旦發詔遣師命吾子筲兵督遣封子其階前稽顙期期不奉耶抑白函飛奏咄咄書空耶則吾未識所從矣班笥卿曰君言信善但吾雖未典軍其於所以軍則亦默運之心而熟按之於傳於經矣平甫笑曰否否此正書生紙上之兵非繕兵也夫行兵有策不知策焉知兵且不知兵其又烏乎保國

原疾

譚宗衍

六極次疾於折夫折則已矣魄降魂升痛癢無著不幸遘疾身羅毒心悉苦較折尤難堪使疾由不慎所致則人當自怨且或可人力挽疾由於天斯無如何耳吾叔子人亮禍祿卽有疾七歲乃能行十五疾作始於癇藥弗瘳遂成惡起居飲食時忽手一撒頓踣地面青目瞀體痙手足掣痰涎坌涌人事不省久乃甦猶懵懵疾發人已俱不及測始猶稀後則密踣則於壁於石於溝於物皆所弗知故不敢輕步皮破肉綻骨響血噴被傷遍而頭尤甚如受千鎚萬鍊矣髓空神搖奚以自立已固不欲生對之者胡能爲懷閱數十醫弗能治僉謂是稟於初生者夫人雖生於父母而實生於天予嘗謂嚮用威用雖若不盡操其權惟天得備用之乃好德與惡弱任人自爲天恆弗之顧而好德不必福惡弱不必極天亦有不能用者耶抑天之用固有不得其當者耶天既生吾兒卽畀以有生之樂夫何難縱不然卽畀一愚頑之具昏然於天地間以茹痛楚尚稍寬乃吾兒性質明敏工夫奮發九歲從余學成童已通四書五經制蓺驚長老咸計日觀毛羽高飛而孰意其嬰疾哉且疾綿於今二十五年哉謂所自致則幼小已然謂余不德所致則何獨獲報令雖抱疾稍聞不釋卷詩文積成帙無塵俗語多借以發其痛哭無聊搔首問天之概蓋幼時嘗存一疾没世而名不稱之意茲乃困抑

至此不惟其身之無時不慟其心叓無時不慟矣嗟乎余於季人高已有澹臺氏之慘而叔復如是且目瞽子之苦毒而不克為力吾心之慟何如哉顏淵之短伯牛之疾子同歸之命而盜跖之橫以壽終天其知之乎其不知之乎聽天由命而已柰之何哉柰之何哉昌黎有盲目盲心之說彼飢渴害禽獸喪心疾滋甚若學人之不克顯其著作才人之無所展其設施古今來何限卽俗所謂名利嗣世人甯盡無憾又豈必其疾哉愼勿懷無諡之思以諡其疾也作原疾

尖頭公告文　曾紹孔

歲夏五十有六日檢儆笥所貯敗筆童而髡老而禿者千二百有奇擇草堂西偏隟地穿穴以埋之題曰尖頭公塚復設觴豆清酌為文告之曰余之得交於公也有年矣歲流月化瞬移息遷凡經三變以有今日也方年少時童心未漓恆若有所思念計畫借公發之注想凝目旋復自已意欲養其鋒葆其銳不敢輕試公知公之所蓄甚深為用甚大也此一局矣稍長或時不與公會見輒喜及與公盤桓用剛反柔志枯氣索亟辭去良久莫敢追視此又一局矣馴至中歲公旣卓犖多異彩余亦豪邁放達朝夕與俱不頃刻去離几席伸紙疾書神酣意適浩浩乎若與曩者異然不敢自以為能也浮濫笨伯艱晦淺穉於道無明猶持鉛刀砍陣不足搴旗斬將也此又一局矣三局遞變卒不克列鵷鷺之班裁五色丹詔出之天上又不獲與於榮辱褒貶使一字之重於山也叓不獲校書藜閣同五夜以常青也祇是游戲於煙霞泉石閒效雕蟲之一臂其余之負公哉抑公實負余哉乃不謂折頴僘毫所積日多豈非公之類物過明任重太銳不善斂其鍔數遭頓挫以至斯耶則余老且無能亦可知矣雖然悼往者之弗及冀來者之可追方欲沈酣今古衷於大道刮磨蔽蝕洗煎膏火使不止於疇曩異而已者以叓成一局焉未可知也安知余與公交不自此以往又數十年如初乎今

第慨夫用公者得新忘故遺舊棄勞壯銳則珍之及其衰憊舉而擲焉或墮溷穢曾莫之恤為可悲也是用簡點收拾聚而封之且告以文似不為負公矣公其可無恨

抱雄兒自狀

李繼聖

抱雄兒生於丙子年七月二十九日辰時李姓諱繼聖字希天號振南韶齡好弄削木像刀劍箭弩棒鞭之屬日以此嚇羣小兒為樂斷竹彷彿籥笛好乘牛吹入林野年十二始赴試好學閨秀詩十八頗知書味二十一歲失怙不識權斛數二十四歲試入武庠卽棄之爾時猶未向射也好博書出外呼盧晚歸讀必雞鳴乃已有以老於童子試為戒者不屑聽也二十六教弟姪八股業自是十餘載同族曁異姓貧乏者受業甚眾皆辭束脩二十七督學黎夫子撥入府學第二名評孟蘇有三楚奇才之賞名漸振二十八登雍正甲辰賢書易本房沈夫子主考莊

陳兩夫子極歎前三蓺為近日才人所罕見好涉臨山水與及門講貫偶暇好使諸生為謳歌好談笑又好簡靜則覗乎其所對好雄豪坦率友好聚書好竭財力為人謀然不能曲從人多違俗而罵不類無含忍量朋會有不慊於心怪氣暗衝激久鬱不得暘或發狂猘謔不修邊幅不畏勢力好侮假道學此其疾矣然一飯必思酬而睚眦亦多恬默受之不欲報又未嘗先與人以無禮肆遊吳越梁宋燕趙齊魯江漢湖海閒纍零刻詩文小集字內諸君子每不棄而艱於遇不好珍奇寶玩及種養花魚不好乞人小物不好背議人短不好立是非愛惡成見不好飲益不好名字畫以己所未暇學也平生三大恨恨未親承祖

敎與力承二親敎恨同懷兩女兄先逝而次女兄以鬱亾恨無從手刃廿一史中數百大奸惡於一市及面訊迂儒敗國者五小恨恨不善吹彈竊律呂恨不能閱遍奇載籍名山海恨一二知己遠離不易復合恨無廣長舌立說鄙富人施出窖金哀給煢獨恨身材短瘦無過人千鈞膂力今年四十五未知天竟何如盡其在我惟隨處守眞陶咏而已此性情大畧也歲次庚申肰於山左高唐客署

湖南文徵卷一百二十七

湖湘後學集編

雜文二

閱篇　張九思

邨有人柔如貓諼如狐貪如豺噬如犬里之民患苦之父老相聚謀曰是若何謂之曰前數物者父老知之乎曰知之夫此數物者之不能不竝生於天地也父老亦知之矣置之有所則不爲害今夫貓吾用之捕鼠狐與豺吾驅之柱穴犬吾放之守夜於是乎四物者不能爲人害而常賴其用夫貓與犬吾絕其食而使之宿於庖鞭其首而使之門於客狐與豺利其皮而使之遊於棸兒物也其能靖者幾何父老曰善既而連歲邨中甯姑胥乞者家貲萬金姬妾僮奴之奉一呼而左右集者十餘輩久之不樂去爲乞親故或醜之强之歸則怒廣廈匡牀不如草棲露宿之軒夢也烹鮮擊肥不如殘盃冷炙之適口也始其兒偕乞兒往還則弟尼之兒曰第從我者已乃相與言曰初不知乞之爲樂若此也吾聞之洞庭山薛翁云臨蒸人曰又有之矣邑某氏子父生之晩愛甚恣所爲不詰也爲納粟厠名太學中尋父沒狎里中惡少與之遊學槍棍符咒之技引無藉者皆來一夕相與謀曰某某多金盍往劫諸某氏子笑應曰諾或曰不畏法乎曰誰敢者踰年事敗吏籍其家閱先世遺券畝鍾之田千

餘倉粟陳者三四年食他物稱是有司者惑之竹軒曰是二人者之爲其無足怪皆起於忘已之有而以人爲説者也少自好者羞稱之世之忘其有而悅人之有者不獨乞與盜也孟子曰曠安宅而弗居舍正路而弗由又曰不仁者可與言哉安其危而利其菑樂其所以亡者嘗試與之言乞與盜必笑之矣然其所蔽亦姑胥臨蒸皃之類也

閲天傭子集　張九思

或問文章大家之稱於艾千子千子曰無所不備張子曰千子之論似之而非也夫大家之云非其無所不備之謂而有其所以備者之貴也今一肌一髮一齒之在吾身也可析乎曰不可而身非一肌一髮一齒也神明君之血脈貫之且雖一肌一髮一齒又可遺乎大賈挾巨貲遊於江湖百貨咸列擬封君之室舟子曰吾能爲君載之惟所欲往則達也故此兩人者不相謀而相求也脫有風濤變逆蛟鼉之害猝遇斷港絶潢操舟入焉水潦退累旬歲不得出於是則遷其貨號其衆負其舟甚者則掊而後能出若是則舟與水不得也故大賈之聚非室邑之需

也萬斛之舟非咫尺之達也人之性質絶殊也而孟子曰萬物皆備於我人才各有適也而孔子曰君子不器若是者何哉夫能備萬物者蓋人爲天地之心而才廣於學則器不足概也故皆備之我無我也不器之器運衆器而一之此可以知大家之說也

明何閤部湘潭殉節逸事　張垣

明史何騰蛟傳載公字雲從，貴州黎平舉人。唐王時以閤部督師長沙，得降卒十餘萬。建湖南北十三鎮以衞楚。順治四年春王師至，騰蛟遁南走桂林，旋復湖南數鎮。永明王進爵爲侯。六年正月，騰蛟自衡州檄諸鎮會長沙，而親詣忠貞營邀李赤心。止攜吏卒三十人，聞赤心已東，尾之至湘潭。王師驟至，諭降不從，絕食七日被殺。永明王在粵聞變，贈中湘王，謚忠烈，官其子。文瑞史載詳矣，獨未詳其死湘潭流水橋始末。垣憶幼時與兄坤每見先伯祖過流水橋，卽泣下。私問館吏冬，冬曰：彼何閤部殉節處也。主人爲閤部舊將，以都督同知軍事副胡一青守武岡，臨行諭曰：一青遇事觀望，汝宜促以大義。時負紲從戎，側見閤部手指口畫，意氣凜然。未幾主人聞長沙不守，說一青以全師援，果猶豫不行。迺將數騎奮泣就道，至潭而閤部已殉節矣。有老僧者引至流水橋，收其尸，卽槀葬，潛識以石。既又得其元，別以函瘞冢前。酒家淡處，時主人亦變僧服，每過飲，號泣拜佛，酒家不之知也。惟老僧及故守備曾公知之。後康熙乙巳，閤部嫡孫凱變姓至潭，主人指其處，啟函雙眸炯然，項左右長新膚尺許，止淚相顧駭愕。叓發槀葬，合爲全身，督印在懷，金紫尙離離然。歸黔後，酒家常見朱衣象簡人，亦旋徙去。主人所以過且泣也。與閤部同死事者久忘其姓名，惟幕府郭湘潭人，與主人厚，聞其家覘厥不得云。垣因退記其事。先伯祖名熹臣，曾公名啟先，老僧不知何許人，亦不知所終。

喪禮約　陳諲

主人治喪恪遵憲度凡惠弔奠醴不設餽不爲盞以客有哀炊之心也昔程子居母喪周恭叔主賓客客有求飲者恭叔以白程子程子曰勿陷人於惡竟不與魯論志子食於有喪者之側未嘗飽也俗之敝久矣廓清一旦觀聽駭人雖然不以爲非禮處己者其以非禮處人哉鑒主人之哀指主人之迷無訾主人之矯是枉知禮者

案禮喪家三日不舉火鄰里爲之糜粥以飲食之豈意後世之喧闐鼓吹豐侈飲饌以款賓乎富者意謂不如是則儉其親如是則榮其親貧者亦期勉副時尙故耗家以市非禮者

比比然也記曰未葬讀喪禮既葬讀祭禮喪復常讀樂章是臨葬之時亦祇用朝夕奠耳今用三獻祭禮其贊禮高唱有云奏大樂奏小樂者聞之得不顙泚而背汗乎至素餽之用不但於禮妄然且省治具之繁以專力於附身附棺之要往不肖居父母喪獨刱爲之於傭力加給之錢以償淡素自初喪至葬不宰一牲鄉人亦無甚非之者蓋親喪自致我爲政於人無與也讀此文幷不設醴則尤所難然先輩已毅然行之未嘗徇俗有志之士可以自勉矣汝懷附記

文戒上　陳夢元

言爲心聲音儒檮昧何如守默有時聲之若無能已必悶使沈響遏使洄流千古文才無陳此例涉巫近祝末世强艾者耄不自知醜於浮飾冠箭弁集末世蟄散比輿不知自劣於諷諫或者少年薄惡旭旭蹻蹻甚盛埶厚佌佌瑣瑣我而搖毫擲牋譋加無解戲施無奮悃款澆老成泯倀倀賈禍速戾卒不自咎萌悔文人者造化之寶有典焉燦布如星辰有則焉謹司若律令価錯得意是謂闇輕剽以掉是謂惑珠玉泥淖造化者潛奪神采矣念滋忡忡中夜懸戒敬之敬之敢或夸諸敢或呲諸

文戒下

疑而渾闒而寘靈臺冐遁隱容吾瞜睫哉自遁矣轉瞬售欺世術文章有神交遊有道海內手眼變幻几案竟藉標榜竊啖其餘襲態度據邪壑乞憐姓氏掇取聲華發皇疏解自張若說名餤燥胸懣汗浹背矜飾著書手叢疑迭闒戔不吐隻字翰林主人子墨客卿渥色澤被芬芳千言宂長縱竊形盡相出師門感知己中空空無有倚彼品藻誰貸赧慚眞儚儚也嗟乎吾徒自有文自述之有不足傾吐之無文竄有文之人無文獵有文之人之文以文吾文願汰諸謹志戒

唐荊川謂刻文字爲無廉恥之一事倩人文過又增罪狀上篇歸宿敬愼正未敢莽莽涉筆自注

讀申鑒　陳夢元

漢末荀悅著書號申鑒。其言曰五典以經羣籍。以緯前鑒。既明後復申之。政體時事兩篇閎論眇指。似盛漢作者。遭亂世事闇君。褰於淖泥不滓。時事篇備博士一條。言經文異家別說。文有磨滅。言有楚夏。出有先後。一源十流。天水違行。訟者紛如。後代道學說經。荀氏蚤已揣若。口雜言篇性命一條。論性有三品。後代原性者祖焉。句義簡該。字文閒訛闕。扶疏旁達。隱隱隆隆。其引氣然歟。大抵含和懷靈。殖學惡可已。意有鬱結。貣藉展舒。車馬戎兵秩秩然。肅聖籍經國。君臣獻替。著綱紀節目。赤心輸奉。研慮至到。徒塵塵使悅此書翊後懸鑒。豈不慨息無限哉。

守秘書監即墨令石見傳　彭勝桂

石見字研之。歙人。衞石碏之後。秦築邊牆。徙內郡之石實塞下。遂暴露沙漠。後從沙陀利氏稍內徙。石晉滅。有避誅竄入龍尾山。名星化者。見之祖也。星化生涵星。涵星生見。五季俶擾。歙屢被兵。見隨其祖又徙汴。流轉三川。傭力文史星卜之閒以自給。見負異秉。質堅而潤。磨礱砥礪。能硜硜自守。性兼愛。喜近儒家者流。而其學實墨。獻技於時。從不曳白。人亦喜其一爲人用。甯受污不敢自潔。周顯德閒。與趙普同舉。學究。普甚器之。引入文苑。與楮生管子元卿四人者同臥起。及普佐藝祖倉卒定天下。又預金匱誓書。普怙寵獨相。乃辟見中書令史。稍遷守秘書監。

以材薄不敢進御。久之帶本官出知墨縣。從所好也。會普卒。近臣有借見以傾普者。嗾瀆使以貪墨褫見職。坐贓罪。竝劾舉主。奏上。真宗領之。謂宰相曰。此曹不貪墨何以取材。且其舉主十祗海物業敗露。御前太祖且不加罪。見何足誅。於是從末減。斥歸田里。見抱璞未試。不甘瓦礫同擲。譏逃儒歸墨。極淡研幾。冀復用。雖磨頂踵利天下爲之。然卒無引手援之者。先是漢初尚黃老。武帝始重儒術。凡上方進御暨文苑儒林。皆選用陶氏。配楮管元四姓之才者。授著作郎。藻繪文治。唐之中葉。始閒用石氏。於是青州端州爭貢奇姿異質。末俗好奇喜新。二州之石又文飾其躬以媚人。人亦無病之者。歙之石遂湮沒無聞。獨盧陵

歐陽氏稍愛歙石而見以罪廢有司不敢舉遂鬱鬱賫志以歿
惜哉後見之族屬稍稍被拂拭於士大夫爲席上珍者則又不
姓石何也吁
野史氏曰昌黎韓子曰孔墨不相用不足爲孔墨吾甚駭其失
言矣及讀墨子素絲之泣又爲之掩卷嘆息墨亦思淡哉夫習
染之污不但變其性而已也士不自貴重受知非人躁進以自
衊一斥而不復振如見者何可勝道吾聞見之族有羅姓曰文
者受知眉山蘇氏有傳於世又有玉帶生者從文信國遊終宋
之運待書正氣歌絕筆尚依依不忍去幸哉文與玉帶生爲一
忠臣誼士所知雖至今存可也見獨不幸爲普羅致以自累耶

雖然普自詡以半部論語佐宋主治天下竟忍心害理以一言
潛移太祖之祚陷其君違母命而背兄卽論語且不幸爲普所
讀遑見之足惜獨怪見之不遇命也文與玉帶生遇矣易姓而
始顯雖流百世之芳而世不復知有石氏又何說也曰見之屬
皆託儒而近墨墨之道二本故也然則孔墨相用之說不謂之
失言不可

瘞殍文　陶必銓

乾隆戊戌夏大旱明年大飢草木皆盡四月初有餓者躄躃而
來沿門索食無所得其聲惻然余時方食藿粥呼而飼之少頃
復躄躃去次日有從栗坳來者云途有死人往視則昨餓者也
已視其前則赫然又一殍其旁臥一人飢不能聲急取粥與之
不可活遂亦爲躄躃者之續矣噫余以竊諸生並日而食其不
爲洛中之擊虞者幸矣其去爾也幾何憫其無歸欲掩覆之而
非一手所能任也於是要於路募錢爲梩捄計飢渴之際人不
自保譪錢者多不過數十文少者數文終日積之得錢八百以
三之二僦人掘坎以其一爲扛舉貲余亦左右扶持親役畚臿

其構則取家中敗扉爲之嗣後倘復有類此者亦惟如法行之
以爲鄉人倡庻道殣不至委於溝壑也然而可哀也已埋齒既
畢復以粥一盂爲文告之曰而何人無藉無氏無名與稱忽聚
而厝而得免於蚋蠅余非稷契飢溺奚可憑坎而瘞而哳以盡
余力之所能

檄高山大王逐鬼文　曾貞慶

維年月日儒士曾某敬致言於本境土主高山大王之前曰某不知大王之何以謂王耶豈帝眷大王而錫之册命耶抑一方生靈邀大王之庇蔭感大王之呵護而羣尊崇之爲王耶若生靈尊崇則必能節制羣邪杜絕百魅不使其入我境地亂我方局以迷弄我生民所謂民入川澤山林不逢不若者是也疇昔之日居民曾介明者傭工爲食合家待哺罷業歸休遇所謂枉死鬼魂族少三等三鬼於路攫且縶顯作逼命狀力掙脫歸懵懵懂懂述所遇畢輒欲自盡或懸於樑或繫於桶一方居民驚悼震怖咸欲歸罪於王王無異於百姓之以王爲罪也夫介明

之居去王數武耳遇鬼之地亦然王何以受此方之香火享此方之血食膺此方之尊號隆稱而顧坐視此方之窮民受縛於野鬼縱外來之野鬼掉臂游行以恐嚇此方生靈王若爲弗聞也者是又烏用王爲宜乎百姓之以王爲罪也或曰惡鬼三衆介明一人其不爲鬼幾者或大王之靈遣偏師救之也果爾則介明歸當惺然耳何以夢夢如故也覓死如故也且止言有鬼不言有救也雖然大王之有無靈驗之果否余固不具論請以介明之爲卜期於三日內令介明醒醒也神氣爽爽也語言不懵懵懂懂也則大王之香火如故血食如故大王之號亦僭借如故也宜亟召少三等以余所爲文告之而遣之去否則伐柯之斧新鍛畚挶之箕方牢其厂乃廟宇窋乃基址以爲淫祀不靈者戒耍馳告於上石羊大王曰縱放兇邪罪亦同科急收拾之若王危而彼亦殆矣傳曰脣之亡也齒則寒焉子曰虎兕出於柙是誰之過與

誌畫眉冢　曾貞慶

君姓華名麐字文禽其先世華胥國人也始祖本姓張名敞官京兆尹政稍暇恆爲其夫人畫眉備極妍巧合郡效之風行部下會同刿有醜婦公者其夫人陋甚强爲描寫諠增嫿態因妬而有隙欲彈章中之敞懼不免遂挂冠去偕夫人家華國焉以國爲姓傳至於今世繁系廣姓亦不一家雲間者爲莫損花氏家漢中者爲百舌氏家閩粵者爲山呼氏其冒姓者亦多如廣之泥滑滑楚之喇喇哥輩是也惟君是其嫡衍來楚有年其肇基者世湮不可稽矣君性聰明不事章句而有文章不假筆墨而工吟詠每劇談終日雖瑣些事必句櫛字比無一粗俗語尤

精陰陽術數詞觽文該細心繹之無不驗特肉食者不知耳如言雨霏霏則甘霖沛言乾大塘則旭日昇藉非意燭機先安能響應若是哉無何尼陽九見嫉於岳峯之不文者設陷阱囚君然不忍加害問處置於余余見君眉宇開大有文情矍然曰吾聞之馬氏五常白眉最良君豈其人歟延之高齋其遺文與君亦不余棄頗稱莫逆焉雖善養生不食人間烟火飯惟秫拌佐以卵黃飲惟清泉亦善沙后但素有寒疾不耐風寒兼具陳文三性概會天大雪遂以寒疾終生平恥謀生計貧寠以没没且無以爲歸余與君友厚於卒之明日擇近齋之修竹林葬焉生年月日不可考没乾隆之十一年十一月二十日寅時配雌氏先卒子二長號山博士次乳名阿谿子皆卓犖秀雅確有父風女二長曰娟珠次曰戰枝俱幼未許聘銘曰文禽文禽文不療貧懷文而死莫慰文心爰安爰固爰妥爾於修竹之林

慰臂文 右臂舊傷老觸復發夜不成寐戲作文以慰之追歎生平聊以解嘲不自知言之汗漫云

張九鉞

鼾嗔汝之粤夆掣曳攕掮膠葛震撼而靡甯振汝以行搜尋漢碑摩挱岐鼓掉鞅文壇超乘藉圃肩交吳越脅拍齊魯跋扈鴻都憑陵幕府萬言夜掃疾如風雨汝於是時有力如虎鼓汝以登跨匡廬淩祝融狃天門攀秦松把緱氏之笙打太行之鐘捉華首之蜨挾玉梁之龍踏九頂蓮花與汝排翼而入乎雲中掉汝以游傑閣管絃高臺花枝揮斥詩 拇戰酒卮舞蔗拓戟長袍曳披氅肩倢斫蟹螯堅持挈五陵之豪傑提河朔之男兒鼾起以捉袒而示之汝亦不垂厥手而酣嬉淋漓胡為阻修翎鍛

健翮挽馬撾隨老革手版腰笏仰希顏色束之縋之使汝不適棄賈董之精醇厲申韓之鍥刻鍛鍊周內不合繩尺汝角而抗吾趴其力弗獲乎上咎所應得惡嶺毒霾谿墜崖底鬼窟須臾溪淵尺咫賴汝支撐幸而不死嗟哉汝乎傷自勞始欲以溫汝無靑紆裘欲以壯汝無綠錦韝披裼捏鉛從貂褕游連襪掎裳入厮養儔鬭我年華雪霜車舟利汝張弛詩書鋤耰垂堂騎衡誤於倉卒未遭蕨擊儼受鎚竊熊經鳥申導引誰術金液黃芽滋潤誰乞因循委頓復延歲月老猶倔強胡不戒也昔何身手抑何憊也方今猨臂將軍神臂大帥建斷臂之謀揚刺臂之勢蒙鋤著釪援桴動擔臂賈餘勇獻功敵愾亦有中黃賁育之士城防鄉練之徒銜刀拗憤制梃怒呼焚硐穴窪奪隘鏟邪臂奮其忠肝義血效勇前驅而吾雖樊魚椮蠱閉螺伏倚必養和振必槁木請纓志灰據鞍募慇無承蜩之能乏繞尾之孰汝縱憐吾不以為羞吾實負汝其又何尤然而偷生平世佚老窮廬褎衣大褏腕運得舒孫扶兒掖指麾自如飢粥一甌渴酒一盂仰而悅悅俯而蘧蘧卻蟲臂之交背任螳臂之當車忌者不得搤擘妒者不得揶揄招煙霞為頤養弄文章為戲娛通人達士毘然至止猶能上下三千年縱橫九萬里揚袪鉤袂撫掌抵几汝若懸五石之弓躍然而起汝乎大木拳曲以不材永年其形也完支離髀脅大役不受功其用也偏流水不腐戶樞不蠹其天

也以勞全故攖甯者成忍辱者存智軋名爭不如葆眞汝安能緩汝肉鬣汝筋萎汝膝理兀兀然誇楊生左肘以自喜吾將為汝解天弢和天倪濬湧泉源活潑靈機若軸膏轢若環旋規不滯於迹不限於知動罔不臧行罔不隨八臂邪百臂邪八萬四千曼陀羅臂邪窮其譎詭吾不得知亦安能學莊生思汝化雜化彈以求日夜鴞炙為

論俗節祭禮儀

王運樞

家禮儀節所稱俗節者，元旦、清明、重午、中元、重陽、十月朔、臘日、除夕也。吾鄉增一中秋，均不祭於祠堂而祭於家。宋張南軒嘗謂節祠瀆而不敬，欲廢之。朱子答以書云：俗節爲古所無，古人雖不祭而情自安，今人既以節爲重，至於是日必具殽羞相宴樂，不能不思其祖考，而以其節物享之，雖非禮之正，然亦人情之不能已者。又云：端午能不食糉乎？重陽能不飲茱萸酒乎？不祭而自享，於汝安乎？又答陳淳問曰：是要得不行，須是自家亦不飲酒始得。又謂韓魏公處得好，謂之俗祠，殺於正祭，遂倣而行之。此誠不忍死其親之至情所不能已者也。第家禮謂元旦

恐在官者有朝謁之禮，不得專精於祭事，或更斟酌於除夕前三四日行之。明邱瓊山則以除夕自有除夕之禮，隔年行之恐未安，合擬有官者以元旦次日行事。陳淳記朱子於歲暮二十六日烹豕一，祭祖先，就中堂二鼓行禮，而除夕無祭，葢依婺源舊俗，即於前二十六日預爲此耳。明何燕泉云：國朝太廟歲除行祫祭禮，則士庶家固不應無除夜祭也。故吾鄉俗自元旦至除夕，靡不舉節祠之禮，其禮即於家堂神龕前設香案桌子，陳肴菜果品，如重午則菖蒲角黍，中秋則菱藕月餅之類。主人率其子弟孫曾焚香斟酒，主婦率其諸娣子婦獻茶，拜跪一堂，非猶是不忍死其親之至情然哉，而烏可廢也。稍異者，清明上冢祭於祠堂，其儀特隆，與冬至祭等。中元出木主，朝夕致祭，以五日爲期。至於每月朔望，則不設酒，供茶龕上而已。

答某問合葬　王運樞

承詢問合葬之制知足下將以母祔父也檀弓季武子許杜氏合葬之請曰合葬非古也自周公以來未之有改也又曰周公蓋祔則合葬固昉自周公第攷古人合葬不惟同穴必且同椁取相親之意原其制人之死也在前在後相踰或數季或數十季始至合葬之日始得幷兩棺而爲一椁以安置之故衞人之祔也離之魯人之祔也合之而孔子獨善魯者以離有一物隔兩棺之閒於椁中合則幷兩棺置椁中無別物閒之正所謂同椁也逮後朱子云古者椁合眾材爲之大小隨人所爲今用全木則無許大木可以爲椁故合葬者只同穴而各用椁則同椁

之制不講矣司馬溫公撰程夫人墓志言其同壟異壙則匪獨不講同椁之制且不拘於同穴矣今時惟改兩棺合葬者因其地非吉壤有水蟻之患恐棺已朽敗必新製一棺中用木板閒之將骸骨檢置妥帖不至混亂如兩棺外襲一椁同穴葬之差合乎古制茲足下以母祔父謂父棺葬經三載未敢輕爲動搖擬於左側窮穴安厝母棺中留尺土作閒其上則大爲封之有若堂然是即溫公所志陳夫人墓同壟異壙也又奚必泥同椁同穴之制乎哉足下其善爲之

揶揄者述　張世法

張子旅夜屏慮擁卷假寐若有人者從而窺之倚於眾罳其狀揶揄久且言曰子非學周孔之道者耶吾聞周公赤舄澤流四國孔氏麟裘治著中都方其未遇狼跋胡犬喪家而顛躓不懼及其將行鳴鳥聞角獸見而嘉祥特徵蓋作於始必顯於亙未有要其成反無其名今子之病亦三年矣三貢舉而獲選再縣宰而不遷猶然當子之身厲㦰錐以砣砣握微帚而將終焉敢問谷所讀者爲何書豈千金之可鬻而曾不能一日舍旃且夫困風塵者不可以言要渺守拘墟者不可以窺昳盪不有排閶闔立羽仗聳身而躍埃壒之中咳唾而振雲天之上者乎其或

昏夜無人狴犴狂吠則有聞獿而營逐臭而嘬相應以鳴相煦以沫驚汗匍伏奔竄唯諾又其能者金入莊生之家裘出田君之室縱十千於一飲輕百萬於一擲座挾齊謳庭盈趙舞談之者色授觀之者神許有不一於此嗟誰與之語而亦誰與之爲處是以人琴其轂子步無車雀門息迹落寞是居人饜其肉子倉無粟朝虀暮鹽不黔其突人挈其朋子行無僕去舊迎新於誰之屋然使子欲學周孔之道而必儵然太古者爲徒則何不築於蓬蒿之野灌於湘水之流行且從其爲樂倦亦得其所休而以塵囂爲岑寂以名利爲禪修是猶操琴闤闠之市而曰吾志在高山流水枵腹鼎庖之右而曰吾味在太羹元酒不亦矯

於名而乖於行乎。言既。張子惶遽而起。逡巡而謝曰。若固嚮之善於揶揄者也。若嘗見有逐什一者試之而竊肖矣。若又嘗見有送作郡者試之而又竊肖矣。今吾之相遇也甚晚。敢告不敏。以終吾志。其人不對。默焉以退。頃之聞有歌聲達於戶曰。尼也豈無其擠之榮也。豈無其梯之愎。吾諫以爲固兮。噫老將至而不知其尤。夫又將人之爲惡也。

石壠寺長明記　　吳學健

距城百里許。過石壠。草木蔚然。曰莫家嶺。嶺之偏。一古刹不知創何年。木魚鐘鼓莊嚴畢具。塑大悲觀世音一尊。法身長大。跏坐幕中。禪龕晏如也。龕外設一鐙。光熒熒勿絶。爲長明。古之聖人明照四海。未嘗不神道設教。越漢興。夢金人從天下。佛入中國。象教滋昌。觀世音者。從聲聞入道。妙音勝世間音而加之。以觀經所謂眞觀清淨觀。廣大智慧觀。以一身具八萬四千寶目。豁如來之五眼。照衆生之三心。去其貪嗔癡愛。進諸定慧圓通。俾普四天下化爲光明藏。無滯無礙。懸於一燈而旌焉。謂偕大神通祇作如是觀也。燈之時用大矣。從而施之。布幔從而設。以

紗籠畢。衆沙彌持疏託鉢。不能獲一豪一撮之助者。得若而人一倡百和。金粟滿地。如恆河沙。莫可勝取。豈不善哉。豈不善哉。非大檀越。孰能當此布施而無德色者乎。馬氏吾潭巨族也。白眉之裔蔑匪良士。其尤著者曰文典。曰敦五。均卜莫家嶺而宅焉。鑯租建橋。崩巖道榛。難更僕數。吾獨慕其紫竹林中。捐置佛田。列長帷於蓮座。然寶炬乎柳圈。致都人士恭逢聖誕。莫不持瓣香敬爲觀世音也。茲糧冊更矣。前後授售諸契。現某收貯。所懼好施之名之久而就湮也。於是乎記

擬焚葬書疏　陳宏亮

臣某昧死百拜謹奏　皇帝陛下爲懇焚葬書以厚民風以息民訟事某聞富貴利達權自天操貧賤夭亾數緣命定修德乃可致福強求適以喪心故人生不過數十年其閒小得小失一名一利猶未可逆決於未然況欲假數百年前既朽之骸骨蔭數百年後未胎之子孫以爲可使富貴利達而無貧賤夭亾天地古今惡有是理夫人死而魂升於天卽有精靈不在體魄卽在體魄決不能於重泉瘞埋之後陰求福於上帝以錫其子孫卽能陰求上帝亦決不令其貪求希冀之子孫享富貴利達之榮而無貧賤夭亾之患邇年來士大夫崇信堪輿寶其葬書流

傳習誦愚蒙無識以爲士大夫之顯通悉由葬致於是一切之謀起焉有父母未亾甯缺其養而重貲以求壽藏者有父母初亾甯薄其殯而貸金以營吉穴者有父母既亾而懸棺數十年以待吉壤者有徙其舊葬之骸而遠置之他所者有富民勢壓貧民奪其地而葬之者有貧民貪富民金出其骸而以壙售人者有發人墓匿人骨而竊葬其穴者有自碎其祖宗父母兄弟妻子之骸丸之以納人冢中者有葬師苟利謝金葬人於卑溼坑塹者於是又有稾葬者跨葬者舵葬者倒葬者截葬者橫葬者赤體葬者裹骨葬者葬水湄者葬人居宅者若斯之類死者無故吞寃有裂骨斷筋之慘生者陰圖獲福託仁親敬祖之名意不止五患之除言益增風水之辨原其作俑皆自葬書夫葬書始於何時秦漢以前死徙不出鄉周禮墓大夫令國民族葬而正其位各有地域冢人掌公墓之地辨其兆域而爲之圖其不擇地也彰彰矣記曰天子七月而葬諸侯五月大夫三月士踰月是不擇月也春秋九月丁巳葬定公雨不克葬戊午乃葬是不擇日也鄭葬簡公司墓之室當路毀之則朝而窆不毀則日中而窆子產弗毀是不擇時也當其時國以富強民多仁壽襲其官者綿數十代有其土者歷千餘年未聞有尋龍捉脈之爲而利益千百於後世安所用葬書哉東漢末年道喪文弊於是冢賦作於張衡晉代邪說橫興於是葬經著於郭璞然郭璞

死於糞廁張衡落魄終身相地者果能富人貴人甯人壽人獨何爲不克自保也又若青烏子青囊經亦雹經平沙玉尺經或云出於漢或云出於秦或云傳自仙人或云撰自隱士非嫁名昔賢以取信於後世卽託稱鬼物以誑惑迂愚而近代廖伯禹吳景鸞劉秉忠項喬之徒又從而增益之附會之纂集成篇盈箱累櫝甚且說稱朱子以爲人世勸孝之經某嘗檢閱其書有所謂地氣地脈地形之說有所謂龍虎沙水胎息孕育諸名大抵謂葬吉者凶人亦昌熾葬凶者吉人亦敗亾而凡子孫之智賢愚否一視所葬之吉凶不思盜蹠壽右崇饒未聞葬得吉顏子夭伯夷餓未聞葬得凶今葬書妄言禍福顚倒是非借令果

如其說將世之右族豪門挾威權以占奪者富貴與天地同永而貧苦善良之士漸且種類無遺是葬書愈宜速滅也曷爲而寶之哉然其中又以爲吉地獨仁人遇之其不仁者謀亦不獲獲亦不吉吉亦爲天所滅果若是是葬師且無所用又焉用其書彼蓋不知天道之難誣故盡以吉凶歸諸地而又自知地理之不驗故仍謂吉凶係乎天一人之言反覆矛盾意在援理道以惑君子耳惡知君子不可惑而殃愚民者無窮耶竊見比歲以來民之因葬興訟者十家而九禍屢世而相結案堆積以如林若是者何哉良以富貴利達葬吉者如是其可營貧賤夭亾葬凶者如彼其可惡一抔雖微宜其日夜以爭之至於犯刑亂

法破產蕩家有所不遑自惜矣葬書之流毒如此所當遍搜而盡焚之庶射利之葬師無所藉口而忤逆變爲仁厚善弱免受侵淩九泉之枯骨含恩四海之遊魂戴德民風厚民訟息矣

酬醫引

張宗耀

考周官醫師諸職凡邦之有疾病者瘡瘍者造焉分而治之歲終稽其事以制其食當時官給醫食病者不必酬醫醫無求於病家而不患偏貧自井田法廢人各自謀其生病者欲療而出其直醫者應請而獲所求兩相須也觀史記所載秦越人過邯鄲聞貴婦人卽爲帶下醫過雒陽聞周人愛老人卽爲耳目痺醫入咸陽聞秦人愛小兒卽爲小兒醫隨俗爲變上工如此凡醫可知醫之因人寄食由來遠矣又周時官聚毒藥以共醫事秦漢以後名醫皆兼精方藥不聞叟有藥商權子母操奇贏今則商製藥醫知方吾楚俗鄉曲人家去藥肆稍遠醫囊藥診病

齩咀而與之歲終取値倍三四五其秪都市人家與藥肆雜處醫診病但書方與之筆脫手則褒銀錢緘以歸同里某善醫近居者以病相煩也有年矣某不屑爲販藥醫而家貧不能不倚診視爲活計今願與里中約自今以往凡求療者必陸續償其日力之費疾重而施功鉅者則重酬之則鄉曲而倣行都市之意庶病者非竭人之忠而醫益自精其術矣

集紀泰山銘殘字文　周系蔚

唐明皇之十三載。乃封太山。刻石于絕壁。曰朕爲蒼生祈福。夫君者上天之子。天下人之宗也。君欲事天。求之於己而已。匪惟就壇場盛典。禮進覲羣牧。鼓播天下。乃受其福。古帝之克享天心者。惟是明物察倫。宅仁度義。毖誡前後。謙儆溶翼。萬姓歸順。如幼小之承父。其於上天休命。肅雝嚴一。尚患無德以上叶天聽。茲帝東封。四彝從行。百官備在。彼人不增累乎。夫九有廣平。維天立命。維后攸理。太山植立。兗邦氤氳。海表位極。羣公地高四嶽。禮重祀天。匪曰誣矣。茍居南面。諱衆自滿。將由寶香薦告五嶽允綏。兆人上配。七二難矣。余獲紀太山銘。高辭渾肅。稱揚

列祖功德。運會適新。夷譯來貢。執臣多諡。赫赫明明。大有矜伐。與秦時祗事神仙。不崇鬼物。固不同焉。文固缺佚。乃敢截削檢其未損者。敷爲斯言。思儉詞煩。知莫我苛夫。

庚戌冬。孟才自都中攜歸紀泰山銘搨本。計三紙。每紙七八九尺不等。鋪而讀之。鮮成句者。蓋賈人以其殘缺。不甚愛惜。而孟才因從索得者也。考斯銘高三丈強。橫五丈弱。爲元宗御筆分書。婉潤遒美。而下截已爲搨工惡寒。篝火焚泐。則完本蓋不可得。吾友曾襄耘親至山左。獲其全搨。亦缺百數十字。則茲十分之一。其又可廢哉。爰割拆其點畫完好者。集成七言二十六句。惜限于韻語。尚遺重複及虛活者三十餘字。因復易爲散體。綴緝如左。但取其意義貫串。文之工拙所不計焉。裝成六幅。每幅四十八字。懸諸齋壁。眞覺雲霞布濩。龍虎騰蹲。視表作冊卷。僅供把玩者。蓋遠勝焉。自喜位置妙特。而泚筆識之如此。

醉鄉侯世家　陳宏典

醉鄉侯者。姓米氏。馥其名。先世爲腴田人。派出黃帝本甘氏。或曰出帝女。唐虞時沒于水。其族不克植。至夏乃顯。有甘蘇者材甚腴。喜賓客。儀狄屢造焉。進于禹。以尊位佐禹。交諸侯。歡。故後世猶稱歡伯。頃之不見幸。且疏甘氏。曰吾世合以五德王。後有王者。吾子孫歷佐之。然吾生已矣。十六世佐夏王桀。別族爲長勺氏。斗勺氏。角勺氏。鍾氏。桀無道。屢徵焉。或敓命。因大賜以湯沐邑。混其族爲中凹氏。自內宮外朝。嬖寵大臣。無晝夜有政輒詔以從。從者三千人。節以鼓。中凹氏徧給爵。乃退。桀亾其族。亂而先是。長勺氏。斗勺氏。角勺氏。鍾氏。雖見薄。閒充王府。材至是

商師入。多碎首折腰。或潰且散佚。獨中凹氏存。商王指讓曰。而沈人國而倘存耶。對曰。王自沈。沈國豈臣。沈王哉。大王試用臣。臣能爲王道。諸侯歡。不卽散。寄民閒。解陰陽積瀰。祛札癘耳。且吾先世以五德王。卽廢之。必有興者。王弗聽。敕壞其湯沐。自是歷五百餘祀。至商王帝辛。始與龔舊氏封。亦如夏時。帝辛虐。周伐之。竝懲其族。以能孝養。故得不廢。周文公董正治官。酌其材屬天官。族人始剟爵。因其賜姓。曰米氏。然多與萍氏不洽。往往督過之。然亦賴其箴規。自天子諸侯。公卿大夫往來會好。剟爵者咸廁座。而卒無失禮。至衞武公時。始稍稍謚名爵。武公防其罪也。重抑之。東遷來。其族困于鄭伯。有齊惠欒高氏大亂之。惟

從孔氏者以德免厥後歷戰國迄秦雖剗爵或不顯高祖微賤時乃載其族與俱夜徑澤中仗以斬白帝子鴻門之會項王恚沛公急於時項王東向坐亞父南向坐張良西向坐召其族與爲歡恚少解而亞父陰怒沛公趣項莊劍擊之張良微領族意至軍壘見樊噲噲曰事迫矣遂入披帷西向立瞋目視項王髮上指目眦盡裂項王懾遣族人使盡歡噲詎壯語刺項王激意馬心兵領沛公走留張良謝初夏桀之亂也斗勺氏或奔崑山至是多美儀如冠玉漢王曰今者亞父且怒欲令謝誰可材者斗勺氏曰臣昆弟不娈亦比至亞父置之地拔劍大擊之玉顇然漢王已釋鴻門圍其族乃與諸臣共帷幄握勝算數年迫項

王垓下卽帳中激使歌泣數行下左右皆泣莫能仰視楚項滅漢王乃卽位召封其族爲壯勝侯時舉朝皆武臣族人多縱性至爭譁十二年十月高祖自擊布軍還過沛召故人父老子弟發沛中兒得百二十人教之歌爲大風曲壯勝侯助之居常命戚夫人執巾以從與几席而陳丞相平樊將軍噲亦雅重之子孫逮事孝景朝如舊秩以錯使灌夫搏太后弟竇甫忤武安侯罵臨汝侯坐落職終漢之世不復顯曹魏時從太祖月夜賦詩大污其族非得已也至晉合族乃與士大夫爲方外游盜之不驚頌之不喜竹林君子宗慕焉然而桓溫之弄晉也諸將相咸憚之甚族乃以靑州從事平原督郵謀暱酖不克遂棄職從陶

先生或奔于羌拜太守六朝時族頗著然時尙豔冶諸宗八心竊鄙又不得不附賡頌唐初詩壇文陣亂天下自陳子昂起西川破壁後而隴西俠客李白蜀將軍嚴武幕客杜甫仗米氏鋒衝突所向無勁敵諸學士奏曰國朝受命徵石處士拜楮國公參內畫而松洛侯卽墨侯皆貴效文武用今米氏負膽氣張天君躍兵馬擢鋒陷陣拔旗幟法宜侯上領之因拜受闕苑前是爲醉鄉侯爵無算謝曰臣先世盛自漢秩不下萬石侈甚故與灌將軍坐黜陛下過賜臣臣恐臣願析其封俾子孫散處得徧給且使天下知吾節其後節度使亂子孫悉效軍中用亂平散處中國塞外居塞外者三曰牛氏羊氏馬氏或曰牛丞相後或

曰非也或曰羊舌氏後馬氏曰馬思哥中國族甚衆有菽孫氏粱氏麥氏秫氏稷下氏其貧者甘粗糲必入米氏坊屢信宿乃見用唯菽孫氏差別其他族亦類是趙宋之興也懲唐末五代諸藩鎭飛揚跋扈赦復醉鄉侯米氏令受爵與羣臣宴樽俎大釋兵柄宗朝靑苗苦害天下獨醉鄉侯號樂國是時馥最著雖東坡學士不克盡其材而廬陵歐陽公往往笑納之惟同姓芾過與狎每傾情縱意直操潁近天子座爲渾脫舞望者皆驚字曰顚遠者不察以爲醉鄉侯米馥顚也檄討之或曰非醉鄉侯米馥顚也顚者米芾也或曰顚者米馥也實非米馥也

異史氏曰余讀征醉鄉侯文甚乎其疾之也旣憤其被征故次

其先世至其材世多稱之是以不論論其出處米氏世所謂聖賢而其祖乃使神禹疏三代以來存亾亟矣而米氏不替焉抑何善始善終耶及見孔子器之又爽然自失矣葢孟子云是何異于刺人而殺之曰非我也兵也吾于咎醉鄉者亦云然而醉鄉侯亦榮矣

黍民夢　賀之理

仲夏既望之夕風驪恬月階霽栩栩子擁鐙危坐不字而韻不紘而琴若得焉若結焉據几少倦漏沈聲寂忽有羽衣數羣翩然前來喝之不去拂焉而益近栩栩子曰爾物藐其形幪幪其聲適從何來相逼乃甚弗答詰焉曰闔人也餓甚矣丐君少濟曰吁吾家無斗贏俯仰窘事蓄焉苟贍則舉顛連煢獨䘏之矣胡丐爲曰不濟於君疇其餘瀝我者曰巨室可曰夫惟巨室之颽故至此鍵其扃幕其庭碧綃其寢京籲而弗應百往而弗一憫且小儕固未嘗踵而叩也以君之仁而莫獲濟逝將氣散魂遊而無復血食矣忽穰穰而嚐其膚栩栩子曰咄咄爾何物肆

若斯麾而起簇之益喧如雷渠者曰君不憫我耶小儕雖蠢而竊猶半識古今文字久食君名敢沾餘膏君不見孟東野之輕我而噬之歐陽子之憎我而咋之元微之防我而輕之乎君以拔萃才而居其有量乃憮憮不見容豈尚不如齊桓之悒悒我憐也曰爾何物無忌若斯且居址姓氏詔我去不則手格爾曰先世籍嶺表不父而生倚樹而族母顚氏善捕魚孕則以聲產種既蕃多徙江東菰蘆之澤與孑孑日謀生息徙蜀中者幻居巴蛇甲又或徙塞北草萊間今徧寰宇皆託息焉君不識我則又不如東方滑稽之愚戇侗僻人也然則爾何名曰君文人也與君周旋久早隱隱自陳呼卽應竊恐座無曼倩郭舍人禰

長存矣。栩栩子咍曰。異哉。窺隱兒竊郭舍人脫褌事語。何文也。爾豈其黍民邪。何忽效人語也。曰。小儈冒託文名。幸依文丈。敢效一面文談。上瀆清聽。雖君經緯地天。牽衍性命。浮游小技。罔窺萬一。君豈我鄙。若人語之是諂。則固不衣冠悔也。昔我元駒千萬騎。軼入南柯。數十年勞績雖幻。夫猶是出入人羣矣。胡責焉。曰。絮言毋聒耳。去。曰。願君舒一臂以賑之。曰。雲廈綺戶之中任爾嚏焉。其粱鑿其盃胗。其脒脈肫。其肌胣以腥其肪脂而膩。一啜之廉已飫。殘楞爾飄而梛絮。胡帯櫻桃渥也。而乞憐於吸風餐露之身癯矣。甚其母乃不智。曰。夫夫也瞖瞜乎五色黐瞎乎五聲。羲義魯經庋東高閣。中書客卿讋棄塵几。日饜甘脃腸

肥腦滿。而猶沈沈乎溫柔之鄉。逐逐乎格五之局。慾煎利熏。脂穢膏涸。其坐涎肆毒於其躬者。皆溝廁腐潰之餘息也。小儈負蘭魂茝魄之精。潛處幽谷。頗辨薰蕕。以君前職奎躔。淪謫下界。內勁松心。外固竹筠。咀糲茹藿。垢刮膩淨。自與文學知己。商摧千古外。非人不款。匪地不稽。卽往來周旋間。作一二解頤語以博噱。而非其中。以故淫經酣史。坐類銀蟫。上下數千年簡冊。億萬卷。唾其滓。噏其華。葆性天於動靜。而三五元眞浹肌髓脈絡中。無理不榮。無滕不澤。君癯也。誰如君清。而不一資芳液以潤餘生。是君以營營視小儈也。小儈毋甯甕而不他。曰。吾體膚受之父母。日夜冰淵。惟虧辱是懼。其忍如沈淪之佞佛。邀福以恣

爾啖。昔展大夫之愛親也。居傭供養。夏伏牀趾以待。吳異人懼嚙其親。捐箠身受。傳孝於今。爾儈未之或惻。何不仁若是。吾遴篠粗施幬幮。莫蔽軙孫謙之儉素。胡似爾乃於彼仁也。去去。吾多爾愛矣。曰。我先世之肆志於展吳二君也。固以不仁行其仁也。孝子之行不困於極不彰也。今君以遺體之故。重自矜守。其誰敢逞。抑君少憫涸鮒。小儈惟是遠避高堂而不侵以報。且君嘗與壺山人嘅矣。惟知已之不人得則黐粉安也。小儈夢夢其敢謬附。顧先世族高鄰者。嘗顯貞女之節而筋存之。女無懟焉。感知已爾。君滌心浣胃。渾介育和。差自信矣。然而親戚故舊面承退忿。孰識君而眞傾。孰親君而長密。炎涼冰炭。君亦適適。小

儈實敬慕焉。請從君遊。縱君隔幔重拒。亦左右不忍離也。得邀清腴濡及蠢動。秋風頓摧。其復何憾。栩栩子曰。麼子尚識我哉。微軀胡惜。於是狂附若渴。鋒銛若苾。噤焉。驚視則纍纍貫珠於左右手矣。捽而曰。異哉。爾亦鼓簧效媚。欺人不見以恣饕餮哉。乃䣼調琴依韻。倚清風明月而歌之。太史公曰。栩栩子未考何時人。或傳爲羲皇氏民。以僭訂書契之訛。戍海島。得窺神仙字。化爲脈望。性嗜墳典。自開闢以來。事無不融記。蓋食古而化者也。後飛入上淸。帝以其博敏而精元眞未漓。因注入人世。以考定古今百家之文。世亦未有識者。陸氏雲譚曰。佛子何知。乃能於風塵物色耶。蓋信乎其文也。

原同

王紳

三過不入一瓢不改孟子曰禹稷顏回同道齊寇不處越寇不去孟子曰曾子子思同道出處之閒至異也進退之義至睽也而乃謂之同者不同之乎其迹而同之乎其心不同之乎其事而同之乎其時彼其於道德之際仁義之途非貌取而義襲之也今夫天下之至變者莫風雷若矣而聖人取之爲恆天之於火至懸遠也而聖人名之曰同恆出於變同出於異唯變而常乃大唯異而同乃生孰其同而同之鮮有能同其同矣是故堯舜之揖讓必湯武而後能同子桓則戾矣伊尹之放桐必諸葛而後能同子孟則舛矣何也堯之傳舜非正也不得不然也至於舜不宜復有此事而又傳於禹者亦出於不得不然也不有

禹以反之三代不六朝乎其轉而爲湯武者時爲之非湯武之心也亦出於不得不然也是猶堯舜之於舜禹已謂之不同可乎伊尹之於太甲放也而終能合之思庸以霍光而效之昌邑之清狂不惠自若也故不免有廢立之迹彼武侯之鞠躬盡瘁則庶幾尹之心已謂之不同可乎蓋人之行事各有不同而不能以相襲如人之有面焉敢謂人之面猶吾面乎故衣冠叔敖而失叔敖學步邯鄲而失邯鄲效顰西子而失西子自然之理也伯夷之清惠不能學也而卽以和學之而學其清者必失於隘柳下之和夷不能學也而卽以清學之而學其和者必失於不恭譬之觀山者猶是山也而移步則形換矣游水者猶是水也而刻舟則求難矣孟子曰三子者不同道其趨一也一者何仁也君子亦仁而已矣何必同而烏知夫不同者之正所以爲同也乎當漢平帝之疾王莽倣冊請命泰時戴璧秉圭願以身代藏冊金縢敕羣公勿言意欲學周公也曹孟德勢權正盛人或勸其自立孟德曰若天命在吾吾其爲文王乎意欲學文王也而孰知其皐辜盈貫於千古也哉此求同於同而不知其所以異也嗚呼此後世所以多亂臣賊子歟

辨異　王紳

天下之必不可有者聖人必不有天下之必不能無者聖人必不無有梠於性無原於制範天下於大常而守其貞不必爲驚人之行以眩世而惑眾然後三綱正五常立四維張世之侈言聖賢者每欲出於人情之外出於人情之外則出於人外矣如使聖賢而神也鬼也則可也若猶是人也豈能外人以別著其神奇哉柳下惠坐懷之說出於家語吾以爲誣也男女主別懷焉可坐既已坐懷何論其亂不亂哉此不過因惠之和而遂以及於必不可和而亦和則摻執子手摻執子袪大路之遵豈惠徒矣奚可乎晉書王祥剖冰求魚雙鯉躍出後世以爲臥冰夫

北地之冰至堅也一身之暘氣幾何臥以消冰冰未消而身斃矣孝子身不履危何以至於此鄧伯道欲存兄孤遂至自棄其子不能兼全有所成必有所去意至摯也然其子既能追赴其程當亦可以自達而必繫之樹上以絕其迹是可忍也孰不可忍謂非近名之念不可矣又其異者魯都曲阜吳在江蘇不啻千里而遏登太山何能見吳門之馬宋衞陳鄭介於大河以南魯居太山之東地之相去千有餘里王午之災梓愼登大庭之庫何能辨其爲宋衞陳鄭乎由前言之譽聖賢而反以毀聖賢由後言之欲以著聖賢之奇而適以得聖賢之怪皆神明其說以爲異觀而不知其已詭乎此理之大同矣漢書郭子橫噀酒以救齊國之火樊季齋含水以息成都之災然樊實處士憲亦光祿焉得此神仙妙術應變於千里外乎皆此之類也矣

兄弟異居義　王紳

比世同居盛德事也然而非常之道不可以常情守故聖人不貴古者制民產百畝家以八口爲率有弟以爲餘夫壯而有室則別授田未嘗禁人之分居也且教人以分居也何也人以一身分而爲兄弟又分而爲兄弟之子以至於無窮勢由聚而之散數由少而之多不能終於不異也君子謹其異之始而予之職業示以勤苦俾之各成其事而民競勸斯亦使人自立之道矣後世一二賢哲懲兄弟之爭財而私產也激而爲屢世同居之事意固慈祥愷惻矣迨其後無公正之族正以持之有不肖之子孫以鬨之致起爭競遂至一敗而不可止是始於讓終於

爭始於和終於戾而一家之氣象蕭然矣夫兄弟至親也在於情誼敦篤不在形貌纏緜使既異之後有無相通疾病相扶雖異猶未異矣如或志意猜疑神情阻格雖與之共居止同飲食而日相睽違其得謂之不異乎儀禮之言曰父子一體也兄弟一體也故父子手足也夫婦判合也昆弟四體也昆弟之義無分焉而有分者則避子之私也子不私其父則不成爲子故有東宮有西宮有南宮有北宮異居而同財有餘則歸之宗不足則資之宗此亦言當分別之義而第以子之私言義不盡於此矣雖然抑有進焉國君傳子正也而或改而傳弟豈非雍睦友恭之尤者乎然商自沃丁太弟其後弟子或爭相代比九世亂宋宣傳穆與夷弒諸樊讓札王僚誅曾隱曹臧其前事矣宋之二大尤可哀慟豈非以名分無定而生心者衆乎是故唐虞之揖讓不可行中古以後夷齊之得仁難以語季世之心何也人心不同慈惠者難得而暴戾者不少也吾聞古王者之子長則各有分土諸侯之子長則各有職業桓榮諸兒分經而誦曹彬諸子分藝而營使不肖不得庇於賢良賢良不得牽於不肖所謂父之於子賢則愛之不賢則賤之是乃天地之公心也夫事貴守常不貴太異當圖其終不貴矜其始能爲遠慮謀及子孫可爲淡長思矣

寡婦改適義　王紳

昏者聖王恐民行之不謹也爲之制禮又恐禮之有所不行也爲之刑出於禮之外卽入於刑之中故曰禮以一民刑以輔禮其大較矣乃有出於禮之中而不入於刑之内則權其時勢通以人情帝王不之禁也昏義曰妻也者齊也一與之齊終身不改故夫死不嫁此禮也義也貞一之道然也然而人類之不齊也情勢之匪一也天下不能無孤貧之人則天下亦遂不能無不再適人之婦聖人緣人情而通之爲之大制於同居繼父有服焉不同居繼父有服焉繼父而有服矧其爲出嫁之母此亦亾於禮者之禮矣三代以上不可得而知在於春秋貴者不

免故公叔室有再醮之婦狄儀家無貞一之母穆姜出姒於管人子叔奪妹於施氏鄭歸渚妻楚收息女甚之蔡嫁蕩舟之姬秦納捧匜之息無有限制習爲風俗有自來矣故聖門大賢亦且於同母異父之昆弟有大功齊衰之疑焉夫女之於夫猶男之於主也節義不能責之人人貞一豈能求之泛泛禮曰飲食男女人之大欲存焉人情不能已者聖人弗之禁於是爲之禮制使之判合而踰垣相奔之事可無不然束搏馳驟急則敗矣蕩檢踰閑所時有也迨至秦皇始爲厲禁曰有子而嫁倍死不貞又曰妻爲逃嫁子不得母未始非坊民正俗之意而自漢以後此禮亦未之能行失節之婦禮門巨室往往有之漢世宗以田蚡爲舅魏太祖以何晏爲子薄后正位東宮甄氏母儀天下范文正由朱復范楊東里以母冒羅至制爲卹典子之推恩明於此處無諱也程子發明大義以繼父爲父之仇且曰餓死事小失節事大大哉言乎於從一之義毫無遺憾然而不能責之於愚夫愚婦與古聖制禮通人情而曲全之者略有不符此經權之道所由辨也然非聖人不能制禮非大賢不能守義合之而其理益明後世賢者宜持程子之道中人以下自可守古聖之禮而世道人心於是乎正

獨子兼祧兩房服制論　王人定

鄉人有子，二弟俱無子，以次子繼之，子服爲後服斬衰三年。踰數年，長子夭，已亦未再生子，而身俱其族，謂大宗不可絶，仍欲取其子還以承祀，其弟俟別擇他房者爲繼。然子年已十六，禮後其弟婦爲之娶妻，且報捐塡寫所後父矣，乃堅執不可。於是計以一子兼祧兩房，議定，又疑所服，請於予。予曰：我朝自乾隆四十年欽奉特旨，準以獨子兼承兩房宗祧，所以補古禮之缺，濟人道之窮，曠古未有之令典也。而兩房父母服制，具載禮部則例。至嘉慶十八年，又載大宗獨子兼承祧次房者，本生父母故，丁憂二十七箇月；次房承祧父母故，治喪一年。次房

獨子兼承祧大宗者，本生父母故，治喪一年；承祧大宗父母故，丁憂二十七箇月。嘉慶二十年，又載同屬小宗而以獨子兼承兩祧，自當以所生爲重，爲所生父母服三年，爲兼承祧之父母服朞，朞內不準應試出仕，其平日考試報捐，應塡寫所生父名。道光九年，又載小宗子出繼小宗，如已爲所後父母丁憂持服，嗣經兼承兩房者，自應照禮不二斬之義，爲本生父母服朞；如雖出繼在前，尚未爲所後父母丁憂持服，旋經兼祧兩房者，應仍以本生爲重，爲本生父母服三年，爲兼祧父母服朞。今此子謂大宗兼承祧次房，服本生父母三年，而此子已爲所後服矣；謂已爲所後父母持服丁憂，服本生父母朞，而此子又非同屬小宗者。然出繼與兼承兩祧有殊，此子初有兄，而已出繼次房，雖屬大宗之子，自應爲所後服三年，後而兼承大宗之祧，雖以本生爲重，而禮無二斬，亦不得不降爲本生服朞。然則喪禮之狀刺，不可書孤子乎？予曰：然。書降服子，猶是書出繼子也，何以見爲兼承兩祧者？予曰：禮無明文，又律例所未及，無已則降服子上書明兼承兩祧，第未識世之議禮者以爲有當否也。旋又以其本生母擬於服滿後別爲之娶，各以婦之所育者爲後，問予，曰：可，此又有例也。獨子承祧兩房，只應娶嫡妻一人，其置側室以廣嗣育，例所不禁，不得兩門均爲娶妻。

案：道光十八年秋，南昌張子畏太守丁生母艱，陳情自請歸

宗。以其父同產四，伯仲無子，叔有子一孫三，季則二子。太守其長也，出繼仲爲子；次弟亦出繼伯爲子。季年未四十，自謂必又有子以自爲嗣續，乃竟老而無出。太守亦未生子，次弟更無子而卒，不得已以叔之次孫繼伯爲孫，復以叔之三孫自繼爲子，卽繼仲爲孫矣。仍自請歸本生父母，上其事於大府，詳咨吏禮二部，準其兼祧。禮部議其旣爲嗣父母持服三年，本生父母應持服朞年；吏部議其既爲嗣父母持服三年，本生父母亦應持服三年。部議兩岐，第禮議本照禮不二斬之義，具載則例者，而太守專從吏議，以遂所生爲重之情，閒琸附識。

答祭外祖父母問

王人定

鄉人黃某學者也有外祖父母木主立於家堂龕上清明冬至家祭時亦設祭焉其族人有責其非禮者某乃以告予曰此吾母命也母無昆弟迎養外祖父母於家以終其天年喪葬後立木主祀之今吾母已沒而外祖父母之祀未廢者不忍背吾母愛敬之心也且聞伊川禮亦有之而彼乃以非禮責予何也予曰外祖父母之祭經傳所無而惟程子行之第伊川集有其母上谷郡君行狀云郡君得疾未卒前一日謂伊川曰今日是百五爲我祀父母明年不復祀矣朱子嘗舉以告門人謂伊川亦曾祀其外家何氏燕泉云上谷明季不復祀一語是謂此祀止

於其身卒後可廢此禮也今人未考程集細審上谷臨終之語遂以節時家祭前一日祭外祖父母爲伊川禮殊失之矣汝非學者則已苟汝學者汝族責汝以非禮汝其奚辭而汝不忍背母心者卽宜以上谷郡君明季不復祀之語裁之毋致終失於非禮也某唯唯而退

賓字篇

王人定

士冠禮之不行也久矣而賓字一節吾鄉猶存其遺意焉鄉人有子當將冠之季主人請於鄉先生曰某有子名某敢請先生之字之也鄉先生曰某不敏敢辭主人曰某猶願請先生之字之也鄉先生曰吾子重有命某敢不敬從於是諏吉乃告期於鄉先生之家曰先生將字某之子請先生涖之敢告迎鄉先生曰某敢不從告族諸父兄弟告姻友屆期鄉先生取二字以爲字撰字說一篇以朱箋書之鼓吹導行親至主人之門主人肅鄉先生入門升堂主人拜鄉先生鄉先生荅拜族諸父兄弟及姻友咸相拜冠者衣冠出房拜鄉先生及衆賓贊者展箋書懸

於堂之東壁鄉先生賀主人及冠者乃拜主人及冠者辭荅拜衆賓皆賀亦相拜皆坐冠者肅立于側主人與請曰敬承先生命猶願先生明以敎之也鄉先生乃講字說畢主人命冠者拜於是鄉先生及衆賓皆興主人請燕設筵於堂上以次就位主人執爵獻鄉先生獻衆賓冠者獻鄉先生獻衆賓鄉先生衆賓酬主人及冠者燕畢鄉先生衆賓皆出主人率冠者送於門外再拜此鄉禮之大略也字說則唯用於讀書之子若庶民亦仿其辭棄爾幼志順爾成德昭告爾字爰字孔嘉之意作吉祥祝語數句而已或謂吾自字之何如此屑屑爲不知此正冠禮之淡意記曰冠而字之敬其名也存此一節卽以存古禮焉

湖南文徵卷一百二十八　　湖湘後學集編

雜文三

靖邊縣大雨雹牒城隍文　　朱聲亨

竊以　聖天子設官分職明有州牧縣令幽有城隍皆以爲民禦災捍患俾有甯宇同我太平是以　國家春秋祭法尊神列於祀典有司備員以來於今四禩不敢荒怠今縣屬北鄉口外村莊於六月十八日猝被雹災蘵蘗所存無幾蕎麥全熸牲畜擊死農民無以爲命而致災之由則自口外丢戈井海子妖燄突起自東而西人莫能禦神亦未之能捍有司實心恫焉伏

念縣屬口內口外仰託神慈食德飲和歷有年所何物幺麿肆其暴沴豪無忌憚絕我民命罔畏天怒若更日引月長遲其故智我民將靡有孑遺矣有司職在理陽幽明異路力無所施而神享　聖天子二時之祭膺數十萬眾仰望之重豈任凶族爲災不加勦滅或迅發勁卒驅之境外或轉達天廷殄殲元惡庶幾民和年豐永戴神庥世世罔替有司不勝屏營待命之至須至牒者

鴉片煙說　　朱聲亨

人受天地之中以生是以有動作禮義威儀之則以定命不以一日使其躬傀儡焉如不終日而西洋以鴉片煙來設牀於書屋之上美其名曰屍牀牀施錫盤一具盤置短燈一柄受以豬膏美其名曰引路燈燈旁置呵煙之管截竹爲筩狀類洞簫塞其前和介以玳瑁飾以瑟瑟旁穿一竅接以小瓦杓一枚美其名曰槍槍者殺人之器也屍牀路燈送死之制也蓋不待死之日已望望然入鬼窟而登鬼籍矣豈其人不之知邪習之則忘之漏脯已飢鴆酒已渴河豚已饞牛黃已痰彼諸死法皆親見之蛾之赴燄殆不可化耳煙如雞糞獾爲甚臭次之海外鸛鵲食

諸毒物其遺矢謂之片片譯言糞穢以死人之肉骨入鶯粟花煎爲膏取其烈也煉既成其上畜以自呵其次貯以木器狀如方箱潛誘關吏載入中華謂之鴉片泥泥一丸謂之一碼約重二三觔每一器約受泥四十碼約值洋錢四五十枚五六十枚近年呵煙之輩所在而有西洋居奇每器騰踴至二千二百六十枚矣所屯之地謂之窑口仍由澳門泛洋載赴惠潮漳泉等郡蔓延吳越齊晉等省其價謚昂謂之肉滷又曰洋煙粵中別有一輩惰游之民不事藝業以煎鴉片煙泥爲生每煎一碼約需一工切泥去衣淨水浸發銅鍋煮熟加水再煎取其精微約一二觔其次販入湖川陝雲貴等省亦受重值每煙一分約值

制錢三四十枚・其滓則煎者攜之以去・煎煙之室呵煙之牀・屍氣所召蚊蚋蝟集・呵者頹然偃臥・以刀取煙以槍就燈・脅肩磬折・拮据卒瘏・備諸醜態・既呵之後・左右互易如前・支吾銜槍・耴刀宛轉於屍牀之上・路燈之旁・至親密友之在側・遺大投艱之正亟・亦不之顧矣・廢時失事・誤國亾家・無過於此・屍氣既深・肢節靑黯・皮膚淡墨・略無生氣・寢食魂夢・莫之可離・常以其日其時呵・法之苦如前・名曰鴉片影・今人以死後懸畫像爲影堂・正謂此也・影既成矣・死有日矣・若罔知也・富人溺於花酒・窶人拙於衣食・一息僅存・刀鋸在前・鼎鑊在後・惟煙爲急・不恤其他・肩諠聳背・諠僂肉・諠銷黝然骨立・有如異物・望而畏之・謂之鴉片

鬼・死者人之所甚惡也・甘心赴之・視死如歸・又何責焉・然市井之徒・舍此不足以招徠商賈・臧獲中人・舍此不足以誇示驕泆・娼妓者流・舍此不足以挽留邪僻・孔孟之道・周流列國而不足・島夷之惡・流毒中華而有餘・雖有壯夫・惰其強力・雖有豐肉・失其英華・諺曰・從善如登・從惡如崩・數十年來・受禍之慘・有甚於此哉

賑災瑣言

朱聲亨

若乃涇沚湜湜・葭露淒淒・所謂伊人・鶉結鵠形之屬・言念君子鮒江鴻澤之間・夏后氏之畫州田惟上上・周宣王之閔旱氣則蟲蟲・豈無鄭國之渠・挹車薪於杯水・亦有周官之政・甦桑餓以壺飧・既竭心思・乃瞻衡宇・禾田扇扇・楚人之炬・齊焦草冊・鱗鱗閭史之書・並集成災・五六七八九十・牽算則非・計口百千萬億兆垓・結總爲要・歲十三以上爲大口・十二以下爲小口・而壯丁與乳哺同・芟荒十畝以內爲極貧・十畝以外爲次貧・而牛具與穢糧必問・即本戶父母伯叔兄弟妻孥之內・仍摘出衰老寡弱孤獨殘廢之人・孰少孰多・斟酌必歸於盡善・何存何去・曉諭尤

貴乎註明・一片灰書・待陽春而門皆白雪・兩聯賑票・望甘露而籍脫黑風・蓋民戶屯戶之查・辦從同・故寄籍本籍之給・領無異・至若輕拋故土・遠適殊方・盡室而行・以前六閏六爲辦・望恩而返・亦正賑加賑無殊・悵舊井之淒涼・星留腸斷・覩新歸之生聚・煙突心酸・是曰外篇・無非內政・故衆人無須乎攔謁・即婦女亦息其喧譁・豈惟此村無能混入・別都直令一戶不得分爲兩戶・於是上查災之簿・摘寫莊名・呈計里之圖・細塡方向・入生出死・閻羅銷餓鬼之名・內饑外寒・鄭俠畫流民之象・又有腰紆靑佩・家本赤貧・憐幼子而王霸傷神・遇漂母而淮陰短氣・胸無城府・相如之四壁常空・腹有詩書・仲子之三咽莫覓・此皆名登泮水

籍隸廣文求困學於庠序之中用伸士氣別譽髦於農工之列允勵儒冠總期八口之無飢豈忍一夫之不獲則有風塵下吏絫梲微材至於涇陽哀此煢獨問窮簷之疾苦砦則如懸循僻壤以流連席不暹暖數椽古廟夜雨鳴雞百尺懸厓曉霜勒馬沐雨櫛風之際尼此丙丁披星戴月之餘呼皆庚癸民情既見知稼穡之艱難上澤方流使菽粟如水火甘棠爲召伯所茇所舍他年誰繫相思杕杜詠征夫匪載匪來此日應占不遠

東海父老荅問篇　唐仲冕

東南河患既平百谷善下灝海湯泗涸爲衍沃節相奏　朝命命有司審度周詳以賦民屬觀察使者董其役使者前海州牧也至則耆老薦紳之徒逆於境使者勞之曰余於海濱疾苦稔之熟矣潮所不至十季而生紅蒿又十季而長青茸而後可墾然大湖三十季輒一漫其歲得耕穫者與有幾且漣河未疏六塘未復沂沭西來泛溢瀰曠自夏徂冬前因減壩開桑墟溢湖河並漲民保伊盧季節相灑沈澮菑始轉而緣南晦今又從而征之恐非疲黎所能堪也且奏請由司空讀節相覆奏有云我朝敷天置表磬地陳圖不與水爭地不與民爭利所以遺吏

經畫者慮田無科則而競錐刀耳則履畝而稅亦非節相本謀父老黨以爲苦使者猶能力陳之於是鄉老士大夫咸進曰公何慮之鰓鰓也家雖貧食毛則一人雖魯被澤則同素樂薄賦輕徭履豪蠲租賜復一旦升諸淵谷返其田廬遂欲據儻來之業擁自占之貲稱雄鄉里無諠縣官苟有人心能晏然乎今不追從前私匿之咎而豫籌將來萬一秏減厥賦惟貞且犬牙既劃雀𠕋自除由是我疆我理有幹有季所以爲吾民計者至深遠矣而何弗堪乎曰者議挽萬里之黃河挾微山頑項而欲出於灌口改綱絕紐勢可滔天荒陬婦孺呼號無門賴公致書大府以寢其事安堵如故由今思之室家以完耕鑿以蓄老者得

壽延幼孤得遂長將喜之不勝而何苦焉抑又聞之尚書大傳云溝瀆壅遏水爲民害田廣不墾責之司空戴記云司空執度度地居民山川沮澤時四時量地遠近興事任力然則司空之請盡地力籌國用乃其職也誰得而議之且夫地有餘利民有餘力生穀之土未盡墾山澤之利未盡出者計國者之遺策也谷魏入河水於圃田又爲大溝而引圃水瑕陽人自秦導岷山青衣水來歸楚師出河水以水長垣之外漢世濉方西河河西酒泉引河及川谷關中輔渠靈軹引堵水汝南九江引淮東海引鉅定泰山下引汶水皆穿渠爲漑田各萬餘頃夫至發卒疏鑿數百里僅乃得通甚或田者不能償種猶以爲利況茲水平土饒不假人力而顧聽民藪敓乎公其悉心鉤稽毋事煦煦爲也使者曰敬聞命矣於是諠歎　朝廷惠澤之淪洽節相勤施之美取於民而不怨也未有上好仁而下不好義者也吾淺之爲使者也

詘揶揄文

唐仲冕

若有人焉彷徨委蛇鼓掌張頤哈哈嘻嘻闖然而立于若通客舍之簷客方擁書而欷欠伸而趔盼而誦焉心知其指作色言曰昔者迓人作郡遇子于途乘其牢落加以軒渠惟困心於簪組當掩口而胡盧今吾涸迹浚勃雜坐保庸雖無五兩之綬半通之銅而激昂慷慨超然絕蹤非髡朔所能傚非儀衍所能窺子行矣無逞廣長而覶談鋒言未既其人乃忻然而諭曰客何爲者客少負不羈之才自比籋雲之馬孫陽不遇踉蹌冀野駔儈議其頹唐僵蹶從而嗢噱客且噤不出聲顏甲流赭引爲己過甘居人下吾將晉客以前修規客以大雅寓藥石於譏言披惆悦而共窮而客乃淚閉固拒不忝驕氣多欲泰色淫志而示我以昏聵喑啞客何爲者客曰而何以語我哉其人曰客亦知夫荆敦㢠鼎之爲寶器也瓜哨罍巚則與髻墾薛暴同棄反不若蔇酒于青罍封茶于白甄何者物以適用爲貴也櫻楠杞梓之爲棟梁也臃腫液樠則與柛榴翳櫂同傷反不若鏇椀于楡柳析榦于檿桑何者材以中程爲良也客生無嚜尿少而癡鼓父兄篤以三德師友牖以六詩自束髮以至成人惟經櫝書槵之與偕粗通典籍涉獵文詞既遠大之有屬亦成章之可栽己而冠童子於日下遝賢書于上京非秦漢以上之書不讀非馬鄭諸家之說不精置帖括于高閣參法相于貝經危無當以奚

用琵雖工而誰聽。固宜其五番弔錄十載飄零。而且迭迭眉眉塞塞省省寄此身于輪蹏幾半生之萍梗。心忮懞乎宦游口囒吽乎高隱始而守宰下榻輒據泰山皋比。繼而諸生歌驪空望曲江綾餅。主人倦客杯殘炙冷猶膏馨于長編。欲汲淡以短綆曾不念蒐蕘瀸瀌之葺供長衾大被之獨寢。覩紫鳳而杜女唬拾橡栗而陶兒蠢若茲之類。尤堪悲嘎。試思少季同學早日登瀛標題于藥珠蓉鏡論思于金馬承明官名入手意氣淩雲。郎其次者亦皆青緺墨綬羔雁成羣。以峩冠而視席帽若驥駑之與莛楹。彼豈有祕術奇能哉。學與時為進退道與世為權衡也今乃攟莊剟掇荀管考蟲魚。摘訓纂。捘檢封剔碑版鑽詁詮困

題贈旅岱三季作為岱覽詩成十卷半就雕槧若將以是藏之名山傳之大邑。吾竊笑其太憨若將以博一名掇一第。吾知其長有顑頷而已。則盍歸爾草堂返爾林泉。讀書十季養氣十季。如治米焉。扰之䃁之師之酋之。纂擇之暘暁之而後麤糲去而晶粹全。如繅絲焉。湅之盎之沃之𥿬之組緝之績繡之而後光彩發而藻采鮮。以是出而問世將忮睹之爭先。胡為乎雜秇稗而思參侍御之豆擁皋紵而欲蹐文錦之縑也。客聞而太息曰。子何望我之淡而勖我之厚乎。我豈不知陳編盜竊之徒勞窮塗剌促之不偶。而其所以為此者蓋不得已也。昝吾季未弱冠慈氏見遺。雲山旅櫬遂窀穸于靑嶽之陘。松楸葺樹邱隴漸夷。賁違寒食悲淡夏畦。往來汶水遠別江湄。家君作宰了無長物。季迫桑榆心憂蕭瑟思急博升斗之糈奉雞豚于愛日。是以逐歸燕而南旋望征鴻而北上。口僂欵乎胡風手瘃癉于塵鞅。嗟狗曲而猶事暖姝傷馬磨而時供偃仰。歎旅病之不斟覺窮愁之彌廣。豈敢望逷騁騳于天駟綴珊瑚于鐵網。惟奔走于計偕雖離憂而志樂受庭誥以出門戒詭遇而妄作。后不能鞭金豈自躍道固委蛇性難雕鑿。儻慕邯鄲而學步仿合君而熏香。是猶叩牛鐸以黃鍾大呂舉社櫟于阿閣神房也。子徒知紊文馬以束獨嚇鵷鶵以腐鼠抑知焉能反哺芊能跪乳曾人也而徒役于鼎俎乎。行謀引公遠慰倚閭。文且焉用。何況珪符。其人乃

斂容逡遁奪嘯為噓曰。信如客言。雖沈履竃譬猶當撫膺而長吁。我自是不敢揶揄。

續北山移文

唐仲冕

南極之精，北巖之英，載移明檄，爰警荒傖，爸有蓺林雋俗之才，草堂高隱之士，慕飲犢而志超，聽鳴騶而色喜，固已低枝折輪，馳煙迴軌，然猶曰抱濟物之猷，試烹鮮之理，文史研之已足，簡書促之而起，從未有浮湛鞅掌，艱苦備嘗，十季一調，五爾六張，歎皓髮之如許，謝青緺以自藏，齊誇弛擔，復請處囊者也，何來逋客，久作寓公，六枳自揵，三徑長封，澟治譜之清白，慮宦情之疏慵，閱考績者二紀，叨對命於九重，自知典郡，尤煩陳力難强，引宿痾而就閒，藉傭書以自養，荅通乖其臭味，煙霞劑其膏肓，脫簪組其如屣，集薜蘿以爲裳，羅者猶覗，鷦鵬已翔，豈意鳥已

倦而又飛，雲何心而再出，起債而爲貲郎，力疾而供冗秩，外誇推轂之名，內愧埽門之實，昔者既折爾腰，今者重負此膝，軒輊看乎纘衡，憂娛仰夫顏色，衝沍寒而莫辭，冒酷暑其奚恤，畫蛇者添足，搏虎者攘臂，既自涉於畏途，亦難逃夫清議，榮不可求，辱將焉避，且夫施者洸洸，受者皇皇，恩同邱嶽，過在豪芒，如含瓦石自笑，郎當，縱趙武無私，不交管庫，而孟明匪懈，難副子桑，何如反列仙之儒，講老圃之學，置黜陟于不知，任呵殿而罔覺，朝眠無當關之呼，夜宴有含飴之樂也哉，往者不可諫，來者猶可追，弧南之池館，固在江左之風月，如斯，樹連理兮花檻，桂叢生兮竹籬，春釀兮百壺，秋馨兮一枝，思公子兮芳芷，怨王孫兮秭歸，吾不拒子既往之譽，而招子不遠之復，儆巖扃，劉溪谷，整星橋，護雲屋，鶴守寒梅，猨埽旅榖，槃有韭菘，飧有杞菊，壁開掛七絃，樓上堆千軸，歸去來兮，胠萎被巾，罷車，償邊而飫賃廡爲家，暇則攤黃孏，奏伯牙，付兒曹以竹帛，課僮僕以果瓜，以視涅還塵而諱龍鍾，褰章服而趨衙鼓，骨肉如疏支，風雨無常宇，嚴霜震電之威，孟門太行之阻，得失懸殊，不可計數，子既已知之矣，是不可以已乎，翠巒如沐，綺柏重敷，樵夫笑於林麓，漁父譎於水隅，補牢將晚，晚返轡尋踟躕，

方于魯墨說　向會賢

某夜在吾友篴樓處偶坐。適見案頭有墨一挺。廣六七分長四五寸許。古色淡綠堅可御刀削香味在鼻隙可通之外。旁印龍彩精緻中篆九子二字。下又眞書方于魯制造五字。異之而知非近物。詢於篴樓。乃云明時墨工之最有名者。與程君房相伯仲。士大夫畜此者甚爲寶貴。噫物之眞者必堅。堅者必可久。可久則希。可久則貴。一墨工耳。而其精神色澤乃傳數百年而不可奪如此。惟其無所雜揉焉耳。此孔子所以聞達巷黨人語而瞿然也。

紀吳百昌　吳元觀

公傲物不羈。少强記。一瞬萬餘言。會市制義星沙。舷頭雒誦。終篇投於河。眾尤之。登岸默謄。令持校坊賈架上。隻字無訛。過衡邑。喪家見誄章多古字。讀者口噤。公爲代筆註小楷於旁。若子雲親授者。主人肅衣冠延入席。宴罷具重幣以肩輿送歸茶鄉。劉竹偶。公業師也。與公度歲省城。約元旦入市。睹記十里許各戶春聯。劉識左。公識右。歸寓互誦。皆同。嘗造染人廬。閱几上日計書一過。戲爇之。主人大譁。公索楮錄付。布幅短長。服色濃淡。及質茜者主名。一一纍合。天資穎異如此。能潛心經術。取青紫若拾芥耳。乃徉狂歌呼於市。可怪也。噫。

論屠豕　吳元復

近習信神有疾焉輒屠豕以禱禱之而愈便歸功於神之克靈也其不愈者亦不歸咎於神之不靈予兄南階素惡之南階爲人持正大性慷慨能疏財喜方便鄰里人咸慕之一日偶疾臝予醫之輒效然屢反里人恐其弗瘳欲屠豕以救特恐予之弗允也不便言又數十日病日增昏不知人有數人者齊向予請予曰汝欲以是豕之命代予兄死乎抑何視予兄之薄也汝將謂予兄素行獲罪特以是豕爲之解乎則豕之至賤固常以供屠今特因予兄以死是又益予兄一罪也且汝獨未聞死生有命乎司是命者誰而豈圖血食豈得此血食而遂與人以壽夭

使欲圖血食則盡天下之物皆其所有焉而必待汝之屠是豕也哉他如妖邪小怪雖圖血食必不能與人福不能與人福卽不能爲人害又況予兄之素持正大乎且豕之爲物豈寡哉世之巨富能備是豕者豈乏人哉病而禱焉千百歲可致也何以不嘗聞百歲人者爾意甚善爾見未確也自今後請毋復言之數人皆默然而退而予兄卒愈矣

書長谿流民言　魏瀚

嘉慶元年十月二十二余適豫章道宜春之野路隅斗室息焉婦人貌若甚慼者詢之曰長谿之山民避苗亂而竄於是者也二稚子長旣齔而幼乳有女年十七矣丙辰正月十九或言苗畔旣三日而亂作苗人故腰刀而漢民不習兵倉猝變起咸譁而奔號呼者與苗人喧逐之聲相荅也或持枝奮鋤相拒輒殪於苗余家鄰苗以夙無忤故僅然後免然家故種芋藷栗粟以生積一年之食咸以資苗衆焉率諸雛匃而達江右以宜春之妁鬻女於粵賈得金飾女秏其半餘以自存哺二孺子焉初鄰之富室懼亂作而爲所侵掠也謀於里之苗人苗人曰毋恐吾

爲守苗不畏苗也富室則大喜乃集苗人酒以飲廩以餼羊豕以饌苗人相率讙呼醉飫於其室富室因以爲無患也夜有火作於山岡富室大恐苗人則大呼曰苗衆至矣若不自圖若且禍吾屬也則又有呼於山巔者曰百戶至矣富室則盡奔積蓄輸掠於苗百戶者苗之酋長也苗始亂劫百戶以兵百戶曰柰何欲殲桀瓠種等死吾死忠乎乃殺之余聞而悲焉憫百戶之忠傷彼婦之遇而歎富室之愚也

楮先生傳十四歲作　陶澍

楮先生者名桑中州人也其先本穀姓生雯楮山之沃郎其地居因自別爲楮氏而世猶稱之穀桑云初楮生之生也其母夢神兕之曰穀田之湃泱纍子齊之穰穰漬而劏而澤天其光經而緯而模地其方煒之乎而子之文章覺而生生比長能自樹立與剡人藤青蜀人薛骨及族子構交最密誓生死當是時天下言文章推縑與簡然二人者素貴重於人多不傻桂陽蔡倫典尙方惡之乃造意拔取山林秀逸之士楮生與縢薛三人偕往至則有麻某與衣零布曳破履者已先在矣生恥與共事欲弗入倫驟起迎謂曰足下始自山出有村茂之根器願少安毋

躁方將坐足下三浴而三薰之旋館之於東門之池且曰江漢以濯秋陽以暴儒者之道在是士不入範圍而能成其材者鮮矣願叟勉之生山人初至殊生棲間倫言乃叟自湔滌挫剛爲柔久之蓺成粹然出於衆倫大喜餔以芙蓉之粉謂桑音惡叟其名玉版見諸上上一望其姿宇有雲輝月朗之槪舒展自如而平正妥帖精白無疵知爲載道器也命與諸文學游暇則課以義畫蒼文籀篆程隷以及煙雲變幻山川人物諸奇勝自混沌九頭循蜚疏仡以來一切典墳邱索與夫千聖百王九流三教之緒咸令刻意爲之務使心心相印生雖不能有所發明然上下古今皆墨守而無遺上一日召見大異之送居東觀爲文館書史呼爲先生而不名自是上當正揆席或有時宣麻其一切詔令皆先生載命以行尋封楮國公統領萬字軍掌管圖書府於是文武臣僚有所關於上皆必因先生以達一時親近用事無與比然先生性坦白久典萬字貴賤不介於胸雖市井野人有事亦任託而不洩又不自祕有欲知其隱者郎取懷而予以故當世咸德之其在文館與陶泓陳元毛穎相友善出入未嘗不偕而於元尤有固結不解之交蓋其學問雖由生質而資於良友者亦多矣曩周穆天子之世有方策者能識文武之政貪人脈望害其能穆天子怒曝脈望於羽陵脈望驚忿退而燹之其後策遂廢而生繼起脈望餘蠹欲復九世之仇曰楮生繼

策楮生郎策也叟攻生生病之而心力亦爲之瘁矣已而上召生點其籍不復整頓上戲之曰萬字軍奚乃折其大半邪生以實對上雖惡脈望而亦不復用生也生遂歸名山以老其後子孫甚盛在洛陽者尤以左太沖見貴云　贊曰余讀山海經見楮氏之族有居脫扈之山者陽帝之山者菜山者鬼山之西雚谷者惟楮生出中州最稱烜赫嘗怪宋人刻意學楮氏三年僅得其枝葉而蔡敬仲一見郎洩其根器村茂爲之湔雪以遂其材此可爲文字之知己已自生遇知後楮氏之族徧天下一切日用瑣屑之務皆躬之世亦易視焉然楮氏本以文章進有體有用功在天下余故列生之出處行事俾澤古之士有所考焉

鳳說

王泉之

嘉慶二年湖南旱凡產竹之區皆花而實人以為不祥維時米貴如珠或採食之味同香稻又以為祥焉三年上巳日余率童子赴郡試薄暮忽聞天際鈴響其聲清以越開戶視之有大鳥比翼飛從鳥不計其數郡人皆以為不祥物鳴鑼轟礮以逐之余竊笑之曰是鳳鳴也人皆非之以余為少見多怪余笑之愈甚非之者愈力曰嘻子何所見而必為鳳邪余曰威鳳以難見為神楚人迷鳳憐之久矣子未之誦詩乎何弗思之甚邪非之者曰是童而習之者也余曰庭燎之詩不云乎鸞聲噦噦鸞聲將將烝民之詩不云乎八鸞鏘鏘八鸞喈喈埤雅曰青鳥為鸞

禮斗威儀曰天下太平則見其音如鈴周之文物大備法車之上綴以大鈴如鸞之聲故曰鸞鳳飛鳴曰郎都非鈴聲乎無怪乎楚人不識鳳重價求山雞何弗思之甚邪抑讀書不求甚解束書而未之觀者邪非之者始啞然失色夫鳳非梧桐不棲非竹實不食非醴泉不飲有道則見飛則羣鳥隨之竹實而鳳將至信然也鳳鳥不至聖人所憂有道則見又何疑焉雞鶩辱之燕雀謀之鴟鴞笑之眞少見而多怪也鳥有鳳而魚有鯤宋玉之言非謬也祥乎不祥乎後聞集於南嶽南嶽配朱鳥朱鳥鳳丹也杜甫謂佇鳴南嶽鳳鳳之集也固宜覽德輝而下之豈人所能逐者哉

書灌陽獄

周樹槐

吾邑劉君世灝以法家言游粵西有年矣嘉慶二十三年冬其兄子華士自粵歸為余言君贊治灌陽獄君以此有聲於粵灌陽令益杜君云灌陽多山旁縣民多郎灌陽墾山為生王乙者子身來某山廬焉乙族子大歲或再三至至則留乙所數日乃去近山居人多識之久之或怪乙數日不出即山視之入其廬赫然屍在牀無首居人集視曰禍矣一人曰不如瘞之醵錢而瘞之又久之大至居人告曰若叔病以某日死吾儕相與葬之矣求其所哭之而去數日復至為居人設食居人或不欲往固邀之徧餉居人極道居人德食已延之瘞所曰將以叔歸葬居

人愕曰葬矣無為以歸矣大不可出棺曰叔貧不知何以斂將啟視居人諠譁然未有以止之啟棺曰首安在也居人不得已實告之大哭曰是不得不以累居人矣居人大懼謀賄大寢其事使私焉强而後可顧所欲奢居人不能給事聞於縣縣悉逮居人訊之無迹久之居人或不勝搒掠自誣殺乙求其首不能得於是瘐死者二人矣獄卒不具數月杜君代為令君入杜幕閱獄詞反覆之謂杜曰獄有疑杜曰何也君曰夫居人之死者二矣是不當從居人求之矣曰柰何君曰視大非能以叔歸葬者也然且固出之固啟之是知其無首也庸知非大殺之乎又有疑者夫人死不見其首何以必知為乙居人之以為乙而瘞

之也有驗乎杜集居人訊之曰若始何以知死者乙也嘗檢其體辨之乎皆曰蒼黃不知出此雖然祝其衣則乙矣杜告君曰居人曰衣固乙也君曰他有驗乎曰無君曰是未可知雖然大知死者無首也以此求之矣明日與杜謀悉召隸諴之杜出堂上下隸數十人羅列召大跽於左居人跽於右杜曰是獄乃今知之矣今日不承者必斃之木下顧隸取大刑堂上下大聲應之大刑至以告堂上下又應之居人股栗大亦失色杜乃謂居人曰乙首安在皆號曰不知也杜曰若屬固不知也謂大曰而知之大瞠杜厲聲呵之曰而殺之而不知邪大俛首曰無杜曰而貧不能以叔歸葬明矣而知棺無首也固啟之何也大不能

荅杜顧隸曰刑之是殺其叔大戰慄頓首曰叔固在也杜愕因曰固知而叔在也今安在曰在小人家曰而家幾何人去此幾何曰家某縣某鄉百里而近有妻一子幼遂以大付獄謂居人曰苦若屬矣皆感泣叩首不已杜曰雖然乙不獲獄不白誰識乙者速捕之卽選隸四人與居人往別遣牒某縣居人與隸卽夜抵大家遲明叩其門門啟乙出見居人不能隱遂擁之行至縣隨而觀者數千人讙言王乙在也一訊具服先是有男子不知何許人獨行過避雨乙廬會暮求止焉大適在窺𥦗囊有金與乙謀殺之被以乙衣而匿其首遂以其囊遯久之微聞居人以爲乙而瘞之也將以此求賄於居人至是訊得首合之是獄具粵人藉藉稱杜神明既而聞之曰劉君之謀也壯學子曰甚哉折獄之難也殺越人於貨者有之矣未有如乙與大之狡者也夫其殺人而使人爲掩之既掩之矣又將因之以爲利雖然使乙與大不因之爲利卽安得有天道哉

書乞孝子

周樹槐

慈利李均言乾隆四十五年有乞婦年四十餘攜一子十歲過某家日晡矣其子號泣求食某母聞之謂家人以盂飯與之頃之聞子泣益悲自出問之子言曰日晡矣吾母得食無幾耳今蒙賜食母不食而欲推我我固耐餓母老不耐也今固不食婦含淚告曰吾與兒晨出得飯一盂耳兒不食吾食之今得食誠不忍復獨食日晡矣悲乎兒未食也兒聞母言手拍其腹曰我不餓我不餓即舉飯進母於是某母爲之太息謂婦曰若食此顧家人更取飯與此子婦食子乃大喜舞蹈母側若不自勝者飯至受而内之簞不食問其故不荅婦曰此以吾尚未飽也噫

吾與兒乞三年於慈矣日或得食多兒則分食少常竟日不食晚乃取日所得米雜野蔬羮食之某母爲太息久之謂婦曰若子孝若生此子不令若長貧賤也因叩其姓氏婦武陵于氏女屬歲饑遂攜子行乞子幼聘鄰人熊氏女熊亦貧各趁食去今歸於王夫死一子幼子曰寅生以歲在庚寅生也王貧婦無親不知何如矣於是某母憫之謂婦曰若無家吾有閒宅乞若若紡績縫紉自給若子食於我爲我牧得直資若婦扱地謝子留某家每食亟往視母母未食不食日出牧欻念母急走歸省母乃去如是日再三久之所牧乃多亾失某母終憫之將改任焉有自龍山來者此子前聘熊氏女父也初熊挈家轉徙至龍山爲傭耕地得金以是小阜求其壻蹤蹟至某家婦及子留某家歲餘熊迎之去今三十餘年不知此子今何如也壯學子曰嗟乎孝乃乞哉乞乃孝哉某家李戚也余失其姓抑茲事不可使無傳爲書以俟采風者

齒譜序

周樹槐

齒未有譜者·譜之自余始·古者民數之登·自生齒以上·男子八歲而齠·齠輒擲之·上者下達也·擲牀下 下者上達也·擲屋上 衰而落則囊藏之·將以內諸椑·體之駢者耳目手足指趾有數·齒無定數·須眉髮不可數·齒可數·余年三十有九·一齒落·喟曰此一葉知秋也·手封而識之·其後每一落輒別封識·由道光四年逮今·纍纍者積十有九·不忍棄·且不忍淆也·彙而譜之·齒之用下爲斤·上爲椹·今上之存一而已·用可知已·往余從兄文學病齒·劇·余唁之·呿口謂余曰·是欲去而未憖邪·盍置我·嗟乎·昔之大利·今之大害·嘗食·擲箸起·捧頰荷荷·因手拔其二·余齒落過半·未

嘗病食·存者十三·計日盡矣·齒不余戀·余敢有愛焉·譜四重·上下各二·中分而互之·左者旋左·右者旋右·識其落之歲月·存者空之·以待補書·余學之不殖·亦時以自警焉·道光十七年十月戊午序·

平價禁囤糴

李象鵾

今之議救荒者有二說·曰平穀價·曰禁囤積·余以爲是二者皆非篤論也·何以故·穀之貴賤·視乎時·諺所云天作價也·賤可使貴·富家不消乏矣·貴可使賤·貧窶不餓殍矣·嘉慶辛酉穀價驟長·太守某出示平價·且有爲富不仁之語·喻交山率衆壘劫·遂成巨案·懸首郊闈·人謂交山死於搶奪·不知太守之引導而勸諭之·交山乃犯難而忘其死·自丁卯大旱·每銀一兩買穀四斗有奇·而人心不變者·知價之不可強平·而搶奪之前車不遠也·十年來歲非大稔·而穀甚賤·銀一兩得穀二石·居家用費不減於前·以穀易銀·僅得往日四分之一·於是收租之家病·佃戶終

歲勤劬竭一人之力·可種穀百石·以半納租·少亦須十之四·其百石穀之田·飯黃犢·置鋤耰·灰草芩通所費·不貲耕耨收穫·均倩人力·勢不得不賤售·及春間力作·借銀糴穀·借穀種田·穀之息借二還三·銀息不過二分·而穀貴·借銀以糴穀·穀賤糶穀以償銀·轉移之間·其失自倍·於是種田之家病·租入既多·輿販粜鬻酒肉市布帛·負其力者·得其食·出所有者·易所無·穀賤則無所取資矣·於是傭工匠作商賈亦病·君子鑒往日之禍患·知價之不可平也·觀近日之情事·知價之不必平也·若強之使平·遠人裹足·但能平見在之價·穀盡則束手矣·如之何其可哉·且富者所以應貧人之急·而囤積所以濟富人之窮·一鄉有富人·凡

食力者貿遷者皆於茲託命不必在施濟也但不欺侮不刻薄則衆譽攸歸一有緩急比閭族黨咸恃以無恐是故救貧困莫先於安富人富人所入饒所費亦大鄉閭有囤戶則富人之穀有所受與販非有重貲數數轉輸始獲微利省會有囤戶則鄉閒之穀有所歸若須發告示申明厲禁鄉閒既不敢運省會囤戶日懷惴惴勢必連檣而下始也遏其來源繼也速之去路但能禁現在之積穀盡則束手矣又況省門禁囤鄉閒聞風竊發倡為阻禁之舉阻禁必勒糶勒糶必抑價任其抑勒則痞匪之欲張少有違拗則激成事端是禁囤之害又與平價相表裏且出示亦大不易過言作亂必有錄示請示名為頌揚實圖訛詐

駁則有陷盾之嫌準則同倒戟之授一詞之藉百弊循生誠未見其可也或有難之者曰當事蒿目窮黎存仁心行惠政若委諸時之適然日見其昂貴何以紓當事之憂且囤積居奇律有專條不示以禁商販趨利若鶩伊於胡底余應之曰凡物多則賤少則貴增價於空乏之時以為招徠計則少者貴多者賤不求其平乃平價之要務各邑設有義倉原以備荒若照時價酌減十之二三民被其澤俟穀賤買補還倉官亦不受其累此一法也抑或捐廉為倡勸紳衿之有力者共相捐輸於城內外設若干廠以時價糴入減價糶出此又一法也張孝州先生於辛酉行之活人無數然動用倉穀陳奏則易干部駁存銀則終歸挪移官捐則力難為繼民捐則鄉保懷挾制之私吏胥開索詐之漸良法美意亦有弊端要之藉蘇民困固非慷他人之慨以期集事者也囤積之戶豈不利災然善價不沽何事於積幾曾見穀貴之年積穀者猶陳陳相因也余昔守宣化連年豐稔而關南大饑搬運太多穀亦昂貴屬吏以禁囤請且歷舉囤積若干家余曰是毆之行也時屆初冬距麥秋尚遠遏糴之意不可聞於上官計惟有寬其禁令使商人樂於囤積陰以阻其越境之心於是出示通闔囤積不禁且禁差役訪查甲長需索諸弊但於示內諭明三四月按照時價零星出糶爾時再存觀望或故意勒掯卽行究辦等語其後穀價漸平民亦不病是又以不禁囤積為平價之

法也余非富人亦不甘為不仁特以生長隴畔見之眞故言之切或可備芻蕘之採云耳

書典史楊瑨　何慶元

楊瑨浙江會稽人。道光辛卯爲桂陽典史。明年峝猺趙金龍亂衡永郴屬大震。桂陽故設參將營兵四百。精銳盡赴永。餘老弱棊散守烽汛。駐城兵僅數十人。率恇怯無固志。奸民覘虛潛結嶺南江右諸不逞覬爲變。氛甚惡。瑨偵知之。甚令聯鄉村練壯勇。備器械。謹諜探以待非常。議未決。北鄉報劫盜。瑨謂其鄉豪之在城者。遄歸斂衆。我將往。因慷慨請于令曰。賊嘗我謂我不敢出也。疾撲之。彼不虞吾猝至。必就縛。就縛。民志定。賊黨攜矣。乃選健役八十人。疾馳五十里至其地。而鄉豪亦糾壯勇三四百人與瑨合。夜半擣其巢。賊果倉黃狐鼠竄。盡縶以歸寘之法。

當是時。賊首李觀章者方安居興甯老巢。聯絡諸山賊。悉索大舉。得漏網。瑨復甚令牒興甯參將檄土官帥新民刻期會勦。而密諭鄉豪集壯勇待於隘。圍合火起。賊驚潰突煙出。縱橫滿山谷。至隘。觀章與其親屬盡爲壯勇所獲。無得脫者。觀章死。興桂額手相慶。先是北鄉告警。南鄉亦鬨平倉。平倉者。劫倉也。蜂螘聚掊鎖擴門者數家矣。尚畏死遲瓜分。瑨聞之曰。亂可遏已也。北歸之明日。甚令召鄉豪爲衆所憚者數十輩。教之團練曰。爾鄉近粵。剽掠者且至。亟塞隘。穀將焉往。先自亂。資敵矣。且觸憲
國法。將不汝容。翼日吾將命典史爲汝布置。瑨則帥其健役八十人者。與紳民大會於牪坡墟。墟中南鄉民麇至。瑨從容曉譬利害。咸俯首受約束。富民量產捐米贍丁壯守隘者。而村舉一二人爲之長。條畫井井。俄頃而定。趙逆平。令以軍功晉級。瑨典史如故。又明年。瑨丁內艱。貧無以爲道途資。紳民贐白金累數百。始克歸。葬畢。旋湖南。桂陽科舉寓省者。往來存問。密於戚故。己亥瑨卒。安化典史官廨。貧不能反其柩。其子成謙計於桂。桂人念瑨出死力捍大患。而秩抑遇邅。竟蹉跎以死。潸然涕出。助之金。并爲文以祭。其辭曰。天降疾威。陰霾風烈。草卉繚枝松檜斷節。柔以衆完。剛以獨折。莫夷其萃。乃摧其傑。惟公之生天挺峻骨。海汐走霆。娥江濯雪。胸直膽勇。眼冷腸熱。抑枉下僚。百鍊寸鐵。皇帝壬辰。峝猺草竊。風鶴訛傳。狐鼠黨結。公適尉茲。見

義奮決。時維鷹揚。突入虎穴。迺芟其蕣。迺殄其蠥。疾雷一震。乾坤開揭。曾不崇朝。剪此逋竄。大難既平。薦紳忻悅。東閣長開。茗馨酒洌。賦詩論文。談笑玉屑。旁及書畫。爬羅剔抉。酣嬉淋漓。撫掌纓絕。歡娛未終。悲聲四徹。玉佩瓊琚。轉眼桐經。風刀霜劍。生離死別。老驥翹雲。夜鵑嘯血。琴鶴淒涼。士友結舌。白衣西關。送公歸浙。霅次省垣。耆晦抱拙。一官匏繫。門多車轍。風雨故人。膾鯉炰鼈。傲骨豪情。吞吐鬱噎。晚得梅城。吻噤肘掣。鵩鳥欺人。登坐鳴咽。乘彼白雲。去如電瞥。烏乎我公。自今永訣。干將莫邪。堅剛沈閉。屈產冀北。權寄蹉跌。永跖殀顏。福庸阨哲。天道如斯。抑又何說。惟公生平。友朋偲切。下堂執手。一言齩蔑。寸心耿耿。天

日昭晳。三年不見夜臺巳鐍。拂拭孤桐哀訴明月搔首長空絃絕聲歇。公其有靈魂來怳惚

書眞烈夫人張氏　何慶元

范氏爲桂陽故家代有達人。而明中葉爲盛。道光壬寅秋八月予有事於范氏。得觀其先代告身中有眞烈夫人張氏誥敕一通。乃嘉靖十三年三月以贈甯夏巡撫范公輅側室張氏者制詞哀其秉禮度義潔身投繯爲古今罕覯。詢諸范氏子孫。家廟故有張氏主。款如誥。檢其譜注張扶公柩歸葬畢遂自盡考縣志節烈無張名烏乎身爲人妾責備弗及誓心殉義從容自慊動閶闔中　朝命赫然彰厥美更今三四百年志乘莫徵桑梓弗道。苟非典冊僅存詞義炳燭雖有博識好古之士亦末由鑿空而宣揭之。甚矣夫微顯闡幽之難言。而故家文獻之不可以

不徵也。公直節讜言略具明史其卒官在福建左布政使任而不著其年。閱告身有嘉靖十年六月命公以福建左布政使巡撫甯夏制一通。十一年四月又有贈公資政大夫甯夏巡撫並贈三代制四通。是公以十年受甯夏新命未行遽卒而十一年朝廷追贈之也。張之殉公雖不能定其年然贈眞烈在十三年則當在十一年或十二年矣。又家傳載公淸軍江西連章劾宸濠黨與。轉爲所誣逮赴詔獄禍且不測。僚屬祖餞欷歔泣下。公無幾微見言面毅然曰大丈夫正當如此。濠聞之懼宵潛刺客十里外伺公至則殺公以滅其口。月夜無風江忽波逆公船不得進。客誤刺他船以報。公乃免。公所至皆有異政。焚妖祠於南

安。朝城垣於安仁。江西人咸歌頌之。爲立生祠。歷官南北三十年。布衣木笏外無長物。卒之日。遺俸金九十兩。先世田九十畝耳。事雖不足爲公重。然先輩流風餘韻。史例雖備舉。脫無述何以示後。故因論眞烈事而詳次之。以補史氏之闕云。

勸讀孝經語　李文炤

孔子曰。吾志在春秋。行在孝經。又曰。孝經以授參。在十三經中最爲切近之書。篇頁最簡。又易讀。而人之讀者絕少。豈以無益於世用耶。按荀氏家傳。荀爽對策。漢制使天下皆誦孝經。選吏則舉孝廉。後漢書宋梟爲隴右刺史。患涼州多寇叛。欲多寫孝經。令家習之。使人知義。東觀漢記。尚書令王允奏曰。太史令王立說孝經六隱事。能消卻姦邪。兩浙名賢錄云。平陽章永事母誠謹。母卒。執喪如禮。俗飯佛老爲冥資。永獨晨昏跪誦孝經。儒林公議云。馬元儒學精深。居喪不爲佛事。但誦孝經。人稱其頴篤。一統志云。唐韋景駿爲貴鄉令。有母子相訟。景駿嗚咽流涕。付授孝經大義。母子感悟。龍城錄云。唐初有孝子王漸。作孝經義成十卷。鄉里有鬭訟。漸卽詣門高聲誦。反爲慚謝。後有病者請誦。尋亦得愈。吳均齊春秋云。有病邪者。顧歡令取孝經置病人枕邊。果愈。問其故。曰善禳惡。正勝邪。南史云。陳徐陵嘗疾篤。子份燒香泣誦孝經。日夜不息。陵疾豁然。陳繼儒孝經旁訓序云。余觀六朝崇信孝經。病者誦之輒愈。鬭者誦之輒解。火者誦之輒止。蓋吾儒極靈極變之書。先大父云。百行以孝爲首。忠臣義士。胥出於孝子之門。故經雖在壁。元音流響。非嬴火所能焚刊。入家乘。男女皆宜講習焉。毋忽。勸孝微旨數語。揭出今歲續修支譜。有謂譜非讀本。度之高閣久矣。徒滋卷帙何益。余曰此子貢欲去餼羊之意也。是書爲坊賈通行本，皆能家置一冊，不刻可也。然先大父所以刻是書之徵旨則不可沒也。因歷引古昔所以敬惜是書而有裨實用之明徵，著於篇。視爲空文則忽之，知爲實用當亦油然而生其興感也與。

湖南文徵卷一百二十九　　湖湘後學集編

雜文四

候氣便法

邱之稑

自漢以來候氣之法，皆爲室三重，戶閉，塗釁必周密，布緹縵室中，以木爲案，每律各一，內庳外高，從其方位，加律其上，以葭灰抑其內端，按律候之，氣至者灰去。按古法如此，繁難，非豪有力之家，氣終難候。因思一捷法，擇靜室內掘一坎，將木板開數孔，以律管納孔中，每中氣將至，前安放坎內，管口向上，覆以素紗，將膠黏定，置葭莩其上，用手抵平，以瓦缶覆坎上，氣至時啟視，驗葭莩之動不動。然猶嫌缶覆不能明視，且慮啟缶時爲風所散，後更設一妙訣，製方匣一箇，四圍及頂面皆嵌以玻璃，如前掘坎納孔法安放，停當，罩以玻璃匣，坐視其旁，時至，衆目可覩。凡言候氣，只防風動，故須密室。此法即曠野亦無不可。偶爾嘗試，見葭莩漸次森立，如虎示威狀，但鄉落苦無鐘表，難審時刻，氣與管適如其刻，未敢遽信。曾憶辛卯春分安置夾鐘四管，其時風雨大作，葭莩皆衝去，竊疑陰氣太盛，慮有水災，竭力提防。夏至前後水果大發，六日三漲，爲從前所未有，因歎古人所謂灰半出爲和氣，吹全出爲猛氣，吹理或然也。又嘗驗之管徑小而聲稍高者，葭先時而啟，管徑大而聲稍低者，葭後時而啟，必徑合聲應其隆起之時方與氣至適合此中氣之所以難定而審律之所以非易也惟實葭灰於管中而以輕緹素覆其管口氣至而灰衝素外則未經驗過姑存其法以俟協律之君子焉

治巢瑣言　舒夢齡

邑俗淯樸民情尤愿謹巨案絕少其黠者往往因薄物細故藉興訟端以拖累爲得計一紙到官或延數年不結所以有圖準不圖審之語又或魚肉善良平空架害謂之搭臺子於放告日期必據原呈駁詰稍涉虛誑小事杖大事枷號示衆如兩造俱在堂下遞呈卽爲判斷曲直而去

鄉愚計圖騙人多倚年老殘朽或婦人女子捨命撒潑以爲莫敢誰何也卽少年子弟滋事成訟往往慫慂父母妻室臨審搪塞子告之曰告狀無抱告或抱告不到不准臨審抱告不到必令原告拘送抱告到官始爲訊斷如被人告發則重責其子姪與其親屬

市有富商乃成巨鎭野有富民乃爲大邑二者地方之元氣也然而一家飽煖千家覬覦官不爲保護之勢必日削日蹙以同歸於盡緩急何所恃邪況殷實之戶怕官府誅求怕書吏需索怕訟棍簸弄怕無賴騙害人卽以非禮相加有忍而受之者矣其或欺侮者相循剝削者不已於是激而成訟大抵富與貧訟貧直者十之二三富直者十居七八而明聰之吏多左貧而右富謂爲富者必不仁抑又偏矣

卽如巢俗賣產後必索加增至四五次不等少不遂意卽挺身具控或稱錢漕過割未清或指田地界至不明或內有墳墓以

爲損傷龍脈。或外有塘堰相與阻絕水道。種種誣害。被告已受其拖累。官又不爲之直。有事外花銷。過於買價者。甚或旋結旋控。迄無休息。受業者精疲力竭。往往捐產充公而止。

又貧戶佃田耕種。除牛具籽種外。所有完納錢糧。修理塘埂。均須業主開銷。而納租不過得十之三四。彼佃戶雖苦。已足償其辛勤。乃不良者平日既懈其力作。及至秋成。則詭言收成歉薄。懇讓籽粒。又或預先穫匿。零星糶賣。虧不能償。遂書立欠租字據。乃愈欠愈多。愈多愈不肯完。田主莫可如何。計惟退佃。而彼又霸居不去。旁人亦不敢承佃進莊。往往因而興訟。予涖任之始。卽榜示曉諭。賣產憑中議値。彼此情甘。事後例無加添。惡索

者。許稟官懲治。田主控佃戶欠租。租完準佃。否則立限勒追。追齊仍斷離莊。夫以千金之產。與人分利。利既歸人。而又不能自主。至盡爲所吞噬。貧不安於貧。而富者不能保其富。此大亂之道也。地方官遇此等案件。少事姑息。則刁風益長。其漸不可不防。

縣役分壯快皁捕四班。班各頭役十名。十餘名不等。舊例四人一輪値。値凡五日。値內遇賊稟案。必歸該値日頭役。他役不能爭也。該役當値無多日。往往百計千方。嗾人訐告。甚或賄買無賴。指名誣控。準後官必差該役喚訊。該役持票下鄉。恐嚇訛索得錢。則詭詞延擱。或倩人假遞和息銷案。其有不甘受誣者。始具訴。旣求審催稟至再至三。官方立限勒拘原告。而不知原告實無其人。該役無可搪塞。又另雇人冒頂臨審。略不置辨。惟俯首受責而已。在問官方謂無枉無縱。而被告者已傾家蕩產矣。然則欲除此弊。莫如先訊原告。當喊稟之時。坐堂面詰。彼旣心虛而又迫不及防。眞假可得之立談之間。稍涉誣罔。從重懲治。則有所懼。而無情之辭自不敢逞。亦使無訟之一端也。

闘龍舟論　李得春

屈子以五月五日懷石汨羅後人哀之爲龍舟以弔競渡之風遂徧天下蘇杭諸州窮極奢麗卽襄樊武漢亦往往竭千家之產作五日之游抑亦癡矣吾湘爲屈子行吟地龍舟之戲相沿已久其初以之弔屈而其後則爭勝負而已夫人不能爭名於朝爭利於市而規規焉爭無益之事不亦悖乎吾思屈子眷戀宗邦至等信陵之求速死其忠於楚可知假令没而有靈方將作福於楚之民有加無已若預知後之人竭有用之財爲無益之舉且釀無窮之禍則必不死於五月五日也且夫龍舟之釀禍也他不具述如吾楚之醴陵湖北之荆州巨案紛紛足爲炯

鑑此南方近水之處習俗移人也若北方旱地何處覓划船之地乎是在良有司嚴加禁革或可挽澆風於萬一耳夫事之有益者人每不樂爲之如吾楚連年水旱勸賑頻聞而人皆卻顧不前民情大可見矣吾湘素稱饒裕自道光初年龍舟與賽會動費多金如此暴殄自然天不降康以故荒歉遞乘災祲並至蓋甚願斯人之崇儉黜華有以挽回天意矣予每以爲世道之盛衰視乎風俗之厚薄風俗浮靡卽爲世道之憂記丁未捷南宮　先皇帝以五月五日引見新進士仰見宵旰勤勞如此其至雖端陽佳節而早朝晏罷無異平時至外閒龍舟遊逸舉國若狂可知君父焦勞而臣民安逸於事爲不祥於理爲不順也況竭有用之財爲無益之舉乎夫用財有道用所當用雖千金不爲奢用非所用雖一錢亦爲侈誠於龍舟一端省無名之費爲有益之舉或造河船以濟人渡或設救火器具以備火災卽此二事足抵龍舟之費而凡有益於民生國計之事可以類推矣將見士志於道民安其業相與沐浴　皇風勉爲良善而聖天子亦幸斯民之不識不知而順則也豈不懿與

步兵登摺嶺之巔而歌曰秋日欲落木葉其脱先知者誰號寒鳥雀樵者聞之謂步兵曰子以摺嶺爲汛摺嶺之盜賊子所司也何子之無能也曰文司獄而武司捕武捕而文縱之則武有妄捕之罪不捕而上告又有廢弛之愆五人守汛地廣則巡之難周而驛文之往來晝夜不絕上以安靜爲名故下畏大事而樂小事化大爲小持小爲大不赦者多縱逸勃谿者囹圄圄衙署成市非賂不行竊賊則以爲貧者之常業强劫則以爲恐生事端是以千人持刀行私而過摺嶺余不得問焉五人之力不足以禦千人而又有滋事之罪非特余也有司固然汝不聞吾

鄉之善搏虎者乎其長在鎗得虎而獻有司曰民閒何得用鎗是出於山中之虎而不能出於堂上之虎也後復有虎善搏者閉戶不出鄉之人笑之非搏之技不精搏之器不得用也失其器則虎不可搏乃易搏虎之技而搏鼠終日不獲一鼠晝伏而夜行藏於壁而行於箱匣之底無室無之一人不能盡搏非搏鼠之難於搏虎也故鼠與虎皆不得搏焉曰然則聽鼠之藏於室虎之伏於山乎步兵曰搏虎以力搏鼠以勤治盜先治竊去賊嚴去黨在有權者

樵者謂步兵曰余樵五嶺之巔山徑余所知也踰嶺爲嶺南宜章其衝也禦嶺南先守宜救宜之路若何步兵曰郴所以救宜險要在摺嶺余所司也然我之所守卽爲賊之所攻明由摺嶺救宜彼必盡力以禦陰由摺嶺之西黃毛摺嶺之東大隈以出其背焉葢橫絕南北者嶺嶺自臨武入郴爲高堂山西有小徑黃毛是也東爲摺嶺起五葢山其東之小徑則大隈焉過此則桂陽矣夫中原險要在水或在路所會歸之處邊鄙險要在山實在兩山斷而復連之處山龍也斷處峽也山防之法在斷龍征猺尤善猺善行山其伍散而不聚我聚而攻其一道則徑小

難容衆散而攻其數道則彼盡力以圍我一道我仰攻則彼乘高以禦我登峰則彼圍其下擊東西奔擊西東奔擊首尾則上下四旁奔而我不能追斷其龍則彼無奔路龍之起也萬仞其伏也一綫所伏之處其水分流是之謂峽山路會歸之處也大龍之下小龍出焉其脈亦一綫龍斷則彼奔馳於此山而不能越山而遁入山先看水大水大峽之所出小水小峽之所出溯水則峽見斷而圍攻之節節斷節節攻如破竹然節破則竹自解夫猺可由貴州至常德洞庭可由貴州廣西至衡山寶慶至湘陰洞庭皆數百里不經州縣若五嶺則可由廣西永州郴桂大庾至閩浙數千里不經州縣橫絕南北者嶺嶺上泉分南北

流故中無大水以界之州縣在平地斷龍如斬蛇斬其中則分爲兩險要大路大峽也閒道小路小峽也摺嶺大峽也黃毛大限小峽也不獨此也陰平峽也散關峽也武關峽也凡出奇之路無不出於峽者看水知峽則嚮導出奇可以意會焉曰予嘗從軍於貓當其由江華而至常甯何不言其法而斷之何至出擾數百里八排廣千里何至聚萬人於中而不能戰步兵曰池塘墟亦峽也海軍門不知而中伏焉斷東西之水而南北皆出故不得出當今之事言者不行行者不言養犬所以守夜也而制之曰爾其噬以禦賊無吠而驚予夢也賊在垣而嗾犬於門不得則罪犬子欲我爲驚夢之犬而孰知我將爲當門之犬乎

南言三　陳起書

有漁者歌而過曰蝲有瓜兮不能馳魚有翅兮不能飛囊爲網兮而誰爲之錐步兵問曰何子聲之淒以悲也漁者曰吾聞子與樵言則善矣是以感而歌也步兵曰物莫不好生而惡死淡潭之藪魚所歸焉吾烏知藪之樂於魚耶魚之樂於藪耶水之忿於魚耶魚之忿於水耶魚忿於江中之水烏知其不忿釜中之水耶子知魚之樂於藪烏知魚之不樂於釜耶子不忿藪中之魚奚忿於釜中之魚也漁者曰物莫患於好貪而惡廉人莫患於好譽而惡毀蝦求食而無所依知水母之無目也戴之以遊蝦謂水母曰子眞足以覆庇羣生也水母亦自以爲足覆庇

羣生也且得蝦則縱橫自如而孰知漁立於磯而網之蝦逃而水母不得脫故茂林之下必有陷穽而獸聚焉淡淵之上必有釣磯而魚遊焉其藏身之所卽其失身之所則貪者終不得藏也步兵曰子知獸之聚於林魚之遊於淵奚不知獸之遠於穽魚之避於磯乎子立於磯奚不知人於磯乎子知浮家之可以遠世奚知盜者之將以子舟爲渡乞人之將以子舟爲薪而吾曹之將以子舟爲差使也子以磯爲機心烏知人將以子舟爲機事乎漁者曰草生牆上有蚓穴於牆下而食其土壤草無如蚓何也秋雨時至基空牆壞而草受其殃蚓無所傷也復他徙焉哀哉草無損於牆而受之累也乃復歌曰北風漸寒兮瀟湘

欿波帆破舵失兮胄將奈何蒼梧雲沒兮淚滂沱步兵曰局中多樂局外多憂信然

南言九　陳起書

商曰余入子之室所謂刀鎗弓劍皆朽腐不可用何也步兵曰此數十百年所收藏之物非余所得有也其造以官而取於民胥吏侵之匠役欺焉安得精糧餉之制定於初而食物之昂日甚無半年之食而有半年之役大帥之來操也車馬之費驛館之費飲食器用之費隨從賄賂之費悉出於餉及其操也復備賞軍之資兵餉賞兵得復歸餉蜻蜓食尾腹飽身傷是無賞也無賞故無罰又終無出身之日偶有用者非科甲即賄賂焉故兵不習武夫賞罰者劍之柄武事者鎗之機無賞罰是劍去其柄不習武是鎗失其機也而且僕隸冒之虛餉侵之故小城之

兵往往五六十人而守卡致郵送徒爲其差使故爲遊民之藪所以一聞調兵民未驚而兵先亂商曰鄉勇何如步兵曰可暫不可久可用不可恃可守不可出設兵所以衞民今反以民衞兵兵不衞民民豈不自顧其家爲兵者以城付之民立兵何爲乎恃以爲長策則烏合之眾其弊可勝言哉諺曰田要親耕子要親生又曰倩人代哭不心傷寄信求名終無官誠哉是言也

紀前生

周湘黼

儒者排釋氏獨其轉世之說以余讀百家記載及所聞於並世士大夫之自道往往有之然而不徵信於六藝者聖人詳人事以立教以是爲不語爾矣古今所傳安可誣也先祖母李太安人平生奉佛謹邑童安寺供大士像鄉人尤虔祀之先小除一日致齋滌器盛膏遣使緘二金畀僧然燈奉佛歲以爲常初家大人艱於嗣安人輒命往祈之寺有僧善弈過則聞棋聲丁丁然能詩與家大人唱酬甚夥先我生三月僧至體傴僂不得舒家大人詢之對曰背患瘡忍痛來此別後可再見乎信宿返六月既望余生背有赤暈如錢漸墳起若桃之熟吾母李安人日

擣紫萍傅之久乃愈赤暈固存也是秋八月徒來則知其師於我生之前以背瘡圓寂矣家大人心異之余生二歲甫能言家大人戲詢曰兒知有童安寺乎曰知之問何若則其神之趺坐而低眉者挺而立者努目視者與其方丈禪房之所在一一述之與童安寺無少異稍長入塾師與偕游田伽田伽古剎也余至輒喜與僧近師促歸猶戀戀焉及壯以避囂讀書田伽之西偏聽晚磬朝魚心日益清卽學日益進余平生未嘗佞佛所過名山輒流連不忍去豈所謂夙根未斷者歟

何首烏說

周湘黼

曩聞醫家言何首烏具人形食之可長生考之本草以烏髭髮故名且載唐時有何氏能嗣者年五十八無子食之生子延秀秀食之壽百六十歲生子卽以首烏名又食之壽百三十歲李翺爲立傳如所言取用不必人形也且生子且壽吾從父壯學先生艱於嗣嘗言試之無驗且甚不宜余惑焉洎余宦芷江郡督何君海笠爲言蜀中某寺居萬山中主僧日命徒出汲每怪久不歸詰之則曰有幼孩髮蓬蓬蔽面挈與同蹈舞爲戲輒忘輒不得脫僧曰有哉迺授之赤縷耳語曰而再往若再與戲而以縷其髮無聲也徒如教越翼日僧迹其地則首烏藤蔓於谷

中赤縷在焉掘之得人形僧熟而食之後年及耄猶童顏也都督故蜀人親見之故云久之有賣藥者挾首烏進耳目口鼻手足具藤下垂茂密如髮余以都督言不能無動心易以錢二緡其人謝而去余以其値之頗廉也疑之然是時芷江人讙言余得長生之藥也踵門觀者衆僉曰信葉靑靑未萎也逾日利刃截之不得入猛擊之斷則中實以木附生者假人工湊之壅土待其合俾無罅隙以飾人目也噫賣藥者欺我矣雖然今天下賦形而中不類者皆是也一首烏之眞僞豈足道抑嘗讀莊學齋與人論神仙書謂天下之苦莫神仙若也彼其初亦人耳無故棄其所以爲人求學神仙及其所之既倦空山岑寂百感茲

玆回首生平靜觀身世盛衰得失一一關懷詎此不生不死之身鬱鬱以終古吾惡知夫不死者之求必不得也其言喚醒癡愚可涕可笑夫首烏之具人形者可致人長生余未敢必也果如是必其鍾天地山嶽之靈數十百年庶幾成之其成之也難其得之也尤難食者僅矣人有生必有死者理之常所資以送死者子若孫曾耳今謂食此者可以長生長生者一人而已以一人之長生坐視子若孫曾自少而壯而老以次死而其身尙存謂長生者無知耶則冥然枯槀巳耳何樂夫生其有知耶哀與樂猶是情聞其後人哀後人哀無巳時也而一身獨樂耶此卽壯學所云不死者之求必不得也亦苦之必至是也余竊幸

賣藥者以欺售我矣使余得享其寶且將貽終身憂爲天下笑也

擬郭子儀詣闕請貶疏　楊源漢

臣始出身行伍自祿山作亂蒙太上皇遣使持節擢爲朔方節度使是時逆虜寇振武臣率兵馬使李光弼等奮力擊破竊念弼雖隸臣麾下頗有大將才具表薦爲河東節度使厥後九門嘉山援連大捷復河北十餘郡臣雖與有汗馬微勞亦資李光弼同心協力之效也及哥舒翰與輔臣不睦失律靈寶賊遂入關致上皇蒙塵倉猝幸蜀臣嘗撫膺痛哭恨翰庸愚無恥固辜負深恩而臣等身任封疆袖手無策又何顏自立於世哉陛下順天應人卽位靈武臣將兵五萬自河北入覲軍威大振私心竊幸謂興復有期由是伐同羅同羅破平河東河東降毋於小

勝持其寸功至有今日淸溝之敗悔無及矣臣幼不學於陣法少疏賊以驍騎九千爲長蛇陣首尾兩翼夾擊官軍因此大潰夫天時地利兵法等缺一未明不可爲將臣受陛下重任爲天下兵馬副元帥兼領司空率意輕舉若此何以帥部曲何以責偏裨按之軍法本應斬首伏冀陛下念兩京未復逆寇未除國家正當用人之際權寄頭顱爲他日效死之報至於爵祿官階若不大加黜斥無以示戒昔漢臣諸葛亮街亭失意猶上書請貶況臣駑下豈敢自誣謹疏罪表冒瀆天威

譯錢樂渾天儀　湯昭弼

錢樂渾天儀球儀原是兩器球立其體儀究其用四千年來未有合而一之者衡山譚少微竭數十年之心血製球儀法器十餘種以授張力臣自牧張師其意變而通之球綴於內儀游於外不居球儀之名所以遵　國家制度也其數狹小與古不同所以便舟車也張以其法授予予故譯而輯之

球要極圓範金為之結木亦可但不便於水激中分其經為赤道平列十二宮其緯亦如之直為經橫為緯衺行施黃道之經亦列十二宮其緯亦如之經緯如火之狀皆刻三百六十度球上共四箇三百六十度布恆星全圖標步

天歒經天該而損益之恆星共一千四百有奇損益者損其所無而益其所有也南北二極各施監柱是為天樞北極之樞出紐牙以屬於儀南極亦如之樞外著於儀儀動而球運之每日日行三百六十五度有奇日月五星皆如其常行之度極為數毋樞之長三分極而殺其一其下半入於球也球之十二宮六分極而殺其一球之兩經兩緯錢名黑雙環

儀內外六重闕平施黃道儀欹施赤道儀側放黃道儀上球之樞屬焉黃道儀備周天之度平列二十四向刻於三百六十度夾縫中所以定北極之平正東西南朔之位也其數十分球而益其二黃道儀之下旁施八柱正地維也八柱下有一圓環以盛八柱不在儀數之內其數十分承梁而殺其一赤道儀亦備周天之度平列二十四炁其數十分球而益其一其裏著樞其表出樞外球之中橫一梁是為承梁球中橫梁也其數三分赤道儀而殺其二赤道儀當此樞之下施一圓盤是為羅經所以指南方也其數五分北極之宮而殺其一赤道儀之上施六合儀其數三分赤道儀而殺其一上施橫梁刻十二辰八干四隅在地之位所以準地面而定四方也中分地平而立之臬上際其銳而坐表焉六合儀之上施四游儀以著於臬四游儀有兩環外一環平列周天之度數與六合等內一小環亦平列周天之度布十二辰之候以承極樞之紐牙而候日景焉凡日月出入躔度及二十四炁之候皆於此候之其數十

二分黃道儀而殺其十一若病其小也則三分而殺其二可也內四游中施一管如小指大以鐵釘釘其管所以代玉衡也管要活動其管銳其左豐其右夬其上脊巽其下脊其梁之郭視赤道儀而加圓凡三儀上下兩輪其承接遠近之數各視其儀十二分而殺其十其齒則以意消息之二辰六儀四游二儀凡八輪白單環即盛地維者

羅盤之針用雜公血砯砂水銀各一錢合鍊塗上不驗將原藥再鍊以指南為準或以日規代之亦可　日月同宮羅計對照則有日月蝕日蝕多少在黃道儀月蝕多少在赤道儀球儀合看以日占月月占日之度數多少為多少　上弦前經天之半下弦後經天之半　其用法則以管窺北極之某

星某度以四游儀證諸東南西三方其每星合在某處者一絲不差方爲球儀合法不然所製不精不可用也　球之恆星儀之度數必要停匀非心細如髮者不能製此器也　湖南之北極出地二十七度他省各以球儀測之　球儀合計其十二箇三百六十周天之處

附銅壺滴漏制　此亦譚少微傳之

漏壺亦範金爲之凡五器曰日天壺曰夜天壺古求壺也曰平水壺古平壺也曰萬水壺古建壺也曰退水壺古廢壺也平水壺爲數毋夜水壺三分而益其一日天壺三分而益其二萬水壺三分而損其一退水壺三分而損其二日天壺腹

施重管內三輪外覆管屈之導水以注於夜天壺夜天壺腹施重管如日天壺其輪四重加輪以殺水勢也導水注於平水壺平水壺腹施重管如夜天壺其輪五重導水注於萬水壺壺背單管水溢則滲於退水壺萬水壺施大管用木塞之水溢則上由夜天壺逆而入於日天壺萬水壺中設舟廣狹如一舟中植木爲漏箭壺面刻童子負瓶以受箭箭設十二辰之表次第而出舟之數十分萬水壺而殺其一箭之數十分萬水壺而殺其七童子負瓶七分箭之七而殺其五其各壺之管或大或小皆以意消息之

重刊慢驚秘訣序

李紹蓮

慢驚秘訣者莊在田先生書也今年春予在縣城得見南鄉劉公名亨刻本歎其立論精用藥妙遂議與諸君子重刊則皆踴躍且屬余爲序以推明此證之源流予乃遠稽往古博採羣書詳求方論之異同而總折衷於靈素曰驚風卽痙證也急驚卽外感寒熱之痙證慢驚卽內傷脾腎之痙證治外感者當祛治內傷者當培證不同而痙之名義則同也然自錢仲陽創爲驚風之說而痙證之義微矣雖喻嘉言力辯其非亦未明驚風卽是痙證而概指之爲傷寒且謂此證無內傷而通用仲景桂枝之法夫傷寒發痙則桂枝法誠善矣若虛羸積損之極其能勝

桂枝之辛散乎況小兒病久發痙無非內傷若誤作傷寒則不刃而殺人矣嘉言之明其言尚且如此所以後人但遇此證輒茲然無所適從乃不得不仍以驚風從事而相率用鎮驚定搐清痰降火之方此雖後人之咎抑亦前賢之有所缺略也羅浮陳復正嘗言驚風卽是痙證矣而其主治之方則又得失參半蓋其所以治急驚者頗善其所以治慢驚者止用六君子理中湯二方是但知慢驚之所重在脾而不知慢驚之所重尤在腎也觀內經診要經終論曰足太陽之經病其終也戴眼反折瘛瘲經筋篇曰足少陰之筋病主癇瘛及痙在外者不能俛在內者不能仰經筋之病陽急則反折陰急則俯不能仰今卽經言

而紬繹之，所謂戴眼反折者，即慢驚家所謂角弓反張也。所謂瘛瘲者，即慢驚家所謂手足抽掣也。所謂俯不能仰者，即慢驚家所謂眼目下視也。凡此三者，已挈慢證之大綱，而悉由於大陽少陰之二脈，則此證之屬於腎，不待言矣。何也？大陽與少陰相表裏，少陰者腎也，大陽者膀胱也。膀胱之脈，起目內眥，上神庭，歷風府，挾腰脊，下膕中，循足外踝，終於足小指端。腎脈起自湧泉，斜趨足內踝，上膕中，入少腹，貫脊屬腎，直者從腎上貫肝膈，縈舌本，其支者自陰器內行，循脊挾膂，上至項，結於枕骨，與足大陽筋合，上通髓海。此二經者，一爲津液之府，一爲藏精之臟也。精與津液既虧，則筋脈枯，枯則急，急則因而成痙。此義千

古無人見及，惟景岳爲暗室一燈也。然景岳於痙證辨證詳明，用方精確，誠無閒矣。而獨於小兒門中又列急驚慢驚二則，豈似痙證之外，別有所謂驚風者，豈其明有未至與？抑其識之偶疏與？嗚乎！毋亦徇世俗之例，而陰用其潛移默化之術與？葢景岳非不知驚風即是痙證，特以千載之譌，沈溺已久，而近時醫者又皆信師傳而廢經義，甚者師心自用，或懷嫉妒而無從善之心，驟而更易其名，必羣詫爲怪異，不如仍其名而酌其治，庶幾人易信而功易成也。觀其驚證門所引經義，皆岐黃論痙之文，則驚風即是痙證，早已微露其端矣。後之學者，但能如景岳之治，則不妨仍驚風之名；但能以救脾腎爲心，則治慢驚即所

以治痙。此莊在田先生所爲揭出婁心以活人也。先生所製理中地黃湯，葢取景岳理陰煎、右歸飲、胃關煎、五福飲、六味回陽飲諸方融會而成者，其淵源所自，則於治案中直救真陰一語見之矣。余以諸君子之命，辭不獲已，故謹爲序述如此。其所未盡，仍增補數條以明之。

湖南文徵　卷百十九　雜文四　三三

免貢馴象論　　何紹祺

竊聞盛世之臣伏四夷也貴禮不貴物。四夷之誠服華夏也以寶不以文。繄古以來文德武功合符天地。罔有內外悉主悉臣。葢未有如我　朝之盛者也。然仰惟　聖主勤恤民隱之懷。於貢象猶思減焉。今之貢方物者高麗密邇京師每歲一貢。琉球暹羅交趾諸國數歲一貢。緬甸初抗王師。逮乾隆五十三年金川平。暹羅封。亦遂懷德畏威。每十年而一貢。至於今未改。所貢方物金葉象牙諸事隨時省減。而馴象有常數焉。每貢如例。　朝廷儀衞甚設。有日月雲龍之章。千品萬官侍從森列。何以象爲。直以俯受臣妾不忍遐棄耳。且其事匪今始也。故莫之或

減。余竊見近年以來緬臣恃　國恩之厚也。始以得供張爲榮。浸以索供張爲習。每過一驛夫不下千名。馬輒數百匹。予以轎則索馬。予以馬則索轎。夫馬既足。雜費先之。雜費既足。酒食繼之。稍不如意。鞭笞隨下。官吏聞貢而惕息。小民望貢而怨咨。其累已數倍於昔。又益之以馴象所宿之區。不給費則縱之蒞山報。令收捉。民閒既備象椿象料。又須椿費。否則謂有足疾。須燈草灰數十觔。及另設濯足之處。有不從者。停息不行。州縣欲其行也。不得已而重賂之。長官恐其觭也。不得已而嚴促之。小民畏其橫也。不得已而平治道路。拆卸塘房以送之。緬官授權於通事。通事授權於象奴。卽有正直廉悍之吏。不稍需索。督解甚厲。莫敢誰何。未出滇黔。官民累甚。及遇津梁。應度水潦。暫塞。又以意輕重其舟多寡其費。稻田苦於溝塍。麥地苦於曲直。馬不能引見之輒驚。人不能移近之輒怒。由湖襄至都。象體矜莊殆莫與倫。及入象房而歎之。可憫乃未有如象者矣。象之爲質也信。予以三品之俸。象奴借以爲生。求之象則跪應之。遇有孳生。益不足食。時或餒斃。　朝賀大典午門外頂爐分跪。歲不過數日。此外朔望之期閒出一行。象幸馴耳。豈忘山林哉。且象多壽。明代所餘今有存者。不十年貢。當不乏儀仗之需。又加之以採辦。採辦者擾民雖輕。而護送之具。攤價之資亦已甚鉅。矧緬官象奴之重以恣肆也。前此官民有餘。緬人亦恭。今則官民困而

緬人倨。前此供張有節。緬利亦薄。今則浮費增而緬利多。盡卻之則生夷心。仍舊貫則耗中土。將欲撫夷恤民。莫如受方物而去其象。比歲高麗琉球諸國及伯克等有感慕加班入貢者。咸奉　旨抵作下次正貢。又嚴申使臣前往高麗琉球　冊封需索之禁。　聖度如天。不侈壯觀而節勞費。中外禔福。遐邇同仁。洵超越尋常萬萬。近復因五輅之陳。漸宜修飾。所司以請。奉　諭停止。四海之富。豈吝輪輿。誠以節儉移風自上。率下所謂貴禮不貴物。以實不以文者。殆有合焉。西旅貢獒太保陳戒。以象例獒。奚啻倍蓰。仗之列象與仗馬同。重不如輅。闕亦何傷。況乃無關裁足。斯可擬請自今以往。緬甸十年之貢。但納

緬地所出器用馴象停止其沿途省城宴勞至都發賞衣物悉如其舊所過州縣毋縱毋侮以禮接遣待再過十年之後由部寺查明現存象隻若干實不足儀仗之需再行核實數目由滇採辦十年之間少數象耳然於舊制無損也　國體無傷也儀衞之設不缺緬人之利未失也由新街自京闕往還夫馬殆省數十萬州縣賠攤各省數百金無罷民養象之虞而民生厚無分起護送之勞而委員少無多象少食之慮而物性安益以彰天子之仁益以見中原之大不寶遠物則遠人格斯事雖細其於我　國家仁民愛物之意或亦不無少助歟道光二十四年秋余已爲廣通令親辦緬貢回差並聞象去事甚悉今又

年餘將與吾民別去乃爲是狂率之論後之官斯土者量加採擇丏達官而　奏免之則余之望也夫則余之望也夫道光甲辰

禁化牛叢論

何紹祺

道光二十四年春余爲滇南廣通令下車問俗未嘗不痛恨於牛叢也既而思之咎不在民而在官次年仲冬鄭大中丞仁政行而始有牛叢之禁考三代時以比閭族黨治六鄉以鄰里酇鄙縣治六遂族師鄙人以下使民興賢出使長之不必大夫士也而有讀法糾慝之任民俗以淳三代以下嗇夫里長諸職與今保正百長同牧令所自爲使也上既張官設吏矣又擇民以爲之長官吏能擇賢以禁轟宣化民聽令耳何以叢爲哉天下風俗歧異肖於山川如閩粵之械鬥搆怨興兵動以千百禁猶知有官也出頂兇以彌其迹惟滇省牛叢之立揭竿路隅各隸

其長或藉護耕牛或椎牛爲誓戈矛鋒刃森然以齊所欲殺者疾如風雨殺恐有迹秉畀炎火生不知名死不知罪血肉爲灰慘至此極而官固莫能制也民柄刑矣兵將肇焉不有厲禁民將安保惟是今日之民猶是三代之民也得天地之心爲心宜好生而惡殺何以剚刃而不目逃秉杄而不股栗失性若此彼其說爲除盜耳盜入其室劫掠傷殘使吏覺之或諱匿不聞或緝獲無期東鄰瘡痍未痊西鄰寇讐復至不得已恃衆敵寡率耰耡穮蔉之夫爲懲一儆百之計號召既速强梁日滋而所殺者或因之以報仇幾處報仇身不死吏無如何而抗官聚衆之患起矣於是有責吏懦者吏之罪不在懦也法之立也強盜搶

奪竊賊三等科罪·搶竊傷人近於鬬殺誤殺故首犯監候·强盜傷人近於謀殺故殺·故首犯立決·又以金刃與否差之·部議緩實·劃與斫亦甚有別·盜雖公行·往往不死·吏欲死之·又格於例·僅徒杖外結耳·軍流以上·必由府申司詳院咨部·取復乃行·萬里京師·半歲不覆·院司題達·不厭審詳·官備差飯·民備解夫·盜獲口糧·生理甚足·加以處分極嚴·捘緝難免·翻供駁飭·越獄鬨監·其累尤甚·不得已避多就少·避重就輕·以不緝賊爲仁·以不報案爲智·而救生不救死者·或量予賠償息事·不敢須言誅之也·必數十人及二三命者·院司始立正其罪·而倖免不知凡幾·民遭傷割·如受肉刑·盜獲枉監·不力而食·軍流到配·或肆或逃·

怨怒浸滛·乃設叢法·無怨怒者·因緣效尤·雖欲禁之·其烏能已·曾子之言曰·如得其情·則哀矜而弗喜·今之吏當自責耳·於民乎何尤·不尤民以制民·殆宜化牛叢以爲保甲·今之保甲·虛貼門牌·隱匿不知·遷徙不問·徒飽胥役·卽謂善政·民病盜喜·官乃恬然·保甲不任受過·誠使爲民牧者·召彼父老及爾士林·各列村名·自呈戶數·按戶多寡·擇立甲長·俾司督察·餘爲散甲·大村一村一甲·小村數村一甲·明定條約·給之印牌·格殺者勿論·枉殺者必懲·人贓並獲者賞之·拒殺報名者注之·歲時曉諭村民·矢以情性·道路嚴密偵伺·壯以聲威·民知官之除暴也·雖昧天良者亦悟·私刑收而公論出矣·長官不事滛文·但令速結·實有積惡昭著·昔逃今獲者·鄰封前任·或恐未報干議·凡縣夾單稟聞·許以便宜從事·如龍陵邊地之法·新案現獲·情罪稍輕者·照舊盡法懲治·官恃法之得行也·雖賦懦性者亦鷙 國威振而民氣柔矣·官卽煩苛·誰誣良爲子孫禍·民卽恣肆·誰抗官爲鄉黨仇·而守望相助之心·仍固結而不解·縱不若古之保甲·因牛叢而正用之·不禁亦奚以爲·昔百菊溪相國之治楚也·沿湖懸賊首而荆襄平·周敬修制軍之督漕也·隨地正法而漕政肅·雖非慈惠之師·似宜節取·申戒要而論之·官與民皆非得已·與其惻隱乎盜·不若惻隱乎民也·與其授生殺之權於民·不若授生殺之權於吏也·吏不禁盜·又使民無損盜焉·亾是非矣·而告訐誣

蠹之風將作·余宰斯邑·綜查漢回夷民九千六百五十七戶·分爲五十二甲·不任胥役·紳士耆民·于于而來·請充甲長·謹厚者亦復爲之·準行之條六·不準行之條七·無復立牛叢·事盜亦潛遁·因事聽斷·以孝友慈良諭之·獷悍稍減·惜衙衙差究未易·時行鄉井耳·今鄭大中丞廑念民瘼·諄諄告戒·正官民受福之日·余局於職守·不得日侍左右·輒敢謬爲斯論·以備覽觀焉·不審同官諸君子謂何如也

蒼髯叟傳　羅正維

有叟支離於山谷中者，無事常披甲立，髯飄飄下垂，好苦吟撚斷不甚惜，嘻亦奇矣哉。上古時衣食宮室之制未興，叟族早盛，利賴蒼生甚夥。夏禹治水至青州，見與怪石雜處，下車揖曰：不見叟久矣，而匿居於斯，其何以備帝世棟牖之用。故紀叟以誌一州之瑞云。秦祖龍登泰山封禪，叟五人作伴，奮須自若，傲不爲禮。會風雨大作，祖龍休息其下，因翼蔽有功，拜封五大夫。叟夷然不屑也。性孤峭，好與知名士游，士亦欣然就之。晉陶潛辭彭澤歸，交游杜絕，獨與叟盤桓，置無絃琴以自弄，味淡聲希，叟嘗遺其子落琴牀而竊聽焉。丁固偃臥，夢叟壓其腹，喜謂人曰：

叟人瑞也，壓吾腹，吉兆也。十八年其爲公乎。後果如言。蓋叟好與豪傑徘徊，故寤寐中猶通以神也。世有科頭箕踞白眼看人，往往倚叟爲羽翼，叟亦掀髯長嘯以助其狂。瀟灑侯黃腸翁與叟訂莫逆交，每花晨月夕，作濤籟聲，作諷詠聲，作笙簧聲，與鳥聲、泉聲、僧磬聲相響荅，則山鬼聽之怒號，而騷客亦因而興發不已。顧叟益自豪，大鼓須髯，不知其幾千萬落。夫時未至，不知才之大有用也；勢不窮，不見節之銳且堅也。世際繁華，東皇柄用，百態爭妍，富貴場中，若炙若沸，佳人公子，車馬踏游不絕，而叟支離雜處，貌古顏蒼，世眼少顧，叟亦無求世顧者，掀須長嘯，闇淡自如。一旦偶經挫折，百態全消，游場闃若，叟仍大鼓須髯，形狀如曩。餘子瞶瞶中始悟叟之才與節也。叟固歷人事之盛衰、世態之炎涼，而不變遷如此哉。叟既不與儕輩合，而懷材欲試，嘗自吟曰：或干青霄舉頭超超，或化爲龍霖雨遭逢，或充國棟工師選中，或作舟楫巨川利濟。吟畢，仍掀須長嘯於山谷中，以待世之能物色者。

論曰：吾讀魯論至歲寒章，輒喟然歎也。曰古所稱忠臣志士，磨鍊益堅，不與凡類爭顯晦者，其蒼髯叟之流亞與。嘗過徂徠訪族類，竊歎大才有用於世，其鍾毓已自不凡。及覩其靜居山谷，掀須長嘯，知此老胸中自有兵甲，早暗笑餘子之空爭榮落於一時。吁，丁謂與寇萊公拂須，羞貽後世，矍鑠哉是翁，雖爲之拂須所欣慕焉。

委丈告城隍立誓疏 康熙五十八年　龍佳蔭

蓋聞有覺必先正邪難逃於鑒察無微不照報應卽兆於形聲敬然寶燭虔誓蓮臺恭惟邑輔德城隍府君閣下位正冥廷職司民牧陰陽權衡佐燮理於帝世禍福臨降示刑賞於人間分雖隔乎幽明心切保此黎庶某等乾乾夙夜嘗有懷仁抱義之思區區士民亦矢同憂共樂之志今値　聖天子湛恩汪濊愿民力懇例定六年陞科復蒙仁使君廉聲著聞舉直監臨分行一里巡丈敢不銳志澄清委身報荅竊思任土作貢自古已然則壤科糧於今爲烈誠恐甕牖豎子身居王土計避國徭或有傴僂鄙夫名列公正衒工市賈惟知圖盈己橐竟爾罔恤人

膏匿影藏形瘠薄等賦上之賦掛一漏萬膏腴膡田外之田獲若輩之五銖不難移甲而換乙藐當事之三尺任其避重以就輕履畝則上濮詭言下濮猶是同家土地註冊以千緡臆造十緡竟忘漢室山河似此錢可通神何以均四十七里之苦樂如彼情鋪滿紙無由定五十九年之科徵蓋由似水之心或奪於顧忌如雷之力遂狃於迴翔非有大慈悲具菩薩之行兼以猛擔當負象罔之雄豈冒質直而奉公終以憸僞而罔上用偕儕友共立誓言觧暮夜之黃金竊欲懲一而警百表平居之白賁相期正己以率人剔數百年前之墮糧當法田舍翁之鯁直淸億萬世後之包賠莫效呂丞相之糊塗畝以形編虛形實形是覈糧從田起山田原田宜均履斯坵塍毋苦爲一倍三而三倍六圖玆格式敢妄作尋減尺而尺減分審視端詳漫云伸縮任我注謄明白猥曰勾補憑空儻或規利徇情必非修潔懷淸之良士若其忘私還璧庶幾愛民體國之賢才披肝瀝膽信臣言之不誣赫聲濯靈惟神明之是鑒

募七聖祠神鼓疏　陳士元

泗洲寨七聖祠者，金光七座，香火千家，有法鼓之西懸，與靈鐘而東應。儆忽同夫魚筍，誰肇黃牛，蒙難借以虎皮，空飛白鵠。縱擊壤中天之世，無不平之可鳴，而迎神大蜡之期，奚有響而斯應。是宜義取諸革，更謀倡首之功，物象維豐，不假細腰之制者矣。然而鼓原動衆，錢更通神，儻少蚨飛，終難鷺振。肩非併力，掌任孤鳴。此聞九姓十三戶，紫畫成標，安得五銖半兩，錢青皆入選。庶使當頭一架，坎坎宮商，入耳三撾，淵淵金石，入廟而先聞肅穆，感神而終聽和平。風前雨點，晨催塔院之花；烟裏雷鳴，暮答香山之磬。某將學南郡，銘銅齊鐫姓字；公等如臨平扣石，永震聲名。

討旱魃檄　魏瀚

謹按旱魃赫炎，成象戕殺，爲懷肆酷，烈於黍苗，煽淫威於草木，爲鬼爲蜮，敢殄滅之靡遺，如惔如焚，實肆行而無忌。詩人雖譏其爲虐，史氏未討其多辜。彼爰居逐於東門，飛廉戮於北海，凡爲民害，悉膺天誅。爾獨爲漏網之魚，益造彌天之孽。五風十雨，玉燭原調，東作西成，金莖自茂。方謂如膏有慶，誰知揮汗難期。赤日流金，不見商羊之舞；丹霞爍錦，甯有石燕之飛。瞻蝃蝀之在東，尙橫梁於碧漢；仰珠斗之垂北，儼懸柄於青霄。蟻穴未封，垤上安能鳴鸛；焦明不至，波間豈得噞魚。雷電不作於空，青天之火鞭何耀；畢星未離於月，蒼生之狠顧堪憐。舞巫而不洗焦枯，焚尪而莫蘇乾燥。積薪縣令，不施霑足之甘霖；雨獄使君，莫致隨車之元液。柳枝泛蜥蜴，誰呼蝎虎之冤；桑林禱土龍，空瀝白馬之血。雲峯未起，雖祭石而無靈；火繖方張，望覆舟而何有。任其漬穴徒爾迎龍，河伯有權，西海不馳童十二；泰山何忍，東國難徧雨三千。龜卜無占，水泉不動；用機心不如神力，桔槔之巧幾虛；勞人事猶讓天工，霡霂之濡竟吝。是皆爾爲之祟，尙云誰致此災。委命於爽鳩，首領莫保；束身於司馬，大辟何辭。宜同野狐之誅，應等妖鳥之射。夜飛紫電，須令頭白三軍；袖有青蛇，直敎法行千里。追風捉影，不徒令見豕負塗；除害去凶，又何必畫龍致雨。

節孝勘語　鍾昌澍

查勘得故儒周龍袞之妻趙氏，婦儀不忒，女德克貞，十九始賦關雎，廿二即歌寡鵠。稱未亡而代子，孝養無慚；撫遺息以承宗，愛勞備至。或謂貞柯不改，永茂後彫之松；曷圖孝筍方抽，旋折孤生之竹。文伯喪而敬姜抱痛，李密孤而祖劉是依。兩世皆孀，一肩獨任，爲祖而兼爲母，飴共熊含；穀子而又穀孫，謀貽燕翼。素絲比潔，矢冰操者四十四年；白璧完貞，閱霜辰於六十六載。輿評允協，旌典宜加。

祈雨文　自記　何紹祺

關聖帝君之神位前曰：天心育物，惟神司化以代天；帝念恤民，惟神奏功而協帝。在廣邑久崇禋祀，實羣生共頼。成全乃長至之屆期，尚分秧之無幾。官寮悚惕，士庶驚惶。紹祺捧檄此方，捫心尤愧，念奉職之無狀，傷氓庶以何辜。竊惟神武有不殺之心，豈闔邑盡宜餓殍；而愆罪無分尤之理，祇微軀合受災殃。伏祈特賜鑒觀，普施優渥，驅旱魃而投之冥漠，蘇良苗而予以渟涵。紹祺及同寮士庶人等不勝激切待命之至。

觀音大士之神位前曰：惟佛門理本慈悲，而菩薩慈悲尤大；惟下土恆多苦難，而旱乾苦難尤深。念廣邑原磽瘠之區，況夏令乏滂沱之澤，良苗將槀，黎庶何依。總由宰斯土者叢積愆尤，遂至畀爾田者咸遭譴怒。竊惟神光所照，天地同昭；果報之來，因緣自致。此實一官之咎，豈眞百姓之辜。伏祈超度及時，徧灑楊枝之潤；順成有賴，其承蓮座之恩。紹祺等不勝激切待命之至。

本縣城隍之神位前曰：嗚乎！明神與紹祺同守茲土者也。紹祺不德，叢積愆尤，黎庶何辜，竝遭旱虐。惟神聰明正直，上與天通，庇佑連年，譴怒今日。念上帝有好生之德，豈闔邑皆有罪之民。紹祺等蒿目增傷，葵心難慰，再過兩三日，良苗無可救之時看此萬千家何處得謀生之計伏望　威靈俯鑒驅旱魃以無蹤優渥頻施卜豐年之有象望　君如望歲官庸則專賴　神明養民如養兒疾篤必號求　父母凡諸殃咎悉歸祺身得荷恩膏稍甦民困紹祺等不勝激切待命之至

時余到任五十餘日亢旱皆成赤土連日步禱靡神不告再求城隍讀此文時聲淚俱下及回署密雲忽興甘雨立霑歲乃大熟後鄰境又逢災疾傷人無算余默禱諸神界內全無患苦又如豺狼之驅一夕而盡似皆城隍威力神之當敬畏如此

昔人謂堂上有神明黴民實黴官也余初莅任移交卷內有

所謂子孫案十七起詢之老吏謂此等案積控多年實難斷結請無動然新官至必互控余不謂然誓必結隨控隨訊三月而畢相與涕泣叩謝去云自此無拖累矣然訊時遇疑難處悚惕凝思輒有神助如馬國泰翁和及夷民者姓合族爭山田等案皆觸發歷年弊混竇情一訊而結大慈寺僧師貞等控失巨產康熙時碑冊宛然忽覺冊內數頁字體波磔稍異始悟碑在賣先冊添賣後被詰駭服前實賄串混眞耳此外或造契重印或抽卷另翻不一而足初訊時不料如此吏民驚喜謂眞有神憑神有心邪心卽神也神不可欺心可欺邪余因是益敬畏矣筆之以為他日勖

湖南文徵卷一百三十

湖湘後學集編

賦一

浮槎賦并序

王岱

乙丑七月七夕海中飄來巨木長七丈圍一丈二尺中空一丈不知何木抑天孫渡漢之具抑博望泛河之槎余以散木苦海無涯是物之來孰災孰吉因為之賦其辭曰

慨靈槎之神異破萬里之長風越龍藏之浩渺經島嶼之硋舂始何年而託根旣何年而鬱蔥終何歲而摧折復何歲而飄蓬抑自南而自北抑自西而自東抑隨波而蕩漾抑有擇而過從

儻旃檀之珍榦胡彳亍於泥中儻樗櫟之散木胡天年之不終汝其若木礙日燭龍火攻汝其桂影蝕蟆吳斧摧鋒汝其夸父棄杖鄧林成叢汝其壺公遣竹葛陂騰龍汝其西川古柏寒通雪山氣接巫峯應柯銅而根鐵垂勁節于錦城之東汝其嵜州蒼松秩加秦世名擅岱宗自帝封而王禪長飛翠于碧霞之宮何乃形枯膏竭枵腹中空沒入汨出汗漫疏慵豈龍門之百尺為爨下之枯桐藏韶咸之音響配廣樂于窿穹豈孔林之獨檜為突兀之龍鍾閱隆替之運會紀歷數于洪濛故甯為惠瓠之無用棄置于無何有鄉之野恥似禹梁之幻化雕琢于運斤成風之工

案府縣志、岱爲廣東澄海令、得大木、作浮槎賦、斧其木構靈槎樓、岱卒、澄海人祀岱木主於樓中、又案張陶園詩集有靈槎樓歌、亦令粵中時爲山長先生孫某作也、汝懷附記

造齋賦

江有溶

黃子占牧寓書於谷尙氏曰、近搆小齋、取名曰造、進德修業、是用遠告、矢就將而弗遑、恐歲月之奄秏、扃庭戶而靜棲、避市城之喧鬧、谷尙氏曰、善夫古人之爲學也、必擇地而蹈焉、皇皇如有求也、以自適其好焉、占牧弱冠能文、克家惟肖、探理窟之淵源、尋樂地於名教、涵泳杜陵、臨摹逸少、固已才美雕龍、文成變豹者矣、而猶愼惜寸陰、咨詢旣髦、載酒則雲亭競奇、譚經而平子絕倒、有如此造齋者、環湘流、對麓岫、几淨窗明、花吟月嘯、左右五典三墳、前後筆牀茶竈、風雨唔咿、晨昏卻埽、揖曾閔於臬階、等美富於淸廟、匯江海於百川、殫情思於眾妙、堂下董子之帷、囊映車生之照、當其會心言表、如宿霧之頓披、若乃得意豪端、爭片字之居要、樂慈孝友恭之天倫、嚴魯魚亥豕之讐校、庶幾法古之孳孳、而務實於慥慥乎、是故無者可造而有也、揆六經之不言、窮百家之未眺、偏者可造而全也、吐腹笥之緒餘、作後來之引導、勉者可造而自然也、渾思乎擇執之勞、體備乎仁智之樂、雖然占牧之以造名齋也、猶有隱而未發之義焉、子輿氏言君子之自得也、曰深造之以道、所謂道者何也、登高者不能一蹴而躋其巔、行遠者不能數步而窮其徼、歷層累而後達於淵泉、陟垣戶而後升其堂奧、釁砥礪於竹窗、每申訓於勿躁、今服習於名園、望聖域焉必到、志先戒乎因循、情尤防其踰穉

俟一旦之豁然毋薄收其近效惟漸詣而徐圖斯功純而修邵行將定天祿之藏書早已分藜光之晃耀是謂正誼不謀利明道不計功如良農之勤苦而不期報及其居安資深而逢原豈爲德高天下而不有業被生民而不較者乎深造之以道也占牧之所以爲學而卽子輿氏之所以爲教也與

道林寺賦有序　趙而忭

嶽麓山在長沙城西臨江渚乃衡山七十二峯之足山上下皆置書院舊爲朱張講學處江岸有道林古寺起於六朝盛於唐闢於宋時因紫陽召諸舍人講書其地寺卽中穎昔賢詩云此是前賢古書院而今卻作梵王家我來登眺不勝慨獨倚東風數落花至明正德開寺尋廢而莫可攷噫今日何日復思門闢洞庭之野殿插赤沙之湖安可得耶余偶披山徑忽見茅廬驚異交集爰記篇章賦曰

湖回雁之多奇下絕塵於靈麓峙紫霧以城頭粘白波于江腹頂設岣嶁之碑面引蒼筤之谷想姝異於山林豈人閒之可以結屋爰有道林盤紆峯曲一派水流半房山宿香滿涼煙光浮慈燭玉泉之南於斯稱淑爾乃禪風墜地慧日停虛材分四院舊有湘西城南惜陰嶽麓四院后落重湖珍珠之橋煙滅琉璃之井荒蕪雁回峯而無塔鹿銜草以何廚廣殿三千盡化火蓮之宅長廊五百空留冰苣之嵎想毀祠以正教豈逃墨而歸儒則見雨溷松園霜摧竹節苔沒梢雲庭飛米雪牛過法王之隱虎行羅漢之穴走異獸於人形藏奇鬼於佛闕異哉此寺廢在何年吾聞野老昔最暄妍當梵王之初託甚崔嵬於竺乾紅霜溼鴛鴦之瓦丹星綴蠕蝀之椽虛堂鬱樸方丈迴連寶階霜潔綺壁霞鮮念佛之青鳥可聽馳經之白馬翩然且也帶橋洲環楓浦羅八景瞰

三川煙鐘互答曙鼓遙連開崖架广刳竹流泉對靈花於芷岸收香粟於黄田多南朝之四百八十勝北魏之一萬三千頃乃山化普陀僧來滄海聞持沁暑之珠能穿忍辱之鎧傑立孤嶺從修飈靄浴土藏貝誅茅駐彩起寶甃於封巖得殘碑於半壘抗五願以三摩聳孤肩而千載悟麓草之可依何湘竹之非自在噫嘻國遊蒼鼠城託紅鱗降柏之渠夷爲柳椰蒻桐之葉入彼桑薪且教傳綺食顛涉波甸堂姝東觀之製像塗西域之神桑田爲變豈僅元津昔者客過韋蟾吟憶蒼梧之野遊經韓愈詩傳青草之濱壁上風流分留杜老樹開秋色繼響元人藐茲禪刹猶肇朱垠痛古今之泡影幸題咏之璘珣於是占霜柮避

火旻花浮水蒞草列山茵長齋繡佛開偈爲鄰信逃禪中另有天地而好靜者絶無冬春不然搆夢懷新爭萬里之道反僕僕乎百年之身

二酉藏書賦

米云凝

維洪鈞之停蓄聿鍾靈於山谷兮二酉之崔巍昭奇闢於嵒麓地簸深兮玲瓏天隠啟兮耀煜綿沙田之萬頃密石磴乎千曲引高人之頻游致藏書乎萬軸寶彩凝而亙古流徽緗帙陳而億年堆玉爾其靈光靜照縹影長留駕層崖而直上羌飛鳥之莫探卷星鋪其歷歷楮鱗集其參參萃奇文兮富網羅於瀚海彙錦籍兮儲邱索之淵涵甲乙丙丁起石渠之哀訂經史子集藐秘閣之收含夫且寶篋騰瓊姿啟藹煙嵐浮金紫侔石乳其泠泠披藤蘿之縷縷爛若卿雲潤如甘醴乍仰視而徘徊儼左圖而右史絶人迹之攀援齊天根之霞起斯誠天地不朽之觀

而造化藏珍之邸然而名山石室所在多秘紫蓋呈奇朱陵萃麗水五彩以波流石雙飛而燕墜桃花泛出競傳雞犬桑麻穴鹿逐來怢覯牀梯橘荔幻龍巖之九人奇天花之六出此南楚之一隅固久傳其雙異又況神區萃璧瑤鏡鋪金八埏之廣六合之深嵒壑蘊其勝宮商儲其音玉闕瓊樓天台莫方其形狀霓旌羽蓋雲華特著其蕭森層甲密鱗宛正宗之卷軸東花西實訝葛氏之璆琳環者如堵高者如岑樹者如柱橫者如琴二洞雖別雙扆同尋景豈能分於大小名無改於升沈斯皆天造而地設故能詡古而揚今然衡乾則推大生語坤則曰能簡彼山川之勝槩於世安窮獨蓺苑之遐思引人姝善烈莫烈於秦

氛高莫高於善卷迹其遙覽遐搜窮深極遠沿清流而溯洄造五溪之委宛安神境兮幽棲扃琅函兮萬選於是春馳秋易漢逝唐沈雲封兮宋宋煙鎖兮陰陰臥碣繽紛空載雲迷之慨嶄巖橫直長任苔痕之侵惟夫曠懷逸士嗜古儒林雅慕登臨之趣思從嵒穴之深或清流之冥涉或紅炬之燭潛直達窈窕之室得窺金后之吟噫嘻造物之幻實蘊其奇韜珍斂瑞非龍非彫百靈爲之呵護眾壑助其屜贔窮勝境之叵測幸仙迹之猶遺聊揮豪以抒寫敢自信其參稽思繪情於浩渺祈永布於來茲

洞庭湖賦有序　張明先

蓋聞百神受職河隨嶽以懷柔重譯來朝海靜波而效順祟川澤之祀典位比諸侯紀水靈之嘉名人稱河伯然而四瀆長江爲長重湖洞庭爲先讀禹貢書九江載於荆域覽戰國策五瀦誌在岳陽則是洞庭一區遂兼全楚諸勝夫七澤三湘而下地既溼卑赤水青沙之間水相吐納春生夏漲雪消巴蜀之山日盛月增泉注黔陽之嶺惟眾流之悉合識萬派之攸同偉矣波臣遐哉水國明霞煥彩漣漪成綃練之章旭日凌暉錦浪盪金珠之色泳游鱗於貝闕舞介士於瓊宮遙天飛萬斛之舟叵地闢層霄之月螺盤水面黛生十二煙鬟蚌展湖心光現三山宮殿吞雲夢而八九千氣象以萬千江城落鐵篴之梅花洲渚拾金閨之瑤草唳雲間之孤鶴朗吟仙子朝飛奏天上之眾璈張樂軒皇夜渡漁歌互答盡是文章沙鳥羣啼天然籥管曩者　王師連艦水效靈以宴清　天使持旌神享祀而來格豆籩陳處十五郡草木馨香　綸綍宣時七百里魚龍踴躍自時厥後水無汛岸農夫免昏墊之虞其在于今風不鳴條身子有安瀾之慶孰非上承天道仰協　宸衷報　國家以和平之休躋宇宙於仁壽之域者乎臣僻居楚地生長湖濱心域見聞浩渺難窺大海身承潤澤汪洋久溫洪波思夫名山大澤必有記誦之章矧茲

九水三江已底平成之績用援豪而賦事亦卽景以攄情其辭曰

夫何洪流之瀾渺兮實衆水之所經稽亘浸於南服兮有異乎洞庭匯百川而吐納俯四海以效靈日月於是出入天地爲之淸甯水平遠而浮綠嶽邃立以凝靑撫元化之無極儼太古之冥冥爾乃吸澧呼湘含江吞漢辰酉各方沅郿同貫資澂流而派長元漸出而勢渙巍彭蠡之奔湃小具區之浩瀚風乍靜而湍飛霧旋收而煙亂□□□□□□之濤浴日捲鴨欄之岸望之而莫識其深測之而難窮其畔洵楚澤之雄觀豈滄江之微瀾若夫雍澨餘波新牆異派千峯涙出萬木雲靄淵迷黃牯之潭

湍急雙牛之瀨布袋響以潺湲木甯幻乎神怪水或氿兮或溫沙忽散兮忽溢紛百態而千形又孰知乎六合之外山則龍堆扁后九馬巳邛后門玉笥神鼎鼓樓圓石似水面之鼓扁山若湖口之舟或對峙以列嶂亦叩聲若鳴球蟠君山之鬟髻挹城陵之咽喉綫凝嵐而沫黛其砥柱於南洲地則湘東朗州武陵橋江容城下雋昌江作唐麢三郡與八邑混此界而彼疆亭曰赤松臺傳軒皇聽夜雨於湘岸覽勝狀於岳陽張說出守之地仲淹讀書之鄉南通百粵東抵維揚西極黔蜀北達魏梁驛連屬而不絕人環繞於四方草則揭車射干澧蘭沅芷菰米荆葉菱蔓蓼蕊蹇杜若兮寒汀采江蘺兮芳芷葉既綠而枝靑花仍丹而莖紫信葛蔓而蘋稠弁抽英於晝裹木則楩柟杞梓楡柳杉楓杶榦栝柏松楸梧桐望翁鬱於水涯指婆娑之遠峯橘三擊而傳嚌筏八日以成功是以洞賓詠老樹於城南而杜甫賦古木於隄中魚則江豚海豨叔鮪王鱣鱸鱭鯽鯉鮻鰷鯩鰱迎風拜戲躍水蹁躚鯿縮項以自若鱏短鼻而怡然莫不時聚時散或逝或旋渺渺乎空洞之域悠悠乎幻冥之天鳥則鵁鶄啼露孔翠團沙飛淩波之屬玉翔落日之神鴉伊鶂鶘與鸂鶒咸伺魚以窺鰕彼靈禽之百族息水國以爲家別有柟精猪婆水兕騎馬噴涙騰雲吼波振瓦鼉挾壑舟蛟逞平野照夜之蠙珠來去鳴風之鼉鼓上下蜃樓倏出海市頓假乃水族之多異亦

難罄其傳寫故當其春也滄涙萬頃彌天一碧盪水鏡之千艘走橫流之七百睇洸瀁之無垠信蓬瀛之咫尺惟春和之足美詎汪瀾之猶惜及其夏也日既麗而風薰物同熙而景媚汎江上之飛鳧蕩雲根之薜荔覩雪浪之排空撫銀濤而決眥莫不神與天飛情因境遂若乃白帝徂秋木葉微脫霏玉露之瀼瀼肅金風之括括落雁鶩於平沙飛蘆花於瀏瀛湛霜鏡以逾淸朗冰壺而彌豁又何羨乎錢塘潮水之奔騰揚子江濤之遼闊哉冬則猶龍悉蟄沙磧皆平閣子出紫溪之后汨羅落碧水之泓詎尾閭之獨洩抑坎止以無傾則有舸艖大舟洲渚縱橫似馮夷之交轅若陽侯之相爭豈牽舟而能居甯罔水之可行此

四序所以各異而羣瀆亦莫與京也若夫賈艘商艇檣帆下上
去來各借長風東西悉破巨浪速則千里瞬息遲或跬步惆悵
曾經旬而難渡倏一夕之輕颿又有仙客騷人凭江獨憮月邀
庾亮之樓酒覓巴陵之甒羡遠渚之鸑鷟弔芳洲之鸚鵡園香
卉兮醉仙歌滄浪兮漁父樂化日兮西江賦蒹葭兮南浦淩萬
頃之茫然藐千帆於片羽既抗迹以抒懷亦由今而思古方今
天風不怒濁浪靡驚既鮫室之驅鰐且鼉窟之除鯨朝宗合於
江永澄澈比之河清伊武功之疊震洵禹績之崢嶸波瀾真安
於楚服金湯鞏固於　神京即斯重湖之底績諨徵　帝德
之難名於是乃為之歌曰泛重湖兮揚清波咏中流兮舞婆娑

鳴簫鼓兮發棹歌湖之山兮峩峩芳洲披兮青莎龍珠宮兮夜
吟雁瓊霄兮暮過樂復樂極願為霖兮沛四國頌澄清兮颺
聖德

南嶽衡山賦有序　張明先

蓋聞聖人照必繼離爰嚮明於南面仁者靜能敦艮遂比壽
於南山玉衡環斗垣之前荆州所主長沙倚軫宿之側楚野
攸分火德文明令耑司於赤帝壽星炳耀光乃佐乎紫宸山
名與天象同符璣衡度應嶽鎮與地維相輔保衡義通宿列
注生非止一方司命功施長育實操萬物化權泰華嵩恆各
有專疆而南嶽之幅員較廣靑齊雍冀均鄰中土而楚山之
道理獨遙脈發岷峩經蠶叢之蜀道支分貴播歷烏撒之黔
關迢遞九嶷亙縣五嶺蜿蜒八百里靑垂七十二峯融結數
萬重高聳九千餘丈始回雁而終嶽麓一後一前由湘川以

至星沙九向九背泉如幅練飛舒罅隙之間山似陣雲湧布
層巒之上日華耀目先睹紅輪於未明雲海盪胸乃瞻紫氣
於中夜匪獨瓊臺寶洞其萃仙靈藪澤亦惟秘室奧區深藏
天地文章自玉冊降於神農而祝融乃有專職金泥錫之大
禹而司空始告成功七十七字之形龍拏虎臥千百餘年之
後日爛星陳義可續乎範疇瘖開沈鎾書已啟乎篆隸智睿
始皇是以閒氣常鍾英流羣聚寰中四大書院而石鼓嶽麓
共建一山宋代幾眞名儒而濂溪紫陽均遊其地退之旣至
堂號開雲敬夫適來軒稱霽雪斯固地靈所致因之文教漸
開若夫巡守之規至於南嶽者自虞及周而止卽彼明禋之

典詔自太常者亦前與後或殊封以帝封以王皆非秩視三公之義副以灊副以霍遂有遠疏南服之心革號稱神旣聞有明之詳愼遺官修廟今睹　興朝之精虔早頒　宸翰於書堂人文蔚起嗣　賜天章於壽域草木輝生臣敢不竭慮殫思揚休頌德用述衡湘之事恭陳江漢之風謹拜手稽首而爲之賦

寰中五嶽其一爲衡野分翼軫地域楚荆五行司其朱火八卦屬於離明應北斗第五星度躔不爽居南方適中地道里以平稱物平施旣以權度爲義輔宸佐德更與車軾齊名位本視乎三公遂班阿衡伊尹爵已高於二佐何啻水衡玉生若其霖雨

徧於崇朝薰風來自夏日雷沼聲鳴露臺泉溢振動而萬彙俱蕃沾濡而百卉咸茁迹其爲用或泰嵩之可同攷厥所成竟恆華之莫匹爾乃開基蜀道取徑黔中千重絡繹八百龍從統諸巒而稱衡嶽高一峯兮曰祝融神尊赤帝位主南宮次則紫蓋后廩之萃嵂亦越天柱雲密之穹窿或如雙棟擎支而形分左右或似二扉開闔而歲卜儉豐餘若獅子鳳凰白馬翠鸞謂形象之近類彼夫蓮花柿蔕芙蓉石檲亦儀姿之堪同瞻駕鶴回雁之巔蜿蟺可狀登吐霧彩霞之頂清絕難窮碧岫紫雲共明月曉霞而俱麗青岑白石偕香爐屛嶂以幷雄雲龍雲隱雲居皆與雲麓相望靈禽靈應靈藥咸與靈芝比崇軫宿祥光映巾紫石囷之上碧霄瑞應經日華金簡而東又有安上集賢棲眞潛聖固聖哲所經臨亦羽緇兮游泳故會仙會善彌陀雷祖識其名永參永和文殊觀音傳其盛仙巖仙頂仙聚而地以彰天堂天台天近而名以命岣嶁峯外降眞擲鉢之崔巍荆男山旁妙高耆闍之邈蔓惠日與朝日屹峙更向喜陽幷驅碧雲共白雲參差遂爾煙霞相映凡諸峯之可觀總屈指而莫竟其峯之下則有一十三洞二十四巖朱陵太虛之天幽深窅渺白雲棲隱之地險峻崎嶔重華鑾輿之所駐蹕文命簡牒之所葢函或燈光上耀如秉燭或泉水下流若垂簾境稱靈異地別仙凡若乃五室六壇八潭二谷六仙嶺之可登七靈池之堪掬古稱二

十五溪澗今止十二可尋志載三十八流泉茲徒十九足錄因閱歷於歲時致徙遷乎陵麓仙橋靑玉崖萬仞以下臨嶽岫白雲后千層而上簇啜甘泉於斷后坐致千齡引壽澗之合流廣收百穀是以物產則有萬年之松千年之竹松更以念庵落葉爲名竹別有炊甑盥盤之目泰杉繞路蔭映森森栴檜插霄風聞謖謖峭壁題舜時之古樟瑞峯傳龍形之巨木黃精赤芝鮮菌香菊龍鬚爲草堪充織薦之材杜鵑名花一似佩巾之幅又有山鼠茆兔之羣雨虎雲獅之族能供戲娛或資旨蓄靈禽奏笙於高山異鳥呼佛於幽陝斯諸方之所無惟茲嶽之爲獨至於亭館搆修宮觀刱築方外幽棲遊人憩宿緐未可以盡書瑣

實難於吏僕·其書院則有嶽麓·石鼓·濂溪·南軒·李泌·韓愈·趙忭
盧潘·胡安國·一册書樓·而箸述盛於父子·鄒謙之特修書室·而
唱酬及於子孫·韋宙闢基於淨福·胡銓講學於祇園·莫不振興
儒席·堅守道藩·其藻翰則有岣嶁異書·蝌斗奇字·石赤文青·事
嚴迹閟·鬼魅莫得而窺·樵㛮有時相值·西蜀楊子·獲自碧泉·老
人有宋何生摹之雲麓·勝地南嶽觀額·唐主手題·蒼莨谷亭·宋
宗親志·巖書壽嶽·本古人比壽之文·石刻仙關·傳此地駐仙之
事·天下名山天下南嶽·兩言仍示褒崇·太平天子萬年天子·八
字總成祥瑞·靈巖鐫舜洞之旁·雲關勒仙山之次·壽仙亭杜老
潤一一大書·水晶洞回雁峯·在在特記·皆足光賁山靈·昭垂奕

禩·其碑碣則自宋至元·歷明迄　清·或因建造而傳其事·或展
明禋而紀其誠·平田玉立·峻坂雲横·古石斷殘·語猶留乎簡策·
新口鮮炳·事堪樹爲風聲·他如高人之所題詠·墨士之所唱賡·
連篇累牘·託興抒情·蓋自漢魏以迄近代·殆未可悉臚其姓名·
以是知衡之峻·俯視眾山皆阜耶·衡之幽·徧經諸洞如宅第·衡
之秀·面面皆峯·衡之奇·峯峯皆麗·瞻彼日月在扶桑昧谷之交·
現爲雲霓·乃蒸水湘江之際·冥鴻之所莫踰·白鶴之所常唳·則
有高隱勝流·達官雅吏·乘暇徜徉·對景休憩·行紓道而神留·居
徙家而籍隸·身欲返乎初衣·心如懷乎夙契·蓋嘗備覽封疆·合
觀形勢·近則長江九水遶其旁·遠則甌越七閩受其制·控荆州

之上游·爲南條之雄蔽·我　國家河海宴清·山川帶礪·鑿齒雕
題·織皮披毳·咸梯航之不遑·羣貢獻以無替·藉茲南荆·輔我北
極·嶽效厥靈·神享其祭·固將奠磐石於九州·鞏金湯於萬世

八景臺賦　熊　超

雲夢之南衡嶽之北翼軫名區長沙澤國妙域天開荒郊地設八景臺兮崔嵬三湘覽兮清絕則有騷人舒嘯游子行吟或寫行行之塞影或傷點點之愬聲或賦瀛洲兮照徹或指君山兮鋪平或望酒帘於遙翠或圖釣艇於斜曛或惜白頭兮年少或嗟黃葉兮秋深蓋自嘉祐之兆臺於此固不知幾歌而幾詠幾廢而幾興試望乎雲擁巫山雨飛湘浦響金風兮湖畔拋銀浪兮水滸灑荒祠兮五夜中滴空階兮三更許夫人留兮中洲帝子悲兮北渚瀅環佩兮瑤璫捐衣裳兮翠羽驚蒼梧之夢斷兮援瑟淒其同馬嵬之愁長兮淋鈴酸楚旅人坐紙帳以生寒舟

子打孤篷而叫苦是則陽臺之誤爲朝雲而瀟湘之釀成夜雨亦有波撼三巴氣蒸兩澤埽開銀漢之塵放出氷壺之魄蕩仙舟兮促流光吹鐵笛兮助清越珠來合浦蛟龍之窟難眠毬滾水晶琉璃之盤更潔橫空鶴唳萬頃澄鮮繞岸烏飛一輪瑩徹斯則所謂八百之洞庭而九秋之霜月若夫泝流而上積煙之中深深古寺隱隱宵鐘耳邊初度象外成空來迷離兮何處出杳冥兮高峯初發而思深氤氳徐傳而響墜穹窿鏦鏦兮穿林閒之寒竹悠悠兮續崖畔之濤松撫虛心兮宋萬慮滌塵襟兮冷孤衷聽霜鐘其非遙覺兩岸之難同何恩恩兮不住遺恨恨兮無窮至其一片漁村半輪夕曜晚集蓼灘以棲遲朝傍蘆林

而鼓棹一竿收江上之晴暉千網曬船頭之餘照光含斷岸桃源更闢壺天影射殘霞海市別開井竈漸赤壁之西沈將素娥之東眺遂沽酒以言歡相烹鮮而談笑羌風波兮自閒而塵氛兮不到爾其麓峯初洗楚雨方酣開市頭兮旭日點山腰兮晴嵐如煙淡抹比霧輕含翠瀉空中張京兆收來筆底綠浮遠際卓文君攝向眉間寵行人而欲吐掠飛鳥而思餐描溪囊兮不就圖輞川兮應難乃有身從紫塞羽帶紅霞前竦竦兮至矣後整整兮來耶落吳江兮楓葉銜楚澤兮蘆花傍殘星兮排錦字步夕陽兮顧平沙幾回翔而欲下倏斂翅而俱斜雜江鷗兮逐隊欺野鴨兮喧嘩蕭蕭肅肅兮啟蘇門之長嘯宛宛清清兮弄

小聰之嘔啞歎鳩婦之寥寥孤處羨雁奴之對對歸家胡春風之促耳遂故國以云遐俄而冥鴻信杳畫鷁思還秋深吳越人憶鄉關懷長沙兮故宇鼓巨艦兮洪瀾閨人登樓而遠矚稚子矯首而遐觀坐行舟兮水之曲數飛篷兮河之灣葉復葉兮誰者是游復游兮女乎安瞻帆影而狂喜見舟子而爾歡念風波之無恙頓離恨之全刪睹蒹葭兮蒼老撫楊柳兮凋殘此則游人之還此遠浦而爾室之望厥歸帆孰意冬已臨秋告歇應黃鐘而沍寒履青女而凝結方黯淡兮沈陰乍飛霏兮積雪翦莫雲兮飄游隨朔風兮搖曳紛紛兮渾沌江天皎皎兮空明瑤闕凍寒鴉兮宿幽崖哀征鴻兮號中澤湘妃之竹兮掩其斑漁翁

之蕡兮化爲白。凡若此者。夫非臺上之所顧瞻。而臺前之所羅列者乎。賦畢就臥。夢睬江神告予而言曰。南昌爾故國也。物華天寶。人傑地靈。閣中之序。千秋維烈也。今子八景臺之賦。其作如是。觀乎言訖微笑。恍然若失。寺鐘乍鳴。已兆東牕之曙色。

湘江弔古賦　陳之駓

俯嘗湘之澄碧兮。合瀟蒸以千里。經長沙之禹蹟兮。至於沅而未已。長沙故國。節戟新開。仕宦雲合。軒冕紛迴。爵位相先。勳名何求。惟賢哲之遺俗。渺懷古而虛憂。晉楚大夫之忠國。國視之若痌瘝。既賜玦而不返。沿下澤以迷身。追維事始。原亦有尤。彼原者。非叔孫之謀略。亦倚相之亞流。書生結習。物色何榮。乃訓詞而經國。與子蘭乎競名。笑女嬃之眀疾。謂謠該以善淫。乎勃交歎。葺爲勸。唐虞德讓。是何心於是。排閶闔而謁帝。閽者不通。求宓妃以爲偶。鴆也無拔。漁父莞爾而笑。龜策任其所從。紉香草以衣被。豁天地若無容。獨其行迷未遠。回首相仍。貞布古以

求亾子。逆白畤之燒。彝陵宗臣。不可越境。熱淚同乎飲冰。斯皆文字之爲禍。劉艮由度量之未含。宏弟子宋玉。淡知夫此道。是以醫不待於亾肱。既負龍以爲餌兮。小大招其焉憑。復有漢廷季少。初出洛陽。暗結仇於絳灌。終遺恨於懷王。彼亦知翔鳳遙避。熘繳豈不笑神龍。何異犬羊。宣室鬼神。徒見問古。井梧桐今已荒。烈士慕義。遺澤未亾。當落日之西照。儼俎豆於同堂。是以君子守道於身。知幾其神。甯艮賈之若虛。詎德孤而無鄰。若廼帝女帝之妃。湘君湘夫人。望九疑兮未遠。泣寡處兮遺筠。李白有所感。遠別離之哉。汲冢則以爲遭逼逐之臣。今古茫茫。湘水粼粼。六國自有國。亡秦者復秦。非吾生與吾事。亦何諱而何覺。

蜨筏賦　陳之駓

步出西門郭外橫塘午日方厲桑陰移牆陳子佇桑陰之下俯橫塘之中時則久旱蒸土蘊隆宿氣不洗肥厚生濃積成蛙蠙之衣顧異浮萍之蹤有風倏來吹綠中開薄縐似縠蒙茸如苔一面澄清寬可浮杯隔園新篁嫩葉微黦軋白飛東墜涇澳染爰有小蜨排空而下視爲虛舟泛若浮鳊六足輕蹲雙鬢低偃元眸端然直視粉翅翕其不閃葉觸芥而裵回蜨沈醉而驕蹇子不知其翅之所向猥經守而怠疲類登高兮送遠其寂寂若反照瞑安禪以入定其沈沈如有思悶弈棋以無言汲黯臥理淮陽多所休暇曹參匆擾獄市釋彼煩冤或曰小不乘大重不

附輕使壯夫履薄則怯童子御車則驚維體分之相得斯獨抱以盈盈或曰平平止水有葉飄零栩栩化物朵蓮娉婷既無繫汰安所揚舲獨坐容與百慮鮮澄使其在江河一波一瀆若拒若斥方手足失措又安能澹蕩以遺形或曰此蜨隱者也眾香國裏薺芥園側亾染指而茹英比鷦鷯之殘粒推倖邑與奔蜂學公子兮讓國一邱一壑無欲自足或曰蜨無心者故能忘機王道勿恤得失南薺齊等是非地何險而何夷生何來而何歸既爲天地之塵屑視委形於脫衣子則謂人有所挾匹夫抗權蒯通上見高祖狄梁委事則天阮籍狂醉嫌疑之世元龍倚蹟梟雄之邊斯人皆中有主故不慴智尤足以自全豈惜彭祖覲井懼蔡姬蕩船彼飛蟲以六合爲家偏舞爲緣絕氣若愚大道通元不見夫之眾之爲海島湘山之對洞庭長鬱棲乎烏雀亦往來乎仙靈縱使土解而后墜彼則魄舉而魂升少焉蜨厭久呆超然太清予亦輿盡獨返乎柴荆眾囂囂而博議孰詭詞與得情亂曰蜾蠃之負子尚不如腐草之螢黃姑之守瓜尚不如絕蹟之蛉蜨有緣以爲樂非御氣而游行以此愧乎點尾之蜻蜓

浩然閣賦　易宗洛

吾里潭市之北岸有閣巋然負山踞水聳壑昂霄氣象萬千癸丑秋日與客息游其上躡磴而登周迴四望客顧謂予曰美哉斯閣之以浩然名也浩然者其境曠其地逸其致空明而澹遠其況飄淼而洋溢是造物者之無盡藏也而吾與子所共適子固主斯地者山靈乞子筆矣子盍賦焉余於是吮墨含豪呵硯走紙據案疾書自忘工拙而賦之曰潭市之有浩然閣也嶔嵚石罅吐納江干懸崖展翼絕壁舒冠俯瞰潭陰高出雲端天梯恣其逶迤石磴沓平際蟠山亭亭而起立水潺潺而瀰漫舟參差而來下鶩天矯而欲圍草菲英而拂岸花蔥蘢而撫欄士女

金蓮而浣石兒童鼓枻而競湍渺亭臺兮摩漢環日月兮轉丸分湖南之勝境剖龍城之巨觀前則祝融晨秀荆紫夕曛橫嵐掩翠落霞宿靄卓笏兮班聯序擁列屏兮彩爛氤氳恍聞聲兮迴雁忽醮筆兮開雲後則韶山擁騎褒忠附臂疊萬巘以嶙峋羅千峯而陸離淵蜿蜒而匯流石崢嶸而贔屭弔望張樂之埜迴盼銜書之翅擬仙子兮下來想鳳音兮遙寄洵山川之綺麗亦境地之嫵媚者也客曰山川麗矣境地媚矣斯閣之立百尺岌岌水石相承階不可及子欲窮斯勝也亦盍排闥而入歷境而拾於是嚮蹀屧步徙倚啟朱扉破苔甿招同游拂淨几金碧輝眸爐香芬齒禮西方之聖人拜美髯之夫子塵襟爲之頓澆

俗緣於焉盡泯已乃闘櫺戶倚檻襲揮錦囊展詩筒羅萬象啟百聰撫青碧瞰蒼穹縱一覽豁雙瞳潭影兮澄宗后壁兮籠蔥鱗瓦兮耀日翬簷兮臨風上下兮轇轕東西兮冥濛身置兮無地眼望兮欲空則見煙樹歷歷翠屏展也波光瀲瀲玉壺湛也鳧鷺泛泛汀渚狎也漁舟信信欸乃歌也鐘聲窅窅客舟喚也原田每每繅車鳴也驛亭逐逐塵坌走也古渡青青楊柳折也棟雲靄靄南浦飛也簾陰莫莫西山捲也彩虹㬠㬠畫欄繞也明星垂垂江潭落也而且晦明殊候陰晴異酬邈寸管之所得愧萬景之莫收於斯時也余方觸緒遐寄覽物旁搜固已志適情移目曠神休心游湖海之外身踞元龍之樓者矣客乃憮然

而歎啞然而笑曰有是哉子之爲是賦也其亦工於肤浩然者矣吾其具隻酒乞地靈鍾人傑叱六丁取於椽破荒冥藻思豔發助子之倚傳

上湘學宮賦　　簡自采

咨素王之挺生走紱麟於魯殿響木鐸乎東周擁百城而南面代廟祀以不替植楷模於在泮家絃誦而四術風颸人禮讓而六德星煥若夫聖道榛蕪學舍園蔬委詩書於草莽舉斯世而淪胥抑有課試家法雜遝三雍探策講義篆刻雕蟲才不玉器性不金鎔類敗榦以沃葉如鑿基而詘墉何取於書生與博士烏足以化俗而易風今日者緝禮裁樂德教流行祭菜鼓篋學校光亭　聖天子題額分頒賢宰執讃頌相承嗟吾學之頹敝僉修葺其未能良有司心念斯文圖新理舊家大人身任其事手畫目營余小子樂其盛而觀其成也請為之賦曰伊學之

在治西也帶漣水面東山風光掩映青碧迴環疊翠巘倒狂瀾筆海澎湃詞鋒巑岏象太古之靜遠結元氣而曲蟠斯固吾學之大觀也夫何規制湫隘黽蝸跼蹐歲晚崢嶸碧緒剝落雖萃山川之秀氣無以壯廟堂之嶽嶽爰彷制郡學屋舍縱橫空虛豁開氣象閎閎爾其榪梐□樆不勝枀欂之任圜楄□□堪為梁棟之榮繪棨藻棁樠栭雕楹文梚飾棱鏤檐華欞丹黃堊黝構玉結瓊步檐巘巘反宇亭亭乃其設砌階闠墇塌蜒蜒銚鍔剗削左右城平迴欄周檻爽塏明晶及乎東西廡峙箕斗分形皓壁杲杲雲楣霙霙騈羅儼鉤規錯矩成紛閶閶其寥□欄正正而光明至於□地為沼澄澈滃宏□漩泮藻馨發蘭蘅颸颸兮風颸霆霽兮雲停坱□不染朗晝輝晴凡兹規制備極經營位置精巧莫可殫名入斯學也凡我同志及汝相規思聖人之典則仰大道之昭垂願安陋室泌水棲遲願毋慕廈屋奔競驅馳願效戲彩堂繞膝解頤願媲花萼樓鼓瑟吹篪願為精思亭息慮忘機願為平泉別墅呼月浮卮紛纍纍締造僅宮牆以內之一基信安身以託足夫亦賢可軼聖可追由是置身隆儒殿衣冠惹御爐之香待詔金馬門珠玉生殿陛之光校書天祿閣藝苑筆簧賦詩柏梁臺抽佳句於錦囊置身集賢院德星聚而陽曜陰藏舉世所為天衢與雲路必由於賢關聖域而正直平康此蓋大君子體君相修學之深意而吾黨心盟之而不忘歌

曰山岦岌兮雲悠悠水瀠瀾兮風颼颼捲波瀾兮裹翠微學峯秀兮文江流又歌曰廟貌維新兮景仰儀型楩柟杞梓兮王國之楨鸞旂芹藻兮鐘鼓鏗鏘義為路兮禮為門由斯道兮守吾貞

鎮龍閣賦　孫起

爰有楚國先生郢中文人采屈宋之遺韻步左倚之清塵錐處趙囊利脫毛公之穎美斯魯櫝蚤沽席上之珍拔竹箭於錦江誇子虛之逢得意登弓旌於金馬羨聖主之得賢臣士喜昌黎賦送窮於國子名高子厚遭弓影於司雲於是謝徑中條驅車下澤齊懷葛天之氏種樹柴桑之宅遺世獨立游造物於最初與汨俱出觀元牝而自得雖頁人天際想久委運於盈虛乃多士彙征緣實睠情於邦國聿從蘭薄徐步蘅臯考白華之遺阯玩龍索之消搖接螽湖而承霤背滄浪而分條順橘州以播氣推洞庭以受潮幸高坡之返顧若海口之金焦地雖勝而待人

迹可尋而匪遥遂衍震隅獲擅吉壤布著定墨平衡審象榮觀宜鳥革之翬福地稱琉璃之網倡而不和出陸賈之籯金高而無危挺武皇之仙掌中天華闕非大士而何以當上界瓊臺偏闍浮而無兩始於淵獻迄此執徐龍魏迴而數見土膏洹而大舒窮輪般之絕技罄工倕之巧思乍霞駮以雲蔚似電煜而星馳覽若木於東戶指雪嶺於西楣捫鶉火於南榮望龍沙於北扉睨衡霍之培塿覆洞庭之一坏眩極目於嶕嶢俯迴闌而下低綺錯溝塍鼎峙城郭五溪肖盤渦之注二酉效屏扆之託木瓜覽輝於太白龍門標勝於康樂龍門秋獻乎魚粱仙宴胥探乎鹿角緣蘿有道書之號丹井濟廖平之渴萊公去而題存禹錫至而吟作境深雞犬類漁者之詫胡廡邑盛絃歌疑洞庭之張天樂至若慈雲覆宇金象矗天橫欲河而設筏踏陸地而生蓮海上神光陶侃運百牛而不動嶺南舍利坡公薦半壁而能全應夢以來水紙中而月天上度人一切身無樹而鏡常圓開八正之門垂情交喪憑五衍之軾援手迷川行乎不捨之檀酌慈波而不竭施以無言之法列昬炬而重然暨夫靈藏夜繙梵唄朝集三合後鳴法雲之鐘誰撞六時有警臨濟之鞭自擊升座振毗耶之鐸喝導飛馬鳴之錫說法肩隨乎林遠義解轂擊乎澄什宰官士庶由聲聞而證菩提天人龍神獲歡喜而資法力平地轉極樂之邦優塞奉清規之律蓮臺高敞鬱靈氣而氤

氳淨域宏開洗文心於蔥蒨爾乃旁施房廡前據軨軒浮柱玲瓏飛榱聯綿溶徬徨乎西清瑋闔閈於建安揭貝士於貞珉泐豐功於不刊詠大隄之垂手展膜拜於胡巔植玉樹之青蔥薈括柏之孤妍比橘奴於素封期豫章於拂天營舊宮之小憩若旅岱而林先表陵名而俱存諒古今之或然若夫閣勢斗絕江流滉瀁欲借資於龍首必乞靈於河廣決瓠子以南潑泛桃花而西㶚千里一曲象灩澦之抱崑崙播爲九河類徒駭之環齊壤假刊木於禹功詢借籌於賈讓亮輿地之瑋圖洵千人之必往防衡嚙於支祈樹石門之堅壯任蓄洩於稼穡允黔黎之保障且也塔雖物化迹倘河名星日想煇煌之麗風雨聞鈴鐸之

湘江弔古賦

張璨

維皇輿之廣大紛山川其難數嶽鎮聳其聲靈江河擅其吞吐維南服之安瀾憑帶水爲門戶桑經既遑酈注曷補閱勝迹於昭潭述傳聞之自古若乃南湖半壁地號三湘瀰分陽朔瀟出營陽沅蒸既會厥派愈長漂芥浮觴流鉾醬而尙細沐日浴月匯洞庭而始王覽圖經之瑣碎詎指數之能詳惟達人之高寄標興會於徜徉靡不情緣迹造境以人彰則有東觀瓔纓之彥西京執戟之郎白雪授大夫之簡朱幡來刺史之堂文淩顏謝政邁龔黃令行庭戶而人自得於湖山之外身安旃廈而心每周於蔀屋之鄉爰諮詢以問俗命寄託於篇章鯫生不敏願獻

其狂穉以爲斯地也自有天地幾歷滄桑太初荒忽斷自虞唐則有露壇月琯玉字金相寶蘊浮來傳重華之膺運元夷夢去卜文命之克昌此帝王之盛軌而簡策之輝煌也迨夫滄風既邈轍迹愈荒秦逞威而樹赭漢肆志於酒香莫不登望卻顧欲涉徬徨繫一水之如帶詎萬乘之能航斯其盪迴飈於通客銷雄心於望洋非夫山水之靈爽夫孰云神理之渺茫也至若歷數形勝細舉興亡子弟長沙孫文臺橫戈之地忠賢晉室陶士行建節之鄉是皆磊磊落落炳炳烺烺名懸霄漢烈著旂常豈與夫白鹿潭露鵝管山霜悼無傳於異代同泯沒於荒疆者哉若其電掣煙高導文瀾於屈賈天心月窟衍道脈於朱張播首聲棲舍利於泥塗中關藏珠之所委佛螺於草莽上無布鴿之城一木南浮佇靈夢於安樂雙燈前耀想異端於崇明安得朱衣武冠示瓦官之聖迹或令金函玉匣現阿育之眞形此皆風氣攸關雄圖曲軫秦渠賴鄭伯之鑿晉塔藉簡文之淮易瘠爲沃若草昧之新開以人補天如倒懸之須拯閩洲出而臚傳占沙生而極品似龍興而雲從亦虎嘯而風凜跂最勝之光昭俟喆人之淵敏雖肇基於爽鳩冀儁工於聚錦與其續善人於百年何如滿功行於三稔辭曰茫茫大造運循環兮上善有作悼迷悁兮任重道遠得宗傳兮天漏可補維地蹮兮閣有大士手眼千兮熾然說法師代言兮爲明山賓捨宅廛兮合四大衆唱

奇緣兮如谷響應水流川兮百廢俱舉不崩騫兮疏淪長河金隄堅兮巋然窣波鎭荆南兮靈秀盤礴鬱蔥芊兮生甫及申作屏藩兮小子腐豪贊同然兮先生之德不可諼兮

樓頭杜陵之物色未杳揮豪池畔褚公之墨瀋猶芳浯溪磨崖之俊偉紅亭后鼓之鏗鏘莫不傳流風於琬琰挹盛事於縹緗氣挾江山之助名爭日月之光固斯文之一致等萬古而齊量天祚英傑來守是邦蔚龍文之百斛載琴鶴之一雙地既增其清絕俗亦返於渞麗旌臣心於白水勒佳句於紅隐羌渟淵而峙嶽陋陸海與潘江自維菲材生長江徼寄軨迹於滄浪混生涯於漁釣志不大而難酬年未老而非少排閶闔而無從抱遺經而獨弔久慕義於韓歐欣依仁於杜召抱布鼓於雷門發蠅鳴於蚓竅探芸編於玉笥只解南音望日下之金臺空紫西笑形已慚於珠玉之前語莫頌夫山川之要葢勝地何常名流難

遇昔之郎官名湖甘棠表樹陟巘摹北海之碑登亭誦西山之句巴陵勝概得范記而樓觀乃雄峴首小山待羊公而其名始著皆江上之風流資談論於竹素若夫湘煙如夢湘波似訴張帆青草之湖酹酒紅拂之墓雲山萬疊招帝子而不來欸乃一聲望漁翁其竟去斷雁續以無倫魂黯消其誰與此皆騷客之幽懷不足爲大夫之能賦也

南闈賦

李文炤

維玉軫之流輝兮映南天之淸徹聳九嶷而帶八蠻兮重以七十二峯之羅列磊后柢柱乎其東兮君山鎖鑰乎其北旋青螺於銀盤兮横黛眉於廣額九江挾百川以朝宗兮匯洞庭之巨澤既震盪夫乾坤兮亦吞吐夫日月離益取諸明兮鶉鳥協其星垣夏之爲言大兮正南表其封域迺鍾靈而毓秀兮爲人文之奥區巉峋嶁而紀績兮剡二酉而藏書感沅蘭與湘芷兮作辭賦之權輿洛陽才子兮蘊經綸而命世杜陵野老兮樂花鳥爲友于漣水社稷之臣兮非百里之器衡山幃幄之相兮寶九仙之徒迨月巖之懸象兮媲河洛之疇書抑麓嶺之既闢兮紹

洙泗於瀟湘之墟或山斗之齊名兮或河汾之竝驅莫不吐雲夢而淩江漢兮藐荆山大別之邱隅顧以地阻重湖兮天浮七澤每洪濤之怒生兮浸空青而蕭瑟堆萬頃之琉璃兮泛菡萏之一葉乘長風而破浪兮驚晴波之霹靂虬龍奮鬐而揚鬐兮靈鼉閃睛而舐舌窺蓬窗而淼冥兮悸帆檣之摧折或炎氛之已盡兮郎秋聲之相疊鼓中宵之大鏞兮霾向晚之殘日疑沙磧之淒迷兮怪嶂巒之崪屼徒繫纜於汀洲兮望夏邱而太息雖神游於月窟兮安能奮九霄之羽翮幸 后皇之御極兮惆側陋之英髦畀金繩於南服兮裁錯繡於炎郊值中丞之建節兮樹公門之李桃體 聖主之旁求兮集輿頌與僉謡方

伯鳩工而拮据兮廉訪庀材以劬勞聯參副之心力兮喻九郡之屬僚莫不踴躍而贊襄兮役大眾而靡虧負岌業之羅洋兮面崔嵬之妙高侍天星之傑閣兮備嶽麓之墮喬瀏溪繞百折之翠岸兮湘江瀉千里之銀濤垣周環而匝地兮棟聳峙而摩霄室窈窈其窿突兮堂巍巍其崇堯庭軒軒其宏敞兮門翼翼其迢遰昔日之蕪林兮雕龍繡虎今茲之棘院兮起鳳騰蛟棚邃古未有之奇迹兮沛於藹斯年之恩膏多士躬際夫休明兮將何以上報夫　盛朝伊三場之制法兮實有典而有則茍眞知而力踐兮豈徒求之洛誦與副墨識明新之一致兮斯體明而用達以位育爲分內兮自覆載之合轍克求志而達道兮

卽賢關與聖域允居仁而由義兮又何憖振古之豪傑若乃開物成務兮在觀象以玩辭學古入官兮以四代爲師資匪達政而專對兮雖多亦奚以爲匪安士而治民兮雖三千三百其何施悟春王之筆削兮則三綱正而庶績熙孰謂四子六籍兮非道岸之階梯矧孝經之一卷兮實明天而察地豈家國之殊理兮曾君父之異致新制論題悟太極之舒展兮在顏學而伊志明太和之彌綸兮斯王外而聖內舊制論題觀魏公之忠讜兮暨陸相之康濟竝謨訓而爭烈兮又何嫌乎俳儷覽政化以頌規兮卽陳善而納誨嫺法律以勸懲兮俾民寡過而遠罪至若家修而廷獻兮在敷奏與明試董淹貫於天人兮劉感憤於時事雖升沈之異遇兮竝昭垂乎百世桓辯析於鹽鐵兮王孰悉於邊備雖用舍之殊科兮均流傳乎奕禩謂陳策之無裨兮眞井蛙夏蟲之兒戲他如文事武備兮寔右有而左宜觀德於矍相之圃兮伸威於夾谷之辭若三踴於魯庭兮求用矛於齊師當列國之擾攘兮吳以正而孫以奇惟穰苴之用眾兮乃節制仁義之相資蓋軍謀與師律兮聖人亦不得已而用之自今以始兮凡我等倫期志意之振作兮偕棟宇以俱新戒還珠而買櫝兮運匠心於斲輪採春華而飫秋實兮處名儒而出良臣廣菁莪之大化兮永棫樸之深仁將暉雲而捲雨兮長與湖岳而爲鄰

湖南文徵卷一百三十一　湖湘後學集編

賦二

湘江賦　李觀晟

沖瀜澄澈兮湘之爲江也。衆水兼包居然獨長。資澧遜其泌洋漸沅讓其滂沆。西徼供其奔馳。辰沅增其氣象。南分一派成牂牁嶺嶠之奇。北領八川匯靑草洞庭之廣。諸山對峙宛爾皆靑龍蟠有洞萬古如屛。嶽耆雲母蒼老黃陵。隱映九疑望去亂登臨之矚。崔巍衡岳叫來移摩盪之情。當其鍾汨汨於湊液之元發涓涓於海陽之角。將浸地而涵濡如自天而旁礴。豈蛟龍噴

出大敷楚半封疆。抑風雨飛來潫作荆南脈絡。及乎貫穿諸郡吞吐羣流。自保全其上善。亦馳騁其至柔。蓋學海師江且以滄瀛爲歸宿。而沐星浴漢似不於雲夢爲同儔。閒嘗流連乎綠蘋紅蓼之依微。唱歎乎白露蒼煙之荒忽。吹來面上已爲今日之風。推上雲端猶是古人之月。瞻蒼梧之野舜德猶存。訂峋嶁之碑禹功不沒。曠百世而有懷。建兩儀而若揭。爾乃大夫辭語之遺香發洩於汀花岸草。太傅賦中之餘韻鏗鏘於春浪秋濤。自古之勝流興趣遷客騷名賢蹤迹學士風標。抑孰不容與駘蕩於漣動漪生之面。昭回披拂於柳壓竹挺之皋。今也俯仰平成袞延晏靜海若效珍天吳受政。維茲谸土之波其率安流之性。照當城郭長沙麇子如金。襯出樓臺八景芙蓉入鏡。雁行數點顧波心之影而不驚。漁笛一聲落潭水之空而自應。日光曬網村村之煙火曈曨。風信吹舟面面之帆檣端正。曠矣哉浸潤敷宣之大。恢矣哉眞安調燮之隆。對澄淸而懷古之明德。臨修廣而奏今之膚公。烏可不知所以帡幪所以朝宗。

嶽麓懷古賦

李觀晸

嵯峨浩渺兮。衡峯南拔。湘水北流。捫天崱屴。繞郡周游。軫星欲摛。拃土如浮。既跌宕而舒張。亦縈紆而汗漫。散嵐氣而晶明。鼓浪花而璀璨。分脈絡於熊湘。聳峯巒於西岸。樹雄郡之前屏。坐空天之錦幔。蛟龍蜿蜒而高騰。虎豹蹲踞而俯瞰。夫迹之勝者既衰既盛。山之名者亦廢亦興。閒嘗瞻大麓。渡芳汀。流連往迹。訪謁山靈。逼天馬而經禹蹟。游碧虛而攬玉屏。誦神功之勿替。佩明德之惟馨。風雩芳而草茂。雪觀渺而雲橫。追夫印蒼苔。攀古木。捫蘿薜之幽。探潤溪之曲。游抱黃之洞。而經道鄉之臺。披清風之峽。而入蒼筤之谷。想芳躅於尙書。凜雄威於都督。龍頭

之氣節如雲。防禦之宸章猶馥。忽焉望雲峯而踴躍。躡后蹬而趦趄。面懸巖而神竦。顧絕壑而足褄。俄而松篁交映。雲烏參差。從容卸屐。淸曠振衣。半天呼吸。六幕指麾。疊嶂層巒。君臣而昆弟。蒼煙碧水。襟帶而罘罳。目迷茲而不盡。情惝恍而如移。鷗影漁歌。舀荻岸橘林之畔。小齋巨艦。渺東洲西嶼之湄。鳥篆蟲文。發離奇輪囷之氣。咸平開寶。啟文華清穎之機。古樹幽亭。吸空翠晴嵐之爽。高堂傚閣。儲中山名秘之奇。舀連而聰明豁。歷覽而心神怡。盱衡俛仰。觀逝者爲江。眞者爲麓也。乃知平成如彼而消息如斯。

南嶽七十二峯賦

易貞言

維南有嶽。九面瀟湘。星分長沙之軫宿。峯度應玉衡於瑤光。爲炎方之巨鎮。實南紀之重防。七十二峯之羅列。二百餘里之延長。泰華無其聳秀。嵩恒遜其修張。先王巡狩之地。宋儒講學之堂。固非同空山之丹崖靑壁。虛庭之月樹星房也。則有湘南野叟。世外遺民。有濟勝之雅具。極步履之追尋。既峯峯之游徧。可一一而指陳。爾乃登祝融峯之絕頂。爲衡嶽之主山。高則九千餘丈之峻極。路則三十餘里之曲蟠。朱明峯而望朝日峯之晷。品水而酌太陽之泉。風洞之雌雄各異。雷池之雨雹無邊。以及天柱峯競秀於霄漢。煙霞峯縹緲於雲端。紫蓋峯迴翔於東北。

后廪峯高矗於西南。芙蓉峯當風而秀發。蓮花峯過雨而朝含。雲龍峯隱現而不見。白馬峯馳騁而難驂。惠日峯明月峯之照曜。白雲峯曉霞峯之媥斕。會仙峯降眞峯之冥契。彌陀峯文殊峯之悟參。飛仙洗衲之后。靑玉白碧之壇。皆足動孤藤之勝賞。任蠟屐之幽探者也。別有鳳凰峯翔舞。獅子峯猙獰。駕鶴峯之仙人不返。靈禽峯之指爪疑存。祥光峯之祥光如見。崱屴峯之崱屴堪驚。靑岑峯白石峯之美麗。香爐峯華蓋峯之高擎。碧雲峯之翠黛如潑。巾紫峯之杜鵑成林。紅花峯碧羅峯之標異。採霞峯喜揚峯之著明。雲居峯之金牛有迹。雙后峯之猛虎皆馴。屏嶂峯有仙雞報曉。岣嶁峯則響音應人。驗石囷峯而知豐稔

瞻吐霧峯而卜雨晴翠鷲峯不同靈隱永和峯豈比蘭亭亦可爲淸霄之談助佐騷客之咏吟也若乃潛聖峯妙高峯之護方廣天台峯碧岫峯之擁黃庭誇採啜於靈藥峯侈燒煉於棲眞峯耆闍峯永參峯佛法雷祖峯曾著威靈哂完丹之九女峯笑擲鉢峯之觀音峯靈應峯瑞應峯之幻誕天堂峯仙頂峯之不經何必斥其荒謬亦可柄爲笑嚬於是出入朱陵之洞徘徊赤帝峯之宮游神瑰霄峯之上曝背日華峯之東賞千年之翠竹撫萬年之拳松雲獅雨虎爲細膾黃精紫芝爲淸供作仙巖峯之雲隱峯成泥醉之山翁詩得張說江山之助文資馬遷登涉之雄至如黃帝之巖嶫嶫大禹之溪澄泓鄴侯煨芋之地泰伯

採藥之崇雲密峯邇金蘭峯玉字之秘安上峯欽舜溪舜洞之神集賢峯則緬朱張之道脈紫雲峯則思胡湛之明誠濂溪之流風不遠安定之遺徽猶新諸書院在各峯下察地文坤布之象啟勤行入德之門契私淑於性命進學業於身心至如首踏回雁峯之頂足徧嶽麓峯之蹤歷泰岱之五十八盤盡嵩高之三十六峯華嶽呼問天之李白恆山訪得道之昌容向平之願已了方朔之遨無窮豈徒賞此聖燈之光陰晦雲海之盪心胸哉

全楚蠲租賦有序

黃　秀

欽惟　皇上神聖文武智勇天錫勵精圖治宵旰弗遑　御極四十五秊　恩覃千八百國勸農有　詔訓士有文廣遴選於俊造　賜粟帛於高秊節賦寬徭窮簷咸欣饒裕賑荒發廩蔀屋盡樂豐盈在四海旣享昇平之慶而三楚猶需雨露之施矧在昔秊因用兵之繁苦則蠲征次及於兩湖以夏逆之平定則免役獨優于四府有時漕輓亦停其北運而玉粒不登諸　天庾未幾地丁再貸于南邦而金錢猶畱自閭左加意烝黎惠我楚甸至矣盡矣今復將全省正供概行豁免積秊舊逋並緩徵輸是愛民之　仁心眞有

加無已惠農之仁政且不一而足也　恩詔甫頒臣民胥慶莫不舉手加額歡聲載道聊效雕蟲以颺盛事其詞曰

維天生民兮俾之君維君代天兮御兆民怙冒徧兮仰　帝德麗恩渥兮感　皇仁保蒼赤兮視民如子戴父母兮尊君猶親哉雷雨之澤弗解則天府之膏仍屯儻非滋碧畦以湛露被紫陌以祥雲沛宏庥若甘澍佈大化似陽春俾家給而人足曷由俗美與風淳恭遇吾　皇統一寰宇淩唐軼漢登三咸五化隆則平地成天治懋則經文緯武旣業廣而功崇復愛周而惠溥兩儀洵堪協極百度靡弗釐皋固已慶共溢於普天懽自騰乎率土矣於是　帝曰渺矣楚疆省區南北壤惟

塗泥賦有定則帶水而地多沮洳負山而田皆确瘠屬土廣與民勞貴休養而生息議蠲議賑 異數頻加免賦免徭 殊恩屢錫允矣戴高履厚洵哉解衣推食然簡籍致貢於荆衡在此地原有常經而財賦底愼于中邦惟 聖主愈滚軫恤念倉貸首重田疇思土穀先推稼穡況水耕火耨人事難齊木穰金飢天行恆歛郎偶值堯災湯旱之秊詎足徵帝咨王儆之德則覩斯民之依依能弗廑 宸衷之惻惻爰爲 渙汗遠播叟命重申若己飢而己溺因鞠人以謀人用豁全省之維正聿逮 元后之溫綸稅斂毋征積逋勿取官閭有臥治之閒吏胥鮮追呼之苦飄來兮一路薰風灑徧兮 九天霖雨求倉

箱兮共樂三餘給饔飧兮不憂二䉛將見萬戶飲液千村酌醴黃童于焉踴躍白叜于焉忮覩織女于焉懽欣耕夫于焉蹈舞儁林于焉詠謌臣僚于焉稽首山川于焉潤色草木于焉蕃廡葢 仁恢天廣不第著于江漢之滸而戉藹雲滚自載遷于瀟湘之浦試爲登大別睇晴川汎洞庭陟嶽巔澤國之鶯花競麗綠埜之桑麻生妍回哀雁于芙蓉峯畔甦頳魚于鸚鵡洲前人醉蓼花灘處處聽漁謌棹響月明黃鵠磯在在奏急管繁絃是誠望恩猶夫望歲逢賚不啻逢秊者也聞嘗歷考史書粤稽往昔西京屢除田租東漢時捐稅額初唐庸調創制民力稍舒後周夏秋立法民財幾竭郎元和薄征兩稅祇以偶行其惠而乾德捐糧十萬不過一書于冊豈若吾 皇量同覆載治媲羲黃賜以半賜以全類和風兮披拂蠲之再蠲之三等化日兮舒長倐幪溥兮暨于通都大邑雲霓慰兮極乎僻壤窮鄉雖衡峯天峕嶙峋峻極難擬 君德之堂皇三湘七澤波濤萬頃詎比 聖澤之汪洋愧小臣之謭陋乏䌽線之微長僅明一經于草莽未贊雍化于 廟廊躬逢 曠典難罄揄揚惟冀彰聖人之仁超千古而稱有道且願祝 天子之壽閱萬秊以誦無疆

桂發異香賦有序　黃　秀

庭中植桂一本枝繁葉茂每歲花開香聞南郭內外丁亥中秋花香異常賞翫久之旬日後蕊復萌至重九花再放較盛於前十月仍開於初同人咸賦詩誌異因援筆喜而賦之詞曰

南呂應律少皞司權蛩音漸響雁影初傳秋容澹矣百卉斂焉維茲丹桂獨出增妍虬枝相樛翠葉連蜷品既軼於塵凡姿尤近乎列仙秀毓中嶽之嶺叢詠小山之篇承雨露而瀼瀼傲冰雪以涓涓稱炎州之寶樹挺八幹以參天當其亭亭風前皎皎月下與薑同性愈老愈辛結梅爲鄰無冬無夏鄙桃李之競豔陋芙蓉之易謝能抗貞操於松筠將鬭清芬於蘭麝爾迺秋色平分夜光瑩潔露透花魂香凝月魄現前身之金粟吐異葩於玉屑開四出以紓奇映中央而一色廣寒殿上繽紛綻仙子之華靈隱寺邊縹緲入才人之室迨夫時際重九風高霜肅細火落於空槐珠露垂於晚菊乃猶燦彼琳瑯依然噴茲馥馥萼垂垂兮千梢芳盈盈兮萬斛況值小春日將南陸洞庭波下楓染淺黃湘山葉落橘餘微綠豈意碎錦重重璠枝簇簇蕊仍發於台階馨尙留乎析木嘗觀君子之品立自清波王者之香出於幽谷珍其見乎廟廊材久蘊於林麓矧若月宮嘉植天上奇楨望瑱林而獨步列閬苑以齊名蔥蒨兮似濯莖於瑤水葰楙兮

如託根於蓬瀛攀條而賦甯同招隱夾道而產自集鳳鳴吳剛不能伐其樹郄詵且欲拾其菁庶幾媲靈椿而偶朱實何須搴薜荔以友杜蘅今也佳氣氤氳固已再呈其朵天香爛漫抑且三粲其英是誠兆邦家之瑞匪第著草木之精試覩五株幷茂偕燕山而稱慶還看一枝高折向蟾窟以分榮

靈芝賦 有序　　黃秀

戊子仲春湖南郎臬臺觀風以此命題注云丙戌冬司署產芝數本重臺秀莖色香俱備丁亥夏便坐處復產一本邊黃腹白螺紋盤繞錯如綺繡雖草木尋常頗可寓目諸生夙擅風雅幸爲賦之因作賦以呈

蓋聞乾道變化坤德含生二儀孕質五曜儲精披仁風之翔洽瞻淑氣之氤氳信休徵其畢致斯佳兆之始呈惟土和與德懋迺靈鍾而芝榮粤自嘉禾同穎於周室奇木附支於漢廷橘類盎兮異味棗如瓜兮殊珍紅蕖開兮蔕幷甘露降兮松青咸知貞符來自大造而瑞彩顯諸上林矣矧茲丙山暐曄實可療飢

銅池煌煌色若浮金赤萼薦房瓊田流馨青雲入夢元光耀旌石菌綻兮三秀翠色吐兮九莖歷觀往籍所載抑且炳若日星焉伏惟我公士元華胄子文世纓挺中山之人傑涖南楚以持平治協於中讞得其情麾旄上聯軫翼膏澤下沛湘衡慧日炯瀟蒸甘雨潤犴牆之草法星臨嶽麓和風噓鹿野之苹既德崇而望峻亦政簡以刑清由是太和洋溢芝發其英產於便坐何減晉陵無根無荄有色有聲天既再呈其采地復兩毓其禎或數枝韡韡或一本亭亭或臺重絲萼或香類黃橙或映中央而璀璨或象白帝以晶瑩或螺紋若繡綺或碧紺等瑛璚夜光閃兮燦燦朱實垂兮盈盈且也時值冬夏歲際丙丁同南離之焜燿煥文昌以崢嶸鳳翥鸞翔同韞藏於天府星形月魄秉仙胎於蓬瀛如瑤池之獻桃核如晦朔之識蓂莢如丹木之生峚陽如珠樹之奇赤陰匪第著精華於草木實則兆異瑞於邦珍將見槐階紀績楓陛注名明良合德喜起賡盛梧桐於高岡作鹽梅以調羹庶幾樹百代之楨幹於 帝室而鞏萬年之苞桑於 神京

甘棠賦并序　王元復

城東南三十里有甘棠古渡相傳召康公南巡聽政於樹下．後人以甘棠憩茇之所戒勿翦伐今樹湮阯蕪而渡名尚存．亦足以見盛德之感雖千萬年不可磨滅也而博古者尚爭論其地之是非抑末矣．欣然願賦以應使君之命焉賦曰

於戲伯不可忘兮匪樹之爲艮也重一拜以爲頌兮況翦伐而可嘗也洵尊敎以畏神兮夫孰強於情也緊豈凿凿工諛兮中心悅而不能明也伯兮伯兮不可名兮棠兮棠兮君子平兮爰得我所兮政是聽也我歌我樂兮咸有慶也惟此之故兮棠吾榭也原夫天維鼓幹地維折根八荒晦震□□□□爾乃排雷

雨繼泉源朝繞衡山之煙夕蔭湘浦之村．夐如千枝婆娑萬葉參差．或夭或喬□□□□爾乃花燦燦子離離垂委佗而親下實甘美以如飴又若杲日中正炎色榴紅．行者搖扇居者纍胸．爾乃駐紫霧引清風．農夫偶以休息文士依而從容至於雪霽東山夕陽返暉．飛鳥疑而四顧晶光蕩而尚微爾乃縹餘瀝漏疏影集．環珮之玎璫映斑駮之琴軫爰是靑旂載御始合告諭．盍行盍否何緩何指．惟伯稅止于時言言惟伯稅止于時語語．已而倉庚鳴矣南畝殷矣．婦子來饁推陳取新．惟伯稅止慧我髦士．惟伯稅止倉我農夫．亦或秋高冬沍剝窮復反．我稼將穡我屋將構．惟伯稅止奄觀銍刈．惟伯稅止息訟以宥．嗟呼噫嘻蔽芾載吟．蜀相祠堂之柏森森兮闕里之檜殷殷．高岡之桐鳳鳴兮鄧林之樟雲侵．自古在昔賢主忱懇通志開泰召祥消祲．浩浩兮南國渺渺兮予心．望美人兮隔霄岑．願烹魚兮爲溉鬵．誰能慰我兮懷予好音．不如其已兮讀且耕事我大夫之賢兮得于生平．虎朝渡而遠驅兮鯨夜徙而弗驚．六嶺之陽春有腳兮雙江之明月長淸．鸂鶒下汀浦兮鍾乳竭而更盈．萬間之廈大庇兮千尋之木國楨．奚古是而今非兮君子小人胥靖也．伯盛德其靡他兮物雖小而時警也．封何爲而辱其松兮敎何爲而傳厥杏也．楚風庸錄於召南兮分陝之治可竝也．苗民輯而一家兮士女媚而無梗也．亂曰南有甘棠江漢之紀．上干霄漢

下蔭國鄙．南國所瞻召伯所止．優哉游哉布政於此．噬嗑不勞神化若駛．伯去樹存伯存樹已．民思伯止爰及棠止．噫渠後先兮若一齊輝煌兮青史．

三十六洞別爲一天賦并序　唐待徵

寓內洞天三十六所小有清虛居首他如括蒼委羽赤城紫蓋之類仙蹟夥矣獨吾鼎桃花源有武陵漁人一段佳話相傳避秦至此不知漢魏何知晉洞中雞犬桑麻蕭然自得以爲仙耶無丹汞氣以爲俗耶無塵囂氣可知嬴氏失紀賢者避世自能獨闢乾坤不必盡絕人閒煙火此桃花流水別有天地之詠所從來已學使董公銜命來楚覽淵明之記讀枋得之詩不禁喟然曰異哉茲境安得起屈宋而賦之舉此試士余處局外見獵心喜且恐諸生不察墮入元虛一派有失衡文釆風至意因搦管而爲之賦

秦山蒼蒼兮鬱蟠秦川潺潺兮淼漫中有異境兮傲騰蘭花片片其落英兮髣髴乎姑山之丹隨流水而自逝兮開漁郎問津之端彼秦人兮非俗非仙雞犬桑麻兮舜日堯天衣冠杖履兮古製依然遠祖龍阬谷之灾兮虐燄不燃歷漢魏而至晉兮矗不知其何年石爛海枯兮一局幾百千萬刼兮彈指閒以下缺

醉墨亭賦并序　劉起光

邑侯余公秀臣令攸獄訟不興百廢具舉公退之下惟見鶴舞簫閒而已因相治廢園種樹築臺結亭其上題曰醉墨邑人詠詩志盛光特蒙授簡援筆賦之其辭曰

異哉斯亭顏曰醉墨何官閣之風徽同素士之題額豈子雲之思深抑永和之興逸招爽氣於停雲迎瑞靄於旭日攬勝而心迹雙淸怡情而箏笛淨滌滌波漾兮倒影春陰酣兮作色凝喜雨而臨池仿會景以來即夫其相形修築即景盤桓廢圃則一徑杒闢方塘則半畝猶寬度中央而結搆遂不日而改觀檻對展兮涵碧隱疊檝兮流丹露潤薔薇之架香生芍藥之欄絕塵

氛於湫隘納清景於層巒諒舒肘之有助甯第容膝之爲安時則香銷晝永衙散情還天光四入晴呆如旋浥靈峯之積翠噓文浦之輕煙目成兮霏霏簇錦心賞兮沄沄湧泉羌風流之藉甚信儒雅之超然於是松煙徐拂石湼欲流陳佳模兮曲水結異狀兮層樓金斗則團雲直上蒼龍則橫沼來游墨花灑而蟾蜍夙飽墨瀋淋而翡翠思柔三色書成而貝光凝膩一波折去而庫露浮漚似坡公墨豔新發抑米老墨戲勿休是宜收六朝於筆底而標九錫於離石之侯炳炳麟麟油油郁郁膏有餘馨汁無虛漉羨玻瓈秋水時澄訝洞庭春色未足發長嘯於胡牀續高吟於霏玉授簡兮光搖卷幔濡豪兮聲傳刻燭鳴琴餘暇

兮召杜雅懷．涂翰垂輝兮元白芳躅．公乃聞倚曲檻俯睇江城．敞虛簷而入畫拭棐几而神清望朱霞於天半佩蘭芷於平生．契公權之心正慕文通之𦴔英．對景而吟桂樹潑墨而玩松聲．傾方圭之瀣液儷漱潤於飛觥．惟玆亭之聳峙合紀勝於觀成．他日使君留手迹永垂嘉話於雕甍．

三湘賦

張　垣

陽朔之山分水之塘．北流而下其名爲湘．瀟出營道蒸合衡陽．沅江遙集勢始汪洋．窮源雖異合流斯長．經千里之紆折入九江之淼茫．山經記其大槪酈註誌其精詳．昔之論述備矣．若夫東連湖水南纏星沙．度五嶺而通六詔利舟楫而省輿車．四達五會之口往來戰伐之涯．巡游經虞帝之迹濬川邀夏后之槎．取道零陵則戈船聲震．出師交海則伏波威加．翠華繞岸船艫橫遮．千里遙指魚貫雁斜．野鶩驚兮橫雲陣黿鼉出兮鼓浪花．菰蘆爲之變色陵谷於以谽谺．念往古之陳迹至今使人神嗟．

至其西流倒湧澤國洪濛．馮夷出沒蛇龍所容．波撼瓦宮之渚勢排馬殷之宮．昭潭深無底而莫測橘州浮未定而在澴．天上下其若搖山左右以相通．驚日月之蕩漾羌不知夫西東．若乃淒涼帝女牢落宗臣．孤吟長嘯雷塡雨冥．望蒼梧兮雲斷聽滄浪兮歌頻．攀幽篁兮哭帝子搴香草兮思美人．鷓鴣鳴兮黃陵下子規叫兮三閭濱．行人過此但聞陰風颯颯無不涕落神昏．又或勝地盤桓名人游宴．后鼓之堂靈麓之院．唐賢所經宋儒所建．中令龍城之筆池都督潭州之洗硯．浯溪玩磨崖之碑香渡傳萍實之見．箸天問而咿嚶咏花石而留戀．煙霞則長源仙去春陵則茂叔道衍．清湘曉汲柳子詩存．合江暮來昌黎勝選．既有美而皆傳亦無奇而不擅．亦有浮屠之剎羽客之樓．花關藥圃松梵溪流杳已託詠於霏雪丈人服食於浮邱鑿石臨江而揖客道林依巖以招游幽人爲之駐駕客子莫不停舟若其芳潤所生泉貨所殖則有揭車江蘺杜蘅荷芰銀礦煤山竹箭菱薏藍田千頭嘉禾五穗蹲鴟可飧雲母爲餌躍鱮鯽於湘波羅水鳥之文翠固天府之取資亦寰宇之攸利是以物阜民殷情閒興詡競遊人盛觀覿騎接迹舟連渚沅浦看雲瀟湘聽雨乍戲清流旋游綠塢俯笑仰歌互答交舞漁人欸乃蘆子謳語三疊而煙霧皆青一聲而山水欲古恍雲和之曲罷稱湘靈之善鼓此誠楚天下之景趣然而未盡其發揚也乃者春風初扇春水纔深江花初發江草齊萌則見九嶷騷客二酉儒生惠中

秀外鳳翥鸞賡彈冠巖花之畔振衣湘春之門此搴沅芷之末彼襲澧蘭之英思觀光於上國亦躍奮於風雲莫不源源本本實大聲宏學究湖南之派理會麓山之精攄左徒之藻采擅太傅之才名使觀風者見而歎曰善哉論述此熊沙之人瑞湘中之琅琳庶不愧文章鉅公之許與殿前作賦之聲

萬樓賦

陳樹芝

六合遼廓而無闋藉斯人之巧思或結搆於層雲或託根於流澌嗟萬樓之奇挺實神明之扶持蔭軫宿以垂曜託潭州以正基升斯樓以曠覽兮實顯敞而無儔挽瀟湘之千里兮倚沙汀之長洲背墳衍之廣野兮臨皋隰之碧流出城東之數武兮趁暇日以銷憂爾乃南望祝融北瞻靈麓東顧昭潭西披疑綠恣心目之寥明捐身世之倥偬擬皇英之悲淚弔屈賈之流風感陶褚之謫宦懷景宋之詞宗蕩一塵於放流發五盎之游蒙追三幡於烏有釋二名之異同憶茲樓之遭遇兮逢兵燹以迄清值我祖之流離兮鳩一邑以經營傷亂離之廢學兮披荆榛而

重興壘穹窿之懸臺兮跨萬丈之絕溟根莓苔之滑石兮開壁立之軒楹設鄉塾於右廂兮納後生之瓊英心契誠於靈爽兮悟斯道於幽冥嗟余情之眷眷兮耽楚材之可臧對日月之邁征兮俟河清其已極冀聖明之洞達兮假高衢而騁力豈匏瓜徒繫兮等井渫之莫食悵容與以徙倚兮懷美人於陬側風蕭蕭兮異響雲漫漫兮五色舟交檣兮停橈鳥相鳴兮息翼感木落之長年兮橫流涕兮憯惻降斯樓以周流兮步從容於階除丹梯雲埭以夾路重檐風蕩乎懸居藻彩繁飾乎疏櫺皋比擁坐於高隅沅芷凝芳以夕茂澧蘭含馥以晨敷浦雲明曳於陽林澤雨隱伏於陰渠既神變之揮霍亦出有而入無於是登眺

既畢心靜體閒害馬久去目牛無全乃慨然而告我子弟曰世有聖宰長民輔世量等乾坤光同日月功德著乎祖宗威靈震乎遐裔是以彈冠疊起觀國重光舉不遺才進各無方滄海無沈淪之物深山鮮梁棟之藏幸際此蕩平之世慎毋爲放廢之狂聊一展望道之目庶不虛此講學之堂云爾

嶽麓書院賦 陳樹芊

巋懸巖突軒峙江城託基靈麓總冠南英道脈崛起理學相承仁宅光明而廣大禮門宏敞而崢嶸憶自開寶之年創爲朱洞之廈紹興雖毀孫主簿記其中頹乾道重修張敬夫力扶大雅迫乎考亭欽哉仁者旣養且教置田廣舍吉士圜橋恭人赤舄窮本究源見輝聞洽爾乃窺軫翼之高懸覽奎壁之映下聽右朔之鳳凰挹左嘶之天馬橘州爲其襟帶任消長以浮沈湘水揚其波瀾歷春秋而傾瀉宋元而明廢興有數來學情殷昔賢神遇清風峽裏思坐中雨化之來白鶴泉邊感逝者駒流之去其回眺則祝融巑岏煙嵐重疊𢹂嶂列戟攢峯立鐵希天非尺

五之可捫由道歎高深之難得一簣歷成數仞羨南行之一道同風入室本自升堂嗟北學之同歸一轍其下瞰則九江溶溶一碧濛濛思考亭之淵海懷南軒之朝宗或瀛洲在前徒彰子虛之陋即流沙密邇何堪假道而通乃者 天子日新以行乾士林時習而獲謚師傅固屬名儒安撫亦稱時哲蹈德詠仁規周矩折鼓舞之道亦旣盡神方寸之陰咸知是惜於是聞雞而起刻燭乃悟以業以兢亦趨亦步偶然獨坐睛眸如對先民或爾出王明旦尤其夙負固欲朱張之是希豈徒屈宋之足慕至於緒餘競秀文藻流光得句盈囊盡是湘煙澤雨采珍作佩罔非澧草沅香豈亦思文章爲道德之華不伺風雲月露作肓

春紙臼賦

鍾靈

漢昌北隅溪山幽僻。有石如珉蔡侯遺迹。似黃帝掘地之所爲。豈坡老機春所未及。義亦取諸小過事實肇夫文明。造廡頭兮似玉製魚網兮如冰。易方策之繁重換縑帛以縷輕。較勝九眞樹葉聿先白面松聞則敬侯實制作之聖哲宜其於左伯而尤精。乃若木皮初採縠網未溶運杵低昂恍若元霜之搗推聲斷續如聞玉粒之春。幻出萬宇軍略凝成九錫國公灑以煙雲遂貴洛陽之價。舒其錦繡將騰腕底之龍。而且番薄可藏。柔滑堪悅。道統續聖賢之微。政事紀帝王之則。或鳳銜兮翔恩亦鵲墜兮補闕。信爲利用之先。生共拜華陰之知白。他如琅玕十幅。質非不佳。繡花百番。物非不華。洪澄小兮糠竹蜀薛濤兮松花。極後世妍妙輝光之巧。慧莫不皆以紙侯爲作家。茲者石臼猶存。紙牀如故。月色映兮凝光。霧氣汨兮披素。春風啼躍鳥杵韻如傳。寒雪滿平郊雲英若布。凡屬雞林鳳沼。悉蒙刱始之能。既成鸞尾雁頭。允佐治平之助。以視彼搗霜敲月。徒爲揉碎鄉心。碾玉研瓊。未見調成仙骨。高於鳳闕。黃金楚楚而無文。厚勝花甎。綠玉盈盈而不韻者。何如此之文壇巨砥。堪與衞銘鄭鑄而竝存。蓺苑磨礲。可共雲履蟠盤而借重者歟。

爲承宣之寄。無慚紫綬金章。且後學之何以昭示大義之何以揄揚哉。每至春花榮夏漲碧紫煙凝元陰積七二恍惚其門八景隱現其席。美仁智之同歸。歎古今之懸絕。誚躐等之徒勞。歌景行之不易。歌曰。善乎賈大夫之言曰。天地爲鑪兮造化爲工。陰陽爲炭兮萬物爲銅。我皇穆穆道崇隆兮。多士濟濟氣沖融兮。層堂崔巍崆兮峒兮。上天之載冥兮蒙兮。光輝炫耀闢鴻濛兮。千秋萬歲道無終兮。

靈龜峯賦　陳葵

鬱蒼岷之贔屭兮衍南條之靈皇肆三楚之龍嵸兮更盤舒於漵江瞻龜峯之岺嶔兮超崛峙於東方迴陽烏而弭羲轡兮上寥廓而下崢嶸爾其雙江合漪迴旋屈曲澎湃震蕩瀾縠瀠瀰或澄澈而無垠或湍激而相薄澹湛淪瀠澒洞沆瀁潬湉乎千仞之麓昵鴻翔鵠之倫躍鳧狎鷗之族雕琢刷蕩者蓋雜沓相屬焉白黿命龜應龍舞蛟栩栩潛伏者固非犀照之所得而矚也至若沅芷澧蘭湘藻衡蕙布濩蟬聯紛藹葱蔚挹三春之雨露暢惠風之藻繪靄芬芳之可掬散異香於天際豈徒工其妍葩以競世俗之媚然而衡湘雲夢之閒固多奇士激昂牢騷

悲歌慷慨幽韻逸思沈鬱酣肆振衣千仞之岡躡足雲霄之上搔首而問青天浩歌以舒悲壯莫不習習灑灑岐嶷骯髒盼古今於須臾攬八荒於指掌振金玉之音發商徵之唱雲山象其勃窣清流寫其泱漭於是芳晨淑旦促席命觴攜王楊而侶班馬狎公子而昵王孫登東皋以長嘯泝清流而舒轅望層巘之崒嵂環孤峯而上騫憩短亭以遐矚俯浩汗之平原怪健翮之鶯掘逐虁雀以啾喧是時猶未造夫峯際也爾乃盤辟邅迴夷猶連蜷若挽若推而造乎其巔冒乎若神州之一氣遺世獨立渾象而忘筌於是躡雲梯升飛閣倣綺疏捲珠箔恍兮如虛超兮如寂飄飄乎幽思淪洞而不知其所適若乃前臨曠野曲阻長洲墳衍平沃皋隰開幽華實竝茂丹黃雜揉爛若披錦列繡而雕琢盈眸卻背平岡翠屏雜列逶迤曼衍舒環縈折迴顧城郭微聞嘈啷輕波縹渺佳樹葱鬱朦朧兮煙霧斷續而明滅至其層巒疊嶂橫被東南朝暉暮靄春雪晴嵐春秋之變幻景物之錯參雖金閨蘭臺逞其心略詞給墨花筆精未能確縷其二三於是笑語既洽肝膽傾素逸興歡躍雕盤肆布玉几臨軒清醥在御金罍涌觴獻酬舛互歌稱爾汝狂態躍露動心驚耳交錯歡呼當此之時惟酒是務高山流水長懷鍾期之遇引商刻羽甯慮周瑜之顧何當魯陽揮戈夸父振杖迴曜靈而長駐於是天空氣徹風靄波恬澄江如練錦席輕懸望天路之高渺指

閶山之局卷歎冥鴻之既逝候搏鵬之高騫雄心韜而愈熾壯志弭而益堅若乃清夜漏永皎月麗空山根削劃下臨無蹤長松振柯蜿蜒乘風光華皎潔湛露斯濃舒嘯振槁帝座若通吸銀漢之清淺俯北杓之闌干察南溟於潛隱瞻顥氣於高寒慨憑弔之陳迹踐登臨之易戕緬風景之不姝悼人世之急湍懷好逑於天末兮悵離居之鮮歡邈前修之不吾俟兮耿懷緒之無端也至其靈巖幽邃澄潭豎澗奇葩異卉紫芝丹茜蓋莫非山川精英之所變見也龐隱於焉涉眺司空於焉游憩吐故納新煉形易色之儔蓋往往而至焉若其左引西江右接衡雲南望九疑北枕洞庭固亦鳳覩虎視遐矚遠瞻之士吟詠刻鏤以

供其窮接而索冥也伊靈運之上游兮幽尋徧索夫瑋特愧蹇踠於聖世兮緇塵淹滯於南北遵瀚海而東浮兮經吳越而佇軾睇百粵而遭迴兮交趾獵夫舊域笑交衢之萎植兮點涂輒傲夫離奇憐幽谷之瑰瑋兮蒙茸見嗤於蕪萎大化廓無私庇兮睇鱗羽之差池矧白涅之無據兮信浮沈其若茲緬軀峯之毓靈兮獨挺峙而聳擢巖競秀而壑爭流兮流眄極而舒駭矚產荒陬之僻隅兮甘湛寂而媚幽獨惟川觀而巖居兮陟降憑以品目幽隱韜而不彰兮莽榛亦覺其黯漠諒屈伸之有候兮杓之人又焉能覺悟溪蘊於荒煙兮假次山而悠揚赤壁淪於衰草兮籍子瞻而倔強矧風景之殊尤兮非闓麗而侈張自總

鬟而嬉傲兮類故交之難忘神儀洽而婉約兮權槪陳而發皇學士賚以賡歌兮金匱瘞夫琳瑯華有踵而美有續兮妙譽延於八方山靈庶以競勸兮葆精英而流光頌曰吳有靈巖越有靈石毓精效順標光簡籍茲爾孤高嘉命寵錫祥雲甘雨伊識其勞匆產金玉以雕素樸匆藏精紛駭人心目肖形龔蹤命軀協庸匆鄰傲世曳尾塗中爾卜爾筮休徵協從顧名思義永靜斯峯

惜分陰賦

陳諟

悠悠亭毒耿耿古今人生其閒頃刻耳君子將以頃刻發其奇光則將矻矻焉有惟日不足之恐焉此古聖人惜寸陰而大賢以下者又有分陰之惜也慨日月之如流儼風雷之交迫爲之屏息而賦焉其辭曰

渾渾太極是胎儀象萬彙焉生以養以長疇血氣之最靈惟生理之不囿載耳目而聰明接衣冠而熙穰既積人而成世亦與世而爭往眇稊米於太倉發洪鐘於靜響特紛錯而不甯庶遐參而可想或軒或輊以慨以慷泰階色平虞淵影盪莫彈指乎乾坤將透鱗乎罟網耿浩氣之獨存嗟我辰之不枉殆將釋然

於愧怍抑欲劃然於俯仰爾乃傾壓百千登咸三五邈矣蘧廬愴焉風雨叩精一於中天溯神功於大禹恢道德之閎肆卑仁義之孑煦喜怒破夫榛狉精神勞其肺腑欲希光而沃膏豈調瑟而泥柱訶前徽之不亾將自我以稱古依依孟氏之芳鄰迴迴謝家之寶樹志經百鍊以云剛力蓄千鈞而發弩誰矜射日之羿莫覓揮戈之魯於斯時也翻海無能呼天待訴泣鬼躍神驚鴻顧兔歎塵草之空棲悲駒隙之不住魚欲潛而窘水鳥思飛而縶羽恐白雪之盈頭正青春之未孺灼灼枝殘霏霏日暮難回海上之航空飲金人之露彼賢聖卓其門庭迺瞻望靳其趨步文衍羲而在囚顏就孔而思鑄三折股而非艮九轉丹而

仍誤妍醜負其生成造化聽其擺布皇皇下士之笑冥冥弋人之慕乃有形銷骨鑠利饕名饕肝腸痞結意態敖曹印丹黃而繫肘貫十萬以纏腰金谷園中之妾長安市上之豪蔑魯連之高義藐管甯之淸操鄙芒鞋與布韈豔白馬與靑袍豈知名開桎梏利浸膏肓雖酉瞬息之愛徒傷心血之勞捷徑陋乎种放錢神論乎魯褒將欲稱逆旅之佳主抑徒任過客以陶陶又有王孫公子逸客散員歌聲滿座醉德時聞肩酉鸜鵒之舞跟隨鸜鵒之羣盈盈水陸之薦馥馥椒蘭之焚三尸沈錮一斗殷勤品酬風月外棄典墳思秉燭而夜游羌撒手而欲分貪人生之行樂負美秀之能文豈知韶華逝焉不再志士酬其薄勳侯幾

局之未散正片晷之可欣又有顚迷卷底嘯傲埶林空侈鉛槧亦少規箴覓紙堆之生活屏道器之身心既非龍而非鳳疇爲雨而爲霖漫摛豪而作賦空挾策而朗吟功名付之魚鹿鳴止等之蟲禽此亦章句之迂疏羣誇翰墨之芳馨豈知揪揭才力荏苒光陰屹屹高山之仰遙遙風範之欽君子將脅修於補贊抑豈能虛玷乎簪衿噫吁嘻哉靈修杳杳盛業彰彰簡編流汗仔荷孰當覩生意之階草證大塊之文章耿紅塵兮十丈幾學海兮一航縮今古於旦夕震匕鬯於巾裳千金一刻以難留孤影獨衾而暗傷天上幻乎雲狗人間變乎海桑盼兩丸之如電幸人意之差强撐捕牧奴之戲局詩書學士之秕糠將取味於眞詣求視履之考祥不見夫川茁睍靈風雲繞席羣動蠕蠕姱修奕奕參淸眞之三才撫昂藏之七尺誰負暗之有誠亦偷光之必惜塗轍費乎千諄聲息通乎一脈虹光射乎牛斗星氣占乎奎璧旣艮毓乎知能敢虛糜乎粟帛烱戒不荒典型在昔思欲折若木之華頓羲和之轡回濛谷之光近扶桑之炙竊芳美於當前景懿修於我宅庶幾永道德之報瓊承聖賢之餘液而還最初之靈種答　太平之良役也哉

幽憂公子賦 陳[illegible]

有幽憂公子者渴病七年孱貧一旦傷茂陵之風雨增中谷之慨歎時遝楮墨仰瞻箕畢以興歌不勝牢騷近察春秋而作諺爲資白鏹早典冬裘莫問青山惟存素案內顧則愁焉如擣乞鄰則赧矣生汗爰乃荒天老地泣鬼驚神潦倒而風狂特甚發憤而舉止無倫耿耿頁宵似懷春之離婦癡癡終日若爲瑞之醉人疇劑炎涼於世態稍甘饑渴於至仁百結鶉衣自支寒栗三咽螬李倍覺昏屯綈袍之戀不再麥舟之贈誰頻邈邈天涯知己者能無相念悠悠行路賈利者甯必可親幾思騎鶴上揚州雷轟薦福抑欲捕魚尋幻境路杳桃津顧中緣之徒熱嗟我

生之不辰且夫造化若有賦慳斯文故多命淺敝襟履之曾參曳金后之原憲守清規於末路空費辭章慕遺緒於名賢難醫鮮腆饑驅匙以爲計受憐奚其乍貶東齒西豐前支後展將奉敎於君子之固窮權自安於君子之獨善欲籌出處豈惜冥淪徒閔天人未堪偃蹇或曰此乃有數是固無傷爲室人之摧謫滋公子之羸尫二端交集一身孰當公子曰不然我嘗自商而我幽憂之不遑或曰王侯有貧寒素亦富揖本地之風光卽公子之清福且整陶絃毋效阮哭公子曰不然我嘗自卜而我幽憂之不鞫或曰時移運轉否去泰來培天君之仁厚驅公子之疢悝未須引綆定爾延灰公子曰不然我嘗自猜而我幽憂之不開或曰于公給錢胡奴送米誠古道之絕窮匪公子之懸揣但泯忮求何豔芳美公子曰不然我嘗自理而我幽憂之不徙茲數說者固皆艮焉惟公子之鬱鬱致戚友之悁悁無力可援徒甚其水毀木饑之恨有言不聽且傳其烏謡蟲候之篇好事者舉幽憂公子之狀叩逍遙客卿之館謂其距爾室而在伊胡不出片詞以消濇客卿曰有是哉貧之累人也至此夫若此則貧病之其剽者矣吾將解彼公子之幽憂而語我客卿之逍遙粵自羲皇啟奧美里衍爻前有中天之盛蹟繼有闕里之遐標餘文被於奕葉未學得其下梢異端既熄正道斯昭信理義之足悅非境遇之能搖樂以忘憂天其浩浩達可兼善窮亦囂囂

昔亞聖之屢空安陋巷之簞瓢卽東郭之歧蹤耐穿屨之零口欐欐兮何害緯繣兮何憀淡兮其若忘御兮其若飄融兮如冬涉川悠兮如春馥茗冥冥乎不知喜之爲喜而悲之爲悲熙熙乎止知厚之爲厚而高之爲高達斯詣者幾於化矣有志未逮欲罷難已雖當轍涸鮒枯詎云缾罄罍恥今公子醉心鉛槧捉鼻詩書鮮食其力遽悔其初當有困而必亨之時宜惜暫而可久之軀此生無幾忍貧病之交迫人言不爽任歲月之容與公子於是瞿然答慨然受拔劍斫地呼曰有是哉幽憂之自朽也夫逍遙之可壽也夫亟命童子褰彼中缶薄言酌之澆卿狂口

月夜泛舟賦　陳詵

甲子中夏與友乘月投沙浦張氏既酌且醉主人理棹泛湖小艇夷猶輕風可揭不知身之在濠濮間也時張氏絳帳之客蔣子者與詵狂且多酒趣挾之遊泊洲渚婁酌吟嘯不已比返祠齋夜且深矣同遊者命予志其事遂臨風賦之其辭曰

金烏銜影玉兔生光翩翩佳夕脈脈輕裳迺尋遊客之蹤突指主人之莊坐柳陰而憩息覓槐徑以徜徉披襟散步卽席命觴顧殘醺之未艾正雄風之可當主人曰客亦貪夫水月之緣乎清光渺渺孤嶼含煙遊棹夜經臨風欲仙客曰曠哉遊乎情緣

物緣交觸則然酒狂捉月詩狂問天勝事必窮元也爰解錦纜戢冰絃載陸氏之筆牀附米家之書船鷺悠悠之晃夢數壘壘之荷錢聽一葦其上下竟中夜以周旋於時平湖大開盈潦方積風散黃塵水連紫陌十里長竿三更圓魄光耀層金影含靜壁置身須洞之區受氣沆瀣之隙闤闠列乎雲端洲渚獻乎芳春既奇正以呈圖亦縱橫而布弈斜窺數點破方鏡之琉璃宛在中央似乘虛之家宅爾乃戀夫回島睨夫修林聆夫嘉籟發夫騷音荅漁父之晚歌整流水之瑤琴眞一嘯而一咏且或浮而或沈客曰曠哉遊乎可以理歸棹罷幽尋矣主人曰未也水月如斯涼風展襟舉盞更酌光陰寸金復嚴節乎觴政證拘放於道心參夜氣之存亾玩須臾之古今規綽約之神姿小蓬萊之高岑是有興而必盡若抽思其不禁客有頹焉就醉者踧踖糟邱傾倒經笥白眼直瞪青衫掀枝叱迂腐之酸丁侈少賤之能事將上極乎九天欲下入乎九地方散髮而絕叫忽枕膝而假寐於焉載以臥遊周乎筌次春巒環村稻花撲鼻俯瀲灩之平疇思澄清之攬轡盍遊事於是乎略備也舍舟登岸曳履扶笻白牆照水丹霞覆宮祠門扃寂書韻淩空先生脫略弟子雍容卻主客之形蹟領道味之沖融託幽情於豪素聞翰音乎西東信臨流之可賦盼扶桑之已紅

洞庭賦　　陳謚

維太虛之動象成亙浸之自然．葢天一生水而水萬涵天．貯滄桑於南極幻世界於達泉．襟三湘帶七澤．吞江委挹漢原．沓碧黟兮無岸望青草兮有煙．亙八百里之縱橫數十二峯之後先．墨山肘翼段景起眠．黃茅待蹕赤沙伾塵．坼吳楚於東南浮乾坤於日夜．狀恍恍其若空勢靡靡其欲下．既不竭而不盈最宜春而宜夏．蒸雲夢者氣驕撼岳陽者聲霸．爾乃鴨瀾礿隱魚嶽何蹤．黃牛沒於磯畔朱鸚汩乎嶼中．漫白螺之灩瀩瀰烏后之濆濛．飛柳城兮紫鳳謠風破雲埤兮元鼉閟宮．怪蟒操於神人仙羊類乎雨工．君山一點鏡盤曉照．旅檣千集蟻陣朝逢．合暉

陰而萬變滋物產以多功．搜奇則銀鐵球耶．尋香則橘柚芷茝．淼淼焉聽巫巒之猨鶴．菽菽焉驚鄂底之魚龍．頑蛟樹鎖巴蛇骨封．於斯時也火雲夔峽伏涑辭峨．千層綉水萬里絳河．迷孔殷之禹道悵投閭之古羅．嗟豬樹兮徒爾吊湘竹兮柰何．披楊幺之憑穴覓武穆之舊槎．響山鏗鏗而韻．在幕阜隱隱而峯多．耳得之而聲成目依之而色過．寫聲色於空明駭向若於盤渦．若夫金飈肅起玉露新瀼．天高蒼影時冷白藏．鵬疑失徑度觚喜乎回翔．商霞澹以窮陰彩電流而射光．綠蘋丹蓼兮神仙對弈．朝蘭夕菊兮漁父吟霜．宜貝燭於中天或雨染乎幽篁．靈絃再鼓鐵笛三昂．雁寫懷沙之磧．鸞啼回客之鄉．劍帶虹而舞螯書傳社以求嬪．巴陵有酒兮臨秋獨醉．襄陽羨魚兮垂釣何妨．訶一碧之如油鑑二妃之靜妝．一旦元英交斗杓．徙琪花粲滕六．喜妖蜃市合涑鱗稜起．銀世界兮青旻沓．浮玉山川兮馮夷慰止．桀光娟娟兮掌平練鋪．蕊珠浩浩兮鯨翻木齒．景至此而空濛水畫岸而疏綺．噫吁嘻哉．包山穴遠震澤名還．帝樂來張兮廣莫之開．酒香高挹兮芳亭可攀．吾將效釣鼇之逸姿．步御風之元關．坐蘆花之明月照柳井之丹顏．豈太清之可穢．羌塵慮之獨刪．洗范老之憂樂滌宋玉之悲酸．賦心闊兮湖水騷眼遊兮海鷗．

龜臺山賦　劉恩寵

覽扶輿之旁薄。呈天地之大文。挺瑤篸而破霧。聳玉筍以攢雲。岐南經與北緯。等繡錯兮絲棼。任高高而下下。屬見見而聞聞。茲名山不盡於五嶽。而龜臺儼伭鎮於資濆。勢崒嵂以層折。象崆嶠而糾紛。蹴百級之巖業。標千尺之氤氳。雄冠鼎峙。法昔舒贇。石腸藏穴。元甲含紋。似曳尾而趨大壑。若仰首而吐靈氛。固天造兮地設。亦絕類兮離羣。若乃西望浮邱。掩映九岡。雲膚雙髻。天柱軒昂。南峙淸修。北控太常。香鑪斗壁。開成遠嶂。龍身石馬。綴伭明瑫。白虎甡甡兮欲銜花而獻瑞。舞鳳翽翽兮將振羽而呈祥。彼夫熊耳雖高。惟堪積甲。牛頭縱似。莫克服箱。又何論

夫雞冠鳥帶。馬頸羊腸。猴門雁塞。吠狗峻狼。所能望其脊背而相與之頡頏。至其按圖如畫。入目傾觴。抑之彌顯。晦之彌揚。春綠縟兮含翠。秋赤頳兮搖蒼。嘯蕙風兮木杪。點玉霰兮瑤岡。鳥嚶嚶兮出溪谷。蛩唧唧兮吟短牆。石溪淙淙兮龜赤玉楓淺淺兮抹紅妝。朝曦暾暭。夕照微茫。漁煙織錦。蟾月凝霜。匪是天孫早映南離之象。依然地軸還看北斗之光。則有落雕才子。跨鳳仙郎。琴鳴單父。花滿河陽。香騫十步。巧織七襄。探幽索渺。選勝尋芳。乘公暇。步閒堂。憑雲母。駕沙棠。景行仰止。樂只未央。於斯時也。霧開元豹。寶墮神倉。詩攜謝眺。景說長康。洗郗詵之塵胃。據潘岳之后牀。垂阮籍之青眼。收李賀之奚囊。謂風會之所聚。洵地脈之稱良。上瞻乾象。迺載斗罡。司錄文柄。是謂文昌。緊維壼水。鳳翥鸞翔。建閣於此。永峙光芒。旋取材而落實。命規員而矩方。來引墨之般匠。集運斧之吳剛。制同天祿。麗賽滕王。厥功成於不日。而茲山愈以見其煒煌。接萬古之奇蹤。開千秋之秘鑰。業炳煥於縹緗。事精瑩於丹艧。射牛女之晶魂。奪河漢之皓魄。森叢桂而芳騰。映山花而錦錯。知贔屭之功深。識岧嶢之境拓。皺水面之波紋。結空中之瓔珞。方四顧而躊躇。領千峯之綽約。山以閣而益崇。閣以山而轉廓。髣髴乎湘山七十二螺。髻匪隔千重。徜徉乎道書三十六洞天。聊供一噱。惟伊祁之德盛兮。元龜浮綠字於河濱。惟大禹之道亨兮。神龜負異書於伊洛。龜與

文其相關兮。文與龜其相託。山適名乎龜臺兮。亦適載乎文星之閣。余言其然。其不然兮。想山靈亦遙應之曰諾。

謁陵賦乾隆八年秋七月　帝奉　太后出口謁　祖陵擬作此賦借刻他集中　李繼聖

至矣哉我　本朝之治天下以孝也・　清皇御宇攬周索於八埏蒼帝命圍闢虞巡於四表超乎司徒之始降元鳥以生商軼乎后稷之裔躍白魚而興鎬奇峯竅谷育猔蛟龍・　列聖陵園聳逾壺嶠・　天子乃穆然思　祖功　宗德之統緣天投而念春露秋霜之禮本情生節中夷則之律令馳蓐收之神白琥方陳寶而既事赤雀且銜書以來庭乘微涼於相月撰大晉之吉辰蠲合宮而齋戒捧　慈駕以致誠命百官整六軍排扆蹕擁羽林仗奮貙劉星旗曳彗苡之色儀嫺鸞輅雲

錦捲漠野之塵鎮綻黃花掩珠簾於別館地含赤玉耀金毋於層城乃有道祓雨師聱揚風伯鶴知警而引吭隼避擊而斂翮五丁力士暗鑿路於硉嵺二子夸娥陰移山於險阨蕩蕩平平明明赫赫馬不嘶沙草之寒栭不減春華之澤黔首焚香而遮道穹廬舉手而加額於時咸指兀刺遙覘把婁眩長白而岫繇千里蕩空青而彩徹九斿光輝・　靈壽之域羣起於昭之謳姝貍沈於秩望等璧琮於澤䢰氣佳哉鬱乎葱葱陳俎豆考鏞鼓以薦馨而凝庥詩則誦夫南陔歌則暘夫西顥石湧麒麟林馴虎豹・　太后下金根而瞻拜媧皇現五色之章　天子升玉藻而秉虔日兄領三辰之曜趨蹌卿士肅肅乎傴僂侍立宮妃惕惕乎窈窕吹陰竹之管響落丹巖爇寶鑪之烟薰濃碧嶠・上爾萬壽無疆大哉　一人有道・彼唐宗會發歎息慚魏徵之拭望高樓卽漢祖每遊衣冠陋叔孫之制禮原廟守令代事則已疏素牲將敬而非孝嗟古昔之如斯能不美當今之追報乎若乃甘露滴華表之柱靈芝產翁仲之墟與兩儀而不朽淩五岳而有餘貝闕瑤宮非一䢰之白虎神呵鬼護是九溪之蒼梧水若渾沱林若木敦混同淤漫鴨綠潺湲貂鼠珍於狐腋牛魚肥於熊蹯東挂通陽之霞以爲幄西薄寒亢之野以作垣百靈何氣而貞元醲其氣萬物何根而盛德蓄其根是以　天子義篤一本道承　列聖渾合無殊神化交應典禮方畢

孝感天人之和靈貺疊來祗受山河之慶拜箕疇而溯往喜臨朝鮮修楛矢以揚威近懷肅愼千尋玉石貢舶則沓海灘九老蓬䢰攜杖而祝天命赤縣神州包其荒黑齒雕題若其性斯固重譯不足誇奇封禪未可云敬矣於是　聖母回鑾　天子返旆嵩呼千門鼎延萬代玉泉翕匌發卷阿之奉萋軒宮閟閟覆　慈雲而霑霸蓮蒲將復扇於廚中鳳凰斯常巢於閣外昇平無象而有象里化勝毋之名親睦難爲而易爲運進唐堯之會賡周雅之作求玩文象之交泰夫是以莫不尊親而與天爲配

湖南文徵一百三十二

湖湘後學集編

賦三

大祀炎陵賦 幷序　彭之曇

皇上御歷之五十有二年統邁百王道隆千聖至誠不息配兩大之無疆久道化成卜萬年之有祜巍巍文治玉衡正而泰階平赫赫武功貫索空而句陳轉給筆札於東觀百斛珠聯舞干羽於南州三苗頑格禮明樂備八風律協乎神人義立德尊四表光昭於法象固已景運聿隆純禧日集者矣茲者躬逢聖誕瑞協春朝當甲子之一周㠯春秋之鼎盛麟游天囿鳳噦

高岡六宇懽騰頌升恆者如出一口四方風動勤宵旰者猶自多端增厚秩於臣工賚大酺於國老租蠲一載刑宥五疑且復備錫蒲輪徵求碩彥重張鐵網羅致英才力役有差逮引年以教孝干城誌詠方挾纊而飲醇此皆近世所未有而亦生民以來之所僅見者焉爾乃洪庥丕振鉅典遐昭告成功於維皇契傳心於古后聿隆休命遣祀炎陵四岳有詢虞廷咨典三禮八則以馭周官詔掌六祈徇哉明德惟馨特恐非人莫任益我大獻納四明陳公之膺斯選也銀臺風肅鳳毛寵頻志道優游王會稽之雍容可挹令聞濟美桓春卿之章句殊新立則垂佩耀天節於遐陬執必上衡符妙簡於時望佇恍心而奉禮用致五齊卽升陛以告虔非同四牡維時助獻者頁牧主祀者大臣凡在廟中均駿奔走榮及有事爭奉趨蹌之曇固陋無文嗚號若渴幸厠君子之末竊誌籩豆置身大雅之堂輿瞻容止愧才非夢鳥難言擲地之金技止雕蟲莫怪礎石之字藉王褒賢臣之頌多遜前模彷楊雄郊祀之篇殊慚曩哲其辭曰

惟姑洗之應律居修脩之中旬瞻長垣之文耀光復旦於昌辰時則銅龍曉闢鐵鳳晨開庶老雲集於北闕近臣星共乎三台千鍾獻堯之酒五絃阜舜之財顧　天顏兮有喜僉衆志兮維虔萃衣冠兮萬國協聖德於中天輯五瑞暘八埏禮羣神秩百川喬嶽之頌永矣柴望之文昭然旣乃恩崇創統以前典祀

玉魚之野遡放勳而上之開粒食之源者則有鶉居鷇食系啟伊耆枹揚土鼓樂舞扶黎肇赭鞭於草木俾品物而享之通交易於市中悟取象夫噬嗑羌夙沙之畏懷大素享而報臘制彼耒耜兮用利前民察泉味草兮紀火名臣緊臣民之食德兮亙萬古而常新越百代而侑享兮於薦明禋爰命扈蹕召耆儒臨軒而遣之曰鹿原之阯翠㠯之躔列山氏之藏室在焉敬修祀典惟汝諧汝往欽哉於是益恭而僂夙駕載馳披巉巖歷嶮夷溯治法於上古稱毖祀於來茲彼茹草鮮食之代兮誰實無心功則神而農則名兮思帝用欽令人於百世下穆然想見山高而水深非老農之不如惟至誠之如神對巍峩而浩歎宜崇報

之振振夫何迄秦漢而下之祀則叢興而未及也歷魏隋之多
故地則久蕪而無稽也考諸方策所載合觀經緯之篇文考則
作宗五帝明堂亦配位朱天然而烏寂丹洲之羽金隱白虎之
巔誰復紀朱邱於五色紛空傳扃諸之三千共閬鄉以太息瞻
雙柳之蕭然以致三仞九緊一元靡繼郊臺則殷薦於所都(帝都
曲阜唐天寶中卽祀於此)雞鳴亦聞舉而非制(明初祀於雞鳴山)悟火笠之夢徵昭
精爽於宋帝(宋祖夢神人持火戴笠寤知爲帝之失祀也)奚使臣之徘徊徑指迷於
山際(宋使臣羅泌行遇老人指識帝陵作路史紀其事)給守禱之尸吅匪無歸之泰厲
乾德中詔給守陵五戶長吏春秋奉祀)顧俎豆閒之矣嗟肆祀之多疏甯玉帛云
乎哉亦暫修而終廢茲惟義未愜於民心禮奚準乎百世若夫

或素或青夏造殷因齊齊以肅勿勿其馨合敬同愛式燕以甯
彼夫芝房玉檢寶籙丹銘碧雞金馬幻影圖形旣貽譏於黷祀
究何裨於修齡伏惟我　皇功實相符道若同契重專官之
選寵尚眞儒隆告廟之文禮崇量幣舉曠典而非勞督時祀於
不替是以棟宇殿閣悉易前觀垣樹壇移聿新舊制東西四壁
依山而結構蟬聯左右兩廡夾水而森羅碁置桷無畫而非刻
楹無艧而不丹厥有黃楊雙峙淶潤瀰漫龍蟠古木虎踞幽磐
崒嵂則萬山若削奔注則迅峽如瀾松風則空林振響雲根則
苔蘚生寒此誠盛世休隆之徵而亦懷柔恩仁之所庇也人自
日邊來佩雲章而等百王之禮樂　恩從鳳閣下煥龍文而

翠異代之乾坤彩仗東馳福星一路香名南飲客使聯軒於是
紫泥封啟綠字文羅膳膏腥而行犢列鹿醢兮形䗱瞻備腯之
咸有示民力以普和備物致虔質明祗事珪璋在望呼唱聲徐
玉笏班聯衣冠光賁魚魚雅雅儼同鵷鷺之行肅肅雝雝共挹
鳳麟之瑞時則影暗珠庭顧兔初靈金翹緩緩玉纏亭亭銀河
倒瀉而案戶榮露乍稀而騰軒思代揚乎休命恍對越於至尊
其初獻也浮旨酒薦椒漿鳴佩玉奉瑱璋神格也如在可度也
無方庶用羞而無讒慝斯明德以薦馨香其亞獻也陳嘉栗雜
肴烝庭燎高燭苾芬用登顒若有孚惟神是憑旣乃歌樂告終
九獻畢舉侑三酒於中筵合羣音於西序氣猶息而未舒步還

蹌而輕起於斯時也天朗氣淨絪絪縕縕鬱昂瑞靄空洞無垠
傳響野賓恍接笙簧之奏飛來片葉如聞蘇合之香(陵旁有異樹人不得
見每逢大祀至誠則有片葉飛墜滿殿皆香文理黝合如繪畫然)思陶陶而遂遂容濟濟而皇
皇俄而朱霞綺集九光燿熠玉珀調和銅烏聲瀧八柱之雲下
垂萬壑之水皆立疏綏飾兮金鏞往奠幣兮雲封駕青鸞兮風
颯颯神之樂也心融融厥有靈禽啁啾鳴鹿呦呦(每逢大祭必有鳥鳴鹿唱
如笙簧迭奏之聲)擊霄雙榦據石千騶俯瞰則嵌空之淸嶂仰盼則掩
蓋之蒼虬萬山若翼異狀如秋雖不扣而應響輒色變而神游
頃之朝旭乍陟夜燎斯寂爐烟裊乎帷裳晴光浮乎四壁森森
草木均挹　恩波秩秩几筵徧形瑞色熙熙者翽飛蠕動之

天油油然麥秀粱肥之域神魚繞淵而起舞嶽鎮騰聲而山呼陽鼂聯珠東井聚太平之蹟蒨雲覆鼎南維瞻有道之符鴻文則播之貞珉偕峋嶁以比列鉅典則傾盈里巷與雅頌而垂模我公於是萃英華攬奇勝播清商被歌詠建行旌於郊野還祇事於九疑將沕潏乎大觀用晰陳乎　天聽福祿綏矣暨乃僚靡敢隕越貽羞股肱良哉余小臣其惟靖共是命是用詩頌尚方乃揮毫於珥筆藉潤色於垂裳追遠軌於班馬媲神化於奉璋書賡惟康荷倚簪筆雞舌含香珍膳傳來光祿飲饜給自陶唐都俞之隆蔑以加矣保佑之徵殆有甚焉在昔典樂命夔申於七政方齊之候鼓宗語禮警於百祿是遒之年矧夫燕翼

貽後功德肇前雲蒸霞蔚溥博淵泉則上承天庥以下暘四國之歡心者正在此日方且令聞不已昆蟲闓懌猷允塞而益勤德彌新而罔逸奏簫韶於九成軒綴兆於八佾衢增三祝之歌戶賡萬年之什猗歟休哉其綿百億載之歷數而以八千歲為春秋也哉川不竭兮海不波湛恩汪濊兮神人和曲終拜手為作承祀炎陵之歌歌曰巍巍皇極建總章兮太乙無為體健行兮比物飾節審詩商兮喜起一德賡明良兮禮樂刑政暨滂洋兮德車法守罔弗臧兮徧於羣神惠難量兮樂文則同志大光兮君子陽陽有餘慶兮吉人藹藹拂縑湘兮穰穰烝民日舒長兮駟駟麟鳳徧高岡兮俾熾而昌兮俾壽而康兮將永翼夫萬壽之無疆兮

對影賦

張九鍵

高臺曉霽萬象晶熒主人手持尊酒步日登臺見其影之拜歷級以登也顧而曰胡為乎然一停一陟不後不先爾其心慕羲皇上人身即為江湖散仙不爾何其投之所往瀟灑騰騫相時而動得意忘言其休於所止則又徐徐舒舒屏氣不息與道為俱答曰我何能然我固有待而然者也主人曰噫若所見其恍耳假余無子則且不得為隻人矣何有於餘猶憶向之窮時往來山中宇依巖下瞻顧四壁蒼涵飛鴐螢時入戶鼠則竄氐臥愁冷衾酌惟殘學挑燈兀坐一卷空把問誰與為處者而不改此度也及後出而遠游勞勞跋涉逐逐西東晝則測晷夕泛占

風當煙霏而霧起見日淡而月濛濤湧遮天之鼇背石如奇鬼之面逢夔一足以踔躍虺九首而鬣氈駭膽慄魄觸目忡胷非子之相慰弔又誰與為適從若夫雞聲午夜燭翦深更傑興起舞劇現陰明象余手以上下隨所步之縱橫如松翻風而蒼髯奮似鶴披雲而雪翅輕雖夢然以飛動總一氣之流行又若面鏡掀須臨溪洗耳督眉開之氣色擺塵外之渣滓我對我兮長唱恍如君兮共語適舒雙瞳於寥闊徐展兩腋而容與望美人兮江皋踏明月兮沙渚當此之時星河欲流雲樹交倚宋复宋兮立徘徊遲復遲兮行邐迤子甯樂此非疲我自興復不淺爾惟夫避酷日憩繁陰歸暗室炷微馨失之覿面曠若隔林暫相

隱於闇室獨奚自而追尋然則若子者其亦可謂塵矣勞矣合體而肖矣但余性好直又頗善怠閒岸幘以對客或趺坐之在牀見肥癡而輒哂謂顚頷以奚傷有如此態子應避之弗效而亦習以爲常何也自今伊始請進游子於肅清之府穆皇之堂冠崔嵬乎其側珮翩蹮乎其旁俛拜如降兮仰與同昂我進亦進兮我退斯藏獨心凝而形釋兮何黯黮之可蔽而髣髴所能方於是主人心口相應亦自知其詞之無可復詰也遂邀白日緩酌流霞頹然旣醉日亦就斜

湘江夜聞棹歌賦

張九鉞

淼淼情湘迢迢暮山風飄颻以輕颺舟邅迴而滯還市燈懸乎遠岸漁火出於前灣渺然一聲起自何處天際橫落枕上微度如觸往事倏然來赴又如夢中驚悸而寤推篷無人山低江闊翹首長空惟懸明月及乎迴聲忽續應乎棹節漸稀微而見人破空濛而振擊抑揚流喝嘔啞軋曳短者不殺長者不擸柔則遲媚急則奮傑隨欸乃以容裔促蕩漾而悲咽爾乃前謳未終後歌至洊若相招呼又若遞嬗遠近不謀參差代轉紛異詞而同工恐競先而炫善乍中斷而復興雜前音而少變旋碕岸而訶隱出回汀而搖演少焉紛沓笑語倚相偕止放乎中流江平如駛歌聲闃然繚繞未已芙蕖微開明鏡斂波月斜煙橫愁如之何其幽微縹緲空靈猶夷則虞帝之無歸也其雍容愉悅闓聯闐緩則二妃之不返也其憤勃慨慷縈紆鬱陶則靈均之吟離騷也其激昂矯厲憀亮清瀏則宋大夫之悲秋也其侘傺寂寥低徊綿紹則賈傅之賦鵩鳥也是以孤臣聆之而悵惘逐客感之而怫㥜動羈人之哀吟流別婦之涕淚露猨攀木以助啼宿鳥橫空而一逝蓋其音以勞傳調因詞苦觸興成文隨時自舉體雜童謠情緣兒女俚而不哇怨不而怒豈雲山之韶頀借迷離於風雨本天籟之喁于曾何知夫律呂元道州瀧中之吟未能收劉賓客竹枝之詞無由譜也

燕山八景賦此余乾隆癸亥秋月成均應鶴少司成月課之作先生亟加賞歎當時都下傳寫殆徧罷京兆試南歸底槀散佚不復記憶姪孫家棉以孝廉補中書舍人於紀曉嵐先生處得此槀歸省靈寶攜至大梁付剞劂氏寄余少年所作不無摹倣之習原不應存念姪孫好學之誠不忍負乃藏諸笥以示後人按北平舊志載金明昌遺事有燕京八景所謂居庸疊翠玉泉垂虹太液秋風瓊島春陰薊門飛雨西山積雪蘆溝曉月金臺夕照是也明永樂間館閣諸公相集唱和更薊門飛雨爲薊門煙樹八景圖詩序瓊島春陰作瓊島春雲太液秋風作太液晴波余賦因之乾隆辛未御製八景圖詩復改玉泉垂虹爲玉泉趵突紀其實且表爲天下第一泉見日下舊聞考 張九鉞

羈愁客卿居於長安之里·懸車東馬帶索披裘·滅刺盈懷索米逗遛·蓴鱸遠背書犬沈浮·甑膻塵封城有蒿茅·惘然若酲惆然若惚·彫劬怳憕酒叢百憂·逍遙主人聞而造焉·因說之曰僕聞

芥舟之身不可以觀天地之大·蜩翼之知不可以語萬物之夥·何者境隘則罷神擘則靡·氣韉則智詘見少則機止·吾子處堀堁之中·識不越蹏涔營不過溼沫·雉樊而魚椮·蠱閉而嬴穴·左據養和右振槁木·肉緩筋駑四體不坌·此所謂避懸解而入乎疏屬也·且夫耳聰目明號曰闢心之戶·牖深溪甘泉號曰澡性之冰雪·高山大谷號曰蕩胸之波濤·朝霞夕煙號曰融情之膏液·搜奇洞冥號曰騁神之風馬·弔古證今號曰銷愁之麴孼·故曰胞有重閬心有天游·心無天游六鑿相攘·僕將語子以神京之壯·渺陵壑之麗·閎奮思矯之羽翼·暘超然之高情·進子以特達·引子以光明·吾子不願聞之乎·客卿曰善·病少閒請濯耳以聆先生之詞·

主人曰京都之南·眾流匯其郊·表以洪河名曰蘆溝·蘆溝之河來自雲中·轥天池·鍵渾源·下雁門之坂·破乎太行之山·轢穹石摽浮瀨·截坻壑沸陿阸·怒流無定·千里一瀉·奔揚迅澓至於蘆溝之橋·汨淈磢錯·混漭澎湃·旋渦喧豗·流沙瀲洌·捎鯖鶩攪鴇冕·批淵客·抗天吳·白晝爲黃·天與地俱·迺駕飛梁·通九馗·浮柱輪囷·碭石崔巍·眴轉倏箟·直嶢交依·下根渺茫·上抗飈颬·徽裂地垠·支撐天界·渴虹怒飲於螭穴·日月回帶於鯨背·聳西南之門戶·十五省之出入·贏綱駝裝·騈坒駆驂·貨車連山·挂轄摩軜·聲若轟霆·驥騂訇磕·回飈馳駭·羣波嘯立·曳顯氣之茫茫·足震

盪而心懾·於時秋城謝夕·旭日未起·疏星熒熒·曉月在水·斜乎汪洋之中·迷乎澒洞之所·蹇微茫而未安·澹參差而欲下·隱現兮蒼龍·浮沈兮雁齒·徘徊兮鯨楯·戲弄兮虩首·一蕩一漾·夢飛魂悅·倏滅倏明·不可爲象·陽迎開闔·陰閉悽愴·殘煙欲化·餘花捲浪·瓜蔓眇兮鱗錦動·宕鮫室·貝浮組帳·練曠馮夷·剖蚌明珠迅吐·摩鏡重淵·推輪深藪·燈影稀微·樹色朗晢·角聲千里·蒼然向曙·於是乎南轅北轍之徒·臨長波·俛危欄·望天涯·鶩曉寒·車透遲兮初起·馬蹀躞兮未前·風蕭蕭兮雲漫漫·嚴霜華兮戍旗幡·宿鳥翔兮荒雞鬫·沙雁嗷嗷兮木葉丹·此天下之蕭景也·子能從我游之乎·客卿曰·僕病未能也·

主人曰將與子駕茱萸之車策果下之馬左秋水之佩劍右紫龍之玉麈以造乎黃金之臺遠眺渤海近矚郊圻平原廣場雜繡交畦徜兮徉兮其樂只且迺有中黃獲育之徒猨臂鶚眡之士聊浪莫堣騰躍中野袒裼擑手撣援蹚踦竦勇搶捍波旋霆舞徵飲受詘肅敬莫怒(角觝)格澤脩竿表莖天逵凝質似忍聳身若飛龍盤宛延花落霏微曉月妒下朝雲遲歸(緣竿)巨橦郅偈其立如山綴以鈴鐸緣以彩幡直鼓承蜩變赴轉環面不撞柲肩不斜驀委命以試勇炫空而取妍(舉幡)牽緶絙樹朱揮倀子枝拘葛藟跼跂爭投隕絕各出巧奇捷追猱獲剽逾豹螭(緪舞)驃生馬以鬱怒駭鉦鼓以迅奔轉臂著腹湧軀就鞍雷粽猋擊雲迴雪

團朝射日出暮蹴崑崙(舞馬)亦有京洛少年幽幷俠豪錦衫繡帽花韉珠袍珊瑚裝鞭流蘇綴鑣走馬垂楊鳴弓蒼郊翻身射雲俛手接雕(騎射)臂韝脫隼蕩壟絕埃金鈴排冥鐵翅怒僠擊鵠逐生搏霞裂霓蒼天一呼苾苾下來(放鷹)柘彈磧礫圓規隋珠剛膺洞嗉中必雙俱機聲未已野錦墮輿(挾彈)鬬雞擊場走狗楸城奮氣河決布籌風生懸采百萬談笑一傾(鬬雞)駴馬攢蹶珠毬迸飛應杖霹靂逐旗毰毸野沓塵歕山沸海馳(蹴踘)於是餐玉田之禾醧中山之酒膾灤河之鯽脽塞北之麃截駃騠之蔵腨駝峯之脯佐以綿梨金桃沃以醍醐馬乳大歠如雪小咀如縷歡洽未餘旭景西馺羣山激射萬木蕭散樓臺空明豊甗汗漫欲落未聘婀娜荒基之半牛羊戢涇鴉行唼呷晝輪寶鐙高低纖颯雲滅煙散歸乎城邑意惝怳足踐循懷往哲思美人使伯丏操縵八公爲之歌歌曰朔風兮蓬飛邊沙兮日微金臺墟兮碣石摧昭王霸圖安在哉又歌曰帶薜荔兮衣芰荷透遲不來兮山之阿黃金璘瑞兮贈子以斧柯白日荒荒兮將若之何此寥朗之景也子能從我游之乎客卿曰僕病未能也

主人曰瀰瀰薊門東走涿郡廣陽南馳益津督亢衍以壇曼大野緣以陂陀高陵其陵多生楓欒梧楸桑柘枰櫨棠楊之木其木則槃拏千尋蔭垂百畝古榦要紹長條茷骪連卷閜砢合抱叢倚扶雕接尻摩踢累跱嬋媛宏璉總猗欐僆低林嚮樹平楚

森茂魚頡鳥盼楠攢櫨碟連從輻輳蹙鬭排觝杲耀倏閃埴堨柴虒被岡緣坂貤邛漫畳放乎坱圠與天伏起杖盾負羽徙陣蹴部行斿株遠碎繡分縷淫淫與與猗猗萋萋若滅若絕上下引掎於是乎召公昭王之遺魄樂毅蔡澤之奇思鄒衍郭隗之精神仲舒壽王之文采燕丹田光之幽憤荊軻漸離之豪氣縈旋碧落提挈下泉瀰瀰淵淵盤鬱汗漫襳褷飄蕩而爲煙起於遠山之杪孅嫋嫚嫺緜藐容裔隨風而上盛於青天之腹招微雲擢宿霧挾淺嵐混野馬散乎舊城之林罥鼠椀之阜帶蜨幈之邱迷文杏之頽闌淙辛夷之荒樓束芙蓉之苑牆靡棃花之酒築徘徊密叢之中被麗䔢葉之上緆輕縑蒙細綃縈縞帶緤

藺稼·亂驢背滃鵲巢·斷雁行點鷺翻·繚繞紆餘參差弭迤吞吐·濃澹往來離披·春則獵細草綿落英·浮積雨抽新晴滴虛綠亙橫靑·氤氳孤館罨靄高城·夏則病露沾潤盛陽茂煦·翠微鬱律升降飄舉·秋則濯靑霜帶沆瀣·點染丹紅刷抹黃紫·舞裊落霞縹緲孤鶩·冬則衣疏枝膏枯木·繽紛參㨂輯補乎靑山之缺·送斜陽迎素月·西掩太行南飛瀛海·東曳析津北噓紫塞·極睇所未殫遐睨所未逮·其延引圖畫歙歔元氣·鴻洞深秀盱瞑太古者·蓋數百餘里·濛濛霏霏此天下之奇景也·子能從我游之乎·

客卿曰僕病未能也·

主人曰北出幽州之郊·繩直砥平博大爽塏盡乎居庸·首冠九塞占宅乾竇排斡箕尾·擁屏藩闤內外·拱帝都固王氣·其東跨躡長城搤喜峯古北之口·黃花馬蘭戢孴騰湊·窒寥隱嶙峪窖嵔壘二百餘關·提臂接雁·抗首銜尾入乎東海·紫荊倒馬聯亙西蜡·偏頭枕畸雁門·闞呰海鵬褰喝天馬·脫櫪萬古雕窴蓊不見日月·北直沙漠背龍安·攔統幕郭坂山·坌道霤開八達糾攢·潤河湯湯流入桑乾·其南則積粟軍都·分脊太行·龍飛鳳舞虎豹騰驤·簇仗北門以作金墉·雲詭波屬屏疊錦張·低劃突奧閎闊堂皇·髻鬟堆積脩眉軒昂·稜角礫露脈縷碎皺·老木陰樹乘山之陽·橫牾偃蹠角掎振抗·冬結朱實春生翠莛·其中有野馬跳兔·𤢱猢貙豻犎牛𦍩羊駃犇獜豫·鸞鵠鴦猴鷹鶻·斜翩鎩羽

重林瘃疲·下顚迺蒸太始之嵐·抽洪濛之煙·曉霧爲衣綠雨爲痕·籔碧天之融液·颺紫氣之宛延·陽烏回車·蛾阿阻鞭·出入𡸣𡷨默假道遮連·朔風哮嘐吹自燕然·碭松𤞑桂·紆鬱嫛婗·不可洞透·蹌蹌而還·表以龍虎之臺·駁𩦱淩兢·𡸣䅲獨歸·雄虹直亙·孤畝絕麗·若浮海以望碣石·黝糾中怒·磥硊蒙蘢·又似砥柱流以大峽·名曰彈琴·巨石磊砢·紅泉涌噴·橐蘺蘅荃·蘡薁蘴蘈·芬茀棍批·案衍聯延·急瀑砰擊·峭壁埋寒·蒼翠錯磨·飛凝中天·散於衆壑·窈冥綿芊·覛若無迹·或東或西·點染萬狀·不可究陳·縱縱莘莘·扶將此關·於是此關迺駕·嶕峣抗峙·嵺構重門·削峻巉巖·丱幹規麗·譙上壑礀碣下·削巘錡箕·踵漫衍朐·鼎端壔·旌旆弸

彋劍戟畏𢈿·則有棄繻之終軍·獨酌之馬周·橫龍雀之刀·飄珊瑚之鉤·馳莘莘·臨騷騷·踏落雕·俯飛鷙·長嘯四顧·風湧而雲起·氣鬱珢勢瓌瑋·牢皋營幷·包括山海·遼乎渺乎·三千里·此天下之至壯也·子能從我游之乎·客卿曰僕病未能也·

主人曰太行之山·橫亙天下·散爲八陘·陰負九邊·陽瞰岱靑·入趙三千餘里·昂然而上·征綿爲西山·實翼作京輔·以盤龍徐無黍谷之山·界以桑乾巨馬黃花之川·內則包盧師五華潭柘·以爲固·外則阻龍潭西湖高梁·以爲門·藏吐列宿·胥霓鴻氛·騰踏心胸·鶩馳元精·茲茲沈沈·夜隱晝昏·至於窮冬·𢮍抱積雪·寒門凝涸·關塞㬎奕·香山霞堆·玉泉冰纈·石景塔平·翠微稜沒·密脾

隱閔崖曜晦閉行僧遲斷飛鳥影滅尋之無垠察之無邊灝洞天地衮延冬春雪霽日出登飛樓以望之未見山之形也徙觀其芒茇荒荒蝚眩怳怳邈乎皜兮湫乎琅琅浮兮揚兮俶盪盪兮窈兮冥兮晃瀁瀁兮搖兮閃兮遂失象兮動兮濬兮忽區翔兮蒼空兮形滅白日兮神歸太昊揚旌兮佇無所依滕六回馭兮不知所之少焉寒風緊凍雲削晴煙灤遙空落環句横裂襞褶交錯邅迴陂陀刷露灼爍華凝中野素積萬壑其突兀而爭出也洶乎若秋潮白馬之來其飄渺而聳峙也昂乎若洞庭黿城破浪之崔巍其翹然直上也晶乎如燭龍銜珠燿冰臺其昭曠而難度也迢乎如冰天瓊闕璇島之張閶夸娥肅然朝夫帝

閼兮擁玉笏而來邌邌驂白鳳而騎素虬兮炫丹城而搖珍池銀燭銜其爣爛兮瑤珂亂其斑離詭錦屛爲雕兮呵風日使畫圖簏結搆劾瑰奇遷淩兢窮湫搜歛叕回趣平夷屈都盧迷離朱悖闒仝慚王維出乎國西門羣峯孱顏攢倚夕陽盡落馬首浩浩冥冥俛仰隱儀不可殫形久而覩之奪人魄精此亦天下詭譎雄邁之景也子能從我游之乎客卿曰僕病未能也

主人曰請以秋雨新霽觀泉於玉泉之山透迆金堤魚銜蟻緣先至西湖捲花萬頃流沫十里獱獺之所睒睗鱣鮪之所竄駭鷗䳇之所瀺灂蚌蛣之所讋從巇巘乎樫楊濴洄乎莳苙被離乎菱芡呵呷乎蒲蟹特其餘力之所到耳路盡源窮地與天殫迺見長虹飛垂乎青山其始也拔軸太和抉閶五華蓄粘欲奮回翔谽谺似應小雪沈藏淵蟠再突乎功德之寺砅崖軫兮迸裂萬縷糅日車掩機弩擺雷硠轢磥砈虎趭趭龍衙衙經營鎻樞流攙天母膠戾盤盓束以赤螭之口然後嗡嘲中噴鬖鬇張黴奮勇破阻迫勢就險喜空駕曠闘武出窖太白統馳素蜺載驤嬰茀敵塗迅不可當陽侯前驅溪僮後從密汨沸暴迅沛激昂直往駛赴竭渴怒爭淋淋似飲江連綿偃蹇蚴蟉支撐宛轉回帶排戞相抗穹穹似駕梁錯明璣散玉瑲織紅絲飛蛾蝶湯湯溏溏耀彩似吐金破石鏡衝雲屛落晶簾懸月障瀅瀅瀼瀼似貫乎太陽削芝崎淩桂岡穹噴灑收濶浪表表亭亭似截乎

雨傍初日發曙層崖蕩漾流離紛曳皛溔遠颺似降西方黝糾縱橫翻射夕陽斜拂長帔倒挂曲瓊有似在東拔掎鯨牙屈注天漿吹澇星海屈注銀潢不斷輕煙不銷長風齊入乎鬼汨出乎神擢顥氣之瀉瀲流坎壑之精英颯沓章宗之址殷轔芙蓉之宮下乎青龍橋瀠洄深潭分膏委黛湧沸乎禁籞繚牆之外使觀者疲行騰倒接離穹靃靡緣厓巖坐青松藉白沙濯朱纓傾縹瓷茹苦荈汲軍持凝思朗詠竟晝而忘歸駘焉盪焉又徜悅焉子能從我遊之乎客卿曰僕病未能也

主人曰瓊華之島今名白塔之寺其山高百丈以無根蕩滄海之莖菘落長風於　禁園倒影太液之池郰然足以駭人也嵲

巉直峭蘢龍混成曠乎其失垠也詭譎麗巧豐博宏儆眇乎其絕鄰也其上則金宮銀闕珊瑚玉樹之所虧蔽其下則洪濤巨浪煙霞日夕之所撞旋遠則景山清虛峙坤艮焉近則承光古栝分嶙峋焉蕉園崇智護挹于其西紫光五龍拱揖於其東於時春日熙燕乍雨乍晴山林澒洞融液茂騰表裏通透無風自蒸遙望神闕肅何匼匝不見其端虛有雲氣一東一西倏落倏離須臾之閒變化無倪搖振佛教發揚　皇圖提挈百族搏捖九維斯時雖蠉飛蝡動跂行喙息之倫猶將流動發暘于鴻鈞之閒也況其在飲和食德仰眺而俯息者哉客卿曰美哉渺矣其氣若何請先生狀之主人曰或如文貍或如朱虎或如華

豹或如玉馬或如健鶻或如倦鷺或如鷺䳟或如游魚或峩峩如元圭或䄯䄯如紫紞或亭亭如金埜或斐斐如玉柯或綿綿如素束或溶溶如綃掩或如長城連陂陀或如三山出海波或如蛟蜃噓樓臺或如赤城起朝霞或如龍神八部偕驪鱗甲鬖髿之而奮揚或如仙人各驂駢車雲錦之裳五銖之衣或如天女持花珊殿出入不語風鬟流眄或如脩羅鉢戲水晶曳捎風旗掉弄雨兵或如早朝閶闔洞啟玉笄紘紞師師濟濟或如陳行招搖為旌虹旃𩖃罭蜺旌翹英或如長楊列校騏部畢集矢攢馬蹴士怒或如昆明張罪水嬉鳧鷺歕噴魚蝦散靡或如壯士虎頭猨臂擊毬揮霍拔劍裂眦或如舞姬應舞柘枝華袿紛拏飛髾離披歛兮若寒舒兮若暑慓乎若思溫乎若喜杏兮若爲風遲兮若爲雨法鸁忽撞梵唄齊舉鐘鼓砰訇下振龍府驚蒱巖阿飛揚窗戶雕欄渺渺雲無定所客卿雍乎有喜色曰邃乎渺乎僕聞此語飄飄其欲仙矣

主人曰未也請與子觀太液之池西山穹窿邃乎其無儔穹滲銀河穴通海潮犖山出雲呼吸五百里日夜不收天雨畢集萬壑下流玉泉嚢山高梁歕涌而交市劃蒼莽之中野象白虹之委積波滃潗以騰折沫碭突而高厲逼淨業之叢湖爭西海之北閒滃濆濆其不止澎濞濞其弁入然後泌瀄瀲冽盤環紆餘繆乎安翔湉乎委蛇瀺灂瀞湃偪側恣懷衍溢禁囿豬滀大阺

湧爲璚華之山輪旋重巘硉投洞竅伏犀吐浪怒猊鬬瀨穹穴窔窬鏜鞳砰磕徘徊乎蕉園夾金鼇滛玉蝀渟爲中海室楯輞轔與隄控縱壇夏汎瀾滐沆困淵游延陸離瀲灩漪漣回復乎瀛臺之南滄海爲濤洞庭爲紋朝湧乎蓬萊夕駕乎神山出入日月舒斂冬春層潭靈府含英擢異鬱律蓊渟搆結胎胚散爲霖雨頃刻萬里膏腴民物長養天下鐖宮別殿閣道漸臺巉巘天之飛簷張排風之㟅楣激反景之觚稜湧織月之罘罳纚若星綴戴若山垂繚以紅牆周乎其涯千門萬闕向背反復珠簾璧璫洪紛纚屬倒影霮䨴飛醮膏沐錯磨金碧𧖴華下削與波遠近棍晲綿邈繡錯綺綰詭狀儵儵其涯則松柏檜楓桫欏連

囷榆柳婀娓竹杏脩便㯕栝金槐拏攫欃卷頻婆蒲陶玉桃文果珊瑚綴花隋珠連顆翻水的皪夾岸垂朵其中有蒲蔣茆苹蕎蒼薚莎萑荻茭蔘隱藏漁家芙蓉百子披緣朱華雪藕如船䋝輯白沙鵁鶄鸂鶒鳺鴰鴐鵝鴇鴻鶬鷺鷁鸕鷗鳧浮沈唼呷聚散參差濯浴明媚搖閃錫阿殊方異類鱗萃瑰瑋祖洲所未包益㒶所未記莫不奔走娛樂效奇於靈囿於是　天子乃以萬幾餘閒休息於此出掖門停水衞戒鉤盾肅舍利艗龍舟張鳳蓋樹氛旄揵芝旆撾金鼓揚浮吹捩彩舵飄珠袂曳蜺颿挐霞柵破煙艖踏風瀨捎䩙鞨搖璚璫靡崇蘭攬芳蘺撬紫芡穿臨漪瞰廣寒背騰禧憩五龍拂玉熙纜鯨楯巡虹隄龜蠵盪

蝞蜆移黃龍掞天吳趨馮夷招江神隨聲譬越彩澹浮水調發棹女歌千艘引萬人和黼帷颺迴塘波蟻略趐搖旖旎駢羅徐至於瀛臺望山川之澄瀞羣動之蝡蝠風日清美俯仰極樂命獻師傅中官胥綵綸擢文竿餌落花挐錦鱗碧蘅颭紫芰翻喚饔宰倩庖人飛鸞刀拂雕盤縷細雪融輕鑾迺置酒內殿以宴羣臣布長筵張寶帟帶疏華倚錦石藉沙罽鋪蕙席籠蠙衣周陵舄囀新鶯戲舞鴨劍佩分芾珩錯璚篇攟仙管作麟脯擘鸞臛沃麋粻夥瓊蕃熇桂酯衍椒漿絡靃霏霏翼緜緜沖融融冏佡佡中池而四望珠貝光氾風括雲旋爛然陽出帥然陰聯西山倒影狀彙萬千泱瀼動盪拱擁數百里閒於是使司馬相如枚皐嚴助東方吾邱之倫採靈臺之遺文規魚藻之美義參於舊典證於掌故騁潤色之妍詞抽豐博之奇思嘯歌乎太平揄揚乎斯世語未竟客卿撫髀大懽矍然而起曰僕僻處偏域又病於旅不知　帝居之壯麗與夫　天子之仁澤今聞先生之言震耳飫目雖研都鍊京歌虞頌魯何以加茲願解初服簪珥筆隨子乎承明之末流

登天井關賦　張九鉞

夫何太行之蜿蜒一石橫亙五千里而嶙峋渡大河以駭望猛若搏空之黑雲長風下掃夫懷州若崑崙懸圃浮嶢以無垠愁愚公與雜然叩石墾壤而踆循帝命夸娥以中斷庨然隙夫三晉之門曰八陘其大口將出乎井以登天初仰椀子之城穹然已足摟也虎口呀呀呿人動也若鐘開弇又懸甕也蟻穿垤兮蠶抽蛹也往來若敵軍浩呼洶也鼠鬬夫穴勝者勇也於是躋乎羊腸之坂焉羣峯外刺層磴內縈蚴蟉窅稪詰曲嶒崊飛瀑衝齧崩樹轢輵斷而復續直而仍橫曳帝弓之虹積元冥之冰狃天關之椽欒顛鬼神而下傾都盧無所施其輕趫法軷無所

誇其趫騰手捫一十八盤昂然而上征獅象拏攫介胄淩兢一曲一變一勢一驚螺旋猱攀縷髮急爭徐至於橫望之隘擘胸刺髂焦煙瘡痏出寸者踵入分者指似踏朽几鬼窟在底足蹣後頂首摩前履矍踢互戒菑齵相跜腰臀鬬勇以輪囷心膽挾怒而譎詭人聲繚紹於木杪鈴鐸幢悅於夢裏負河洛與嵩邙凜乎不敢迴視夫廼嫛婗兮澶漫兮殫兮艱兮盡五十里八千仞中原之關跨天下大脊而造乎天井之關其關也尻風陵脽昂車背雁門肘飛狐腋句注髂黃榆三河旋趾其下二華抵掌其隅包王屋以環城陸中條而作籬白洋嵌壁以驅泉沁水瀺宂而森池譙樐矗乎黃圍之柱蔺石布乎析城之陲弄澤州若彈丸嗤隧道爲兒嬉其頂鏡平崇墉碭基嵲嶫戈矛森羅旟旗雷霆拗其鬭雲霞屭其扉閶闔依以洋洋背參探而摘之可以張萬幕屯六師樹河東之藩蔽阻上黨之椎埋喘定息休立荒井之巔而望焉跨躡汾潞憑陵懷衞窪稜邢磁黑白荊豫睥睨秦隴呼吸朔代雄飈起乎泬寥鼓山海以騰驤袖金天之沆瀣揖鴻濛與雲將迷晴雨於昏朝積氣混成爲元黃踏大鵬之翼鷹隼狢猍而醜翔湖夫重耳於以啟南陽齊光於以窺霸晉應侯決口以經營秦藭潛出而坑陣光武超之下赤眉高歡由之收鄴郡抱眞得以守耕屯安史不敢踰尺寸李嗣昭鑄鏞鳴其巔宋蓺祖負石開其峻凡夫伐兆擠響之謀擣虛批亢之策絕

阬隃斥之雄摧堅衝突之傑蟻附肉薄者懸刊木堙井者惑攻之則挫塹之則叙據之則強失之則蹐一夫當關喑嗚叱咤收山外之糗糧厲萏州之鑄冶斬丹谷之縋綘蟠雲中之鐵馬杜九塞之咽喉阻八紘之徼閾提綱力振建瓴勢瀉豈徒壯聲援界方夏益守逸待勞以一面而坐制乎天下然而長城平大砦頹鵾壁荒滄溢夷趙魏所扶擊梁晉所蹀跖訪逮焉而莫知荊棘衰延行潦跋踶窟豹奔狼跳狐嗥貍寒鴉對語驚蓬自飛於是慨然而興躍然而歎曰昔武王欲宮五行之山周公曰在德不在險韙哉斯言我　大清仁覆義燾百有餘年今且邛月髑臚祁連梁繩橋衢雪山禹亥所未步戊已所未官莫不賦田

受稟疆之以周索戎索之間何有於隅隈卷石區區覆盂之安若夫效義薦紳繼家任子分卓程之雄貲好行德於鄉里伐嶺石以甃磴竅昆踞而鑿齒賦苦寒行車輪摧者誰氏蓋自陘口越高平緜緜延延者幾八俱廬有光於前史洋洋乎絡繹亭障參差壘社羽檄安詳傳詣閒暇騾綱駢坒駝載相亞兜鍪帷筍彌彋乎其中行幐重繭戢孴乎其餔渴者得漿倦者得舍富岷豪賈猗氏之商絡繹貂襜弓韣矢房青帘招邀眙目炫妝山鳥嘔啞巖花吐香與夫側耕危穫之衆私豵獻豜之艮烝徒石炭之魁山果擔負之筐履砥矢游康莊眺裕裕之春青窮離離之秋黃林無伏莽之警戶無烽燧之興於是尹鐸郭伋實心保障

之臣繕斥堠勤軀劉稽刁斗慎干掫密甌脫懲冰游塵蛸結之故岼巡鑾觸之荒邛孟門之扼乾河之陬石會之磧永和五度之溝援遼控儀翼乎綢繆壯天地中堅鎖鑰乎神州將陋表裏之誇易雄定之壽卑郇鄏之頌狹籌邊之樓使茲山與

皇

輿長鞏億萬禩夫烏足抗懷乎闗之幾閱王侯歌曰

昔我

宣聖臨河還兮水衍風波歌且歎兮晉民思之廟於闗兮鑿爲轍迹曰車攔兮肅謁几筵整裾冠兮我生憂患食于艱兮陟彼崔嵬無戚顏兮猛虎戒步勞則安兮載歌

帝德

平巑岏兮險何足云力加餐兮

橘洲賦并序

郭焌

潭城之南得洲者三焉蓋衡山湘水之吭嗌也其最勝者爲橘洲俗又謂之水陸洲或曰橘生其間故名焉予謂是洲之不必以橘傳也其吐納風水映帶山郭秀氣絶人區恍惚遇之蓋在蓬壺方丈間矣乙卯秋半與鍾子下帷其中流連光景吟嘯水曲栩栩然不知身之去塵寰遠也遂不揣而爲之賦其詞曰

緊湖南之清絶幻靈境於江汀忽三洲之幷峙詡一水之中分溯遺蹤於志乘有嘉橘之稜森美娥湘妃之竹甘齊楚子之蓱飽足秋霜紅透夕陽之照舒殘新葉綠分杜若之春惟此洲之絶勝遂因之而著名爾其隔水盈盈累石磷磷城百雉以几橫

水雙流而帶束恍玉案之浮青類綺琴之結綠映帶洞庭幾八百餘里截湘流而獨坐中權瞻顧衡嶽七十有二峯迤邐嶺而長舒左足懷瀛壺而不見舟子難招幸砥柱之猶存龍門易鑿斯天巧之獨鍾亦人工之最渥則有雲臺矗矗月殿層層南天高瞰北斗遙撐影倒清流恍兮露蛟宮之隱隱勢淩絶漢忽兮幻蜃氣之騰騰烟藹藹而寶鼎耀彩風騷騷而鐵馬飛聲光燦燦而朱欄環繞炳烜烜而金額標名響動鯨鐘夜送重陽之雨簾垂綺戶時棲渡水之雲況復撥竹樹之蒙密帶烟水以瀠洄千竿秀出一徑潛偎作吟聲兮風歷歷拋碎玉兮月皚皚聞語響兮人難覓逗江光兮目易猜或短吟而刻句更長嘯以浮杯

樹垂垂以交密路冥冥而忽開爾乃見烟火之成村值漁樵之錯處儼三市與六街仍鶴汀而鳧渚倘得草屋萬千間土階四五步寒菜數十畦柔桑百餘樹岸多結網之漁人簷有負暄之老父三叉路口交通水陸之行十字街頭半雜鄉城之語於是事與地殊亦且景隨時易若夫水澄波峯淨色和風翔皎月出鼓雙飛之燕翦漁艇斜騫拖六幅之湘裠風颿亂曇矚天宇之四垂混水光於一碧燦暮景之陸離眩冰壺之明滅半天霞起江水都紅兩岸沙明蘆花共白燈懸十萬戶清瑩之波影俱搖露下二三更欸乃之漁歌未絕若乃天慘慘而雲低風冽冽而江寒雨巡簷而箸下浪浮空而雪翻聲如裂石勢欲崩山兩岸

林深猨啼不住孤燈夜照客夢將殘繫纜蒹葭之畔臥舟楊柳之灣彷彿乎落星之浦依稀乎獨石之關凡此皆茲洲之勝概歷游子而方多挽波靡以孤揖歎人類其幾何

桃源洞賦　陳長鎮

粵茲鴻初浩瀰芬泯亭毒孰分混敦誰省五丁摀椎八柱標準廓剷豁開潰絡嶽綆鬱濟澍之洶瀇崋巍峩之崩驛豎亥跨步以趨丁祝融揮鞭而向丙迺發其英肇開靈境鬼衡霍之崴嵬晶沅湘之漂冏線走輪屯攢螺伏蝡九龍掀鬐以爭騰萬馬翻轡而齊騁靈源地闢奇域天引華隱士之都宮吐仙流之華省粵若武州惟南圖屛碕礒崛崎崟岑秀整赫層巒之怒犇滃一流之獨逞巖懸天以浮雲岸夾地而布穽嶚峭削其風刃洞嶽吒其灌井魁梧如人蚴蟉如蚓凹如臼凸如芝菌騫皐如翼亙列如盾掩如龜甲支如鶴頸雲黯黯以無渣鳥啾啾而弄影

厥稱騷國遙爭鶩嶺若乃青林威遲丹崖淑靚軋蟠挐兮上綠淙翠滴兮下冷闓豐霿兮雷敲掣光燿兮電警骨髏僮兮飛龍精越滐兮吸牝石濯肺以顏酡松指天而背癭孕星辰於犖确扶羲娥之蓋軫纚晴嵐以舒絲梳細草而垂鬒葩英熙其笑日魚鼈譁兮吹景匪王侯之墅業實高蹈之箕潁至若融谷吹和暄陽散澤萬卉榮敷羣芳秀茁都十里之穠華靄一窩之馣馞柔條低翻嫩萼乍擘葉半舒以曲暗花一散而峯白本無心以引鶯羌不言而凭石碎錦然山飛香醮窟陽谷含嬌陰枝綴帛扈扈熒熒繽菲發越密若無榦飄若無骨臥若睡午欹若點額貫若垂珠奮若振翮仰若傾日俯若揖客鶩龍洲之千頭訶南

山靜杲麗水長魚蝦辨朝旭於鶤雞測暮景於蟆蛙依草木爲
春秋藉雲霧爲藩笆不知年歲之幾何兮而何修短之堪嗟漁
人乃洞心搖精懵魄驚魂疏幽想滌塵煩整巾帶折腰磬詢黃
髮索奇源山中之人延頸而大駭曰嘻而何人而來何徑而入
何門孰發而秘孰鑿而闢隸何國之版籍奏何氏之箎塤旣贈
旣荅載笑載言於是白眼迴青蒼顔轉溫躡蠟屐陟層巒望煙
火啟柴垣入蕙圃坐蘭園蔭竹塢敞梅軒具山中之雞黍剡籬
下之菸芃問釣竿於白鶴採果栗於蒼猨嘉殽布案濁酒盈樽
落花繞席古翠平藩夕鳥依簷暮獸爭喧忘形爾我不知晤歔
陶然而醉兀乎無垠乃藨蒻蓆倚花墩枕怪石裀苔痕松落落

而葉下桂蒼蒼而露泫月欲側以警露蛩乍伏而疑暄凜肌寒
而骨冷依寤寐以捫搎迨乎晨鐘曙發田夫朝夯驚外來之異
客烘柳暗之花村咸來問訊各潔饔飧自言當天地旣閉雲雷
久屯挈妻子以嘉遁每更抱夫兒孫嗟今世之何世欣一我之
自存土出金兮偷化牛易馬兮奚論傲乾坤之闔闢渺元化之
可呑爾乃留連累日偃仰箕踞姻婭招歡朋從道故擬相誘以
窮年悲塵蹤之不悟洩造化之竅窔懼精靈之忌妒言送言歸
漁人告去此中人兮語云何外人兮足訴遵舊壑兮依然眺崖
扉兮已錮髣髴靈蹤依稀仙步緣磴道以邅迴攬橫烟兮黯度
颸風吹襟土花滑足泉寂兮低咽山烟兮上吐望隱隱而疑通

陽之八百差池分其背向歷亂通其血脈其色綠葉朱房青莖
素魄或翦瓊琚或糅琥珀叫杜宇於蜀山泛王舟於雪月楊妃
半醉以橫陳珪璘凝愁而向夕倚湘女之瑤華嬿洛妃之羅襪
冪珊網於修柯種玉田於楟梢閃野火之燒春爛繁星之列柵
扇萬壑以團紅飛長天而灑碧豈無人而不芳獨含情以待摘
當夫晴旭籠烟寒蟾吐璧脆膚弱龏飛莖倒射日照膽以流脂
露洗心而瀉液若乃微雲淡河風絲霢霢暈碧頰之登潮靨啼
腮之潤汐妖紅墜溼顧影自惜西子羞悉南威竄躑鄙龍城之
晻薆陋羣玉之崪屼詎舟車之可通嗟嫏嬛之久隔則有沅南
舟子滄浪魚奢瀠舟渚刺戚划湖潦滴蹈齦齗攀苃骫遂礐碬

聳飛情於瀺灂振逸興於谽谺瀕今時之碧水流上古之桃花
漲塢邊之膩淚發洞口之朝霞吐紅霓而秀上蔭若木以搖葩
旖旖拖綏淺淺籠紗崖垂胡而路斷欻俯入以彌奢遂乃繫舴
艋窮埌涯極嶇嶔軼岈岈倏乘興而遂往亾嶇徑之裒裒旣克
隮乎九折恍酬應以紛拏吠雲中之仙犬通樹裏之人家縱橫
阡陌蓊薆桑麻渠塍繞綠秔秫揚華老翁緩步於隴畝幼婦餉
饁於井窪但父子之足樂奚好爵之相加更饒陵陸園榛山茶
邑椒林椹欐佹杈枒二月種菽八月收瓜靡王稅之輸納清胥
役之鞭撾有蔬藿之足飽無市井之可賒笑人世之蹴蹹寶空
谷以心遐茅齋走鹿簷角棲鴉雖不猜以何驚蟬有翳而無譁

聽徵徵而愴誤。景花雨兮迷離。杳雲深兮無處。儼閬苑與蓬壺。悔老鐵之錯鑄。返谷口而牽舟。泛中流而起鶩。顧兔登峯。陽烏宿樹。落霞孤翚。野狨眾怒。覩遠暮之紛來。心紆軫而咻噢。欲復入乎叢阿。恐豺狼之呵護。徒采采兮蘼蕪。孰與遺兮下女。獨侶影以旋歸。神廷廷兮若遇。憑夢影以交懽。慘月明之欲素。羅幃空兮幽谷鳴。夜鶴怨兮嘯蛩曙。山中人兮不歸。庭草淒兮浥露。想姑射之眞人。緬天臺之石路。冀神界之復開。詣太守而告語。爾乃復尋舊穴。再踏前蹊。著苣屩。策杖藜。轉紫陌。過金隄。上翠巘。陟丹梯。緣玉洞。訪桃溪。儵行行之有覿。交欣懼以難齊。濶歡欲以界道。瘴鬱塞以成霓。磊砢相扶。麏鹿相攜。落葉辭條。雜草

攢蛛。山積鐵以地窄。雲矗壘而天低。寥寥窈冥。不可端倪。雖白雲其舊識。悵文貍之訶詆。竟惝罔以無見。蹇躑躅以緣谿。斂輕褭而復進。倍苣芴以增悽。但見轇輵龍嵸。臃腫排擠。猙千巖以獸搏。聾百籟以猨啼。閃旌旄以擅日。齺齺齺以吞犀。摎拂星而虬立。居插漢而鬼躋。熊羆跑東。虎豹號西。前嘯魑魅。後走狻猊。聱兕馳狒。猥嘶蹲貙。豻鬬鯨鯢。屓贔譎詭。瑟颯黟黳。厥狀碭駭。烏獲賁黝。羌奔走以號嘑。汗流沫墜。氣絕心封。怊仙躅其伊邇。悼復入其緣睽。欲塵凡之迴別。傀馮翼以存疑。厥後靈區遂塞。芳軌誰追。南陽問津。終不果。彭澤心契。杳難窺。彼猨鶴之儔。且循咼以返駕。而安問乎骯髒之蛸蟜。戾古洞之宛在。垂禩祀而

仍迷。嗟巖顚與劉躐。倏滄桑以推遷。遞齊梁而下降。騰宇合之腥膻。窫窳藪澤。封豕山川。瀕人寰之沸滅。汩徂往以不旋。方今

聖皇御世。橐籥陶甄。占斗建運。璣璿遵日。軌順星躔。總四維。攬八埏。欃槍景閟。紫極光然。洗兵牛女之渚。放馬崑崙之巓。指方壺爲苑囿。表天竺以游田。燒沃焦爲翠釜。釀星池爲酒泉。巨靈薦獸。海若獻鯿。木公鋪席。金母巡筵。大酺天下。醉舞僊僊。於時二曜璧合。五星珠連。鳳鳴金山之麓。河清武陟之淵。乃開講席。廣衡銓。八及揚五更。延巖穴之士。彈鋏翕起。扣角競前。廣成調鼎。王倪烹鮮。子晉叶律。伯陽編年。蒙叟掌制。抱璞司天。丹臺仙侶。蹌蹌濟濟。協恭寅亮。抗臂比肩。逐日夸父。闞黿孤延。爭

荷戈秉銳。列乎殿陛。桓桓伙伙。維秦人之遺世兮。杳汩滅於荒烟。紛吾既有此奇服兮。盍放棄而自賢。乃歌以要之曰。弗胡繩兮紉芳荃。飲清露兮蛻高蟬。山鬱確兮四野無鄰。豺虎咬人兮鬼魅爭先。山中之人。曷其來還。雲行雨施兮物得其所。入皆寢於室兮胡獨走於田。清歌未闋。松鶴潸然。愁雲出岫。流水嗚咽。重爲楚歌。以鼉長眠。辭曰。山中之人無久淹些。明堂爛朗。棼橑連些。梧枝高驤。枳棘殘些。揭車修姱。蕭艾蔫些。熠燿斂耀。日中天些。鉛刀頓。苣干鏌銛些。黃鐘闔。豁瓦缶捐些。祥麟颯沓。犬羊殲些。乘黃騁步。跛鼈邅些。惡鴟嶋伏。鸞鶣躚些。蝮蛇迹潛。龍蜿蜒些。狐鼠讋慓。騶虞聯些。闒茸委黃。蕙蘭芊些。山中人兮歸來。

大湊山賦并序　　盧世昌

大湊山者六體莫窮其奧者也結根岣嶁岡連嶺屬五百餘里至桂郡治西面而止止則盤紆崻巆上干青雲俯羣山若兒孫焉廣袤三十里中藏富有所以利賴生人者莫可紀極余來自咸豐凡五金所產亦多見聞然未若斯之夥且永也爰採諸故老證以今茲耳目而爲之賦其辭曰

地平天成川流嶽峙靈祇既饗五位時祀道迎運以揚芬瑞依德而凝祉重舌九譯僉稽首於王廷合璧聯珠咸徵休於國史矧五嶺之腹心爲聲教所光被其閒峻極之狀祥嘉之嬍畫貞土沃埜豐百物綺靡已哉當夫翼軫之分楚粵之交峯多崒嵂

地極嵾巢曉黛青崟姺嵐翠膠既蟺蜷而迤邐亦凸凹以顛顟是故低者成窪高者成岫雲去雲來山前山後巀嶭嵔㠢爭奇獻秀寶利無涯山名大湊賚同齊女之瘤贏似丈人之僂睹錦湖之渺渺飛來鸂鶒鴛鴦睇青嶂之峩峩鐘盡松杉橘柚春歔媚娬朝雨清瀏一痕欲沒依稀嬴政鞭餘五色交輝彷彿媧皇煉就爾其攀爪磴穿層雲徑亘帀兮漸聳泉噴飲兮相聞西北之山光乍合東南之塔影遥分霧縠冰綃隱識金銀之氣莎衫桐帽閒尋麋鹿之羣羊祜之登臨豪懷跌宕王粲之展覽愁思紛紜燈火則萬家閃爍烟霞則一片氤氳寂寂幽齋當前之月朗風清緬懷學士（山下有宋進士黃楨父子讀書處）壘壘荒戍往日之龍蟠虎

磴磴之節不可以堅些於是秦人聞聲涕淚泮渙聚族以謀鼓掌載歎祖龍灰燼黃龍迴換千旌郊翻光華旭旦塊獨守乎一隅兮志荒忽而悶惋躡莘渭之清塵兮奚幽昧而永竄闢霞窩摧桂館謝雲旅挈花伴廳水鶴揖野鶴荷衣裂芰裳爨北山移磻溪變箕尾騎龍文煥玉佩陸離龜章璀璨楩枏豫章昆吾玉案莫不葰楙連蜷琳瑯焜炫盈墀充宇炳麟而可觀洌古洞之黝鬱兮矗嶕嶢而摽捍啟扃鑰以豁朗兮恍霧解而冰泮桃花流出於人閒兮丐騷人之把玩鳥欣欣與魚游兮雲溶溶而水澹列版圖於王會兮匭菁茅於降祼劃榷萎以康莊兮闡搴芳之靭絆悟神仙之芳渺兮存漁人之古岸偉天運之周環兮綜

德化之莽灝頌曰皇帝神聖宇清晏兮木連著立神靈衎兮茁瀆修珍輝炎宛兮光風轉蕙芝華粲兮赤松黃綺標國榦兮被衣噲鈸列珪瓚兮紫府仙都輸貢獻兮繩符沙度不格閒兮梯巖航澥莫或息兮吁吁徐徐世亶曼兮洞壑坦豁絕欺謾兮桃源舊路不迷漫兮何有秦人棲崖厂兮綿綿蟄蟄攄無算兮

翼空憶將軍。山半相傳後漢趙子龍收桂郡屯兵於此此僅足爲騷人之勝覽也。尚未及乎利賴之紛紛。原夫名山所蘊。寶藏興焉。草萊盡闢。地胏橫穿。揆巖排壑。鑿鋭攻堅。追荒忽兮無朕。索杳渺兮重淵。硃硃硌硌。悦悦悁悁。人具五丁之力。神開百丈之巓。聽轆轤之旋轉。覩燈燧之相連。攬樛木之長蘿。潛陸地之行仙。督率千夫。有長爬搜萬斛。及泉脈脈相通。功非盡於一日。二日生生不竭。更不待十年五年。其寶藏之興。厥品有四。最上則朱提耀彩。西帝毓精。擅白鏹之美號。遺十貧之餅鋃。或凝鉛而得。或霧銅而成。戶秘太華之藥。人樂孔方之親。萬侍御之鑿山。潁國男女爲飾。耿先生之飼雪方壺。氏礫皆珍。次則備物等於竹箭。寶貴擬於金

璧。綠石爲之先資。青薄肆其流液。分明鷲嶺。飛來維摩。酉卓錫之蹤。一自槐山產後。黃祖存煅煉之迹。若夫地非櫃谷。實產名銅。擅雷首之上貢。分麟符之半通。節不變於燥溼寒暑。形不改於霜露雨風。爲牝爲牡。何羡十鑪之富。亦青亦赤。奚多九鼎之充。更有黑白之鉛。與錫爲類。既尙黃芽。亦先紫背。母子攸分。利用不匱。鎔之名泉。鍊之爲器。服之身輕。調之須粹。波斯遜第一之稱。岱畎布五方之利。若斯者。皆此山之倬詭。物產之魁殊。非侈富而揚詡。實寶異而可書。自有唐而開采。至今日而不虛。雖扶輿之英華無盡。洵高天之惠澤多儲也。彼夫海外名山。亦傳鳴嶼。寰中勝蹟。不乏嶙峒。未邀岱華之典。亦載蓬壺之蹤。或形如威鳳。或象比游龍。或擅飛來之勝。或侈鬼斧之工。或芙蓉之虧蔽。或花首之巃嵸。既如笑而如睡。亦錦帳而屏風。太室少室金匱之藏有蠹。大酉小酉瑤編之貯終窮。盼七星之拱立。眺五老之爭雄。挹九嶷之巖業。追萬石之玲瓏。琵琶矗矗。鸚鵡重重。銜花而傳巇嵺。修煉而志徑纚。靈之所蘊。數不能終。非不極目狂疏特狀。夫人謀之勝。究之無關輕重。難比此天錫之隆。爰有江湖散人。風塵逸叟。性既不羈。趣亦同醜。想存天外。夢馳九有。夜郎鳴玉。半生之游涉既遇。赤帝歌風。十年之閱歷云久。五百載祖居迢遞。嶺雲黯游子之魂。三千界客路旋歸。桑梓樂耆英之酒。無似靈均侘傺。七澤之蕙茝猶存。敢云彭澤高風。三徑之

菊松不負。眼看山靈獻瑞。於以慶墾利之宏。躬親寶氣蒸雲。洵足稱官山之首。爰志勝而描摹。敢揮毫以叉手。賦已。復爲之歌曰。山入雲兮青青。人入山兮漠漠。聲搰搰兮攻石。光灼灼兮鎔金。地不愛寶兮養茲黎首。黎首食福兮自古由今。更爲之亂曰大寶見兮利無疆。精華富兮須秘藏。何如留有餘以還天地兮亙千秋萬古而彌長。

雙梧賦　　余廷燦

展隩皋而得曠俯清遠之湘流貯遺經於古屋聚學侶以旁搜豁軒檽而洞達凭欄檻而夷猶偉雙梧之挺奇落瘦影其寫儔參霄漢以孤舉雜講誦而颼飀伴從容於晨夕如茹吐於淸幽遲衆木之旣榮理新緒以徐抽舒茂蔭於長夏滌煩熱而遮稠俄下階其一片根反貫於先秋刊柯葉之繁縟旋神摯而貌摯兀枯株於雀立半死根於蟻酉排風雷以不戰亦何去而何留彼大木之拔山齊回首於萬牛誓永承乎柱礎庸有待於雕鎪儻琴材之忽薦莫盤桓於息游徒抑按以供翫如莛撞與黃杼諒無調乎窕槬甯響秘而聲收均百尺於五絃不鍵户而裹餱予株守於丹墨感歲紀之譬遒索微言於同志尋逸軌於前修仰雙榦之對峙暎高霞其相摎錫短亭以嘉名時小憩而炯眸

感秋月賦　　潘相

悲哉中秋之爲月也皎皎兮對日而分勢團團兮騰天而吐靈暉斜兮窺寂寞之冷户影碎兮照羈棲之孤亭何予生之不辰兮誠坎坷而離憂時冉冉其不反兮及歲行之三周當天倫之歡樂兮忽易逝之春秋玩白日之昭昭兮惕長夜之悠悠朝翱翔於藝圃兮夕止宿乎書樓冀滌養於昏晨兮迺與物而作休戰星沙之鎖闈兮矜纖人之伎倆念堂上之今宵兮乞祖先之肸蠁香𧹞𧹞其申旦兮送絡緯之羣響蹇淹留於五科兮曾不少慰乎俯仰歲壬戌余北征兮時二月之初吉看依依之楊柳兮淚浧浧而難窒歎周行之迢迢兮辭國門而南出時中秋以言旋兮慨北風之蕭瑟伯氏晉酒而父歎兮恐今日之難再一語之爲讖兮奄十月而見背幸母氏之聖善兮歡愉愉以拊愛罪孽之不可逭兮憂與憂其相刈傷形神之孤露兮望圓靈而增愁思文場之畢事兮衆綽約以翩躚登江城之南樓兮謂旣渡以爲仙有不殖而偶獲兮有力田以逢年惟鼓鐘而聲于外兮孰鶴鳴而不聞于天苟速獲而無實兮豈二人之所憐幸膂力之方壯兮貿明月以益堅

重鐫太學石鼓賦　羅修源

禹疇福備　舜律風從．海流浩瀁．金奏春容．　聖集大成．合虞夏殷周之隆．而文同六寓．教先首善．軼遼金元明之舊．而制啟三雝．地緯天經　辟室之五經奕奕．珠聯璧合．蘭亭之八柱重重．須法器於廟堂．巳煥西淸彝鼎．排寶書於獵碣．更超東序鐘鏞．懿夫石鼓肇自周宣．狩著岐陽之蹟．篆垂史籀之鐫．斫蛟鼉於快劒．下鸞鳳於羣仙．溯陳倉之初散．洎皇祐而終全．門比鴻都．幾歎星移物換．詹溪大廈．無勞裹席包氈．古器縱橫．軒頡相追夫唯諾．長歌跌宕．韓蘇久寓夫流連．觀其蔭借庭槐．影遮壇檜．跟肘依稀．雲煙晻靄．雨淋日炙之餘．玉振金

聲之外．剔苔蘚以摩挲．列東西而映帶．大文有耀．衆星之落落難名．至寶無多．缺月之娟娟如繪．故藉撝呵於神物．石不可磨．而親觀聽於橋門．學原稱太．爾乃孔壁音傳　堯章雲倬．弁宸唱以焜煌　詔從臣而揚推．集腋重成．循環細斲．奇劉什襲之珍．謹動四門之學．因難見巧．珠大小而走盤．比事屬辭．玉一雙而為珏．綴斷文於貫柳．居然若綱在綱．緝雅什於攻車．宛爾鉤心鬬角．三千餘年以後．丙申之吉日還符．四百餘字之貽．甲乙之貞珉載琢．其製則磊落中規．團欒踰尺．靏篆迴旋．雲根潤澤．色斑駁以對楹．質璘瑞而借碣．數符龍負之圖．象儷虹流之壁．傷滕奏之靈鼉．映樵星之列戟．巧繪瘢胝．全鏤波磔．蛟蛇競走之形．蝌蚪初分之迹．雙鉤妙手．漫塡南宋之金．萬古斯文．莫叩臨平之石．況乃春臼形戔　奎文製補．掩雅淩風．函今邁古．蔑矣冰斯．瞠乎岣嶁．帶教胄之夔音．雜充庭之鷺羽．賜榮飛白．同分璧府之輝．揭寶硬黃．更勒灤陽之廡．聽鼓鼙而思將帥．岐狩猶新．撫星宿而遺羲娥．葩經載譜．撰刻居上春之候．蟄啟雷門．受成溯在泮之儀　威宣鐃鼓．是惟文化久成　武功遐布．藻芹日蔚．夫菁莪金石徧諧．夫韶頀．泥金檢玉．陋漢氏之彌文．弓秀馬驕．煥周京之掌故．義臣之烏迹如新．魯殿之蠹文永護．書萬本誦萬徧．繼辟廱賁鼓之篇．駕四牡乘四騏．笑羽獵長楊之賦．

案此篇家無存稾．見吳穀人祭酒所刊館閣賦雅正本中．因從錄出．周少宰西番蓮賦亦然．汝懷坿記

　湖湘後學集編

賦四

又一村賦有序　張世浣

湖南撫署之東有園十畝名又一村村有八景掩映四時前虞山蔣文肅公所創也後漸荒蕪今粱大中丞葺而新之治政之暇常讀書染翰於此焉夫莫爲之前雖美弗彰莫爲之後雖盛弗傳彼其作爲亭林後先同志殆古所謂地以人傳於兹不朽者豈僅供一時之游覽哉爰抒已見厥賦斯篇其詞曰

繄楚南之撫署有滄靄之園林堪騁懷而游目可卽物而寫心水媚山清似輞川之圖畫花明柳暗叶放翁之歌吟攬景物於公餘興復不淺接風流於前席情與俱深别有洞天八景之佳名足賦緬兹福地兩公之盛迹堪欽則有匝地名花侵階弱柳旣敧南榮旋疏北牖千章繞屋閒有鶯啼萬卷連牀時看蠹走撫韶光之綽約甯僅用夫三餘託勝地以翱翔直欲該夫二酉而且明流衣袂清水平陂類倪迂之畫本同米顚之墨池睡鴨驚回兩岸之波紋蕩漾飛鷁過去一篙之浪影遷延洗筆池頭暖縐千層之縠讀書堂畔晴添萬頃之漪無何過亭北歷村西芸菜圃灌瓜畦官有餘閒每忘機而抱甕心無纖翳聊學圃以

釀齏效開府之一犂隴頭鞠散待黃臺之三摘園畔青齊日午揮鋤處處有蔥蒨之景雨餘刈穜聲聲歌滑刺之泥若乃送夕陽坐庭樾琴瑟停茶煙歇扇一陣之清風露半痕之纖月珍珠箔捲魂消姮女之宮玳瑁筵開望斷蟾蜍之窟已而竹徑生涼羣花弄影數枝清淺鳥啼蝶夢之時幾樹橫斜雲破月來之境形迷玉砌風來而野鳩生香影混晶簾露滴而疏籬欲冷更或徘徊朱檻徙倚紅橋翠浪頻翻澗底之錦鱗欲躍碧波乍噴蒲邊之朱鬣難描遊餌唼花等江湖之游泳忘筌知樂類濠濮之逍遙至若亭際霜凝坡前雪積惟老榦之垂青有虬枝之挺翠噴寒濤兮千尺不改貞操掩蒼葢兮幾重偏饒逸致龍鱗秀發

疑白玉之平鋪麈尾風搖似晶鹽之亂墜以知景物之勝惟在因人興廢何常必歸同志仰二公之品望人傑者地靈闢一境之荒蕪先難而後易桃花流水恍入武陵飲酒歌詩非同傲吏閱歲月而常存歷風霜而不敝甯僅東坡之喜雨於以名亭黃岡之竹樓因之作記也哉

夸父支鼎石賦　段國相

維辰州久號山郡自上古已著英華·即一石之孤標兮猶其驚爲崱屴·剡三峯之拱峙兮能勿羨夫峆岈·𡵆屹岍而人不敢越亦宕蕘而霧不能遮·參天半兮承雨露聳雲中兮起煙霞·壯厥巍峩漫擬擎天之玉柱·欽其峭厲更異射斗之鏌鋣·景已傳爲故典言非盡屬虛夸·載考前人厥名夸父·視宇宙爲居廬以乾坤爲門戶·思逐日兮竭奔馳攜鳩杖兮忘勞苦·采芷蘭兮爲饈羅龜鱗兮作脯·既不煩於裹糧兮爾爲釜甑之需·竟相傳以斯山兮權作燔柴之府·爾乃欲陟上必自卑·賞佳致趁良時·習習春風青帝助吹噓之力·炎炎夏日祝融代舉火之司·或合秋花

而釋也叟也·或聯冬雪而蒸之浮之·山前之行潦潢汙似將穑以餴饎·嶺畔之松篁卉木若欲儲以待炊·蓋形類玉鉉之三足脈接衡嶽之一支·是以風光日媚景象恆奇·既大烹兮以致養豈鼎沸兮而難持·況乎升九天之瑞日兮儼丹丸陶冶於鑪中·覆五色之祥雲兮疑爨火氤氳於釜頂·曙光橫一縷依稀晨起尸饔暮靄鎖三山髣髴晚來烹茗·非危崖兮所可同豈邱陵兮所可等·固宜播美譽於堯封齊嘉名於禹鼎·則亦何必嶼在河而島在海方踰崒嵂以超羣·華位西而岱位東始駕岡巒爲已迥也哉·夫傳聞之多誤也不須搜秘笈於五方而美景其難逢乎·每願存遺蹤於什百·剡詳於邑乘之中又登諸廣輿之冊·事實有徵景非莫得·下臨無地俯凸鼇兮何窮·上出重霄仰星辰兮可摘·將其欽奕奕之山誰敢鄙巖巖之石·洵宜架鼎鼐而調鹽梅承釜錡而供膾炙·姝無折足以貽譏何至覆餗之堪惜·鎮茲南服兮竝三公之尊嚴衛我天家兮歷萬古而濯赫·

懷舊賦

黃賢寶

昔潘黃門感東武楊君之事作懷舊賦詞曰余總角而獲見承戴侯之淸塵又曰今九載而一來空館闃其無人盍傷之也近者鄙人亦有潘楊之感焉乃倣安仁之意爲之詞仍其舊名示同旨也又竊取朱公叔劉孝標絕交之論以廣其義曰

春花豔而凝露秋葉脫以驚霜木德盛其向暖西風至而生涼泉涓涓兮長逝火燄燄兮無常雖物理有其固然亦人事之可爲悦傷往者烏衣舊巷瑯琊德門江東龍虎名家子孫荷昔人之舊好締嘉姻於後昆愧衞玠之玉潤飲祁公之芳樽念昔游之如昨恍陳迹之猶存方其池館縱横軒牕倚疊風澹蕩兮鑪

煙香蕤兮蘭葉庭多摩詰之蕉架滿右軍之帖牆東之燕子爭飛屋角之飢鷹相援況夫平原好客鄭莊愛賢尚書之履盈戶孟公之轄滿前御李者有登龍之慶獻鴿者來介壽之年或孔李之世好或朱陳之夙緣或張范之接軌或嵇阮之拍肩莫不望同許史而爭擬竇田於斯時也鬬芳讌坐璚筵窮款洽極歡娛象白駝峯之饌銅陵金穴之天託腹心則金石之堅固共生死則歌泣之纏綿又或閭巷之子赧焉受憐藉程羅之絲粒希陶白之涓滴涸轍者貸監侯之粟聞風者附虞舜之羶柰何宵燭無光晨曦滅色山以高而易虧日有盈而必昃心悄悄其不怡窮冄冄其來逼舊時之欒卻無存前度之崔盧已失謝公

墩屬之何人平泉莊豈猶昔日傷子樹之無陰悵孫枝之誰恤至於殯宮長閉大暮不晨繐帳懸而未冷墓草宿而猶新已無聞季札畱徐之劍更何知郈成分宅之仁此譚拾子所爲喻以闤闠而王仲回所由戒其後人者也余也肯構懷慚負薪有愧慨脊鴒之分飛痛椿萱之見棄既非砌下芝英幾服雪中葛帔流連孽海之窮波惆悵學詩之故第喆人萎而云遙憾者感而揮淚人何盛而弗衰物何榮而不悴意惘惘以如迷宵耿耿其不寐既不能如古人不朽之三又不勉爲夫子未能之四將何以自恃而長畱可比於無成與虧之義惟哀樂之易傷値棖觸之紛至聊見之於斯文謬託乎詞客之撫時而感事

西番蓮賦　周系英

神州膏沃，華甸芳薺，繁英競茂，異卉爭荑，託嘉名於菡萏，分靈種於闍提，排龍樹以拏空，祥葩繚繞，衍雜園而擢秀，美蔭低迷，殊優曇鉢之花，但說須臾變現，異曼陀羅之雨，惟憑結習參稽，貢自何年，在苜蓿蒲桃之外，生從淨土，更花門蔥嶺之西，祇緣質託遐方，軼羣芳之舊譜，何幸根移禁苑，邀　睿藻之新題。爾其纖莖紆鬱，修榦蟠蜿，枝繁露委，葉密風翻，陰濃薜荔牆邊，蘂多麗䰐，風過醿醾架外，香送温黁，細纈勻排，和煙弄影，瓊甤小坼，鏤雪留痕，頂結絳珠，萼含須而可數，拳擎青玉，瓣攢指以疑捫，瑤碧拋殘，漫憶淩波之步，鉛華洗盡，難描出水之魂，逗

柔颸而宛轉，迎朝旭之温暾，斂向昏黃，似怯宵涼陣陣，開遲紅紫，更過風信番番。若乃培宜奧壤，濯謝淸漣，仙姿澹冶，瘦質聯娟，可佩可紉，宛如幽谷之草，亦支亦蔓，別成陸地之蓮，嘉植原徵殊產，芳名還記前緣，薝蔔林深，生香不斷，兜羅樹古，對影相鮮，宜其葉葉跏趺，坐如來兮一一，花花幻相，現世界兮千千，枯或登壇，法會散長空之雨，生甯呪鉢，菩提種無盡之泉，映百寶之奇光，八功布潤，悟三幡之妙諦，四照俱圓，蓋鹿苑鷲峯之徧植，並黃花翠竹以爭妍，舊溯靈根，共說衆香作國，今推異品，還聞五葉標禪。夫其紫塞初移，紅塵遠赴，密食俱陳，寶苗並輸，託瑞靄於華林，接餘芳於温樹，艮能遷地，陳根無橘化之防，榮更依光，小草遂葵傾之慕悃，　宸賞以雕華爍，　奎章而垂露，辨殊形於鉄線，體物彌工，參半偈於金繩，眞如可悟，補佳種於圖書，作奇葩之故典，與天花而共散，別標君子之名，並人柳而分題，敬誦　聖王之賦。

懲倖賦　唐仲冕

余幼服先人之彝訓兮。辨義利而守正。恥鋤金之難遽舍兮。慕酌泉之澹定。富執鞭而不可求兮。貧糁藜而非病。何老將至而耄及兮。倖心忘乎安命。自初生而遘磨蝎兮。乘金行而無木。孤火難制辜金兮。木生之而遇可。淑酒端蒙與商摧兮。合而斂夫蕉鹿。恩與仇之附離兮。禍與福爲倚伏。蹇吾冠而旅食兮。營菽水以長年。及屢蹶於公車兮。畫風樹於終天。雖侘傺而無媿嫿兮。誦伐檀之三篇。佩儒素而憬官箴兮。歷二十載如一日。懼弛隤於末路兮。立崖岸以自律。被甘言之從臾兮。謂仲叔之交密。未嘗收而牂生於臾兮。心猶豫而弗決。亦曾任緩急而指舟国兮。究無解乎口實。夫何世途之險巇兮。一轉睫而反脣。驢追逋之下符兮。奔乞假之無門。事雖巳而有餘媿兮。較得失其焉論。授之斧而自伐兮。復何咎乎五行家言。感造物之玉汝兮。苟虧志而愴神。儻徼倖而愉快兮。幾何不爲行險之小人。余既惕此懲創兮。敦晚行而勿怠。宗董子之正誼兮。雖若季次其奚悔。善爲穀而德爲祿兮。庶心安而不爲物緣。揚淸芬於奕禩兮。曾何羨乎籯金之危殆。重曰。徑術雖捷遠康莊兮。泳泅雖善墮呂梁兮。噣粟噉餌罻羅張兮。假首帖耳獲罔藏兮。譬彼坑谷人咸越兮。繫我從之獨顛蹶兮。惟玉理無璺何憂闕兮。惟泉流自中長無竭兮。

秋水賦　唐仲冕

余年十三應童子試。作杭盧東里先生文弨爲學使者。頗嘉奬。久佚其槀。今記憶而錄之。補其遺忘。易其疏陋。以存儆帚之故物云。

案戶橫漢流火迎秋。金行液液兌澤瀸瀸。春膏既沃夏澍如油。介我稷黍樹乃條蘇。刈稻方了擊果齊收。蕩爲溪壑匯爲畎溝。細澮分注巨浸遠浮。渚迷牛馬浪浴鳧鷗。山下出泉天一生水。混混其源滔滔其委。蓄以陂塘聚以洲沚。導以北條引以南紀。大者淮湖小者沱汜。涌者波濤漾者涯涘。或豬爲池或隄爲砥。谷廓有容潭淡無底。行潦正增廣渠彌駛。盈謙配地消長因時。鍾鑄無射鼓擊馮夷。亦既耗之必復滋之。將欲斂之必先施之。滋則從涇施則就卑。自有總脈以會旁支。如峯宗岱如徑達逵。荷精分布蔥嶺垂澌。瀸汋潛行漣淪方至。圖象含苞榮光表瑞。龍門豁闢壺口通利。或播爲九或釃爲二。險分於三瀆雄於四。故道屢遷經流不匱。若舞魚龍若遲車騎。眞有神奇不可思議。里三萬餘渠千七百。廣雖可杭大由不擇。汾潞晉疏濟汶齊闢。衡漳北迎伊洛南逆。瓠子茭防芋魁鴻隙。振蠱砰濶挾走沙石。勢盡吐吞氣涵旁魄。美哉禹功赫矣河伯。曰居兩戒獨領九川。水維行地星宿通天。近從硪礫遠自居延。湯湯淼淼浩浩淵淵。烝則興雨漑則成田。守則作塹運則方船。視彼湁潗等於洞漩。

淸秋盛漲孰能埒焉乃有歸墟無資浸灌三山縹緲九垓汗漫大瀛環之莁無崖畔尾閭洩之不減澔汧沐浴日月朝宗江漢潮往汐來同條共貫夏蟲語冰井鼃登岸拘墟自喜望洋而歎於是海若誕告於河以我視汝蹏涔幾何汝惟自滿泛溢實多汝惟好直湍悍相磨我則不然善下爲渦汝胡不學進在盈科秋月如鏡秋雲似羅長天一色萬頃無波

箴譴賦　唐仲冕

伊吾生之顱頷兮耒以筆而耕以舌月計紙田之穮蓘兮歲賴墨稼之無鈇千釜鍾以奉甘脆兮遠色笑而承謏歎家累之轗弱兮曾何濟夫鶉結同此賣文爲活兮獨人巧而我拙奔走於燕齊吳越兮如負販之折閱歸而皋比里閈兮苦腕斷而脣裂析金錯之豪釐兮無升斗以潤涸轍將游大人以成名兮檢刺字而漫滅已而思掌書記兮習觚簡之訣說手與口其不類兮强比門下之魚客逢主人之器所長兮還本業而理舊自溫經於三餘兮正童子之句讀丕乃大言爲師席兮幾忽忘其孤陋時高談以屈座人兮誡三家村之學究忽有離席而長揖兮嘻

嘻其譴予曰計工而受直兮類轉移之傭奴恃講授而獲財賄兮等賺金於當壚閭之鞄然而壯頰兮將投袂而命輿僕夫進而前請兮欲夕駕其焉如賈欲贏而惡囂兮何不愼夫厥初夜掩衾而自省兮信斯言之非妄爲其實而辭其賓兮知不可乎拗强辥子之之零陵兮柳州以傭爲狀白傅之淪落兮聽四絃而悽愴問監市之履豨兮知每下而愈況彼次憲之蓬戶兮詎不貧乎時望覽德輝於千仞兮不以稻粱而弄吭啜菽可以承歡兮矧已抱終天而營葬既不克安貧而樂道兮敢與漢而驕亢將行則遠颺兮毋去此而適彼念解嘲而釋誚兮棄榮利如脫屣昔魯齋訓士以治生兮雖農商其兼理若藉謀道以謀食

兮·是以詩書爲市也·已廿年嘗此滋味兮·蹇吾慕乎前軌·望㟼曲而賦小山兮·甘捉襟而決履·撫遺編而追往兮·率先徵而課予·斯孟晉以邁羣兮·抑且度越乎金紫·詎以虐爲善兮·揖名箴於詆訾·

定王臺賦　　蔣湘培

噫嘻乎·高臺嶙峋於湘之濱·祀邈闕而汩沒兮·何寒煙衰草之愁人·豈惟崔嵬突嵂之不可覯兮·雖斷礎殘甓·荒基故闕·蕩乎若飄風·煥乎若析塵·吾想夫長沙建國·臨湘是治·仰規星躔·橫控南裔·銅浦西注·龍洲右衞·賈生承惠之鄉·吳芮剖符之地·景皇肇基·帝子爰至·思將母而何年·哀陵屺而永棄·顧枌榆以愴懷·覽松楸而墮淚·於是搏長安之土·轉荆衡之米·因高爲基·積壤爲址·仰淩天庭·俯瞰江沚·盤紆隱淡·岞崿怪偉·崱屴嵫巃·雲蒸霞起·惟卑溼之貧國·難回翔而肆侈·豈崇飾以美觀·將遠以戾止·匪同淮南之貴·戀眞定而上書·譬則東平之樹·望咸陽而

西靡·㙻以政隟務閒·驅馬來過·張蓋東城·弭節卷阿·陰房夏寒·陽堂冬和·仰瞻鳩鵲·遙辨駁娑·惟枯魚之銜索·詎闕地之有歌·秋風起兮白雲飛·木葉下兮江水波·慈烏號兮夜猨嘯·日月逝兮霜露多·慫遠望兮已矣·愁無見兮柰何·於是西都燕喜之賓·南國飄纓之客·才儷鄒枚之雄·文躡隨陸之迹·莫不奉屬車·岸高幘·躋崇台·陪綺席·奏賦言懷·賦詩稱昔·美南陔以戒養·誦蓼莪之遺則·哀履霜之淒·其寫梁山之悱惻·若夫風日閒美·山川淑靈·湘水如帶·麓山爲屏·衡廬夾拱而南峙·江漢蜿蜒而北縈·湘川之奧·山高氣清·長沙千里·水與雲平·亦足以排侘傺之積思·宣鬱伊之幽情·赤符中微·白水踐極·惟賢王之發祥·緊濬哲

之明德則斯臺也固有躡履重沓崇構增飾肅嚴祗事赫赫翼翼帶崇岡之逶迤瞻清廟之丹刻比夫漢祖過沛屹乎歌風之嵸龍武皇求仙森然通天之聳特金刀既覆玉馬潛亾水木交運山河變更昔之高若望仙麗若柏梁通靈辟風神明長楊俱羅刼火無復靈光以至臺依楚秀亭號流杯會春交昭之鉅麗九龍嘉宴之矞隗俱湘南之絕景爲楚望之傑魁孰不煙沈灰滅碎瓦燧坏隨狐兎以竄穴與風塵而崩摧彼零落以殆盡而況於斯臺也哉獨有騷人韻客弔古徘徊感賢王之篤誠尋遺迹於蒿萊歌曰悵望兮多違帝子兮不歸更千秋兮萬歲知斯臺兮是非

寶塘紅白蓮花賦　吳雲際

聿朱明之布令欣赤帝之當陽周覽邅迴弭蓋寶塘覩山川兮佳麗悅草木兮丰昌忽天葩之燦爛散碧波之奇香色斑駁以平鋪兮儼玉霏而霞光惟主人之愛客叩桂櫂而相羊俯清鏡之漣漪兮睇田田而舒嘯森素榮而委練兮爛朱華若庭燎恍望舒之初升兮變夕陽而返照錯繁星以倒影兮擬龍宮而浴曜質雜遝以成錦兮繪更僕而呈貌爾乃清風搖曳芳姿逶迤褰豔冶之修榦弄婉娩之輕柯訪淸溪之弱植拂縞素於苧羅乍婉轉以睞曼兮詡自晳而顏酡登蓬山以飲瓊膏兮過瀰水而掩銀波儼洛浦之飈袖兮想神淵之芳躅忽雲霞掩映於修

渚兮赤松欣解夫煩溽於是融風未巳甘澍乎渥灑花塢而週遭涵鄭渠之屈曲碧盤捧珠金房吐絲拭京兆之霜劒映漢宮之紅玉巨蜯濯漪於明月童子揮汗乎赤屋羌火藻以耀彩倏澹素而自足宛桃李之繽紛何穠纖之簪蔟爾乃豐隆卷施飛廉宓節義御夷猶陽烏振翮於是鼓輕栧窮水湄窺丹穴捫玉卮有如宓妃采珠於湍瀨帝子拾翠於芳涯或單榦而駢花恍參差而異姿差肖夫頷擔之瑞甯讓乎天泉之池嗟夫楚澤之中蓮惟一色盈盈幽壑亦白亦赤輝映點綴巧非人力天種靈根地結元實想披荆之艱難飫先疇之舊德莫教朱顏之易老毋使皓首之相摧頫開頫合自栽自培抱潔淸而共賞播芳馨

登西閣賦

譚兆發

余情樂夫嬉翱兮翼閶風使奔厲徑不周以迴眄兮圬東海而遐矚西閣峙其穹窿兮登臨駭而縱目地盤結而崟嶔兮山靈萃而清淑帶兩江之激湍兮砥中流之巨舳淵澄涵而𧁍湆兮峯層峻而高矗攬龜峯之纖翠兮指衡嶽其左軸披吳會之風景兮雲物宛其可掬聆吟龍於文浦兮睇翔鶴於斑竹騰天馬而上浮兮鼓黃甲之錦簇揭芙蓉以作帳兮徽羅星之藻煜瑞猊出而率舞兮文明肇而拱祿鸞鳳對而帝悅兮虹橋續而君錄揖朝眞以登仙兮跨紫麟與白鹿步赤松之青塵兮嘯明月其隱伏憶司空之溫泉兮飲劉郎以獲福任趣舍之各殊兮悉

芳徽之可躅惟競美於河陽兮梅城尚蘊夫貞璞絃誦洽而渢渢兮荃蕙樹而郁郁緬姱修以全眞兮老將至而彤穆聊逍遙以超氛兮精長存而氣馥感吾生之行休兮幸高賢之止宿搴幽蘭以結芳兮解佩纕以爲服傾匏樽以相屬兮盡陶巾之所漉弄柯亭於江渚兮撤君山之五六極娛游以忘歸兮捲暮雲之紛逐棄斜暉其返照兮煙掩露而橫陸漁歌沈而晚棹兮牧童和而驅犢鳥飛回其繞樹兮魚戲沼以游澳妙萬物之各適兮樂大化之涵育頃焉月出東方兮清風徐來於林麓惟莊叟之天籟兮媚遺響於空谷於將來洽瑤池之玉液葆仙胎於靈臺

武溪賦　　李湧

瞻酉山之屹屹·臨辰水之沄沄·注長川而爲壑·動滄波而成文·合流則一·窮源甚紛·雄構遙接·夫沅芷辰酉下入於巴·麋名不齊·而有五派·雖異而不分·若夫發迹武山之麓·流經瀘江之濆·形似匹練·勢如障雲·有所謂漁溪者·西通夜郎·北連烏速·南合徼浦以泂瀠·東與洞庭相追逐·朝辭二酉之濱·暮達三湘之澳·激石狂奔·如迅霆之搏擊·循崖逆折·似峭壁之懸瀑·落英狼藉兮·每隨波而上下·游魚瀺灂兮·時出沒而往復·洵有本之蕩漾·殊易涸之溝瀆也·當其春雨滂沱·優渥霑足·萬籟助澎湃之聲·千山絢洪濤之色·平原盡屬魚鰕·游邑壑疑有蛟龍·怒蘆葦摧兮岸崩·老樹撼兮根仆·漫漶失杏花之村·泱漭迷芳草之路·杜鵑啼兮聽之悲·雞犬寂兮過者懼·遙而望之·疑三軍之銜枚疾走·近而卽之·則萬馬之追奔馳騖·及其浪靜波恬·嵐嬌日煦·楊柳風柔·鼓枻而資游興·桃花豔發·汎舟而多雅趣·把酒吟懷·臨流作賦·乍戲清泉·旋看鷗鷺·聆滄浪兮歌頻·望壺山兮感慕·若夫炎火朱明·赤帝令布·虹影窺簾·蟬噪深樹·避烈焰之肆虐·吸沆瀣之甘露·思伊人兮一方·滌塵氛兮誰汚·已而寒蟲鳴·金飈度·明月映兮星辰浴·清風披兮縠紋聚·心神悠然·徘徊款步·漸乃時冷氣寒·雲凍冰涸·江邊之草木盡枯·河干之雪霰凝素·曾歲月之幾何·嗟物華之非故·四序遞遷·乍寒乍暑·百物變更·或

茹或吐·倏而層湧疊波·倏而霏煙斂霧·謂非楚天之奇觀·而快人之情愫乎·而且芳蘭所産·泉貨所鍾·則有江蘺杜蘅·菱芡薏苡·竹箭蕙蘭·芰荷芙蓉·雲母可餌·蹲鴟可供·羅水鳥之文·翠躍鰲鯉於江中·固寰區之美利·實取資之無窮·觀溪流之洋溢·感恩渥之配洪·縱目兮遠覽·搆思兮未工·弗克罄斯溪之景趣·聊摛詞以形容·

二酉山賦

劉文確

懿夫岣嶁崔嵬，蒼水津梁，靈麓綿亙，蚪蚪琳琅，燁鶉火之輝，禹篆雕鏤，分翼軫之徵，寶山囷藏，乃有二酉，兩峯相望，坱扎植基，肇鬱叢於合沓，崆峒聳黛，拓黔嶺爲低昂，爾其屜屭柱折，遴蒴僵紆，倚大酉爲攢翠，揖小酉以承虛，巍巍巉巖，競長三楚，潭潭窔谷，爭雄一墟，謂是足登臨之奇輿，不意洞壑之閒而有古遺書，考之禹貢，沓始酉水，徵彼圖籙，更稱洞天，柱渚鈞歸，讓唐堯之天子，蹇驢轡攝，鍊刀圭於嶺泉，彼善卷與張果，實棲迹而流連，風徽駱驛，氣象萬千，其中幽洞窈窕，暗竇委婉，有戶長扃，有道紆遠，前後儆其相通，窽竅曲而往返，著名妙華，獨藏千卷，琅

霄書契，有摭拾之緘題，紫府篇章，得珍秘之翰苑，追維秦人所函，遺未信穆天子封禪之所繾綣，爾乃欹客窄絕，空塵盤磴，道洎泉聲清趣，紆其駭矚，絕頂寄以遙情，依瑞靄之縹緲，際雲日之晶瑩，洵師文而屬芊，何懷璞之非荊，於焉挨卷帙之奇，訪圖書之所，金題玉躞，非隔光碧之堂，玉軸牙籤，未殊瓊樓之宇，乃雙扉難開，白雲不語，問當日之情事，甯古人之卒不我與，夫無境不披，所以擴其識，無籍不博，所以益其明，震澤山穴之函，習許龍威檢出，汲毁冢土之韞，還需河間臚陳，胡不顯幽而徵實，匪徒誇多以循名，試看峯峯錦繡，崦崦文瀾，浸淫脈望，不數后渠天祿之富，淵徵昌化，豈異武庫學府之觀，大小山中，取材若許，前後囊底，得士非難，敢支螢案以對古，竊附名嶠而學山。

天山賦幷序　陳中騏

崑崙當天地之中·水經注崑崙地之中也北為蔥嶺·蔥嶺南自葉爾羌直行千里到伊犂西入大秦·史記大秦一名犂鞬在西海之西漢書大秦國其民頗類中海故稱大秦○大秦今名拂森國南委身毒·身毒即天竺在蔥嶺之南地方三萬餘里分東西南北中五印度國國各有王各數千里支離攙㨚·無從悉其顛末矣·其蔥嶺一折而東·直通震旦者惟天山·震旦西域稱中國之名樓炭經蔥嶺以東名震旦脈五嶽源江河·綿絡我神州·非雲起欲頹風吹輒斷比也·歷來名天山者·惟指伊吾·今之哈密之一截·其實自嘉峪抵烏孫·今之伊犁斷續出沒·遙望頁雪崔嵬·冬夏皓皓如一者·皆天山也·予荷戈西出·飽玩此山·歎其奇特·偃蹇遐荒·若非黃圖遠及·安得落吾輩眼中·輒不自揣·敷陳其略·為天山賦·將以為南雁之貽·顧揆懷五色·已久愧夢江·而學步三都·但無庸訪蜀云爾·

天山一名雪山·一名白山·一名時羅漫·一名祁連·緊單于之舊號·雜羌紇之譯言·曠邃古而莫問·越秦漢而始傳·突起伊吾廬·橫絕巴里坤·古之渠犂接蔥嶺·辭崑崙·帶黎軒·大宛傳北有黎軒款玉門·越嶢度磧·犖支曳脈·夭矯矯而直走·中原過嘉峪·躡祁連·達燕然·北包河曲·東至恆鹿·恆山涿鹿逾於孤竹·爾雅釋地孤竹北戶西王母日下謂之四荒歸於蟠木·落片石於太行·程子曰太行山千里一片石乃長途而中宿·步大章之履·通邠國之軌·爾雅西至於邠國昭矩之所蹄·叶光之所倚·詩含神霧白昭矩北方黑帝叶光紀羲娥假道於其表·冥融劃界於其裏·元冥祝融規之莫窮其首·度之莫究其尾·據所覩記·蓋蛟鼉劒斫·吳淞翦取·小小之一截耳而已·轇葛迤邐三千餘里·一統志天山自哈密東山境綿亙而西經吐魯番又西入準噶爾界我　朝平定後改為厄魯特俱分旂披甲矣巴里坤烏魯木齊伊犁皆是故地拔五嶽而爭奇·跨三邊而未已·信乎天下名山八而三在蠻夷·茲殆其瑰詭者矣·巍巍桓桓·峻極於天·巉巉巖巖·吞吐雲煙·搏鵾鵬而莫上·冒觜鬼於巑巒·天文志觜觿與鬼西方方分野運金精之元氣·太白詩白帝金精運元氣露后骨之蒼顏·展南溟於足下·列北陸於眉間·爾雅北陸虛也謂虛宿有客攜詩·殆可搔首而一問·何人閉睫·實難跕足於焦原·尸子莒國有石焦原極險峻有勇士卻行齊踵於其上其北則巨刺·捷枝·輪臺·渠犂·巨刺見明史餘詳漢書烏孫附綴·刺勒羈縻·刺勒即鐵勒唐高宗時鐵勒部反薛仁貴發三矢殺鐵勒三人餘皆請降軍中歌曰將軍三箭定天山壯士長歌入漢關

突厥既弱·伊麗不支·唐書王方翼破西突厥於伊麗河即今伊犂此皆巴里坤烏魯木齊伊犂雅爾一帶地名遡矣西土之人·介然山徑之蹊·公孫上屯田之奏·漢書公孫宏奏輪臺以東捷枝渠犂可屯田賓王賦蒲類之詩·駱賓王有晚泊蒲類詩曰二庭歸望斷萬里客心愁山路猶南屬河源自北流唐蒲類縣在今綏來縣地界逾北則沙漠所起·奸闌所之·堠連甌脫·地實華離·無符傳而私出市曰奸闌沙漠中隙地置守處曰甌脫并見匈奴傳周禮職方氏撫有華離之地注華離謂邪孤離絕也即今之北蒙古一帶地方於今柔遠·蒙古在茲·憐黑子之哈薩·瞻紫髯之羅斯·哈薩克部落最小久經向化鄂羅斯人多紫髯曲卷滿臉蒙古西北邊哈薩克與鄂羅斯相近哈薩克出馬即古大宛今分東西兩部歲貢馬最高自哈薩以外羈縻之國尚多布魯特游牧伊犁斜延二三千里西抵哈薩克南至回疆回疆以外諸國亦欣然向化朝貢不絕惟蒙古土爾扈特久經投誠現在封王散居雅爾精河烏什等處狃寒門而路絕·淮南子北極之山曰寒門韓詩淒如狃寒門臨翰海而人稀霍去病傳

登臨翰海·翰海大澤名方千里在沙漠北羣鳥解羽伏乳於此因名焉獨冢埋青·上國之雙蛾不返·山西大同府西北有昭君青冢孤蹤嚙雪·南天之一雁長飛·涼沙之北鎮番縣境爲漢蘇武牧羊處有蘇武山當西河之未闢·黃河以西甘涼之地自漢始闢河西四郡值南幕之初開·即沙漠南畔休屠利其藪澤·呼衍竄以蒿萊·休屠呼衍北邊二酋名振旃裘之毳罽·騁畜牧之毰毸·其所以下馬而羅拜·稱天而號爲祁連也哉·北邊人呼天曰祁連其南則高昌渥洼·疏勒沙車·柳中且末·鄯善瓜沙·瓜州唐名沙州高昌晉名且末隋名餘竝漢名今南路烏什和闐葉爾羌等處今古亦異名也達嶺峯峻·鐵門道奢·巴達克山鐵門關皆在南路過山界即外夷矣○英廉謝表云播皇威於巴達克山哈薩克聞風納貢由鍾奎以東望·崑崙之東有鍾山再東有奎山產玉石極鄧林兮悠遐·鄧林在道河稜石之西挾兩山而豁問·史記谽呀豁問○問呼下反豁問空虛也連衆脈之紛拏·洋洋浼浼蒲

湖南文徵　卷百三十三　賦四　三十五

昌所匯·于闐烏孫西山挾葱嶺以東衆流至高昌之南匯爲蒲昌海即鹽澤復滲入沙中至土谷渾大積石溢出爲星宿海即中國河源生金則披沙可揀·口外處處產金南路纏頭用金絲織綴織毯進上纏頭即回回也嘉玉則溯流可采·南路和闐玉河兩道產玉子又有玉山產玉料和闐即古于闐今綏來縣亦產綠玉價甚昂貴耀瓊碧之璸㻞·史記璸㻞文鱗聚璆琳之磈礧·經鵲抵於羊脂·羊脂美石鹽鐵論崑崙之旁以玉抵烏鵲錯三分於百琲·拾遺記石崇賜妾百琲珍珠俗諺西土三分玉無如磽磧童斷·葬經天光發新朝海拱宸四勢端凝五害不侵○五害童斷石過獨也按釋名山無草木曰童怪風狂灑·闢展土魯番地沙磧中土人謂之旱海有風穴在南山其大如井風不時從中出每出則數十里外先聞波濤聲一二刻風乃至吹失人馬旱海中有鬼呼人姓名一應則隨去不復返唐太宗三藏聖教序稱風災鬼難之域殆即其地也火澤孤睽·雷雨失解·黑水西極其所歸·西北域記由星宿海渡通天河西南行有河不甚渼廣水黝然如黑汁土人呼喀喇烏蘇烏蘇者狄鞮言水也喀喇者狄鞮言黑也至緬甸入海雲南省志雲南徼外大金沙江其源遠

出番城澄若重溟黝然渼碧即禹貢所導黑水也流至緬甸徑趨南海經云至於三危闕禎兆黑水考三危臨峙黑水其云至者或在黑水將入南海處緬甸江頭城望見江中有大山山峯四塔極其聳秀殆所謂三危乎青春不知其何在·生鵠如玉·嗟落日以難逢·沙路颺絲·遇風吹而即解·迷屈子於赤蟻元蜂·楚辭西方之害流沙千里些赤蟻若象元蜂若狐些困張騫於星河宿海·所以尋河者張焉而莫得其源·閉關者略之而不通其賄·爾其山之爲狀也·則如龍如虬·如沈如浮·鯨呿鼇擲·呿丘加切音佉張口貌風駭雲流·聚如矢束·散若絲抽·平行若絙·絙古鄧切音亙曲轉如鉤·直奔九兕·橫迴萬牛·劃然中斷·洩起仍投·煙中縹緲·物外雕鏤·雖巨靈之手擘太華·共工之頭觸不周·鐵鑄六州四十縣·雲成五城十二樓·曾何以當其半壁·方其奇闢·又況蒼靄緬邈·寒雲參錯·乍

湖南文徵　卷百三十三　賦四　三十六

陰乍陽·且驚且愕·奇峯每披霧將飛·怪石直粘天不落·朝旭曜則黃金射脇·暮雲烘則胭脂染萼·無端而翠隱樓頭·不意而青懸屋角·似幻蜃之朝浮·訝藏舟於夜壑·若乃窮年積雪·竟體凝冰·千巖刻玉·萬壑雕瓊·冰梯巀嶭·巀音節巀嶭高峻貌雪海瀴溟·木華海賦經途瀴溟瀴溟杳冥之貌沆瀁皛溔·溔以沼切音鷕沆瀁廣大之貌皛溔水色渼白之貌通透玲瓏·伊犁往南路中途有冰梯上下百里其奇險萬狀有雪海渼廣莫測碎翦流沙之月·山海經注所謂流沙者形如月生五日也橫堆二品之金·禹貢惟金三品其二品銀也凍銀河而下墜·戰玉龍而上昇·增元英之寒·沍陵朱夏之炎·蒸皴瘃幽崖之魍魎·梁書執筆觸寒手爲皴裂瘃音作手足中寒瘡也蟄藏太古之雷霆·郭水襄詩云山遠四時皆見雪地高經歲不聞雷夜半結沆瀣之氣·終朝連靉靆之陰·雪混山而一致·天與雪而交

淡月下晃燭天之勢．荒中餘不夜之城．五月無花空有色．太白塞下曲五月天山雪無花只有寒四邊伐鼓不聞聲．岑參輪臺歌四邊伐鼓雪海湧此所以得雪山之號．而又有白山之名．則有雪蟾皺皰．韓愈食蝦蟇詩雖然兩股長無奈脊皺皰雪蛆蜿蟺．叶音撣雪蓮韡鄂．雪蓮生崇山積雪中狀如今之洋菊名以蓮耳此花生極寒之地而性熱雪鳥鷇卵．卵鸞上聲雪木冬榮．雪花寒冐．古泫切雪獸示邁往之蹤．雪鷹示迷途之返．伊犂冰梯中有神獸非狐非狼行人視其蹤之所往循而踐之不致迷途又有神鷹聞其聲往卽之必歸正道同生六出之中．並是三淩之產．豈玻璃之敲聲．何燭龍之眴眼．然而山澤潛通．有時消融．流澌澌瀝．倒壑潨淙．潨音叢水會也淙藏宗切水聲也雹飛白日．練破青空．靜春郊之厭浥．解夏藴之隆蟲．青渠交纏於綠壄．陰膏並浹於三農．布種稑之先後．滋戊已之

屯豐．漢屯田置戊校尉己校尉不藉滂沱之畢．何關鮓荅之風．蒙古回回諸部皆用鮓荅求雨鮓荅乃牛羊野畜腹中所生其堅如石大如雞卵洵天一之遺澤．河圖數天一生水實滕六之豐功．故能載物夥夠．多生亭毒．種植飛潛．靡不並育．紀其習見而差殊．巳難屈指而更僕．彼夫連卷樸樕．山巔水曲．崖榦參天．途根礙躅．綴翠迎眉．敷丹悅目．赤檉低蔕．白楊高簇．青遮細柳之營．紅放桃林之犢．沙棗蘂蘂而遺香．沙棗五月初開花極香石柏纖纖而汎馥．似柏而小生石間高不過丈餘大不過寸許榹蹊儲鼠雀之糧．榹相支切山桃也似桃而小榆葉聚蚊蟲之族．蚊蟲多生榆楊之間覈物砢翠於盤河．覈與核通果中實也周禮其植物宜核沙果爛眞於空谷．沙果似林檎大者似頻栗涔涔墮淚．醫傳胡律之桐．胡桐律液名胡桐淚落落干霄．史載松樠之木．樠音門漢書烏孫之山多松樠雖瑣

瑣之不才．亦媚竈而見薯．況棃棃之可口．實飣盤之所錄．土人呼物每雙聲呼牛曰牛牛呼棃曰棃棃子○飣音訂飣盤卽俗之看席飣坐古稱飣坐謂飣而不食者唐書人目李遠爲飣坐棃惟有杏而無梅．權將蘆而代竹．至於書載維繇．詩云彼茁．礀落芳蒸．崖歊后髮．藿荅盈途．荅音格荅蔥野蔥也佛家以荅蔥爲五葷之一蘼蘅蘞．刺芨其䅛捲而珠瑩．其音機芨其草圓瑩爲帚纖簾人甚賴之南路大者以之爲箸回王以金鑲之用作土貢蔄萏牽絲而玉潔．碧蓮花小如盞莖葉如絲露凝古戍之薔薇．哈密河源堡地每三月聞異香不知是何草木或曰卽薔薇露也蜜湛高昌之羊剌．高昌有羊剌草生蜜有無核之葡萄．瑣瑣葡萄顆小無核似杞包之瓜瓞．哈蜜瓜歲進貢草閒託命．夏卉冬蟲．雪山中有草葉如韭夏生冬則草枯根蠕蠕化爲蟲名冬蟲夏草屋裏偷安．溼死乾活．草有氏松連根懸室中自長葉開花經冬青翠食浮苡而宜男．周時康居國獻浮苡草食之宜子活殘生於易蕢．漢武時月

支國獻活人草三莖人有死者以草覆面卽活蕣蘿山鬼之衣．芳草王孫之宅．亦河畔之俱青．豈塞外之全白．復有異萼奇葩．掩乎彌澤．吐風晻薆．標形異赫．聞萬里之戎王．杜詩萬里戎王子戎王子西域花名散曼陀於香國．法華經天雨曼陀神農所未嘗．離騷所莫識．無從考其根株．固不得而覼悉．則有呼牟鳴圝．圝乙轄切音碣牛之聲曰牟駝之鳴曰圝髼鬙瓡瓡．髼鬙毛髮貌瓡胡果切音祼瓡恪八切音轄勁也犎犛駒蛩．犎野牛項上肉隆起若封然犛山牛山海經北海有獸狀如馬名駒駼北海內有素獸狀如馬名曰蛩蛩豻羚豝猲．豻狗也羚羊名猲詩經載獫猲獢適野性之狂勷．桼牲之趫黠．更有圓題赤首．鉤爪鉅牙．神異經西安有獸鉤爪鉅牙曰窮奇跑崖嘷嘯．跖穴鬖髿．眡之必撥爾．作其鱗之而．或眾竅之猩猩．或九尾之綏綏．狠鳴九竅出聲猩猩犬吠聲狐有九尾者曾無數於虎豹．又何論乎熊羆．渺矣

其角之濈濈·家羊有大尾重骨哈喇汗茶餘客話骨重羊出布哈拉外番回子地自葉爾羌西行二十里約可至產羊短小肉瘦惟骨至重黑者多野羊有羚羊羱羊黃羊大頭羊紀曉嵐詩云何當使飲黃羊血一上天山雪打圍多哉維足之伎伎亦有獨封之駝·善走價值千金一角之麒·漢武郊雍所獲即此獸帝江神識·山海經天山有神狀如黃囊赤如丹火六足四翼渾敦無面目能識歌舞爲帝江也人僊兒啼·西山經人僊產湊山中牧馬者恆見小人高尺許男女老幼一一皆備遇紅柳吐花時輒折柳盤爲小圈著頂上作隊躍舞音呦呦如度曲或至行帳竊食爲人所掩則跪而泣縶之則不食而死縱之初不敢遽行行數尺輒回頭或追叱之仍跪泣去人稍遠度不能追始驀澗越山去東方朔神異經西方湊山有人長尺餘袒身捕蝦蟹以食名山猣殆此類也○猣音騷羨角端之解語·撒馬兒罕之鐵門關有獸名角端嘉獬豸之知非·豈特表似麐之符拔·漢書木鹿城號小安息章帝章和元年來貢符拔似麟而無角鳴玉虎之狻猊·狻猊即獅子兼以林巢鑿宿水援雲飛鶴鵲掠澗·雕鶻盤崖·黑鳥浴而海風颯·鴻

雁下而天文垂·雕翮嗷銅之異·墨客揮犀河州有骨托禽如雕高三尺餘其名自呼食鐵石駝號食火之奇·劉郁西域記富浪有駝號鳥高丈餘食火炭北史波斯有鳥如駝能飛不高日行七百里食草與肉噉火亦識畢方於曼倩·三危之西有鳥狀如鶴一足曰畢方漢武帝時有獻此鳥者東方朔識之化大鶚於欽䲹·山海經欽䲹化爲大鶚有時風毛而雨血·凡皆棄瘠而取肥·穹廬以雉兔爲葱韭·縱獵以千里爲長圍·至於蚑行蝎蹶·蠉飛掘閱·虺踢地而毒飛·口外有土蛇見馬則首插地而身筆立馬即腹脹而倒鑽馬鼻而鹽其腦蜴含冰而雹發·蜴蜥類蛇含冰作雹鼓鼉變調以鳴耶·蛙鳴耶耶而鳥語亦與內地相異巴蜡乘風而嚙鐵·闢展有巴蜡蟲似蜘蛛此蟲秉炎熾之氣而生見人飛逐以水噀之則軟而伏或噀不及爲所中急嚙茜草根傅瘡否則毒氣貫心死烏魯木齊多茜草山南闢展諸屯每以官牒移取爲刈穫者備此蟲云或汙爾雅所遺或補山經之闕·況其勢遠所兼·大局所含·崩雲畜產·墜露

揮潭·匯淖爾之八九·名海子者二三·塞外豬水皆曰海子或呼淖爾如蒲昌蒲類乃最著者瀠涵雪乳·倒浸晴嵐·秋光瀉練·曉鏡開匳·市浮潭淹·淹徒可切潭淹隨波貌郭璞江賦隨風猗萎與波潭淹島露呀谽·嫋微颸而濼瀺·瀺尼立切濼瀺水文貌駴驚濤之潲洴·潲七肖切洴音坍潲洴崚波貌時睹天馬之出沒·遙聞鼓樂之喧闐·知彼岸之何極·亦向若而永歎·復有白龍作堆·白龍堆在河洲黑婁爲部·黑婁部山水皆黑在哈密土番之間火山扇焰·土魯番有火焰山色如火鹽池堆鹽·塞外多鹽池水晶潤山上之鹹·山上有水晶鹽石腦作水中之苦延安有石出油自石上流出每歲秋後居民取之可以燃燈療瘡沙萬墳而古井不湮沙州有泉名曰月泉古云陽關之西有不漏之沙井即是泉也沙州今敦煌縣刀一刺而懸泉遂溥·泉在沙州漢李廣征西塞士卒渴廣以劍刺地水遂湧出諸如青鳥三危·三危山在沙州有青鳥居之鳴沙卑羽·括地志三危亦鳴卑羽鹵賴

空青·石有空青破之有水者良可治目疾金鋼石乳·金鋼鑽其砂可以刻玉補甆西番有大如雞卵者每光怪而陸離·並斯山之包舉·洵荒夷之洞天·乃仙靈之奧府·吾知其連層城通元圃·淮南子掘崑崙以下地中有層城九重十州記崑崙有三角正西曰閬風巔正東曰崑崙宮正北曰元圃任禹彊北海有神人曰禹彊過夸父·山海經夸父與日逐走入日道渴而死棄其杖化爲鄧林軒帝受金液以來遊·九州要記黃帝受金液神丹臨天山老耼出函關而託處·老子游流沙之西籛彭一去千春·神仙傳彭祖生三歲遇犬戎之亂流至西域百有餘年仕殷不知所之後有人見之於流沙之西和仲宅流萬古·閒敲木客之詩·靜接雲陽之語·東坡詩山中木客解吟詩木客山魈也抱樸子山中樹能人語者其精曰雲陽今巴坤閒有之拍肩常比於洪崖·采藥甯需於赤斧·赤斧蜀仙人名是以名著張曹·沙州節度唐張義潮五代曹義金弁忠臣聲飛索闕·沙州索靖闕絣弁文學朱邪始來·沙陀後唐之祖公輸再見·河西舊名敦煌魯班

（肅州敦煌人莫詳年代六國時有公輸班生魯定公三年魯班與公輸班同名同巧）哀公問政之圖·（高昌王麴嘉常繪哀公問政於孔子圖置座側）貞女復仇之傳·（酒泉趙娥手刃父仇晉皇甫謐爲之作傳）古道擅藥王之稱·（韋古道西藏天竺人神醫也）奧林作中邦之彥·（奧林肅州人端靖能文元至正間知奉化州有惠政）由余款關以霸秦·（穆王求士於戎由余聞之款關請見）日磾受姓而輔漢·（日磾音密低休屠王太子入漢賜姓金後爲名臣）竝人傑之誕鍾實地靈之幽贊·博碩哉多夥頤物之爲是憲憲者·（史記陳涉世家客曰夥頤涉之爲王沈沈者注楚人謂多爲夥又言頤者助聲之辭也詩憲憲令德顯顯光明貌）夫甯不足於觀也·何渠不如漢也·（尉陀曰使我居中國何渠不如漢）然而自建元以來·概夫其未有傳也·自夫孝武起邊右臂是虔·旣獲金人·通道祁連·驃騎淚入·遠踰居延·二千餘里至祁連而還·此之祁連卽單于稱天·（漢元狩二年使驃騎將軍霍去病出隴西過焉支山千餘里破匈奴得休屠王祭天金人又淚入二千餘里踰居延至祁連而還）李廣利出擊右賢於天山·始屬華言·（漢書天漢二年五月貳師將軍三萬騎出酒泉與右賢王戰於天山○貳師將軍李廣利）竇固耿秉·出崑崙塞·擊白山虜·至於蒲類海·此則白山之名·始見記載·（漢書竇固耿秉傳永平十七年夏詔秉與固合兵萬四千騎復出白山擊車師固遂破白山降車師）迨乎唐擊高昌·勒碑崇岡·時羅漫之名至是始彰·時羅或作祁羅·唯呵之相去幾何·吾或睹夫石刻·知祁字之爲譌·（唐貞觀十四年姜行本等破高昌勒石紀功碑在巴里坤之南山可讀者尚有七百餘字元和志作祁羅漫疑誤○儉按後漢書注天山卽祁連山也今在西州交河縣東北今名祁縣羅漫山云云）然而自此碑外·更無一字可覩·銘不勒於燕然·文不傳於峋嶁·漢家荒之而弗彰·唐人徂矣而不久·宋劃西夏·如朗月之虧·絃明劃峪關·似占星而遺斗·祀不臚於西望名

不罣於九有·寓管城者弗知·業毛錐者不數·岑參高咏·惟聞白雪輪臺·嘉運遙吟·但著黃花戍口·（蓋嘉運伊州歌聞道黃花戍）致令瞻彼谷神·空賦升阜·自古在昔·所以得而復失·險而不能守也·若夫除暴安民·踰山闢地·跳蔓鏺荊·安屯置騎·焚穴剷巢·奔魑走魅·埋長狄於駒門·斬蚩尤於中冀·然腹爲鐙·飲頭爲器·小醜云亾·西極咸遂·（準噶爾之達瓦齊骨肉相戕其內自訌部落解體乾隆甲戌年用張　天討乙亥年王師擒達瓦齊開闢伊犁威震萬國而投誠之阿睦爾撒納叛入哈薩克回虜竊發襄勤伯鄂容安兵部尚書班第死之　天子震怒命大將軍永常兆惠等相繼出兵大學士黃廷桂總督陝甘於是伊犁及回部烏什等處逆回悉平）居然山外之膏腴·豈容他人之鼾睡·狠狐四射·甯須三箭之威·苜蓿東肥·焉用貳師之檄·於是登峯巔以舒嘯·聊暇日以翱翔·俯廣陸而延佇·欽

帝治之輝煌·三萬里之提封顯敞·卅餘年之生聚繁昌·緣羣分而種別·遂爵序而官常·錫鞶帶·給銅虎·越亭障·更寒暑·入重闕覲天宇·（厄魯特分八旂官照旂例回部則有王公台吉等爵下有伯克至哈薩克土爾扈特布魯特等部亦各設王子管束每年輪班陞階陛見）迺有大宛之駒·于闐之琥·（琥瑞玉也）天鵝之絨·（天鵝絨爲裘）兼金之縷·紫駝之峯·白虎之脯·喬荅勝縑·（喬荅回子布名極細滑價值十二三兩一疋）香貂非鼠·（香桂貂南路產）器車毓於高林·寶藏興於豐塢·姝方異類·敬陳於帝所·爾乃襲錦衣而披翠羽·飫炰炙而厭酪漿·蘭英之醴酣飲·雲子之餐飽嘗·（近來外夷飲食亦慕華風）昧谷回春·氊廬之晴容澹蕩·山靈同樂·絮帽之雲氣飛揚·是以狉狉榛榛·僂僂傴傴·莫不挹光華之蔚藍·扇仁颸而沐雨·（近來口外雨水應節亦如內地）烘地氣之煦舒·

近十年內口外冬天和暖隨邊氓以軒舞。於是乎苾苾郡邑，栽柳種瓜。塞外自安西州起至綏來縣止州縣十餘城口外瓜以哈蜜爲最岧岧雉堞，吹角建衙。滿城每於二八月城上吹角以壯兵氣各處城池除州縣不計外伊犂九城雅爾一城回疆十餘城將軍諳班及文武員弁數百雍雍乎商賈若蟻。口外商民多山陝人糾糾兮武士如麻。漢滿兵丁南北四五萬人戍客則量材器使。遣犯多在銅鉛二廠及船上當差逐臣則籌邊泛槎。大小廢員文大員府道以上司官上行走知州同知以下筆帖式上行走督撫侍郎九卿則總管印房糧餉營務駝馬功過爲五大處參游都守以下多派船上運糧倚弓於斷碣松側。天山松樹塘樹皮有厚尺餘者唐朝碑碣多在此繫馬於殘霞柳杈。紅柳另一種四五月開發葉望之如霞共覩煙鬟之送黛，不聞碧眼之吹笳。割據之游魂已餒，遐荒之樂土宜家。此名山所以萃秀，而車馬所以達於天涯也。於鑠

皇淸，天覆地載，雷動風驅，無遠弗屆，萬

物歸並育之中，四海在邦域之內。雕題鑿齒，重九譯以來王。烏弋黃支，驗三階而款塞。烏弋山離黃支皆西域國東極暘谷，西通濛汜，南至俱藍。續綱目海外俱藍最遠元世祖時曾遣使入貢北過骨利。骨利幹居翰海之北晝長夜短日沒後天色正曛煮羊胛適熟日已復出矣唐太宗北至骨利幹七十二家所未聞，二十一史所未志。莫不延頸喁喁，皆向風而慕義。以大瀛爲外藩，以崑崙爲中嶽。懸斗柄於中央，覩南星之夜爍。矧茲天山，渺矣一卷。同旅獒之司閽，備囿人之外閑。驊騮盈溝，口外於兩山相夾處有川曰溝旌旗蔽野。虎頭宣金節之威，班超燕頷虎頭豕首避黃華之馬。楚詞西方流沙豕首縱目居不聞黃竹之歌，行無侯垂棘之假。出陽關而故人轉多，度玉門而春風更灑。橫嶺側嶺，滿營綠營，旗閃驛樓之影，雞聞茅店之鳴。剪劣不辭修阻，馳驅如履蕩平。篤實輝光，遠自他而有耀；哀天時對待其人而後行。版圖既入，風土須記。天作益形其高，敦艮愈增其吉。道無往而不通，澤無往而不悉。中書君拾其香草，夢巳生花。松使者罷以雲煙，壺將酒漆。拾遺記周靈王三年浮提國獻善書二人出肘間金壺四寸中有汁如湇漆雖以予之不才，託於其隈葺蓬廬之風雨，常撫景而徘徊。不待招邀而入我室者，非此山也耶。凡使我悠然靜對怡然而可以永日者，非此山是耽也耶。情與往還，口不能緘，聊擬天台之篇，附諸小西之函上，以昭

聖朝之廣運。私以樂草野之幽恬，若使巨鼇可戴，夸娥可擔。列子北山愚公欲移太行王屋之山帝感其誠命夸娥氏二子負而分措之逝將節其中權，置之於大江以北，大山以南，恰以補

岱華中斷，與中原奇士共瞻焉。

湖南文徵卷一百三十四　湖湘後學集編

賦五

登清風閣賦

易祖榆

朝飲馬於漣水夕稅駕於湘潭覽平原之景物睎登陟以幽探步茲閣而四望景淪漪而泓涵觀斯宇之所處實攬勝於湖南爾乃佇盼瑤牕流目綺寮挾瀟湘之通浦倚涓水之清皐面九逵之廣陸臨沃野之樂郊南則衡山聳翠九嶷入雲后馬騰驤而崩岦玉几崛屴而嶙峋爭飛青而翕翠嵌巖巖其龍鱗西則石鰭入水玉龍臨空碧泉波激鼇石雲籠空靈之岸漾綠岸花之亭堆紅東接龍山之隆崛北帶洞庭之沖瀜昭潭之水淡墨錦灣之石玲瓏皆能借以仰睇無不可以目窮則有游情物外心曠神王循修逶之畫檻轉窈渺之曲廊啟温冬於朝牖闢蒙暑於南窗挹清風於襟袖襲涼飈之輕颸想南軒之題額歷奕禩而難忘覽遙景而思鋭玩瓊宇而若狂仰淩盼於天庭俯遙睇於遐荒紛譎譎而有象感悠悠而無方巡危簷而長嘯心願舒而忽張喜聖哲之枉位有達弼之皆良念帝力於何有羣熙熙而穰穰於是抽琴命操而爲之歌曰璀璨靈宮兮燁燁彤彤坱圠嵋㠊兮巋然龍嵸南軒可作兮如披仁風晉安夫子兮千載追蹤阜財解愠兮我士我農於鑠盛德兮流譽無窮豐碑待勒兮祀事孔崇清風益淑兮今昔斯同

桃花源人送漁父賦　趙愼畛

鼎水縈紆·蘿山蔥鬱·白馬濤喧·青虬松屈·來洞口之漁郎·援山中之古佛·縱一葦之所如·漲三篙而奚茀·蘆中人呼之欲出乎·意云何·桃花源住亦爲佳·爾思豈不·於是緣延首路·曲折委蛇·欸乃洞谿此境眞奇·原壓龍鱗·覓爾桑麻徧野·衣冠鶴髮依然·薜荔成帷·父老於此避秦·溯沅湘以擊汰·歲月不知有漢·問晉魏而滋疑·當夫比戶之歡迎也·缶醑爲黍躍·合如萍·稚子候門·訝客來之不速·比鄰設饌·邀仙路之曾經·幾同米漸·桃花仙子·了天台之幻·恍若書翻·薤葉丈人·標宛委之靈勝地難再·歸期頓請·箬笠輕攜·釣絲重整·慨盛筵之難再·握手殷勤·恐覿面之

云遙·低眉尋省·洞裏人非·對奕爛斧·曾否酉柯·室中石亦支機·贈客空成畫餅·此翁固大有仙緣·塵世恐無斯妙境·爾乃躡蹤谷度·屬巒遵舊路·挹飛湍·迷離洞口·徙倚林端·歸亦何心·塵界之風光頓異·言猶在耳·雪泥之鴻爪顯看·斯時重理生涯·驚心如昨·此中殊有佳趣·回首應難·但見花關鎖霧·蘿磴茵芬·巖扃封翠·陌草餘薰·想應味戀菰蒲·忽辭南浦·但望驂迎鸞鶴·再賦東君·欸乃一聲·舵尾之魚蝦莫贈·啞啞兩槳·雲中之雞犬猶聞·方今壽域·罷鴻春臺·譽燕人無后隱之·充士樂彈冠之薦·終南原非捷徑·磻溪則瑣鈞同符·桃源即在人間·鯉躍則龍門堪羨·泰山北斗·效御李之同欣·鳳鳥景星·幸瞻韓之先見·

案文恪文不多見屢索無有應者此賦從桃花源志略中錄出殆少作也又從攸志採陳惠傳一篇沅湘耆舊集中錄一小序而已汝懷坿記

筆沼春雲賦　蔣湘城

若夫方塘滉瀁，半畝淸淪，古寺附郭，垂楊映津，近依翠巘，遙接韶春，生碧草其容與，漾㴋波於媚滑，胡風光之駘蕩，忽雲影之開陳，斜懸楊柳煙頭，來從靑道，濃鋪杏花雨外，占盡芳辰。時則臨池作色，絕岸崩雲，輪囷蕭索，離奇繽紛，若鸞翔而鳳翥，若鶴舞而鴻翩，若煙霏而霧結，若錦章而繡文，若龍申而虎戰，若五色而八分，又如草綠裙腰，花生錦字，郁郁紛紛，三三四四，美擬玉環，勁方嘉穗，案戸波纖，長空石墜，遠山嵳萃，魚鱗密緻，忽將斷而仍連，疑欲行而轉避，紛總總以要眇，紏緩緩其詭異，自饒態度，誰云出岫無心，別樣霏微，省識臨流有意。爾其僕射遠來

中朝寡合，行部潭州，逸情古塔，鳳山蕩胸，龍城延榻，愛小沼之漣漪，弄柔翰而摹搨，一波三折，浴丹府於晴瀾，尺幅五雲，飛魚書於幽閟。爰是潤筆江鄉，游心澤國，點破空靑，塗成鴉墨，波新江管之花，魚飲薔薇之墨，筆牀之翡翠交鮮，灘水之文章可織，含豪綿邈，金生玉潤之奇，潑墨淋漓，蔽日垂天之色。遂乃縹緲輕翔，依微靉靆，微皴侶蘸，瀋㴋如飫，始黯黮以淋㴖，紛黤慘而髣髴，飄舉兮象筆勢之瀠洄，沈鬱兮狀筆鋒之矜貴，全摹烏迹，俄成飛鳥之形，乍覩龍跳，便有從龍之氣。是用春來何處，雲亙長空，淩波飛白，鷺沙振蓬，不遮煥景之園，丹心捧日，隹羨狂歌之客，片靄明忠，底事縈盤，巧挂凝煙栩外，居然迤邐，遙懸洗筆池中。溯感應之神徵，寫幽思於蓬勃，渺遺迹於輿唐，想何年而還筠，久伏丹霞之櫪，天末孤臣，競託靑帝之陰，桐花二月，共賈井以流傳，蹋屈潭之淸渤。我所思兮遠者，在澧蘭沅芷之間，君高舉兮雲中，留蔓草寒煙之碣。

擬登玉屏峯賦并序　羅新灝

湘東之山高而可仰者曰昭山以其踞於江之濆沿江而上下者未有不引頸焉時或弭棹登峯賦詩遣興此亦湘中之勝槪也距昭山而稱傑出又無有過於玉屏峯者相彼端方偉然卓立俯羣山而小之獨不見聞於遠方人士邈一顧盻何也吁凡處於僻壤窮域之地而遷客騷人高賢隱士足迹所不至又無名流生於其閒以闡揚之縱卓有可觀而名不著於典冊謦不聞於海內者豈獨一玉屏峯哉夫天地之氣蓄而必發鬱而必伸維茲山歷數千百年能不一吐其奇邪予生於斯長於斯老又嘯歌於斯晤對玉屏同傷寂寞於是涂翰操觚擬登峯而作

賦其詞曰

高哉玉屏之爲峯也嶲崒兮稱雄巍巍兮湘之東出重霄而嵬崛兮槪與誰同形方而體直兮羌落落以爲容斯扶輿之旁薄兮抑靈氣之所鍾興雲霧而天將雨兮日方旦而先紅陟其巔而曠覽兮俯一切而皆空岌乎紫蓋恍乎祝融峻固可極乎天兮名不列於芙蓉雖百里而可見僅一隅以爲宗儻愚公而可移兮胡不置之於蓬萊海島之中吾嘗游乎繡嶺兮覓鈞窔之孤蹤登吳山而極目兮挼海氣之鴻蒙訪天台而渺渺兮昔仙女其難逢游鴈蕩而神移兮今猶向往乎謝公劒池碧而海湧兮豈惟愛此一石之磨礲憶金焦而不可復覩兮曾致歎乎江水之洶洶竊感乎少陵之悲劒閣兮哀蜀道之難通想太白之臨華嶽兮亦搔首而問蒼穹天無言而漠漠兮閟吾世其何從將翶翔乎千仞兮響遠音而送飛鴻將逍遥乎廣漠之野兮得無聞烏有先生之風獨駕而思反兮似阮籍之哭途窮感時日之易逝兮倏春華而丹楓庭樹摵而零落兮僅留此後凋之蒼松愁蛸集於方寸兮老未死而飄蓬挽過客於傳舍兮亦非壯志之終童富貴其不可致兮貧賤樂而道隆滄桑其猶未變兮歲月邁而時雍倚星沙而望麓兮何爲久戀此巃嵸乃眷眷而懷故土兮翻託迹於碊礲泉谷聞其無人兮任放曠而疏慵心恬澹而無繫累兮遠塵世之悤悤覩草木之榮枯兮惜金玉之

銷鎔晤莊周之齊物兮信老聃其猶龍埽徑而懷二仲兮盼雲樹而朦朧占風景於四時兮漫躑躅而扶筇此造物之無盡藏兮幸取用之可供侶田父而雜處兮人將棄予爲野翁伯樂過而一顧兮徒哀鳴而撫胸顧無忝於所生兮冐沒世而庸庸縱未擬於太上兮力能篆刻而雕蟲謂立言可以不朽兮死不休而求工援焦尾而放歌兮才何敢望乎蔡邕嗟伯牙而失知音兮瑟既罷而曲終仰高山而日與朝夕兮固非予志之初衷覩峯嶂而既錫以美名兮或不至湮沒乎千載之崇隆

聖駕東巡　盛京祇謁　祖陵禮成恭賦　袁名曜

粵溯泰始眾萬睢盱扶輿肇奠畫野宅嵎焜神宮之景曜麗奎文於魚龜燭箕尾於析木爛提鼇而何衢騎天江於龍宿標斗極而頫顥昊緈篤其成命天光朗於神區維出震而成艮遂以經乾苞而緯坤符於是甄靈　華渚篤祜　壽邱　天作白山　眞人迺庥考卜邠岐肇域九州乃世世統一乎車書而駿厖其共球爾乃醫閭西拱興安東榦扃艘鄂羅欽歕滄渤跨摩天之庢巖襟遼瀋之澎汃九閶闕其詄蕩四樓矗以森萃宮殿眃眃豈檐巘巘虹梁之蠖蜺騫鳳甍之巀嶫俯寰宇爲

一氣罩綿區之軒豁瞻　珠丘之巍巍孕王氣於豐沛郁兮鬱葱蒨兮皇穆弄劍舄於　寢殿峨九天之栭楶仰駿業於創垂震　龍興之烋烈是以我　世祖基事元命丕揚　天聲都燕定鼎漸被賔紘　聖祖紹統騰茂蜚英道光時邁三謁　山陵　世宗藩邸奉命祀事通誠　高宗靈承昭事四泝陪京炳炳麟麟固已淩姚櫟姬載錫光於史宬巳皇上御極　叡聖亶天十載宵旰化匝垓埏掃欃槍之妖啖爛羅堰於景躔珠囊紀慶玉燭調年天目麗維太乙珠熉駕言東狩伸念　祖之精禋荅煌煌乎巨典也維時宗伯議禮馮相協辰野盧埽路司嶮戒津舉洪頤揚翠蓋張九斿騰七萃柷栬旖旎雲軿沛艾蜚廉揚和陽烏流杲山靈肆覲川后偃口鞣邑棧之磬峚率水滸之浩淼膴膴腜腜除苛解嬈天子於是肅然穆然陟巘原之逵溯皇過之澗齋祓嚴翼祇詣啟運頌虯降之桓撥歌武敏之載震越相土之率履溯公劉之厲鍛偭閟宮之蝴蜎熛祥光而孔曼乃詣　天柱氣烝焄蒿欽開天之駿發奠坤軸於斷鼇矗憑霄之珠彩拥璘瑞兮歔歈乃詣　昭陵烝衎猗那偉宏亮於丕承拓眅章於神戈悅蹈舞之軒鼚風飂飂以嫈嫈於鑠哉禮敬樂和景　三陵之峩峩篤式禮之齊稷福穰穰兮綏多夫其儐蜳彝陳龍勺稱穛芬荅醆酌楅衡旣撐鸞刀旋蛩簠圓眂規簋方中獲撫椇狎獵散角蝬

淩河開贊釆東平洗爵凡鴳鶵鵷鷺以逮煇胞翟閽靡不色勃足躩濟濟蹌蹌暘　神人之嘉樂若乃沈思乜卉　德音其貊睟　天儀之綿藐穆虛衷而允塞歘頎黝於虆牆儵陟降以震蠁懷趯趯之　武功繹或或之　文德以言乎披荆刈棘陳圭置臬可想其卜瀍而築淢焉以言乎平黎戰坂沐雨櫛風可敵于而敝甲焉於斯時也目收精於廣莫目返聽於闃寂印元符於杳冥通呼吸於馮翼焱迅遝於僾愾悅來假兮有赫遂乃申利成閭　慈告倬單厚彌戬穀逗鴻釐於川至委蘩祉以山積　孝思旣伸推　恩舊勛紀功宗於帶礪篤褎鄂之隆禋燔柴霾沈懷柔百神龍馬蜿蟺而出河器車轇轕而盈山衰

時對而受職紛肸蠁之訢訢然後　御黼幄朝羣工懸編笥簚綴藉氈毦躬桓煜爚芾舄會同渙汗　大號　帝恩龎鴻靄龍光於蓼蕭賓顯允於椅桐飫燕樂於筆篢陟爵秩以延洪或捧金錢之賜或揚鐲復之　仁賁粟帛於黃耉釋圜嘉之赭民莫不懽聲動地蹀躞踵駢祝　天子之萬年於是百禮壬林讋蹕乾旋鉤鈐揚輝於曙旗嵰霜凝華於　玉鑾茁禍草於輦路蔚畿輔之霄雲紛希轟而鞠䏚迓　天顏之和溫遂入廟告成溥　孝理之明察用以㓥六幕而塞八貧夫刻玉游河披圖巡洛事軼典謨語參墳索降至瑤臺御龍羣玉篤麗漢代上陵之曲三侯之歌或覩聞錯愕呫囁啾啐不足儷聖人

至德要道之精也臣職在言語侍從宜有紀述遂作頌曰

大清受命永言配兮布庫里山作邦對兮　原廟翕艴㲲奐麗兮　聖聖繼承吉蠲饎兮　天子曰咨　世德懿兮曩者奉藩陪乘備兮駿奔有恪贊槃敦兮　御極十載埏埴兮　孝治洋溢永錫類兮橋山奕奕汁獻祝兮　列祖來歆神符契兮葵之朧之蕃𥻅畀兮鴻藻有融景鑠萃兮大圜升恆啟王會兮　恩綸滂洋溥　慈惠兮凡百臣鄰歌既醉兮民曰於哉　澤汪濊兮　一人有慶宅醰粹兮延蹕望　幸仰光被兮　天錫純嘏億萬歲兮

擬鮑昭舞鶴賦　袁名曜

溯廣生於扶輿毓物產之綺靡先得氣而覲上稽禽經而莫紀偉胎化之仙姿匪眾鳥之可擬巢不假乎一枝來或經乎萬里徵重霄於沆瀣映瀲江之漪瀾覿著皃秋之白頂塗南離之紫欻振翼而竦軀倏波譎而雲詭乃容與以回翔渺蹁躚而徙倚鳴則擬於翰音之登天舞更勝乎鸜鵒之呈技爾乃資稟清貞性饒智巧體癯則屬玉拳拳脛長則蒼鷹握爪比鴟鵬則笑遼鶯鳩侶雞鶩則室姝蘭鮑伴白雲於孤峯浴瓊毛於三泖佐辛一以當鑪驂仙駕之葩瑤固宜淩玉宇之高寒刷長風而翻攪脫塵壤之樊籠謝縶維之絆絞養千年之蹇修黜三品之宿飽

胡爲乎獻乃技銜乃能遂甘茲塵寰之屈撓然而才以呈而表異品見賞而質昭幸骨相之合選荷藻鑑之特邀於是離崖澗下絳霄踐蘅杜而細啅薉蕙茝以微跳或伴詩翁之岑寂或隨廉官之蕭條或搆亭以名放或作歌以相招惟余情其信芳聊以慰乎寂寥時則春光澹沱秋色浤滲花畦月榭暮暮朝朝若往若來不疾不漂方側足而露距徐邐迤而舒翹傲陽阿之垂手疑孫壽之折腰耀高冠之岌岌逞予羽之翛翛環周遭而弄影比柘枝而尤嬌俄而旋若狂風急如白雨紛颯沓於苔階震弸環於花塢晃毸毹以縱橫翻葩藻於軒宇似照鏡之山雞似雪衣之鸚鵡似賓筵童𠭆之傞傞似公庭碩人之俁俁似吳門

之練影横飛似漁陽之撾聲碎鼓似陳七槃於象箾之庭似演九功於天策之府似公孫大娘之渾脫瀏灕似激楚結風之軒鼓鼙舞莫不听然眙目震盪神移爭先而快覩已乃彳亍踟躕曼衍揮霍刷翅徐翻聳軀輕掠映雉尾於軒窗動蝦鬚之簾箔尙鵠峙而鸞停亦兎起而鶻落聊偃仰於庭除復逍遥於牆腳收遠勢之輕趫戢毛彩之煜爚如綴兆之將終恰應節於歌咢觀者乃心暢神怡咨嗟駭愕用是歌伐木之蹲蹲非徒詡靈囿之鶴鶴於是翰墨主人體物而賦寫綽約之儀容狀縞素之態度逵可占乎鴻漸雝宜儷乎振鷺羨日下之先鳴出雞羣而獨步媿頳盤之踆烏巢三珠之玉樹相與飾以雕籠獻 上林而

登雲路並儀鳳於郊陬同率舞於韶濩遂以煥王國之羽儀而寫咸若之天趣

潘都閫七十雙壽賦有序

袁名曜

賦者古詩之流也祝嘏權輿葩經而崧高烝民於義爲賦故有明一代最尙壽言自古文駢體外又有以賦見者潘公都閫樹常丈暨德配畢恭人夔鑠齊眉茗華儷質以屠維大荒落之歲俱登七袠諸戚友以暮春之吉製錦稱祝爰縷公顛末屬言於余余按公以武舉登仕版由霸州千總歷河南彰德守備其上官同僚莫不信服公之行誼兵民咸戴其德洎洊升廣東都司遂以疾引退此其恬靜有過人者恭人婉孌柔嘉以靜正稱禮宗於明人靜壽賦之義尤合遂慨然賦之詞曰

都閫公既解組於豫迺息機津門之東凌直沽而卜築俯滄瀛

之浻瀛扉堀堁之塵翳迥遠春之蓬蓬聳鳶肩炯方瞳迺秬迺鬯迺韭迺菘偶彳亍於東皋或軒翥乎南窗喚海若以長嘯歗山鳴而谷應叶於是夫人揚袿僮鬟容容裔裔斧之藻之虔供中饋晨舉德曜之案晡陳屈到之芰相敬如賓老而益至則可謂秘儀圖光昭倫升儷者矣爾乃極坦絇釆嫢緯舒芷挂穹窿之雕弧懸紛帨於璧璫設四豆之狎獵景雙棲於疇梁披鯉庭之斑衣紛七槃其翱翔環諸孫之瑰偉齊㭬韝而趨蹌斟天漿而輒醻介春酒之百鍾叶凡夫同功之儁戚里之良幷四姓於崔貝暨七葉之金張莫不鱗次雲集雜遝而稱觴客有沈思旭赤憮然而歎者曰秩愈尊者趨赴必夥官愈顯者奉承彌衆公

遂初服已多歷年所矣當游卄時年固未愸假如歸覲不牽宦籍長綰逞貔虎之虓雄歷鸛鵝之行陣或循資以遞遷或因功而特晉行且施行馬列錦幔排棨戟之霜鋒矗大纛而雲爛擁勁旅於高牙羌滮滮而澌澌然後陳百醴開九醞輿隆儀延上賓叶韡刀紅帕者匍匐而行兜鍪犀革者鞠跽而進豈不赫赫濯濯欲風歕雷而名望讋震乎走不敏睹今茲之盛會頗疑前此之退休用質鄙意以待賢哲之折衷去聲余乃囅然而貽哂然而笑曰夫處幽而含華者聖人之雅操也抱奇而內光者道家之明教也騏驥之質錦幃而華廐不如釋羈勒於寬閒之囿松柏之榦郢斲而堊髹不如全純樸於廣漠之邸是以隆隆者絕

炎炎者滅舌以柔而久存齒以剛而先折公既通籍於鷹揚之宴受符於魚鈴之營晉不籍乎鼫鼠遷復比於喬鶯捧　龍章之璀璨膺兩世之殊榮然後闡繹知止之義屏簪紱之勞形睎田園而息駕耽三徑之未荒乃築場而納稼爰攜德配偕隱林皋相與彈箏擊缶烹羊炮羔或翦紙爲棊局響楸枰於鶕巢制毒龍於靈臺聊以避夫繁囂公曰噫嘻顧茲舊廛余族聚焉其有困乏解推爲先夫人曰然曰余媚婭或甚矣僁古人可作指囷尚薄胡任隔膜夫人則諾於時悅情話於親戚於時洽笑言於族鄰釋名韁解塵鞅游元神於太虛邈壘塊而滌盪又何啻挹浮邱之袖拍洪崖之肩用以貞貞徯福軼大齊而登上年

又況哲嗣克家德器淵奫譜華黍於蘭陔御醽醁之淸醇承慈嚴之義訓挺玉樹於芳春桐孫茁乎三枝藹甘露之油油紛鸞停而鵠峙蹇能法乎前修公顧之而點頷夫人豁其明眸善盈則慶餘積厚則光流要由於知足不辱者不竭其膏於炬爐而善自爲禹子乃豔情於組綬毋乃末學而膚受也乎客於是憮然意下憬然悟曰先生眞灼見乎天人之奧福壽之原也請以是爲公與夫人壽

七德昭宣。出二十八宿以占星。五方軌順。統四十九旗而就日。萬樹園開。（蒙古諸藩歲至熱河瞻覲賜宴萬樹園）延喜珍鑴。茗霽玉剗。烏弋驗風之使。齊尉堠以瞻 天。白狼向化之臣。扞衣裳而綷地。威讋無外。極建於中。酒猶無逸。 麈懷習勞秉。則占行師於義易。考教旅於周官。豹尾垂䩞。既見於 心法 親承之日。（嘉慶三季冬車駕閱兵）魚麗合隊。戛徵於 橋山 展謁之季。（十季秋東巡謁陵至 盛京閱兵）方古北口之停車。 龍旂肅簡。（七季秋古北口大閱）迄五臺山之返旆。 鳳輅平臨。（十六季春巡幸臺懷歸至正定閱兵）至於蒐畢湯山。夾路則花迎芝蓋。獮行灤水。入哨而草貼莎茵。歲以爲恆。事立於

豫。益戎兵。致詰闕。 聖主之經營。而弧矢以威。實我 朝之 家法。溯自 帝謂詢仇之始。甲甫十三。（癸未 太祖高皇帝起兵征尼堪外蘭有兵二百甲十三副）追及 天庥右序之時。旗分二四。（太祖既創平諸國於原設黃白紅藍四旗外又增四旗參其色鑲之行軍時地廣則分爲八路地狹則合爲一隊）九國咸歸。率服。（葉赫烏拉九姓之國合師來侵 太祖一戰破滅之由是遠近懾服）萬季遂擴 洪基。（太祖以數千人破明兵二十萬於薩爾滸自此帝業日隆）素練生風。吼龍媒而蹴踏。（太宗文皇帝所乘馬曰大白小白）紅衣吐焰。炸雷鼓以砰訇。（天聰五季造紅衣礮鑴曰天祐助威將軍）柳箭分行。（崇德六季 諭王貝勒大臣子弟習射壯者角弓羽箭幼者木弓柳箭不可荒廢）教誨滚於冠服。（太宗訓守冠服騎射舊制毋效漢人服飾）金卮拜

聖駕南苑大閱恭賦 謹序

陶澍

臣聞治天下有大柄。武緯協於文經。同六合爲一家。仁育因而義正。荏筃風雲演陣。龍蛇傳軒帝之經。干羽宣威。鳥獸舞虞階之化。三十六扶胥之乘。折衝而簡螳車。二十一小雅之才。鞠旅而賡魚服。蒐閭石鼓。西京則䞨趯摛芬。野有干城。南國則豝豵矢咏。況夫淬兵繕甲。校技程能。安不忘危。整旅以暇。周家之歌載纘。是繼三單。管氏之語能諧。必先五教。偃旗振鐸。講攻戰進取之方。提鼓執鐃。習疏數疾徐之節。同袍同澤。義取綏心。如虎如貔。功資練識。載在方策。有可徵焉。欽惟 皇帝陛下。得一奉宸。斟元履極。

三精燿采。八表騰輝。蚩尤之尾全摧。庭氏之弓弗設。光宣日月。九埏歸白阜之圖。響答風雷。十曲奏黃神之樂。往者山藏槃瓠。留迪帷籌。（苗匪蠢動旋即撲滅）藪聚萑蒲。頻勞網祝。（教匪滋事蔓延豫楚蜀三省命師平定）欃槍一埽。軍中之猛氣先揚。爲鼓齊鳴。釜底之游魂悉懾。闢荊榛爲道路。豈有蠶叢。（逆州餘匪既平改其地爲綏定府）臑饕餮以詩書。遂遷鶯谷。（苗民向學近復加恩予以中額）長鯨就戮。樓船標橫海之名。（洋匪蔡牽出沒海島大兵追至魚山下殲之餘匪悉平）文雉遙來。溟澥有不波之瑞。（越南請封得旨頒給敕書）版圖 天府。編重譯之壎民。（貴德嘓嚨麻里野番裁省西南野夷先後率眾歸誠俱 恩准附入版圖以示懷柔至意）昕鼓橋門。列三山之侍子。（琉球諸國遺子入學）九功煜爚。

賜・攻遵化城時小卒薩克哈圖先登　太宗親酌金卮以勞　褎寵逮夫發弧・攻永平時副將阿山葉臣冒火登城　太宗諭曰此我國家第一等材勇人也毋再令攻城以示愛惜之意　勳紀八圖・奮　天戈而颯爽・乾清宮尊藏　太宗戰圖八冊　功成一戰・廓　帝業而焜煌・順治元季破闖賊於一片石其季九月　世祖章皇帝入關定鼎　乾絡鏡清・泰紘砥定・旌麾所指・塗山無後至之邦・風雨來臨・海內有其蘇之望・然猶挽烏號以　示訓・順治十季　世祖幸南臺持弓顧謂諸臣曰我朝定天下以此弓今天下大定機務殷繁朕身雖不暇常念茲不忘　肅馬政以修戎・上駟院初名御馬監順治十季置阿敦衙門　至於沙漠風清・聖祖仁皇帝親征噶爾丹凱退至朔漠見明永樂中碑文有永清沙漠之語顧謂從臣日眞永清矣　坤維日麗・康熙六十一季　聖祖駐蹕熱河　諭曰朕前親

征噶爾丹滅之今策妄阿喇布坦潛往西藏劫掠又遣大兵擊敗之皆平日不忘武備勤於訓練之所致若憚勞苦安能於萬里之外立功乎　御神鎗以刺虎・飛長箭以射麕・聖祖常以三眼神鎗刺虎又力能挽强每用十二把長箭圍中射鹿麕貫腋洞胸　睿略遠揚・青海於西域最遠　世宗憲皇帝遣師平之　豐規世守・雖宵衣旰食・未暇　巡行・世宗諭有云予之不往避暑山莊及木蘭行圍者蓋因日不暇給後世子孫當遵　皇考所行習武木蘭毋忘　皇家法也　而賞春罰秋・特頒綸綍・世宗有特諭提鎭副將參游等　諭旨三道頒行天下　若乃早承聖眷・聖祖嘗　高宗純皇帝射熊熊突起奔前　聖祖命　御虎鎗殪之事畢入武帳日伊命貴重　揭四知以燭幾・高宗御製四知堂記謂知微知彰知柔知剛其卦辭乃利建侯行師知機實握用兵之要也　默運　神樞・備　十全

而　紀勳・高宗武功十全御製有記　地窮八柱・區金昭有截之休・職效百靈・磬后鞏無疆之慶・恩昭撻伐・以萬方共底生成・章凜率由・惟　聖主克勤纘紹・偉茲　南苑・近拱　北宸・包五海以紆迴・是稱海子・南苑中有五海又曰南海子　控二河而縈帶・遠刷河流・海子外有團鳳二河流至天津雙口與永定河合渾水藉以刷滌　縩野平鋪・紅門九達・苑有東西南北四紅門　本朝增之爲九　蓋元明之舊圃・至　皇代而彌新・鐵馬金戈・景雄圖於　開國・太宗伐明圍燕京分兵南下過南海子射黃羊鹿兔順治十三季十四季均於此舉行閱兵　銀花火樹・仰同樂於　當時・康熙十二季十六季十九季三十四季四十季四十三季皆幸南苑閱兵又元宵日於此陳放煙火　作有　世基・雍正

七季幸南苑大閱車騎營兵　繩亘　祖武・乾隆四季二十三季幸南苑大閱　小試佶閑之步・八兔齊蹲・乾隆二季　高宗御佶閑驪獵南苑射中八兔　菊環　西域之人・千旃共颭・乾隆二十三季大閱哈薩克布魯特塔什罕回人等皆許預觀　蓋祖　宗之大閱廿三次・我　朝舉行大閱　太宗三次　世祖二次　聖祖十二次　世宗二次　高宗四次　而在　南苑者十有一焉・神皋沃衍・亘屯細柙之營・芳甸周環・詎數長楊之榭・茲者草肥水暖・金絡嘶風・絮點香霏・玉韉耀日・皇上爰以省春之吉・諏　珠耶而載辰・斿遂於返旆之期・飭戎行而開甲帳・八風嘹響・摩空颺赤羽之旌・五緯分苡・拂地舞黃龍之纛・潋火珠而沸海・掣金汁以排山・九天九地

之師。十盪十洩之陣。堂堂乎正正乎。保大定功之 駿業。安民和眾之 鴻猷也。微臣測管難名。簪毫是職。臚情采韻。敷事成篇。頌 景祚於京垓。六軍皃藻。和凱歌於鞭鐙。三月鶯花。謹拜手稽首以獻。

粵以元默涒灘之歲。候大梁而司太皞。 皇帝乃肆㫐辰。飭羽葆。選中黃。馭飛阜。簡七萃以懋和。詰五兵而拓造。 聖武霆霅。 天威電埽。徒御不驚。旌旗載道。門闢 苑北。祥雲占紫極之花。天近城南。旭日麗春田之草。邁大成於展也。句咏車攻。荅戩穀以宜之。詩成天保。夫其包海淀以源瀦。擴仁虞而院大。苑中有元時仁虞院舊址區團鳳以洸汪。矗晾鷹而杳靄。晾鷹臺高六丈徑十九丈周徑

百二十七丈恭値閱之典例於此處舉行 臨 煙樹遙拱乎闕門。析木近環乎襟帶。九十四泉之趵突。瀿湧神漿。舊稱苑有七十二泉實則團河之泉已九十有四一百廿里之逶迤。地當都會。舊稱海子周一百六十里實止一百二十里澼始基於元代。曾置泊。苑在元時爲飛放泊而限罽甍緬。 訓武於 先朝。每選徒而歌旌旆。 皇猷布濩。因知震疊之在茲。 家法欽承。羣仰規模之無外。先是司天練吉以貞期。按大閱之禮兵部奏請舉行得 旨移欽天監諏閱武吉日乃下所司戒備如式司馬陳兵而簡乘。前期二月八旗佐領各出兵卒爲大閱之眾八旗都統副都統前鋒統領護軍統領各勒所部練兵於演武場張 黃幄之棽麗。啟紅門之崚嶒。周廬列而蟬聯。馳道開而虹亘。前二日有司豫於行宮供帳列 御營張 幄殿設 御用甲冑弓矢於幄內八旗將校甲兵依式布列軍令既申。部分斯定。若網

在綱。有策必應。雙雙翼比。音聲已禁。千官六六營開。意氣直操全勝。屆日會食列陣建大纛爲軍表左翼以次而東西上右翼以次而西東上最前爲火器營 御營外左右設鑾儀衛蒙古畫角委散秩官禁約譁譟委傳宣官承傳軍令凡三十六營卒一萬八千七百七十餘人猋車響書擊斗。心雄。軍容嚴整。雅奏沖融。軍陣既嚴司礮舉礮三鐃歌大樂作奏壯軍容之章 天子於是擐絲油之金鎧。佩紫阿之琱弓。歷九成之崇阜。從萬乘之元戎。兵部尚書奏成列 皇帝乘騎出 行宮入 御營旌麾彗景。組練捎空。尾搖竿豹。蹄躪花驄。皃履追陪。繞陣圖而自左。兵部尚書奏請 皇帝佩刀閱兵出 御營屬櫜鞬乘騎王公大臣前引後扈親軍舉黃龍大纛有執事王公隨豹尾班後 皇帝入自左翼出右翼周視隊伍畢還至 御營釋櫜鞬 御幄殿 龍旂璀璨。拱大纛以居中。馳驟欣瞻乎 帝則。周旋宛象乎元功。爾乃一聲鬱棨。萬隊纓縏。殷山

霱動。沸海螺寒。鳴地中之鼓。角吼松外之風。湍紅旗一展。火器齊譁。飛冰花於暑路。裂礮石於雲端。及金鳴而焰息。猶光炸以星攢。結陣孔堅。一氣望煙雲之合。撼山弗動。四維成風雨之安。兵部奏開操 御營前蒙古畫角先鳴海螺以次遞鳴司礮三舉礮乃行陣擊鼓鳴螺昇鹿角前進領隊甲士麾紅旗槍礮齊發如是者九及至第十進大小礮連環槍齊發鳴金三乃止旣而八門齊闢。八隊分陳。中開鹿角。旁貫魚鱗。按次以前。若東西輪之行於中道。聯行而進。若左右角之繫於司民。大聲發而谷應。盛氣作而山峋。繼開鹿角爲八門諸軍出鹿角外旣成列八旗齊鳴螺譟而進左右翼兵隱綴斜行成列竝進鳴金止乃振旅還立於初成列之地陰闔陽開。不愆於五六七伐。陸讋水慴。用輯乎億萬千春。禮成有翼。師練在和。 天子乃至圓幄而釋甲冑。兵部奏禮成 皇帝入 御營釋甲冑扈

從諸臣咸退解甲具吉服命建櫜而載干戈兮皇威而奏清樂迴
御輦而作鐃歌兮聖駕還行宮鐃歌清樂作奏皇威之章將士依次入城堋收畫
隼鼓肅靈鼉轂藏霹靂陣斂鴐鵞洞九門而豁逹衢萬馬以經
過飲醴羣游福海投醪允飫恩波吉巳占乎地水洗
欲挽乎天河井鉞參旗如覩坐芒之作作堯勳軒烈
倍欽善將之多多馳大丙以威宣張箕舒翼蕩由庚而履接戛
玉鳴珂頌曰聖主當陽道磨德礱施普乘龍律調諧鳳瑞
啟瑤圖祥呈銀甕茲白乘黃瞻風采貢玉潤金聲咸歸折束精
詎求精習勞縱送爰簡車徒程其飛鞚萬卒鱗游三軍翼控匪
曰勞民師以畜衆澤洽蒿宮心懷松棟敬祝昇
平長依帡幪

帝京賦以春色滿皇州為韻　陶澍

洪惟我國家紹天闢繹度地居民泰紘砥定乾幕禧
均煜珠囊而照宇和玉燭以調辰三能煥采九有登春同軌之
休斯在會極之路咸遵緬維開國之初肇丕基
而有赫追及陪都是作擴宏造以維新眷命
自東既首出而綏四國宅京於北爰體正而馭九垠懿夫
帝京之有制也地拱黃圖天臨紫極俯九州而稱上腴納四
海而歸內閾星占箕尾通津敷析木之彎垣應杓衡上道炳瑤
樞之邑左瀛海之淈汪右太行之岃崱恒山涿水襟帶於其前
鐵嶺居庸繚繞乎其北語和會則陰雲陽開示周行則準平繩
直蓋從來宅中圖大必南面以聽夫羣民而聖朝奠麗安
邦遂高拱而朝夫萬國爾乃呀重郭之巍巍豁九逵之坦坦屹
殿閣之峩峩蔚園林之款款瀛臺峙以煙霏太液波
而水滿通衢四闢轂擊而薈衣冠芳甸旁周壤錯而縈組綦會
車書於一統允宜六合為家啟閶闔於千門詎比五鄉為鄙程
恢豎亥八方就日以抒葵路識由庚萬里瞻風而候琯若乃春
颺鼓物春旭載陽煙浮鴨綠露綻鵞黃桃緋吐萼李縹含芳泮
御河之春水藹宸苑之春光處處樓臺萬戶儼瀛洲
之景行行錦繡百花傳天上之香聽睍睆於流鶯晴暉正麗哢
陸離於紫燕細雨微颸春色宏敷於大地春祺善氾於我

皇於焉 御金輅．載玉斿．沛 愷澤懋 宸猷．吭中田而籍舉．候大采以祀．修賚五鳩而廛春省．練七萃而校春蒐．恩覃宙合 澤洽神州．康樂之書齊上．醇𩐁之氣同游．仰精一之宅心．道光玉鏡．朞苞符而合撰．業鞏金甌．頌曰．翼翼皇輿．視履所由 天眷有德 列聖貽謀．我皇受之．鏡仰萬流．陸讋水慄．岳茇川修．甸昀歌禹．原膴懷周．庠登俊乂．畝服農疇．工商既萃．冠蓋相攸．東西玉帛．大小共球．肖翹蠕動．莫不咸休．八紘綱紀．四極盧牟．延洪錫羨．億禩千秋

東巡賦以昭茲來許繩其祖武爲韻 陶澍

葢聞達孝之情．首崇繼述．郅隆之世．兼采風謠．是以雙龍賁夫夏姒．五瑞輯夫虞姚．畢邑修儀．演姬宗之寶籙．沛都整駕．驟漢氏之金鑣．監成憲以無愆．禮交樂舉．念舊典以時式．武穆文昭．斯盛事．堪稽諸古帙．而隆文尤重於我 朝．懿夫 舊京之啟宇也．天開靈域．地闢神基．岫巖熊岳．堅其衞．混同鴨綠．導其支．長白摩穹．聳嵯峨而作鎮．巨瀛環浸．跨浩淼而爲池．辨方則震取諸生．雷出叶長人之瑞．正位則丑言乎紐．樞臨昭應運之奇．念沐雨而櫛風． 四聖之經營伊邇．緬兌松而拔棫．千秊之 精爽在茲．規模既富．彤勝特開．鞏金湯而內固．擴玉

壘而外恢．維昔 聖祖撫基．輶軒曾至．亦越 高宗御宇．斿旆頻來．刻玉披圖．證遺文於冊府．鳴珂戛珮．修盛會於瑢臺．葢 本朝之家法．所在實萬禩之洪度．所該．我 皇上心切覲光．情殷纘緒．維 舊制之宜循．遂隆儀之具舉．際十秊而考典．恰符成數之期．當七月而啟行．更應清光之序．先期淨道．金風送雨而霢霂．按候迎旌．玉露墜條而滑滑．軏轡集從容之彥．技奏鄒枝．簪毫簡侍從之材．班推燕許．爾乃金根靁動．玉軸雲承．豹尾鬛鬖．其若舞．龍媒蹀躞以俱騰．太乙揚旍而晚藹．大丙扶馭而輶較．謹扈從則如眾星之環璇極．遵指使則如四序之仰玉繩．當秊少海承流．曾侍 龍旂之遠涖．此

聖駕東巡盛京祇謁祖陵禮成恭賦同文體謹序

聶銑敏

洪惟我　皇上仁法　天心　孝承　祖德自癸卯秋　侍隨　高宗純皇帝四謁　三陵卽膺眷顧洊恩默告　祖宗　畀以大寶丙辰受璽以來無在不以篤慶錫光爲　念如　臨辟雍幸翰院　四推耕藉　三宥緩刑　鳳詔所舉一遵舊章迺於今年七月十八日　啟蹕恭詣　橋山望山告海百神受職每當　覽古興懷發爲　睿藻尊祖敬　天之忱肫肫在抱八月乙未詣　啟運謁

永陵慶衍白山祥開橫甸穆然思　四祖之基王業也庚子詣　天柱謁　福陵甲奮十三兵破廿萬皇然思　太祖之受　神器也辛丑詣　隆業謁昭陵朝鮮受降　盛京建學赫然思　太宗之統六合也悽愴怵惕莫名　至誠　賜酹陪壂　恩澤周渥禮成之時　特降綸音以嗣後再舉謁　陵典禮派皇子隨侍展謁俾瞻仰之餘咸知追遠報本凡　陵寢宮殿修葺完善猶以後此敬謹護守隨時省視爲重並以宗室王貝勒貝子公等均係　天潢一派祖墓俱近在　兩京奉使查工既得展謁　山陵又得各申私慕推恩錫類孝際上台擒朗叓欣　鑾輅之時乘於是歷淩河而前驟指寛甸以遙馳經瀋陽之迢遞望肅慎之逶遲　靈殿岧嶢以山峙　橋陵蔥鬱以雲坒僾見非遙景　衣冠而起慕駿奔咸在擁　弓劍而興思塵旅履宗物其有矣雞尊象勺禮亦宜之因展義以薦歆允矣孫謀之貽厥本觀民以設教依然　皇極之建其典禮是將綱維悉樹　一人慶有道之長萬國頌無疆之祜亘河山之百二盡剗輿圖周道路之三千咸親　鹵簿協時同律懷柔徧及於山川賜酺謁租瞻就如臨乎風雨篤本支於百世澤洽振麟齊步伐於三驅威宣柙虎凡斯　聖德之宜人悉本　孝思之法　祖所以治

極登三勳推咸五閭閻盡樂夫豐盈遐邇俱歸夫鎮撫迓景祺於上宙物咏由庚臻洪慁於中天日欣當午慰父老瞻依之念以豫以游宏　國家樂利之庥乃文乃武握金闡化長看尉候之來同渤石紀功又何亭云之足數

之至也　駕至　盛京修　禋祀　涖舊宮瞻
堂構愾聞僾見如存如生迺　御崇政殿大朝會中外親
賢咸分　賜酺廢者起高者增十賚肆施　湛恩廣被一
如　純皇帝東巡時　回鑾循薊門展謁　東陵
舜慕　堯思依依若接九月壬申　蹕旋京師告
奉先殿恭慶禮成夫帝王相禪道若循環先後異時理原
合轍我　國家　聖　聖相承光華復旦伏讀　味
餘書室集中　盛京和韻諸什唐虞賡揚成周作述弁集一時
千古罕有今　膺寶命　虔修上儀歲逢乙丑是
太祖建京之時期屆十年乃　太祖受璽之會而躅吉練

辰又適與　聖祖仁皇帝初涖之年相合本年庶常散館
題　命東巡賦韻限昭茲來許繩其祖武是誠　繼往開
來　紹聞衣德綿　景運於無窮也臣學識淺陋仰蒙
聖恩幸得觀光玉署際雲漢昭回之庥被　稽古右文之
化竊不揣冒昧謹遵　欽命原韻敬擬回文賦體敷陳
鉅典一以紀　啟蹕重來之景一以攄　回鑾追慕之思
其回韻即用於萬斯年受天之祜以效億萬載　申錫無
彊之頌禱焉謹拜手稽首以獻曰
祜篤　先慶　巡行　帝朝　宇啟綿瓞　邦建蕃
椒怒飾旄鉞勤思玉瑤撫荒遠而來　王享　隆

創垂而　重　廟祧覲文兮夢旦牆舜兮羹堯膴膴兮
京依東海菸菸兮塞接左遼　戶庭傳　彤兮僾
愾　陵寢極目兮岧嶤取　湖爲鼎名　山以
橋吐英瑞兮　光前歆　神降果呈異靈兮
佑後集鳥憑霄虎踞龍蟠祥鍾王氣鸞翔鵠峙秀啟凡超俯仰
興懷年歷豳邰而上綿延　錫祚世傳豐芑而遙聚
丁甲兮守護羅星辰兮布昭用是之綱之紀得序得宜鼇工績
兮勒鐘鼎立　室宮兮森桷榱崎嶬兮　門闥蔚炳兮
亭碑紱　神建　廟勸善增祠芝生應瑞柳折徵奇
追遠務本　睦親連枝孜孜兮　廑宵旰業業兮

壽延千萬　鑾回待覲　鴻禧　儀隆兮四謁
格　神祇期展　九重　蹕啟先衛　鳳詔
陵地勝娛　顏承往歲　典繹兮三瞻
祖天中麗景美當時持闢兮山接海葺廟兮齊與吏諮詢寄兮
籩豆灑滌紛兮畢箕支餘重分　牒系下臣逮廣　恩施
規同曩昔慶衍今茲若乃天秋曉兮　翠旗動日晴新兮烏彩
催蟬吟柳而絲曳雁度楓而錦裁韉弓兮防衛佩劍兮侍陪前
旌耀暉而捲月去騎馳驟而驚雷煙嵐鎖兮分黛嶺霧障埽兮
除塵埃泉曲波澄積閏緣知合轉幕淡寒浸生風應快涼回仙
飛渡記青牛樹高蔥鬱櫂去光浮綠鴨江遠湖洄平蕩遵兮苹

都邑險隘陟兮臨墟隈連雲兮白山障列出日兮碧海驅開專
悃忱而　奠帛璧　毖禋祀而潔尊罍　蠲吉
兮　孝享　致誠兮　神來惟夫受　命延洪
覃恩錫與後先　興感　几筵來往　聖誕逢序酉二
虞斗牛騰彩兮中秋屆期星虹兆祥兮　繫情業
啟兮藏疇圖庚三過兮避溽暑酒進黃流而酌匏牲刑白牡而
登俎壽比柏松香升秬黍丑紐迎祥寅清　定敘久長
計在保邦　承顯　思惟　纘緒右左　降陟
兮肅肅雍雍泉源　瞻覲兮言言語語趄趄桓桓兮鷹揚
須師明明赫赫兮虎虓振旅九部摧而威昭三姓平而侮禦守

平成兮　業崇勞　創造兮功鉅厚　積累兮世
享長符　德大兮傳多許年豐上而康降宇泰開而
運承埏垓兮沂暘　室牖兮　依憑編誌古稽兮
盛京文溯構堂新煥兮　嘉蔭舊仍千門兮漾窔二木兮
崚嶒宣昭　功德兮神感應奠定　清甯兮著貞
恆翩翩兮　宮前麟集翽翽兮　樓上鳳騰　虔修
饗食備告　嘗烝川瀆徧　禋　繼思庭紹滋陬偕
覲　崇政座升聯班牧伯接踵卿丞　傳宣近貴
賚予廉能絃　揮蕙而風動　服繪藻而霞蒸先之舞
象鳴鯨磬笙兼奏外而呈揆獻雉篋篚是　登筵開廣廈集

屛藩醉酣零露宴　賜中庭盈宰輔淸勵飲冰權量謹而法
律正廢墜修而俊才徵賢尊親勸厚益高增　乾乘廣運兌
悅同輿　綿　先德兮翼翼　起後嗣兮繩繩以是
斯　來兮神受職此樂兮眾與思耆老安兮歡聽覩訟獄弭
兮釋矜疑旗軍徧喜鐲賑序校自諸歌詩治尉候者蹈舞脫兵
甲者游嬉　維騶沛豐兮　意適　駐輦瀍澗兮
情怡　貽謀兮式穀近　光兮傾葵師戰圖兮摩壘壁
過疊道兮遵路逵迤邐兮騎從繚繞兮車隨辭右瀋而淡繾綣
望　東陵而切依馳彝薦商兮鼎傳夏禮典夷兮樂掌夔
司祝嘏者　孝告　慈告備序房者陳其設其彼萬舞

兮光湯韶陳兮纘禹飯視寢門兮畢祭垂刑膏降林樹兮漢興
從扈艮止詒誚兮唐命親臣升中廢議兮明嗟守府　健行
惟　兮　恭傳徇古　論定禘郊兮　文垂　儀
修　原巘兮鈦補願憫人臣兮瞻就　日雲封　增
郡縣兮櫛沐風雨建　國　留都分司減部勸諷時及官寮歌
詠是陳矇瞽　巽重申而　錫命三　離繼照而當位
五獻曲瞻　陵　巡方格　祖於是拜賡頌曰
德美譽播兮　聖主　化行兮安土閭里榮兮　膺
籙圖　國家光兮揚葳蕤疏及親兮　施德周遍兼遐兮被
恩溥　居處切思兮重刀球　廟壇　申敬

兮盛盨簋旗旐殷兮固本原帶礪永兮崇弼輔　輿蹕停兮
土風陳　紵綸宣兮潰星譜書車統一兮　定治　成
功幣貢來同兮　修文偃武　武偃文修兮同來貢幣
功成　治定兮一統車書譜星潰兮宣　綸紵陳風土兮
停　蹕輿輔弼崇兮永礪帶原本固兮殷旐旗簋盨盛兮敬
申　壇廟球刀重兮思切　處居溥　恩被兮遐兼
邇周　德施兮親及疏黼黻揚兮光　家國　圖籙膺
兮榮里閭土安兮行　化　主聖兮播譽美德曰頌賡拜
是於　祖格方巡　陵瞻曲獻　五位當而照繼
離　三命錫而申重巽簪朦陳是詠歌僚官及時諷勸部滅

司分　都畐　國建雨風沐櫛兮縣郡增封　雲日就瞻兮
臣人慰願補缺兮　巘原　修儀　垂文兮郊禘定
論古尚傳恭　今惟　行健府守嗟明兮議廢中升臣親
命唐兮誚詒止艮扈從輿漢兮樹林降膏型垂祭畢兮門寢視
飯禹纘兮陳韶湯光兮舞萬彼其設其陳者房序備告
慈告　孝者瑕祝司夔掌樂兮夷典禮夏傳鼎兮商薦彝馳
依切而　陵東望繾綣淡而瀋右蹕隨車兮繞續從騎兮
邏迤逵路遵兮道疊過壁壘摩兮圖戰師葵傾兮　光近轂
式兮　謀貽　怡情兮瀾滬　輦駐適　意兮豐
沛驂維嬉游者兵甲脫舞蹈者候尉治詩歌譜自校序賑鐲喜

徧軍旗疑矜釋兮弭獄訟覩聽歡兮安老耆思興眾兮樂此職
愛神兮來斯是以繩繩兮嗣後起翼翼兮　德先綿興同
悅兌　運廣乘乾增高益厚勸尊親賢　徵才俊而修墜
廢　正律法而　謹量權冰飲勵清輔宰盈　廷中賜
宴露零酣醉藩屏集廈廣開筵登是篚筐雉獻孳呈而外奏兼
笙磬鯨鳴象舞之先蒸霞而藻繪　服動風而薰　揮絃
能廉　予賚貴近　宣傳丞鄉踵接伯牧班聯　升座
政祟　覲偕陬澨　紹庭思繼　禋徧瀆川　烝
嘗　告備　食饗　修虔騰鳳上　樓兮翾翾集
麟前　宮兮翩翩恆貞著兮甯清定奠應感神兮　德

功昭宣嶒崚兮木二邃淡兮門千仍舊蔭嘉兮煥新　堂
構溯文　京盛兮　稽古誌編　憑依兮　牖室
暘沂兮垓埏　承運而　開泰宇降康而十豐年許多傳
兮　大德符長　享世兮　累積厚　鉅功
兮　造創勞　崇業兮成平守禦侮而平姓三昭威而
摧部九旅振虓虎兮赫赫明明師班揚鷹兮桓桓赳赳語語言
言兮　覩瞻原泉雍雍肅肅兮　陟降左右
緒纘惟思　顯承邦保在　討長久　敘定清寅祥
迎紐丑黍秬升香松柏比壽俎登而牲白刑牲匏酌而流黃進
酒暑溽避兮過三庚圖疇藏兮啟二酉序逢　誕聖兮祥

兆虹星期屆秋中兮彩騰牛斗虡業　情繫往來　筵
几感興先後與錫　恩覃洪延　命受夫惟　來
神兮　誠致　享孝兮　吉蠲罍尊潔而　祀禋毖
璧帛　奠而　恍惆專闢驅海碧兮日出列障山白兮雲
連隈墟臨兮陟隘險邑都鞏兮遵蕩平泗溯遠江鴨綠浮光去
櫂鬱蔥高樹牛青記渡飛仙回涼快應風生浸寒淡幕轉令知
緣潤積澄波曲泉埃塵除兮埽瘴霧嶺黛分兮銷嵐煙雷驚而
驟馳騎去月捲而輝耀旌前陪侍兮劍佩衞防兮弓韃裁錦而
楓度雁曳絲而柳吟蟬催彩鳥兮新晴日動　旗翠兮晚秋天
乃若茲　今衍慶昔曩同規　施恩廣逮臣下　系牒分

重餘支箕畢兮紛滌灑豆籩兮寄　詢諮夷與齊兮廟葺海
援山兮闢持時當美景麗中天　祖瞻三兮　繹典歲
往　承　顏娛勝地　陵謁四兮　隆儀
禧鴻祝待　回鑾萬千延　壽　詔鳳銜先　啟蹕
重九展期　祇　神格兮業業旰宵　廑兮孜孜
枝連親睦本　務遠　追奇徵折柳瑞應生芝祠增善
勸　廟建　神綏　碑亭兮炳蔚闔門兮嶔寄
榱桷森兮　宮室立鼎鐘勒兮績功釐宜得序得紀之綱
之是用昭布兮辰星羅護守兮甲丁聚邈而邑豐　傳世
祚錫延綿上而部幽歷年懷興仰俯超凡啟秀峙鴒翔鸞王

氣鍾祥蟠龍踞虎霄憑烏集後　佑兮靈異呈果降
神歆　前光兮瑞英吐　橋以山名　鼎鴑
湖取岂崇兮　目極　寢陵慄慄兮　形傳
庭戶遼左接塞兮茫茫海東依　京兮臚臚　堯羹兮
舜牆且　夢兮文　覲　祧廟重而
垂創隆享王來而遠荒撫瑤玉　恩勤　鉞旄飾怒椒
蕃　建邦瓞綿　啟宇　朝　帝行巡慶
先　篤祜

歎賦客有仰天而歎者爲揣其情而賦之　黃浩爲

百端交集萬感愁余不可殫述聊復欷歔於是心悸骨驚魂銷神駭悅有憶而忽忘似欲語而不解怨復怨兮誰知愁莫愁兮孰買羌有胸兮堪椎又無涕兮可灑縱教腸斷未能心死臨宇宙而難盈惟長歎而已矣爾乃雷殷殷兮欲雨陰曀曀兮生風山冥冥兮向暮水漫漫兮逝東見古木之墜葉覩殘花之飄紅駭馮夷之怒舞聞魍魅之怨恫日黯黯兮號冤鳥宵寂寂兮訴寒蟲陸游畏兮虎豹水行懾兮蛟龍欲迴慮而不得思遣懷以無從於是披蓺文稽載籍仰前徽覽遺迹感曠世之幽情弔古人之怨魄遂扼腕而弗勝亦愴懷而難釋心何爲而沖沖天何

爲而夢夢何西山兮餓死何東陵兮壽終何陋巷兮命天何闕里兮道窮比干遭剖何其忠也申生待烹何其恭也荆軻不還何其雄也莊姜失位兮訴日居黎侯去國兮怨泥中軹道亡秦安在其能萬世垓下敗楚而亦負此重瞳李君生降忍聞胡馬明妃出塞空望飛鴻天邪命邪曷禁書空至於千里結交生死永訣思一見以無期願假夢以相接目彷彿兮生平耳傾想於疇昔或突來兮無端又倏去兮罔覿值長夜兮醒時淚交橫而流席若夫孤游萬里遙憶故鄉懷喬木而不見登高山而難望猨啾啾兮號樹雁慘慘兮叫霜伊親朋兮遠隔惟異類兮相將欲與言而無侶感寂寞而神傷又況歎惟一緒情有萬絲孤臣偃蹇孽子流離壯士慷慨烈女淒其勞人羈旅謫戍邊陲此人但聞悲風四起泣下沾衣亦復含酸茹歎意不盡詞故其爲歎也如怨如慕如泣如訴如山鬼之夜啼如水靈之晝怒如困獸之哀鳴如窮鳥之口咮如金石之淒清如絲竹之急遽恍若有亡瞿然四顧似欲嘯而忽停抑將歌而又住或强笑而寡歡雖無言而自喻氣鬱積以塡膺每憑虛而一吐吁嗟乎命不可得而知之已焉哉天尙可得而問歟由是山川動盪天地震驚鬼神嗟訝日月晦冥風雲淒其變色泉石咽而流聲游魚聆而鼓翼飛鳥聞而振翮木抽條而憾發草疊穎而愁縈棄婦悲而欲泣征人駐而不行莫不感斯人之長歎氣憤薄而不平又孰知

夫遺音之旣歇尙有無限之衷情者乎

登高賦　黃浩爲

登高兮眺遠天蒼蒼兮不顯．若有人兮駕雲蜺登元圃兮不返．渺渺兮余懷風蕭蕭兮吹衣．倚蒼松兮盤桓見眾羽兮翾飛．坐石上兮茹紫芝仙之人兮不來．慨世事兮轉蓬貧推遷兮靡窮．俯逝水之東注兮入溟渤而莫返其宗．仰浮雲之靡定兮謂將西而復東．風何爲兮無形影何爲兮醜陰．白駒何爲兮疾騁．蟾兔何爲兮虧盈．翳大化之不可推兮羣彙蠢兮營營．虎豹不可林翔兮蛟龍不可陸行．黿有介兮不可卜．蛛有絲兮不可裳．鄗棄鍾兮巨迹莘摯育兮空桑．人血化爲野火蝴蝶夢兮蒙莊．螢不知日兮蛇不知霜．鼓造辟兵兮壽盡五月之望．韭爲莧兮瓜

爲魚蛇爲雉兮蝦爲駒．垢石生兮鮹圭．蠛蠓孕兮明珠．蟬無口兮胡然鳴．魚無耳兮胡然聽．蛇無足兮胡然行．熊不食鹽兮獺不飲酒．兔不避貓兮鼠不畏狗．裸蟲貉兮無尾．植物鬱兮埋首．變兮化兮靡有極．出一無兮入萬有．眞宰然兮不語．慭慭極兮九野．山之高兮澤之深．朔氣薄兮盈林．恍惚兮萬里．靡定處兮勞我心．

湖南文徵卷一百三十五　湖湘後學集編

賦六

金城山賦并序　李時沛

金城山者乃資陽第一名勝也．高三十里．自山麓至下寺皆重山疊巘．路從林藪中出．懸磴瀰潤．行者不敢下視．又行七八里度三天門．直貫其頂乃達上寺．道書稱六十八福地．石眞人沖舉處．號仙都．煉丹池在焉．天半有七星橋．一石橫亙．賈勇而渡者多不復濟．必攀蘿援壁而還．九龍洞有方石如棊盤．中有子八大如斗．側有石凳二．其旁奇

花異卉與時推移．圓沙集載脚菴洞忽有火光．大相詫異．諸僧往視．即黃梅文如住此三十餘年．不食不飢．晝夜一蒲團．寒暑一衣．山獸避之．一夕化去．禱者每獲靈驗．塔在下寺前．明邑侯林繼顯命壯士斫榛開徑．構亭其巓．額曰乾坤一覽．依崖建刹．覆瓦以鐵．塑無量佛．會駐錫．云余於甲辰春閏吟眺焉．

星分軫野．地屬資陽．有金城焉．鬱乎蒼蒼．揖華陰（山在臨武）之翠黛．配衡嶽於諸方．旁臨巴蜀．下枕沅湘．靈奇挺於縣浦．體勢循於崇岡．瀵噴玉而垂簾．先啟靈仙之祕．雨飛花而繞殿．遙開金碧之光．爾其拔地嶙峋．排虛高迴．躍黃冶之輝輝．燦赤霞之炯炯．

結根於無人之境眷其岧嶢發祥於有道之邦標其清挺疑王
者之不藏睍君山而莫並穆王馬所不及渾迷縹緲之峯謝公
屐所不經芴薄芙蓉之頂渺雲梯而直上淩一氣於茲混若乃
仙都冥奧石室瀰窅道界瀑流幕張松篠鬼斧鑿兮玲瓏靈旗
翻兮縹緲眞人舉而丹池存高僧化而神光繞清魂欲返問梅
花於雪中徵意可參指柏樹於天表一方之祈望攸憑四時之
顯應示兆七星橋跨穹窿勢峋嶙起伏以奔馳一局棋留古洞
聲隈隩縈紆而窈窕左拱右抱或以棧齴而難攀前疑後丞或
以巖岃而莫曉駭莓苔之滑磴青蒼之春樹參差援葛藟之飛
莖高下之晴巒夭矯空塵緣兮木魚怪儒衣兮佛鳥消三幡以

躡虛追兩老而乘蹻舉頭閶闔低放眼乾坤小是以多才邑宰
先代名賢洽夫吏而臥理顧勝地以流連斫荒榛而開徑鑿碧
澗以分泉結宇於碧林之杪搆亭於翠壁之前覆之以鐵瓦矗
之以青天篆之以小額舒大嘯於層巓長松秀以落蔭眾芳馥
以揚煙白鶴飛來尋素侶黃梅棲處拜枯禪必契誠於幽昧等
寂默於清元樂於不言之道暢以無生之篇極游觀之逸興羨
韻事於當季

大閱禮成賦 以題爲韻　楊昌光

聖天子幸南苑以觀兵統諸軍而課最肅肅蒼龍央央白
旆鶯燕舞而知春鳥蛇颺而如繪瞥紫電而微茫亂香煙而靡
颺占勝爭傳海子地本無塵興師不是昆明船空下瀨前村走
馬正風馳雨驟之時何處吹螺在柳暗花明而外凡夫將士同
袍從官束帶如雪之戈矛如雲之旂旝莫不蹐蹐而將將紛紛
而靄靄今夫我　朝之簡閱典至大也　太祖高皇帝奮
武東土棄甲胄以　威揚　世祖章皇帝定鼎燕京
分旌旃而　道泰嗣後　聖聖相承　皇恩汪濊
安耕鑿於不知息戰爭其罔害歆雨中一笠分秧待天氣之清

響煙外雙鋤結社罷田家之會相與世樂　昇平春酉芳藹誠
千古之獨隆亦爲萬世無窮倚賴然而師可百年不興備不可
一日不設我　皇乃詣　東陵而溯　前徵
臨南苑而標　駿烈或走精銳兮雷霆或流空濛兮列缺或
百戰百克兮超然或七縱七擒兮奇絕或一鼓作氣兮闢操或
三刻踰溝兮就列或五步六步七步兮節應疾徐或一隊二隊
三隊兮功分巧拙以示　威靈以精區別以整戎兵以觀勇
決草鋪雙道車纔排青鳥之班花放一條劍不染白蛇之血於
以廣　一人之　恩施而萃八旂之英傑維時桃葉榮芝
草苗樹色新花光徹紅日輝煌青天瑩潔春回十里之亭臺曉

啟千家之閫閬今番白脫圖消九九之寒前度淸明徑斷三三之雪率千二千三之鎧甲恰如柳絮風光過百五百六之佳辰猶是杏花時節則有稱戈比干劍函初啟以振鼓鼙以持戟棨宛騰虎於空中不化龍於海底處處聲搖綠樹鋒帶霜飛家家信報黃梅兵經雨洗又若弓矢旣調軍民共徯迺張布侯迺設皇邸墜鳥羽於園林馳馬蹄於阪坻尤不若列亘皦以東西發長槍而迢遞紅橋影亂全迷四面之花赤壁功成那指一囷之米凡此皆簡 天子之兵行軍中之禮者也且夫漢將英雄夜月明而歌起徐方震恐天風動而雷鳴軒轅之皦發兩旁煙迷古道風后之圖開八駿雲亂邊營虎氣風腥怪石放將軍

之箭猨聲日落凱歌吹壯士之笙莫不爭中原之雄長耀武備而功成矧爲太平之宇獲邀 聖主之精明也哉是日也皇上進武士飭官兵 御臺閣入蓬瀛迺過綠野迺列青旄以此衆戰以此攻城何堅不破何險不平如雲披兮舞鶴如涙湧兮奔鯨如風煙兮陣結如霹靂兮驚魂如星之馳兮迅捷如火之發兮縱橫如水中龍兮班排鱗族如塞外鷹兮穴掃䴥䟐如貔貅千隊兮威生指顧如蒲牢一吼兮響發匉訇少焉閱視既精禮儀備具清樂徐聞濃春欲暮 帝乃自崇臺返 皇路轉黃麾回 翠輅曉日麗而鐵甲明東風和而銀鞍度紅杏之亭臺宛在 雙鳳闕雲裏仙花綠楊之城郭遙臨萬人家雨中春樹標正黃正藍之號五龍之陣勢齊排建大赤大白之旂四牡之詩詞可賦凡此 國計之需 恩膏之布兵甲之修羹牆之慕豈非 神武仁孝之獨隆經千古而一遇也哉於是朝野上下合詞以獻頌曰 一人觀兵兮羣臣附山輝川媚兮百靈護鵷班鷺序兮齊驅竝赴 命諸軍兮頒武庫內外嚴肅兮四方懼延 神聖之威靈兮千秋永固

八景臺賦　楊昌光

嶽麓名區長沙樂土八景堪誇三湘快覩聽蕉葉而聲過望桂花而香吐波搖畫槳兩兩頻敲影落芳洲雙雙低俯蒲團坐定月明修竹之牕釣艇撐回人隔芙蓉之浦兩岸桃源幻出誰尋洞裏人家半江荻火炊煙不見波中漁父於焉搆彼高臺洲前俯瞰浪穀清疏山容雅澹添吟興而詩成入畫圖而墨淡望野航一一露白煙淡認幽徑三三花明柳暗有客登舟夢醒輕鷗何人繫纜望湘亭畔依稀挑菜之津聽雨樓頭商略賣花之擔時則雲飛浦漵雨落瀟湘花汀塵淨水閣風涼遙知暮色蒼茫音流帝子況是秋江離別曲憶吳孃既蒼煙之弄影忽明月之

流光界三千而朗澈湖八百而芬芳看來楊柳枝黃怨生遙夜照見蘆花頭白秋上輕航客有離遠浦渡長江登斷岸過平矼曾長亭兮吹笛又淸酒兮盈缸今番蒲葉颿收筵開綺閣昨夜燈花信報人話紅牕第見船歸一一鴈落雙雙望平沙兮浩渺聽流水兮錚摐時當日暮勢帶風降分明橘樹青時平鋪畫本指點蓼花紅處隔斷漁艭又若白雲與閒幽鳥相逐落日初沈小庵新築隔佳境於仙寰出疏鐘於山麓鶴醒三更之夢月下空林人敲兩扇之扉寺藏修竹路轉峯迴山重水複一帶殘陽半閒矮屋綠靜三篙之浪垂楊渡口何處魚肥青收十里之帘落葉村中誰家酒熟別有山市豁達晴嵐卷舒自闢菑徑宛列蓬廬覓林端而眺望登巒表而相於原非白玉街頭紅夾山花之路錯認烏衣巷口青圍水竹之居忽焉寒生戶牖冷到襟裾長天雲起野渡風嘘被擁蘆花夢到梅花之後洲迷荻絮詩吟柳絮之初則有幽人泉石逸士煙霞雨聲可聽月影堪嘉認歸颿兮岸之側送落雁兮水之涯煙裏袈裟僧入白雲野寺風回笭箵人歸落日漁家酒肆開時生涯可寄板橋支處詩思憑誇是蓋風會所關成於嘉祐名士登臨靈山俊秀景以集而逾新臺以修而仍舊舉頭天近露冷涼宵作賦人來簾垂清晝米襄陽雙枝管下蒼翠吟來李營邱六幅綃拖丹青繪就不可見擇國之淸超名區之暘茂也哉

船齋賦　楊昌光

桃花水漲蒲葉飈收林邊矮屋樹底扁舟涼生荷芰之衣望湘亭畔響徹梅花之笛拱極樓頭尋橘柚人家五六月閒閒撐畫舫聽梧桐夜雨二三更裏遙唱漁謳披吟有二酉之書船宜號米往來無白丁之客室合銘劉維時人忘夏日夜到秋風茶蘼徑北楊柳隄東打畫槳雙雙半江雲白放野航一一兩岸霞紅孤鶩浮來遙開粉本雙魚網得誰寄書筒恰當泉水清時頻游水國如到蓬壺濙處合號壺公則有儒雅之林風流之侶蠟屐江皋攜琴島嶼望野草兮無邊隔紅塵兮幾許竹枝菴半簾明月有客開筵蓮花渚十里清風何人避暑鄉原是水煙濙露白

之間船可為家柳暗花明之所無煩過客之招呼獲逐同羣之笑語蓋彼船齋中丞所置問字名區論文勝地半間小屋便是漁舟四面疏櫳宛游書肆鋪來綺席翳障俱空挂得輕颿生涯可寄濃陰入座依稀槐市風光微雨侵簾恍惚蘭亭韻事爾其朝浮薄靄晚挂斜曛輕拖霧縠徐漾波紋前村碧漲三篙羣賢共聚對面青山半角舊迹遙分人臨習字之池消夏灣雙枝管下天送催詩之雨招涼館一夜膏焚屋果鳴泉信是人間佳境齋非寶晉何須壁上遺文於焉約騷人集文士聽流泉泛中沚既卷幔以游觀亦凭欄而倚徙山邊水邊十里五里隔斷前溪修竹何處敲門補將野渡輕蘿誰云近市晴嵐遠岸紅開東壁之花落日孤洲綠到西家之水檢點銅瓶紙帳宅泛波中安排葯臼茶鐺人游鏡裏是蓋造士情殷養賢澤廣或負笈而來或浮家而往詠歸橋畔一葉剛回風浴亭前孤篷又上羣英會結來此日韻事憑誇孝廉船報向他年風規可想直是辟雍流處先岸誰登好將泮水歌來前津共儆迄今菱歌未歇水榭仍開流將逸士之觴書應借得譜出水仙之操琴或彈來認三兩茅亭雲麓峯頭宛在望一雙野艇雨花亭外初回盍莫不登高而眺望慕古而徘徊

東臺山賦　葛樹蕃

太化分儀洪鈞孕秀·水紀靈源山應列宿·故考長沙之舊州號曰潭而稽南鎮之雄嶽名爲壽越茲連首冠乎三湘爰有東臺挺然一岫距縣城之迢遞五里而遙瀕漣水之淪漪周遭而右其爲形也·峭兮若削陁兮若騖軫輵爲麓崔巍爲巔阿舒岑寂谷隱盤旋·罨翠微於半嶺·接青靄於重天·失崇巒於霧淞渾坱圠於霏煙·抹沆瀣之嵐光非濃非澹·歕氤氳之雲氣欲斷欲連於是靈和散布歲序崢嶸·挹春蘭之芬馥·餐秋菊之華英·啟芝房於晝永·搴蕙帳於月明·滋藤蘿與蘆荻·雜蓀若與杜蘅·亦有蓬蒿生廡中而自直·詎無蕭艾委眾莽以敷榮·實彌岡兮被阜

羌擢本兮抽莖·厥草既蕃厥木沃若·翛歙紛溶·輪囷橚削·翳羽葢之玲瓏·濔霜皮之斑駁·聳丹幹以作梁·團翠葉而成幄·橘綠橙黃·桂猗松猗·杶榦栝柏古納貢於荊州·杞梓楩枏今儲材於方嶽·爲略舉其大凡·已擅奇於青嶸·若夫產佳禽於岑蔚·擾馴獸於碭唐·翩茸茸之翡翠·播噦噦之鸞皇·兔爰爰而狎獵·鹿濯濯以尚羊·思公子兮周南·麐游漢土·訊故人兮塞北·雁使衡陽·鶯飛隼駃騠駿馳·黃或羣或友·將翱將翔·莫不以類爲聚·於山有光·則有撲雯躡景之人·僻賞孤吟之客·僮拂錦囊·舟揚蘭檝·綠綺臨風·青萍耀月·儼在山陰之道·翩若舉霞·乍來空谷之音跫然鳴屧·固宜乎列巘爭迎而千峯宛援也·乃遂拔幟先登·橫揭遠控·蹲怪石以盤桓·俯危崖而嘯弄·數細鱗之游泳·路出清溪·拾落翠之繽紛·門扃古洞·梵宮聳碧·披文藻於回闌·山閣流丹·挾飛雲於畫棟·攜佳人於會仙橋畔·放鶴歸來·別高士於洗藥池邊·策驢載送·是日也天垂宇曠·風靜川榮·塵融廣莫·沙浴寒汀·行歌互荅·宿酒初醒·使茲游之汗漫·窮一覽於蒼冥·存小魯之觀·自是技進夫道·切景行之慕·豈其心役於形·聊盪胸於雲夢·爰勒賦於山庭

瀟湘合流賦　　毛國翰

地連軫域天接衡東波光爽鏡岸影懸弓繞嶽雲之面面浮江樹之濛濛分派則雙闉翠帶合流則一色青銅孺子濯纓不必淸中辨濁樵人喚渡何須雨後分風原夫瀟湘之或爲營水也營道西迴穿九嶷之幽谷湘源之發自桂林也梅陽北注浸靈渠之層岊轉零陵而遠赴望衡嶠而空嵌然後碧合雙流江亭入畫綠浮千艦雲渚飛颿風影一涯屏陰半遮煙波深嶼雪浪飄花錦石纍纍見底紫鱗隊隊堪叉小艇齊飛萬頃琉璃之界孤峯側插一枝菡萏之華潮生芳草渡頭裊拖滿幅水落小溪橋外鴉啄平沙其洲渚則蓊鬱蘢蔥繁密窅窱霜老木奴之枝

淚深湘妃之篠雪迷飛絮之蘆煙羃含風之蓼滄月初翻濃雲半繞紅皺豔秋黃團潤曉彎彎瀉玉環杜若以回舟樹樹生香隔芙蓉而宿鳥其羽族則泛泛青鷺飛飛翠鷸白鷺自翹閒鷗可睡失羣之鴻婦宵驚得食之鳧雛朝適或矯翼以拂披或引吭而呼匹迷離玉浦三兩俱沈游戲銀濤一雙齊出當夫岸雪已消隄柳將發混汪洋於長天寫微茫於修樾嫩綠分香於鴨頭新陽生暖於龍骨浸晚景之林巒溼寒宵之星月湘妃鼓瑟而嬉游龍女擎珠而恍惚金支翠蓋映空色而不眞羽葆明璫隨神光而乍沒至若黃葉半江紅霞十丈秋水一泓夕陽雙槳苕花磯畔釣筒荻火舟邊魚榔村村煙裏開門處處沙頭曬網

一聲孤笛和欸乃以俱遙何處淸謳詠滄浪而獨往歌曰瀟湘旣會兮洪濤堆含虛淸泚兮絕塵埃震盪光景兮長風回煙雨變滅兮霽色開吞騰千里兮洞庭洄中含　帝澤兮天上來

哀知己賦并序　湯鵬

鵬總角時側聞長者云今汪相國公廷珍其文學行誼非今之人而古之人也於是敬記其名而不敢忘癸未中禮部試出公門下謁見公喜動顏色曰吾閱今文章多矣而能寓渾淪磅薄之氣於八比之中浩然放其所欲言則子其僅見也初得子卷疑其老學及發之子固少年士斯文仔肩今以付汝鵬始聞而慙繼而喜士生今世而得今之古人如公者以其齒牙而增吾之重其亦可以無憾矣乃何公卒旋就葬於江之南鵬既哭而送之於國門之外而情餘於懷不能自已昔蘇子瞻讀慶曆聖德詩輒詢所謂范文正公其人者而不勝其頡頏當代賢豪之

志比長挾其文章以游於朝歐陽公累加歎賞且曰吾當避此人放出一頭地今公於鵬兼有范歐之契每一動念氣結良久爰作賦以寫其感慨無端之狀覽者知汪公能使予不忘也其詞曰余幼聞公令名兮遂淡信而不疑長益懷公仁義兮神脈脈而不移擇吉日余北征兮亦既達於京畿匪攀公之門而入兮公實爲余之師時乘閒以進謁兮發微言而吟披欽性功之浩浩兮望學海而無涯如泰山大谷兮藏虎豹與熊羆如商彝周鼎兮儼端潔而不緇余意愜心飛兮果副余之所期衆人或有時而非公兮余固知公道高而毀隨公尤愛余兮寄以斯文嘉余筆力兮卓犖出羣謂余其努力兮超孤舉而疾奔自古代興有文人兮今得子其忻忻余既再拜稽首兮感公意之慇勤雖不肖其當勉兮勿謂余力之艱辛抑余墮官於郎曹兮紛薄書與案牘性忽忽其不怡兮骨昂昂其獨矗欲奔走以及事兮旋汗流而舌縮讓他人之我先兮以完余之面目晝誇豔於同儕兮暮乞憐於華屋余與彼而異宜兮騰謗言以相啄幸隸公之所屬兮故知余之隱曲謂吏胥之事不汝苛兮盍古訓以爲蓄名固有久且暫兮材固有雅與俗炳立言以千秋兮詎纖細之足錄矧積厚而流光兮雖遠大其可屬伊小人之懷惠兮猶鼓舞而不忘余固殊於木石兮慘顧視於宮牆昔垂權而教告兮今渺渺而難望泰山頹而無峯兮梁木壞而無堂秋風吹而

淚墮兮冬雪立而獨涼居悒悒其乃語兮時矯首而傍徨駕轍車以出門兮心乃歸而慼慼苟非公之惇篤兮孰使予竟脫於恐惶繼自今其慄慄兮慮言肆而行狂恆冰淵以自凜兮奚蜂蠆之能傷既致謹於視履兮仍勿輟乎簡編集百代之精靈兮湧萬斛之源泉始馳驟而蹀躞兮終渾涵而停淵蓋斯文之神靈在天公福我而壽我兮長抽祕以騁妍放胸中之所欲言兮誓不襲乎前賢天之南兮瞻公阡天之北兮撫公壇徒揮涕而徘徊兮知公之不我憐振斯文以報公兮其心喜而謂然

悼亾賦

湯鵬

夫何閼逢敦牂之歲兮，慘生死之殊塗，心朦朧而瞀亂兮，命坎坷以崎嶇，寢宮忽其無人兮，匪意想之所如，哀逝者之不再兮，駛白駒以須臾，曰旻嬪之初生兮，父母字汝以瑞蓉，佩女史之訓誡兮，執巾櫛於余家，採蘋藻於澗曲兮，爇桑柘於山叉，職灑埽以裁順兮，睦姑嫜而不譾，匪我心之炯炯兮，誰識汝之柔嘉，余既馳於上都兮，汝萬里而來佐，宦飄飄若浮萍兮，俸卑卑以愁餓，炊藜莧以爲餮兮，椅㡚衾而湅臥，詞婉嫕以和平兮，態嬋娟而頓挫，嘉生徒之充餼兮，偉諸侯之賜金，余既貧而稍贍兮，汝猶不輟乎織紝，屏綺羅而弗御兮，調負虆而鮮斟，羌獨守此

太樸兮，爲君子之所欽，總計汝之生平兮，曾不可乎愆𡚱，怨天道之無知兮，哀人事之不常，風瀏瀏而入戶兮，霜搣搣以吹裳，日杳杳而西短兮，水滔滔而東長，有鵑鳴於槐樹兮，與厲鬼而相將，困牀簀以三日兮，軀徐起而頹唐，口失聲以嗚咽兮，淚流襟而淋浪，知不可乎再生兮，神慽惘以徊徨，夜自子而及亥兮，握余手以輈張，既聰明又曲到兮，吐遺言之洋洋，何吾德之涼薄兮，遭荼苦無不有，少紆軫而多憂兮，壯淒欷而喪偶，歷歲季而無違兮，義黽勉其良厚，繼自今匙忠規兮，失閨闥之良友，鶬鶊細而呼羣兮，鴻雁肅而成行，雄雉飛而雌從兮，鳳大翱而小翔，塊獨守此枯宋兮，搴簾櫳而內傷，匪遺絃而絕響兮，中餘軸而不光，目髣髴乎椎髻兮，手掇拾乎兩襠，愁倬兀其誰訴兮，思綿邈而難忘，欲裁悲以減痛兮，腸詰曲而不揚，月黃昏其黯淡兮，雲白曀而繽紛，夜漫漫不復旦兮，叫蟋蟀而愁人，忽假夢以通靈兮，魂款款而來因，上告余以白髮之徒倚兮，下告余以黃口之嚬呻，仰事俯畜兮，緊子之身，憂能折命兮，君甯不聞，非人非鬼兮，致詞拳拳，非夢非覺兮，我淚潺湲，魂踥躍以電滅兮，欲攜手而未便，影無時而附形兮，天何路而到泉，瞻靈衣之璀璨兮，啟飛旐以蹁躚，暫浮厝於禪寺兮，焚佛香以告虔，悼死者之悠悠兮，顧生者之娟娟，鞠稚子於襁褓兮，呼姹女而問旃，弱不知母之存亾兮，頑不知死之憂煎，茫不知天之毒慘兮，嬉不知

己之可憐，獨愴怳以惻惐兮，哭聲殷而撼天，彼安仁與奉倩兮，猶未察余之纏綿，已焉哉，春風妬兮桃李飛，秋風烈兮蘭蕙摧，晝不見兮帷屏開，夕不聞兮梭杼催，昔調甘苦兩心諧，今判幽明兩地乖，酹酒呼汝汝不來，我在人間極可哀。

常雩禮成賦　李　杭

聖天子道隆效法　德懋肅雝熙春　澤普函夏　恩濃　修上儀而陳百禮　恤民隱而重三農　誠求先力穡之謀耕方趣亀　昭事舉應時之典宿正升龍夫古之以雩名祭也制掌秩宗義同歲徧吁嗟則意取告虔豫遠則感濴殷薦文漫疑於月令候改天中傳可據於春秋象昭星見彼大雩或禱於亢旱事本非時而常雩則修以長嬴禮原不變若乃炎漢而降祀事無期齊歌巫而奏曲梁痓坎以陳儀沿及有唐之易制皆非古昔之所遺蓋至我　朝制禮作樂茂矩崇規乃克重　上天之　欽若以昭　盛德之韙而時

也句萌暘達品彙昭蘇紀恢台而茂豫徵煦嫗以蕃敷陽和徧布於羣生必待雨而大長育　帝念先屢於百穀乃祀天而舉　常雩練卯日而涓吉　詣南郊而戒塗玉殿則班聯咸集　帷宮則齋肅以須百爾滌慮於穆清事無弗飭　一人垂思於靜謐誠已潛孚於是樵蒸焜上秬鬯馝馣鋗玉熉珠之異江茅鄗黍之甘靄平雲平需平之歌奏之以九初獻亞獻終獻之序節之以三肸蠁豐融祇此馨香之布寫淵蜎濩蠖無非　精意之茹涵遂乃儀備　穹壇樂終皇舞奉常告成大禮具覩協氣達而翠靄飛祥光騰而赤旗樹升聞惟　聖展誠已致乎高煙　建極惟　皇作肅用徵於時雨既而甘澍滂流層陰漸暝膏湧醴泉瑞符丹甑鑾輿乍轉風伯颯其清塵　輦道初迴雨師肅其陪乘布濩徧於民生歌頌洽於　聖聽莫不仰　郅治之彌綸而感　天心之協應然而　皇上猶且敬以作所濬乎自持嘉祉臻而　寅忱益懍蕃釐介而　午夜勤思恭已則九圍是式　撫辰而庶績咸熙所由玉燭揚和五穀熟而民人育　璇儀合撰三階平而風雨時也

撲滿賦　李杭

有器焉投之若壺竅之非管・挹彼注茲・批卻導窾・韞匱謀疏・挈缾智短・始銖積以無遺・終瓦全而亦罕・谿壑則願本難盈・斗筲則量何足算・恰擬漏卮・示戒虛豈能容・可知欹器・垂箴覆由於滿・昔公孫之頁友・著長倩之淸標・飛尺書而致儆・遺撲滿以相要・蓋以貴非可挾・位不期驕・危而不持・勢將同於顛趾・取之非道・財何慕乎纏腰・願無罔利・居奇自侈・建瓴之易・敢請顧名思義・聊爲諫匭之招・爾其摶土質・殊鑿坏色・渾等鉐筩之中虛・異覆盂之用穩・經營析乎豪釐・罅隙通乎關楗・聚已侔於箕斂・藏更深深・圓稍類於匏懸・形成宛宛・方自妙於灌輸・亮無虞於傾

偃・猶謂見其入也安益求安肎使利無蘊乎損之又損・夫以陶鈞・廣納量・鼎宏兼・惟含容而不溢・固翕受之無嫌・就使解囊弗吝・用缶常占・樽偏飲而衢陳・取原不竭・覆善輸而泉汲・酌豈傷廉・而乃缾罍是恥・箕斗難厭・顛危已兆・徵斂獨嚴・比予取予求所以難聚而易散・且悖入悖出・所以害盈而福謙也・迨夫形擬傾盆・象齊覆瓿・墮甑輕拋・汙卮含垢・曾握算而持籌・竟折衡而剖斗・謂斂財之何益・難望甌完・悔操術之未工・徒言缾守・是知簠簋宜修・廉隅莫負・其徽墨吏・原覆鼎之堪虞・長厲丹忱・戒遺金之不受・況乎器尙謙沖・德期漸積・淸操既懍於冰霜・虛受尤懷乎山澤・有容乃大・雅度挹於深淵・在上不驕・素履堅於介石・倘顛撲之時防・戒滿假而無斁・宜喻槃盂於盈勉資砥厲於儒修・集思廣益　鄧治保泰持

追憶賦　鄒漢勳

子曾異夢浪說天人恭承考命實徵山虎云胡降罰遂墮入於西蟲抑有何仁復秉精於中土此情荒惑孰强償於無生厥理貞明第驗萌於旣吐遺犀在地觚無意而緣畦散芋於泥龐有心而蔭圃嗟剛質之莫柔抑戾情之時有心平直而無他口激昻而自負不畏難於意氣行似俠而終差常淡疾夫陰謀身與衡而自醜踰不惑而自修懼含靈之日朽榖有人而再樹人無樹而奚久屛百累以何操賴一心以爲紐心存乎識識尙乎眞匪先覺之開程終身渺渺賴前修之副墨一得欣欣兄訓爲章言有章而易曉父稱乎矩行從矩而燦陳迪蒙昧於山泉匪流

不導厲嚴威於風火有趣皆滄拔昏庸而忽覺出洪涩以胡臻收之洵晩失豈在寅惟咳昀之巳嘗能語行而尙記離妣懷而游嬉雄儔輩而自異半六歲而授方名汔五齡而尋韻字欽始篤之反前俾學賁以先易嬉春釆蘱之樓菊消晝古經之堂際偷書隸古之文竊寫皇王之系心以猛而能思腦本虛而寡識書難盤誥之篇詩畏雅風之淬易迷六九之陰陽禮溷再三之般辟誦一論而過三期畢四經而踰十二爾乃放學出廊似虎奔岡分朋拔幟對敵成行依明避昧就弱憎强勝原偶爾敗固其常高堂曾見伯氏來將縶維案側俯仰研菊怕聽說經生憎輔廣惟求論史託始項梁遂忻忻而意得亦娓娓而倦忘窮班

歷范涉晉及唐攬再興之宋括崛起之明時蓋歲稽疆圉月旅泰陽也巳復前都無時坐隅再歲頻申北海之微言屢暘洺州之滯義輪輿之狀觸目而成裼襲之文入心而識四學之分門三雝之異地咸由考訓親承罔不聖文默契歎同學之經荒偉孔懷之心醉夏侯無大小之稱孔氏無會璇之記此伯子所以獨超而我君所以遠避也憶成童之初屆受旨左之遺書論楚討秦儼是會盟之譜徵桓數穆居然血脈之圖稽近地於顧江伯氏之新篇斯卓考遺文於荀杜馮家之舊冊實迂無難於二首六身有言必暘備究夫五情三體衆說皆儲猶以顓蒙受橫議於短識繫惟明達能特賞以非愚十五六家君延塾師課左氏句度而受訓詁質疑難於先兄蓋通左義矣伯氏於左氏功最深著有左氏地圖說又能自昧爽至亭午背誦全傳二十萬言一過實平生罕觀也

於是縱之藝圃窮以義圍辨六王之歷祚考百物之精微勳著有六國新表佐伯兄撰百物隨鈔佐仲氏撰羣經百物譜山經本草百物類譜諸子百物類譜漢魏詩百物類譜破小儒之拘滯決大禮之是非景山君課勳輩每於餔時集講堂或庭院貫究經史發數疑義令勳輩各出己見決擇如其事有未見輒指授在某書或令伯仲轉曉二三日中再問儻昏庸怠縱一問不能荅卽受扑責一日合出公輒濮議大禮議東漢東晉廟制發一大疑問勳所條說頗中景山君意彼馬齒之徒增早聞言而咋舌歎駟追之不及空有悔於噬臍又復淬以莊騷賈董以懿其文之本勵之遷固范陳以嘉其史之基切以鄒枚陵武古詩十九首其七爲枚叔作見玉臺新詠漢書四時樂府稱鄒子樂者蓋卽鄒陽是鄒枚以文賦著名亦善詩也以茂其詩之柢礶之崔蔡班張以榮其賦之枝心以勞而疾搆抱以獨而毀

咸妙（昆弟五人又伯兄子一人也）重陳篋以分金競鏦金而理奏無非作史之才亦有吟詩之少憫談天之緒遠治終始而義長悼騶氏之書無學春秋而文耀仲甥靈樞之解陋甲乙於鈔胥明陳倚杵之言譬庚申於漁釣手錄八千之紙勝自號以鈍生口讎百卷之經勳無辭於庸調稍酉釁序之微名孰予平空之虛照自此識學益昭文章彌縱各著述於名山咸敏求於世用軼羣之論舉宙合而分標絕俗之談合堪輿而一縫盧扁之伯技以迴而莫知衞賜之倫言以多而或中瀟湘月旦儕品目於魏何（邵陽魏默溇源道州何子貞紹基）吳會耆年咸知名於沈宋（鄞縣沈栗仲道寬長洲宋于庭翔鳳）姻親則有紳伯之頻推（同邑鄧湘皋先生顯鶴）鄉國則有彥先之見重（善化賀耦耕先

湖南文徵 卷壹壵 賦六 廿三

生長齡）既傳禮於孝公（善化賀柘農師熙齡）亦受經於明仲（益陽胡雲閣師達源）若夫同方之友合志之朋倚相以多聞播譽（湘陰左仲基宗植季高宗棠兄弟）君章以絕述垂稱（湘潭羅研生汝槐）伯武以清廉效績（益陽胡詠芝林翼）子雲以澹遠標能（甯遠楊紫卿季鸞）閭里舊游則諸唐二李（唐叔蔵敕謙叔兒敦謙李舜卿洽子木建）客行儕輩則三鄧一曾（鄧伯樞瑤仲源琛仲權琮曾香海毓芳）晏子之星馳杳杳（晏叔立啟林璞吾貽章）譚生之日上蒸蒸（譚季庠建宅伯渠光集）人黔則鄭企道眞邁一黎而別駕（鄭子尹珍黎伯庸兆勛）祖希巴郡參二莫而駢輿（莫郘亭友芝子升庭芝傳祖）龔州張籍清才紛委（張子佩琚）湄水傅元老氣峻嶒（傅确園先生）又或谷中隱翳抱枯蕙而馨亭澗底沈淪聳孤松而名逸悵低枝之蜓蚨風入耳以無聲怨高樹之鶤鵠芳警心而自畢乃來（十八遘咯血病）欲色之言傳家有君而意彿顧昏之說進母信子而心疑素對亟求空感懷於毛裏舊門欲續終回惑於妁媒曾幾何而自愈又奚關於士思遂爾著述自名蒐撰日侈編歲月以成篇繼春秋之後事肇緒周貞託終秦始取材乎左氏遷劉折衷於羣經子史考疊賞而招傭兄頻欣而劈紙（十八九撰六國春秋朝夕編討日錄六七千言伯氏見而賞之曾爲予錄數紙以志欣愉景山君見之始召鈔胥以節其勞）婁光忽隕於重幃奎彩還消於蒯屐年方冠而書成思不阿而心毀喪未闋於倚廬伯又殤於遠水是時也吟廬失色書閣生涼義有根而誰味道生萁而彌荒提槧之情偕逝情而共邈光楣之意承考意以俱長縮性原於括帖見短拙於篇章咼傷心於再刖通抱智

湖南文徵 卷壹壵 賦六 廿四

而誰明況復人事漸縈高年待養彌年執筆侍側而成述祖之篇粵歲論昏脫纓旋慰抱孫之望家無孝秀門黯黯其無輝兒靡庸愚親綿綿而共悵有志弗宣抒懷空壯怕崇古而慢今休去卑而就上而生成結習早縈前哲規橅養就疏慵慣誚時流筆仗劒氣弗輝珠光彌障悲駢隸於窮檐萃羣鶩於荒嶂何庚辛之多沴纏齊斬之重凶剜肝春首摧魄夏窮督前賈而鵠棲藐孤孫以服重嫛云遙而蘭弱藉邸嫂以持中疚嬛在望悲擗成叢季父周親憫幼及伶仃之妹比鄰小猾伐喪興陰翳之戎謫其埶學誘以昏憽嘉弱齡之不涤遠塵涴而自崇雖則云微咸成素業抑何多幸不墜儒風迄廿九而釋哀欽五一（讀平聲）之

有燕鄉律暖鄒生自學柳條楚水碑沈湛翟與懷蒲質華一衿於山鵲厥羽鶯鶯飽一啄於臯雞其鳴節節爵崇名邵既分略而形親施溢願諧亦情渀而意密攬四十之生涯感再三之遲惠昴以愛而仁分友以同而德畀與援悉清馨所遺恆上智慧豈不周誼無非至期頤今欲半歎飛景之如馳耄老原其常孰停曦之可覬葆此遇而養其光明願及今而除其粗戾亂曰已矣哉勿自穢勿自廢善急與之迎惡急與之避庶從稟秀之倫尚遠橫生之類

松漚賦

鄒漢勳

松漚者山間童子之戲也采老松自墜脂別灰稻藁湯沃之命曰藁水合松脂煎一度紬小箋如當十錢大把湯得膜藉人氣吹之則漚出

賁液稻稾采脂松根紬竹為範藉氣以宣厥采朱綠厥象渾圓大者盈升細者如彈微風是扇游於庭藩遠不百步高過屋山浮漚比質云胡能堅有觸即滅因吹或分繹絡相逐如珠之聯參差以居似星之繁其觀甚暫其成甚便山空樹老風麗日鮮弱齡童子幽居甚閒製為斯戲手斂心嫺煎以沙鬴盛以竹枓倚彼危梯伴侶咸觀意闌事罷請予賦旃予觀其事有四德焉外圓則知中虛乃仁行徐似禮采耀維文無以命之命曰漚圓

南征賦　蕭錦忠

歲丙申禮闈文戰復北留滯京師背秋涉冬思因景觸夢寐蟲警而家書杳然昔尼山垂知年之訓曾子發逮存之歎服膺曩哲彌切於懷急欲束裝南下歸覲嚴闈抽毫涤楮命曰南征時南至之後九日也

何太闓之靡究兮儃佪焉余無以自明景飈困余而北淹兮寒冰又薄余以南征幾固杳杳而默默兮太闓反讓余之不平曰惟雲陽之崪屼兮白雲紛而縱横羌昕夕而塵爾兮思蹇蹇爲已精爾亦完本志之自然兮夫誰迫致汝以頻更繫黃炎之耋圻兮裔遾負乎其四千里悵晨風不傅予以翼兮汨余奮飛而

止止邊土裂於元冰兮又申之以朔吹之系系鬱薄寒其中人兮行予尚于焉鼿靡余固知天道之不必然兮夫焉能忍而爲此安坐彼妖夢卽遽亂吾精兮事與兆必相左忳鬱憤余侘傺兮第適然其奚可朝馳余馬兮都門夕總余轡兮盟津澹容與兮包山淸訖紫雲兮眺赤松之亭亭救余尻使展軨兮詔余神使弭節戒滕六急避道兮令飛廉謹策鴐歷萬里以歸省兮謹服膺于曩賢矧余轉警於寤寐兮更申情其不可以少延詔德里而息余旆兮帝帷靄乎宜年反必面而由章兮粲言笑其陶然慨癸與丙之歲不我臧兮遘回風而鎩余翮縱慚下第之劉蕡兮淩雲胡屢惜乎楊意世固如龍而自名其名兮騏驥奚悲乎伏櫪余不難撫時以自謐兮顧吾親倚門其何極昔毛檄捧而忻慰兮亮匪徒爲貧而仕也天與命窅莫知兮何不才而棄余屢如是也挾弧矢以射四方兮懋所志於男子也詎一蹶而不思自振兮余心其疇亥而死也聿舉世所競赴兮抑豈有罕蹟之蓬瀛笑宋人之刻楮兮亦祇費以三春況景仰得所託兮幸厚承乎陶甄固念茲而在茲兮暫離卽以復親羌修遠以星馳兮端酷愛此春暉揖神明以爲正兮余惟殫余分之所得爲

重曰南山有橋高百尺兮松柏齊操蒼然質兮獻歲發春親笑色兮菽水能甘懽無極兮

匡說詩賦　　　　蕭錦忠

考遺書於漢代傳佳話於前聞綜百家其悉黜述七略而攸分繄葩詩之中正懼蕪說之紛紜倏鼎來其嶽嶽胥頤解而欣欣知大義之可對豈有言而無文昔匡樂安之佐命東海夙著其令望力肅作以供用羌鑿壁而偷光粲胸羅兮掌故懋師道於后蒼本風雅其未墜抒妙論以相將緐若賦鄭詩之有七子何羨頌漢德而作三章三百篇之删自尼山兮十五國之陳諸太史二南固重夫修齊兮三頌聿隆乎禋祀善拜五而辨其名兮雅肆三而官其始忠孝根於性情兮音節播爲憂喜苟以文而害辭兮將執彼以求此高叟不免於固兮咸邱以辭而已矣學

詩而亦既茲然兮立說安見其卓爾自詩故别以三家兮迺說部紛於九野韓教盛而傳繁魯碑殘而字寡振鷺爲士處辟雍生民謂王正郊社猗猗兮綠薄如新皓皓乎朱綃可假禕髾兮德勤於天　横由兮畝判於耕者縱云立意以尚奇未必其言之不雅有轅固兮賢良值孝景之休運倡師說於東齊振風詩之餘韻營農固所創聞執任亦堪摭攟六情五際以相含釆蘋草蟲之不紊望之弗涉於恢奇翼奉力埽夫塵坋彼矢口爲高言誠服膺乎古訓惟平原之文學負絕俗之英姿疏屢陳而忠耿學既懋而論奇好勇則人矜暴虎正本則禮重關雎披唐風兮懷儉嗇越邪國兮仰仁慈非勦說之附會非曲說之支離素絢而兩能悟禮切磋而賜可言詩要惟深於詩敎乃得善爲說辭彼夫說天者易兮文象說事者書别古今說禮者制明俎豆說樂者聲達瑟琴說以精而名苑說以雜而成林才共矜夫屈賈書屢校於向歆未若發胸中之妙解宣舌底之元音四座爲之撫掌諸儒因以傾心此卽齒牙之緒論而知經術之湛深也矧今　四庫列而充盈三倉開而富有　經筵設而　聖學隆　御論宣而　皇道久毛詩既得所統宗臆說羣芟乎紛糾讀東觀之成書謹西清之官守沐　教澤之涵濡共勉性天於敦厚

湖南文徵卷一百三十六　　湖湘後學集編

補編

避禪辨　　李繼聖

讀春秋定公元年六月戊辰卽位經文而於舜禹益之避禪也得閒焉六月癸亥昭公喪至杜注諸侯薨五日而殯殯則嗣子卽位癸亥至戊辰五日也兄終弟及猶是也（昭兄定弟）孟子言舜禹益皆俟服喪三年畢乃避禪此三年中天位久虛承禪命者又遠避雖古帝王之世未有不亂生者自避所復行入都誰爲勸進而朝覲訟獄謳歌者甯詎如後世黃袍加身撥回馬首也服

喪之日朝覲訟獄謳歌者其將誰屬邪偕曰服喪仍居攝而凡朝覲訟獄謳歌者亦應不於朱均而於舜禹又何必多此一避邪豈服喪時竝無朝覲訟獄謳歌者邪漢孔氏曰舜服堯喪三年畢將卽位故復至文祖廟告蘇氏云受終告攝此告卽位又引春秋國君皆以遭喪之明年正月卽位於廟而改元孔氏所云喪畢之明年不知何據（見格於文祖注）然舜讓弗嗣之下而書正月上日受終於文祖此必堯崩之明年舜初受禪故不曰攝而曰受受終則正始可知矣但自齊七政以至誅四罪皆天子之事書於受終之後二十有八載帝乃殂落之前不得以爲攝行天子之事也又不得以爲一受禪而卽於服喪時自行天子之事也似屬漢儒鍇簡或疑月正元日之書上連殂落三載之文可執爲喪畢卽位之定案愚謂受終後當如嗣子諒陰之禮卽位不治事喪畢之明年乃復至廟告終喪禮除服而禫是也告終喪者告卽政格於文祖猶格於藝祖也如告卽位泛云格而已哉以春秋卽位之例推之凡已立爲太子世子而遭喪者名分固定俟明年正月卽位改元天道之正子道之正也或兄終弟及在遭喪之始亦必早定名分乃於明年正月卽位可也杜注殯後五日則又未嘗泥於踰年之正月矣嗣位重改元改元必在歲首以是年爲定公元年者昭公已薨於前年喪以是年六月至更不得虛懸君位一年致國無主也春秋於定公卽位無

徵詞後世因奉爲常法楊氏疑孟子此語必有所受朱子則存而不論按吳氏伊訓篇奉嗣王祇見厥祖注太甲太丁之子仲壬其叔父也嗣叔父而王爲之服三年之喪太甲旣卽位於仲壬之柩前方宅憂於仲壬之殯側此言雖無經文可質而卽位柩前之說可與殯後五日之說相參益一謝一代存沒授受至爲切近如日月寒暑之遞嬗也若俟喪畢卽位謝代懸殊授受曠絕不已渺無繫屬乎天道君道子道臣道俱失之矣啟應與太甲無異舜禹亦應無異堯都平陽舜都蒲坂禹都安邑卽位之位當在柩前南面朝見羣臣踰年正朔方告廟而踐正位於別都自異乎父子相傳同此位同此宮也是固聖人化裁授受

之妙道夫豈若魏受漢禪晉受魏禪唐受隋禪宋受周禪竟踐其位居其宮偪其子者哉舜率天下諸侯以爲堯三年喪不承其統卽不爲之後安得主喪乎喪三年不祭祭可攝祭亦奉嗣王於廟而後可攝也攝喪事主喪不可攝也未承其統而主喪置其子於何地使禹崩而啟未卽位其主喪者屬益乎則啟未盡嗣子之禮惡能承統屬啟乎則嗣子之禮已定又何俟喪畢而益復避之啟能敬承禹道其賢當不遜於益禹知其子之賢而薦益於天禹豈因堯舜故爲此虛文若放齊雖稱丹朱啟明而堯固嘆爲嚚訟則商均之不肖必類朱儻虛懸天位至於三年之久又且避而遠去安得絕無覬覦哉愚故云未有不亂生

者也縱五臣可以鎭國五臣必不默默聽舜避去而竟遜移於其閒姑待於其後且稷契堯兄也舜既不得以堯所讓私讓諸稷契卽安得還而致所讓於嚚訟之丹朱舜攝二十有八載豈不知天下大悅而歸己乃又以一避驗人心之向背過慮乎矯節乎防嫌乎惡從而辨之夫上古聖人行事多有後賢所必不能爲不可爲不敢爲者堯之卽位也非父命也帝摯在位九年矣堯受摯封陶復封唐一旦諸侯廢摯摯或自知其不德率羣臣如唐致禪史有此二說第堯童年入代時年十六入都卽位反封摯於高辛承父帝嚳祀未嘗一避也未嘗一辭勸進也獨何疑於舜禹舜禹亦堯而已矣史據汲冢竹書以紀堯舜禹之崩時年月及承統踐

位年月由孟子之言而確鑿之愚非敢背孟子也千慮一得武斷之辜或幸而免

旁支承統追尊辨

李繼聖

自周㭊追王之典後世人主雖崛起草莽亦必皇其祖考以子貴貴也旁支入承正統而私尊其所生則昉於漢宣由漢迄明議斯禮者未有定見也余曩作歐陽永叔論刺其主濮議不當而余約斷以是繼子非繼于兩言問世辨之未詳爰復溯自往古漢宣帝衛太子孫（衛后生太子從母姓稱衛）武帝曾孫也江充陷太子巫蠱祝詛太子勒兵斬充武帝疾在甘泉誤聽使者言太子反太子出奔自經後帝知無辜作思子宮歸來臺是太子未絕於帝也視蒯聵逆父殺母不同矣宣帝父進並遇害（太子全家皆死宣帝幼亦拘獄）使武帝不寵少子立昭帝則進爲嫡孫序應立（如商太甲）昭崩無嗣

已立昌邑王廢昌邑乃立宣宣固嫡派也於昭姪孫也考昭不可而祖昭是有祖無考也初謚所生曰悼考及在位九季始追尊曰皇考程子謂宣帝亂倫失禮宜稱所生爲皇伯叔父豈以有祖無考乃爲大倫之正乎且無考又安得有祖哉若漢成帝已先立哀帝爲皇太子矣後哀帝追尊定陶共王爲共皇師丹爭之宜也丹謂共皇謚號前定不得復改但帝不可復奉共皇祭則是得半而失半也宋仁宗已先立英宗爲皇子賜名矣（初名宗實賜名曙）後英宗欲追尊濮王司馬光口奮筆爭之宜也太后手詔以濮王爲皇英宗雖讓不受而稱親如故猶幸呂誨等忤旨補外濮議寢廟號亦終闕漢桓帝與質帝兄弟也質爲渤海王緒叟參錯不一致靈帝乃河閒孝王（名開）曾孫解瀆亭侯淑之孫萇之子論倫序靈可考桓（俱屬伯叔）及追尊元皇（祖淑）仁皇（父萇）而諸臣無一詞恐反成案則必上非數世之主（宣哀桓也）徒取罪戾宜三君（陳蕃竇武劉淑）與諸名流皆括囊耳（八俊八顧八及八廚是也）安帝父慶本無罪不追尊清河又豈爲得哉（太子慶以無罪廢本可追尊者）至於司馬光言漢宣爲孝昭後（昭帝）不追尊戾太子史皇孫光武上繼元帝不追尊鉅鹿南頓君此萬世大法則亦未爲得也（光武祖鉅鹿都尉回父南頓令欽帝爲景帝六代孫）史皇孫卽悼考皇考何以並云不追尊（太子妻史良娣生子進從母姓稱史皇孫疑光言是史良娣宣帝祖母追謚戾夫人然考諸史皆載光言史皇孫光作通鑑何至誤引）皇帝時謚太子曰戾以擅弄父兵公義難諱故也既曰戾矣自不應尊之爲皇祖

若光武之不追尊也叟於義無取焉孺子嬰雖不成之爲帝（王莽所立所廢）然豈可並越成哀平而以爲上繼元帝哉將謂此三帝皆可空而外之耶且平帝在位五年壽十四歲孺子在位三年廢爲定安公光武復興大業於新莽滅漢十有四年之後故廟號特稱世祖以配高祖凡先君皆稱宗誰當爲之祖考者獨謂上繼元帝統緒疏遠纘承懸隔而又不追尊所生此身將何所屬乎中興諸將相不議及此此則學術之疏也司馬氏以戾太子與鉅鹿南頓擬濮王乃其所蔽矣程子論宣帝曰爲人後者謂其所後者爲父母而謂其所生者爲伯叔父此天地之大義生人之大倫余以爲可律漢哀宋英不可律漢之宣桓明之世宗

也。夫爲人後者。乃繼體爲子。非繼體爲孫也。又非謂繼統即爲人後也。帝王有生而立繼者。養育之而立爲太子也。（如漢武宋仁是）有歿而擇繼者。宜協昭穆。昭穆順。然後於迎至之始。即位之先。奉嗣君告於太廟。正名定分。（伊訓惟元祀十有二月乙丑伊尹祠於先王奉嗣王祗見厥祖此可爲後世大臣迎立嗣君法也）又必即位於柩前。服斬衰居諒陰。（古禮柩前即位方可典喪行三年服）斯不敢私其所生矣。按廢昌邑王時。尚書令讀羣臣奏於太后前曰。孝昭帝早棄天下。遣使迎昌邑王典喪服斬衰。及宣帝嗣統。未聞服斬衰者。蓋不得上禰叔祖。如衛輒之棄父而稱其祖也。即謂入承正統。至大至重。然有欲考其先君而倫序不合者。（兄弟伯叔祖父）業無先君爲之父。焉得自稱其父爲伯叔父。伯叔父對父而言。無父即無所爲伯叔父。余觀歷代名流議斯禮者。不論昭穆之次。不舉三秊之喪。不揣情勢之難。（如明世宗母聞朝臣欲考孝宗大恚而世宗涕泣之類）但概稱爲人後。而欲降其所生。割其所愛。徒齗齗於追尊之際。正孟子所謂不揣其本而齊其末者也。

鬼魂考辨

李繼聖

阮瞻作無鬼論。而鬼即見與之談名理。此必文人才子之靈也。朱子言人死無鬼。然博覽往古。左傳有申生諸人。史記有長陵女子。若此類。指不勝屈矣。儻魄落魂散。世何以戛有死而復生乎。曹魏文帝時。客民陳焦葬六日。忽自穿土以出。晉顏畿卒。其妻夢畿言爲醫所誤。令急開棺。弟含尚少。力請父啟視之。微喘息。含左右營護。竟復生十三年。明天啟初。隰州民有葬半月者。行人聞聲呼地下。發之竟復生一歲餘。然猶曰此皆殮葬未久也。晉干寶父有嬖妾。其母妒甚。因葬父推入藏中。越數秊寶葬母。開墓妾伏棺上。氣未絕也。輿還遂甦。請梁時主簿柨萇葬九

江三秊後。大雨冢崩。其子褒改瘞。柩自裂。竟復生三十秊。此則皆久沈泉下矣。其尤可怪者。劉宋徐紘云。魏時有人發冢。得霍光女壻范明友家奴。能說漢廢立事。固世隔兩朝也。又魏人有掘故周王冢者。見一殉葬女子。不生不死。出之數日而氣行。數月而能語。狀如二十許人。送詣京師。郭太后愛養之。恆在左右。十餘秊亦能說周王宮中事。太后崩。哀思哭泣。復一秊餘乃卒。周王者不知何王。惜所說未聞於世。顧自周及秦及漢及魏。以臆度之。不將千載乎。凡此非鬼魂之守屍。而又誰爲之守哉。然猶曰其形尚全也。左氏又言秦諜至晉。晉人覺而殺之於市。六日復生。以爲有異術。不應見殺。亦不應六日而後甦。以爲無異

術則身首已殊。然猶曰精殘屍以起也。漢崔少府女亡後與盧充幽婚生一子名溫休。以前柩內金椀贈充而別。抱子去子三歲復遇充送還溫休。官郡守。後生植。植生毓。毓生梴。梴生志。故陸機罵志曰鬼子。乃敢爾。按植師馬融爲名儒。毓梴亦顯而有聲。唐鄭亞遠遊歸。其妻已殯於野田中。託夢云命未盡合與君生一子。屬亞求一桑門有奇術可召至。再奉箕帚。亞求得僧入定尋訪。夾夜爲送魂返。宛如平生。但惡明處。二載乃生畋。又數歲自言緣盡。涕泗辭去。畋後爲唐相。卽唐人尉遲樞志其事。此則皆不假形體而鬼能胎育者。機樞所云豈誕哉。亦惟是陰陽二氣交合而成。亘獨不見夫草木之忽生於無根枯壤耶。干寶感父妾遂作搜神記。夫鬼神可搜而窮其狀。不能搜而窮其理。易繫曰。游魂爲變。知變化之道者。其知神之所爲乎。

范文正公封母辨

李繼聖

古人之出妻也。雖未別嫁而其義已絕。至於失節則不爲伋妻不爲白母之說。千載而下。安問道隆道污哉。朝廷封贈大典也。所以勸善。卽所以警惡也。失節之婦不得云母以子貴。況前夫之子乎。而范文正公之請封其母爲吳國夫人也。無識者藉口焉。公一代名臣。范氏之母已變爲常山朱氏之母。徇一己之私破萬世之禮。公獨何爲歟。第致其曲而論之。則有稍不同於白母者。公少孤。育於朱氏。冒姓朱。以朱悅登第。旣貴乞還姓。表引張祿陶朱改范姓者以爲詞。是其母雖絕於其夫。未絕於其子也。且公之隨母越國而去也。得不爲人奴足矣。資朱氏以就學南京。必其母有撫孤之誠。可感朱氏之助。如培萌芽於雨雪摧殘之日。漸長而爲鉅幹。可不謂難乎。是其母雖絕於范氏之宗廟。猶不失爲范氏之宗廟功臣也。生子之道不終。而成子之道亦有終之。別義也。苦守或難兩存。存或又不能振朱室。安得有砥柱哉。公吳人。以吳國係其母。想與空頭官誥無異。後人豈容引爲故實。道隆而隆。余於公不妨降而云。雖然封典起於禮。大禮與天地同節者也。公之先有張永德事繼母劉氏。出母馬氏。作二堂。左劉右馬。不敢以出母先繼母。時大臣妻母皆得入謁。劉卒。馬始入謁。太宗嘉歎。封莒國太夫人。帝何嘉歎之有。而封之此禮不典。公其視爲本朝故實歟。且出母不可迎養。迎養則子桓爲蠡吾侯子，皆章帝曾孫。質之前沖帝，沖父順帝，順父安帝，而安爲清河王慶之子。章帝廢太子慶，立和帝。第四子 和帝子殤帝，是安亦嫡派，猶宜也。且殤帝壽二歲，沖帝壽三歲，質帝壽九歲，皆未成父道。禮殤不立繼，無父道也 桓承曾祖正統，惡容礙於沖質，而不追尊河閒、蠡吾爲穆皇、崇皇乎。平原王翼父河閒孝王也，蠡吾先侯即平原王翼也，桓帝翼之子 不追尊是無考並無祖也。沖質幼崩，空去二代 質承沖帝而渤海未聞追尊，是無父也。沖帝幼既不可考，沖又自忘其考，非無父乎 余謂桓帝當兼爲追尊質帝之祖考，惜諸臣見不到此耳。史謂哀、桓、靈追尊所生，宣肇其端。夫哀帝與宋英宗之瀆倫失禮，復何辯。倫禮以服制爲重，英宗先主濮王喪，後又乞絰喪仁宗。既養之於宮中，諸臣

自應力請早定皇子儲位，勿使絰喪濮王，斯善矣。及諸臣議濮典禮，英宗令大祥後議之。時距仁宗崩年已歷二十有四月 禮再期而大祥，是知英宗又爲仁宗行三年之服，盡繼體之情。柰何韓琦尙存騎牆之見，而呂誨、司馬光輩亦卒不聞以已定之服制折中書，駁歐陽修耶。時中書謀追尊 明世宗未爲孝宗子，承武宗亦屬兄弟行，猶漢桓、質也。考武宗不可，禰孝宗不可，而世宗之母已隨至通州，州距京城僅五十里 必不甘以其子爲他人子，致世宗思避位。諸臣欲使世宗重違母命而不考后其所生，母大怒，則兩宮帝宮、母宮大不安。諸臣忍矣，世宗忍乎哉？敢對母而稱爲皇伯叔母哉？此又情勢之處於無可如何，雖孔孟亦難爲措置矣。漢自昭帝而後，其統

違父。違父者違天。永德二堂亦未爲善矣。喪服傳出母之服期，據儀禮爲父後者則無服。朱子嘗疑子思之說不可曉，然當父在，雖庶子亦宜不敢服出母。子思之言，大法也。婦值喪而出則除之，出婦不得服舅姑，子又安得服出母乎？父歿，生當勤問遺，死當齊衰杖期，哭諸室。有繼母，期尙素，勿齊衰，哭諸大門之外。出而未更適人，就出所葬祭之。更適人者，往哭之，遠不及，爲壇設位，向其方哭之。又必審於其所出之故，故大是固父之仇，宜心喪。服父之仇，益傷父。故小而或誣，雖爲父後者皆可期，尙素以伸其報。凡此止求所不得罪於父而已矣。要而論之，父出之而使更適人，與父歿而自更適人，大節一失，人子終身含恨，必

欲稱太夫人，是人子要君命以褒揚，而强壓其父使與失節之婦重合也。愚以爲人子未嘗請封，而一旦出自君命，斯不得辭耳。辭則彰其母之罪，亦仁人孝子所不忍爲也。然觀於晉惠后羊氏復事劉曜，諡獻文，史乃具列於晉后妃傳，似始終未與晉絕，而無關爲曜后者，何暇獨怪夫人子之於出母違體乎。

補祭禮議

李繼聖

荀子論禮有三本上事天下事地尊祖宗而隆君師王文中子逌弟凝定冠婚喪祭四禮行於家某欲悉裁酌然勢有所難通空文無口獨繼嗣承祧則不可不嚴所撫異姓卽謂養子所撫同姓異宗卽謂義子義之云者猶以同姓而見義養之云者則以異姓而受養要皆不得與本宗昭穆應繼者相亂也義與養之名雖殊止各立於家私祭其恩父母其子孫亦止各立私祭其祖考及其祖考之恩父母恩父母卽其子孫之始祖也溯源而上被澤滋長成之之德無異所生安得不世世尊之如一族之始祖也哉其恩父母歿族小宗可奉主入廟義子養子世世

不得從宗子入廟行祀禮則公私之道兩得而於天理人情無所歉或一二世積財歸宗卽收其田廬爲絕支之主附廟者血食及埽墓資不歸宗不許私賣恩父母遺業與應繼者之子孫同益所承遺業血食之所由係也必不能自存聽其去而謀生可也繼子蕩家或鳴官而官不爲改繼豈以典禮有易立不肖宗子之法哉且按左傳公欲求成於楚而絕於晉季文子曰史佚之志有之非我族類其心必異顧無如世人尤好養子而不慮其心之必異也養子雖富貴自其恩父母外鬼神不歆卽能豐祀自其恩父母上鬼神不享義子亦然理無二致不繼所應繼而必爲益之舉故於祭義補此說使知尊祖宗以破其惑而譜則於正派之末別冀世系於其恩父母所爲附譜之故正使久而不紊又以防其背恩也或曰祭則然矣義子可班次行輩乎可應試乎曰可同姓也然嘗見養子名顯因多乞改本姓而義子貴後亦多請歸本宗是其心之必異則一也又何樂乎彼之假道於吾門戶耶

鄧正斯堂額序　李繼聖

昔帝嚳以后稷繼公孫軒轅之後・周禮乃於是乎重立繼・繼立則人人可得爲祖考而有小宗尸其祀・祀不絕則祧主亦各判所承・而有昭穆叶其班故兄弟之庶子爲後於其兄弟猶一體也・此人事之無間於天經地義者也・然余謂鄧君正斯之撫姪爲後・更得於親親中觀至仁之合焉・君爲甯遠石鼓源一鄉長者・質性湻厖言無欺誕・余嘗見於其族甚重之・知君同母有三人・仲燕斯季盛斯・盛斯四歲尊公亾・君掌家政教之嚴也如父育之慈也如母・盛斯感激自奮遂噪聲膠庠壹志向上而無所分營・恃有賢伯氏兼爲之成婚禮購典籍聘名師也・盛斯亦舉

子男三・名其季曰鵬・鵬生甫三歲盛斯疾大漸・泣謂君曰此呱呱黃口失怙又將累兄矣・兄可嗣則嗣之・時君艱於息・盛斯殆欲以鵬報也・君因立爲後・玉鵬於成亦稱名諸生・其焦勞教育一如翼盛斯・是君於季弟兩世・仁愛淡厚皆盡再造力・非若凡伯叔姪僅有合於擇繼愛繼應繼之道者・然如君之賢而必出於立繼・豈天道無知・竟與君先世伯道同語哉・伯道忍於其子已絕至性・余嘗論之矣・天之待君實故留缺陷・而默爲盛斯成其報恩之意・又大爲君顯其恤孤之德・又兼爲鵬而授任於君以培其挺秀之材也・余是以謂於親親中觀至仁之合也・嗚乎世俗之繼繼利耳・富者爭嗣之・貧者其遺之・繼而不才蕩其澤繼而不永沫其享・今鵬克承美善衍慶流光・伊胡有底・余故樂爲序其實以額君之戶以風世之人

段直齋墓誌銘　　李繼聖

余髫髮好結儕輩文豪交邑有段子諱海生字涵川別號直齋者長余一歲兄事之其先世安邑人十三世禮先公遷於邑南珠田鄉越七世高祖一貫公生歲貢士貞錫公貞錫公生所貤贈文林郎珍袞公珍袞公生所敕封文林郎昌邑公直齋爲長沙府教授贈封祖考如其官家故清貧少欲負笈遠遊無資斧邑先達異其有問卽悟或祕之若類叔夜廣陵散之於袁孝尼焉者直齋笑曰制舉業耳是區區者而不余畀乎益自奮其文日躋於古雅掩出强者右雍正丙午舉亞魁庚戌捷南宮始信瓊樹天挺固不藉人力栽培也憶余年十二應郡試兩人初掇

文戰遂定交及黜於督學醵飲酒樓直齋以節擊琖而余拍掌同唱王子安句云無路請纓等終軍之弱冠有懷投筆慕宗愨之長風時四坐有髯而文者屬目曰童哉童哉殆將爲翰院才余兩人齊聲應之曰翰院足重王郎耶明太祖怒諸庶常疏陋而使拽大木亦苦矣直齋方孩提被災炙其面相者曰當黥而王此子幸而傷他日必以文章顯既而逾月不愈母彭孺人夜夢老嫗啖之以藥達旦而瘳歲己酉奉新例以舉人充同考試官直齋赴西蜀途次荒徼將夕霧雨迷漫無逆旅空中髣髴簫鼓聲强行轉山麓忽見一媪坐茅簷下借棲許之窺其家廚竈銼冷媪旋治食具香氣觸人鼻則鹿脯也詰朝發輿投店向店主稱媪賢主人駭曰昨所經由實無人烟惟有古觀音廟耳時鄧君士衡赴黔省同此役猶未臨歧也亦適值其事噫異哉前之嫗入夢療其殘後之媪止宿援於險是殆所謂賢豪受命鬼神惜之者歟初爲諸生時邑苦沈令尹棼酷姦徒敗類高豎德政碑於縣門左方直齋與黃姨父拱北先生沽酌城南市既酣語及之遂援袖偕躍碑所怒聲雷轟拾小石亂擊刊列姓名胥役不敢呵止一邑稱快余寓衡間之南望大叫曰昂乎壯哉恨外余余不知其魂魄雄視九原當復何如也仕長沙羣官爲趙大中丞壽入享坐直齋於千把佐雜之席輒趨出中丞怒詰狀錢太守與直齋善復攜入從容謝曰職忝郡學師獨不能參牧

令筵隅乎中丞甚韙之自是教班得不墜居無何以憂歸貧貸營喪事哀毀日甚成足疾因吟曰一子艮其趾連年巽在牀顧戶庭閒有邀惠起家者而候寢卒無一人又吟曰身病熱如火人情冷似冰然於所惠未嘗悔且恨聊寫其大凡而已其遺令子秀詩云此後丁甯無別事能爲孝子卽忠臣由斯以觀所學所養豈徒文藻云爾哉凡立言皆經史精義鐫板行世亦三不朽之一也令子以丹楹承其宇蚤爲邑佳士前王令尹拔諸童子中嘖嘖稱天才達湘源於陽朔其流將滿洞庭焉乾隆辛巳冬令子以墓誌銘請余筆嗟乎晨星俱落秋草獨搖返恤頹齡行思逝者安能忍而無感於言乎韓昌黎多諛墓惟柳子厚碑

按其實余雖瑣瑣遜於韓而與直齋交莫逆猶之乎二子也二子大有功名具而窮復相敵余兩人夙負萬里志直齋終教授乃雄雞自斷其尾頗不爲世縛余一官穿鼻數季竟以瓠法論免是所愧於直齋者然俱不似子厚失足甯甘轗軻則生死可其質也直齋惡言利館穀官俸逐手散去幼季偶出塈歎天旱尊公叱之曰苟勤於學粥糜可矣小子慮旱何爲直齋伏拜訓是以其志不在溫飽也余昔以誤競浮名淹客路及歸直齋已捐館今且幸而後死猶得爲之志其梗槩以報亙友云按狀卒於某年月日享年若干子男一秀邑諸生孫男幾今卜葬於某

地並書石藏諸墓銘曰

瘞若華兮照黃泉散餘輝兮奕葉聯生玩世兮死非仙惟幽宅之永固兮惟其才也惟其賢

祝城隍弭虎患文　李繼聖

乾隆辛巳九月朔日三鄉五眉紳衿耆老某某等謹具豚體香楮致祝於　敕封本邑顯佑伯城隍尊神座前實爲虎患恭迎鶴駕降鑒茲土思夫邑介南服自　本朝聖聖相承休養生息而戶口始蘩於此三四十載以來偶値偏災堯水湯旱不足爲盛世累也在昔崇山邃谷虎雖出沒不敢傷人何圖本年春夏賑饑方甦竟敢頻食老弱男婦以充惡腸今三秋咆哮尤甚白晝逐人於途黃昏伺人於宅而六畜乃其粗蔬矣夫童愚訊虎虎殺人卽自垂頭伏罪彼爲山君豈果無知哉意者亢厲昏蒙之氣適相激使然歟顧蠹聚蠹食朘削脂膏而瘟不及戶毒不

加身反得縱橫自放此蚩蚩者耕種營生偏遭一口銜去骨肉鮮留國法殊屍爲鬻虎似竊用斯刑濫加無辜嗚乎豺貙當道會逢其適舞爪張牙異類同黨縣主差來獵戶故眈眈覗之若兒戲世傳虎殺人其魂爲倀於是導引狂噬然君子不信死後猶受制於虎而一愚至此也釋氏謂有前生冤孽又何爲不付之剉燒舂磨而必作如是人獸輪迴果報乎其說自不足取而服人心縱使隱慝妄誅上天豈無雷霆下地豈無水火是以君子反覆求之萬難爲虎解者也或野廟邪魔山澤惡鬼交助兇頑百某等衡宇相屬不忍旁觀鱷魚徙海雖乏昌黎之文鷹鷂捕龍佝按信陵之劍眾恨鬱謍公卬靈壇如果樞星散爲猛虎

犇神力請除暴某等兼選勇壯伏窩弓發毒矢誓欲殲此羣醜然非神制其逸則脫空而去貽禍鄰壤往者登封庶民患虎顧少連移文岳神而患遂息某等亦猶行古之道也惟我 聖天子保赤之仁政即我顯佑伯護國之元功伏惟享格鑒此眾忱

朱仙鎮班師論

黃宏載

將在外君命有所不受苟利社稷死生以之是說也惟主臣同德乃可踐矣或咎忠武當日何不違召直抵黃龍復中原迎二聖驅金塞外別請重臣爲之鎭撫然後釋兵柄還朝自縛以謝專制之罪高宗當亦有以全公者豈不嫌於莫須有冤戮哉然此非知公者方公飲泣頓首受命行營稔報政欲甘心之久矣金牌促召至有十二使不奉命則封劍隨之就烹獵所徒快狡兎之心益堅忠義之氣激智勇之憤奸雄急乘其閒患且有大不測者即不至於遽齒封劍而萬一違召直前金人竊啓擄二聖爲俎上之要可若何同一身家俱碎也碎於違召駢戮適暴

吾君事仇忘親之惡與碎於歸田誣族終遂權奸翦翼之私則有閒矣況叩馬書生蚤有以悟兀朮於追壓功之成否未可必也故躊躇至十有二召痛心飲血慨然一決甯受不白於異日姑爲吾君隱忍此須臾庶時會之再可圖耳不然徵貨之譏豈閻於祿父其蹈死亦豈怯於比干顧或奴或去孔子則槪許之曰殷仁也知心哉

立後論　　黃宏中

儀禮喪服有爲人後者爲所後斬衰三年爲其父母報以期傳曰受重者必以尊服服之何如而可爲之後同宗則可爲之後何如可以爲人後支子可也夫爲人後者孰後後大宗也大宗者尊之統收族者也不可以絕故族人以支子後之按禮有五宗繼別者爲大宗繼高曾祖禰者爲小宗葢古大夫不敢祖諸侯猶諸侯之不得祖天子故別子爲祖繼別爲宗繼禰爲小宗別子謂大夫別於諸侯之宗自爲其族始祖者士庶家之始遷祖準之繼別之嫡長當世爲其族所宗以收統全族異於繼禰之僅收統其小支族故稱大所謂百世不遷之宗也繼祖曾高

之嫡長皆爲其支族小宗以無不自繼禰始故槪稱繼禰而祖遷於上則宗易於下此爲五世則遷之宗以服窮祖祧也然但服窮祖故祧曰自元孫以下皆其支脈係嫡長裔猶當世主所繼墓祀固不得以歷五代澤斬視爲路人遂弗與申袒免也惟尊祖故敬宗敬宗故收族凡爲宗子皆不可無後但大宗統全族偶無後則由邇及庶由親及疏無不得以其倫後之者若第繼禰祖曾高則同宗者少或無後不得其支族後之之人所謂莫之宗者則其絕葢有數焉未可奪人天性以他同宗按倫序代之孔子荅曾子問曰宗子殤而死庶子弗爲後也葢殤無爲人父之道故弗爲之後鄭注族人以其倫代之不爲序昭穆立廟謂當按倫序代殤宗子後其父主其祔祖之禮弗直爲殤宗子後非凡宗子而殤則其父若祖歷收全族如支族之統可絕而其支族勿復爲之後也何邵公直云小宗無子則絕亦非協論矣爲殤宗子服卻有孤與不孤之別孤則已正名爲宗子族人爲之齊衰三月如臣不敢殤君然其不孤得有宗子之名者父或有廢疾或已年逾七十不能理宗事因命子代主之他日族人尙當爲其父服宗子之服不得以世雖未易子嘗代父主宗事遂爲之服殤宗子服亦宗子之母在不得爲宗子之妻服通義也然禮殤與無後者得從祖祔食於宗子之家雖非宗子不幸無後其祀固未遽絕也若從朱子祔禰之議則高祖祧時

從曾祖之無後者祀乃不得祔亦已與有後者歷四代服窮澤乃斬但不如有後者得正祀於祠曰後固可不必立故禮經爲人後者指後大宗傳亦但言大宗不可絕非小宗卽可絕以無一支族宗之之人則其澤及身而斬雖尙得祔食於所宗誠有如何邵公之所云者矣然律但禁立異姓爲後不禁按倫序立同大宗之族姓爲後以經言爲人後者雖專指後大宗原可通於小宗子與非宗子者之必須立後葢不幸無子者或有勳德不可沒其報或有爵土不可隕其傳庶人亦有先疇之服支子亦屬一體之分未忍淪滅故年登五十無子者朝廷許置妾慮不得本支子代後也邇妻年五十無子許立庶長子爲後慮立

或不安倫序啟爭端也至所立不得於所後之心聽告官別立賢能與其所愛不許族人巧以次序告爭非徑聽無子者得擇立賢愛乃所以杜後之者或失其歡也又有先得立同異姓之子爲後後來卻自生有子或所立之本生父母又不幸無子欲還事其所生者聽之之條朝廷之爲無後者與爲人後者謀亦極曲摯矣孟子曰不孝有三無後爲大舜不告而娶爲無後也漢覃恩賜民爵爲父後者爵一級蓋適長子當爲繼禰小宗故不可無後爲父後專指適長子言適次子與妾子皆爲支庶但稱曰子不得稱後故宗子雖七十猶娶不特祭必有主婦以備外內之官亦所以裕後嗣也舜如非父後不娶亦但己無子且

何至絕先祖祀漢覃恩如凡爲子者皆賜爵一級恩可勝覃乎又喪服但言爲人後者不指言爲所後之父雷次宗曰所後或祖曾高不定也自公羊傳於仲嬰齊卒有爲人後者爲之子一語以公孫歸父奔齊自有子嬰齊自是仲氏子不與仲嬰齊之得後公孫歸父以稱公孫嬰齊也後世遂援此爲之子一語謂凡爲人後者皆當稱所後爲父稱所生爲叔伯父亦謬誣甚矣彼非宗子立後亦必各以其倫經謂適子不可爲人後以當爲父後有所統本支族人族人亦不得强立之爲後以廢其小宗也若大宗子無後按倫序當立者雖身爲小宗子以大宗子視之亦支子且當以大宗爲重徑後之不妨仍天序稱所後爲叔伯父而自稱姪亦得如大宗子兼收所統之禰族不必另以支子代已爲小宗若泥適子不可爲人後漫以支子後大宗不自此繼別者世以支子而其父爲小宗反爲父後之嫡子亦且世世奉此支子爲大宗乎何後大宗之反輕於小宗也拙纂從宜家禮竊謂適子不可後大宗此聖賢經傳議禮偶疏處程伊川亦云長子雖不可爲人後若無兄弟又繼祖之宗絕亦當繼祖乃所以重宗也但不可以已得爲大宗後遂以己之禰主躋入大宗祠其禮與各稱謂與士庶之始祖祠但當奉祀一始祖神主其大宗子所當繼之高曾祖禰亦當如各繼高小宗另祀一祠以便遷祧以始祖祠龕原與受爵三品以上得立五世廟祀

之爲不遷始興祖者有別具詳拙訂從宜通禮立後條及祠圖與祭禮中近因族尊輩命輯宗譜查閱大宗子齊河年已老無有親弟齊湖之長子盛名備爲後不幸湖今亦老無子盛名且當還其所生而河係大宗子他日不可無後儻河遲沒則盛名已得後其父至河沒時按倫序盛名當承大宗不嫌又爲河後兼收統其當繼祖曾高小宗之族主則仍稱河爲伯父而湖原未得爲大宗後其主當另祀於家之私祠或於寢不得竝躋於大宗祠龕或河先湖沒則按倫序湖卽當爲兄後當如孔子所荅曾子問宿賓之辭稱河曰宗兄祝稱之曰顯長兄而高祖之私祀不得輒祧至湖沒盛名得後其後大宗之父竝後爲大宗

未祧之伯父如萬斯同同堂異室之議分一室爲兩龕或一龕中分隔之稱顯伯考顯考並祀於大宗祠而高祖祀乃得祧以後易世遷祧俱準此庶情理兩協目今盛名先受伯父恩養旋還其所生事伯父母自當如生父母河沒在湖前或湖後各服制詳從宜通禮祭禮及喪禮等條先暘谷公族規又慮宗子或不盡賢智故有擇立家相及於祠旁設義學擇師以教大小宗支之議誠教之能豫相復得人雖氣稟習俗難齊自不至有悖倫干典爲一族憂萬一有此孟子所謂大過則諫反覆之而不聽則易亦同宗所不得已也其子可後立其子或子並無可後又或干典並妻子從遠徙不得反或子亦無後則按倫序當代

宗後者可權孔子荅曾子之問其祭不厭不旅不假不綏不歸肉祝曰宗子宗兄宗弟在他國使某執其常事痛遭變故禮當殺也迨閱三年則己卽可以正名宗子禮以漸備祝得稱孝不更稱宗子宗兄宗弟在他國使某亦不必如宗子無罪去國代後者但望墓爲壇以時祭至聞其死乃行祭於祠又必己沒而己之子乃得正名稱孝爲宗子也當參攷從宜通禮篇易代及祭禮篇有故各條若身爲宗子不得離祠他遷或有貧不能自存者同宗當共周之則族規與從宜通禮具詳矣吾族世敦本講睦先祖心莊公尤拳拳宗法化族以禮從無悖倫干典大咎茲因輯譜適值大小宗有無後之變竊敢周慮瑣述爲論

平金川頌

王霍霖

苾苾清疆睍乎禹甸聲教暨通祥風播扇繄惟　歷聖　皇天肖子全付有土以耒以耜亶生　神聖秉睿前知倪兆幾告圖上龜著初眞入極黽勉臣僚蠢爾蠻酋適期而跳惟此蠻酋憲聖爵之固陋金川　憲聖擢之爾猶弗靜起釁於鄰　王師薄伐不悔而狺始戰未利咎於兵孱　皇曰匪他阿扣之姦爰命相國遄塞經略至奉　密算魁姦就鍔脅從其宥悅服輸誠賊目齧塞賊目官晴　皇矣孔赫丕驚塞外是敬是勸無敢肆猖賊窒其穴畏我虔劉魂兮飛越暫保髑髏乃泄卡撒進蹋背嶺併墩巴郎嘬爲糜餅磩震鍧吼山川顚裂碉傾卡隕賊伏

於窟相周視形徑搗中堅賊慄丐命叩首塞咽　皇曰宥之旣返其初亦予赤子甯必爾鋤番民聞知男懽女笑塞路漫野旣出於突渠酋稽首爰率其旅戒之訓之如夢而寤　皇懋有威靡克以當　皇懋有德浩浩湯湯蠻夷慴伮　皇則懾之已伏其罪　皇則恤之惟是西人其犢　天仇忽曰網解亦信亦不惟此西人競傀靡罷旣休旣息旣驕而罣定此番國四裔懿懿震驚我　皇先知先覺震驚我　皇千里神算誅姦定略克明克斷不勞西月倒傾奧穴强番稽首凱歌奏　闕金川旣甯文德益濡歌謠盈野況於康衢

夏小正通解序　羅登選

夏小正一篇先儒以爲以十二月之物候正十二月之時莫重乎是書隋志載大戴禮十三卷而夏小正別爲卷以其爲虞夏之書故別之也唐志則統稱大戴禮十三卷而不復別爲夏小正卷做月令之在小戴故併之也余始從朱子黃勉齋所定儀禮集傳見其內載此篇則分經傳爲二先經後傳意以爲古本夏小正其篇次當如是也最後獲見高安朱文端公家藏韓本大戴禮考此篇在大戴第四十七始知朱子所謂經者卽從傳中錄出之其舊本每月經傳合編固別無有所謂經也於是乃取二家之本反覆詳參竊以爲當日之作傳者既分經而句傳

之原經自經而傳自傳葢由後之收之者不知分經而句析之於是經混傳傳混經今欲使經與傳之不相淆不如仍分經而句編之則復經自經而傳自傳惟於傳文卽別之曰傳庶幾合而讀之既不失大戴之舊分而讀之又可使經傳分明矣其有合於古本夏小正無疑也但此篇既爲小戴所遺學者久置弗講魯魚亥豕沿襲相因卽朱子與勉齋所定以及韓元吉吳草廬諸人皆未遑是正之況其他哉既又思此篇乃月令之權輿月令載在小戴立之學官而此篇自秦漢以來絕少訓註因竊不揣謭陋稽據古義凡自日星寒暑霜露之變與夫蟲魚鳥獸草木之狀莫不句疏字釋以分附於每經每傳之下至於譌缺謬誤悉加考正然仍不敢改易原字而音註其下以畀後之學者得以取而互參之也昔戴德所傳禮有八十五篇號大戴後聖又取德之書四十六篇號小戴其尚存者起三十九終八十一似未可專取小正一篇解之也然古之人如漢蔡氏巳專解月令宋易氏巳專解禹貢余之專爲夏小正解其亦猶二子之於二篇也夫乾隆二十六年辛巳二月朔

新修衡州府龍神祠記代　張世濂

昔先王之制祭祀也法施於民則祀之以死勤事則祀之以勞定國則祀之能禦大菑則祀之能捍大患則祀之龍之爲神所謂能禦大菑能捍大患者也列於祀典不綦重與衡之陽春秋諸祭壇宇咸備而龍神獨闕焉余奉　命守衡之明年乃聚郡父老而謂之曰祀國之大事也有其廢之莫敢舉有其舉之莫敢廢龍之爲神載在祀典固炳若日星也玆之闕焉不備者何以故況夫史傳所載如湓口之龍祠湯泉之靈湫皆能興雲致雨立時應驗彌菑患於國中則所求於龍者實多矣又何其宜祀而久不祀也父老曰衡郡龍神之靈異如黃龍岡青龍潭諸

處不可勝紀而祈禱舊無專祠但聞回鴈峯前向有一池厥名煙雨泉流涓涓經夏不涸天將雨則雲興池中望之如煙衡人以占晴雨自明季燬於兵而故址遂堙相傳此池既堙而城南有山其色如火者往往爲祟於境內噫其信然邪余聞春秋左氏傳曰龍見而雩乃建巳之月蒼龍七宿昏見東方萬物始盛故爲百穀祈膏雨也又攷後漢書禮儀志云其旱也公卿官長以次行雩禮求雨閉諸陽衣皁興土龍此祀龍神之所由昉與且衡南方也朱鳥之精離明之象以火德王當以水德濟之則有潤物之功而無燥物之患又山海經云應龍處南極應龍在地故下數旱旱而爲應龍狀乃得大雨抱樸子云山中辰日稱雨師者龍也則衡南之祀龍神其於祈禱也爲尤甚於是率羣僚捐清俸擇郡人之賢能者董其事度地之高曠者以爲基閱數日乃得之蓋卽俗指爲火山者筮之甚吉余曰異哉同一地也昔爲祟於境內而今造福於域中則是龍之靈實應地而存者也今旱崇其祀煥其祠以妥以侑俾神靈棲託之安則豈惟禦菑捍患諸祟可以潛消而相予祀事之餘不待於今祭則受福矣爰用牲諏日建大殿三閒設東西兩廡以爲歲時祭祀之所而郡之士民及往來商賈復醵金斂財爲亭榭以適遊觀一時輝煌壯麗儼如貝闕珠宮是歲也雨暘時若百穀用成民氣和樂僉曰此都龍神祠之效也余雖不敢有其功竊念龍神之

祀天下皆然而國典之垂昭然可紀況衡爲楚南巨鎭蒸湘迴環五峯聳峙此神靈之窟宅雲雨之憑依當必有騰淵升天被五色戴三停薄日月伏光景爲　國家沛潤澤而大施功德於民者自今以往春秋有專祭祈禱有專祠昭事者矢匪懈之忱式憑者無不歆之祀萬寶咸登庶民其乂衡之人其長享其利乎欽哉欽哉世世守之無怠厥祀事

觀音閣募引代　　張世濂

庚午春來守澧川見　關聖宮之不備者欲增修以成巨觀爰合首事募於闔郡使　武廟與　文廟媲美而　武廟東偏舊有觀音閣因思大成殿廡一脈先賢而外他無所參專所尊也今以低眉菩薩參於太牢享祀之旁體制不類而布置未妥由是於西北城隅建立一閣以宅白衣大士不惟增修　帝廟廓乎有容可別作阿蘭若亦若老子不溷列於如來士民敬捧瓣香而至者亦自甚便夫以觀世音菩薩從聲聞入道故妙音能勝世間音而加之以觀卽經所謂眞觀淸淨觀廣大智慧觀悲觀及慈觀作如是觀以目治耳其義有不可思議者矣東坡云

稽首大悲尊願度一切衆竊謂佛眼靑蓮花佛手兜羅緜若以八萬四千手眼神通法力變爲恆河沙數則普四天下墮難衆生不難度此毒漏根化爲光明藏所以願建旃檀林士民同飮功德水也是役也因不啻乎捌必待布金乃觀厥成迨至大悲閣之竣也予將效髯蘇以記之爰爲之吟曰

下車匝月他未遑欲存大體事更張忠義式程瞻帝像重營宮閣著堂皇菩薩非馨太牢祀更於城隅卜其良見說衆生墮八難厥惟大士濟慈航但是衆生度一切吾卽稽首敬不忘欲成民以登仁壽致力於神呵護長不似秏財惑野廟盂水楊枝返百祥衆力共成大悲閣願千手目庇萬方

屈原論　　向曾賢

屈子之窮厄以死千古所謂奇憤也故至今弔屈原者每歲必於其死之日而哀之而吾以謂不足以窮厄屈子且以爲千古幸何者屈子窮不極厄不極則離騷不作離騷不作則千古風雅之脈斷焉故天生屈子非以爲楚也所以傳忠臣義士之心而繼三百篇者也奚以明其然也詩之亾也繁霜正月以降幽憂鬱積至不可解夫子錄而存之至於曹檜之末則亦錄匪風下泉焉凡以亂極思治其義如是焉爾世運遞叟人心澆漓君臣父子之閒泛然若萍浮於江湖而適相値故孟子曰詩亾然後春秋作也至於戰國而禍變極矣晦貞否塞各以其術相傾

危若孫臏衛鞅范睢之徒去以資敵國用爲害尤烈屈子生於其閒遭時不幸主聽不聰而嫉之者又衆也以彼其才何適不可而獨以其忠厚惻怛之詞寄其憔悴專一之意以維持於君臣上下之大天地不失日月不改則此志不移也是心也卽龍逢比干之心是書也卽大雅凡伯家父諸君子之什三百篇之所留遺而人心之所由以不死也然則離騷之作不亦重乎抑吾竊思之曩令委任無恙王言聽計從無恙無靳尙之讒無鄭袖之惑無張儀之攻擊無令尹子蘭之排擠幸得展其所爲脩舊貫叔敖之業抗强秦以雄長中原當是時未遂能相楚除羸帝制自爲與臯夔爭烈也然而遭時得志功建名立縱使赫奕

不暇著作縱使著作亦混於檮杌之書參雜於戰國諸篇之內亦必不傳千載後亦安知屈子之義憤有如此者吾故曰天生屈子所以使傳忠臣義士之心而繼三百篇者也則誠幸也然而非屈子之意也彼其忠愛之心鬱於中而大作於外不得已而寄之於辭未嘗以致必傳於後也後之踵興而師其辭者代不乏人而求其異世同神若賈長沙杜少陵文文山數人而外不多覯焉蓋所爲源流遠矣乃其音則亦到今未寂云

鴉樵遺稾序　向曾賢

先兄壽山先生早歲從事文翰困蹶戰不獲展自廿四五外遂不復與試於榮利泊然無所好嘗命曾爲之筮得節之臨四歎曰以節苦不如以節甘吾自是其知所處矣居平野服逍遙隨意書策與人和易絕無忿怒容閒暇時愛寫蘭竹几案牆壁都是亦不甚惜聽人持去工吟咏思之至深不肎率就或花朝月夕偶得一二聯遇思不繼輒置之後數年乃諠抒寫沈至終日不倦嘗有句云冷眼睨太古熱腸回陽春又云樂事因詩苦閒情爲畫忙殆自爲寄興與其讀古人詩必造其微處見他人所作都能指其疵或爲更換其一二字往往獲新趣曾以是知壽

山之胸次有漸近廓然者而壽山亦方自喜有得於是而蘄以成其志也吾家之左有鴉山者其地幽邃車馬所罕到山人以薯芋自給而蔬花叢篠閒雲怪石中終日樵歌往來與松聲水聲鳥聲及虛谷聲琮相應荅壽山忻然樂之擬誅茅其閒藉以抒嘯咏悒抑塞益求古作者於山巔水涯抑亦有甘節之義乎尋以疾作不果及卒遂厝于茲山嗚乎壽山既不得志於人世之聲華矣而此自適已志求寫心山林耳竟亦不克償何其軀也方壽山之彌留也無一語及他事第切切以平日所作詩稾囑曾撿存之搜其囊其稾多散句及字書塗改不可辨僅淸若干首尊親爲繕錄名曰鴉樵遺稾本其初志也

贈譚竹湖之滇序　向曾賢

士貧居坐甕室饘一盂蔬一盤出則塵僕僕滿面得一夫尾而隨足矣一旦專地百里其屬自丞以下趨承者若干人幕僚佐理者若干人府史委蛇雁鶩行而進者若干人徒隸匍匐供頤指氣使者又若干人四境之內老者壯者少者黠者癡者良者頑者强者羸者貴而有勢者秀而可材者貧而無告者外倨而內恭者外柔而內很者計且數千戶其人多至不可數方未至則引頸注目側耳跂踵俱屏息伺候待命一言出則各響應隨之一行出則又各響應隨之士人官得縣令抑亦宜其有爲矣哉然而求居是職者方需次則曰某地肥饒賦入煩而可某地

瘠賣賦入寡不可某地出財賄百物民樂供輸而可某地民飭嗇而褊急不可至於己之所以宜稱是職以慰人望未見有汲汲若不得已者由是趨承佐理之人不過相與苟同欺謾而已伺候奔走之人不過互爲牙爪而已四境老少待命之人則又不過空懸其願於始至時而已久則應時折減或陽奉而陰侮之甚則唾而罵之筆之邑乘以永譏之矣則亦有不足貴焉或曰有所迫而非可得爲也或曰是從事者之誤也或曰因其同然而未有以甚過也然而君子有以訾其自治以治人者疏矣吾友竹湖譚君學道而守廉素有志於仁術嘗與曾談興利去弊崇善黜惡之方曾以爲行法必自不屈於物始行惠必自不欺於己始竹湖然其言今適受　命之滇南人曰其地僻而遠也竹湖曰惟所往人曰其地瘠而事簡也竹湖曰在我所宜恨不克濟耳其將行也求曾以古者贈言之道曾固拙於言者也又所言者或犯當世之忌且笑恐竹湖之以曾所言告於人也雖然曾於竹湖俱餞公南園先生門人也今之滇又辱厚意故不敢以頌而以規因私書以付之願以託於淵路贈與處之意竹湖其謂是言何哉

祭友人文　向曾賢

維正月日同年友向某同館中某某謹以香楮束帛庶羞之儀奠於檀園正亭兩兄之柩前而哭曰王君之逝凡四閱月矣黃君之逝亦倏及兩月矣纍纍雙棺栖於曠野孤魂煢煢未知安適顧瞻慘怛心膽靈然夫兩兄之來將以效於世以顯於身以榮於親而今竟如此其孰使之其孰料之聞之陳蕃所憩之家久記元錄之歲華歆所聞之語已定北陵之期兩兄其謂之何哉今爲王公告曰天者誠難測以兄之堅强而不有其身以兄之仁厚而不有其子吁可怪也可哀也昨者兄之姻親某某鄉信至都令弟延夔遂以兄之室往山右來年將扶兄之喪歸於

南兄其少待之又爲黃公告曰兄之沒爲之友者誠愧甚滚有乖於孔子於我之義然亦既往矣如之何茲檢兄之篋中得金若干以若干償壽木之需不使彼主人市義蓋體兄之廉也其所存及外閒所當償兄者皆爲聚而收之將於他年歸兄喪於南必得其妥其衣一襲皆令兄之姪檢存之無敢擅動前此則愧矣後此爲友人者安敢不勉昔人云車過腹痛茲之所覩奚啻腹痛也哉同念平昔惻惻傷懷城隅荒荒畧不成禮惟兩兄其有以鑒之也哀哉尙饗

爻用蓍策九六不用七八解　聶鎬敏

河圖洛書之要總以五數爲宰五者五行也一曰水二曰火三曰木四曰金五曰土洪範五行之序五數之確詁也五行未發函於太極故五皆居中央萬物共一太極五之爲數無往而不在六卽一七卽二八卽三九卽四十卽五百千萬億濟以五而不竆物物各一太極也繫辭傳言數者二曰大衍之數五十其用四十有九分而爲二以象兩掛一以象三揲之以四以象四時歸奇於扐以象閏五歲再閏故再扐而後掛天數五地數五五位相得而各有合天數二十有五地數三十凡天地之數五十有五此所以成變化而行鬼神也又曰天一地二天三地四

天五地六天七地八天九地十說卦傳言數者一曰參天兩地而倚數數之爲用實盡於此皆以五爲乘除也大衍之數五十卽河圖五十五之數也河圖以五數爲宰變爲大衍得數五十十其五也爲揲蓍衍策設者也虛一象兩象三象四象閏五之用不竆也洛書之數四十五視河圖則減其二五視大衍則減其五也然卽五卽十太極兩儀四象具備也天數五地數五五位相得而各有合就衍策時所得河圖一六二七三八四九五十之數而合言之天數二十有五地數三十凡天地之數五十有五就一三五七九奇數二四六八十偶數而積言之者也天一地二至天九地十就河圖洛書所有之數而統言之者也此

陰陽五行之全數也參天兩地又指河圖洛書五生數而專言之者也蘇氏易傳曰天數五地數五其曰三兩何也自一至五天數三地數二明數之止於五也自五以往非數也皆相因而成者也故曰倚數五數爲宰之確證也天一天三天五爲參天其數九地二地四爲兩地其數六九六合則小衍之數十有五也乾九坤六之數所由定五十居中之極所由定也陽爻例用九陰爻例用六者九六本成數而陰陽相合參兩相倚適得生數之全適得小衍數之全凡陽皆秉乾凡陰皆秉坤九六之用不窮爻用乃專主之不窮者何不窮於其德也元亨利貞之德析之四數也數至十而盈元居十之一貞居十之四四德載五

氣而行四數即五數也德兼生成不倍爲十則無用乾坤二卦之德所由兩相資也元亨利貞爲木火金水即一二三四六七八九八數奇偶所以畫爲八卦也元爲首而天德不可爲首是一爲陽之本體隱而不用而用其九義重在元象所以不曰乾用九而一再曰乾元用九也天下治者九數爲陽包陰除一得九駕五而乘四乾元用之陰居陽之下用德則治象天下治也見天則者陽以用九爲則用十過乎則矣不過斯吉也貞爲德終而地道代有終是四爲陰之本體隱而不用而用其六義重在貞象所以不覆言利永貞而第曰用六永貞也以大終者六數爲陰承陽除四得六駕五而乘一坤貞用之體乾之元而代

有終其以貞永其以大終也利可知也元亨自奇而來利貞歸於從奇曰安貞吉者正與以大終同指象辭早爲爻辭提其要也此爻用九六關通四德之義也九六者以五數爲宰者也天數五故必以五數爲宰天之太極也五位有合故陽必合以陰奇必合以偶合以地四而陽九成九與四相生成之數也河圖之四九居右洛書之四爲肩而戴九五乘四而爲九之謂也天數無四九者天之四數也地數五故必以五數爲宰地之太極也五位有合故陰必合以陽偶必合以奇合以天一而陰六成六與一相生成之數也河圖之一六居下洛書之六爲足而履一五乘一而爲六之謂也地數無一六者地之一數也即小衍

之三五而兩分之天得其五又兼四地得其五又兼一也生數不過五天地既分主五成數不過十天於十止用九者畱一以與地也一爲圓象奇數以一而通天之眞陽也地秉眞陽故陰能變陽也地於十止用六者畱四以奉天也四爲方象偶數以四而均地之眞陰也天包眞陰故陽能變陰也老陰變爲少陽五數不動而一數動則少陽生故少陽之數一得老陰六數之一也太極動而生陽也少陽當體即老陽一數不用亦不變與老陽九數合爲十五與五相銜也河圖之九一右後相連洛書之九一戴履相對也老陽變爲少陰五數不動而四數動則少陰生故少陰之數四得老陽九數之四也太極靜而生陰也少

陰當體卽老陰四數不用亦不變與老陰六數合爲十五與五相銜也河圖之四六右後相連洛書之四六肩足相對也一陽生而二陽三陽繼之二陽三數與三陽七數合爲十亦五與五相銜也河圖之三七左前相連洛書之三七左右相連也一陰生而二陰三陰繼之二陰二數與三陰八數合爲十亦五與五相銜也河圖之二八左前相連洛書之二八肩足相對也以一合四乃符五數分之不足於五而寧不立猶之以三合二乃符五數分之亦不足於五而寧不立寧不立不可言用者少讓於太也太居成數少猶然居生數也若七則五加二八則五加三矣衍爲十五與九六等矣然陽不及參天陰過於兩地於爲寧

之本數無當不可言用也爻用例義爻位可通乾之一不顯諸用初九之潛龍勿用也以五數爲寧九五之飛龍在天位乎天德也亢則窮而必變四數動而陰入姤初矣坤之四不顯諸用六四之括囊無咎也以五數爲寧六五之黃裳元吉正位居體也戰則窮而必變一數動而陽入復初矣其理同斯象數同也聖人作易生蓍生卦生爻皆源於道德義理性命而歸於倚數爻用九六關通四德蓍策亦九六關通四德四九三十六四六二十四此乾策坤策之所自來也以九衍以六衍以四衍胥不外於以五衍故曰大衍也衍起於虛一凡物必由虛而生偶數方虛之而後方以知奇數圓虛之而後圓而神理寓於虛而象

數其實焉者也少陽爲七少陰爲八按之經文爻無是用蓍無是策自先儒臆揣之夫臆揣之而苟於理可通則經文啟其端說經者何妨竟其委經文舉其隅說經者何妨反其三而無如其無當於理何也謂河圖爲太陽居一太陽明明居九矣盍少陽居一也洛書戴九天位乎上尊象也太陰居四太陰明明居六矣盍少陰居四也洛書六爲足地位乎下卑象也太陽居一少陰居二少陽居三太陰居四其序由邵子創定八卦乾一兌二離三震四巽五坎六艮七坤八之序未確由於四象太陽少陰少陽太陰之序未確致之圓圖震離兌乾則又少陰居一太陽居二兩相矛盾未確較然以未確之序而計算其所含之數

謂太陽居一而含九藉非居一而胡以含九也太陰居四而含六藉非居四而胡以含六也河圖無明文沿邵子之圖而位置之其於震坎艮乾巽離兌坤八卦無當也天數地數除五十居中兩數外惟一二三四六七八九八數司四象一爲太陽所居九爲太陽所含是兩太陽四爲太陰所居六爲太陰所含是兩太陰太陽太陰當定一尊歧出則不專以三七屬少陽以二八屬少陰少陽少陰各有三僅得二數則不備此其誤以一爲太陽四爲太陰之明徵也一與三七皆少陽四與二八皆少陰言少陽自不得偏言七言少陰自不得偏言八也一三七則必以初陽二陽三陽析指之四二八則必以初陰二陰三陰析指之

乖其序也專言一則知其爲少陽專言四則知其爲少陰從其朔也乾爲純陽之卦六爻皆陽於初爻象特揭曰陽在下爲陽爻提綱也末列用九一爻百九十二陽爻之目也謂純陽之卦獨有七爻者非也坤爲純陰之卦六爻皆陰於初爻象特揭曰陰始凝爲陰爻提綱也末列用六一爻百九十二陰爻之目也謂純陰之卦獨有七爻者非也春秋傳曰遇艮之八是謂艮之隨外傳曰貞屯悔豫皆八又曰得泰之八皆就本卦對卦變不變爲占言八者三而七無一及於少陽七少陰八無當也陸績曰陽在初稱初九去初之二稱九二則初復七陰在初稱初六去初之二稱六二則初復八且謂卦畫七八經書九六七八爲

彖九六爲爻熊氏朋來又謂七七爲蓍數八八爲卦數是求七八之說而不得乃游移互混以爲辭要亦無當於少陽七少陰八也無當則無用所謂陽爻不用七陰爻不用八者七八兩數本屬贅出杜預以爲連山歸藏用七八先儒已摘其非實則爻無是用也無七八之用內外傳究何以三言八嘗細繹之而知畢中和惟二不動斯謂八之說得其近似而義未盡也葢古人占法專取動爻動莫著於震象陽來在初爻位反七是七動矣上有兩陰閉之豫象重門復象至日閉關商旅不行后不省方三爲陽位其數九與初遠二爲陰位其數八與初近爻之無爲惟二爲甚是八不動也震二爻辭曰震來厲億喪貝躋於九陵

勿逐七日得三爻爲九陵初爻爲七日二爻爲八較然筮史所謂遇八者專指震之二爻言震二而動則八能變不以八名震二不動則質言八以斯爲閉而不通之象與乾坤坎艮巽離兌七卦無涉故遇艮之八爲隨二爻隨內爲震也遇屯豫皆八爲屯二爻豫五爻屯貞豫悔皆震也本卦變卦皆有內外卽皆有貞悔沙隨程氏謬增本貞之悔之例不知晉語乃謂屯內豫外爲兩筮連得之卦韋昭注云震在屯爲貞在豫爲悔八謂震兩陰爻在貞在悔皆不動解最了當特兩陰之中宜加區別不動之陰專重震二則三爻之動不動弗計也遇泰之八爲六五帝乙歸妹泰變歸妹三四變而五不變歸妹外爲震也長男配長

女道雖可恆於義弗廣惟以少女歸長男然後天地交萬物興之大義見焉故曰天地配亨小往大來不動亦有吉占與屯豫利建侯相同董因之爲得國幸者以此小往大來雖取本卦之彖天地配亨要惟歸妹適協韋昭求震陰爻而不得指爲互震明與之八文義相悖惛乎無以泰之歸妹告之者而之坤之觀之晉之萃之剝之豫之比紛紛揣度皆歸無當可知也荀爽論八純卦之爻通用九用六爲大衍五十失之附會朱氏破其說是矣斗南吳氏乃謂乾坤之策爲用九用六兩爻二篇之策乾坤本卦之爻始在內庶免於重出之病是又因荀爽之論而加以附會者也夫用九用六旣目爲三百八十六爻何以又作十

二爻之策若歸之覆卦則六十四卦皆有覆卦何獨乾坤乾坤之策先六十二卦而分揭之者乾策三十六坤策二十四因分揭而數始明當期之日爲天爲地統乎六十二卦非乾坤不足以當也二篇之策乾坤又與六十二卦合揭之者陽爻策皆三十六陰爻策皆二十四因合揭而數始明當萬物之數陽物陰物乾坤與六十二卦同氣類也筮法失傳而以九六爲乾坤之策者又以七八爲六子之策四九三十六策四六二十四策曰此老陽老陰也四七二十八策四八三十二策曰此少陽少陰也抑思六子之畫疇非乾坤之畫少陽如震其初乾畫也乾策也其二三坤畫也坤策也少陰如巽其初坤畫也坤策也其二

三乾畫也乾策也在震巽初無是畫無是策坎離艮兌可類推也兼山郭氏力辨之指陳九六有象七八無象之故而以七八出於九六爲之推原實則三百八十四爻無七八之用二篇斷無七八之策少陰三十二策屈陽於陰一陰與二陽無以分損二老陽之四謚一老陰以八卽爲少陰少陽二十八策伸陰於陽一陽與二陰無以分損一老陽之八謚二老陰以四卽爲少陽挪東補西化二成四蓍何嘗有是策邪爻無是用九六卽其用蓍無是策九六卽其策四出於九一出於六陰陽少太遞嬗萬古少生而太成少微而太盛洵乎九六之用不窮也陽從生數一爲始而成數九爲經陰從生數四爲始而成數六爲終六水數也變爲一而水復生九金數也變爲四而金復生陽始水而終金陰始金而終水若循環然金水之於五行化源也少太一氣惟裕其源而流乃不匱生木生火生土之次貫舉於中卽二七三八五十之數兼綜於中河圖與洛書相經緯八卦與九章相表裏惟其以五數爲宰故也五數爲宰而少陰四太陰六夾拱之陰逆行而承陽故依土生數爲始終也五數之宰而少陽一太陽九首尾應焉陽順行而統陰故依土成數爲始終也洵乎五之用不窮也自七八爲少之說出而用九用六之義以雜而晦陽順陰逆陽進陰退把鼻未得遂涉含胡而自然而然之象數幾若聽人之予奪於其間楊迪錄程子語云先儒以六

爲老陰八爲少陰固不是介甫進君子而退小人則是聖人旋安排義理也此且定陰陽之象豈便說得義理蘇氏傳反復論難以爲此唐一行之學七八九六因變扐餘數以名陰陽而陰陽之所以爲老少者不在是易論亦謂求之揲蓍之法七八九六徒以爲識而非其義之所在不可强爲之說豈知九六之義皆七八爲之牽混哉順逆進退以之訓七八九六者不能以之訓一二三四太陽一而少陽三少陰二而太陰四又爲陽逆陰順陽退陰進實爲自亂其例蘇氏疑辨起端於此不明乎五位相得各有合之用自不明乎九六之用不明乎四一之所自出象數之失理先失也故河圖洛書之數要以五爲宰也

卦氣月候直日糾繆解　　聶鎬敏

一卦主一月爲辟卦既縷析論之矣然卦氣月候直日不止辟卦也每月有辟公卿大夫侯五卦之分其法以震兌離坎四卦主四正以復至坤十二卦爲辟以中孚至頤四十八卦按月分公卿大夫侯辟卦之當位者四糾其非而衷於是其說尙可行此外公卿大夫侯之卦則皆未得領要臆爲布置而以二十四氣揔貫四正卦二十四爻七十二候揔貫十二辟卦七十二爻三百六十日揔貫辟公卿大夫侯六十卦三百六十爻牽強轇轕弊不勝數朱子謂其互爲矛盾又謂初無法象而直以意言以其皆無所據之論也中孚隸兌宮本七月卦而謬入於十一

月稽覽圖乃謂卦氣起中孚是尙得謂之有稽乎郎顗傳曰焦延壽京房傳七日六分之學太元經八十一首起中夬周其序與卦氣圖無一毫之差可知穿鑿相沿由來已久夫震兌離坎各主一方傳所謂出震說兌見離勞坎其方位截然也六十卦各主六日凡三百六十日餘五日四分日之一每日分爲八十分凡四百二十分卦又各得七分卦果如是其無參差日果如是其可界畫乎傳曰乾之策二百一十有六坤之策百四十有四凡三百有六十當期之日所謂當期之日者乾坤之策就其數之適相合者言非謂中孚及頤六十卦之爻也卦有百九十二陽爻百九十二陰爻除震兌離坎二十四爻外陽爻尙有百八十非卽乾六爻二百一十有六策也陰爻尙有百八十非卽坤六爻百四十有四策也二篇之策萬有一千五百二十除震兌離坎七百二十策外尙有萬有八百卽中孚至頤六十卦爻之策傳文明云當萬物之數亦就其數之適相合者言而又以當期之日移甲作乙牽混至此則其所爲依附於聖言者不適以刺謬於聖言乎且夫輕重之閒權衡出焉舉不齊之物而比而同之則亂不揣其本而齊其末則誕且妄乾坤君后象也統壹區宇者也專主一月一官一邑象也復姤等卦何嘗不本之乾坤以之主月猶奉君命受官職也乾坤而主一月是君后而儕於一官一邑不可也震兌離坎於乾坤男女之於父母也父

母統男女斯順矣乾坤一卦主一月震兌離坎一卦主三月是男女統父母其象爲逆男女之心安乎否也傳陳九卦終於巽以行權權然後知輕重凡物皆然矧易爲權衡所從出其輕重尤不可不辨六十四卦卽八卦八卦之輕重明則六十四卦之輕重無不明卦歸宮之故也卦不歸宮八卦之輕重不明實四象之輕重不明也何者少陽三卦各分乾一畫少陰三卦各分坤一畫每宮八卦配一辰一月行一宮乾卦三畫包少陽三卦坤卦三畫包少陰三卦一宮八卦配三辰三月行一宮少陽少陰宮四十八爻主三十日太陽太陰宮四十八爻主九十日其輕重軒輊迴乎不侔而要皆乾三陽坤三陰之自爲循環如其

少太之分際而序列之而六十四卦遂皆各安其職不出其位日無界畫因宮爲界畫卦有參差因宮爲參差也由是推之震離兌乾巽坎艮坤六十四卦圓圖其十二月卦疏密不均矣玉齋胡氏卽其位序以二至二分四立八節分配坤復乾姤等十六卦以小寒至芒種小暑至大雪十六氣分配頤屯益大過鼎恆等四十八卦啟於邵子排卯酉字於臨遯卦上及冬至子之半之說與主卦自相矛盾雖稍異於公卿大夫侯之分卦氣其失之牽强一也卽震離兌乾巽坎艮坤圓圖分納甲者京房之遺也舉甲以該十日乾納甲壬坤納乙癸震巽納庚辛坎離納戊己艮兌納丙丁效易立節見房易傳於易實無所用之伯陽

參同契乃謂坎戊月精離己日光三日震動八日兌行以爲進退符火之候道家者流借此以神其說朱子發始以解蠱巽之先後甲庚與革之巳日乃爭其說謚支蔓而無紀故林氏德久樟傳外篇爲之力闢此外又有乾鑿度推爻位以六爻分當元士大夫諸侯卿天子宗廟荅邛論明夷以日行十二位分屬王公卿士皁輿隸僚僕臺而隅中日出從闕後人每泥以求易瑣屑附會詁經通獘無以異也周天三百六十五度四分度之一二十八宿分躔周秦韓魏燕趙鄭衛宋楚吳越分野拘拘配合卦位者皆無輕重軒輊之別分寸毫釐其規算非不周詳而豈知陰陽失位卦序先巳不確今觀於少陽震坎艮三宮少陰巽離兌三宮卦贏而度縮則宮之行度速太陽乾宮太陰坤宮卦縮而度贏則宮之行度遲天象卦象自然融洽豈容有絲毫智力與於其閒然後知易以道陰陽原默與天道相流通特不可以穿鑿轇轕言天本欲明之適以晦之且流爲六壬遁甲巫史讖緯熒惑聽聞爲儒者所不屑道也故申釋之以爲究易理者決擇焉

古本大學通解序　聶鎬敏

大學自程朱表章發明始列四子書既以更改補緝成今本矣實則禮記四十九篇中第四十二篇 欽定禮記義疏悉從古本其節次先後可考也學何以大兼全乎正修齊治平之學而大也鄭氏康成曰名曰大學者以其記博學可以爲政也博學非謂聞見之博謂以道爲學守約施博也爲政非專指登朝出治涖官行法葢政以正人之不正合齊治平一以貫之論語爲政以德章括大學而言者也大學何爲而作教人致知誠意而作也孔氏穎達曰此篇論學成之事能治其國章明其德於天下卻本明德所由先從誠意爲始韓子原道篇引述大學亦

止於先誠其意葢孔曾思孟心□□在誠身誠意統行之始終故經文終於慎獨也行由知入□乃所以求知學之事即致知之事即明善之事也故經文首提知止次提知所先後以天下國家身心納入誠意矣又將誠意納入致知且獨於致知一條指出格物工夫而申言知本知至於所謂誠意之前可知自明誠謂之教孔氏言學成即自明誠也言學即言知也韓子鄭重誠意正其窺見心法語詳擇精之處而前云求其端訊其末後云其爲道易明其爲教易行明先王之道以道之則既諄諄提醒後學不得以無曰致知格物少之也新定邵氏仁仲曰他書言平天下本於治國治國本於齊家齊家本於修身者有矣言修身本於正心者亦有矣若夫推正心之本於誠意誠意之本於致知致知之在於格物則他書未之言也六籍之中惟此篇而已其言有識淡得作書本意孔以傳之曾曾以傳之思孟實在乎是向微大學則明善誠身之蘊何自而明而中庸孟子之言豈苟焉而無所授哉鎬敏嘗服膺於此竊念程朱表章發明之功誠不可泯而更改補緝不能融洽於後人之心亦誠有其未安者在焉因是體會貫通恍然有以復古本之舊觀識經傳之定界而於朱子所謂明善之要誠身之本程子所謂學莫先致知天德王道其要只在慎獨者惟不泥其迹而乃可以暢其旨也故曰學何以大兼全乎正修齊治平之學而大大學何爲

而作教人致知誠意而作也爰不揣檮昧陳述所見目爲古本大學通解雖無當於蒙養啟發之用或亦就正有道之資也夫

嘉慶二十一年丙子冬十月

宮商角徵羽古聲序　　　聶鎬敏

上古制作初開必有數神聖人經營締造於其間而後生民養與教之事始能利賴萬世而勿衰鎬敏夙沈潛反覆於大易下傳一段而悚然矣形上謂道形下謂器化裁謂變推行謂通舉措天下謂事業其理乃恍然矣包犧氏始作八卦通德類情眞開天之聖人也繼之以網罟佃漁緒引於無外也繼之以神農氏斲木爲耜揉木爲耒心何委曲也繼之以日中爲市交易而退期何弗爽也繼之以黃帝鼎峙而三矣開物成務惟黃帝最矣通其變使民不倦於衣裳見化裁之治焉由是刳木爲舟剡木爲楫以濟不通也由是服牛乘馬匪特致遠以引重也由是

重門擊柝以防暴也由是斷木掘地一杵一臼謀及瑣屑也由是弦木剡木利用弧矢以示威也猶憶上古穴居野處之陋焉後世聖人上棟下宇以待風雨取其固也猶憶上古衣薪葬野之薄焉後世聖人易以棺槨送死不妨過厚也猶憶上古結繩而治之樸焉後世聖人易以書契治察取其明決也首提八卦曰類萬物終歸書契曰治百官察萬民則知申析臚列推類甚多也鎬敏於卦畫書契廣神聖之心如詩之言志歌之永言聲之依永律之和聲發源於舜典命夔之典樂矣在心爲志發言爲詩子夏有探源之論矣天下豈有關通心性助流政敎之事其何以用韻何以分聲包犧神農黃帝堯舜不諄諄敕正反之

直待夏殷周秦漢以至六朝而始有周彥倫沈約者流刱爲四聲切韻定爲平上去入幾若聖人復生撰出天子聖哲浮詞卽定爲平上去入天然次序有是理哉鎬敏再三思之而得其故矣易大傳包犧五聖人揭五聲之元者也宮商角徵羽卽自有天地以來五氣流行皆此五聲鼓動之五聲之外不容添一聲五聲之內又豈容減一聲哉千古讀字之法當從中央周四角不得以平聲混分上下而惟偏居左之下隅止有四聲中央何在矣抑知中聲至大之聲也中央土律中黃鍾之宮是也外四聲綱制四方如春則東方水生木音中角夏則南方木生火音中徵至此則中央矣火生土音中宮至此秋則西方土生金音

中商冬則北方金生水音中羽春仍轉於東方水生木所謂自有天地以來五氣順布循環無端萬古萬萬古皆此五聲鼓動之讀一字之法卽審五音之法當從中央周四角除是尙有何術哉包犧神農黃帝作樂以來至舜而始極盛矣五聲察治忽而條縷體例日久或失其傳試一追溯於舜典謨諸經史記漢晉諸史管子淮南子諸子而終於呂不韋月令擇其醇者去其疵者而五聲之正傳乃昭然若揭日月而行中天矣鎬敏不揣檮昧撰述古十章集古言非臆造也撰韻學古聲五卷得古意不問周彥倫等別有開宗也後生愚蒙摛毫悚惕謹爲五聖人竭勞竅測效愚夫之一得焉道光六年夏

古香室詩稾序

曾傳薪

詩三百冠以二南紀其篇數僅二十有五而發端於宮人續詠於后妃嬪御下至申國之女役夫之妻託諸賦比興者蓋十有二篇焉詩其閨閣肆業之所必及乎蘭芬女史出自潭州新張爲湘垣余宗山刺史德配兩家皆以太史著名而蘭芬之小姑薪次兄婦也姻誼之聯廿有餘載矣比歲閒薪抗顏松蔭堂家熟蘭芬以所著古香室詩草屬爲點定且述其少耽吟咏因父誡嚴切四聲韻庋弗與觀故紙堆中棄擲者了不復記憶於歸後始於窗前偶一拈韻而存之而嚴訓在耳作亦無多薪竊謂孟母云婦人有閫內之修無境外之志則詩可不作作亦止可

寓意房中此朱子於卷耳四章斷爲太姒懷文王而作也然輔佐君子求賢審官序與左氏傳既皆據此以釋經而漢唐宋諸名儒亦各沿其說而不易則推之士夫宦游身綰組綬似亦侍執巾櫛者所宜贊助夫志而不得議其預外矣薪讀蘭芬詩其古今體若干首志和音雅皆本性情而發而舅巡豫章夫牧滇南隨任所至閒亦及於官常要其孝順之篤友愛之摯訓課之勤長吟短咏中無不可卽其言以見其志又何必以多爲貴也薪於詩律無能爲役率敘數語以俟采風者之擇而取焉可

讀經析疑序

聶鎬敏

經非一家之書說經非一人之事此至公之論而爲凡讀經者心思運用之指歸也雖然有三弊焉以捃摭爲博以攻詆爲長若是者僞而不誠賦性之多疏程功之多率若是者粗而不細陳言之牽滯臆見之膠執若是者盈實而不虛自漢唐宋元以來傳注疏解不爲不多而古經疑義未能盡瑩則此三弊中之也夫物有萬殊理惟一是去聖遠矣而微言大義原不禁人推求異同之說惟秉是非之心決擇之期其有當於經斯已耳顧乃積弊未除流失愈甚遂至漢儒宋儒張爲兩幟相持而不相下若轅轍之背而馳然嗟嗟門戶之見果能與於奧窔之窺耶

陶公詩不云乎疑義相與析此讀書第一要著鎬敏至愚陋竊鑒不誠不細不虛之弊於讀經時參互研窮求信未得者用疑以通之不能不闕疑亦不能不析疑偶有會心輒筆於書人事稍暇時復覽省誠以經之爲文至庸而實至奇之文也欣賞不已而後難詔置所疑第析其義終晦矣所謂相與析者願大雅君子進而敎之非敢以私意剖析自恃也積帙既多錄其至要者若干條爲一編附於易解大學解論語中庸孟子說五冊之後顥曰讀經析疑其餘略可采擇若干條併入於談經瑣錄中談經瑣錄者何經義浩繁友朋商推門徒問答之語隨時觸發有關指趣瑣錄彙存之亦主析疑而別見於此編外者也

棘闈溷池記　曾傳薪

入闈士子大溲之所·例於尾號外駢嵌兩瓶·架葦席數領而已·然其初猶啟門扉而入·蹲瓦瓶而出·至次日亭午·則隙地四布·跬步難容·甚至有急何能擇·卽於號舍內聽其自便者·士之編列尾號者·率面牆黏片紙以遠行相告·以不恕相訾·而明知其然·勢不得不然·近尾數十號咸苦之·余仲山茂才星堂觀察之次子也·慨然曰·是惟向背各別·則氣不通·藏納得宜·則氣自斂·乃由號門外增築一牆·面北·葢屋塹土成坑·坑之上排比大石·就衙接兩縫中鑿空植柱·緯及肩·竹壁一·泥以灰沙·令如廟者循夾道北行·豕戶入內·戶扇應繩闔·卽遂·於是坐尾號者咸若

忘焉·歲己亥·預行庚子正科·湘陰講院諸門人暨吾邑之場畢而來者·津津然指畫忘倦·薪乃進而語之曰·此亦不過明夫天人之道耳·吾觀天有溷星·復有廁星·而皆附乎西方虎宿·此形家所據以造宅者也·然溷星之前必有七星爲屏·廁星之前亦有二星爲屏·所以蔽外者何其周與·且夫人身六府·積穢於胃·然下口有幽門以導之·其上口卽有吸門以掩之·向使會厭無掩·胃氣上衝·則薰咽徹鼻·困憊中類·其何以堪·叔孫穆子曰·人之有牆·以蔽惡也·惡而能蔽·雖逼近何嫌·通經致用·不卽此見一端哉·薪後與觀察晤·始知其監試江右時·見東西棘牆下有人捐置石版·橫枕牆根·穹竇流出·方擬仿其規式·而仲山偶與人言·或且慮及傳遞·夫人情卽急於鑽竇·亦未必冒爲逐臭·而法從心生·變而益善·合闈內編號七十餘區·計費五銖八百緡·竣事同聲感佩·亟欲勒其姓名·而仲山且歉然卻謝·隱而弗章·薪甚望各省有力者之惠及多士也·於是乎書·道光十有九年歲次己亥嘉平月

獨子承祧兩房服制記　　張家栻

我家自君爵公君從公占籍湘潭也君爵公無子君從公生南麓公因破例以長過繼後竟不舉子故世世祖君爵祖而叔君從祖而南麓公以一人承祧兩房當康熙癸未中本生母謝孺人沒格於例未得丁憂公折衷其間以孫埴坦埰爲嗣父後稱南成房以孫坤垣坊爲本生父後稱南生房坤服承重斬衰三年葢所以補古禮之缺也乾隆四十年乙未　皇恩特沛準以獨子兼承兩房宗祧於是禮部有獨子本身爲兩房父母持服之律嘉慶乙亥六月金鄉附貢張元訥以小宗獨子兼承兩祧呈請禮部以其同屬小宗當以所生爲重比照長房獨子兼

承次房之案爲其所生丁憂三年承祧父母持服期年均不準應試出仕等因（嘉慶二十年六月覆山東巡撫陳預咨見立嫡子違法）　葢律載獨子先經出繼而本生父故無子請以一人並承者應令丁本生父憂期年此外或以次房獨子兼承長房則以大宗爲重於承祧三年於所生降服期年也卽或長房獨子兼承次房亦以大宗爲重然則我太高祖母謝孺人之喪以玆律論南麓公例服降服期年明矣然而事屬刱始獨子兼承之服至乾隆閒始定而獨子之子分祧以後服制則自道光己丑山東武舉單金鼇之請迺克大備推原律意獨子兼承兩祧在本房猶爲承祧之子非出繼也其於兩房父母不皆服三年者特以一子承祧限於其人不二斬之義從其變也至孫之於祖服齊衰不杖期父卒適孫承重斬衰三年律有明文不得以子之變服並殊異其孫之正服此兩房承祧之孫應仍從其正也至謂獨子兼承以後兩房之子皆獨子之親子義無降服一條尤爲千古不易之論遵而行之可也抑又攷之獨子承祀兩房獨子之子自應分承兩房宗祧今世俗乃有承繼兩門各爲娶妻之說夫王化始於人倫禮無二嫡名分攸關若各爲娶妻則初娶者旣名爲嫡室其次娶將何以處之因徧稽則例迺寶豐余鶱生承嗣兩房長門已娶王氏次門復娶雷氏雷氏物故有以王氏之子持服請者部議以雷氏之生稱名旣混於嫡庶之閒其死何得濫斬齊之制飭

令長門之子毋庸持服以符體制並通諭各省官員士庶如有獨子承祀兩房只準娶嫡妻一人其餘置側室以廣嗣育（嘉慶十九年閏二月十四日覆河南學政葛方晉咨見匿父母夫喪）　葢所以維持風化者嚴矣余高祖南麓公純孝性成當服制未備之初緣情度理以孫承重於禮無虧而其於心獨苦今支派雖極蕃衍難必無以獨子再承兩祧之事恐其忽於　朝廷定制而以祖訓是遵並恐其昧於名分所關而爲流俗是鶩也爰錄則例以坿譜末期我同族所共見云

封股記　張家栻

道光丁亥予自豫章歸既爲從祖度西公補刻陶園集成值合族續修譜系又得戴孺人傳孺人從祖子婦而予叔雲岑之原配也傳中載孺人事甚詳而於篇末坿其子鹿門封股一事予嘗以爲奇詎知予叔雲岑之於從祖復有甚焉者哉聞諸宗人云從祖掌教澧州時秋八月病痁參軍趙叔明者嘗爲從祖診六脈洞中癥結至是擱筆不下叔乞得胡公沛霖方夜半乘閒默禱竟割右股和藥以進未黎明而霍然矣沛霖不知也館中人不知也越十年辛酉從祖主講昭潭痁復作予叔復割左肱以進尋愈是秋叔赴楡林道出靈寶予父見左手創痕叩之予

叔笑而不荅卽其次也踰年壬戌又病亦如之噫嘻可謂神矣夫割一臠以療父病古之人有行之者論者謂其近於愚孝葢以父母之遺體不自愛惜切切焉引刀欲割以爲湯劑惡知其必有濟萬一得濟斯已僥矣乃一而再再而三天必如其意以成之卒不聞有潰裂之事天之所以待予叔者不綦厚哉嗚虖其所謂愚乃其所以孝也抑又聞之姜度香先生晟之開府湖南也與從祖善嘗與予祖編修公父觀察公四人爲詩酒交戊午春予叔隨從祖往謁舟至易家灣北風暴作舟覆溺者無算叔急入奔濤救父相距十餘丈突由水底駛至父側因得抱父足立水中遇鄰船過得生當是時入水不沈既得父復起立倉卒之閒若有神助者人謂其孝感所至嗚虖其不誣與今日者從祖往矣從兄鹿門亦亾而叔得克享遐齡俾栻盡獲其所藏爲陶園成未竟之緒彼其不沒父志可不謂孝與而里中獨盛推其父子割股一事嗚虖同一割股也從祖得之於雲岑而戴孺人獨不能得之於鹿門此其閒抑有幸有不幸耶嗚虖噫嘻古稱愚孝殆謂是矣將續譜系亟援筆而記之

案此記陶園先生之子若孫事一門兩世封股療親而雲岑且一再而三而皆獲效得全非天哀孝子之志而能然乎至其身入奔濤救父則是編中有蔡氏雲逵上業師張紫峴夫子啟言之甚悉足與此文相證所當編入志乘以揚篤行惜

鹿門事不知其詳雲岑亦不知何名案陶園子三世淮世滂世津淮津皆國學生滂貴州布政司經歷殆卽雲岑歟庚午小暑汝懷坿記

龍王廟禱雨文

陳星煥

維龍維光。宜君宜王。在帝左右。曰求厥章。有渰萋萋。興雨祁祁。生我百穀。孔惠孔時。旱既太甚。惟王之邛。我相此邦。逢此百凶。嗟我農夫。靡神不舉。擊鼓其鏜。以祈甘雨。其雨其雨。杲杲出日。其爲飄風。不日有曀。我行其野。黍稷薿薿。有嘒其星。嗟何及矣。哀今之人。何辜於天。旱魃爲虐。舍旃舍旃。敬恭明神。昭事上帝。崇朝其雨。無害我田。穉陰雨膏之。自　天降康。大田多稼。乃求萬斯箱。靈雨既零。室家臻臻。我征聿至。是用不潰於成。以享以祀。維醴維酒。神之格思。自今以始。歲其有。敢告

痲疹不可輕投寒劑論

羅德焜

痲疹之發。藉少陽相火之升騰而達於肌表。相火化於甲木。木動火炎。消爍陰血。固以清熱滋陰爲成法。然天之歲氣不同。人之素稟各異。豈可刻舟求劍。膠柱鼓瑟哉。臟腑素熱之人。値燥火司令之歲。亢害多處。或以苦寒泄熱。甘寒滋陰。則人中黃。黃連。大黃。黃芩。元參。麥冬。生地之屬。在所必用。若元陽素薄。有寒盛溼盛之舊疾在身者。正需溫燥升浮。使陽氣宣暢。鼓疹子以外出。化陰濁以下行。而後經脈臟腑各行其自然之本氣。升者自升。降者自降。無一毫阻遏。疹子亦循其所走之隧道。直達皮膚而行所無事。豈得以寒涼清潤劫其所不可無之陽氣。而長

其所不可有之陰邪。致經脈臟腑之機窒塞不通。而貽疹子欲見不見。見而復陷之患乎。且清熱滋陰。固必相人而施。尤當待時而動。維陰發表。養陰退陽。傷寒原有其法。如無嘔瀉塞嗽等證。而便堅尺中脈弱者。無論疹前疹後。有表無表。陰柔之品皆可用之。惟是泄熱攻裏。必確見夫表證之已罷。而專責裏實。或觸時疫。邪在膜原。然後藥病相當。如表證方在而誤下之。邪必乘虛內陷。疹亦因之旋出而旋沒。則意在除毒而實滋毒矣。疹之將出。必發熱數日。法當輕輕疏解。不得過汗致傷元氣。挫折疹子醞釀一鼓之勢。若積受風寒。腠理閉密。不急開其表。邪無從越。疹方醞釀欲出。而邪適阻之。兩氣相搏。鬱不得通。多見假

熱徒觀其渾身壯熱目赤面紅煩悶操擾不以爲表鬱所致乃認爲燎原之實火多挹寒泉以撲之愈撲愈熾變證迭生昧者不解其故而以爲疹毒之發固如是其烈矣夫疹之爲毒居於臟腑之間何以先不爲害而當其動作便欲殺人又何以同一時處一室彼則不藥而脫然無累此則屢藥而漸臻危急若謂毒有輕重多少之不同不過兩人互形其隆殺而其爲毒之性與被毒之見證則一耳是故疹殺人者也彼順其自然之勢飛騰而去卽毒重毒多亦不爲患去後無甚餘波善後不煩多手惟本氣之不平外淫之增劇醫藥之失宜搏躍激行未有不肆行騷擾者然則非疹殺人乃醫疹者使疹殺人也且疹未嘗殺

人而醫疹者轉自殺人也何也以滋陰清熱待夫疹之前清肅沈降致疹難出者有之鬱陷表邪疹已收斂而病久不已者有之以滋陰清熱隨夫疹之後致金寒土溼久不思食欬嗽嘔泄者有之致夙膺寒盛溼盛之疾成虛勞者有之嗚乎疹家之迷誤一至於斯耶向聞廡主清涼之語心竊疑之迨有所師承而徵諸舊說始知今日所共遵行之法實未中肯十年之間疹氣三次流行經手百數十人黃連大黃之屬未嘗一用用清燥者十一用養血者十三用微熱者十七得大辛大溫而後解者亦十有一焉遂擬具案存世爲患疹者爭性命於呼吸之頃云咸豐四年端陽前三日書

孔子生日祭議　李元祿

孔子生卒謹誌而詳攷之昭其敬也攷之弗詳則妄誌之參差而臆斷之則誣弗妄弗誣越典禮以祭則褻況以誣妄之見行越禮之祭如今之舉聖誕祭者不以爲褻而以爲能敬聖人也元九不知其何說謹按春秋魯襄公二十一年己酉卽周靈王之二十年也公羊傳坿載十有一月庚子孔子生據經是年書九月庚戌朔日有食之冬十月庚辰朔日有食之則十有一月有庚戌庚申庚午而無庚子庚子在十月二十一日故何休注曰時歲在乙卯上有十月庚辰此亦十月也是公羊所書之月誤矣而何休以己酉爲己卯又誤在歲書者誤注書者亦誤噫

後之人欲從而詳攷之何從而攷之惟穀梁傳是年坿載庚子孔子生雖不書月是其疏處然折以經書冬十月庚辰朔則庚子在十月二十一日且與公羊所載庚子同似無可疑乃金氏履祥通鑑前編謂是年九月十月日再食非生聖人之年則不惟公羊月誤而公與穀年竝誤矣難之者曰此金氏不知歷法故也合朔當交而食必須隔五六月無連月頻食之理后氏則曰連月而食諸儒以歷無此法或傳寫之誤然漢高帝三年及文帝前三年十月晦十一月晦亦頻食是金氏以理斷之聖人之生不當在連月日食之年以明公穀之說不可憑而爭之者以數或攻金氏或救金氏究之援引歷法一矛一盾天象幽遠

毫無確據噫後之人欲從而詳攷之何從而攷之無已請舍傳而求諸史司馬遷史記孔子世家載魯襄公二十二年而孔子生不書月日朱子論語集注序引史記孔子以魯襄公二十二年庚戌之歲十一月庚子生是史記不書月日朱子據公羊傳繫月日於史記二十二年之下年不主公穀主史記而月日又主公羊以補史記所未備以朱子之博洽精心後儒所奉為準繩說經朱子尙何疑之有然說理可以心會故求無不得攷事必須依據則難於臆斷朱子論語序亦如解柏舟鴟鴞彼此各備一說耳若必執為定論則以春秋長歷推之二十二年十一月無庚子庚子在十月二十七日朱子何以不主穀梁十月庚

子而必主公羊十一月庚子況史記以為二十二年與公羊十一月庚子相去一期朱子何以引而繫之史記乎司馬氏貞曰公羊傳襄公二十一年庚子孔子生今以為二十二年葢以周正十一月屬明年故誤也以公羊牽合史記似矣而十一月無庚子庚子乃在十月此說將何以解馮氏去疾謂十月庚子在大雪節後即為十一月宋氏濂又謂世之星史歷生以六物占人休祥固有主於己酉而以庚戌歲推之者孰謂吾儒乃有是耶勿以汚齒牙可也濂之說固主於破史記而以公穀傳經之家當有講師相授且去孔子時甚近言必有據自是一偏之見然竝兩年為一年一月分為兩月支離巧曲欲阿附公羊又不

得不為史遷解紛司馬貞馮去疾二家之說豈盡當乎且不獨此也左傳魯哀公十六年壬戌即周敬王之四十一年續書夏四月己丑孔某卒杜氏預曰魯襄公二十二年生至今七十三也則杜氏主史記所言七十三歲與家語亦合第左氏紀其卒不紀其生公穀紀其生不紀其卒故或以為七十三歲主史記也或以為七十四歲主公穀以左氏證之也此皆因生年不定使夫子壽數不明故司馬貞孔若古洪興祖宋濂則祖公穀杜預胡舜陟孔宗翰羅泌則祖史遷各據一說而欲絀此伸彼亦惡乎可況左氏書四月己丑己丑在五月十二日四月十八日乃乙丑而卒日亦誤乎且不獨此也即以朱子引史記之說定

為二十二年假公穀己酉庚子之說冒為庚戌庚子定為十月二十七日以通攷之說定為庚子日甲申時以史記家語定為七十三歲元又請以周正夏正質之朱子曰三代正朔以元祀十有二月攷之則商人但以建丑之月為歲首而不改月號以孟子七八月十一月十二月之說攷之則周人以建子之月為正月而不改時以書一月戊午厥四月哉生明之類攷之則古史例不書時以程子假天時以立義之云攷之則是夫子作春秋時特加此四字以繫年見行夏時之意若如胡傳之說則是周亦未嘗改月而孔子特以夏正建寅之月為歲首月下所書之事卻是周正建子月之事自是之後月與事常差兩月又曰

周正夏正兩邊都有證據將何從朱子之說如此是不可以周爲改月而定孔子之生卽夏正之八月二十七日又明矣孔子曰吾猶及史之闕文也傳曰所見異辭所聞異辭所傳聞又異辭又曰信以傳信疑以傳疑不然春秋書甲戌己丑陳侯鮑卒大聖人猶闕疑愼言而未嘗遽斷若是後之人於孔子生卒經無明文傳有差互史多疏略不遵孔子甲戌己丑之例而各以臆斷之其不謂之誣妄者歟此王氏應麟李氏濂所以致疑於是謂今不可攷矣猶爲未得罪於聖人也至祀典尤嚴而不可妄也尤嚴而不可誣也尤嚴而不敢以誣妄褻之也謹按周禮大司樂凡有道者有德者使敎焉死則以爲樂祖祭於瞽宗說

之者曰周官三百六十無云死以祭者重道之極也此祭先師之見於經者也記曰法施於民則祀之如契爲司徒而民成卽其一也亦此意也月令仲春上丁命樂正習舞釋菜陳氏澔曰必用丁者以先庚三日後甲三日也馬氏睎孟曰用丁爲明文故也此祭先師用仲月丁日之見於記者也而釋菜釋奠用幣亦有異釋奠有六文王世子凡學春官釋奠於先師秋冬亦如之說之者曰釋奠止言三時夏則因春故也此四時各一也又曰凡始立學者必釋奠於先聖先師及行事必以幣說之者曰或君親往或使有司爲之又曰天子視學必及先聖立學用幣常奠不用幣五也王制曰出征執有罪反釋奠於學以訊馘告六也釋菜有三月令上丁命樂正習舞釋菜一也文王世子始立學者旣興器用幣然後釋菜二也學記大學始敎皮弁祭菜示敬道也三也釋幣惟一興器用幣是也而釋菜釋奠之禮亦有異鄭氏康成曰菜謂芹藻之屬陳氏祥道曰釋菜猶贄也婦見舅姑贄以棗栗腶脩若沒而廟見則釋菜弟子見師贄以束脩若禮先師則釋菜又曰釋奠有牲幣有合樂有獻酬又曰大有釋奠小有釋菜釋奠以飲爲主其禮隆釋菜以食爲主其禮薄歐陽氏修亦曰釋奠有樂無尸釋菜無樂歷攷經傳崇祀先聖先師據有明文略無疑誤生日之祭禮經所無故自漢高祖十二年過魯以大牢祀孔子東晉明帝太甯三年詔四時祀孔

子北齊天保元年遣使致祭行三獻禮至唐太宗貞觀四年始詔州縣皆立孔子廟明世宗嘉靖九年更定祀典尊孔子曰至聖先師用木主籩豆十樂用六佾累代相沿禮文器數由略致詳要皆引經據典罔或誣妄及我　朝應運而興制禮作樂損益百王一應祀典匪載經文莫敢舉也而尊崇孔子尤深敬愼春秋仲月上丁致祭卽春釋奠於先師秋冬亦如之之禮也督學歲科試擇士入學及三年鄉貢於成均俱謁聖卽大學始敎皮弁祭菜之禮也　皇上每親臨國子監講學行禮或東巡詣孔聖廟釋奠卽天子視學釋奠之禮也平定朔漠青海西域噶爾丹等部落告成太學此卽訊馘釋奠之禮也禮所應行靡

不詳備載在 大淸會典寰海之內所共遵守至 欽定春秋
傳說彙纂於孔子生日及周正夏正之說博引參稽示學者以
解經之法初未嘗遂據之而剏爲祀典誠以 聖天子心契制
作之原一以不敢示天下以疑信相參之說一以重聖人之道
必遵聖人之禮越禮而祭褻莫甚焉乃士之昧於禮法者知敬
聖人不知所以敬聖人謬以今之八月二十七日即周正十月
庚子據爲孔子生日私於郡塾舉行祀事識者謂其有類浮屠
老子神佛降生修齋供養已屬不典況直行於 朝廷所設之
聖廟禮法森嚴之地如之何其可也藉曰學者學聖人之道無
以致私敬於聖人心有未安亦宜略倣古制祭於家塾不敢以

閒國家之命祀然後可朱子答劉子澄書云家塾祀夫子於古
未聞若以義起當約釋菜禮爲之乃佳開元政和兩書必有之
可參攷也及其刊經書作滄洲精舍遂檢五禮新儀以釋菜禮
告成先聖先師斯則所謂亾於禮者之禮也其動也中若生日
之祭攷其生卒諸儒無定說攷其祀典經所未載 朝廷所不
行濫入宮牆以舉祀事是違經越禮褻聖人而亂 天子之制
也故元竊以爲聖人之尊如此禮經之文如此 國家之典法
又如此不可祭李元祿謹議

與甯向無此祭乾隆乙巳邑人始剏爲之私心竊有未安因
攷禮經而妄議之願與好禮君子共質焉元祿再識

湖南文徵捐助刻資數目

同治四年八月起以銀到先後爲次

劉峴莊中丞 坤一 紋銀貳百兩
彭雪琴部堂 玉麟 紋銀肆百兩
魏質齋觀察 喻義 洋紋貳百貳拾叁兩叁錢伍分
甯研香方伯 寶田 紋銀貳百兩
王鈴峯觀察 文瑞 紋銀壹百兩
劉南雲方伯 連捷 紋銀壹百兩
朱堯階司馬 蕡 紋銀叁拾兩
趙玉班方伯 煥聯 紋銀貳百肆拾兩

劉霞仙中丞 蓉 紋銀壹百兩
鍾雲卿都轉 謙鈞 紋銀壹百兩
王朗清方伯 德榜 洋銀貳百兩
婁峻山軍門 雲慶 紋銀叁百兩
張子衡觀察 岳齡 紋銀壹百兩
劉印渠制軍 長佑 京紋叁百兩
鍾仲甫觀察 世楨 紋銀貳百兩 以上四年收
曾滌生爵相 紋銀壹百兩
龍皞臣大令 汝霖 紋銀叁拾兩
蔣之純觀察 凝學 紋銀貳百兩

段培元觀察起　紋銀貳百兩
楊石泉中丞昌濬　紋銀壹百兩
周壽山方伯開錫　紋銀壹百兩
劉克庵方伯典　紋銀壹百兩
黃芍厓軍門少春　紋銀壹百兩
戈蓉鏡觀察鑑　紋銀伍拾兩
李若泉太守邦達　紋銀壹百兩
江達川方伯忠濬　紋銀貳百兩
新化公局鄒劉姓　制錢壹百串易銀柒拾壹兩捌錢肆分
鄭小山尚書敦謹　紋銀伍拾兩

郭筠仙中丞嵩燾　紋銀貳百兩
張壽泉觀察銑　紋銀貳百兩
聶一峯太守爾康　紋銀叁百兩
吳萊庭通守經栥　紋銀叁百兩
黎同人廉訪獻　紋銀壹百兩
周渭臣軍門達武　紋銀貳百兩
羅小蘇太守濤 小谿都轉動　紋銀壹百兩
黃子恆太守濟　紋銀伍拾兩
黃鹿笙文學膺　紋銀貳拾兩以上五年收
黃昌岐軍門翼升　紋銀陸拾兩

郭子美軍門松林　制錢壹千串折紋陸百兩以上八年收
以上共收銀陸千叁百貳拾伍兩壹錢玖分
易笏山觀察佩紳　紋銀貳拾兩十一年收
楊厚庵制軍岳斌　紋銀貳百兩未到
是書自同治元年採輯鈔謄至四年秋稟本初具始刻公啟集貲由趙玉班方伯李仲雲都轉兩處收發五年冬開雕九年冬工竣屢次校補又經兩年初擬刷印千部以廣流布未及百部經費已完尚待籌款嗣有佽助增版續列芳銜
李仲雲都轉榘　制錢叁百串
曾沅甫爵撫國荃　紋銀壹百兩
鍾雲卿都轉續捐紋銀　百兩

陶少雲觀察桄　紋銀[illegible]百兩

附錄

人名篇名索引

說明：索引人名按漢語拼音順序排列，篇名仍依原順序分類排列。黑點後數字爲書中頁碼。篇名過長者酌情裁截簡省，以便於排版。

何慶元 姓氏傳·九六

何鋭 姓氏傳·二一

何紹祺 姓氏傳·九六

論考貢疏・一二四五
平定金川頌・一四〇六
廣東鄉試録序・二四六五
送州牧管公卧邨序・二四六六

周鍔 姓氏傳・七九
嶽麓書院課藝序・二五六一
嶽麓八景詩序・二五六二

周嘉緗 姓氏傳・九三
岳少保平湖寇楊太八日成功論・一七四一
汨水即濆水考・一八八三
磊石山即古洞庭山考・一八八五
青草湖在磊石山南考・一八八六
軒皇遺蹟記・二三一〇
磊石山志序・二六五五
嶽麓書院新構東西二亭銘序・二六五六
答王藍江論磊石古蹟書・三〇九七

周堪賡 姓氏傳・三五
治河疏・二七八
黄流怒勢宜疏工費須裕疏・二七九
河工情形疏・二八〇
密奏疏・二八一

河工需夫疏・二八二
報開工日期疏・二八三
報堤工將竣疏・二八四
需夫濟急工疏・二八五
汰冗官疏・二八六
請寬限以奏成功疏・二八七
當守已成以待時疏・二八八
報河還故道疏・二八九
防堤防寇疏・二九〇
河悉東還大工將竣疏・二九一
特參玩誤有司疏・二九二
請復舊制疏・二九二
乞賜骸骨疏・二九三
陳言時務疏・二九四
勘河祭神文・一〇七七
開工致祭文・一〇七八

周䫞祥 姓氏傳・九九
介推論上・一七八一
介推論下・一七八二
張忠獻公論・一七八三
生民帝武考上・一八九一

魯論齊論考・一八九二
孟子爲門人叙定考・一八九四
歷代帝王歷年多少考・一八九五
者園尺牘序・二七七〇

周南 姓氏傳・一九
東泉肥遯記・五二三

周善儁 四忠祠記・五〇〇

周聖楷 姓氏傳・四一
楚寶總論・四二九
楚寶大臣論次目録・四三一
嶽麓志序・七七八
漁仙洞莎羅庵賦・一二一〇

周樹槐 姓氏傳・九〇
五日子説・一六二〇
卜日説・一六二一
改葬説・一六二一
錢幣論・一七三七
宋景公論・一七三九
漢高帝論・一七三九
贈李賓門序・二六八六
閭追甫詩集序・二六八七

图书在版编目(CIP)数据
湖南文徵/(清)罗汝怀编纂.—长沙:麓书社,2008
ISBN 978-7-80761-051-9
Ⅰ.湖… Ⅱ.罗… Ⅲ.古典文学—作品综合集—湖南省—元代~清代 Ⅳ.I214.01
中国版本图书馆 CIP 数据核字(2008)第 133552 号

湖湘文库

湖湘文库编辑出版委员会

湖南文徵(全六册)

编　　纂　〔清〕罗汝怀
责任编辑　曾德明
整体设计　郭天民

出版发行　岳麓书社
地　　址　湖南省长沙市爱民路 47 号
电　　话　0731—8885616(邮购)
邮　　编　410006
网　　址　www.yueluhistory.com

印　　刷　长沙化勘印刷有限公司
装　　订　长沙化勘印刷有限公司
版　　次　2008 年 9 月第 1 版第 1 次印刷
开　　本　960mm×640mm　1/16
印　　张　257
字　　数　3000 千字
书　　号　ISBN978-7-80761-051-9/G·655
定　　价　630.00 元

ISBN 978-7-80761-051-9
9 787807 610519 >

[清] 罗汝怀 编纂

湖南文征

(二)

湖湘文库编辑出版委员会
岳麓书社

湖南文徵卷二十三　湖湘後學集編

記七 明

金仙書院記

洪雲蒸

攸邑澧溪予始祖福二公元末徙居盇以其地鳳山書院相近有理學節義之風且羅浮禹洞之勝奇秀甲於攸擬地靈而產必傑也至復齋仁軒浩仁浩論諸公以積善名於時英宗降義門敕旌天順甲申從高祖諱性與茶陵李西涯同登第成化癸巳匾其堂曰積善先伯玟齋公嘉靖辛丣舉於鄉以忤權貴不第壬辰出都門已游羅念菴唐荊川之門得晤洪覺山後復謁鄒東廓湛甘泉嘉靖辛丑鄒東廓以南都祭酒削籍癸丣與蓮坪甘郡侯夏歸經澧溪宿於簡軒公觀月樓庠範公方沼精舍游水頭金仙紫雲諸勝時從游者先祖石崖公與一流止所春江半溪諸人湛甘泉以嘉靖乙巳至甘泉游嶽憶門人覺山垣之言枉道至澧溪游諸勝曰予鄉羅浮鐵橋岊湫奇秀始相伯仲宜軒輯集之隱顯也羅念菴以嘉靖丙午至玟齋介石崖公謙進謙持師事之嘗書詩以贈三公云五秊之中凡三大儒游嶽枉道而至可謂山靈之幸而道風頻扇人才於是出矣嗣是鄒穎泉亦至茶陵劉蒼巳以與玟齋同門而至萬歷間予師安成劉瀘瀟吉水鄒南皋及安成鄒瀘水以倡學至丙午歲先君

次崖與淵泉存樸輩議建金仙會館於觀之前址以延講學士崇正聞乃請於院司督學易名書院以繼元之鳳山而流寓人物之盛又將過焉其家學之淵源與師友之淵源既不可忘尤不可無記以爲來茲之勸或者曰金仙之名出於釋氏宜易之予曰因仍其名固以便於他日之嚴稽若金仙之名嫌於二氏識亦固而陋矣豈吾儒而無金仙哉吾儒之道雖敦倫成物與二氏殊然浩然之氣至剛至大易之宗歸乾非金乎黃帝三百秊而孔孟之畏神服教又將過其久非仙乎亦何必如朱紫陽有得於參同契而後爲仙又何必如程子門人倍其師說淫於佛氏而後爲金仙也哉今易名書院廣建學會理學節義又由茲講習焉尙躬行不尙騰口尙同人于野不尙各持門戶尙實證實悟不尙鑽紙耳食尙博物洽聞不尙勦襲杜撰其庶幾予先世卜居之意云

金仙洞記

洪雲蒸

山壑有遇焉舟車之閒頑冥亦顯而靈異僻處乃多無聞卽樵獵之徒終身由之不知嗟乎人亦猶此耳豈但山壑哉天下安知楚攸有所謂曹溪金仙洞者然皆知安成有鄒子東廓而東廓知之不憚窮奇而闡之想其於天下幽人惟恐或失亦應爾爾石巖渾淪不知何代而復感鄒子履瞽始悟天壤閒尚有所謂人者使其貪名李鄒子使其酬遜詎不厭多事第鄒子亦酬遜其友也有各覯其友者邪洞有四一受溪流邃數里賁咽天竅卻而復賁令水奔號伀肈吐泉謂曹溪所注翻使人得疑疾是邃賁之石橋非洞也一麗其側夏秋冬溪不及洞而早焦其

地之人汲灉其閒爲井室焉濬乳處霱鱗皆肖外則張壁擁道人之半身稍進有磬石如鐘不似鐘而似擊鐘者不能自擊乃有待於擊有地若田有石若覆甕其似馬者可以任重而不能致遠與受水之洞雙竅相射乃受水者每涸而不受水者常溢或以爲有消息之理存最上則爲獻花巖竅怪萬狀統而名之爲花初下之如穴下畢反顧而後知其爲巖鯉弗藉水仰給天竅演老屭綱徒在幽渙屛居其正旁列鐘鼓獨磬遜焉或以磬世泥磬者然亦古已古之鐘鼓伀如是響亦容有之自其下兩戶入晝夕忽分有天柱枝其木偶之象天而地者也故地秘之羅漢匝大士座黃貓逐鼠護其教典似樓臺者堪供登眺三清巍坐鶴如欲翱仙如欲出乃道人尙面壁豈但達摩之九季已哉然則道人亦壁以壁面壁是以不啻九季或曰達摩悟竟以放參予謂道人悟面到於今儒者覗其背亦安知艮鹿被其化遠獵銜花於中旁通渙淵石投觸磬不住奇變靡極不獲盡搜出過金仙觀後峭壁之右徑僅容掌可攀細竹石巖入猿摘洞猿摘挂其頷內甚淺隘游侶以之分左榻舟影相傳仙槎窮於洞口飛而麗之其下則覯阯乃元之普惠菴讀殘碑知之或欲護其碑予曰此盡吾心之說耳卽沈於水安知後世不在山巔又伀一轉語可也禪林爲黃冠所居奚怪夫道人之與大士同其獻花哉理數具焉微東廓子安知有此有能爲東廓子者游非虛游不游亦猶之乎游之已

青雲山記　羅其綸

州治之西有青雲山焉勝國時本名旌忠菴其易以今名則張文毅公顥之以昭瑞應也予觀祀典所載首重勩事之臣故嘉忠武之勳者専以西郭山爲旌忠菴而所謂青雲山者則但以祀佛焉歲久且圮寺住持湛虚乃捐貲而鼎建之工竣徵記於予或有問予曰此山舊有文毅公碑碣語詆緇流且引韓子之言直欲廬其居而火其書吾子乃不辭而爲之記何也予告之曰文毅公望重元輔主持世教思欲闢異而反經宜也湛虚緇流也爲佛弟子葺治祇園予爲之記甯用金薄姑乎宋儒有言三教之說其來久矣近世陳眉公佗論其言亦如唐史所載粥

飦僧邊和尚之類是也若夫人之至者謂其內空五蘊識透三乘使之游洙泗之門而裁成之其存養省察之功聖神功化之極甯不可企而及也予家仲子文經讀書其中爲予言此山靈異親見琪花瑤草之秀安知文毅公所謂雲覆兗騰者非寔有所見而但託言於夢也然則青雲山之興識者且以卜吾茶文運之興則謂湛虚爲吾黨功臣可也甯直爲佛報恩已哉

隨緣橋記　蔡承賓

予古攸滌田野人也業已無心青紫不爲五斗折腰矣但丈夫處世而於世了無補益此亦焉能爲有無予竊愧焉予讀佛書曰大慈大悲夫慈悲兩字即吾儒所謂人皆有不忍人之心也顧是不忍也一之戒殺爲最次之則鰥寡孤獨煢煢無告者甚可矜憐然徒憐之而無所爲憐之之實則憐之一念亦屬空虛故予未入佛門當存佛心如千金萬金佗無量功德予不能如一縷一粟可濟飢寒則勉爲之遇有遇無遇多遇寡隨爾我之緣慰爾我之願盍佛家有募緣之說予亦隨緣以布施耳因題其橋曰隨緣橋上建一亭以爲賑濟飢寒之所云

予自總角時麤衣淡飯僅置田租千石零內除六百石分三子存四百零石以三十年通融之法銖積寸累得穀一千石量斛貯倉每年以無利出借貧人一次度歲一次春耕一次出糶年年如數出年年如數入升合不行別支此猶之撲囊取物免致臨時計較其策淡爲便利然此實爲極貧者而設至其各有領頭開名查勘度濟貧方有著落又世間最苦無如冬月之寒而惟貧窶爲尤甚爲此每年買絮衣一千領爲疲癃殘疾老而無告者濟寒以上兩事不過勉強學爲君子盡余所能至耳所濟固無幾也

游熊山記　劉鳳梧

萬歷甲辰重陽前三日張子大孝引從人十數輩具行李將游熊山約余往予曰子以游山爲樂乎僕病未能也張子作而對曰先生休矣聞先生宦甯遠時瀟源嶷嶺開足蹟始徧今以境内名山不欲一登將黄帝之所憇不若舜陵之所宅乎弟子之惑滋矣予曰以若所言是考古而非游山也吾不與子考古而但與子言游願以明日無何有風雨驟作啟戶而視者三至明旦日曬颯紅風香菊紫豈山行而有神助耶乃命諸生載酒一榼欣然往從遂有軒軒霞舉之意行一日始抵山麓流連久之將封禪記所謂黄帝南伐楚至於邵陵登熊山者即在是耶次

晨循途進且行且止相與望危岑覽飛瀑未及山半而予力已憊矣俄有聲自空中來予曰斯聲也其爲天籟與抑鈞天之奏與傾耳而聽則諸生之簫聲也遂趺石小坐張子呼童覔酒飲半斗不覺身輕欲翥乃拄杖前導從者爭先恐後久之越平嶺躋其巔迤邐延袤寛敞可容萬人至此目愈闊心愈開向猶恐山徑難通而不意其竟若坦途也天色將暝入菴小歇仍命撤笛溫酒酒酣笛作山中百鳥皆驚起翔鳴若相倡荅此時杳不知身之在何處也次晨乘輿直上覔仙蹤訪古寺埽荒址之斷碑壽大醫之良藥比登絕頂蜿蜒百里龍簮千尋潭湘黔邵隱約眼底資江一綫左右縈洄攀蘿而上如憇廣寒之宮亦幾飄飄其欲仙矣

舒溪記　潘亮淵

辰州由大江而西五十里爲舒溪水清而可漁草木森蔚林壑皆靜入是溪者躁念盡釋可以樂飢而情暘也又舒舒也非褻中者之所居也沿溪進十餘里兩岸皆石山中空而爲洞者六七其大者可容數萬人小者亦容數千人其層者若樓臺者若室似有神營之不可勝窮或曰此避秦者之所居也由此二十餘里有石傑然側立溪旁者金鼇山也前一徑僅容足緣竹枝登其巔極目遠望意甚愜然又六七里名三陽巖上有一洞人蹟罕至相傳鄉人張氏過此其後旬餘不歸家人怪之適鄰人樵於其間見衣裳似之急趨往視方曝日坐石上徐云爲洞中

人邀至此飲食供具如人家但忽忽若夢中二人同入洞洞中人閴不見矣或疑爲仙或以爲隱者或又以爲魑魅之屬山下一原三水環之予客於此甚閒無事日與居人循溪行聽溪聲其洶洶然疾者若怒風驟雨其泠泠然徐者若砯吟若操縵行至溪源見一茆屋有士竿而出因與游詠竟日予曰此誠無懷氏之民也約日往來以爲樂是溪也由溪口進兩山對峙而狹者爲門戶四山遠而環圍者爲牆垣廓然寛者爲堂邃然深者爲奧歧而幽者爲室林木眾而雲霞封者爲帷幕而山蒼翠而壁立者爲屏風山高而特立可望遠者爲臺上有茂樹可休息者爲亭爲榭谷之環而禽獸往還者爲苑囿溪之淵然而魚鼈

游泳者爲池沼。其勝概若此。居溪者從容而自得。其與溪之舒合乎。予不欲私也。誌之以諗二三友人。倘亦浩然而從予是溪與。

附 舒溪水田雜記

舒溪之濱去水三尺許有李氏之田焉。左溪右渠。四五月之閒旣刈麥。則引溪上流遂植稻。七月稻熟種蕎。九月十月蕎熟復種麥。一歲三穫。近水之利也。近歲數大旱。是田之收倍於樂歲。上有一隄。觀其址知前人勞苦而力成之。其慮遠矣。今傾圮已久。予語李氏曰。是隄係於田至重。宜堅而高之。李氏曰。吾有是田十數世矣。自高曾相傳。水閒溢。恆不爲患。且得淤壤稼益肥

芙笑而謝予意甚晏然。越明年爲順治辛丑。方仲夏擊鼓置酒插苗甫畢。大雨三日夜不休。溪水暴至。洪波怒流。洶洶然似有怪蛟乘勢助虐。連抱之樹。千鈞之石。皆由田中下。須臾水涸。則田爲溪而溪爲岸矣。嗟乎。自予言至今日不一歲耳。自溪氾至水落不移時耳。滄桑之變若是其速也。李氏向予出涕曰。吾不聽子以至於此。噫。李氏之悔遲矣。因思天下事之處安而當防者。豈獨李氏之田也哉。

溈山霽會記 陶汝鼐

匡廬瀑布之奇甲天下。嘗往來長江。遙見晴空飛帛。每爲疾風所送。不得登陟。甚憾。若峩嵋天半。雪中看山。徒勞夢想耳。雖然何處無雪。何地無高山。但得一具閒身。坐萬仞峯頭。窗外天際若懸巖匹練千尺。晶簾非名岳奇山未嘗數見。使二者之觀得兼於一時。豈非最勝事哉。今年十月庚子晦。爲密菴六袠。先數日避祝入溈山。宿密印寺。廿七日兒輩與諸上善修懺法爲壽。予與慧山和尚談方丈中。有僧自大梅來者。纔參問密菴在此。曰某甲特持法幢大師（師前朝林可任太史也）書來奉訊。何幸此峯相見。爲之驚喜。出所寄書及近體詩一卷。展讀之。四座讚歎。得未曾

有。廿七日霜晴和暖。慧公設菓茗相與。攜笻登毘盧峯。坐眺竟日。舉香嚴擊竹話。明日命筍輿南去五里。撥草尋香嚴崖。未二里。漸聞瀑布聲。近而益壯。如空中闘雷霆。六種震動。望布水奔流。清寒沁骨矣。到崖隔溪。泉在溪外。兩岸石壁嶙峋。崖广若屋。可敷十數蒲團。藤蘿蒙冪其上。垂紅實如林檎者纍纍。面水而坐。瀑布自千尺峯頭瀉洞奔放。如掛百幅綃。大珠小珠若珠之塵者。噴面灑衣。到壑作優曇花大如車輪。無數無盡。眩銀海久之。遣儻僕衡波而汲。撫掌叫嘯。都不相聞。快哉。日斜茶罷。陰森不可留。誦置身海潮內。冰雪淨聰明之句以歸。過三塔院小休焉。覺耳根泉響尚在也。晦之日凌晨辨色而起。著絮帽大衣禮

佛殿上香花幢蓋梵唄精嚴慧公披僧伽黎拈香嚴具祝曰願溈山老護法增壽無量予稽謝徧揖諸上座退而受兒輩謁飽香積供午後日薄山寒風淅淅起膚粟矣夜半偕霽及曙積素盈尺擁裘就燎凜冽之氣數倍人間心甚樂之會後慧公命侍者爇旃檀熾炭邀上匋樓看霽羣玉際天矣所雨堂大瓊圃非復尋常栜絮窗扉暫開似坐兜羅綿作幔者峩眉小塔已沒入瑤海中不僅埋腰也因與慧公徵霽山香草求牧白牯牛處公相視而笑貞平生霽會中第一殊勝也溈山去地四十里何啻天半哉十餘季冰冷密菴偷生壞劫中自笑今季週甲在毘盧峯上天公畀日振溯音今日呈玉戲便喚我偕蓬萊仙監亦無

不可矣明日大霽居士本不攢眉有野人送酒者爲盡一巵炙硯而記其事

高靈洞記

闕士琦

余以辛酉伏日至湯泉浴畢振衣彈冠穆然懷古恍惚不自得將痛哭而返緩步溪上信腳遠近忽至一處石壁横斜削臨淵道壁開空窾有如天門雖草樹蒙密猶可指數余心動曰此殊有異耶急渡溪攝衣往看蓬蒿剳面不可上乃反値山翁怪問所來與理前說欣然荷鉏爲薙草導向正路指余所見曰此高靈洞也洞自然宏甃上如幕下如席三面皆白俯仰五十尺横廣有加石乳懸結布滿空處似僧衣數十摺將欲委地中一石如長柄鏡倒挂其上大數圍名曰香鑼童僕聽說拾石擊之聲往控壁旋繞一室而去大約少姬新嫔宮多商少洞之右有潸

流從小門出門僅二尺巨石半掩不至門者蓋不知中之幾千萬狀也門內沈墨無所向然炬數十尾行而進履趾相亂數十折得堂房朗朗數開有世尊大士羅漢之屬四列石壁位次陳設皆有意理如出人手其他珠連結綫洄回雲徙含吐萬象目察心皈亦不能記憶天上藥珠海中綃室則不可知人間淺無此怪異也堂後爲長灘灘水寒苦如三冬冰皺人肌肉湍流往復偕擊筑磬涉之去四五折爲十曲巖巖如駢籬下有小口石刃錯出似數部兵甲人僅可横入蛇行蚓步頭與手足著地咸五相顧失笑山翁言笤季有竹工行路睹石門闖闖信步入洞迷不得出見星斗歷歷在巖壁開蓋此地又數步爲仙界坡坡

高數十尺中突旁殺石脂肥滑升降股慄如人身上著足軟動
不能已豈姹女氣索嬰兒聲息時亦不能禽此爲乘飛駕浮之
路耶既下數步有物高五六尺狀如博磴上豐下削豐處正方
旁有梯級緣而上山翁曰此浴盤也泉沸出盤中有數十鐵符
朱書大字在其上皆義陵澧陽諸郡歲旱汲泉取雨至此盤左
石牀一石枕一皆自然結成右谷得瓊田十二溝塍儼然山翁
曰居人以十二田占歲豐儉首邱無水孟春旱次邱無之仲春
旱他皆如之夫青精有粒石田無秋不知當時何爲作此狡獪
蹀田而西遂復如混沌未判劫火初塞時矣山翁云此谷十里
通赤霞洞糾歧窈墨神鬼雜處非綴衣火食人所能至也惆悵

而別余觀圖經所載神房阿閣瓊室璇居之屬要不能辨其有
無倘有之亦如劉驎之之望石囷往輒迷道張茂先之遇嫏嬛
欲賃住數日不可得耳其他仙洞石室散在人閒者又以敗寮
殘剎僅支坐臥何與人事若茲洞闢室開堂循溪接巷畬田渡
徑升陵降阿包孕萬形透迤十里而策款擔登可厲可揭乃數
千秊來人無知者高人待聘貞女不字似有所躊躇於氣運理
數之外余獨何人發藏探穴爲之倀倀也哉肥居士靑鞋記云
看新湘山水如讀祕書看穹石水心巖如讀項羽傳余謂游高
靈洞如閱金簡玉書仙符天篆眞太白所謂其字乃上古讀之
了不嫺矣浴湯泉畢魏無朋曰余服雄黃三秊沐浴此水覺表
裏融徹余以高靈傲之曰余非齊萬物了生死亦不能好勇信
心犯睡龍仙犬之怒也出洞怔愕目三日不能合睫而爲之記
同游公安魏無朋里中彭念修嗣美凡三人

焦林記

游花源者至水心而返即甚好事渡怡望溪抵龍角廟觀止矣
焦林不自有名於世世遂無復知焦林名夫謝靈運伐木開徑
方山子遇溪山佳輒止使必徇名著屐胸中甯有活山水耶新
果時蔬義取先得若琬艾豭無如專寵以余觀之夫亦山水之
性情也泊舟龍角殿望前數山飛來忽止適浮水上叫絕欲往
溪淺舟膠不可動買漁舠逆而上舟中攜酒具一木杓一乾餱

倍之以次傳食不載他物防舟之顚仆也余脫巾袒跣十指坐
船外手在水中與魚鼈相亂溪廣不及丈深不及尺而洶湧澎
湃之氣往復激射橫嚙人面舟水鬭則坐舟水讓則眠眠則聽
溪底石流聲聲細碎縱橫如有人耳語行里許舟人報看山峯
數百座奔來溪側適在吾面偃仰前卻迎送翔止隻偶端斜適
與人意合從此三四里山凡數十折目怳應接手困指數每囘
顧一山未嘗不悔其造次也溪盡爲坪坪衡從可一里羣山週
遭有如城闕不復知向所入路數家歷歷巷陌相亂如住一垣
人聲貌氣自成渻古山中見外人傲笑唐突以爲逋客爭欲執
之徐告所以復皆惶惑曰余輩長子孫矣實無游客入此山者

四五老人雞皮霜鬢面如丹砂見客無他皆設酒倉席布田中班草而飲子女環列其後各私相歎訝犬坐而吠亦無心拒客酌罷從容問客何來到此余盞泠然不知身之在何世也袁中郎先生曰游仙源者當以滌蘿爲門戶花源爲軒庭穿石爲堂奧沙羅新湘爲庭榭而水心其後戶夫豈知重廊複道別館離宮仙子之瓊樓阿嬌之金屋陳後主之望春結綺漢武之靈臺蓬山固在邛莽棧斷野水閒雲之外也

湯泉記

湯泉太公溪數步不知所自來從石穴涓滴入溪崖屋覆其上溪碧而泉清溪涼而泉熱溪曲而泉直泉力未盡一綫行溪中明

了可見負浮鳥沒不能亂也棵而入纔如釜上氣蒸溼人面頃則炮灼不可唒手坡公所謂其源殆可熱物也然余自謂吾生不必如鼠易腸胃蟬蛻皮羽何用百四十里許裹十日糧犯三秋零露博蟣蝨之弔邪然使有勝情者張亭幕新碑碣從孔道於溪之右爲虹橋曲欄漸逢泉上坐者可俯可仰游者可嘯可歌濁不混馬渤牛溲清不犯嚴霜毒霧則如王褒所稱藝清駐老飛流瑩心亦復何愧不然者山僧野嫗瀹茗濯蠱雖無大功德亦不與狂泉同罪矣

米井記

予游靈巖十里內外山皆空無底行其上有空中踏蹴之聲意如蓬萊五山常乘潮風上下根無所附著磨上蟻牖中人居行不覺也高靈亦然洞左右多空穴傍十數井井多在溪底或寒或熱非金繩銀牀所可汲測豈九十九泉環繞如仇池邪溪旁有米井井中石子隨水鬵沸粟粟如米春夏不減不增余觀臨邛之火井漢興則熾漢衰則微長安有雲井土德王則黃雲出木德王則青雲出若茲井者海炎潛飛燄星暗落櫑珠自迸玉屑無聲而名字湮沒不與眾泉伍似避地隱形自竄於葭蒹秋水之外者也

纛旗山記

浴湯泉畢坐石上望兩岸山勢屏蔽天日不復見山外見山外

山者西北一脊耳亙西北山十里許爲纛旗山桃源山無絕雄莽者大約吳妓妖媚趙客悲歌極纖柔突兀之致止耳項羽拔山防風轉車未是能事是山悻悻遙瞻逖聽皆有怒氣如羣鬼曳物披髮叫天天亦遜謝以不能自尊大者居人曰此地昔有寇據其上從此十里多層巒巒盡爲觀穀山觀穀者道士王觀也觀於山北獲一石曰日得粟七升觀少之爲鑿其臼粟遂不復出數百季後有女仙茹草飲水不爲火食言人間事如響否郡邑冠蓋轟隱交路豈茲山森莽噴薄之氣不能自固爲草澤之雄爲癡黃冠爲妖女子俾此狡獪變化邪

金鶴洞記　　闕士琦

余嘗謂林壑之相遇如水月之相逐理不獨研其神乃寄於他體故洞臨水者佳惟高靈金鶴不愧此語耳洞三面皆絕人蹟惟一臨水舟三匝泊山下中無梯級旁無寸木可以緣引非喘牛肉鴨所敢望也余據石而上額出步前足坐石外審可再四始得一步洞凡三折爲小室製如佛龕正面流水山俯視坐影如一偉人日在鏡中布置眉頷洞內約略廣三四尺可敷蒲坐可列胡牀偶語吹笛可押泉石聲挂絲綺壁端可引石氣浸潤絲木分渙火烹茶可坐汲新水再折爲石門門內斜狹如深宮永巷闃寂無人疑段安香許飛瓊私語傳笑之地至此數步一

峯數峯一水橫波白碎見明月之過溪村屋青斜望午煙之歸浦雲杳掩而欲徧壑陰晴以相殊其風流吐納固已遠矣再步昬杳不可入居人深入潭底始見平廣遂別去登舟與客酌酒大醉鼓鶴將雛之操采雲芝一本而還

附石墨記

陸士龍與兄書曰一日上銅雀臺得曹公所藏石墨數甕今送二螺蘇子瞻謂近世無復此物沈存中帥鄜延以石燭煙作墨曹公所藏疑卽此幾如螳蜞之亂蟹矣余考文選注鄴西高陵西伯陽城有石墨井酉陽雜組云無勞縣出石墨爨之彌秊不消益古今所載石墨如此水心巖下秋冬之際水落石出每見石墨纍纍在沙礫間人無知者余數過拾得數十凡如編貝如卓笏如馬刀如魚袋如羽毛扇明澹可愛特無正墨者然以作書如煙籠秋荻霞隱夏雲自然生光無人世燧火鍛鍊之氣新安章甫告余劑法曰煙二石三膠香各一余未內服曰請以幽人松毛筆絲天蕉葉紙與吾水心石墨而三不敢間命

游白雲巖記　郭金臺

壬子暮春客邵州、從同人覽徧附郭諸勝、有唱酬詩、同人又稱白雲巖最勝、四月十五乃同游、巖去城約五十里、自孔道入山半里許、從山下躋雲巖約三里、山上中下皆剎、僧貧甚、游人各持糗糧往、乃不饑、巖內具石大士一座、極天人勝妙、遠近人士瞻仰祈嗣、多奇驗、故巖名獨傳、巖以上石磷磷起入雲中、詭險無攀級、仰視皆怖、而健夫小子掉臂行絕頂、已下復上、縱歌天半為樂、幾如嘲戲老人也、惜哉、予記所經游處、為四詩繫以序、疑皴略甚、冀宣暘佳興者有屬和、諸公其時潤州開少錢公、邵州孝忠香南車公、茂孫奐公、我皆車公介如、陳公同季、王稚

潛季、姪匪石二公、洎唐肅謝諸君子、二王更具酒饌、要宿石馬渡、是夜夜分浮舟看月、興尤狂、諸公各賦古律詩勒石、屬予紀游事、以報山靈、

碧泉記　郭金臺

距潭西七十里有泉曰碧、予幼耳其名奇之、乙酉麥秋之望、吾友唐魏子訂予游、紀事謹按、唐天寶開泉、白石竇出、瑩徹一泓、氣蒸而銳、搏沙旋波、上濼螺髻、泉底饒柔絛紛葉、小蚍乳蝌紛詭迭出、雜錯釆釆、四時有金色小蓮、碧光浸映、不實而妍、游人坐觀騁暘、如小屏列錦、如春苑初開、如瀉琉璃水晶盆于地、而光爍爍如列大寶鏡于日、而青黃赤白諸色變現、實際也、夫水之奔者瀑者噴而怒者、屬動必有聲、而泉動極絕無聲、凡淨者乃潔、而泉無物不具、又極潔、視沙上下皆碧、而掬視反赤、水浮光淨白、而投物于水、輒碧、然則泉無對而諸物有對、物不住而

泉亦無不住、烏乎觀于斯也、即何影不除、何相不破乎、泉縱廣約三十尺、濱不及十尺、自下觱沸而溢于頂、常尺許、及冬蘊隆氣騰而上、更數尺、測嵓之半有樹如蓋、蔽泉身、春不榮、秋冬不凋落、無雜鳥喧集、故泉不污、品泉家惟甘香洌、碧泉洌稱勝、予及魏子就汲試茗、而味大變、再試亦然、汲下溪流數十丈乃佳、遠更佳、有病噎者挹泉沸處、不能下一勺、易他水輒啜、升暑行憩于此、勿多啖也、併記之、以示來者、

浦石記 附詩

郭金臺

沿長沙東上十里許有石巉巉然塹江盪波昂首西望屹如獅子立舟經其下勢森欲搏人以故人無繫舟得躋其巔者辛巳冬初蔡江門師觀風于潭從行周子聖楷楊子德遠吳子儆徐子芳甯子振武暨予六人載酒呼舟會朝霧迷不見涯際前後逐柔艣聲進行十里霧半徹始識師舟處師問榜人此何地曰古黑石頭命停舟呼諸子登石日光逗露迴望嶽麓青青一抹出嵐中移時喧笑語爲叩石曰舊號獅子象形也因石膚理黑黝名黑石象色也疑形與色皆不足以辱吾石宜易名楊子曰聚石云百里賢人聚也吳子曰煙石是時有煙出沒村墟渙艇

之間也郭子曰浦石記周子言湘浦浦始此也質于師師從卜卜從周子言師爵酒賀石命郭子紀事鐫勒屬諸子各賦浦石詩舟行切朝允寒煙幕江滸瀠洄信所適羣心澹太古願從夫子游躋石闢聽覩西山晃異色領略各自取黯慘奇石姿命名厭鄉土夫子宋元夷（周伯孔著）云是湘之浦叶卜從人謀茲游異疇伍李白郎官湖宗元愚溪主斯文不磨滅勒石戒風雨

衡嶽游記

周星

王諶蒼游嘆曰人有兩目不第謂其晝覩日夜覩月也又賦之兩足亦不第欲其在街衢田陌上長安道已也足一踐而人之識低城一規而人之魄狹天下三山六水土處一焉一土之中蠕蠕攘動以盡其彊陽是惡能破蠶之房而出螘之穴邪又曰天地之精聱未生賢者先生山水哉其遊名幽大川也英思巧韻不知費幾爐冶而但爲野仙山鬼蛟龍虎豹之所嘯據或不平而爭之非樵牧則緇黃耳而所謂賢者方如兒女守閨閫不敢空闊一步是蠶螘也尚不若負鳥信如諶蒼斯語則世之不爲蠶螘者蓋寡矣僕本曠適之人復生曠適之地江風山月朝

爽夕佳浩浩落落其樂無涯一旦遠去舊居誤墮蠶螘國中譬然而城規之拿然而足壓之蠕動彊陽交戰乎前主人枯冷寂默惟竊秉堅守繩覆誠有如諶蒼所譏每中夜浩慨人生貴適意耳僕春秋三十有二秊而策名當時修途未央歲聱堪惜東西南北安往不歡無端向風馬牛之區躑躅齧齧行歎坐愁何爲也茲者衡游吉成師託紀詠自謂稍稍破蠶房出螘穴矣試以舉似諶蒼諶蒼其又將負鳥我邪

余自總角時即有五嶽之志顧生長鍾山草堂閈距五嶽青翠遙遙每從縑素中緬懷雲氣只如秦漢殿庭談三神山耳癸酉盛夏曾挾策在山東道一望岱宗鬱蔥勃然心動時竊旅虺蹟

津梁之絕。僅從驢背上延頸注盼。黯黯告別。徒有慚惶。若夫南方之衡。自辛未入楚以來。傻感山靈。貢夢將謂持三日糧咄嗟辦此耳。乃浮名羈絏。卒卒未果。迄今歷十有二季矣。始克踐斯約。則壬午歲之秋杪也。主賓相見。既喜其來而恨其晚。且古稱五嶽於中州。衡爲最遠。余家江南。厺此四千餘里。非有槎軒屝屨因緣。奚而肆志游之。是不可無記。記曰。衡嶽距湘潭二百里而遙。余以九月既望癸未薄暮發舟。同行者白門鄉僧津修。邗江程生雲朗。葢先是修從金陵得得來。以八月抵衡。會連雨。弗克陟巓。歸來僅能爲余極道嶽路松之勝。余頷之。至是復攜與偕。越三日丙戌。抵衡山邑。呼篼輿。詣嶽廟。甫行數里許。望見道

傍蒼虬千尺。森峭觸天。果如修言。稍進則寒陰夾隊。屹如巨人。冠劍林立。拱揖相屬。大夫良爲勞苦。輿人向余言。是中松奇特可志者二。曰龍頭。曰子抱母。龍頭今亾矣。子抱母宛然。會天將冥。疾趨廟止宿崇甯寺僧舍。明日丁亥晨起。謁嶽帝廟。貌隆閎賁鏞喤然。時鼇禱者甚衆。半皆村甿。羅拜鑪烟下。口噞喁不辨爲何語。余雖通籍。猶然布衣也。僅齎瓣香爲獻。酸寒可掬。俗人腹笑之。知帝不我訶也。時修朗皆在側。惟仰視甍桷嘆唶曰。夥頤。嶽之爲殿沈沈者。繞殿巡行。略無往蹟可紀。遂復返寺飯。罷謀登山。時陰晴相戰。輿人環立聽命。余悉謝厺。獨與修朗及童僕數輩策杖徑往。有送余者。偶得小僧名福頗解事。藉爲鄉導。

余袖中亦有圖經。迤廟西行隰畛閒二里許至茶葊。葊則隰之終而山之始也。稍上則岡矣。送者別厺。余輩拾級而登。幽草野花。秋色堪把。稍前遇石磴。磴本一片石。人鑿而磴之。傍有時人新題曰雲梯。不知何義。過磴始聞潺湲聲。自遠而近。砰礚如奔雷。下矚澗中若斷若聯。如曳練如縣箔者。絡絲潭水也。余心神澄曠。浤然有會。福遙指潭處示余。時志在高山。未暇窮源。遂厺。過玉板橋。水聲益濊濊沸耳。然又非絡絲潭水。葢由是以趨潭者。余踞盤石憩木陰中。良久復前。山勢漸峻。至此始有嶽意。游者始杖。既陟復降。陷墊相閒。然墊弗及陷十之一。此所謂小竹篙嶺大竹篙嶺也。竹篙本象山形巉劇。南楚方言耳。而後人

輒更爲祝高。殊無謂。兩嶺皆峭峈巑岏。與浮雲相亂。初望前嶺烟靄中有白衣。以爲天上人。比逵烟所。則白衣又在天上。凡數休而後至。據地喋喋渴肺。願漿。然屠蘇相望。僧茗可乞。既踰嶺則嶽思過半矣。於是有半山亭。亭已虛無人。空閣栴檀數軀。莓苔告哀。佛有憂色。出亭四望。則宜衆峯羅立。湘流縈帶矣。時山雲樓起。滃滃無所見。福妄言之。余妄聽之。修朗輩妄附和之。稍上雲黨益盛。餘弗迷者咫尺。游情少勸。遂折入鐵佛葊。弛裝脫屨。擬稅駕於此矣。時日猶在悲谷。天色乍闔乍合。然可湊其不雨。余復投袂起曰。今日即不登峯。夫豈無轍勝可援。胡騃坐爲。余目福。福曰有之。此傍近爲兜率葊。懶殘巖。余欣然往尋。由葊

右取道南折而下先過懶殘巖巖庳溼不可坐芊芊既無牛糞亦少上數武卽兜率葊葊徒四壁立荒略草棚斧痕尚鮮堦下有秋花亭亭頗類貧女顏色詢之老僧曰鐵綫牡丹也時天忽向霽出葊徧索無餘勝意微怏怏然往返經行處桐竹參差橫斜宿草殘碑或僵或立似王侯家新廢臺榭令人愴然生盛衰之感仍取故道歸偶登坂少憩余坐諸人皆坐見白雲庵庵舒卷不經儵忽萬變雲有孤飛者羣游者旁午相觸者前後相逐者有滃滃四起忽復回互者少焉衆雲烏合直來逼人余輩急起欲避無地頃刻匼匝茲在白光封裹中余歎息謂修朗輩吾與若終日地下看雲亦曾見如是雲乎烏乎此乃所以嶽也修

朗皆憮然返於葊僦夢禪榻湫山無酒倦劇如醉越明日宿霧諠壯似欲雨者然不甘枯坐於晨餐後信腳登山已過丹霞寺余自下上有客自上下邂逅於泉樹翳薈間客乃吳人亟搖手謂予曰勿往適峯頂大風雨徒跣公芑履强挽之至葊中然葊處固猶未霑濡也余疑之客曰茲嶽蓋有三天焉自玉板橋以下一天自橋以上至半山亭一天自亭至峯頂又一天往往雨其上霽其中雨其中霽其下而甚者或雨其下霽其上霧其中非復人世陰晴也余又歎之有頃天微霽余意仍欲搜傷勝屢目福福謝無有良久曰無已則下火場於是遂東之下火場然心怪厥名弗韻比至則畦霤穢俗所見無非野彘名稱其實但

竹石礀道亦彷彿昨日兜率路差可不悔時靄霂已霏霏矣疾趨返未及葊而大雨明日又雨余惟匡坐繩牀時時呼老衲說無事鬼話福笑於前修朗歎於側僧童輩皆寂無聲老衲炊餅佮供案閒有蒟蒻根竹花菌皆山蔬也余屢爲厭餐蓋自丁亥至己丑凡三宿葊中畱小詩於壁記之明日庚寅雨少歇霧晦如故余涉策前進褰裳先登仍過丹霞僧智融持一卷索詩泚筆題之而去遂歷會泉經湘南寺徘徊彿果人乃至南天門此土人所稱橫嶺者也嶺當岡巒之脊嵽嵲緜亙實中分嶽嶺之陽曰前山嶺之陰曰後山又自山下仰矚者高迄嶺而止自峯頂俛矚者卑亦迄嶺而止蓋登斯嶺始獲睹祝融云時有僧持茗

出飲客傖夫而操吳音修呼問所勝對曰過此則飛來船講經臺矣遂從歧路趨至船所船之上下左右皆石也船則高庋兩崖閒適當石之門戶處人皆從船底往來船上亦捫躡可登余與修盤礴流連未始不歎其奇也周視絕壁閒有題曰石舟者有曰蘋雲釣月者又有擬題曰慈航者以船喻船都無是處往觀講經臺臺上劖有壽嶽二大字云是宋徽宸翰然奇處正不在此遂復返尋登峯路時靄靄迷離對面茲茲如半山亭時余輩惟以福爲目福高亦高福下亦下經獨覺門故址余忽悅然低回久之不能去蓋余初登橫嶺時將謂過此以往當步步攀躋直到上頭矣不意此處復作凹凸既斷復起類蜂腰然此嶽

中絕無關繫處而余獨默契其理以爲登峯非如此則不妙似先得我胸中邱壑者未暇與俗人言也經獅子泉入上封寺寺僧極藹苴向人惟攢眉說苦然寺亦漂搖積始無住理厺之上天尺菴至峯頂時雲絮四塞白日暉其外一氣氤氳浮動如混沌未分時游者亦茸知爲祝融峯則有小祠石其垣鐵其瓦前以位嶽帝後則思大禪師有行僧顚霜種種從祠中出自稱雒陽人曰余老此孤峯絕頂十五季矣指余輩登望月臺數人者據石趺坐相顧淒然如在窮荒海島中時見雲色稍明澹夲其或鬪僧掉頭曰全未全未余悵然乃下此初登也遂西過不語巖至會仙橋橋卽道書所號青玉壇又在後山之後矣兩崖斬

然中斷如峽惟近北崖者石脈不絕如駢拇枝指相厺三丈許復突起而爲會仙峯橋橫跨之廣可數尺下臨萬仞余飄然徑度修從之餘人或色戰縮朒久之乃過然余旣度此峯天色忽慘變濃雲如墨溼霧濛濛蕩潏窅冥疑非人世余亦悄然悲恐捉修臂曰人言地獄景象幽晦無晝夜當伲如是觀修點頭厺峯數尺復有巨石徂閭初不相屬或云可躍而下以試人之心遂名曰試心石石隙有古松數株禿拙如畫不知何似天台橋畔峯上望捨身崖殊了了路紋如綫足蹟可數會昏黑不辨陵谷身固難捨心亦懶試仍循舊徑南下過觀音泉蒼翠幽溼步步踏落葉有山衲扶藤相御則觀音巖僧碧環也巖一名圓明洞一名高臺寺今皆不可攷獨巖在目巖左復有小巖益新出之土中者其洞外有石龍首洞中有降龍尊者像不知何代遺蹟向來遂埋坳爾許季巖額平廣如席僧或乞名余卽題曰降龍巖傍有石類蟾蜍西嚮凝望如請雨者而觀音巖上故有圓通閣懸崖置屋結構牢密僧指石上短松曰此念菴羅先生手植也薄暮霧愈甚就憩閣傍僧舍神骨頗覺高寒中夜時聞淅瀝聲蓋林露霣霾兼山溜泠泠俱非雨似雨者比天明乃眞雨披衣出戶四望黢然僕夫況瘁余猶躊躇未決問福福不言問修朗朗曰下山修亦曰下山余無可柰何遂如所請然終不能忘會仙橋復踏幽溼往觀之昏黑如故乃東觀望日亭舍利塔

脫殼池而還返至湘南寺忽觸圖經曰此處有貫道泉亟入寺訪之泉頗幽洌石壁閒有大觀中趙岍絕句岍不知何許人詩亦平平無奇而此山唐宋人留題絕少見此聊慰典刑復過鐵佛菴菴前爲岐路東西分由東道下山可十五里卽前日來時路也西道倍之且茅塞不良於行然福巖南臺諸境俱在西余一意討勝遂麾奴子肩襆被從東下而余與修朗輩策杖而西仍下兜率菴至中菴菴荊扉反鐍惟餘蕉花守籬外道經已公巖巖在隔溪徑路斷絕余意頗怠而福力薦此巖殊谽谺非曩所見諸巖比遂從亂石僵樹閒猿挂而下入巖見空洞可容百餘人福言不謬有五臺僧龕其中聞足音跫然似有喜色余默

思此中面壁何減少林秖恐爲僧心不了耳出巖天忽霽路漸蕪翳茅葦如人長時見衰蘼中一片皆鴛鴦菊土人或不識此毒卉也然花自可翫望福巖寺在前欲往詣之而福先引至羅漢洞洞即獅子巖以形得名相傳前代有五百聖僧居之日飯於福巖寺寺中故有凡僧五百合爲千人然飯罷輒隱其半主者疑焉一日披荆蹟之盡在洞中後遂移巨石塞其門至今無敢排闥者說雖不經然余觀其塞處庨豁如城闉石自內出殊不可曉石傍有隙修以杖探入數叩之聲逕逕然俄而狂飇怒起福曰此豈洞中羅漢嗔邪往季故有雷雹之異然同行者皆不顧諠賈勇陟其巔風倍勍吹人欲墮有頃乃下風亦旋止坐

坡側少憩正見三生塔鼎立層岡纔露魋結會雙脛告憊不任嫛婗屬修福兩人往先之有奇則以聞良久反命曰亾奇乃已遂入福巖寺寺亦無他奇惟古松數章龍鱗犓栗實爲此山之冠余亟稱之寺僧爲樵李人向余指畫形勝云此地四峯環拱後嶂則狻猊狀也前臨平畬有孤垤突起如龜爬堰且行且覗之信然時已過劫餘之南臺寺矣回望宋人黃桂所書大壽字在榛莽中遂至還道坡坡開石磴略如東道所稱雲梯而廣長數倍歷百餘級始盡或呼爲天生磴察其傍則金牛蹟存焉號痕參錯開以人趾此中安得有是蹟豈亦玆蠶叢故事爲之邪下睇嶽廟歷歷在目以爲西道之勝已盡而道左有三石相

壘俯瞰欹巖欲墜不墜者飛來石也修朗輩皆危且奇之余曰夫嶽則廣矣大矣諸勝備矣胡拳石之足多抵廟時天已暮余中夜深念此來往返於嶽自丁亥迄辛亥凡五晝夜矣而山靈妒人雲烟黨錮祝融之眞面目其終不可識乎澄爽有待堅定以勝之越三日甲午天則大霽曉望眾峯歷歷老黛如沐余仰面長笑不復言急呼僕夫戒裝於是提修挈朗仍取玉板橋故道而上江山草樹如故也而點蹴眺聽觸處軒豁悅如別一天地令游人精神怒生俄而半山亭俄而觀音巖皆疾於烏巖僧環復趨返山阿草草相勞苦是日碧空皎徹上下中夅歡然同一天矣絕無向客所言兩三天之惑而余輩懲前者雲尼有戒

心皇皇焉惟恐失會仙橋接屨而趨至橋則日方亭午此番陵谷劃然崖爲之加深橋爲之加細余仍飄然徑度餘人從之時修慕試心之名欲從甜問處躍而下環從呵之不止竟躍而下有奴子繼之而余亦從橋畔梯而下繞峯而達於所躍之石諦視石上字乃定心非試心也然定而後試良亦至理石隙禿拙松故無恙有善緣木者能王長其間獨捨身崖則無敢嘗試者身固重於嶽邪遂趨登峯頂是日天地始分鄉之混沌者一變而文明騁懷極目見界諸境咸來奔會環復一一指畫初下其手曰此某峯某峯也又下其手曰某河某河也復四面下其手曰此周禮大小諸某某山衡陽郡邑也長沙郡邑也邵陵郡邑

也余惝怳久之或叩後山諸勝地則皆在峯腳右畔如古大明寺如茅坪如九龍坪又歷歷入環指掌精藍纍蘇遠松如薺噫吁嘻危乎高哉自登此峯而七十二峯皆盆砌開物目今而後祝融君猶得不以眞面目奉我乎此再登也將下峯閒傍有太陽虎跑二泉遂幷觀之太陽泉亦與貫道諸泉伯仲而由泉以達於上封寺有石覓焉潏涓涓緣之以下約二里許云是唐時一老女所鑿至今以名其覓此老女大好事毋乃蹋地喚天無聊之極思邪虎跑卽在寺後出樹石根罅淙淙不絕然皆不甚著歸巖語環曰余詰旦欲觀日環曰今且請觀落日遂假道圓通閣上觀音巖頂與修並坐觀之烏輪墜處與平地所見亦略

同但下方已黴晦而山際猶輝燿吾景爲異耳是夕念念佮日出想始不成寐夜半環促之起嵐氣嚴𡻕不霜而淒行者皆擁衾挾纊暗中然枯竹牽率至望日亭時北斗煌煌在天寒雞尙未初號同游數人莫不延頸東望恭默鵠立如金閨待漏圖從者或蠶僵蝟縮抵背鼾睡久之月始上盈盈一鉤清輝如濯此人閒夢回酒醒時也又久之東方始佮初僅一痕白白者漸高漸淡則黃繼之黃者漸高則紅繼之紅者旣高則紅盡處又漸淡而爲白白則又黃黃則又紅如是者又久之乃吐一線於莽蒼閒倏而半規倏而全輪紫爽支禎玉盤不足以喻其色也轉瞬扶桑載拂則色化而爲光不能正視矣而觀者咸詫光中猶

蕩漾如冶金此不知是日動目動時朝旭已瑰瓏同游者人人滿志而去無他望而余獨中懷勃窣似仍不能忘祝融乃復登之瞿然顧其後相從者惟有一修是日所見則又異雲瀰於山腰凝而不流無近遠皆佮一片白日光在上映之粼粼瀉瀉遙峯如鳧雁出沒渺然洞庭萬頃余不覺驚喜狂叫顧修曰大奇大奇昔人云雲海蕩我心胸此其是矣蓋余三登峯而山亦三變始則海終則湖獨中所見者山耳嶽哉嶽哉何其善幻而不測也觀止矣亟去無太奢侈取造物忌旣返於巖遂浩然南下將至湘南寺忽又翻圖經知此處有隱松巖不憚煩披蒙茸挨之荒陋殊難爲品題不知何故被此嘉名或者岸谷變遷乎抵

寺日猶未晡是日蓋乙未也計往返於嶽者又兩日於是游磬始振乃公對鏡引杯頗有驕色栩栩然自謂目無全嶽而嶽廟前招提星羅煙磬相望豈遂略無小勝可紀則拱手應客曰敬聞命矣竊已於前兩日了之以壬辰了其西則集賢書院也宮庭肅潔清風穆如諸賢人姓字煜煜所云閒雲霽靄之先輩具在院後琅玕萬个閒以瘦松芬碧蕭疏能使六月無暑或采杜句顚曰湖南清絕地差不惡此外如胡文定湛甘泉兩祠僅可倣元旦酣酡倒到門投一剌而去不見主人以癸巳了其東則所謂彗巖閣甘露林諸所俱卑庸無足道最後至一處號近聖蘭若者廣長不贏十笏室已闃寂偶爾步入正中有出山老迦

文妙相鬟鬘如生肉色溫好紺目波流顧人而笑余極駭悅修朙亦皆駭悅歎未會有然莫識所自返至司馬橋適遇福試詢之福遽曰是某所活佛耶余輩始知爲活佛獨怪此中人殊乏心眼不活佛之則已旣活佛之不以活佛之道事之而乃聽其抱膝冷坐於蟲絲蝸篆之下衆生夢夢至此此前兩日所了廟傍小勝也攷圖經水簾洞厺廟差遠乃以下峯之後一日往了之其日則丙申矣晴麗如暮春仍以福道夫先路行十里經桂藩新卜寢邱稍坐松根覩之亟厺覓水簾路而福初不識途妄引余輩入山行二里許不聞水聲頗疑之望見隔溪村煙曖曖髫嫗雞犬如桃花源人家命福往叩之始知誤入急返故道得

牧牛兒爲指南越陌度阡跧踔眡瞷開久之始涉澗舉頭遙見白練知是簾所爲然此微簾耳又行二里許山路始見全簾蓋朙不能從焉獨修與余偕飛流自山頂兩折而下峻壁高可百尺水徑之故曰簾瀉珠濺玉眞有銀河九天之想欹坐崖上毛髮淅淅魂骨俱清簾畔大字標天下第一泉而余所坐處石平如砥亦大署朱陵太虛洞天其傍宋元人姓字楚楚覗嶽有加然皆不見汗靑何姝腐朽闇水中有衡遐石堪坐臥苦斗絕無路可下未敢以身許之然此處亦値得一躰恨不立化爲猿鶴余歸途日修言此亦奇觀矣未知與匡廬瀑布孰爲雄長顧水而簾簾而洞三之則美斯全今乃闕一故吾深憂其簾而猶微

恨其不洞返至先所涉澗卽簾之餘瀉甚掬水飲之果甘洌異常此泉合置第一抵廟偶過準提菴忽有懷赫䟆見訪者爲天台寺僧湛公湛公之來則邀余爲方廣游也嗟乎余念方廣久矣未入嶽神已先往但以距嶽頗遠故後之今不意遂得湛時弗可失遂欣然命駕以明日入方廣有從余游者卽前送余茶菴別厺者也其日修行朙不行或僕謂修勝朙然山水有緣亦胡可強初所歷皆官道平楚蒼然黃疇相錯矯首望天柱赤帝諸峯猶冉冉送客久之始入山山徑崎嶔微類福嚴路而詰屈倍之旣過西明寺則巉巇巑不倫怪石虎蹲藤樹交蔭林礁齒齒千嚻皆鳴行人屢入篝樾中冪歷如幄或數里不見天惟聞

荔藟蘢蓯下水聲瀰泊然亦不辨水所在時於蔓葉疏隙窺見之桐栗俱歲季老大結實纍纍枝頭自笑沙磴多碎轍石膚布地如魚鱗皪皪有光或卽擧以當雲母仙家大藥不應狼籍如許徧歷窈窱閒竟日不逢一人鳥雀相呼亦少斜曛始抵方廣寺寺故壯麗屢遭鬱攸今遂零落然規構猶依稀可覩殿上佛軀極偉皆負牆露坐塵隆於鼻活佛遭際猶牟立荒臺佇望四面銛峯苞簇環繞如城僧言此地形絕似千瓣芙蓉寺基乃在蓮房上熟覗之信然遙指壘巘有紅葉半灣正出萬綠深處余與修矖眇久之秋魂欲碎飯於僧閤窗扉怡悅此中儘堪寄夢而湛已庀榻於天台勢不能不天台遂別厺過洗衲石補衲臺

皆梁海尊者遺蹟·石厺地無多許·水逕其上欲簾不能然簾意亦可想·臺則磵崘樹石閒可設蒲團孤坐·後人或又顛曰嘯·獨計此一衲耳·既洗又補何當復嘯·稍前度石橋·修翳四合激湍淸越此亦絕無關繫處而予又樂之·低回駐戀如過獨覺門時·既暝乃投天台·一徑森異穹蘿而入寺·極典嚴是湛所經營·頗不類嚴阿結構·明日晨起·往觀拜經臺惟有寒荒一片·尋無縫塔塔甃亂石爲之·位當兩山之會·罡風曉昏雷吼而浮圖尖終古巋如豈無呵衞·回覗前山椒亦有亂石塔與此相望·咎季經震霆摧而爲二·然俱植不踣·以彼塔匹此塔所謂東鄰西子也·返過妙高峯峯通體皆石·峭壁仡仡如百堵牆·而石上有一徑

儼然軌涂即以車轍名其亭·上劖畱元圭六大字·柿骨顏筋皆備姝可法·有石欹覆高崖閒·其形正方曰分糧斛·不知斛化爲石石化爲斛·又有稽首石上者幘痕宛然·石乃不剛於頷顱之失笑·返於寺湛欲相淹信宿·而佳處已盡入奚囊安能爲蔬筍留·偶聞福昌寺龍潭有幽致·遂紆道取福昌路而下·既至則菈不知潭所·寺中人導觀之·潭處亂石閒竹蘸冒途游屐罕到·一泓黝窅疑爲龍湫·修稍進投石試之·導者變色呵止·以爲是潭嘗殺人·故然我輩豈潭所得殺也·笑而還·是役也以丁酉往戊戌還·初志在方廣耳·乃兼得天台·可謂不負西來意矣·擬束裝其歸·忽披圖經·蹶然起曰·尚有黃庭觀·見遺·其以明日往·至則

荒寂無煙松筠空鎖亟訪魏元君飛仙石·突兀傍簷跂腳朗吟·半天笙鶴縹緲可想·返至中途聆澗聲觸耳·知從絡絲潭來·忽憶前福所指潭處尚未到·慨然往尋之·衣榛帶棘·上下岡坂乃逢潭所·潭不一水·水不一狀·然潭所逕無非澗者·欹臥石上看壁閒飛流·所謂砰硡如奔雷者·足當水簾之半·然又不可以簾論·故是氣象別耳·水傍有山客某小篆趙澗二字·鉤畫亦俊健·世人耳尊於目·趙澗之名遂以絡絲潭而掩·非身到誰知之者·是日已亥·山行告終·雙履盡穿踵決·尚未覺·明日庚子高臥僧舍稍息勞生·然胸中躍躍然全嶽動盪·醒與俱醒·夢與俱夢·方寸幾不能自主·辛丑乃出嶽·寺僧送之廟前·見道左頑石上標

佛號·漫訊之僧·曰此嶽石也·葢世傳嶽帝宮故在峯頂·陳時有思禪師欲踞其地·與帝約曰·吾拋一石·視石止處·搠爾祠·故祠遷於平麓·即今廟是矣·余又爽然念此等閒璅事·不叩則亦不知也·凡余所歷嶽中諸勝·有前人所未及者·多以善問得之·九煙氏曰·余於茲嶽葢亦得其八九云·從來品嶽者·高言祝融·幽言方廣·奇言水簾·余既兼而有之·若夫高外之高·幽中之幽·奇前後之奇·亦鮮不爬羅剔抉·征驂伐荒·鬱入詭出·與猱鶻爭智勇·可謂不遺餘力矣·所微憾者·獨後山未到·人言其金碧繡錯緇錫如雲·安可過而不問·噫·余本以數千里外之身·一旦裹糧拏艇·跋涉山川·徒以嶽故·若僅取金碧緇錫·鋪滐悅目·豈余所

急且亦豈嶽所望於余者哉雖俟異日焉可也天地不壞灝氣長存五嶽之游請從衡始山中前後留墨識會仙橋者曰老此不恨贈碧蘿峯片石者曰差可共語題方廣寺者曰萬壑孤蓮而廟前有乞額爲帝獻者則書曰發英生寶幷記之

食苦和尚記

唐訪

有明萬歷四十五季丁巳十月朔二日和尚生行季三十又一歲又八十八日爲戊子春元旦和尚築食苦菴成乃告母兄及妻妾竝告友人自今以往呼我食苦和尚名遂以戊子元旦始乃自記曰和尚有髮髮委地數尺鬢鬚鬚面白微黧目能視數十丈以外蟣蠓游絲野馬如在几案聲如巨鐘善作鬼語視李長吉孟東野過之善哭偶觸即哭哭數日不止與友人論成敗事及君父憂危臣子僇辱亾國廢墟如身値其時周張四顧如淡塹大壑如鼎鍋交加如中毒如魘以是謳哭聲吞喉咽哭不止也和尚三游燕四入雒一過秦再歷吳越晉趙閩粵返楚賦

帝京記朞山訪矦嬴豫讓墓弔姑蘇之臺問五湖之櫂帝子亦得賦招魂尉佗不敢据南面漁舟不返屈宋同歸和尚入名山喜獨游夜游雨游霧游雷游石喜蠹僧喜瘦喜燃炬夜坐大石上喜臥佛閣反鎖鬼叩門飢鼠竄瓦佛無語猿嘯對古人勝蹟喜與古人遇牽其裾平反其獄不受古人欺和尚早遭荼苦十歲遭父冤中遭刖已伸復蹶今蹶已甚和尚所遭尚未有艾也和尚叟築菴凡遇山水佳處誅茅葺竹負土洗石扶石立起對立如人與揖與談語與默坐然後留菴菴成居十餘日即厭別徙如前客告和尚曰食苦猶菴也和尚猶和尚也壁且積泥半脫水汨汨流膝下苔上枕蟲嚙席和尚終日立不仌不厭不猖

狂吞和尚又何以堪此和尚曰吾志也誰謂荼苦其甘如薺客
又安知和尚之用心也哉菴前高竹數本短竹百數十本菴側
水高二尺來自二溪至菴合夻復分野草無算白鴨一足跛菴
後峻嶺無人有木客有大猿時似老翁啖竊奇貙貓鼬鼺㲉貜
猩猩狒狒元兔白麑無算和尚早起白飯二盂苦茶十二碗酒
無算詩或一二首或數十首喜怒笑罵發狂無厭高山溪谷春
雨夏雲吞雷吞電蟲鳥花竇將見兒女往來唱和無算和尚自
斷三十二歲以後有菴足居有飯足飽有詩酒足樂和尚有以
自老矣元旦後六十九日寒倉前一日記

武岡州進士題名錄記略　潘應斗

應斗初以二甲序應外任復以館選補內員部覆未下已罹國
變瀕死於燕塗乞於淮泗及至金陵阨於時相遠任瓊海之萬
州者一十六月旋應簡命司封者六月司銓者六月鎮帥跋扈
天步艱難倉皇乞歸而屢經劫禍今身爲耕夫愈絕世事矣

重修湘鄉關聖祠記

劉象賢

象賢頃以計偕歷漢汝汴衞以達於都門見古祠之僅存者零然於荒煙茂草之中類古之名臣高士而不能系人心之歸嚮未嘗不慨念其澤之有窮也惟至於漢壯繆矦關聖之祠則匝地彌天金碧輝映若雲旗之耀於目睫而不敢斁非甚盛德孰有能當此者歸而視余邑之祠舊在大街者燬於兵火未數月民未安其環堵而悽心駭魄惟以公祠未復爲痛若破巢毀穴之不容已於旦夕者然於是僧眞慧受命於邑矦南公僉偕衆志奮起鷗集而成之旦夕乃以知胥天下戴公之心一如吾湘人之心而吾湘之人出未定之驚魂而營之已夙則又有甚焉

者余詎有以知其故矣夫許鄭周衞之郊皆公所有志蕩平之區而未之逮者徒聞公大節於千載之後且戴之如彼其甚吾湘者故荆南四郡長沙之支邑也方先主破操之後分四郡於吳而湘鄉於三國分屬長沙零陵二郡則斯邑乃孫劉犬牙互入之邊境公奮神武而經營之所以擁護湘民而爲炎劉之遺黎蓋嘗殫力以爲斯邑計湘民之鼻祖皆其襟袖之舊赤子也迄於今虹霓射於楚天如見公之鬚眉風雨驟乎江漢如聞公之刁斗則湘之人且私公而以爲其天地父母之戴固道之所許而何怪其情之迫乎抑考先主長板之役公軍獨全武矦之說孫權曰關某水軍不下萬人則公全軍以蔽南楚其功猶赫以是湘之民得爲漢之遺黎而不罹曹操摸金發冢之毒公之於湘其德如是之烈而呂蒙首禍以陷荆州之日雖詭譎莫測不能豫防蒙既陷荆賊計已露使四郡之吏民起於南楚扼蒙之背而內起以攻之則蒙必不敢疾趨襄樊以與公爲難蒙之詭窮而樊鄧之功終矣乃公盡力以護四郡而四郡不能出一旅以解公於危則四郡之人負公良深而千季以後抱疚懷痛不容已於戴公猶不足以酬公於萬一而況敢後於天下乎稗吏所載當陳隋時公靈響見於荆州之玉泉釋智顗爲之授記夫荆人不能免公於難而公耿耿不忘於幽冥也如此則公之埀念於南楚也至矣以享以祀報以介福豈忍以湘之人爲不

足以酬其高厚而棄之哉南矦及邑人之襄事者其俟之矣祠成竭愚樸而爲之記豈曰知公亦因乎人心之同然者而揚詡之爾

湖南文徵卷二十四

湖湘後學集編

記八 明

嶽麓山水記　吳道行

衡山之峯七十有二綿邈幾七百餘里迄長沙湘江之西而盡則嶽麓也峭壁攀空嶙峋叠嶂可數十里許東面豫章瀏醴諸峯縹緲天際北漾洞庭湘水澄徹如匹練峯西東廣約五丈南北倍之怪石奇偉懸絕磴一巨如屛禹碑刻其上碑右一坎爲神禹　埛滌水懷山襄陵其信然哉折而南兩峯環抱中函彝隅幽清而衍泉聲淙淙瀑布落風雩亭則嶽麓寺峯也又折

而南倏伏倏起土不勝石而石骨蒼秀色古倩隨拔一峯如伏釜覆鐘碧樹千章綠光隱隱浮動若懸崖石砥淩虛嵌空則雲麓宮峯也峯降若干級江流環帶中拓一坪如掌再折而東盤旋透迤特據江邊大天馬山也折而北爲抱黃洞崇貞觀諸山修坂疊巘幽渺宏曠又折而北羣峭駢連面面南顧以趨於東道林桃源小天馬山也再折而北崔巍樹石糾窈蒙茸爲官星山人字山岣嶁平衍駮霞騰霧爲玉屛山是又玆山衣履之所覆護焉其他圭峯雲母灤潭隸左臂金牛金盤旗鼓靳江隸右臂總以成嶽麓勝槪而爲星沙一大觀也登山之逕匪一自郡城從上渡過漁村三里登岸從下渡過橘州歷禹蹟蹊五里登岸從古渡半里逢中洲僅一帶水登岸宋朱張講學胥田此代有浮橋而今廢矣一岸濱江約四里爲古栁隄中有石坊曰嶽麓書院宋眞宗賜額也岸內有湘西書院舊址進而爲梅隄爲咏歸橋爲濯清池約三里抵書院入靜一堂登尊經閣朱晦菴所書忠孝廉節四大字齋館號舍若干楹閣後有堂翼然祀六君子石壁鐫紫陽遺蹟近北爲流觴曲水亭百泉軒源自白鶴泉歷蘭澗瀉來轉入洗心濯纓池一綫清流分沙漏石昔人所謂冷暖與寒暑相變盈減經旱潦不異者非耶右有宣聖殿承以崇臺盤以文石虬桂雲榱蓊梁藻井令人有宮牆數仞思肇杉百本幹不甚巨而鬣葉鬖鬖如髮晉陶士行所植以壯菴居

者菴近藏書閣舊址久就荒沒其他古柏蒼松修篁巨檜菁茂離披即蔚藍光碧之境甯啻過之左爲山齋舊址殿后高阜百級上有四箴亭又上即朱張講學處也今古名人碑刻別焉稍進故孫太守建亭於赫曦臺山下而今以祠道鄉先生矣降而蒼筤谷舊鍾仙巢吹香亭宋理宗筆也趨而上有崇貞觀晉鄧郁修鍊處也久與萬壽宮射蛟臺俱屬榛莽隨捫蘿附篠以登僅抱黃洞在焉尋循小徑轉磴道蜒蜿峻絕不可步每以一足踽踔行左右皆萬仞之谿無可倚歷千餘級登中庸亭憩焉自是愈高愈險每以肘代踵叟歷千餘級憩高明亭古赫曦臺基也再轉數百級逢禹碑亭於時色相斐亹神彩煥發嶽麓之奇

當無最此已從禹碑由故道翼而北至櫺星門覓雨花論苗雨臺基北海碑峙山麓旁有米元章數字碑經千餘秊曾不少泐豈三絕神奇應亦有山靈呵護耶由此渡清風橋望蘭澗石瀨水石相駁激如花如霽湃碕有聲登清風峽風雩亭道鄉臺霽觀諸古蹟恍在虹光嵐黛閒轉入嶽麓寺不數武經觀音閣視白鶴泉一綫石隙中瀸瀸出甘洌異諸水循衢嵒數百級上講經臺宮殿壯麗甚殿後依巖建靜院修廊廊外緣峯嵒泉互相照耀僧人刳竹從嵒畔取泉聲韻戛憝諸嫻古峯修柯朱藤蔓絡幽閒蕭森當不讓三山五院返峽南趨皆奇石塊而伏者銳而昂者如獅如豹如臭鳥者幾經轉曲層累上雲麓峯絕頂昔

金道士禁足處也後冶鐵爲瓦鑿石爲柱建宮祠元帝右五岳帝祠附焉四面環繞多珍木茂樹輪囷扶蘇而南首瑯玕近千箇倚欄憑眺谿谷田塍岡阜林泉江河波濤洲渚城郭室居廬井俱在紫氣青煙中既降有石飛巖外如伸蝺首面平如砥約二丈土人豎石爲柱爲欄覆其上拜衡嶽石下空淙近數丈矙之毛髮皆豎百千簇竹樹自下迸起勁挺淩霄姿態百出又轉一奇觀已從石趨南降百十級山自峯頂纍疊下圍垣高護其中土石文緻控　　湘水其野秀戛異他山自山左漸趨漸下過　　橋越桃園至道林坪古有道林精舍四絕堂石浴池道林寺又別有天地也四面高山環合異石懸巖若舞獸翔禽雲霞映翬五色氤氳澗流山泉飄風激瀹漱石硿鏗可當一部鼓吹遠望樵夫牧豎隱躍如畫閣中人對面三洲水陸等屹然江心爲麓山閘捍漁舫巨艦繚繞上下水光煙波呈巧獻奇有是哉嶽麓之勝甲湖南而光今古也然而嶽麓之傳自書院其重以朱張況乎禹碑蝌蚪千秋欣慕遞漢晉唐宋以迄於今帝子名賢禪宗羽客風韻如新夫豈非山川奇異足暢襟期而開清曠之致耶

游天籟巖記 巖原名瀟灑

龍吟

余山居西北有巖名瀟灑相距止十餘里客有爲余談其勝者臥游有日矣幽期未踐心竊恥之甲午冬初先期戒汪子青蘋艤一小舫乘興訪焉時溪水方涸每迸一棹止尺寸許青山丹楓緩楫瀏覽少陵云幸有舟楫遲得盡所歷妙亶其然歟薄暮抵仙女殿茲麓負巖納溪舍棹登之爰止宿焉詢三仙女故蹟滅沒不可詳次早平明櫛沐披榛擘棘始登山椒望來時溪水如一大長蛇蟠屈蜿蜒於萬山之間余與同人幾徘徊不忍去旋乃躡級而下橫截山腰鹿蹤蛇徑不可步武四顧咸頑山稜嶺幾疑桃源路迷俄而梵磬出叢篠間忽有羣石林立或昂或

落其中則大石匍伏前開小徑貶刹一楹稍入而室廬穹然櫺口受光佛像鐘鼓幡幢香供非舉首眺察不知其爲石也或指洞口居左偏望之漆暗熾炬以入可數十步許巖中熱氣髣髴如爇石炭洞溪入數里許咸心警告止旁有一小口細泉通於甕室仰觀一石下約略數尺扣之嘐嘐有鐘磬音因舉瀟灑名義致詢山僧俱莫能對余因語同人曰瀟灑之名按形則無據設語則不韻大約此勝幽藏僻陋非有名流墨士輪蹄至止一任來者隨意而妄名之巖不能辭也李供奉張郎中湖易郎官湖之名近者以孫太初故而西湖有高士之稱我輩雙眸如電不律如鐵鬱鬱邛岊中上之不能進退古人次之不敢是非朝政若品藻泉石討論溪山處士獨專之職亦奚不可且山不乏巖巖不乏泉至天然磬材與泗濱浮石清音一致誰律呂是而代造化者鳴也因假山僧茗一盂酬山靈易其名曰天籟巖夫天籟者風也惟穴受風惟空谷生風巖之爲物固大塊噫氣出入之竅也獨茲石遭之而成韻拂之而成聲蓬蓬放海卽以是爲籟未可以天地間之唱者和者于于而喁喁者咸均調風而風之乘於空與襲於實也又奚以異南郭子綦能舍是而求衆籟之宗乎小雨初興峯嶺浣垢巖石垂溜一似點首而諾余言者爰放歌指巖爲滿飲數觴沾醺而返

桃源洞記

瞿龍躍

洞屬武陵谿山之南離余楓村草堂三十里時不計春秋天不擇明晦嘗過問焉不知者謂余訪秦人耶秦人邈矣弈局幾變干戈謂余尋漁父耶漁父杳矣津涯屢經戎馬余曰否念吾家柏庭童子於唐大歷間自辰溪奉母避亂武陵師事黃洞源從此得道仙去桃源洞是吾家童子安樂窩也況當吾身而又避亂安得不吾童子是親乎有時動招童子則贈之鶴以唳舞碧天有時靜待童子則贈之鹿以安眠洞口或遇清風白月或逢夜雨朝晴繪花鳥於邊鸞寫松石似張藻與童子貢夢裏丹青設壺中點綴不然鐵笛長吹大界虛空欲碎不論童子之世與

余之世也鋃箏短弄一場幻化皆消亦不論童子之身與余之身也且就余之身余之世知前有童子使童子之身童子之世知後有余余與童子一家人也雖然余與童子言及譜系恐瞿曇老祖怪余與童子不說來由見背之罪復何辭哉余告童子曰爾固幼靈異而仙非佛余將老貞定而人非仙今而後余勉進於仙爾勉進於佛勿長往來於百千萬億劫難途也李余老祖慈悲向衆生箇箇說法矧余與爾之爲兒孫耶余故以記代立一則西來文字不似晉人分門別戶穿鑿四十二章宗旨也

北濬山頂南憩堂記

唐之正

春月載小艇溪入小溪山川雲物別爲一境溪中人上山頂一屋以居予鳥鳴於上水流於下蒼蘿翠壁之影拂於蓬戶而漁於溪者放歌汀渚往來如畫予曰可以休矣陶栗里悠然見南山孟襄陽南山歸敝廬此亦差足彷彿也題其屋曰南憩堂憩息也蓋予生之勞困以息於斯也嗟乎予十年間瑣尾流離蜂辛蓼集或一歲數遷一月數遷一日數遷每至平生未至之地交平生未交之人加以寒暑饑渴之苦疾痛生死之危刃橫於頸火烈於膚如倦飛之鳥欲託無枝豈復計有所謂南憩堂哉予嘗書堂上曰幽棲雲嶺車轍息退伀山人道味淡庶幾卒憩

斯堂乎然予近居北濬二年曾爲計軒爲遯窩爲園隱堂而予已不能有矣又烏保南憩堂之爲予有也伀詩曰南山山裏隱浮軿酣睡蒲團萬有空岩竹幾竿堪住客扶笻常得上高峰偶然言之未免有情芊叔子登峴山云百歲後猶應戀此使予得老於南憩堂日與溪中人煮石烹鮮行歌互答以消十年窮愁是造物者之厚予以耶鑿也予不卒有南憩堂乎故再揖山靈而爲之記時丙申春月

明月巖記

唐之正

桃源而西至於沅陵之洑川其山皆卑坦邐迤獨明月巖峙立諸山近在水滸予族姓咸處於斯先副憲公壎發先侍御公子中皆有詩文以紀斯巖崇禎間老僧衝霽坐巖上三日夜既乃率予族人建閣技士鑿石得破鼎敗礎皆古物意當時必有古刹又得刀劍壞鐵相傳古人避秦於此環巖皆水水爲月池池後出山山與巖分架石橋以通橋下澄潭老木綠影靑陰助其幽險巖上爪徑紆折徑底有泉石覆泉上水流石中潺湲佁響客之汲烹於泉次者茶煙縹渺每與雲接老僧鋤其偏隙蓺菊種蔬宛如洞裏桑麻別有天地也羇人游子多留紀載予恆思

勒石橋上竝彙刻一卷藏諸山巔予友馬天麟欲鑄鏡懸以爲月此又異於詩文歌詠之事大都期以洗是山旨進五里爲明月峯峯有殿鐘聲聞於巖上或曰巖之腰有巉巖灃石也飛而至其說不經俟好奇者核焉

巢思閣記

嚴首昇

己亥春游天岳讀毛子詩知有異慧顧其人外簡而中若沈鬱有隱憂余爲之心動自是五六季亟稱毛子不置甲辰秋有客持李子書至不知誰何開函展視則李子故毛子也李子季十三歲孤依舅氏及從兄及諸父丁亂失母若弟自瀏水入命漢昌抵臨湘返下雋投止岳陽蓋自十三迄三十初爲牧既爲工已乃爲僧髮時蓄時薙不次乃至爲人臣僕幾希也乃至退三舍以報施猶不獲命盟城下復踰梁山嗚乎自古遭遇傾欹往往然旨未有支離變換若李之甚者也李子具宿慧蒙戎艱瘁乘閒讀書曾幾何時變姓試童子遂冠軍聲大振歷受聘於當

路洎然如弗屑就前此失路輒依人或不屑去生平委禽於人者再不克娶三十始有室幸生子一日還星沙上耶墓得其弟及妹相失二十季始相見少遂旋岳棄諸生姓名復其族故毛子今爲李子也李子二十季中靡所定處至是始受一廛於岳城南營一草閣顏爲巢思佁木主以祀先以鳩居故名巢以祀先故名思而屬巖子爲記巖子曰人不得已而生天地間落諸業緣種種苦尼慧業最淡是故德慧恆存疢疾慧與業輾轉相生者也慧生業故流離坎壈爲毛子業復生慧故用晦而明爲李子自昔杭州有鵲巢和尚彷彿李子異時事王睢羽蟲之苦尼也生子百鳥巢百鳥不敢瞋則今日事哉

蕐嚴經記

嚴首昇

確道人嚴首昇於甲午四月十八日先君子初度之日也先君子生嘉靖甲子迄今九十秊昇適得蕐嚴經於笠庵因以是日住秋崖焚香重扃至五月端七日念徧一巡昇於蕐嚴如沓竹兜過吳越闤市月經歷五十餘城應接不遑至今向人猶言其大略也以予觀蕐嚴大略如吾儒諸經之有尙書用以發明歷代聖王功德非若它經之窮心性詳事實其文辭如禹貢夏小正然讀者槪口目及之不能記憶遂如入咸陽宮闕萬戶千門造次莫得其要領也余每念一卷竟輒記其略如長路人沿路記程亦旣至止而後如何如何可得言也首五卷言佛出世爲

世主天上人閒山河大地晝夜皆佛主持也次五卷言佛出見光明雲物種種不偶凡佛世界槪以海稱示無量也次示佛威力及名號可二卷次言調伏衆生因緣業性其擊懈怠如魯論之於宰冄而破多聞則端木是也可三卷次參詳佛㳒苦行成就又三卷已乃標指十行及十種藏大半皆內外布施事又三卷已復演說如來神力而以十迴向十地十定十通十忍發明湊切計十三卷如是又復演說阿僧祇及諸菩薩充滿世界與所住處廣大不可思議因寫如來身相有大人相者九十七及隨好光明種種功德可四卷已乃言菩薩修行如來出見及依想行識變化諸佛㳒自住兜率天歿兜率天以至處胎初生出家苦行詣道場成佛轉㳒輪入涅槃㳒力神變見無方身教化成就大衆又十三卷已上共六十一卷自六十二卷至八十卷則文殊勸諸比丘漸次南行至福城東集衆說㳒指引善財童子徧求南方善知識者展轉南行經百十城授受因緣傳遞百十人於百十人中得解十五十三人各各入門各各成就與楞嚴二十五聖人同一參印而以文殊普賢終始蕐嚴之文殊普賢猶楞嚴之觀世音其善財童子則金剛之須菩提也如是八十卷之義竟矣餘一卷則紬繹言之爾予旣支節窺測而後統觀大要如何如何則大要蕐嚴所言皆言其發未言其存也言佛則言其威其光其功德而道所由成未言也言諸菩薩及衆

生所由成佛則溯源於供養頂禮佛而應住降伏苦行精進未言也於六度中最詳布施內施外施竭盡施山河社稷槪如敝屣身可人奴肉可人飽妻子可人臣妾而它無問已似耑爲比丘募化者口實予嘗言天地之大蒼生之衆或哲或愚不能人人皆宦也而俾出家出家難矣而博衍三藏以消其閒而絕其慾悅哲以慧而給愚以養將無然歟其文詞龐疏泛濫每每條分則限以十隅舉必詳其四後或複前首不貫尾責吾儒爾雅則苦海亘若乃二萬五千河流並入大海佛㳒則各各歡喜求佛者亦人人方便心不住身身不住心各不相知得無所得似與楞嚴金剛同旨然而一切皆無實乃一切皆有一切佛㳒能

誗一切世間事又似金剛楞嚴歸於空而華嚴歸於有也濂溪氏讀是經思以湮山之首蔵全經言有所止也確道人則言其無方者爾

澧州舊儒學記　嚴首昇

漢儒云三塗五嶽陽城大室神明所在獨無兵革神明且然而況聖人乎自昔大賢所憩能使戎馬退舍若柳下壟王官谷史不絕書乃於文墓武廟闕里祠武人韔弓然後敢入抑何神明與頃天下苦兵三十季未知其果然也以予自吳入楚潯陽而上蘄黃壽昌之閒南抵東陵西至鼎澧雉堞垠堮蓬蒿中牆壁又蕩彌望一色乃巋然丹楹獨存者則惟是文廟數楹處處無恙與西京靈光殿不殊已余憮然思聖人之有神明洵不誣也乘傳所至例得涓謁先聖後視事入其門望其堂其所謂巋然存者僅椽柱可數檐以下舉不全其繼重門兩廡名賢祠及博

士弟子署舍概無具則非盡帶甲者咎諸凡泥中露中寄棲樵爨者與有咎焉天岳闔郡若邑若州若衞計十有一澧居其中央柟柟州曰南州之美草如澧凡地之美者兵革所倍也故烽燹視十有一為獨加而文廟巍然其所存與所毀則與十有一無以異予至則集刺史及博士及搢紳士子輩議葺且新之慮非官府所克舉余為區畫捐貲次第拮据循蹟榰楷一如異時既成而刺史及博士輩思勒石紀厥蹟屬一言予思夫岳之治十有一皆苦兵然官吏皆未久去城城未久虛獨澧城虛無人者歲餘入城視十有一最後既入而敵屢至不靜者又歲餘然今日文廟新葺則十有一所未逮也豈非有神明使然予不敏

實始區畫而刺史博士克成厥勞無足異耳顧自庚寅夏經始迄辛卯秋告成屢轉兵火且作且止幾廢復興卒觀厥成疑非人力甫及觀成而士子賢書連翩以捷聞固茁之十有一所特見也聖人之有神明將無然與周禮天子設立四學明堂居其中視五嶽然隋唐之制京師四門立四學天子以時詣學如封禪禮今日者澧之有文廟卽三塗五嶽陽城太室不啻也澧自是保無兵革憂請以是爲文廟祝

游白石峯記

夏汝弼

登高山而迸目各有其情焉而余之情其何居也歲丁亥月在午梅雨百倍於往歲伏草菴而息者四旬乃今始得與王子而農披榛徑登白石峯積陰初起倏風時至捫柔絲度淺碧登降頻數不以爲勞僅至於峯巓而息余兩人者亾爲之釋然如雲之困於岫而展於空余兩人者其可以怡然乎未也旣至於峯之巔南眺祝融如俯而回睨西望梅龍如夔而東引北瞻荊紫如延如拒將迎葺必而以其翠光相畤其下則平甸澹澹緣疇白水閃荒煙面冽余兩人者其愈可以怡然乎未也夫以是峯之特立出於羣山之表而其上蒼蒼無窮者且如彼是果有所

謂天耶抑無所復名之而姑謂之天耶天者果有所嚅與則亦宜有所不嚅者存何居乎其必嚅之荒遠而始以爲大乎則吾固未知其定有天焉者否也斯余兩人者宜可以怡然而不能自信也以是峯之特立傍無有與亢者故其迸目也邇豈獨如前者之所見哉又其北潴潴沆沆不測其際者洞庭之浦乎二妃奚損於秦而山爲之赭其西則都梁之嶠芳草生焉微雲下丞有氣遥遥欲攬而不得者其是耶非耶其東則瀏淥之湄羣山簇以施於敷淺之原或曰三天子之鄣也三者何氏而孤保此鄣爲其南則有碧一而疑九者吾從其疑乎抑將無疑而指何者爲二妃之引領乎奚盈九州會好生之仁而懷之不諳

者獨竹也斯三者而欲余兩人以怡然者當之其亦難矣於是兩人者釋然而止遐石而坐不能吟不能謳歌無聲言無謂相視久之不能名其故日已晚矣乃遵所登之路而返

鄧氏顯鶴曰一統志荆紫峯在湘鄉縣南百里孤峯突起眾山環繞其對峙者爲白石峯余既得叔直先生車架山詩復從湘鄉志搜得此文而先生之蹤蹟交游志事乃稍稍窺見崖略豈非鬼神之靈有以默啓之耶比與吾友沈栗仲毛青垣湯叔尺幼尊兄弟約登車架山白石峯求兩先生流連憩息之所建祠立碑於上且繪圖徵詩以永其傳季衰志往人事乖迕未知得果此願否謹識於此以待來哲沅湘耆舊集

臨武黃門巖記

李晉興

黃門巖有柏子書屋四面環以崇山嶺拔峻峭隱然如城郭焉中繞一溪如帶濺濺有聲其源自㺯陰山瀠洄曲折夾兩山以奔赴其窮則爲兩峯耦峙於書屋之前昂首斜趾蹲踞若相揖狀又若門戶然從所耦窺其外則邑城居民煙樹闌珊入目矣韓張一亭亦隆然在望蓋彭城之山獨峙其西而山人補之以亭吾書屋之所峙在東而獨無事於補者此不僅藉韓張之亭適當吾峙已也邑居煙樹入目之外有峯焉彎如眉黛青茵秀皺不遠不近若即若離有時閉吾柴關可置爲外翰有時開吾柴關又可納爲內屏溯溪流而上則漸遠漸幽逢於猺峝入於

㺯陰極於無人之境不雲而雲不雨而雨其中鳥獸若鹿兔猿猩野牛馬猪之類無異家豢即禹鼎所鑄山經所載奇詭幻怪未經人見者時有魑魅魍魎白日出與人侶人且狎焉而不之怪蓋非復人間世矣順溪流而下窅對峙之山多巉石以激之怒湍號叫聲聞里許然後得平流達於邑城從武溪之上流紀之則多駭目驚心從武溪之下流紀之又多習聞熟見而吾於百千頃域內之山之水方日費想像日費敲推尚不能形容又何暇及於其餘黃門巖書屋闢於頃山中先王父瓊芳公獨力經營寒暑凡三易乃成計齋舍三十六每舍窗一几一榻一多購圖籍於中态學士涉獵未數季明末燹於兵戈今之刱者非

舊制也．院內古柏二株．大合二抱．夭矯離奇．黛色參天．翠陰盈畝．雖盛暑當空．而涼風颯至．一披襟輒思臥．令人不佀時代．想左隔溪爲石壁千仞．峭立不毛．而赤遙望丹朱滿鋪．若朝日射彩．下有澄潭．縈紋如繡．昌黎綠淨不可唾句．殆堪投贈．石磯可坐綸．澄流可操楫．清風明月．與客對酌於露白葭蒼．祇愧之蘇長公兩賦．右山翠積．欲雨．有白石層壘．橫亙數丈．與赤石對照．赤豎而白橫．赤若朱而白如素．或擬銀榜高懸．俾赤壁不孤．亦頗合．沿溪行．過石峽．有泉瀉於石罅．嫋嫋然．下有石鉢承之．滿而注外．其鉢之高下等人身．故行道苦熱者可立飲以解．泉之上有谷．多菊花．開於三秋．淩霜燦爛．則是泉之靈可知．爲延年

甘液也．靈泉路遠．巉崖．崖覆於上．蒼藤古木．盤曲空際．外臨溪崖際．瀑布不時灑落．立者滿身濡溼．陰晴倏忽一變．過此則爲拱立兩峯．遠路之上爲虞峯．峯頂有廟．祀帝舜．舜廟尊居千仞．而峯於余書屋則峙側矣．遠溪之上爲牛岡．始就形名之．而余則謂如虎如獅．其形魁麗而蹲踞．其張口若吞若噬．其頷下怪石嶙峋．倒坐石壁．若繫鈴鐸纓絡者然．崖產白石．擊之縱橫解．卽方解石也．武溪自莽陰山奔赴至此．受束縛．又多巉石激之．怒湍盤旋難下．從此登峯造極．則披薰風．戴卿雲．雖山徑蒙茸險峻．然望帝居咫尺．萬象森羅．欣然賈勇．左則城郭市村．煙火迷離．在望．右盼高嶺嵯峨．山澗迴向．千盤萬曲．村居雜出．若遠若近．前招莽陰．爽氣．三峯聳於雲漢．後覽東山．而龍洞煙雲如結．桂嶺光藻奪目．廟前一石盈數丈．斜倚欲墜．上有巨靈掌痕．相傳帝南巡時駐此．奏韶樂．山神震動．石將圮．有巨人以掌承之．得不墜．至今掌蹟宛然．下爲資福古剎．舜峯有石纍纍如霤霜．可照樹木人物．或卽霤霜凝結．肖帝服冕旒藻裳．恭己南面之化如生．廟側有古寨．雉堞門闉井然．或曰此古昔居民避亂所築．以山之四面峻絕．易守難攻．而余謂是當年南巡駐師遺址．亦想當然耳．由此返行一帶平岡．俯視書屋如入幽洞中．從險處可言旋．倘乘興而前．跨巖空仙履之上．風雲變幻．飛鳥迴翔．如置身弱水三山．飄渺無際．剎那之盡．傴僂以下．有小澗流

橫出．與武水會．曰塘頭沖．沖盡．山曰飛仙場．衆口指稱．意卽穿鐵履者之沖舉處乎．悵憶久之．爲褰裳涉溪．石山陡峻峭立．開石拊若左右手．後有巖若張口．武水環抱．亦如環抱書屋者之如帶焉．沖內澗水覿面入懷．縱觀左山臨溪上．峭壁側立千仞．蒼翠滿鋪．儼若屏障．高不可攀者．則鐵履雙置小石穴中．儼鐵鍊織成．歲久銹黃．但不知飛仙委蛻於何王之代．始可望不可卽焉．其山半開門戶者四五．下有石磴．攀援以登．至堪容足之處．由左躍過．入內敞地．傍大罅．日光朗照．可盤坐暢飮．石壁上小座龕．有小布袋金身．飛棲於此．其右不能飛越．亦嘗見有健足冒險攀過者．入一門稍遠．又出立一門．復返中之所有．惟入

者領略。已又兩戶平開亦可入此出彼。高數十丈未易攀躋。其敞開平地者若廳。廳後有室。室後有樓。升石階可登。廳內有神。某季春漲神泛洪濤中遂棲止巖內居民奉祀迺今遐邇有禱輒驗酬賽者輿以往返神亦鍾山川之靈以顯佑助也耶山壁怪石嵯峨奇花異草丹翠錯雜皆不可名言令米顛見之不止拜石而已爰渡板橋彳亍以歸聽書屋絃誦聲若發金石無非樂境吁山川之靈異自天地開闢而已然罕有識者猶士之懷瑾握瑜未遇知己徒抱璞以泣耳臨武志載四山環抱一水縈洄丹壁幽巖奇峯掩映上有仙遺鐵屐存焉邑士李國楨（即先王父）嘗搆書舍於中因名黃門巖衡州府志載黃門巖在舜峯之麓

石壁削拔五色掩映中多幽巖邃洞有似層樓者有似寶蓋者有若堂奧者暮窟其狀石液懸流以飲行人仙遺鐵履於峭壁之上可望而不可即而名亦彰亦猶士之遇合攀龍附鳳朝泥塗而暮廊廟聲施爛然名之成也豈偶然哉

游羅子山記

米肇頤

庚寅秋杪自辰溪郭外買舟溯洞以進經鳳凰灘次鷓鴣峽百有餘里泊下黃溪口萬歷開溪之左岸縣集如市舊為兩賈往來之所也沿水而入礨磴崎嶇村落星疏兩山夾道陰鬱砭人近見淺瀨層疊淙淙有聲游魚小大可數意念舒徐南十里石梁橫砌若天塹懸如梯瀑如練行人必按武而游又十餘里過翁衡泊面溪攀援林木樵牧罕覯再十里至五汊水人尚樸訥地愈幽奇似桃源深處日晡而止晨起翹睇四圍翁蔚葺蕣雲煙棄輿褰裳依澗響循山阯行可二里渡石罅中得小徑前曳後推促登天狀千餘步得楊七田坐樾蔭下少憩從僧出器飲

澗水噉果實輒節徐步步移喘生躋短坡巔路稍平旁有二三茅舍捱壁以往因問山頂路答云已得路十之五仍就石隴折左阜太三里予渴甚覓蓬下滲水噉之復起從羊腸小逕橫上三里許有樹百餘株虬幹參差遮擁路斷如削架木為棧下臨絕壁援手而過放覽丁公牌子諸峯直如培塿霎踰一巔攀堅枝挽長蘿始抵峯麓雲深嵐鎖跟蹌入境瞻殿閣森肅疑為天闕矚目天末東之九古南之西晃西之壺頭北之紫荆皆羅列似兒孫水則上而黔江下而舞溪細如衣帶詢衲子朝夕故雨則有時下於半山霧則終年不解樹松杉十載圍不及尺六月猶寒非綿不可坐臥鳥鵲無聲星月可捫恍身在天府霄宮而

山曰羅子菴曰樵雲其來久矣山頂周匝不一里坎下一井雖大旱不涸其味甘美山根圍數百里東隸黔南隸溆浦北隸辰溪產多藥餌僧人出菽粥相餉予沈情危坐凡三晝夜恬然欣洽志趣翩翻重午天霽氣和著苡鞵扶雙杖逡巡而下前後羣裾若躋若僵逮半山分歧路下入亂流上登竹坂野人留飲就酌數盃而行遞一灣比及覺菴偶樹為門引泉入甕菴居石內生成垣磴圍木合抱予周旋其閒臥煙霞訪鹿豕聽松籟於清風眺飛雲於遠岫談出世法陶然自樂居月餘尙不欲歸即境所歷備述之以告後之游者

特忠祠記

朱世守

節義之為氣於天壤間而不敢泯滅者為其植綱常樹名教正人心厚風俗立一代之型以勵天下後世不但因其舍生抗節而祇感歎悲涕以憫其志而嘉其烈也忠臣孝子時不常有世治則多其醇良以敦教化世亂則賴其勵節以振頹風是以皇朝旌忠獎節贈秩易名予葬賜祭盛典亦既篤矣而猶慮其久而漸忘也建祠歲祀以薦德馨匪以云報也抑以示勸也余吉素以節義稱祀於白鷺者班班可考士大夫沐浴其教咸以是為仰止即越在僑處尙有故里風默菴劉公諱孔暉舊為廬陵幢溪人已遷楚又為邵陽人弱冠稱名下士天啓辛酉領鄉薦

屢中乙榜授龍陽縣諭教士有法崇禎己卯聘試滇雲稱得人辛巳秋移令新鄭值中州為賊蹂躪令多解綬遁公聞命辭其尊人尊人亦勵遣之遂以九月閒道抵任撫殘民議戰守草閒之竊發者殲之逐之厥有成勞甫五旬而闖逆至矣鄭以斗大一城當八省之衝為汴洛咽喉堞卑濠壅素無一矢之備而忽當十萬之強寇雖愚者亦知其不可支而公義不畏難慷慨憤激率百十之蒼頭與梟賊爭一旦之命登陴捍禦巷戰拒敵萬死一生汴會自保而不敢顧大鎮擁兵而不敢救當是時也天地為公慘黯鬼神為公飲血公裹瘡張拳猶能效死搏持於四十日之閒曷乎可謂苦矣明年正月十二日賊怒公之久不下

也諡師極攻公始知其不可支遺書以報其尊人投筆出戰力竭被執擁至賊營逼公降不屈勒公書不屈公嚙血大駡奮臂擊賊白刃交加遂遇害烏乎烈哉撫按具題邀恩贈蔭未幾而汴河亦陷矣楚中監司守令嘉公之忠也採輿論又以孝子素聞爲請於兩臺兩臺前後察勘旣孚具題建祠於里以褒公之忠孝云乃公之子諸生應祁持其狀來中允孝則劉公旣爲之傳矣孝則與公爲同秊友文行夙相砥切謂楚人之有特祠也不可無記而屬言於余余嘗考吉州志泰和曾公如驥宋末以敷文閣待制出判寶慶敵至則肅衣冠北面再拜題詩壁閒投資江以殉寶固有祠今公以寶慶籍出令新鄭從容就義而慷

慨過之一祠在景濂堂下一祠在雙蓮池左四百餘秊後先輝映余不敢爲吉人侈也邵山邵水實聚名賢而當事又能旌忠教孝以爲綱常名教重爲人心風俗勸皆有功於世道者也又僅以節義爲不可泯沒也哉茲祠之張於里也楚撫宋公諱一鶴沅撫陳公諱睿璋直指劉公諱熙祀守藩黃公諱公輔巡臬馮公諱雲起郡丞田公諱夔國別駕何公諱三傑邵陽令湯公諱執中實始之楚撫何公諱騰蛟沅撫李公諱乾德守參郭公諱士亮郡守林公諱龍采郡丞尹公諱珪司理耶公諱振翼邵陽令丁公諱煜實終之鳩工庀材則府參軍黃應鵾也例得備書於石時崇禎十七秊孟春月穀旦

月浠園記

孫南光

月浠園據煙溪之勝邱君玉琯實爲之一徑緣山循花而入園繞虬杉虎松長風四擊松杉之聲巨以濤而夜礱爲最此月浠園所由名也尋園者先得毓菴堂堂盡而軒盤蹟數十步爲戛玉修竹拂其簷佺錚錚響軒以內畫其脊而三分之醉石爲戛玉所負中不六七武而致甚幽啓旁扉拗入環欄所得嵏谿以泿霄顏之三軒而爲一室戛玉面山以嵐韻醉石面石以花韻泿霄面池以水韻入醉石者忘其自戛玉坐泿霄亦不知其醉石也憑軒右盼宛在水中央稜嶒孤峙傲若不與三軒相及者則仙月亭也月豈有仙凡亭四面皆水涼飈襲之月以水倍清

憩其中有人世方蓬之想矣曲而橋皆青白石不泿霄卽仙月不可得也自仙月淩橋西睇層樓俯瞰波光鱗鱗若可就掬者醒巖也主人好樓居值煙霞佺障以佛語醒之開集一二名僧叩楞嚴奥義亘然仙月不可得醒巖自泿霄而左過鶴脛橋穿花雨廊環池漸登寶鴨泉絡其坳玉琯謂予相傳白鴨二浮沈其閒或隱或見予謂清泉且甘何必二鴨重雖然神物誠有之且不時露爲奇造化之媚人也以偶然正不待常常而見之也曲檻覆井飛簷四坐敞其中使沆瀣之氣不隔坊著靈螭羽化蓋以向者言得名也欄以外旁書其楣右仙槎而左梵霄至此則瑤琪龍象擊目而易塵瀛卽復阿堵人烏得不換腸以應也

由寶鴨傍欄東上石磴縈之杉竹相函盤旋佁徑白饘聱而溪曲之楞曰銀螺中蹲石如浮圖級佛青巖三字凸出饘閒盍故紆其道使游人蟻身而隙入之當歎主園人不疏情於風月也徑左級而登爲玉嵐菴據勢最高遙峯獻翠如搢笏而揖主人厭田舍聲則菴以居雖素狎不得輒入矣逕以右路而蛇其蹤不數步復岔其右危橋架之側入畫簷先登樓而後及地仰視其楹則向之醒巖也左逕而上則雕虎堂爲讀書佁文之地堂以後復室之爲醒莊爲閱者居爲標霞元芝是諸郎分肆地雕虎前楹繞欄左曲三四折爲少陵齋齋僅方丈百花擁圍當名香競發以工部諸詩醉之人快而花亦快尙平婚嫁已畢此樂

自天上來恐難爲俗人言也由玉嵐下瞰雕虎由雕虎下瞰醒巖如亭如軒如堂皆若與隔境人談隔境事者則地勢爲之而人巧給之也崇禎癸未二月撰

桃源水記

邢祚允

桃源初一溪也故溪多其中引一帶爲沅水辰水傳舍東趨於鼎其南出而會於江者沅溪水溪六溪也西出而會於江者新湘仙人大敷小敷怡望馬后溪也西北出而會於江者三大支一鄒溪一呂鎮渡一延溪是也客曰諸溪將無同乎曰否南山狹而促故水急而短西北山廣而遠故水緩而長客曰其會也將無同乎曰否其在溪以上者水從容而自在停蓄而沈湙凡溪以下或石當之或沙迴之或岸束之或自相激射故多氣勢是以忽宮忽商忽訥忽辨水不一聲也倏直倏曲倏立倏眠水不一態也時白時綠時喜時怒水不一色也有方按轡徐行如

漢帝入細柳營者已而雷轟電擊又爲項羽破章邯有如蚩尤爲大霧與黃帝鬬涿鹿者已而爲李愬之雪夜卷甲銜枝夫天下之水太平令人厭太險令人怖一味安瀾何姝停瀦竟日浪濤損人神興千篇一律茲水免也客曰然似江者有之不失之莽似漢者有之不失之悍似湘者有之不失之漫始具諸水狀余曰否尙未合洞庭故無諸水之情性與雜是自爲一水也客曰物之同而異者不貴本色也楚有餘者水而氣吞雲夢波撼岳陽獨此無之誠哉自爲一水也余因書爲桃源水記

閶山讀書記　　邢祁允

天啓癸亥余與社中諸子入山讀書以正月三日裹糧負笈策蹇越方山渡月潭求入無人之境或曰靈崖近村市馬游者及之或曰餘仙臨大江舟游者及之乃卜勝閶山山蓋黄仙閶道處也四圍層巒環疊松杉參天一溪中引村落零星清籟傳山幽鐘來而似谷白光入澗明月落而猶存所謂山光悦鳥潭影空人者似也由是自春徂冬惟我與爾連牀共榻靜悟無言凡箸述校讎均以古人自待暇即出步山前後或求人説鬼或醉眠草閒自以爲山居如是矣一日同坐榻上四壁闃然相視莫逆欲辨忘言如司馬承禎腦中有小兒誦經聲玲玲如振玉又

如供孫徹葛席置淨室輒聞有人語良久各反胸臆宿物已不知何谷也昔唐孫處立嘗恨天下無書以廣新聞王右軍十七帖每聞蜀中故蹟欲廣異聽陳眉公以爲聞見新是古人第一樂余觀之處立右軍尚在聞見之内眉公亦僅爲下根説法耳總計山中見少聞多蓋見實則有門路聞虚則無首尾釋氏云聞性看來六根皆具不專在耳也又烏知月窗星牖不如人有五官知覺哉及出山道遇老人語余曰花源諸山足供人几案玩獨古香山坐臥數日覺懷來皆失恍然見前生後世之所以君今有得而歸耶余問其姓不荅而笑噫得無即黄仙乎始信此山眞尹喜阮邱精思至道煉丹辟穀之場也不遇老人不知山初名古香而閶山名蓋自黄仙始同入山者李貞子元白鄭長公漢元闞岸先士登印君常司奇宋宸臣之璋結社同筆硯者闞雉矦士覲偕予爲七人焉

後溪游記　　　　邢祚允

邑枕者溪也溪長廿里許直曲緩急因地清濁淺深因時里人不游忘之也余每游反而後游者遂多歌板欲沸酒汁成池諠笑如雷噫勝矣然非予之游也凡游者若必欲有游之時有游之侶有游之意則有待爲煩是聽我游而不得游之樂也余則俱不須矣信脚所之不問遠近無意而往無意而返杯不必在手韻不必在䌷歌不必在口字不必在胸惟有空曠心眼或坐或卧或俯或仰溪亦猶之我也山不能近樹不能密有鳥過而不言有人行而不識雲或在山湄或在天是則爲溪是則爲予之游而已矣

月潭記　　　　邢祚允

過方山數里西下山如馬肝山下潭水澄碧爲諸溪匯聚邨人曰此月潭也潭水放光近人每驚火起卽之似百千萬明珠水底照耀雨夜更甚日中往捕潭底惟纍纍小白石取之一顆如一小月山河影畢具但可一夜越宿光失擲潭水如故若移他處則與常石無異溪頭有水月庵予投宿是夜爲十一月二十五光從水吐明燭一溪平田遠邨浩然如雪竟夜而止欲宿觀之庵僧曰潭水常夜小明光亦不甚出逢佳客至始大放光明余居庵九十年僅見者五一爲西域老僧一爲三休居士一爲今客此在庵寓者其二則未知何屬也

胡秋田先生祠記　　　車以遵

邵郡邑志歷代不少概見明宏治嘉靖諸屬紀載或有闕文崇禎已卯郡守陶公珙徵掌故見舊志多所未備屬遵纂修因與蔣舒王劉四子共事篇中有秋田胡曾先生入人物藝文各類中雖仍舊而微有增損志成介劉子鄧正於羅黃江太史極稱道之迨我□朝癸卯郡守傅公邑令顏公各修郡邑志載公如前因憶萬歷閒監司王公志遠序公咏史詩曰唐季詩文多以小隊取勝時推司空表聖詩最高雅有承平之風而亂雜淪落舊史幾不能明其本末王元之始力爲之辨而後乃知耐辱居士之污士生衰世其可悲也已秋田先生所著安定集十卷載

在唐史藝文志必斐然可觀而僅於車子仁公所得詠史藏本凡一百四十九首律詩若干首梓行雖曾所事高渤海卒爲叛臣初不可謂無功於唐室秋田本末未能詳考然墳塋在里中羊虎未盡崩橛其爲終老於家不與於從逆較然可知出處大致固無媿於表聖者哉遵當修志時每憮然曰秋田距今近千載先大夫輯其詩王元亭爲之序不獨傳其詩也而比於司空表聖皆忠於唐室其有功於胡氏如是哉先大夫螢囊閣草正續集四十卷板燬於兵近以纂修明史兩奉部檄載名徵取皆無以應至遵之高霞堂五刻及編季古文詞雜著可得百卷失且八九傳與不傳聽之於命覗王先生所云士生斯世以詩文

見稱可謂不幸感可知已按胡氏譜漢晉以來世爲邵人因邵前隸於潭曾因有故園長沙之句明初以族大人繁編爲四糧里子孫或仕或不仕不具論十季前有字亨宇者來謁余述秋田遺事余頷之今季八十二矣隱山中未出城市而亨宇再過問其季與余齒近訝其遠來投杖欲泣自言某無後將捐產爲先祖秋田建祠立碑於秋田寺左乞公文以傳孔余辭不獲因口授兒輩記之余向知秋田寺在胡公墓下實公香火之區後人徇福田利益之說改祠爲寺而神明奉之今亨宇索余文以爲可久之計也夫以胡氏數萬指而獨亨宇耆季往還百里可謂志大而心苦矣乃余更有感焉士生當世所遇各殊然有曠

代相感者不知爲何心詩文在人不才者視爲可已而不知才人賴以傳者千百季如一日彼以爲可已者安在哉授亨宇以文請因慶胡氏之遭且以勸夫世之能爲詩文者第論其工與不工而得傳於千載皆恃有名賢及箕裘後裔又不獨秋田先生然也是爲記

湖南文徵卷二十五

湖湘後學集編

序一　元明

浦陽人物記序　歐陽元

古者以公矦伯子男五等之爵分建邦國於天下各其國有大小故其制度文章亦有隆殺不相沿襲惟史氏之官則皆得置之而史氏之所職掌凡時事之當否人材之善惡田賦之多寡朝聘之往來又皆得書之其名見於書傳者則晉之乘楚之檮杌魯之春秋是也自封建廢而爲郡縣不復各有其官於是舉天下之大四海之衆其事悉萃於一史氏使書之雖罄渭川之

竹以爲簡竭徂徠之松以爲煤焉能悉其無闕逸乎後之君子有以知其然復各以所聞見於論述若盧陵豫章之紀劉士襄陽東萊錦里之載耆舊魯國會稽汝南濟北零陵武昌之傳先賢他如幽州古今人物志南陽先民傳閩川名士錄陳留人物記等書凡九十餘家至今與史氏之文竝傳蓋非但欲補其遺亾而於天衷民性之發亦有不容自已者矣浦陽爲婺屬邑異時人物彬彬輩出陳孝子以卓行聞梅節愍以忠義顯王忠惠以政事著倪石陵以文學稱與夫制行衡門流聲天闕其事可紀者尚多考之信史或載與否金華宋景濂有感於斯亦以所聞述浦陽人物記二卷上而忠君事親治政講學下暨女婦之

節可以爲世鑒者悉按其實而劉著之不以一豪喜慍之私而爲予奪何其至公而甚當也噫立言之法惟其公而已惟其公也非惟不因喜慍論人亦不以窮達觀人但察其賢否爲何如爾苟或不然則雖入帷幄歷臺府贊樞機典藩翰曾不若匹夫之所行者固不少世之文士好揚富貴而沒賤貧是果何道哉景濂斯記惟有關治教者則書不問乎其他此其學術之正才識之高豈易及邪予甚敬畏之因志其所見於篇首景濂爲文序事極有法議論則開闔精神氣昌不少餒復湊愜其沈困在下而未能遇也翰林學士承旨榮祿大夫知制誥兼修國史歐陽元序

案新化鄧氏重刊圭齋文集云此篇原本無從鮑氏知不足齋錄增

潛溪後集序

歐陽元

經筵檢討鄭君濤以金華宋君濂所著文集徵予序予爲之言曰三代而下文章惟西京爲盛逮及東都其氣寖衰至李唐復盛盛極又衰宋有天下百年始漸復于古南渡以還爲士者以泛焉無根之學而燕思於科試間有稍自振拔者亦多誕幻卑冗不足以名家其衰又益甚矣我元龍興以渾厚之氣變之而至文生焉中統至元之文龐以蔚元貞大德之文暢而腴至大延祐之文麗而貞泰定天歷之文贍以雄涵育既久日富月繁上而日星之昭析下而山川之流峙皆歸諸粲然之文意將超宋唐而至西京矣宋君雖近出其天分至高極天下之書無不

盡讀大江以南咸號博學者也以其所蘊大肆厥辭其氣韻沈雄如淮陰出師百戰百勝志不少懾其心思飄逸如列子御風翩然騫舉不沾塵土其辭調爾雅如殷鼎周彝龍文漫滅古意獨存其態度多變如晴蹈終南眾皺前陳應接不暇非才具眾長識邁千古安能與於斯雜於古人篇章中蓋甚難辨惟眞知文者始信予言之弗謬予在翰林也久海內之文無不得寓目焉求如宋君何其鮮也苟置之承明奉常之署使掌制作豈不能黼黻一代乎先民有言曰知言聖賢之能事立言學問之極功不學知言不能明理不學立言不能成文有若宋君其殆理明而文成者歟因書以爲序宋君字景濂濂其名也嘗著人物

記二卷。余爲序之。鄭君謂其可擬五代史記。亦公論云。

羅舜美詩序　歐陽元

江西詩。在宋東都時。宗黃太史。號江西詩派。然不皆江西人也。南渡後。楊廷秀好爲新體。詩學者亦宗之。雖宗楊。少於黃。然詩亦小變。宋末須溪劉會孟出於廬陵。適科目廢。學者專意學詩。會孟點校諸家甚精。而自作多奇崛。衆翕然宗之。於是詩又一變矣。我元延祐以來。彌文日盛。京師諸名公。咸宗魏晉唐。一去金宋季世之獘。而趨於雅正。詩丕變而近於古。江西士之在京師者。其詩亦盡棄其舊習焉。廬陵羅舜美以詩一帙屬予題其端。讀之佳句疊出。詩不輕儇。則日進於雅。不鍥薄。則日造於正。詩雅且正。治世之音也。太平之符也。鄭箋言詩可以觀治道之盛衰。豈不信哉。楚與吳之詩。不列國風。而近世江表詩甚多。他日有留諸樂府者矣。

補正水經序

歐陽元

金禮部郎中蔡正甫作補正水經三卷。翰林應奉蘇君伯修。購得其書將版行之。屬余序其篇端。案隋經籍志有兩水經。一本三卷。郭璞注。一本四十卷。酈善長注。善長即道元也。然皆不著撰人姓名。唐杜佑作通典時。尚見兩書。言郭璞疏略。於酈注無所言。撰人則概未之考也。舊唐志始云郭璞作。宋崇文總目亦不言撰人爲誰。但云酈注四十卷亾其五。然未知兩水經之一在一亾已見於斯時否也。新唐志乃謂漢桑欽作水經。一云郭璞作。今人言桑欽者本此也。崇文總目作於宋景祐。與新志書同時。又未知新志何所據以爲說也。余嘗參訂之。說者疑欽爲

東漢順帝以後人。以毹一縣疑之也。今經言江水東逕永安宮南。永安宮昭烈託孤於孔明之地也。今特著於斯。又若因其人而重者。得非蜀漢閒人所爲乎。不甯惟是也。其言北縣名多曹氏置。南縣名多孫氏置。余又未暇一二數也。斯則近代宇文氏以爲經傳相淆者此說近之也。然必作經作傳之人定而後可分也。或者又曰。豈非欽作於前。二氏附益於其後。他書或然也。而此未必也。西漢儒林傳言塗惲授河南桑欽君長。尚書晁氏言欽成帝時人。使古有兩桑欽則可。審爲成帝時欽。則是書不當見遺於漢藝文志也。抑余又有疑於斯水經述作。往往見於南北分裂之時。僭曰舊唐志可據。則作者南人。注者北人。在當時皆有此疆彼界之殊。又焉知其詳略異同不限於一時聞見之所逮也。嗟夫古今有志之士思皇極之不足傷同風之無時。又焉知其不寓深意於是書也。然則景純也道元也正甫也是或一道也。然以余觀正甫之博洽多識。其見於他箸作者。蓋有劉原父鄭漁仲之風。中州士之巨擘也。是書雖因宇文氏之感發。而有以正蜀版遷就之失。其詳於趙代閒水。此固景純之所難。若江自潯陽以北。吳淞以東。則又能使道元之無遺恨者也。伯修生車書混一之代。身爲史官。季學俱富。於今人放失舊聞多所收攬。而是書又有關於職方之大者。故余亦願附著其說焉而不自知其妄也。

宴雅堂集序

歐陽元

永豐劉先生窮年邃學。見推名流。年九十有五。讀書作文如中年人。是年豫章熊先生以耆者衞武年九十五猶宴居誦大雅以自儆。扁其堂曰宴雅而記之。一時賢大夫士咸爲歌詩。按楚語左史倚相誦述武公之言。大概謂衞在朝之羣臣。毋以老耄而舍我。必恭恪朝夕以交戒我。若在輿位宁倚几居寢臨事宴居。必史不失書。矇不失誦。以訓衞之臣。於是作懿戒以自儆。即今抑詩。意是詩作官箴工誦。別有其辭。既作。遂以誦歎。予以爲誦者即今抑詩。必有所據也。竊嘗論之。古之諸侯自壯至老。皋動之間。皆有音聲節奏。以道其德性之和。而衞武公宴居之誦。

猶致儆戒之意。獨傳於後世者。豈非人一生亟嘗之勞。至於衰暮而一日酬酢之勞。至於宴居訖可少息。武公以耋高之齒處遑公之朝。持守不懈如此。固世之所罕見也。周至厲王。文武之道衰矣。同姓之國有一衞武。精悍絕人。克享上壽。固之元氣。是足以中興矣。夫劉氏世爲永豐望族。先生字叔正。號桂林翁。後得年百有三歲。諸孫楚奇仕京師。煜然有聞於縉紳間。擢貳湖廣儒臺。官業日盛。他日示予以宴雅詩。求予詞。因題其集而歸之。

虞雍公文集序

歐陽元

斯文與造化功用相彌綸。國家氣象相表裏。故文人生於世有數。文章用於世有時。斯言若夸。理實然也。皇元混一之初。金宋舊儒布列館閣。然其文氣高者崛強。下者委靡。時見舊習。承平日久。四方俊彥萃於京師。笙鏞相宣。風雅迭唱。治世之音日益以盛矣。於時虞雍公方回翔胄監容臺間。吾黨有識之士見其著作法度謹嚴。辭旨精覈。即以他日斯文之任歸之。至治天歷公仕顯融。文亦優裕。一時宗廟朝廷之典冊。公卿大夫之碑版。咸出公手。粹然自成一家之言。山林之人。逢掖之士。得其贈言如獲拱璧。公之臨文。隨事酬酢。造次天成。初無一豪尚人之心。

亦無拘拘然步趨古人之意。機用自熟。境趣自生。左右逢源。各識其職。故自其外觀之。如淡山窮林。蒽蒨蓊鬱。茸測根柢。鉅野大澤。汪洋澹泊。不爲波濤。試刺其中。則日月之精。凝結歲久。皆成金珠。龍虎之氣。變化時至。即爲風雲。孰能窮其妙也哉。太史夏臺劉君伯溫。蚤歲鼓篋從公成均。及爲江右肅政使者。近公寓邑。乃哀公之文。將傳諸梓。書來京師。屬元爲序。元惟李漢於昌黎。子瞻於廬陵。皆能知而能言者。是豈爲前人役乎。篤於公有世契。生平敬慕公之文。以附著姓名爲幸。又高劉君政事之暇。敦篤夙誼如是。遂不敢辭而爲之序。

廬陵劉氏通鑑綱目書法後序　歐陽元

昔司馬文正公變紀傳爲編年作資治通鑑朱文公稍變其法且寓所去取焉是謂綱目讀是書者夫人以爲春秋三傳之遺意也夷考文公生平於易詩書禮或自傳註或寓門人皆有成書獨春秋缺焉至胡氏傳又往往信未之確然則綱目何爲而作邪蓋嘗求之春秋者魯史舊文說者謂直書其事美惡自見初未嘗拘拘於義例者愚蓋不敢必以其言爲非也若司馬公則志存鑒戒已見於箸書之名而予奪權衡時有所憾文公患之故有是作焉初意固有間矣書王宗周天下是時有與周同稱號者乎黜魏帝漢有說也乾矦之公在是也房陵之帝王乎

帝乎故知是書於春秋所以異之迹則知所以同之旨矣推二大節引而申之書法斷不誣矣近時儒者疑爲文公未脫稾之書或疑爲門人之作皆未究所以作綱目之志云爾廬陵劉先生研覃於是三十餘載比辭而覈研推事以求度綱舉目張如指諸掌曰通鑑綱目書法亶其嚴乎余從友人鄂省宰屬馮君子羽得而讀之三復歎曰春秋微公穀啖趙諸說猶可綱目微劉氏書誠不可也何時歸青原故鄉願卽先生一二而商搉之姑志余說於帙末

余青陽文集序　李祁

頹齡無幾朋舊凋落已盡呻吟疾痛中忽得同年余君廷心詩文一帙讀之輒泫然流涕而歎曰烏乎世安有如吾廷心者哉廷心學問文章政事名節雖古之人有不得而兼者而廷心悉兼之世豈復有斯人哉元統初元余與廷心皆試蓺京師是科第一甲寘三名皆得進士及第而廷心得右榜第二余忝左榜亦然唱名亦然謝恩余二人同一班刱錫宴則接肘同席而席同錫緋服同受七品官當是時余與廷心無甚相遠者其後余以應奉翰林需次丁父與祖父母三喪乞奉母就養江南沈没下僚學殖日益荒穢而廷心方游四州入翰林爲應奉爲臺爲

省聲光赫著如干將發硎莫敢觸其鋒文章學問與日俱進如水湧山積莫能窺其旁於是余之去廷心始相遠又其後遭遇時變余以母憂竄伏鄉里嘗恨不得乘一障以效死而廷心以羸卒數千守孤城屹然爲江淮砥柱者五六年援絕城陷竟秉節仗義與妻子皆死生爲名臣歿有美謚於是余之去廷心又大相遠矣烏乎廷心已矣世安得復有廷心者哉或者以爲廷心之死乃天之將喪斯文余以廷心雖死而斯文固未喪也廷心之孤忠大節足以照耀千古奕然爲斯文之光而何喪之有焉使皆爲世之貪生畏死甘就屈辱而猶靦然以面目視人者則斯文之喪詎埽地盡矣豈非廷心之罪人哉廷心詩尚古雅

其文溫厚有典則・出入經傳疏義・援引百家・旨趣精深・而議論宏達・固可使家傳而人誦之・鑿鑿其不可易也・惜其稾燬燼無遺・獨賴門人郭奎掇拾於學者記錄之餘・得數十篇以傳・而或者獨以不見全稾爲恨・夫以一草一木之微・已足以觀造化發育之妙・則凡世之欲知廷心者・又奚以多爲尚哉・昔太史司馬公述屈原離騷之旨・謂推其心可與日月爭光・烏乎・屈原不可尙矣・千載而下・知廷心者・其無司馬乎・廷心嘗讀書青陽山中・及仕・而得祿・多聚書以惠來學・學者稱爲青陽先生・故是集亦以青陽爲名云・

贈陳獻章序

李祁

陳生獻章・吾故人陳君致中之子也・致中與予生同歲・而日月少後於予・始相見京師・卽約爲兄弟・寢食起居不相離・旣而復同舟南歸・至金陵・致中還姑蘇・予還長沙・其後復會於廬陵・又其後復同官居錢塘・情投意合・彌久彌篤・故嘗自謂予於致中・雖古人所稱金石交・未必過此・致中質厚而氣和・嘗從事省憲二大府・綽綽有聲譽・輕財尙信義・不治家產・雖屢空乏泊如也・今陳生當四方英俊競起並進之時・退然自守・情懷澹泊・酷肖其父・今年其弟來司永新稅課・陳生與之偕來・兢兢焉以謹畏相勸勉・征於商・戒其下人令不敢私一錢・所習惟筆硯典籍・與人交・必擇其爲君子者・永新士多稱之・或者謂以陳生之賢而不爲世用・惜其若汨沒無聞者・然吾夫子之言曰・惟孝友于兄弟・施於有政・是亦爲政・今陳生爲人子而不愧於爲父・爲人兄而不愧於爲弟・則孝友之義著矣・爲政與否・何足爲陳生惜哉・陳生勉之・毋以或者之言爲信・毋以予言爲迂・則他日所就・必有大過人者・予庶幾見之・

孫氏遺金集序

李祁

新安孫生彥能從軍死新畏事如畏虎恆閉門讀書時伸紙信筆作藻隸疊疊逼近古人予意其當有師法洩非苟焉者其後抽其架上書乃見其先君子叔弨所書杜詩一帙然後知其師法乃得家傳誠有非苟焉者初叔弨善蒙古書入京師書宣敕積勞調官湖廣又善書漢隸嘗取老杜五七言律書之計七百七十四首通作一帙將以遺其子若孫焉壬辰兵興事變攜至山中無恙逮歲丁酉鄉寇再起扇亂遂不復存而叔弨亦以是歲之六月卒明年戊戌里中稍甯彥能乃得還依方村別墅以居居恆悒怏以此帙置念慮間一旦忽得之於友人胡伯嘉蓋伯嘉遇一老卒攜此帙與人易紙遂購得之而以歸於彥能彥能感伯嘉不已由是攜此帙自隨朝夕摹倣一點畫不敢自異此詩帙之所由以存而彥能之所由以善書也昔王右軍以善書名當時而中令君以善繼不減其父故後世稱父子善書者必曰羲獻今叔弨既善書而彥能又能繼其父焉視昔人所謂輕家雞而愛野鶩者不其遠哉予忝佐婺源叔弨在京師故未及相識今乃獲識彥能焉彥能之於予意厚而情眞恆能匡予所不逮予因閱此帙遂爲之序

送易玉田之龍陽學正序

李祁

龍陽爲湖北善地居洞庭上游其山川遼廓平曠幽迥演迤無窮林大谷層巖峻嶺之限故其俗厚以湻其地多腴田沃壤湖地藪澤藕根菱芡於是乎產黿鼉龜鼈鴐鵞鴿於是乎聚而細氓得取之以爲利故其民富以饒南宋時蜀之賢大夫居官避難者多家焉今其故家巨室率多蜀人故其士皆文以雅夫惟其如是也故爲政於是邦者其政易以行而爲教於是邦者其教亦易以入余往季客是邦是邦之賢士大夫多予舊友是邦之學者多出予館下今別其地三四季矣而未嘗一日忘焉玉田易君伋縣教官再轉而陞郡之博士予嘉其得善地故爲敘其山川人事之美以送之雖然予豈徒以是爲幸哉予又將有所望焉凡學校與科目相盛衰科目取士多由學校則科目學校皆士氣所由關也科目廢而學校獨存則斯文之所恃以不絕者惟學校已旨啻是他又奚望哉苟職教者如此而不加之意則學校雖不廢猶廢也君之是行也爲我告龍陽之大夫士其勿以科目之廢而忘學校公以處之勤以勵之則科目雖廢斯文固無恙也非君吾誰望哉明季當買扁舟上滄水以觀君爲教之績君其無負予言

贈王山長序

李祁

今常德爲古鼎州。勝槪名天下久矣。昝戎昱以詩著於唐。憲宗命有司以鼎州處之。謂使武陵桃源足稱其吟詠。士林以爲榮。夫爲天子而以鼎州榮一士。爲士人而榮於得鼎州。則其山川之奇秀。風物之淸美爲何如。士之居官而得鼎州者。其榮猶若此。則夫士之生乎是州而處乎是州者。又何如。往季予客同季范郡博家。凡其山川風物之盛。蓋得其半。獨所謂秦人避難之所。未獲一造焉。近季王君堯賓來敎東山。堯賓鼎士也。與范郡博有交契焉。故予欲與之盡論其山川風物而未能。雖然。予願竊有言焉。夫秦人避難之所。自昝相傳爲武陵桃源之地。然自秦至晉凡幾百季。榛莽荒塞之中。而彼漁者乃得而至。自晉迄今凡幾百季。風氣日開。人事日夥。宜乎道路之日通也。而卒未聞有一人至焉。則其地果安在哉。或謂今之桃源。卽秦人所居之地。則其地若甚無難至者。彼漁者固不得而專也。謂別有幽深阻絕之地。非人迹所可到者。則秦人何自而知其地。漁翁何由而踵其迹。是皆未可知也。予旣不得親造之。又不得與堯賓盡論之。是可歎也已。堯賓生乎鼎州。處乎鼎州。其靑季俊氣有學尙人。皆人人所其敬。雖其志在功名。無復屑屑細故。然山川風物之事。亦吾黨之士所當考者。予故始終言之。堯賓歸見范郡博。就以致問訊云。

草堂名勝集序

李祁

崑山之世族居界溪者曰顧氏。顧氏之有才謂者曰仲瑛。仲瑛卽所居之偏闢地以爲園池。園池之中爲堂爲舍爲樓爲齋爲舫。儆之而爲軒。結之而爲巢。葺之而爲亭。植以佳木善草。被之芙蕖菱芡。鬱焉而陰。煥焉而明。闃焉而深。一日之閒。不可以徧賞。而所謂玉山草堂。又其勝處也。良辰美景。士友羣集。四方之來與朝士之能爲文辭者。凡過蘇必之焉。之則歡意濃浹。隨興所致。羅尊俎。陳硯席。列坐而賦。分題布韻。無問賓主。仙翁釋子亦往往而在。歌行比興。長短雜體。靡所不有。於是裒而第之。已爲集。題之曰草堂名勝。凡當時之名卿賢士所爲記序贊引等篇。皆以類附焉。閒嘗取而讀之。高者跌宕夷曠。上追古人。下者亦不失淸麗灑脫。遠去流俗。琅琅炳炳。無不可愛。吁亦盛矣。予幼時讀晉蘭亭。唐桃李園序。謂皆一時勝集。意千載而下無復能繼及。究觀蘭亭作者。率寥寥數語。罕可稱誦。向非王右軍一序。則此會幾泯沒無聞。若桃李園之讌。則不知當時能賦者幾人。罰金谷酒數者幾人。其泯沒尤甚。獨賴李謫仙一序可見。旨豈若草堂之會有其人。人有其詩。而詩皆可誦耶。蓋仲瑛以衣冠詩禮之胄。好尙淸雅。識度宏遠。所交多一時名士。故其盛如此。吾故謂使是集與蘭亭桃李園序竝傳天壤閒。則後之覽者。安知其不曰彼不我若也。

譚行遠詩序

李祁

自予少長及與譚公行遠爲文字交其季同其趨同獨行遠學識超邁公子遠甚此則有不可強同者其爲詩夙振發有凌厲氣由是負才名江湘間予時方習舉子業雖竊慕爲詩而力有弗逮每見行遠詩輒自愧心悒悒又若有不平者恆自奮曰彼能是而我乃不能是是吾羞也俟畢吾業吾當與行遠並轡爭先耳及來爲吏簿書獄訟之勞其心期會趨丞之勞其形一日之間餘力無幾視平生舊業且化爲虛空無復存者況欲學其所未嘗學求其所未嘗有者哉日復一日歲復一歲於是與行遠別十有二季矣今季秋行遠來省其兄吳門解其裝得其經

行近詩若干首敷暢條達明切痛悽俯仰變化探索幽眇而行遠之於詩詎昌矣行遠之詩詎昌則予之愧行遠也詎甚雖然人自中材以下志氣視血氣爲盛衰予向時力務爲學見人有藝能不肎少自屈讓於行遠詩尤欲有並轡爭先之意至近季則不復能爭矣非獨不能爭亦不欲爭矣向時見人有藝能人稱譽之恆若不平者至近季無復不平矣此無他志氣與血氣俱衰故耳予方欲與行遠論古聖賢廣大精微之學以盡撤今時之町畦藩薉而行遠念親亟還無由暫駐故不得不爲行遠發之行遠歸出所爲詩以示常所往來者而並以予言語之使知行遠之詩日昌而予之志慮衰竭爲可鄙也

龍子元書香世科序

李祁

江西丙申科鄉貢進士龍君子元錄乃祖揆齋翁伯父貫齋翁宋時兩科科詔試題榜名及有元丙申江西鄉貢簾內外百執事名與鄉試題名及所中選三場之文萃爲一編題曰書香世科始寶祐戊午次景定辛酉次至正丙申百季之間科目之盛制度之詳皆見於此其用心亦勤矣雖然予於是獨有感焉予以元統癸酉及第凡所受國朝官府文憑及程試文字登科小錄之類遭亂蕩無一存每見一同季欲記其季齒里居無從徵考輒太息痛恨而止吾鄉里後生輩或來問向時程試文字漫不復記無一語可荅又太息痛恨而止今子元之於是編也纖

末備載上有以著累世詩書之澤下有以啟後來弓冶之傳亦何幸哉蓋自兵變以來吾湖廣受禍獨先且酷受禍先故科目先廢受禍酷故士大夫家衣冠典籍燬失無遺若江西則受禍後而輕故科目得後廢而文獻亦猶有可收錄者此子元之所以得爲是編而予之所以長太息而痛恨者也雖然予於是又有感焉子元之舉也以至正丙申丙申而後江西亦不復舉矣使江西之舉不廢車書會同則子元必當再舉舉則擢科登仕將如取囊中物豈獨賴一舉而止哉子元雖不以是慼慼而予於子元乃獨深有感也故爲書之以識予太息痛恨之意

師子林詩集序　李祁

自天如師坐師子林中地詭闢景詭奇四方之來得於觀覽悟悅者詭眾於是內而京師集賢翰林之名德重望外而郡邑詞林賦藪之才俊英游皆託之詩章以寫其景物之勝至有足未及造其境而心與游者亦想像摹寫以極其趣夫如是則師子林之得名當時亦已遠矣予嘗觀其地之廣不過十餘畝非若崇山巨剎之宏基厚址也屋不過一二十楹非若雄殿傑閣之壯麗焜燿也其徒眾僕役不過十數人非若高堂聚食嘗數千指也若是而能得名於當時之士大夫無乃以其人而不以其地歟蓋天如師夙自警拔又恆居天目侍中峯國師而盡得其

旨功深力到愈久而彌彰是以世之賢士大夫莫不慕其爲人而樂談其道即其地賦其景曰師之上弟可庭將裒之以爲卷持以示予予復之曰昔之佛舍僧房託名羣賢集中以傳不朽者多矣若師子林則固無待於詩也無待於詩而詩以美之者當世之士大夫也裒之以卷以傳永久者可庭也可庭之意非天如師之意也欲知師之道者當於此卷之外求之

美大尉高公詩序　李祁

至正九年秋御史大夫高公告老於朝情實懇至天子察其誠乃可其請以大尉致政而南居於蘇飲食起居衎衎如少壯時旣恬以娛無與外事如是者二年天子念其勞乃遣使齎金幣上尊酒仍計其歲俸之金以賜之使者至邦人聚觀於巷於門歡喜欣羨舉手而言曰有是哉公之多福也昔公以世爵之重服勞皇家出入臺省於茲有年方將以耆德夙望爲國柄用而乃辭寵祿而不居樂安閒而自適榮名壽考於焉允臧由是觀之所以受今日之多福其致此必有道矣易曰勞而不伐有功而不德此公之所以受福也又曰王三錫命承天寵也此公所

以受福之多也然則我國家優崇老成之意非公其誰當之於是邦之士子咸願作爲歌詩以頌公之福於未艾焉

周德清樂府韻序

李祁

天地有自然之音非安排布置之可爲也以安排布置者爲人也非天也天地既判而人與之竝立焉草木生焉禽獸居焉凡具形色笑貌於天地之間者莫不有聲焉有聲則音隨之矣清濁高下抑揚徐疾何莫而非自然之音哉聲音具而歌詠興虞廷載賡三百篇之權輿也商頌周雅漢魏以來樂府之根柢也當是時韻書未作而作之者音調諧婉俯仰暢逵隨其所取自中節奏亦何莫而非自然之音哉韻書作而拘忌多拘忌多而作者始不知古矣古之詩未有律也而律詩自唐始精於律者固已有之至杜工部而雄傑渾厚掩絕古今然以比之漢魏諸

作則意氣風格蓋亦有不然者矣古之賦未有律也而律賦自唐始朝廷以此取士鄉老以此訓子兢兢焉較一字於豪忽之間以爲進退予奪之機組織雖工排偶雖切而牽制局促碟裂以盡人之才故自律賦既作迨今六七百季之間而曾無一篇可傳於後世曾無一字可諷於世歟凡若此者皆韻書之貽患也嗟乎韻書之作也果何人哉使其果聖人也則吾不得而議也使其非聖人也則亦安得而盡信之哉孟子之於武城取其二三策而言曰盡信書不如無書夫以聖人之書孟子猶未之信而況於後世之書乎況若沈氏之書者乎今且直以一方之音而欲行之於天下以一人之見而欲行之於萬世偏仄固陋遂爲成書使後之人遵而用之如衆工之守繩墨小吏之持法令斷斷乎不敢少有遷移吁亦可歎也已予自幼入學學詩恆怪夫東冬之不相通也清青之不相用也則輒以問諸師師曰此有清濁非爾所知及長而諷疑則又以質諸鄉之先輩則鄉之先輩亦有疑之者矣疑之而著而爲書者有之矣恨世變莫之所存亦莫能聽究其說嘗往來於懷高安周德清通音律善樂府舉沈氏之書而洗空之考其源流指其疵謬特出己見以陰陽定平聲之上下而向之東冬鍾江等韻皆屬下平以中原之音正四方之音而向之混獶苑犯等字皆歸去聲此其最明白而易見者他亦未暇悉論也蓋德清之所以能此以其能精

通中原之音善北方樂府故能審聲以知音審音以類字而其說則皆本於自然非有所安排布置而爲之也使是書行四方則必將使遐邦僻嶠之士咸知中原之音爲正而自覺其侏儺鴂舌之爲可愧矣又推而施之朝廷形諸歌詠播諸金石近之則可追漢代之遺風遠之則可希商周之雅頌而虞廷賡歌之意亦將可以間其彷彿矣不其盛哉

于承慶詩集序

李祁

于君承慶吾鄉親友也一別五季乃得再見溪村山中予於是重有感矣至正已亥冬紅巾遍荼陵明季夏圍守益急承慶倡城中人晝夜助官軍巡邏備禦無少怠事有拂於其志者輒發而爲詩痛憤激烈往往有奮臂振腕切齒唾罵之意每一詩成輒持以示予予欲和之而未能嘗語之曰予姑爲之吾他日當爲子序已而荼陵城陷羣兒讙譟持刃器突入人舍殺人塡門巷承慶抱父號痛寇不忍害其一妻一妾皆自刎死不受辱烏乎若承慶者亦可謂磊磊落落人矣予既偶不死得與承慶哭別城東門欲還鄉就死先人墓下而又得不死乃復竄居永新

之界溪村山中日就衰朽而承慶且浮三湘越五嶺周迴於千數百里間以與當世之王公大人上下論議今又以勤勞王事閒道訪予山中且得復讀其所爲詩俯仰今昔恍惚如夢予雖呻吟疾痛不復能爲文詞而猶能記荼陵城中時語亦安得不爲承慶一言哉雖然承慶之志見於詩者固能使人洞見肝膽無豪髮委曲而其才之可以見諸行事而施諸功業者則未之見也今四方王公卿士及朝廷名德重望開受羣言無閒遐邇承慶得從容進趨其閒宜必讜謨宏論日陳於前使底綏戡定之功如雷迅風烈而雲收雨霽天日清朗夫然後於向之所以痛憤激烈而奮臂振腕切齒唾罵之意於是渙然而消泰然而平平不然則抑鬱沈痼無有已時吾未見其可也然則予之所望於承慶者夫豈獨於詩而已哉

茶陵州達魯花赤脫因善政詩序　李祁

爲政之要曰公而已矣公則明明則人之情僞事之是非舉不可掩率是而行宜無不得其當者然又必守之以誠持之以久然後足以成治功得譽名也茶陵爲州號稱易治而爲治者率皆以私意擾之由是怨讟日滋名譽日損若是而諉之曰民之難治也是豈民之過也哉今監州脫因公則不然自公之來民咸畏公之威而樂其寬服公之明而愛其廉聽公之教而委心於其賞罰於是自郡邑至鄉井皆稱之如是者凡三年而公之政治謳勤今年夏境內以旱爲憂齋戒徒跣冒暑以禱雨隨禱而應民既悅喜未幾廣東寇竊發聲𠕂境帥府檄郡縣繕修城

池民又以役爲憂公得檄卽按視圮毀調附城居民有力者爲之又不擾而集鄉民之入城者見其事之成而不知其役之興又大悅喜於是而謳稱之州之役賦視畝地之多寡以爲戶籍之上下而貧富相傾每不得其實至有業產俱盡而賦役不減者大府雖屢行下而有司憚其浩繁倡而復止爲害滋甚公於是聽民得以自首且損己俸以供吏胥筆札之費稽校出入吏執筆視公爲謹無敢容其私故能舉數十年不治之弊而一旦爲之是又有大有功於民者於是益屢稱之矣大抵公之處心也公故其臨事也明而又加以辨敏之才持守之力宜其愈久而民愈稱之無怪也既而州之儒士咸願伻爲歌詩以頌公之德於無窮而屬予爲之序夫修其德政以與其民同其好惡者爲政之事也而紬其德政以播之聲詩者士之職也以公之善政如此而不能使之揚搉敷布以傳於遠以垂於後以勸於將來則爲士之職不既荒乎是吾黨之士所當相率而奬助之也故爲之序

翠寒詩集序　馮子振

天詘西北曰無。曠古未有以無爲之名者。吳人宋子虛乃以無爲之名。斯名也始自子虛。始無名者。烏有先生之始乎。盧同馬異並稱一時。相與葺逆。於是不能無同自同異自異之對待。吾欲取名之曰有者。爲子虛之對待。則三千載不聞有是無以則春秋之冉有乎。或曰冉有對宋無。以時地計之。惛乎遠矣。今姑勿論。吾讀子虛所爲詩。則求之吳中。殆無屈第二指。然則五苜三泖之地望。不但無能名子虛者。並與子虛之詩無之。此邦不可無斯人。可無其詩乎。其烏夜啼。公無渡河。戰城南。公莫舞。至妾薄命。古硯歌。諸篇皆古錦神林鬼冢外。帶三分鳳麟洲上飛

仙羽翮格力。其五言律風調悽惋。不勝江哀浦思之情悰。如承恩金馬詔。失意玉環詞。落月今誰弔。長庚夜自明。雖使太白復生。亦應爲之擊節。七言如楊柳昏黃晚西月。梨花明白夜東風。秋千庭院人初下。春半園林酒正中。五言如乙鳥歸來社。辛夷開過春。身黃松上鼠。頭白竹間禽。七言如桃葉歌殘秣陵酒。梨花夢斷景陽鐘。五言如采藥逢毛女。焚香對羽人。客愁三月盡。春夢五更初。七言如縮地日攜龍伀杖。臥雲時約鳳吹笙。五言如蜀魄花成血。山魈樹隱身。竹枝歌峽夜。椰子醉蠻春。空悲祖龍死。但覺鮑魚腥。織女支機穩。山人伀枕僊。異或稱芉化。疑應訶虎眠。不須塡碧海。直欲補青天。勒銘留水寺。應供宿江城。夏減游方興。秋添住岳情。標致極似盛唐諸人。而對偶之工。興寄之永。飄飄然自拔於王金陵。含風鴨綠粼粼起。弄日鵝黃裊裊垂。北風吹樹勁。西日照窗涼之項顴。其絕句雖淡。清潔一字不可易。豈但吳中無子虛之詩乎。子虛有韻人之姿。而天壤間知子虛者無幾。予知子虛最晚。恨余老無能爲矣。姑取其詩集而序之。好事者寫而傳之。有味乎其言而時諷誦之。彼嘲韻風弄涼月之客。主豈特可摽而出之大門之外。雖卻數十百驛。猶俗氣溷人也。子虛嘗舉茂才於王西溪。平生獨刻意於詩。宦情雲薄。以故不肎徑就籠絡。皦皦焉追逐時好。以取世資。其胸中泊然無營。殆眼中眞無其匹者。太湖三萬六千頃。甯當無眞識子

虛者耶。異時白醉吟生七月能識之無二字。是孩提時已識宋子虛之名矣。醉吟晚守姑蘇。惛乎子虛不當是時。如子虛當其時。持其詩納之白傅。則翠寒之集。若不噓而登之白玉之堂。他日亦應俎豆洛社諸人之右。甯當碌碌落落吳門乎。雖然今世未嘗無樂天。當別有識子虛者。其未能如醉吟翁方孩提識之無者。勿以語之。翠寒其詩集之雅號云。

巡按廣東鄉貢小録後序

甘鏞

設科取士欽舊制也洪惟太祖高皇帝御宇之初思得人材以共理庶務首建兩科旁求天下之賢雋當是時元季繹騷文物淪斁科目雖興人才罕見由是罷科舉篤意學校內而王宮國都外而天下郡邑以及閭閻小子亦莫不皆知有學繼以文教之敷復勑有司每歲一貢舉三季一大比則凡人才之出苟不由於歲貢則奮自科甲猗歟盛哉伏自皇上踐祚以來禮樂政令悉遵成法乃永樂三季適大比之秋於是廣東藩使徐公奇奉書幣延置四方之老於文學者五人主典文衡復遴學行之滈實者十有二人俾司簾外之職憲使羅公觀參政葉公溥始

終以董其事巡按御史胡公龍安撫給事朱公政且皆篤意斯文復戮力以防其閑期得眞才以臻治具雖以鏞之不敏亦得與聞其盛合十郡就試之士凡六百一十有七人較其文藝之合繩尺者一百三十七名既竣事議刊小録以廣其傳予惟嶺南荒服之地去中州爲甚遠其間文人才士由科甲躋膴仕德業著當時聲光煥後世若張曲江姜日南暨若溫若春之廷對第一菊坡翁之勤天使奄半萬里路是皆廣中之杰然者今士子幸生斯土際遇明時且獲登名鄉貢其進造天府也有日矣尚能發揮其德業文望光前振後垂竹帛於不泯予則深有望焉因書此以爲之後序焉

贈僧綱副海航還寶府序

劉三吾

資陽郡首禪報恩上人副都綱智容海航既受銓今官言歸其郡之進士梁德遠與偕過予謂海航故湖廣辰陽人其受除吾府實先生舊游所至留題人能誦以熟願爲德遠故貺一言爲感予惟朝家中外建設僧官以統緇流詎使毛觜爲治訟牒是理哉蓋佛之道事空遺身不可以聲色求佛之書論空絕依不可以章句尋所貴設官謂能遺其身而不外乎人之身以淑其身絕所依而不外乎人之依以適所依是期於冥冥中翊其所以昭昭者以昭昭者如天容有覆盆之不照而彼冥冥爲敎實智鏡所臨斯善道所爲王化之助者也海航上體朝廷爲心廣

佛功德下率所屬以正度人而本吾性海廓人性海本吾般航爲津者航則爲國祝釐在是化郡人爲善亦在是矣是爲贈

儀禮定式後序

劉三吾

萬方之所承式在京師京師之所承式在朝廷所謂正朝廷以正百官正百官以正萬民正萬民以正四方者也皇上奄有四海君臨天下以來治定制禮上之朝廷有儀注次之京兆又次之外府州縣有洪武禮制中外奉行亦有年矣乃者皇上萬幾究隙載命禮曹與爾廷臣羣定朝儀繁簡適中以聞尚書臣李原名侍郎臣張衡則如旨條奏即日復召六部都察院通政司左春坊大理寺羣臣等面折厥衷惟允已乃頒示永為定式其條朝參八筵宴二出使三拜禮二公坐司屬見禮公聚序坐三官員相遇引避八常從儀從一以至傘蓋冠帶服色器皿鞍轡

弓矢屋舍牀榻之類悉依品從毋敢踰越此理之常經然也中間拜禮先稽首四拜後叩首一拜為見君上之禮拜止於四為見東宮各親王之禮見父母同四拜禮見親戚官長止兩拜禮如宦者非隨從公侯駙馬其自出入者遇文武百官須下馬讓道其承宣召以下數事遇應避之官不避及司屬見禮應避路者有親戚尊卑之分聽行私禮此則禮之從宜者要在本乎常經合乎人情而已總之其朝參第四條於聖諭敎戒毋放肆怠忽思為省身克己之道其諸條中最切要者大槪能以聖戒存心斯能於臣職無所不用其心矣豈但遵奉儀式而已哉

御製大誥後序

劉三吾

皇上有天下以來海宇之廣生齒之眾機務之繁思得賢才以圖治道若稽古典內設六卿外建十有三道道有所屬府州縣雖職任大小其上為朝廷分憂下為生民造福則一而已日者中外臣庶罔體聖心大肆貪墨原弊所由起於六曹為罪之魁莫甚郭桓六曹端本澄源之地而乃贓貪不法交通所屬重為民害其或根株蔓延能卓然自拔密緘上聞可也而一槪剝民涇渭淆矣何尤乎人上弗忍生人之無辜也不得已施之五刑致使有生之命代當死之命設若守分則俸如井泉之不涸貪婪自肥譬猶潢潦其涸可立而待斯玉音日夕所宣諭也間者

宜惕然矣而犯者自若復不忍棄絕之載勞聖慮條畫成書頒示中外臣民家傳人誦否者罪之罪之者以其玩法雖罪之實所以生之也題曰大誥臣三吾竊惟皇上圖治不遑暇食猶乃營繕是書以為世戒其憂民之意深矣謹請序其後記臣頃在田野欽覩犯諭戒諭勝諭悉象以刑不無駭焉暮季有辜得依日月之光親見犯罪者相繼乃信向所象刑不徒象矣是誥也成周乃洪大誥治之誥非直州長黨正歲時所讀之法之比也玉音所臨莫不曰大哉皇言乎一哉皇心乎自今官欽遵之為官箴不敢非法以撓害乎民民欽守之為彝訓不敢違法以交通乎官將見比屋可封堯舜之治復見於今日矣

贈瓊臺外史趙撝謙序

劉三吾

盈天地間皆文也，皆字也。文者貫通之器，字者通聲音之原。文不貫乎道，虛文而已矣，關世教；字不通乎音聲，徒字而已矣，適時用。蓋自有書契代結繩以來，卽有文字，其時皋夔稷契何書可讀？非無書可讀也，所行之事卽其所讀之書也。自有明良賡歌以來，卽有音韻，其時閭巷婦女皆知爲詩，何韻可檢叶？非無韻可叶也，所聲之文卽其所叶之韻也。經以載道，經之文萃古於易、書、詩、周禮，於時風氣未漓，世道尚樸，六經之理在人心未泯，人心六經之古，發而爲六經文字之古。秦漢以來，孳皓鉛槧，翻日鉥心，有不能彷彿其一二者。逮人文日盛，開製作日盛，廣

二雅三頌之音，盛進於高古矣。材老之音韻，自我作古，非有得乎當時製作之體，其能與三百篇同一流傳之久至今也哉？六經之文尚矣，六書之義其來也遠矣。蓋有文而後有字，猶之奇偶之有卦象，斯天地自然之理，而後世推之以爲六書者也。邵子經世之書，於字畫以上下左右分陰陽，於聲音以平上去入屬陽，爲在天之四聲；以開發收閉屬陰，爲在地之四音，文字聲音出焉。覩漢儒識文字而不識子母，失製字之旨；江左之儒識四聲而不識四音，失立韻之原。豈不高出流俗而度越千古也哉！自子來京，聞東浙儒者爲宋室諸孫之後趙撝謙，自幼力學，攻苦厲士行，閭人有異書，不難重跰與偕，竊日夜手鈔之，以故得盡肆其力於學。古人云：號猨所射，徹札飲羽，必非時暫僥倖一中之鏃。近自瓊臺校官來，一見與語，所著韻譜、圖譜等書，會時方溽暑，不得一一快覩，則以所號瓊臺外史，懇識數語。烏乎！大音希聲之餘，尚容以淫哇污聽也哉？往季所進諸書，來會予以目眚在告，議者以時方盛行黃氏韻會，竟不果上。大都儒者多自見一己之長，而好縷人之短，不則人必以爲黨枯竹、欺朽骨，甚者發墨守，箴膏肓，不思己可發人之守，人亦可發吾守；己可起人之廢，人亦可起吾廢。是韻之行不行，不足爲撝謙重輕也。反吾肆屠吾芊，撝謙之爲撝謙自若也。矧撝謙以是一襟不滓之字，領是瓊海無際之境、無際之趣，則何物足以滓其中也

哉！吾聞周有內史，掌王八柄策命；又有外史，掌文書及四方之志。是則藏書之策，一代盛典，必備古今之書，而後足勝外史之任。今吾孔子之道與王化相遠邇，撝謙又能廓胸中之藏，爲海外之學，誰謂尼宣之道不能過跋濕河之地也？撝謙尚其以所學遠到自愼重也哉！

贈長史陳南賓序

劉三吾

蜀王始受封未之國也學於中都有季迺洪武二十有二季夏四月來朝朝夕上所聽斷萬幾之國有期以長史鈌員聞特旨吏部拔其儕在宸衷者一人於國子學助教中得前進士陳南賓爲左長史顓講論是事自餘綱紀藩務俟更選其右長史者付之焉於是胄館諸生咸悵惱南賓之去爲失所師而同府寮寀則莫不願季南賓之來爲得賢長史其在朝羣公熟知南賓者不惟以其得授長史爲賀而且以得遇賢王之爲賀也昌黎韓子所謂知其客可以信其主知其主可以信其客詎意於今蜀府載見之南賓吾里陳天馬之從子也是公以賦天馬有聲

湖廣猶黃文獻公賦太極有聲浙江也是家代出聰慧科不乏賢世父志同中延祐甲寅舉伯兄光薦中至正甲申舉南賓則中亥科丁亥舉家居時以孝友稱兄弟不分財異居人謂有江州陳氏風入國朝爲無隸丞爲滕州倅舉能其官爲山東考試官一次大服士論其在今國學歲登賢能多出館下戊辰科以書經會試者十有二人已而登第六人中乙榜爲校官六人舉無一在孫山外者一經相傳固靑錢之萬選也書於是乎西矣予於是家世爲姻契今皆老矣未知此去得再見與否能恝然已於言乎竊謂蜀文章忠孝之國也語文章王揚司馬以是鳴於漢蘇氏父子以是鳴於宋語忠孝諸葛公之出師有表忠在其君李令伯之陳情有表孝在其祖母地靈未歇也人傑未艾也今以好學之賢王王於其國以有文學之賢長史輔乎其王王所好學漢宋文章也先哲忠孝其人也爲其長史亦惟遠宗王平日所本二帝三王之學近法皇上分封時所製祖訓錄所謂先立乎其大者漢宋文章其人遠矣而其衣被草木者尚可挹其英藝見諸制作以黼黻乎王度焉先哲忠孝其人已矣而其與日月爭光者尚可因其志節厲乎封內以藩屏乎帝室焉如是則有以副賢王之所期待與帝心之所簡在矣於其行序以兆之

贈汪翁仲魯得告還鄉序

劉三吾

洪武十有九季三月朏、上御奉天門、敕中使傳宣召春坊贊善臣劉三吾司直郎臣汪仲魯、既至賜坐、語次、上顧臣三吾謂曰、若知所以見召意乎、對曰未之知也、上曰日昨仲魯以老病故請告還、婺源期秋載來、朕可其請、有不須辭別之旨、已乃思之、若等光陰有限、言歸有期、仲魯喘嗽、爲病誠劇、然恆見得此病者、往往壽考、矧若龎眉有壽之徵、若之心事、朕深知之、孔子不云鄉人之善者好之、其不善者惡之、若多讀書、何理不窮、第心素善、其善者固好之、其不善者亦不惡之、斯爲未能全其好善之心也、朕今許若還鄉、毋庸再來矣、所戒者、近侍之歸若郡邑

官執須來見、當戒門以絕、不則書於柬、俾僮輩示之、曰仲魯蒙聖恩予告還鄉里、安殿門、謝客、輸租應役、則有常制矣、其敢以是自速厥戾、如是可考終命矣、臣三吾臣仲魯同叩首謝曰、聖上憂人以德、適茲聖訓、憂臣以德、是欲臣等全其晚節者也、敢不欽佩以矢、無負上心、仲魯得請、後謂其寅契三吾曰、吾與若同親領聖訓、請重筆之於簡、歸寘座右、三吾承命惟謹、蓋聞古之臣子蒙予病告有矣、未聞因告病遂許之歸田者也、許乞骸骨有矣、未聞竝欲全其晚節者也、惟皇上優禮儒臣、眷注無已、故與其予以病告、盍若俾之遂歸、而永享安樂、與其許乞骸骨、盍若俾全晚節、而不爲罔之生、是皆臣子所欲言而不敢言、知歸以全其身之爲貴、不知歸以全其名節之尤爲貴者、幸哉仲魯、一請告而兩得、誠千載之逢也、昔宋張魏公退閑零陵、杜門謝客、邑丞楊誠齋以弟子禮謁公、南軒爲之介紹、數月乃得見、古之朝臣退閑、其待時官若此、今吾仲魯以近侍言歸、聖訓戒其謝絕有司又若此、仲魯不必遠師魏公、惟恪遵聖訓毋忘焉、豈惟名節克完、子孫亦職有利哉、瑣署諸賢謂僕所書聖謨也、安識之首柬、能言者繼聲其後云、

送黃伯循敎諭之臨桂序　劉三吾

中洲清淑之氣迴極乎五嶺之南其盛而旁礴鬱積水土之所生神氣之所感益速而甌閩以南百粵之地天之涯海之角爲欽爲康風氣之殊著自古昔皇明之有天下仲尼之道與聖化相遠邇於是天起其閩海發其藏明珠文甲通犀翠羽之珍有不能獨當而奪之秀也常袞治建而有歐陽詹韓昌黎在潮而有趙德蘇文忠公之在儋耳而有姜唐佐信哉滄海之不能斷地脈而白袍端合破天之荒也然則以甯粵遠在天涯而有文學之士如黃環伯循兄弟所謂魁奇長材忠信之民亦豈非閒氣之所鍾也哉伯循始由上庠生敎諭江西袁之宜春丁內艱

今季服除起復臨桂敎諭太守何叔川爲文以彗其行其弟儀亦爲文以申其贈當其徹故宇而新之之日倏有羣雁來集之祥伯循亭其池之上扁以來雁是禽得氣之先者今而感伯循兄弟一氣之和應以南來羣集之祥雝雝其鳴伯之壎仲之篪也肅肅其羽金之春玉之應也吾聞後漢虞國季卿爲日南太守行惠澤有雙鴻隨軒翱舞之應若是斯雁之來非直伯循兄弟同氣之徵又安知非賢太守仁心善政之所致也邪伯循往矣振鐸有日矣今其邑庠所地則故南軒張宣公東萊呂成公所俎豆舊祠宇也豈公之學嚴於義利之辨成公之學見於近思錄一書兩公邈矣其流風遺韻在人心在方冊有未泯者伯循可不揆討而服行之者乎於其行序此以爲振鐸先聲之兆

御製洪範後序　劉三吾

皇上宵旰圖治留心經學以爲六經莫古於書帝王政事亦具備於書讀書弗本其行事而徒求之於文字非善學者也既廑睿思發抉奥義爲書若干篇矣載惟洪範大法本諸天道體之人君驗之民生未易推測則即鑾輿日所戾止敕寫是編揭之座右朝夕顧諟一旦心領神會有得焉乃撥機宂爲之註釋自一五行逮九五福在天也鑒以神明在君也端以治道在民也振乎五常於是九疇大範粲然復明不洛龜而書再呈不禹箕武會而神與交大哉聖訓於是詎小補哉以臣三吾嘗習是經叨忝近侍日獲與聞敢僭序其後竊惟道之原出於天顯於數

畀之聖君傳之賢臣數之顯道所繫以明聖哲所繫以傳者也故禹聖神克副上帝之鑒洛書用以畀而九疇敘焉箕子賢克會神禹之心洪範因以推衍而周武傳焉非偶然也然道不能必其恆顯而弗晦顯之有其時書不能必其恆傳而弗泯傳之亦必聖當大明之世遭聖明之主是使九疇之鬱於簡冊者日昭揭乎御座之左右洪範之膠於傳注者日融洽乎聖情之陶寫是編行上之以續禹箕武中之以福當世生民下之以開千萬世之太平豈徒訓釋云乎哉

贈表從孫倪廷望還攸輿序　劉三吾

子姓在表從間無問戚疏與上論世家其人者往往以省覲之久違重思憶而文字之無從得起敬慕何也子姓於尊長之禮所當盡而以相去之悠邈也文字於子姓之間所當與而以地位之懸隔也則所謂思憶而敬慕也爲何如哉於是爲吾表從孫倪廷望一別六閱季矣何如爲思憶之過淡而文字之過愛也予之曾祖妣廷望之太祖姑也兩家在上世相距甚邇相會甚數相與序表分尊卑之禮甚至不謂兵戈相尋世孤有力南之服頃十數季廷望徙家之攸輿亦且廿餘季兩家衣冠文物之地曾不滿識者舊時元日不會之一慨往事已矣獨念廷望

乃心先世其在攸輿每恨予之不至至則必迎致其家晨夕奉養如禮定省不缺家雖貧乏雖愛法書名畫一幅半紙必懇老者是題是識嘗曰是老非終久淹山林者他日登金門上芸閣詎可造次再得其文墨也哉已而果被徵往來春坊翰林今且一百四十五弦望閒是孫子對人言恨無緣一至京都展省覲或披閱舊所題識則曰今何由再得之哉非不可得也以所地懸隔無從得之也今季夏五上澣忽踵門啜謦以前不問知爲吾廷望吾聲謂曰胡爲乎來哉徑爲尊長來也噫子是行自攸而衡山歷無數江灘乃得達長沙下湘陰涉重湖大江風濤之險冒是礫石流金之暑獨欲一見老叔祖敘情話求誨語其來

艮苦。其志艮可嘉尚矣。念不可以久晤也。則與尙論其家世。以苔遠來之誠心也。子家文獻故家也。泝而上至鼻祖濤字巨濟。由進士在趙宋時。與山谷后山諸賢同傳文苑。沿而下至先尊汝玉克成。由進士在元世。與始祖巨濟接武。先後冑本是祖。在所通知也。傳載宋史。今之縉紳或有未之見者。故因吾廷望請文。并與其書傳。俾凡倪子若孫世濟厥美者。不徒知鼻祖所由來茶陵。且知文獻所自。俱有是徵驗云。

倪濤字巨濟。廣德軍人。總角能屬文。博學強記。季十五試太學第一。遂擢進士。調廬陵尉。信陽軍教授。入補太學正。秘書省校書郎。著作佐郎。司勳右司員外郎。朝廷議有事燕雲。大臣爭先獻策。予固謂此心知不可。無敢一出口。濤獨言其非。且曰景德以來。遵守約不犯邊。盟誓固在。不可渝也。天下太平。士不習戰。軍儲又絀。無輕議貽後患。王黼怒曰。君敢沮軍事耶。於是言者論其鼓倡撰造。貶監朝城縣酒稅。再徙茶陵船場。卒季三十有九。歿之明季。金人犯闕。朝廷憶濤言。官其一子。有雲陽集傳於世。右見宋史文苑第二百三篇

贈羽士高若虛序　劉三吾

國朝愼重三禮。典樂舞者。必羽流其人。歲時隸太常習其館穀所。則於今神樂觀。蓋人以羽流。適惟清之選。居以樂觀。無異物之遷。制作初意。端在是矣。皇上歲舉郊祀。予以近侍屢獲陪駕造是樂觀。首所締交贛邛鳳岡。鳳岡羽流中之儒者。雅重薦紳極意款奉。燕坐梧軒。焚香鼓琴。使人塵慮冰釋。襟度秋清。不但爲之洗耳而已。今春鳳岡偕其星侶永豐高若虛氏過予請曰。曩辱記吾軒高文。清氣迄今與是梧爭高爽。若虛茲來無他。亦慕內翰一文爲重耳。予惟若虛自典樂舞以來。其於鏗鏘歌舞之節習之矣。熟之矣。鏗鏘歌舞之義之一本乎詩。或未之淡究也。詩有聲樂部分。風雅頌所繇以別。閨門鄉郡郊廟朝廷所資以用。卒之詩言其志也。永之歌詠其聲也。形之舞動其容也。三者本於心。然後樂器從之。樂則安。安則久。久則天。天則神。是謂天地之齊。中和之紀。古之聖人所以格神人。和上下。美敎化。移風俗。率不外乎是道也。秦楚之謳。巴渝之舞。涼伊之伎。末世之哇俚甚矣。我朝制作。壹規唐虞。是使九德之歌。九部之舞。復見今日。斯世斯民。沐浴膏澤。謳詠勤苦。至不知帝力之何有者。何時造琳宮。要鳳岡過若虛。琴所請出絲桐。爲一洗耳。則頗如坡仙維摩院之聽琴。所謂非特能其音。又能其意者。若虛卒有以告我。

湖湘後學集編

序二 明

宋史序　朱英

自古詳於紀事而遠於垂教者、莫尊如史、唐虞三代之書不可尚矣、春秋而後、代有作者、雖筆削在人、褒貶義例不無論議、然皆紀事當時、垂教後世、人得而錄之、國學售之、書肆者莫不考見古昔、以爲稗益於人舊矣、惟宋史一書雖已成於元儒之手、當時藏之書府、迨今百年、尚在秘閣、世或有得而錄之者、珍藏甚於拱璧、不輕假人、凡志學之士、願見而不可得者、殆饑渴之

於飲食也、昔予在閩藩、假僚友之誼、得錄於漳浦陳方伯所藏鈔本於家、惜奔丕東西、未遑一展、比來兩廣邊務、暇日欲取而正之、以圖梓行、適參政劉昌與御史江沂協謀、始繕刊成十之一、黍江已代、公劉亦內艱回、得僉事趙瑤來任其責、不遠千里、購漳浦舊本、內多殘缺譌謬、乃命教諭李元、訓導廖簡、萬磨訂正、使魯魚亥豕不謬、其閒因揀義官彭章、鄒鳳以典繕寫、工直之費、時按察使嚴洤來任、忻然樂於贊畫、相與市材募楷書者日錄、甫成、又遭回祿之厄、所錄多爲煨燼、幸漳浦本獨存、若有神明護之者、時趙因公過浙、再購得名家所藏繕本、以寄嚴、得而喜、躬事督責、期於必成、今再叟互參考、謬者正之、缺者補之、垂成而工費不繼、嚴又陞湖廣布政使、公得左布政使彭韶、按察使閔珪、悛爲經畫、計以助其成、經始於成化辛卯十月、刻成於庚子四月、僉謂是書關係甚大、勞費不貲、幾廢而復興者、十年、中罹回祿、所以幸存於煨燼、獲全於繡梓者、蓋亦昭昭祐善之私、有在非偶然也、宜序諸首簡、庶後來有考焉、惟三代而後言治者、莫加漢唐、繼而後尤莫於宋、宋德隆盛、治敎休明、其閒君聖臣賢、所以同心同德、輔成三百餘年之盛、超漢唐而踵三代者、率多後世師法、其他道學淵源、振起斯文之山斗、忠節慷慨、耿光千古之日星、尤可仰而學者、具載此書、今諸藩臬皆生長文獻、有志聖賢事業者、相與博采區畫、繡梓以傳之、將使四

方學者、人得而讀之、觀感興起、景仰前修、茂隆德業、以輔翊我皇明億萬斯年之鴻業、丕緒於無窮者、端在是矣、其與人爲善稗益將來者、豈小也哉、書凡五百卷、目錄四、帝紀四十七、志一百六十二、表三十二、列傳二百五十五、視續編亦既詳略相因巨細畢舉、學者所宜參考云、

蕘容景詠序

黎　湝

正統間先大夫以甯丞致政歸蕘容余偕伯兄資深家居奉養以餘力學文當時賢者若董國器程道遠譙文美劉孟鶴陳俊之暨弟易之毛廷彰暨弟廷貴李邦傑夏時秀雷士宏輩余兄弟皆承麗澤焉間邀二三人出游縣境尋奇覽勝蒐古蹟寄情千載之上興懷千載之下未嘗不感發種種也縣故有八景前輩作詩頗多予暨諸君子取觀之惜其事出不經鄙俚怪誕有損大雅乃偕國器道遠文美孟鶴諸賢案據經傳史志取其事關名教言法舊章而經常典雅可賦詠者得十題焉曰夢澤晴雲章臺古蹟沱溪曉渡東山霽雪南山遠翠板橋春漲杏村

夕照青湖夜月赤亭遺址驛路松風予次第十題歷敘其事諸君子各爲一詩名蕘容十景而圖縣形勝大概在此矣初作詩時諸君子猶未仕惟廷貴舉進士邦傑司務都察院距今三十餘年顯晦殊途伯兄暨國器輩物故大半而舊編尚藏予篋中雖已謄寫傳誦在人間而流行未廣予老且衰懼其久而湮沒爰屬畫史繪爲十圖併錄小敘與各詩彙爲一帙繡之梓俾逢於四方詩虛其左以俟來者昔春秋昭四秊楚子以鄭伯田於江南之夢卽縣北築章蕘臺召魯公來落之畱七閱月定四秊許遷於容城張子厚據任公輔以爲卽今蕘容縣當時二子築臺遷國始有取於山川之美也何繇漢抵宋二千秊間作者罕聞豈史失其傳歟亦山川精粹之氣嗇於前而豐於後將有待歟抑高蹈者深藏巖壑而不求聞歟今諸君子鍾山川之秀幸生太平無事時得以窮養逢施游蓺適情而有此作於山川增妍焉初非眩名役志流連光景而已至於鄉邦及四方好古博雅之士或諸君子子孫續而廣之豈非斯邑大幸歟夫如是則山川之靈與諸君子之詩亙古常在後之覽者將有感於斯文始亦寄情於今日千載之上而興懷於他秊千載之下矣是故序而引之

中州弔古錄序　黎涫

答吾同門鄉友董君廷圭字國器。舉進士甲科。拜監察御史。巡按河南時。有中州弔古錄一卷。其子訓導伯興藏於家。後國器以薦陞山東按察司副使。旬宣遼東。事畢還京。卒。今工部營繕郎中雎陽尚美中。篤念國器知己。情不可忘。乃就伯興取其錄授梓。以傳四方。示後世。蓋義舉也。河南在中國之中。古稱中州。由三代來。聖賢產於茲。仕於茲。暨流寓於茲者甚衆。及其沒也。功業歸史書。祠墓依郡縣。忠烈炳炳。英靈發揚。與天地同爲悠久。人誰不敬慕哉。然而士大夫拜祠埽墓。雖作詩歌。鮮聞有考據實事紀錄無遺者。國器此卷。獨詳載諸賢生平履歷。而聲振

金玉。備寫始終。使人誦之儼然親目其人。殉國卓立。是有繇然矣。蓋國器爲人。志剛毅而性明達。博學多能。自其幼時讀經考史。已慨然以古人自期。待其發解鄉闈。爲憲官。屢鋤元姦。挫之諠勁。歷獻忠悃。輒而不回。故其忠烈之氣。發洩於此卷諸篇。眞欲與中州諸賢竝駕齊驅於千載之上。非徒言而已也。不幸功業未竟。齎志以沒。是可傷哉。雖然。國器往矣。孟子曰。以友天下之善士爲未足。又尚論古之人。誦其詩。讀其書。不知其人可乎。是以論其世也。是尚友也。卽孟子之所言。觀國器之所志。千古同心。羣賢一道。不爲虛沒而無諠矣。初國器在河南。雖總戎政。尤勤文治。凡士流被其甄拔而造就者。今多官顯於朝。無慚哲見。美中又克表彰其詩文。圖爲不朽。蓋國器此卷。能發古人潛德之幽光。而美中此舉。亦漸發國器潛德之幽光。事皆有關名教。不易得也。詩序所以言作者之意。卷中諸賢已各有小敘。吾故總而敘之。使覽者皆明此意。國器有知。將必曰信然。

贈徐承道還金谿序　黎湆

金谿徐君承道今翰林國史編修時庸先生之二從父也乃天順紀元之春皇上復登寶位先生以伏氏經賜進士及第魁天下入翰林則具泥金以達之庭闈承道偕諸昆季素善友愛一省昆帖凡諸父兄族人莫不欣躍喜忭感皇眷之有加而慶世澤之攸顯也諸父兄曰是不可無問勞禮君素熟湖海則將敬而往非君其誰承道於是不遠數千里來京師爲先生道庭幃意且以慰岵屺之思桑梓之恭予忝先生同年時相與往還見其情誼之周洽若是未嘗不歆羨夫詩書之族其子姓賢而多誠可嘉也旣留數月顧瞻邱隴又言旋矣於是其里媼諸搢紳

相與載酒崇肴餞之都門而參軍姜英來徵言爲贈夫惟有興運之君而後有佐理之臣有克家之父而後有濟美之子有五世之澤而後有千里之駒此世家右族所以日篤親親而從父猶子多恩愛也徐之族甲於金谿自宋迄今百年累德而乃有君昆季之賢餘慶益昌又從而大浚發之而又有編修君之榮進荷隆恩致自津要其從來豈一日哉昔者謝元與從兄朗爲叔父安所器安曰子弟亦何預人事正欲使其佳元曰如芝蘭玉樹欲使生於庭階耳仲郢事仲父公權如事父爲京兆尹時出遇公權必下馬端笏而立承道其尚思矜式於此歸而以其歷覽之暇益開厥源益培厥本使未有所資藉將其芝蘭之生固不止編修君一人而仲郢之敬公權又豈不備美今日而且多見乎編修君素厚予故予於承道不敢倿弁規以望之亦以贈言之仁有攸在云耳承道勖焉遂書以别

闕里志序

李東陽

闕里志志闕里也。闕里者。吾孔子所居之地。道德政教之所從出。文獻之所在。其志之也固宜。古者有列國之史。而又有四方之志。九丘之籍。至周猶存。爲外史所掌。孔子述職方以除之者。大抵皆是物也。封建既廢。則史惟朝廷有之。至漢而備。其法有帝紀。有世家。年表。有傳。有志。事分而代輯。及東漢。南陽。摭佁風俗之後。郡縣始各自爲志。則兼地里人物文章制度而有之。而史之法略具。蓋雖竊陬僻壤。所不能無。此吾孔子以教爲政。司馬遷之史。特著世家。齒於有國。歷代帝王褒崇封謚。愈久愈隆。其鍾靈毓秀之地。非一郡一縣比也。宋元間族人宗翰輩聞有

紀述。久而弗傳。國朝成化末。今山東布政使張君泰知鄒縣。嘗輯孔顏孟三代志。其傳未久也。宏治甲子。重建闕里孔廟成。東陽奉敕代告。周覽遐慕。欲爲一書。巡撫都御史徐公源及衍聖公聞韶。力贊其議。比歸至德州。巡按御史陸君偁。盧君翊。及布政使曹君元等。合書以請。適聞提學副使陳君鎬有事於此。因舉以屬之。取所定凡例。稍加潤飾。且以孔氏實錄。孔庭纂要。素王事紀。世家補鈔本致之。以備采擇。陳君乃參閱孔氏所藏祖庭廣記。與凡遺碑斷刻。諸書所載。踰年而後成。其法以闕里爲主。拊顏孟諸弟子之名氏事行。而體統尊。摹先聖像貌。及地形廟制。而圖像著。述世家宗派。特爲世表。而譜系明。敘禮樂制度之法。因革損益。而典式具。若詔誥敕祝之頒。布章箋牘表文移之出納往復。罔不備載。而闕疑訂舛。芟繁剔僞。惟其所當。凡爲卷十有三。爲目十有四。爲文累若干萬言。於是我國家之尊師重道。度越前古者。粲然大明於世。亦孔氏之家史也。蓋有此地。必有此書。闕於二千年。而成於一旦。不可謂不難矣。天下之學聖人者。讀其書。法其道。想像其容儀而不可得見。至於宅里林廟。必惕然感之乎心。然殊方而產。限地以游。固有終老而莫自遂者。羹牆見堯。河洛思禹。得是書而觀之。景行希聖之念。不油然而興乎。嗟乎。金石雖堅。不免磨滅斷裂之患。板鋟楮印。遞相禪續。則可以至於無窮。由今日以至於無窮者。必自是書始。故

以徐公之意爲序。適僉事黃君繡歸自京師。因畀之俾刻於闕里。置於所謂奎文閣者。御史金君洪繼按其地。於是書有力焉。故并書之。而徐黃修建之績。具在志中。茲不復列云。

求退錄序　李東陽

宏治乙卯春東陽辱先皇帝簡入內閣參預機務自揣涼薄弗克膺重任具疏辭不許黽勉就職辛酉春屬以疾告三具疏乞休繼以災異辭以不職辭前後十餘上皆不許自受顧命以來恭遇今上皇帝嗣大歷服自度無所補益當正德丙寅秋與少師洛陽劉公少傅餘姚謝公並辭亦不許疏再上二公皆得請以去而東陽獨被留命旋值權姦竊柄國是動搖旣不獲退則曲爲匡捄十不能一二累疾累辭及會典實錄次第告成藩賊外平逆臣內殄上尊宸斷下釐獘政稍稍就緒而諸方盜起累歲而後定中閒疢疾時作輒不得已而辭辭必奉溫旨俯加慰

勉且命醫調治遣內臣存問甚者敕吏部敦諭趣令視事恩禮隆特出於常格揆之輔導之責顧託之義避勞就逸竊有未安獨病與季增智隨力竭閻之古人不能者止每一思泚汗交集故雖冒威瀆聽有所不避或浹月再陳或期歲十上誠悃之積上通於天乃於壬申之冬歲未盡四日特賜俞旨許令致仕恩典之厚復加於前慙負之極竟莫知所以爲報也居閒無事檢閱舊章仰念兩朝眷注之德一代之典禮存焉不敢以蕪陋自棄彙錄之得若干篇爲三卷總名曰求退錄而辭醻之章謝恩之奏亦以事坿焉正德癸酉春正月二十四日

羣書集事淵海後序　李東陽

易曰君子多識前言往行以畜其德故孔氏之教博文爲先約禮次之葢有所識斯有所畜而不博則無以爲約也近古之世事簡而文未繁其爲學者多要而寡雜維史法旣立變而爲傳記之書條分縷積以至於汗牛充棟其勢不能盡或纂略舉要俾易於求索庶幾盡其所謂博有志於稽古者隨所得而資焉顧天下之事爲端不齊善惡成敗紛糅百出必於是擇而從之善者法惡者戒則凡見諸紀錄者雖人殊事異皆我之師也若夸多鬬捷采蕚葉而棄本根支離泮渙而卒無所歸宿甚者謬取偏見爲强辯詖行之資則雖博也將安取之而況於略乎故

博固貴乎要而所謂要者非書之謂也有羣書集事淵海者葢國初人所輯不箸姓名凡四十七卷自君臣而下至外國爲門十爲目五百七十二爲事之條其多以數千計大抵皆集諸書事略自春秋戰國迄於元季每條之下必註其所出若可謂博而要矣內官監左少監賈公性在司禮出納機密雅尚文事購而得之圖欲捐貲鏤板以便初學病其字太小募善書者錄之稍拓其式質疑訂舛程工計日累數月而後畢亦可謂勤矣比以公務攜至內閣請序末簡意懇甚予夙抱書癖今且老不能徧閱也因爲之浩歎而書之

會試錄序　李東陽

宏治癸亥春二月禮部當會試天下士尚書臣耿裕左侍郎臣倪岳右侍郎臣費誾以考試官請上命少卿臣李東陽少詹事臣陸簡輟講事以往同考官則侍讀臣江瀾侍講臣武衛臣張天瑞修撰臣錢福臣楊時暘臣涂瑞編修臣白鉞臣羅玘臣靳貴左給事中臣夏昂右給事中臣季源郎中臣談詔主事臣唐緱臣周東監試御史臣王憬臣周南若提調印卷諸執事推擇惟謹闔棘鎖院糊名易書百凡之務以次舉行合士之與試者幾四千經分地析取其醇者三百人文七萬有奇刻其尤者二十二篇而彙書爲錄皆如制惟士之額兩具以請得命而後定

亦制也臣東陽竊惟聖王統天下均教化以一德成俗天下之士輯志協力以效於世然後盡其才而用之以天下之才理天下之事故不勞而治唐虞世遠萬國共臣之舉敷言之制莫傳焉周自比長屢升於司馬於是有進士之名及科舉法行雖制與古異然所謂進士固天下選也我國家疆域過前代而文教隨之自都甸以及藩臬雖荒陬絶徼皆有學垂髫總丱者亦游乎其閒當代之聖謨古聖賢之經傳義論詔誥表判策之文百餘年來教不易道業不改習而士之籍益加於舊有不可勝計者舉士之法博求而愼擇簡於部使羣試於藩然後會於京師而大試之舉禮部者積千百而得一繇此以策大廷名進士則有殿最而無去取焉蓋天下之文於是乎同所謂才者至於是而後盡及就列受事分曹累秩以及乎公卿輔相佐理承化參天地贊化育之功未有不由是出者其關於天下之治豈小哉且士之仕亦猶國之求士也儒先謂宇宙閒事皆吾分內民物之責有身則有之凡瘝札疵癘天下有一焉義不可以坐視顧非吾力之所得與而上之人亦有待乎我者故出而應之言必踐力必效以求與乎天下之治則吾之責與求我者之意皆塞矣故古之士不以獲天下之選爲榮而以成天下之功爲慊若羣超萃拔於人人中乃旅退旅進取一第占一職以自饜而實無益乎民與物甚者又從而戕之積歲而教盡法而取國之求

之者如何而顧以是應然則奚貴乎文而必以科舉稱進士於天下爲哉爲國求士有司職也求什一於千百之餘勢有所不盡蓋不敢有遺力焉求而得之爲士者或不克終效則非有司所敢知而亦與有責焉臣用是懼故於士之始進也旣錄其名又辭以勵之

送屠元勳序　李東陽

有正設之官有兼攝之官有專設之官舉天下之事條分而類總之各有攸執此正設之官也事有大小而常與暫以其所及及其所不及此兼攝之官也謀之周計之密條總之所不能及者爲之官以領之不以他事及之者此專設之官也夫官至於專設天下宜無遺事也然猶或有弊生其間者夫勢有及有不及則存乎其官勢及之而有治有不治則存乎其人吾嘗以是觀於天下未嘗不歎息焉今專設之官惟戶工爲多漕運之制分兵民之賦責之以府衞總之以將帥足矣又以其舟楫之具不可煩於民然苟無以總之則無以爲責故專設工部主事一

人於淮之清江浦每三年一代居竹木之材置工役吏隸以治之凡漕舟之敗漏不中於用者悉歸之而加葺斲焉數闕則增置之以爲用此所謂周謀密計之一端也而邇年若少異者出納之際並緣爲姦官府之利不能十一舟之費或倍或蓰故其資於舟者甯自爲之不敢以煩於官而官若徒設所謂弊之一端也成化辛卯秋前主事以年當代進士平湖屠元勳實拜茲命以行元勳年質甚英敏富才與藝此則無負於國家專設之意所謂存乎其人者也元勳之舉於禮部也予校其文其中表兄倪稽勳岳鄉則予同年進士予知元勳之賢於稽勳爲多而元勳之同年解文選尙敬復來徵所贈故敘其端如此

送石邦彥檢討序　李東陽

今之所謂先後進者有父執有座主之爲先通家子及門生之爲後父執云者或同科第或同官署或同游處而相契信有兄弟之義焉則爲之子者固不敢以禮抗而勢輒若東西南北之人偶會暫聚情未孚蹟未密而欲責望於再世則已難矣座主之義自有科舉以來有之蓋凡出於其門者或登堂而拜或分廨而坐有不同於塗之人者旣其甚也乃至於徇私而忘公故宋之初嘗革之以爲弊其亦矯枉而過者哉稾城石邦彥吾同年雲南按察副使大器公之子也其於予始未通問及予典試京闈得易卷甚佳遂以魁學易者旣揭榜詢而知其人後被簡

入翰林爲庶吉士凡預閣試輒在優等予用是愛且重之及受秩爲檢討朝夕相與處義加密而邦彥視予若弟子之於師坐立稱謂匪惟不爲抗又若有過焉者徐而察之非獨以前所云也此古之所謂知已者而於今見之予安可負哉予嘗患世之君子或挾長以爲驕或任情以爲智雖有美才妙質卒歸於無所用之地及夫曠百世而相感遠千里而相信者或間有之奚可以多得哉邦彥蘊才飭行必欲企古之人而欿然若不足觀其勢不但於今日止也於文章必能鳴一代之盛於功名必有諠乎一世之人於道義必能全所賦之天而不爲庸衆人所汨乃可以言至苟可以言至則夫所以相與所以相信者不誣曰

矣邦彥勉乎哉今之仕者寡規而多頌邦彥之歸省於其鄉也謂予曰何以教瑤予方感於邦彥之知又重其以規請故以後所云者贈之且望其來重相與講焉

黎文僖公集序

李東陽

東陽嘗從文僖黎公先生游舉業之暇獲見所爲古文歌詩諸作時公方以狀元及第文名滿天下自公卿以下外暨藩郡購者踵相接公每用短素札方格正書不復屬草運筆命筆不廢問荅而詞整意足動數千百言月累歲積至盈几案公亦不自愛惜或爲人所持去及往反故邑回翔舊都道途篋笥間逸失過半公既致政歸棄諸生越數季其長子南康知府民牧亦卒次子山西右布政使民表輯其家遺稿得若干篇多出傳寫亥豕不可讀東陽乃與劉司馬時雍楊太宰應甯參互校訂釐爲若干卷而民表實鋟梓以傳公嘗論古人之文大抵以豐裕充

贍爲尙以雕飾削刻爲病東陽雖在髫丱頗能測識公意因進而請曰此非孔氏知言養氣之旨乎公曰得之矣蓋文章之與事業大抵皆氣之所爲氣得其養則發而爲言言而成文爲聲者皆充然而有餘措而爲行行而爲事功者亦毅然而不可奪顧養在我而用不用係乎時故韓昌黎蘇眉山之氣見於文章韓忠獻富文忠之氣見於功業雖所就不同其在天下皆有不可泯者公積學未仕時累誳科第而志益堅在翰林上書執政捄言官得罪者固已氣蓋一時矣居嘗遭値嫉妬而放言高論不少爲遷就及其登華陟峻猶不免於投閒置散而定力雅操未嘗苟同於世故雖功業未能盡見其所養者固存今即其文

觀之其所謂豐裕充贍者蓋若是盛也況亦有不盡其傳者乎然觀室者必觀其隅後之學者聞公名因其文而論其世亦可以識其大矣東陽獲奉緒餘忝竊科第僥冒祿位非徒學力未至而才不稱事於公殆有愧焉又不能蒐采放失俾無遺憾謹序次其所僅存者而因以坿名姓於後云公字大樸別號樸菴官至南京禮部尚書文僖其賜謚也

送武選汝君之南京序

李東陽

吳江汝君行敏舉景泰癸酉鄉貢爲國子生成化初會修先朝實錄以能書入與史事予時濫在館局見其爲書楷正有法表然出儕輩書成授中書舍人凡卿大夫士所得誥敕皆願得君手筆故君書傳於世日多九載秩滿有南京武選員外郎之命則戊戌十月也實錄之典職書者例以恩得中書時臺閣執政者以爲太廣獨嚴資格惟貢士及國子生乃得得是者不過數人考績之典自中書滿者例得遷員外郎近歲吏部亦以爲太汎乃因內閣議分爲三等得是者亦惟科目之士爲然於是君所處地雖藉恩循例皆非輕授而幸得者也然其初命也有謂

中書雖清近而不與政事以爲君惜其再命也有謂兵部雖繁要而南署所掌不及北曹之半未足以大紓厥蘊蓋君之所得人不徒不以爲幸且以爲未足如此也夫行能爵藝皆所以爲世用而進取之機官守之分則有不同君子之於官也必吾之所當得得之不爲幸必吾之所能爲爲之不爲彊儻用我者有所未盡而吾之處之者有餘使心有餘慮身有餘力歲有餘日而復以其所餘者自盡於其間於是乎曠官廢職之咎寡矣君在中書翰墨之外詞章議論溢人耳目故雖用者以爲未盡而君之有餘者固存武選之職領武胄封拜傳襲之事今天下功籍日廣冒僞之獘與考覈取舍以嚴今日之選者君之事也而

又積學蓄德於其餘挾庖丁之刃操郢人之斤以待天下之用吾知其有餘地也先君爲員外郞者李君應正李君與君同鄉同爲中書贊價相甲乙又適有交承之誼聞斯言亦未必不爲予首肯也

送徐君再守荊門詩序

李東陽

成化戊戌荊門州民若干詣闕言臣州守闕願得前守徐某爲之事下吏部時徐君方以家艱起復上京師遂復有今日之命蓋自君去其州三年又歷一守去矣而始再涖其地於是朝士皆謂茲州之不可以無君而君之能感其人者如此也乃爲歌詩餞之君同官張君亨父屬予序天下之譽皆可以妄取惟於民不能僞蓋其勢重其地親其爲情也平而無所飾故或能使臺省交薦不能爭於匹夫之心能使左右稱賢不能得於國人之口天下之所謂公論者至於此而後定然感之於旦夕非難懷之於久遠者難若有故而去去而久久而思思而復欲得之

者其亦鮮矣官之設以爲民也而得乎民者其難如是故古之賢者在官則有久任之典旣去則有復借之令凡以爲民利也今以閭閻之賤上干殿陛之尊不可謂不誠以君相之命而下從匹夫之願不可謂不專且重矣而徐君當之其不謂之誠難乎哉古之君子名成而行益勤任重而心愈憂蓋人之責乎我者重則吾之所以副之者愈難責而莫爲之副不若無其責之爲愈也徐君勉乎哉夫使其民如饑者之必飽渴者之必飲愈久而其心愈不忘者君今日事也然非力倍蓰不可得若謂事半乎人功必倍之如孟子所云者此則交承之論非所以論始終之際也徐君勉乎哉諸君之詩多寵君且期之者予爲是說

以相君君誠賢者有志世用必不以予言爲不佞也君名泰始字士亨改字大同世爲江陰鉅族舉解元試御史事補知羅田縣以才能擢今官云

送邱給事使琉球序　李東陽

我國家正位凝命埽乾蕩坤滌濯萬物逮於百年治洽功成五服之內藩臬郡縣所治出賦稅共使令者弗論以至於薄海中外疆殊界別以國稱者萬數迺者先沾遠者後被冠裳椎卉詩書甲胄梯高航深四面而至充中庭溢下館禮部繫於出納鴻臚勤於奉引相胥疲於通譯自有中國以來無若是盛者若琉球國在海東南諸國小大遠邇之間煙火相望順颷利帆七日而至然其始俗以盈虛爲晦朔以草木爲冬夏粤自古昔未通於中國雖武征贖詞而賓服無聞及國朝號令所及望風款附遂封爲中山王齒於載版圖奉職貢者日涵月煦潛移暗革

被服冠帶陳奏章表箸作篇什有彝士之風焉成化庚寅其王世子某當嗣封遣其長吏某來請命天子封爲中山王賜璽書冠服遣正副使二人致命中山戶部都給事中邱君宏實充正使賜朱衣一襲以行六科諸給事相率爲行餞徵詞翰林某與給事君同年言在不讓曰於戲給事大丈夫入居諫諍出領使命眞通顯稱所願爲今聖天子在上賢大臣在列嘉惠於彼外國中山王謹良孝順不墮臣節以俟我威命而給事身負荷之國體之所繫小邦之所瞻後世之所傳示皆在給事給事其克自重感厲精發山動海立以宣逢天子威命國家之典章式俾小國君長陪從爰及閭巷明識逆順保其初心惟億萬世服事

罔敢斁亦罔敢後於戲豈不眞大丈夫哉給事君起謝曰使者職也敢不敏於是諸給事驩曰使哉使哉乃導上供張三爵而後別

送舅氏劉侯之甯夏序　李東陽

甯夏之域左界黃河右臂賀蘭諸山在三邊爲險地然其所統方數千里而河曲乃居其半則皆連山大沙無長城巨塹之險自河外失據畫地以守不過數百里列堡分堠一功而什力今敵騎之警不及甯夏乃自花馬池與武諸路以入則甯夏所備不在外而在內非鄕之形勢可論也故守甯夏者必愼守河曲河曲甯則甯夏可以高枕而臥矣然以今昔之異勢而成什一之全功者豈不難哉古之論擇地者必先擇人故南城有檀子則楚寇不侵高唐有盼子則趙人不入徐州有黔夫則燕趙交際雖齊之一國尚如此況國家一統之盛羣才之富而制遠方

之敵則亦何所憚哉今年夏巡撫甯夏都御史張公議政於朝言其所統地廣而裨將不足於用上命兵部簡於衆得三人其一則我舅氏署都指揮同知淮安劉公永也公以武胄蚤閑騎射從征於外南至湖湘貴州以入兩廣北歷萬全西極於三邊之界皆有闖幕軓旗鼓符信以號令羣士多所俘馘策名功籍遂自千戶累陟都闖人以爲才居常奮厲欲以兵革自效今强敵未滅尚廑廟謨而公適以選擢承委任識者知其將建功於西鄙也烏乎士旣患無才而又患於所用以公之才得謀國求士如張公之賢者而爲之用其將有所賴而成乎東陽少負陟屺之戚於公之行深有感於渭陽之義方喜邊鎭之得才與公

之獲於用也故先逝其大者而後及其私焉

邵孝子詩序

李東陽

戶部主事湘陰邵君汝學蚤喪父事母李氏甚勤苦居常愉色每出飲未嘗至醉值蔬果輒懷歸奉母母疾衣裳不解帶日親湯藥雖唾壺穢器必手自澣滌或激涴其面弗見於母母既安寢乃徐而拭之母喪哀毀累日而後食食必粥蔬之日寢苫枕塊廬於鳳山之墓三季孝行甚異門人龍來雲輩倡於鄉鄉之人陰陽訓術儁時省輩狀於縣縣大夫奏於朝事下禮部移御史及按察下郡守遞爲覆報皆無異辭朝廷以例表其門爲孝行時君已自鄉貢舉進士例得再建綽楔至於是凡三焉今之例有司以綽楔表於門者凡科目之事與孝順節義異行之家

皆然表科目所以勸爲仕表異行所以勸爲善勸仕者固將以求其行也然仕者恆有而行之異者不恆有故苟有異行雖州甿里婦猶表而旌之其禮加重人之得之者亦加榮焉況仕者之有是行哉今表仕者於鄉鄉之人起而慕之而凡天下之爲仕者勸表異行於鄉鄉之人起而慕之而凡天下之爲行者勸鼓舞欣動之機固各以其類應有不可遏者而況乎兼之者哉天下之行不必皆勸而後成然亦有俟於勸者夫所謂州甿里婦其行不出乎畎畝閨閫之間及於人之耳目者近近則未易徧仕焉者名籍在朝廷勳業在臺省觀望在天下於此有異行焉爲之上者又表章之不暇其所感動宜何如盛也今聖天子

孝理隆洽。法制精密。善必聞。聞必勸。而君方以異行登顯仕。膺旌異之典。是以其身繫天下之化者。其責亦加重。夫豈可例而覩之哉。古者國有美政。鄉有善俗。必播諸詩歌。以風勵天下。薰陶誘掖。蓋有滚於教令者。吾黨則有不得而辭焉。與君偕舉進士者若干人。爲詩若干篇。而東陽竊以鄉士爲國史。尤親且近。因序其事。以佐君勵天下。庶幾自吾鄉始。

京都十景詩序

李東陽

京都舊有八景。景有題。曰瓊島春雲。曰太液晴波。曰西山霽雪。曰玉泉垂虹。曰盧溝曉月。曰薊門煙樹。曰金臺夕照。曰居庸疊翠。蓋即元所謂金臺八景者。頗更定之。永樂閒翰林諸儒臣皆有詩。英宗睿皇帝增其二題。曰南圃秋風。曰東郊時雨。於是爲景凡十。諸翰林復皆有詩。詩凡若干首。爲幾卷。於乎盛哉。惟帝王建國立都。必有山川關輔之勝。宮闕城郭之麗。車書文軌民物之盛。以觀天下。而鴻儒碩士必有文章歌詠。寫之琬琰。播之金石。以示後世。不可闕也。蓋古之稱名都者有三。若長安之河華。東京之嵩洛。金陵之鍾山大江。皆有所據以爲勝。漢則有司

馬相如之上林。揚雄之甘泉長楊。班固之兩都。唐則有李白之明堂。杜甫之太廟南郊西嶽。韓愈之南山。宋則有王禹偁之籍田。宋郊之圜丘王畿。范仲淹之明堂。周邦彥之汴都。或詩或賦。鏗鍧炳耀。後先相望。皆足爲天下後世道。然校之三代之盛。則亦遠矣。金陵之都。以一統御天下者。實自我國家始。今京師居太行滄海之閒。其地亦勝。乃出於古帝王智慮之所不及。又非元氏之所能當者。則我國家億萬載太平之業。顧非天之所遺乎。蓋自契丹以來。五百餘季。此地不得與於中國。今承平既久。民物繁庶。制度明備。山川草木亦精采溢發。若增而高。若闢而廣。校之父老所傳草刱之際。蓋已倍蓰。而科甲之魁傑。館閣之

耆俊。天下之所謂文章者。固於是乎在。古稱文章與氣運相升降。則贊揚歌詠以昭鴻運。迓休光者。無惑乎其盛如此也。若夫聖君賢相盛德大業。所以植國家庇民物。著之典謨。勒之金石。軼漢唐宋以擬三代之盛。尤有不可闕者。某將於今日之詩卜之也。某忝生京師。竊覩其所謂景之盛。又廁翰林之末。而材力淺薄。不敢以代者自效。謹推本其意而序之。

賀楊母太安人受封詩序

李東陽

巴陵楊君應甯。旣以中書舍人滿三載。書最於吏部。當貤贈其考化州公。而州佐秩從六品。稍尊。中書雖屬禁近。品顧居七。乃以例給化州同知敕。而進公階儒林郎。其母張氏從夫階。當封安人。而例以獨存。故得稱太。蓋其號加稱焉。封贈之制。凡父官尊於子。則從父。官卑於子。則從子。惟貴之從。而不爲殺。此國家待士之至。於是應甯之所得被者。亦厚矣。且凡所謂誥敕。必京官之能舉職。及郡縣官之有美政。被旌異者。乃得之。化州公廉潔有異績。而當時藩司部使。無能旌之者。則太安人之命與應甯之貴。且才也。殆公所覽於天。以遺其家者乎。予始見公。敝冠

束帶。又或時被褐布衣居京師。一第不能旋馬。若未嘗擁車騎出佐一郡者。太安人之封也。予往賀而見之。時雖貴有祿養。命服之外。無所增飾。固其儉樸天性。而化州之素風遺教。蓋未改也。昔范氏歐陽氏之母。皆舉父事以教其子。成其賢名。而其身固在。食其祿。人謂爲范氏之母易。爲歐陽氏之母難。有子如應甯者。親及其父之教。而又有太安人以終。何怪其成之易如此也。又況應甯年甚少。志業甚銳。而太安人方康強優裕。猶有所待而詎成邪。然則太安人之命。不獨爲今日賀。且自今日始。始其兆也。應甯上世滇南人。今定居京口。而巴陵實故郡。且其所受薦地。有名籍。故於湖南人士尤親。湖之仕者。皆往賀太安人。

賦詩爲壽而予與應甯尤厚故既爲詩而又爲諸君序之

賀陳先生誕孫詩序

李東陽

成化丁酉三月十八日翰林諸同年會於師召陳先生第既有成約予與鳴治先入觀其有喜色問之曰適得莆報大兒臯得一男矣時同年皆未有孫孫實自師召始予二人喜甚亟呼酒飲師召師召曰請爲我賦鳴治倡爲句予繼之已而眾客以次至皆遞爲句句八繼而成律鳴治再倡律再成眾乃屬予大書於堂壁師召不欲以觀賀者掣予肘再四不能得拂衣入少頃忽笑而出視予書且視且喜眾客競爲助喜歡聲動堂陛回顧僮僕皆欣欣若有懌色師召獨據几諷誦曰固亦佳事也意始悔沮予書書成數五後至不及與獨和二章明日眾客皆重和

越數月汝賢還自莆又續和焉於是聯爲巨軸盛供具以贈之而師召謚大設席饗客以爲例例亦自師召始云烏乎師召爲人純樸簡易藹然古君子風其考文析理極精審密而名數世故之粗或遺略不屑計立心制行介介不可易而包垢含穢口不稱人過日與之處而若不見其有異者人無問親疏遠邇皆樂且信師召亦自信不復疑於人予嘗謂其氣象悠遠其爲福澤宜深且厚徵諸子孫亦固然哉又聞諸師召言其先祖宋觀察使淬父子皆死國難旌爲忠孝曾大父義軒下暨祖禰皆能以容忍惠讓爲德數百指之後昆三百餘年之世業於是乎涵江之澤遠矣昔陳太邱氏祖子孫三世同德文人史氏尚侈言

之是詩也雖出乎一時之談笑然於平生交際之情諸家世講之好亦可以觀矣請爲諸君序之以傳乎其家

自訟稾序

楊一清

臣一清初以都察院左副都御史督理陝西馬政乃宏治甲子冬十二月北虜潛伏河套閒擁眾入寇甯夏守臣失利遂入犯環慶固原甯夏陝西兩鎮守臣交章告急於朝我孝宗皇帝從本兵之議命臣兼巡撫陝西地方經略防禦乙丑春正月臣始拜敕卽馳至固原以便宜處置戰守未幾虜遁歸河套乃大閱將士定令約法顧各邊廩藏空虛粟芻無旬月之積有警調兵何所取給臣用是懼上疏極言之事下戶部奏發內帑銀若干萬兩開各運司鹽課若干萬引招商轉輸及分官市糴量邊城大小險易積粟芻有差時號令方新仗國威信商民輻輳莫敢

後期於是沿邊庾廩充盈士有鬬志是冬虜再入寇恃我兵糧有備得以無恐已而延綏甯夏諸將數與虜戰輒復失利本兵議以諸鎮權無專制不相爲援以至於敗正德丙寅上命臣總制各路軍務進右都御史久之虜遁去因徧覈各鎮兵糧空虛如初又以便宜招納易糴邊庾各漸充實是年冬虜復擁眾入套烽火絡繹至臣揚兵耀武以待之虜不敢犯明年丁卯春渡河北遁屬臣有疾得請歸江南會朝廷分遣部使稽覈邊儲使者奉法凜凜寸牒龠黍摟剔無遺鉤距文致惟恐弗甚焉維粟在廩維芻在場歲月旣久溼腐耗蠹有所不免於是自委吏而上至於巡撫無弗得罪者詔獄所逮無虛月日而臣亦坐是被

逮詣京師、戊辰夏四月二十二日、錦衣使者至鎮江、臣旣就繫、次日渡江舟行至徐州、使者慮閘座阻隔、遂舍舟由陸至德州、又慮途潦行緩、復登舟、五月十一日、由河西務車行就獄、蒙恩憫臣病、令羈候於外、十二日出儆民居以俟命、是後凡三上疏不報、六月初九日、始得旨致仕、以病未愈不能入朝、具疏謝辭、十三日出城、時暑氣方熾、假宿城東姚氏居凡十日、至張家灣宿杭氏莊園又十餘日、七月七日發舟潞河、八月初九日還鎮江、先是聞百官罪繫、頗慘有从於籓楚者、其以邊儲坐者、責令倍償、傾其產不足、械繫經季不得解、故使者之來、親友皆爲予危之、送之江濱、相望多泣下、予不改常度、或問曰先生何恃而

不恐、予曰恃一點赤心耳、故初渡江時、有細檢平生、从亦安之句、自是不廢吟詠、然桎梏在身、不能筆記、旋卽遺忘、比宿京邸、記而錄之纔數首、羈候以來、至於莊宿舟行、觸物感興、動有述作、多自咎之詞、蓋審分度勢、固有宜然者矣、何者、芻糧所坐、誠得以自解、時同事有讓予者曰、使公向不多積則無今日之累、予曰不然、居其位則事其事、凡所當爲者、豈可虞後患之及、遂輟不爲哉、且邊儲乏矣、而不爲之處、則大虜入寇、勢難聚兵、地方之安危未可知也、而臣之身亦恐不能自保矣、夫惟所積旣多、不獨一時藉其用、予解任後、自丁亦至己巳、邊人所仰給、猶舊積也、予方私喜以爲功、雖得罪其何辭、顧後之爲撫巡者、過鑒覆車、他日必有任其責者矣、若予之自咎、則有說焉、器非大受而秩進都臺之尊、才本庸常而任專總制之重、易曰鼎折足覆公餗凶、又曰負且乘致寇至、凡予之所履、皆盈滿之境、有招凶致寇之道焉、而又自信太過、好惡太分明、無容物之量、保身之智、是皆人非鬼責之所宜加、朝廷之所以處臣者、可謂仁愛忠厚之至、而臣得以餘生老林下、爲太平一閒人、志願足矣、何怨何尤、自被逮至還家、凡一百六日、裒集所作得詩一百一十九首、因名之曰自訟稿、俾兒曹藏之、

懷麓堂稾序　楊一淸

古之人所以名世而不朽者有三立德立功立言是已今天下政化出於一六經四書之旨如日麗天固無俟於所謂立言其見於箸作若紀述鋪敘之爲文哌歌吟誦之爲詩可以考見得失垂世鑒戒而興起其善端大則用之朝廷施諸天下以鳴一代之盛謂非古者立言之遺意哉今少師致仕西涯李先生以扶輿閒氣挺生於重熙累洽之朝弱冠入翰林已負文學重名金石所刻卷帙所錄幾徧海內大夫士得其片言以爲至寶後進之士凡及門經指授輒有時名中秊亦深造遠詣比掌帝制登政府則又衍而爲經綸黼黻之文稽古代言以定國是變士

習稗政謚化有非文章家之可名言者矣且文至今日而盛而弊亦隨之故連篇累帙盈天壤閒皆是物也其能追古名家超然自立於世者蓋亦不數見已自餘作者各挾所長非無足取彙而閱之樂恣肆者失之駁而不醇好摹擬者傷於局而不暢近或習爲瘦詞硬語使人不復可考以是爲古所謂以艱深文淺近者文之弊一至是可慨也先生高才絕世獨步一時而充之以問學故其詩文深厚渾雄不爲倔奇可駭之文而法度森嚴思味雋永盡脫凡近而古意獨存每吮豪呻紙天趣溢發操縱闔闢隨意所如而不踰典則彼月煉旬煅以求工者力追之而不可及也譬之大人君子冠冕佩玉雍容委蛇於廟堂之上指麾百執事各任其職未嘗有叱咤怒罵之威而望之者起敬卽之者傾心至其眾體具備無所不宜挨之而謚深索之而愈遠則如大河之源出於崑崙至於積石又至於龍門底柱既乃吞納百川以達於海涵浴日月頃刻萬變而不知其所窮於乎至矣孔子曰有德者必有言先生孝友天至其素行金完玉粹名滿天下而自視欿然位極人臣而樂善如不及履常應變恒介介不易守蓋其文章與功業竝懋斷有以立於世者而謂其不本之德不可也先生嘗自輯其詩文凡九十卷總名之曰懷麓堂稾詩稾二十卷文稾三十卷在翰林時作詩後稾十卷文後稾三十卷在內閣時作南行稾北上錄則附於前稾之末講

讀東祀集句哭子求退諸錄則附於後稾之末以皆雜記故不入卷中徽州守熊君桂先生禮闈所取士閒從所知得副本乃與同知王君仲仁輩刻之郡齋奋書京師索予序予辱先生知餘四十秊多所規謚每有撰述輒爲指摘疵垢不少隱顧庸惰不立少而習焉老而未能測其谿徑況望窺其堂室哉然平生企慕之懷得託姓名於不朽以爲幸而熊君汲汲公善之心亦不可以不白故僭爲之言先生所箸别有燕對錄藏於家及密勿章疏文字甚多人不及見予承乏內閣得竊見之若致仕以後詩文則别爲續稾他日當自有傳之者

履素詩集序

羅鑒

詩凡二百二十餘首先公履素翁之所作也先公少隨父汶仕北平都司斷事洪武初季歸以孤貧力學恬退自守不慕聞達嘗名其軒曰履素蓋取素位而行不願乎外之意也性好吟咏感時撫景意到卽落筆既沒多失其稾今所存蓋十之一二爾鑒比得之敝篋中讀之憮然興歎其閒辭意雄渾溫醇精到惟可與知者道也嘗聞之故老極言先公爲人孝友天成敦睦宗族賑恤貧困親賢樂善有古人風鄉人敬服稱爲長者雖其履歷行實之詳今不可考然卽其言之形於詩者如此而其所存可知矣鑒與先君郎中公先後叨致顯膴而子姓繩繩爲衡湘

望族未必不由先公積慶之所致也今特次其所遺詩授諸梓將與鄉之知言者共之俾不晦於前而泯於後云

中州集序

嚴永濬

金初未有詩北渡後詩學日興河東元好問裕之起而當兵亂之餘國事漸衰故老皆盡裕之身任翰墨蔚爲一代宗工凡四方碑板銘志盡趨其門一時君臣上下遺言往行篇章制作訖無罅漏今所傳中州集蓋其纂述之一也集以甲乙次第爲十卷卷各取其人之出處表諸首而以所作隸其下末又以樂府終之歷二十寒暑而始成百餘季閒新聲雅詠洋洋在耳亦足以鳴金源氏之盛哉金故用武得國無以異於遼而能自樹立唐宋之閒有非遼所及者以文不以武也夫文之變爲詩詩有補治道切於士習其閒邇嚮之端曲則又存乎人之所養顧可

盡取於詩邪是集所載若光孝在儲位二十餘季雖未卽大寶而終其事與陵能承意開導四方陰受其賜所謂餘福被元元者嘗於賜宰相壽日詩見之道陵有志文治粲然可觀惜乎婢寵擅朝冢嗣未立疏忌宗室而傳授非人使造化無私之言徒爲文具耳趙秉文爲禮部主盟吾道將三十季詩筆縱放不拘一律楊雲翼代掌文柄楊能直言進諫砥礪大節爲時所稱餘如周昂李獻能之孝友雷淵李純甫之豪傑馮延登梁持勝之抗節不屈冀禹錫王萬鍾之遇害不避爲宰相爲狀元爲異人爲隱德雖其所作沈鬱簡淡奇崛巧縟各爲一家大約所養之氣格得乎完正者居多又以見海裔之餘風有一變至魯之漸

爲可尚已予故病夫宇文虛中吳激蔡松年馬定國高士談之輩始皆宋之名士其後或以奉使留或以知名顯史言楚材晉用特追其辭責以成一代之文自若主憂臣辱甘心澳涊以求全活一隅而謂士君子有是哉裕之疏其人直書而不諱者殆深意存焉蕭眞卿嘗言國初文士如宇文太學蔡丞相吳深州之等不可不謂之豪傑之士然皆宋儒難以本朝文派論故斷自蔡正甫爲正傳之宗黨竹谿次之禮部趙閑閑公又次之當時公議已如是然則長篇大章膾炙人口風流蘊藉激賞國中視宇文吳蔡諸人之仕自足掩其所短況質諸唐宋閒之詩人有足愧乎侍御史沁水李公嘗景仰是集爲鄉前哲所自錄且

謂予言可備折衷因託之刊誤以與四方博雅君子共論焉時

宏治丙辰閏三月朔

賈子新書序　黃寶

余昔承乏選部時偶於京國書肆中得賈太傅新書鈔本凡若干卷余手披目覽口誦心維始而駭終而不知神與之接融融灌灌不知旨之樂之詠之歎之於是乎乃知太傅之生値漢室初造光嶽氣完之時通乎天人精微之藴窮乎歷代治亂之故洞乎萬物榮悴之情究乎禮樂刑政之端通乎仁義道德之原故正言玆議卓卓乎其奇偉悠悠乎其深長鑿鑿乎其有援據如江河瀠滴而莫測其涯也如風霆變化而莫見其蹟也如雲霞卷舒出沒晦靄千態萬狀而莫可名言也世之稱近古者亦在是矣所宜珍重不啻若湯盤周鼎而毋敢忽旨正德甲戌余

致政家居長沙郡守陸公以誼謫於長沙去今千有餘歲國朝旣崇祀享之禮但傳長沙時所著新書獨無傳焉乃檢閱郡齋故櫝中得版刻數十片計其脫落尚多因詢於余余即出是本補刻遂成完書屬余爲序余惟太傅高世之才始出天縱漢劉向稱其通達國體雖古之伊管未能遠過班史痛其不用但謂其天年蚤終雖不至公卿未爲不遇誼過長沙作賦以弔汨羅而太史公傳於屈原之後明其若屈原之忠而遭棄逐也宋歐陽公謂其所陳孝文略施其術猶能比德於成康況用於朝廷之閒坐於廊廟之上則舉大漢之風登三皇之首猶洩壅裨墜爾蘇公論其爲王者之佐如其所言雖三代何以遠過此數公

者故有定論誠毋容加喙於其間顧其書之在霄壤中上則爲德星爲慶雲下則爲朱草爲醴泉光景常新而精神不虧亘萬古猶一日柰何自宋淳熙辛丑提學漕使程公版刻之後三百餘禩僅得一陸公補輯殘鈠爲書再行是何寥寥知賞之難也非惟嘉惠後學廣其見聞以資博識愼而擇之而立身行己之道亦寓焉中間如鑒秦俗之薄惡指漢風之奢僭請定經制述三代之長久深戒刑罰明孤秦之速亾警人主之如堂所以優臣子之禮置天下於大器所以示安危之機凡憂民傅職官人大政等篇皆經濟之大略又有國與天下者之所當鑒也郡守公名相字良弼宏治癸丑進士累官南京吏曹郎中英名偉績

有所自也政尚平恕有古循吏風今觀是編可見其知所擇而其蘊畜之富未可量也故不揆愚陋僭書於端以識歲月云

序三

送族姪永端還長沙詩圖序　彭澤

記曰萬物本乎天人本乎祖吾彭氏受姓類出於顓帝孫陸終第三子曰鏗籛之後堯封於彭城謂之大彭氏迄今幾四千季其間源流莫考然於力可考求而知者不加之意焉則忘其身之所自出而昧其愛之所宜博親親仁民愛物出於吾性之仁者將倒行逆施而失推恩之序矣其爲家國天下之害蓋有不可勝言者又奚貴於本乎祖也哉澤自弱冠侍我伯祖考武德

府君先考柱國太保府君拳拳以不獲之長沙合族爲歉自叨甲科郎以吾族之在蘭者編次爲譜虛其右方以俟長沙有考焉既而託交游之厚愛於彼者蓋已不次矣正德壬申癸酉間始得湖湘之撫鎭巡按藩臬郡邑之元老名賢協心同德爲之理究甫慰又得吾宗望景卿翁所爲新譜鄉賢徵之周君併澤所爲舊譜纂爲會宗譜然後得吾自廬陵徙長沙之始祖旭湖府君以下之支派又得吾受贈於聖朝先祖武略府君以上之的派暨邱墟所在焉乙亥澤奉敕召還京師掌都察院事族姪表字永端者嘗自長沙齎譜系來省居三月南還澤重其端愼詳雅因以先墟祀事爲託歲丁丑澤以衰病乞休致蒙恩賜歸

田里己卯重建家廟於正寢之東爲始祖先祖神主以時享祀仍力疾親書會宗譜刊之冬十一月既望甫迄工孔端復自長沙來省于蘭蕃鄉閭下第卽請於巡按吉水毛公方伯分甯周公憲長長壽聶公提學浙東張公重其不以炎涼艱遠貳其心而允之也遂爲文併族譜告之家廟攜之晨省先塋會族衆姻黨又三閱月卽其言動禮度而考其所存所謂端愼詳雅又不足以盡其賢覽其文切實典則類其爲人託以祀事承吾祖之垂裕用光吾族端有在矣茲以椿翁年高不能久留將還非特吾宗族兄弟難爲別而親友亦不能別焉乃爲詩繪圖以贈囑澤言序之首簡烏乎萬物本乎天天道流行發育萬物其顯仁

藏用虧盈益謙者神妙莫測捷於影響萬古常新如一日然而人則天地之心也苟能念念天理而無閒吾之祖雖百世亦可格況萬古常新之天道也耶澤苦心四十餘年而始能合吾族所以動諸老名賢宗族鄉黨翕然共成其志者在此則天道人心幽明遐邇感召自然之應其可誣也哉孔端行矣告之吾族賢者能者必有知吾言之不妄者必能篤孝友姻睦之行而自不能已矣是非昌大吾族之一助也哉因以所刊譜多付之以還而爲序之如此正德庚辰二月朔旦年菴病翁澤書

送劉大尹致仕序

何孟春

歲宏治辛酉冬河南劉君宗信以靈邱令考績如京天官書之最矣例當復任旋擢君退而謂其光州士夫之在京者曰某自魁薦書蓬仕籍引萊陽綏視靈邱都篆而知令邑事凡幾寒暑年少償儒業免官諳於某願足矣美會大官要之償來而分非某所需者吾其可以歸乎其同鄉士曰君子聲績茂著累膺旌異三邑皆由簡改繁操割餘刃彌光靈鋩由僻改要惠利之源被浸始廣矧茲以最登課顯陟有日胡爲乎歸君弗聽猷歲春上疏乞致仕所司代爲之請詔報許焉鄉士夫歎君之能不動於勸以爲難而不得君所以浸歸之志又以爲憾我少司馬熊公

其同鄉先達也衆質於公曰彼其知止足之分不繫羈於外者乎所在吏民我愛我畏何一朝棄之而不待引年也彼豈以爲州縣常調碌碌勞人而米鹽朱墨之寵紛不屑爲乎風塵道途其已久矣公應之曰不然宗信蓋有揚子雲之田一廛宅一區稽叔夜之酒一盃琴一曲石濬川之一裘一葛飯一盂蔬一盤足以自樂推其初志雖終身可也而靳固一命奔佚三邑凡以盡心焉爾今者其弟廷瓚已秉郡麾爲時良二千石宗信於凡親民之政所已行而將效者其弟克舉而盡行之勢易而功倍宗信復何顧而尚不歸耶公爲此言時適春以鉛槧之役至於公所得聞其槩竊識之烏乎出處君子之節彼係彼劉君者於

進退之際不苟如此其賢矣哉君之自處高矣哉計君之懷世味已絕諸君强之於今日空乎其不饗也烏乎不有我少司馬之言君之所以洩歸之志誰其悉之無何君幅巾藜杖單車戒期有致靑門之餞者屬春言爲序春不及就君面而槩之前所聞頗能彷彿君之生平可以序矣於是遂次第而書之而重致歎曰於戲汝南孝謹門族異日有稱萬石君者其在劉氏乎宏治十五季壬戌春正月望後五日

孔子家語注自序

何孟春

孔子家語如孔衍言則聖藏之餘實孔安國爲之而王肅氏安國序未始及焉不知何謂此書源委流傳肅序詳矣愚考漢書藝文志載家語二十七卷顏師古曰非今所有家語也唐書志藝文云王肅注家語十卷然則師古所謂今之家語者歟班史所志大都劉向較錄已定之書肅序稱四十四篇乃先聖二十二世孫猛之所傳者肅闢鄭氏學猛嘗學於肅肅從猛得此書遂行於世然則肅之所注家語也非安國之所撰次及向之所較者明矣虞舜南風之詩元注樂記云其辭未聞今家語有之焉昭謂王肅增加蓋取諸尸子非鄭元所見其言豈無據邪肅之譎異於元蓋每如此既於曾子問一篇不錄又言諸弟子所稱引皆不取而胡爲贅此此有爲云爾肅之注愚不獲見而其序今世相傳家語殆非肅本非師古所謂今之所有者安國本世遠不復可得今於何取正哉司馬貞與師古同代人也貞作史記索隱引及家語今本或有或無亦有不同愚有以知其非肅之全書矣今家語勝國王廣謀所注本也注庸陋荒昧無所發明何足語於述作家而其本使正文漏略復不滿人意可恨哉可恨哉今本而不同於唐未必非廣謀之妄庸有所刪除而致然也史記傳顏何字冉索隱曰家語自稱仁山金氏考七十二子姓氏以顏何不載於家語論語仲弓問子桑伯子朱子注家語

記伯子不衣冠而處張存中取說苑中語爲證顏何暨伯子事廣謀本所無者蓋金張二人所見已是今本以此而推此書同事異辭滅源存末亂於人手不啻在口而已安國及向之舊至肅凡幾變而今重亂而失眞矣今於何取正而愚重爲之注不亦廣謀之比乎嗟夫先民有言見稱聖人聖有遺訓其誰弗循書莫古於三代古莫聖於孔子吾夫子之言如雷霆之洞人耳如日月之啟人目自六經外孝經論語後牽存此書柰之何使其汶汶而可也此書肅謂其煩而不要大儒者朱子亦曰雜而不純然實自夫子本旨固當時書也而吾又何可忽焉而莫之重邪論語出聖門高弟記錄正實而切事者顏回死顏路請子

之車子曰鯉也死有棺而無槨按以家語所記歲季子淵死時伯魚蓋無恙也或疑論語爲設是之辭論語且有不可信者矣吾又何得於此書之不可信者而竝疑其餘之可信者哉學者就其所見而求其論於至當之地斯善學者之誼也孟春謹即他書有明著家語云云而今本鈠略者以補正之今本不少槩見則不知舊本爲在何篇而不敢以入焉漫附一二愚得分四十四篇爲四卷存之私塾以俟博雅君子必有得肅本而是正者是豈獨愚之幸哉宏治十有八季乙丑六月

論衡鈞石序

何孟春

漢王充名其所著曰論衡充所爲取於衡者以其平也予觀充論古今事物釋同異別嫌疑博而辯矣范畢氏稱其閉門潛思絕慶弔之禮戶牖牆壁各置刀筆而後成此用心亦良苦矣然其是非繆於聖人而輕重之閒多失其實毋乃於衡有未平乎衡之得平權與物相亭也充之論衡毋乃徒知諠物於右而莫爲之權於左者乎余於是鈞石伦焉以附之衡隨充所舉之物進卻之以測重輕而平是歸庶幾斯衡不詭古之銓制而可無誤於今日雖然鈞石爲權已重亦惟其物之大且多者乃用之耳雀五燕六時有飛而易集之處吾何屑屑以較計爲哉九章

算法五雀六燕飛集相衡衡適平一雀一燕飛而易處則雀重而燕輕也宏治甲子冬十月

賈太傅新書序

何孟春

班史稱誼所著述五十八篇春求之今新書而竊疑其書篇目之非實也誼書欲改正朔易服色定制度興禮樂草具其儀法色尚黃數用五爲官名悉奏之今新書略不見焉豈足徵孟堅之所謂五十八篇者散軼多矣文帝時匈奴侵邊天下初定制度疏闊諸侯王地過古制淮南濟北皆爲逆誅誼數上疏陳政事史掇著於傳其大略云云數之云非一時所陳然痛哭者一流涕者二長太息者六之云該貫始末又似一疏何也疏中兩著流涕語洒制匈奴一事且長太息語凡三見而止新書無著篇有可爲流涕語等齊及銅布篇俱有可爲長太息語而本傳弗以入無著篇漢書載之食貨志保傅及審取舍篇事各異語俱不著長太息若階級篇所有長太息語自爲責大臣發而傳並列一疏中孟堅於此豈互有去取邪朱子嘗言誼學雜然文字雄健可喜治安策有不成段落處新書特是一雜記稾且誼蓋漢初儒者不免戰國縱橫之習其著述未嘗自擇期以垂世而天秊早終傳之所掇已未盡然亂於他人者何足爲據誼之才實通達國體言語之妙後儒亘不易及此論篤君子所以雖病其本根而終不能不取其枝葉也正德甲戌九月春按行洛陽往拜太傅祠因太傅書郡齋刻本謬甚公暇從而正之編次之意已悉於其前矣或問文帝好文之朝誼弗大用得非運也

絳灌東陽世稱長者而亦有毀誼事邪史固云文帝諸法令所更定及列侯就國其說皆誼發之帝議以誼任公卿之位而短於眾口則嬌嬌秊少實取之今觀其建白開所謂非愚則諛所謂猶爲國有人乎亾具甚矣大臣恬而不知怪俗吏不知大體盡斥在廷之臣既以爲進言之不臧又以爲獻計之無識至其自與則曰何不一令臣得熟數之於前使少知治體者得佐下風致此非難又曰曾不與如臣者熟計之其不遜如此欲眾毋怨得乎陳平見遇高祖時絳侯灌嬰等咸讒平今於誼奚恤而信其長者無毀誼事邪假令誼不夙仕孝景世處盎錯之間忌興謗集身且弗保今日之事爲庸臣所害如史氏言誠未爲不遇也春茲因復序其書

臨戎浹勝圖序　何孟春

我都憲涿鹿鄧公之以侍郎特起而撫中州也·爲正德辛未秋·時劇賊猖逆河北·轉入河南·斬木揭竿·鴟張狠噬·所在吏民習於承平·倉卒聞變·束手無策·城當者潰·師遇者敗·廟堂僉議巡撫之任·非公不可·故卽其家起之·公拜命·卽日單車就道·旣至·審察郡邑·孰巖孰夷·亟調兵食·孰緩孰急·孰最要害·孰當預備·器械之繕·城陴之完·倉廩之峙·士兵之選·民馬之厝·京邊軍之請·國帑之偕·一一自公心計手畫·事無遺力·智無遺慮·於是地方始藉而固·人心始恃而定·遇賊始有可遏之勢·干扞之具·明年壬申春·軍乃大集·不數月·賊獲殄焉·公驅馳塵坌·閱歷寒暑·

屢阽危險·曾不爲身家一豪顧恤·在處必齋遬從事·嚴紀律·定方略·謹偵伺·賊動靜·輒先聞·有以究其情狀·而百爲之防·陽而誘之·陰而襲之·閒而邀之·彼此而攜貳之·於脅從則示以來歸之生門·而出之陷阱·於係虜則拔諸焚溺之死地·而復之衽席·公忠貫神明·機參造化·遂使將士用命·天悔禍而人厭亂·而事之告捷也·公可謂文武兼資者矣·公智名勇功·遜不自居·錄狀之上·恩寵之及·獨後諸同事者·公可謂不矜不伐·善處功名之閒者矣·若夫中閒不如意事·西平之捷·而有汝甯之撓·洛陽之失·蓋長子帥師·弟子輿尸·大易有訓·時實爲之·公何病哉·事久而論曰·此吾輩之所以歎服公於今日也·考事始末·無公功者·昔宋虞允文參謀軍事·得都統王權敗軍·致采石勝·劉珙安撫荆湖·請置制使沈介遣兵相助·官軍日盛·旋執賊酋·徒黨盡戮·自今而觀·公當誰始·春固有以知公今日之所以爲功者矣·時有繪公貌臨戎浹勝圖者·春曰·雙節六纛·虎旗蛇矛·登金壇而擁玉帳·丹青之所貌於公如此·邇時心事·存亾旦暮·死生瞬息·所以運浹勝之籌·而成掃蕩之勣者·圖者莫能悉也·於是從而序之·正德癸酉秋七月

三軒詩集序

何孟春

悅禮樂而敦詩書昔人謀帥必是焉舉古今名將豈少哉軍中智勇目不識字亦有之而負詩名者貽不能退虜之誚爲所笑者固無取於帥才笑之者終是行伍麤人資急緩之用爾揚閫外之風烈昭義府之丕訓非此輩所能與也兩漢而下若祭遵之設酒對樂必雅歌投壺雖在軍旅不忘俎豆其知敦悅者乎而其子不象賢若耿況之子弇少習父業能學詩書及禮亦爲大將軍弇弟子秉博通書記歷西征度遼將軍其象賢者乎而其制作不傳將家子而達於文奕世有人有業可傳豈易得哉韓退之言文章之作恆發於羈旅草野至若王公貴人氣滿志

得非性能而好則不暇以爲然則出名將家爲貴人而又能存志乎詩書寓辭乎詠歌與韋布里閭憔悴專一之士爭奇而角勝豈非所尤難也皇明沐氏參預締搆之功大矣定邊武襄伯諱昂字景顒黔甯昭靖王之子定遠忠敬王之弟嘗官左都督充總兵官鎭守雲南其號素軒素軒子諱僖字可怡爲錦衣副千戶蚤卒贈都督同知其號敬軒敬軒子諱璘字廷章官至右都督充總兵官鎭守雲南其號繼軒三世皆有詩集集各以其所號名所謂三軒集者刻於天順間行世已久故黔國莊襄公因舊板脫裂乃輯所未備再梓焉未竟而公卒今封黔國公乃遂其事屬序於余余旣受觀則歎曰此豈非余向所謂尤難者乎素軒鎭守實繼忠敬討平麓川繼軒亦繼其兄黔國榮康公挂印平定木邦陶孟元帥之謀之在卻轂固如是夫而敬軒限於天年勛業弗就自今觀之三軒則要皆有可傳矣敬軒在厥父子間又何憾邪繼軒弟都督同知諱瓚字廷器生子二長誠錦衣都指揮使實生莊襄公次詳錦衣都指揮僉事生今前署都督僉事石岡皆武而能文昭靖武襄之後之昌熾天其佑之哉而公嗣襄公後纘服妙齡崇文訓武日求善志著於行事思報世及諡光前烈異時之所成就重紀竹帛載銘鼎又自不止於詞翰之美流布而已余故以是序而復之

金臺送別圖詩序

何孟春

人情相與厚不厚要於別焉見之相與也久其情也厚情也厚其別又不容默然者吾儕輩旅中道次所接遇有一日之雅半面之識皆不可謂非相與而情之所關微矣萍水鴻泥聚爲邂逅別不以告不以送別亦不覺其別也故余嘗目人相與之厚不厚於其別於別得其厚而原其相與之久人情庶其不失乎歙之吳君艮輔員外郎翁君應乾之故友也今季春來學於京師踰三月還望來路浩然欲返應乾思所以贈之者繪圖以識別並得詩若干篇內諸其裹而屬余序其情噫余於艮輔之別見應乾平素相與之情之厚也已應乾告余有言曰余昔僑居

杭城時艮輔至自歙定交館舍甚歡習業其筆硯坐並席臥連榻也此其相與甚久也卒歲山川阻闊音塵杳絕而忽邂逅官邸此其情宜甚厚也悵不能別必求有以壯其行色此亦人情也豈區區齎咨涕洟犯軷袪袪自比鹿豕甘兒女之就邪余又聞應乾言艮輔年少質美而志確有立廑於百氏書與之論古今成敗事當否人物高下如倒囊出物沛然有莫禦之勢今之所造詣較前在杭時所得益進則其情之厚不爲徒厚矣是人也余雖不夙識一見猶能傾蓋成故而況相與之久者乎因書以復命焉

送范以載充冊封使序

易舒誥

范以載以行人奉命冊封肅府將行同年地官王體民進士劉平甫黃門王明遇御史李國寶史官易舒誥觴之以載喜詩酒酬屬言曰余行數千里諸君曷歌以贈我乎體民曰宜歌皇華之詩矣於是體民歌一章平甫歌二章明遇歌三章舒誥歌四章國寶歌五章既又舉酒合歌之以載亦歌之體民曰欽之史官職當載之請載之舒誥曰載之不如繹之其味長也夫曰每懷靡及曰周爰咨諏曰周爰咨謀曰周爰諮度曰周爰咨詢何詞之頻復也蓋行人之職誠難矣以九儀辨諸侯之命等諸侯之等以同邦國之禮故以屬之秋官蓋遠行邦國非有威禁不

足以觀示杜預傳咨諏曰問政事也咨謀曰問患難也咨度曰問禮宜也咨詢問親戚之義也夫靡及存其慎也政事嚴其施也患難周其防也禮宜謹其文也親戚敦故舊之好也言愈復而敬愈切勸勉至矣諸君曰歌之汝繹之備矣於是咸樂舉酒再獻再酬日暮而退君子曰以義相規而樂近於古矣

總戎機序

易舒誥

正德丙子郴桂猺人犯境巡撫都御史秦公方議請討適有事桂州用輿人之言止踰季丁丑春正月猺復擁眾四劫破粟源安仁攸縣勢甚熾湖湘騷然時公在鄂聞急遂趨衡督兵捕之賊聞公至乃解去公因留衡月餘議請必討諸屬吏進曰猺據險難破反啟釁不如撫而順之公怒曰猺惡至此置不問無國法矣有復言勿討者叱之議定乃疏於上請合江西廣東兵夾攻之上乃命公同太監杜甫董師命總兵楊英統之命巡按御史王度紀功至期楊道卒公曰今兵糧俱集若復待請將則師老賊遁非策也遂握兵以往十月次長沙進次郴州以參將史

春代楊統師以右布政使方璘督餉以副使惲巍陳鼐贊畫以副使陳璧為前監軍以僉事顧英為後監軍以參政黃質為左監軍以參事王濟為右監軍以知府何紹計宗道推官王瑞之朱節協贊而公居中制之部署既定乃颺聲曰爾將士來聽予言猺惡貫盈朝廷憫茲下民爰舉大眾爾其聽上德意宣力戎行臨陣有進無退無妄殺坐作進退其如律曰璧其由桂東進於東水軍凡漳溪延壽以東汝其擊之曰英其自臨武進於邑離軍凡牛頭天堂以南以東汝其擊之曰質其自桂陽進於貟黃熱水軍凡朱廣以東以北汝其擊之曰濟其由郴州進於紫溪軍凡九峯黃洛以東汝其擊之曰巍春其居於兩路口相機而動諸將士聽指授各就軍既至則發地形險夷賊虜情狀或騎或步或計或勇或用兵多與少舉如所示不少差右軍與賊數十戰破三十餘崗斬俘甚眾獲其大酋四左軍破三十餘寨斬俘甚眾獲其大酋二所破牛革囊柵後軍破三十餘崗斬俘甚眾獲其大酋二前軍破寨斬俘功如後軍十二月報至公曰有龔福全者渠魁也今未獲可論功乎令於軍中曰此虜不獲爾輩無還期越五日縶龔福全頭致之幕下公曰未也此一時利耳乃除其地為郡邑衛所移兵以實之使餘孽勿復潛於其閒乃命有司曰民財已困凱旋無設饗於是璘巍鼐等約曰吾與若等得效微勞皆出我公神謀不可不有以昭示遠邇乃繪

圖貌公在師命將選士出令之像而書朝廷命征獎功敕詞其上屬舒誥序之夫諸寮佐皆一時豪傑公羅而用之如弟子之從師保而又為之圖以張其事非有以服其心而能若是哉兵固難言也近世儒者多短於兵豈儒固不通於將略邪公通經史善文詞弱冠名動江左李西涯一見稱為江南才子楊邃菴稱為當代名臣人遂以公為名士坐鎮雅俗不知其精於兵事雖將門弗逮嘗為河南參政提孤軍擊勁賊楊虎以全封邱封邱人為立生祠今又平貴州夷平郴桂猺兩省人咸賴之夫無所不通之謂儒公其所謂儒者非邪三代時伐淮夷召穆公將之征玁狁尹吉甫將之征荊蠻方叔將之此非儒者邪後又有

張良鄧禹馮異魯肅杜預婁師德輩皆號爲儒將然鄧馮以下或雜於孫吳權詐而六韜之義微矣今公師出以正其召穆吉甫方叔之徒歟公行且釋兵革論道調元於廟堂勳德其宏遠矣公名金字國聲別號鳳山常州無錫人

慈壽橋成詩序

徐一鳴

吾醴之南鄉地名泗汾鋪者爲楚粵滇黔諸路午衝鋪瀕江有橋故址僅餘木數根臥水中木松材得不朽又有石數重枕其上故得久存然莫知何代物也江流汛溢渡者必以舟官嘗爲置舟舟子狡玩務需索必得適爲渡貧者苦之春夏之交諸溪漲發勢方悍迅卽舟莫敢渡如輕慓或操不利則輒爲負鼈羞聞者諠憫焉嗟乎昔人言存心愛物於物必有濟徒杠輿梁具在令甲矧茲地多覆溺憂前是諸官司暨吾邑久近人咸湒然無一爲之所何也往予宦橐入奉咸予知追歸力田百凡務簡約兼比歲有秋衣食外稍稱優裕心實憫茲患夫維諸利濟事

似惟茲爲大且遠爰體楊子推分之仁遵龐公遺安之義不自揣節嗇意及此迺募諸匠役百人始事於丙辰歲首春至丁巳歲之暮始訖工然以役頗浩繁供辦日弗給兩季攘攘率支吾爲之緒甫就聞諸行路人過者咸歡忭若致頌禱意里人來爲道述咸夢予予哂曰茲予濟川功邪橋南數里許有著姓劉氏卽先宜人家外祖經府公徙城居予未獲至其地茲地及橋故俱名泗汾泗汾非醴水未審始何所指僉謂名稱本無當且橋新建宜別名舍弟臯曰茲先宜人毓秀之鄉橋成適吾兄季始壽橋名慈壽宜子曰先宜人克相吾先大人慈德灼灼載在誥詞胡庸茲然有先德迺始有不肖鳴迺有茲橋以惠濟諸行路

名以彰德可也若犬馬齒何繫焉僉曰泝源紀會弟言是也予謝不敢當予亦喜茲秊成俾茲地免覆溺憂庚少紓己推納意也迺爲賦七言長律一章寄諸山中姑以志始事云是歲除前一日涤江迂人識

送湛甘泉歸南海序

劉黻

嘉靖甲辰秋甘泉先生自南海來游衡山是時翁秊七十有八居數月黻嘗爲文賦四詩送翁歸自後數拜翁教札皆許再游憶翁高秊以至爲秊丙辰翁壽躋九十有一二月二十四日黎明忽鵲噪茅簷翁高徒謝生報翁至未幾翁親枉寒廬黻再拜見翁視聽聰明步履清健丰采儀度一如宿昔知翁遐壽無量也蓋翁平日以理養心故心靜逸以志帥氣故氣順適靜則精神內固順則道體安和此所以高秊瑞老能爲衡山之游也山川增重草木有光豈非南嶽一奇哉竊憶宋文彥博以八十任中書魏高允以九十相國事漢張倉以百二十領度支唐李元

爽以一百三十六入九老會翁秊視文高已過其歷碩德重望不當在度支之末即使世有白樂天則亦駕胡杲元爽光九老之會矣惟翁講明道學更事三朝歷翰院官輔國子祭酒擢大司馬冢宰敭歷中外乃今引秊閒適於溪山煙雲之外鄙見以翁位端揆則丰采凝俊可以表儀朝著參機務則運籌帷幄可以決勝千里任師表則頑廉懦立可以風動多士所謂國有老成人非翁其誰耶草野閒情每懷此意爲用人者獻也翁向南歸黻有詩茲再次顏字五韻送翁仙駕並續前序於左惟翁取其意而略其詞云

贈陳墨莊序　張治

墨莊與予同州里，予童而跂，長而適適，壯而規規，久釋如也。幾二十年庚辰春，予以試牒上春官，五月墨莊亦以貢來京師，萬里相得甚歡也。會墨莊以分教巴縣離岔，予亦將服有官政，相學相友弗能如昝，此情豈易然邪。夫不能離者心也，不能不離者勢也。其不能離者，卒奪於不能不離者之勢焉。嗟乎悲矣。夫以墨莊而止於斯焉，若無以自解於天者。噫嘻，天下之事惟義與命而已矣。義則可常，而命則不可必焉者也。君子修諸義以俟乎其命，肆其道至焉。施孟之子同業而異遇，樗櫟之不㒵於松柏也，限之以窮谷絕壑，百牛莫致也。樗櫟當途，或得以斧於

匠石。懷卞璞三獻而三刖，以瓦缶陶者比於畝歲數盆。其然者義也，其不然者命也。而君子終不以彼而易此，故能處窮達不亂焉。墨莊言有壇宇，行有坊表，道有一隆。熙熙其樂人之臧也，有不當則隱隱然以恐，能修義矣。蹟可遠到而頓於促，術可綜世而臨於庳，心杆杆不爲悒憐，能聽命矣。修義故達，達故於人順也；聽命故不憂，不憂故於已裕也。順於人，裕於已，是謂備善師之道與。且師也者，所以范刑乎人也。言繁弱秬黍之功，必歸范刑。詩曰菁菁者莪，樂育材也。又曰豈弟君子，遐不作人，言君子能作成乎人也。而孟氏之所謂樂也，亦曰得天下英材而教育之。夫義不大行於已，而足以裨人；澤不自己出，而功不掩勢；

不必崇而樂在焉。墨莊之於命，未始不爲遇。然則墨莊之所以自解者，亦或在於斯乎，亦或在於斯乎。

義倉集序

張治

毘塘譚氏卽其族作義倉大行公實倡始之雅祺洪潨繼成焉張子曰夫仁起於恩之薄也義顯於俗之衰也禮始於分之瀆也恩薄則離離而後有弗親者矣俗衰則偷偷而後有弗讓者矣分瀆則亂亂而後有弗治者矣此三者家之所由以廢者也是故君子合之以仁欲其親也制之以義欲其讓也教之以禮欲其治也親則恩洽故孝之道廣矣讓則俗湻故弟之義行矣治則分明故倫之理彰矣是以其道可久子孫長世也記曰君子因睦以合族此之謂乎故古之善化者必先其家家者本也本端故化行化行故治成王道備矣故曰堯舜之道孝弟而已是以仁義之說通乎天下也知仁義之說通乎天下然後謂之君子

會試錄序

張治

嘉靖庚戌春二月天下士會試於禮部者幾四千五百人尙書臣階侍郎臣崇慶以試事請上命臣治臣德爲考試官其同考試則侍郎某某其監試則御史某某暨爲執事咸備旣如例三試之乃竭日夜之力愼校擇焉遵宸斷取三百二十人爰錄其名氏及文之可式者二十篇以獻臣治謹序之曰夫錄所以錄士也然錄與士恆相爲重焉竊居布衣之士業鉛槧游鄕邑必更十餘載而後得錄於鄕之有司又必更十餘載而後得錄於禮部有終身不與者焉故士得與是錄者有餘榮矣是錄以士而重也士錄矣其終身所建立果足以濟天下澤生民流聲光無窮焉後之人將敬而指之曰是錄所得士也則錄其有餘榮矣是錄以士而重也故曰錄與士恆相爲重也夫國家之錄士何爲也欲其爲世用也士學古之學而求錄於上之人亦欲其學用於世也然道有升降世有古今君子惟隨其所値而致行之要以濟天下澤生民爲務然後爲有用之學學之而弗可用用之而弗宜於時則亦何取於錄哉我高皇帝有天下也卽位之三季庚戌始開科錄天下士一時翊戴之臣協志輯力相與締構大業以傳之萬世上下咸有大烈也聖聖相承益謹於取士之度今聖天子纘承天緒廓道德之途拓仁義之統遠撫長覽所以勤萬民而章洪業惟仁賢之務此堯舜之用心也二十

九季於茲，凡十舉士，溥恩廣施，久而益湊，至德昭然，軼於往代，遐方萬里之士，肩踵竝進，寸才尺藝，咸備官使，此太平之具也。然而臣失其職，功不加於百姓，惠澤不流，羣生寡遂，政之在天下若風草，有所積，有所虛，視祖宗之舊或少異焉，此豈法之不足哉？士不素厲，而弊所由滋也。說古道者，則泥而不達於時，喜更張者，又以其私智闚乎天下而擾之，不復典常之師，則其漸而至於敝也亦宜。是故明王不恃其有久安長治之業，而恃其有保邦制治之臣；士者不患其無可爲之時，而嘗患其無明體適用之學。書曰：學古入官，議事以制，政乃不迷，其爾典常作之師，無以利口亂厥官。此言明體而適用也。保邦制治之理，莫要

於此矣。往丁未之試，臣嘗辱明命，授以校士之責，大懼無以稱塞，茲再至，其爲懼也滋甚，思敬勉無忽，冀得明體適用之士，惟聖天子所驅策，用之相與守太平之業，致治安無疆也。然而持有司尺寸之度，求之語言之末，則又臣之所竊憂焉。何也？求士於肇造之始也恆易，求士於治平之世也恆難。蓋肇造之始，人周歷於艱險，志勤慮審，故才皆可用，而求之也易；治平之世，人襲於所見之安，誦古人之言，而不明乎當世之務，守成要之迹，而不審乎治亂之原，故才用鮮效，而求之也難。夫以日敝之法，而重之鮮效之才，其何以裕保邦制治之理哉？此臣所爲竊憂而懼滋甚者也。夫法不足於治者，才不備也；才不足於用者，學不備也。爾多士學古之學，以售諸用，則旣錄於上之人矣，其必舉所學而善用之，務以濟天下，澤生民，上贊聖天子太平之業，而流聲光無窮焉，則錄其不有餘榮哉！乃若逐逐然與時汨沒，無所裨於世用，徒以美榮名於錄也，雖錄之，天下後世有弗錄者矣，是重爲錄羞也。吁，可畏哉！爾多士勉之。

會試錄後序　　張治

嘉靖丁未會試錄成臣治敬拜手言曰明興有天下百八十季於茲其取士以丁未者凡三見焉記曰丁明也盛也陽道著明丁壯盛也未者言萬物皆有滋味焉天地以四時之氣造化萬物陽道昭達及於明盛之紀則物皆林林然成有滋味矣王者效天地本四時建道陳制興立人賢所以成養萬民致明盛之理也在昔丁未我高皇帝肇受天命首令天下設文武科取士用集大業文明之運所由起矣宣德成化之際仁義融液王道明治人文之化日益宣著至於今聖天子懋至德配天地稽古三五之道勸學修禮崇教勵賢以風四方海內懽慕含和咀滀

天府人瑞雜然竝至神光曜暉洪洞朗天豈不明盛之極哉士生於時固宜皆林林成有滋味也然萬物養於天地而人則藉萬物以養也物味有美惡斯生理之肥瘠因之矣荼堇烏喙蜇吻酸鼻洩腸胃而毒者則人避而棄之敗粃之粰無救飢渴封熊之蹯豢豹之胎窮海踰陸非可常有亦人所不尙也何也以無藉於養也士者人君所與共成養萬民也士味有厚薄而世治盛衰恆所由之國初之士其味眞實茂以開濟之略翊戴休烈當時之民無不得養者宣成熙盈之運士多持重完固其味醇厚民得所養者則皆充然而肥有光澤也及久而變焉譬之禁萶珍臠漸以蜜醴和以椒桂芬馨有餘而眞味亦薄矣其養之惠於天下者覩昔何如哉乃下焉者伐德暴義回惑營蠱惟淫志是逞用導民亂荼堇烏喙蜇吻酸鼻洩腸胃毒者也委瑣頹靡饕貴利自富於民弗勤敗粃之粰無救飢渴者也幽奇詭激違眾立異以改易觀聽民日漸於匪彝封熊之蹯豢豹之胎窮海踰陸非所常有也數者於養之理何迹哉民生日彫瘁若抱瘡瘵而懼其斃焉夫豈氣化使然邪要亦養之道未至耳是故養生者必擇味養民者必擇士而士之自養者必擇道今夫國家之擇士也三歲比天下之士而鄉試之三歲比其鄉之士而會試之其法至備也反加之民乃無藉於養焉豈非以人之難知而言之不可以稽乎根荄之始夭然與嘉穀竝茂而其味

則遠矣故擇不可以不愼也然士之自擇亦猶國之擇士也國之擇士也蘄以其士之道養乎天下也夫以士之道誠養乎天下而後可爲民之味不然其有味之者乎士之自擇也蘄以其身之道養乎天下也夫以其身之道誠養乎天下而後可爲國之味不然其有能味之者乎是故國以士爲味士以道爲味而後明盛之理可從致矣昔者伊尹之於湯也思說以堯舜之味而高宗之於傅說亦維曰爾爲麴糵爲鹽梅斯二者非所謂天下之至味者乎商道之盛至今猶耿光者其有以致之矣爾多士以丁未進其亦愼擇其所爲味如商之二臣以惠天下之養以仰對聖天子明盛之理則亦有間於無窮哉

應天鄉試錄序　張治

嘉靖庚子秋八月天下例選士於鄉應天府預以請臣治臣用鄉遂祗命往典若文事事竣乃錄所中式者之名氏與文以獻且傳之四方也臣治伻而歎曰文不已盛乎在昔甲午之歲臣嘗承乏於兹役今且再至焉視其文比之昔言加甚矣夫明興百有七十餘季以人文化成天下天下之人日相究於文經制宣備皇澤周洽洋洋焉與三代同風君術明臣道得也迨我皇上履純仁躬至德披六藝憲經飭禮敷賁人極葢煥乎有文章矣薄海內外罔不翕然丕變承休光也矧夫南畿爲我聖祖肇迹之地鴻猷闓化昌被人物而豐芑涵育視外服先焉固宜彬

彬焉稱盛美四國也然文實盛衰之機君子懼之何也古之人所貴於有文者將以飭德表行安眾軌物杼軸乎天人之理序正乎君臣之宜繇之可察時變觀化成也舜禹之代股肱昌言序九功修六府曰都曰俞殷周之隆則有伊訓說命旅獒金縢之言以戴翊其世咸有大猷格於天地及其衰也實不勝其文而化成之意微矣孔子曰如用之則吾從先進葢傷之也是故君子弗懼乎文也懼乎文之盛而實焉者之或寡也夫實者道之根於中也譬諸草木植其根焉則枝葉之蔭也遠記曰天下有道則行有枝葉其實之謂與或曰文損言者時也而變之則存乎其人故韓愈出而唐之文變歐陽修出而宋之文變葢機使之然也曰文以彰道也而道者所由以適於治之路也夫苟至於道矣文損言弗害也變於文弗由於道是舍經緯而紐組之無所措矣又烏足以語化成之理哉唐宋之治所以不能竝於三代者獨文也與是故君子弗懼乎文之盛也懼乎文之弗由於道而政治因之也傳曰生於其心害於其政發於其政害於其事吁可畏哉方當天子文教之隆爾多士勉旃毋自虛也是舉也提調則府尹某府丞某同考則學正某某監試則御史某咸胥飭以事諸曹六館之士督學御史臣宜所簡以試者凡四千四百而奇試而舉者百三十有五人適成制弗敢過也

松皋文集序

張治

君子之生關天地國家之氣而其言則恆以不朽虞夏殷周之盛昌言都俞伊訓說命金縢旅獒之書翊戴其世咸有大烈德崇而身尊功炳而言流斯貞元之會合而道德之極致也自是而降仁賢哲聖詞工學士或窮約終其身而逢人顯爵文則不逮焉至於父子兄弟兼是數者以竝立於一世諡又寡矣司馬遷劉向石奮楊震韓億蘇洵之徒各著所勝不有兼名葢氣有所不足物有所不齊大美難兼全德靡具所受於天不可强也治幼嘗讀近代名臣許襄毅公傳與平番始末北虜三貢諸疏茂聲元烈震於蕐夏每思見其人而與之奔走焉不可得也及

入詞林閒莊敏學士論易詩太極之理敻淩超詣獨立今古而道統一疏實開皇志通鑑綱目前編考序數十載王霸興衰得失之故上追麟史豈不巋然賢豪哉讀默齋中丞所著九邊論撥斸治本裁正化理長慮遠識經世之具也比貳銓部日侍於松皋太宰之側得觀其所爲文而讀之乃喟然歎曰天下之文盡在是矣葢世之務立言者類事鉤奇探隱咀蕐擷繡以取豐幅尺其合於道無幾焉而公之文純頎博大平易正直稽性命之原逢事物之變師遵六籍旁貫百氏其於古今疑詞隱理雖髖髀糾結葛不取援胸臆虛明獨照自我心極爲之宰匠無所依襲也奇神逸彩掞光天漢灑波江海電霆蛟虯出沒萬狀而殊流會歸同致於道是故于田蠶于南郊于無逸進講見陳善之忠焉于桓臺于晉祠于九感見懷古之思焉謂學可以自殖則汾洲修學記謂名者永壽之道則山西按察題名碑明絕世之學振古之節則序余青陽集崇允蹈篤實之功則序薛文清讀書錄析天人之奧則序革象新書哀吾道之不續則祭莊敏文會天地人物之理一歸於誠則識胡靖菴季譜若夫本民彝物則之實立人物綱常之極表圖象之原窮理數之蘊提綱挈要簡而明信而通則臆言題義眞可羽翼六經也其若古詩近體謳吟嘯歌大略以古之比興就今之聲律涵泳風雅憲章陶謝而觸事感物天趣獨得篇章所形迥然性情之正一唱三歎

有遺音也烏乎盛哉夫天地之氣竅於山川而國之休命基於純佑故岳降申甫而八士興周也予閒嵩蕐河洛之閒風氣佳美川岳蟠鬱葢中土之奧區也才哲遞興然代不數人人不兼德卽程氏兄弟不能一日立乎其位無論功業也豈非以其氣之不足而天時人事或不能相成邪惟公之父子兄弟竝出其閒跨映海宇而又値乎成化宏治盈成之會家庭師友志學相勖明仁義之術修禮樂之具名以道立業由才成故自襄毅莊敏以迄於公三執宰衡敷流天澤栽植賢彙以昌壽王國丕休無窮而文章經術與勳業相宣兼有昔人之勝而丕昭焉天下無賢不肖皆知其爲昭世楨榦斯文元龜也葢精靈之氣積久

而毓昌熙之運濬發而會天之所繼豈偶然哉或曰文以理爲主以氣輔之而其運則與時高下葢天地萬物一氣也其精純粹美流𢒈百嘉脈絡條貫無所舛錯其在於人則所得有厚薄所養有順逆故所用有善否目予嘗侍公見其平居吶吶退居若無所勝及涉大政析大疑論權理道翻正居亂則其氣勃發若洪河東下沛然莫之障遏也至於底定則浮光靜影耀金涵碧湛乎可覩然而淵渟浩渺莫可究止不知所爲涘且遠焉葢所得者厚故其發也盛所養者順故所持也定所關者大故所傳也遠所謂參天地關盛衰浩然而獨存者則其文之在天下固自如嵩華彝鼎靈光百世不朽也又烏可徒以言語文字議

然立觀聽者側言哉集凡若干卷始宏治甲子迄於嘉靖甲午公仲子督府君儁校而刻之繼是而作者當爲續集也

雩村存槀序　張　治

譚子光進以其父司正公所著詩若干什木以傳司正之歿也進在襁褓暨童而啟曰吾父吾不得而見之矣得見其手澤斯可矣居弗豫於食弗臧焉有洵涕既索其故藏詢之播誦則盡芸烏虎弗復完讀也校數歲始集爲彙四曰南遷紀與曰登瀛倡和曰金臺雜錄曰居鄉留詠凡此皆其所存者也而弗存者不與焉帙成以謀諸治曰孤誠不能忍忘於吾先子也孔子有言言而不文行之不遠孤不知吾先子之言之文也可傳乎哉昭弗忘目孤不樹無以亢先子而先子是忘其罪詎滋大孝絫身慕父母杖屨梧棬君子憂焉孤誠不能忍忘於吾先子也治

曰夫詩者人之情也感於物而動故形於聲聲比於律之謂詩是故君子愼其所以感而制其情若水有防若田有畔故言之發也鮮有慢矣治嘗讀司正之爲詩也其南還之音鬱以憂登瀛之音發以愉金臺之音縟以則居鄉之音散以緩夫鬱以憂者勞也發以愉者樂也縟以則者覲而止也散以緩者逸而適也勞逸憂樂之情變於前而音之所由以異矣然其言無不在君親者忠孝之道也夫性情之正莫大乎仁義仁義之發莫先乎忠孝故不知仁義而可以言詩者猶舍白而采也詩可以觀可以怨邇之事父遠之事君其此之謂與

贈李蕉溪序

張　治

予嘗道湘中與羅氏兄弟游焉羅氏居江水之曲地奧而衍每春漲水沿溪入平疇成浸則繫舟庭階前予時與羅氏兄弟鼓枻張樂舉酒酌鮮野翠交映上下一碧宛然坐鏡中也羅氏兄弟與蕉溪李子秀夫稱內兄弟也嘗語予曰蕉溪不妄言動其中樸者也予緣是與蕉溪游見其貌沌沌兮若澹及發語輒中理解予亦信蕉溪樸者也既而與湘之人士游焉莫不曰蕉溪樸者也甲午蕉溪卒業於南雍南雍之士亦曰蕉溪樸者也辛丑蕉溪以謁選至相與道羅氏山水之樂予心戚戚有湘中之思矣無幾蕉溪授樂安丞問政於予予曰昔人有言治大國若

烹小鮮懼擾民也是故其政悶悶其民湻湻其政察察其民缺缺蕉溪樸者也其於民必安之矣蓋遠近不同習而感應之機則未或異焉者其心同也蕉溪之樸既孚於其近矣有不孚於其遠者乎既孚於其士矣有不孚於其民者乎率素履以往可蠻貊也況樂安哉或者謂蕉溪曰以子之所持而僅止於丞焉或不孚矣蕉溪曰丞承也將以承乎令以承民也吾懼其實之不足以承也又何計崇卑哉蓋崇卑勢也而所以崇卑之者實也實崇矣有能卑者乎實卑矣有能崇者乎予聞之曰蕉溪達矣夫樸者體也達者用也樸以爲體則能使民不僞達以爲用則能使民不欺不僞故其俗可厚也不欺故其化可久也二者其政之大要乎蕉溪曰敬受命矣遂書其言於圖端以爲贈

案余家舊譜載茶陵張文毅公治爲先十二代祖贈承德郎諱璐字宗玉府君之壻且相傳云府君家居夜夢神物蟠於庭柱翌日有童子自外來爲犬窘急趨抱柱府君知其不凡故妻以女或曰非親生女乃養女也疑不能明乃考公集得此文但云湘中未指其地但云羅氏兄弟不著其名殊惝怳無實證又久之閱縣志李鍾爲江西樂安丞有惠政乃悟鍾卽此文之蕉溪家譜於承德府君之壻亦載李鍾而不言其爲樂安丞故不知卽縣志之李鍾以三書合勘而始明也據此文則文毅之非吾家壻甚明而交誼之厚亦可想見當時

或有贈婣之事其後遂從而壻之歟書此以見譌傳之不易明也汝懷坿記

陽峯奏議序　張　治

南宫奏議集大學士張陽峯公在南宫所敷奏者也其目之大曰朝賀曰宗廟曰祀典曰學校曰選舉曰官政曰恩郵曰王國曰賓貢凡爲卷若干治受而讀之歎曰吾楚誠多才也明興百八十季起家翰苑以躋於大僚者亦不數數見其位在宗伯若襄陽任公鬌容黎公蓋數十季而公始繼焉其位師相典機務則有若文定楊公文正李公蓋數十季而公始繼焉然任黎舉寅清之職而闕絲綸之任楊李入典樞密而神人之務未親也而公則兼之矣任公當肇國之初而天造甫甯黎公守盈成之緒而其施弗終文定公歷事三朝險難百折正德之閒其難岌

岌矣當劇居難文正有遺恨焉我皇上中興右文崇儒稽古三代禮樂而明備之公首侍經幄細旃廣廈從容論說以資啟沃及位宗伯考古據今以上佐典禮君臣之際志意孚契言入而信兩無猜疑故朝賀之疏斐以舒宗廟之疏正以悉祀典之疏明以直學校之疏昭以逄官政之疏嚴以確王國之疏周以辯賓貢之疏輯以柔可可否否如鹽梅麴櫱相濟而成味也其視四公難易何如哉夫所遇者時也所存者道也時之不齊故所建立者不能以皆同若夫紀綱國是盡力王室忠言嘉猷效於當時而文采勳烈俟於來世則公於四公固未或異道也夫公之位既兼乎四公之重而其遭遇之良以爲行道之地者蓋有四公所願欲而不得焉故觀於公之奏議則其時可感矣或曰天下猶治室也佐天子而相者猶持尋繩墨以審曲面勢也六職羣辟分理庶事猶執刀鋸斧斤以佐勢也今天子且以公相矣公將舉天下高深長短方圓之度而盈縮之以指使羣役功成而無名焉茲奏議者條例而事陳之夫亦猶韞斲之器也公奚以是爲哉曰天下之事雖大小異勢則未有不相資而成者規矩誠陳矣繩墨誠設矣而韞斲不備羣役不疾趨焉則亦烏能以自室也是故斧斤刀鋸固規矩繩墨之所以行也由此觀之則奏議亦不爲無助於相理矣遂刻之

壽少師羅峯六十序

張　治

嘉靖甲午冬十有一月壬辰，實維少師羅峯六十之辰。凡從公舉進士者廿有七人，時官京師，咸趨而壽公，各詞以頌焉。頌以官，乃學士道南、侍講汝璧、侍讀衮、編修承序拜而曰：維公以邃學昌詞藻黼皇命，文明武宣，其氣渾礴，爲國宗工，可壽。乃大理丞煦拜而曰：九刑允理，以亂玆有眾，不回不辟，維公之平，可壽。乃通政柟拜而曰：維公宣逵宸聰，正言弗壅，讒說殄行，罔震驚于師，王澤乃通，可壽。乃給事中進第拜而曰：防口若川，潰用潟湲，維公導之，俾于昌言，邦有司直，可壽。乃御史有本、學孔、朝用、行中、惟恕、鈍拜而曰：咎公之總邦憲也，舉直錯枉，弼善正失，百

度以貞，儀軌弗忒，四方是則，可壽。乃天官員外郎臬拜而曰：公宅百揆，賢者進焉，不肖者退焉，矜嚴成憲，諒如衡石，可壽。乃地官郎中仲瓊、機拜而曰：維公念民，靄連時征，遠近貢篚，實均實盈，厥叓之宏，可壽。乃春官郎中項、主事介拜而曰：維元后秉禮以孝出治，而公相之，謇謇諤諤，惇典常，定國是，大猷乃從，忠德不貳，可壽。乃司馬郎中鋑拜而曰：咎者公貳圻父，爰叶台極，簡稽詰禁，王旅惟式，邊戎弗靖，既威以綏，維公之謨，可壽。乃司寇郎中梧、閭葉、主事江山、奎拜而曰：平亭讞獄，維公恤之，民繄其辜，維公釋之，邦典乃欽，維公之仁，可壽。乃司空郎中渠、員外郎傅拜而曰：維公下理坤道，上和乾元，帝心寵忠，晉錫騈蕃，寶綸貞義，翼翼桓桓，其祉孔安，可壽。乃贊善治從諸子後拜而曰：天地訢合以生百嘉，其道不息，萬物乃成，然而無能名焉；君臣保乂以熙百志，其化無疆，萬民乃成，然而無能名焉。我聖天子纘有大命，嚮明立極，而公之奮庸，適會昌紀，力贊訏謨，爰定大典，同志合道，若符契焉，豈偶然邪！既而躋公台輔，秉國鈞軸，公乃密勿萬務，以斡運化樞，四序宣流，功成亭毒，天下蓋不知其功，而公亦不自以爲功，孰得而名哉？然而社稷安焉，生民休焉，譽光流於無窮，而公卒不能掩，是則公之所以爲壽也。詩曰：樂只君子，邦家之基；樂只君子，萬壽無疆。其此之謂與！乃諸子退而賀曰：咎昌黎、紫陽之舉進士也，凡與同錄者至今可考見焉，所

託然亘。然則從名辛巳之錄者，將不託公以壽於永世乎！可以自慶矣。遂命治次第其言爲序以獻。

晉昌榮哀錄序

張治

榮哀錄輯公卿大夫士詩凡一百二十有一篇文凡九篇事狀志銘各一篇皇帝諭祭文一篇公卿大夫士弔祭文凡八十有五篇中丞邵陽六亭唐公應詔錄成帙攸陳子惟順謀諸梓以傳乃示茶陵太史治治曰噫嘻盛哉有勸之道存焉昔沃州公之舉於鄉也父死慟嘔血母死慟復嘔血及佐慶遠不兩月而卒蓋天之未定也有餘不盡之澤乃大振於六亭有植槐之遺焉非仁人能如是乎故讀大夫士內艱之釋慶遠之篇與狀而志焉哀而祭焉之詞可以勸父矣六亭爲御史陟貳京兆母王恭人俱奉以隨綏此百福底於令終有晉國之榮焉非有德能

如是乎故讀公卿大夫士稱壽之釋萱日之篇與哀而祭焉之詞可以勸母矣初六亭居京兆以母恭人久於邸弗懌欲奉之歸乃具疏以請詔許之及恭人之沒也錫之諭祭嘉寵用昭有湛露之仁焉非聖王之以孝治也能如是乎故讀公卿大夫士送母之釋與天子錫諭之章可以勸臣矣六亭之籍於仕也以使於四方命用弗辱以茂邦憲邦憲其貞以丞畿輔畿輔用乂以撫於蜀蜀人罔弗靖以總於風紀風紀維肅是謂能成身以成其親有不匱之善焉非君子能如是乎故讀公卿大夫士榮生哀死之言可以勸子矣爲父者勸斯天下知義矣爲母者勸斯天下知慈矣爲臣者勸斯天下知忠矣爲子者勸斯天下知孝矣義慈忠孝之化行而天下有弗治哉是謂王道之本故曰有勸之道存焉記曰夫子之得邦家也綏來動和其生榮其死哀此之謂與此之謂與揚六義之藝以侈百祿之盛具焉爾已矣非榮哀之實也

楚潭世惠序

張治

嘉靖甲午秋，御史按楚者當代，臺臣以聞。天子曰：「俞，四方之疆，惟楚爲鉅，其愼擇以往。」臺臣以章山沈子應命。沈子乃謀於內史氏張曰：「四方之疆，惟楚爲鉅，予懼子力之弗勝也。」治曰：「御史者，人主之耳目也。懼弗惠，弗懼弗任，懼弗和，弗懼弗威，徃淫逞之，而民休戚弗省焉，其猶壅蔽與咎。聞子之治番禺也，政循循與物嫗育，民樂而安之，恆迪茲，雖天下往矣，何有於楚？蓋民安則不思弊，弗若其性，維弊之蠹也。」詎弊巳。沈子按楚，乃求民疾苦，若植弱樹，善揚德，平俗抑强，飭蠹，旣朞，百度具和，自是楚欣欣然樂生也。潭夙寇，傳萬受者，鳩衆恃險，樜民肆劫，人弗有甯

宇積十餘季。沈子曰：「患寇若疽若腐，攱弗洩，雖有善藥弗可施也，元氣其傷。」乃以謀於巡撫中丞瞿公，曰：「茲維予志，其協舉之，勿殛。」疏以請。天子曰：「俞哉，維爾撫巡，其徂征，踣厥頑醜，柔惠是驅，予德用舒。」於是誓衆布方，諏日命師，謂參議劉子思曰：「給兵餉，弗匱弗濫，維爾。」謂僉憲張子素曰：「嚴厥用命不用命，以底於成，維爾。」謂都指揮潘子瓚曰：「節士兵，俾勿虐於良，耀武督陳，以襄厥功，維爾。」謂潭守李子日章、倅劉子安曰：「募餉置諜，練勇佐備，度機與宜，以協厥猷，維爾。」四月治兵，五月往伐於栫林，六月而凱旋。凡馘者若而人，俘者男女若而人，撫者男女若而人，燔崇剷險，是拔是輯，潭民誦休焉。捷聞，天子曰：「都，維予有臣，疇允大邦，以惠朕人，厥勞孔嘉。」乃賚之金幣，錫命用章。張子、李子使人謂治曰：「咨者章山侍御之先大夫柏軒公憲於楚也，勤事於潭，潭之民復籍惠焉。子，潭之產，且職史，其敬述之，以告乎潭之人，俾世世不忘乎沈也。」治曰：「有世德者則有世報，報莫大於忠孝仁義也。章山之茲舉也，備之，服君事，忠也；繩祖武，孝也；勤民，仁也；去殘，義也。夫四者，固柏軒公之所以遺也。遺之而能昌也，其爲報也，不亦大乎！章山復以是遺諸其後，而後之人復昌之焉，則沈氏之澤殆無窮也，獨潭爾哉？詩曰：『孝子不匱，永錫爾類。』」伲楚潭世惠。

贈胡子別

張治

張子治與胡子游．胡子問曰．政敎異施乎．治曰．天下無二道．民性異齊乎．曰．天下無二治．胡子曰．演之敎也．始於承．終於荼．嘗有志於化矣．往之攝於攸也．茲且令於循．其將志於理乎．然俎豆之不能爲敲扑．亦敲扑之不能爲俎豆也．而謂無二道．何居．承民揚．荼民樸．攸民浮．循民慂．故治有難易．若力田饒磽異耕焉．若服馬馴悍異駕焉．而謂無二治．何居．治曰．敎也者效也．政也者正也．孔子曰．子帥以正．孰敢不正．政其不爲敎矣．孟子曰．人倫明於上．小民親於下．敎其不爲政矣．百昌雜糅．天不異生焉．地不異養焉．聖人不異成焉．故曰．曲成萬物而不遺．是故合

政敎之謂誠．誠斯達矣．同萬物之爲大．大斯化矣．曰有道乎．曰．道其章於規軸．規軸其大乎．四時．故達於春者．其敎柔．其政惠．其民愉．其化舒．達於夏者．其敎章．其政詳．其民暘．其化廣．達於秋者．其敎辨．其政廉．其民㬎．其化入．達於冬者．其敎貞．其政肅．其民固．其化久．故達於四時之謂法天．法天之謂合一．合一之道．可以敎．可以政．可以齊民．可以成物．是故謂之全人．胡子唯唯．

述知

張治

述知．述所知也．曷知乎．有父子之懷焉．有師生之貞焉．有兄弟之懿焉．有朋友之麗焉．有離合之悲焉．有進退之感焉．有窮達之慼焉．有榮辱之形焉．有喜懼之懸焉．宏治壬戌．壺山先生來敎荼陵．治惸惸然困於蒿藿．弱弗樹也．先生曰．斯材者．與弗植其不免樵豎乎．無乃廢天之畀予．爾植俾于成．予則有休咎．予先君子之敎麗水也．乃造多士．予曷敢墮厥志．爾邁實嘉．予哉饑．先生曰．予其爾穀．寒．先生曰．予其爾衣．及冠．先生曰．予其爾弁．及室．先生曰．予爾卜．翼覆嫗育．浮於怙恃．昭蘇攸藉焉．斯父子之懷也．治學弗渎於甚訓．弗誨於榎．覗古大猷．斷斷然據弗

變也．先生曰．是衷之疆乎．誘之可以跂於理．質姿嚴．弗柔．覗世故棘棘然．弗欲胣志以降其邇也．先生曰．是慮之發乎．裁之可以和於義．道弗牽焉．强弗抑焉．開弗達焉．囂度矯掩．十季而反之道．斯師生之貞也．先生命諸其子曰．爾錫爾章．爾衢．其傾於爾治．式相好．以友弗維．同斯兄弟之懿也．復命曰．爾治．爾錫．爾章．爾衢．其相觀以善．毋爽朋．是暱．毋爽辟．是游．與諠．同事．罔弗興．與損．同懷．罔弗隋．斯朋友之麗也．正德己巳．先生陟長沙．甲戌．令興贛．丙子．治舉於鄉．庚辰．舉於南省．辛巳．服有官．乃典叓局．乃贊宮秩．先生已退居玉融矣．廿有餘載．風榎蓬飄．靡定也．斯離合之悲也．先生之爲敎與政也．已誠而明．大小曲離．於范

急病遜夷任怨不懼故物伦而慮成時乃不哲偃仰弗表括而藏之以祿其貞其知幾矣斯進退之感也汝吉以書來曰龍驤蠖蟄異時與梁麗編葦異質與干邪鉛刀異能與施孟異逢與竽瑟異尚與何子以斧藻天下而予弗蘸其躬哉斯窮達之感也又曰一貴一賤交情乃見盍貴賤懸諸勢而休慼係諸情予休予則休予慼予甯弗慼予乎斯榮辱之形也己丑先生壽六十辛卯林孺人亦壽六十慶弗能致洗腆隙駟受謝今瞀靡好能無懷乎斯喜懼之懸也夫父子兄弟者恩之係也師生朋友者義之紀也離合進退窮達者蹟之異也榮辱喜懼者情之暱也情夔而易博蹟流而易曠恩義之至情莫親焉蹟莫近焉

何則恩者仁之澤義者道之域也仁道相考故動弗茍動弗茍故久弗奪久弗奪故疎遠弗閒焉是故宣德考衆則父子貞矣伦率慶士則師生允矣若彝昭信則兄弟恆矣輔仁敦德則朋友敦矣遐善協衆則離合一矣章約思純則進退經矣正志白道則窮達同矣物入不競則榮辱通矣委順緣督則喜懼常矣詩曰心乎愛矣遐不謂矣中心藏之何日忘之易曰二人同心其利斷金同心之言其臭如蘭仁道之謂也索情而徇蹟疾異而勤昵比焉巨則又惡貴乎知謏迷知

壽何燕泉

張治

嘉靖甲午正月十日維燕泉何公六十有一之辰公之子鄉舉士承矩仟來以書謂治曰方也慶維我家君享有茲多壽實荷天之庥子鄉知也其亦知所以壽之乎卽然則方之慶也乃倍恆性治受簡而懼然弗敢辭乃敬拜手言曰天地之壽不息焉爾矣非高明博厚之謂也君子之壽弗朽焉爾矣非期頤耄耋之謂也是故大壽不齒然而燕泉公有壽之大四焉曰家壽曰國壽曰天下壽曰萬世壽家壽之謂孝國壽之謂忠天下壽之謂仁萬世壽之謂貞夫四者謂壽之大也何氏自公某而下萌和發慶以翼物長世而公乃克承厥武秘秘然掀蔚葰起以震

乎無和世德伦求有不匱之則焉斯不謂之孝矣乎昝公之在職方也兵紀是協使於西圉戎事用輯弗斁有北山之勞焉其在太僕也以考牧畿甸而騋牝三千匪愆匪逸有在坰之思焉其貳天官也以正典禮而國是是主王度用貞於彝有匪躬之節焉斯不謂之忠矣乎其參夫河南之政也來旬來宣以敷厥惠澤乃究汴民咸休有江漢之甯焉其撫於滇也滇弗靖於夷公用戒戎伦以遏蠻方而山后號兵白蟒飛遁滇民永綏於治有折衝之籌焉至於備兵之編恤刑之書袁圖百物以洽至和斯不謂之仁矣乎易疑初筮表眞象也餘冬序錄盡物理也閒日分義徵事變也委心不瀆返眞樂也至言粹義旁開聖則人

紀用章韍綬有衞道之功焉斯不謂之貞矣乎是孝則家之壽藏焉而爲子者立矣忠則國之壽歸焉而爲臣者備矣仁則天下之壽藏焉而爲政者固矣貞則萬世之壽託焉而爲敎者亓矣夫四者之謂壽之大也詩曰樂只君子萬壽無疆其此之謂乎是則所以壽公也若夫苹𡰪𡰪銅狄人以與松喬比齡焉抑末爾惡乎壽伻來請以復於承矩承矩以爲然否

願樂亭序

張治

湘東中丞羅公既致政歸隱於潭之柿坪結願樂亭以自怡焉治曰可以觀德矣夫樂有二道焉已爲世樂也世爲已樂也章志白道以澤萬物萬物時育已也有不爲世樂者乎怠情釋慮以遊萬物萬物時融世也有不爲已樂者乎已也爲世樂故君子之進也重焉不然有能爲世樂者乎世也爲已樂故君子之退也安焉不然有能爲已樂者乎故重而後能民不失望焉安而後能得已焉能得已之謂信能不失望之謂順能信順之謂有德公諫而謂謂焉旬宣而愉愉焉總憲度而秩秩焉世莫不樂之其進也不亦重乎及歸而隱於潭也于于焉愉愉焉與鄉之人相忘於賢愚貴賤且以爲慈母焉且以爲嬰兒焉機忘嗜淡以樂乎世之化其退也不亦安乎持信順之實以遊乎二樂謂非有德者能然哉故曰可以觀德矣昔譚端潔公居昭潭屬世韍靖崎嶇兵戎卒不得首邱其閒李文正公家京師有嶽麓之懷而不能遂焉夫公之進也能與二公同其重而二公之退也不能與公同其安同不同其有數乎公名亭曰願樂非有感於是邪非有感於是邪

湖湘後學集編

序四　明

律呂經傳全書序

蔣信

六籍厄於秦，古樂亾久矣。炎漢之興，遺經漸出，雖樂記一篇，戴記存焉，然亦非樂經正傳也。茲律呂經者，吾師甘泉湛翁季望九十隱居樵山擬補古樂經爲之者也。傳者，吾友呂巾石氏心悟圖書，遂達律呂，因而推衍爲律呂古義者也。翁之經以律呂爲本，以長九寸空圍九分積八百一千分爲黃鍾之律，雖未嘗覩古經，然律以和聲本之虞書，正五音必由六律徵之孟子，則

以補樂經不可易也。巾石之傳，推十二律五聲徙宮納音之制，悉本天地陰陽五行六氣自然之變，而不假夫絲豪人力之爲，雖其自爲一家言，未嘗預見翁書期與之合，然大本大原同歸律呂，固已若嘗相與訂正一堂，至其縱之橫之分之合之，錯綜發揮以盡其變化之妙，則聲律精義前儒或求之而不得其端，或得其一二而未究其終始者，皆有以發之竭盡無餘，其於翁之經，眞猶棟楹榱桷之於屋，輪輻蓋軫之於車也，其當爲傳又何疑哉。夫自茲苟有傷古樂之湮，取信於經，因考之傳，則夫二變六十調八十四聲之失，與夫近世黃鍾三寸九分高下反易之謬，固可一朝而盡揮之矣，則夫茲經傳之合也，固翁之意也。

夫聖人感通神人之用，寓於樂，作樂之道，盡於律呂。律呂者，天地自然之和，託器而傳，待數而顯者也。程伯子嘗有意焉，弗及爲，待翁而繼其志。茲傳也者，又非以繼翁之志者哉。或曰：樂之義微矣廣矣，經與傳宜若是同與？曰：心學者，千聖萬賢相傳以盡性至命之矩，猶之正五音之六律，爲方圓之規矩者也。故察璣衡同制度，舜不待詔之堯；闢明堂興禮樂，周公未嘗求之古者，以其矩同也。巾石氏非嘗親炙翁而早得其矩者，夫矩同則其心同，心同則其同也獨聲律已哉。故曰：不聞性與天道而語制禮作樂，未矣。

送覃生歸辰陽序

蔣信

辰陽覃子汝靖將歸，諸同游弗能留也，請辭於予以誌別。時覃子亦請諡不已。夫諸子之請，重覃子之去也；覃子之請，重其去予也。予於覃子獨無所重乎哉？顧覃子之從予游，蓋已數月，凡可以告覃子者，予既無所於愛，而覃子亦且知其爲糟粕矣，復何贅哉？且夫天下之俗，其患在於莫有以倡之也。今之時，予信以爲既有以倡之者乎？倡而弗應，恥也。子之超然而思以自奮也，其將應之也乎？孔子一倡，而當時應之者，蓋非特數十人而已也。其得免於倡而弗應之恥同也，子以爲同得聖人之心也乎？夫凡得與於孔氏之門者，其自謂顧若有以得其傳矣，然語

得聖人之心者，卒無幾焉，子且以爲何歟？孔子而下，嗣而應之者亦略可數，其言語則皆未必同於聖人，而其傳卒不異也，子復以爲何歟？然則生聖人之時，而苟弗得乎聖人之心，雖謂之弗應可也；生聖人之後，而苟有得乎聖人之心，雖謂之親見聖人可也。子將爲應聖人者歟？試以吾言思之。

送辰陽三子序

蔣信

惟歲乙酉正月，辰陽高子子漸、胡子幼復、宋子子常、宋子子誠將歸，共請諡，顧某方多事，且舟子弗能待，各悵悵而別。踰數日，高子爲請，且欲某各鍼其病。某拙醫也，何能爲役？雖然，抱沈痾痼疾之爲患，晝度夜思，審察其標本而斟酌其鍼砭之宜，實久矣，曷敢不盡於知己者。夫病爲天下患者二：利祿也，仙佛也。士之病於利祿者，營營而思，汲汲而求，慼慼而憂，得失榮辱臨乎前，則又恐恐然喪失其神守，若或褫其魄而奪其性命。其求之而終無得也，則俯首喪氣，對知己而歎息，視鄉人而羞忸，仰顧疇昔與游得志於一旦者，眞如駕虬轟電遨游乎九天之上。其

或幸而得也，則志氣洋洋，極情於聲色，傾抱於樽觴，自謂道在是而他不知也。此利祿之爲病然也。若夫溺情於仙佛者，實迷其途而自謂已得其門，實失其宗而自謂獨究其極。聖人之言本近也，鑿之使遠，而入於空寂窈冥；異端之說本滯也，強之使近，而附於純粹精確。以爲長生久視、出離生死爲眞度脫苦海之要訣，而不知實陷於害仁悖德之歸。至其驅天下高明之士，展轉迷惑，顚倒於中，老死而鮮或自拔，其爲罪又孰甚焉。此又其病於仙佛者然也。是二病者，某嘗兼有之。蓋其始第病於利祿而已，本無仙佛之病，爲無知識而誤服其藥，故無病而反致病。今幸審察其標本，亦既得所爲鍼砭者矣。然則三子者諒不

無病也而亦豈逃於二者之外乎高子悚然曰聞教矣然而三子之病得無異哉胡子幼復宋子子常病利祿淡矣自今而急攻治之吾審其必不仙佛也宋子子誠知利祿之病之爲痛矣自今而盡去之吾尤疑其或仙佛也然則何以爲三子鍼砭夫病之不同者標也其同者本也三子深思其病本斯得之矣

雲門謝侯政績序

尹尙賓

嘉靖癸巳雲門謝侯以刑部主事出佐茶陵浹歲政通名流上下爭悅巡撫中丞三山林公嘉乃攸績舉行獎勞以勵有衆二三僚宷咸欣欣有榮色奉以周旋索言於予用彰厥典予受簡歎曰是烏足以盡雲門之長乎予於雲門飲芳於鄉曲之譽覿德於同朝之好蓋知爲天下豪傑久矣當其解內補外賓也得與祖餞之末一時朝士大夫識與不識皆曰雲門雅望刑曹美秩茶陵僻地處非其據嘖嘖稱屈問遺慰藉冠蓋旁午雲門若不與焉是予之知雲門非私情實公言也越明季甲午予轉職貴藩便道回茶雲門之政得以目擊而躬逢之詢諸故老僉曰

賢哉謝侯法嚴而聽明威立而愛普旌別有方風聲樹焉催科以時民瘼撤焉宿奸稔惡不動聲色一舉而滌除之民是以甯賢哉謝侯予聞而喜曰有是哉雲門之政乎嘗惟辨天下之事存乎才燭天下之幾存乎識定天下之志存乎節才者學之力也識者學之充也節者學之楨也侯有碩學涵蓄深於貞積之久諳練熟於操慮之餘是故才如利刃無弗劃者矣識如懸鏡無弗照者矣節如精金無克渝者矣才識節三者天下之難能也而侯實兼之膏沃而光燦根深而枝茂固宜施於有政章章如是也中丞公深嘉而樂與之不亦宜乎異時龍見鴻漸崇職膴躋治茶之政逢之天下勳烈德善與天下豪傑相頡頏則予

之所望於雲門者，將不在茲乎，將不在茲乎。諸僚寀唯唯，請書諸帛以徵於後。

益陽龍洲書院志序　李棠

龍洲七子集龍洲書院志成，益陽令瑞亭劉侯以授之棠，棠得而閱之。志之於形勝宮室禮制蓺文典籍器用之類，書院輿椾之由，論之備矣，棠何言乎。然竊有感焉，堯舜禹湯文武周公孔子之道傳之孟軻，軻之沒千數百秊，而後有濂溪周子得不傳之學，上以續堯舜禹湯文武周公孔孟之統於聞知之餘，然後河南二程氏有所師承，傳之朱張，講道於嶽麓之間，湖南道學一時爲天下宗，書院之興，於斯爲盛，自是理學大著，淵源不絕，先聖之道賴以不隊，學者因以常見聖人之心，明乎心性誠明精一之旨，折衷乎百家衆說之是非，而知所以修齊治平之術，而不惑於權謀異端之習，雖世有隆汙，道有升降，未能盡明乎聖人之道，然賢者識其大者，不賢者識其小者，有志之士得以聞其餘緒，以淑諸人，以傳諸後，則嶽麓講善之功，而道林羽翼之力爲未散之瓣香也。道林後濂溪五百餘秊而生，湖南學者得親承其指授，以遠溯濂溪之淵源，此劉侯所以椾龍洲書院之意也。昔者孔子能言夏殷之禮，而傷文獻之無徵，七子之爲是志也，文獻足徵矣，抑思有以維之而信之篤乎。形勝非以適意也，宮室非以便游也，禮制非以飾儀也，蓺文非以資譚也，典籍非以侈觀也，器用非以備物也，志其實而已矣。君子造端夫婦，察乎天地，自灑埽應對至於窮神知化，不外乎人倫日用事物之常食息起居之微而莫非聖人誠明精一之蘊伊尹樂於畎畝之中顏子不改於簞瓢陋巷之閒道可須臾離哉道林先生三請而後至示以心性之學而又爲之記加意後學之心至矣學者志其實可不於盡心知性之學求之乎遵其所聞行其所知默識於爲己之地而戒慎於獨知之時達而堯舜禹湯文武周公孔孟之道行窮而堯舜禹湯文武周公孔孟之道明進以之治人退以之修己志斯實矣彤勝以之益奇也宮室以之益崇也禮制以之益定也藝文以之益精也典籍以之益詳也器用以之益明也可以言志矣後之視今亦猶今之視昔不有以繼嶽麓之盛而稱湖南道學之宗乎劉矦之功大矣此七子之所以成是志也

夔夔贅語序

李廷東

夔夔先生少負經濟晚始拜官具訓我甯士（司訓饒諱槃號夔夔）余幸而獲侍且叨醲醋六籍洞穿百氏已爲未易及至其奇氣疏節振拔而不可抑頓高懷雅思夷曠而莫或攖結尤爲未易及也閒嘗觸物賦詩短至數言而止長至數十言而止古風近律層見錯出彙且成帙進余謂曰詩豈在多一烝民而物則具言性者卒歸焉詩豈在多余懼其語且贅也故名子盍爲我旣心熟誦無徇長無護短可乎余曰辭煩而理失之謂贅事核而理得之謂詳余習見先生之爲詩也渢渢乎爾矣風肆以好也洋洋乎爾矣音疏以越也亘亘乎爾矣節穆以舒也棣棣乎爾矣思適以龢也核而靡煩得而靡失是詳也非贅也雖然孔子翦截詩蕪僅餘三百卒未始自掛一詞焉詩果夫子之未能邪抑詩就刪矣刪之而復坿益之是使後人而復刪後人也將鑑是而自止邪其然夫子已嘗疑其贅矣唐之老杜論者至以聖名其詩焉乎少陵果聖之詩者歟或未之能聖與世無夫子名之以聖無惑也世有夫子少陵甯保其無一贅語就錄無恙與後之作者萬萬不如夫子亦未必一一能如老杜類皆實不足而有侈心強挾力索刻削雕鏤一字之巧津津然揚之惟懼夫人之莫己知也百字之謬恩恩然蓋之惟懼夫人之或已覺也詎知人之趄而揄揶者紛乎其後也哉噫此世之所以鮮能知詩與溪

乎其詩也先生誠然於詩達矣尤觖然焉若有以甚夫子已嘗之疑懷老杜尚不免之懼噫此先生之所以爲能知詩且深乎其詩也未審其核而疑其煩未詣其得而意其失是猶反狐裘而衣之嗤其文采之弗都也雖謂之贅也亦宜

贈一溪習長官歸致序　　蕭禹臣

嘉靖戊申春予以三甲循資出宰遂甯先期遂之吏書迎於湘陰之滸予備詢官於遂者僉道一溪之賢然未識其面也及入境一溪郊迎於三十里之外遂得接其面見其貌樸其質醇而未知其心也既而相處逾時則見其行己以恭接人以誠事上以敬御下以寬且安常守分無忌無刻乃知其心之忠厚也若一溪者誠賢乎哉庚戌歲例當大朝一溪以年老得休朝覲之制餘皆入籍惟老以禮致仕焉我國家優老之典不可不謂之重矣然則一溪之去其視貪污不職者爲有間矣邸報至而一溪聞之略無慍色乃自言曰吾不才竊朝廷之祿其尸素也久

矣乃今蒙恩以老去焉吾願足矣尸素之責免矣豈非不才之幸也邪予聞之詎知一溪之能知止而安命心無虞而身無辱矣一溪誠賢乎哉夫今之爲仕者知進而不知退知榮而不知辱規規於聲勢利之中以致於大壞極敗而始終不係者多矣一溪之官雖不足以售其志然以老得歸優游林下嘯傲煙霞且賢子賢孫斑斕日集無不可樂者其視彼果孰得而孰失邪一溪行矣邑之士人尚多惜之去之日百姓之擁送者如蟻又得見一溪得民之深者矣一溪又何媿乎乃序其言叜酌以酒以爲一溪餞云

欽賞元功序代王東蒙作　蕭禹臣

潭西甯厺治三十里山勢險僻盜竄穴其中椎埋賊殺呑奴地如鶩急則擁兵阻阨蠕選觀望其來尚矣嘉靖甲午勢益猖獗郡守海樓李公自襄遷潭首詔父老而語之曰民欲其字之也膏欲其沛之也繫民不武屯膏不威故君子之爲政也懼其繫民以樹功屯膏以小惠也先敎澤焉諺曰狐埋之而狐搰之是以寡成功予旣子之勿庸殺之政也殷之餘民弗賓武王詔之豈以其故貶王邪渤海之盜蜂起龔遂安之豈以其故損重邪乃檄山谷戶喻之俾自新盜茲悔悟斂戈藏甲葺敵以逞民咸用康未幾海樓入覲盜復滋熾罔有悛心海樓歸自京師復詔

父老而語之曰寇欲其擊之也奸欲其殄之也牧寇曰幾長奸曰賊故君子之政懼牧寇以豐亂也長奸以毓殃也先斧鉞焉語曰爲虺弗摧爲蛇將若何維終非眚不可不殺政也世儒暗於大較猥云厺兵君子以爲從而違智者曙於大體興師厺暴君子以爲逆而道乃賑師徒躳犂埽之俾無遺育民始厺湯火稍拂拭瘡痍用息肩田野而甯大定潭之邑遠近率捍蔽焉厥功茂哉中外臺省廉得其實具疏以聞天子曰俞功懋懋賞璽書襃嘉優之金帛誠異數也一時縉紳大夫士庶凡以能鳴者聲詩紀歌無慮千百以爲海樓頌予承乏具員潭佐遹觀厥成僚友陳子愚菴劉子勵齋錢子石峰僉謂王子學孔宜有言且予辱海樓季末不獲辭謹拜手稽首而言曰猗與休哉我聖天子勸功之典我海樓公遭際之盛誠千載而曠見者也夫賞以酬功古昔帝王所以奔走豪傑者也是故三命之錫必先於文人車馬之蕃數賚於康矦厥功有由然也上下孚而德業成勸賞昭而人心悅以此毒天下其無虞矣予嘗疑仁者不必有勇也言威克厥愛之難也今觀海樓摳拊其民時飢寒而衣食之响响焉不異慈禰之於赤子及其臨事奮發搏盜賊而磔之野又何其閎毅而倜烈也然則來明主之知而膺寵渥之至者夫豈倖致者哉予竊爲海樓擊節歎賞不休而海樓輒不自懌曰是非得已也諸君子其諒之哉夫儌功以蒙賞竊賞以自多君

子所鄙也諸君子其諒之哉蓋其器識宏邃已得於養靜之素而沖虛謙退視民如傷有不忍以一日置者養盛而無欲見大而忘小微彰柔剛萬夫其望豈與瑣瑣者爭衡哉於虖是可以觀德矣書曰謙受益易曰有功而不德厚之至也若海樓者非邪他日海樓秉國之鈞文武是憲世稱其功與日月上下爭照耀而其沖虛謙退之心亦將以爲其分而不足多也矧一潭之區區者哉茲不佞遂書以識之

贈子峯陳公祖榮膺旌奬序

蕭禹臣

國家之元氣在生民，生民之休戚在守令。蓋郡縣之制倣於古之鄉遂，而守令之職卽古之所謂鄉遂大夫也。是故守令之重於民，由今稽古，未之有改也矣。惟我皇上稽古憲天，敷德宏化，乂安海內，尤重於守令之選。歲辛丑，吾潭守鈸銓曹，請以子峯陳公出補之，制曰可。公膺簡命，至一法制，重防範，愼儉約，勤撫字，戒催科，明禮敎，援屬以禮，馭吏以信，御下以恩，訟無寃獄，案無留牘，平以濟，允誠以秉，公廉以養威，靜以敦德。三月而民信，踰季而民樂，又踰季而民熙熙然自以爲獲慈母之庇，乃相與頌之曰：响吾民，不忍傷；裕吾士，不忍戕；萎枯以膏，燠暘以醒，惟

公之惠；清泉自酌，冰蘖是持，廉隅匪飭，壁立不移，惟公之介；非敲非撼，魁豪坦縮，非再非距，鬼蜮抵擘，惟公之能。夫惠者，仁之著也；介者，義之定也；能者，明之克也。惠惟仁而民愛，介惟義而民信，能惟明而民服，允若茲，厥惟懋哉。惟時南渠史公按部於茲，遴其治平第一，乃薦於朝，而旌賢之典昭焉。自是臺章交上，公將不久於潭矣。其僚友東逵林公、松山胡公、靜所鄭公目擊其休，徵文以侈今日之盛。顧予小子，何能揄揚其萬一也？竊惟潭之爲郡，介於湖楚，地瘠民繁，號稱難治。近之稱善治者，如豐山之剛正，壘峯之果斷，海樓之清愼，卓乎不可尚矣。以今觀於子翁也，有豐山之剛正而渾雅過之，君子曰：其古之劉文饒、葉夢鼎矣乎！有壘峯之果斷而填密過之，君子曰：其古之黃次公、廉叔度矣乎！有海樓之清愼而明佗過之，君子曰：其古之楊伯起、趙閱道矣乎！書曰：沈潛剛克，高明柔克。詩曰：不剛不柔，敷政優優。公之謂也。公其進於三代矣乎！而末世之循良，固可以見公之政，而未足以觀公之深者也。蓋君子之身，禮樂之器者也。政敎修而剛柔濟，禮樂之用行矣。禮樂之用行，而民思服，譽望隆，世道其攸賴矣。今上方勵精中興之業，而撫理承化之臣，延佇以思久矣。公入坐黃扉而握玉鉉，以大究厥施於天下，則天下之民頌公者，猶夫潭也，獨潭之利也乎哉！

贈張鳳山九載秩滿考最序　　蕭禹臣

皇朝稽古定治崇化勵賢於是立之學校聯之師儒以敎天下之士然師儒之職非科貢之英者不與焉秩雖卑而任實重也逮我皇上崇正學嘉惠生徒詔應貢者以精拔試於大廷取其尤者以分敎天下歲甲午我鳳山先生適與是選先生浙西湖州彥也世以儒起家先生少而穎悟過人長而就學日蜚英譽著名兩浙者有年衆咸以公輔器之屢舉不第遂以次貢於京遵新制也時試禮部對大廷俱第一先生之名大振於京師或勸之曰曷就監以俟再舉乎先生曰吾少而失怙賴母氏敎以有成得升斗之祿以養足矣遂入選授長沙縣學諭長沙古潭州邑舊稱文獻近以敎弛習靡先生至則端軌範飭規度嚴課程正文體敦士習多士翕然師宗之自是士習丕變文風益振云時兵憲郡守咸重先生之敎聘先生爲嶽麓書院長隆以師禮擇合郡士之尤重者命先生敎育之先生益加砥礪啟多士以朱張之學後立爲文會以身先之寒暑不輟士類有成丁酉庚子癸卯出其門而登鄉薦者凡若干人先生作人之功於斯足徵矣茲以秩滿九載制當赴部考最焉或者曰先生之才充養完粹先生之學該博淡邃先生之心眞實無僞先生之守始終不易而且篤於孝友誠於接人勤於作士當道知其賢而上其最素矣乃不獲遷異秩竟坐寒氊而遲遲於九年之久意者

其未定之天乎愚則曰先生以淸才雅望宜居禁苑以黼黻皇猷而竟爲親屈暫就學博其不協於先生者多矣方今主上茂昭彝典聿新制作精儲俊乂弗拘常資先生行會逢其適考最銓曹預茲重選他日坐黃扉而握玉鉉以所作人者霖雨天下夫固先生之所優爲者也然則今日遲遲其遷轉者謂獨無意乎先生行矣先生作人之功著在嶽麓當與朱張並垂不朽獨惜乎先生之去吾潭之士失所依歸也僉曰然遂次第其說仍相與酌酒祖先生於湘水之上

德政宏敷序贈茶陵曾守　　蕭禹臣

皇上懋昭典則遠覽古今惠耆元元重茲守令蓋守令爲近民官而固邦諡本維民實先焉崇治體也嘉靖越二十有四祀吾茶旱甚民不聊生當道聞於朝上不遑寢食詔有司其賑恤之維時吾茶守雙溪曾公憂切民隱先會具備茶民賴以復甦柱史山泉伊公聞而嘉之乃疏於朝上曰都其良二千石矣乎乃錫璽書旌異之加俸一級遇銓註用蓋曠典云茶之人士相與賡歌以侈一時之盛李子嘉望乃敘美德四善政十列其目而引其端遂使至潭求爲公頌潭之人士夙聞公之賢皆樂爲之言也度山子侃而歎曰美哉洋洋乎公之德政也哉夫天下之

理一而已矣蘊於心爲德施於事爲政一也而非二也心以蓄德則德純德以敷政則政善茲固內聖外王之學體信達順之道也公幼承庭訓長業明經發迹賢科早隆譽望而且究心理學致知力行俯仰無愧任重道遠不負師傳者素矣始宰太平舉行鄉約政通人和懋哉丕績邑之人至今頌公之德不衰吾茶素稱難治而公處之裕如也不剛不柔有爲有守蓋公以靜耆之德而措之以和平之政以練達之器而濟之以通變之才故四美興而十善侔公其誠賢乎哉昔者子路治蒲三季孔子入其境曰美哉恭敬以信矣入其邑曰忠信以寬矣至其庭曰明察以斷矣雙溪公誦法孔子其治茶也不假於三季之久而敬信寬斷蓋已登子路之堂而入之室者也行將坐黃扉而握玉鉉秉國之鈞文武是憲亦惟是以治茶者舉而措之易易也又豈特被一州一郡而已哉予非能文者以雅辱公之知且因雲礽子之請竊昌言之以爲觀風者采焉

贈元溪胡先生榮獎序　　　蕭禹臣

元溪先生吾楚名士也。蚤擢賢科累上春官弗偶。乃自歎曰吾之不偶於時者命也。古之君子安之若素且欲從事而亟失時不可也。吾與其碌碌奔岙以無諠孰若茇用於時以行吾之志爲愈哉。乃就選於銓部出宰新甯焉。新甯隸古夔州地僻而簡民純而樸。公至則修廢墜振紀綱興學校同道德。三月而民熙熙。不踰季而士民信之由是譽望旁達取重當途。我虛菴翁觀風至蜀首爲旌獎云。予時備員場屋至省見其檄爲公喜躍。予姊丈洞泉何子爲公屬吏且沐公愛。每與予私論且頌公政績種種有難以枚舉者。因索言爲公贈。予曰士君子立身天地間。

要當能行其志而厥志之行非獲上信民不可也。乃今元溪公以惇裕之才和厚之質而出之以平易之政施於民而民信之達於上而上信之由是躋聲要而陟崇階由部院而藩臬而臺閣。固其優爲區區一邑豈足久淹也邪。公之德惠在人心公論在學校譽望在仕版。予雖未獲親炙公之道範而斗山在望私淑孔多矣。然則元溪之膾炙人口者豈獨一洞泉已哉。予因洞泉之請遂次第其語以贈之。

皇明文選引　　　汪宗元

夫日月星辰之森列天之文昭于上也。山川草木之附麗地之文布于下也。著之話言達意宣情人之文行乎中也。夫文也者所以經緯天地詔敘倫紀闡發幽微彰昭靈性者也。是故物感而情生焉情生而聲發焉聲發而言成焉。文者又言之精者也。傳曰言之無文行之不遠。又曰文非能爲之爲工不能不爲之爲工。觧繩以來六籍斯興。易始卦爻象象書載典謨訓誥詩傳國風雅頌噩噩爾渾渾爾渢渢爾體雖殊科道由一揆。乃文之至者也。經熄時遷飾虛亂眞。炎漢御宇載煽王風西京之文號爲爾雅。衰漢六朝風斯靡矣。唐宋以來得之者振起乎藝林。失

之者風靡于衰草。此文章當以時論亦當以人論也。自我高皇開天崇重文學首聘眞儒一時鉅工摛藻修詞如未雕之玉未吐之華渾宏博大論者以爲有湻古之風。宣德天順以后人自爲藝湻風少更。逮至宏治之間儒教聿興藝文相尚一時作者雖體裁不同博大偉麗迄今稱之。至我皇上御極超三邁五制禮作樂敬一垂訓道久化成士爭自濯磨文治蔚然興矣。夫明興百八十餘年承平日久士不榮躍馬之勳各競操觚之業。摛翰之士代有其人以文名家者亦歷歷可數。然體製不同規裁不一。是故巨者日融小者星列長者江流微者河浸。自程篁墩先生選後無繼之者。予荒鄙楚人非知文者也。願學焉但名家

文集極爲浩繁藏攜不便乃於容臺暇日采而集之以便觀覽自國初以及于今凡詔制誥冊以代言也頌贊以告君也箴銘論議說解辨對以訓世也傳原雜著紀序跋引以紀事也碑誌以彰微也夫代言之體先于渾告君之體先于忠訓世之體先于規紀事之體先于正彰微之體先于實夫渾則不谹忠則不阿規則不違直則不偏實則不僞渾也忠也規也正也實也皆禮之善物也予取以爲則焉況文也者所以經緯天地詔敘倫紀闡發幽微彰宣靈性者也皆賢人君子精神心術之所寓也采而集之亦足以彰我明文治之盛而立言之精神亦因以傳也壬子之春謫官閩中益加蒐輯遡者量移豫章乃謀鋟梓以

成夙志或曰能無遺乎予曰有之天下之廣百八十餘年之遠其見之鏤刻者得取而書之遇其子孫者得索而書之散逸不存者不得而書也當時宗工鴻匠詞翰彬彬然不敢擅爲去取則不敢書也亦管窺蠡測一時一人之見耳若夫集一代之成爲萬世不刊之計則以俟後之君子嘉靖三十三年夏六月之望南楚春谷汪宗元書

醴陵射圃序　劉淑龍

夫射一藝也在昔明王必舉而列之學宮式穀髦士厥義維何意者正志直體比禮比樂用稽中德固君子之有事而吾徒所當習乎成周之制三物以教萬民六德六行繼之六藝射居其中而國家大典若序賓興賢必合射於澤宮其載諸射禮射儀可繹也當其時德成而上藝成而下士有兼材而文事武備萬邦爲憲誠世之隆也孫漢氏來此義寖已無聞我明興右文圖治刱學明倫其大造天下才士亦多術矣又令凡學所在刱射圃置射器定射法俾生徒以時肄焉是卽我成周三物之教而遐不作人之化也二百餘年全才相望帝載攸熙孰非教之至

備也乎顧時移則法頹世遠則制湮督學禹門姚公以鴻儒範楚士昭軌率物令甲惟新下逮射禮亦申飭所司舉行我邑庠文學石君亦慨然謂斯典當復乃謀我僚友輯諸書爲一帙名曰觀德儀註其采拾也博其綜核也當取裁於戴記憲章於會典凡射之儀節器數纖鉅靡遺章章乎足備射苑之考矣復請諸督學報可遂捐俸鋟梓頒及庠士將時董習之焉間以示余余惟興禮莫先於復古起敝乃所以維風是故樹程貞誨者碩人之猷也稽典振墜者司化之職也大宗師申飭令甲而宣其猷於上邑文學謹奉德意而殫厥職於下禮其有興乎是可以徵教矣昔文中子論射曰古君子必志於道據於德依於仁而

後藝可游也語行射有本也凡我庠士度於儀以閑於禮本之以德文之以藝他日稱全才裨世用者有俟矣斯編豈曰小補哉余方嘉后君之成教而重違其命也敬以是綴其端云

送學訓陳泳泉榮復桂陽序　劉堯誨

陳泳泉司教桂陽郡學越三季適陵武乏官主學事乃被委來教期季而復任桂陽邑之生徒於其行也徵予言爲贈泳泉家連州固古之桂陽支邑也山川封域越百里而近其士民俗化大較相埒也夫修教者不易俗矧俗又同邪子見泳泉之於教易易也第所謂同而不異者同於風也同於道也同道爲明同風則治我同於道矣而人之不同我者我將以道約而同之以歸於治若我之於道未同也而欲人同我不可欲以我同人亦不可故教人者期於同道而不期於同俗吾又見泳泉之難於教也夫教學半古之教人者於吾身學之而已是故學己所以

示民我求於道而豈求諸人邪然未有外人而學者則又非二道也宋以前不置學官守令得攝爲韓昌黎公令陽山鳥夷其民以爲不可與言是不能以己之道而同人而惟見人之不同己是謂失人林槪知連州則又籍部蠻爲民而同之而不知己之於道未同也是謂失己二公於道亦能同之否也然皆游於連而以賢名者今皆俎豆之矣故吾於泳泉君之行也而書以問之

賀少保王公晉掌本兵序

艾穆

上詔少保王公入也。蓋謂公有臣虜功云。夫受專閫重寄，爲國擔負不釋者，臣之分也；帷幄而授之太阿，俾得專而終厥功者，明主之重用人也。公名震夷夏，由京營而司寇，其於兵刑赫然振矣。居頃之，本兵缺，上若曰：惟茲大司馬佐王平邦國，九伐是司，今臣所不臣，威靈暘於荒服，誰爲功者？茲非王某何勝矣。吏部疏公名請，上允焉。朝中士大夫咸動顏相慶，謂重臣柄樞筦，國屹有泰山。公之功著邊鎮者，莫殫述，獨以其督宣大時，威讋槪虜魄，適大酋俺荅之孫把漢那吉者入塞也。人謂此虜一孽稚子，何所關中國安危，而公獨亟上書莊皇帝，謂臣今而得所以制虜矣。漢那吉入，必爲大酋所急，大酋急而吾諭以縛我叛人獻北闕下，我將厚待那吉，遣之還，冀以是陰結大酋懽，而虜必制於我，旦夕且款我，顧爲外藩，宜聽之。當是時，廷臣謂虜叵測，洶洶議莫浚。余以書抵政府曰：虜之躪我疆埸，常也；今一旦輸要領款我，異也。吾得虜之異而不忘虜之常，是款非吾恃，所以爲吾資也。夫使虜忘戰而弱其兵，吾乘暇而修其備，異時虜款而吾益精其所以勝虜者，即虜不款，而吾已得其所以防虜者。此羈縻待詒，而千載一時也。卒亟圖弗失。政府亦以余言爲然。頃之報可，公遂得玩大虜於股掌之上，繫百萬犬羊絕塞外，而貢成，以元功受上賞。天下之爲兒童吞卒，莫不知西北有攢

狂如公者。今上詔公入，而茲又畀之樞筦者，豈獨以公之望於天下者重哉？夫非常之原，黎民所懼，而持議論者每每好輕開而破其成，自非身嘗其事者，何能息衆囂，定國是，而保厥功於有終哉？故公昔之外而疆圉也，款自公始也；今之內而樞筦也，款自公制也。蓋一廷議，安將心，察虜情，以冀得其虜之異，而又日夜淬礪其撻伐膺懲之長技，以不忘其虜之常者，蓋皆於公責之，若舉西北之長城鎖鑰而一以屬公者。吾故曰：帷幄而授之太阿，俾得專而終厥功者，固今上用公意也。夫大虜之款一制，而東南山海之氛，不足爲公有矣。昔周之爲王暌舌者仲山甫，唐之身繫安危者郭汾陽，以公不戰臣虜之功，倍於東方之

役、單騎之降，而天下以山甫、汾陽待公者，顯然有同情焉。然則上之用公，甯獨謂今日哉？將爰立有待矣。余與公議款合，遂有草逆於公，又前此代公京營，今又代公司寇，皆無能如公舉其職。茲公舊郎吏，戀公爲述公功，而竊窺上意之所以重用公者若此云。

玉才篇送陳洞衡之光山

艾穆

今人士不得志於時輒仰天詫曰造物忌才夫造物冥冥夢夢目才既生之復忌之邪顧所取於造物者人人殊則其窮與通卽造物有不語者而何忌焉嗟嗟豈知造物忌才乃所以爲玉才哉武陵陳子天謀與艾生同戊午舉天謀具恢衍統靡之才淩駕文圃艾生於倫輩重許可獨心奇天謀竊怪其三北南宮弗售也今季春復操絕蘇負氣甚豪跬步數千里艾生儀天謀必褎然俯拾俊第而天謀與諸同志聚首談南宮事輒以目艾生若謂翩翩競奮可券也已卒蹶不售一時憐才者合辭歸天謀物忌謂且退而杜門養晦以俟風雲之便當未晚艾生抵天

謀商夳就歙獻相顧不自淒無何客有舉英杰大都升沈之故相慰藉者天謀鼓掌呼曰天不可問至是邪物終我忌邪抑窮與通非造物所語邪明天子在上所宜出而乘時策勛藉一命自見所謂偉丈夫事業豈必在蹈藝獵要哉矧吏隱閑曹不妨畢志壯圖乎艾生可天謀議且念老親榆景不我須遂與狀白乞官顧當擯落窮愁日以詩文相鄒品騭古昔斷自左馬李杜以上時操觚咄咄吐奇各亟口賞不已一或少左意爭相指刺無面謾乃見天謀吞精醞藝充然有得也摛爲篇什逸思藻發雲流名家推讓稱豪都門矣都門人相率造訪徵文者無虛日艾生覩天謀苦文遒尫然癯也又眼炎炎赤語天謀曰可嘔出心肝若是邪暇與握手放歌燕市攬結太行雄遐瓌杰之氣以歸諸胸次擴豁吟情興有所到窮奇極詭造物且不吾靳而又孰知其爲擯落窮愁邪於是都門人復豪楚有兩生云嗟嗟此其風致可與仰天詫物忌伧兒女態者道哉今天謀光山艾生阜平蹤迹漸萍散矣將何言惟曰驥不芊腸不萬里身不龍門哉斯造物所以玉天謀於成者意也阿姪太史春宇君曾諭越大海洪濤奚淩焉天謀固萬里之足而大海之航也詎終坎坷之浦江今依輦轂樹聲禁林此蓋天謀家物光山知不減浦江矣雖然造物篤天謀以才天謀亦必以才自憂含光剷采而厚其藏一旦嶽立鳳耀表見當世造物惡得而忌之韓子謂子厚

窮不極鳴不工不能以文見於世今天謀蹶而爲是官也固日者起而大受地也余固曰造物匪忌才蓋玉才也明日天謀河以南艾生譔玉才篇紀其事以志別

仕學篇贈楊大夫守汝州　艾穆

始余識楊大夫於偕計北征時也而孔風塵黯慘相向猶旦暮談蓺於聯鑣促席間弗休以是窺君之所存灑然異之已而余從恆陽官京師與君不相聞者十餘年聞君讀書衡嶽山中時從二三友朋登祝融峯頭夜半觀日出海中類金輪湧出性靈自躍如駕灝氣淩太清意氣動不自禁久之嗒然而忘當是時君之學言淡文言奇而北上春官又屢躓嗣余以言譴湟中躑躅天山瀚海五易春秋乃東游登太華絕頂擬向三峯借青鳥招祝融主人相與搔首問天而無從茲復弔二室三花道汝穎君聞之甚喜單騎素服逆之郊握手意氣相勞苦如北征時蓋

君已筮仕爲刺史大夫矣入觀其政祛故張新振弛剔蠹沛大惠於汝民監司之勞書幷幷下顧君雅好讀書時從自公獲究千古卽案牘塡委中猶與遷人寓公振衣白雲之巓濯纓洗目之滸而曰黃鵠志煙霄麋鹿戀豐草其性然也一旦筮緤之則神弗王一行作吏學殖日落夫所貴於吾者固有所以爲吾者在也柰何舍所好而腐鼠是縻乎蓋白雲峯爲宋間人吳幾復讀書處洗目河又巢父淸風翛然激萬代者固宜君有古今之慨矣余嘗從北征窺君之所存又聞君祝融峯頭觀日事言知君雅抱有今日此可與世之沈酣聲利者道哉雖然大雅能俗大寂能囂至潔能溷其神完也曼倩陸沈於金馬南華吏隱於漆園夫非達人之消息乘時龍蛇互用者哉君昔學於衡嶽爲汝穎也今仕於汝穎猶衡嶽也豈必逃虛然後爲適哉願君言章其治心之學於汝以追古循良卽郡邑與有無窮之聞他日余嘗遲君七十二峯之上爲我指點日出處相與發大酉之秘藏抽羽陵之妙簡以究于不朽又不但已而一舉君今日之樹與余之狂歸之於無何有將師友造化而游於天地萬物之表其斯以爲學乎余以是預爲故人券故人存之

賀祕書黎瑤石晉秩藩大夫序　艾穆

司馬相如在武帝時帝讀子虛賦高之發爲生不竝時之歎至其召問而以爲郎也實由狗監侍上爲推轂馬融通博三入東觀而以上廣平頌取忤十季不調夫相如文遇人不遇者也融人遇文不遇者也然而之二氏者亦皆不可謂之非遇我國家以時蘋籠天下之才天下之才咸亦藉是以嚮於用而所遇自其所業其或不束於制而縱橫千古以自喜者若沾沾鼓瑟好竽之門也而所業非其所遇乃有用其不遇者遇而赫然成其名以顯則今瑤石黎先生有徵焉先生家南海上其尊君御史韶山公以直斥贈符卿仲弟惟和官吏部而樹譽循良則有若

今臨川君皆以所業遇斌斌世其家稱盛而先生獨用古文起自其爲翰林歷南北諸郎曹兩詔入秘書當代自李何修復騷雅西京之業以延於于鱗元美諸公先生獨從白虎青藜中振金鐘大鏞之響相與颯颯乎詠歌太平以翊我明之盛天下號稱文章家無不知今木天中有大昌其鳴揚扢風雅如先生者蓋先生之才與其官値而當於用也然先生才雖當於用而實不有其用也間先生爲人其氣溁溁如也含光剷彞如大圭不琢也又如溫谷之噓而飲人以和此謂以不用爲用也夫以不用爲用以故爲木天重而木天之地若不可一日無先生者不則世非乏才而何以兩從郎署借先生邪頃以世宗肅皇帝實錄成增先生藩大夫秩又賜宴賜金天子所以寵靈光大先生者不謂文士希遘睹者哉今夫獨行抱蘋之儔孰不欲納足箸佇之庭梯寸資茲尺能以自見而天靳其遇卒至含抑白首者何限先生文似相如褎然荷主上拔羣之遇固無煩狗監爲之先容博如融而兩入秘書與三入東觀事相類第其官以文遷而非若融之滯淫不調蓋文與人而兩遇宜尊如先生者足以光二氏未有之遭矣先生以不用爲用故其用大以不遇爲遇故其遇奇也雖然先生尤不有其遇也間先生向休沐歸里締盟羅浮之猿鶴煙霞者數季矣茲復戀闕來長安而又曰吾倦游人也忽終負羅浮山靈乎以是知先生不有其遇也今上

親儒右文安知異時不如唐太宗引虞秘監與談古今帝王行政樂聞規諷以行先生學又安知不如詔許賀秘監千秋觀故事俾得放浪詩酒稱羅浮狂客以成先生高此其遇固百倍相如與融也先生俟之夫出不忘隱者適也入不害存者定也適與定固先生所爲不有也吾蓋窺先生矣余友王敬美蔡伯彞沈純甫輩以文字交驩先生悵觀大拜之榮屬余爲文賀余不敏輒以所習於先生文之

送龔君之光州序　艾穆

吳中多高人，若古張季鷹、陸龜蒙輩，胥以瀟灑絕俗之懷踔躁當代。龜蒙以高士召不赴，而季鷹仕齊，僅爲東曹掾，官不副才。然二子之風流文彩，延播後世，至今談者高之。乃若龔君者，蓋庶幾有二子之風焉。龔君産吳中，有奇抱，不耐齷齪，意氣傾湖海。試有司不偶，遂游京師，入太學，友天下士，盡交當世之名人鉅公。諸名人鉅公謂龔君才且翩翩有淩雲氣也，爭虔禮下之。日門巷候車十餘乘，用是龔君名聞四方。四方人一見，爲解龜倒屣。無論識不識，指數吳中高人，輒曰龔氏子龔氏子云。然君以才名自崇，由太學又歷試有司不偶，其風流文彩愈益著，名

人鉅公愈益虔重下之。忽一日喟曰：吾窮季操紙竹逐青袍生，熙熙穰穰，匍匐簪裾間不置也，不將颯然翁乎？造物者且竊爲吾之熙熙穰穰也而嗤之。夫資品者，庸衆人所以自待，亦庸衆人所以待人者也。夫龍媒伏槽櫪而駕之，則一瞬千里，以龍媒不可以槽櫪覩也；鴻鵠之在籠綫也，而能奮六翮淩朝霞，以鴻鵠不可以籠綫覩也。誰謂識眞於槽櫪籠綫之外者，世果無其人哉？夫古有不階尺寸而勛烈震閶百代者，抑又何哉？遂謁選，領佐郡於河南之光州也。州河以南上游，壤鄰三楚，土風景物之美，足以供高人逢士之品題游娛，故非光州無以見南江子，亦必南江子爲能重光州也。夫陸龜蒙不赴高士之召，寓松江，自號江湖散人；張季鷹仕齊，遇秋風起，思蓴鱸東歸。當時二子厭薄時榮，識者每有蒼生之憾，獨後之談江湖與蓴鱸，輒豔二子風格之絕俗，而爲景物賀所遭。今龔君之風流文彩，不在二子下，而又得爲佐郡，究其施於民，後之豔龔君，要不獨以其風格肖二子而已者，斯其於光州不謂重哉？余與君莫逆，嘗謂天之生人，豐其才者多儉其官，又或每每不得善地，令人懊惱憤懣，悲造物之窮。以君之才，畀之鈞要，即旂常鐘鼎之烈可指取，而乃屈之佐郡。然雖才高官屈，而地足以適其情，使其風流文彩不至爲官所掩，猶足爲君所寬解。若夫君瀟灑之懷，何有於官與地哉？國家方釐拘攣恆調，以求人於品資繩尺之外，君蓋

老於吏者，余不之論，論其人於吳中，庶幾再見一季鷹、龜蒙焉。

碧蘚集序

艾穆

余視國藝邱桐柏公蓋丈人行，嘉靖中國藝司訓桂林，而余從邑諸生以戊午各薦於鄉，大都稱同季云。國藝與其兄安縣公暨余兄萬安公並翩翩以文起江湘閒，人謂吾兩家兄弟親且友，才名亦復相近焉。安縣公談古學，而國藝攻古文詞，神情容與，絕出物表，性好詩而豪酒，飲輒數斗，酒酣耳熱，與友人拊缶大笑而歌，呼嗚嗚，舉一切世情而逃於詩若酒，時人莫測也。余近卜築城中，土木稍完，中讀國藝詩，率多伉爽要眇之音，宛有當代獻吉、仲默之遺焉。今其季八十，不減伏波矍鑠，生平惟此二大物抒發悰寄，感時憂國，吐之成聲。至其載酒浮洞庭，游赤

壁，登黃鶴，弔鸚鵡，盡洩其俛仰千古之懷於篇章，恍欲起湘君、坡僊、崔、禰二子，與之論襟期，品風物，是不可以覬其塵外之致。老而愈超哉。㫺伏生季九十，口授人尚書；陸龜蒙八十時，放浪江湖，稱天隨子，皆文采風流，著於衰白。今國藝並有之。余曾從謫所貽之詩，有「濁酒江湖閒日月，淸吟天地起煙霞」之句，蓋國藝實錄云。司馬遷曰：富貴而名湮滅不可勝數，惟俶儻非常之士稱焉。因歷敍其杰然列於箸作之林者，信知立言固不朽盛事，而達人行遠之偉圖也。吾邑在㫺稱詩有胡天游氏，今讀之亦有可風者。使生當今時，其國藝觴詠，氣格必不墮宋元。雖然，余猶幸吾邑有天游氏，而天游之後，再見國藝稱詩也。

二夢集序

艾穆

日余譴之湟中也，而扶病入關，周先生子大爲詩若文壯之行，若曰：首山巓頷，湘浦沈軀者，夫非夫邪？而謂河湟地難君邪？余讀其言以自壯，日從事天山瀚海閒，施施漫漫，與魑魅游，吟聲嗚嗚，達昏曙，不自知其孤蹤浮繫萬里外。頃之，又浪蹟太白、終南，謚復無睜，惝恍疑㫺人所稱黃帝華胥之國、穆王化人之居，以爲眞有，冀萬一遇之而不可得，則仰天拊缶而卽其所自爲詩歌之曰：「萬夙謫來身是夢，六盤行盡路仍難。」云六盤者，余前過六盤山而賦者也。余本放夫逐人，流離播蕩，置餘生若棄，蓋業已夢視其身矣。子大一日否書終南山中，致二夢集，余得卒

業，喟曰：余今又復得讀茲語邪！子大周旋南北，不爲吏困，而洩其神情逸抱於詩，翩翩有塵外之致。又舉其皖城、部使二游，一歸之於無何有之鄉，而曰二夢，以名集，此其志蓋可知矣。夫宇宙萬古一夢也，獨子大二游乎哉？惟高明達觀之士爲能元覽無始，橫睨六合，而朗暘自豪，夫是以得而不有，入而能返，取於世者薄，固其存者深，而超然得完於天也。漆園吏厭人閒世，而洸洋自恣，至喻之曰蝴蝶；禦寇氏又曰蕉鹿，若荒唐而僻於無矣。然以中於世、著於物者觀之，則其無也，乃所以爲有，而其夢也，不可謂之非眞也。子大所取以名其集，其旨有在於茲歟！余又聞子大杜門御埽，雅志沈冥，大覃於百氏，以獨適其適，對人

若噓溫谷濙濙如也此其中之所存未易測識而其爲詩又日益富且邃審爾則子大又獨覩昭曠爲世大覺矣有大覺者爲能知大夢子大蓋進於詩矣夫子大之處升沈與余之處禍福其爲夢均也余以是詔子大旨而著其所以名集者如此若夫詩固自有知者余不具論

方司馬十二吟序

艾穆

大司馬金湖方公聲光薄海內數十年小子某自其孺少慕公願聞一言以自壯無從也則時時手公謨讀之如挹朗神毅采焉已而公荷天子親授鉞節制三大鎮而某以使事出上谷鎮中輒自忘其疏賤介姓名上之轅門不自意公長者之命儼然辱而臨之且惠我十二吟某拜讀而卒業曰環天壤間皆聲音之藪而獵奇振藻者之所必資也故情以遇遷景緣神會本之天籟吐爲元音夫固意匠之自然而性靈之妙解也然非有逸塵之抱則化境莫臻詩可易易言乎吾乃今窺公矣迫事竣取道陽和謁公則見塞垣以西山川無恙闇汹暗昧耀於光明視

中州冠帶國何殊也樵牧往來飛狐道上嗚嗚謳吟弗休也卽辮髮貫胸之使者雜遝至而公之神情容與以談笑當之賢於十萬師以故洩之聲詩宛宛似與塞上樵歌相荅響蓋自公節鎭以來而太平運會之在邊徼者甚盛也夫三大鎭至重也主上將西北之長城鎖鑰倚公至危也戎心至叵測也邊務綢繆至劇也而公獨振黃鐘大呂之奏於材官吏使中此之爲抱蓋可知矣夫人爲中之所存萬物以爲適則環天壤閒觸於目者皆吾助也卽升沈囂寂之異値不以爲眞境而以之發吾眞趣故適在眞境而音生焉適而非適者也外重而內拙也適在眞趣而音生焉適而適者也輕萬物而神無累也公之吟十二要

皆無升沈無囂寂而天趣有在不以彼易此者某不可以窺其微哉當是時某别公行矣公又出臥游清趣卷以視卷蓋圖品題諸風物於册而綴之吟甚富某卒卒流覽如張九奏於洞庭之野神爽飛越不自持也彼湫隘其悰奇而欲圖寫高明以爲豪者卽劌心濯骨以鉤元何能達化境哉故蹴涔之游非所以語於天地之運也榆枋之適非所以語於達人之大觀也某無能論公詩而因述所以窺公者若此

酒史序

文穆

往余謂酒中人聲利亦中人中於酒者酒中之也然而天機存焉謂夫中之而非中也有奇焉故也中於聲利者聲利中之也然而天機喪焉謂夫中之而中也有溺焉故也夫酒德盛矣乾坤且墮於其中而何有於世之悲歡得喪榮辱升沈是非乎以故其中人也而人之性靈奇之彼譬於聲利者洩性命而性靈與之俱化矣是酒與聲利之中人蓋有異焉余生也不酒將持是遇酒者質之趙拱極手無懷馮山人酒史六篇視余余讀而歎曰異哉酒而史之邪吾於是徵山人之豪於寄矣夫吾人出而事功退而風格山人在物外事功不與而風格與焉則其奇

情逸抱固不得不有所託以長嘯萬物之表者固宜以其獎趙數千里爲醉鄉豪游地與夫至人嗜精曲士玩彩其天姝也痼情癖志於醴醨玩彩者也假物以爲用而棲神發興嗜精者也故古之高人其才氣橫睨八極淩跨千古時不我庸而一切逃於酒舍是則憤世傲俗之懷若視天下無所於寄此非假物以爲用而獨嗜其精者邪彼高談性命者執繩墨以議風流至考其功用卑卑甚或沈湎聲利其惡抱俗態適足醴醨博一噱矧云嗜精夫古之高人不中聲利而中酒又中之非中也故後世稱逢焉山人負才豪宕而老諸生其風格翛然絶俗乃寄豪於酒而善中之讀其史若趙劉阮諸君與之飛觥引滿白眼望青

天而不復知身世爲何物至其絕筆一詩結此酒案天機翩翩與造化爲友蓋至是而山人之酒驗矣嗟夫以山人之豪而逃於酒吾竊悲之然讀其書而能爲世之中聲利者作一解酲則吾猶幸於酒見山人也

贈柏鄉劉矦考績序　　文穆

余讀兩漢循吏傳以令顯者自魯恭卓茂之外不一二數矣然大都務長厚深沈貞固惠愛非若後代急名之吏暴節驚能而買聲者也夫暴節驚能而買聲者馳騖於利害毀譽之閒而體國愛民之心茲然若涉煙霧以故視其官不啻旅之東西次然夕而授餐朝而治裝行矣何者彼視其所謂暴節驚能而買聲者謂可旦夕取峻陟如執券索償也卒之善天下之官而民草菱焉識者以是歎吏治不古若有然矣柏鄉輦轂下邑日治廚傳供張惴惴奉奔命民竊而宄好非兼才鮮能其官劉君筮仕西吳之瑞昌能聲歘起僅數月更賢柏鄉乃君治柏鄉也惟長

厚深沈貞固惠愛是務而廚傳供張應之甚暇老稚肩摩於庭舉得獻閭閻蔀屋之隱言語嘔嘔法堂之上宛然家人父子之風焉墨吏猾胥則又斂手閉目於旁而不敢動若君者其殆庶幾有兩漢循良之遺而朝家當顯拔之以風天下者乎然而君之官柏鄉也顧視瑞昌獨淹者何也夫劒稱歐冶謂其切玉如泥也而不能不紓徐於盤錯飛黃神駿馳驟追風電矣而亦必坐轡於羊腸君固歐冶之劒而飛黃之駿也此官之所以速於瑞昌而淹於柏鄉也向使君如急名之吏視其官若旅之東西次欲其治柏鄉如瑞昌非不買聲起望旦夕喬其官而君固有所不屑矣天子方崇吏治懸異數以待天下循良其暴節驚能

而買瞀者容或與其閒否與不與非余所知第君茲皋兩邑數季之績以上之天子而考其成計必取長厚渾沈貞固惠愛爲兩漢循良之遺者以破調大庸之毋使善天下之官者類多急名之吏也斯足爲九牧風矣

萬歷新化縣志序

鄒廷望

縣志舊作於嘉靖己酉迄今歷四紀頃邑大夫臨安姚君欲續後事以余屬草稾焉竊志之爲志要在於資理鑒形直道因諸人心而已若徒以事辭勝亦何取於志哉因取舊所爲先後志稍加刪潤釐爲八篇統之以地理綜之以建置崇之以學校秩之以祀典經之以里賦涖之以官師列之以人物而括其變於雜志其指則主於芟蘩就簡闕疑傳信庶幾邑事粗可披覽文獻其在茲矣然予竊有感焉凡志之所載法制章程井然列者治具耳要必有精意盎然者固結於中然後可行所謂仁心立政之本也先儒有云必有關雎麟趾之精意然後可以行周官

之法度旨哉言乎不然采華而遺實先文而後質於作志者之意荒矣姚君五載政成德敎秖敷慨然思曰吾不欲使邑事歷於四紀者積而無聞也吾豈可以此缺典更俟之來賢哉吁此君之所以毅然成此志也君之心其仁天下之心乎夫天下者邑之積也一邑仁天下之端也余於君有遠期焉若志之體裁蕪淺不文知無所逃於大觀者損益頓定以俟後之作者焉萬歷戊子邑人鄒廷望譔

還樸全約序　　蔡繼芳

甘泉先生手書還樸約以諭俗。吾謚松澗賀子名鳳梧有淡契焉，如約治具於小雲谷精舍，集同志者二十人爲還樸會，衆咸躍然，屬林南周子敘而梓之。猶以茲約止於賓宴，不足以悉約吾鄉不樸之事。松澗乃以書播告里中諸賢，卜十月十有九日議茲全約。是日也，天朗氣清，和風宣暢，羣賢畢集，少長咸聚，凡八十有八人。獻酬交錯，歌鹿鳴南山之詩，肅肅雍雍，情禮藹然，有若身躋唐虞之會而逼眞純古之風也。議成，委予以序。予觀樸者天地之元氣，上古風純，遐不可追，叔季情恣，澆焉漓焉，囿有豪傑倡導以輓之，則樸日以遠。吾謚奢侈踰度，相競於紛華美

麗，閒斲其眞，蕩其防，而元氣日索。諸賢目擊頹風，慨思以亟反之，茲非所謂豪傑者與。是故約遵王制者，維分也；約崇正學者，辨志也；約冠昏喪祭之儀者，厚倫也；約服飾供具之資者，節性也；以至生理之勤、爭訟之息，所以警偷惰而防邪慝也。夫維分而辨志，樸之本立焉；厚倫而節性，樸之實孚焉；警偷惰而防邪慝，則樸之事悉焉。湔澆剷漓，返淯還樸，以培天地之元氣，其自茲約始哉。夫言語要約，信之末也。吾聞古人居鄉，不煩詞說而人自化，至有望其廬而愧者，此又不待約而然。吾輩固滚愧古人，然今日之舉，亦不可謂有戾於古人者。第流俗已久，今欲盡刊其故習而卒反之，一旦欲免於羣咻之口，難矣。何也？安常者駭異，怙侈者黨同，甚者毛舉細事，羣起而譏之，曰某也某事未盡樸，某事未盡樸，不若我不還之爲愈也。中智之士，鮮不爲其所奪者，殊不知安於流俗之人與欲爲豪傑而未能者，其賢否何如。諸君第思之，毋爲外議所奪焉，則善矣。又況行之既久，安知羣咻者之不我與哉。

象艮亭蓺序　賀嘉震

里中自吾黨糾社以後若庚子若癸丑己酉飛於鄉者凡四人於時太初何守初禹鍾羅喻義與不佞猶夫其布衣諸生也吾三人密自盟相與唔咿於羣提蘭若息影禪棲曉窗夜漏與老衲爭宵旦者不知幾何時或天朗氣清拈筆於禹鍾之白雲亭則禹鍾之白雲亭蓺先出焉迨歲壬子而禹鍾魁全楚癸丑則獲雋南宮讀書中祕矣於時太初與不佞猶夫其布衣諸生也吾兩人又密自盟唔咿不必同也而聲氣貴同拈筆不必同也而砭藥貴同於時太初居象艮亭則有象艮亭蓺不佞居天一館則有天一館蓺吾兩人神無日不來往所課蓺無十日不來往不

佞蓺太初多所砭藥卽太初蓺不佞之爲他山石者亦强半焉及乙卯之歲太初裒然爲全楚第一人自太初爲全楚第一人而象艮亭蓺遂爲海內所購求諠力剞成太初謂不佞少原簪不忍棄以其序屬焉卽不佞亦念夫其布衣諸生也吁嗟不佞姑置不論人言吾黨後出者愈奇其禹鍾太初之謂乎今禹鍾太初各以其文甲海內卽海內壇坫之上無不以大將軍印綬屬者大抵禹鍾高簡太初博大禹鍾取精多太初用物宏賽利則司空兩劍賭寶則韓子雙環狎主齊盟則南北遞爲桓文吾未知所甲乙也昝禹鍾白雲亭蓺出不佞序之矣其言曰禹鍾而不蘭省金馬則世之蘭省金馬者將何人也不佞此言驗矣太初雄才魁天下其標句命旨則象艮亭蓺具在海內自具碧眼胡僧一見能賞無所需不佞贅者若乃目窮宛委靈拔羽陵清辭麗餉五色相宣俳偶聲詩八風從律尙未露一班海內執前蓺以盡太初而太初不盡於此由斯以觀豈惟獲雋南宮讀書中祕爲禹鍾故步也者則有天下第一人在太初當談笑掇之不佞之言不驗不佞不復相文也若不佞無能爲役近不自堅偶爲友人剞天一館蓺太初禹鍾未有不掩口然以文從太初禹鍾盟後出不敢不勉何奇之能第禹鍾桴而太初鼓不佞請以天一館蓺爲漁陽三撾狂噪於白雲象艮兩亭之間亦足奇也請以質之吾黨以爲何如歲次丙辰長至日書於天一館中

劉坦齋先生文集後序　譚希思

先生博通經史崛起國初被徵命視草鑾坡備顧問預密議奏對持大節斑斑載名臣言行錄其所譔箸甚富大都謝朝簪茹夕秀瓊敷玉藻照暎琬琰與金華宋太史諸家共珍一時維際上厭袞箋多詇纖命先生暨贊善王公撰定頒天下則先生之文若太古鐘鼎其鴻濛混沌之象聖天子當已鏡其愫矣迺瑰章之家藏者既以爕燼後不盛傳而其鋟梓於成化間者又湮沒無存噫繄誰責哉郡大夫賈侯涖政既朞展采錯事注神文獻慨先生之集不與李張二先生並傳也卽銳然拾取其後裔所存遺槀禮請學憲劉先生校訂壽諸梓梓成介書謂希思於先生爲鄉後進宜一言以附思惟先生功業著國史褒寵有宸翰履歷具家郡乘前序既詳之矣夫復何言雖然讀野水橫舟之句者知濟川之才味山川草木之聯者識調元之手則茲刻也豈不有光相道增重雲陽哉末學卒矣敬書以復賈大夫而識之末簡云

湖南文徵卷二十九　湖湘後學集編

序五　明

封侍御史楊中行社長壽序　龍膺

今年乙亥秋八月封侍御楊可翁七十近屬戚黨諸子弟願致一言以爲壽膺於侍御肺腑戚也悉其生平懿孅請陳崖略翁少孤受經於先計部負資慧敏而能攻苦茹淡積學博文王父中憲公生丈夫子四女一歸茂才張公生女者三中憲公爲之擇壻得翁於塾奇之以季字焉侍御修齡郎其出也予齠齓習咕嗶翁已用經術冠多士挾雋聲先計部命愚兄弟師事翁萬歷丙子愚兄弟讀書武山延翁共硏席憤發下帷不佞以庚辰叨第翁乃點頷於河津者數數越十五年爲甲午翁攜其子修齡應省試而修齡獲雋於鄉翁方需次貢於廷乃瞿然曰吾年以一經授兒曹策名霄漢復安能齷齪從兒輩後作老博士邪遂罷去與諸詞盟結木奴社以文酒自娛已買舟爲吳越游徧覽東南諸名勝適不佞方郎潛白門相與醉吟於雨花臺下甚驩也又越十年爲甲辰修齡成進士迎翁養於長安翁爲之鍵重扃謹出內以一經課阿孫文弱而以詩賦古文詞自課咿唔之聲聞於堂皇修齡得一意公家以廉平表著其大者咸甯令瀚公贛直忤稅璫致上怒遣緹騎械治闕中士庶羣起而鬨將

甘心於王者及諸翼虎修齡爲之誓衆籲天內以保持坐首之纍臣外以慰安側目之黔庶幾浹旬始定咸甯上下賴以貼然不及於難人咸推服修齡忠憂有大略而不知翁實內敎之也是役也所全活生靈百千萬衆時不佞方備兵張掖聞而韙之竊謂天之報有德也不於其身必於其子孫至庚戌阿孫文弱果以弱冠魁南宮修齡亦用治行異等召入爲西御史兩世同籍諸君子視大父視伯父逡巡拜階下爭迎致奉上尊是秋不佞亦以赴闕待臬憲命躬閱之大爲翁慶愈以驗天道之報陰德不爽而因以驗先中憲計部之負人倫鑑有徵也及癸丑不佞謝塞事解組歸奉數奉公言笑於里社見翁神益旺色益孺又善自衛不恒御尊罍猶喜治園榭池沼蒔花竹時命奕時與人話煙霞物外語時督匠石部署堂構神明不衰適修齡奉節書按兩浙鹺政報滿取道歸甯與翁七十覽揆之朝會遂留子舍稱千秋觴文弱亦將從四門請休沐入則豸袍繡斧易奕在堂出則皂蓋驄車聯翩載道里人士望之如神仙世有高年人或見其子貴而不能必之於孫子若孫貴矣而或不能必其衆懽於膝下翁乃能得之於七十稱觴之日非天所以報有德而能然乎

案修齡者少傅鶴文弱者太傅嗣昌也文敘楊氏門風迄今猶可想見咸甯一事尤可補志乘之遺汝懷坿記

湟中三捷圖序

龍膺

大中丞田公既破青酋軍聲振矣乃睠東顧密檄西甯劉兵使暨達將軍曰氏酋之罪天誅久稽馬牛之款媢約復失爲今之計有戰而已其速爲纂嚴俟之余且以大軍壓境矣兵使報如命九月八日氏酋果以千騎闌入南川闇門達將急檄轂騎率諸校往手剸其魁魔諸軍陷陣虜遂大崩計馘六百有奇掠奪馬匹器仗無算番兵外伏尾殲其餘又明日殘孽收合折而薄鎮海遇我有備復馘若干此虜數年軍實一朝喪盡公之師疾馳至郊勞諸將士謂虜毒我必將甚甚宜更爲計乃日夜偵疎軍中超距投石攟㧗炰烋惟恐虜不至浹旬果要結別部土豪浴鐵萬衆長驅而來駐西川大康纏溝攻圍番族力不能敵因而僞降公下令我師堅壁以撓之毋以爭馘亂轍於是達將提西甯兵與諸營兵合虜入四集馳突已憤西甯兵甚萃而衝之我軍火烈具舉虜一什而繼者再再什而繼者三三什而繼者更番不靡自辰至未毋慮百十接燼三土豪始退而咋舌何物漢兒如一片鐵邪盡曳其屍而焚之毋俾馘遺我公恐我兵不擐甲躍馬挾膺往督之虜望塵益遠退公暮頓古廟中班荊而舍手頒酒脯勞諸將士明發出邊虜拔營且奔且殿姝𠬤戰不能支番族潰其衷而應我虜腹背受創復大敗我軍薄絕隘而返計馘六千有奇先後露布捷聞天子大悅詔進爵賜金賞延

世世軍正既封祁連山而銘之矣下吏膺曰國家自三犁以來無不日以虜爲事遞挫遞張未有大得志於彼者爰自肅皇臨御既久諸大臣以邊功起甲午則唐文襄有乾溝淵之捷庚子則劉莊襄有花馬池之捷癸丑則許恭襄有八角堡之捷辛酉則楊襄毅有右衞馬蘭峪之捷夫文襄以掩擊故稱奇恭襄以窮追故稱勁襄毅以批亢故稱雄莊襄當風雨之會驅騎斫營蹂虜如土又奇之奇者也公代興其後策如指掌摧如燎毛時而堂堂時而隱隱愈出而愈奇豈不兼數公之烈哉公身枉行閒履鋒蹈刃而與將士絕甘分少故能得其死力則公之所以成益代之功者抑又有由矣膺目擊之恭述其槪若此

西夷向化圖序

龍膺

乙未之秋大司馬田公將天威以翦驕虜甘山一戰而殲青酋湟中再戰而覆永瓦獻俘受馘二千有奇嗣是日飭燧燧備塞之具列障如雲簡竹如雨火礮迅如雷風虜悉遂逃不敢睨幕南而遺一矢間有竊發馳偏師勁卒衝擊之斬其梟俊捷無虛月虜益折北不支殘醜駾喙竄谷中誠無近塞亾其美地薦草畜產多羸瘦死日環守而號部數離散有畔志羌武都賴諸豪密與其屬謀曰我故臣屬中國爲虜掠始羈屬虜今虜寖弱漢兵如神卽虜仇漢卒驅爲導必冒刃死孰與帥衆以降開與其所親暱謀遂以次乘開款塞下乞歸故地塞吏慮其詐與詛盟

公下令悉入之始來十餘騎已百騎已數百騎已千騎自湟陿以至姑臧張掖絡繹於途齎重畜産相望入塞望公騶仗匍伏稽顙懽聲若沸公勞以牛酒豪則解文綺被之銳捍者月餼以稟野聽其芻牧公先後籍降以聞殆不啻萬計也松酋故款埘挾我而請還諸降或有策者亦謂從此隙虜宜無受降公笑遣之謂羌故吾屬國也往爲虜掠吾人既弗能羌是庇又弗能責虜之我還今羌自還耳而反以還虜乎秖令彼生輕中國心且羌而虜則虜也虜而因羌以埘虜亦吾羌也虜謀不軌故羽翼倚羌羌奚適主埘而御之且以還虜不猶搏虎而傅之翼乎策者又謂彼類饑而膺至飽將鳥舉降可恃乎公曰曩者虜肆其

毒毋論羌卽邊氓人人自危幸虜出而應之以緩旦夕死不者惴惴重足而立矣今我能制其死命羌恃我終能芘之釋之刀鋸之下置之衽席之上羌不我埘其將安歸且何渠慮虜隙也前乎此帖然乎朝出夕汲疇則隙之後乎此驁然乎有磨礪以須耳膺不佞竊窺公之忠勇謀斷自天授也夫以縫掖之士哆口而談司馬穰苴易與耳卽有緩急輒項項然恐將及於其躬曁觀厥成則又惡伐不自己出也幸公在事躬爲將吏先矢石則蹈議論則持功則推而弗尸囂則肩之罔恤恆不欲以賊遺君父不欲以任諉他人儻非所稱忠而勇謀而斷者能乎且士主翦伐者利用張主招徠者利用弛其敝也不靡則潰乃若威

敵以武埘衆以文一弛一張不吐不茹此尹吉甫之所以爲憲萬邦惟公有焉膺感公國士之遇覩公之化及荒裔迺屬艮史繪西夷向化圖賦六百言以頌殊伐其庶幾風人六月之旨乎異日當有圖王會而歌天保者膺不敏請執左券

馭苗獠議序　龍膺

膺嘗讀易曰師貞丈人吉又聞之司馬法曰多算勝先師則曰臨事而懼好謀而成夫曰算曰謀而又必出之以正何有於師乎故嘗歷金城履隍陬詢趙營平故壘考其方略則留屯十二策蠹然具在夫豈儌倖而借一於背城哉膺自謝西陲歸臥武陵谿上實與黔壤接竊聞苗獠猖獗氣甚惡黔撫張元平先生不憚征繕以揚天討乃私語人曰前事者後事之師也記曩季憲使王公受臺使命巡行辰徼綸巾羽扇徧歷城壘諸槃瓠種落逺輸誠向化願率子弟就學威德逺哉嘗入議而圖之猶識其崖略若謂守圉以官守官以法坐鎭無專任則內弛而外窺

於是議彈壓綜覈無約令則上慢而下恣於是議請餉陽埘者爲導爲餌媒利者爲順爲逆於是有極流移判曹耦之議侵漁以府憤贏伍以坐糜交關不戒以釁戎沃壤不治以煩募於是有庇蠧秏酌銷補居貨廣招墾之議纚纚乎灼灼乎長願御慮中窾中倫其算也多其謀也愼而又一秉於貞也不與營平十二策相伯仲乎藉令繼者規守畫一力見諸行苗甯復有叛志耶柰何疽食浸淫有不可救藥如今日者蹟近來失事之地如丑陀范水岩坎箭塘二十餘寨而考諸圖如矚之倉指之掌也公亦何元鑒前知若此幸後事之猶有張公以廓清爲己任庶無重宵旰之憂乎而膺楚人也習楚事因贅一詞於末簡

鄒育齋遺稾序

車大任

嗟嗟麟鳳在郊世固其知其爲祥旋亦惜其不常有此吾於鄒汝正孝廉而重有感也汝正髫季以經術魁三楚詩非汝正所急學人含經術而談詩譬之越俎而庖手與器必不調惟大雅兼才於斯二者不相妨而相爲用承蜩運斤易易耳汝正端凝沈默自其天性仰承庭訓續古治經餘事復作爲詩歌余以屢世通家浚其遠大乃竟久困南宮抱才不遇齎志以沒長公持正孝廉塤篪感切泡草悲生爲梓遺稾傳諸後人其他著作不盡傳傳其詩足以窺豹一斑嗟嗟汝正居常多中酒而御粒或謂其失養生之道汝正心然其言而酒復如故左手持螯右手

草五七言數百字顧其稾不盡留醒後治經術泛濫百家亦復如故而不意風流頓盡也夫山以玉而輝澤以珠而媚士人珠玉其材蘊蓄恆豐而造物每不盡其材竟使其泯泯焉不一得顯於後是玉終無輝珠終無媚也嗟嗟世固有懷才抱德不及享其成者顧厚積而又大發之其終所究竟往往非人情所可測此非獨其人事然也蓋有天道焉在下之言曰天之道其猶張弓乎高者抑之下者舉之有餘者損之不足者補之余今譣有味乎其言矣天之報施善人謂何由斯以談汝正未發之志不在其身必在於鄒氏之子孫矣其亦天道然歟余故以是弁諸簡端而左券於異日

爲王希曾賀中宇胡君榮薦序

劉應龍

方今海內承平邊鄙無警戎馬之迹不生於郊弁冕而纓冠者憑藉汗馬之勛優游樽俎白首不習金革旁觀者則見之以爲易士之人習聞其生長於介胄類以豢養視之束以禮貌限以規制卽有賢者伏處其閒稱欲建白動見掣肘當事者又歎以爲難余竊謂國家建官有司與武弁等耳時勢有難易職無難易果其通嫺將略不虐使其卒伍而能整飭官常正是治平之一助也吾郡掌衞事胡君故將種也惟尊人屛山翁以武科顯所製策論時文武士翕然稱誦迄今猶追慕焉君少習儒業博綜史傳有乃父風初授職卽奮志自勵曰忝邀靈寵佩服金紫

忝何屑越而甘素飧之誚稍與選用監司以爲材屢膺上考衞篆恆屬之君在事無論句稽一淸隱占悉復舞文猾胥游手白役盡皆屛革乃其相時之緩急而屆期以請餉士無有枵腹不餉者矣操練軍伍應有常期邇乃視爲故事君務著實舉行投石超距之士不戰而自倍無有委疲不任者矣三軍之衆勢難控馭君之紀律甚嚴剖析訟獄兩造俱服無有譁於庭而鬧於市者矣他如慈幼恤孤柔遠綏邇傳所稱飲醇挾纊殆庶幾焉往歲按楚使廉君才薦之者且再頃御史臺吏公事竣而中宇公復蒙首薦嗟乎丈夫患無才耳何患擢用之不及第近世用人文臣一薦卽得遷轉至諸衞材官卽限之以例似乎令甲之

不廣余意爵以世襲彼其倉租衣稅歷有宗代夫亦欲得當效一割之用不宜以資格限也今皇上雅意文武並用爲萬世建不拔之業則禁中頗牧豈必借才於異代乎卲庠生王學博以賢科英茂故與君游善近應聘黔中瀕行謀及楊升兩同寅乞言於余余惟騏驥追風一日千里君之逸足歷顯途挂印登壇直轉盼間事耳諸博士行將謀爲胡君勒燕銘余請藏管以俟

醴陵縣志序

莊天合

余往歲以告還歷燕趙鄭衛陳蔡之郊所至稍詢其山川風俗則無弗以志徵者余長途輒手披之大都文采不必盡工而鎔裁不必盡合詳者務夸而少核則近於蕪略者鮮識而罔稽則疑於漏余始信古稱作志之難而孟堅十志竟二十季不果就有以也吾潭故有總志撰自張龍湖先生雖稱雅馴而邑乘多闕於醴爲甚蓋景泰閒曾一編輯業化爲烏有而汙隆時異沿革歲遷卽閒有操觚而起者尋復寢閣於是晏侯有憂之比政成乃慨然曰國家彰往詔來憲章故實豈不以志哉千室之邑百雉之城安見夫文獻之果不足者令當吾世而舍茲編後此

其誰任之因卽偕邑士大夫曠君等蒐綱闕文校讎得失自天文地理倉貨人物貢賦藝文之類爲目凡二十蓋上下數千載間其擴摭不悉出侯手而提其綱要會厥異同汰彼駢枝歸於形範存古則幽遐若燭識今則巨細兼收彬彬乎詳而核略而該侯固以筆削之嚴直一洗繁蕪紕漏之習而盡還之典則也至條列數言備選固論贊之體而義存勸戒語約思深斯亦述作之名家一方之信史矣余不佞竊謂侯循良之治如春風旭日徧覆羣生諸所經畫若學校農桑橋梁道路無日不思爲醴人坌永賴之澤而猶能以簿書之暇成不朽之鴻圖嗟嗟此豈非文章吏事兩擅大方而猥與流俗淺見寡聞因循固陋者同

乎哉頃內詔甫頒方應掖垣台諫之選會上大修正史采郡國嘉言善行之遺矦郎不必如班生奉詔蘭臺其有以佐后渠天祿之求矣矦志刻既成不佞喜而卒業遂謬書此以弁諸簡首

悅偃齋詩序

莊天合

古今賢者不必能詩詩不必能窮人然其鴻筆麗藻歌白雪而奏高山者必雅士也其坎壈牢騷且前且卻於功名富貴之中而不自失者必能以詩歌自喜者也遂安鄭思成少壯登朝出爲健令入爲戶曹仕學名蚤銳精騷雅之業尋以度支使者監覩三吳覽東南之佳麗所歷山川形勝湖海煙霞古剎名園溪花江月感慨賞適一寓之於詩高唱微哦欲使眾山俱響已而報竣請急復爲招隱園日夕嘯咏其中刻燭未工擊鉢爭捷奚囊時滿照映縑素翩翩乎大雅不羣已可知矣乃身淹郎署幾十餘季中以觸事抗章復有金陵之調盍兩歲而始得治兵上

谷弢節嬀川斯不亦坎壈牢騷詩人之窮者乎夫杜甫陳子昂僅止拾遺而屯剝至老李白孟浩然不及一命而窮瘁終身孟郊六十終協律郎張籍五十不離太祝彼造物者固默有所予奪其閒無怪乎思成之多蹇然李杜陳孟本不相襲俱號唐音而學者每欲軌則前朝規模往哲怯書今語勇效昔言沿習浸淫實非朝暮不知才由運啟道與時隆代有通人神無滯用雖復觚翰互角鞭轡競馳總之發巧性靈取營意匠箕畢殊好河濟分流秋菊春蘭異時各秀正如未央壯麗不拾煨燼於阿房飛燕輕盈匪借纖妍於西子則古今人自成一家之言固無不可傳者今觀思成所刻諸體咸該不規規擬古而才情所極

洙翰淋漓。大都意自獨刱。語不隨人。警句奇章。時時邂會。五七言近體。高華宏朗。豐約適中。組纂黃元。鬱成丹彩。卽不必肖形漢魏。飾貌唐人。而登壇樹幟。擅文苑之芳。則先後可一揆也。昔岳珂論米元章臨帖。以爲雙鵠並翔。青天浮雲。浩蕩萬里。各隨所至而息。黃山谷自言少時喜作草書。初不師承古人。稍稍推類爲之。時以意成。久之或不自識。然則知二公之言。書者其庶幾可以談詩乎。

甲辰春秋房同門稾序

莊天合

文章無奇。奇者高才之所固有。而劣士之所借資。吾以畫譬之。畫有圖鬼魅者矣。有開生面者矣。鬼魅人所不見。故殊形怪狀。可以驚愚人。畫一面孔目。曹孟德所謂非有四目兩口。然必欲毛髮膚澤。意態風神。一一而肖。則雖天下之妙手。固難爲工。假使盡肖。盡工亦才如生面而止。故畫患不肖。惟文亦然。肖則奇。不肖則謬。士不務寫生之手。而先惟鬼魅之圖。荆棘滿前。靈根轉塞。旨師瞀友。爭相倣效。如獲寶珠。雖不足以惑高才。而實足以誤後學。此陳商宋祁之所以見譏也。比麟經諸生各出其文以相正。其才力優閒。手口如意者。不乏蘇栫輩人。蘇栫之文渾灝雄傑。若海水吞天。機杼自裁。生意默注。而一篇之中。宛轉抑揚。關通點綴。無不各極其致。彼有刳心劌腸。葄馨所懷。而或以片語單詞。應機立斷。蓋天下之奇觀實在於此。是編人所共見。彼其所取精而得力者。何可掩乎。余不獨以古人正諸生。又欲以諸生正天下之爲舉業者。

桃花洞天草序

江盈科

桃花洞天圖經所稱第三十六洞天外別一洞天余不佞家於洞天菴蓊然無慕於世而偶與世攖在囂繁之中則時時憶洞天之景可縷述云方夫春風扇和溪水乍綠仙葩爛漫蒸爲紅霞流爲落英而不佞與蘇王諸君泛輕舠白馬淢光之間庶幾遇所謂問津漁郎者與問荅焉逮夏而梅溪之濱灤蘿之澨靑莎千頃翠竹萬竿文禽戲而上下黃鳥鳴而往來則相與披襟風坐綠陰陶陶然忘其日之如季也至秋而漳江潯陽兩寺相映皎月東上澄波含璧俯仰乾坤湛然玉壺而吾儕乃拍肩執手坐月中調瑤琴吹洞簫往往興發丙夜不寐未幾朔風告寒

萬卉凋謝而或黃雲黯澹瓊花四飛此中諸山玲瓏一水凝碧則又相與著綈袍扶笻杖出郭遨游問酒家所在而買醉壓寒浩歌歸來然則洞天之景四序流易吾人乘興行樂與景俱適何非逍遙婆娑時歟顧自分屈首受書不能如瞿黃諸君游於無言之境時以其天趣所會發爲文詞誠不自知工與不工而就今筐笥所貯要不可謂非洞天中來也夫技洞天之祕直將遺世獨立羽化登仙而乃以戔戔者當之得無令瞿黃諸君掩口笑乎然要於各適其適則不佞與諸君甘之矣蘇王別有集茲槩及之以著一時相聚之雅云爾

蘇松武舉錄序

江盈科

歲丁酉姑蘇四郡當比武士於鄉維時侍御某公忿島夷陸梁慮周桑土思得一二虎士以固我圉雪國愾故所拔士五十人視昔加毖事竣錄旣成不佞謬忝校讎宜序首簡於是稽首言曰聞樹勛策奇非氣不奮捐命致身非誠不浚夫惟誠以鼓氣則氣發氣以恢功則功立余諗多士惟氣與誠兩言盡旨夫多士非吳產乎爾吳文敎甲海內士由一經起家樹鴻業流景曜者項踵相望乃於武一何寥寥也說者謂其山川平衍土風淸淑故其人嫻文詞而不競於武然乎哉余睹傳記伍員用吳以霸率三江之旅西破楚東爭衡於晉者非吳士邪項籍提江東

子弟渡江而西滅秦麈漢剖分諸侯者非吳士邪此其遠者也卽如國初張士誠據有姑蘇帶甲百萬扼險以守高皇竭天下全力百戰而後克之彼夫使士誠稱勁敵力抗我旅者又非吳士邪由斯以觀戰必克守必固吳士天下莫强焉而今稍稍不競何也亦承平旣久其民自幼至老不見兵革雄心猛氣銷耗於嬉游歌舞之中而不自覺歟夫靑萍雖利然久藏不割有繡澀苔生耳騄駬雖駿然久佚不駕有僵臥偃息耳士雖强然久弛不用有窳惰解體耳哉吳士之不見强非不能强無所以用之也頃歲島夷狂突嘯聚其黨以侵我屬國而謀內窺天子赫然震怒再發兵討之不靳徹侯世賞以召豪傑期於滅此而後

朝倉多士乘機遘會岜英風揚茂烈非千載一時歟余觀侍御之掄多士一試再試轅門棘院之間糾糾桓桓彎弓躍馬何其捷也穿楊飲羽何其巧也圖事揆策引古證今何其鑿鑿有謀也持此應當世何功不就乃余竊有疑焉自姑蘇制舉以來士大率以此應上而雲臺煙閣闃寂無聞豈盡時不用武邪抑亦多士陽託致身衷非許國無由激發其氣汨沒至此邪夫怒蛙甚微越王憑而式之爲其有氣也伏雌至弱然貍狃其雛輒張翼搏之貍反御奔爲其誠於致愛也爾多士苟感念國恩盡屏身圖矢心報効如霍驃姚所云匈奴未滅無以家爲岳武穆云國讎未雪無時娛樂若是者必且奮迅直前誓不迴顧將一可

當百百可當千不難繫長鯨築京觀令天下自此稱吳士之强卽封侯事業可勝道哉無他誠至氣隨氣至功隨必得之數也故余諗多士歸於兩言兩而一之誠爲的乎昔有夜行見石者疑其虎也引射弓射之飲簇沒羽已知其石也覆射之矢躍無蹟夫石同也射之者同也前沒羽後無蹟誠與不誠巨故積誠之至山可移石可貫況克敵制勝出於人所能爲者乎多士其務相勉以誠將何敵不摧何功不立侍御所爲歌鷹揚而登武士意固若斯矣

讀史一斑序

江盈科

不佞來宰長洲則天谷周君業已上書免博士簪然猶儒服謁余察其步趨語默動中尺幅似有養者閱讀其詩若文沖雅澹穆竊詞人之致而一軌於正余益竊歎曰有士如周君使之嚴棲以老詎謂皇家結網果密無遺麟鳳邪而君持所箸讀史一斑示余則少師申公親爲製序味序中語極其咨嗟太息重有慨於君之能爲可用而不見用也者嗟夫得失之林咸秉於史史者已事之鑑士不諳史譬如理櫛遺鑑冠簪欹正誰與辨之卽或讀史而隨人妍媸漫無的見猶之鑑誠具矣拂拭臨焉不辨冠簪欹正而目傷人誰何以此應世妄意定國是決大疑大

獄無乃反鑑索照者類乎君茲編昇在自初有書契逮於勝國凡歷代成敗之轍臧否之途無不揆討商搉如躬履其事親爲區畫就中有應成而敗應敗而成者率皆揆其所以著爲論詞簡意暢如弈秋從旁指示弈者某操勝局然而可敗某處敗勢然而可勝讀之令人了然不啻目見面覿也者嘻學識如君假令處顧問之列編摩之職其所表見必赫然可觀而今且巖棲以老宓申公咨嗟太息憐其能爲可用而不能自致於用也雖然有用之用有不用之用夫士用於一時則爲舟爲楫用於後世則爲龜爲蓍舟楫之用大而易竆龜蓍之用久而無盡若周君者用固用不用亦未始非用也

敝篋集序

江盈科

世之稱詩者必曰唐稱唐詩者必曰初曰盛惟中郎不謂然曰詩何必唐何必初與盛要必出自性靈者爲眞詩耳夫性靈竅於心寓於境境所偶觸心能攝之心所欲吐腕能運之心能攝境即螻蟻蜂蠆皆足寄興不必睢鳩騶虞矣腕能運心卽諧詞謔語皆足觀感不必法言莊什矣以心攝境以腕運心則心靈無不畢達是之謂眞詩而何必唐何必初與盛之爲沾沾哉中郎嘗與予方舟泛蠡澤適案上有唐詩一帙指謂予曰唐人之詩無論工不工第取而讀之其色鮮妍如旦晚脫筆者今人之詩卽工乎然句句字字拾人飣餖纔離筆硯已似舊詩矣夫唐

人千歲而新今人脫手而舊豈非出自性靈與出自摸擬者所從來異乎夫茄瓜梨棗之初登於市一錢一顆人爭食焉而可於口越歲之薰豚臘兔十錢一簋坐客投筯而不肎下嗌新者見嗜舊者見厭物之恆理惟詩亦然新則人爭嗜之舊則人爭厭之流自性靈者不期新而新出自摸擬者力求脫舊而轉得舊由斯觀之詩期於性靈出耳又何必唐何必初與盛之沾沾哉中郎論詩之槪若此君卝角時已能詩下筆數百言無不肖唐君乃自嗤曰柰何不自爲詩而唐之爲故諸所題詠則輒置不錄及其令吳二季移病乞歸友人方子公爲檢其圖書付行李從敝篋中得君詩一編讀而旨於味曰異哉有物若是而以供蠹魚其不盡充蠹魚腹也其猶有物護之與於是稍稍裒次付諸梓題曰敝篋集夫爨下之桐至音出焉則中郎之集之謂矣

經言枝指序　江盈科

夫儒者之儲學，與農之積穀，賈之積貲，皆其分内事也。顧穎異之質，博洽之功，不恆有於世，士各就其所聞見，爲用無以相笑。而狡焉者，身如禪蠹，腹鮮墨汁，輒謂孔貴一貫，釋證無聞，以自蓋其固陋，而傲焉蹲踞於博雅君子之上。噫，此何異惰農游賈，餅無半粒，囊乏一錢，饑餓垂死，猶侈引伯夷之餓，顏氏之空以自解，有不爲人所訕笑者乎？不佞生平喜讀書，然少困樵牧，壯苦簿領，蹉跎歲月，抱四十無聞之懼。乃茲睹海虞陳錫元所輯經言枝指，有不覺心賞而中屈也者。君所輯四籍，爲經，百家爲緯，自有義畫頡書，至於今日，凡人物制度、言行功德，有當四籍者，罔不旁捜博采，併爲一門，條分臚列，布爲五種，使佔畢之士因四籍以窺百氏，而後乃詫夫向者墨守宋傳之爲拘拘，譬之引坎井之蛙，觀大於海，發醯甕之雞，覩全於天，其暢快活潑，可勝言哉！而余慮夫狡儒者引六經註我之言，笑此之爲眞枝指也。蓋昔孝廟時，南海土文莊先生號稱博洽，所著大學衍義補，今刻在學宮，而其時劉文靖笑之曰：「邱仲深有一屋散錢，只少一條索子。」文莊亦復笑之曰：「劉希賢有一條索子，只少一屋散錢。」一有散錢而求索子易易耳，有索子而無散錢，索將安用？持其所爲索者，笑夫有散錢也者，豈不可笑之甚也哉！噫，錫元所輯散錢具矣，錫元之心，其索子也，人心各有索子，盍引而貫之，將何所不適於用？君自題其書曰枝指，儻亦自笑其無用乎？然君執此以往，備顧問，宏經濟，其胡不綽綽然，故知無用之爲用也，夫而後可與談枝指。

重刻唐文粹引　江盈科

昝人劉德與功與言爲三不朽此三不朽者校其虛實則德功爲實言爲虛論其用之遠近則德與功之用在一時言之用由一時及於萬世而德也功也反託以不朽葢言之所關大矣哉言之精者爲文六經之文尙矣六經而外論者率推秦漢以其去古未遠有未雕未琢之意降而唐見謂不逮漢矣降而宋又見謂不逮唐矣此自世運升降使然葛可誰何要之代各有文文各有至可互存不可偏廢盍觀百卉乎春則桃李夏則芙渠秋則菊冬則梅或以豔勝或以雅勝或以澹勝總之造化之精氣按時比節洩於草木各有自然之藝人心之精洩而爲文無代無之彼嘐嘐然尊古卑今者有所獨推有所獨抑亦未達於四時之序與草木之變之理矣烏可與論文唐有天下三百秊其詩最著其文惟韓柳劉於大家其他不甚著然而三百秊間名流駿碩各殫其思各窮其致抽錦繡於肺腸吐煙霞於脣吻葢人固不可數計篇亦難以枚舉則謂二公之外其文皆無可傳亦大謬矣哉矧夫李氏一代朝政與替國俗媺惡與夫禮樂名物沿革舉廢忠孝節烈勳猷勞伐正史所不盡載者或偶見於敘述紀志可以備史之鈌所謂二不朽託以不朽正謂是㠯然則唐文何不可傳耶有宋吳興姚賓臣自謂用力十秊取有唐一代之文拔其尤者得百卷題曰文粹刻而傳之其有功李氏甚大閱數百秊板浸浸湮沒嘉靖閒姑蘇國子生徐焴捐貲覆刻至於今又漸歸散佚矣亓思金子後來之雋有志斯文者也爲校正其譌補刻焉藏諸家塾夫文而曰粹譬如看花名園羣芳衆姿爭奇闘勝吾就中摘其最者寘諸瓶閒其爲賞心娛目當復何如而吾㠯爲終不如百卉竝存之爲大茍世有有力者盡取古今文自唐宋而外若三國若晉若隋若南北朝五代與元併而刻之豈不天地之大觀而千秋之勝事哉彼識不能周覽力不能徧舉而直曰秦漢秦漢云㠯此何異守瓶花一枝而忘千紅萬紫之無盡藏也是漆園生之所笑爲醯雞者也

謝太守守潭紀略序　李騰芳

蓋嘗考世之爲民者六，而長沙僅有一焉，以一農而奉民五焉，給也，食之爲粟者六，而長沙亦僅有一焉，以一稷而當粟五焉，給也，其地之廣，衣裔帶湖，包湘指嶺，既甲于大都，而其人之鮮，反不及一下邑，蓋穮穮然蚍比而蚊聚者，匪其著土者也，地既廣，故賦不得不重，民既鮮，故土不得不曠，土曠則賦縮，民鮮則貧懟，而又加之以東遼西夷，謫科耩車，俾設轉擊，以致征榷之日劇，閭左之日盡，長吏之日諠，束溼而無措，其自然之理，不足怪也，我大夫謝公，駕駟而來，褰帷而矚，闢塞而聽，縷心而思灑手而署事，敎民以男佀女績，廣粟米麻絲之出，而鼓其弛勸，敎民以爇寒周饑，通有無勸分之法，而解其兼并，敎民以賓客讌喜，飫生瘞埋烝嘗之制，而防其奇衺，敎民以城堡甲兵比里候望捉截之事，而峻其懲勸，就士于學，就工于官，就商于市井，就農于田野，民之逃賦猶逃痁也，時裁狹闊與假貸，而擔負者襁屬，民之入法如入膩也，除苛碎與休易，而囂狺者雅化，有不率則被精樹惇以導之，而又不率則章典播信以招之，而又不率則僨之以禮，痛之以刑，蓋三季焉無腥政無矯令，名山名川登其馨香，而民囹不抱矣，國家之已事，二千石高第者，入爲九卿，出秉鉞麾，公既報政，則乘卿車而覲于朝，建大旆而行于天下時也，夫朝廷之大，四方之遠，豈但什伯于長沙，而以公治之，

甯有閉否，徭漢興吏治，黃霸爲首，其在揚州也，盜賊日少，戶口歲增，其在潁川也，鳳凰神爵來集，尤多，嘻亦異矣，及入爲丞相，號令風采，不及丙魏，何哉，得毋霸之靡密煩碎，用心計術數，道未出于自然，而潁川鳳凰，大抵鹹舍之鷃雀，且若渤海弄兵，龔遂但令民口種一樹榆，百本薤，十本韭，是何足道，乃其人肎舍刀劍而帶牛犢，又何哉，甚矣，難不在大，誠不在細也，若公之清眞平夷，簡澹勁樸，與霸之鉤察陰伏者異矣，得爲丞相，於霸蔑如也，安得而不長沙若乎，而開視朝廷之大，四方之遠也哉，雖令之弄兵者，剗於潢池，試以龔遂相提，則公之敎民農桑，何不可以㳄賊，不然，此羸者長沙也，夫豈其無裔民，

包儀甫辨眞稾序

李騰芳

頃歲場屋之功令益嚴而試文益敝丁未春予從升伯嘉賓兩公於禮闈中時禮部方摘時文之怪者句至字有禁以詔旨約束之而犯者比比考官各置禁一紙於掌左眼視文字右視禁可否攙奪勞目發瞪幾矇莫辨予三人相顧歎曰士有眞文字而犯此否乎有不犯此者以謂眞文字可乎得眞士方有眞文字能知眞文字自有眞士然竊議而未敢顯言越二季予旣罷居山閒閒嘉賓方典敎胄子獲眞士甚多儀甫包君求仲韓君爲最偉是季二君同舉於鄉而儀甫爲元求仲爲魁明季庚戌又同舉南宮求仲爲元儀甫爲魁嘉賓又在禮闈試文多所定

於是傳其文者上自京師下暨郡邑凡工文之士雖好怪之人亦未有不感服歎息心動貌恧祓滌磨厲翕然一變者也烏乎盛矣予之陋士亦有相從於山閒者告以眞文字之旨或不信會邑令得包公邑人傳得公文絕早予因指以示之曰茲文色象恬然而旨趣有餘神理難名而紆委無盡非眞文字乎於是邑人始信其然而倣者因之亦一變夫文敝久矣禮官憂之深言之切然其變必待包韓二君乃二君皆出嘉賓之門天下固以賀禮部之得二君又賀嘉賓之能知二君也則向者予三人竊議之言果驗也哉或云嘉賓以好品騭文字之故一旦人嫉之排根連株不遺餘力則世亦何貴乎有知文字者然士無不以嘉賓品騭之言爲信以包韓二君之文爲金玉珍寶益人心自然之良知亦何可昧與使人心自然之良知發之於言施之於政無偏無黨一如知文字之知則天下之平久矣而僅存於文字之閒固可悲亦可喜也若夫包公之才望與求仲同在金門玉堂竊思畢精抒其學問文章以鳴一代之盛而簡書之徵詎足煩其繡心妙手也者將天無意於文章邪然天下蕩蕩玉堂一片閒地已爲陸沈求仲甫入旋即舍去則天之厚公豈不遠哉公志操清泊夷曠好讀書其政閒妙有仙吏之意他日以品望德業映照先後者必斯人予但序其文如此乃有感於嘉賓者何以此文爲嘉賓批點也

長沙守汪公入覲序　李騰芳

蓋嘗論人主置吏以安民·而古之吏何以最多·今之吏何以最少·漢制內則內史掌治京師·是爲京兆尹·與右扶風左馮翊·分典三輔·外則郡守掌治其郡·是爲太守·太守以下有縣令長·掌治其縣·而太守官最尊·自太子太傅至右扶風·皆秩二千石·太守與之秩等·太守得以威福生殺之柄自制其郡·無制之者·元壽元封閒·雖有刺史六察·有繡衣直指出討奸治獄·然皆不常置·則漢之吏治獨倚太守明矣·明興去漢甚遠·官制仍雜近代·太守之上更有監司·卽唐宋以後觀察防禦團練使之遺也·而其實則不過爲郡監爾矣·國初天下分司四十一·道員尚少·今則不啻再倍·大抵官壹則權重·權重則法行·官分則權輕·權輕則法玩·人言爲漢之吏易·爲今之吏難·蓋有以也·然竊怪班史述漢循吏自蜀郡以下·僅僅數人耳·惟潁川最著·其稱霸力行敎化·又不云敎化何狀·僅咨歎其身攬肉·某所大木·某亭猪子·以爲識事聰明·陋亦甚矣·此又鉤距之智所不爲也·然則漢之循吏如斯而已乎·楚之郡難治無如長沙·賦重民瘠·輸不以時·敲撲日繁·又奸人猥集·不避官府·我婺源汪公爲政三季·民力漸裕·逋負盡入·狙猾斂手·敎民爲善·精切簡約·以躬行之·不煩語言·此與霸之靡密煩碎何如也·吏民見者與語·溫厚愷惻·出於至性·人人以爲憂己·不忍欺·此與霸之陰伏參考何如也·屬

吏有不逮·諄復導誨·若敎子弟·必俟其愨而後釋手·或上有所讁察·其無過·必力全之·雖一尉之細·亦惻惻然·此又不止霸之容一聾丞已也·稅糧舊兌於武昌·以軍卒爲民害·公力爭之·兌於靑泥灣·長沙邑治舊在郡城外·公改作之於內·此尤利之大者·前吏遜讓不敢議·又不知霸能之否也·夫人言爲漢之吏易·而霸之所爲如彼·爲今之吏難·而公之所爲如此·獨憾當世史臣無班史·無以傳公·然安知終無班史者出乎·抑吏言霸材長於治民·及爲御史大夫丞相·總綱紀號令風采·不及丙魏于定國·功名損於治郡時·夫治天下治一郡之推也·豈有能爲眞二千石·而不能爲巨御史大夫丞相者·今公旦夕就徵·以總紀綱·號令風采·當益卓然·公之功名不但以循吏傳·而史有班與否又無論已·

南國人文序　李騰芳

蓋人材國之所與立而士者材之從出也郡邑又士之從出也漢興去古未遠郡守之職重每詔舉賢良則徑下郡爲之篤或令二千石謹擇可者與計偕焉故當時長吏皆知以興賢育材爲先若史稱文翁修起學官誘進子弟之方良有足述者然則漢之人材卓然異於後代豈苟而已哉自漢以後雜置諸道之使官日猥而郡守之職日輕至特設提舉學事司掌一路州縣之學政而廣厲庠序興導賢材之意於郡邑蕩漠然無與矣然至宋紹興乾道之間猶有以郡守帶知學政者逮於本朝望士益隆故責學臣益專自雖撫按不得關其進退然士之待試既眾而學臣之力亦時有不給當歲湔其事者數歲始克旣焉其於黜陟勸懲之法勢不得不疏且略自非材士不以無所磨而益厲者絕罕其不材者則夸然以拔吏不得以法呵之禪其曹洩者將隄之虞無以焉夫賢父之有子也使師教之猶躬自課督不缺未聞因其子有師遂棄之也今學臣非天子所使爲諸士師者邪然子弟則誰之子弟也則以諸士爲有師而遂棄之不知課督之者亦郡邑之過矣今溫陵莊公守吾長沙以忠導恕以清出惠方未浹月政修事舉刑靜民樂乃登嶽麓之巔望江漢之流慨然歎曰茲非周之南國而朱張諸賢所振鐸之地與其流風遺澤陶之爲人溢之爲文當可觀也因比十二屬之

士較之拙其髦者餼而食之使辨志敬業題其得失而誨之士爭洗其習以樂就公之造不啻子弟之樂有賢父兄也而公之心猶恐下邑遠士有不獲面承者鐫其試文以爲之式名之曰南國人文而屬予書其事於簡首予曰式士也與哉並可以式天下之有郡者衆儀圖之人材其有伲乎是可以書矣敬書

十子制藝序

李騰芳

蓋嘗論漢之文詞、唐之詩、今之舉業，其大小不同也，而皆可傳。夫萬物多矣，久則必敗，敗則腐朽澌滅而無所見，而惟精之所在爲不然。故夫漢之文詞、唐之詩、今之舉業，皆精之所在也。其所凝畜晶瑩熿熀，若山澤之有珠玉，雖日月脫敗，風雨晦蝕，陵谷變換，而此物爲不改。其用之天下，皆足以鳴一代之盛衰，而垂之後世，皆有所不可及。故夫有唐三百年，其治亂未必盡繫於詩，而其初盛中衰，其得失之故，亦自有可槩見。以今觀於唐人之爲詩，專致而精詣，力倍而徒衆，故其沈鬱流麗，感慨悲壯，一字之豔弄播元化，一言之工鼓鑄羣品，故夫三百篇以後遂

爲絕唱。而今之爲舉業者，束以須臾之期，宏以清冥之路，心體物而眇思，意司契而爲匠，至於窮涯不返，盈量斯歸，吁，亦極矣。夫自唐以後數百年，未必有能爲唐詩者也，則自今以後千百年，又烏可必其能爲今舉業之文哉。蓋唐以詩取士，故唐人一代之精皆在於此；我朝以舉業取士，故我朝人一代之精亦皆在於此。然唐之詩，其可傳者往往非必其應制登第之作，而山林羈旅、邊塞征戍、離別窮愁，短章片語，反以膾炙人口，傳頌無窮。又如以子美之宏才，奮筆於三禮；右丞之清製，遇蓍於平陽。豈當時有司所以求士者亦自有方，而於諸賢固有所不盡合，亦有所不必合者與？則今之爲舉業者，又何必取合於有司求工於功合也，而其可傳斷不在彼而在此矣。予每與鄭生論文，未嘗不三歎擊節。以生之才，輔以十友，而屢困於場屋。今其文若干言，人人不同，然皆能不求合於有司者也，能鳴一代之盛者也，能爲可傳者也。

賀孫中丞序　蘭石　李騰芳

方余舉進士時公與余同郡人茶陵譚公皆爲符丞予見公於譚公之所溫然君子也後公爲光祿卿予爲史官同有事於秦藩公先予卽荒城遠驛山橋野店風晨月夕之間葛衣短策駐驂問酒相對陶然聽公譚當世之事雄偉絕特魁然古豪傑也公家渭上延予升堂土牀荻障秋草凝砌當是時天下方有事東西用兵求才若渴公之靜素乃如此今公建大旆擁長纛開鎭畿甸出入從騎數百熊羆豹虎之士絡抹韡袴佩刀箙矢終日不敢出息公自視比當時何如也士大夫生明盛之世雍容取節鉞折衝几席之上威名揚於天下足矣今公德刑之政竝

崇寬嚴之宜各得千里之遠吏畏民嬉四郊之中馬騰士飽觀公之所設施向所以與予言者豈苟焉已哉今天子方嚮用公公之功名流千萬歲端自此始歲之某月以元孫恩覃及公之三世公之屬某徵予文爲賀予與公厚故不得辭

送何少亭之鄭州同知序　李騰芳

予年方六七歲時里師授予以書而教使讀予問之曰讀此何爲里師未及荅俄有騎從呵道而過者邑令也里師指而謂予曰讀書以爲此而已予應之曰使予爲此將何所爲里師不能荅有叟一人蒼髯修眉避令而來止者不知其何人也仰而笑曰孺子善問自吾所見騎從呵道如此而令於吾邑者不知其幾矣其能修惠政於民而使人謳歌思慕不能已者不可以一二指屈也夫賢令所設施德澤在人人歌之慕之否者人咒之詛之孺子勤讀書異日爲令爲其惠民者而已予聞其言心廓廓然若有解於中復問於叟曰自令而往其人之貴者幾何其

所爲又當何如叟曰此吾所不能知也然吾聞朝廷之上其最貴者無如宰相其所爲在以道匡人主治天下國家此其功澤被人萬倍於令矣孺子口尚乳臭何問之遠乎語畢趨去自是凡二十年而予舉進士第三甲當爲令竊自憶曰向者老叟惠民之言今庶幾乎後被選入讀中秘書濫塵史局操鉛槧隨隊行者忽忽至今十有二年下之不得爲令而上之公卿輔相之階又非敢覬焉人生遭遇有命於其間既非我之所能必而年復一年恐將老矣若夫時移勢遷後之所難爲者容倍於今縱得而爲之未必其有濟也況於不得爲乎反而思焉何如爲令得發攄其所學尤有以見於世而有益於爲民以是未嘗不展

轉自悔而一舉向者老宊之言不覺其三歎也何君子同邑人少有大志言論篤實今官爲鄭州同知夫仕之足以惠民者由合而上則守守之下則丞丞雖卑於守而實尊於令凡其設施有以佐守而諠於民者皆丞之所得爲也何君勉乎哉以予之所展轉反覆憾不爲者而君爲之使鄭之人謳歌思慕不能忘君則君何所往而不得志焉求予文而贈君者皆同邑人也不可以辭故直書予之所以自歉者以爲君勖

案湘潭縣志何東暘官河南鄭州州判今鄭州屬開封府知州下有管河水利州判一員想明制亦然則不得有同知文莊殆僅據邑人譌傳而未察也汝懷坿記

包儀甫新藝序

李騰芳

公之制義有湯司成嘉賓所批點眞稾予既序而刻之矣邑士人又謀刻其新稾而索予序之予語之曰斯文金玉也寒者得之以有衣饑者得之以有食貧者得之以有富小得之則小利大得之則大利見之而可欲欲之而不厭蓄之而有用用之而不盡此邑士人所以珍公之文宜乎不一刻而足而予亦樂乎咨賞贊歎與諸士道之不能已者蓋以此也予邑偏在南服士之好讀書者甚罕即有志者亦往往耳眼卑陋無所取正四方之時文習尙秊變月遷迨其傳之至於邑而邑人摹而效之嘗在一二秊之後摹之未熟而四方之習尙又易矣故四方以爲

故者邑方以爲新其又新焉者或未及傳而摹之焉而止烏乎此予邑之所以陋也然惟其如此故四方態謬怪惡之習士之染者猶少即染未深者猶可以洗而去之辟之挽僕車者覆之也淺則復之也易今得公之文以爲摹豈不慶幸而又最早不俟夫四方傳而後有之則他日予邑士人之文將在四方之先未可知也此予所以咨賞贊歎樂與諸士道公之文而不能已者又以此也吾聞古之士學爲文者莫不有師唐之文師韓愈宋之文師歐蘇諸君子本朝之文無師獨制藝師王唐瞿三四人耳然皆吳人故吳越之士姸妙者多湖湘無聞焉以無爲之師也往者渭川胡先生步陟負笈數千里外謁辥方山爲師居

一季。每陳其所作。辟不一視。直還之。先生流涕長跪請教。亦不顧。又一季。始寓目焉。未幾曰。子歸矣。吾稻一穗蒔於楚矣。由是渭川之文遂名。後之子弟。皆能文。其孫徵吉爲予言如此。前人師友之際。猶可想見也。若吾邑之士。無奔丞負笈之勞。坐而得公爲之師。公又愷悌樂易。隨機援引。不若辟之峻如是。士有不力焉者。殆非士也夫。殆非士也夫。

紹菴尤大將軍六十序　李騰芳

古之所謂將者。不過二端而已。上之忠勇慈讓。沈思而好智。次之鷙戾果壯。矜鬭而樂戰。夫鷙戾果壯。矜鬭而樂戰者。非上將也。然不失爲將質也。而世之抱其質者。往往肆情而行。或剛而難制。或貪而無厭。當天下之未平也。資其剛於我。而移其貪於敵。時有所濟。相忍以就功名。及其無事。則未嘗不恣詬取譏。困辱於文法。世之人見其恣詬取譏。困辱於文法也。不咎其行之過。而懲其質之非。於是鷙戾果壯。矜鬭而樂戰者。相與化爲鞠卷跽曲便體而纖趨。而文法之士。亦欣然樂而與之矣。夫鷙戾果壯。矜鬭而樂戰者。此人情之所難也。而況又有以懲之。鞠卷

跽曲便體而纖趨者。此人情之所易也。而況又有以驅之。然則世之不爲其易而爲其難者。蓋亦鮮矣。烏乎。此猶可謂之將否乎。予友顧開雍之使於朝鮮也。往反於薊遼。得徧觀於今之所謂將者。於其歸也。予次前說與之論將。開雍曰。皆然也。而獨尤君爲不然。尤君自結髮從戎。至於大將。大小數十百戰。擊劍馳槊。常爲軍鋒。是尤君之爲果壯鷙戾也。每與人語。意氣横發。慨慷淋漓。不可一世。是尤君之不爲鞠卷跽曲也。當今之將。未有賢於尤君者也。予聞其言而心識焉。乃今吾鄉龍衢顏先生復告予曰。自君爲將四十季矣。其家之貧。筐無羸財。妻子無羸帛也。行師用兵。與凍士均衣。與餓士均食。拊循勞勉。人各得也。撮

甲而趨惟力是視釋兵而處有禮自將與人有交未嘗失也烏乎尤君而如此乎有鷙戾果壯矜戰樂鬬之善而又絕乎世俗貪而不厭剛而難制之風文法之士卽欲譏訶尤君其何得焉而世之鞠卷踞曲便體而纖趨者寍乎失其所懲而泚汗其所爲矣顏先生又言君今季季六十勇氣愈厲時與諸奇才劒人講求古名將用兵制勝之略然則又豈但鷙戾果壯矜鬬而樂戰已哉進而求之孰能禦焉昔廉頗季八十矣諸侯猶懼其能趙充國亦七十餘其破金零方略愈妙人心之智寍季俱進君勉乎哉顧閈雍子友也其言不人苟也顏先生予先輩也其言不吾苟也於是乎爲之序

包儀甫行取序

李騰芳

昔人有言曰用之而不窮者天下奇才也夫未有以用之相望而許之者衆矣洎其用之而誠中於用者誰與且用之也不可而況不窮於用者與則信乎其爲奇才也然愚以爲未至也夫可以用者才也雖至於用之不窮而未離夫才也辟如數自一而十而百千萬億而終之以不可數然未離夫數也夫未離夫才與數者要必窮於窮之所至而止惟至其不得至者不可以才與數名而後稱極至焉若儀甫之治吾邑也冷然而非以爲潔也燦然而非以爲明也轉之如旋焉而非推也被之如施焉而非設也如轂之繫焉而不見其亂也如波之逶焉而不見其

弛也遽然而至截然而下如使風疾霆焉而不知其從來也故一邑之民餓者欲飽凍者欲衣痞者欲蘇勞者欲佚一一煦之摩之窮歲月而猶睽而後拱手於堂序之內少焉起視四郊而罔不洽矣故災之以連歲之水旱而民與不災者同崇之以南山之塔恢之以傑靈之臺而民與不勞者同如茭之粟下於江如手之驂織於途而民與不有租庸者同烏乎若以用求君其不窮也驗矣而名之曰才但才也而已哉予嘗與君晏坐終日未嘗有聲色指揮之迹與之語尊性問學之外無所言涼月之夕嗒然靜虛物瞑響寂形忘性來間嘗察之於豪芒潛入之中循之於萬類飛蠹之表捉之而不可尋放之而不可違微矣吾

不能至其至之所至矣。而世有至之者否邪。今君將佘吾邑。屎乎天以膏澤天下。出其什三。用之可以不窮。而欲以窺其至之所至焉。則非精於聖人之學者不足與矣。

徐母易氏八十序　李騰芳

萬歷十有六秊。予與徐君履端同學於郡城。是時學者數十人。而君以文字為之冠。講誦習復。穿貫鉤較。賴君是咨。遂至起居飲食博弈戲樂之事。亦君是長。予躁君靜。予僻君咸。予麗君則。若相反者。然以是最相得也。予既成進士。守官京師十有餘秊。而君始以明經升於禮部。予媿先君不覺忸於面。悱於心。而君益歡沃然。自肥有加於舊。君幼有至性。事其父東潭公極孝。既失母。東潭公命其側室易子之。君事易如母。日率兄弟婦子具豐滑之需。視暄涼之宜。其暇則讀書講古人。求其孝弟之至者以相勵也。於戲。豈不賢矣哉。而易自有子。舍其子以子君。拮据尾瑣。用寬君力於學。以掉鞅文圃。戰蘇天下。則易母之賢亦可知已。徐氏長沙大姓也。代有聞者。今君兄弟益能克其經笥。連畛鄉國。而諸孫森然秀如立竹。其榮名顯仕。可拱手而取也。易秊八十矣。明見豪髮。指使針袵。無老人昏罷之態。於戲。此亦天之所以右賢者與。

楊羅巖文集序

李騰芳

自向之刑放於寵也客有言都官楊大夫者中而又不歆於富威予憾不識其人也自向之民辜於殘也客有言茶陵楊大夫者廉而仁不侮於細寡予憾不識其人也二秊之春予始獲覲茶陵楊大夫於長沙豐髯戟張瞳子星曙接其音聲鐘鏞磬越退而自幸得識州之楊大夫矣然未知即都官楊大夫也歸與包大夫言乃克知之甚矣予之荒也久之更讀滇獄書公餘雜編三大政等錄崇茂如高山瀵演如闊川次其事之顛尾如出手掌以示人而指節紋理皆可覩也裁利害而措之如登熟肉於俎糅以五味臠切布剡而食者無不饜也其氣厲以洩如風

怒鳥鷙雷吼龍出而不容已也於戲物莫不有本君子務本大夫之了然於言如此則其能果然以有爲此爲之本故也雖然世豈無辭說甚辨而投之輒罔罔者乎古人有云言無善惡也苟有得乎吾心則其辭不索而獲方其爲言也猶其爲心也言猶乎其心則爲猶乎其言也此予之所謂本也予聞楊大夫用力於格致之學久矣語茶陵諸士有曰物汩知知汩意意汩心物者物也格者革也若滌塵鏡若洩濁波然後知得而意得意得而心得於戲此楊大夫之所以能有言以有爲也得之於心中之本故也

曹寅是文稾序

李騰芳

予友曹寅是來顧予於齋中值予正讀後漢書郅惲傳傳言惲明於歷象謂漢必再受命乃上書王莽說其退就臣位莽大怒收惲欲殺之先使人脅惲令自告狂病恍惚不覺所言惲乃瞋目詈曰所陳皆天文聖意非狂人所能造也其後莽竟赦惲不殺曹寅是曰惲何如人也予曰古豪傑也寅是曰是豪傑邪其亦虞莽之不從而殺之乎予曰莽之從否不可知然莽必不能殺惲寅是曰豈有莽之不能殺惲莽固教之使脫而惲尤不解其不死特倖耳予笑曰非也莽之殺惲是殺機也惲之不從是生機也殺機生機相去豪釐而惲益精矣寅是嘿然有閒曰已

矣子之言予有解有不解予有文數十首將付之梓但得子序論之予對之曰夫爲文豈有異哉亦不過生死兩者而已善爲文者死而之生不善爲文者生而之死蓋生之法多矣或順或逆順之用有定而逆之變無窮寅是曰何謂也予曰子不見夫操舟者乎風恬水駛悠然千里此順而駕者也其或風雨驟興飛濤噴浪而一葦曲折乍東乍西此其順逆寧可常哉夫豈惟操舟凡物皆有順逆但人習其順而不知中之有逆也詎其逆而不知逆之爲順也郅惲之於王莽亦逆之而已矣子曷怪焉寅是自童齡時其爲文已與長老爭能今磨之數十秊而順逆之變當益精讀其文者貴因吾說而尋之

送繕部高元期監督桂邸工竣還朝序　陳宗羿

漢興懲秦所以敗內外無骨月尺土之翼於是尊王子弟連城數人卽景帝減削王國官而樹宇如故然而長沙江都極廷臣之選以行重傅也而不及成周累土封矦每託重上臣如山甫申伯之屬歌咏篇什極公卿之選以行重城也兼重城之之人明興選建明德斥名城闢朱邸損縣官費不吝數十萬與漢同筋厲部臣精覈有位望拓地建宇往往勤明詔亦不吝再三又與周同天啟二季壬戌桂藩建邸於吾衡州繕部高元期先生來董其役則矯卓善職者也桂王為神廟少子與惠王分封同屬我楚神廟之愛弟愛子皆在中州而其采地多食於楚楚一時樹兩大藩適又黔蜀遼左交訌建藩之費稍儉於福邸一切經費錫予桂王又獨在雁行後時經六七季守者與董其役者但支白板臥而已衡又居楚上游捆載易出貧極難入溪計者每虞漏卮在國露肘在民又虞飽吻在側蓋時之難為如此也從來繕部之政取資於虞周官虞人掌山林古皆領於官今制聽民自便官不得問不問而三尺如湯火工誰與竟一問而萬口如蜩螗怨誰與弭公鼎函牛刀才濟川銛又發鉶也故自入衡來他人肉食而公茹蘗也他人受命內熱而公飲冰也他人畏事如鼠如豫而公承蜩也中飽之民每借公家虎翼蠶食而公封山刊木懸尺一臨之倚辦作奸者治如法而夫家徒役山

師杜氏之職卝牧軍匠之費五金之利錢鎛埏埴之細泉府之貨伍伯班事皆領於公公口吟目受耳聽手裁而文酬對文書揖讓賓從分五體以應灑灑如也會道璫矯旨促期程督公與內相黃君和宇晝工而任竝日而營及直指溫公青霞以視工來衡南嶽山峙百堵林立咸相顧眙瞶謂公豈有鬼工神斧俾二三執事黽勉以道於罰也公徐曰不佞何所短長惟是無凌節無溢施無淵魚察無北郭吹譁守吾職時至事赴如是而已余嘗歎世之智力相籠巧詐相逼藏猜忮而矜驕視營營擾擾以媮亂熸禍皆不守職之媒也夫公未入官之先有一再受命營脫以公追公諷還虞曹颿調繕曹受事今其人何似耶公同官郎亦有一歲九遷犯見罪躍金之忌身名俱敗者又何為耶公七季不轉一官不進一階第以壘綬相往還亦旣明職守無越畔之槩矣夫守職則節以制度技有餘巧集事之府也守職則廉而不劌辨而不爭常勝之謀也守職則不倖苟且之功不易難變之塞不狃目睫之規不試冏測之害崇高之藉也庇國衞民恆必繇之鼎司三事當顧問哉當今黔禍中於楚而疆圉之職亦急在楚公其以司馬領中丞節樹羽建牙滅此而後朝食公工竣還朝尋且復出矣然吉甫之頌山甫也曰袞職有闕惟仲山甫補之公其在帝左右乎公出卽當入佐中朝矣古人謂宰相職在燮理陰陽公斟酌元氣灌輸四宇泰山之雲不崇

朝而霖雨天下。吾衡其霑濡最先者乎。然則公之德被功施。詎衹是矯卓善職已哉。惟是使節七年。公不忘吾衡。衮衣數載。衡叟不忘公。截鐙還犢。公畱繾綣之間。諸父老暨都人士。望轅灑泣。於是陳子采其意次第書之。以代祖軷。因以告人臣之越志懷二心者。

陽明先生集鈔序

楊鶴

陽明先生之學。不動心之學也。先生自謂謫貴州三年。百艱備嘗。然後能有所見。余親至龍場。展先生遺像。見壁間書何陋軒君子亭記。墨蹟如生。低徊畱之不忍去。吾鄉冀闇齋先生言。先生一日在龍場靜坐。到寂處。形骸全忘了。偶因家人開門驚覺。香汗徧體。謂釋家所謂見性。是如此。是時先生飽經患難。齊一死生。獨餘此心歷歷孤明耳。先生既悟良知之學。把柄在手。殺活自由。平蠻定亂。舉而措之不動聲色。皆先生之緒餘也。先生用兵如神。半由天授。然歸其術於不動心。余同年友黃啓融。偶談戚南塘用兵之妙。方倭亂時。莆中有一大姓。築城自衛。倭入據之。南塘率壯士數百人。銜枚夜襲。未至十里許。令皆解衣露胸。捫其心。聞不動者十餘人。三里許。不動者數人。逮至城下。不動者一人而已。其人曰江虎。倭方城守。夜柝相聞。虎肉薄而登。斬一人。被服倭裳。爲巡警者狀。以次而砍。倭大擾亂。莫知所由。官兵奪門而入。遂盡殲焉。此人通身是膽。亦不動心之一驗也。噫。吾安得不動心者。而與之言先生之學。當天下事哉。

案。陽明先生集鈔十六卷。吾邑李文莊騰芳刊行。有文莊手書自序。此篇亦出其中。以少傅文不多見。故錄存之。邑中未見此書。從北臬李公借鈔。李公得之都中廠肆云。汝懷附記。

湖南文徵卷三十　　湖湘後學集編

序六　明

經理牂牁奏牘序　代　周之龍

牂牁自唐來雄有土屬者蕩爲郡邑上神武固式馮之思得闢以外一二忠貞者顧藉以赫濯聲靈敉甯疆圉厥功不足報千古哉先是播酋之敢不譓也上赫然震怒起司馬李公於魏博節鉞三鎮悉聽便宜不佞某賴以執綏之役馳驅行閒公帷幄運籌竟破重關俘狂逞縶致闕下紓宵旰西顧無何公以制還天子憪然曰牂牁古西南夷徼直羈縻之令勿絕何至逆我顏

行不難刈若腐鼠予豈憂播哉獨計今往所經理播者何所爪底播者何奚翅馬上一劍之烈不則割全肥奉孤瘠皺所恃奉無用事體匪細恐未易卒業播即平憂方大旨會廷擇今督府王公代鎮之天子曰俞往欽哉時不佞政惟善播策曰飲冰也公至殫精畢思起瘡痍衽反側碁布諸將吏攘修務在還定休集顧其大者按輿地淸故疆夷漢必嚴水播必極南北黔蜀之界必嶄無害始即安當斯之勤詎不慮人心城府難破士議築室難成搰搰然孤持不已哉庸人多懼非常喆人定計於鮮局知閒閒於一察神解閒閒以大全公正疆一疏議即中咎而功不可貶也人或求多而已哉自信也蓋讀公經理奏牘益慨夫擔事之艱易天下未有事不可見者端天下甫有事不可釀者變惟事起徐定若無事實將有事若有事實可保無事千百禩伏機當慮一時之呰窳必不得狃億萬姓危情當泣獨夫之衡浚必不得隨大綱維大靈爽宜伸歷歷之婦仁必不得市茲豈拘文牽俗先家後國者能憑力而託重乎巨慝未平餘勇可賈而乘平以條畫匪密謀不湛情形未成伎倆可用而偶成以層置匪虛中不觀可否未定甲乙可集而就定以斟節匪平情不調冠裳未設椎髻可揜而易戈矛爲俎豆匪卻慮不經元矚未融徘徊可待而會怡曠以力操匪沈毅不浚公湛以淵涓濩蠖之密觀以空鑑平衡之虛調以麴糵鹽梅之情經以必世百年

之慮浚以斷金介石之毅廓以青天皎日之暘試蹟公所奏牘何者不立環中寓無竟置譏讒付度外猥云議恤議賑議調議罷表公之能慈懲貪懲濫懲格表公之能察又大有誅賞興剔細及林澤曲隈洞然劃犂然具表公之神情風力靡不馳騖而勤周蓋兵燹之後拮据焦勞恩不給公則輕裘緩帶有餘閒也震撼之急宵旦倉惶四五驚公則泰山喬嶽屹不移也議論波搖蜩起之際撓椎漂山不可遏公則黜聰墮視集於虛也夫公所大倡毋亦躊躇滿志而中情粹白豈其揭日月行天乎昔漢興七八十載其主雄略好大通西南夷明得意後世非鞋之頭者括全蜀奉一播縣官豈獲已焉太上忘其次羈縻又其次建

置最下以恢拓虛聲受陰蠱之實累又最下恣小醜憑陵沽大漢之茹納先臣崔銑云無其強有其弱者不大可憂乎洎考維州議起君實亦爲小信左袒夫信不可食乃以堂堂河西北庭士馬土宇渠何名也得奄有之乎二已事前車不遠我國家神謨廟算跨躡漢唐即一二玀鬼不悛何虞不就戎索余獨就兩代偏至求安攘訏猷西南未通術止羈縻我不得罷百姓倅功不必有諸夷孔棘法當蕩滌我不得聽蹂躪令威不必伸夫播古所稱冄駹笮印之裔業已租賦之冠裳之矣儻於狡者黠者衡命爲難者不及今未斲而牿不嚙而畢惟所燎原浸隉陰侵我版圖不問陽據我藩籬不問甚且虔劉我內地不問即比犬

羊畜之毋所事創然陰凝冰結其若東南半壁何余嘉公經理之功綦密因窺公善後之思綦苦諸凡擘畫不具論論公所蒿目焦心者以此若公鎖鑰在北門保障在西土天子將置公樞筦竟公鼎虛不世之伐以俟珥筆者紀又安事欬餘爲焜燿哉

易經正訛錄序

周之龍

爺子雲草元扃戶今手其書想其獨窟於易即當時王桓二老亦筴其經世必傳嗟嗟雄脣目不逾中人又思多沈痛蒼鬱何至好事者極口相加倒屣載酒而字字問奇若元蔡可居也與哉且其論箸如逐貧反騷廣騷畔牢愁及甘泉羽獵諸作雄既老而悔之獨太元一草僭法言到今而後世以此雄雄亦以此雌雄則又何說之以太元捉欲刱造掩迹前人雄蓋自命爲奇乎元不草雄必不瞑即計身世閒有羣起而訾之者雄必不悔也夫以箕子狂而五疇衍以夷吾縛而八觀作以龍門腐而史記就嗟嗟從古豪憤於箸述不朽閒者神騖八極識際重元剖

抉擿領下之珠冥悟超帝先之始豈其託言見解逢意附庸而猥云洋纚吸蕩名奕道尊者哉吾友任重汪子燥髮授經業窟於易洎拾兩第起一介行李使於四方獲遝觀寓內名勝孕穡謚邃而奇致寓目前機融象外觀以睹記之會通合以神情之朗徹宰以胸羅之獨匠佐以歷泝之類伸盡剝與離直索象罔說者謂是錄之出其統壹聖眞爭矣而撥厥初旨則在訂新安而宗周南化奇偶而泐筮卜其訂者考亭之局斁於范陽其宗者伯湝之摸理於嵩洛其化之者兩物原無二宗其小之者四道本來一象神明默識在人不言名以正訛猶王百谷總之願忠於考亭近是有如一一而參伍比勘得毋與平反類乎不佞

曰有是哉子之元於易也理不必天地有子則往往獨鼓而毋膠理不必天地不有子則往往獨築而毋畔謂鈞天廣樂而固不冥謂蜃樓海市而固不誕謂吹律咸池而非一吷謂鷇音九皋而非時夜儻亦變化在心縱橫惟口洩羣聖未闡之竅抒一圈獨照之芭斯豈晚近淺儒偶窺半豹輒任全牛遂至詆前喆毀註傳甘戈室而得志戮名理而罔忌埒乎哉而後乃知子之又元於易也夫子與雄皆蜀產以雄才拜秖戟官校書不爲世顯獨一矦子時時過問至今佳話世肩子才何如雄而其純德忠義必覩美劇胥猶然陸沈古行夫典客閒也甯盡早晚無薦雄文似者乎逢季遇合固身有之得一畢萬子眘易安奇哉子不佞果且青雲於芭則願愜矣

悅偃齋詩序

周之龍

後世譚詩者率稱引建安大歷而上不摹不工又謂詩者性情之物從古賢知沈鬱悽惋之所佁也不窮亦不工藉第章比句櫛必刻畫唐音命曰工前此百千載闡襟靈而舒意緒者何物哉江潭騷聖箸佁愁卿窮固宜然乃以通儒鴻彥鵠立鵷翹而亦不乏雄歸葩麗之什令讀者若登清廟若目咸英則又何以說也大較情原才漚致會時攄總各竭其綏予所極而臨境觸情循位敭致怦怦然有不驚必不休者於以思才可知矣霞烝雲變鬱爲丹彩斯不亦天授傳合轂滿神王之極詣焉儻如大冶鑄形鹽施耦峙茲稱不摹之尤者目曷足道哉又如摹矣而

才不副情體不肖度識者且佴盂詫之若夫發幽思乎坎壈暢怡曠於順風賡巖廊以吐奇貸煙霞而擷藻靡致弗工工不必窮夫昰謂樊罔畜神翩翩象外之則譚何容易乎遂州鄭思成起家舊學甫冠登朝出則鳴琴入則司計尋以計大夫督餉吳中得縱觀東南佳麗之玆巨窮乎不窮乎洎考居恒箸述幾充皮如廊山倡和調南諸編以逮遊吳脫草所至河山迹相森森頫仰信手品題而諸瑰瑋奇崛夷曠幽渺之狀筆底化工工何如矣海內佔者爭先左袒至謂窮而益工君家惠連且爾郞不爾而云齊化尙芊獨契悅偃不佞竊以思成挾如此風霜而雅好自挺清孳膴峻直掇之也竟觸事抗章瓢落以詘詎不謂窮

顧咀味菁英振希聲於洞壑繪絺景物志寓言之牛鬻姑毋論思成風力亭亭俯唐初盛而叚工綦苦亦足發明思成之積矣假令思成遭昔遇主親見堯舜則所爲襄潤鴻業爛然足述者復何所不工而工以歎窮毋乃造物偕思成爲不窮者弔也夫胥思成者饒矣而謂窮且益工工且益悅恐猶未旣思成之全也夫

還青亭詩序

周之龍

世未有無所託而傳者一邱一壑非必瑰麗偉特也賢者嘗遊焉後人不必皆遊嘗吭思而頌歎焉使人曠世神交寤寐其處欣然欲往此非邱壑之能爲勝也不然世之崇臺曲沼芳林邃閣具勝觀而恣游娛者豈少哉東谷先生之爲園也堂前後五楹以奉歲時蒸嘗而已亭一區名以還青時時手一編游沉其間古松千章竹千竿荷千柄鳴鳥千羣所藉以寓目賞心者皆林壑之所常有而適適未嘗不在焉夫豈有瑰麗偉特者哉家孫侍御公修其墜廢而朝之名人與四方之媚於文詞者吭歌其事聯爲鉅冊而還青之名遂聞海內盖惟其人則重有爲之

後則彰勒之文獻則足徵此皆有所託而傳者也昔者宛洛鄠杜之間名園連屬金谷平泉窮幽極侈絲肉遞代車馬塡咽其時墨卿騷客豈不亦抽毫授簡標榜巖谷由今而觀彎詞靡什要與景物俱往若乃陶之園謝之別業王氏之槐堂裴晉公之綠野彼高賢之孤風遠韻名世偉人之所盤桓而寄情者諸爲詩爲記亦能淡摹曲寫使讀者徘徊吭歎想其不當吾世而編什亦坐於不朽蓋文詞雖擅必有所託以傳焉先生脫屣名利似淵明植德務滋似王祐侍御公貞心亮節身繫蒼生東山間喜之業在今日矣斯園斯亭比於陶謝王裴當不少孫諸名人吭歌又託茲冊以傳余以及門之士見屬爲序亦藉以傳矣

南北游序

周之龍

葢不佞之於文也亟幾變·云方舞象游蓺於塾·歷不越閫閾目不獵古先·輒自天倪吐巵緒·塾之人睹而詫焉·謂何物束髮出宋以上語也·時余未解今焉解古·已游於校·稍曉出西京咸陽·人馬·半辟易·余以不朽之盛在是·則旦暮窮耽·幾一速肖·會時博士家習濫觴·令觀者輒昂首不下·已復變魏晉宋齊·饒脂黛而鮮色澤·即世人都之·隻眼弗顧也·余亦旋面弗自顧也·則又變·祖龍汗棟·無復置案頭·惟是經傳外·得沈酣三吏枕席百家·而龍門漆園淮南蘭陵·其最狎世·非不識也·而識不數然也·則又變·雅嗜少陵·次逮供奉·若而曹·稍倦則拂徽鳴玉·流水高山·

倦極則張樂洞庭·索珠罔象·閒少游於酒·而賓侶造物·睥睨古今·息則踟跌面壁·若擲亾浮世榮名之雜·已歲辛酉·纔一脫穎·脈脈下帷·幾無可變而不變·欲變·欲變不變·政未由之境乎·壬辰來·紛封若終·第未橫所游耳·越明季·偕計道豫章·駕飛雲·憩臬·行行出三衢·坐嚴先生臺上·弔古問津·徜徉蘇林之湖·甚自得焉·尋泝谿流於檇李·因縱觀東海·滃乎大哉·尋再出金閶·弛擔千人石·飲建業蘧廬·魯齊趙之郊·市骨黃金臺·時余且睡古安·吸今即世·不數然·而余頗自然也·無何·馬首南登曲阜·封吾夫子墓·至徘徊不能去·竊自謂此生勝蹟·扣舷彭城·觀洪呂梁·睹河濤怒若盪·若卷·又若飛·淮黃一髮·長江千里·則隱隱靈異在目·顧室環堵·而出王焉·故寸管半豹·多得自游·噫嘻·游止此乎·余因悟游蓺之說焉·夫嚇腐於俳優·芻狗之陳也·慕膻於軋茁·敓韲之垢也·藉宕蕩曰風致·相談之晉也·執拘攣曰恬寘·助橐之宋也·若者余中變·中疑·今乃信游之不易也·且方將游·惡知不游哉·方將不游·惡知游哉·總之天弢自解·天倪自和·惡乎游·惡乎不游·以此思游·夫其吞風雲·鞭月露·即今即古·長揖耶索·衙隸遷休·即古即今·風致於天·於淵·恬寘方希·方淡·何靜何動·游至此乎·變斯化矣·余惡知今之游·未始出於非天倪乎·余又惡知今之游·未始入於非天倪乎·以俟世之善游者·數能也余惡能知之·

送學博陳葵心致仕歸里序　　楊嗣昌

吾楚自洞庭以南三湘環繞衡嶽聳峙天地清淑之氣於是乎旁礴鬱積若長沙一郡歷代人文蔚起尤稱名勝竊意其間氣所鍾久而弗替當復有奇材碩德如屈平賈誼其人者魁然傑出乎其間惱余以早歲服官不及膏車秣馬至其地一爲遊訪適戊寅歲有長郡醴陵陳子葵心以明經廷見來京投刺謁予予觀其言論容止恂恂有古君子風心竊異之繼出乃祖會山文集及所自著詩文見示予讀而善之因歎曰吾子家學淵源後先輝映其殆屈賈之流乎未幾陳子循例授鐸吾邑聞其下車時卽以敦孝弟勵廉隅崇經學正文風爲己任邑子弟多所

成就予兒輩尤荷教思逾秊署邑篆律己清潔處事嚴明吏民不敢欺余於是益信前此所見之不誣因欲亟加薦拔以備朝廷之用會奉旨督師平寇軍事旁午未遑也今歲秋月吾邑諸父老致書來京言陳先生致仕歸里丐余一言以爲贈余曰嗟乎陳子經濟才也吾方以大用期之何歸隱之速乎雖然昔人有言出則爲遠志處則爲小草計是時陳子亦已老矣前此牛刀小試勉就一官今者榆景歸休寄懷高尙固知其非無所見而然者陳子行矣歸路過洞庭遊赤壁歷章華泛湘江弔屈平賈誼故蹟雲水盪其心胸煙霞供其嘯傲豈復有功名奔就之事介然於其懷哉僕恨不能溯洄從之因書以識別云

送鄒別駕序　　楊嗣昌

武陵故隱地初不通人其中皆仙靈生齒廬宅服會飲居如太古時後或鑿其道通焉以爲郡縣市廛井邑田廬十不一二改其舊故其俗猶椎魯簡而易治世所號爲郡守縣令治文書左朱右墨擾擾從事以爲無須臾閒者至武陵皆得休暇無事而郡之有監州坐受成事太守抗手而指令長而下則其淸閒無事事之尤者也夫官無事事坐而需歲月計祿遷秩以行賢者猶或媿之而武陵之爲都會也遠治非甚赫赫其聲必不能以聞於采風者之耳而況能以聞主爵氏計祿遷秩不少後時如吾鄒公者獨何以哉武陵人曰公之來也以庚戌之七月而今

茲之遷馬湖二守以行也爲甲寅之二月不盡五歲然其居無事而自官其官者無幾時也蓋公始嘗榷稅矣曰甯詘額無厲商頌聲作焉以其賦也急謝之已而視龍陽之事久之攝桃源令未幾移武陵無何而兼領郡邑之篆遂久公之能隨試而輒效如秦越之有禁方龍陽瘵也卽藥龍陽桃源猾也卽砭桃源武陵蠹也卽刺武陵而公之兼郡邑也按部直指使者猝而至當是時長吏無一人府藏無一物其自傳舍庭廡藩溷牀帷莞簟坐起几案刀筆匕箸伴醆聾辟無不自公手批而目營之其外則易田野飾衣冠問吏能否至刑名錢穀毛髮入出應對無留雖十百長吏若若滿堂各執其事以覲上之人鼻息動定其

傻捷周至、殆不過此、於是直指以爲能首推轂之、而公因乘閒爲武陵請命、除倉政之螟螣、而雀鼠於社豪者數焉、已而均馳息之、武陵詎德公、而公功名以顯、蓋公非以其監州顯庸於時、武陵郡守與三縣之吏能顯也、雖然、公之得此亦難矣、公始者未有所攝事之他邑、而郡同寅官備而交惡、日陪剡其閒、察之雖啞啞笑言中、相持短長詎甚、公行互無所置、而背宴坐無所適、默語憂形於色、人或危之曰、虎鬬也、而無寸兵介其旁、庸可免乎、公詎若闃然無敢喘息、俄而當大計、諸持短長爭相中者、咸落其官以去、而公竟如魯靈光巋然僅存、以有今日、嗟乎危哉、使公向者有所陰陽俛仰、以倖其一失而一得、其何能脫然於利害之鬬也哉、而於是詎信公之能處人之所難處者至矣、然則武陵雖易治、公不以易而著譽也、過此以往、其又何難焉、且安知遭遇推轂不又加於武陵數等也哉、於其行也、武陵人不能免於贈、爲述其大都如此、

惜陰亭序

洪雲蒸

惜陰之義、本於神禹、衍於陶公、以之名書院則潭固有之、以之名亭、則自樅楊民太思始也、世宗朝、邑范侯倣而建於後樂堂之側、蓋景行陶公也、侯與予從祖謙明公爲德義文章之交、治攸五載、謙明未嘗干以私、侯重之、及遷守茶陵、乃舉亭匾以贈、且曰、惜陰通乎仕學、茲以屬子、將以古人事業望之矣、先是有黃邑侯建芝亭於城東、後學博某匾曰芝亭遺愛、嘉靖丁未、謙明建亭於其旁、以惜陰匾額之、明其爲范侯遺愛也、今六十餘季、其子容之與予同遊安城劉徵君之門、一日命予序之、序曰、惜陰者、帝王聖賢之所同、以禹神聖至誠無息、何假於陰而惜之、卽惜之、又何分寸可言、後人以其勞心焦思、掛冠不顧、履遺不躡、以爲惜寸陰、自陶公所言、亦勉人語、豈眞有分寸之判哉、其要在明道、旨道不明、既不知大禹之所以聖、並不知陶公之所以忠、雖有其惜之、終無當也、謙明嘉靖癸卯學於安城鄒東廓先生、先生亟稱之、而卻單可藝金一節、尤人所難、能惜乎、建亭之後八季、齎志以歿、未竟運甓之業、後十季而龍喜重建惜陰書院於陶公祠之前、郡守倅蔣翟二公爲學會五十、開集諸生誦學課文、使謙明而壽、必聘爲會長、惜乎其未之見也、今其子若孫才而向學、將竟所未竟、亦復何難、子又以范侯之望於謙明者望其子孫矣、

運甓齋啟稾自序

洪雲蒸

余少讀昌黎上張僕射與韋舍人書。輒鄙其薄行。後登仕籍。耑持耿直。不少貶損。然輒被摧抑。臺山相國謂予曰。子誦法孔孟。而不思孔孟之所以爲孔孟。夫殺身成仁。舍生取義。是其大德不踰閑處。而諸陽貨。佀王驩。微服過宋。戒心受餽。若近日迂直之儒。定不出此。余聞此語。始恍然於涉世之方。即聖賢濟世之道。凡一切應酬言語文字。一秉於孔孟之權與時。而不以私意參乎其閒。天啟乙丑。出知廣州。族子起莘以運甓齋稾請梓。余曰。應酬文字。敘寒暄而少義理。則人以爲誕。過與。則人以爲諛。訐直則人以爲刻。至所交遊之人。渝行於末節。則復疑比匪有此四者。豈可梓傳之乎。因述相國之言以弁其端。且識余少時所見之未逮云。

尚書是正序

羅喻義

書百篇。尼父所定。虞夏書二十篇。商書四十篇。周書四十篇。書序是也。秦時禁挾書。博士伏生壁藏之。禁解。求其書。亾數十篇。獨得二十八篇。以敎於齊魯之閒。掌故晁錯寫以隸古。是爲今文。時人惟知尚書二十八篇。取象二十八宿。不知其有百篇也。既而僞泰誓百兩篇之屬稍出。然不大行。惟孔氏有古文尚書學。安國以今文字讀之。因以起其家。逸書得二十五篇。益尚書茲多於是矣。百兩篇者。出東萊張霸。采左氏傳書序爲作首尾。凡百二篇。孔氏古文。吾不能知。而采傳序作首尾。猶百兩也。庸瘉乎。或曰。書何以有僞也。曰。漢時尚經學。各欲名家。至有行金

易中書漆經。以合其私說者。而人主以尚書爲樸學。不好。懽且中廢。汾陰寶鼎。周漢郭辨。是以趣爲僞而不廢。安國書未上。不列學宮。故蔡邕所勒石經仍今文。而古文至東晉始盛行於世。夫其是也。二十八篇已足矣。如其非也。多亦奚爲。王通氏言書殘於古今。蓋傷之也。先君贈公家世受書。補博士弟子。已乃棄去。不交人事者二十年。靜中有獲。時著筆札。予小子謹識之。鈔集成書。是爲尚書是正。大率原本今文。首列書序。次載本書。次下己意。亾者闕之。而概見論語左國孟荀者。附錄焉。非是族也。雖世所稱十六字。不敢不正。蘥卻梧桐枝。滊湖方可窺先君誦之云爾。予小子成厥志也。崇禎甲戌七月

郭止菴嶽遊詩序

羅喻義

止菴先生天子至性哀樂過人余日夕周旋祗談風月罕及世事胸中耶鬯灑然也今茲秋禊憶太夫人遺言有事於南嶽於時月麗箕畢景物淒其比其反也同行爲言石尤無滯黄山皆碧絕類二三月天但少楊花飛舞昔人滅灩澦之水開橫嶺之雲以爲美談今直恆事耳久之揆其奚所負囊得記一篇詩十五篇蒨潤幽徵與嶽稱副余夔玩不能去手既而歎曰偉哉造化闢此一境俾人間清福以聽人之自與夫其不得與於斯遊雖秦漢人主飄飄有淩雲之氣而風於瀏水於湘窘於回中休於松下無可如何得與於斯遊登峯造極終葺之陵也若夫遊

事亦有優劣焉乃有山陰興盡石橋空返故所不論就令足力能及之腕力不能寫之煙雲過眼終非其有雖得之必失之惟夫慧業文人收拾取攜驅駕筆端如山經水品草容木狀流通千載而遊事斯大備耳且夫登高而能賦者大夫之才也止菴先生異時顯帙人物當如差山味泉矣可效癡長康畫謝公巖石間哉凡與於是篇者請從逍遙遊影入人間世也

崇禎寶慶府志序

羅喻義

昔者孔子裒百二十國寶書成春秋蓋今之志也志者之言識也其時古今緯衆因革與吏正同若夫山川人物風土歲時雜組瑣綴與吏微異余家湘中地接邵郡故寶志吾能言之近事人所知言其遠者寶於國爲南於州爲荆於郡爲邵陵封禪書黄帝登召陵之熊山而召有邵音召亭甘棠渡在焉茲事人或疑無余謂定有今人行地者也古人天人其德主飛如淩倒景塊視下土以師兵爲營衛不必城郭也芟舍爲諍庭不必官府也倘書一歲四巡守而海表有禹蹟不足復疑詩有十五國無楚風蔽芾之章實爲風始余言如此眞余徵也惟當世文人懷

槧載筆一往湥詣其在斯乎紫閬陶公以水部名郎出守茲郡爲政清嚴子視民家視公郡中大治性尤喜文士論藝講道居然彥會閒舊志未備慨然任之凡邵之山川人物風土歲時綱羅靡遺而識其大者自黄帝始眞文苑之曇花志林之琪樹也書成於戊寅是歲有寇亂公以郡兵討之當倥傯時不知其有成書事也及夫受其書而讀之又似太平無事不知有平寇事也總其邊幅寬長從容得暇有才如此終當薦起宏濟時艱回首舊遊黄芝三秀瑞蓂再榮比於勿翦勿拜之遺樹而陶軒比召亭不爲郡中增一佳事乎余在都時知公甚悉公起金馬碧雞之鄉登會稽尋陶鄖如尺有咫二京五山皆將有驟影屐齒焉

是殆類飛行地者哉爲著天人之目以相舉似若夫是志當一國寶書則優有訊以楚風請爲歌召南楚亦大競矣哉

過伯英十鬻詩序

李馭芳

過子之十鬻以貧也人之緣貧而割所甚愛以鬻者曷數計獨過子十鬻掛人齒頰傳作韻事以詩也物亾而詩傳鬻者鮮而所不鬻者已奢也雖然過子詩工他若詞賦舉子業罔不工倘冐貨之明庭如今之以富貴侈潤者奇珍美好羅而致之浮於斯鬻不知凡幾過子忍而帶售樂饑衡泌下獨侶此數物朝與之朝夕與之夕一旦鬻亾似有悟者及讀其金剛頌一帙誠非無悟而能然也夫未鬻之先匪有既鬻之後匪無在我在人等何分別於物則已然矣特是曾愛之情想與今鬻之詩思刪除不盡帶作異熟業因散與過子商而再鬻之毋曰不貨之明庭

遂無買法中湘社弟李馭芳書於乃園之維嶽臺

案鞠雲先生爲文莊公騰芳母弟以己丑殉城死箸作筆蹟皆無可攷邑乘亦未爲立傳此序乃先生手書刊入刻本者旣屬邑人馮準摹勒上石復錄入是編俾義士之姓名不終於湮没而所謂乃園與維嶽臺者不知遺蹟之所在矣汝懷附記

謚陽志序　賀鳳梧

在昔倚相之宮有禮書御書象魏之藏當時稱爲秉禮之國杞宋不存先王之典籍則爲文獻不足之邦謚志舊無存今止傳宏治癸亥本嘉靖辛亥者續而未成太學朱公出補謚謂其鈠弗完也勦弗根也複弗要也晦弗晰也以責之蔡君繼芳周君世亨溫君朝祉洎鳳梧與豚子逢舜而公又爲之筆削斷案詮釋品隲於其閒而書用成爲卷者四爲篇者三十其目曰以代繫季以季繫事分割併置推世運之變遷佀歷代沿革季表割制既定區域乃辨廣輪之數所當知也佀疆域仰觀乾曜俯察地軸緯書固誕省戒寓焉佀分野佀災祥厥惟相方山澤是略

負崇帶浸南國之雄也佀形勝郡邑未啟厥有熊湘黃帝齊桓實惟所履然弗可指也表而識之胡可廢歟佀山川設官分職凡以爲民鷹鸇鸞鳳不可掩也伐檀甘棠不可强也其嚴乎佀建官佀職官君子勒崇巠鴻光耀史冊昭之彝典弗可泯也佀封建紫衣賤服齊俗尙焉是以君子愼所以感之者佀風俗比閭族黨有紀分而爲十合而爲一佀里社治平在庶功興庶功興在事役平事役平在民數周佀戶口地分南北燥溼殊功辨厥土宜以詔方物佀物產反裘而薪皮必盡矣任過其力走必僵矣節而燮之有司之責歟佀田賦佀傭調坐廟堂而發令則拭目改容摩肩接趾而與之約則易之矣佀公署於越彝貊之子生同聲長異俗教使之然也是以正鵠設則射志定土范齊則鑄器良佀學校國之大事惟祀不瀆不淫乃受其福佀祀典巍巍城守桓桓干城不虞之戒聖世不廢佀兵防凶荒札瘥國之災也津梁道路民之利也欲治必先焉佀惠政取士之途代非一轍要以得眞才裨治化也佀選舉季表湛恩汪濊下逮閭閻侈錫命之榮佀恩卹冬日之陽夏日之陰萬物歸之葺之使也佀宦績傳嶽祇毓秀川若鳩鶚處爲龍蟠出爲鳳翔佀里賢傳大澤之雉五步一啄不羨速飽暘谷之龜曳尾泥淖不希巾笥佀隱逸傳國無善俗君子不入名賢萃止邑里之光佀游寓傳貞夫淑媛天地之紀蓽門蓬戶懼弗昭焉佀節孝佀義烈傳

二氏之教族類攸分傳訛襲舛弗可薙也可懼也佀雜志綜稽世變匪文不傳微言合道可以訓俗佀藝文畧有綱裘有領欲敘其詳先攬其略佀序篇

鼓枻吟序

潘亮潤

予家魚潭之上其東二里許爲藍溪水淸而源長其色若藍故名藍溪上有修竹數頃友人張恂如伲廬園中予自束髮與之讀書其處是時方鋭意天下事江上白雲山閒明月弗顧也迨二十季滄桑幾變流離困苦甚矣吾衰亦已久矣恂如自號爲藍溪漁父名其詩曰鼓枻吟盍濯纓濯足其隨淸濁之自取乎吾辰州山水多奇洞可藏書幽於桃源者處處皆有予近日魚潭之吼曰長季閒釣此何事著芊衮今將與恂如買小艇釣於溪上窮溪源尋溪流蒹葭白露溯洄溯游烹鮮酌酒鼓枻而吟迭相唱和是一樂也醉叜鼓枻歌曰月光燦燦兮思美人美人顧我兮水之濱玉爲膚兮滿面春駕麟出遊兮願爲之淸塵

古微書自序

孫瑴

昔聞之仲尼憂義子長憂奇予小子亦竊有憂焉曰憂其古世之人得一醆一斝流傳三古閒則必什襲之而寶之而矜之曰我得古矣古人之奧帙逸文豈直一醆一斝邪夫以聲嚮俱邈誦覽所略舉世之必不經見者而我得見之其可憂孰甚矣又況乎爇天香奏雲璈羅上古之天球赤刀而環立丈室中又豈直一醆一斝之細邪荀子曰夫學貧而富鄉也窶然貧乏夫也俄而治天下之大器舉在此非窮古力哉是以古人之學恒富今人之學恒貧古人之學富然而非富於書也今人之學恒貧然而非貧於書也漢雖秦餘哉書皆道古故其學最富至唐若

宋而人人著籍矣人人著籍則人人競傳人人競傳古安得寖存今日者箸錄之繁篇帙之廣詎不什百倍於漢然而試挨其業力與其所就今之不若宋猶宋之不若唐者何哉寖侈於近日之書而寖滅於古何怪乎書愈富學愈貧也余不佞家世藏書稍有異本輒從羲頡以降斷乎陳隋取其凡蒂於古駢枝於古響象依悠於古者聚而成書伯之以刪曰以旐讖緯之伏遁仲之以焚曰以攬灞噩之什一叔之以綫曰以索箋疏之象罔季之以闕曰以甄元古之紀歷爲卷不多證學差遠庶古人之奧帙逸文將湮不湮而亦使海內窮古之儒不至貧於學之無從邇者其賴是乎或曰古則傳矣古則既傳安用是書也使古

而不傳者予又安得其所傳而傳於世曰是不然余所夌傳而未嘗傳傳於古人之蕎袠不盡傳於今人之誦覽者也集古者梯崖相冢形命可遺彼性也好之而力之富又足以聚之然自余視之猶以林囘之樹余當千璧馬何也謂非其神也文也載古人之神而傳焉故可寶也苟古之所傳帖則腕矣畫則日矣之二物夫甯非神雖然義弗主焉文以神秘神以義尊夫文而無其義亦不足以規億載矣余貧夫也擴余目於穹壤閒曾不數里署諸古博氏之林無秒分焉謂目目之槅也而多未逮則信有矣若夫余以爲寶夌而人將瓦礫視之曰是直斵皴無㭊之文嵬瑣不經之學抑何敢强焉

古微書敘略

孫　瑴

緯有七僞經而行顧其文皆删餘也相傳孔子既述六經知後世不能稽同其意別立緯及讖八十一首以遺來世故東漢謂之古學魏晉以降僞爲符圖圖令人諱諱令人憚至隋而燬遂禁不傳噫傷哉使孔門知百世之學而今無間也病之者以爲多談怪迂義致無取夫經之尊譬帝王也圖緯雖纖陋譬之猶騶賁奄奚而日環侍帝也今欲親識帝之面而曰必屛而騶賁卻而奄奚則帝難見矣欲見孔子而不欲見其親授受者之謦欬之光容孔子可見乎然則惟孔宜删非孔烏得删且非孔而欲識孔又烏得删也自昝爲之說者有郗有袁爲之注者有鄭

有宋一以爲起於中興之前終張之徒皆偕仲尼雜以己說一以爲盛於建武之代俗儒趨時篇卷第目轉加增廣惟劉彥和以爲事幽詞富有助文章故羲皞之源鍾律之要瑞孽之符神鬼之狀讀之者皆有取焉嘗讀歷代史經籍蓺文空標其目而書竟隱泯矣閒有存者亦復如裂錦碎璧嚐味不睬予苦心於茲且十季顧簡不一邁邁不連行於是考其班部權其宗旨蕞其訛闕聚其落離蕞句累而章章累而篇篇累而帙焉雖非其本卷本文之後先要亦可以大義徵以文律準也

榮木堂集序

郭都賢

陶密菴詩文名海內垂四十年命命乎如出水芙蓉如臨風玉樹昔昝所傳楊玉堂穹雲樓諸刻也晚歲息影溈山稱忍頭陀伯子五徵編次先後彙合訂爲榮木堂集刻成委予序予曰陶公以詩文傳乎惟陶公之詩文迺傳耳予與公生同里長同學出處患難同時同志今兩人冉冉老矣回憶公方十齡落齒文詩錚錚總丱中出應有司試督學徐亮生先生驚喜得異才拔冠湖南數郡旋以里選入成均會上幸太學羣英咸集廷臣交章請復高皇積分法大司成顧公九疇少司成倪瓊圃陳明卿季兄前後承旨試六館之士並奏公文壓卷天子首披其牘詔

五品官不拜乞留學待對公車其時年不滿三十詩文辭翰名動長安有楚陶三絕之譽制誥大篇多爲辭林藉手則公詩文之傳蚤在科名之前豈待今日今日所傳者霧章數語藝於中允之鬱輪袍也陰房兩載榮於供奉之扶醉上殿也以此傳之天下後世可以不朽矣若夫沈酣六籍振筆千言湔洗性靈字字鮮潔此公胎骨中帶來而且懷古抗今足蹟半天下所至煙雲滿囊格律凡經數變方甯淡寡營思大用所學於當世亾何兵燹頻仍狐兔充斥姑杖策以規江左埀涕而受拾遺於昆京時命弔戰場尚有不盡於詩若文者晚復以淩霜嚙雪之肝腸赴筱鳳弋鴻之羅罻西臺之髮自睎湘水之魂復返人世坎坷抑鬱到此無處開口烏知皆公之詩文登峯造極時也集中騷賦登昭明之樓樂府摩西涯之壘至於歌行近體空色妙香有澹宕若秋雲之舒卷者有激詟若驚鴻之歷亂者有讀未終篇而感慨嘻吁淚隨語墮者有一字一叫絕爲之大笑發狂者眞豪髮無遺憾矣古文雜記遇物賦形以史遷之章法窮坡老之縱橫所謂浩然聽筆之所之平生極樂之事無逾此者今年躋六袠一切放下惟翰墨淋漓戶外之屨鶴鳴子和將兆於大小溈山公之人品已不俟詩文傳而詩文之可傳者又如此予於老友不能無妒焉矣

嘉忠錄序

石萬程

嘉忠表節也節以成義古之訓也是故諸侯死社稷大夫死其官制也制以定守守以殉變忠之備也予於西溪先生而識其全節焉蓋自逆濠煽焰日長炎炎所至吏民奔竄微公則瑞其沼矣完孤城於危迫定人心於疑畏公之德夫豈獨瑞之人賴諸綱常之託視死如遺微公則忠義之士鮮矣且夫事君者險而不隨危而不黨黨叛以忘君非義也詭隨以徇身非仁也順是二者而德之則成矣是故忠以立義義以致勇勇以成仁犯難而動勇也守善而終忠也慷慨不忘君義也致死不辱身仁也忠以體之義以道之勇以決之仁以成之故曰可以識全節矣

守城機務序

謝肇元

古今談城守者紀載極博然說多演渺器亦繁複介冑之夫里巷之子都所不解余備兵曹濮時金鄉□毓陽先生出撫邊城書一帙相證簡而切嚴而不擾余亟珍之隨以行於東魯頗有成效今季初春逆賊煽虐自商固直犯淮西廬鳳諸屬破陷幾半余適有潁川之患憂心如灼自濟南單騎就道七日而抵中都馬足所過登高眺遠無城之處滿目邱墟有城之處警備全弛不覺憮然曰人事若爾害豈在賊顧此中會太平日久不知兵並不知器偶出一劍一戟相視兩目大張不識其製因取藏帙再加訂正法撮其要器圖其形付之梓人編示郡縣倘從前

倖全之城猛用其法自是鞏若金湯即已壞之區力行此備猶可以爲善國但不視爲故事亦何憂無成功雖然余能言者成法耳古稱善戰守者惟孫與吳嘗讀吳氏傳曰民安其田宅親其有司則守固孫子曰視下如嬰兒可以赴溪谿曰親曰赴人和備矣以此人情堅茲城守又何固圉之足云願有心長吏深長思也

徐蔚子詩序

陶汝鼐

夫事有不齊之遇無不盡之才斯二者天也然遇大伸才或因之以縮遇大塞才或因之以豐古人所以能自振於窮達之閒者不偶矣同郡徐蔚子才士也爲諸生名大噪每試牘出輒競相傳寫予時困公車之業讀其文猶能令起舞自壯望其肩宇亦復有英雄之色焉嘗憶江門蔡公曰此固足以張楚而於諸君劇孟敵國也方禡旂勒陣鼓而向中原而中原遽亂湖以南士所稱文彩扁落者多履鎗氣盡恍於死生禍亂之際而敗蔚子乃獨能含章用晦葆光巖壑之中俟河之淸二十餘載一旦把臂於汾湖予敗且衰矣蔚子亦落穆有愚色相對痛飲君賦澤陂予吟澤畔明日以一氊薄仕於武陵爲詩以別並示其北遊諸草則慷慨沈雄能令我起舞者固在也既而苜蓿盤饑不可忍猶自孤吟獨往散愁於朗溪之上得詩滿囊以歸若於仕宦窮達無復措意庶幾有塞於遇而無盡於才者矣哉其爲詩弔古則雍門之琴懷新則蘇門之嘯取境益奢而用才益富夢中之筆若江山愈助之雖巨靈不能掣也而後知天之待蔚子也厚矣哉君其益自愛以待訪落之求乎

趙友沂詩序

陶汝鼐

楚詩之力之足以變天下也久矣受其變者既不能砥其流而夸誕之士往往浸淫其中又併爲懲楚之論此有識者所竊笑也雖然竟陵始出而砥公安之流故天下翕然服其變而不覺纔十餘年而我湖南之詩已自有門庭矣第同志者希且未嘗汲汲焉與中原爭壇坫且壇坫之盛固在東南快哉吾友沂之以東南振楚詩於今日也友沂才性雋異早擅雕龍弱冠賦兩都僑居廣陵交天下士不十年而聲重禁林名滿海內矣頃還家爭傳其詩者若以爲東南才子而忘其爲楚也友沂乃復以和洞庭秋示我疊疊三十章欲令萬頃平湖驚采絕豔劉勰所謂極貌以寫物窮力而追新者矣然予竊有難焉洞庭楚之巨浸也洞庭秋三字予始從宋寶中頗以寄愁嗣郭些老倡爲詩皆楚之窶人也補山堂詩九十首諸家和者數百而友沂以鳳池彩筆闌入其閒庶幾水窮雲起復有氣象萬千之概得無曰觀則侈矣猶楚人也哉噫嘻友沂而楚人楚其張矣夫何也友沂力能變風而砥流者也詩變而後極工砥流而後能存雅也子還朝過東南請以是質之諸壇坫之君子

郭幼隗洞庭秋序　陶汝鼐

何處無水何水無秋五湖四序獨以秋予洞庭有說乎曰屈宋皆湖以南人也屈悲風宋悲秋秋之氣遂多在楚湘郢澤國又皆與洞庭相望空秋多在洞庭閒至太白襄陽偶然興會頓覺天水爭妍然孰知千載而下有更取而賦之如吾華者也近體六十首唱自些菴先生似不稍留餘地乃數數寓書使徵和同志予既閣筆讓於幼隗幼隗不復讓曰滅竈再然豈得無意一日報三十章俱就南郭子綦遂稱劇孟敵國矣夫些公以故老流離睠懷宗社居然有九歌之風而幼隗亦鳳鳥鯤魚風流無恙庶幾得登山臨水之遺響也歟幼隗且曰子盍爲我評之而

些公書適至謂洞庭秋和者數十家頃讀幼隗詩老夫眞讓一頭地矣然則楚之水專有洞庭洞庭之專有秋猶夫郭氏一家之專有詩而若不能與之爭也耶予終閣筆豈不愧哉

黃眉最遺草序　陶汝鼐

崇禎癸酉郡之同舉者十人予與黃子眉最固世兄弟也先鄉賢與其尊人中憲公同學並以文章著壇坫而兄事先君雖窮達異詣至淡中憲公早致政終秊不見一客獨於先君坐老無閒最後予乃得與六兄眉最同譜而又兄事之相愛益篤非偶然也眉最伯仲閒多才人意不相下伯兄益甫尤工古文詞然而眉最能師之力學敦行無貴介氣迫舉孝廉始爲詩然性狷介不妄交或偶一示予指其瑜者瑕者輒赧然還諸袖他人未嘗見也久之旣不得志而沒於兵燹之時且伯道無兒書卷盡散悲夫眉最之人與言甯復有知之者乎君之姪峙三名士也

眉最向於諸阮中甚稱之一日持其遺詩視予予不禁潸然歎曰中郎之文白傅之詩皆必傳之業也然世人莫不悲其無後而重愛其詩文惟恐不傳彼世祿勳舊之家亦或多子孫而愚賤失學有不能舉其先人之姓字者則秊不秊亦安在有後無後乎哉今眉最歿廿秊而家學益甚盛科名鵲起峙三又能收其遺詩以傳於家乘則眉最不死矣然當時翩翩上公車遊兩都之作皆不傳而所傳者僅亂後憂癲之言不能不讀其詩而愈悲也感峙三意使爲敘之亦庶幾慰良友於地下云

嘘古自序

陶汝鼐

甚矣楚騷之不可絕也原不得志故自放於文何意牢愁之言上儕風雅論世者至欲俎豆於荀卿孟軻之閒司馬遷曰推此志也與日月爭光春秋左傳而下楚孤行矣宋玉學原者而揚其波居然楚人之風至楊雄相如竝工騷賦推其志誼皆非原選吾安所折衷哉竊嘗披擷春蘤追尋古響不若漢魏樂府諸詩蘇李而下猶能眞眞樸樸寫山川風俗憂思怨誹之情也然則以離騷續詩以樂府續離騷得其意矣泛濫而宋之塡詞元之雜曲騷變而雅盡亾騷安能絕乎然而推波助瀾者多江左之時流楚無責也明興吳越詩最盛中葉乃推七子然所爲樂

府不過擬古題目刻畫無鹽卽逼肖古人口吻何關風義惟吾郡李文正用古體詠史自命曰西涯樂府無斤斤學古之病而自抒尚論之懷匪獨眼空一世亦云救時矣予生長江潭值騷之地少時涉獵風雅鼓篋兩都亦嘗以文章進御自牽免懷沙之賦且憾忝西涯百數十季不得如宋玉之與屈原耳詎知四海羣飛三光黯黷羿浞懷璧虎豹當閽一旦傷湘浦之蕙蘭慟蒼梧之風雨我則何心能不悲乎於時圖史盡灰蓼莪既廢自秋徂夏臥痁草土中思往昔藏書大率五千卷今不留隻字矣炯炯雙眸無處得著徒然仰看屋梁憶古奇事繇漢至元凡驚賞豔異之文耿耿心目閒者隨意疏寫如搨古碑洗剔斑駮節文斷畫以己意經營之得百餘則歸復取天人靈詭英雄奇俊之氣森立枕端以與痁敵敵數勝痁復數起者瘧鬼頑也因思三閭詛鬼而爲覡之辭吾將詛痁乎迺援古爲助閒拈一題雖無伶倫按節而綴詞偶就則烏烏纍纍以歌亦未免激情冰壑孤吹霜天呼西涯而龢之矣約略正史中得十之八以外史一二有徵者附焉驟舉示人有如志怪非關風義亦無取材乃爽然悟天地之閒冊府之內何所不有而煩稚汲冢鑿嫏嬛郯噫嘻予病矣覯閔受侮救死不贍庶幾引古人方藥以濡未死之心劉蛻曰崖谷結珠璣昧則救之雷雨亢粢盛乾則救之既昧且乾有如今日吾何暇救騷乎惟是摉遐討幽纏綿哀樂託古

人而歌思非以古人爲古人以古人爲相欣賞對悲憤之人也詩曰寤言不寐願言則嚏安知古人無嚏乎哉又曰縱我不往甯不嗣音姑與之爲寤歌與之爲遙集而已萬一成連海上之絃有移我情者無以易此己丑十月望忍頭陀曝背東巖下書

些菴嵩夢草序　陶汝鼐

些菴先生刻嵩夢草越洞庭春水寄入潙山忍頭陀讀之而歎曰四天下大矣億萬國土以華爲中嶽有五以嵩爲中嵩之在閻浮提猶天人之有心也然氣數推遷天人之心皆變而地獨不變故易曰地道也臣道也君子法地而可指嵩以旌吾心難言哉予以是測些老之詩之託於嵩也公風雲氣詣冰霜聰明不攖俗而嵚崎不絕物而壁立得嶽之氣居多焉當早爲要官二十秊才性高妙鮮所緣染獨不能一日廢琴尊輶詞翰與佳山水絕嘗別號曰浮邱蓋岑岑乎塵表也晚乃破子房之產焚駱丞之機流離悲憤緇製荷裳而吟詠豪律詠細浮家泛宅在

萍十秊一旦放腳中原登嵩長歗俯視三十六峯之下風雨如晦而愁焉呼首陽喝少室以極變之詩寫不渝之志以不渝之之志質不變之嵩公於是乎無媿矣嘗憶公爲吏部時遊衡山有開雲之祥以詩記屬我評唱人將比於昌黎今厺二十五秊乃枘衣遊嵩何異碧落侍郎墮來如夢吁嗟天乎昝何以寤今何以寐也嵩固古浮邱往來之區夢嵩諸篇直與青冥接響公之自況乃徵宿契矣予竊歎公遊衡早遊嵩暮衡遊壯嵩遊悲衡詩當被管絃嵩詩當泣鬼神也且昝昌黎詩不數見遊嵩兩題名石柱耳公視古人所得孰多嵩方寤矣勿謂是夢也書此報公以當一笑

廖次裴詩序　陶汝鼐

蓋予讀廖次裴詩而不勝其感也予嘗與其先孟符給諫同譜矣兩上公車則與黃九煙三人同硯席稱劇孟敵國而孟符氣岸傲卓然以制義名家不易相下若詩歌唱和則予與九煙獨有元白之好雖間亦諷孟符爲之了無覈意豈真雕蟲不爲抑才性殊量耶以是孟符制義至今傳恨無可傳之詩然而庭前蘭玉能世其業阿咸次裴則才性爲尤異云次裴早慧而嗜奇方總角逢亂恥爲諸生佔畢又恥學劍抱嶔崎歷落之意如鶴在雞羣稍壯則慨然想黃虞友陶謝流覽山海厭此塵壒負笈以遊於佳山水閒盡其才以寄託於詩十數秊中格凡再變變

而後無緐音細響之累也稱佗者不妄矣夫以給諫之才急於用世當時已不能竟其用卒而次裴豈能以風雅繼讜論以湖海繼省垣岑岑乎韓氏之有湘翩翩乎謝氏之有超宗也於我孟符亦復不媿矣一日偃仰禪榻手次裴百餘篇讀之慶使姝甚次裴出一瓣香請爲序若厚自憂以護其珠將長此映煙霞而棲靈岳也然世且旦矣恐未可獨修夜行卽當以宏詞應制踵賈舍人王右丞諸篇無不可者豈得終飯牛而歌也哉次裴勉之

廖大隱覆巢餘草序

陶汝鼐

世所謂士窮者塵甑釜負之困常情耳若夫覆巢之鳥豈有好音且大地荆榛無壤可入悲哉廖子之窮妻子如落葉散而尚竊竊然欲以詩鳴也子之棄制舉業工五七言久矣不謂至今日而所遭之荼則窮益奇吟益苦是窮與詩俱進者也予何忍讀覆巢集乎然試一取讀之悲則悲矣其沈鬱頓挫之節憂思怨悱之情猶江潭遺響也大隱之志氣之才性固在誰謂纍纍若喪皶噫嘻漢魏詩歌莫高於蘇李蔡琰而皆以骨肉生離痛淪肌髓三唐最稱李杜一則孑然流夜郎一則無家尋弟妹葢代詞人偏逢禍亂然則非詩以窮工葢詩以窮傳耳今大隱僅

餘一身而秊尙壯倘學佛則已勑斷憂緣學仙則可飄然遐舉此集如蘇門長嘯亦任流播人聞否則收召魂魄歸奉庭幃巢鶺鴒原轉哭爲笑猶可如梁伯鸞滅竈再然重歌五噫鬼神亦且聞而泣焉無如詩人之崛彊何矣幸大隱奭然聽我我固知其不終窮也裁報數行竝以爲序

廖山令變音序

陶汝鼐

讀其詩而弗知其人未敢信其爲詩也知其人矣而弗盡其詩未敢定其爲詩也何也人固不易知詩亦不易量也吾嘗怪人之善變而詩之不善變矣湖南五六秊來四面楚歌音聲噍殺而長沙尤甚流離瑣尾之士豈復有能抱郄而吟者哉長沙諸廖聲季兼連叔子山令者十秊前見其人三秊前始讀其詩詩皆亂後無家避難草閒所作江潭憔悴之音宜其多感也然清才逸思如新引初桐翛然塵壒之外者若非時地所能窘嘗閒博山諸君子亟贊之頃且灤除劫土歸詠南陔奉頤靈椿之秊競長三芝之秀藹乎有天常焉今秋乃以其暇集近時之所存

者題曰變音以示我大抵寫哀樂之情無怨誹之亂湘郢歌騷可仰而企也意山令少雋言詩遭時不偶處憂患禍亂中獨申所好風雨不渝未嘗棄而走聲利求名達矯哉其弗變矣惟是落創穿柚津津入作者之林其詩則惟變所適洽然善也夫變而後無窮善而後無量也極其變吾又安能定山令之所詣乎哉今山令一旦過我雷雨大作於電光中談詩至夜分卽使踐弁首之約一段奇事也辛酉寒食時初還西谿率筆

廖申生詩序　陶汝鼐

三百篇而後離騷續之離騷而後歌辭續之江漢之風始變爲江潭之曲終詩之在吾楚也代有起者無疑矣然而公安竟陵晚霏郢霽談李長沙經國之才亦嘗望涯而返則雲陽山水閒二百季有遺響也今振其鐸者誰與同里廖子申生嘐嘐好古平居頗自矜尚一旦署闌干苜蓿而吟喜人地之相宜也日取懷麓堂集而涵泳之詩境不能不進當如坐百尺樓使人臥地下矣時一篇點奚囊刻近詩數卷叶伦如雲陽者過半蓋將奉西涯先生爲導師而居然若郢中唱絕但不知雲陽諸生能相屬而和者幾人耳頃上詔求博學宏詞得選郎上玉堂備顧問

申生躬逢其盛豈能無意乎因竊歎右文再造我湖南荆棘蘭社重荒中開敵以詩倡於絳帳者僅見於申生此其風始也豈復江潭憔悴之音聊以寫憂而已哉荷論老人不覺翟然喜懼然畏焉若夫元晏則當世之名公卿能如文正之奬進才雋者不乏也申生持此以問之當不使懷麓而後此事久寀寶矣

孤兒籲天錄序　陶汝鼐

嗟夫卿大夫處天步艱難之時而能於君親朋友閒暢然無恨者豈理也哉不幸而玉既改矣羣鍇其趾好議論者且欲檢點殘秤恣談覆局競爲書以洩其悲憤詆諆之私沈約雖才不辭夢截其舌則亦文人拂亂者之過也明季之亂莫大於寇紀事之稗野亦莫濆於寇最後武陵相公奪情孤立獨蒙宸鑒然天子授鉞羣工張弧蹇蹇焉矢報國之心以竭辦賊之力二三季暴露行閒轉戰數千里殲除解散之盜十數萬迫瑪瑙山之役狡脫者金山之逸魏耳如是而終不濟濟則以夙鞠躬盡瘁之義亦無忝矣亾何毅皇慇刃其忠勋逸賊怨椎其邱墓而騰謗

不止致小說雜紀一切失實若試刀筆吏伦甲乙假如僂欲引宰相下廷尉俯首受惡名安得不仰天而大叫也公賫志矣勞臣久質於上帝而孝子尚訟於人閒豈得已哉次公某始爲辨謗錄尚爲瀨園一札矯誣無端頃閒伦者亦幡然焚其草長公某昆嘗弱冠負劍以奉尊人於帷幄者痛此坊刻日繁淡文巧詆不得不取證邸鈔臚列章奏剖晰時地歲月之訛拼與天下共質之其於國史良稱所關匪細也刻成已久屢徵予言泫然不能荅然而不肖與武陵世誼憶弱冠受少傅公知後見文弱先生以司農郎乞假著書伦地官集倔然負匡濟之望心實嚴事之已巳廷試入成均少傅公牽假一榻適以三邊特簡而先

生亦始出爲觀察畿南親見父子之閒孝誠相勉若師友然則忠勤清愼之家法見肝鬲矣丁丑再上春官則先生墨縗赴召相見大慟談過夜分曰人臣謀國心則何窮而才固有量主上但以一邊付我可必十季無事今一旦使廿季不入長安之外吏獨坐司馬堂公卿臺諫相對如秦人視越策力俱詘何從揞手子當見我之摧覆矣然則出師閫外柰得捐糜至於成敗利鈍非所逆覩也明甚今封駁諸草具在竊歎公爲明主之所鑒任而自負賢臣者欲擯之爲羣盜之所怨毒而比肩事明主者欲殺之天不祚明遂有此事諸哆然操筆舌以行愛憎護門戶之諸公亦若見驅於氣數而不暇察也烏乎李靖强起而推誠乏之狄梁公寬饒憂勤而慇傷無鄭諫議忍使英主獨殉社稷而謂諸臣無責乎哉李文饒嘗歎忠於國而知我者鮮庶幾數世之後朋黨稍息以俟知首曰武陵隕星四十季明辰有歌惇叟有伀豈餘波尙不息也但持此編籲而天聽如風雷發滕而乘箕尾者可無恨矣長蒼其俟之

續鐙存稾序

陶汝鼐

客有問傳鐙之義於予者予以意應之曰五行惟火最神故能代日月之明破寰宇之暗體元不立立亦非體照用同時迄於無盡其鐙之義也歟是以尼山西竺總曰傳心夫心火之官也火傳於薪不隨薪盡猶之心傳於人不隨人盡也鐙豈有斷續哉存乎傳者而已佛法授記自古然鐙始迦葉而後花不堪再拈也曹溪而後衣不堪再付也祇此刀鋒箭鏃之上孤明歷歷如印印泥於是五家宗旨各有機有緣有記莂古德筆之於書無論膚骨心髓得者亦大宗小宗繩繩不亂則一部正法眼無復有草竊竄入之憂矣然會元所載止於天童傑而密印以下

會稽先輩通門禪師纂續鐙存稾蓋續其書云此書在前代諸老非無作家往往未能卒業者咸以疑信同異之閒所關非細巨翁景濂宋公翱翔法苑論次頗詳厥後尊宿辨訂謂雲門法眼竝出青原荆南兩道悟則渚宮天王實爲雲門法眼之祖會元所書不無謬誤致宋公擇法且未免承訛倘此後慭慭不定則千百季宗門血脈釐亂更未可知也此稾但存豈無深意公之門人某從濁劫中以身命護之未有散落今取而觀則千百季所爲機緣記莂者如貫珠如編貝如秉炬發暗如置寶符於山而使得者自奏之也厥功偉矣白臣涙平募刻於長沙既成而乞爲之序然予不能無感於此今五宗惟臨濟最盛洞上亦

卽斐然尊宿門庭並度宰官爲嗣宋之楊李猶遜美焉然且入室操戈而謂獅子蹴蹋遂傳濫付不慚狐兎縱橫如二十年閒事者豈惟喪卻兒孫正被帶累達磨大師無門霽屈矣吾不知讀此編者誰能考正之續此編者叓誰能澄汰之也噫嘻難矣哉

陳長公選刻名家詩餘序　陶汝鼐

詩餘肇於唐推太白兩詞爲祖然當時絕句佳者輒入梨園一語入情動人魂魄不特清平調奏之上天矣至於宋文章之士競爲之則捌爲格調殊體分曹一代爭鳴互矜絕唱大家如范希文歐陽永叔王介甫並有傳篇然子瞻調甚高尙恨韻少不叶乃知歌曲之妙所謂尋變入節者非伶倫不解也若夫詞林選集則花閒草堂而後種種矣不季而濫觴元曲槪稱豔詞風雅宗工比於鄭衛而厭爲之亦安能盡詩之變也哉吾友陳長公少負才性頗解吳歈雖垂老不忘騎射聲歌之樂而超然隱於釣徒興至臨池則閒爲小詩詞多風流儻朗之致嘗端書小映寄我山中予亦破戒相和可喜也近復從兵戈滿地屛迹湘陰選古今塡詞極佳者爲一編藏之笥中若寶珠玉視昔所爲蒔花種竹調鶴種魚之事與夫山水友朋詩酒管絃之歡皆不可得而獨得於此也庶幾樂天知命之士歟予亦老而困於詩文筆墨者然不能如長公樂若夫同調未可解也方戎馬在郊索我評唱之爰識其端以資撫掌

刻榮木堂詩集自序　陶汝鼐

古人欲學古以有用於世則詞賦雕蟲眞不足爲也然使其學既無用於世而自省平生所值之君親師友所歷之山川雲物所遭之治亂窮達舒慘哀樂皆泯然無一言以寫其懷陋亦甚矣先君晚官桃花源生子生之夕夢堂上撾鼓報上官至肅衣冠往迎閱刺隱躍見康成二字寤而聞囡地聲心頗異之然體羸善病六歲始授書十歲而授易十三補弟子員卽私效袁公安近體詩大人見輒令焚之相戒曰吾但望汝成科名無庸此也然心竊好不能絕廿二以貧遊關中客金城歸而集所作爲皋蘭草見許於竟陵鍾先生廿七選貢北雍特試爲六館諸生

長浮名日起謬附詞場然所識名公卿皆嘖嘖稱予制舉文而無及風雅者始諠思先君言弗敢工以是遂爲孝廉困公車業久矣大率四十以前處昇平作詩多多亦不工四十以後逢喪亂作詩少工者亦少雖褐玉堂寄雲樓兩刻爲峽州文鐵菴濱陽郭些菴雲閒楊扶曦諸公序行之歉然不敢與時人爭壇坫大抵自寫胸懷落紙便弃未嘗僕僕噉名函一文一詩寄坊閒求選也兵燹以來投水火盜賊者強半矣乃繼之以文字獄僅倖免於髡黥自愴餘生焚硯已晚何所取燕石而藏之也哉今季長兒集敝笥所存收牆壁之餘者得詩若干或歲留數首或數十首聊以識平生所與之人與所歷之地所遇之時事卒無有大慚於心與口之閒者竊用自慰焉而詩之工與弗工弗計也昔鄭元經術得意箋詩詩豈非雅事邪然其篤行謝辭徵聘嘗欲述先聖之元意整百家之未齊一旦黃巾爲亂南北浮萍徒憾羣書散敝不獲寫定季七十餘以屬其子古人濁世坐老之情大率如此至今思康成二字兆見於先君子之夢者益彷彿似之矣豈特窮達有數哉刻榮木堂詩成書此以識之云

新修長沙府志後序　陶汝鼐

汝鼐曰司馬子長作史記自序史記子長之私書也士不獲備官蘭臺而託史以自見則不得不宣作者之意郡邑志代有成書閱數十年一加補綴義例體裁稟先民之程耳安所得吾意而命之雖然始作者卽不能無意也楮先生續史記讀者咸以爲遷史而不能廢則亦以其意相師而已吾郡治最古先朝求元志不可得百餘年始成書於張文毅公攷勝國之蹟無徵也惟　皇清右文亟收圖籍從戎馬中草草具掌故事甚鋭而旋散於燹闕如者仍數十年夫此數十年閒世亂而復治地危而復安政教失而復修如行霾海中再覩澄霽幸矣然回憶霾

中所歷風濤萬狀如在劫前一旦俾敘次其事五色無主矧命之述開刱之盛紀非常之原若古所爲分陝營雒者乎　今上乙巳兵憲張公采先後稟上於大司空中丞周公論未定越二年公始以保釐之暇取其義例體裁而正之堅命給汝鼐筆札使覆訂久辭不獲進而敎之曰潭屬州邑志備矣郡志宜挈其綱毋費辭毋濫竽毋詭正而傷雅毋率臆而忘忌諱天人之際子其謹之既適館授粲退而卒業惟是哀定微詞箕微晦蹟則二三同志亦將有攷證焉每一帙成授兒子之典手錄以奉於幕府凡再易稾而定於時藩臬名公竝出史館金鑑玉尺適其裁成汝鼐蓋於先輩師文毅先生而於當世師大中丞無所用吾意以安於愚賤則鉛槧所程祇勤細物獨恃哲匠引繩亦將侈游夏之遭以自慶且剗甫竣朱張嶽麓之院復新鼓吹休明者將輩出矣卽或留瑕以待攻引絲以俟續闕文之意在焉何必古今不相及哉

徐漢仙長沙吟序　陶汝鼐

長沙古澤畔也長沙吟吟澤畔也然則吟者誰曰其人異人也嘗讀書桃源嘗鳴鞭酒肆嘗仗策渡江嘗說劍入幕數不得意則姑爲人條上十事又或如待詔門下省戀良醞三升蹤迹大奇矣哉其詩悲歌慷慨多古人憂傷寄託之情而人莫之知也今其刻始行世將知有徐子漢仙者其家在吳楚之間其才在陳阮之間其迹在夷惠之間其遇在蘇李之間其姓名在睢祿之間其詩亦當在庾鮑之間矣正恐波斯眼光未敢相定而況胸所蟠貯如陰符黃石者耶竊意有心之士必且讀其詩而輒然歎曰此君舌尚在秊矣何復作驚人語哉

商歌自序　陶汝鼐

忍頭陀曰思報國恩獨惟文章柳州此言心乎傷矣抑謂房杜李魏伊則何人我獨坐空文哉予明之逋人也少負遠志足迹半天下山川謠俗多感善懷往見士大夫如王謝子弟雖則紫衣繡囊鮮詩書氣心竊薄之嘗欲發憤以求軒皇之宛委穆滿之羽陵稽古致用或有可觀然早孤善貧以娛母故趨就小喜遇有司試輒冠公而升辟雍觀明堂賓興奏雅高會賦詩啖此微名遂以雕蟲自見非其質矣雖三十以前司成宗伯冢卿宰相皆特奏其舉子文先皇帝詔勒其姓字於后欲早用之臣實自勵不敢苟且希進冀需釋褐秊旣疆仕遭逢不偶宗周之變

德宣禍幽而天地荒老矣嶺表歸來從人說劍徒使詞成靑璧夢斷攀髯懷綵筆以難明組長纓而不試嗟乎君國之恩報無日也況復𥚃求小吏壘下除目而一旦人非人書非書安能棄高曾之規矩而與之負負哉乃始泫然仰天而吁曰答瑯瑯存禮樂以貴江東河汾作元經以抗中國雖涉末流有以自處矣所恨者弇州海鹽東莞繡水之撰述多付劫灰今卽有人筆削三百年王業之盛無緣得見姑撮其奇事數十廣昭代之異聞者附諸嘆古焉譬之裂琴音病而彈者復哀凝碧工歌而感者自淚有人曰此商聲也胡爲乎來哉吾於是焚硯矣庚寅五月北窗自識

湖南文徵卷三十一　湖湘後學集

序七 明

石村初刻序　陶汝鼐

幼隗以詩鳴者二十季矣嘗憶馮椳公嘖嘖稱幼隗才予急索諸帷中見韶秀如閨閤人稍就之則面發赧赤相其詩文固英沈岸異奇男子也自是予好幼隗與馮子同彼此枕中秘皆得時時發之保所瑜而攻所瑕求邃於古無近心焉未幾堵牧遊來守長沙得郭子文如劇孟敵國嘖嘖稱奇士又未幾蔡江門以司李至兩公皆留心當世而蔡門庭尤峻獨其湘潭之士則

幼隗與堵公同每開閤展經輒期論對推襟送抱又復過之矣嘗讀書城南江門深夜上樓望其燈火或乘月一騎至齋頭奏新篇擊節則縱譚兵農律歷盡所設香茗而去去或爲長歗入雲拂水聲若蘇門曰此歗不傳久矣獨爲子俟餘人未可妄得也然則幼隗之才性學力洵非時流所可稱量而幼隗肆力於深奇高妙之言亦未可止也無何楚氛遽熾獨蔡公以抗節死馮子繼之幼隗奉老母避亂岙箐篋盡棄而亟收江門遺文著帽絮中南遷後堵公復來爲學使爲撫軍復思江門則引郭子與同歌哭凡徵辟論薦選舉之儁謂郭子足當焉而幼隗抱西州之痛詠南陔之章未嘗忘隱也如是十季浮沈喪亂忌者側目中以危法而幼隗復能屈其才智負母匿南嶽萬峯閒虞羅已施無所辱損則幼隗膽智深沈妙於濟變非復工詩文弄鉛槧者而已比者自選其詩付梓而取蔡公之遺篇與馮子之傳附焉何也夫三百篇惓惓致意者非君親則朋友耳若漢季三龍幷砥名行至於時移事變卒有優劣之論古人涉末流而媿地下者獨無如富貴生死之際何而謂有幸不幸抑又晩矣今海內論文章節義以江門公爲何如人而幼隗可以其詩古文附蔡公不媿則幼隗何如人也區區雕蟲之名尋不知有郭子者某湘纍方學瘖而使之攷擊鍾鼓焉可以止矣

張石宗廿一史識餘序

陶汝鼐

夫文章博達之士舍經史安所肆力哉然而青紫豔心丹鉛眩目士之甘飲腹以從鵠也久矣有專經無專史則讀史者千不得一經多隱史多賾則治史者萬不得一亦嘗讀史自謂治之而肴饌萬物咀吐百家為大匠斲而不傷手者則代不得一何也明此之謂鏡機化此之謂復古也某嘗與同志者竊歎曰稗野所以荒史而史或因之以存論斷所以治史而史或因之以亾不知其言是否今乃得識餘一書讀之而犁然有當矣石宗先生武陵尊宿承文東公家學而湛於經術之言吾尙推為子雲仲舒也其為人惠中秀外雍穆淡醇嘐嘐嗜古之外它無所

好天復遲其遇得肆力於周秦以下之文或慘澹經營或悠然獨酌或拍案狂叫或橫槊欲舞其狀皆於纂箸中見之故其於廿一史也如揀金然淘之汰之如冶金然爐之扇之鑛氣不使雷寶氣不使雜數十代之君臣將相方岳守令可進而同堂也神羊元龜秦鏡肺石可剡而盈庭也兵農禮樂天官河渠可釀而齊味也遷固范魏以下十數子可使授簡而就裁也有編纂之勤無割裂之弊汗牛充棟者齎油素而載之志略史通方斯蔑矣蓋劬哉石宗之用心也或謂陶子曰然則誠異書乎陶子默然矣而莊語之曰世所謂異書者必優孟汲冢之文刻畫齊諧之事而若夫醞釀風義藻發幽微研慮悅心古今奔會則誠異撰也譬如驚窺崑崙之源穆歷瑤池之境傳其草木飛潛珍奇珠貝固種種異狀非世所有至於日月光華山川流峙其所位置者卽其驚喜詫畏而卒不離乎恆觀者矣不然以吾石宗之才之學何難為離奇震俗之書迺必取衷於史如此亦將以藥天下之不能讀史與讀史而急為論斷之言史詭以不治者也故曰劬哉石宗之用心也比者鐘簴遷移國乘散佚一代未成之書已如夢事倘繼起聖人徵文攷獻求之帶索商歌之間尙有文章報國者舍石宗其誰哉某慵嬾無似嘗欲相助為理要其副本藏於衡山時不可得勉為序以歸之冀斯文未墜終當流此書於天壤爾

初刻褐玉詩自序

陶汝鼐

陶子非能詩者也。第記其五六歲時。家大人方解組鞠之甚慈。嘗掩扉釃酒微醺。輒攜予看嶺上白雲諷十九首以爲樂。予方牽衣覷梨棗旦每私學大人叉手行誦所聞琅琅自喜大人奇之再五歲而予乃能讀古人詩諷亦復成語矣然不知何以爲三唐漢魏也乙卯冬予季十四遂得與同里之吳公諷秦之黃千秋結社賦梅花詩遇悽風涼月則焚香尙論縱談三唐漢魏之所以異而時人乃欲揶揄詫以爲怪事將等於破家蕩産搖手而戒其子弟者。噫可嘆哉庚申以來先子見棄貧益甚愈爲俗豎所笑雖牢騷孤憤無可解然胸中眼底亦已覷定庸人於

是買舟入南嶽出其詩質周伯孔伯孔郎典衣爲余刻其貧詩眞不滅逢人說項然余意亦惘惘未信迺思遊名川交海內士磨礪其骨力膽智進而求之古人。癸亥迺西遊關中以其身歷古唐虞商周秦漢之都。徘徊於崑崙終南太華之間。穆然思古帝王仙佛所以處窮達之故而眞詩文略已於此矣去季周伯孔亟欲余傳其皋蘭草刻未就乃應試漢上爾時風雅並集印證略同且得從鍾退庵先生遊而詩品乃定陶子始似乎能爲詩者然秋風殺羽儆褐依然時人眼孔未開風雅將以我輩蒙辱矣邱六區先生天下之偉人也其手眼亦是退翁一流感公稱予詩爲手校之周伯孔又自湘遣其梓人來勸予卒業於是

是買舟入南嶽出其詩質周伯孔。伯孔郎典衣爲余刻其貧詩。眞不滅逢人說項。然余意亦惘惘未信。迺思遊名川。交海內士。磨礪其骨力膽智。進而求之古人。癸亥迺西遊關中。以其身歷古唐虞商周秦漢之都。徘徊於崑崙終南太華之間。穆然思古帝王仙佛所以處窮達之故。而眞詩文略已著於此矣。今季周伯孔亟欲余傳其皋蘭草。刻未就。乃應試漢上。爾時風雅并集。印證略同。且得從鍾退菴先生遊。而詩品乃定。陶子始似乎能爲詩者。然秋風鎩羽。儆褐依然。時人眼孔未開。風雅將以我輩蒙辱矣。邱六區先生天下之偉人也。其手眼亦是退翁一流。感公稱予詩爲手校之。周伯孔又自湘遣其梓人來。勸予卒業。於

是簡癸亥以後數十首刻之。以爲質海內人士之具。而豈得爲眞詩哉。雖然。偏海內先達皆如鍾邱二先生。友朋皆如周伯孔。山水皆如終南太華崑崙黃河。不姤人之才。而又能助其高澹靈慧。世安得無眞詩乎。世安得無眞詩乎。

重鐫李少師懷麓堂文集後序

陶汝鼐

古帝臣王佐之才率多英分三代以還難仍渾噩迨謨誥颺言雅頌迭倡相業皆見於詩書漢魏而下三唐特用詞科專以文人爲相然必經緯皇猷偈然樹敉時之業而後可以當不朽否則狄公所云如李嶠蘇味道足矣今求二公所倡可傳者亦無多也倘黃鐘大呂克佐帝樂於鈞天亦易衮衣兼擅公才之爾雅則功業文章竝高一代謂閒氣篤生可矣某嘗讀李文正公集而浩若望洋也公以神童入對弱冠登朝其於當代斯文益英絕而領袖之者歿公自庶常至首輔以詩文稱海內宗匠以德業繫社稷安危身名俱泰凡五十餘年而清端雅量終始不渝求之古人亦已罕矣乃其箸述之富可傳於世者又如此豈乎篤生之才不朽之盛事也但以卷帙繁重鏤於京師雲陽所傳多係寫本迄今兵燹之餘幾於廣陵散憶熹廟時先師李湘洲大宗伯削籍每談文正柄國護正人培元氣事欷歔泣下欲相與刪訂其稾付坊間刻之旋被禎皇召用不果今何日也同里廖申生以時雋寄雲陽之鐸奉督學公指汲汲購求集爲全部矜其創獲而謀重鋟之費甚鉅請於當事報可閱半歲而觀厥成焉出人意表之舉無有快於是者不肖耄且慵媿不能效較讐之役而竊歎此事有三奇文正公去今二百餘年其書不復藏於冊府采於軒輶而一旦放光出苜蓿之闌奇一公兩爲

國掄天下士尊賢者十數輩然未免膏馥已微音徽將絕而表章得於異代羣公之手奇二往者此書價雖重於雞林板獨留於燕市即湖南大家未易購致仰止者輒望涯而返今且墨莊琬琰鄴架縹緗若從戎馬荊棘中宛然移懷麓堂以歸故相之里奇三噫嘻公之才位福慧實由天授而斯文不墜豈得非人力哉咸云申生有功文獻將附不朽申生且謂予曰此亦君北窗下枕中物也今藉大力者發之以公海內矣想當欣然不可不識其意於末簡云

勿躁齋詩序

陶汝鼐

勿躁齋詩，吾友江谷尙作也。谷尙名徧，銓試得司理，不及仕，抱經而潛，郡人咸稱爲博雅江先生云。然性耽佳句，晚始集其槀，使予論序之。竊歎古江擅文章之譽者，淹與總其最著矣。既幷階通顯，而所處治亂之閒，輒以文章表異代。然總退老江南，而淹浮沈干祿，讀史者不能無抑揚之論。甚矣，名人涉末流之難也。谷尙貌短小而才長，性恬柔而文矯，舉動愿謹而意思蕭邁。弱冠遂以制義鳴盛，刻厲自好，嘗與廖孟符同掩關讀書，期必取高第。而孟符尤自負傲岸，獨心遜谷尙之淵宏，旨當拔雋入對。孟符亦入爲諫官，逢人推谷尙文，長安名貴人多倒屣見之。

然不知谷尙復工詩也。谷尙固湥沈嗜古，心細於髮，雖風雲月露作，亦不苟，往往盈笥，未嘗示人，所謂雕冰鏤瓊、流光自炤者矣。一旦逢亂，壯志弗酬，或登仲宣之樓，或據河汾之席，或擁書子雲之牀，或訪石君平之肆，或行唫謔浪於芊求二仲之閒，感觸悲欣，遂多篇什，懷中綵筆，若有巨靈護之，卽鬼物忌才，終不得相索也。雖然，如谷尙之才性行誼，而終不用於世，得無工詩致貧乎？夫天能塞文人之時，而不能塞其學；能窮文人之遇，而不能窮其心。士君子既已取其無言者以自全矣，風雨晦冥，聲出金石，覩彼炎炎走聲利，而卒不得快然於俯仰天地之閒者，勝負何如也？古人云：老益壯，窮益堅。庶幾似谷尙哉。霜月之下，偶與谷尙過鴦浦菊窗，對榻諷詠其詩，三日不能釋，書此以弁其端。

車孝思高霞堂集序

陶汝鼐

嘗讀古人之詩文得一二篇佳者亟起而考其生平惟恐其才不遇而行有瑕也然不遇而才不過如孟襄陽之明主棄耳若遇而或瑕則休文夢截其舌雖才不能自理矣憶少時與諸晨友密談風雅輒持此語相勖距今四十餘年老而同志者獨孝思先生在焉孝思大參公少子生於閩長於吳越才名盛於楚南最早予兩人定交時年各廿餘孝思差長三齡耳其文與人俱翩翩有淩雲氣而操履端雅如明月不妄映當世負歐蘇之望者咸欲得一拔識之以高其鑒而孝思神益遠思益沈學古益篤辛酉家阮掄元論者謂孝思所詣當復勝之矣無何屢困

場屋舉有司明經不入對執政以其名應薦辟亦不出意必得大科求觀中秘書而姑取諸正史先論次之書將成而亂於是浩歌遠引嬌然矰繳之外而著述仍不廢年來二千石上下莫不折節乞長者言奉爲鐘呂振筆輒大小得意而觀者弗能測其首尾孝思其猶龍乎哉高霞堂是平生讀書之處邵陵諸後儁登者以爲龍門所爲集詩文百餘卷貧不能刻門人請先刻其詩賦曰高霞堂集示先生之能自全而堂構至今不衰也所謂才大不遇而行無纖瑕者孝思一人而已然白首相知誠無過於予猶憶甲子鄂城同出詩質鍾伯敬先生甚許之而後予兩人詩皆數變而孝思道力深詩力亦深昔人謂曾南豐文章要自劉向若不知有韓愈予謂孝思詩賦亦將要自建安不復知有竟陵遇不遇僅目睫之論也今高霞堂業已傳矣豈俟後世子雲哉雖然予猶非後世之僅以詞賦知孝思也弁序其生平如此

湘江圖贈唐魏子之任玉山序　郭金臺

楚以南惟潭于先朝稱冠蓋邑凡成進士授詞林臺省列九卿八座者十數家唐氏父子孫同時雋三人皆用才顯清興越三十有七季魏子始以辛丑甲第迄己酉歲奉命令玉山宮魏子于一門一邑眞稱第一流人無疑者時維褒秋湘江半漲薰風瀁波魏子車騎張道諸同學子無少長合餞于郊酒三行老友郭幼隗把盞停歌揖魏子登陶公山而望之曰吾與君受用湘上雲煙花月閒幾三十餘季君今起爲吏其將謝山林閒巖后而以動名烜赫從事乎抑亦領湖湘清絕挹取錦灣岸花一杯水與玉溪君子聲影相接乎湘之水源于彎嘴合瀟蒸沅而吞

吐日月于洞庭天苗之閒其爲器也清而辨澹宕而有容惟清則入物不滓有容卽渾涵汪茫能役物而不役于物以君少負異材歷中季登第又越九載始授官湘靈毓公公報湘靈苞孕久而施設大其見榮于今日筮仕的的矣諸同學推善辭舉贈予謂卮言曼引無庸也爲圖湘江一軸備行笥而虛其左以待名公卿之題詠焉

公繪湖嶽圖送王過客司理南歸序　郭金臺

今　皇帝御極六季始親政廷議當省官弛刑以基太平詔撤天下推官百四十員衡州司理過客王公會以例不任事湖南人士惝惘荒忽大呼衡嶽洞庭而籲之曰　清興祀河喬嶽二十有四季閱司刑數輩歷　龍飛六載而始得王公一人今公去無敢逆　朝命而留信宿者山川不靈不憖遺南土一老吾其如何遮公至潭潭布衣后村金臺酹酒三行而慰之曰今海內無事　天子新與羣吏務息安元元方杳汰冗官冗費以阜康爾民遑計吾儕小人割失司理一曹便如此身去兩目兩目卽白晝昏黑杳墮嶮巇阬塹中而隻戴王公淸白

吏如鳥失林嬰失乳哀號呼愴如此之迫乎公在職衣不完食不充中夜不煖席爲斯人解糾釋結今其去無疑事留物囊不名一錢瀏公笥柚若私衡嶽洞庭而歌歸去者神固不靈于王公乎哉王公私山川山川豈私公必將啟迪　英皇聰明被南徼無庸以我公歸而悲我人也眞今日太平事也爰圖湖嶽冠其卷予及唐君魏子綴一序告諸同人各爲詩以贈其行

四易紀自序　郭金臺

十餘秊來刀兵水火凡數見予書叓文籍亦疊見災然不秊無成書有散佚不秊無正本有屬草凡極倉卒予力以身命殉之故千百什一猶存戊子冬居窮而山山窮而市市窮而水水窮而陸陸四至皆窮凡所攜笈無大小正草古今文詞片紙隻字皆散而助秦人之餤沈屈子之波久乃自省曰此云劫耶會應當轉云業耶不當再種後因然而昆明池上新翻之曲踵興漁父歌頭騷賦之杵競佮今卽無古人聰明文字書何可不讀卽不讀士君子何可一日無書然予今日讀書有三難秊長性禿目流健失則強記之難親朋一盡鄰架全灰則乞貸之難性慵佮楷貧難覓傭則繕寫之難斷自庚寅春孟釘一冊凡讀書取置其右遇難事異聞卽錄餘輒闕則鈍易入故事省文輒書或摘取緊文中一二要字書餘輒闕則手易勤無偲佛子叓外傳皆書則事易廣必記出某書歲記某月月記朔望日則功易稽將以四易反三難碎金勿棄寸玉可珍切比公孫宏通經之始匡衡其秊尤愛高遾夫學詩之初尙少其十子且壯秊又身退不能事家人生產業不敢問天不敢謀人咄咄一老翁習小兒行咿唔窗牖閒故智庶幾人不妬天不忌予亦可從事不辭

卜澹菴先生紀言序　郭金臺

潭四百餘秊無復講學者在昔胡文定與張南軒往來碧泉隱山中偕諸子門徒講春秋大義三子皆以學顯而宏又能大父事爲張氏所師潭之學自胡氏始者亦自胡氏止越元及明此燈不續　今上康熙七祀淮陰澹菴卜先生與文定同里相距僅十舍自淮而南遊以其學鼓吹吾潭出紀言一帙壽梓其亦有文定之思乎先是先生官郟縣與今潭侯雲麓趙父母指授正學極親切數秊趙侯成進士先生已還山今其來也抑將有觀風武城單父之意乎予初謁先生卽白先生曰學有體有用講則明不講則晦程明道治晉陽修保伍條科見學之大滋朱晦菴提舉浙東修荒政立常平社倉見學之大權王陽明捡宸濠讓功不居見學之大勇不然卽勳如霍光才如寇準而張謚州尙譏其不學無術學豈可以不講哉不講學其何以服官臨陣濟世安民哉先生拱手曰請敬如君言雖然先生于太極西銘天文律呂諸書箋註滿笥行將公諸海內有善學者問難啓發卽其端而洩其難通庶幾講謚明而學謚日富今而後潭其先天下而知學矣

廖大隱湘山隨筆詩序　郭金臺

予仝長沙廿餘季苦憶舊時聯牀滿座晰義迭難諸才士如晨星落落氣噫不下也丁未初夏偶入長客有持大隱詩授予讀驚異之他日賦二詩箠見貽語叜進還潭取讀湘山隨筆屬予評序語尤進予因報柬大隱曰君家號多材記予雅交故給諫孟符公少時神靈挺動無大小辟易所知一二後起詞英俱魁梧倜儻非常吾不知大隱狀貌何似諦觀其詩何乃融融抑抑負負雅雅自惟音節直似逼鮑庾清新儁逸而又不肎以輕俗涉元白一流嗟乎大隱畏友哉古今詩人以季進歲經遷變老始名家大隱季纔二十許生負倚馬萬言之氣而又兼撚斷數

莖之心每觀集中偶對多營度鉤索得勝句所遇登臨嘉會造語不掀倒前人不休持此向往卽肩輩李杜攀揖漢魏無難者高達夫五十學詩皆成就杜陵亦云晚節漸于詩律細今日大隱以楚人促楚遊詩固止此異時方剛彊仕遊京邸賦明堂清廟放眼觀子長名山大川中外宏肆定復何如嗟乎大隱畏友哉邇者天下言詩爭壇坫標門剡戶忝竊冠軍未審沈船破釜使壁上軍破膽慴服楚人者後當誰屬予老材力憊季洗眼縱觀大隱為新壁壘矣

易大愚白水園詩序　郭金臺

記予纔十四五時汨汨獎許言詩者長沙馮子根公潭惟易子大愚亘是時兩君已闢奇場屋予困童子試吟詠唱酬不肎下人謂兩君詒窮郭子者予頷之越數季予以詩受知郡伯麗靑王公學憲彙旃高公叜晚遇堵蔡兩先生嶄嶄見頭角予時用文字章句鞭笞諸名下人咸咄咄持短長而私嗜予詩古文者自馮易兩君外無多人會根公癸未以抗賊殉難獨予與大愚彳亍白水石村閒稱白首交無恙卽兩人窮愁歌嘯亦各用詩取生活悅怡今季丁未約略始交之季幾四十祀計大愚為詩不下數什百茲所授帙纔若干且曰徵君嚴汰取吾不洽君不

孤賞吾必不自存予驚謝曰君少時師同邑周子伯孔中交馮子根公晚乃契予三人皆用詩投合今讀君詩委婉不必追周子淵潔不必步根公而蒼淡渾質落落穆穆常有子冥搜苦索極營度不得君時時捉筆露之君乃過予君乃過予詒人論為文非難知文為難予眞知君不能豪髮增益君君能用予知君者叜自增益之君定勝予餘人或未易知也

劉幹有落花詩序

郭金臺

往次郭些菴先生洞庭秋詩三十韻前後酬和將百家尙有以上下平聲命意責報章者謝才盡興闌不敢俟忽十易歲沱潛幹有鄰時易齋諸篇索評序其一冊三十章則詠落花也是日予晨起巡簷惱狂風颺殺小園春色淒然有搖落江潭之感展讀幹有佮高音亮節標舉興會不恝而姸已似取十寶玻璨盡注琥珀光薰然醉人惠風和日之中矣予固知幹有非盧中人再閱感舊集自序湖莊名勝每夏荷四照隄柳迎風居然結屋蓮花座上受香國異福與勝友飲酒賦詩比秊河洩湖淤此景遂不再予不覺輟筆歎曰君家三百秊補租稅款賓朋利害婁

稚子者一旦爲河伯馮夷波汨盡壞視春英亂落一小景唾棄巨君不動心悲湖洩而念落花乎今君公湖十里就耕佮量晴較雨課僕自贍端念先人鴻緒聯歲就淹存乎天與人不敢悲惘也花落更開開已更落人生遭此難爲情如七章云因緣尙有來秊在莫怨煙銷十二樓正有一歲一枯榮春風吹又生之意其自處闊其言紓邃而和平韓子所謂愁思之音要妙窮苦之言易好者非耶君世簪纓主風雅壇坫家率輩出乃反采鋤言于予知予之卑棲澤畔而于落花情事有當爾自把公詩一再過興殊勃勃亦不知哀音靡調之何往也幹有助我矣

易無畫客湘艸詩序

郭金臺

無畫以詩名家數十秊庚子冬爲兒式穀傳經燮子宐園讀書畫一月所得古律絕詩三十餘首侶一月中情思興會略視數十秊不少遜者或謂無畫阿私君家父子喜心所感其言長或曰宐園曲流翠竹不彗而姸列松如屛摩風浴月穀兒好事時佐香茗戲弄柔翰瀟灑送日其地與人皆宐詩或曰無畫負浩然棄主之恨抒賈島敲句之吟倦羽悲鳴長歌累歎詩窮而工時應爾爾予亟起謝曰千古窮詩人無過子美攷其自發潭州流滯湘潭所歷岸花晚洲花石戍空靈岸黃葉搔首樓諸勝題詠絕富自謂亂離難救甘老此間此老洵稱善佮然湘靈亦喜

詈人無畫其亦流戀石村邱壑吐胸中奇氣追步子美乎卽謂無畫不私予今有詩如許予已私無畫獨擅之矣

譍魏子燕遊艸詩序

郭金臺

古風十五國、與今不侔也、而今分域適符之、譚者多謂刪詩黜楚風、尊楚者又謂江永漢廣、實冠十五國、楚何夔以詩爲古今射的哉、今言詩家又以楚爲敵國矣、一二壇坫巨公、計六國疆無過楚、爭自開關黴從、盡屈衆力以罷楚師、雖有拔山葢世後起之英、旦夕堅壁壘而不可動、興衰倚伏、識者囅然、嘗語吾友魏子曰、世代沿革自古而有、豈四聲雜律、亦如勝國敵己之難下、而五德運會之務厭勝與、今魏子以楚才負老夙諸名、三上燕、既捷南宮、而後梓其燕遊艸行世、夫爲楚人不必爲楚吟、非用以燕變楚也、燕則才人名士之都會、而天子宰相之所采風而治也、魏子吞洞庭八百里浩瀚之氣、收衡峯七十二蜿蜒磅礴之奇、出而與千金臺畔市駿爭雄、未知壁上諸軍牛耳定執誰手、魏子毋甯多讓與、魏子曰、詩是吾家事、得失寸心知、世有手予集、欲唾吾面者、謹拭之、有責予用我法、無世法者、謹誌之、有教予依永和聲、通天地、敬鬼神者、謹再拜受之、予曰、此眞古大臣事君治民敬俗之道、卽原本三百篇忠厚之意、和平神聽之旨也、詩豈有過焉、詩豈有過焉、

南北送行詩序

郭金臺

余與馮子櫻公讀書旦山、時陳逸子以年家子交櫻公、記其蘭芽挺秀、翩翩王謝家物也、越十餘秊、訪余於石村槎屋、方袍圓項、一肩兩足、茲茲欲浮洞庭上匡廬、徧閱東南人士、乃持一葉的的問北道主人、余固老守邱壑者、見逸子翛似百尺樓上語然、余持三語詰曰、自汝出門、眼目邊事、能如朱門蓬戶、海鷗石虎乎、抑亦慧因遠結、燒猪釀酒、追尋子瞻元亮之蹟乎、又或者五嶽方寸、假名趙腳、本願韓蓬、仰天大笑而自脫夻蓬蒿乎、吾聞長安比日多壯遊、眼底不著空彎衣珠、不墮貧子、持我定心、銷彼苦集、安知尋覓德雲、不在繞峯而在京彎都會也、壯其行、吐余懷與語而贈之詩、

蔡江門先生詩引

郭金臺

事江門師凡四年師甫下車七日馳役端束詔臺見臺辭翌日役又至以禮拜師師起謝曰已從白門盡閲子已未刻詩去取驚心骨臺之得事師以詩始矣嗣是吟風嘯月踏馬臨江舉酒燒茗左右時時與臺俱亦時作詩閒較試多士雜命詩題又時閲多士獨與臺言詩人遂以此輕詆臺者益輕詆師一日會集數百人師大書絕句中有遥憐山影外人在剔燈寒之句贈臺讀未竟而人已碎其紙作片片花飛夜乃勵戒曰慮相妒邪眞文字交雖蘇張不能閒爲貽一箋書憤然舊詩其上扇今歷刀兵水火獨存詩則濤翻海立陡然氣象驚人也師詩無恒家興

會偶至下筆立就屬稾點竄一二字郎佳詩成多逸去自示臺外五經兵燹僅存若干閲書示人無緣徵寄兩經翻刻亦莫有益原本者約臺前後所存又經師三番刪置之自來長沙數月詩往通州時刪過半自通州還越典試武昌時刪之自鄂返詩不能多經荆岳騷動後更刪存無幾今所梓詩纔十之一耳然未刪詩十之六七刪者十或有二三臺不加去取不敢乞名人品題月旦概呈諸梓名詩存詩以師存師不必以詩存尊師也文山詩歌魯公書法至今傳奉如拱璧元龜傳文與顔豈獨文字哉後之讀江門先生詩者定作如是觀時崇禎甲申八日長沙門人郭金臺譔於蔡忠烈公祠之憶江樓

袁田祖續桃花源游序

闞士琦

桃花源舊名海內搜討拂拭令山川之道益廣益尊則始於袁中郎再於小修而田祖爲之似續避秦人世好遂不得不以推袁矣田祖之游與繡林王無妄郢中朱無逸不期而會方舟鼓楫旬有五日而返返而醉狂夢囈若有物縈繫胸臆閒不能自割託江中散買煉丹臺一區曰吾他日可爲主人不爲客也無妄以二十千易朱雀舫爲此中游具以敵之余謂一以山一以水一以陸沈一以泛宅不意兩豪客分占邱壑割據吾几案閒物也田祖詩成而授余序予謂在昔賢達必有所挾以游之情無所挾以游牧人之夢林阿没人之齊出入不知何預山水事

陶淵明聽田閒水聲謂此勝吾師丈人郗詵聞樵唱以爲洗盡五年塵土胃腸心目之外各有甚解處他人其閒但得一頣頦微動而已雖踏古人路愁非高士情此田祖所挾以游者也田祖才無前代而所挾以游於獨者如此當夫入深林窮回溪忽然痛哭驟然狂喜想美人之不遇思公子而無言中懷淵永不知於何著腳文生於情而後奔喉衝吻奮筆疾書不知手腕之脫益有所不容已也余摘花源事目田祖詩如寄生吹笛於寒秋而雲崩石裂如漁郎鼓棹於晴絲而山高水深益有以見其情之逋峭幽杳遠眺高寄而無與爲鄰雖復阿大中郎不能相同不可相異了然炯然爲田祖之游之情矣田祖有勝情有天

趣坐桃花溪上語無妄無遂曰蹟類仙眞事同草竊譽之曰綺皓毀之曰勝廣余爲心懼而拊其背曰一秦人洞陶淵明不能譽韓退之蘇子瞻不能毀能毀能譽者蓋子也

桃源洞引　　闞士琦

桃源洞有逸事二嘉隆間洞水泛溢有巨石浮出石上文云無爲大道天知人情無爲窈冥神見人形心言意語鬼聞人聲犯禁滿盈地收人魂使好事者流傳至今不滅禹王碑金人銘也萬曆初有仙釜逐流而下聲滿川谷與洪濤相鼓盪蓋秦人樂器也里中人乃範爲元帝嗟乎洋洋楚國豈少折鉤之啄哉友人告我曰茲桃川宮拉攞欲壞余懼夫梁拉棟折行與泐石文範仙釜紕繆而三也夫郡邑之有名山大川猶朝代之商璉夏瑚也國寶之有楚珩晉璧也山川之元宮梵刹猶文人之有石渠美人之有金屋也入其國有擲寶器於道仇文人涵美女而

不知所悼惜者乎嘗入洞天周步遠近過歸鶴峯悵彗表之如故悲羽衣道士之不來則欲爲招鶴亭攬空心杉追瞿童之仙昇羞骨肉之皆腐則欲爲空心杉閣登煉丹臺弄渝鼎池攀龍髯而無由藉雞犬爲先導則欲爲黃白室披竹塢捫蘿而上聽琴筑於昆宵報平安於美晝則欲爲方竹軒據洞之後俯長江眠遠峯對瀑布顧石峽西望月而不西牽飛瓊而偶語則欲爲飛仙樓此余之心算目計而未觀成者也請以今日之勝美飭昝日之紕繆可乎茲宮之修是爲隗始

淵明祠序

羅其鼎

爲桃川香火主者應首漁郎而瞿童次之此友人楊公氏之言也祀先代名賢之爲桃川主者首晉淵明先生而禹錫諸人侧得配享此非楊公氏之言而余言也微第余言前方伯杜友白先生言之矣先生之言曰此中缺陷事無如岳武穆陶淵明兩祠武穆掃清幺氛有大功於朗朗之父老子弟相與尸而祝之應不啻畏壘小民之於庚桑子也淵明文章風節夐絕一時自其記若詩傳誦後禩遂使桃花源名勝千古吾與若終聽其泯沒焉可乎余唯唯惟命盍十季於兹矣今姑置武穆勿論論淵明置淵明文章風節勿論論其桃花源記若詩詩中農桑作息

等語誌其風土淯茂民俗古樸云爾記所載雞黍餉客自是田家風味此中光景不足爲外人道也猶曰各不相爲云爾曾有神仙兩字爲來世口實否韓蘇兩君子扶微言醒惑俗遂以渺茫荒唐目之且偕太守公迷路一段怪事認作神仙公案葺須有三字寗足服天下邪余嘗笑謂同人淵明讀書不求甚解兩君子讀淵明記亦未求甚解古人心眼亦時有粗略不到處何怪我輩考古論世草草看過也今曩殊時見聞異狀以輪蹏沓來方之足音空谷則有閒以羽檄頻警方之桑麻熙嬉則有閒謂秦人洞爲平常人徑遂謂淵明記中事爲荒唐幻說此何異井蛙之不可語於海夏蟲之不可語於冰也向使洞雲常鎖磴道未開東斷白馬之津南謝滇黔之使泉涓涓而時流俗悶悶而古處安知洞天勝地不如昝所云云何必躡危橋而悚息撫空杉而盤桓託淪鼎之軼事尋丹臺之往蹟哉頃二三君子議改館於方伯公別館之故址而於秦人洞之山麓鑿石爲垣樵牧混入踏破蒼苔色者有禁又議竟淵明祠未竟工役於祠前餘地種桃千樹方伯公曾行之爲補桃花夾岸一段缺陷方伯公有知應快同志之不孤矣漁郎瞿童其亦有閒言而首肯者乎

唐詩悽序

周　星

粤稽史皇制字心之爲志言之爲詩志也者心之所則詩也者其言之所之乎而尚書紀舜之命夔又曰詩言志則言之所之其卽志之所之乎後世以爲未足而復於尺下增寸則似有取於尺寸矣尺寸者法度所由生意謂詩必麗於才才必麗於法也僕嘗聞康節之言曰須信畫前原有易自從刪後更無詩畫前有易是已若夫詩也者天地人三才之靈籟也如云刪後無詩則必春秋以後並天地人皆無之而後可而自春秋至今固未嘗一日無天地人則春秋至今未始一日無天地人之三籟也自僕言之不但刪後有詩卽畫後早已有詩又不但畫後有

詩卽畫前先已有詩曷言之詩有天地人之三籟而未有詩先有天地人旣有天地人卽有天地人之三籟彼三籟非詩也乎哉且無論衆竅比竹吹萬不同卽下至樹聲泉響鳥語蟲吟無一非自然之籟卽無一非自然之詩也詩自皇初以來至李唐而大盛非詩獨盛於唐也蓋天下之人心每視功名爲趨向唐以詩取士故舉一世聰明才辨之士皆竭志殫精以赴之雖欲不盛而不可得而唐之一代並三百禩不能有今日而無明日不能有今季而無明季則不能有一世而無二世於是乎武德不得不降而開元開元不得不降而大歷大歷不得不降而元和長慶元和長慶不得不降而天佑五季者此理勢所必至也而後人遂執此以爲初盛中晚之分夫初盛中晚者以言乎世代之先後可耳豈可以定詩人之高下哉且如天地間樹聲泉響鳥語蟲吟凡有耳者聞之未有不欣然以喜或悄然以悲者朝聞亦然暮聞亦然一歲聞之至歲歲聞之亦然彼泉樹蟲鳥之音豈嘗有初盛中晚哉至於疾雷震霆則掩耳而思避鴞啼鵩噪則抨弓而思彈苟意所不許固亦不問其初盛中晚也僕極服袁石公之論曰文章之氣一代薄一代文章之妙一代盛一代古有不盡之情今無不寫之景其盛處正其薄處也然安得因其薄而捨其妙哉故僕以爲初盛中晚之分猶之乎春夏秋冬之序也四序之中各有良辰美景亦各有風雨寒凝歎賞

恆於斯怨咨恆於斯不得謂夏劣於春冬劣於秋也況冬後又復爲春安得謂明春遂劣於今冬也總之世俗小儒鶩外好高胸中眼底實未得其最下者而哆口輒法乎最上以中晚爲未足乃進而初盛初盛猶未足乃進而六朝六朝猶未足乃進而秦漢等而上之其勢不進而盤古不已而盤古以前相傳如龍漢蜺高之屬又豈無更高於盤古者則何不直求之混沌之初未有天地之始乎此眞可爲仰天捧腹大笑絕倒者也僕今者詩悽之選則不惟其世而惟其人不惟其人而惟其詩又不惟其詩而惟其悽於中釐爲三集曰驚天曰泣鬼曰移人移人則人悽驚天則天悽泣鬼則鬼亦悽而且人悽則移人者尤悽天

快則驚天者尤快，鬼快則泣鬼者尤快，蓋一快則無不快也。其爲選則虛公平直，豪不敢以偏見參之，不拘濃淡淺深，惟一以性情斷之。初則去其不快者，取其快者；既乃去其差快者，取其尤快者。譬之披沙揀金，剖璞出玉，蓋幾經剝換而後成。於是以顯微闡幽，哀窮悼屈，以此自快，亦云足矣。雖然，人之欲快，誰不如我。務期凡讀斯集之人，喜者可以當歌，歡者可以當劇，思者可以當月，惱者可以當風，倦者可以當游，雄者可以當獵，愁者可以當酒，宋者可以當花，鬱者可以當香，病者可以當藥，怒者可以當劍，仇者可以當椎，夢者可以當鐘，寃者可以當鼓，鬉者可以當壻，曠者可以當姬，不第者可以當銀奐，避世者可以當

金馬，求仙者可以當白鳳，齎志者可以當青蠅。使我一人讀之歌哭叫跳不已，人人讀之亦歌哭叫跳不已，而千古以上詩人相與歌哭叫跳於前，千古以下之詩人相與歌哭叫跳於後，則我一人之心快，而天下萬世之人心俱快，是則僕之私志也。至於僕生不辰，窮愁怫鬱，倔强支離，雖竊倖早歲之科名，無裨於中季之貧賤，生平著述等身，積稾滿座，曾未一遇彭宣、侯芭其人者，與之從容而坐論焉。茲季屆古稀，始勉成此一書，遂不覺愀然作色而歎曰：嗟夫！宇宙大矣，古今名賢從事於丹鉛之役者，蓋無慮數十輩矣。計前此所選之詩，不啻汗牛充棟，僕區區此集，何足當倉稊澤礨，毋亦聊存此一種於天地閒，以當樹響

泉響、鳥語蟲吟而已。既而復輾然笑曰：唯唯否否。試觀今日村塾中經如三字、詩如千家之類，尚傳之千餘季不絕，而況乎大如此者。夫文章不朽之盛事，自當與天地相終始，僕生也晚，誠不得與天地相始矣，將不得與天地相終乎？若夫時輩悠悠之口，少見多怪，君山、昌黎言之詳矣，今固不必問也。

陶密庵詩序　　周星

余與陶子燮友交始非恆俗形貌之交也葢生平有四同焉燮友楚人而生於湖南余雖非楚人而亦嘗寄迹於湖南則其地同當庚午積分創復時燮友爲北雍第一人余爲南雍第二人則其貢天府同癸酉之役燮友舉於楚余舉於燕名次亦復相亞則其登賢書同嗣後竊逢隱見雖稍參差而變革顛危流離跋疐金石相信九死弗渝則其志操又同噫嘻古今來文章性命之交如吾兩人者可多得哉自壬午判袂以來迄今三十季矣荆吳相隔煙水蒼茫雲樹月梁之懷未嘗少閒晨夕旣無御風縮地之術則時時夢見之余故有遻夢一編紀夢中所得詩

文聯額之屬凡十餘卷而與燮友往還酬答者居十之五古云千里神交夫豈欺我庚戌之春余流寓潯溪偶從寶雲和尚所得睹燮友箋箑欣然依而和之越一載辛亥冬始伻一緘寄燮友未知迢迢雙鯉何日得達瀟湘又越一載壬子春則燮友儼然先以一緘寄我且示我嘯古集數卷余薰瀞卒業焉而不禁臨風三歎也燮友嘯古之作本因李西涯先生而起余嘗讀西涯樂府而酷愛之不獨懷古論世有功勸懲而音節鏗鏘激越頓挫此案閒第一絕妙下酒物也今燮友復引伸而推廣之凡得一百二十餘則大抵非忠孝節廉之型即奇傀靈秘之迹大之可以干城名教小之亦可以博物洽聞後世讀其書想見其人則不淫不亂將比風雅於春秋志潔行廉當推離騷於日月矣至於竆歌之後繼以商歌則建安不存恨滿桓靈之痛義熙以往辭多哀定之微昌黎所謂誅姦諛於旣死發潛德之幽光者一篇之中不啻三致意焉自是編出而皇天后土可鑒野廟之心五嶽九州共聽空山之哭迴視西涯當日一曲春風公然後來居上豈但變本增華而已哉燮友之以嘯古名篇葢取風人願言則嘯之義夫莊頎之嘯自嘯也悼今人之不古處也而燮友之嘯則不自嘯而嘯人不嘯今而嘯古自嘯者陰嘯人者陽嘯今者短嘯古者長彼碩人兮竆言不寐此碩人兮竆言獨寐然則處風雷雺曀之時而切居諸照臨之慕者余與燮友其亦猶此物此志也夫

芥菴和尙詩序

周星

芥公今飄然一衲子耳其初固楚湘文士也楚之湖南有三湘而湘潭適居其中北望洞庭南望岣嶁皆不越二百里外其山川旁薄浩淼謂宜有魁奇倜儻之人出於其閒而輿乘寥寥秖增慨喟余本湘人今寄白門於湘不忍遽忘猶復往來羈棲於湘者數四不知者多以余爲非湘人余亦不欲自明其爲湘人也以嶔崎澹蕩之性處喧湫聲利之場其勢不能相入兼之少年扁侗感憤易生境遇所觸往往發爲聲歌始不下數百首今猶記二絕一律云嘯傲江東二十年不知憂地與愁天一朝泛宅過湘浦始信低眉是聖賢屈子放來悲澤畔賈生謫去怨長沙繇來才子傷心地不是徬徨即咄嗟此身何故落瀟湘悶對長天淚幾行山水無緣供酒椀文章多病惱詩囊人情只向黃金熱世法難容白眼狂明日扁舟吳越去從渠自作夜郎王則其侘傺亾聊之況可概見矣當是時所見皆縱目之徒所聞皆傷心之事絕不知有所謂芥公其人者迄今三十年來華表銅駝人代皆非故矣昨歲甲辰夏午始與芥公相見於鹽官握手通名淒然話舊相嚮失聲不知墮幾許永嘉天寶之淚已乃瀹茗煨芋出新詩一篇示余余展讀未竟又不禁恬然相樂也蓋近日詩人徧天下旨風苦霧令人掩面欲噦余嘗謂世人皆不宜作詩獨僧宜作詩取其有雲水情有松石意其旨趣或不相

遠也然鍾退谷之論曰僧詩有僧詩習氣僧而不必作僧詩便有不作僧詩習氣此言非獨爲詩僧而發若曰詩家習氣不除則僧與不僧無一而可耳今讀芥公之詩清遠秀澹皆直寫性靈絕無習氣嶽色湖光往往於篇什見之坡仙有云點瑟既希昭琴不鼓此中此曲可歌可舞是可以狀芥公之詩矣詩而若此又何必僧何必不僧也

聞見卮言序　周　星

經史子集而外雜記一書凡所以爲明道覺世之助也墳典邱索僅有存者不可以攷其眞僞他如左傳國語雜記於焉肇祖矣爾時千八百國宜國國有史如乘如檮杌以大國著名他弱小不堪者豈遂無紀載所以春秋筆削賴有諸書任其蒐采自郡縣以來天下一家絶亾列國紀載而國史亦未能盡登然則草莽閒有輯錄可概置勿論哉自秦火之餘作者其言具在上可以攷當時典制政事下可以見當時風俗人心精者可以爲聖賢微言折衷觕者亦可以廣學者聞見好古者每得一篇一句如寸璣尺璧寶愔逾於書史之上何則經史子集習見習聞

如布帛菽粟多閱亦增人厭倦其雜記諸紀載每多奇僻嘗其一臠如侯家鯖味之不盡擷其一片如吉光羽玩之愈珍更若枕中秘冢中談名理名言尤爲好古家欣賞弗置也乃自隋唐之世傳述類怪誕不經惑世誣民莫此爲甚宋元以及明儒不敢妄置異喙談理者皆超超元箸頗有前人未能發者經其剖析如出聖賢面命紀事者志僻拾遺每於正史所未詳者閒於野老談說閒得之於是稗官野乘悉入於天祿石渠矣或有未經鋟刻留隱士之秘笈貧山人之談柄如波斯異寶能多得哉吾友祝子程美少季即博物洽聞留心筆墨凡關歷聞見即行劄記積久成帙顔曰聞見卮言其門人陸續校刻頗爲世人賞識近來專心義理之學於濂洛諸書尋味如有所得者有習子通解就正錄聖門狂狷錄等書已梓行海內學者奉爲斗杓乃疑卮言之害道也輒欲焚棄前刻余僑寓汝水祝子爲南鄰數相過從余止之曰無傷也所見所聞所傳聖人固不欲棄置弗道也百川無非大海之歸曲說無非大道之寄格物致知聖人亦不過以淺近者明道覺世而已性與天道端木以下概不及聞而可多得乎其門人遂以余言爲序而將成全刻以傳之

逋草自序　　周　星

僕性好讀書而雅不喜舉子業竊謂文章不朽必本性情彼世之習爲舉子業者大抵出於無可柰何而性情不與焉則宋之八股何如唐之八句故晨夕圭竇口不絕吟獨帖括一道自社筒試牘而外或竟年不挂豪縑酉辰兩役倖食鹵莽之報因簡各筒所攜數十蓺略授秉人以應房選土龍芻狗過則棄之而池草江峯之句亦復流傳近遠正如野王之箋伯玉之琴雖愜時賞匪我思存耳既而榛燹流離漂泊江海嘗偶偕一二同人浪游吳越聞布驅所至後生輩輒嘖嘖稱道某君曰此時文名家也僕聞之頰內自愧悔以爲時文末技耳胡乃讓他人浪得

名纍使僕冒降心爲之何渠不若某君然往事如夢不堪回首荒落之春以苫凷流寓白門偶邂逅春穀諸子厥有舊江之役於是鍵帷授經業埽除一切聞見而社集每旬必再舉僕因隨諸子之後偶一爲之阿婆塗抹孩兒倒繃幾不顧薛逢苗振之誚久之筆墨酣恬欲歌欲舞興會感觸是不一端或清曉鳥音好風徐度或北牕交蔭永晝緜亘或涼月半牀夢回酒醒中宵拊枕咄咄聞雞或空江佇立闃其無人悵望夕陽愴然涕下大都如痳如詼舉生平英雄氣兒女情悉消磨於無可柰何之八股故其爲言謬悠而荒唐參差而連犿淑詭之閒得文累百有莫知其然而然者殆所謂誰爲爲之孰令聽之者耶集既成而難其名初名爲癡草以其稍類借書還書之智繼命爲眯草葢采南華師金之語已乃定爲逋草逋則逋矣其義安居或曰逋者逃也閒而無事逃之於文或曰逋者逸也身爲逸民則言爲逸書或曰逋者負也補也鄉者鹵莽之役八股似有不釋然於子者宿負未償以此補之

悔堂詩敘　唐訪

數季以來奔走亂離無以爲家幾無生人之樂四弟客亾遺兩兒孫煢煢襁褓中未免心神俱毀堂上老人白髮種種承歡不暇兼以友朋四散交游成故往時聚首之地已生苔蘚感觸無門以七尺之身當諸苦患天地悠悠蹉跎已老亦獨何心能不悲哉矧復吳地不終閩中再改國破家亾邱隴禾黍長沮逍遙義之所不敢出也季來智勇隤頹舊學銷耗兵火之餘十已二三反覆淒涼恍同夢寐痛念往昝與諸子有明十六朝詩選之約始於洪武訖於崇禎訂諸家之疵謬成一代之風雅上接古人下開來者以時勢遠左而止今將復成舊志具擬別徵然人壽幾何聰明有限區區不文之辭不量之志能經當數番散失耶憂從中來感當夜立次敘前後諸詩釐理成帙諸子之厺畱亾存季不季非僕之所敢知也僕安能使愚之盲目不瘕輕迹半天下日聞所未聞見所未見一補悠忽之所未逮耶僕又安能使愚之驚魂帖然平日故舊猶復其夢罔牀慷慨髮立老且謚堅耶僕又安能使愚出厥而處抱魂而游脫然形骸之外寂寧生死之場齊貴賤夭壽人我爲一致耶僕又恐狂言不藏兩鬢秋飛遺情於婆娑生意則名山其人之思不獨子長之惓惓矣

長沙府志序代　黃學謙

三代而上列國各自爲史而志卽爲史史卽爲政三代而下列國有志而無史則史爲史志爲志而政自爲政迨乎有司之籍不以同文司牧之臣不以考政選言之徒不以蓺學彼旣無所繩其筆端得以意而修之後來者又以其意而增損之其所不及或以意而遙度之皇蓺之歌奏方嶽之考量忞如也設上有太史之求其何志之爲故一郡之有志也紀里域而章俗宜人物政事臚采端委大之埒乎遷亳營洛之書而簡細不遺猶足謚於火精水怪之數長沙之自楚分也國於漢郡於吳州於梁隋節度於唐路於元國朝爲府介洞庭之上游山川沆漭風習矜蕩峻城濱池文學遞顯於公族觀乎方土之代變則書之廢興因乎時事曷足怪焉自文毅張公於嘉靖之壬辰會舉其綱所以整齊采刺者今猶傳爲良史才距後六十季而渤海吳守偕諸君子重訂之極意廣類自成一家此邦之人苟能矜重其篇雖百世不易可也顧政與日新俗緐政革山川草木之縉望之暘然人情哉使軼聞懿事無所昭於近季雷使君是以有若存若亾之感也幡焉廓將來之睹聽而代筆墨之所未周者其在今志乎余守荆三十季今臬湘又瓜及也歲月要會若與之習茲爲繙索志文戶產則贏者日瘠賦役則省者日新財求則約者日靡俗尚則緐醇而懸吏治則由良而窳兵防則由整而

竭無不降本流末啖正趨獘者矣觀風者具其嫓惡董治者正其得失揆余於九耶列國間概未有述也雖然其中猶有司存旨以至厥田厥賦半没於漁波芟葦之場二舖不足重以溢額佐軍興不少衰止而諸司之慶且讓隨焉如之何不嘸然竊歎也武人多紈絝子而執戟士多失伍履畝之不明也屯政之不舉也苗落之不靖也日討戎索而能無三太息乎二者皆臬湘之所有事而志皆燦然圭撮發余湥省葢嘗莊誦高皇帝祀南嶽文諭臣民詔如志中所列山川名物文獻政迹比於三皇五帝之紀甯少讓固無俟皋夔之奏而不啻方嶽之陳也以史準志以志綜政余殆軒乎有志焉弗敢任爾冀同心者勖諸

寶慶府志序

黃學謙

自班孟堅易司馬八書爲十志而江文通以爲修史之業無難於志者今郡國志其名亦沿於孟堅而其義例實備諸史以志地則姬公之職方以志人則司馬之列傳年表以志事若言則左氏之春秋傳國語迺文事日盛子虛相夸繇京師以達郡縣蠻夷道什有九志抑何易也約其大致或佚而亾典或譌以徇訛徵古鑒來罕裨風教又何難也況有司之所存者類以徵牘程會爲功第能寄聽胥吏不鑿舊聞是亦爲政孰有資討千古好謀能聽而舉事繩墨之外者乎陶君守郡二年解苛飭廢存乎觀民體物之思暇則攄其淵通與諸文學按據往編筆削故

實斐然中倫志成甫授剞劂而屬余爲之序葢邵陵亦余郡中山川也因受而卒業焉令人坐堂階披囊篋而曠代瞭然目下作而歎曰陶君之所以爲志乃其所以爲政者乎夫政因俗所從來矣里域有廣輪儲胥有斂散官儒有事志士馬有增殺走集有堅瑕上下參伍於以逆羣吏之治而聽其計會迨乎細行小物無所詘以行媚無所隱以逃名思深哉殆良吏之經畫乎處四境之晏如而周慮乎州邑之遠當陰雨之未作而豫籌乎百年之利薦紳掌故與夫深山窮谷之旄倪無不爰咨昌言宏議家談里語無不采茹朝考職書講政夕序業而夜庀事以成此志也行古之道巡守述職爲民爲事如示諸掌貽後之人布

在方策修政齊教於是焉資豈直子雲丹鉛旁及方伎葡悅五志兼綜十體也哉故曰陶君之所以爲志乃其所以爲政者也昔春秋魯史耳事載列國而後世推原其意曰尊周陶君所涖召伯之區也爲之歌甘棠之風廟嵲嵲碣纍纍矣政比美乎召南而志奄有乎班馬不佞於是書闕一斑云

周宜一乳菴集序　黃學謙

宜一初剪髮卽能文伯翁每飲先人輒進於琴瑟之側命之居而示以禮余不見宜一者不記年適從杜三讀宜一詩慕之旋從仲玉客舍見之其念余亦然李長源之言曰學立於詩之上者偶爲詩無乎不神宜一淹綜羣書縱目所往成記於胸間有稱詠亦復巉潔麗矐不拘轍迹杜之漢朝宮闕李之馬嵬錦瑟柳之亭皋木葉薛之草隨意緣飾庾兼之且武侯之論姚仲也存剛柔成文武有一不備羣流生誣宜一取鑒前識宏資時用大言小言物皆有應讀宜一之文而愈知宜一之人也優被經雅孝友醇至由乎以家庭之學而刿於文字之林於是起伯翁於地下溫恭碁隅足以示矣如曰以君子之陽陽自適其笑傲之言豈知宜一者哉卽曰樂其文字而歌伐木以友之又豈余序宜一之意哉

湘水元夷序

黃學謙

余聞雞次之典蒙穀之所負也宛委金簡元夷蒼水使者之所秘也吾儕生湘而不問湘源繇湘而不逢湘路司記者無與爲受司明者無與爲辨伥伥乎其飲𩚨之民也與哉吾友周伯孔壯季理宿未能脫蓬衣淺帶而好古服義幽谷之芳自如閒嘗浮沅澧溯江漢揭行雲於巫峽和陽春於郢里窺諸湘水不能當八十一方之一當日左徒三閭應對諸侯賓客自有官守大臣慮四方男子志四方權非袞鉞而志存掌故司馬子長所云整齊故事者非吾儕疇任乎于焉撮湘水之淵流爲之詔地事攷地慝逢其道里同其貫利可以觀風可以經野可以知險可

以副圖史通今故彼子雲丹鉛采擷殊語少文四壁恣意臥游方斯劣已伯孔曰噫此遂人土訓之書不得志於時者之所掌也湘波磐石覩其清泉吾始將老矣吾爲戴顒子能爲劉義季否

桃源拾遺自序

邢祕允

生長花源者累世必有山水奇緣始得墮胎此地故入不必闢香山五畝之圃出不必負向平五岳之笈門庭即壑類席上果蔬舉手到口然自分負濟勝具當踏太華登日觀七十二峯直几案間物耳使身到處放過將生斯長斯得無坐甕自着乎昔人嗜酒解衣裸其中曰使吾膚髮豪竅均識酒味余保此意期容身而入飽腹而出癸酉秋胸中牢騷放情山水閒買舟樸被信其所之思洗盡五季塵土胃腸因憶予邑自靖節一記鑿開混沌越數百季而中郎先生乃於記外補出如許佳語名山大川已被兩人拈出大半矣然蔓壑枝峯非可概盡舟膠車拒能

無挂遺彼隱煙避日自甘淪落者譬高人韻士未肯輕易與人同里禂公先生又披蓁剪棘簪索隱一卷入桃源者如得㛮嬛石室見未見聞未聞也顧山川以時爲興衰十季之內變谷移山一瞬之間起芊坐石故有昔未曾有今始脫胎者有尋常茶飯里俗淹沒不覺者有耳聞記載未坐臥受享者有幽僻荒廢似處女老僧不爲人知見者予也敢方靈運但不忍沈薶爲賸山殘水剖開生面若生逢其時不克舉逸拔滯咎誰歸歟嘗擬搆一祠祀桃源山川功臣奉淵明爲主以中郎配享采諸山川之所出以獻若吾禂公則請畫生像佁枯木寒山數筆伴之供之於右宋黃魯直懸子瞻像每早衣冠薦香或謂此與子同時

上下者曰廷堅望蘇公門弟子亘此固代山水旌表前賢亦實爲後來搜奇者勸夫山水人所同也先落文人手迥異尋常眞臘國造麴蘖美人口中含一夜而成味自香美則海內山水亦我輩口中之麴蘖也舌能釀酒又何慮膚髮豪穀哉記成願書余姓名或置高山頂或沈潭底聽林谷變後知菰蘆不乏人可也若曰功臣則予豈敢

嶽麓志序

吳道行

蓋自圖書興而載筆者飈起而上之國史次之輿地郡邑乘又次之埤諧紀錄水注山經咸足徵時論世供采剌而備周咨是以作者不輕而行者可遠也嶽麓神禹開疆朱張過化稱古今名勝而志之刱也始於國朝正德學臺陳公訂於萬歷太守吳公若繙牘詮敘則古攸陳先生專其役於前大都重書院講學意而縣博師彭先生詳其事於後討類頗寬廣竟亦因仍舊旨而差附以禹蹟城南惜陰兩書院事校輯完帙勒成一家登之剞劂以信來茲百世而下其可不易矣遞今人文霞燦卷帙星陳茲志且零剝日遠索其舊語至黯䵝不可識余愁焉傷之夫

嶽麓名勝猶之乎昔也而稽嶽志者不無今昔之殊觀豈昔之刱始者姑識其端而今之博采者欲竟其全歟夫欲竟其今之全而使昔之所刱闕沒不修亦吾黨一欠事也緣屬兒曹極意參稽余叟舉原文刪其過繁訂其訛謬挈大綱析款類凡山水泉石亭臺館舍之屬纖細不遺而又爲之修明文學標舉詞咏旁收二氏以昭揭於世其亦庶幾乎作者之意乎而行之若可遠矣雖然志者志其迹也循其迹而無以游宴忽究其迹而無以空言棄則表章書院所繇建綣懷勝迹所由顯余猶悠然有意乎其後之人也

自序　吳道行

癸未之秋驚魂欲絕不卽隕越者不欲與亂胥溺也多方持護想見太平甲申正月五日卽攜兒輩匿影竄巖十一日聲息頗惡更遠遁自是日移一山火不再舉迨十九日卽后宅稍定亦瞿瞿然風鶴時搖二月念一日仍還舊莊抵莊時虎嘯深林其聲震地予笑語洵豺虎之世邪居亾何傳郡邑矦檄至臨撫有期私心稍慰三月初周公祖首涖爰以十二日趨府一見歡甚慰勞款錫有加益以時波靡潰予家克自介全若有天幸云望後唐父母相見亦如之故廬俱焚借兒孫輩住李公祠極目焦土共仰天日堵公祖於四月中一到垂問進而略相諮度不數

旬而晉秩武昌矣一時衿岷奪所恃怙慠兒亦從之去余送至江上惟有瞻戀殷殷耳返至中途驚聞北事主亾臣辱痛如之何予以諸生食恩累代獨非草莽之臣哉居旬日唐父母以團練鄉勇屬愉兒促之渡江余復念各莊荒熟不及半西成將及須一驗視屬慳兒訥孫輩東西去獨坐深思杞憂慼甚無天可問有鬼相鄰曷能宴宴也十之日心愈怦怦動十一日早起趨吉府望宮闕朝焉忠憤無聊亦云寄也十三日爲新先人倍覺悼痛望之晨炷香告天忽忽不自得明日愉慳兩兒訥孫輩來理生平手蹟編帙一一付之十六日早速肩輿將渡而西因走筆數言以志予懷十八日巳時筆閣而與至將以詰旦遄歸集兒女羅拜從此從先帝於地下矣

故池悲詩引

吳　愀

余世濱古渡門外隄橋委宛通湘浦樹木蒼古翳如山谷有池二區一種魚一植蓮池旁搆屋數椽堂廡亭樓軒廠淡邃頗擅林壑之勝先大人課予兄弟叔姪讀書其中好友時來賦詩飲酒麓山湘水遙相應酬國中人莫不知爲吳氏園池也予友胡三爾愷卜居河上鑿池乞蓮以詩見遺曰君門臨清溪平地飛香雪江陵曹子國楧過訪賦詩亦曰信步尋君路莫猜人言門對藕花開喪亂以來國中父老猶有存者經予里亦莫不指顧興歎是吳氏舊池園也近者感念先業小築自憩而荷池竟爲一公卒所據薄言往愬逢彼之怒予世外遺民雅不欲以此細

事煩上官且自愧嗟乎今三及秋矣倒以墾蕪新則亦應還我故物乃嵎負如故世無知己誰與質成憶先朝萬歷丁巳秋先大人撤故居而新之檢所覆瓦中有至大元年謝公造七字按至大屬元武宗號迫明神宗時已三百二十有餘歲矣丙丁之際劉衡麓先生歸休過晤先大人予兄弟侍顧相笑曰予每過黃叔閭西墅多富貴氣不及君家山林本色使人移情嗟乎先人敝廬經營古渡歷有年所不幸遭劫鞠爲茂草今且承平門外半畝爲之後者弱不克埶捫心浩歎豈獨吾憂吾廬清秋月曉幽淚盈襟漫賦此詩無聊排悶爾時癸卯七夕

湖南文徵卷三十二

湖湘後學集編

序八　明

三峯詩草自序

米元倜

三峯者何平山香爐了髻也三峯峭崿相對秀色森挺秋冬之交最宜登臨米子居其上者五年得盡觀三峯之變當夫天開日朗風正雲滅四方俱靜流泉孤鳴遙青來於木杪幻象結於長空是一變也霖雨之後宿陰氤氳寸途不辨惟聞松聲衆壑之風如雷霆之驟至平地之霧如波濤之亂湧是一變也朝旭微映白露未晞百禽爭語清晨幽夢歘然初醒是一變也紅霞

漸退明月皎潔疏磬發而烟淡草蟲吟而夜冷蒼然黛色山意矜秋巍然遠影山情增古是一變也積雪盡消巖阿花發春暉和媚點綴山容是一變也衰草颯颯殘葉盈盈物有歛藏之態人有搖落之感斯時也三峯則如寐如醉如愁如泣是一變也三峯之變無盡米子之觀其變亦無盡然而識昧言乖遜於謝惠連多矣烏足以紀三峯爲三峯知己哉乃或前慕古人後懷來者歎我生之何遠悲榮名之無益天機動而悟徹妄想絕而神虛皆於三峯得之是米子不能傳三峯而三峯能傳米子也嗟嗟使異時有讀米子之詩者知有待於三峯則三峯之傳又未必非米子之詩也夫

弟同人詩序

米元僴

今夫人鬱結不得其通則發而爲聲呼天呼父母呼天者天豈眞惻隱而震動邪呼父母者父母豈眞哀之而代之邪天父母旣未嘗惻隱震動未嘗哀之代之而呼之不輟者何哉蓋無可柰何之情藉由自遂耶用是以寄託耳詩三百篇大抵皆聖賢發憤之作處未亂之世老成謀國則豫爲之防或將亂矣指陳時事之得失庶幾有裨萬一若夫已亂則目擊而心傷大有不忍者存此變難矣欲默以偷安則不合於義欲猖狂無忌則禍且及身與家故咨嗟之歌詠之曲引而旁譬之若有意若無意若在意中若在意外若對影竊歎若與人交痛反覆不厭使觀

者之自悟是亦呼天呼父母之類也吾弟讀詩十年頗解其趣嘗謂後之得三百之遺者惟老杜近之老杜親遭播遷崎嶇道路故於小物小事皆不忘君然少直又少顯不能蘊忠貞之言於和平澹宕之中則其短也吾弟之論如此今其爲詩或折衷三百雖有美刺不迫而不憤邪抑亦步趨老杜喜者可喜怒者可怒徉喜徉怒亦可徉喜徉怒邪不然則三百自三百老杜自老杜別爲一呼天呼父母之音以留於天地閒邪要之俱未能也僻處辱賤家貧親老轗軻極矣而當干戈之未息覩興亡之頓易問之天而天湛湛問之父母而父母茲茲則其無可柰何亦仍就天父母而洩其呼之之微衷而已

自憶集序

米元僴

予自戊寅能詩及丙戌有詩五百首已盡亡矣丁亥值兵警竄身山谷竆愁之音迫而成者亦不下二百首較五百首遂若稍進然五百首中亦有至當之語不可盡湮沒也戊子秋復罹奇禍時方東西南北轉徙爲家老幼日夜倚門而泣同人弟始爲兒未變事而二百首亦隨五百首而亡嗟乎十年精神廢於一旦人生世上心血有幾能不悲哉予爲詩最早而爲文則自庚辰始往聞古之能詩者未有不能文閒有所出輒警策可觀今則並前文亦與俱失此予之所甚悲也予今年二十有六矣逆計戊寅已十有四年來日未知今日苦多而又履艱難抱憂患

不得如曩昔閉戶讀書則十年之精神可竟廢乎於是思之旬餘得賦序書記之類若干詩若干名曰自憶集嗟乎天下之爲詩文者多矣可傳者幾人能傳者幾人必傳者幾人有可傳之具而無能傳之力則不傳有能傳之力而無必傳之時則不傳其傳不傳固非予所論也予所論者謂無虛十年之精神使後之所得覩此復有詎焉否也然而至當之語固不可盡湮沒也

嶽麓志序　周聖楷

嶽麓者南嶽之足也嶽之有足猶天之有柱海之有閭也八柱奠蒼靈之位尾閭通溟渤之氣麓山趾鶉火之墟凡一受其形於高大而不能自還於卑小則必薄厚淵深以造其極類固然矣然泰華嵩恆之麓何以無專稱蓋五嶽惟衡最遠而獨爲宗其鴻洞旁薄每多左師緩步顏斶王前之意今登麓山南指蒼梧西睨岷峽東俯塗山匡阜荒哉萬古闊乎其方來也而洞庭八百風濤日月復出沒几席之下羅含云遙望衡山如陣雲沿湘千里九向九背乃不復見使非有麓爲之吐煙納潤承接岡陵彼鶉之首尾亦虛位焉耳安見其獨爲宗邪予友吳太怫其

尊人見可先生博雅名通嫺於史學少負其聲價轥轢諸子一不獲効用於世而卽以其勝情高韻立乎文章山水之閒郡監司以下造廬而請者匪朝夕矣一旦慨然念麓山有志非山志也郡之形勝係焉非郡志也楚之文憲存焉於是攷其原流芟其宂複繪之以圖暘之以論俾覽志者如身在禹碑藏室閒不羨臥游也俾登麓者如身在七十二峯之頂不費宿舂也庶幾劈巨靈之僊掌見阿閦之佛國者歟予因是而歎麓山之麓久無人焉古人觀於嶽而知其高於海而知其深有能會先生意旨所注而仰止道鄉之風雨立朝氣節可噓而起揆尋元晦之冰雪問學淵源可泝而及若夫射殺陶公之辯滿酌西山之酒

桃花源紀游序　江禹疏

宇內名勝之地士人長生其閒供湯沐恣吟眺又得以晤畸人聆偉論徵其著爲山靈九錫尤厚李矣建陵豫公先生公車之餘一壇寄桃花源接其人襟期曠逸胸藏浩瀚不可以津涯測性高簡如阮嗣宗或閉戶讀書彌月不出或登臨山水竟日忘歸足迹所至徧吳越窮宛洛尤淹留荊郢閒登眺之餘咸有賦詠其至仙源也以爲洞天福地慶夙緣之不偶聲氣相孚則於不肖實結契焉蓋先君門人周和台僉憲爲先生姻戚久悉孔李之好又吳越閒多知交耳不肖甚悉因卜居密邇於先塋之小鏡湖每花晨月夕朝露新晴未嘗不供茗椀窮丙夜壬申之

春始事桃花源訪靈仙之府登煉丹之臺怡然樂之余輩以爲此尋常境未足詫異而先生曰此靈壤也近而實遠著論甚奇蓋先生每讀人閒未見書曠識眇論淺柯古陋虞初今季秋旋以扁自揆渙仙雪濤之勝登穹石夷望之峯想文淵據鞍寄生吹笛風槩而欽山新湘閒恍遇瞿黃諸人焉又爲靈崖五洞之游涉歷叟奇詩文當愈勝矣不肖以人物山川每相肖似如不肖之浮沈偶俗不離人境則桃花源似之而水心高靈可望而不可卽須世之高人韻士當之如吾豫公者是當彷彿先生其博雅似董仲舒淡沈類楊子雲故天人之際鬼神之幽無所不窺而夙抱異骨出禪入元每不樂人閒煙火於塵世功名直一

摩娑北海之碑，一登眺閒，而惠流澤沛，與神禹功同鐫勒，此誠逢土之曠觀，撫茲土者之奇績也。卽不然，而慕仙巢之高逸，讀書院之遺篇，眞身有湖四絕有堂，五嶽有樓，蒼𧰼有谷，無不可以悟身世盛衰之故，寓疆域同風之感，而極高深之致者矣。豈徒一邱一壑，爭流競秀而已哉。按麓山一名靈麓，爲其能爲嶽而不爲嶽，高卑大小，無以目之，故靈之也。作志者其更有深思乎。予不得而知之矣。少日隱南嶽，欲撰一嶽志，稾成而棄去者再，今乃得披先生之書，而又不能違夻佛之請，縱筆述所欲言如此耳。

芥子視之，似嵇中散。異日必有奇遇，吸沆瀣，分石髓，豈其遺不肖乎。兒相風氣頗適，先生每與談，引爲阿戎。山水之閒，輒隨杖履，而不肖則先生以道義收之，盍入山訂樵汲之盟，避世定分宅之誼，交契非淺，故爲先生序，不覺泛濫至此，又卽爲名山藏帙之一，不須別拈筆也。

後三代史序　嚴首昇

古今文詞體製近百皆聽天下文士臆爲之獨史置專官此天子之事也凡書備以待天子稽攷者務須展卷便得其要領無取乎繁重破碎不易洞徹而必遲之窮季累月綜見積聞之餘者也雖然抑又難矣夫史非一體所能備也司馬氏朱氏紀季袁氏紀事二十一史紀人三者相需闕一不可顧其跋胡疐尾亦處三不相全之勢史臣何以處此焉夫王亾倚伏微漸之來其兆甚細事若不涉人若不謀而錯集一時俱足覘天道人事之不偶此編季所獨得也條分縷析而爲紀事爲列傳此旨無存矣然所謂繁重破碎正復在是攷古者亟思得夫一事之初

末一人之生平而連絡觀之則紀事列傳亦有微長史臣何以處此焉予一夕思之編季紀事皆善錄也編季之善十七紀事之善十三兼之者其二十一史乎本紀季表以編季書志以紀事列傳乃叓得二者所未有然則考古者取此遂足乎抑又有說焉二十一史大概重在列傳而略於其它嘗較論本紀惟三史夏商周秦及漢高光紀爲善餘皆錄詔命記官秩誌始卒已耳嗣後惟魏武文兩紀差存其概大約有綱無目尋見端委其通病也季表視本紀較又簡略此皆近似編季而無裨者書志分彙有如帖括則又近似紀事而無當乃其蔚然可觀獨在列傳夫列傳亦未盡善有三說焉國家一日有大故發言盈廷一人獨持或排羣非或集羣是衆論不同然後至理出焉今各以某議劃入某傳其失一也本紀列傳位次懸絕何朝爲何臣何臣事何主猝不易辯其失二也忠與佞爲水火不有恭顯不見堪猛不有茁趙不見秦韓也相與將爲脣齒房杜英衛克咸厥功李郭陸李同勳厥難也大臣與小臣爲主輔博陸之于田賓昌黎之於晉公也在朝與在野爲應求隆中之于鹿門堯夫之於君實也諸皆同時共事或一傳總合數傳或彼傳錯見此傳而卷以類分厝置易方觀者不卽條貫其失三也繇此思之並列傳亦未爲得也然則二十一史亦猶之編季紀事各有不逮耳予思兼此數家之長而兼卻其短惟紀事予姑舍焉予且斟

酌于通鑑二十一史之間予將以本紀畫編季之實錄務使綱舉目存其於人主失得及國家大故衆議盈廷萃集於此燎然指掌矣而隨以一朝人臣各附本紀之後無問品之貞邪職之文武位之崇微身之仕隱亦但以其同時同事會爲一卷其或一臣歷事數朝數朝共此數臣分合先後自爲權宜非可預設於是觀本紀者則不啻通鑑綱目犂然大備矣而以列傳尾其後庶幾兼得焉並所謂列傳之三失舉無憾也此外若兵若刑若倉貨禮樂爲歷代大典雖已詳見本紀又復另自成書絡繹古今其於弊法相生損益循環之故頗足發明髣髴鄧氏函史十分之五薈又集二十一史之書若志爲一書志也於以資輔

人主弢鑑往昔有徵勞㠯崇禎丁丑春予一夕思此時與同學孫慤讀書城闕燈殘薄醉談言偶及則二人同心矣明日予以宋史孫子以唐史始事兩人每日捐半共定兩漢數月而慤仲氏毅自白門歸乃以兩漢爲已任凡以三代後獨漢唐宋爲正統特舉此爲後三代史焉其它先秦兩晉三國五代南北朝勝國以俟君子可也乃予與孫子爲此當務之急其約有二一在知人一在體要何言其然也自昔孔子刪書唐虞三代每代僅錄一二事㠯左氏國語亦每國僅紀一二事傳一二人而其國大概已見追子長伾世家傳與近代狀誌家乘無異嗣是已後大約一史宂於一史也昔之人有數字多少以定班馬漢晉優

劣者矣是故史之失恆失在宂史之宂由於求詳而愛奇求詳之病由於不知人愛奇之病由於不體要二者不易察也太傅爲詞林則治安不足錄曾直爲孝子則賦詩非所重蘇歐無與于文苑潘楊不剟于亂黨古人論人從其所重可一言盡㠯其不然者晉書累牘不盡彭澤之致唐史萬言僅錄香山之東皆緣胸無要領遇錄輒采瑣瑣乃爾予等務知人焉可㠯司馬史肆意於天人徵顯之閒望氣占夢亦已誕矣兩漢因以伸鬼神之說則日中而下里矣援神世說爲晉實錄南史北史動誌齊諧唐史幽眇及閨門之內遼金傳聞在沙漠之表所見異辭不皆傳信近情切理自有大體不敢愛奇焉至若宰相之重重在得人韋平已空存於漢史而後代詳及世系甚無謂也諸王宗室公主之重重在休戚同國罪匪吳濞賢匪東平安論有亾而概詳本支欲何爲也予等爲事紀人則什一千百所稱辭尙體要在是㠯惟知人與體要故漢史之存什八唐存十七宋存十六惴惴然懼或宂也若乃分羹芻出於項羽十罪借見於漢高附麒麟姓名于典屬之末著循良行實于文苑之內毛舉昌邑以明廢立本非得已追原靖康以見亾國恆繇多制鼎革之會不敢議則表章節烈故周三臣唐六臣同主異義樺稜之輩無足譏則鄭重直諫故漢朱游宋唐方位卑言高武侯純臣也而用兵或非所長惠卿小人也而禦寇洵爲美才諸如此類或明

或隱或正或寓亦惴惴然不敢或遺予與孫子雖謀野哉實不嘗受觴於天子以爲此天子之事何敢臆爲哉

李氏正藏書編年序　　　嚴首昇

學者稽古而得有人焉授受要領則確且博可歲計已漢初古史焚皷士子三年治一經有餘迨子長著史記相沿有三史十七史二十一史而河漢罔極日不暇給矣司馬氏編年袁氏紀事後此者亦各執一端從其所便輯成一書予年三十時旁覽諸編獨取盱郡鄧孝廉函史上下編爲得法下編予手纂一過差無憾上編嫌於飣餖屑屑然也因與亾友孫子士先商搉思以帝王本紀備編年之實而隨以一朝列傳附其後俾其時其人其事匯集展卷條貫不須割裂類分零雜爾旨也因以漢唐宋後三代從事其說詳於後三代史序亾何兵燹二十年漢與

宋不可問獨孫子唐史硃地天門得無恙空山遠僻購借無具垂老自逸亦無力綜績古今付之虛願已丙申夏蓮游南郡見書林架閣李氏藏書予心動思取李氏分派諸傳而編年次第足掩全史大半明日往購則其書已爲鳩茲劉明府先得一日晤明府偕此語坐上客皆渚宮逃隹士爲首肎明府適有同心豁然舉以惠予予持歸計日而就殊自快也溫陵老狂不合時宜戲謔古人任意科條放言横議其文詞不雅馴予不敢議其後姑存其目於右而盡移其倫次於左以爲二十一史式其未盡移者滑稽附於戰國道學攢於南宋亦猶東漢之獨行三唐之詞賦不得不從其類也方技占卜經義書犢之各爲類也其無預於人國者也有小隱無大隱俾世金閨者分入各代其它長林豐草之士不改原傳而振全史之後天下之生久矣一治一亂物不可以終通故以未濟終也予豈一端之執也哉或曰李氏列傳繁簡俱病錯訛因仍者有之予無暇摘焉以俟確者本紀太簡而鉅卿碩儒往往見遺予無暇增焉以俟博者鳩茲明府秉三劉氏緖以古文詞名家闗西楚人問字者屨滿予其一云。

李氏續藏書編秊序　　嚴首昇

李氏續史其得失與正史異正史列傳稍節二十一史體要成文而續史零朵諸箋未克櫽括固不逮也然龍湖善譏古人不敢狎侮當代其是非一本於弇州而不謬則正史所不逮也今自洪武迄嘉隆仍如正史編秊倫次可二十卷二祖列宗本紀罔敢屬管而列傳有臧無否未足成一代之書要其豐功碩德奇節異能之士爛然星列讀者亦將式歌且舞矣虞夏以後征戰取天下者不再世輒有蕭牆之憂自放桐征東聖人亦復不免後此者沙邱禍烈於青宮南北軍歸於母后唐有六月四日之諱宋遺涪陵武功之恨若符節已本朝開國幾何靖難師起

而朝野抗節可五百餘人遂爲千古未有之盛厥後若裕陵之北狩康陵之南巡永陵之議禮閹瑾姦嵩來鷹鸇之逐叛鐇逆濠致斧錡之歌奪情責備于賢者倚勢防微于舅氏不秊而有一小不正則有大居正者數十輩起而爭是其剛大之氣塞於天地者三百秊無虛日烏乎此豈非生民以來所僅見者哉人主無封禪無再元無上尊號君不納嫠后不稱制翁主不貳醮冠尊履卑男女正位聖賢之君輩出王國之士克生郁郁乎文哉二后厥有成命仁宣庶幾文景睿景之權不失經純肅之瑕不掩瑜無得而議焉泰陵十八秊則中天之日月也武廟十六秊則閒暇而槃樂也穆廟六秊神廟四十八秊則閒暇而怠傲也怠傲之毒淡於槃樂積漸至五十餘秊而天下之兵動矣予生也晚覩龍湖老子爲太平之氓又不逮也烏乎讀此史者式歌且舞能無彼都人士之歎哉

張民部少卿奏疏序 代汪御史　嚴首昇

嘗讀北史謂三軍之命在一鍾轉餉一節須得魯中年倪內史其人任之洵有旨也夫餉未贍兵不可得强民旣貧餉不可得贍民之苦兵甚於寇而苦餉又甚於兵人主果以牧民之吏練兵聖人旣竭心思法無加此旨余因是思古語有不可行於今日者古賢聖不得已則去兵又不得已則去食凡古所爲不得已之日則近代百計召募加派之日也此豈可見之事哉國家販章孔厚癖疥爲患敵入卽退寇過不留非眞有不得已之憂而顧一切出於不得已之計廿季以來無不加之租無不貧之民因以無不貴之貨重以無不荒之歲天下事從此日謚不可

爲所由來矣雖然難言也本朝自洪永迄正嘉戶口田畝日謚耗而牢廩支費日謚加蓋自隆萬承平無事時度支仰屋入不償出者歲計百二十餘萬矣今日者議防秋議炒寇則兵增兵增則餉加自畜平準一書利析秋豪而畝稅無苛者末勝於本也國家本富十七末富什三其勢非田畝無從出於是上焉者明知爲索鬼神討荒政之日而不暇及亦如下焉者明知有輸粟助邊之義而不暇顧旦請蠲除之命夕下增加之詔均之非其心哉於是居閒維谷左手挾監安之圖右手持量沙之籌肘交掣而情兩困者獨在轉輸會計之臣余以是讀繩海張先生理餉諸疏而歎嗟不易也公持節涖楚以來凡五期瀟湘上下鴻鴈飛鴞聲交馳不絕而朝廷方議練餉已又議勦餉公駐節未幾則疏請移豫鎭楚視賊所在兵近餉遠不至覆爲寇資楚人因以便宜轉輸矣已復請以山西北直抵楚餉路省三千餘里費可十萬有奇已又請借練爲勦益勦練並舉勦急練緩勦近練遠以練借勦譬則貸夕爲朝也它如開銷借支銓序勞吏盛德至善未可一二數五載以內轉餉千里捷於呼吸而閭閻安堵如故雖負乘速寇之流膚功罔奏而公之功自不可沒爰梓諸疏以爲　入告我后之具先輩劉忠宣有言朝廷但知民窮不知憂乃在兵窮今茲所憂將無反是公自畜著績會稽治行在中牟內史之閒稼穡艱難洞若觀火今取諸奏疏

讀之庶幾牧民治兵旣竭心思云爾

案本集有辭諸孟評云不能變屯給餉便無治餉法不能化寇爲兵化兵爲農便無蠲餉法無止兵法無息寇法也當與楊翠屛侍御談及此爲太息不覺又觸緒于此序

劉公言文稾序　嚴首昇

自晉文章一道蓋日變以有盛衰無足咎也然未有若今日之變之亟者漢分西京東京凡數百秊一變唐有初盛中晚凡百秊一變終宋之世僅再變國朝始洪永繼成宏建嘉隆凡二百秊三變何徐徐也大約前者可久故後者起遲前人不遽敗於後人吾以服其力後人不輕議夫前人吾以服其識古人積其實不速其名其行事篤摯而用心敬慎有如此矣萬歷秊秊已來可二十載東南一帶地各立聲嚳尚往來齊晉未霸人自為盟蓋好古已亟矣計自壬戌文始大變三秊至乙丑再變六秊至辛未三變嚳鼓子史優孟大家以至聖人之言亦復流㢢秦

縱未成儀衡方始前者後者舉有咎焉君子生斯世也以救斯世非變前人無以起衰非立于不可變無取於變前人予持此以相天下士蓋難言哉戊寅春予與孫子出游渚宮適劉子公言函其文如干首自易水來追予及南岸道中予從馬上讀之大驚語孫子曰天下才也手持三日行數百里寢餮必偕口誦指畫卷帙蒙苜不去諸懷嗣是戎馬艱難周道匪直而公言使者跋涉萬里終日以文字與予往來期月之閒好音八至每至輒文成數帙盈積几案予屢而覯之日月幾何今晉殊姿自朝至昃其長可見予敬之夔之久且畏之矣以予屢北之將不應譚兵公言少秊雋才聲振京師顧虛衷與予交公言可謂不好名者生今之世求其去名積實篤摯敬慎動準古人如公言者何易言也若夫立於不可變以變前人舍公言之文誰歸哉

王子正言序　嚴首昇

十年來風聞天下事著不上書四十二篇感於事故有書感於上書言事者輒得官故以不上自明顧四十二篇猶病其未盡也既而思之嚴安徐樂寥寥數行輒足動人主傳不朽後人有載書滿車游京師或條陳當時五十餘事多至五百餘事不顯於世者矣天下事意所至則言及耳豈必一一而盡言也哉予友王子少孤且貧好學深思其言語之妙與詩文等憶甲戌秋與予相遭於野田蔓草之間慨當以慷幽隱畢吐時王子方弱冠予以漢人待叔度之禮待之積漸以來交日諠深胸中之言日相多而不能自制每一觀止輒徹日夜不休也茲乃採其正

言一種逆予于南岸舟中朔風捲雪相對蕭然予受而讀之酌近十觴而竟將無病其未盡歟王子曰予潦草談天下事耳烏乎匪躬是瘁當塗卷舌潦草如王子不猶賢乎王子無效嚴子伀不上書也則幸矣王子諱嵩祉字杜河石首人

全楚試卷序　嚴首昇

考自周秦後取士殊科既錯列復屢變也漢西京可十餘科東京定四科唐宋至三十餘科其特異則天子自策爲制科外又有高隱異才科熙甯始畫一涑水當國復增爲十科蓋千百年榮會耳頃者科舉取士以經義三百年不少變也夫惟古殊科故無專官自二千石察廉舉孝外人人得舉所知頃一出於科舉故顓責之主司三歲大比而彙征於督學大比仿鬴周禮大司馬督學則司徒大樂正也大比從來已久督學近自正統始督學之於大比譬之農氏課畊以待穫洵緊要矣雖然難言也三年大比自萬歷癸酉糊名易書主司與士子摩揣相遇自昝

希文駮議彌封蓋十不得一其勢然也然士子無恨於主司也督學與諸生通姓名察貌言而得其人十不失一然人猶有憾亦其勢然也淩玉鄣先生督楚學政課士仍經義而博古招隱兼殊科之獲故是科大比得人差盛大比取士於督學大比以得人稱而督學掛吏議百穀既成係介獲譴予惑焉先生以高隱禮待予予思爲先生解當世之惑因於其試卷授梓公言之曰凡茲大比所拔士則試卷先拔之矣

江陵詩社序

嚴首昇

予家在洞庭元石之間十餘秊來聚同調十數人爲𦚢容詩社嗣是玉沙石壇油江往來唱和亦復十數人今秋若溪周子彝仲謫遷巴陵集其一家言及吳中名士近十人與予社爲一頃其人樵之叔方宸青五鍾朋玉象岳用梅凡八人爲江陵詩社箇其春吟如干首以訊於予予色然喜曰何其盛也夫詩淺事亘然其興也非一人事建安以來稱敵稱豪七子四家代不勝數勝國之季迨我正嘉詩社寖盛大約倡者弱冠和者對髮只在十秊之內蓋風氣使然矣林九成有言位高者無詩心無位者無詩身以予觀之身與心未必遂可以詩也司馬子長以絕

世獨立之才官太史以爲身轗軻寂落以爲心而賦讓楊馬詩讓蘇李假使子長生開元大歷閒豈復使李杜稱尊哉何則風氣然也正嘉以來大雅寥闊典型獨存吾楚藴釀百餘秊今始大振諸君子生當其時皆積奇宇負夙譽不終無位也又不郎有位其心與身適足爲詩龍臺鶴澤之閒樓臺芳草爲吾楚最勝入春以後歌舞日夜無虛天下名流四方至無間乘傳擔簦慮無不與諸君子邂逅爲歡者宜其詩多且佳也竊嘗有言詩厚物也刺常似美美不似刺怨常思羣羣不思怨谷風無失其故行野無失其親詩中天地不在人閒而況諸君子合志同方亦以爲好者哉其相視莫逆何如也

梁園吟序

嚴首昇

七十子惟賜與商可言詩有爲言之旨後遂有端木詩傳卜詩序未知果然否也傳與序不相謀則知言詩者無不有之矣頃天下言詩者如訟簿齊語以鍾鼓輕楚聲爲蟲鳥而雲閒裴馬吳門鏤繪正復一般嚴子曰皆是則皆非也詩無不有之也古今詩人多矣不佳不傳不病不佳可勿藥曰傳子老於詩則今之藥歟今人效古人與變古人而病仍以古人藥今人可也夫學者義理悅心不能自已而有詩非沽譽干祿之具何須爲它人地然作者思爲千秋計則衆論不同予兩言以蔽之曰古體若漢魏近體如中唐雖羣議勿恤焉予讀傳子詩三十秊乃無

憾矣予每誡人作詩尤誡刻詩獨終日促傳子授梓不得頃遣梓人數輩迫之乃梓其梁園吟幾何傳子官梁州則彭澤八十日彭澤八十日不作一詩詩皆田園歸來後傳子乃得之八十日豈居官時較閒且攰於彭令乎抑豈有爲言之歟古今人不相謀豈知詩無不有之也

應迫自序　　嚴首昇

古高士閉門踰垣，子輿氏譏之，迫斯可以見，子輿氏亦未爲古人慮也。一見則無不見，無不見且無不至，端可開歟。余生於世四十有四季，舞象太平者十餘季，處堂者二十季，破巢者十季。十季之内，泥中露中者五季，一邛一壑者五季，屛迹東山，比鄰密戚，槪未接對，自擬阮嗣宗鹿脉，姝不媿爾。忽忽己丑冬，渡江訪江陵故人李其人於三湖，頃之，眞定彭曠菴見招於荆北，川王子京見招於峕，爰是大同朱六旦、姑蘇袁㯋菴、維揚湯右君、南陽彭禹峯、金陵房大生、興國馮密菴、梁山伍芝雲，嚶鳴一時，輪迭遂在人間。東野云：一日人間游六合，人皆逢倡予和汝，旬

時成帙，用古諺應迫爲題，後世自未可令投千木等輩見，或不妨使子輿氏見也。其人，孝廉，諱世恪；曠菴，荆州監司，諱三謚；子京，澧監司，諱璲；六旦，峕州太守，諱光；㯋菴，荆州太守，諱于令；右君，澧刺史，諱調鼎；禹峯，滇南中丞，諱而逃；大生，吳諸生，諱天驅；密菴，楚進士，諱之圖；芝雲，汝甯監司，諱三秀。皆以詩名世，絡繹帶甲，天下皆是，而麤侶適會一時，當與中州十六詩人竝剜也。余故詳誌之。余雖汙，不至同懷素自序爾。辛卯春歸日，髯僧無不可顯於南平身次。

霞浪草序　　嚴首昇

南郡庚先劉子示仙人詩一帙，云用二三童子扶乩，積日月爲之，自題曰霞浪草，囑劉子致聲予，匄予評定爲序。竟讀，則怪如騷，麗如選，工且逸如三唐諸名家，或卽事立就，或經營點竄，不佀縹緲荒唐語，書懷詠物，一與詞人不殊。予以是信天下果有神仙，凡天下所爲神仙，則皆詩人文人也。漢志神仙十家，隋以後遂三百餘家，愈多術愈不傳。秦皇漢武挾富貴致畸人，窮極海外不能得；深山大壑中鍊眞采藥，銷形瘠骨以求之，亦不必得。而古今詩人文人縱酒好色，登高臨流，坐而得之，烏乎亦甚異矣。桓譚云：天下神人五，一仙二隱。仙者不必隱，乃以文詞自見

乎。余於是思詩文之慧，其福可以不朽；又思其爲魔爲妖，至死不除，聞道者懮然足以戒。

爲三司送戶部少卿張公還京序　嚴首昇

周制國有大事司徒主之先計𥳑餘後定諸費若冬官司馬等輩覩所授少多以爲廣狹非如後代諸費一任百執事而度支黽勉以應也漢初天下畝稅出入仰司農而天子后宮供養以末稅歸少府國有事則取給少府而司農不與蓋務在損上而不至取下也迨後平準一書利析秋豪而畝稅無苛者是時天下末富什八本富什二也國朝法制周密人臣不得出位預事故司農職顓輦輸而不問何施又祖宗儉泊相承歲入嘗不償出少府無私積以備緩亟且開國之始末稅三十而一本稅十分而三故財必有由賦一旦有事非田畝無從出然則周漢雖

善以語於今日實難自甘季以來內訌邊警郊壘碁布而巨浸稽天旱魃爲虐亦復竝集宵旰閒朝廷憂在寇則不得耍憂反歲於是兵日增則餉日加若練若勦誅求之名日益新民之苦兵也甚於寇而苦餉也又甚於兵天子亦或思之熟矣特簡大司農張公輶軒來楚在昔劉士安所置諸道租庸使皆愼簡臺閣士以充而盛治之朝往往以宰相兼度支古人重念民艱無不至爾乃今亦猶行古也乎公駐節未幾則盡得利病所由爰疏請移豫鎭楚兵實偪賊而餉故遠之不至覆爲寇資楚人因以便宜轉輸策最上矣久之復請以山西北直抵楚餉前此九十鍾致一石者今不啻築場納稼也若乃開銷借支則絲粟無虛銓序勛勩則策力靡遺五載以內轉餉千里捷於呼吸而閭閈安堵如故蓋轉餉也陰參夫用兵之竝饋兵也默行其賑民與課吏之意古大臣敭歷於外於斯爲盛哉維時天子旌其事載誦山甫永懷之章思以置諸左右也爰兩漢始末功首酇侯名歸隆中皆以持籌轉運獲紀功宗兩人經營多在楚蜀間今日抑何符節歟維時屆公旋之日諸大夫屬予一言爲公觴予思古人察歲時豐儉以治一國權萬貨重輕以治天下公以持籌一方者持籌天下鄖郢襄鄧閒若豐若儉旣在圖繪因是以推或者損上益下伸本詘末天下大勢尙有遺議將無周漢善法復行今日歟公自是秉厥成所謂國有大事司徒主之者非

公其誰屬哉

堪輿王子序　嚴首昇

天下之生久矣。一治一亂。而周禮以三物盡生民之用。竊嘗疏言之。六德六行。治物也。六藝或不然。古之人不得已則以藝行。或無以自脫也。脫於藝。或無以自見也。見於藝。語云。行千里不裹糧。有逢財無窮途。不其然歟。要非治世事也。余因溯洄數之。虞夏殷周君子不得志於時。則耕陶屠釣云爾。無他技也。自春秋實始記史記卜記筮記醫審音望氣。無慮皆寓言不得已也。迨其後縱與衡。咸受業於鬼谷。山東談天。山西談地。地幻於天也。商有天下八遷。周五遷。考卜宅京。二澗百泉。皆後世相宅事。晉以來始談泉下。分陰分陽。陰幻於陽也。晏子葬於其父。孔墓居爲孔里。陰與陽無分。分又幻於合也。淮陰侯葬其母。營高敞地。令其旁可置萬家。大約止談地形。漢魏以來始談地性。性幻於形也。其說近於不信。顧紫陽君子儒也。圖繪燕冀。云有王氣。指掌三大水。而鴨綠得與江河竝尊。由今日觀之。抑何信歟。若乃咎者三百二十季之憂。憂在牛首。今者二百八十季之憂。憂在河道。其始皆妄聽之。其後卒未或爽。烏乎。天下之生久矣。一治一亂。抑何言者不幸皆中歟。江右王子來荆。丞老矣。通才博學。而隱於藝。爲形家言。輒奇中。余初識面於桃花巔。盡則以爲形家子耳。余友孫子舅凡自天門歸。以尊公大事屬王子。周旋且久。爲余言王子古逢財者。非但形家子也。且其人輕利而信。

有古德行風。貸余文言以記之。余然後知王子所以自見者。乃其所以自脫也。王子其亦有不得已於今日者歟。

張樸餘明府壽序

嚴首昇

青城老人村有見五世孫者不知鹽醯厥後漸通五味乃僅百歲飲食所以生也蒼生家務節損以永年推之財利亦然國家而進理財之臣非氣運之福也匹夫而析秋豪血氣之衰也延與促非關天命人事實然乃其在長吏則自清厥心而受賜僾在羣生則卽蒼蒼者佑之矣余舞象時聞先君子言百年來未見廉吏余年亦近七十矣乃今僅見我公張明府也古史稱廉吏則范萊蕪最著曰萊蕪故肥饒地地饒則吏雖廉而給民亦不甚解懸于廉藝小而僻土物外下無可生之財上無可言之利乃其田下下賦上上其困已甚前此積弊難言至公而纖豪

不染衆咸目之賦清則徭與俱清無藉甲處矣俸入幾何數米斷飲蕭然如寒士鮭蔬負販者復以公堂爲利杖笞無鍰闤市弗問饋獻盡屛萁解何以自給使釜中不塵也又有不解者廉則必亢公謹恪上官雖簡不皷廉則必儉公時有頒賚於人橋梁廟寺靡不捐助廉則必刻公恕而慈慈且恕則易玩而常有餘威威之行獨使悍猾者斂迹而平民仍樂近之又不解何以燃犀取照一過而得之也蓋已正則物自正至誠則罔弗動厚重不飾則制人於無形幹理有方則事集而不擾積逋不催而足俗弊不革而除民無無情之訟情且不訟士無非公之事公莅無事貧者仰俯無憂富者寤寐不驚公亦優游有餘暇退食則卷展卽景則句佳心閒物閒城頭姑射在此日矣維時屆公誕辰僚若屬及鄉大夫士以予智足以知公又不阿所好又敢盡言不恤也不徵言於當世顯者屬予言以壽予思古史但稱廉平漢以後始尙廉能野受其平而朝賴其能公之能而適以平也朝與野咸推戴矣蒼生家每談莊老老氏云有國之母可以長久莊生云志潔如玉可以久長請爲公券焉夫天道人事或不可問也然極其至仍不爽若我公者其至矣乎公之鄉自白沙稱儒宗忠介著清節而文康梁公甘泉湛公皆以冰檗居高爵介眉壽梁公年八十湛公年九十五浮耶白鶴競隆青城久矣今公之年未半百後日以卓異秉鈞且爲國家氣運之福

何但福我藝人也哉

劉他山文稾序　嚴首昇

自昔辭賦一道，六朝三唐皆盛，而古今文人特重言西京者，爲夫天子好文，諸所爲辭人皆受知人主，誠盛事也。以予觀相如、子淵等輩，咸籍左右致聲聞以動天子，亦無大異。若乃羣然隊伍之中，一見遽賞，除授異數，則惟菑川、廣川爲不偶。此誠天子神聖哲能官人所致乎？抑亦士子精神所蓄積於平日者有以自致也。庚申，聖主親策士，召對平臺，擢二十六人，劉君他山以第三待詔金馬門。辛巳夏，予過澧水，與他山抵掌談天下事，哀然草土之中，言笑無擇，而精神滿腹，莫測涯涘。予嘗有言：晉重耳、越句踐，區區侯封耳，而艱難遲久以有成事，然後知聖人至

是邦必聞其政，次或立談取人卿相，其中要皆有大過人者存，天下事不皆偶然也。今見他山，益徵不謬。此豈猶夫人世之窮秊帖括，摩揣富貴以爲能事者哉？而雲閒諸子且爲梓其制舉藝若干首，以問序於予。今天下無一人不重他山者，爲其受知天子則重也。他山之受知，在廷對數語，於其平日制藝無與；而雲閒諸子之重他山，乃在制藝，於其受知廷對無與。君子於此知他山精神之無方焉，知雲閒諸子不同衆人之爲見焉。菑川勿論已，史傳廣川天人三策，必求其平昔蓄積所在，以爲是曾下帷講誦、三秊不窺園者，其精且勤如此。今雲閒諸子所欲公諸天下者，皆他山精且勤之物哉。

較一念和尚詩序　鄧祥麟

和尚出金陵之上元，世承指揮使。中秊以甲申之變，祝髮南嶽，卜棲新甯放生閣，近三十載。余得爲世外詩酒禪交，亦將二十秊。短髮蕭蕭，手眼高脫，而與之豪俠曠達，直欲杯塊湖山，一粟世界，當路甚器之，似不可多見者。有詩二集，剛謀壽梓，於庚戌十二月十四忽圓寂於本閣之方丈，秊七十有五。禪室之香燈無恙，而余忝此老友矣。因爲詩以哭之，付其門人性潤、性受、性定勤爲一卷，遇名公巨卿、騷人墨士，或詩賦，或贊銘，潤等三人當頂禮而徵求之，並剞所遺詩集，爲千秋淨業，和尚雖死猶生也。余弁言於首者，蓋瓦缶先投，以代乞珠玉之意。卷成，即付住

持藏之本閣，什襲以珍，衆等若挾爲杖頭游具，則有罰。

十鸞詩自序 過蒙掄

予自補諸生來食貧者十有餘載南隴新畬西園舊葺皆相繼謝去一時僮婢咸臣僕他人知我者勉强來慰然予負性高疏素恥俛求田問舍想竟處之晏如也邇來深世外之思諸緣謝盡貧豈到骨惟存案上清物擁以自供啟笥謁多聞先生抽豪友介石居士或對絹中羣峭紙上顚書問葩不語則挹湯公子以澤枯腸叩博山変以止浮念未幾而牢騷欲來引卮自酌拔三尺枯桐起舞壯懷勃勃躍也豈知數莖傲骨消滅非復少秊時哉偶覽壽光侯始覺元白互耍目竊意有此數君可以樂饑無何耽奇嗜古之情竟難自堅致令數君亦次第别予去噫貧

之累人始至是歟記别之日予與數君有戀戀難割之懷或託非其人置非其地將終身抱恨焉追憶之下作詩十首以誌予不得已之情與無可柰何之計庶幾中道弃捐之罪在售田鬻舍之上者或可少懺善化過蒙掄識

案詩爲七言絕句十首所鬻爲書劍硯鑪茗壺花鏡帖畫飲器十事自序之外有謝璜李馭芳周侯三序皆湘潭老宿李周俯殉己丑之難者家藏有此舊帙而數君皆無多文可采故悉載編中聊備故事查善化志未有過君蓋已失傳觀李文莊湘洲全集亦所校刊則亦一時文士而名流所推許者矣汝懷附記

過伯英十鸞詩序 謝璜

過子伯英困諸生數十秊落魄弗偶徙八股業遨游山寺詩文詞窮豈曰工工曰豈富我輩欽其人悲其遇靡不四三浩歎謂詩能窮人語豈不妄嗟嗟詩曷能窮人哉孟浩然四十游京師從王摩詰入直秘省及元宗召出牀下命自誦生平得意詩遂拈明主棄之句失意放還終隱鹿門人謂孟詩甚富偶拈及此若或使之詎非詩窮因以遇窮不知浩然特窮元宗一遇不彈進賢冠目摩詰負一代詩名官尚書右丞願與浩然爲莫逆交偕入直匿牀下卒以實告君令其自誦詩維時浩然已自不窮後摩詰過郢州畫像刺史亭因曰浩然亭咸通中鄭諴再葺此

亭謂賢者名不可斥更署曰孟亭試問當日開元中彈進賢冠者甚不乏人不盡與布衣爭不朽孰謂浩然終窮詩能窮浩然哉語曰士伸于知己屈于不知己知不知非遇不遇之謂也伯英秊踰四十落魄弗偶與浩然同詩窮豈工工豈富與浩然同今日傳諸吾黨他秊懸諸國門世有摩詰不須元宗過子毋自謂終窮遂掩卷避人也請先梓其十鸞詩 姑且傳其萬一崇禎己卯王正元日中湘社弟謝璜仲玉父書於此園飛梅處

湖南文徵卷三十三

序九 小序附 明

育齋遺稾序　鄒泰

余弟汝正以乙酉先余舉於鄉丙戌下第歸越丁亥夏月忽搆脾胃疾亟請醫診視謂病勢未可卒瘳自是養疴家居者數年每日穀食漸減止飲酒雜以薄羞延生神已不旺越歲辛卯余厠賢書聯轡北上至京邸汝正惟窮古籍檢方書數科俱未入試場戊戌謁選銓部又限於年格仍由運河南歸舟次爲暑氣所傷宿疾舉發急抵家中伏枕就醫者數月尋亦小愈至己亥

初夏病革而歿追憶吾弟才敏於余早負大志初年業麟經未有專門師多所自得後博洽諸經皆通達大義絕無經生家氣習乃天嗇其壽未試諸用良可永歎生平有浮白之興觸景賦詩止就其才之所近者爲之使假之以年就正名家又長一格因檢笥中得遺稾若干首不忍散落付諸梓人痛同氣之云亡儼聲韻之如在且使其孤收讀之以志感兼宏世澤云

管弓伯輓歌二首序　王夫之

有明文學管嗣箕弓伯以今癸亥冬卒於南嶽百丈山病乃使余有宿草而不得哭其明季返靈筵於高節里之故居乃申一痛良慨然矣將復何言抑夫生人之役榮凋歡惡咸有二三惟一而不兩者死而已惟一而不兩故昧者遲回覺者引決但一忍之須臾無他畏難矣慷慨之捐唯一斯易假令試之二三則壯士之頻繁不能魯縞之穿也今勿說弓伯之死得年五十有二考終於室弓伯固不期此癸未賊投人於湘水雁行相援弓伯犯其不測以保難弟之節一死矣戊子起兵不利纍而縶之潭獄刻日就白刃者一死矣庚寅流離困病於嶺海犯難以護

難弟於長林一死矣以身突其三死而誰期一者之考終弓伯弄死如丸死厺弓伯如騖復得此十三季於荒山野徑之中弓伯飧食而贅形視之咎不爲弓伯驕而今爲弓伯哀邪妄也弓伯磊磊不爲愿人之容人或以爲弓伯詬此何有哉弓伯善飲亦善飲人弓伯善以財假人然以二者故引其谿壑之涎而終不能充塞之弓伯不慕炎而棄寒以是睥睨炎者而雖不炎者亦妒弓伯之不與己同調以歆歆於炎塗詬之興自此積矣雖然彼流者且甗腥草嗄腐蘋寶黻帟如拱璧而嚅囁於寒雲酸雨之中浸不詬弓伯則弓伯病矣弓伯家世宣州寓籍蒸上族寡而未有血胤則或有爲弓伯惜者夫萬彙之息形生爲下神

傳爲上今弓伯以其孝友義烈之氣如雲如日其畢蔭所注且將孕爲千百奇男子以似續古人彼區區保有其血肉之產呴呴噢噢衞之如君愛之如父此一藕之絲其聯能幾哉故凡此者不足以哀不足以寂則亾用其輓聊紹古薤露蒿里各一章以娛弓伯於漠漠焉耳

莊子通序

王夫之

己未春避兵樝林山中麏麚之室也眾籟不喧枯坐得以自念念予不能言之心行乎不相涉之世浮沈其側者五秊弗獲已所以應之者薄似莊生之術得無大疚媿然而予固非莊生之徒也有所不可兩行不容不出乎此因而通之可以與心理不背顏淵蘧伯玉葉公之行叔山無趾哀駘它之貌凡以通吾心也心苟爲求仁之心又奚不可或曰莊生處七雄之世是以云然雖然爲莊生者猶可不爾以予通之尤合轍焉予之爲大瘿無脤子之居才不才之閒知我者謂我心憂不知我者謂我何求孰爲知我者哉謂予以莊生之術祈免於羿之彀中予亦無容自解而無能見壺子於天壤之示也久矣凡莊生之說皆可因以通君子之道類如此故不問莊生之能及此與否而可以成其一說是歲伏日南嶽賣薑翁自序

老子衍序

王夫之

昔之注老子者代有殊宗家傳異說逮王輔嗣何平叔合之於乾坤易簡鳩羅摩什梁武帝濫之於事理因果則支補牽會其誣久矣迄陸希聲蘇子繇董思靖及近代焦竑李贄益引禪宗爲綴合取彼所謂教外別傳者以相糅雜是猶閩人見霜而疑雪雒人聞食蟹而剝蟚蜞也老子之言曰載營魄抱一無離大道汎兮其可左右沖氣以爲和是旣老之自釋矣莊子曰爲善無近名爲惡無近刑緣督以爲經是又莊之爲老釋矣舍其顯釋而強儒以合道則誣儒強道以合釋則誣道彼將驅世教以殉其背塵合識之旨而爲蝨來茲豈有旣與夫之詧其誖者久

之乃廢諸家以衍其意蓋入其壘襲其輜暴其恃而見其瑕矣見其瑕而後道可使復也夫其所謂瑕者何也天下之言道者激俗而故反之則不公偶見而樂持之則不經鑿慧而數揚之則不祥三者之失老子兼之矣故於聖道所謂文之以禮樂以建中和之極者未足以與其深也雖然世移道喪覆敗接武守文而流僞竊昧幾而爲禍先治天下者生事擾民以自敝取天下者力竭智盡而敝其民使測老子之幾以俟其自復則有瘥也文景踵起而汔昇平張子房孫仲和異尚而遠危殆用是物也較之釋氏之荒遠苛酷豈不賢乎司馬遷曰老聃無爲自化清靜自正近之矣若猶龍之歎云出仲尼之徒者吾何取焉

王江劉氏族譜序

王夫之

王江諸劉潛明經是王氏湘孝廉若啟氏奉季昌先生之志修其家乘以示夫之而徵言焉夫之拜首而言曰夫禮之不可以已也如是夫禮者天之秩也其在詩曰有秩斯祜天之所秩而天祜之祜者以祜其秩也劉之先長沙定王以漢懿親而食南國安成者思侯之所胙也沇潛荊沔者長沙之流匯於江漢而同潤乎南條者也湘上者固長沙之國邑也定王之祜紀於南國而諸劉之盛因之豈不以天哉夫之遂言曰夫禮立本以親始率先以崇孝統同以益愛紀分以辨微尚賢以昭德旌貴以起功立訓以著義廣類以獎仁順古以作則俟後以行遠十義

賅焉故曰天秩之也允哉劉氏之譜其族乎昉於陶唐肇於炎漢而子孫繫焉親始者也六十秊而一續續而不失其先崇孝者也諸劉之族散衍於南國而合於益益愛者也有合族焉有分族焉合者順而下之則分分者溯而上之則合辨微者也先世之行謚章者不溢微者不忘建乎閭門之懿而備昭德者也勤於王家升於司馬薦於鄉造於太學斅於庠序奕奕列焉起功者也發其美效在是矣著義者也所貴者生也而錄之備獎仁者也文定象山誠齋之三君子者嘉言賅而存焉作則者也勿替引之以相長而待乎後之禘益行遠者也斯十義者天之所秩祜者以祜其所秩夫禮誠不可以已如斯夫夫之終言曰

禮始於親親有類類有感感者感其所同夫之之舉於鄉也與若啟氏講以世后長氏偕以季而協以宋夫之伯兄旣與若啟氏講而游辟廱之歲與季昌先生壽玉氏聲玉氏賜玉氏胥以齒然則以類而感感而秩以其言夫亦竊禮之遺意也與

明紀野獲序

王夫之

薑園周子摭遺文攟稗說擴諏諮敘一代之典成通紀野獲二十卷示夫之而俾述其指夫之遂言曰韙哉其可以俟來哲也夫竊聞之矣史之爲道也徵而顯約而該舉大以挈小故春秋尙矣範圍作者而不可越也雖然非有左氏之書殫纖芥豪毛之善惡則後之學者欲以知聖人之指若無檝臨川而欲航滄瀣也奚從然則有其顯而後可徵有其該而後可約不遺其小而後大者彰焉雖聖人且有所資而況其下焉者乎司馬子長之作旣有左氏內外傳世本戰國策楚漢春秋諸編爲其明徵而所記幽隱曲折多溢出於數書之外如封禪貨殖諸篇摎訪

極乎委屑田竇灌夫之傳曲繪其嚬笑要皆耳聞口授非有簡編之足據故可紹素臣之嫡系而王仲淹追求徵約徒貽優孟之嗤旦倣聖言而夕成聖人之書何聖人之易邪班孟堅陽攻腐史而陰用其教故能與子長相雁行嗣是而陳壽范曄欲以精覈易其暘達譬之支幹具而神理不屬象人也謂之曰人不可也陳壽之書得裴松之而呴之使生六代南北史得李延壽而吹之使鳴馬班而下斯爲愈矣貌山者秀以雲烟貌人者靈以襟帶非褊心者所得與也司馬溫公立於千載以下會通以成編年之紀受模範於左氏而不敢伉聖經學海而蘄至於海惟其不爲海而爲川是以異源同歸川無非海溫公之渟泓汪

沛成區宇之大觀者其尋源者遠也其爲書也鄉載書廚官供食料隨其宦游凡十餘年而始就故能於十七史之外旁搜纖悉以序治忽以別賢姦以參離合以通原委蓋得之百家之支說者爲多繇此言之顯其微該其約卽小以舉大豈蘄蘄焉誦一先生之言可與前人相覿面哉一代之史閱三百年而無可觀者鄭端簡自命作者而一往芟夷如耘蕪稗並莨茵而拔之乃至南楊一傳但歷敘其宦代而一言一行之無聞審爾則南楊一尸位之具臣而又何稱焉李宏甫踵以爲藏書益以阿私之好妄人也尤不足齒也舉凡大政之因革如夏湘陰之治張秋朱誠齋之定條鞭宏治丈量田畝之蠲減嘉靖釐定嶽瀆先

聖之祀典以洎石城甯夏閩海郴桂寇宄之起滅或竟佚無聞或括以數字酌海一卮而曰海在是也後之人能不以卮爲海者幾何邪下而有陳氏之通紀其荒陋益甚又下而爲沈國元之從信錄於嘉隆以後召亂致亾神人悲憤之大端如貴溪分宜之相傾華亭新鄭江陵長洲之相軋高顧沈湯之冰炭相惡辛亥丁巳兩察之函矢相攻皆置不敢言如胡應麟以下第狂生託夢說以詛典文者顧錄之以爲口實流行天下者且數十年俾一代鴻章曾不與十六國春秋南唐遺事同傳異代藿園之徽此而博採以資論定也其情貞其志遠其學不倦誠有弗獲已者故曰洵哉可以俟來哲也詩不云乎于以采蘋于澗之濱于以采藻于彼行潦澗之濱行之潦無所擇也而蘋藻非是莫有舍此而求之寒泉一掬之中終年弗得而又奚以薦邪願非其人孰與采者公侯之事豈尋芳拾草以冶游者之所與哉藿園以淵涵霞建之才謝世榮以孤游歷燕趙吳越訪故家之藏書問遺民之記憶以起二百八十餘年九京之先進相爲挹注是編之成未能卽問之世禹峯石麂應爲珍護又非但溫公之資鏡治原已也

顓愚自述長詩序　明釋觀衡著　車以遵

詩有詩之精如取火於鐙望氣於劍全無往來增減之迹善作詩者亦有詩之味如貪鋒銛之蜜妙在能嘗解虎項之鈴惟在能縛者而已若以此論僧之詩則詩有詩之佛明星一見動地燭天悟者自實詩亦有詩之魔如錯一轉語不止失人身權向他方億刼中再摭消息巨嗟夫爲佛易爲魔難古人情高緒緲冀得當一字一句與千言萬言皆不難傷前人之心刻鬼神之狀亦有不離殺場而作菩提不必寶所而清涼地獄者乎余家藏選詩善本無如鍾譚所選詩歸爲最業已津津好之故後見鍾譚詩不以爲其詩而以爲古人之詩迨後予爲詩亦不以爲

我之詩而以爲鍾譚之詩已偶遇顓禪師蘭若出此本相讀偶得一章禪師喜謂予曰詩固可長乎予笑曰詩何不可長也逾數夕而自述詩作凡千言禪師乃復懼曰詩太長矣可柰何余又笑曰詩何可太長也取而細閱之乃知禪師半生閱歷自北而南古剎無不居名流無不處且中閒世諦之要佛法之髓語言之妙一一剖以示人譬之舍利在人身中必人化而舍利乃見然彼天眼卽其人行住坐臥已知有堅固又譬之鐵網爲珊瑚盈尺徑寸虬結皆佳可以敵國夫此猶禪師半生自道巨過此季彌高世諦彌出佛法彌沛語言彌沈則是詩也門弟子尚存乎見少而何多之足云故予序是詩而賛曰是詩也以法顯之記佛國兼以王子季之誌十洲酈道元之注諸水幽冥合沓全副而爲吾師自述之詩知斯三者可以爲長詩已可以讀詩歸已

嶁山堂集鈔略自序

吳道行

今人士出世大業只須瑩精制義便足了局有商古文辭詩賦典故者直目爲千秋業匪足逢時秖捫舌相戒耳余非能文者也陸沈博士員幾四十年餘歷試鄉國僅以中雋許我而竟弗售則自笑鉛槧之莫毓奚彛鼎之是工要以早年勁氣餘勇堪賈每當晝長漏永不甘拙庸上下古今凡百著列幾經冥搜而又旁及時宜技藝夫亦聊謝儒者之恥還冀以秏壯心而送餘年耳二三友人不我吐棄竟推轂牛耳或負笈北面即郡邑長鄉先達咸折節注存詢以典故屬以譔著而同儕中乞言問奇三家村商索慶弔始不獲已勉爲之以代斲劂硯几案閒頹禿

瀋枯槀帙塡委則亦任其散漫已耳兒輩欲詮次繕本以當家璧驢嚐鴛馬嘶風潛蛙鳴夜縱振燿流聲徒費一番追琢於以覩瓦礫不啻强作璧傳將無四誚邪雖然半生攻苦漸類蠹魚滿榻丹鉛誰非簪屨剡就中檢點甯無古今之要領一得之心靈足以備周咨而供淸玩邪即不可與於縣市藏山哆口千秋不猶愈於雕脂鏤冰以炫美一時者哉隨聽兒輩拾之案頭得詩文箋啟雜著若干萬言儲之家篋俾元耳以下知不文如余猶庶幾謬有文因則余今日存槀意也錄集既成爰自爲敘天啟六年如月之花朝長沙嶁山居士吳道行見可父題於淸華園之壽松軒

訣詩引

吳道行

癸未之秋驚魂欲絕不即隕越者不欲與亂胥溺也多方持護想見太平甲申春始有甚焉正月五日輒攜兒輩匿影窮巖十一日聲息頗惡冒雨盪風於夜分更謀遠遁自是荆披露濡雪凍塗泥日移一山火無再舉迨十九日即石宅稍定亦瞿瞿然風鶴時搖二月念一日仍還舊莊抵莊之刻虎嘯深林什人震地予笑洵豹虎之世邪居亾何傳郡邑侯檄至臨撫有期私心快之三月初周公祖首涖爰以十二日趨府一見歡甚慰勞款賜有加蓋以時波靡潰予家克自保全若有天幸云望後唐父母復任相詢相見相款錫亦如之故廬俱盡偕兒孫輩住李公

祠店姪弟小居極目焦土不堪惋惜獨以繞膝閒語共仰天日差慰人倫耳逾時長沙殿下至鬼域之餘復見漢儀忻踴趨之感幸交集堵公祖於四月中一到垂問且留意郡志慨及世謨時進而略相諮度不數旬而督秩武昌報矣一時衿氓奪所恃怙借寇莫從臥轅罔及且憿兒亦以行役去送之江頭急使人曰高年其免禮數風聞善攝其益加餐自愛南飄風競予有瞻戀殷殷耳返至中途驚聞北事主亾臣辱傷如之何君相南興重明有日矣抑置先帝何所予恩屨代獨匪草莽之臣哉居旬日唐父母以團練鄉勇屬偷兒促之渡江余復念各莊荒熟不及半酉成將及須一驗眎屬憿兒諭孫輩東西去獨坐深思杞

憂戚甚無天可問有鬼相鄰烏能宴宴也十之日心愈怦怦動十一日早起趨吉府望宮闕朝焉忠憤無聊亦云寄也十三日薦新先人倍覺悼痛望之晨炷香告天忽忽不自得明日愉懌兩兒訥孫輩來見予容色異而相問予櫛沐坐堂中理生平手蹟編帙一一付之十七日早速肩輿將渡而西因走筆數言以志予懷十八日巳時筆閣而輿至將以詰旦遄歸集兒女羅拜予云逝矣但貽淸白無香履可分更寄語僘兒君親恩弁大去住理原恆絿山有月還堪晤陟岵靡瞻莫再賡

世求錄小引

吳儆

往者先大人懼先澤之遐邈而後起者莫或稽其詳也製一冊敘列祖之眞首著之稽列代之窠區次圖之又次錄狀記志銘傳贊又次錄海內名人贈言詩章題曰風木遐思於以昭先德垂後範也自癸甲兵寇頻仍護匪惟謹歲壬辰忽邵陵潰北之餘魂鼠竄狼突閒道竄奔沿村一炬遂全灰燼每念茲卷我罪罔罔已復思先代遺蹟有散見於往帙中者有識存於記畧者不一購存將元耳輩易從識高曾之嘉懿而矜式之也哉爰遠乞旁搜得數篇彙錄之雖所收視先大人之紀不及十之一二然無徵者旣不可得而詳也而有可得而存者又合其終散佚

而弗克存之不亦重予之罪乎柳氏之誡其子孫也曰喪亂以來門祚衰薄基構之重屬於後生孝慈友弟忠信篤敬乃食之醯醬可一日無哉羅一峯先生曰子孫之賢在於以禮義淑其心禮義足以淑心則視一族猶一身百世猶一世而李空同先生亦云生死出處之際大矣要之不離乎事實不然後世何觀焉是錄也繼先志述先事亦取其實焉而已矣將理學忠孝之風百世可淑也吾甚有望乎後起者

贈陽一初詩序

劉三吾

澧故四川宣幹陽以齋先生諸孫一初自始兵來間關轉徙由鄂而澧而辰而都梁以達於瀟湘客所鄂檢校善堂楊君所楊厲廉隅不苟交納昌黎所謂所主賢可知矣一初始願既乖百念灰置獨詩書夙好未忘所至必求作者文之每述及軍中所遺失其祖諸箸述輒欷歔不自禁噫豈惟一初家然哉至正乙未春伯兄存吾書來家所世寶思陵手詔鐳錡還兵順昌及所批還錡丐便養奏狀自餘若制詔及古今名賢墨蹟法書名畫一皆焚蕩無餘遺兄爲痛哭者數日文獻澌滅湖湘在在皆然也然如一初能不以兵亂廢文墨賢張許子弟遠矣臨別徵言爲賦此詩

錄季霞弟類吟詩序

龍孔然

夫人之情凡於物在人亾感今思昔莫禁觸緒悽愴況至愛乎吾弟季霞少長共居訂業共地其匡坐苦吟習見其濡墨含豪瞑目拈髯今逝者已矣而手澤徒存覽此傷懷五內爲裂尙堪以之咀朝夕乎雖然季霞自總角以至而立勤勤懇懇于觚翰之餘翛然倚驂則謀篇恐暇方舟解纜則沿岸追尋繭紙半帙精神焉繫今雖脫形徂化一省覽閒有若英氣勃勃者所苦兵火散逸篇無完幅幅無完字類吟諸詩搜剔于爛紙堆中梅詩百首繹尋于塗竄未定至書序銘記小文尤百不存一偶掇編成庶幾乎晨興夕寐雨風冥晦之時覿面遇之則人雖往而謂之未往焉可也是爲錄順治甲午四月

華容十景序　黎淳

周禮職方氏荆州其藪澤曰雲夢方八九百里跨江南北華容枝江江夏安陸皆其地也左傳楚子濟江入於雲中又楚子以鄭伯田於江南之夢合之則一分之則二也華容在江之南實爲夢澤襟長江帶洞庭引荆山控衡嶽正當四會之衝沃野平原一望千里所謂吞雲夢者八九澤之上常有雲氣浮空氤氳縹緲朝暉夕陰氣象萬千變化莫測故曰夢澤晴雲

章華臺華容監利皆有晉杜預荆州記章華臺在南郡華容縣今華容原屬南郡也唐張文昌楚宮行章華宮中九月時桂花未落紅橘垂江頭騎火照輦道君王夜從雲夢歸華容夢澤地

也元時科場以此臺爲賦題指監利江北華容江南爲證亦謂在華容者爲是按左傳昭四年許男如楚止之遂止鄭伯復田江南許男預焉卽其地築章華臺役三年始成使薳啟彊召魯昭公來落之七越月乃歸臺高四仞方廣三百餘步旁有細腰宮故基高登遠覽良足遊宴而不知荒亾無度兵敗乾谿孤身死矣古城荒草麋鹿來遊徒足以垂無窮之戒焉故曰章臺古蹟

禹貢沱潛旣道爾雅水自江出爲沱漢出爲潛華容縣河舊亦名沱水其源出自大江入調絃口過焦山東迤北爲庾溪又東迴迴縣治過楮塘湖南入於洞庭卽沱水之一也禹治水時旣順其道歲久湮塞晉杜預守荆州通郴桂之漕乃濬而廣之其流至今不息夏秋水漲尤浩瀚焉縣之北有官渡行人使客往來不絕每扁舟曉渡水氣空濛茅店雞聲江沙雁泊疏星淡月曙景蒼然亦一奇也故曰沱溪曉渡

東山在縣東二十里來自岷峨峙爲鼎山南分爲龍峯迤邐縣治過青湖爲禹山東分爲桃花山爲仙廬乃晉張驚喜飛昇之處又東爲墨山過大江爲幕阜其北則后龍金雞白鶴諸山也爭奇獻秀上干雲霄不知其幾百里巍然而高窈然而深迴環抱揖卑之無窮焉值大雪初霽凝華積素若肩瓊雕玉千峯萬壑宛在圖畫故曰東山霽雪

南山在縣南四十里周圍皆洞庭湖水北爲禹山禹治水嘗至其地故名其上有神禹廟相傳禹登山時以六月六日故今有司遵祀典亦以六月六日致祭云層巒疊翠延袤二十餘里過湖爲古樓山山之中蒼松古檜秀入雲漢又二十里爲明山兩峯對峙有官驛臨其上又入湖中爲團山而盡於君山杜詩云蛟室圍青草龍堆擁白沙正其地也以茲山蒼翠秀麗遠隔重湖故曰南山遠翠

板橋在縣東二十里東山衆水所出橫亙長途故爲石橋以跨其上舊名板橋實石砌也闊百餘步長二百餘步旁俱石闌今廢西上卽華容馬驛其路北通燕冀東達江淮西抵黔蜀南卽

洞庭湖行人使客往來絡繹每當蜀江雪漲湖水泛濫則橋之下大聲吼地高浪蹴天雲夢俯呑君山豪末銀峯玉壘一望千里眞奇觀也故曰板橋春漲

杏花村在華容縣北沱水之上東北爲東山西爲黃湖山河水迴環蒼翠掩映有官路經其中蓋楚靈王築章華臺於此多植杏花以供遊覽故名村中臺阯尚存鄉民多於此設酒肆地勢高坦可以南望洞庭東眺岳陽後之遊者往往極目於斜陽古木之中徘徊留戀以寄其遐思故曰杏村夕照

青草湖一名巴邱湖在縣東十里按荆州記巴陵西有青草湖週迴數百里日月出沒其中南有青草山因以爲名蓋華容古

屬荆州與巴陵接境東爲洞庭西爲青草其實一也適玉宇初晴扁舟夜泛水光蕩漾七澤澄明如在冰壺渾無涯際范文正公所謂長煙一空浩月千里浮光耀金靜影沈碧漁歌互答此樂何極是也故曰青湖夜月

赤松亭在縣南五十里周圍土城曰赤亭城其下三面臨水郎洞庭湖支派一曰赤亭湖西北有橋曰赤亭橋按列仙傳赤松子三皇時爲雨師隨風雨上下漢史張良入關導引不食穀曰願棄人間事從赤松子遊蓋亦避世之士嘗棲於此築臺結亭以煉藥今石爐石鼎尚存梁置巴洲湖湘東遺陸法和等據赤亭橋與侯景約戰於此因有城郭也往事悠悠不可問矣而遺基尚存風月閒曠徒足以增感慨於千載之下焉故曰赤亭遺阯

自通化驛抵臨江驛凡百二十里道旁俱有長松黛色參天淸陰幕地淩傲霜雪四時不改每微風初動其聲琅然如協音樂聞者心淸縣志載宋紹興間岳飛破楊幺於洞庭濱湖築三城遺址尚存賊平乃圖北伐故植此松以引路耳今自武昌抵衡桂數千里驛路皆有引路松皆云飛植信不誣也又湖邊產飛鎗草青莖直上紅紋繞之他處所無人云飛威靈所感飛雖遇害古松尚存挺歲寒之後凋振風聲於萬古豈非天表大節爲之發揚其義氣耶當與孔明之柏萊公之竹幷傳矣故曰驛路

松風

傅澤民分桂軒詩序　夏原吉

余曩與澤民同業於四明丹崖史先生之門先生嘗云昔唐太史奏月中桂子落天台後三百年當應至宋六飛南渡吾祖衍本初得紅木犀於山阿獻之高宗植復古殿前仍製詩稱賀於是史氏以丹桂別他族今典教來湘泮池上復有桂一株是天副吾願望澤民得其意乃於此分一穉桂植書室前且曰先生之桂來自月中予之桂來自先生有所本矣因扁其室曰分桂軒示不忘所傳也永樂癸未夏澤民由水衡官擢監察御史暇日攜分桂軒詩卷索題予既知其由不敢以拙鈍拒遂摭其槪以塞責

傳溪舊譜詩送族父以吾歸永甯序　譚麟應

以吾與予同司戶派居永甯之大龍已四世兩經喪亂一日忽攜譜系回故里敍宗盟徘徊月餘戀戀不忍別臨行復求詩歌書譜後爲作傅溪舊譜詩以餞之

廣平禱雨詩序　彭友信

古洺郡有山曰聰明神封昭惠侯去郡六十里凡有旱溢禱之卽應洪武癸丑春三月不雨至夏六月赤地千里來禱此山甘霖透地三尺秋八月不雨至甲寅三月二麥枯槀齋沐登山焚香致祝翼日大雨自酉至子乃止越三日謁謝遂成古句以表神功云

三峯二京集自序　范輅

三峯輅舊隱處也二京南北都會地也輅自候罪龍州以來因謫所闃寂常靜思及歲月倏遷家國遼絕故舊參商義理晦蝕悵然有惜往日意閒中因檢閱舊槀自辛未至己卯寓京師所作存者若干首釐爲四卷閒有一二去國後所作亦錄之用識處江湖不忘廊廟意也

劉忠宣西行槀序　孫繼芳

肅州地苦寒非人所居公與諸公同難者日探韻賦詩忘其在沙漠也自金城北歸凡有詩一卷曰西行槀傳於世靜志居詩話忠宣謀猷是經王室倚賴李景文東山草堂歌九重移榻數召見夾城日高未下殿英謀密語人不知左右微聞至尊羨明良景象百世猶將興思

蓴菜詩呈龍君御先生序　楊嗣昌

僕去歲四五月閒於武林西湖食蓴而甘以吾鄉澤國意必有之乃取花葉辨問得其狀貌今年春於下陽坪展墓回道見洗馬堰中有此采而食之往求他澤則絕無有過家舅陳季主氏談及舅揀郡志示我府西北十五里有古蓴陂別無洗馬堰之目蓋卽其地也

湘痕草自序　郭都賢

此乾坤何等時也尙忍言詩乎每誦少陵野老之句輒不勝嗚

哽徘徊湘上知己過從瘖啞自呑呻吟閒發楚囚對泣近如婦人矣湘竹淚斑浸染棗梨題曰湘痕點點滴滴按之入木三寸

劄肝吟序

里有劄肝救母者曰彭友元得識其人悉其狀掇陳慷慨可爲難矣欲備風謠焉用文之作劄肝吟

廉虎行序

白額虎晝見則傷物及人覃園遠近見告者再矣家畜山屐偶不戒於圉人被創左股血肉淋漓乃竟得脫不死虎口之死而生世安得獨稱廉豹哉作廉虎行

銅雀行序

一瓦千年盛以玉匣泥尊於玉矣疑屬内府之藏回念甲申三月諸物散佚人間不知凡幾某甲易自長安市上聞去價纔七十金玉又賤於泥矣笥人不虞玉匣竟損於中途幸銅雀無恙玉碎瓦全若有呵護之者偶得摩挱良生欣歎作銅雀行

補山堂歌序

小構沙灣拜爾梅張公畫懸之茅茨千巖競秀直補澤國所未有因補山堂額作歌以詠之竝謝其以煙雲供養老僧也

九疊泉詩序

入石門右望一條界破靑山色者飛泉二十七疊也曲磴逶迤落吾亭中止見三之一題九疊泉於亭

裴亭詩序

裴亭建自甲子載酒賦詩無虛日迨後予以庚辰出山旋以甲申入山風景不殊舉目有新亭之淚矣庚寅仲春偶見史男紀游詩回環今昔感慨繫之如韻書懷

寒霜十感序

國難在疚目裂魂消自夏徂秋奄奄如泉下人不復向筆墨作生活矣復感寒霜悲歌當哭言之長也故限以韻

浮湘亭詩序

浮湘者游客也余撫江謝事之後故園兵火之餘欲歸不即而滯湘者也游情所騁與孝廉陽子山公劉子若啟龍子季霞茂

才洪子伯修鴻淑龍子非聲贊鄉陽子予私賀子岱岳涉江無虛日選勝望南庵之左跨而亭之踞山巓宛浮湘面因取游客之亭以名亭舉詩落成余亦將棲隱石門焉余且去而亭長留又烏知滯者之非浮浮者之非滯邪余不愧浮湘亭矣時乙酉仲春之十有二日

悼女詩序

戊子中秋當余新喪小女羅直夫遠來襄事甫畢即別去知余懷殊惡不堪淹留耳女年十八已贅宗伯羅萸江長子名賢扈直夫則宗伯從子也

感賦詩序

八月念日接直指張公書問心肝氣骨楮幅盈盈紙尾云福地中人故得屈伸自如成千古完人一加委蛇便墮坑塹遥望寶幢惟有呼號興言及此一字一淚一點一珠感賦

書感詩序

自兵燹流離避居以後走嘉魚依熊尹初寓梅熟庵再寓八斗角三遷西瀸之張家坊後又轉徙新隄前後十九年當仲夏驚暴客俯仰無告兒輩强迎歸里補山堂非我有矣今年二月沔守諸君為余勒石其地亦從來流寓之僅事賦謝書感且志媿焉

謁三閭祠詩序

鄒統魯

古今人踽踽人倫則託乘方外同情也三閭不以遠游終而以懷沙終忠孝性至仙佛固不足與易也斯為獨奇已然則違仁以生而駕言遠游雖踵期握之清塵亦不得齊野蔌於稻粱而稱同氣矣乃若墨客詞人風流澌盡猶俯仰手騷而一唱三歎竊草木之臭味何哉雪庵而後堪讀騷者尠矣鬚眉肝血字豈落巾幗脂黛中迹其唱歎謂甚於靳尚之讒口可也漫叟退谷尚絶競進濯濯靈均能不一扼其吭乎因謁而有請焉

四小景詩序

翠壁雲眠　菊田嵐䨴　寒林月嘯　松嶺濤迴

唐之政

巉石千尋騫歷穹表而白雲席之獨無蘆花被破凍介作華胥游然亦不讓倪迂滿幅煙水遲人信宿但恐飛鴻驚散耳

草木冥冥涼光侵野空濛獨立有聲踅然月亦孤憤者與嗟乎豈臨皐葉落時哉抑眉山古雪初消也勝北窗一榻風矣

栗里醉東籬尚荒三徑沈子蘭階外栽菊盈畝仲醇稱菊田者是曉看露靄霏微類隱君子固宜焚香修譜無五斗易也

長松萬箇陰暎崇岡香風偶動漣漪瀠洄如廣陵八月足濯幾斛愁也采之歸來為挹一勺取松花烹之我其波臣也哉

皇雩歌序

陳所聞

友人彭延仲吾州高士也典禮日廢古道不復余每傷之獨於延仲見其大致焉廬墓三年未嘗見齒一也異母諸弟撫而教之發名成業二也獨居廿載旁無姬侍三也海田旣從高隱不

出四也藻臣先生氣節千古延仲當無媿於家聲矣近卜築皇雩山將有終老之意乃作皇雩歌以贈之

贈文木生詩序

程本

崇禎庚辰兄文若授蜀太平令癸未木生授蜀南部令旋苦寇相見於白帝城而兄卒於建始署所木生累官至太常自南詔歸里黄冠野服訪余於石門拜受兄令終狀及白帝唱和諸詩相與飲泣感而賦詩

示甥近修詩序

往歲寇逼境姊夫張斯熧結壘東山戰死姊罵賊死夫旁甥士均弱冠求報讎幾致殺身余傷其志作詩哀之

贈熊石疏詩序

熊子貌類山癯，目光炯然，喜飲酒，善病，意霍如也。初苦兵，再苦寇，濱死者皆以罪獲免。爲諸生久，忽遭斥，明日戲就童子試，竟得首錄，舉場聞之掩口而噱。熊子適醉，捧腹向余曰：三十三登鬼錄，兩日兩試諸生，問我醉中供案，提學閻羅賊兵，子盍爲我賦之。

滿竹園詩序　米元偶

吾弟讀書十年，僻處辱賤，轗軻極矣。當興亡頓異之際，欲默以偷安，則不合於義；欲佯狂無忌，則禍且及身與家。故咨嗟之歌詠之曲，引而旁譬之，若有意若無意，對影竊歎，使觀者自悟，亦

是貧窮呼天，疾痛呼父母之意也。

挽慧師詩序　鄧祥麟

己未七月二日，師自金峯下竹樓辭余反砦，余送之半嶺，哽咽不能別，時方立秋日也。師禪心道意，迥絕一時，不肎從熱竈裏覓生涯，嘗向冰雪中討消息，其染翰敲詩，機鋒戰伐，他僧殊遜焉，洵與余相知之深者。柰何八月遽歸道山矣，雲碧其萎，感慨何如，爲賦挽詩以告其塔。

送黃父詩序　謝　瓚

桓撥黃老師，潭邑賢侯也。丁丑秋，崗寇蹂潭，値侯借篆鄰邑，潭之民聞風竄逸，侯奔歸收殘兵，扞孤城，僅以身免。後竟爲地方受累，父老詣闕請留，格於功令不得，上道路飲泣。侯言淡如一身，上下問耶，尋壑橈月，招風恍然，如未入官時也。獨潭民念侯甚，雖窮偏絕壤，方舟所致，壺漿歡迎，否則掩袂嗄咽。因思吾何尙之爲吏部郎，告省，傾國擁車，其父叔度云：此送吏部，非送何彥德也。今侯將去矣，而遠道擁車亦復如是，胡爲乎來哉！詩以紀之。

湖湘後學集編

跋書後 元明

御賜石刻千文搨本後敬題

歐陽元

今上皇帝得智永千文命近臣摹勒刻置宣文閣中所拓墨本從官之有文學者則識以宣文閣寶而賜之授經郎浦陽鄭深浚常侍上經筵故預是賜可謂稽古之榮也夫金璧珠寶天下貴賤之所同尚者也國家以旌有德賞有功於所同尚者而不靳焉所以示恩也至於法書名畫遇彌文之代時君聖性好古則其所尚有重於金璧珠寶矣於其文學侍從之臣不靳其所

獨尚者而賜之所以示異恩也鄭氏浦陽義門九世同爨朝廷常旌之今浚常以斯文又膺是賜元故願義門之子孫世世寶之上無以忘聖天子好古博雅之志下無以忘乃祖父遭遇之由足以垂久遠矣

鄭顯鶴曰案元史周伯琦傳帝以其工書法命篆宣文閣寶仍題牓額及摹王羲之書蘭亭序竝智永所書千文刻石閣中此文云命近臣摹勒所謂近臣卽伯琦也伯琦字伯溫鄱陽人以父應極廕授南海主簿三轉入翰林修撰順帝至元元年改宣文閣授經郎教戚里大臣子弟故曰近臣也

敬跋先冀郡公沁園春詞後

歐陽元

詞云元予來前還憶汝今朝初度時是吾家幾世書香閥閱我翁疇昔心地坦夷宅相伊何泛紅老子汝母慈仁喜有兒如今憾倚門人去和膽為誰　丈夫七十何為算三十功名已是遲要經天緯地拓開實用嘲風弄月省可虛詞我亦生平危言徒費猶酌檐花向九疑團欒好待吾老泉石留汝鐘彝

大德丁未元賤生之日先公作沁園春詞示勉元受而讀之年少家貧性亦疏散房中惟有一敗篋以繩約之篋中無所有又以紙外護之甚嚴暇日時復展玩明年戊申不幸先公棄捐自

是見輒鳴咽殆不忍覩皇慶壬子元免先公喪又二年矣先公在時所定謝氏姻歲久不克成婚繼妣長沙郡君謀為元畢婚而元方游湘中繼妣老妮啟元篋取故衣澣濯補紉以俟新婚老妮目不知書篋中文字亦為所持出此詞亦在焉元歸而求之竟失其所徧索十數日無得深自刻責以為不能寶藏先人之訓遂為此生抱憾之大端每至劬勞之日則泣而識之如是二十五年屢常籲之先公冀陰相之庶幾復見此詞以無負付囑之意延祐乙卯之年元僥倖科第歷官中外至元改元乙亥叨恩翰林直學士國子祭酒先公贈翰林直學士亞中大夫輕車都尉追封渤海郡侯尋蒙奎章近臣奏請有旨申敕詞臣製

碑以賜元感激之餘付書還家囑舍弟信翁先白於禰告祭之日諸昆弟子姪咸集中堂姪進老遽前曰昨日偶治故書得先祖手澤一紙蟫食殆半乃壽八翁沁園春詞也兄弟相視大驚曰此汝叔平時徧求而不得者汝何得此衆取視之果然郎作書報元京師二年丙子夏謁告南歸立碑甫抵舍姪郎以詞見遺元奉詞涕泣如隋珠和璧去而復還自計生平可喜之事未有過此烏乎異哉詞所謂宅相伊何泛紅老子謂外大父臨賀府判理齋李公也倚門人去和膽爲誰者是歲兔先夫人喪也嘲風弄月省可虛詞者元少作頗患多故先公以實學勖之也猶酌檐花向九疑者先公分教春陵時將之官也雖然元之至

喜者以此詞之失而驟得則先公若有陰相之也他日或可追伯魯授簡之責也其至懼者則以先公期待之意如彼而元之疏文譾學所成就若此其何以逭伯符不克負荷之譏乎裝潢旣畢蹤迹所至必隨以自擕三年丁丑以侍講學士召入京戊寅春以二品恩例申請夏五月進贈中奉大夫湖廣等處行中書省參知政事護軍追封冀郡公先妣追封冀郡夫人六月甲申祭禮畢因出此卷再寫繕本并志所感云男元泣血書於賢良坊寓舍

跋皇太子眉壽二大字　歐陽元

至正丁酉九月浦陽鄭深浚常由吏部員外郎除浙西憲僉將行自念先爲授經郎學士內府密邇青坊常獲侍皇太子硯席今日遠役誼當入辭乃因宮臣以見旣詢其南歸之由對曰老母年近八十思便侍養是以遠涉鯨波不敢憚勞也儲君惻然顧左右取近日所書眉壽二大字賜之葢以高其親之年庶以求其子之養也欽惟皇太子天廸仁孝之性於茲一事二美備焉仁事親之實孝爲仁之本皇太子平日視膳問安盡其愛敬之道於三宮冀以甯君親之心說君親之志以蘄君之壽也一旦推其錫類之盛心成己成物之功仁與孝不可勝用矣眉壽

始見於豳風之七月老人眉有豪壽之徵也後屢見於魯頌之閟宮今鄭氏在浙東九世同爨旌表孝義之家也部使者興化美俗之官深知斯行奉元良心畫以歸心法之正大筆法之端嚴焜燿山川新民觀瞻於是稱豳雅之兕觥效豳人壽君之敬而竭其忠賦魯頌之台背保魯侯壽母之樂而遂其孝繼今鄭氏忠孝之祚日熾而日昌其兆在此也深屬元述其實謹書之下方云

跋羅澗谷先生遺稾　　歐陽元

至正壬午十一月予訪族至鈐岡之防里縣大夫浚儀趙侯尙之因休日特來勞既而又專其館賓羅君孺文與其子璉求鈐岡題名記等作時予又之別族之安成孺文蹤迹余所至暇日敬問其先世則先輩澗谷先生之從諸孫也先生分教長沙時先尙書澹軒先生居郡泮前廡道同志合友誼彌篤既去官書問不絕咸淳甲戌先冀公以混補入國學先生時爲權院畱臨安貽書相慶以爲先尙書宣力學校之報內附後猶數有書於是予與孺文敘先世通家之好聚首數日驩甚將別出先生長沙稾一帙視予帙中或手自鈔或筆更錄朱墨如新皆所點校

斂袵讀之如從先世與先生游詠碧湘翠麓閒也獨詢其適傳則有如往時湘中之所傳者使人不能不繫之以感慨士大夫口形可託者二一曰有文二曰有後二者未必得兼不得已而去則有文庶無憾也

跋兗國文忠公墨蹟　　歐陽元

元生平所見兗國文忠公眞蹟甚多其篇帙大者於同年許安陽家見毘陵胡文恭公墓銘稾於文輝上人所見州郡名急就章胡氏碑行草急就章皆微涉行楷余家所藏佳者曰與杜祁公蘇明允書及晚年三乞致仕表章皆筆法如一獨祁與公書端謹結體頗若蘇氏父子豈非蘇氏感公之至初年倣公之書後充拓自爲一家體邪茲來敘族至早禾田歐氏見集古題名碑跋而歐氏在楓樹下者又出與畱守學士書見示皆名墨筆也書中既字兩用雖既況古文通然意若有所謂畱守學士者得非田元均乎旅寓之文字考訂識此說以俟博古之君子

跋太師右丞相墨竹　　歐陽元

右墨竹一幅太師右丞相所畫以遺其館客授經郎鄭浚常者也丞相天姿明叡知識過人一日得文與可竹譜學之卽臻其妙觀其枝葉面嚮柯榦節脈皆與可法而筆意老蒼與近代李薊邱諸人所作迥然不同浚常在相府直言不阿又多引拔善類爲長史甚得體相君雅愛重之故愛以心畫云

跋先公與南谷先生書　歐陽元

先冀公與南谷居士未及一識、族中宜翁爲之求書於安福同知王君習齋、未幾習齋去官故未及投、函之篋笥、考其歲月蓋大德丙午丁未閒書、則元爲子弟時代先公作者也、至正壬午十一月元敘族至防里俯仰將四十年南谷先公即世皆久、兩家子弟覽之愴然、

書遠林劉君墓銘後　歐陽元

前代士大夫非居憂人不敢以銘墓請、非此則奉敕、或密友族屬尊行與座主舉主也、今太常博士劉君文廷制中作遠林劉君墓銘文字簡古又得古式故特表而出之、

永新龍孝子母吳氏墓銘書後

余拙於書病餘愈拙近日求余文者多強余書、余不得已力書以塞其請然實非予之素志也、禾川龍孝子謁其母吳氏墓銘獨能見諒、於是請太常博士劉聞大書、余甚嘉之因書銘後使知得余書者、不如諒余書者之使余感也、致其辭來請者其子師戴與權也、其人甚賢使余不忘歐陽元書

書盧溪儒學碑陰　羅辰龍

卿士惟月師尹惟日庶民惟星、日月星辰交運而歲以成、卿尹庶民交助而教化興、泮宮既作、四方聞其風而悅之、由是燕山李營奉聖辟榮長沙方珪巴陵周福南衡陽譚昇皆英僚俊彥、不憚遠僻相繼來贊治、公退之暇必同游息、講切政理詢究閭閻、又以舊齋狹小僉議廣之、風檽月牖有塵外意、師弟子均得所歸矣、令尹乃從容謂衆官曰文廟之成有獻地以爲基發帑以助役或悉心以綱紀或竭力而經營咸欲使姓字燦然與金石同永孰謂衆星之光無補於日月乎、同僚曰然、於是文於碑陰董其役者鄒德惠李玘楊璠孫楮從善石萬全趙應龍延祐

丁巳仲夏吉日衡山羅辰龍敬書

題錢舜舉所圖唐三學士圍棊後　劉三吾

錢舜舉所圖唐三學士圍棊，吾里好事者譚繼先傳心得之，前進士李一初希蘧先生題之也。先生登元統癸酉李齊榜進士第，始參議張公起巖、尚書宋公誠夫、監丞揭公曼碩讀其廷試策，擬甲是科，啟緘迺南士，遂改次李齊。公宴會齊病，上表謝恩則先生也，城西龍湖乾之讖驗矣。初授文林郎、應奉翰林文字，未已，過家拜重慶，鄉里榮之。已而連丁內外艱，改同知婺源州事，興學教民，士子駸駸知所向方。轉儒林郎、江浙儒學副提舉，同寅班公彥初以善書名，詞翰兼工，班讓能焉。既還鄉，值亂離，用廣西憲臣薦入風紀，僉湖南憲，道梗未仕，養晦里中。建諸義

壘，轉徙禾川，諸詩禮大家爭迎致之，雖在艱危，不忘忠愛，時紆思乎吟詠文字之閒。兵燹後所存惟雲陽集而已。先生人品高尚，胸次廓然，無城府，故其爲文不事剞劂而緪幅自然，詩亦如之，評者謂有館閣氣象。烏乎已矣，九京不可作矣。今覘此畫此詩，宛然如鸞停鵠峙之在目也。繼先什襲惟謹，念遺響寥寥，不遠江湖數千里，介其子以和裒潰成幅，懇識其後，意恐先生地下歎里中人爲爾寂寂也。厚哉繼先之用心也。予於是益有感矣。天之將喪斯文也，吾里也，吾不得而知也，胡爲使先生以垂絕之音聲緒阜山之義壘。天之未喪斯文也，吾里也，吾不得而知也，胡爲併後死者獲嗣其遺響於今大明朝玉堂與瑣署，其亦有數也夫，其亦有數也夫。言之不足，載詠歌之。詩曰：老錢設色工寫眞，圖此學士祇三人。其時大開天冊府，中人妙選皆鳳麟。更番無事只退坐，華館方牀錦繡茵。手書不看看棊子，何以得此逍遙身。流傳幸到譚隱士，題品不用餘縉紳。前朝翰林李應奉，彩筆落紙如有神。今朝翰林劉學士，紫微泚露當淸晨。李則已矣邈遺響，捧心之後難爲顰。工顰效顰不用辨，且看梅花報小春。洪武二十一年蒼龍戊辰良月既望，翰林學士、奉議大夫兼春坊左贊善里中老契坦坦齋書。

案此篇不見坦坦齋本集，今從李提舉雲陽集中錄出一文一詩，他日可補入本集。宋史：晏殊，臨川人，景德初以神童名

賜同進士出身，宰相寇準曰：殊江外人。帝顧曰：張九齡非江外人耶？此篇亦言南士不得甲一科，蓋宋元時功令之陋如此。汝懷坩記

題謝明遠西溪圖序　劉三吾

此前衡鄙邑丞冠州張宗顏爲吾里鄉貢士謝明遠圖其所居西溪景也。明遠世邑之詩書望族，家西鄉之西岸，岸與溪四時清趣悉得居而有之，因姓是溪以西，若愚溪之愚，濂溪之濂，皆以人得姓者也。吾聞明遠西溪汀有芷蘭，馨襲杖履，水澤琮琤，響荅吾伊，照須眉，其淸泠焉成文，漪其淵淪焉，所謂送夕陽，迎素月，無不於是溪得之，境勝矣，人勝矣。抑是溪靜深，其原，波瀾其委，霜餘水涸，其歸宿也。明遠自始學，卽功存涵養，爲得諸其靜深，一試秋闈，以雄文大魁多士，爲得諸其波瀾，自告老春官以來，徵辟屢至，而志在是溪，終獲考槃，非霜降水涸，得其歸宿者，能爾耶？載觀是圖命意，主是溪者家於松阜深處，無出山意也。其前面溪扁舟之上下，行人之往回，昏鴉之飛度，紛紛是晚景閒世故無涯，亦然也。世故不有涯，溪山爲誰好？則西溪之泉石膏肓也，煙霞痼疾也，宜亦善自珍愛哉。於是述此意爲西溪與溪神相問荅二謌，歌曰：西溪之人兮家溪之滸，狷鶴其友兮鷗鷺其侶，煩溪之神呵護吾所，暫一出卽歸兮毋勞爾乎延佇。神欣聞兮矢辭，爾溪爾居兮誰其爭之，自今吾與爾世相好兮，指蒼松歲寒以爲期。

題鄧唯吾所藏陳子倘贈行卷序　劉三吾

此卷下方一詩，故友至正庚寅鄉貢士陳子倘作以送唯吾者也。子倘妙齡儁才，夐出流輩，受經先兄存吾，深期許之。時予館其姊壻賀彥明家，二人者至相得，閒擬諸題之難措手者與同經五七人，不書名，錄呈先兄，兄見之，必識其爲子，爲子倘之作。別去數年，兵興矣，予由常甯避地嶺南，子倘之江西，閒亦書問往來，後數年則聞子倘於兵戈中亾矣，惜哉。暮年歸里，不意唯吾得存其所作於屢經兵燹之餘，見其詞翰，想其英邁也。唯吾旣裦潢成軸，示予求題，爲識語其上，且次其韻云。

題太祖高皇帝御書後

黎淳

洪武十八年冬十月朔日御製大誥成上親作前序命左春坊左贊善臣三吾爲後序越十五日望具稾進呈稱旨奉上躬灑宸翰題稾首褒其文曰理道精詳始終無疵暘然哉用臣三吾寶藏於家昭子孫餘慶距今成化十九年已歷九十有九年矣其孫陳善來京師褒飾爲卷奉示搢紳臣淳謹拜手稽首爲說夫宸翰理道精詳者以文體言謂其出入經史純粹精嚴而推本帝王之治無少欠闕使臣民誦之感發趨善追古作也始終無疵仍文法言謂其首尾貫通敦厚典雅而根源聖賢之學無少瑕玷使後學師之取爲模楷垂今範也暘然哉者謂文體既

條達文法尤疏通猶滋味悅口何其暘然哉適人意也用者付有司繡梓用以頒行天下也易云上下交而其志同也書云元首明哉股肱良哉庶事康哉方刱業初元首以知人爲明上克灼知三吾善文而用之股肱以任使爲良三吾輔成一代文明之治而應之上下志同如此宜六合康甯而垂萬世無疆統緒於今日矣抑文章與時高下當元季文敝士習纖巧博者放蕩如泛大海茫無津涯約者拘束如縛四肢罔克縱步時使然耳臣三吾實以其經術左右聖明刊落繁華斂歸精實使小大制作垂後者粹然一出於正今觀大誥數萬言皆直述易曉臣三吾序文亦簡古易見變艱險爲平坦誠大有功於斯文焉近數年來學者乃厭卑近而求高遠其文體漸蠹蝕而文法每疏略甚至科場薦士但求詞氣雖經旨悖者弗究如一論首數衍數百言未見本旨文衡君子用經術扶世教胄如是乎廟堂元老皆三吾同類也如欲究治當先究文必有良法行矣臣淳觀此重增感慕高山仰止莊肅敬書成化十九年夏五月既望賜進士及第通議大夫吏部右侍郎前少詹事兼翰林侍經筵講官同修國史華容黎淳謹

敬書雲陽集後

李東陽

右我希蘧府君詩文集十卷家有舊本題云男位編集即墓表所稱自立者字畫瘦勁有府君家法蓋其所手錄而永新俞千戶懋所刻也東陽省墓時俞氏已絕板刻無知者比吾友顧君天錫知吉安謂東陽曰此吾郡流寓所當表見東陽乃取舊本屬廣陽劉瀚永嘉趙式分錄之國子祭酒方石謝先生爲序則太僕少卿李公貞伯所錄次以舊序若干篇惟劉某序隸字多闕無所從質會禮部主事楊君謙來自蘇州以錄本見遺因得補其殘缺並以近所得於括蒼梁澤蘇州許翀者古詩一絕句二及近時大夫士題識附焉近又見朱大理文徵所藏清明上河圖跋尾眞蹟蓋今第十卷所載後有印曰不二心老人此平生所未聞者府君之志又於是乎觀吾李氏子孫其敢忽諸

書碧落碑後

李東陽

碧落碑石本吾子行所藏自云手補首行五字及十五葉一行之闕今觀補字非子行不能作也獨其跋語謂以籀文歸小篆爲妙絕恐未必然周伯琦疑其雜出諸體者得之蓋其妙在筆不在體也此帖數傳至陳刑部明之予嘗見此刻久不復識手臨二本輒爲好事者取去數月後偶檢舊藏而得之則首行故在而其中乃闕三十餘字豈摹搨先後互有異邪古刻寖不完此固可寶而子行之篆伯溫之隸與楊宗道之楷書宋潛溪之題跋皆不得已明之其永寶之

題括蒼陳氏畫　李東陽

畫技之微者也其用不過充玩好資論議而已及其至也亦足以攘造化之巧達幽明之際感發心志流通精神畫亦未可少哉故其爲道始於摹擬肖似而極於變化千形萬狀不可窺測上下數千百年變而爲數十百家其所爲所見亦有不同而同歸於妙而已予生不習畫手不能擧筆運紙而凡爲位置高下皆不能外乎吾心口不能指摘年代辨閲名氏而凡爲妍媸工拙清濁雅俗皆不能逃乎吾目平居未嘗費一錢之購無寸紙尺素之藏凡持以求題識者無虚旬月至輒懸之齋閣坐臥其間後先相代而吾家未嘗無畫蓋吾之於畫猶元亮之於琴子

瞻之於酒也括蒼陳汝同氏居京師家藏書畫數百卷汝同嘗游於江湖及歸而其家燬於火先世之古物無復遺者汝同每痛之一旦得山水圖一卷請於予曰吾將以此藏於家然不可無先生識之予嘉汝同之好事遂書於其顛志汝同之續藏者實自此圖始

跋都御史藍公生祠記樂詞去思碑卷　楊一清

正德己巳盜起蜀川蔓延於漢沔庚午遂聚徒數萬流劫城邑殺人盈野村落爲墟武廟命東萊藍公文繡爲右僉都御史巡撫陝西往任戡定之責公至漢中不數匝月撫有文告勦有兵守有城郭問民疾苦大布惠澤於是創傷者稍蘇故亡恙者益安輯止又越二年蜀猶搶攘漢人安堵無事癸酉羣盜悉平公之謀績居多遂進右副都御史遷南京刑侍以去漢人德之爲建生祠祠有記記有樂歌去思有碑吏民大夫士頌歌之者至於今不衰公既引謝厥子御史君玉甫裒之成集屬予以言方公受命討賊時予起廢西征逆藩聞公擧措知賊不足平矣比

諸鎭告捷於朝予爲吏部賞功之典實與議焉蓋公廓大而有容條理井井細鉅不遺且善知人任人宜其成功若是之易而感人若是之深也嘗聞治内盜與外寇不同赤子盜弄兵革非化外戎狄可比漢宣帝時渤海盜起命龔遂往治之至則移書屬縣悉罷捕盜吏無何盜賊悉爲良民宋仁宗時蜀中有寇京師震動張方平爲帥乃歸屯軍撤守備得賊不誅悉令歸農蜀竟無事公之平寇不免用兵若異是者蓋海瀕遐遠其民困於饑寒而吏不恤益州之賊初苦侵苛假息其鄉無他志故皆得以安之而無患今蜀漢之賊非饑寒所迫皆惡少年羣聚不逞敢於拒命稱亂其鴟張跋扈之志有難窺測不可以恩結不可

以赦原其勢不得不兵之顧公之在陝與見素林公之在蜀皆撫勦兼用恩威竝施不濫殺以逞而公城守之功尤著有不戰而屈之勢焉使二公與龔張易時與地其所處宜亾以異也因與玉甫論文於是乎書

書劉東山西行稾後 何孟春

劉東山公晚年肅州之謫雖事由逆瑾其實公同年焦閣老芳者爲之公與焦素無他焦特忌公名耳岑猛賂旣行瑾集大臣議欲寘公重辟諸大臣惴不敢吐一語獨都御史屠公滽曰劉某此何罪必欲文致之當其不應瑾勃怒罵屠曰老畜黨劉某邪明日大臣以屠議奏瑾謀於焦及吏部尙書劉宇宇又素嫉公者乃署劉某輕議夷人遷徙與潘尙書蕃俱發遠戍瑾初擬廣西邊衞焦曰是送二人歸也乃定肅州公西行稾載公赴肅州時故舊皆避不來會獨鄉人嚴仲洪贈詩和荅之公過六盤山寄西涯閣老詩末句云寄語同年老知己天涯孤客幾時還歎同年也後歸自六盤和前韻末句云憑誰寄語中州子前度劉郎今已還中州子焦與劉也其事葢如此公在戍所又嘗寄其故人嘉興姜用眞詩末句云邊城黃閣醒醒處慙負當年舊布衣時姜以太守致仕於家二十餘年矣公之謫予嘗家難不在京今始得見其族子所刻西行稾者爲識其事黃閣中州子之云公豈亦未之能忘情邪天下代公之憤而高公之爲人今日已有定論公死可無憾也已

書朱文公眞蹟後　何孟春

考亭先生跋荆公書云、先君子自少學荆公書、鄧公志宏嘗論之、以其學道於河洛、學文於元祐、而學書於荆舒、爲不可曉者。題曹操帖云、余少曾學此時、劉共父方學顏書、余以字畫古今誚之。共父謂我所學者唐之忠臣、公所學者漢之簒賊耳。余默然無以應。昔揚雄氏有言、書、心畫也。心畫形、君子小人見矣。彼二丞相豈世之所謂君子乎、而先生父子顧從而學焉。先生自言、志宏於其父有不可曉之論、而亦自亾以應共父之言、是又不可曉者。今日於明之處、觀先生眞蹟、因舉以質明之。余不知書、且不曾見曹氏書、不知此幅亦帶老瞞心畫否也。

書李文正公遺墨後　何孟春

先師李文正西涯遺墨名山大川詩一卷、小大眞行草諸體略備。正德壬申四月既望、書付其子兆蕃者。今歸雲南鄧川楊治中浩家。浩嘗承命經公葬事、極盡心力。事竣、諸孤謀致謝、而浩一無所受。諸孤意不自克、故舉是以報。是卷予昔曾預觀、標曰傳家之寶。公所自題、其爲得意可知。浩奉使過滇、重以視余。卷末公自跋予南行北上及於東祀所經名勝地、輒有詩略記其大者。於此餘各有錄、不能悉書也。回憶曩昔、多者四十年、少者亦且十年、山川風物、髣髴如夢、猶憾未能摹擬其妙以遺今日之思、可勝慨哉、可勝慨哉云云。四十年者、謂其南行時。十年者、其東祀時。予敬讀一過、三歎而復之。楊氏子孫其尚永永寶之、勿爲望氣者所得可也。公跋後八年、爲庚辰四月望、何孟春識。

書黃石公小像　何孟春

世傳張子房圯上受黃石公書師事之卒以誅秦蹙項而興漢厥功偉哉今其書存眞贗不必辨大抵多陰謀詭計自戰國士縱橫捭闔中來者良佐高帝凡夫躡足附耳借筯之爲蓋莫非其書之計之謀之有以啟之也說者以良晚年從赤松子游至謂其有儒者氣象斯特取其見機彷彿儒耳良固黃石而非儒也使良而儒將等而上之師事尹旦漢其商周矣雖然高帝莫可得而湯武也如良何余因題黃石公小像漫書左方歸鄂守昌君有恆不識爲我胥首否

跋董太史書桃花源記卷　龍膺

膺交雲閒馮元成董思白兩先生游思竹素鞭扶風霆臻丹臺之九還入那伽之三昧儒邪仙邪佛邪元成先生持節來武陵思白手書陶靖節所爲桃花源記并詩投之行李豈以武陵故仙隱福地而使君天人也宜操五色管一抉其靈閟膺生長桃溪上有志於仙佛而隱焉因綴數語於卷尾

跋沈石田畫卷　龍膺

膺得石田是卷時時披玩悅夙游溪村最勝處與黃綺諸隱逸相偕竹露松濤板橋草閣扶藜載舫以吟以觴庶幾自悟前世蓋無懷葛天之民也文章詩畫有獨詣者能移人心神類此吾鄉爲桃花源故里人好山水隱逸紛先民之遺近闢灑園於柳葉湖上林壑幽勝繞屋長松大與圖相彷彿卽以是爲溪山別業圖可耳令千載而下見茲圖者如見我灑園也

茶解跋　龍膺

孝廉兄有茶圃在桃花源西崖谷幽奇琪花珍羽莫能辨識其所産茶芽實用蒸法如岕余理郢日游松蘿山親見方長老製茶法甚具余手書茶僧卷贈之歸而傳其法故山中人弗習也中歲自祠部出偕羅高君太和輒入吾里偶納涼城西莊稱美家山者上有茶數株翳叢薄中朝晞瀼露高君手擷其芽數升旋沃山莊鐺炊松毛活火且炒且揉得數合馳獻先計部命童汲西流烹之洗盞細啜色白而香與松蘿等自是吾兄弟每及穀雨前遣幹僕入山督製如法分藏僅僅邇來榮邸中益稔茲法近采諸梁山製之色味絕佳乃知物不殊顧腕法工拙何如耳

書經史正音切韻指南後　洪雲蒸

聞之邵子以聲起數以數合卦萬物可得而推故聲音之道與政通豈但切韻而已哉大唐舍利立字母二十六梁山溫首座加六母爲三十二位至胡僧了義以三十六字盡天下之聲誠足奪造化之巧爲司馬公指掌圖蒙古韻之所不能外止爲翻切用而未嘗及於易理然易理實備吾觀元劉士明正音切韻指南而竊有所見也曰內外曰開口曰合口則兩儀也曰淸濁曰使淸使濁曰通偏廣狹曰四聲分四層則四象也內外各八攝者八卦也四聲爲十六層合十六攝者十六卦也十六攝每攝四層共六十四卦也每韻三開口三合口則六爻也三十六母則象三十六宮何一而非易理哉經世四象體用之數知合於易理而合焉者也切韻指南則不期合於易理而亦合焉者也但十三重複之母則分姝終不明然經世精於易理開發收閉中未始無平上去入而平上去入中亦自有開發收閉似未宜以陽聲陰音相配予則謂沈氏雖不精於韻然其四聲則無不該經世書又安能加於切韻之理也與

題王生詩草　陶汝鼐

嶺海歸來生趣日促不復談風雅之事久矣然非不欲談不暇談談亦無寒山片石也中湘王子維之同在荆棘中逃此慧命而少年磊落貧且益堅讀其詩詞多游戲筆墨有劉毅家無擔石而一擲百萬之概豈得非可人哉且中湘言詩者十數家宜與揚推甚備而或於沈約四聲若不留意王子得無謂漢魏而下不足範馳驅邪王荆公嘗編集杜李韓歐四家以歐公居太白之上世莫曉其旨荆公曰太白詞語迅快無疏脫處然其識汙下多如漢高飲酒近婦人歐公今代詩人無出其右者尚憾其不修三國志而修五代史耳以此證古人持論之嚴風雅一

道非可苟焉矣夫王子方勇於詞騷而齡尚少使十年讀書登壇不晚然返而求古人之詩與古人所以論詩之道之嚴雖少陵退之可靦面揖也子媿無以益王子而聊舉荆公語使折衷之是數年岑寂中一段談詩公案爾若夫序三都而行之願以異日

宮保楊修齡先生罪吟跋　陶汝鼐

士君子處禍患之適來而五宮七色迷於中央庸甚矣不然故廓其外顛其內以示無怖譬如凡璆安能火三日哉奇男子一生經濟直是胸中空浩眼底分明此性從刀山劒樹中歷過施之大患有身游行自在耳昔劉邵辨英雄二分稽康謂明膽合德正在耳許予讀先生之罪吟也竊所爲處患難者先生經濟人德量多古將相所不及秦之績撫戡已定有司激而反其失不至於好山水遂自束身歸朝待罪激者乃益中傷公以自文得禍幾不測皇帝晉其忠讜戍江右公自受逮以至生還凡數月閒悉泯怨慍而於蹇驢青帽之中詠歌不廢迄於赦命入衡

山浮湘流其行也益高深秀宕去騷之憂得莊之達亦何從容整暇若泊乎無所遭也哉嘗思趙清獻聞雷悟道矣夫道可期也悟不可期也聞雷抑又不可期者也豐隆轟轟聞者過耳懼者掩耳爾而清獻獨披心洞胸以承之雷霆有何交涉不可謂此雷無故也公偶使予論其詩予以此測公之得罪也亶然於心而庶幾有助於道故其在朝廷在邊疆在圜扉戍所如其在山水煙雲也可以一致矣

自書孝經跋

陶汝鼐

晚年嘗書孝經數帙，置書閣中，爲人取去，無復存者。去秋偶簡破簏，得澄心堂舊紙數張，漏痕所漬，裁截其未敗者，裱成一卷。入春霽暖，作輟五六日，書且竟。嘗念吾家世授一經，未嘗顯仕，只孝弟兩字，先君子實有詒穀。長兒典二十逢亂，不干進取，而能竭力於憂瘝患難之時。我則降志辱身，延此離昃，郊居無事，尚不免弄筆墨以自怡，然嘗爲索書者所苦，輒復厭去。偶完此弓，將藏於家，顧瞻堂構之間，亦庶幾有守身事親者，厥後昌焉，經德其弗衰歟。

律陶詩卷跋

陶汝鼐

五柳先生詩超曠平澹，歸於自然，人與詩品俱高出千載之上。老杜弁推陶謝，猶專論風騷，至坡公乃云吾於詩人無所好，獨好淵明耳。坡公遂全和其詩，寄追賞之意。明末始有王季重先生律陶，如羽衣仙人使就檢押。予嘗戲謂山陰此舉，正與驅陶公束帶見督郵無異，然其屬對命篇，亦有絕妙者。亂後求原本不能得，以予意爲之，成十八首。年來又復散失，而和山陰作者又數家矣。長兒輯諸舊稾，尚存其目。偶草窗春雨，掩卷閒吟，橫豎拈來，滿四十首。坡公云陶詩外枯而中膏，又曰質而實綺，亦可證蘇子之知言矣。

題驚天集

周星

或問於九煙曰天可驚乎。九煙曰可曰奚驚。曰天以風雷驚人。人以文章驚天。風雷者天之文章。文章者人之風雷也。昔太白登華山落鴈峯曰此處呼吸想通帝座。憾不攜謝朓驚人詩來搔首問青天耳。夫以驚人之詩問天則駸駸乎驚天矣。但不知閶闔之中亦解道澄江淨如練否。少陵之奇太白曰落筆驚風雨。夫風雨非天之風雨乎。然不曰天而曰風雨。猶之乎呼蓋臣告僕夫云耳。尚未敢直言驚天也。至長吉之咏李憑箜篌。則直曰石破驚天透秋雨矣。夫箜篌一小技耳。尚可以破石驚天。而況大於箜篌者乎。嘗觀周易之坤曰龍戰於野。其血玄黃。太白

之劇曰海水羣飛蔽於天杭。此眞驚天語也。詩中有類此者不得不亟取之。嗟夫天蒼蒼而高也。屈原問之而不應。庶女叫之而不聞。鄒衍談之而不知。鼂道元之箋之而不荅。從來夢夢若此。吾亦何從而驚之哉。然世無驚天之事。而詩實有驚天之理。豈沐日浴月之章。吐火施鞭之句。反出二十三絲下耶。

題泣鬼集

周星

九煙曰古今來善泣者無如鬼。昔蒼頡制字鬼爲夜哭。哭字耳非哭詩也。然而有字卽有詩矣。檀弓云有愛而哭之有畏而哭之。後世詩有佳有劣。不知此夜哭之鬼果愛其佳而哭耶。亦畏其劣而哭耶。嘗觀葩騷所載。如萇楚桑柔之什。山鬼禮魂之歌。其爲可泣者多矣。而不聞有鬼從而泣之者。豈其時鬼皆頑聾乎。惟賀季眞初見太白烏棲曲以爲可泣鬼神。而少陵卽用其語相贈。長吉集中一則曰願攜漢戟招書鬼。再則曰秋墳鬼唱鮑家詩。後人遂以鬼才目之。夫鬼能泣詩。詩亦能泣鬼。鬼之與詩不知其是一是二。然詩有佳有劣。鬼亦有佳有劣。其爲雄奇

高妙之詩。則必有雄奇高妙之鬼賞之。其爲卑俗庸陋之詩。則必有卑俗庸陋之鬼賞之。但恐以劣詩而遇佳鬼。則鬼當泣。以佳詩而遇劣鬼。則詩又當泣。斯二者之泣一。則鬼之不幸。一則詩之不幸也。吾所取於泣鬼者。其必以佳詩而挑佳鬼。以佳鬼而拜佳詩乎。噫鬼猶如此。人何以堪。

題移人集

周星

九煙曰．天下之最難移者其爲斯人乎．禮樂移之不得．政教移之不得．甚至兵刑移之亦不得．而獨有一物焉．可以俄頃談笑而移之．一物者何．卽所云釋西伯而走司寇者是也．故於傳有之曰．尤物移人．然此物安可多得．則思得近似者以充之．詩也者文章之尤物也．孔子詔小子學詩．而曰興觀羣怨之四者．以言詩可．以言尤物亦可．取尤物而比詩．始猶西子之與西湖與．夫古今之爲尤物者多矣．粉白黛綠．燕瘦環肥．其爲尤也不一．而皆足以傾城國而眩帝天．所謂美人不同而皆悅於目也．惟詩亦然．如邶風山榛隰苓之思．楚辭沅芷澧蘭之賦．豈復知尤

物之爲詩．詩之爲尤物乎．但詩雖與尤物同功．秖恐世有魯男子與登徒大夫．則眞無可如何耳．如其不然．吾見其從風而靡矣．若夫伯牙學琴於成連．從之東海．成連去而不返．但見海水山林羣鳥悲號．伯牙歎曰．先生將移我情．此則姑射飛瓊之流．又不當與凡俗同觀矣．然其爲移人豈有二乎．

題周子楚書

嚴首昇

自昔天子購求遺書．下至傖父牧豎．亦復減朝炊覓人數字．而士大夫可知已．近代已來書日益多．至挾書求售於人不可得．虞卿不窮愁不著書．卒乃以著書故益窮．平生五千卷．一字不療饑．坡翁且然．況其它乎．周子著作如干種．前後梓行於世者三十年．無虛日．獨楚書一書近六十萬言．費不貲．遂鬱鬱爲梲中物耳．蔡司李爲宣言當世．狀如募疏．往古未有也．歲餘無有應者．實賴吳中高子區畫壽梓．且爲題序．遂紙貴一時．烏乎周子不幸而著書．古今著書如周子者．抑又何幸哉．

邵陽縣志跋　　車以遵

尙書云若射之有志志者的也聲帨其文謂之過椎魯不文謂之不及過與不及而志或不在焉柰何曰前事之不忘後事之師乎遵年踰六十矣少壯時嘗備郡志蒭菲之采然懼立言之無當也無足以酬諮詢之盛意因退而爲召乘臚句凡二卷其書具在往監司東海黃公序而梓之謂可輔郡志以行遠若春秋之有三傳也今二十四年矣念邵陵甌脫地頃被　大淸休養者十餘載鼎革莫甚焉中閒忠孝顯微氣義節烈風俗徭役業不可比而同之爲與往夙一轍屬以邑大夫紫巖顏公最績之三載善政莫可殫述儼不鄙蕞邑而謀志事於鄉紳人士遵

敢謂某備編纂之末也乎哉而邑大夫則旣以束帛而物色之矣因集於古光孝報恩禪寺中某與諸子約以邑大夫之不鄙蕞邑而謀志事於鄉紳人士也囿曰弗克惟旣厥心抑遵聞之童牛角馬不今不古利用革諸君子無亦舍舊而新是圖而進教之以告無罪於邑大夫也遵實拜嘉諸君子之賜焉及歲餘而志告成事大夫虛衷折節以諸子之克頁荷也能舉善也能敬恭也能體　國朝休養之澤而能相茲艮書以具十餘年之故實也公餘之暇則筆則削不主先入之言不徇已成之牘凡可以資黼黻利久遠詔來茲者無一之不悉是志也大夫固已優爲之矣刻且竣謂遵宜跋遵又敢曰予跋也乎哉然而竊有聞也邵於漢爲荆州刺史部又爲零陵北部往事之麗於荆於零陵者詎悉於邵無所與邪若隋解建州而福唐亦爲建州唐置南梁州而今爲保甯府亦爲南梁州某旣已核之矣致堂胡寅之記義門金氏也金說從之問學而五峯宏之記紹興州學也具見志中往志或以寅出邵州之末至也烏知湘潭之有文定致堂茆堂五峯之墓在隱山而眞西山尊之有文邪秦縣大於郡邑名昭陵後名州邵陽縣志附郭事紀述多從郡邑之自爲志在明嘉靖閒百餘載矣沐　大淸休養者十餘年鼎革莫甚焉乃自邑侯楊次義而外無齒及者今大夫以文學政事才兼有之而爲是志也異日者　天子坐明堂而輯瑞貢民謠

物價以成風是志實爲郡嚆矢蘭臺石室之上有其書焉殆不滅於昔人之收圖籍也而未也王祖桃陵先生箸述名海內江州高白傅之吟都梁香王門之碣茲志之成於文孫也武攸洛陵世世咸被膏雨靡有涯涘即遵先大中前見家集中而又采之於邑志遵感激當爲奚似而邑大夫無私也惟是臚句一篇殘蝕莫保雖留經賞識而以驅車言適遂無從較訂俾翼邑志以行遠也大夫其撫然曰余以俟君子也哉

大禹碑跋

江有溶

按張光叔游宦紀聞述宋嘉定壬申何賢良子一得禹碑於岣嶁峯何過長沙遂摹刻於嶽麓書院後巨石此禹碑至於長沙之始也然前此碑在岣嶁時經千餘歲未有傳者至唐中年韓文公始述道士所見形之於詩此道士現身說法非人間羽流可知迄文公搜尋此碑千索萬索竟不得見故其詩曰事嚴跡閟鼇知其爲神物也自岣嶁有此碑僅一道士見之告之文公文公不得見留此一詩爲千載後人眼目知此碑有必出見之日也由唐迄宋經數百年何子一摹刻之後碑仍隱秘歷宋元明又數百年至明嘉靖癸巳郡守潘公曇峯因樵子傳播披榛

剔蘚搨傳世間而長沙鄉賢熊公元性夙號淹博於蓺林中拈出張光叔游宦紀聞一則然後禹碑來歷確有考據海內爭奉爲神物矣溶故曰道士也韓文公也何子一也張光叔也潘曇峯也熊元性也皆禹碑功臣也今觀刻禹碑后砑礦特甚何以經久不泐又碑在岣嶁何以嚴閟不傳在嶽麓則傳善乎湛甘泉云宇宙內神物天寶而地藏之藏久而必復見顧東橋云禹精於水其篆體皆流水形昔之人所以讚揚闡發者至矣若其譯義則有楊升菴沈靖陽楊時喬三家未知孰當今皆尊信升菴譯文幷禹碑歌以備考云

讀陳書書後

王夫之

人能爲天不可爲當其亂之難訖天且縈紆以延衍之極乎其終天力盡天情且息猶未嘗無千金一壺之幾然且拂亂以卽於傾仆斯誠可爲之大哀也矣江左歷四代而至陳前此者晉能合已散之天下而一之宋武人傑也齊高梁武整昏亂之紀綱規恢略定故乘童昏以攘大寶而天不厭之以爲差愈於北方之蒙□□也陳宣武以遐方小校器止斗筲忽起而干天步立國五年宂闒不解救死不暇遑問紀綱流血相仍無言生聚侯安都湎于量章昭達之流以村塢之雄承之秉鉞而周迪留異陳寶應掉臂狂呼屢相蹶齕陳之自崩自圻以趨入於亾一

夫折捶而收之固必然之勢也而吳明徹督星散之旅儌功淮北奪七十餘城幾半齊土使天不假周卷齊以相臨幾於興矣乃策動未幾故版旋亾一覆於呂梁而兵熸將俘如疾風之燀脫葉魯悉達之言違於俄頃元武之潰應如鼓鐘豈非吳明徹之不謀其終而陳王之未量力而度智也與夫爲國之道不以國戲將者國與民之司命不以身戲武鄉六返復拔四縣晉追苻寇不踰長淮使能於喪亂之餘勤修內治休養數十年內無篡奪之禍兩河一京未嘗無收復之望而明徹悉殘陳之力扶卮罄罍爭匹夫之氣以取必於一死陳所恃者一旦向盡故知南土之灰飛不待叔寶之昏庸也東野子之馬力盡矣無亾胡

待焉故善承天者當其有餘慄乎若不足及其不足則欿乎若無之幾虛幾盈天乃復至而君臣將吏虛枵浮起無反是之思以乘隙而徼幸此用兵者之大戒抑爲國者之永鑒已使明徽能從悉達返呂梁之旆我氣不盡敵威不增保固長淮守文氏猶將憚焉然而賈豎之智沒於小利內不量已外不度物所謂逢運之貧壞不可支者也司豫之功猶屬弋獲又足見天拊衰運未嘗不眄睞重壘佑人於離絕渙散之餘而弗克承天者自趨洸沒天之不能延司馬氏之人民以徯武德也豈得已哉豈得已哉

讀李大崖先生墓志銘書後

王夫之

夫之讀白沙先生集而有疑焉疑當時之授宗旨於江門者自張廷實林緝熙以及乎容貫陳冕之流洗髓伐毛於釣臺之下無幽不抉以相諸印而白沙所珀芥以弗諼者則惟大崖先生其唱和詩幾百篇抑未嘗以傳心考道之爲娓娓覼彼諸子者言不勤矣以此疑而思思而不得者蓋數月乃置其往還唱和之迹而設身以若侍兩先生之側者又數月而後庶幾若見之烏乎兩先生之暎心合魄而非張林容陳之得與者豈其遠哉白沙之於一峯猶是也於定山猶是也於醫閭猶是也於汝愚猶是也其時相與援迹者前爲三原後爲楓山雖未嘗與白沙

游大崖亦未嘗造膝焉而亦猶是也逾此而外交臂失之者多矣白沙沒諸君子先後謝世宏正以降此意斬焉又降而言學者輩興建鼓以求亾子其所建者非所以求也而所亾者固其子而亾之也則使以泰州龍谿之心測兩先生相與之際而期其遇之也不亦難乎而況於其徒之瑣瑣者乎記曰天下有道行有枝葉天下無道言有枝葉江門風月黃公臺披襟而對之扶疏蔥蔚拄青天而蔭滄海言烏足以及之哉先生裔孫雨蒼氏占解年七十有三矣以王文恪所撰大崖墓志銘寄唐生端笏使與夫之共讀謹志其後以訊雨蒼當如面談矣

竢解題詞　王夫之

所言至淺，解之良易，此愚平情以求效於有志者也。然竊恐解之者希也，故命之曰竢解，非敢輕讀者而謂其不解，懼夫解者之果於不解爾。其故有三：一者以文句解之，如嚼蠟然，而未嘗解之以己，反諸其所言、所行、所志、所欲，孰與之合，孰與之離，以因是而推之以遠大，此解者也，吾且莫竢之。一者謂汝之所言者然也，而吾之所尙者異於是，是猶進野蔌於王公之前，非所甘也，虛其心，平其氣，但詧其與人之所以爲人者離合何如，而匆曰汝能言之，未必能行之，況於我而焉用此爲，則俛而從之，此解者也，吾且莫竢之。一者則謂汝所言者陳言也，生乎今之

世，善斯可矣，如汝所言，則身且不安，用且不利，吾焉能從汝哉。同此天地，同此日月，吾亦同此耳目，同此心思，一治一亂，同此世運，堯舜之道不無惡習，夏殷之末自有貞人，同汙合俗，不必安身而利用，亦何爲而不可自處於豪傑哉，此解者也，吾且莫竢之。甲子重午船山病筆

書上　元明

荅劉桂隱書　歐陽元

元頓首再拜，復書桂隱先生執事：元視廬陵江鄉，乃未獲桑梓之敬，諸鄉先生亦未嘗一望履絇，虛名誤人，僕僕南北，抱茲二欠，負負奚文。先生道德之重，藻鑑之明，今先之以書，且有文集敘之諭，僕何足以敘高文之後，此亦虛名誤聽聞耳，踵襲訛謬，如是不已，豈不甚可畏哉。僕自去春痹疾甚作，一歲之中謁告十九，今者又有哭子之戚，悵悵南歸，予環之使要諸潞上，夏初

誤恩落侍講升學，俯僂循牆，迨今未敢拜命，心常怔忡，舊學廢忘，仲賓還，姑爾塞責，滓穢高明，知罪知愧，盛暑力疾治荅，不敢先施，切希照亮。

答意山書

歐陽元

意山聘君老兄文侍元去冬防里彌月之留涵濡道德之味於骨肉之情得於兄所教良多迨今銘感未已令郎來辱惠問懃懇第憾溢美辭多令人讀之赧然賤迹自正月中旬以來右郤焮腫其痛如剜始者護痛不敢屈信久之兩足筋攣卽日行立俱廢稽延召命恐違官箴遂援年雖未及身委有病自願致仕者聽之例移文有司行達朝省冀此庶得藥裹尊心然亦沈痼如舊書來所謂促裝上道那得許事耶令郎初至適值病體服宣利之藥遂至泄瀉不已困憊不能見客數日稍復當圖報深愧無能效豪髮之助聞張毅甫尚書除江右憲使其人相知力

疾一書干之或能相汲引一試也側聞今歲垂帳仍在舊館郡判必時至彼諸生常得親炙老成亦幸事也餘惟萬萬自愛占答崖略不敢先施等於尊照不宣

答所立書

歐陽元

相距五百里相別十五年逆旅倚伏靡不更常起居動靜邈焉無從忽宜翁兄攜所惠書得之驚喜相半追憶曩時先君子琴册適執事自綵侍來以拜見退相從齋閣是時僕與執事俱爲人子弟一門自爲師友之樂有不容喻今日此況此味惟屬之所立仰惟門第雍熙之軌翁季道德之盛異時秋蟬賦側耳獨領略吾知叔弼久矣兩科士論殊以魯生不來爲憾六月之息三年之鳴端有所待他日榜中龍虎第一相承舍君其誰政當堅坐沖密守庚申耳區區遭時承乏何足致身頻來書諄諄然及之令人卷舒愧潘可拾甚者以六一爲比是何以美疢强加

我邪此公事業未論其他只蘆荻畫地我輩曾受此苦會下此工夫否此則斷斷然不夢見足板者也廬陵長沙之議不謂茲事亦徹聽聞僕在二郡不翅滄海一稊或者之語僕亦不辨惟應之曰僕爲崇韜不敢藉談尤不敢也不改布素一語亦告者過番疆瘦馬自是鄭億家風且先輩三尺森嚴在前何敢猖獗一步寄示畫軸皆米家虹月惜蕪穢不足發揮歲晏百冗塡委宜翁行又遽尊翁朝奉令叔意山學士令弟芳茂曁族黨諸先達皆不及耑狀敢告申敬何時譜亭敘拜以罄鄙懷家兄兩次附致謝牘等幾魁照不宣

與劉文廷書

歐陽元

元手書再拜上文廷博士提學相公元往夏去國同列中以不獲一言以別爲憾客冬還鄉久之又以不蒙一紙之寄爲欠今夏忽睹除目承有儒臺之擢既喜且駭其喜則以國初甚重此職覃懷許公由是拜左轄亦愚葉公由是拜右轄大德中吳興趙公由是入爲侍講吾文廷居之允愜士論其駭則以迹離翰苑時當揆力勉畱其言以爲斯文漸覺人少僕抗言薦數士爲代如文廷皆其列也當揆蓋嘗諾之今忽外補非文廷求出必不爾也已而果傳有子夏之戚聞之胸次作惡者數日昔有三人聞客言虎患一人蹙額大甚僕其人也才不才亦各言其子

往年嘗以此致心疾後來熟思之理數自然皆有乘除修短存乎其間暮年䘮傷亦復何濟不若姑聽造物所以與我者何如耳劉仲賓行亟此代面外有一啟極知贖出或可助發一莞聊以寬君之憂也僕態勝舊近又苦痰暈之疾但夙緣無涯竟日爲人造綺語業殊可厭也豪楮草希照亮

勉男守孚書

朱英

予猥以駑劣冒時顯位愧負多矣然功名事業惓惓吾子者豈有他哉蓋欲相與勉竭身心共圖不忝以成家世而已豈意春闈之捷又寥寥無聞邪夫取士至三百五十賢路大開矣天下知名之士皆入網羅主司公且明矣而吾子尚不偶命邪學邪或者以爲命而吾獨不然姑以吾子所知予生平者言之早以昏弱之孤賴先妣教養期在成立自十五六遣入學宮隨時游惰莫知所從人莫不以爲愚至十八九始知奮發讀書問將四書流水誦讀題目不拘長短學作四五篇雖草於稾即識於心向之所謂愚者漸日爲之釋矣至二十二三通將易經題目流

水改作不拘程式截長補短變而通之皆爲我有辛酉赴鄉試初場七篇皆夙成典雅二場論表皆窗下成稾惟策學未詳初學用功未至不偶而歸志力益勵自行嚴立程限凡書之艱澀者夜讀之平易者晝讀之臥起以困省爲度每於早飯後午飯前定作課一二篇雖人事或誤於事畢後補作一篇每題既作長篇又分作短題破承數條附於左方以備玩肆久則與心爲一自然不忘聞令同心知己將書流水揭問逐一應曰此篇某人舊文如何破作吾今如何破作彼此長短隨問而答無一放過且玩諸儒論註中有可爲行文之助者記之不遺可備對問之助者彙以成冊如此日新未嘗或怠嘗從容齋舍歸省田園

之閒優游厭飫溫習自若當此之時家貧親老百事無聊薪水雖勞齏鹽雖苦而庸人賤子白眼相看者不知其幾未嘗一縈於心而或怠者志欲篤而業欲修耳竊自念曰使人學近顏子地位又何貧賤富貴之有如此者又三年應甲子鄉試乙丑會試場中題皆平昔熟知見成殆求什一於千百耳信手揮之晡即出場屋何嘗秉燭以待更深惟以此取功名如拾芥耳成官之後罔敢怠心困學勵行至今猶愧是皆吾子耳目所及非過爲矯激也以吾子之姿稟識見議論皆過於我獨篤志讀書作課著實功夫殆相遠耳汝雖三赴春闈往返六年之閒所作文字不滿二百可爲矜式程文嘉言成說未嘗留意記誦隨時扭

捏希冀僥倖以此求進何怪乎功名遲早吾與汝之大不同哉大抵士欲涵養造就務成賢人君子之事業爲難至若從事章句以希世取名亦中人以下之資所常能耳今吾子有可進之資可大之勢既無饑寒之憂又無身家之累誠痛追前悔維新另圖閉門謝客寡慾濤心嚴立程限經書傳註熟讀詳玩買紙千餘裝成課簿每日自晨至午將經書題目不論長短難易逐一改作體段辭語一效刊過程文務要通暢言必有據毋事扭捏太簡無文破承尤宜切當使人一見不忍釋手破若不精其中雖錦主司未必入目昨見會試題目吾已知汝必爲所窘至於歷科論題皆爲吾子擬定在冊惜未經手作過寸晷向就何以動人策學策海史鑑等書亦須留心熟玩以助行文以備對問如此勤力則心與理日相涵身與事日相安而所知所行者日益深且固矣三年之後識見必高學問必博而文不驚人名不魁衆者吾未之信也又況三場精熟一理貫通非但可以爲文章取青紫即而推之則凡所以窮理修身致君澤民而成賢人君子之事業亦於是乎備矣嗟乎昌黎大儒尙三試禮部而不偶梁灝飽學亦八十皓首而成名吾汝何人敢求近效昔人謂年少登科大不幸良有以也慎毋安於小成毋狃於近利甘心人下以負先師淩掌教訓也若夫倘仁於我猶子也可以吾言告之

與李士常書　　　李東陽

奉別來屢勤教問甚寡裁荅卽有所荅必出冗迫苟具簡牘書名與姓通問候之禮而已雖欲執筆覼縷略布所欲言竟不可得平生每自怪習惰成癖其於世事多所闕失若此則非惰之罪也僕居京師久多知識歲時來往非惟人所責望抑亦事理當然加之應荅文字逋負崇積動經歲時率意爲之出不償入又不能杜門自謝遠同隱人縱能極力排遣不過人情細事其於分內何所裨補自濫官職以來不減十載學業未就旋已荒落每命志役氣自謂足以妄攀古人而棄本逐末違道日遠卽令委靡沈溺與草木同腐爛則又偭然莫肯降下其心愧恥若

爲人所唾罵擯斥者惟有是耳豈處之非其地而進之非其方邪然得良友者爲之依歸鞭辟警策使不得自肆或猶有可冀者此僕所以不能自已者吾兄信古好修勇往自遂不在子路之下宜不苟然於世者而又獨處遠地深思靜學志無所亂而氣無所摧傷造詣踐履與日俱進古之人學成而後仕此僕所愧於吾兄者也僕求友於四方如吾兄者不可遽得況以傾蓋之舊承通家之好在分不爲薄而在義不得疏此正僕所宜日夕左右者而又隔絕於此柰之何哉然僕聞之古之學者必負游行以廣聞見未嘗自以爲足所謂自一鄉以友天下之善士儻翻然一來於僕固幸僕雖庸劣亦豈無所報哉僕在此所恃以爲益者惟時用爲多時用之意亦與僕合不識吾兄以爲然乎否也閩提學南巡未至及是時先暑而至不妨按試不然則繼今以往毋吝書札以貽誨言亦所望也老先生遺稾近頗條次但更錄數手譌謬實多舊草殘缺猝未能辦須緩圖之此事至重非面盡不能旣也晦菴語錄一部用供覽觀伏惟照察某頓首

與方后先生書

李東陽

近得山字韻諸詩意氣激烈令人感愧不能已日惠數絕句寄興愈高卻未有甚解者而鄙吝之釋亦多矣司成之薦輿論所歸蓋當習俗波蕩之餘必得清德重望乃可廉貪而立懦所以培植根柢樹揭標幟風厲天下非分一署領一務者比先生雖遠引高蹈邈不欲與世接而天下之士未嘗不一日屬望於左右也況剡章一入遂契淵衷雖平居職事未嘗周旋旒扆以釐顧注而聖心明睿輒記姓名以爲薦稾之所屢見特加優擢出於常格於是朝野內外竦然生風知公道之不亡文運之當有復也說者謂先生抱道自樂或不爲勸駕所迫僕則以爲出處

之分視義可否而已南雍之辭詞意懇切朝廷俯而從焉固已成先生之志矣今聖天子方重士風采輿論有寤寐英賢之意此數十年之所僅見先生何忍不幡然就道以一副宵旰之懷乎且君子之所以安於處者以道之難行也今既有行道之地矣而上下無方枘之沮左右無掣肘之患蓋將舉一世之名教付之先生而聽其所爲先生亦何惜不一出以畢平生未盡之志乎若又以爲事不可以預料功不可以必成苟出焉而有所不合則所以處者固在浩然而歸未晚也又孰敢强其所不欲而曲爲先生畫哉僕任重力微僥躐已甚正韓昌黎所謂行且謀引去而柳子厚所議以爲非者乃以是言爲先生計宜亦有不見諒焉徒恃平生之知猶有足信而是言也非一人之私殆一時之所謂輿論者也瞻遡之餘不勝翹企劉謝二先生同此致意謝別有書並希照察不具

與劉東山書

李東陽

承抵家後兩寄書後書尤詳中所敘多田園閒樂事令人歎羨不能置而世情民瘼則肉食者所深愧也草堂賦石諾者久不至近稍物色之云已誤送他處且將續補果不補卽當別圖奉寄也閱歲以來薦剡屢上斯堂之樂恐不可久淹四方知舊每以執事之去爲疑且以不克留爲不肖咎誠亦有不容道者斯賦之作益以重吾過耳而又欲補書之不已惑乎僕不意今春復涖試事偶值奇變處之極難嫌疑既露不得不有所更定而冒怒取怨不能解執事乃以文體之變爲譽無亦姑以是慰其抑塞拂鬱之懷乎僕生也拙無邸壑田畝爲終身計坐是以未

能勇退此執事所素悉武昌之產嘗累尊懷地荒路僻恐終不獲自遂今秋病痔踰月呻吟展轉中念常州爲先祖妣誕育之鄉先祖游寓之地風土腴厚去京師墳墓不甚遠已決計於此置田數畝聊以繫情志圖去就歲稍益之儻不能俟益則盡鬻新舍以供其費亦粗可辦斷不至進退狼狽以貽識者之笑爲知己之憂也方具書宜興徐先生及武進親舊待報而舉不敢不亟告執事執事聞之頤不爲一解乎方石新命不識肯一幡然否恐所欲聞故不及具

荅喬希大書

李東陽

走處身無狀不能勇決必退以逃貪冒之譏夙昔初心中閒事勢皆希大所深信而洞燭者無容喋喋第閒遷轉官僚一事衆議以爲不當此有不得不言者蓋詹事府左右春坊司經局四衙門乃國朝定制今通無一員是百餘年所未有坊局諸印例皆內閣委掌不過寄之翰林翰林學士未聞有一人帶管二印者既非吏部所得具缺豈可不爲之處翰林遷轉非九年考滿則纂修書籍自逆賊擅權老姦附和四三年來修會典者退降陞職修實錄者擠黜大半當是時旁觀坐視不能捄正咎有所歸後雖稍稍復舊而資格尙淹員數反闕變而通之勢不能已

彼此兼職固是祖宗朝深意明旨昭然嚮時單除是故爲惜耳若謂宮僚無故不宜預設則成化宏治之初嘗爲之矣宮保太少又其大者非惟朝歷之所不廢而今亦有之且嫌於無陽固宜有深望而預待之者必欲盡虛其職而後爲當可乎不可乎若亦將避此嫌而盡廢天下之官乎況今遷轉之官有當日考滿者有滿在數月者計資算歷無益有虧怨罵之聲不絕於口蓋當擬議之際亦爲朝廷靳惜名器而非敢以相徇也顧外招物議內咈人心公私之閒兩無所據實由識計疏淺處置乖方卽此一事敬聞過矣知我罪我其將以爲如何

柬西涯先生　楊一清

連得手書窮邊寥落中不勝慰藉知近來東徇所及如僕者僅一人耳顧僕何以堪此感愧感愧比事想甯帖冬間套中賊情決不敢保恐非書生所能獨當況陝西武備廢弛之甚極力料理只辦得二三分而武安債帥擁虛位失人心已久柰何爲處今亦不敢不勉凡百以身任之利害進退皆所不暇顧六月十四日賊到蘭州金城關下若無前奏留官軍其害不可言也今雖無殺獲之捷幸不失利僕七月初九日至蘭州莊浪礮火不絕道路阻塞卻再不曾犯蘭州蓋彼亦知我有備故耳靖虜邊防頗區畫停當今冬想無虞姑未敢言及蓋士夫方惡鬧修邊

之說此事當爲卽爲以佚道使民無所不可不然今賊勢如此既不敢保其全勝則慎封疆守要害設險自固以逸待勞斯得策也又避而不爲然則若之何其可哉大抵今人止可與樂成不但凡民爲然耳此中曲折難盡難盡募土人使自爲戰一節事體相宜人心樂從非如所謂招募籍民爲兵者也冬間賊果內侵必獲此事之用今亦未敢盡言

柬東山先生　楊一清

翰教勤懇極感至意北虜入套已久未嘗侵犯東見於高家堡西見於甯夏河東墩臺者數亦不少而沿邊一帶瞭見煙火無處無之此其奸謀尙未可測僕十月間大閱鎭兵於固原十一月大閱邊兵於花馬池皆號數萬先聲伐謀之意也兵聚而卽散分布諸要害聲勢相接如賊犯某城堡地方所至爲正兵某兵出其左某兵出其右爲兩奇以應之某兵繼其後爲援隨處皆然聯絡如貫珠又多藏兵於素所無兵之地至則出其不意易於取勝大要避之於沿邊廣遠之地而圖之於鄉野村寨阨塞之區賊誠似先年深入恐難以善其歸顧此賊今不窺我之

西而潛寇我之東若解此機者然延綏東路兵馬精強無足爲慮況又不能深入不過覬覦近邊而已向者兵機一疏以去年曾有此機而失之故先事預圖欲待其千里深入有機可乘而爲攻其所必救之計耳非敢輕挑強胡無故啟釁奏疏中亦已明白不敢不慎承諭使人以器之說愚意正與此合賤目積勞與熱舊患大作餘情不及縷縷

與內閣吏兵諸先生第二書

楊一清

兩寺新命人心聳然精采百倍諸被改擢者悉皆砥礪鞭策用圖報稱往時頹靡廢放之風爲之頓革顧習玩已久人猶未知所重其參政僉事改卿少卿者同事且譁而輕之親友問訊輒出嘻語若以爲墮坑落塹云者流俗之難曉至此此固不足深卹然轉移之機在廟堂一籌運耳何則二寺體勢素輕今雖奉有明命而朝廷所以待之者未審何如以京寺待之是亦京寺而已矣以方面待之是亦方面而已矣此其故不可以不講也若一切循常襲故不加隆重則空言無據何以歆動人心至於考語一節關係尤重蓋巡撫巡按與二寺政務不相涉考語無

憑塡註未免詢諸二司二司未免詢之知府往者弗振實坐此故今不爲之處其事勢恐又漸墮故轍中而莫之能救也詳具奏牘伏惟詧之裁之

與內閣吏兵諸先生第四書

楊一清

茶馬論列已罄其愚雖未敢自以爲是要其事勢不得不然其推原祖宗立法本意恐是一段大議論似不可少所患私茶不易禁官茶不易積耳大抵茶是本馬是利無本則利將焉出官買固順以輸運之艱故有招商之議商買固便以價出之難繼也故復有官賣之議行之數年茶司各有數十萬之積則金牌可復然僕前所言差官一節又不可不預爲之思也至於四川東鄉利州諸處誠今日私販之淵藪其地密邇漢中宜附陝西巡茶提調不然禁之於此開之於彼譬之治水不於源頭理會而徒遏其流恐奔放潰決之勢終不可遏餘惟主張國是者采

擇之

與內閣吏兵諸先生第五書　楊一清

清地募軍文冊差官奏繳監牧之政二事爲先顧茲政初舉僉謂草場爲土人占據已久決不可復必復之恐激土達之變而總制秦公尤主是議某熟知此中情狀恐喝搖撼乃其故習不足深卹懋簡練事之官分投清理憑據舊冊盡得其實徐諭土人聽其附認分豁改委他官覆勘凡籍有可指及情有難堪者稍稍還之奏疏中所謂甯虧牧地之額不敢失衆庶之情者此也至再至三其情已盡其辭已屈然後樹立封界分地援軍地有定額軍有定止草場既復人情亦安向之羣咻衆閧者今何如哉至於募軍之令初下任耳者習於往歲延甯招募之弊閒

生疑議殊不知積年逋逃勢既不能驅之復業而盜賊奸宄皆此輩爲之將來貽患不細今收集以歸之官官獲其用彼安其役門攢戶合而力不孤什伍團結而官可考固未嘗取諸見在有用之人而貽損此益彼之誚也疏中亦略及此誠懼傳聞之失眞聽察之難憑故嘵嘵云耳若以爲自衒伐豈某之志亦豈明執事之所以見待者哉大抵天下之事在見之眞行之果若徇流俗之論則無可爲者矣

與陸提督都憲書　楊一清

不意流賊之變驟及江鄉上則南都根本之地下則東南財賦之區關係至重鄙懷不勝懸切不獨同室被髮纓冠之義而已去年已嘗慮及此屢言之諸老本兵以事勢未及未有所處亦嘗致書巡撫巡江及徽處府衛使知此意早爲設備不知曾留意否而今果如所料矣計此賊百戰之餘雖甚勇黠顧本不習水戰制之宜無難第恐得我逋降驅彼迫脅怵之以刀兵啗之以財貨則我濱江鹽徒游食鼠竊狗盜輩皆彼鄉導皆彼精兵也不早撲滅則根本爲之動搖貢餉爲之阻隔其禍有不可勝言者正意當此危急之秋誠得如執事才識威望而又習知江

南事宜者往領安攘之寄必無不濟方謀議閒忽得來翰毅然請行聞者稱快本兵即如所擬但願以拯溺救焚爲念星馳前去量帶西北勁兵數千人半駐江北以爲聲援半渡江南以備截殺彭提督仇總兵人馬亦於南都以東隨便屯住防遏一以壯金陵之保障一以爲瓜眞二壖之防有急易於徵調至於召募鄉兵求閒諜懸重賞以待之術取計破用收不戰之功又執事之所稔知者不贅言此窮寇也譬之困獸不宜急鬬鎭江以脆弱不練之兵嬰其初至之鋒取敗固宜而志則可取較之閉門畏縮者不同是宜憐其志姑貸其罪以責其後功則人知自奮矣指揮孔湧素以驍勇聞楊能又出京營二人號爲出色今

皆喪敗、儻不見棄絕、或可收之桑榆、掌印指揮陳章廉靜不擾、愛養士卒、以固人心、無出於此、且鎮江蕞爾之郡、驛屯重兵、外而防禦賊寇、內而承應上司、勞憊可知、可役其力、不可徵其財、二者並徵、則驅之爲盜耳、當於他郡縣多方區畫錢糧、輸送前來、以備供應、嚴有司科派需索之弊、此止盜上策也、況鎮江衞官軍糧餉、經年不得支給、屢奏有行、未聞區畫、怨聲載道、怨極生變、難保必無、不可不慮、又思此賊出沒無常、聞大軍之來、或奔淮揚通海二州、以趨山東、彼之計常掩夫不備、而我之患常生於所忽、故淮鳳之兵不可盡撤、山東之地不宜全虛、詧之圖之、

復黃巡撫書　楊褫

竊惟天下一家、而吾鄉吾邑、則一家最親者也、萬物一身、而吾鄉吾邑之民、則一身之最切者也、今夫庸夫庸婦、苟見其家有卒然疾病瀕死之禍、則莫不皇然捐金幣思救藥而奔走之、如使其最親有卒然疾病瀕死之禍、而不知捐金幣思救藥疾奔走、豈不假食與飲者、抑大惑也已、天下渾乎一家、萬民渾乎一身、庸夫庸婦誠未易達此、若夫大人君子、秉深識遠察之明、究天地萬物之理、其將不以爲誠然邪、夫今之列鼎食位通顯、能念切瘡痍恫瘝藜藿者、恆相求而不相遇、況辱來諭、敢諉之弗聞、顧虛盛意已乎、今夫常德故湖省瘠郡、又當水陸之衝、愚民僅務農桑、而工賈之利率歸他省、山澤之入、又隸入藩封、是故一罹水旱、坐斃立見、然守令達之監司、監司達之臺省、執事具不煩諮諏、亦嘗知之矣、而執事亦自許曰、彼危且亟、我知之、尚忍立見坐斃哉、亦將往而救之矣、某雖至愚極陋、亦曰執事抱希文先天下之憂矣、俟彼喁喁然呼而望之者數數、夫然後往拯之哉、抑地隔勢懸、雖寄耳目廣延訪、殆難免於覆盆之遺耳、如某負痾謝歸、斂襟閒諸之餘、日與諸野老披草班荊聚談、故知之頗悉、夫今日之患、實非他郡他時可比、聞諸天順八年成化五年、雖嘗以災告、第未有若是之酷且烈也、夫歲饑而變若田產、鬻若妻子、此常情也、乃至懸膏腴之田、廉其價以緩旦夕

之死累日積月而竟無與易始也斗粟易妻升粟易子繼則不責升斗漫以與人而弗之顧勢何岌岌哉民饑斯起而爲盜自古然也彼暫不濱死者之家有數斛之儲羣譟而奪之甚者三五成羣伺肩擔背負者挾刃露梃以相待若深山長谷縱暴流毒尤有不可言者吁其忍聞哉加之疫痢交作塗蹉野哭之聲菜色鵠形之狀雖鄭俠流民之圖未盡描寫而富弼青州之疏亦難悉指陳也況前此近山者尚有蕨可採近湖者尚有蔘可掘今皆盡矣此後事變景象又不知何如所幸執事賑貸之令既下始遠近歡賴復萌更生之想夫一掬之水知不足以沃焦釜然使吾民猶得後一日而死則亦受賜多多矣父母拯援其

子忍一試遂中輟邪夫發倉之策祇今日然眉之急計所以善其後者毋亦早見而豫圖之茲種牛俱缺春農無所資有秋曷望繼自今雨暘時若亦無具承受又遞年拖欠額辦暨坐派物每項銀以十計加之催併祿折追賠夫價譬之羸人重負既壓其首又縋其足尋併其所負者竟胥失之矣況公私俱仰給於田田實全賴乎牛種其得不豫爲之所邪夫天下其家萬民其身執事之心也而武陵之民親於家切於身者某之私也非特執事有仁天下之心固不敢必求遂某之私先民有言求生凡可以緩死者無不用救亡凡可以存存者無不爲執事幸垂察焉

奉大司成緒山先生書　蕭禹臣

不肖自丙戌冬進謁我先夫子遂得領教範於龍岡之側至是始得聞致知之學少知趨向後別居父任蕭山蒙賜手教頻頻益知自勵以期無負我聖師賢友引進切磋之力無負此生得聞此學之幸然志或有餘而力實不足且資質愚劣自分終其身以無所就也已戊子春家君命歸籍隨詣越城請益時先生歸姚遂不獲見蒙王龍溪先生及唐子昆季同宿書院復領教益於頭腦處似亦有得別歸篤信此學眞百世以俟聖人而不惑者但敝鄉僻處湖南人文鄙率閒有豪雄大都沿於時好於此學漫不知講不肖雖每言之亦多誑笑不信離羣索處幾復

以死也所幸良知本體時有未息每於日用間自家體貼頗覺有下手處然無友誼挾持無所取正是非卒亦無大發明而區區之志則尚有不敢自諉者丁酉不肖獲領鄉薦喜北上得親先生願棄舊業一心此學以聖賢爲依歸雖世之榮辱利害不顧至京則聞先生家居不遂願見益切企仰下第南還取道自浙將渡江而西請教門下至杭乃復聞先生北上矣人生會合不偶良可歎也回籍未幾卽欲過北了事意得見先生假館受業以期精一又以家貧親老未遂起行今春將欲治裝而家君不祿罹大荼苦無所控告矣意者天其限量不肖使無所成立已乎不然何遭逢之若此也邇來彭山先生開講嶽麓不肖輩

亦侍門下然敝地路衝事劇彭山率多不暇且以公門限隔亦不能朝夕進見以淬礪之也竊意學之不講也久矣人之不相信也深矣以久不講之學繼之以深不信之情而吾之所講者又皆出口耳而無身體力行之實則人心重自疑畏而叛之矣無怪乎咸嗤非笑之接踵也若是而望道之明其可得哉且天下之理本有一定之是非而人心之靈本有自然之好惡是非出於一定好惡根於自然者吾心之良知也知不蔽於私則無入而不自得知或昏於欲則無行而不自餒自得者得此者也自餒者餒此者也此其天然自有之發有不庸一豪强假者也吾觀今之學者非不自知病之坐餒也而逆其所行復相背戾

豈知良知之有出入乎抑不能致其良知而卒蔽之於欲也若有埽除廓清之功一刀兩斷之決其於事物當自有斟酌而必不爲之惑矣抑不知埽除廓清之功一刀兩斷之決果何以致之也近辰州楊月山以公幹過此朝夕相講渠於此義亦甚見得眞切亦可謂有志而不負者矣先生以同門入室之哲傳道覺人之責其所以振勵風化栽成多士者固以超凡而入聖矣不肖雖在荒陬僻壤衰麻哭踊之下尚欲有請以私淑其身者伏惟先生軫念一體之學不吝懇切指迷仍於同門中之過敝方者幸有以告之使不肖有所藉以成就亦不負先師屬望先生之重任也壬寅之春不肖當服闋北上領教尚有日矣茲因敝鄉黎同年便謹此奉問黎號湘亭亦志學士也幸進教之餘惟矜其愚憫其志恕其狂而與進之不肖不勝惓惓

復林巽峯先生書　蕭禹臣

竊聞君子之於天下，固貴能自樹立，然上智不多，中材亦罕，其所以振作激厲之方，不能不有待於司世道者焉。恭惟我公秀鍾八閩，氣横四海，蜚聲禁苑，著績名邦，卓哉閒世之奇英，允矣斯文之先覺。天不棄潭，乃荷借寇，涖任未幾一年，政聲徧達，千里士民增色，遠邇承休。且於臥治之餘，復軫斯文之念，悼末學之支離，憫詞章之陷溺，大昌心學，仰躋聖賢，惠莫大焉。會非偶爾，某不才，幸生茲土，實慶躬逢，乃緣父喪居憂，未便請謁領教之私，徒切瞻仰。邇幸開講嶽麓，猛欲藉杏壇之半席，醉洙泗之春風，又以老母於四月五日病故，盈門酷禍，父母繼亾，哀毀幾

絕，已無復人間念矣。時聞榮陟戒行，而初喪纍服，莫遂願見，惟增悵望。昨偶得楊醫官頒賜佳製，不肖含哀拭淚，匍匐展讀，不覺憮然歎曰：不肖不幸亦至此也耶？聯失怙恃，荼苦摧裂，其不即死以徇二親者，徒以先志未終，及願學未成耳。茲幸大賢過化，乃以多艱未遂請益，人生不幸，甯有甚於不肖者乎？然不肖質雖愚陋，志願不羣，早歲隨父宦於浙東，得游陽明夫子之門，嘗聞所謂良知之學矣。尋繹幾十餘年，雖不敢自謂有得，然於天理人欲之幾，是非得失之辨，覺亦稍有發明。特以同門諸公身體力行者固多，而徇名失實者亦不少，遂使我陽明之學咸嗤於天下，謂非吾同志之罪不可也。以故不敢竊以道學自名，而其志則未嘗敢以自諉者。往歲彭山寓府，不肖亦嘗以嶽麓之講請之矣，然實阻於承天之役，而振厲之權若將有待於我公也。朱張再見，山嶽重輝，豈直楚潭士民之幸哉，而實天下斯文之幸也。乃復開心見誠，錫以珠玉，招致諸賢，給之廩餼，共成此志，所謂乾坤事業，聖賢規模，蓋已素養於平時，而將發揚於今日矣。繼往開來，成己成物，甚盛心也。特以不肖方切師資，而遽爾言别，雖當顛沛衰迫之中，而不能自已於秉彝好德之念，敢因來教，竊有所請，以指迷途，以端趨向，以私淑其身焉。庶乎所謂弁情前哲，補報明時，爲光嶽麓者，有所藉以自勵，而不負屬望汲引之惓惓焉。荒迷不次，俯候教言，臨書不知所云。

上少師瑤泉申相公五難

艾穆

某最愚陋闇於當世之故誤蒙相公降心下問若謂沼沚涓流眞足以仰裨海瀆者此其心卽周公吐握之心也某方多病乞身杜門俟命讀之終夜不寐思瀝誠以報某惟相公粹德沖襟茹納萬類天下之人皆謂其如高山大陵含蓄雲雨如重溟洪河吐納元氣爲能不動聲色而措天下於泰山之安某竊懷憂盛危明之慮久矣每謂士人有斯世斯民之志不得行而託於知己者以行猶吾行也以故不憚嘵嘵瀆之太原相公之前而有不暇討其聽我與否罪我與否者夫謂吾盡吾心焉耳至於相公則固知其休容之度受天下若壑而乃逡巡不敢以一言

進孟子曰責難於君謂之恭穆惟今之告吾相猶告吾君也竊謂今時事切要者相公有五難焉主上頤和穆清朝講久輟而舉天下以聽於相公君相血脈不易流貫則格君之難也天下洊饑民死亾相續所賴以起骨加肉懷結窮孥者惟親民吏而今或有大謬不然則安民之難也天子予奪寄之宰相相公操天子之所寄而爲天下之所奔每多善人巧投合人墮於其中而不自覺者則知人之難也襲套獻諛虛美熏心無有設不然之事爲逆於爾心之言以瀆聽者則反己之難也各持意見議論橫生朝堂之上宛如聚訟則定國是之難也相公當此五難天下理亂關之而有不得不皇皇焉求以明四目達四聰者穆則以爲格君難矣宜因明而通蔽如國本雖定須及時册立以定中外人心如易納約自牖遇主於巷從容求成可也安民難矣宜愼選撫臣而重墨吏之懲諸以墨著者令撫按不時奏劾不得以任淺假之若必待其罪狀顯著而民之溝壑者已過半矣今天下大祲道殣相望此何時也而可使墨吏一朝居耶知人難矣而其大要則易見焉夫用人必先知人剛介寡合爲人不喜者君子也柔媚易親爲人喜者小人也於此辨之十得七八故執政者惟用吾私心之所不喜者而天下服矣脫不辨而誤用小人勢必如癭附頸去之不易昔王金陵以行誼高天下至今人猶信之以其果於自用爲一呂惠卿所賣致亂宋室此

不知人之禍也夫小人勿用矣至其所用者豈必皆兼才完德乎或有德勝才者此賢者也而使之在位或有才勝德者此能者也而使之在職在位在職各得其人而天下有不蒸蒸向治者未之有也反己難矣而此心本自至虛反求卽得孟子曰行有不得者皆反求諸己其身正而天下歸之自古名臣賢相不曰人言不足恤也思天下國家無皆非之理而躬自厚用能顯序大業而方軌稷卨何者謂罪己罪人堯桀攸分而禍福理亂之機也能罪己則能服天下之心而不必防天下之口能服天下以道德而不服天下以機權自是庶人不議矣國是難定矣而定之者在虛心平氣以應之孔子謂衆好衆惡必察而孟子

於國人之論然後察之見其賢不賢而後用之去之夫謂察者察之於衆而得其公是公非尤必以君子之言爲準也見者見之於己而得其眞是非知其論人者又知其論於人者皆與君子之言合也如是而舉之錯之不執意見不昵朋比人皆帖然稱平矣大學論平天下在絜矩而首言平好惡書曰無有作好無有作惡蕩蕩平平陸宣公謂平章國事如權量之無情於物萬人莫不安其分而服其平此定國是之道也五難皆時事切要而反己與知人二者又天下太平機括所繫爲尤要也此皆老生常談而穆憂盛危明以仰副下問者卒莫有加於此語曰狂夫之言聖人擇焉以相公休容好善優於天下而見之采納

固國家之福亦相公之福賢子孫不世之福也穆多病無能爲知己者死儻吾言用卽吾志行而有不必自己出者卽槁首山樊謳吟元化有餘快矣長年三老泛萬斛之舫於大瀛諸所習於風波之具業已無不預而操一葉輕舠者又從而擢髮細數語之贅矣乃長年三老額手受之曰而我忠也惟相公賜覽觀焉天下幸甚穆亦幸甚干冒清嚴不任悚息待罪之至

上元宰王荆石相公　　艾　穆

某惟相公正直通於神明精誠貫乎金石以故上結聖主非常之知兩年虛元揆之席以待三遣官督之起於家六上辭疏而溫綸之眷留者彌篤頃接邸報知相公已還朝必奉太夫人輿與俱上諸聖明魚水之歡下慰蒼生雲霓之望矧上天垂休惠我有明必篤太夫人之嘏於無疆以究相公黃虞事業相公入而論思密勿啟沃聖心出而歸第奉晨昏承歡親志俾忠孝兩純爲千古名相絕盛事不在兹與喜今邊塵已淨海波不揚賴有君相一德在上某雖跧伏草野可無杞人嫠婦之憂矣獨以國本未定聖心不斷而言者務以直激之以急求之致觸聖怒

而傷國體不獨於事無濟而已也某則以爲此在元老相公調停斡旋於其閒而非直與急之所能圖成也夫龍之頷下有逆鱗未易批也虎之與人異類而媚養己者順也諸言者但知逆以批龍而不知順以媚虎耳今中外之人皆浪傳宮中有謂世廟不立儲而享國永穆廟立儲而享國促以致搖撼聖心不決果爾則又尋常大都人情之所不能無惑者似未可堅執常理以重違之也某願相公未可逆之如批龍姑順之如媚虎以順之久而後逆之言可入順之極而後逆之事可圖是順所以成其逆也逆必有資於順也徐俟中宮無生聖心觖望或微有機括萌動卽迎機而導乘閒而入爲元老大臣者婉言密陳內以

開其蔽而祛其惑通納牖之明以冀于巷之遇外之言者明目張膽申明祖訓立長之義於時聖心必窮而無以自解斯庶幾易於回天轉石而大事可圖成吾故曰在調停斡旋於其間而非直與急之所能成也方今聖明舉天下以聽於相公豈有此大事而不惟相公是聽者以相公得君之專將舉天下惟其所欲爲而赫然以相業焜燿萬代其事又孰有大於此者惟相公從容圖之

與大司成趙瀫陽　艾穆

僕楚之鄙人也昔官燕中數從士大夫後竊窺明公之爲人如大圭不琢大羹不調絕立聲利之表非今世之人也居無何僕以狂取譴錮之圜土荷明公拔羣而顧當是時明公首倡同志急人之困而抗援救之章僕蓋未之知也則來萬死之身憑倚寵靈不卽膏斋土以有今日快覩明公樸忠直氣茂膺殊簡今且躬操天子之鑪錘以陶鑄天下士而攄以人事君之大忠計旦夕爰立爲世道蒼生慶也第吾二三同志橫罹口語風萍散矣說者謂有道之士不憑意氣不墮俗情善己善人遠譏消忌信吾黨亦與有責矣乃至以是快仇讐如國是何如天下後世公論何野人惟恐入山不深掩耳時事久矣恃明公之知爲一洩其嫠婦私憂也調停斡旋潛移世道是在名世者附啟申候興居少抒十年馳戀之悰伏惟崇照幸甚

與邯明府次峯　艾穆

肅二尹來獲拜手書宛援芝宇兼之大製見示率洎乎希乎有古之遺聲焉方今海內結軌談詩文者無慮數十百家俱盛推李于鱗王元美之作以爲上掩李何今觀其雄詞逸氣淩壓當代殊令讀者避席起敬而棘喉澀吻之語亦每每有之則比擬者甚之耳竊欲折衷其閒以圖庶幾於不朽雖躍然在目尚力難從心如師瞽無相老匠何以教之家兄阜野遽棄人世天之降毒痛於不肖極矣每惟平生撰著至今鄉中猶能賞之可謂有振千古之才而殫於簉詣已命姪輩彙集以俟異時加之商搉校訂梓之傳家猶阿堵中百萬貫也憐才知己如翁幸爲阿

宜生再造之感不肖以先兄故得肆力於文章然先兄自不可一世士而其處心則甚虛曾記童時每與操觚爲舉子文見不肖稾則匿自稾不登後不肖偶府考落名則移書姚府公曰予弟每與對案揮毫且有令伯氏縮手處迨讀不肖古文詞則又撫膺歎賞之至京中覩不肖恆陽之作爲書勉之曰予二十年艮工苦心猶僅僅若此不意弟一旦超然有得何論恆陽行且與上都諸名家抵足論烈顧寒扃中重續子雲之元務究竟所至可也乃今憶兄言如券合信知我成我者莫如兄也胡爲大命不延令我顧天無從擬諡行實求王鳳洲墓志汪南明墓表二公蓋當代作者借之闡發先兄潛光非獨藉重高官之手也業令姪輩磨石以待不肖叨滿者三月惟是殫貧官之力購圖書萬卷於閒曹日夕遨游其中不復問除目憾彼美一方無由相與論交千古慕阜連雲二山靈久在吾胸中以故持氣嶽嶽不下卒莫能襲善宦伎倆以取妍於時使二山靈不在胸中則聲利之態浸尋幾化夫軒乘非榮巖棲非辱惟達人一之今世仕宦談山林便謂無志氣此其俗狀可憎矣且讓翁作口終當與不肖鴻溝耳因翁言併及之呵呵悰私縷陳不覺多贅

與學憲蔡青門　文穆

昨年敝楚學憲公鈌時弟語諸人士曰新學使來必伯華蔡君乎此君無論文章領袖諸章縫欲侍端師非伯華其人不可居頃之報足下茂膺新命矣人皆神吾之言若操券而不知聲相應氣相求卽寥逖千載越絕萬里若天動神合於一堂之上又奚疑於弟之料足下有今日邪第十年前同患難兄弟今皆風萍散矣求一握手開口不可得而吾楚雲夢八九之靈乃能爲我來足下將全湖之精英化祕盡收之而洩爲篇翰以直追屈平宋玉唐勒景差之遺風氣槪之鼓動諸人士罔不雲蒸而龍變弟得以睤觀其盛不謂有厚幸與吾楚在昔稱名學使如少

華許公□后喬公皆能以文行倡興多士收公明作人之效幾空同振鐸大江之風矧足下人品出二公上先聲孚格已久者乎弟以是幸楚士之有遭也第楚之士昔也樸今或浮靡矣昔也介今或脂韋矣昔也厚今或佻達矣昔也殺今或闒茸矣此其作之實在足下夫謂金之在冶泥之在鈞也又始進自干進者多而始進輕矣夫進一有力者則阻一寒士之進此倖竇之所宜杜也足下家鄰於楚杜之宜嚴茲固無待弟贅矣弟年來洊罹家難鬢髮種種成翁一切世情了不干涉獨平生抱山水之癖懷五嶽之仰頃且走書約沈純父鄒爾瞻爲洞庭衡嶽之游乃純父欲歸不得歸而爾瞻報弟書曰老親尚未徹一命終當覩丈爲進退也云云弟旦夕將裹糧獨往矣弟今如伏蟄之蟲頹然放於山澤蘿薜之深不復知有人世與其若二三同志者落在趙孟套中豈若偃仰煙霞於長林大壑之間卽不能如黃鵠之摩九天庶幾與鷦鷯鳩鶵其適其適乎此隱衷非足下不以告也薄將愧不成享亦不復襲套具賀書惟賜鑒亮不宣

荅雲夢孫山人

艾穆

僕以倖直之性忤時觸憲自誓剖心裂肝於殿陛之前矣賴天之靈猶得以僅存餘喘歸見老母始謀以短後之衣從塞上也此由狂瞽不量所致而足下爲我憐之遠煩長翰惠之大篇若九天咳唾一旦落吾掌中令奄奄就木之人漱芳挹潤噓枯就生此之爲感宜何如者而足下意氣翩翩不於茲可徵耶足下握瑾不售含光匿景而託之文釆其爲人孤介逸俗海內呼爲山人假令足下翺翔靑雲置身朝廷之上豈能與世之鬢眉婦人競爲妖冶之態以取姸時眼媒顯融耶是僕之所不爲者信亦足下所不爲而足下喜今僕之所爲猶吾爲也僕自燥髮受

書見古之達人以死爲生以辱爲榮以賤爲貴用能浮雲世態旦暮萬古而遐覽宇宙之表每私心高之持此以觀之取於搏擊不難一決者似之矣然或以天子宰相爲奇貨而借之驚節樹聲吾又未始不略其行而詳其心也僕今日者其或有類乎是耶此又僕之罪僕居冷局十年矣旦夕當補外得熱秩矣特以事關綱常致動天變不得已而當其時卽七尺軀吾不能有而況其他耶此僕所以旦夕悲心流賈生之涕而慕屈平之沈也恃足下知我爲吐其愚賤體稍妥擬束身造河湟戍所異日者卽無能北筞胡西筞羌從介子延壽後以振奇萬里外尙期於荷戈之暇取足下篇章歌之塞上當與古鐃歌鼓吹嗚嗚相荅響於時助我淸狂發之天籟造物知不吾禁卽投之絕徼於此輿不淺肎呢呢爲兒女子悲耶教末卽田晝告志完之言惠我大矣

移胡生雲從　艾穆

僕於足下非有平生之素領蓋出肺腑相示不自愛而愛足下冒父子必不能相信之嫌於二三直指一旦援之九淵而欲其覆盆見日羊腸化坦者蓋憐足下之才而又冀倖足下之有悟收桑榆之力救東隅之失如太空重雲欻爾開霽萬象不失使人皆見之天下信之則足下一變便殊絕非復故吾而僕亦可以有辭於當世無使人謂某氏子以風節聞天下而其取友有不然也前致書援周處戴淵二公故事規足下意蓋在此乃足下故態猶存惟知以奔競爲快意親交結爲良圖疲神殫力用財如土費酒如川惟日不足可謂許子之不憚煩矣況黨與非

人如入鮑魚與之俱化至是而足下之反己求新無復可冀而僕亦悔於厥心誓從此斷吾臂不爲人假一字障吾面不敢見一人充吾耳不欲聽人之有口死吾心不復見可欲而亂得保吾硜硜之介爲全圭完璧以終其身而不致半於九十是足下非所以爲吾累固吾好修勵行之資也孟子曰人恆過然後能改困於心衡於慮而後作足下之困衡非一日矣果待何時而作邪諺云牢獄福德堂此語最有味惟達者得之爲此生受用禪家謂滅動心不滅照心卽吾儒明善誠身指也足下素好禪今動心不滅矣照心何在邪蘧瑗行年五十而知四十九之非卒之名德爛然與孔聖同光照耀千古不可及矣如周戴二氏一遇清河雲開番然改行至今有無窮之聞此亦爾鄉前人芳躅也可不思仰止邪且足下以結交爲苦乎樂乎榮乎辱乎禍乎福乎試一反思當自知之今以苦爲樂以辱爲榮以禍爲福僕始不知爾所稅駕矣或謂足下業已膏肓於此一旦去俗從雅離囂卽恬舍濃趨澹如猨鳥之入篏緤將有性命之憂自非天下之大勇何能一變至道邪嗟嗟堯桀轉移在此一念前事之不忘後事之師也鳥之驚於矰弋也思亂浮雲以避之獸之脫於羅落置罘也思淩高邱以遠之夫謂周身之智得於嘗也足下嘗之矣自謂予知矣而曾二物之不如僕閱人以來如貴陽宋吉士某西蜀姚員外某皆以意氣交游傾海內者宋後謫

參軍落職家居今以僞印罹重辟姚遷王官歸今家徒四壁立二氏皆大敗於交游此又足下可鏡也僕始望足下攻舊業致身青雲終厥壯圖以報知己今亦已矣所望以前事爲在車之鑒無蹈覆轍以禍其身況人皆信迹遺心向之罪足下者信之平時而今之議足下者信之一日何者謂其聲著也柰何不之思邪苦言藥也甘言疾也願足下仰慕蘧瑗希蹤周戴息機忘物勵無求之操堅食貧之志有力則可貲而官不則宜安分聽天無生心階禍且心迹已明自可長嘯物表或明農治生或立言爲不朽皆惟足下所爲語曰天之假助不善非祚之也欲逞其心以稔毒而降之罰也足下幸無逞其心而厚其敗

湖南文徵卷三十六

書下　湖湘後學集編

與唐三府卻礦稅差官書　陳尙伊

萬事不理醉復醒長古煙波弄明月此太平時隱士詩也今何時哉播酋雖誅苗寇復叛徵兵增餉財盡民窮加以礦稅二使遠自京都接踵而至此輩惟知橫索以充私囊罔恤斂怨以累主德凡所經過地方大肆騷擾如近日申百戶臨州動稱奉命開采寶山不知此山乃一州形勝所關惟纍纍千冢無他寶也假令開采不已如枯骨何如形勝何賴老父母多方區畫復以

厚利啖之遂移車他往一則澤及枯骨一則保全形勝厥功豈小哉但又聞陳太監尙在省中百戶乃其爪牙欲索千金以塡其谿壑豈知民膏有限前四百金已歎補庫之難若復益之以千金不知此金從何處出產想臺下自愛愛民必不忍輕派窮民如索之不已必申詳院道以及本府自有主張杜少陵詩曰誰能叩君門下令減徵賦蒼生所仰賴以裁抑內使者惟院司道諸大人而已尙伊本山中人乃敢越分瀆請喋喋不休目擊時艱自有不容已者惟臺下諒之幸甚

上沈公卻南糧書　陳尙伊

尙伊山居之人本不敢輕瀆顧事有關一州之民命若坐視不援是豺狼也敢披瀝爲臺下陳之願垂聽焉吾桂陽乃極僻小郡自國初至今幾三百年德安倉折色銀兩百姓尙苦轉輸一旦改抵漢川縣南糧二千有奇父老聞命惶惶失措呼號之聲震動山谷誠以南糧之不便於吾州者有三其一曰山險州治四面原無河道舟楫不通北去五十里有一小江而此五十里之中多崇岡峻嶺巉石橫道空手難行豈堪肩挑背負者乎運米數百斛民力已竭況米至二千石以上乎此之謂山險一不便也其次曰江險夫小江不能容大船小船不能載重糧況有

石灘二十餘里號十八灘劍石巉巖舟觸之輒碎船過一灘十船九壞夫一二灘之險重載之船尙不能過況十八灘之多此之謂江險二不便也其三曰凶年之險吾州山多田少豐年僅足以周一歲之用歲或少歉則必仰給於出穀地方此其常也今驟加南糧若豐年尙可變產湊銀貴買他鄉之穀遇凶歲則嗷嗷待哺之窮民救死且不暇其勢必至於塡溝壑竄遠方甯復顧南糧之辦不辦哉此之謂凶年之險三不便也此三險者惟十八灘爲尤甚國初吾州之派折色夫豈無謂今一旦而改易之此民情之所以洶洶也夫漢川桂陽均一赤子一則援之井上一則推之井中貧民何以處此不平之鳴自有不容已者

伏乞俯念民瘼以南糧改回漢川令吾州仍解德安倉改折庶京儲不至愆期生民不致失所國計民生兩攸賴矣伊不勝仰望懇禱之至

復長沙太守孫豐山請修郡志書　陳論

論讀直隸蘇州府志洪武間守臣姚公諱善者汲汲於育養英雋無怠無倦政治爲天下第一初聞郡士王賓賢造陋巷訪之賓闔門不納曰驚吾母矣公笑而退復擇日再往望閭去騎從徒步及門以指叩其門者三賓問爲誰曰姚善啟門迎入公再拜以郡民艱苦爲請語不他及也有韓燮者隱於醫聞公將親玉趾避之上方公辱於上方燮又泛舟入湖公歎曰韓先生所謂名可得聞面不可得而見也後數因賓請往乃得見又有錢芹者貞介絕俗公數候見芹對使者曰某民也禮不可往見於庭苟明公宏下士之風請俟月朔胥會學宮公如期至迎芹置

上座請質經義曰姑舍是乃今事有急於此者出一編懷中曰子所欲言盡在是矣歸啟封視之乃守禦制勝策也嗣後靖難起兵公之精忠峻節赫然與日月爭光是故有史明古之傳有吳匏菴之志將傳誦千百世以爲典要論以區區管見竊嘗駭其爲當世所絕望矣仰維執事龔黃其政周召其心以儒素行公卿惠後學如子弟挺然力挽三代之風且欲因郡志作明一經以裨國史之所不及蓋納民於軌物者也弗類如論者亦兩辱收錄俾從司筆削義翰輝煌光熠山淵忘二千石之尊貴而下友匹夫之賤異數奇逢孰謂古今人不相及哉是故姚蘇州不得專美於前矣論既力疾拜使轉請寬假日惟力是視竊自

度一介腐儒幸附姓名於至治馨香之中此生平所深願而不可必得者忝年逼六旬神疲氣短即日閒時事記後忘前況其慮不及精思不及睿又豈能侍楊劉二太史雌黃點染以自速辜哉是故萬丈光燄空切瞻依然鈞命弗敢方亦惟勉強輿疾竊欲效子來者之丕作或曰有一代之興必有一代之文運大人君子起而乘之以爲斯文之模的今在上者以貴下賤其屯之初九陽德方亨時也子之心反變塞於行古道之君子非所以益上者也范文正曰非子陵不足以成光武之大且民未知禮未生其其子固徇世俗而聞命奔走以爲共乎論曰昔張師德之所以見鄙於王旦者正謂此也誠如是則時人莫有如論

之所以爲其者矣苟爲不然前疾日臻鬼神弗赦如天下後世之物議何乞保全殘息萬一原而宥之則所謂濟之以已絕之年賜之以既盲之視自茲卒歲皆其所再造矣論尙圖效犬馬之勞以報所知又豈敢脫然長往哉雖然論聞有天下之大福者必有容天下之大量蓋其心渾然天理物我無間故曰有容德乃大斯又匪直爲泰之包荒已也

京邸寄族人書　曾朝節

去年還桑梓未半月即理裝行未獲一一敦敘而十數日間以先君未緒之務有相關白者不無言語之失負咎良多媿歉媿歉節登鄉試垂二十年遭迴困躓備嘗酸楚晚羅先君季弟之變情境醜惡物態人心於此都一一勘破益若南隴之梅枝枯葉瘁傲然於冰霜風雪之中良苦矣偶來帝畿遇知己南宮收置上列進對大廷蒙皇上可其策御批第一甲第三名欽除史職日食太倉供玉粒大官饍以珍饌翔翥秘密禁近之地抗揖鉅公名卿之間玉堂清暇世人嘗擬爲仙而臚唱之日及第恩榮異數尤極崇渥傳制畢京兆具傘蓋銀瓜諸儀從東長安門

迎至順天堂舉公宴兩京兆乃復送之西長安歸第此始天子所以風勵四方學者顧節以譾劣赧汗於遇分之過而無以堪之也節伏自思我祖宗自元末季肇基岡麓一脈善慶之澤彌遠彌積乃始駿發於今日以衍於後來如川方至因信善積之必有果報人固不可不務善也願與合族賢者共相策勵非善念決不可萌之於心非善言決不可形之於口非善事決不可蹈之於身孝弟忠信爲宗族鄉黨所稱道天地鬼神所歆享則報不於身亦必於其子孫此事之必然當不誣也嘗見俗情多務近小不知遠謀尤好傾軋以欺詐成風家即貧爲父兄者亦宜訓子孫以詩書教之以禮讓成必爲俊爲彥不然亦不失爲

名家子不宜使之逐末而棄耕讀嗜利而習技藝以自傷其福在家務相規約大小事務先剖之族長不必遽鳴於官府此亦修禮讓之一事在今日尤宜益崇美名以培養福基勿俾鄰里親友有所竊指或亦昌族甯家之上務也節處貧有年然卒不負所志則能耐者固非癡客矣茲遣人歸迎老母草草寄報列位尊前因附鄙私伏冀諒察幸各珍重餘不一

與王百谷書

江盈科

夜郎蒙詔輻姶五千里江生馬蹶抵天盡頭所至縉紳無不問王先生健否夫足下蕭然布衣名馳九夷八蠻向者鷄林購白傅之句象郡播柳州之詠甯勝此哉不佞審讞兩省解主上之網死而生之者凡三百人然兩省元元苦兵苦饑苦貢金苦鑿礦苦抽稅死者十三徙者十四譬之黃冠代富翁設醮放魚放鳥名曰放生以爲功德而富翁方且屠戮羊豕以肥其口誅求逋負以肥其室較所生於所殺者纔萬一耳柰何柰何比事竣東歸休憩敝里里中斗米直青錢百文陸賈之裝旣罄史雲之突莫黔惟是玩泌忘飢吟詩銷日聊以自遣稍俟秋風薦爽乞米長安爲餬口計徵君動履想復佳勝伸楮抽思無任綣結

與守憲議排山驛遞書　陳宗契

衡陽負郭孱邑也。封域不廣於祁。而甌脫沮洳居半。甲子大歉。自冬徂春。塡溝壑者又半矣。加之翦桐大建。腊皮及骨。初猶軫念。免二運三年。今又京兌二重役。仍舊科解矣。黔遼之餉。率土皆然。惟是瘡痍之衡。衣薪剁荀之困。京猾之虎。禍京匠之狼噬。市魁之采辦。王夫王馬之驛騷。三空四盡。衡之爲衡亦可憐憫矣。大聲疾呼。方不擇音。於鄰之仁人君子一手援之。乃有秦越衡民。輒乘其憊弱而中之。於是舉排山三股之馬。以均半告矣。又以撤驛告矣。夫驛撤則祁順流而衡逆。陸難易之數。可不可之較。尺豎知之。不辯知也。惟是三股之議。遡源有自。祁人未之深考耳。蓋沿成化間衡邑以一千兩協濟襄陽呂堰光州。嘉靖間又以四百兩協濟湘潭之黃茅。又以三百兩協濟府屬之安仁。夫子立一衡陽。協幫四五。於是祁陽之排山。不得不議三股矣。祁人獨見今日竝齒之衡。何以不均遞。而不自思昔日堂堂之祁。何以不呂堰黃茅也。等濟也。昔年當事亦曾經幾人告幾人議。以有此定局。相生相守。底於今日也。若祁人舍定局而不守。私一膜以熒聽。必欲衡陽均遞。則必盡除衡陽之呂堰光州安仁黃茅幫協而後可。當事肯任乎哉。不肯任。則衡有死不受也。某等率三老盥濯焚祝。外復絮絮作此瑣語。蓋天啟壬戌年曾對簿陳詞。而蔣知縣之條議。舒按院之批允。見今奉爲著蔡者也。

與撫按竝藩臬公書論桂府王莊　陳宗契

捧憲檄有桂藩二萬項之令。續蒙老公祖寬政。業許衡屬供五千項。此字小盛心也。荊衡雖併藩。然荊大而衡小。衡邑額賦歲止萬石。居恆供不及格。且城大僅如掌。使者執荊藩成例。多欲民居擴之。衡幾無城矣。而王夫王馬之役。剜窖豎廠之費。采石徵木之煩重。以刊山竭澤。狐兔邱隴。雖有道府極力安集。無柰盡邑而夫。盡山而童。盡川而涸。盡人而骨立。嗟嗟。室九空猶有室也。家四壁猶有壁也。鞠爲茂草猶有草也。今府無市。市無居。野無地。地無毛。安得不慟哭哉。然則五千項竟何結局。不佞謂衡陽之小。十於江陵。江邑以免派。固有監利石首之三千項在。而子立衡邑獨不可引例邪。衡之雍府田產。當已變值入景府。二百年之事。無隙可問。問徒滋擾。無已。請歸福潞兩藩之贍金六百餘兩乎。無已。請拓衡衞之絕產百餘項。竟入抵數乎。無已。請灑派衡之屬邑乎。無已。請自臺裁。於衡屬五千項議減而分之鄰郡乎。然所謂衞之絕產非眞絕也。執絕之名。勉括軍民以答明旨。議者謂但可徵課。不能管業。勿論畸零雜碎。貧斂堪羞。亦蠶食鯨吞虎冠駭聽。安往不有哉。事關地方。眞切一字一血。念其固陋。合詞以請。惟老公祖斷力主持。幸甚。

請裁黃堡驛馬弊書

康元積

衡山叢爾下邑水陸交衝土瘠民貧俗陋人愚長於奉法而短於避禍惟是黃堡馬驛一事遺害已極被困不堪一路之哭酸辛靡控敬具陳顛末代爲請命惟當道大人少加憐焉竊照衡湘二縣自國初以來各就長馬上下徑遞行之二百年矣未聞所謂馬驛者馬驛之設葢自萬歷元年始也緣長民者偶觸力役之疲當道者欲疏壅滯之虞不知法久必弊役久必玩就中稍加振刷豈無善道而謬爲更張議將本縣霞流水驛改於湘潭之黃茅堡以爲馬驛而名之曰黃茅驛夫設驛馬三十四內衡山議編九匹湘潭議編八匹又將安仁原編霞流水驛站力

工食三百一十餘兩準馬十三匹三縣共三十四各縣各當彼此無混驛官第取辦供應而已不爲轄馬也顧馬雖三縣其遞驛則湘潭地方而驛之官吏乃屬衡山安仁兩縣違誤者必責償於衡後因安仁閃躲接遞不及致使上司嗔怒責令衡山替役令安仁止認解銀然官價走馬實不能敷而安仁里甲亦於價外倍幫本縣雖替役尚堪支也至萬歷九年奉文裁革里長於二十四兩之外豪無私幫而馬始困矣其後安仁日益玩愒並官銀不依時解致馬戶賠累告擾當事者誤聽奸猾某某乘機賄蔽遂將本縣夏稅銀兩與之撥換於是安仁代衡山解夏稅衡山代安仁走馬自後安仁所編本驛脚馬無其實並泯其名矣萬歷二十年更定全書復派衡山加驛馬三匹而於湘潭縣反減三匹於是衡山驛馬增至二十五匹湘潭漸減至五匹此日困日增彼日逸日減不知官長何所甚愴而獨困此一方民也後又奉議將本驛馬裁革六匹衡山存二十匹湘潭存四匹湘潭名雖四匹其實抗頑多不赴役而往來馬遞其責盡屬之衡山矣馬戶力不支而小民之私幫愈增至今每馬一匹除官價三十兩之外民間私幫增至一百二十五兩合二十匹其私幫銀二千三百兩破家蕩產鬻妻賣子以償此額外無名之役今民困已不聊生而馬戶半歲之外尚多逃竄又不得不責償於小民縱欲醫眼前瘡而百姓心頭已無肉可剜矣細思此

驛之設於事理之不均者四小民之受害者四馬戶之不便者三請得而終言之自湘潭縣八十里而至黃堡驛又五十里而至栢塘鋪而至衡山其屬地方纔三十里耳道路之相去可謂懸殊今以一百三十里者出馬四匹而三十里者出馬二十匹多寡輕重倒置如此其不均者一也衡山路當孔道南走兩廣北走荆襄又有醴陵攸縣安仁湘潭四處小路不時卒至又有南嶽祝融游覽紛沓諸如此類車馬絡繹靡有息肩今編驛馬九匹猶云本縣應供耳乃未幾而責使代安仁之十三匹又未幾而責使代湘潭之三匹夫二縣咸蒙軫念衡山獨可重困其不均者二也自驛未設之先兩縣長馬徑遞此往彼來未有差

等今驛在湘潭之地官吏應屬湘潭卽不然亦當調停適均毋使偏累自官吏屬衡而廚傳之供億館舍之修葺無不屬之衡者以兩縣供應之役而損一縣之物力以徇之其不均者三也旣設黃堡馬驛下之接遞湘潭上之接遞衡山馬之應役與縣無殊今驛馬裁爲二十四匹而湘潭四匹又不用命則驛馬旣不能當縣馬之半矣而縣馬之至於驛者照數對遞其多寡又復不異矧該驛去縣遼遠所遇不良差使勒索惜馬等項數倍於縣莫敢喘息而當道不察猶議裁而不議增其不均者四也若夫衡民之所被四害則讀之猶可酸鼻矣自衡山誤以夏稅銀兩更換安仁馬價今共三百一十餘兩者纔足供兩馬之用

耳而每歲所賠安仁者計馬十一匹約銀一千五百九十餘兩此害之大者一也其代賠安仁者猶曰作俑於夏稅之更換耳乃滅湘潭之三匹以加於衡山則不知其解矣當道大人曲徇一時之情遂爾上下其手不知衡山官價與私幫每歲賠銀四百四十兩誰作厲階至今爲梗此害之大者二也自驛馬旣敝一縣當三縣之役馬戶以驛爲阱一遇僉報刑驅以往如赴湯火復有無賴棍徒藉口重困故相推委編戶之家懼其往役甯倍加幫貼與之而此輩所領公私馬價先已花費蕩散其十之八九僅以其十之一二者祇買二三瘦弱款段之馬抵塞過客每至八九月馬斃囊空揭借無路遂至逃竄則縣官坐令編戶之家重賠顧募以畢前役一之爲甚豈可再乎此害之大者三也馬驛未設之先我往彼來上下中火兩縣各任自有此驛而一切供應盡歸之驛如曰本縣原編霞流水驛之費足以充之然黃堡陸路之衝十倍霞流其所編增諸費皆小民額外之膏脂也至於公館司宇置自衡山者彼土之民折損盜毀雖有看司門子異縣之地軍民分錯莫敢誰何本縣每年修理一行一木一瓴一民匠斲之屬咸自本縣負運以往縣官豈有神輸皆驅民之力取民之財築愁築怨控訴無門此其害之大者四也若夫馬戶之不便於驛者三此亦有足念者黃茅堡地瘠不毛野無茂草山麓田畔有草之區湘民立界稱主非有價易豪不

敢犯方春稼時豪民厲禁約曰衡馬兩足下田者賠穀五斗四足下者倍之或不認賠則縶其馬以爲質甚則重棍繫之送之遠方而馬沒入不可返矣芻牧孔艱所在爲阱一不便也黃堡地屬湘潭衡民越八十里而往役立錐之地一椽之棲賃土僦居計日而酬稍有朽毀立爲修葺矧驛地原係軍衞屯所軍民龐雜嚚陵詬誶山藪萑蒲寇盜充斥往往被盜失馬不可究詰二不便也馬戶一名除正身荅應上官外若背包若芻蕘若炊爨若往來探聽多者八九人少亦不下五六人日用酒米鹽茶供給皆運自八十里之外一遇風雨冰雪連旬接濟不及湘民坐索倍價三不便也原夫設驛之始固曰裁不急之水驛而改

設於衡湘之間庶幾以驛供官而取驛役之費供馬以佐二縣之不逮豈不謂官民長利無踰於此顧行之數年便成沮格行之十餘年而衡民大困至今僅二十餘年而衡民無不嚙指蹙額咨嗟太息若不能以須臾矣夫昔年以兩縣長馬徑遞至二百年而始敝則其法之可行斷可知也今馬驛之設不三十年而數變數困以至於敗壞則其法之當罷斷可知也今日衡山之事編戶與馬戶重困民力與馬力俱盡不止昔人所稱東野之御設今不改日甚一日不至驅衡山之民而逃竄流移不已也茲若不廢馬驛而官民胥便則當酌於事理之公平庶通變而可久請於驛馬仍照初設三十四之舊而議衡湘二縣各出

十五匹衡山之十五匹隸之驛官凡由衡山而下者驛官以衡山之驛馬接遞之其自湘潭而上者無與焉湘潭之十五匹隸之堡官凡由湘潭而上者堡官以湘潭之驛馬接遞之其自衡山而下者無與焉各縣各馬各縣各遞以省長馬徑遞之勞至於供應下程仍照舊例付之驛官竊以為均兩縣之差而甦公私之困無踰此者萬一湘潭以近例多寡為辭則請有以折之夫此驛未設之先衡山之馬徑遞湘潭矣湘潭之馬獨不徑遞衡山乎其徑遞衡山也亦有他縣為之協濟者乎其食王土其服王事偷逸二十餘年以偏累衡山人窮反本尙安所藉口也如其堅持不下請仍復國初以來二百年之舊令二縣各以長馬徑遞蓋計程一百七十里非有甚遠夫役可行馬匹尤其可行何易於人而難於畜也矧以三十年重困之新法而較二百年久安之舊法其因革之勢既已較然卽以新法調停而使兩縣之聚訟議論之不決則莫若使之各照舊額一彼一此不復相牽庶可服二縣之心杜偏執之口而息衡山之困也至於驛官原管支應而不管馬匹矧數年以來差使鞭笞箠楚無管馬之名而被管馬之害今馬各撤回可以全民亦可以全官而差使逼勒之害亦少息乎若夫安仁銀兩原係協濟本縣霞流水驛者似當仍歸衡山以濟馬驛之衝疲而幫馬驛之供應似亦公平之論儻湘潭以爭幫為辭則馬驛未設之前原無所謂私

幫者既各復舊則協濟非湘潭之所得與明矣某目擊桑梓之困熟悉馬驛之害憂徒激衷愛不能助謹條陳顛末代為本縣父老子弟控訴於大人之前伏乞詳覽洞察俯賜矜恤懇罷新法準令各依舊制走遞俾財力不致偏累邑里稍蘇息矣

與邑侯余公書　洪雲蒸

承平久武備弛治生所目覩眞兵眞將僅鄭芝龍兄弟若粵兵則以七千衆方可當芝龍之一千五百是粵不及閩而贛院之兵則攸中尋常人等耳故鍾之餘夥逸出僅六百餘人一入閩即擄脅閩人之强有力者爲夥遂二千人鄭芝龍追至即逸入贛境之瑞金會昌雩都甯都興國贛額兵三千無能當一陣及興國而粵將與閩將追及即逸入泰和之白羊坳與冠朝地方乃四月十七八等日也閩粵兵星馳冠朝一擊殺賊五百級取回被擄三四百人而賊潛入大山中時吉撫建南贛諸人皆謂賊散盡將閩兵粵兵反目之爲賊見塘報兵則殺之持銀買米

於泰和泰和弗與致閩將發憤回閩粵兵將懼餓死亦回會昌及兵回而賊又突出江右吉撫建諸府只責備於虔兵何以不堵賊送賊入內地蹂躪虔院受江右無端之責備只轉以責備於粵兵之回出疏特參治生於此際爲之浩歎治生於宦念已久灰盡只憾養兵地方頻年徒以數萬金飽債帥之腹今竟似無一兵任賊擄掠據稱宜黃樂安人俱以厚賂和賊賊未殺人而財已空崇仁人與賊持則殺之多永豐係甯都界賊往來兩番治生慮民禍無了從南韶入贛與贛院面商六月十八至贛住十日吉安報有二百賊到吉水地方永豐報廿三四等日每日有賊四五十人到城下哨探城中以鳥銃打之隨跑去而二十三日粵兵三千馳永豐順流賊尾七月初一日回雄治生之奔走無甯日者惟是以蕩平二字報朝廷然必無一賊乃可安枕不然弗論二三千即二三百强賊入境亦禍不可言緣無拚命之壯士以當其鋒若不拚命則數千當賊與無一人等聞老父母練兵數百固不得不如此然能勸諭鄉城各家不問大小皆將武藝自演以各自保身家自保性命計則官不費餉而戶有打手風聲遠播賊來探必疑畏且此一著若先示以爾等演武藝賊來聽調則無一人肯演畏其調也惟先示只爲本里自衞則人自爲之然此每鄉村若有上百人學成武藝賊至雄心便逞其大陣上千數人不敢輕出俟其分掠各村時則此等能

一鼓擒殺一村擒殺村村皆擒殺擁一二千不能零掠亦困而走耳且賊皆帶銀或百金或數十金不等殺一賊而得金如許其奔利如騖故粵之殺賊但遇官兵敵敗賊零走則鄉兵殺之始盡此諭家人演練其益實多而官兵演練必得上過陣人以爲之師乃有益至閩老父母探於廬陵雍父母最妙彼中音耗星馳則緩急先人一著治生日夜惟冀蕩平敢諄諄白於老父母惟維桑與梓人民休戚實切痌瘝而親友關情又不待言也

請議益陽還樸約書

賀鳳梧

粤自古昔以來世一降則風一變人一出則俗一新風俗頹壞之餘類非有賢豪長者不可得易也論者皆曰風會之流轉移在上此固然者竊又聞之昔陽城居於晉之鄙晉之鄙人稟其德而善良溫公與康節在洛里中後生皆畏廉恥然則鄉先生者尤鄉之人所服習而轉移風俗之機也今諸丈年高望重當不在陽城諸公後而今之益未盡得如晉之鄙宋之洛則可不一問乎夫益俗之弊莫大於奢侈侈風一開靡所不逮故有宴一賓致一餽而虛一廪者矣有嫁一子娶一婦而亾數畝者矣有槖亾贏積而庭宇楚飾服御綺麗若貴豪公子者矣甚者臨

喪不哀而務奢費以延賓以是爲不儉其親此其亾仁義之尤至者也競侈成風大都類此聞之父老吾益之饒舊稱樂土庾廪之積徧于里閭今則無論中人下產即奕奕名巨家者其帑藏亦不償所出矣此豈非俗日漓而奢侈者之過哉此不亟返是使人之疾背康莊而走荆棘無已時也邇者與同志十餘輩作還樸會於草堂治具一如甘泉先生所爲還樸約會既乃梓先生約而傳之亦同志者救時盛心也然先生所約筵賓一事耳吾黨之不樸豈獨在樽俎間哉第吾儕德等年微不足爲鄉人倡譬之學古禮者古服古器皆非其所習其兒季陳說而引導之即不反脣而訾其行也率亦不大力也有父師者儼然命之則人有肅然聽命者矣諸先生衆父師也在今日欲抑浮奢還樸質使人向風而慕義則莫若諸先生倡之於上諸同志少年翼之於下先爲還樸一宴集會里中賢者各攄其所見自賓筵而下所當約者悉條其目筆之於書徧告於比閭族黨之間以共還樸俗而諸不在道理之事悉皆蠲去梧不敏亦幸得追杖履之末少佐下風則安知不自今庶幾哉鄒魯之風乎而晉鄙與洛可勿言矣諸丈維持世運之功顧不偉歟嘗讀藍田呂氏紫陽朱氏鄉約則歎古之人視天下不殊其家而所以一道德同風俗者拳拳若此此其心何心也諸先生固忠義爲本吾疾夫通人智士敢倍聖逆天而不懼也取豫章之意作是說以諗之

卻聘書

馮一第

十月朔日謹復書麾下某起身單寒軫旁迂士也少小誦讀叨入賢書將近廿年不敢怨尤初意閉戶著書成一家言藏之名山傳之其人而已詎期天步多艱措躬無地近挈老母入山冒寒衝霧吐血及斛足折難扶決計作太平時廢人矣忽從邑長得奉接徵檄讀至尹聘幡然之句赧覺延攬之誠在古有是禮而某惜非其人也且某竊聽望氣家言井鬼翼軫之閒屢有異氣而世之庸相不能返之宜乎徒步而起者眾矣某既識此豈昧時務乎但時值不偶遂強項作頑民耳伏乞明公俯鑒愚衷置之躍冶之外遂其野鹿之心區區之所當銜結以報者況盛

世不拘逸民天造原多隱士唐宗雖有應詔之魏徵亦有不至之劉翼宋祖雖有草詔之陶穀亦有難化之韓通稽之前代往往而然引此進說豈見拒乎兼之八旬老母依子為命正古人所謂此身未敢許人豈明公盛德將置此不講耶或者下后之流以譽為謗遂使推轂之輩索玉於瑕專望仁慈亟收成命小子幸甚老母幸甚合宅生㞮亦幸甚矣

辭嶽麓山長書

陶汝鼐

古今文章道德之事士君子未有不竭蹷以赴者也然使赴之無力而趨之非其時將責蹇以代騏驎擊枯而求韶濩豈得不輟音而卻步哉前蒙老父臺高駕造廬示以上臺碩德耆儒之檄將使主盟嶽麓為諸生長而意屬不肖驚悚弗甯至廢寢食雖事在舉錯之閒幸老父臺灼然知其不可矣頃承憲檄坐名枉垂聘幣則披瀝之私不敢不盡某今年七十餘自癸未棄公車業浮沈小草喪亂餘生忽忽三十年不省制義為何物矣當事雅意作人專為鼓昕後雋與之較蓺程文使多取青紫非用近科壯歲方攻舉業之士不可何也此道三年一變花樣不同

陳人不如時人之工後輩嘗嗤前輩之拙某之衰陋豈不甚形穢哉如其垂訪遺民義存几杖則養老於庠非勤職事結者為社豈論文章萬不可謂老馬知途強而與飛黃競走也且某昔在中年卽逢禍難驚悴困辱之後失血健忘今瘴然病矣聰明俱損一旦厚顏跼蹐使游於英俊之閒非笑則譏尚可謂執牛耳以相劘切乎伏冀察其衰邁代述懇誠俾不致玷茲清舉獲罪抗辭則上不累藻鏡之明下不冒負乘之誚矣臨書悚切

與温總鎮書　羅其鼎

狡寇猖獗於茲爲烈時事破壞亦於今爲甚微老將軍靜鎮義陵桃花一片地其有甯居乎往遺書二守公詢賊堅脆狀竝及進勦機宜蘄其乘閒轉關未審曾一商略否初賊據有荊襄意江南半壁傳檄可定澧陽奔潰而後垂涎常武猶其机上之肉耳幾番入寇鄉勇禦之受創者數數復退保孤城四散山谷爲分掠計與先年黃德光鄧等行徑大略近似然以事勢度之黃德諸郡非崇山峻嶺即寬平廣原寇騎便於出沒自餘荊州而南長江天塹水深溪迴所在皆然易進而不易退可攻而不可守以奇兵閼道邀之南北隔越首尾不相照應設閒用伏渠魁

可立擒賊之據澧城甯爲得計乎鄉兵數戰後賊鋭氣亦既稍稍挫折豈狡猾不測强而姑示之弱乎抑別圖大舉入寇姑分道而出嘗我以小喜乎孫子曰吾所舉之地不可知則敵之所備者多吾之所與戰者寡矣賊所犯境取道不一官兵處處備之未免兵分勢弱鄉各有堡堡各有兵伺賊之來而擊之以逸待勞以飽待飢遂得以捷聞耳豈鄉民之技戰出官兵上乎所處之勢然也今各鎮會勦其盡忠王國竭力辦賊者有幾各鎮之兵分馳其謹紀律不肆焚掠者有幾主將既公忠自矢偏將而下人懷覬望士卒眎之滋行不肖有幸鄉兵之無成而不樂爲策應者有誣鄉兵之附賊而希借爲功首者桓桓赳赳之旅不禦暴而爲暴蚩蚩夢夢之民不仇賊而仇兵業已成冰炭不合之情安所收胡越同舟之利此愚生所爲私憂過計欲消弭之而無從者也夫鄉民立堡自衛爲全身家性命計非有建取功名之想若官兵乘其殺賊之時共憤同仇之義緩急救應奇正互出藉鄉兵爲功狗而坐收發縱指示之獲主將且藉是以成通侯世襲之榮今茲之日甯非千載一時乎老將軍澄懷遠覽情形昭然不佞義切封疆痛分桑梓言之冒昧伏惟垂神幸甚幸甚

與某丈量書

嚴首昇

某閣下門牆之下孰何往復無慮皆析疑探奇區區爲雕蟲地耳閣下安疆綏民艱大蝟集知是廬陵不談文字之日也某亦姑置敢以當務之急請命臺階某伏處東山輒聞閣下料民料田輶騎履畝萬姓瞻仰誠盛事也顧令嚴察奸而寬大之詔未下某竊疑焉竊效一得以助高深大約有四惟流壤收之可乎某考會典洪武初天下田土八百四十九萬六千頃歷百四十年迄宏治十五年存額四百二十二萬八千頃失額四百二十六萬八千頃戶口亦然華邑初七十六里至永樂減爲二十二坊里成宏又減爲十九坊里夫大明二百八十年天下獨十八

年宏治稱極盛耳以關國草昧土與人應少復多承平百四十年應多顧少何也是時主極聖臣極忠天下極治則國網漸闊而利乃日歸於百姓朝廷知而不問迨其後主以察淵爲聖臣以心計爲忠盡地力增戶口而天下事去矣然則土與人以日少爲治安臣子牧民守土憂國奉公以日減爲賢能亦如司敗之有囹圄以空虛爲課最也自昔丈量原爲百姓清經界均賦役俾貧不困富强不食弱非爲官家析秋豪先輩鄒文莊等曾言之誠宜議減不宜議增此爲天下公言者居一荊岳二郡錯壤畝稅莫輕於江陵莫重於華容其輕也以相國張文忠功在萬歷故其重也以僞漢陳友諒洪武定鼎後至株連故夫使江陵食相國之功百世不替可也使華容代僞漢受罰遂與天地終始可乎山河且殊恩怨安在華容東接巴陵西抵安鄉北連石首近水則同安鄉爲瓠田負山則與巴陵石首交錯厥田上中下宜同三邑一例定則此誠至公非私者居二頃年來苦寇苦兵苦荒苦疫什不存一大略與公安石首等公安報糧八百有奇石首六百有奇舊皆廣且衆於華者未聞郡省會計見少也華糧四千有奇當路苛求隱匿日日議加閣下車駕經過不次亦按圖索形爲華幅員計乎華東西八十里南北四十里其在洞庭中央異時隄而防之爲田者今已還歸洞庭無復人煙矣獨東南二山碩果倘存顧其形如覆掌於案然掌以外爲洞

庭掌與指爲山指拇空隙之處乃爲田此指拇空隙處洞庭浸灌去十分之二山夾水曰澗去其一沙石廬宅去其一共去十分之四止得田六分而巴陵石首閒雜居其一屯田又居其二民田僅居其二今所報四千石糧則盡取此指拇空隙十分居二而倘存見少可乎是故華之糧重於它邑華今日之糧又重於昔日請自今丈量攤派歸總以現存四千石爲期宜減不宜加此則似私實公者居三夫軍與民皆蒼生也軍衞民民養軍宜耳獨柰何以不識甲兵四民同業之軍佻佻如公子蚩蚩若山叟襄一人一日之恩坐享三百年之利此疆彼界苦樂懸絕不均已甚時異事殊理宜變通今日與民更始請以屯田民田

一例照畝起稅此則無以私害公者居四四者惟屯川一議或叩閽難決其議損上益下近於迂疏其額止四千石亦似無著獨是華容與石首安鄉巴陵三邑交錯但仿三邑成式不須議輕議重此可一言定者官民俱應無說也某書生願喜談天下事頃投老東山似不能言久矣適見華邑困於賦役聚族謀者咸以棄田爲上策某年四十有四初舉一子尙未週歲棄田則無所託存田則憂滋大我躬我後慮靡弗至不得已爲此言以某推之某見爲難通邑可知某之私皆公也華衆如寒蟬縮蝟噤不能言獨某言之某非敢恃愛於閣下所恃者閣下牧民奉公仁爲己任之懷耳夫父母姑息之愛存於心不可出於口某知寬大之詔不可下而自存於閣下之心惟閣下默自告因密告諸奉行吏曰今日之役爲百姓除害非爲國家興利也百姓幸甚國家幸甚

與楊長蒼書

嚴首昇

某百拜負荆自首於長蒼老先生座前自甲午秋武昌相見二十年未通魚雁惟把見贈詩不去手客冬敝友自京謁選歸帶得令弟刻單將弟上尊公大人書條條摘謬卻溫厚不爲已甚益增媿竦芒刺不能一刻安弟萬死矣只合踵門戴頭頸作君家礪刃石耳復何辭顧道兄長者亦容弟一言可乎弟年三十前摩厲以須用武無地遂病狂談天下事假使異時入京面天子即時塡溝壑矣尊公大人當路思埽相公之門不可得轉而自傷日月未見叔孫武叔不與七十子竝傳千古耳然尊大人實無可毀弟亦實未毀也段段引用古大賢相規勉竝及熊賀兩大臣位置尊公絕頂矣道兄幸虛中一再覽之自古無百全之聖賢亦無衆好之君子周公亦有流言禹德衰尹割烹堯舜亦遭齊東野人之謔安得如新莽百萬人齊頌功德乎令弟謂我自負文人則何當文人萬一果文人也文人何足定古今之論哉違衆立異拂人之性以翻案者文人也高舉如延陵季子而胡氏貶之眞堪噴飯班史列汲長孺於卜式後人未嘗輕汲而適以謬班明允目荆公以姦子瞻比楊雲以陋王與楊俎豆大成殿蘇氏父子何當焉至事關軍國則有天下非之不顧者正藉微雲點綴日月武侯才短汾陽老奸有文潞公不可無唐子方有李文達不可無羅一峯甚至如艾和甫以梓里攻張文

忠畢竟於諸大賢何損當時與尊公水火者黃太史何給事成侍御等輩纔得如唐如羅如艾耳何況草野豪末如弟乎假使尊公見之自是優容或且采受不然亦兒輩畜之矣自古父子不相謀者多矣陳咸之違其父其父果非劉向之異其子其子果非此未可與今日同年而語書法如內史而阿獻輕之箸作如弇州而阿騏譏之爲父者豈不樂有此子哉弟所深不自安者既拜交於賢金玉則不應有此自甲午相見後此文卽不入集爲辛巳流傳到吳吳中好事者插入今百口難白矣抑又有說焉林文節作蘇氏兄弟劊子手傷及老蘇子由泣涕子瞻引咎反服其能文不絕其交卽道兄金玉亦可爲弟解一面亦足

以發明尊公休休有容矣大將軍有揖客惟善人能受盡言道兄欲尊公門下盡承顏順旨唯唯諾諾而後快乎君子悅之不以道不悅也尊大人當路時道兄入都門有賦百韻詩奉餞者徑是一卷歷代名臣表盡取名賢美事羅列成篇假使道兄以人事君便進彼而退嚴生耶弟寂寂無聞草木同腐實竊古人而名不逮藏版深山後世何從見此萬一獲傳於世安知不有識者以意逆志因此益重尊公乎但看眞正王衍盧杞有人辨奸否也且此文傳則君家之辨駁此文者更傳安有不信正史而錄野史者遂以弟一言抹卻楊賀熊三大人耶弟此文實於尊大人有益非但無損而田珩伍相菴毛文度三君子必欲弟焚此版弟特具劄報奏座前以自首白於天下後世以補弟此一過王元美續集中多自摘正集之謬弟亦欲自數平生之誤而此其一端矣弟年六十有五髭白齒落亦復何恤將以自懺至賢金玉怒霽與否聽之已耳但考孔氏後來如何處武叔某臨馳主臣不宜

答江陵詩社八子書

巖首昇

弟於天下事概知之未嘗行獨於詩則行之未嘗知也商書曰非知之艱行之惟艱凡事皆然詩獨不然當其欣戚所感言語眞切雖傖夫里婦有王孟所不逮者矣而不皆知詩卽古今作詩者一字一句之佳何可勝數而不皆可以爲詩人詩蓋易作而難知也不知詩因不言詩而兄等必欲弟言之且以黃建開歷濟南瑯琊及近日公安竟陵何去何從訊弟弟於此則思之最審矣夫昔馬前揚必不沿襲而右丞善用舊句均之可傳也逝梁伐笱草蟲阜螽四牡八鸞三百篇不妨疊見古人沿襲古人如此今我自作詩必欲一字不同古人其愚無以異於優孟

古人者也古人多矣卽欲不同此古人則不免同彼古人矣何厚彼而薄此耶嘉隆以後厭薄初盛公安乃爲長慶竟陵又同郊島逃墨歸楊未知孰是夫逃而好古爲聖人有餘矣何多求焉大約未有今人不慕古人而有所獲者要其慕古人正非優孟古人辟如司馬相如慕藺相如非有一豪相似且慕古人未必不過古人如武侯自擬管樂豈但管樂而已哉抑有說焉學古人可也學學古人者不可也其說有二一者爲其不足學也彼惟其才不逮古人故學古人譬之孟之學孔分量明甚也學孔者不失爲孟學孟者乃爲萬章公孫丑也萬章公孫丑不足學也一者爲其不敢學也前人好奇後人又復好奇尤而效之必加甚焉譬之楊氏學夷墨氏學惠學夷惠者其流不失爲楊墨學楊墨者其流至於無父無君爲禽獸無父無君禽獸不敢學也夫詩亦猶是也今之學古人爲詩者或舉古人偶然一二語索以爲常又古人佳處初不在此但得其疵累處以自岸異辟如假玉但假瑕效佳人尚效顰耳以予言之黃建開歷古人也可學也古人則無問盧白孟賈皆可學也濟南瑯琊公安竟陵學古人者也不足復學也我輩無問在朝在野遇事輒思救時安有時尙在此又復爲此者乎細讀一春吟數卷標之叔方共人五鐘朋玉用梅人各臻妙獨象巖詩尙未見鳳鳥不鳴亦自爲瑞所謂想當然耳諸道兄持此方前無古人何堪向百年

以內問道也先輩有言人之有詩文猶其有兒女子也才不才亦各言其子它人子何可愛哉弟不知詩妄言詩如此諸道兄見此其果以爲不知詩否也庚辰九月十九日頓首

答陳子貞　嚴首昇

古文一道不孝手實未至而眼差辨之自不孝言國朝無幾人可稱古文者先時特推獻吉以予觀獻吉之文體氣俱全形迹都汳居然兩京而理事與致無一足存此塑古文之像者也後此滄遠如山陰解徽如義仍前後鶴立㴍有可觀吾惜其不可大也不可大不必惜惜其不可大則不可久也三百年內求如此三子者蓋無多矣三子而上有廣大教主焉元美之容受百川包羅萬象無所不有至其根據遠代判斷時務充不可廢它如霍詹事尹河開指掌天下事其游夏矣外此有文不足傳其理可傳者龍溪識大文成入細高出宋人數等白沙近溪等輩

皆有宗旨亦未可廢若乃用修博而小賓之麗而孅應德好異順甫同衆概無足錄況今日乎今日名士推虞山氏無得而議焉它或簡遠如山陰矣而徑直易盡典核近元美矣而守說不變相去霄壤其餘諸家胸未萬卷手不成章其於此道何曾夢見方圓在千里之內前後無百年之久而栩栩自娛曰名士名士井底蛙可哀也竊嘗有言爽如漪園蕪如居來文中之錢虜也溫陵文中之暴客也四十年內吾楚一二文人文中之角抵也或粉黌污面博人張頤或折腰短步動人顧盼不亦悲乎竊嘗語人復州無才南岸不思各不相兼兼二子之長者山陰此語自謂不謬大約此等小傳小敘小記頗足開顏儻授以帝王本紀名臣列傳便擱筆矣與之言性言天能亹亹到底與之談天下事能縷縷指掌連牘不盡乎辟如小匠築斗大室石橋竹徑措置如意一日委以未央殿承露柈應袖手爾而顧輕薄前輩淩厲一時去井蛙幾何也弟向不敢訾人因仁兄剳來屈服此等已甚不禁狂直一笑

與王季豹

嚴首昇

舟中誦扇頭佳詩悲喜交集不孝頭顱漸老以本涼之才當既倦之志其於天下事概無可望頃乃閉關息機獨了生死而塵緣蝟集脫身無術無問在家作客都不自由躬自悼矣仁兄所處天人名實一切非弟可比大約才兼志隤肝腸過熱靡事不爲無人不交此病似非小可我輩之身非鄉里親舊之身四十以外之年力非千條萬縷之年力思之思之則得之矣仁兄亦思李白何如人劉全白猶以無所成名爲惜夫子又何如人黨人亦復惜之古人不爲窮大不治甫田用心顓篤而作事近著如此人有不爲後可有爲歷數古今斷未有靡事不爲得成一

事亦未有無人不交能得一人之力者弟自分才疏意廣病正坐此每以自砭因爲仁兄砭矣弟達心而懦之人也日侍左右口難徑開革面盡忠不嫌過直要知全白不逮李白而李白自不足以快全白之意惟黨人之議誠無黨耳然數晝而後爲象象所損求之先天以上卽夫子亦可惜也子曰予欲無言則既自惜之矣季豹何遂不爲平子所惜哉燈下薄醉言之過長儻羅孟求過幸竝示之

上高彙旃提學

嚴首昇

東陵拜別已後旋有澧蘭之游與周先生晤對可三十日自春徂秋此身强半在道路閏七月初一日抵家初五日得手書廿一史總志已頒過十冊尙有史記小論一冊未發下姑徐徐不妨也宋史料理小半亟未錄上附去近詩五章近文三首邈希繩削另有唐突者昇行年三十有五志在丈尋而獲無尺寸天實爲之耳尙有求在我者自昔仲舒不窺園舍而子長迹徧江山同歸好學各觀厥成昇自返此生閉戶未滿一年舉趾不越三楚則兩失之矣皆原班列諸生動多羈絆頃華容縣學崇禎十一年額貢物故思補此缺庶幾脫此襴衫得以肆力讀十年

書走萬里路必有可觀者焉師臺何以爲昇地也

荅闖賊僞令江一洪書 有敘　　嚴首昇

崇禎十六年二月二日闖賊陷吾邑挈家舟居在洞庭中央五月餘已乃僦居濱陽爲獻賊所偪復歸華容竄迹南山深處賊帥移檄僞令幣聘來餌余將他徙而水涸失舟不能挈家權作書以絕之

恭惟台臺文武爲憲將相兼資有如此才而不偶將無宰相之過生當斯世以有爲不虛造物之意昇荆之野人也半生馳驅無益勝負退而稼穡自奸鹿豕爲伍草莽之義不見諸侯未通姓字忽忽德音自天際來此古人捧檄色動之日也雖然有説焉自古天下處陽九之戹則有宏濟時艱爲所欲爲者矣抑有

退而自匿惟恐人知者兩者竝行天地不悖自昔越王攻吳徇于軍曰筋力不足以勝甲兵志行不足以聽命者歸莫告則昇今日事矣昇生於世三十有七年老於場屋難博一第可謂無才卓錐無地嗟來輒食可謂無行妻妾更番未有男嗣可謂薄福五年前得足疾痛苦後繼以麻木坐起俱須人扶其能據鞍上馬乎邇來閉關調息人事都絕富與貴非不欲焉辟如婦人慕作男子非其質已台臺慈腸慧眼幸爲請命當路待以不臣不友之格俾得耕田鑿井無煩帝力受賜多矣謹對使百拜力疾報命從此深山大澤國門市肆之閒蹤迹不常姓名非一台臺雖欲旁求物色不可得已狂奴故態要不失嚴氏家風一笑

又　　嚴首昇

昇初未嘗以身許人讀書萬卷未博一第國家於昇何恩四壁蕭然靡有旅力其何能爲而足下疑畏乃爾過矣過矣且昇不爲周之頑民足矣不食周粟爲商義士足下亦安得以太公廢伯夷哉足下幣聘物色不能得顧加以兵家在一舟天地之大何所不可其肎以身就戮乎博浪沙中大索十日不獲此中大見本事昇非足下所能得也鳥旣高飛羅當柰何足下無復爲意幸甚

上兩粵沈中丞請兵討獻賊書

鄒統魯

某讀書論世務嘗妄言詩與春秋之不同治也詩十五國之貞淫奢儉不相謀惟聽治於成周春秋則列國分災恤患如赴左右手其曰固圉者豈第固吾圉已哉蓋詩以分治世治之治也春秋以合治世亂之治也無詩之治則降爲春秋無春秋之治則降爲六國其已事也今兩都采風獻職有成周詩治之文而秦晉楚豫之滅裂狼狽勢豈能置春秋不道哉何以言之獻寇初發難於楚及蔓至豫而楚不聞鬪寇初發難於晉及蔓至秦而晉不聞楚之撫師曰吾固吾楚以無罪也及豫糜爛而楚亦莫支矣晉之撫師曰吾固吾晉以無罪也及秦糜爛而晉亦莫

支矣此古六國之解從以坐待强秦今晉楚更蹈其轍而取覆者也今之粵寇寇有類於晉楚而私冀其不類者則惟恃有明公在耳粵之魚鹽贍吳楚材賦士卒金革火器甲東南文武官吏皆萃一世之人物北則三邊南則兩粵如明公之連帥重寄勢侔桓文者天下惟此兩任平劉香山平八排如明公之方略雄才天下不過數人此某之所以捐父母妻子而爲南楚籲命於明公也計南楚士民陷溺寇中者已一月矣凡粵之郡守監司郡邑寇皆部署其人無不懷符組候時月於楚粵之境旦夕耽耽視粵爲幕燕釜魚而粵之人懵如也愚者自狃曰吾粵山川足恃也智者則過計曰一隅一日之粵與積地積歲之寇形固較若鄒魯也烏乎陽山風門湟水三瀧之險豈險於長江洞庭南嶽哉聞寇一隊至吉州旬日郎罷歸星沙其錯置湖南者皆湖南市井饑寒不得志之人某料寇不走蜀則走黔耳然湖以南十數萬市井饑寒之人進貪功名退怵罪罟安保蟻子之術不終視爲似我邪此十數萬危粵有餘矣思及此而車齒之亾依瓣膚之浸剝猶不足喻而明公猶畫疆而守不毅然專大夫出疆之利行先發後聞之義得乎惟明公西檄桂一旅出永北檄虔一旅出郴東檄閩一旅出桂悉東粵之師出郴桂間縱不能使寇殄於一旦而以革楚南十數萬無賴之面目無不足也楚南平而兩粵已固矣曩明公面諭援楚適聞粵帥皆欲按

兵境上止云固粵烏乎不援楚而能固粵某知其不可也春秋書救則善次則譏不救而次尤非春秋之治也孔子託諸空言明公能見諸實事則爲成周之治矣

答邑侯張君書

米元倜

所請立張氏碑．蒙來教云其兄數出入其家．人多疑之．此誠君神明測識．恐其以詐爲忠．有累盛德．故愼重之也．然張氏年十八失夫．又無老姑弱子爲之輔．鷄鳴風雨．窮愁而不自悔．想貞育亦不能奪．至於今垂六十餘矣．嘗見豪傑慷慨之士．輕取與立然諾．何事不可脫略．而獨於好色之心不能忍．往往更甚．又不自知者．況婦人邪．今自少至老．孤立行一意．不易其所守．其過豪傑遠矣．而小人之徒挾持鄙私．以議賢者．賢者爲之柰何．且其兄篤厚長者．素行不悖於鄉里．而兄弟天性．未有不痛切者．必如彼說．將使割其天性．饑寒勿念．勞苦勿慰．歲時絶不往

來．豈人情乎．僕於張氏．名不相援．無豪髮之親．特以節義久孤於世．人習於姦淫而不覺．幸有其人．宜亟亟焉以表章風俗．在上者不聞則失其爲政之本．在下者不言則非君子成人美之意．二者皆有責也．故僕辨之獨力．伏冀鑒察．不宣．

湖南文徵卷三十七

湖湘後學集編

傳上　明

朱惟善先生傳

朱英

先生諱惟善．字復初．自幼爲家塾師．淑人於善．故稱惟善先生．先生自幼明敏．嗜學．書法歐王．體兼承庭訓之嚴．授春秋經．於尊王抑霸．褒善貶惡大義．講求切到．洪熙間．族人欲藉先生爲塾師．請命於通判甫．諭之曰．童蒙良心未喪．天理純全．希聖希賢．胥基於此．發蒙之道．不可不愼．其他聲音句讀．揖讓進退．與夫詩書六藝之文．皆師所係．汝愼旃哉．毋誤後進．先生旣受命

入塾．恭執師道．儀度肅然．序以長幼．諭以學規．教讀之聲．聽無暇時．或詩或對．命題改稾．手不停批．習楷書者．點畫必歸於正體．暇則嫺以灑埽應對之儀．授以陰陽算卜之術．而入孝出弟．謹言愼行．又時時深切著明焉．故人多所造就．雖愚亦善書知字．吟詠對偶．至束修厚薄．非所計也．由是願遊於門下者日益衆．一時青衿濟濟．藹乎禮讓之風．先生持躬甚嚴．不苟言笑．雖甚暑．出入必整衣冠．學者見卽凜凜如．授業時．先生英之再從兄也．英自幼失怙．賴先生之考通判甫維持而受先生之教誨．亦有年．正統甲子夏．英偕先生姪琛應武昌鄉試．先生喜謂英曰．賫與盛事也．吾願同往觀之．卽買舟偕行．至長沙．先生遘疾

身泊洞庭之黄陵廟先生忽疾篤執英輩手囑之曰吾欲來觀盛事爲汝輩賀耳不幸至此汝當歸葬吾於先人之兆死亦瞑目言已卒於舟時七月十七也春秋四十有三因槀葬赴試畢琛先歸理葬事八月撤棘英與選列追歸而先生已葬家山矣先生配九塘橋李氏繼配孔厚坊何氏子男四而殤其二守信守文循循雅飭克遵父訓守信嘗教讀鄉校不幸亦早世嗚呼先生爲人德行素裕學有源委善成於己而淑諸人人亦思慕之無已所作雖集未傳其藏於世家而膾炙人口者皆本乎性情之正而譪乎盛唐之音惜英不肖不能推先生之教於有爲然其本源所以培養乎昔時者自當始終如一勉圖所以無負

於先生蓋知先生者英也先生雖不偶於時而其所存所施實有不可泯者一或泯焉英之罪也是用謹述其槪而列爲傳云

元洲拙逸傳

黎淯

金溪西北有元洲元洲之水發源寶山爲元水沃土彌望凡十餘里或曰是水之流曲折蜿蜒狀若元字也故名是洲爲元洲或曰是洲也闃深元遠居之可養元德名取其勝也故謂之元洲鄉之逸民有將家屬農於斯者愛其風土質樸與乃拙性宜且安土旣久因自號曰元洲拙逸拙逸初來時家猶貧躬墾洲中給祖母二親之養依埸圃結草菴號稼菴歷數歲而力始裕於是逐艮賈泝江漢趨秣陵旁午於吳越之區以遷有無旣而來歸家甚豐世故益熟乃更今號蓋括囊肥遁不復嬰名利云拙逸於書無不讀尤深於四書操觚染翰得晉人筆法生事愛

敬死事哀戚仁親之道化成一家敦厚質直簡默少華釆不能與世俗俯仰取權悅然人讎之亦不復盜侵之亦不較卒皆感而輸誠衣服惟布素不事綺縠飮食惟蔬水不愛肴饈行動惟草履竹笻不樂騎從家多穀粟正統景泰閒兩值歲歉散以賙貧不責其償生子二皆教之文學長瓊天順初元遂賜進士及第拜官翰林編修又三年秩滿得推恩拙逸如子官階文林郎然又屢書來諭拳拳惟淸愼忠孝是勉聲華美麗不言也嘗語人曰古之逸民其上不降志辱身其次言行中節茲吾幸生大平無事之時無不滿意者焉敢復爲高尙如彼哉素性本拙啻適吾性而已耳然而吾游是洲數十年來嘗見善游者溺矣善

騎者墮矣又嘗見漆有用而割膏以明自煎矣吾養吾拙以生吾生拙以養心收而無邪思也拙以養身約而無違理也拙以養行愼而無後艱也拙以養言訥而無羞辱也由是而之焉雖不巧何悔哉故雖寡交人自樂從或飲之酒輒盡醉醉則自歌曰皦皦易污磽磽易缺安命樂天何如我拙又歌曰衆人紛紛而我醇醇一觴一咏聊全吾眞此可識其生平大槪矣壽六十而卒拙逸姓徐名文字貫道其先有栢軒翁爲府郡博贊始遷祖而高祖松坡先生至厥考萬竹翁凡五世俱尙隱德云太史公曰古者橧巢而居營穴而處人事樸略然其俗熙熙皞皞後世雕飾紛華文治日明其俗反澆薄何哉豈非其人日趨巧而

不知返拙耶商鞅巧於法蘇秦巧於辨李斯巧於術宏羊巧於利然卒以自戕拙逸一隱者顧乃流慶餘裔身被顯榮且獲壽考而終其爲人賢不肖何如杜子曰用拙存吾道周子曰天下拙刑政徹拙逸可以其適此矣

太保朱恭簡公行實錄　黎淳

公諱英字時傑其先爲廣州節度避難自曲江徙家郴之桂陽故世爲桂陽望族閭祖德甫鄉稱長者高祖諱一詠號吟叟有詩名曾大父諱希尹字如鐸號竹園皆隱居不仕大父諱攀麒字賢瑞原任廣西陽朔縣主簿父諱思諫字良弼俱贈資政大夫正治上卿都察院右都御史祖妣宋氏鄧氏妣胡氏皆贈夫人公生而穎秀早孤暨弟惟慶皆胡夫人鞠比長遣公爲邑庠弟子員每歸必親戒厲公感服慈訓自奮不怠始治書改詩又改易故雖以易爲專經而猶事詩書大義正統甲子領鄉薦乙丑第進士時族兄克寬亦在選列先是桂陽科目久乏至公弟

兄齊名人以爲難試政夏官大司馬鄺忠肅公特加器重丁卯授浙江道監察御史已巳朝廷以閩浙寇起皆釀自銀治遣公等御史十三員同中使分守州縣預計撫綏比至大軍尙駐金華公欲趨處州等鎭危之遣人遮留不聽乃取道慶元下榜諭賊以禍福招出被擄老弱又計獲賊首周明松若干人頭之中使賞某者報曰黑面大王領衆三萬欲刼周明松等以復讐議欲偕走公持不可徐使人覘之而令所司屍明松等於市賊果不至公益練民兵據險隘募壯勇爲守戰計會景泰改元召回父老泣留皆慰遣之回朝論處中便宜五事詔下諸司議行自是留掌邊事外戚都督汪全縱家人侵民產時林莊敏公爲給

事中公諷莊敏公交章劾之上雖貸全仍奪其產以給民中官善增姚廣恃寵暴橫又與莊敏公等劾之同列有縮首改容不與同署者上亦竟以二人下錦衣獄浙江都指揮張勇王越罪當謫戍假賂貴緣終拒不少貸壬申八月召多官入內有易儲之議公與御史沈義同林莊敏公等對用事大臣歷論不可者再四公知事已無及與莊敏公相向泣下而退明日詔風憲官被訐者無論結罪與否俱令吏部補外蓋大臣嘗欲奪鄉民田惡御史周鑑王豪不附己意令人誣奏勘覈未報至是欲並逐之公上章極論其非便上納之並敕諸司詳看詔格有疑礙者議奏故王周得免而用事者忌公亦深是冬遂有廣東布政司

右參議之命道便歸省胡夫人見公歸橐蕭然止有上賜銀十兩喜曰兒居官正宜如此隨趨赴任舊俗上司下車奸民避役假額外隸從身以賄免一受其餌多至欺賣債事公至悉遣之司中事無巨細由公可否者眾皆宜之理問獄賴以不濫始與巡撫楊公議均徭法限以十歲一役九休至於今不廢校理戎政停遣惟當省類總冊仍式下州縣使自造歲裁冗費以萬計癸酉鄉試有都指揮于姓者為子求舉要以厚賂公叱弗許且誓執事去取必公奉詔會錄各屬罪囚一意伸雪一日宿雷州分司夢有人為換心者取心照之白色點以藥末赤色安置如舊而去驚懼覺疼以寤甲戌以後專理撫治斗峒賊首揚通劉三仔恃險為亂公屢撫諭不聽始分兵剿平之捷聞賜綵緞寶鏹又招賊黨鄧初等百餘人將臣皆欲處以軍法公陳辨數四止誅首惡數人餘悉縱之丙子秋入覲還過南昌時族兄克寬僉憲江西物故雖不及見而得與殯殮人以為友愛之驗戊寅葉文莊公巡撫兩廣一時因革進退多所諏諮冬進萬壽表歸路遇新淦尹李舟南海尹趙莊給由來會各囊白金為贐公俱卻之後二人果以贓敗受贐者俱坐累公獨不及己卯有採珠之役中官督責甚急公掌司事謂之曰兵乏民貧宜俟巡撫會議且節其日給費疏乞召還民賴以無擾兩廣常會兵剿賊葉文莊屬公督察奸弊初參將范信先在會剿大藤峽時以木頭

峒猺賊為名徑趨廉橫鬪誣報永泰永平等鄉居民皆為賊黨誅殺殆盡遺逃徙者數家後稍復還農至是信又欲並進城等鄉滅之公馳赴其營凡所獲無辜皆審實縱遣之夜夢一男一婦兩黃口詣牀前愀然曰吾無官作主被害一婦又曰吾夫又被擒矣公夢中捬膺諭之比覺持議愈堅明日信欲發兵襲其鄉公止之曰往年永平永泰之寃不可追矣進城實在腹裏耕讀者萬眾惡狀未著柰何戕之信忿不能成功圖公者百計相持月餘會文莊聞使至公具以告請亟班師諸鄉民始脫血刃又有告廣州丰湖堡民作亂者欲盡族之公知其冤力爭以免至今生齒日蕃辛巳湖賊羅劉甯等流劫郡縣屢挫官軍公奉

檄會兵勦滅生俘脇從者皆欲以爲功公曰良民也縱之全活者甚眾軍中獲被擄者數千人公別置一營以處婦女人莫敢犯而各還其家捷聞賜綵緞寶鏹新會有海淤田大姓爭訟不決公籍之以給貧民無田者爭始息遷右參政聞母胡夫人喪還桂陽成化乙酉改任陝西丙戌以後更守延綏甘涼所至繕城堡足糧餉時涼州及西甯官藏被刼所司委罪主者至皆誣伏公訪獲眞盜遂明其誣延綏久旱公齋沐躬禱山川雨及旁郡土達滿四寇固原官軍失利大將以上皆獲罪上命項都憲忠往討之檄公總饋餉凡軍中進止必見諏焉未幾賊平亦與賞賚己丑擢福建右布政使時提督市舶中官物故守鎮以所

積分惠諸藩臬公署司事今尚書何公喬新時爲憲副亦署按察司事各以所分籍於官壬辰遷陝西左布政使均徭定法凡諸興廢事必皆宜於其俗兩省便之甲午遷都察院右副都御史奉敕巡撫甘肅首陳安邊十事大略欲練兵積糧興屯種柔諸番皆切於時務既又陳十事如從居戎簡貢使謹烽堠防奸細等事恆慮所未及後又因星變議陳八事如請衣裘以給墩軍故雖苦寒人免凍斃其餘七事悉切中機宜嘗舉武官分授要任疏賤不遺如王璽劉晟俱爲當時名將乙未奉敕總督兩廣軍務兼理巡撫行之日民遮道泣留者不絕諸將受舉者或密賚金帛以贐公皆卻之時兩廣賊情不靖將臣每張其勢以

邀功伐凡動大眾必檄遠州刻期輸輓民死道上者半於鋒鏑公至下令撫緝有梗令者始購首惡誅之要害所在芻粟皆豫或因糧於寇雖有調發無事遠輸故民咸得安息盜亦無敢倡亂者如廣西立山首惡猺獞李恭著等聞令向順爲請於朝置永安州以其子世吏目餘黨皆爲編氓立山實大藤峽羣盜往來之衝自立州以來莫敢越境爲害後山去廣東不百里山惡閒聚出掠有利其膏腴者諷所司以亂鬬喜功之徒或請屠其鄉公移兵臨之語鄉之良者執羣兇以獻所誅止英祖旺等數十人全活者無慮萬計田州岑氏有頭目黃明者烝其祖母刼眾以叛始則奪恩平州印以危其主溥之叔欽既令還印又假

主祖母命以危溥公計將戮之不欲重損民夷乃遣使諜諭欽及其宗思恩岑鐩俾除世仇以靖家難欽等感泣黃明父子傳首軍門兵刃不接而岑之州郡以安於是諸郡猺獞素爲患地方者率聽命招撫各還民業數年閒所增戶四萬三千六百八十三戶男婦一十五萬六十六名承認稅糧一萬五千三百四十餘石錢穀稱是他如韋諫成潘萬鑾潘公添等實天河荔浦潯融閒劇盜以次遣兵殄滅其勦過巢穴一百七十餘處擒斬賊徒九千三百餘顆餘醜從治未嘗妄殺凡事先置而後聞上加慰勞降敕獎勸者六其略曰爾能開誠布公設法招撫誠爲弭盜安邊良策朕深嘉悅二曰爾能運謀設策委付得人成此

克捷之功少除邊方之患忠勤可嘉三曰爾能協謀招撫俾往時對壘搆營之徒轉爲安居編戶胥戕劫奪之衆化爲守法良民保全家世消禍地方視彼興師動衆而成攘除之功者其於地方損益大有逕庭四曰爾能善於運謀調度致此成功特降敕奬諭以慰功勤五曰爾能同心協力運謀畫策不憚峻深之勞獲此平蠻之捷績奏有徵良可嘉悅六曰爾能同心畫策善於調度致茲成功特降敕奬諭以勵勤勞戊戌特陞右都御史復加從一品祿兩廣自大藤用兵之後財用耗乏公以爲憂乃力爲蓄積未嘗妄費一錢十餘年來囷藏充溢故軍資優裕功成而民不擾交阯侵老撾諸郡且立營柵於龍州外境議者謂

彼謀內寇將加兵焉詔諸鎮設備且詢公以處之之宜公奏曰安南蕞爾小國不過與老撾龍州互爭隙地爾志豈敢深犯哉但邊多妄報而彼之情使未通姑諭之彼當悔悟若果不量自取覆亾致討未晚上用公言交人感恩修職貢不弛新會貢士陳獻章好古博學隱居養母公累疏起之授翰林院檢討給事中林營行人黄乾亨使滿剌加國溺於海公憫其以王事死奏錄其子各一人壬寅癸卯間公三上疏乞骸骨歸上皆不許且有練達邊務軍民信服之褒兵部尚書缺廷臣首薦公上以兩廣重地未可輕代遂不果甲辰公以邊鄙安靜乞歸展墓罄俸餘以仁三族曰吾無以仁子孫者如二疏伯起足矣無何還鎮

都察院官長缺上求老臣忠亮者無踰公乃以璽書召入公上章懇辭制曰卿才識老成練達有年宜勉副委任不允所辭乃就職未幾六載考績上遣中使賜綵緞羊酒尋加太子少保乙巳星變公陳八事又以關陝饑請移甘肅餘糧以賑再請京師出粟賑諸郡就食之民上皆可其奏凡事關風紀有裨時論者方次第行之且嘗與其子守孚曰吾忝祿仕四十餘年受茲眷任死無以報但景迫桑榆首丘之念未嘗忘爾六月疾作子守孚守蒙守貴孫瓏珷瑤朝夕侍藥竟不能起嗚呼痛哉公性孝友事母胡太夫人如嚴父初在廣迎養太夫人念鄉土復奉歸數年始卒居廬三年雖羸瘠不忍食肉一日會親族爲墓祭涉

渡有巨魚躍入舟因取以薦人謂孝感所至處弟惟慶終身無失歡又捐俸資爲輸粟乞補散秩平生慎取與不少假借惟見母黨皆泣下有所請輒俯從之事君以忠鯁自許所樹立必韙范是期故遇事雖巨艱不避於所當言則忿然爭之直而後已居官恬退不事暴著嘗曰進一步不如退一步雖勞於外者三十年未嘗有難色總督有軍功者例遣子姪奏捷以覬錄用公獨以盛滿爲懼雖累捷不遣各令以耕讀自效家居冠婚喪祭一遵晦翁禮鄉人化焉尤不惑異說分守韶雄時民冼濂者有女笄自稱仙女能飛昇妄語休咎蠱惑羣聽夜引二僧侍坐公廉其奸捕治之羣疑以釋凡與人言恆慮不及踐有所厚必吐

露肝肺。人亦相信不疑。如爲御史使處州。同事監生韓尙文道卒。公特具棺殮。遣人護歸其鄉。其恤人之艱類如此。政暇輒親書史。所著作甚富。詩有唐晉風。號淡菴。更號誠菴。又號認眞子。有澹菴紀年、誠菴奏稿、認眞子集若干卷藏於家。生永樂丁酉十二月二十五日。成化乙巳七月十三日卒於官。年六十有九。公疾之日。上命醫來視。給內餌。且遣中使覘疾。賜光祿酒饌撫慰甚厚。及卒。上聞驚悼。又遣中使賜萬緡於其家。加贈榮祿大夫太子太保。遣禮部尙書周洪謨諭祭。繕部營葬。配胡氏。累封至夫人。男五。長守孚。成化己丑進士。歷任刑部郎中。次守頤。次守謙。次守蒙。成化癸卯領鄉薦。皆胡夫人出。次守貢。縣學生。側

出。女三。長適千戶葛冕。次適義官宋志淵。次適生員歐守雄。孫男二十。長玭。次瓏。恩廕國子生。次琅。次珙。次瑆。次璋。國子生。次珷。補廕國子生。次瑤。次瑋。次琭。次璞。次珣。薦元。次瑞。次瓛。正德庚午領鄉薦。次理。縣學生。次玉。次瑢。次瑗。曾孫旻等四十有奇。若晟、昺、昂。縣學生。元孫一貫等二十有奇。是秋。守孚等奉柩歸。以丙午十二月十二日葬於南陂之陽。予辱與公同鄉。且與嗣君中孚有相知之雅。於公之歿。不忍於言。亦不能已於言也。敬述其世系、爵里及其履歷之概。以俟秉筆者考焉。

夏忠靖公傳

李東陽

公諱原吉。字維喆。姓夏氏。其先會稽人。後徙鬪化。再徙德興。祖希政。元季爲湖廣行省都事。國初占籍湘陰。父時敏。以布衣被召。授湘陰教諭。母廖氏。夢三閭大夫降其室。寔生公。年十三。喪父。學詩及春秋。貧甚。教里塾以資養。選充縣學生。以詩領鄉薦。升國子生。例入禁廡書誥敕。太祖幸書所。見公字格方正。特賜紗衣一襲。後遣人察諸生所爲。獨公端坐正書。竟日不色惰。上心念之。二十五年書滿。有司奏當署部職。上曰夏元吉端厚。特實授戶部主事。同官有疑事。多就質。獨劉郎中者恥其不能。因事譖公。云專向書郁新。柄上察其誣。劉坐死。蓋自是數遭危譖。

竟得無他。二十九年。公考績。陛引面乞歸省。且云道遠乏僮僕。乞輿皁以行。上特允之。三十一年。廷薦擢戶部右侍郎。充採訪使。巡撫福建。楊文敏公榮爲諸生。公一見奇之。曰必爲解首。楊自是起名。郡有明月樓。多妖。宿者多死。公徑往宿之。妖遂息。歸鎭蘄州。三十五年。太宗入定大統。以公舊臣負重望。遷左侍郎。公辭疾。不許。尋進尙書。凡貢賦役法。悉命詳定。公酌古今爲經久計。其所議多從厚。曰不可使後難繼。困吾民也。又命公申明敎化三十餘條。榜示天下。永樂初。兩浙大水。國用告乏。三年。公往治。至則奏罷蠹民防政數十事。諏訪耆宿。相度地勢。疏河導渠。修築隄堰。俾水歸於海。又奏發廩粟三十餘萬石。所活不可

勝計乃分給牛種督之耕種民恐其饑有干澤者奏水退田於宜召民佃之以足國用公得報歎曰民疲極矣可重役乎亟奏云水不勝舟别已後時勞且無益事始寢吳人至今懷之三年還掌部事首請裁冗食節浮費又禁鹽鈔法諸弊凡水旱必奏請蠲租稅嘗以府帑倉庾及丁戶田賦之數備書小帙置袖中時復檢計一日上臨朝問天下糧儲若干公歷陳其數不失升勺上奇其才益親信之時錄靖難功祿賜無虛日又大封親藩累討夷寇搆剏宮殿增置百司財費以萬萬計悉取辦於公公極力經畫無弗給者採木運餉之夫道塞不進命公巡視自龍山抵北京律治怠事者給錦衣衞官校四十人許便宜行事公

於號令中寓矜恤意事乃大集上思公特召還七年兼掌行在戶禮二部及都察院事扈從車駕幸北京復命兼掌刑部有二指揮冒支官糧上欲斬之公曰罪自有律若眞盜者何以加諸乃止八年上親討北邊仁宗爲皇太子在南京命公輔皇太孫留守北京兼掌行在諸部及都察院事諭之曰朕以房玄齡委卿矣公日決庶政頃刻而畢凡北奏南啟下令天下者惟公是賴京師帖然上還公慰賚有加冬還掌戶部從太孫周行鄉落取民閒齏黍以進曰願知此味召見鄉老令陳風俗賜老給孤表著節義民皆感歎道有逸兔太孫欲馳射之公諫而止有從卒犯令者指揮周敬以上命執之太孫諭敬不得遂繫敬公極

諫以爲不可因厚賜以勵其直從之九年公考績上宴於便殿賜敕獎諭又諭羣臣曰原吉乃太祖皇帝養成賢德士爾等欲觀古名臣此其人也命同太子少師姚公廣孝監修實錄十一年再扈北巡命輔太孫以行十四年太孫還南京又從凡道所見必見諮問呼爲先生而不名十五年再扈北十八年宮殿成命馳召皇太子太孫於南京至則陳太子承詔勿亟今乃速來蓋以陛下慈注之深故孝思之情不得不切也上善其對公因言營造民疲多至失業宜悉聽復業而蠲其稅十九年三殿災復請蠲賦稅停採辦賑饑饉以回天意詔皆行之初大臣科道多言南北建都便利不同上御午門樓令廷辯密遣中使問公

言孰是公對曰臣等罪也科道言是上兩宥之或尤公背初議公曰吾輩歷職久言雖失幸上憐之若言官得罪所損不細矣衆始歎服復命掌工部事交趾平上問公陞賞孰便公對曰賞費有限祿費無窮於是多從賞格西域法王來朝或請親勞之公曰夷人慕義宜示以倫義若萬乘一屈下必有走死而不顧者矣上曰爾欲效韓愈耶乃不出勞他日法王入見上命公拜公曰王人序諸侯上况夷人乎長揖而已山東俘逆賊唐賽兒之黨三千餘人上屬公與都御史李慶公審其脅從者悉原之陝西有僞稱金輪王者廷議將發兵公言亂止數人不宜重費但遣人擒其首惡自定矣已而果然或言周王有異謀公奉命

往諷之復命曰王實無他但特陛下友愛之深故少肆耳上然之谷庶人逆謀既彰上問公曰長沙人通謀否公請以百口保之遂免窮詰太孫冠禮有司以尚書蹇義方賓名進上特命公行之上元節張鐙許臣民縱觀公奉母太夫人往上宴羣臣顧問公曰聞爾母來觀鐙尚在此否公曰已歸矣命徹御案暨寶鏹賜之公弟原啟至京上召見賜酒饌瀕歸遣人送之見舟中惟米二石問公曰卿弟貧盍少贈之公對曰臣所遺俸貲已寄之無以爲贈上笑曰朕當助卿賜異布數疋十九年上議親討北邊羣臣莫敢言公曰吾受上恩厚不可不死爭之約尚書方賓同諫入獨言曰頻年師出無功戎馬儲積十喪八九災眚間

作內外俱疲況聖躬少安尚須調護勿煩六師上命公治邊儲於塞北賓懼自縊死遂獲罪籍公家惟賜鈔千貫餘皆布衣瓦器命錦衣官尅日召公還公方治粟使者趣甚急公曰姑少俟不爾慮有侵漁死吾安之不以相累也上御午門問征敵得失公歷陳往鑒謂當內治不宜勤遠略執不變坐繫內官監太孫屢奏請宥公上察公忠問訪國事公敷對如平時二十二年車駕至楡木川不豫顧左右曰夏某語未了若謂其愛朕者八月楊榮以凶問至皇太子親臨公繫所與其哭令出視事公卽首曰臣先帝罪人未聞遺詔彊之乃受命給上方筆札咨以國事公首陳東南民力困於漕運請幸南以省供億繼請撫流民

罷西洋寶船止雲南交阯採辦金寶數事上卽阼首復公官賜章服器張咸備公始聞太夫人喪辭歸襄事上曰國事方艱卿以喪辭則朕亦未嘗在此特遣官護喪歸葬太孫既立東宮加公太子少傅時呂震爲太子少師班在公上上引震次公進公少保兼職如故兼給三俸公辭太子少傅俸尚寶少卿袁忠徹以言語獲罪且不測公諫以爲先朝所愛乃止罷官洪熙元年上以天不雨雪製憂民吟公賡和稱旨翰林進公誥辭上親增二語曰勿畏祟高而難入勿以有所從違而或怠因召公至扆前賜銀印一其文曰繩愆糾謬比有封奏則以此識之三月上敕公等除鑾割鞭背及妖言誹謗等刑公贊行之尋命兼掌禮

部賜象印一文曰正直以便處分上欲禁西山樵採云犯者死公曰材木固可惜人命尤重乃命如律上賜田五頃於城南又建兩京甲第以旌其功李忠文公時勉以言事獲重譴公從容勸釋請下法司徐擬定之是夕預受顧命時宣宗在南京中外洶洶昭皇后命襄王監國悉以軍國委公車駕至郊首問公所在羣臣莫能對上不懌有頃召公慰曰比見太后諭所以留卿意卿當以皇祖事朕凡喪禮及卽位之儀皆公一二人所預定命令詔敕多主公言或命坐賜茶或退立殿廡少休復至凡章疏批擬未畢者或攜出至家進之先是命公監修太宗實錄未成遂竝修仁宗實錄國朝三預監修惟公及英國公張輔爲然

宣德元年漢庶人謀反·誣輔臣亂政·楊文敏公密勸親征·上顧公·公曰兵事貴速·榮言是·從征還·賜閣者三人令扶掖出入·公辭曰舊制非勳臣不敢用·上曰卿輔導心勤·非勳而何·尚書郭敦以廉直得譖·公力捄釋之·交趾復叛·王師屢失利·二年請降·廷議勿許·公與二楊公言民罷財竭·不可再舉·如癰伏於身·未潰則憂不測·已潰則宜緩治·兵乃得息·三年·公與蹇公入對稱旨·上留侍宴·令盡醉·將退·上顧公有欲言狀·就問之·公造膝以建儲請·上曰朕當白太后行之·尋召至便殿·賜範金銀印八·其一曰含宏貞靖·嘗侍遊西苑·以騎隨·復命登御舟遊太液池·上射鳧獲之·既烹·割以啗公·復遣中官偕觀奇石·恣所欲取·公取

尤小者數枚·有郎中還自河南·言山西饑民流徙南陽諸郡至十餘萬·有司遣人捕逐之·多至死·公卽以聞·上下令賑卹·且禁捕者·民賴以甯·扈從巡邊·上取公等糗糒嘗之·曰卿亦食此乎·公曰臣等得食此足矣·隨營將士尚多餒者·遂撤上供物賜公等·且徧賜將士·上還京·念公等四人春秋高·不欲煩以庶政·特賜敕輟部院務·俾專論道·而顧問益親·又從狩至兔兒山·諸將有違令者·上命褫其衣以辱之·公言天寒甚·不可因微罪至殺將臣·上不應·起入帳內·公隨之·上顧見公曰卿且休·公曰陛下憐臣恩甚至·諸將瀕死矣·上笑曰特爲卿赦之·上元侍宴·賜紫瑛硯龍香墨·公誕辰·御製壽星圖及詩賜之·自是寵賚稠疊不可殫記·上嘗製玉冠二枚·以其一賜公·曰使卿子孫知吾君臣一體也·五年兩朝實錄成·賜宴賚·明日入謝·歸得末疾·猶執筆擬旨以進·是夜卒·年六十五·上早朝聞訃·震悼·遂輟朝·垂涕還宮·左右感慟·莫能仰視·公卿大夫下及閭巷兵民莫不歎息·有流涕者·贈特進光祿大夫太師·諡忠靖·賜祭殯葬·皆越常典·官其子瑄爲尙寶司·承命戶部·蠲戶役·後瑄官至南京太常少卿·孫崇文舉進士·今爲南京吏部郎中·皆賢而有文·世其家·論曰昔在祖宗朝·多用舊臣以成治理·惟蹇忠定·夏忠靖·楊文貞及文敏四公者·皆受知太宗仁宣三朝·託以心膂·位遇隆重·禮絕羣僚·蹇夏雖分部任事·實以三孤參決機務·而夏公輔宣宗監

國之功爲多·蓋是時車駕在北·仁宗監國南京·務頗餉·又有蹇楊諸人在·天下大政皆屬太孫·而時方沖幼·公獨領庶政·定危疑·鎭浮惑·不動聲色·而根本正固·可謂難矣·至親征一事·獨以身諫·瀕死而不變·有古大臣之風焉·仁宗親閱利害·故委任尤切·至宣宗時·廷降手敕·受寅亮天工之寄·庶幾與古宣麻者比·是時蹇重厚多謀·文敏明達有爲·文貞博古守正·而公含宏能斷·故事涉民社則多出公·涉人才則多從蹇·涉軍旅則多從文敏·涉禮儀制度則多從文貞·而可否相濟·期於至當·自餘諸閣老·尙書皆各領厥務而已·公之德量功業·天下皆熟其名·而惠澤所被·猶有不盡知者·某晚出鄉郡·以不及見爲憾·嘗伏讀累

朝實錄。退考二楊所著碑誌。得其大者。又徵諸其子太常君及其孫郎中所手錄者。加詳。故撮而書之。惟監國時所兼署。家乘以爲六部都察院大理寺。皆枉。而墓誌所書吏禮及察院。不知何據。姑並存之以俟典型君子。

止善劉公傳

李東陽

公姓劉。諱必宏。字崇道。號止善齋。岳之華容人。其先東平人也。以失怙自强。問學慷慨。有大節。遭元季亂。海內分裂。乃遊武昌下九江。盤旋吳越。間有所接見。輒與議論。議不合。輒歎曰。是非足與有爲者。拂衣去。如是者數歲。翻然歸其鄉。時盜賊蜂起。里閈無甯歲。郡縣吏皆棄印綬以走。民無所歸命。公與鄉民約結義兵爲保障。戰不廢耕。倪文俊之黨有邊某者攻其鄉。急。公一戰擒之。由是賊不敢犯。元行省參政潑張者據岳州。檄公治姦民所告變事。有祁毛王十三之語。皆邑大姓連結甚衆。公託以五字爲人名號。斬死罪囚一人報之。事乃定。張屢遣人致公。欲

與俱。竟不可得。然猶重公甚。每令其部人曰。愼勿犯劉氏鄉。衆皆賴之。太祖高皇帝定江南。公籍兵內附。還鄉里。洪武四年。上親錄若干人姓名。下詔徵之。公以名當赴。至金陵。繫獄月餘。復詔遣歸。寓於南門外鸞鞍者。齊氏得疾遂卒。年四十有一。其友嚴伯霖者。屬公骸於齊氏。攜其篋以歸。有紀行詩若干存焉。後數年。公子孫遣人迎葬。則其主已易數姓。竟莫知其在。初綱紀久壞。淫風惡俗徧天下。公卿居每集耄稚論彝理。明利害。多所變革。無賴民愧公者。或徙居他邑。終其身不敢歸。公日所與論議倡和。惟鄉儒徐執中輩三數人。自餘皆卻立趨俟。無敢與抗禮者。其嚴如此。公既沒。子行簡亦不仕。至其孫仁宅。爲廣西按

察副使曾孫大夏爲兵部職方郎中世其家贊曰予聞劉氏宋南渡時有都統制寶者從岳飛平楊幺屯田岳鄂間爲恢復計飛死失志遂隱於華容以死公每論及此未嘗不感歎泣下此其志決非澳涊於亂世者觀其歷覽形勝竈視羣雄待時委命以成效順之績有馬新息之風焉當天下未定號呼而獨走者皆肆其兇暴爭搏噬吞齧之利以召禍取僇近及其身遠則及其子孫無足怪者公材足以得地力足以驅民黽勉自守進不昧於所託而退不失其身始終之蹟有足觀矣顧其德庇鄉邑而餘不逮躬僅脫械繫卒困於道路以死是固時命之不相爲偶者抑將以遺其後人乎

化州同知楊公傳

李東陽

公姓楊諱景字某雲南安甯人也事母以孝聞性狷介不妄取少補州學生舉永樂癸卯鄉貢卒業國子拜霸州判官專領馬政政久弛逋課纍數歲官急徵馬數益耗公歎曰養馬者民也民困馬何由息乃與民約悉縱使就業期年而馬足會遭父喪民數百輩詣闕請奪情留公不得皆涕泣去服闋改澧州力益舉劇有卒失牛誣民吳姓爲盜州已成獄公疑之陰遣人置牛郭外縱之歸牛經卒門奔民家入其笠中卒乃服罪會九載秩滿民請留部使者六七至例不得復留擢化州同知峒夷亂賊千餘將攻城會久雨城寖壞民謀走徙號聲震天地守將夜縋

城以遁公令曰吾在此毋恐時城中民兵不滿三百公激以義且示禍福皆願盡力乃撤故倉木以蔽城缺又縛藁人被衣鎧置城上以疑賊賊夜至攻甚急有三人緣堞上捦斬以徇賊知有備乃引去歐都督信在高州聞警以兵至則賊已遁歐大驚歎書守忠二字遺公而置守將於法公益治城練兵寇屢至無所獲遂不敢復犯民皆曰活我者楊公也方賊亂時有按察官夜至城下守城將啟關內之公執不可按察怒曰汝寇我邪公謝曰今日之事城爲重明日果聞有異服自稱人中遁去者按察方欲報公愧乃止公每獲賊既鞫實必誅而後報或曰法不當爾公曰脫有不虞柰何既而鄰郡縛賊者皆墮賊計人益服

之化俗尙鬼有廣西羅姓者客死民譌傳爲神祠事之公毁室斧其像妖遂息天順庚辰以老乞致仕道巴陵貧不能歸因占籍焉子一淸舉奇童入翰林登進士第而公卒家益貧不能歸巴陵一淸乃葬公鎭江比拜中書舍人獲敕進公階儒林郎封公配張氏太安人時公已卒若干年矣太史氏曰世恆謂處常易處變難其非然哉夫自取舍至於利害以極於生死皆有際分有所嚮必有所辟矣苟縱意恣欲簞豆無所擇而望其赴難徇義蹈死而不顧惡有是理哉予與中書君游聞化州事壯公所爲及詢其恆居綑行固若是濯濯也嗚呼居小官處僻地能嚮義辟利確然不爲變不可謂不難矣故著之若化州事灼灼在人耳目者固皆難之豈俟論哉

刑部郎中朱中孚公傳

鄧庠

公姓朱氏諱守孚字中孚其先本徐人有爲廣州節度使者避難過桂陽因家焉曾祖諱攀麟任廣西陽朔縣主簿惠政及民卓有賢聲祖思諫隱德弗耀鄉稱長者父誠菴公諱英歷官太子太保都察院右都御史氣節德望蔚然爲時名臣君自幼穎敏端厚與常兒不羣鄉鄰異之正統中誠菴公爲監察御史君隨侍京邸甫十餘歲嗜學不倦遣從同邑進士歐陽復受舉子業博聞强記爲文援筆輒就皆據於理弱冠補邑庠生中天順己卯鄉試累舉春官不第卒業太學所與遊皆一時俊彥癸未喪偶於道旅形影相弔時童僕亦相繼淪沒無以給薪水常情

所不堪者君獨處之裕如每發憤刻苦涉獵經史力求諸古人弗深造弗已成化己丑登進士第爲改刑曹時進士多慮外補誠菴公嘗寓書戒之曰委質事君人臣之職弗盡爲辱耳內外非所計也君佩服益勤以愼壬辰拜四川淸吏司主事惓惓重民命前大司寇四明陸公三山林莊敏公深加委重凡諸司讞獄書奏使者案牘皆屬君閱視既允然後奏丙申夏五月不雨皇上省躬致禱懼刑有冤抑詔諸司選郎署明愼者一二人賜之璽書傳所至求其允遂有雲南之行既至刑律輕重斷以至公雖戚屬無敢干以私者大理人羅榮袁亨爲巡捕者所誣考掠成獄不能自白君察其冤召被盜張姓者訊之驗贓而聽其

辭竟得實二人皆免於誣尋有土官妾沙適者因爭襲職謀殺適男事敗被逮張昇輩一十五人皆罹極刑君廉其誣直之坐以所當罪張昇輩得不死謫戍邊蓋君之審刑一以求生爲心率多類此由是人有受誣不能白者咸以得造臺下爲幸全活甚衆時有勑中貴錢能怙勢驕橫者按正勘實同奏無所顧忌戊戌陞江西司員外郎又二載陞四川司郎中常按事於徐之沛縣浙之杭州及奉敕於北畿之八郡審錄罪囚所至折疑獄雪冤枉鋤强暴植善良黜贓吏皆洪涊首鼠者所不敢爲以是獄多平而聲譽益洋溢於中外甲辰冬誠菴公召還掌院事君得以綵衣愉色躬奉甘旨者數月惟母胡夫人年高且多病每

以弗遂迎養爲歉與人言輒泣下乙巳秋誠菴公遘疾躬侍湯藥衣不解帶每夕籲天祈以身代踰月竟不起殯殮一以禮而哀毁過之扶柩南歸大事未襄君亦以哀毁致疾而卒蓋丙午八月二十一日也君爲人清白耿介雖歷華顯而自奉儉約一如布衣時居家孝友出於天性與人交誠信謙退遇危難必濟之臨取與非道與義一介不苟歷官二十載始終一致公暇工草書喜吟咏披琴以自適舊所居書齋據林泉之勝名之曰竹園因以爲別號所著有竹園詩文集若干卷藏於家配何氏贈宜人繼陳氏封宜人子男一瑤陳出女一適同邑宋族何出君生於宣德甲寅十月十一日享年五十有三葬本鄉珠沙山之陽既卒之明年乃弟鄉進士守蒙來京謂予素知君者宜狀其德行嗚呼痛哉每念士君子才德傑出如吾朱君誠不易得固將望其駸駸大用爲鄉國閭里光豈意其竟止於此耶庠幸從遊日久受教愛爲深且厚有姻眷之誼聞其訃也方悲痛不已夫何忍辭謹述其先世閥閱及學行大略以告太史氏求一言以勒諸貞珉庶幾君之潛德爲不朽云

陳旺傳

廖希賢

陳旺字功讓湖廣長沙攸縣人弱冠寓衢州開化縣補邑庠正統甲子舉浙闈乙丑留京時太傅錢塘于公方起復爲兵部侍郎以巡撫理部事先生以材武爲于公所器己巳秋也先猖獗車駕親征土木蒙塵傳警戒嚴賴于公輔景帝即位鎭定社稷先生以書上于公曰民刺得志由上駕輕動耳今其勢必長驅而南我武庫軍實秏矣請令司馬分道募兵司空蒐乘繕械九門要地以大將守之凡兵當出營郭外毋自示弱郭外之民當安插內地毋令失所通州倉與諸敵草宜令官軍運之毋以餉敵于公嘉其謀授指揮使十月也先挾上皇窺京師先生設伏

郭外從神機營都督范廣以飛鎗火箭逼賊營殺傷無算賊退進都指揮使于公又以涿易保眞諸州郡爲京師拱衞當宿兵乃令先生副右都督某守之又捕礫奸人之爲喜甯用者凡此皆先生成績可附紀國史者也天順復辟石亨誣于公謀立襄王論棄市先生歎曰宵人得志吾屬當知幾矣遂由宣撫病免挂冠以行由江左紆塗歸攸憲宗初詔復于公爵釋謫戍諸臣先生令長子袁入京詗驗時勢欲再爲國家效力無何袁去杳然先生終歲鬱鬱亦遂無意於用世矣廖子曰先生風度俊爽膂力絕倫於經史無不涉而尤諳知兵法觀其上于公書及破敵功蓋謀勇兼備之士也惜未嘗專閫未盡才之所用耳然而遠見於未萌避危於無形則先生之智於是乎不可及矣先生其以余言爲知己也夫

顏魯公小傳

艾穆

公在元肅代德閒犯權奸之忌建中四年李希烈襲汝州執刺史李元平盧杞薦於德宗曰非顏眞卿往諭之不可夫謂公負物望重可敵十萬師也詔公爲宣慰使舉朝公卿錯愕以爲朝廷失一重臣公馳至東京河南尹鄭叔謂公曰希烈反狀盡露矣盍止之公曰如君命何至許州見希烈矯詔橫甚親兵五千人拔刀爭進公神色自若希烈麾之退勸公上書雪己罪公不從又遣李元平說公公厲聲叱曰爾爲天子命吏屈首受逆賊頤指而不能致其身乃爲作說客邪希烈雖橫而服公大義計將還公召而餞之令倡優媟褻狎侮朝廷公怒曰公何無人臣

禮若是邪拂衣去希烈大慝當是時朱滔田悅李納諸使者皆在座謂希烈曰顏太師名德煜然中朝公將建大號而太師至是天以良弼授公也置相誰先太師者公叱曰若不聞顏常山吾之兄乎安史之執罵賊不絕口而吾反受若脅邪吾今惟知有死而已元平輩慙甚銜之密以言激希烈希烈乃囚公官舍掘地謀坑公公曰死生有命願得一劍足矣會希烈黨張伯儀首級示公公大慟伏地憤絕復蘇哥舒曜收復汝州希烈遣其黨周曾康秀林等領兵襲舒曜行至襄城其謀反兵殺希烈欲奉公爲節度使以歸事泄希烈乃遣騾子軍三千掩殺周曾等送公龍興寺是時幽公三年矣公自度必不免作遺表墓誌祭文指寢室西壁下曰此吾死所也希烈盜大號稱帝使人問儀制公不之對無何王師復臨希烈懼令景臻安華聚薪於公庭曰若不屈當焚死公奮身赴火景臻等遽止之後又使閹奴等矯詔害公公詰其僞怒罵曰此逆賊耳奚詔爲奴將縊殺之先是公與吉溫論事不合溫黨楊國忠惡之出爲平原太守公遂以平原受知元宗公從兄顏杲卿斬賊將李欽通河朔一十七郡推公連兵二十萬橫絕燕趙又用清河人李萼計大破賊斬首萬餘級數以蠟丸裹書上肅宗言事拜尚書遷御史大夫代宗朝封魯郡公公屢建大議卒爲元載李輔國所抑歷貶峽吉撫湖四州載伏誅進吏部尚書後加光祿大夫太子少師德宗

卽位方切倚毗公楊炎盧杞忌之遷公太子太師外示優崇而陰實疏之云公剛介不阿居官四十五年居中僅十載終遭貶斥竟致殺身而後已死之日年七十六三軍皆慟哭天下無論識不識皆稱顏魯公云汝人卽龍興寺祀之知州江鋭乃廟於州城之東余惟爲臣死忠爲子死孝自天地剖判以來惟此元精正氣朗然與四序三光流耀宇宙而其神則無不之公出入四朝獨秉孤忠汝州之難請劍赴火百折不回死而後已可爲人臣殉國者法其生氣至今在汝卽不廟而凜凜嗟夫公國之元老也以元老而出使盧杞薦之也杞之薦公者忌公也而德宗聽之責於杞也豈惟德宗卽天若爲杞用而卒不能脫公於

逆賊之手者夫士非艱難無以表特操公之大節炳烺令天下後世仰其結爲星辰而行乎陰陽者夫故於汝得之也吾故謂杞非忌公蓋公揚休樹烈之資也雖然杞亦非公死其取唾駡於天下後世必不甚天其厚杞之毒於公而益明其不肖俾於公之賢而並傳也歟舊志吉水王君昂有傳余爲删潤之而復爲小傳附焉

雙節傳

艾穆

程道南新安人也自余寓恆陽道南素與促膝論心一話及先事輒脈脈改容沈痛而語余曰不肖先太母與余母遭先大人之不延也而並以節顯孤行闇然莫白丐子爲文之按新安程浩生妻汪氏休甯汪飾女其孫倬妻亦汪氏歙信行里汪春盛女汪母年二十歸浩生明年生子廷富又明年浩生逝廷富癡癡在襁褓人勸母改嫁母指遺孤籲天大慟曰我今爲程氏母矣宗祧我承矣可令程氏如綫之緒遽絕於我乎夫九原有靈其謂何言者色悔當是時程氏家業中落母卸鉛華躬紉縫自給茹納艱苦足蹟未嘗一出閨閾廷富長爲娶婦黃氏生子二長佶次卽倬廷富賈於徐計息覘他賈絀也母與其婦黃篝鐙相對治麻枲至食不茹葷以勤儉佐其家迨廷富舍賈而農貲漸桀矣母亦無復侈心猶勤儉如賈絀時年九十鶴髮翩翩垂也步健不倚一蹶中風而卒其節行聞宏治閒紀在郡志倬妻汪氏未笄歸於倬十八始婚後生道南復生弟道東會倬游徐歸卒汪氏哀毀骨立泣盡而繼之以血兩目遂喪年二十五斬然在疚惟拮据奉兩老姑冬綿夏絺皆出其手兩老姑慰之曰媳竭力如此其於倫本厚矣天必祐之何憂終窶也越數年兩老姑相繼化去汪氏又斬然在疚營理殯葬大事辛苦萬狀至其履操冰霜皭然齊於汪母嘉靖甲寅遣道南入都道南秀

而文尤工書法遍古名匠時重修永樂大典禮部首銜人供事史館事竣例得膺冠帶汪氏已久養京邸至是且喜且悲謂道南曰吾早失汝父汝季復早世惟汝在是天所以祚吾程而延厥蒸嘗也今汝曳組於朝矣其矢務揚休邁烈以表白當世而恢大其先聞道南爲哽咽受教居無何汪氏寢疾四十餘日將革呼道南屬其後事纚纚不亂詞氣慷慨如常時又其達如此世爲表雙節云艾某曰節義者天地之棟梁謂天常人紀賴茲弗墜也世有誦先王說理致者往往弁髦名行而後元精正氣朗然流耀宇宙者卒侈談笄褘之倫亦可慨矣乃今程氏二母世其節先後光映羣聯俱傳不謂奇事哉然余又有言焉立節

易立孤難當春秋時晉大夫趙氏之友程嬰存立趙孤蓋嘗爲其難矣今嬰之苗裔在新安者一髮千鈞而天生二母以覆翼之伶伶俜俜以迄於道南之身而程氏之孤始顯與趙氏孤相爲不泯豈惟二母能完節哉亦嬰之能爲所難而千載之下猶得以食其報也余爲之傳傳焉

曾祖大使公傳

艾穆

大使公者諱本字時顯號漁隱雪筠公長子也生有穎質善讀書書法遒勁逼虞體顧丁家不造雪筠公早世諸父亦相繼世兄弟中多嗜酒使氣先休日墮公以茲廢學年十八甯州巨姓樊氏爭地界欺公門戶孱又謂公少年易與也白日結其黨掘發先壠公卽籲天大慟銜冤徒步愬闕下事下兩省會勘公孑身屹立諸梟獝中雪涕抗聲以暴九泉之長恨諸勘官直之悉寘樊以法也自是里中諸大猾豪輒又敬憚公弱冠奮筆椽臬司臬司憲使郁侯二公咸才公而遇之優適獄中有三十人者郁憲使案治當劫盜論死矣公舍連獄司日夜聞此三十八人者

呼天叫冤聲不絕也密詰之果甎石工因捕者概誣爲盜公具以白之郁郁不聽且厲聲大叱罵公曰爾豎子何得妄言爾豎子何得妄言公不敢對越數日復白之郁郁又大叱罵公曰爾敢故爲羣盜解脫地而欲撓吾大府之憲也爲將誰執夫爲羣盜則得矣其謂我何公頓首指天誓曰謂某於羣盜有他邪而欺公神明儼然殛之某所以知爲甎石工者以有工匠諸器物在又諸庸者家可訊也郁又叱罵公不聽久之曰爾且休矣是時郁業已論報蓋陰欲自諱其訊鞫不明之短云公於是計無所出廢寢食者兩月殫心昧死說郁萬端申救愈力又因郁之應門者具道三十八所以含冤狀通於郁之内爲郁解居有間

公復頓首郁前曰公之成案已定矣然不明之失小三十人之冤大也某不敢以口舌爭第提諸庸者家來眞僞自見耳某請以身受命往郁不得已令公往而公乃私貽獄官吏金爲稍稍寬桎梏桁楊延旦夕之命以待無何提諸庸者家至郁盡出其獄羣盜於臬司大堂令徧識之果識出二十八人者皆甄石工也而其二已糜爛獄中矣郁始驚歎其冤盡活之歸而相率具工食費千里來吾鄉造地面甎甎公之堂者五以報工竣哭而歸固不受直然公竟直之也安陸有孫生交者美少年也貧而徵又落落無能文聲來就試鄂中公一見異其器盡力館穀之同輩笑公曰艾氏子癡艾氏子癡已則非文墨行而徙以器識

鑑賞孫生公闓之遇自若也頃之孫果第連成進士不十年躋尊顯公以謁選上吏部孫適又握銓吏部欲破調報公固辭曰何可以某一故人故而廢典銓大法爲授兩淮鹽大使公至兩淮富商大賈有罣其金賂公者公首發其奸不少貸廉聲著淮上正德間逆瑾用事兇燄灼天下鄉有御史梅昂黃公論劾瑾矯詔撻之朝堂幾死公走使千里介醫護之南歸已而瑾又以諸鹽官貨源也有能入貨如望者拔其官公自顧宦橐蕭然雅不喜附炎阿權以徼膴厚遂棄官歸鄉人謂公必捆載歸也歸月值宸濠諸亾命千百人行刼鄉人盡避匿深山中皆謂公必不免公爲具食飲門外以待鄰有與公郄者大呼擊賊命移怒公賊將入忽見羣鴉蔽天鳴賊驚曰此必善人家也遂相率去人謂公陰德之報云公歸日與田夫野老狎黨鄉里靑黃交時日往來通衢語人曰若能舉此數日火乎不爾吾且遺若公不饒於貲又太母胡孺人素重與公每每追問時人之匱冬月遇凍者於途輒解衣衣焉嘗一冬會大母凡三製重裘也歲時出里中收責歸攜有布帛諸物預呼房族之貧者路遺之曰是物一入門非吾與爾有也見里人家無擔石而外作紈袴之態者心甚鄙焉常率家童采薇食鄉國子生唐佐貽公詩有清居官地儉居家白日清天玉未瑕之句此雖瑣瑣亦可概公生平居無何逆瑾敗詔天下以忤瑾失官者盡徵入京計日超厥階也

邑大夫促公應詔公固辭因號漁隱老人以見志晚歲病咳痔甚一日病革鄉有不檢者數輩來問疾公猶瞪目視曰爾可飭勵行檢學做好男子云云其正氣至今猶可想見公自楊坊徙居莊頭謂莊頭風氣勝也又識姜源鄧家山有旺氣葬其父雪鈞公與其母鄧孺人至今吾輩後公者皆斌斌以詩書發家人皆謂公卜陰陽二吉爲有徵云艾科曰若大使公者可傳矣往余髫年嘗侍左轄黃先生黃先生曰爾知爾先人大使公乎爾今秀而文食爾先人之報矣且爲道所以云而尤服其救冤盜識孫生忤瑾不復出三事黃先生之言大有徵也夫若大使公者可以傳矣作大使公傳穆曰大使公傳出伯氏萬安公手著

早年作也余檢出笥中芟蘩補遺以成實録令後代子孫知有大使公耳夫期年樹穀百年樹德公之德種種厚矣固宜其留爲子孫數世之利也然余於救寃盜事則誠歎其難焉昔大宋及第以活數百萬命余每過渡蟻橋爲低徊久之夫蟻蠕動微物耳而宋公猶然身享其報公以一臬司椽苦心殫謀傾心極力脫三十人游釜之命於椹鑕下相與呴溼濡沫而復爲生且法司論報已成之案一旦以公廢也其視宋公渡蟻事爲何如傳曰不於其身於其子孫言善惡終有報也凡人家子孫茹肥乘良不念先世以故行事多隤厥先休余爲此懼官刑部問刑輒求其生奉使慮囚矯詔不敢多殺起官蜀臬數從大疑獄案出人凡此皆惻惻以公爲念也第余居官生人固其職比公所生活事體權力時勢蓋難易殊矣吾儕其尚念公之所留益務樹德積隲無忝前人焉

先大父國子公傳

艾穆

國子公諱秀字世芳號友筠大使公子也公從諸生廩而擅時譽爲提學霞山蔡公所識拔每出校各郡縣令公隨年幾六十以歲薦遊北監挂選歸居無何卒公倜儻有大略而急於公義識度深沈凝然不動加之以無故臨之以非常如無有也爲人孝友篤至治家以嚴內外食指林林寂無敢譁教子孫尤嚴吾仲父稍長受書而有童心善逸公怒鞭笞之錮之室中不令出吾長公幼穎慧顧佻達任誕不羈公時時鞭笞輒辱之冀其有立後長公薦於鄉公病中趣工匠辦棹椅諸器用人問故答曰且日者某必第其待賀客及報至而公逝先是通戶爲儹運糧流亾艾氏寖微矣公奮曰天之所支不可壞也吾艾氏奕世好修無忝舊德天實支之而今顧羅其羸將振頹亢宗之有待乎未可以當吾世而墜先緒於是招亾復業捐己力館穀而懷結之又立爲家政以聯其族之散如日合族衆奉祠墓敘倫理勤織業崇節儉急賦役禁誣訟興禮教八條皆其著者用是人各有固志艾氏稍稍立有里中豪者欺公門戶孱也覬覦謀霸其產揚言曰吾必逐艾某還楊坊乃已楊坊者公祖居也而大使公新徙莊頭兒豪之忌公不得已訟之官公以子身當羣雄鴞張獝食之衝訟數年卒得直而豪亦自斂手退矣曾記長公謂余曰大父每與仲父商訟事時見余至則脈脈緘吻退謂仲父

曰訟多機械語壞人心術吾蓋不得已爲之可令若聞之乎其教子孫嚴而正率類是至其存心仁惻振人之急如不及每出穀貸鄉里人縮其息貧甚者折券捐帑收也人以此多公之義益德焉每出府縣見有賣活鳥雀者盡買放之見道旁有死人則令僮弛負擔盡日出力爲瘗之常往府途偶聞一婦哭甚哀問之爲積逋不償也將鬻兒女償之所以哭甚哀也公愀然爲傾囊代之償其厚如此又公達人也例出貲置酒會合學友公在縣酒半家人來告吾贈公之變甚亟滿座大驚瞿然失席公色自若飲如故吾贈公入棺待公回目始瞑公卒不之哭第見公滿面發赤色露筋而已人謂公矯情强忍余以爲非達者不

能也不然公獨無父子情者哉余以童時所習於公者紀之穆曰余七八歲時見公輒避不敢見後讀書官樓公每敎余與諸父習揖讓行步不一借顏色又嘗見公元旦日攜岐南叔步出行以小忤手鞭笞至余家哭不已不止是時岐南甫十齡耳於此見公之敎子孫嚴矣吾家自先世迄公始以儒術著又敦德好修延及我後人庶幾茂明之公之功要不獨振頹定傾已也余以故列其行事

先妣李太恭人傳

艾穆

李太恭人名龍贈鴻臚寺卿丹崖公配也爲長慶李菊逸公配方孺人長女方孺人子孫多日夜禱神祈女已而有身異居姪子李大美者夜夢數人舁一輿入孺人室輿中一女子翟冠繡服紆紳揚帔儼然不類常女也又二龍繞輿旁覺而曰兆也其爲吾叔母產乎厥明來方孺人家言夢孺人以夜半免身生太恭人矣以夢龍名龍又龍男兆也應余兄弟二人云大恭人事其公國子友筠公姑胡孺人最謹以孝聞相贈公爲名儒生一切家內外事獨身之年四十三贈公逝太恭人天性澹泊樸素孀居拮据佐其家勖長公與余穎學長公以先大父督之嚴學而名有成余受訓長公長公亦督之嚴而太恭人時時舉儒生

遠大事責索譙戒於內以故余亦繼長公名有成長公官萬安也迎養太恭人不就養後余官京師也知太恭人亦必不就余養日望雲爲蘇蘇隕涕每家書至太恭人必屬曰兒幸虔其職無我念余稍稍慰余奉使決囚上谷歸覲是時詔治決少者嚴甚余別太恭人曰余茲行甯聽參毋甯濫殺太恭人漫應之卒之余果決少被參幾奪其官居無何余考刑部主事滿得儌天子之靈封母太安人再制辭章服介使上太恭人壽太恭人喜於是人爭詫曰鄉者太恭人產時夢輿中翟冠繡服女其謂今日乎兆母兆子矣余是時在京師日夜念太恭人不置欲告則

不可得·懊不卽挂冠歸·然而志念決矣·先盡束其行裝儆置糧船上載之歸·頃之有江陵奪情事·事與余志念大相背·因憤發言之撻之朝堂·幾百人爭傳不諱矣·余內則聞而信之·喟曰吾固知吾夫之有是也·閉門三日不食·形容瘦損·舉家皆驚·太恭人慰解之·曰吾兒果有此·是爲國大義·死且天必佑善·知吾兒不死·況吾日來無不祥夢乎·爾何過聽而沈痛若是·久之余家書至·知吾內信·余與太恭人料余事·皆不爽·太恭人聞余書中斬斬語益大喜·余過家時·裹瘡臥·膿血淋漓·又兩解官·橫甚·日怒罵索余金·促之行·太恭人爲時時具美食飲·柔兩押官·庶幾故瘡少延息之·且促余扶病行也·行時舉家皆哭·獨余與太恭

人欣然揖別·無兒女之態·余後以閒歸·覲太恭人·曰兒第行無我念·又欣然如前揖別·時蓋余自蒙譴以來·太恭人不獨無半語怨悔·卽諮歎聲不聞也·顧不以余矯詔少決人爲是·太恭人何獨不仁如婦人哉·蓋有見矣·頃余報起家西蜀·太恭人喜自是行不杖·余以春秋高·邅延不忍行·乃日促余之官·必欲與行俱西也·念躊躇久之·一日聞盡散其室中藏與人·知其有決志·遂奉太恭人輿至夔州·始挽舟上巴渝·在巴渝署中·余每有公出·太恭人則又時時念余·念家·一日報余轉光祿·大喜·呼酒共諸孫諸婦飲·朗誦少時所記口號詩·大笑·聲徹署內外·且欲與余俱北·如前西行時·既而舟至歸州古黃陵廟前·廣兒水·太恭

人大慟·遂決意歸·余以此灰心世途·且謂頃者母西吾與西·母今不北·吾安能舍母而北也·爲具告養疏·擬上之·會太恭人從峕州抱病歸·至明年正月十八日·誕辰·乃攬衣起坐室中·子孫諸婦羅拜上壽·逾月奄忽大逝矣·痛哉·太恭人性耿直無機事·人有過面折之·素鮮厚藏·有則推以與人·平生衣布蔬食以爲常·余兄於署中每寄錦綺文繡服·置不服·卽章服歲時僅一披之·諸婦有華服來室中坐者·坐竟日不語·布衣來坐者則呼婢責茗啜·相與言笑竟日夕·以此諸婦無敢華服者·見人有過失·動舉所習聞里語警之·有好浮靡者·則曰不聞牛背穩布衣牢乎·有好爭訟者則曰不聞饒人非癡·後得便宜乎·又居常每對

子孫曰·牀無病人·獄無罪人·便是此生受用清福·其爲慈訓忠厚如此·年八十六·常紉補敝衣履·與婢女穿匿不令子孫見·鐙下常自穿針·余謂其年望百·如母方孺人也·詎謂其遽不起哉·醫家診老人脈宜休囚·太恭人獨旺如盛時·本之陽臟·每已病必涼藥·頃病時眞火蒸蒸·灼其軀·手掌龜裂·藥不能已矣·痛哉·享年八十七云·穆曰·余爲郞時·思太恭人·輒敝屣視其官·及受笞欲死時·大懼傷太恭人·初未擬其何似也·余歸見其容貌志氣·別而之戍·所·以此知太恭人識度深遠矣·余爲子恨知母晚也·至論天性澹樸·不以余兄弟故而有侈心·常自親中饋紡績·見之者謂蕭然食貧婦也·不可以觀太恭人哉·

先兄萬安公傳

艾　穆

隆慶中，余官京師，家人來言，公從吳中歸，邑邑不自得，顏色憔悴羸尫，又卜築楊坊莊居，日悄悄爲投老計。余抵公書曰：隋侯之珠不可以彈千仞之雀，謂其所損者重也。吾人之有生，非直隋侯之珠之重也，吾生之未卜而卜居乎。無何，公計至矣，吾何忍傳公。公諱科，字晉卿，號阜野，贈鴻臚公長子也。生而穎慧絕倫，讀書一目數行下，輒成誦，終身不忘。八九歲時，同諸少年受書塾師，塾師日口授諸少年史鑑義數十篇，令公試立其旁聽，僅移晷耳。聽畢置不復讀，詰旦，塾師雜舉數十月以難公，一一應聲對，如呼響荅。卽贈公與諸少年聽講者竟日夕讀記，反不

遠也。人以此奇公。塾師笑曰：父不得而子者，艾生之謂乎。蓋是時贈公讀書難强記云。稍長爲文，泉湧飈發，援筆輒數千言，率多不經人道語。沈御史越令吾邑，見公輒呼曰：千里駒，千里駒云。公讀四書易經，僅涉本文大指，撮靑一切諸講義，卽朱傳且置不讀。每試目出，竊以其意爲之，類暗與朱傳合，而時有離之者。有司每每驚其逸思藻發，不謂其離也。年十七八，已博獵百氏，爲古文詞，縱橫馳騁。嘉靖癸卯，提學取應試生名次置公後，公發憤御增廩不拜。李邑諭以爲狂，諷公曰：今科爾必第乎。公曰：必第。曰：第盍劵乎。公曰：劵。已而公果第，人以此益奇公。自是公豪於詩酒，放情山水，厭薄舉子業，如秋毫浮煙矣。嘉靖己未，

署嘉定邑諭事，見海翁中丞首薦公學兼六藝之長，文有三蘇之氣，爲忌者所抑，陞萬安知縣。萬安値流寇新殘，乃繕城修守備。府又當孔道，日使客索折乾，豪宦動持官吏短長。公至，捐俸高其城，繳還府給帑金數百兩，因與分巡譚有御，捌守備府，地方賴之。革去折乾，裁豪橫以法，各造爲飛語中公，於所御得解調矣。公去萬安，別譚曰：凡彈章有見之而面熱汗下者，有見之而可發一大笑者，若科者眞可發一大笑也。譚默然內媿久之。至江西，上書柏泉胡中丞曰：科之奉職無狀，宜有今矣，而其致謗之由則有五焉。夫此五者可無辨也，而今辨之者，以官可無作，心事不可不明也。科之任萬安以來，見一狂生與縣丞揪髮

繫頸而愬於公庭，無復衣冠之體，初未知其爲誰氏子也，而笞之。後知其爲某權貴親舅，心頗悔之，而其實法固當有然者。狂生自是媒孽萬端矣，一也。紀功察院駐節在贛，往來絡繹之使索夫騎折乾者，日至數十金，民甚苦之，科一切革去，雖民困少蘇，而所謂借譽於左右者無有矣，二也。自科歷任一年餘耳，而察院支無礙銀餽鄉宦者數千金，其實此銀一無有也，於是不得不曲爲處之，而有難冒科罰之名以應當路之命者，則甘心科者多矣，三也。五事今遺其二。胡公見其書，灑然異之曰：爾文人也，書實事也，惜爾不能盡吐出胸中之奇耳，異時當爲言之主爵者，備中書誥敕之選焉。公入京，例得改教授，補瑞州府屬

凰山有文文山廟文嘗九日登高飲其上後人因廟之梅崖周中丞奠焉見石刻奠文不佳立命公作四六語公援筆成有曰方其登高舒嘯必多憫時憂國之懷迨其就義從容亦即把酒臨風之意周大賞其切先是補瑞州時閣老養齋嚴公尚書濤陽董公鎮山朱公見公所爲孤志錄敘文交口歎曰艾教授異才也爲枉車騎禮之皆面許轉公誥敕公以詩謝有開館幾人延國士撝謙此日下儒官之句乃公方出京而三公皆相繼解去矣卽前胡公入爲太宰物故矣居頃之公亦承太母重歸起補蘇州教授陞襄府紀善矣夫人患無才才矣患不遇知遇知矣患不見用公之才氣稱萬人敵乃不利於官而猶幸遇特達

之知於四公四公者皆當路太阿在掌可謂有厚援矣而卒不能一振公淹豈非命哉此長沙之行所以徒來宣室之召而卒俾之憤鬱以終也余於玆泫然動古今才人志士之悲焉然公雖不亨於官而朗暢自豪每有塵外之致爲人不事苛廉曲謹意氣傾湖海海內士一見輒吐肝膽交驩諸富貴有勢出己右者必駕陵其上諸出己下者愈貧賤益敬禮與之鈞見人有小善薦寵如不及也議論口若懸河雜之詼諧滿堂賓客稠人中有公在爲捧腹絕倒第性直稍褊急面折人過不能容聞人長短如茹物不下必吐乃已以故往往以口郵被訕人附之者少焉然其中絕無宿藏洞見裏底時或怒人轉盼如太空倏翳萬象不失平生急於義如湍水赴壑吾平有寄莊稅代甯民償者百十年矣以隔屬故公爲書抵江西當道曰國有分土無分民甯民田之而使平民賦之是厚怨於平非甯之利也長民者將怨是弭而可不從公處分以巳亂善鄰乎卒之委官會勘如公指兩地帖耳稱平焉里中黃氏田賣各家而稅畱其戶名曰賍無徵逃亾矣公憫之貽書勸里中人曰百足之蟲雖僵不仆以扶之者眾也千鈞之重十人舉而少一人則不易勝矣黃氏之存亾固吾九家相與爲利害安危者也若見小利昧大義苟目前之便而忘久遠之圖是棄其所以安而就其所以危也里中人不聽令持書懇之當路卒各歸其稅黃氏賴以存凡此皆智

巧所避而公獨毅然肩之以是任謗任怨有弗辭者鄰邑口空崖有黃道人者以仙術聞爲通和殿日會玉帝口糾諸老爭儼然師事之鼓動一方矣公爲移文曰神仙事有無不可知設有之亦必遣六慾滅三毒恬澹以頤神養氣而後能清淨得道與上帝通也今觀道人者一酒肉俗道士耳其去仙奚啻萬里而顧鬼言玉帝以自神抑可謂欺人於白日矣諸老甘心事之畏閻羅勾喚耳而因之熒惑一方人心則誠可慮焉監司讀公文爲驅之出境其不惑於神怪又如此公幼學而好弄大父國子公督之嚴余猶及見其第之前數月日鞭笞不已也公又以大父督己者督諸父與余嘗對人曰吾邑繼吾而第者必待此小

子。是時余年甫十餘齡也。余果後公十六年繼之第。嘗記公送余赴試曰爾茲行即場中文不可知知必第也。後余入初場文不稱而家聞鴉鵲千百羣應期繞舍鳴。公曰此第徵也。即大書旗面文魁字以待。又日趣工匠治廬迓賀客。有間報至矣。一見試錄名次為默然久之。公之望余不但已已。公教人常依節義嘗數為余談劉忠宣公西戍事。余童時嘗誦白頭今過六盤山之句而想慕其為人。乃吾楚自忠宣公西戍後百年矣。而繼公西戍者獨余焉。公之教余與余所歌詩不至是讖乎。余時為悵然追憶賦之頌余拔自行戍矣。知公之靈必為余喜其以直鳴又以直顯庶幾少慰公於九京也。顧余又何能報公哉。余為之

傳欲後之讀者彷彿公風神意氣言笑焉。公所著詩文有對鏡集惜羽集糜碁集寓吳橐穆曰五石之瓠不以之浮乎江湖而憂其瓠落無所容夫謂其拙於用大也。以公之才氣使為舉子業趨時學樣必能芥拾上第。為詩文尚法摹古必擅名家。居官務循謹抑損可致通顯大有樹。乃皆不之然。其於用大也拙矣。然公固不以此易彼也。嘗觀公之為人不羈每類灌仲孺罵坐謁上官言必笑亦每以是見過。蓋本之嵇叔夜阮嗣宗之流宜論於繩墨禮法之外者也。以時局論公失公矣。至其英風義氣偉文雄談則士大夫至今歎慕焉。

亾兒而廣傳

艾穆

嘉靖戊午余初第時。一相士謂余曰公三陽火旺必生男其應在十月乎。余歸而十月十八日廣兒生。小名廣以余新從湖廣歸也。長命名曰而廣云。隆慶庚午余攜家官國子。是時廣年十六而痘險幾不能全賴陳中丞公為迓支醫全之。陳公復為余捐金謝支醫義至高。由國子徙官刑部。丙子秋余奉使關外攜家歸。明年余以言西戍。又明年廣為博士弟子矣。從余西。余體裏廷笞瘡不能馬。廣身疥亦不能馬。日相與跰躚行數十里。過沔池縣遇藥。廣一日疥盡瘳。至謫所兩面孔相嚮空存皮骨。居逾年與廣遊終南山栖祖安道院中。余日讀書哦詩不休。廣亦

發憤舉業浸有得時或乘興尋幽弔古。夜半登說經臺。冀所謂青牛紫氣隱隱千古之上者庶幾遇之。之仙遊寺過潤擲玉女泉飲。問坡仙調水符何在。共友人浮白引滿酒酣耳熱為邀月黑龍潭邊放歌舒嘯與江聲相遞和。厥明東遊草堂寺觀鳩摩羅釋古塔翠色滴滴光芒欲飛。盡日剔蘚磨斷碑讀如接古人。當是時余施施漫漫與煙霞鹿豕為徒。不復知身在萬里外。而廣亦安余之娛窮愁破岑寂父子相依歡甚不忍離也。又明年廣以歲考歸金提學置其文高等補廩。余起家已渝未浹旬轉光祿矣。余與廣同舟歸以舟狹別居廣兒弟子姪六七人於民舟隨之行。時水落峽中諸險惡道已過至歸州古黃陵廟前廣

與六七人方同飯舟中廣先出如厠身忽觸石敗廣沉水死矣時萬歷癸未之十月五日也痛哉天乎痛哉天乎余何罪禍及吾兒邪吾兒何罪禍及其身邪天實夢夢爽報施邪元冥失護邪人生大齊止是邪舟何以不敗於峽中諸惡道邪何六七人同飯舟中廣獨與禍會邪此其故余莫知之矣先是余未起官時廣二牝雞晨其音又家人夢廣所居屋大顛至昨未敗舟前二日半夜忽聞水聲大響者二如人從水跳躍者又廣婦喻夜夢數人手繩索來河船上捕捉人船欹欲覆覺而見鐙照船窗上人簇簇怖甚明日日晡時遥見河船欹如夢中狀人皆林立小漁船頃之而慶與日茂二孫悲號來知廣死於水矣日茂幾不免去其足一韡水中又同廣沈者莊民陳也二響聲固徵哉廣意氣類余余西戍時所有諸名公書與詩廣皆手錄成帙且欲為余刻西戍集性放達能酒常歌杜子美明年此會知誰健醉把茱萸仔細看之句又剛硬人不可干以私親知有因廣干余者廣對使焚其書不以告卽入蜀於余行事有裨余先從陸之任廣奉先太恭人舟中行事先太恭人驩甚所過屬地餽送一切不受受余兩有公出廣在署中禁應門者一切餽問不通余治北行裝例發各物價與主辦官給行戶廣勸余親給之蜀匠造牛尾巾者例賞可一金廣獨以三此雖瑣屑事可以觀人廣與友人同攻科場業有次第文健朗可望詎謂英英奇氣一

旦河伯奪之哉余之飲恨當與黃陵江流共長矣雖然人之飲啄前定況死生乎廣之化期死所皆有在命實司之將無天促廣之歸而使余有茲行余之有茲行也非廣為余而余實為廣與不則晨雞之鳴顛居之夢何獨見徵於三官未報之先邪余於廣又奚悲廣有子二長曰日茂次小名曰川余往辭按君邛州夢緒衣黃旗道上來後見一小兒可五六歲貌甚癯抱之則公呼余余覺而知廣婦產必男也後果舉男子貌癯宛如夢中見小名川者川東道中生也生二十日而廣及於難云

湖南文徵卷三十八

湖湘後學集編

傳下　明

洪雲蒸傳

楊嗣昌

洪雲蒸字化卿號紫雲長沙之攸縣人萬歷庚戌進士少入塾讀志士仁人章曰爲人須如此師事安城劉瀘瀟徵君喜玩王陽明文集又嘗訪劉養旦問陽明之學先是瀘瀟著賢奕編入仙釋數則屢修書致辯極論天下高明之士溺佛滋甚不可復揚其波矣癸卯登賢書丙午建金仙書院於里中集吾楚同志講學攸素有官船差又値檄查絕產入官均言於院司罷之議

分輕重監去囚長窘辱良民之苦己酉劉徵君約建吳楚書院於攸東鳳山未成而卒公徒步臨其喪作年譜及傳紀之庚戌會試出宣城湯霍林房座師葉相臺山與縱談天下事謂霍林曰洪子王佐才不可忽辛亥除諸暨令父次崖公橐金寄之曰自用而羨周民急可也涖任一載廉惠聲爲浙省最以直道忤監司被劾葉相雪其誣得不下獄甲寅里居講學時貴州有警攸僻運餉未便言於院司調處免之乙卯改許州判時天龍白龍田宅淪於水乃與鄭守修堤濬河開荒置莊招集流亾又增修學宮講學西湖書院溯二氏者丕變著許州語錄丙辰除梁山令改昌平州學正至則捐金廣學校月講學課文三戊午遷北京國子監助教奏請增宋明從祀定學宮禮樂又疏言災異宜修省備邊宜以能戰爲守餉不可吝以困軍需文武將臣必擇人久任重其權勿使中制留中不報己未陞南戶部淸吏司主事是時民苦絹布難解難交官苦鈔難用乃建議易以銀有俸糧條議一書行之官民兩便卻水手銀以其出之民壬戌二月奔父喪歸里癸亥興文會於里或舉象山議東萊事致詰曰不肖遵遺訓欲以此常見羹牆每會輒鳴邑甲子賑里飢乙丑補北戶部主事歷員外郎中時魏璫方熾公與楊大洪賀對颺自少定交至是皆絕蹟其門魏銜之公欲有所發羅萸江止之曰君明於易理不思成器而動乎時原任攸令李在吏部有隙

欲下石不得有隱者寄詩示避禍公和其詩語中璫璫益銜之先是廣州太守閩陳某私其鄉人販穀士民激變辱太守且山寇海寇蘊祟囚停洩至三千爲危邦魏乃以公代計不困於民必困於寇且州盤錯簿書蝟集兩省兵餉由太守發並可誣贓公曰鞠躬盡瘁利害何恤八月出都門別同志曰會念王文成三人好作事乎子得此邦安知非竭才地十月至廣州即盡心兵餉備變丙寅置常平義倉折獄詳愼不事鞭扑舊兩廣兵餉太守常侵漁且羅織富商得賄公力反舊習將士與商咸德之魏璫察狀不得嗣是璫敗得免於難戊辰覲歸增城寇肆掠公由開道擣其巢殲之廣州屢無年公平市價發倉廩三年百姓

建生祠於省會。已巳從化鐵岡賊鍾國讓出掠。公力禦之。鍾詐降。分其黨犒之。引讓見督院王。數罪正法。海寇李之奇犯內洋。忠將陳鈺水戰失利。抱銃自沈。公痛之。乃築銃城銃臺。修戰艦。措餉調兵。禦於南頭寨虎頭門。旋就肅清。尋陞嶺南道副使。庚午京師告儆。援兵入衞。院司議監軍人多難色。公寓南雄即毅然任之。欲速赴。以院司議將莫決。三閱月師乃行。六月朔度梅嶺。遇老人授以書云。來何遲去未知。金陵班師一木支。一木難支。祀海瀣。尋不見。在途兩月。日與焦參戎及諸將領講求韜略。激勸忠義。健兒數千所過肅然。七月至金陵奉詔班師。疏乞便途歸省。敷陳剴切。著先憂十議。未上。至長沙與門人馮一第論

學。撰次所著易說評駁。辛未夏至粵攝嶺東惠潮二道。時流寇陳萬據惠九連山。鍾淩秀踞潮銅鼓嶂。與曾閣羅賴大總等相犄角。又巢寇葉禩婆張文斌鄒崖鼻鄧慳衷蜂起。蹂躪嶺東南。肆掠江右瑞金會昌。福建長汀上杭。四月破始興。禍更烈於王文成殷司馬時。公素議山寇海寇須大用兵芟夷。不勦而撫為害滋大。督院不從。至是特疏題請以公監三省軍。公度賊必能勦而後能撫。亦須先撫以分其勢而後可勦。攻掠有內應非詰奸重懲不可。又制其分掠為官兵偵導。必藉團練鄉兵。飢民附賊必發廩大賑。策既定。於是督師解永安海豐圍。斬內應數百人。招飢民嚴兩郡團練。賊乃解散數萬。鍾陳乞撫。公佯許之。令

勿與曾賴援以分其勢。七月陞廣西參政。由權貴忌其成功。或賀其去危邦。公愀然曰粵民失余無救之者。督院王虔院陸按院梁會同奏留以新銜監軍。即於惠郡督師力戰。擒殺曾賴等。惠境平。鄭芝龍兄弟至公優禮之。犒勁士有加。令諸將勿忌其能。九月督粵閩師會勦銅鼓嶂。淩秀走九連與陳萬合。公即回龍川河源。督調集兵困之。冬鍾陳食盡果潰圍入虔。公督諸將疾追。壬申正月公先布兵扼定作漁筌大戰。斬梟雄百餘。令降賊鍾魁吾誘各歸巢聽撫。先堵銅鼓險地。俾淩秀入石窟易地。堵九連深地。俾陳萬入樟坑淺地。二賊消息不通。諸將誘殺之。是時官兵多被礨石傷。誓盡扃屠戮。公招出良民令報籍貫與

難民竝安插程鄉平遠。治以保甲法活命數萬。時殘黨突虔江。右兵不能堵截遂入泰和。四月鄭芝龍與張一傑五將共奏寇潮捷。鄭因江右不與米糴且殺其團報。遂旋師。公聞之從詔入贛。與虔院面議督調粵將。復奏吉水黃牛捷。秋賊復入粵擁淩秀歸巢。文斌據歧山蠟燭肆掠。公度賊起滅由附險雜處。乃築長圍使民有定居。將入圍姓名冊報邑令稽查無敢逸。於是銅鼓自獻勦賊二百餘。程鄉平遠搜捕六七百。流寇平陞江西湖西道參政亦惟權貴忌成功也。癸酉虔院陸督院熊按院錢會同奏留。時攻鍾張於歧山蠟燭。壁立之上石下如雨。公密遣焚其儲糧絕其汲道。我架天棚打後山水門寨破。擒文斌誘龍川

鄉崖鼻捡之竝得眞賊多人鄉黨盡殲又獲鍾淩秀於雞籠山賊平按院錢疏敘功第一賜太平宴赤白金四百公以金置長郡學攸學及家廟祭器寇平公復思王文成雖設和平善後然九連三面籌之未周於是入九連相地形議建連平州以和平河源爲屬修城建署不厲民捐俸五百爲倡且勘丈賊田入官立營屯兵調度得法工農趨事九閱月工畢嶺東久旱公朝夕露處禮祈得霖雨龍川建生祠祀之甲戌陞整飭山防伸威兵備分守嶺東按察使從兩院奏留請也虔院舉卓異爲天下最不報亦權貴沮之公初無怨獨慮海寇爲三省患議密疏會勦督院熊不從公怏怏閱兵寓碣石詩云朝家倚柱石久矣悵

空閩歎將相無人也夏四月劉香老果犯海豐公舉前議熊又不從五月香具帖求撫公令海防暫許柔之復請督院料理兵機以戰爲守又不從八月公見瀕海諸城危於累卵乃親鎭海豐知官民有通賊者懸聯署門云特平生愛民保民示化盜一腔血鬼神可質誓此時差役員役受撫人半文錢天地不容回惠州報督院云賊情叵測請以才將張一傑廉將阮應辰赴惠協心料理四閱月爲期督院仍不決十月海豐士民哀乞親撫督院熊令巡道康承祖參將夏之木張一傑迫公同往海豐諭道山單車詣壘招之公念不往恐有陷城之慘抱病而行謂康曰我生死在此一行昔監軍入備過梅嶺遇老叟令當應其言若三公同往何異隋珠彈雀不如我一人冒險公等寓惠策應可也康以爲迂乃偕行先是潮州指揮周孟震等受賊賄洩謀致賊見其不至以爲僞遂留公與康張夏三人公怡然登舟諭之曰汝能不掠百姓撫局必成康錯愕公躡足乃定公日讀易賦詩賊信其無他不知公與兩院書所驗放歸差言撫所密達言勦督院熊欲歸咎康夏上疏云道將信賊自陷登舟往撫被留臣實不知上知其罔切責之著戴罪自效公累密約閩將鄭芝龍進勦又密囑省城各處嚴守以俟閩兵三月劉香入佛堂門欲突省河偵不敢進公諭之回白沙湖卽田尾遠洋旋聞鳳陽陵寢之變不食數日四月朔後海水三日赤公喜繼而鄭芝

龍至粤兵亦會賊驚惶無措請公出止之公大呼曰速速進擊勿惜我一人貽害三省香遂加刃推落水中官兵環攻香勢促焚舟死康夏張脫歸鄭得香師余洛及諸賊竝被擒人訊其詳後數日朱參將華乘舟至田尾遠洋覓公屍遇逆風反棹泊沙口於捷勝所小柘尾見大鳥悲鳴氣湧若雲近視鳥張翼覆公屍也扶櫬還鄉所過粤東郡邑士民無不號泣崇祀惠州廣州余與公同第同鄉於崇禎十年會具疏題請贈卹十二年始贈右副都御史公穎悟絶人淹貫經史所著有易說評駁許州語錄廣州運甓齋啟草小影詩集紫雲文集

論曰有眞學問斯有眞經濟公自少講學景仰王文成卽毅然

以擔當世道爲任、自筮仕諸暨許州昌平歷南北部曹坐而言、無弗起而行、其行之不遠用有所局也、迨一麾出守十載東粵、龔黃頗牧一身兼之、卓異爲天下最、當山寇蕩平建城善後、與文戍後先輝映矣、向使督臣熊文燦早用公議、恩患豫防、則公之靖海氛一如其除山魈、而從容奏績、何至促迫往撫單車見酋哉、然而自冬徂夏嘯歌賊艘、明緩其鋒、陰圖其隙、三省害除伊誰首功、惟是權貴內沮、不獲敘績易名上諸史館、論世者有餘慨焉、相傳公少時有異人劉邋遢謂之曰、君文質彬彬、惜不用於北而用於南、夫用於南又曷能罄公之經濟哉

文士昂傳

郭都賢

文士昂字台仙、同郡攸縣人、天啟壬戌進士、初授四川華陽縣令、地苦燥多不耐旱、公至大興水利、修築陂塘、教民設筒車轉水、連歲大熟、民建生祠於邑、尋晉工科給事中、值陝西河南大饑、特疏請敕撫臣賑發、無拘常例、兼邊疆時儆、中官監軍、屢陳文武將臣掣肘之弊、本邑大洲堡在南、鳳嶺在東、兩處關隘、爲奸宄出沒之所、奏請分設巡司、復出爲威茂道、陞雲南參政、整飭臨安兵備、諸酋感頌、臺省上其功、轉太常寺正卿、崇禎中告假歸里、時臨藍賊犯攸、奏請改建甎城、甲申闖賊陷清河、獻賊焚皇陵、南北隔絶、徉狂山谷、卒能全節、

陳恆叟傳

劉培泰

陳嘉謨字恆叟崇禎時人年十五六卽偕妻楊善事父若母以童孝名年三十父南泉歿事母鄔尤謹鄔病喘每雞鳴大劇謨必起以身翼母拊摩熨貼聲聲相續其妻卽爇火煮茗沸冽數進候母喘定就枕謨及妻始裹衣告眠是時謨家僕婢不以相苦也如是夫妻偕作子夜不間者幾三十年中年尼於豪破其家無供養具謨挈家長沙自與老僕蓺蔬賃舂具甘膬以懽母凡妻兒以下皆日持菜糜如是又十年及母鄔年七十有二而謨夫妻已五十餘母病革糞溺污衣被謨及妻必手自浣濯更迭以進有奴求代卻之曰兒報母三年鞠育僅此日耳涕泣事

如前會母葬雪壅負柩不得前謨跪雪中哀號驚一市僵凍不起負柩者爭感泣起行半里雪止及兆乃大霽郡人馮一第題其事曰雲開孝子眼雪霽苦兒心其時傳詠者甚眾惜此公以貧老終而其後單微迄無有大其事者其出繼子郭金臺哽咽爲予言予故筆之以闡幽

案恆叟湘潭人陳恪勤公鵬年之從曾祖也金臺卽幼隗先生以避難冒郭姓此云出繼者隱其事也汝懷附記

馮根公傳

郭金臺

長沙馮子根公諱一第別字洲一晚號龍喜姓字傳天下久予何傳崇禎十有六年八月二十五日逆獻陷長沙越十一月二十八日長沙孝廉馮一第死之郭子金臺屬一第生平交無兩人振筆涕泗下爲馮子傳方城陷時凡不意計而來招附乞令者某某幾輩賊徉從乞都謝去獨下令私其僞守呂曰必爲我致馮子根公先是根公匿上湘約從酉陽乞師分內外謀圖賊大有制呂遣役蹤往亦失所從會有以馮子機事告呂者馳兩役蹤詣馮子所馮子已急亾久之某仇者賂府役盛逮其老母七十兩兒一子大索馮子家馮子乃告絕上湘人曰吾甯敢愛

一死貽屠戮母兒乎扁舟詣府經湘潭手一冊戒予曰一第今年正四十不幸遭亂余偕妻孥齋沐禱佛事兩朝爲自弔文告天爲易姓文告祖一第不能以祖姓供死賊口取辱先人老母付兩兒投文付予三拜泣且行舟泊嶽麓下其仇卽先持楬拔刃遮道揕馮子胸數仆地疾呼謀逆春元馮一第來大喧噪賊門賊疾起罵馮子口誰教若反叱縛令斬一老僧救極哀免斬改令斷兩手耳劓鼻焫眼四僕三人殺一人更下令沒入其家馮子奮不顧家伸氣吐盡一夜死會上湘聞子死爭恐怖死趍引兵攻走上湘僞令何和衷歸白賊賊眾據湘潭與上湘兵角上湘兵失利有報師出醴陵大潰賊賊夜逃以是馮子家得免

死馮子死僵臥庭中賊環視人莫敢近予以其仇丁石馮子時並亟捕繫予予亦莫近者有友易子自義朱子襄治獨解自所衣覆翼棖公具棺成禮哭乃去棖公有子四人長洞次灞成諸生次湘定俱業儒女二未字兒二鵬鶚后棖公數月死母謝鬱悒死棖公甫冠丁卯以文奇魁楚踰年通經有十三經借課行世性工詩所著詩不一凡以年紀集名詩譜記若干卷自庚午至壬午攻史倣公穀體著史發凡二十卷書成從卜易名賁書辛巳與予論古著代古詩同梓行世自此詩外爲文逸帙寄予尤多奇約略馮子身不踰五尺年不踰四十所著成書至十餘種詩幾千篇文數百卷諸名人來其家至發秘流覽累日不絕

人謂士大夫好讀書卽年至六七十恐無以過也予謂馮子使文不奇詩不工經史不致力名必不大傳賊亦不必大索忌者亦必不深中至死卽微忌者馮子發奮時事便髮上語雄渾然馬革裹尸氣賊不死馮子亦不肎獨生死誠非馮子所重度其餘生禍乃有烈於死者汨羅香畔鸚鵡芳洲必將雄雄旦旦爭耀同光馮子森然長幽此倉凄烟腐草之閒矣友弟金臺識

黎平公小傳

郭金臺

公諱騰蛟字雲從號　貴州黎平人由　舉人累功擢御史監甯南侯左良玉兵駐武昌乙酉五月玉兵叛擁公而東公持不可玉奪之急公詞色並厲玉怒投公于江敀舟東下而公浮流西上自長迄午不沒賴漁艇救公起遂渡湖而南駐長沙奮呼號召有衆數十萬軍聲大振先是大清邏得公母子叅于營令公家奴持書招公降公集衆絕之曰吾死此耳祝吾母勿兒爲念以丁亥清兵南上諸師散走公率滇營胡一清西入粵戊子十一月復整師恢全永衡遂壁衡是時闖逆餘部自常至長大掠西甯兩湘之閒人畜殺幾盡各邑爭得公至卵翼之公

乃單騎免胄入湘潭視師諸部詷公下皆斂刃釋纛以百萬計明年己丑正月十九淸帥鄭王大舉萬騎自嶽麓潛師至潭諸部聞變皆四走而公所部盡壁衡無當敵者以是騎生得公公方袍危冠大呼曰吾督師何某也騎繫見王不屈王義之閉公一室令滿漢官先後重資誘公降堅臥不食閒取水嗽漱仍吐之凡五日值圖賴固山佟至輒下牀拜曰聞公在武昌善視吾母宜荅拜非屈公也臥如故又數日拽至流水橋岸竟不屈死之相傳橋岸有樹蓊然覆一抔土者卽公暴屍月餘不變國人悲而合身首以瘞是其化碧也越乙巳春凡十七年其族子某白有司乞骸歸里卽其處拾全蛻出或曰公所瘞址居民多見

靈異咸尸祝之人不欲傳故不傳

周大司農家傳

周星

公諱堪賡字仲聲五峯其號也先世自周顯德間節度周行逢鎭潭州子孫繁衍武陵吉水湘鄉明初始占籍甯鄉而公爲甯鄉人曾大父策明正德十年舉於鄉令廣西貴縣有循聲以子采貴贈兵部侍郎兼都察院右副都御史巡撫雲南大父檄未仕父耀晃萬歷七年舉人授山東東平牧多善政州人祠祀之詳東平志擢同知陝西延安府事會回民倡亂鄜時間出奇掩擊賊敗走餘孽仍剽刻爲民害復請勦監司郡守主撫申報不以實不肎署名由是不獲乎上遂引疾歸子四長堪貢戶部司務仲叔俱蚤殤公其季也生而穎異性篤孝六歲詣塾讀書倜

儻多大略年十九學乃大成補郡庠弟子員天啓甲子乙丑聯捷成進士時年三十三初授福建永春令以才調福清海賊流劫遠近屢挫官兵公密遣壯士入其黨廉得各盜首悉捕獲寘之法海氛以靖有坊店主要客於路殺而奪其金佯爲申狀哭盡哀公曰若號而無淚又數覷我中情怯耳夜半抵其坊召而詰之曰客何罪而汝殺之一訊輒伏起獲原贓封識宛然闔縣稱神公持讞明決一時有升米完訟之謠治行爲八閩冠行取授陝西道御史按山東劾藩下官恣縱及奸民投獻莊田二十事直聲振朝野按畿輔言廠衞樹威牟利害民狀同官皆悚惕公意氣自如上雖不能用亦不之罪也適畿輔戒嚴公繕陒塞

釐兵餉簡士馬劾將帥不職者壁壘一新有司捕獲奸細百餘人法當梟公覆鞫七十餘人無顯狀得末減事竣請假省親還侍郡丞公不離左右數月不入內寢公未顯時母胡夫人先卒奉木主朝夕進膳如常儀假滿入朝猶依戀寢門悲不自勝乙亥丁外艱己卯服闋入掌河南道印庚辰管京察舉劾悉當人稱鐵面稍遷太僕光祿寺卿辛巳遷順天府有民婦匿母家取他夙以證本夫以誣服坐抵公駁訊獲其婦事以昭雪霸州大盜獄已具親屬挾重貲賂權貴欲曲宥之公摘其奸論如法旋擢工部右侍郎壬午九月闖賊決黃河灌汴梁保督侯恂堵塞弗效陵運攸關上憂甚十二月特敕加副都御史賜銀幣發帑金命公往當是時李自成已據荊北河南地眈眈虎視汜水滎澤間將渡河長驅畿輔物料人夫百無一備初命下愛公者咸爲公危公誠信招徠不浹旬兵夫雲集以萬計爲陰勒部署以備不虞揮汗赤日中與下均勞苦能得人死力且守且築賊以公在汴不敢徑渡乃從上游以濟竊潼關自癸未二月迄十一月爲時二百七十日卒砥狂瀾河還故道上大嘉賚拜南戶部尚書以積勞成疾繼聞潼關不守嘔血數升陳六大弊疏及扼宣雲關隘指陳時病語甚激烈不報連疏乞骸骨上允之過留都謁孝陵痛哭甲申四月旋里京師已陷縞素晝夜哭瀕於死者數公僅一子鋐已登賢書獻賊亂湖南與世父堪貢先後被執不屈死堪貢亦無嗣遺孤孫二一七歲一六歲每北望涕泗交橫下値兩孫在旁輒揮之去聞者酸心乃遁入溈山禪林或瞑坐竟日不語或中夜繞榻行至達旦不寐福王立於南京聞相馬士英公拍案大慟曰其無望也乎史可法以書招之因泛舟南下兵部尚書張國維爲公會試同年友素與國維善先致密函請誅馬阮以正綱紀行次吳城得報知不可乃返棹復變易姓名走嶺表走甌閩數年側轉山海江湖閒而公已病不能支矣歸來結菴邑西四十里之董家郡常焚香禮佛病則彌月不起鄉鄰罕識其面國初經略洪公承疇以特遣重臣徇滇黔

道出甯鄉洪與公有舊令迎謁猝問周司農安在令愕眙倉皇出諭胥吏乃具書爵里以進日將晡洪命驛卒前導以數騎向邑西馳長吏以上皆駭詫至董家郡已昏暮驛卒傳呼經略來遽辭之弗獲而洪已造榻前矣草屋三楹篝燈布被臥病奄奄洪撫其背曰吁甚矣憊公扶杖徐起相持而泣坐定促膝語地方疾苦甚悉少頃呼僮摘園蔬留共飯至夜分洪乃騎馬去公日吾當與君永訣矣翌日家人請致地誼不許曰吾不以此辱洪公卒不通一刺時大湖南北疊罹兵燹郡縣白骨青燐荊棘千里經略疏免荒糧百十餘萬民慶更生人謂公有隱德云順治十年癸巳恭順王疏其賢簡命下已成廢疾次年四月晨起沐浴衲衣趺坐而逝年六十三公清操介如通顯二十年妻孥

菜羹麥飯如田家坦中不爲崖岸雖農夫樵牧皆可語居恆恂恂未嘗以才智先人及臨大事決大疑則義形於色片語立定身罹國難南北閒關至萬死一生而志不少挫其晚年逃禪蓋憂患之餘有託而然矣箸有巡察及治河諸奏疏黃河紀五峯文集嗚呼士君子當革命之際流離困頓以死其行事多不表見則惟鄉黨後死者知之然知之卒不能深語焉而終不能詳也崇禎末余在京邸讀公劾保督侯恂疏斥其仗左艮玉以要君大不敬罪當誅風裁凜然可不謂偉丈夫哉卒以運移事易而齎志以歿悲夫

忠襄伍公傳

嚴首昇

自古天下治亂倚伏大可見也承平久則其上必有驕奢淫佚之主而在廷皆優游息偃不任艱險之臣聞鼓鼙而蒙被矣爰是養士多年一日而緩急欲得其力如使鶴然然後知有文事者須武備聖人之言可畏也周之盛也以文公康公辟疆之才而制作大備迨其衰也申甫方召樽俎之賢而盡瘁萬里乃以支延厥祚頃者大明三百年獨泰陵十八年爲中天日月耳亾何康陵繼之有震且業當時以文臣任武戎以保和盛明者宏濟艱難寔維忠襄伍公其人也公諱文定字時泰松滋人荆平時伍氏之裔父琇官少參爲成宏閒名臣生六子公最少弱冠

舉於鄉宏治己未成進士授常州司李多異政平海寇有功以忤逆瑾免瑾誅起嘉興丞勦流寇劉六劉七及華林賊遷河南太守移吉安皆有捡賊功大約居官幹寔廉察以斷而恩信任使動皆有法故人樂爲用所在有績公亦善騎射知兵法乃以武功著也當是時國家承平近二百年天子繼敬皇帝明良之後荒淫槃游巡幸無虛日所在騷然盜賊蜂起儲嗣未誕人心動搖致有南昌逆濠之變倉猝生亂自機葴江而下所向披靡公延新建伯入吉安畫方略撰文祭孫許二忠置木主激發諸路援兵雲集已乃傳檄設疑賊稍怯我師得有備臨陣黃家渡火燎鬚足不移隨出大牌書甯王已捡我軍斂兵賊驚擾遂潰

是時逆濠爲二百年未有之變新建亦立二百年未見之功事終始皆公公之功不可没與孫許二公之忠並烈也事平遷江西按察歷廣東藩司南都御史提督操江平江上寇及海寇功尤著世宗卽位論濠功廕子錦衣同楊慎等議大禮公以功大未獲譴因致仕尋起累遷至大司馬督師滇黔入境賊卽解乞休終于家詔賜祭葬所在祀名宦松邑祀鄉賢萬歷時謚忠襄公持正簡亢而虚中通朗無城府初在庶常忤御史陳琳洎丞嘉興琳爲守和衷無嫌猜其曠達如此垂暮以本部不靖議勦與御史戴金爭論不稍屈亦如筮仕初抗節閹瑾則剛大直方足以有執生平如一日也官西臺時值邑大饑捐俸輸南米三

千及漕米三千里人勒石紀之其居官除煩苛多遺惠可類推也同邑王孝廉相之所著東崖集皆公點定蓋又以博雅稱史但紀其武功公之善不勝書故一一書之從所重爾四子皆賢且顯至曾元不替其四世孫民部起宗以循吏著子雋名下士兩世爲予友因得讀其家乘並考諸史紀實不阿云

論曰姚姒千五百年而有魯若鄒後之得其傳者漢廣川唐昌黎宋濂洛大明餘姚歷歷然也餘姚若或駕宋軼唐超西京而上之豈非以其功在宸濠神武不殺庶幾三都夾谷化不可知也哉予論其世考其寔事終始皆忠襄公力也餘姚能用公公亦悉爲餘姚用以克有成皆大賢事後人俎豆餘姚晚乃推公又殆有其功而不居者尤賢於人遠矣考其行實美充而輝漢以後皆有聞知無見知今傳道學者概列餘姚及門士若心齋龍谿諸君子而不及公猶之聲音笑貌爾矣

一瓢子傳

嚴首昇

一瓢道人不知其姓名性嗜酒善畫龍敝衣蓬跣擔節竹杖挂一瓢游鄂渚閒行歌漫罵學百鳥語弄羣兒聚訴以爲樂顧其神明映徹怪準奇顏鬚疏疏起吐語作洪鐘聲有時衣新絳衣從人假驄馬擁大蓋往來市中觀者如堵隆慶丁卯居澧陽年可七十澧人異之或具酒畜墨汁乞一瓢子畫不能得一日飲龔孝廉園中頹然以醉直視沈吟久之座中顧曰此一瓢子畫龍勢也一瓢子骨相既奇如蛟人龍子更卸衣衫羸而起舞顧謂座客爲我歌入塞出塞之曲又令小兒跳呼四面交攻已信手塗潑烟霧迷空坐中凜凜生寒氣飛潛見伏隨勢而成署其

尾曰牛舜耕問其故笑而不荅有飲一瓢子酒年餘不能得其畫者久之畫一人科頭赤腳踞地而遺筋骨隱起作努力狀以贈之其善謔如此信口輒成詩閒有異語多奇中澧人漸敬之競餽問皆受而棄之華陽莊靖王請改館一瓢子不可所居無定處一日宿文昌祠中禮文昌像作胡呪像落壓其臘乃遺書莊靖請速營黃腸吾將老焉王如言爲治木木具一瓢子坐其中不覆令人舁而過市拱手大呼與人言別周徧街巷遷郊外普賢菴命眾曰可覆我眾不敢覆視之已去矣遂覆而埋之舉之甚輕如空棺然澧人爲題石於澄水橋頭署畫龍道人一瓢子之墓蓋隆慶辛未七月也或曰一瓢子少讀書不得志棄去走海上從軍征倭寇有功至裨將後失律匿於羣盜出沒吳楚閒乃以貲市妓十餘人賣酒淮揚所得市門貲悉以自奉諸妓更代侍之日擁歌舞具飲食以自豪凡十餘年始亾去乞食湖湘閒終於澧　外史氏曰一瓢子晚年持戒殆類得道顧其先且殺且盜且淫具犯諸戒矣嘗笑穆天子命太僕正正於羣僕侍御之臣蓋自嚴已甚而耄荒之餘車轍馬蹟徧天下未知稅駕何所彼實戒之而犯之以視一瓢子犯之而戒之者何如哉

羅公傳　唐訪

訪蹟羅公始末見其徒手起家不階寸土其好施也如范大夫三致千金三散千金終不失陶朱巨富其豪縱侈麗也如袁廣漢家僮九百人郭汾陽家童三千人麋竺家僮萬人也如何曾日食萬錢和嶠日食三萬錢杜悰日食五萬錢也然朱公諸子碌碌公有子巽晃廣漢汾陽麋竺何曾和嶠杜悰憑藉名位公布衣異是訪曰是不可以不傳傳曰公名尙質字文驫武陵人父懋憲公三子公居仲姿相偉岸倪齒遇異人撫其頂曰是兒不貴然五嶽朝宗貴人不敵也懋憲公奇之授以書不成懋憲公曰我且困之析產不給一貲或爲請公曰不見石季倫翁乎

曰是兒當自有之公始困日見窘側款落聊柰凡窮巷狹市卑肆小廛壁不歷試然爲輒棄去不屑也益困獲小貲稍任販湖湘然不稱意亦復棄去不屑也益困里有周公某者先進巨室偶從杯酒識公一見嗟異欲從公語公絕不往周公益絕欲從之幸一遇於某處強屬至家曰以子之才使假以貲素封豈足道哉授以千金公不受強之受其半還買舟下吳越不移月息倍不移月息蓰不移月息什百歸以子母報周公仍奉千金爲壽計時援受往來才七月耳而荅酬如響英雄識報奇兀痛快爲一時耳目所驚見公性易不參權術然先事無註取物每後人不爲猛獸鷙鳥之發然物無啚時權値不嗇然有盈無縮用奴不擇桀黠然恩怨可使貪詐可使卒以無欺以此三十年起家巨萬公曰某稍可以謝不孝罪矣事父年七十事母年八十吮疽者一不辱遺命者三爲伯氏營名金五百爲叔氏償負金三百營室金千遺命也外此爲諸姪成家人三娶婦人四嫁女人二外此爲伯叔父叔祖母姑母營葬人五此大節也又外此而愷悌慈惠之事則千金一修城隍廟千金一修道觀千金一修梵宇百金一葺浮圖又外此而慷慨義俠之事則吉事數應不下數百金凶事數應不下數百金患難饑寒奔走憔悴號呼疾痛有呼必應者無算某親負貸不下數百金某友負貸不下數百金老死流離窘迫匹匱苟且局騙有負無償者無算又外

此則土木之工必極圖書之翫必極金玉之器必極山海水陸珍錯之味必極貴介之車必滿貧賤之屨必滿方外之足必滿聲樂之妓必滿棊蹴絲管六博之具必滿當其開第東郊治園野外丹朱枌桷竹塢花隄宛炎林郎赤文綠字屈金軟玉通犀明璫齊絲晉纑以及南海之薑西海之鯖紛紜錯列於窗牖之間當其敞宴招賓飛觴劇飲王公才士俠客遷流黃冠羽扇緇帽衲衣齵笑折腰啼妝墮髻籧篨戚施焦僥侏儒輩歌舞歡笑於几席之外以此又三十年娛耳目極心志仍不失家巨萬伯叔微諫公曰俟自我得之自我失之庸何傷其達觀如此公三十起家三十年自享卒年七十有八壽矣晚年得二子時升名

升俱奇士時升交訪久故訪得蹟公始末云故史唐訪曰洪範敘五福首富封人祝唐首富太公云太上富民首富司馬遷云君子富好行其德小人富以適其力近世侈貴羞言富何也士貧賤餓且死此易知貴者挾勢淩人不足濟人富者無勢不賢猶得挾取況賢而好禮其視貴猶足以濟人此難知也富也賢而好禮也羅公也箕子所云攸好德也封人所云散無累也太公所云好禮也司馬遷所云仁義附也

雙肩和尚傳

唐訪

雙肩和尚予初不識識其兄枯藤和尚枯藤貌陋性強木口訥不能言然有奇行能爲人犯險闘入死地委曲成事往予兄弟隔絕沅溆間凡三四歲不致迷陷歧路者枯藤力也枯藤死予兄復滯粵西又三四歲予歎息枯藤已矣安得復生忽雙肩至枯藤弟也雙肩視枯藤貌少澤性少溫細口吞吐少能言然有奇行如故能爲人犯險闘入死地委曲成事如故去秋七月朔一日索書一紙辭余西行比時兩境戰爭烽火接席楚粵二千里聲息阻絕且游騎剽盜不時出沒譏察非常雙肩斂衣跣足獨肩朽木一株圍一尺餘寸長一丈餘尺忍痛肩遠躑躅跛行

日二十里偵伺者見其尫羸癡贅疑土著負薪略不加顧顧不加問問不加詰以此逾二千里越三閱月達予兄所爲去冬十一月朔五日復從兄所索書越三閱月歸報余所爲今春正月朔一日予起歎曰壯哉雙肩此行度二千里金鐵爍骨烏啄腐哭聞不懾不惵就視其肩凹然見骨蛆浮頭外曰悲哉雙肩何計之迂也叩其所挾徒恃一朽木闖營壘息肩竄側倚臂戈頭饑則就健兒乞食曰此苦肉計也兵法不載曰嘻死地得生亾地得存韓淮陰言之乎曰噫唉不謀面不受恩不請糧閒關歷險千里通郵兄終弟及如出一手難矣其所爲計又毀棄皮肉忍痛堅苦迂遠癡重腐誕無聊之事難矣然卒以此報成其視

世之華言亂道巧謀賊公者·相去幾里·乃復潸然流涕曰·傷哉予兄弟隔絕八年矣·始三通問者枯藤·繼一通問者雙肩·雙肩之難·難於枯藤·見雙肩如見枯藤·見雙肩如見予兄也·予沒·雙肩不傳哉·書其事以告後人·

湘鄉鄭醫者傳

龍孔然

鄭翁雲從以醫名於湘·躄者棄杖·蠱者約帶·羸者控拳·由是輪蹏爭門·禮幣接席·湖以南諸達官貴人皆以翁之至否自決其吉凶·居稍暇·予造而問曰·夫病固多端·而翁四面應之·其有道乎·翁曰·何爲其無道也·天地之氣常有餘·而人之氣常不足·夫惟不足·故有餘者恆乘之而奪其舍以居·於是而天地之有餘·函於人身之中·縱橫馳突·粗工驚之·以爲是人之有餘也·有餘者不得不損·遂從而損之·不能損天地之餘·而恆損人之不足·是猶盜者詘於人之室·而執撻其主人也·吾惟厚恤其主人而治其客·是以病四至而余應之恆一也·余曰·天地之有餘乘於人者·其狀何若·翁曰·是所謂火也·天地之餘氣四·曰風·曰寒·曰暑·曰濕·入於人不足之中·而鬱以蓬勃·則皆化爲火·火蒸而上則逆·火結而下則塞·惟火生人·惟火殺人·故陰符經曰·火生於木·禍發必尅·火灼之·吾從而潤之·火散之·吾從而收之·火迫之·吾從而緩之·夫其受灼受散受迫者·皆不足也·吾從而充之·使不足者失其不足·則火無所居·於是仍歸之天地·而人完其全人矣·不然·見其灼從而澆之·見其散從而追之·見其迫從而撲之·不能攻天地之有餘·而但攻其人·使府藏而能言·豈不涕泣而訴曰·吾已受盜·而柰何其榜掠我也·此生殺之樞也·余曰·道止此乎·翁曰·應變之道不一·而此其本·本立而變以攻·或澆·或

道或撲皆有時焉而不與生殺之樞相悖要之未有先本而善其攻者也余既聞翁之言乃知翁之所以動輒效而衆歸之如母葢有以也且因是而知有餘不足本末之說可以推之道可以推之學翁名元龍雲從其字也始爲瀏陽人遷於湘有子世其術

龔南臺先生傳

簡而廉

南臺先生姓龔氏諱守忠字葵仲號二酉余之業師也先世江右金谿人其祖諱顯章嘉靖初游於楚遂居寶城敦睦坊善經營置田數百畝然豁達磊落仗義輕財有撫孤還金之德鄉稱善人考諱卿字佐綱纘承父業田園漸闊賦性孝友宅心正大人咸服之好讀書善屬文經書子史靡不精通顧厄於非籍不得與試崇禎初以先生贈文林郎北京大理寺左寺左評事母盧氏贈孺人先生生而穎異才識絕人六七歲時日輒誦千言行文下筆立就性剛直遇義敢爲不計利害事父母以孝處兄弟友恭不異乃父而英邁豁達過之其種學績文皆乃父庭訓

未就外傳以故幼時名不彰而得與邵陽考試年十五道試第一補邵陽縣學弟子員邵陽人競起以冒籍訟上乃父多方調停約費千餘金得不褫越三年歲試弁諸生食餼嗣後凡歲科所試及觀風月課社社冠軍邵人愈惡之欲死以拳於是寶司理丁公爲告游學攜往南京者將十年乃敢歸萬歷丙午遂登賢書己未成進士天啟壬戌殿試通政司觀政受北京大理寺左寺左評事在任數年凡七差齎餉遼東一齎礮遼東一踏視長城一驗視漕河一市椒廣西一市石雲南大理一市羊毛陝西一皆稱上意當是時魏璫侮政副都御史楊漣疏陳忠賢二十四大罪漣楚人魏遂大惡楚人指爲楚黨楊漣熊廷弼等數

十人羅織誅死楚人側足而立事魏逃死者什八先生歎曰身非言官不言足矣何至畏死辱乃身乎竟不趨附以故久不遷而日驅之奔走於風塵道路戊辰今上御極客魏敗迺陞遷拜北京福建道監察御史巡視十庫南城先生以骨鯁之性處清要之任得行其志之時顧影奮曰所不盡心報國有如此影於是每月疏上言事可否上多納之遂剔弊摘奸彈劾部寺官若干人又禁羣飲查賭博止夜行詰姦宄一日行按柵召守柵者詰之曰何爲不閉柵守柵者曰奉城主令夜夜閉先生曰此柵不閉者當十夜矣不服遠命閉之沙壅不可閉發兵馬司杖二十街巷肅然先生遭聖明之主感知遇之隆瀝肝膽上書陳十

事一曰察忠奸二曰別賢否三曰器任使四曰嚴賄賂五曰廣積貯六曰念民瘼七曰振兵威八曰守邊疆九曰豁株連十曰信賞罰累數千言皆切中時弊惜上未審而先生罷初上在信邸稔知仕途賄賂深惡之及卽位三年風未息辛未正月手一箋馳中使詔先生曰其廉訪仕路貪緣者爾臣才氣精明無牽恩無畏勢隱匿漏脫罪爾臣先生集五城兵馬使示以御箋越旬日兵馬使捕得貪緣者遺當事書札二十餘封財物幾八千兩白先生先生繫其使焚其書札以所獲財物聞上大怒發駕票逮終宵三遺於是其書札所遺諸人陰聯前受先生所彈諸人環攻先生奏曰此兩臣同鄉不相能故發其事設相能亦不發也某果公而忘私者乎不竝罷某不枉倚公使私之門上猶豫而見爲此說者夥竟兩罷之先生疏謝而歸京師賢士大夫多餞送作建言回籍詩唱和成帙於後上頗念先生欲召使治兵擊流賊宰執以爲性太剛無容物之量今山東河南等處兵驕慢成風卒以急嚴董之恐不安遂止後又特詔九邊立功先生感泣喜幸其郎君爾仕諫曰大人氣色黯暗非立功時也願暫息林下迺謝病不起崇禎戊寅九月廿二日卒年六十有六葬城北七里菖蒲塘先生少居敦睦坊强仕時遷寶慶衞衙前奉旨建坊敕賜南臂重臣四字初娶陳氏蚤卒無出繼娶唐氏生一子諱爾仕縣學例貢又續娶高氏亦無出崇禎初皆膺封

贈嗟乎先生以英敏之才處得言之地感知遇之隆屛身家之計盡心報國不避艱險而乃未蒙諭旨反與所劾者同罷歸里直道而行焉往不黜從古皆然是可歎也廉忝附及門目擊始終顚末因紀其大概以示後之君子云門人簡而廉謹譔

盧二勇傳

何文照

二勇者州民盧氏族兄弟也長名亨典字五一生城南水源山中不讀書勤耕作以養其親有膂力初亦不自知也一日有牛陷深淤中集二十人而牛莫之起五一至攬繩一振牛離淤尋丈於是眾以牛牯呼之而五一亦不顧也又一日其家豕為虎銜去五一隻身往尋不意虎方踞石啖豕五一突前大喝虎卸棄豕向人躍高丈餘勢若崩巖而五一徒手往迎拳中虎胸而虎旋伏地斃矣五一肩虎歸鄉族無不咋舌於是牛牯之名愈振矣名文超字不羣生城北柏園鄉幼勇敢嘗與人賭力能舉石六百斤人亦以牛牯呼之聞水源山族人五一名二人情好

不啻同胞崇禎十二年戊寅臨武賊劉星宇糾黨五六千人圍城迫甚州守佳士陳公招募鄉勇而二勇與焉同事約千人其勇敢無出二盧右者日出日入或分或合二勇所向無前賊為殺傷者甚眾千戶劉大勳師事五一以其勇而技藝精也其時賊勢方熾城中戒守禦無輕出候援兵至而二勇躁甚一日城中不見五一眾方惶然未幾而城外喊聲如潮眾往敵樓望之乃五一衝賊寨也於是我兵出城往應不羣聞其兄在外於是直前大呼衝擊斬首無數賊潰三里許二勇回城時血漬衣如紅袍州守舉酒相勞賞予甚厚訂以紀功申報二盧乃勇敢倍常次日復出而不羣恃勇輕敵被創三日而卒五一在軍及賊平制軍錄其功給千戶功牌候題覆授職乃未匝旬而五一亦物故矣惜哉夫彈丸小城危若纍卵而二勇以不識字之夫憤身急公危城得安者二勇之力居多事定而不能一日食其報豈非天哉余時謬參機務目擊二勇之功不忍其與草木同腐也於是爰存其略以示來茲

宮保李湘洲先生家傳　謝　璠

公姓李氏諱騰芳字子實號湘洲湘潭人曾祖諱志榮生子九人第三即公祖紹郁父爭三世贈封禮部尙書公夙有異慧體貌瓌偉四歲授書父封翁頻夢一方冠者敎之才思縱發年十三赴童子試督學金公學曾拔而奇之曰此遠大器也二十四登萬歷戊子科擧人二十八成壬辰進士改庶吉士益博涉精研嘗自言構思每至心痛未嘗輟故其文章冠絶一時而平生尤以經濟節操著初授檢討知制誥凡所撰制詞動關國計民生及邊疆機務會倭患公上安攘至計疏請定戰守重內地明賞罰假將權練京兵積芻餉破文法祛宿蠹灑灑數千言皆切

中時弊葉公其昌跋其草云論兵事者衆矣此疏條分縷悉燭照數計未復歸於知人有用文字所謂頗牧在禁廷者還贊善中允至左諭德因顧公天埈被枉劾倂及公遂再疏乞休三十七年掛冠歸杜門著述墳史諸子天文地理韜鈐技術之書更番讎註雖山居不忘魏闕閒與封翁談及朝事輒太息某邊無備某處不可守擧朝但爭門是非無一爲國家長慮者不數年決有蠟凡徵兵之變聞者皆河漢其言迨有警方徵遠見焉先是以擅去降太常博士京察復謫都司理問遷行人司正四十七年趣出山陞太常少卿管司業事光宗立擢少詹侍讀學士掌南京翰林院篆旋拜禮部右侍郎敎習庶吉士光宗上賓熹宗嗣位有相擇山林之命公攀高窮幽探風水之勝卜吉壤以獻卽慶陵也議者後舍公所點眞穴移上見石及鑿下公所點處果得吉土人推學識御史王安舜會以他事媒櫱比奏辨求退奉旨李某以才望用據奏心蹟具明著照舊供職公亟懇歸養泰昌元年十一月予假省親天啓元年在籍命爲兩朝實錄總裁辭未允二年加太子賓客正二品服俸廕一子入監讀書三年起轉禮部左侍郎兼翰林院學士時以趙公南星爲吏部尙書特改公吏部左侍郎兼經筵講官嚴黜陟勤啓沃中外忻忻望治四年丁母王太夫人艱賜祭葬加公禮部尙書馳驛奔喪五年丁父艱公剛方嚴正爲東林并晃魏璫弄權素忌公適

楊公漣參璫二十四大罪璫以公與楊同鄉忌益甚崔呈秀書東林姓名進天鑒錄於璫將公名與葉向高孫承宗趙南星高攀龍楊漣左光斗諸公竝列御史王際逵承璫指劾公遂削奪崇禎初璫敗二年起補公禮部尙書仍兼掌院學士協理詹事晉太子少保京師戒嚴守禦條畫尤多力焉已而有請建儲及進戚繼光兵略等疏又以吏治日窳人才日匱請廣制額精用舍他若宗藩請名請封例費不貲悉奏除著爲令諸宗便之公逮事四朝耆德碩望不減洛下司馬咸仰爲救時之相會廷推閣臣以公及成基命　孫愼行何如寵羅喻義等十一人名上而周延儒溫體仁名不與體仁訐奏不公因盡停所推者

暫未進用崇禎五年公在告卒於京年六十有八位止宮保宗伯未罄厥猷莫不惋惜當公官庶常值三王併封之旨具書規首揆王文肅文肅感悟遂反竝封議私謂公師馮琢菴曰此子眞奔軼絕塵之才但國家異日未必竟其用後屢起屢躓如文肅言然公雖未得握樞秉軸而經濟節操素所樹立已足暴於天下後世矣卒之日帝震悼贈太子太保與廕職加祭五壇遣中書官護櫬回籍行人官造塋諭葬於邑八十四都塘衝崇祀鄉賢異數也公世居高塘兄弟五公其長弟隲芳騂芳稟貢駕芳稟生馭芳舉人公元配盧氏繼娶陳氏張氏俱封贈如例長子殤盧夫人出次宗岍蔭翰林博士任南京戶部主事陳夫人出元高張夫人出公所著有說莊孫子說印玉衡集峋嶁文集備鑑錄批選王陽明集湘潭縣志等書行世而鄴架盈室被峒賊寇湘半灰秦熖撫遺編者慨然想見其人

傳司馬潤生傳 羅時昇

傳作霖字潤生一字竹君號九峻年二十三始補武陵諸生王子舉於鄉崇禎末年欲伏闕言事會路阻不達歸甲申懷宗殉社稷先生野哭茅亭草討賊檄散家財檢僮僕結輕客而西捧金陵詔前督師何騰蛟收兵星沙制使堵應錫建旗召募余兩人定計從之晨征則談兵馬上夕偃則畫計帳中過余將軍廟蔡江門祠低徊流連鞭鞍漬漬也余畱幕先生奉使時隆武泱意幸楚先生廷陳楚兵將之虛驕何堵之姑息楊督之貪庸理財先屯田用人寬科目儆　遺法分天下爲四　爲元帥召豪傑如張所傅亮疏條議十餘上擬大用會忌之者僅除兵部職方監辰常鎭周思忠庸懦不檢故甚與先生鑿枘適奉委督餉全楚遂歷試諸鎭偏察情形至武岡前總兵劉承允虛左郊迎先生坦懷結納受直指監軍命抵星沙未幾闖報至先生與前何師相定議冊永明王晉兵侍復晉本兵力辭不允詔同劉承允迎駕星沙不守國步日蹙外敵內訌先生陰脫永明走粵西未數日我定南王不血刃入寶武矣先生方巾葛衣挺立於庭強之拜瞋目不屈脅以刃先生引頸久之王命先生奕先生云巾服坐談始可王許葢優容之令其服也先生反乘閒說王王知不可奪始縶維猶使周思忠同黃某某百口勸說竝殷勤致劉承允意日往反再四先生曰吾欲面商於劉王喜出先

生時劉承允在坐先生一見噴唾提石擊之不中王曰吾閩人多矣未若子當成汝名先生曰血欲灑久矣引先生出先生巾服北面再拜從容出袖中詩十首王命全先生首領細刀剸腰下死王當具櫬殮以白綾出錢建廟衆瓣香羅拜焉不一年劉承允有叛志定南王殺之欠一和尚曰死之之難也文山拘燕也不能不感於王炎午生唁疊山檻送也不能不激於張子惠一詩豈若先生從容就義百折不回哉議者謂先生過任劉承允以不知人咎先生嗟乎人豈易知哉余束髮交先生試不利相勸勉易業也竟以此售文未易知也況人乎先生訥訥不出口嗣後經理錯綜倥偬馬上軍旅錢糧山川地利賓客輻輳內

外沓稟目覽手荅耳聽口酬方之劉穆之然先生死節妻死餓長子夭天之報施善人余又不能不重有感矣

孝烈傳

王夫之

雙髻外史曰吾避戎上湘湘之人競相告曰洪子揮利刃而斷讐女彭抱嬰兒而赴水余諗之艮然盈目皆忘恩畏死苟圖榮利者而能稱道弗絕人心固不容絕也亟次所聞而傳之

洪孝子者問其名不得祖懋德以孝廉仕縣令父業嘉字伯修補文學喜交游吟詠與湘人士龍孔蒸歐陽淑稱湘三詩人丁亥春湖上墮守降將王進才之兵鞭督師潰掠而走湘西湘西之地曰穀水林箐深險伯修奉母匿峻谷中獨與姊壻瀏陽胡某坐谷口茅舍中詗音息胡某故貴公子裘馬甚飾偶客於此伯修有老猾奴曰家祿不知何以憤怨其主人逸出故與兵遇

告兵曰從此越叢薄有谷口茅舍胡洪兩公子在焉多金有好馬可襲取也兵如其言執胡某及伯修索金無以應索馬馬盡兵怒曰適一老黑漢而偏言若爲胡洪兩公子多金多好馬而不與我邪遂殺伯修及胡某當其時有小奚奴匿積草中且聞之孝子時年十五聞旬日兵定乃行哭求尸斂之求父所繇遇害不得晝夜悲號小奚奴憐其骨立乃具以告孝子遽起掩小奴口故慰勞家祿攜之至伯修母孺人所長跽泣血以請曰某將手刃此賊不敢不告孺人以某穉弱抑其言未應明日復攜奴至伯修殯次捽奴跪殯前呼小奴出證之奴且諒其無能爲漫應曰兵執我我不如此云我死矣語未絕口孝子先淬一利

刃藏殯帷中至是急斫之奴首已墮地矣遂刲其心置筵上退就位號泣以告於殯血流殷衰旁人怪叫孝子母驚出視之大駭仆地孝子掖母入溫言慰母神色不變孝子素清羸髮方覆額長不滿五尺奴故獷揮刃俄頃頭隕胸齲人羨怪之以為有神助焉余嘗交伯修欲求至孝子所弔慰之道阻不達惟習聞湘人之言百喙如一者若此　雙髻外史曰神勇者死而忘乎慮性勇者慮而決以死夫慮至則勇且衰矣慮而能勇勇矣哉唯絕慮者能以慮勇要離薨勃焚其妻息伍員從容寄奴後從其致雖殊均慮效也上湘有鄉曰梓田王氏世居焉丁亥春長沙巡使趙廷璧率所部兵潰而西縱使大掠彭烈婦者田家女

也適王氏有子方晬兵猝至烈婦與其姒及婢皆被執烈婦姿容獨粲兵睨而謔浪之烈婦頳然而怒已而正容俯首而思良久而定拊其姒曰吾知所以處此矣姒曰若何曰死耳姒曰我焉用死獲而縶者豈徒我兩人哉烈婦笑曰此非而所知也我未即死者以一歲子無所託將踐蹂之或豚子留之姑與夫不可得見將誰授邪誠不忍其踐蹂且先決絕此而吾自處易矣其子時在婢懷抱中遽起奪而趨之池畔投子水中戟手呼曰吾無所復念矣躍入池水死其婢後得釋歸對其家人言如此死三日兵去屍乃浮出不脹不黯貌如生外史曰此婦勇而能慮慮以生勇善慮而力勇者與嗚呼豈不烈哉

伯兄石崖傳略　　王夫之

崇禎末人士以聲譽相高兄嘗愴然曰此漢季處士召禍之象不十年而見矣張賊陷衡州索紳士補偽官吾兄弟以親老不能越疆望門無依賴舅氏譚翁引匿南嶽蓮花峯下賊購索益急兄忽向野人問黑沙潭之勝夫不解兄意曰此豈遊山時邪兄笑曰今日不遊更何處得一灣清淨水為我兩人葬地邪會其日暮家人遽報家君為邏者所得兄聞之欲脫出先子而沈湘以死夫知兄出且與先子俱碎夫所數與為文字交者黃岡矣鼎鉉陷賊中知吾兄弟必不可辱曲意相脫夫乃剺面刺腕偽傷以出而匿兄以死告先君子乃免夫亦隨宵遁當夫出時

兄藏繩衣內待夫信即自盡夫既免先子而自免乃不果死然則棲遲荏苒年逾八秩而死於林巒之下非兄志也

廖給諫傳

江有溶

廖國遴字孟符封給事中小塘公長子小塘公與封母王安人世有隱德年四十始生孟符有奇兆祕不以傳孟符生而穎異方六七歲書過目輒了好大言小塘公掩其口屢訶之小塘公起家農穡見孟符漸長學舉子業心竊疑不信又孟符文蚤成而阨於童試小塘公常以爲憂年十九始補弟子員小塘公督課益急毋伺孟符小過輒叫噪不休以故孟符多讀書刹宇閒月一歸宿小塘公稍色喜孟符雖負性高邁而篤於孝友一切家事付弟國選綜理專意杜門下學四書五經大全綱鑑左國秦漢以下諸大家文日立程限業完乃就寢寬衣被寒暑靡閒作爲文章光焰萬丈人不敢逼視前後學使者金壇素心余公清溪正菴蔡公崑山閶修王公試輒冠軍孟符既一時文名奪人耳目兼負氣節少許可目相孟符者摭拾其疏脫細故流傳排詆究竟排詆者又私錄孟符文記誦之惟有溶及李先登車萬程董艮璵周生文謝三逵武燦文胡夢宏吳惙李鳳翱黃鈁鈊兄弟合訂嶽麓大社爲文章性命之交相視無閒言公業師胡其廉亦先稱譽之壬申有掄關讀書之約孟符常取經書及所溫習古今文屬余背誦會文刻日七藝孟符手斂心閒筆不加點文成出示諸子無不人人面熱吐舌相對啞然者癸酉舉於鄉大主考受之錢太史奇其試論刻以進呈丁丑成進士有

廖孟符百篇行世初授維揚司李時中官楊顯名領鹺政開府揚州橫行無忌公傲之不爲禮隨列其不法事奏記按臣露章糾之公直聲赫然震海內諸君子翕然歸心推轂恐後矣己卯分考得士八人李用楫張墀虞植荆鎮朱應昇王先甲沈德輿顧稱爲南闈極盛云其他督漕率吏禁暴止貪載在碑珉同時參憲潛菴鄭公臨侯袁公先後共事咸倚爲左右手曰此眞司理也旋調保定保畿南重地也初被蹂躪公至繕城垣料兵籌餉督撫及諸大帥嚴事公曰是常糾楊太監者不可犯也歲饑施粥以活餓者暇則進諸士論文紀公耀高公桂皆其所賞拔士壬午入奉召對授戶科給事中公遭遇明主知無不言章數日一上皆報可其大者如入垣三日卽劾次輔公之策守甯遠備關中疏薦劉公宗周鄭公三俊當大拜皆濟時碩畫也久之奉覃恩封小塘公如公官母王妻李皆安人公精白一心以仰酬知遇朝野屬望焉惟是非邪正界限太嚴閒激於意氣人陽奉之陰中之者不加察也同鄉元應周公洞門趙公屢諷譬之不得亾何熊魚山先生廷劾宜興相公附相公者謂先生疏稾出公手上其事遂詔下獄不半歲宜興伏法公得雪甲申公以幅巾歸里時湖南兵燹田廬灰燼公日舞斑衣兩尊人前余數數過從相與抗懷賦詩公曰吾絕意仕進幸有子元章元軾姪元愷輩雖幼皆遠到器也吾親督教之書香世業其在茲乎余

別去公竟鬱鬱不樂以是歲卒公貌修偉方背闊額善飲酒長於議論喜拔名下士徐孚遠劉敷仁皆公為之薦人無知者若仕路汲引更多汾陽古遺曹公公安特耶袁公特力推舉卒以被謫悲夫詩豪宕如其人公之在獄也余亦客燕周旋獨久其疏草及詩古文詞從獄中相與較訂成集曾為之序經兵火散佚極千古文人之厄其存者僅獄中別魚山先生七言古一篇為合淝所手評者筆痕猶新耳方公之舉於鄉也先數月里中文士請乩卜之判云小塘龍現爪時人不曉小塘為封君號驚相傳詰孟符聞之私蹴余曰我之謂矣後孟符為余言封君生孟符先一夕夢後池中龍現一爪今始驗矣報捷時孟符王母

年九十餘封君夫婦皆六十餘杖而受鄉人賀鄉人榮之未幾王母先孟符卒孟符卒後十年王安人八十三卒又三年封君八十七卒一門享大年胡至孟符獨數短也天有不可問者邪

湖南文徵卷三十九

湖湘後學集編

碑記上 元明

河平碑

歐陽元

至正四年夏五月大雨二十餘日黃河暴溢水平地深二丈許北決白茅隄六月又北決金隄竝河郡邑濟甯單州鉅野鄆城嘉祥汶上任城等處皆罹水患民老弱昏墊壯者流離四方水勢北侵安山沿入會通運河延袤濟南河閒將壞兩漕司鹽場妨國計甚重省臣以聞朝廷患之遣使體量仍督大臣訪求治河方略九年冬脫脫既復為丞相慨然有志於事功論及河決

卽言于帝請躬任其事帝嘉納之乃命集羣臣議廷中而言人人殊惟都漕運使賈魯昌言必塞北河使復故道役不大興害不能已先是魯嘗為山東道奉使宣撫首領官循行被水郡邑具得修捍成策後又為都水使者奉旨詣河上相視驗狀為圖以二策進獻一議修築北隄以制橫潰其用功省一議疏塞竝舉挽河使東行以復故道其功費甚大至是復以二策對脫脫韙其後策議定乃薦魯於帝大稱旨十一年四月初四日下詔中外命魯以工部尚書為總治河防使進秩二品授以銀印發汴梁大名十有三路民十五萬人廬州等戍十有八翼軍二萬人供役一切從事大小軍民咸稟節度便宜興繕是月二十二

日嬀工七月疏鑿成八月決水故河九月舟楫通行十一月水土工畢諸埽諸隄成河乃復故道南匯于淮又東入于海帝遣貴臣報祭河伯召魯還京師論功超拜榮祿大夫集賢大學士其宣力諸臣遷賞有差賜丞相脫脫世襲荅剌罕之號特命翰林學士承旨歐陽元製河平碑文以旌勞績元旣爲河平之碑文自以爲司馬遷班固記河渠溝洫僅載治水之道不言其方使後世任斯事者無所考則乃從魯訪問方略及詢過客質吏牘作至正河防記欲使來世罹河患者按而求之其言曰治河一也有疏有濬有塞三者異焉釃河之流因而導之謂之疏去河之淤因而深之謂之濬抑河之暴因而扼之謂之塞疏濬之

別有四曰生地曰故道曰河身曰減水河生地有直有紆因直而鑿之可就故道故道有高有卑高者平之以趨卑高卑相就則高不壅卑不瀦慮夫壅生潰瀦生堙也河身者水雖通行身有廣狹狹難受水水益悍故狹者以計闢之廣難爲岸岸善崩故廣者以計禦之減水河者水放曠則以制其狂水隳突則以殺其怒治隄一也有刱築修築補築之名有刺水隄有截河隄有護岸隄有縷水隄有石船隄治埽一也有岸埽水埽有龍尾欄頭馬頭等埽其爲埽臺及推卷牽制薶挂之法有用土用石用鐵用草用木用杙用絙之方塞河一也有缺口有豁口有龍口缺口者已成川豁口者舊常爲水所豁水退則口下於隄水漲則溢出於口龍口者水之所會自新河入故道之潨也此外不能悉書因其用功之次第而就述於其下焉其濬故道深廣不等通長二百八十里百五十四步而强功始自白茅長百八十二里繼自黃陵岡至南白茅闢生地十里口初受廣百八十步深二丈有二尺已下停廣百步高下不等相折深二丈及泉曰停曰折者用古算法因此推彼知其勢之低昂相準折而取勻停也南白茅至劉莊村接入故道十里通折墾廣八十步深九尺劉莊至專固百有二里二百八十步通折停廣六十步深五尺專固至黃固墾生地八里面廣百步底廣九十步高下相折深丈有五尺黃固至哈只口長五十一里八十步相折停廣

墾六十步深五尺乃濬凹里減水河通長九十八里百五十四步凹里村缺（元史類編作減水）河口生地長三里四十步面廣六十步底廣四十步深一丈四尺自凹里生地以下舊河身至張贊店長八十二里五十四步上三十六里墾廣二十步深五尺中三十五里墾廣二十八步深五尺下十里二百四十步墾廣二十六步深五尺張贊店至楊靑村接入故道墾生地十有三里六十步面廣六十步底廣四十步深一丈四尺其塞專固缺口修隄三重幷補築凹里減水河南岸豁口通長二十里三百十有七步其刱築河口前第一重西隄南北長三百三十步面廣二十五步底廣三十三步樹置樁橛實以土牛草葦雜梢相兼高

丈有三尺隄前置龍尾大埽言龍尾者伐大樹連梢繫之隄旁隨水上下以破嚙岸浪者也築第二重正隄犴補兩端舊隄通長十有一里三百步缺口正隄長四里兩隄相接舊隄置樁堵閉河身長百四十五步用土牛草葦稍土相兼修築底廣三十步修高二丈其岸上土工修築者長三里二百十有五步有奇高廣不等通高一丈五尺補築舊隄者長七里三百步表裏倍薄十（類編作七）步增卑六尺計高一丈築第三重東後隄犴接舊修隄高廣不等通長八里補築凹里減水河南岸豁口四處置樁木草土相兼長四十七步於是塞黃陵全河水中及岸上修隄長三十六里百三十六步其修大隄刺水者二長十有四里七

十步其西復作大隄刺水者一長十有二里百三（類編作五）十步內剏築岸上土隄西北起李八宅西隄東南至舊河岸長十里百五十步顛廣四步趾廣三之高丈有五尺仍築舊河岸至入水隄長四百三十步趾廣三十步顛殺其六之一接修入水兩（類編作西誤）岸埽隄竝行作西埽者夏人水工徵自靈武作東埽者漢人水工徵自近畿其法以竹絡實以小石每埽不等以蒲葦縣腰索徑寸許者從鋪廣可一二十步長可二三十步又以曳埽索綯徑三寸或四寸長二百餘尺者衡鋪之相閒復以竹葦麻縈大絆長三百尺者爲管心索就繫縣腰索之端於其上以草數千束多至萬餘勻布厚鋪於縣腰索之上櫜（類編作槖誤）而納之

丁夫數千以足踏實推卷稍高卽以水工二人立其上而號於衆衆聲力舉用小大推梯推卷成埽高下長短不等大者高二丈小者不下丈餘又用大索或五爲腰索轉致河濱選健丁操管心索順埽隄立踏或挂之臺中鐵猫大橛之上以漸縋之下水埽後掘地爲渠陷管心索渠中以散草厚覆築之以土掩其上復以土牛雜草小埽稍土多寡厚薄先後隨宜修壘爲埽臺務使牽制上下縝密堅壯互爲犄角埽不動搖日力不足火以繼之積累既畢復施前法卷埽以壓先下之埽量水淺深制埽厚薄疊之多至四埽而止兩埽之間置竹絡高二丈或三丈圍四丈五尺實以小石土牛旣滿繫以竹纜其兩旁竝埽密下大

樁就以竹絡上大竹腰索繫於樁上東西兩埽及其中竹絡之上以草土等物築爲埽臺約長五十步或百步再下埽卽以竹索或麻索長八百尺或五百尺者一二雜廁其餘管心索之間候埽入水之後其餘管心索如前薶挂隨以管心長索遠置五七十步之外或鐵猫或大樁曳以繫之通管束累日所下之埽再以草土等物通修成隄又以龍尾大埽密挂於護隄大樁分析水勢其隄長二百七十步北廣四十二步中廣五十五步南廣四十二步自顛至趾通高三丈八尺其截河大隄高廣不等長十有九里百七十七步其在黃陵北岸者長十里四十一步築岸上土隄西北起東西故隄東南至河口長七里九十七步

顚廣六步趾倍之而强二步高丈有五尺接修入水施土牛小埽梢草雜土多寡厚薄隨宜修壘及下竹絡安大樁繫龍尾埽如前兩隄法唯修壘埽臺增用白闌小石并埽土及前洊（類編作游）游修埽隄一長百餘步直抵龍口梢北欄頭三埽竝行埽大隄廣與刺水二隄不同通前列四埽間以竹絡成（類編作以管結成）二大隄長二百八十步北廣百一十步其顚至水面高丈有五尺水面至澤腹高二丈五尺通高三丈五尺中流廣八十步其顚至水面高丈有五尺水面至澤腹高五丈五尺通高七丈竝𢷬築縷水橫隄一東起北截河大隄西抵西刺水大隄又一隄東起中刺水大隄西抵西刺水大隄通長二里四十二步亦顚廣四

步趾三之高丈有五尺修黃陵南岸長九里百六十步內𢷬岸土隄東北起新補白茅（河渠志白茅誤白予）故隄西南至舊河口高廣不等長八里二百五十步乃入水作石船大隄蓋由是秋八月二十九日乙巳道故河流先所修北岸西中刺水及截河三隄猶短約水尙少力未足恃決河勢大南北廣四百餘步中流深三丈餘益以秋漲水多故河十之八兩河爭流近故河口水刷（類編作誤）一岸北行洄漩（類編作河流）湍激難以下埽且埽行或遲恐水盡湧入決河因淤故河（類編作故道）前功遂墮魯乃精思障水入故河之方以九月七日癸丑逆流排大船二十七艘前後連以大桅或長樁用大麻索竹絙絞縛綴爲方舟又用大麻索竹絙用船身繳繞上下令牢不可破乃以鐵猫於上流硾之水中又以竹絙絕長七八百尺者繫兩岸大橛上每絙或硾二舟或三舟使不得下船腹略鋪散草滿貯小石以合子板釘合之復以埽密布合子板上或二重或三重以大麻索縛之急復縛橫木三道於頭桅皆以索維之用竹編笆夾以草石立之桅前約長丈餘名曰水簾桅復以木榰拄使簾不偃仆然後選水工便捷者每船各二人執斧鑿立船首尾岸上搥鼓爲號鼓鳴一時齊鑿須臾舟穴水入舟沈遏決河水怒溢故河水暴增卽重樹（類編作重更）水簾令後復布小埽土牛白闌長梢雜以草土等物隨宜塡垛以繼之石船下詣實地出水基趾漸高復卷大埽以壓之前船

勢略定尋用前法沉餘船以竟後功昏曉百刻役夫分番甚勞無少間斷船隄之後草埽三道竝舉中置竹絡盛石竝埽置樁繫纜四埽及絡一如修北截水隄之法第以中流水深數丈用物之多施功之大數倍他隄船隄距北岸纔四五十步勢迫東河流峻若自天降深淺叵測於是先卷下大埽約高二丈者或四或五始出水面修至河口一二十步用功尤艱薄龍口喧豗猛疾勢撼埽基陷裂欹傾俄遠故所觀者股弁（類編作栗）衆議騰沸以爲難合然勢不容已魯神色不動機解捷出進官吏工徒十餘萬人日加獎諭辭旨懇至衆皆感激赴功十一月十一日丁巳龍口遂合決河絕流故道復通又於隄前通卷欄頭埽各一

道、多者或三或四、前埽出水、管心大索、繫前埽硾、後關頭埽之後、後埽管心大索亦繫小埽硾前關頭埽之前、後先羈縻、以錮其勢、又於所交索上及兩埽之間、壓以小石白闌土牛草土相半、厚薄多寡相勢措置、埽隄之後、自南岸復修一隄、抵已閉之龍口、長二百七十步、船隄四道成隄、用農家場圃之具曰轆軸者、穴石立木如比櫛、䉛前埽之旁、每步置一轆軸、以橫木貫其後、又穴石以徑二寸餘麻索貫之、繫橫木上、密挂龍尾大埽、使夏秋潦水冬春淩簰不得肆力於岸、此隄接北岸截河大隄、長二百七十步、南廣百二十步、顛至水面高丈有七尺、水面至澤腹高四丈二尺、中流廣八十步、顛至水面高丈有五尺、水面至

澤腹高五丈五尺、通高七丈(類編七丈四尺無仍治字)、仍治南岸護隄埽一道、通長百三十步、南岸護岸馬頭埽三道、通長九十五步、修築北岸隄防、高廣不等、通長二百五十四里七十一步、白茅河口至板城、補築舊隄、長二十五里二百八十五步、曹州板城至英賢村等處、高廣不等、長一百三十三里二百步、稍岡至碭山(類編誤作錫山)縣、增培舊隄長八十五里二十步、歸德府哈只口至徐州路三百餘里、修完缺口一百七處、高廣不等、積修計三里二百五十六步、亦思刺店縷水月隄、高廣不等、長六里三十步、其用物之凡、椿木大者二萬七千、榆柳雜梢六十六萬六千、帶梢連根株者三千六百(類編作八百)、稾秸蒲葦雜草以束計者七百三十三萬(類編作十三萬)一五千有奇、竹竿六十二萬五千、葦蓆十有七萬二千、小石二千艘、繩索小大不等五萬七千、所沈大船百有二十、鐵纜三十有二、鐵貓三百三十有四、竹篾以斤計者十有五萬、硾石三千塊、鐵鑽萬四千二百有奇、大釘三萬三千三百(類編作二百)三十有二、其餘若木龍、蠶椽木、麥稭、扶椿、鐵叉、鐵吊、枝麻、搭火鉤、汲水、貯水等具皆有成數、官吏俸給、軍民衣糧工錢、醫藥、祭祀、振恤、驛置馬乘及運竹木、沈船、渡船、下椿等工、鐵石、竹木、繩索等匠傭貲、兼以和買民地爲河、併應用雜物等價、通計中統鈔百八十四萬五千六百三十六錠有奇、魯嘗有言、水工之功、視土工之功爲難、中流之功、視河濱之功爲難、決河口視

中流又難、北岸之功、視南岸爲難、用物之效、草雖至柔、柔能狎水、水漬之生泥、泥與草并力、重如碇、然維持夾輔、纜索之功實多、蓋由魯習知河事、故其功之所就如此、是役也、朝廷不惜重費、不吝高爵、爲民辟害、脫脫能體上意、不憚焦勞、不恤浮議、爲國拯民、魯能竭其心思知計之巧、乘其精神膽氣之壯、不惜劬瘁、不畏譏評、以報君相知人之明、宜悉書之、使職史氏者有所考證也、

案新化鄧氏新刊本云、碑文久佚、茲從元史河渠志、元史類編、賈魯傳採錄、卽所云至正河防記也、

顯靈義勇武安濟王碑記

馮子振

大丈夫忠憤不酬於尺寸而廟食滂沛於九州功名不留於須臾而義烈感慨於千古長河之北大江之南陋之而偏州迂之而僻縣枵然數十家之聚輒裒金券地畚土伐木甯鶉衣百結不敢虛丹臒於雲長之祀事甯蝸涎一匊不敢乏牲酒於雲長之畝宮矧大邦劇邑人物充斥之鄉乎四百季赤帝之璽晦晛於一旦儌倖之奸凶劉表無意於中原劉虞殞命於幽朔邪金刀之冑僅懸其一縷之墜緒於樓桑大耳之衰宗雲長奮起河東與元德遇自爾周旋艱險投閒抵隙之會未嘗不身親其閒識者謂馘顏良於白馬之圍不如破孟德於赤壁之鬭爭魯肅於湓陽之瀨不如降于禁於襄陽之攻業勳垂成豁夏爲戹有志之士益深悲之烏乎劉元德展轉於公孫羈縻於呂布棲遲於袁紹進無容足之地退無寄蹟之穴四方響應之初附亾合亾散亾奔亾竄茹不知其幾矣而雲長不肎輒去去輒復返古所謂主在與在主亾與亾者邪人閒世稷稷楓楓之夫後雲長千數百載所以願爲之執鞭不慕王之翦敵萬人不慕王之雄視百代不慕王之能塊土裂三分之漢鼎不慕王能赤手擎一面之荊州其拳拳向雲長之心特以其當賊於九州之地已有其七之時伎窮力殫獨不忍背棄流離顛沛之元德目彼張翼德亦若是也英魂凜凜雖歿猶生廣陵之城隍西廡構祠嚴事

雲長甚謹予是以掇拾王之平生衷素如是遂併書之天歷二季中秋

嘗讀湻祐志知廣陵三絕爲蘇昌齡起句馮子振脫草趙子昂書心切慕之乾隆壬戌至揚州訪得於舊城老關帝廟急摹壁刻如獲至寶以示馮氏子孫云易宗涒識

科貢題名碑　鄺埜

聖朝統有天下倣唐虞三代之規制詔州縣立學以尊崇儒道作興風化教育賢才爲太平萬世計也宜章爲邑遯在荊楚南裔境接百粵然自洪武初欽承明詔興學育賢實同於中州自時厥後任提調教訓之責者咸能仰體上意殫盡厥心邑之俊秀相繼爲弟子員者莫不涵濡聖化篤學力行以成其器故由洪武迨今造就之士或應賓興而觀光上國或應選拔而充貢天廷彬彬輩出接踵雲逵悉爲國家治平之用其視虞之俊乂在官周之濟濟多士殆不多讓猗歟盛哉宣德五年江甯唐公彬來知縣事纍進諸生謂已升之士弗題其名無以光揚先烈

激勵後進於是歷稽科貢諸士悉書於板越二年典史樂平莫公暁本縣訓導灌陽蔣君恭等咸懼板之所書久而漫滅相與營資命工鐫勒於石且廣存餘隙以俟後之續勒焉又相率固請述其梗概於首余惟題名之作從古皆然雖以招揭於既往而實用勸乎將來自今吾黨之士覩茲刻名已升而從政者益當竭忠效勞輔理承化期以增光門牆毋俾後人指其名而議其失毓秀而未升者益當感發淬勵期必致身青雲名登於石罔俾先覺得專斯美若然則賢才之興無負國家斯名之題有裨於世教矣夫豈徒然哉某年月日邑人鄺埜記

貢院碑譔文　黎淳

始湖省未有貢院每當大比假城隍廟爲之近數十年來人材富盛廟弗克容也正統初乃卽鳳凰山之陽因舊公館闢地建屋彙試羣賢其地西北高東南下作者因山爲制列場屋山岡而至公堂校文館及諸執事所皆在山麓君子或詬其高下失倫成化戊子都察院右副都御史南昌羅公以憲使壓秩巡撫有司疏陳貢院之弊請圖改作公命參政周晟知府章綸知縣孫翰審視皆實遂檄三司撤舊易新移堂所於上場屋於下用愜廓廠基公又言因陋就簡不可建萬年經久之功勞民傷財莫克滿賓興三載之意仍令公帑給緡貿易良材官儲發粟分

食羣匠而藩臬郡縣官日循監之經始己丑九月凡歷半載餘功未就緒而公被召歸南臺矣明年夏右僉都御史繁昌吳公簡自宸衷來代巡撫外攘枝舉內治益修重惟興賢選才毋墮成績乃率羣卿按行其地見東南促隘規制弗固而千戶錢麒有隙地長十有八丈廣十丈可闢地卽偕巡按御史江沂布政使杜銘陳之鵬按察使張綱副使戴珙暨諸卿佐以白金百廿兩買之區畫程度檄知事鄒璧指揮使陳琳義官李英督造開展平原星列席舍陟登峻級旁豎牌坊進而爲大門門之內爲巡綽官中道搆小亭曰青雲亭建巍樓曰桂香樓左右爲受卷彌封官謄錄對讀四所又陞級爲至公堂連續爲聚奎堂二堂

限隔在內而東西有燕居之室較文之廬又東爲供給所養牲所表裏庖廚庫藏充實諸品工肆器物備全蓋以間計之總百二十有三而且居尊馭卑壯麗高明鼓鐸戒嚴垣墉淵肅超越舊規遠矣既竣事太史氏適過焉布政杜公曰是爲子發身之地當有言紀載太史氏爲之言曰惟上天純佑我邦家降誕星宿之靈鍾毓江山之秀以產此衆英其生之艮難聖天子集於鄉校豐餼廩頒經籍選模範飭科條其教養成之也尤重今都憲郡卿仰承天意宏敞茲院冠冕諸藩後此凡値試期馳軺走幣延聘儒碩較典文之任誠望其以心爲鑒衡辨妍媸於分寸別輕重於絲毫爲邦家得實材供用焉耳若乃自昧鑒衡或因

是私焉其與天與聖天子所以難且重之意不亦大有負乎是故凡爲主司暨執事於茲者必廉足以除宿弊如昔人御從弟納金則士品立而結丕休哉之納其失污必公足以杜私恩如昔人荒陸氏之莊則服人心而貽擢陶邴之詣其失濫必明足以揚幽隱如昔人浮豔者必黜則文運正而錯認顏魯公其失暗必斷足以決羣疑如昔人直言必舉則國論定而不取李復古其失柔必勤足以拔俊秀如昔人聯玉筍之班則儒道昌而有下第李程其失怠必愼足以屏怪誕如昔人革軋札之弊則詞體變而有稱臣何烈其失疎必寬足以萃衆長如昔人賢艮集鸞鳳則材器備而齊賢置丙科其失隘必和足以偕衆願如昔人倡和成篇什則情緒暢而五星謗主者其失乖夫廉生公公生明明生斷而又效勤愼以集事資寬和以濟用也曰廉曰公曰明曰斷曰勤曰愼曰寬曰和此八善者缺一不可凡爲主司暨諸執事於茲者其可忽乎杜公曰富哉言乎是可慰都憲公之心矣太史氏曰未也顧俊尊帝克用宅俊是乃聖天子之所欽尚也抑不特聖天子所欽尚惟天聰明惟聖時憲是又天之心所鑒臨也敬天有重賞福必歸之慢天有重罰患亦隨後可不畏哉杜公曰然則敬天而全八善時必有豪傑胥此焉出鈞衡廟堂雨露民物建蓋世之勳烈者吾與子試觀之太史曰誠然矣遂伐石而書其事羅公名篪字淑和吳公名琛字輿璧

皆由名進士爲時名卿有大材德又時有大名位斯舉也凡所統屬各效勞勩勒石於碑陰成化戊子辛卯十二月立

漵浦科貢題名碑記　彭瀛

國朝太祖高皇帝迅埽腥羶，平定海宇，首崇文教，建學立師以育英才。詔天下各道三歲一開科取士，各府州縣學限年各歲貢一人，又於儒學立碑刊其名氏官爵，以垂列久遠。故當時以科貢爲正途，師保經綸於內，郡吏旬宣於外，悉於是乎出，與玆選者顧不偉與。漵浦自洪武以來，登科貢入仕版表政績者項背相輝，然儒學刊石題名之碑則未有也。瀛早遊芹泮，銳志淬勵，叵用自勖，第悵偃蹇場屋，齎志未伸。成化庚子，循例卒業成均，得與天下士講論以資見聞。既而掄次銓曹，濫膺民牧之任，每懷砥節礪名，庶繼芳躅於前烈，然昔之所勖者猶切於懷。蓋

恐歲移月改，竟致淪沒，使先哲以科貢顯者不聞於後，則遊學之士固無所感激，而朝廷作養之恩亦負。巫陽公暇，乃涓吉鳩工，伐石鐫碑，載歸豎於文廟門側，僭文以紀其上，標題以註其下，前列登科人物，而以歲貢次之，備刊年月名氏官爵於後，庶遊學於斯者得覩吾邑科貢人物之顯，雲仍奕世之光，亦將有所奮發興起。此瀛立石題名之心也，敢妄自誇大爲身圖哉。雖然，漵爲辰州名邑，山毓水秀，士沃民庶，當必有豪傑之士鍾靈產異，特出以光昭前烈者，則又鑴石以俟。宏治十二年彭瀛記。

重修潆灣橋關壯繆侯廟碑　黃寶

漢關將軍壯繆侯乃心漢室，勳烈且炳炳麟麟矣。方其鏖兵赤壁，曹孟德之狼奔鼠竄於華容者，猶曰藉勢東吳，公瑾德謙亦得分一臂之勞。而侯於追亡逐北之餘，在彼已勢若釜鱗，我何難掩其阱獸，顧置之死地而猶生爾，未燼之灰復滋難圖之蔓，毋乃縱敵而撓軍令乎。而侯之用意甚深，而爲慮甚周也。有曹與吳以犄角之，而我得以坐觀其變，曹去則東人無北顧之憂，焉知不有西向之舉，此豈淺人所能測哉。厥後昭烈既西，侯以一身獨處江陵，扼吳與魏之中吭，躍馬橫刀之力多在襄水荊樊之間，詎料功墮於末路，業挫於垂成，未必非時數之適然，而

猥以成毀論英雄也，亦淺之乎爲丈夫矣。要其灝氣丹忱炳於天日，累朝以來保釐家國，惠愛黎元，通都大邑，窮鄉僻壤，靡不尊崇而廟祀之，亾慮千百處。郡城湘春門外有廟在焉，歲時官民屠牲滑酒，爲國祝釐。緣城內尚有黃忠故宅，相傳廟爲侯與忠交戰之所，其說存而不論可也。余高大父侍郎公自豫章致政歸，建侯廟於湘江之西潆灣市，規制粗訖，鐃鼓魚螺鐘磬之屬靡不具備。僧某幼有夙悟，秉戒於華山，乃令住錫於此，方擬爲後殿，爲前楹，及左右廊廡庚井庖湢，次第經理。詎靖難師起，傯促停工，未久而僧示寂，又未久而我公亦前赴玉京矣。余省墓頻過其地，肅而入焉，登其堂而梁桷陊剝，晨鐘暮鼓響寂音

沈惟侯像巋然存焉迺刻日鳩工庀材而重理之市井若士若農若賈咸踴躍懽忻相與拜而揖之尸而祝之且曰自侯廟建後百餘年來闔境時和年豐土儆水熕之患無有也疾癘夭札之災不作也侯惠綏一方而廟宇不修我輩無能爲役緣係公家廟弗敢舉也於虖聖王之制祭祀也以死勤事則祀之以勞定國則祀之能禦大菑捍大患則祀之是豈可視爲尋常諂瀆之地乎哉頃夏奉吉王殿下命爲重修郡城壽星觀落成撰文因屬同郡南陵羅都憲湘川書以壽諸石因慨然念我先人瀠灣橋未竟之工余亦頹然就衰恐其久而湮也後之人儻有更舉其事豐其甍者乎毋亦菸乎前望泝圖經所始而無從也爰將建置所由來次列於左仍倩湘川書之而係之以銘銘曰義馭代序正氣囧光麓山之北瀠灣之陽保兹黎庶固兹金湯吳宮墟圮魏闕苔荒以古況今孰否孰臧元霄奕奕白水洋洋岳鎮同峙湘水偕長大明正德十一年歲在丙子季秋

醴陵鄉賢祠碑記

徐一鳴

夫湻風告逝美惡之迹斯彰化理日微宏獎之術逾廣故有闡幽崇遠以追古邈之風或表物惜遺以致標鑒之意斯皆所以跂前賢導來哲培植人材者也傳曰太上有立德其次立功其次立言此之謂不朽在昔明哲惘頹光之易殞懼修名之不立思欲奮身長存留世有永莫不飭身澡行强力樹邁風軌德範爲世作程是以身雖沒而名不泯年逾遠而道彌顯氣類之感異世迺有繼起之士側聞風烈斯慨然想慕其爲人想慕之不足則思誦其言誦其言之不足則思論其世論其世之不足復思得其人而事之於是祠宇興焉兹非所謂人亾道存死且不

朽九原若起千載一世者哉醴邑風氣樸茂鴻儒碩士代有其人今圖牒所載傳諸長老或忠貞端亮樹立天朝或恬粹宏雅鎮訓流俗或文爲國華或道傳聖緒以至宦游俊茂丕振徽烈宣猷迪化遺愛在兹雖迹有優劣器有巨細要之均能羽翼生靈圭璋家國儀準當時輝映來世者年載遷流顧使名賢踐履之實猥同澌滅嗟乎前之無傳則後將何述兹非典之闕與迺者方侯明育以新安世胄司牧兹土明德懿矩既以子惠羣黎敷宏品式矣猶慮化導未洽風聲或墮迺卽學宮搆斯宇詳稽祀典比其行事列之祠前欲使神明若存典刑攸在祼獻周旋怳如顏覿詎徒爲羨牆之見寤寐之求而已哉尙友之士載

簷棟宇繇是惕焉起其景行之思冀欲竝軌芳躅用圖不朽俾無替前聞久光茲舉如其不然固將張俎豆爲孳嬉視祠宇如置舍其又奚取焉祠昉有宋以迄今名宦凡九人鄉賢凡十有八人餘俟來者考列云

梔子橋墓碑記

彭澤

水必有源木必有本人能言之知睦族者尤屢言之然言之非難得其理而行之者爲難推而行之遂其志者爲尤難是故有繫之人繫之天不可以力而致智而取嗚乎天卽理也吾人天理之所在也天理之在人心渾然而無閒矣吾之心純一則與天渾然而無閒矣能與天渾然而無閒雖天地可格金石可通草木禽獸可孚夷狄盜賊可行況吾人乎況族屬恩義有相與流通而莫測者乎試以水言之千歧萬派無不潤而下也無源則竭矣以木言之千枝萬葉無不曲而達也無本則枯矣可一瞬息一動靜而有閒也哉所患人心之不誠耳盡吾心之誠靡

有不合澤之先自高祖武德將軍起自元苗陽左丞相下頭目戊戌年歸附我太祖高皇帝以翊運武功至蘭州衞後所副千戶伯曾祖武德府君扈從我太祖文皇帝北征轉正千戶贈先祖諱慶二字應祥及我高祖如其官先祖妣陳氏高祖妣鄒氏皆宜人屢膺誥敕貼黃爲湖廣長沙府長沙縣人我伯祖武德府君所紀世系彭氏世居長沙十三都梔子橋高祖妣爲湘陰鄒長者女文淵閣待詔西坡潘先生若水爲高祖墓誌備之澤爲兒童時先伯祖妣暨先承德府君屢言之恨南北遼遠無由展省於長沙弱冠先伯旣沒乃述所遺世系爲族譜序至贈武德君陳氏以上無考輒廢筆而歎比登進士歷官至守眞定屢

託知厚求訪之同年元氏趙君介夫始查存有大略並圖其塋域錄其宗人姓名見寄謂勝國時移自江西之福安遺業爲常永芳所據而族屬猶未知之數年以來荷蒙聖恩備差董師於河南湖北山東淮潁川陝討平羣盜所謂水木本源之心無時無之顧戎務孔棘身家未敢恤矧及此耶及正德癸酉秋同年東萊李公承裕自陝臬憲副轉湖藩憲長乃以公文私移濟之李方有行而憲副武進惲公甫適見之矜澤之積念之勤懇也乃遣指揮李轅者之長沙轅素有才略欲事濟而人不擾也乃僞爲賈者至湘陰鄒氏物色之得今勝瓊之父添敖年七十有二先以他辭徐言及之尋有端緒添敖蓋我高祖妣之表元孫

澤同輩也恨老不能行乃遣其子勝瓊暨孫萬琢偕至漢中其誼高矣蓋彭氏及常氏與勝瓊輩基業相比鄰族屬相締結其系派的續皆無知者第恐爲戎籍所累或爲遺產所逮亦以澤明祿仕或以淩害之故也嗚乎是則禽獸之所爲也我武德府君之出鄉土也迄今百五十餘年矣且革元而爲大明又百四十餘年矣族屬雖存親疏自異矧版圖屢更賦役登耗存之有司以官治之則不得已況家之盛衰難保子孫之賢不肖尤難保也且洪武永樂間天下初定法制尚嚴南北遷徙漫未可測廢業荒邺枉在滿野孰能存久荒不耕之田久衰不祀之墓爲世所稽訪之人計哉雖孝子慈孫或不能守況路人也哉此澤之本心非爲彭氏和睦而不淩害之也第得吾先祖衣冠之藏宗人世系之悉載之家乘少示婣恤盡吾尊祖睦族之心他日有顏面見吾先人於地下且俾吾子孫之能繼述者有考耳他何說哉勝瓊還澤重乃翁父子之厚於澤也書此以贈俾告彭氏宗人及常氏之受吾業守吾先隴者苟知敦睦而畏法焉澤將益厚於彼矣脫彼未知所以自處則更當有以處之親親仁民聖有明訓敕後革前聖有常典澤雖欲倒行而逆施之恐難乎其爲公義也因賦小詩以寓意云詩曰木有本兮水有源人有祖兮厥有先大彭氏兮祖籛鏗古今上下三千年盈海宇兮萬同姓胡能一一相周旋崇韶之拜君子恥老泉之訓世所賢

吾之子孫當祖我我爲人後胡不然上有天兮下有地敢忘遺魄淪重泉長沙有祖自吉安旭湖舉義操機權元元不祀亂賊起遂爾卜居非播遷常陳鄒氏舊婣黨鳳毛麟趾相緜延熊湘譜牒自源委吾祖而上無眞傳武德府君信人傑彷徨擇主兵戈前幸際飛龍起淮甸委身仗策依堯天東征西伐允宣力屢從大將平中原虜主北遯四海一龍章慶錫今成編褒封五品延世賞扈從帝子來秦藩無何轉徙任西鄙金城北載遺邺園謝蘭竇桂未可擬清白節孝知勉旃相去一百五十載彼此相聞如天淵揭來方鎮衆渾厚寸誠更爲太守憐梔子有橋橫舊港棲隱有寺森青蓮獅形後蹲先壠左彭家塘右青山邊宗人

連路廿餘里·林泉相望·猶青氈·牛眠有石·翳煙莽·歲時何人羅
紙錢·聯姻鄰老敦世好·胡翁萬通知的緣·宗盟景卿出新譜·業
戶常氏亦轉圜·凌雲宰木幸無恙·佳城鬱鬱如新·遷華表曉歸
丁令鶴·青林夜泣巴山鵑·周君再纂會宗譜·王尹爲買供祭田·
快哉此舉萬事足·九泉瞑目情無牽·緘辭萬里告吾祖·書並魂
邁相翩翩·咄哉遺體因老病·未能躬詣徒懸懸·閒從蘭州訪山
口·衣冠屢葉多貂蟬·至今簪纓世未乏·旭湖已上無的聯·亦當
續之俟·詢考刊爲別籍·未敢捐移文致語·警族衆毋與常氏相
讙喧·世更運改歷歲久·泉臺闃寂巢鴟鳶·吾族尚不識吾祖·途
人安可求其全·矧知常氏有世好·吾翁而翁胡可偏·田疇聽爾

自耕鑿·室廬聽爾遺曾元·但須念我敦睦誼·世與寒族無閒言·
歲時展祭如而祖·而祖有靈福自駢·乾坤滄海會有變·孰能永
保無崩騫·此言殆可鑒天地·此言特爾貞珉鐫·是詩並序作於
正德九年甲戌春二月·時媦戚鄒氏勝瓊偕姪萬琢·來省於陝
西之漢中·吾先祖武德府君以上派猶未明也·是後奉命總督
甘肅軍務·處値虜患夷情事甯·奉敕囘本院管事·時都察院右
副都御史無錫秦公國聲·湖廣地方監察御史汝陽王君夢弼·
清軍伍總兵官都督同知孤竹楊公世傑爲鎭守·今僉都御史
同年東黃王公道夫爲憲長·今致仕僉憲福人謝公邦用爲分
巡·餘姚陸君良弼爲太守·皆協心尋訪·又得湘陰尹王公槐公

甫極力相助而經畫之·始得吾族望光勝字景卿所編新譜·又
得鄉彥周君文獻字徵之者·並澤昔所編爲會宗譜·始得自遠
祖旭湖府君至高祖武德府君系傳之次·且得先祖贈武德府
君先塋於佃產人常永芳屋基之後·又得襄陽衛指揮僉事余
生大倫·以公差躬詣青山族衆所居·備詢博訪·各得其詳·時族
子生員表聽選注吏·仲椿鄒生萬鎰皆來省於京師·又得王尹
公甫爲置買祭田貳拾畝·鎭巡藩臬郡邑都公爲石坊墓道·澤
又恐吾族與常氏有相搆訟也·移咨本院轉行司府各給帖付
照·永各安其業焉·又得今四川按察司憲長同年安福公景俊·
爲查廬陵山口世系·寄示於京·今年夏澤以衰病請老於上·屢

疏賜予得歸田里·適秋台舊寅長分甯周公儀爲左右方伯·同
年西蜀聶公承之爲憲長·皆遣人詢問焉·撿舊稾續以所未書
者錄奉諸臺·儻蒙念及垂青一二·則吾寒族存歿無涯之感戴
也·故又述此以達愚悃·且以告吾長沙族衆·並鄒陳常諸媦云·
大明正德歲在戊寅孟冬月穀旦賜進士特進光祿大夫太子
太保柱國兵部尚書侍經筵奉敕十二團營前都察院左都御
史元孫彭澤謹譔·正德十六年歲在辛巳菊月吉日湖廣長沙
府知府宋卿同知唐珉通判黃文輔陳謨項璜立石·

郡侯陸公去思碑記

孫宜

嘉靖二十三年岳州大旱華容尤甚於是山岳不雲川湖罔澤三時既違百穀斯絕邑之民士殍僵鮐甕羸什壯移殍靡華賤啼兼孑遺父貨其子夫鬻其妻視其室則榱棁塈瓶几榻衾繻雞犬猳彘甑釜盤盂無不轉易求一食者於是里接廢堵村餘敗牆蓬蒿夜風骼骸朝霜四郊之墟虎豺隊行二三長老有言茲毒也成化宏治以前未數見者蓋異數云是時嘉興賀齋陸公琊爲岳州府知府迺履邑巡畛督撽告凶剖折羣咮裁斷已衷帑罄積財倉無留鍾集其民飴者殍者壯者弱者遺者徙者任賢使能別遠甄邇量急揣緩分田出粟賑焉計其田蕪者則

頒爲厝畫牛種俾咸播耨於是道還竄踵廬有生色啼饑罕聞委壑稀值畝疆多闢穜稑半息次年夏復旱公復履其地如其政行之二年而所活數萬人於是監察伊公上公之績於朝詔陟公京四品以勸未幾公入爲太僕少卿邑之人思公弗置也相率爲去思碑學宮傍不月而告成

曾令去思碑記

劉欽鷰

予幼讀史傳稽古去思之碑峴山之外無有也慨歎善政之難其人迨壯遊四方所至郡邑晝衣冠留劍履生祀於廟者無處無之未嘗不訝善政之著於今何多多乃爾耶徐觀其碑皆甲科而陟顯耀之士鄉舉歲貢無一人焉設有之必其子孫之達可以進退予奪乎人者故官屬溢其美於百年之後求公卿之有權力者而文以文飾僞以亂眞取妍以希進百姓蓋有莫知其名與氏者夫欲干其澤而先意以逢其好者下欺上之術也恐逸於後而殊遇以要其感者上欺下之術也上下相欺以成此名嗚呼奚翅不足以爲人之思而反爲識者之鄙矣我侯曾

公諱衮字時補號龍川江西吉安永豐人也學博而心古氣和而行方嘉靖閒以貢授句容訓未幾陟醴陵諭隆慶乙巳又陟吾攸令始報之或謂我國家以貢職教者無有司之遷茲聞也或非其眞也久之果如其報又咸謂陟之超者必其政之異也涖若任而視事循循恬恬無以甚異於人人亦以平平目之無喜怒焉今代當述職他邑皆載寶以朝公獨單車就道人不知其去百姓苦其擾而思公之靖病其費而思公之廉老幼奔迎其家者絡繹於道路既以謝任而至遮道留之不可裹糧追而送之於公之邦號泣以別之登高以望之然後纍纍然歸踰年閭閻之思如始去五鄉父老伐石爲碑樹之歸路以志其思

利侯平寇碑略　周采

利大夫賓者廣東人也視新化邑政凡四載矣嘉靖十五年冬邑二十一里周邦達等言於郡大夫曰昔我邑里盜某實據元溪去邑西百十里西引辰酉溪峒積負險阻聚徒旅出則掠我穀帛雞豕牛馬兒女子歲無不至時葢正德初也某死子繼諸徒類以命黨且千人西阻谿洞蓋且三十年矣嘉靖十一年我利令視我邑政日計畫廣儲餉募壯丁懸賞罰以攝之奪之險而伺其出而盜又多其父所部伍業不相長下又持之久而憊也則內益自疑忌則又令盜得相翦戮自贖得不死乃數日盜黨某則果以其首來令又計某不死盜且不已而我又業許以

不死召之宜來乃明日匿壯士若干牆序下召黨某入入來椎牛酒犒以牆序下則壯士者出誘而推之即入人無不斃餘悉就撫邑所苦負固盜今底平邑卒以無盜民令之力也謹圖所建祠礱石以待惟郡大夫惠顧我民私遂所請郡大夫曰可哉則又介書邑敎諭舒君文明請文於周采而采爲紀其實以文諸碑

分守道金公祠碑記　鄒廷望

君子爲政得民心而王道無近功然民心易感機亦至神矣其德澤及肌髓者民亦世德之不忘致有生祠之建則我金公之於寶慶是已公監司一方師帥郡郡其距民也遠矣何以得此於民蹟公政略初以藩司大參繼晉秩按察使乃兼分守於壬辰孟冬駐節郡城首以清德率下凡道中供億諸費悉從省減主於約己裕民郡當祲後因條畫貯積取舊所行便於民者申飭之定爲義倉聽民以義自爲斂散最爲良法適癸巳歲夏秋不雨禾盡稾道殣相望人情惶惶公獨憂之齋素露禱以身爲民請命浹旬罔懈先命所部屬中省訟清獄以回天變及時急

令民種蔬種麥民收其利賴以卒歲且議賑貸立旗善亭勸諭士民又計本處穀民間舊藏有限仍行所屬益陽有穀地方不許遏糴收府縣庫貯金遴委丞簿尉員及民間殷實有行義者領官銀操舟糴買自是穀船鱗次達於江滸穀價始平民稍得食又訪府城內外列肆居民萬家時已及臘無過歲糧委員借與倉穀照門牌丁每鋪給米一石約以明夏麥熟之後輸半值金於官仍爲糶本當此季終艱食之際家家熟炊人人含哺公之賜也且布令毋興歲事繁儀毋尊服毋輕肥小民藉以得從嗇約損浮費省民財無算諸所策畫標本調劑而捐俸減膳其視民饑由己饑之念猶可想見又經理軍糧定起解刊書冊爲

民永賴肅官箴則賢而盡心民事者薦揚之其爲民害者逮問褫職造士類則自督學全楚時及今分守先後所造郡士業已取科第斌斌隆著一時人文倍於往昔恤軍伍則撤粵西之班定戍守之額蘇更番之勞而清屯丁禁尅制事事罔不究心尤足爲軍人長利他如行保甲以寓教化禁宰牛以弭盜賊比徵定爲九限倉斗主於槩役闢水利革身行種種方便又公經制之餘而其中救荒之政義倉之法活數萬戶生靈功德尤爲無量闔境晏如四方安堵歌頌之聲徹於閭閻方祈借公任而簡命忽新以撫治八閩行矣去之日郡人持老攜幼焚香再拜致擁使車不能行公善諭之如家人父子乃諸父老私相謂曰公

生全我民萬萬今去矣盍相與立祠俎豆之以寄我郡人世世之思羣起而告於鄉士大夫屬地庀材諸費皆人人響應刱爲祠門五間正堂五間中肅公像工始於二十二秊十二月不日訖工而公之門生何大謙等述諸父老狀以書來問記於余余惟論治體榦濟存乎才若經綸之本非誠無以運之公之才與誠合心存廣濟理晰精微法行秋肅而意若春溫一念惻怛之眞可盟幽獨質鬼神故所至感人若是則公之人品又不但惠澤之足以感人已也方江陵在相授之吏部而不受及督學吾楚時持法嚴而用法甚寬雖與之相左公甯去而不顧此眞人品眞識見古人且遜美矣區區一記烏足爲公重也

姚侯平寇碑銘 並序

鄒廷望

元溪在縣之西南隅百十里許林麓四塞通辰酉諸溪峒爲四方亡命所竄伏渠魁李再萬者又逋逃主也據元溪凡幾世嘯聚諸無賴出入剽掠毋論新之人不獲甯處卽鄰境諸縣亦惴惴焉伺其動止以卜休息上官檄郡邑大夫則又不可掩捕一夫當臨卽千百人徒瞠目覩毋敢攖其鋒者故新有元溪元溪有李號累世膏肓云當道議決去久之竟無一得者癸未我大夫姚侯至首詢民瘼卽議勦已而撫之曰欲利民而先厲之非策也於是先走符招之不至復懸金餌之又不至遂遴左右有計幹者抵其巢啗以奇策陳說利害不聽居數月大夫曰擊先

匿形吾計得矣會督學至故事提調挈諸生往大夫輒空國行示以不備密授諸從事以方略復往說之賊果不疑如期率黨至比至犒以醪饌張樂飲宴賊安心焉飲方酣左右襲執者突出賊相視錯愕就縛無一脫者大夫遂反下檄走穴以安其衆餘黨遂散乃籍其田宅若干遺孥徙之別里計口授地俾耕以食上其事於當道有忌之者大夫循循不自有而時議遂息除寇甫二年大夫功且定邑士大夫相與謀曰元溪之平大夫世世功也不有堅珉爲大夫世世頌未稱乃問紀於野史鄒廷望廷望曰昔孝寬當一面寄統百萬師僅奏一捷而勳州之置至今有餘慕焉矧大夫以一令而一騎不煩卽杯酒談笑閒而百

年盤踞之寇去若拉朽偉哉俾我新與鄰頓釋駭顧而躋之安堵其所不能忘者又何如哉雖不文奚辭因敘其事而銘之命工勒石昭示後人侯名九功字徵虞滇之臨安人銘曰

賢哉大夫保障攸繫犁我坎窞登我袵席祈灝有赫晉大夫隲隲也何如永世無斁

重修康濟廟碑記

劉應龍

二水抱城而東走可里許亂石層巖怒而湍仰納其委而砥柱之者曰高廟祠不下五六所而大者曰康濟以祀五顯神者也祠刱自宋以及我明毋慮數百年於此先是數傾圮郡人修葺之已而圮甚蓋其歷年多而風雨蝕其過半神像亦悉爲苔蘚所封非復昔黃金色矣往余登雙清慨然曰祠名康濟者夫非以康濟吾郡而誰哉棟折榱崩神將壓焉卽不然而日則日雨則雨睨神如土偶者然又何以春秋敶吾俎豆而冀神不吐之也郡民不滅數萬家人持一錢置祠中可令輪奐一新竟無施者而有事東望祝曰庶康濟我乎比之操豚蹏而望歲不尤可笑邪吾已與好事者共商之而以歲儉罷自癸卯四月藩參朱公臨兵巡原郡守沈公二守霍公別駕袁公司理劉公盧公邑侯朱公捐俸爲郡人倡而郡人若憲副車公主政何公別駕繆公邑令周公洎諸廣文諸孝廉上舍各出帑金佐之令父老劉添榮熊桂王艮佐宋以源等董其事輪輿婁繩若而庀匠梗楠豫章若而呈材僮傭手指千若而鳩工呼邪許者若而塡城溢郭以甲辰年十月落成問記於余夫父老必欲得余言者豈以余往時登雙清有此志而今得遂而爲余所樂言者乎余則謂事以緣興緣存則無之不存緣亾則無之不亾以今祠觀之至傾圮已甚非一木所能支之時非一緡一粟所能謀工而議匠

之事而諸君子相與成於旦夕若童子取木石戲作樓閣然益信乎斯緣之未亾也夫搏沙作浮屠若拇指許畫像若錐頭許猶福德不誣以此福德較之應算數譬喻所不及矣雖然一切器世間是無常法而況曰土木諸君子今以𢦤爲修矣數百年而後而能新廟貌如今日者又何可知哉後之君子得余說而讀之而有感於未盡之緣庶斯祠之不遽朽也萬歷甲辰歲孟冬月吉旦賜進士第中憲大夫南京太常寺少卿前江西道監察御史郡人劉應龍撰

新建高廟注生夫人祠碑記

劉應龍

出關門稍折而東北走五里許曰高廟仰吸資邵之流而砥柱之如地肺亦寶慶一勝地也祀凡若干而大者曰康濟廟五顯神主之兼祠注生夫人於後夫人者先禖神也祓嗣允者屬焉先是爲風雨蝕像且朽矣我霍公以佐郡之年公餘登眺穆然感之迺捐俸命工相廟側隙地爲祠一所縱廣三丈餘而貌像以金非復昔日者之僅存土偶而且獲有專祠矣落成而問予記予惟禖神之昭昭今無論他周家八百之祚緜於姜嫄之一弗郿人有尼山之禱而迄於今有聖厥功鉅哉禮記之所由來尚矣公寬然長者慈心不殺取郡赤子而乳哺之蓋有父母之

道焉固宜有子而禱之且久爰以建祠之次年甲辰冬十月卽覩弧矢懸門又以知稱詩問禮者之必詵詵於庭也是役也霍公曰誰不爲父母則誰不願有嗣息予必祝之曰使先世之派有不絕如綫者咸於斯克禋克祀以弗無子而以免夫三不孝焉則其錫類又多乎哉於是益見公之仁心無窮而其後有必傳也不然一行作吏舉凡祀事皆以爲不必急不則祀非其鬼以入夫淫又孰能崇正祀而溥神澤於生民哉公諱應麟號名閣山西屯留人登壬午科鄉試爲政持大體清甯不擾載民口碑不具列論其襄祠役者得附書亦以見公之感人深而庶民子來云萬歷三十二年歲次甲辰十一月吉旦

蜀山蘇公祠堂記　李東陽

常州宜興之荆溪有蜀山本獨山也志稱蘇文忠公與蔣學士之奇同舉進士買田卜築於兹山之麓於是易獨爲蜀按爾雅山獨者皆爲蜀志又稱愛其名而居之者理則然也公嘗欲作亭種橘預名曰楚頌後上表乞居常及歸自嶺南卒於州邸其弟文定公以其喪去葬於潁上其家亦不復至常當是時蓋有所謂東坡書院者尋輒廢越七十年郡守晁子建擇州學旁地建祠祀公元僧敏機因山爲祠爲之居守晁公武徐一夔皆有記今常州祠尙存而蜀山祠廢已久宏治庚申縣人沈公暉自南京工部侍郎致仕歸以告撫按暨府縣僉議既協躬訪遺址

悉爲居民所據贖而歸之得地三十餘畝爲堂六楹肖公像其中寢稱之爲左右二亭一刻公楚頌帖及諸詩詞一刻興造之碑東西廡及門各四楹廳館庖湢諸室爲楹者以千數其外則甃石爲周垣百二十丈視州祠深廣略稱而偉麗過之矣既乃用表忠觀故事命道士居之歲奉祀焉夫天下之論名臣碩輔者或原於嶽降或歸之地靈文章氣節亦以爲得江山之助固也及乎遐陬僻壤一邱一壑或有所憑藉亦足以不朽於世是所謂人與地者恆相須以顯而亦不能不相爲重輕若君子去父母之道則遲遲其行越在他國則觸物感事懷思顧戀而不能已是蓋存乎人而物不與焉會稽之東山以謝傅名其在金陵亦築土以象之天下之爲東山者何限而非其人莫知名也公之自蜀入洛隱然重京師父子兄弟之名遂擅天下則公乃天下之人俗傳三蘇生而眉山之草木皆枯者妄也及其流離貶竄不能歸其鄉卜居兹山託名以寄意潁之山名曰峩眉者亦此義耳後雖其體魄在潁而魂氣之無不之者安知不徘徊眷戀於兹山也邪且公所謂不待生而存不隨死而亾者將流行充塞於天地閒而況其經過寄寓之地哉公之文章氣節天下莫不尊之是雖不得與於天下之祭揆之鄉先生社祭之義有過而無不及獨山之爲蜀也其社之類乎然則是祠之設固耆民俊士衣冠俎豆所宜周旋而傾注焉者也夫使文章不如

公氣節不如公則蜀之王萬亦嘗榜鄭邸爲蜀舍而朱俊民劉跋爲之記銘然亦不顯東陽楚人而燕產嘗因贈太師徐文靖公之約買田兹鄉而遽罹家難竟莫之遂工部以其迹頗相類而不知其文之弗稱也請爲記祠事之成予於是亦誠有感焉因用楚語作迎送神辭其亦橘頌之遺意也夫其辭曰橘之樹兮如蓬鬱青蔥兮閒玲瓏彼亭兮在中信吳邦兮楚風橘之樹兮如蓋朶芳鮮兮薦甘肥我公兮來歸神陟降兮如在公之樹兮荒萊公之亭兮但空苔植我兮構我望游魂兮歸來公歸來兮恍不可以見渺惆悵兮悠哉荆之土兮如酥荆之米兮如珠山有茶兮溪有魚生不足兮沒有餘公去此兮何居楚之調兮

欷歔蜀之山兮盤紆神往復兮無定所聊爲此兮踟躕生不爲世所容兮漫將忞其所如鑿余井而得泉兮又安窮其所於彼亭常存兮樹常實待以薦公兮願少駐乎須臾

贈固原伯劉公世墓修建記

李東陽

予每聞搢紳士夫談畿甸間塋墓莊墅之勝云盧溝樹村有固原伯劉毅敏公墓尤爲卓絕蓋公之仲子錦衣君武所修治者也其中爲毅敏公諱玉及夫人某氏次左爲公之長子都指揮同知諱文及淑人某氏次右爲武之配某氏而虛其壙之半又次左爲公季子錦衣衞指揮僉事斌而諸子及婦皆以次祔焉入其門爲池爲橋爲綽楔其中爲重門則有誥命諭祭之碑及神道之碑饗祭之堂培築堅厚締構閎壯而工製甚精雖尺木片石無朽缺弗稱者其東偏則爲別墅爲茂園長得其半廣得其三之一而封樹之事皆備遠而望之蓊鬱蘢蓯藹爲佳城周

而觀之森聳明秀與甲第無異蓋近時所鮮見者也武字廷弼年十八即幹蠱爲養天順初以迎鑾功授錦衣正千戶坐累解官乃南游襄漢入雲貴東抵遼陽北歷大同宣府西至延綏甯夏又南至建甯環居於淮揚往返動萬餘里皆應募輸金穀以濟邊需既踰六十始攜貲歸京師慨然曰吾半生遠涉川陸備嘗險艱者以圖養計也今父母既逝吾將復何爲哉於是徜徉墓林日夕哀慕思所以用其情者盡於此乎致之數年而後成愈久而益底其極焉夫聖人之論孝曰生則盡養沒則盡哀衾襚銜斂之爲終奠犧俎簋之爲遠皆是也墓之事則兼終與遠之義而有之自墨氏之流以薄爲道其獘遂至於無親而後世

有識者又以厚葬爲親累二者蓋將取衷焉然致之所得爲與力之所可爲往往不能以皆備備矣而或爲少艾妻子所移易則亦有弗暇者於其所弗暇而諉曰葬不可厚亦名教之罪人也廷弼自謝官職以來其圖養未盡者日蓄月積皆以爲追遠之計是富而善用其財席家廕遵國式從所得爲而力必自致是華而不過其制雖親之貴無待其顯揚親之壽不逮其奉祀而其爲孝亦可謂自盡耳矣且有堂焉以饗則儀物可陳有田焉以耕則粢盛可備即祭祀之事揆之以堂構播穫之義爲劉氏子孫者可不思所以勿替之哉劉氏本磁州望族毅敏公累官至左都督贈固原伯豐功大爵實開厥家文爲甯夏副總兵

俄遷錦衣衛事宣力中外嘗有志於墓而未果廷弼獨無所事事故得竟其所爲而所以遺其後者亦遠矣工始於宏治乙卯畢於甲子既告成事廷弼念締造之艱慮其久而廢也屬翰林張吉士諭詮敘其始末請記於予將刻於墓前以示來裔予近識其人許其信義有不啻茲舉者因備書之而其世系履歷之詳載於碑志者可互見云

曾祖考少傅府君誥命碑陰記

李東陽

右曾祖考贈少傅府君暨曾祖妣贈一品夫人賀氏誥命二首東陽當今上登極時以從龍恩加少傅兼太子太傅戶部尚書謹身殿大學士未幾以恭上太皇太后皇太后尊號恩詔給誥命蓋不待考績而得異數也府君在國朝洪武初以兵籍隸燕山右護衛挈先祖少傅府君以來始居白石橋之傍後廓禁城其地已入北安門之內則移於慈恩寺之東海子之北生三子其二仲曰雷曰孔皆生於京師先祖生二子先考及叔皆不逮府君聞吾祖言府君質直簡默不事侈靡始居北方風土不習言語不相解未久而卒夫人値歉歲大病疫幾死者數矣聞以

諭東陽時幼稚不能悉記惟其勤苦累積之狀可以想見閱三世百有餘年乃得有官職貤封賜一命而躋於極品予小子曷克臻茲惟我祖之善式克貽其後而還以自致云爾越旣修墓封及累代誥錄語詞刻之貞石以彰君賜揚祖德掛漏之咎有所不敢避云

祖考少傅府君誥命碑陰記

李東陽

右祖考贈少傅府君暨祖妣贈一品夫人陳氏誥命四首。蓋自東陽爲禮部侍郎，已贈及二代。及遷太子少保禮部尚書兼文淵閣大學士，以恩詔再贈焉。遷太子太保戶部尚書兼謹身殿大學士，未及贈。加少傅兼太子太傅，以兩宮尊號恩又贈焉。修墓之日，乃構兩亭翼饗堂左右。其左則刻後二次所給誥，而侍郎誥則不及錄。烏乎，吾祖生於郴州。郴州去茶陵三百里而遠。茶陵兵多番戍，意者曾祖府君以戍故居郴。說者又傳北上時生於途，而郴非道所經地，未知孰是。吾祖入京師，稍長，即代父役。靖難之師，實在行伍，以功當祿。椽吏索米三斗當得官。時大

饑，米斗千錢。府君曰：官豈可賂得。竟弗予。止得小旗，調金吾左衛。以藝簡入內局。值初製軍器，每以新意佐官長。官長欲白其功，則謝曰：我賤者，雖功何益。終其身不以語人。純孝無僞。封肉療母，夜禱於神，以刀寘盌上，鏗然有聲，不越月而創愈。鄉鄰傳而神之，或以問焉，弗荅也。遷居海子之西涯，坐賈爲養，不需厚息。息日滋，則以賙貧者，囊無留蓄。性不嗜殺，雖蟣蝎之類，必縱使得所。東陽之少也，實鍾愛之。謂吾父贈少傅府君曰：天不我負。後頗克自立，有賀者，吾父輒泣曰：吾考之慶也。祖妣本王氏，從舅氏之姓曰陳，常之武進人。從父上京師，禮配吾祖。簡默寡言笑，躬勤女事。家舊藏祖像，布褐服有補綴處，皆祖妣手所紉製，其儉如此。烏乎，孰謂數十年之久，乃得封錫之命，以爲身後榮。九原有知，其亦有以少慰也夫。

先考贈少傅府君誥命碑記

李東陽

右先考贈少傅憩菴府君暨先妣贈一品夫人劉氏繼母封一品太夫人麻氏誥命共六首今刻石於饗堂之右與祖考妣誥命正相直而始封翰林院編修誥封侍講學士贈禮部右侍郎兼侍讀學士詔不能悉載也烏乎吾考妣之純德餘慶乃至此極哉先考爲人誠樸坦易言若不能出口父疾累歲日在牀褥至親捧溺器母病瘵壅以葦筩就而吸之皆族鄉所親見偕吾叔處怡怡終日雖濁醪蔬菜必與其醉養張氏姊育其寡孤出而復入者三十餘年工書及詩每見東陽書輒不當意曰書自有法甯可以私意矯揉爲之東陽同考禮部有南士以白金三

百兩屬所親告先考先考辭之其人曰不猶愈於貸乎先考怒曰吾父子甯窮死豈可爲不義辱比考南畿例有供張先考曰愼勿納其酒雖吾所愛亦不可挈獨不聞薏苡事乎東陽皆奉命惟謹嘗雪夜歸自外不忍斥責遺孫兆先致一絶云朔風凜凜雪漫漫詩酒棋枰取次歡何事爾情猶未洽冰霜不問僕夫寒東陽自是歸不敢到夜戒之終身學士之封具朱衣請客見輒麾之曰吾不慣此燕後忽得寒疾時值廟齋東陽歸視湯藥趣赴院曰遲令方急毋以我故犯法其恭愼至此不亂如此先妣出東安武弁歸先考時年已踰二十力服勤苦有酒肉供饋外必儲爲客具族鄉外內稱爲賢淑同然一辭女婦暴厲者或從而化老子長孫相傳至於今道之不衰烏乎以吾父之德蓺不能售其身而生封之再命沒贈至一品要諸始終造物者可謂無負而東陽罪咎深重不自殞滅十齡而失恃四十而失怙今年踰六十僥冒光寵而不能以一日爲養其何以自立於天地間哉自今未死之年猶冀延一綫之緒以承祀事然是則存乎天惟盡吾力之所得爲者致存追遠述德紀行傳之不朽謹以君命先焉而附及其私云烏乎痛哉

三閭行祠碑記　羅奎

粱矦一西蜀之江津人以進士來令湘陰敦化敷政振弊舉廢罔不殫心勸忠節之念尤爲拳拳夫忠節之在楚者惟三閭屈子爲最著其仗節死義世有定論載諸史可考也其祀事崇報歲有常典載諸志亦可考也迺湘之邑內罔祀焉是爲缺典按正廟在汨羅爲其死所行祠三一在壘石一在菱子市一在湘治之廣興寺謂湘境內之地爲公所常游也宋元間遷廢靡常祠在廣興者今失其阯二百季來未有議復者自矦之始涖也慨然有志而未得其地既越月巡視邑內得有當毀衙舍一所遂捐資於俸借力於民鳩工庀材兩月竣事棟宇巍然丹書赫

然前對衡岳後帶洞庭一時廟貌與佳山秀水同其高深公之靈其妥於湘矣雖然公之精神充塞宇宙固無往而不在豈獨著於湘而已也特以公楚產也湘楚之衝而汨羅又湘之屬也汨羅在湘東隅去湘治六十餘里則公之正廟爲僻阻是以天下之人凡抱忠節而歷楚湘者往往以不一覲公像爲遺憾則是祠之建匪公靈之獨妥而所以對天下以淑人心風後世者胥於此焉寓矣祠在縣之東南隅約三百步廟一寢一廡門各一廣深寬五丈祀儀如汨羅先是汨羅祠有隙地計周圍一千一百三十六丈爲豪右侵久矣矦覈返侵地歲取其租以供新廟之祀云

覈田碑記　劉應峯

今天下田賦浮詭之弊萌滋久矣故豪宗右姓之所磐石率多無稅之田而沈痛茹苦空輸無田之稅者倍在畸門窶子輩焉積歲累世固根深穴雖彊察吏莫之詰也而緣弊反本覈田之議所由起矣然負才挾智喜有爲於世者類多務虛恢寡實效且痌瘝未袪而元氣先耗利不能勝其害也激時艱者復思矯之圖與方內民休息故上議於朝戒郡邑吏毋率紛更云自斯議一下而養望避事者輒又藉口守故常置便事不問閭閻愁歎疾苦其疇恤之哉攸邑徐矦甫下車卽孳孳詢民事便否將次第興罷之而民以虛糧愬者日紛集庭下雖察隱補虛隨事

釐正足取辦於旦夕而根穴深固之姦豈一耳目一手足所能盡爬剔者哉矦乃起而歎曰理目而漁孰若挈綱者之爲要緣裔而衣孰若操領者之爲便茲非與攸民約畫更始覈田壤均賦則非一勞永佚計也於是集邑之士庶商可否僉曰斯舉徯望且久矣幸君矦及今圖之閒有舉近例言者而矦獨毅然抗論謂能身冒議端毋令重吾民困也矧爬剔數十季之痌瘝以還復邑里額賦之舊實有司奉法循理事也烏得概以紛更議哉乃條陳事狀請於臺司皆報如其請曾未閒指近例中格蓋知矦之志切民隱非虛恢應文者比也矦乃布諭申令筮日舉事召各都里推擇可任屬之人羣分而班之職賦丈職算職書

人各有數分理屬公正總視屬監丈而辯認田畝之主則知識屬焉其田之廣輪參差悉屬以繩視剩量方弓法較若餉便且足杜奸萌也按屯籍以稽軍民之淆清界糧以釋虛賠之累俱不煩繩責帖然稱服諸事事者奉約束惟謹罔敢亂法以徇所私卽侯時躡之畛涂閒交覈互覆䖍不以佴餉擾民田野民庶晏如也田有沃瘠不等而科糧均以一則儌滑胥積算不得操贏縮於其閒及竣其成籍糧無溢額邑人獲減損者十之七八而閒有一二稍增言者亦寂無譏語蓋以賦輕則均故耳事始於乙亥冬十一月凡七越月事告竣冊報臺司大嘉歎稱焉邑薦紳耆庶無不懽呼稱便謀伐石記侯功德用垂有永乃命庠

生龍子尚賓劉子騰生譚子階持狀謁予記復屬予姻家陳子製申之予覽今狀感往事因咨嗟歎曰有是哉大政之易舉也夫可與樂成而難與慮始者人情大都然也往吾茶議舉覈田實高安劉君司之約田程功一切驅以苛峻羣役惴惴受事如赴湯火然弊源利竇橫溢旁漏事未就而訟牒起矣日費月校不復誰何丈冊竟以荒略成而糧額視昔翻溢增焉茶民迄今憾之然猶近事無論也蓋嘗覽鏡古昔賢豪雖睥睨天下無一難爲事至語及更始均田則未敢易視之焉卽經世大儒如晦菴朱子其論打量丈畝攢造圖籍亦未必不憚甚勞大費淹歷歲月而後可成蓋昔言舉事底績之難也乃今徐侯始議覈田而士民之悅趨也一唱羣和且以數月勞瘁之勤速糾功緒牽貽攸民千百世之永利斯其注措必有犂然當民心者矣孰謂難與慮始之民必苛刑峻法如吾茶高安君之爲哉易曰順以動故豫書曰民可近不可下若侯者有味於斯言乎哉侯諱希明號鳳山東浙古虞人雖稱名練識政體諸所興晝如均里徭删社學建書院之類皆非簿書吏所能及而慨然覈田一事則爲攸固根本計者茲特書之以詔勿壞

碑記下　明

增修醴陵社學碑記　莊天合

鴻埜晏侯治醴三年而政成凡所以壯黌宮課士業具禮器清學田文學蓋彬彬蔚起矣復以風化之原權輿社學乃卽城東西南北各刱一區其北隅爲舊基其南隅爲官地其西爲僧會司故址其東隅爲徐胥賢民地侯捐俸置買計一區爲廳事者三廊房者二門樓者一周以牆垣儲以筆劄博延弟子謹擇師儒誦讀之聲達於四境蓋數年而俗熙熙如也莊生聞而記之

曰嗟乎社學之興其古家塾黨庠之遺乎三代以還農田市井分途而春作冬息不必其同業上老庶老不必其同師閭閻小民少不知六甲五分書計之事長不知先聖禮樂君臣之法澆風日夷澆訛滋甚所以起敝維風稍存古意惟社學而已矣乃今鉛墨之長明作者以賦斂刑獄爲精神雅化者以儒術文章爲貢飾至問所謂社學則若聽其自存自廢而無容心焉彼不以爲迂闊無當則直過而去之以遺後來而往往令與知與能之民或以成頑鄙囂陵之俗噫吏治之不古豈盡地與民之咎哉夫詩書禮樂之敎其漸人也深童年稺齒之初其振德也易而醴以民醇士恪之邦晏侯樂利撫綏之後率而行之久而習之終而循循焉莫知所以使之昏者不盲儒者不劣巧者恥於作僞陋者恥於無文雖慓悍椎埋屠酤樵牧之人亦且從風而化故卒使刑罰省獄犴平耕者輸力者役而侯日相安於無事然後知法古之治優而家塾黨庠卽謂至於今不廢可也噫晏侯其信古之遺愛也夫其信古之遺愛也夫侯名朝寅字汝直別號鴻埜蜀郡雅之名山人萬歷己丑進士

修隄碑記

孫羽侯

華容古云夢澤人民舟居潭戶無常產其地有赤沙湖夏水湧水浼水而又沅澧資湘瀟涔與諸水吐納汲引縈迴浸灌注爲五渚會爲三江固江湖間一大匯也僞漢時據土儲倚以十數萬彭蠡之敗連舳艫下遂視爲壞賦民不堪矣知縣張瓚何宏陳宗憲主簿李整先後奏請得減至二萬石有奇履畝而稅以其餘畀軍人當是時軍人右也割其腴者民莫之亢西鄙蕭然溝中之瘠可指也成祖年邑人以水決四十六垸請命發旁郡邑民修之至睿皇帝時知縣楊鐩復爲請得報可出內帑若干金遣工部員外郎王士華湖廣右布政使蹇賢卽其地畫爲四

十八垸越數載績成士華入爲儀制郎賢遂畱華容家焉小民因仍人自爲守得增至百餘區湖地腴畝收歲一鍾閭閻殷厚民出粟實塞下佐縣官費授爵一級表宅里而賢者亦斌斌興於文學稱仕國故先正侍郎程公萬里王公儼都御史蕭公一中參政嚴公永濬知府魏公廷楫嚴公永灌張公守約謝公上箴皆西鄙人也賢書亦歲不乏嘉靖之季圮矣至隆慶間寖廢而又會料田令下弁若蠹奸人若蜮侵牟隱射恣心計以其重移西鄙西鄙田至畝稅七升其澤鹵地亦四升有奇而民益死徙數十里無雞犬聲歲庚子水大至遂汎濫決裂莫可集都御史梁公雲龍始以布政使鎮荊澧躬臨決隄瘝厥身念莫可與計事者越一歲知縣王君緒至馳視四野走汗莱不忍朝食則日馳而赴郡國百拜爲民請命梁公曰夫隄吾志也爾能行吾志吾爲爾請金粟濟爾事時御史應公朝卿行縣道出西鄙行沮洳中不勝感激移書都御史趙公可懷而左布政使辥公三才兵備副使徐公堯莘僉事周公應中咸惻然繼爲請下岳郡守酌議有成畫都御史遂各出贖鍰若干金移旁郡邑粟若干石梁公辥公徐公周公各捐贖錢若干貫供億數百緡屯鹽副使鄧公原岳亦捐常祿若干郡守徐公時進霍公蓋臣通判黃公知金推官吳公啟蒙亦各出其羨若干助隄費而巴陵知縣徐公自彊暨澧平江臨湘石門慈利咸有所坿益先後至王君

亦自出其祿入若歲贖又若干民得受食力其所自有而因以召集饑者藉其力共事民忻然荷畚梮往以篑程土以日程食媮惰者無所置足兼竝者不得染指梁公又不時行縣徧察之民亦鼓舞喜操作參政公之裔孫曰嚴左銘者始建議合諸垸曰合則力衆力衆則易集事於是自邑以西起新堰距龔湖毛家爲垸一十有二延袤數十百丈爲隄一高若干丈厚如之隄足倍曰永固垸又自邑稍南曰劉城左陂桃樹爲垸一十有九又循湖堧地絕湖水加築爲隄一曰新興垸又自西至南曰吳淸陳家垸凡一十有一其西北大隄曰安津蔡田次菱圻濤湖垸凡九又渡邑河而東曰黃蓬辥家垸凡五又東北曰紙坊上

吳垸凡二而最近城者官垸卽宋黃封隄連亙及蔡旧官亭民舍在焉諸垸星布棋列包絡凡若干里高若干丈厚若干隄足若干所容民田不下數千餘頃歲收稻麥粟不下數百千石民室廬墳墓亦不下數百千以典史劉坦訓導吳權才敏則日使巡隄上咸凜凜承上指圖永久以能有成績數十里版築相望皆沃野竄徙者復蕩析者定民乃始有甯宇歲比登租調不詘每歲隄決有司亦數數請上官檄出金粟鳩工力而狃習故常恣隱實冒公家稟握丁壯不出機智憸人夤爲利藪而又宣洩無策壅及填淤一遇亢暘競營私竇又或苟目前不旁及首官

垸交安津蔡田西鄙諸隄之魚鼈歲久蕪沒鞠爲茂草所爲隄之害豈獨洪水徽梁公之首事諸監巡郡大夫之協心王尹之不遺力吾其魚乎乃相與刻石隄上知功之所以大其詞曰洪流滈汗游波旁礴汲引鯨鯢摧撼林谷豁若天開蛟龍疊躍水維蕩然慮殫爲壑疇咨俾乂乃命司空方伯相宅百堵其同稻人嘉穀歲用屢豐百年祟祀嗟我僝功稼圃爲墟渚宮爲沼上竄下巢梟茈蘆蓼徯我後來追茲昏曉履出堂皇謀用不撓郡公道合乃底績成流輸轉粟以業遺氓靡勞弗逸靡險弗平環隄虹偃泱莽雲耕曰若文命實勤溝洫疇假菑畬疇貽黍稷秉心塞淵爲民作極金隄不潰貞珉不泐

分守督修諸垸碑記　孫羽侯

管子曰富貴多粟生於農故度地篇言水官爲最詳大略以冬之日儲器以春之日起事以高下行水以歲月埤工以三老里有司伍長董成以甲士都匠庸力以荊棘備外以楊柏備內以貧者爲守以經產爲界故曰聖人之處國必於不傾之地擇地形鄉山左右經水之澤爲落渠之瀉因大川而注焉乃以其材地之所生制養其人以育六畜故地高則溝之下則隄之此所以流膏而國之富也輓近世之言水者可知矣官不習爲地屬之長長不習爲萌屬之利水未至則思避役水驟至則思免魚甚者冒食稟而幸成事偷旦夕爲嬉也不則相與執稱稼覘速

獲藉以私篙筏水至則業已爲甌脫而立視之曾不少恤是故上之視民也若溝下之自視也若燕雀之在窠梲間虐燄至而未嘗顧也上不勝其委而下不勝其漏之也豈惟以國病哉先是都御史梁公以參政鎮荊澧歲庚子水大至公行縣知縣王公緒以隄防請公曰是莫非吾民亦先其亟者夫西鄙於邑什之七所出稻若粟什之八九其先議西鄙以金錢粟請之都御史御史得報可越藩臬監司暨郡守丞倅亦各有所蠲裨成畫計所蠲金錢若干粟若干移旁郡邑帑若干合西諸垸隄通作而倍增之越一載告成事曰永固曰新興曰合工爲垸隄若干延袤數十里邑以西無不遠水者歲以大穫頌聲作焉具梁公

修隄碑中越四載歲丙午水又大至勢更倍往日聞之父老自正德丙子百年來未有者齧諸隄無一存王侯躬臨決隄哭籲諸神祇不可救水湧至僅以身免城廓室廬府藏蕩爲舟楫行市廛中幾不可爲邑會參議太倉王公至邑士民遮道以隄防請公曰是天行之數也天行之數茲三載爲最甚古未有無事者雖然吾守土者也夫何敢言歲亦爲之務不可勝者耳於是檄郡邑議隄事其議增以大其役增以廣其計增以長久而其所下金錢度不得如往日會王侯以選去爲京兆倅主簿田世科又以運糧餉將赴南度支邑無官無可與計事者王公謂主簿廉且習地利民情是不可去力爲請攝令事以他官往南度

支命一切緩徵訟寬簿書獨殫力隄事有訓導王臣者長沙人公謂是習爲水者俾時日視伍長董公役公乃自捐供億費若干又爲請直指史公發他郡邑帑若干主簿兢兢守成畫嚴視其金錢粟度時日不敢爲苟且人得無偸食訓導受命徇隄上首嚴諸弟子員亦不敢爲規避歲十二月受事明年春三月工甫竣周視邑左右無不就緒者隄益固且倍會丁未水又大至至七月連日夜雨山谷崩弛蛟龍放溢西諸垸隄屹然不動民亦各有所收穫穀價大賤民不覺爲災獨北境二三以鄰邑隄不固因而爲壑是嫁之禍也然所增飭培壅亦足爲永固因以爲粟土不難矣始梁公之工重於西所費倍而時日遠水又不卒至故其功稍易王公之工徧諸垸而費又浸薄爲日又最近水且卒然至故其功獨難語曰事無巨細人存則行又曰人定勝天其王公之謂與於是邑父老感公之覆庇我也相與礱石爲碑記功德使觀者知隄工原委也

靈仙之府碑記

江盈科

觀察陶宇劉公，蜀富順人也。生而負煙霞之氣，以萬歷庚辰成進士，宦轍所至名山勝景，輒徘徊躊躇不欲去。邇年奉簡書，以憲使觀察辰常諸郡。一日行部經桃源，過秦人洞，愀然歎曰：此非圖經所載三十六洞天之外別一洞天者乎，胡爲湮沒荒蕪如此。乃捐俸若干，屬邑令魏君搆亭洞前，用標勝蹟。蓋洞天外隙地凡數百武，舊無一椽。念所中丞江公曾命工累石砌圓亭一座，然其中狹隘，不堪布席，俾遊玩者無所託足，而過賓旅食者枉車輿就廚餼于元宮之傍，甚爲不便。魏君奉公時，乃庀材鳩匠，治亭一所，爲廊爲廡，爲廳爲門，而且茶廚庖舍井井畢具，

環以周垣，又引洞中之水入亭前爲小池，清澈可鑑。蓋余嘗一至其地，晏坐亭中，四山嵐翠，飛墮眉睫，遙望元宮出于山杪，隱然如蓬萊之見于海上。又松杉干雲，平疇散綠，每朝日初曦，明月欲上，鶴唳于皋，蝯嘯于谷，鳴鼉奏樂，山鳥吹笙，發靜中之籟，證囂中之寂，其妙何可勝狀。洞之四圍，漁歌牧唱，舟語農譚，自相譍荅。洞之前坦然周行，負者休焉，行者憩焉，或偶而嬉，或羣而遊，自適其適，不啻漁郎踏花初入桃源時也。蓋舉一洞之勝而以一亭收之，觀察公有造於茲地多矣。夫昔中山劉夢得爲唐名臣，曾官鼎州，所題詠桃源最富，又嘗題桃源佳致四字于洞前，垂千餘年，與洞不朽。觀察公風流文采不減夢得，而經濟過之。即今建牙辰常間，春生秋肅，能使諸蠻喙息，萬姓安堵，黃髮者以長壽終，而黃口者如鷇之飽而睢睢也。蓋一二千里疆域，總一洞天，總一仙界，直區區秦人一洞已哉。亭既成，公自題曰靈仙之府，魏公屬余言爲記，遂爲書其大凡如此。

金峯鄭公去思碑

江盈科

公諱天佐閩福清人起家孝廉繇文學異等擢令桃源在官六稔直使者薦牘三四上上嘉其能晉秩惠州守貳瀕行邑父老子弟遮道祖送車騎爲枳度不可留相與請公所著韡笏而藏之縣諸麗譙曰此所以識也逮今伏臘十易桃人思公不忍釋齒及輒咨嗟太息甚或涕蘇蘇隕乃相與謀鐫之石石既具徵記於余余曰嗟乎公何以得此於民夫令於一邑爲長君植㠯鋤頑旌義翦蠹甯盡煦濡罷肇楚弗事乎甯人撫而家賜乎謂宜此愛彼憎甲舉乙訾旣不然朝而見德暮而忘之胡乃萬口交頌十年一日公何德而致然哉蓋治無他奇便民爲上往公

治桃諸擘畫注措撮其要一歸於便民公始至憫桃民凋瘵日夜乳哺而噢咻之得其所宜沿革諸款次第從事如畫剔里甲浮費官所取給自爲辦不令南畝之民僕僕走縣治聽徵發而里民便訟者交於庭立決曲直卽情態萬狀進之銔下先後以言務中實而後已非重犯不笞非甚扞文網不罰老吏大猾受成牘奉行如流一錢無從得而獄訟者便催科督逋罷市廛之肉吾民者不得侵攬令民自爲輸以時稽察持衡者不得額外加錙銖趣旬日躬校簿計吏胥無從多寡其數以掩上而市下而輸賦者便平物價禁僞鏹罷澤梁之要害者使不爲舟楫梗而商便戒鄉里之俠無敢操奇贏收倍息剝小民膏脂有傍邑慈利大猾汪某恃金多殺人火其屍得漏綱後復殺人事屬公公立寘重典請託之牘充庭謝不聽豪右聞之股栗而窮民便平道修梁建隄令路不嚙水不爲災民不爲魚而居者行者便修飾膠序俾弦誦有所以時進諸生口授經義躬勸考校士氣用奮搠義烈祠血食故上書籲免死登聞鼓下若蘇斌者新鄉賢坊旌先達蘇靑陽有孝行者期於章往風來而搢紳師儒靡不稱便蓋公徽猷懿政不盡書書其大凡若此然公歉然自以爲不足蓋公察桃土田塵塵而藩國戍卒割十之三或豪強自擅稍蠶食旁地大豪奸富重値市田不收其賦公欲履畝均稅力請於上不得齎志以去自公去閱十年復得今邑侯孫公修

公舊政疵痏之民稍稍起不盡委溝壑蓋猶公之留也宜其民嗟隕涕相率勒碑公功哉夫古去思不著著自召伯始甘棠之詩至今誦之公之政其猶古循吏之遺而甘棠之續乎父老子弟聞不佞言再拜曰是足稱公信史已遂勒諸石

鼎新長沙府學碑記

劉宏化

傳有之建國治民無先教學故魯僖以泮宮發頌而子衿刺廢鄭風可覆按焉秦漢以還政與教分途師帥者惟簿書期會是徵致以俗吏蒙譏僅魯平文翁倪若水建學興賢遂赫然著聲要以化民維俗原本宮牆能無失古先王風厲至意故足述耳當茲文明之世豈不亦駕周魯陋漢唐而絃誦之地幾經淩夷不可問豈誠俗吏與賢者殊抑亦時所漸靡乃爾其孰有勁挺自持從世法傯偬中而注精文學如司理林公者哉公以眞儒爲名進士司理長沙我長沙稱文獻奧區湘蘭嶽秀從昔固然惟是學宮㓚自國初遞修遞廢迄於今頹靡漫漶不無待於發

靈振采其人公自農桑讞決以及消弭備禦之興蔑無不殫慮更念學宮殿廡尤鼎革一大機務遂捐俸糾工匠凡木甓撤而新之始事於癸亥二月畢工於十二月復審形度勢建尊經堂以培龍氣廣甓水池以澄秀穎聳文星閣以峙遐峯猗歟此一役也費不損國役不疲民文令不煩郵移而巍然規千百年之盛舉矣諸文學弟子佩公嘉美圖所以昭示來茲者乃介紹吳生愉屬余文之余起家本庠又夙儌好於公欣茲盛舉竊謂賢才駿發視學校學校廢興視師帥師帥之神情融結於此將山川之精華章縫之文采亦轉移於此今茲表著在望肅雍在庭俎豆在列矣諸人士將無臨璧水而有洋洋觀海之思入宗廟而有巍巍泰山之仰聆鐘鼓絲竹之音而有和邦國諧宇宙之遠念乎升堂入室敬業樂羣知類通達氣若增而揚文若增而絢所爲把吾道之旌旄振聲華於南國炳炳烺烺蔚爲國器豈非公之大有造於多士哉諸人士其尙力學敦行以駿發爲公報俾千百世知郡庠之中興自公始公之顯名鴻發自吾郡始尤不朽異數哉公諱正亨閩之福清人己未進士太守二兒謝公宗澤雅意文學亦捐助例應特書而別駕熊公維鏜善令彭公瑀皆有力於斯役也若督理則長沙府照磨王衛經歷康學博諸生瞿思恭何璽吳愉程萬里皮之績等爰竝書之

鼎新長沙府學啟聖祠碑記　羅喻義

夫聖人本道以經世．其生也非偶．而至聖之道集大成．其生也更有所自．遡其自而後知斯道之元．元本本流衍無疆．則生人之被道化者．崇報大典．蓋可忽乎哉．余嘗謂斯道之傳．自有生民以來．莫有過於夫子者．說者以爲至聖實由天縱．雖然聖固天縱．彼胎靈孕異．不有發祥始基者．郰而夫子固胄於商者也．弗父能讓．正考銘勒．防叔來奔．陬人倚立．至叔梁紇．水精慶祚勇力長驅．世德懋明．積誠敦敬．懇禱尼阜．瑞吐玉書．而夫子生焉．致令天下後世誦法夫子之道者．靡不歸美於篤祜之嚴親．則崇夫子之祀典者．亦宜申敬親之特祀．柰秦漢以後．欽聖道

之中．天至圳王．號巍宮廟．備太牢．奠釋菜．自天子以逮紳士．駿奔弗遑．而曾未有議及啟聖祠之祀者．洪惟我世宗肅皇帝．神鑒宸衷．釐定祀典．重本源．始遂於嘉靖九年．頒令京省各學．特建啟聖公祠．春秋祀享．以先賢顏無繇．曾點．孔鯉．孟孫氏配．以宋儒程珦．朱松．蔡元定□張迪．尊榮竝極．可不謂神聖之作．軌乎哉．迄於今．我長沙啟聖一祠．竟剝落漫漶．不可觀．歲丁丑．我二守永新朱公元湛．視學顧瞻．遂慨然捐俸庀材．撤而新之．始事於某月．畢工於某月．休哉．丹青朱堊．霞燦雲輝．諸博士弟子員佩公嘉美．圖所以昭示來茲者．乃介紹吳生道行屬余文記之．余惟政莫先於文學．禮莫大於祀典．昔夫子與宰我論享鬼神．有曰．築爲宮室．春秋祭祀．教民原古復始．不敢忘其所由生．然則夫子躬承道脈．其尊親榮親之念．不較然著哉．要以繼志修廢．不無有待於後人耳．有如朱公．以理學真儒．籍鼎專城．其敏幹清操．自農兵儲賦讞決之屬．靡弗襄也．更從世法倥傯兵旅搶攘中．注精文學．祀重啟聖．歷年闕略曠典．一旦重新．是又能以孝思妥聖靈．以敬祀完國制．俾我紳士望橋門而懷正業之思．瞻祠宇而興重本之念．其功德不益宏且遠乎哉．余從史氏後．姑紀始末之概．以礱之石若此．公諱士晟．號元湛．江西永新人．由鄉進士起家．閩司理．二守長沙．例應特書．督修則博師甯惟誠．李春鼇．李　吉．生員胡順華．吳愉．陽調元．李自榮．爰竝書之

楊侯德政去思碑

楊嗣昌

沅陵邑侯楊公以弱冠成進士。初任溧水令多惠政。以卓異改令沅陵時崇禎甲戌也。侯以恤民造士爲務。勤考課勸農桑。蠲煩苛疏積獘當道賢之。下其法於旁郡。逾年直指使者上其能。晉秩南京水部。薦紳士庶涕泣議畱。褁糧走數千里詣闕叩請不獲命。至是已逾兩年矣。沅父老子弟久且益思。走武陵謀於余欲永諸石。余切念沅陵於楚爲滇黔孔道。北控諸蠻南援星沙。土廣民瘠而當武陵上游。沅陵之利害武陵之安危係焉。余之於侯非獨河潤之民已也。微父老言余能忘侯賜哉。但庚桑之祝世俗沿爲故事。今欲以是重侯。而聞者或不以爲信將柰

何。父老進曰侯無是德而侈言之。愚氓之恥也。侯重有造於我而湮沒弗聞。薦紳士先生之羞也。可曰侯不以是邀重於吾民。而吾民遂敢忘侯之功耶。侯以少年巍科身爲長吏。而食不再簋衣必三澣。一絲一粒不以煩民。畱犢之日蕭然無長物。可不謂廉乎。廉故無欲。無欲故見事達。而一切恤民造士皆出至誠。蓋沅邑四塞皆山。土磽而賦重。於辰獨爲疲邑。爾來征調頻仍。額賦屢加。逃亾者十室而五。里甲相沿爲奸。指公科索。民無從白。侯至卽嚴革火秏。令納戶自兌自封。又請立易知單。令上下曉然。民皆便之。庫役習爲那移侵蝕。嚴刑峻法不能詰。侯制爲日報指掌二冊。稽其出納。使六曹不相借。而巧胥不致中飽。時省屬苗鄙二處餉不及額。有議於辰沅代納者。公毅然請於上曰。沅陵者未及言之苗鄙也。苗鄙者已在告之沅陵也。竟獲罷。且沅邑政務煩雜。冠蓋絡繹日無暇晷。先時長茲土者課較委之司鐸。丹鉛之役未遑及也。侯月課季試必親爲較讐。尤者旌之梓之。鼓舞振作。一時出其門者皆聯翩捷去。作人之功豈可誣。與先時以辰衞無學盡附於沅陵。故郡庠獨取沅邑與衞子弟實焉。近各屬多求竄入。眞贋無稽。侯言其獘甚悉。議請如舊。嗟乎侯之恩澤其淪浹於沅士民肌髓者至矣。而侯猶以爲未覩厥成未遂厥志也。瀕行刻酉陽紀略一編。懇摯肫切。欲後之君子涖茲土者覽斯紀而惻然有感。以竟侯未竟之志而貽無

窮之澤也。侯之惓惓於沅民如此。至於修學宮謹夜柝完城郭以備非常。免漕米以豁賠累。請益價以甦夫馬。禁重犯之淩轢獄囚。察衙官之侵虐。無告諸父老子弟言之甚悉而難以枚舉也。余爲之記其大略。勒諸石以誌茲士民之不忘於侯者。且以告後之長茲士民者。侯諱邦翰。字羽君。號仙石。廣東南海人。辛未進士。

辰州通判石公遺愛碑記

米助國

方今神京震動，時事旁午，率土臣民疚痛無地。維我辰郡獨得安然保其疆宇者，蓋少伯石公保障之功也。公倅郡五載，善政難以枚舉，惟舉其大者而著之，以永吾辰人之思。方癸未春，值三年大旱之後，四方多故，援兵接踵而來，浸淫騷害，民苦莫極。公設餉捐犒，始盡遣之。三月，闖寇餘黨據澧州，偏沅將官周晉獒擄常德，辰民聞風驚竄。公獨力肩其任，舉身家爲誓，民有徙者斬，衆皆股慄。其爲城守計，公晨夕籌畫，廣布方略，緝奸擒僞，賊知而宵遁。甯獨二州十四邑均受奠安，即滇黔兩粵亦藉以高枕焉。是年　賊張獻忠陷全楚，破常德、桃源，殺戮之聲塞

於天地，而辰郡草木皆兵。當事假公兵篆，公詳移京餉，調土兵，偕僚屬沅陵令唐公夔等嚴守城池，鼓士紳，練鄉勇，造火器，迎藩嗣以延嫡派，大張神武，分兵防隘，水陸截堵，賊不敢入。至於刊城書，派垛口，設鐙籠，立窩鋪，種種公費，悉自捐助。嗟乎！事當倉卒，勢危如累卵，公以一身調度其間，而全郡已安。使海內得如公者數人，又豈獨一郡之安哉！公之初抵辰也，民苦疫，公禮神而災除；民苦旱，公禱天而雨降。又如作養士子，徵聘賢才，舉皆預事以圖存。公於辰人不啻起死人而骨肉之也，辰之人獨能恝然於公而忍一日舍之去耶？邇者忽陞滇南大守，余愀然者再。闔郡士民耆老遮道攀留，勢不可輓，吾儕如失所天，其何以爲吾辰撻伐之主、全楚中興之地乎？闔兩院已議仍知本府，雖有仰望之日，而公已先奉調，難以久待，不可以私留也。於是士民公議，即虎谿九母殿之東設生祠，留像刊石，以誌永矢弗諼之意，而使助國直紀其事之大者於其下，且係之詞曰：

行乎如神，德霈若河。斂彼肅殺，敷爲太和。神乎徵乎，武略且多。天人合發，所向收戈。回鼎足於既搖，存正氣於靡他。仰千載之道範，將萬古而不磨。

遷建關聖帝廟碑　黃學謙

按民敎有三祀典居一祀法以死勤事則祀之以勞定國則祀之能禦大災捍大患則祀之然汾陰好畤祀各其地朝日夕月亦各其時禋望升中四岳各舉焉耳若夫肸蠁萬方尸祝千古蒲坂瞽宗楚蜀神遊未有如詔封天尊帝君之隆且赫者也郡治北城外舊有帝廟父老歲時爭持醵錢聚賽至磔雞刺毚禳吉筵從芸芸昏旦遙應如響蓋不計年余治兵茲土每低回義勇之色慨若憑之丁丑冬流寇猝薄城下無慮千人初不得志於城南輒相率於北隅稀曠之地恣所撕掠帝廟故逼垣樓諸寇順風縱火計令守垣者驚且潰余乃偕若屬望帝靈禮禱焉

須臾風且反而西亾何內應之奸近樓不數武柚火四焚余禱之再而風反亦再旋得大索魁黨磔之城上而寇稍稍燄燼遁入日寇復西窺江樓謾意造雲車可跨耳而北則火帝廟以及垣樓乘墉兼克風霆莫支余三禱而又三反寇卒以失利而宵奔嘻睥睨之閒若有攝其魄而沮之者俛卯俛協將壇蟠踞髣髴英標則帝之神愈王靈愈爽其綏惠一方愈不斁也哉余且齋心申禱曰寇之獷逆如彼帝之拯蕩如此萬一陰騭下民悉就烹縛矢爲遹新廟祀作鎭域中曾未及期而天王寺巢中集大兵臨之虺蛇之勢盡屛妖蹤夫非當年橫刀躍馬之遺烈也耶余悚且躍曰聞之忠義民軌也匪揚則淹寇患民厲也弗驅迺傷驅厲於神揚軌於吏帝之賜也社而稷之匪以爲報永爲民覞耳已惟舊廟前薉狹徑而郭外既非所以妥靈於是選勝內地得衛局之東周遭可十五畝閒廣陰森宜帝降止郡人來觀抵掌戟手若神惎之已而思曰時得無絀乎是未可以煩我父老子弟蒐餐錢之餘先後得七百有奇自吉殿下厚倡之兩輔從焉守佐令或百什以下爲等文武衿伍輩任其差差樂效巖者壑者斵者圬者力者一如治私室莫不義其役而歸功於神緜是堂殿墱洞左右各翼以十楹後爲寢制殺於堂賓廬在序庖湢庾井各適其所繚以丹牆捍以崇門巃然巽往格矣自命期以迄完繕閱月有八郡紳談公嘉瑞都尉吳景朝力董此

役以告成爰諏月吉迎神而入僉謀記石以荅帝功余義不能默余惟帝在當時義勇雄槪稱萬人敵記其揮戈斬級之所在襄樊爲多方昭烈之西也帝以節鉞獨守江陵江陵距吳魏之衝帝援襄攻樊降其郡縣數十卽智若彧攸勇若瑜肅無不委伏稱臣妾且也洞該麟史之略宜會人心之天解梁奮拔涿鹿合竝參眞璧於亂氓識獨鶴於羣雞奇氣高風雄視三國夫何蜮射豬嚙頓失隆勳竟不獲遂其祀漢配天之志故曰帝生而能英死而能靈天兵鬼斧無不知之也湘城一壘耳蠢茲崗寇遽動其讐賊討亂之心呼而荅禱而應風可使回炎可使燼豈曠昔荊楚之戈轉而止於長沙而皚皚之甲亦樀其馬以助圉

臣之行閒而俾少追其陷城之罰乎則今日之遷祀余區區初念殆有先於子來者乃忘其固陋而僭次於左又爲迎送神詞以侑饗云神之來兮髯飄飄赤兔馬兮青龍刀漢朱幡兮蜀錦袍風稜稜兮山鬼號廟象巋兮俯平皋薦桂醑兮然蘭膏撫境內兮崇勳勞神之往兮朝貝闕馬騰雲兮刀偃月前青旗兮後黃鉞援荆襄兮度燕粵行萬里兮如電掣歲降康兮殲彼孽鎮此邦兮靈不歇

案丁丑爲前明崇禎十年是年五月湘鄉土賊江長子等踞天王寺聚衆數千肆劫安化甯鄉諸縣沅撫陳睿謨檄巡道高斗樞督副總兵羅安邦討之十月賊寇邵陽十一月賊復

通臨藍土賊焚掠湘潭圍攻郡城分黨至瀏陽剽掠已而轉醴陵去袁州舊志未詳戰事此篇殆代巡道高公作合高兵憲祠碑觀之則情事悉具可補志乘所不及也汝懷附記

高兵憲祠碑 黃學謙

蘇明允有言城小不足以容兵兵少不足以實城皆兵忌也長沙舞袖不旋之國城阯拓於五代湖南馬氏枵然中空承平日久人不知兵桂陽零陵之閒有伏戎焉卽有緩急披甲者少翦桐地重維桑情切予身處枝邑心憂根本當事往復書疏甚苦或唁予曰子尙艮食夫集事惟才有明使君勝十萬師矣子尙艮食乎若高公承天子明命觀察茲土或曰使君昔守荆南有秦寇能禦大敵盜不足憂也公爲人潔廉志在澄淸其爲政威懷有方甚得民和丁丑冬盜發乘湘直下杙船城中震焉公獨身先登陴固守此十一月十二月事也逷明傳城城上人發火

器擊之稍卻時吉殿下躅金饗士率內臣同仇爰逮紳衿無不韎韐從事者僑舊同心文武齊力請開門決戰公不可惟日夜帥吏士乘城曰古者戎事韎服自今以始有機事若技材方略皆告以勿拘相臨體故人人盡力賊陣城南其魁有若禹步者爲妖異動人城上人射之殪又行城北城上人又射其魁亦殪賊疲於仰攻以其千金所致敢死者二人門焉及吾闉或進計穴門樓地從孔中下械殲之鉤得其屍尸諸城上賊望城上大痛當是時賊死者甚衆取其屍陳之沙上或哭或歌不獲其屍則從寺中著僧衣出向空而呪如浮屠法城上人亦惡之闢壯繆侯廟在城外賊爇之幾延北樓公且拜風反火止復燒城門

洞見城外城中壘石室之須臾而合有謀翻城應賊者公礫以視賊賊氣稍沮然徉翱無去意公歎曰吾昔在荊南賊大至城下小衄輒引去未有堅忍如此者眞難當賊也最後架飛梯城西高與城等扳堞欲上城上人攢射之棄梯反走縋人焚其梯賊計始窮時北風正急揚帆宵遁公目不交睫凡九日九夜城中解嚴上下相慰勞咸曰微公城幾不守蓋公臨事御物發於至忱故感神神應感人人應長沙自宋季兵燹及今三百餘年而有峒寇之亂治亂之數玆其當之賴公之力以底於定過此以往吾知免矣近日移開府於此郡城改爲鎭城可以用大不憂中空若夫全城以待公之功不可忘也邦人其謀俎豆之事

而遷地鳩工實殿下睿旨王國常侍黃張諸公助成之焉昔范蠡存越越人鑄金爲像祠之西湖而蠡去矣公未違湘州祠已告成患難安樂庶幾一致不亦善乎有侐其宮有儼其容彼都人士過之憩之拜之揖之社之稷之醊其侑矣維其祝矣其祝伊何使使君介福使使君眉壽朱紱斯皇殿天子之邦與嶽山俱蒼與湘水俱長於維此堂也與哉

安化鼎新學宮碑記

陶汝鼐

安化在大湖以南亦一奧區也羣峯崒嵂其原自庚辛濬發迤邐爲縣治蜿蜒爲學宮蓋始於有宋熙甯迄明神宗朝歷四百餘年皆子午正配其時文章節義駕沅湘而上之都人士猶以久淹鄉貢歸咎地靈遂致遷改不常氣脈宣洩滄桑之後茂草興悲涖茲土者咸思修舉而苦於力之不支我王侯來宰斯邑甫下車謁廟見棟折榱頹卽慨然以興復爲任値時有事西山伏莽糗糧芻茭日不暇給已而蕩平乃與諸士謀復宋元故址爰捐俸及贖鍰數百緡以爲之倡而闔邑望風慕義靡然景從以故士子之醵金什之一里甲之輸助什之一餘則悉侯自區

置刻期就緒丁未春予策蹇遊梅趨視宮牆環橋而望殿宇巋然堂構巍然門廡池臺井井然翼翼然咸謂壯麗宏偉視昔數百倍焉噫盛矣多士感侯之德尤欲勒之貞珉以垂不朽屬予記之予方謂今之世公私告匱憂時之士不勝嫠恤而有司惟期會簿書是急侯乃旣竭心力以爲永遠之謀此非有志振興文運以羽翼國家者未易能也蓋自鄉舉里選之典廢而士子以學宮爲進身之地今　國家崇厲實學眞轉移風氣之一大機會也而安庠之改觀易轍適當其際則應運而起於斯預卜況垣正子午肇啟文明尤爲地靈叶吉也哉以是知侯爲安庠計者雖曰作新實爲由舊雖曰增美匪徒改觀則後之君子臆

見無容紛持物力無煩過舉侯可謂識周千古矣雖然予猶有進焉昔文翁之在蜀鮑德之在南陽范純仁之在襄邑皆以能興學校崇教化致民俗大變故名照一時而傳誦至今侯今日者報最奏績之時也四五年來梅邑之井廬田疇僉曰皆我侯之貺而又出其餘力鼎新學宮則所以譽髦斯士者文鮑諸君子固不得專美於前而安化且藉是以長爲文明之域矣其爲見重一時與垂聲後世者又安有窮哉時司教鐸者爲汪君奬勵有方學宮調度功亦俱多焉而諸士又克勸盛舉所爲樂得賢司牧而作興之樂得英才而教育之吾於汪君又有感焉梅中官況如此亦一時之盛也予故樂爲之記侯諱丕振字伯適

陝西朝邑人汪君諱可方漢川人諸生某某皆得以次而書於碑陰至經始落成日月與輸助之姓名別有石以紀之茲不贅云

安學安生供田碑記　羅調陽

邑少學故無田有之自分憲荆南周公始周之銜命鎮撫荆南也計縫掖之艱者捐羨鏹爲供田計機槏之艱者捐羨鏹爲積儲蓋兩郡諸屬民二十五少學幅員千餘里所種德遠矣安鄉所受積儲灋如他邑出入至今可稽獨供田以租稅者弗重厥初至歲爲水蝕無所入虛種德意良久暴仁侯今侍御謝公精心士民計謂周公意當廣也於是邑田之無民而隱利于豪猾者無數其田之積逋亦無數問逋故則家必曰是無民弗又也謝公曰獘久矣邑有無民之腴田不以公利邑士民而爲諸猾據且因之久負國葺可誰何吾不能忍已立灋旁摟得某種

田千畝以若干畝學入租命曰安學廣供田也以若干畝縣入租命曰安生廣積儲也餘田租分邑祀典重者充修葺此微獨士若民賴之即明神且賴焉奏記兩臺使當道報可具刺治行高第乃籍方實謝公入拜西臺公諸猾弗甘也巧爲訟不爭士民田而爭於神聽訟者淆于幻謂神無用田一切奪安學安生田聽猾民取之是時王侯初涖邑歲稍稔官租始入即千餘石住佃亦喜方移撥倉廒爲民厚儲而田已復爲猾民有侯曰如此三稔邑元脈可轉如聽訟者之淆何如屢訊之弗報何吾有氣塞耳自是日夜思復謝公籍慮忤奪者無由即復居久之供田又弗稔概求蠲租王侯曰將委周公金河伯乎以請于侯公

則報分憲侯公又數語侯無失謝公美政也然侯曰昆湫低弗堪畝也前人德意歲歲問諸水濱耶歸若金歸若田其謀有顆粒以不朽種德可焉王侯如所報責之歸田而金還帑矣所還金五十一再置田一百六十五畝而豪所隱士民田向未盡露也復按之得三百六十九畝有奇皆阜而腴無水患計田租三百六十四石有奇議充賦外分予俱田租八十石增舊數二十石矣餘二百八十四石備賑儲縣奏記侯公曰善足爲士民永恃矣王侯曰吾慮忤者師以此成周公德存謝公美政于萬一耳安得如安學安生之豐爲邑培元脈哉雖然士民有牟耎俟之爾已嗟夫當路之種德斯邑也有周公侯公邑侯之種德斯

民也有謝公王公相繼爲之若弗及令政一成而無毀美利詎有涯哉而先時區區數奸民足以亂之而王公不力爲振卽周公德意且就烏有豈復有今日實德語曰予不期多寡期於當厄士民之艱者有數百石恃也德實且永矣後之主施者豆區釜鍾以實予焉無俾乾沒焉德實且永矣詩曰雖無德與汝式歌且舞王侯之德民歌舞之久矣夫甯止此畝鐘已耶他美政不記記其寓賑者周公名應鍾錦衣人侯公名紈貂歸德人謝公名正蒙惠來人王公名思旦丹徒人邑續志屢刪之今特闌錄

湘燐化碧碑記

郭金臺

潭自順治四年二月以兵服明年冬又稱不庭越六年正月萬騎自長潛渡圍其城居潭人以數萬計厥墳起與垣詹平會守帥某提餓卒至搏屍衣而暴露之墮藉污瀦隘巷閒橫豎比壘有未亾者欲以面目求死者狀裹骸還里此臭皮囊三七日外作鬼畜變相竟人人似又哭而置之潭非忍棄其父兄親戚枕藉漫野也法嚴禍毒絕者衆傷者什主者亦有所偷倖而不敢卽也庚寅新安程青來客潭捐貲命僧斂白骨若干石絡以縷購畝地而稍瘞之功且半明年上人節中更謀施主拾骸又十餘坨鑿三巨穴納諸骸其中佈列頭身手足無剝裂倒置居然

以衆死形作衆生相卜買楊氏之山扞某向封大冢三額題湘燐化碧勒石表墓上搆旁舍一延數僧欲以香茗梵貝度脫此諸泉下人嗚呼此泉下人誠稱毅魄鬼雄至死無憾而節上人昂然以一枝拄子波波咤咤敬爲湘流千萬鬼伯作護持此中佈施功德了不足譚而其志氣于自度度人何與嗚呼上人大勇哉因白上人曰世尊不喜親近比丘尼說法馬伏波亦願馬革裹屍不碌碌死兒女子手潭之屠滅陽生陰此冢中人皆男子身也生前未必無分賢愚不肖今幸聚斂魂魄磊起高丘曹蜍李志亦得與廉頗相如爭生氣千載吾願孝子順孫貞人義士過是冢而憑弔者甯敬毋褻甯服毋訾將有大招之賦國殤

之辭踵予言而厲興也潭人報予予報九原諸君子差不辱潭矣節公願成勉予言予不敢不勉

古文昌閣碑　　潘應斗

今城中祠文昌咸左右文廟爲專祠罔敢不虔考天官書斗魁戴匡六星曰文昌宮內一星曰司命宋志上台爲司命其下主荊則楚固文昌垂照之區祀宜益虔我武岡之有斯祠也在城之南市州志稱明南渭郡王花園也王夢蜀秀才借園讀書感而祀之後以祀馬祖遂移文昌於後寢神弗妥也郡之內城南有譙樓相傳卽宋理宗書宣風雪霽樓其下數武爲止戈坊蓋古名勝也猶憶壬寅秋同牧伯吳大夫憑弔古蹟應斗請存南樓以復宣風大觀牧伯亦謂然且爲經理未竟厥冬遊擊將軍韓公節臨日卽以修舉廢墜爲任慨謂神之失序何以甯民於

是東岳武廟及水府火神次第建祠肅而不瀆殆祭統所稱順道備福者歟嗣復登眺南樓憮然曰此地於文廟則後護於州治則左翼也扼雲濱濟一郡淸淑之氣萃焉乃周其垣乃崇其級乃壯其棟厚其宇祀文昌於中又爲搆魁星亭對峙擁城功旣竣乃與吳大夫宴師生而落成焉酒數巡州人士友相紀盛蹟謂應斗宜有言應斗因歎文事武備之不謀則季世之陋也古者祭祀必以射賓燕必以射文習武也出兵則受成於學振旅則釋奠於學武習文也韓將軍先朝尙書莊僖公之曾孫也時好歷在朝百僚皆重繭而立尙書獨守己不阿爲大司寇數年活人盈萬肺石無冤海以內外咸識其高于氏之門而將軍

則爲其後裔也將軍歷仕吳仕豫仕楚訏謨定策咸有祖風所至頌長城焉方叔以元老臨戎而克壯猷召虎以武功飲至而矢文德公蓋兼之卽文昌六星如上將尙武威也次將正左右也貴相理文緒也司祿賞功進士也天垂象君子則之將軍以文武全備恪恭昭事神自克享矣今將軍與大夫偕師生於此登高懷古其亦有宣德樹風投戈講藝之思乎援神契云文者精所聚也昌者揚天紀也卽後世化書垂訓無非原本忠孝樞機言行今神靈有赫多士蔚蒸若但謂文事之隆恐雕蟲刻鵠非聚精格天之旨也易曰富有之謂大業日新之謂盛德其庶幾乎斯文在茲矣詩曰文武吉甫萬邦爲憲爲將軍頌爲大夫

頌亦將爲吾黨厚期望焉語不文質之同志以勒諸石

三神碑記

嚴首昇

往讀搜神記知鬼神之盛雖聖人之言有未盡也彼實以其情狀與百姓爲質覿之曷嘗不見聽之曷嘗不聞邪邑東山三神終始國家三百年或哲或愚咸敬且近其大者生甫及申若泰陵司馬迹最著諸凡士子試於鄉赴公車必請禱凡得雋者必示以兆故終其世祇肅弗替細至牧豎里婦感而遂通無虛日也尤喜與詞人覯接一字之佳馨於羊豕士大夫相沿以詩賦古文詞爲禋祀法書名筆積成卷軸神亦時降倀子與倡酬往來通邑大都之間傳食薦紳諸大家從者千餘人白日不疑往古未有也爰是邑先正爲相宅築壇於發蹟之墟在石門深處

買田五十畝歲時百禮取給其中邑令長爲另立神戶蠲除租庸以待士大夫之禮待之蓋未以神事之直以人事之亦甚盛矣傳記夫子不語者四爲其不可勝語爾不語力而力多於德不語亂而亂多於治由此推怪與神可知也秦漢以後輒以封禪爲惑而周之克殷以慢神爲辭首虐民較次之嗚呼商以尙鬼興以慢神亾學者爭言無鬼神豈聖人之言哉

案楚俗尙鬼自古而然然至如文中所稱則風俗之靡敝極矣文中具有抑揚殆以積重難返徇衆意而爲作記歟而所謂薦紳諸大家者不能無媿於其言也汝懷附記

聶刺史去思碑　　嚴首昇

嘗考古今人事有設施甚同而治亂懸絕．賢不肖異實者往往然矣．商君徙木自吳起始也．爲將則有餘美．爲相則有餘惡．靑苗安石治鄞已試之事也．一邑則有餘治．天下則有餘亂．予因思自古人才如鄭子產．齊敬仲．秦衞鞅．宋介甫四人皆救時器也．鞅之事類子產．介甫類敬仲．而功名殊不相及．則天地時勢各有攸宜也．介甫實居天下之任．鞅之謀秦亦將以取天下．而思以子產敬仲一國之治治天下．其可乎．楚之有澧水也．土物墳衍．魚鹽浸盛．近古大國之風．而族大寵多．頑復不少．予來遊此．閒頗察其徼．以爲君子果識時務．非以子產敬仲之故事行

之不可．乃澧之先有刺史聶公．其人者則旣先得予言．澧人至今思之不衰．且社而稷之矣．刺史體長而削．亢顙深目．蒼然如冬榦．百姓望而畏之．雖載色笑．終莫敢仰視．初下車．卽廉得境內狡黠足爲蠡賊者若而人．未嘗設缿筩．喜冥冥而發奸擿伏莫測所由．下至閭閻帷薄之事．不能自察．控於刺史．則罪人立得．一時稱神君焉．乃其外嚴內寬．濟敏以勤．動有方略．好爲民利．故雖善怒而不失民和．民有貧不能娶．思離其婚者．爲之助聘．士子貧不能應試者．爲捐俸以贐．它如墉壑畝籍細大具舉．涖治五年．罔有閒怠．澧人所由沒世不忘也．雖然予猶爲刺史惜焉．古有強於治民弱於事君者．黃太守是也．亦有溫柔待下剛果立朝者．徐參軍是也．刺史幸而以澧水終也．或不幸而不以澧水終．吾無從知焉．國家祖宗上德．在寬法制．疏闊而顧重有執法之臣．百年來宰相則稱江陵．御史則稱忠介．是時天子敦大成裕．而臣下持正不阿．爲兩得焉．嗣是以後．法嚴在上．而枉下無一盡法之吏．外或猾夏寇賊奸宄．將無在是．假竟刺史之才爲江陵忠介所爲．安知不大有可觀者．夫子謂子產有君子之道．而當時亟稱管子天下才．吾又安知一國之治不可以治天下哉．刺史姓聶．諱惟挺．字虞賡．金谿人．某年舉於鄉．某年受是任．凡五年終於澧．又五年．爲紀其事．更作歌曰．蘭江之淸兮百尺．下見鑿鑿兮白石．維刺史之無慾．以爲剛兮與江罔極．

澧之人則知兮．不先殺而後歌．澧之人則仁兮．旣之死而靡他．

佑聖碑記

車大任

余嘗齋沐讀元帝傳略·以國王胄肇元毅·宗含眞悟道功成八十二化·位列諸天之上·鎭靖寰區福國庇民厥功偉矣·歷代皈崇匪替·自我太祖高皇帝定鼎肇建崇祀·暨文皇再造·赫然默翊屢顯靈異·敕建金殿於楚之太嶽太和峯·六合欽崇萬方景仰云·郡武岡高沙市距城六十里·近市龍頭村突有怪石矗起如人狀·夜炯炯若星懸光亘數里·連丙夜而毫欵愈熾·遐邇老稚咸驚異之·肖鐫元帝聖像而靈爽鍾焉·鄉之耆民轝舁沙市·附大士庵頂禮敬供之·然而庵栅先代湫隘荒圮·帝爲之大闡威光·輝奕金輪明徹幽谷·里父老俯仰鞠跽瞻望象儀·香氛燭光星霧隱見·雲冠霞佩芝蓋葆旛·御氣乘風·輝映颷轝·聆音覿影·恍惚若光四野·翕然尊崇·萬姓齋心頂禮·其或孝隆尊親慈懷幼稚·義鍾伉儷燮篤弟昆·災眚癘苦旱澇凶荒·禱言甫發響應旋臻·癘疾頓瘳菑害隨弭·訟爭悉釋吉慶頻護·昭赫冥契遐邇杼傳·咸元帝威靈之輒應·而彰善癉惡豪不差舛·即武當太和金闕又奚加焉·猗歟帝庥·以神道設教而大有造於斯民也·維時岷辭祿南樵宗侯默契元宗·誠皈帝德·捐金首倡·郡侯王縉紳士逮田夫野畯工賈市豎·凡有血氣者爭致金帛·悉傾廩倒囊·非所恡惜·雲擁子來·咸樂有助·南樵宗侯偕鄉父老劉繼祉·劉圻湯大受鄧公楊等若而人·殫智竭慮·鳩工程材·䦨搆巍

伐·闢栅亘觀·標帶江渚·波流爭矗·市塵表鎭·昂射雲霄·光搖翼軫·庖湢丹垣·天門貝闕·侖奐璸紛·煥乎紫霄玉虛·淨樂瑤臺矣·自肇建以迄工集·凡四季·所嗣是靈應谷響·士民朝夕祇謁·壑赴峯趨·鑾騎巷休·輿轎道息·跋涉瘁勞·絡繹載道·徼福冀德·姝可耍僕·數百父老以南樵宗侯倡佽於始·耍積累眾以助成功·因索記於任·余嘗參元釋根宗·長公譜竺乾奧旨·俾書貞石·藏諸名山·乃爲詞曰·倚歟帝德·道配蒼穹·玉虛秉樞·遷軷和宮·功無彌上·澤被寰中·云胡分光·闡化村隆·星懸丙夜·遐邇尊崇·顯示禍福·斡旋化工·解世栅網·闢世聾蒙·禦災捍患·回凶佽豐·登民覺路·翊國基鴻·明燭屋漏·惠及昆蟲·厥新琳宇·天地攸同·萬歷丁未歲孟秋月吉旦立·

湖南文徵卷四十一

神道碑銘上 墓表墓碣

元中書左丞集賢大學士國子祭酒贈正學垂憲佐運功臣太傅開府儀同三司上柱國追封魏國公謚文正許先生神道碑銘 有序

歐陽元

洪惟皇元度越千古世祖皇帝以天縱之資得帝王不傳之學上接伏羲神農黃帝堯舜不傳之統而為不世之君若魯齋許先生以純正之學下接周公孔子曾思孟軻以來不傳之道而為不世之臣君臣遇合之契堂陛都俞之言所以建皇極立民

命繼絕學開太平者萬世猶一日也猗歟盛哉先生既沒之三十三年為皇慶二年仁宗皇帝詔暨宋九儒從祀宣聖廟廷明斯道之所自傳矣又二十三年為元統三年今上皇帝敕賜臣元文其神道之碑以賜其子師敬使刻之於是臣元再拜稽首以復明詔曰論世祖之為君則見我元國家之初當貞元會合之氣運故善言先生必以道統為先而後及功業則上可以稱塞聖天子命臣作碑之初意下可以厭服天下後世學者景慕之盛心也臣謹按先生家乘及嘗私淑文師者序而銘之以金泰和九年己巳九月丙寅生於新鄭邑中幼有異質八歲入學從師問讀書欲何為師曰應舉取第耳曰如是而已乎師大奇之謂其識趣非常他日必有大過人者自顧章句儒非其師遂辭去年十餘有道士過見之驚曰骨清神完目光射人如箭苟非命世大賢即當神超八表人間富貴不足道也稍長嗜學如飢渴而精强絕人世亂家貧無從得書聞有善本冒險數百里就而錄之讀之有疑即能有所折衷歲壬辰天兵渡河為游騎所得其萬夫長酗酒殺人為嬉先生從容曲喻卒革其暴久乃信其言如蓍龜人賴全活者無算萬夫長南征乃東去隱徂徠山遷泰安之館鎮尋遷大名扁其齋曰魯世因號曰魯齋先生國家既有河朔遣官分道以試選士中者得占籍為儒魏人力勸應試既中選留魏三年自挽鹿車載書還河內魏人致僕馬

不聽入洛求第果得之自洛適魏聞河內政虐還止蘇門十餘年閒雖顛沛流離行不愧影其與人交中剛外和一介取與必揆於義人與之居雖有忮求馴致俱化所至學者翕然歸之察其誠至乃留館下既留誘掖忘倦身教屬屬言教循循於是師道尊嚴親友日至在魏友竇默蘇門友姚樞相與論辨探幽析微詣者慴伏凡伊洛性理之書及程子易傳朱子語孟集註中庸大學或問小學等書言與心會於所從游教以進德之基慨然思復三代庠序之學甲寅世祖受地秦中聞先生名遣使者徵赴京兆教授先生避之魏使者物色偕行廉希憲宣撫陝右傳教令授以京兆提學卜居雁塔之東與同志講井田之制買

園爲義桑會得請還世祖卽祚建元中統召先生爲家教既至謁歸復召至上京入見上問所學以學孔子對畱上所無幾以疾還燕明年自上京召數有敷對時相王文統用事而先生及姚樞竇默日被顧問默在上前屢斥其學術不正樞以才見嫉益默言本出於先生文統亦頗疑之乃奏樞爲太子太保外示尊禮內欲擯使疏遠默樞拜命將入謝先生獨毅然辭謂二公曰禮師傅見太子位東西向師傅坐太子乃坐今能遽復此乎否則此禮自我廢也二公懷制闕下辭文統聞斯言遂寢其命改授先生爲國子祭酒默爲翰林侍講學士樞爲大司農先生亟辭以疾乃予告還河內既而上京使狎至應命至燕病弗能

往至元元年自燕復還先是有詔卽家爲教以業來學乃躬耕里中未嘗以詔示人至是詔入省議事旋踵求去丞相安童來謁欲畱之退謂人曰時流欲輩行許先生吾見相去千百尋有詔趣赴省遂遄行見上檀州諭之曰安童少不更事卿無負所學悉以傳之有嘉謀嘉猷語使入告對曰聖人道極高遠學者所得有淺深然當罄所知如聖詔其所不知不敢强也安童明敏有操守告以古人極言往往領悟第恐有閒之者則難行耳自是預大議時至都堂扈行上京咨訪日廣宿衛之士見先生入對舉手加額相慶曰是欲澤被生民者上疏陳五事曰立國規模曰中書大要曰爲君難曰農桑學校曰愼微累數千百言

讀奏未徹上久聽微有倦色先生卽斂袵求退上肅然正襟危坐先生乃再讀讀訖上嘉納之其餘論諫多削其稾世罕得聞有頃辭疾聽五日一詣省賜西域名藥美酒俄許其還繼召與大保劉秉忠左丞相張文謙議朝儀官制多所詳定阿合馬請建尚書省總六部與中書省角立特用先生爲中書右丞先生求面辭不得見者再越數日奏所議事畢自陳曰臣有三宜辭一非舊勳二蔑文德三所學迂恐於聖謨神算未能盡合上曰用卿出朕意毋事多讓先生辭不已上命從官掖之起有旨曰出既出及閾還奏曰陛下令臣出省邪上改容曰出殿門耳明日又辭遣近臣哈剌合孫先諭止之强出視事至上京奏論阿

合馬罔上不道事不報因病謝幾務丞相難之御史中丞孛羅爲之請上憫然曰召子師可諭使舉代對曰用人宜出上意臣下舉代恐開市恩覬覦之漸有旨以國人世胄子弟就學遂篤意教事奏門生王梓劉季偉韓思永耶律有尙呂端善姚燧高凝白棟蘇郁姚燉孫安劉安中十二人爲伴讀被旨咸驛致之以先生爲集賢大學士兼國子祭酒先生之爲教精粗有序張弛有宜而必本諸聖賢啟後學之方踰年諸生涵養薰陶周旋中禮貫講通適上喜其業成時自程之越三歲以改葬親喪謁歸屬召赴行在遂請朝辭以行上命諸老議其去畱姚樞謂先生出處有關世運宜成其志更命張文謙問所以告歸之意其

對如初始允十四年召議改歷法仍拜集賢大學士兼國子祭酒教領太史院事十七年授時歷成以疾屢告上禮貌隆至路朝錫杖內殿賜坐疾劇裕宗在東宮聞之為言於上以驛送還師可以河東按察副使改懷孟路總管以便養皆東宮請也且使宮臣諭曰先生幸醫藥自輔無以道不行為憂十八年三月戊戌薨於私第之正寢易簀不變年七十三是日大雷電風拔木城中無貴賤少長哭於門衖唁於塗農弔於野天下識與不識聞訃慨歎四月乙酉葬李封邨先塋之南既葬四方學者來會為位哭墓而去先生眞知力行實見允蹈齋居終日肅如神明嘗遇迅雷起前秦宇自凝定不喪執守其為學也以明體達

用為主其修己也以存心養性為要其事君也以責難陳善為務其教人也以灑埽應對進退為始精義入神為要雖時尚枘鑿不少變其規矩也故君召輒往進輒思退方世祖急於親賢而先生篤於信己以是終無枉尺直尋之意及夫仕不受祿人以為高則喟然歎曰甚矣余之不幸而有是名也仕豈有不食君祿者哉食無忝而已伐宋之舉一時名公卿入受攻取之略先生言惟當修德以致賓服若以力取必戕兩國之生靈以決萬一之勝負及宋既平未嘗以是慊世祖亦未嘗以是少之臣觀三代而下漢唐君臣未聞以道統繫之者當世儒宗或知足與知仁未足與居也宋濂洛數公克續斯道然未嘗有得君者世祖龍潛諸儒請上其號曰儒教大宗師烏乎漢唐宋創業之主烏得而有是號哉此天以道統而屬之世祖也先生出際斯運一時君臣心以堯舜為心學以孔孟為學中外如一喙號公魯齋先生烏乎魯者曾子傳道之器歷代佐命之臣雖欲為此號豈可得也非天以道統屬之先生乎先生之謀國譬工師受命作室既得大木不肎斲而小之是以甯不受工師之命而必使學焉後臣之道無愧於伊尹甯不預平宋之功而必使以德行仁之言無負於孟軻中統至元之治上有不世出之君能表章其臣繼述往聖之志下有不世出之臣能贊勸其君憲章往聖之心於是我元之宏規有非三代以下有國家者之所可及

矣及夫元貞大德高第弟子彬彬輩出致位卿相為代名臣皇慶延祐之設科子師敬參預大政以通經學古之制一洗隋唐以來聲律之陋致海內之士非程朱之書不讀又豈非其家學之效見諸已試者歟先生平時頗病文籍之繁嘗曰聖人復出必大芟而治之則周衰以來文勝之獘尤將有以正救於其間是豈淺之為知者乎先生諱衡字仲平其先河內人父通避地河南隱德弗耀今贈銀青榮祿大夫大司徒追封魏國公謚惠和妣李氏追封魏國夫人子男四師可師遜師孚追封魏國夫人敬氏子師敬封魏國太夫人賀氏子公於閨門有禮中饋皆賢事公甚敬師可由河東按察副使歷襄陽路總管贈禮部尚

書謚文簡博學敏思工於辭章有文集貽後師遜師孚未仕卒師敬由監察御史踐歷中外歷治書侍御史吏部尙書中書參知政事國子祭酒太子詹事中書左右丞兩爲翰林學士承旨知經筵事今由兩臺中丞拜御史中丞階光祿大夫明經務誠學尙節概肖父風女三長適于章儒者餘早世孫男六長從憲以蔭累遷湖廣行省理問以歸德知府致事次東孫天次從宸積官監察御史山南憲僉終河東副志趣端正惜未究用次從宜太史院經歷中書省照磨翰林院國史經歷次從宣太保府長史中書右三部照磨次從宗章佩監異珍庫提點孫女五長適廣東宣慰司都元帥甯居仁次適大禧院管勾覃愼次適翰

林應奉蕭璘次適甯陵簿張搆次適阜城尉陳恕曾孫六長崇祖次紹祖秘書著作佐郎武進縣尹次書童文童禮童武童曾孫女某大德元年贈大司徒謚文正制詞有曰聖學方湮惟洙泗之源是泝嘉謀曰告非堯舜之道不陳至大三年加贈太傅追封魏國公制詞有曰天非繼聖學之墜緒則不生命世之大賢國欲與王道以比隆肆命爲蒸民之先覺姚文公燧作祠堂記則謂五百年必有王者興其閒必有名世者出惟公足以當之蓋太祖皇帝建國丙寅而先生生於己巳上距宋慶元庚申朱子之卒方十年當興王之會續傳道之業必有數存焉世祖嘗稱其論事多與太祖之言合至取祖訓示之元生晚學陋何以知先生然誦諸儒之說而想望其餘光焉先生之道統非徒託諸言語文字而已蓋自謹獨之功充而至於天德王道之蘊故告世祖治天下之要惟曰王道及問其功則曰三十年有成矣是以啟沃之際務以堯舜其君堯舜其民爲己任由其眞積力久至誠交孚言雖剴切終無以忤至於其身之進退則凜若萬夫之勇何可以利祿誘而威武屈也晚年義精仁熟躬萃四時之和道出萬物之表無事而靜則太空晴雲卷舒自如遇物而動則雷雨滿盈草木甲坼事至而不疑事過而無迹四方之人聞之而知敬望之而知畏親之而知愛遠之而知慕求其所以然則惟見其胸中旁薄浩大人欲淨盡天理流行動靜語默

何往而非斯道之著形也又嘗切論之先生天資高出固得不傳之妙於聖賢之遺經然純篤似司馬君實剛果似張子厚光霽似周茂叔英邁似邵堯夫窮理致知擇善固執似程叔子朱元晦至於體用兼該表裏洞徹超然自得於不動而敬不言而信之域又有濂洛數君子所未發者宜夫抗萬鈞之勢而道不危擅四海之名而行無毀近代元豐之異論嘉熙之紛爭先生處之豈有是哉拜手稽首銘曰世降邃古太樸日雕天吏不作治教寂寥帝憫我民眷求有德世祖齊聖作其建極臣有許公身任斯道爲仁肫肫制作慥慥昔公在野世難薦臻精義致用屈蠖之信心樂則顏志任則伊朝思夕維天將啟之朋來遠方

以辨以問會融一貫冰釋理順世祖居潛時號儒宗多士旣歸功德日崇召公起家斯世將泰灼知俊心天地正大旣握乾符尊履五位利見大人乃在九二覃懷之居軺車實來屢進亟退求福不回論議上所容德休休獻可替否言直以遒上曰仲平汝左朕丞其悉爾學賚朕股肱惟誠惟一以結主知惟明惟哲其止也時初問伐國對不以兵上達公猷不在宋平官盛旣稟公恥素餐敬事後食匪爲尚難近臣貴胄世荷國寵我淑以道國收其用小學功墮大學陵節我教多術循循無越雖聖有謨載範其驅以步以趨疇敢侮予自古在昔氣化推移仁人之興惟世盛衰凡今有生孰司榮悴惟道爲大與天罔墜世祖繼天

惟天生賢道統有任民彝賴焉有德有言有子有孫皇命作誄貽厥永存

元翰林學士承旨榮祿大夫知制誥兼修國史贈江浙等處行中書省平章政事魏國趙文敏公神道碑銘有序

歐陽元

至元二十三年世祖皇帝遣使求賢江南得趙宋昌陵十一世孫孟頫入見奏對稱旨起家爲郎由是被遇累朝歷中外仁宗皇帝聖眷優渥擢長詞垣致位一品文宗之世有司舉行贈典進秩辨章馳爵上公仍議節惠至正五年春三月今上皇帝以集賢大學士腆哈□特賜墓道之碑敕翰林學士歐陽元爲文集賢侍講學士蘇天爵書丹翰林學士承旨張起巖篆額臣元奉命謹考行狀次第而銘之敘曰公諱孟頫字子昂姓趙氏

系出秦王德芳五世祖爲秀安僖王實生阜陵賜第湖州曾祖考師垂故宋定江軍節度使開府儀同三司萬壽觀使累贈太師追封新興郡王謚忠襄妣莊氏衞國太夫人祖考希戭故宋贈朝奉大夫直華文閣致仕累贈通議大夫妣鄭氏封碩人考與訔故宋正議大夫尚書戶部侍郎知臨安府浙西安撫使臨安縣開國子累贈銀青光祿大夫妣李氏封碩人及公入仕我元推恩三代曾祖考改贈集賢侍講學士中奉大夫護軍追封吳興郡公祖考改贈資善大夫太常禮儀院使上護軍追封吳興郡公考改贈集賢大學士榮祿大夫柱國追封魏國公曾祖妣祖妣竝吳興郡夫人妣及生母竝魏國夫人初太常公蚤世

無子鄭夫人選同宗子爲之後集賢公本蘭溪房侍兄與膺通判湖州鄭夫人一見奇之遂請以爲嗣內降許之初娶李氏續娶邱氏公邱氏出行蓋集賢公之第七子也生十有一歲集賢卒邱夫人賢能勖其子學公資稟俊邁讀書一目五行俱下弱冠中胄監試調眞州司戶參軍皇元混一後浮沈鄉社間邱夫人嘗語之曰天下既定聖朝必偃武修文收四方才士用之汝非多讀書何以自異齊民公聞益加講貫每從里中老儒敖繼公質正數歲大進尙書夾谷之奇以翰林編修薦不就江南侍御史程公鉅夫出訪江南遺逸得二十餘人以應詔公在首選初授奉訓大夫兵部郎中轉集賢直學士奉議大夫遷朝列大

夫同知濟南路總管府事兼管諸軍奧魯以修世祖實錄召入書成謁歸改知汾州未上以集賢直學士行江浙等處儒學提舉除揚州路泰州尹進階中順大夫需次於家仁廟在東宮聞公名召入拜翰林侍讀學士知制誥同修國史改集賢侍講學士中奉大夫復入翰林爲侍講學士知制誥同修國史俄遷集賢侍讀學士正奉大夫進集賢學士資政大夫拜翰林學士承旨榮祿大夫知制誥兼修國史延祐六年五月告老還湖州是冬召入朝以疾不果行至元元年上章乞致仕不報二年春遣使存問夏六月辛巳薨於私第至順三年贈榮祿大夫江浙等處行中書省平章政事柱國追封魏國公諡文敏公初見世祖

風神散朗容止閒暇上以爲有神仙風會尙書省立命草詔公援筆立成上問大旨召近臣譯以對喜謂公曰卿言皆朕所欲言者自是國有大議必與咨詢一日侍側有詔羣臣議政上顧公曰卿往共議至則衆議贓以至元鈔二百貫爲滿論死公曰鈔法初行以銀爲則歲久厥直輕重相去至數十倍今雖改法比及虛實政未可知古律以米絹論贓二物民生所須謂之二實最爲適中況鈔乃宋人所造其初止行遠方今襲用之以鈔論死恐非良法刑部楊郎中起而作色曰朝廷初行至元鈔故以計贓公詆其非欲阻其法乎吾意今日議法必集儒臣又豈無一士如公者乎公曰人命至重議法失當人將不得其死奉

詔與議偶有所見不敢不言且中統鈔虛故改至元鈔君謂至元鈔終無虛時有是理哉楊爲之赧然議罷出謝曰某失在不學細思公之言是也洎入夏官會天下驛置凡使官委積之費至元十三年以來每歲僅支中統鈔二千錠物價騰踊使客日增吏無以自給物倍於民不勝其擾請增至二萬錠用乃舒會濟南總管闕公獨判府事聽斷明恕訟牒以稀或經月獄空有元撫兒役于鹽官逃之他郡其父疑同役者殺之得遺骼之半於澤中以爲子骸同役不勝搒掠誣服公疑有冤緩其獄撫兒果歸誣服者釋城東有上腴田二頃兩家兵役互爭而皆亾其券有司不能決公斷以養士夜出邏聞有讀書之聲使人私削

其柱爲識明日饋酒爲勞得一能文之士必加獎異自教以文法郡儒風以盛歲旱禱雨龍洞有雲如車蓋隨馬至城中大雨旬餘城東有龍湫自爲文責之雨洊至歲大熟白直數人者盜米其徒自首吏請加詰公御之曰加詰累人必多及去官有數人送之至京號泣不忍去問之即向盜米者盜當墨必自臨視語吏曰是中豈無迫於飢寒及詿誤者戒之細書盜聞轉相告曰趙公仁人也吾徒何忍數犯其在朝廷多所匡正圻甸地震北京尤甚死傷數十萬上憂之自灤京還先遣平章阿剌渾撒里馳至都召集賢翰林兩院老臣問故密旨勿令丞相桑哥知之時桑哥遣忻都王濟等理算天下錢糧已徵數百萬未徵數

千萬名曰理算其實暴斂無藝州縣置獄株連故家破產十九逃亾入山吏發兵捜捕因相挺拒命兩河閒盜有衆數萬公顧諸老無敢詆時政者素善阿剌渾撒里密謂之曰今理算苛虐民不堪命事變且起地震之由實在於此宜請於上援貞觀故事大赦天下蠲除逋負則和氣可回災異可弭阿剌渾撒里入奏如公言上大說從之詔草具會南院諸老都堂桑哥瞠視諸老見公進讀詔草至蠲除一條怒搖手曰此事必不可行汝曹所擬必非上意公徐進曰今理算錢糧其不可徵者皆死亾之數不及今放散免之他日有言中書省累失陷錢糧數千萬者丞相何以自解桑哥怵曰吾慮不及是詔書既下兆姓舉手相

慶始有蘇息之望上問留尚書葉右丞二人優劣何如對曰夢炎昔與臣父事宋時臣方幼忠佞不能周知臣與夢炎同事陛下見其爲人重厚篤於自信思慮深長善斷國事有大臣風若李之所學在臣亦不知亦不能言言未既上遽曰卿意豈非謂夢炎優於李也賈似道罔上誤國夢炎在中書時無一言李布衣伏闕上書乞斬似道是賢於夢炎明矣李論事厲聲色盛氣淩人若好己勝者故剛直大過人多怨之今朕得卿之情卿父與夢炎同朝不欲斥其非耳可爲朕賦詩諷夢炎公立進詩曰狀元昔受宋家恩國困臣强不進言往事已非那可說且將忠直報皇元上深喜卒章之意出見奉御徹里於幄殿側告之曰

上論賈似道誤國之罪責留夢炎不能言今桑哥誤國甚於似道我輩緘默他日何以追此責乎近臣中讀書知道理慷慨有大節上所親信無踰公者誠能捐一旦之命爲天下除此賊仁人之事也徹里曰今災異數見盜賊蜂起皆桑哥聚斂所致吾所以爲日夜切齒腐心者公實啟我以機始天誘之徑造榻前歷數桑哥之罪百倍似道不亟誅必亂天下上初大怒叱衛士批其頰口鼻流血仆地少閒復呼而問之對如初旣而大臣有助其言上大悟遂按誅桑哥後徹里語及斯事歎曰使我有萬世名者子昂之力也平江守趙全不法前守王虎臣訟之詔遣虎臣就問右丞葉李執奏以爲不可上不允公曰全在平江爲

政貪酷固當治虎臣在官亦嘗犯法全嘗持之今虎臣罪幸在赦前故得擿摭全罪若使就訊必挾公濟私別遣官為當上從其言其在館閣尤多裨益因有事南郊他學士撰祝冊有云章亥復生不足以步皇元之幅員又云太祖皇帝正東向之位公曰天子父事天子誇疆里於其父可乎不可且公不為禮乎禮大祫太祖東向居中子孫在左者南向故稱昭在右者北向故稱穆若南郊之位上帝南面太祖自宜西向故事第稱配天作主公不用何也其人謝服從所刊定皇太后命學士擬改隆福宮名同列擬光被公擬光天或曰光天陳後主詩不祥公曰帝光天之下出虞書何謂不祥各書所擬以進後竟用光天以遠

臣遭遇累朝特見優禮世祖戒宿衞公入內廷毋禁賜坐葉丞相右每見與語或至夜分公於天下事當言者無所不及嘗稱公聰明剛正敢為直言公聞之益自斂退一日問公曰卿太祖子孫乎太宗子孫乎對曰臣太祖子孫上曰趙太祖眞英主也其行事卿知之乎對曰臣蚤失父故老不以語臣故臣粗知其略耳上曰太祖行事多可法者朕皆知之暇日當以語卿又嘗面諭之曰大臣奏事卿可與俱人有過差意涉罔欺悉為朕言之公謝不對自爾數求補外後聞其家貧賜鈔二千五百緡仁廟字公而不名詔近臣曰文臣世所難得唐李太白宋蘇子瞻姓名至今在人耳目朕有子昂與古人何別時有譖沮轉傳旨屬筆與侍臣論公他臣不能及者數事帝裔一也姿表二也博學三也操履純正四也文詞古雅五也書畫絕倫六也旁通釋老書七也他日賜鈔五百錠恐中書留難以普慶別貯賜之慮其畏寒敕內府賜銀鼠翻披英廟命公書孝經亦遣使以上尊酒衣二襲即家賜公公為兵部早入官署過東苑牆外道隘馬遇滑即墮蹈河水中桑哥言於上因移牆近裏者二丈許桑哥下令曙鐘鳴治事部官後至者笞公至偶晚獨得釋自是笞止曹吏公雖忠結主知亦致眾忌性簡易疏伉發言切中時病屢在上左右上察其無他獲全晚節程鉅夫方薦公有臺中丞言趙某故宋宗室不宜薦進使近左右鉅夫奏曰陛下盛德立賢

無方臺臣以是劾臣將陷臣不測上曰彼豎子何知顧侍臣傳旨不越今日逐其人出臺仁廟眷公方隆不悅公者言公趙太祖子孫上初若不聞已而游辭不已乃厲聲視之曰汝言趙子昂趙宋子孫豈謂家世不汝若耶始惶懼趨出又言國史不宜使公與聞上大怒曰趙子昂乃先朝簡拔以為帷幄臣者朕使討論古義典司著作此曹呶呶不懲一二無以戒後言者乃息世皇屢欲用公公自知直道不容於人居正路弗便往往力辭初授官廷論欲以為吏部侍郎高參議持不可尚書省罷賀伯顏入辭參知政事公適侍立上目公進曰卿亟往中書參決庶政以分朕憂公堅辭不拜上問闊復宋渤二人如何對曰相才

實難是日京師盛傳公已入省暮歸賀客候門者塡塞公笑而遣之至元鈔法澀滯公與尙書劉伯宣同被命往江南按問行省丞相慢令之罪左右司路府官許就笞公深以爲衣冠之辱比還一無所決罰桑哥欲加譴責公不爲動初受程鉅夫薦晩進翰長與程交代必先往拜其門而後入院公所爲務崇廉恥先禮遜縉紳相傳以爲厚德平居嗜好沖澹家世紈綺況味埒韋布貴及崇階不見矜色客求文字與之周旋終日雖極勞甚憊未嘗拒人獨人有過失必面致諷諫無隱然直而不訐人亦易從病劇將終援筆濡豪如常時有頃翛然而逝娶管氏諱道昇字仲姬工詞翰善畫治內有才具累封魏國夫人先四年薨

子男三人亮早夭雍夙慧有父風以蔭歷守昌國海甯二州奕擧茂才女六人長適强文實次適海道運糧萬戶費雄次適李元孟次適王國器次適劉某孫男二人曰鳳曰麟薨之年九月葬德清縣千秋鄉東衡山之陽管氏祔公治尙書有書註於禮樂度數甚明知音律幽眇有琴原樂原各一篇號松雪道人有松雪齋文集若干卷談錄一卷爲文淸約典要諸體詩造次天成不爲奇嶇格律高古不可及尺牘能以數語曲暢事情鑒定古器物名書畫望而知之百不失一精篆隸小楷行草書惟其意所欲爲皆能伯仲古人畫入逸品高者詣神四方貴游及方外士遠而天竺日本諸外國咸知寶藏公翰墨爲貴故世知之淺者好稱公書畫識者論公則其該洽之學經濟之才與夫妙解絕藝自當竝附古人人多有之何至相掩也仁廟累公及管夫人及子雍所書藏中秘書曰使後人知今朝人臣中一家書學有如此者適新太廟成君相欲講禘祫定廟樂求習禮樂者如公已鮮今上修宋史思士大夫熟宋事者亦何可得哉元初以禮部奏名召奉大對公爲讀卷官擢置前列及公薨狀公之行乃同年進士甯國路推官楊載距二紀元備列北門公有賜誄之命誼不敢辭請系以銘曰有白其馬惟周之客周人尙騂客世殷白我元忠厚軼彼成周宋有近屬遇之加優侃侃魏公徵自炎方入見殿廷美如圭璋昔客在周但聞助祭未聞侍側

命以獻替維此魏公進爲親臣詢厥世系念其前人魏公在列玉立陛前上有顧問其言便便羣議法命命往咨度援古例今論政以確法司在坐盛氣見侵理到之告折伏其心上命代言對御操筆宸衷未吐已布尺一上遇災變詔問其由公言暴斂時政是尤委曲獻忠請釋逋負公進詔草時相震怒相怒未已公言徐徐相莫之阻乃下寬書萬方懽呼涵泳聖恩公啟近臣力拔惡根近臣感激碎首强諍權姦旣摧乃息稗政宣室夜問言不及他吏蠹民瘼直言無阿弱弗勝衣食弗盡器臨事論建奮無畏避世祖援公俾入政府聞命而僂懇求外補仁皇踐祚首召入覲皓首來歸寵冠禁近乃登瀛洲載頂鼇岫丕煥皇猷

黼扆在手琨牒瑤編藏在宗廟屈玉垂金山嶽照耀遠方裔夷偶獲片紙雖未識公想見手采嗟乾之資惟一清氣人稟至清乃精道藝天朗日晶一清所施星月明槪雲章陸離圖書以陳文字以立頡始造書鬼神爲泣宇宙精英發泄在茲清氣所萃乃臻瑰奇允矣魏公玉壺秋冰巧出天授知窺神能鳳翔其羽止於阿閣朱雁天馬播之廟樂彌文日增制作日淑國於老臣百不一曠皇上稽古訪問舊儒豐碑爲賜螭首龜趺敬告後人毋忘帝力世祖深仁仁皇至德黼冔祼周孰擬我朝詞翰揚休百世孔昭

元故奎章閣侍書學士翰林侍講學士通奉大夫虞雍公神道碑銘有序　歐陽元

自漢魏六朝以來經生文士判爲兩塗唐昌黎韓公宋廬陵歐陽公力能一之而故習未盡變也濂洛諸君子出其所著作表裏六經言或似之於是文極文之典奧道極道之精微一趨於至善而後止其殁也門人錄其語以相授受其爲書雖出一時之紀聞然槪之聖人修辭立誠之旨未盡合也昧者準之以立言世之文士共起而病之然文士知病其爲文而未必知文外非別有道道外非別有文也二者均失焉宋末病滋甚我皇元混一天下三十餘年虞雍公赫然以文鳴於朝宁之閒天下之

士翕然謂公之文當代之巨擘也而不知公之立言無一不本於道也旣而退居山林垂二十載乃得昌言於斯道一志於斯文而遂老矣惜哉易簀之再期子安民奉狀踵門謁元銘其麗牲之石元辭不獲則先發其所深慨而請繼以言焉敘曰公諱集字伯生姓虞氏系出虞仲世家會稽唐永興文懿公世南爲唐初名臣子孫始遷雍永興生戶部侍郎昭昭生江陰令陟陟生盱眙丞知長城令禮金吾衞長史明傳五世至仁壽太守敦人從僖宗幸蜀子孫爲蜀人仁壽九子伯曰賞五子次曰琚琚生庚庚生承承生詢詢生繼繼生崇崇三子季曰昭伯宋銀青光祿大夫國子祭酒贈太師周國公五子季曰軒贈太師魏國

公三子季曰琪進士及第歷官左中大夫贈太師秦國公生左丞相雍國公允文贈太師謚忠肅三子伯曰公亮早年高尚不仕晚以奉議郎直祕閣贈開府儀同三司仲曰公著知渠州官至中奉大夫仁壽縣開國男累贈光祿大夫季曰抗孫大理寺丞官至中奉大夫開府六子次曰剛簡是爲蒼江先生官至朝請大夫利州路提點刑獄二子伯圭官至奉直大夫歷知永連兩州自永移連道臨川其女弟適邕管安撫陳公元普先寓屬邑崇仁聞其至使人迎之得前郡守江陵項公別第於南門外以居之自是家崇仁皇贈中奉大夫禮部尚書追封雍郡侯妣張氏雍郡夫人無子而從祖渠州有子六人長兵部直寶文閣

晉三子仲子朝請郎通判惠州從龍子汲長而賢乃以爲後是爲井齋先生公之先考也皇贈通奉大夫四川等處行中書省參知政事上護軍追封雍國公妣眉山楊氏追封雍郡夫人夫人給事中工部侍郎國子祭酒見山先生文仲之子參知政事平川先生棟之猶子也所出三子長卽公次槃進士及第卒官嘉魚縣尹次業參政公初授承直郎黃岡縣尉見山守衡州夫人從參政方需次與偕時未有子見山禱於南嶽已而有妊及將蓐見山一日晨興出治事眎時尚蚤公服坐中堂以坐久假寐夢一牙兵持刺劒入曰南嶽主者來謁起肅之而寤聞兒嗁聲公生焉故命公小字衡公對客嘗自言未昏宦時屢夢游南嶽能言其勝處乙亥見山移守漳州參政伉儷同行丙子宋亾公五齡夙慧避地無書籍楊夫人能倍誦論孟及春秋左傳歐蘇文之常誦者口授輒成誦九歲還長沙始得墨本而公已悉通大義又五年居崇仁故寓巳善屬文草廬先生吳公請見其所作謂參政公曰賢郎他日當有文名於當世邑庠循舊式月出詞賦經義題課士公與嘉魚令以書義試皆中前列老儒爲之歎服兵後勝國名公卿家多流寓是邦公游諸公間備聞前修格言考覈前代典故舊家世系源委言若指掌楊夫人素高吳公伯淸之學贊參政公遣二子從之游吳公方箸書有所論辨公能推類達意吳公每獲助焉大德六年用大臣薦授大都

路儒學教授平陽王文憲公尹京待以客禮十一年擢國子助教丁內艱至大二年服闋以舊官復用四年轉將仕郎國子博士延祐元年改從仕郎太常博士奉詔西祠嶽瀆四年遷承事郎集賢修撰考大都鄉試五年被旨召集賢直學士吳公伯淸於家尋除翰林待制儒林郎兼國史院編修官丁外艱服闋以舊官召還泰定元年考試禮部陞承德郎國子司業三年進奉訓大夫祕書少監四年再考試禮部拜翰林直學士奉議大夫知制誥同修國史俄以前職兼經筵官進階奉政大夫明年又兼國子祭酒天歷三年特授中順大夫未幾拜奎章閣侍書學士陞亞中大夫依前翰林直學士知制誥同修國史兼經筵官

國子祭酒會有合諸兼職不過三辭祭酒得請兩月進階中奉大夫餘如故至順元年御試選讀卷官被旨修皇朝經世大典爲總裁官三年拜翰林侍講學士通奉大夫餘如故今上皇帝入正大統用至大故事召諸老赴上京議事公在上列及還大都以病謁告歸家元統二年遣使賜上尊酒金帛召還朝使者至郡疾作不能行而歸至正三年敕修宋遼金三史欲用公總裁或陳其病狀毋苦其遠行奏牘將上而止朝使有自江右來者廷中大臣趣詢起居八年五月二十三日以疾薨於私第年七十有七大風飄瓦拔屋前後巨木數十株治命以深衣斂毋用浮屠明年己丑八月二十七日乙酉葬邑之長安鄉道德里

天寶山西之潭源娶浚儀趙氏系出宋秦邸前公四十二年卒累封雍郡夫人子安民趙夫人出也蔭奉訓大夫廣州路東莞縣尹轉奉直大夫惠州路總管府判官壓奉議大夫吉安路安福州知州徐氏生男二人維摩奴七十女一人俱早夭劉氏生男一人憲孫女一人欒欒適譚紱郭氏生男二人長延年以廣東帥府奏差授武緣縣博合砦巡檢次翁歸業進士馬氏生男一人高明甫弱冠孫男五人某蓋嘗論公家世勳績文懿事唐文皇博學洽聞偉績讜論忠胝魏徵而始終無疵葬陪昭陵像繪淩煙忠肅當金海陵南侵至江以儒者一戰而卻之思陵在江上歸禪位阜陵金易其國書南北勢始定阜陵遂相之功烈不卑矣及公之身遇聖代事九朝鋪張皇猷位列法從與文懿忠肅後先七百年照映史冊烏乎盛哉又嘗論公家學禮部公與臨邛魏華甫成都范文敬李微之講學蜀東門外爲西南道學之倡他日以學爲政參蜀制閫自請行邊卻敵兵數十萬人守簡州憲夔路立保置屯田得流民三十九萬餘以實邊鄙敵不敢犯參政公克振滄江先生之文學矣公稱其爲文淸醇典教江右湖南簡拔俊乂如陽南李木魯翀子翬後多顯融號稱知人吳氏學未盛行首與稾城董公表章之使大有名於時時楊夫人早得見山先生春秋之旨從父平川先生以道學自任當時夫人未笄盡聞其說景定甲子彗出平川草封事於家夫

人侍側進曰從父當辭位久矣平川歎曰汝曷不爲男子生我家邪及歸虞氏以家庭所親得者教其子公資質之粹學識之正豈獨得之父兄師友而已公在成均思正化本以端士習上丁監禮殿上伴讀劉生被酒失儀公命扶之出明日聲其罪俾之貴近有爲生謝過者公持不可蒙古生款者傳仁皇東宮諭旨姑薄其罰公以吏牘列生罪狀咨詹事院以啟仁皇更是公所爲由是益知公賢踐祚後以中書平章李道復領胄監事公與李公議歲貢法謂舊法以制祿立程誘諸生以進學如是則雖勉弗善請於衆中擇靜重有識嘗試以事者歲薦二人上親擢而用之以爲勸李公亟言於上行之會李公去位不果已而

拜臺臣爲祭酒召四方名儒爲業銳然有責成之志公與同列講求以副上意有好爲異同者撓之司業投劾去公亦以病免諸生之賢者卒業私塾居數歲不絕其在集賢上議及陳學校之弊其略曰師道立則善人多學校者士所受教以至於成德達材者也今天下學官猥以貲敍強加諸生之上名之曰師有司弗信之諸生亦弗信之於學校無益也如此而望師道之立可乎偏州下邑之士無所見聞父兄遣子弟入學初無必爲學問之意師友之從游亦莫辨其邪正然則所謂賢才者非天降地出有可望之理哉今莫若亟求經明行修之成德者身師尊之求以至誠庶幾德化之及斯民有所觀感其次則求操履之

近古而不爲詭異者經義守正說而不尙奇論者爲衆推服而非鄉愿者延致之使教學者他日當有所發也又其次則取鄉貢之退者其議論文藝猶賢於汎汎莫知根柢者也朝臣韙其論而憚改作初考會試議曰國家科目之法諸經傳註各有所主將以一道德同風俗者非使學者專門擅業如近代五經學究之固陋也聖經深遠恐非一人之見可盡試藝之人惟其高者取之不必先有主意使求賢之意狹而差自此始也又嘗經筵講罷上言東南海運勞險因謂京師瀕海以東至於遼碣皆萑葦之地潮汐日至淤爲沃壤宜用吳人圩田法築隄捍水爲田募富民欲得官者合其衆請耕官授以地而定其畔能以萬夫耕者授以萬夫之田作萬夫長千夫百夫亦如之三年而視成惰者易之勤者勸之地力之高下定額於有司以漸而征之五年有積蓄眞授以命就其儲給之祿十年然後佩以符信如軍官法世襲之庶可寬東南運餉之役可得民丁數萬衞京師制島夷又因使富民馭貴之志遂而江海求食民有所歸凶歲不至爲盜今海口萬戶之立頗宗其說而未盡用其法云關中大饑公建言大災之後土曠民稀可因之以行田制擇一二有仁術知民事者爲牧守寬其禁令使得有爲因舊民所在定城郭閭里治溝洫畎畝之法招其流亡勸以樹藝數年閒復其田租力役春耕秋斂量有所助久之遠者漸歸封域漸正友望相

濟風俗日成法度日備則三代遺規將復見於空虛之野矣天子稱善羣臣未有相其謀者太史院教授睢陽楊茂先知造律候氣之法試用於郭太史有徵晚合律曆爲一書謀以進而患其辭煩簡失當知公研究是學屬潤色之公慨然整治其書且告當道冀其見用茂先病死不見進今書藏於太史齊伯高家皇朝經世大典之爲書公任其勞居多其目則周禮之六典其制則近代之會要其事則今樞密院御史臺六部總治中外百有司之事務而其牘藏於故府者不足則采四方之來上者參之祖宗之成憲功臣之閥閱具存凡八百帙既進謂同列曰他日國史諸志表傳舉此措彼耳考公制作之志使究所長其爲

聖治裨益能使一代之風軌藹然先王之遺烈焉則其事業豈下於先世兩公之在唐宋哉仁皇末年謂近臣曰今儒者盡用惟虞伯生未顯擢耳俄晏駕而止英皇既居儲宮議寶冊禮有司講前代典故無所於考鄆忠憲王拜住在大常雅器重公亟召公入議公曰世祖初年卽命裕皇東宮後授玉冊金寶詔告萬方此我朝典章也何以前代爲王以公言入奏上大說輒行之及相英皇力薦公可大用時居憂方省墓姑蘇遣使求之江西不得求之蜀又不得比返命而事變作晉邸御講筵見公氣貌温和敷對剴切賜中統楮幣五十錠今上皇帝召公不至時賜臣下碑銘則諭旨於家撰述公侍延英閣求去者屢因言陝

西田制得俞旨徐進曰願假臣一郡試以此法行之左右曰虞伯生託此爲歸計耳曲阜新廟成求使代祀允而復寢面請補外則諭旨若曰卿才何所不堪顧今未可去耳中丞趙伯甯乘閒爲之請怒曰一虞伯生汝輩不能容邪閣中入承顧問或應制作文皆寓規諫或遇事諫止出不語人諫弗能止歸家悒悒數日家人察之知不能詰其故也爲讀卷官擬進士策問二篇倣中庸九經之目問所以宜於今之道次篇問九聖之學上覽嘉歎用其次篇一日受命草一勳舊封王制詞於內廷同列二人嘗爲上所親信者密謂公曰上意姑與國公公如其言有頃丞相來自榻前趣進草甚遽公以草視之愕然公悟同列紿己

亟易其詞以進終無所言又一日受命記一古寺稍陳前代遺蹟有構飾於上者謂公前代相臣子孫適美前事爾他日入見上以是語之對曰前代已遠臣庶子孫思其父祖固不忘其所事可爲忠孝臣愚不足以及此但臣以疏庸遭遇聖代致位通顯他日臣之子孫以臣遭遇世世不忘本朝厚恩亦忠孝之勸也故臣謂能爲此言於上前者亦必忠孝之人也上目近臣歎異之公坦易質直揚搉人品質正文字臧否惟是之從無所顧忌故朝論屢以御史才薦之然亦以是賈怨動以危事中之賴人主察其無他以免性篤孝友少與嘉魚令共學於家父子兄弟自爲知己人以擬眉山三蘇嘉魚歿撫其孤遺如己子孟兄

采以莞庫解送官物至京道途折閱直數千緡公悉代償無難色遇庶弟輩及其孤妹皆盡恩禮常以祿養不及其親遇珍膳不敢盡器盛暑不命童子揮扇曰勞人以佚己君子不爲也生平知己大臣稾城董宣公保定張蔡公隴西趙魯公皆國元老趙之復相嘗面請召柳城姚公涿郡盧公廣平陳公吳興趙公每與公論文輒以方來文柄屬之當世文士嘗經論薦後皆知名諸公受業爲所推許今多公輔之器不可悉數公之爲學非託空言每言先王建事立功必本於天理民情之實故教學者務欲貫事理於一致同雅俗於至情以是爲圖治之本其於經則曰易之爲書首尾完具於三聖人之手生乎千載之下仰觀

千載之上以凡下之資而欲窺見天與聖人之道不可下此而他求也得江東謝君直之說以先天八卦圖爲河圖九數而九位者爲洛書十數而五位者爲五位相得之圖心雅善之或請箸說則辭曰易道廣大苟得其自然之數何往不合先儒有成言焉存以俟知者於禮則曰學知先務莫切是經爲二戴雜以後人所記變禮不可盡信其餘則二帝三王之遺文天子諸侯大夫士之成制粲然可考不可以淺近言也屢欲通古今爲一書以爲後來考禮之助以宦業不克就濂洛新安諸君子之書就其所存以極其至而慨夫吾黨之士知之者微矣於吳氏書亦然二氏之學往往窮其指歸卽其徒叩其負挾有所見則爲

之太息曰學者不能潛心聖人之微言以明下學上達之要而欲切究性命之源死生之說其能不引而歸之者難矣其爲文自其外而觀之汪洋澹泊不見涯涘浹乎其中深靚簡潔廉劌俱泯造乎渾成與四明袁公伯長清河元公復初交厚二人有箸作必卽公論之元初謂公文無雷霆之震驚鬼神之靈異將何以稱於世公謝曰誠不能也晚乃大服其言至大延祐以來詔誥册文四方碑版多出其手其撰次論建與其陶冶性情黼藻庶品之作雜之古名賢之編卓然自成一家言客來嘗見其學書篆隸行楷題榜下筆便覺超邁以書名於世者憚之少讀邵子書領悟其妙題其室曰邵庵學者因號之曰邵庵先生然

廷陛都俞朝野稱謂率多以字行其存稾自題曰道園學古錄門人彙而錄之得應制十二卷在朝二十四卷歸田三十六卷方外八卷其散逸尙多閒居雖久歸美報上之心仁民澤物之志未嘗一日忘之邑有平糴倉田論於方外力言於當道復之邑大夫陳有容率同志作邵庵書院迎公講道其中以會學子公欣然樂之落成而公薨在法公當進爵賜謚旣葬而命未下元於公有奕世之契最先受知參政公博士之召公實薦之朝同朝十年獎借非一故於是銘雖重於作而不敢辭銘曰吁嗟先生衡山之高岷江之長旁薄深廣何可量也山英川靈合爲天章變化倏忽何可常也君子用世斯文耿光鳳皇鳴矣於朝

陽也善人云亡士氣弗昌鶗鴂先鳴百草爲之不芳也王良善御騏驥上襄孰能寘之周行也范冠蟬緌蠶績蟹筐孰能指之範防也載彼營魄返乎混茫朱鳥之舍離明之鄉也於粲遺文布濩四方琬琰之刻名山之藏也吁嗟先生古有先哲兮知德知言知德不易知言猶難先生繼作兮誰謂九原九原可作兮百世弗諼大化幽默兮孰控孰摶芝草三秀醴泉有源天將以斯文兮厚公之子孫

元故隱士更齋先生劉君墓碣銘 有序

歐陽元

君諱過字益翁更齋其自號也幼穎悟日記數千言稍長愛學里中王珏王容故相江公萬里家其弟信豐宰遠父往來君從兩王先生咸稱爲畏友又嘗侍先君子登巽齋歐陽守道之門由是須溪劉辰翁中齋鄧光薦皆以忘年友之先君子博雅能文須溪號之山中小集古尤偉君論議馳騁貴索軼出旁行敷落躪躒虞初稗官劉氏雖好辨者終不能傲君當時務搶攘衣冠家子弟類巽愞不更事君器局散朗應對閑暇父兄賴之以安至元元貞閒境有山盜君承檄捍禦能申條教齊一民義里閈帖然閒歲祲輒殺値以發飢者爲饘寒者爲衣殣者爲棺歷

不終惠家居敦敍倫紀姻戚困乏者委曲料理卒使之有業性好客善謔歲時燕集酒酣歡洽擊節雅歌四座爲悚尤不喜異端然時有佳者亦爲之豁達無忌初號一山時慕蘧大夫之賢著號更齋先輩耘廬劉應登記之諸名山有詩生平裕有才譜薄於宦情分憲觀復馬公昭舉行鄉飲酒禮君侍先君子座側馬公愛其英爽欲辟以掾屬力辭御史方厓蕭泰登於君爲中表屢勸君仕輒不荅晚歲順適邨園容與翰墨嗜古圖畫市或千金爲知己持去亦輒委置家藏古書甚多皆手自校讎至所著作才既敏贍率易天成旋復散逸他日門客子弟始彙成編嘗卽先廬之旁改築新宅將以逸老扁其樓曰望雲不敢忘先人也泰定丙寅哭其長子慟然時能命客自遣自是嬰疾疾革呼孫揆寅語無他及惟誦少陵微爾人盡非之句翛然而逝生以宋開慶己未前十一月十五日沒以元泰定丁卯閏九月二十七日年六十九歲曾祖從龍宋迪功郎祖有開宋吉州烏程縣令父惟憲南軒書院山長皆山翁也娶戴母族以賢婉稱子男士元士榮士元先君一歲卒士榮早夭女四人俱適士族男孫三揆寅揆辰揆申皆以儒學應徵辟孤孫揆寅以至順壬申十月二十二日奉君柩葬於里之煙竹原事竣屬其姻戚易景升狀君行謁余請表其藏景升余校藝江右時所得士而余亦素知君學行節槩凜有古風若揆寅之世家學亦士大夫所願

交者故爲銘曰民生於三父師其二倫序有五其一友誼偉矣劉君名父之子隆師親友抑又名士三者之懿盍知其賢矧君學行尤也可傳學以事君行施於政憖不少試斯焉有命命固有之君亦高蹈用不於時而適於道邁往者氣騰踔者辭庶俾來世知君於斯新居奕奕花竹斯薈日月幾何松柏旆旆有濬其澤由會及祖大史撰銘徵之悠久

鄧顯鶴曰案更齋亦安福人此文未著籍貫或偶遺漏不然傳寫脫也篇中信豐宰遠父二字恐有悞從兩王先生下應有游字先君子上應有其字諸名山有詩五字亦所未解先生文集經俗刻譌誤滋多此篇尤甚七卷中有仰更齋記可參觀也

元故旌表高年耆德山村先生歐陽公墓銘 有序

歐陽元

至順元年冬十有二月南郊禮成詔天下民年八十以上無失德者有司以高年耆德旌表之袁之分宜山村先生歐陽翁是年九十以齒以德當應詔元統改元又詔賜高年帛公年九十三縣大夫來致帛見其人物議論之偉驚且喜曰此豈徒有年者哉一帛未足以示優禮也詢先詔旌表猶未徧舉方謀爲之請元適在朝登以文白當道檄有司奉行之於是旌表將至偶逅翁生朝子孫請卽是日拜命爲壽有司從之比至疾遽作竣事未幾卒後八年元謁告南歸訪族防里至翁之門旌表煜然

而宰木拱矣子惟德以里名士孫復孫所狀翁行請銘其墓元忍銘乎忍不銘乎翁諱涇字源清號山村先世自安福令而上詳見吾宗兗國文忠公譜令以下數世有自安福遷分宜防里者至翁傳十有六代代多文儒曾祖安世祖必恭父起宗皆教授鄉里世父龍瑞登宋咸淳七年第公資貌偉特少以力學得羸疾有授以食療法久乃魁岸性孝友執親喪至柴瘠每起必杖爲親擇葬地術家言某兆吉翁曰何自致之曰以公孝感當自致已而果致季弟目眚溫涼饑飽候伺之如是數十寒暑無幾微倦色沒而哭之盡哀葬之盡禮倫誼之重里人至今以爲式家居飭子孫常舉平心待物四字爲訓能以身教故子弟率從由是忠厚日積致家日肥奉養日腆而翁如素之習不改平生被服前代衣冠未嘗少易華靡子孫亦不能强之暮年身健神清稠人廣坐與一二同輩談承平舊事移日不倦歲時會族少長咸至多至數千指語子孫曰天倫之樂無以踰此饔餼隆殺非所計也爾後人毋廢斯禮早年習舉子業精敏有聲場屋與季父同登俱待補國學葉丞相守袁遇士愼許可見翁之文獨稱賞求識翁面屢加薦達至宋亾科舉廢乃更沈潛性命之學手編諸經傳註彙萃先儒格言其精義奥旨融貫演繹多所論著細書大帙充牣巾廂詩文理致自足不事雕劇舉動一出誠愨不勞矜持嘗有老僧一日同集人見其蹴踖於坐詢之曾從翁學者教學者無他言惟勉其用功根柢異時少自樹立郎

有依據後進往往佩服其言生以宋淳祐辛丑六月二十六日沒以元至元乙亥十一月十一日年九十有五沒之明年丙子八月某日葬於里之小礱源娶某氏先翁卒子男一惟德字秉彝幹蠱有譽克大厥家翁幹之歲子已稀年今將八十康勁勝常人每以翁壽期之孫男二務敏務實皆業進士曾孫男一玉成孫女一適彭曾孫女二長適朱少適許皆名族元於翁爲族弟先世從劉蹤迹雖逖知遇獨深銘墓之請誼不敢辭銘曰惟翁之身實備五福壽躋期頤富有茀祿茀祿雖富翁恬不知曷其康甯豐約不移惟其不移可久處樂耽書味道生不飲藥好

德已稀況德之積迨夫考終數不滿百大樸未斲全福有人豈獨全福有行有文有文匪他惟性惟理以淑其徒以遺孫子有覺其閎國旌壽駿天光所臨百世流潤爾孫爾曾赫奕其承同宗匪吝惇史足徵

神道碑銘下 墓表墓碣

敕贈開國輔運推誠宣力武臣榮祿大夫柱國安陸侯追封黔國公諡威毅吳公神道碑銘 洪武二十八年

劉三吾

上之洪武二十六年冬十月二十九日安陸侯吳公薨於雲南軍中訃聞上爲之震悼輟朝明年春正月晦匶車至龍江遣官祭奠賜宅兆鍾山之陰翌日詔禮曹定議追封黔國公諡威毅其葬之二月二十二日駕出太平門高岡望祭旣襄事之三年洪武之三十年冬十月己亥皇上御奉天門以工部奏公碑已具惟文未有敕詞臣臣三吾等文之鑱諸石焉臣職在揚厲不敢控辭謹按其狀敘而銘之公諱復字伯起姓吳氏廬州合肥人貴由公始曾大父伯七公追封句吳子妣嚴氏句吳子夫人大父省三公諱虎贈昭勇將軍親軍指揮使追封保信伯妣朱氏保信伯夫人父萬一公諱海贈鎮國上將軍僉大都督府事追封安陸侯妣耿氏安陸侯夫人公生而沈鷙少言笑勇略過人當元季宇內幅裂羣雄蠭起念不能坐受魚肉必有眞主方得拔迹至正甲午首自梁縣仗劒伏謁今上於淮右上察其底裏無他俾領前驅克滁州下湯泉六合等寨乙未夏六月從龍濟江取采石太平繼當句容溧水丙申春二月破臺中蠻子海

牙水寨進攻臺城功先諸將授管軍總管調之鎮江丹陽金壇兵至即下丁酉三月授元帥擊江陰無錫下之還守常州戊戌夏四月姑蘇張士誠軍奄至致死力爭公躍馬手矛追奔之己亥夏四月九月十月連攻士誠軍於高橋於太湖於常州庚子夏五月破常熟西門辛丑夏四月張盛氣取償所喪敗於太湖冬十有一月又敗於長興俘斬五千餘張憤屢衄癸卯春三月悉衆圍劉福通於安豐公隨駕往擊率先陷陣大崩其軍俘獲士馬資仗無算嗣是張爲之奪氣矣甲辰春二月領戰艦哨江敗敵於黃山殺傷過當三月從徐公今中山王圍廬州五閱月未下手鎗大呼先登挫敵樓兒張前鋭擒其渠帥連士馬遂克

之時常公今開平王已南定荆湖有旨授公指揮同知振武衛鎮沔陽元同僉任亮者柵安陸肆虣乙巳五月開平總大軍復襄漢公將其先鋒自沔倍道徑詣安陸州兵大潰生縛亮以歸上命留鎮其地威憺德懷款附日至薙荆蓁宇公私舍棲城堞隍塹糧儲甲仗無不畢具兵民倚賴焉戊申春正月上即皇帝位國號大明改元洪武其秋拔麻張寨洪山冬十月克汝州魯山以功授懷遠大將軍同知安陸衛指揮二年春正月取勳縣均州房州諸柵險以自豪者悉就削平三年春正月踣易文通寨鹵僞官及寇三百餘二月調征陝西定安州元大將擴廓帖木兒逆戰走之擒李區二平章等官兵士七百餘騸馬七百二十騸夏五月征吐蕃克河州襲元豫王卜納王馬速院使至西黃河抵黑松林殺阿撒秃于乃還秋八月拔南鄭回安陸冬十有一月受世襲之命四年夏五月從潁川侯平西蜀五年夏四月從衞國公平九溪柿溪辰州諸蠻俘峒酋沒則蛙蠻三百餘秋八月帥各衞兵會王都督夾擊散毛峒九月回本衞進官鎮國將軍僉大都督府事十年授世襲昭勇將軍指揮使十一年從西平侯再征吐蕃十二年振旅京師賜鐵券號開國輔運推誠宣力武臣階榮祿大夫勳柱國爵安陸侯食祿二千石十三年從鎮北平十四年從潁國公征雲南冬十一月破阿賈勝土者月等寨十二月得普定城之十五年春正月破西保阿驢等

寨城水西守之夏五月破客里硬華楚硬木岡硬等寨秋八月取關索嶺九月赴援盤江十六年春正月克壘定苗寨秋八月克比納寨而舊病金瘡復作驛聞亟遣尚醫醫之已無及竟薨於水西矣最公自結髮從軍三十有餘年馬蹏所至繇淮而浙沔漢窮粱雍以西前後俘馘諸蠻峒七百四十有五招捕華楚硬等寨三百有一戶四千七百有九往往冒險矢石體無完膚平居同輩中語及征戰事一不自口其能至臨敵對陣則氣機橫發是故所至無堅不潰無攻不克斯其樹立之傻偉者也於乎天以我皇上大是一統再造斯世則必篤生名將爲之恢廓徐常兩王開之於其前黔國諸賢佐之於其閒此其事業相望

忠義所貫豈不與我國家河山帶礪同億萬年無疆之休也哉公生至順辛未某月某日薨之年春秋五十有三室宋氏從封安陸侯夫人男六人長曰傑試驍騎右衛指揮使襲封安陸侯次曰佑曰儀曰偉曰倫曰重喜女六人長爲齊王妃次納贅譚信次適昌樂侯子智次適前軍都督子謹餘尚幼公在普定買妾楊氏年甫十七當公殮時慟哭已即沐浴更衣自經以死事聞上歎異久之錫封貞烈淑人從公葬墓下仍旌表其門云銘曰聖皇受命龍興鳳陽風雲慶會神靈效祥徐常兩王功臣第一繼有吳侯奮自梁邑委質以來戮力輸忠繇淮而浙屢剸寇鋒振武開衞泗陽駐節民資以綏兵藉之輯元有餘孽遁在西

陲公鼓其勇彼窘于追旋師未幾雲南肆伐威風所暨莫不震怛掉鞅之遥九圍半週一疾水西竟是弗瘳人之蓋棺旋踵朽息公有哀褒于黔之國誰謂蠻姬以死從公誰謂公死不磨者功惇史勒銘徵諸爾後爾後克熾我銘孔壽

敕贈開國輔運推誠宣力武臣榮祿大夫柱國同知大都督府事鞏昌侯追封陝西公諡宣武郭公神道碑銘

劉三吾

洪武二十年冬十有一月己亥皇上御奉天門工部侍郎臣秦逵奏故鞏昌侯墓道之碑已具宜得文及時鑱之有旨翰林院學士製之臣三吾職在詞垣不敢以才學譾淺爲辭謹按其世系功勳年爵次第而銘之臣聞天興聖代大有爲之君必篤生瓌偉英勇之將與之會遇以輔成其大業雖人也實天也當元季王政不綱在所裂裳爲旗荷衿爲兵草野自雄罔所適主時則今上皇帝龍興鳳陽天人合應有若中山開平兩公傑出其

間是故功無所儷矣其知所趨向先後疏附厥有成績若鞏昌侯郭子興者亦豈偶然哉子興世鳳陽人義勇有膂力善騎射自癸巳歲起兵首隸元帥郭某麾下即知所適主明年得滁州又明年得和州亦既從龍濟江若采石若太平若溧陽若溧水所嚮崩角義勇之聲日已爆矣丙申三月隨大軍進拔臺城先登授管軍總管繼陞統軍元帥攻圍常州身犯矢石晝夜不解衣甲爲生蟣蝨九閱月城始下被賞優渥載調克宣州江陰宜興婺州安慶衢州勢劇破竹壬寅分兵之江西南昌得其全城癸卯八月進克鄱陽彭蠡之戰海艘騈集戒嚴所部人百其勇陳友諒計蹙一中流矢死人知天命有歸矣甲辰春侍上親征

湖廣武昌汗血馳戰多所斬獲用屢功擢鷹揚衛指揮使簡在
上心俾從中山王拔廬州拔安豐率先陷陣大敗姑蘇張士誠爲之奪氣其平襄陽下衡州定澧州辰州轉而蘇高郵蹈淮安截拔浙西湖州坐困姑蘇往往裹糧力戰中山王以公之勇功聞陞鎮國上將軍大都督府僉都督吳二年正月改洪武元年
上卽位有事關陝令領其軍進討中原搤守潼關三年滿猷一迹不敢南移戍鞏昌招麾逋殘嚴輯部曲西戎羌夷兩境帖然進封鞏昌侯方倚之永鎮西陲而溘先朝露薨於家矣上爲之震悼輟朝三日賻贈有加追封陝國公謚宣武以洪武十七年冬十有二月某日葬聚寶山之原曾祖武某贈鎮國上將軍僉大都督府事護國追封光山縣子妣某氏從封光山縣子夫人祖考某贈驃騎將軍都指揮使追封汾陽伯妣趙氏從封汾陽伯夫人考某贈榮祿大夫同知大都督府事柱國追封鞏昌侯妣某氏從封鞏昌侯夫人配汪氏封鞏昌侯夫人皆由公貴貤恩子男四人長景儀卒於玉關次振次宗次官僧公生以某年某月某日薨以某年某月某日壽五十有四惟公自開國以來從龍上下盡瘁所事所至以英勇聞是故攻無不克戰無不勝視轉萬里之遠歷歲月之久若堂奧之朝夕焉雖鋒矢交集饑渴不時咸不避卹必盪殲渠兇歸報終事乃已其依日月之光仗雷霆之威以恢拓疆宇勒勛西陲者亦人傑也哉詞臣揚厲

爲職是宜有銘詞曰聖皇受命龍興鳳陽戡定禍亂經略封疆篤生武臣先後相望維陝國公篤生帝鄉沈鷙其勇鐵石其剛乘風雲會依日月光旌麾所指敵摧鋒苾底定東南載戢戎羌萬里之遠如在室堂生前封侯式是鞏昌身後封公亦此西方聚寶之原不食之岡佳城鬱鬱公所固藏詞臣載筆德音靡忘子孫善保奕世流芳

敕贈開國輔運推誠宣力武臣榮祿大夫柱國秦王左相兼陝西行中書省右丞長興侯耿炳文追封三代神道碑銘

劉三吾

皇上有天下以來玉音日所敷訓文武臣庶惟忠與孝是厲是懋念爾數四開國勳舊相從濟江翼戴興運宣忠效勞亦有年矣今朔南一軌天下大定而賞賚卹典稽至於今則敕賜緡鏹人五萬錠與造第鳳陽亦既告成行且就第則載賜鈔二十錠與葺先塋表儀其墓念爾子爾孫克有今日皆由祖宗樹德其前乃追贈其先金四錠白金四十錠鈔一千錠文緞表裏二十匹安富厥家榮享有廟神道有碑備物有像有翁仲羊馬於是

長興侯耿炳文得偕數四勳舊賜第其鄉及爵其三代考妣炳文惟念不肖之身奮自田野獲際皇上不世之遇貴至封侯富迨子孫皆非始願所及也某愚且蠢不知所以顯揚其親皇上不惟教以顯揚之道又與以顯揚之資荷茲渥寵彌深激戴又三年爲洪武二十七年乃狀其事於翰林儒臣劉三吾按狀炳文世鳳陽人起迹農畝當元至正壬辰所在訌亂鄉邑尤甚與父君用四顧彷徨無所于歸父子二人因念與其伏山林又手就戮曷若相率舉義得豪傑而往輔之乃挺身謁今上於鳳陽被蒙知遇自至麾下日備使令授父管軍百夫甲午四月領軍隨上取滁州六月取城口張營寨取嘉山繆把頭寨再取滁州守禦授管軍千戶乙未閏正月從上領軍取和州守禦授明威將軍管軍總管六月隨龍濟江取太平守禦丙申二月三月從上克采石中丞蠻子水寨取也先繼取臺城守禦聚寶門悉父子相從領軍是月十七日同父領軍隨總兵徐達今開國公取鎮江守禦其夏四月父奉命統兵應援常之宜興地界張氏勢所必爭則日相還喝各柵木自營盡死以報稍失尺寸卽全軍而死是故人百其勇有死無二是役也父賈勇先登肉薄蟻附騰柵而上斫傷幾死猶力戰不休父既死炳文襲職仍管其軍六月取廣德守禦丁酉取長興守禦開設長興翼元帥府署授統軍元帥甲辰改元帥府爲興武衞親軍指揮使司就職本衞

指揮使丙午調隨徐總兵取湖州其年取蘇州吳元年九月回京授大都督府僉事明年九月上卽帝位改元洪武其年授鎮國上將軍兼太子右率府副使九月隨總兵常國公征大同守禦回太原二年以其軍隨總兵徐國公征取陝西時兩軍人馬甚盛方事仇殺夾武功東川兩陣思齊在其東思道壘其西日數挑戰蓐食以俟曾不少解衣甲蟣蝨生身而瘡弗卹也如是者數月餘兩軍相敵無少休暇大概彼稍隙我卽進以是堅固敵力不克支相與遁去既得其地就鎮守之開設行大都督府陝西等處行中書省署事久之三年開秦府授府左相之職其相秦也直言正色多所匡正其年十二月授今封爵侯自壬辰

至丙申五年悉從父領軍自其父歿於王事後卽以其軍攻城略地得廣德長興而侯之爵兆於此矣繼得湖州蘇州懷慶澤潞平陽太原陝西爲侯所兼官亦兆於是矣前後從軍二十有七年中閒多其父子之兵在昔建武之中興也況弁兩耿實以父子同攄忠赤盡瘁國家故能聲援相應其成掎角之勢以恢復舊物光昭先業炳文父子故不敢上方況弁而其心之忠卽二耿之忠也天之生斯人爲我皇上成是混一之功致此太平之治也豈偶然哉爲之銘曰天生聖皇龍興鳳陽有志其人識主非常相率來迎如漢沛豐蕭曹景從風虎雲龍耿侯長興父子領兵從上討征父況子弁力敵是戡每戰必酣長興之役父

也戰死子也世襲李張在陝兩兵據險卒也俱翦長興受封悉以是功孰克比隆秦相兼官舉由其賢入其泥丸父死王事朝有贈謚公爲果毅子既封侯三代亦侯富貴是優金匱石室山河帶礪子孫世世子孫世世輔我皇家億千萬禩

元翰林修撰兼國子博士王吾素先生墓表

劉三吾

自予隨官先兄存吾之令桂陽臨武也時以先府公后田之命改家傳伏生經治春秋道郡諸生之來從先兄者悉送所得吾素經義與括例暨所爲志賦一帙憾生晚不得親函丈盍其貳尹平陽時道郡士子多從之受經先生之文之賦家傳人誦不見其燈窗所擬得其所試科斗文字歐陽公所謂蟾兔者以奇崛勝文字者以淸麗勝可見平日製作之大概矣烏乎孰謂私淑遺文時不見及先生而今白首玉堂乃見其孤孫綱振所爲乞銘其墓碑之行述也邪狀所述先生姓王諱相字吾素號玉

宇世吉水文昌鄉人曾大考諱季問邃於史學人稱其博雅太考諱鎔性孝友恆自誦曰祖宗而上皆父道仁其子孫卽所以事祖宗聖賢而下皆師道尊其德業卽所以事聖賢識者謂爲知言由孫貴封承事郎同知大和州事付家事其子悉意教諸孫考諱沂以子貴得封奉議大夫秘書監丞動驍騎尉爵廬陵縣子先生弱冠從鄉先達朱啟夔授春秋淹貫六經諸史百子其所蓄雄博渾厚尤長於賦鄉校試禹衍九鼎賦獨以聖人制器尚象初無取於怪誕不經闢左氏浮誇之説校之者見之歎賞不已擢魁多士元延祐甲寅科目初興先生以三經教授一時登膴仕者多出其門又七年領庚申鄉薦明年辛酉擢進士

第狀元宋本榜授桂陽平陽丞邑倚郭名難治先生律身以廉吏民咸服滿轉上猶尹民負固山谷素習獷暴下車初鉏彊蘇枯薰良莠奸久之人重犯法太父年九袠迎致就養公退觴俎自娛人歆豔之至順壬申行省禮聘較比多士得人爲多秩滿丁太父憂服除以承旨宋公之薦爲編修官館閣稱得人無何改授甯之涇縣尹俗囂於訟化導以政教犴獄爲空鄰縣豪民重貲賄大府擠其令府檄下讞之訊鞫所由榜髀拷楚窘迫至褫衣視之無完膚立爲直其冤諸縣長竟得無他荊湘歲旱民饑列郡秘不以聞抗疏請一切寬其逋租府檄覆覈之則單騎晨出暮歸所到不煩供億民聞之流亾四歸承旨翰林歐公國子博士吳當助教余闕相率論薦謂其言行身化足爲師表不宜久擯於外詔使賁其邱園授國子助教六館人人欣得所師因有翰林修撰國子博士之擢未幾以疾卒於官士論甚惜之初大父鎔屬纊時以十事語其考沂曰汝能行之吾死無憾矣葢事皆務敦本抑末睦宗恤鄰比官滿上猶歸聞之謂吾當繼成祖志即出其三歲之祿爲米近七百石首建社學里中爲四齋二十二楹建孔子廟中殿廡門悉備買田百畝以供祀事廩師生刱書樓講堂略如校官之制又刻家乘於石且表先塋率里中八大姓出粟以紓徭役之家斯皆所以紹先志也生平所著述不少兵燹後餘舊稾一卷春秋主意十卷行於時其生以

延祐丙辰卒以至正辛卯妣鞠氏以子貴封縣君妣蕭氏亦封縣君子一人後先生卒孫男一人即綱振女孫三人嗚乎如公潛德碩行固科目中先輩之卓然者最其歷治三縣所蒞有冰蘗聲人懷去思咸勒石頌德斯皆不足爲其重輕所可悼者一子不克壽其孫綱振距乃祖沒後又五十餘年方始究其遺緒收之殘編斷簡得之旁搜遠紹惟恐祖德之弗聞家聲之或墜尚幸承旨宋公所碑其父子之文猶足信今而傳後予讀其狀甚悲之以先生之才學今其所程式之文如河圖洛書之策科斗文字之賦雖燈窗檢閱尚不能不挂一漏萬而長材滂沛如洪濤出峽奔放莫禦神劍躍水變化不測惜也位不滿德歿有齎志不幸之幸者子雖不壽孫克繼世不難江湖數千里之遙乞銘於數十年前私淑其遺文之太史氏以大江之西方之吾湖湘之間自前八科迄後八科將不下數百家而爽鳩氏之墟田成子之悲有能以麥飯灑其松楸不絕其先如青原白鷺文山字水諸文獻大族者計亦概不多見而吾玉宇之家尚有先後金石文章光賁墟墓斯皆吾湖湘儒林官族所絕無而僅有者以此較彼先生所得乎斯文身後之福非千百之什一也邪烏乎天之將喪斯文也宜有壬辰之歲如詩家所紀己亥之歲天之未喪斯文也如玉宇之後猶有嗣孫紹往事於無聞續遺編於垂墜者也我表其阡永錫爾類爾後克昌孝永不匱

明故資善大夫太子少保吏部尚書致仕贈太子太保許公神道碑銘　李東陽

有居大官當重任仕而人望之退而人慕且薦之沒而人惜之若不盡其用者是惡可強合牽得蓋必有所由致即是而觀不待接其言攷其世其人可知也若河南許公固可誣哉公諱進字季升舉成化丙戌進士擢監察御史出按甘肅山東風裁卓卓都御史陳鉞附大監汪直啟釁遼東爲御史強珍所劾公亦率諸御史論之珍被逮謫戍公與凡劾鉞者皆奪俸三月遷山東按察司副使監鄉試事有欲私貴家子者執不從東昌有武官子懷金挾一儒生飲於酒家是夜被殺有司疑生所爲備極

拷訊生誣服公徧閱歷簿見酒家以殺之翼日買布數疋訊之遂服辜宏治戊申遷廣西按察使未上擢都察院右僉都御史巡撫大同贊理軍務上邊事數條北邊入貢驕詐百出公嚴爲節制遂不得逞武邑王驄沐不律公奏置於法降爲庶人又奏大監石巖巖誣公擅用旗幟降知兗州府甲寅遷陝西按察使寇犯西陲復命公爲左僉都御史巡撫甘肅吐魯番世仇哈密遣部酋逐其王入據其城久不復公與都督劉甯輩出調赤斤罕東諸夷爲聲援冒霧夜進城中人從亂者八百餘登臺自保公諭使下或欲盡屠之公不可乃止丙辰以功遷右副都御史巡撫陝西不屈權貴召入爲戶部右侍郎刑部主事鄭岳下獄不以罪公疏白之彗見公會奏修省數事庚申寇入大同復命兼左僉都御史提督軍務與平江伯陳公銳出師進勦陳以無功獲譴或因以累公遂令致仕歸數季廷臣論薦者數十疏乙丑今天子即祚召爲兵部左侍郎督團營兵馬進尚書賜蟒衣三襲正德丙寅公上疏請勤聖學戒游逸改吏部尚書賜玉帶加太子少保方逆瑾擅政事多齟齬時傳公議瑾寢不能容乃以署員外郎再署郎中者誣爲非制謫令致仕又以公嘗薦雍泰爲失當除其名而怒猶未解又據其在大同時嘗籍軍丁出銀僱役後爲典守者所尅故苛爲稽察因以中公幾至不測事未結而瑾敗朝廷用言者復公官仍致仕而公已卒矣乃贈公

太子太保遣官諭祭命有司治葬事焉公器宇魁峙負抱甚偉論議洶出若無不可爲者法尚嚴峻凡有請託多拒不行見者敬而畏之顧性孝謹嘗被庭訓撻指出血後每舉指示人輒感泣不已事二兄禮敬不替家素饒而自奉儉約至於老猶然所著有憲臺奏議平番始末東崖稾東崖者其所自號也公生某卒某葬於城南石齒山之北麓娶某生子某繼夫人高氏生誥舉進士擢戶部給事中改翰林院檢討調全州判官讃亦舉進士擢監察御史改編修調臨淄知縣公高祖某曾祖某祖某皆以公貴贈如其官其上世譜逸莫可考一日於塋域隙地得許五公墓志稱隋楚州刺史法光唐譙國公紹左相國師又五世

爲同州刺史八世爲宋端明殿學士餙其子東遷長安又四世爲金兵馬都元帥威西征過靈寶愛其風土始居焉又再世爲元百戶王則五之考也於是許氏之世系燦然復完狀請予銘銘曰

陝重周甸地分東西西有名關山川崛奇代生偉人出爲世用屹屹許公有威有重肅肅內憲嚴嚴外臺有劇必折靡強弗摧赫赫天曹百官是統震撼擊撞有震無恐仕我已我其機在人不怨不尤在我者存明揚在廷嘉遯於野既老而傳非徒壽者膏之沃矣有曄其光維源之濬其流則長物則有然於人爲大我最公名昭於一代

明故光祿大夫太子太保禮部尚書致仕贈特進右柱國太保謚文端周公神道碑銘

李東陽

昔在英宗復辟之日登朝選公儲養俊哲以數遺於後時太原周公實領國史越三朝四十餘季游歷諸曹官至一品再謝政事以功名終君子謂其遭際之盛出處之善胥得之矣公諱經字伯常舉天順乙卯鄉貢庚辰進士入翰林爲庶吉士壬午授檢討成化丁亥修英宗實錄成進編修乙丑同考禮部會試丙申直講經筵秩滿進侍讀丁酉考南京鄉試戊戌改春坊左中允日侍皇太子講讀辛丑父莊懿公致仕居南京公乞往省命給驛賜道里費且速其來講御製文華大訓皇太子每起立拱聽內閣大臣或以爲勞謂公宜跪請坐聽公不從竟得如禮甲辰丁莊懿公憂服闋久弗調或諷使圖進取計公峻卻之孝宗登極超擢太常寺少卿兼侍讀宏治戊申命直日講修憲宗實錄未成己酉擢禮部左侍郎每議政莅事必傅經義若卻西域貢師毀黃村尼寺爲先朝盛德事皆公與左侍郎倪文毅公贊成之辛亥改吏部還左侍郎一日有中官諭旨欲以通政司經歷高祿爲參議公獨承諭執不可退與尚書王端毅公上疏論之靈壽人獻大明川民田於大監李廣戶部駁議弗得公謂諸司宜會奏尚書耿文恪公屬公具草上之事遂寢乙卯諸司以災異言事吏部請早視朝勤聽政節侈費省游幸止貢獻而斥

樂戲一事尤急亦出公手後有蹤蹟爲此草者以問耿公公曰宐以實對耿曰吾爲尚書不宐他諉時論益兩賢之丙辰拜戶部尚書諸王府多奏欲自領河泊所賜稅罷其官公言國體非便且民力不能堪乃止有中官織幣南京奏給長蘆鹽八千引鬻於兩淮仍給淮鹽價銀二萬兩公言鹽筴本以濟邊且各有分地若公許越境則私販必多官鹽反滯命止長蘆之鹽勿給浙江守臣亦請給竹木銀鈔稅爲織費公又言關征非舊且浙地大水民困徵役乞暫停織造從之每委官監稅必諭以愛節民力課入多者則與下考大同缺馬尚書馬端肅公請給折糧銀就市之且戒督糧官毋得沮格既傳旨公言糧馬各有職不

宐侵奪且引祖訓六部不許相壓之文爲據詞甚激上爲改命兵部以馬價銀充用給事中曾昂以財用匱乏請令諸藩公帑積貯及均徭羨銀盡輸大倉公言用不足者蓋以織造賞賚齋醮土木之故若一切節省自宐少裕必欲盡括天下之財恐非藏富於民之意又有旨取大倉銀三萬兩爲張燈具公言不可以小民膏脂供耳目之玩乃命以明秊內帑歲額補還之內靈臺奏增灑埽卒當給月廩公言禁地非外人所得入不過爲守者私役耳疏再上竟寢之清甯宮災方議修建兵部欲調山東民夫七千餘人公曰今歲歉民貧不可使遠去鄉井請以本部羨銀就京師雇役爲之外戚張氏有河間賜地數百頃欲竝其

旁近民田千餘頃得之且乞畝加稅銀二分公言河間多沮洳比因久旱貧民卽退灘地耕之遇潦輒沒卽畝加稅將貽無窮之害且王府賜田例畝稅二分而此獨加稅人將謂朝廷待外戚與宗親異矣又聞憲宗妃家亦有私田與民田比一切奪之彼亦無以爲業人又將謂朝廷待張氏與他外戚異矣疏三四上後有以雄縣退灘地獻爲東宮莊者上因公奏皆抵之罪一時近戚貴幸有所陳請公一裁以法皆斂不得肆有中官及部屬以言事獲罪與同官上疏捄之聲稱藉甚而怨謗亦日滋庚申以災異事乞休致詔許之加太子太保賜敕給驛令有司月給米三石歲給輿隸四人命下廷臣皆相顧失色爭上疏畱之

不得自是數秊中外請畱及復起者多至八十餘疏前此未之有也公歸摘敕詞二字爲保完堂嘯傲其間乙丑今天子嗣位特起爲南京戶部尚書公辭以疾會丁繼母憂未上戊辰服闋改禮部又辭上降敕遣使卽其家起之至京疾作寓都城外上遣人慰問賜玉帶及通鑑纂要以示寵異比蒞事數月疾復作累疏乞休乃許之復賜敕褒諭推封三代月廩輿隸視昔有加焉至明秊公以疾革上震悼輟視朝一日贈特進光祿大夫右柱國太保謚文端命工部治葬事禮部諭祭者九公秊七十有一以是秊某月日窆於彭村之原配韓氏陝西按察司副使仕琦之女慧而知學先公五秊卒已賜葬至是而合子四人長孟

以膽爲右軍都督府都事次曾舉進士累官尚寶司少卿皆有世守次齊早卒公鄉試時有甘露降於縣學之松學者因稱爲松露先生公亦以自號少穎敏而莊重寡言笑繼母性嚴急奉事惟謹及遇諸弟友愛曲至母弟綸早卒撫其四孤皆登仕籍少受學於吳布政繹思吳既謝事歲致衣一襲銀十兩終其身其友蔡知府霖卒申御史論罷官皆貧甚竝致優恤久不厭其敦尚義氣類如此爲詩文及書麗而有則自爲小官已志世用日侍莊懿公習聞天下事久置清讌兩薦爲内閣不果入其爲尚書簡任屬吏親爲裁決剸煩應變略無稽滯而秉政執法不爲權勢所撓尤人所甚難者予與公同官久比以孟曾請銘神

道因撮其行業之大而於戶部獨詳焉墓銘出少傅新都楊公者尤備可互見也銘曰

國有世臣實稱濟美其最貴者尚書父子施何耿王維白反倪公蓋其一他其與齊麥有兩岐芝有三秀矧人有生得物之厚惟家之昌惟國之光氣運攸繫亦靡厥常兩都四曹公際其盛令終全歸公受其正父曰莊懿子曰文端代有美謚夫人則難亦有難者祖孫科第公居其間有捌有繼一品雖榮公不爲彗七十誠稀公不爲遐胡進之難而退斯易所不朽者非世祿謂大行之西有生若人百世而下其永有聞

族高祖希蘧先生墓表

李東陽

東陽少時則聞族高祖希蘧先生蓋吾李氏近自宋茶陵州同知慶遠府君至先生乃復顯先生之名鄉人不敢斥稱爲狀元至於今雖旁邑猶然東陽稍壯乃克稽據家集知爲李齊榜進士第二人而鄉以高第故特稱此始其俗然也及屢見先生書蹟圖印乃知其號希蘧又號爲危行翁又按諸書知先生始應奉翰林文字以母老就養江南授婺源州同知稱江淛儒學副提舉今閣本一統志於永新流寓書遼陽提舉者蓋傳刻之誤元江淛所刻宋史有提調官名氏可證也及以母憂解職歸茶陵值元季亂不復出入國朝力辭徵辟隱永新山中爲俞統制

子懋所館至梓其集以傳其卒也葬永新雷公峽出茶陵界三十里夫人某氏祔焉其子自立亦祔焉自立府君之子某始歸茶陵中州之北坪成化壬辰東陽從先考學士公歸訪其裔孫政者見先生手錄易詩傳及諸族所藏大書數幅獨深歎慕乃摹其遺像且爲文祭於其墓圖有志表之然未敢易也越十有八年宏治己酉在先公某聞先生之裔不安厥居遺蹟蕩逸莫知所在因追念淸風大節能大彰於世區區不肖之私亦有未竟者以爲私愧竊嘗觀遺文而有得焉先生當元之亂慨然欲效一障以死而不可得蓋見諸余廷心之序又以爲委質事人不可終負蓋見諸王明妃之詩及我國朝混一區宇校諸前代

廢興不可律視顧堯舜巢由志各有在抑亦天下之不可無者則昭德紀行以貽來世豈獨爲不肖之私哉況其墳墓在他邑而子孫不幸莫得而守之則凡爲吾族蒙聲望沾教澤者雖欲不惓惓於斯可得哉吾友顧侯天錫方守吉安因以先生墓爲託是實先公遺命因循玩愒獨不及其存而圖之烏乎痛哉永新地雖異省實吾比境守望相接媚戚相屬樵牧之不忍犯者殆不待於斯言然不肖之私自不能已於言也先生諱祁字一初固所當諱而有不敢諱者竊附臨文之義雖得罪於君子亦有所不避云

大名別駕曾君墓碑

張治

史張子曰予每閱曾別駕事未嘗不歎其世之能大而又悲夫天之未定也別駕諱宗正字克明別號麓峯其父東山公骯髒負大志以雄儁震於鄉鄉之人咸望而震也成化丁酉領湖廣鄉薦名日籍籍起未幾齎志以卒別駕季始髫與其母吳氏煢煢然形影相弔也吳氏朝夕攜別駕泣而號曰何天禍我良人哉爾成立俾爾曾氏不墮絕予則於良人無愧容未亾人亦奚忍爲曾氏謝荼苦邪乃以別駕託諸東山之友魯公政曰惟公不喪友道公克樹予子則予良人不夘公則於良友亦無愧容魯公曰諾別駕遂黽勉日誦讀古今名人文字久益旁貫百氏

母吳事紡織助供億弗倦別駕學乃大就補郡庠弟子員每試有司輒裒然稱首正德庚午舉鄉試第幾歸忻忻拜母吳堂下吳喜曰予自是可無愧爾先人矣別駕益淬礪屢試春官竟弗第丙子元子述復舉於鄉別駕揚揚然若矜曰吾不售吾子必售吾烏能栖栖然與兒曹奔丕競青紫哉嘉靖癸未乃謁選爲大名府通判理河政國家定鼎北平咸漕江淮粟四百萬石以輸於京師黃河每東浸漕輒淤乃於郡縣設專官董其役別駕日周視河上每夏秋水至則號工築塞卷埽千尋役夫萬指晝夜弗休息久之兩足苦瘇不能良行別駕曰吾仕以母老也今疾其何以事吾母餘季乎乃棄印綬歸會撫按咸疏薦堅弗起

賁日裕晨夕具甘旨奉其母怡如也逾歲子述歿又逾歲子選歿別駕哭曰天不福吾嗣吾何以慰吾母邪遂鬱鬱他疾庚子季子造復舉於鄉別駕喜揚揚若初然竟以足疾不能愈疾亟執母吳手泣曰吾母所以忍歿以至於今者爲不肖也不肖乃不能忍須臾歿以奉吾母可恨也已語畢而逝辛丑二月三日也壬寅五月張子以南銓赴召而北便道省先墓於茶歸舟涉長沙子造衰絰謁江上既而子造跣足奔數百里來乞文張子所居之里與曾氏相去數百武而子述則同舉於鄉者每觀曾氏自東山公以儒起家科第萌發不絕然皆不能大其所施以肅明當世焉是豈所謂天之未定者與翕而舒之物道則爾曾

氏之後將其有昌大也哉因感其事而識焉其他美東洲之志備矣曾氏之先泰和人宋景祐名學祿者以連州判徙茶陵之月江曰奇英曰長曰策元時相繼舉進士至瓊禕生元隆元隆生理號東山先生始居長沙理生別駕別駕生六子曰述舉人曰選曰遜曰追俱郡庠生曰造舉人曰逅習舉子業女二長適百戶譚邦治次適同知魯政之孫朝東孫男子四人子唯子約子孝子省孫女四人別駕生成化壬辰八月壽七十娶高氏壬寅十一月葬於善化縣十一都易家山之原

贈兵部員外蔣公暨宜人萬氏墓表

蔣信

信生十四歲而先君背棄是爲宏治丙辰月日後二十一年乃先母背棄是爲正德戊寅月日先君葬郡東郭曾祖妣墓西始穹壙即有水隱隱滲出卒葬之先母葬南羅阡踰年喪子室李氏將祔葬以鑿壙見水不果顧距先母墓僅數尺許耳然則信爲先君而痛爲先母而又痛日懸懸思得吉藏易之以免於水泉塗泥豈得已哉又凡七年値故所棄田來歸始即隴弁遷合葬焉即丙寅歲月日也予昔割田之半以與渠也奚忍虞其卒予歸也其來歸予辭之而力遜諸他奚暇爲二親吉藏計然而卒歸焉終之永臧未可知而昔焉泉泥之痛則稍紓矣於乎庸

非天邪信昔讀歐陽子所爲瀧岡墓表有感焉曰如是將無賢於世俗矣乎夫有感於昔弗之酬迄於茲身將就木猶爾因循爲也謂之何哉信爲茲懼用敢想像神采竝詳其卒葬歲月表之墓左俾嗣吾爲子孫者獲考焉先君貌頎而古質重而温雖操居賈之業其衣服燕居必取雅飾不逐時俗出則著寬博殺縫直身其長及足襯其裹亦取稱是家居無事若不聞聲賓客至揖讓既畢始聞語朗朗然不至數數或留之飲雖甚款狎不謔浪譃譁洽情而已一夕盛暑臥榻前聞人語囂囂起諭之曰性定自涼何乃爾事先大父肅庵公屏息不懈閒有請必從容視帶而語數步外已不聞聲非瞰其顏色不敢請也是信兒時

所親見有如此者·仲父綸一日以窘乏來告·屬先兄傑理家政·欲周之不可·乃解所繫緣合之易粟持歸·兄覺之·徑以直償粟主·歸其緣·明旦請其故·先君曰遺之矣·兄乃出緣獻之·事聞族人·爭以爲笑·遂爲故事·是則信二十時所聞於大功兄儀有如此者·是故卒之日·內外緦麻以上哭皆盡哀·諸妹壻皆負哭之尤極悲·云先母慈惠成性·推分恆不計有無·佐先君雖極儉橐無餘蓄·先君一旦棄去·門無榦僕·襄事僅僅·及期家已槁落·維荼維檗·備嘗之苦·可勝言邪·展轉長慮·惟訓孤已耳·而信復未知南北·遺事師·一不如意·卽懷卷歸·因之痛哭絕聲·不知凡幾·烏乎可忍言哉·若夫終歲麻枲衣裳以爲饘粥燈膏之助·不避

寒暑·爲之者凡五六年·信之不敢終自棄·固先君孝友克備餘庇·遺之·而復育成就·荷賴吾母實多矣·烏乎·先君壽纔踰艾·先母壽踰稀·均之祿養不及·圖之未死之年·惟進修寡過·庶其贖之·顧垂朽無成也·柰之何哉·先君諱經·號惠庵·信以義追稱之也·祖五世而上莫可考·郡耆老相傳·祖文舉者·嘗判常尋·被逮京師·高祖審其爲鳳陽郡竹林灣蔣秀才也·釋之·二子德英·士英·生祖睿·睿生祖誠·誠配張氏·生四子·長紳·雲南大理府知事次卽先君·生正統乙丑歲月日·先母同郡教諭萬公姝女·生正統乙丑歲月日·先君以信官累贈至奉直大夫兵部車駕司員外郞·先母累贈宜人·

明威將軍張氏祖墓碑　陳一能

明威將軍張氏·其先衡州新城人也·始祖諱貴·在勝國時爲千戶·貴生志·吳元年太祖高皇帝起兵淮右·貴仗劍上謁·太祖壯其貌·得充總旗·洪武元年克延平·收捕蘭秀山寇·明年調守汴梁·又明年克興源·征蜀·調守成都·後鎮大竹·平滇南·以戰死·錄功以志爲昭信校尉·調守常德衛·遂家焉·志生政·政生俊生傑·俊尤絕·傑詣朝請官·仍補百戶·成化七年征荊襄·俘斬有功·陞副千戶·傑生濟·宏治五年奉例實授·十四年征武靖壺頭等寨·陞正千戶·濟生綱·正德七年調征鎮筸·十二年征香鑪等寨·累功陞指揮僉事·綱生官·蔭今爵·祖母湯氏·傅氏·田氏·胡氏·陳氏

伍氏·丁氏·皆以夫官爵誥封如例云·惟明興垂二百年所矣·我太祖神武天授·定鼎金陵·一時從事矢石者·大則以侯·次則以伯·類得廣食·其次自萬戶侯以下·咸給劵蔭官以世·孫子主恩信高深矣·彼諸臣遭遘明堂·相與戮力委軀·爭豎寸尺者·身被百創·博一戰功·其建勳亦艱矣哉·顧世有紈袴子弟·馮籍榮寵·一旦綰金紫·繫印肘後·輒橫里中·府怨甲士·迨四方多故·乃不能躍馬提戈·請當一面·我先朝錫劵之恩·及先臣請纓之志·烏在也·矧能爲祖父綿帶礪·表邱墓·投筆翔奮·以報主恩·承先志邪·惟張將軍官克紹祖業·有古良將風·秉樞者恆貌之·授以軍柄·將軍慷慨負氣·腰領木彊·不阿時好·踰年輒解印投散·種梅

環溪以老以逸故別號梅溪云評者謂將軍嫺將略志或少降得從事於文武經緯之閒其書麟垂帛之勳將不足以埒韓白衞霍之雄哉乃令抑塞齎志憐才者深惜之也夫將軍老而投閒猶時時憶先代汗馬功居嘗進子孫語曰若等席祖父寵榮得有今日而封植邱隴固子孫事爰令陳生碑之以示不朽竊惟先臣忠能報主而奕代孝能顯親是則可碑也將軍子三長天象爲萬戶侯次天才充榮藩王官次天秩補郡博士弟子噫嘻張氏將家也章縫甲冑文武競奮斗山之原先墓在焉其生卒歲月別有紀也爰爲之銘曰

於昭聖皇天授神武竭揭勞臣敉甯夾輔定鼎鐫功鋏券千古

惟張將軍韓白同流積勳累官爲萬戶侯團花錯落腰黃射眸昂昂雲仍燕頷虎頭飲河溯源樹石闡幽嗟哉張公干將鍔礪悲風夜吹猶橫劍氣將星在天寒芒燭地白馬恍來魍魎辟易虎子麟孫奕葉靡替墓拱繁英隆隆百世 隆慶元年

明故助教懷蓮謝公墓表

艾穆

夫修齡屈於短晷遠蹟頓於窮途古及今隕英雄之淚者不少矣余至是歎天不可問爲道亨哽咽沾襟焉往余與道亨讀書眞定之恆陽書院兩人者風雨聯牀論交千古心相許也道亨是時魁梧豐碩而豪於酒獨每飲則面目汗雨淋漓余謂道亨體壯氣顧虛其爲人朗暢通達而不以機數諧時局余每見道亨治業甚精說書剖元秘誠願爲執鞭而道亨閱視余篇翰有當心者輒避席欲下之又偶有一當路種種破格禮余以軋道亨者余心不自安而道亨安之初不以忽微見顏色也此其度蓋過人遠矣余以是知道亨故今揭其大者表之墓道亨姓謝

諱邦泰號懷蓮道亨其字邵武縣人也始祖諱彥清洪武初由當塗縣調福建邵武衞鎮守傳數世至曾祖景安景安生大父友才友才生父貴號虛舟公爲庠生配余孺人生三子長道亨道亨少穎慧未冠爲學官弟子於書鮮所不讀家故貧余孺人病痢卒買吉地蓮花峯葬之父虛舟公卒道亨從京師奔歸亦葬父蓮花峯凡買地與襄事諸費至浩也道亨皆自極力貸之人不以困其二弟別號懷蓮蓋志思二親蓮花峯云二親之亾也道亨以己所得束脩室其弟邦直教其弟邦美爲弟子員有妹繼訓導王錦室錦卒妹年未及笄又二子皆前室出道亨泣謂妹曰汝爲未亾人能無古人歌黃鵠吟孤燕以完節終身幸

矣不則謂婦何姝泣對曰敢不如命我年幼所不能慰吾夫君於地下者以文藻文澧二孤未立也道亨爲撫而教之如己子後藻官吏目澧爲弟子員二孤胥有立而妹孀居數十年履操嚼然與柏舟爭烈固道亨成之也道亨每試冠流輩顧屢蹶不第以歲薦試禮部宗伯對山林公奇其文首拔道亨應試道亨場中卷幾落學士后溪丁公鳳盤張公塡榜序至八亟命搜書經房落卷中得道亨卷二公大喜賞之且憾得卷晚爲屈之九明年會試不第道亨憮然曰吾奇蹇不第至以老生上春官非遇丁張二公幾又不第今第矣而復有會試科之後異日者會試科如曩不遇二公者是卒不第也卽第可後不將皤然翁乎

吾將乞文學一方造俊而修業焉以徯再試脁不然世以資論官不以資論人也於是領學官井陘縣當是時余官阜平道亨與諸生談性命經義卻束脩不問陘士爲立去思碑學院陳公品藝貞定萃三十二校之儁於恆陽院檄道亨與余督課之是科庚午士出其門爲盛道亨應陝西聘余應河南聘比其還也冀可再會試乃業已轉官國子同抱吳鉤而鳴鳴長唫吾兩人者之襟期則固蝶夢升沈不以是軒輊矣道亨得病由食停中不化遞溫遞下致形喪肉脫又服參著諸助脾藥少瘥卽觸署謁諸貴人知己者余移書讓道亨謂子之疾去死僅毛髮而獨觸暑出謁貴人乃不身而官邪道亨荅曰諸貴人故皆我知己我固當見頃之得家報有祝融氏之禍甚烈余往寬之道亨笑謂我命固宜如此然道亨嗜古好學病臥猶攤書滿座一日握管作應酬文含豪沈思脾火蒸蒸起丹田投筆而病復作不起矣傷哉道亨生於嘉靖癸未年九月十四日卒於隆慶六年十一月十九日遇今上嗣服覃恩得移贈其父虛舟公如己官妻傅氏生子三長汝讜郡庠生娶何氏次汝弼邑庠生娶吳氏繼娶龔氏次汝爲未娶女三長適庠生章其蘊次適鄭可行次未適孫三長榮錫次榮命次榮義又孫女三夫修齡遠蹟宜莫如道亨者乃僅一第而官至國子兩年半在牀褥卒之日寡妻弱子號於旅邸而貧不能喪此余所以嗟天不可問爲道亨哽

咽沾襟也

處士陳君觀泉墓表　艾穆

余以言戍秦中也則取道歸省老母業聞處士公十日前逝矣傷哉今年春余之戍所會冢子太學君於城太學君手狀抆淚跽而請曰不肖孤厠世誼末先是以家大人今秋年八十擬走使都門徵先生祝辭薦觴初下爲家大人鼓舞侈一快不謂其遽奄忽亾也生不能得先生一言爲重死願一言表之即死且不朽余以世誼習處士公又拜太學君之命何可以不文辭處士公姓陳諱楚球字某號觀泉陳氏之先世家北步嶺勝國中有始祖伯壽者生志賢賢生必端端生瑚瑚生昂即秀峯公以貲雄例而官配黃氏生子三長楚某次楚坤官河南布政司檢

校又次即處士公處士公生而頎碩朗暢自豪慕義而喜修邑大夫高其行誼賓於鄉者凡十三矣而處士公卒堅謝不一應夫賓之十三而卒不一應也其恬於取功名而果於激俗固若此生平剛而不阿遇諸兄弟事有不可毅不少徇秀峯公性嚴素不以辭色借兒曹顧見處士公少而能其家則喜而歎曰是兒其庶幾不曠墜先緒乎遂爲擇室於方伯黃梅巖公之次女侍御韓峯沈公令吾邑以處士邑之良也命總邑七鄉事乃七鄉事無不井井綸綸稱辦焉沈公大愛幸賢之爲言於巡撫顧公公謂誠良也命董學宮役役有成功嗣是邑之夏侯蕭侯與今陳侯亦皆謂處士公良也每邑有義舉輒目處士公其愛幸賢之如沈公云陳侯令吾邑久得處士公益詳將優之鄉上賓令諸文學詣門促處士公應處士公語諸文學曰球犬馬齒幾耋矣生長太平盛世無所發明於時以流光揚休徒抗迹物外與泉石締盟聊以供輸之暇課子孫耕讀耳果何德而賓於鄉卒亦堅謝不應居無何邑文廟圮陳侯又以其名董役請之當路乃處士公則奮起應之日夜不憚寒暑趨事居常遇佳辰美景輒拉子姪攜具燕游仰天拊缶歌聲嗚嗚至闌宵達曙不休也其襟況又如此卒之日一夢若僊去不一語及兒女事塡門哭者至數千百人是不可以觀處士公哉余惟水泆惟防馬逸惟閑禮義廉恥者人之大防大閑也世有起家先籍者每至沈

酣聲利蕩防敗閑而後山林闇沕之夫得以獨行自見亦可悼矣處士公之賓而不應也余葢重有感焉至其急於奉公當事又毅然如湍水之赴壑斯非義人哉處士公生於宏治己未七月二十五日卒於萬歷五年十二月之八日壽七十九處士公卒之明年萬歷戊寅某月某日葬某地名又明年己卯諸子買石刻予文樹諸墓俾來裔有考焉

郭瓛妻李孺人墓表　陳洪謨

嘉靖歲辛丑冬念有二日，郭母李孺人卒於其子承奉正㫐之私第。先是㫐被選侍榮莊王之國，乃迎父瓛及母李來常武就養，踰三十年矣。迨母嬰疾，㫐萃百醫療罔效，至是則擗踊噭號，若不可生者。斂且殯，率循家禮。諸寮寀及郡邑大夫士往弔者，皆悲感嘖嘖，誦其能盡子道也。聞諸榮，今王亦慰賚有加焉。㫐旣襄事，復謀后樹之墓道，乃衰服過予，跽而請曰：願假一言以爲不朽。予爲之歎曰：母子固天性也，然生能致養，死能致哀，復能致其恩以圖不朽者，蓋亦鮮矣，況又所謂中官也哉。言烏可辭。按狀，李貫保定蠡縣，父李，母楊，僑居京師之將軍營。孺人生

有異質，食惟蔬菜，不鮮食，服飾尙儉樸，少與羣女處，端坐無戲容，人以爲得之胎教。年十八歸瓛，亦同里居也。事翁大有及姑趙，皆極其順。翁常偕趙還蠡，未幾翁遭疾，瓛卽欲偕往，復以徒行難之。孺人曰：豈有翁病而婦不在側者乎？遂與之偕往，晝夜奔馳二百里，無倦容。比至，翁猶握其手與訣數言乃逝，人以孝感稱之。旣而奉姑趙至京師，孺人躬親織紉，以贍饔飧，無或闕乏。㫐由內史進寶至今官，恒戒之曰：其飭爾躬，殫爾忠，毋驕以肆爾慾。㫐佩服惟謹，由是寵遇滋隆。每或有賞賚及精毳甘脆之物，必先馳饋而後敢私。母惟自視欿然，謂諸子曰：是皆恩澤所流，若等其可坐享。及諸孫有雋敏者，教以讀書史，循理守法；

敦樸者力田服賈。兄弟友愛，家庭之閒，雍秩如也。疾革，諸子環侍，尤惓惓以㫐保令終及隆父養爲言，聞者感動。享年六十有四，生於成化庚戌年月日。子男六：長柱，次卽㫐，次鼎、甯、冕、昂、冕。府庠生。女二：十戶王麒、典仗許恩，其壻也。孫男九，曰思、明、聰、溫、恭、忠、敬、問、難、義。壬寅春月日，葬於武陵漢壽鄉萬金村之原。壽雖弗躋耄耋，然享祿養已久，子姓蕃熾，沒後人哀之，閫閒內外。茲又表其氏名姓行於貞珉，以昭不朽，其亦無遺憾也已。予嘗見世之爲人子，所謂致養、致哀及圖不朽者，漫不加意，視同氣若秦越之視肥瘠，蓋不特中官爲然，雖縉紳之流，識道理，位通顯者，猶或有之。噫！世道之日異，風俗之日偷也，如是也哉。今以

郭氏觀之，雖其承奉㫐稟之懿，抑以母氏之賢有以成之也。固應書以爲世勸。於乎！是豈直爲郭氏不朽計也邪。嘉靖十八年

右通政韓公墓表

李騰芳

韓氏其先世揚之泰州人也初有名傑者爲張士誠將來歸以軍功擢武略將軍守蒲州子孫世居官遂爲蒲州人公諱某字某中嘉靖四十四年進士改翰林院庶吉士授刑科給事中升翰林院提督四夷館太常寺少卿提督謄黄通政使司右通政調陝西布政使司左參議落職閒住久之詔復通政使司右通政致仕進□階中議大夫卒於家卒年七十八歲公幼慧敏年十二即能徧讀子史諸家書讀即不忘與大學士張文毅公同赴省試道經郭林宗祠下駐馬讀其碑文至旅舍相對憶誦一字不漏通易詩書禮春秋五經以禮記舉於鄉以春秋中會試

第四人時典試者新鄭高文憲公也咨歎其文雄悍淹博公在諫垣値言路開通矢心獻替凡關主德國是天下大利病皆直言不讓先帝即位之初恭嘿寡言公首疏勵聖志覈聖政宏聖德三事疏入之日明日上視朝獨早論大學士趙貞吉謀議誤國無大臣□黨同伐異無大臣心屢被彈射無大臣節論尚書吳山黄光昇被召遷延不進宜酌其去留論刑部郎曹天祐典獄狐媚藍藍楊繼盛因云自古權臣擅國濁亂朝綱必由奸人諂附助成惡燄論侍郎游居敬順天府尹姚一元年老不能事事云所貴老臣即龐眉皓首而神氣充盈謀猷練達不宜以衰朽充位論操江都御史吳時來巧獵虛聲久干物議論張齊奏辨疏云諫官論執政至編戍執政罷則放還非政體宜覈其事之有無有仍遣戍無則復官使後世知隆慶年諫官無納賄言事者論督邊侍郎不宜留一朝覲縣官爲瀆奏御史不宜爲人濫請卹錄爲市恩其詞義嚴切風稜峻特類如此蓋當是時文襄以豪傑邁世之才獨任天下之事一意彊主卑下首公破黨公爲其門生知己又在言路闡發精采左右毘益虜求款市文襄主之朝議沸然引宋之講和本朝之禁馬市爲詞公力排衆說手列八議而事遂定由是文襄益以公爲能助己言無不從而公亦幸文襄能用己不爲避匿也文襄既去國公亦得罪歸歸之日囷無贏粟笥無贏衣漸理東城羊肆一區爲隱居五年

而始就治北郭田若干畝種南山柿杏若干株爲朝夕費閒居讀書飲酒欣如也其後十九年而公之子爌舉進士官翰林院編修又五年以爌編修考滿恩復公原官右通政致仕又九年而公卒其卒之前一日與子爌敘述平生受國恩歷位列卿及所以廢退之故以心無愧怍歸全爲幸明日遂逝今上三十三年八月十五日也爌將以某月日葬公於某山之扦次公狀授予命表其墓予讀本朝實錄大政紀典則諸編及學士文人稗官野老所紀載傳多矣其論宰相人品之偉功業之著未有過於新鄭江陵兩公者也兩公皆負不世出之才具絕人之識本以忠誠不二之心遭時遇主欲盡破人世悠悠齷齪之見而措

天下於至治極盛其所就雖皆不竟然其所設施亦已不可泯矣獨怪兩公始相得甚驩卒於相抵高公去國人皆言出於張公其說雖不足盡信然亦未可爲盡誣也豈二公之氣各有所偏其才各不相下而致然乎古人稱丙魏房杜同心是矣然韓魏公富鄭公齟齬特甚由是言之兩公之不相浹亦未可以相貶也至於公以新鄭當事而庸以新鄭釋位而罷則亦理之自然不必以江陵嫌公爲解何也大丈夫致身淸時遇賢宰相知己言聽計從揚眉抗首死生以之與夫巧宦小人視人之得勢則趨坿若不及失勢則排擠亦若不及又恬不知恥自以爲有氣節風力不知此昔人所謂又抱琵琶過別舟者也公以新鄭爲能任天下新鄭亦以公爲能佐己以任天下新鄭欲行而公言之公言而新鄭行之惟新鄭能用公惟公能助新鄭新鄭既去而公又何待乎假使新鄭去而公復故面以事江陵卽江陵用公而公與巧宦小人何異然則公之以新鄭得罪也乃所以爲公賢也不必以江陵嫌公爲公解也

奉直大夫陳公墓表

李騰芳

公諱學易字某別號愼吾爲杭州之錢塘人曾祖泰祖宗仁皆不仕父繼先邑庠生以公貴贈奉政大夫江西饒州府同知公舉進士仕湖廣岳州府推官遷饒州府同知南京兵部車駕司員外郎丁母憂服除遂致仕卒於家享年七十有八公卒時豫知月日已自爲像贊年譜志銘命予門人表其墓公顴面鬈頤身長六尺八寸性爽烈亮直與人交洞見肺腑而外常落落其爲吏所至擊斷剛決赫然有聲人多忌之岳州古巴陵饒州古鄱陽二郡皆濱大湖盜賊魁桀所窟穴公悉根株論殺之無漏荆之人有盜故相張公之沒入田而產其籍者公一詰之立吐出樂平令輕重役法邑豪鼓衆拘之以兵遠近恟恟公單騎馳諭出令坐於衢與之刊置役書衆遂定予嘗從公泛舟於洞庭彭蠡之間或曰荆人之憾公深矣喪其盜田故也公曰無有或曰饒人之憾公深矣利樂平之亂而公散之也公又曰無有公蓋誠以爲無有也嗟夫以公之才自李而丞自丞而郎郎又南曹則憾公者豈誠無有哉公之曾祖母高氏祖母邵氏皆早孀絕憐愛公眠食不離手稍長臥公榻側後置一鷄鷄鳴拈書以授公二母卒公慟號嘔血每旦鷄鳴必起坐流涕既貴而尤篤焉事母王太宜人姝謹太宜人年高不能從公於官公時時欲棄官歸及之金陵竟歸聚數月而太宜人卒待諸弟友愛子女

婚嫁盡其有以助之宦既貧以故益窘然公欣如也日與賓從故舊飲酒湖山而以生計付子維新己亥八月予見公於西湖之上維新觴予公忽指以語予曰吾無子此吾弟之子也予愕然公笑曰吾數有子而亾此子甫生吾妻嚴宜人子之今甚孝養吾意不欲更有子矣予別公時公方搆小室於其堂之偏命予名之曰將讀書於其中也更築亭於湖之涯曰以飲酒焉待子再至爲名吾亭烏乎予尚忍再至湖上哉

封右庶子莊公暨配宜人粟氏合葬墓表　李騰芳

某月日莊學士得全葬其父封奉政大夫右庶子兼侍讀少屏公於長沙某里施家湖之原而以母粟宜人附焉銘其隧石者學士㕛公道南也表其墓者不佞李某也莊氏本定遠人國初祖壹以布衣從軍戰采石爲百夫長子孫世其官至於今二百四十年散居鳳陽長沙以武功遞爲指揮使僉事同知者數十人惟學士始以儒奮而公其父也公諱如岱字子壽別號少屏祖諱琇父諱位皆隱者公生沈毅有膽決弱冠能文章達時務湘水繞郡城西出於背故司理翟公議鑿濆引流其前工甚鉅檄公爲督是時公年纔十九役均工辦人以爲能然亦因此廢

學家貧與室粟宜人苦身勤行澹濇寡嗜奉撫養供賓祭微細緩急宜人皆商公意庀給撙節有法度學士早慧而弱公課之急宜人不能無心憐及連蹇場屋宜人竊捧其卷而泣公取讀之喜曰兒如此何憂學士舉進士入史館宜人已先卒世公澘然曰念宜人泣兒卷時不見今日也寓書戒學士以約己力官毋負所學以光而母無忝我自是操苦節濇益加稍餘輒以丐貧者市田宅常取其下而多予之値歲潦嘗傾橐百金爲鄰邑湘陰人治橋熟內經脈難諸篇喜煮咀以療人伯父建江卒於宜都學舍無子親往負其柩歸性不飲酒不樂御冠帶見賓客郡邑鄉飲勉一往而已晚年鬢髮鬒黑健飧飯無疾痛有園城

東備亭沼之勝葬巾布袍來往於柳煙竹露紅葉碧帶之中望之若仙也歲之某月因病中滿遂不起學士方請急歸省就道時距公逝已十有八日矣慟哉公歷封翰林院編修右中允右諭德右庶子粟氏宜人初贈孺人累贈宜人有子曰少詹事兼翰林院侍讀學士天合曰天佑繼室黃宜人初封孺人累封宜人有子曰廩生天質天柱孫男廩生以臨等七人曾孫男二人曾孫女三人公生於某年月日卒於某年月日享年六十三歲粟宜人生於某年月日卒於某年月日享年□□□歲烏乎自予與學士同舉於鄉以猶子謁公屢矣美容貌長辨說凡市井田里官府國計鉅細繁要之事無不了了益智計才能之傑也

因予貴務悃悃爲長者長沙之人莫不賢其長者焉噫長者足以盡公乎哉

盧昆石先生神道碑銘　楊嗣昌

今海內以赤羽外飛潢池內嘯苦金革瘠調瘡痍裂膚陽火爛骨已二十年於茲求任人才士饒力強識提劍揮羽清壁縛孽貽一日乂安而不可得何也甯穹穹碧翁俯顧四落果不生材而祖宗養士垂三百年竟不食一士之用與夫士固自有養焉若山舂水釣塗販巷沽劃焉長嘯振臂而起雲雷經綸此開創之用養於晦昧者也詩書禮樂以爲繩矱仁孝忠恪以爲胎哺廉恥退讓以爲祓沐剛直方大以爲跬武屢焉泊焉弦難札帶難孔而卓然有立於天下此承平之用養於薰涵者也嗟乎有大用者必有大養有大養者不必大用以不用其用爲養而所

養之用乃奇吾於昆石先生見之先生總角補宮牆弟子戰鄉闈數不利因取古人擔當人物之大者究其所爲用而勿用勿用而用以獨寤寐言而先生之父方小用於時先生挾策隨侍所之輒有以自見其在浚儀時時窺吏牘若錢穀刑名爲父參理邑有薙本父難拔去之先生佐決計一方以甯時河決中州父方塞小宋九旬不歸先生夜爇香告天河一徧他徙其在南康父春秋益高因謝病免先生視醫藥偕臥起凡百有二日而歸舟下揚子以輕裝先發風覆其舟先生扶一木漂流四十里獲他舟濟焉自是遂屏居而先生之子壽大用於時時遣人迎先生之官舍祿養先生笑不顧忽肩輿憑兩奚疾驅至舍中兒

大驚居頃之輒去所過州縣長吏無知者莫能具一餐先生乃樂之時誡其子曰家世受國恩當永爲清白吏闗治多劇盜吏誅鋤頗多則又日捕寇毋株連對簿毋疏畧又聞軍中梟某弁之不法者愕然曰罪果應誅乎對國法宜爾猶旬日不樂蓋天性然也初先生之父寢疾五旬先生扶掖坐達曙不改衣及卒經營葬地烈日炎風桉榛涉澤黎面目餓體膚不辭者三月故年纔四十而精力早衰甫襄事母疽發於項先生禱於天延醫審方躬抱持吮血又三月而愈人以爲疽病項老病疽十無一活者獨先生以純孝得之已乃卜茗嶺之麓割腴產構先祠聚族而謀歲時享祀孝弟力田規條而守之家僮僕無敢出庭戶

嚇鄉閭小有言必治郡邑長吏監司直指詣門請事辭惟公正發憤若天罡暴横身僧毒噬訪盜誣服貧不能理者白除其害與其冤獨行不顧也居十年母終先生念其子涉江淮走邗趙出甚狐之口登白登之臺陰與其子決而不言曰吾喜衲衣襌帽子爲我製之既而攜歸道中不葷食至濟甯疾作誡從者曰衲衣衣我襌帽帽我我子孫享祀幸勿葷食溘然而逝噫嘻先生不襌至是乃襌乎吾於是而知先生用處其未可窺也用而勿用吾姑以窺之父用其小而子用其大先生之勿用養之於其身而用之於其子也是故已巳至今十年之閒烽入薊門郡守領兵則用之寇奔晉衞參藩督兵則用之已渡洪河鄖襄治兵則用之截奔江黃填撫全楚則用之浸擾鳳泗總制七藩則用之烽薄昌黎趨兵入援則用之既遁冷口修備宣雲則用之天子賜白金文綺歸遺先生先生襲其綺以金分宗黨具杯杓爲歡焉其以所養爲所用而所用不盡所養未有量也衲衣襌帽平生未嘗用亦莫窺所養而瀕行委蛇獨翛然用之則又似收其不盡所用以歸於所養者是可異也先生姓盧氏名國霦字公瑜崑石其號封某官生卒某年月日配某父名季玉南康令母張氏長子名象昇總督宣雲兵部尚書配某氏次某次某

銘曰

盧氏之先系於玉川自洛徙鄞莫知其年義興之族厥繇虔鱣

卜居茗嶺我思籠煎七世滋大奏書稱賢懷縣有花彭澤無絃是生先生人也而天友于張仲孝哉子騫用而勿用霄横絳煙勿用而用江浮海沿墮地者迹觀空者元貽厥者年將歸者全衲衣襌帽虛舟出纏兒女羨援是眞無然桃溪一點曷名新阡光天萬象心月孤圓

案此文載常德文中署名楊世昌而小傳中無世昌名始嗣昌之譌也攷盧忠烈以崇禎十一年五月丁外艱時總督宣大山西軍務師次陽和席喪候代旋命督天下援兵入衞十二月殉難鉅鹿之賈莊此文則抵都後乞武陵作也交誼如此而謂楊之於盧沮抑於生前構陷於身後有是理邪汝懷附記

湖南文徵卷四十三

墓志銘上 元明

居士歐陽南谷墓志銘 有序

歐陽元

居士諱同寅字同甫號南谷袁之鈐岡防里人也世為望族家饒貲尤多儲書居士自幼為學資實既長賦性剛塞居家庭有孝行處鄉黨有直聲輕財而薄利貴義而重德姻族有孤遺少任其教育長鰥其嫁娶里中貧乏者饑有其粟歿有其棺殣有其域歲旱先其鄉人禱不大雨不止鄰有災集救賞募熸夫必撲滅乃退人有訟求正善譬析以理閭閻細民有戒心來歸必

眾而保之五六十秊聞未嘗希知遇於當世故己之德人者甚鮮人之德己者甚多嘗訓諸子曰處善循理人生至樂仕宦何為當道以教官薦辭不受又嘗自贊其畫像有曰務本之學施於孫子士稱其言先行而後從晚歲家居優裕肆力於學適意於文廣坐辨論經旨專門士或病之天歷己巳夏五月疾俄醫至卻藥不飲疾甚諸子請所以命輒厲聲曰若輩皆四五十之秊猶待剌剌語邪有間曰張公藝九世同居惟一忍字汝曹識之端坐正衣冠而瞑是月二十日也得秊七十有六至元丁丑十二月壬辰葬臨江新喻鍾山鄉龍伏之原曾大父峻大父珣父夢顯積德起家初娶劉氏繼室許氏皆先卒子男四鼎亨晉亨巽亨克世家學鼎亨仕八番有招鑾功宣撫司辟薦以官闈母喪歸不就巽亨仕湖南辟臨湘縣儒學教諭以親老辭女四所適皆里名家孫男四長天祐次天福蚤卒次天與天啟孫女七曾孫男三曾孫女四吾歐陽氏以有媯支裔封越後幷於楚受封於烏程之歐陽亭侯子孫以亭侯為世歷兩漢涉魏晉六朝唐宋迄今南北歐陽惟一族非如他姓各有所從始者然自涿州太守而下顯者曰冀州渤海青州千乘千乘中絕今皆渤海後又自率更令而下顯者曰長沙自吉州刺史而下顯者曰廬陵其實出於一詳見唐書宰相世系表及我兗國文忠公譜說居士先世由廬陵之安福義歷遷今防里八世有府君諱係

枉諸昆弟中子孫最多遷居外郡有復遷安福之早禾田有遷潭州之瀏陽馬渡者若是者不一居士亦係後於防里其處者也元之於瀏陽遷者也由始遷至先參政冀國公纔三世故世次可考居士於冀國公族弟也元於居士族子也巽亨來京師求表居士墓義不敢辭為之銘曰

才周世用用世則訒德應人求求人則恡我宗儀形遺不我憖我表其藏三世其親

讀圭齋先生所撰南谷居士墓志知晉人之所積者忠厚淡長其遺諸子若孫固異乎眾人也自凋謝之餘而資源昆弟皆卓然復昌其先世又知天之報施善人果不爽也烏乎世

之人何苦而不積善哉洪武二十四季六月二十有二日分
宜黃子澄書

元處士劉翁梅國先生墓銘有序

歐陽元

翁姓劉氏諱隆瑞字立賢世爲安成望族幼穎悟力學家居孝友遭父母喪勉力襄事動循禮則宗黨繩之遇諸子姪奬勸誘掖期於成人才性跅弛輒加謹約劉氏塾業彬彬可觀翁教居多世變桑海舊家子弟毀轅奴客乘勢恣睢翁奮以法鋤拉強梗至元甲午獠寇陸梁青山朝廷遣簽樞督捕輒欲禽獮其鄉間者窴翁遠迎大軍供億畢給民用無恐豪右有宿憾於鄉伺間報復翁辨出無辜活者千計寇平師旋居民燬燹札瘥洊臻翁被府檄勞來遺氓振飢療疾流亡四集有司築堡壘以戒不虞翁日軍名備禦實則病民卒言大閫遂撤其戍民迄今便之

翁機警倜儻疏財樂施爲人焟難鐫糾德色不見幾微晚歲延名師淑諸孫暇日觴詠暘適泊然無求於時所居多梅因號梅國先生至治壬戌四月十五日卒明季十二月十六日葬鄉之南山壽五十有八按狀劉氏在南唐時有爲袁州刺史者始遷安成密湖傳至克都府君再遷南溪五世爲評事府君艮輔二子長迪功郎龍南尉汶次修職郎沅陵令松沅陵子醴陵令孔彰善誠齋楊文節公萬里醴陵子塤塤子鑑以文學顯終承事郎祕書省校書郎祕書生天福修職郎廣西帥司幕官是爲翁之考號恕齋澗谷羅公椅壻之嘗及接見後村劉公克莊爲人慷慨多知略與文丞相有婣好雅見器異須溪劉公辰翁青山

趙公文靜德王公夢應復心崔公君舉及彭巽吾皆常與之游君子于翁行義之卓尚論先世蘊藉之深先友過從之盛而知其負挾有自來矣伯兄震澧貢進士仲兄薦補國學生咸有士譽翁娶王氏女有婦德能持家後翁一季卒子煜字持敬孫曰漢善鵬嵩嶽正泰約貫凡九人述行狀者湖南宣尉副使周君志仁介煜請銘者太常博士劉君聞也元識煜久銘何可辭銘曰

安成在漢隸邑長沙十世有羨密湖是家處士侃侃濬厥義問秩若紀綱不煩以紊範族以正剸物以剛抑浮惇雅植弱梼强鼯嚅于叢王師薄違鴻飛于渚公曰曷歸負弩軍門其勇萬夫貤其有餘翼蔽一隅郭弱爾巢我堅爾屋郭莠爾田我寺爾粟民將德公尸祝百世公曰噫嘻我求無愧衆芳所都紛郁粹醲涵泳尭仁優游以終被秩三品奉常斯謚法當立傳太史乃議奉常言之銘者太史儋是寵光展也君子松柏鬱鬱君子之域宐爾子孫維德之植

元翰林侍講學士中奉大夫知制誥同修國史同知經筵事豫章揭公墓志銘

歐陽元

至正四季七月壬辰翰林侍講學士揭公曼碩以總裁宿史館得寒疾歸寓舍戊戌薨時京師大雨彌月朝縉大夫聞者不避泥潦馳往哭之人人盡哀明日中書出公用鈔二千五百緡率先爲賻於是樞密院御史臺六部以下咸致賻儀有差車駕在上京適遣使賜諸總裁及史官燕勞以公故咸援禮辭中書爲改燕之日使者歸上京白宰相宰相以聞有旨賜中統萬緡給喪事有司議以驛舟送其櫬歸江南孤汯奉史官劉聞所狀行詣元撰公墓銘元與公三爲同寅相知爲深公歿爲之哀痛踰月不能忘故不銘有所不忍銘有所不忍九月汯將扶護登舟迺勉叙而銘曼碩諱傒斯姓揭氏生而穎異季十二三讀書屬文即知古人蹊徑家貧不能具束脩從學惟蚤暮刻勵父子兄弟自爲師友稍長豁然貫通日有增益未弱冠里大家延之授業諸生季或相等皆以師道嚴憚之二十餘負儁譽游江漢間司徒程楚公爲湖北憲使奇其才妻以從妹皇慶初程公入朝公館其門時國初諸老尚存聞程公有佳客咸願識之及與之言薦恐後延祐元季用薦爲翰林國史院編修官三季陞應奉翰林文字同知制誥四季遷國子助教學士承旨復奏留之五季謁告歸泰定元季復授應奉翰林文字丁內艱去職天歷二

秊秋文宗開奎章閣置授經郞敎勳舊大臣子孫於宮中公首被選至順元秊預修經世大典三秊書成超授藝文監丞參檢校書籍事元統初遷翰林待制後至元四秊擢集賢直學士五秊奉旨代祀北嶽北海濟瀆南鎮竣事引疾便道由浙左歸豫章六秊以奎章供奉學士召未至改授翰林直學士知制誥同修國史至正改元兼經筵官二秊陞翰林侍講學士且命同知經筵事三秊秊及七十請致仕歸上聞亟遣使追及潞南拜表力辭再遣使奉上尊諭旨還撰明宗皇帝神御殿碑文成求去不聽夏四月詔修遼金宋三史命右丞相爲都總裁中書平章政事鐵睦爾達以下凡六人爲總裁官公預其選遂不得辭明

秊遼史既進金史垂成公疾壽七十有一揭姓相傳出楚司馬氏世遠姓稀譜逸或云出漢功臣陽信侯或云出安道侯漢以後揭氏居高平居汝居郢唐乾甯中有諱鎮者以左僕射持節袁州刺史揭氏仕東南者昉見於此今江右諸揭居豫章居旴廣昌皆大族豫章族始祖禎旴廣昌始祖塡推其訓名葢禎塡伯仲曼碩居豫章豐城今爲富州曾祖光朝妣黃氏祖性聰累贈嘉議大夫禮部尚書上輕車都尉追封豫章郡侯妣黃氏繼何氏竝追封豫章郡夫人父來成以邃學篤行見推前輩先賜謚貞文先生贈中奉大夫江西等處行中書省參知政事護軍追封豫章郡公妣黃氏追封豫章郡夫人皆以公貴推恩初娶李氏繼程氏荊湖北道宣慰同知巖卿之女先公卒竝追封豫章郡夫人子男二長汯國學上舍生克世父業李氏出也幼廣陽生始四歲女一人適秀才楊湘孫男一敬祖孫女一公爲子弟未常有纖芥貽其親憂昆弟有無相通始終無閒言少自處立身洎有祿入服食稍踰於前輒愀然思其親曰吾親未嘗享此故平生淸苦儉素老而不渝在京師三紀官至五品出入未始乘馬爲授經郞諸貴游子弟見其徒步每早佇宮門辨色輒先諸侍臣至謀爲之買馬公聞之自買一騎尋復鬻之以示非所欲初游湖南見前宣慰文惠公趙淇趙素號知人謂公曰君他日翰苑名流憲使涿郡盧公摯見輒稱許其歸朝竟以翰屬

薦之牘今在掌故至京師受知大保李文忠公孟樞密王文定公約承旨趙文敏公孟頫學士元文敏公明善先是東南士累輩下如四明公桷巴西公文原雍郡公集有盛名於公卿閒既而貢集賢奎周待制應極薦之皆馳騁淸途公與淸江范梈德機楊載仲宏繼至翰墨往復更爲倡酬公文章在諸賢中正大簡潔體制嚴整佇詩長於古樂府選體律詩長句偉然有盛唐風楷法精健嫺雅行書尤工國家典册及功臣家傳賜碑遇其當筆往往傳誦於人四方釋老氏碑版購其文若字袤及殊域門人集其所著已板行於世在國史時李文忠公見所修功臣列傳撫卷歎曰他人謄史牘耳若此方謂之傳在奎章時上覽

所撰秋官憲典·鶩曰茲非唐律乎·又覽所進太平政要四十九章·喜而呼其字以示臺臣曰·此朕授經郎揭曼碩所進·卿等試觀之·其本常置御榻側·爲經筵官上聽其講篇·深嘉其忠懇·故其際遇累朝·皆非疏遠儒臣所敢望者·延祐末朝廷倏罷羣臣贈典·公之父獨得賜號貞文·又賜之碑·天歷至順中大臣有薦文士·人主必問之曰其才比揭曼碩如何·累稱其才可用·欲器使以政·今上初卽位·一日使衞士召公至·則以內府所賜諸王緞表裏賜之·將賜躬自辨識·然後以授·講經退·又賜金織紋緞·至正改選格·諸超陞不越二等·公由中順大夫進中奉大夫·獨不爲例·超授四等·轉九階·神御殿碑特賜褚幣中統萬緡·白金

五十兩·中宮亦賜白金如其數·又爲之賜貞文書院額·仍許置學官·若此異數·公受之踧踖·不見幾微自炫之色·而許國之志益自奮厲·故處轍地·論政薦士·以古人自期·王文定公嘗言與揭公談治道·大起人意·對大臣言其辭不及他·第言某處災傷未振恤·某政弊未除·某人賢在下位未擢用·自瀕南召還丞相與候見便殿·因問方今治政何先·公曰養人·養人何先·公曰人才·當譽望未隆之時·養之在朝廷·使周知庶務·一旦用之自識治體·及置史局·又問修史之道何先·曰收書用人·又問用人何先·曰用人先論心術·心術者修史之本也·心術不正·其他雖長不可用·公求去之意未釋·上使丞相及諸執政面諭留公·公曰

使傒斯有一得之獻·而諸公能用其言·天下遂獲其利·雖老死於此不恨·不然何益之有·他日集議東內·公倡言鈔法大弊·合用新舊銅錢權以救之·政府不樂·議論辨駁·示以顏色·公辨不少變·丞相心深敬之·故人才因公言知名·善政因公言張本·公出不以告人·人亦鮮知之·惟豐城地不產金·而金課益倍·爲害歷年·公上言罷之·集賢考校諸路學官所業·下胄監移博士吏文淹滯·儒者·公請改其制·以事付本院·屬官竟得奏允·御史言下第舉人以充學正山長·鄉舉放次榜以充教諭學錄·廟堂以咨公·公力贊成之·此世所知者·考鄉試·會試一·廷試爲讀卷官二·國子監公試七·多名士·後居要路·所敎勳舊子孫·後多爲重

臣·公待之泊然·不矜詡以爲聲援·於程公禮若賓客·人弗知其爲肺腑親·性耿介易直·好善惡惡·表裏如一·聞郡縣有一廉吏·他日臨文必旁引曲諭以極其稱道·或恐其過聽失實·公曰如是猶不足以勸善·況敢億不信乎·至聞吏有貪墨病民·論之曾不少恕·嘗有郡侯以勢諷其部民奉金爲壽·求公文記其德政·公頗知其人·斥之曰汝郡侯所行如何·吾敢有以飾辭爲諛乎·其人未幾以賂敗·朝中名臣意趣或不與之合·終身不一造其門·雖嘗以是爲軋·公曰吾之進退用舍一聽諸天·人何能爲·世路齟齬·或不平·心有所感·形諸詩文·旁觀謂其太甚·公曰言當如是·不必慮也·其遇善類及新進諸生·乃復恂恂汲引·暮年求

文者多寢倉爲廢子弟數以爲言公姝無厭苦意有客爲人求文而私其金公既予文他客發其事公曰已受之矣終無所言閒者稱其長厚㓕獲有過徐以理責之人問之曰長上遇下稍見卞急後生便習暴戾當以身敎稟性堅壯動作簡便聳下易事公集必丞官事尤勤進遼史後有旨奬諭史官早成金宋二史公奉命黽勉朝夕匪懈先代故事臧否奮筆書之身任勞勩不以委人屢言今人徒知求作史法不知求作史意古人善言雖微必詳惡事雖隱必書其意主於勸戒肓當暑溼盛作移居館中頗自恃其精力疏於攝生遂致疾不起㫖元與公共修憲典公素習律儀又勤於元其書大半成於公今又共史事公之勤不減㫖時乃遽失援公未病前數日謂元曰某平生燮公文恨無因獲一言早晚史事成求公作貞文書院記記成而刻吾志畢矣元敬諾之悲夫斯言詎意未記書院而先銘公之墓乎汯卜葬某鄉某原期以某季月日預爲之銘銘曰

古稱良史造物忌予奪是非擅萬事嗟公直筆廉不劌奬善懲惡義之比惡書不貸善書亟寒暑晝夜勩形思公起南服抱腹笥布衣徒步品第二尙方召見呼以字致君惓惓效獻替講經作史出一意陳規進戒爲己事惜哉負挾勤少試徒抒精忠載言議感慨論列時出涕唐之甫也漢之誼以文發身卒以斃豐城故墟干將瘞夜占斗牛有文氣將徵遺篇錄後裔

鄧氏顯鶴曰案劉刻原本致多譌脫此篇尤甚元統初脫初字未始乘馬脫未字以示非所欲脫以字已屬不成文法公爲子弟爲帿之爲之貰馬貰帿貲此猶點畫之譌也至貢集賢奎謂師泰之父文靖公周待制應極謂周伯琦之父待制公也文於貢集賢奎下周待制應極上添一章字四明公桷謂清容居士袁伯長也其稱四明冠以地與巴西公文原文法同文乃作四朝公桷雖坊刻惡劣亦不應譌謬如此之甚也

元故承務郎建德路淳安縣尹劉公墓志銘　歐陽元

至元二年冬十月十五日眉陽劉公卒於衡山之私舍三年春正月同年友瀏陽歐陽元聞訃哭諸寢門之外三月其門人衡州路推官何克明以書及所撰公行狀致其孫圭之請來謁其藏銘何君之言曰衡山爲邑自武夷胡氏廣漢張氏寓居是邦學者宗之凜然一趨於正後世百餘年眉陽劉公父子實來使告邑人子弟私淑胡張二先生之訓久而彌章則其薰陶啟迪之助居多今不幸卽世母老孫幼至以身後屬其一二門人門人願以不朽託公之同年惟先生義而銘之庶幾公猶未死也元讀之欷歔夫同年以科目爲弟昆師友以道義視父子師友

廢道義不明同年乖科目不振人情死生之際天理存亡之機其所係也大矣吾於劉不銘忍銘之乎公諱彭壽字壽翁家譜載其先本漢中山靖王裔隋時有諱建者仕爲大將軍漢王諒使略地燕趙將不直其所爲棄官入蜀家於隨十一世祖貞仕蜀署眉州司馬蜀亡宋召入復官之卒贈銀青光祿大夫五世祖貞卿字純老爲廣漢軍司法至曾大父演字謙叔號中山由丹陵遷眉之金流鎮是爲金溪中開禧丁卯潼川轉運司解有文集號雞肋傳於蜀大父蕃卿字子才號默齋登淳祐丁未第尉紹熙之靈應改教授邛州攝州倅壬子蜀被兵出蜀之荊南卒焉考淵字學海三領鄉解嘗以春秋冠全蜀內附初避地嶺南之桂尋之象還寓衡陽署號象環卓行篤學爲士楷模事母至孝耆年修子職尤謹用薦爲永州路學正既沒門人私謚曰永政先生公幼穎悟侍父瘴海不廢家學弱冠負才儁辟衡山縣教諭重闈康強公以薄奉迎養菽水怡然父子授徒從學雲委久之樂衡山士習之美遂留居焉再調武岡路儒學正秩滿待教授選會科舉行延祐甲寅初科以春秋貢湖廣乙卯登第賜同進士出身授將仕郎桂陽路平陽縣丞轉岳州路行用庫使陞承務郎建德路淳安縣尹受代還踰年卒年六十有四先妣彭氏公名存外氏以志孝也迎養繼母於瀏西年八十餘公卒潸哭之公娶白氏用公貴皆當有封贈循資請於朝命未下

公歿子一人侶女一人適茹蕃侶舉湖廣鄉貢進士遇恩調衡州路儒學正應選教授先公一年卒公以繼世之重爲之衰絰及期竟以憂感嬰疾疾革門人江雲端劉延儁輩咸在將屬纊語延儁曰生順死安無遺恨也第老母不得終養孫圭幼未之學子教之而才吾受子賜言訖乃瞑圭以某年月日奉柩葬於某山之原公爲蜀名家世明春秋之學自曾祖演至子侶五世一經相傳科第接武家多著述象環先生有讀易記易學須知春秋例議春秋續傳記左氏記事本末周正釋經古今要略等書公所校讎增附不少其自爲書有四書提要春秋擇存春秋正經句釋易經說未脫稾生平所著文集門人方彙編之初科

皐未行。公敎學者必以五經四書爲本。爲文必先理趣而後詞章。及科詔頒。悉如公所爲敎。故高第家嗣以取科名。校文鄉闈。門生多擢高甲。在衡山時。部使者涿郡盧公摯廣平趙公厲皆時名公。一見輒遇以老成。在岳陽行中書省平章魏高公昉拔自莞庫館之幕下。屢以行省提擧薦不報。迨其爲政。勤于治民而疏於奉上。故當時惟賢者知公。元與中丞浚儀馬公伯常侍御濟南張公起巖參知政事相臺許公有壬同朝。暇日論及同季士五十有六人。二十餘季。聚散不常。升沈不齊。其閒存亾疑信幾不忍詰。至於劉公則往往相視有苟慈明愧陳太丘之色。適翰林編修和達來自湞安。能言公幅巾深衣。每月初吉陞坐

講書。湞安士庶聽講無倦。致邑中風俗丕變。元明日白諸公曰。方今宇內州縣大夫皆有師帥之責於其民。其能服先王之服誦先王之言。卓然以承流宣化爲己任者。嘗屢見其人乎。諸公方懷論薦。公遽不起。噫命也夫。公葬象環先生衡山先塋之原。名其阡曰岷衡。因號我山。銘曰

誰謂岷遠。百川其支。誰謂衡高。景行斯齊。誰謂公歿。遺書在茲。遺書在茲。使我悲之。銘者是用。不費於辭。

元故將仕郎臨江路錄事羅君墓志銘　歐陽元

延祐二季。仁廟初以科目取天下士。左右榜得五十六人。時朝廷驟黜舊例。一以經學行義取人。所得士非故業擧子以應時需者。十五六季閒。司風紀。掌綸綍。內綜機務。外使絕域。才不乏使。其閒居位勇退。能以風義先天下。則惟羅君。求師一人。求師諱會。家盧陵新安里。登第。授將仕郎甯都州判官。再調臨江錄事。以初授官終焉。其退非有扞格不偶。亦非以材具不適時。而所慕有大於此者。惕乎若不能以斯須留。故同季之士閒君之風。反自修省。失所負挾。怡然欲爭君之高而莫之能也。君至甯都。蔡寇甫平。凋瘵未復。奮以身任撫摩。芟其强梁。薙去宿蠹。久

乃安堵。臨江素號繁劇。吏從疑儒者劣於剸裁。君夙夜勤恪。事無留難。期季綱紀修擧。一日聞親有疾。遂棄官去。自是不復出仕。以歿。惜哉。羅氏吉望族。曾祖士友宋承務郎致仕。士友母季滿百。故相文文山與其子弟有斯文昆弟之好。奉幣載酒。升堂拜母。題詩廳壁。鄉里榮之。曾祖母蕭氏恩封孺人。祖垕。父寅。君孝出至性。親病自臨江歸。拜醫嘗藥。衣不解帶。親終毀瘠異常。禫除餘季。哀不忘。嘗廬母劉氏墓。蔬食數歲不變。事繼母習氏尤孝。其歿習慟之切。至其平居。終日忻忻。喜慍不色。莅政廉約。遇物謙沖。自束髮與人交。不見幾微褊心。登第偕同季蕭君立夫舟還。蕭僕歿。給以己從。蕭病臨清一月。君一月留。燥溼共之。

未幾蕭即世。敎其孤遺。長妻以女。其所爲不愧古人類如是。泰定四秊丁卯十有二月二十二日以疾卒於家。享秊四十有五。以次秊某月某日葬於廬陵之清湖。娶文氏。子男一人。曾之。克世其學。造物之報庶幾在玆。女四人。長適蕭霽。即立夫子。今江西鄉貢進士。狀其行來求銘。烏乎。余於君爲同秊。又同生昭陽協洽之歲。霽來始聞君之訃。乃哭諸寢門之外。爲之銘曰。

雖之烏烏不止於藪而集於枯車之輗輗。不馳於坦而陟於阪。烏乎。羅君士之以爲難兮。君固即所安兮。而卒老於一官兮。

曾秀才墓志銘

歐陽元

秀才曾氏子一漢。既沒於江南。其兄德元在京師聞而哭之慟。知其葬有時。奉行狀乞銘於歐陽元。拜且泣曰。人之生苟有德慧。孰不願有辭於永世也。弟一漢實曾氏才子弟。今不幸短命。父兄不能續以長。願得先生一言以傳。庶幾猶未死也。元聞其言。惻然乃敍而銘之。曾氏永豐顯親里大家。一漢字明善。本曾似翁第三子。大父焯其兄之似俞早夭無後。以繼之。大德十秊丙午五月庚午朏生。天曆二秊庚午五月癸丑朏死。是月戊午改至順。以是秊某月某日葬於某里之原。一漢五歲讀書數千百言。過目成誦。少長無童心。十二三能文章。十五六頎然長。以

弁不尙浮靡。不事貨殖。篤志道德性命之書。能服行其言。事父兄善。交朋友信。遇宗族之長老恭。未及壯。有學行詞章。凜凜趨老成人。初師里士劉福遠習舉子業。精熟。尋執贄臨川吳先生門。授諸經說。大稱穎悟。秊二十有五。病痰喘以死。方疾未甚四月十日。有厲風從西北來。拔竝舍大木。似翁著得未濟之巽。心疑之。不踰月。一漢乃不起。妻劉氏。子男一人。萬奴。纔四月而孤。行述似翁所自作。其文不勝哀。有甚於德元言者。烏乎。爲父兄鮮有不愛其子弟者。論才不才。恩義有不相掩者。一漢死。父兄若失希世重寶。不能自存。烏乎。一漢眞佳子弟矣乎。銘曰。

麟之不角。鸁不如犢。鷗之不翰。轂不如瞰。奪其所有。無予之爲

愈墮其垂成無舉之爲甯坎而深樹之椮無重傷其父兄之心

文淵閣大學士朝列大夫國子監祭酒宋先生訥墓志銘

劉三吾

國子祭酒宋先生卒既往哭弔居數日博士吳守德持寺正朱惟嘉所狀先生行實來曰先生嗣子麟疚在苫次不得跣以請兹將歸窆滑之水甯阡惟翰林兄長吾于先生爲同舍故懇銘焉尙憶吾始來會先生於春坊先生曰得毋與劉長吾爲昆弟邪不然何其面貌之似也相與感歎久之烏乎先兄以後至元丙子入監周旋十有五年中間纔兩歸江南爾在監舍法以同時爲昆弟以昆弟相知爲世契則吾於先生忍銘忍不銘按狀先生姓宋氏諱訥字仲敏世本衞之山陽人後徙滑家焉兩世

緜馳恩贈嘉議大夫禮部尙書上輕騎都尉封京兆郡侯諱德仁其曾祖贈中奉大夫河南江北等處行中書省參知政事護軍追封京兆郡公諱宣其祖官中奉大夫陝西諸道行御史臺侍御史贈推誠秉義守正功臣通奉大夫江浙等處行中書省參知政事護軍追封魏國公謚忠肅諱崇祿其父忠肅在元時駸歷中外四十餘年五持憲節逮事七朝豐功盛德所以燾後衍慶神道碑紀之悉矣先生濡染家教動以榘矱雅性持重不妄言笑齒貴冑館以來所師宗於碩儒月闢日益卓然有成擢科登仕爲時聞人中經繹騷乃被褐懷寶以自韜晦皇明受祕徵詣公車召見次有言動聽洪武之十三年也是冬除國子監

助教橫經發難擊蔀廓塞學者如客得歸嘗同諸儒應制譔敕文畀僧道錄司頒教事者一十六通操筆立成稱上意超授翰林學士奉議大夫俄陞文淵閣大學士日見親信有所補拾會建大學成中外學徒日夥而職大司成者往往逡愞師生相訐敎尼不行宸衷簡注擢爲祭酒階朝列大夫以釐正前弊上自制誥詞至以尙父興周八百擬之感惟眷遇所以提挈劘礪不遺餘力師道旣立皇心載甯乙丑戊辰兩科得士大率三天下之二而龍頭魁選恆在太學大被賞遇一日有疾上遣中使致諭其略曰鄉稟天命之性發仲尼之誠施己之幽德修道教人所以病不病而速老以其有裨也嘗謂祭酒骨格必壽天章下

賁光耀儒紳適有畫工至命繪其像肖焉喜溢天表然終老之以其子麟主望江簿特敕召之還俾便侍養其被遇優渥類如此方倚之以棟梁我道楷式諸生也不謂得疾旬日遽不可起病也尙醫來治卒也遣官致祭其文悉上所自製故事文臣四品無給喪費者曠典之舉昉自先生斯皆異數也居嘗寢食恆在廨房未始一宿於家及是病革麟等託諸監官懇請其還厲聲曰是何風雲氣少兒女情多況在丁祀兩祭齋戒中邪至是祭畢乃就舁歸一不口及家事及家氣絕焉二月之二日昏暮時也嗚乎先生以八袠之季當昜簀之際而風雲爲氣不少衰丁祀兩祭始終齋戒非其平日操存有素詎能方寸不亂若此

哉可謂眞大丈夫爾其生平所裒集先世碑銘傳記曰紀德錄一集所自著述曰西隱集又十七卷旣號西隱復別號所居別業曰白雲葄屋自法書名畫外他無所嗜好中朝名鉅詩若文讀一二過輒能記憶不減少時今皆已矣生以元至大辛亥十一月四日卒以今洪武二十三季春壽八十配康氏先卒子三人長衍祖卽麟擢進士第拜監察御史出主望江簿次復祖鄉邑訓導次安祖女一人在室孫男三恕悳憲孫女四所適其人郭謹次陳維新次李均一在室曾孫女二皆幼臨柩時上再遣祭舟車之費一出乎官可謂生榮死哀也已銘曰

銅臺世家忠肅公挺生賢嗣際時雍身逢堯舜揆夔龍代言文

淵掌辟廱感惟皇上倚注隆卒先條約自其躬風雲氣概冰霜容教行六館諸生從金石文章錦繡胸蔚爲海內諸儒宗譽髦多士振文風棟梁我道繄誰功夫何一疾遽告終至尊爲之惻淵衷命醫與祭恩禮豐載給喪費極優崇季登八袠壽始窮歸窆祖塋得幽宮銘阡者誰靑藜翁子孫世世其吉逢

戶部度支員外郎許公克謙墓志銘

劉三吾

自予官瓊署以來所居品官舍區分前後左右六部官曹錯處其閒家之語聲相聞也閧衢之冠蓋相遭也而未始有一日造詣之雅何者所職劇易不同公退蚤晏亦異故也戶曹員外郎姑蘇許公克謙密邇予舍始亦兩不相造緣其仲子珪仲顒善吾孫子肇興因介以見與語輒懸解佳子弟也子弟之賢父兄之賢可知已至是二老始相過從時或見招擊鮮釃酒肴豆豐整山襟海度見諸觴詠兩相莫逆恨締交之晚予日所直文淵閣正鄰戶曹賞賜次詢連日不見度支公其同事者謂病疽瘡在告已數日矣退朝亟往候之將語以予素見楚是瘡恆所見

效諸方必蘄有一得焉者及門閽人辭焉興盡以返居無何珪使人來假家禮謂夜來公以瘡潰歿矣七夕之夕也痛哉遄往視其所用家禮如法與否珪被髮柴毀盛暑熇烝于復襲褉斂周身之具舉出倉遽柩實難停乃即南門岡之焦婆井從浮圖法燔化之函其骨以歸及是伯子莊仲器亦來兄弟斬焉衰絰託其里友主倉部事王公讓狀公行實來乞銘於予予于公父子可謂知生知歿者忍銘忍不銘按狀許之得姓肇自大叔封于周遂以國氏雲礽來吳家焉屢罹兵燹家牒逸墜弗可世次以詳祖榕字伯固父天祐字吉卿皆晦德不仕子姓日大以蕃吉卿始析居郡城望齊門北之陸墓塘即唐陸宣公墓道所在

是生度支公諱原讓克謙其字幼警敏既長儀觀頎偉讀書務通大義志在適用凡奇兩之法南北音律之學靡不研究與友皆賢士大夫來過輒淪茗論文徹朗襟抱或命觴款留繫馬鎖門不盡歡不已當元季草昧張氏據姑蘇士於斯時孰不苟求活命洪恐其閒公獨韜晦郊野頗置田產力農以自給其隙則開館延師教子讀書取古人所謂栖閒者名其軒誓將終身焉內附初選長萬石稅勸課區內有無與通奔人之急甚己之急用是人益向附歲無逋租性樂施予佛老二氏慨其爲宇爲像爲橋道捐貲弗悋務底於成所蓄古書名畫遇有求者慨然予之無難色乃洪武二十一年秋朝廷選戶家補京官公膺前職

例不受祿續降德音願受者聽公曰憶在兵革時人妻孥田廬朝已業而暮他姓者比比是也今天下一統人得各有其舍安居樂業皇上之賜也敢言受俸哉時論甚高之方期向用而遽捐館矣惜哉娩同郡趙氏讀書識字喜誦佛經相度支公盡婦道內外雍睦二子莊仍長萬石珪綜理家政皆尙儒雅幹父用譽爲堂奉親顏以壽朵歲時奉觴上壽鄉邦侈以詩若文門楣風範是家在邑中甲乙也一女淨安適郡士張仁莊娶白氏生子鏐女素英素瓊珪娶周氏生子洪皆餘慶所及公生元泰定丙寅十月九日卒以今季秋壽六十有四其月乙未葬郡長洲縣武邱鄉平虛之原遵遺命也概公生平大節在張以不仕爲

高在聖朝而仕以戶不受祿爲高有是兩高而又獲令終宜銘也銘曰

奕世餘慶嗇而未通濬德流祉實在于公㫺甘恬退恥事張氏今覩皇明始樂而仕一官度支冰蘖自持天胡不憖中道而殞二郎之賢方寸所積仁者有後報施靡忒武邱之原水繞山環佳城鬱鬱公此盤桓惇叟勒銘考言爾後爾後克昌我銘孔壽

田俊誠墓志銘　　夏原吉

宣德元秊正月初四日戶部江西淸吏司員外郎田銘字日新奉誥命贈其父處士俊誠爲奉訓大夫戶部江西淸吏司員外郎以子同郡敎請銘歸田刻諸石用昭示永久公諱俊誠曾祖諱潮祖諱德遠世居醴邑之釗陵俱讀書明理以善承家潛德弗仕鄉稱隱君子公酷好儒雅樂與賢士大夫游當元季兵燹桑海變遷士庶流離左支右吾明哲保身攜家築室於艮頭開復田廬延師儒興詩禮竭忠守分輕財重義有司知其然推選爲耆英理鄉邑庶務乃稟剛正之操貧者憐之弱者植之豪橫頓挫之良善獎勸之人雖威勢而無所畏人雖柔懦亦無所欺

由是鄉閭敬憚之公府器重之上下官貴民庶咸曰賢而能也未幾仍復舊宅於釗陵嘗庭訓曰我遠承先人之遺業秊際天朝一統樂育太和汝曹得生昭代當勤事詩書盡力南畝爲工爲商各勤所事可也若輕浮淺露忘本逐末甚至觸罹邦憲吾之所深恨焉居無幾次嗣日新才應時需出主懷集簿道經故里峩冠大帶拜雙親於堂上所謂錦衣歸甯樂莫大焉將別時公從而諭之曰古人云事君如事親事官長如事兄愛百姓如愛妻子處官事如家事又曰令是邑之長簿所以佐令吾子能以事兄之道事之同寅協恭佐輿政務吾之所深望也日新一聞其誨拳拳服膺詎意公以疾終於正寢享秊七十有三兆樂

十六季戊戌冬十有二月初三日葬於塔山磨形壬山丙向子四人孫八人曾孫一人烏乎君子仁義道德積累之深其遂顯庸於身者必垂裕後昆焉顧田氏由上世曾祖而祖積之也厚而日新又恪遵父言居官職舉膺求賢薦壽秩歷階而遷得居六卿郎署之列超邁等夷恩休光於重泉夫豈偶然哉是宜銘之銘曰

水源木本積累彌深光前垂裔由古迄今一德相傳愈久益盛惟其休美永膺善慶

贈宜人周氏改葬志

夏瑄

亡妻周氏字慧貞其先自楊徙燕厥考諱敬以功戰多奇拜指揮僉事宣德間命鎮遼之金海蓋州以勇馳邊卒於其鎮宜人其家女也幼偕其母夫人臧氏留京夫人有賢行而善教宜人亦婉順克從季甫十七而歸於吾先考忠靖公已捐館者五季矣惟先妣太夫人尚無恙宜人以不獲逮事于舅爲恨每遇烝嘗忌辰必躬潔簠簋而極其誠敬侍太夫人朝夕不敢以寒暑而少怠甘旨務豐而處已恆持于約太夫人以是尤愛之常曰是婦也志與吾合吾老矣不負夫所託復何憾哉余少也多過宜人恆規以正從焉則喜否焉則慼余卒而免于顛亦賴其相焉自生二子曰長孫曰延壽俱早夭夫人傷之遂捐疾終于邑之澄清坊里第生永樂戊戌三月十六日卒正統四季冬十一月十三日享季二十有二權厝于門外八里之莊蓋以余宦於南北者未定也余後以舊疾得請於朝仕於南都者久之以恩命始贈其室宜人余嘗歉然於心而不忘者以域兆之期尚未卜也成化十二季余以事朝京師值墓主守者俱物故廬田入他人之區馬鬣之封已平訪之於鄰嫗而後得焉哀慘切骨泣曰余負之余負之何以立天地間耍號丈夫爲烏乎宜人之殁距今三十有八季古今之變遷也如此使後耍數十季將復何如耶或曰死者得藏于土安矣而子慟之毋乃勞乎余曰朋友

夙無所歸于我殯。矧夫婦焉。若于是而薄之。則他可知矣。余忝有祿食之享。而忍乎其妻之骸之枯以自若可乎。此予所以汲汲于意而不卜其吉與否也。七月一日告以文而啟之。曰。烏乎。糟糠之故。結髮之盟。每愧予懷。何以爲情。自伊云殁。歲月徂征。主守陵替。孤魂煢煢。柩返于湘。以祔先塋。體得以藏。永保攸寧。庶幾始終。以見平生。告已。書於石而銘之。辭曰。

生而同牀。死而同藏。烏乎茲言。吾何敢忘。

普安州知州袁君墓志銘

劉顯

公諱甯。字邦固。姓袁氏。世居新化之永甯鄉。侯田自曾祖志偉徙居太陽鄉之桃林。巖下家焉。子姓繁衍。散居非一。今稱爲桃林袁氏。祖克政。父必富。叔必淮。皆隱於農。母周氏。兄弟四人。君居次。自幼生質醇篤。稟性聰明。不妄言動。父母鄉黨咸奇之。甫十歲。遣爲邑庠生。天性嗜學。勤勵不怠。及長。親師取友。日就月將。大有所進。凡講明道理。發揮文藝。超出倫常。先生長者尤器重之。同門之士。無少長皆心服其賢。且就學焉。日相親炙。問難解惑。衆爲文字。咸就斤正。事以師禮。由是名聞於外。提督按臨考試。屢居優等。多所獎勵。先累舉不第。後領正統丁酉鄉薦。會試不偶。力業大學。援例歷事。天順七年。選吏部考居前列。遂授貴州普安知州。普安貴州極邊。民皆蠻夷。地皆營柴。土酋往往橫強。專擅殺戮。叛服不常。前州正及僚佐屢撫弗順。或面從心違。公至。持廉秉公。端己守正。不貪其小利。不擾其營窟。待之以誠。示之以信。寬恤撫安之意。恆寓於政事之中。故自土酋營長以下。悉心服之。仰賴如父母。或夷民搆禍。地方弗靖。公親至彼。諭以恩威利害。悉皆帖然信服。無敢異詞。上官喜其撫治有方。深得夷心。一應巨細。悉以委焉。可謂能舉其職矣。歷任六年。絕無過舉。方擬滿考奏陞其官。而公乃厭邊方多故。仕途擾擾。懇求謝事。至再至三。當道遂從其願。準令致仕歸休。可謂知幾知止安身保命者矣既遂歸來如釋重負去職任之勞享田園之樂日惟誦詩書教子弟睦宗族化鄉人賓至相與談笑賦詩或游觀山水或傾倒壺觴其樂何可云喻缺九字晚景康和益隆福祉優游逸豫餘十四載乃成化壬寅四月十五日戊時偶疾卒於正寢距其生永樂壬辰年十二月十九日巳時享年七十配尹氏先世繼室李氏郭氏子男皆幼殤以房弟之子允超爲後女五人長祖貞適鄒璿次善才適張本源尹所出又次普州次貴州次歸鄉居在室李所出郭無出卜以弘年十二月八日將窆於團山之陽首亟王壯己丙其壻璿奉公治命持公遺言不遠百里之外謁余請銘其墓余與公爲同門益友相處尤善

相知尤深義不容辭噫觀公臨終之言曰生吾順事沒吾甯也生有不順然有餘恨何足爲人吾之於此其深愧哉然欲順斯事而去斯愧柰學淺才疎終莫能去其愧曰璿可謹述吾言以干巨筆大書以賁幽光實爲幸也烏乎公以篤厚之資負典寶之學缺十二善終如始舉無虧缺獨以嗣續乏人知公者不能不爲公惜然則公貴壽康之餘以天年終夫何憾焉爲之銘曰

維公之生性涓質美忠厚存心不浮不缺五問學獨優缺八謁選天官考居一等大夫之職民牧之領下車上任持廉秉公夷酋畏服衷眾向風在任數年絕無過累居安慮危急流勇退挂冠拂袖歸老林泉優游自適缺四有山可樵有水可漁忘機鷗鳥此樂何如浩首蒼顏以安以豫缺六長去有生然實理之常然而無玷吾道有光桃林之原團山之麓鬱鬱佳城千載不沒

明故贈通議大夫都察院右副都御史熊公合葬墓志銘

李東陽

都察院右副都御史道州熊君繡·以考績恩貤贈其考默菴公封母龍氏爲太淑人·太淑人方就養延綏未幾卒·繡扶喪東下留眞定而躬請命於朝·將歸而合葬·謂予系出湖南·有宿契獲聞家教·來請銘·乃敍公行實·附以太淑人事·幷銘之·按熊氏本豐城望族·國朝初公祖景賢籍戎衡州·洪武末乃徙道·公考諱世名·往代父歸而置產居之·實生公·瑄其諱也·公敏而愼·嗜書史·能吟咏·出游楚粵間·爲奉養計·家用日饒·既失父·有庶弟三人·皆爲娶婦·二子俾經治生業·繡習舉子·後以經游嶺南·至南

甯道卒·時維景泰甲戌某月某日·公之秊僅四十而已·太淑人同郡處士諱壽之女·樸質不華·歸於公·賓禮交至·事其舅及姑余淑人曲致孝敬·有從祖姑劉氏秊九十·依其舅以居·與公事之·食飲服飾·皆與姑等·下逮娣姒·羣從·皆有恩·公出游念母老不敢以薪米爲累·則悉付太淑人·太淑人一意綜制·爲公助·劉氏之喪·公尚未返·請於姑·務厚葬之·聞公喪·哀毀幾絕·遣人迎葬·葬其姑如公之葬其父·然訓二子·慈而有則·繡舉進士·授行人·擢監察御史·出知清豐縣·進知鳳翔府·歷遷山東布政使·以今官鎭延綏·所至無遠近夷險·皆就迎養·太淑人訓言嚴·歲祿外無厚享·每心安之·曰兒守官三十秊如一日·吾所親見·他日有以白爾父於地下·在延綏思其伯子經不置·繡以書趣使至·距屬纊僅再閱月旬時·則宏治戊午正月某日·太淑人之壽八十有五矣·公之喪·經哭扶歸·太淑人治命又與繡同·受與家庭無異·君子謂公夫婦曰兩得其正·公舊葬字楊鄉·今卜用是歲某月某日合葬於蔣君鄉·君子謂經兄弟曰·終得其禮·公孫三人·曾孫一·銘曰

夫終嶺南·婦塞北·身居道途·子在側·湖南歸葬·四祀隔·方殊歲異·同此宅·天實爲之·豈人力·刻銘玫行·視此石·墓不可毀·石可泐

定國公墓志銘

李東陽

公姓徐氏，諱永甯，字克安，世爲鳳陽人。高祖達，從太高祖皇帝爲開國元勳，封魏國公，追封中山王，謚武甯。世嗣公爵。曾祖增壽，左軍都督府左都督，太宗文皇帝靖內難，以勳事功追封定國公，謚忠愍。曾祖姑實爲仁孝文皇后，次代王、安王二妃，家極貴盛。祖景昌，始封定國公，賜號推誠奉事武臣，階榮祿大夫，勳右柱國，給誥劵。考顯忠嗣。一門兩公，葢本朝所僅見也。公性敏，喜讀經史，通書法。早失怙，能隆師親友。襲爵時年甫十有三，儀觀秀偉，景皇帝愛之，嘗奉使秦、伊二府，殊見禮重。歷事英宗睿皇帝暨憲宗純皇帝，將嚮用，忽遘風疾，不克奉朝請，久漸沈膂。

闕出觀戶外，有貴近臣怙恃驕縱，道路側目莫敢近，公奮擊之，其人策馬走，僅得脫。若是者往往而然，人疑公非病，其中殆介介有黑白。及問之，輒失度。時操筆折簡通親舊，或作高昌、西番字，葢其少所習者，人益不能測也。宏治甲子正月九日卒，距其生正統辛酉三月十日，壽六十有四。上輟視朝一日，遣官諭祭者再，敕有司給棺槨，治葬事皆如制。三月九日窆於都城西馬鞍山祖墓之次。公側室丁氏，眞定衞指揮使源之女，侍公病日夕不懈，比卒，沐浴易服，縊於公之寢室以殉。長孫光祚以聞，下禮部覆實，詔旌其門曰貞烈。其事最顯，故附書之。銘曰：

古爵五等今惟三，公階最貴敻莫參，下有矦伯無子男。鐵劵合契金書鑱，河山帶礪國與咸。父以子嗣限制嚴，一門兩公世所瞻。開國靖難勳名兼，公生蚤歲頭角嶄。蹶而弗振迍且淹，朝謁雖廢祿尚僉。以病自逸非荒耽，盈虧謙益神所監。祖德下被君恩覃，公業有子箕裘堪。世代圭組隨纓簪，公全歸之意已厭。上祔祖考無遺慚，先迷後得數可占。穹碑贔屭富巉巖，我銘其幽永不芟。

明故工部尚書進階榮祿大夫致仕贈太子太保曾公墓志銘　李東陽

公與予同出湖南·同籍京衞·入京學·同舉進士第·前後四五十季·交最稔·今冬公訪予病弗果見·爲之悵歎·以今春予始入覲·而公已病·越數日遂不起·其子沄以治命乞銘·嗟乎予竟不獲與公面訣而遽銘耶·公姓曾氏·諱鑑·字克明·舉景泰丙子鄉薦·其舉進士以天順甲申·試政刑部·通州民十餘輩坐盜獄·且具·公辯其誣·人惑之·後果得眞盜乃大服·初命爲主事·尋以父喪服闋·改工部·督造供應器物·綜理甚精·改吏部驗封·遷稽勳員外郎·母喪服闋·再入驗封·進郎中·奏擬精核·人無訾議·成化

丁未擢通政司右通政·專領武官誥籍·宏治庚戌遷太僕寺卿·馬政修舉·壬子擢工部右侍郎·督易州山廠薪炭事·剸治經畫·事集而人不擾·乙卯召還·轉左侍郎·修倉廒舊宮掖·充唐府冊封使·庚申拜尚書·修諸禁門社稷壇及京城垣陴·凡涉公帑民力者·時執蓺以諫·上嘗召至便殿·趣造戰車·公言派辦不可·亟請以舊所積楡槐木爲之·又嘗問工匠缺乏·公歷陳災傷逃徙之故·皆見嘉納·正德丙寅修盧溝橋隄·製內殿龍毯·特賜玉帶·自餘若白金綵幣等物不可殫紀·前後所得敕誥·贈封其二代及妻者凡四命·廕其子二人·既病·亟具疏乞休·上念公勤愼勉從所請·進階榮祿大夫·令有司月給米三石·歲給輿隸四人·命下而公已卒矣·訃聞上悼惜·贈太子太保·遣中官賜寶鏹萬貫爲賻·遣禮部官賜祭者再·仍令有司治葬事如制云·公溫純樂易·不事矯飾·雖風雨寒暑不廢朝謁·官事未畢·繼之以夜·性敦孝友·兄弟同居·白首無間言·族里窮急·力爲賙施·而自奉簡約·不爲祿位所移易·部吏少俊者·敎以舉業·且爲給膏火費·後舉鄉貢者二·舉進士者一·皆德之·終身·下至僕隸·亦感慕無飲怨者·是亦可謂難已·公生宣德甲寅六月二十三日·卒於正德丁卯閏正月八日·得壽七十四·以三月二十四日葬於都城南五基之原·其配陳夫人合焉·公初娶於陳·生子洪·側室滕氏生子沄·今爲國子生·公遺事尚多·尚書李公時器有狀·銘不能悉也·

銘曰

卿有六署·公居其三·幼學壯行·老且益諳·工曹最繁·公所終始·
世歷累朝·歲幾四紀·夙興夜寐·心矢靡他·日累月積·歲計實多·
盡瘁而生·得正而斃·亦有餘恩·爲身後地·凡器之類·銳必先折·
公戢其鋒·有用無缺·凡物之生·蚤必先萎·公斂其蕚·有實之理·
公不言功·皇則念之·公不責效·天則驗之·孰傳厥宗·家有介子·
孰最厥名·國有太史·

兒子兆先墓志銘

李東陽

嗟乎天哉子不德不能迈續我祖父之遺慶積罪稔戾以貽禍於吾子之一身荼毒之餘痛自尋省求其端而不可得也意蚤竊科第爲顯官生長都邑不識離別安居飽食寡積而厚享之故歟其或起自貧賤過膺廩祿徒以肥其身饜飫其家人而戚黨窮乏傍觀坐視不能推以濟之邪抑自參鈞軸以來有身不能委見賢而不能舉民窮人困而不能救以負聖天子倚任之重所謂能薄而受上賞者豈乎其然也不然則髫年而喪母中道而失怙三弟既夭四男皆殤是亦甚矣而才如吾子又俾其不壽以歿天道之仁覆而下閔者苟有一德片善亦將矜而贖

之矧吾祖父之純孝陰德比之國法亦當十世以宥而忍使其後嗣凋落至此極哉吾子兆先年十八而應試提學張御史西銘奇之比入院病跌而止二十一復試不售以蔭爲國子生二十四三試同試者傳誦其文期必得魁解偶誤寫題字卷不得錄今年二十七試期且迫忽病作小愈病再作遂不起然予以盛滿屢思引退兆先能不予撓當其志識所到雖屣脫以從亦無難者乃使之兩不遂以歿烏乎尚忍言哉尚忍言哉兆先幼習經義輒能作老成語既乃嗜古作予見所撰述心頗怪之會檢蘇老泉集不得久乃知爲所竊視字已漫矣蓋自是文思驟發諸老先生見必駭異曰是故得外祖風格後當有大名於世

外祖者蒙泉岳翁也其爲歌詩尤稱自得於古人樸雅簡澹言語所不及獨深領解有手舞足蹈意於是不假梯級徑趨高峻予當其年實未嘗造詣至此也顧牽絜舉業往往爲予所禁不得肆間有應荅或爲人促迫寸楮片札多不存稾故予亦不能盡見惟歸妹闕里有東行稾成帙既病猶手書寄友二首其沒也其友誦之又相與輯其遺詩文得二百餘篇夫苟知其止此盍使之脫棄舉業盡力於古之文縱其所之亦足以一遂其志而竟葺之遂以歿也可勝恨哉兆先生四月喪其母岳宜人鞠於繼祖母麻太夫人及長暨其婦潘氏曲致孝敬事繼母朱夫人初無間言撫二從弟延蕃皆有恩遇祖母劉太夫人前母劉

夫人之黨暨諸媦戚情禮周洽朋輩聚處每懷謙抑未嘗有挾値有窘急必有周卹或先行而後告沒之日朝士大夫及都邑鄰里無問識不識咸爲嗟悼有泣下者下逮胥隸亦慟哭不能置嗟乎兒何以得此於人哉病少間嘗謂人曰吾且殆獨念吾父之爲人甯有是吾亦未嘗自絕於天二者無所據吾且不歿纊未屬以手捫髀猶隱隱有英氣察其情重傷吾意故不忍言歿蓋其平居婉孌承志者固如此至此不辭且嗟乎天其或者以吾祖若父之故後事未可知而歿者不可作矣慟哉兆先之冠今宗伯體齋傅先生爲賓字之曰徵伯其生以成化乙未六月二十一日沒以宏治辛酉閏七月二十五日葬以某月某日

其壙在都城西小西門，祖資政府君墓側。生女一，尚未晬。予方値秋丁奉命代祀，以喪告，朝廷特遣中官賜賻白金五十兩。所以慰諭者甚至，實異數也。嗚乎，兒不顯，乃獲上廑天子之寵，以爲身後榮，使其有知，亦可以少慰也。夫予少子兆同之殤，兆先實趣予爲銘。及其沒之七日，夢兒以碧牋烏絲欄乞書小楷，曰欲於霤下觀之。嗚乎，兒果不死，以爲其弟者望我邪。予慟甚，不能秉筆。其婦翁内翰南屏潘先生抆淚謂予曰：銘不作，兒目不瞑。予乃飲泣爲銘，自書之，以寓予哀云。銘曰：

父子之恩，豈賢則親。吾弗子之傷，而痛其人。嗚乎天哉，吾不能庇汝之身，而慰汝以文。吾子其有聞乎。

湖南文徵卷四十四

湖湘後學集編

墓志銘下 明

誥封一品太夫人龐氏墓志銘 楊一清

太夫人姓龐氏，故贈特進光祿大夫左柱國少師兼太子太師吏部尚書華蓋殿大學士憩菴李公之繼室，予友故西涯先生賓之之繼母也。成化丙戌，予以童子薦上京師，入翰林肄業，以同鄉謁先生海子之西涯。時先生初授官編修，請見公，辱獎與。公令見太夫人，太夫人飲食之比官外制。先生爲翰林侍講，進侍講學士，相與甚習，稱知己，用是吾母張太夫人獲相還往，稱

通家焉。歸常語吾妻胡夫人曰：入李之門，子婦禮而雍，視其家規，藹斬斬，爲主婦者不當若是邪。予既外補，越十有五年，入爲奉常。時公及吾母張太夫人俱謝世，先生進秉鈞軸，吾妻歲時往拜太夫人，歸謂予曰：龐太夫人年幾七十，聰明彊固如昔時。先生繼配朱夫人事之恭恪，太夫人禮之亦甚厚，若未嘗婦視之者。予喜知李氏之澤之長也。正德庚午，予起廢西征，被徵爲吏部，先生已位極元揆，予每造必請拜太夫人。先生既得謝，歲癸酉，太夫人壽八十，傾朝士往稱慶，各有述作，予實序之。丙子先生捐館，予亦得請休致，歸江南。又越八年，爲嘉靖甲申，太夫人之訃至矣。先生嗣子兆蕃以書告哀，且請爲墓志銘。予報曰

吾事也顧未得狀懼弗悉明季乙酉春三月予再起督師而先生門人南京工部侍郎何君子元以狀至悤悤啟行至陝西開關戎馬閒不及從事又越數月始克爲之太夫人葬已逾歲惟不及期是媿念予二家非常交文難拘常格故先疏其獲通於先生之門者如此至語太夫人之福初封孺人進安人屢封至夫人兩封一品夫人而例以獨存得加稱太蓋近世文臣之所未有者壽九十有一其卒也上賜諭祭二壇命有司治葬事仍給齋糧麻布各五十爲賻皆殊恩也語其行公初配劉夫人蚤逝公性高雅以詩酒自娛不善生殖家漸落太夫人繼主中饋惟儉惟勤以裕厥家公坐是不嬰懷內顧時先生始十歲同產

弟東山東川尚在抱太夫人實撫鞠之恩若已出卒成先生之德學爲國師臣其有功於斯世甚大自公以上三世皆單傳公乃有弟弟復無子東山東川俱不祿先生子兆先蔭國子生才而不壽兆同殤亾太夫人生贈中書舍人東溟舍人生子兆延兆蕃先生請於太夫人以兆蕃爲後蔭尚寶司丞進歷卿兆延亦以先生恩蔭中書舍人遷大理寺副自是子姓日延與蕃引之勿替又成東山之配蕭氏爲節婦卹兆先之婦潘至歿猶戴太夫人恩以不及報爲恨其有功於宗祊甚遠其他內行尚多在太夫人爲常事無容述也語其世系出陝西之三原隸尺籍京師李之先出茶陵亦隸京衞成籍故太夫人歸於李子四先生其長仕至特進光祿大夫左柱國少師兼太子太師吏部尙書華蓋殿大學士致仕越五季卒贈太師謚文正初配劉氏贈夫人繼岳氏贈安人朱氏封一品夫人次則東山東川次即東溟太夫人女孫爲先生出者長適宣聖六十二代孫襲封衍聖公聞韶次適光祿寺卿崔君傑爲贈舍人君出者適虎賁左衞指揮張楫曾孫男長傳次仲曾孫女長適刑科都給事中劉濟餘未行太夫人生於宣德七季八月二十八日其卒則嘉靖二季六月七日其墓則孝廟所賜公葬域以卒之季八月十日啟公壙而合窆焉者也予與先生爲異姓昆弟四十餘季先生之墓予實銘之太夫人之銘予何敢讓顧其事行何君狀已具載

而光祿君所述爲尤悉予不能有所益云銘曰

隻影孑孑如綫不絕有鳥五色出自丹穴翱於天闕衍其世澤有綿瓜瓞緊夫人之德河嶽秀鍾萬夫之雄煢煢在恫孰保其躬俾植以崇爲國鼎鐘爲文章鉅公翳夫人之功早施暮取厚食厥有天畀之貴壽世則稀偶銘昭不朽九原知否

華蓋殿大學士贈太師謚文正李公東陽墓志銘

楊一清

公姓李氏東陽名賓之字也少居京師先本湖廣茶陵人國朝洪武初以戍籍隸燕山左護衛後改金吾左衛曾祖文祥祖允興父淳皆以公貴累贈如其官曾祖妣祖妣妣俱累贈一品夫人繼母麻氏再封一品太夫人生正統乙卯六月九日方三四齡輒能運筆大書至一二尺中外稱爲神童景皇帝召見親抱置膝上命給紙筆書賜果鈔送歸六歲至八歲再召見賜賚如初送順天府學肄業天順丁丑受舉業於華容黎文僖之門壬午年十六舉順天鄉試癸未中會試甲申殿試得二甲第一入

翰林爲庶吉士成化乙酉授編修修英廟實錄丁亥實錄成陞從六品俸壬辰予省墓湖南甲午滿九載遷侍講乙未經筵侍班癸卯再滿九載遷侍講學士甲辰選侍東宮講讀父卒解官守制賜祭一壇五品父例無祭實自公始孝宗嗣位宏治戊申召修憲廟實錄以喪辭己酉服闋乃起供職以從龍恩遷左春坊左庶子仍兼侍讀學士辛亥實錄成遷太常少卿兼職如故壬子始供事日講並經筵講書時大旱應詔上疏摘經筵所講孟子中要論切于治道者析爲數條極論其理而時政得失以類附焉上嘉納甲寅內閣薦陞禮部右侍郎兼侍讀學士專管誥敕乙卯與木齋謝公並命入閣中外相賀以爲得人公感知遇力持國是知無不言兼稽古纂述之務上嘗命撰祭三清樂章公等上疏言天子祭天地禮以簡爲貴祭不過南郊故漢祀五帝儒者非之況三清者道家邪妄之說不敢奉詔科道官劾近幸二人召公等議所當去留者且出諸司題奏令一一擬斷親賜可否益自是始復奏事之制云武岡知州劉遜爲藩府所奏訐被逮至京科道奏乞寬貸上怒俱下詔獄公等言遜誠情輕讁重言官爲國盡忠而槩以爲罪後有大利害大闕失誰肎言者事竟得釋戊午皇太子出閣講學加太子少師禮部尚書兼文淵閣大學士上慮京營總戎多不得人召公等議更置乃出英國公輩所辭疏面與商推曰某可去某可調公執筆擬稾

上御書下兵部行之辛酉病眩三上疏辭不允壬戌賜玉帶癸亥賜蟒衣一襲大明會典成凡議例表奏皆出公手加太子太保戶部尚書謹身殿大學士甲子孝肅太皇太后喪上以廟制事重屢召内閣臣面議多公言是用自是不數日輒召問因事納忠每稱意旨闕里孔廟重建成敕遣公往行祭告禮還朝以途中所見民物困敝狀具疏言之因乞罷是年冬復以病屢辭乙丑春又辭俱不允五月上不豫召内閣三人入造乾清宮直叩御榻聖諭諄復以今上皇帝爲託公等頓首奉慰出翼日宮車晏駕公號慟幾絕今上嗣位凡詔冊議謚大制作出公手尤多以侍從輔導恩加少傅兼太子太傅戶部尚書謹身殿大學

士又以上兩宮尊號恩賜誥命階光祿大夫勳柱國贈及三代修孝廟實錄爲總裁官正德丙寅春初開經筵命同知經筵事上親耕耤田豫九推列三月幸太學釋奠先師公分獻兖國復聖公八月冊皇后充納吉納徵副使公既受顧命毅然以天下爲己任事有未當偕同事二公盡言匡正無所忌避至再至三不輟又以詔書不信政令失中條陳十事指斥貴近自劾失職乞解任時逆瑾柄用於是劉謝二公皆得謝去而公獨留公據案涕泣連疏懇乞同罷上素重公兩宮亦言舊臣惟此一人不宜聽其去瑾不得已故留之公以病不良於行乃詔免朝日赴閣與新命焦王二公同治事已而進二公官遞加公少師兼太

子太師吏部尚書華蓋殿大學士公臥家懇辭丁卯春正月猶不起閏正月上偶違和力疾出佝寶卿崔璿御史姚祥張彧主事張偉給事中安奎各因事被繫瑾方欲示威俱令枷號公奏各人所坐自有本法枷號重典不宜濫施俱得寬釋通鑑纂要書成賜宴於禮部瑾以修書盛典欲因以示恩公謂此書先帝所命不及進御豈敢言功瑾內銜之會進焦王二公少傅而加公正一品俸鎮守中貴有請便宜行事者公執不可一日早朝有文書一卷投於丹墀錄瑾過惡上命瑾等詰問無肎承者遂執朝官三百餘人送詔獄公奏此事必一人所爲同朝諸臣倉皇拜起豈能知之一人之外皆無罪之人乃盡得釋時瑾立苛

法公卿重足立道路以目分遣緹卒四出眞僞莫辨遠近驚悚爭以厚斂祈脫禍公上疏極論之大忤瑾意然亦稍稍戢瑾又患盜賊日滋欲竝其家屬俱坐編戍公言爲盜之人惡心猝動雖其父兄有不豫知自古罪人不孥若玉石俱焚何以開自新之路於是得從末減有緹卒捕盜不得竝其無服親執送官法司承風旨槩坐以籍沒發遣公謂卽加新例亦不當連坐乃合改擬如律又有以例前盜援新例處分者悉止不行所全活者不知幾何其他類此者不能盡述也瑾威權日盛狎視公卿惟見公則改容起敬然他人瑾前論事唯諾無敢與可否公獨事事辨析瑾不能平每切齒焉卒不能害也庚午夏四月甯夏慶

府寘鐇與都指揮何錦等叛逆朝廷出師征討公請詔天下稍革近時苛政敕旨日數十降迅筆擬奏動中機宜王師出而捷報至八月甯夏獻俘瑾罪惡暴著伏誅乃贊新政凡瑾所變更者令所司察革悉遵成法天下忻忻想望太平上錄公功特進左柱國廕一子爲尚寶司丞力辭不允是年冬復與同官上疏以儲嗣未建爲言辛未又屢疏乞休屬羣盜蔓延兵事方殷不敢決去一品九載考績降敕獎諭令兼支大學士俸仍賜宴禮部再給一品誥命加厚賚公辭不許以修省辭宴許之壬申羣盜寖平公臥家凡七上疏辭俱荷慰留屢遣吏部諭意鴻臚官敦迫乃復出無何賊首爲王師所殲捷至論功內閣臣各有賜

賚及廕子姪一人爲錦衣千戶公等三疏辭特改授文階又辭乃命公兼支尚書俸公仍辭大學士俸十二月公復臥家再辭上察其誠勉從所請賜敕褒諭令有司時加存問月支米八石歲給輿隸十人仍廕其姪兆延爲中書舍人公既致仕非展墓不出宅東有隙地構軒爲石假山諸所厚者日造問碁局詩酒隨意所適丙子年六月公卿大夫士奉觴獻壽者彌月不止積勞與熱病臥不能興至七月二十日終於正寢聞者莫不嗟歎曰西涯先生亾矣有司以訃聞上震悼輟視朝一日賜寶鏹一萬貫致米布爲賻遣禮部官諭祭九壇贈太師謚文正國朝文臣謚文正者自公始公天資英邁讀書一目數十行下輒成誦

不忘少入翰林即負文學重名然恆持謙沖未嘗以才智先人資望既積而當道殊不意慊每阻抑之士論譁然不平公裕如也比柄用遭遇孝宗不時召對啟沃之功爲多更化以來偪權奸用事隨事應變所以解紓調濟潛消默奪天下陰受其賜者公不自言而人亦或鮮知之是時微公衣冠之禍不知何所極也公位既顯恆以盛滿爲憂顧受知兩朝求退愈切而眷畱愈至有疾必命太醫院官診視遣內官齎厚賚禮意隆重無與爲比至於謝政歲時賜鮮及頒上尊珍饌皆與任事同郊祀慶成光祿猶致宴皆先是所未有者事父孝謹嘗夜歸寒甚父口占一絕諭之自是終身不夜歸痛母劉夫人早世語及哀不自禁養繼母麻太夫人如母事季父如父同母弟東川東山早卒無子哭之痛東溟麻太夫人所出亦沒遺二男公撫之如子所著有懷麓堂前後稾各若干卷別有南行北上東祀諸錄眞行草隸俱有法而篆書則一劃近習復古之功爲大樂汲引人才有善輒稱揚不已所薦士不使人知同考主考禮部會試者各二主順天應天鄉試者各一廷試讀卷者八門生半四方凡經指授多有時名初娶劉氏累贈一品夫人繼岳氏蒙泉先生女贈宜人再繼朱氏故成國朱公女累封一品夫人子兆先岳夫人出廕國子生少有盛名其卒也舉朝惜之孝廟遣近臣慰問賜賻次兆同朱夫人出今以溟子爲後即兆蕃恭謹有文能世其

家擇以卒之年九月二十八日葬於京城西直門外畏吾村蓋公祖塋也

案此篇見懷麓堂集年譜中而無銘詞文亦似未完結年譜爲嘉慶初長白法式善氏纂輯殆亦未見石淙文稾完本也

汝懷附記

敕賜義民華騰霄墓志銘

楊一淸

騰霄遽至是哉。騰霄罪無可紉，爲讐家所中，官不之察，坐以紉。鳴之部使者，鳴之朝，積數歲，官旣知之，嫌於富室，避莫肎直。厺季冬，蘇郡守胡君孝思廉得其實，始直之。旣脫獄而病，病且革，謂諸子曰：是亦人所爲哉，命乎天也。華氏獲通於予三世矣。騰霄父東洋處士還往尤習，予每歸江南，東洋必造謁，款數日而厺。宏治丙辰，予提學陝西，公務取道歸，東洋病不果來。予比行，忽遣其塾師攜騰霄致書云：佑病始不起，弱子孱弗立，先生其子視之。予感其言，許諾。東洋卒，騰霄年未弱冠，綜家政，克自樹植。鄉人初或少之，乘閒肆侮，且訟之，百釁叢集。人謂宊稍貶以脫禍。騰霄曰：審如是，吾家破矣。毅然應之，直氣昌辭，身遭窮辱，不少沮撓，訟輒勝。自是人莫敢侮，貲產蕃殖，家諠昌。予以東洋故，每爲調護，然相見必有規警，欲其體聖門好禮無驕之訓，以保身完家。自是屛除俗好，樂爲義舉，駸駸有時名矣。騰霄姓華氏，鯨名，騰霄字也，別號懲齋，其鄉先達陳方伯所題，取懲忿之義。陳故東洋友，寓規也。華世爲常之無錫人，出南齊孝子寶之後。六世祖幼武，五世祖悰轉，高祖興叔，曾祖宗隆，祖守正，皆以隱德望其鄉。至東洋，義聲振一時，所與游皆名卿大夫士，其卒也予爲傳之。初東洋壯無子，其配鄒氏憂之，爲聘曹氏子爲側室，寶生騰霄。性穎慧，東洋愛之甚，不遣之學，未充其才，然遇事機警，凡所料理，多出人意表。旣遭多難，歎曰：吾祖得吾父而惡言不至於耳，吾獨非夫也乎，橫逆胡爲乎來哉，吾父將不瞑目地下矣。用是諠自淬礪，執禮守讓，或時折節下人，而猶不免。富者怨之府，勢然耳。初東洋之喪，治葬與祭咸中禮，邑人改觀。比鄒母卒，哀慕如東洋，儀文縟腆有加焉。常語諸子曰：吾不母生而母實子我，無母則無我，況汝輩乎。乃請故殿學靳文僖傳鄒母事行以傳。歲稍豐，穀米盈羨，則曰此歉之漸也，節縮浮費以備不測。歲忽不登，則傾囷以糶，曰我享其息，人樂其利，惡乎不可。至於人棄我取，操其贏餘居積如白圭。比佃人輸租有弗給，輒減且蠲之。正德辛未，都憲桐江俞艮佐治水江南，以邑東圩岸圮，知騰霄有巧思幹局，檄使治之，不三月工成。丙子歲饑，巡撫都憲王文明請於朝，行勸分之令，多者給之劄，得樹綽楔於門，旌其義。騰霄應例輸粟八百石以備賑。事聞，得授冠帶爲義民，被敕嘉獎有素有恆心猶敦禮讓之諭。太宰太原喬希大爲書素有恆心四字，揭之楣閒，侈君命也。其生成化戊戌四月二十八日，卒於嘉靖甲申十一月二十二日，年僅四十有七而已。娶鄒氏。子男八：長延壽，次延禧、延慶、延祉，皆鄒出；次延禮、延福、延祿、延緒，皆側室出。女五人。孫男一，師中。女孫一。今年春二月，予起廢西征，延壽率諸弟持狀詣予，請撰其父志銘。予以戒行伊邇辭。閱五月，予駐節固原，延壽遣其僕持書謁督府，請曰：先

父卜以今冬九月二十八日，祔莕邑椿桂山祖塋東偏。不得公
志銘，不肖之罪無所於贖矣。於乎，是尚可負哉。銘曰：
民以義稱，世所貴；官以義名，君所賜。有高其門，表綽楔，樹之風
聲，流永世。我不疾趨行乃躓，彼橫逆者奚寘。至明明我心坦不
媿，胡然而天報施戾。我委其贏畀來嗣，有欲徵之視銘志。

光祿大夫大學士許公墓志銘　張治

國朝以文資世躋上卿者，惟靈寶許氏。而少傅諱讚，字廷美，別
號松皐。許先世出周文叔，後至元有名成者，始家靈寶。七傳而
生敎諭聚，生進士吏部尚書諡襄毅，事在名臣錄語中。襄毅生
八男子：伯曰詔，鄉貢士；次誥，太子太保、南京戶部尚書，諡莊敏；
次即少傅公也；次記；次詩，工部主事；次詞，鹽運使；次誌，青城尹；
次論，右副都御史。金緋銀艾，稜起通籍，一時海內葺京焉。少傅
生穎異，弱不好弄，十歲通戴氏經，力學強記，平時手不釋卷。宏
治乙卯舉鄉試第五，明秊舉進士，戊午授大名府推官，以明法
舉職。有夜殺人者，取其首以去。曉，起負薪者途拾其血刃而售

諸市，邏者執以告，拷掠之，遂誣服。公獨疑之曰：豈有手刃人而
不秘形蹟者乎？久果得殺人者，一訊即服，乃釋負薪者。郡稱神
明焉。方士妄以妖言誣仇家，詞連開州民李志，且旁引十餘人。
李志素傖者，公曰：志且冤矣，況濫及其他乎？執帯捕。已而方士
果坐誣。外壬戌，徵入，拜陝西道監察御史。乙丑，以疾歸。正德丙
寅，復出為御史。戊辰，襄毅公入位冢宰，公以例改翰林院編修。
閹瑾盜王鈇，鉗織士類。襄毅素不附瑾，瑾銜之，遂矯旨罷襄毅
職，莊敏調全州判官，公亦調臨淄尹。庚午，丁襄毅憂。瑾誅，起復，
陞浙江僉事。孝豐寇湯毛九集眾陷城邑，公分地畫籌，元兇就
擒。戊寅，陞副使，巡視海道。會宸濠反，賊兵四出，浙東西洶洶，公

潛募丁壯扼險待之民恃安焉未幾改山西提學公校士先理道而後詞章每試畢必進諸生於庭下論身心之要晉人士自是斌斌焉知向道矣尋陟四川參政酉陽土酋搆兵累歲不能平公往出數語折之二酋稽首服兵罷癸未陞按察使平反冤獄脫死籍者數十人甲申陞浙江右布政使乙酉轉左布政使浙賦繁重吏胥緣爲奸公擿發其尤者寘於法宿弊無藏焉丁亥陞光祿卿既而陞刑部右侍郎尋爲左侍郎時勳貴人恃權寵擅繫邊官爲臺諫所論劾下刑部鞫之勳貴人輒恃勢無敢洩者公上疏曰明法所以重王章申天討也今不能行法於貴近尙可謂尊朝廷乎上特允之獄乃成尋以公代尙書任適刁

狡乘風數起重獄詞連輔弼大臣公力直之不少徇錦衣指揮施某者倚閹勢擅籍人財冤民詣闕訴久弗伸公至卽按論如律庚寅改戶部尙書會諸省類報災傷公奏議救荒便宜因條鹽法屯田及內府供億海戶冒濫宗室祿米十餘事上嘉納焉壬辰以二品一考廕子僎爲國子生甲午莊敏公卒母高太夫人遘危疾公乞終養弗許特令馳驛歸省尋丁太夫人憂是歲冢宰缺上意以屬公特虛以待丙申詔改公吏部尙書俟終制供職蓋異恩也服闋公始至視部事銓鑑品流劑量賢否一如襄毅家法天下稱公焉丁酉二品兩考進太子太保已亥進少保天子南狩承天公扈從尋以推恩給誥命進柱國贈三代爲子一品初考辛丑九廟災公上疏曰廟災宜策免大臣策免宜自臣始上允令致仕不逾歲復召公還公感上知遇益奮竭因疏銓曹積弊十餘條及防邊四事裁割抉剔咸當機宜甲辰以一品再考進太子太傅上歷試公知可大用乃進公文淵閣大學士典機務公旣居密勿愈自抑畏與一二輔臣協恭秉義以翊贊上德乙巳太廟完進少傅公以久居大位連疏乞致仕上以公老成方隆倚用而公疏弗已與上意忤乃命公閒住歸至淇縣疾作足不良於行家居幾二載歲時及萬壽節輒令人扶掖北面拜且祝戊申七月患滯下疾亟呼諸子弟曰吾世受國恩父子兄弟俱列上卿無可圖報今已矣爾曹毋作惡以忝先

世且毋厚葬以重吾過遂卒公生成化癸巳七月四日秊七十有六公曾祖而下皆以公貴累贈如公之官妣皆贈一品夫人娶李氏累封一品夫人生子二曰倩早卒曰僎以廕歷辰州知府乞便侍養詔改禮部員外郎辦中書事賜四品服側室王氏生三女長適都指揮張藎臣次適國子生張良士次適庠生王陽生孫男二茂祿早卒次茂禎公性醇厚與物無忤尤善容人過掌銓部十秊每除目下人無異言前後薦起廢閒者若干人居常吶吶若無所勝乃當大政決大疑商搉治理剟正得失割然游刃髖髀中肎綮也嘗自以兩世秉鈞軸大懼盈滿每拜命之日逡巡遜避故終其身乞歸凡十餘疏公在位讀廷試卷者

四、郊廟祭告山陵、從卒妃嬪冊立、數受金幣之賜、寵數出諸臣上、而公翼翼然無矜容、蓋所謂貴大患若身、寵辱若驚者邪、性好學老謚不倦、所著有松皋集讀史私論五經題義臆言三曹奏議凡若干卷、子儁卜以卒之明年某月某日、葬公於邑城南石礬東麓、以參議李君狀來乞予銘、烏乎予往在史局、聞襄毅公克復哈密事、及駸歷中外、諸聲偉甚、晚遭權豎搆侮、世共惜焉、乃少傅公與莊敏諸昆弟、旋以通儒躋立、章顯、人定勝天、豈不信然哉、後予貳政銓部、獲朝夕侍公、得悉公所行事、故詳於誌、使論世者考焉、銘曰、

許始受氏、文叔之裔、枝延澤縣、不顯亦世、啟慶發祥、神降於嵩、

佐時膚敏、曰襄毅公、維襄毅公、天篤忠棐、載其嗣人、降以繁祉、嗣興英英、彼季之賢、懋篚在庭、以紹其先、我職匪躬、無間中外、總藩司臬、垣屏斯賴、帝度其能、召掌邦域、迺陟司徒、國計是毗、以長六卿、式是百司、帝曰女嘉、惟朕有臣、惟襄毅有子、爾其宏亮、以弼予躬、公遜不居、毖於初終、崇秩鼎司、象德濟美、公懷遄歸、帝俞其止、大耋不憖、星隕嵩邸、公歸在天、忠鑒不亾、考德論世、我銘其藏、

明武略將軍龍潭譚君墓志銘

蕭禹臣

維歲壬寅九月己酉旁圳魄越翼日庚戌、譚子邦治泣血杖羸、持木菴曾子所爲狀以徵銘於予、曰、予父龍潭公諱銳、字抑之、宏治己未某月日而生、不幸於辛丑某日而卒、茲塋墓於祖下里、以今之某月日而窆焉、敢請先生銘以垂不朽、辭意甚哀、夫譚子木菴之妹壻氏也、予與木菴子善、因獲與聞龍潭之詳、且感譚子之哀而弗忍辭也、乃遂銘之、銘曰、龍潭之先世家攸邑、明祖龍飛、麗於戎籍、曾祖志斌、祖則諱鎭、秉鉞捐軀、乃克用命、肆於父憲、曳柴敗荆、維帝念功、令長百兵、先業式恢、貨弗藏己、潤及溝瘠、富而好禮、乃發其祥、迺生龍潭、酣於史籍、登之上庠、

以德爲循、以智爲翼、氣岸孤騫、武以文濟、父沒而泣、夜以逮明、母孀而養、恪其溫凊、母曰已矣、固命之官、君泣不止、强承其歡、乃謁於京、爰膺厥職、天子嘉之、優其寵秩、柱史曰能、以兵二千、赳赳其雄、如古干城、志栗而莊、謀毅而睿、夙夜維寅、靖其乃位、於皇嚴孝、篤卒承天、君帥其衆、戎事有嚴、曷瘁於勞、一疾弗起、易簀雍容、洞於終始、斂不欲厚、殯不欲豐、厥惟念母、沒不克終、敵體則秦、生男惟四、長曰邦治、繩其祖武、邦消、邦清、邦淑次之、女一、已適其二、未幹、吁嗟天只、胡弗永季、匪閭害宣、物理則然、石門之岡、松柏孤茂、爰令名、則壽、蹇予不穀、以厭匱銘、勒之貞石、樹之墓門、墓門示藏、草木其香、於維佑純、允祉聿昌、千百斯億、世業之光、

江崑岳府君墓志銘

江盈科

江氏之先不可知蓋自勝國時爲桃源人至國朝永樂中有祖諱彞仕爲曲周縣二尹生子諱田漢季諱海漢起家名經入國學世其父官有子五人諱思明思聰思溫思恭思敬聰有子二諱璇諱環環不肖曾祖也治經補博士弟子有子二人長諱伯玉季諱珊玉伯玉即吾大父崑岳公也環家貧中道捐世曾祖妣鄒孺人亦相繼逝遺大父孤弱與其弟珊依伯父璇大父歎曰先君所恃瞑目地下謂何而依人爲即老死將安所成立以無負於先君於是謝伯父出居躬操耒耜佔苦窮日夜不休娶祖母劉氏與俱佔苦蓋出居之秊家無餘粒不數歲稍稍贏餘

廼闢地搆室爲後世規宅兆公自爲卜今堪輿家率謂得地之勝豈天幸邪先曾大父困諸生受先人瘠田二頃咸割質富兒家公悉出子母錢贖歸且曰富兒歸我田固誠吾夫婦佔苦所致然安得不以分吾季即季不言殊非所以報地下人遂割其半畀珊而使自爲家巳生吾父鳳翎語祖母劉曰江氏之先率以詩書占仕籍致吾父不幸爲書困所爲困者不獨以貧故亦其昆貧自爲計不能相羽翼期於有成語曰獨樹不茂孤掌難鳴蓋謂是哉今吾煢煢一兒欲命續父業吾慮無所羽翼而復爲吾父繼也於是課之農且曰農之子常爲農其秀民之能爲士者必出於此吾謹俟之旨巳吾父生不肖科兄弟四人不肖最長公篤愛不肖甫五齡與公俱起臥公口授小詩輒成誦公顧謂吾父曰若有子矣光先世之籍者將在是乎至七齡遣就傅公親賫餱糧旦夕遺之以爲常歲牧豕易貲爲其師贄巳不肖補博士弟子數歲舉孝廉蓋是歲公春秋八十有五邑侯合肥楊君高公壽多公長者設賓禮飲公泮宮公歸釋章服語兒曹曰吾今而後廼得謝世故習靜以終吾天秊時不肖逐逐風塵弗克昕夕公不肖婦劉氏念公老矣以女兒事父者事公攜其二子一女令嬉戲公前公輒相與嬉如嬰兒又時或與諸僮嬉至庚寅歲公秊九十吾父六十當誕辰具酒饌相飲食交勸時或相嬉傍觀者謂父子若此眞人世希遘云未幾忽病呼吾

父暨不肖曰我死必葬我西郭從始祖二尹漢公所竝山向指授不肖逝之時神氣不亂肌膚瑩然如沐公居恒默禱鬼神蘄不肖一第沒且瞑目廼不肖再困禮闈不能副公惓惓則不肖罪也公平生勤愼且儉冠履非盡敝不更即更不忍棄其敝冠履謹藏之所謂畱有餘以還造化非邪公娶祖母劉氏先公逝公念劉與俱佔苦每飯輒祭之曰是吾與爲生者也公以宏治辛酉秊月日生沒於萬歷庚寅秊月日壽九十男鳳翎不肖孫盈科等卜辛卯秊月日葬公西郭從遺命也嗟夫吾大父力田起家傳二世不肖兄弟紹明詩書曾孫疏黃口而文徵吾大父勤勞不及此其又可忘邪不肖科既志大父墓系之銘銘曰

公自作苦乃克有家貽厥孫謀邑爲國華華而未實曷竟厥志勉旃前途慰公夜室西郭祖塋松杉千雲厝公其旁奕世永甯

杜少石墓志銘　江盈科

昔不佞童年受業先師羅澹江之門則時時有偉丈夫美姿修髯過先師齋頭與抵掌談經晉旨清遠心竊異之詢諸友人知其爲少石杜公蓋先師高足弟子云自是相識而公亦器重不佞引爲忘年友閱二十餘年至於今公春秋六十有七辭人間世往矣公之疾也不佞三候之比卒往哭焉友人李汝培厲不佞曰少石遺言以貞銘相累君豈有意乎閱月諸郎君奉汝培所爲狀來乞銘嗟嗟不佞覩公爲父執而於郎君雁行通家再世安得以不文解遂志之曰少石姓杜諱惟耀字汝晦世系自來爲楚著姓先祖大山仕至重慶別駕傳九世至公父用經術

起家爲荔波令舉三子伯氏某仲氏某其季卽公公生而美好英特荔波公語配龍孺人曰耀吾門者其是兒乎遂令名耀荔波公初仕羅城公與俱時年十七適大藤猺爲亂當事者檄荔波公督兵三百人禦之公請自編行伍冒矢石爲士卒倡荔波公許之已遂突入賊陣手刃一人賊稍靡我軍乘之鼓噪前大破猺衆捷聞兵憲東潭蕭公欲以是功公而東於格然荔波公用是益知名得擢荔波令荔波在山箐中多瘴癘龍孺人不能其水卒於官未幾荔波公亦相繼客歿時伯仲二君俱留梓里獨公萬里匍匐扶荔波公龍孺人旅櫬歸歸則舉荔波公所遺田產聽兩兄處分兩親葬具公獨營之自是以孝友聞公垂

髫時閒關矢石，竄荆棘道路，閒無從得讀父書。年二十三始受經術先師蘆江之門，時同門目笑之，謂其治經晚，白首迺得稱經生。而公故穎異，明年補博士弟子，又明年廩於學宮，前後凡五舉孝廉不第。公投幘歎曰：天乎不欲汝晦以經術顯乎。吾將挈一經以授吾兒，天靳汝晦，甯復靳汝晦兒也。後三子相繼治經術，前後補博士弟子，廩於學宮，與孝廉舉，咸稱秀才異等。公大喜，遂唾去博士業，游意古文辭、書翰自娛，而時時逐酒人爲徒，放歌浮白，傲睨人世，以自發其豪，與而詩文詞書翰遂益工。知名賢豪公卿閒。先是，學使者廬山胡公鄉達、洞楊柳公相繼講性命之學，少所許可，獨推轂公，謂其超邁之識，可與尋向上

去。觀察南臺馮公袞次桃源詩集，屬公校讐事竣，顏公廬曰楚材。公中年憐宗族貧窘，多待人火者，又椎魯不嫻於禮，乃割己所贖田若干畝，用范文正公法以食族人，而立族訓，董戒之。此縉紳軒冕之所難，而公以一韋布行之，亦足窺公之大矣。學使者省吾金公輩相繼旌之，諸所贈文詞藏家塾。公愀然語人曰：凡爲此者吾盡吾心耳，博名高乎？公故澹於世味，居恆思上書免博士籍，浪游五嶽，至晚歲煙霞之癖益入膏肓，視人閒束結送迎若麋麕圈檻，有卻走耳。歲壬午當應薦入太學，固辭不就。有司援恩詔以博士銜授公司理。陳公顏其門曰清朝特典。公强起冠進賢冠，束帶被章服成禮，遂取故所服角巾野服被之，

蓋謝絕世務，徜徉林塢幾十年。今年秋臥疾彌月，屬纊之辰，吟詩一章，端坐而逝，年六十有七。噫，不佞讀公生平，蓋三變云。其髫時挺身入賊，取首級，類振橐遂躬佩刀劍，講黃石，毅然有封狼居胥之志。已俛首受書游膠序，稱縫掖冠，蓋循循儒者也。晚年日枕藉麯糟，醉或信口占詩，以頭濡墨作徑尺大字，往往入解，似晉竹林七君子。陸沈酒中，乃山王二公出稱名臣，有如公得當辟舉，甯至以杯中物。小史謂竹林諸公俱有子，不佞閱公諸郎，豈紹瞻輩下邪？銘曰：

少陵苗裔，徙家洞天，世抱一經，簪弁聯蟬，於惟汝晦，卓爾象賢。振藻蓺林，楊馬後先，和璧未剖，其璞迺全，託酒逃世，箸書引年。

偉哉厥嗣，三鳳翩躚，蘇溪之湄，首邱巋然，龍章炳烺，賁下泉。

長沙王墓志銘　李騰芳

己未之春三月予小草出山謁王於其邸之東圃有屋數楹牙籤數萬其後方池一區長三其方繚以周垣夾以櫻桔風起木鳴水動負躍其前則樹以紫英綠堇丹蕣碧葉嬋媛阿那極幽勝之致王送予既別猶延佇者久之予且行且還視王絳顏鬢頳錦衣玉帶綽約花間眞神仙人也乃纔一季所予自京師歸而王歿矣過而弔王豈不悲哉王之子常淠將襄大事以劉給諫狀來乞志其墓予安得辭按狀王諱翊鉦別號曰禹山封曰長沙郡王謚吉端王之子宣王之弟而莊王之兄也端王有子數人莊王爲嫡子宣王爲庶第一子王爲庶第二子端王之父

曰定王定王之父曰悼王悼王之父曰簡王是爲吉始封之君英宗皇帝之子而王其五世孫也王載震時母畢太夫人不坼不副甫三四齡聰慧日異一日端王抱王坐膝上方讌奏樂讌畢王輒能頌其樂章端王大奇之自此日課以嘉言懿行而爲之訓其意曰嘉言者所說之善言也懿行者所行之美事也王領之洎長受學肅論語孟子義於何生受書於故學士莊公受易於故中牟令歐公受詩於故教授劉公最後讀春秋左氏而心悅之不忍釋手自是議論雄悍精辨每登堂抗音湖南文學掌故葺不連拄其爲文與詩雕率皆如其意嘗與予論唐史稱李道宗勇且賢有戰功乃令傳奇摹其狀甚醜何故予荅以不解王笑曰是不過嗤吾儕不讀書但堪打諢捧人腹耳予不覺大噱又曰故事藩國子弟授書但以老奄人爲師夫豈無娟秀者顧安所投贄邪且今宗祿匱極矣若不開仕進之路何以支雖有宗學特名耳不言春秋貢額何以勸此禮部責也公官詞林久後日倘佐雍當籌其便予曰然頃讀江西鄉書言天子重明麗正薪槱之始加廣解額而宗生得雋者一人因爲掩卷太息恨王之不及見也王天性甚孝平生事畢太夫人色養俱備狀稱其吮乳而癰愈刺血寫經而痰痺愈尤爲奇行而又頌其有社稷功二爲孝之大當莊王殤無子有挈瓶而吞者矣卒之宣王當璧此則王之功也比歲宣王薨安惠世子又薨有逐虎

而起者矣卒之今王嗣服此又王之功也夫是二者由後言之其蹟顯國之人皆知之由前言之其故隱卽狀亦不能明其實也予憶王曾出嘉靖時歷日一本示予載龍陽王繼封事頗具龍陽宣王之初封也然則古所謂有心人者王其當之而狀指爲社稷功洵不誣云若夫賁糜以活饑和劑以療癘折節以禮士倍賞以恤卒服浣濯以昭儉遠腥血以明慈其盛德懿美固未易更僕矣王爲人長身鵠立秊七十老矣行尙能飊風向無疾痛因宣王父子相繼殞落遂欷歔不自禁語人曰吾其魯靈光邪吾豈能爲魯靈光邪念自簡祖以後獨端考徽猷尙未有刻石是宣王尸之今已矣乃涕泣請於予爲碑其陵之左碑既

具拜而逆之一慟而仆自是寢疾不復起然猶日誦蕐嚴經一帙逝之先一日語諸子曰吾祿食六十一秊念今東事劇無以佐縣官急汝輩各勉爲忠孝遂不復言明日揮手而瞑時已未之八月十有四日也距其生嘉靖丁未三月十二日亯秊七十三歲訃聞上震悼輟朝遣官祭葬而賜之謚曰某王皆如令甲元妃吳氏先王卒今月某日常淠奉王柩與妃合葬於善化縣十一都七里山之原禮也子男五人常淠常瀦常灈皆吳出萬世副劉氏出萬代副戴氏出常淠今當嗣爲王而萬世萬代俱府庠生萬世以高等食餼常灈有子三人亓昌亓國亓盛萬世有子一人亓秊瀦萬代皆早殤而淠尚無子銘曰

帝子兮諸侯王食租衣稅兮豈不逸康吃吃窮秊兮連屋編籍胸羅雲漢兮手織天章蔚爲國蕐兮光被湖湘吮乳刺臂以愈母疾兮神明來相丁國祚之屢阨兮柄大義以勛勤輿燾土如盤石兮綿嗣服以無疆國人皆云王之功兮雖歿而不忘衡山蒼蒼兮湘水湯湯王靈厺豐隆而出游兮將下憩於王之幽房予銘以昭之兮亓保其藏

田博士宗禹先生墓志銘

李騰芳

古之人未有不學者也其所學者以修之於己而精以措之於天下國家而詳今之學取其讀章句文字而已其所修之措之者未知其何以也然今之士材行秀美者甚衆未嘗不可以爲學獨恨去古遠不見夫先王興道作人之意故沈溲於流俗而不知退而私以爲明王在上苟愼简篤學好古其人者以爲之師而教授有法亦庶有興乎而今之師又率皆誦讀章句文字而已庠序之官往往齒力殘憊耳目昏塞不稱其位所謂篤學好古之士疑於是乎絕而容不絕者特一二而已焉然亦或非流俗所尚仕進通顯之人故吾求之久矣而不得僅而得之又

不達而窮困以死如田先生者可悲也哉先生諱興字宗禹荆之江陵人世力田有隱德先生方幼時游處有度卽能以禮厲其羣兒家甚貧受書爲儒攻苦自力文詞蜚麗爲博士弟子卽有名早食廩餼屢舉於鄉不克中萬歷之某秊先生秊若干矣乃以明經升於禮部是時學官奉新功令士之以次當貢而秊老者皆罷不用先生獨以文高見收蓋亦力學之效也選爲岳陽訓導日與諸士講說古人爲學修己之義設施天下國家之方以相磨礱浸灌居一秊士運自變因親老投檄求去時一邑薦紳學士畱之不果久乃晉郡西教諭竟棄而歸奉其親藹然居於龍山烟水之間采菽以養親遂終其身不肎出閉門讀書

而已歲壬辰子大年以進士高第爲魏縣令先生一至魏語大年曰吾修身勵行五十餘年矣遭時之艮終不獲以古學自奮今庶幾在爾爾勉哉語畢而去凡五年先生告終則戊戌年某月日也年七十一歲子四人大年禮部儀制司主事某某大年在魏以考滿恩封先生爲魏縣知縣後在南宮又以東宮覃恩贈先生儀制司主事銘曰

觀先生之在岳陽而士爭自變則信乎古學之未始不可興也先生已矣大年方赫然爲名表予覩大年之方嚴而知先生後世又當以予言而知先生也其奚憾

封文林郎福建道監察御史陳公墓志銘　李騰芳

衡之陽竝衡之原有松蔚然有郎隆然者封文林郎福建道監察御史陳公之藏也公諱廷策字某衡州府之衡陽縣人卒於萬歷丁未年某月日年六十有六歲葬以庚戌年某月日以御史封公者公之子宗契也先世吉州人居吉州者有元行省叅知某號大郎國初大郎子淑清避僞漢之亂徙於衡陽陳氏徙衡陽淑清爲始祖故子孫茸不知有淑清而因知有大郎自大郎以上茸得而考也淑清五傳至景通是爲公曾祖景通生顯由顯以上皆不仕顯生公父曰志珍起家邑工曹掾以律學試南部第一當得官是時公生兩歲矣父抱至膝上環視其眉目

奇之因棄其官不屑仕公在齠年卽能爲文章年十三父歿孤且貧讀書尤力爲博士弟子最有聲反困於場屋者久之會御史登於鄉遂焚其所習帖括肆意於歌詩焉御史成進士讀中秘書公策一蹇來京師就養因與諸能言者探勝刻燭鬪奇極怪而詩益工其詠折足鴝鵒有曰最喜能言學鸚鵡可憐起舞似商羊士大夫傳者咨其奇譽生平識度沖遠於人無所嗛而自持斬斬則如有督之者常語子弟曰昝陳仲舉謂一室不埽當埽除天下此欺人語耳因顏其齋曰敬畏手書十目所視十手所指何如其嚴如承大祭如見大賓只是箇敬二十四字於壁以志其意終身塊處無惰容羣居無媟語飲食言笑皆有常

則雖疾亟不廢櫛沐因自笑曰咎曾甯首過以三朝晏起兩日科頭爲恨吾幸無之子既貴與家人約毋與外事郡邑大夫歲時修謁者必固辭不得見以賓筵請僅一再往居常衣麤食糲御史常函一文穀爲壽封識宛然一室之內圖書字畫一室之外疏柳長槐此外了無他物而急人之急則不問無有常舉一質牛者之金以丐族子而活其火更鬻產以償質牛者御史再拜命時爲書以告之曰天下有大利害宰相能行之諫官能言之雖然言之易行之難願兒無易言又曰抱葉之蟬自稾不鳴之雁見烹願兒無難言及疾又寓書曰老夫不善調以致病滿不陞不降瘉在關膈今日時政正類此兒能以予病喻國病乎

立身之孝終於事君致身之餘無力可竭也封綸馳至時公已不能拜子弟欲展視爲賀叱之曰對君命可如是乎遂什襲而懸之御史方奉簡書按兩浙聞公病馳歸而公將易簀矣猶張目熟視徐自哦曰兒歸念已畢老至从何辭遂舉手而逝先娶龔氏贈孺人繼娶甯氏封孺人舉子男四人宗夔邑掾次御史次宗稷早卒次宗禹太學生女子二人一適太學生劉芳一適太僕卿劉某子庠生同舉銘曰

厥陳世遠今難追在吉可考惟參知因亂徙衡遯而肥稷仁植義深以滋公學經術兼文詞將奮六翮黏天飛材大磔何世莫睨雕肝琢腎工其詩金薤琳瑯誰取之北游浸興留豪韲有子司直集帝扉忠功孝名神所祺公塋一永甯吉協龜予詞銘之昭無涯

皇明吉藩次妃何氏壙志　李騰芳

吉之先簡王以英宗皇帝第五子國於長沙歷五傳至今王王於英宗皇帝爲第五世孫而今天子之諸兄也有國四十季端靜樂道讀書好善無聲色嗜欲之慕今季秋予從京師歸見王體恭貌肅氣溫語潔退而私於王之相云王居常寡言笑不飲酒衣麤食淡嘿然終日喜怒不形於色蓋賢王也又退而私於王之左右云王宮中肅雍和暘其卑者共以承其尊而其尊者俯以接其卑無淫媟之言無嫉媢之行無侈靡之事內政一統於王妃而夫人以下靡有閒焉由是言之不獨王賢而其妃亦賢媛也自其妃薨國之人莫不咨嗟涕洟而王亦哭之痛曰噫

嘻喪吾良友其將葬也天子遣官護喪視地卹禮有加其相右長史某以妃行事琢隧道之石以王命屬予志之予無以辭按狀妃姓何氏長沙縣人父名某兵馬指揮何氏爲長沙望族而其先皆有陰德妃生秀慧特異嫺於詩書季十五歲選入王宮冊封爲王夫人後二十季冊封爲王次妃子男三人長封吉世子常淯次封德化郡王常汶次封福清郡王常瀫妃薨於萬歷戊申季正月廿九日距其生嘉靖丁未享季六十有二其薨之明季十一月初八日附葬於善化縣二十八都鳳凰山之原妃性仁孝幼事父母甚謹暱諸姊妹甚有恩禮及入王宮爲王夫人事王與王之妃如所以事父母者拊同輩以及媵妾如所以暱姊妹者故王與王之妃咸愛之而同輩以下莫不附焉洎爲王妃事王益謹如初入宮時而拊王夫人以下及於媵妾益有恩禮如其爲夫人時王益愛之而夫人以下益莫不附王之自治以勤治家以儉妃一一先迎王意牢其躬濇其養以敎其家人故家人靡不辛苦約素象王指者王喜獨居妾御希得進妃嘗協比羣星與均筦簟故王之子最多王雖性寬厚不欲重譴人妃自以意簡約其下使無踰逸而一以慈佐王故終妃之身宮中無有以過罹譴責者烏乎婦之德如是是誠賢媛已

楊仲先志銘

郭金臺

長沙故人楊九仲先諱德逵。歲丁亥七月二十五日偕妻陳同日卒。有友人吳慨李錞渴葬之。十秊春予避亂。去楊子二百里許。不獲與吳李會葬哭。明秊訃音到予。七月祀先日始得哭楊子以詩。楊子有丈夫子一先三秊逝。又自李子赴葬外亦莫有一人會哭者。故葬月日及山扦向都不具。其時少好事卒無以銘。予遷徙數月。迄甲午三月始追哭楊子于衡山西村舍館。爲告志以銘。志曰。楊子性坦坦迤迤。不矜完好。解繩削𠛬而無涯岸。大翫于時而息于機。侶有得者。行九。自身以上凡八人所自出。攷亦莫緜考。記楊之先世繫籍燕之彭城。自三世祖某以方

伯客長沙。因家焉。相傳長衢坊額有父子尚書兄弟方伯者。卽其家譜也。自其父某好揮金。始鬻阿祖居。今長郡所置督學司其故址也。楊子生十餘齡。卽善屬文辭。出童子試。特拔受廩餼。自是每試輒前。九困塲屋不輟。亦小無慍悕。予自辛未以舉子業締交楊子。楊子越素所締交者。獨折心予。一句一字一出入嘑笑。晨夕必數。庚辰築茅椽與予擇南湖別墅夾居。楊子挾其徒。子夜讀罷。歌呼出籬外。予與王子玉社讀罷。自山樓弄琴送音過草堂。每花晨月夕。笑語兩相接。興盡乃伏枕。起視晨星落落矣。癸未予還潭。楊子返西河。三數秊中間楊子猶籍籍人齒牙間。逮丙戌予舉于鄉。楊子例得歲貢士。一日撫予曰。天下事止此矣。勿復言。明秊長沙陷。及秋楊子歿。記歿日迄屬筆爲志銘之日凡七載。中閒無閒四五宵不夢見楊子。形聲遞送。寐交酷親。倏若忘其人閒世。眞無復此一人者。是耶非耶。再來緣耶。予憊矣。偷視息強半。憶君甚不憊。詳思流覽。一涉而得所著史評。始周平五秊迄明崇禎十七秊爲十卷。藏李錞家。著太徵經六卷。凡言乾象休咎奇禽之秘。二書存亾不可知。記君曾取邵子皇極經世書。正鈹元會運世算法。十版盡一夜鉤索推補。異時質刊本無累黍差。眞異資也。後來夢君有如江淹探得郭璞彩筆事。許以餘慧補予鈍。撥予嬾。及秊方剛了一二著。佀當奉君蘇大後身之語。旦暮努力矣。語咽望重屬以銘。銘曰。

龜筮格耶。上下旁流。誰從適耶。伯鸞東野。將焉求耶。守舊邱耶。歷九州耶。將伯助予。毋貽印憂。

明翰林院劉公它山先生墓志銘　嚴首昇

士大夫遇國家鼎革之會如列筵然主人變起座上大班散去目其或乘輿他適者予不敢知焉予自授外史傳聞異辭近舉吾楚鄉先生賀相國金吉士以身殉主人之變者也賢者過之歟觀過斯知仁矣思山熊君天門郭君雲密劉君松濤徐君目菴黎君諸君子皆嘉遯不失其正則夜闌既醉而歌驪駒者也予等輩則總未入座者也若乃初筵方展三爵幾何立地斷洨招招者日至其門而堅臥不出加於人一等矣則惟翰林院澧陽劉公爲迥絶也公諱瑄字它山別號蓼峯籍澧水明初以勳封襲指揮使歷傳至太公鵬翱折節力學授公經義公具宿慧

穎敏絶倫秊十二剗庠序所至誦覽如匡稚圭王仲任故事二十四薦天啟甲子賢書遂放意登臨坐上客滿以醉吟自適已乃慎志下帷不窺園舍凡十有七秊成進士時崇禎十三秊庚辰矣天子召對文華殿公貌偉而晳聲宏氣朗語中機宜特簡授翰苑甫半載以內艱歸里杜門盡大事再期迄癸未流寇稍退移九谿轉慈陽閏三月十九日事痛哭失聲幾自盡乙酉還里寇與兵競擾復走慈陽時宏光攝位金陵當路奏起春坊中允學士適太公捐館兼喪內子不克赴亾何游兵掠牢囊笈無存再走九谿衣葛御冬艱瘁僅以身免會督師堵武陵伯陽延公商恢復公入其營嚴紀律禁殺擄畫方略而聽者藐藐羸兵弊鐙日以碁酒自娛公遂渡洞庭底湘潭與中丞何洨策進取頃之諸旅俱敗畫無可復矣乃入衡嶽爲僧髡頂持素者三秊始還澧時順治七秊庚寅也巢破野棲突未或黔矣壬辰直指李奏用舊人首疏公敦迫不次公以三喪未舉廢病不支卻之哀慘陳情一時傳頌自是無預人間事結廬湖上屛蹟城市借書盈席日夜綜績不虛晷刻者十有九秊視往昔下帷有加也所著有慈園筆務明詩刪補斺園詩存皃莊詩存如干卷皆不及梓一日自題座側云忠未報國孝未顯親覆瓿種種傳之其人投筆歆泣不可止庚戌病終秊七十公至性孝友內行醇謹里中稱爲長者亢爽豁達開心見膽造次相接必有語可錄顧

其剛方不屈偃蹇自適雖履險用晦不稍挫也當路知者亦觀其過知其仁其不知者多格格于公而以衆望攸歸亦不敢或慢也生萬歷辛丑秊十二月二十二日卒康熙辛亥秊三月初四日葬東田堰配洪孺人先公卒二十秊繼某某長君肇基爲諸生有聲秊三十終順治乙酉次鞏基埍黎皆予友錄其實屬予志且銘銘曰

野臣盡瘁過于官臣大木莫問一繩幾傾頂趾俱非不改文心藏之名山傳之其人噫吁嘻以無用故有用也以無成故大成

辛亥初春容城外史嚴頤舊名首昇拜譔

文學劉君崑映墓志銘

王夫之

友人崑映劉君撤瑟二十年矣。子安基安鏞以幼孤未能成禮。飲泣而欲求銘其墓。以叔父庶僊氏之命來言曰。志以志功。銘以名名。弗功弗名。亦足以勒石乎。余肅然竦起而對曰。是其所以可志而可銘也。且夫今之所謂功名者。吾知之矣。其始也槁吟而蹩躠以操觚。知刺繡之不如倚市門也。望風會之所流。隨波以靡。拾殘英。調鳥語。而惟恐其不肖。繇是而詭合矣。則以吮弱民媚上官。絶然獵榮膴。氛不健羨之苟且。詭而失也。猶且傲時譽以自雄於里序。栩栩然翔步於長吏之門。喻嘔漚沫以自潤。士能不屑於此者。其志可志。其無名也可銘。此余所以樂交

崑映氏而悼之不忘也。二子其何讓焉。君初名承公。更曰瑋。崑映其字也。先世有以丞相稱者。名不傳。大約以祥興蒙難而家於衡。遺戒子孫。廢讀而耕。故爵里名字皆佚。子孫世農而樸。爲鄉里重。至起潛公登甲。乃讀書補文學。登甲生去華公紹賢。鄉貢士未仕。君生而剛肩植骨。有偉人器度。起潛公喜稱之曰。鐵漢。稱其質也。讀書不甚敏。而所志益堅。苦吟窮旦夕。崇禎閒。齊梁風靡。駢儷爲虚華。而君刻意以搜求經傳之旨。每有論辨。毅然不隨時尚而求其至當。以是補文學者二十餘年。試於鄉而不售。乃就山中誅茅構斗室。蒔雜花。坐誦行吟。忘年忘境。其視世之倏爲牛鬼蛇神。倏爲嬌花哢鳥者。蔑如也。此名之所以窮也。數十年之士風每況而愈下。其相趨也每下而愈況。師媚其生徒。鄰媚其豪右。士媚其守令。乃至媚其胥隸。友媚其奔勢走貨之淫朋。而君之義形於色也。人之媚已。視如鮑魚之在側。見媚人者則蟲豸遇之。不爲一動其色笑。閒有初能成削者亦欣然與定交。迨其以貧易操。則截然拒絶於一旦。乃自相遇而不與揖。以是食貧沒世。取給於舌耕而躬親田牧。僅免飢寒。悠然自適。郡邑之門。逆風而避其腥。村塢化之。數十里之閒無訟鳥乎。使有遇於世。可追蹤器之以不負起潛公之期許。而齎志違時。中身而折。此公功之所以窮也。叔氏之言。哀君之窮焉百矣。爲名於世。不如顧名於心。爲功於物。不如加功於己也。久矣。舉

念而可質之君子。心之名也。衛生而遠於不仁。身之功也。請廣叔氏曰。君之功名大矣哉。銘曰。

疇昝過君。溼雲蒙岫。雷雨多喧。裂飈傾霤。縱酒高吟。天爲倏晝。弔古悲今。別人分獸。自君之亾。狂言誰奏。獨遺孤雲。宿草青覆。銘以千秋。式垂爾後。

湖南文徵卷四十五

行狀 誄事略

明故資善大夫南京禮部尚書致仕進階榮祿大夫謚文僖黎公先生行狀

李東陽

我先生黎公諱某字太樸學者稱爲樸菴先生世居岳之華容本楊姓曾祖元勳出繼姑氏後爲黎姓考斌宣德閒舉楷書爲甯縣丞有德政民建祠祀之先生資稟特異少苦學肆力諸經史從父宦游歸與兄資深相師友爲縣學生景泰丙子舉湖廣鄉試天順丁丑舉進士第一授翰林院修撰有言官被謫者先

生以書抵當道請捄之當道曰彼言涉我輩柰何先生曰正以涉公故須公捄之乃見盛德耳當道不能用然心實重之預修大明一統志成賜金幣癸未同考禮部會試憲廟卽阼充經筵講官成化丙戌滿九載遷左春坊左諭德供職如故丁亥修文廟實錄成進左庶子賜金幣及宴有加辛卯上疏乞歸省賜寶鏹爲道里費甲午命考順天府鄉試有試卷奇甚後場不類疑有弊句稽墨卷果得謄錄生截卷狀移簾外按其事而取是卷爲解首則名士馬中錫也丁酉修續資治通鑑綱目成遷詹事府少詹事兼侍讀今上正儲位日侍講讀戊戌充殿試讀卷官會天下鄉試錄多舛謬或犯國諱先生摘奏數十條下禮部翰林議治考試提調官罪且申定格例行之至今擢吏部右侍郎持法堅正有請屬者笑應之然竟不行閒人有玷行雖所甚愛必加摧抑不曲爲庇護下至胥隸亦畏憚無敢犯權貴用事者勢甚熏灼先生律己待物不通饋問卒亦無他凡內批事翼日部大臣必陛陳補奏時除授寖廣有諷令勿奏者先生曰此祖宗故典所以防僞遏姦某不敢廢諷者色沮久之竟停陛奏而先生亦改南京吏部丁未滿九載遷左侍郎加正二品祿今上始擢爲南京工部尚書尋改禮部上疏陳正風俗革奸弊諸事多見施行辛亥以末疾乞致仕詔可仍賜誥命歸一年壬子四月十八日卒距生永樂癸卯十月二十九日壽七十朝廷賜謚

曰文僖遣官諭祭命有司營葬事先生性耿介寡合重倫尙節痛違祿養極嚴廟祀兄嫂卒其孤民獻及女皆幼育爲己子遇二弟沾洽無閒言山東按察副使董國器妻死而董使邊未返先生展省至臨清使攜其柩以歸太常卿余孟亨卒家貧不能舉先生倡諸鄉宦合賻贈俾襄葬事鄉吏鄧祿寓銀數十兩後祿死藏所寓物十年俟其子長乃還之居官儉樸不受私餽尤愼形迹事涉矯託輒窮本末必暴白乃已人有過必面質或弗能堪然底裏洞徹無豪髮留匿人亦亮其無他弗憾也嘗患鄉俗侈躬自裁損昏葬飲宴稍示節度多視以爲則所居黃洋渡積潦病涉捐私帑築隄四十丈民甚利焉先生於書無所不讀

爲詩文典贍雄偉成一家言有龍峯集若干卷楷法遒整自習業至公牘連篇累帙多不可紀數教法詳備日亹亹不倦凡所汲引陶鑄登甲科仕中外後先踵接至不能相識胥吏斆學輒優給役俾圖卒業舉鄉試者四人舉進士者一人教子尤厲不假辭色子民表舉甲辰進士今爲戶部主事民牧舉庚戌進士民獻亦舉鄉試皆未始有外傅焉配金氏有賢行先先生卒子六長民牧次民表次民衷金出次民安國子生民俊民信皆側出女四人某某某年月日葬黃湖山之原金夫人祔烏乎先生淸德重望登甲科躋台鼎保身完名享其壽祉延於後嗣誠可謂一代偉人矣其所樹立要不可使磨滅非託於當時名筆將

無以爲後地東陽自童丱執經史領教偏德垂四十年聞訃驚怛不能拜哭於几筵之下爲終身痛謹撰述平生事行及爵里卒葬以備采擇惟諱與先考同未敢直書徒恃先生名在天下有不待於書者挂漏之罪固有所不敢避云烏乎痛哉謹狀

明故南京太常寺少卿夏公行狀

李東陽

公姓夏氏諱瑄字韞輝其先自衢徙饒代有顯者曾祖諱希政元季爲湖廣行省都事兵亂死事祖諱時敏洪武初爲湘陰教諭遂家湘陰考太師忠靖公諱原吉歷事太祖太宗仁宗宣宗四朝碩德雅量豐功偉烈著在國史公忠靖公次子少穎敏喜讀書嘗竊覩忠靖奏草及忠靖朝退必請問所議事忠靖笑曰是非爾所知也然心默喜之禮部尚書胡公濙嘗夢上以櫻桃一盤賜忠靖二子長子琉退避不敢受而公獨受賜後琉早卒胡公以告忠靖曰繼夏氏者必此子也仁廟嘗顧問忠靖曰卿子年幾何欲以近侍官之忠靖曰臣子幼稚非食祿時俟成立

事陛下未晚也宣德五年忠靖薨宣廟震悼不已即日遣中官致命於家拜公尙寶司丞明日公與叔父原禮入謝時公年甫十有三進退有度特賜冠帶衣服公扶柩歸鄉里宣廟憫公幼特免守制使養母於官而別遣官護喪歸且厚恤其家公强記過人太師張公輔呼爲小友少師蹇公義而下多公父執禮重之宣廟欲大用公未逮也正統初英廟追念忠靖勤勞特賜公田十八頃而蠲其稅楊文敏公榮將歸謂公曰尙寶非處君地吾還當薦君未幾楊公卒不果雲南夷逆命公上疏乞立功自效尙書王公驥奇之將以公往有沮公者乃已八年命視尙寶司事公以母疾乞侍養還鄉母愈乃就職時四方多事公上疏

陳七事一謂湖廣苗本異種必有首惡糾合爲寇宜密令諸脇從諭以利害誘以重賞使反兵相攻然後出其不意攻之必破一謂苗出遠劫必使老弱守寨宜分兵開擣其巢穴則賊分而勢寡一謂北邊雖每歲朝貢狙詐難測宜令知兵者行邊旌勇智退老弱繕兵治械修城隍謹烽堠以備不虞一謂福建盜作雖出師勦捕功久不就使賊勢日張民困轉輸不得耕食是益盜也宜督將臣乘時殄滅多見采納十四年北邊犯京師公憂憤陳四事一謂敵乘勝遠鬬其鋒不可當然能野戰短攻城宜堅壁勿戰使進無所得退復氣沮然後出奇設伏諸道奮擊破之必矣一謂敵深入吾地宜令死士夜襲其營仍設伏內地以

待追者一謂敵旣舉國入寇邊無所禦宜調邊兵之半入捍京城內外夾攻彼將自潰一謂我軍依城爲營進無死志退有所歸宜嚴號令以堅其志如以三隊爲法前隊戰退令中隊悉斬以徇容而不斬者同罪則士畏法而不畏敵矣詔亟行之後敵使至公又言敵無故遣使與吾譯者偕來必佯爲遜辭以緩我應援疑我進退覘我虛實或爲詐事虛情疑我譯者以緩我謀賂我譯者令爲反間宜慎防之以觀其變一謂敵若引退宜分兵五路間道襲之以正兵二路擊其前以奇兵二路攻其傍以伏兵一路絕其後仍以宣府大同諸路邀其歸蓋彼方恃强不虞吾至且待彼回圖我而我先奪其心勢可必破況今太陰犯昴主胡不利太白出高用兵敢戰吉臣以爲天道人事機不可失當道不能盡用其言識者惜之公又言敵旣得利今冬來春必圖再寇今汝甯鳳陽諸府及河徙故地流移之民無慮百萬恐因隙而動爲患不淺願假臣便宜使招募智勇以圖國用仍條陳事宜以爲先召吏士及其故老俾各舉所知凡舉主及所舉勞以酒幣揭名於旗以倡忠義然後榜諭凡有知兵敢戰習騎射諳地利能爲間諜者許以官賞復其家一丁以給其力事平之後不願爲兵者釋之教閱之法以百人爲率擇其能者十人以教其九十人兵集旣衆人人習戰法內可以捍京邑外可以消郡縣之變事下兵部尚書于公謙請試用其才侍郎王公

偉公知己也時爲監察御史亦請敕公募兵淮揚會事定不果久之公以母老乞就養金陵命掌南京尚寶司事二月丁鄭夫人憂上京師復陳三事曰賞罰以爲御將不可不嚴任吏不可不寬宜罪敗師棄守之將以戒不忠增廉官能吏之祿以礪不任曰去利以爲善治國者不損民以益己因舉近事以利致害者貪虜入貢致生邊患窮兵麓川以疲中國其獘在上汚吏瀆民以妨文治貪將虐兵以耗軍伍其獘在下宜減浮費以輕徭賦省游食以足軍儲惜民力以培邦本又謂貴州宜仍洪武舊制置行都司罷藩臬郡縣命一良將輔以文臣使專決於外以甯邊患曰審機以爲制敵之機係乎攻守之得失因舉近事之

失機者敵初寇大同氣鋭鋒利不當戰而與戰以致敗績一也宣府懲彼失利畏愼太過敵經其城當戰而不與戰以致土木之敗二也及敵越重關犯畿甸自納其死而我過爲防禦無所施措以致大變三也宜鑒覆轍懷遠圖揚天威以雪國恥大學士高公穀見公疏薦於朝亦不果用奉使秦府充冊封副使凡所賜遺悉不受天順二年公以疾請命掌南京尙寶司事踰月遷少卿八年賜誥命特贈所生母王氏爲夫人成化二年進爲卿時五府多闕惟都督一人公奏守衞事重非一人可任乃命四都督往更宿衞十四年九載考最陞南京太常寺少卿仍掌尙寶司事方圖請老歸守先墓無何疾卒未卒五日猶力疾草

疏大略言臣伏見太宗文皇帝賜皇太孫敕諭皆農桑軍國爲政治民之要誠祖宗貽謀之至意願陛下置諸左右覽而行之仍命皇太子讀誦使預知民事艱難守成不易則不必遠求諸古而天下可治臣懷此言久未敢輒上今臣病死旦夕死而不言亦無日矣命其子崇文上之訃聞上遣官諭祭於南京公爲人寬厚簡易內剛外和孝弟忠懇皆出天性幼喪王夫人事鄭夫人甚謹嘗棄官走南北侍養者十餘年鄭夫人卒女嫁虞氏生子誠而孤公視若己子悉以鄭夫人遺物竝分賜田三頃予之誠死又撫厚其孤與弟璘無閒言異色親舊患難力可援者必爲之盡侍郎王公卒公娶其女爲子婦其師太常少卿鄭公

雍言子死經理其家駙馬井公某道死嘗以千金託公其家弗知也公悉封識還之公恂恂寡言及辨議古今成敗兵民利病文體高下皆卓有定見不隨時好惡然自負高與人寡合故罕有知者爲詩文宏博豪放舉筆千百言而感世觸物義歸於正平生所作近百篇號拙寓稾晚年號白鶴山人自爲傳論曰人謂其庸腐者是也謂其非庸腐者亦是也夫璞玉一也器則玉未器則璞耳今山人久爲宦而無所見其能是將爲玉邪亦將爲璞邪識者必能辨之公雖在散地恆憂先天下每見天垂象或四方有警則咨念不置與客言必先問及北事常曰國家養士於平居之時士當效力於有事之日嘗夢中賦詩云臣愚思

效忠志欲追前古空懷葵藿誠未罄朝陽吐深思結中腸遠慮徧寰宇舍生甯顧軀矢死期報主病篤猶以地震爲問語不及私惟書遺教囑其子崇文皆檢身奉職語又賦一辭亂曰梅花一枝開春風雙珮響拂衣而歸天淸月朗造化小兒齊聲合掌遂卒公生於永樂戊戌三月十五日卒於成化辛丑二月十七日享年六十有四子三人長崇文戊戌進士材器奇博不下公次崇武次崇勳俱學舉子女五人長某次某某年月某日歸葬忠靖公墓側公卒已有銘銘頗略崇文復備述行實請爲狀以干大人先生銘諸神道以昭不朽東陽公同郡人也哀公之沒慨典型之在鄉里者不可復見謹序次一二以備采擇

倪文僖公誄　李東陽

成化已亥三月十八日南京禮部尚書致仕倪公以疾卒天子悼念舊學特贈太子少保謚文僖遣使者諭祭命有司治葬事烏乎予小子昔在童稚嘗辱愛於公及與公子舜咨同舉進士在翰林稱後進獲瞻下風奉餘論者二十餘年矣悲悼感慕宜不在諸大夫士後獨材力卑謭懼不足以振耀潛德而公固有無所待於子者乃竊據古義爲辭以遺舜咨請歸以誄公誄曰

烏乎哀哉堪輿孕精山川效靈公出河汴乃生舊京奇材異表嶷然天成目掣流電氣呑長虹揚芬曜華爲國之光領宮育材翰苑登秀海鯨力翻天馬神驟經帷儲宮公在左右規周矩旋

義講仁究金縢玉函刊舛除謬發爲文章水涌林茂羣芳畢來百貨爭購北有大岳祠命肅將旱禱而雨天徵其祥其祥維何公子是名出使朝鮮載揚載宣禮卻淫樂詩陳雅篇壯哉茲行遼海有編京府選士文衡在公有勢若敵公當其鋒中堅如山不畏撃撞姦屈不逞蘊爲禍宗戎車北轅遷於上谷山林廟堂七載來復載直詞垣載編實錄巍巍南宮兩振華躅春卿位正以長羣屬惟皇眷念老且彌篤公來告疾遂反初服始亨中屯宜饗終福嗟彼蒼者胡奪之速烏乎哀哉公在朝廷如珪如璋天子之眷士林之望公在邊夷爲麟爲鳳聲名風馳國體山重公在闕徼百險不回可抑者身志則莫摧新亭有原公在冥漠神游氣行下上寥廓江山流峙俯仰如昨九原莫歸逝者誰作烏乎哀哉公族既茂公子既賢秘書有涵太史有遷匪公肇之孰開厥先諸生在門樸斲爲才各適時用小桷大榱匪公師之孰詔後來烏乎哀哉玉軸丹書文犀繡麟寶鏹金鋌醞美食珍賚賜絡繹罔非渥恩宮保贈秩文僖議謚工官治葬儀曹降祭維此備典孰謂常制生何憾言歿有餘貴大運無端人生有涯金石何堅草木何萎其亡其存非夭非耆公名則昌公澤亦施幽冥有知聞此誄辭烏乎哀哉

御史公行狀

米肇灝

公姓米·諱助國字民和別號順齋·楚辰溪人也·其先山東兗州府曲阜縣太平鄉人·宋徽宗時金紫光祿大夫維則兄弟四人·奉命征蠻·退留辰溪東山之濱·七世孫國器徙居邑之近郊·五世潔以明經官廣西桂林別駕·又四世至萬鍾·中萬歷甲午科舉人·歷仕至雲南彌勒知州·生公·公生而穎悟·有大度有才能·膽略超人·不謀俗細·屢空晏如也·幼訓於庭·誡其旁覽·父出輒竊架上書讀之·九歲遂通經能文·沈雄高古·名卿巨公多許之·中天啟甲子鄉試·乙丑聯捷丙寅·授江西龍泉知縣·至即卻舊例一無所取·月餘有富翁子兄弟分貲·兄沒其萬金·弟忿屢訟

輒費千金而罷·公取兄愷切訓之·令歸而自思·越數日氣盛猶昨·公怒俱繫之獄·左右忽斂容弔唁·餽酒漿塞道路·於是兄弟俱有慚色·數夕累暮金至三千·曰此可以平其弟矣·乃出而予其弟以金·色益溫辭益摯·兄弟感愧·相對欷歔流涕·和好如初·適有進而請曰兩人之訟·歷任諸君幾於舌敝·公片言乃使欷歔流涕·豈非至誠動物乎·公曰非也·富家子弟氣易驕·溫喻終不能止·故禁之而使有愧心·知愧則知悔·知悔則良心易動耳·自是民不忍欺·訟獄以清·直指廉其治·表聞之·丁卯調南昌·薦紳稠疊·民重賦繁·奸多弊重·最稱煩劇·公潔清自治·而薦紳喜篤愛簡刑而黎庶安·堅執兩耳·不惑於譖愬·而奸弊平·初兩臺試民詞數十·立判之·悉服明允·繇是詞多而事益煩·公常言凡民小訟易平耳·惟沈冤滯獄最堪憐惜·故公暇即披塵案究窮連·繇是平反大辟五六人·平反黔配十餘人·息累年莫治之獄數十人·以故慈惠神君之譽大徹南州·往昔國賦中飽於里胥·歲徵不及十七·公乃誡里役革私收·分里置櫃·謹列花名·令自納·三日易一書一吏以掌登記·中飽之弊清·民便之·世尊以為法·是時璫魏忠賢權侔人主·殺僇謇貞·省直取容胥媚以祠·公竊歎曰國步方隆·彼特王劉之續·不能致濤君側·復立諛祠·人臣名節安在哉·堅執不為·無何而忠賢敗·朝廷徵立祠罪·江右獨無上下歸力於公·故一時名動京師·居官七載·囊虛無所

有·故人李宿曰廉吏可為獨不聞優孟之言乎·公不怡·曰髫齡省父·囊安·追暮宿村家主人治酒·側立小人本縣差頭也·吾侯蔬糲自甘·一文不取·誠恐歸路無資矣·因舉不詭法不冤民數事以告·吾入未敢言·稍漏於安人·一夕侍飲·安人見色霽·伸其說·答曰非不敢·無可取耳·以事實之·勃然變色·側首仰天·鬚眉俱直·以為吾起於貧·不取直貧耳·貧豈非吾舊物乎·今尹此為民也·爾為若輩邪·心凜慄如昨日·祇知奉此·他非所計也·壬申赴行取·宰相劉一璟詰曰·侯滕王閣盡歡而罷·渡江士紳祖道冠蓋相望二十餘里·民庶之老者扶杖·少者提壺·摩肩履踵·呼嗟涕出而送者五十里·先是有外屬生索債嚴·負者飲父酒縛

殺之以誣生生庭質辭韾氣抗令惡之深文陷以抵償秋讞擬南昌獄屍格有舌長三寸公憫然曰豈非冤哉焉有打死而舌長三寸者乎以復按君按君曰君之剔瘕悉當可謂能了疑事鞫之一如公議乃雪其冤還其罪至是生與其父持香呼拜於車前公召而諭之曰子之所爲愛我乎適以愧我也與其愧我何如勿愛宜速退生乃遠拜呼盡三日而後返至京行李蕭然豪無餽貽左右謂行取須千金結權力赤手將柰何公曰志本不樂奔競存吾素足矣相臣周延儒言於朝曰南昌令廉介多才有膽識明日與之擢福建道監察御史公拜命不之謝兩載柱下不附權不趨時通達理勢不激不隨一出戶部尚書畢自

嚴獄一出兵科給事章正宸獄皆可之甲戌點巡宣大至卽奏出糧道范曠獄復其官極力究民間利病及邊防守禦之策成二十餘稾上其七兵民咸悅至七日敵入督監王琨促師逆戰師逡巡不敢進公望鐵騎縱橫塵如山嶽謂琨曰我氣未張敵聲方烈未可戰兵馳入城卽圍立草乞援三疏勉督撫椎牛饗將士踰數日士感奮虜驚剽野去初王聞驚遣內監帥師援內監逗留按居庸虜退報功毀王琨琨怒抗疏爭內監賂近侍譖琨因遣配琨及督撫等公以任淺下部議遂敓職蓋王應熊中執也先是上特卜應熊相給事章正宸諫不聽奏三上語益檝上怒以誹謗大臣下廷尉舉朝環視莫厝一詞科道林立收息

而卷舌公挺然獨奏三日不下咸憂叵測道長王道直詣宅曰聖怒方殷何遽攖逆鱗乃爾公正色曰正宸懲則言路塞宵人進則國是日非以言爲職甯令章君獨死邪翼晨旨下章正宸自有處分米助國不必代爲瑣瑣越日而釋之矣解任戎伍例斂金以贐不受復增益追進之怒曰鄙性不受賂何故相煩責遣之旣歸絕口不道爲官事與人若諸生巡按林銘球按辰州迎入郡執禮甚謙公訶之乃顧僚屬而言曰球之承乏宣雲繼先生後也見諸疏稾不翅金城十二一一上之至今美球功不絕不知出自先生也心折其經略宏猷能勿敬乎正宸己卯典楚闈聞公寓鄂三謁三謝之居停問章君數至將以報公何絕

之深也公曰向之所爲在國言國耳非爲章君也今一見之是章君而有市心自失其我矣家居十餘載民有利則請興民有害則請絕故一時里中多賴焉甲申後每撫世變時作長歎曰錦繡乾坤大壞矣遂辟地東山日減飲食祈以自損庚寅十月朔日壽六十七歲而終世變之後素封子弟斬絕於兵燹者十八九公之孫子繁多俱以貧免人以爲德盛操廉之驗云

胡烈母李氏事略

王夫之

吾邑四十二都二區鯉魚衝有烈母死於此焉。嘗於昏夜經其地，見藍衣婦人隱見山隈間，心異之，問諸里人，具以告。夫之聞而涕出，時兩輿夫在側，皆泣下。烈母者，衡山胡均堯之妻，板倉李𡾰憲之女也。均堯字雲谷，工文章，兼擅材武，當闖賊蹂躪中原，雲谷授武岡城步主簿不就，其意蓋欲殺賊立功者。烈母工詩文，明大義，嘗言婦道與臣道同，儻遇難，毋苟活。甲申乙酉之變，游寇肆竄，淫掠鄉村，雲谷跨馬腰鐵鞭，率壯士破賊數十寨，斬馘無算，衡湘賴之，賊則深憾之。俄賊至嶽後，雲谷攜長子彬之守要隘，賊迂道入觀底，里人皆驚走。烈母度不免，挈幼子端

之婢桂秀，將匿吾鄉石榴菴等處，或勸懷金以爲贖命計，叱曰：死耳，奚助金爲。遂佩刀以行。賊入室，見爐火熖，曰：行不遠。追至鯉魚衝，獲之，曰：嫂非胡雲谷妻乎？曰：然。嫂今且爲吾婦也。叱曰：何無恥。賊抽刀逼其喉，桂秀泣求代，弗許。烈母色不撓，罵益厲。賊刃桂秀乳比暈，烈母恐終污，佯爲驚怖狀，曰：吾從子，且寓書吾夫。乃解衣咋指血書於襟曰：維婦於夫，節與臣俱，臣無二主，婦女何殊。白胡容污，捐軀靡渝。於乎雲谷，禦侮當塗，撫孤有僕，毋賦歸與。紫府再晤，鑒吾癡愚。書畢，以覆桂秀，自刎死。賊愕然去。雲谷聞賊入里，泫然曰：李死矣。賊仇吾，必虜李，李素貞，豈從賊耶，李死必矣。里人聞端之悲號，問爲雲谷妻，遂奔告。迹其戶，面如生，斂葬衡山觀衡。端之先竄竹叢中，故得免。桂秀久亦甦，人謂烈母陰助云。雲谷憐其衞主，遣歸從良。烈母死年三十九，時戊子十一月二十一日也。夫之歸，以語敔兒，敔誦書襟詞，益悲曰：是可傳也已。因書之以告史官。

案檮杌外史曰：風詩十五國而楚不與，說者謂二南卽楚風，故傳言南國。吾按漢有游女，不可求思，實楚事，而行露、摽梅、死麕諸篇，亦皆美女子貞潔。衡隸楚南上游，今觀烈母，不其有詩人之遺邪。關雎、鵲巢之化，抑何遠也。昔胡康侯奉詔傳春秋於南嶽紫雲峯下，後遂籍衡。雲谷爲公二十二世孫，夫殺賊，婦殉節，皆任綱常之重者。詩未亡而春秋又作，信乎風教由來有自矣。

案近刻薑齋文集中無此篇，茲得之衡陽節婦傳略中，後有儲同人評語，始出胡氏家乘，審非借名贋作，故錄存之，旣表節烈，亦爲薑齋補遺。汝懷坿記。

湖南文徵卷四十六

湖湘後學集編

祭文上 哀辭告文

焚黃祝版

歐陽元

維至元三年歲在丁丑二月朔壬申越十三日甲申孝孫翰林直學士國子祭酒元敢昭告於祖考贈中奉大夫中書禮部侍郎上騎都尉追封渤海郡伯澹軒先生歐陽公元奉元統三年乙亥三月制書以元忝列蓺文大監備位三品推恩二代贈封祖考官職勳爵如右是年九月以書到家告廟改題且尊彝式爲元尋遷太常翰苑等官限以職守今者謁假來歸告墓之典

始克成禮惟我祖考懿行粹文師表湘楚惟誠淑人惠利後學儒者之德莫盛於茲餘慶所被施於諸孫獲承國恩致有襃贈恩昔咸淳甲戌鼓篋上庠在其當時六館諸生爲厥父母咸得推恩世運遷移先考賫志六十年間歲運一周積善之報久而彌彰有若此者侍郞法從之官貴列八座渤海大郡之壤崇視徹矦載燔密章昭侈上賜伏維膺此寵光濬厥福澤庇賴我後益熾以昌謹以牲齊殽饌式申虔告

防里祭祖祝文

歐陽元

大元至正二年歲在壬午十一月己巳朔越十有三日辛巳曾孫翰林學士資善大夫知制誥同修國史元謹以牲酒之奠致祭於防里第十一代祖七承事府君歐陽公墓前而言曰禮去鄉國省墓而行重違遠地先世遷瀏動踰十紀井邑既殊歲月既久疏逖松檟事勢使然餘靡所覃靡閒彼此元自竊科第登公朝備列法從推厥本原敢昧所自謁告來歸展省墓下追懷雨露怵惕深增惟我先祖流慶後昆願自今始無曠彝禮尚享

祭子達老文

歐陽元

至正元年歲次辛巳二月十一日老父八翁郎大都崇仁門之寶泉寺爲特舉羊酒殽之奠告汝十二郎上舍之靈曰嗚乎哀哉尊者哭卑者而哭於莫年生者送死者而送於異鄉天下之慟有甚於斯乎吾年五十餘而無子也既以汝爲子矣凡吾老身之侍奉後日之繼承惟汝是賴一旦而失所望焉天乎人乎孰使老父罹此毒乎以子之學可受茀祿以子之孝宜享壽齡天乎人乎孰使吾子至此極乎丁丑之秋赴召北來汝伯汝叔送吾與汝他日吾還汝獨何往吾亦何面目見汝伯汝叔乎汝之生父吾之愛弟也久矣抱病遂廢宦業今聞汝訃還數千里

其將何以爲懷乎爲之兄者又將何以堪此情乎且汝之病吾謁之醫而竭之劑汝之斂吾致之襚而哭之痛猶以爲有憾也吾弟於汝其病也不見所服之劑其斂也不見所襚之衣將何以解其憾乎吾於汝身虧顧復之義失父道矣又於吾弟乖付託之意失兄道矣二者胥失其將何以逃於天地之閒乎吾才不逾今之中人吾學不及古之下士祿寵淹涯不自乏絕響鍾後人致汝夭閼今雖知過其可及乎去年送汝先至通州汝柩發後有詔止之留汝一年不遣行者欲送汝也今茲將行詔又止之其敢違乎勢難再留計無從出專遣幹僕託之信友扶汝護汝先還家山昔汝孝行感於神明生不饗祐死當蒙休汝登舟車無震無驚汝涉江湖無恐無怖魂神清明依汝體魄吾今抱病逾二載矣其哭汝也淚盡而筋枯血瀋而心悸虛名禁持無所告訴上天監臨終遂所請歸治汝喪歸立汝後庶幾周吾父子之情塞吾兄弟之責也汝其有知强飲强食往即長路以還故鄉其無以老父留此爲念嗚乎人世之別有愴於此者乎老父之哀其可已乎其不可已乎

譪同善哀辭　歐陽元

人貴有後兮子貴爲男·男固可尚兮子職曷堪·生而懸弧兮西東北南·終老埶下兮壯士斯慙·違親遠祿兮孰與旨甘·榮與養俱兮此樂孔耽·求備造物兮十無二三·一或觖望兮終身如惔·隱君有子兮詩禮是撢·更習律令兮讀例與凡·卯以儒薦兮辰憤與兼·愴懷隱君兮宰木空瞻·幸哉有母兮華髮滿鬖·兒服楚楚兮母懷詹詹·晨䃂十霜兮吴桑九蠶·縮成望更兮匪進之貪·生可爲養兮逝恩其覃·歲月不貸兮枯魚之銜·吁嗟隱君兮聲流渢渢·孝則愚史兮壽非彭聃·遭世侘傺兮脫身戈錟·負母遁逃兮賊鋒以銛·流血漸腓兮惟晦之咸·創巨雖遠兮永郇之函·

掾語及是兮煩憂如惔·泰山有雲兮起乎嵒嵒·膚寸栽合兮八翼可曇·維此下洳兮氣升江潭·將族而雨兮風醲其醰·思溉根本兮澤芾及涵·感彼何易兮順如馳颿·此進獨難兮徒跣履巉·所處實異兮命疇弔讒·擔志不渝兮明神允監·遂爲哀辭兮視此幽劖·

祭王侍郎文　夏瑄

維年月日·具官某謹以淸酌庶羞之奠·致祭於亾友兵部侍郎王公之靈·曰烏乎彦卿·才豪氣充·如雲五色·爛然亙空·發爲文章·波湧濵激·神奇變幻·龍騰鬼沒·時之聰穎·孰能子過·三墳百氏·罔不披羅·子之於兵·如珠盤走·機若銛鋒·迎無不剖·季未弱冠·已登崇科·廷論藉藉·惟子之多·子之於家·孝友天性·怡怡承歡·罔敢違命·人處其易·子處其艱·終始克盡·孰有閒言·吏事之精·卓爲世楷·敏速絕倫·庖丁牛解·案牘之劬·汗洽背構·手不停釋·口復賓酬·戎兵政劇·官難其委·一曹夾章·爭先薦子·帝曰職方·事尤機微·衆推其賢·任之奚疑·時方用戎·羽檄旁午·栽決如

流·事不留阻·令聞日隆·超拜亞卿·膽碎北虜·穩若長城·戎來請和·承命往返·酋感其威·卒不敢詎·使有間黠·爲邊患滋·陰以圖之·先伐其心·將有跋扈·乃律其剽·公乎一天·遂忤權要·佐大司馬·嘗以義攻·挺挺其直·矧敢曲從·甯知靑蠅·反玷白玉·遠弔湘纍·往問子鵩·飄風甚雨·曾不終朝·明皇當御·無隱弗昭·卜居桐山·將畢餘齒·於松之陰·於湖之水·乃琴乃弈·乃釣乃游·乃濯其纓·乃狎其鷗·孤臣有懷·敢忘圖報·力疾而起·勉赴明詔·帝曰汝幽·予爲汝明·予有所闕·汝罄厥誠·子拜稽首·力敢不竭·天恩罔極·生死肉骨·懇懇靑規·上批逆鱗·結草可酬·豈惜微身·帝憫其忠·方濬眷倚·子以疾辭·陳於丹扆·乞賜歸骸·首邱故鄉·乃允其

請遲遲其行舟次於魯大星夕墜烏乎彥卿奄然而逝訃音之聞辰越端陽失我良朋痛裂中腸烏乎蒼天曾不予相四方多事斯文淪喪廣之東西盜賊跳梁民力已竭戎威未張子前寄書拳拳慮此爲國深憂不遑甯處書今在笥墨蹟猶新子有遺恨終天弗伸己巳之秋翠華北狩人情洶洶不遑相救子獨與我矢死協謀聞雞起舞奮雪邦讎子之廣平首章薦我願假便宜以試其可當道不從子不爲嫌曰此驥足忍使駕鹽我之不用是亦命歟子之所舉肯枉正歟區區庸愚世所棄捐子獨見收情好彌堅古人有言生我父母至於心知則曰鮑友子之於子豈殊昔人膠漆縱固不及雷陳烏乎四海人皆知契求其真

知曾不一二我之於子異體同心氣之相投如磁引鍼我有微長子極推獎文或可觀尤深歎賞子期之亡伯牙之琴哲人亡矣琴何能音烏乎彥卿近以姻託余雖不敏敢負子約前日之夕夢若平生覺而不見涕下如傾烏乎彥卿汝眞死耶魂雖逝矣情可已耶烏乎彥卿何忍遽絕臨觴一痛生死永別

祭朱文鳴文

李東陽

君生丙辰我酉在丁我丱我角君冠兩纓思樂泮水言趨其庭肩隨步徐我弟君兄壬午之歲館于老氏左圖右書接章摘字疏燈縈明茂竹窗翠狂歌其中此興誰制秋空踔飛遠翼雙厲我以無能先登進士屈蠖之伸較于一試翰林文字刑曹簿書我在散地君勞其軀城東之居城僻且孤狂奔疾馳僕隸怨呼過我輒入頭垂氣蘇曾不幾何愈瘁而枯我詠君詩鐵面高顴君笑鼓掌我形汝圖此言雖戲實爲君虞屋折其梁爾夢之符憂以告我我言其誣曾不幾辰君臥于廬五日一札十日一車我力不繼情親勢疏計來告言此事有無憶君之形蒼厓古柏

憶君之行清冰苦蘗三年主事不給朝夕病根蔓纏負券山積然猶弗足乃至此極天之生才百不得一有人如此何奪之疾我嗟吾曹滔滔不歸君其亡矣孰使予悲我之疏頑視友如師君其亡矣孰與予規君愛我文手不罷持銘雖不工我敢負之我病我目實勞所思張棺不舉范弔何遲子駕有日永從此辭平生之交在此一卮

祭彭民望文

李東陽

嗚乎老蔡而止于斯生無以爲存而死無以爲歸有祿也而家不得以爲養有家也而身不得以爲棲君於此時雖欲爲無名之士不識字之人而亦不可得而爲也然則學何爲而博詩何爲而奇舉何憑而捷聞何藉而馳彼造物者何所厚而于又何所靳而不施邪嗟今之交如手翻覆惟我與子義則骨肉然而濟難銘死吾不如孔易致賻啟殯吾不如宗器著狀買石吾不如元玉妻嫠居于家而吾不能贍子游學於外而吾不能淑乃徒絮酒爲儀悲歌當哭挂徐劍而傷心返橋車而痛腹是將何助乎君而亦何慰乎僕也我堂子居我陌子游魂乎來乎其在故邱山川悠悠道阻且修爾孤之還宛乎吾送子之輀也數千里之外九原之下其有感於予之誄也邪

祭樸翁先生黎公文

李東陽

嗚乎昔奉先君之命撰杖屨以從公也導我幼穉開我晦蒙誘我以力學教我以固窮轂我以三飯乘我以一驂此誠父子之愛而猶得見長厚之風也厠官翰林復爲公徒示我以廉角造我以範模謂形蹟不可以不慎而富貴不可以力圖益於撫事酬物雖不能盡得其妙而尚可以彷彿其粗也南都之行吾曹孰依三年易邁再見無期睹筆札之遺誤知年力之既衰恨湯藥之不親悵車塵之莫追知幾勇退固君子之所有事而瞻望感慕久而不能舍者則後生之於前輩學者之於師此公之去如龍翔鳳翥而不可縶公之沒如山頹木壞而不復支登公之堂弔公之子就位而慟哭遡風而長號者亦豈足以盡區區之私也哉

嘉禾姜封君哀辭

李東陽

南京刑部郎中嘉禾姜君用貞。予知己友也。嘗道其先君之德於予。君未六十而沒。於今若干年。予懷思之而不可得見焉。從而爲之辭。辭曰。有子克孝式揚厥先。曰有世望嘉禾之間。巖巖徵君負抱奇傑。內秉剛毅外鑒淸徹。蒐羅百家景仰羣哲。雄詞逸辯瀾翻障決。逢時之囏家步中跌。勃興其餘有奮無蹶。乃如君才俾有攸設。羣疑衆紛盤根錯節。孰不就緒毫分寸析。終焉罔宜飲恨而絕。孔融重交季布持諾。談笑訟解纓冠鬬卻。赴難甯力分財甯薄。人笑其拙我執愈確。有如君義幸有攸託。白刃可蹈三軍可奪。如何弗施白首邱壑。九原是歸造者誰作。鄉曰

義士士曰嚴師。考德問道如龜如蓍。既誦嘉言亦瞻令儀。於生有歸於死有思。韋冠布裳不掩其輝。人生之榮匪紱與圭。有美郎官冰心蘖操。人謂賢子繇父之教。睿藻宸書其章孔炤。帝曰汝賢以勸爲孝。東隅之失桑榆之茂。誰謂公死不失其報。事有莫致情有固然。有涯者身罔極者天。皋魚泣木悲風在巔。王裒灑血柏爲之燋。盡哉孝子胡不其憐。月旦有評太史有文。歲月既邁陵谷亦遷。公德斯傳百千萬年。孝子盡哉以慰爾虔。

松塢黃公哀辭

李東陽

予讀黃巖謝太史所爲松塢黃公傳而哀之。曰。黃公蓋其鄉賢者也。今不可作矣。哀哉。人生逾八十而沒。不爲天。生有子。子沒又有孫。皆貴且賢。不爲晦。沒而葬。葬而墓木已拱。於今數十年不爲近。若是者皆無事乎哀。予獨念公之能使士信其直。盜匿其名。而僮僕遠於罪。可謂盛德。而哀今之人莫之能也。抑以重哀夫今之人之哀之異乎此也。爲之辭以遺公之孫曰文選。君世顯者。其辭曰。台之山山思而水號。霜雪憯栗兮草卉凋。崖嶔谷嶇兮道路險以嶢。虎豹伏匿兮狼狐嗷嗥。歲既暮而改色。見東流兮滔滔。冢巍巍兮孤存。魂一去而莫爲招。聊撫景以慨俗。

懷佳人兮鬱陶。悲乎傷哉。今之人鬬捷兮妍爭儇競浮。錙銖相傾。睚眦爲仇。視犴狴爲堂室。化冠裳爲戈矛。渺狂瀾之萬疊。瞻砥柱兮中流。悲乎傷哉。今之人社鼠城狐。蠅奔蚋趨。招曹嘯羣。什伯其徒。磊冰成山。炙手成爐。以郡縣爲市集。以賄賂爲葘畬。念誰爲之扼拒。莽前路兮長驅。吁嗟黃公。狷介之節。朴茂之風。有覯其貌。無疑乎其中。予不必慳。取不必豐。辯我者爲喑嘿。誑我者爲盲聾。盜歆德以懷愧。僕銜恩而效忠。彼瑣兮若此。又何論乎耆老之與兒童。吁嗟黃公。家有冠組。不華其躬。門有車馬。不藉爲龍。不轢衆以自力。甯歛盈而若空。慕閑門之泄柳。嗤返駕之周顒。彼鄉飲兮不可以屈。致剡辟書之可通。吁嗟乎黃公。

世甯復有斯人哉。吾將操几杖以從之也。過公之鄉兮斗斛不欺。入公之門兮左書右詩。聞公之子兮子孔碩。見公之孫兮孫孔儀。慨老成之凋謝。庶典型其在兹。縱往轍兮既駕。亦遺蹤兮可追。已矣乎。歲華歛兮萬物歸。浮生盡兮大運非。歎羲景之莫縶。傷寒露之易晞。諒今古之一揆。孰彭殤之有違。匪遺德之罔既。奚若人兮獨悲。已矣乎。人生不可復見。徒隕涕而拭衣。

董封君孺人哀辭　李東陽

翰林編修甯都董君尙矩。既喪其考文林公。三十有五年。始復喪其母孺人温氏。予往弔問之時。君哀甚。且荅且泣。咽不成辭。既數日。得君所爲行狀。葢其事有誠足哀者。爲之辭二篇以洩其情。若公及孺人之賢。已爲館閣諸公所著者。兹不復贅。而亦不必贅也。其辭曰。大兒五齡兮婦三十。君中捐兮百憂集。執兒手兮屬婦。吾不見父兮兒有母。燠寒兮渴飢。兒心兮母知。壯無使遊兮少不可使嬉。敬爾如父兮畏爾如師。豈不見憐兮無禽犢爾爲。兒官兮兒祿。念遺言兮自夙。昊天罔極兒生有身兮豈其可贖。賣田兮買槨。然松明兮代燭。攜孤兒兮墓哭。淚班班兮石爲竹。朝辟纑兮夜績。我分勞兮婢僕。父書兮兒讀。布衣兮饘粥。悼吾人兮未亡。非此輩兮安屬。得官兮歸來。爛高堂兮命服。愛桑榆兮獨茂。嗟往事兮誰逐。傷別離兮伊邇。念歸甯兮不復。哀皇天兮茫茫。胡白日兮太速。慨吾生兮摧肝。歃予恨兮終曲。

余通判哀辭

李東陽

南昌余鼎實爲温州通判・藩臬部使者交薦其賢獲荷錫典・成化丁酉述職京師道南昌卒於家君之季實娶於學士謝先生之子先生與君厚且親謂其材行有餘而位與壽皆弗稱可哀也既爲文以傳其家復屬予爲之辭其辭曰油屏兮桑軿侯之來兮越州・山川繆兮阻且修歲奄忽乎春復秋吏民歌兮擁道周侯將行兮不可留・鸞書兮錦裳侯之歸兮故鄉・入我戶兮登我堂予列侍兮孫扶將志弗違兮身靡康胡爲中年兮罹此殃・越之岡兮楚之阪魂朝馳兮暮返望東皋兮野色芳草萋兮既晚慨時命兮不逢哀壯士兮中塞謝巫占兮詹卜誰復問兮修

短長繩兮落日蒼天茫茫兮豈其可綰・吉地兮良辰侯之輀兮兩輪・往城闉兮彼原送者默兮如雲・紼有纏兮刻有文生弗逹兮死有聞・九原兮可興亦將感兮吾文・

程襄毅公哀辭

李東陽

繄程伯之柱州兮粲華冑於南邦・越襄毅之挺生兮氣廓落而開張・珠照乘以馳輝兮金躍冶而騰光・鏗鍧震耀極宇宙兮孰不知快覩之爲祥・君門突其巍峩兮歷諫省而高步・値國是之多疑兮抗英聲乎言路・分侯藩以來宣兮望遼海而東騖・西略乎岷嶓之墟兮擣夷猺之巢戶・領太僕與內臺兮載經營乎東鄙・承黼命於先朝兮寔受知之所始・歷南都而軼西曹兮命屢下而載庚・朝濤居而暮陸處兮寢食惕焉其弗甯・有夷猘於西南兮騃羣言之如沸・皇授鉞如大司馬兮駕戎車而言邁・陵嶔谷巇窅乎不可名兮曰豹尾與龍背・驅猰貐於坤隅兮埽欃槍

於天際・歌凱奏而還朝兮六旅爲之增氣・紀名世於太常兮冊兩官於一制・身抱疾以思退兮疏屢上而弗兪・贊留務於南都兮曰惟老成之是須・物不可使過盛兮寵吾獨可久居・超一去其不復還兮皇軫念而莫予拘・涉山川以遨遊兮巾予車於歘之野・製蘭檝與芰裳兮作晴舟之釣者・歛予福以全歸兮顧命服之在躬・彼富貴之罔不崇兮獨耆壽之不終・維公有華兮公亦既有子也・美弓裘之未艾兮公甯獨恨乎此也・握予衣以登階兮及公年之未衰・發予棹於龍江兮曾歲月之幾時・頑父子以翱翔兮敢忘情於欣戚・悵留東之莫將兮遡長風而太息・維瀛有洲兮維芝有山・維公何歸兮往來其間・木經秋而改色兮

鳥千載而知還彼大化之無垠兮歸萬幻於一端孰泯泯其不忘兮孰耿耿而無存國有史兮家有乘嗟公之賢兮孰使予之多言

追封涇國公蔣侯哀辭 李東陽

悲風颯其何來兮埳塵沙之蔽空奄西日之不我留兮歎川流之既東星夜隕而無輝兮劍沈秋於碧淙感時序之屢移兮哀壯士之不終公何歸乎公將棄風而遠遊四方上下杳不可名兮吾將巫陽之是求胡冰犖其崚嶒兮凜窮廬之不暖彼衣垢而食腥兮悵華風之日遠樸諸羌之異種兮語嗢哳而不通炯鬼燐於沙場兮條晝昏而夜明陟蜀徼於西南兮僰道阻其如棘隩碉房以為巢兮搆篁篙以為室荼白骨之縱橫兮血濺濺其相射夔魖魍魎錯然而成羣兮或睢盱而跳躑生秉節以周遊兮魂髣髴而不止公乎歸來兮胡為獨樂乎此帝閽兮九重粲瑤堂兮紫宮屹巖廊兮在望麟閣起兮層空桓圭兮袞衣公歸來兮此中棘門兮幕府左幢身兮右弓斧趨金章兮走朱組命之行兮莫予敢迕公不歸兮何所甲第兮高堂繡為桷兮雕為梁曳華裾兮飄綺裳闘捷獵兮紛成章瑚盤兮玉膾薦旨酒兮芬芳吳歈兮越謳歌宛轉兮何長公樂其歸兮樂且無央涇之封兮楊之里地之靈兮橋木生梓河為帶兮山為礪鐵為券兮金縷字國有臣兮公有子揚休光兮延錫祉家千年兮廟百世公不歸兮竟何逝吹龍箎兮鳴鼓鼉攬予轡兮巖之阿鐵兜鍪兮金盤陀驅絳轂兮棄赤艑遡靈颷兮泛仙槎公不歸兮柰公何茫茫九陔兮渺不可以極山蒼蒼兮海增波

祭張給事中文

楊一清

子之素履，金玉粹完；子之文辭，雲霞爛宣。我固識子，置子諫垣。子不我負，克昌其言。梟雄扇毒，竄子蠻煙。子胡不歸，完璧以還。大明麗空，爝燐不燃。羣鳳在岡，翽翽翩翩。子乃歸諫，輿櫬故園。反復推究，莫知其端。豈人事之修爲無所與於天，抑氣數之變人實乘之，而天亦不能斡旋其間也。烏乎！子心不媿，子名不諼。藐焉遺孤，室如磬懸。追思門牆，垂四十秊。生莫子援，歿徒子憐。子喪莫助，繄我之愆。寄奠一觴，我涕潸然。尚須秉筆，表子之阡。

祭王堯卿文

楊一清

嗟乎！子有浩然不可羈之才，有瑩然不可汙之志，有沛然不可窮之辯，有毅然不可撓之氣。賢科得儁，不可謂之不顯；瑣闥近君，不可謂之不遇。抗一疏以違時，遽掛冠而勇退，子之平生，庶幾可以無媿也。柰何遇事勇爲，罔卹前途之險巇。有美不韞，卒爲時人之所忌。子之自信，不失爲許國之忠；人之議子，謂昧乎保身之智。故徐禍之徙薪，火未然誰策其勳；而曾參之殺人，其母不能不惑於三至也。嗟乎！艱闊百折，不易其言，得禍雖奇，終以正斃。子身不辱，死何足計。君子矜爲子傷，而卒不能不爲之一慰也。峩峩南山，子藏已深。失腳而出，一蹶不振。緬懷疇昔，悠悠我心。言猶在耳，莫可追尋。寄奠一觴，我淚沾襟。

祀祖告文

彭澤

維某年月日、嗣孫澤、附告於誥贈武略將軍管軍副千戶先祖考府君、誥贈太宜人先祖妣陳氏之墓前曰、澤今奉上恩命、改兵部尙書太子太保仍舊、於正德辛巳七月三日、自陝西蘭州赴京、九月七日到任、迄今已踰半年、偶族子程、爲永定衞指揮使、功陞都指揮僉事者、以進賀至、仲爲湖廣都司吏役者、以公幹至、相與叙宗盟敦睦者久之、蘭之諸孫官錦衣衞蘭州衞者、曰沖曰濬俱無恙、獨澤以不德、配吳氏封一品夫人者、以歲暮卒於家、存歿聚散之間、上感天恩、遠追遺慶、不勝愴然、今程暨仲歸、謹具牲醴、祗薦微忱、烏乎父子祖孫一氣也、幽冥死生一道也、哀榮離合、想無間然、敬茲附告、伏惟尊靈、俯垂昭格、尙饗

祭劉東山忠宣公文

何孟春

烏乎、人才與元氣相流通、世道以人才爲隆替、吾嘗觀諸前輩、有以驗諸當世、才惟間世而出、氣實應時而至、我孝皇之御極、咨羣賢之在位、新兩間之庚績、啓一代之盛治、繄東山兮遺老、與西涯而同志、處中外而皆宜、歷始終而靡二、稱虞廷之夔契、伲漢室之丙魏、兆周卜於水濱、沛商霖於旱歲、廟謩一本於正、兵政每權於智、或坐淺而立籌、或專行而共躋、蓋篤生不偶然、豈休明而苟際、森如千丈之標、煌矣九葩之瑞、雨露之栽培也淡、沖和之感召也、巽聲名如之何不軒創、事業如之何不昌熾、公今運而偕往、彼後來其誰嗣、憶我少壯、承公嘉惠、情無隔於鄉曲、禮特優於屬吏、洞庭奏鈞天之野、衡嶽呈玉牒之地、吾邦宦鍾於英傑、小子敢忘於純懿、戊辰之秋、公謫西而我制弗從、辛未之冬、我北征而公歸已遂、過江關而棹弭、望草堂而門詣、領晤語於凸別、忍悲音之遺暨、惟皇上之恩、私念老成之凋瘁、徵輿論於蓋棺、易美名於賜謚、誰云明德之難再、有懿烈其罔旣、士民聞之輟相杵之舂、君子談之興椎琴之喟、粵余欲奔吞而會葬、忝職守之拘繫、託蘊藻以非豐、薦冥靈於不昧、猗逝水兮無回波、徃臨風而頻涕、烏乎哀哉、尙饗

祭李徵伯文（徵伯名兆先李文正公之冢子）

何孟春

嗚乎人惟有情不樂斯悲傷今弔古觸物感時或重太息或以漣洏況在同儕死生閒之嗚乎徵伯此痛可知嗚乎余之交子始自童稚子之頭角嶄然獨異氣降炳靈質全天粹學與日升才將川至其名愈高而意弗肆不已之才笑人非類筆硯之閒不余終貳宗經匠史朝論夕議嗚乎徵伯惟子有父子之有師門牆數仞豈予敢窺子寔先容使余至斯以奉徽音以親道儀曰詩曰禮所得不貲周旋惟子枅几連帷言念疇昔星霜屢移余兹朴售子乃珠遺嗚乎徵伯以子之才何所不至咫尺青雲自當立致臨流亡楫臨御絕轡邅迴世途竟奪初志一病溘然

併身而弃運來何窮化去何駛玉樹春彫文星晝墜士林咸悼淚目相視天也謂何理將安諉竅有藏舟隙有留駟昏庸癡癖方以祿媚嗚乎徵伯子豈厭焉而甘夭死我師慭慭痛其曷已子暴東行纔旬月爾尙軫師懷數書遡子嗚乎徵伯子豈忘之矣乎子之孝友余所素悉限數遲疾固難子力嗚乎哀哉靈芝不堅至寶多脆物理則然孰宜孰戾彼彭與殤不可同歲自後觀前孰爲長世處順不憂得正而斃歸全是安孰云早計白首龍鍾不夷不惠無述而老孰非疣贅嗚乎徵伯余當哭子復爲此詞將慰我師匪余子欺吾人所貴身後有垂平生所成精力所施子文成集不朽之基璀璨可掬煙雲在披其存者長何年歲爲嗚乎徵伯余於哭子益自有在風漓世降友道先廢凡今之交寒暑不耐韓公心口翟公睹態子嘗及余泛論其槩庶幾同盟我二三輩然諾意氣頗爲忼慨今子已矣誰其無背鬼神是臨此言難昧嗚乎哀哉秋之爲氣寂慄蕭索有草則腓何榮不落轄車當發騎吹交作奠子一觴送子西郭寒空度雁零露起鶴心折骨驚脾酸肺削變化糾紛子將焉託清爽之魂冐終冥漠尙享

祭太師李文正公墓文　何孟春

嗚乎。公棄諸生今畱七年。比於列星箕尾是驥。春去京萬里五年而還。追惟我公北斗在懸。不見其人拜公墓田。慨茲臨窆之所久絕執鞭之緣。公之儀型不可作於九原。而棲魄之地。吾徒視之實猶函丈之前。公之詩與文。蓋自文章家以來所尠者。論者謂李白馬遷不足爲其似。若德望勛蹟。則惟唐裴郭宋韓范亦難以擬其全。事之著也。國有史書之傳也。家有編。春知有吾師期於不負而已。茲何更假乎言。洒埽券臺行觀寢垣。觴陳俎奠有淚潸然。尙享

祭崔門妹文　何孟春

嗟乎。吾妹前歲之冬歸爾崔氏。吾去京師勢當別爾。曾幾何時而爾遽死。嗟乎。吾去今則歸。而死者不可起矣。吾痛其可已乎。嗟乎。吾妹吾與爾訣其期甚邇。而遂乃至此也。吾痛其何時已乎。吾先大夫室無私侍。吾同母兄弟十人而七人殤於先大夫之世。先大夫之棄我而逝也。吾始弱冠登一第。旦弟三歲。爾方纔七歲。吾日哭先大夫之墓之側。孰懈吾母之側者。惟爾與旦弟也。吾忍不卽死。免喪復仕。豈於功業有所宏濟。欲紓吾母病中之遺累也。請俸資營少甘旨。吾以進慈幃。而藏其餘爲同胞計耳。吾妹比長而甚慧。幽閒靜專。孝友貞惠。託荊布於禮門。當不慚其伉儷。而命弗昌。而竟夢於沴。嗟乎。吾痛吾妹其又可旣耶。旦弟以去年授室於京。吾有書至郴。吾妹已不及聞。嗚乎。十人之中吾三人存。卵而翼之。吾父母之勤。罔極之恩吾不能報一於萬分。幸吾弟妹始底於成。而吾妹又夭。以重傷父母之情。吾歸尙忍哭其壙耶。幽冥兩途。骨月糾紛。淚落奠觴。吾不知所云。惟爾有靈。獲覲於先大夫。豈無有感於蒿焄者哉。

祭李黃門文

何孟春

始春進士時，獲拜吾祖之同科者，蓋不數人，而吾父之同科者，方擾擾乎要津，後之十年，則所謂不數人者寖復就湮，而擾擾乎要津者，或屈或伸，或升或淪，又後之十年，而所謂伸以升、屈以淪者，幾幾星之向曙，幾枯木之再春，比參汴藩，謁公後塵，感今悲昔，追故話新，公非吾父同科之屈以淪者邪，白髮烏巾，風采精神，桑榆餘蔭，固未易退，曾幾何時，而公以不起聞矣，嗚乎，敬老為其近於親也，今日之事，春安得不為公涕下而沾巾，一勺之獻，挹之淵濱。

祭外舅歐陽少參文

何孟春

嗟乎情至哀者，不能盡之以言，矧寓情於尺札，曷余哀之可傳，旣有生於萬眾，孰保己於百年，在七十而已稀，顧始終之貴全，公擢巍科，躋膴仕，人謂才而且賢，坐刑曹而多所平反，歷藩省而不媿旬宣，旣投劾於公府，遂來歸於故田，白日返阮公之轍，青雲收祖逖之鞭，聊優游以卒歲，式採美而釣鮮，日月留其逾邁，茲委化而即元，人謂全而壽矣，公亦心無恨焉，余之所為哀者，哀余私之未捐，余始彀而在巢，公許余於嗅天，歸季女為我室，結恩好於夙緣，何仕途之出入，涉山蜀而雲燕，余惟家難之承重，得邇公之林泉，曾弗究於晤語，抑何有於周旋，嗟乎士感

知己，余哀曷謂，中有懷而莫報，徒臨流而盼涓，望公柩於寢門，拜公象於儀筵，隨公子而一慟，噉媿負之往愆，公之子孫，頭角巍然，闈無遺少，諸壻滿前，區區俎豆，競致葷羶，行當執紼以誄終天，送嚴霜於遠郊，續陶令之短篇，儼陰風其如在，與丹旐而同翩。

祭同年蔣用爵文

何孟春

嗚乎君惟同鄉·舉亦同年·我與君友·豈當世之士傅交則然·而君實天下士·在同年中眾僉曰賢·其貌訢訢循循不少肆·而規恢有道·其氣扁扁落落不爲迂·而操執弗從·町畦不內設·其心甚坦夷·而自有限制·陽秋不外見·其意似多可·而能別媸妍·此我輩之取友於君·而君之爲賢也·若夫文章之閫奧·經學之淵源·艮工獨苦·遊思入元·君之才益又有在·而弗售於春官·曾弗得比於青錢·我輩愛莫助而人皆爲之惜焉·一官而領劇縣百里·如在鍼氈·天時洊饑·盜賊滿前·誅求日至·簿書委填·官有宿負·民就顛連·世其誰不曰難·而君才略無所遭·嗚乎吾於是知

君之不肆者可以調更張之弦·君之不迂者可以解既倒之懸·君之坦夷者可以施平易之政·君之多可者乃不失乎輕重之權·嗚乎此君之所以爲諡賢也·區區經學文章而適於用·如吾友者·疇甲科之足肩·政成入覲·績用既傳·天曹是嘉·按例當遷·而君偶爾遘疾·遂至不痊·嗟旅邸非故鄉·胡爲遽去白日歸黃泉·感友道之既孤·歎人生之艮艱·何天命之不可恃·而神理之或偏·嗚乎君則已矣·人敢詰天·臨棺致祭·痛深涕漣·

祭何瀟川文

張治

烏乎公何以遽然耶·同鄉之誼·榮辱進退·死生存亡·懸之哀樂·斯情之常·然而君子之身·關天地之大·係盛衰之運·則又夫人之所歔欷而永傷也·藉衡孕麓·毓漢膺湘·類楚之艮銀艾卉壤·昭闡淪章·於維公靈·人實弗忘·曠彤勢而相感·余不自知其何嚮也·烏乎摛華奮英·矯翼風雲·曳黃拖緋·位公與卿·公猶夫人也·邁樹崇醇·葆端履貞·爲世榦楨·爲鄉典型·東山之後·一人而已·公貌若詘·公言若訥·大美不言·明則不設·容容晦晦·大白不白·至若掞元析奧·發幽洞賾·入棼錯·游觼觶·居難當劇·干將獨割·始劃然而劈也·雕琢復樸·洩畛破域·播怳推赤·粥粥抑抑·腸

腎咸出·若至臨利害·仗大節·引重鼎·萬仞橫絕·屹然而獨立也·故其危詞足以攝時權·貞節足以抗逆豎·競氣足以服强藩·純義足以消獷馭·徽慮足以弭衡寇·沈幾足以克亂緒·釋回彌違急病·遜夷蠢迪·撿押旁開·五彝川流·蘭郁掀蔚·旁施聖王·秉衷狂夫·邁荼浮士·首難腐儒·裕蠱維公之望·鬱爲眾樞·協衷之化庶其有趨·國步弗臧·天不憖遺·春冰雨木·中台坼移·兩楹夢奠·梁木其萎·屈長算於短日·頓遠蹟於促途·夷世之略·朽有一棺·彌天之志·竟於斧屋·此人之所以永悲於公·而公之所以自悲者亦或以是與·雖然·張子有言·存吾順事·沒吾甯也·公復何憾·體受歸全·盈虛消息·明昭昏瞢·在數則然·公於是理·實洞其元·

公將藉乩懋以潛寐。而或委流化於無何有之天也耶。爽楚萬里素車將啓。臨風薄奠。爲世道一哭也。又不特爲同鄉之誼而已

祭陽峯閣老文　張治

嗚乎維公之生。蓋全楚氣運之所關。卽公之始終榮遇也。君臣相得之爲難。在昔吾楚以元魁登翰苑致位宗伯。則有若襄陽之任公華容之黎公。蓋數十年而公始繼焉。入贊台鼎以宅百揆。則有若文定楊公文正李公。蓋數十年而公始繼焉。我朝百八十年之間。鸞翔鳳翥。僅此而已。豈非全楚氣運之所關邪。任黎舉寅淸之職。而其究弗極。文定之歷事三朝。更艱險而百折。文正之遭世岌岌。持千將而獨割。惟公之出。際今上之明哲。經幄細旃。從容論說。金闥委蛇。隆恩姝錫。啟沃交修。如尹如說。及位秩宗。入贊密勿。始終榮遇。以至於沒。隆名融融。寵光赫奕。夫公能兼四公之位。而得志行道。完身全節。蓋有四公之所願而不可得。豈非君臣相遇千載而一日邪。嗚乎公之凝重如任。純樸如黎。相業如楊。文章如李。昭動華於當時。流聲光於來世。先後輝映。則異代而一致者也。公在相位。天子倚毗。中外忻忻。太平可冀。何上天之不憖。詎一疾而長逝。嗚乎已矣。昔人有言。惟有文爲不朽。惟有子爲不死。公文可傳。公嗣弗延。有櫬在旅。誰侍几筵。圖書在目。誰紹其傳。此公所不能瞑目。而人之所傷悼而嗟焉。嗚乎天之生物。或修而培。或覆而顚。其氣之弗嗇。其福之弗完。達人大觀。孰洞其端。在古則爾。而於公又何閒然。公柩將歸。丹旐素旂。繡林之野。公神所依。某等夙以鄉曲之故受知

門下有年於茲敬酬以酒而陳之以詞蓋上以慟天下之慟而下以哭楚人之私

祭壺山先生文 張治

嗚乎慟乎予與先生不相見者十餘年矣其間動定猶得聞之音耗也辛丣先生使來知先生有末疾不良於行而猶聞先生之能强倉也乃今計音忽至而先生之歿且隔歲矣忍淚哽咽不能與來使相語語之則腸肺酸絕莫禁也先是數日之夕夢與先生相接精神往來曠千里而相感豈意先生遽止於此乎抑先生之精爽不能忘於予乎幽明之間一死一生今昔成傷如何可言如何可言嗚乎先生衣予食予冠而婚予教而成予國視予猶子也予則不能千里奔弔築場反哭而以父視先生也不亦尤可痛乎雖然先生言在予耳志在予心予雖不肖敢

不勉厥言踐厥志以求無負於先生庶或慰先生於地下也嗚山兮楚水渺漫兮萬里絮酒兮炙雞馳奠兮辛苦魂絕兮無語淚紛兮如雨

祭太子少保文隱公龍湖張先生文　蕭禹臣

吁惟我公產於茶鄉秀鍾衡嶽神童早譽高第顯擢官歷詞林道稱先覺乃掌絲綸乃秉銓鐸事業輝煌才華卓犖望偉眷隆簡登黃閣公亦自任中興是託胡天不佑式返寥廓朝野悲鳴江山寂寞嗚乎傷哉惟我茶鄉代生賢哲三吾文正于今爲烈公其繼之先後一轍名在乾坤百代姝絕生順沒寧公其永悅某等鄉學晚生沐公教澤慟公先逝無任悼惜臨槻陳酹薦茲束帛公靈不昧仰祈來格尙饗

祭門生余子完文　蕭禹臣

維嘉靖己酉春自正月不雨迄今度山子時方憂旱四顧徬徨日徒步拜禱於各神祠越二十日乃夜齋宿於城隍廟署過門生余子完之門乃聞余子以是日卒於家度山子涕泗不能已越二十四日度山子率其僚甘子亓正往哭其靈乃作而歎曰嗟乎余生何天奪之速耶予官遂以往歲三月望日涖治時諸生相與迎於郭門之外予目余生氣昌質偉丰采凝俊固識爲有用才然尙未知其名也繼予以文藝試諸士磊落英多余子亦居上列時則知其名矣既而諸生有求受業於門下者余子乃託其舊師中翁陳老先生爲之先容予納之時則知其人矣

嗣後相與日密子虛懷善受予亦罄心以予但見日異而月化焉乃知其立志之篤求進之誠時則交以神矣既而予將考邑之文獻而創志謀之學諭碧山苗君苗君遂子與纂修越月而事竣雖同事六人子之功居多則知其學博其識精其才富誠兼三長而可言史烏乎共晨夕雖未及年而相知則深且厚吾方望子舉於鄉上春官魁天下以乘時遠到而乃遽止此耶予不才近爲仇敵所誣子與見嫉每慷慨爲予不平時進規予過蓋欲匡予不逮而成予之美也藉令天假之年使予毋得罪於朝廷毋得罪於巨室毋得罪於羣黎百姓師友之相得更何如耶烏乎胡天不弔竟奪之速耶豈直子之不幸亦吾之不幸耶

雖然死者理也修短者數也循乎理而安乎數者君子也古之聖賢亦安能逃理與數乎獨惜乎以子之才之器之學之識而竟弗得售於時以究其所蘊遽爾齎志以歿不亦大可哀也耶烏乎其未定之天耶抑天以精英之質賦於人不欲售之而顧奪之耶是皆不可得而知也雖然吾子有子矣不在其身則在其子孫安知子未盡之志不見之於子若孫耶矧子以剛大之氣英發之才充裕之學見服於鄉人者素矣其視詭譎奸詐之徒僥倖於時覥生於世者何如耶夫生順而死安者常也功名未遂志願未酬者變也吾子亦安其常而已矣變何足攖也耶吾子其瞑目矣吾雖不能爲子生前之助甯能已於死後之悲

耶繼自今吾當恤子之家撫子之孤以至於吾之去斯已矣烏乎傷哉束芻絮酒侑以哀吟吾子有靈尚祈鑒之

湖南文徵卷四十七

湖湘後學集編

祭文下

祭丁封君翰林學士文

艾穆

嘗聞清河之源泗水下通其精英之所結靈秀之所鍾每洩爲隱人而化爲鉅公厥惟我翁儒雅渢渢心行湝古世美攸崇賁於邱園優游若終逍遙鶡冠隱大難蹤人咸謂其踵鹿門之遐軌而追豹谷之高風乃其含靈毓奇大啟碩鴻射策承明之廬灑翰鑾坡之東瑰文淵學純德樸忠講幄談經上徹聖聽晉貳銓衡題才執中旦夕爰立援武夔龍此其原本遡始如彼明

珠頷於驪龍如彼豫章挺於龍從則又翁貽謀之穀而過庭之功翁也荷天之寵曄曄榮封分之大庖鼎養方隆期迓純熙享簟宥隆乃厭塵壒遽返瑤宮計聞上國軫於宸衷承異數之優渥極生死之哀榮某等昔官成均自分顓蒙象賢不鄙獨我磨礱銜憶鴻造報未縻躬則今茲聞翁之奄忽大還而怛然悽楚者誠不知涕之何從翁之靈其尚炳炳融融而鑒吾之哀緒於無終

祭始祖華仲公文

艾穆

我始祖華仲公之來吾平也蓋徙自樂安之太平鄉自宋末迄今家遂四百年歷十八代而其家聲始昌舊譜載公墓在羅家坳某山某向蓋的然有據也而今索之大地茫茫豈歷世久遠子孫易忘而竟莫得其瘞玉之藏雖然宇宙萬形同歸於敝其自名人之墓傳之敝也皆化爲無所以千萬世而猶不絕蒸嘗者夫謂其人與骨已朽而神靈英爽固至今洋洋也公之墓今莫考矣而其神之栖於茲土者猶隱隱薄煙霧而憑陰陽某每追念十八代之子孫固皆衍自公之一人身也而且墟墓無徵怛然盡傷茲持節之蜀望公之山而一觴公其鑑吾言相吾苗裔而使吾艾氏愈長

祭誥贈顯妣李太恭人文

艾穆

孤某爲囧卿七閱月荷新命持節撫蜀便歸埽吾母之墓痛惟吾母之壽望九而其化也今已八年矣某之以言蒙譴也母悲之又喜之及其起也母又及見之喜之又已逾萬里之行蓋同之母子六年共悲懽更相爲命矣頃幸官南京鴻曹得沾天子之特恩誥贈吾母人皆以爲榮茲入蜀其何能虔其職以光錦江玉壘之遺而無負於吾母乎吾母之靈洋洋在也其潛諭之

七月望日祭亡兒而廣文

艾穆

汝之不得死所，蓋天下之至哀，汝父於汝，腸一日而九迴，第宇宙萬生同歸於盡，卽珠沈玉頹，不殊委灰，則亦不必論其死之爲何如，而汝可無抱恨於元臺，汝之命猶尺幅已定，非獨黃陵江上之馮夷皷揭天吳掀舞，能爲汝災也，而人皆謂汝之賢，不死病，不死家，而死於水也，若是乎禍福不可以常理裁，莊生謂上爲烏鳶食，下爲螻蟻食，一何達也，而汝今不惜葬於魚腹也，於造物乎何疑何猜，豈歸州爲故三閭大夫之鄉，汝父嘗慕其忠高其沈矣，今與爾過其地，而大夫之英爽相求，恍若爲汝觀化之媒，不然，何汝與汝兄汝子汝姪共飯舟中，而獨先出也，正

與舟之觸石會，而陰若有爲之摧，汝之年尚不及顏之夭，而於學庶幾竭其才，汝之業雖未大有樹，而其心行則無媿於修士之皚皚，汝之身與化爲友，而其所遺者有三尺之孤，數月之孩，汝父將以此娛晚日，而鬱抱藉以少開，俟其成人而授之故業，天其或者既奪汝之速，必將昌大於後來，茲値孟秋之望，爲汝焚佛經，爇楮財，此心苟可自盡，隨俗於義無乖，而汝之魂飄泊於黃陵江波之上者，其洋洋乎而來哉

祭耿太夫人文

艾穆

丹穴鍾靈，重溟毓秀，鳳攬珠輝，天之所授，神物必合，南金則雙，原厥本始，母德以彰，夫人淑懿，內則不愆，嫺於母儀，聿追曹媛，紹休女史，協期婺躔，鴻棲光隨，如珣儷瑄，篤生令子，塤箎並傳，長公崛起，爲世大儒，樹幟斯道，以標以趨，攬轡秦關，振鐸留都，蒼赤宴息，縫掖交孚，頊總臺綱，百辟爲憲，正色立朝，聖明所眷，學術事功，行日可見，爰有季子，騈美紹休，曹郎樹聲，傚儻寡儔，家有棣萼，國有琳球，伯夔仲龍，陋彼太邱，誰貽之穀，慈訓是由，鸞章載錫，鶴髮並垂，萊綵方姸，靈萱日披，願天錫母，永迓純熙，遽膺降割，跣奔含淒，何云象賢，朝紳共悲，顧惟代謝，乃理之常，

曰不泯者，聖善之揚，篤我世祜，其澤大昌，白雲千里，元酒一觴，式陳短誄，魂兮洋洋

祭先兄萬安公文

文穆

自我兄之殯茲邱也凡十年於茲某昔官刑曹奉使歸也僅一灑淚於墓道旋即飛蓋乎天涯嗣以考主事滿得加贈我父封我母若妻而洊荷天子之恩私居無何以言蒙譴棒之朝堂之上竄之河湟之湄陰山瀚海天地不羇太華終南助我聲詩念我兄音容之長淪每仰天咨嗟而涕洟釜魚几肉蹤蹟孤危播蕩五年履險如夷茲幸天啟聖衷番然回思凶閹權相黨結相欺誅奸諛於既死起讜直於流離日月之食劃然開朗霜雪之後復返春熙薄海內外快覩清時某昔之以狂獲罪也實惟兄訓旨之是師知兄九原有靈必爲我扼腕擊節且喜且悲今又

將闡兄之幽光而矯矯揚眉也知兄九原有靈必爲我鼓舞含笑歡洽塤篪某促裝北上別母驅馳承特命之當赴敢遠棄乎慈帷繼茲以往誓死報明主之賜環以副吾生平所期不則肓忍心我母之絕裾而娓娓然逐時態詭隨邪此其用舍淹速事皆有不可知惟明靈之洋洋其彷彿而格斯

祭白野朱先生文

曾朝節

壬午四月日我師陝西左方伯野翁先生卒於家越明年癸未二月四日門人翰林編修某始克爲文致香帛敬弔先生曰祝融石鼓蒸湘洞庭奠茲奧區鳩宅祥靈匪伊偉人挺節勁操疇發幽秘樹聲流耀於惟我師含眞稟和大節此生皭乎弗磨爰自家食素業晏如取嚴一介名恐寸汙孝弟之敦自其天性於貧若餡於義若競聚徒授書二十餘年蹟躓名起鬱爲時賢强仕既逾始收科甲旋以大行擢置台察巡鹺淮上凜凜風清廣右論列震撼元臣道直物忤泉州作伯政成豈弟西山並烈忤者未厭疏爲運司世不勝巧而公任之處穢而潔彌抑而奮歷

浙藩臬咸歸清諭薑桂之概在所兩難既騁其轡亦頓其銜已從河洛左轄關內湔滌弊蠹節縮經費以端表帥以肅寀寮三秦慕德遍於羣謠勛猷之積公望攸屬忽焉歸老修途躑躅不用而歸世方悼嗟詎歸幾何訃聞天涯悲哉痛乎上壽多有壽我典型以淑士友遽奪我師孰範孰模浩浩正氣乘虛入無嗟乎悲哉不朽者名水深山高鄙寬薄敦節於我師載德高厚服膺訓誨庶克有就往歸里中適師甫還飲予餞予音容睫端豈謂離筵即成長別寫悰告哀有淚如血尚饗

祭榮定王殿下文

龍膺

維萬歷四十年三月·榮老殿下薨於殿寢·粤七月訃聞於居延·不肖賤子龍膺·方有視師關隴之役·以八月壬戌·湖始得爲位而哭·已抆淚爲文·絮酒炅雞·裹糧授一介·馳漢壽里·伏階殿而告曰·烏乎哀哉·鑠爲睿王·篤生天潢·茂鍾元始·幼而岐嶷·長而瓌瑋·博宗六經·旁捘諸史·研精大道·洞悉名理·明德爲馨·緝熙敬止·蒸享苾芬·以逌帝祉·懋秉忠貞·肅雍端委·百祿攸同·眷隆斧扆·純孝盡倫·躬親滫瀡·孺慕窮年·永思岵屺·爽翼孫謀·螽斯麟趾·丕顯丕承·令聞不已·睦族秩宗·惇典庸禮·惠賑懿親·肇修人紀·樂善崇儒·折節下士·緗帙朱樓·雕牀玉几·摛藻如綸·揮豪

振綺·雲漢爲章·煙霞落紙·含鐘吐玉·超蘇軼米·天縱多能·文心有斐·召晏平臺·延納朱邸·宋玉披襟·相如曳履·考鼓鳴鐘·引商雜徵·列錯羅珍·炰鼈膾鯉·豔舞驚鴻·清尊浮蟻·火樹星橋·春華霜蕊·鐵撥鵾絃·魚龍角觝·百戲畢陳·三雅疊洗·授簡分曹·藏鉤對壘·一鼓先登·羣鋒披靡·川吸如鯨·罰觥惟兕·援斗虹流·懸河飇起·淮南八公·鄴下七子·中聖咸宜·惟膺無似·父事我王·亦我兒視·好等齊竽·設同楚醴·貸我狂詼·容我譎詭·急周以貲·疢療以餌·勉我令名·示我周砥·我心靡他·願懷孔邇·睿獨憐膺·寘左右依·出告則悲·反面則喜·於役邊陲·遠辭殿陛·遣使詒書·數千餘里·伏聞違和·百拜報啓·愼疾加餐·葆攝玉體·鬌奴甫還·方慶福履·詎罔浹辰·遂成游昬·言謁玉京·跨彼箕尾·帝悼徹懸·震虢失匕·凡我庶黎·如喪考妣·不肖嗟膺·何怙何恃·擗踊哀號·崩肝裂髓·有弟漣流·有骨柴毀·世無惠施·莊寢而語·知無子皮·僑善誰與·讓也國士·管也知己·況我先王·茲非其擬·生我者父·鞠我者母·師玉我成·君器我使·兼四重恩·與天地比·烏乎哀哉·而今已矣·負義不祥·志士所恥·七尺徒存·方寸自矢·幸賴儲君·繼述濟美·有友五人·曾不我鄙·不忘先王·推愛如弟·粱木其摧·大芘有梓·詢于芻蕘·采其葑菲·徽容在覿·德音在耳·神理綿綿·靈光瀰瀰·日月云邁·山川閒只·東彼生芻·寫茲哀誄·何以薦之·澧蘭沅芷·何以銘之·枉山朗水·庶其格思·雲螭來彌·神之聽之·以饗以祀·

祭漢伏波將軍馬公文　龍膺

維萬歷甲寅冬十月庚辰朔越祭日癸卯參政武陵龍膺敬以牲醴祭告於漢伏波將軍新息侯馬文淵公之神曰惟公生爲忠臣死爲明神上與日月爭光下與山嶽併靈千秋萬世人孰不知將軍之名當其奉書通好以決聖主也人服公明其據鞍擐甲以示矍鑠也人服公誠其威槃瓠於壺頭建銅標於交阯也人服公武而貞其排羣議而不撓處於貴戚而不驕也人服公亮而清其誡子姓以馴謹重伯高之質行也人服公直而醇又其橫武溪之笛以託吟懷下澤之車以寄適也人服公風流儒雅而不羣若夫旋旆漁仙偃戈石室以辟毒淫以憩行役濯

足澄波振衣絕壁飄飄有出塵淩雲之氣而棄鐘鼎於鼠腊故迄今著肸蠁於茲山通古今於一息洞有佛廬公默護而永奠之村有民居公陰芘而安堵之江有舟船公宏佑而安流之山有猛獸公震疊而遠驅之故千秋萬世孰不知公之名而又享公之賜因以頌公之德願世世奉公之祀膺竊謂公與漢壽亭侯先後忠於漢存歿著於楚齊威靈於山川竝食報於樽俎固宜同爲法門之佐而永爲洞天之主敬采江蘅以爲羞酌溪流以爲酯輒侑一詩以薦之知公之不我吐也

河東謝雨告文　龍膺

河東一郡大祲頻仍去秋飛蝗爲災今夏旱魃爲虐以致二麥焦枯赤地千里兆姓嗷嗷職膺日切隱憂不遑甯處於是痛加修省恪奉憲條率領所司躬雩露禱仍徧檄諸屬賑彼翳桑又恐囹圄淹禁上干天和孝婦飛霜苛吏召眚乃下州邑通行清審輕則釋之疑則雪之其械繫鞫訊者率多寬其捶楚減其贖鍰未敢輕撻一無辜未敢故入人一罪甚有沈冤誤陷大辟卽爲開豁匪止二三其人囚糧支給以時圜土灑埽必淨渴施茶漿疾施醫療鰥寡隨在收養務期各得其所以廣太上好生之仁三令五申拳拳惟謹今幸禱雨未幾天意遽回大沛甘霖惠

此下民災民微有起色耕種可望西成白髮黃童手額相慶實戴元穹感激懽呼謹修庶品用謝百靈除膺諠勉洗心勤修善行丁甯諸屬潔己恤民宣布皇慈對揚神貺庶雨暘時若終惠災黎

祭莊少屏年伯文

李騰芳

厥惟長沙水深土衍學士生焉清淑廣遠有美學士公爲之翁辟彼崇岡是產巨松學士在朝公安于野門室靜閑言行詳雅御書誥辭焜煌里檐集祥綏慶居起彌恬學士承恩言邇言密漸于台垣幸公方力公貌既壯公精既王挾其有餘忽然中僵書來但云頗苦氣噎學士審知徬徨驚怪流涕控疏請急遄徂遭訃于道號聲徹塗予與學士情好繆暱別于城闉淚衣各濕聞公之亡如何不悲天則不弔抑人爲之鳳鳴喈喈鴻會衎衎六十三年亦不爲短靑規紫闥學士方來賁終之典姑待夜臺

祭何江峯文

李騰芳

嗚呼人莫不生人莫不死朝而聞道夕死可矣道乃何道聞何如聞明者如月昧者如雲惟不明已嘮嘮口頰三教之徒各鬭其捷彼范子者抑又何知謾曰不朽事功文詞辟如盲人手執瓦器謂是器者金石不替我聞大翁操觚最早出史入經幽渺堅好師友二子鬼搆神設眉山復興明允軾轍咄咄明允老走京師櫂書衡論覬一試之何如我翁翁光自照用世之業付與二妙端居清淨八十一年厥聞不謬緣盡而遷見翁達者謂翁何往翁寔無往見者怏怏維時令子持節長沙有萬斯人聞訃叫嗟令子如霖斯人如爇翁不可贖雲收雨輟斯人之苦有口莫宣我同此情尤有甚焉流涕再拜再醻以酒再侑之詞翁其歆否

祭張文軒年伯文

李騰芳

昔孔子論士與硜硜而鄙從政者于當時益深怪夫作僞而不知恥者也雖硜硜之細而亦取其不欺是卽所以惡鄉愿之意與不得已而爲狷者之思考公生平爲善孜孜雖食息起居之常而未嘗不謹與童子婢妾言而絕無可疑士之有恥惟公當之美哉有子絕世之奇豪鷹快鶻不可覊維宜摩天而迅飛益公心之所期忽然浮沈一十三期如羈駿足與蹇同遲增吾徒之感慨想公心其亦悲吾聞滄海汗漫無涯犯波濤而不恐料舟楫之所宜苟敗材之難恃將覆溺其奚追審涉世之憂患比涉海而猶危求濟險之所具舍令子而其誰然則令子之乘風破浪跨萬里以遠到其必有日矣但傷公之逝而不及見之凭帷一酹以告公知靈風惠來儻惟其時

祭少詹學士莊沖虛文

李騰芳

烏乎莫不有死惟公死重悲死者情我悲尤慟公之才謂如藝斯繁不至於實遽燔其根公之德品如井斯洌汲不及瓶忽墮其挈公之祿位如日方昕未經於天蔵以浮雲旣失其怙又喪其偶禍逮孫子以及冢婦一歲之間摧肝數哭命也如何身又不穀我之交公踰二十秊繾綣綢密義厚官連若憂若愉並若一體或合或暌暌歎合喜咎歲之冬公以急歸別於城闉我噓公欷雖則欷噓暫爾分訣誰云此際萬世之別公姪與子俄以計來發書號絕舉屋酸哀遂及旁人莫不叫哭如李鬚者目腫鬢禿豺虎之喙以予爲餐棄組遄返匍匐公門漆棺在帷瓦燈

淒照邈矣沈陰有懷莫詔追維語言我止子休世雖子須子詎世求有棟有椽子居我斲有水有舟子嬉我擢我歎子哺子謳我哦斯語彌鮮斯人則慶公病雨淫始發於昆山麯弗預卒傷其腹三秊之閒旦夕吟呻有藥實艮不以自珍畀之於予曰汝老矣不懈服食庶其有子予秊有子而公不聞若其聞之如何歡欣感公之誼終古絕少口不能宣苦如茹蓼何以報公祝公之嗣碩實弸鍧火然川至公嗣之賢挺挺誾誾毋曰煢煢德實有隣以此諗公公必我聽侑以椒漿靈兮暫凭

祭周孺東先生文　李騰芳

世之仕而不達者必其外寡合而多累孰謂先生言和行備交滿天下而猶有求全之毀世之折而不壽者必其內不足而先秕孰謂先生神湑意鮮萬應不乏而年僅六十以止蓋予嘗論天下之事眞有不可知者若寄物於人隔宿而取之且有得失之虞況乎物之非我有者其何庸以力爭而智揣然則先生之所能者先生之所有者爾苟非其所有者雖先生亦安所措意於其閒而世之達且壽者豈罕考其生平不足以供一笑而已予事先生三十年受恩最深求所以報先生者絲豪靡以也蓋先生於世閒法靡不精了富美譬如鼓輕塵以益喬嶽吹唾涕

以灑江河雖稚子亦知其不可矣頃歲廢臥邸壑聞古聖人知見每欲留於世閒業運每常遷於國土之旨不勝感歎思以告之先生而先生業已不起嗚乎痛哉

祭姚渥源文　李騰芳

嗚乎予少讀孔子人生直罔生幸免之論以謂凡物得而靡喪存而靡亡者必直者也凡物之喪而未必得亡而未必存者必罔者也既而博覽載籍所記賢人君子與夫奸僞巧詐之徒考其生平存亡得喪之故以質於孔子之論多有不然者然以謂得之於聞耳未敢以爲疑也既而官於京師十有八年當世賢人君子與夫奸佞巧詐之徒其生平存亡得喪之故莫不悉究以質於孔子之論又多有不然者蓋得之於見矣於是竊有疑焉既而身陷機穽風波口語震動天下莫知其由而公歎曰吾師無罪惟直其罪慷慨悲涼因自言平生以直之故摧抑萬狀

專以孔子之言爲疑而予不覺失笑何吾二人之疑同也然則直其不可邪聖言其欺我邪然直之不可風波摧抑止矣而公竟死邪公初至予邑也予告以平日無欲爭之利欲去之疾欲報之恩讐藉公力者公惟一意自勉而公告予以謂吾治邑專視吾師吾師相憚則莫敢不憚矣嘻此言非公不敢言也公又自謂以一邑爲已任臨事之際無一足以撓我者予謂此蘇子所謂氣之過人者也其原出於孟子塞天配道之論然古今英傑因之以麤其心障其識者往往有之而伊尹五就湯五就桀放太甲而反之古今聖人自堯舜以下伊尹最大而孟子僅以爲任稱之與夷惠等公毋得以任之一言沾沾乎公不覺自失

噫此言非予不敢言也自今以後能以公之言告予曰誰而予亦誰與言者豈不痛哉公死之明日妻子尙無以爲斂邑人相與簡其奚書爲錢者計自一至七爲兩計者不多有也其淸如此性果於疾惡樂於爲善學之不已其進難涯惜乎其奪之者早與雖然律以孔子之所謂直則死而無媿矣

勘河祭神文

周堪賡

維皇明崇禎十六年癸未歲正月丙申朔越日甲辰欽命督修汴河兼管河南山東鳳淮徐等處河工事務工部右侍郎兼都察院右副都御史周堪賡謹以牲醴香燭之儀致祭於敕封金龍四大王尊神曰側聞大王誕生宋末揚威奮武救難扶災至於我朝輓流助戰埽除烽煙重新日月忠義之氣千古爲昭我太祖高皇帝嘉尙英烈敕封大王崇祀河瀆則大王之宣力於國家甚厚而國家之酬報大王不薄也今黃河南決汴城傾圮糧運道梗祖陵震驚皇上特遣堪賡董工修築伏念大王護佑本朝始終一致豈維今日甯弗效靈今初涖茲土用伸虔祝伏望神鑒愚忱陰扶默相引水東流河還故道使畚鍤之衆協力齊心築塞之功一勞永逸行且入告我后特敕加封用答神庥紀功百世神其聽之尙饗

開工致祭文　周堪賡

維皇明崇禎十六年癸未歲二月乙丑朔十一日乙亥欽命督修汴河兼管河南山東鳳淮徐等處河工事務工部右侍郎兼都察院右副都御史周堪賡偕監督汴河工部營繕清吏司主事王介慶開封府知府李巖衛輝府知府文運衡南陽府知府李芳蘊開封府同知牛光斗彰德府同知趙允光歸德府通判朱以霖祥符縣知縣宋祖乙等謹以潔牲明醴香燭之儀致告於敕封金龍四大王尊神曰黃流弗令曷維其常湍沸浩瀚震動大梁名城傾圮生靈淪溺憂我祖陵梗我糧運河臣入告聖衷靡甯乃命司空籌畫以聞堪賡不才承乏斯役偕茲羣工相

土卜築敬諏今吉畚鍤并施稽首滌蒼神其鑒之百官協心萬夫齊力風雨弗侵萑苻斂蹟日省月試聿觀厥成返流而東川澤效靈惟神之庥奠茲中土神州恢復萬姓獲所仰告天子布揚功績爰降紫詔馳使褒崇特秩巍巍特廟翼翼赫聲濯靈萬年此日謹告

自弔文　馮一第

嗟哉予何人也乃至於斯甫通文字謬列賢書將近廿年不敢隕毀紉鄙章句涉獵遺經鼓吹湖南出腐推陳家鄭公穀鑿必典墳維彰風雅爭揚楚騷汨羅流英績響匪遙落朽擿華追厚崇高屢黜時鳴心手勤勞私憂乃殷文統不彰唐詩取士韓柳皇皇豈翳明人乃墮鴻章馬班統宗賈董汪洋志盈才縮將念未遑終淹史筆殫思竭衷浩海推航心游鴻蒙避經黜虐厥惟始終尙須餘齡文字攸功嗟哉予何人也乃至於斯家世貧儒厚德惟基贍生粗糲華皖不滋公車六上積貸莫支今予四旬乃遭亂離母兄東偏妻兒西啼僞徵頻來生魄難依明朝廣大

胡不馳驅淹此鬼域狐跳狼迷終焉已矣心傷瘁矣功無斯須名實累只成書猶存流寄湘沚誰發幽光繫予郭子

祭石見五文　郭金臺

茫茫吹萬誰判通塞勞夢生存寘歸守默。時危命賤觝項踢跅。有覺達人妥幽不惑。惟君之生葆孕百福。麟趾鳳胎覽輝華族。模地席天蕩胸擴目。手摘星辰下視樸遬。一往呈能纖疑去腹。自稱孤疢踊悼心勞。納交滿座用下埤高。燕京吳越結佩賢豪。聲生勢長接系風騷。贏金齷齪吐唾豪毛。絲繡平原壺飧綈袍。倏丁潰亂梃揞矢激。汗漫洞庭吞天陷日。風濤相逐中作霹靂。行迷二妃赭山大索。君視海鷗夷猶順逆。呼天祈佛澹甯神魄。擾龍馴虎不失寸尺。豁然無諍曷有怵恤。迨君中道行方智圓。八八位中用遯守謙。侍母山間取酒烹鮮。强半齋食輔慈棲禪。

摩顏依膝用佐飧眠。或時除徑村侶纏綿。濁醪雞黍語笑銜煙。流傳井里譽慕仁賢。君有二難階除森秀。湖上掄英降心求舊。思風言泉滌穢滅臭。擅場揮斤鳳樓絕搆。拙匠旁觀縮手雙袖。君心欣然守中受祐。符契要道仁者有壽。烏乎哀哉視天夢夢。德星蒙埃。犧罇青黃維木之災。靈均賈少當世疲駘。自古長沙不願爲材。歷今千祀而始昭回。君沮志願薄霧驅雷。迷文垂史以耀將來。乃如吾人相憐同調。歷劫逝波身首紛漂。奇君西歸日時蚤料。偈洞人天囑窺要妙。英嗣振世追風神驃。白馬素車盈門朗照。冀君歆格顧予窈窕。霞舉軒軒不嚬以笑。

祭石崑岡先生文　郭金臺

歲重光其麗天兮。于次乎赤奮若。屆南光之司令兮會旃蒙與協合。虔告朔之明旦兮。翳著雍其提格。震天人之遄征兮。儼靈化之於赫。腸輪轉而腹悲兮心愠惀而辭拙。乃泣湘浦。東罶燖脯。罷春停謳。率儀巷里。匍匐蹌趨。涕零如雨。悲咏載歌。抑悼且舞。訴我公之大降兮。誕橋陵之帝山。踵尸毘之仙趾兮。獲清涼之巉關。戀蘭芷與玉華兮。經重譯而怡顏。何爛柯之瞬息兮。蹉跎玉質之復還。公乃垂英自東壁兮。瀉洛源之靈液。登祈仙之廣臺兮。盼淩霄之古柏。顧嘉嶺之峩秀兮。扳提仲淹于咫尺。悵濁世以辭榮兮。憑弔杜甫之遺宅。爾乃徘徊五原之城。徙倚百

花之塢。度漢庭之悏張。慕今茲之廓宇。心絓結而躊躇兮。靈連蜷而返顧。扣閶闔而雲舉兮。整玉軑而徐步。將追公于化邑兮。尚逍遙于紫金。疑金龍之幻化兮。尚寄蹟于淵城。將辨音于虎祁兮。或夷猶于姑射之泓。不謂白雲難著。片鶴無侶。招徠吉陽之羣。俯仰軒轅之里。望烏咽兮泉聲哀。喚蒙恬兮悲歌起。人景五碧。我公多男。挺英維十。聲振天衢。德冠上邑。比世忠之純懿兮。又振振乎彥直。較延慶之令聞兮。更繩繩于光世。垂棠蔭于湖南兮。盼遐飛乎雙舄。史搢筆而流芳兮。乘綴美而磨石。雖振古其凜生氣兮。公何不妥夫窀穸。

祭趙洞門年伯先生文

郭金臺

嗚乎生則榮而死則哀非人情邪骨肉順聚則榮中道夭折則哀富貴還鄉則榮零落歸首邱則哀又豈非情邪同道則同樂同樂則同悲宋玉招平賈誼弔屈伯牙之憶子期平陵蒿里薤露之懷田翟或爲良朋或爲師弟于歌有思而哭有懷抑又有近情者邪小子輩之哭先生俱不然夫爲生死而二視者過也爲離合貴賤而殊情者鄙也爲良朋師弟而攻中者悲感愴悼闕乎一人猶泥也小子輩之哭先生俱不然先生功名在朝廷姓字充薄海內外處負東山出迎司馬坐言起行動罔不宜先生之德業可謂有成矣官京師廿餘年通究天下之山川風俗

讀盡天下之異書耳目聰明才思周浹与籤翻跌目送心怡文士接門如望海洋搖心震魄先生之文章可謂有章矣交天下巨公才子千百輩如交一人與一人交自少至老歷成敗得喪無閒一心凝者夷之疏者摯之睚眦背憎涵而揉之賓至輒飲飲輒醉醉輒淋漓歌嘯詩詞妙麗唱滿長安先生之于友朋可謂有德矣貧時負米百里外養親無失色艱難經紀諸弟讀書婚姻皆成立及貴顯千里遺書課子弟植節敦行無門第慢容先生之孝友可謂有本矣搶攘荆棘時先皇帝拔之儕輩之中立登臺班兩膺都憲危言讜論嚴譴不加今　皇上獎用老成特晉侍御史不半月捐館舍葬祭蔭典加意不忘先生之遇主知可謂有終矣小子輩所以呼天搶地哀嗚烏烏不能已已者念今日奉　新綸措置諸大臣儷長沙爲湖南奠安億萬姓諸大臣又敷宣一德蚤作夜思併力爲十二城先雨膏乃不獲乞先生餘年久護朝端爲外臣左提右挈聞諸大臣垂念先生至太息涕出湖南數州郡億萬姓思先生至相對失聲小子輩呼天搶地哀嗚烏烏又何能已何能已如謂先生兩丈夫子中折貽諸孫無留物身後婚嫁纖細不完嗚乎悲哉一死一生反覆雲雨俗情則然如先生交安有是焉側聞在廷及外諸賢麥舟持贈胥理纏綿銘鐘勒鼎仁後必傳無爲鄙論獻笑先生

合祭王席之卜馬文伯文

嚴首昇

烏乎自孫子雙玉死吾無與爲辯者是惠與莊相失也自白子仲清死吾無與爲談者始坡公之思原父也最後王子席之死吾無與開口大笑者則子荊之哭武子也又月餘有卜馬氏文伯之喪吾無與爲善者則子產之哀子皮也嗚乎諸君子知我哉亂離以來近再期苦寇苦兵苦荒苦疫吾同父十人存其三同王父十三人存其四其它小功緦麻之慘或埋或否更僕未易數吾皆不能忘情獨念此數子不置數子中仲清死差久子雙以壽終其使我不能甦去諸懷者則席之文伯兩君子烏乎印須我友從來久矣若兩君子者非朋友之謂古所謂第二我

也予性沈鬱望席之則趾高予偶飛動見文伯則容斂予文好奇席之尙嫌其平予文就平文伯猶病其奇兩君子實韋我弦我以爲我平生之交蓋自編荆執荻以逮讀書作賦三十年如一日懷抱古今寢餐戲謔胸中闊然不慕一切乍見則笑口無已久別雖流言不入文伯常苦貧予不敢有餘席之博一第予不見不足此豈復有人我相者乎文伯之詩如三河年少風流自賞文伯之文如淸輝麗萼光豔無數草聖忽發狂鮮莫止顧其人厭厭如泉下不稱其才常以是爲若病席之之文之詩一如其人雄姿英氣千夫辟易中表畢肖而皆不壽何哉烏乎席之終日笑今復笑否文伯終日憂今復憂否倡予和汝百怪塡胸一棺戢身萬事都已不亦悲乎兩君子皆無父母有兄弟有文有子皆可以死國破君亡我等以不死爲愧兩君子則何憾獨予之失兩君子不啻左右手所謂嵇阮既去爲時羈紲酒壚麈柄邈若山河人生幾何其能堪此憶昔予初生女時兩君子皆有二男席之求婚於予卜不協以許文伯次子非有擇焉天作之合也予不敢以兒女淚哭文伯流離之餘山川悠阻爰是合二子於堂而祭之吾井邑以外凡爲吾友者舉不相聞近再期聞王子柱河袁子子來相繼死之二子則皆有母皆無子皆無兄弟不可以死者伯虎有句云黃泉若遇好朋友只當飄零在異鄉儻亦與兩君子及孫子白子結伴泉路乎則猶然故鄉

也其幷受吾祭未可知烏乎諸君子知我哉尙饗

祭李舍章文

嚴首昇

崇禎十五年壬午秋七月昇同吾友李子世恪客武昌聞老伯梅孫先生大變昇與金子先聲曹子國楓薛子世望抱持世恪踊而登舟暴雨如注蒼黃分袂慘然不懌者十數日因與諸君子約闈事竣即溯洄江陵如古禮行外姪事諸子皆如約獨昇以楚史留武昌四閱月始歸經理先君子秩祀鄉賢可二旬無何病甚不粒食者又十日然後走奚東谿更宜一言於先生之靈前時先生卒哭且既葬矣不與祭如不祭故不敢言奠不及期故不敢書日嗚乎先生知我哉憶昔昇生於世二十有七年屢試不第而失吾父又三年失吾母自吾母歿後不第者又再

矣昇則鮮民耳須此區區者何爲獨爲此一二知我之人不敢怠遑所謂一二知我則先生其一也憶昇以丁丑喪吾母戊寅讀書江陵昇則窮人也是年窮最奇日食粥糜下箸皆薑韭而未嘗告飽坐臥市肆中咿唔之聲與屠沽相失祈寒暑雨不啻中露一夕跣足顛隳地疾呼鄰人驚起又一夕雨集几案皆浮明日赤腳泥中坐臯比訓生徒何其奇也以是病濕跛不能履者三年實維先生飲我食我得不飢解衣致炭得不寒結松爲棚得不燥牀折則新我榻泥中則席我地夙夜所需皆先生物予以是病腰足者三年畢竟獲瘳則先生實維生我矣當是時昇年三十有二未生子不知可憂也先生憂之爲捐不貲卜一妾主僕婢妾可五六口館穀屢月而歸惜也其婦五年於茲矣未舉子假使幸而生子則實維先生子我矣嗚乎先生知我哉或謂予曰若知交滿天下中心藏之獨一阿恪先生愛其子因及其子之友人情然也夫止慈止孝均之聖人事正復不易若乃知己所在益難言矣才如子建通如山簡慧如靈運而父皆不以爲子何況及其友哉嗚乎有文不朽有子不死況復文人爲文人子如先生者亦復何憾獨是先生視予猶子予不獲父事區區思博一第不可得而聞變濡滯不及期又不與祭昇乃不得爲古人矣嗚乎先生知我哉欲報之德同我二人尚饗

祭顯考賫子府君文　嚴首昇

維皇明崇禎六年歲次癸酉十一月己丑朔越祭日甲辰不孝男嚴首常首膺首傳首偉首知首務首位首昇謹以豕一羊一劉筵灌酒於故顯考賫子府君之靈柩前而告之曰嗚乎自我父有子若孫羣羣然男女婚姻可千餘指世人咸以為人生快事矣實則何嘗一日食子若孫之報哉乃終其世受子若孫之累耳我父主信立義貧而厚施庶幾實行著稱者七十年死之日無知與不知皆流涕此非不孝輩所得言凡不孝輩所言者兒女子事耳我父病亟視死如歸惟我諸父至則一墮淚不孝輩繞牀哀號語笑如常此豈兒女子所得而哭者然不孝輩則

何能不作兒女子言也凡不孝輩所同一大恨不得比於人子者有五我父家世食貧壯志未展年二十餘即破產購經史延師友以致望兒曹七十不倦竟無一人博一第觀厥成者一也又不能謹身節用盡庶人之力乃至生無以養死無以禮二也險途隘巷不愛其身惟疾之憂無日無之三也擇言擇行為家訓辱或至以正不行四也兄弟譏鬩相怨一方高堂無歡五也嗚乎此豈可以為人子乎哉然此猶其同者也亦有其私焉我父待子若孫愚哲長穉莫不如一安得有私然在不孝輩則各有私也首則常兒常兒曰兒幸為長子是謂家督禮不異居兒家在二十里外至則如客兒之恨也次膺兒膺兒曰兒於諸兒中最多男行且抱孫以此貧於諸兒兒終日為人父為人祖不得以為人子兒之恨也次傳兒傳兒曰兒貧甚於諸兒病甚於諸兒而居近於諸兒兒賴有我父亦甚於諸兒有子二人時時供我父色笑以為歡兒何能忘我父也次偉兒偉兒曰兒弱而善病長復無嗣頃且喪妻兒之劬勞我父較甚兒再婚我父力疾顧謂兒曰汝當有後兒何克受此次知兒知兒曰我父無私於兒獨若有私又於兒之二男諸女若有私兒長女嫁值父死今長男婚次女嫁值父葬兒念此何得無恨次務兒務兒曰我父有諸兒幾稱全福不幸而有兒兒既廢書又弗力田使我父生而有憂死難瞑目者非諸兒之為兒之為也次位兒位兒曰

兒造事而窮田廬轉徙奴婢逃竄不可勝數性復不馴有媿色難其為我父憂者不可一言盡也最後昇兒昇兒曰兒不幸為父少子兒以此事我父之日寡於諸子居家不事生產遇人不款曲以遺父慮數年來且以其身為四方之人父病且篤尚未聞兒萬死矣我父暮年而有兒兒且有室八年矣四壁皆借一女在襁不知兒且何終也嗚乎痛哉不孝輩羣羣然無一人足以報我父萬一者人生至此亦何得以多男為樂哉我父少而至孝長復克恭偕我伯父七十年相好如一日同月而歿同日而葬同穴而封命也有性焉兒輩從此善事吾毋矣兒及弟矣式相好矣以是不至損我父孝友家聲以是報我父萬一至於

積慶所在、或及身或及兒之子若孫所不敢知、則天之所以報我父者兒輩尚祈食我父之報非能報我父也、至戚不文、爲之痛絶、

袁中郎曰、古今文字以家書爲第一、以其字字眞也、八嚴祭父文便是父沒後之家書、安得不快絶乎、吾目中惟見吾師倪鴻寶祭尊公雨田先生文、與此作相匹、

自祭文

邱式耔

維年月日、謹以汨羅之水首陽之薇、致祭於大明招撫使邱君式耔之神曰、我與爾生長龍標之煙溪、分別武昌之江夏、烏乎人生離別固有若是其倉猝者乎、烏乎人生離別固有若是其從容者乎、緊昔未有我先有爾、一有我爾體我、我與爾相附而不相離者三十年、於茲矣、獨柰賦性愚樸、以致今世遂忘前世事、故屬爾後世無忘今世事、家傳淸白世受國恩、與爾共之未嘗離也、琴書一篋、弧矢四方、與爾共之未嘗悖也、事親從兄型妻信友、與爾共之未嘗負也、祇因王氣偶歇、元元降割、庸臣誤國、神州陸沈、一時東南豪傑與民效死、孤軍倡義、以及楚粵吳

越閩梁嗚馬怒者、不可勝數、無柰王師遠隔、援兵莫及、悉遭慘屠、嗟乎未嘗不盡苦我而勞爾也、頃自王師東下、未忍殺戮、希以三寸舌拯救時弊、孰知齊城未下、而酈宎就烹、身作俘囚、竟與爾永別乎、一別之後、爾且無歸、直至承天鳳陽紫金西山諸陵、見二祖列宗於地下、訴敗亾非桀紂之君、轉由鄒魯謁孔孟之靈、謝枉讀詩書之責、然後返二酉歸故閭、送夢於老母、告以爾我分別狀、亦無甚悲痛激切、有傷母心、其兄弟妻孥煩爾轉達、無須繾綣也、於是上朝金闕、下達微忱、陰護王師再圖恢復、則果哉其勿忘今世事矣、獨憾我軀微弱、無握拳透爪之能、所賴爾氣浩大、有貫日回天之力、我入地而骨香泉后、爾歸天

而氣壯山河。我言我行，爾切記之。我水我薇，爾歆嘗之。至於老母少婦，自有明主逵臣之矜恤。賢兄哲弟之孝友，不煩內顧也。我方誦正氣歌，鼓嵇生琴，與爾唱陽關一曲可乎。

湖南文徵卷四十八　　湖湘後學集編

雜文　明

食戒

李東陽

予病脾時，沈都憲時暘嘗對食，退語人曰：是非不能食，乃多食之過耳。後鴻臚凌主簿遠為予言：少時病不能食，有一叟問曰：汝欲食乎？吾教汝食。翼日可空腹以來。比至，設飯肉各一器，將就食，遽以手止焉，曰：未可也。取其飯以箸畫之為四分，乃使食。食下一口，輒欲就肉，又止焉，曰：未可也。如是者三，盡一分，使食肉一臠。如是者四，而器盡。復問曰：汝尚能食乎？曰：不可。予姑去，凡食必準此為法。及歸，不閱月而食進。往謝且問之，叟曰：脾性惡膩，汝未食而先以膩物困之，安能使之運而化乎？予聞之，重有感焉。越十餘年，病再作，皆用此法而瘥，因錄以自警。

棻先伯祖　贈振威將軍渭陽府君諱紹熊，乾隆中以文學教授鄉里，生徒暨諸孫侍食，初食蔬盡飯一盂，而後及腥膩。先伯兄嘗為汝懷述之。近見善化易制軍棠，每食，侍者以籌記之，舉箸以十為度，自言一生無河魚之疾。證之文正所言，可以得飲食之節矣。汝懷附記

記龍生九子

李東陽

龍生九子不成龍·各有所好·囚牛龍種·平生好音樂·今胡琴頭上刻獸是其遺像·睚眦平生好殺·今刀柄上龍吞口是其遺像·嘲風平生好險·今殿角獸是其遺像·蒲牢平生好鳴·今鐘上獸鈕是其遺像·狻猊平生好坐·今佛座獅子是其遺像·霸下平生好負重·今碑座獸是其遺像·狴犴平生好訟·今獄門上獅子頭是其遺像·贔屭平生好文·今碑兩旁龍是其遺像·蚩吻平生好吞·今殿脊獸頭是其遺像·宏治間·泰陵嘗令中官問龍生九子名目·因憶少時往往於雜書中見之·倉卒不能悉具·又莫知所出·以詢之羅編修玘·玘僅疏其五六·云得於其師左參政贊者止此·又詢於吏部劉員外績·績以故冊來·冊面備錄此語·亦不知所從出·因據以復命·蓋記問之難如此·恐久而復失之·漫識於此·以俟諸他日·

夢解

何孟春

何子常夜苦多夢·夢亦復苦數醒·非醉甚勞極比比·寐而寤者不翅以百數·夢中未嘗不自知其夢也·夢中動靜若於平日不異·必自詫曰此夢耳乃合我行·以是而醒·若事與心違·所見非思慮所及·又必曰此何爲者豈非夢邪·以是而醒·或夢得大可願樂出素望外·必曰我奚有是乃夢所遇·以是而醒·夢諸怖畏及所可惡情感不倫·理未應然·必曰是非佳夢何必久之·以是而醒·夢歷異境參會古人·議論非常增廣耳目·必曰奇夢乃爾安得長會·以是而醒·夢有所與·必曰夢與人物胡損於余·有所受·必曰受所夢物於余何有·以是而醒·夢飲食際必曰我飢困

宜夢食緣渴夢飲·以是而醒·夢飛與墜疾走動心·必曰夢魂翩翩不容力禁·以是而醒·至乃死生入夢骨肉薰灼·既欣且哭必大怵惕·神識相擾勢不得留·以是而醒·一切事物夢類所聞舊占夢事必復念言·此當某占某當此驗·以是而醒·何子引枕·一刻之間蓋幾夢焉·夢而竟其始末·不自以爲夢而亟醒者·一夜數夢之間才一得焉所得之事占之來日無不驗也·何子晝而歎曰吾殆有夢疾乎·孰能治吾疾使無夢乎·吾聞至人無夢愚人亦無夢吾不能進於至人吾何以不自愚乎·前輩達觀以大夢譬處世·吾晝不知處世之爲夢·而夜夢中乃獨知夢焉·心眼益擾非吾之疾乎·或聞之曰先生多夢而數醒·惟其知夢也·知

夢則不惑於夢其肎惑於醒乎世不皆至人不皆愚人孰能無夢先生而知夢也移夢中之所以知夢者以處世則卽知所以處世之夢之道矣何疾之有先生不然而區區於夢醒之別晝日所驗之事夢乎醒乎其別幾何不惑於夢而惑於醒是惑於醒時之夢也是非知夢也是則夢之疾也夫先生其誰使治哉其誰使治哉

原始姓

楊廷相

夫姓何始也鴻荒之世遐哉邈矣羲黃而下以鳥名官以官爲姓降自唐虞之際往往有焉迄夫西周之興也諸侯來朝者八百餘國而制姓命氏自茲肇矣嘗考之吾王氏自周靈王子晉王子喬厥後伊始盛於漢而大盛於晉永嘉永甯閒故後世稱鉅族者猶云王謝王謝云雖然盛衰者倚伏之幾也謹時者知幾之哲也彼自微而盛自盛而衰靡有常焉而履盈則思抑值弱則思振是在人焉爾矣姓無與也吾家自茂宗公以下三代皆王姓聞國初有王姓之禁故吾鄉王姓者皆改曰楊吾家實自華七公始易也然縣之版籍猶舊姓焉或曰姓可復乎曰可

姓原始以嗣親也或又曰姓可無復乎曰可姓今姓以尊君也夫嗣親仁也尊君義也忠孝等爾何擇焉故曰復之可不復亦可愼爲善而已語曰民無二王國初之禁不見諸令甲意者其在茲歟且尊君者不敢齒路馬況王其姓乎人之賢不賢姓無與也何必復焉愼爲善而已矣然則今之王姓者皆非歟曰始無改終亦無改曷非焉古人有言毋易爾心今不務復古之心而務復古之姓亦惑矣

原遷始

吾家世居靑山之下靑山又名石門山其一支逶迤而西廣衍平厚者爲陽市街陽市街古市井闤闠地也父老相傳金將粘

没喝下岳陽潭州時大肆屠戮逢山則禿其樹遇水則竭其澤況於人乎會天厭其暴屠至潭州而止然民之塡溝委壑暴骨原野者過半矣以是居民田宅莽爲邱墟官以戶口虛耗乃遷洪州民來實之吾家亦當時所遷來者今鄉閭閒往往稱之曰古洪之民也惜乎舊無譜牒不能詳其源委耳陽市街自兵燹後淪爲荒徑近年始斬木堙澤搆屋以居焉玆始遷之大略也嗟乎勝國之兇殘何其酷歟幸而我太祖明德馨帝驅腥羶而北之一屋其社海宇遂甯今二百餘年矣民至老死不見兵甲於戲盛哉吾族何幸居太平之鄉爲太平之民邪

譜戒

夫譜牒漫視之一黝紙爾而不知宗之系倫之明族之睦咸繇是焉且前之哲後之師也前之事後之資也可弗重乎故知重宗者必重譜毋殘於鼠毋蝕於蠹毋壞於風雨毋借觀而忘亟取毋值水火盜賊而不知負以辟也有一弗謹焉鮮不慢其藏矣彼積書貽戒自昔然已顧玆譜也書帙云乎哉

總圖

總圖代次略效歐蘇體則近觀吾鄉彭尙書幸菴老先生所修會宗譜圖式甚善予竊法之其譜自總圖之外止有前後序而已雅樸明潔無踰焉者予則略以己意作爲大小宗圖凡圖後皆益以小序又謬爲傳亦益以小序及附語凡例之類吁贅矣雖然不如是無以盡吾心也獨愧予謭且陋又罔究典故不知所譔述適值北行之忙成之亟耳儻有未善無憚於改焉可也

原始譜

吾家舊無譜比檢會宗族亾者卽數代以上生配卒葬多無所攷又源祿源彰二公皆失其原派矧今人漸夥齒漸繁距此數世後日寖遠矣其可攷乎哉顧愚鄙且陋幸稍識章句乃忘其拙輒自纂輯譔次是譜手書而刻之庸以張本於後日且冀聯屬族人於萬一也其費皆已出不敢受族人片紙之助嗟乎愚綿力寡德無能爲族人重也是譜也其少盡吾心矣乎

譜無貴系

愚作族譜圖成或見之曰子之先系止是邪諺云根鉅者枝繁今覩子之族系罔有赫赫尊鉅爰託其始者欲後世稱甲乙繁族可得乎愚應之曰吾家自茂宗公而下皆弗耀於世卽上世有顯者愚不知也柰何曰晉有王南平鉅者非長沙人乎其姓同其邑同卽非爾族援以爲重不可與愚復謝之曰君之意誠良已然反之愚心則烏乎敢且吾聞人爲者不親載僞者叢咎南平信鉅公矣實非愚族愚惡敢援也矧晉去今千有餘年縱冒之人誰我信徒以自欺而已夫自欺者匪曰不親且叢咎也愚是以不敢也或笑之曰子誠愚人哉吾往見今之爲譜者類多顯赫豈一一實邪子誠愚人也吾不敢荅亦笑以謝之退而

紀諸譜

異姓登譜

異姓不登譜懼溷宗也立後不以異姓懼親不相屬也然廷槐廷實非異姓與嗟乎愚敢溷吾宗哉愚固有不得已者族叔仁隆老矣然官役吾家仁隆不以老自餒遂遂走武昌走郡城凡有役率先諸子弟又性耿直勤儉彼業已立妹子恃以終老愚不忍其老而失養又無可繼者愚故書之譜以勸其孝焉若廷槐則又吾族中尤肎勤役者自二十歲來今近六十矣役京師役武昌岳陽恆頻頻焉若郡城則無歲不至也愚不忍遽黜之亦書之譜以勸其義俾以告族之怠於役者辟然理或未當固

無憚於易也後如修譜其議之

詛風伯文

劉先誨

夫何南風之不競兮豈炎德之未崇羌朱夏之强半兮倚離明之不融涼飈颯其北發兮濕雨結而濛濛忽閶爽而暫解兮卽蘊隆而蟲蟲鬱氣騰而不蘇兮毒霧凝而若烘湖鼎沸而浮浮兮山翠沈而昏濃雨汗沛其霑膩兮喘息促而抗胸舟上下而無憑兮帆空挂而靡適從長年號而不前兮柔櫓宿而力慵若兮父之吻渴兮嗟列子之御窮縶飛廉之爲祟兮抑河伯之告凶余聞洞庭之靈爽兮匯九水而攸同裂東南而作險兮紀澤國而朝宗宜其永天行而時若兮遵六氣以和衷顧乃制於不仁之風伯兮將積威於豐隆有洪澤而不洗煩冤兮望焦原其

謚紅彼解慍之虞薰兮與王國之雄風雖帝霸之日降兮豈餘韻之遂終惡草勁而不偃兮畹蘭芳歇而不通余將吁閶闔而訴帝兮先陳詞於祝融鞭五官以布令兮齊七政以舉中柔河岳以成時兮來清穆於穹窿

客對

艾穆

客有言於覺非子曰上哲抱元而通方達士負奇而徇俗爲能潔以污寓恬以囂存明以晦用刓觚爲圜諧世多術而無窮之運展焉今子操廣川之航而戛戛乎行之陸大翼之負無力而欲軒翥九天之衢難矣子盍易焉覺非子對曰貞於性者時不能化足於志者物不能淫稟分定也子欲吾易而未知吾之爲吾也夫吾也見世之盤礴周旋玲瓏捷疾如丸之轉如鶻之攫如醍醐之無不入如溫谷之噓而飲人以和談鋒迅闢如桴應響荅如飆發如黃河之原湧出崑崙奔放百折而東注於海則從而神之曰夫葢靈妙天授非吾所及也故惟抱拙自喜引曲

爲安一遇未同如對岑寂無能以顏色迎人笑言中物自謂吾面目本之造化鑪鑄以來固若是必欲我襲彼靈妙以求神於世何異於世之以木貌盧陽君者而空其中澤其外曰此盧陽君也取而冒之吾面而錯以荊山之璧綴以隋和之珠耀以山龍之服文以結霞之衣翩翩然爲七盤八風之舞令觀者發齒而解頤矣謂之盧陽君乎吾乎夫吾求不失爲吾可矣而子顧欲以儻然者欲我改行而易度不幾於世之以木冒吾面者邪夫人情必有不可奪者雖帝王不能强故西山之節不降於漂杵之威茹芝之賢不羅於嫚罵之主今吾官爲吏隱署有餘淸職事稍暇攤書滿屋冥搜千古澆灌胸中翔譔藝林漱英元圃倦則假寐五嶽臥游蝴蝶飛揚夢境同趣時乎白雪垂戶明月盈庭啜茗焚香引觴命局方且誦大雅之章歌陽春之調齊萬古於昏旦以八極爲軒楹付吾道於滄洲等榮名於土苴而子顧欲以是爲我願邪夫達人之大觀上士之元覽彼僅僅竊窺五步之內則炎寒異態歡戚殊悰身心竝妨天地爲隘惟遐矚太虛獨觀昭曠俯仰上下觸處當心萬慮俱澄無物不可彼視異態殊悰眞若浮漚在水纖翳流空矣信乎人生宇宙內當自有宇宙胸襟未可爲區區者自小也夫苾蝎宛轉果核之內便謂無九州之大黃鵠之羈笯緤也而常有絕四海之心夫謂知有大有小也垂天之翼摶九萬而弱羽則卑棲一枝夫謂垂天

之翼非大弱羽非小其適均也吾是以抱拙引曲而不欲粉嫫母鏤碔砆以取姸招憐類於世之木冒吾面者也夫人孰無天機哉而顧以取世資喪夫固謂仕有鵠而宦有機也然機之與鵠孰發之而孰中之哉大鈞簸弄實司之伎倆且有窮矣故大巧者拙大智者愚大辯者訥窅窅冥冥渾渾默默天之道也用天之道惟游乎無物者能之客聞而爽然自失曰吾幾失吾矣今乃知吾自有眞願奉君之言而存吾

雜論

案原編分案談窺道釋義質經讀史尊正闢異湑言言五倫諸篇今采擷若干條而總標之曰雜論

何鏡

天之數起於一五位相得而有合則一合九三合七並五而爲二十五也合地之三十則爲五十有五

天有三垣北辰天樞居中不動五星二十八宿羅布周天北斗七星柄指十二月十二支之所在若有以尸之所謂斟酌乎元氣者也是故辰君象也任其逸斗臣象也任其勞

地之數起於二五位相得而有合則二合八四合六並十爲三十也合天之二十五則爲五十有五

月陰精水陰氣精氣陰之會也月初出潮初上月卓午則潮滿

月西轉潮漸退月歿則潮平陰相召也至瓊海潮候半月東流半月西隨長短星不係月之盛衰以星亦少陰精也

分野可盡合歟如星紀吳越也然吳越南而星紀在丑元枵齊也然齊東而元枵在子降婁魯也然魯亦東而降婁在戌實沈晉也左氏曰參爲晉鶉火周也外傳曰歲星爲周往往相反而不相配也

夫人萃五行之精魄受精完者上智也魄受精多者中人也魄受精少者下愚也愚可反智必百鍊而金可使精也

君子以無心待天下無我小人以有心待天下有我君子以義勝義勝則聲宏小人以利勝利勝則名滅

天下之事爲之者人尸之者天方其成則曰天贊其衷及其敗則曰天奪其魄

政有七可七不可可廉而不可矯可直而不可絞可嚴而不可苛可寬而不可弛可明而不可察可敏而不可驟可剛而不可愎君子去其不可以就其可

緯文云河以通乾出天苞洛以流坤吐地符但言圖出河而羲畫卦書出洛而禹敘疇未嘗言龍馬也言龍馬者無乃涉之怪乎

君臣之義無所逃者君旣土芥視我當勇退以全義何忍於寇讎之報彼甘心於犬馬者將戀戀芻豆又何國人之知視乎孟

子殆權辭以警齊王非以訓天下

生於憂患死於安樂信哉天下之物我恩者亦我害焉我害者亦我恩焉我讎者亦我德焉我德者亦我讎焉

武王聖人也紂自焚灰燼之首豈能懸太白之旗乎史臣甚言以惡無道而不知適爲有道者之累

洪範五事參五行明天人一理而已苟泥於京房劉向之說則九年之水堯之貌事未修七年之旱湯之言事未修歟

武庚乃獨夫一子耳乃能內結三叔外帥頑民欲鄙周復商其志有足取者奈何天人已去卒不可收拾適以自絕焉耳是故在周則爲叛臣在商則爲孝子

周公制禮樂以準萬世也後人壞之閔公僭禘僖公僭郊昭公僭八佾仲尼於郊書牛角傷於禘謂不欲觀於八佾言是可忍其不滿乎魯者多矣公之目將不瞑於地下也乎

禮大杖則走曾參耘瓜而誤斬其根曾晳以大杖擊參仆地吁小物擊以大杖則非慈杖至參不走則違禮萬一仆而不起幾乎失一賢子也吁

君子論隱公以讓得禍非爲義不盡乃析義不精耳使隱播羽父殺弟之謀執送桓而殺之則兄弟之情洞然讓果得禍乎

申生　恭伯奇順命君子取焉惜乎未能希舜也使能希舜不惟不受廩井之阨且烝乂瞽瞍至於底豫父慈子孝變而不失其常若申生伯奇子道得矣晉獻吉甫父道何哉

形聲果可以占人乎向毋聞伯石始生之聲逆知羊舌氏之必喪皇后見太子劭始生之形逆知國家之必破後果如其所料叔向宋文智反出婦人下也

人但以屠岸呼犬走宣之可惡而不知爲晉之可嘉人但以程嬰捐兒立孤之有功而不知滅晉之有罪

讀十有三祀王訪之言見箕子於周有師道焉誦乘彼白馬之章見微子於周有賓道焉年以祀繫商也色用白尙象也微子去矣比干死矣箕子爲之奴何也曰將有所待也幸而天若祚商紂惡未盈而自斃武庚得立以圖存孰爲之贊襄哉箕子所以隱忍而受辱者此也

文王遊黃竹之野韈解顧左右皆賢無可使者乃自結韈漢之王生何人乃廷使張釋之結韈邪吾於是見文王之聖王生之狂釋之之勞謙也

太公爲武王傅王嗜鮑魚公曰禮鮑不登俎止之夫嗜魚小節一違乎禮尙且止之而況嗜有大於鮑魚者乎人見武王德業之盛而不知聖功之基已在蒙養之日矣

周宣王無辜而殺杜伯王田於圃見伯朱衣白馬挾弓矢射王齊襄公使彭生刺魯桓公田貝邱見彭生作豕人立而啼懼而墜車吁齊襄獸行厲殺固宜周宣賢王亦受濫刑之報可畏哉

飾治以文戡亂以武竝用而不容以偏廢者若始皇焚書則無文矣銷金則無武矣文武盡而欲建萬世之基不亦愚乎焚坑之禍謂出於李斯啟於荀卿不知乃韓非也非之言曰世之愚學多誦先古之書以亂當世之治不幾乎一言而開釁歟

天下文武之天下高羽欲立帝盍求文武之後而立之乃立楚懷王孫心帝果義乎及羽弑帝高又聽董公縞素行軍吁以此愚血氣之鄙夫則可尙可以愚天下後世理義之士乎漢高易太子欲立如意其事誠急四皓遠在洞庭包山之外豈能卒至關中且以秦皇之威不能屈而可以手書詔邪良殆求鬚眉之近似者以竦動之耳當時盡墮術中無人勘破也

漢高之得天下，三傑之功居多，然激誅楚之軍者，董公也，任誅楚之計者，紀生也，拔劍論功，一言不及二子，眞失賞哉。

漢武三視李夫人疾，未獲一面，慮厭病中貌醜也，豈獨色交乎。天下之以勢交者，勢盡則離，以利交者，利盡則散，惜乎無夫人之先見也。

人之榮瘁利鈍，默默者有以尸其柄，田千秋以一言取宰相，李廣百戰千瘢，不得一佩侯印，豈非命耶。

逢萌掛冠而去，依稀孔氏不脫冕之風，孟昭圖佯衰擲笏，彷彿孟子采薪憂之託，彼莽溫何得以浼之，脫洒氣象，千載而下，令人想慕。

光武十五年殺直臣韓歆，十七年廢郭后，殺歆，將以爲廢后地也，使歆在，必能廷諍，后之廢或可免，后廢未幾，光武壽崩，人生幾何，而乃作此斁倫事。

嚴光，光武之故人也，一與同臥，太史遂有客星犯帝座之奏，焉知異日無逼主之嫌，矧郭后廢，糟糠之妻已下堂，又可保不忌貧賤之交耶，茲光之所以不就也。

司徒，古敎官也，崔烈，實冀之名士，以入錢得爲司徒，進身已茀端，何以立敎，且烈縱不得爲司徒，猶不失爲名士，買一司徒，賣一名士，其見亦左矣，且親於子，尚有銅臭之譏，而欲外人之不笑乎。

鄧隲惡虞詡，陷於朝歌，梁冀憾張綱，陷於廣陵，以爲一快矣，二子之功名反因之以顯，然則懷陰險者果何益乎。

張華負母之敎乎，還鮓以戒貪也，附賊后而弋司空，貪豈止於一魚，卒爲倫秀等所魚，豈非自羅於綱乎。

皇甫規刺梁冀下獄，乃男子事，規妻罵董卓，甘心撲獄，女中之男子乎，豈曰夫爲妻綱，又妻爲夫綱也。

元德三顧孔明，以卜其進取之機，當曰獻帝不可不迎，漢賊不可不討，中原不可不復，以鼓其嚮往之氣可也，卻曰曹操難與爭鋒，孫權未可卒圖，殊失乎同力度德、同德度義之旨。

劉元德之取劉璋，不必論其義否，自是結果小了，使並力討賊，

備向荊襄，璋守全蜀舊物，或可恢復，乃虜璋以爲樂，是猶斷手足以全軀，其樂也祇以爲悲歟。

曹操不爲周武王，願爲文王，恐篡事不成，可免漸臺之禍也，荀彧不爲元勳，甘爲冤鬼，恐魏事不成，可免赤族之慘也。

曹操加九錫，董昭言之，荀彧曰君子愛人以德，司馬昭進爵爲王，荀顗欲拜之，王祥曰君子愛人以禮，吁，曹馬欺孤，可以德禮愛乎，彧祥黨逆，以君子自居，可哂也。

曹操嫉禰衡之才，欲翦久矣，乃欲假手於黃祖，鸚鵡一賦，知羽毛之爲累，而不知自斷其尾，知能言之爲累，而不知自結其舌，惡在其能賦哉。

管輅以何晏爲鬼幽以鄧颺爲鬼躁二子依曹爽以加引推夢蠅集鼻不能勇退已先登鬼錄矣又何待於相耶

華歆管甯友也甯名行高潔辭丕之辟不受太尉之讓歆聲譽隨損撓虞翻之說奉操辱伏后不知二人優劣已判於見金之日矣

司馬昭進爵爲王王祥不拜而長揖衞青爲大將軍汲黯不拜而長揖同乎曰黯也內直而外方祥也陽忤而陰附

人合之不足恃也宋文帝欲廢太子劭以謀告潘淑妃不知妃子與劭合及拔刃合殿五指盡落夫婦安足信耶袁粲欲誅蕭道成以謀告褚淵不知淵與道成黨及父子俱死九鼎頓移明

友安足信耶

苻堅寇晉淝水之敗風鶴皆以爲兵蕘寇入境如盜賊夜入人家一雞之鳴一犬之吠疑主人驚覺何者氣不足以勝義也

楊堅受禪周之臣紛紛勸進獨竇氏女披髮下堂恨不爲男子以救舅氏之患吁舉朝皆男子而忠反在一女子下果眞男子耶

魏王嘗謂崔浩胸中藏百萬兵何被收之日聲嘶股慄便液俱下殆未的見夫義命之歸也且平日笑人所乏者風節耳不知浩今日之風節安在也

邸山之敗高歡使彭樂追宇文泰泰窘謂樂曰癡男子今日無我明日豈有汝耶樂遂歸淮水之敗慕容紹宗以騎五千夾擊侯景大潰使人謂紹宗曰景若就擒公復何用乃縱之吁人臣持二心以養寇罪固不容誅要亦君於平日無積誠以結其心也

道生於無顯於有老聃則遺其有而入於無其始也將守淸靜以自延其弊也蔓爲神仙之誕刑名之慘其爲害未已也仲尼問禮已默喻其越大坊矣猶龍之歎果褒之乎

莊子之學正雜淆矣入於正偶與聖道合入於雜流爲米賊而不知也參何祖之而漢治其以正乎晏衍尙之而晉微其以雜乎

道有大根本荀子論水火有氣草木有生禽獸有知人有義有氣有生有知有義都在枝葉上看得於大根處全不識宜以性爲惡也豈特擇不精語不詳者

名之曰儒盡性踐形盡之矣借曰詞章唐之燕許宋之楊億足以華國也借曰記誦漢之馬鄭宋之劉敞足以窮經也抑何取於爲儒

大哉剛乎三才之奧也天能剛則坐役乎萬象地能剛則統一乎萬形人能剛則淩駕乎萬物孔子云未見剛者以是歟

人生數十寒暑一身之外已爲長物彼逐逐以自封者已爲造物所嗤笑王通薄田敝廬孔明有桑八百株一生勘得透徹

行可弗愼乎韓昌黎一代山斗累於園花巷柳之思言可弗愼乎杜工部一代忠貞戲於娘家花滿之句

主父偃有言生不爲萬戶侯死當五鼎烹桓温有言男子不流芳百世當遺臭萬年嗟乎言心之聲也二子卒不免烹且臭者豈以先入之言爲之主耶

伊尹行放君之事而不忌孔明當託孤之任而不疑夫何所恃耶恃吾之一介不取三顧始就有以諒其素也是以君子貴養盛也

由也臨危而結纓參也臨沒而易簀李斯被收思東門之牽犬陸機被收憶華亭之唳鶴是可以覘素養哉

名與身孰親曰名親彼齧雪餐氈者薄其身以厚名者也生與仁孰重曰仁重彼碎首濺血者捐其生以成仁者也

命討天也天不能而託之君君有所遺託之史官以濟其所不及是故禹不能褒鯀管蔡不能貶旦趙盾不能改董之筆崔杼不能奪南史之簡蓋史臣之權與天與君均也

雞母之卵鴨雛相呼相啄自視以爲己出一旦羽翼已成浮水而游曾不顧夫母之在岸吳起母喪不奔趙苞母危不爲之所温嶠之母畱至絶裾而行是亦鴨雛之類乎

撲燈之蛾蓋不知黑處則生光處則死也穴窗之蠅蓋不知暗處反通明處則塞也彼就董卓梁冀新莽之辟者其撲蛾穴蠅乎

女媧氏煉石補天石金屬五行之一也煉五采之石以補天之不足如所謂調元然非天有缺以石補之也

世云羿妻竊靈藥奔入月宮名曰嫦娥然歟曰羿力能射日獨不能射月以墮其妻乎意者羿距君浞滅之妻以奔獲免不入叛逆之黨人故以月娥高之也

孫叔敖臨沒謂子曰優孟不負我莊王置酒孟爲戲以言感之果錄用其子不復行薪於市也滑稽傳謂孟衣冠談笑語貌像孫叔敖王疑復生相之誤矣

易曰作善降祥忠如文天祥不保首領殃歟然天下後世均以

忠許之祥莫大焉作惡降殃奸如李林甫老死牖下祥歟然天下後世均以奸目之殃莫大焉

李芾元兵入潭舉家令帳下先殺後自引頸受刃誠忠烈矣顧子弟未嘗委質也先遺一嫡嗣以延宗祀未可以偷生例論至家無噍類忠而過之也

月陰也其色黑借日之光白始生君子以月中影子有曰宮娥蟾兔有曰山河大地豈知月陰氣凝結日光不能洞徹處即成影子如境中之瘢洗磨不能去者是已又何疑焉

雷天之陽也起於地之西北陽在陰內奮出爲雷值之者輒碎此偶然事然亦有鬼神乘此霹靂以擊妖逆此必然之理蘇子

曰叛父母、褻鬼神、則雷霆下擊之、君子終不以偶然者忽必然者哉。

父之愛子、必望以美地封之、孫叔敖爲楚相、疾將危、戒子曰、王必封汝、勿受利地、楚越之閒有寢邱、立名甚惡而可長有、王以美地封子、辭、請寢邱、後十世不絶、叔敖生而爲相、其子行薪、卒而命封、不取美地、雖若薄之、適以愛之也。

惟口出好興戎、言箴昭矣、賀敦爲宇文護所忌、臨死謂子若弼曰、吾以舌死、因引錐刺弼舌出血、戒愼言也、子弼事隋、竟不免以舌死、然則刺舌不如緘口耶。

知子者莫若父、山濤領吏部、甄拔人物、子簡年二十餘、不之知、

簡歎曰、吾年三十不爲家公所知、晉平公問祁奚曰、國無尉、其誰可爲之、對曰、午也可、公曰、非子之子耶、對曰、君問可、非問臣之子、均爲父也、祁奚知午之可、山濤不知簡之賢、何耶。

人子有善、宜歸之父、胡威之父子以清愼名世、祖問威之卿清孰與父、對曰、臣清不如臣父、臣父清恐人知、臣清恐人不知、是以不如、王羲之父子以書法名、謝安問獻之、君書何如家尊、獻之曰、固當不同、安曰、物論殊不爾、獻之曰、外人那得知、觀二子之言、則威之以不及父自居、獻之以過於父自任、吁、名之所在、父子尚欲相爭、而況非父子者乎。

物議之在天下、固有至親不容掩者、狗盜之子誇人曰、吾父之裘猶有尾、崔烈入錢得爲司徒、而子議其銅臭、子非不愛其父也、官以錢陟、而欲子之不言銅臭乎、身爲狗盜、而欲子之不言裘尾乎、是誇之者適以醜之也、恥之者適以愛之也。

古之君臣、雖明良賡歌、亦惟交相責難而已、南齊高祖曲宴、褚淵彈琵琶、王僧虔彈琴、張敬兒舞、王敬則拍、獨王儉誦相如封禪書耳、唐中宗飲宴、張錫爲談容娘舞、杜元琰誦婆羅門呪、盧藏用效道士上章、獨郭山惲誦鹿鳴蟋蟀章耳、嗟乎、齊以將相之尊、執優伶之役、唐以親近之臣、襲異端之爲、如之何不召亂而啟亂也。

有天下之慶者、然後可以居大位、以成大業、魏文帝既立爲嗣、

因抱辛毗頸曰、辛君知吾喜否、唐莊宗入梁、喜不自勝、手引李嗣源衣、以頭觸之曰、吾有天下、卿父子力也、夫爲君難、古人兢業萬幾、尙懼弗保、二君一得高位、舉動如此、足以占器度不宏矣。

人臣以身徇忠者見之矣、未有以尸而行忠者、史魚臨卒、命其子曰、吾在衞不能進蘧伯玉、退彌子瑕、我死置尸牖下、靈公弔而問之曰、此寡人之過也、遂進蘧伯玉而退彌子瑕、人生而售詐者有之矣、未有以尸而行其詐者、蘇秦在齊、大夫多與爭寵、刺之不中而走、齊王求賊不得、將死、謂王曰、臣死、王車裂臣徇於市、曰蘇秦爲燕作亂於齊、如此、臣之賊必得矣、王如其言、殺

秦者果出因而誅之均一尸也魚以之行忠秦以之行詐何邪友恭倫之彝也牛宏弟弼酗酒射殺駕車牛妻兩告不問其愛弟之情厚矣但恐好酒不已至於醉而殺人抑將不之問乎若牛宏之友友而過者也宋孔道存慮兄覬東土大旱米貴遣使載五百斛以餉之其愛兄之情厚矣但至官未幾便得此米於廉不已傷乎若道存之恭恭而過者也

夫人之處常則易處變則難司馬光見兄伯康年老事如嚴父保如嬰兒每食少頃則問曰得無饑乎天少冷則撫背曰衣得毋薄乎乃處其常者然也若庾袞舉家遭没二兄俱亾次兄毗復危殆父母諸弟皆出獨留撫亾兄柩哀臨不輟袞亦無恙咸

曰異哉豈處變而不失其常歟

天下之名士無窮而君子待之貴周漢之陳蕃知禮士矣獨於周璆設一榻又獨於徐穉設一榻至則下之去則懸之不已隘乎及義旗一指人豪張奐不知收用卒斃羣寺之手可惜也

與王襄父書齒録

龍膺

略曰吾兩人幼皆岐嶷善爲文弱冠輒先後成進士筮仕皆以理起家著廉平聲予爲理六年登特達之薦十有八剡竟中貝錦去已用爲博士入蘭省爲宗伯屬而襄父用治行高等召拜夕郎守吏垣不兩年以讜論攖逆鱗遂被放歸田廬幾二十餘年而予浮沈中外入歷南北計曹出而治兵西塞者再樹尺寸逐寇功復中言者以詩酒薄責歸隱青谿得與襄父數數相過談煙霞物外之事矣志行略同又非徒與齒耳第陳其概趨庭事二人聚歡百順敦睦宗黨人無閒言其篤孝友同也仕則斤斤三尺凜凜四知所鞭者蒲所茹者檗皆垂槖無長物而又襄

父能披肝瀝血以效骨鯁予亦揮戈決策馳驅朔漠其殫忠愛同也里居則抑然自下不與物忤視身如執玉赴善如赴流而又恆拯人難不惜齒頰不憚解推其勇於義俠同也鍵關謝客則日手一編俯仰千古蒐獮邱索綸餌圖經而又課讀課耕不廣畜殖味貽安之旨守知足之戒其薄於世味同也辭囂避世則雲牀茶竈釣具扁舟泝源於蘭洲芷浦而與赤髭白足羽衣黃冠並錫禪林問丹靈洞談無生之理叩御老之方其逍遙於方外同也

事賢解　楊嗣昌

僕去歲著船說自書遯世之情既以聞於友戚矣而未敢聞於郡邑大夫然自是於郡邑大夫未嘗敢亟見焉卽惠而顧我亦未嘗敢亟迎也或時見且迎不更僕而談輒退有以行藏問者亦澀訥不能盡其辭郡邑大夫若聞之若不聞之甚矣僕之閒臯也孔子曰居是邦也事其大夫之賢者誠事其賢其必見且迎也審矣不見且迎爲草野而倨侮者邪吁何敢然也僕嘗有說於此吾鼎之爲邦也手掌之地耳然而民生其閒日以事待命於郡邑大夫者無慮數千婚姻往來於僕有拜親之誼其閒日以事待命於郡邑大夫而求關說於僕者無慮數十僕誠一

見且迎其懷求而伺者必數人焉爲所求者之敵其懷猜而伺者又數人焉顧僕雖進而有言未嘗敢以私干郡邑大夫也然則懷求不得從而罵詈者日數人也郡邑大夫雖不過聽於僕未嘗不與之笑言也然則懷猜不得從而謗毀者日數人也又有大者吾鼎雖小爲邑者有四吾邑雖小爲坊者四十有五而此四邑四十五坊無日無緩急利害之事其上惟大夫知之其下惟窮谷之愿而老者知之峩其冠肉其食稱鄉紳而高談揖讓者不知也譬之家然家之政緩急利害其上惟主人翁知之其下惟臣妾之愿而老者知之浮華之子弟奔走之親戚不知也然且亟見且迎進而問四邑之事曰我知之問四十五坊之事曰我知之客何爲者哉知之而不言則爲隱不知而妄言則爲欺隱與欺其非所以事賢也明矣而僕以欺者爲易蹈爲甚病何以明之夫一郡一邑之事非一身一家之事也彼妄言者曰吾豈無所知也哉雖然彼或有見於一身而已耳或有見於一家而止耳不然則一方之計也又不然則一時之利也夫一身一家毋論已卽彼所謂計一方者安知非他方之計利一時者安知非異時之利也哉然則雖其知者猶或未盡況不知而妄言之者哉又況有所私焉於其閒而言之者哉爲大夫之賢者其求治也必銳其聽言也必捷聽其知之而不盡者行之雖無全利固未害也聽其有所私者利害半焉然而以私滅公以

利滅害其趨利也不盡不休則其嫁害也不甚不止彼進言者方竊竊然㢢下而諛上視郡邑之人有德色焉則曰我言之也有怨言焉則曰某大夫之爲也若是無益賢者治而重爲賢者累尙得爲事賢乎哉僕之事賢也約不亟見不亟迎不敢以一字入郡邑言事於僕之身則約矣懼約之情不明而倨之罪無逃也且又有不能如志者作事賢解以通焉惟賜察之幸甚

下髮文 丙戌六月初二日　郭都賢

竊維神仙五百年遇刼，何況凡胎；菩薩千百億化身，不妨變相。都賢憶自棄官廬墓，早已還佛開場，古木變風暉罨，寸草旃檀滿月雲割半閒，先以爲避世之桃源，將可希在天之靈運。不意皇天降割，先帝蒙塵，南北陸沈，中外雲擾，干戈載道，苦兵火者已及五年。文武開疆涖湖南者又將半載，夷歸周土，甘采蕨以何辭；宋有疊山，恐徵書之不免。敬於六月初二日齋心頂禮，灑淚陳詞，上告皇天后土二祖列宗之靈，下告社令城隍三代高曾之主，焚香拜佛，祝髮爲僧，意比頑民，託名頑石，雖作空門之癩子，依然亾國之逋臣，冀離陽九之災，仍守再三之節。難報者

君恩親恩與佛恩相通者，釋教道教與儒教。蓬萊天上，從無不忠不孝之神仙；淨土梵中，豈有不忠不孝之菩薩。元首明而朝廷尊，目今賴佛逃日，苟且全生；膚髮全而父母順，他年還俗加冠，庶幾成老。太平有象，三千復華國之衣冠；般若無窮，二六奉空王之禮樂。願垂悲愍，俯賜證盟，無任瞻仰籲禱之至，謹意。

通直指張公揭　郭都賢

伏念台臺法輪轉世，慈航渡人，值兵火之殘黎，久無淨土；憫游魂之喘息，望灑醍醐。頃者文武開疆，甫臨下邑，隨奉張縣主差典史劉游府某官民先後入山守催投見，蓋以都賢爲鄉宦，而不知久已爲病禿也。故遣子孫等入城晉謁，並陳老禿蹣跚不能匍匐之狀，而游府助餉之命已再至矣。和尚出家，安所得餉，故命子代父勉輸應命。柰禿歷薄宦，漫無橐遺，若此誑言，應墮拔舌地獄。兼値數年兵火，流離家貲蕩盡，田園荒蕪，不能咄嗟立辦，罄家服飾各項，不足萬分之一。點金無術，持鉢無門。禿伏思 新朝近時部文，止有舊日官宦不許枉用新頒袍頂結交

官府之旨，不聞有誅求和尚之 旨。台臺以鐵面冰心，理輪按部數月，文告屬邑通行，拳拳德意，無非恩撫流亾之民，未有追索方外之民也。歷稽古來革命，其時在天下之人，出處各有不同，咸賴在上之主持風教者兼容而並包之，方得以各行其所見。故同時同地，如磻溪出而西山隱，鳳雛出而鹿門隱，夢炎昌言諸人出而疊山隱。在官者爲識時之俊傑，未嘗鄙夷隱者，甚且扶之於馬前，跪之於圯上，拜之於牀下，薦之於朝廷；在隱者周旋世法，歷稽載籍，西山不聞走孤竹，黃石不聞游關中，鹿門不聞謁荆州，疊山不聞叩雪梅。流傳至今，想見一時大海爲容，堪作千古美談。今禿既然衰謝之姿，又罹陰陽之害，奄奄殘喘

如泉下人何敢妄希高蹈而台臺雪肝照人金臂接眾直當於古人中求之宰官身現無不從三世因緣來念此雲水埋蹤沙門本等膏肓裹足老病尋常委而棄之鴻冥何慕海鳥相忘用以廣　新朝浩蕩之恩以昭明公廓略之度亦他日湖南一段佳話禿不勝頂禮無量功德之至

附張直指復書

十一日至衡陽十二月兩公郎持尊翰來口道劉弁橫索之狀不禁髮指未及發函即命駕詣徐帥府告之渠意頗善許以嚴飭責嗣後不悛輒以其票撤數目相聞以塞展瓣之責也歸署發函始悉惡弁如此不佞叢詧莫贖矣相距三百里

而見聞不靈懾服不遠誠無可以謝罪逼逼此衷而未嘗不頌孤竹而慕疊山也所以開關希問者徒以功令多求詗伺周密紙墨相存不足增重交益之遠甯迹遠而情切不敢外熱而中寒也先生住佛地位中人故得屈伸自如成千古完人鯫生一加委蛇便墜落坑塹遙望寶幢惟有呼號按張公名懋僖山東膠州人

嵩夢序　郭都賢

三十年前夢作嵩游蚤被黃粱奪去三十年後作游嵩夢忽驚蝴蝶紛飛客有聞予言而笑曰子何夢中說夢耶白首流離藏身若繭青鞵踏破閉戶如關忽爾走二十八載過去之路見二十三載別去之人驢背之塵幾升佛頭之穢徑寸經千八百程閱五六七月欷然道故且笑且噓聊爾逢場一觴一詠望繁臺之遺響陵谷傷心弔梁苑之流風煙雲過眼何一非夢耶若夫二石巋然三花燦若石上之影不磨腰間之雪常積嵩夢子耶子夢嵩耶惺惺著

募修九宮橋疏

郭金臺

神禹治水至天岳疏瀹支派下達洞庭今所傳平江幕阜山其上石篆記禹治水至此者是已山周五百餘里蒼崖壁立衆水奔匯折曲約三十里而流始大而江始泛而渡者愈難先是南江陳氏四貞女子捐金萬餘與其昆弟三人造橋九門跨江利濟不溺不澇民賴以安遲百餘年而橋浸圮水浸潴葺者浸日難行僧普見傍橋而菴施茶以濡行人若而年目其桴而潭者暑而涘者寒而號者已銷其雙肩懇募重修云自辛卯七月初一起願抵今丙申三月閱歲六週已修六門三門完好三起水柱石面未週餘三門則全缺也橋計橫面丈之二縱丈十之二

竪者如橫面之數計須費用幾千兩函冊詣潭告予言以竟厥功予謂時去大禹已久無隨刊驅放之力不得不借功于橋歲終無冬官戒役集事不得不借功于募前之捐十千金有奇女子弟三人今乃無有不得不借功于僧烏乎其殆哉度僧之緣不能再逢一陳氏其事不能稟冬官其誠不能動神禹必如俗傳有龍蝘蜒蕩險逐石屢禦而不可復也如之何如之何吾恐以潭人了潭事尚憂不終岳陽雲夢之區必有隱君子勷事永利未必不如一四貞女郎也或曰天岳古所稱道書第二十五洞天珍草異木羽流雜居普見堅是願曷歸入山覓丹竈深處再拜而求之

募修唐興寺疏

郭金臺

石塔寺本于儼大師銘于劉禹錫更唐興二字于褚遂良遞廢疊修迄于今將千年自吾寓目會有千尋濃陰茂樹傍有黃葉亭搔首樓潭八景中所傳烟寺晚鐘者是其處也連年兵燹頽唐後殿故物猶存比來一二住僧又葺而完之殿之中闤人劉氏搆一閣祀準提佛母閣半就而劉棄世功且停乃者居民被火延燒後殿一空諸有惟準提閣以一二人力得不燬予經其處閣僅支數椽破壁與號風怒雨相敵不亟修則現在功德盡墮瓦礫灰燼中可悲也住僧彙如倉猝速予疏而欲哀號于國中有願使唐興古寺不終空壞者請自修閣始閣成亟扶劫後

諸佛使不蝕風雨而後隨議修殿以覩厥成吾知祝融回祿有知必且湧金航海胥與諸佛菩薩佑靈異而求懺悔矣

將就園記一　　周　星

自古園以人傳人亦以園傳今天下之有園者多矣豈周九煙而可以無園乎哉然九煙固未嘗有園也九煙曰無園天下之人亦皆曰周九煙無園九煙心嗛之一日者九煙忽岸然語客曰九煙固未嘗無園也客問九煙之園安在九煙曰吾園無定所惟擇四天下山水最佳勝之處爲之所謂最佳勝之處者亦在世間亦在世外亦非世間亦非世外蓋吾自有生以來求之數十年而後得之未易爲世人道也客曰請言其槪九煙曰誠然其地周遭皆祟山峻嶺匼匝環抱如蓮花城繞城之山凡爲峘焉者屺焉者霍焉者嶇焉者不知其幾也名皆不著其著者惟

左右兩山左曰將山右曰就山高各數千仞而將之高過於就就之視將又若減三之一耳山形內塹而外峭隔絕塵世無徑可通獨就山之西南隅有一穴僅可容身穴自上而下蜿蜒登降暝行數百步乃通洞口洞外有澗亦可通人間溪谷然洞口纔大如井而山巔有泉飛流直下搖曳爲瀑布正當洞口四時不竭狀若懸簾自非衝瀑出入絕不知其爲洞故終古無問津者此則茲山之界限也山中寬平衍沃廣袤可百里田疇村落壇刹浮屠歷歷如畫厨凡宇宙間百物之產百工之業無一不備其中者居人涫樸親遜略無囂詐髫者男女歡然如一蓋累世不知有鬬辨爭奪之事焉又地氣和淑不生荆棘亦無虎狼蛇鼠蚊蚋蟊螽之屬此則茲山之風土也山椒各有飛泉下注懸爲瀑匯爲澗流爲池沼隨處可通舠筏而將就兩山之下溪流環繞十餘里中爲平野亦復有岡嶺湖陂林藪原隰參錯起伏此吾園之所在也園分東西二區東近將山者曰將園西近就山者曰就園統名之曰將就園兩園之外皆溪流環之而中復有一溪逶迤流亙南北形如太極實爲兩園之界將園之門東南向就園之門南向門外各設橋以度周遭疊石爲繚垣而中溪居將園之外就園之中其東亦有繚垣隔之不相聯屬獨將園瞰溪有水陸門各一溪上爲橋橋上爲亭以通兩園之往來即名曰將就橋主人自號曰將就主人此則吾園之大槪也

將就園記二　周星

將園前門臨溪而溪流散注園中所見無非水者入門行竹徑可里許徑閒爲亭者三徑盡度小橋爲羅浮嶺環嶺皆梅也人行石磴中又里許爲鬱越堂堂前後雜植名卉閒以梧竹循堂西北行數十步爲至樂湖大可二十畝湖中爲長隄曰醉虹迤邐達北岸隄皆甃文石爲之兩畔有石欄中央爲巨橋曰飲練橋上有亭曰枕秋既抵北岸則因山爲樓臺東西兩樓竝峙東曰吞夢西曰捻天飛甍傑閣上接霄漢左丹而右堊以象陰陽之義兩樓相去約十丈其中爲露臺曰蜺高臺臺下甃石置門狀如城闉正向長隄以受南薰繞湖四面皆迴廊閒以水檻廊

檻之外皆桃柳芙蓉長隄之兩畔亦然而隄畔垂楊尤多湖形本類璧鏡以長隄界爲東西西廣而東稍狹東湖之中有島嶼凸起如龜於其背作八方亭曰一點西湖之中央有橫洲如魚形其首東向構屋其上宛類樓船名曰蠡盤楯外垂簾箔洲旁亦皆桃柳芙蓉與長隄相望然泛泛波心非舟不渡若湖中芰荷魚鳥之屬則不假人工自然蕃育固無煩主人之點綴也樓後隙地徧植名花異卉是爲百花村兩樓中各命一美人領之童婢各四以供香茗汲釣之役其庖湢諸室皆在樓後湢室之旁溫泉出焉園中藏書有閣釀酒有廚蒔藥有欄種蔬有圃植果有林蓄魚有沼馴禽有苑任牧有場分布園之四隅大抵皆傍山臨溪而羅浮嶺之南有書齋二左曰日就右曰月將爲子弟講讀之區嶺之北有花神祠閣主祀百花之神而以歷代才子美人配享焉凡賓客往來游宴一園之內舫屐皆可經行獨湖北兩樓限以隄橋爲美人所居賓客不得至其湖西之蠡盤則美人賓客可更迭御之若休夏納涼則美人宴寢之時爲多循湖而西歷迴廊十數曲爲水陸兩門啟門度橋卽就園也

將就園記三　周　星

就園前門亦臨溪溪流亦散注入園而園中之山多於水其雜卉亦髣髴將園而松柏梧桐之屬爲多入門爲石徑磴半之上下登降可百餘級磴盡爲萬松谷行松閒可里許度溪橋爲華胥堂堂前有大池池畔亦雜植名卉閒以梧竹頗類將園自堂而北則皆山也岡嶺複疊峭壁屹屹如百堵城溪流逕其下爲深澗大小各九曲每曲折幽勝處輒建一亭館凡爲亭者六爲館者四至十八曲山勢將盡則突起而爲兩峯高閣千尋東曰就日西曰將雲兩峯之陽各建一祠祠後有閣東祠閣中主祀義勇關夫子而以歷代節義諸公配享命高僧領之西祠閣中

主祀純陽呂祖以歷代高士逸民配享命羽客領之兩峯相去可數丈下臨絕壑不知其幾千仞也而西峯之側有古藤其歲月不可考兩榦橫亙空中與東峯相接大如殿柱兩榦之中則設橫木度之傍植欄楯以通往來此天生橋梁也西峯之巔有平臺曰挾仙臺上植五字碑曰揮手謝時人東峯之腰有洞洞左有丹室數楹因嵒作屋蒼翠陰森人迹罕到牓以七字曰洞雲深鎖碧窗寒峯北直下有大潭曰桃花潭廣可二畝其水澄碧兩岸皆桃花潭畔有石坡寬平可容千人坐坡上觀西峯隔水瀑布飛流下注聲若奔雷坡側有釣臺臺西有石橋橫枕絕壑亦可達西峯從石橋仰睇藤橋殆有霄壤之隔矣園中岡嶺之隟則有桂林有榕林有楓林有柏林與萬松谷相望其中各有蘭若精廬以供羽衲游憩者不可殫述而西峯祠畔有湯池因置浴室以便祓濯傍亦有丹室數楹號爲燠館其氣溫而不寒隆冬如春蓋湯池所蒸煦也其餘藥欄蔬圃之屬亦髣髴將園凡賓客往來其中游陟眺覽無適不可而宴集則多在華胥堂美人亦不時至焉堂東沿山有曲徑倚石壁爲迴廊循廊行數十曲至將就橋橋東繚垣閒有水陸兩門門內卽將園然啟閉以時將園可出就園不可入也

將就園記四　周　星

將就園主人曰吾兩園分而實合合而實分其間止一垣之隔耳論其概則將園多水就園多山然將園所見皆水而自羅浮嶺以至兩樓露臺無非山也就園所見皆山而溪流自南入者匯爲華胥堂之池池水北流爲十八曲之澗澗盡乃匯爲桃花潭而潭水復北流出溪則無非水也故將曠而就幽將疏而就密將風流而就古穆將富貴而就高閒四時之中將宜夏就宜冬然將有梅數畝兩樓面南暄燠可臨湖看雪亦未嘗不宜冬就之岳壑幽深竹樹森蔚能使六月無暑亦未嘗不宜夏若春秋佳日則無一不宜矣將之東面爲將山其上珠泉百道四時

飛瀑就之西面爲就山其下平疇萬頃繞古斜陽此兩園所見之不同者也至若兩園相比爭奇競秀回互生姿登將園之樓臺西望就之兩峯矗霄不異雲中雙闕一望松柏鬱葱則五陵佳氣也登就園之峯東望將之崇臺傑閣宛如蓬萊桂觀遙睇湖光又令人作瀛洲方丈之想豈非兩美必合相得益彰者乎雖然天設此將就兩山以待將就主人將者言意之所至若將有之也就者言隨遇而安可就則就也故將山高就山卑正如俗諺所云將高就低之義且將園之中其二齋曰日就月將就園之中其兩峯曰就日將雲將就之中又有將就焉則主人之寓意可知矣苟窮極兩園之勝雖什伯不爲多而主人自以德涼福薄惟恐太奢侈以犯造物之忌故每園僅取其最勝爲目各十以小詩紀而傳之非敢言園也亦云將就而已此則吾園之始終也於是主人復岸然對客曰誰謂九煙無園者若此區區者謂非九煙之園乎哉客迺唯唯而退於是九煙曰有園天下萬世之人亦莫不曰周九煙有園

將園十勝

竹徑三亭　亭小者曰寒翠曰碧鮮大者曰造詠俱在萬竹林中一望修篁戛雲琅玕栗栗不數渭川千畝

千戶侯封笑渭濱萬條寒玉壓湘筠王猷莫但憑疎傲看竹先須拜主人

羅浮嶺　在竹徑之北上下四旁皆古梅繞屋三百樹詎足云多正恐趙師雄未夢見在

紅滿層崖綠滿溪美人高士到還迷六宮粉黛多如許羞殺孤山處士妻

鬱越堂　鬱單越洲有自然衣食宮殿隨身堂名義蓋取此因稍更袁石公句爲聯堂中云笑看東震旦坐撫北俱盧俱盧洲即鬱單越也

恨不身生鬱越洲化宮衣食足優游而今別有花天地誰復埋憂與寄愁

至樂湖　大可二十畝天光雲影恍然一碧萬頃莊叟至樂篇

故與秋水濠上相接因以名之

至樂人間無有哉誰知杯海眼中開鷗天魚國相終古此外何人更往來

醉虹隄　飲練橋　枕秋亭　隄在湖中而橋適當隄之半橋上爲亭坐亭中四顧湖光直如身在水晶壺玻璃國也沿隄兩岸桃柳芙蓉相間而垂楊尤多絲絲拂波綠煙如織一望令人魂銷

長虹飲練枕高秋縱是愁人也破愁更把柳絲收拾盡爭教張緒不風流

吞夢樓　㱃天樓　兩樓東西並峙面俱臨湖寵從軒豁不讓

栢梁建章登斯樓則心曠神怡如岳陽之瞰洞庭矣昔云仙人好樓居今則美人居之仙之與美一耶二耶吞夢取長卿子虛賦中語㱃天取淵明重觴忽㱃天之句

俯吞雲夢仰㱃天也住名姝也住仙姑射元無脂粉氣笑他金屋俗嬋娟

蜺高臺一名無雲　在兩樓之中因山爲臺臺上平曠如席縱橫各十丈其南有短垣如女牆其北有屋三楹屋畔大槐二本左右交蔭有古藤縈繞其閒臺下甃石爲門洞穴如城闉南北徑數十步與長隄相屬當盛夏熇溽時晝則納涼於城闉夜則約月於臺上不知三伏炎蒸之有無也蜺高蓋取龍漢劫前之義昔漢宮有通天臺又有俯月臺下臨影娥池茲臺其兼之乎

萬古千秋見此臺通天俯月想崔嵬茂陵富貴今何在嬴得山人日舉杯

一點亭　蠡盤　一點亭在湖東彷彿太虛一點耳蠡盤在湖西波光淼淼宛在中央絕類黽檻非艇子不能飛渡也此二區居內外之界賓客美人皆可游若碧筩銷暑則專爲美人讌集之所登樓倚檻晶簾四垂解衣槃礴縱橫枕藉醉鄉也睡鄉也溫柔鄉也庶幾兼三者而有之蠡與螺同劉夢得君山詩云白銀盤裏一青螺義蓋取此或曰此與五湖扁舟何異意者如范少伯之盤桓乎亦無不可

一點孤亭對蠡盤橫船高處足憑欄花房酒肆堪成道莫作情癡秘戲看

百花村　在兩樓之後及左右徧植名花異卉殆無閒隙萬紫千紅四時不絕爲美人游賞之所其中亦有亭子數處大抵各以其花名之而最著者爲海棠牡丹荔枝扶桑云

衆香國裏朝臣委萬綠叢中長子孫縱使乾坤終混沌也須還我百花村

花神祠閣　在羅浮嶺之北百花村之東南閣中置木主以奉祀百花之神如東皇封姨亦與焉兩傍配以歷代之才子美人如司馬長卿卓文君秦嘉徐淑之屬每歲時及花朝誕辰命美

人設果醴致祭歌新詩以侑之
唬紅怨綠費相思報荅春光藉一卮從此香魂歆肸蠁詞人休賦落花詩

就園十勝

萬松谷　谷可徑二里許一望古松參天皆老龍怒虬鱗爪也昔人之五大夫七處士寥落已甚若杜牧之賦中所云數十株切切交峙如冠劍大臣庭立而議亦豈能如是之多乎中有不封亭白眼菴寒知道院

老盡蒼龍鱗甲身攫拏千尺豈無神縱教風雨羣飛去到底還皈學道人

華胥堂　昔軒皇夢游華胥二十八年而天下大治此特夢耳今則實有之矣登斯堂也何難白日到羲皇乎因題一聯其上云長離廣乘之境無懷葛天之民願與素心古道之我友共之

羲皇六月睡蘧蘧不問周歟與蝶歟軒后夢游誰作證如今眞箇是華胥

十八曲山澗亭館　武夷九曲曲曲通舟溪山亦云奇矣而吾園則更倍之亭有六館有四皆天開異境也不欲別立名者以名之妙無加於曲也卽以曲之次第呼之可矣

溪流如徑石如門峭壁巃嵷檻館屯九曲曲中還九曲武夷何處傲兒孫

就日峯　將雲峯　兩峯在十八曲之盡處盤山勢屈盤已極忽然怒生崛起如猗龍之奮頭角東西對峙高各千尋登其巔則園之內外四旁無不洞矚東爲就日峯峯前建祠閣以奉義勇關夫子而配以歷代節義諸公如張許文謝之屬命高僧主其事西爲將雲峯峯前亦建祠閣以奉純陽呂祖而配以歷代高士逸民如張子房陶淵明李青蓮長源之類命羽客主其事歲時以酒脯致祭

峥嶸相望兩琳宮天闕驚聞曉夜鐘看盡塵寰皆蟻蛭萬千峯裏只雙峯

天生藤橋　兩峯相去數丈如巨靈之擘太華終古無有合理

若行者必自踵陟巓豈不走殺凡夫妙哉古藤亙空聯兩峯而爲一謂非仙蹟鬼工誰其信之自有此橋不特資羽衲津梁且關呂二帝師亦得不時往還人天樂事無過於此

劃斷危崖孰可登雲龍忽挾霱虹升石梁鐵鎖多神怪不及天生一古藤

挾仙臺（一名押仙）　臺在西峯之巔覗呂祖祠固咫尺也神仙之中豈無聲氣況其地高寒孤潔月曉風清之下定有緱山笙鶴相過挹浮邱而拍洪崖固非難事

揮手高臺俯曙烟時人仰面只看天等閒便作蓬瀛會此地神仙不値錢

兩丹室　一在東峯之腰，巖壑幽森，碧雲深鎖，一在西峯湯池之畔，池氣蒸煦，隆冬如春，何寒燠之天淵乎，然其爲修眞習靜之宇則一也，是宜有古道者居之。

池沸丹砂未覺冬，雲寒碧洞暑還空，坎離龍虎休饒舌，只在山房冷煖中。

桃花潭　潭在東峯之後，一泓澄碧，夾岸緗桃，固非凡境，然亦平平無奇耳，奇在隔水之瀑布，銀河九天，練光雷響，令觀者神魂奔悅，若平坡若釣臺若石橋，皆藉此瀑以增幽勝。

隔水銀河濺瀑珠，釣臺還伴客星孤，桃花潭水深如許，何物汪倫似此無。

榕林　榕爲散木，然離披偃蹇，垂鬘成門，亦異種也，園中得一二已足，況成林乎，地在萬松谷之東，歲寒不凋，青翠彌望，中有笑福菴。

閩粵曾誇榕樹門，鬘纓垂地輒行根，不知何日移來植，輪囷離奇綠滿村。

楓林　柏林　皆在萬松谷之西，中有霜紅精舍，鴉舅廬，秋老紅酣，雲錦爛然，寒山石徑，萬不及一，尤妙在西峯頂上觀之。

秋來富貴勝春華，霜葉分明五色花，好向雙峯高處看，青天一半赤城霞。

桃花三郎鈔序

闕士琦

崇正二季三月十三日，兄雉侯，黃君起元，公瞿，拉余載酒鄧氏之竹洞，洞低，竹爲門，交竹爲堂，攢竹爲室，折竹爲几，爲檻，凡三洞皆竹爲之，酒行，戲命童子闓乩詩，是日鄧氏有神降於其家，稱三聖者，云欲期余於洞，頃之亦至，以兩蒼頭持神車，橫軸乩書，輒知先時童子闓所乩詩，如其韻詩，竟乩自序，公安蓋有二聖祠，序中所云兩兄者是也，序竟，叩其季代姓字，乩父狀，狀竟，乞余序，託以傳，余觀唐人集中如郭修眞，琴苗，無三尺東瀛僅一杯，如織女朱閣臨清漢，瓊宮結紫房，如洞庭龍女十載一來歸，辛苦瀟湘水，蘇子瞻所稱劉苞，何麗娘，及麻姑與王方平語

上元夫人與西王母書，未有如三郎之情事幻怪，文詞陸離者，闞木人曰，天上當有無窮日月令節勝事，亦有不如人間寒食清明者耶，人間每欲生天上，天上亦欲住人間耶，吹笙彈璈，驂鸞駕鶴，亦云怏矣，頗憶書生伸紙搦筆之樂耶，天人者亦有曦名客耶，天帝亦側目人間有文字權耶，抑天上人孰爲爲之，孰爲聽之，不可與言耶，文人則有東方曼倩，李長吉，狡獪則有王次仲，費長房，淮南八公，風流則有蕭史，王子晉，諸公等安在耶，桃花三郎自序云，余生長公安，父爲漁翁，未生余時，漁網中得遇九龍，父曰，龍何在，龍曰，余在西王湖九曲長生樹下，余得見女飄舟蕩漾，女得見余吟風鼓浪否，父曰，盹有白髮老子以鬢

分水以手抵浪𨊥片葉以御風拈微草以代杖在水中問舟者女邪龍曰余非問舟柰天形骸鬼我衣裳怪我命余以三桃餽女父投之手中天地一瞬而震動草木片時而鮮妍頃刻即成三子龍遂名余曰桃花三郎三日之後余慧百端遂能偕兩兄至陀羅山中羨西山之美聚童而歌曰空泠兮高曠清濁兮南滄頃有名蟲乘者螻蟻隨者焦螟三首四足九眼兩鼻兩兄怪而逃之余則常而近之蟲曰箇中人也吾與子行頃有三黑面髮豎者一見余而余靈巧不復如常父大哭蟲曰一時不視萬世能視也一時不聽萬世能聽也一時不聞萬世能聞也余果如其言而流傳至此桃花三郎狀父云父産先漢厥字卓愕姓

氏劉唐兒方墮地形體譎怪身有丈長見者聞者曰茲超常時大則如邱壑時小則如蟪蟹東山之側西山之旁遇者三獐女見畫哭男見坐狂獐即言曰此子非凡忽目渙翁胸有三郎天爲之幄地爲之房萬物萬生皆女文章父始之記後勿可忘祈季桃花郎序云余邑有二大士一爲青葉髻一爲婁至德不知吾雁行中尚有三郎也三郎以古奥之筆寫蓼莪之思是菩薩而孝曉懷故國意敦鉤鈴是菩薩而弟下筆若古王厥斑而一段樸老嚴肅之氣行於紙上是菩薩而文章一門三大士如三珠樹黄面夫子之位兄弟同登不愧二難矣而其顯靈於花源者何也或謂三郎欲取醍醐至教淡蕩仙靈瞿曇微言闡導瓊笈余獨謂不然我有楬公恂恂孝友吐納風流學者宗之與三郎同調故三郎擇地擇友願與阿郎唱和也其顯靈於花源而語不忘公安者何也以兄居水國弟居山崖肝膽相照何妨各歸四海辟楬公田祖異姓通續情同水乳幾季無一字千里若同堂三郎蓋隱隱取吾兩人以自況也余讀楬公之文歎羨不已並喜三郎爲如來世胄且與我同鄉足爲梓里光也故喜而弁數語於首

湖南文徵卷四十九

湖湘後學集編

尺牘元明

荅所中書

歐陽元

猶是癸卯年敘譜以來今三十有五年是時不肖與所中俱在弟子之列每思幼從兄弟之樂今復欲爾尙可得邪去夏謁告詞垣假道江淛初意徑趨洪袁一訪故里中途劇暑遂與願違老僕還聞族中諸公相候甚久令人慚悳無已茲遠席宗庇自忝從臣恩及二代兼蒙賜碑尤出望外受寵驚懼蒙書乃以賀言惟重怵惕祖塋題表之喻僕何敢當第曩歲侍親春陵見元

公家數世之墓皆太守方孚若爲題之他日援此故事或得一名筆表識亦未晚也賤迹近叨兩召貧病交窘行止未知攸措吾姪何以告之儀翁還專此占復潦略等幾乎照

又與意山書

歐陽元

元壬午講亭之別於今六年都下蒙惠書送書人乘便卽行往往不別而去不及報書爲歉方馳仰間令郎至薦辱佳翰承寓居春台壽履康裕殊慰殊慰文集舊序如戒更寫令郎所著易問辨甚佳已爲作序第媿病餘意緒不佳乏好語也令郎氣宇明爽因推其生年日月非常行當擢科吾兄收義方之效享榮養之祿計日可待也弟蹣跚如昨右臂時若風氣流注大爲所窘最是文債日生無少休息令人悶悶未卜會期惟以道珍嗇草草伏希尊照不備

荅劉申齋書

歐陽元

元頓首再拜復書提舉聘君申齋先生丈席卽辰清和承體候佳勝濟南耆年有相之道不勝願見之禱吾宗振先來辱書且知姪孫宗任客臘參謁座下承緘寄雄文迨今未至不審何如亟稱督索端便復命隴阡樵采之禁事出當然流言之惑實無是也區區抱病三載始獲一歸心志凋殘舊學如失其不能爲先正大夫役也審矣適候卜氏女病振先就之相見借紙占酬凡有潦略惟鼎茵加毖以壽斯文謹奉狀不宣

答孫春洲書　歐陽元

元頓首再拜上記春洲聘君先生元讀天臺賦金聲嫋嫋吾耳將二十年識公於此蓋久昔人識心在識面之前斯謂知己族弟志行家人至辱佳翰勞問勤懇殊慰瞻馳第玉署遷之言此傳說者之謬幸勿過聽區區抱痾三年朝廷熟察而深憐之譬之病駒不任銜勒置之茂林豐草之地使之姑遂其性豈不有復可驅策者哉令郎才俊自當不乏知遇萬一邂逅在他人尚能推轂豈敢愛一援手之力於秦晉之戚哉价旋力疾占荅秋杪冬初必到防里胥晤有日餘儲面賦草略希照察不宜

再答春洲　歐陽元

元頓首再拜春洲先生執事元覊在史館與揭曼碩談江右人物曼碩稱譽足下文品在臨川孫履常何太虛間曾見咄咄逼人他日在知翰墨中益見故人藻鑑之高日者敝族諸弟子見過又知結習斯文固有瓜葛第愧才薄質淺仰慕前修薦士不得彷彿其萬一耳所求春洲詩及大字草草塞責報章遠勝作者子昂墨蘭自是佳品感媿無斁區區劇暑抱病趁便裁荅不敢先施倘幾照察不宜

與閭族書　李東陽

家門不幸兒子兆先遽爾夭折哀痛摧裂不知所措予兄弟子姪聞之當同此一痛也近累得家信要還居茶陵蓋聞有買田常州之說故爾緣常州去京稍近地利甚饒而田價驟賤又有諸知舊借銀買田數畝因令李順父前去一看實未能遽棄墳墓以往況今遭此大變就使得脫職務亦不過老於京邑非但不能歸茶陵亦決不能居常州姑俟葬畢卽呼去僕同京也比得董太守書云爲我造屋已蒙巡按淮行令人驚愕累日自念作官四十餘年不能一日庇鄉里乃復以土木筋力爲之累縱令出京宗族亦必借官府之聲勢財力於心誠不安而怨怒誚

謗亦所不免使得歸而居之猶爲得不償失今乃以虛名招實怨亦何所苦而爲之哉往歲碑坊之作在本家已爲多費而官府復屢爲之苦不早聞及具書辭免則其事已遂不意今者復蹈前轍而又甚焉悲愴之餘增我鬱悒用是銜哀執筆亟達此情望我同姓深爲體念亟告於官停此大役乃見骨肉之情非道路比也湖廣鄉錄尚未至二姪不審消息如何懸渴懸渴

再與闔族書　李東陽

近者家門之禍哀慟不可言已有書奉告矣嘉表來承厚饋且分田百畝以相贍給非骨肉至情何以及此但聞古人有分田以贍族者未聞有出田以供仕者某自登第以來幾四十年不能一贍宗族而顧辱此饋事之倒行而逆施者莫甚於此吾豈可恬然受之哉所有契本輒欲封還而嘉表以爲身受伯叔之命無辭以白執不肯從姑留一本以俟後便郎當寄去也復元到此輒病累治不效已爲棺殮買地葬之西門外明光寺之後聞其有妻及子女無所於託可憐可憐嘉敬舉鄉科試錄已到此則可喜耳悤悤不悉

與楊邃菴書　李東陽

僕哀疚以來百事都廢聰明不及豈復有所進乎樂府之擬實未敢草草亦未敢輕以語人高明者不以爲非則繼此猶可求教至於筆墨點畫未嘗有百日之功今日所寫明日已不欲觀以爲常病此病不差未可以言進也獨篆書法頗覺頓悟此業若成則於前輩不敢多讓別後所得惟此一端今爲邵楚雄作褒孝堂三字閣下試取觀之果以爲何如也時雍先生已遷廣東民牧到京尚未見面希大將卜鄰於我伯瞻之除甚慰吾輩但病未脫然時敏初試畢未會計當穎脫門生中有李永敷者亦非池中物高第二三輩南來靳解元者猶闕面談後別報怱甚語不成倫亮之而已

與巡按王御史書　李東陽

近得董郡守書云本州欲爲僕擇地葢屋巡按已準行此恐是舊按王公俯從州議而本州者又或有寒族子弟以鄙意誑惑而爲之也僕居京師累世作官四十年不能一庇鄉里豈可以木石畚鍤爲之累況祖父墳墓親戚聚處之所在縱令得脫羈馬亦豈能遠涉數千里外而用此虛名實怨爲哉僕屬有哭子之痛本不暇及第恐工役已興緩不及事故亟致一辭惟冀深諒鄙懷愛人以德公便中善諭本州早爲停止區區一身少免咎戾以覩屋宇之惠葢萬萬也

復徐都憲書　李東陽

病中屢辱存問甚感近寄到陳提學所修闕里志諒已經裁定紀敘詳整使閱一過間有欲商搉者輒附其下仍粘票於上以代面議用硃筆者病目新差取便於閱視初不計其僭後始覺之萬希清照古今文字頗亦增入數條並聽采擇先聖圖像聞用廟中石刻甓小爲之雖筆意可觀未審能不失眞否今將閣本諸書所載令京中名筆用薄紙摹出各附一幅亦惟擇而用之繕寫雕刻須良手仍校對眞正乃可傳遠固知精鑒及此然此事關係極重工不厭精言亦當不厭多也餘俟後悉不具

東西涯先生　　楊一清

僕謝病以來，自謂相見無期，不圖不幸中乃有此良會，豈眞有所謂數者存邪。喜看道體康裕，神釆倍增，天壽平格，以爲斯世斯文無疆之休者，於是乎在，不獨交游門牆之私幸而已。不才多事，以貽知己之憂，然內自忖度，實未嘗妄有作爲，體國之誠，天日所共鑒。今日之變，殆其自信太篤，任事太專，好惡太分明有以致之，是惡得無罪，俟命於天，順受其正，他非所敢言也。憂患之餘，百念都廢，飲量頗增，而爲病所困，莫克自遂。棋方大進，而制於蹤蹟，蓄不得施，斯二者尚不能託以成名，他可知已。餘俟再見乃盡。

湖南文徵　卷四十九　尺牘　七

柬劉用齊侍郎　　楊一清

今之人物，如用齊者，嘗擬之漢黃叔度之流，此非今日語，蓋定價於二十年之前矣。當此時勢難爲之秋，用齊居當言之地，而又有可言之機，顧以古君子及人爲念，所謂能寬一分，人受一分之賜，用齊之素志亦若是耳。至於潛消默運之妙，有出於人之所不及知者，蓋非用齊無足與此，而亦不敢爲他人言之也。若惴惴焉拘形泥蹟，以潔身爲高，而不爲吾人後來之地，此士夫常事，豈所望於用齊者哉。默識之餘，千萬加察。

柬喬希大少卿　　楊一清

師生之義，至希大而極，不待今日始有此言。希大之心，自謂盡其所當爲。夫自古聖賢，忠如伊周，孝如曾閔，亦盡其所當爲者耳。希大是心，爲孝子，爲忠臣，爲大儒，只是一般道理。予老病廢棄，不得相與以觀厥成，願益厚自培植，毋以宦成自怠，毋以時事自沮。他日山閒林下，有聞吾黨之士勳業光價，鏗鍧炳耀於時，以張儒者作用之功者，必吾希大也。勉之勉之。南曹清逸，脫繁就簡，希大素志，亦老夫之所喜聞樂道之者。然不須容心，其間俟其自至，則不必辭可也。

湖南文徵　卷四十九　尺牘　八

與劉郡守書　　楊一清

居上以寬爲本，然必濟之以嚴，寬以恤民庶，嚴以警吏卒，寬以植良善，嚴以鋤强梗，寬嚴相爲用，政是以通，民是以和。否則令出於上而閣於下，雖有良法美意，民將不被其澤矣。

寄湛太史甘泉書　易舒誥

奉別甚久，豈勝馳戀。近陳師魯監生歸，始知動定。往歲會蒙吉州之寄，極荷通家之厚，久稽裁謝。弟家居十餘年，中間憂苦患難，始覺昔時所學者妄也，乃欲盡棄其舊，以求古人所謂身心實用之地，使處逆處順，在家在國，隨其所寓，而各得所處之道，無顛躓潰亂之患，所謂應乎物而不爲物所累者，不亦曠然廣大乎？但年歲已增，好友在遠，恐無所成，何以教之？明秋先母服闋，或可北上，抑亦欲爲取友計耳。衡嶽勝地，舊聞先生每欲來游，此興儻果，僕得執役杖履，亦平生事也。乘便布區區，餘惟萬萬不宣。

又荅孫山人　艾穆

鄙人歸自絕塞，惟恐入山不深，何期除目忽從天降？所幸聖明感悟，又宗社生靈之福，若鄙人升沈，何足論哉！世態炎涼，諸交承以書來，率侈言榮進，而丈獨我規嚴善始善終之戒，大都海內義氣友朋愛之固若茲矣。鶴髮垂堂，烏養方遂，昔日狂瞽之謂何，而今忍心絕裾邪？第國朝事體，凡遇特召者，進止多不得自由，又身無兄弟子姪者，方許終養，然際此時會，當瀝血陳情，冀諧所願也。范丈云必也立朝增蹇蹇匪躬之節，諸凡爲宗社生靈大計，可入告者，我丈不靳以聞，俾得仍以狂直仰荅聖明，萬一而歸，庶不負茲行耳。

荅大司寇王鳳洲　艾穆

某從鄙屋窺春光者兩月，無由得翁迅發之期，徒悵結於心，恨天於棲霞之緣，不我與也。家乘得託雄文於不朽，後世子孫展而讀之，敎思甯有窮邪？某久懷去志，僅一疏而止，恐涉有心去得欠妥，亦仰承至敎云爾也。第禽鹿野性難馴，必欲羈之，終是裂樊毀柙而出耳。每與趙宗伯論出處大事，宜虛心平氣，要於其當。讀來敎，謹佩之，附謝復。

答毛具茨道長　李騰芳

二十年相知眞無如兄者，荒城枉重，閭巷榮之，深愧寒涼，不克相遲一宵，伸一茗一菜之敬，門下不以爲罪，方憐念之，至華文豐貺遠道見貽，厚則厚矣，曷以爲報。差使索書甚急，率爾附謝。僕近讀楞嚴、蒙莊，頗有所入，從此枯寂，心甚甘之，深信往因，朝夕不敢怠。竊憶鳳麟不多，敢以近刻三經奉上，幸付眷屬持之。門下性識恬遠，表裏瑩徹，大有道氣，當此際惟多作利益官民之事。南荒去天甚遠，大賢持斧至者亦難遇，幸勿以僕言爲迂。

答蔡槐亭　李騰芳

紫氣飛度，憾無關令先識，空自悵悵耳。陸生來，承惠教，墨深荷

援引之慈。金剛三十二相一條，從此明豁，二千年來註疏皆可廢矣。台諭三譯合刻，容卽圖之，但敝邑未易得二譯本耳。偶刻三經之小本附覽。陸生金陵男子，氣骨自異，文藪雄雋，明瞻自寫其不平，絕無近世仕紳山客勦竊虛誇之習，從此得往來瀟湘洞庭，點綴於山川雲物之間，亦嘉事也，如何。

與熊芝岡　李騰芳

寒巖絕壑中，萬念都息，但依依夙昔之雅，時往來於懷耳。又每聞時事，輒復作惡，古人削迹林莽便可自安，今則草木皆兵矣。頃於敝邑父母處得翁兄起居，輒敢爲訊。古今有趣之事，如文如詩如字如畫，如登山如泛水，今日皆可借以殺人，平生意氣朋友皆可操刀下手，惟槁木尸居，得一慈明守令如敝邑之父母，造福多矣。并聞。

案江夏熊襄愍公廷弼，字飛百，號芝岡，襄愍集中亦有與文莊書，東邑父母謂秀水包儀甫鴻逵也。包公爲湘潭令，在萬歷三十九年至四十四年，時襄愍方巡按遼東，督學南畿，尚未代楊鎬爲經略也。文莊初以疏救顧天埈，不報，投劾歸。朝議擅去，貶太常博士，三十九年京察，復以浮躁謫江西都司理問，札殆作於此時乎。汝懷附記

與楊修齡　李騰芳

聞之至人之心若鏡，君子之道如絃，觀翁丈表裏言動，眞有當

於是也。世界如許之大，賢豪如許之多，而三五僉人擾亂播弄，不勝不已，故乍清復濁，方息復興。昔人有言，四方虎爭，非聖所泱。山中枯朽，豈能料其終始乎，端惟翁丈之持世柄，寬大以收同志之情，峻潔以愉異類之氣，庶幾其有濟耳。往舍弟入京師，具一字爲候，値豸斧已南矣，遂不及達，後得大疏，垂念死灰不置，感歎高誼，徒有泣下。此生已矣，無德不酬，亮非所能，祇深人結草異時之想。拜賜太厚，旣不敢辭，又無以報，感甚媿甚，附此言謝，不盡縷縷。

案修齡者，武陵楊少傅鶴也。攷文莊以萬歷二十年成進士，年方弱冠，少傅通籍後十二年，其子文弱太傅後十八年，而

稱爲翁丈者殆以其年輩之長且與其子同朝也先達之謙抑如此札則作於斥官家居時惜少傅薦舉起用之疏不可得見汝懷附記

與崔兵備　李騰芳

老公祖豐規峻節清論宏猷某之心嚴而神景者已非一日天假旌麾儼臨湘上如日之炤如雲之覆當茲紀綱之始欣逢耳目之新但恨憔悴山中無繇隨父老子弟之後快瞻劒履爲悵耳薄具不腆少申賀私仰冀鑒涵可勝馳越

又

病廢以來沈疴困頓跬步不能出無繇瞻覲槩戟徒勤仰歎乃蒙寵以華楔恤以鏹金一之甚矣況又加以令賜乎方拜方驚且感且愧伏讀來諭委以譔記大匠斲斤借之庸手何以仰承不肖向有心痛之疾小發則數日大舉則數月二年之間薄劣蒙罰喪失兩弟摧心嘔血前病益劇老親旦夕汪汪相倚略說其情萬一老公祖之慈亦必酸然矣然既奉尊旨無所逃命但乞寬以月日呻吟暫已當具草以陳先此上復幷謝不備

又

台垣伊邇無繇瞻對徒切仰歎謬不自裁更有所啟往者待罪辟雍識吳人陸生修吉者而才之别去數年至遭奇禍遣戍茶陵囊木帶鎖而來衣不蔽形食不給口攜一子丐飯於江上偶一見之牽手流涕慨然想古人脱驂之誼而惻不能入茶陵一年衛官時束之以法飢餓累月近讀其文詞益憐之欲招至齋頭授書而無柰法不得以自便也查得長茶二衛皆屬老公祖幕府幕府執纛司鼓之役皆時時檄取二衛茲特錄上陸生文字一卷呈覽儻肎慨然憐才破格施令豈獨此子銜結無旣而不肖之慕義亦靡有涯矣泚筆署名時不勝懼竦深山長廢之人何宜輕有所陳説特在老公祖之慈明寬大或不過督也臨言翹企不宣

與韓求仲　李騰芳

山閒每讀邸報輒作惡數日以是不復經目偶晤包父母得見門下手書讀之未竟幾欲掩面而泣大抵憂能傷人竊謂門下之憂之甚也特此數行寄訊天欲殄絕善類使梟獍得甘心焉吾輩豈能與天爭若其不然將厚其毒未可知也何必自傷如此古人如蘇卿持節居匈奴雪窖中管甯避亂居海外試一度之今日之苦何如此二公何必自傷如此又吾輩三四人受禍同烈然年力壯而禍相未艾者無如門下一人又何必自傷如此家戶出入宜節詩文牘札宜少非眞朋友盡炎涼相者宜避且恐爲其所賣惟謹事太翁先生和調閫內讀書念佛以俟天命而已敝鄉人至京師者甚少然幸與貴鄉人合中苟有賢者連其機而用之豈無六國合從之勢但恐爲當事者餌之之法

卽大用其鄉之人以乖其向而散其志諸公如做文字者向後得一新句則幷原做題目起手主意都不記憶矣遇有心人可商之

與憨公　李騰芳

夜讀老莊大學論甚獲我心至楞嚴楞伽尚當有面請教處夫老莊大學公之所不屑道也而其精若此則二楞爲公之精可知而不佞尚欲有請焉者蓋以初學生淺之故耳然亦可以見不佞之愚癡而公之笑之也必矣方今三教中人材皆爲不可多得强半喬假者耳又不則死塊耳麟鳳如公不佞豈肎當面錯過但病祟作苦肩頂如負崇山暫難卽刻走謁特口占此以

訊起居道體艮霍然否亦須醫藥否如寶筏卽行則當以秋爽謁公於湖東祝融之閒珍重不一

答袁經略　李騰芳

國家多事議論益滋邊勢如此必一大創人心始定然能創之者誰與故無不汲汲望臺下爲今之韓范郭李也某起自謫籍當鼎革之時詞林偶爾乏人遂致躐躋非分負乘致戎所必然者臺下何以教之

與王大蒙司空　李騰芳

老先生學本闇然仕由直道微彰剛柔之妙非不肖所能窺其一班然竊以爲今日之第一人也承諭丹心鐵骨守雌守黑等語豈以不肖之愚亦有可與言者邪感佩感佩再承明問敢以臆對夫兵家之事有前茅有中權有後勁舊經臣特一前茅之任而其才亦前茅也不肖向固憂之今雖易其人然亦不過付得失於疆吏而將來不效再亦更之而已兵不可用必須簡練餉不可乏必須屯田此常談耳然亦不易之理不肖山閒之物豈合掉舌但向知己之前無容默默仰維台照不宣

與許同生　李騰芳

讀手教知太翁下世十四年仕資不得一命以寵其親如何使知者不哽咽也向甚爲楊湛我抱不平今特覃恩爲之喜獨於門下不能不一回一歎耳去歲僕本不欲出山老母以先弟之

故憤而病不容僕不行逮至京師而老母病霍然矣一年閒遂叨數轉躐躋非分故乞之金陵免刺人眼孔且得便道見老親從武林邀門下劇談庶少慰此生耳新天子英爽倍常廢墜畫舉士類拔茅茹連艮爲世道慶新輔五公才品卓然想自有棟隆之吉吾輩閒人但爲之開眼讀書閉眼睡覺開口喫飯閉口觀心如是而已太平與運門下宜早出膴仕雖非所懷但游山濟勝之具紗帽俸錢亦是要務幸細籌之

與許少微　李騰芳

往不肖在館中讀老先生諫疏痛快每欲狂叫但自顧慚陋未敢踵門請教耳辛亥之役比在山中遇岳石梁得聞老先生昔

心遠用中原不致遂陸沈者伊誰力也若不肖一綫不斬尺稊再榮敢忘所自新天子英爽邁世廢墜盡舉中外可望見太平閭家公深喜老先生以曹參代蕭何之意將來欲以司馬見借但願卽促鋒車毋更留滯時局一日一變緩急之機間不容髮妄恃心知不敢作套語伏惟慈諒

與胡充懷　　李騰芳

明公開田積穀搏力訓戎使兵食並裕正今日第一經國手也保定南臨中原北護燕薊東方有事京師震動如手捍頭非大材曷克堪之伏惟起居珍重以慰輿情兩承台諭且感且媿不腆聊以侑緘仰希慈亮

湖南文徵卷五十

湖湘後學集編

公牘　明

提調廣東學校示

甘鏞

爲學校事嘗謂學校育才之地朝廷風化之原作新勉勵實在乎提調之得人講貫發明尤貴乎師傅之有素苟爲師模者因循不與講明則生徒何從而取益任提調者習常不加勉勵學校何自而興崇日就月將因多廢弛邇者本職欽承上命巡按廣東事雖安撫軍民職在提調學校近體訪得按屬府州縣儒學師生與各衞提調學校正官中間多有不行用心勸勉講論以致生徒多以曠蕩不事本業多無成效緣所按部邑衆多地

里廣袤一時巡按未遍若不豫爲行移警諭誠恐罔知難爲遵守今將學校合行事宜條例仰廣東布政按察二司經歷司鈔案呈卽便備文轉行所屬衞縣備榜曉諭各該提調正官幷儒學教官生員人等依奉遵守毋事虛文庶不負聖朝建學育才之盛意巡按至日一有故違定行究問先具各司依準繳報

藩府膳田公牘

李騰芳

某等久居山澤聞見短陋勢隔體疏不敢妄有陳說但頃因藩王膳田一節前後文移沓至甚費老公祖苦心而人情岌岌不得不一冒啟如先議二藩共田四萬頃二萬鄰封協濟二萬派之湖廣土田再議鄰封協濟一萬其三萬必自楚出已經搜出土田六千外尚餘二萬四千頃此一大略已其派長沙一千六百頃湘潭九十七頃七十一畝未審合二萬四千之數而均派乎抑當時尚望鄰封協濟二萬而但以一萬四千之數派乎此文行於九年六月者不敢不一問也新又奉文云明旨搜括萬頃楚人褎如充耳如前頃土田實無可搜必須明白申說無得

含糊未審此一萬者即前一萬四千未竟之數乎抑鄰封止肎協濟一萬而留此以俟今派乎此文行於本年四月者不敢不一問也大抵敝省十七州郡秋糧二百三萬六千石有奇而長沙五十八萬六千石零則以一郡而當一省四分之一且過之矣各郡有糧一石至田三百餘畝者敝郡有糧一石多不過二十畝且又有一畝起科三斗六升者其不均何如也各郡之田春麥秋稻麻菽雜糧等項多至四五收而敝郡之田止一收各郡有湖蕩圩田敝郡盡是山嶠其苦何如也往者部派遼餉以糧起科敝郡亦曾力爭乃得起畝今不知老公祖之派從畝乎從糧乎如從畝則通省有田二百二十四萬頃而以一萬四千之數科之似田及二百二十四頃者始應派一頃四十畝本邑止田七千四百頃大約只合派四十六頃今派九十六頃得毋倍之乎即以當後派一萬亦覺有餘如從糧則藩田何故不得比於遼餉派畝之議此不敢不一問也夫自始事及今時非一日更兩臺及司道公祖議非一人豈有不審者哉但人病急則亂呼何暇選語請以省論省往溫公祖會引讓田之議比福藩之額奏以潞藩原派楚田二萬頃應還楚藩以蘇楚困本部現行文河南不識老公祖肎堅持此說惠我楚人否乎不然則以郡論郡敝郡有潭谷二府其遺業盡歸吉府而其後吉府莊田一十五萬六千一百三畝盡派長沙不敢瓜及他郡則今日衡

州雍府廢業應歸桂府而桂府新派之田應照吉例專在本郡何故又派之長沙也稱物平施事理易見又不然則以縣論縣敝縣衝疲比各縣尤甚往年吉田之派敝縣則三萬六千二百餘畝與益陽等而瀏陽則七十三畝醴陵則七千六百畝長沙湘陰則各一萬五千畝善化甯鄉亦各二萬七千畝何多寡之懸乃爾彼茶攸湘鄉安化同隸王土何竟無一畝之派也今日之役應照吉田原派多者減之原派少者未派者增之庶苦樂各得民無甚低甚昂之怨也夫敝郡敝邑百姓之賤士紳之少含苦茹辛不得伸訴於老公祖之前非一事一日矣某等今幸望見旌旗不勝舞蹈輒有四願一願大慈續前溫公祖之議請

以潞藩二萬之田讓歸新藩則全楚褆福二願查原派遼餉之例改派糧爲派畝三願查吉田當日不累衡郡今乞比前例不以波徽郡則一郡褆福四願查原派吉田十二邑多寡之數通前後苦樂無甚偏畸則一邑褆福凡此四事望老公祖以救焚拯溺之心即刻施行某等上干尊嚴無任戰慄待命之至再查部文中未及耗銀本邑桂藩供正銀不足三百兩而耗踰五十金亦太甚矣從來編正供原無增損每年加增盡是脚耗致成書歲改月易皆吏胥解役之利百姓之苦也夫錢量數千金可屬之一二夫齎運者批文數頃可併爲一頃者通求老公祖片語即爲膏澤某等多言之罪幷祈矜宥不宣

淥口把截艤船公牘

李騰芳

敝邑之馬一壞於積棍之包當再壞於鄉民之賠累三壞於市人之充報四壞於官馬之俵養以致上下束手無策而借資於艤豈得已哉本末具於前後縣令申文老公祖所洞知也原艤轉販於南贛今從於湘潭艤苗產於衡山酃縣茶攸湘鄉及敝邑之遠山而種以閩人鬻於湘潭蓋諸流之所會而賈舫之所集也縣官與士紳公議借諸商人互用以代公家之急行之數年頗不失事頃突有醴陵之積吏晏承光來自淥口鳩黨操戈凡艤船自上而流下必攔截取稅有不從者必殺其人而掠其貨威勢已同於大盜矣若曰艤者公利而醴人亦得與分乎則

貨不產於醴賈不鬻於醴醴之水經淥口出而上流蒸湘之水不過淥淥口本小鎭而斜插於江如此輩自淥口出江把截湘潭之艤船而非醴船也使其爲山澤之雄操專利之術不但截醴船而敢於截通江之船其事體聲勢亦非小可且艤出於衡山酃縣茶攸湘鄉諸邑而諸邑之人不爭艤船行於衡山茶攸湘鄉諸江口如雷家浦銅錢灣朱亭等處難以枚數而諸江口之人不爭何哉無亦謂貨之集有所轉販之商賈有投落交易之處如買木者必於荆州而木則四川建昌及諸夷洞之木買布者必於臨淸而布則湖廣南京湖松蘇徽之布事理皆然人所易見至晏承光借楊孝廉爲指名而孝廉前至敝邑稱其非

己則戎自晏興明矣不然如敝縣孝廉士大夫亦頗有人而不聞敢有攙敓之謀則賢者自處亦必有道某等合詞冒干必祈老公祖盡法處此輩以安地方以靜囂爭以利敝邑馬政幸甚幸甚

馬政條議

李騰芳

自予燥髮以來見邑馬凡五六變矣始則以大戶名馬而市儈爲兜儈受直不勝多然隨手蠅飛僅以一二款段枝讒急則丸泥其戶竄井匽閒急過則出以大戶價少告矣或旦竄夕出或夕出旦告儈無不利而馬無不害於是去儈絕兜揀貞大戶役之一年貞大戶矣二年大細戶半焉三年則窶人者盡是於是官收直僱民馬以遞始則自丞至尉繼則自吏胥至皁隸皆遞爲戶而縣遂無馬從傳東西至者各以其馬直送其所之而止予親見分守朱公三日不得行乃掉舟去予往京師自借七騎入郡爲長沙人盡牽之且戟手曰吾代汝湘潭百餘差矣此証

足償益聽子馬爲官馬也烏乎馬之敝至是極矣其後仍報大戶仍用私兜六七年閒乃議官養而未見其有決然可行之畫自包大夫始克行之其議曰中湘馬政之弊莫甚於私幫而欲絕馬戶私幫之害莫善於官走先該署印同知孟師文置官馬一百二十匹以百匹存縣掣差以二十匹發黃茅堡接遞法頗可行但事緜驟搠制未周詳應募多係游人負乘半爲蹇足自卑縣嚴加稽覈力革宂差人情稍以貼甯奔走庶無廢命第此方驛置委屬上衝百匹之蹏纔輪兩日故馬戶除所領官銀三十兩外私幫尚且無算以致破家析產毒徧閭閻今已禁絕私幫若復過爲裁損非特有捉襟露肘之歎亦恐滋物極必反之

虞用是腐心區畫裒益適均務令官走可常庶得私幫永絕謹列爲六議於後一曰增馬額嚮者全書載額馬八十匹其實民閒以一匹馬爲三匹也今當如孟同知議增八十匹爲一百二十匹雖稍溢於全書而實儉於民閒之倍溢多矣二曰定馬價湖南之馬僅中下駟耳每騎可銀八兩又裝鞍轡銀五錢凡銀一千二十兩三曰募馬夫以一夫字一馬可工食銀一兩八錢凡銀二百一十六兩四曰買馬料一馬之飼可銀一兩八錢凡銀二百一十六兩五曰造馬廄合百餘騎而點押印烙於是乎在須有宇以蔽霜露烈日可費銀八十兩六曰馬既具矣秣與御皆備矣可操轡而馳矣然或差羸而騎乏則議一馬月可八

差每差連包座遠近均算給官銀一錢二分一歲一馬九十六差銀一十一兩五錢二分凡得銀一千三百八十二兩四錢以上共爲銀二千九百一十四兩四錢舊徵於庫者一千九百二十兩協濟於安仁者一百五十兩奉文新增者四百八十兩凡銀二千五百五十五兩而刱始之年羸用三百五十六兩有奇議借於次年益次年則無用買馬矣無用裝鞍矣無用造廄矣止給馬料夫食差價銀一千八百一十四兩四錢而廄黴須修歲酌給銀五兩賸銀七百三十兩六錢除扣還前借外尚賸銀三百六十六兩二錢至第三年則用賸銀七百三十兩而馬至三年無倒損難矣議每匹找給馬價二兩實淨賸銀四百九十兩零六錢合兩年計之賸銀八百五十六兩八錢但祈寒盛暑風雨泥塗駑馬勞人飢凍疾痛損益利病之數豈能逆睹要在臨時斟酌補救持之以定手濟之以妙思雖百世不刊可也問之吏民徵及漆女輒憂牌票之濫差使之橫云有票外帶馬六七匹者云有包重二三百斤一驛須數易良馬且須人擡者云有折乾二三兩者云索之不得至以碎瓷苦刺雜置馬衣中致馬背立裂而死者悲哉今幸當道至仁濫橫斂手而卑縣亦惟有鐵腸冷面爲重繭裂膚之駟請命耳無庸縷陳於牘

行戶馬議

李騰芳

追維邑馬之獘何本江起升包儀甫鴻逵楊賓先通守三大夫皆經更刱余皆叨贊末議而今之所行者楊公之行戶馬也公初下車余在茶陵之雲陽山是時僉報街坊走馬市人如蹈湯火言利害者紛紛無所定及余歸公首以黔中之例皆行戶走馬爲言每馬一匹官定銀百兩私幫更多潭馬止二十四兩不足必請於上司增之余微笑而已其後邑人復請公爲中文屬余作書求增馬價言之至再余應之曰爾等不見成書每馬一匹定銀二十四兩前有增六兩者上官嚴駁今文案尚在可考也此事談何容易其後公見過密言曾乘閒以此事祈某公而

某公不可始知余言之不謬云是時門攤之議起而主之者州同蔡益齋也州同雖起家椽史後學佛其性憨甚其所作門攤議多出寫狀人周之觀劉崑璧之手事皆不可行頗似唐人關架宋人手實法而雲圃蔡公主之其說遂熾雲圃蓋實見州同之心無他而不暇察也又市人畏僉報者皆頂香羅拜州同州同色益自得持諸鄉紳所批手本强余批余不可一日雲圃見過以言侵余曰向家叔不曉事不以手本求老先生批而使諸老先之故見忤耳余曰是何言與當道每每密向余言謂吾邑鄉宦頗似土官每私批百姓呈狀以壓有司何不竟自決事余不敢不戒也時劉碧原在座曾共聞之及雲圃赴選而石軫餘歸亦頗惑於益齋之言余但唯唯至門攤已定而求收銀之人不可得楊公見教云衆欲借姚我揚張闢南可否余曰彼非鄉約長安忍以如此待之不若即以刱議之人仔肩此耳越數日公又云蔡州同決不肎恐人將遂碎其居余曰如此則是人情不願納銀彼何不先度其不願而造此議已造之而使人當其不願則事何由辦余向所以不批手本者固知有今日也於是楊公遂盡劃去門攤之說而力持抽行戶身用一則適靑靛一行其利頗裕甘願承馬而議始克有成雖然靛之爲物產於諸山徧湖南郡邑有之非邑之獨有也潭當水陸之衝商賈湊集故得借之以駕御諸商而爲馬利也如趙開之在陝西專用榷

酤以佐張浚經略西蜀而財用遂饒陽明先生之討宸濠但用贑鹽行袁臨吉三府而軍餉不乏古人權宜取事余甚佳楊大夫之爲而所以默贊之者亦不少故靛行承馬五十匹其費之多少力之難易不可知官亦不問所謂民可使由之不可使知之也有等姦民財不足以鋪山力不足以招客信不足以服衆而但欣其獲多故各朋鑽馬一二匹借此入身以爭靛而又有不走馬者但借勢家奴僕之名以搶船山客賈人至破頭折臂覆水撞石喪失性命者往往而財貨無論矣石軫餘書云所慮市儈頂馬鑽充復串同宦僕巧行截奪以威勢則宦僕以名色則馬戶善哉其言之也今遇當事威令素著此輩固不敢然移

易其說而爲歸總爲入庫則其計愈巧已享其實而委官以名一或不察則甘予姦民以厚實而自受其不美之名矣何以言之夫每歲之靛或云一百萬或云八十萬或云五十萬言多者則色欲飛言少者則貌欲瘁余曰此何必論其虛實果實而至於百萬以一包二分入官計之則爲銀二萬使入庫而有此名美乎不美乎今黔兵甚劇湘潭正黔督所轄之地儻聞此風具疏奉旨取强半以入黔爲之民者死乎不死乎爲之官者苦乎不苦乎良工不示人以璞愼哉愼哉今又言減靛至八十萬減銀至七釐但腳馬之價原止二千四百兩乃不啻倍之此謂名之不美一也在姦民之言不過曰我等生意不均藉官收而分

之庶無肥瘠而大夫亦甚憐之姑爲之平其出入作菩薩一子想耳然其句稽考較勢必用官差用鄉約用巡攔而出納必由吏胥此輩皆不欲其均正欲其不均但求自饜足而止將來利入漸微不但五六千金不可得卽千金亦不及此時何以自明而馬急人解之禍不必言已是余之所憂也若夫山市之賈苦於經紀夾帳其入官者如此則夾帳亦如此但取益於賈決不肎自損而賈心不堪則相率而散於衡山湘鄉湘陰及遠之閩贛皆不可知此賈人自能言之余不必代爲之贅

巡按山西勸民息訟示　陳純德

照得世教不立獄訟繁興毋怪海內之多故也誠使斯民人人親親長長耕食鑿飲太和直在宇宙間矣本院初涖晉中每告不下四五百紙古稱唐風儉樸何今之囂也諺云官司莫打賊莫做葢小民做賊或迫於饑寒或起於賭博或成於所交之非人或由於祖父之積惡鄉鄙之官府治之多方磨之至於健訟州縣不已鳴之府道府道不已控之撫按一字在公身不自主耕耘不獲盡力於南畝貿易無以畢智於經營可惜有用財產費之衙門及至累窮賣兒鬻女甚至事中拖斃又甚至持刃相殺怨結子孫寃及來世以此推之方言洵有見也大抵事勢

相持莫妙於一讓橫逆相加莫妙於一忍能讓且忍訟何自生每見些小微利動成大訟當思較之公庭所費孰多房產相爭訐告不休當思訟成竝已前之房產或賣一語相詬一掌相擊忿不能受當思一入公門衙役之凌鑠上官之扑笞其難堪更甚至於醉中狂逞當思醒後難逭刑章色裏生嗔當思事完了無餘味若夫架虛逞刁捏藉拖陷當思返坐何從解免常常如此思量好勝之念自消和平之心漸養無訟可興而太平有象此本院之深願諒亦爾百姓之所同願也其幸諦聽毋忽

督學北直訓士規條　陳純德

照得畿輔首善人士彬彬本院承命衡文朝夕飲冰惟不克負荷是懼日取欽定學政全書反覆紬繹至詳且切固宜是訓是行人才日就長養國家收多士之用矣乃時事孔亟動歎乏才豈上下皆以虛文相求相應歟使不提其要約叮嚀勗勉奚以宣聖天子作人之化也因列數則於左

一敦實行從來士先德行古訓詳矣而實則難言之夫士方家食飭躬砥行不過孝弟廉讓是其大端如朝夕承歡徐行後長臨財毋苟卑以自牧自是知能之良行己之正有何難事而更時誡子弟之囂陵忌鬩黨之爭競言言愷惻事事端良久而一

鄉慕之既且一鄉化之風俗盛美只此便是素位經綸草廬作用一行通籍誠心質行上下交孚事業勛名卓然表樹則實行何可以不敦也

一崇實學士人咿唔諷誦何時非學而實亦復難言之嘗考國朝先正博覽羣書通達治體一當事任大之奏績於安攘小之呈能於撫字海內熙饒清和咸理厥有繇矣爾來士子止知耽情章句腐志時文矻矻窮年不越此習蹶者固貽誤終身售者亦茫無識略每臨民而撫馭失宜治事而倉皇莫辨甚者率意條陳罔語世務國計民生重階之厲夫聖主之所共勸上理者惟此讀書人耳乃不讀有用之書而止以帖括從事虛度一生

則亦大負興學育士之意矣從來正眞經濟俱從正眞學問中來如九經性理通鑑綱目大學衍義諸書其中理學治道循常理變何所不備讀其書如身當其世親見其人親經其事以此應舉則寫其胸中所素有如以家裏人說家常話何等親切何等透朗以此當官則行其胸中所素裕如以去來人行眼前事當機迎刃劃然理解同視無用腐儒孰得孰失則實學何可以不崇也

一維士風夫膠庠立而學行歸實文氣還醇此本院所深願而猶不能已於諄復也如士而愛親敬長雍睦一堂其風藹然儻有親而事弗竭力有長而敬不由衷有子弟而教不式化風斯

悖矣董帷攻苦偃室絕蹟其風凜然儻以公庭為市而乞憐嘗鼎奔走趨承恬不知恥風斯靡矣甚者包攬錢糧起滅詞訟既鮮急公之義復長凌競之俗則澆惡不可訓是又膠庠之蟊賊而士風為掃地矣雖然風有自焉本院通籍以來矢公矢愼豈督學而忽喪其生平其或不勤不公徇情畏勢以致夤緣得行孤寒見擯風軌先壞其又何望於諸生一念樸誠幽明共鑒當非以空言相勗勉也

一收士用國家需人孔亟而奏效無人噫是可歎也要之士為四民之首自可藉以鼓舞眾心倡率羣力方今虜寇交訌民窮餉匱滿目流離道殣相望撫輯綏懷大費心血士生今日出而

拮据當局，先宜成算在胸，處而目擊時艱，亦宜借箸爲助。一切保甲城守，聯絡衆心，日與地方官實實講究，無事恆爲有事之防，一旦有警，整暇有餘，人心鎮定，上以鞏朝廷封疆，下以全身家性命，即此便見經濟。起從王事，斷可識矣。吁！士無實學，何名爲士？學無實用，需士何爲？本院切實指點，諸生毋泛視之也。

湖南文徵卷五十一

湖湘後學集編

駢體上　疏頌表

經筵預備講讀疏　正德七年三月

李東陽

頃奉旨令所司預備經筵，臣等聞命忻躍，卽令講讀供候。經月未蒙宣召，惟聖學與君德相關，經史乃政化所出。自古帝王視爲首務，本朝列聖定有成規，經筵以十日爲期，日講則每日從事，蓋欲功無間斷，庶幾學有光明。伏覩陛下聰明剛健，卓冠羣倫，自春宮進學之時，至正德紀元之始，躬親誦記，默聽敷陳。比歲以來，漸殊於舊。臣等或祗承顧命，有常常請出之言，或同被

簡知，有職專提調之任，陳力不能，已負扶持之責；受直怠事，難逃貨器之譏。況外患之未平，豈內修之可緩？用是仰祈萬乘，俯鑒寸心，數諭講筵，特修故事，使臣等得以開陳講說，上啟宸聰，徵聖賢有用之言，保宗社無疆之業，天下幸甚。

考察自陳疏　　張治

臣湖廣茶陵州人由正德十六年進士改庶吉士授翰林院編修歷任左春坊左贊善左春坊左諭德翰林院學士南京戶部右侍郎改吏部右侍郎陞左侍郎兼翰林院學士掌院事伏念臣器非宏遠識乏該明學不通古今之宜才不適方圓之用徒以一介之鄙賤幸逢千載之休明始焉濫祿詞林尚未稱編摩之責繼乃貳政銓部曾莫贊均統之猷洊歷寵階冒嫌虛授坐糜年所積愧空餐報何有於涓埃恩實隆於天地頃者復援小宰之敘仍使再躋館閣之榮顧二秩之兼華何寸長之可錄銜未深於稽古豈堪備顧問之司才不足以濟時徒自切經營之

志雖駑足十駕敢不勉於馳驅而蚉力戴山終難勝其負載愧慚非據永惕在梁況乎秉愚戇之資恆以忤物加之以踰分之福必至招尤茲逢聖治更新之時適值國家考察之典如臣者在羣眾最爲庸劣其黜罰在所宜先伏乞恩施即賜罷斥以具瞻之重地祈改任於時賢如此則官得其人將不容以倖位物還其分庶獲遂於生前下可協輿論之公而上可昭邦典之重矣

辭免內閣重任疏　　張治

嘉靖二十八年二月二十九日該吏部差辦事官陶闔齎咨到臣內開吏部等衙門會題奉聖旨張治改禮部尚書兼文淵閣大學士李本陞少詹事兼翰林院學士俱著在內閣辦事寵命天臨臣民驚喜里巷傳播以爲儒者至榮臣不勝感戴天恩慚悚伏地五內戰汗罔知所處謹緣陳力之義上布披瀝之詞臣竊惟我國家內閣之設所以輔承樞極參備論思雖事無專成而職親要地至重任也祖宗之慎茲選匪爵秩之拘惟仁賢是任後乃資望竝論蓋才必試而後見勞以久而能積也逮我皇上臨御以來簡任卿輔尤切審求近因員缺久虛至勤少待之

旨仰見聖明慎重之心即古帝王疇咨之明而上法我祖宗建立之初意也伏念臣草茅末品粗識篇章樸愚乏通方之知迂疏非濟世之器徒以遭逢昌運竊祿詞林幾三十年初無尺寸之能仰答天造坐糜歲月洊歷通階雖先後五校文武之科出入兩貳南北之政亦惟碌碌隨人無所表見頃歲謬荷聖恩擢司冢宰臣雖不勝犬馬思報之忠而位崇務寡功薄心違每懷尸素切抱深憂豈意天慈即加收錄不遠數千里之外拔諸稠眾人之中俾參綸閣職以論思夫德薄而蒙非分之榮勞微而處非據之位臣所爲慄慄危懼而不能自安者也矧惟皇上神明睿知覆載如天地照臨如日月遠覽獨識超絕古今每大政

大猷一經聖斷雖老師宿儒不能仰贊一詞而大烈成功昭垂宇宙有古帝王所不能一二舉者夫豈臣下區區思議可得裨贊萬一哉且握圖御極三紀於兹聖澤所被愈深愈厚然而祈天保民思賢圖治惓惓聖懷未嘗一日忘焉此則數千載難逢之聖主也當此之際誠宜博求英碩或簡諸宅俊之賢或采諸遺逸之彦務得眞才俾之左右宸幄庶幾仰承德意相與究太平之業顧臣何人而可與於兹選哉雖聖主之恩天地曲示優容而朝廷之事豪髮動關利害使臣不自揣量貪冒榮寵靦然受任則不惟上負聖皇知人之哲抑恐妨誤國事苟至顛覆臣雖糜殞何能自贖伏望皇慈俯憐愚悃特寢成命俾臣仍舊供職庶楩梓之材可以收隆棟之效而榱櫨之用亦能參構厦之功矣

謝賜銀幣疏　張治

嘉靖二十八年七月初三日伏蒙聖恩頒賜臣等各銀四十兩緞羅四表裏者臣等謹就直所叩頭祗領訖除同臣朱希榮等具本恭謝外伏念臣等猥以凡庸叨陪禁直濫從動輔獲上天階引步若驚沾榮倍昔詎意天恩之浩蕩特加錫賚之優隆束帛兼金竝一時之穠縟殊恩異數慶千載之遭逢揣分非堪撫躬靡措仰惟皇上凝神大始合德佐元明禋之誠上孚於帝鑒洪釐之慶茂集於宸居萬壽萬年愈昌愈盛臣等初塵供奉未効微勞遽冒寵私實增慚悚矧才同轅綫何所補於袞裳顧詞出芻蕘尤難章乎粉藻仰承天度曲賜貸容更荷眷慈愈慚稱塞感獨深於銘刻報矢竭於捐糜伏願神禧如日方升聖壽與天竝永撫環輿於有道衍寶祚於無疆

謝賜飛魚衣疏　張治

嘉靖二十八年九月十四日欽蒙聖恩頒賜臣大紅金彩羅飛魚衣一襲臣不勝懽戴不勝感激謹稽首頓首稱謝者伏以衣裳在笥命德昔重於五章宮錦飛華受寵特逾於三錫顧茲草茅之賤質仰叨天地之深慈鴻賜駢蕃慶膺渥賚魚袍輝煥復忝殊恩露頭仍於風濤製出天機之巧絢翼鱗於霄漢榮增縫掖之光龍雲自慶於遭逢鵷翼深慚於塵冒撫躬跼蹐拜賜驚惶仰惟皇上道德光華服堯佩舜文章炳煥緯地經天草木何知衣被卿雲之燦爛魚鰕至陋涵濡滄海之汪洋臣運際昌明幸獲攀鱗於江漢官陪密勿曷能補衮於山龍謬承特達之知獨拜非常之貺昔唐人以口脂面藥猶侈篇章而漢臣之紫綬青囊尙流史冊況被聖時之異數茂章儒服之至榮念魚水之遭逢千載而難遘顧乾坤之德豈百身之足酬臣敢不益奮愚忠思效銜珠之報期昭素節冀無濡鵜之嫌惟曳尾以勉圖矢佩服而罔斁

賀雨疏　張治

頃以經春不雨二麥未滋聖慈軫念降諭禮官躬禱逾旬四月初四日再敕申祈下諭之初雷雨隨至初八日秘叩上元仍遣官徧祀神祇是午雨澤復至自後十一日雨十二日又雨臣等誠懽誠忭稽首頓首稱賀者伏以王者求端於天斯應變必以其實人君躬行於上則修輔克有其常雖災旱之來聖世有所不免而感通之理鬼神實潛其機成湯罪己於桑林帝堯儆予於洚水豈天道之云遠亦明徵之在人仰惟皇上德合泰清道超無始運神化以康萬類立四大於域中建皇極以協庶徵錫五福於天下居九重之上而志切閭閻享四海之供而憂勤畎畝往歲祈年於上帝既累錫以豐穰乘春敷賑於下民咸昭甦於煦育茲者經時不雨顧彼百穀未滋實由庶職靡修致此兩儀愆序爰上廑乎宸慮乃秘叩於重元默抒精一之虔肅致再三之禱誠在幽而必貫德無遠而不孚先地先天斡元功於無象爲雲爲雨慰農事於有秋神液布垂陋成都之噀酒泰和感召羞魯國之焚巫蜥蜴禁而匪靈麟鳳輕而讓瑞歡流原野慶溢寰區臣等矯首土龍久渴雲霓之望同情草木幸沾膏澤之濡感作霖於殷書彌深激切頌其滂於周雅莫罄忻愉伏願知天之天而邦本永寧惟聖曰聖而神庥滋至曰時雨曰時暘若叶徵美於箕疇書有年書大有年揚耿光於世史

賀白鹿疏

張治

嘉靖二十四年恭遇永和王奏進白鹿上祝萬壽聖節者臣等誠懽誠忭稽首頓首上言竊聞王者法先聖則白鹿來人君有盛德則瑞獸至蓋禎祥之興實由王政而天授之美匪以人爲況應時而來以萬壽之辰稱名而得夫百祿之義屬光華之在旦仰休烈之丕宣兆庶歡傳百僚驚喜仰惟皇上元德孚達溉澤宏敷上下與天地同流功化備聖神之極致和而育萬物惠何屑於放麑顯比而用三驅仁殆同於解網羣生蒙被淪骨髓而浹肌膚異類涵濡洽飛潛而沾動植用是帝心悅豫協氣薰蒸珍瑞奇祥不一而足維茲白鹿貢自藩邦孕秀瑤光騰異形

於華野含精金昊逞曜質於芳原濯濯不驚宛在文王之囿蹌蹌率舞依馴舜帝之庭匪煩力於虞羅如有感於王化蓋鹿壽所以表靈長之慶白色所以象明德之成昔聞獻環於崑池而式啟道符投神於李母而肇開鴻寶紀牒所載固可謂希世之殊祥聖志謙沖猶以爲盛德之餘事可以播歌詩而奏郊廟可以被管絃而勒鼎彝無疆之徵端在茲矣大來之慶其有替乎臣等幸際昌熙樂觀靈貺校書藜館愜羨美於前聞載筆執林願揚休於來史伏願懋敬德以承元眷隆至治以慰羣心麟鳳來游萬國頌泰和之盛犬戎不殺四郊藉昫育之休

謝遣代祭先師孔子疏

張治

伏以六經之道如日星聖人垂彝倫之教萬世之功配天地辟雍修報祀之儀禮特重於右文事莫榮於代攝顧惟謭陋詎荷眷私祇拜綸音豈勝忻悚仰惟皇上日新治教天作君師學紹正傳茂建中和之極統承往聖丕昭制作之權地緯天經參兩儀而竝位金聲玉振集百王之大成飭典禮而崇先師忻覩上庠之殷祀備情文而昭馨德肴稱過魯之太牢冠裳慶儒治之隆海宇仰文明之化伏念臣賦材樗櫟廁迹章縫學未成章得其門而入者或寡才非知道觀於海而所至益難愧乏秉文謬膺遣命瞻宮牆而陟降祇存如在之誠依鐘磬以登歌期賚思

成之祜入廟每事問庶妥精意於明禋舉足如有循仰奉天衷於淵穆惟深激切莫磬名言伏願登三皇咸五帝聖治日進於昌明祖堯舜憲文武道運允升於亨泰

致仕疏

陳尚伊

為自揣不職、懇乞天恩俯容休致事、曩辛巳秋臣以廣西布政司左參議入賀萬壽、是年冬叨轉雲南按察司副使、臣以母老告乞終養、仰荷皇上賜允、使臣得歸侍母側、藉餘祿以終烏鳥之私、恩莫大焉、家居來倏經一紀、揣分量才、卽捐軀難報高厚、癸巳春復蒙聖恩仍以臣任雲南按察司副使、大造無私、倏發螢光於腐草、陽春有腳、頓回生意於枯枝、臣又豈遑顧惜殘軀、抗違新命、束裝就道、萬里弗辭、豈意滇南之使、方新嶺北之遷隨轉匝月之閒、兩叨寵擢、臣之蒙恩誠至渥矣、正宜鞠躬盡瘁以圖報萬一、乃待罪地方、尺寸未樹、今遽告休、臣豈不知致身

之義者哉、獨念臣榆景已逼、蒲質易零、既非能為之時、才慚游刃、又無可為之具、識欠通方、衰與庸實兼之矣、夫衰則筋力難勝、庸則駑駘莫效、此臣之愚分所當安也、不知安分但知食祿、戀爵素飡可恥孰甚焉、此臣之告休所以不得不亟亟也、今歲大察、督臣撫臣按臣、非不知臣之衰庸於地方無補、意者憐臣初起、曲加成全、臣實愧之、今臣以齎捧至京、得遂觀光之私、安得不披瀝衷悃、自陳於君父之前乎、伏乞皇上察臣眞樸、絕無粉飾、容臣休致、別舉年力壯盛才猷敏練以代臣、則庶乎地方之蒙福無窮、素飡之芒刺可拔、俾臣日與田夫野老鼓腹而歌含哺而祝以終餘年足矣、臣無任仰籲懇切之至、

清理冤滯疏

周之龍

題為欽奉恩詔、清理冤滯、敬循職掌、開列科條、懇乞聖明、早賜批發、以迓天和、以彰大順事、竊惟臣等備員法曹、恭遇慶典、伏讀詔內一款、見監重犯、除欽依奉旨外、有情輕律重、律例不合、及人命無屍可檢、無證可據、強盜贓仗不明、並情可矜疑、及年老篤疾者、各該衙門卽與辯理、奏請定奪、詿誤逮繫者、該部輕重分別奏來、準與宥釋、見問人犯、或有事無的證者、不許深入、臣等仰窺皇上一念欽恤之衷、多方肆赦之典、卽下車解網、不得專美於邳隆之世矣、普天率土、蒙闓懌以洌流、犴狴繁填、益翹跂而思豁、臣等當恩綸未播之先、每逢熱審、則疾首於暄蒸、

尋值寒威、則痛心於垂斃、節具疏請、尚覬哀矜、矧今曠恩浩蕩德意維新、詔下之日、懽忭鼓舞、莫不謂纍纍諸囚、白骨再肉、而諸囚亦莫不抆淚掩泣、披重霧而睹青天矣、乃臣等而或仰體未至、將順愆期、是皇上本有非常之澤、而臣等閼之、匹夫匹婦本有更生之路、而臣等塞之、溺職曠官、莫此為甚、有如皇上問臣以不敏之罪、臣則何辭、卽皇上而或稍寬督過、臣則何忍、臣等清查各司獄情、參酌恩詔、除情罪如律、律例相合、及證據顯然、贓仗明白者、不敢援恩貶法外、其間尚有情可矜疑者若干人、事應末減者若干人、又法當再問者若干人、此皆推中情之至隱、覆眾議之僉同、既不敢骫三尺以惠奸、亦不敢泥一成而

淹獄皇上天縱英明洞若觀火必有愀然動色而嘉與冤滯亟爲一灑焉者謹將各犯略節緣由開列上請伏乞睿神省覽速賜批行則不特諸囚再睹光天祝聖壽萬萬於無極而臣等亦得遵奉德意毋溺官守以疏瀹非常之恩其所關天地太和慈闓大順不永有休𧨝哉臣等干冒聖明不勝戰慄待命之至

懇釋纍臣疏　周之龍

題爲錄期已荷恩綸纍臣未蒙量宥懇乞聖慈寬釋以隆主德以作臣忠事臣於本月某日蒙差司禮監太監某公同三法司刑科都給事中河南道御史審錄欽此臣仰見聖衷無不動念之所幽谷猶同有腳之春泣掩向隅冤平肺石皇上之恩甫需而普天率土懽若再生眞千載一時萬古一聖已惟是纍臣曹學程未蒙寬釋臣自慶典兩詔以來章凡數上臣雖愚昧豈不念小臣狂誖無知戇言觸忤當艾而故屢聒九重尊嚴之聽曲庇一介狗馬之軀哉夫亦謂學程言臣過激心本無他身爲十載羈囚露竢何日家有九旬耆母風燭無時萬一學程未遂首

邱之請而緊母先罹就木之變及泉始見終天含悲此必皇上之所大不忍而臣等之所大不安者矧今皇上軫溽暑之蒸作雷雨之解特下明詔大集多官輕罪悉與湔除重辟亦蒙寬假下車祝網何以踰茲而猶使戇言獲罪之臣久淹犴陛曾不得偕矜疑者同沐宏慈並從末減臣等所爲仰體欽恤俯共職守之謂何夫雷霆怒而旋霽其威益神雨露潤而不私其恩益溥今學程創艾已極困頓可憐狂而罪之以彰皇上之斷悔而釋之以昭皇上之寬霆霽雨潤不稱千古芳規哉抑或情有可原法難全赦俾引矜疑之例得從遣戍之條彼其白骨再肉捐糜何辭必能無二爾心益賈餘勇以罄生平致命之志以報朝廷

矜全之恩而令大小臣工薄海內外知皇上終不忍誅舉臣將益鞠躬盡瘁無不爲國家攄遠謀出死力明明天子萬萬斯年其所關主德人心匪細故矣臣等幸甚天下幸甚

再辭入閣疏　楊嗣昌

惟臣弱冠之年竊廕重闈之下青氈粉署時兼吏隱之懷石室蘭臺蚤絕童觀之志致使居諸浪度無學識之堪言狂簡不才曷風猷之足振迨遭逢於主聖甫敭歷於臣艱東西馬走八年南北烏號萬里痛廬居之始十九原腰領相從忽環召之驚傳一日肝腸頓割然而袵存金革猶堪從事於墨縗有如鴻漸羽儀孰與考祥其素履鵜不濡而宛在已聞興刺於風謠蠖將屈以求伸適恐滋疑於日者尚謂仁親爲寶何哉因利之心尚且凶恥未除遽爾割榮之望竊恐仰傷聖主知人之哲俯慚微臣出處之蹤臣愚不敢當也

臣罪顧陳未已疏　楊嗣昌

臣方以糾舉招尤，另疏仰祈斥逐，驚聞寵命，不勝徬徨。念臣二載典樞，負邱山之積釁，終朝褫帶，徹覆冒之鴻慈，沒齒無言，詎復朽雕之望，匪躬自靖，祇需瓜代之期。夫然後三沐三薰，朝以入請，夕以死，又焉知五章五服，死之日忽生之年，使微臣再忝互緋，笑失迴波之詠，臣祖父如霑誥紫，魂增不夜之歡。此天恩特達以無前，假禁族張皇而溥被，臣非草木，敢不欣榮。顧惟罪重罰輕，臣揣餘辜於未往，功疑賞懋，臣憂速謗於將來。纍臣之在縶孔多，尙爰書之未定，遷客則長安日遠，猶牽復之無時。如非大渙其羣，忍作中行之獨。此臣捫心清夜，愧悚交深，不敢不

瀝眞衷以祈聖鑒者也。失弓得弓，臣敢去楚人之見，刻印銷印，皇其宏漢祖之風。必成命之收還，庶愚心之少遂。臣可勝屏營俯伏待命之至。

神龜頌并序　甘鏞

皇上登大寶之二年冬，軫念太祖高皇帝聖神功德，大包天地，敕禮部摹功勒石，而隧道之碑趺弗稱，爰命臣民旁求。久之，僉謂都城之北曰龍潭，有堅珉豐甚，詔工圖之，乃獲石龜於其側，渾然天成，弗假雕斵，而厥象宛若元龜，文采交錯，炫耀人目。此誠聖天子孝感之所致也。臣忝列豸職，伏覩嘉徵，謹拜手稽首而獻頌曰：洪維太祖，躬致隆平，制禮作樂，治教休明，三十餘年，海宇清甯。天眷吾皇，繼體守成，懋膺祖訓，聿欽舊經，追維先德，爰竭孝誠。詞林有文，隧道有石，碑趺弗稱，聖心如慼。僉曰龍潭，有珉孔碩，祥雲覆旒，神龜在側。渾然天成，靡金靡璧，班諸孝陵，

用光泉石。亙古匪有，於今見焉，聖人大德，惟德動天。孝誠所感，天罔或愆，菶祿駢集，如淵如泉。聖子神孫，瓜瓞綿綿，於穆皇明，億萬斯年。

河清頌并序　夏原吉

永樂二年冬十二月十七日至永樂三年春正月十八日黃河水清凡數百里於是秦王及高平王相繼奉表稱賀上謙讓弗居羣臣固請咸謂不可不承天心以虛靈貺遂俯徇輿情受賀于奉天殿慶協神人歡騰朝野猗歟盛哉誠亙古以來非常之奇遇也臣伏念自古王者政平地出醴泉聖人在位海不揚波禎祥所見必有非偶然者矧今皇上以天縱聖神削平內難簡賢命官省刑薄賦恩覃乎遠邇德被乎蟲魚至和氤氳充滿無閒由是嘉禾生仁獸至野蠶成神龜出然猶未足以擅厥美迺至黃河水清綿亙數百里豈非天意欲

以彰皇上之潔白一心澄清九有內體乾德外著陽剛故特以此而爲休徵之應哉是蓋不獨爲皇上一身之慶而且爲華夏億兆民之慶不獨爲朝廷今日之祥而且爲宗社千萬世之祥矣臣原吉忝綴六卿獲瞻盛事雖菲才淺學莫克稱揚然忻忭之餘不容自默謹拜手稽首而獻頌曰

於皇太祖孔神孔武受命自天奄有下土綱陳紀立禮備樂明熙熙皞皞民樂太平龍馭上征作賓于帝羣姦肆欺搆難生厲穆穆我皇應天順人嗣承寶歷大命維新迺揚聖謨迺闡舊制億兆歸心蠻彝奉贄餘祲屛息至和誕敷天錫靈貺用作禎符既有嘉禾復有仁獸野蠶神龜迭見先後所發未艾黃河載清亙數百里湛徹虛明華彩畢呈光輝交煥澡浴日星涵濡雲漢無汚不滌無垢不消無微不鑑無藴不昭造化周旋孰爲臻此垂象從類以彰厥美繄皇秉心淵淨潔澄日新又新聖德孔宏爰熙庶務昭融洞徹光臨下土如彼日月體信達順上格于天天道不違因河以宣彼河斯清匪水所發維皇治功維皇心法治功心法曷徵于河源深流長遺祉之多聖子神孫繩繩繼繼於萬斯年永配天地

平安南頌并序　夏原吉

聖天子以皇天眷顧之隆太祖高皇帝付託之重華彝臣民繫屬之深不容釋乃御大歷服典司神人綱舉目張禮明樂備品物咸遂福祥竝臻五年于茲矣而安南賊臣黎季犛戕暴其君魚肉其民侵逼鄰邦侮辱朝使皇上以不可律以中國憲度逭誅曠罰久矣季犛不知悔禍益肆姦狂於是內而百官外而占城國名合辭請討皇上乃徇輿情命大將帥師征之中軍擣其中左軍折其翼右軍掎其角而占城舟師復扼其奔逸之路季犛自知罪在不赦冒死力抗然而上下解體兵散身縛其脅從將領邊遠部落悉皆匍伏乞哀

受命于吏請比內郡乃立都指揮布政按察諸司選用守令以撫安其眾累世逋寇一朝剪除報至闕廷內外稱慶臣按周宣王平淮夷唐太宗擒頡利當時文人咸形諸賦詠以紀宏休臣職備民曹敢不採摭事實揄揚帝載發爲歌頌以顯示無極頌曰

於昭上帝眷命我皇上承大統下撫萬方孰危未甯孰昧未明敷我彝典俾各遂成旰食宵衣不自滿假方趾圓顱咸藉陶冶嵩山宗泰眾星拱北駢首弭志無思不服相彼安南稊米黑子敢爾跳梁干我天紀命將往問出車彭彭彼頑率醜奮臂以亢乃良其徒雜錮是扼金鼓一鳴倒戈以北湯湯富良彼恃天塹我師飛越膽寒心顫土崩瓦解逃生無門草薙禽獮噍類罔存爰立師牧樹守設宰弔問無辜恤其饑餒乃甸乃宣于仁于禮簞食壺漿我皇久徯稽顙致詞始迷不知詎意今朝重覩漢儀歸語耄倪服我疆畎我怙我恃父母不遠仰視聖主億載萬年聖子神孫寶祚綿綿周伐淮夷江漢歌雅宋擒劉鋹凱歌獻社斯皆內地奚足揄揚矧茲駿功可無頌章爰摭事實載陳盛美勸忠聖頑垂示無已

瑞應騶虞頌并序　夏原吉

恭惟皇帝陛下纘承大統克勤庶政聲教誕敷仁恩旁洽天地既位萬物自育而瑞應駢臻不可殫記乃宣德四年春滁之來安有騶虞二見于石固山南京守臣襄城伯臣李隆以之獻于闕下詔賜羣臣觀之葢猊首虎軀白質黑章修尾隅目而其性甚馴眞盛世之瑞物也臣原吉退而稽諸載籍曰騶虞仁獸也天下太平人君有至信之德則應竊嘗考之往古惟見詠于周之詩人自時厥後千數百年之閒曠焉莫之覩我朝自太祖高皇帝肇興鴻業至于太宗文皇帝紹承厥緒積德累仁至深至厚海內康甯四方無警然後騶虞迭出

臣獲見焉及我皇上踐祚以來禮樂刑政號令法度之施一遵祖宗之舊與民爲信無所更革故和氣充周而茲仁獸復見于滁滁固畿內之地且又兩瑞竝出匹休儷美何其盛哉聖德之所感孚皇天之所眷佑于此端可見矣昔者白雉獻于越裳天馬來自西域猶且紀諸策書見于歌詠傳誦至今矧茲嘉瑞出于中國畿內之近者乎是宜被之聲詩以昭聖德垂示無窮臣雖拙于文詞然躬覩盛美不敢以默謹拜手稽首而獻頌曰

惟我聖皇總統萬方禮樂明備治具畢張民安其所物無疵癘和氣絪縕鍾爲嘉瑞惟茲嘉瑞匪熊匪貔匪角匪鬣曰惟騶虞元靈之文玉雪之質修尾回風雙瞳爛日饑不暴物行避生蟻由心之仁匪人之驅神行電邁千里一息其性則然不以其力侶游儷美同出一時不產他邦乃在郊畿守臣致之獻于丹闕自然馴伏聖情欣悅百辟環覩歡動明廷曰惟茲獸瑞世之徵惟天子聖聖德格天受天之慶惟慶之錫惟天子明聖壽齊天億千萬齡

瑞應白烏頌并序　夏原吉

皇帝臨御之五年實爲宣德之四年廣東海陽民以二白烏來獻進覽之夾賜羣臣觀于廷雪質瓊姿元眸玉喙怡然馴淑之態充然慈孝之心誠盛代之嘉禎太平之上瑞其出也豈偶然哉謹按瑞應圖曰帝王禮敬宗廟備于孝慈則白烏見又曰帝王肅敬宗廟仁孝篤至則白烏見欽惟我皇上稟聰明睿智之資備文武聖神之德自纂承丕緒以來夙夜孜孜勵精圖治旁任賢俊而興修禮樂旌別淑慝以振立紀綱明罰愼刑期民無愁歎之聲薄賦輕徭冀野有謳歌之樂至于承事宗廟則尤嚴禮敬奉養聖母則篤盡孝誠無一事而

不適中無一物而不得所是以穹祇昭格海宇清甯和氣充溢乎兩閒皇風彌布乎六合凡諸福之祥諸物之瑞莫不駢臻疊至以應昌期然不能一二足也故此白烏雙見于海陬而其民之愛戴乎上者不遠萬里貢于闕廷以兆我國家萬萬年太平悠久之徵以昭我皇上萬萬年仁孝廣大之德猗歟盛哉臣叨列清班獲瞻奇瑞雖才識疏陋不足以稱揚盛美然欣欣之餘不能自默謹拜手稽首而獻頌曰

於昭我皇聖神文武纂承丕圖撫有九土九土奕奕兆姓蚩蚩匪宏治化曷臻雍熙乃殫聖衷乃勤聖質宵分而衣日昃而食旌別淑慝登崇俊良制禮作樂振紀立綱禮樂昭宣紀綱明肅惟賦惟刑是輕是恤百度既飭庶績咸熙仰惟宗廟敢忘孝思孝思維何奉先追遠禴祠烝嘗一嚴禮典載惟聖母壽慶天齊致孝致養前聖曷希於周有昌於虞有舜皇心同之篤盡敬順敬順既篤聖德益隆穹祇昭格神明感通充充兩閒和氣勃鬱靈貺薦臻嘉祥疊出乃歲己酉七月仲秋爰有雙烏見于海陬雪質鮮明霜姿瑩潔修喙琢瓊元眸點墨不驚而擾不暴而侵馴淑之態孝慈之心貯以雕籠羃以文帛遠駕星軺入貢天闕龍顏悅視臣鄰聚觀懽騰丹陛喜溢金鑾惟此雙烏實國之瑞聖壽以彰聖心以慰嗟嗟小臣叨際清時覩此嘉瑞贊詠敢稽惟皇聖明道超三五安輯黔黎繩其祖武惟皇聖明壽齊天地萬億子孫傳承無替

豐年頌并序　　李東陽

古者聖人重農爲治。今天子既受億萬民命於天於祖宗。躬耕籍田以示先天下。每月朔輒進畿內耆老於朝。俾順天尹諭以務本作業。蠲除之詔賑卹之令。見於比歲者蓋至再至三。於今矣。乃成化甲午歲大熟。畿內及山東之地實先焉。於是朝士大夫相賀。道商旅相慶。野之民老稚癃疾聚而嬉游。起而歌呼。惟天之靈。惟吾皇之德。信如蓍卜。捷如影響。無有違逆。於戲盛矣。臣材識卑淺。不足鋪敘德美。闡敭瑞祥。至於推本陛下敬天勤民之意。昭於上下。用能保祈天永命之實。則不敢闕也。頌曰。惟帝十祀。雨暘時備。農夫告言曰有豐歲。其歲緊豐。孰肇厥同。維甸之封。於山之東。維民播止。於彼原隰。種稑既茂。黍稌孔碩。不蔬於根。不害於螣。相之勃勃。其來繹繹。維民穫止。百力具作。載車載槖。載缶載鬵。以畢我賦。以饗以酌。朝饔夕飧。永以終樂。民食於囏。甑石則多。既飽而遺。囷有藏餘。民之祈寒。卒歲是謀。有緼有繒。申襲其襦。道途其幢。民亦云徙。今入其室。父兄婦子。以及閭里。賓友燕喜。惟皇卹民。有賑有賚。有蠲有貸。民之生矣。惟皇之賴。今天降釐。嘉福來萃。曰此豐歲。皇有大惠。有開明堂。敷德納禘。迺儉於贏。迺儆於康。皇曰予庶。力爾耒事。逌休四方。以報上帝。曰予羣牧。勿謂民富。無亟其逋。俾我民厚。民拜稽首。皇德斯懋。維德之懋。皇有萬壽。小臣作歌。敢告左右。

嘉禾頌有序　　張治

西苑瑞穀。一莖而三穗者五。一莖而雙穗者百一。伏蒙諭示臣等。臣幸際昌期。獲覩盛美。忻忭無已。竊稽之瑞應圖曰。嘉禾五穀之長。王者德茂而太平則生。又曰。德下至地則嘉禾生。周公曰。三穗一苗。天下其和爲一乎。蓋禾也者。和之謂也。穀也者。善之謂也。詩曰。俾爾戩穀。言盡善也。惟人君和德於上。善及萬物。則天地有嘉禾瑞穀之應。是故同穎見於周書。六穗紀於漢史。古今所共傳以爲徽美者也。仰惟皇上德茂元功。仁育生類。謂稼穡之寶。所以養民。而耕耨之力。可以興利。春秋則舉祈報之典。水旱則致躬禱之誠。軫恤民隱。憂勤宵旰。每先事而預爲有備之圖。雖已治而不忘無逸之念。天下之民。涵濡休澤。既無一夫之不獲矣。元鑒昭荅。黃祇效順。協氣流暢。嘉禾迭生。蓋以發至和之光。而錫作善之慶者。況當誕聖之期。降此休徵。一莖三穗而五。本所以表陽德也。二穗同穎而百一。所以昭蕃庶也。其爲王祿萬年。聖壽無疆之兆。豈不章然明著哉。在昔聖帝哲王。其德足以致禎符而召瑞應者。載之史冊。百世之下。猶能使人喜談而樂道之。況身被其澤。目覩其盛者乎。發而爲康衢之謠。以自鳴其慶幸於萬一。此固臣子之情惓惓不能自已者也。臣謹俯伏稽首而獻頌曰。

瞻彼大田於帝之苑維時在秋稼穡䕥䕥中有嘉穀三穗同出一莖而二歧數維百蕤蕤芃芃實堅實粒田畯來獻皇心悅懌皇曰受之天祐朕躬匪躬之愉樂此歲豐國本在民民命在農民食旣足國本斯崇乃薦淸廟乃詔臣工交相賀曰維皇之功維皇之功格於穹覆帝心鑒歆降此嘉祐嘉祐維何遐福單厚簡簡穰穰百祿是受福祿攸集是崇是茂維皇誕辰璿衡在酉瑞穀之來不先不後天寶命之以告萬壽皇曰休徵維帝之力惠此有秋立我民極禎符洋洋神祉來錫我敬承之敢怠厥德爰修圭幣爰薦芳潔祀事孔將以報元烈於維我皇凝神恭默爰知民依所其無逸憂民之憂宵衣旰食以禱以祈有虞有翼

堯德儆予湯躬自責軫民痌瘝稷飢禹溺民乃攸甯保有家室出作入息不知不識和氣薰蒸大化融液天不愛道紱以元吉地不愛寶生此嘉植其機孔神疇可與測維天眷皇維皇得天其眷維何玉食萬年凝和養素以引以恬豐穰之慶被及九埏維禎維祉繼繼綿綿壽我皇祚維以億千天地淸焉日月貞焉四時行焉萬物生焉中和位育成美功焉頌聲奕奕垂無窮焉

進遼史表

歐陽元

開府儀同三司上柱國錄軍國重事中書右丞相監修國史領經筵事臣脫脫言竊惟天文莫驗於璣衡人文莫證於簡策人主鑒天象之休咎則必察乎璣衡之精鑒人事之得失則必考乎簡策之信是以二者所掌俱有太史之稱然而天道幽而難知人情顯而易見動靜者吉凶之兆敬怠者興亡之機史者雖述前代之設施天意有助時君之鑒戒遼自唐季基於朔方造邦本席於干戈致治能資於黼黻敬天尊祖而出入必祭親仁善鄰而和戰以宜南府治民北府治兵春狩省耕秋狩省斂吏課每嚴於芻牧歲饑屢賜乎田租至若觀市赦罪則脗合六典

之規臨軒策士則恪遵三歲之制君慕漢高之爲帝託耶律於劉宗相擬酇侯之爲臣更述律以蕭姓享國二百一十有九載政刑日舉品式備具蓋有足尙者焉迨夫子孫失御上下離心驕盈盛而釁隙生讒賊興而根本蹙變强爲弱易於反掌吁可畏哉天祚自絕大命苟延國旣邱墟史亦蕪茀耶律儼語多避忌陳大任辭乏精詳五代史係之終篇宋舊史埒諸載記予奪各徇其主傳聞況失其眞我世祖皇帝一視同仁深加憫惻常敕詞臣撰次三史首及於遼六十餘年歲月因循造物有待臣脫脫誠歡誠忭稽首頓首欽惟皇帝陛下如堯稽古而簡寬容眾若舜好問而濬哲冠倫講經兼誦乎祖模訪治旁求於往牒

茲循史事斷自宸衷睿旨下而徵聘行朝士貿而遺逸起於是命臣以右揆領都總裁中書平章政事臣鐵睦爾達世臣賀惟一翰林學士承旨臣張起巖翰林學士承旨臣歐陽元翰林侍講學士臣揭徯斯侍御史今集賢侍講學士臣呂思誠爲總裁官中書遴選儒臣崇文太監今兵部尚書臣廉惠山海牙翰林直學士臣王沂祕書著作佐郎臣徐昺翰林監修臣陳繹曾循職以分撰遼史起至正三年四月訖四年二月發故府之櫝藏輯遐方之匭獻搜羅剔抉刪潤研劘紀志表傳備成一代之書臧否是非不迷千載之實臣脫脫等叨承隆寄幸覩成功載宣日月之光華願效涓埃之補報我朝之議論歸正氣之直則辭

之嚴遼國之君臣有知善者喜而惡者懼所撰本紀三十卷志三十一卷表十八卷列傳三十六卷各箸論贊具存體式隨表以聞上塵天覽臣無任激切屏營之至謹言

進金史表　　歐陽元

竊惟漢高帝入關任蕭何而收秦籍唐太宗即祚命魏徵以作隋書蓋歷數歸眞主之朝而簡編載前代之事國可滅史不可滅善吾師惡亦吾師矧夫典故之源流章程之沿革弗披往牒曷著前聞惟此金源起於海裔以滿萬之衆橫行天下不十年之久專制域中其用兵也如縱燎而乘風其立國也若置郵而傳命及熈興於禮樂乃煥乎有聲明常循初而迄終因攻功而論德非武元之英略不足以開九帝之業非大定之仁政不足以著百年之基天會有吞四海之志而未有一四海之規明昌能成一代之制而亦能壞一代之法海陵無道自取覆敗宣宗

輕聽曷濟中興追夫浚郊多壘之秋汝水飛煙之日天人屬望久有在矣君臣守義蓋足取焉我太祖法天啟運聖武皇帝以有名之師而釋奕世之憾以無敵之仁而收兆民之心勁兵擣居庸關北拊其背大軍出紫荊口南扼其吭指顧可成於隽功操縱莫窺於廟算懲彼取遼之暴容其涉河以遷太宗英文皇帝席卷雲朔而徇地幷營囊括趙代而傳檄齊魯滅夏國以蹴秦鞏通宋人以逼河淮睿宗仁聖景襄皇帝冒萬險出饒風長驅平陸戰三峯乘大雪遂定中原太陽出而爝火熸正音作而衆樂廢爰及世祖聖德神功文武皇帝恢宏至化勞徠遺黎燕地定都徽武靈之舊趾遼陽建省撫肅愼之故墟於時張柔歸

金史於其先王鴨集金事於其後是以纂修之命見諸敷遺之謀延祐中舉而未遑天歷推行而弗竟恭惟皇帝陛下緝熙聖學紹述先猷當邦家閒暇之時治經史討論之務念彼泰和以來之事蹟接我聖代初興之歲年太祖受帝號於丙寅先五載而朱鳳應世祖毓聖質於乙亥蚤一歲而黃河清若此禎符昭然成命第以變故多而舊史闕耆艾沒而新說訛弗折衷於大朝恐失眞於他日於是聖心獨斷盛事力行申命臣等集衆技以責成書佇奏篇以覽近鑒臣等仰承隆委俯竭微勞紬石室之書誠乏司馬遷之作獻金鏡之錄願攄張相國之忠謹撰述本紀十九卷志三十九卷表四卷列傳七十三卷目錄二卷裝潢成一百三十七帙隨表以聞

進宋史表　歐陽元

開府儀同三司上柱國錄軍國重事中書大夫右丞相監修國史領經筵事提調大醫院廣惠司事臣阿魯圖等竊惟周公念先業之艱難七月之詩是作孔子論前王之文獻二代之禮可言故觀趙氏隆替之由足見皇元混一之績欽惟世祖聖德神功文武皇帝初由宗邸親總大軍龍旂出指於離方羽葆歸登於乾馭櫛風沐雨詎辭跋履之勞略地攻城咸遵稟受之算揚舲而平江漢卷甲而克襄樊恭行弔伐之師昭授寵綏之寄及夫收圖書於勝國輯甫哻於神京拔宋臣而列政塗載宋史而歸祕府然後告成郊廟錫慶臣民推大賚以惟均視一統之無

外樞庭偃武既編戡定之勳翰苑摛文尋奉纂修之旨事機有待歲月易遷屢朝每切於繼承多務未遑於制作臣阿魯圖等誠惶誠恐稽首頓首欽惟皇帝陛下恢宏至道紹述丕謨往行前言樂討論於古訓祖功宗德思揚厲於耿光惟我朝大啟基圖彼吳會後歸版籍覩金源其未遠紬石室以具存及茲累洽之時成此彌文之典命臣阿魯圖左丞相臣別兒怯不華領史事前右丞相臣脫脫爲都總裁平章政事臣帖木爾達世御史大夫臣惟一翰林學士承旨臣起巖臣元治書御史臣好文禮部尚書臣沂崇文太監臣宗瑞爲總裁官平章政事臣納麟臣伯顏翰林學士承旨臣達實帖木爾左丞臣守簡參議臣岳柱

臣拜住臣陳思謙郎中臣斡欒臣孔思立等協恭董治史官工部侍郎臣斡玉倫徒秘書卿臣泰不華太常簽院臣杜秉彝翰林直學士臣宋褧國子司業臣王思誠臣汪澤民集賢待制臣于文傳翰林待制臣張瑾臣貢師道宣文閣鑒書博士臣麥文貴監察御史臣余闕太常博士臣李齊翰林修撰臣劉聞太醫院都事臣賈魯國子助教臣馮福可太廟署令臣陳祖仁西臺御史臣趙中翰林應奉臣王儀臣余貞秘書著作佐郎臣譚慥翰林編修臣張翥國子助教臣吳當經筵檢討臣危素編劘分局彙粹爲書起自東都迄於南渡紀載餘三百載始終纔一再朞考夫建隆淯化之經營景定咸淳之潤色慶歷皇祐以忠厚

美風化元豐熙甯以聰明紊憲章馴致紹聖紛紜崇甯荒亂治忽昭陳於方冊操存實本於宮庭若乃建炎紹興之圖維乾道淯熙之保乂正直用則人存政舉邪佞進則臣辱主憂光甯之朝僅守宗社理度之世日蹙封疆顧乃拘信史以渝盟納叛臣而侵境由權奸之擅命啟事釁以召兵厥後瀛國歸朝吉王航海齊亾而訪王蠋乃存守節之臣楚滅而論魯公堪矜守禮之國載惟貞元之會合屬當泰道之熙明衆言淆亂於當時大義昭宣於今日刱先儒性命之說資聖代表章之功先理致而後文辭崇道德而黜功利書法以之而矜式彝倫賴是以匡扶雖微董狐直筆之可稱庶逃司馬寡識而輕信至若論其有弊亦難斷以至公大概聲容盛而實德衰論建多而成效少且辭之繁簡以事而文之古今以時舊史之傳述既多雜記之蒐羅又廣於是參是非而去取權豐約以損增事嚴敢計於疾徐日積亦虞於玩愒臣阿魯圖等忝司當撲實預提綱周詢在局之言靡不究心乃職第述作之才有限而報效之志無窮倘垂淸燕之觀尚助緝熙之益曰若帝堯曰若帝舜惟聖心稽古之功監於有夏監於有殷乃臣子告君之道謹撰述本紀四十七卷志一百六十二卷表三十二卷列傳世家二百五十五卷裝潢成二百五十二帙隨表塵獻以聞

案鄧氏顯鶴曰日知錄載元阿魯圖進宋史表曰厥後瀛國

歸朝吉王航海齊亾而訪王蠋乃存秉節之臣楚滅而論魯公堪矜守禮之國金史忠義傳序曰聖元詔修遼金宋史史臣議凡例前代之臣忠於所事者請書之無諱朝廷從之此皆宋世以來尊經儒重節義之效其時之人心風俗猶有三代直道之遺不獨元主之賢明也亦見元史類編阿魯圖傳注而不知表文出於公手葢公文之遺漏者多史傳不盡載也

進經世大典表　歐陽元

堯舜之道載諸典謨文武之政布在方策道雖形於上下政無開於精粗特於紀錄之間足見彌綸之具是以秦漢有掌故之職唐宋有會要之書於以著當代之設施於以備將來之考索我國家受命龍朔纘休鴻基發政施仁行葦之忠厚世積制禮作樂關雎之風化日興紀綱具舉於朝廷統會未歸於簡牘欽惟欽天統聖至德成功大文孝皇帝陛下總攬羣策躬親萬幾思祖宗創業之艱難與天地同功於經緯必有鋪張以揭皦日必有述作以藏名山爰命文臣體會要之遺意徧敕官寺發掌故之舊章彷周禮之六官作皇朝之大典臣某叨承旨諭俾宗

纂修物有象而事有源質爲本而文爲輔百數十年之治蹟固大略之僅存千萬億世之宏規在鴻儒之繼作謹繕寫皇朝經世大典八百八十卷目錄十二卷公牘一卷纂修通議一卷裝潢成帖隨表以聞伏取裁旨

進太祖高皇帝實錄表　夏原吉

監修官戶部尙書臣夏原吉總裁官翰林院學士兼右春坊右庶子臣楊榮國子監祭酒兼翰林院侍講臣胡儼纂修官翰林院學士兼右春坊右諭德臣金幼孜翰林院學士兼左春坊左諭德臣楊士奇翰林院侍講學士臣曾棨翰林院侍讀兼右春坊右贊善臣梁潛翰林院侍講兼左春坊左中允臣鄒緝翰林院侍講臣王英修撰臣余鼎臣羅汝敬刑部主事臣李時勉臣陳敬宗等欽奉聖旨修纂大明太祖聖神文武欽明啟運峻德成功統天大孝高皇帝實錄欽依修完謹奉表上進者臣夏原吉等誠惶誠恐稽首頓首上言伏以聖人啟運肇萬世之鴻基

國史纂書示百王之大法必憑紀錄垂法後來故典謨載堯舜之言方冊布文武之政古今通義昭晰如斯矧創業垂統而茂建於豐功又繼天立極以聿隆乎至治欲揚休美謹在編修欽惟太祖聖神文武欽明啟運峻德成功統天大孝高皇帝天地合德日月同明膺景命而隆興握禎符而御歷義旗一舉豪傑景從仁聞四張州郡響應遂渡江而下姑孰乃定鼎而都金陵除舊布新安民靖亂風霆肅乎號令日星煥乎紀綱威武奮揚東面征而西面怨至仁不殺近者悅而遠者來掃羣雄於呼吸之間拓四方於指顧之頃連城納款挈壺漿以迎師列土豎降崩厥角以稽首舉中原如拾芥蕩醜虜若振枯拯烝庶于塗炭

之中驅羣雄于沙漠之外不十年而成帝業混一統而主天民人紀肇修敘彝倫于旣斁華風復正舉禮樂于重興山川鬼神莫不攸甯華夏蠻貊罔不率俾有過化存神之妙盡彌綸參贊之功身致太平卓冠百王之盛德兼文武超越六籍之聞況儉勤戒乎始終而謙敬純乎表裏宵衣旰食日總覽于萬幾秋肅春溫時順體于四序是致雨暘時若歲穀屢登諸福畢臻天休滋至在位歷三十餘年之久升遐動萬方哀悼之心自古以來未有如斯之盛者也恭惟孝慈昭憲至仁文德承天順聖高皇后天生聖善克相肇基誕開文定之祥永協坤元之吉同符景運遂位中宮德邁嬪虞功超胥宇性情適關雎之正子孫應麟

趾之仁篤能造化之宜保合承天之慶政修宮闈化行家邦誕育聖躬茂承天眷自古后妃之隆莫盛于斯者也欽惟皇帝陛下聖仁天賦睿德日新念達孝以尊親在繼志而述事聿須修史之詔適當嗣位之初發蘭臺 之文而徵以藩邸之副紬金匱石室之祕而考乎世家之藏爰纂錄以成書實仰賴于聖斷謂事貴直而文貴簡理必明而義必彰乃敕命乎儒臣重編劘于歲月臣等才非良史媿乏三長法遵舊章敢妄一筆惟洪鈞何能于繪畫而至德莫罄于名言煥乎文章表經世之大訓寫之 作貽謀之永圖謹撰述太祖聖神文武欽明啟運峻德成功統天大孝高皇帝實錄二百五十七卷計二百五十冊寶訓十五卷計十五冊謹伏闕上進臣等無任瞻天仰聖激切屏營之至謹奉表隨進以聞永樂十六年五月初一日監修官戸部尚書臣夏原吉等謹上表

重建闕里廟成謝表代　李東陽

襲封衍聖公臣孔聞韶·宏治十七年正月修建祖廟落成·欽蒙御製碑文遣官祭告者·臣聞韶誠惶誠恐稽首頓首上言·伏以禮必積百年而後興·事有曠百世而始見·是蓋政關治體道本民彝·凡在斯文式均慶戴·乃若餘波賸澤沾被子孫·其視恆情何啻百倍·竊惟闕里祖廟肇自前朝·列聖以來累加修葺·比歲鬱攸示戒煨燼無遺·伏遇皇帝陛下天啟聖衷道符先揆·顧宮牆之舊地實海宇之具瞻·爰敕有司重加修建·集四方之公帑·閱五載之程期·材幹堅良工製精密·廟貌嚴整輪奐偉然·既不替於前規·復恢宏於新製·足以妥靈昭佑崇德報功·極天下之

大觀·亙古今而不再者也·又有奎章睿藻·降自重霄·石刻金書·垂之萬代·出容臺之香幣·備郡邑之粢犧·特遣重臣遠稱殷禮·衣冠畢集·宅里增輝·臣聞韶甫襲官封方嬰服制·念君命重於家事·而祖廟尊於父喪·易服以迎·拜天顏而敢後·趨朝而謝·率族姓以偕行·伏願聖學緝熙·儒風丕振·家詩書而戶禮樂·益宏世道之光·天日月而地山川·永賁人文之化·徒深祝頌·曷罄名言·

進歷代通鑑纂要表　李東陽

伏以世有古今·史冊鑑興衰之迹·聖無先後·文章昭作述之光·事或因舊以爲新·體則似輕而實重·司存纂輯·道切規箴·甯辭寸晷之多·圖效萬分之一·洪惟孝宗建天明道承統正中聖文神武至仁大德敬惟皇帝陛下·德運堯文·聖躋湯敬·求多聞於古訓·發渙命於羣臣·謂先儒綱目之書·本明正統·顧上古帝皇之世·未粹成編·下逮宋元·尤多卷帙·盈箱充棟·實繁四庫之藏·旰食宵衣·豈有三餘之暇·親分義例·預錫名稱·寒暄閱二載之期·朱墨更數人之手·攀龍髯而莫逮·撫蠹簡而增悲·不敢是懈·無功可錄·茲蓋伏遇皇帝陛下·英明出類·剛健居中·上同舜哲

之重華·下軼啟賢之繼道·實錄方修於金匱·餘功載續於汗青·非徒撮要以刪繁·抑以要終而原始·政必稽其得失·行必著其忠邪·詞省而事該·人往而言在·博采諸家之斷·間陳一得之愚·不求徼力於難知·務期開卷而有益·肇呈首帙·進讀經幃·漸底終篇·告成寢廟·臣等或躬承神授·或續奉宸英·心徼河漢之涓塵·識陋海天之蠡管·治鑑開英皇館局·而成於神宗之朝·政要本貞觀君臣·乃輯於開元之世·矧茲庸劣·詎免稽遲·幸惟往責之粗償·敢詫前時之未有·伏願聖不自聖·益宏作聖之功·新又日新·茂著知新之效·考治亂存亾之故·爲賞刑黜陟之規·主善爲師·豈謂借才於異代·建中制事·用能垂裕於後昆·

重進大明會典表　　李東陽

伏以有謨訓以貽子孫垂萬年之燕翼觀會通以行典禮昭百世之鴻規盖非天子則不考文然惟孝者爲善繼志粤自結繩政代契託書傳象魏法陳理同家喻制備於周官之後經存於孔壁之餘漢模略定於三章唐式僅頒乎六典會要作於宋而光嶽弗完經世紀於元而彜倫斯斁肆天心之厭亂屬聖主之開基俊德神功彌綸宇宙宏綱大法敷賁臣民文皇紹統於昌期列聖承休於奕葉政由俗革道與治同中閒或斟酌以隨時大抵皆後先而合節顧夫簡編穰浩條貫繁多彼宿儒老吏亦不暇詳豈儕壤遐陬之所能徧故博學貴乎知要必會極然後

可歸欲望文獻之足徵須及典型之尚有昔我孝皇之志實惟英廟之儀上溯累朝仰稽列祖謂一代開基之制在諸司職掌之書或更定於暮齡或增修於繼世發石室金縢之秘徵兩京百府之藏儀文每據乎舊章義例特施乎宸斷命官分局開六館以編摩類事歸曹備百年之損益盖自洪武戊申之歲迄於宏治壬戌之秋皆挈領以提綱亦刪繁而就簡體之重者雖微必錄令之善者雖寢亦書庶幾愛禮以存羊非敢按圖而索駿文取達而不勝於質信可傳而甯闕其疑制異典墳宜於今而不泥於古法殊紀傳敘其事而不錄其名標題榮華衮之褒序簡煥雲章之錫告成雖久刊布未遑恭惟皇帝陛下煥有堯文緝熙湯學兵民利獘以次罷行禮樂章程悉加釐革特令臣等重訂是編當卷帙之粗成荷奎文之載賜獻諸天府副在有司期言之而必可行俾習矣而無不察譬則麗空之宿一舉首而在目中合轍之車不出戶而通天下臣等才輕轂線識小甕天功不厭詳貫惟仍舊拂塵埽葉深知較閱之難測海窺天詎免遺忘之失伏願上念宗祧之重大下知稼穡之艱難主善爲師任賢立政惟一心之克協罔庶獄之攸兼不愆不忘率祖考憲章於有艾可久可大配乾坤德業於無疆

擬冊立皇太子賀太皇太后表　李東陽

伏以居宮闈而母天下養已極於兩朝閱子姓以及曾孫年未踰於六紀天休滋至國本彌尊率土交歡含生均戴恭惟聖慈仁壽太皇太后陛下聖同坤厚慈若春溫仁包海宇以爲家壽與岡陵而并算慶延夏啟遙從有子之塗山德比周姜親見斯男之太姒乃值佩萸之月重占繞電之祥采輿論之攸同謂皇儲之當豫前星炳曜藉寶婺之餘輝少海淵澄出銀潢之正派鸞旂鶴駕絢爛交陳桂殿椒房鬱葱旁接覩仙顏之載悅識內教之夙成下以貽哲命於初生上以應嘉名於長樂博觀載籍所記在古誠稀粵有宗社以來於今尤盛臣等恩沾俯育身際

奇逢報稱心勞揄揚力薄聽韶音而歎舞望嵩嶽以山呼紫禁深嚴懼寸誠而莫達金甌鞏固祝萬歲以無疆

擬進憲宗純皇帝實錄表　李東陽

伏以君明臣良極一代治功之盛父作子述垂萬年簡冊之光故聖謨暨神器俱傳而功業與文章并顯憶憲皇之震出屬國運之豐亨虎步龍行識太平之天子河清海宴知中國有聖人文陳干羽於兩階武汛烟氛於八表復鴻名於景泰漢高之大度弗如上徽號於聖慈虞舜之尊親斯在重儲嗣則著文華之訓明史學則續綱目之編衿佩三千聽橋門之贊蹕豆籩十二增闕里之褒崇聲華赫赫以無前靈爽洋洋而在上望遺弓而引睇繙往牒以傷心欽惟皇帝陛下道盡君師孝兼繼述祖有功宗有德議隆九廟之儀文左記事右記言思繼五朝之實錄

承玉几垂衣之命念青宮授簡之恩啟百司庶府之攸藏合九服諸藩之所輯曹分館析綱舉目張大而典章政教之施細而名物度數之備功由眾集敢自謂劉知幾之一家式自古稽奚獨遵沈既濟之五例德輝下照炳若丹青善惡具陳判如白黑庶幾天地之運散見於日星之餘涓滴之勤仰裨於海嶽之大伏願藏諸便殿副在秘書上以廑乙夜之觀下以備甲令之籍監於成憲確乎家國之蓍龜詒厥孫謀遠矣河山之帶礪

陞江西按察使到任謝表　洪性

臣質本葑菲，材同樗櫟，濫廁黄甲，愧報稱之未能；幸附青雲，徒銜結之有願。蒙皇上宏如天如地之德，揣微臣忝作楫作霖之才。試政刑曹，巡按閩域，勘籍直隸，清軍滇黔，拔擢至再至三，課績無分無寸。豈敢覬倖，妄希崇班，何圖格外之寵榮，有加無已，不次之銓選，月異歲更。仰荷殊恩，超陞今職。戴豸冠之岌岌，官銜降自九重；天稟烏府之巍巍，法令嚴於三尺。雪學魚頭，而謝不敏；號鐵面，則讓未遑。況豫章名區，保無治絲而棼之慮；廉使重任，難辭製錦未學之慚。捧檄魂搖，執篆神悚。伏惟皇上才兼文武，德邁漢唐，化訖於東西朔南，仁洽乎草木鳥獸，乃治益求

治，深宮齋祓維虔，安不狃安，睿慮防杜益密。臣辭陛之日，面領天語煌煌；涖任之時，心惟日夜惕惕。理冤釋枉，不敢濫及無辜；平訟息爭，詎侈惟良折獄。若虞芮可化，益徵聖德之千壽；倘囹圄少空，差展微長於萬一。曷勝虎拜，無贊鵷行。

擬周王得騶虞於神后山以獻羣臣賀表　鄒廷望

永樂二年月日，具官臣某等，恭覩周王得騶虞於神后以獻，謹奉表稱賀者。德合元精，天氣呈祥於郊藪；仁孚无極，地靈獻瑞於方隅。功凝咸若之休，物昭效順之象。雖王道无心於玩異，而羣臣敢卽遇以揚休。慶溢堯衢，懽騰禹甸。臣誠懽誠忭，稽首頓首上言：伏以馬圖負河，龜書呈洛，千古仰文明之運；天不愛道，地不愛寶，一德合孚契之精。韶樂順成，臻儀鳳舞獸之盛；文德光大，啄麐鹿鶴鳥之珍。是皆元和長發於域中，時昭茂對，以故四靈畢至於王所，用助游觀。自茲以還，風斯邈矣。覩武異域，得白虎以爲祥；豐部日中，指孔烏而稱慶。庸侈奇玩，實滋厲階。蓋

神物有待而生，至瑞非道不見。惟茲騶虞之獻，應孚麟趾之仁。猊首虎軀，黑章白質，詠於國風，歌王道涵仁心之懿；釋於爾雅，詳至物潛眞性之機。昔已見於鈞州，今復產於兖地。獲茲靈異，實昭穆清。茲蓋伏遇皇帝陛下剛健中正，文武聖神，表飾龍姿，潛邸兆太平之象；文昭虎變，開元紀永樂之年。德隆元粹之淵微，握六符而衍祚；道合渾元之至秘，竝四大以常尊。大度有容，神武不殺，堯天再覩；議禮制度考文，舜日重華；親親仁民愛物，五兵偃而不用；四序調而惟康。故大德孚天，和氣誕延於環宇；而至仁斂福，精英丕冐於洪庥。獻自周藩，望堯庭而奮躍；游於神后，仰文囿而奔趨。獨角獸何可以同，九莖芝亦非所擬。謂宜

播之樂府永嗣風詠之遺昭之史官遠續麟經之筆恭覩異質知品彙咸育於光天敢陳燕私幸九垓甄陶於化日雖聖心匪異物之貴而王道徵可致之祥吁嗟无知若趨天階而效順幸叨管測可泯盛事以无傳顱首無幾戴崇山而覺重烏聲雖細感淑氣以爭鳴伏願崇頤元氣盡人盡物以格天精察萬幾明目達聰而作聖天地交而成泰陽長陰消中和致而德尊神存化普俾聖子神孫世世奉貽謀而勿替庶黃童白叟人人歌至治以無疆臣無任瞻天仰聖激切屏營之至謹奉表稱賀以聞

此文乃嘉靖四十二年壬戌科會試第二場試論詔誥表判之作太僕三場朱卷尚存十一世裔孫湘偶出以見示既爲付裝池成冊而題詠之復錄入此編以存掌故以勵後學是科會元則長洲申文定時行狀元則太倉王文肅錫爵也汝懷坿記

上四鎭圖說表

龍膺

伏以王者守在四夷重譯方輿憑指顧聖人坐燭萬里折衝密勿豫懷來戴日月之麗明總歸版冊摹山川之阻險聊倣圖經義取綢繆謀期底定臣某竊惟設險以守國急徵無虞思患而預防愼修有備奮揚武衞不弛堯階中晝郊圻靡湮禹迹氐羌來享美嘉靖之殷邦玁狁于征奏膚功乎周室迨咎生養虎乃釁起進狼秦之禦寇築長城怨遺紫塞漢以和親得中策圍解白登烽火照甘泉細柳徒勞按轡鼓鉦臨瀚海渾邪安用迎車惟韓琦城龍罕以扼鳴沙而吳璘治夾河以先堅壁必其深溝高壘後方逸可待勞苟非批亢擣虛烏在奇能制勝爰自廓清於二祖五千服始列屏藩及其開拓夫九邊百二關尤稱要害三垂綿亙東西南北延七千里之遙四鎭區分甘固綏甯繕十數萬之衆雖頻歲皇威遐暢奉賮同心但邇年帥僨陵遲掣襟露肘且以士疲餉竭恆借箸而虞庚癸之呼兼之勢隔形殊敢編摩以備甲乙之覽伏遇皇帝陛下聰明睿智文武聖神止孝止慈得名得壽氛淸星海拓地軸以兼包塵斷月支掩天紘而幷育廟謀決勝以申撻伐之威聖德止戈無侫張皇之戒然猶眺焉西顧赫爾專征屢飭尊攘之防重廑宵旰之慮授臣以典邊重寄畀臣以制閫微權裏革沙場志雖殷於乘障空庭磧漠念每厲於增陴顧關隘未較列星縱戍鈐終難運掌勉攄衷赤

謬核汗青由鎮達撫以及夷合爲圖復分爲圖險夷闊狹不齊亦略繩繩井井邇昔論今以料後總其說又支其說款守戰攻各別弗嫌喋喋諄諄一覽而寇在目中再思而心游域外亭堠而瞭然在睹機宜而晰可按圖俯竭耿耿之微忱上贊昭昭之睿覽伏願留神遐邇注意安危內君子而外小人允協六階之泰顯祖功而揚宗烈重熙九葉之光三事兼修懋敘鴻疇之五福萬方胥慶永綿鳳歷於億年臣謹奉表以聞

謝賜太平宴金表　洪雲蒸

臣某言天地大恩已無涓埃之答疆埸微績復荷汪濊之施中謝伏念臣少涉經籍非有六韜三略之能近擢粵藩謬膺七征九伐之任殫竭駑鈍敢云白馬黃鬚攘剔奸凶庶幾衝風落葉降者降死者死海邦絕驚邊騷野之虞宅爾宅田爾田連平建久安長治之策實聖明威福所致豈戎臣盡瘁可幾何意舞羽格苗不以爲至誠之感化洗戈投甲乃惟曰總陣之鞠躬伏蒙陛下特頒內帑之金敕賜太平之宴賞踰昔典豈類周錢之賜子山功追前勞何殊鄭樂之分魏絳蘸戴山而知重肝似鐵以彌堅感極隗徠甯忘結草之報情同葵向益傾愛日之心

湖南文徵卷五十二

駢體下 箴銘贊啟序引記　湖湘後學集編

符德堂箴　甘鏞

吾鄉友王應槐·倜儻卓偉士也·由淮西司倉改令徽之監稅·因扁其退修之所曰符德·蓋取三槐堂銘惟德之符之意也·雖然·予與應槐有桑梓通家之好·且均受委任之重·當各思守厥志·勵厥行洗手奉公求無愧於斯民無忝於祖德·故不敢以符其德者為應槐瀆告而但以修吾之德為斯堂箴·是亦警戒規箴之義也箴曰

厥初生民孰無是德·渾然天成罔有戕賊·氣稟物誘遂迷其初·頗僻是道亶焉塞途·古聖皇皇教以克特·修之有素行或必得·不有其中曷形於外·不闢其先後將焉待·惟昔晉公庭植三槐·台鼎是期庶幾後來·孰謂魏公果登相職·惟德之符若持左契·匪曰符德惟德之修·德本諸躬晉公則優·有美孫子曰應槐氏·爰符祖德修之則是·粵若修德其功曷先·守志勵行罔敢或愆·律己以敬待人以誠·式光前烈裕我後昆·翼翼者堂暐暐其宇·箴言其前勿替終始·

青宮勸講箴　羅喻義

臣聞書稱時敏詩詠緝熙·學之當講振古如斯矣·乃有事隆師傅教資審諭·豈繄琢磨令質兼之·繫屬人心所以監撫守從道著前經·恭敬溫文義彰昔記·長世流祚垂之萬葉·策無出此·仰惟皇太子殿下克長克君·聞詩聞禮·兔走之喻分定於一人·鴻飛之歌功成於四皓·況復道兼明兩·祥開索一·侍宸嚴於鶴禁·毓聖孫於龍邸·祖孫華慶·作述齊茂·粵稽周室·則太王王季以及文王·其在聖朝·則成祖仁宗而逮章聖·以今準昔·借喻非虛·邇年以來·講席塵封·宮臣罕接·識者憂之·禮曰男子十年出就外傅學書記也·既長則曰能典謁矣·於是乎涂丹綵於鄉塾·叩

洪鐘於朋友·庶人之子尚然·矧東朝乎·自當春弦夏誦·切問近思·知人間之庶事·識君臣之大道·使具僚觀則·百辟式瞻·若獻歲之有陽春·元天之有旭日·宏化懿德·乃作元良·豈有國之儲副經年累歲·不一接士大夫者哉·臣愚以為非細故也·頃者待罪詞林·竊見中祕諸儒講誦不輟·乃宏文之館既闢·而承華之門閴如·元稹有言·略其貴者·教其賤者·無乃鄰於倒置乎·緬惟祖宗典制·最重講筵·昔在文皇時·則有若臣縉姓解·臣榮臣士奇臣溥姓楊·臣幼孜姓金·侍東宮·臣淮姓黃·輔導皇太孫·或專說春秋·或進解大學·或明乾封之九四·或陳漢文之類編·卽國家有道之長未必不由此也·臣謹拜手稽首而獻箴曰

天生烝民，司牧司樹，咸熙庶績，式昭王度，惠民垂統，元良繼體，麗正離明，惟機天啟，君彼東朝，國之儲貳，秋坊通夢，春宮養德，何以養之，其崇賢門下之儒，朝嬰夕側，右史左圖，何以通之，其金華殿中之語，要言不煩，清辭晰理，罔曰甕軸，道惟緝熙，學殖易落，義馭難追，罔曰盛年，亦既抱子，前事後師，式穀惟似，烏乎深居非樂，苦趣在茲，豈不聞耳以音聾，體緣色疲，問業非勞，作德心逸，豈不聞詩能解頤，檄堪愈疾，淮維庶子，榮也少師，士奇端尹，家監幼孜，啟經筵於清晝，開承明而直晚，比於文皇，其則不遠，小臣獻箴，將美在斯，少海增潤，前星重輝，

悔箴

李東陽

言以醫戒，行以患懲，嗟此之人，孰可與成，戒則必持，懲則必作，有狂而聖，或其可學，

成齋箴

惟天生物，物不相友，惟人性同，無或薄厚，中戕未摧，疇執其咎，形踐者聖，質變者賢，成己成物，責斯盡焉，凡我同胞，覆幬必均，一物不成，如手足弗仁，樞機在躬，先本後末，一德不備，如身常飢渴，居必仁宅，行必義路，志則必專，執則必固，惟四勿為，惟五弗措，曰吾弗能，是謂自盡，曰人莫己若，是謂自賊，勗哉君子，成爾令德，式瞻爾堂，式警爾心，君親有訓，師友有箴，君子勗哉，無廢寸陰，

止齋箴

為汪希顏同年作

止乎止，過則逸，不及則邇，學止乎中人，止乎聖，彼顏弗孔，猶不可以竟，聖有方，道無徑，顏之希，途則正，止而止，而其未底，而不可以已而，

上清萬壽宮欞星門銘 井序

歐陽元

夫天垂元象，門垣之設具存；道啟眞風，宮觀之興有自。惟此欞星之號，實居列宿之首。周頌之疏曰：天田左角；晉史之志曰：天門三闕。以其通日月經行之衢，故以表神明往來之道。俗書從木從霝，未喩此也。廣信龍虎山大上清正一萬壽宮，祝釐之勝地，學道之祖庭。碧瓦雲連，祕殿宏敞；朱閎露立，道闥邃嚴。凡有良工，類求大木。然而雨露霜凝，日熯風戾，裘葛幾何，棖闑屢易。粵延祐五禩，仁宗皇帝將遣元成文正中和眞人、江淮荆襄等處道教都提點夏公文泳，祗奉玉音，丕承金籙，禬於龍虎、閣皁、三茅等山，給以浙江、江西兩省經用。眞人底厲清修，樹立峻整，

釐事既竣，素操彌篤。祭供金幣，悉予本山；將迎筐筥，力卻常饋。於是龍虎山住持提點吳以敬、提舉知宮董處謙，迨今住持提點程君靜時爲直歲，請曰：頃者僉議斵太湖之石爲欞星之門，其志雖確，其貲無從。惟師以平昔之廉隅，詒永久之標準，願輯祭餘之費，式興門材之役。眞人曰諾。既而審曲面勢，方鳩僝工，繼以私儲，佐其不敷。衆更大悅，率作興事。鑿山具區，貞璞斯獻；挽舟大江，纖塵不驚。百牽委輸，千指礱錯。大門中直，其崇六尋而劣；兩門旁峙，其袤卅尺而强。羲娥昭揭乎柱顚，虯鸞交騖乎楣表。落成維期，環觀若堵。經構著雍敦牂之歲，完美屠維協洽之秋。算緡五萬有奇，計日再期而就。於時道士曰陳處恭、祕康莊之塗，廣數百尺；曰孫景眞，創下馬之亭，袤若干楹；曰楊宇泰，載西蜀異木千株，樛柏植彼左右，蔚然蔥蒨。是皆慕眞人之高風，所謂表立而景從者也。居無幾，上清宮災，惟此石門嬰燎原之勢，脫炎岡之戹，得至人不熱之體，歸靈光獨存之範。翼蔽蜀柏，翠奕車蓋；靑踰銅柯，儼坤維之後凋；儷震澤而齊壽，何其異歟！迨夫紫房蜎興，琳宇洊起，石門之左右，石筍乃生。擢竹萌而無根，挺芝秀而有質，非資凝乳而集，非假結氣而成，是又異之甚者。嗟夫！門應天之象，石本星之精。稽圖牒其足徵，接耳目其罕有。石筍之瑞，何其至哉！洪惟我元尊無爲以輔教，樂至靜以保民，導和召祥，特著於此。眞人侍祠歷年，代祀潔己，是門之作，

非徒旌元運於悠久，實以資皇圖之靈長。烏乎盛哉！是宜爲銘。

銘曰：皇元八葉，仁廟踐祚。欽天禮神，崇尚元素。惟師元成，祗若惠顧。代祀名山，愼守厥度。樂周九奏，禮畢三祼。徒御不淹，郡縣無酺。肅肅羽衣，皎皎振鷺。於昭上卿，宿昔承晤。作門象山，永息朽蠹。其費伊何，祭有贏布。祭布曷贏，無賕無賂。時惟元成，樹德是務。歸發已貲，相乃供具。口笠澤神，於物莫錮。方舟彭蠡，天塹實溯。輦來山中，竝手皆作。礱方爲梠，削圓爲柱。載雕載幾，循頂注跗。騫鸞騰蛟，蹲烏伏兔。道施瓴甋，亭列陛栝。柏來自蜀，枝葉布濩。宮罹於災，門屹外護。石筍耀祥，宮復其故。太和埏埴，元氣煦嫗。岌業靈星，法象天路。霞舒黃道，雲止瓊輅。俟俟飛仙，集珮

嗚璐葳蕤駢況肸蠁膰胙集奮皇家錫羨國步億載萬年永保貞固

案鄧氏重刻本云此篇補錄所無從龍虎山志增入今觀此文信非文公莫辦非庸手所能託而惑鄧氏采獲之廣也惟云俗從木從需銘中復作靈則其標題行文皆作靈星可知櫺乃坊刻所改耳今姑仍之汝懷坿記

敬心齋銘

歐陽元

人之有學治心爲先心得其理乃聖乃賢賢聖之爲其要曰敬清明在躬齋莊中正敬不於貌敬於其心思而儼若上帝汝臨無貳無虞惟精惟一飭我天君守而勿失學之終始惟敬靡他身之主宰非心而何克敬在心亦敬亦聖聰明爲堯溫恭者舜湯曰日躋姬文緝熙孔嚴三畏顏謹四非孟子養身尤善養氣彼何人與主敬則是勖爾敬心心以銘鐫爲此銘者太史氏焉

戚友劉君思清以其猶子尙敬謁予瀏上予嘉其好古將掖而進道乃爲之銘其敬心齋請事斯語予日望之

西平李氏族譜銘

桓桓西平爲唐中興功著鼎彝德被黎蒸當時賢良風雲依乘如渾侍中如馬北平曾幾何世系冷如冰惟西平裔趾美相仍更唐歷宋我元是承設科曰傳試吏曰能守令之遷臺閣之登表表僉偉爲時名稱子孫千億蟄蟄繩繩天道之報信哉可憑予書其槩寓勸以懲後之學者於焉斯徵

新甯石城銘　李東陽

維郡之墟·中有夫夷·地險且崎·溪迴洞旋·椎卉爲鄰·以世以年·築塊爲城·其上可乘·居人弗甯·圖初及終·伊疇之功·噫我吳公·惟厥庶官·惴然務先·蒸民再懽·石城憑憑·譙樓鼓聲·城門夜扃·聖明大熙·安不忘危·惟古之規·惟公南巡·有惠在民·石城磷磷·億萬爲期·何以永之·責在有司·

桃川洞天重建元嶽行宮碑銘　李　徵

夫山以仙靈·地以人重·昔有斯言矣·然羅浮二嶽·以風雨合離·蓬萊五山·因波潮上下·固皆騰之臆說·要非得其眞傳·桃川洞天·重巒複嶂·近在域中·員嶠方壺·遠非海外·行宮則中峯聳拔·俯瞰洞庭·列岫崚嶒·爭雄衡嶽·山則瞿子飛身之處·水爲漁郎問津之谿·雞犬遺響於白雲·象緯上鄰於碧落·石室丹崖·千年如昨·雪濤晴瀑·一覽不遺·蓋桃川奇邃·著於人寰·而行宮勝絕·甲於洞府·信神仙之攸都·而載籍之希覯也·行宮舊名武當神祠·眞武歷久而廢·頹垣敗礎·鞠爲荒墟·羽客幽人·徒　延佇·所幸山川興替·有開必先·風氣涫漓·無往不復·乃種桃道人曾世顯·幼厭塵棼·夙耽清淨·徧尋名嶽·獨睠茲山·遯矣歸基·欣然興念·遂爾弛擔息游·誅茅疊石·結菴容厀·朝夕其閒矣·復仙蹤·用完靈境·嘗夜誦經·有虎咆哮突入·結趺諦視·略無震驚·虎繞其座三匝而去·非其道行精專·鬼神呵護·無物無我·孰能與斯·自是名重人天·聲聞遐邇·頂香謁禮·耄孺如口·棟梁階戺·木石之集相先·版築斧斤·奔走之役恐後·不數月而宮宇崇搆·象衞莊嚴·朱甍碧瓦·抱以迴廊·玉楣瑤壇·登之閣道·外爲前殿·次則重門·巖谷輝煌·松杉蔥鬱·琅函蕊笈·祝聖壽於萬年·鶴馭霓旌·來列眞於三島·宜遐方之欣慕·距全楚之奇觀·道人恭易其題曰元嶽行宮·遵太和賜額也·始事於正德戊寅之仲春·訖工於嘉

靖辛酉之首夏凡爲楹若干口費若干道人春秋七十有五經營於兹者四十餘年是秋嘉靖甲子乃以創建歲月不可無紀自敘顛末偕里人羅子承業文子季南輩屬言於余余謂山之稱靈雖云先世避秦而地之見重實以桃花源記顧余何人敢塵芳躅惟道人之高潔不媿元風而眞武之神異久崇祀典且聞道人華碑於山也道阻石鉅僉謂必得徵雨始便牽挽時方亢旱工集而雨若爲灑道碑約千鈞人止數十登山越澗不假崇朝歡聲若雷響應林壑自非默助奚以得此若夫怪力亂神至聖不言而福地洞天方輿可據庸述梗概且爲之銘銘曰二儀聿判五嶽是宗赫赫南紀靈祕所鍾山則涤蘿水爲浪光萃

兹洞天於山之陽維山之陽負坎面離奕奕行宮元帝是凥於爍元帝著神兹土禦患捍災厥施斯普猗歟新宮上象璿極誰其作之道人之力俾彼道人含貞喬耀無思無爲詎測其奧道不可名功不自有爰勒貞珉式垂永久

慎獨齋銘

何孟春

誰氏君子齋名慎獨邇易之夕惕警詩之潛伏不必聲色之發始懲每於念慮之萌致肅驗珠玉於重淵披日星於隱谷誠幾善惡彼何得於見聞關判人鬼此已爲之表暴試瞑目以反觀當檢心而內卜期置理以安居忍容私於託宿中心不翳以徵雲外體常存乎法服烏乎此初之所由復乎此誘之所由逐乎此仁之所由熟乎此德之所由蓄乎此天之所由福乎烏乎此君子之所以必慎獨乎

保和堂銘

正德九年八月二十有七日春以監司之責按行南陽獲覲

唐嗣王殿下於保和堂王述其名堂之義謂春盍有作焉乃敬銘之

成周建國有唐叔虞桐珪用錫社土是祖皇明監焉曰懿親在本支百世磐石千載維翰維城唐封載營仙源衍慶屬籍增榮賢哉嗣王執我珪瓚所寶惟賢所樂惟善惟是齋居孝思所存思保社稷思和人民保和之堂名義如是天啓王衷孝思無已諸侯之孝蓋孔子云居危不溢以詔雲仍忠敬謙勤列齋左右我銘我箴世德滋久（忠敬謙勤堂之旁四齋也）

石岡銘

石之漸漸天作此岡巖巖爾瞻伊誰是當太室之前巒爲太室

拔地倚天，莫高匪石。出雲出雨，德大功深。覩彼三公，惟方鎮尊。勳臣苗裔，願百千世。漢廷有誓，刻在岡次。與泰山其若礪。

小黃銘

陶翁止酒，其旨未嘗。我欲節之，製茲小黃。節飲之杯，量宜可受。從斟向滿，於我何有。酒有定限，懽常有餘。緬想翁之先世，非長沙其誰與。吾量不啻此，繄吾曾祖杯乎是試。少選當復飲焉，亦奚辭醉。

小黃對古大白而云。曾祖杯，傳自合州者，吾家大杯也。嘉靖十年正月十五日，孟春燕泉何子元甫志。子元年五十四，賜告歸郴，至是又五年矣。

漢凳銘　嚴首昇

癸酉夏，讀兩漢書，近午，輒隱几欲睡。因制一凳，長可一拏，闊纔盈寸。危坐不敢怠，類古人警枕之義。周旋九旬，感而銘之。

踞懸崖兮走獨木，降睡魔兮過三伏。觀古人兮日不足，始劉項之爭秦，終吳魏之分蜀。

東陵銘

年逾三旬，客東陵，始置犛等，爲之銘。以其器不馴雅，故以東陵名。時丁丑十一月朔。

財聚惟汝，財散惟汝。汝敬哉，毋苟得，甯妄與。○我生雖莫立，二十借四壁，三十須爾力，四十不爾惑，老去戒在得。

固齒散銘

非漆非壘，將齒爲雪。爲灰爲屑，俾齒如鐵。齒兮齒兮，磨方堅兮，涅方白。

御書九霄贊　　歐陽元

聖人居潛如日未旦逮其將出光景於粲若木蟠桃實生海濱天光首被生萬物春離麗正中烜赫八表物物容納莫獲私照上在桂林臣有震㝖躬荷寵顧染翰賜之作其踐祚億兆悉臣欲攬天章幾千萬人向所蒙恩曠遇希世隋珠和璧曷足言異今雖近臣孰敢奏請仰瞻雲漢惟有引領日邊之氣其名曰霄陽數用九潛德孔昭龍飛之徵有開必先形諸翰墨夫豈偶然天啟淵衷神助筆力震畫乾初動見天則猗嗟震㝖世世寶藏億載萬年爲龍爲光

麟鳳二大字贊有序

皇太子習大書端本堂上命皮其所書記之於籍或以賜近侍宮臣則籍所賜人姓名而登載之愼重之至也宣文閣授經郎浦江鄭深其官署既在內府與青坊密邇深家又以九世同居聞自諭德以下咸樂與之游因得侍硯席被寵顧故有是賜焉所賜爲麟鳳二大字若曰同居爲國家之瑞有若麟鳳云爾筆法方嚴意度閒暇天縱不凡深得之允爲慶幸囑元敬書其事於下方謹拜手作贊辭曰

春宮臨池神助腕力結體楷嚴運筆端直上命宮臣以時貯儲遇有賜予籍而記諸深仕延閣授徒宮庠獲陪燕翼膺是寵光維麟與鳳肇錫孔嘉有之似之瑞我國家

兗國文忠公像贊

文在兩閒與世推移道之將興文必先知八代萎靡韓歐繼作讀者瞻之實啟濂洛五季鉅筆素王微權本論拳拳慶歷七篇人心既正士習斯涫黃河泰華我公其人

靜修先生像贊

微點之狂而有沂上風雩之樂賁由之勇而無北鄙鼓瑟之聲以高皇之仁而見不可留之四皓以世祖之略而遇不能致之兩生烏乎麒麟鳳皇固宇內之不常有也然一鳴而六典出一出而春秋成則其志不欲遺世而獨往也明矣亦將從周公孔子之後爲往聖繼絕學爲萬世開太平者邪

鄧顯鶴曰案元史劉因本傳元史類編文翰傳即據此贊全錄先生之文爲史宬張本如是

十八羅漢像贊

我觀應眞玲瓏八窗具妙用故示諸愚惷世言神通自幼巃嵷匪梵匪漢匪奇匪麗見師郎呵孰前摶控千花冥冥百泉淙淙猿吟鶴飛白雲空從龍伯山君巴滇蜀隴爪剛力獷冠譎服厖或象瑜來或於菟降信攝平等詎分珉玒如來在時慧日萬邦既入涅境俄然膏釭固修第二有二無雙矧此苦海實資徒杠南浮諸方金鼓肆撞建論性相樹茲疑幢彼不見月指月在江渟爲泓洞激爲湍瀧我無成虧喧寂一腔

此歐陽先生閒暇時著意爲仲賓題此廿韻仲賓避亂客固江黃氏子魯所因以遺之識者當因文以重其畫不可因畫而汎觀其文也馮翼翁子羽觀跋

鄧顯鶴曰案馮翼翁永新人舉進士試科斗賦有名見元史類編文翰傳補遺

遺像自贊　黎淯

謂千載以前無爾也何得此理以含靈於古謂千載以後無爾也何得此氣以受形於今蓋前未見茲既有迹之可驗則後未泯者將亦有緒之可尋此天地無窮之造化在爾身建之爲陽順之爲陰而可忱者也彼區區駭俗之名位滔滔眩衆之纓簪法令熙有邦之績文章鳴治世之音至於惠澤致人之愛風韻起人之欽皆不過理之糟粕而用氣負任耳尚可謂身所必當得者用此惑衆人之觀聽忽上帝之鑒臨邪然則爾能知此殆庶幾矣其當務者安在嘻爾其上戴天下履地中參三才而爲人養此氣以乘此理使無愧厥心哉

瑞象贊并序　夏原吉

臣原吉稽首頓首言伏惟皇上以神聖大德受天明命統馭萬方海宇清甯福瑞咸集茲者占城國來貢瑞象玉質鮮明雪花奇麗粲然星斗之文炳然雲霞之彩蠻彝酋長拜獻于金闕之前玉陛之下郁郁彬彬光彩照耀聖情怡悅臣民懽慶正當皇上建玉京成寶殿之日庶民子來謳歌鼓舞趨事效力不督而成嘉祥奇瑞紛紜而至況茲瑞象出于海外遐荒之地重譯而來曠古未有自今而見則所以昭皇上功業之廣大德化之遠乎以固萬萬年永久之鴻業以隆萬萬年大一統之太平豈偶然之故哉昔者文王作靈臺詩人詠歌

不過游魚白鳥而漢世芝房赤鴈亦見于樂歌宋太祖乾德中有馴象玉兔之瑞有司請製旗以郊太宗太平興國中宰臣請圖諸瑞物以昭盛治以我皇明觀之太平福瑞之盛豈不過于古昔萬萬也哉誠宜宣付史官命諸文學之臣參議典禮歌于樂章著于鑾旂圖于瑞牒郊祀宗廟以享神靈揚芳宣烈以昭萬世天下幸甚而臣愚昧幸蒙聖恩備位地官無以補報恭覩嘉瑞不勝懽忭謹拜手稽首而獻贊曰

三階平萬國甯瑤光明瑞象呈霞文布體白凝玉雪花萬點圓妝瓊想當生時最奇異百神呵護宣光靈青天雲開月揚彩碧海鏡淨波流清應我聖皇德萬里來占城黃金爲絡珠爲瓔玉階獻之怡皇情瓊林遙映玉華麗瑞日下照祥光明皇德宏聖治成制禮作樂昭昇平麒麟生鸑鳳鳴牟麥徧野嘉禾登從茲萬萬年垂衣坐天廷小臣願效華封祝地久天長播頌聲

臨江周逸菴處士畫像贊　李東陽

周子觀國賓登我堂，曰世有令德，臨江之望，視我以遺像兮，我以鉅章。色養志順，生娛死傷，謂世鮮克孝，君獨不忘。朝經暮書，敎子義方，學有名秩，官無橐囊。捐貲賑貧，辭不受償，謂世利是競，而君不有其藏。壯游江湖，老歸故鄉，謂君于于，而衆攘攘。國有褒錫，家有祀享，不顯其存，其亾則彰。我辭匪諛，沿傳摭張，後千萬年，式昭耿光。

張汝弼小像贊

俯首凝顧，其神在內，發爲文章，不采而繪。外探物化，中含道腴，諷刺諧謔，皆文之餘。奉上不諂，甯我爲簡，合交不污，甯我爲疏。

君子觀士，愼其所趨，有弗君如，匪華則諛。君貌五圖，茲惟其肖，贊者數十，孰際其妙。君得我辭，掀髯而笑。

樸菴蕭封君像贊

魁梧傑奇，貴人之儀，樸厚靜堅，壽考之資。胡人事之定，而天道之違。贈典在國，公貴則有，慶延於家，孰謂非壽。是不在其躬，而在其後，人亦有言，爲冶爲弓。賢哉黃門，豈惟父風，朋友之義，視公如翁。九原可與，杖屨其從。

都閫李公像贊

公起秦州，爲千戶侯，克旅克猶，永昌是遷。維邦巨藩，關隴之間，西征北徂，摧羌滅胡。勢雄萬夫，旅矢彤弓，天子錫公，惟公之功。功高望尊，公子公孫，倬哉公門。公氣渠渠，公容于于，若武而儒。公神上征，煜煜厥靈，孰爲公形，冠纓佩琚。公在堂居，見者必趨。

中書舍人王允達像贊

行若不違衆，言若不出口，樸不外飾，儉無苟取。其藉也可立，其據也可久，是無愧乎文獻之鄉，忠賢之後。觀其日不重肉，戒能世守，此雖細事，亦今之所僅有也。

敬題叔父大本先生像贊　何孟春

吾大宗之能武，有詩賦以濟之，老將休於故鄉，生實自乎邊陲。捕盜之職雖在公，以爲拙捕盜之才，實當道之所推，成功不居，大節靡虧，某水某邱，我游我嬉，宜吾宗之稱重，鄉人皆仰之爲師，此其所以耇壽而馴至乎期頤也邪。

薑贊

東坡有食薑説，予嗜性與坡同，因復贊之。

薑以煎茶，茶可腴；薑以浸酒，酒滋厚；薑以和羹，羹則馨。薑食於夏，物無不化；薑食於冬，寒猶可攻。山居嵐重，匪薑何用；穢濁心酸，恃薑以安。惟薑於我，適口多可；誰謂薑愚，愚自在吾。

寫眞自贊

耳白於面，人皆汝見；唇不著繭，汝嘗自恥。平生譭譽，甯繫於此？譽多過實之名，譭尠失眞之毀。何之子元，非昔賢比，而得如此，亦云幸矣。

又自贊

第一等人不可讓人，第一等事必當有事。㨿古知今，要不忝乎古今；戴天履地，須無負於天地。何之子元，此言切記。少年可恃，老其將至。使丹靑而不朽，庶面顏之無媿。不然，見者將謂皮祇褁癡之具，幹乃宅庸之器。彼丈夫也，何所肖似，亦奚以是爲哉。

又自贊

勿問諸人，成也蕭何，敗也蕭何；勿問諸己，是亦東坡，非亦東坡。問諸人者，其名永垂，不廢江河；問諸己者，其文久耀，日星載羅。吾之所爲無媿於江河日星斯已矣，孰知其他雙鳧與乘雁，抑孰少而孰多。

又自贊像

心如鐵石，老而彌篤，隋薛道衡之所以稱敬肅者也。事見北史 薑桂之性，到老愈辣，宋景亨之所以復秦檜者也。事見長編 心性在己，其誰不有，予當以鐵石薑桂而自守也。蒲柳之質，望秋先零；松柏之姿，經霜猶茂，晉顧悅之所以對簡文者也。顧悅之與晉文帝同年而髮白，帝問之，悅之云云。事見世説新語 質姿則稟之氣，有薄有厚，予願茂於松柏而不

零於蒲柳，然自知其厚，或可以不朽也。桑榆之光，理無遠照；朝陽之暉，與時竝明，晉遠公之所以誨其弟子者也。亦出世説 光暉則係之壽，有先有後，予已暉於朝陽而更老於桑榆，然自擬其後今當至於耇者也。因新正而試筆，自贊於像之首，蓋像物以爲偶也。鐵石薑桂，吾雖老尚有所取；若夫蒲柳松柏與桑榆朝陽，吾既稟之氣，系之壽，已厚且後，而無負應一，隨其所遭與其所受也。

與劉文廷啟　　歐陽元

茲諗輟班學省進秩文臺晨入都堂陳衷懷而求去晝歸六館別同舍以治行綸紵及門輶軒在路既許卽家而爲府又容需次以申情仕宦以稱職爲稱心宜無內外重輕之辨賢達惟知義故知命自明禍福倚伏之機故於趨賀之緘輒爲釁解之語孔文舉揚德祖古人所親卽兒羡門子浮耶公今世未聞有後首尾不嫌於衡決肺肝所託於深知翯翯馳恍忽忽闖便

復許參政啟

辱示謙鳴喜新賁治包胥感無衣之賦竟償復楚之言相如獲全璧之歸始著卻秦之勇蓋人之秉忠者必遂而物之拂性者

終還追惟往事之堪驚益懷高位之難處文場有議豈容居西掖而弗知丹詔驟頒乃獨使東廳而恭聽此挾姦回之祕策欲摧俊乂之前矛壽移疾以去官姑待時而俟命生意已存於碩果大材甯繫於匏瓜皇天實鑒乎臣衷聖主自定乎國是予環鶴渚公曰盍歸乎來哉授柄鳳池忽謂兆足以行矣屬開端於更化嘗超力於代言然非烏獲莫勝曷克絳侯見阻急返輶軒而傾蓋直同韋布以彈冠洎僉黃髮之謀親預綠章之寫於是退前日掩奎之宿卽當時押角之人嘉與賢能洊周家選舉之法至貽朋友播虞廷喜起之音第愧疏庸莫陪揚厲王通受罔極之賜世乞閒身孟明收再效之功當書逸史亟酬先施倍切懽悰

鄧顯鶴曰案科舉罷行參政爭之甚力此啟蓋於復行後致參政以志欣喜之意詳見一卷試院倡和及寄許參政詩注此云屬開端於更化嘗超力於代言者復科之詔實先生撰今其文元史未載槀遂佚矣

吉殿下千秋啟　李騰芳

金輪王出華發優曇勝尊者生門來寶象乃聖賢之盛事想今昔所同然恭惟老大王殿下仁靜似山智明如水嘿成爲信有不疾不徐之神恭儉以居得無思無爲之體適此火升之會欣逢斗酌之辰五老化而爲星光浮河渚八公進而授道瑞靄仙臺不肖某邛壑孤生文章賤品獻一觴而未敢躬百拜以非多薄有下陳仰祈崇炤

謝啟

恭惟殿下秉道既宏踐義無缺提山谷之四印居然元德之師下海屋之一籌安用神仙之説某俯生多咎卻老無功每愧玳

瑁筵前未有若棗若瓜之獻何以長生院裏頻分如脂如髓之珍飽若醫桑之有脯二胸醉如步兵之得酒百斛滅燭倘思於濺敵避舍豈所以報君

朱養淯閣老啟

伏以沂公當被命始進之時王旦預知其必大文穆於搢笏拾書之頃太宗亦自謂不如或以器量受知或以勳德推許心允愜乎富貴品無負於科名自昔稱賢於今再見恭惟閣下覺在民先道爲世表臚傳玉殿副九重忠孝之求名覆金甌慰四海雲霖之望空千駟而不視雖官居禁掖而貧若寒生蟠萬古以爲胸縱學貫天人而勤如儒士疇咨舊學起造新朝妙大人格非之功不煩閒適仲眞儒無敵之用豈畏匈奴龍飛馬行際乾坤之交會斗藏沫斂同日月以方中此多士連茹上升之期而至尊垂衣坐治之日也某門闌舊物溝壑餘生燕栖難到於畫梁蝶夢常依於華幄遄聞鼎拜君子得所載之輿喜倍恆情匹夫無不被之澤式申雀賀爰託魚緘惟冀高閎不遺下體

葉臺山閣老啟

伏聞郭汾陽之在中書二十四載文潞國之都將相五十餘年韓忠獻光輔三君裴晉公榮登十拜其功皆克安乎宗社其名咸丕震乎華夷其學術貫通於天人之際而史臣所不能知其精神洞徹於釜鬵之閒而猜忌所不能隔其德盡爲龍德其人

決是天人曠世難逢於今再見恭惟閣下誕符異兆出負英聲絕海迅風埽積塵而清赤甸劃空長劍抉浮霧以覩青天名推殿上之夔龍才裕禁中之頗牧遡絳霄而直上爰執斗杓指黄閣以夷登卽成霖雨宛具格心之妙獨擅大人之能感以至誠自不煩於議論防於未發幷亦泯其維持以故儲極奠而不有其功宮掖調而莫知所自君臣一德首尾七年雖懷潁水之情連遘鼎湖之痛睠茲沖聖賴有元臣興禮樂以致太平共羨姬公之几几驅獫狁而恢遠略無踰方叔之桓桓開誠布公渙號新而尺短寸長其銷鎔於黄極安民阜物豐蔀撤而五風十雨永昭格於元穹此四海所拭目以徯而九重所拱手以俟者也

某質慚瓦礫，深荷甄陶，材謝駑駘，早蒙剪拂。逮自投於孽網，猶曲宥以寬條，落花重上於故枝，誰非洪造；啞果仍登於華席，盡屬恩私。大廈千間，幸託身之有所；小心半點，方泚筆以難宣。聊修蘊藻之將，仰冀天星之照。

朱平涵顧益菴朱蓉水魏道沖四閣老啟

伏以唐虞盛世，而得臣最多，契讓於皋，禹讓於稷；成王沖年而作聖何早，召公相後，周公相前。慶屬中興，運推常武，克贊維新之命，還須蓋世之才。某官沆瀣融精，昭回錫彩，敬義互養，得坤之貞而地道光；潛見惟時，在田之位而德施普。起抱堯舜之道，其任重可知；朝聯丙魏之車，其同心再見。敦衆策，屈衆力，折衝

裕而玁狁驅；渙小羣，成大羣，賢才集而政刑舉。二帝之紀立，袞斧斯行；三公之鼎調，陰陽各得。擢亞保衡之任，洊升孤棘之班，魚垂玉而長在師垣，龜顧金而廣開侯甸。此熙朝之勝事，而寰宇之快觀也。某湖海微生，門闌舊物，尤來負乘，思惟補劓之圖；念切曠官，未識捐軀之所。難湔宿累，復忝新恩，仰瞻司命之台，自憐生賤；高望翹材之館，益悵身遙。知函蓋之無私，荷雕鏤於不替。久羈燕賀，聊託魚緘，幸少鑒其蘋藻之忱，望不揮之牆屏之外。

荅許少微兩廣總督戎政尚書　李騰芳

晉軍謀帥，本詩禮以兼資；申伯于宣，仗文武而爲憲。惟茲舊德，積有洪猷，出分兩陝之雄，入典十軍之寄，國威攸賴，物議僉同。某官契迹風雲，稟精象緯，廓山川之偉量，藏垢納汙；秉金石之淯誠，揭天掀地。久著繩愆之益，聿揚正色之風。以一身係天下之安危，人心所以不死；以片言分羣品之黑白，天理所以常存。茂成飪實之和，周踐藩維之任，爰從南國，歸守中樞。江左喜得夷吾，洛下又還司馬。興卒補缺，有漢室之蕭何；缺斧破斨，有周家之姬旦。略舉數人而論，抑何小醜之憂。至於惟深惟幾，大易所以著開物之用；不茹不吐，山甫所以成補袞之功。舍公其誰，

惟日以望。不肖某十年搖落，百體支離，一綫之留，久已煩於仁者；萬間之廈，今更屬於何人。光奉求舊之綸，益切維新之毗，幸迅促鋒車之入，以首膺畫象之求，國勢屹然，羣情咸壹。

闗太守啟　李騰芳

今之太守古則諸侯·臨羣吏儼若君臣·子庶民親如父母·符分銅獸·秩瑛玉麟·本禮法以訓人·必鉅儒是任·緣經術以飾治·豈俗吏能爲·某官玉珂金鑰·暫謝鵷班·紫馬朱衣·先臨熊郡·四知無媿·漢室惟有楊公·一硯不持·宋代僅聞包拯·詎意長沙之卑溼·得瞻大府之雄風·國小地貧·雖迴旋而不足·訟平政理·已愁歎之全消·入拜三公·則有車劒履被之賜·出增一馬·則有鼓吹羽儀之榮·自古爲難·于今特盛·某瞻巖未遂·受潤良多·聽無襦有袴之歌·嗟叔度之何暮·覩賣劒買牛之事·喜渤海之常清·積有徵忱·聊將不腆·伏維涵納·無任淩兢·

謝二兌太守

伏念某不學無文·疏衷寡識·既屢蹈夫坎井·遂決意於山林·蒙臺下垂念孤蹤·每加吹奬·荷聖明不遺舊履·曲賜甄收·何異既稟之苗·賴時雨而能化·辟若已灰之火·非積薪則不然·但藏器所以待時·而無器則何以待·善價所以沽玉·而非玉亦將安沽·是以蘇子而歎蝸涎·憫其枯於壁上·莊周而羨雉啄·不蘄畜夫樊中·竊自省循·冀求闢誨·敢損駢蕃之錫·更來華衮之詞·被宮徵於焦材·倘欲發其音響·飾青黃於棄斷·豈圖施之杙椽·仁者愛人·與其進而可矣·匹夫懷德·問其報則何居·義未敢以拜登·情但深於銜戢·

賀張司理啟

某官盛世鼎彝·明堂柱礎·胸蟠萬字·吐大日而飛小星·業擅千秋·鑄六經而陶百史·暫借雲霄之步·來蘇湘浦之民·闢雲氣於衡山·法星絢采·搖波光於漢水·金掌澄輝·決斷精明·豈遜蘇公之蒞汴·操行堅正·何殊韓子之臨徐·府事悉咨·輿情同慶·不肖某思親不逮·負國多辜·荷天地之慈仁·寄祖息於邛隴·蟲知不及·徇繞大樹以求棲·鼠腹無何·將望洪河而自飽·薄陳下悃·仰瀆崇嚴·伏冀俯涵·曷勝翹企·

答心齋劉令

葢聞上德之治·鷹化爲鳩·絕世之廉·牛留其犢·蝗且不敢入境·

巫何由以生妖·何意今時·有此異政·某官負姿磊落·植學宏深·自做秀才·已有天下之志·及宰百里·惟恐一人之饑·既口哺而鼻噓·亦頂摩而足胼·刈葵戒於傷手·去螣杜其食心·乃至期月之閒·民肥吏瘦·至於三年之久·虎去鳳來·喜循蹟之告成·望徵書其遄下·名已刻於殿柱·寵奚止於縉金·不肖某仄息下風·欣聞盛事·未皇燕賀·先拜魚緘·深懷贈佩之情·益結同袍之戀·

請包儀甫父母

葢聞才有巨細·學有精粗·才之巨者·投艱荷重而不辭·學之精者·入異出同而皆妙·俗儒認影響爲學·豪士張氣魄爲才·似是而非·此之謂矣·絕無僅有·公其人哉·某官無待而興·有爲而出·

學以心知爲體物情爲用故焚香讀書於一室之內而萬變歷然才以心知爲用物情爲體故運斤游刃於萬變之衝而一知不匱美其文章者粹如玉良如穀然但見其一端歌其吏澤者沃如雲煥如曛然僅限於百里假令瀉泓亭以灑一世之蒸濁必盡與以清涼如其開湛霽以照萬品之沈幽誰不蒙其炳耀傾己以與人而己愈有胥人以由己而人不知此公今日以宰一方而他日以宰四海者也某身微若草心混如泥向坎足於風波尚不識風波之面今投身於泉石豈能契泉石之心幸有因緣得覯君子察於衆惡許以獨知哀中遭涸轍之魚而惠之清波詎惜夫升斗感東郊失主之馬而試以春草更欲其騰驤

媿無言不酬眞有德難報潔藻蘋以致薦亦恐後時望豈弟而攸歸曷遑甯處

改諸生請啟

四十載治平有待有興何但於多士百千年道系若斷若續當屬於何人運喜在茲公將安讓欣沾化雨普爲桃李之榮敬藉信芼聊作王公之薦某官承家正學濟世奇才一羽摩雲背腹之毛安取四號掣電燕冀之足全空姓名久著於禁中文字徧傳於天下清揚綽約前身應香案之仙愷悌慈明今日洵循良之長下令伊始作人惟先程書之餘引墨不倦是以諸士之陋皆蒙一字之題辱在公門槩充里選風將起而負羽翰者莫不有天衢之思海將騰而戴鱗角者行胥卽龍門之下先陬吉日敬拜下風唾爲玉而咯爲珠座上元言聆之盡希世之寶小如星而大如日胸中光氣涌來皆勝德之祥伏願不拒蒙求快瞻豫動無洗足之湩比於巨蒐有僕車之誠竊同冉子若夫養由操矢猿抱樹以長號列子引盈杯在肘而不覆先生之能及此矣何以教人弟子之志願學焉詎容墜命

辭同鄉公請

某學本荒蕪人尤凡陋重荷枌榆之賜爲憐邛壑之餘常以提攜起於顚墜有懷蘋藻未成明信之將忽詡鼓鐘謬比嘉賓之召乃羣公不世之貺蓋愚生未有之華藉此誇詡於市朝豈非

榮幸因之忖度於心面實則媿慙伏冀曲軫微情收回成命從此侍清言於有暇更爲飽明德於無窮

辛酉以省覲歸荅人通啟

伏念某憔悴一生只合自老於山澤迂疏百行豈宜嘗試於風濤況疾走者未有不傾而孤生者詎能久立特荷聖恩之浩蕩比於天德之優容屢疏見留蓋不欲以新冠頓忘舊履極辭乃許又不忍以病子貽慮衰親得捧廷綸遄歸里舍一日之養眞不願以易三公百年之身奚暇論增茲多口仰煩惠問更辱褒稱病脰肩肩未獲布其四體勞人草草聊自附於八行伏冀高明矜其寒陋

雨居賦詩八首序　車以遵

余問天不對度日以詩既不期夫人知聊可謂之自遣蓋歡愉難好窮乏易工春者無拂乎相貧也亦是其病昔魯參詠而山鳥下物且依人若成連鼓而海水翔情其移我切聞朋友之誠可無故不到城闉但事大夫之賢或有時得安田里乃佞佛而佛加庇瘺僧而僧已來安道室就於郗超皆從雅尙許詢席虛於支遁益唱宗風爰慰鋤犂兼攻鉛槧捷可驚風雨情可格鬼神我愁往矣民庶采之況頌經彈射孽尙怯乎虛茲老出網羅鹿不係於廚釜載賡載詠斯舞斯陶殊不擇言庶幾應節詩爲家物矩但用之高曾窮乃人爲律益嚴於風雅雖藏山有作一

邱一壑而有餘懸市無時長言屢言之不足如蒙采采以降仲仲當想楓落吳江不惟一語毋謂偏師秦系獨擅五言時著雍閹茂之歲蕤賓月晦日也

種竹亭稾序　王夫之

江天風起高閣新秋把酒酹空問騎鯨弄黍之客人有賦心僊依客影不知今之以白首對江山遽爲殘夢吟蔚子各懷佳月人在春風之句何以還酬夙昔哉陽禽回翼地遠天孤一綫斜陽疑非疑是江湖皆婣緻之鄉沙塞杳帛書之寄刀兵隊裏有臆無詞生死海中當離言合蕭蕭笳吹酒夕驚寒此蔚子所爲磊落之胸哀歌河上者也及夫半塘畫舫荷柄通觴曲境幽花蕉光炫夢覽鏡雖霜爲歡亦夜長夏尋梅闕心物外花時看盡看花人蔚子之心遠矣乃前度劉郎已隨逝水苔生半畝笛怨山陽則余與蔚子雙影相憐不禁神盡又何足以長言耶烏乎

悲愉之情極乎壯老俯仰之致況有滄桑凡前三者苟得一焉足以春懷杳影之橋秋問瓊寒之闕娲自把臂以來莫非銷魂之地乎問道錫山相期何似萬端迂折一寄長吟共此湘湄各有眇眇愁予之旨而余少於蔚子哀乃倍之貝廷琚語兒新月楊廉夫紅幕春嬉皆以屬之蔚子爾袁伯業老而好學陸務觀取以名菴蔚子交游半天下而存者幾也余幸而存不禁爲蔚子瀏連何能不爲蔚子勸勉與

徵輯楚詩小引　廖元度

嘗聞石韞玉而山輝、水效珍而川媚、寶物如此、詩文宜然、然蠅非附驥、安有越都之才、劍不因人、枉負干霄之質、彼夫忠君愛國、吟老三湘、學佛謀仙、筆搖五嶽、須知前賢有待於後生、始作亦須於繼述、吾楚江永漢廣、昔叨先聖之删訂、流連沅芷澧蘭、續深靈均之悲歌、怨慕至若蘭臺雲夢、素號雄風、衡嶽洞庭、代鍾間氣、悵公子兮未遠、思美人兮何堪、緬維澤畔行吟、可惜江潭客去、近思郢中別調、未是巴曲聲希、孳孳寤寐、夢切連牀、落落晨星、誰當知己、度也學媿淹通、地偏卑溼、丁年問字、忝竊雕蟲、辛苦論交、幾懷滅刺、詎意遭家不造、遇世多艱、翩翩乎鶯遷

出谷、哀哀者雉罹於羅、維倏爾覆巢、傾無完卵、嗣是雙林依倚、八載淹留、霜棲月訴、繞林而烏鵲難忘、弔古懷人、隔水而蒹葭宛在、所恨秦人一炬、空留卜筮之科、爭看宋石三函、莫辨連城之璧、爾乃掩柴門而抱鄰、藉楮墨以寫心、擬徵楚人之什、以補楚國之風、無如湖北湘南、江雲渭樹、竊意清新俊逸、甯無庾鮑之章、老病端居、定有孟杜之作、敬伸短引、遙達素心、諒在騷壇、必登大雅、家傳帳秘、幸簡灰劫餘編、丕振金聲、毋忘瓊玖、是報、或忠臣孝子、隱逸漁樵、或節烈軍戎、緇流羽士、不拘當代歷朝、卽付縹囊卷軸、大言小言、必有以也、我疆我理、當共寶之、仰名山之大業、追維學道之精、發潛德之幽光、敢曰稽古之力、伏冀燦

燦郵筒、冐問銅官舊渚、箋箋碎錦、都成石室新書、俾得傳之其人、勿吝惠而好我、謹啟

案作者當鼎革時、罹覆巢毀卵之災、而箸書甚富、今皆不傳、惟所輯楚風補四十八卷、楚詩紀二十二卷、故家尚有存者、其書成稾後、以屬武陵陳應元借庭、借庭卒、子長鈞甫爲開雕、而作者子某出控泣訴訟庭、時撫院趙恭毅公親按其事、仍以稾歸廖氏、至乾隆初、長沙太守呂公肅高纂修府志、始得牽連鋟版以行、去成書時五六十年矣、或曰康熙初曾修湖廣通志、作者因志局遺稾纂楚風補一書、則此引專爲詩紀作也、作者字大隱、晚築室城中曰息機園、頗有池亭之勝、

今名猶存、而故蹟不可尋矣、當陳氏刊書時、延陳孟巖一揆校訂、故孟巖亦被牽控、尺牘內有文言其事、可見崖略、汝懷坿記

游東臺山記

龍孔然

游之日風暄日美良物懷新草細烟柔涵空助潔崧非一韻雅奏于笙花有羣名香登同譜躡屐忘勞吹韶輔腋送鴻極遠矚景迎眸攬虛井之鱗鱗挹西山之戢戢龍山西睇莫窮縹緲之端漣水東瞻欲盡蜿蜒之曲巽維月黛知爲神禹之峯坎位孤青憶是昭王之岫信楚天之浩杳無涯覺郢客之悲涼有以於是囘觀同侶授色徵心益有滌爾元襟酬茲韻目不謀而合相視莫逆者矣爾乃選石因乎苔輭倚杖擇其枝虯敷坐命觴邀雲入琖折松佐令聽鳥當歌酒絕暄苛言無矜媚分曹綴句韻不險而心和弔古懷人事雖遐而情邇固有歡至而莫狀其歡

意暢而欲忘其意者也余乃扣壺而歌歌曰漣之水其孰從生兮湘之山其焉始幸萬年如一日兮俾卬心而樂此二三子撫掌而和之曰情忘一日愉以康風日媵兮雲焉將執飛鳥而陳辭兮適何遠以游乎空蒼已而圓紅西墜薄靄漸升樵有歸柯林聞夕磬遵徑言旋閒心未釋遲行待侶韻目猶留夫勞生之歎在昔猶虛仁樂之情非登不發乃靜侶愜心天物效順襄此成游驗其至適又何必盧敖窮北極之觀艮壘尸南荆之祉也乎

湖南文徵卷五十三

湖湘後學集編

賦上元明

辟雍賦

歐陽元

皇風清甯人文盛開京師崇天下之本國學萃天下之才粤若稽古爰自蒼姬始號辟雍昉歷代聲名之盛本大射行禮之宫其規刱於文武其度講於周公節觀者於四面壅流水以環中若乃道闢窒嚴義闓軒朗澄源止而不泥文瀾溢而不蕩肉好適半如璧之象茲乃辟雍之初所以名肰也或在靈臺或在鎬京靈臺者爲文王所建鎬京者爲武王所營茲乃辟雍之初非

一地而同一名也或習射兮觀德或養老兮興孝匯九有之俊髦軌萬方之則效茲乃辟雍之初非一事而同一教也迹其建侯設鵠矩袷圓冠襃尺講事君之敬刻注視立己之端斯則辟雍之習射天下之盛觀鮐背鶴髮尊傅隆師祝噎以膳授几以咨斯則辟雍之養老天下之盛儀誾誾休休泮奐夷猶覽上國之光華踵賢關之雋游斯則辟雍之養士天下之名流有客聞之曰子於成周之制講之詳矣於異代亦有所徵乎滯觀炎劉治盛中世臨雍再拜化及四裔要荒萬里就學遺質鼓篋圜橋以億萬計於斯時也辟雍亦可謂盛矣愚曰未然子徒慕先漢之遺風若未覩今日之文治我國家聲教之所暨也東踰若木

之日津西探崦嵫之月窟南窮火維之陬北際冰天之澨文軌之治既同絃誦之風四被視寰海爲一辟雍陶同宇爲一庠序於是在天則應璧府圖書之祥在地則産孔廟金芝之瑞藏曲阜之特桐實飛龍之首歲乃擇成均之師申胄監之制三年而科詔頒文治日星乎曠世之條風霆乎多士之氣將見自今以始彼漢之億萬尙敢與今日同年而語哉大抵惟聖人能盡君師之職惟吾道能竝天地而存惟養賢爲籲俊尊帝之大務惟建學爲化民成俗之大原睠此辟雍屹乎本根固願爲今日之賦者續古之頌被之和聲叶之永言前以觀八百年之成周後以開億萬載之皇元

義門賦竝序　　歐陽元

宣文閣授經郎鄭君浚常以其家乘示余曰浦江鄭氏義門文錄歷覽諸作盎彬彬焉他日謁余一言爲作義門賦辭曰

緊伯喬之裔孫兮紛振振其好修永世嬪之蟬嫣兮甯隱耀而發幽循義路以允蹈兮擇仁里而相攸被芳潔以爲服兮襲溫良以爲裘將孝弟以爲車兮方敬讓以爲舟歷九世而共爨兮壹乃心之休休明五倫之於日月兮實有生之大猷父慈愛之恂恂兮子色養之油油若君臣朋友之際兮必忠信之與謀於睦孀其有惠兮在任卹其有賙禮儀雍雍以賓退兮家政凜凜其陽秋長者施其令則兮少者效乎順柔珪赴弟以瘐死兮綺代親而自四史何感乎緹縈兮詩何歎乎原隰之裒嗟高風之卓絕兮履艱貞乎何尤爰孜孜於稽古兮悉聖訓之是蒐陳時祀之秩秩兮戴首弁之俅俅述五禮以爲儀兮樂至和而不流以予觀於往昔兮將公藝之可儔我歐公之史五季兮書旌表之法周門築壝以綽楔兮柱雙立而烏頭雪霜皜皜於當世兮松柏岑蔚乎故邱矧皇元巍巍乎有天下兮化丕冒於海陬敦懿行於四國兮播令聞其若郵文孫起家而交辟兮列相第之前籌尋重席於宮庠兮徹聲華於冕旒信積善之有報兮密邇寵光之綢繆也

羅浮鳳賦有序　　歐陽元

羅浮鳳者海南小禽也家君自嶺嶠回挈之北上予嘉其身負文采拔去幽阻而欲自售其羽儀也是知士之抱道德懷文章無徵不聞無遠不達豈肎久滯於天涯海角之墟而遂已乎雖然予媿多矣乃爲賦曰

惟海邦之異產挺羽族之光華育火德而有耀控離垣以爲家奄赤土之重漲眇丹邱之僻遐顧性命之淺薄特盤桓於煙霞原夫自南自北載飛載止翔不妄集棲必倒跱青飾衣衾紺流爪觜信鳳鷇之多奇類鶌臺之所使吮靈秀於紫芝嚼寒香於瓊蘤雖斥鷃之同羣固鸞皇之等美於是本山川之迢遞羨體

氣之自然胡虞衡之弗及隔瘴癘以能全或羅氏而弋皐命曷夷以龍遷望上林而奉進跋神嶽以增妍念安期之畜養受抱朴之矜憐守一枝於嶺木得數粒於巖泉習獸圈之可近任蛇徼之長捐尙蓬蒿之改觀何鼎俎之容覩當其緬南國之蒸爍朔古龍之沈隘宜稟賦之爾殊渺狠睆之昏昧裹黑質而無縉饕鱗軀以弗醻柰口屋之何有望魚鼈而奔沛胡鶌鴗之種族獨黼黻以藻繪矧鞦莎而億蘭匪踞金與羽芥獻麗容而自媒炫靈表而罔害將尤物之移人豈凡禽之一概若乃玫黔贏之所毓鍾品彙而降祥負英姱而可貴閟草莽而愈彰心恆馳於北闕迹曷屛於東岡薦董賈之術業熾淵雲之辭章偉眣谷之文翟諒備采而有光逖炎洲之孔鷸或聚冠以見胑幸全生而特遇肎處遠以回翔倘遲延於歲月恐滅沒於殊荒然則偶時景之和暘跋閶闔以凝竚稽師曠之補經驗治長之辨語感軒閣之銜圖副舜廷之率舞聲格磔而應弦勢盤旋而列簴祠爰居而眩惑奏鷃雀以笑侮卵條支而必致毛拂菻而曷舉彼尋常之猥陋雖籬落其若阻相盛德之休明謂萬里而來覲是故士當貴而自重世何嫌於處卑罄山谷之巢穴爹朝廷之羽儀仰天地之廣大拔聖賢於窮羈極英材之銜鷟忍道德之擲遺惻朔風以吹野慘寒雪以刮肌屹碧梧而弗實挺篁竹以無枝鼓乘傳之壯志蘊棄繻之妙姿柰負貳之久梏窘侏儒之長飢庶飛搏於鵬路絡飲啄於龍池尙茲鳥之足數遂歷言而詠斯

黃河賦　李祁

乾清坤夷嶽奠川會覽四海之縈環見黃河之如帶下亙寰宇之區上通銀河之派折九曲之迂迴瀉千里於一快想成功於當年徵神禹而誰賴觀其肇迹西土濬源天淵浩浩蕩蕩翩翩緜緜或奔放而莫禦或紆徐以迤延或騰踔奮迅激强弩以俱發或喧豗震掉擂萬鼓而竝前聳銀闕之嵯峨驅鐵騎之森嚴或洪流之浩渺播餘波於兩壖諒一葦之難渡豈容刀之可言思昔龍門未闢積石未導蕩斯民之衡廬爲魚鼈之閫奧暨黃河之安流嘉元圭之錫告濟蒼生於艱危拯沈溺於悶燥昭乎如日月之乍明廓乎如乾坤之再造此後之臨流而歎者所以深爲魚之憂而羨禹功之妙也逮從西京治化昭明何壯心之未已復馳騖於遠征命彼張騫使於西垠窮二水之所自至鹽澤而陸沈是雖足以知黃河之源委要未可與神禹而竝稱蓋其甘心遠夷疲敝中國孰若疏鑿成功免民魚鼈靈槎汎汎使節煌煌孰若乘彼四載經營四方竹杖詭奇蒟醬甘好孰若水土既平稼穡是寶吾於是知禹之功如天地之無不持載無不覆幬者矣惟我皇元萬國一統會百川而來朝環衆星而北拱不必手胼足胝而河流無泛溢之虞不必窮幽極遠而河源皆版圖之貢愚生南邦未獲時用葢將振衣袂乎崑崙豁心胸乎雲夢挹黃河之餘波造明堂而獻河淸之頌

江漢朝宗賦　黃師郯

元黃奠極混沌攸分屹岷峨之西峙發天一之元精沛靈液以長流亙天南之緯經激逸勢以遄驅送馳波於滄溟譬萬國之會同咸疾趨於紫宸茲江漢之東注所以著朝宗之徽稱者歟時其春濤浩漲萬壑流液駭浪翻空天綱浮潏激三澨而霆喧浸峽雲而影沒騰蛟鼓躍而噴風怒蜺霍揮而翳日長驅振鐵騎之西來支流若附庸之畢集望滄海之茫茫倡百川而奔入雖百折而必東靡同波之頹息茲非諸侯春見而曰朝於以覲王庭而述職者乎又若陰風怒號濁浪排空巨浸稽天而浩浩驚濤觸石以溶溶始兩川之竝駕終合勢而景從雷轟於大別之下電繞於盧阜之衝渺乾坤其浮浮爇旭影之曈曈飛流駭奔走塗山之玉帛狂瀾澎湃集王會之琛琮茲非諸侯夏見而曰宗於以朝京師而會同者乎余嘗快西風之曉晴駕西龍兮北征朝吾道兮江浦夕余憩兮漢濱覽形勝之渺瀰黔寒烟兮沙汀洞庭南瀉蕩天光之一碧赤壁西望俯洪流而下臨蜀山透迤而送色楚澤浩渺而連雲鳧鷖低回於烟渚葦花點綴於寒津濯纓乎滄浪之浦游目乎鵠山之岑余於是有所感矣思昔龍門未闢環海湯湯慨尾閭之未洩肆川后之陸梁惟聖神之惻然乘四載而徬徨經嶓冢以導漢隨岷山而入江障狂瀾而東騖若日月之回光迨夫乾清坤甯岳奠川會羣流循徑以

汨潏飛澇摧雲以距海各順序而安行孰奔騰而横潰觀物理之有常等民彝之不昧思禹功於當年實萬世之永賴嗟夫觀水於穹壤之閒知物有君臣之義大而麗天之象緯微而在物之螻蟻雖氣類之萬殊實均具夫此理何世降於春秋迴霸圖之殊異嗟河陽之書狩秉麟筆之微意在桓文而尚爾於吾楚乎何忌觀逝者之如斯能不忸怩而媿死此余於江漢之朝宗安得不悵然而長喟惟聖元之御極總萬國以來庭雖海隅之遐陬亦梯航而貢琛藐余忝於楚產懷朝宗之至心鼓三汲之巨浪振修鱗於禹門爰寄悰於江漢聊抒意於斯文

敕下御製大明一統賦　建文元年

劉三吾

我聖祖剛健中正寬大英明神籌成於先定運量根乎至誠兼之配以聖后端一靜貞德符文母道合太任儲君有象賢之器羣肩皆屏翰之英所以功業文章卓乎煥然之可觀耳觀其得國遠過於漢唐行師名正於湯武申明五常兮民用歸極一洗口俗兮世皆復古建官而革宰相之專列爵而罷子男之數去神祇之濫封改先師之象塑祭先王以御名待亡國以賓禮取士而開設賢科報功而胙封爵土服制定而兵制嚴家法正而國法安至於訂先王之禮樂復中國之衣冠正韻書之偏音除封禪之異端紀年號而不改置符讖而不談無徽名別號之稱頌無離宮別院之游觀德政不陳於大臣公侯不封於文職親軍不隸於五府藩王不伍於百辟惠政不限於豐凶恤典不分於存没兵不出於無名姓不妄於謬錫避諱止於不偏諫言許以直入威重典於豪強隆師道於勳戚變文體於委靡排佛法於幻惑斥神仙兮祥瑞禁師巫兮邪術他如資世通訓祖訓條章聖政之紀述律令之精詳文集之浩瀚大誥之昭彰日歷纂玉堂之秘寶訓發金匱之藏禮制頒行於司府集禮詔及於夷邦解論語之蘊奧正書傳之舛訛孝慈錄兮仁至義盡昭監錄兮慮遠謀長相鑑有賢奸之傳明賢有上下之篇雄文大製寶墨雲章天縱羲皇神契禹書誠與典謨相爲表裏雅頌並其節

目所謂聖謨洋洋嘉言孔彰此其大者餘其難詳

白雲茅屋賦 有引

劉三吾

大名滑邑周豕韋故墟漢之東郡唐之義成軍邑西南二里即瓠子隄北去大伾宣防半舍餘又西北距善化三山五十里山即黎陽又西去太行四十里許至淇泉二水五里而近泉名三水合流曰淇門有三會臺今成均祭酒宋公仲敏先尊大參忠肅公在日嘗構西亭瓠隄上顏以西隱仲敏由胄貴胄館擢進士第爲郎官官滿更築草堂其間號白雲茅屋富貯經史子集法書名畫晨啟牕戶雲氣時來與博山爐烟氤氳交錯因復扁其所曰自怡所國朝徵詣公車歷官瓊署掌教上庠六館諸生朝研暮覃罔敢墮窳敗業今春南宮得

士四百七十餘監生居三之一皇上緣是益深倚注不容以懸車之年辭焉僕備官春坊謬蒙推重謂某楚産頗能楚聲也屬賦其所謂白雲茅屋辭不獲已而爲之賦曰

白雲之雲茅屋之屋吾意其觸石起經簷宿藹林陰度窗曲因風曳曳之來和日蒸蒸之鬱隨椽疊疊之鋪代瓦層層之簇爰乘冬隙之休工豈俟來春之播穀不炊而暖散晴煙不雨而潤同純束任滿地而誰其爲埽從養貞而自覺不俗匪河陽而望入親舍之思匪瀼西而吉叶杜陵之卜此滑臺隱君子所爲得兼二者之清致而克顯先世之忠志也與且夫烟霞棲遲隱者所甘心也而胡獨愛白雲之卷舒夏屋㡜幪人情所同欲也而

胡獨愛茅屋之蕭疏得微以不堪持贈而僅足吾人之自娛也與又微以所取索綯而可還結繩之古初也與不則以其深可爲家而致詩客之停車輿在歸赴而爲文翁之剖符與噫是皆未會其趣之深而徒得其迹之粗者也南臨瓠子之隄北距太行之山宣防黎陽之攬乎其形勝淇水泉源之聞乎其潺湲河流於此乎噴薄林皋於此乎迴環宜雲氣之所從自出而仕者之所爲投閒也觀其原本天漢結在山川度溪縹緲從龍蜿蜒或散或聚或斷或連非嵐非霧非靄非煙橫亙山腰白虹臥地孤飛空半玉馬行天細縈絲絲之縷輕騰薄薄之綿當西亭之所在每欲出而仍旋始傍溪而欲去終抱石而如眠念忠肅之

在日以供悅於目前既與爲霖而濟旱復隨還山而引年慨前修其已矣尚白雲其依然則有令子象賢肎構是事謂雲雖無心而隱則先志屋不於雲締搆何義雲而不屋飄散無際迺不剞劂因山之材迺不埏埴于茅之易重重束縛之加密密塗泥之塈多無八九之閒寬容數畝之地覆牖前頭之開繩樞太樸之製捲簾而素練斜掩拄笏而爽氣隨至香馥馥兮博山水沈白粉粉兮垣牆薜荔都迷松逕何許鶴聲不見竹籬惟聞犬吠於是遠謝世紛淨掃塵蹤我讀我易我樂我窮河圖洛書究極點點之數天根月窟往來六六之宮窗前有點檢之篇門外從鼗鼗之封此則山人所樂在乎白雲茅屋之中心勸而休意行所在或採芝朮或尋蘭佩橫遮谷口疑蒸雨後之晴嵐濃抹山椒驚失曉來之翠黛到窮處而水源可探看起時而詩情與會此則山人所樂在乎白雲茅屋之外方其未葺是雲屋也盛年科名故家文獻出宰百里郎星朗見心融潘岳之春花滿河陽之縣喜招隱之賦成諧遂初之始願及其既葺是雲屋也養浩林泉放情邱壑結社漁樵訂盟蝯鶴已甘分於退休諒何心於好爵胡束帛之見徵違暮年之數約乃登金門乃覲我皇乃承渙渥乃官上庠孔庭兩丁資爾代祭生徒六館資爾紀綱雖引年之屢懇豈聖眷之能忘回首白雲幸蒼狗之未變驚心茅屋恐蒼臺之易荒至是則向之白雲今且出而從九重之飛龍矣

向之茅屋今且廓而爲多士之棟梁矣念雲屋之久別渺山河之相望要四老於橘中會耆英於洛陽詢往事於瓠子得遺迹於宣防以此晚景際此時康而還得顧此西亭故隱之白雲居此秋風不拔之草堂聖主優容之賜老臣暮景之光也遂書此賦下以寫徵君歸隱之志上以效臣子天保之章

野莊賦有引　劉三吾

汴進士通判長沙王侯師魯繇尹猗氏投紱龍門得金源時故著姓段氏遺址段輔惟德屢任憲使姑射山之麓曰芹溪一水漑田可四五郵疃侯築室其上游以地之出幽蔚而曠適也宜田舍而不沮洳也謂之野莊上以奉母下以友于諸兄弟非直求田問舍而已其來茶陵屬予文既爲之記復廣其意而賦之曰

龍門之西姑射之東一水芹香界玉其中惟是溪之上游實形勝之所鍾在林樾而獨幽蔚軼沮洳而特崇隆可以供野眺而寄高情於無外可以爲田舍而適雅趣於不窮何代見於偉人

繇原出於仙蹤此王侯野莊之所在非世俗田廬之得同也與在昔金源則有段氏簪纓名家廟堂重器來居是莊實啟其閟華屋猶存海桑換世幸地靈之未歇有人傑之來繼振三槐之家聲擢春官之上第繇猗氏以投簪卽是莊之畱意樹棟宇於荆蓁之故墟葺田園於蓁蕪之久翳邈高風於異鄉之後來慨廢興於崇岡之一睇然後知高賢之卜居蓋以勝槩而非以地利者矣是莊也不村不郭匪市匪廛天開圖畫地占林泉蓀壁葯房桂棟蕙櫋襍以楩枏之材甃以璘瑞之堅廣不四五之畝多不八九之椽青來幾山之闥綠護一水之田岸蘭汀芷馥郁雨餘之日園梨山柿紅白霜後之天樵負婦汲往往村巷雞鳴犬吠在在人烟侯也幅巾藜杖勝日佳時或依畠閱耕或臨流賦詩但見良苗交風遠近一碧亦既穎秀亦既堅實奄觀銍艾畢是稼穡竭三時之辛勤事一日之宴集斯犬豚之有社亦人情所共適此則野莊人平居所藉乎畊之力及其鳴騶入谷薦剡交舉負疾力辭棠恩見許還家敎乎龍門講道擬乎鄒魯恨孔突之未黔由及門之房杜雖繫匏於禮曹恆馳情於莊所此則野莊人前後所異乎出處之故潘輿上壽四時杯酌綵衣翩躚聲庭酬酢母見子兮怡愉子喜母兮矍鑠願北闈兮遐齡永康彊兮勿藥則是莊之居本以奉母而始作五人兄弟平居雁行塤箎迭奏棣蕚相望問起居兮母所具甘旨兮上堂願友于

兮勿替使母心兮樂康則是莊之居又以友乎兄弟而不可忘抑人知侯之野莊其耕以田而不知侯之野莊其耕以舌也當河汾之授徒紛衿佩之雲集閲歲奉之淸俸猶賦役之所入顧此田之所收豈野莊之能敵自徵登於仕塗已筆耒之久歇幸心田之克治無草茅之交塞種之以經訓之菑畬漑之以伊洛之道脈耘之以克己之工夫斂之以道德之充實始循序而升堂終深造而入室則義理純熟之餘皆芻豢悅口之物斯固吾性分中之墅莊人心內之安宅也又何羨乎淵明栗里所在之高風陸氏門生爲莊之故迹也哉爲之歌曰

野莊兮龍門樂此所兮王河汾宅幽兮勢廣宜爾居兮與爾田

壞伏臘兮有餘上奉萱闈兮下以友于野之莊兮旣久刖墨之莊兮亦以歇志不遂兮柰何白髮倚門兮山之阿安得解組綬兮如淵明賢我當爲傒兮續歸來篇

石門樵子賦有引

劉三吾

東原杜侯惟謹以其鄉舉里選貳令吾邑崇儒右文公暇語及中原故家蒙書示鉅儒宋公子貞所譔其先世鎭國上將軍權東平府事兼德州防禦使元亨公碑文因言某世家錦川之陞空靜所居西南亭山迤東一嵒岫空洞如室高可丈餘延袤倍之其中通車馬往來兩闢對峙是爲石門踰此而東爲大山窩矣藏水池東豹西豹諸峪大抵皆胙各泰山之餘其面平東阿之柯亭又有所爲南望北望等山轉而西北則滑口鎭岸乎黃流下注濟南惟石門距侯所居不二三里許侯日吟嘯其閒采山茹美若將終身因自號石門樵子亂

離以來往依里名士韓公純甫立甫二昆仲於登州之煙霞讀書講道爲忘羇孤之苦如是十五載始歸玆來哦松不能忘情其所繪而圖之予知侯雅意在文不在圖也故不俟其圖成先爲之賦曰

天地開可與漁者爲友惟樵父而已矣況石門兮高寒更洞天兮幽阻居密邇兮林泉地遙隔兮城府矢不名利之規甘爲麋鹿之伍行歌雲霧之門結屋嵒岫之所伐木蒼蒼之山荷笠濛濛之雨此東原景川郡杜氏之石門蓋肇自乎開闢吾哦松公之爲樵者獨得嘯傲乎今古也與其門也雲根之所削成風氣之所凝結天地之所疏通陰陽之所闔闢不扉而扉蘚華其鋪

不樞而樞石竅其區都無扃鐍洞啟乎鴻荒之時長假呤呀邈自乎補錬之日通羲娥之往還峙荼壘之對揭異乎箭括所通之天同乎慈利所名之邑澄空巨鎮賫之以關鍵滑口雄邊因之與呼吸故去瑕邱相近雖不蒙杜陵之賦詩若果仲由所宿又何勞晨門之見詰也哉其為樵子是門也楚楚少陵之奕葉英英宦族之衣冠登州海市之僻地故鄉朋舊之有韓毎談笑之相約各林下之休官舍爾石門何所隱遁微爾樵社孰與盤桓我杖我屨我躋我攀吟倚雲關之洽坐分雨蘚之斑檐敲山月而身衝杳靄斧磨苔石而手掬潺湲當春穿林而叢花拂袂經秋行徑而風葉滿山觀棋樹下逢仙人之游戲束薪澗底值

木客之往還可以采松花而因之以釀酒可以煮白石而假之以駐顏然則杜侯之寄興是樵也又豈不以其不事王侯而得遂優閒也哉嗟乎自有宇宙門斯對啟自有石門人斯蕃止家是門者不知其幾何人幾千餘年矣而託樵其閒獨有我工部之裔焉則自人文蹇閉以來能幾人得此清氣也哉蓋人以石門視石門故不過為巖穴之寶侯以衡門視石門故不害為隱處之地是石門者樵子託興之所樵子者石門清致之士也結社為盟以採為誓不謂鶴書遂來聘幣山人去而曉猨驚樵父往而石門翳豈無其門孰領清勝豈無其樵所乏高致然則石門之重固以杜侯之賢而杜侯之賢豈藉乎石門之庇哉遂為

石門神與樵子之歌歌曰

石門兮陰陰肇自鴻濛兮至今豈無人兮過我門惟爾社父兮知音知音兮柰何日負薪兮行且歌自爾之官兮門逕薜蘿□樵父兮寄聲爾門神兮諒悉我情我與爾兮相與久一官南土兮匪釣聲名不緣讀書兮無此行掛冠兮神武告歸兮我斤我斧石門之神正且直兮吾與爾同肺腑自今有來者毋等我所

竹深賦有引　劉三吾

四明慈溪江侯中立上世家奉化海口之長汀七十二曲間廣種修竹歲久成林深可留客今復家慈溪故居之竹未嘗一日忘諸心也因取杜陵詩語以竹深自號其有得於竹之趣豈淺淺哉會公車徵賢邑長勸駕遂有今茶陵丞之擢到官以來趣向幽雅愛竹之深寢興弗忘不鄙屬文於走走楚産也以楚聲聲之以賦曰

人爲萬物之靈竹有此君之操惟種德之堪開斯成陰之邃奧宜高賢之與交非淺薄之市道旣見愛之逾深諒無日而不到儻知己之可留必其間之與造可以謝塵世之紛埃可以寄逸

興之高蹈可以卻暑天之炎熇可以締歲寒之盟好此吾四明江侯不特於竹深而留客且卽竹深以爲號與且夫松爵大夫也而不與交梅花處士也而不與游胡於竹之深密獨交情之綢繆得非以其境勝江左可會七賢之名流與又非以其地近山陰可來徑造之王猷與噫是皆得侯愛竹之淺而不得其愛竹之深與其愛竹之由也彼其筆聳个个葉茂叢叢琅玕綠瑩翡翠陰濃月上而黃金瑣碎雨過而碧玉玲瓏風至而琳琅振響雪落而瓊瑤啟封海旭朝升枝梢鳴鳳霜粉夏蛻籜皮化龍不洞之洞而重重交陰不逕之逕而在在可通如是者蓋數里許曷計其多少凡幾曲折爲迷其西東自海口而望乎其外者非烟非雨四時溟濛如蓬萊隔一水莫測其地之所極自長汀而入乎其間者非羽非葆一色金翠如武夷縈曲水不知其路之所從此固江侯所爲愛其深之大概而尤未見其深之所窮也亭臺勝日佳客會心茶瓜留款枕簟入林時則愛其深而俗客之所不能尋祝融南來火龍行日班荆散坐涼飈滿席時則愛其深而炎暑之所不能入興乘清夜手攜綠綺步蟾往過下露如泚時則愛其深而市喧之所不能到乎耳詩貴得趣書當會意笙鶴有聲瀟灑其地時則又愛其幽深之得所而意趣之超詣焉侯愛竹深人所不見侯有名聞人所共羨竹愈深而人之迹其間者愈密身愈隱而名之在乎世者愈顯乃捧鶴書乃

別竹所好風時來如聞竹語我所徒深風月誰主爾情如深毋忘相與侯於是訂盟竹君就徵賢良觀光上國哦松雲陽來南楚之旣遠邈海天之相望雖堂樹之日種曾竹深之暫忘一存心而虛中是念一行事而曲意是防思守貞節如彼之受霜雪而不挫思垂令名如彼之汗簡冊而流芳此其愛竹之深實以厲其操行詎胥人之愛徒以恣其濫觴也哉遂爲歌以矢竹深之神歌曰

竹深兮成陰深之所兮誰知音我與爾締交兮如玉如金今雖爾暫別兮夫豈其初心在家在官期毋貳厥操兮恆如爾竹深之神與監臨又爲竹深之神以荅其歌曰爾愛我誠深兮吾於

爾情亦不薄爾名誠不顯兮安得槩人之好爵適聆爾矢言兮深交情之如昨願早歸來竹深所兮期無負乎別時之所約

麒麟賦 並序

夏原吉

永樂十有二年秋葛剌國來朝獻麒麟今年秋麻林國復以麒麟來獻其形色與古之傳記所載及前所獻者無異臣聞麒麟瑞物也中國有聖人則至昔軒轅時來游于囿成康之世見于郊藪是後未之聞也今兩歲之間而茲瑞洊至則聖德之隆天眷之至實前古所未有也宜播之聲詩以傳示無極臣忝職地官屢覩盛美不揆蕪陋謹拜手稽首而獻賦曰

惟我皇之明聖兮膺天命而御極環六合以為家統四彝而混一化洽殊方仁覆萬物和氣所鍾禎祥疊出而仁瑞之獸所以復獻于今日也爾其滄海之濱瑞氣勃鬱元枵降精二儀合德

熒光燭天輝耀赫奕山嶽為之炫映江海為之滋液百獸為之奔衛萬靈為之拱翼而麒麟于是生焉豐骨神異靈毳瑩潔霞明龍首雲擁鳳臆星眸眩兮焜耀龜文燦兮煜曄牛尾拂兮生風麕身動兮散雪蹴馬蹏兮香塵接腕聳肉角兮玉山貫額步無蹶躅必中規而蹈矩聲無哮闞自協商而應律固不犯乎陷阱亦豈傷乎生物是以不奮而威不猛而烈虎豹見之遁藏犀兕遇之俾易封豨巨狿雖悍戾而誰羨麢麚豻貉顧旁午其何益彼漢廷之角端徒自誇其美而渥洼之神駿焉能與之匹茲實聖世之奇瑞匪有資于人力此所以海隅島夷不敢自逸乃梯山而航海于以獻于中國于是離遐陬道滄溟越重譯望帝

京脩之以方物達之以至誠匪惟效職于王會蓋將昭德于聖明于是時也天門洞開袞龍在御瑞物既呈祥烟斯布散精彩于彤墀濯儀文于甘露或昂首而欲鳴或跪起而欲舞重瞳載顧百辟歡欣曰惟仁獸希有之珍昔在軒轅曾一來馴暨于成康郊藪是臻歷千載而及茲乃有感于皇仁越期歲而再至實前古所未聞是宜播之聲詩勒之金石著盛治之無窮延休徵于莫極顧微臣之譾譾覩盛美而愉懌爰稽首而獻賦頌聖德于萬一

桃源賦　文澍

挐扁舟而遠涉兮泛長江之瀰漫登衡陽而騁望兮小天地其彈丸感扶輿清淑之旁礴兮何獨於此鬱積快達觀以自慰兮散幽懷之於邑覽岷山之西來兮出三峽而放奔歷江陵而安流兮企神禹之洪勛采蘭荃以結佩兮慨前修逸駕之不可攀望重華之南巡而不返兮迷九嶷之瘴煙命掁舵以溯流兮犯重湖之狂瀾夕吾將止於枉渚兮朝余發乎君山采薜荔以自娛兮挹清泉以濯纓撫武陵之幽曠兮弔伏波之爽靈忽心悸而神悚兮窈古洞之深扃煙霏慘澹林木蓊鬱兮蝯鶴悲嘯而長鳴憶秦人之厭亂兮挈家於此而避兵嘅亡秦之幷六國兮

奄四海以爲家志既得而驕矜兮賤金玉如泥沙阿房崇聳以極天兮曾不恤萬姓之怨嗟肆頭會以箕斂兮民畏之如雷電與虺蛇儒生坑戮六籍雜燒兮逞淫毒以無涯一旦禍倡晉魚璧薦妖鬼博浪纔免力士之椎沙邱已載鮑魚之穢望夷釁作蕭牆禍起軹道頸繫祀延二世時有黃綺高蹈而詠采芝之歌伊人自臧而舉種桃之趾農耕肆力兮無王賦之共億也斑白游憩兮儼衣裳之古樸也木石與居鹿豕與游兮安乎空谷之闃寂也知有父子不知有君臣兮渞乎標枝與埜鹿也憶當時之來茲兮聊以媮安乎一時也焉知歷歲之滋久兮衍後嗣之蕃滋也春與秋之代序兮忘寒暑之紀歷草木自榮而自悴兮

審一時之消息也聞首陽之遐軌兮慕箕潁之遺風憶鄉土之懸絕兮動余心之忡忡漁人沿溪而欸乃兮異落紅之繽紛爰捨舟而入乎林莽兮仙犬吠乎白雲外人何爲而造此兮相與訊問乎時代歷秦漢而暨晉兮凡幾興而幾廢陳豆觴以延客兮儼禮容之不愆漁郎懷土而弗留兮羌杖策以言旋歸而號于世人兮驚世外之眞仙尋仙迹而無得兮空留睨乎雲煙感神界之既敝兮造化惜之而旋閟靖節方思遺世而高舉兮允素心之默契既因羊長史商顏之行兮已寄意於黃綺今復聞茲芳躅兮復寫情以問游方之士嗟余生之已後兮類有考於斯文嗟阿房以灰燼兮曾不如茅茨之永存辭曰邈黃虞之神聖兮儼垂拱其無爲斯民安于耕鑿兮忘帝力而愉怡何亡秦之亂天紀兮慘四海其瘡痍快睹聖人之御極兮招逸民其來歸

奎文閣賦有序

李東陽

闕里宣聖廟舊有奎文閣以貯古今圖籍在大成殿之前杏壇之南金章宗重建規制頗精國朝置衍聖公府其屬有奎文閣典籍一人凡朝廷有事於廟則禮迓香幣庋於閣中以俟行事宏治己未廟災而閣存工既就緒殿廡閎麗皆加於舊按察僉事黃君繡謂閣獨弗稱欲撤而新之衆議譁然以爲故物不可廢黃執之益力巡撫都御史徐公源實主之閣成高八丈有奇略與殿等棟宇相埒金碧交映向之譁者始翕然歸之稱全功焉東陽奉敕祭告乃登於茲閣欲賦其事未暇也徐公既購書數百卷付衍聖公聞韶令典籍孫世忠守之四方藩郡聞而致者日益富徐公使告於予曰閣不可負也乃爲賦之

偉新廟兮既宮突高閣兮麗空海之右兮山之東極灝瀁兮爭嵷巃納沆瀣兮超鴻濛表日觀兮來天風忽秋令兮始肅見奎星兮正中初徙倚兮欄前暫徘徊兮戶外殿庭兮巍峩與茲閣兮相對亭碑矗兮林立壇屋隱兮如蓋昔金源兮始搆幾歲序兮更代歎軒楹兮未燼紛瓦礫兮浮壒及輪奐兮鼎成藹冠裳兮咸萃覽舊迹兮無餘撫孤根兮一檜吁嗟乎靡麗兮娉婷彼齊雲兮落星悵望兮情營或籌邊兮馮京夫豈若覩羹牆兮故宅誦典則兮遺經宛蝌斗兮孔壁恍金絲兮魯聲感春秋兮絕

筆。憶詩禮兮趨庭。存奇文兮籀史。脫虐燄兮秦坑。藉神鬼兮呵護。閟山川兮精英。乃有章編兮竹簡。石墨兮溪藤。汗牛充棟兮不可以數計。又奚問兮何名。幽幷兮青兖。渺宮牆兮在眼。前景行兮高山。每爲憾兮不淺。金書兮玉節。幸吾生兮未晚。遡秋霄兮愈泬。恨夏日兮猶短。仰聖道兮彌高。思古風兮漸遠。閱千載兮一時。會一慨兮不滿。睠逸駕兮可攀。尙頹波兮在挽。噫嘘嚱。靈有地兮傑有人。賢有象兮國有賓。下厚土兮上高旻。軼倒景兮離塵。紛博典冊兮窮皇墳。厲夕惕兮求朝聞。豈徒析蟲魚兮隱義。辨豕亥兮疑眞。訶兩粟兮天半。降青藜兮夜分。盍方舞干羽兮七旬。編絃歌兮八埏。占聚緯兮周髀。聽圜橋兮成均。殆將興兮吾道。庶不朽兮斯文。巍乎高哉。勢不可以極。茲閣之名兮並列宿而俱存。

東山草堂賦 爲華容劉先生時雍作

李東陽

東山居士行自京師。將歸於故園。涉泱漭。經巑岏。埽瓦礫。芟蕭營。葺草堂之舊構。啟衡門之幽關。於時洞庭無波。萬里一碧。飛鴻倒影。下映千尺。長林落木。響應川谷。高山大壑。俯仰寥廓。嗟吾生之歸來。寄一感於今昨。乃進子姓而告之曰。吾今而得返於斯也。葢方舉甲第。登郎曹。北窮幽薊之墟。南盡楚粵之郊。晝省凝日。蘭臺麗霄。高居迥瞰。遠絕塵囂。而或江驅夜發。星軺晨鶩。水宿風餐。冰行雪度。呀豺虎之噬人。莽荆榛之窘步。驚突黔之靡定。甯足胝而不顧。念王事之鞅掌。憂歲華之遲暮。眉顰爲之莫展。領髮爲之垂素。幸吾堂之尙存。恍風景兮如故。孰謂三紀之餘。數千里之外。望斯堂而歸歟。且堂之始作也。吾祖遺其基。吾父諦其規。據雲夢之名勝。攬荆衡之幽奇。人與地而俱靈。事隨年而屢移。吾嘗植松爲林。種竹成嶼。旁引煙霞。上蔽風雨。傷俗駕之猶滯。慨山靈之無主。覽物象於羣動。悲乾坤於一旅。時偶得兮暫息。聊斯堂兮容與。欣壯稚之相從。若有感乎斯語。於是散髮曳杖。載游載歌。朝出暮還。左挈右攣。天壤之間。此樂孰多。人生適意焉。卹其他。客有過者見而問之曰。子非治河之中丞乎。非行邊之貳卿乎。胡不軒葢是擁。而布韋是嬰也。居士不對。客亦就退。如有歌聲出於戶外者。其辭曰。吾山兮在東。吾堂兮此中。吾不歸兮將安從。又曰。少而行兮老則歸。稅繡服兮

被荷衣兮吾故吾兮何是非人不吾識兮天吾知聲未竟客行已遠不能悉聽也賦而識之以告知者

後東山草堂賦

李東陽

東山居士再自京師而歸也乾清坤夷風恬日熙山將水迎猨欣鶴嬉感萬類之咸遂嗟行樂之及時卸鷲驅於陸海解故縶於天羈爾其雨過湖平涼生秋杪心送馳波目決飛鳥稅駕乎九達之衢振衣乎千仞之表倏雲開而霧散豁塵夢之初曉覽宇宙之無窮逮吾生之未老非遯迹以遺世聊閉關而卻埽客有剝啄之聲徹於戶內者居士曰子其誰哉客曰曩昔之歲過門而問聞歌而去者也乃與之坐而語曰子之不相聞者九年於是矣茲者惠然過我其有謂也耶客曰昔子之來之韋裳布裘以木石爲羣與漁樵者游爾往我還爾歌我酬自君之出矣

衣錦食肉驅馬高蓋朱丹其轂奔走屬吏控制藩服絕我迹於雲泥貴爾音於金玉幸逸足之可攀庶前盟之有續云爾居士曰噫嘘嚱是誠何心哉當夫事劇嶺海志移山林觸炎埃之勃鬱歷遠道之崎嶔身有所不敢潔口有所不得瘖詔使沓至天威載臨奮疲庸於鞭策起廢疾於呻吟固欲趣嚴裝以赴召向國門而挂簪及乎預運帷之密命承側席之虛襟責負山重恩同海深思趙宣之假寐惜陶侃之分陰已而抱號弓之往恨聽鼙壤之新音閱寒暄之代謝懷止足之規箴懼血氣之既衰爲富貴之所淫諒今之不能爲昔猶昔之不得爲今也客憮然久之曰吾儕細人朝饔夕飧觀山而不窮其巓望海而不極其源

以皦皦爲能以孑孑爲難甯獨知太羹不調太玉不琢招之而莫致其來撓之而不見其濁此賢者之不可測也信斯言之則然遂爲之歌曰楚之水兮荆山望佳人兮不還翩然兮歸來躡岧嶤兮弄潺湲彼世間兮何物吾之樂兮吾天又歌曰桂棟兮蘭房君歸來兮此堂山可扆兮水可航彼胡爲兮天一方歸來歸來兮樂不可以極願從子徜徉居士莞爾而笑曰今日何日故吾今吾出我處我天乎人乎呼我者應以爲馬愛人者必及其烏疑我何深見我何粗獨斯堂之在山終不改於厥初不與世而推遷不隨時而毀譽匪是物之有恆吾何恃而歸歟於是舉酒屬客客亦大噱嶽雲漸開江月將落逍遙象外俯仰旁礴

居士達觀靜思益將後天下而樂也

篁墩賦

李東陽

新安之篁墩以竹名黃巢之亂凡地名黃者輒不加兵墩之人更篁爲黃以求免禍其後因習稱爲黃墩墩之程氏有晉賜太守元譚故第梁將軍忠壯公靈洗亦以功祀於墩其裔孫春坊諭德克勤憤其先世賜第廟食之地汙于七百年之僞姓乃按據譜冊復其名曰篁墩予謂其考古之學反正之功於斯爲大乃賦其事以敎其宗及其鄉之人使知茲墩之克復舊名者自諭德君始其辭曰㫋蒙子退食玉堂顧懷舊鄉乃閱禹貢觀職方考地志披山經檢國史搜家藏望喬林於蓊鬱弔古蹟於蒼茫續梓里之故事得篁墩之嘉名彼阜兮孔碩莽修竹兮蔟生

根連蜷以糾結葉竦立兮嶒嶸物隨時而竝秀人與地而俱靈乃有循吏出晉功臣在梁樹家聲於閥閱存廟祀於蒸嘗此程氏兮故疆墩何爲兮彼黃噫嘻悲哉廣明讖妖冤句興孽有唐弗君黃入其室東踏齊魯南躪吳越過城爲墟戰野成血殃魚陁池鬬鼠悲穴當是時也玉幣之所不能啗鋒鏑之所不能折解圍無外黃之兒排難無邯鄲之傑惟豎夫兮諱兒賴故老兮多哲甯僞姓兮暫蒙庶疑兵兮不發圖免禍於巽辭豈甘心於折節聊假物於音聲遂遺羞於齒頰山顰悽兮莫展竹淚漬兮不滅賊既死兮墩存事巳往兮名揭噴彼躬兮弗遑奮我肘兮誰掣慨世俗之無知苦難湔而易衊可勝惜哉於是操斧鉞之

權秉春秋之管剛腸爲之寸結怒髮爲之雙短慕盜泉之不啜念朋字之當辨恥跖樹之是依思召棠之勿翦豈名姓之足爭實鄖正之相舛汎氛埃於舊域揭日月於華扃還趙璧兮秦庭復王田兮漢版植綱常於已墜誅姦雄於既殄快九世之餘讎囘千鈞於一挽懷世忠之遺風每爲恨兮不淺幸此地之猶逢悵吾生之既晚於時鄉之父老走而相告曰嗟乎有是哉物換兮星馳朝遷兮市移江山是兮人民非生紛紛兮死離離好不識兮惡不知嗟吾曹兮徒爾爲微太史之爲賢吾悵悵兮誰歸諒靡德兮莫報匪吾人兮獨私拂莓苔兮古石掃蕪翳兮荒祠勒銘章兮篆籀修俎籩兮威儀乃命酒酹地呼山靈而告之景

若表而開明地若闢而平夷林柯若起而夭矯土石若增而崔嵬瞻虎豹之炳蔚睹鸞鳳之葳蕤彼鬼蜮兮安在局沙蟲兮足悲獨勳德之未泯與文章而相輝客有好事者聞而爲之歌歌曰墩兮篁兮誰使汝爲黃兮篁兮墩兮亡吾又使存兮嗟墩之人兮勿我諼兮將以遺我孫兮

奉詔育材賦 有序

李東陽

成化戊戌春二月禮部試貢士得三百五十人三月策試於廷旣賜第一甲三人進士及第爲翰林修撰編修復詔內閣臣擇第二甲以下文之優者爲庶吉士命學士錢唐王公南昌謝公涖敎事遵舊典也謹按書曰彰厥有常吉哉又曰庶常吉士詩曰藹藹王多吉士今之所謂庶吉士者所以儲材蓄德爲天下用古之遺意存焉葢自高皇帝立法刱制義精慮遠出於歷代之所不及及文皇帝二年甲申詔庶吉士與第一甲會公棨等二十八人肄學翰林而周文襄公忱以自陳在列皆上所親擇命學士解公縉涖之而親顧問程試大嚴賞罰之典諸公亦感

奮激勵多爲名臣若王文端公直王文安公英李忠文公時勉以及文襄文章氣節材猷勳業卓卓在人耳目儲材之典於斯爲盛皇上卽位十有五年自甲申至今凡六策進士四舉吉士之選是科取人不減前甲申之數某以初科吉士造國史觀舊章而是科復在禮部濫同校試今日之事竊與有榮焉仰惟朝廷造士之盛心名臣鉅儒育材之休命賢大夫士遭時之嘉會此皆足以詔天下示後世不可無所撰述以先達風敎相勵勳業者作奉詔育材賦其辭曰昔在文祖時維甲申闓陰闢陽握乾眞坤號令雷發轡髦駿奔如虎斯風如龍斯雲乃啟玉署開詞垣舉甲第收羣賢當是時峩巨冠拖長紳彬彬濟濟者二十

有八人降精靈於四嶽應列宿於高旻文章焜燿乎宇宙德澤覃被乎生民臨東瀛之浩渺俯漢閣之嶙峋益嘗聆故老之餘論而挹前輩之淸塵矣猗歟休哉若夫世歷五朝國綿六葉卿雲載呈奎緯重合禮門廓開德化旁浹棘省春試臨軒晝接蒐羽翼於網羅挽英雄於轂轢錄匭牘於宮墀閱人文於仕牒稽盛典之猶存冀前蹤之可躡乃詔學士二人往授之業命之曰噫國重利器器資良工雕玉不雕有金必鎔惟我庶士厥材孔良爾職翰苑文章之宗彼鎔爾型彼瑕爾礱爲鼎爲鏞爲圭爲琮獻我大廷薦我明堂惟爾之功爾往其覆哉二公受命百辟傾聽元老在席羣賢交迎蹕沓肩摩綏輝散映同朝肅引領之

瞻載路協彈冠之慶芃芃乎連茹之征藹藹乎菁莪之詠自代有科目以來無若是盛也其居則鼇極左峙鯨波右折鉤陳屬道觚稜對闕璇臺疊雲畫棟凝月風鈴語靜露榜花纈丹甍翠莛棻植乎其前瑤笙皓鶴繚繞乎其側其用則菱箋松墨天府之藏玉液瓊膏大官之烹文縑積笥楮鏹分縢粟廩歲繼膏缸夜明出納之籍地官所經選部胥吏馬曹隸兵百工什器庀自冬卿其書則東觀幽經西崑秘錄宣明鴻都石渠天祿孔堂舊壁汲冢遺竹牙籤蟲架錦帶充屋張華之所未嘗見揚雄之所未能讀其學則上溯羲農下採鄒魯五緯錯陳六際咸覩搜羅二儀囊括千古議必根柢文必繩檃制詔冊命王言是敷表志

傳記太史所書論勸懲關名教之大作歌詠本性情之餘蓋將闡百王之禮樂而恢一代之規模者也於是二公乃進諸吉士而誨之曰子知國之所以待子者乎此虞之意周之制也百僚之有師而三俊之有士也吾將考古學陳舊章臚明條揭宏綱定甲乙分雌黃約爾以大義示爾以周行爾膏爾車爾驅爾航駕聖途之蕩蕩泳學海之洋洋繪日月以爲輝組雲霞以爲襄登廊廟之柱石補山龍之衣裳逸亨衢以騁步與往哲而齊光若乃旅逐羣趨寅入酉出鏤冰爲工畫餅爲食縱堅白之鬼談衒梔蠟之末飾而或月弄風嘲筆耕心織利私書於子弟糜公帑於朝夕是豈徒李太白之憂抑亦負陸敬輿之學也於是諸

吉士若喜而蹈若斂而孫若惕而驚若起而奮謹頓首再拜而進曰昔者左李嗜學秘書是求張寶辭官不恥爲畱我獨何人載歌載游屹門牆之在望辱衡鑑之是收觀泱漭之大荒登崑崙之崇邱敢不朝研暮索上紹旁搜竭吾才以必篤及吾仕之未優紬絲綸之藻思輸藥石之忠謀輔經世之大業揚對天之宏休庶吾夙昔之志可以粗酬也曷敢負明天子之德以貽先生之羞哉乃歌曰巨鼇崒兮彼峯玉堂起兮麗空歷貝闕兮入紫宮鏘予佩兮墀之東匪吾皇兮聖明予曷爲兮此逢姬髦兮商耇文之淵兮德之藪瞻爲山兮望爲斗大者吾師兮小者吾友生之逢兮不先以後矢予心兮終不負干羽兮兩階冠裳兮

九垓歌明良兮詠蒸哉贊帝業兮延鴻釐念功業兮及時嗟古人兮我期皋兮夔兮吾舍此其安歸兮

擬恨賦有序

李東陽

予少讀江淹李白所作恨賦愛其爲辭而怪所爲恨多閨情閣怨其大者不過興亡之恆運成敗之常事而已是何感於情亦奚以恨爲哉中歲以來更涉世故記憶舊聞忠臣孝子奇勳盛事或方值幾會遽成摧毀失之豪釐而終身曠世不可復得至令人呑聲搤腕而不能已聖賢不言恨然情在天下而不爲私亦天理人事之相感激雖以爲恨可也乃效江李體反其爲情以寫抑鬱而卒歸於正知我罪我皆有所不避云其詞曰仰視大塊流觀古今撫陳編之磨滅悲往迹之消沈或事機之幸會或禍敗之相尋感志士之涕淚傷善人之聾瘖若乃國士報怨

呑炭漆身遺恨飲器潛身水濆部馬爲之驚蹢賊徒爲之崩奔奮仇衣於一劍隕怨血於千春威橫強秦怨深鄰國壯士夜奮神椎晝擊山嶽爲之增氣天地爲之變色誤失手於副車僅逃形於大索陳寶秉政誓淸濁亂推席定謀露章請斷機事暗泄禁軍坐畔塞宇宙於烟氛墮衣冠於塗炭昭烈繼絕武侯託孤勇復漢祚雄呑魏都陳二表之宏略連八陣之奇謨忽將星之淪落悲帝業之榛蕪武廟將建唐社幾屋躍少海之潛龍返虞淵之日轂二豎伏法五王就戮功甫收於藥籠禍終流於机肉建中失母感慨天衷顧衮衣與玉食嗟欲養而無從誤承歡於別輦翻飲怨於深宮冀百歎於一得竟忍慟而長終金人猾夏

岳侯奮矛復中原於破竹誓決策於焚舟神褫姦魄天遺國仇痛長城之自壞委社稷於洪流敵騎南驅江沙夜駐苦兵力之不支幸潮來之有處海若助虐神靈失據豈二儀之翻覆莽萬物之非故已矣乎江山改兮人民非白日黯兮陰風悽時不可乎再得歎浮生兮曷歸駭餘聲於璧碎佇滅景於雲飛事難成而易敗世寡合而多違矢修正以俟命孰利鈍之可期庶人定以天勝終斡旋於化機

鵲賦

李東陽

爰有靈鳥集於中林修尾長喙佉衣素襟皎皎奇質洽洽警心我有嘉辰懷此好音若夫飛甍峻閣繡闥雕楹旭日初照纖飈不生茂樹芳潔繁陰翳清忽促刺以雙透欻翍翀而迅征刷凝鮮之委羽寫宛轉之幽情紛眾啅以爭墜屢馴飛而不驚睛雪衡騰其下上開華匝地而縱橫爾其乍東乍西倏近倏遠棲初危而不定去未極而中返或周旋其卻顧或擊捷其將轉方小佇於中庭誤遲歸於別館曳餘音於未絕裹柔條之半綰若乃玉關還客金屋佳人淹沈幽圄之士雜遝高軒之賓託春心於錦字迓曙色於雕輪聽泥金之小赦擁織翠之重茵曉桃驚夢

春山罷鬻莫不窮途拭淚幽谷生春或擎杯以酹地或倒屣而迎門嗤村鴞於牖戶怪野鵬於水塵不利俗以投好徒增疑而召嗔試比物以引類信茲禽之足珍乃有上苑虞人五陵年少挾孤彈於懷中探危巢於木杪智藏乎其無形禍出其所不料豈百金之足圖曾不滿乎一笑物固有所偏工意固有所獨適故知來歲之風不能庇一卵於終日報羅幃之喜不能解雙顏於漆室彼世態之無常徒因之而太息復有梁州金印月浦銀橋羨崔梁之窈窕駭魯木之翱翔信慌惚而莫究徒夸浮而可嘲吾將使茂先卷舌而卻走成式遁辭而先逃見天機之流轉知造物之非雕坐觀物以自適聊寄情乎離騷

翰林同年會賦　李東陽

御水分隄仙家近闕、支當作噩之年、節應嘉平之月、旭日昫其載陽、飄風爲之不發、于磐是漸鴻衎衎以來儀、出谷斯遷木丁丁而可伐、乃西江三鳳東海二龍、壺嶺交擕乎日觀、台城獨曜於霞峯、河馬旣呈蒙蜀錦而爲飾、揚金在貢囊楚璞以相從、叶數應於方州地靈斯孕、歷星躔於歲紀天運重逢、嘅夫甲第同曹詞林諸彥、角百步於楊穿、泝層霄於鶚薦、陟唐瀛之峻、引房杜而齊登、擷宋榜之華、與蘇曾而並選、蘭袍曠采游憐花底之江、寶炬聯輝歸識柳邊之院、是日也或監或史、載笑載歌、爛雲牋之麗藻、灩月斝之微波、耳聽流猋聲破遏雲之管、心馳急景光同駐日之戈、弛我道於息游或知所止、任吾生之顛仰、遑卹其他、若乃麟閣遺風虎頭妙手、假物像以相求、託丰儀於不朽、夸競茂於松杉媿先衰乎蒲柳、名高君實爭取驗於兒童、病瘦休文不自辨夫誰某、情因禮致、貌豈心違、諒金石之可斷、陋蓬麻之是依、交可絕於嵇書、盍云有激、知不逢於鮑叔、生也何歸、樂以忘憂、幸保無荒之戒、敬之終吉甯遭不速之譏、非徒畢一日之歡、抑以定平生之籍、誠哉賓主之二難、允矣見聞之三益、疇能爭滕薛之崇卑、安忍視秦越之肥瘠、吾甯不負期掛劍以相酬、世獨何心、乃彎弓而共射、復有芝蘭美德、藥石箴言、信榮辱之相麗、匪升沈之足論、骨肉懷深、念東西於離合、勳名道遠、

競分寸於晨昏、報以瓊瑤、旣可示交期之永、好寫之琬琰、終當與世講而俱存、

石淙賦 石淙地名也爲邃菴楊先生應甯賦

李東陽

聳山骨兮崢嶸、中潺湲兮水聲、初濺涓以汩潏、忽砰湃兮鏜鞈、或在遠以疑近、恆自昏而徹明、感天機於一觸、衆籟爲之不鳴、信江南之絶境、乃萬類之至精、彼瀑布兮可擬、曷𧿹涔之足稱、爰有三南居士、比象引義、取石淙以爲名、客從湖南而過者曰、此非洞庭之波乎、碧浪千頃、青山一螺、揖靈秀於衡嶽、激清風於汨羅、昔子之既丱既弁、來游來歌、輿懷於某水之邱、寄迹於北山之阿、校風景於豪芒、槩孰寡而孰多、居士不荅、如茲淙何、又有自滇南而來者曰、此非昆明之漪乎、平地仰噴、從天下垂、建長江而直瀉、指瀚海而同歸、昔子之乃祖乃父、生斯聚斯、倏

星移而地改、方挹彼而注茲、詎江山之不可復識、抑疇是而疇非、居士乃憮然而歎曰、噫有是哉、吾固知石之爲石、淙之爲淙也、吾方手拊鏜鞈、耳聞舂撞、應噫氣於大塊、引希音於清商、挾涼飈以助爽、與皓魄而爭光、達大觀於無外、諒至美之難雙、盍將濯纓乎萬里之流、振袂乎千仞之岡、若乃東山在吳、以象舊邦、東坡在黃、遂名四方、彼二東者之偉迹、豈三南之敢望、且夫石者吾知其爲堅、淙者吾知其爲激、匪徒觀物以適懷、抑亦將身而比德、盍將礪我粗鈍、鐲我宿痾、滌塵垢於七情、漱芳華於六籍、嗟人生之有涯、見道體之無息、彼羣分而類聚、何物非兮太極、殆不知石之爲淙、淙之爲石也、於是二客攜酒與琴、游於淙上、荆班雜坐、林歌迭唱、北南俱失、賓主皆忘、慨聚散之殊塗、顧行藏之異尙、三人者各適其適、渺不知其所向也、

湖南文徵卷五十四

湖湘後學集編

賦下　明

四望亭賦　何孟春

亭在桂陽州判官姜君縉所搠也宏治四年三月赴君召遊席上有作（原注先生生於甲午至宏治四年辛亥年方十八歲耳其文如此）

天輪勝蹟久假遊人地僻遐邦希來達士何此蓉城之郡倅今柏府之賢繄風物以有歸在光景而無負英靈攬結秀頓捌於九疑清淑徘徊勢豁吞乎七澤不廢夸娥之置聿恢夔网之居撫字勞形固難將於吏隱優游卒歲終用暇於官淸臥治既安

醉吟斯競頫遺芳而可拾聊延佇以相親搠建欲施邀祝融而先御剸裁甫舉鳩郢匠以就工虎豹爲防熊羆作鎮爰做八通之室載名四望之亭會聚遠以窺虛得除氛而滌垢飛甍鬭角跨竹樓於黃岡累塊積薪鄙茅堂於綠野山騰翡翠水繞鴉青旁巍峭壁以蟬聯下瀉奔湍而麋沸蓬壺騎鶴誰悲楚易之褰橘浦脯龍未減齊商之茹惟此季春方晦適宜昂驕特臨細腰之鼓合鳴疏節之笙迭起如騈屐齒印破苔痕竝騄馬蹄踏翻花影駕出平原之睹心庸魏闕之馳於時眾俊盈庭雜唾珠璣之美羣材塞道交陳弩矢之威徹塞縱觀衮輪肆取頫危欄而乘斬礎循彩軸而闖雕檽送目南翔影斷斜空之雁赴懷東注

情依映水之雲草濺露以光浮樹含煙而色暝淡妝濃抹目不容逃近隱遠彰畫難於繪倒提文筆瀉銀漢之幾波橫榜繡幃入佳賓於一幕羅樓宇宙料理堪輿款方丈之遺墟應崑崙之故堵託而行樂急把玩於生前忘彼沈憂遂逍遙於物外於是觴流曲水斝酹崇阿箕白石以興酬連素倪而列坐魯鷗之止雖憖厚味之歆衞鶴之乘亦寄賞心之雅罰全金谷頹見玉山飲劇石巢醉酣陸篠奉滿堂之笑語不覺墜簪顧一介之追陪頻瞻倒屣境槪自人而重聲名由哲而成苟幸叨遊奚容枉踐問留明月欣曠氣以猶存和寡陽春恨高歌之獨已星聚允占於此處驂停仍待於何期嗟夫夏燕秋鴻逢同暫爾遊絲舞絮

會豈偶然儵反照以驚心捹回風而俛首命投傳舍足徵莊夢之遽遽身倚飄蓬空怪殷書之咄咄孟春鴻毛弱質莽梗寒蹤志有希於聖賢心實存乎仁禮一覽成誦竊驥幼聰三叫能文自緣天敏曾馳譽乎上國反見妒於庸流宛轉匡牀竟抱照鄰之疾陂陁科目甯逃希白之祛是以適意任眞怡神養志埏垓可眺雀躍無煩㙊𡑞是超鵬摶足與因被知乎偉度輒冒謁於天方閻都督之遇子安妄領奇才之賞韓荊州之接太白深蒙高宴之陳感德彌增爲言莫報惟勸碑於不朽乃垂世之所長敬遵少頃之裁用紀當年之盛詞曰亭實虛兮扁艮當紛不染兮迴不凡通海市兮連山寰殊俗制兮改塵觀試登臨而俛仰

兮惟邅迤與潺湲松竹森兮精爽厲煙雲沒兮天宇寬矧賢侯之所爲兮正謫職之所營非祇安於怏已兮亦致念乎康氓鷹威潛鸞鳳德甸仁災疹以息瘡痍坐甯科徭弗擾犴獄底平昔車驅之未久兮已月晦而重明才惟優於早辦兮輿有寄乎孤征未及百年庶同修之再葺名流千載尚斯蹟其可徵

寡交賦

何孟春

嗟予交之苦寡兮恆窘處而兀思撏古　之遺業兮幸明訓之莫欺蓋齠齔以嗜書兮心倀倀乎有期竟勃鬱吾何苦兮準前哲而獨持班是非之叢委兮庸懿行之猶虧諒傲儻之忤時兮蹇離索而疇知偶吾影以促步兮倡不酬之可疑問仲尼之已衰兮貧彝鼎而吹靡歲月溘其遽遒兮然素懷而弗施撫運化之茲茲兮倚曲隅而太息欲奮迅以激昂兮又猶豫而幽默莽荆棘之馮途兮馳廣輪而見塞寰區豈其質齷兮攻盤跚而慮跲矧千里之逸足兮胥竝駑之羈勒較世故之有得喪兮苦不諧於修飾色蒼黃之反復兮攬素縑而近墨揚蛾眉乎宮中兮

衆女怨其淑特等孤鳳於雞族兮曾不敢與之分食信下士之無賴兮予焉免乎此悲賢不肖之非仇兮終異類之難比性耿介其爲累兮致呀咻之互謀瓣五彩以繪鳳兮誰有聲能鳴岐妄齗粒與殷芽兮誇羅粲而値踶世率矯情以干譽兮夫實余之不爲厲稜角之峭拔兮鄙圜材之應規不和光而同塵兮羞衆醉而禁酺惟君子之好修兮故末俗之未宜嗚呼噫嘻時之不吾與兮生坎壈而多罰古道久其不可入兮盍側身而營窟去紛壒之溷濁兮杳煙霞之儵忽逝息絕以賦歸兮及熹微之幾沒走東海而濯足兮登扶桑而晞髮披燦爛之列星兮佩陸離之明月擾蒼龍而服虎兮轃天衢之恍惚抹瓠瓜以爲糗兮

柰彗茲之爲孛·託房宿以卜居兮·忼靈飈之撼抗·略蓬萊而友仙兮·懅弱水之易泊·懷抱轉以揄攘兮·軔臨發而訊·征野蕭條而遠望兮·羣鳥獸吾烏用情·感鳴鹿之呦呦兮·更鳥聲之嚶嚶·余愧鳥獸之不如兮·無佳賓兮友生·悵白駒之在空谷兮·皎孤潔之煢煢·歷年歲而不顧反兮·差不釋夫我怦·饒大澤之蘭茝兮·老芳洲之杜蘅·漫江蘺之秀穎兮·慘秋菊之寒英·莫致之其道遠兮·緊若人之趧竝·婉淸揚而底滯兮·避佻巧之縱橫·志骫髒以多虞兮·聆商歌而淚纓·昧瓜李之浮沈兮·卽小大爲重輕·知己者之旣不遇兮·復媢嫉之婁嬰·非名勢之傾軋兮·余胡墜於彼阬·余固嘗仰孟荀之徽光兮·偉屈賈之兮節·推愈綱而紳

直兮·羡環休之論·列宗正學有程朱兮·工華詞爲軾轍·紛總總之在昔兮·要皆崛起之豪傑·卒無所逃於咀嚼兮·齟齬交而肆舌·試尙論以混觀兮·槪骨銷而翼折·緬宣父之盛聖兮·莫或爲之磨涅·且羣小而是慍兮·賜竊傷夫自絕·歆詆雄之所著兮·覆醬瓿而不屑·雲有待於後之人兮·迺不今而湮滅·區區文字而則然兮·識悠悠而藐結·物於類之必從兮·代有鄰之堪挈·苟盡余之所愛於天兮·心印曷其云別·已矣哉·余其歸安吾之故國·求吾餘師兮供吾職·遂吾初兮匪伊忒·吾俛仰無愧怍兮·將菽水而亦得樂·孔顏之所樂兮·追太上而立德·湛鳶飛與魚躍兮·澹水光兮山色·藹皓澔之陽春兮·庶有根於胸臆·霧隱豹以成章兮·淵潛龍其不可測·余惟與世背馳兮·頻望吳而走北·諒入畸而天則侔兮·何寡交之爲惑·山有蘭而自香兮·井斯渫而行測·余今將混宇宙以同裯兮·眞古今而共域·

黃鶴樓賦

何孟春

山川大會今古英稱洵偉觀之莫最惟元氣之所凝感雲中之法駕來華表之仙禽秀發武昌之郡靈鍾鄂渚之陰何殊洞府不愧神京予安於是以囿蹟文襍會茲而寄情悵當年之惝怳聞往事之崢嶸則樓之所宜作而扁之所自名也地窺雉堞材取鄧林規模日觀架步房心爲一時之鉅麗表千古之幽沈挹遺風其可慕示吾人以永欽山節藻棁繡闥雕甍繞虹蜺於梁棟挂斗柄於簷楹功成瑰異高壓崚嶒超紅塵之百尺入丹霄而幾層椽角迴旋有類乎螺髻之湧觚稜奮起可方乎鵬翼之騰爾其突立乎危磯橫吞乎亘浸遠拾金沙斜欹玉枕撫錦繡

山名之濃芳披漢陽之濤蔭獲多景之不貲雖甚貪而無禁砥石江夏浴池洞庭朝瞰金碧暮雨丹青飾則華而弗侈勢已峻而通靈低梁城其若釜慨吳址之既坰羣宮卻伏萬宇仰承心悸俯瞰足酸上登目生花而欲眩脅附翼而解昇神賓遊於沆瀣身曷苦於炎蒸忘憂匪萱適意匪琴繞芝蘭之郁烈雜松檜以陰森冠楚中之結搆足郢上之謳吟非一方之兮美實四海之賞音擺脫氛昏坐當風景夏日煙輕湘波霜冷背市語之易囂尙鳥聲之難靜眺虛空以自怡攬精華而獨騁停驂脫勒若爲天馬之奇淡抹濃妝如覿女容之靚涼颸薦爽片翳開晴軟浪微動浮塵不生鄰武當而晝掩亙焦度以秋橫渺光陰之浩蕩更物色之淒清東東丁丁時集佩環之韻啞啞軋軋每聞舟櫓之聲消遣乘時登臨適興水石可娛闌干堪凭極瞻矚之莫窮竟有無而如瞑惟艮晤之不乖庶芳辰之始稱苟有弔於古人奚容忘於名勝動客情乎殊域歸遊志乎故鄉尋春暉之爛漫開眼界之混茫曳以煙霞之履敷以重錦之裳偕以憑虛之士飲以無事之觴枰敲落日纓濯滄浪結盟鷗鳥敢望廟堂寄遐思於庾月發孤嘯於許牀聽呂巖之鐵笛懷宋玉之高唐留吳雲而楚駐送北雁以南翔指顧不忘乎魏闕笑談相近於天閶到此無詩自信謫仙之讓登高有作誰推王粲之長嗟夫草草歲華茫茫天壤天壤難周歲華易往八極神遊三生夢想我亦

無聊君何不廣任處所以敷陳表平生之翫賞彼黃鶴兮何存尙茲樓兮可仰

鐵屏賦

何孟春

無錫邵君國賢先生、官戶曹、居京時、門與城對、以城之鐵其色、而屏其似也、因目城曰鐵屏、而遂以自號焉、有詫之者曰、先生胡然者、鐵非鐵、屏非屏也、城而名屏、則夫環城面而居者、孰不可屏乎、城也、而獨先生有邪、先生曰、借屏於城、古誠無之、自我創名、亦何不可、凡物之名出於人者、以彼物名、以此物名、名物者之一例也、昔人不有以所家所寓之地之所有、而命名者乎、而何嘗擅有其地、去此而佗、而此地之所有、又冒名於他氏矣、余今面城而居、取義於城、故加以鐵屏之號、同余面而居者、苟所取義、舉以名城、城不辭名也、而余何擅有之嫌哉、何子聞而

賦之曰、

鐵何爲兮此屏、屏聊借兮此城、非木中而紙表、異治鑄而工成、惟卽小以喻大、不泥形而戾情、善先生之體物、將近似以自名、名弗容於苟加、曰在余而有取、鐵堅而余守同節、屏方而余行若矩、豈靑壁之萬尋、隔紅塵乎百堵、風花無由攪余庭、燕雀無由窺余戶、杳市語之紛雜、瞑午陽於半陰、春藹藹而晻曖、晝沈沈而邃深、歷歲年之靡佗、屹凝重之可欽、無雕刻以喪眞、謝丹堊之易毀、意覺淸防之克弼、事從伏思而就理、諒取義之若斯、號鐵屏而有似也、

述別賦有序

何孟春

正德壬申、予與族叔大本赴選京師、水陸所經、半爲賊梗、彼此相視、深以慨然、所在有司、獨何人也、比入司馬部、無幾而大本除梁山縣簿、以捕盜撫民爲貴、大本子大宗、使輝之裔、行既有日、因感前事、賦述別以贈之、時五月十六日也、

始予之來兮、徵行李其曷隨、舟兩旗以同進、馬雙轡而竝馳、嗟蛟螭而水據、豺虎呀其在岐、脫重波於九江兮、幾窘步於合肥、歎風塵之四起、恆扼腕而不怡、望樹影而戢翼、聞風聲而砭肌、幸全軀於畏途、相與達乎京師、我復官於司馬、君得選而有期、思功名以就世、志欲埽乎槍纍、繫西蜀之梁山、天遙遙乎一涯、

昔弄兵於赤子、凜弗保其孑遺、君之行兮、吉兆我龜、彼根節之盤錯、惟利器之所宜、矧大宗之能武、有詩書以濟之、職撫民與捕盜、匪殊勢而異施、予何爲其送君兮、駐城西之玉羈、感儔侶於今昔、念骨肉之乖離、燕辭社而去壘、柳逾春而不枝、何人生之長勤、尙努力於盛時、

天蔴地黃煎賦壽涯翁六月九日生　何孟春

山澤之儒草茅之士神農之民有美二子蔴也指天爲姓黃也以地爲氏爰從山東而來河北而至而俱挾長生之術有延年之技一旦邂逅何生之第相與論日華之妙旨製鐵甕之艮劑鼎鐺甑臼備其器烹熬蒸擣潔其事芳潤載搨膏腴攸萃嘗自云功爲岐伯所錄名列圖經之最人苟信而用之疾可蠲老可避綠髮無改朱顏不瘁久而弗怠仙真可致蓋其才足以有永於世故其身亦不免爲有道者之所餌何生得此不敢以自秘也而獻於我公懷麓之堂於時景風沓至萬物阜昌值我公之初度熙化日之正長二子者久居藥籠各效神方願我公如天

之南斗地之南山天無窮兮地無疆我公在位嘗有以壽斯民之命脈其去位也又將以閱斯世之滄桑逍遙乎獨樂之園婆娑乎履道之坊舉刀圭以自進紛卿士而來慶區區何物亦廁豆觴蕞爾之微而欲貽籛鏗歆伯陽薦羨門酌廣成侑以偕老之詩申以萬年之章醞醪味而實旨乳腐臭而更香珠有露兮石有髓金有液兮玉有漿質爽以亮性溫而平豈比夫東坡之杞菊老梗苦澀不適口而充腸獨慕乎西河南陽之壽而欲峙之爲糗糧則二子者於我公亦不爲無功也

貞烈婦賦有序　何孟春

貞烈婦者工部侍郎喬公之側室高氏也公卒高縊以殉公有司以聞詔旌其門曰貞烈也高之縊在扶公柩歸太原樂平之後高求死者屢矣不速死者爲家人所制耳高先死其心而後死其身其積日閱月愈久而不變者之惟貞烈能也潘安仁寡婦賦李紳節婦賦讀者悲之若高之所爲其感動人心不尤甚乎侍郎子爲兵部郎中郎中子爲中書舍人爲吏部郎中喬門之盛如此貞烈婦之所爲蓋喬世家中一不朽之事也樂平今有貞烈祠我師西涯大學士嘗傳其事劖於祠石余茲謹敷陳而賦之賦曰

繄若一佳人兮何當年之命薄抱鬱結而含煩兮屬兩閒而無託彼渠革與抑容兮盛鮮濃而嫺娜豈載陽而摧頹兮乃南薰而搖落妾人竊自傷兮煎白茶而內攻雞有棲而雀羣兮嗟誰適其爲容幽明之既隔兮人鬼之難逢不溝中之示諒兮逝一死而曷從慨始事於主君兮工女藉之締結佩階蘭而灑埽兮蹟敢離乎閨闥遇主饋之不妬兮復蛾眉之不能挈比彤管以齊休兮媲素紈而同潔羌中道而願違兮變愉怡爲嗚咽忽羽委而枝披兮遂形孤而影孑軫西國之軒轅兮寃此生之短辰顧四海而焉歸兮匪九族之無親世淑明而見忿兮愧處子之懷春感柏舟而載咏兮悵翟茀之仍新吾不難外倚而內依兮

見吾節與吾誠痛彼鰥之未瞑兮思下慰兮九京疇割耳而敗聰兮或剔目以毀明髮雲委而截綠兮臉波抉而流頳火及堂而逮焚兮臺臨水而任傾既不搶攘以違難兮肎齷齪而負生生之不敢負兮死其何心竹有節而在抱兮非無波而重起撫餘馥於枕衾兮伺幽光乎席几意懸懸而若予兮魂煢煢而有欸奉巾櫛於百年兮喟恩情其中止仰所天之失覆兮敢蒼蒼而自矢勢無迫於登樓兮後綠珠之先墜期何限於買棺兮效韓氏之同瘞心匪石而不轉兮從緯妻而竟縊計背燕而同晉兮既曠月而彌歲死慷慨其不易爲兮矧從容而即義日慘慘而無色兮風悽悽而薄寒送代雲與隴雁兮咸蹇鏟而失歡紛

百花及城草兮宜增悲而助歎委霜帛於玫砧兮棄銀缾於井榦合閨閤之姻族兮橫涕淚而闌干老靡蕪於上國兮荒薜芷於故園奚不齊於合卺兮德胡慊于采蘩謝宿顏之粉黛兮思託體於青山旒纚纚而佩將將兮舍壽宮其焉止息跂層城之縹緲兮恐扳援之不力從百輛而拜雙旌兮幾阻修而掩抑出殘菀於重陰兮疇假梁而借翼諒顯昧其理同兮要天衷於君側泝九泉其甘飲兮采黃壚其甘食戒靑鳥而啟方兮驅燭龍而昭塞幸之死而靡他兮得向君之顏色嗚呼哀哉迺於人兮貞以烈女之師兮嬪有則釵金兮絲履爲誰修飾芳三秀兮弗待河再淸兮可極峽口兮何雲山頭兮何石施重兮身輕敢專房兮常席有褒兮天寵下照兮幽魄太史兮傳之永芬芳兮與冊辛夷楣兮椒壁木蘭堂兮桂爲室想神理兮斯在儼冰姿兮玉質挾宓妃兮淩波逐湘靈兮鼓瑟彷彿兮來臨酒香兮肴苾頎而髯兮彼丈夫幾捐軀兮瀝血香火兮千秋此嬋媛兮高節

節婦賦有序

何孟春

余友都郎中元敬爲余言其高妣唐節婦少寡於元季之亂世子女方在襁褓而能矢心匪石完其身以長其子於干戈之日辛苦萬狀卒及見我聖祖龍飛之運子有立矣而始從良人於地下焉唐之節偉甚有功都氏偉甚都氏子孫克蕃昌於今日如何其敢忘也國初有傳節婦事者元敬茲復請余乃爲賦之

慨有元之蕪穢兮致諸夏之反易嗟骨肉之莫保兮紛鳥木之棲擇眷婦子於目前兮留生之去而死隔計中原之世裔兮猖幾披而蕩析卒委曲以存全兮或行施之倒逆緊若人之伶俜

兮凜冰霜以自持指德門而言歸兮謂樛木其可以葛藟顧青陽之未導兮託白首以爲期胡中道而失翼兮悽孤鳴之孑雌天難洊其孔殷兮人事怛其日非身弗男而旣嫠兮何困厄其如之蓼莪旣已就萎兮歎原鴒之分背秦樹不可復巢兮孰庭鳥之可儷心摧殘而如割兮魂惝怳而焉逝咏柏舟以入夜兮攬繐幃以拭淚諒之死而匪慝兮痛保孤之不易念所天之有屬兮撫二雛而無寐二雛懵其曷知兮越襁褓之孱如闃匪室之莫闚兮訴潛靈之靡途煙塵洶以澒洞兮廛市化而丘墟守閭閻之故城兮分郿城之義居毀形顏以顚頷兮全視息於須臾靈尙其來余助兮子是泣之呱呱彼南鄰與北里兮慨罹變而改圖父莫留其愛子兮妻何有乎死夫世亂極而思治兮運無往而不復氛厲夕以四廓兮耀靈旦而東昱仰聖皇之奮興兮遂羣品於生育爰陟巘而降原兮出幽谷而遷木曰陰德有陽報兮見餘慶之厚福引不絕於一絲兮啟纖生於凶肉翺千仞以威鳳兮橫四海而舉鵠微昔日之遺轂兮疇造今而高翮考舊族於隔代兮忍降阜乎彼嗤漢功臣之苗裔兮曾弗免兮皁隸與轉屍感痛定之復痛兮重含唏而增悲虎口夢而猶驚兮羊腸度而始夷維節婦之介特兮實宗祊之所依皇上帝以垂佑兮匪都氏之云私續趙卿之墜肩兮協陳侯之吉著在都氏之子孫兮願勿忘於旣來亂曰楚姬辭聘墓有主兮梁女不

死孤得乳兮時清道古固其所兮若人擬之心獨苦兮抉耳劓目戧厥鼻兮告誡明節身就斃兮虧形捐生弗獲已兮何如若人天獨芘兮闡儀母範垂後昆兮肇吳名家孫子蕃兮余爲作文示雲仍兮庶幾勿忘都氏孫兮

瑞芝賦　張繼志

歲元默之涒灘兮。溘朱明於蕤賓。産靈芝於邵陵兮。雜五彩之繽紛。稟天地之清淑兮。吸日月之絪緼。氾一氣之沆瀣兮。啟三秀之囷輪。倏芳風而藻川兮。或霧隱而雲羃。散瑤光之陸離兮。森珉枝與金萼。羌濱水之滋溉兮。又香草之薰灼。搴杜蘅於九畹兮。異蘘葉之綽約。茁朱柯與紫筍兮。恍琪花之葯櫟。於是擷靈芬以承筐兮。擘羣卉之馨芳。離卑溼之下土兮。儼君子之高堂。充珩璜之雜佩兮。佐潔白之壺觴。願屑玉而爲液兮。願琢瓊以爲漿。沁甘露於金莖兮。流橘井之寒香。信長生之可必兮。樂眉壽於未央。曰余倥傯以侘傺兮。雜蒿艾而何防也。抱菤葹之

寸心兮。雖不死亦自傷也。委嘉既於草莽兮。亮瀛島其無望也。抱靈芝而老死兮。終吾身以徜徉也。

憫知 並序　龍膺

左司馬汪伯玉先生。以癸巳年四月卒於家。予方被謫出長安。不及聞也。已歸陵驛聞公訃。痛梁木之已隤。憫知我之永訣。爲位而哭。涕泗交纓。擬入於越取道大彰。奠公寢門之外。而職事填委。畛域限之。計今且歲週矣。敬馳一介。炙雞絮酒而往陳焉。時甲午四月。膺楚人也。因賦騷以招之。其辭曰

夫何南陬之靈霸兮。曜靈陰曀而不開。羲和頓轡於蒙汜兮。六龍宛彼駓駓。合噫氣之橫流兮。叩眾牝其若哀。雷憑憑以震盪兮。折雲門之崔嵬。識龍蛇之亥歲兮。實賢人之爲災。招巫陽以筮卜兮。靈嫒嬋而不來。愴予心之莫將兮。託元鳥而陳辭。緊美

人之降靈兮。裂烏聊之眞氣。祥煙曄其蚡蕰兮。荑裔雲之煇麗。騎箕躔以挺生兮。維越國之苗裔。夢靈鶩以徵奇兮。表紱鱗而旌異。邁魯蹄之逸軌兮。竦岐嶷而含惠。祖月駟之驤驤兮。軼流俗而高世。幼姱節而內美兮。乃獨好修以爲常。纕結綠與懸黎兮。豈惟佩夫齊光。荃酷烈以中發兮。芳剡剡其彌彰。緊董道以端操兮。汎辭海之洸洋。繹神姦之鴻鼎兮。辨五爻之元章。浚湯穆於眉睫兮。麾坱圠於毫芒。朝晞髮於咸池兮。夕息駕乎莽筤之鄉。乘神猋以遐集兮。類盱衡於八荒。眇歸墟之礐空兮。宁閬風以尚羊。倚閶闔而儃佪兮。望帝居而迴翔。緬朱絲之疏越兮。奏清廟之琳瑯。鬱龍虎之奇文兮。粹黼黻於元黃。銜皇命以蒞

巖邑兮委壘綬之若若。膏潤霈其滲漉兮鼓舂陽於橐籥。既含雞舌以入直兮。帶龍淵之陸離。丁皇綱之蕩蕩兮。咏羔羊之委蛇。追綰玉麐以出守兮。遵楚疆而問俗。懷美珵以自韞兮。重修能以明淑。奏膚功於明堂兮。惟帝命曰艮牧。羌炎區之氛祲兮。駭齒齒之長鯨。天吳九首之噩噩兮。土伯九勺而獰獰。鬱毒霧之瀰瀉兮。洪濤砉而震驚。草蕭蕭以無人兮。見鳥雀之空城。閔黔首之膏鋒鏑兮。哀阽危以佮傳。帝隱憂以睠顧兮。授黃鉞而俾南征。師糾糾以雷音兮。廓瘴癘兮載清。錫彤弓之嘉命兮。拓疆圉兮敉甯。協驃姚以戮力兮。標銅柱以勒銘。荷帝心之簡在兮。履荊湘之舊都。遵鄂渚而擊汰兮。睇南紀而踟躇。抽蘭臺之

秘思兮。探二酉之羣書。望瑤臺而總轡兮。訪佚女之有無。要屈宋與方駕兮。薄言覽二子之袪。弔鸚鵡之不辰兮。渺中洲之蘼蕪。陟峴首而延矚兮。嘅萬化其焉如。惟明德之竝鑴兮。閱千禩其猶未渝。克文武之壯猷兮。表江漢之令圖。帝耀德於九圍兮。愳五嶽之墮命。乘六傳以北指兮。握樞筦於禁闈。拂招搖以爲竿兮。揚太白以爲旗。鬯皇威以巡行兮。校朔方之王師。陳七德之龍韜兮。擁七萃之魚麗。獵犺獺髮而來庭兮。參登封於醫無閭。辟鴻伐而不居兮。抗連璽之若遺。維喆人之昭晰兮。齊時序之消息。嗟王事之靡盬兮。懷昊天罔有極。縶予馬於莊馗兮。稅予駕於蘭之澤。望彰雲之油油兮。指白榆之歷歷。修初服之芬郁兮。鮮有暉其奕奕。奉滫瀡以承顏兮。戲庭烏以娛目。挈仲季與翱翔兮。悉冥搜於燕息。披丹崖之窈窱兮。望神鬚以幽覿。追稷邱於懸圃兮。訪羨門之射的。披清府之寶籙兮。漱瑤泉之甘液。發玉笈以璨璀兮。擥龍鳥之神蹟。予小子無艮兮。謬茲土焉是理。占紫氣之輪囷兮。式至人之所止。藐大隗於具茨兮。循庚桑之畏壘。遡下風之蹁蹁兮。闖窅冥之元旨。瞻天都彼巖巖兮。願齊眉以企只。惡磩砆以追琢兮。乃委瓶而就厥。美盡民生之勞止兮。未有瘳羌。獨振予之不逮兮。憂予之憂。何嬿娟之盈堂兮。獨目成與予好仇。曰曛黃以爲期兮。申婉孌以綢繆。熺葩燈之明光兮。接元夜之悠悠。詒瓊玖而莫展兮。授萱蒯必予疇闕

元籥之鴻裁兮。觸貝宮之琳璆。御八龍之婉婉兮。乃篤言以遨遊。吉士紛其託乘兮。齊玉軑而夷猶。申盟好以結言兮。或嘯旅而鳴儔儷歸市華之陰兮。悅御風於昆邱。爭汗竹之林林兮。藏名嶽以俟夫千秋。歲荏苒以流邁兮。白露五變乎梧楸。欣民生之熙熙兮。亦庶幾其無尤。何時俗之工巧兮。競周容以爲度。鶚羣鳴以嘈嘈兮。蜮射影而含怒。皇道清夷而坦蕩兮。何予獨重跰而窘步也。彼其之子不可察兮。豈其有他故也。去君門之九重兮。望瀏氾而橫騖。彼美人之抽思兮。恐眾芳之遲暮。頌升中於帝畤兮。謂臣惠遺而在去路。阻修以多艱兮。隱悱惻以反顧。睠中懷之不寐兮。自營營而達曙。維攝提貞於孟陬兮。予將謁

乎承明告胥命於姑蔑兮溯浙江而揚舲亮古驩之彌敦兮緬契闊其若蒸欣連蜷以相煦兮假嫔嫙以將行折疏麻於南浦兮感緜蠻之嚶鳴聿褰裳以彳亍兮涉一水之盈盈念仳離之永隔兮羌三秋惻予心之未平荃返眞而委化兮命猋輪而上仙去五濁之糾纆兮馭六氣於寥天魂眐眐以登遐兮泊長徂而不還邈河山嗟何及兮情瞀亂而弗宣夫匠石之輟斤於郢人兮伯牙因鍾子而撤絃揆往古以興感兮甯居今而有異乎煩冤予不穀之再黜兮承嘉惠以南遷惜美人之長逝兮予獨誰與爲晤言雲冥冥而北征兮水湯湯兮東逝儼芳徽之若存兮跂江天而霅涕悲回風以送懷兮薦瑤席以蘭蕙靈姍姍而

來下兮滕文螭於雲之際亂曰已矣哉九原不作莫我知兮俯仰彳亍將安歸兮纖阿既沒驥焉程兮勞心悁悁誰可鳴兮行吟累欷泣如綆兮予非斯慇而誰慇兮

燕泉賦

袁子讓

桂林之腋沇水之間石磧一派有泉出焉始瘖滲而瀪沸終枝流而蔓延枕文明而印碧漱沆瀣而分元無歲不漢泓於八桂有時長溢灌於三川不與醴酥而共酒醿不隨張陸而護茶煙爲粒民而出世頃沃土以穰田客有觀斯泉者揖袁生而進之曰美哉泉乎吾嘗斟中泠於江巉挹太乙於日都吸明月於金華酌金沙於雪湖品雖登於杯盌功未及於粱稌斯何泉也而功至是乎生正襟而對曰桂渚之眞淑氣之炫鬱結成泉蜿蜒爲練其發於竇其名曰燕出有本而終閟達盈科而外漸滲玉乳以流甘噴香雪而集霰淳之不濁澄之不淸洑而爲隱泂而

若見濯纓而孺有歌枕流而客忘倦拜漢甘而可宮跨秦醴而居殿此泉品中之絕流豈人間世可多見邪客變色而問曰凡名之立惟實是副鸕鷀集而成陂鴛鴦宿而泊渡池以鳳凰而美絲綸洲以鸚鵡而重詞賦泉兮燕兮孰麗孰附此子之所稔聞而予願聞其故生曰泉之委蛇燕以爲期燕之去來泉與之偕當黃葉之既盡正青輅之方來鶬鶊舌動煖律風回民畢趾而首事悉計耦以相裁是月也碧桃迎候而華元鳥應社而降語叩雜而呢喃飛頡頏而下上此石此泉若盈若漲派雲湧而星流勢濫出而潟放似驥奔而滐來比虎跑尤覺暢助通陂以潤膏腴過遊魚而來蕩漾樂歲有粒米之盈大旱有雲霓之望

及其東作既終西成告至景已謝乎朱陵令傳司於素帝瞻月露之自天怯金風之動地功既衰於稼穡民無藉乎耒耜紫燕巢空朱衣巷閉此石此泉爲歸爲還田竇枯而成塞瓊膏秘而不宣從鷫鷞以反國虛猶梟鷺之在郊原風不波而潮落月無影而潭寒收餘澤於龍湫養重晦於虬淵其來也抱泉而來其去也挈泉而去吾以知燕之有靈其縮也待燕之蹤其鳴也待燕之至吾以知泉之有名浮沈有定候而如以潮海爲程出處不愆時而如符天地之經燕知泉之消息泉以燕爲神情是佳氣之所扶輿而魁奇之所挺生惟泉之東有何文簡公者飲光而生濯神而出孕元鳥以呈祥浴秋水以爲骼道濔矣而有泉

才蘊焉而不竭見有期而得出之時涅不淄而得流之潔忠憤虞淵學探禹穴甚矣泉之似先生矣精相授也甚矣先生之愛斯泉也情相動也於是乃翱乃翔以遊以樂尋折氏之觴池覓舜民之尊竅掬不盡先生之賞復拾爲先生之號謂夫泉隔我而尚離其神未若我卽泉而始得其妙濯白賁於邨園沛甘霖於廊廟往來獨任左右逢源性澄而塵不染景過而鑑常空酒霽懷以映秋月布沃野以慰春農註家語之文而洙泗衍派作周易之翼而山水告蒙修囧寺之馬政止濫觴於涓溶罷大梁之戎事輿溝洫以田功籌邊計數十事而北塞馳瀚海之封平滇鎮十八柴而南徼建瓴水之雄擅學瀾之百家匯衆派而朝

宗抗大禮之一疏經萬折而流東大節事三朝而不解典禮昭萬世以爲功春和乘燕來而出分湛露於九重秋肅感燕去而隱藏雲水於深谿兩間正氣一代貞忠此孰非先生之概乎而亦孰非此泉之所鍾乎客愕然而起曰予初不知泉之有燕也亦不知燕之有泉也又復不知燕泉之有先生也因泉知燕因山川知文獻一聞吾子之言恍見先生之面生憮然曰先生之大渤瀣難量先生之深河源難遡一隙之流所達有數此何足以鉤公之元而亦祇以窺公之素生頤霤而折磬客噤舌而卻步亂曰天命元鳥竅發清泠氣孕壯士朝借正衡詞源巫峽學海滄溟處則淵塞出則霖傾百世爲師萬邦作型功蓋古記民

到今稱惟燕於飛惟泉不停誰司去來誰主消盈不可得而知吾知之燕泉先生

瀛洲賦 有序　　羅喻義

瀛洲之山遠在東海粵若稽古圖牒所隸洲名者十山名者五壺名者三瀛皆與焉比於代間亦猶冀方總九州泰岱宗五嶽矣顧蹟涉怪迂匪賦何顯匪徵何信遊擬逍遙則方內不如方外志存經世恐集僊未若集賢是用借漢爲喻終之以雅云爾

辭曰

赤龠降青雀下武皇作開金馬東方滑稽相如文雅有詔問朔積水焉極誰知其坻神州有十疇者神奇抽子秘思騁子妍辭遠想冥捜爲朕賦之朔拜稽首丕維曰於戲休兹豈不異哉八方之外巨海之埃元都紫府玉樓金臺遵渚則有青邱鳳麟陟

巘則有方丈蓬萊何衆嶼之競奇而一壺之元勝雋八洲而先鳴殿四山而後勁於稽其位厥惟東海西直會稽七十萬里地傳木公則諸眞之秘館焉方乘震帝則羣山之隩墟焉昔余望於遠海睇彼蓬瀛登於衡山刻石作銘曰寶雲生於露壇祥風起於月館望三壺如盈尺覽八紘如帶綰余夙蘊此奇尙兮東入海而徜徉飲黃露於元天兮飴丹霞以爲漿朝發軔於朱陵兮夕余屆於扶桑維彼瀛之巀嶪兮羌上廣中狹而下方類太華之削成兮宛在水之中央展其爲大也恍其爲怪也儵怳不可爲容閃倐不可爲槩也爾乃六龍扶日而上升五鼇冠山而番休人民隸籍而皆僊禽獸彌望而如荼山川彷彿乎中國風俗依稀乎勾吳神芝煌煌而擢秀僊草油油而芳萸乃有玉石千尋魁然其阜下吐醴泉味甘如酒數升輒醉後天並壽既旨且多酣飲則那余竊樂此據地而歌之歌曰天清地曠渺難望洽天蕩蕩浩滄滄百齡暫寄阿許長清爲婆娑玉石傍酌泉如醴行羽觴令君長生壽而臧此中元超非醉鄉黃金作闕芝產房千秋萬歲樂未央據地未起載歌玉醴歌曰玉醴方潔甘且清有道服者得長生挹彼注兹可數升陶然常作醉中醒念兹綢繆樂不淫何當漂泊從伊人惟時相如大夫有醉其容執簡而進曰吁咈哉異乎所聞方今聖明在宥化洽隱淪西有太液三山東有玉堂璧門所謂瀛洲卽此其眞矣何必求之方外而

問諸水濱朔言非是臣請爲亂以正厥事亂曰太液兮蓬瀛玉堂兮璧門山有木兮水漣匪集僊兮而集賢羣龍兮躍惕翼君王兮永世

河朔避暑賦　周星

遡河朔之盛事有避暑之遺文繄何人之倡舉曰本初之袁君歷千秋而不朽豈無藉夫高文慨自漢紀陵夷方輿鼎沸幺麼縱橫奸雄睥睨惟君侯之家聲堪一世之師帥兼州牧以將軍督幽并與靑冀時則水連漳衛地界覃懷山河表裏川陸僵佪凡觀風而覽勝孰不歎其壯哉思四序之遷流兮竊獨畏此炎暑六幕變爲紅鑪兮五嶽化爲焦土惱萬國之夢魂瀹九州之汗雨鬱攸加祝融之鞭列缺佐豐隆之鼓雖廣廈與深宮兮乞涼飔而未許佃燚羽與釜鱗兮欲逃遁而無所於是君乃投袂而起策杖而嘻集諸大夫而共謀之曰酷暑困人一至此乎孰

爲樂郊我將避焉諸大夫皆頓首曰謹受教公之宇下幸有樂郊是曰河朔去此匪遙願隨公往於焉逍遙君乃囅然且喜且詫命彼倌人星言夙駕移時而去曾不半舍其爲地也左孟門右太行背林麓面朝陽接沁源之滮滮撫淇水之湯湯蘇門之百泉觱沸濟瀆之盤石滄涼此誠山川之最勝固可雄視乎八荒且也林木鬱蓊澗石落瑑翠嶂棲雲珠簾飛瀑芳草藹其芊綿奇蘤紛其馥郁處士高徑徑之松君子醉家家之竹人也入乎其中與天地而皆綠又有水鳥林禽朝嘲夜啵文魚躍於階渠瑞鹿鳴於庭榭花間之元鶴時來雲中之白鳳欲下非靈囿之等倫亦上林之匹亞君乃屛驄騎上高堂經曲檻度修廊登

岧嶢之飛閣入窈窱之洞房莫不絶離婁而鞠鞢晻黮黯以熒煌然猶未殫其勝概也遂臨龍嵸之峻宇兮陟嵽嵲之崇臺睇蒼旻其咫尺兮亂雲氣以徘徊對羣峰如列障兮喜頹帶之瀠洄篔檝翳其四合兮晌茵席如莓苔白日忽然匿景兮清風栩栩以徐來蓋下視不知有幾千仞兮何有朱戶與黃埃維時君則顧而樂之披襟而大笑曰美哉河朔也此非避暑之奧窔乎於是命几筵具壺觶倒瓊漿羅珍餌招賓朋呼佐吏多士景從羣賢畢至旣雲蒸而雨集亦璧合而珠聯鄴都空其諸子竹林失其七賢咸舉觴而角斝競拈韻而題箋晷無分乎晝夜惟酣飲之陶然亦有五陵少年三河壯士裘馬翩翩冠劍纚纚殷紫

轂與輜軿聞高風而至止傾寸心於酒杯動悲歌於千里又有明眸皓齒玉貌冰肌洛川神女巫岫瑤姬音泠泠而送響影姍姍而來遲本對之而忘暑況狎昵於金卮爾乃散髮歡呼解衣盤礴或拍或浮或獻或酢或弈或琴或歌或號或劍或壺或射或博時醉時醒時止時作載寢載興載斟載酌圖席地而幕天渾相忘乎晦朔不識人間之可哀差同天上之至樂笑漢殿之金莖陋曹家之銅雀揶揄座上之劉松咄咤村中之鄭慤朝食之千鍾詎荒平原之十日非渥自有伏臘以來曾未見有此數數方是時也驅火龍於雪山囚女魃於冰井炎帝望之而迴車赤熛聞之而戢影南訛類北極之寒朱夏變金商之冷此一舉

也。豈非千載之奇觀。八紘之絕境乎。噫。高矣美矣。暘忘歸矣。雖可樂也。亦可悲焉。迺坐而歎曰。眄河朔兮王侯都。跨燕趙兮空中區。彼避暑兮袁本初。身行樂兮聊歡娛。惜乎垂蔭兮無遠圖。瑤臺金闕兮俄邺墟。徒傳此一事於後世兮。良足動詞人之欷歔。

儔影賦　潘應星

昦晶曅空兮烏羽翔兮。皎朏炫炫兮兔魄昂兮。熒炟支檠兮。僾俙乎燿光兮。睯仰瞻怯顧兮。而獨徘徊兮其誰將兮。去不可濫兮來不可常兮。履之靡卑兮揚之靡狂兮。抱形不稅容與徜徉兮。肆戀戀亦何傷兮。爾既不時舍。予奚撥撥兮。達勿矜詡兮窮勿恇兮。庶兩無愧怍兮。始終以偕臧兮。

故病賦　唐訪

我生之歷丁巳庚戌癸巳午刻夫人卧病病革兒生呱呱而泣乳失泣聲益出亙晝夜不息如是者七日往叩鄰室遠索乳汁三匙入腹喉噎不知兩頤之滑溢兒泣母哭如是者一月乳汁不繼日見憔悴夫人曰吾不忍置之道旁不育如棄恐牛羊之不字吾將付之老嫗饘粥以飼布衾以衞聽一絲之自繫如是者三歲稍歷寒暑稍厭禾黍稍習言語夫人授書稍知今古孰是孰否諾諾如有物而忽欲吐夫人曰是兒不腐不媿而父尼遭命阻歲在己丑禍攖瑫怒大人就逮家人腐鼠不支門戶自是廢學兩目無睹如是者歲十五瑫禍既雪家人始集某始負

笈授業不見皮毛妄意肝膈不見糟粕妄意津液忽不知其心手之扞格如捫空如觸壁如膠脣如箝舌雖王良在前左執銜轡右執羈絡而終欲一往以犇逸如是者二十再戰於燕三戰於楚俱敗而走喪氣垂首妻奴見醜朋友苦口抱瑟齊門三年不售獻璞秦庭三年不剖得毋類是是誰之咎三詰不受惟故轍之是守如是者二十歲有九丙戌之春望粵而弋一弋而獲是以聲名淚籍遂煩徵書之下及有司催迫詣闕陳述臣白臣病臣癖臣病風狂臣癖泉石不足供犬馬之役臣義縱不得辭臣恥不敢由捷徑以入天子曰諾白衣從事如古李泌如是者三十有一戊子以後乃不遑記乃見顛沛故園荆棘舉目芒刺某時辱使從大人於泰山之次敵人見募算以百計某時敝屣從大人於梅山之界采蕨而食食不盈器獨日向北山望西風而流涕大人憤慨倉卒棄世某時凶服從夫人於漵水之汭己丑之變網羅四至舉室被質某時徒步從漵人於他山之外骨肉分裂肝腸寸碎無聲可號無淚可拭在數日之內於是用張良因項伯脫吾翁於烹俎之地又不欲髡顛毛縛手足委臣妾於刃斧之厠藏頭自蔽顧影自惸虞此身之墮墜如是者三十有四過此以往吾不知逃走無人振空谷之響飧松脂服羽氅挾飛仙以下上抑不知其編藉門閭分司空之壤春荷器秋刈壤逐農夫而俯仰吾不知其僵立餓死比蹟於西山之二士天

子不臣諸侯不治從黃農而存子姒抑不知其北面就位託名於癡頑之老子三去不辱三就不恥侶魑魅而溷豕吾不知其飲酒猖狂爲漉巾之彭澤爲不醒之步兵或歌哭或行吟齊得失以一死生抑不知其崎嶇苟免爲望門之張儉爲墮閣之子雲或毀名或戮身逭人厄而罹天刑吾不知其天地更張日月再光宮殿煌煌人物樂康白髮在堂考壽無疆結冠緝裳三揖行觴習禮樂以叶宮商抑不知其天地長荒日月無芒宮殿茫茫人物流亡白髮他鄉沙場眼黃辮髮垂瑫屈郄盤牀毁俎豆而廢宮牆然吾自知其能上下飛仙爲物化之蜉蝣不能俯仰農夫作服箱之馬牛自知其能餓死西山爲不食之枯髏不能

逢迎五季作衣冠之沐猴自知其能追逐陶阮爲方外之閒鷗不能學步張楊作獄市之纍囚自知其能翺翔盛代爲鼓腹之歌謳不能彌縫晚世作扼腕之鳴啾蓋自吾有生以來記日記月記歲記十五記二十記二十有九記三十記三十有一有四而積痼痿痺之有由倉公按指而歎扁鵲望色而憂吾又安能使吾病之得瘳

漁仙洞莎羅菴賦 幷序

周聖楷

武陵龍君御先生好隱居山水之間遂自號曰瀍公余甲寅春從之遊先生復買山於桃源最勝處卽古漁仙洞也先生卓一菴於上名曰莎羅誌禪也又誌洞不屬漁仙而屬瀍公也先生於性命則究其精於文章則纂其大而爲人復坦夷元曠喜援名流後生視晉之安石宋之子瞻又何若也先生夙具文武才正當用世以竟其擔荷一漁仙洞何足以老先生耶善乎朱蘭嵎太史之序先生文曰維摩丈室固能納被十方安石東山無柰望堅四海余有感於心是以歸而作斯賦其詞曰歲在閼逢月在長嬴周子返花源之棹登祝融之頂氣厲志凌躡雲顧景

有南岳先生進而揖曰子從花源遊乎曰然花源遊樂乎曰樂亦有見所未見而可得聞者乎周子曰秦人雞黍之事不可敘也瞿童上昇之蹟不足徵也惟夫武陵之上有瀍公焉貌甚偉抱甚宏蚤歲登蕊榜列簪纓空赤縣東南之士提樓蘭百萬之兵出入風雲三十餘禩辭鳳詔於彤廷挂鶡冠於紫荔日與高士畸人尋山挹翠間攜鶴髮覓鶯嶺惟棲眞養性之地於是漁仙標洞壑之奇莎羅表薝匐之異地以人靈景以人萃余嘗遊而樂之幾忘歸今爲吾子敘恐亦未易也南岳先生於是斂容曰唯唯願聞周子曰若夫漁仙之別洞據花源之上流層巒矗鳳絕壑蟠虬支分丹穴形勝靑邱爾其帶以龍溪伏以馬石萬

嶺流霞雙峯削黛岌峘宮霍凸凹俱備左環右抱參差薈蔚芙蓉璀璨上干銀漢縹碧輝煌下映巖房其東則有秦人避地桃花列岫白馬雪濤絲蘿晴晝蒲九節而通靈芝十年而長壽巃壘壘而如波巖斑斑而若繡其南則有穹石玲瓏水心峙崿仙掌盤紆漁網交錯鮫人商佯於大澤木客悲吟於長薄返照射於谽谺輕煙羃於彴略灘鳴夜以如號石銜波而欲攫洊溯懸碕礐碏礐確雨過則碧澗遊鯈颶舉則青霄唳鶴其西又有靈巖三洞梅蘇二谿洞中則有瑤葩玉屑龍象威儀光凝紫磨像儼白衣賴霞駁壁壞蘚殘碑神女夜遊山鼠晝飛溪上則有黃麋帶子蒼鶴哺兒籀文石壘翠瀲香泥汀莎岸芷蘼映漁磯舴

艋容與臺笠猶夷其北則有犀石障江高吾河淤跨沅橫埭崆峴頹砐背倚陽山之峪窖回顧善卷之彳亍新篠綠夫枉渚老檜翻夫懸瀑靈欲洩而莫遏境有幽而必矚灊公於是蹑飛雲之履乘芙蓉之車張明月之蓋曳紫霞之裾招邀物外之士周覽仙人之居乃令山溪農父斬棘芟荊躋蘿磴陟椒庭盼釆閣淩青冥獲茲勝地僉曰亙靈枝峯蔓壑星牖虹櫺沉香遺蜆電秘雷扃岧岧神囂而霄峙皎皎仙的而煙縈遠近崙萃前後崢嶸三災之火罔懼四大之風不傾眞至人之所宅匪劣質之能憑灊公於是情馳雁塲愿布祇園藥封丹竈果種金田仰觀星極揆之以景俯察地勢界之以川伐木蘭而爲柱刻叢檯而爲

椽卓素苑於山河列香剎於林巔蓮舒藻井芝繞雕簷天龍踴躍人鬼莊嚴庵命莎羅億劫緜緜於是赤髭白足之老密行精進之人莫不汎寶筏而利涉望彼岸而攸循蘭臺貝藏襲以芳蓀蕊鐙象薦團蒲晏溫超生出死拯世覺民金磬若潮音之翻滄海瓶水若甘露之灑微塵由是地長雪山忍辱之草巖生天宮陀樹之花動物無麑胎之慮植生無槎枿之嗟澤有銜珠野有縱䎗馴鴿晨投巖蜜晚銜跂行喙息蕃衍無涯是以當其春風扇和溪山佳麗異綵染衣腥林落毳屐齒自蠟單衫共製淨域逍遙罔修祓禊一觴一詠無拘無繫若夫赫曜當空炎塵不到蘋末輕颸松間長嘯枕石漱流解襟脫帽鳴蜩十里往來一

棹又或側聞峯頂梵唄清妙修樂靜觀如登海嶠至於木葉下秋晷涼萬籟寂百物僵則又永山閒之蓮漏淨苾芻之法場寶月其額珠長照旃檀與意蕊俱香不羨足音空谷何須蕩槳瀟湘又若白雪旋舞瓊山長嶂洞房無人寒消蕙帳梅花郵致秫米初釀道侶時親塵容靡抗閒登剡客之舟痛喝德山之棒亦何春而何夏覺浮生之爲長是以灊公動靜惟道出處以時貴不自驕隱不自畸屣倒賢士茹接元緇功辭燕頷妒謝蛾眉息心平等芥納須彌遇山水而發其蘊遂成千古之奇余藉非得之親炙而子甯不余疑然此略敘其一斑耳若灊公者正譬之崑崙黃河之派伏地中者萬三千里而莫窺其際余小子又何

知南嶽先生於是舉袂振響憑虛而歌曰子胡狂咤兮爲是大言自混沌死而皇王魇兮世日耘耘彼隱公兮何人周子亦驤首雲霄而歌曰彼隱公兮余知有隱公兮世不我知又安知余知隱公兮

嶽麓賦

吳愉

麗洪啟維絡序陰陽根頂趾隸灝莽六虛端表四極丹宅暑門銓德鈞物參和望灊霍副納廣莫宕海日七十二候以緯旋三百餘紀而經度匹軫宿之中央枕湘流而南顧三峯天外豔碧落之青蓮卷石巖巔嵌瑤穹之菌袴牛金霧以胠蹏馬赤雯而跮踱修圭秀谷元虎擁麾昭霞暮雲朱禽翔伏苞符何代明德蒼文靈傑有因闢丞名宿若夫彼岸俶登彝庚示履煙茗芋而絡逵花介紹而入室游苞唐英飛螭漢僊階恍天升棖縣日綺河海漾瞻斗辰喬驪竜炙瀼光鳳明式儀雨香一山風春四几洞洞屬屬嗎嗎蓺蓺碧翁奎肇素臣岑起再月求嚶歷霜襲芷叟支離以撼空孫林于而被凡仙少礴石廩之雲山鬼詫赤文之紀位尸六以時陳經垂五而波瀾渠蘭汎兮九爨井華滋而百及吾師乎吾師乎靜一以造兮峻極而道兮平而崎顯而奥闍珠吐寺屋金流杲參横天尺卌於素王之居月範手華賁於杏壇之老松門寂而花雨冥黃煙冷而仙巢杳鶴陰逸響的三絕於蔥林鴻陸衍亭榜九河之紺藻山高水長風把道鄉妖靖醜假志壹聲頑儀綜旅鼇文皓武堂莫待誰綏莫前誰昌踏蔚藍兮閶闔排淩瑤碧兮河山推新新月與習習時偕可誦可弦可枕可漱可詠可觴可獨可聚昴樞房轂易以無方虹渴日晛涉焉成趣綵絢林華匀敷赤嘌黛霏野秀軟舞輕綃潭影煙光

而素寂。鳥更谷漏以蕭騷。或中麗而景匿。亦深瞑而旭昭。四時之朝暮也。晴嘯自醉。冶淡微嫣。流歌更度。簇繡遞然。清風故人。綠雨裕眠。翠空飛溼。竿曉亭煙。展屧誕曠。巒稃靚娟。濤颸蕭蜑。鑑冷泓川。雲氣生衣。石鑕疊紘。瀑絲幻雪。粟肌翻炎。朝暮之四時也。開流洞口。蒼狗白衣。細縷絳腰。嬰茀素蜺。響落自天。鐘磬木魚。幽樾姿生。野馬姸瘢。泉發林梢。樹薺大陸。閣支仙掌。火連霞域。熊館封蠹。虎門游鹿。瑟瑟紅紅。琅琅汩汩。翻銀倒景。翕絲亮竹。蒼綴山巾。紋披水縠。嵐帚開青。風梭織綠。松鬣梵冷。泉乳香勃。蘿女團蔭。雲卿敞幕。不月澄明。無風肅穆。狎飛鷗友。眠犢賓游。姝侶樵牧。長嘯山靈。寤歌思服。節彼南山。尾茲大麓。首出克承。始功有卒。振宗風於名勝。徵斯人其誰屬。

南嶽賦　　王夫之

結天元以紐靈。訖陽冶之鴻施。母黃精之函載。烵相見於重離。帝宅炎以誕命。袠萬年而不辭。是故其爲狀也。唯其爲象也。爾其所自昉也。爰其所自往也。蟬延藖挂。蝓虯蠖躩。蜚戍騰拏。龍翀鸞敞於五千里之外者。猲不知其颰綿之逌柢而匏繫之屢遷。固有神荄逡巡而戒步。燭陰睥睨而改顏者矣。乃循近趾蹤遠迒。析柔埴柬騂剛。杳翠微。曨夕陽。幽蠻泣。掔兕狂。別子汏委袠王杓。勻櫛節。逆迎順將。拎幽絡。阻逐景飛光。乍曲咐於坤麓。終回簫於兌方。則亦有可得而形相者焉。原夫岷山之俶立也。會昌建福。絡啟大江。盪滌東井。襟帶巹鍾。是器術之所復穖而火正之所下降。故其靈吭嗉吸。神瀵尾傾。條分萬岫。形擢孤榮。嶨嵏翁葉。嶄阢硍勍。佚晇晇以田田。集翽翽之翁翁。五指南纖而戉削。三眉西嫵以娥嬿。匪思存而稅駕。脈夭紹以東縈。於是濱若瀘跨馬湖。謝錦水揖雲巫。纏以酉溆。駗以鐔漊。披紛夫夷趠桀都梁。雖霧沓而星綴。實振領而維綱。蓋不知其幾千里而翔集乎郖藚。爾乃蒸水南夾。清漣北款。乍紖崇崕。或襄沙澶。帛飛緒舒。淩壓煙緩。迫然掔掇。妥而淹蹇。如驚非意。相怠以坦眂眂浮浮。蔓垂棘鋗。又歷條山。攦裔水。而後乃抵乎其址。則有巨塊巖石。頳膚碧肌。截爲列城。覆爲懸帷。繁星經曜。開以晃熠。修鬣平茸。雜以迷離。桓午樊欒。欻以洞達。康逵互徑。斂以崔嵬。怒而犇觸旋以妖娗己顧弈傑駭以鍔鶩風萍漂細散以詭狀欲然中起拔以崇魁奔精歙魄停凝矗峙者則峋嶁爲之經始坡陀透迤方伏以起亙爾順衍鶩蹢旁徙尋不周而發軔覶常羊以遙指僅標秀於七二紛餘峯之莫紀簇紅華立白石啟小嵩亞太室開雙髻於玉女參石廩於麥積蝁蜒蟠躍蟦賁蜴鶱複或僇牟單乃瘠䬃翩駁娑其歸翰盤容與而整翮薄經營於欒塢己緬邈乎皋宅張其華蓋鬱爲煙霞煎劣峚嶔天門嵯峨披九閶邀日華神之嫕留經過杳亭亭疑不郛則安上芙蓉匌碚龍從輔承顴附以奠祝融之封也其高也拔乎原隰者九千六百步軒軒堯堯以捫銀漢而拄罡風玉衡乳垂長沙咡從朱鳥

翼覆天市作墉暗光下燭朱英上通孤碧混霄返翠漾空維時甤賓律御義和轡永雲斂數絲宵涵萬頃粵涉焉而步測有天末之焜炯維南極之樞星視胡考於仁靜彼徵瑞而乍炫此屋至而恆炳舍離合之神山誰共覿其光景蓋其穹窿嶕嶢嶠裹蕭騷詣空宛至出險將翱乎揖太白俯勞嵩高哂岱宗之臨深況恆祠之溢褒宜光怪之偉艷迥寒暑於坰郊蘋末乍動焚輪已號鞺鞳蹷隤贔以馮總觸突漩滾餘以呦咬石級柔搖而閃霍鐵梁輕舉於鴻毛其或宿藹鐲明星晳晨鵾疑寢夕蟲喧砌沆瀣莫分海天無際睋金縷之綫輿沓錦浪之騰曳浴火鏡面踟躕奮晶宇以滌浣寃鶩心而盪胸羌不宣其綺麗何人間之

未遙蹇延遲其始霽至若繁雲輿穴油陰冒埜雷雨半山晴虛孤寫豐隆嬰啼列鈇鐙灺浸升雲之連蜷始冪歷乎趾下斯非睽髣髴乎天人胡同埵而殊治也哉祝融是降衍爲赤帝之阜秀如摘以離羣矯欲流而終取其左則朝陽日觀九仙潤牛昆盧之所蚴蟉也其後則雷祖九龍蓮花潛聖妙高之所擁負也其右則南臺羅漢明月湧几之所舒紐也其前則金紫流杯烏石黃華之所犇湊也其陰則荊紫大潙迤邐辟仆彙旋乎暮雲之逢迎而熊信乎嶽麓之邂逅其外則湘淥洣瀏衿回佩紉而憑隱乎雲陽之墟以挹注乎敷淺之藪其南則石鼓回雁碧雲雨母鸚峙鵁鸕椒聊瓜剖以犇息乎海嶠之列五與夫瀟山之

疑九回薄磅礴團圝枯複控扶來廷少長維族豈後至之或凶匪撻彼而臣僕傲紫蓋之不甯終同區而必穆唯猊奔以鸞舉奄靈徠以載謖棲赤熛之感生儼司天之帝服鬯祀典之不經選祝誦以宜穀神眇眇以蝹蝹枌延下而流睞時則常伯夙請秩宗宵寅發策明堂降匭端門清酒既莤制帛維纁驛駕馳道有來湘干蒲鐘嬰發鳳吹清喧燎飄光以乍晻香屯煙而徐靡降炎精之鱅蛸貽君子以芳荃勤九伐而不匱匪明德其已誒迺至南陸迎日元辛涓吉后有事於方澤差名山以作匹赫炎岡之顯祇壇六成而列秩雖逌眂乎上公實王禮之載謐瓚鑠鬱之醇𩚲鼎剛騂之繭栗誠高朗以令終作后祇之丞弼彼熯

乾封而號萬歲·已啟假豔而替昭質·奚況亭亭云云之部·婁浮
七十二后之雄·心者·曾何足泚右史之彤筆·邪德馨維瑞·靈睍
斯徵·護軒轅之瓊韄·霏寶露而餡凝·攬寒暉於夕館·帝繾綣以
宵興·賚羣后以滌目·宛紫帶於蓬瀛·降湘妃於北渚·賓朱鳳於
南陵·迨夏后之齋瘖·冀通精以澹炎·[illegible]金簡之雲籀·謁蒼水之
靈傀·口瀰滔天而無睽·粲絲理於奇賅·苟神筊之終吝·眷羽淵
而增哀·數隨刊於土·乂訖郊享·夫黃能虞遂陟而覲后·搢元玉
曰俞哉·黃壚敦膏·紅泉醲瀶·英英九丹·熠熠三秀·鵒明乳雛·應
龍伏蘁·叔夜浩歎於林岡·宏景裵回於句岫·故有山經·窮其削
柹·渭卜罔其占繇者矣·迺其什一千百者·猶可得而究焉·其草

則有黃精少辛·芎藭射干·幽蘭綦箴·勻藥芳荃·苦葴甘菊·藚茅
香藺虋冬·紫茜沙蔆·白前昌歜·九節龍鬢·纏綿竹紀·千齡松壽
萬年青蘋·虎掌蘧蒻·旱蓮禹餘·稱糧威靈·名仙交藤·烏首翁草
華顛·蕨蘵薯蕷·冰臺䕢衣·五加羨玉·百合胎璣·綠覆春皋·芳泫
夕暉·謁風送薰·黐黐翍翍·積雪吐蕈·方暄擢薇·叢點山椒·弱暎
水湄·其木則有梫桂厚朴·榛橡含桃·丹楓英梅·梓榧杉稻·徑松
接武·微風振濤·銀杏山礬·黃心碧梢·木蓮六出·暈紫斵瑤·芬薰
百尋·豔蕩九皐·扶條逼上·擢挺危牢·猨狖磬折·柔逾錫膏·瘣瘴
邁篠·虬文曲鏖·螺旋乳結·盤渦瀠尻·雖宜曲几·或便詩匏·巨竹
繁生·細篠側出·大任汲炊·直中轂率·密箐雲過·修篁風謠·駘蕩

蘿靡·檀欒蕭瑟·晚茗蚤莽·肩雲蔭日·紫筍綠槍·鹿茸荷蕊·迺合
又新品泉·鴻漸浣璣·吹松風·淪蟹眼·祛孝先之便便·罷伯倫之
荷鍤·視天池之與顧渚·亦可登洙泗之狂簡也·其泉則有金沙
娑羅·貫道水簾·龍池洗衲·虎跑三潭·春草載榮·石髓飛甘·澄涵
霜月·清混鬱藍·拂阪陵磧·懸珠鏗吟·偶拽肩其喁噢·旋庨閜以
崩坍·振鼉吼之鼘鼓·幽琵泣其淫淫·驚達旦以冗豫·寄清怨於
江濤·其巖岫則詰軋綢繆·鈹挺弓弨·始乎纖屈·終乎廣衰·蹇嵼
壿醫·疑墜稍收·稜曾礚沓·皶慬僈狁·檻泉沸射·雜以謰謱·干章
蔽日·則禺中警夜·叢笴𦇔霜·則暄和懷秋·杳扳捫之絕蹟·誰丁
丁而見·求閟鳥徑·以太古藏內趾之與昔芁·其獸則有元豹文

貍·獨猨岐雌·騊駼山都·豪豕刺蝟·麀鹿封彘·麑麠兕犛·麝父王
孫·蹯蹯狒狒·吟颸嘯狐·清宵吹沸·跂息騷駭·趠越憤毅·度夕樾
之與朝陽·坦不憂夫羅罻·其鳥則有素鷴白練·山雞吐綬·睍睆
鸎啼·鉤輈雊雊·倒挂鸑雀·海青鷹鷲·駝鶡鸛鴒·望巒斯就·白展
素沙·丹欺絺繡·莫不矜羽弄魂·歡春警晝·盼蘭芽以低啄·掠飛
雲而橫逐·其殊異則雨虎晴見而陰·合雲師霽出而霧騰·絕淵
閃夜光之木·懸崖炬聖者之鐙·靈蟇浴春而醲雪·神蜥弄水以
飛冰·思爰求而恍惚·亶不信其已曾·蹟其昭爽之瓌·絕攬其滂
沛之勃蒸·自非象外棲心·天徒合契·瑩秦鏡於密·勿覓軒珠於
遼戾·固有望景而腸迷·臨高而神閉者矣·琳宮丹館·依隈附巔

豐碑隆偈冠阜臨泉樾觀月淸石梁虹懸飛航切雲高臺合煙·則有巨公經過而磨崖·逸民忿反以閟闕·墨卿韻留於金石·琴客曲寫其猗蘭·其戾止也·拓內美浣塵慮·披天宇益修度心謀·籟通目擊道遇·昌黎忞七諫之遊·考亭佇三益之素·扶桑旦濯於雲中·縞練徐消於天步·指蒼天而予正·何美人之遲暮·崇仁抗疏而霧隱·廣漢作牧而星聚·東廓函丈而英延甘泉尸祝而芳駐·咀德華漱仁津·衍河雒蘸邸墳·樹旌幟翦荊榛·匪西河之疑似·樂雩壇之佳辰·近則荊溪制相·遠則江陵詹尹·拂車轍於詹巒·觀初暾之輪囷拊劍而毅魄增·振衣而壯心引·濱九死以崔嵬·拯天步之邅閔·若夫杜陵西昆·香山淮海之續風而接軫

者·取青妃白·激商諧羽於其閒·誠無情而不盡·至如王孫憤俗而埋蹟·高士問津而行藥·子野罷遂以流觀·少文展圖而棲薄·鄭侯避李而挂冠·致堂御檜而躡蹻·忠誠旁求而鵲起·黃門經始而鳥革·（劉公昊）諒卜吉於允臧·抑降神其維嶽·矧夫銀地表瑞朱陵通眞·釋子彌天·羽客乘雲·九佺霄舉·隻鶴霞賓·鳥爪翻書·石糧自餴·嬾殘飯芋·巖老長醺·扣玉壺於海客·奏雲璈於華存·舍茈薑於金母·養釘鉸之胎魂·雲軿來其宛在·哂探島之徒勤·逮其三車東駕·五葉南開·頭陀既景·思大爰來·海遷蛟館·頣觀天台·讓磨石鏡·還骨莓苔·慈明猘虎·芭蕉浴雷·綠蘿結菴·露滅名齋·丹霞鹿門·金輪南臺·息牢山之戍客·蹕紫栢以鈐椎·其蠖伏而鸞舉也·蓋不給於更數·光參帝綱·威震毒鼓·位揀君臣·要分賓主·儼華藏之莊嚴·又何論夫雙樹·以故金碧璀玭·堵窣穹崇·比岫聯香·接宇聞鐘·花雨成蹊·白雲在封·埒石聽於道生·僻鳥供於嬾融·苟息心於元悟·豈來者之未工·雖畫一於鄒魯·展道大而必容·要非包汹胕析·鴻濛遴眾妙之所都·建萬壑以逌宗·則夫須洞漾瀁·攢合龍蔥者·胡憑藉焉以孕大觀於無窮也·與·是故其爲奧區也·脈蜀踞楚·拒粵引吳·北吞龜陁·南揜蒼梧·顧雲陽而掉臂·何台蕩之與匡廬·浮洞庭·綰濂浯·帶瀟湘·向背殊·煌煌唐唐·跳踔首出·以參伍乎鄗都·距北戒而絡漢·廣紀南條以拄天樞·道靡崇而莫尊·功維爽而不渝·皇哉有虞氏之慶

也·肆見羣后·孟夏徂征·爰服三苗·乃敘南衡·玉輅匪勞·荊土載賓·五圭儷帛·一死二生·誠無妥而苟薦·辟奔走以載盈·晒自他其匪稱·格帝享於斗精·渺江介而遙履·作百王之典程·嬴氏亂紀·漢德中涼·割長沙以建芮·隘幅幀於朱方·濬三江其已惴·矧雲夢之可航·侈灊霍而僭號·躋小星以專房·羌沾濫於脂轄·詎苾芬之能饗·於戲·陰禮陽樂·徵皇王之貿·執者豈不偉與·抑歛禴之豐儉·帝睞焉而以篤其棐也·是以樂懿者綴·促禮朴者俗鬼·遡虞漢於霄淵·更善敗其凡幾·緬喬岦而揆明禋·繼皇嬀其孰躚·懷江永於比興·髣南風於博依·僑明德於炎精·溢余思於有斐·頌曰·赫赫后胙·來昌·鼇眞人南翔翔·陽維北·漢沮漳南湘

灘中合穹嶽雲葳蕤蕤哉我皇誕膺之萬壽百祿重離明秩正川麓靈怡情報哉不遐朱鳳鳴綏我曾孫宅荆京靖輿肇允□與庚業業不傾補天石賚予金簡遷禹蹟帝錫元圭嶽之績蕩滌川原帝皇醳駿發炎光庶昕夕燀燀炫炫苦精來陵嵩萼泰恆若敦蒲姚安姒企相陪迺眷南[illegible]念哉玉衡賁光天門闢

[清]罗汝怀 编纂

湖南文征

（三）

湖湘文库编辑出版委员会
岳麓书社

湖南文徵卷一

湖湘後學集編

疏一

請定儀制明名分疏順治二年五月初十日　趙開心

題爲儀制宜定名分宜明以光典禮事臣等於初五日隨朝有鴻臚寺官傳漢官俱北向立同滿洲跪接　王駕及　駕至卽迴羣情咸謂前此未跪而今日跪之是徒知尊　王上而不知王上之尊　朝廷適貽　王上以不安宜其艴然而返也頃刻舉動禮制分明舉朝誦　聖明天縱非尋常所能測度至初七日鴻臚傳謝　恩諸臣赴端拱門行禮夫以叔父之親而

兼攝政之尊其分位原與諸王不同卽臣民平日親之尊之心悅誠服甯肎外於拜舞但見朝辭朝各官將面識其才品可否若謝　恩一事　皇上之恩皆　王上之恩中外莫不傾戴豈區區在此拜跪之閒故雖羣臣朝見亦必限以禮數分以冠服何以別於　皇上何以示人瞻仰不失臣下尊崇　王上之意又不傷　王上尊崇　朝廷之意乃行之而相安耳臣謂儀制宜定者此也至稱號之閒必曰正名臣每見頒之　詔敕誦之臣民皆曰叔父攝政王夫叔父爲　皇上之叔父惟皇上得而稱之乃臣民一槩同稱是尊卑之無異也自臣言之當於叔父上加一　皇字然後上下有辨名位始尊書之章疏垂之史冊乃昭然而可傳耳臣謂名分宜定者此也是二事雖拜起稱號之常實關辨名定分之大伏乞　聖鑒施行

案此疏奉　旨這本說儀制名分情文俱愜禮部卽詳閒儀注奏行

懇進勦疏 順治二年十二月十一日　趙開心

懇催兵進勦以救殘黎以沛新仁事臣於本月初二日接湖廣撫臣何鳴鑾揭帖內云湖南六府尚未歸順及問齎奏差官則云已差人招安尚未回信但水陸梗塞穀米貨物俱不得到省城又問新撫院發兵與否差官云兵馬並未上去昨初六日臣有家人自家鄉來問長沙府光景何如據云長沙先苦於獻賊後苦於左兵城內城外之人僅存十之二三現今仍有李賊餘孽左兵餘黨及張總兵盧總兵兵馬近二十萬無日不搶擄無處不焚殺徵糧養兵急於星火斯民塗炭實在湯火中引領而望只願　淸兵速至殆不啻大旱之需雨危亡之待救前此亦

聞發兵矣外廷不能揣摩未知定向何所臣生長長沙痌瘝切體家人親見非屬臆傳伏乞　敕下兵部差官馳　諭或江寧兵馬或湖廣省城兵馬星夜遄行只須數千前去便可殄滅早一日便早救一日孑遺之民定一方亦早收一方歸心之衆臣情切桑里事在倒懸鳴不擇音伏乞　聖斷施行

懇勤召對疏　趙開心

從來治天下者將欲求君民一體必先由君臣一體乃疏通一體之脈則莫如言路此不徒在章奏也古來明目達聰敷求讜言必朝夕接見諫臣盈廷天下諮詢百官獻納而後下無不達之隱君無不善之施我　朝御極以來用賢納諫言路亦旣廣矣前偶以事歸六部內外頓成隔絕乃不久旋復舊制誠
聖明舉動大快輿情但立政之始凡一事之得失一言之通塞關天下萬世之利害其中大綱大法固須講求卽細節隱情尤須洞晰惟是有奏疏不能盡陳而封章不敢頻凟者伏祈
皇上開懷延納時垂　淸問不拘朝見燕見不分滿洲漢官

不拘內院及九卿科道時假　召對霽以溫文一切用人行政與民閒利病所關許各官隨事條議一臣言之羣臣商之
主上聽之或可或否或行或止斟酌立斷仍命史臣立書記注如唐太宗召宰相入內平章國計史官隨入預聞政事元仁宗曰言事者當直至朕前如是則人情以此而上達恩澤以此而下施所補救者非一人一事所厲精者非一朝一夕也抑臣更有請者科道職在陳言輔臣悉心襄贊崇卑雖殊而致
主之心則一臣考前代凡入內閣預機務者點檢題奏擬議批荅隨時啟沃因事納忠是進言初不專在言官也今閣臣學士等官俱改兼殿閣諸銜體制既備職務宜修伏乞　皇上査

復舊制令內閣諸臣贊理機務之餘每遇事關重大隨宜具疏敷陳可否取自 上裁則臣不虛費上下交而治乃可圖矣

請湖南早補官職疏

趙開心

竊照湖廣一省爲闖獻二賊荼毒二十餘年自荷 王師埽蕩軍民始出水火而慶生全然所恃以撫循者則莫如設官又莫急於府州縣官前塘報歸順之日臣屢具疏請撫按請守令誠有見於地方之官關係不小補一好官則萬民受其福早補一日則早受一日之福今撫按監司湖南湖北俱已無遺缺矣惟有郡守邑令竝未補官昨吏部員外歐陽蒸有家人自湖廣來問彼光景則曰地方傾心向化可得稍安只委官多不得人甚以本鄉人貽害本鄉百姓急急望都中選官來且急急望 朝廷頒恩詔來此其言最的確而其情甚迫切蓋守令與士民最

相親近上以傳布德意下以體恤民隱眞不啻父母之於赤子故雖得數監司不若先得一賢守令也伏乞 皇上軫念殘疆不遺楚服遐邇 敕下吏部將湖廣府縣官凡未補者盡行選授卽將前此所頒 恩詔各令鈔一通前往俾窮鄉下邑咸知 朝廷德意且促朝受命而夕就道以早慰地方瞻望之思則無廢事無缺官其 恩施遐方者非小也如不以臣言爲套仰祈 聖斷速賜施行

直陳湖南利弊疏　胡爾愷

臣辦事垣中見吏部覆臣同官梁鋐一疏內稱各省地方刑名錢穀驛站等項利弊煩多非一時可盡應　敕服官在邸諸臣果有確見應聽晰陳奏有依議之　旨仰見　皇上居高聽卑不遺遐邇凡爲臣子苟有確見何敢隱諱而不畢陳於　聖明之前臣楚之湖南人也竊見邇來四方未必盡皆無事而苦者惟楚爲甚湖南更甚自明季兵賊蹂躪殘毀瓦礫荊榛千里如一青燐白骨所在皆然頃者大兵屯駐有年在事諸臣方拯溺扶傷之不暇而軍興孔亟休息爲艱一切精粗鉅細之物無一不采辦於民閒官無論尊卑不分暑雨祈寒率皆辦

手胝足則小民竭蹶艱難之狀不問可知然事關軍務官不敢言勞民不敢稱苦其勢然也至爲有司者上之慨於　功令有不敢不奉行之法下之窘於窮黎有勢不能自白之隱姑就近事之切於民瘼者摘陳其槩可乎如丈量田地所以清荒熟核隱匿均甘苦也湖南歷年兵火大率田在草閒蓋因人民鮮少牛隻踊貴糞田不足人力不齊故往日之肥饒者今瘠薄矣往日之廣闊者今狹小矣自丈糧之法行則新墾未報者自應照熟科糧但有畝數與弓口不符每丈一畝止得七八分者比比而是夫田之有餘者糧既議加則不足者糧亦應議減且行丈之時弓手算手公正里遞造冊紙張等項使費供應民累已多而丈失之田無除豁之令有賠累之苦則清丈徒以厲民也合無令藩司將各州縣所報魚鱗冊細查丈過田畝數依所定上中下則例照田攤糧務令糧之輕重多寡與田之升合尺寸符合不爽則荒熟可清隱匿可核而甘苦可均也如查人丁所以稽戶口防隱占杜包賠也湖南遠不具論自戊子己丑辛卯壬辰異變奇荒相繼接踵止有耗散而鮮生聚邇年奉有查丁之例有司惟務丁多以邀紀薦於舊額之外不妨驟加數千究之照糧科派遂有糧少而多丁者賠累何可勝言合無令藩司仍將各州縣所報人丁冊籍發回各該府廳逐一細查果有新增人丁方準入冊卽照糧編派亦必多寡均平無得參差不齊以

致里胥高下其手徒滋弊端則戶口可稽隱占可防包賠可杜也至於里遞困憊總因戶重差繁每當輪役之年取辦不可勝算夫差則有長夫短夫背夫撻夫青草夫等項雜辦則有豬羊牛雞鵝鴨以及細瑣難名之物無一不取給焉又衙役革舊換新亦令里遞僉補有每年雇募糧書一名動費至二三十金者里遞窮多富少各項安能出辦勢必派花戶津幫故正供有限而雜費無窮此小民之所以重困也請　敕該撫按須嚴行飭禁以後有應公用者有應申詳者於正項開銷雜項則各官自行設處不得擅取里遞衙役則出示召募勿令里遞僉補仍榜示通衢以杜里胥詐騙花戶之弊庶可蘇困於萬一矣驛遞

凋疲臣前疏已陳其槩湖南馬少而貴駑駘下乘亦價值三五十金驛遞舊額已屬不敷而差繁甚於往日且其地方遼遠每站有百餘里者差使遇倒站之處每每騎馬過站以一馬往返奔馳動至數百里故易至於倒斃又責里遞賠補且差繁馬少則以竹轎代之人力之於馬力相去何啻倍蓰而恤馬酒煙等費亦索之於人夫嗟嗟窮民何能堪此應行各州縣多買健馬驢騾於舊額之外不妨量爲加增官自雇夫喂養不得委之於民而一切往來差使嚴禁需索恤馬等情至竹轎人夫永遠禁革違者官參吏拏於以淸驛遞而除民累未必不由於此也學校原以儲育人才湖南大亂之後士子日不聊生何暇治舉子

業以故人才寥落從未有甚於今日者且雖奉有蠲剔優免之例然猶有許免本身丁徭之文湖南士子未沾此惠久矣或因本身數石之糧與齊民一體應差比較催徵固所不免有拘押者有羈禁者甚有徑行鞭笞者夫出入衙門包攬錢糧原有明禁若有應差比較之役又焉能禁其出入淸其包攬乎請敕提學道臣申飭有司除生員果有逋欠包攬情弊應遵新定部議究處外其有本身丁徭自應照舊豁免至於別項不法事宜亦必申詳學道黜革衣頂之後方許羈禁鞭笞如有不遵許學道詳院題參亦稍增士氣於凋殘之後爾以上均丈量核人丁寬里遞蘇驛站培學校皆湖南之利弊所關伏乞　天語嚴飭撫按諸臣痛爲釐革所造於遐方非淺鮮矣

請恤災傷疏

胡爾愷

竊惟天災流行盛世不免水旱氛祲之異正上天以譴告爲仁愛而修省之道務期實惠及於窮簷乃可以迓休和而消沴戾伏閱邸報自夏秋以來四方災變不一如秦晉豫省之冰雹楚粵江南之水患人畜致多死傷禾苗盡歸浥爛賦稅何出民命何依此災變之大者各撫按疏報踵至部覆行查俱已奉有俞旨第從來　朝廷下令每如流水之源有司奉行反致屯膏之歎者蓋有故焉撫按旣經奏報部覆必俟查明文移往來動經數月而自撫按司道以下及於州縣又不知歷幾何時州縣必問分數於里排某鄉某村孰災孰甚差役一番紛擾已不

可言層累而上由府而道而司而院經年累月展轉稽延際此徵輸孔亟之時有司不能停徵以待追呼敲扑勢所不免百姓之不能逃不卽死者或鬻妻子以供賦稅及至邀　恩蠲免而箠楚之下皮骨無存非歸墨吏之囊卽飽奸胥之腹是　朝廷雖有浩蕩之恩而小民未蒙涓滴之惠誠可爲痛心疾首者也蓋賑恤災傷急則有裨而緩則無濟今晉省去京不遠行查已數月矣而杳然未報又臣鄉荆襄武漢黃安等府巨浸滔天小民幾成魚鼈紛紛逃竄今歲之秋成失望來年之東作難期不於此時作速賑恤將見不爲流亡卽爲盜賊爲患正匪細故伏乞　皇上垂念湯火孑遺復遭異變惟有奄奄待斃之苦

立下蠲免之詔且令撫按有司多方賑濟以挽天變以活窮黎
更乞 勑部轉飭各該撫按嗣後凡遇災傷地方該管州縣
立刻身親踏驗卽將被災戶數併印信甘結粘連具報以憑撫
按星夜詳明入告該部三日內卽與具覆或蠲或賑取自
上裁以免再行駁查費時日而滋繁擾則閭閻疾苦可朝上而
夕下 九重德意不至爲紙上虛文矣奉 旨該部知道

請酌律例疏

彭之鳳

題爲正律與條例原分後先以準較眞犯實有攸別請乞
勑部酌議明示中外以省駁覆以副欽恤至意事臣查大清律
總目共計四百五十八條每條各具律文一段後開律例二字
初甚疑之因爲備加詳考始知前所備載者固歷代相傳之定
律而後開條例則故明增入之例也乃律內又於以準皆各其
及卽若八字一字分爲一條每條逐字註明貫以八字之義四
字其註明以字之義曰以者與眞犯同故以枉法以盜論竝除
名刺字罪至斬絞竝同科其註明準字之義曰準者與眞犯有
閒矣如準枉法準盜論但準其罪不在除名刺字之例罪止杖
一百流三千里等語夫曰與眞犯同是自有眞犯

者在以準之者不過與之相同耳犯之者各依正律以擬罪斯
已平矣若後世所增之條例要皆止一時一事一意爲輕重多
未細合律內以準之各律以酌定卽如官犯贓新例十兩以上
不分枉法不枉法皆解部流徙甯古塔矣若正律內開載如刑
名造作可完不完應改正不改正者以枉法論及出使官員多
支廩給者俱以不枉法論又如監守盜倉庫錢糧新例入己贓
至三百兩斬監候秋后處決若正律內開載如虛出通關及起
運官物不運本色而輒齎財貨於所納去處收買納官者則皆
以監守自盜論諸如此類不一而足儻不於以準之各律稍示

分別於眞犯而亦如眞犯之新例以治罪將何以上合 本朝特設大法以警人心之至意而稱平允之各當乎臣反覆思維再讀清律至例內稱與同罪一條內開稱以枉法論及以盜論之類事相等而情重皆與眞犯同刺字斬絞皆依本律科斷而

本朝定例之初卽於本條下註明曰所得同者律耳若律外引例充軍爲民立功等項則不得而同焉等語仰見我

世祖皇帝惻怛仁愛志切平允其所定新例不得與以準之正律同科早已該括於不得而同之中矣蓋正律監乎歷代酌定在前若律中條例係故明新定增入在後卽故明之條例以準之律亦不得而同之而況 本朝於順治三年后更定之新例

乎邇來部寺衙門備及斟酌詳審凡於刑獄之未協乎各律所註者多爲立行駁正但於以準眞犯之分正律新例不得而同之義未經詳明開例曉示中外是以仍滋改駁此臣所謂問刑部衙門固有奉行而未盡合乎律與例之意者此也蓋多一番駁審則多一番遷延酷暑祈寒小民卽多一番羈禁守候之苦其於 皇上愛民如傷欽恤至意得毋微有未協也與理宜仰祈 敕部酌議是否名例註語應令中外咸知儻蒙部詳審奉 旨俞允則駁覆省而小民卽省羈禁守候之苦未必不是 欽恤至意之一道也伏乞 睿鑒施行

纂修明史疏

羅人琮

四川道監察御史臣羅人琮謹 題爲及時纂修以光文治以垂永久事竊見我 大清御宇以來百度維新 皇上又復天縱聰明右文崇學卽帝之重華王之丕承無以過此伏思從來勝國之史必成於昭代蓋自唐虞已然遼金宋三史成於元明洪武二年卽命左丞相李善長等編輯元史明史一書我

世祖章皇帝亟圖舉行 皇上纘緒頗切 睿慮特以 太宗暨 世祖章皇帝之實錄集思方殷故爾暫停今 世祖章皇帝之實錄已成 太宗之實錄亦將告竣宜將有明一代事蹟訂正殘訛彙集成書以示勸懲

且事貴及時文獻無徵孔子致慨於杞宋頃故老尚存聞見眞切若再遷延此輩漸次凋零未免參稽鮮據 皇上泰山不讓大海不擇四方博學鴻儒盡集輦下此正千載一時伏乞

皇上於考試錄用之際特簡若干員錫以品秩開局纂修書成優敘則有明三百年中英庸賢奸成敗得失之故不致散逸淪沒而 皇上垂憲億萬年之徽猷直與乾坤無盡矣如果臣言非迂伏乞 採擇敕部議覆施行

請蠲湖南錢糧疏　羅人琮

巡視北城四川道監察御史臣羅人琮謹　題爲湖南陷賊獨深湖南之民受賊虐獨慘懇乞早沛　恩綸以安驚魂以廣皇仁事竊惟　聖代御宇之初萬方綏定湖南於順治四年始入版圖復爲遺孽侵踞殺擄幾盡續經埽蕩又緣巨賊竊據滇黔蹂躪不交禍起十餘年急公竭力供億大兵滇黔歸命方獲甯宇不料吳逆煽亂久稽誅討六載未見天日以　朝廷生全鞠養之赤子任其魚肉一年徵三年之糧賣男鬻女敲扑難堪磬化農器以供兵戈悉索綿纊以製甲冑飢寒湯火死亾傷心賊逃焚掠之苦所在皆然臣家常德之桃源縣音信久絕幸

仗　皇上天威恢復臣長子拔貢生羅經遣使通聞備悉情形凡此孑遺久切　睿鑒伏讀二月初九日鈔傳　上諭將江西十六年以前舊欠錢糧與各省接壤賊近地方一例盡行蠲免仰見　皇上如天好生之心曲加矜宥遠近臣民誰不感激泣下今湖南陷賊獨深受虐獨慘之民賊踞而痛心疾首北望恩波賊解而冒險通誠前導車騎其爲　聖懷所憫惻應更切於諸方下蠲豁之　詔全苟延之生何待臣愚瑣贅獨念天末殘黎窮鄉僻壤不識寬大之政恐積年被賊追納錢糧有司徵比萬難存活或棄產仳儔或深谷逃避耕耘愆期收穫廢事不獨服畝輸將無資抑且軍需承應莫辦伏乞皇上垂念湖南百死一生之民命將十七年以前被賊追納之錢糧應與閩越江西等處一視同仁盡行蠲免之處早沛恩綸使父老扶杖而觀化子弟秉耒以慶生至於本年正賦有殘破尤甚大兵駐札地方田荒丁絕者令督撫查明酌量蠲免總在　皇上恩施將濊澤誕敷萬里風行而遐方歸命恐後矣緣係早沛　恩綸事理非敢越例妄干伏乞　睿鑒敕部速議施行謹題請　旨康熙十八年五月十八日題奉上諭令各臣發還

請申禁火耗外派疏

羅人琮

竊惟民生當多事之日非有司委曲培養無以遂生全而固元氣我　皇上遐覽萬方念切民瘼軍需浩繁不忍輕議加賦此即古帝王視民如傷痌瘝乃身之至仁中外臣民誰不感激但州縣衙所火耗外派歷來積習後奉　功令嚴禁改絃易轍閭閻困苦少蘇自吳逆倡叛以來政務紛繁督撫止取供辦無誤稽察未免漸疏其間牧民自愛者固有而乘機刻削恣飽貪囊者正不乏人臣辦事衙門見江南撫臣參金壇知縣重耗虐民又縱役派取票錢一疏一處如此各省可知保無更有什百於此者乎哀哀小民何以堪此至於採買軍需開銷原動正項

轉餉亦支腳價儘實心照常招辦相時雇運何至滋累惟分發里甲賠累既多侵漁運官未已復運軍前守候濡緩饑寒易填溝壑百姓敲髓剝膚之痛　皇上雖高居九重所時時惻然者也伏乞申頒　綸音諭督撫司道嚴行體訪務令風清弊絕夫民愚而神撫我虐我萬口沸騰耳目胡能掩飾爲大吏者果能體　朝廷委任之意盡去徇庇則黔黎自食家室生全之福漸登衽席元氣固而撻伐張未必不由乎此也

請停修太行隄疏

陳鵬年

爲錢糧之糜費無益隄工之修築可緩敬陳末議恭請　聖裁事臣竊查太行隄綿亙直隸河南山東江南四省延袤千有餘里前人剏建此隄原因河水北流藉以捍禦故又名汰黃隄嗣後河流漸漸南徙去隄日遠官民因此不加修築日就殘缺上年　欽差吏部尚書張鵬翮等查勘東省河道幷會議與修太行隄工除江南之豐沛二縣山東之曹單二縣俱係運道保障理應修補完固業經估築完工另疏題銷外其北直河南二省隄工奉　旨令直督豫撫會同臣確估具題臣因身在南工不能兼顧直省工程共估計土方銀十三萬八千三百兩零

雖經前任督臣趙宏燮會疏具題而一切委員勘估俱係督臣主裁豫省工程共估計土方銀十八萬七千九百兩零係撫臣楊宗義徑行勘估具題揭報到臣並未會疏臣近因堵築武陟縣決工復行細加確訪查得直省太行隄坐落滑縣長垣東明等三縣東接山東曹縣西至河南胙城縣豫省太行隄工坐落胙城延津新鄉獲嘉武陟等五縣東自直隸滑縣交界起西至武陟縣木蘭店止二省工程據該督撫查丈共計五萬八千四百餘丈臣逐細覆查皆與黃河相隔甚遠水患所不能及其間有倒卸坍塌僅存隄形者有隄阯已平或成民居地畝者亦有飛沙壅積現成高阜足資捍禦者臣訪之土人僉云數十年來

黃河南徙之後從未爲灾即以武陟兩次沖決皆因沁水暴漲宣洩不及所致並不係乎太行隄之有無則此隄非關要工明矣在昔人創建規模綢繆未雨原有深心至今日河流既徙地異勢殊似非急務目今物力艱難軍興旁午之際錢糧尤宜愼惜以臣愚見似應將此兩案工程暫行停止其間設有關係處所應宜修葺者可飭地方官設法修築不必遽動大工雖此項錢糧原議各官公捐俸工按年流抵還項不敢請動正帑但直豫兩省捐項已多仍須預借司道庫銀總是朝廷正供節省得一分是一分與其用之無益之地何不留之官庫以備急需再查上年部臣張鵬翮等會議疏內有曹縣太行隄工與直隸

長垣縣接壤界內現有缺口其長垣以上係河南儀封縣地方如有殘缺照山東例一體修築等語臣查直屬之太行隄惟長垣縣與山東接界經部臣查勘應加修築嗣以河南漫水沖入長垣隨經督臣趙宏燮將該縣之甄家莊王家隄等處隄工堵築完固報明在案其滑縣東明等境內之隄部臣等原未主定必宜修築也至儀封一縣並無太行隄在界內該縣隄工若有殘缺自有本省歲搶修錢糧可以開銷防河各員可以承修此又不在太行隄之例者也除豫省尚未開工直省長垣縣屬業經完工另案題銷外從愼惜錢糧起見冒昧陳情伏乞　聖裁再此係條陳事宜字多逾格貼黃難盡合併聲明

題河工收錄人員摺　陳鵬年

爲河工務在得人題請親驗收用以別賢否事竊照河工効力官員固當取其身家殷實尤必擇其才具優長方可委以重任查前河臣張□等任內凡効力文武各官俱在河工投驗收用咨部至康熙五十二年間部議科臣觀音保條奏一案內開稱嗣後候選人員有願赴河工効力者旗員令該旗都統引見漢員俱向臣部具呈行文原籍查取身家殷實印結送部存案然後發往河工等因具題奉　旨依議欽遵在案臣任事以來查部發現在三十餘員逐一試驗其中諳練河務精明強幹者曾無幾人是當日原籍取結止取其身家殷實之結而不察其

才能之可用與否也河工官員關係甚重豈可止憑赴部一呈及原籍身家殷實一結而遂收工錄用爲河官乎恐將來河員有缺不敷題補臣請嗣後各省人員如有情願在河工効力者俱令其赴臣衙門投呈臣即親驗其練達精明年力強幹者仍行文原籍取具身家殷實並無過犯印結到臣衙門咨部留工効力至於旗員有情願河工効力者先令呈明該旗都統然後赴臣衙門投驗可用者亦取該旗印結咨部庶在工効力俱有用之才而賢否不致混淆矣再查觀音保條奏之後亦有非係部發指稱留工保固之員題補河官者合併聲明爲河工用人起見伏乞　皇上睿鑒敕部議覆施行

請河神封號疏　陳鵬年

爲恭請敕賜河神封典永保安瀾事。竊照河南武陟縣秦家廠馬營決口工程關係國計民生最爲緊要。臣奉　旨於本年八月二十七日到豫查勘隄工南壩尾後衝開一百餘丈。臣卽督率員弁晝夜堵築。於九月二十三四等日黃水每日加長一尺二三寸不等。又兼西北風鼓浪北壩尾隄衝刷坍塌。溜射隄根。二十五日又漫開一百餘丈。深至三丈餘尺不等。水大溜急勢甚洶湧。埽不能下。臣同撫臣楊宗義目覩危險人力難施。臣等計無所出。只得虔禱河神護國佑民默助安瀾。當題請皇恩賜封以報神功。自是大溜分趨引河水勢消落。得以漸次

下埽堵築於某月日合龍具疏題報在案。此皆仗我　皇上洪福齊天　聖德感孚河神效靈之所致也。查康熙三十七年原任直隸巡撫于成龍疏稱霸州等處開河工竣。伏乞皇上敕賜河神封號。幷賜河神廟　御書匾額。又康熙三十九年前河臣張鵬翮題加封河神。幷　御書匾額。皆奉旨依議各欽遵在案。今臣等願捐貲建廟於秦家廠之北岸。伏乞　皇上敕賜河神顯應封號。幷　御書匾額春秋致祭。則河神得膺　聖朝盛典。自必益顯效順之靈捍災禦患。俾武陟一帶河道工程永慶安瀾。仰荷　皇恩無極矣。謹會同撫臣楊宗義合詞具題。伏乞　皇上睿鑒敕部議覆施行

奏補道員疏　陳鵬年

爲道員關係緊要人地殊不相宜。奏請調補以收實效事。臣蒙聖恩署理河務。夙夜勤惕。凡係所轄地方處處查察工程。應修築者修築。應挑濬者挑濬。務使運道疏通民生安堵。以仰副　宸衷。但河臣衙門向在清江浦。南河工程尤爲繁重。不可久離。河南山東二省窵遠難以兼顧。雖有巡撫管理究非專責。其一切修防事宜。惟河南管河道山東兗甯道是賴。查河南管河道管轄開封歸德彰德衞輝懷慶五府。黃河南北兩岸隄工及各河工。山東兗甯道管轄濟南兗州東昌三府。黃運河隄及泉閘各工。自應兩道員督率各官不時修濬防禦。責任綦重。

豈數年以來。俱尸位素餐。不能防患於未萌。以致河南黃水漫決。山東運河淺阻。臣前查察兩道所屬隄岸皆殘缺卑矮塌卸單薄。河路處處淤淺。往來船隻阻滯。臣隨經面飭兩道。速率河官人夫上緊修濬。但臣目覩管河道王進楫兗甯道宋基業俱老邁衰頹不能整頓。雖兩道居官尚非敗檢。而年力難勝重任。人地實不相宜。若仍姑容其久任河工。必致廢弛貽誤。此不可不急爲調補者也。臣再四思維。有現任御史陸師。係浙江進士。由儀徵縣知縣行取。前奉　命隨欽差來南。臣一路同行。見其留心河工才識明敏。至今儀邑士民猶稱其廉能。伏乞皇上俯念河工緊要。可否援部嗣堯李維鈞以御史改補守道

之例補授兗甯道如任滿三年能稱厥職準予內陞仍以陞銜再任三年陞用則修濬以時漕運無阻而　皇上可免東顧之憂矣又有現任淮安府山盱河務通判張杓係正藍旗進士世襲阿達哈哈番又一拖沙喇哈番在工年久諳事勤愼伊父張聖鐸曾蒙　聖恩以世襲武職補授淮揚道如將張杓陞補河南管河道則修防罔懈隄岸無虞而中州一帶河工亦可無煩　聖慮矣此二官者就臣所知而言　皇上聖明知人善任或特行　簡授賢員更於河務大有補益至於王進楫宋基業二員伏乞　皇上敕令解任進京引見如尚可用則令其赴部另補臣爲河工重務起見故敢冒昧奏請伏乞

皇上睿鑒施行

遺摺　陳鵬年

爲　君恩未報伏枕哀鳴事竊臣由進士出身通籍以來洊歷州郡兩次署篆司道十年供奉　內廷自惟愚昧罪戾多端蒙　先皇帝曲賜矜全破格錄用於康熙六十年十月內特命臣署理河道總督受任以來夙夜兢兢恐貽隕越恭逢我　皇上聖恩浩蕩湛露旁敷臣於六十一年十二月二十七日接準部文奉　旨令臣實授是時臣已卧病感激涕零正在繕疏　奏謝而臣家人李朋齎捧　欽賜念珠等物馳驛飛來又蒙　特賜良醫　恩綸重疊臣亦知命在旦夕而沐此　殊恩異數猶思苟延一日以仰報　高深詎

料臣福命淺薄病勢日加醫藥罔效氣息奄奄從此永辭聖世不能復効犬馬微勞所有臣長子監生陳樹芝次子監生陳樹萱向蒙　先皇帝考試詩文著在武英殿行走効力五年今臣痊可無期九泉抱恨惟有囑臣兩子盡心竭力生生世世以仰荅　鴻恩於萬一耳除另疏題報外謹繕摺先行奏謝伏乞　皇上睿鑒施行臣無任感激依戀之至

遺疏　陳鵬年

爲

君恩未報臣命垂危死不瞑目事竊臣一介寒微由辛未科進士三任州縣兩膺郡守以賦性迂疏再遭吏議待罪

殿廷蒙

先皇帝聖恩寬大格外矜全宥罪錄瑕於康熙六十年十一月內奉

命署理河道總督印務受事以後夙夜冰兢惟慮智淺識短報稱未能隕越是懼六十一年八月內因河南武陟決口復開　奏明到豫協同撫臣楊宗義堵築臣等一到工所卽住宿河干自秋徂冬侵冒霜露不敢辭勞工程將次告竣驚聞　先皇帝龍馭上昇臣泣血長號肝腸摧裂恭逢我　皇上聖治維新用人不次以臣實授河督

殊恩異數亙古未有雖糜項捐軀亦不足以仰報萬一正擬工程完竣之日當卽趨赴　闕廷面聆　聖訓豈意福薄災生數窮命盡感冒風寒積勞成病業經繕摺　奏聞猶冀螻蟻餘生尙得苟延殘喘乃數日以來病入膏肓醫藥罔效一息奄奄命在旦夕從此齎恨入冥永辭　聖世其各項工程已於十二月二十一日堵築完竣業經會同撫臣具疏題報外再臣隨帶江南河庫銀二萬兩係接挑官莊峪引河及給發兵弁椿埽手等工食之費先經題明將臣衙門規禮按年扣抵在案前項銀兩俱已用完伏乞　皇上恩準敕部行令於總河衙門規禮抵銷庶帑項不致虛懸則臣沒齒項沐　鴻慈再臣今年已六十一歲死亦何憾但以未酬　隆遇未盡涓埃上負

先皇帝特達之知我　皇上優隆之典微臣命淺

聖主恩深圖報未終死難瞑目臣尙有八旬老母幽明永訣未得一面烏鳥私情寸衷若割惟屬臣胞弟候選通判鷹年臣子武英殿纂修候選州同樹芝樹萱生員樹葵等勉自奮勵繼臣未盡之志以上報　國恩臣伏枕哀鳴語無倫次貼黃難盡

伏乞　皇上睿鑒

瀝陳先世冤誣疏　楊超曾

爲瀝陳先世冤誣恭進遺書二種懇乞 聖慈鑒憫敕史館湔除遠雪沉冤俯安愚悃事竊照臣高祖明督師楊嗣昌仕崇禎朝孤立受知不附門戸以奪情起用中樞因入政府爲衆所嫉而在中樞時因責成勦賊賈怨洪承疇購黨攻詆以奪情爲詞一時言者輒得罪衆滋不平迨後勦賊無成奮志以殁羣議遂沸以致野史雜紀捕影吹索恣口冤誣舉當日審時度勢不得已而嘔心規畫之苦衷槩置不諒凡夫封疆失守行閒失利與夫同舟楚越扞格牴牾旁觀沮敗忌成破局迄於壞不可支之罪案盡舉而歸之筦樞主調不應督師盡瘁以死之一人以

逞其護持門戸之私而洩其擊排不遂之憤承譌襲舛流布海內康熙年閒臣祖嗣昌之子山松見而痛之因裒集奏疏遺稾成編案據疏稾剖晰譌舛分案辯雪凡十七條名曰孤兒籲天錄葢冀止謗明誣庶備史館采擇也伏在草茅無階得達以故王鴻緒修明史稾所立本傳雜襲諸書未由刊刷史館因之遂以失實此臣祖嗣昌被誣未白之源委也謹按本傳中招誣失實之大者約有四條一曰用熊文燦變勦爲撫致寇患不可收拾考之當日文燦受事以後意多主撫臣祖嗣昌屢疏請旨督責有不得誤認撫之一字屢爲賊愚自貽性命之憂等語若夫寇事之裂乃在臣祖嗣昌督師之後稽其時二十六股之賊已勦撫十九股瑪瑙之捷張賊僅以身免因左良玉頓兵不搜致賊四突又臣祖入川督勦料賊必折奔楚檄左良玉由夔巫迎擊必可成擒而良玉違令西行致賊飛奔襲襄渡漢橫突中原不可收拾當日事勢本末如此距熊文燦在事時已二年矣論者見臣祖督師實能盡瘁且屢著奇捷雖難於深文於是不罪其己身勦局之無成而反追論其由從前舉用非人所致遂謂寇事決裂由用熊文燦致然匪苛文燦苛舉主耳此當日深文巧詆流傳失實之最甚者也一曰講市主款戒戰失機考明失其御寇盜橫擾惟時我 大清龍起東方受天眷命偏師西指岌岌戒嚴就爾時而論則爲表裏竝急之勢民力兵力斷難兩

支臣祖嗣昌不得已而爲義州開市之說亦謂少緩廟堂東顧之憂稍紓中原塗炭之急耳事訖未成仍聽便宜決擇迄於築舍而止是臣祖嗣昌實言市未言款也乃諸書則混款市而一之冤以主款誤國迨戊寅九月我 大清兵自牆嶺入惟時盧象昇主判戰高起潛主勿輕戰臣祖嗣昌與二人會商郊外往復辨論審酌機宜隨具疏聞幷無附高戒戰之說況查當日未事以前排市議者初無沈謀妙算堪借一籌有事之際敢戰如盧象昇不過僅以身殉乃以局外事後之誤不諒局中當事之苦於講市未行之議輒與主款誤國之文何其冤也一曰勦餉練餉壘病民益起爲盜考當時勦餉大者在因糧溢地二項因

糧者取之有力不及無田與人丁頭會箕斂者不同、滋地則主清釐非關增派、爾時寇患蔓延八省、國家力詘財殫、欲大舉合勦爲民除患、不得已而仍資民力、廷議僉同、誠屬無可如何、乃諸書持論謂宜緩圖耕戰、夫以七八省生靈屠戮、切於拯溺救焚之事、而欲徐議耕戰爲十年生聚之謀、何其繆迂而不達事情也、至練餉出自廷臣、議未定而臣祖嗣昌已謝樞務、語在顧天錄中、傳稱練餉徒糜、以楊嗣昌主之、莫敢難者、豈非誣歟、一曰爲人機警煩碎自用、按此乃沿襲綏寇紀略中語也、今諸疏具在、指陳時勢、慷慨淋漓、是否爲人機警者、臣不敢辨、又如臣祖身歿在前、雒藩被陷在後、且係病卒、竝非自裁、傳俱失實、有顧天錄可考也、

敬陳興利除弊六條疏　黃秀

臣一介寒士、六載詞臣、蒙　聖恩高厚、拔置臺員、適居七十之年、寸心時抒忠愛、一得願獻芻蕘、敬陳興利除弊六條、有關國計民生、所宜實心奉行者、敬爲我　皇上陳之、一農桑宜勤勸課也、兆庶衣食之原、非農桑則生養無具、三代時井疆有法、授田有制、民無田多田少之事、因無甚富甚貧之家、雖旱潦見告、而凶荒無慮、今土地雖廣、生齒日繁、游食者多、人心未免狙詐、習俗尤多侈靡、富者田連阡陌、貧者地鮮立錐、爲民牧者止以催科爲能、民生休戚、漠不相關、求其撫字心勞者固已鮮矣、井田久廢、難復限田、勢不可行、祇有重農厚民一事、爲今日亟務、臣懇我　皇上特著爲令、凡親民之官、必以勤於勸課爲先、不得漫云無游民曠土也、惟於每年春秋二時、巡行各處鄉鄙、躬親省察、令其預備牛種、以勤耕作、廣植桑麻、以穫絲枲、收穫米穀、不得濫用、俱各謹其蓋藏、巨室富家、不得重利、咸周恤其鄰里、懲奢侈僭踰之習、禁迎神賽會之舉、仍俾牧令久於其任、實心奉行、以三年爲期、務使家給人足、閭閻實在、皆有蓄積、荒年可以不虞饑饉、凡有司報績、必以此列爲首、而征斂次之、督撫保薦、必以此考其成、而他務後焉、其有勸課不勤、儲蓄不充、民多窮乏者、則爲參罰所必及、如此則勸課勤而衣食足、斯禮義自興、又何慮俗不漸返於醕良而治難追於古昔耶、

一考試宜嚴弊竇也朝廷設歲科兩考取士實屬古今大典自各省盡改學院後學臣俱清白自矢又給養廉之費孰敢仍蹈往轍自貽伊戚但習俗巧僞日滋見學臣廉潔賄賂無門遂致詭生他計以圖僥倖其中有傳遞文稾之弊有長鎗代考之弊有頂名換卷之弊有賄託巡捕串同堂官之弊有書役招搖潛通關節之弊有內藏能手作文暗遞童生之弊有撞騙假託欺哄愚人之弊種種不法總由爲學臣者止知清以自持不能明以察奸以致諸弊叢生在素性精明者善爲周防嚴行禁緝有犯必懲人情自知畏懼一遇委靡不振之員縱廢弛以養奸大爲士習文風之害者也大抵諸學臣一已之精力有限耳目

難周衆人之狡詐無窮欺瞞莫測人惟利是圖卽子姪且有悖其父兄者況幕友長隨胥吏衙役素多姦滑尤爲貪利無厭者乎此眞才所以常致淪落士習所以日益卑污也臣愚 皇上俯允末議敕部議覆載入學政全書 諭令督撫轉行學臣清查諸弊通行嚴禁凡府州縣考試卽責令點名散卷防維代作傳卷諸弊且不多行濫收送考至院考日細令廩保識認毋得給燭仍認眞覆試吏弔府縣原卷查對筆蹟相符文理皆通然後取中勿致草率祇完故事儻仍前舞弊或經訪察或有首告卽嚴行重懲搜絕根株其或學臣憒憒在他處發覺者卽將學臣處分如此則諸弊絕而考場清文教可以振興士風必能不變矣一蠲賑宜核實數也我 皇上念切民瘼於雍正五年軫恤湖北湖南被水州縣衞所百姓 特頒恩綸旣蠲正供復發府帑糴穀備荒如天好生之仁洵無有加於此矣惟是免糧無論貧富而賑濟則專爲窮黎富室田多旣免其糧不須再賑惟貧民則日食維艱蠲賑自應兼施但更有一種最苦窮民原無田畝報荒因無姓名在册臣見外省州縣止憑荒册花名散賑故豪棍勾通奸胥飾無爲有聚少爲多肆行侵冒而眞正窮民反因無費姓名不能上達哀此煢獨竟不得少分升合之需忍聽其嗷嗷待哺悉轉爲溝中瘠邪且此弊在各衞所尤甚衞田散處各邑衞糧多屬大戶乃蠲賑仍益富人而顆粒

不逮窮佃其情更屬可憫臣請 敕部議覆通行各省嗣後凡遇賑濟俱照近京州邑定例確查無土赤貧之民另造清册幷取具鄰里甘結沿鄉逐戶分給小票一紙照人口之大小多寡以發銀穀勿令豪强吞幷吏胥中飽俾現在窮民得自充一日之饑飧比戶皆沾 朝廷之實惠雖有旱乾水溢不足爲斯民大患矣一水旱宜速勘詳也伏思堯水湯旱雖屬偶歉之天行而拯溺救饑必須預籌於人事臣湖南人也知楚爲產米之鄉平原近地農民勤於耕稼雖水旱稍歉亦不致竟成大災惟濱湖者多水傷山者易旱每遇大旱大水之年百姓具控號呼而州縣往往顧恤已私置之不理或緣先報年豐後難改詳或

謂秋災不爲民病飾詞誑上因而漠視民瘼遂致民情壅於
上聞極可痛憾臣愚竊民遭逢歉歲目前已乏生計即稍有
薄田食尚不敷糧何由辦不得不棄産謀生流離四出而州縣
又從而禁其出境不爲收恤幾何而不爲賊盜也在州縣官動
稱報災有例不知例所以防弊耳若實在眞荒見聞難掩彼繪
圖上陳者甯必問往例邪伏讀　上諭凡地方小有水旱勘
不成災例不應題者督撫具摺　奏聞令民間情形無絲毫隱
匿方不負封疆大臣之任大哉　聖言洞悉民隱軫念民艱
肫誠篤摯又如此其至也夫以水旱未及成災者大臣尚不當
隱匿豈水旱大爲民患者有司可不速勘詳報乎臣請　申

諭督撫嗣後儻遇地方報災即令州縣速行履畝親勘仍委鄰
縣官員確查固宜嚴禁民間捏報尤當重懲官吏隱蔽如果田
地無收米穀昂貴亟宜據實詳請或平糶或緩征賑濟兼施庶
不致流離失所如此則民間疾苦皆得仰達　宸聰而恩膏
無不下逮矣一命盜宜嚴隱諱也命盜爲民生重務隱諱例嚴
處分惟有司以盜犯難於處獲不嚴加踹緝以事主愚懦無知
反多方根究甚有勒取無事甘結以罔下民欺上司者在事主
既苦盜劫又畏官法更慮胥役需索不已往返拖累無休故失
盜之家只得隱忍不言盜竊因而愈熾此諱盜所以益多盜也
人命重情報官則州縣往驗者多通詳者少彼見苦主柔愚或

恐嚇以危言或安慰以甘語甚至豪棍串通行賄諭令私和屍
親不忍檢傷情願自息以致强梁者逞一時之忿弱肉强食豪
無忌憚此諱命所以多命案也臣請嗣後民間有命盜案件若
已報而不行深究毋論得贓與否州縣皆宜重懲其有情眞事
實官民交隱或經上司密訪細查亦許旁人據實出首一經發
覺官則飛章參處吏卽監禁定罪豪棍則立拏重懲務使眞盜
必獲眞命必究不使盜風滋熾人命草菅斯可以稱安民也至
於假命圖賴以詐索財物買盜扳贓以誣衊良善者其立法嚴
懲又當加等可知矣在命盜原有限期未便率結然果不得其
情自必虛衷察訪屢加研訊若情眞罪當毫髮無疑則初招已

定卽合出具不致改供甘結附卷俱詳其間亦有鄰右證與無
辜牽連或老弱貧病難隨招解者卽取具的保聽候院司審結
釋放庶愚民既鮮拖累之苦而命盜自無沈擱之患矣一隄工
宜嚴浮費也楚爲澤國惟恃隄防以禦水患而安民生現蒙
聖恩頒發帑銀六萬兩分撥湖北湖南修築隄塍并疏濬支
河淺阻此非常之曠典也臣查各處隄垸每歲何嘗不修俱照
糧石以派夫工向分工無虛冒隄皆堅固卽稍有雨水亦何至
卽行漫決惟從前官役每多侵漁入己衿棍豪强率皆免富差
貧隄總單頭又復徇私包攬至派夫必扣減工價報銷又多開
數目此浮冒所以滋弊多端也且鋤隄土則翻新蓋舊而隄面

愈削築隄脚則上緊下鬆而隄根易塌苟且塞責於一時必難經久於日後此夫工所由難覈實數者也故隄工一事在小民常苦力役而官吏反樂興修以　朝廷利民之舉竟爲奸猾肥己之計可勝歎也哉且修舊隄與築新隄形勢不同工程亦異凡隄有衝潰處或補築決口或另築月隄費用既繁創建匪易若舊隄原埰現在止宜擇緊要險工與低薄處加高幫厚其夫工遠異於新築未可任其朦混開載概以數千百丈之長數十百里之遠一例浮揑虛數欺上司以侵國帑也今湖北各屬隄里甚長支河甚多修濬自應兼行楚南州縣逼近湖濱者波濤滿激多山水迅發無從疏濬惟修築隄圍爲要著敢請　敕

諭督撫委員清勘時載清土名實從某處起某處止隄脚若干寬隄身若干高隄面若干厚細查土方新舊估計夫工多寡造冊報司計土論工按數發銀照舊例每夫一日給米一升鹽菜銀一分即於修築之舉兼寓救荒之策嚴革前此積弊庶克副

皇上愛養楚民至意自屬一勞永逸之良謨然監修尤當差委賢能之員不得徒用佐貳致與胥役衿棍勾通舞弊欲知隄高厚則插竿纍土以測尺寸欲測隄堅鬆則錐土盛水以試疏密知夫工數目則點土方大小查新坑深淺以辨多寡虛實工竣又委道員親身嚴查凡丈尺土工俱與原冊相符送部核查方準開銷而考工程尤須勸懲有法查黃河修築隄岸俱以三年爲限如限內潰決即令承修官賠補迨限滿隄堅保固無虞查明議敘今湖南隄工因例無處分州縣不獨視爲利藪且謂功過無與己事一味草率以致隄埰不堅故湖南百姓歲歲受隄工之累者此也查康熙五十五年工部原議及此惟是歲久玩生伏乞嚴　敕督撫實力稽查分別懲勸則功過既明而隄工自歷久常固斯民可以永慶安瀾矣

擬牧令宜就任加秩條奏

王文清

爲州牧縣令宜就任增秩而勿遷其地事。我　皇上於督撫大吏時有調換所以酌人地之宜稱長短之用也。至州牧縣令之職亦有人地之宜長短之稱但任之方殷用之方展彼以貪殘黜者無論已乃良吏之與民宜者或以大計陞或以行取去或以超薦而別調往賢員整飭地方纔有頭緒一加調換頓棄前功後官各有作用行舊政守舊令者十無一二故令牧往往以官爲傳舍吏民亦以長吏爲過客有苟且之圖無久遠之計大利所以不興大害所以不去也且牧令之調往往有在此地則著賢聲一易地而輒取怨讟干參罰者非盡改行易節也蓋

其性情作用與其地之土俗人情有宜有不宜是一遷其地而兩違其用兩失其安也以臣愚見凡此等人地相宜者當應擢應升應離任之際督撫即當據實　奏請增其俸秩而不必調其地方崇其資級而不必移其職守其秩加至郡守乃聽別任如此則官得久居其任久親其民既有以鼓舞其前勞又可以徐收其後効官以久任而爲民計子孫之規民以久安而於官有父母之戴宋司馬光曰守令宜度才授任量能施職無功則降黜廢棄而更求其能有功則增秩加賞而勿徙其官善哉斯言可以處今日令牧之善其職宜其民而當遷其任者

重農抑末去奢崇儉劄子

黃　炎

謹　奏爲重農抑末去奢崇儉以裕民生以厚民俗竊惟聖王在上有三年九年之蓄而教化行風俗美者爲能重農抑末去奢崇儉也古者士出於農而工商不與焉左傳載晉之商人木車葦蔽曰雖有澤車華服不敢與士君子齒其重農抑末也至矣夫農人霑體塗足而得與於論秀書升之列商賈居積致富而不齒於衣冠大雅之林此古道之所以厚也古之公卿大夫車不雕幾器不刻鏤躬行儉樸爲庶民倡至冠昏喪祭燕享服食皆有數制民之犯禁者有常罰焉此去奢崇儉之要道也後之循吏如張堪之闢土勸耕召信臣之作陂溉田韓延壽之導

民禮讓黃霸之力行教化以及許荆之守耒陽也婚姻喪紀皆有制度仇覽之長遂亭也果菜雞豚皆有限制是皆爲天子牧元元以實心行實政者也恭惟我　皇上聰明睿智進退百王重農之典屢行崇儉之訓備至所以爲斯民計者未嘗一刻釋於懷焉是惟專其責於督撫大吏與親有司體　皇上之心以爲心設誠而致行之以裕民生以厚民俗登一世於阜成而開萬年有道之治端在此矣謹　奏

湖南文徵卷二

湖湘後學集編

疏二

請行版圖順莊之法疏 乾隆七年 陳大受

巡撫江蘇等處地方提督軍務兼理糧餉兵部右侍郎兼都察院右副都御史臣陳大受謹　奏爲謹陳力行版圖順莊之法以垂永久事竊惟催征糧賦往乎因地以制宜創立科條尤貴酌今而準古蓋法久弊生雖前人之成式亦難墨守而令行奸杜則當今之良法自應循行也伏查海內財賦以江南爲最地廣糧多催科之道實爲綦重歷來編征定額州縣大者編戶六

七百里小者三四百里每里爲一圖每圖爲十甲原係照依田地坐落坵段挨號勻裝本無參差混淆之弊緣明季正賦之外類多雜派差徭按里輪當並不計畝均值又有官戶儒戶之優免於是避役者將本名田地寄籍官儒以免差徭遂至數十頃之多田占籍於一圖而竟得免役或田僅數畝偏載於一甲而派令當差偏枯不均閭閻苦累是以　國初科臣柯聳江蘇藩臣慕天顏咸有均田均役之請也夫均田均役其名未嘗不正其意未嘗不善然考其立法之始卽爲滋弊之源有不可不加詳察者查田地必有坐落處所故版圖魚鱗順號冊籍爲清糧根本均田者應視其通邑田地山場之多寡均分幾圖幾甲每甲裝田若干挨順坵段由近及遠務使履畝卽知其田係何圖何甲按籍卽知其田坐落何處則田地何至錯雜而田額亦未嘗不均以臣所知江廣安徽等省徧田區分圖甲咸皆如之乃慕天顏原疏云聽民自相品搭充足里甲之數此言一出民閒推收遂不計田畝坐落處所而以圖甲爲虛幌任其取東西南北之田以實之惟以戶名爲主甚至將一坵之田割裂分列於數圖故欲就實征冊而考其田在何處非里書排年末由知悉而里排人等以印官傳舍彼錢糧無憑催征藉此權操掌握花分詭寄包攬侵收無弊不作皆自相品搭一語階之厲也至本朝定鼎以來一應工役俱動正項開銷小民完納正供之外

並無絲毫雜派差總無役可均其所稱均役者乃州縣之私派耳蓋里役之設仿自明季陋弊相沿始則藉催糧之名供役在官繼則不肖官吏倚爲腹心令其承應一切雜務按圖按甲遞年輪當且有值日里排每晨卽在縣前伺候一遇公私之事官出一票交給里排承辦縣官有費經承有費差役有費指一派十藉以肥己昔派糧戶每米一石自一二兩至八九兩不等名爲幫貼猶不能滿官吏之慾壑因之包攬錢糧侵漁正項從前江蘇等屬積多至千百餘萬大槪由此賦逋民困均田均役之流弊已爲至極是以雍正十年內廷議舉行版圖順莊之法以清田糧實乃因時制宜酌今準古之善策而前督臣尹繼善等

又將里書排年等役嚴行革除、數年之內錢糧易於征收、小民不得浮費、已漸有成效、第緣各州縣印官屢易、奉行不力、而所定科條亦未免過煩、以致版圖各冊有已經查造者、辦理未得就緒、乾隆二年內陞任藩臣張渠又有請復均田均役之奏、經部臣議以事關更易成例、永定章程、應令確按地方情形、悉心妥議題到再議等因、臣自上年調任江蘇、查核此案未經議覆、而各州縣依違其閒、並將已經查造之冊等諸無用、隨詳加體察、博採輿論、始知版圖順莊事若相背而理實相成、祇緣舊日里胥積蠹向藉均田推收為需索之計、一旦易為版圖、權柄無所操縱、不能隨其科派之私、故爾多方阻撓、極力慫慂、冀其返

舊而不肖官吏希復里排責令辦事、可藉分肥、亦多交訌、究於國賦民生有損無益、伏思版圖乃就田問賦、千古不易之經、即照之初年又造魚鱗分役里甲三千甲田三百按畝科征、是均田原寓於版圖之內、又洪武初驗田出夫、田一頃出丁夫一夫、不足一頃者以別田足之、按畝計役、而均役亦即在版圖之內、故版圖一定、諸務皆便、若舍版圖而只言均田均役、則其流弊必至如前所指者、至於順莊就人問賦、不過行滾單省差便民之一節、版圖既清、不難次第辦理、但立法貴於易簡、庶奉行者得以易知易從、前此舉行版圖順莊、條議紛繁、冊籍浩瀚、所造坵領戶戶領坵版圖實征順莊等冊、紙筆人工所費不貲、且有須逐年換造者、人多畏難遷延、庋擱或勉強遵奉、遂致滋擾、今臣等酌議州縣每年俱令造實征冊及滾單冊、以為征糧張本、實征冊內田額銀數俱與奏冊相符、應以現年實征冊為根底、照冊載各戶每戶各散給一單、令其自將該田坐落土名坵段號數四至鄰田及本戶的名住址、一一開填明白、繳縣註入實征冊內、俟填註完日、督令經承撿查抽聚挨順坐落坵段歸併圖甲、仍照原額田數均裝、次年即照此另造為版圖實征冊、嗣後田地售賣、只須改寫戶名、不得將田竄入別甲、再按花戶所填住址、分晰城市村莊、另造順莊滾冊、以便催糧、其買賣推收住址遷移、隨時報明、悉照原議查辦、則以州縣每年必造之實

征冊根據而清釐之、事非繁擾、較為捷便、從此章程一定、不惟田地之積弊永杜、糧賦之催科有裨、即一切經野實政、皆得有所憑依、以為推暨矣、

備陳太湖情形疏 乾隆十二年　陳大受

江蘇巡撫降二級留任臣陳大受謹　奏爲備陳太湖情形敬抒末議仰祈
睿鑒事竊照太湖爲東南巨浸跨連江浙兩省周遭數百里湖濱接壤江南則蘇州府屬之長洲吳縣吳江震澤常州府屬之無錫陽湖宜興荆谿浙江則湖州府屬之烏程長興等十邑其水源發自天目經杭湖常三府地界總匯於湖支流派別曰漊曰瀆曰港曰浦曰門曰口者不下二三百處宵小易於潛蹤出没至湖中之山亦發脈於天目起伏環結自西北迤邐而至東南所指名者七十有二而馬蹟東洞庭西洞庭三山其尤著者也馬蹟峙湖之北隅周一百餘里支分二十

三灣居民萬餘戶西洞庭在湖之中央周七八十里支分三十餘灣居民亦萬餘戶東洞庭在湖之東南隅周五十餘里支分二十餘灣居民三萬餘戶田畝雖少蘆蕩果園鱗次櫛比鄉里之間衢巷曲折雞犬相聞號稱繁庶而湖邊迤西一帶宜興長興諸山縣互最爲險遠逋逃竄匿其間往往入湖爲行旅之害此太湖水陸之形勢也防範之道以會哨巡緝爲第一要務湖查舊制先設浙江太湖營游擊一員駐扎西山居中調度兼轄兩省湖面雍正年間江南添設參將一員駐扎東山將先設游擊專隸浙江各分疆界管理繼又將太湖同知移駐東山兼司督捕所以措置頗煩者因該處爲澤國要區縱當無事之時不可不長慮卻顧也然臣竊有議焉全湖汛守原係一局大員總轄則呼應靈而責成專分員各管則推諉多而緝捕懈此事勢之必然者況太湖江浙分界處所不過就湖面約計非如陸路之可以定立確界也偶有失事或以地界未清彼此互諉各自通詳上司咨移會勘動至數月難免歧誤且江省參將僅駐湖東南之東山一隅所轄沿邊湖境遼闊頗有鞭長不及之慮浙省游擊駐於西山乃江南之地而所管係浙江之汛亦覺參差伏查浙交界所設楓林營係兼管兩省汛地閩省之南澳鎮亦兼閩粤之銜分汛防守臣愚以爲應將太湖營參將裁改專設副將一員兼江浙之銜統轄全湖駐扎西山居中控制其游擊

一員改爲都司同原設之守備千把各官分防各汛仍照江浙原舊地面管理調考官兵支領錢糧等事均照分隸兩省舊制銜署不必更造廉俸所增甚微如此則責任專一聲勢聯絡可無推諉懈弛之患似於經理之方更有裨益臣既有所見理合恭摺具　奏伏祈　皇上睿鑒可否　敕下江浙兩省督提諸臣再妥酌議覆請　旨遵行

覆部議禁米囤核城工疏

陳大受

戶部議覆條奏令察禁商販收米不卽發糶質當典鋪更番購買之弊等因臣竊以除弊務去其太甚立法必求其便民固當因地制宜體察妥辦查商販之資本稍豐者每有於秋成後收積待價之事然得價亦卽出糶仍爲本處食用市價亦藉此不致愈昂豈可概爲察禁如令其隨收隨糶則市價太賤勢將販往他處一至青黃不接民間轉致全無積蓄其何所恃況米糧非比他物可以收貯數年富民積粟概於次年秋前發糶斷無留待下年者是一歲所收原供一歲之用出產只有此數儘先賤糶而不計日後之缺曷若藏之於民而源源出售之爲得也

又部議辦理城工嚴核估計一條伏查各項工程委員估計每多浮冒若不嚴加核實必致虛耗帑金然或意存節省而不計工料之是否敷足則工程究多苟且難於經久二者均非持平之道臣愚以爲浮冒侵蝕之弊若委任得人稽察嚴密自可杜絕儻用匪其人漫無查察卽大爲核減而經手之員復肆侵漁則工程萬不能堅固現在雖有節省之名而未久坍廢前功盡棄其虛耗帑金殆有甚焉伏思城垣一項內地則爲民生保障沿邊沿海則爲疆圉重務應修應建必期爲千百年之計而不可爲目前苟且之圖所有工程應節省者固不可不詳爲綜覈而實需之費亦當妥協勘估勿令簡率但使地方大吏留心稽察遴幹員而任之其有不肖之員偷減侵冒者立予參劾則工程自有實濟而鞏固可期矣

此本兩疏因從年譜內錄出未見全文難於分載故合爲一篇存之

陳粤西事宜疏乾隆十九年

羅源漢

大理寺卿臣羅源漢謹　奏爲敬陳粤西事宜仰祈　聖鑒事竊臣前奉　恩命提學廣西凡屬考試所經無不留心體察竊見地方事務尚有應行籌酌辦理者敬爲我　皇上陳之一荒土之宜勸墾也粤西地廣人稀臣嘗經過柳州之馬平來賓以至思恩之遷江一望數百里盡係荒蕪並無人煙問之塗人皆云其地多石且少水源難於開墾臣詳視土面芳草俱極豐茸不盡磽确而山泉所匯可相勢利導水源者亦復不少細查荒蕪之故有二一則習爲閒惰土人僻處鄉村歲種熟田餬口已足不爲隔歲之謀又俗好趁虚手執營生利倍力田

甘心抛棄一則各惜工本將欲開墾必先疏鑿渠塘以資灌溉水源之蓄已費數十金愚民見狃目前遂多憚於從事而亦嘗於該地方籌及每以工本浩繁貧民難强爲慮竊思　聖世生齒日繁苟可謀食幾無棄壤而獨此廣袤數百里置於無用殊爲可惜仰請　敕下督撫諭令州縣多方設法富者勸其自墾貧者或招募人墾其或有不宜水田之處亦諭令種植雜糧俾盡地利庶野無曠土民有餘食矣一馹馬之宜改設也查桂林向無馹馬北至湖南之永州各縣設有站夫數十名東至廣東之肇慶各縣設有站船數隻臣嘗就所經過處按其形勢東由平樂梧州至肇慶俱係崇山峻嶺難於設馬若北自靈川興安全州至永州路可方軌遇緊急公文站夫遞送自不及馹馬爲速況柳慶素屬產馬之地取辦甚易似不若改站夫設馬之爲便也再由柳至南太雖非他省通衢亦係邊疆要路現除鋪司遞送公文外各處設有快足以備緊要名曰千里馬其實日不能行七八十里每致誤事并請　敕下督撫查酌各該縣情形設馬數匹遇緊急公文以馬遞送迅速十倍於人力矣一教諭之宜酌定邊缺也廣西近邊一帶地方煙瘴官其地者三年五年以邊俸陞轉向來教職事同一例雍正二年部議教官係本省人裁去邊缺原爲煙瘴漸稀地方起見若太平府之甯明州慶遠府之東蘭州以及泗城府等學俱在雍正七

八年以後新設現今水土極惡稱煙瘴最甚之地而臣考試所歷若桂平梧鬱潯各府州水土本佳與內地無異以桂平數郡之人選泗城甯明東蘭等地水土實不相宜臣於考試時接見該處教官受瘴多病實有苦情合無仰懇　聖恩　敕部令議將泗城甯明東蘭三學俱作調缺酌限年分任滿即撤回內地另擇新員或亦愛惜人才之一端也以上三條臣愚見所及恭摺具陳是否有當伏乞　皇上睿鑒施行

畿近情形疏 乾隆二十七年二月 羅源漢

奏爲畿近情形事直屬地方仰荷 皇仁多方籌畫近於巡省之次壘頒 諭旨徧逮 恩膏撥帑截漕緩征加賑特遣重臣以疏積滯酌借籽種以濟春畬凡有可爲百姓計者至纖至悉無所不周貧民普沾 德澤浹髓淪肌現在畿近情形各各歡欣忭躍尤喜數日來天氣晴朗二十三四六等日俱有風低窪泥沍之區正可漸次乾涸四鄉尙有趕種春麥者其稍低之地飭令盡翻犂以待多種大麥雜糧等項至平糶各廠米豆麥麪四項逐日兼糶來糴買者甚覺踴躍其內外城飯廠現在就食貧民每日約二千餘及一千餘不等凡無所棲依

者皆賴資餬口日來倒臥者亦少又順屬州縣新添粥廠每縣約有二三處俱酌量適中地方設廠煑賑甫設之初就食者尙少邇來日漸衆多竟有至二三千者廠內一切事宜俱由地方官董率鄉耆衿監悉心料理幷不假手胥吏現在陸續稟報均各安協且每棚相隔不過數十里來往貧民趨赴甚爲便易所有現在畿近各種情形理合縷悉奏 聞恭慰 聖懷謹

奏

考試情形疏 乾隆四十年五月 羅源漢

竊臣於二月間考試保定業經恭摺奏 聞嗣於三月十一保定試竣次日往趙州考棚現在開考臣察看定州正定文風士子胸中雖少書卷而文理明順尤暢足敷錄取至於武場生童弓馬盡皆練習技勇則挽強超距更在保定之上但此等武生氣習多半粗鹵必須嚴加遏抑臣考定州外場時有曲陽縣武生箭被人拾夯有深澤縣武生王允泰事不關已幫同力索互相爭競臣查知立傳該生戒飭並交提調查取平素有無劣蹟懲治詳奪諸生始各畏懼而士氣疲玩文武皆然生員欠考者每學不下十餘人臨考竟多不到及臣飭學查明事故除名即

紛紛以游館方歸臥病方愈呈懇補考臣因積習相沿擇其文理荒疏者考置劣等示儆始皆媿悔再臣於三月間接準督臣周元理咨開各省書院欽奉 上諭事鈔寄到臣臣敬謹細繹仰見我 皇上作人雅化至大極周伏念臣荷蒙 恩命校士大小書院幷可於臨試各府時就近考察鼓勵因考定州正定兩棚即飭該學詳報書院情形肄業生童多寡及院長姓名籍貫以憑查核於生童考畢後另課書院一場以徵院長之得失並親往書院一觀面與生童敬宣 聖上作養人材愼重院長之至意申誡再三各生童跪聽之下靡不踴躍興起感戴聖明士氣頗爲丕振臣謹將考過兩棚情形繕摺奏 聞

再陳考試疏　羅源漢

竊臣於五月內將考試保定定州正定等處情形業經摺奏聞嗣卽順道考試趙州順德廣平大名現經蔵事察看一州三府文氣競尙浮靡不務根柢詰其所讀率皆坊刻陳腐舊文臣諭令多讀經書每考摘其浮游滑調一一榜出示儆外敬將皇上欽定四書文及　本朝現有行彙如熊伯龍劉子壯李光地韓菼方苞等臣之文面加訓迪囑其熟讀而字學韻學亦隨考摘出曉諭俾知所從違至於士習時督責教官嚴加約束尤恐該教官等不無庸懦瞻徇因與州府縣相見之時悉行詳問據稱近來辦理俱甚嚴厲該生一有滋事隨卽詳究不少

姑容而士子亦稍知畏懼臣查舉報優劣事關勸懲最爲學政要務臣初試所至舉報竟屬寥寥因嚴飭各學務必悉行訪究凡有小善足錄細行不矜者務必據實密稟數棚以來報者不少除優生於簪花日當堂另班獎賞親加勸勉外其劣生臣覈其開報劣蹟情辭輕重以爲等差如贊皇縣武生李彪廣宗縣武生張中和曲陽縣武生楊魁遠或恃勇鬬毆戒飭不悛或負性卑污在外游蕩或聚飲無度不交正人當發該縣查明卽行斥革其餘性情浮動言語輕狂及屢次不赴學中月課等類仍遵照學政全書條例暫以劣注冊俟科試時核其能否改悔分別去留至臣考試關防謹遵　聖訓加意防範而大名一府地界河南山東尤恐搶手頂替易於作奸時時嚴諭廩保加意認看乃考試開州有童生李祖惠倩深澤縣李熊頂名應試經廩保認出當發交提調嚴審照例治罪又有童生馮德涼於考試日交卷後不俟按牌放出將封鎖之門擅自扭開經臣查知亦交提調枷號示眾此臣考試數棚情形謹據實奏　聞至於雨水自五月以後各處連得大雨臣於六七兩月一路所遇禾麥徧地滿目青青入廣平大名境情景尤佳高者大田低者水稻處處如雲雖七月廿五六等日天雨甚大近河窪處不無微淹然旋長旋退且水退土肥卽可布種秋麥其高原處則十分有秋臣竊看村民熙熙皞皞俱有樂歲飽暖之象臣不勝欣忭

理合附摺以　聞

革職謝恩疏　　　　　羅源漢

奏爲恭謝　天恩事本月初六日恭遇　常雩大典工部承辦　壇內懸挂天燈及　更衣幄次鋪設坐褥草率玩誤欽奉　諭旨工部尚書羅源漢侍郎諾穆親俱著革去頂帶花翎仍革職從寬留任十年無過方準開復等因欽此竊臣蒙

皇上天恩由左都御史陞任工部尚書凡遇祭祀典禮理宜督率司員敬謹承辦無使稍有草率貽誤方昭愼重乃本月初六日恭遇　常雩大典所有　壇內懸挂天燈及　更衣幄次鋪設坐褥臣未能先事督率司員如式恭辦實屬罪無可逭乃復蒙　皇上施恩格外僅予革去頂帶仍從寬留任

十年無過方準開復臣聞　命之下既深感激益切悚惶理合繕摺恭謝　天恩伏乞　皇上睿鑒

論考貢疏　　　　　周壽

爲貢士爲學校鉅典請酌更明季舊制勵人材以收實效事竊查直省歲貢生員府學限每歲一人州學三歲二人縣學二歲一人其制昉自明世王制曰命鄉論秀士而升之司徒曰選士司徒論選士之秀者而升之學曰俊士此其遺意也但明初起送之法原以各學生員有成材者充貢又令歲貢精選端重有文及通書算者起送至天順六年始有食糧年深按照名次先後之說嘉靖十三年始奏準有司起送歲貢止以食糧年分最深者一人擬正次深者擬陪提學官考定一人送部由此直省每歲貢士但查餼廩之深淺不復計學業之高下其例相沿至

今卽所謂挨貢是也臣伏思貢士之意原屬論秀登賢挨貢之法則同於限年躐級雖有正貢不堪將陪貢考取送部之例然提學務博寬厚之名必不肯黜正取陪甚至擬陪者並不與考而正貢考試亦止赴學院點名領卷領題回至私寓撰稾謄寫由該學教職轉交縱本生學業荒蕪儘可倩人代搆積習相仍勢難更變歲貢之多不得人職此故也宋臣蘇洵曰其人皆以爲己所自致則不知戮力以報上之恩又曰使天下之士積日持久而得之譬傭力之人計工受値豈德其主今挨貢之弊甯僅如洵所云哉附生由一等食廩增生由二等亦得食廩食廩之後雖終身考居三等無妨挨貢至近來各學四等多不過四

五人少或一二人若卷面有廩生字樣學臣尤加護惜用是庸下者益長玩愒卽雋穎之士亦以無所區別久漸頹然及挨至擬陪擬正之時其年歲大約在六十內外又守候二十餘年始得挨選教職血氣既衰學殖益落而責以課士育材宜其鮮有勝任者臣愚以爲廩生例得歲貢則凡屬食廩之人皆係應考貢之人固不必俟其衰老然後以之充貢也今似宜於各屬貢士之期令學臣轉飭教職查取該學廩生內有食廩以後三次考居一等且持身端謹素無過愆者無論年分深淺均許一體考貢仍照歲科兩試例彌縫姓名憑文選擇使雋穎者益開上進之門玩愒者無復邀榮之路必爭自濯磨勉爲實學將來選

授教職亦多得年壯學優之員以之育材課士於學政不無裨補至歲貢之外例有十二年一次之拔貢均由廩生考取而歲貢選各學訓導拔貢選復設教諭敍用似屬不同但十二年拔貢之期雖初次食廩生員皆得與考原係　朝廷特恩且拔貢入京　廷試入監月課至肄業期滿然後歸班候選其途益難其用自宜稍優則銓選之法似卽可循照成例無庸更張臣竊見　皇上欽定會典損益前制垂爲百代章程而直省每歲貢士各學臣尙沿明季舊習未聞熟籌遴選之法用是不揣愚昧敬獻芻蕘仰祈　睿鑒　敕部酌議施行

請整飭保甲疏乾隆二十二年

胡澤潢

掌江西道監察御史臣胡澤潢謹　奏爲敬陳管見事本年十月內奉　上諭州縣編查保甲本比閭什伍遺法地方官果實力奉行不時留心稽察凡民間戶口生計人類良莠平時舉可周知游惰匪類自無所容外來奸宄更無從託蹟於吏治最爲切要乃日久生玩有司視爲迂闊常談率以具文從事各鄉設保甲長類以市井無賴之徒充之平時並不實心查察雖督撫課有力行保甲之條不過故套相沿毫無裨益卽如馬朝柱案內十餘犯懸緝數年迄無一人弋獲此保甲不實力奉行之明驗也嗣後務宜愼重遵行不得仍前玩視其如何設法編查

及考核責成之處著各督撫各就地方情形詳悉定議具奏欽此臣伏讀之下仰見我　皇上準今酌古除莠安良之至意自顧譾劣知識短淺詎能與參政體贊裨　高深而心之區區輒用自竭一得之愚敢爲　皇上敬陳之臣思天下者一州縣之所積也各州縣理而天下治矣理戶口之法莫善於保甲然法久必怠怠久必弊弊者不變則怠者不振使狃於成法而安之託於空言以振之不過督撫一牌州縣一票而事已畢矣甚或愚民不得要領必至惶惑吏胥乘其惶惑必至需索是行法而滋事又不若廢法之安民也臣愚以爲變其弊而振其怠其要有二曰分管統實戶口而已夫今保甲之必期其行行

而必期其善所謂管領者非牧與令乎然牧令之所以殿最大吏之所以考核者在乎刑名錢穀而保甲不與焉賞罰之所不及即視爲政治之所無關名存而實亡者久矣豈知戶口爲刑名所由興錢穀所自出乎臣請嗣後大臣察屬賢否宜首重保甲則責成專矣夫責成專之黜陟隨之州縣官亦安得而辭之惟是州縣之地大者且數百里小者不下百里欲以一人之耳目周及四境戶知其人人知其數難矣況所委保甲長又率市井無行之徒疑之莫與任其事信之或且生其奸處難行之勢而責以必行之效效不可得而以瘝曠劾者踵相接矣臣以爲宜分任佐雜畫界以隸之選置士人分戶以屬之法在十戶爲

甲設甲長十甲爲比設比長長以未達之士無士以耆老爲之五比爲聯設聯長長以在籍之官無官以未達之士爲之五聯設專管官以州縣之佐雜爲之各甲有事若傷殺盜賊類者即日以次申報其他事之應報者戶以本日告甲長甲長以五日告比長比長以十日告聯長聯長月移專管官每季申州縣官州縣官以歲終彙申上司官州縣官歲一巡視覈虛實考勤惰示勸懲必編所部專管官以季聯長以月比長以旬甲長以日各巡所部亦如之其有上申下行而逾期不申不行者分別事之輕重期之久暫罪之應巡不巡者罪亦如之甲長比長聯長及專管官能化導者以三年舉能職者以五年甲長歷比長比長歷聯長大吏以其名上 聞無官者予官有官者晉秩專管官晉秩亦如之若溺職者奪其任罹罪者論如法其功與罪甲長申比長比長申聯長聯長申專管官論定而申之州縣官州縣官而申之上司官如是以爲分則事簡而易理如是以爲合則法密而不疏矣顧臣猶有慮者計戶設官則佐雜之員宜增分戶設長則代耕之祿宜給綜而計之費且無算議者或以此難之臣伏念增官給祿其費有定息事甯人其省無窮即謂省不償費費多而法行法行而民治策誠便也且臣讀周禮一書其設官之制大者少而小者多以小者親民事大者董其成而已矣夫董成者得數賢大吏足矣又安用此紛紛者爲哉即

如各省守巡道及府佐貳率多備員無關輕重苟酌其可省者而省之而即以所省爲所增費略相當固已轉無用爲有用矣臣所謂分管統者其要一也今天下戶口之數由州縣而上之督撫由督撫而上之戶部者未嘗無籍然不必皆實也往代丁口有賦隱漏有罰故其數實自丁糧攤入地畝永不加賦故其數不實不實則增而不增減而不減戶非其戶丁非其丁流亡者不知其去逃匿者不知其來役興而不知當役者何人災至而不知當賑者何戶臨事而事事且倍之牧不知州令不知縣欲求稱職得乎臣請每甲以十戶爲率其有畸零者均入各甲之內各以遠近爲附甲設一冊先書各戶口姓名年貌次同居

親族姓名年貌次妻女姓氏年歲奴僕姓氏年貌來歷各書於冊其家之土著流寓舊居新遷及遷自某處其人之有無田地屋產何所執業並詳焉各戶每日如有生死婚嫁產業賣買遠路往返親友宿留人口增減必以告其長長各如期遞申以達於州縣官州縣官受而核之編爲一書申之大吏就中又取無產有產者別爲一書又取有業無業者別爲一書藏之州縣此三書者率以歲巡完徧之後增删修定無漏無誤如是則四境之民臚於几席以之聽訟而訟不受欺以之任役而役不濫及以之弭盜而盜無所容以之查賑而賑可立辦書云若綱在綱有條而不紊者庶幾近之歟臣所謂實戶口者其要二也雖然

二要具舉法乃大備二要並舉法有必先分管統先實丁口未實丁口宜先詳煙戶何也戶無數何以設長長無額何以設官顧官與長未設則煙戶之數司其查核者孰爲可任將任之原設保甲長乎不可也否則州縣官自任之乎不能也則莫如爲牧與令者以禮延致各坊各鄉一人之有望者爲之宣布德意俾無瞻顧然後從而任之率百家任以一人令其冊具戶數親呈州縣官及計戶設甲長計甲設比長計比設聯長計聯設專管官行之以漸鎮之以靜吏無所藉手民無所疑畏而事集矣臣所謂變久弊之法而振久怠之習者其大略如此迂陋之見是否可行伏乞 皇上訓示臣不勝惶悚戰慄之至

召試章程疏 周系英

奏爲 召試章程例無明文請 旨遵行事竊照本年恭逢 聖駕西巡肇舉 召試盛典多士臚歡望 幸踴躍觀 光臣嚴行甄別錄取迎 鑾獻賦者本省六十餘人各省共三十餘人山西士子向雖不甚講究詩賦此番屢經督課爭自濯磨蹈 德咏 仁引商刻羽就其所作亦復斐然可觀此皆由我 皇上加惠儒林至意入人之深移人之速是以文風丕變士氣奮興洵盛事也惟恭查乾隆五十三年奉 上諭御史龔驂文奏此次天津恭獻詩賦士子有由三分四庫全書總校賞給舉人者又有兩侍郎一巡撫兩藩司親子

及京堂翰詹科道子弟遇鄉試之年例入官卷者應逐一查明嚴加防範以杜替倩等語所有此次進獻詩賦士子內而京堂外而督撫藩臬及翰詹科道子弟並校書議敘賞給舉人及由俊秀報捐貢監生者竟著毋庸考試嗣後巡幸各省設有召試之典即以此爲例欽遵在案又據御史龔驂文奏稱續查有隨圍軍機司員汪日章張師誠之親兄親子及此外有無期親服屬者似應一體查明入於前項士子辦理等因奉 旨此案甚公交軍機大臣查照辦理嗣經奏準直隸省及各省獻賦士子現據順天學政金士松將該生等有父兄及期親服屬曾登仕版者逐一開送前來應即照該御史所奏此等士子概行扣

除不準考試仍將所獻詩冊進　呈并遵　旨各賞銀綢一
件令其毋庸守候卽行各回原籍等因在案臣恭譯　諭旨
以官職之大小爲其子弟應試之限制旣已著爲會典矣其寶
此次所議凡屬職官無論大小子弟叔姪一槪扣除并未遵照
原奉　諭旨辦理但又未聲明嗣後卽以此著爲定例今臣
所取各生內雖無現任大員子弟而現任知縣以及佐雜等官
子弟亦有數人此等士子或但令迎　鑾獻賦不準預考抑
或仍準一體應試出自　皇上特恩臣未敢擅便至原任職
官旣屬已往或先曾服官緣事在籍以及現任教職其子弟應
否免其扣除之處例內均無明文理合繕摺請　旨遵行再

臣遵照向例隨同撫臣在王快跪迎　聖駕其諸生詩冊謹
擬閏三月初二日在台懷行營外道旁陳設臣與撫臣衡齡率
領跪迎　聖駕合併陳明伏乞　皇上睿鑒
嘉慶十六年三月二十六日奉
硃批另有旨欽此本日奉
上諭周系英奏辦理召試章程請旨遵行一摺向來迎鑾士子
加恩召試雖經辦有成案但未明定章程辦理未能畫一自應
以其父兄官職之大小爲子弟應試之限制此次朕巡幸五臺
所有應行召試士子京官除現任京堂及翰詹科道軍機章京
外官除督撫藩臬及道府以上之親子姪兄弟俱著迴避毋庸
與試仍準其進冊其業經病故離任緣事在籍及其餘京外各
官之親子姪兄弟俱準其與考嗣後巡幸各省設有召試之典
卽照此例欽此

代湖南巴撫軍爲嶽麓書院奏請　御書賜額并
御製詩文摺　袁名曜
爲恭懇　聖恩　御書賜額并　頒發　御製詩文以
隆學校而昭化成事竊湖南省城外湘江對岸嶽麓山爲南嶽
七十二峯之一自先賢朱子先儒張栻講學於此遂建書院居
學者千餘人時稱瀟湘有洙泗風遂與嵩陽白鹿紫陽爲四大
書院而嶽麓以剏建自官稱首嗣後眞德秀魏了翁知潭州俱
以朱張之學訓士於此下逮元明屢墮於兵燹隨時修復先儒
吳澄明臣李東陽記之甚詳　國朝定鼎　文治覃敷而長沙
以順治四年始克平定瘡痍甫起隨遭吳逆據叛興兵數載絃

誦闕如　聖祖仁皇帝功巍文煥化洽區宇康熙二十五
年　御書學達性天匾額頒懸書院講堂并　頒經史及
御纂各書籍其時撫臣丁思孔建樓書院後額曰　御
書樓以愼藏貯而垂永遠自是湖南人士觀感奮發爭自濯磨
遂烝烝上進矣　世宗憲皇帝興賢育才至優極渥　賜
帑金千兩俾資士子膏火之需　高宗純皇帝顯謨揚烈
興學右文乾隆九年　特賜　御書道南正脈匾額并　頒
發書籍　雲章寶笈光被南天邦人士罔不虔肅瞻就感浹肌
髓葢書院雖剏建自宋沿逮元明修舉罔墜而　本朝造士作
人以崇尚理學之實政加隆於先賢講學之區　聖聖相承

殊榮迭沛不特宋元明所不及亦千古莫比其隆此南邦之士允宜日夜感激而奮然以興也欽惟我　皇上學貫天人道兼作述本　家法爲心法以道統爲治統普天率土摩義漸仁臣沐　恩官湖南最久竊見此邦人烝烝向化苟非甚頑鈍者尚知自勉嗣以　天恩優渥有加無已　簡畀封疆寸衷感悚視事以來伏念昇平之世家給人足教學爲先時時訓課書院查嶽麓書院歲有二三百人不等雖未必人盡敦崇實學而科舉之文間有可觀故歷來湖南得科甲者多出其中前丙子鄉試臣任監臨本年書院中式者十人今年肄業者亦多臣仍以時囑山長勤加訓課士子踴躍奮發院中　聖廟

文昌閣　御書樓俱加修理整飭樓中書籍年久朽損現設法修補臣伏思　聖學高深　御製詩文該括經史精蘊而　宸翰爲章龍盤鳳翥誼昭　心正筆正之榘湖南遠鄉士子未獲仰瞻喁喁跂望臣愚昧之見仰懇　皇上天恩　御書匾額昭示學業準繩幷懇　頒發　御製詩文俾院中師生稍窺　聖學涯涘之萬一誼足生其忠順之心而作其奮發之氣爲湖南士子之榮幸而先賢先儒講道之處誼流傳於不朽矣臣謹循舊例　題奏伏乞　皇上睿鑒敕部議覆施行

請查辦清流品疏　石承藻

奏爲奏聞請　旨查辦以清流品事竊臣閱邸鈔見吏部帶領引見人員內有原任湖北襄陽府知府王樹勛一員奉　旨仍發湖北以簡缺知府用臣聞該員於乾隆年間在京城宣武門外廣慧寺爲僧法名明心假託佛法結交搢紳藉圖貲財其時在京官員爲此蠱惑竟有時常赴寺從伊受戒念經拜懺者其形蹟詭誕通國皆知嗣後王樹勛還俗捐官爲湖北同知該省大小官吏猶有以明和尚呼之者嘉慶十七年該督撫以襄陽府選缺知府將該員違例題陞是冬該員來京引　見原任刑部尚書金□□因子病執香向伊長跪求問年壽一時物

議沸騰其年臣爲編修卽聞人言藉藉迨去冬該督撫忽請將襄陽府改爲繁缺幷以該員不宜繁劇入奏吏部以襄陽府腹地中缺幷無今昔情形不同之處議駁在案查襄陽府一缺例歸部選幷非兼三兼四煩要地方該督撫既將該員保題僅隔一年有餘忽又稱地方繁劇該員不能勝任安知非因該員本係僧人不爲物論所容不得已調停入奏抑係該員平日居官別有劣蹟該督撫因保奏在先不便參劾遂委曲遷就故將襄陽請改繁缺爲該員開脫地步方今綱紀肅清人才輩出似未便以緇流濫廁方面大員且該員廣通聲氣貲緣捐納公然游陞知府其爲不安本分已可概見應請　旨究辦以清流品

而肅官方謹繕摺具奏為此奏聞伏乞 皇上睿鑒訓示

案給諫為天際先生崙森元孫天際以民困伏 闕陳情事在康熙二十六年而天際之祖軫餘先生萬程在前明天啟時為新安守以忤璫罷忠直敢言蓋其家傳給諫此疏出聲動一時未幾以內艱歸而有市人與江西商人爭鬬之案牽連鐫級久之不復卒於都中時同縣龍白華黎月喬兩太史輓以聯語云高第詎稱榮當年臺閣馳聲一疏鋤奸足千古左遷因救鬬寄語枌楡祭社四時配食荅斯人皆紀實也其他封事家無存稾此疏亦久不傳頃其曾孫家俊旁求得之聯語則給諫葬時汝懷曾見之者長嗣廷文以乙酉選貢需

次安徽及次子皆前卒故其身後無狀傳之紀因坿箸其梗槩於此丁卯九月杪記

請立民堡收恤難民疏

唐鑑

奏為廣西用兵宜以安民為主一在設立民堡一在收恤難民仰祈 聖鑒事竊為廣西自去年秋季以來匪徒滋擾轉掠數府州縣本省文武率領兵勇且戰且堵未能得力我 皇上至仁惻怛深念賊勢披猖小民荼毒 欽派大臣督率文武勦辦防堵屢次各省調兵撥餉以期速就蕩平仰惟 聖慮憂勤時深兢業祇以賊匪未除斯民失所賊一日不淨卽一日不安也臣聞粵西之民至不安矣賊過一村則一村擾過一墟則一墟擾過一縣則一縣擾逃者幸脫而家室不知何歸匿者偷生而衣食已非己有男不得耕女不得織而生業廢男為

賊役女為賊孥而生理亾聞之心傷念之心惻是不可不思所以安之安之之術莫善於設立民堡急於收恤難民粵西峯巒重疊巖岫回環中間墟場村落所在皆有或數百家或百家或數十家田畝園場家有其業乘其列障回翔之處於山椒嶺岔壘石為垣高可蔽人外面遇有懸崖挺出峭壁天成自然之險堅城不若也卽或不然施工剷挖去夷就險亦非難事其在平原則開溝築垣溝深廣一二丈垣亦一二丈上下相資內外交備有溪澗則通為深塹有林箐則結為重柵較之山砦多費工力而粵西形勢則平原少而山砦多也其為堡也合五六村及十餘村為之星散零居之戶則可併入附近堡中每堡修廣約

方數里。其田產所出約可食數千人或萬人。堡中議出公正有識者數人爲堡長。以司一堡之事。稽查出入毋爲賊所欺。禁止禳賽毋爲妖所惑。勸勉耕讀毋爲驚疑廢正業。講明忠奮毋爲邪慝生。安心地方。州縣朔望出巡。教之以大義。申之以明罰。推之以誠心。結之以恩意。則堡中人皆爲腹心干城矣。每堡四面立望樓數座。堡長憑公輪派多人晝夜瞭望。無賊則耕者耕讀者讀樵者樵牧者牧。各安本分不廢職守。有賊則鳴鑼爲號。齊起抵禦。發石可以殲遠。揮鋤可以擊近。削竹可以爲戟刺。採木可以爲鉤援。火彈噴筒甎塊瓦礫皆兵器也。可以應敵。堡中人人自衞。戶戶相保。眾志成城。賊來未有不能堵禦者也。若果府

廳州縣徧立民堡。聲氣相連。守望相助。賊至不能得食。退亦無所裹脅。一堡如此。眾堡皆然。一縣如此。眾縣皆然。則民志日壯。賊勢日沮。賊恆飢而民恆飽。賊恆勞而民恆逸。賊恆瀕死而民恆安生。賊恆鼠竄而民恆鳩居。久之而從賊者悔。將散而思歸於民。又久之而逃賊者憤。將轉而制命於賊。加以官兵四路進勦。各險要均有扞備。則賊不戰而自窮矣。而且堡之立也。可以爲戰陳之犄角。可以爲壁壘之應援。官兵窮戰窮追。得堡寨而收指臂之助。堡寨被攻被劫。得官兵而有保障之資。是則兵可以衞堡。堡亦可以衞兵矣。堡未嘗不恃兵。而兵亦未嘗不恃堡矣。粵民遭賊蹂躪擄掠。老弱轉溝壑。婦孺投塘井。愚者被誘而困於無知。怯者被虜而屈於無力。黠者詐從以覬覦。良者四散以逃生。急切無告之時。其可原可憫亦非一事。而要皆在天心懷保惠鮮之中。臣愚以爲地方有司之官。急宜仰體好生之德。如傷之仁。各府州縣收恤難民。其鰥寡孤獨按日給以口糧。壯者有技藝者。或令其隨營爲役。或入堡中以備耕作及防禦等事。因人制宜。因事馭眾。要不使一民不得其所。則轉危爲安。同登袵席矣。此二者皆將來善後事宜所必辦之事。與其辦於賊平之後。不若辦於未平之時。賊正披猖。斯民塗炭。逃竄無門。流離徧野。得此堡寨以復舊業。而又加以存活。使得回死爲生。賊未平而民先安。與賊平而民後安。其得失大有間也。況得此而

民日益多。賊日益蹙。其利害更不相侔矣。所有辦理經費約計不過十餘萬。卽請歸入善後事宜內據實核銷。查嘉慶年間辦理川楚賊匪。亦以堡寨收功。部中當有成案可稽也。總之此等烏合。如蜂窠蟻穴。深山窮谷。窠穴存焉。時出時沒。恐撲之未必能遽盡。埽之未必能遽無。而遠調新兵。未諳艱險。縱加習練。必須日時。糜帑無窮。而蕆功難必。不若堅立藩籬。先安磐后。收赤庶爲干櫓。假崎嶇爲安宅。彼恃險而我卽憑險以困之。彼恃眾而我卽集眾以殲之。拒賊猶在一時。保民可以百世。而且立堡之需可按地而約計。不似添兵之費難先期而預定也。臣愚昧所及。是否有當。伏乞　皇上聖鑒。謹　奏

進水利備覽書疏　唐鑑

奏爲畿輔水利久廢不舉現在經費不足生財之道莫此爲善謹略陳舉行大概仰祈　聖鑒事竊惟民食以稻爲重稻田以水爲原南方之財賦稻田爲之也水利之最著者也直隸地方經河十八緯河無數又有東淀西淀南泊北泊漸次填淤衍爲沃壤者隨處皆有若使引河澱諸水灑爲溝洫蕩爲塘渠則水之利不異於東南矣而農民安守故常止知高粱小米以及麥菽數種此數種者是皆喜燥而惡溼畏水不敢近水凡近水者皆從而避之至使沃土廢而不墾是以有用之水而置之無用之地而且須用人力以曲防其害則不善用水之過也是以

雍正四年有怡賢親王與大學士朱軾查辦畿輔農田水利之舉辦至七年得稻田六十餘萬畝厥後總理不得其人責成各州縣各自辦理有歲終功過考核而歷年久遠隄壞難稽矣臣自通籍以來往來南北留心此事稽古證今著有畿輔水利一書刻成十二本因坊本粗具不敢進　呈謹交軍機以備查採至舉行事宜求　皇上於部院大臣中擇其人之諳於農田水利者　欽派一二員爲之總理其經費不過舉行之年約須一二萬次年則已成之田已有收穫年復一年利益加利興功數載美利萬世生財之道莫大於是矣臣愚昧所及是否有當伏乞　皇上訓示謹　奏

湖南文徵卷三　湖湘後學集編

疏三

請復考試教習舊例摺子　陶澍

奏爲請復考試教習舊例以杜牽混而專訓課事竊惟八旗各學教習向由禮部奏請　欽派閱卷大臣會同監試御史糊名扃試秉公甄錄投考則有印結以防冒倩已取則加覆試以對筆蹟所以重訓課而嚴弊混法至善也自嘉慶十七年禮部議改於鄉會試落卷內挑取將考試教習之例停止遂至辦理參差多有格礙伏查各學教習之設原以教育八旗子弟非祗

爲應試人員增一出身之路也其間自不容有曠學之時從前考試多係留京諸生有志赴考是以一經取錄卽在部候缺至鄉會試挑取則揭曉未經中式紛紛回籍者多且有視爲小就而不願留或身病親老而不能留遇有缺出每至傳補無人一傳不到至於再傳再傳不到至於三傳三傳不到始傳其次應補之人而其人又或屢傳不到輾轉遷延經時歷月則八旗子弟之曠學者多矣而且挑取各卷多有已取教習贍錄及在各衙門行走之員禮部折閱彌封時例應扣除如癸酉鄉試所挑教習五十名經禮部扣除三十三名榜中塡列者僅十七名期閱三年人數難敷於是有越次傳補及別項借補之事書吏得

以從中作弊而物議亦自此滋矣竊思禮部改考取教習之例於落卷挑取名曰防弊實爲省事起見不知考試各有用處教習之與舉人進士事不相侔豈宜省爲一場致滋牽混至若防弊之法則凡考皆不能無弊不獨教習爲然司事者宜因考而防弊不宜因弊而廢考況乎貢監試卷向例祇戳印皿字號今因挑取教習不能以援例之貢監充選又於卷面刷印正字則冊籍既繁辨識尤易似於防弊之法反覺有疏也現距丙子鄉試之期尚遠人數無多將來又不免有越次傳補及別項借補之事恐滋弊混應請　旨飭復舊例仍行考取之法俾八旗官學不致懸缺待人各學生得以勤習功課於　國家教育八旗之典方爲有名有實臣管見所及伏乞　皇上訓示施行

籌議海運摺子

陶澍

奏爲遵　旨籌議海運及暫收折色停運治河各情形分別可行不可行恭摺覆　奏仰祈　聖鑒事竊臣於五月二十九日承准軍機大臣字寄道光五年五月二十二日奉　上諭前據英和奏通籌漕河全局請暫雇海船以分滯運酌折額漕以資治河當降旨交魏元煜等悉心計議尚未據該督等覆奏本日復據英和奏雇商分運及折漕治河各章程據稱雇商船海運應令兩江總督江蘇巡撫專委幹員先期剴切曉諭每官糧一石給運腳銀若干淨照漕斛兌交仍令該委員親身押運抵津時分出倉場侍郎一人並派戶部堂官一人赴津按官給

執照米數漕斛兌收應給商船腳價銀兩由該委員具結承領漕標員弁酌撥河標差委津貼旂丁按照減歇之例辦理安插舵工水手人等援照江浙成案給與盤費歸籍當上海交代時由該督撫等先期咨照江南浙江山東提鎮會哨以資彈壓明歲除豫東照常徵運外江浙漕糧或海運一百萬石或一百五十萬石其餘按照時價暫收折色以濟工需至改收折色酌照市價由該督撫奏定藩司出示曉諭不許科索其隨漕輕齎席木贈截等項亦應折徵併數彙解協濟工需等語治河所以利漕裕國尤當便民英和所奏係屬一時權宜之計朕周諮博訪擇善而從並不預存成見著各該督撫等查照英和原奏章程

是否可行悉心妥速議奏毋得遷就游移致多窒礙務須計出萬全期於公事有濟或此外更有良法美意可以利漕濟運者竝著該督撫各抒所見據實奏聞不可徒以空言塞責也英和摺竝著鈔給閱看將此由四百里各諭令知之欽此仰見我

皇上厪念河漕勤劬宵旰屬在臣工孰不感凜交增況臣渥

蒙

簡畀調任江蘇爲錢糧最重之區當河漕棘手之際發蹤所由責無旁貸更何敢遷就游移致滋貽誤竊以爲漕米關繫　國家根本重計而治河卽所以治漕上年洪湖決口一瀉無餘其始祇因堵壩稍遲遂致諸事牽掣及今歲而借黃不足繼以開挑開挑不足繼以剝船剝船不已繼以車運現在時日

已迫而漕米之在淮南者尚有一百數十萬石勞勞半載竭蹷倍形然則變通之方奚可以不豫也查海運之法自元逮明行之有效止以閱時既久章程難復協辦大學士臣英和前摺所陳四難之說言之甚詳然全漕由海運則不可而商船未嘗不可分載臣細閱英和條議誠識時之要著目前籌運之策無踰於此自屬可行惟現交秋令西北風多船行不便止可預爲布置以運新漕其章程一切則摺內所舉照斛兌交官給運腳及派委大員赴津兌收各條均極周密臣甫涖蘇境與督漕諸臣尚未晤面倘條款猶有未盡自當隨時妥商辦理以期行之有益至折漕一事向值歉歲偶一行之或山區米少離水次太遠之地意在便民爲　朝廷格外之恩今若徧行各屬則格礙甚多所難者尤在銀無所出蓋米爲民閒所自有而銀則不能盡有惟待於穀米之糶售漕米改徵折色卽與地丁無異以江蘇一省言之額漕幾及二百萬儻以百萬徵米由海運而百萬折色約計應折銀二三百萬平時一百數十萬之地丁分爲上忙下忙官有惰徵之處分民有抗糧之責罰猶且催徵不前積爲民欠矧於數月之內頓加逾倍之正銀勢必穀賤傷農有糶無售比戶需銀而銀不可得閭閻之氣騷矣況一省之漕或徵或折辦理參差尤多掣肘竊意漕米折色他省情形不一若江蘇則勢在難行至停運治河一勞永逸最爲上策惟在去冬洪湖

初決時行之則甚易此時石工將竣蓄水漸深沙泥在底挑挖難施如微山湖則現在本能蓄水又未便涸洩其水以施挑挖也至於漕運渡黃喫緊惟在禦黃壩一處其餘工段均不與運道相連不必停運而始能興工況京師萬方輻輳漕米而外需用甚多若停運一年將南方之貨物不至北方之棗豆難消物情殊多未便是折色與停運二者均有不可行也竊思來歲當以海河竝運爲宜廣招商船分作兩次裝載計可運米百五六十萬石其餘俱由運河而行秋冬之閒卽由河臣派員將運河挑挖深通俾資順利計來春湖水益增自可引導濟運不至如借黃之累矣大抵專辦海運則恐商船之不足專辦河運又恐

清水之難特惟有兩者相輔而行可期無誤且米運既分則運道舒而治河亦易於天儲仍可擴充揆之有備無患之道更屬相宜所有臣遵旨籌議河漕大概情形謹據實分別可行不可行恭摺覆奏伏乞皇上聖鑒訓示

請仿照唐代轉運之法沿淮沿河建倉附片 陶澍

再海運係暫時試行將來河道全通自應仍由河運萬一淺阻亦事所時有應請仿照唐代轉運之法於沿淮沿河一帶建置倉廒遇有阻滯暫爲存貯俟水足時或由剝船載運或由原船次年搭運即使存貯稍久而距京較近緩急究有可恃惟建倉之初所費頗多但以般運各策計之其所費差足相等而倉廒歷久尚在其利較長似亦轉漕之一法可以濟運道之窮緣奉諭旨此外有可利漕濟運者各抒所見謹就臣管見所及附片具陳伏乞訓示

敬陳海運圖説摺子　　陶澍

奏爲敬陳海運圖説仰祈　聖鑒事竊照蘇松常鎭太五府州額漕因運河阻滯改由上海沙船運赴天津現已辦有成局依次開行臣伏思海運與河道原相表裏禹貢載揚州貢賦沿海達淮冀州夾右碣石入海即海運之始秦唐雖亦偶行其道難稽明則由膠萊內河轉般登州實爲勞費惟元代海運最久然至元十九年初次運米僅止四萬三千石明年始抵直沽行之六七年猶歲祇運米三四十萬不等旋因其路險惡另闢生道運米漸多蓋海船畏淺不畏深畏礁不畏風而畏淺尤甚於礁明人沿嶼求道非礁即淺無怪其難自不若元代所闢生道

即今沙船所行爲最善查元明入海之道或由劉河轉廖角沙或由灌河口至鷹游門今俱壅塞惟吳淞口至十滧一路爲宜而由此運米入海實刱自今年臣因初次試行即須裝米一百五六十萬倍蓰從前不敢不倍加愼重每遇熟習海洋之人詳加詢問證以紀載得其徑道至於大洋浩瀚本無畔岸雖舟人定之以更香驗之以水色格之以鍼盤究難確指其道里數目惟有就西岸對出之州縣汛地比照核計不相逕庭其小島微嶼亦臚盡載謹摛敘大凡略分段落幷繪圖貼說恭呈　御覽

第一段海船自上海縣黃浦口岸東行五十里出吳淞口入洋繞行寶山縣之復寶沙迤至崇明縣之新開河計一百一十里又七十里至十滧是爲內洋十滧可泊船爲候風放洋之所崇明縣地　第二段自十滧開行即屬外洋東迤一百八十里至佘山一名蛇山又名南槎山係荒礁上無居民不可泊但能寄椗爲東出大洋之標準蘇松鎭所轄　第三段自佘山駛入大洋向正北微偏東行至通州呂泗場對出之洋面約二百餘里水深十丈可寄椗從此以北入黑水大洋至大洋梢對出之洋面約一百四十餘里係狼山鎭右營所轄又北如皋縣對出之洋面起至黃沙洋港對出之洋面約二百六十餘里又北泰州對出之洋面起至黃家港對出之洋面約二百二十里係狼山

鎭掘港營所轄又北至闞龍港對出之洋面約二百里又北至射陽湖對出之洋面約一百二十里係鹽城營所轄又北至黃河口對出之洋面約一百二十里係廟灣營所轄黃河口稍南有沙埂五條船行遇東風則慮淺閣宜避之又北至安東縣灌河口對出之洋面約九十里係佃湖營所轄又北至海州贛楡縣鷹游門對出之洋面約一百八十里係東海營所轄計自佘山大洋以北起至鷹游門對出之洋面止約計一千五六百里統歸狼山鎭汛地凡舟行過佘山即四顧汪洋無島嶼可依行船用羅盤格定方向轉鍼向北略東行如東南風則鍼頭偏東一箇字如西南風則鍼用子午查江南佘山與山東鐵槎山南

北遙對謂之南槎北槎行船應用子午正鍼因江境雲梯關迤東有大沙一道自西向東接漲甚遠暗伏海中恐東風過旺船行落西是以鍼頭必須偏東一箇字避過暗沙再換正鍼此沙徑東北積爲沙埂舟人呼爲沙頭山若船行過於偏東一直上北便見高麗諸山故將至大沙時仍須偏西始能對成山一帶也　第四段行過鷹游門對出之洋面往北卽山東日照縣界山東水師南洋汛所轄又北至文登縣之鐵槎山一名北槎山自佘山至此始見島嶼又北至文登縣之馬頭嘴入東洋汛界徑由蘇山島靖海衛及榮城縣之石島養魚池石島居民稠密可泊惟島門東南向春時乘風易入難出自鷹游門至石島約

六百餘里大洋中雖舵工以鍼盤定方向猶須常用水託水託者以鉛爲墜用繩繫之探水取則也每五尺爲一託查十滶開船試水自十託至二十託上下行過佘山試水均在三十託上下順風二日餘均係黑水再試至十託上下卽知船到大沙洋面行過大沙試水漸深至五十託上下視水綠色則係山東洋面順風再一日試水二十託上下水仍綠色遙望北槎及石島一帶山頭隱隱可見再行半日卽至石島洋面此商船赴北一定鍼路也　第五段自石島至俚島洋面約一百六十里俚島至成山洋面約一百四十里俱榮城縣地爲南北扼要之所可泊水綠色鍼盤仍用子午略偏東從成山轉頭改鍼向西略北入北洋汛界至文登縣之劉公島約一百餘里又西至威海衛一百餘里又西至福山縣之之罘島一百餘里又北至蓬萊縣廟島二百餘里以上自石島起至廟島止約共九百餘里之罘島西北一帶有暗礁船行偏東以避之又廟島之東有長山頭淺灘宜避試水在十五六託至二十託不等船至廟島以東南風爲大順計東省洋面共一百零五島中有二十五島最爲海道要地而廟島尤大可以停泊　第六段自廟島過掖縣小石島卽入直隸天津海口約九百里鍼對大西偏北沿途試水在十四五託再試水至六託上下水黃色水底軟泥卽可拋錨候潮進口約計天津海口逆流挽縴一百八十里卽抵天津東關

外　以上海運水程自吳淞口出十滶東向大洋至佘山北向鐵槎山歷成山西轉之罘島稍北抵天津總計水程四千餘里伏查我　朝自康熙年間開海禁以來商船往還關東天津等處習以爲常凡駕駛之技趨向之方靡不漸推漸準愈久愈精是海運雖屬試行海船實所習慣而春夏之時東南風多行走尤爲順利臣謹就見聞所及臚陳大概伏祈　皇上聖鑒謹

奏

請將徐海匪徒鎖繫鐵桿摺子　陶澍

奏爲查辦刀械匪徒請嚴懲其始以資整飭仰祈　聖鑒事竊照江蘇省徐邳淮海一帶與皖豫山東等處犬牙相錯匪徒惡棍出沒其閒兼之民俗强悍以佩刀執械爲能事傷人釀命之案倍於他屬屢經臣督飭訪拏拘獲匪犯多名並起獲兇器等件疊次附片　奏明懲辦在案惟查此等匪棍其始亦不過尋常游手任性而行漫無拘束漸至三五聯絡藉端嚇詐稍有睚眦即拔刀相向庸懦畏勢不敢與較以致益鳴得意愈肆橫行久之遂成掖刀渠惡騷擾棍徒兇搶仇殺爲害遂烈雖屢加創艾總未能杜絕根株良由習與性成其來已非一日查定例

掖刀匪徒在於場市結夥搶奪原有斬絞之條棍徒生事行兇亦有遣戍之例一經犯案不難按例加重辦理而此等佩執兇器偶然挾詐逞兇平日又無犯法實蹟按照本例僅止枷杖既不敢稍存周內强相比附而責釋之後故智頓萌轉以輕於嘗試長其犯法之心實屬大爲民害臣思刑戮施於小人與其治之於已成而窮搜遠捕誅不勝誅自不若防之於未然而小懲大誡俾以止辟伏查嘉慶十六七年間四川廣東兩省因綹匪及無籍棍徒攜帶刀械行竊嚇詐奏請鎖繫鐵桿欽奉　諭旨允行厥後匪徒稍知斂戢今江蘇省徐淮海三屬匪徒與四川廣東情形相類應請仿照該省成案除常用小刀不在例禁外如有佩帶兇器刀械之挾詐棍徒一經拏獲每名鎖繫鐵桿一枝以四十斤爲度定限一年果能改悔自新卽予釋放若不悛改再繫一年儻仍始終怙惡卽按其情節照棍徒屢次擾害行兇之例分別從嚴究辦庶幾消其桀驁力挽頹風於懲創中卽寓振興之意再江蘇省接近如山東之兗沂曹三府河南之汝陳光等府州安徽之潁鳳泗三屬民情勁悍地界相連可否一體仿照辦理於壤錯相連之處緝捕更爲有益臣爲戢暴安良起見謹會同兩江總督臣琦善恭摺具　奏伏乞　皇上聖鑒訓示

請將前明高攀龍從祀　文廟摺子　陶澍

奏爲請增　文廟從祀儒臣以崇正學仰祈　聖鑒事竊惟致治必資懋學繼往卽以開來孔聖之道師表萬世而歷代端粹之儒亦得從祀　廟庭俾廣心傳典至重也茲據蘇州藩司賀長齡會同臬司覺羅慶善詳據常州府無錫金匱兩縣紳士秦大治華端翼陶沅廉志勳等呈稱明故都察院左都御史諡忠憲高攀龍承晦菴之主敬師伊川之存心以險阻艱難爲體認身心之地其境愈難其學彌粹凡德業進修之地友朋麗澤之功見於所著三時困學諸記語錄會講等書操履涵養粹然一出於正死生榮辱確乎不動於中實爲理學之宗宜列先

儒之祀伏乞詳題從祀　文廟等情由該府縣學取造事實冊結詳司核轉請　奏前來伏查　欽定明史儒林傳序言正嘉以後篤信程朱不遷異說高攀龍其卓卓者又　御批歷代通鑑輯覽注載攀龍學本濂洛操履篤實涵養邃密粹然爲一代大儒又　欽定四庫全書總目載高子遺書十二卷其學以格物爲先講學語類多切近篤實闡發周密立朝大節不愧古人等語又查劉宗周文集稱古有朱子今有忠憲黃宗羲謂海內以高劉並推大儒可無遺議陸隴其亦謂古今有成德之師有興起之師成德之師砥礪磨礲造人材於粹精之地程朱是也興起之師廉頑立懦拔人心於陷溺之中高劉是也是皆以攀龍與宗周並稱比諸程朱考其生平持身則主敬存誠立朝則直言正色卒能取義成仁不負所志其立說著書授徒講學皆宗經衞道足以模楷儒林恭逢我　國家昌明正學崇勵眞儒明臣如劉宗周已荷　特旨從祀呂坤黃道周亦皆次第表彰仰邀　俞列兩廡高攀龍忠節既樹人倫之鵠道德尤爲後學之宗似宜增入從祀以勵眞修而端儒術除將送到事實冊結咨送部科外謹會同兩江總督臣琦善江蘇學政臣辛從益合詞恭摺具　奏伏乞　皇上聖鑒　敕部議覆施行

縷陳巡閱江西各境山水形勢及私梟會匪各情形附片

陶澍

再臣查江西一省界連兩湖及皖浙閩粵各境羣山環繞衆水西流九江南康爲之門戶其民勤儉務穡牽車服賈不遠千里君子重節義而能文章理學事功代不乏人敦於宗族家有譜系祠墓久遠不忘根本此其風俗之美也及其敝也則勤儉或流爲嗇刻析利毫芒而親睦之意衰甚者棄詩書而事刀筆故訟風尤熾族姓衆者丁口萬計動輒恃衆抗官逞强陵弱轉以宗祠爲聚衆逋逃之護符人命盜案一入强梁之村落往往不服拘拏一訊可了之案或至經年累月不能完結此風近山各

屬類然饒吉袁臨皆所不免而贛南甯都一帶爲尤甚該處向多匪徒此拏彼竄迄無定所臣此次親涖各境縱覽形勢其山脈自九嶷至湖南之郴桂分爲兩幹一由桂東而北起武功廬篇至瀏陽萬載交界之鐵園山分支趨通城九宮以逮武昌正支由義甯起銅鼓逕武甯德安而盡於匡廬西水皆歸洞庭入江東水則歸彭蠡也一由郴州宜章至崇義起聶都山爲章水之源逕大庾嶺轉定南逕大帽三伯桶岡浰頭而至長甯會昌之軍門嶺盤古山南則湞水入廣浰水入惠大帽水入潮皆歸南海北則羣水盡歸貢江源出瑞金接汀州界之安樂山西流會章而爲贛也由盤古山北折至甯都州一支西去起石城廣昌各山逕建昌撫州而迄於省城則盱江撫河出焉一支又北逕甯化崇安界起弓檆嶂上各嶺過武夷至銅塘封禁山而迄於常玉山則廣信河出焉由玉山西北起率山大鄣至浮梁而婺水饒水出焉又西逕建德鄱陽而盡於湖口與廬山東西對峙彭蠡湖水出於其閒山川蟠亙外嶔而內縮雖面面皆險而無險可禦卽如私販一項有浙私有閩私有粵私四處蔓溢在官商方以挽運爲艱而梟徒轉藉崎嶇爲得計總由私鹽外入有居高臨下之勢如廣信例食浙鹽南贛甯都例食粵鹽業從山脊引入腹地而欲於下游散漫之區驅之使退其勢已難以致饒州南康被占於浙私吉安臨江被占於粵私如長汀甯化

光澤崇安等縣皆隸閩省而居閩山梁是以建撫各屬並不例食閩鹽而閩私徧地皆因乘虛易入之故又會匪一項自閩界粵界以逮郴界緜延數省無非窮僻山區易藏易竄爲害甚鉅其宰雞滴血鑽橋飲酒傳授口訣散受花帖傳徒者皆眞會匪也情罪最重閒有富民畏搶庸懦被欺脅從圖保身家與夫醵錢酬賽如城隍財神等會則雖會而不必眞匪也更有一種游手兇徒俗名爛仔又謂之流打浪遇事生風執持刀械每因微隙糾黨仇殺擄掠畜產拆毀房屋捉人勒贖或攔路打搶或臨河行劫冒充水手擔夫伺客重貲暗行賊害或遇客船遭風閣淺假救護爲名搶奪貨物贛河下游一帶往往有之此則匪而

不會．其情罪無殊於會匪．必應嚴懲．查贛南等處會匪連年懲創．如前任贛守汪云任知縣周玉衡任內查拏最多．匪徒知畏．署守南昌同知霍樹清亦經拏獲會昌雩都匪犯三百餘人．仇殺搶犯百餘人．審結搶劫大案五十餘起．接任陞守易中孚．豐林等亦皆認眞緝捕．有犯卽懲．其風業已衰息．惟此等匪徒散難聚易．未可鬆勁．全在守令得人．現在霍樹清署理南安．其贛州府缺緊要．容臣會同撫臣遴員調補．至江西鹽務緝私最要．並容臣逐細籌商．陸續會辦．所有臣巡閱所並各情形．謹附片縷陳．伏乞 聖鑒．

會同兩湖督撫籌議楚省鹺務摺　　陶澍

奏．爲會籌楚省鹺務緝銷事宜．恭摺 奏祈 聖鑒事．竊臣陶澍欽奉 諭旨．派赴江西安徽一帶校閱營伍． 奏請順道回籍修墓．幷乘便會同臣訥爾經額．臣周之琦．臣裕泰籌商淮鹽緝銷事宜．仰荷 聖鑒．所有湖南鹺務．臣陶澍前過長沙．會經晤商．臣裕泰茲由洞庭順颿東下．於十一月初七日行抵鄂垣．與臣訥爾經額．臣周之琦會晤．復將鹺務彼此悉心籌議．緣湖廣北南兩省．爲行銷淮綱最重口岸．每年額引七十七萬九千九百餘道．而綱載之儀徵．老河引距販鹽之漢鎭．相隔幾及二千里．長江險阻．風信靡常．挽運本屬不易．加以船戶水

手之夾私盜賣．中途節節逗遛．稽察更屬難周．且楚省係水陸通衢．界連川粵豫皖等省．四通八達．鄰私最易侵灌．防範設或稍疏．卽致貽害腹地．內如湖北宜昌府屬之官渡卡．緊接川江．從前銅鉛船自四川裝運北上．一路收買川私．入楚售賣．經由卡隘．幷不聽候查驗．以致宜昌一郡盡食川私．幷灌及下游荊州各屬．與荊門之遠安．當陽．湖南之澧州．石門等處．大爲淮綱之害．卽經議定章程．奏奉 諭旨．飭令宜昌鎭總兵親督卡運各員查驗催趲．幷雲貴四川各督撫飭令沿途各州縣嚴禁售給該船戶鹽斤．自奉行一載以來．宜昌一帶水道川私嚴行堵截．銷數日有進步．又隨州應山切連豫省信陽州等處．多被

潞私侵灌黃安麻城切近光山固始及皖省英山等處多被蘆私侵占接近淮北票鹽之處亦有闌入皆因小民趨利若鶩貪賤食私緣山越嶺輾轉售賣前經臣陶澍於淮北英山等處設卡幷派六安營參將趙承德等帶兵以時巡歷查拏復經臣訥爾經額臣周之琦派令湖北鹽道于克襄親往黃州各屬勘明要隘分設卡座堵緝近來銷數已有轉機又襄陽府各屬與豫省南陽各處犬牙相錯豫省行銷潞鹽較之淮鹽價値貴賤懸殊侵灌本易而豫省奸商又復逼近楚境廣開子店甚至包運到楚轉賣以致占礙淮綱大爲官引之害現於奉　旨飭拏匪犯張開運案內究出梟販多名拘獲究辦以示懲創應俟會

同河南撫臣籌議疏緝章程另行具　奏又湖南郴州所屬之永興縣係粵鹽引地粵商開設子店行銷生鹽與淮界熟鹽本有區別詎粵商藉海船艙底沙泥準其煎熬名色多設熬鍋將生鹽煎熟侵灌淮界以致楚省引額短絀道光十一年經前任湖廣督臣盧坤奏奉　諭旨必應嚴定章程令各守地界酌定熬鍋額數永定限制毋許私增多設等因欽此盧坤當卽欽遵飭令兩省委員核議嗣經盧坤核定每子店一家準其留鍋一口咨商粵省而粵省總以熬鍋不能定數爲詞及盧坤調任廣東臣訥爾經額頻年文移往返咨商而粵商又紛紛具呈終不肯酌定額數以致迄無成議影射多熬充賺淮引在所不免

伏思粵省來咨以粵鹽係通省融銷若將永興子店限定熬鍋口數該省引課卽有阻滯兼以楚省所議拏獲販私人犯例應訊明來歷如訊係永興子店所賣咨提究辦乃謂楚人自犯之罪與粵省子店無涉不應妄扳拖累等語伏思緝私扼要必當澄本清源惟不稍存畛域始能各固藩籬粵省融銷分數未必全在永興一縣何以不能定額行銷且熬鍋係爲煎熬海船艙底泥沙而設爲數甚微何能藉此裕課其必欲廣設熬鍋無非藉端影射將生鹽煎熟混雜侵灌淮界是粵課固可寬裕而淮引卽被侵占剜肉補瘡於公何補且查湖南省頻年詳辦販賣粵私案件不一而足雖各犯罪由自取而多留熬鍋爲奸商開

偷漏之門陷愚民蹈販私之綱於理似屬未協事關有礙淮引若不定以限制誠恐愈增愈多無所底止查永興縣現存子店六十五家相應請　旨飭下兩廣督臣將永興子店六十五家每家只準存鍋一口永爲定額不準私自加增及添設子店鍋口尺寸亦不準稍有寬大總期於粵引淮綱兩無妨礙至於拏獲私鹽須照例究明買鹽來歷行提審辦粵商更不得規避狡卸失察私鹽出境地方文武各官亦應照例議處庶可各知儆戒以固藩籬此外疏銷事宜前次立法已詳如有應因利乘便之處隨時斟酌辦理不令窒礙臣等惟有隨地隨時同心協力認眞經理以冀課裕引暢仰副　皇上整飭鹺綱之至意

所有臣等會籌淮鹺緝銷事宜·謹合詞恭摺具奏伏乞
皇上聖鑒訓示再臣陶澍拜摺後·郎日起程由水路回江辦事·
合併陳明·

敬陳兩淮鹽務積弊附片　陶澍

再臣查鹽務紛繁弊端不一·如印本貿票貼息套搭皆弊混之尤者·不肖奸商巧立名目借端鬧銷·以致庫本全空課項日絀·竟有積重難返之勢·郎如商人辦運·所有引課場價運腳使費一切·併計謂之成本·內有商人缺底一項名爲根窩·每引取票銀一兩·每年按引郎須銀一百六十九萬有餘歸於底商·先國課而坐收其利·其餘則浮費居多·每由總商開銷取之散商·名爲辦公而實不知其名目·盈千累萬任意攤派·此類甚多成本安得不重·成本既重則售價必昂·而私梟由此起矣·如漢鎮爲銷鹽第一口岸·鹽價每斤需錢四五十文·迨分運各處銷售·近者六七十文遠者竟需八九十文不等·其實鹽務成本首重正課·其次則場價·計每引配鹽三百七十四斤·僅徵正課銀一兩至數錢零不等·其硃單雜課亦僅徵一二錢不等·計算場價每鹽一斤不及十文·而轉銷各處竟至數十倍之價·且有攙和污泥雜入皂莢蛤灰等弊·鹽質更差·以致江廣之民膏血盡竭於鹽·貧家小户·往往有兼旬彌月·堅忍淡食不知鹽味者·而鄰私乃乘機灌入·此非私販之銷售能勝於官·實由鹽價大昂有以致之也·至於儀徵一帶爲捆鹽之場·奸商與商厮難免私行夾帶·江船水手從而效尤·而私梟亦因以罔所顧忌·其實私梟所販之鹽·郎係場竈所產之鹽·如果商人能收買餘鹽·何致有

私鹽可販祇因商不能收而竈戶窮困偶有透漏以資朝夕遂致輾轉負載積少成多而無資本無身家之匪徒聚而成梟幸此輩多係烏合見利則趨聞拏則散現在知縣王用賓署游擊金萬全皆練於緝捕之人梟徒警畏自六月內黃玉林指拏各犯以後紛紛逃散地方尚屬靖謐惟鹽務拔本塞源必須革去奸商另招殷實而殷實之商又必須明定章程刪去浮費使不受總商攤派之累然後肎來前與運司諄切言之當可次第整理合併附片具陳伏乞　聖鑒

再陳淮鹺積弊摺子　陶澍

奏爲淮鹺疲壞已極縷陳積弊情形請　旨飭查辦理藉資補救仰祈　聖鑒事竊照兩淮鹽政關繫　國帑臣頻年在蘇已聞其疲敝情形日甚一日但不料山窮水盡竟至如是之極固由院司屢易漫無責成因循諉卸各顧目前而庫貯既空奸商無可咀嚼遂成渙散臣細加察訪其來有自亦不起於近日查淮商向有數百家近因消乏僅存數十家且多借貲營運不皆自己貲本更有以商爲名綱取無本之利並不行鹽者以致利衰引滯向係兩年三運今乃一運兩年愈遲愈積月利愈虧而商人習慣淫侈率多醉生夢死之徒不知自行經理惟任商夥商廝編攏作弄朦混侵吞以致日形竭蹶其岸引所以滯銷者一由成本積漸成多一由藉官行私過甚查成本之輸於官者爲科則有正項雜項外支帶款等名目用於商者有引窩外銷活支月摺岸費等款皆總商私立名目假公濟私詭混開銷種種浮費倍蓰正課統名爲成本歸於鹽價以致本重價懸

鹽價捆壩運費辛工火足等名目此外應徵雜支各款尚多而銷售無術轉運愈滯積引愈多不得已而銃銷一年讓出本綱地步作爲分限攤補且每綱支解之款不能停緩復將上綱下綱徵收之銀通融借墊輾轉挪用屢銃屢積更於科則之中帶徵帶補逐漸愈增此成本所由積重也私鹽充斥固應首重緝

私然岸銷之滯不盡關梟販其商運官引之重斤與裝鹽江船之夾帶實爲淮綱腹心之蠹在商人於正鹽之外本有秏鹵無課之加斤卽無異官中之私而又有包內包外之私其包內者係運商捆鹽出場多帶重斤商廝商夥亦復如之且又短發江船水腳以鹽斤私抵船價其短發所給之價復被廝夥埠頭等勒扣過半甚至船戶不領腳價轉以重賂向商廝埠頭等圖謀裝鹽下至商宅之婢役亦月有餽費彼江船何苦爲此無非藉公裝私而已聞江船裝鹽每捆解放私鹽謂之買砠每船裝官鹽十之五六餘艙盡以裝私謂之跑風船既裝鹽將全引一船之鹽分爲三四船遇有一船遭風失淺卽捏報全引淹銷將竝

未失事之二三船亦請補鹽既得照例免課又得通綱津貼到岸之後幷得提前先賣謂之淹銷補運是以一引而換數引明目張膽之私也及抵漢岸商人擡價居奇停船挨賣謂之整輪以窄徑自窘而私販轉得暢行迨窮年守候銷售無期於是在後之船鑽營以提前其黠者將待輪之鹽偷賣俟輪到時買私補塡謂之過籠蒸糕甚至鹽已賣盡仍報淹銷將船鑿沈以滅其偷賣之蹟謂之放生各種獘竇皆起於整輪不但擡價賣便售私此又藉官行私之爲害也引旣不能年銷年額課焉能年清年款從前章程本爲虛立而且虛稱報效無非分綱壓派之爲虛報奏銷更起懸墊那移之漸前綱懸墊後綱復難那補解

餉無措於是遮掩彌縫有預納減納貼色貼息之名或折減若干作爲正數其貼色貼息亦於正數內少完若干作爲加色加息之數商既巧占便宜而庫貯因以短絀與州縣之虧那何異其少納之數雖云分綱帶完然積欠以至數千萬前次清查或分十五綱帶徵或分三十綱歸補輾轉相承從何徵納且以前商折減少納之課攤派後人彌補李代桃僵偏枯孰甚以致殷商裹足不前正課益懸而無著矣至於報效一款原係因公抒誠得沾議敘自應各出己貲乃亦先由運庫墊解分年帶繳積欠纍纍是庫存正款徒爲商人騙取議敘之用而商捐之名適足爲消秏之目而已以上數端獘起於商而利不在商商既自

敝而課因以敝現在已丑之引行銷甫半庚寅年尚未開綱課絀商刁浮僞百出造謠興謗不服稽查輿言及此可勝慨歎然錮獘既深不得不亟求補救之法臣之愚見謂宜計船裝鹽不留空艙則受載有定數而夾帶易查矣實發水腳毋許尅扣則船戶不藉口而腳鹽易清矣遭風失淺之船準其補鹽不準免課則淹銷無所利而捏報自少矣嚴查水程俾銷數有準而無引之私自剔矣更宜大減浮費節止流攤以輕成本而恤運商以上各條應請 旨敕下鹽臣督同運司鹽道妥議籌辦實力奉行臣亦隨時稽查以資應助至於收買餘鹽減價敵私皆正本清源之上策而現似力尚未能惟有口岸散輪則銷路暢

而場竈自淸，食價平而民情大順，私鹽不戢自靖，無如商情固執，但知目前搶跌微似有虧，不知守候太久，月利全無，縱使每斤多賣數文，得不償失，況過籠蒸糕，沈船放水，百弊由此而生，於商大有未利，不止於虧 國課而病閭閻也。查從前兩江督臣孫玉庭、與湖廣督臣陳若霖籌辦散輪時，於前兩月同到之船散賣，旣畢，再開後兩月之輪，以散寓整，最爲法良意美，行之業有成效，自道光八年冬底，復改整輪，未及二年，而鹽務敗壞至此，不可收拾，然則整散之效，不待智者而始知矣。應請敕下鹽臣會同湖廣總督，遴委廉正勤明之員，查明漢岸現在滯銷引鹽共有若干，仿照前次散輪之法辦理，積滯庶可暢銷，新綱始可發運，以冀稍有轉機，漸還舊制，臣爲鹺弊太深，暫貧補救起見，是否有當，伏乞 皇上聖鑒訓示施行。

會同 欽差擬定鹽務章程摺子　陶澍

奏爲會籌兩淮鹽務疲敝情形，擬仍循舊章大加釐剔，嚴定條款，以肅鹺務，仰祈 聖鑒事。竊臣王鼎、臣寶興奉 命前來江南，會同臣陶澍籌辦兩淮鹽務，會將查出庫貯墊占虛報奏銷，商運積遲，竈私透漏各實情，幷分派司員會同地方委員，分赴各場履勘緣由，奏報在案，臣等一面將淮綱全局詳加綜核，逐細鉤稽，力求課歸場竈之法。惟是兩淮歲徵正雜課銀及帑利各款四百餘萬絲豪，皆 國帑攸關，旣宜籌利所從生，必須防弊所自伏，因思責成場竈，大要有三，而皆有窒礙之處。一由竈丁起科，淮南以鐅煎鹽，淮北以池曬鹽，今按池鐅定課，每鐅每池約徵銀百餘兩，竈丁皆瀕海貧民，若令先納課而後賣鹽，則力有未逮，抑令先賣鹽而後納課，設遇歉產之日，勢必課宕丁逃。且場鹽每斤向賣制錢一二文、三四文不等，今加入課銀六釐，是課重本輕，私賣但及交課之半，竈丁卽獲大利，販商卽省重貲，仍難免透私之弊，此竈丁起課之難以遽行也。一由垣商納課，招徠殷商，令其認課包納，竈鹽悉歸該商經理，出賣寓散於整，較爲扼要。惟兩淮池鐅半係竈產，以己業而聽命商人，情必不願，況商人惟利是視，秤收則勒以重斤，借貸則要以重息，竈戶狃于售私，職此之故，竈不樂以鹽歸垣商，亦必無貲完課，此垣商納課之亦難遽行也。一由場官收稅，就各場產鹽

引額攤定課額，商販先向場大使報明，認買斤數照額納課，赴各竈配買鹽斤，如此官爲經理似覺核實，無如計算產鹽最多之伍祐等場，照引定課，應徵銀六十餘萬兩，即等而下之如梁垛等場，亦應徵銀二十餘萬兩，雖淮濟等關蘇松各縣，錢糧不及此數，鹽場徵員豈能任此巨帑，況試行之初，額難懸定，若聽其儘收儘解，難保不匿報侵欺，兼之場署多在海濱，旣無城郭之防，又乏營汛之衞，徵解亦恐致疏虞，此場官收稅之亦屬難行也，至於就井抽稅，滇省雖有成效，但兩淮情形與滇省不同，滇省鹽井二十四區，課額三十餘萬兩，防邏易周，課程亦易足，兩淮場地延袤八百里，水陸交通，非滇省一井一官即能查察

可比，且商運先課後鹽，額亦十倍滇省，未易仿照辦理，茲據司員及委員等，各以查勘場竈苦累情形，陸續稟覆，臣等以事關剏始，必須計出萬全，連日公同籌酌，竭誠殫思，期於變通盡利，而利之所在，弊即因之，即使先爲試辦，而淸竈僉商，改官變法，非一二年規模不能粗定，小民難與圖始，雖廣爲曉示，亦恐觀望不前，即商販通行，又必南侵閩浙綱鹽，北侵蘆潞綱鹽，若不統各省鹺務通盤籌畫，實不免此贏彼絀之虞，況此一二年中，課額未可常懸，場鹽未可停捆，各岸食鹽更未可久缺，假令試行盡善，固可埽除積弊，設或稍有未協，即難再復舊章，伏思我朝淮鹽定制，杜透漏則有垣竈之稽查，防捆夾則有壩所之

掣摯，絕船私則卹價毋許折給，通綱引則口岸無事輪編，至於筦庫核自運司，無占墊通挪之弊，緝私責在弁汛，嚴游巡堵截之方，逐層防範，至周至密，果能實力奉行，自不致有流弊，無如相率因循，積重難返，此非法之敝人人實廢法，請即淮鹽弊之大者論之，一曰浮費，歲徵正雜各款，以產鹽分數核算行銷盡屬有餘，乃外解外支各項，復有數百餘萬兩之多，其中如鹽政之辦貢辦公，及漢口之岸費，揚州之活支，乏商之月摺等項，甚至一切官私酬應，均列入成本開銷，似此積習相沿，無怪成本日形喫重，二曰夾帶，兩淮正引三百六十四斤，現在各場捆鹽多者幾至加倍，此商人引鹽之夾帶也，其餘商夥商廝舵工水

手，無不各有重斤私捆攙雜多裝，是以沿途則有買砠跑風名目，到岸則有過籠蒸糕情弊，并有糧船影帶之食鹽，商巡報獲之功鹽，無非假公行私，將無課之鹽先儘售賣，綱食各引安得不滯，三曰私販，淮南之老虎頸及深江孔家涵，淮北之錢家集古寨及新壩龍苴城等處，向爲梟徒盤踞馬頭，鹽務中雖有緝捕經費之名，而汛兵巡役往往得規庇縱，且淮鹽行銷六省，地方遼闊，如湖北之荊襄一帶則有潞鹽之私，江西之南贛一帶則有粵鹽之私，他若河南之蘆私，安徽之浙私，皆由各省越境透漏，占礙淮綱，其害又不獨在梟販，此皆淮綱受病之處，而推求致病根源，實因視成法爲具文，久之遂渙散而不可收拾，誠

非區區補偏救弊所能轉機。惟有將舊章大加釐剔。現計革除浮費銀一百六十萬兩。成本既輕。鹽價自減。儘可敵私。民間亦何樂蹈買私之罪。將私販不緝而自除。而且清庫款。革總商。以杜侵漁之漸。定秤桶。編船號。以絕影射之萌。挑河道。散輪規。以暢運銷之路。酌帶銷。緩積欠。以清套塾之源。使射利者無可借端。欠課者無從藉口。似較課歸場竈之法。確有舊轍可循。謹分爲十五條。另繕清單。恭呈　御覽。伏候　欽定。臣王鼎、臣寶興經此次釐定條款之後。臣陶澍原有兼轄鹽務之責。隨時隨事力加整頓。儻仍有透私墮課各情弊。立將玩誤之官弁商人盡法嚴懲。示儆斷不致偶涉姑容。如此行之數月。定有起色。

查現在己丑綱未銷之鹽。尚有三分。庚寅全綱。並未啟銷。應自辛卯綱起。即照新定條款辦理。第不劃清界限。仍易啟套搭之弊。應請前項未銷之鹽隨時帶銷。如遇銷數通暢。即援照從前辦過提綱成案。儘數補銷。毋任積壓。再淮南北各場存積之鹽甚多。數月以來。商不收運。以致場竈苦累。課帑支絀。此時已屆年終。辛卯立應開綱。應嚴飭商人趕緊買運交課。如有藉端延宕。輕則立予參革。重則嚴行治罪。總期弊去太甚。法在必行。以仰副　聖主飭綱裕課除弊便民之至意。所有臣等會同籌議緣由。理合繕摺具　奏。伏乞　皇上聖鑒　訓示遵行。

謹　奏

覆奏課歸場竈之說未敢遽行摺子　陶澍

奏爲遵　旨核議鹽務條陳各件。通盤籌畫。恭摺覆　奏。仰祈　聖鑒事。竊臣節次承准軍機大臣字寄。欽奉　諭旨。將侍講學士顧蒓奏請課歸場竈。光祿寺卿梁中靖請就場收稅各一摺。　飭交臣悉心籌畫核議具奏。又前後遞到太僕寺少卿卓秉恬請仿照王守仁贛關立廠抽稅一摺。江西巡撫吳光悅請撤商歸竈。徵其課稅一摺。均奉　旨交臣與湖廣江蘇江西湖北安徽河南各督撫悉心妥議具奏各等因。臣查諸臣所請變通鹽法。其說不一。皆主於化梟爲良。無官無私。立意誠爲甚善。惟臣再四籌畫。通盤合計。仍有未敢遽議更張者。

兩淮鹽課甚重。三倍於江蘇全省之錢糧。非通泰海一隅之場地所能歸入。若徵之於竈。則沿海窮民。家無長物。即謂鹽歸丁賣。不患其貧。而一池一鐅。獲利幾何。豈能以數百萬之鉅款。散而責以完納。若欲就場收稅。則又弊竇易滋。蓋鹽之爲物。與布帛菽粟同功而不同用。布帛菽粟。隨處所有。成本重而課稅輕。然且不免於透漏。若鹽在場竈。每斤僅值制錢一二文。一經收稅。則價隨課長。爭其利者必多。海濱廣斥。民竈雜處。池以埽鹽。凡有箕帚者皆可埽。鐅以煎鹽。凡有鍋竈者亦可煎。將比戶皆私。課稅且因之而更絀。至於設廠抽稅。或可小試於一隅。若行之於各省。則與就場設官徵稅之法。地不同而流弊同。緣各省

道路四通八達・凡鹽所從入之地・安必處處皆有隘可守・繞越漏私轉恐比場竈爲更甚・總之無官無私・必須無課無税而後可・業經有税有課・即屬有官有私・如謂一歸場竈一設鹽廠・即可上裕　國帑而化梟爲良・竊恐有所未能・且此數說者皆本於唐臣劉晏聽其所之之一語・故諸臣皆以爲化梟之良策・其實劉晏榷鹽・即今商運之法・所謂亭戶糶商人是也・晏建常平鹽倉數千・商運不至則減價以糶・置巡院十三以捕私鹽姦盜・爲之衰息・是晏恐遠省鈌鹽及商竈漏私・已於聽其所之之先大有布置・竝非僅聽其所之而遂能化梟爲良也・且晏當日係總天下之鹽而榷之・故能聽其所之・今則某省食某處之鹽・各

有口岸・若淮鹽任其所之・必至南侵浙閩・北侵蘆潞・兩淮未收其利・而他省已受其害矣・儻因此遂改天下之鹽法・盡歸於場竈・則紛更愈甚・關繫愈大・利權不操於上・必移於下・恐豪强兼併之徒・得據爲利・其患有甚於私梟者・是以上年冬間臣與尚書王鼎等通盤籌酌・業將課歸場竈及就場收税種種窒礙之處・詳細聲明・會同具　奏在案・至分地銷鹽・課歸商辦・原係國家成法・第因日久弊生・浮費愈增而愈多・錢糧亦愈加而愈重・即如每年應解之帑利七十餘萬・其借本早罄於前人・彼時鹺務猶堪敷衍・又有此一千餘萬之借本・供其揮霍・是以中枵而仍能粉飾於外・今則各項竭蹶・無本可借・而轉須爲前人歲

償其利息・此外節省之款・又有四十餘萬兩・亦係沿襲於昔年・而加徵於此日・以致負重難勝・沈痼從此而甚・臣於萬難措手之時・力求補救・自接印以來・疏通積引・懲辦私梟・現據湖廣督臣函稱・漢岸舊鹽銷完・新鹽業已開秤・即糧船水手素稱强悍・而本年回空・亦未敢仍前夾帶・儻再能多辦新引・似可望漸有轉機・無如自三月開綱以來・始而章程初定・商情不無觀望・繼而被水成災・場竈又多漫淹・加以商本乏竭・力能辦運者不過十數家・設法支持・勉圖接濟・此等情形・總緣從前之受病太深・故此日之復原非易也・臣自維愚昧・實不敢謂計出萬全・惟有殫精竭慮・認眞督辦・幷札催運司諭飭各商・乘此旺銷之時・設

法趕運・俟本綱限滿之後・儻能得有起色・則本　朝二百年來之成法・即無庸另議更張・萬一無可挽回・再行據實奏明・另行籌辦・總期於鹺務實有裨益・斷不敢稍存成見・亦不敢推諉卸責・致負　聖主委任之至意・所有臣通盤籌畫鹽務・悉心計議緣由・理合恭摺具　奏・伏乞　皇上聖鑒・謹　奏

湖南文徵卷四

湖湘後學集編

疏四

州縣養廉攤扣太多請酌量變通疏 道光七年六月

賀長齡

奏爲東省州縣養廉攤扣太多不敷辦公擬請酌量變通以紓積困而杜新虧恭摺　奏祈　聖鑒事竊臣恭讀欽奉上諭直省各州縣經管各倉庫責成該管上司層層稽核如果實心查察遇案卽　參屬官各知畏懼何至任意虧空動輒盈千累萬等因欽此仰見　訓言明切洞見弊源臣敢不實力

奉行以期一洗錮習溯查近年以來參辦虧空已不下百餘起各牧令亦豈罔知警戒全不愛惜功名然臣究不敢自信此後遂無虧空者何也則以致虧半由於攤捐而東省之攤捐又較他省爲重也查東省州縣素稱瘠苦所得養廉本不敷用加以例不準銷各款常年攤扣辦公益形竭蹶又有賷賬不符核減老民賞賚及曹工三成軍需二成已蒙　恩豁免其六年六月以前未攤廉銀尚須補扣而上年盤查案內之無著虧缺及縣抵各款幷墊解墊完錢漕等項又須於本年起援扣二成養廉歸補計州縣所得廉銀卽全數坐扣尚多不敷而各牧令辦公有費贍家有費應酬鄉里親朋又有費供給過往差使又有費不知該牧令如何取辦況盤查虧空皆非現任之事以從前懸缺之項攤之於事後無涉之人揆之事理本未得平在定議之時亦豈不籌計及此特以　帑項不便無著耳臣則謂攤扣太多不但無補於　國計且於吏治民生大有妨礙蓋州縣祗有此財補於彼者必絀於此是特教之挪新掩舊耳其實舊虧未補新虧已增於　國計仍然無益卽於嘉慶八年東省清查無著虧缺係按缺分大小派提節省彌補計自嘉慶八年起至九年止共提解司庫銀一百十餘萬兩迨後舊虧尚未補清而十九年盤查及專參新虧又積至六百餘萬兩之多此其明證然僅僅挪新掩舊而不敢於分外取財猶州縣之醇謹者也

吏恐公事方殷費無所出不肖州縣遂於錢漕取盈矣且於詞訟索賄矣錢漕過浮則民力疲詞訟失平則民氣鬱其爲害於治道者良非淺鮮倘何　國計之能裨益乎當此　功令森嚴該牧令豈敢以身試法臣更何敢姑容然竊恐執法從事而犯法者仍不能止何者州縣例得之項爲數無多餘則非侵　公帑卽剝民膏其勢固不能逃於法之外而該牧令苟紓目前之急遂亦不顧而甘蹈之也臣所謂不但無益於　國計且大有妨於吏治民生者此也臣之愚見竊謂凡事當核其實與其名爲補苴而實則暗損何如緩補舊欠而力杜新虧也凡事當務其本與其操之太蹙使州縣惟利是圖吏治敝而民生亦敝何

如寬爲之地使州縣不敢虐民百姓足則　國用自足也臣與現署藩司鍾祥通盤籌計除常年捐款由臣酌量删減幷將最苦州縣免攤外尚有軍需二成仍應補扣曹工三成尚未攤完若再加以盤查案內之二成一時幷攤則爲數過多州縣實力有未逮合無仰懇　皇上格外　天恩俯準將盤查案內之二成緩俟曹工三成攤竣後再行陸續援攤次第歸補如蒙俞允則時日稍緩　帑項仍歸有著辦公不窘州縣均得從容既不能藉口挪移更不敢無端苛斂從此講求治理禁止侵虧民庶獲安倉庫漸裕儻有貪劣之員膽敢恣意虧空則卽嚴繩以法亦足以折服其心似此量爲通變不但無損於　國計實於吏治民生大有裨補臣愚昧之見是否有當伏乞　皇

上聖鑒訓示謹　奏

再東省州縣養廉因須攤扣各項捐款幷撥還司庫歷年墊項經前撫臣　奏準提解司庫以便攤支扣撥惟查常年捐款係按上中下三等之缺分別攤派其下缺州縣向不分攤卽間有酌攤之款臣已全數删除所有提解養廉現皆無款扣撥仍須飭令具領不特有領解之煩而該州縣等缺本清苦未得隨時支廉辦公實係支絀臣與現署藩司鍾祥悉心酌議除上中兩等　缺各州縣攤捐較多仍將養廉提解司庫隨時扣撥外所有下缺最苦之甯海福山海陽壽張昌樂高宛臨淄嘉祥定陶魚臺臨朐文登鉅野蒙陰海豐新泰招遠棲霞霑化等十九州縣解司養廉現無借墊扣撥應請仍歸各該州縣自行坐支所有曹工三成及盤查二成幷懇　皇上格外　天恩俯念該州縣等缺分太苦辦公實多不敷一併免其攤扣以示體卹在　聖恩免攤之處不過十餘州縣爲數甚微而該州縣等以積累之區得此調劑則所益實多更當激發天良倍加感奮所裨於治道者不少矣理合附片陳懇伏祈　聖鑒恩準施行謹　奏

州縣兑漕苦累請酌量疏 道光七年七月　賀長齡

奏爲敬陳東省閘内各州縣兑漕苦累情形擬請酌量變通恭摺　奏祈　聖鑒事竊查東省有漕州縣共六十九處向分閘内閘外在濟定張秋東昌等運河水次交兑者爲閘内東昌泰安兖曹等屬三十餘州縣是也在德州臨清等衛河水次交兑者爲閘外濟南武定臨清等屬三十餘州縣是也閘外州縣皆係冬兑春開自九十月開厫至次年二月冰泮糧船始得開行時日甚寬各州縣漕糧得以從容收足運赴水次無須買米交幫旗丁不能藉端勒索故兑費尚不甚多閘内州縣因運河歲須冬挑不能不趕早運兑故向例皆係冬兑冬開自九月開

厫至十月初糧船便須開行時日甚迫各州縣相距水次近者一二百里遠者三四百里或因糧多收未足數或因車少趕運不及除運到水次外所有未能足額之數不能不在水次買補墊兑而旗丁因有不準買米上兑之例遂藉此多方索詐始準買補兑交並勾通米店擡價居奇或勒折重價代爲買兑漁利稍不遂意輒將現米駁斥不收徑自開船出閘轉以該州縣誤兑稟揭該州縣恐蹈誤漕之咎只得另雇船隻運赴閘外趕兑需索日甚兑費日加而濟定前幫之任姓各丁尤爲豪橫訪聞任振標任巖化等挾貲巨萬恣意妄爲一經簽派頭船則運官聽其指揮州縣等於魚肉若非百計刁難何由飽其慾壑此閘

内州縣兑漕苦累之實在情形也伏思買米墊兑原屬例不準行而向來零星小戶升合之米鄉民每以不便肩量情願折色交納該州縣亦因數太零碎恐胥手斗給人等易於高下朘削鄉愚亦遂準其折交代爲買兑其距倉窵遠之糧戶路遥費重運送本極艱難若值陰雨連朝米石更易傷耗故鄉僻小民尤願以銀錢折納該州縣亦不能不變通以宜民誠以　天庾正供所重在米米若不佳即實係糧戶之米亦準幫丁駁換令該州縣買補另交但期米粒乾潔並未嘗以買補爲必不可行也今東省閘中三十餘州縣計其開厫收米以至兑運開行爲期尚不及一月是以若干至萬餘石之漕必須剋期收足於旬日

之閒則必所屬糧戶無一頑抗無一疲乏而後可也又必於旬日之間將數千數萬餘石之糧運送於數百里外之水次則必風雨一無阻滯車輛一無損折而後可也揆時度勢斷斷不能收足又萬萬趕運不及而必泥於不準買米上兑之例徒供旂丁訛索之貲以苦此數十州縣若更相沿不改其勢必且日增似不可不思所變計也查蘇省漕糧因兑開期迫州縣不能不買米交幫疊經江蘇撫臣　奏明在案東省事同一例自應量爲變通以速漕運而免訛索嗣後東省閘内有漕各州縣如屆期收未足數幷趕運不及者應請　聖主恩施準令該州縣即於各水次就近買補墊兑仍令趕緊征完交代案内不準以

漕尾作抵若米石未能一律乾潔許該旂丁駁換另交亦不得恣意挑斥以供需索除一面移會漕臣撤飭糧道將濟定前幫之劣丁任姓及此外各幫不法旗丁概予斥革永不準其復充幷查明核丁等有無奢縱劣迹核實辦理外所有各幫兌費應責成糧道大加刪減但敷該丁辦公之用而止幷飭該丁等不得於米未兌足之先徑自開船出閘致累州縣雇船趕兌該州縣亦不準任意稽延有誤兌限其折價名目尤應力行查禁永遠革除至沿河各米店如有勾串擡價情事立卽從嚴究辦儻該丁等膽敢仍前浮勒一經查出卽惟該糧道是問如此則旂丁無所挾制州縣得免苦累不但漕戶益臻妥速而該州縣省

此浮費則辦公不致掣肘所裨於地方者良非淺鮮臣爲東省閤內各州縣兌漕苦累不得不據實陳明幷據糧道魯　擬請酌量變通具詳前來理合恭摺具　奏是否有當伏乞

皇上訓示謹　奏

議覆嚴塞漏巵疏　道光十八年五月

賀長齡

奏爲遵　旨議奏敬抒愚忱仰祈　聖鑒事道光十八年五月初十日準刑部咨開內閣奉　上諭黃爵滋奏嚴塞漏巵以培國本一摺著盛京吉林黑龍江將軍直省各督撫各抒所見妥議章程迅速具奏摺幷發欽此臣查閱原奏該寺臣之意蓋以耗銀由於洋烟之盛行而洋烟難禁其來不得不重吸食洋烟之罰其慮患甚深其持論甚勁而惜其未審於事理也臣惟治國有經安內必先攘外未有不防其外而自擾其內者我　朝最重海防平時宵小出没猶須加謹巡查況銀出烟入爲害甚鉅卽載烟躉船不進海口而洋面皆有員弁遊巡現經

閩浙督臣鍾祥奏定會哨章程果能實力奉行不但販烟匪徒可期斂迹卽一切闌出禁物均有稽查全洋大局得所控制詎可諉爲難防轉啟外夷以可乘之隙也且內地之種烟者衆矣食之者亦夥矣不盡資於洋也若因食烟而置之死非特於情未協兼恐勢有難行臣請得而備陳之凡論罪必須衡情食烟者非有兇暴害人之心亦無狂妄悖理之事不過如酒色過度之自戕軀命耳而與殺人同科毋乃過當然使此法一行卽能懾食烟者之魄而致之生雖嚴刑亦所弗恤爲其所全者大耳而臣決其必不能者非意之也開設烟館罪加繯首矣而開館者未減於前夫以烟館之昭然在人耳目易於覺察者人猶冒

死爲之則夫食烟之在重門密室中者更無論矣且科條愈重則句結愈密摘發益難訛詐愈多滋擾益甚卽保結亦徒成文具耳今之姦盜闖很爲害地方者無不控官準理而犯者纍纍曾不知懲食烟何害於人而欲以一紙保結責令首告恐鄰佑不能如此奉公則食烟者復何所畏此種陋習沿海最多幾於十人而九邊防重地靜鎭爲先豈可更增紛擾臣觀隋史文帝以盜賊繁多凡盜一錢以上者皆棄市或三人共盜一瓜事發卽死於是行旅皆晏起早宿天下凜凜卒因衆怨沸騰而止伏讀　高宗純皇帝御批云盜一錢一瓜皆抵死而行旅之戒心如故是峻法不足以遏奸徒見其濫刑耳　聖謨洋

洋誠萬世所當法守也夫重典旣未可用而食烟者固不盡貧於洋然則銀何以貴錢何以賤也蓋天下之平久矣二百年來生齒日益蕃費用日益廣錢由官鑄歲歲而增之銀不能及也兼之錢質繁重難以致遠各處行用良惡貴賤又不一致故民閒會兌止於近城閒有舟車運載尙不及銀百分之一積而見多安得不賤銀則輕便易齎所值又多各處行用大概相同數千里外皆可會兌兼能運致散而見少安得不貴唐之飛錢亦能及遠則不用銀故也今則銀日重而錢日輕矣贏絀情形較然可覩然則何法以平之溯査上古以貨交易太公立九府圜法而錢始行至周景王已患其輕而更鑄矣猶未以爲賦也漢

初但出口算錢耳唐行兩稅始一律輸錢亦未以銀爲幣宋仁宗時恆苦錢荒乃詔福建二廣輸錢者代以金銀其時銀五十兩直錢百貫嗣是民閒亦遂以銀市易蓋貨幣流行壘爲衰旺時移事異理有固然由宋溯前以錢權物而國不患貧由宋迄今以銀權錢而久乃積重旣成積重之勢宜思通變之方時至事起而化裁出焉殆天所以啟我　皇上乎昔者禹湯値水旱之戹鑄金作幣以振民饑周官司市亦云國凶荒則市無征而作布布卽錢也周景王鑄大錢單子以爲民患輕則作重幣以行之於是以母權子而行若不堪重則多作輕以行之亦不廢重於是以子權母而行史稱其時勸農贍不足百姓蒙利蓋

帝王躬攬天下之利權與時低昂而天人交應初非成法所能限也然如漢武之皮幣宋之交子會子元明之鈔率皆質脆物輕旋用旋廢以其失五金相濟爲用之意耳是知利用厚生全資六府轉輸挹注必藉五經除黃金爲上幣及黃銅黑白鉛鉟用鑄錢外鐵錫粗器未可爲國寶惟白銅質良而品貴實鍾德產之精華乃僅資玩好之娛殊褻扶輿之美當此銀絀之際似宜相輔而行夫金爲水母故幣若泉流今以白銅而佐銀仍屬相生於一氣權衡銖兩貴得其平臣請以白銅一兩當銀五錢以次遞加至當十兩而止分別等差鑄成圓錠其止於當銀十兩者取攜輕則流通易也並於錠面鑿明準當紋銀若干字樣

如洋銀之便民不須戥秤隨手可用自官俸兵餉鹽關課稅以及一切民屯額賦凡下之供於上上之頒於下幷與紋銀一律通行且今之以銅濟銀猶昔之以銀濟錢也方銀未用之先亦如白銅之但供飾器耳一經功令準行遂爲後世利賴造物原無盡藏而創始必待　聖人此臣所以妄有請也臣聞滇洋白銅器具華美不亞於銀特未悉滇中歲產幾何洋銅每歲之入內地者又幾何川岳效靈自當應時而發宋代用銀之始亦不甚多當由逐漸增廣耳應請　敕下滇省及粵閩蘇浙瀕海之區歲入大概分數是否足資鼓鑄並曉內外工匠人等不準打造白銅器具官吏軍民之家概行禁用其舊有者勒交官

優給價值毋令虧折鑄造之始銅必精而工必良則人知貴重既行之後法一定而不可易則眾皆信從自來錢幣輕重雖由積漸使然而劑之使平則恆視君人之意旨爲趨向後世食用之物無一不增於前風會日闢雖聖人不能強之復古因時制宜亦惟便民而已矣如鎘蕘可采而銅不乏供應請　敕下部臣將分省設局委官督辦一切事宜悉心酌議俟　旨施行臣又思錢賤之故亦不盡由銀少我　朝錢法最稱得中順治康熙雍正之時尤極精美後乃漸不逮前法久弊生事所恆有今試持錢易銀雍正以前者得銀必多乾隆以後者得銀必少高下甚不可誣似宜　敕下部臣加工求精以冀漸復其舊亦擡高錢價之一法也恭逢我　皇上力行節儉凡爲民生國計先事預籌者蓋已無微不到微臣但有一得之愚敢不罄竭管蠡冀裨　高深於萬一而識慮短淺苦無遠猷長策仰紓宵旰憂勞率意瀆陳無任惶悚伏祈　聖鑒訓示謹
奏

議覆錢票無弊疏道光十八年七月　　賀長齡

奏爲錢票有利無弊遵　旨恭摺縷陳仰祈　聖鑒事竊臣接閱邸鈔奉　上諭寶興奏近年銀價日昂由於奸商所書錢票註寫外兌字樣輾轉磨兌並無現錢請嚴禁各錢鋪不准支吾磨兌總以現錢交易以防流弊等語著步軍統領衙門順天府五城會議具奏並直省各督撫妥議章程奏明辦理欽此臣惟政在便民道崇簡易錢之有票猶銀之有票蓋以運實於虛方能流轉無滯而虛不廢實仍有現錢可資非如楮幣之即以紙爲錢不能課實也原奏謂輾轉磨兌並無現錢臣以爲非無錢也蓋緣交易之時不必即有用錢之事遂以票兌換而

去耳如果需用甚切即安能以空紙當實錢小民雖愚謀利則智不待法令之程督也且今日之銀票其每歲所會兌蓋數倍於錢矣而銀乃日貴更何得以錢賤之故歸咎錢票乎就臣愚見錢票不獨無弊也兼有數利焉錢質繁重難以致遠有票而運載之費可省並得交易遠方其便一也錢有良惡之異爲數又易混淆今但以票爲憑並可不必揀錢不必過數省去許多煩擾其便二也且也一票隨身更無宵小盜竊之虞又免船水沈溺之失其利殆不可勝計臣嘗考之前史錢票蓋亦便國不僅便民也唐憲宗時令商賈至京師委錢諸路進奏院及諸軍諸使富家而以輕裝趨四方合劵乃取之號曰飛錢宋太祖時令商旅投牒三司乃輸錢於左藏庫而以諸州錢給之後因制爲便錢務所謂合劵者蓋即今之會票商既便於取攜官亦藉省齎運國民兩利莫善於此明臣邱濬大學衍義補按語謂今世亦可行之但恐奉行者給受有停滯之弊出入有減換之弊耳臣以爲唐宋上下通行實有裨於國計今若禁民兌會何以順乎人情應請一仍其舊於計爲便緣奉　敕議謹就管見所及據實直陳是否有當伏祈　聖鑒訓示謹　奏奉

硃批依議欽此

捐建及幼堂片 道光十八年九月 賀長齡

奏再黔省向有育嬰堂以養失乳之嬰又有孤貧院以恤廢疾之老臣到黔兩年督同司道疊加整頓府縣亦皆認眞體䘏稽查寬嚴幷用使銖金粒米均及窮民可以無虞失所惟黔中瘠苦異常每有父母俱無衣食幷乏之幼童自五六歲至十二三歲不等率多沿街求乞或且乘便偷竊旣乏資生之業又無管束之人弱則轉死溝中强則流而爲匪濱於死者固可憫流於匪者尤可慮與其懲治於旣爲匪之後曷若保全於未爲匪之先臣與司道捐廉爲倡各官量力自輸共得銀五千兩陸續發商生息所得息銀每年可收養幼童一百二十名於城南外置

房十餘間以資棲止名曰及幼堂其衣食被褥等項皆官爲酌定以時贍給至十七歲能自謀生之時始令出堂但矜恤之中尤須約束當派勤愼委員一人幫同貴筑縣典史輪流照管幷僱粗識文字一人工匠數人擇其姿性稍優者教之認字餘皆令其習學手藝隨時考察勤惰俾在堂之時旣不至逸居而習於窳惰卽出堂之後亦不至無業而相率爲非其未屆出堂之先若有殷實鋪戶情願帶往幫工及紳宦人家帶去服役者各從其便此又隨時疏通以便多收之一法也但不許非理淩辱壓良爲賤使美意轉成厲階耳自置堂收養之後幼童之游手乞食衣不蔽體者街市漸覺稀少似亦不無小效所有捐項均係零碎集成不敢請敘臣爲軫恤邊氓幷預杜游匪起見理合附片陳明謹 奏

覆陳漢苗土司各情疏 道光十九年正月　賀長齡

奏爲遵
旨查禁漢奸盤剝苗民及胥蠹索詐訟棍教唆等弊並就原奏所未及推廣查辦以杜滋擾而靖邊疆恭摺奏祈
聖鑒事·道光十八年十二月初七日·承准　軍機大臣字寄·奉
上諭·有人奏滇黔兩省·外來客民流民·盤剝苗人土司田產·請飭查禁等語·川楚粵各省窮苦之民·前赴滇黔租種苗人田地·與之貿易·誘以酒食衣飾·俾入不敷出·乃重利借與銀兩·將田典質·繼而加價作抵·而苗人所與佃種之地·悉歸客民流民·至土司遇有互爭案件·客民爲之包攬詞訟·借貸銀兩皆以田土抵債·種種情弊·如果屬實·不得不嚴行查禁·著伊里布顏伯燾賀長齡·卽將摺內所指各情節·悉心體訪·嚴飭各地方官隨時查察·認眞禁止·除客民流民已經置買田產不計外·儻有狡黠客民人等侵占苗人土地·及擅買土司田產·卽將田地斷還本人管業·追價入官·仍照例治罪·至田土案件·如有漢人霸占苗業及夷苗誣控平民·務當公平聽斷·治以應得之罪·毋得任聽胥役詐索客民唆訟·以杜侵越而靖邊陲·原摺著鈔給閱看·將此各諭令知之·欽此·遵
旨寄信前來·臣等細繹
原奏之意·蓋以前撫臣嵩溥籌辦苗疆保甲·將客民一體編查·外來流民漸少·又以苗俗本儉·因佃種苗地之客民誘以紛華·漸致入不敷出·盤剝準折·苗產半歸客民·其尤甚者·土司與漢

民每有田土互爭之案·輒被胥役勒索·客民從而包攬教唆·借貸銀兩·動以田土抵償·應示以限制·方可保全苗業·預弭爭端·臣等伏查前撫臣嵩溥查辦苗疆保甲之後·所有續增流民續置苗產·以及棚戶占墾盤剝準折等弊·均經　奏明飭禁·至今遵辦·但須實力奉行·不必更設科條·徒繁案牘·惟查原奏流民漸少之說·自今觀之·蓋未嘗少·其勢亦難強行禁止·卽所稱苗民習染紛華·生計漸蹙·亦不盡由客民之誘煽·奚以明其然也·人情莫不重去其鄕·計無復之·乃相率而轉徙·方宜導以生路·豈可轉行遏絶·黔省固多客民·興義府尤其淵藪·自嘉慶年間平定苗匪之後·地曠人稀·每有黔省下游及四川湖廣客民·攜眷而來·租墾荒山·俱係極貧之戶·終歲竭蹶·僅足餬口·其力不能盤剝苗人·且山土瘠薄·墾種二三年後·雨水沖刷·倍形磽确·仍復遷徙他往·又他省客民往來滇粵兩省·每由興義經過·中途資釜匱乏·留滯鄕場城市者·亦復不少·前撫臣嵩溥摺內已詳陳之·自臣到黔以來·興義各屬已無不墾之山·而四川客民及本省遵義思南等處之人·仍多搬住·終歲絡繹不絶·亦嘗出示飭屬嚴禁·而不能止·細求其故·則以四川遵義人稠地貴·而興義地賤也·思南地利太薄·興義雖瘠·猶勝思南也·然而地多烟瘴·新徙之民不服水土·輒多死亾·故雖地不加廣·來者日多·曾無人滿之患·此種情形·實堪憫惻·而原奏乃謂客民獲利甚

豐年皆廣田畝而峻牆宇毋乃偶見一二遂以概之千百若使目擊流民之苦必不忍爲是言也黔不產鹽布疋又貴類皆挹注於他省苗民錯居岩洞所饒者雜糧材木耳非得客民與之交易則鹽布無所資卽雜糧材木亦無由銷售分餘利以供日用是客民未嘗不有益於苗且苗民務耕作而不知貿易客民耐勞而儉用多就穀賤之地以爲家是亦未嘗不兩有益若謂紛華靡麗皆由客民導之以至窮乏則漢人中昔稱富戶今爲貧民者正復不少又將誰咎盈虛消息物理之常卽無客民固不能保苗民之常富也訪聞黎平之苗率多富實固資山木之利亦由善自經營豈無客民往來何以不能盤剝然則苗民貧

富之無常猶之漢人耳臣等更卽原奏所未及細察漢民之情形尚有數條敢陳

聖鑒一則苗民實爲漢民害也黔本荒服皆猺獞犵狫之所居自元置宣慰使都元帥府始有貴州之名官職既建乃有漢人經今五百餘年仍是苗多於漢查黔省上游猓苗爲多下游狆苗靑苗爲多苗民固近淳樸而狆苗則兇悍難馴係五代時馬殷自邕管遷來其種有三一曰補籠一曰卡尤一曰靑狆貴陽定番廣順皆靑狆安順鎭甯則補籠卡尤也其俗以偸盜刦掠爲事不但客民不能盤剝卽土著漢民猶畏之他如台供靑江黃平等處之苗亦多沿路行刦滋擾客民控制彈壓均非易易一則苗民自爲害也漢苗固多爭控卽苗與苗或因口角或因爭佃亦復互控不休甚至苗唆苗以控苗且句串漢匪以控苗顚倒簸弄從中分肥刁詐殆難言狀一則土目土司之爲苗民害也黔省上游多土目下游多土司土司多係江西湖廣山陝江南等處之人土目則係從前土著及由滇蜀撥入之人苗民佃種土目土司之田歲上牛羊猪雞以爲年例年租其土目土司之强而暴輒虐使其苗又於年例年租之外多方科派之苦累殊甚一則苗民之爲土司土目害也緣苗民亦多奸狡或將佃種之田當與漢人土目土司所管地面甚寬無由察知久且轉相盜當輒至迷失又歷來苗民應上條銀皆由土司交地方官轉解藩庫近則以土司浮收紛紛控

省求改歸地方官徵收及準理飭禁苗民又相率抗糧地方官則又以事歸地方該土司需索不遂藉端重徵具控其譸張爲幻不必盡由漢奸亦有苗民無異於漢人而不相害者國家聲教四訖椎結侏𠌯漸移舊俗其中殷實之戶亦多勤事詩書況苗學屢經添設掇科出仕正不乏人衣冠之族聯門閈而重婚姻此等卽不當仍以苗民視之更有苗民絕異於漢人而不能相害者熟苗之外另有生苗多在深山窮谷之中性情嗜好飲食居處皆與人殊漢民既不能入生苗亦復稀出雖有狡黠客民無所施其伎倆以上各情皆原奏所未及臣等惟恪遵

諭旨通飭各屬悉心訪查。懲盤剝之習。警包攬之風。杜侵占之漸。加以懇勤告誡。使之歸眞反樸。不務奢華。冀以鋤漢奸而蘇苗困。而又將苗民之兇悍劫掠者。嚴行究辦。其誣控平民之案。照例治罪。則苗民之爲漢人害者亦去。苗民互控句串唆使詭詐百端。若能速迅聽斷。不令胥役客民得售其奸。則苗民之自爲害者亦去。土司無違例科派之事。苗民無借端挾制之心。則土司與苗民互相爲害者亦去。至於詩禮之家苗民亦同於漢。生苗一種原不與漢人爲緣。固無庸議及者也。又原奏內所稱胥役詐索刁徒唆訟各情形。此二弊實生民之大蠹。不獨有害苗民。臣到黔之後。查辦衙蠹一百一十四名。業經具奏在案。又查辦教唆詞訟匪徒二十八名。兇惡棍徒一百六十二名鎖繫鐵桿五百五十九名。均經達部有案。誠以黔省在在苗疆。若非隨時隨事嚴示懲創。何以除暴安良。年來察看情形。宵小尙爲斂迹。漢苗亦各相安。復以各屬控案細加比對。較之從前已減十之四五。惟是黔省山多田少。民苗耕作已形不足。又有遞年尋常軍流人犯。現已積至一千七百三十餘名。新疆改發人犯。又積至一千二百四十餘名。此等人犯或挈眷偕來。或遇赦願留。生齒日繁。皆與客民無異。雖向例各犯止準居住城內。不許私住各鄉。而生計維艱。亦未便概行禁約。稽查防範耳目恆苦難周。臣等仍按照前撫臣嵩溥奏定章程。不敢稍涉鬆

懈。亦不敢過事拘泥。惟有諄飭各屬實心實力設法查辦。以仰副聖主綏靖苗疆預弭爭端之至意。所有遵旨飭禁竝推廣查辦各緣由。理合會摺縷陳。伏祈皇上聖鑒訓示。謹奏。奉

硃批依議欽此

捐貲訓練武弁片道光十九年三月　賀長齡

奏再冬閒合操原以整肅戎行申嚴紀律而訓練尤在平時該將弁等按期操演本有常規劣則立予革懲優即記名候拔而賞賚不加仍恐難期奮勉況弁兵類多窘苦黔地尤屬瘠貧若非獎勸有方何以作其鋭氣臣與藩司慶祿捐廉籌款共湊銀六千兩發商生息每年可得息銀七百餘兩自道光十七年起臣每月挑選出色弁兵親校一次弓箭以力勁中多爲上鎗礮以及遠有準爲優但期臨敵制勝不取虚様美觀刀矛雜技輪番分試明列等第當面給賞該弁兵等喜於獲利又可各獻所長人人競奮上年出師仁懷臣標弁兵尙覺得力且臣標爲通

省領袖幷可激勵各營凡有來省考缺者往往自愧弗如亦各加意訓練臣復通飭省外各營挑兵必揀力强力强則膽氣自壯平日須令習苦習苦則不避險艱幷仿古人選鋒之意令將奮勇兵丁另列一冊按季申報務取得用勿徒充數遇有事故隨時挑補以備不時調遣黔兵向稱勇敢加以精練更能爲國出力矣緣係訓練備防事宜理合附片陳明伏祈聖鑒

謹　奏奉

硃批認眞訓練妥爲辦理欽此

會議廣敷教化疏道光十九年七月　賀長齡

奏爲遵　旨會議具　奏仰祈　聖鑒事竊臣等準禮部咨開道光十九年四月十一日內閣奉　上諭御史焦友麟奏請廣敷教化整飭風俗一摺著各直省督撫會同各該學政妥議具奏欽此等因幷鈔錄原摺知照前來臣等伏維　國家建立學校原於教士之中兼寓教民之意定例府縣教官不令經手錢糧詞訟所以使之專心課士非置之閒曹也爲生員者平日果能率教自能以禮義廉恥化其鄉閭故士者待教之人也以教官教士者　國家之法也因教士以教民法外之意也臣等查原摺內稱守令日不暇給教職向屬閒曹請令專司稽

查勸諭再擇品學兼優之生員每鄉數人將　聖諭廣訓直解按期宣講仍著教官考察儻有偷惰廢弛立予戒飭如查有習教燒香者許會縣拏究儻有扶同隱匿生員連坐教官參處等語臣等以爲各學教官令其協同勸諭則可專司稽查則不可採訪利病以補地方官耳目所不及則可責成會拏則不可恭查宣講　聖諭廣訓直解久已載在　功令凡州縣教職等官必實力奉行方許卓薦曠誤者黜退立法本極周詳我　朝二百餘年以來化行俗美海內乂安閒有邪說誣民旋即殄滅誠以漸摩既久覺悟易生雖煽誘百端而邪不勝正此誠宣講　聖諭廣訓之明效也各有司果能協恭訓迪自

可漸致敦龎。不必因職業繁簡遂分畛域也。查教官每月有課。又隨時接見生徒。以每學一二教官。為一學數十百人之師。果能窮經考業。必將繼晷焚膏。恐無暇稽查他務。其教官中之耄無所事者。乃昏庸闒茸之員。急宜罷斥。尤不當付以稽查之責也。至教官偶爾訪聞邪教。止應密告同城州縣。俟其確查辦理。若逕令會縣拏究。必將添募胥差。廣招告訐。其無能者聽信浮言。輕舉妄動。其不肖者捕風捉影。擾害閭閻。且恐藉稽查匪類之名。巧卸其訓迪生徒之責。非 國家所以設官教士之意也。至各學生員賢否不一。令其隨時隨地勸諭鄉愚則可。必分派各鄉按期宣講則不可。至於連坐一條。尤有未便。查 國初有

約正值月之設。以司宣講。其始令舉貢生員充當。旋經禮部議准。此項宣講之人。不拘士民。不論人數。誠以人地不能强齊也。生員中果有品學兼優。衆所信服之人。用以宣講勸諭。則一鄉大受其益。然亦祇能隨地隨時。不可强為限制。葢一學中品學兼優者。大率不過數人。或書院肄業。或設館授徒。藉其膏火束脩。贍家餬口。若鄉派數人。月講數次。遠近不一。往返需時。廢詩書而事奔走。恐非所以示體䘏也。再查 欽定臥碑。生員不許干與他人詞訟。今於習教燒香有扶同隱匿者。予以連坐。勢不能不准以訐告。由是疑誤詐索。百弊叢生。且邪教之人詭秘難測。正學之士迂拙易欺。稽查不周。即同隱匿。連坐不已。必及無辜。遂使讀書守分者。視學校為畏途。見事生風者。藉訐告為利藪。於士氣之屈伸。人才之淸濁。關係尤鉅。臣等以為民風之純駁。固視士習為轉移。而端本澄原。實由吏治。若能實心整飭。不必多設科條。相應請 旨敕下部臣核議。可否仍照舊章。申明誥誡。於宣講 聖諭廣訓各條。責成守令教職。無分彼此。協力奉行。幷嚴飭各道府不時稽查。偷惰者立予罷黜。其各學生員有能正己率物。化及一鄉者。許守令教官不時舉報。以待獎勵。其行止有虧。以致鄉曲效尤。貽害風俗者。立即褫革。該管官徇隱不報。嚴加參處。總期默運潛移。使吏治士習民風蒸蒸日上。以仰副我 皇上久道化成之至意。所有臣等

會議緣由。是否有當。謹合詞恭摺具 奏。伏乞 訓示遵行。謹 奏。奉
硃批。所議是。照所請行。欽此。

黔省添設義倉酌議章程疏 道光十九年十一月　賀長齡

奏爲黔省添設義倉酌議章程恭摺奏祈　聖鑒事竊照黔省田少民貧不通舟楫向無別項糧食販運入境全賴本地所產之糧以供食用中年僅足餬口豐歲雖有餘粟而民皆隨時售賣絕少蓋藏一値歉收輒有嗷嗷待哺之患自應預爲籌備以免臨事周章臣與司道通飭各府廳州縣將常平穀石加謹收貯以備不時之需其舊有義倉穀石動用者勒限買補虧缺者上緊追還不準稍有短少其無義倉之處並飭設法添辦先於省城糧儲道署內籌積義倉穀一萬石現已如數實貯并據永甯州報捐義倉穀一千二百石羅斛州判報捐義倉穀一千

三百石皆已收齊其餘大定等處報捐二萬餘石尚未全交一俟如數貯倉卽當續行　奏報向來義倉章程係於青黃不接之時出借貧戶秋後收還立法未嘗不善而借易還難動滋拖欠或借者已還而經手之人影射侵蝕日久每至空虛臣與司道悉心酌議應請改出借爲平糶責成各屬與本地紳士共司其事查宋臣蘇軾奏議每稱救荒無如平糶當年歉穀貴但有數百石米在市其價自平而得銀仍復買米又可轉運不窮勝於捐賑之難爲繼卽比之出借收還亦較有把握定例常平倉穀準其存七糶三猶沿此意惟必待通報批準後始得開倉每苦緩不濟急今擬將義倉所積之穀一遇穀貴卽碾米減價出糶以補常平所不及銀存在官而登記在紳穀價一平便卽糴還穀交自紳而銀發自官互相稽查以歸實貯若非糶糴不準擅動顆粒庶緩急可期有備而侵欺之弊亦除再此項倉穀係官民捐辦請免造冊報銷理合恭摺具　奏伏乞　聖鑒謹

奏奉

上諭著照所議辦理此項倉穀係官民捐辦免其造冊報銷該部知道欽此

捐造器械訓練片 道光十九年十一月 賀長齡

再礮位刀矛均爲行軍利器而威遠九斉貍等礮尤堪及遠攻堅黔省各屬俱有額設礮位間亦有未經製備者苗疆緊要武備宜精自應酌量添設至矛桿多用竹木而竹空易裂木脆易折皆不如白蠟桿堅實耐久最爲適用臣與司道督飭各府廳州縣查明舊有礮位除現在完固及已炸爛銹壞分別改鑄修整外據糧儲道任樹森報捐擡礮四位石阡府宋慶常報捐擡礮二位一并安設石阡郡城貴西道周廷授率同遵義府黃樂之捐造九斉貍礮三位添設遵義郡城前署思南府鄧應台報捐威遠礮二位九斉貍礮二位分設府城四門以壯軍威而資

捍衞糧儲道任樹森又捐購白蠟矛桿二百根分發省城三營配用前署臣標左營中軍參將王志元代理中軍事貴陽營游擊富保兼署中軍事右營游擊博爾洪武先後捐製白蠟矛桿二百根利刀四百把長矛二百四十根足備操練之用其餘軍械并飭隨時修製以重邊防理合附片陳明伏乞 聖鑒謹

奏奉

硃批好欽此

試種桑秧木棉紡織有效疏 道光二十年正月 賀長齡

奏爲試種桑秧木棉教民紡織漸有成效恭摺奏 聞仰祈

聖鑒事竊臣前奏拔除罌粟改種木棉害除而利亦興可補黔省所不足奉 硃批好欽此查黔省山多田少土瘠民貧女紅不勤謀衣更艱於謀食臣於道光十七年即督同藩司慶祿糧儲道任樹森刊發蠶桑編木棉譜通頒各屬教民栽種以冀漸知紡織先於省城附近隙地試種桑秧數萬株長至二三尺時聽民移種又於楚豫各省兩次購回棉子二萬六千一百餘觔分給各屬並委員攜赴各鄉於查毀罌粟之便教民改種木棉數年以來該司道等悉心督勸前署玉屏縣知縣王存

成所種桑樹成活者已有二萬餘株又在署設局教以養蠶取絲織綢之法現在民間能養蠶者已有百數十戶能繅絲作綿撚線者亦有數十人呈驗所織絲綢較勝於遵義之橡繭又署婺川縣知縣陳文衡捐廉設局并購木棉五千觔先教以紡次教以織現在能紡者已有七百數十人能織者已有九十餘人局中已織成布九百四十餘疋該署令又分別等差賞以銀牌錢文木棉并紡車織機等項使之轉相教導普利斯民又署桐梓縣知縣鹿丕宗以該縣民但知養蠶未諳織造輒將所取之絲轉貿他處獲利甚微因雇覓工匠教之織綢民情樂於從事現已多有能織者並將織出土綢呈驗雖經緯尚粗亦足資衣

被之利至省城之及幼堂亦經該司道等雇募蓺民教以紡織俾各幼童不至舍業以嬉近亦漸能自食其力據該司道詳報前來臣覆查無異仍當督飭各屬實心勸辦使已效者益加鼓舞未效者不致畏難庶幾漸推漸廣俾草衣卉服之俗幷襲冠裳益宏　聖主嶓幪之化所有試種桑棉教民紡織各緣由理合恭摺具　奏伏祈　聖鑒謹　奏奉

硃批實力勸導斷不可中輟勉之欽此

議覆捕盜疏道光二十年五月

賀長齡

奏為遵　旨妥議捕盜事宜恭摺奏祈　聖鑒事竊臣接准刑部咨開道光十九年十二月初一日奉　上諭鴻臚寺少卿葉紹本奏捕盜事宜一摺著各直省督撫妥議具奏摺併發欽此臣率同司道悉心詳核如原摺所稱盜案初報宜速移鄰封協捕一節查盜劫之案事主呈報到官地方文武例應即時會勘僉差兵役追拏幷查造贓冊咨移鄰封協緝是捕盜之方例載本極周密而黔省地方處處皆有岩洞可以匿賊藏贓各屬遇有竊盜皆先就附近搜尋往往從此破案或一時未能全獲再移鄰封協拏若事發之始即令舍近求遠轉恐捕役鬆

懈賊匪潛逃自宜酌量情形未可一概而論又原摺所稱盜案犯事宜嚴懲保甲牌頭一節查保甲牌頭原為稽查匪類而設故一保一牌之中遇有失事事主必先報明牌保官亦著落牌保跟拘責無可卸其或窩留賄縱尤應盡法嚴懲而黔省半皆苗寨不僅保甲牌頭又有亭目亭長寨頭之別臨事固應責成而得人尤在平日臣每飭各屬不時下鄉到處體訪必須誠實方准充當既得其人責成自易又原摺所稱城鄉居民宜令守望相助一節查守望相助其意已寓於保甲之中故保內窩匪有連坐之罪鄰右獲盜有給賞之文知而不拏即干例擬是民間自相查緝仍須分別勸懲例文已極該備而黔省山多田少

人戶畸零保禦尤關緊要臣通飭各屬於每年秋收後覆查保甲之時勸諭士民各按地界往來巡緝民苗自衛身家尚不敢稍存膜視又原摺所稱審鞫盜案無令苦累事主一節查事主報盜止許聽審一次認贓一次原以被盜之家不堪苦累是以到官次數著有明文歷經遵照辦理而黔省民苗雜處俗多刁健事主呈報動涉張皇其持械行强贓至逾貫者固所不免而裝點情形浮開贓數羅織夙嫌之家句來匪黨作證者亦復不少事主方存挾制之心官吏何敢諱匿間有通報稍涉含混估贓未能詳細臣必批令嚴切訊究確實另估以服其心現在所屬各員尚無刁難事主情弊以上四條均係申明舊例核與現

辦章程相同似毋庸另議科條致滋煩擾惟黔省山深箐密又毘連楚粵川滇匪徒易於踰蹟緝捕尤應加嚴臣惟督率司道諄飭各屬實力稽查認眞偵緝果能鋤奸緝暴屬境敉安自當據實保舉儻或捕務懈弛罔卹民艱亦卽嚴行參辦斷不敢稍事因循以期仰副我　聖主除莠安良綏靖苗疆之至意所有遵　旨妥議緣由理合恭摺覆　奏伏乞　聖鑒謹

奏奉

硃批依議欽此

捐建尚節堂收卹守志貧嫠疏道光二十年九月　賀長齡

奏爲黔省捐建尚節堂收卹守志貧嫠用廣　皇仁而勵風化恭摺奏懇　聖恩量予甄敘以昭激勸事竊照婦節與臣節并重而苦節視甘節尤難是以各省多有卹嫠之堂而黔中更屬極貧之地乃此事缺然未舉則窮嫠復何所賴臣披閱案牘每因貧難自贍莫保初心或且計無復之輒尋短見徧詢各屬比比皆然豈無窮且益堅皭然不滓而任其困苦罔計安全既乖敬寡屬婦之仁兼失砥節維風之義臣不敢安請動帑又不忍視同隔膜再四籌商惟有捐辦之一法臣與藩司慶祿貴西道周廷授署貴陽府事準升平越直隸州知州石煦各捐廉

五百兩署臬司事糧儲道任樹森署貴筑縣大挑知縣曾鴻翥各捐廉二百兩護貴東道事貴陽府知府馬佑龍捐廉一千兩學政王慶雲亦以此係善舉樂襄其成捐廉一百兩籍隸黔省之河南藩司朱樹捐廉三百兩臬司成世瑄捐廉二百兩一時官紳士民無不聞風鼓舞踴躍樂輸共捐銀一萬三千零六十四兩交商生息愼選公正能事之紳耆二十四人酌送勞金專司其事官爲督察其收卹人數若經費敷裕自應隨時擴充今就每年所得息銀而計先以一百四十人爲額人給一摺每月照摺各給紋銀五錢黔省食用本賤再能勤習女紅足資養贍若守節而尚可自存不準濫給或始守而中道改節亦卽除名

至喪夫已在四旬以外即孤苦無依亦仍歸養濟院以免牽混緣堂名尙節所以保全靑年孀婦與養老之義殊也現定於本年十月辦起其辦理之法始則舉報必嚴節皆眞節繼則給領必核銀盡實銀而其要尤在司事得人臣惟有督飭司道府縣加意稽查務其實惠盡及窮嫠以免虛糜捐項除臣與學臣司道不敢請敘并捐數不及二百兩由臣分別獎勵及續收捐項容另奏請外謹將例得議敘人員姓名銀數恭繕清單敬呈

御覽合無仰懇　天恩俯加甄錄顯示激揚俾崇尙節義之志日益堅而急公向善之情日益奮實於世道人心大有裨益臣爲振厲邊荒風化起見理合恭摺具　奏伏乞　聖鑒

訓示謹　奏奉

上諭著該部議奏此項銀兩免其造冊報銷該部知道單併發

欽此

廣種桑棉兼教紡織情形疏 道光二十年十月　賀長齡

奏爲遵　旨勸導民苗廣種桑棉兼教紡織謹將現在辦理情形恭摺奏祈　聖鑒事本年春閒臣奏試種桑棉事宜欽奉　硃批實力勸導不可中輟勉之欽此臣惟桑棉爲衣被之大利而黔省向不多種者一則土棉之種不佳但能織成粗布惟安順興義黎平三府及貴陽府屬之定番州閒或有之若細白布則皆販自他省路遠價昂故民閒謀衣艱於謀食一則種植未能如法以致木棉或花而不實桑條雖長而不茂輒謂土地不宜因而畏難中阻臣自撫黔以來目擊貧民藍縷情形常以此爲地方一大缺陷惟糧儲道任樹森在黔年久熟悉風

土人情又肎講求農桑之事因委該道專心督辦方種桑之始黔省皆係插條而蟠根不堅枝葉未能暢茂該道因於省城附近之處治地兩區令以椹子試種頗覺根固枝繁易於長發計十七年至今共成活三萬餘株貴陽府亦於署後隙地栽活二萬餘株均陸續令民移種於宅畔山邊以普其利此外於石阡思南等府各種活二萬株一萬株不等惟綏陽縣自四川移來桑秧六萬餘株均經栽植成活辦理尤善今將種法通飭各屬需以歲月桑多而蠶事可興矣該道又以土棉之種不佳因於楚豫兩省購回棉子散給各屬擇其地之相宜者敎民栽種並於附郭地方雇人種植數畝教以按候鋤治之法數年以來開

花結實與楚豫等省無異可破向來土地不宜之說若他處實有未宜者仍令自種土棉以盡地利並據貴陽安順遵義等府及各廳州縣具報棉花收成雖多寡不齊而所收之種既有酉遺即可漸次推廣矣該道又督飭貴陽府貴筑縣於省城南門外設局雇匠教民紡織並令及幼堂之幼童一體學習俾將來餬口有資其恤節堂之嫠婦則另延女師教之該道又不時親往稽查現在織成之布較之販自客商者價賤而易售小民趨利若鶩省城紡績者已不下數百家各屬亦聞風興起而惟思南府及所屬安化婺川兩縣勸辦最爲踴躍可見地方無不可興之利但須實力行之耳臣惟有督同兩司暨該道任樹森諄

飭各屬悉心經理務使民鮮游惰利溥蠶桑以仰副　聖主廑念邊氓　訓飭殷肫之至意所有現辦桑棉紡織各情形理合恭摺陳明伏祈　聖鑒謹　奏奉
硃批所辦甚好欽此

請飭學政整飭士習疏道光五年

黃德濂

竊惟治民之道教化爲先而欲興教化必先端士習各省督撫司道以及守令固皆有訓課士子之責然或簿書錢穀鞅掌未遑至於各省學政則專司教化之事自宜董率各學教官盡心化導以風俗人心爲己任臣恭查嘉慶二十一年欽奉　上諭各省學政皆愼簡儒臣畀以教化之責且按試州郡遠邇必周於該省風土人情無難察訪周知奸民倡爲邪說顓蒙從而習之或誘於財利或溺於淫邪各有受蔽之由著該學政各就按試之地察其人民所易惑者作爲論說剴切化導至士爲四民之首該學政於接見士子之時尤當諄切訓誨使以孝弟忠

信禮義廉恥倡率其鄉閭身以先之言以喻之由寡以及衆由親以及疏蚩蚩者氓耳濡目染有所觀感而興將日用飲食羣黎徧德久之遷善遠惡翕然成風斯邪說不足誘之矣等因欽此仰見　聖諭煌煌爲世道人心計者至深且切各省學政果能敬謹遵行自可收經正民興之效乃近日愚民之惑於邪說者如山東之大乘教兩廣之添弟會及白陽天主等教雖法律森嚴猶復轉相傳習且漸蔓延於鄰境省分此等匪徒左道惑衆法所不寬但與其懲之於既犯之後而莫淨根株不若導之於未犯之前而使之悔悟夫鄉愚縱屬無知然亦各有身家當其傳習之初若該處士子有能明斥其非怵以禍福者亦必

愓然改悔蓋士者民之表率與民復相習近雖窮鄉僻壤亦自有一二青衿果能敦品勵學以式化其鄉里親串自較之官長之禁令尤爲親切無如近日士子能表率其鄉里者少不自檢束者多或武斷鄉曲或把持官府架詞上控者有之相率罷考者有之甚至如山東省所辦周添明案內貢生劉蟲於孫文治等傳習邪教猶爲之書寫綾額懵然不知其非士習如此愚民復何所觀感其爲累風俗人心者不小相應請　旨飭下各省學政於按試州郡時實力整飭如生童中有不守學規武斷把持等項情弊者一經訪聞立加懲戒其束修自好者卽文理平通亦列之優等以昭獎勸併於接見之時將尊親之大義明

白開示俾各知束身名教以轉導其鄉里期於比戶可封奸邪悉化且飭各學教官平日實心迪牖不得視考課爲故套尤宜自端模範以身設教使諸生無可議其短長如此則懲勸既彰坊表復植庶賢良蔚起而民俗日湻矣臣更有請者道光五年卽係選拔之期選拔乃十二年始一舉行之大典各州縣皆例得拔取一人非同鄉試之通省合校可比且不糊名易書正可將文章品行二者並衡夫十室之邑必有忠信一州一縣之衆豈無行誼敦篤素爲鄉里矜式之人乃近來取士者往往比較文詞之高下與字畫之工拙而不以器識爲先甚非所以勵士習也況選拔貢生一經　朝考取入一二等者卽得以小京官及知縣教諭等官分別錄用其登進之階視他途爲最捷尤當核其猷守不得專憑文藝亦應請　旨飭該學政等屆期慎重考取務求經明行修才能出衆者以充是選卽於現在舉行歲科兩試時預爲察訪亦不得輕聽教官之言致起奔競營求之漸所拔取者果得其人則各學之士有所激勸而入於善各屬之民亦有所觀感而恥爲非於士習民風均有裨益臣言是否有當伏祈　皇上訓示謹　奏

請查禁設卡私徵疏 道光五年

黃德濂

竊查湖南寶慶府屬之蘇溪鎮地方濱臨資江爲舟筏所必經之地該處灘流險惡自上而下勢若建瓴舟筏至此停泊爲難乃聞近年來該處土棍串通吏役卽在該處設卡公然立局私徵稱爲蘇溪關無論船隻簰筏及所載穀米煤灰一切貨物俱須在該處停泊完納然後放行及再開行而灘頭水勢湍急柁工水手力無所施因而破壞船隻觸散簰筏每有覆溺之患查湖南一省祇設立辰關此外更無分口並無蘇溪關名目乃該處土棍僑蠹串通一氣瀕江阻險違例私徵歷爲商旅之害該地方官何以毫無覺察若係官吏通同影射漁利擾累行舟則

尤爲大干法紀相應請　旨飭下該省督撫確切查辦嚴禁私徵以除積弊而安商旅再查江之下游爲長沙府屬之安化益陽等縣地固多山江流甚駛沿江土豪每招集漁戶於江心灘險水流之處釘樁壘石設造梁罛罾壩跳船等項爲取漁之具遇水落之時樁石森列上游船隻撐挽爲難若逢盛漲則樁石隱於洪濤之中下流舟筏觸之立碎卽獲救全而該漁戶等反稱損伊漁具截阻勒賠甚至乘人於危肆行搶奪行旅客商悉受其害嘉慶年間湖廣總督百齡汪志伊先後飭令拆毀不準復設有案乃近來又復違禁設造雖上年二月經總督李鴻賓飭委查辦而地方官奉行不力梁罛等項仍然布列江中遂至七月初間益陽縣所屬黃蠖灘地方有梁罛劃破船隻同時溺斃二十餘人之案似此截流而漁阻礙河道致斃多人該地方官不爲拆毀難保無土豪把持吏役包庇等弊其爲害於行旅客商安有究極亦應請　旨飭下該省督撫卽飭所屬資江一帶梁罛罾壩跳船勒限概行拆毀如查有把持包庇拆而復修等弊卽嚴辦示懲其長沙岳州以下大江兩岸凡漁戶設造壕樁等具有礙河道者一併查禁庶江流順駛懋遷往來商民俱受益矣臣謹卽所見聞據實直陳是否有當伏祈　皇上訓示謹　奏道光五年七月十八日具奏二十日奉廷寄一道

附湖廣總督嵩孚湖南巡撫康紹鏞會奏

臣等查寶慶府關稽查透漏處所除蘇溪之外尚有峽口花橋蓼溪山口巨口等五卡均經先後報部有案並非私設徵稅係知府專司土棍無從串通第經理失宜卽難免書差人等乘隙舞弊額外浮收地方土棍亦藉端挾制勾串勒索是欲絕土棍之弊全在書差得人使其無隙可乘其弊自絕該府係專司之員自應盡心調理嗣後設有弊竇惟有嚴參懲辦不敢瞻徇姑容至黃蠖灘覆溺之事現據查詢屍親實因遭風溺斃尙屬可信至江邊湖岸居民大都業漁爲生設立梁罛壕樁以厚其利不顧行旅艱難甚至藉端詐索實係向

來惡習前經臣李鴻賓暨升任臣嵩孚嚴飭查禁臣康紹鏞於到任後復經嚴飭現據委員等周歷安化益陽一帶竝據各州縣稟稱現已一律拆毁誠恐地方官奉行不力或日久生懈難保其不故智復萌自應隨時查禁不敢視爲具文惟此外尚有筒車一項亦屬河道行旅之害查自長沙府屬之醴陵直至永州府屬之東安綿亙二千餘里間段安設以爲灌田之需因河水平緩必於河中築隄使水勢急湍筒車方能轉旋歷來久遠事關農田未便概行禁止惟所築壩堰日久漸逼窄紆洄灣曲尤窒舟行儻經觸碰不特舟身損漏反得藉端訛索竝近來更有無業棍徒於兩岸向不安設筒車

之處亦假此爲名攔河築壩故窄河身其間僅容一舟往來煤米重載勢須添人索挽得以任意需索尤爲商賈之患臣由粵西赴任沿途訪察深知其弊現亦嚴飭各屬查明向設筒車實爲灌田所需者準令仍舊安設令其寬河面以利舟行其非向來安設以及非關灌溉之處盡行拆毁如有抗違卽嚴拏懲辦以仰副　聖主除弊安商至意奉

硃批一力稽查懲辦不可稍有徇隱欽此

請飭禁無故改委疏　黃德濂

竊州縣爲親民之官非特實缺人員宜於久任不可輕於改補卽委署人員亦宜約計實授人員到任之遲速斟酌遴委不輕於更調乃於地方有益查例載原委之員竝無必應改署事故該督撫輒託故改委者降三級調用等語誠以州縣事務繁多刑名錢穀均關緊要無故改委必滋弊竇且以杜候補人員鑽營委署之弊立法不爲不詳乃近來州縣出缺實授人員或有事故不能到任該上司委員署理有屢次改委甚至三四月一更調者始而簡缺知縣出缺卽令所素識人員往署繼而中缺知縣出缺仍令該員往署而簡缺另委他員而繁缺知縣出缺

又令該員往署而中缺另委他員卽一委署之間亦無非爲人擇缺殊不思州縣與民切近卽署事之員亦有興利除弊之責若不時改委雖有賢能之員於地方情形一時不能熟悉無從展布而在不肖之員則以缺非已有罔知愛惜或於詞訟之間納賄受賕或假催科爲名多方朘削況新舊交代之際書吏之乘機舞弊衙役之假票嚇詐尤爲擾害閭閻是缺分之疲敝吏治之廢弛悉由於署事之多與改委之數也此種積習直省多有而湖南爲甚臣籍隸湖南之安化縣查安化縣知縣查崇恩自道光三年遴授以來至本年春間尚未曾到任而署事已歷四員有署事七八月而去者卽有署事三四月而去者更替無

常於地方殊屬無益竊恐各州縣及各直省似此者尚復不少相應請
旨飭禁嗣後州縣出缺委員署理宜約計實授人員到任之遲速爲該員署事之久暫不得無故改委仍將通省委員署事年月按季造冊送部以憑查核如有假人地相宜爲名而實爲調劑屬員起見以署簡之員改署繁缺者將該督撫參奏議處庶不至更替無常於地方吏治必有裨益臣爲愼重地方起見是否有當伏祈
皇上訓示謹
奏

湖南文徵卷五

疏五

湖湘後學集編

請查瀕湖私垸永禁私築疏

賀熙齡

奏爲請
旨飭查瀕湖私垸永禁私築以除水患而利民生事竊惟致治之方興利必先除害治水之道宣洩重於隄防查湖南洞庭一湖爲川黔楚粵諸水匯宿之區自應使湖面寬闊旁無壅滯則諸水易於消納上游不致泛溢自康熙年間許瀕湖居民各就湖邊荒地築圍成田於是長沙湘陰益陽武陵龍陽沅江澧州安鄉巴陵華容等十州縣有曾被水衝發帑修復之

官圍復有未經帑修陸續圈築之民圍嗣因居民增築無已佔湖愈多湖面愈狹是以乾隆年間經撫臣蔣溥楊錫紱陳宏謀先後奏準永禁新築刨毀私圍恭查乾隆二十八年六月十四日欽奉
上諭陳宏謀奏請嚴瀕湖私築之禁一摺所辦甚是洞庭一湖爲川黔粵楚眾流之總匯必使湖面廣闊方足以容納百川永無潰溢乃瀕湖居民狃於目前之利圈築圩田侵佔湖地而地方官又往往意存姑息不行禁止若湖地漸就湮鬱則夏秋水發之時勢必漫衍衝決爲澤國田廬之患儻或跨州連邑所在淹沒卽所有私築圍田亦安能保無衝沒利小害大誠灼然可見者著傳諭喬光烈每年親行查勘開一二歲卽

將有無佔築情形詳悉具奏。永以爲例等因欽此。遵行既久。地方官查禁稍疏。民間復多私築。嘉慶七年又經撫臣馬慧裕歷勘長沙各州縣續報私圍垸共九十四處。該撫奏準存留者九十一處。刨毀者僅三處。雖其存留之九十一處當經該撫奏明。如遇水漲衝潰不準復修。然小民趨利。既不肎聽其坍塌不行補築。而近來地方官又復意存姑息。凡有私築不肎究辦。上司聞或委員查勘。亦第受規費而去。如湘陰之蓮蓬寨楊林寨傅家山上下塘等處。俱係乾隆年間陳宏謀奏明刨毀之私圍。乃聞蓮蓬寨楊林寨二圍現今更易名色。已將隄垸復修。此外各州縣之違禁私築者尚復不少。似此累歲加增。侵佔湖地。阻塞

水道。每遇水發之時。橫溢四出。官圍俱受其害。田廬壞而病在民。官賦虧而病在　國。究之所築之私圍亦歸烏有。利小害大。貽患無窮。而且附近居民或恐其貽害於己。當其私築之日。率眾阻攔。或以其事屬違禁。間遇收穫之時。乘勢搶奪。以致互相爭鬭。別生事端。總之私圍之禁不嚴。故諸患因之而起。相應請

旨敕下湖南巡撫嚴禁私築。每歲責成地方水利各官詳悉查勘。如有新築圍田阻礙水道之處。即行刨毀。若有受賄存留朦混結報者。查出參處。庶幾私築可絕。水患可除。而民田永賴其利矣。臣愚昧之見是否有當。伏祈　皇上聖鑒。謹　奏

請禁鹽務河工侈靡錮習疏　　賀熙齡

奏爲請　飭禁鹽務河工侈靡錮習。以裕　國計而阜民生。仰祈　聖鑒事。竊惟量入爲出。籌國之常經。崇儉黜奢。保邦之要務。欽惟我　皇上躬行儉約。爲天下先。　御極之初

恩免各項錢糧不下數千萬之多。歷年偶遇災傷。蠲賑兼施。至優極渥。現在河務軍需。厥費孔繁。我　皇上不惜屢發帑金。以期衞民生而安　國本。部臣酌籌經費。自可匱乏無虞。惟是圖匱於豐。必須崇實。理財制用。尤重節流。臣伏查康熙年間大學士張玉書所紀　國初錢糧數目。云順治八九年間。歲入額賦一千四百八十五萬九千有奇。而歲需諸路兵餉一千

三百餘萬。加以各項經費二百餘萬。出浮於入者凡八十七萬五千有奇。至十三年以後。歲增餉至二千四百萬。時額賦所入。除存留款項外。僅一千九百六十萬。餉額缺至四百餘萬。各項經費猶不與焉。國用亦云匱乏矣。而我　世祖章皇帝愛民如子。惟汰冗員。抑繁費。軍需浩穰。無一不取給於節省之餘。則誠崇實節流之明效大驗也。今歲入之項有常。而所出之數或難預定。有不可不爲深長之計者。謹就臣管見所及。敬爲我

皇上陳之。查財用之最鉅者。除田賦兵餉而外。莫如鹽務河工二項。而鹽務爲一大入項。河務爲一大出項。鹽務之壞。由於商人之奢。河務之壞。由於廳員之奢。夫奢生於有餘。而流弊

必至於不足。查各省綱食鹽引。係康熙初年計口定額。今戶口之增無算。何以每年常有絀銷之引。以致逋欠纍纍。即以兩淮而論。臣聞其虧欠竟至三千餘萬之多。固由於私梟充斥。額引難銷。而若非商人舞弊行私。奢靡妄費。何以缺額遂至於如此。夫阻滯官引者。有商人之私。有商船之私。有梟販之私。官鹽一到口岸。先賣商私。船私則賣於中途。又在商私之前。梟私則隨地充斥。計此數項之私。勢且數倍於官引。而究其來源。總皆不越於場竈。查場竈照額煎鹽。大使親驗。按月開報運使。如有隱匿。以通同治罪。又拏獲私鹽。承審官不究其買自何地何人者。照放縱例議處。是清查竈私之法本爲詳備。而私鹽之放恣自

若者。固由場員之奉行不力。亦由衆商之承買無貲。查商人運鹽辦課。必係身家殷實。極知自愛者。始能承辦無誤。近聞或則初本有餘。而花銷敗落。仍然爲商。或係赤手無藉之徒。鑽營頂充。惟圖自利。而爲總商者又惟知按引派費。剋削散商。以致雖有殷實之商。恐引多則派索亦多。不肯加本行鹽。而一無資本之商。且虛立門面。揮霍爲常。服食起居。窮極奢侈。往往因已到口岸之鹽尚未變價。而續行出竈之鹽又須接運。不得不重利借貸。搪塞一時。利少費繁。已行支絀。兼之口岸貿易。假手夥商。任其浮銷。不知清理。於是夾帶重斤之弊生。商則藉引以行私。而官引滯銷矣。官商收買之本少。則場鹽不盡歸商買。而私販日滋矣。課額積虧。實由於此。是 國家之一大入項。已壞於奢而日見其少也。河工以購料爲先。以辦工爲要。臣近聞河工所堆料垛。多係空鬆。全不堅實。蓋緣廳員購料之時。多係包辦於人。所給料價。已多侵減。因之工友門丁巡兵書役。處處分肥。層層剋蝕。料未到廠。早已尅扣不貲。遂至虛貯花堆。惟以塗飾耳目。此實河工通弊。貽誤非輕。況河南料價本多於東河。而料垛轉小於東河。臣風聞河南每料一垛。即辦得至足。已可獲贏餘四五十兩不等。近則偷減益甚。侵蝕逾多。惟飽私囊。不顧 國計。河務日壞。職此之由。至於辦工之要。全在冬勘春修。每年霜降水落之後。廳汛營員。能於所管境內。詳細履勘。悉心估定。一

交春令。次第興辦。尅期做足。料實工堅。入伏經秋。必鮮失事。近聞各處工程。往往不於春修做足。暗留爲搶險地步。蓋以一經搶險。則事在倉皇。尤易侵蝕。故三汛搶修之時。一切浮冒更難究詰。而該廳員等又惟知聲色自娛。耽於逸樂。但逢玩好之物。不惜浪擲千金。一入飲博之場。動輒流連旬日。別項既多所虛糜。則工料必益多偷減。是以挑河築壩。既無不浮估冒銷。防險辦工。一委於家人幕友。以歲入有限之金錢。徒供河員之浪費。糜 帑生工。伊於何底。是 國家之一大出項。又壞於奢而日見其多也。當此而欲鹽務之有起色。必須革退乏商。另僉殷實。力除浮靡。加本行鹽。務使煎額不至浮偷。場鹽盡歸商買。庶灘

政漸肅而課可常充矣。當此而欲河務之有起色。必須覈實料垛。督驗春工。率勵勤能。力懲耆侈。定議追分賠之限。嚴廳營考覈之條。庶河防益重而　帑不虛糜矣。應請　敕下鹽河諸臣。務須以身示法。一力輓回。則入項不致積虧。而出項可期撙節。不惟鹺務河防兩有裨益。兼可裕　國計而阜民生。臣愚昧之見。是否有當。伏祈　皇上訓示。

敬陳淮南綱引積壓太重淮北票鹽驗貲未當請亟籌疏通疏

賀熙齡

奏為敬陳淮南綱引積壓太重。淮北票鹽驗貲未當。請亟籌疏通。以防誤課。仰祈　聖鑒事。竊惟兩淮鹽務。自道光十年冬。　皇上洞燭情形。法窮當變。　欽差大臣前赴江南。會同兩江總督陶澍籌議釐革舊弊。更定新章。自是以來。浮費裁而成本較輕。庫款嚴而出納不混。計凡九載。奏銷八綱。且擁帶乙未已庚諸綱殘引數十萬。較之從前十載僅行六綱。且多預收空本者。已有區別。惟是兩淮奏銷正項。係先納課後行鹽。與他省之先鹽後課者。情形迥異。故雖奏銷八綱。實非已銷去八綱之鹽。緣運司每遇奏銷屆期。即派商趕納。雖有存岸未銷之鹽存岸未銷之引。而新綱限迫。不得不按數分派各商。如期完納。商人成本止有此數。口岸多積一引之鹽。即佔擱一引之本。近聞淮南奏銷雖過八綱。竟有積存兩綱未銷之引。如江西湖廣安徽綱食各岸。截至去年冬月止。已運未銷鹽共一百六十餘萬引。約計一綱有餘。以到岸成本每引十兩有零計算。即佔擱成本一千數百萬兩。又運庫中已納丙申丁酉戊戌己亥四綱未運之引。又一綱有餘。亦佔擱商本二百餘萬兩。通計佔擱商本二千萬兩。而現在揚州各商己貲實不過五六百萬。其餘皆係出利會借。每綱岸鹽非兩載不得銷售回課。而此兩載內。又

添出兩綱派納之數此淮南轉輸不靈之實在情形也且淮南綱食引鹽額完正雜帶款課銀五百餘萬兩近年奏銷則止完正項其餘雜款緩納之銀需俟運岸銷售始行補納每一綱之課非數綱不能全淸故目前雖奏銷八綱實未能徵足八綱之全課以致各省應解各款不時奏催無由應手若但以正項奏銷爲事雜款何由足額此又淮南徵解各款新陳積壓之實在情形也臣訪求所以積壓兩綱之故亦非由於辦理之不善祗緣道光十年更定新章之始前督臣陶澍任事過銳代銷辛卯以前滯鹽殘引一百三十餘萬引又代徵還未銷卯本積欠稜價銑引殘課三百數十萬兩皆以後任代償前任之積欠共佔

一綱引額加以江廣水災滯銷復積一綱因此積壓兩綱至今總無疏通之策臣思鹽務不過在揚輕本在岸速銷二端現在淮南裁減浮費以來每引正雜錢糧四兩實難再議輕減而漢岸銷鹽止有此數即使湖廣緝私認眞整頓亦止能銷足本綱正額若欲以溢銷加倍提行兩綱恐必無之事然則淮南常年積此兩綱未銷之鹽空佔商人之運本作何銷納且引愈積壓則愈多課愈佔擱則愈絀儻一二年內竟有竭蹶不能輸納之商復致倒歇者彼時奏銷又將如何辦理正項且不能支雜款又將如何徵解臣詳加訪察皆以淮南目前之患在於中梗若不及籌全局及早疏通即恐有難於措拄之勢惟是鹺務繁重非他人所能代謀應請 敕下兩江總督督同運司徹底確查通盤籌畫務須先事圖維將前積兩綱引目如何設法疏通之處據實入告勿徒彌縫目前直至奏銷不前始爲臨渴掘井之計再者淮北票鹽近年因販多鹽少掤爲驗貲折扣之法而驗貲銀數歷年遞增聞本年竟多至一千餘萬兩其實票鹽應收錢糧場價不過百萬其餘九百餘萬一經核定折領之票仍須發還各票販收回徒然壓擱本無所用而每當淮北驗貲之時正淮南奏銷之日一時彙集銀千百萬兩悉赴淮北驗貲而去遂致揚州銀短價昂雖重利無可借貸是驗貲之法於淮北無毫髮之益而適掣淮南奏銷之肘應如何量爲變通或官運

到壩發販或簽商認引認岸或歸場定額售賣於此數策中酌行其一即可無庸驗貲以累奏銷及將淮南無著懸引如何酌歸淮北之處應請一併 飭交兩江總督督同運司詳籌妥議以期有利無弊臣因訪聞淮南鹺務新陳積壓不能轉輸一二年內恐誤奏銷而淮北票鹽驗貲十倍有累正課不得不豫籌疏通之策爲此恭摺具陳是否有當伏祈 皇上聖鑒訓示

苗生邊卷宜別號舍疏　常大湻

奏爲苗生鄉試與邊卷漢文生隔別號舍以杜代倩而取眞才請　旨飭交核議事竊查苗舉人自嘉慶十二年額設另編田字卷於本省中額外取中一名嗣於道光元年　奏準苗舉人願赴會試者照本省舉人之例給與公車銀兩前屆丙戌會試後有大挑二等者仰見我　朝文德誕敷苗民格化實爲前古所未有惟向來田字卷苗生與邊字卷漢文生同坐一號舍每易滋代倩情弊設法之初原因苗生未諳場屋體式是以與邊字各卷同一號舍今已應試多年又準其會試大挑旣予以出身之階卽有宰民社膺司鐸之任自應拔取眞才以昭鼓舞

相應嗣後鄉試田字苗卷與邊字各卷隔別坐號俾得各盡所長憑文中式不致有代倩之弊則苗生益知奮勵而文風蒸蒸日上矣竝請　敕下湖南巡撫核議臣愚昧之見是否有當乞

皇上訓示施行

買補倉穀宜遵定例疏　常大湻

爲買補倉穀宜遵定例赴鄰邑採辦請　旨嚴禁本地派買竝交代時折價抵穀以杜擾累而實倉儲仰祈　聖鑒事竊照各直省採買倉穀向例於附近鄰邑按照時價購辦不準向本地糧戶名下勒買所以杜科派擾累各弊例禁綦嚴惟地方官奉行不力往往借採買爲名私肥己橐任聽胥吏開報按名派買每穀一石發官價銀四五錢不等門丁胥役里保等復多方需索規費是以有力之家輒豫向胥吏賄囑匿報其承領者竝不上穀惟加倍交價入官名爲幫費其零星花戶無力繳費則差役挨戶逼索里保串通嚇詐甚至委佐雜各官赴鄉勒追

種種騷擾竟至以惠民之舉爲累民之端此向來本地派買之流弊也伏思我　皇上惠養黎元諄諄以勤恤民隱爲誥誡凡有款項不準以絲粒累及閭閻現查上年辦理軍需省分及災賑地方多有碾動倉穀之項自應分年買補誠恐積習相沿有借端科派情事相應請　旨通飭各督撫嚴飭所屬凡遇買補倉穀年分務遵定例領價赴豐稔鄰邑採辦如查有向本地派買竝胥役串通需索等弊卽予參究再查倉穀爲歉歲糶賑而設務須實貯在倉方足爲有備無患近來州縣於採買時只圖斂費入己究未買補還倉及至交代後任僅以官價作抵一遇動撥并無實穀可供支放尤非有備無患之道應請嗣後

嚴禁交代時以官價抵穀並責成該管道府隨時盤查於州縣領價後何時買足歸倉儻有逾限虛懸立卽懲辦以期穀額皆歸實貯臣愚昧之見是否有當伏乞　皇上聖鑒請　旨施行謹　奏　道光十三年六月十六日內閣奉

上諭御史常大淳奏請禁州縣買補倉穀各弊一摺各省額設倉穀原期實惠及民固不可擾及閭閻亦不容稍有短絀若如該御史所奏地方官採買倉穀往往不遵定例藉端肥橐任聽書吏在本地按名勒派每穀一石發官價銀四五錢不等家人胥役里保等復多方需索以致有力之家輒賄求書吏匿報其承領者並不上穀惟加倍繳費入官名爲幫費至零星花戶無

力繳費則差役逼詐委員勒追種種騷擾在所不免其不肖州縣只圖斂費入己究未買補還倉及至交代後任僅以官價作抵一遇動撥並無實穀可供支放似此各種弊端殊屬不成事體著直省各督撫嚴飭所屬於應行買補年分務須遵定例領價赴豐稔市集採辦如查有向本地勒派及書吏串通需索等弊立卽嚴參從重懲辦其各州縣交代倉穀責成該管道府隨時盤查於州縣領價後何時買足歸倉據實加結申報儻有逾限虛懸卽時嚴加究辦毋稍徇隱以期民無擾累而倉有實儲將此通諭知之欽此

遵查滇省兵丁已裁未裁疏　　羅繞典

奏爲遵　旨酌裁滇省步守兵丁分別現在已裁未裁數目謹繕清單恭摺奏祈　聖鑒事竊照咸豐二年六月二十一日欽奉　上諭令各直省督撫將各營現設額兵若干較乾隆四十六年以前覈實裁汰以後遇有缺出毋庸挑補並隨時斥退老弱殘廢約計三年必可裁復舊額仍將所裁兵數與節省餉銀每屆年終彙奏一次至各該地方今昔情形或有不同不防於裁汰之中寓變通之法卽有裒多益寡之處統全省綠營而計總不至逾舊額等因欽此當經前督臣吳文鎔將滇省各營舊設額兵及現在兵數查明先行覆　奏在案臣於到任後

恪遵　諭旨覆查滇省各標鎮協營乾隆四十六年以前舊設額兵三萬六千四百零三名自四十七年以後節次加添現在遞增至四萬四百零三名較乾隆四十六年以前實多兵四千名應卽照數減裁以符舊制惟查滇省界連外域林密山深營制最關緊要其駐紮險要協鎮與分防邊汛各營必須詳察地勢按以今昔情形因地制宜酌量裁汰庶不致糜餉項仍足以壯聲威臣悉心稽核合計籌商除馬兵一項甫於上年酌改步兵六百六十八名未便再議裁減外今擬裁各營步兵二千五百一十七名守兵一千四百六十五名共計裁兵三千九百八十二名每年可節省餉銀六萬一千八百八十六兩雖逾舊

額兵十八名皆緣因地制宜遵　旨變通辦理臣隨卽分飭各營遇有年衰技庸及事故兵缺槪行停止其募補並屢次檄催辦理去後玆據雲南布政使史致蕃詳稱將滇省各營應裁兵丁統限三年裁竣玆自欽奉　諭旨之日起截至本年二月底止業經陸續裁去步兵八百五十六名守兵四百九十六名共已裁去兵一千三百五十二名尚有應裁兵二千六百三十名卽應一律裁減開列清單詳請具　奏前來臣查裁兵較少之永昌雲南城守武定廣南等四協營均已裁汰如額其餘限以三年槪行裁畢仍飭司將所裁餉銀截存營中留抵現放兵餉並嚴飭各營遵照趕緊裁清毋任延宕俟裁畢後再將所節

餉米定數　奏聞所有擬裁滇省步守兵丁及已裁未裁各數臣謹會同雲南巡撫臣吳振棫雲南提督臣榮玉材繕具清單合詞恭摺具　奏伏乞　皇上聖鑒訓示謹　奏

試行官票大錢並各府鑄錢成局摺子　羅繞典

奏爲部頒官票及省局鑄出當十大錢現在行使流通並各府添鑪加鑄已有成局恭摺覆　奏仰祈　聖鑒事竊臣等於七月初三日接準戶部咨稱本部具奏嚴催各省速立官錢局並開鑪鑄錢一摺欽奉　上諭著各省督撫等查照戶部原奏督飭所屬酌量地方情形設立官錢局並設法籌款開鑪加鑄俾錢法與鈔法相輔而行一面妥議章程奏明辦理將此通諭知之欽此等因當卽欽遵轉行去後臣等查此案前準部咨奏奉　諭旨推行官票加鑄錢文先經嚴飭省東二局添鑪加鑄並令大理曲靖臨安三府及甯臺廠員籌款設局一體添

鑄搭放兵餉廠本等項約計四路標營赴省請餉時皆可順道領錢不至窒礙旋奉戶部頒發當十當五十錢樣及官票十萬兩到滇遵將錢樣發局鼓鑄一面在省城中適中之地設立官錢局派委因公在省之迤南道桑春榮督同雲南府胡文柏專司經理在案玆據藩司史致蕃臬司清愼暨道府等詳稱省城搭放當十大錢及奉發官票皆自本年夏季爲始飭令官民通用惟滇省放款多於收款現將司庫一切放銀之款暫以二成官票搭出收款暫以一成搭入其放錢之款暫以制錢八成大錢二成分配支發民間亦以二八搭用得官票者準赴官錢局照市價支取按成分搭錢文民間攜銀赴官局買大錢者亦照

市價兌付試行以後體察省會情形尙無阻撓嗣復示諭紳民人等凡買賣交易制錢及當十大錢準其各半開用近日以來行使漸覺通暢俟行之既久通盤計算放銀款內或再多搭票銀放錢款內或再增搭大錢另行酌辦其俸工役食及一切雜款可以改放錢文者現已一律放錢以節銀款至各府設局鑄錢事屬𠛬始凡建設鑪座採運銅鉛皆非朝夕所能驟辦其諳練匠役省東二局各祇數名必須輪流派往指點學習又一切事宜由各該員往返稟商距省遠者二十餘站或十餘站有稽時日是以目前雖經開鑄大局甫定尙未能一律供支惟附近省東二局之各營兵餉現以二成搭放至易門路南東川甯臺

平彝會澤各營兵餉現以二成搭放至易門路南東川甯台平彝會澤各廠銅鉛本腳以六成搭放每銀一兩照市價給錢一千八百文合算鑄本尙無大虧至放於所屬地方分設官錢局一節滇中跬步皆山民居星散除省城而外別無商賈輳集之區難以擇地分設擬俟大理等局鑄錢足敷支放卽令各局員兼理收票發錢之事以歸簡易其營分距局太遠者陸路運腳甚重營員賠累爲難或減搭或免搭分別程站之多寡酌定辦理又錢票一項與現錢相輔而行實爲周轉良法已由省城官局製造配搭試用其當五十以上各項大錢應俟酌量情形再行加鑄緣邊境漢少夷多愚民狃於積習若行之太驟轉有阻格之虞現在官票及當十大錢省城既已通行將來由近及遠由少至多務使鄉曲小民人皆稱便自可流行無滯再省局甫經加鑄僅供官錢局開發票取之需其近省各營各廠搭放成錢暫行籌款易錢支發合之現時市價有贏無絀截出盈餘箇頭月款存儲備用俟加鑄之錢充裕再歸錢局支領合併陳明臣等覆查所議核與現在情形相符惟有督飭所屬認眞經理於變通酌度之中仍寓核實撙節之意斷不敢以事緒紛雜心存畏難除俟布置周妥再將一切章程分別奏咨外所有現在試行官票及當十大錢俱各通暢並各府鑄錢已有成局緣由先行合詞恭摺具奏伏祈 皇上聖鑒訓示謹 奏

查明滇省銅本支絀難按額解摺子　羅繞典

奏爲銅本支絀異常甲寅京局正加六運銅觔難以按額照數辦解謹據實瀝陳仰祈　聖鑒事竊咸豐二年九月三年七月先後準戶部咨以滇省產銅短絀奏準將癸丑年京銅停辦兩運甲寅年爲始停辦三運當經劄行藩司及廠運各員遵照在案茲於九月十六日復準戶部咨滇省應辦京銅自甲寅年起仍按舊額照數辦解等因臣等伏思京局鼓鑄攸關需銅緊要自應遵奉籌辦惟查滇省辦運京銅如丙年之銅例於甲年由部指撥銅本乙年春閒到滇兌收廠員得以及早領銀趕辦從前廠情豐旺工本既輕窩路未深攻採猶易爲力碶質較厚

煎煉尚不費時然上年冬季請領工本尚須於次年夏秋始能辦獲銅斤迨至發交各店水陸轉運自三四十站至五六十站不等計銅斤全數抵瀘已在年餘以外但能趕兌交之限已爲至幸近年攻採日久槽硐則愈入愈深柴薪則愈取愈遠工費較前加倍而數日之所獲不敵從前一日之取贏兼之銅質未能凝厚睈分每易低潮煎煉之工較前爲多所得之銅視前轉少廠中一切疲乏之情形曡經前任督撫臣備細奏明並不始於近日然彼時銅本皆能依期解滇可以設法趕辦尚非如現在之竭蹷情形可比也臣前因奉撥銅本不能到滇各廠勢將停辦與前督臣吳文鎔會商奏請以採出之銅鑄錢即以鑄出之錢發本藉以養丁保廠已屬不得已權宜之法嗣奉部文令於省東二局加卯添鑄並於提鎮駐劄之處設局鑄錢以充兵餉業已轉飭趕緊辦理方慮所獲銅斤不敷分撥各局供鑄之用今復令自甲寅年起仍辦解京局舊額六運之銅地產人工實皆周轉不及即使奉撥銅本悉數到滇勢亦難於兼顧況早應解到之銅本尚有數十萬兩至今未到既不能速發工本又焉能多獲銅斤其理本顯然易見查癸丑年銅本經部奏撥江西浙江銀五十三萬七千三百九十餘兩內除收到江西省銀五萬兩又收改撥雲南留存經費捐監及四川防堵餘存等項銀十五萬六千三百兩外尚有未收浙江銀二十萬五千兩四川

銀八千七百兩其未收江西應解銀一十一萬七千三百九十餘兩雖準部咨以雲南扣停養廉抵補而目前此項並無現銀計未收癸丑年銅本尚有三十三萬一千九百餘兩是本年辦運已屬無米之炊至甲寅年銅本原早應全數到滇今浙江江西皆有防勦急需兼之路多梗阻其何時始能籌解實屬遙遙無期至滇省鹽課等項從前遇有銅款支絀尚可暫時挪墊今則屢奉部咨將應存各款或協濟部庫或撥給隣省又值本年東川軍務借動供支而咸豐三年及四年春季兵餉又有三十一萬九千五百兩未經解到現屆各營請領之時更不能不設法墊放臣等與藩司史致蕃時時晤商深知京局鼓鑄緊要必

須發工本以資辦運，而通盤籌畫，本款既無可支，別款又無可借，百計皆窮，萬分焦灼。儻此後各省銅本果能源源而來，將來自可仍復六運舊額。至甲寅年應辦京銅，現在時日既過於促迫，工本又一無可籌，若欲將奏停三運之銅驟照原額辦解，其勢實有萬難，即向廠員搭檄嚴催，亦屬空言無補，此係實在掣肘情形，不敢不據實縷陳，仰求　聖明鑒察者也。再工本支發維艱，恐廠丁散而為匪，尤為邊省大患。現在招徠調劑，凡有可以設法之處，無不竭力籌辦，以顧全局。但銅本係廠務大宗，若再日久不能解到，勢必至束手無策，惟有籲懇　天恩飭部將指撥癸丑、甲寅二年銅本共銀一百一十九萬七千五百

七十八兩零，或就近改撥，或嚴催原撥省分迅即解交，庶免貽誤。所有銅本短絀及甲寅京運難以仍照舊辦解緣由，理合恭摺具　奏，伏乞　皇上聖鑒訓示。謹　奏。

遵籌滇省接濟部庫要需摺子　羅繞典

奏為遵　旨籌議接濟部庫要需，謹陳滇省酌辦事宜，仰祈　聖鑒事。竊臣等於本月二十二日准戶部咨，咸豐三年六月二十八日奉　上諭：現在部庫存銀不敷支放，自宜迅籌接濟。前議暫停各官養廉，除山西業經覆奏外，其餘並未議覆。至各省現今籌辦捐輸，想已各有成數，一併行文催令隨時具奏。至各省倉穀，均著酌量售變，以濟餉需等因。欽此。當即欽遵行司去後。臣等伏查滇省度支多借資於協撥，本年奉撥各省銀一百二十餘萬兩，收到者不及十分之一，籌畫殊形支絀。而現當軍儲缺乏，　宸慮焦灼，何敢以籌議維艱，不復竭力圖

維。先其所急，因與司道各官再三商酌，但能稍有裨補，亦當少應急需。查減支養廉一款，前經奏明每年共可扣停一十一萬餘兩在案。其各屬額儲常平倉穀，除節年動用借放及永昌雲緬軍需碾運與清查案內提補未完等款外，實存穀菽青稞四十四萬八千餘石，一省之大，倉儲僅有此數，本屬無多。且滇省民貧地瘠，舟楫不通，一遇水旱偏災，全賴官儲接濟。又如現在迤東回匪滋事，即藉此應付兵勇口糧，兼時近秋收，糧價平減，亦復艱於出糶，臣等未敢輕議售變。至勸捐助餉，疊奉　諭旨敕令速辦，雖滇省紳商士庶素少殷實，亦宜實力敦勸，以期踴躍樂輸。現在籌餉大捐先後捐獲銀二萬八千餘兩，又各官

助餉銀五萬一千餘兩業經　奏報外仍督飭各屬實力勸輸俾現在皆仰沐　皇仁悉得及時報效至現在撥解部庫無款莫由少濟急需彌深惶悚惟查糧道庫存昆明縣各倉奉部糶變穀價銀六萬五千兩又各屬未經買補倉穀價銀四千餘兩又清查案內各屬攤補歛穀價銀八千餘兩又藩庫收存捐監正項銀九千餘兩共銀八萬六千餘兩前經　奏請撥入滇餉供支旋奉部覆令俟浙餉解到收還原款茲浙餉尚未解到可以轉計通融覆查本年秋冬約扣養廉銀五萬餘兩又解部顏料項下本年應撥靑斤后礦價值馬脚盤費等銀四千餘兩又另款實存捐監正項銀三千餘兩合以前　奏撥入兵餉支

用之捐監等銀八萬六千餘兩即請　敕諭浙省應解滇省餉銀四十一萬九千五百兩內先行酌提十七萬兩就近解交部庫毋庸解滇歸款其前撥穀價捐監銀兩等款請徑開除又另款實存捐監及捐輸停辦顏料價銀及停發秋冬養廉亦即撥作滇省支放如此一轉移間既可免籌撥往返之繁而解款亦得迅速到部其截明細數應俟再行分析報部除黔省籌議各款應俟撫臣蔣霨遠另行核辦會　奏外所有滇省現辦情形是否有當理合會摺具　奏伏祈　皇上聖鑒訓示　謹奏

查明黔省實難加增鼓鑄情形摺 黔撫會稾　羅繞典

奏爲查明黔省加增鼓鑄無款可籌折秏過甚成本大虧謹將實在情形恭摺奏祈　聖鑒事竊臣接準戶部咨開議奏各直省設立官錢局推行銀票錢票以利民用並以滇黔兩省歲需甚鉅協撥之餉不繼飭令添鑪鼓鑄當十大錢就近搭放兵餉並運赴川楚等省易銀回黔以濟兵餉等因奉　旨依議欽此遵查近來軍需日繁左藏支絀各省餉銀艱於協濟不得已設此變通之法藉票帖之暢行濟庫儲之不足以冀必需協撥各省銀錢與票帖周轉不至告匱法至善也黔省爲協撥最鉅之省現當無可協撥之時凡在臣工莫不時深焦灼自應欽

遵　諭旨力籌辦理豈容坐視時艱稍存畏難之見惟以度支須求實濟立法貴合時宜一時更易新章不得不通盤籌畫臣與藩臬兩司悉心酌議添鑪鼓鑄先在銅鉛滇中爲產銅之區於各廠加鑪加卯添鑄制錢事向易舉黔中每年採辦鉛斤運供京外各局及本省鼓鑄雖尚有積存而年額鑄銅每次係委員赴滇採買往返至速亦須兩年此時需用甚緊焉能久待況陸路轉運脚費浩繁現應支發各正項均已墊入兵餉庫儲空虛此項銅本實無可籌此鼓鑄之難以籌添者一也以錢代銀尤在成本不虧方可冀有餘息查黔省年額鼓鑄以銅鉛工本運脚並物料工費統計每銀一兩僅獲鑄錢一千一百十九

文現在市價每銀一兩易錢二千文至二千一二百文不等今照市價支放則虧折幾及一千是以銀一兩所鑄之錢僅作銀五錢求贏反絀成本大虧此鼓鑄之難以籌添者二也黔省民間貿易至百文以上無不用銀者蓋因境內跬步皆山錢質笨重難於轉運向例兵餉每百兩搭放錢八千五百文兵弁於承領後即在省城錢店易銀攜回若再鑄錢搭餉則銀少錢多勢必愈形壅滯甚至市店無銀可易兵弁領錢後無力運回更恐不肯領受似於通權之中不能達變此鼓鑄之難以籌添者三也黔省地方瘠苦並無出產大宗貨物可以易回銀兩全賴每年所放兵餉鉛本方能周轉流通向來銀貴錢賤近因商賈不

前鉛運減少元年銀價每兩換錢一千七八百文今則每兩已增至二千一二百文矣若再添鼓鑄搭放則銀愈少錢愈多必至銀價愈貴錢價愈賤於小民生計益覺艱難於鼓鑄成法尤多妨礙此鼓鑄之難以籌添者四也如鑄大錢重則制錢之五以一當十似覺甚便然事屬創始民間驟難通行惟獨兵餉一項搭放大錢萬一不能行用則雖有領餉之名竟無領餉之實閤家待哺何能枵腹從事且覈計大錢與小錢重輕而計之雖僅得制錢之半而合而計之其笨重艱於陸運亦與制錢無異此鼓鑄之難以籌添者五也若謂於提鎮駐劄處所添鑪鑄造無論建設鑪房置備器具匠役工食各項開銷經費無可籌畫

即使分鑪四五處而黔地崇山峻嶺徑路崎嶇既無北道之大車可載又無南省之舟楫可通全係人力挑負每站不能逾六十里每挑不能逾六十斤通省營分有四十餘處提鎮駐所在三五站之外者運錢回營腳費甚重即運銅至局腳費尤多此鼓鑄之難以籌添者六也因思黔省既多格礙難行或冀咨商兩湖四川各省可以大錢搭放兵餉易回銀兩藉資支放乃川省咨覆以山路難行兵丁艱於轉運勢難再議加搭錢文湖南省又以易換滇黔大錢發兵餉而行用維艱兵情不洽通懋遷而商賈畏縮輿論未孚咨覆至湖北省則現尚有賊匪滋擾未暇及此臣復於無可設法之中再行籌畫咨商滇省如有積存

銅斤可以餘鉛交易兩省通融協濟暫運目前籌添鼓鑄之需接準滇省咨覆以銅本短絀不能多辦且本省已添鑪鼓鑄更無餘銅協濟黔省等情至於銀票錢票本與鑄錢相輔而行茲欲籌添鼓鑄既多窒礙則有票無本亦屬難行臣與兩司當此時艱餉迫每以缺誤爲虞既有部議變通補救之方自當竭力籌辦斷不敢畏難苟安坐待貽誤無柰本省庫款支絀萬分鼓鑄成本無款可籌且折耗過甚種種窒礙難行商之鄰省亦均咨覆無可通融臣惟有會同督臣裁汰兵額以節糜費併派員廣寬礦廠試行開採冀裕課項並據藩臬兩司具詳前來所有查明黔省難增鼓鑄實在情形理合恭摺具 奏

派員率兵援楚並請免調各員摺子　羅繞典

奏爲派員統帶官兵馳赴湖南援勦並懇　恩免調文武各員以重地方恭摺由驛奏祈　聖鑒事竊臣於本年四月十一日准湖南巡撫臣駱秉章前禮部右侍郎臣曾國藩由八百里咨稱賊勢全趨湖南請　敕下廣東雲貴督撫臣迅速派撥兵勇各二三千名來楚協勦並請調貴州參將閔雲游擊圖塔納馬清傑千總黃掄元署清江通判韓超即用知縣徐河清挑兵募勇各等因將摺稾先行咨送到黔臣查楚省四達之區江湖上游形勢扼要撫臣等因賊匪南犯統籌大局思患豫防不但保荆湘之疆圉抑且固黔粵之藩籬深識老謀洵爲有見

惟黔省額兵三萬六千四百七十七名陸續奉調出師外省三千二百八十九名又裁汰兵四千七百零一名所存兵二萬八千二百八十七名現在調赴獨山軍營四千二百名其鎮遠古州黎平鄰近湖南廣西等處兵力已單斷難再行徵調其餘各營汛存城分汛在需人若再抽調二三千名赴楚非惟需用乏人實屬空虛足慮臣謹與貴州撫臣蔣霨遠酌於黔省上游各營簡調一千名即令署撫標中軍參將閔雲統帶並飭千總黃掄元隨同前往湖南聽候調遣誠恐兵力不敷再由臣處挑選滇兵一千名簡派得力將弁統帶馳往以資策應至所調之游擊圖塔納馳驅從事皆職分所當然臣等何敢以夾帶自儲之才而昧輔車相依之義然黔省邇日情形殊非昔比頻年外患未消潛謀間作即如大定府僧人向性等安南縣民人丁幅受等妖言惑衆各案均經該地方官及早訪獲不致生事獨山匪徒楊元保等倡亂前已由驛馳奏在案現雖屢次獲勝兵端未弭加以粵西盜尚如毛黎平古州一帶時時告急湖南又傳警報沿邊數千里防堵三四年人視黔省爲安謐之區臣等實有厝火積薪之慮現因獨山之亂省城謠言紛藉閭閻數驚游擊圖塔納本有城守之責彈壓巡防實有攸賴是以此次獨山軍營撫臣未曾派令前往其韓超徐河清馬清傑皆在軍營正值攻勦喫緊之時不特更替非宜抑且乏員接署前此臣等懇

留升任福建興泉永道承齡已屬萬不得已茲若再將各員調出於獨山軍營省垣重地實覺兩有防礙合無仰懇　天恩俯念地方有事之秋需人之際准將游擊圖塔納馬清傑署清江通判韓超即用知縣徐河清均免其調赴湖南於軍營曾無稍損而於黔省實有裨益再該撫臣等所稱募勇一節前此候補道胡林翼調赴湖北所帶練勇皆該道數年來心血所注訓練夙嫻捕盜殺賊屢次衝鋒臨行又復簡拔添募故能臨敵用命以少勝多非黔省人人樸勇可能也若以未練之衆隨不習之將臨不測之地未有能殺敵致果者且聚則難用散復堪虞故此次獨山用兵祇有韓超徐河清平時招募之練數十名則

募練非難而用練爲難也所有撥兵援勦並懇留文武各員及未經募勇各緣由理合會同恭摺由驛具奏伏乞 皇上聖鑒訓示謹 奏

實力舉行保甲疏 道光二十一年九月

黎吉雲

奏爲直省保甲久成具文請 旨飭下督撫申諭所屬實心實力舉行以定考成恭摺敬祈 聖鑒事竊照安民以保甲爲第一善政地方官果有心求治則力行此法百善具舉如上年福建販煙奸商闖入江西地方擾害若行保甲何至如此肆行無忌當此海疆有事之時各省亟宜切實奉行以期於久安長治顧維保甲之難莫難於官得民心官得民心則不勞而理其要在不用書役而用民舊例十家爲牌牌有頭十牌爲甲甲有長十甲爲保保有正其爲頭爲長爲正皆聽民公舉官但於四鄉各擇公正一人衆所信服者爲鄉長加以優禮給予鈐記有

公務許用鈐封申送以免使費凡民公舉保正等衆議允協卽由鄉長報官地方有盜賊匪類蹤迹可疑者由牌頭遞達之鄉長以送於官官立爲究治不費民間一錢其編審之始卽由鄉長等辦理每戶務令註載詳細如姓名年貌住址丁口田產房屋遠近親戚有無遠出有無同住之人編成之後彙爲總冊呈官別爲副冊交鄉長收貯其有遷徙生歿按季改註至於江岸海口魚船蜑戶亦當一體編列使有統屬之人以相聯絡又仿宋臣眞德秀畫圖之法凡田疇山水市鎭道路橋梁寺觀之屬靡不詳列而以民分布其閒與保甲冊相爲表裏如此則凡有案件皆可按籍而稽知縣眞知一縣之事知府眞知一府之事

何善不舉何害不除實爲一勞永逸之舉所有四鄉中宜行各條款如舉團練以緝賊設牆濠以清界儲倉穀以備荒官但悉心勸諭有不遵法度者官爲懲治此外概不由官管理民各有性情誰不思保其身家知本官實在愛民則無不踴躍從事其計畫周密有過於官長之督責者若徒以空文相挾制或更令吏胥滋擾非徒無益而有害矣夫保甲之法載在會典近年以來何嘗三令五申無如州縣視爲具文鮮臻成效臣思此法實爲今日要務合無仰懇　天恩飭下各省督撫通飭所屬切實舉行三年黜陟卽以此定考成庶幾其相勸勉而海內永臻安謐矣臣愚昧之見是否有當伏乞　皇上聖鑒謹　奏

整頓步軍統領衙門積弊疏咸豐三年正月初十日　黎吉雲

奏爲步軍統領衙門積弊太深茲當更換提督之始請　飭大加整頓復舊規以重防禦恭摺奏祈　聖鑒事竊維　國家步軍營之設立法最善合滿蒙漢爲營而隸於統領自統領以至於委署步軍校層層管轄步兵二萬一千一百五十八人分布周匝取象人之一身營衞宣和呼吸相應於以捍外而護內此八旗禁旅之制爲超越前古者也詎行之久而百弊叢生至今日幾同虛設臣聞該營之弊有辦事名目約二十四旗每旗辦事者五人五人中又有一總頭其五人皆出自召募並非正身旗人正身旗人註籍在營者幷不當差但食甲米餉銀皆歸

於辦事者之手虛伍缺額不足十之一二統領查點預僱有無賴之徒多人應卯每次餉銀由辦事者冒領各處均有陋規殊難究詰甚至有把持地面豢養盜賊賣放米車出城之事似此輦轂之下骫法營私設一旦有意外之虞尙足以資保障乎現在東南半壁賊匪竄擾則京營武備亟須實力講求凡弁兵之隸於領侍衞內大臣者隸於八旗都統副都統者均宜日日訓練以壯　國威而步軍既同虛設整頓實難稍稽頃奉　旨派左都御史花沙納兼管在涖任伊始無所回護相應請　飭革去召募永遠不準有辦事名目專用滿蒙漢旗都統閑散由步軍統領行文各旗都統開明額缺數目令各都統挑選精壯能

當差者足額送步軍統領衙門妥爲分散各地實力當差至從前辦事著名把持者應請交刑部嚴訊追究以絕弊源每月錢糧由各旗都統眼同印房章京放給如此則餉不虛糜一兵得一兵之用抑臣更有請者步甲每名月支餉銀一兩五錢不足以資當差莫若併三爲二庶人心自然踴躍從來兵貴精不貴多況即改三名爲二名爲數尚自不少乎至操習武藝應請飭於健銳火器兩營中派出多名教習步軍其章程由統領妥議具奏臣爲講求武備起見是否有當伏乞　皇上聖鑒謹

奏

條陳時務疏咸豐三年正月　黎吉雲

奏爲條陳時務恭摺敬祈　聖鑒事竊洪逆占住武昌省城爲從前川楚教匪所未有實爲非常之變然以臣觀之賊實無能爲惟有勦辦得宜及去季冬月由湖南逃竄時賊勢業已窮蹙使爾時徐廣縉下令督戰無難勦除淨盡且度之於理其姦淫擄掠斷難久稽天誅而傳習邪教絕無道理不足以要結人心竝非紫色蠅聲之可比所賴　一人率作於上百爾勵翼於下賞信罰必法立令行無難立見蕩平謹以愚慮所及分爲八條爲我　皇上陳之

一請　諭各帥和衷共濟也臣維天下事以和而成以乖而敗今人智力不及前人誠使虛衷有度未必不可以數人而敵一人臣竊見今日風氣莫難於和衷集事或滿與漢不相能或文與武不相能或大與小不相能甚至滿與滿不相能漢與漢不相能其文武大小之　皆然以之共襄軍務將此欲進而彼欲退甲欲戰而乙欲守各持意見不相援應救援其何能濟頃見　皇上特簡向榮爲　欽差大臣向榮本被議之員以其獨能奮勇前進即　予升擢仰見　聖心公明毫無疑滯又命琦善陸建瀛爲　欽差大臣　聖意葢望其同德一心三面合勦斯賊不足平也臣鰓鰓過計惟有向榮行伍出身學養不必純粹全在陸建瀛琦善之虛懷折節以　國事爲重不復

稍存意見之私則功無不就前聞向榮在廣西與賽尙阿烏蘭泰不合在湖南與張亮基亦不合惟與勞崇光相善在陸建瀛琦善未必所見不如勞崇光一經　温語諄屬則彼此和協庸功易奏此實安危善敗之先機也謹首及之

一請　飭辦團練以固民也今日之民久不見兵革一聞賊警雖隔居千里早已搬徙一空現在都圻已有被浮言搖惑者此不可不急起而固之在士民膽怯原不能勉强禁止惟到處舉行團練則見有所恃而不恐誰自甘流離失所者其辦法如築堡結寨掘濠增牆製器械嚴號令諸事備載於閣學臣許乃釗城鄉守輯要一書中臣去年八月奏事已經題及前湖南撫臣

駱秉章照刻分給各州縣其辦理得宜之處賊過不敢入其成效彰明較著然辦理不善流弊極多全在地方官認眞督辦各鄉紳士委任得人尤宜先淸內奸方可以禦外侮然後相度地勢築堡結寨防守其中頭緒繁多辦成良非易易亦斷不能因噎廢食以其難而不辦任賊長驅直入盤踞蹂躪流毒無窮縱辦理不能得力賊聞有團倘不敢肆行無忌圖爲久踞之計相應請　飭各督撫臣認眞設法相度地勢嚴札各州縣及時趕辦

一籌餉須於出入定制內參酌也自軍興以來我　皇上軫念民依不待疆臣帥臣奏請往往寬爲預備源源撥給無如承辦者事機屢誤盡成虛糜方今賊勢披猖所需軍餉未知所底臣工捐輸其力易盡不得不籌及增餉之法臣愚以爲自古理財之道開源而外惟有節流誠使各省藩司循名核實於軍需應支各款認眞據實開支不使稍有虛糜浮冒於尋常定例應支各款可緩者緩之可省者省之如河南一省一年來藩司所徵較前數年已多出數十萬惟能核實故也使他省皆能如此認眞不待設法籌款所入已屬不貲至不得已爲權宜之計臣再四思維惟有二法尙可暫行者擬分戶口爲三等曰上戶曰中戶曰下戶除下戶全不輸納外上戶每日輸錢十文中戶五文是故民無所損也合計直省州縣共一千四百四十九缺其

省會市鎭多至十數萬戶卽簡僻州縣亦萬餘戶將盈補絀只以每縣上中二萬戶爲率約略計之每月可得五百餘萬金每年可得六千餘萬金各省大吏札行州縣趕辦戶口魚鱗冊註明上中下字樣詳繳上司各大吏出示曉諭註明數目並諭以不得已暫借民力不肯損民之意每年春秋兩季由各該縣紳耆彙收繳縣由縣解司存庫候撥如此則雖軍務稍稽無匱乏之虞亦無意外之變或謂此論瑣屑而不免於擾然試思周禮之賦口率出泉泉卽錢字漢興定律人出一算是皆計口定賦豈古之時以口計而不虞其擾今之時以戶計獨虞其擾乎必不然矣此外惟有減平一法課稅所入仍依須定庫平至所出

之項歲需二三千萬金均減一成發給似此尚不見有變更之蹟俟軍務告竣一切復舊請　飭戶部議覆祇候　聖裁

一請　飭欽差大臣選兵分用也所謂各兵不能一律用兵既久不難周知臨陣殺敵使勇者當先則怯者亦勇使怯者當先則勇者亦怯以臣所聞者言之如副將鄧紹良所帶之兵係湖南鎮筸鎮等十營之兵合成八百名已革副將瞿騰龍所帶之兵係苗兵一千名賊在湖南兩次轟城坍塌係此兩起兵出力保全均經羅繞典等奏明在案合無請　旨飭湖南撫臣查明請　獎竝查首先奮擊者給予官職以昭激勸即以此兩起兵交向榮用爲先鋒其口糧酌從優加以之臨陣自與未經試驗

者有間此外各兵或宜戰或宜守均應挑揀區分庶營伍之中精神振刷矣

一要缺道府州縣請　飭各督撫察看保舉調換以重地方也團練防堵諸事全恃地方官有幹濟之才者始能用民力而結民心故處無事之日當無事之地雖庸員亦可藏拙自非然者貽誤不小在　皇上一日萬幾於選用各員安能一一悉窺其底蘊然猶往往有　旨交督撫察看其慎重地方如此而在各督撫見其人尚無劣迹可指亦不肯參劾上撓黜陟之權至一旦誤事追悔無及如岳州府是其前鑒已岳州有險可守有器械火藥鉛彈可用使得一能用民力結民心之員賊匪自難窺伺又安能徑趨武昌語云亾羊補牢未爲晚也今請於防賊各處之道府州縣均　諭督撫細心察看保舉調換如到任三月之後團練尚未辦成致賊來有失誤者係舉之督撫一併嚴議

一請　飭竝用奇策以紓兵力也臣聞兵以謀爲主運用之妙存乎一心全恃主將臨機應變略舉一二以俟採擇用挖煤挖鉛之人掘地道一策也賊之攻城在廣西時不聞有掘地道之事過郴永裹脅挖煤挖鉛多人在湖南專用此計陷城而不行至湖北竟行其術賊計能用此等人我獨不能用此項人乎若用此等人至湖北度地分掘以陷城垣因而大兵繼進較易爲

力賊黨之多聞多由裹脅未必均甘心從逆以類相招解散賊黨亦一策也如有出城歸我即令薙髮自新不加以罪竝出重價僱用自可句引潛出或用以作內應所爲兵不厭詐此不過略舉其端引伸觸類是在當事者操之在握而已

一請設法詰奸以杜後患也去年湖南省城被圍八十餘日而能完全者查拏奸細之力爲多各街各巷添設柵欄令居民分段巡查各城派委員紳嚴查奸細毋從得入以故城屢塌而無內應賊不知虛實不敢徑入若湖北省城失陷之速聞多由奸細先入城作應此時各省府州縣均應請　飭一體嚴查認眞盤詰毋得視爲具文即都城重地亦宜加緊設法查詰都城道

面寬濶五方雜處奸宄易混現在傳聞城外有張貼僞告示傳布僞通書之事雖未知確否然奸細不能保其必無五營堆撥久形鬆懈五城各坊捕役無多應請 旨飭添設柵欄關牆分段稽查由步軍統領申諭參游都守各官巡城御史申諭司坊各官督所屬合力聯編一面査保甲門牌客店廟宇尤當留心稽查各段分界令近居官宅互爲糾詰則奸宄不能漏網矣各城門官不多應請每門添設數員以重其事

一土匪乘間竊發勦辦宜速也現洪逆占踞武昌奸人必有聞而思附者全在地方官精明敏捷常與公正紳士接見細察地方情形見有端倪卽時勦辦所謂涓涓不絕將成江河也如湖

南瀏陽周國愚一股設立徵義堂名號臣聞此已數年又聞其豪無本領若地方官留心設法早爲勦除何至流毒至今其辦法應請照去年勦辦臨湘土匪以本地紳民爲鄉導庶不致妄殺無辜臣聞瀏陽情形與臨湘不同臨湘不聞有團練現在瀏陽良民有團兵數十起應請 飭湖南署撫以官兵圍堵其外另派明幹文武委員至該縣曉諭督率練兵攻賊當可不費力而成擒矣幷懇 皇上通諭各省遇有土匪立卽認眞設法勦除萬不可畏難因循貽誤以上八條臣以杞人之憂抒管窺之見竭誠披瀝不敢稍涉膚浮伏乞 皇上聖鑒謹 奏

湖南文徵卷六

湖湘後學集編

疏六

周歷江防綜度全局形勢片

李星沅

再臣周歷江防綜度全局形勢從前大江筦鍵原在吳淞海口今則以江陰縣之鵞鼻嘴爲第一重門戶丹徒縣之圌山關爲第二重門戶江面至此收束寬不過五六里及八九里由圌山關而上焦山特立江心其南爲象山北固山其西金山對峙又爲京口切近門戶中間水深溜急江面寬止四五里焦山四面皆水金山亦宛在水中故未安置兵礮江省防守最要莫先於

鵞鼻嘴該處大小石灣背倚君山黃山沿江南岸設有萬斤八千斤六千斤各礮五十尊北岸劉聞沙亦設礮三十五尊隄防不爲不愼惟京口副將駐紮江陰縣城所轄京左右營分駐靖江京口江陰營兵亦無多有事猝難應敵查高資營都司額兵五百餘名本屬京口協營分駐內港僻地擬幷移駐江陰或距縣城稍近容再飭查安兵處所 奏題另辦又鵞鼻嘴圌山關水操船隻太少查廟灣鹽城兩營海曲沙淤前撥舢板船隻擬勘明酌撥應用至金焦兩山現未明設兵礮有事或可暗防攻其不備亦當預計藏兵處所原設京口水勇名不副實已飭右營游擊陳柏齡廣爲雇募認眞教演由臣捐給口糧隨時抽調

考驗．計自鷲鼻嘴至江甯省城．袤延六百餘里．江洲平衍遼闊．礮隄必不能周．且止株守一隅．後路援應官兵亦僅此數．前次夷匪內犯．均一面駐船開礮誘我迎敵．一面登陸鈔襲奪我礮臺．吳淞即其明證．値此無事之日．勢難多派重兵．常川駐守．節經嚴飭將備各就現在兵礮實力講求．按期操練．務令礮隄十四處一氣聯屬．呼吸皆通．萬一有警．即行添調外兵分布後路隘口．逐層設伏要截．以防登岸繞越．兵將相顧．奇正相生．庶幾制敵之道．謹再附陳．伏乞　聖鑒訓示．

遵　旨籌防泖湖再行酌度情形摺　李星沅

奏爲籌防泖湖等處遵　旨再行酌度情形．會議覆　奏．仰祈

聖鑒事．竊臣李星沅承准軍機大臣字寄奉　上諭．據陸建瀛覆奏密勘泖湖等處設防情形．先行繪具圖說一摺．朕詳加披覽．如所議斜塘口攔路口等處豫置已舊糧艘貯石浮艤．以備臨時鑿沈遏阻夷船來路．因思此項船隻雖以無用之物爲有用之備．然各口門俱係往來出入要路．無端多設糧艘待沈．不惟有事無以制寇．即平時船隻亦多窒礙．是欲阻寇而先以自阻也．且移運糧艘亦易啟夷人之疑．而究之於攔阻夷船．恐不足恃．所議似出下策．其所稱兩岸口門用竹簍碎石鑲築裹頭及礮位．無庸豫設等議．亦未周妥．著李星沅到任後．會同陸建瀛再行酌度情形．悉心籌畫．妥議具奏．將此諭令知之．欽此．跪讀之餘．彌深兢惕．適查閱江防出省．擬即至蘇會商．當經附片陳明．茲於八月二十三日行抵蘇州．面晤臣陸建瀛．挨度全局．屏除成見．悉心再四熟商．復同至寶帶橋親歷湖口．細察情形．欽遵前後奉到　諭旨幷各圖說摺件．逐層計畫．務求愼密周妥．扼要籌防．查黃浦江與吳淞江匯流入海．本蘇州諸水之尾閭．泖湖內通蘇州．外接黃浦．如斜塘口爲第一重要隘．攔路口爲第二重要隘．以地勢論．擇要而守．無過於此．惟所以守要之法．必須先事預防．俾此閒緩急有可恃．亦須因利乘

便俾他族偪處無可疑計由黃浦至泖湖斜塘口外江水寬深原無阻遏之理卽當斜塘口門朝潮夕汐大波軒然亦未易言堵禦自應於口門內由深漸淺處所酌量施工前擬竹簍裝石平時抛入鑲裏以防激水展寬又擬浮艤糧艘臨時鑿底沈塞以防番舶突駛究於水道疏暢不可必而於夷性疑慮不可知屢蒙 慈訓周詳多方指示臣等懍遵密計展轉思維因泖湖居民往來販運蘆草時用木筏過渡較爲便利擬添購木簰數十架於斜塘口近處無事則分爲小筏間段停泊民不病涉習以爲常有事則聯散爲整細紮堅厚縋以大石使沈底放之平水使截流似平時形迹泯然臨時攔阻有備而民船出入農田宣洩皆可相安由泖湖至澱山湖是爲攔路口水面益狹而淺且與內河密邇颿檣雲集一有警報約中號船四五隻飛速駕往載石鑿沈夷船卽難徑入其斜塘口外迤西一河可由浙江嘉善縣繞出蘇州又尖灘老灘古浦野雞墩各小口儘有船隻屆期一律趕辦無須專備糧艘惟碎石必不可少且難立致應行先期採運原議章練塘距泖湖僅三里擬請移駐縣丞一員守備一員外委一員額外二員兵丁一百四十名合之舊設弁兵共二百一十四員名責令巡緝偵探如邀 恩允新建衙署兵房需用碎石卽可藉此爲由分起堆貯幷木簰交汛看管湖口所需千斤礮位密存守備署中相距甚近調用亦尙便

捷至黃浦江兩岸如閔行鎭得勝港東汊口西汊口等處均經安設礮位提督駐劄松江自可就近防守沿海儻有不逞必於斜塘口一帶分駐重兵以資策應而尤在良將勁旅摩厲以須因地因時虛實兼用最爲先務之急臣等受 恩深重斷不敢苟且張皇惟當審擇機宜整練營伍愼謀於無事防患於未然以期仰慰 宸廑於萬一所有遵 旨再行會議緣由謹密摺覆 奏伏乞 皇上聖鑒訓示

酌議現辦淮南鹽務章程摺　李星沅

奏爲查明淮南鹽務酌議現辦章程恭摺奏祈　聖鑒事竊臣前因淮綱銷路未暢當合全局通籌附片陳明奉　硃批認眞妥辦欽此伏思兩淮鹺務爲　國家度支所關淮北改行票鹽著有成效淮南課額較重銷數易虧歷年總無起色臣甫膺　重寄考覈攸資敢不勉力承當悉心補救此次道經揚郡與運司但明倫講求體察復隨時博訪輿論詳稽案牘以期因革權衡竊惟課之來源在乎引引之去路在乎銷必有年銷年額之鹽乃有年銷年額之課如丙午等年五綱經前督臣奏準推展減運原爲帶銷殘引查近年楚西兩岸捆運引數總

在八十萬左右乃本年春秋二單截至九月共止運過三十餘萬引不及上屆運數之半正額尙多短缺殘引安望運銷且聞楚西存鹽多至一百餘萬引在揚未運及已派未認者又多至一百六十餘萬引商本佔擱不貲後運轉輸非易此引鹽壅積之情形也至減運正項雖用照額全完而雜款分帶未免遞有延緩從前運庫實貯銀三百數十萬兩卽二十五年六月運司但明倫接收交代庫存亦幾及二百萬兩現在運庫存銀止一百數十萬兩而先後奉撥甘肅兵餉軍需均係緊款必須迅速解交此外如內務府節省銀兩幷外省鹽規匣費利息等項均各需用孔殷河南賑恤米價尤爲緊要亦須各別緩急次第籌解設再撥放滋繁庫貯卽難周轉此課項支絀之情形也揆厥所由官以畏難而因仍商以畏累而機巧成本增於雜費行銷滯於售私年復一年幾同痼疾若不於減運期內上緊設法疏通屆限斷難復額課源日塞庫藏日虛辦理從何措手玆當丁未開綱伊始先以內淸場私外截鄰私爲急則治標之計本年囘空糧私業經臣奏奉　諭旨查禁其川私粤私潞私浙私亦均咨行堵緝幷嚴飭各場稽查火伏收繳廢鐵不準視爲具文又引船夾帶向來爲害最鉅經臣專委幹員會營扼要搜查卽在揚州仙女廟報獲一起夾私至一百十五萬九千餘觔又在江甯下關報獲一起夾私至三萬二千九百餘觔均卽提省

審辦他如愼出納以重庫貯提緩課以備解支派懸引則綱額悉淸刪繁文則商本暗減酌運殘引可漸疏銷提售新鹽可免停積裁浮糜巡費以備收買竈鹽禁揑報淹消以防船戶盜賣謹酌議章程八條另繕淸單恭呈　御覽臣仍督同運司因地因時務全大局凡有裨益課運應爲酌劑變通之處容再相機策畫分別　奏咨遵　旨認眞妥辦總期治人治法相輔而行殫竭愚誠徐圖整理仰副　聖主垂廑禹筴之至意所有查明淮南鹽務酌議籌辦緣由理合恭摺具　奏伏乞　皇上聖鑒訓示

謹將籌辦淮南鹽務分別因革事宜酌議章程八條繕具淸單

恭呈　御覽

一運庫正雜商課絲毫均關要款當此愼籌　國計尤宜撙節實存嗣後額解額支應查照各藩庫於動放時專案報明備查其無定活支等項不分銀數多寡均查明原委按款具詳由臣核準飭遵不得先行動放以憑斟酌刪減

一近年辦理折運收數較少放款仍多必得量入爲出現飭運司及早預籌除運庫實存銀數之外計今歲秋單來年春單應完商課是否足數支解如有不敷卽將節年緩課飛咨楚西鹽道趕緊提回併本年懸引緩納課銀飭商就近在揚完繳毋許延欠

一楚西引鹽歷派綱商認辦其有倒歇退懸之引始準酌派招徠近日率

多化名詭避辦運有一商化作十餘名者現查丁未新綱虛懸三萬餘引又歷綱積存已派未認十四萬餘引應將揑造假名一概刪除禁止所有朦退引數均歸各本商名下認同照辦其實在無著者酌派通河各商至歷綱未認積引責令已派各商納課投請如有違混卽照商欠鹽課例從嚴追究

一淮商重運引鹽自完課請票以至鹽船開江凡管鹽各衙門給發官件如印本銀票引單底馬桅封水程之類名目甚多需索勒掯諸弊卽由此起大爲商運之累現與運司孰籌應裁者裁應併者併務使刪繁就簡直捷易行一切公件隨到隨辦毋許牽掣延阻如有胥吏把持需索嚴提究懲

一楚西兩岸歲約銷鹽八十餘萬引而折實畱運止六十餘萬引是運足新綱之外尙可帶銷二十餘萬引應自丁未綱起飭令各商將額派引數趕緊納課發重凡請運新鹽一千引配運殘鹽三百引不得先儘殘鹽請辦其甯國上江等食岸融楚者本係輕則之鹽運銷重課之地未便轉爲佔壓擬俟新綱運竣再準請辦

一湖廣存鹽計引不下百萬前經　奏明以三百萬包爲一檔按到船前後逐檔售賣惟先銷積引似與丁未新綱有礙不能不酌中通變卽擬咨商湖廣督臣每於一檔之中將鹽船到岸停泊兩年以外者先提一百二十萬包兩年以內者先提一百萬包新綱運到先提八十萬包仍以三百萬包爲一檔均勻派賣毋許爭先

搶跌亦不準高擡價値自阻銷路

一查淮南巡費每年所需甚鉅從未得收實效今擬酌畱走私各要隘照舊派巡其餘一律裁撤卽以所省經費收買竈鹽使窮丁得有口食不致偸賣濟私仍飭商配搭捆重按引扣還接濟至州縣營汛本有緝私之責查獲私鹽變價充賞不準因裁除巡費稍爲鬆勁如有庇縱分別參究

一鹽船淹消自道光十年奏定止準補運不準免課迨後查有行舟實係遭風失險者復經　奏明量爲矜恤近則報案曡出甚至到岸停泊亦報淹消虛揑必不能免卽就補運之數約計每年三五萬引積少成多綱引亦形佔礙嗣後停泊鹽船呈報淹消概不準免課補運船戶盜賣之引追贓給

領亦不準免課其在大江行駛猝遇風暴失事經地方官勘訊屬實仍隨時酌準以示區別

酌籌外海水師章程摺　　李星沅

奏為酌籌整飭外海水師章程恭摺奏祈　聖鑒事竊臣等前因江蘇水師廢弛洋面盜劫頻聞臚列情形據實陳奏欽奉
上諭著沿海各督撫各飭水師將弁不分畛域認眞兜截不得稍留餘孽至該督等奏稱水師廢弛原設營制未能盡善現在整頓水師嚴緝洋盜另議章程務當通盤籌畫於連界分捕合捕之處悉心妥議總期責有攸歸漸著成效等因欽此臣等伏查水師出洋首重船隻江蘇外海九營所轄洋面遼闊向止舫船十二隻臣等先務為急現議勸諭紳商捐造添補應用另摺具　奏惟船備而鎭將不力與仍無船等而鎭將之所

以得力又在湔除積習鼓舞新機當因者因當革者革調度固需臨事巡緝亟應預籌臣等體察情形悉心妥議謹擬言之必可行者約舉數端敬為我　皇上陳之一人才宜磨厲也江蘇風氣柔弱水師尤難得人近年洋盜未清從不聞兵船在洋接仗之事經臣等屢次指參庸劣不堪之鎭將分別革職枷號幷派文職大員督辦各營始知儆畏勉力出洋而昏暈嘔吐無狀不備又經汰其已甚獎其稍可革除陸兵名目專從水務取材數月以來略有起色如署參將劉長清游擊黃登第等先後擊沈盜船捦獲盜犯救回被劫商船皆近來所未有惟全材甚不易得要必舍短取長明定賞罰優者破格示獎劣者加等示

懲駕馭而鞭策之令其知感知奮一營巡宜變通也蘇松福山兩鎮同爲外海水師而蘇松鎮常年統巡外洋秋冬兼巡內洋福山鎮僅止春夏統巡內洋秋季會哨一次未免勞逸懸殊應從道光二十九年正月爲始蘇松鎮春秋統巡外洋夏冬統巡內洋福山鎮夏冬統巡外洋春秋統巡內洋狼山鎮本係陸路總兵統巡有名無實其輪巡外洋官兵應聽蘇松福山兩鎮調度考核幷南匯營都司守備應與蘇松鎮標中營等六營一體輪巡外洋以資練習一會哨宜核實也定例蘇松鎮總兵與浙江定海鎮總兵又蘇松狼山福山三鎮總兵及各營將官按期互相會哨立法未始不善近年則該鎮將均止派弁由陸路取

結呈報彼此幷未謀面遇有盜案懦者懵然不知黠者藉詞推諉實爲水師大弊節經臣等咨會浙江撫臣幷通飭江蘇鎮將必須親往巡哨一遇盜船相機兜截另派幹練委員輪駐海口明查暗訪如再虛應故事立卽密稟核參徇隱同罪一堵緝宜扼要也現查江蘇外洋佘山最爲喫緊臣等遴委參游一員帶領兵船在彼寄椗按季更換如值該員巡洋之期卽作爲過班遞推派調其統巡之總兵除隨時游巡外常年寄椗崇明縣之黑沙嶺稽查策應儻仍收泊內港一經委員查出嚴參枷號示衆一配兵宜足數也原定艍船一隻大舢板船一隻各配兵四十名小舢板船一隻配兵二十名棲宿時形擁擠偶值追逐洋盜技勇亦頗難施以致派不足數臣等自上年冬閒廉得其弊核定大艍船配兵三十六名大舢板船配兵二十四名小舢板船配兵十六名無論內河外海一律照派試行尙覺相宜嗣後舊有船隻應卽照此派調仍俟新造加寬加長之船工竣再行酌辦他如沿海接濟必先杜絕而後盜糧無可資下海私船必先查禁而後盜蹤無可假以及海口人戶俱照內地編查保甲藉清句結而免窩藏一切應行事宜屢經臣等照案諄切通飭無庸另議更張至海洋捕盜之方誠如　訓諭必以不分畛域認眞兜拏爲上策而畛域各存意見非獨鄰省難於兼顧卽本省界限亦有專司幾至牢不可破此次通盤籌畫本省鄰省

總期一力巡防聲勢聯絡分捕合捕責有攸歸守之以嚴行之以實不敢侈言成效尤不敢稍襲虛文以冀仰副　聖主綏靖海疆之至意謹會同署江南提督臣來英合詞恭摺具　奏伏乞　皇上聖鑒訓示

籌捐添造外海水師戰船摺　李星沅

奏爲江蘇外海水師戰船不敷現擬籌捐添造恭摺奏祈

聖鑒事竊照水師各營之駛船猶陸路各營之馭馬陸路尙可馬步兼用水師則非舟楫斷不爲功溯查水師定制總以諳習水務鎗礮爲第一要義江蘇省額設外海水師九營原有放大舡船舊式大舡船共五十八隻輪班出洋自道光二十年各營官兵派調防堵舍水守陸修造未遑漸致船隻缺額至二十二年存營存廠之船遂不可問水師因之廢弛嗣於善後案內欽

奉

諭旨變通船政前督臣耆英查明江蘇外海惟放大舡船最爲合宜定議具奏復經前督臣壁昌遵　旨體察無異

郎成造十二隻發交蘇松鎭標中左右營福山鎭標左營及川沙吳淞營共六營每營各二隻以一半配兵出洋一半存營按季輪替惟狼山鎭標石營掘港南匯營亦係外海水師尙無放大舡船所有舢板船隻出洋殊難應用綜計江蘇洋面自浙江至山東兩省交界南北二千餘里東西更爲袤延操緝巡防僅止舡船六隻爲數太少無論分捕合捕均難得力且盜船近從閩浙而來時以浙江漁山爲巢穴或三四隻或六七隻聚散無常北竄伺掠亦非舡船六隻所能分投抵禦臣等自上年冬間專委文職大員駐劄十滧海口會同蘇松狼山福山三鎭於存營舡船內酌調四隻湊成十隻又雇募民船二十隻幷飭外海水師九營挑選兵丁以將備爲統領千把外委爲管帶配坐各船責成署蘇松鎭總兵田浩然爲總統分駐佘山及黑沙連頭等處要隘俾盜船寄椗無所始得稍有端緒節據稟報擊沈盜船拴斬匪犯在案惟雇船巡洋本非長策而舡船十隻又須輪流修艙動形掣肘要以添造船隻爲正辦卽飭據三鎭總兵議請查照現在舡船式樣加長加寬添造三十四隻分給各營配兵巡緝如佘山外洋水深風大盜船冒險游奕商船失事大半在此雖經水師遵札輪駐一遇風潮仍須收回內洋聞廣東省艇船高大堅固能禦波濤議請仿造數隻以爲駐守佘山之用幷據上海縣稟報紳商郁松年等因以泛海爲業情願捐貲

造船猶恐緩不濟急仍先雇募船隻水勇協同官兵巡緝等語臣等查水師巡船原數此時照額造補勢有所難卽各該鎭議請酌添舡船三十四隻經費亦復不貲合力捐辦較爲易舉而捐項非尅期能集雇募船勇更不可以爲常應先籌款興造以期迅速因思善後存餘銀兩計尙可造大舡船十隻現擬飭司提撥趕緊設廠添造以爲之倡俟上海捐數有成卽行接續添造以三十四隻爲率餘仍歸補現提善後銀款所有上海捐造船隻及上年迄今捐雇船隻水勇之紳富好義急公均堪嘉尙外此官紳客民如有捐貲造船者悉從其便統俟事竣後核明捐用銀數籲懇　皇上天恩俯賜查照江蘇省捐輸米石成

案給予獎勵用昭激勸至廣東艇船必藉廣東舵手駕駛而於江蘇洋面尙難必其相宜如前此同安梭船試造不能合用欲賣則無售者欲改則爲棄材廢擱海壖忽經數載甚至本年正月因民間放燈遺火焚燬一隻正在飭司嚴究是以艇船一項臣等未卽飭造擬先雇一隻試行如果適用再行酌辦除將整飭水師事宜另摺陳奏外謹合詞恭摺具　奏伏乞　皇上
聖鑒訓示

南鹽因災絀運酌籌辦理情形摺　李星沅

奏爲南鹽因災絀運酌籌辦理情形恭摺奏祈　聖鑒事竊淮南鹽務於丁未開綱後經臣酌議章程　奏奉　諭旨督辦節次札飭運司諭催各商早運一引之鹽早收一引之課方冀疏銷存積商本周轉從容請運漸能踴躍乃值江湖河海上年泛漲異常四五省銷鹽引地二十場煎鹽竈舍及儀徵捆鹽沙洲屯船運鹽綫路同時被水淹漫實從來所未有停捆停運幾及半年臣於勘災請賑摺內會經附　奏在案迨至江水漸落刻期催辦時已冬令報運寥寥統計一歲中運鹽四十萬三千餘引於近年爲最少現查綱食各岸未運殘鹽及在途在岸

存鹽爲數尙鉅體察全局夙夜籌思據運司但明倫覆稱南鹽當疲敝之候水災重困益深若在乾隆嘉慶年間原不難銃銷一綱又可支持數載方今制用孔亟斷不敢輕言及此惟有劃淸殘引趕運新綱自戊申綱起專徵新課正銀全完報撥雜項儘收儘解無誤要需其戊申以前積欠如鹽規匣費利息等項循照辛卯成案暫行停緩俟殘課收回補解濟用詳請具　奏前來臣查淮鹺先課後鹽各商納新運舊在場欲年運年引在岸必年額年銷歷綱套搭未淸前後統算估擱成本不少而殘綱所完雜項又因新綱雜課未完通融墊用解款轉覺周章該運司於運新帶殘之中議應停緩積欠新課既免佔壓殘課亦

易疏通京外各衙門公需儘收儘解幷有緩納雜項收回應付核之庫貯商情兩無窒礙臣以上年運務既因水災致絀本年春單發運未敢稍事拘泥已飭運司諭商照議辦理趕緊完課運鹽務令解支無缺仍察看運銷情形如有應行變通之處隨時酌議奏辦仰副　聖主廑念淮鹾之至意除飭運司查明積欠款項造冊呈送咨部外謹繕摺具　奏伏乞　皇上聖鑒謹　奏

南漕分成改折易滋流弊摺　李星沅

奏爲南漕分成改折易滋流弊恭摺縷悉陳　奏仰祈　聖鑒事竊臣接准戶部行知以臣前奏抽查折漕力求有利無弊一摺現經王大臣會議覆奏並開呈折漕酌辦章程六條奉上諭著李星沅卽會同江蘇浙江巡撫將新議與舊章悉心參酌妥辦等因欽此當卽欽遵恭錄咨會江蘇浙江撫臣屛除意見體察會商另摺奏請　訓示伏查造報積欠一節前次奉到　諭旨卽同江蘇撫臣飭司督屬依限趕辦並　奏明添派委員提催臣前摺所陳語多懸慮蓋爲實銀籌補非爲實賬報查且爲抽查計期非爲淸查展限茲荷　重申巽命諄切詳明詎當凜遵畫一不準稍有遲誤至南漕改折一節果能勉循　恩諭因地制宜以甦民困及王大臣原議一轉移閒經費有補此變通盡利之舉奚容以難辦爲詞臣所見爲難辦者惟恐　國計民生功效未能立應而或不肖州縣明開浮勒之端不法吏胥暗長訛索之漸曷敢輕於嘗試臣前摺首重採買於折徵意有未盡謹再爲　聖主披瀝言之查戶部則例內載漕米改折江蘇粳米每石折銀一兩粟米每石折銀七錢五分正改兌米每石折銀一兩二錢例價爲數甚輕照此折收官民稱便惟南方糧值賤北方糧值貴加以水陸運腳非例價所能採買不得不酌量議增而示諭例有明文漕政攸關迥非

州縣通融辦法若就州縣折色分別輕重等差無論各州縣情形不同即一州一縣中情形亦各不同治絲而棼幾無端緒且不能舍戶部定例轉執州縣勒價爲憑多則徵收不前官項又將那墊少則採買不足倉儲洊致周章此　國計之難也通行一條鞭徵法易知易從今以某州縣額漕內應折米若干某里某戶額漕內又應折米若干數目奇零催科細碎糧冊糧票鬨載愈煩且如折銀完漕按照市價而銀價時有長落將今日少完明日復多完乎年景時有豐歉將今歲少取明歲復多取乎小民正愁穀賤兼值銀荒以有易無展轉虧折而又不得確數輸將恐後仍歎追呼此民生之難也州縣藉有幫需不免私收

折色然以羨補不足尙未敢顯著爲令且皆制錢洋錢隨便抵算非若折漕解部必須一色現銀今如明示折收又未通行定價州縣將無顧忌假公濟私甚至爲通收分解之弊徵收從重報解從輕視幫需爲盈餘併火耗以加費迫經查出參究閭閻受累已深況運費能減不能裁如令折色若干全行解部本色若干將何交幫勢非折而又折不止此防州縣浮勒之難也吏胥爲民害由來久矣江蘇漕額最重科則最重糧書經造句串詐混亦最重即照定額徵漕弊已層出若復兼收折色聽其參差不齊此輩因緣爲奸更可高下其手多一名色多一利孔本官固爲所挾持上司亦不勝拏辦脂膏朘削究惟編氓任之此防吏胥詭索之難也夫法窮則變原可更新變而難通不如守舊臣有統轄之責既未能力全漕額豫擬豐收復何能膠執臆說茲事體大他省賦輕額少或可議行獨於江蘇時勢揆度利害總覺行之維艱同一爲　國爲民王大臣籌議於內疆吏籌辦於外均非意存成見伏讀　上諭準米折銀以百萬石爲率係約略之詞亦在該督撫等權衡緩急施行欽此又王大臣奏稱不得已議及折徵如何核辦方臻妥協等語仰見宵旰勤求盈廷襄贊祇期萬全無弊此中委曲繁重臣備員江省亦未敢自信周知欽奉　飭發折漕酌辦章程六條謹當會同江浙撫臣再三悉心參酌或兼新議或仍舊章或民折

官辦地方徑行解銀赴部或帶徵緩漕展限專款折銀報完利取諸因事惟其便不敢以一奏塞責此摺力疾删稾謹縷悉陳

奏伏乞　皇上聖鑒謹　奏

奏請叩謁 大行皇帝梓宮摺　李星沅

奏為瀝陳哀悃籲懇 鴻慈俯準微臣叩謁 梓宮瞻覲 天顏恭摺具 奏仰祈 聖鑒事竊臣於湖南省寓驚聞 大行皇帝龍馭上賓搶地哀號五中摧裂欽惟大行皇帝聖神文武 久道化成三十年如一日普天率土渥被 仁施淪肌浹髓愴茲 大事萬類銜哀 皇上至孝彌綸篤思罔極 宸懷益深悲慟惟當乾元作覲 臨御萬幾承 宗廟 社稷之付肩胥天下臣民而託命伏乞 聖躬保衛勉節 哀思薄海蒼生同聲叩禱臣由翰林外用知府仰蒙 大行皇帝

特達之知曾不十年洊膺疆寄 生成踰量感矢捐糜上年四月臣於兩江總督任內因患癥結掣痛據實奏蒙恩允回籍調理復於交篆陳謝一摺欽奉 硃批一俟痊愈即行來京朕切望之至卿當諒之欽此跪讀之餘彌深感涕方期醫治稍愈即速北上何圖 鼎湖長痛愴極終天泣血之誠不能自已惟有籲懇 鴻慈準臣叩謁 梓宮瞻覲 天顏俾臣犬馬餘生力疾稍申哀悃不勝迫切待命之至伏乞 皇上聖鑒訓示遵行

籌議新疆事宜疏　易棠

奏為遵旨籌議新疆變通事宜謹就管見所及據實密陳恭摺奏祈 聖鑒事竊臣於本年六月初一日承准軍機大臣密寄咸豐四年五月十六日奉 上諭戶部奏邊餉浩繁協撥不繼亟宜變通以期經久一摺前據奕山等遵議變通新疆兵制及豫籌經費各條經軍機大臣等議以所奏未能覈實請諭令詳細覆奏未據該將軍等奏到現在內地軍務未竣度支告匱所有新疆各城經費及協甘兵餉幾至無從籌撥若非設法變通斷難經久著奕山等各就地方情形悉心籌畫將各城兵制應如何變通所需經費等如何設法裁減不致以兵餉匱乏難

繼別滋事端此係邊疆緊要關鍵務當通籌全局迅速詳細馳奏毋得互相推諉敷衍塞責一奏了事戶部摺著鈔給閱看將此各密諭知之欽此仰見 皇上廑念邊陲俾資久遠之至意跪誦之下欽服難名臣伏查新疆地方自乾隆年間戡定後設立重兵分駐防守俸餉經費為數不貲即一切應用物件亦皆取辦於內地百年以來所費何止萬萬誠如部議即帑藏充足亦當籌議變通者也夫土者財用之所自出必使本地之財足供本地之用而後足以經久則處今日而議變通亦不過曰開財之源節財之流而已生財之道莫先於開墾查咸豐元年伊犁將軍奕山等會同議覆御史張廷瑞條奏新疆事宜摺內

聲敘伊犂共墾地七十六萬餘畝烏嚕木齊共墾地一百五十二萬餘畝葉爾羌等處共墾地八十餘萬畝合計不過三百萬畝有奇甘省地土磽瘠計納糧地二千餘萬畝新疆延亙萬里所墾地畝不過甘省十一有零揆之地利似未有盡查該將軍等會議原摺聲明飭屬廣爲查訪如可設法引水開墾卽行詳請籌辦又稱地土肥沃水草茂盛之地皆圈爲孳生及滿漢各營馬廠是該處未必盡無可墾之地現據該將軍來咨擬將存留駝馬變價則該處廠地除酌留營馬廠外其餘亦可開墾又查兵屯地畝其所墾之地往往倍蓰於所給每年此種彼閒謂之歇穭固爲休養地力要亦地多工少所致若將歇穭之地另

召承種糧課可期倍增他如水草暢茂之處則疏鑿泉源傍山積雪之區則多作渠埝灌漑有資墾種可以漸廣至該將軍等會議原摺但稱兵丁不便加屯而於民回屯地是否尚可加增未據議及又議復南路情形但稱各城向無兵屯城外地畝皆係回眾耕種納糧此外道途窵遠卽有水有地可設兵屯恐倉卒有事徵調不及且致棄業無顧而於該處是否可以招募民回開墾亦未議及臣愚以爲兵屯雖有未便似可招募民回廣爲墾種其南路窵遠不便屯兵之處若招募附近回民一律墾闢旣可裕課亦可實邊似亦一舉兩得又查該將軍等原摺內稱回疆商民並無家屬去留無常巴爾楚克招民開墾屢招屢

逃迄無成效迨令廢員捐招眷民一百戶六年之久始行辦成足見開墾地畝總以招集眷民爲要臣愚以爲內地民人赴口外謀生者宜廣爲招徠悉準攜帶眷屬少弛出邊之禁其南路各城換防官兵上年經臣奏準如伊犂等處之制改爲眷兵若能陸續招募毋須再行調撥則日久生聚亦可藉資開墾總之地闢民聚賦入自可日增開財之源不外於此然此非可期效於目前而欲求撙節其流則非裁減兵額無裨實濟新疆各城宿兵數萬有歲支俸餉者有預調經費者每歲所需約銀一百七八十萬兩其中惟伊犂兵餉爲最多歲需銀七十餘萬兩烏嚕木齊次之歲需銀三十餘萬兩巴里坤又次之歲需銀十六

萬餘兩其餘各城或歲需數萬兩及數千兩不等開拓之初地處遐荒反側初定故歷辦善後事宜惟以壯兵威嚴邊備爲重其時物力充裕於經費固所不惜今則治平已久耕收相安兵力似已少紓且度支竭蹶籌餉維艱更不得不於無可撙節之中設法撙節也現據葉爾羌參贊具奏請裁葉爾羌滿營防兵巴爾楚克綠營防兵各五十名經部覆準南路駐兵較少尚可裁撤推之他處自亦可行臣請就其可裁者言之如屯兵一項該將軍從前會議摺內聲明兵丁不諳耕作賠累難堪且農事武事勢難兼習故烏什喀喇沙爾吐魯番歷有裁屯歸汛改撥民回承種之案惟伊犂尚有屯田兵二千餘名烏嚕木齊尚有屯

田三千餘名若一律召改民回承種既可俯順兵情亦可無虧課額且此項兵丁武事既難兼習操防自屬虛名撤屯後自可暫令入伍差操遇有缺出停其募補於兵備無損而於餉需大可節省此可裁者一也又上年烏嚕木齊都統樂斌會議變通新疆兵制摺內請由烏嚕木齊提鎮兩標添派南路換防綠營兵一千二百名滿營兵三百名經軍機大臣會同戶部議覆俟軍務告竣再行派往臣查上年輪值五年班滿之期因軍務未竣未經更替所有南路各城班滿官兵留駐一班至咸豐八年始行班滿如此後可悉改爲眷兵則烏嚕木齊議添之兵無須調往此可裁者二也又臣現準伊犁將軍奕山來咨該處駝馬

牛羊存留久飼徒滋煩費莫若照時價變賣可值銀四萬餘兩該處牲畜既議變賣經牧官兵自可入伍差操日後出缺停其募補此可裁者三也要之南北各城雖地有輕重事有繁簡情形不同然去兵存食乃不得已之權宜今餉既不足多一兵轉多一兵之累臣謂宜酌量成數將應裁兵額先行覈定不必遽裁其人惟遇有缺出停其募補使兵不失業餉不多糜雖目前所省無多數年之後於經費必有裨益至新疆兵額歷年以來屢議增減原無一定如日後度支充足再加兵額亦自無難是在各該大臣悉心妥議斟酌辦理也至上年戶部所議新疆抵充經費事宜十條因覆奏未能覈實經軍機大臣會同戶部議駮奏奉　諭旨令再詳細覆奏現據該將軍等擬議列款咨商臣詳加查覈有可以照辦者有應行商酌者現已逐款咨覆囑令熟籌覈辦查口外封儲實存二項業已抵充經費所賸僅七萬餘兩此外可以節省者亦不過十萬餘兩現經伊犁將軍以口外兵丁搭放銀票錢鈔無從行用奏請將滿兵減五成綠營減三成給發若烏嚕木齊及南路各城照此辦理每歲可減兵餉十之三四然尚須百萬兩上下仍不能不仰給於內地查口外明歲兵餉本年秋季底即須由甘撥解而各省協餉舊欠既多新餉亦難指望甘省雖竭力籌維終難抵此鉅款目下不獨明歲口外兵餉籌解維艱即內地餉需亦未能按時給發日

後支持更難爲計是所急者正不止關外遐陬也目下各路軍營大兵雲集仰賴　皇威遠播統兵諸大臣力圖勦賊迅奏蕩平俾度支少紓各省協餉得源源解到則邊兵咸歌鼓腹經久事宜亦可次第料理矣至新疆一切雜費臣未能周知其內地有案可稽者如農具紙劄等項皆係相沿舊例在內地采買歲需銀七千餘兩若改由本地購買或官自備辦亦可少資節省近日烏嚕木齊有裁驛歸臺並裁理事通判之奏有免撥內地營馬就地變價之奏葉爾羌有裁經牧章京之奏當年舊制可以變通裁減者當不止此他如博采礦砂以收地利廣鑄錢文以資餉項皆於經費不無裨益臣愚昧之見是否有當謹據

實覆奏如蒙　采納應請　飭下該將軍都統參贊及各大臣等妥速籌議據實奏辦所有遵　旨覆奏緣由謹繕摺密陳伏乞　皇上聖鑒訓示謹奏

請招募獵戶防堵番賊疏　易棠

奏爲擬請招募獵戶堵禦番賊並試采金砂作爲口食以重邊防而資地利恭摺具奏仰祈　聖鑒事竊臣前因甘肅沿邊一帶連年番賊滋擾恃其鎗馬便捷善於伺伏官兵追捕往往失利惟獵戶一項較爲得力經臣移行提鎮諄飭各屬多僱獵戶教練兵丁勤習鳥鎗一有番賊窺伺即探明要隘設伏攻擊曾將辦理情形於上年三月內附片奏明在案嗣準甘肅提督臣索文來函以提屬察漢俄博營所管之亦斯們沁爲番賊往來扼要之區擬招募獵戶一千名責成營員管轄令其遠探近防以固甘涼後路並令獵戶試采金砂以資口食臣當以招募

獵戶堵禦番賊令其試采金砂自食山谷之利無須另籌經費尚屬可行惟事屬刱始必須籌計萬全方免別滋流弊函覆提臣囑令責成營員認眞辦理不準閒雜人等混行闌入並囑妥議章程移覆酌辦旋準提臣酌議咨覆並請由臣出示嚴禁商販運糧出卡經臣照議繕給告示咨覆試辦嗣復準提臣索文咨稱亦斯們沁安設獵戶一千名邊疆驛路悉臻安靜擬再於附近之野牛溝沙金城二處各招募獵戶一千名連前共三千名一半淘挖金砂一半防堵番賊以采獲之金砂濟獵戶之口食俟試采一年後如果金苗旺盛再由文員議請升科等情臣查野牛溝一帶道光初年曾爲漢奸盤踞藉挖金砂爲名句引

野番乘隙搶掠。經前督臣那彥成奏明封禁。原不應輕議開采。惟利之所在。小民趨之若鶩。節年雖經查禁。而奸民之偷挖與兵役之包庇。仍在所不免。且十餘年來番匪猖獗日引月滋。皆由武備積弛自墮藩籬。初非盡由私挖金砂之人勾結指引。現値軍需浩繁度支竭蹶。經戶部奏准令各省開礦以盡地利。並欽奉

諭旨令各督撫力籌變通濟急之策。自不應拘泥原案。以天地自然之利置諸無用之地。今議請招募獵戶堵禦番賊。試采金砂以資口食。係爲因時變通起見。惟利弊每相倚伏。全在權其輕重設爲制防。庶操縱在我不致有末流難制之患。所有亦斯們沁前募獵戶千名。是否實止此數。有無閒雜游民

混迹。現議野牛溝沙金城添設獵戶各千名。是否尚可裁減。如何設立頭目稽查鈐束。游民混迹如何防範。金苗衰歇如何散遣。及現需口食如何購買稽查。均宜先事預籌以免滋弊。當卽遴委西甯鎭總兵雙銳升任兩廣鹽運使甘涼道李恩慶西甯道毓科。會同提臣詳細履勘妥議具覆。以便核辦去後。茲據提臣索文會同該鎭道等覆稱。於本年二月初五日會詣亦斯們沁等處逐一勘明。緣察漢俄博營地處卡外。南山與甘涼邊界。中隔一山形如扇面。山南自涼州屬之平番縣至肅州嘉峪關。止僅長六七百里。較之山北大路由平番抵嘉峪關。計程一千三百餘里。頗爲便捷。亦斯們沁及迤西之野牛溝迤東之沙金城。均係山南要隘。相距三百餘里。前於亦斯們沁安設獵戶。僅可防堵甘涼二州之扁都口等口隘二十七處。其餘各口隘勢難兼顧。今議沙金城安設獵戶。堪以堵禦涼州屬之一顆樹等口隘三十處。野牛溝安設獵戶。堪以堵禦甘涼肅州所屬之大磁窰等口隘十八處。與亦斯們沁聲勢聯絡。須每處安設一千名方足以資震懾。並勘得該三處實俱產有金砂。所募獵戶。擬以一半專司堵禦。一半淘挖金砂作爲口食。所需獵戶。山南卽招西甯大通河州三處戶民。責成大通縣軍功藍翎從九品文生孔廷俎總管。山北卽招張掖山丹東樂撫彝高臺五處戶民。責成山丹縣文生李淩霄總管。均擇其素習射獵兼務農業者

分爲兩翼。按名給予腰牌。註明姓名年貌籍貫。其外來游民及無家室者概不准濫收。仍遴選家道殷實老成服眾之獵戶。作爲練總。每人管轄獵戶一百名。每一練總名下。分設小頭人十名。各分管獵戶十名。官爲製給旂號鎗礮刀矛器械。由該總管及練總人等督率團練。儻有弊竇。惟該總管等是問。至亦斯們沁一帶地氣嚴寒。不產五穀。獵戶所需米麪。計口授食。止准由扁都口運出。其餘各口概行封禁。山北責成永固協副將。山南責成永安營游擊。互相稽查。俾口糧不得私販入山。游民無從得食。自可禁絕。儻金礦日久衰歇。該獵戶俱有身家可以不遣自散。並據聲明。前在亦斯們沁安設獵戶一千名。均經按名給

子腰牌責成頭人管束由察漢俄博營都司按月結報提督衙門查覈委無閒人混迹之事等情復經臣檄飭藩臬兩司確覈妥議去後茲據藩司段大章臬司常績覈明所議均與邊防有裨詳請具奏前來臣查防番之道全在該提鎮等督率沿邊將弁實力偵探先事提防一有番賊窺伺立卽督兵掩捕自不致滋入滋擾至獵戶生長山谷素以打牲爲業鳥鎗較準且路徑熟悉履險如平素爲番賊所憚實足輔兵力之不逮上年西甯一帶番賊雖屢有窺伺均經兵獵人等隨時擊退奪獲贓物割取首級未能得利而去較從前之動輒滋入者頗覺有閒甘涼一帶亦俱靜謐提臣索文上年於亦斯們沁地方安設獵戶並

無番賊滋擾似已矚有成效今議請於野牛溝沙金城二處各安設獵戶一千名連亦斯們沁所設獵戶共三千名以一半穵金砂以一半防禦番匪既可慎固邊防亦免另籌經費似屬一舉兩裨所議設立總管練總人等以資約束分給腰牌以免混冒稽查口糧以杜閒雜亦俱妥協惟采獲金砂必須官爲稽覈應令該總管按日登記確數除散給獵戶人等口糧外餘俱按月繳官以杜隱混所有總管及練總人等儻有弊混及經理不善卽行隨時更換分別懲處至升科一節該提督原議試采一年升科嗣經該鎮道等會議以一年爲期太促請照開墾地畝之例以三年後升科臣查甘肅安西州敦煌縣開采金砂均

係按夫定課每年解京備用現在試采伊始所有采獲金砂應由該提督按季冊報臣衙門於一年限滿造冊報部仍俟試采一二年後察看情形應如何酌定課額另行覈辦再據該提督聲稱所募獵戶均各有身家如礦苗衰歇可以不遺自散等語臣查礦苗衰旺皆由積漸而然應令該提督隨時察看如日久礦微卽將所募獵戶陸續減撤毋致聚集滋事相應奏懇
聖恩俯念邊防緊要準其招募獵戶試行開采所有未盡事宜仍由提臣索文詳晰籌議由臣督同兩司悉心酌定責成該提督督率營員認眞經理毋致稍滋流弊所有擬請招募獵戶堵禦番賊並試采金砂以資口食緣由理合恭摺具奏是否有當

伏乞
皇上聖鑒訓示謹奏

請撥銅資鑄疏

易棠

奏為甘肅兵餉緊要搭放錢文為數甚鉅請將四川瀘州積存滇銅酌撥來甘以資鼓鑄恭摺具奏仰祈　聖鑒事竊照甘省歲需兵餉銀四百餘萬兩全賴各省協濟自咸豐二年至今各省欠解至三百餘萬之多司庫存銀罄發殆盡本年兵餉雖經戶部照常指撥而軍務未竣各省能否解到殊難預定支發兵餉刻難緩待前準部咨議行寶鈔按五成搭放兵餉甘省歲需鈔四百萬串目下部鈔尚未發到臣現與藩司段大章商酌先行刊印司鈔搭放俟寶鈔到日再行更換惟行用官票必須豫設官錢鋪使之有錢可取方能信用流通臣前經飭司委員

購買鐵觔采宅膽礬鍊銅並收買舊銅采辦白鉛以資鼓鑄但開采煎鍊及分途購買事涉繁重有需時日且應用錢文為數甚鉅臣與藩司悉心商酌雲南歲運京銅六百餘萬觔均運至四川瀘州由川河水運下達湖廣取道運河始抵京城現在江面阻隔所有滇省銅觔存寄瀘州未能撥運目下甘省需銅甚殷前項銅觔與其存積瀘州無裨京局不若酌撥來甘尚可權濟一時之急查瀘州水道順流至重慶入嘉陵江溯流而上達陝西之略陽與甘肅秦州徽縣連界若水運至彼改由陸運至省計程不過一千餘里所需運腳尚不至於過費於支放兵餉不無裨益據藩司段大章具詳前來合無仰懇　聖恩俯準敕部於滇省運瀘銅觔內酌撥二三百萬觔來甘以便加卯鼓鑄藉資搭放臣一面咨明雲貴四川總督並飭司委員赴瀘等候一俟部文咨行到川即行撥運來甘以免遲誤所有請撥瀘州積存滇銅來甘鼓鑄緣由理合恭摺具奏伏乞　皇上聖鑒謹奏

鍊銅資鑄摺　易棠

奏爲訪聞山場出產膽礬現在開采仿照古法浸鐵鍊銅以資鼓鑄錢文謹將辦理大概情形恭摺奏　聞仰祈　聖鑒事竊臣前準戶部鈔奏行知擬以現製官銀票暨大錢樣頒發直省設立官錢總局招商承辦錢票搭放各項並籌畫銅觔以資鼓鑄欽奉　硃批依議速行臣因甘省向無開采銅礦鑄錢之事當將暫提庫存制錢二十餘萬串先行搭放各項並訪查有無可采銅礦另行辦理緣由奏　聞在案臣復周諮博訪甘省地方現未聞有產銅之處惟聞皋蘭縣屬距城二百餘里之白銀廠一帶出產膽礬土人往往私行挖取並用該處之水鍊鐵

作銅事頗秘密臣考之方書膽礬本名石膽可以化鐵爲銅復詳稽前史宋時曾以膽銅鑄錢各場均有歲額其法以膽水浸鐵刮取赤煤三鍊成銅載在宋史食貨志是現在訪聞之說並非無據當面諭蘭州府知府鄧慶恩委員前往該處覓得膽礬少許試行浸鍊果如所聞復飭藩司段大章派委前任河州知州蔣立鏊前往白銀廠一帶招募能識膽苗之人徧行蹤尋並雇募工匠連日開挖鑿透石板數層始見礬膚礬膚之下始爲礬腦現已陸續采獲就近設廠浸鍊其未經采出暨已見膽苗者爲數甚多儘堪應用臣查驗礬腦色係灰白中夾淡碧膽礬其色正如銅綠該委員試加浸鍊礬力厚薄不一大約用礬腦二觔浸鐵一觔刮取赤煤可鍊銅十兩以上如專用淨礬則其力較厚現雖未試有準確分數以應用工本暨開鑪鼓鑄之費約略計之較之采買銅觔省費不啻倍蓰大約鑄成當十當五大錢一串文工本不過在五六百文上下以之搭放兵餉於錢糧大有節省此皆仰賴　皇上宵旰勤勞誠求保赤是以地不愛寶川嶽效靈現値節交冬令山谷苦寒采鍊殊爲不易臣現在飭令儘力辦理一面飭司寬爲采購暨應用鉛觔並札調陝西錢局工匠來省先行鼓鑄俟春融後即可多加工力廣鑄大錢以稍濟協餉之不足其設廠采鍊開局鼓鑄各事宜現在飭司妥爲籌議另行具奏所有現在辦理大概情形謹繕摺具

奏伏乞　皇上聖鑒再應發甘省官銀票暨各大錢式樣應請　飭下戶部即行頒發以便搭放鼓鑄合併陳明謹奏

再查宋時膽水鍊銅惟饒州興利場信州鉛山場各有歲額未聞及於他處今甘肅皋蘭縣地方既產膽礬考之方書蒲州嵩嶽曲江亦均產此而藥肆所賣又多自雲南而來足見產此並非一處竊思各省有銅可采者自可毋庸另議其素不產銅地方向來采自他省不無轉運之煩現値推廣錢法加鑪鼓鑄之際似可一面遵照部議設法勸捐收買一面飭令地方官詳查如有出產膽礬之處即行官爲開采用資鼓鑄似亦節省成本之一法是否有當伏乞　敕部覈議施行部議該督所奏載之

方書者實爲明確可據卽下江西山西河南廣東各巡撫確查釐尋幷通行各直省按照甘省原奏情形辦理以節經費而資鼓鑄奉 旨依議

湖南文徵卷七　　湖湘後學集編

疏七

乞蠲緩各屬本年應徵錢糧各項疏咸豐六年　胡林翼

竊照湖北省本年自夏徂秋雨澤稀少各屬高阜田禾暵乾黃萎被旱較廣又江河水漲以致低窪田地被淹先後援據該州縣稟報均經批行藩司移飭該管道府督同印委各員周歷查勘並將查明受旱安撫大概情形 奏明在案除最重之襄陽德安二府本已受旱成災復因襄陽縣隨州均有匪徒滋擾光化穀城棗陽均州宜城南漳安陸隨州雲夢應山應城各州縣

或切近賊氛辦理防勦或間被賊擾民久屬瘠苦茲更還徙流離應將錢漕一律緩征又武昌府屬之江夏縣漢陽府屬之漢陽縣被水受旱兼之賊擾過甚請將本年錢漕一律豁免以紓民困現已另摺 奏懇 恩施並武昌府屬之武昌咸甯嘉魚蒲圻崇陽通城興國大冶通山黃州府屬之黃岡蘄水蘄州黃梅廣濟等州縣迭被賊擾應俟全楚肅清彙入全省善後案內查辦鄖陽宜昌施南三府得雨較早無礙收成興山縣雖有水患已在收成之後且旋卽涸退毋庸查辦外所有前據黃安黃陂孝感麻城羅田漢川沔陽鍾祥京山潛江天門江陵公安石首監利松滋枝江荆門等州縣或因受旱或因被水或因

水旱頻仍陸續稟報均經委員馳往會同勘明由該管道府議
稟除各屬稟內可以照常征收之處仍卽催征並天門縣多多
等十六垸盧埠左腦等十七垸老獅黑市等八十四垸花臺二
郎等三十三垸西隄等十九垸內有收田地照常征收外實勘
得黃安縣受旱日久西北二鄉之東煙等二十六會成災十分
東南二鄉之松溪等二十四會成災七分黃陂縣麻老宋等共
二百二十九會成災七分孝感縣尙義等一百二十會成災七
分又沔陽州本屬水鄉向不畏旱邇年因鍾祥縣獅子口潰口
因屢年賊擾未築致水勢下注加以本年夏秋之間雨水不多
湖河皆涸受旱之甚從來未有實勘得張家七里等共四百一

垸成災六分其餘受旱被淹各州縣均勘不成災所有應納本
年銀米隄閘河費蘆課閒丁租餉等項請分別蠲緩以紓民力
等情開列垸區村莊名摺由藩司馬秀儒署糧道張曜孫議詳
請　奏前來臣等伏查州縣如遇水旱災傷例應勘明成災分
數將被災軍民分別撫賑蠲緩惟庫藏支絀異常軍餉不繼實
難籌辦撫賑前已　奏明通飭被災各州縣勸諭殷實富戶各
就災區隨地周濟安籌安撫已據各該州縣稟報遵辦是災民
糊口有資不致流離失所毋庸動項撫賑第成災之區顆粒無
收困苦異常實堪憫惻其勘不成災各處亦皆耕穫失時收成
歉薄且逼近賊氛之地辦理團練堵勦按田捐費民力頗形拮

据自應分別豁免蠲緩銀米以廣　皇仁而示體恤除擬緩
本年漕糧現已另摺請　旨外合無仰懇　天恩俯準將
成災十分之黃安縣西北二鄉例得蠲免銀米十分之七成災
七分之東南二鄉例得蠲免十分之二者念該處屢次越境勦
賊民力窘艱萬分連蠲賸本年新賦銀米全併豁免成災七分
之黃陂縣麻老宋等二百二十九會孝感縣之尙義等一百二
十會應征本年銀米各照例蠲免二分成災六分之沔陽州張
家七里等共四百一垸應征本年銀米照例蠲免一分蠲賸銀
米及例不併免漕米並孝感勘不成災之觀善尙文等八十二
會又逼近賊氛並受旱被淹較重之麻城縣東北鄉七十三區

羅田縣平鄉栗子坳等多鄉下臺寺奉鄉七里牌等六十區漢
川縣喝城等三十三垸畈鍾祥縣蕭家店龍山觀楊林寺一百
九十村莊京山縣高家鳴山等一百一十七團潛江縣楊湖崔
家等七十八垸天門縣關廟多多盧埠左腦老獅黑市花臺二
郎西隄等各垸內較重之區江陵縣洪化橋龍隄等三百五十
一垸公安縣毛一赴一等二十里后首縣一都九嶺等四十一
坊垸監利縣永固等並頻年積淹之崇林等二百三十五垸松
滋縣中二等八都甲枝江縣上百里等二十洲垸荆門州七里
等二百七十四區各應征本年新賦錢糧南米隄閘河費閒丁
租餉等項一併緩至來年秋後成災者分限兩年帶征未成災

者統限一年帶征又受旱被淹次重之漢川縣花林甲廠等十四垸暨潛江縣之鄉東等十一垸監利縣之張家等三十五垸松滋縣之下三等四都甲各應征本年南米照常征收請將本年新賦銀兩緩至來年秋後限一年帶征又公安縣之赳一等四里監利縣之六合等四十八垸各應征本年新賦銀兩照常征收請將本年南米緩至來年秋後限一年帶征其有武昌等衞被水受旱已未成災軍田應蠲緩銀米均照屯坐各州縣一律辦理再漢川江陵公安石首監利等五縣本年壓征咸豐五年蘆課或因被水蘆根浸泡腐爛或因乾旱太甚蘆葦未能長發所有壓征銀兩一併緩至來年秋後限一年帶征又本年被

災各屬內有咸豐三四五等年並節年因災緩征銀米本年應復請展緩之處並本年新賦照常征收之處有因收成稍薄請將帶征銀米遞緩者因咸豐三四五等年應行蠲緩銀米楚北省垣迭次失陷文案被焚未經查辦前已 奏明俟楚境肅清勒限辦理是以本年被災各屬僅就本年水旱輕重情形分別蠲緩之處辦理其有應請遞展並征新賦而請遞緩帶征者應請如前 奏俟楚境肅清查辦除飭取被災各屬災分頃畝冊結照例 題報外所有勘明受旱被水成災分數及勘不成災輕重情形擬請分別豁免蠲緩錢糧南米等項緣由理合恭摺具 奏伏乞 皇上聖鑒訓示再此案係因武漢軍務緊急司道相距均遠又兼襄陽隨州匪徒滋事竄擾無常各屬文報道路梗塞駁查往返實難依限彙齊辦理例限已逾災務重大謹飛章由驛五百里馳 奏合併陳明

再江夏漢陽二縣本年受旱情形原次於襄陽德安等府惟二縣爲武漢首邑賊匪久踞蹂躪較他處更甚遷徙流離農業多荒直至本年三四月間始陸續旋里播種又值旱災秋成失望低窪之處復被水淹實屬困苦異常而各鄉士民恨賊滋擾義憤常伸六七月以來官軍長圍困賊修築濠壘悉皆踴躍從公甚資其力以息戰士雖酷暑烈日無一告勞猶復力辦團練堵勦竄匪昨於武漢克復後緝獻僞丞相僞檢點將軍數逆首解

營訊明正法不使罪惡昭著之犯倖逃羅網其幫同官軍隨地圍拏臨陣殲斃之賊不下二千餘名是該二縣士民於顛覆流離之餘益矢同仇敵愾之志實屬深明大義允宜 渥沛恩施用示體恤而昭激勸合無仰懇 天恩俯準將江夏漢陽二縣應納咸豐六年錢糧漕南二米等項一併豁免以廣
皇仁而蘇民困其有咸豐三四五等年因賊滋擾並水旱歉收應行查辦蠲緩各款仍照前 奏俟楚北全境肅清再行辦理是否有當理合附片具 奏

再漢川縣屬官軍立營挖濠不及栽插地畝前經臣官文示諭蠲免上下忙錢糧其新溝至曹家河一帶踐踏各處蠲免上忙

錢糧以示體恤在案嗣據代理漢川縣知縣曹福增詳稱該縣向來完納地丁章程戶柱應完二錢以上者方剖上下忙分完其一錢及一錢有餘之戶歸上忙全完一錢以下及分釐小戶統歸下忙完納今僅免本年上忙該小戶未免虛邀惠澤應請免分上下忙一槪歸入上忙造報蠲免俾貧苦小民均沾實惠等情造具蠲免戶柱銀米數目淸冊由藩司馬秀儒署糧道張曜孫詳請附　奏前來臣等覆核無異合無仰懇　天恩俯準將漢川縣因立營挖濠不及栽插地畝之田正秀等一百二十四戶應納本年正銀二十四兩七錢七分一釐四毫悉予豁免又新溝至曹家河一帶因蹂躪之大戶吳延等一百三十四

戶應納本年上忙一半銀二十三兩一錢三分九釐五毫悉予豁免其餘下忙一半與南米均歸下忙照常啟徵又小戶周月明等一百四十三戶歸入上忙共免銀六兩五錢四分六釐九毫又更名錢糧漁銀之大戶張意元等二十一戶應納本年上忙一半銀一兩一錢三分二釐四毫悉予豁免其餘下忙一半銀兩仍歸下忙照常啟徵又更名錢糧漁銀之小戶胡之邦等七十戶歸入上忙共免銀三兩六錢一分二釐九毫又蘆課錢糧例不分上下忙完納之張光璽等四十八戶共銀四兩三錢一分八釐六毫亦悉予豁免總共免銀六十四兩有奇理合附片具　奏伏乞　聖鑒訓示

陳楚北吏治兵政情形疏 咸豐五年

胡林翼

奏爲恭謝　天恩並附陳楚北吏治兵政情形仰祈　聖鑒事臣於二月初十日沌口行營接準督臣前撫臣飭知正月十三日內閣奉　上諭湖北布政使著胡林翼補授欽此兼準札飭以北岸帶勇防勦乏員接替其藩司一缺另委鹽道常恩兼署當卽恭設香案叩謝　天恩因道途梗塞尚未專摺齎　奏三月二十四日接準督臣咨開三月初三日內閣奉　上諭湖北巡撫著胡林翼署理欽此聞　命之下感悚難名卽於武昌營次望　闕謝　恩接辦巡撫事宜伏思兵勇之冗雜不精則兵餉之支絀彌甚連年以來楚北之患怯弁猾

卒習慣潰走聞警尚且先逃臨陣安能致果懲前毖後之計首在練兵明恥教戰之方貴先選將被賊蹂躪州縣懸缺待人兼攝承乏刑罰不當其罪而稂莠日多恩惠未及於人而士民不信吏治之與兵事固始終相因者也凡此應辦之事惟當激厲士卒迅圖克復武漢卽當次第舉行咨與督臣虛心實力和衷商辦以期稍報　鴻慈於萬一所有微臣感激下忱理合繕摺附　奏恭謝　天恩伏祈　皇上聖鑒再巡撫關防前經署藩司常恩齎送荆州將軍衙門尚未齎回此次軍報久稽上塵　聖懷謹借用臬司印信繕發合併陳明謹　奏

附片 咸豐五年 胡林翼

再湖北賊勢自秋冬以來大股專注於南岸即下游金陵皖江之賊亦專以逼脅多人分股上竄爲計而總不離沿江兩岸求所以制賊之死命者惟以精水師斷賊糧爲先務之要或以賊之擄掠銀錢聚於金陵財多人衆日增猖獗爲慮臣愚以爲不然自來盜賊之擾害其志專在財利彼豈能以財利與人哉即至窮蹙忍不能舍固賊情之常也夷考古今平賊之略必以據上游形勢斷賊糧爲先而財帛之豐歉不與焉武漢則金陵之上游也荆襄關南北之大局而武漢又荆襄之咽喉兩湖及巴蜀之米多於吳會故諺有湖廣熟天下足之語昔年江面安靜

米艘蔽江而下日夜轉輸今乃久爲賊阻通籌吳楚之全勢必以武漢得手設立重鎭屹然不可再搖乃會合江西內湖一軍以水師之全力制賊而下游紅單巨艦亦得并力以扼賊吭惟查水師將材以副將楊載福爲最忠勇廉明每戰必先自道員彭玉麟調往江西之後外江水師僅恃楊載福一員積年力戰肺病日增而滅賊之志終始不渝病不言勞功不言賞志識已高出尋常其十營將官如游擊李成謀都司鮑超張榮貴等均勇敢冠軍惟未經特將倘待悉心審察觀其戰陣之方略別其才識之利鈍再行詳悉具 奏此則水師將才之宜預籌者署臬司李孟羣以礮船六十隻入湖值冬令水涸不能繞出襄河停泊沙市等處距漢陽尚數百里營中將弁勇目未能精實頗難力戰業已嚴飭該司愼守船礮毋許資賊致貽禍根外江水師船多礮少取給湖南礮局暫可供用惟模範較小不如粵東所購之美查上年侍郎臣曾國藩 奏請礮位因道梗未經運竣應請 皇上天恩敕下兩廣督臣葉名琛購運五百斤以上千斤以下洋礮六百尊派兵安護交湖南舟運湖北期以冬杪交付轉交侍郎臣曾國藩勻配以資異日東征利用此又礮位之宜預籌備者也謹附片 奏祈 皇上聖鑒訓示謹

奏

陳湖北兵政吏治疏 咸豐六年 胡林翼

奏爲敬陳湖北兵政吏治之要恭摺奏祈 聖鑒事臣査湖北軍務不飭已歷五年無論賊匪之多寡强弱而聞警先驚接仗卽潰者比比皆是上下相蒙恬不知恥推求其故則以將領不得其人紀綱不立而是非不明也溯思紀綱所以不立是非所以不明之故則誤於使貪使詐之說不知已則先爲貪詐所使而曰吾能使貪使詐也豈不謬哉本省既無得力之兵將而川楚河南勇目之黠桀者糾合無賴隨營投效以一報百以百報千冒領口糧交綏卽潰所投不合又顧之他 國家帑項至爲艱難而徒以供無賴之慾壑以此殺賊猶北轍而南轅勢

必不可至遣散不得其方則相聚爲盜耳此近三四年楚北募勇之大患其流毒將有不可思議者矣古之治兵者必求將而後選兵今之言兵者先招兵而竝不擇將譬之振衣者不提其領結網者不挈其綱是棼之也將自斃矣督臣官文上年受事以來收集兵勇力加整頓備嘗艱難得力尤在馬隊之忠勇能使三軍之士風氣爲之一變查有前任湖南臬司降補知府魁聯久任寶慶衡州岳州等處捐解私囊養士募勇已歷十年其志趣公忠迥非庸俗可及經督臣官文派充總理營務伉直明決知無不言釐剔弊端獨任勞怨實爲湖北軍務必不可少之員目下力疾從公尙難羈以職守惟馬隊及各營之精銳必應迅速進取而湖北本省餉少勇多冗雜不治不戢自焚後患方大急應裁汰浮僞簡鍊精銳可否 敕下魁聯幫辦湖北南北兩岸水陸營務事宜責成一例簡汰該員曾任三品大員應否 賞給三品卿銜以重事權之處伏候 聖裁非臣所敢擅請至湖北綠營兵丁怯懦若性正額虛浮軍政營制蕩然無存而其虛糜錢糧如故也現署提督楊載福之才識嚴明如可假以二年必能整飭惟東征事急水師無可專委之員容臣再行詳思訪舉另摺 奏聞此爲兵事急應整飭之要武漢形勢壯闊自古用武之地荆襄爲南北之關鍵而武漢又荆襄之咽喉武漢有警則鄰疆震驚南服均阻控制失宜本根先撥四

年之中武昌三陷漢陽四陷 國帑因而虛糜民生因而凋弊東南數省受害之烈亦惟武漢爲尤甚矣昔周室征淮師出江漢晉代平吳謀在荆襄王濬造船循江而下陶侃之勛鎭守武昌宋臣岳飛李綱之謀畫岳鄂均以此爲高屋建瓴之勢控制長江惟鄂爲要固東南一大都會矣夫善鬬者必搤其吭善兵者必審其勢今於武漢設立重鎭則水陸東征之師恃武漢爲根本大營有據險之勢軍士無反顧之虞軍火米糧委輸不絕傷痍疾病休養得所是則平吳之策必在先保鄂郡矣保鄂之不失必須先固漢陽葢漢陽爲江漢總匯武昌僅南岸一府而漢陽則可通八府也臣查歷年湖北之失在於漢陽竝不設備

江面無一水師下游小挫賊遂長驅直入束手待斃莫可如何前車之覆殷鑒不遠應請於武漢募陸師八千人水師二千人此萬餘人日夜訓練則平時有萑藿不采之威臨事有折衝千里之勢本境亂民隨時征討固可消除隱慝且東征之師孤軍深入善戰者必傷久役者必疲傷病之人留於軍中不僅誤戰亦且誤餉若以武漢之防兵更番替代彌縫其闕則士氣常新軍行必利至水師以礮為利器礮聲震疊無半年不小修之船亦無一年不大修之船更番迭戰以武漢為歸宿則我兵常處其安而不慮其危矣或疑武漢兩城公廨私廬百不存一人物凋殘與締造草昧無異城周二十里設守為難臣愚以為非是

蚡冒藍縷以啟山林衛文作都訓農通商是在行之以儉而訓之以勤耳苟此而不能守去之他處何益此則武漢宜急設防練兵之要湖北莠民之從賊者以興國崇陽通城通山大冶廣濟黃梅為最多臣於臬司任內由岳州馳崇陽通城二月以保甲之法勒令戶首綑斬三千人未及畢事而馳往九江矣兵至為民賊來從逆及今不治終必為亂治之之法兵勇搜捕不僅徒滋擾害亦且事久無成惟有保甲清查戶族綑獻分別斬釋之法然而牧令不得其人則法不能行害且滋甚其已被賊擾之三十餘州縣吏惰民驕其未被賊擾之三十餘州縣官仇民而民亦且仇官夫吏治之不修兵禍之所由起也士氣之不振民心之所由變也官吏之舉動為士民之所趨向紳士之舉動又為愚民之所趨向未有不養士而能治民亦未有不察吏而能安民者臣恐湖北之民揭竿而起者不必粵匪之再至而將盜弄潢池矣即如五年大熟州縣乃或報災經臣駁斥在案六年大饑州縣轉不報災又經臣迭次駁斥在案以豐為歉是病
國計以歉為豐是害民生而終必害於 國計又查積年以來每遇歉歲官吏私收而 恩旨蠲緩者實惠不及於民則因有挖徵名目又改為急公名目無一非蠹 國病民飽丁胥之慾壑而肥官吏之私囊實堪髮指凡下與上交接之事諉之幕友而官不問凡官與民交接之事諉之門丁而官不問詞訟

案牘病在積壓盜賊奸宄弊在因循夫州縣之小事即百姓之大事今日之小賊即異日之大賊厝火積薪隱憂更切又如軍餉浩繁不能不取給於捐輸牙帖釐金以資小補報捐則有踩堂贄見之費牙帖則有勒索之費釐金則有私設之費其所繳於公者薄其所取於民者厚臣受事以來迭次特參均蒙
恩旨俞允在 國自有刑章在臣亦甘為怨府然而深思利弊之原劾貪非難而求才難前者劾去後者踵事而巧避其名則其弊將有不可勝言者矣且賊擾之地官缺久懸觀望不前所在皆是臣愚以為必應嚴禁官場應酬陋習與羣吏更始崇尚敦樸屏退浮華行之數年或可改觀人情固欲自便其私上無

所求則下可自贍即責以廉潔而無辭風尚必使先趨於正大官所好羣吏所贍即不煩董戒而自變目下情形州縣尙懸缺待人可否　敕下部臣暫勿拘臣文法資格地方吏治是臣專責責無可諉容臣次第清理分別委署如果試驗有效才具出衆即行　奏請試署以期實濟而利民生此吏治急應整飭之要以上二事實湖北之先務其餘應辦事宜容臣隨時　奏請　恩訓刻下武漢甫經收復人或以爲巳治巳安矣而臣之所憂方大如以爲巳治巳安則前此固巳收復二次矣況今日江西腹內七府尙淪於賊與四年之僅失九江者情形迥異江西之腹地皆與武漢脣齒相依旁軼橫出不僅九江安慶爲

可慮也且未收復之先事勢極難而文武尙有懼心既收復之後布置尙易而特恐文武均萌肆志外省粉飾之習久在聖明洞鑒不揣愚昧直陳　聖主之前可否　敕下廷臣覈議準行理合繕摺附驛以　聞伏乞　皇上聖鑒訓示施行謹　奏

裁汰鋪兵改馬遞差遞疏咸豐七年　胡林翼

奏爲湖北裁汰鋪兵分別有驛無驛改爲馬遞差遞酌提銀兩以資津貼恭摺覆　奏仰祈　聖鑒事竊準部咨議覆山西省各廳州縣向於公文驛遞外另設鋪司兵遞送文件多係奸胥冒領並未專設鋪兵擬將通省鋪兵全行裁汰改爲馬遞有驛各廳州縣酌留工食十分之二津貼捐馬工料之用無驛各廳州縣酌留工食十分之四以資差役飯食之需令即查照原奏各就地方情形詳細體察辦理以節糜費而昭覈實等因當經行司查明議詳去後茲據藩司馬秀儒臬司羅遵殿會查得州縣安設鋪司原爲遞送尋常公文起見近年楚省多未專設鋪兵

工食不無冒領自應循照晉省奏案一律裁汰以節糜費而昭覈實請以　奏咨奉到部文之日爲始將湖北省有驛之江夏武昌咸甯蒲圻漢川黃陂孝感黃岡蘄水羅田蘄州黃梅廣濟鍾祥京山潛江天門安陸雲夢應城應山江陵公安松滋宜都襄陽宜城東湖歸州巴東荆門等三十二州縣原設鋪司改爲馬遞查照年額工食酌留十分之二津貼捐馬工料之用無驛之嘉魚興國大冶通山通城崇陽沔陽麻城黃安隨州石首監利枝江棗陽南漳光化穀城均州鄖縣鄖西房縣竹山竹谿保康興山長陽長樂鶴峯恩施宣恩來鳳咸豐利川建始當陽遠安等三十六州縣原設鋪司改派差遞查照年額工食酌留十

分之四以資差役飯食之需嗣後各該州縣遞送公文責令隨到隨派儻有遲延分別查參究治庶於公事無誤而經費亦歸實濟等情具詳前來臣等覆查無異謹合詞恭摺覆　奏伏乞

皇上聖鑒飭部議覆施行謹　奏

減湖北北漕南米疏 咸豐七年

胡林翼

奏為湖北漕務積弊已久現擬革除冗費減定漕章以紓民力而裕國賦密摺恭祈

聖鑒事竊惟湖北通省有漕州縣凡三十有三額徵北漕正耗米十五萬石有奇南米十三萬七千石有奇北漕由丁船兌運京倉南米由州縣解支荊州滿營及各標綠營咸豐三年因湖廣漕船停運部文令變價解部每石折銀一兩三錢各州縣仍照舊徵收時因省城失陷未及辦理臣自咸豐五年三月蒙

恩擢署湖北巡撫卽訪聞各州縣徵收漕糧多所浮勒大為民病每思有以變易之以軍事方殷無暇及此上年武漢克復楚境漸次肅清今歲雨暘時若年成

頗稱豐稔漕糧可望開徵若不於此時設法清釐舉積弊而一更張之　國計民生將何補救惟是楚北漕弊浮收之重實由於冗費之多使非先察積弊之由是猶止沸者不去其薪墾田者懼圖其蔓也臣請為　皇上密陳之查湖北各州縣額徵米數多者二萬餘石少者或千餘石或數百石北漕南米合徵分解其徵收米石者謂之本色以錢折米者謂之折色其徵收折色多寡不同有本色多於折色者有折色多於本色者有本色折色各半者有全收折色者其徵收折色每石折錢或五六千或七八千或十二三千或十五六千竟有多至十八九千者其徵收本色每石浮收米或五六斗或七八斗或加倍收竟有

多至三石零者此外又有耗米水脚等項分款另收又有由單券票樣米號錢等名多端需索民力幾何其能堪此而州縣則有所藉口也向來漕運道通時不無津貼方能挽進入都而丁船藉此需索兌費爲數甚鉅者固無論已卽現在停運免兌幫費可省而糧道有漕規本管道府有漕規丞倅尹尉各官俱有漕規院署有房費司署有房費糧道署及本管道府署書吏各有房費此冗費之在上者也又有刁紳劣監包攬完納其零取於小戶者重其整交於官倉者微民謂之曰蝗蟲更有挾州縣浮勒之短分州縣浮勒之肥一有不遂相率告漕甚或聚衆哄倉名雖爲民請命實則爲己求財也官謂之蝗蟲費種種蠹弊

盈千累百無不於州縣取之其派發南米者撥定後由州縣自運交荆州府衙門或交本色或交折色其交本色者正米耗米之外尚需雜費銀兩甚多其交折色者每米一石折銀或二兩或三兩不等要之費未交足米故遲收此冗費之在南米者也夫州縣既多冗費勢不能不向糧戶浮收州縣既有浮收勢不能不受刁民挾制於是大戶折色之價日減小民折色之價日增土棍豪衿多方抗欠猾胥蠹役從中欺侵各州縣雖勒折浮收閒有所得半皆耗於上下冗費之中而　國家維正之供往往徵不足數則相率揑報災歉藉緩徵爲騰挪而漕政因之益壞百餘年來日甚一日東南數省積弊相同而湖北則幾有不可挽回之勢矣湖北現當兵燹之餘若聽有漕州縣仍照前此之每石十餘千收取必至民困難甦有負我　皇上軫卹凋殘愛養民生之至意臣自九月初旬由九江旋省日與省中司道武漢二府晝夜籌商立志減漕以甦民困竊謂欲禁浮收當先革冗費現已遴委道府大員馳詣各州縣體察情形破除情面分別刪減嚴立限制明立章程榜之通衢俾窮鄉僻隅一律周知貪吏猾胥無從欺隱取中飽之資以分益乎上下務期積弊盡除民力藉以稍紓而　國賦得歸實濟易云窮則變變則通通則久此其時也然積重難返弊已百年利之所在人人得而爭之一旦發其痼疾窮其利藪取而還之於民歸之於公將

必有疑之怪之且從而謗毀之者臣愚以爲苟有利於　國苟有利於民卽執殺之歌在所不恤臣膺封圻重寄錢漕係臣職守漕弊一日未清臣職一日未盡除俟辦有端倪再行另摺陳明謹先將湖北漕務積弊亟當清釐情形縷晰密陳伏乞

皇上訓示遵行謹　奏

舉隱逸以正人心勵士習疏　咸豐七年　胡林翼

奏爲訪舉隱逸之士懇　恩賞給京銜以正人心而勵士習恭摺奏祈　聖鑒事竊惟鄂居天下之中水陸四達平時富商巨賈往來聚集競尚繁華閭閻耳濡目染相習成風變本加厲識者葢隱憂焉迨經兵燹迭擾民氣凋殘遷播流離四民同困此固循環剝復之自然亦天心人事轉捩之機會也臣維移風易俗教化爲先顧官之於民條告或視爲具文刑章亦倖圖苟免不若其鄉之賢士大夫朝夕與處情易通而言易入者亦勢使然也特以側陋寒微不求聞達當道者又不搜羅汲引任其淪沒巖阿無怪乎滔滔皆是提倡無人而浮僞之士且以爲

積學立品如某某者卒亦無所表見甚至窮餓終老人亦何樂爲君子而恥不爲君子哉此世風之所以日下而人才之所宜急舉也鄂之興國州爲江西入楚門戶逆匪頻年嵎負踩躪特甚處士萬斛泉結茅山中讀書講道賊至時正襟端坐絃誦不輟賊亦不敢逼自相引去平日以朱子小學暨近思錄爲宗尤精研大學衍義並性理諸書家貧性孝取與不苟前學臣龍啟瑞杜翰將拔爲秀才遂不應試延主崇正書院講席湥裨士林其弟子宋鼎鄒金粟均布衣不求仕進安貧樂道砥礪廉隅爲鄉里所矜式臣徵之皆不肎出復加采訪輿論翕然竊以造物生才原關氣數　國家選士不限雲泥當茲力挽頹風得才士百不若得醇士一可否仰乞　天恩準將興國州處士萬斛泉給予國子監學正銜宋鼎鄒金粟均給予翰林院待詔銜庶幾觀感奮興頑廉懦立共率由於仁義道德之域實於人心風俗大有裨益謹繕摺具　奏伏乞　皇上聖鑒訓示謹　奏

請川鹽官運官銷疏 咸豐七年

胡林翼

奏爲楚省鹽法援照舊案試行官運官銷請酌撥引張以濟民食而裕軍儲恭摺仰祈

聖鑒事竊照湖廣兩省自淮鹽阻絶以來鹽法遂無章程惟藉鄰省商販陸續運到以濟民食此實暫時權宜之計非可恃爲久遠也查潞粵各鹽成本較昂運販止及近邊不能行遠惟川鹽一水可通成本較少是以近年兩省食鹽實以川鹽爲大宗儼與淮運相埒咸豐三年前署督臣張亮基奏請借撥川鹽引張派員督運著有成效因粵匪上竄遂未續請嗣後兩楚食鹽皆係私商運販經川省之夔關楚省之宜昌沙市抽提課稅後卽準作爲官鹽任其所之約計入

楚之鹽以旺月計算每月約合川省水引九百餘張一千萬斤上下此項鹽斤固未定有額數亦未給有引票惟視楚省鹽價之長落以卜來鹽之旺衰正月閒宜昌有襄匪之警商販一月不前南省鹽價大昂民閒幾於淡食鹽之來楚與否其權皆操之商販不統於官鹽法爲　國之大政利權下移無此政體萬一姦商欲操奇贏相率一月不至民閒卽鮮食鹽一旦相隨麕集先到者倍蓰獲利後到者又復壅滯堪虞大非便民裕用之道臣等自省垣克復後卽再四籌商擬仍援張亮基借撥川引之案而稍變通其法改爲官運官銷仍不奪商販之利以每月銷鹽九百引計算擬按月官運川鹽水引二百餘張七百餘引仍聽商販自運由楚省派道府大員至川會同川省委員按月督運仍照川省章程完納引課到楚後另派公正委員勒限督銷其運鹽資本卽由川省協濟楚餉內按月交發駐川委員承領運辦通四月報銷一次其所銷鹽價並所獲贏餘一併解赴大營作爲軍餉以此通融辦理其利實有數端楚省引地袤延數千里之大民運旺衰不常官運源源不竭價值不虞頓長缺乏隨處可通此一利也川鹽成本較輕儻經理得人則贏餘頗厚以實軍儲不無小補此二利也川省濟楚軍餉竭力供支尚虞不足茲畫作鹽本在川省所籌仍不過照向月之數而楚省所獲較豐是不增餉而有增餉之益此三利也南省米多而缺

鹽北省鹽多而缺米卽令委員運鹽易米以作軍食此四利也民運七而官運其三旣非占民之利且商販得隨官運可免痞徒譌搶之虞此五利也九江之於金陵風利不過五日可至是東征之師不僅目前之挹注必以鄂爲根本卽異日之餉糈終賴鄂爲轉輸鄂省一隅之地民力凋殘餉項日絀凡有資軍餉之事幾於搜索殆盡此尤便民而不病商實可萬全無弊如蒙

俞允卽求　飭下四川督臣每月借撥楚省富順廠鹽水引二百張交楚省委員承辦並就近將濟楚月餉交委員收領以免往返解運之煩其督運銷章程並委員銜名敬俟奉到

諭旨詳悉咨送戶部查覈試行半年當有贏餘以資軍食

卽可將蜀省月撥五萬兵餉，再行奏請停止，所有籲請借撥川
作爲官運緣由，理合恭摺具　奏，伏乞　皇上聖鑒訓示。祇
遵。謹　奏

變通有驛州縣夫馬報銷疏 咸豐七年

胡林翼

奏爲查明湖北有驛州縣近年驛站夫馬情形，酌擬變通報銷章程，請　旨敕部議覆，恭摺奏祈　聖鑒事。竊據藩司馬秀儒、臬司羅遵殿會詳：咸豐二年以來，湖北有驛州縣多被賊擾，致將驛馬劫失，號舍焚燬。勘退後均仍照舊安設修理，接遞文報差使。查馬匹一項，例應詳司照戶部換票，出口購買，始准塡補上站。維時軍報絡繹，若遵定例買馬遞送，緩不濟急，必致貽誤。經該州縣在附近地方各按例價額數買馬補站，或按額數雇馬應差，卽完善各驛自咸豐三年起至六年止，每失馬倒馬，或因道路梗塞難以專丁赴口，或因臬司遠在軍營未能照例請票，卽在附近地方按年按額買馬塡站。其失驛州縣未設以前，俱係雇夫代馬，均經通禀有案，辦理係屬權宜。所有未經奏銷之歷年支用驛站銀兩，自應變通報銷。擬請將咸豐二三四五六等年各驛在於附近買馬者，無論塡補失馬倒馬，準照出口買補倒馬之例，分年支銷馬價，扣解皮張銀兩，仍不得過年額存七倒三之數。如係雇馬應差，不准支銷馬價，應以咸豐七年爲始，按照倒馬例數遞年請票補買，俟口馬買到若干，卽裁去雇馬若干，並俟雇馬裁竣，始準接報倒馬，不許兩項並支。其被擾州縣未失驛站以前及失後補設並完善各驛，無論買馬雇馬，查係實在夫馬足額者，歷年額支夫馬工食工料，加

閏支應號房鞍屉夫價健夫工食等項銀兩準其一體照額開銷不足額者按數裁減其失驛州縣未設以前雇夫代馬此項健夫工食銀兩應請比照襄陽穀城均州鄖縣四州縣添設王政橋等一十七站之例日按名支食如雇夫較多即不得過原額馬夫之數等情請　奏前來臣等查楚省州縣近年驛站夫馬事宜實因限於時勢未能循例辦理該藩臬兩司酌擬變通報銷章程係爲覈實撙節力杜浮冒起見惟是事關動支驛站錢糧且與成例多有不符未便擅專相應請　旨敕部議覆遵行伏乞　皇上聖鑒謹　奏

擬請釐正　文廟祀典疏　羅文謙

爲請釐正　文廟祀典考禮定樂勒書垂遠須示學宮事臣伏攷有天下者　孔子與社稷並重是以歷代崇奉至我　朝而極盛然尚有沿舊制未經釐正者屬當　文明之世必還大備之觀臣謹按備禮樂祀孔子之制自南齊永明三年從尚書令王儉議設軒懸之樂六佾之舞至唐開元二十七年追封孔子文宣王內出王者衮冕之服以衣之樂用宮懸而舞佾未增延及有宋紹興十年從王普請準社稷之制京師釋奠文宣王爲大祀加籩豆十二而佾舞未聞至慶元元年仍改中祀明洪武二十六年頒大成樂於天下舞仍舊制樂用登歌成化十二

年祭酒周洪謨始奏孔子旣用天子冠服亦當用天子禮樂請增籩豆爲十二舞佾爲八初格於部議洪謨又言孔子道不外乎禮樂欲體孔子之道亦莫先於禮樂今冕服旣用天子之禮而佾舞則用諸侯之樂以禮論樂則樂不備以樂論禮則禮爲僭若因循不加釐正後世必見非笑於是衆官集議以孔子所封之王乃當時天王之王非後世國王之王宜增其器數爲十二籩豆舞八佾則禮不僭樂不缺可以格神靈厚風化補前代缺略之典備聖朝尊崇之制詔從所請嘉靖九年大學士張璁以議禮得進緣帝意妄議孔廟祀典宜當改革於是仍減籩豆爲十舞爲六佾當時諸臣若張袞徐階等已極言其不可而帝

不從且得罪 國朝順治元年禮科都給事中龔鼎孳言文廟佾舞益而八籩豆益而十二雖曰天子禮樂然既素王奉之矣德足配天則不可以位限況聖功大於堯舜者哉且成均天子辟雍尊師之地以天子自尊其師而用天子禮樂誰曰不宜部議仍沿明制未及改正雍正七年闕里 文廟成聖像冕十二旒服十二章從通政使留保請推原先聖從周之義用元衣纁裳 頒發鎮圭不以稱至聖先師去爵號而不用天子禮服則是祀孔子以天子禮終古不可改易而樂何可仍諸侯之制臣竊以爲孔子萬世禮樂之主遵其教故報其功如以報功論則備天子禮樂不爲過如仍明嘉靖制去爵號則祀諸侯禮樂亦

爲僭而況王者之祀自唐開元已然六佾之舞自齊永明已然雖專行國學與通行天下郡縣學其制不一然攷後代尊崇典禮究未加增於齊唐舊制卽宋紹興進大祀明成化備八佾乃未久俱復其舊是千百年來不醇不備之一大缺典未必不有待於 今日之釐正者也伏望採明臣周洪謨 國朝給事中臣龔鼎孳所言誠爲至當之論攷禮定樂應增籩豆爲十二舞爲八佾準祀社稷制進孔子於大祀 頒行國學闕里其郡縣學或通行或殺其制庶極崇儒重道隆禮 先師之意臣又按以道重者不以爵貴然後世尊奉之典爵貴則道愈尊所以肅人瞻仰攷四配前代僅封公爵未極其尊均宜進以王封如後

世國王之王以避孔子有宋諸儒惟朱子爲集大成其所註書頒布天下是以我 聖祖仁皇帝特詔升配十哲之次誠以後世有功聖門者莫如朱子亦宜隆以王爵準我 世宗憲皇帝追封孔子之先五代則顏曾孟與朱子均應封其先世三代如關帝禮竝請於春秋丁祭次日各以牲牢六佾之祀祀其里居家廟以報其功臣又按兩廡從祀先賢如蘧瑗林放二賢舊祀於鄉今列東西廡之首亦覺未妥蘧子本先聖故人不宜屈在弟子合改祀崇聖祠東廡從祀列庶以兩安林子亦非孔門弟子宜改位七十子下則位次不紊臣又按後世從祀諸儒議者每以發明聖道始得與於其列善乎辥氏瑄之言曰

自紫陽以來斯道大明學者祇須躬行律以四科則發明者言語之儒躬行者德行之儒也是以果合聖賢所言雖無著述亦應從祀謂其可以身教況學校者所以明倫教忠教孝之地豈可不覈其實臣愚以爲所當增入從祀者則有若晉之陶氏潛亮節清風激勵後世實晉室之夷齊宋之韓氏琦與范歐伯仲者也范歐既已從祀韓何可闕岳氏飛忠孝性生廉頑立懦文氏天祥於孔孟成仁取義之訓實允蹈之明之于氏謙孔子所謂可與權孟子所謂有安社稷臣者也史氏可法則我 高宗純皇帝與黃氏道周劉氏宗周同褒爲一代完人之數人者忠義經濟百世下聞者莫不興起雖不事著述要無愧聖門

德行政事之倫所謂行合聖賢以身教者也亟宜廁諸俎豆有關名教不小又如制氏制樂祀在瞽宗則有若漢之司馬氏遷後世史法所宗且其贊孔子以至聖定萬古不易之論下有議諸從祀或應同升凡臣所論俱以崇奬實行以孔子道侔天地刪節兩廡從祀宜收古今第一等人物不欲使皮傅濂洛關閩者竊理學之名矜得孔孟心傳實與世教無補伏乞 皇上飭部覈定施行並請 欽定文廟祀典志一書仿修史例改史記孔子世家爲世紀其四配朱子列爲世家先賢先儒以次列傳附錄從祀緣由及禮制樂制之全頒示天下學宮昭官司之守重奕禩之規於以知我 朝崇禮 先師禮明樂備之盛實度越前古萬萬天下幸甚

湖南文徵卷八

湖湘後學集編

疏八 駢體

賀勦烏圍奏凱疏 乾隆四十年八月

羅源漢

爲 聖主德威遐布微臣忭慶情殷恭摺 奏賀仰祈 睿鑒事竊臣於八月二十五日在廣平府曲周縣途次欣聞紅旂馳報大捷勦烏圍闔部蕩平班師奏凱等因臣望 闕叩頭慶賀訖欽惟我 皇上孝隆繼述 治冠古今 文德誕敷萬國被菁莪之化 神功懋著八荒驚震疊之威固已雷厲寰區除至難除之苞孼風行殊俗闢從來未闢之版圖矣乃有金酋索諾木者負固爲嵎營深作窟前沐 聖朝之寬大得免危亾今侈醜類之梟張致滋罪戾會孼豎僧格桑罔冀逃生投竄復敢亾命跳梁恃險而嘯聚荒陬作梗而橫行絕塞猖狂屢肆誅 天討所必加罪惡既盈 王章難再宥六師迅指奮身而絕壁俱平三路齊驅飛步而懸崖奚恃捉吭附背坐看羝羊觸藩以逸待勞恰遇涸魚游釜檄書傳處衆虜早謝悃忱露布飛來狼窟盡行勦絕此皆 聖天子之制勝萬里如在目前斯得諸將之奏功克捷直同操券從此海陬獻雉愈昭一統無外之模郡國鳴凰永裕 萬世無疆之福矣臣無任踴躍懽忭之至

代陳順天在籍紳士慶祝疏

羅源漢

奏爲據呈恭奏事據順天府在籍搢紳原任詹事府詹事陳浩太僕寺少卿薄海等呈稱本年十一月內恭逢　聖母皇太后七旬萬壽普天同慶八表騰歡臣等世依　輦轂舊列簪纓荷　累洽之深仁天高地厚際　慈闈之鴻慶日麗星輝街衢競頌升恆草木思酬雨露我　皇上懋昭孝治式煥天經合萬國以承歡鈞鈐明耀彙百昌而獻瑞珠璧聯暉重以　德威遐暢丕冒無垠月竁天方竝歸疆索龍沙浦海悉隸版圖莫不望闕抒誠款關頂祝屬在郊圻臣庶　恩膏之沾被獨先惟茲葵藿悃忱寤寐之謳歌倍切擬附近光之末敬効嵩呼虔闞介

壽之壇用申華祝理合呈明伏乞據情轉奏等情到府臣等敬惟　聖母慈壽維祺凡爲率土之臣均有尊崇之義矧梯山航海祝釐者且遠集於殊方則就日瞻雲效祝者應率先於輦下所有具呈人等均係順天府屬紳士應隨臣等衙門恭祝理合預期奏　聞臣等仍行文總辦　萬壽工程處卽於府尹衙門慶祝處所酌給地面令其虔設齋壇敬宣梵典恭誦無量壽佛經以伸頌祝俾得各展葵忱謹具呈繕寫各員名單一併恭摺具　奏伏惟　皇上聖鑒謹　奏

代謝恩疏

陳長鎭

竊惟至難逢者再造之恩最難肰者更生之感況負罪如某者眾皆欲殺法無可逃解疏網於二天出驚魂於九地自非土石能不歡呼伏念某質本顓蒙性尤戇激深疾貪酷不啻仇讐從前不自忖量久分膏身荒塞我　皇上垂憐愚直特賜生還復入諫垣已如再世同翔有日涓滴無酬中夜披衣椎心泣血旋因母老　北闕跪陳仰荷　聖慈南方優轉一堂骨肉旣獲團圞中間愆尤更邀　赦宥急欲效螻蟻之義敢不施鷹隼之仁適目覩某婪贓剝民復不自量據實通揭冀逃得罪百姓之僇遽遠善事上官之箴揑款糾參重兵防守老母幼子

黜及晨昏溢米勺漿搜其出入曲蒙　睿鑒欽遣重臣一洗獸行得還人類仍　予開復重廁衣冠樹已枯而載榮蟲久蟄而忽起父母於子僅一生之　皇上於臣生之至再有何頂踵忍勿捐糜惟是母年七十有六精氣衰頹獨子追隨形影單隻經茲震駭益致怔忡臥簀呼兒嚙臂賈涕欲具呈終養則報主之志彌長欲領咨赴補則侍親之日已短肝腸慘割進退回惶何幸　錫類深仁復得近補今職舟車不費定省無違竭力致身一心兩盡捧　丹書而嗚咽自問何人望　紫極以悚惶難勝異數痛定思痛忠益求忠冐因風波之險屢嘗遂令薑桂之常頓改苟三生之可補縱九死其奚辭

恭謝　恩賞銀幣摺　周系英

奏爲恭謝　恩賞銀幣仰祈　聖鑒事竊臣於五月廿八日在淮安府接準禮部文稱恭照　實錄告成　恩賜閣館官員賞賚卅單開離館副總裁減半賞大蟒紗一疋大綵緞表二疋半裏三疋銀四十兩傳交江南提塘須發知照到臣茲臣抵署之次日適提塘恭齎　賞件送到臣當恭設香案望　闕叩頭謝　恩祗領竊臣筆乏三長材無寸補雖忝簪豪之職敢希稽古之榮伏遇我　皇上性敦孝慕　治本敬承恢　繼　志　述　事之模成系月編年之製洪惟我　仁宗睿皇帝　仁本如天　睿

原作聖　書名默告爲　天　祖所鑒臨　聰授璽傳家異唐虞之揖讓以天下養　詒謀聽以三年等百世王巍蕩獨隆於千古　鴻休偉績史不絕書　聖德神功筆難悉紀文武之政布方策佑啟後人堯舜之典冠尚書順考古道爰是特開館局集議章程微臣適蒙　召用之初旋拜總纂之　命攀　鼎湖而莫及正切搶呼藉　寶籙以效勤稍酬　知遇面聆訓諭首在簡明凡屬　大經大法之昭垂悉本左史右史之記載是以手胝口沫辰入酉歸綜廿八人草創之功討論□於貫串紀　一二日時幾之敕著錄敢有漏遺商搉雖自于館臣　裁定悉經夫　聖覽而臣甫周匝歲屢沐超遷及貳冬官遂升副事隨蒙　恩綍出使西江所進正本未及十年所蕲稾本僅逾大半何期　慶成之典亦邀恩賚之榮文綺□□發篋而藻采溢目朱提璀璨傾囊而寶氣盈庭身遠　觚稜既切維鵷之懼坐糜厚祿更虞縣特之譏曾摹　天繪　日之無能乃　錫類推恩之逮及省循之下感悚交竝臣惟有益凜冰淵勉承　渥澤文章矢報被服□儒者之林廉潔自持勵品企精金之操仰　盛典於覲光揚烈祝　景福于億載萬年所有微臣感激榮幸下忱謹繕摺　奏謝　天恩伏祈　聖鑒謹　奏

奏爲恭謝　天恩仰祈　聖鑒事前者恭逢　實錄告成臣以一年離館人員例得　恩賞當即祗領　奏謝奉　硃批知道了欽此茲於本月初九日復準吏部文稱請將在館一年之副總裁議敘奉　旨周系英著加一級欽此欽遵知照到臣竊臣□□史長屢叨　恩賚屬攀鼎湖而莫及適當館局之初開顧資眾手則貫串爲難爰命微臣司討論之事粵若稽古敢詡摹　天繪　日之功永言　孝思用昭　繼　志　述　事之大而臣適逢出使未克觀成然猶蒙半　賞之頒已慚鵷翼茲更邀一級之　賜例晉鵷班九功帷敘而不泯微勞

一命優加而益深傴僂省循載切感幸交深臣惟有益矢慎
勤勉酬　高厚江湖雖遠日傾葵嚮之微忱　謨烈丕承
垂其仰　鴻庥於萬禩所有微臣感激榮幸下忱謹專摺
奏謝　恩伏祈　皇上聖鑒謹　奏

謝恩疏　周系英

奏爲恭謝　天恩事本月初六日內閣奉　上諭周系英
著充　實錄館漢文總纂官給予纂修公費欽此竊臣本
無學術況乏文才蒙　先朝生成豢養廿有五年顧微臣
迂拙糊塗萬無一報　皇上恩覃廢籍優假卿班復因
實錄之初修畀以總纂之重任兼左言右動之職綜編年紀事
之司夫豈庸愚所宜忝預欽惟　仁宗睿皇帝孝則以天
下養　德則爲萬世規無怠無荒惟精惟一三年
訓政堯典實首　虞書二紀　綏猷文謨用啟
武烈臣早逢　盛際親睹重華緬惟　鴻庥俾績之全
實協揚厲鋪張之極惟有倍加敬謹勉事編摩敢辭橐筆之勤
輒荷囊錢之　賜識慙窺管詎能摹繪　乾坤才愧濫
竽竊忝均霑　雨露所有微臣感激下忱謹繕摺奏謝
天恩伏祈　皇上聖鑒訓示謹　奏道光元年二月

謝恩疏　周系英

奏爲恭謝天恩事本月十五日內閣奉上諭周系英著補授翰林院侍講學士欽此竊臣質同瓠落材本樗庸荷蒙曠蕩之恩仍廁班聯之列堯文炳煥方慚莫繪乾儀湯德寬仁更愧未酬塵壤何期寵綍特許登瀛廻思往事以省愆彌覺餘年之多幸雲中金闕此生竟得重瞻天上玉堂自昔未聞三入認巢痕之依舊竊喜廻翔睹甎影之如新倍增激勵誠儒臣之榮遇實聖主之鴻施臣髮白始衰忱丹無改敢忘砥礪稍懈編摩足文史於三冬惟敬事夫鋪張對天之烈策駑駘於十駕

總益矢其馳驅報國之心所有微臣感幸下忱謹繕摺叩謝天恩伏祈皇上聖鑒謹奏道光元年十一月

謝恩疏　周系英

奏爲恭謝天恩事本月十七日內閣奉上諭周系英著補授內閣學士欽此竊臣學本蕪疏才原駑下早蒙知遇屢蹈愆尤迺荷曠蕩之恩載畀清華之秩報微塵露感切髓肌茲復渥被隆施特加峻擢紫泥盈手人誇瑣闥之榮丹禁濡毫職重絲言之掌三旬儤直方循甎影於五花八載廻翔更喜鳳池之再到寵眞逾分幸豈勝言臣惟有益矢愼勤倍加策勵綜左右史之紀敬誦典謨仰一二日之幾還窺訓誥蒳階地邃敢矜五字之才雞樹枝高願上萬年之頌所有微臣感激榮幸下忱謹繕摺

恭謝天恩伏祈皇上聖鑒謹奏道光元年十二月日

代大學士朱珪等謝摺　袁名曜

爲恭謝　天恩仰祈　聖鑒事内閣奉　上諭直隸省
宛平文安二縣應征嘉慶八年各項旂租及文安大城新安州
四州縣自二年至五年止未完出借口糧籽種穀米竝折色銀
兩概予豁免等因欽此欽惟我　皇上敬與日躋　福先
春錫七年　功蔵臯財首裕夫八旂元旦霙霏豐澤預占夫萬
國軫庚呼而貸粟江左右咸沐　隆施蠲丁賦以寬租楚南
北均沾　渥闓秦隴日煦賑期竝展於甘州浙水波溫
恩綍不遺於滇海總以青黄未接正月宣仁務期黔赤舉安祥
風揚惠固已周億齡而登衽統八表而歆衢惟兹三輔之瞻雲

尤廑　九重之布雨辛年偶潦迭承　鳳闕之　慈寅谷初
暘又奉　龍綸之賁總六邑而正供胥豁農力安舒閱三載
而民隱如傷　皇衷周浹辛祈叶吉和光應暘雨之期子惠
騰歡佳氣集垓埏之慶臣等誼聯桑敬　恩逮梅先依　玉
燭而共賀盈甯傍　金門而同躋仁壽普天送喜食毛竝省追
呼近日登熙載筆欣逢康樂佇看　六飛謁告祥霖灑東陸
之甘早知九有登書嘉穀獻西成之穎所有臣等感激下忱謹
合詞　奏謝　聖主格外　天恩伏乞　聖鑒

代大學士王杰等謝摺　袁名曜

爲恭謝　天恩仰祈　聖鑒事内閣奉　上諭云云欽
此欽惟我　皇上黄樞迪化　紫宙均禧　祈年廑虔鞏
之誠　省歲篤盈甯之望捷郵遞凱先臘鼓而闐歡福宇
覃熙肇春臺而錫羨候祥風於上甲五韙循占盼佳氣於元辰
六霙兆瑞　貞符翕集三階基青陸之禔　溫旨遥頒七萃
拜　丹綸之渥日畿啟淑　豐膏迭沛鴻寰歲籥迎韶
渙詔勤詢鶯序　撫豳圖而盼稔軫念秦中　念雍錄以
馳諏籌杏隴右偏隅聚潦昨年偶告澇災歉戶分賙比邑頻叨
賑問計豐收於補蒔丁賦停征荷　巽命之重頒子民飫

澤濟窮農而振乏折色平賫眷逋畝以敦耕先期貸種千
行布愷青黄遥劑秧疇四繭充餔蒼赤皆愉蔀屋蔵戎功於偃
伯鶩堠銷鋒勖稼政以興犂鱗塍悊沃臣等般懷梓里依景
楓墀屢蒙積歲之蠲符載沐　新恩於首祚京坻佇祝預
徵豐畤之山澮遂勤疏溥注太平之水瞻榆望杏誦時訓於春
祺敎穀宜禾兆豐祥於地利使覩星輝格澤璿璣占七政之齊
彌欣歲叶　天倉玉粒積三登之慶惟　乾施之普被忭
澤之覃敷所有微臣感激下忱理合敬謹繕摺恭謝　天恩
伏祈　皇上睿鑒

擬湖南京官謝摺　　袁名曜

爲恭謝　天恩仰祈　聖鑒事本年十月二十日內閣鈔出奉　上諭云云欽此欽惟我　皇上化洽黃圖　禧均紫宙　牒增軒紀山効祝以呼三　福錫　禹疇邦屢豐而綏萬撫杏風蒲雨之序歲大有以頻書總鶼山鰈海之偏　澤中孚而徧渥維濱湖之沃壤宜多稼於大田丁鶉野之天文光分翼軫甲鴻寰之地寶庾積京坻過長沙稻米之鄉聞香風於五里續荆楚歲時之記紀湛露於三秋乃偶然聚潦於偏隅較常時歲收爲稍絀以一二邑之鄉陬略歉豈致庚呼而十千數之歲取未盈猶厪　辰告環　壽宇而歡同雀躍

綸音遠被茅檐　選期門而臚唱虎賁　巽命重申荆域或蠲符全沛后田竟比閒田或徵令遞寬新賦畱爲舊賦收即稍遲屬序何殊耕三餘九之饒人共被夫鴻施豈止用一緩二之惠　德意比雲陽更峻　恩波較攸水尤長珠崖佩浦之區　誠敷保赤龍洞鹿山之壤戶接膽黃惟得所不遺於一夫故逮下遂周乎片壤臣等情殷梓里光近　楓宸讀鳳誥之十行常陳時夏捧　鸞書之五色旭煦小春羣寄語於南鄉快承　恩於北闕□圍八百里湖周八百里從此迄用明朝　皇春億萬年　帝夏億萬年共祝綏以多福所有臣等感激下衷謹合詞繕摺恭謝云云

代大學士戴衢亨等謝摺　　袁名曜

爲恭謝　天恩仰祈　聖鑒事內閣奉　上諭云云欽此欽惟我　皇上恩均疇載　德洽垓埏稼穡知小人之依我疆我理衣食如赤子之保已溺已饑自已未　親政以來頌多方之布惠讀辛酉紀事之帙仰一視以同仁藎木穰而金飢在年運値氣數之轉惟堯水而湯旱恃　聖心補造化之功屬者疆吏騰章隅災告匱候逾北至地遠西江勢屢已於旨風澤久稽於甘澍當楚尾吳頭之壤舊飯稻而羹魚何蠡湖廬阜之靈艱興雲而致雨順天時之暑方禁燒灰交月令之秋眞成流火訊高田之多稼秀穗未揚盼下溼之晚禾秧針又悴

畎畝或成于龜坼稻粱難付于雁謀計逮下之東西十餘三屬問市中之米穀后已合金雖屢豐尚囷窖之藏而春熟正征輸之屆甫聞　辰告如聽庚呼念十郡之歉區奚啻千里而一年之生計惟在三秋厪　父母之心時飽饑其倍切廓天地之德溥雨露以均施凡未納之租及應收之漕悉寬歲額徐俟年週逾分縣之帶征竝按期而遞緩雖偶櫛墉之未裕俾供升斗之自謀北九派潯陽之波南三折宗江之水東連盱汝西接信饒　黃帖初膽戶少打門之吏瓦盆得飽家猶吹甑之人勝新膏立起夫槁苗如湛露頓滋夫小草加猶靡已　勅殷心貧戶之稽感則斯通　諭誠意名山之禱定報甘霖土透連

村皆種菽種麥之農．更祝時雨師行隔省化買犢買牛之旅．臣等心依桑梓身自犁鋤．讀　北闕之　恩綸感同茅蔀．聽南邦之鄉信頌徧江湖．惟願來年豐稔．仰符於省歲相期不日輸將早納於在官庶酬綏賦之　隆慈長守急公之善俗．所有臣等感激微忱．謹合詞繕摺恭謝．

謝　頒賜大清會典摺子　　陶澍

奏爲恭謝　天恩事．頃由提塘遞到　頒賜　欽定大清會典全部．臣謹卽出郊跪迎至署．望　闕叩頭祗領．欽惟皇上紹　庭出治纘　聖緒猷．始和懸象魏之書陳常時夏．無逸式康田之　訓敷錫庶民．亶聰明而作之　君　師．政惟由　舊．覯會通以行其典禮善必稱　親．仰惟　仁宗睿皇帝扶本引綱斟元立極．　大廷　授璽．一心孚　六聖之傳．冊府鐫珍四輯會　三朝之典．百九十餘季之掌故咸揆采而入　裁成．千一百餘卷之牙籤悉紬緝而歸

折衷．規模旣富典則咸昭．　謨丕顯而　烈丕承聿著　經綸於　駿造．述者明而作者聖．爰徵　佑啟於　鴻圖．臣獲覩　崇編欽承　渥賜．安上治民莫如禮．禮本　心精．經天緯地謂之文粲如．創劉嚮以福威以極敷　彝敎而是訓是行．遠乃猷裕乃民紹　德言而用康用保．變而通之盡利損益可知．識其大者爲賢．方策具在．若稽古重華協于帝迪乃　前光繼自今立政用以人．　聖惟時憲．所有臣欽誦感忭下忱．理合繕摺叩謝　天恩．伏乞　皇上聖鑒．謹　奏

謝　頒賜春秋左傳摺子　陶澍

奏爲恭謝　天恩事竊臣奉到　頒賞　欽定春秋左傳讀本一部當卽恭設香案望　闕叩頭祗領欽惟我　皇上亶聰懋學　稽古同文　道闡麟符既擴元苞於　景命棤垩　鴻則叓傳　鉅製於儒林緬春秋本經世之書獨左氏得屬辭之要軼公羊穀梁之曲說所見各姝紹　彙纂　直解之遺篇其文具在由古哲敷求古哲　君本兼　師惟　聖人能知聖人作仍善述元元本本剏眉而傳自爲篇是是非非綴尾而篇皆有注抉地志山經之奧道里無遺訂別風淮雨之譌形聲必協尊王之義大一統敷

施悉載於　皇言良史之職備三長折衷爰歸於　至教臣質慚抱蠡識等測蠡幸窺　乙覽之精微獲奉　宸編而肄誦願書萬本用識中心悅服之誠萆贊一辭彌仰　盛世觀文之化所有臣感佩欣忭下忱謹繕摺恭謝　天恩伏乞　皇上聖鑒謹　奏

謝　賞戴花翎摺子　陶澍

奏爲恭謝　天恩事竊照海運全竣經臣會同督臣琦善奏報請將出力人員鼓勵一摺於六月二十四日奉到　硃批汝總辦此事諸凡妥順朕深嘉悅另有恩旨欽此並准兵部火票遞到道光六季六月十七日內閣奉　上諭海運事屬刱始辦理維艱仰賴　神靈垩佑在事臣工竭誠宣力雇船兌運籌畫周詳兩次絡繹開放穩抵津門朕心深爲嘉悅自應卽沛恩施以昭獎勵琦善督飭有方可嘉之至著交部議敍陶澍親駐督辦深協機宜著賞戴花翎等因欽此跪領之下感悚交縈伏念臣職竣蒐趨才慚鳩拙屬以漕河之偶阻議由瀛海以試行千颿張鵠首而飛聯行扈浦六月運鵬程而息銜尾津門鸚粒全輸烏旛不警護由　神佑　御香賷而　藻翰同頒　訓稟　宸諱　天寵綏而花翎　特賜象析

羽而加之首彩溢簪纓慶彈冠而尚以瓊輝生弁晃金枝絢日遙分鶴頂之文章翠羽影風何幸鴻毛之際遇舉頭知重附尾增榮翩朝日以翱衢和聲並應覲雲霄而傅翮勵翼彌殷從占逵羽爲儀允戴　聖恩之高厚還共山龍耀衮載颺　盛世之光譽所有臣感激榮幸下忱謹繕摺恭謝　天恩伏乞　皇上聖鑒謹　奏

恭進　御書印心石屋墨寶圖册竝謝　恩摺子

陶澍

奏爲恭摹　御書墨寶併圖册進　呈仰祈　聖鑒叩謝
天恩事臣聞河洛闡先天之秘一畫宣芭圖書流東壁之
光三能煜釆昰以赤文綠字炳十瑞而巍　堯玉檢金泥紀
重譽而慕　舜珠囊肇啟石墨爰鐫欽惟　皇上宥密單
心　緝熙懋學　敕命幾康之暇賡有賡歌　怡神道
德之餘兼資游藝圖標蒙養　題詞早播於前編檢切身修
志額彌殷於新宇偶爾觀瀾聽雨　抒懷總在民依無
妨繪水模山　淡意隱存臣鑒式瞻　鴻藻靡罄鳧依微

臣渥荷　鈞埏身親　高厚比以朝　天述職因之乞
假旋鄉蒙　詢里居在茱萸江之山峽遂邀　宸翰有印
心石之　璿題若作室乃念肯堂承　賜書而標通德劉
向傳經之地敢云樂在山林晏嬰叓塏之餘庶幾居於廉讓
天花灑處蓬蓽生春　琅管飛來松楸煥色既而　齋
顏屢接　清問頻蕃知兩岸有若重門千尋壁立復四字仍
煩　大筆萬丈芒垂　特書屢書遂荷稠施而拜　既
一　命再　命叓加傴僂以承　恩以視尹玘常參獲
一通而光榮已極郎論孫奭直閣兼兩紙而寵幸猶希載奉
恩言允臣勒石捧出雲霞　天上畫麗銀鈎修來日月巖
邊山開玉斧　體乾坤而爲法象　神模畢現於毫芒肖
圭璧以成方圓元氣渾含於橐籥南崖既邈北牖旋凭念諸生
就　日之忱嶽麓無殊鄒魯況　剡聖藏書之府瑯嬛
宛在金焦爰亟重模俾資咸覩蓮花峯下別通營道之潺流岣
嶁碑前叓廣蘋門之鑿刻　大觀有耀經天緯地謂之文
盛蹟長留河嶽日星壯其氣微臣夙叨鯉對忝荷　龍光
景　庥命以凜對揚仰　奎文而知　訓誨精懷鍊石
慙無寸補於　雲天感切銘心長紀　殊恩於奕禩臣無
任瞻奉屛營之至謹裝潢成軸竝繪刻圖册綴記附後進　呈
御覽恭謝　天恩伏乞　皇上聖鑒謹　奏

謝京察奉　諭議敘摺子

陶澍

奏爲恭謝　天恩事頃臣於二月二十五日接准吏部咨開
道光十四秊正月二十二日欽奉　硃諭三載考績大典攸
關滿漢諸臣中有爲國宣勷盡心職守者允宜甄敘秊老而精
力未衰者仍應留任本秊京察吏部將京外各大員具題請旨
朕詳加酌定大學士長齡功宣絕域同德同心大學士曹振鏞
久任軍機克勤克敬秊登八袠精力如常大學士富俊宣力有
秊公勤清愼秊已八十有六精神頗健洵爲盛朝人瑞協辦大
學士文孚戶部尚書穆彰阿王鼎承旨精詳匡勷是賴禮部尚
書耆英管理步軍統領事務諸事認眞頗知振作兩江總督陶

澍辦事實心兩淮鹺務日有起色陜甘總督楊遇春中外宣勞
功勳懋著俱著加恩交部議敘特諭等因欽此臣跪聆之下感
悚交臻時屆當三載之期　龍光共覩日贊荷　九重之
眷篤策同登伏念臣鞿綫非長衣袽夙凜過蒙　知遇
忝領封圻十三年江國承流豪無報稱一二日　天工時亮
倍切敷宣屬當積潦在途哲野而哀鴻滿目更值熬波乏術巡
場而形虎煎心小大事必由之與百爾勉修職業東南力已竭
矣惟　一人允念艱難典守徒殷方自愧制事制心之要
主恩彌篤豈期預懋官懋賞之班是蓋伏遇我　皇上哲
秉知人　誠能開物有馮有翼有孝有德官必惟其人汝明

汝聽汝翼汝為　皇則錫之福官方澄敘　釐工實熙績
之源府事修和　慎憲極　省成之效臣仰承　埏埴
幸列馳驅　天高　地厚之餘效職莫酬乎萬一益贊夔
咨之下圖功彌惕乎二三所期黼藻山龍永彌　盛時之熙
皞庶藉鹽梅鼎鼐長調　聖世之祥和所有臣感激悚凜下
忱謹繕摺恭謝　天恩伏乞　皇上聖鑒謹　奏

賜福並頒賞謝摺四件道光十七年十八年十九年二十年　賀長齡

奏為恭謝　天恩仰祈　聖鑒事竊臣齎摺差弁回黔捧
到　欽賜　御書福字並　頒賞奶餅果乾等件臣跪
迎至署恭設香案望　闕叩頭祇領訖伏念臣湘浦下材黔疆
末吏際龍驤之肇始慚鶴俸以虛縻忽拜　宸章兼叨珍味
金雘琳瑯之筆歛　五福以班春　蓼蕭湛露之恩普八
埏而飫德自維薄植荷此　隆施念受祿之不誣詠素餐而
知懼臣惟有欽瞻　墨寶益勵丹忱體　聖人斂錫之心
胥庶彙偕游　壽寓宣　盛世醇醲之化俾遐方共樂熙
臺所有微臣感激榮幸下忱理合恭摺叩謝　天恩伏祈

皇上聖鑒謹　奏

奏為恭謝　天恩仰祈　聖鑒事竊臣齎摺差弁回黔捧
到　欽賜　御書福字並　頒賞奶餅果乾等件臣跪
迎至署恭設香案望　闕叩頭祇領訖竊臣謬以薄植忝領邊
圻撫青律之載陽詠素餐而滋愧猥荷便蕃之　賜莫名感
悚之私　皇錫福以宜民荒徼咸游　化寓澤自　天
而播閭小草亦沐春膏富壽之衍箕疇風和日麗膏飫之宣
舜德露湛雲需　題處猶新儼親承於　玉案味之彌
永如飽挹乎衢尊臣惟有益勵初心堅持晚節繹愷悌不回之
義所期受祿以無慚推　聖廟大酺之　恩更願投醪而

共飲所有微臣榮幸下忱謹繕摺叩謝　天恩伏祈　皇上聖鑒謹　奏

奏爲恭謝　天恩事竊臣齎摺差弁回黔捧到　欽賜御書福字並　頒賞奶餅果乾等件臣跪迎至署恭設香案望　闕叩頭祇領訖伏念臣竽濫黔疆倏逾兩載屢拜便蕃之　賜愧無報稱之能當玆鳳琯新調仰荷　龍章寵賁大有上吉欣受祜於自　天既醉太平喜飲和於首祚瞻寶翰而　道垂　羲畫星日增輝分玉食而　澤溥堯仁醍醐共飽臣素餐滋懼丹悃彌殷詠宜祿於鴛鴦何以爲受　恩之地勉竭誠於駑鈍誓不渝報　國之心所有

微臣感激榮幸下忱理合恭摺叩謝　天恩伏祈　聖鑒

奏爲恭謝　天恩事竊臣齎摺差弁回黔捧到　欽賜御書福字並　頒賞奶餅果乾等件臣跪迎至署恭設香案望　闕叩頭祇領訖伏念臣代匱黔疆愧無寸補際此龍躔肇始方慚鶴俸虛糜猥蒙　天章輝騰　錫福於　羲畫兼荷分甘於珍品　德飫　堯衢念受祿之不誣詠素餐而滋懼臣惟有導揚　郅治與斯民共迓春祺宣布皇仁俾邊徼咸霑　渥澤冀長承夫　恩貺期勉策於駑庸所有微臣感激榮幸下忱理合恭摺叩謝　天恩伏祈皇上聖鑒

謝　恩摺子

唐　鑑

奏爲恭謝　天恩事本月二十日內閣奉　上諭前經特召前任太常寺卿唐鑑來京迭次召對嘉其品學兼優器識安定欲令留京供職念該員年逾七旬力陳衰老若使勉强服官轉不足以示體恤唐鑑著加恩賞給二品銜仍回江南主講書院江南爲人文淵藪得老成碩學爲之教導俾後進有所矜式於士習民風當有裨益也欽此竊臣一介寒儒至愚極陋祖父而下世受　國恩東觀紬書幸與淸華之選西臺供職慚無獻納之誠　宣宗成皇帝御極之初臣以候補員外郎特擢知府洊膺屏藩之任愧敭歷於廿年復蒙內召之

恩得趨陪於九列屬耄年之將及遂引病而乞身退居山林六載於玆自維　兩朝豢養之恩無寸長之能報雖處萬里江湖之下實一飯而不忘恭逢我　皇上龍飛初元特詔之遙頒召微臣而入謁趨　朝累日沐　溫諭之從容待漏經旬瞻　天顏於咫尺雖還山之志篤猶戀　闕之情殷乃蒙　九重之渥眷給以二品之卿銜且復　褒品學之兼優　嘉器識之安定江南爲人文之藪期有益於士習民風書院爲後進之倡乃謬　許爲老成碩學臣自顧何人膺此　旌獎半生之學曾未涉乎津涯一字之　褒豈僅榮於華袞感激之下惶悚彌深惟當惕厲自持黽皇不怠本躬行

以教士宣　聖德以導民寸念冰淵常守　君父諄諄之訓　太平日月長作　唐虞皞皞之民所有微臣感激下忱謹繕摺叩謝　天恩伏乞　皇上聖鑒

謝　賞花翎摺　咸豐三年十月初八日　易棠

奏爲恭謝　天恩仰祈　聖鑒事竊臣具　奏倡捐軍餉一摺欽奉　硃批另有旨欽此伏念臣猥以菲材忝膺疆寄曾乏職司之效虛叨廩祿之糜既不能執戟軍門共襄師武復未能陳謨黼座少裨式昭輪將雖切於悃忱涓埃何補於餽餉迺荷　隆恩特頒獎賚花翎　寵錫俄增黼黻之華甄敘有加仍忝　絲綸之命肅三薰而弁首喜溢簪纓謹九拜以銘　恩感深寤寐臣才慚儀羽念切殫心惟有益勵修能以冀少酬高厚伏願期門勁旅大張貔虎之威樓艣雄師早靜鯨鯢之浪　策勳膚於　殿陛赤載金舄對揚益邑　皇風　普德澤於垓埏草服黃冠耕鑿咸歌　帝力所有微臣感激榮幸下忱謹繕摺恭謝　天恩伏乞　聖鑒

湖湘後學集編

策

定從祀策　李文炤

嘗稽周建四代之學而虞夏商周之聖哲各爲一學以祀之自孔子有作而祖述憲章大成是集則自漢以來舍列聖而專祀至聖禮之宜也至於諸賢諸儒之從祀則或親炙於其門或聞風而興於百世亦禮之可以義起者也然孔子之經得朱子而後明非他儒之可竝而世多忽之則　皇上之天亶默成表章先哲升而躋之十哲之列豈非曠代之盛事哉至若范希文

之爲人也以天下爲己任投張子以中庸誠孔叔翼之之倫而今日始得躋之兩廡之列誠千古之特典也乃執事猶以損益升降尙須釐正見詢生請陳其管見以待擇焉夫朱子旣升於十哲則濂溪之先知先覺明道之履中蹈和伊川之言坊行表皆大賢也豈可雜之於諸儒之列哉十哲之内旣躋子張則有若子賤原思不當仍居兩廡惟南容則記稱其載寶以朝恐不得以一言之尙德而遂進之也且公西華嫻於禮樂殆亦當與由求竝列乎蘧伯玉之出處合乎孔子誠宜從祀而林放生平無他實驗尙當酌之而諸賢之位定矣漢世經師訓釋多誤自董子而外皆未必合乎聖人宋明之儒亦有顯與朱子爲敵者豈可竝附宮牆哉希文旣已表章則諸葛武侯之無慚王佐陸宣公之不愧醇儒不無待於尙論而諸儒之位亦定矣夫典禮之所關即學術之所係一時之論定而百世之道術明其於世敎豈曰小補之哉則升之降之損之益之誠有待於建中和之極者矣生讀諸子之書常想見其爲人不意値右文之世承下問之臨故輒率爾而妄對如此詩不云乎高山仰止景行行止雖不能至心竊嚮往之是則平日之素志也夫

擬博學鴻辭策對一

聶　燾

制曰士不通經不適於用治經之學於民生本務體國經野之宜尤所當考詳而切究者周禮九職首列三農所謂三農者以地別耶以人別耶其各見於註疏者其同異若何禹貢之三壤周禮之再易爾雅之三田又何所指稱耶上農夫食九人下至五人又何差別之殊也夫通勞逸而人力可均畫井疆而地利先辨井田五義見於何書條目若何五地九土九地九田九等十二土分見何書其條目若何多士剖析言之毋泛毋隱朕將親覽焉臣聶燾對曰堯舜之世洪水既平十二州之地利悉出十二州之人事可興三代聖王漸次修治以地利權人事以人

事盡地利凡以博民於生穀之原而已夫阡陌開而井田不可問矣然其大經大法載於周禮亦時時見於他說猶可考而知也周禮太宰以九職任萬民一曰三農生九穀鄭衆註云三農平地農山農澤農鄭康成註云原隰及平地爲三農斯固從地而別矣朱子詩傳又以上中下農夫爲三事就緒復從人而別豈其彼此判然哉蓋三農之解有以地別有以人別人限於地則從地別地各殊人則從人別儻必執以人別之說而地不與焉將禹貢之咸則三壤就九州之中而分爲上中下三等又就三等之中而分爲上上上中上下中上中中中下下上下中下下胡紛擾若是耶周禮大司徒之制不易之地家百畝一易之地家二百畝再易之地家三百畝爾雅亦有三田之號又胡彼此錯出耶是知九州之地肥磽不同故則壤成賦輕重各等以雍之上上例之揚之下下則苛矣以荊之下中例之徐之上中則濫矣且夫不易之地美地也歲種之故一百畝一易之地較薄矣休一歲乃復種故二百畝再易之地抑又薄矣休二歲乃復種故三百畝所謂量地而授産也不獨此也周禮小司徒之制上地家七人可任也者家三人中地家六人可任也者二家五人下地家五人可任也者家二人此亦可以證田實有上中下之分而二鄭之註三農皆從田別非無見而云矣若夫爾雅之三田一歲曰菑二歲曰新田三歲曰畬此又以開墾之次第

定地之高下者故曰三農之辨匪直以人限於地則從地別亘然而以人爲別則固有之王制曰百畝之分上農夫食九人其次食八人其次食七人其次食六人下農夫食五人孟子之說亦然朱子云糞多而力勤者食九人其次用力不齊故有此五等文獻通考亦云授田之制但如大司徒及遂人之說則是田肥者少授田瘠者多授如小司徒之說則口衆者授肥田口少者授瘠田若如王制及孟子之說則一夫定以百畝爲率而良農多食惰農少食然則三農之分或以地或以人地不能爲惰農而效其靈人亦安能轉瘠土而遽豐其報哉是故先王疆里天下竭人之力而歸諸田物土之宜而布其利有五義焉與人

事也有五地九土九地九田九等十二土盡地宜也五義見於公羊傳註春秋莊公十五季稅畝一曰無泄地氣二曰無費一家三曰同風俗四曰合巧拙五曰通貨財道源劉氏通鑑外紀亦有五義與此不同而周禮大司徒以土會之法辨五地之生物山林川澤丘陵墳衍原隰是也左傳楚蔿掩爲司馬春秋襄公二十五季傳度山林鳩藪澤辨京陵表淳鹵數疆潦規偃豬町原防牧隰皋井衍沃蓋九土矣揚雄太元因九地高下而別其名曰涉泥澤地沚崖曰下田中田上田曰下山中山上山周禮載師六鄉之外有九等之田廛田場圃宅田士田賈田官田牛田賞田牧田大司徒以土均之法辨五物九等以土宜之法辨十有二土騂剛赤緹墳壤渴澤鹹潟勃壤埴壚彊檃輕爂九等也十二州十二土也夫分其地而理之合其人而治之以地利權人事以人事盡地利瘠者可使之轉而肥惰者可使之變而勤帝王經世之大經其在是歟若乃仲舒限田疏後均田之議代各不同或謂唐口分世業猶近古而林勳本政書朱子㚐之訖亦未見施行是知井田既廢師其意不泥其迹固在善法古人者牖下書生何能執周禮爾雅春秋傳王制孟子太元等書以索解耶

擬博學鴻辭策對二　　　　晶　燾

制曰朕稽古碩儒名臣嘉言讜論彪炳方策略舉數端師用咨詢夫六籍之微言無論矣三本六務三具四齊其說維何賢良三策鼂董不同者焉在言世務書嚴徐所見者孰優仲長統之稱政論申鑒之詳政體其言可採者皆得而敷陳歟嗣是而後尊切於十思之疏五規之論至以十事陳說唐宋諸臣不一而足何人何事孰得孰失可得而論列臚述歟伊川之先務紫陽之大本純儒之學異於管荀諸人者又何在也多士數其辭陳其義能條對者朕嘉與之臣晶燾對曰治天下有大本立乎其本而經緯錯綜皆以此爲樞紐治天下有先務知所當務而張弛翕闢皆恃此爲運用古聖微言載在六籍無論矣周秦以及唐宋碩儒名臣之論敢略陳焉管子之書有曰三本六務三本之目曰德當位功當祿能當官六務之目曰節用賢佐法度必誅天時地宜夫天下之本一而已曰六務是馳務也且是數者皆治天下之節目而本務不存焉荀卿者又混王霸爲一塗淆本末先後而言之曰三具四齊其言仁義威三具也治法佐賢民愿俗美四齊也夫仁義心之德也言仁義而不言心仁義將何所本乎威義之用也言義而竝以威體用不歧爲二乎卽其四齊云云者亦槪爲平等之論而無當於先務之重是則管固非王佐荀亦不得爲純儒矣漢之大儒推董仲舒賢良三策鼂

董竝著（鼂對於文帝時董對於武帝時）然鼂安能匹董哉鼂之對唯三王臣主皆賢則共憂之故同謀相輔一段爲正論五帝其臣莫及則自親之故自親事五霸不及其臣則任使之故任之以事此皆邪說也稱文帝大功數十又皆諛辭也（此眞西山之論）帝以直言極諫求錯以邪說諛辭對固先儒之所共譏者也而董子之策明天人之道達性命之原發治敎之實得孔子之眞傳爲百王之大法（此張邦奇之論）故朱子云仲舒識得本原如正心以正朝廷仁義禮樂皆其具是也胡瑗曰仲舒多得春秋要義所對卻中當世之病如罷黜百家表章六經其功不在孟子下眞西山曰大學心正身修家齊國治天下平中庸致中和位天地育萬物仲舒得之

其學粹矣陳仁子曰仲舒勉强行道卽傳說行之艱之說也尙德敎不尙刑罰卽夫子道之以德之說也惟性者生之質句朱子疑其不識性善然固不害其爲明體達用之士矣自是以來漢世諸儒進說於君者似此蓋少若徐樂嚴安之言世務書崔寔之政論荀悅之申鑒皆其踵武者顧嘗總而論之嚴優於徐而荀又超乎崔徐樂以基本積壞譬之土崩以禍難卒起譬之瓦解而曰天下之患在乎土崩不在瓦解夫土崩固可患瓦解亦豈可不預爲憂乎此非聖賢致治防微之道也（論本之眞西山）逐走獸射蜚鳥金石絲竹之論引君於畋游聲色又非大臣陳善閉邪之衷也嚴安則欲爲民立制度以防其淫使貧富不相燿以和其心其言省刑罰薄稅斂減徭役尤足爲武帝鍼砭而用兵乃人臣之利非天下之長策二語更可杜要功生事之口者也（此陳仁子之論）蓋徐樂效戰國策士之談而嚴安多董子經術之旨故其優劣懸殊如此崔寔之政論仲長統稱之以爲凡爲人主當寫一通置之座側今讀其書主於參用霸政以嚴致平有曰刑罰者治亂之藥石德敎者興平之粱肉以德敎除殘是以粱肉理疾也以刑罰理平是以藥石供養也此乃救時一偏之設以董子所言敎化之漸仁義之流非獨傷肌膚之效殊相悖也荀悅則謂人不畏死不可懼以罪人不樂生不可勸以善故五政之目在於興農桑審好惡宣文敎而立武備明賞罰輔焉其曰

敎化之廢推中人而墜於小人之域敎化之行引中人而納於君子之塗尤足以摧崔寔之壘而發仲舒之覆矣唐宋諸臣進說於君史不絕書若十思若五規若十事後先相望矣然而心不正志不篤徒補苴於事爲之際泛騖於賾雜之途無益也故伊川之言曰今日之務所尤先者三立志責任求賢是也三者之中復以立志爲先朱子上封事及乎輔翊太子選任大臣振舉綱維變化風俗愛養民力修明軍政而要其歸曰天下之大本心而已由是言之心者志之主也志者心所之也心志定則思無不通見可欲則思知足將興善則思知止處高危則思謙降臨盈滿則思抑損遇逸樂則思撙節在宴安則思後患防壅

薉則思延納疾讒邪則思正己行爵賞則思因喜而僭施刑罰則思因怒而濫而魏徵之十思可用矣心志惕則規無不入由是保業惛時遠謀重徵務賞而司馬光之五規可用矣心志純則事無不括政先仁恕不黷邊功法行自近官豎不與政絕貢獻戚屬不任臺省接大臣以禮羣臣得犯忌諱絕佛道營造推此鑒戒為萬代法而姚崇之十事可用矣夫且用元稹之十事則教太子正邦本封諸王固磐石出宮人嫁宗女時召宰相講庻政次對羣臣廣聰明復正衙奏事許方幅糾彈禁非時貢獻省出外畋游用范仲淹之十事則明黜陟抑僥倖精貢舉擇長官均公田厚農桑修武備減徭役覃恩信重命令以至於畏天

憂民修身講學任賢納諫薄斂省刑去奢無逸用呂公著之十事簡而切焉師傅六官經界鄉黨貢士兵役民食四民山澤分數用程明道之十事約而廣焉心志一定而百務俱舉夫是之謂先務夫是之謂大本程朱之學所以直紹六籍之微言者蓋在乎此即大儒如董子尚不能與之頡頏焉況管荀雜霸之術哉

清理楚南錢糧策　陳長鎭

地者諸生之根荄也田者王家之府庫也因土作貢惟正之供而錢糧賦稅於是乎興其法始於黃帝備於成周壞於强秦後之田則商鞅之阡陌也後之賦則楊炎之兩稅也豈無英君碩輔勤思法古哉時勢既異習俗頓殊井田之難復猶結繩之難治也我　國家平成一統規模宏廓　世祖章皇帝審時度勢均定田賦法制美備為田者二曰民曰屯為賦者二夏曰稅秋曰糧上下遵守百年於茲安草野效輸將之誠矣而積欠相仍者何也法久必變弊作安修朱子所謂吾將半年之勞祛數百季之弊可五十季不壞誠以天下無不弊之法也弊而復

救存乎後賢楚南遠介南服素稱沃壤[illegible]俗噩畏法奉公而抗欠時聞率難盡革必有故矣　皇上洞悉民隱吳越一帶特遣重臣與為清理眇此楚南亦勞　清問蓋欲剔累季之宿弊立萬世之良法意至深遠也竊嘗綜楚南之賦稅而計之每田一畝納米不過四五升田之所入中上之歲每畝得粟一二石視成周之制不及什一也而猶多抗欠者豈誠背公藐法寡廉鮮恥哉毋亦督責之不得其術經理之不得其人耳蓋錢糧之不清由於有司之怠玩蠹吏之為奸而百姓不與焉生武陵產也請即以武陵對錢糧之有奏銷也必按月而征之分限而課之按月則時緩而財易辦分限則數少而力不疲自

前有因循怠忽之令日入醉鄉不以催科爲事於是舊欠纍數萬矣一旦欲舉數年之賦輸於一日此民所以輕犯刑罰傾家蕩產而不償也然猶在民者也尙可言也至若蠹書之奸尤難數計糧米有飛灑之術油票有砍頭之名予以規禮則匿戶不抽素無贈遺則納者復發公帑悉入私囊民脂半肥蠹腹雖自封投櫃而旋入旋出那移之法精侵漁之計熟逮至正額不敷則揑造欠冊夫數兩數錢之欠在民未可知也分釐之數其完納也必數倍而始成錠冶師火錢倍之原差路費倍之上城倉用倍之民雖至愚決不啻此些微自貽重累故冊中之數分數釐皆欠在吏者也然猶其小者也欺隱之弊數十石糧一入吏

手左鋪右展條歸烏有奸民給以金錢名曰賣種吏按戶大小挨加升合卽可滅迹故蠹吏之家及其至親密友老吏子孫莫不坐享無糧之業而眾戶之額詎加小民何知原額催籤一發仍託蠹代查蠹卽曰此原額也不則曰雖非原額不完則籤難銷也不則曰姑完此當爲爾除之則民且感激拜託而去至來年而復如故不則飛入他戶矣間有黠者欲自呈辨一紙遞入旬日不出店錢倉用爲橐已空原詞批出仍發本房查奪而蠹反從而索紙筆之費此民所以甘於加額而不辭也况老田弓口較今最爲廣闊今之轉賣者大抵皆俗所謂生子田田既生子則糧亦生子矣故富人新置之產率糧多於田而蠹遂藉此

以爲藏奸之地田賦彌加正額彌缺爲長官者不過核其總數而總數如故爲幕友者不過稽其欠冊而欠冊皆虛此其弊不可言也今欲清理宜先清田地之欺隱次清欠數之虛實新墾之欺隱在山田者十之六在湖田者十之四而平田無之糧米之欺隱在吏役之家者十之六在民間老戶者十之四而新戶富戶無之今使下一令曰欺隱自首者免罪必百無一應謂欺隱者不獨我也將履畝而清丈則差役悉索之供給悉索之投冊提號悉索之書吏弓手反因以爲利雖日不暇給亦無濟也葢錢糧之弊始於飛邨換甲而成於割過推收何則田在一邨糧在一邨人在一邨奸之府也必也其倒戶歸區乎歸區之法

前陞令已行之而竟無效者以其勤民自首不分上中下則倒冒昧清丈也第令人代爲首民自爲丈則得矣所謂人代爲首非招告之謂也招告則擾矣宜興十家牌之法繩貫鉤連互相保結按其住處逐一詳報名曰土方冊如某田若干係某之產現住本邨或住他處一無所混匿而不報與欺隱同罪挾讐揑報者坐之夫門外之田十家所共知也甘爲他人受罰必不爲也則有田畢出矣復令田主自丈而盡收其先年丈冊使各按方圓弓口之數另行清報註明田若干糧在某邨某則開墾若干欺隱若干繳入內署悉免其罪另延善算數人取十家冊而核其田數取實徵冊而核其糧數取先年丈冊而核其弓口之

數符則奬賞之糧多則減之不符者令自訴訴而不符必欺隱者也嚴訊得實則懲一以警百或抽一二戶而減從親勘焉其誰肎以身試法哉至若書役之產另造一冊一如前法而重其科條取本人親供竝十家總結有欺隱不報者準人首告卽以其產予之妄出結者同坐則奸詐難售矣於是照冊清糧仍其戶名各歸區塊勒成一書將來易於催科亦無彼此躱閃之慮矣若夫清欠數之虛實莫如另造欠冊給發各都令民親筆塡註如某戶已完無欠或已完若干尚欠若干各畫花押不識字者則倩兄弟親戚代寫各註明畫押書役代爲塡寫曁塡寫不實者罪之其塡寫已完者必書役之侵蝕也則拘訊焉自首者

免其罪而分限以追償其抵賴者取民油票爲質重置之法則虛實立辨舊欠畢清矣此法前署令亦已行之第不嚴比旗戶黃冊令其速繳牽延旣久竟無成效今此冊猶存急宜追比速塡速繳如其不存卽宜另造儻不行此法竊恐滾單一出不問已完未完差役虎狠小民懦弱典衣鬻子愁苦之狀蓋有仁人所不忍言者而奸蠹反欣欣以爲得計錢糧何由清哉至於十家牌之法其所係有不僅在錢糧者鄉里盜賊鄉里自知之第以顧惜情面恐結深讐不敢申報耳今亦令十家互相出結或耕或讀或習雜藝註明土方冊內有爲盜賊及游蕩生事者亦註明冊內如有妄行出結一經發覺一體治罪弭盜之術莫善於此惟執事行之闕抑生叜有請者田有欺隱賦有積欠皆經界不正之故經界者非從井田有之卽邑分爲鄉鄉分爲都都分爲區亦有經界焉經界正則田有定形賦有定數奸無所匿矣欲正經界宜興版籍之制所謂版籍者有圖焉有冊焉圖所重在田則田爲經人爲緯田各歸都諸原隰墳衍廣狹長短之形畢具轉賣者雖準過戶而必冠老戶名於上有開墾者執圖而稽之如燭照也則欺隱除矣有爭訟者執圖而質之如剡眉也則爭端息矣此不與人爲轉移者也冊所重在戶則人爲經田爲緯田各歸戶一切新舊買賣同居析爨之名皆具雖轉賣數十主必歷載其名戶遇賦稅之徵則稽之遇田產之訟則質

之其戶必用本名毋許另立字號此與人爲轉移者也田之隨戶者朝叜暮易而地之土著終古不易則圖亦終古不變約一甲子而修其漫漶焉於法爲母戶無歲不變十歲則大變冊亦十歲一叜於法爲子母以權子子必隨母則田地無淆戶口不紊在錢糧爲清理之善法在邦國卽經理之至計也執事江左名儒辱守儆郡其所設施當有高出尋常萬萬者誠以生言爲可采則愚者之慮未必非山藪藏納之一助也

殿試策對　陳長鎮

臣對臣聞道莫隆於唐虞法莫備於三代·爾時之出作入息者猶是日用飲食之民也·其分理民事之卿貳牧長猶是敷奏明試之彥也·其閭井倉儲補救轉輸之令又非別有智取而術馭也·而師濟盈廷熙皞成俗·卽被光之耆生黎獻咸能修家獻廷·著九德之行彰有常之吉者·惟道立於上而法行於下也·雖然今昔異宜道因以用·涫澆殊尙法由以叓·書曰慮善以動動爲厥時昧厥時宜·則雖高誦唐虞侈談三代·終於耳食而已·能濟實用者幾何哉·欽惟　皇帝陛下·以天亶之聖建時中之化·考課明而吏治清·農桑重而本富裕·官倉私廩三九有儲·小眚

偏災萬千不惜·河渠備而天庾足·實學重而士習端·洵所謂道隆法備·繼美唐虞·齊蹤三代·千載一時者矣·乃於　廷試之期·猶進臣等而以制治在審時宜·論治必徵實用·殷殷下詢·臣雖愚陋·敢不竭誠極慮·效山海萬一之記·助記曰·事君先資其言況幸際得言之會·事在古人者不敢遠引也·請就近事切究之·行之已效者不敢鋪張也·請舉獘端直陳之·天下非一手一足之烈·必賴卿尹大吏·亦不能獨理也·必賴丞郎守令以贊其功·遞相爲任·亦遞相爲師·今之卿尹大吏·知守法以保位矯廉以全家者·蓋不乏人·而公事之來·率多不得已而應之·意苟可諉之則竟諉之矣·恬退者視自公爲傳舍·卑鄙者苟據位爲光榮·見其始終·當官保身肥家者·不問其生平·詎國計何事·利民生何事·羣相稱羨謂爲福人·彼其胸中藉公以圖私·藉國以利家之見·滯而不化·安望其公爾忘私·國爾忘家哉·本是以率屬丞郎守令·復能望其震動恪恭·服勤趨事·砥節奉公·勞心撫字哉·今將起而矯之·懲貪則競苛刻矣·戒酷則學模稜矣·厭紛叓則流爲弛廢矣·雖未遽至此·則未雨綢繆·必有道矣·我　皇上愛民如子·首重吏治·所整飭激揚者·已至·而猶難復古者·竊謂有數端焉·賞罰國之大柄也·今之罰人必刻其罪而刑之·賞人則不必刻其功而遷之·是密於罰人而疎於賞人也·綰半通之綬者·有苟延歲月一吏持簿以遷之耳·古者強仕致仕皆有定

年·今有致仕之限·無強仕之限·是輕於棄老成·而重於獎新進也·在茂才異等若顏回子奇不可年限者·曠世一遇耳·餘皆中材也·雖有寶刀淬之乃可一試·不造就使成器而遽使臨民·美錦學製其何以堪·　國家設科鄭重取士·其得舉者年以三十爲率·必六十外乃可得官·有才智者已不及待·而昏耄者轉以愚得壽與官·壯則置之·衰則收之·親民之官不幾爲優老之任乎·

制策曰·農桑者王政之本·誠至論也·其人有遺力地有遺利者·雖游惰蠹之·追呼擾之·與夫萇棘不翦·耒耜不勤·俱所不免·而司牧不加省·大吏徒具文·尤爲切病·似非勸課所能變也·請倣漢六條·唐二十七最·及陸贄五術五要四科八計法·必

明劉實蹟乃得遷官外官尤以農桑為首又倣左雄限年令年少有才許居文翰丞郎之任非四十不得臨民兼於科舉之中行保任法內責卿尹外責督撫司道舉不當者兼罷舉主規避者又倣漢不舉者罪法三年一行之非科甲出身及例應迴避者概不得舉則一列顯任視得人如已得官失人亦如已失官庶昏昧芟貪私杜銓法疏以衆人之智知人則無遺才以衆人之官任官則無過舉矣積貯者生人之命然周禮十二荒政不言遺人委積皆民賦也餘一餘三皆民藏也至齊桓魏文始言貴粟而平糴和糴興久之官之所為竟與商賈居奇者等

皇上惠養烝黎於眚災尤急故所積最豐而利亦極溥然利者獘

所伏也後人才智未有遠過古人者也宋買則官勒抑矣重以吏胥為市富化為貧貧化為富一也交納則民賠墊矣重以抽收車颺石耗一斗百增十石來季平糴則十石之糠復化為穀司倉者但食其糠而已肥三也平糴時憑以油票限以數斗於法得矣抑知油票莫多於吏胥數斗可積為數千百又況發粟有期開倉有期離城三里即不肯裹糧廢工而買買者市井豪猾耳季來復責民補是民歲歲交官不一食於官三也至謂穀價騰貴由於囤戶似未深中事情何也若輩利睎秋毫穀非耐久之貨也一季色變矣價減矣二季母失子矣三年子母全失矣苟有蠅頭無不急售者而穀價涌貴則生穀止有此數一語

聖心為洞其原也未貯以前此數千萬粟米未委溝中也今則民間歲少此數千萬矣有不涌貴乎免稅發倉究不能平豈盡奉行不善乎臣竊謂積貯不可廢也而可減也近水貯之遠水停之買必離其所屬則勒抑除糴時照時價發行戶穀多則價自平而豪猾阻補時仍責行戶則賠累蠲多畱升合於閭閻即多延閭閻之旦夕康熙年間之成效有明徵矣或慮少則賑卹無資青黃難接者不知貯在民則民自為接也水旱之作小一隅大一省止耳移民移粟皆可行幾見多貯而此地災眚即能給哉至於冊造於吏胥散限以時日賑卹之獘在在皆然今山東上塵

宸衷復倣前賑江南法截漕撥帑分遣大臣

臺諫涖其事矣猶欲博采古昔成法繼而行之意甚盛也臣竊謂范仲淹趙抃富弼蘇軾朱子諸臣法但空講於平日耳今山東孔亟矣聽往涖者隨地因時不惜帑不辭濫則氣自蘇一拘以成法不惟滋擾且無及矣而乘雨沾溉招流亡貸牛種蓋尤要者治河通漕不出以淮予河以河予淮以淮河予海之法今以滹沲淇流束之一口豫徐大濬其勢益暴隄堅難潰則瀰漫漫久則沙淤淤多則口益急洩溢隨之非操舟製器加厚培高可制也多其道以殺之予之地以平之抑一策與又明臣言一旦瓜儀淺隄淮徐潰河臨濟散閘捨海運無所恃則分河漕三十之一試行以習其道亦未然之勝算歟學古將以致用而略

經術急進取競浮華。天語煌煌誠金鑑也。顧教化已明積習難返。由三物廢有言揚而無德舉也。古有有以文選者。以文則韓非揚雄上第矣。誠取朱子學校議白鹿洞規。胡瑗二齋法。兼采漢晉制倫紀。苛虧禁其進取。送者竝坐。則士皆改絃易轍。學術端。人心正。處爲良士。出爲良臣。廉法竝興。政事畢理。國家景運與唐虞三代比隆矣。臣草茅新進。罔識忌諱。干冒宸嚴。不勝戰慄隕越之至。臣謹對。

石鼓策

魏晉

石鼓高二尺。廣徑一尺有奇。其數十。其事紀天子之畋。故一曰獵碣。其文則史籀遺迹也。舊在岐陽之野。唐世始顯。元和中。鄭餘慶自石鼓郵移置鳳翔孔子廟。獲其九。五代之際。鼓復散。越司馬池知鳳翔。輦致府學。其一亦亾。宋皇祐四年。向傳師得之民間。曰自跋云。第十鼓最小。文亦不類。訪於閭里。果獲一鼓。字雖半缺。得其眞迹。然則其先蓋嘗有僞爲者矣。徽宗時由鳳翔遷汴。詔以金塡其文。後作辟雍。蔡京請置講堂。後辟雍廢。遷禁中保和殿。金人入汴。鼓北徙。置王宣撫宅之廢圃。元大德末。虞集請於時宰。分設國學大成門內左右壁下。鄭夾漈謂靖康之變。珍異北去。或傳濟河遇風。重不可致者。棄諸中流。鼓之存亾未可知。王子充謂金人入汴。剔取其金而棄去之。不言棄於何地。蓋是時北方非宋所有。而二公又皆南人。故其說云然。諸家銓次十鼓。愜山潘氏迪從施序。自甲至癸是也。甲鼓薛尙功楊升菴居八。鄭夾漈居三。乙鼓薛與楊居五。鄭居一。丙鼓鄭居四。丁鼓鄭居五。戊鼓薛與楊居九。鄭居八。己鼓薛與楊居七。鄭居二。向傳師所搜訪而得之也。庚鼓薛與楊居一。鄭居九。辛鼓薛與楊居六。鄭居七。鼓文最漫滅。施云存十三字。潘云家藏舊本存做字。壬鼓薛與楊居二。鄭居十。癸鼓鄭居六。丙丁癸三鼓薛楊與潘同。嘉定孫氏覃定董逌本。己一癸二辛三甲四丙五丁

六乙七庚八戊九壬十其義又與諸家有別矣歐陽修集古錄載四百六十五字梅聖俞所謂四百六十飛鳳凰也辥尚功款識僅多二字胡世將資古錄自稱先世藏本在集古錄前僅多九字吾衍周秦刻石釋音載四百七十七字孫巨源得唐人錄本於佛書龕中視資古藏本又前矣載四百九十七字元潘迪音訓載三百八十六字據今搨本止三百二十五字大抵愈傳則愈久摧殘剝滅僅得其餘楊升菴乃謂從李賓之所得見東坡本凡六百五十七字又言得唐人搨本七百有二字秦人以楊本載入陝志竝刻石臨朐馮汝言編古詩紀亦用其文不亦誣乎集古錄謂鼓作於文王至宣王而後刻詩云本自韋應物

夫鼓必有所由作既非以石刻詩何緣而作此鼓作者一代刻者又一代必無此事況今韋詩具在但云周宣大獵兮岐之陽刻石鼓兮功煌煌何曾有文王之說不知歐公果奚所見也董逌程大昌據成有岐陽之蒐以鼓爲成王時物且引呂氏紀倉頡造大篆考之載籍皆以爲宣王太史籀損益科斗古文著大篆稱曰籀文從其名也又曰史書從其官也對李斯小篆而言籀篆者小篆之所從出則籀篆爲大篆對倉頡古文而言科斗者籀篆之所自來則古文亦可曰大篆今鼓文不純乎科斗秦篆也其爲籀書眞迹無疑安所得宣王太史書刻於成王時乎其言遊獵之事朱子謂與車攻吉日相類趙古則又歷引詩以

證鼓文如董程言岐在豐西三百里鼓文叓安得云駕言徂東邪其以鼓爲秦者鄭夾漈石鼓考謂也爲殹見於秦斤丞爲丞見於秦權其佗通志略謂三代而上惟勒鼎彝秦始大其制爲石刻然考程氏雍錄方秦之議刻山也羣臣上言已曰古之帝者猶刻金石是石刻猶來已久凡文德書於鼎彝武事刻於鉦鼓此言田獵故石形從鼓蔡中郎銘後漢橋元之廟是用鏤石作茲征鉞軍鼓以勒公文武之勳則武事刻於鉦鼓證也古文周易也皆作殹而丞取山高奉丞之義著在說文秦末刱小篆以前斤權亦用舊文矣且烏知既作以後大篆小篆秦不兼用而以是斷石鼓自秦始哉金人馬定國以宇文泰嘗蒐岐陽定

爲宇文時夫宇文刻石紀功唐相去甚近何文獻無一傳者蘇綽勗祖也用事於周詞令皆出其手使綽有此舉勗必湥知而勗際貞觀時亦以石鼓爲周宣刻何也他如李嗣眞書後品張懷瓘書斷徐浩古迹紀咸以爲史籀眞迹虞世南褚遂良歐陽詢皆有墨妙之稱嗣眞高祖時人懷瓘則老於開元者也老杜李潮八分小篆歌陳倉石鼓又已訛亦列之倉頡李斯之間則昌黎斷爲宣王時物韓公嗜古自屬可據歐陽公著石鼓三疑謂漢碑大書湥刻磨滅十八九自宣至今文細而刻淺理豈得存不知碑刻之存亾視石質之美惡摹搨之多寡風雨之及不及且如詛楚文刻於秦惠字畫細淺視石鼓過之由始出近代

戕害所不及無一字滅者顏眞卿干祿字刻纔六十餘年而遽已訛闕則以摹搨者多也秦前石刻大都質粗堅頑非如漢以後石雖精好而質易剝落也若其疑自唐而上罕見稱述又隋多藏書獨無此刻三古法物淪於川巖泉壤榛莽瓦礫幾經湮沒而後世始顯者㠯多卽詛楚文筆蹟高妙近世始出亦可謂不稱於前人不錄於隋氏而指爲僞物耶或謂鼓文不錄於詩古人著作或範金或刻石或作冊各有所施勒金石者未必復書於冊孔子特取太師所掌錄之定於石刻未見收且傳記中逸詩多矣辭義典雅孔子刪之則或因車攻吉日旣登而此削其重複未可知也要之三代之文存於今者岣嶁禹碑穆王吉

日癸巳外惟史籀石鼓今卽其文考之宣字見於詛楚文涉字見於義雲章西字見於尹彝奄字見於盄和鐘高字見於碧落碑而說文所采九字又其彰彰矣賦有竇泉周伯溫李丙奎羅會詩有韋應物韓愈梅堯臣二蘇張耒洪适張耆浩揭奚斯宋褧馬臻吳師道程敏政李東陽何景明朱國祚諸作誠重之也我　皇上懋勤稽古於乾隆五十五年重編石鼓舊文勒石太學於以信今而傳後將㝷爲神靈所呵護同　聖祚億萬載而長存豈不休哉

湖南文徵卷十

湖湘後學集編

表

賀　御極表

陳鵬年

爲慶賀事康熙六十一年十二月十三日臣於河南懷慶府武陟縣地方接準河南巡撫臣楊宗義咨送　欽頒　詔書一道到臣臣隨率同在工文武大小各官恭設香案跪聽宣讀望　闕叩頭慶賀外伏以　鴻圖啟運萬年開有祜之祥大寶凝庥六合慶同風之盛懽騰率土喜溢寰區恭惟皇帝陛下聰明天亶　睿哲性成　文章與雲漢爲昭

道原精一　治法並日星同燦　學本生安九鳳來儀鞏河山而　御宇　六龍得位　膺歷服以乘乾當主器之初承謳歌共戴卽　恩綸之特沛渙汗宏施至德淵徽有要有倫而　孝仁兼備　小心翼翼盡美盡善而　公溥無私從此玉帛共球薄海咸歸化域會見東西南朔普天盡沐陽和永慶昇平難形頌禱臣欣逢　盛世幸際昌期類葵藿之傾陽心惟向日似濱汗之歸海念切朝宗當侯堵築完工卽擬星馳就道紅雲一朵奉咫尺於　天顏紫氣千門肅拜稽於　宸陛伏願三靈交泰萬福來同　聖治誕敷覩清甯之永奠　皇猷廣運綿統祚以無疆臣瞻

天仰　聖無任懽忭之至謹奉表稱賀以聞

擬　上指授方略綏靖苗疆　恩威竝濟南服百蠻
無不洗心向化納土歸流羣臣　謝表

陳長鎮

伏以　帝澤涵江源翼軫靜天狼之氣　皇威臨月踰保
障恢地犬之身　提北斗以酌陽春熱販塞門依雉尾
鼓南風而拂區夏檢河桂海列魚鱗龍韜獨運乎　九重塹
鐵橋而作鎮虎竹遙分於五水枕銅柱以爲鄰捷奏西曹歡騰
南甸臣等誠惶誠恐稽首頓首上言竊惟先王守在四隅不侈
拓地開邊之略聖主光宙九有必昭同疆共井之風蓋一統之
車書甯殊中外而八家之畝畝豈異要荒惟西北逼玁狁之鄉

而東南半猺獠之域竹浮三節爰生遯水鯨鯢木化九隆實產
牢山狐兎廖仲力除虎孽廓板楯以開基高辛績紀犬戎竅巖
巒而孕氣或居松外或據黔中牛角貽孫家習兕殘之性馬郎
跳月人忘禮義之行鬼鼓迎神賓廚殺老貫水唱齋之異俗穿
胸跛踵之殊形等身而鑄金刀剸馴奔猱其若雷電燒石而成鐵
蹠履荊蹈茨以如蝮蟃自開闢以來遂爾屈盤爲患姎徒跳躍
不聞輸租納課之經郎火縱橫屢煩命將徵師之詩頌襄略地
莊豪仗節安歸建武征南劉尚全軍不返馬傳專旌武水空歌
毒霧蒸鳶唐蒙通道且蘭莫解炎氛爍石三年疲眾霜清定筰
之魂五月興師風慘渡瀘之魄程苞漫頒赦詔制裂黃麻高駢

涙結和親玉埋青冢從此夜郎自大因而都貝稱尊黎毋摩天陽烏駐輦點蒼插漢陰兔回鑾謂半灣水足抵三千恃一尺崖可當十萬精夫星列竊著版章鬼主碁分私征徭稅雖有羈縻之郡不載王會之圖從古如斯於今爲烈間有雄才大略欲令納土承風迺巴氏歸心謬說雜鏃傢布秦襄勒石虛傳淸酒黃龍置吏始於宋均未必狠心頓洗分州盛於趙鼎何曾犬性終馴韓愈之請施恩原非得已尹穡之思立堠究屬空談爵祿金錢秏盡崇甯絡藏珠璣玳瑁飛來元狩樓船賧錢不入賓人邛杖轉流身毒越裳翡翠兩勞京觀之封蒙舍名駒三費南城之築昆崙關外依然九菌風煙安化州前仍是三苗瘴癘巴渝協

律飄綰銅章水曲獻歌誰遵牙節都護何殊畫餅刺史不異添蛇歸明官之職僅存都誓主之風愈扇未有　宏慈遠被箐篁依日月之華內御允孚江漢鼓朝宗之涙如今日者也茲蓋伏遇　皇帝陛下道凝瓊鎭　業峻銅樓　舞虞后之干昧谷明都煥彩　發軒皇之鼓丹山赤水蜚聲滄瀛無波晉澤馬山車而薦瑞遐方用享綜前見在子以呈圖　橫衘月於天街已見交州送款　劃長虹於地脈更看烏藏投戈環海十洲波通太液之水鄧林萬里影交上苑之花固已璧合珠聯四表占風納賮麟遊鳳舞八方候月歸琛矣猶以　至德無私搆乾坤而作室　元功靡竟闢山海以爲門儻有一民一土之非臣悉屬己溺己饑之枉　念惟茲荊襄左右實爲犵狫窩巢僰道雖開半留虵窟湘江直上間湧鯨波子繼孫承不啻靑氈故物雲翻雨覆幾同白馬齊盟豈無沅芷澧蘭甯忍置之戶外苟或狠奔豕突難容臥此榻前是用　睿算淵渟攬九谿於指掌　神謀嶽靜爍六詔於觀燎若熟若生何事伏波聚米某家某野無煩充國披圖　鏡懸玉案之峯獠樹猺蘇動色　日照銀坑之麓嶺花崗竹生風虜已在乎目中衝遂折於俎上　特簡北門鎖鑰耑司南國旌旄祇期邇服遠安非曰窮兵黷武馴如桓誕自當錫以三章鷙似單程迺始加之七萃無爲殘同薙氏擾此靑衣癡比虎侯傷吾赤子煌煌　寶訓

渙頒鳩鵲樓前矯矯干城敬布豻貙穴裏雞羽刷黃沙之露檄走滇池馬號騰白帝之雲諭傳巴蜀　恩威竝播靈蠢周知赤祼白衫乍聞言而拍手西洱東謝欣舞袖以歌風雕題鑿齒之倫賣刀買犢魋結桶裛之輩束髮垂纓八百雄關莫不焚其壁壘二十巨姓爭思範我甄陶詎有洛土遺頑敢效苗民逆命恃七羌之險隘羊假虎皮弄九互之波濤鳩猶鷹眼於是張我兩翼整我三奇揚　天子之威靈展　大君之方略驅虎豹而摧堅百二搏鯤鵬而擊水三千進據虎頭已奪麇君之氣直趨龍尾遂沈鼈令之尸飛頭襁負以偕來擤鼻壺漿而竝出日烏與鳳禽胥嫩楚粵天開長鯨暨短蜮咸芟滇黔日皎跳梁旣

靖異種爭趨、前列行頭款關送質、後隨繡面抱子陳情、卉服皮冠希入鵷班鷺序、鄉公土目冀紆紫綬銀章、合折腰叩首以皆同革掉尾斷頭以就飾、齊歸日出之　主紛來星使之庭、養印腴田繪冊圖於疆吏、蘭干細紵捧土物於嵩宮、邇迺俯協輿情仰承　廟略、別其族類按厥方隅、畫埜分州不問大章大亥、濬隍築埠無遺爨東爨西、朔稟阿驢莫習山中舊歷、阡開永順誰爲世外遺民、桄榔樹裏扇調風南東若繡、劍荔宮中飄化雨不黍如雲、農功既修於米貼烏蒙、水耕火耨、流官復建於魯魁羅猓、玉律金科除茲卬穀、私銜復爾提陀舊業、清平錫爵復庸甲戌之元、侯歸義叜名悉隸戊己之校尉、錦袍革帶初如羅

鹿之身、格磔鉤輈尚卷山雞之舌、炎峯凍磧徐通尹政詩書、紅犵紫姜漸染鄭純德化、比魚遊靈沼洗丹江白水之污、似鳥入上林避九股七蕃之瘴、凡此偏荒驕子久自棄於方軫圓穹、何幸中國　聖人復見收於仁羅義網、同文同軌越方徧置旄牛來享來王、漢使何勞獬豸、吹蘆笙而撾銅鼓酌虫醅以慶　堯雲、祠金馬而祀碧雞持番呪以祈　舜壽、異蛤神膠之貢紛委、鸞堦白狼槃木之章允諧、鳳管橫山北上告家殿以如歸、合口南還喜長安之不遠、從此義錢口賦、司農添蜑戶之書、枸醬椰醪、膳宰薦龍家之篚、衣盔蓮開千葉、香滿瑤池、留求果結十株、青涵桂館、數尋贔屭、倒橫丞相之碑、萬里江山永逸觀

音之句、防風已集何殊後至行誅、稗海爲家豈待指南遠導、是皆　廷謨默運允爲　聖武旁昭、千古無儔萬年有覲、臣等才非毛穎志類終繻、乏陸賈之奇謀、腰餘一劍、想狄青之偉績囊澁百錢、若令載筆行間亦可勒銘劍閣、設使分麾戲下或期立柱珠崖、北望昆明目斷石鯨鱗甲、南通靡莫心隨天馬蒲萄、當此朝駹定筰之辰、詎切負弩乘車之望、伏願　文超虞德　武邁夏功、　御後殿以總八鑾不廢賈生之末議、坐明堂而揖百濮常思諸葛之三言、頑風譜作紘歌、鶴柘鬱叢竝隸華胥之國、兵氣銷爲日月、騶牙象齒齊輸大帝之廷、由南服以推朔方、金甌永固、自東漸以迄西被、銀甕常輝、不獨蜃戶

馬人奉明月以繞咮共綿地久天長之歷、抑且鳥荒狼纛占青雲而得夢同歸剖符輯瑞之班矣、臣等無任瞻　天仰　聖激切屏營之至、

擬纂修　聖祖仁皇帝實錄告成賀表

陳長鎮

伏以　聖人達孝簡編昭述事之詳　天子顯親紀載邇貽謀之善所無逸之　君子率由舊章惟有道之　曾孫監於成憲　命官分校含毫爭吐奇葩據事直書傳神正枉阿堵慶流寰海喜溢臣鄰臣等誠歡誠忭稽首頓首上言竊惟帝王開萬世之統前爲剙而後爲承史冊流千載之芳述者明由作者聖故左史右史言動之記有專官而大書特書是非之公無阿好典墳有作五帝不啻宗承謨誥斐興三王自成家法夏啟繼禹之道四百載文命誕敷商甲率祖攸行六百祀後昆

垂裕粤稽文武布政在方策之間逮至成周雅化紀思齊之詠欲垂法守端賴典章乃公安事詩書率用叔孫訂禮漢家自有法度不拘異姓成規厥後歷代成書幾於汗牛充棟若謂千年信史直同啄雀鳴蟬韓愈日侍順宗錄猶失實趙普躬承藝祖述或非眞良由主德有間於純疵而本紀或乖其事實從未有煥文章於盛世萃琬炎宏璧之精華集館閣之良才傾柱史倚相之瀝液如今日者也茲蓋伏遇　皇帝陛下　神靈天亶仁孝性成　運協中天統萬二千年之元會　治隆上古綜二十一史之宏規遠祖述而近憲章　聖不自聖　君至仁而子大孝醕乎其醕洪惟　聖祖仁皇帝　登三咸五之功巍巍莫竝涵天蓋地之德蕩蕩難名曰時暘曰時雨六十年太平　天子揮絃而臻上理若閩粤若滇黔數百萬猖狂巨寇垂手而奏蕩平肆赦之　詔頒頌子夜聽烏嘑之曲獨租之　恩覃普丁夫絕鴻叫之哀烏弋黄支覘東風而受吏雕題鑿齒測海水以來王論享國之悠長黄農以來罕其匹矣邇成功之遠大書史所載何以加焉既啟文明以協龍見之占昭回有象復宏　敷錫而衍燕謀之慶佑啟無疆惟聖祖德比神堯特邁堯以重華之　聖子惟我皇孝符大舜獨傲舜以峻德之　先皇祇今漢寢衣冠已閟山龍藻火之繡而唐函典冊倍極琳瑯璀璨之輝乃

命儒臣恭開史局爰登實錄分任校讎宣眾力以錄三長譬精金必經百鍊責全功以除四患俾美玉盡滌微瑕字櫛句梳若江河之行地而支流派衍綱提領挈如星辰之麗天而緯貫經穿歷九轉之鴻鈞辛勤卒業振千秋之　鳳藻甲觀敷榮拜獻　彤廷赤雀銜來金簡對揚　休命蒼龍捧出玉苞浣露披呈恍瞻　日角珠庭之表柱香拜誦如叩黄鍾大呂之音從此石室珍藏六甲六丁護　九廟精靈之秘瑗函世守文孫文子承萬年戩穀之遺惟盛斯傳有徵必信臣等技疏鉛槧業愧箕裘擬獻賦於上林文非司馬徒備員於史館直乏董狐當年身是紅雲曾捧　玉皇於天上今日手披緗帙

敬傳　金鑑於人間自　渙宮一話一言莫不動關
主德曷敢遺美於　絲綸泊　輦轂事惟紀實匪效
無非　念切民依永播芳聲於　翠華一遊一豫
媚茲　美不勝書用昭來許伏願　世
德作求　凜顧諟於湯盤益復思恭思孝　大纘承於禹
服常同陳範陳疇　撫圓明之勝景愈思鳥獸草木之咸若
其生務躋　淵鑒之憂勤　坐勤政之高堂遐思工虞
水火之各熙乃績毋忘　暢春之仁壽將見覲耿光而揚
大烈遞增美盛於縹緗奠磐后而固金湯永續瑤編於億禩矣
臣等無任瞻　天仰　聖踴躍歡忭之至

擬　上御極特開鄉會　恩科廣額及增廣學額表

陳長鎮

伏以　聖主膺圖開中天之景運　皇仁造士羅八極之
英才　重栽桂樹於秋風露濃星斗　特沛杏花之春雨
浪暖魚龍合上庠下序以甄陶共仰西園廣植綜全才偏才而
化育欣看東壁兼收藝圃雲蒸文峯日麗臣等誠惶誠恐稽首
頓首上言竊惟天生民而立君師君儲材以衛社稷登庸伊始
典重闢門陟位維新制隆籲俊商隆表正資佑命於旁招周志
永清藉成功於吐握漢高得天下於馬上念切同遊唐宗升大
位於邸中情殷舊學蓋樹人所以立國而用逸端在求勞粵自

鄉科會科之設實倣選士造士之遺桃浪三千徧灑蛟池之雨
雲程九萬高摶鵬海之風度出金鍼早蜚聲於日下燒殘樺燭
俄蹇羽於天邊然而大比三年人生三年有幾成名一日若箇
一日能逢和氏之璧依然耶得荊庭再獻許子之烏宛在難蒙
苑樹重棲按定歲以掄英流落豈無趙旭執限年而進士伊唔
尚有子奇又況弟子之員實屬進身之始梯雲路杳明珠豈無
按劍之呼釆藻途窮芳蕙或有化鋤之歎青錢萬萬堪選猶多
玉筍班班同登蓋寡委雕龍於草莽空悴壁壺老蠹魚於春秋
徒穿鐵硯未有瑤圖丕煥蒸海氣於珊瑚瑣鎮初基藹雲光於
棫樸如　今日者也茲蓋伏遇　皇帝陛下　應期出震

履運乘乾 鳳表雲姿剛健中正而作覲 龍犀日角聰明睿智以有臨固已外禮節而內樂和治臻上理左公旦而右君奭人切近光猶且側席以求虛車之左 特念藹軸之內豈乏遺珍山海而遙不無舍璞雖設正科於乙丙猶多空守於庚申一韻偶遺自可重收李迪四凶有語何妨復取劉幾讀古戰場文或素知而暫屈進不遷怒賦冀昔落而今收沛恩綸而鐵綱宏施合直省而棘闈再啟既後先而歌鳴鳳亦次第而聽吹笙夜皎蟾蜍屢舞霓裳之曲暖依楊柳重過晶海之宮歲云秋而取材時符後甲德布春而推轂期比先庚猶念中式有常或致搜羅未偏酌增定額用廣興賢玉種藍田

采盡連城之價月明滄海括餘照乘之奇擲地金聲無自置孫山之外龍牆紗影旋夢醒鴻漸之碑下筆如食葉春蠶家貢再綿之繭無諱似銜枚戰士人收三北之勳豔閬苑以先登望龍津而繼躍海上今年通博望行人循八月星期 殿頭明歲聽臚傳太史占五雲日色抑且 恩不專於向陽之花木春必周乎下澤之葭莩八十齋頭都是龍吟之窟萬千學舍皆爲虎變之區樹杞梓者猶待十年食雞蹠者可拘定數靑靑者子培風翼於南圖峩峩其冠極芹香於萬里天上朱衣有眼點頭皆黌序之賓月中丹實無根轉瞬卽紅綾之客從此不虛日月揩大之髀肉皆銷勿云賺老英雄冬烘之頭腦靡誚 臣 等用慚梼散達謝珪璋倉廩餼於西膠豈有文章華國仰奎婁於東觀何能歌詠酬恩捧束帛之優頒委懷之子覩弓旌之疊賁結想美人盛事舉於隔年難忘此數一榜盡賜及第敢負初心擬獻頌於王褒竊以參苓壽世豈置莊於陸贄姿希桃李私門 道契巡河 德高訪洛開集賢之館工虞水火師師

建進善之旌疏附後先濟濟由成均以推鄉學水鏡常懸自首善以迄寰區火珠高燭上林枝滿肎教胡旦待來年下國材空何有杜羔歸近夜將見提千春之玉尺萃一十六子於虞廷卜萬禩之金甌邁三十六王於周室矣

擬纂修　世宗憲皇帝實錄聖訓全編告竣謝表

陳長鎮

伏以　聖孝闡璇圖燕翼動羹牆之慕　皇猷昭玉簡龍文發琬炎之輝　瓊閣捧函爛星辰而光日月　瑤篇標軸媲韶濩而叶英莖晉清職以酬庸彩鳳挾虬章競舞開左藏而錫類青蚨依鷺序齊飛萬禩揚庥三臺集慶臣等誠惶誠恐稽首頓首上言竊惟　國家設內外史於左右式金當代典章　朝廷注一二日之起居用示後昆文獻典謨訓誥稽古流徽左國梁羊發凡著美夏王承父之道四百載文命常敷湯孫率祖攸行六百祀嘉言永播勒諸鐘鼎不僅風懲譜向管籥豈徒雅頌

粵稽漢代帝紀肇其權輿亦越梁家實錄昭其體製功高捌業入陳貞觀之年符應安民進講大中之世開寶則通書炳炳慶祐亦國史琅琅韓愈文起八朝香分銀管趙普治用半部任重金縢三十年舊典聿修有折微之可據一萬言彝章載紀知日錄之非誣簪筆螭頭未比西京雜記然藜豹尾詎同南部新書若乃序美孝經郁郁聲騰金石文褒通鑑乾乾藻纘元黃優巨儒以唾壺之班賚直相以兼金之重醉獸樽於日下奪鳳錦於天邊雖匪千秋掌故所關亦見一代堂廉之盛未有譜開天之駿業芝文蘭葉懸珠斗於瓊霄沛匝地之鴻施棘院槐庭挹金莖之寶露如　今日者也茲蓋伏遇　皇帝陛下　衣言遠紹　亶德重光　虎觀滿芸香戶牖通詩書之氣　鸞階生筍綠箕裘養精一之心合堯樽舜甒以陳衢酌陽春於北斗綜武烈文謨而錫福鼓區夏以南風固已治謚盛於成康兵刑並措道大光於文景禮樂俱興矣猶且監不忿成政惟由舊欽惟

世宗憲皇帝　有靈得一　作覩函三

愛乙丙夜之輝乾行日麗　發二酉山之奧巽入風囘十三年沐浴漸摩永鐫碧落百千國菑遺醞釀聿炳丹青凡茲壬寅以來乙亦而上宵衣旰食之蹟石渠天祿所藏鈞軸默旋河魁獨運訓詞調露何殊大呂元音批荅迴波甯止十行細札既篚篋之共飭遂綱目以齊張草綠春扉猩犴開而雀消苡角桴

青秋野萑苻刈而犬靜花村周魃應禱以潛逃商羊順時而屢舞钃於越句吳之浮賦畦邊華黍敲雲奠浮山嵛柏之驚濤河畔桃花寫鏡幽燕開水利畝盡東南楚蜀墾山荒原同西北海蛟移其窟宅后豈須鞭羅鹿襲其衣冠劍還爭賣叜修五麗三千玉律如衡苟褌羣生百萬金錢似翼若乃翠華視學黃屋尊師遙天駕經史之梁甲廚分而人遊鹿洞大地振鼓鐘之響乙火給而家入鵞湖澤溥分車蘇季無愁裘敝額增鎖院杜羔不假夜歸崇德報功祠壇肅肅旌貞舉孝棹楔巍巍嵩嵩莫昧遺金豈謂彥方之覺總總能倡義舉甯勞卜式之封教既如斯養還若彼是固集客卿之子莫效揄揚充中書之軍猶慚括漏者

矣至若惟時惟幾不遹不殖齋宮致散瓚斝必親禁苑儉勤書囊或集貢除異物奚徙西旅之獒膳減殊珍豈止南方之蛤訓聿先於公族麗尤謹於佃師選五郡之材官烽清榆塞權六師之子母纊挾柙營鳥弋黃支繪出前皃在子天苞地契蔚為編貝聯珠凡皆敬承　仁祖授受之心丕啟　聖皇顯揚之地美矣備矣蒸哉皇哉爰乃　御蘭殿以紹休坐松軒而思道　念白雲作歌而後瑤壇已配馨香而丹鳥銜沙以還后室猶緘歲月忍使長樂之鐘聲寂度宜令上清之玉笥分司　特檢雲編同修薇署晨趨瑣闥晴窗影映花甎夜直綸扉皓露光搖蓮炬望去繡瞑錦軸精攄瞳人羅來玉海金山腕疲

天馬攀大木於扶桑枝畔由本之顛尋長河於星宿海邊窮源得派冠六爻而結體囊萬象以螢光濡墨則旭日解冰縱筆則惠風偃草綜唐典虞謨殷盤周誥巠為一代金繩合易奇詩正書核禮嚴揭作千秋寶鑑經六年而報績十仞為山合羣力以策勳百川匯海於是虔揚　駿烈敬冠　龍章發河文洛纖之奇煥寶劍遺弓之彩選良工而刻楮亥豕不上鳳梨擇妙紙以薰香丙蠹敢來蝩帙西崑肅進虬箱蔭五色之雲東序恭呈　鳳陛宣九天之制　天顏開霽　帝賚便蕃光祿羅珍飛霜疊雪柏梁泛醴浥露流霞餅裹紅綾還入參軍之袂羹翻碧浪都沾學士之袍麟趾裹蹏翡翠牀前寫朱提之寶氣

龜章螭鈕珢玕桁上晃赤紱之榮光展鶴頭而綫轉花虛組雜首而珠跳綺散對金龍以虎拜百靈翔鳩雁之班想后馬以龍攀　九廟燦鳧鷺之色臣等技非繪日身是捧雲當年未登常侍之牀已希飛白此日幸備司香之史幸覩謄黃匪周必大之才擅數人矢司馬光之日完一卷藻謝左而質謝馬橫草無能令遜琳而古遜舒失禾有夢寒消臘酒志切春暉價減雙南名慚三品既匪素絲比潔益知繡緞難酬口沫手胝擬箸陳瓘尊堯之錄藉儷湜汗莫為班固泳孔之辭伏願　祇遹不忌鑒觀有獲　日精表孝軒轅之鏡如虛　月準敦仁瑪瑙之尊常滿夯羅赤汗坐百爾於錦茵徧布黃金進八埏於綺席紹庭

為第一義人間綿金檢之符陟家斯最上乘天上回　玉皇之電不獨嶠生銀甕　黼座受三靈之祉恢肎堂肎構之規模抑且星降瑤光　荄宮披五老之圖亙重潤重輪於奕禩矣臣等無任瞻　天仰　聖激切屏營之至

御賜嶽麓書院道南正脈匾額謝表　陳長鎮

伏以　化日再中鍾鼓養詩書之氣　麻風四訖山河蔭棫樸之枝　修義路而講仁居文迴北斗　闢乾門而瞰坤戶光燭南天玉宇湧出　雲章奇彩結成日字璇題飛來奎藻眞彤恰像衡峯騷國傾心儒林拜手臣等誠惶誠恐稽首頓首上言竊惟圓穹方軫張席幕以爲廬聖域賢關洞陰陽而入室五百年見聞代起堂構攸甯十五國英哲踵生庭除載葺粵自符昭玉簡聿崇東魯宮牆統紹水精共仰尼山梁木升堂七十子進居上舍之班列廡三千人退就一齋之邇合南北東西於比屋綜德言政學以同壇講肆遙埀已是開天鼻祖精廬

繼衍何非傳業耳孫秦漢而還尊崇漸備祀牢一畝灌斝兩楹剪階下之荊榛誰料壁還竊一響壁間之絲竹應知工莫歌三迨後郡縣雲屯到處膠庠霞蔚然而木常卷舌蘭鮮同心春秋奠菜有人朝夕誦絃無地若乃制隆璧沼典重橋門書畫尊之士蜂攢都稱蛾子甲乙丙之科鱗次均比麟兒八十齋頭蟬噪窮經之宅萬千區內蛙鳴議禮之家競博虛聲詎傳正脈亦有鴻都坐講遴來紫薇舍人虎觀分讎選去青錢學士館名雖集雜等牛毛觀號聰明雕惟蟲技如明王刊楖葉奚禪邛墳譬新婦誦椒花何關心性又況梯雲匪易食玉爲難老親則夢遠長安驚心乾鵲遊子則魂迷故國刺耳慈烏幾多上計以偕不少出門而笑於是枕經碩彥漱道名流其斂義貧肇修書院穹窿麗正草刱中朝巍煥睢陽鼎新少室巖巖鹿洞抗顏淩五老之峯灝灝鵝湖雄辨奪九淵之席鈴岡聳翠滿座春風涑水浮香一江秋月琵琶洲上蔚爲道德之休岣嶁山前蒸作衣冠之藪徒高立雪師妙吟風豈云踵事增華自足收功落實矧茲三湘半壁由來四大名區嶽嶽朱陵砰砰石鼓車渚之榮光未夜道國之蓮氣猶芬張敬夫尙有遺楹周必大不無留範凡以育材白社理宜見獎　朝廷勸教黌宮代有相褒筆札然而碣埀金薤大抵盈川縑散瓊花無過襲美米老竊濡顚墨夢師謬涴僧雲寶翰親揮何曾黃竹紫庭綸音自吐未若芳蘭秀菊閒有望

考亭前黃標飛景了翁宅畔銀榜干霄衡嶽題自餘分羅峯賜緣私寵鋪張道系總歸判花視草之司揚榷文園都是天祿石渠之客未有絳帛埀天江漢正朝宗之脈彩虹映地箐篁泳道義之源如　今日者也茲蓋伏遇　皇帝陛下　丹書合契綠宇凝祥　燮乙丙夜之輝乾行日麗　發二酉山之奧巽入風回　春融三十六宮散齊州之花雨　胸羅二十八宿[illegible]赤縣於璇璣固已春羽冬干北訖黃支鳥弋入經出耒南周赤視白衫表醫闓以東門尋師踵至指崑崙爲西鎭侍子紛來猶以黌宗雖儲育之塲鄉校固論升之路而或徒嗟見日莫遂采芹欲廣陶甄無如書院匝地布裹驪麟趾鶯喜遷林普天構鶴

麓龜山蜃鷲湧海·洪鐘四振·堅木齊攻·丙夜分膏登蓬瀛者箇
箇甲廚啟秘·揆宛委者家家·尤　念長沙本衡星之精·散作
千莖香草·嶽麓是儒宗之岸·傳來一炬·遺薪澤未沫乎·朱張袞
竝將乎華袞·　特允撫臣之請·遂邀　御札之頒·召中書
之君非關咏雪·呼客卿之子·豈謂賞花·鐵畫銀鉤·運三辰於蝀
鷫金聲玉振·迴萬象於烏絲·冠六書以孤鶱·囊二儀而首出·鶴
頭鳥就已欣晴日解冰·雉尾將來·益喜惠風偃草·居北辰而昭
拱北·燦爛知歸·惠南國而示指南·馳驅罔越·雲光尚溼·爐氣猶
香·豈徒朱鳥峯頭·色奪甘泉舊院·頓覺青牛谷口·苡銷苦縣·名
碑·敬奉　絲綸·伏思　宵旰·紫微學士·甯非橐筆螭坳·紅

杳尚書·大有含香鳳閣·而　鈐胸獨運　虎袞親裁·郎一
額以覩一中·止四字已全四德·誰信氣吞八九·偏出　萬幾·
從茲水擊三千·俱歸大造·枉眢東風·圕牒謬詫仙靈·西藏求經
修陳聖教·詎比鼓吹千聖·黼黻六經·貝葉蔓花·都成檜紐·珠籤
雲笈·盡化韋編·覩明堂懸象·以愈明比闇室傳燈·而不闇·寵過
十鼓·化竝五絃·臣等學愧面牆·識慚窺管·入門無自·祇低徊於
風雩亭邊·得路何緣·長躑躅於道鄉臺下·詎知嘯月·徒切瞻雲·
空吟二陸文章·莫揆奧窟·試考三五墳典·甯免訛音·目炫騰黃·
輒擬作司香之吏·神移飛白·還思登常侍之牀·自慚蟋蟀吟秋·
共笑蚍蜉撼樹·材非芳杜·名今逸乎騷經·身足香芸·輝竟分乎

冊府·伏願　開承諠篤　作育彌殷·　眷百年以樹人
澤不遺乎澧蘭沅芷·　綜九州而宣教　化常洽乎
嶽雨湘雲·玉筍旁羅·悉是濂洛關閩之彥·金門肆闢·都來龜蒙
嵬繹之儒·玉蘸蟾池·垂露烟濃·百國沙研鴻硯·餘霞綺散·千江
蕭艾變若菁莪·鄭嬛開如橐籥·不獨翠楣編貝·翔龍鸞於奕世·
遠光千聖之衣·抑且碧海占風·合魚鳥之殊形·永革四門之面
矣·

擬上軫念民依　特頒恩詔蠲免錢糧繼　允羣臣之請輪年挨省務使普天率土均沾樂育而楚南首被　大澤尤歌昇平之盛治羣臣　謝表乾隆十年

熊光瑛

乾隆十年某月某日具官臣某等。恭遇　上軫念民依　特頒恩詔蠲免錢糧。繼　允羣臣之請輪年挨省務使普天率土均沾樂育。而楚南首被　大澤尤歌昇平之盛治。臣等謹奉　表稱　謝者。伏以　帝德汪洋陰雨徧膏於四國　皇仁湛濊甘霖早沛於三湘。蠲應免之租惠吉宏孚格外。免難寬之賦恩流遠洽寰中。懸化日於無私。僻壤遐方咸沾

煦育。布陽春於有腳。茅簷蔀屋先荷帡幪。九重之綸綍新頒四野之桑麻增蔚。臣鄰喜溢黎庶歡騰。臣等誠惶誠恐稽首頓首上言。竊惟聖王御宇政惟重乎養民。哲后綏猷施莫先於薄斂。故望君若歲富國不若足民。而以食為天損上於焉益下。平水土以成賦夏后自有良模。參貢助以安民周世尤傳善政。文帝西京之詔感動蒸黎。光武南頓之遊恩周父老。租蠲河北唐宗之茂績攸昭。復賜江州宋室之休風丕著。雖解衣推食祇為善世之常規。而寬賦減征具見累朝之厚德。蓋不貪為寶不畜為富。大公者直同天地之寬。而克養其欲克給其求無偏者畢協風雨之好。自賑貸之風既邈斯軫恤之政無聞。供粟於

神倉徒資紅朽。貢金錢於太府必盡錙銖。太傅策陳郭計牛羊之牧。監門圖繪疇憐鴻雁之鳴。從未有念切胥匡飛彤雲而成瑞靄。情殷撫字灑靈雨以作恩波。如今日者也。茲蓋伏遇　皇帝陛下。得一以臨　登三而治。所其無逸渙知稼穡之艱難。視之如傷時問閭閻之疾苦。己饑己溺雖煙簑雨笠諳之聲歌。求莫求甯凡蠶婦耕夫圖諸屏幛。固已一日二日奏康阜於南朔東西。餘九餘三慶盈甯於要荒侯甸矣。乃猶以饔飧可念餽餉時難。安益求安行矜恤於不必恤之地。治彌期治施憐憫於無可憫之中。綸音從三殿傳宣覺近悅遠來皆為赤子。鳳詔自九天敷布凡秋糧夏稅悉與蠲除。吹

大地之陽和苟利爾民何必財輸府庫。沛溥天之愷澤既裕我國無須粟輓東南。羣工挾策而陳章　一人持籌而決計。省分十五無難酌盈以劑虛。年則後先復可裒多而益寡。輪年遞及均沾　太液之波。挨省平施悉被　春臺之照。大巽風於中外。縱秦關蜀棧盡戴　堯天。宏解澤於瀛壖。將閩海黔山羣瞻　舜日。在湛恩普徧無分於彼界此疆。而厚澤遐敷先被於湘蘭沅芷。峯高衡嶽莫竝　聖德之崇隆。波壯洞庭恍著　王恩之浩蕩。僉和平之福道洽靡窮。樂手足之安恩周無既。臣等才慚調燮志切循良。出視諸州未諳元晦置倉之制。循行內地空懷長孺持節之心。覩眾志之中孚彌溪鼓舞。聆頌聲

之遠謚叓恤催科伏願　淑氣旁流　薰風四達　勤修和於六府庶績咸熙　握皇極於九疇休徵悉應安居粒食不聞集澤之鴻正德厚生鮮歎食苗之鼠將見雨金雨粟不獨熊湘草木皆春生莢生蓂行使禹甸膏腴竝浹矣臣等無任瞻天仰　聖激切屏營之至謹奉　表稱　謝以　聞

案明文丙已錄鄒太僕廷望會試擬表一篇頃從家藏故書中檢出乾隆十二年丁卯科進　呈鄉試錄復得此表錄中第壹場四書文三題易四題書四題詩四題春秋四題禮記四題第貳場論一詔誥表各一判五第三場策五道一切猶沿明制其後二十二年增八韻詩而去詔誥表判士惟從事

時墨一途謚便於弋獲而學古徵典者稀矣又案武陵陳氏長鎮擬表數篇當亦有鄉會場中作閎博典麗近今舉子無論未能作抒未之見白戰不持寸鐵亦從何處問津此人才今昔之殊也戊辰七月上瀚汝懷附記

進全唐文表　　何淩漢

伏以　乾符啟離八風賡循道之章　泰筴呈嵩六寓煥同文之治　引珠光於斗極聯曜台階　揚玉彩於河濆匯流瀛甸華飛沆露鏘鳳吹於琅函奧衍叢雲祕龍威於瓊笈文甄一代錄著千家臣等誠懽誠幸稽首頓首上言竊惟崇山宗海曾緘繡統之文概日淩雲夙勒徐陵之序綜選編於楚漢璧碎璣零標麗句於齊梁花明雪潔撰驪祕閣孫巨源窺宛委之藏檢蠹經龕韓無咎緝娜嬛之富錄名臣於晉代紀能賦於梁園歐陽類聚之編虞監書鈔之博靡不家提玉尺人擅金鎞淵掣鯨鬐嚴遴鶚毳遠自咸通類表始斷代以成書長慶題名因竝時

而合集三百家叔陽之彙纂部次州居五十卷吉甫之編排綺文繡錯擷羣書之麗藻絳闕瓊華披寶刻之叢章雷文雲篆豈獨名傳搜玉英靈配河嶽之篇句綴聯珠伯仲奏壎篪之雅題襟漢上簡牘蠹存名集篋中菁華偶拾然而晏元獻之續蕭選殿唐彥於陰何李康成之倣徐編冠陳文於盧駱子明巳邈誰珍昌谷之才公武不逢難訂下賢之冊從未有始終條理萃二十帝而文集大成鉅細包羅統三百年而書釐全帙廣求瓠本重付棗雕如　今日者也欽惟　皇帝陛下　金鑑澄懷　珠囊朗握　炳辰樞而叶緯太乙揚輝　膺甲籙以恢綱　先庚渙號交華同穎　鴻章提萬代之文衡紀事編年狐史

正百王之道統．光浮緑錯十華編玉之藏蘊闡丹壺四徹
中緗之博素．丏朱帶迴　睿照於丁函．青玉白銀亶．　聖
聰於丙夜．攬八代文章之府響震盛唐　嘉千秋柱史
之林根盤仙李仰惟　聖祖仁皇帝．軒琴協雅宣六義於
龍蹲．虞管諧韶播八音於夔拊．一十函編周甲幹詩式
騈羅．九百卷架劉王籤唐音統貫．　纘承　前聖緝詩
文而言各一家．潤飾　鴻猷合唐虞而書成二典．自昔晉陽
雲起同時多揆武之賢．祗今奎度星明　盛代布右文之教．
爰　敕蘭臺羣儁同務編摩．　頒芸閣瓌篇俾勤校勘．
溯自楚天遺珮童蒙拾芳草之枝．漢代留聲髦譽守繡絲之製．

鄴中七子較班馬以風漓．江左六朝暨陳隋而體濫．大抵竽吹
一一鳥談同同．鼓萬竅而其聲錯千逵而合軌．疇能復古返大
輅於椎輪．爭事翻新薦雕盤以華實．於是紫虹貫斗白雀栖丏．
天人開鴻藻之章上下競龍騰之管．丹青帝製作者七人．纂組
臣篇都爲千帙．坤闈黼翰光分團扇之娥．震殿瑤箋彩揆翦圭
之彥．訮霓裳於垂陛臺閣摛華．載漁具以扁舟江湖擢秀．蕙心
蘭質縈芳緒於璇機．象教羽流演靈文於貝籙．推之雅陳巷伯
款納車師．亦各同分繡虎之才共握靈蛇之珠．有后室縱橫之
筆有金閨博麗之英．有淩顏轢謝之雄有演緯摹元之手．聳壑
昂霄之質峭拔千尋．渡河擘海之辭雄奇萬狀．瓊杯玉斝侑之

以元酒太羹．靚服鉥衣佩之以純鉤巨闕．盧牟祖構爭甲新裁．
揆蓴承跗春華歸於秋實．鉤心鬬角人巧匹乎天工．統元會爲
機鈐作古今之綜軸．是則不觀澥尾無以驗陽冰陰火之同生．
不到渭源無以徵內颸外鷁之竝育．謂柳韓變燕許詎知伯玉
之首鳴．謂說頲變王楊未識嘉謨之前導．萃四門之子弟私淑
尚有孫劉．濬萬古之江河遙溯非無李段．彼崔蘇美錦可方宋
沈良金而小杜雄鋒亦抗中山峻辨．別有猗玕洞口名標酒漫
漁聱．絳守居中字詫瑤翻碧瀲．莫不五家五隊耀金翠之大觀．
四正四奇極鳥雲之幻態．而況雞林賈去豐碑照九譯而遙麟
劂持來寶翰壓千門而徧百家．騰躍萬手傳鈔．乃陶叔獻之所

收杳難復識．若賀志同之所采俚又堪譏．攬姚氏之一編漏張
登之三賦．而且專取古初之格都刪偶儷之言．翻磨吏部之碑
轉益文昌之碣．自淆其例謂談理而體爽正宗．徒發其凡謂論
文而詆非宗古．蓋必全犧解後千蹠嘗來．而後騈散可別其裁
盛衰得提其要．開國聚匡劉之輩議禮郎以考文．顏風沿宣懿
之朝知人因之論世．惟是英華舊帙雍熙之副墨無存．冊府遺
編欽若之元刊巳替．載沿玉格改襲金根．欲窺豹於藏山枉然
犀而照水．所賴恭承　指示　親定體裁．　詔廣旁搜
許窺中祕．龍賓虎僕儲縑素於　西崑．玉躞金題挨圖書
於　東壁．集成萬卷．嶽峙淵涵．永樂四聲．繩聯珠貫．輿圖曉展

金壺流翠墨之香簿錄胥陳鐵網貯紅珊之影蘂珠林之三藏貝葉芳搴抽雲笈之七籤芝函潤挹豈但書儲劉宋憑劉氏以訂全文史校薛歐資薛編以存遺策共覩豐城之寶氣迴徹層霄始知懸圃之瑤華遠超羣玉由是聲蜚大筆搜燕國之遺文譽妙輕縑補曲江之雅製檢嘉祐平原之刻備美吳興訪靈巖北海之碑拾遺山左權文公綸綸世掌九年之內制重裒劉賓客珠玉家藏十卷之佚篇復合一品勘會昌之集增以摭言三縑酬皇甫之才掇諸大典樊南則表箋總括快乙集之新排江東則掌記久湮幸讒書之可購他若靑茸白旐綴成皆黼大之章黃穀赤瑛拈出盡圭同之瑞其人總總其旨多多鸞臺雞樹

之宣鳳口鹿盧之敕內相則蓮燭夕拜中書則薇省晨趨校自史宬次百卷綸言之集戢從文海補四篇制草之名上倈壹戎定業之初下洎五季餘分之末或退入臣行之列或附登帝集之中風會遞遷雲章彌絢戛復詳稽樂后銘徵五鳳之甎博考吉金篆拓黃龍之鼎剔翠苔而摹岣嶁披金薤而擢琳瑯寶新出於曹全訂續增於洪适以及蓺文全蜀專羅一郡之賢寰宇太平偏擧九州之記叢殘必拾增采蘩繁皮別集於　紫庭種幾盈百甄遙材於　丹軸數戛踰千若夫文似而淆有盈川之附編庾集體殊而并如和叔之列表徐箋門櫛雙銘因竝登而刪羅衮盧楊兩傳緣岐出而削李華黜比干碑於翰林集中登令狐疏於文泉子內蕭穎士泛舟之序無取陳鴻李子卿張樂之篇必歸錢起記誅茅於邕州亭上援柳集以汰毗陵賀瑞羽於興慶池頭審權文而裁穀士顯須畫一名不歧雙乃尋辨體一書遂補闕名百賦闡微索隱別類分羣劍已化於延津珠仍還於合浦從此賦成文鹿共知姓屬公孫詩詠牽牛復使卷題枚叔至滎陽改玉溪生之作猶昌黎效玉川子之詩盧韓旣別卷以分收李鄭亦離文而互載又或君臣合撰銘鐫后土之靈祠父子繼成碣表邠王之長史管同宮而異曲花接葉以分枝其他李翺平賦之書寶泉述書之賦譬水經於酈氏注有雙行等地志於班生文多旁綴則亦體仍其舊義取其詳例倣蕭書

附彈文以讞牘謠殊戴記混傳說於經言慶善本之儲藏讀從渠閣萃羣編而鉤考衡以　鄴函至若劉朝霞獻賦於溫泉李藥師上書於華嶽王子安之贊傳大士施肩吾之會記羣仙或體雜於俳優或名疑於依託則必翦榛集翠翠乃蒙茸焚艾留芝芝方菌蠢晉家宣武劉眉御贊之篇唐代褚裔續尾臣工之傳劉知幾之通羣史羅昭諫之著兩同或非馬之枝流或良狐之矜裔所貴裁以擧虞之流別證諸劉勰之品題至於黃石傳書碧騣騰誦侮眞靈於嵩華託行紀於周秦何取撏撦轉傷鉤釽惟志怪搜神之語多涉虛誣與香奩脂盝之詞槪從芟汰欽承　聖訓斗東指昧以旋杓恪稟　天裁尺璧抵瑕而

屏櫝·若乃出風入雅貞符柳子之言·佩實銜華聖德韓公之表·
越王樓迴飛奇藻於宗師·雲母泉甘灑淸詞於遐叔·怨寄湘中
之解丹晒月下之題·送晁監以浮溟贈瑗公而歸嶽·義關比興
詞託揄揚·昔曾 載入全函·詩有分標之序·茲 特垂
爲定本·文無互見之辭·貴別錄以單行·慎會函而複出·又若半
千名重或疑前代之材·長吉詞豪早訂忘年之契·必欲輯通侯
之月表繪學士之瀛圖·稽名錄於天隨捃姓源於柳氏·而後李
膺郭泰證以偕仙·老子韓非斥其同傳·臺省金鼇之奏存某月
以待覈其人·科名玉筍之班因同題而進稽其世·亦復隱徵梅
里會考蘭亭·六逸尋溪三生訪石·或題橋畫壁舊字籠紗·或誌

水銘山殘題翳蘚·枌榆社在詢耆舊於襄陽·棨戟門傳敘搢紳
於洛下·則且倣統籤之例竝紫色而兼羅·比記載之規附金行
而共著·下車封宋乞降修表以名家·投閣美新勸進題箋而居
首開府·暮年之詞賦司徒去國之山河·雖史改以名仍竟官同
而代異·此則集登騎省斷從開寶之前·碑錄鶩池驗以晉安之
搨·復有致堯感憤表聖歸休·力窮無迴日之戈身遠有依天之
笏·斯固晒侯挾策未嘗屈節於祖龍·徵士編詩祗可繫年於司
馬·等詩函之附編餘閏義寓繩 先·俾文譽之得表孤忠·
理存彰往·且夫舜英堯韭周益公所以參稽·裝仗席颿彭叔夏
因而辨證·元本雜收甲乙之集·其閒頗沿丁子之譌·宋有王珪

乃併制詞於叔玠·唐無徐勉竟收賦句於修仁·緣漢章之號亦
肅宗·馬嚴疏載取鮑出之傳於魏略·魚豢名臚·葺馮志亭黃籙
碑銘下尋元代·蒐尹義尙與齊書啟上劉陳賢·組表韋琳粱才
遠借虎圖·李翰蜀本重編可頻瑜見漁仲之書忘爲複姓·宇文
逌作蘭成之序·羼入前朝·毋旲毋嬰舛由形似·蔣防蔣訪紊以
聲同·唐元度校正九經·殷盈孫熟精三禮·乃名存而姓佚致昣
別而區分·著元翰而復出·崔鵬昧文成之郎爲張鷟鳳兮本一
家也·譌三原其多誤之由·蓋亦未成之本·所愧削除不盡訂譌
有俟於 宸衷·習俗相承 詔改得·祛其燕說·偏旁審定
庶期糾謬於吳縝·同異參詳其效洩疑於王述·以英華爲嚆矢

仍訂英華以冊府爲濫觴更箴冊府·凡此宏綱細目一稟酌於
睿裁·史例經凡悉規隨於 聖證·貢琰鵠岫約寸寸之
朱絲·分繭鴛機取純純之錦段·排阜相渥洼之馬流電浮雲·披
沙揀林邑之螢紫磨黃邊·例則同乎文鑑括一世之宏材·源則
導自選樓接千年之墜緒·此疆彼界異吳訥之强區·翦謬疏蕪
退凝眞之類纂·人人繫傳種種分條·刻楮葉以多年成蓺林之
勝事·臣等業疏提槧·職枉操觚·管窺蒼昊之高·錐畫黃神之廣·
幸得身依 楓陛手校蒲編·黼黻 皇猷邁房杜遭逢之
盛·笙簧 聖籍企常楊著作之才·五辰運啟平棣通二酉學
資其津逮·況復周情孔思道源 談虎觀之經義·畫倉鉤文

圓　覽鴻都之典・擷元珠於赤水　甲令星懸埽落葉於
青山寅衷冰惕百川宗澥導萬壑以增流五緯躔箕拱三
垣而煥彩合二史甄收新舊一千卷輯文苑文藝之遺與全詩
輝映後先億萬年頌　丕顯　丕承之盛臣等無任瞻
天仰　聖踴躍歡忭之至謹奉　表恭　進以　聞

全唐文書成先公未與纂輯　御序既出曹文正公特屬先公敬書進呈付梓其恭進全唐文表則先公與姚丈元之孫丈爾準謝丈崧共爲之實應兩淮都轉阿公阿克當阿之請也紹基謹記

擬進呈元史新編表

魏源

臣源言伏聞天不變道亦不變國可滅史不可亡粵稽典謨三五之年春秋所紀二百餘歲之事自周漢至明廿三史之編事非一端迹多殊軌元有天下其疆域之袤海漕之富兵力物力之雄廓過於漢唐自塞外三帝中原七帝皆英武踵立無一童昏暴繆之主而又內無宮闈奄宦之蠱外無苛政強臣夷狄之擾又有四怯薛之子孫世爲良相輔政與國同休其肅清寬厚亦過於漢唐而末造一朝偶爾失馭曾未至幽厲桓靈之甚遂至魚爛河潰不可救者何哉禮運言三代之治天下也曰大道之行天下爲公公則胡越一家不公則肝膽楚越古聖人以紘

冕當天之喜斧鉞當天之怒命討威福一奉天道出之而不敢私焉明人承元之後每論元代之弊皆由內北國而疏中國內北人而外漢人南人事爲之制曲爲之防以言用人則臺省要官皆北人據之漢人南人百無一二其破格知遇者官至集賢翰林院大學士而止從無入相秉樞之事乃稽之元史紀傳殊不盡然太祖龍興即以耶律楚材爲丞相太宗則劉秉忠主機要而漢相數人副之憲宗世祖則史天澤廉希賢姚樞許衡竇默諸理學名儒皆預機密朝夕左右即姚呂後雖以事誅而史言有元一代紀綱多其所立則亦非以漢人爲不可用而末年至正中賀太平尙以漢相負中外望惟是中葉以後臺省官長

多其國人及其判署不諳文義弄麞伏獵不得已始取漢人南人以爲之佐至於末造中書政以賄成臺憲官皆議價以得出而分巡競漁獵以償債帥不復知紀綱廉恥爲何物至於進士科舉罷自國初中葉屢舉屢輟動爲色目人所掎摭順帝末年始一大舉行而國將亾矣兼之中原財賦耗於僧寺佛事者十之三耗於藩封勳戚者十之二是以膏澤之潤罕及於南滲漉之恩悉歸於北界鴻溝於大宅自以爲得親邇疏遐之道致韓山童僞檄有貧極江南富歸塞北之斥天道循環物極必反不及百年向之畸重於北者終復盡歸於南乘除勝負理勢固然哉且元恃其取天下之易既定江南竝大理遂欲包有六合日

本瓜哇皆覆海師於數萬里之外又不思中原形勢外置嶺北嶺西阿母河諸行省動輒疆域數千里馬行八九十日方至內置江浙湖廣各行省舉唐宋分道分路之制盡蕩覆之旁通廣闊務爲侈闊鞭長駕遠控馭不及於是海都乃顏諸王叛於北安南緬甸八百諸蠻叛於南窮年遠討虛敝中國如外彊中乾之人軀幹龐然一朝瘻木於是河潰於北漕梗於南兵起於東大盜則一招再招官至極品空名宣敕逢人即授屯膏於未熾之初而曲奉驕子於燎原之後人心愈渙天命靡常一二豪傑魁壘忠義之士亦冥冥中輒自相蚌鷸潛被顛倒而莫爲之所若天意若人事焉烏乎孰使然哉人知元史成於明初諸臣潦草之手不知其載籍掌故之荒陋疏舛諱莫如深者皆元人自取之兵籍之多寡非勳戚典樞密之臣一二預知外無一人能知其數者拖布赤顏一書譯言聖武開天記紀開國武功自當宣付史館乃中葉修太祖實錄請之而不肎出天歷修經世大典再請之而不肎出故元史國初三朝本紀顛倒重複僅據傳聞國初平定部落數萬里如墮雲霧而經世大典於西北藩封之疆域祿籍兵馬皆僅虛列篇名以金匱石室進呈乙覽之書而視同陰謀深閉固拒若是又何怪文獻無徵之後人哉是以疆域雖廣與無疆同武功雖雄與無武同加以明人舊史不諳翻譯遂至一人重出數傳而元勳反無姓名順帝末年事全鈔

吏牘如塗塗附爲從來未有之穢史近如邵遠平之元史類編徒襲鄭樵通志之重儓分天王宰輔侍從庶官忠節文翰雜行等類以廓擴之忠勳列入雜行又有紀傳無表志因摭志入傳又多采制冊入紀多采書序入儒林又多采元典章吏牘之書以統卷帙皆不登大雅甚至本紀直以世祖爲始而太祖太宗憲宗三朝平漠北平西域平金平蜀之功不載一字更舊史之不如至錢詹事大昕重修之本亦僅成氏族志經籍志餘竝無稾臣於修海國圖志之餘得英夷所述五印度俄羅斯元裔之始末棖觸舊史復廢日力於斯旁搜四庫中元代文集數百種及元秘史芟其蕪整其亂補其漏正其誣闡其幽文其野討

論參酌數年於茲始有脫稾烏乎前事者後事之師元起塞外有中原遠非遼金之比其始終得失固百代之殷鑑也哉咸豐三年七月序於高郵州

案此文題爲表首用臣某言而末云序殆先爲序文復改爲表未經完篇而鈔胥不察遂照稾艸錄之歟今姑坿表類以存其文其詩文經說諸稾係作者親交何編修紹基固未曾校訂之草本也編修恐致遺失爲鈔副本譌誤殆又甚焉而原本悉歸作者親姪魏彥槃仲汝懷擷其文數十首錄之似菁華在是矣復擬謀梓其詩集云戊辰大寒坿記

擬宋文彥博平貝州妖賊露布 擬唐體 陳長鎭

貝州行營樞密副使參知政事河北宣撫使臣文彥博上兵部尙書臣聞圜穹顯象衆星環北極之樞方軫凝圖羣水會東王之谷上冠下履難逃亭育之經陰慘陽舒不廢春秋之序鼓元胎而充氣母殺以成生闢橐籥而揺欃槍刑能止暴所以弧陳八卦備王者之四征今列五材助聖人之一怒熊后阪泉耀武撲火蘖之橫氛嬀皇冀土觀兵靖水魔之逆浪皦大風於長隊山無風雨之妖射九日於高旻川斷虹蜺之足武庫一動允矣勝殘文昌偶飛非曰勤遠況堯天舜日豈容左道潛驕玉宇瑤階未許榻前鼾睡奮斯干而宏丕冒法迅霆以振沈淹大庇兆

人永清四海則我國家得之矣太祖應紅光而總極山河開地絡之文太宗騰赤羽以乘乾昴畢正天街之位南征北討清狠燧於金甌偃革辭軒鎖蚊麽於鐵樹固已見遐荒底定虔輸象齒之珍僭亂削平拔叶騶牙之瑞矣欽惟神摛四葉道契三辰出厚軸以登期川分帝子張高紘而撫物岳動天孫造化入乎靈襟經綸流於寶思華猋月澗擣返景以制幺麿光閃霞莊廓太虛而陳干羽威行有截決渾沌以爲家澤普無涯合根荄而孕氣崇儒重道會無逐鬼之符一俗同風莫誦驅神之呪壺公竹杖難誑世以成龍釋子蘆枝敢炫愚而渡海蠢茲狗黨妄肆狐妖違光蓬艾之閒假氣鈞陶之內貝州賊首王則者涿之棄

子恩之流傭崗隴牧羊之僮擅飛金虎宣毅荷戈之校妄伺鋼
駝素習五龍何姝五斗之術幻傳滴淚不辭滴血之誅蠶爲緋
衣兩月之謠私著果頭三律之讖刺福字於脊上曰是袞文布
惡敎於寰中云歸佛戒彼蒼天已老黃天當立昔年張角云亾
迺釋迦謝世彌勒持權今日子賢復作賊黨張巒卜吉等忝爲
州吏罔知磔鼠之文僞號軍師自比夢熊之佐志靑蓋之邪說
侈黃旂之謬談鏡裏獸形詭作來生變相船中魚躍浪傳故主
還刀如意高揮厠名惡子長弧不入託蹟武威半夜狐鳴敢驚
世而駭俗諸州烏合遂結德以連齊擬以慶歷八年春王元日
斷據我檀州蹂躪我河北因遣賊從潘方淨蠟書潛遞鐵券陰

頒欲連天子股肱同作元凶耳目北京留守臣賈昌朝忠誠作
骨金石爲心發其奸回膏玆谷鉞賊知元關既洩難邀三面之
寬羣虺倏飛遂挺九頭之暴於慶歷七年十一月戊戌冬至糾
馬首蛇身之衆設鷄壇牛耳之盟狼子蟻奔豺兒鴟集施彼呼
船之技展其發匱之材冒犯城隍迫脅官吏天慶觀裏神鬼爲
之震驚驍捷營中煙燎爲之布濩知州張得一叨紆紫綬殊愧
丹心不思孟義孔仁甘作奴顏婢膝兵馬都監臣田斌裹瘡戰
巷無慚士貴孤忠提點刑獄臣田京勒騎保關頗類張巡死守
北京指使臣馬遂持孝寬之檄捽左慈之杯斷荊卿之臂既見
噬於長鯨貝州通判臣董元亨守東山之藏掌北門之鑰詈南

面之廳亦被吞於封豕李浩賫開之命竝委西山王奭王渶之
魂同遊東嶽因而東平僭位橫標得聖之年丑朔頒書特起中
京之篽樹如來之幟儼同天竺伽藍建安陽之旗宛爾羅刹鬼
國州樓星列類黃巾之大方小方總管碁分似白波之左髭左
校編戶遭伍保之戮蒸黎受湼面之刑東海糜竺之家俄歸冰
化西蜀王孫之室盡被瓜分從此穢氣旁敷火入高陽之冢彗
芳四合氣迷微子之城據重鎮以排營阻長河而列險飄鴟鴞
之風雨響蚊蚋之雷霆燧燧達乎鉤陳一人有赫熒惑孛於躔
次九伐斯張十二月庚戌特命知開封府臣明鎬爲河北體量
安撫使身瓊按律玉節專麾長轂脂輪高旌舒旆金緗玉匱將

軍揚月駟之鑣鴞祖膺呼壯士挾天山之箭抵嚴城而分守形
等魚麗據四臨以合圍象倂雉網越日癸丑天子特降恩綸高
懸爵賞但獲項王之首不辭李廣之封韓日文之斬叛秦殊勳
載紀陳仙奇之誅僞楚顯號猶揚爰有州民汪文慶郭斌趙宗
本汪順等密結外援欲爲內應帛書繫箭私飛燕將之營布經
垂垣宵待秦父之至我軍乃猨持而上蟻附以登不謂小醜蜂
攢羣凶蝟合類鰌鮒之跳躍比蠻觸之紛綸瑕叔盈搴蝥弧之
旗周麾罔應鄒人紇抉縣門之捍畢出無傷我氣彌盈彼力已
竭懸知迫蹙益肆枝梧欲於正月十四日入於營門劫吾輜重
契丹既覺偵諜來通臣鎬密遣殿待安素設三覆以臨闉張二

騎而待寇果於是夜眾數百人戴明月以銜枚披殘星而屬矢豈知魏公定計須陀殲伏莽之閒孫子施謀龐涓死大樹之下魚無漏目鳥盡隨弦我陛下終以好生為懷不以咸劉為意復遣內侍遠沛殊恩準其招安與之更始謂項莊佐季猶然裂土射陽彼孫皓臣炎尚可錫名歸義無為崑山肆燎珷玞洎瑤珥俱焚儻爾程門賈霸梼櫟雜楩枏其謝特申黃龍之約無貽赤頸之悲詎料賊等蜂蠆為心豺狼成性踵蠶如股尾大如身食鉤啄以療饑飲鴆毒而救渴鷰巢衛幕髏走宋池司馬之諭已窮青犢之歸無日於是天子奮然震怒大振威聲聆鼓鼙而思將帥之臣簡中權而任節旄之寄鬼神協伐星官占不戰之祥

天地合謀參髾導無前之氣是禡是類九廟助其神靈如虎如貔三錫肰其氣色玉劍吐衡星之焰瓊戈騰轉日之輝爰撿吉日良辰用徂齊臺趙地臣彥博勇慚射虎智類添蛇謬託主知辱司閫外一軍盡駭敢希韓信之登壇眾女爭喧竊比孫武之拜將飲冰受斧冒辠推轂之恩搢鐸挺鈹大誓屯方之眾六步七伐視旗鼓以為歸尺籍伍符書功罪而罔貸毋入揚干之罰勉圖馮異之勳三令既申六師遂起仗元麾而直指隼擊千羣騁朱鬣以橫行龍驤萬隊前鋒電激走列鋏於金鞭後騎雲屯驟豐隆於鐵部緣貲峰而插羽影動方神遵濮水以揚鉛聲驚河伯指揮則漳河為立叱咤則陶山若搖臣以慶曆八年春正月丁丑行赴貝州遂臨賊壘初布常山之栅旋開偃月之營鶴勢鵝形儼淵渟而岳鎭山蛇雲鳥列正陣於奇門兩前伍後之咸齊左牡右牝之畢練露刃則截鴻奔駟彎弧則落雁嘑猨署施射馬之能已有食牛之氣第念萑苻陋質半屬良民彈子微丸何須全力用是廣宣帝德敬布皇仁冀九嬰之可馴幸三苗之或格無柰賊等猶發射天之矢還投穢地之腥罔知十二累棊不悟千鈞懸縷臣迺飭我幕府整我蒼頭二百河魁旣哮闞而飈發三千太乙亦浩瀁以波流蒙輪拔距之夫投蓋挾輈之將骨湧肉飛蒲梢蘭池之駿吳鴻扈稽之兵霜凝霧合黃公遁甲爭箕張而翼舒元女神兵奮擣虛而批亢賊等驅不悛之眾

擁無賴之徒舉尾支山怒蛙當轍臣因陳我犄角置死地而無疑老彼鋒鋩立如山而不動畜精強於未鼓申法令於先庚五校雄兒同鼓巨靈之掌三河猛士齊磨后勒之拳莫不視死無時輕生有地臣知其可用拔角而攻樞密直學士左諫議大夫參知政事河北安撫副使臣明鎬胸蘊豹韜志清兔窟轅門受鉞排扃楗以無辭中帳分旄攉堅剛而罔顧洗兵刷馬風鶴助天子之威角止鼓行草木壯王師之氣武勝軍節度使檢校太傅同中書門下平章事判大名府北京留守河北安撫使臣賈昌朝身荷異寵念切干城恥逆黨發已部中一心靖難思奇勳贖乎行內其力同仇凜制節以鏖塵氣沈宇宙帥步騎而鬭格

邑晦郊原閤門祇候臣張絪前阬其啖齧孿攝苦蝤之魄貝州城下總管臣王信後攖其背搖旌橫梁犢之屍以及矯矯偏裨桓桓士旅揚幡類長虹東指舉旗似大火西流各施塞井夷竈之謀共逞七變五成之畧抗足而跐攘背而扔夸父斷碣石之流擲箠可渡共伯挾崑崙之柱桀后而投引北海以灌秋螢何當銷滅運泰山而壓春卵蕘等摧頹杜宇迷魂行見嘑風泣露萇宏熱血佇看化碧流丹蜮裏商農賊中蠓蠛知其將壞各欲自新連運稽顙壕邊纍纍懸繩標下犬羊之族已去其二三鵬鯤之羣更吞其八九賊復幻千孫泰妖百許生溷言剪紙飛沙漫擬徵風召雨恃偪陽之峻壁依嵋塢以藏奸率其祭酒師君

深溝高壘會茲魍魎魑魅舞爪張牙臣鎬乃造公輸之雲梯運臨淮之后攂車名霹靂采妙制於曹公礮號將軍法靈機於李密一發而鷹驚霞走再施而地裂天搖固已雉剝堞傾立見元規授首何期灌膏東槖敢循許遠遺模臣鎬又以爲自下攻上者易爲防從幽達明者難爲備握壍遏隧雖罔效於甯陵窟地通城究收功於柘靜於是相其形勢穹彼垣墉復恐善計滋彰必致敵人有豫驚東南備西北亞夫亦設疑兵東郭出北郭入虞詡尚行詭道先聲後實遙爲牽制之謀暗度明攻陰肆抉爬之力千鍬林立萬畚雲興闉外已積土山溷中漸成鐵甕疑透九重之地初通一線之天閏月庚子臣乃踵厥巨規因其故道

夜選鴉兒之俊其爲魚尾之銜比諸侯鉅鹿之師蛇行而進似溫嶠牛渚之役犀照以前旣出地中驚來天上乘障一呼如登放馬之山出穴下臨類瞰封泥之谷長衝亂舞九拒何庸大角齊喧百樓失險環女牆而圍殺氣飛走無聲擁墟市以颭驚颷蒼黃易位戈鋋交揮於闤闠蟣虱悲弔於閭閻颯颯摧枯琅琅破竹素鮑魚於廣肆卽此非遙抱積薪以燒身方茲尤甚妖賊王則等困獸猶鬭窮鳥尙飛還鼓吠堯之脣不返背陽之翼蛣蜣裹甲以蔽體冀天壤之可支螳螂張斧以待輪幸地羅之或漏竊與戒黨張巒卜吉等更施譎詭復逞妖邪謂軏燧象以奔吳師楚昭之功難再驅畫牛以觸燕眾田單之智堪庸繪服千

頭漫說借靈於飛鳥龍文五采揚言受約於神師角橫干將之鋋熠如曳電尾帶祝融之焰烈似燎原彼軍愈肆譸張我眾漸爲轆轤臣又念射天狼之目勁弩爲先舂野兕之吭長鎗是切疾令前偏之傑各挺修矛旋招兩廣之豪竝稱大戟其耳溼溼初踞地以來奔其鼻垂垂乍中戈而反走掉頭向內翻成卽墨之師拖炬倒攻轉有江陵之捷援桴一鼓何殊以牛殺牛秉鉞三驅是謂以盾攻盾積甲齊於熊耳僵屍等於長平黑山盡被誅夷白雀悉從勦滅郝用賊之心脅瀝惡脯以祭元亨石慶賊之羽毛攙尖心以酬馬遂紛紛魔卒相看蟬蛻登仙總總鬼徒胥使狼倉入海馬遯不能止力淸華注之煙風利不得泊迅掃

金陵之氣越日辛丑妖賊王則等覩此焚毛自知沃雪開靑門而左遁竊擬偸生環白道以右抽茍延錢喘臣絪驟然臨敵亟接刃以緣壕追不及謀竟捬膺而陷陣自摩出突之頸士盡背張頓喪先軫之元賊皆膽碎臣信賈其餘勇突遇寇於營前厲厥雄威遂生擒於戲下元凶既得俄看一軍盡化沙蟲滋蔓僅存行且三師盡歸俘馘妖黨張巒卜吉等希覬頃刻復保村坊已知鹿耶之重寶難存因而渭水之離房一炬回祿騰其赫爍飛廉扇其炎燚般若凶徒果爾吐口煙而自灼沙門孽種從玆然心火以自焚天公地公盪滌不遺餘力蛾賊米賊剪除不費崇朝唐縣之火坑入而何有蚩尤之霧陣散已無餘身首盈衢赤起武耶之築髑髏塞巷白堆京觀之封臣以人無盡劉道忌太甚去其莠稗原不棄夫茛苗殲厥渠魁自當寬其脅從用體如天之德釋玆逐臭之夫悉捐堂阜之愆各安渤海之業知州張得一忝列衣冠忍忘水木虞刑之所不贖湯綱之所必誅合入檻車以彰國憲其在城官吏僧道軍人百姓等慘罹水火已苦秦法之苛喜撥雲天再覩漢宮之盛瞻帝鄉而隕涕家慶更生樂皇甸以歌風人欣再造至城垣廬舍臣已繕其傾頹鷄犬桑麻臣叟勸其樹畜受降城內神祇佑我新邦王會圖中山澤通其舊氣然後班師衛水振旅侖山仰靈社以書功望神都而奏凱雄雷所擊雌霓悉收彼方忌癸亥之窮我已得甲午之晦

凡玆一州之復將士同勞第其五等之勳臣鎬爲最臣彥博精非太白靈豈雷泉望無當道熊謝七縱七擒於諸葛功若遼東豕慚百戰百勝於武安何幸微軀叨逢盛舉敦詩說禮敢云卻縠之能廟算廷謨實賴聖君之福總由皇猷遠播聖武旁昭運斗杓於河津恩沾涸鮒轟雷車於地軸威懾封蜺所以六旬六日之閒致有三援三捷之報其貝州妖賊王則竝僞署官寮以下若干人既就生擒合同俘獻從此扶桑若木開圖降王母之雲廣樂鈞天錫冊入秦王之夢善芳奇幹不隔乎中州靑鳥丹蛇常輸於內府臣彥博等無任慶忭歡呼之至謹遣某官某奉露布以聞軍資器械別簿錄上

進　起居注前序 嘉慶十九年　　何淩漢

欽惟　皇上撰合清甯　量宏位育・　道光玉鏡蘿圖
膺錫羨之庥・　治炳珠囊芝甸播諴和之化・際闓逢之紀歲
氣協棣通・覘淹茂以順時璚徵桐閏・臣等紬書虎觀珥筆　螭
坳・瞻　巍煥於中天無思不服・仰　光華之復旦有舉必
書・伏見我　皇上誠通　昊綷・躬奉　穹儀・璧氣
含春肸蠁毖　圜丘之祀・樺林擢秀蕃釐升
之馨・涖莅席以　祈辛豐年爲瑞・望　雩壇而馭　方澤
丙好雨知時・吉練元辰黛耜重　四推之典・禮隆周甲靈暉
揚二曜之華・慶秋汛之安瀾　河神則函香致敬・感夜光之有

耀　關帝則封號特增・　輅聽鑾鳴穸肅詣　壇典禮・職
司虎校豈容异　輦濡遲・翊衛無取乎參差・祝版尤昭其詳慎・
儀隆法駕・在官無曠送迎・　志潔齋宮・視祝嚴服色・
凜　鑒觀之有赫・徵贊引之多愆・唯　格　帝能
饗　親亦　敬　天故　尊　祖・
　太室升薌於四孟　閟宮獻斝於三朝・節屆清明
命軺車而考禮・時零伏雨・葺　珠殿以昭虔・置公廨以
護　橋山無妨借俸・飭官兵而巡　輦路特戒邀功・寰海
無塵　祇謁感　在天之佑・經涂如砥・躅輪　敷過
化之仁・益成民以事　神・卽奉　天而出治・　披

章乙夜聆四序之銅籤・　聽政寅階遲三商於玉漏・　布
除荂安艮之詔・常思保障乎閭閻・　攄實心行政之謨・當媿
賚囊於岳牧・雙歧呈瑞・尙期氛沴全消・三省告豐・已慶祥和立
召・俗吏狃因循之習・患切戒於養癰・小民多守望之資・噎豈因
而廢食・勉思流芳後世・無徒塞責目前・呼盧本烏合之林・賭緡
有禁・陶穴乃兔藏之窟・購線須勤・官豎投充・端在隨時檢察・
宮廷給使・奚煩逐日剔搜・庸醫術類蜮沈・異端斯屛・武弁心甘
鳴義・逆蹟必書・稽鑄局之烝徒・謹河梁之偸渡・法嚴詰暴・政在
得人・以德舉・以言揚・何事露章入告・或　敕交・或　欽派
豈容風憲持權・舉親舉仇・徵庸慶彈冠之士・同旗同籍・迴避寬

隨帶之員・勿辭谿刻之名・勿避煩苛之誚・勉爲楨榦・勤敎誨於
平時・淨厥根株・用肅淸乎餘孽・是可忍孰不可忍・內外臣當淸
夜捫心・名無欺實豈無欺・重大事轉何人置喙・是益私必廢職
敏則有功・一冊黃綾・飭光祿繕題之緩・再須丹荔・誡宗藩陳謝
之頻・禮甯尙乎虛文・事必識其大體・器使無偏於滿漢・欽
幬載之同仁・官刑自酌其重輕・仰　權衡之獨斷・員由
帝簡・例難叓以外顯・缺本部銓法・仍歸於內選・入貲而驟膺劇
郡・吏治奚裨・遇事而輒改繁區・舊章安在・憫蔀屋株連之苦・雖
澣雪以何堪・除花封科派之條・無揚波而益甚・賦防影射・巧取
詎任狼貪・關有額征・苛求徒滋蠹飽・牙行擅利・例禁朋充・口外

謀生法寬傭趁居高提倡必善勸而惡懲率屬認眞漫陰違而
陽奉匿名本同伏鼠吏議無及於上官侮聖敢託扶鸞典刑宜
申於革令列靑衿而上疏敷陳徒見其拘墟宥黔首之騰章約
束仍嚴於守土鵷行隨扈厮徒闌給照之條雁塞通商來往斥
投繻之弊覆新聲於菊部膺史言迂仍舊貫於芝垣鳩工議息
家叨爵俸冀勳臣能以靜生明職列驂郎襲緒論必所言無補
納粟預圜橋之聽實款勤稽輸緡覈內帑之登虛銜杜冒地鄰
三輔入官之產宜淸賦貢萬方收糈之期必速佐郡虛黃昏之
隸有愧官箴典商課赤仄之錢殊乖政體名沿漢習戒聯字之
已誣犯以地稱斥臨文之多謬　經綸大備　典制昭明

鳳蓋時巡　鸞禁重合符之守狼煙息警鶡冠裁衞士之增
荷延賞而謝　恩實俸不同於軍校獻祝　釐之如意外
廷當限以官階　朵殿勤臨讀奏肅魚訛之罰　淸漪偶憩趨
班詳鵠立之方遵道路之康莊無滋露積停京堂之儤值爲屆
年班虔稟　前謨蒲類御輸糧之請慮糜左藏瀋陽停犂
壞之謀　成憲率由官方澄敘一門抗節專祠逮存殁之
鄉閭署輸忠從祀昔馨香之薦　駿惠旣垂諸奕裔　鴻
施兼被其枌榆俎豆遙頒崇藎臣聿　懷艮佐膠庠益廣
嘉多士俾勵醇風穀璧酬庸　特褒繩武鄉其　賜貤
追奬貽謀　念樞府之多勞　加恩後嗣　悵輀

車而不返　優卹艮才若乃志切急公人知尙義或助渠彌
之費或佽敵愾之需或勤偵邏之勞或篤任恤之誼值跋狼而
効命從列鶴以宣猷悉荷　甄敘益有功而
必錄　賜拜醍醐亦有過而必懲箴嚴篚篋　禁廷入値切
戒偸安內府輪班甯容曠職責成有定調官毋屆乎四參黜陟
惟公考績仍衷於三載銓政禁舞文之吏宜警譸張諫官存直
道之公勿懷報復桑榆日暮海南休轉運之司琴鶴風淸山左
復賢能之職臺長罷龍鍾之任許原品以歸田郡符膺熊軾之
榮勿爲人而擇缺職乖陳臬京堂非降補之階事異從戎緝捕
無奪情之例　眷前勞仍留司運榮賚首之升銜離原任始

奏淥病斥有心之戀棧畺臣職懈改遷綸閣之班廉使齡衰量
授銀臺之秩世祿鮮能由禮責譴難寬嚴刑尙係因公降留適
當廣文而妄增書斗濱塹校序之司廉訪而故縱家僮合譎輪
臺之戍習氣未離乎紈絝任愧句宣人命幾等於草菅讞期迅
速子衿禦侮籲　恩杜越境之章　午陛嘗儀逞詐示換班
之罰銀印愼六官之守鈐軸防嚴繡衣躋三品之榮疏泉寄重
案關械鬬禁避重以就輕款係帑藏杜挪新而移舊虧庫第私
其後嗣暫停子舍之官入幕漫假以屬員轉啟夤緣之路讀禮
乃猶越禮實忝賢書鐫官不啻狂官難邀宥典金譌萬兩特寬
茲惠之師麥報八分淚警虛誣之奏情甘唾面疲玩實深事等

吹毛苛求已甚·抒輕武重文之意相形實見低昂·懷瞻前顧後
之心交代愈滋轇轕·蠹囊勿飽報銷宜弊絕丁胥·鴉片何來懷
挾竟防疏戍校·原委之情未悉奏戒張皇·賢良之位擅移見懲
杜撰·聲名狼籍豈勝領郡之榮·附和雷同難恕奉常之咎·星軺
四出封疆甯等於具官·月奏一函海岱宜清乎積案·思親滦疾
允遂烏私·抵過論功例停虎拜·　恩幸湛露·曾邦之大
吏胥懲·報捏遭風洋島之奸萌宜淨·司牧竟存畏葸·褫服金鄉·
建言而駭聽聞·還官玉署·儆于有位·罪殃民蕩檢之員·稱匪其
人明濫舉·諱參之罰圖蔓·既疏於平日·免議贖金·發蒙先破其
潛謀　賞優加綏·未操刀而使割·慎司刑·總辦之員能制梃

以禦戎·原念母逃歸之罪·位崇棨戟·敢任性以作威·職攝韜鈐
漫徇情於馭將·劾奏而實稽劣款·非輕聽乎風聞·知情而故陷
齊民·幸平反於日下·釁由稱貸·敢肆嚴刑·教習食符·尚殊故勘·
爲功爲過·格登記於簿書·或接或交·謹盈虧之關鍵·書陳　輦
道·罰逮龍驤·姓系臬司·誤殊豕渡·禮義多丱負慙·紅藥之廬名
器宜嚴·難貸黃花之戍·禁逢迎之供帳·潔己奉公·減僕從以搴
帷·巡鄉問俗·　治嚴察吏　心切愛民·　祺錫春韶賞
口糧·更多貸種·　惠周夏甸·平市價·兼予緩徵·　帝城寬
煮賑之期·　京縣沛蠲逋之令·　慮靑黃之不接　撫蒼
赤以咸蘇·幽幷兖冀之區·吳越荆河之境·澧陽上下·皖水東西·

豫章神木之鄉·鐵嶺開原之地·或木飢而水毀·或雹厲而霜寒·
或遭蹂躪之餘·或積歉災而後·屯膏預戒·　解澤立施·
詔逮膽黃杜吏·蝕官侵之弊·戶應別白·權就民設廠之宜·振廩
給糜至三至再·除租寬賦·或舊或新·斥鹵水淹·更追蕩田之稅·
餘氛波累·且紓煮海之征·蘆引滯銷·際秋運而兼籌調劑·淮綱
積款·經夏旱而並酌轉輸·私田難例以歸官·運本不辭乎借帑·
業仍許贖·趙璧能還·款必議賠·楚邊有備·買補恐妨於民食·攤
征特免乎堤工·令甲既頒·旗丁並賚·溫處緩晒颺之米·賙及八
幫·池宣免僱募之船·憐其九運·籌截御回空之費·展分年搭運
之期·以紓力於纍帆·更騰歡於曳藻·　御苑酌朱提之賞

蹕宮給白撰之錢·營駐炎區·借支口食·師還遠道·撥補軍裝
羊踪·羈惠遠之城·藉還藥價·魚鑰啓司農之庫·甯待旗租·捍衞
無愆·宥門東之護校·質劑多算·禁廛左之奸商·允裕兵民·兼權
食貨·用關經國·何堪謀及庶人·官既虧公·豈復容其任子·輸例
原非得已·卄金無事多開·流泉本自能通·楮幣轉形滋偽·奏撥
準奏銷之例·弊絕漁侵·未完混未解之條·法懲祖庇·粒皆貯玉
常平無曠乎倉儲·戶免炊珠·囤積漫滋其壟斷·回漕嚴懲積蠹
疏銷力堵私梟·任紅朽而借公幾·同冒賑·舍白藏而請款·無乃
多糜·河務軍需·宜速上報銷之冊·府虧庫缺·無空陳彌補之文·
黃鑰實鼓鑄之需·敢託牽風滯水·黑錫亦泉刀之助·當思復竈

增鑪由是籌宣防之宏策飛輓之利疏新泉而勒石名有攸稽
測收水於誌樁源來叓旺築增鷁堰詳南岸北岸之工流注鴻
陂導蜀湖微湖之路邇淮城而培鳳隨民耤官修近汴水以護
虹隄吏邀　恩獎星畿首重早恬永定之波雪浪頂衝叓築
果渠之壩急疏堙於北運上裕　天儲慶順軌於南河仰承
睿示稽厤歲稔計工嘉核實之員隄壩年修生息撥交商
之款勿議捐貲購料早裕竹茭莫爲邀譽市恩濫登簡牘禁土
宏之多帶喜冰凌之全澌瀦蓄有方破格懋建牙之　寵蟜
和奏績連帆皆銜尾而來寄剝貴權其後先往還勿誤乎南北
賄圖截卸改章程實屬所由階弁逞刁難挾私見貞法無可貸

富民足　國綱舉目張　敷教揆文風移俗易　敦本闡
宗枝之　訓懷德維甯議功覽奕葉之徵　推恩自近
愛淡棣蕚七旬節待漏之勤勞懋瓊華三眼重堊翎之
賜襲爵惟當慎揀譎居尤儆踰閑羅咎闕心無致薄於所厚愼
終守典宏給假以來歸　錫春殿之芝筵　璿源毓慶聯
天家之瓞系　玉榦分輝親睦共仰　堯文　綸綍聿
昭　禹範　經筵再舉　宸翰披雲　御論疊宣
天章倬漢重農貴粟務知崇尚本圖葩史枕經叓勉別裁僞
體毓宗潢之杞梓再試　楓廷培京兆之菁莪覆稽土著　北
闕拜恩榮之宴蕊榜重逢南宮酬耄耋之儒冰銜載錫館閣文

穎揭韓碑椰雅之全書貯武英檢玉笥瑯函之富優貢例殊拔
貢免試　紫宸站丁籍異官丁漫邀青選　聖有
謨訓黌宮當勉以誦維　史辨賢奸館職敢疏於編纂　誕
敷文德克詰戎兵訓練時勤儲銳盡百金之士簡稽有制挽強
準六力之弓名糧豈任饞糜額餉尤防竿濫縮郡符而閱武獎
等代庖簡軍實以選材藏皆利器執冰無勇豈遷地之能良假
月連營勿增屯而多費池魚可念凱旋嚴攜帶之條坰馬未臧
典守羅失閑之咎允諧師律載纘武功敢肆梟張匿聚三才之
峽乃驅鶴列騰驤七萃之兵躡騎金竹園邊雷奔電擊奮翼柏
楊嶺上風卷雲屯漢南吹大角之歌隴右奏短簫之樂元戎晉

爵　恩兼逮於偏裨世職酬勳　澤叓周乎卒校方馳露
布復殄雷波大谷前驅擣虛批亢涼山深入振槁摧枯若乃竄
獸稽誅涸魚偷息法嚴荒閱巡風並及津關緝徧窮鄉捉影漫
同海捕勤按里按戶之訪舍已何事芸人明獲功獲罪之由謀
身即以報　國謹終如始庶免淪胥以僞亂眞必多濫及欲弭
亂而長亂難稱諫垣勿令欺其可欺轉同逋藪慈山內外出關
之口票安嚴蔀屋秋冬比戶之門牌倍肅勵同仇於閭左何須
印牒頻頒飭禁暴於城南無事金吾輪駐　芳園匽匝敢曠職
於雜籌　禁籞森嚴特分班於象袖託衛明靈之目　國法難
容發奸積善之林　宮衛特晉儒生仗義官特錫以孝廉勇士

勤公秩亞班之營弁治諡求治其飫　堯樽刑期無刑叟開
湯網善承　昊眘必興正以除邪適際春融遂乘時而
布澤無枉無縱有要有倫況當孽沴全消尤喜祥和溥被惟
既生成自外難逃漏網之誅但令情罪可原仍上平亭之議遞
減不遺乎遠塞久羈兼省於闤門持巾幗之蛇符法當申挺注
刀珪於鶴紐事本子虛革且復充亞嚴花戶罪而後悔難返玉
關勿滋揑佛之誣例應投首既悟持齋之謬令許囘心官有常
刑甯濫操諸日役獄當覆讞必委解於雲司革薄從忠適於大
道畏　威懷　德化被遠方祝　嘏輪誠暫免藩封入
覲開渠導利仍停墾地升科因巫蠱而蹈愆末減實資於往績

禁宮兵之多擾　湙仁溥洽於回疆免頒麟趾之金錢通普
爾許發雞鳴之麥耀濟蒲犂莫不尊親咏四方之來賀無有遠
邇慶萬福之攸同是誠豐茂世之規昭錫極之盛者矣臣等職
忝簪豪才慙汲綆謹仿編年之例常殷嚮　日之心　言
如絲而出如綸　號渙悉典謨之旨　身爲度而聲爲律
　德充胥法象之符百度惟貞緜億載無疆之福　重熙
累洽基萬年有道之祥

進　起居注後跋嘉慶二十年　何淩漢

欽惟我　皇上仁周函夏　化洽登春　冠德卓蹤軼
帝鴻而超三古　敕幾省度表君鵠以正萬方繹丹書數語
之精　存誠主敬括金鑑千秋之義　虔鞏勖勤　基
命單心勵寅懷於宵旰　釐工熙績時申儆夫臣僚府事共
仰其修和　言動悉垂爲　謨範於鑠哉　郅治之隆
軌也臣等恭纂嘉慶二十年　起居注成凡二十有四卷謹
繕錄貯函藏之金鐀爲奕世　法程伏覩我　皇上德參
穹昊瑞襲　靈祇度騣假於　兩郊龍鸞脟
飾升嘉薌於　十室虎蜼豐融翠羽雕禾　盥薦重

辛祈之典紺轅黛耜　敦耕隆亥耤之儀沿仙席以明禮
　雩壇肇祀酌樛街之遠近　玉趾遙臨河水安瀾灶
鶩梨而　報貺　橋山展禮　乘翠輦以省方
　座陳七寶之華雕幾必謹　几設五香之奉尺寸難誣
謁祭愆期罰懲宗翰贊儀失度俸住太常蓋節事通神　誠
敬上昭於　天　祖而洗心藏密　先勞倍切乎
臣民乙夜　批章細事無煩仰體寅階　聽政前期詎任
高眠　䆁身勤與心勤著誠去僞視國事如家事早作夜思
敬爾在公待　召時權乎卯冒　儆於有位　箴言唯
勵以辛勤勿以小故而憚於煩勞勿以非祥而多其避忌雨霑

繡甸畱京之報何遲日麗花甎散値之期已早林木成於芀欒
務愼始以圖終江河匯自細流必防微而杜漸 御園儤直
宐均繁簡之班秋讞屆朞漫減刑名之奏 事功懋矣
典制昭然肅吏治而杜貪緣奏畱當愼 飭官常以昭政體
捐復須嚴借補無因念只貪乎鶴俸擬陪失當例宐限以鶯遷
升銜自有權衡見缺豈容趨避事乖令甲 計典無取乎增
删學未識丁薦牘必懲其冒濫投刺而交巷職咎有專歸逃禪
以玷官方責難輕貸況乎援儒入釋五戒堪嗤匿罪佽金八刑
安在此皆有忝簪纓負慙簠簋者已若乃 親耕助耕耤牛
必勤其馴習請寶護寶官馬無事乎紛增所以崇體制也免印

簿之鉤稽寬游民之來往所以除煩苛也謹合符不敢暫離守
信牌以爲要務非所以明靖共也書地而文難別白祝 鼇
或字昧中黃非所以遵常式也廟非臨 蹕甯煩 宸翰
之頒祠等居家宐褫廣文之任 誠賀章之專達軫番疆鷺
堠之徒勞讀折本以多乖懲閣學魚訛而示罰名連漢字旗籍
焉存苑設鐙城壘臣滋姦因勒休而捏控豈勝墨綬之榮冀免
罪以逞刁合譎黃花之戍由是準民事之廢興課官司之殿最
禁逢迎乎長吏明舉劾於至公則風聲於是樹焉漫徇私以廢
公罔化大而爲小嚴訟師之串結核案簿之循環則聽斷於是
平焉戢貸官牟利之風申溺女鬻妻之禁容刀詎同乎兵象城

樹靡惑於形家刑律豈可偏刊法官毋滋遠出 眷舊學而
錫貤先期特沛 溫綸 敕國法以原情終養仍當
移住鄉賢未應濫厠何待坐論乎草茅揭帖本屬匿名正可哂
蹤於筆墨綜紀綱而 荏宥合鉅細以 簡心 勤政
之旨旣賅 愛民之恩尤渥壤區黑白 惠有必均節介
靑黃 澤無不逮際春詔而 布闓運秋稔以紓徵振廩
給縻至三至再除逋寬賦或舊或新凡夫遼瀋 上都江淮澤
國冀兗幽并之境楚秦荊豫之區雨雹隕霜權其多寡木飢水
毀酌以重輕 恩自天迴早播 龍綸而受祉災緣地震
更頒 駿惠以咸蘇葺廬輸麟趾之金賚賑給蟬鳴之粟他

如籌運本以賙鹽甲借官項以濟旗丁久廢屯田免鷂艘之歲
製偶因薄沴貸釐竈以口糧俾萬姓各遂其生無一夫不獲其
所信 安民之恐後抑 察吏有必先猾胥力遏其譸張
劣幕敢恣夫盤踞糾彈無據飛章適見褊心案牘紛陳畫稾何
堪假手越俎而代爲規避任性自專漏卮以聽其挪虧玩公實
甚才長緝捕無嫌畱任坊司令茍潔淸何至多干吏議 卹
守正不阿之士 憫與民同患之員自誤銜名多媿白雲之
署未諳 國語深慙紅藥之廬茍其博脩訟之稱轉形滋弊但
使淸積年之牘用獎急公挑濬提催摺豈需乎專遞都兪吁咈
道不悖於竝行諱飾以請納鍰祇成取巧受欺而稱獲犯幾致

淆眞魑髻封函豈應入奏龍鍾戀棧甯許姑容借貸微嫌本無
難於質判犯供確據胡竟諉於秋卿避差託緝匪之名褫鞶不
宥懸案獘無辜之命戍塞攸宜一紙空言豈遽謂封圻之咎四
年服役甯未知僕隸之奸嘉水利之輿修警洋煙之私販勸捐
輸勸賑貸唯期澤必及民廣教化杜欠虧端在人能奉法奮庸
熙載　一人操董正之原禁纂詰奸萬宇樂平章之化惟安
艮而除莠允協　天心務崇正以黜邪欽承　祖訓
勿邀功以卸過勿陽奉而陰違勿煆煉以沈冤勿因循而廢事
鱗編及於組綬徒見紛煩機捕預以僮厮更多擾累揑情屈陷
難膺民社之司協力殲擒特懋弁員之賞彼夫竄身洋島匿迹

江湖或標圓頓之名或表鴻鈞之目或自詭於昇天或妄稱爲
生佛凡會名之偶立皆　國法所必伸桃塢詗散帖之謀柘皋
攝渠魁之魄狠心甫伏豕首旋梟　錫爵酬庸屬吏並邀
甄敘効忠嚮義招提亦荷　姝施分司移京縣之丞用專
臂使稽戶破滨山之案戛晉頭銜滇池之野夷銷聲粵徼之奸
頑斂蹟民生允衛　治教攸隆時維仲春　經筵懋舉
闡源流於仁愛驗感召於和平則　主極於是建焉　實
錄　玉牒敬斟抖晾之期　寶笈　珠林續啟編詮之局則
世德於是彰焉禁類書之獺祭嚴鎗目之蠅營酌民俗以
立言職在採風之使衍　聖訓爲直解責歸守土之官則

趨向由是正焉陳書而才非左癖聊恕迂儒擘畫實名媿東膠
必懲健訟則士習由是端焉罪疑惟輕釋戍邊於緣坐罰非不
赦弛班館之羈留讁未逮乎瓜期難允邀譽之奏僵幾同於李
代安鐫誣讞之階控屬子虛律刁民以反坐法能申挺究餘黨
之潛行雖廉褒理事之員蜮詐重逃亾之罪　簡孚至當定
覆奏之章程　欽卹惟殷飭爰書之積壓弼教之義由是詳
焉暖入青軺順天時而　講武秋迴紫塞纏　家法以
肄勤　眷蹕途扈衞之宣勞量頒金帛　裕歉歲駐防之
生計許貸粟縉守旗鐙以戒鼠偷扃礮位而嚴魚鑰黃巖鎮迴
難容鶴病之員赤跕波淪預借馬乾之價設餘兵以收其閒散

疏衞鍼而示其變通劣弁逞刁遯矣釆薇之譴逆酋抗順焚如
集莠之巢詰戎之旨於是備焉　法既寓於兵刑　制兼
權乎食貨懸逋久積善籌鳩斂之方濫借滋多釐剔蠹侵之弊
交代安符於昔準包徵無縱以豪胥力裁省友之名永黜犒師
之目恣塡慾壑立程限以明刑坐擁私囊敢卸虧於舊令挪移
豈容任子墾田但取升科重府庫也私囿有禁囘漕須防高廩
重戒其粃糜豐區預籌乎買補愼倉儲也海口堅束水之隄山
腰建落渠之寫才通瀦蓄　澤叓逮於所生職懈穿淘罰以
懲乎其後趁年豐而備料緝宵小之隨幫官引必絕其私銷綏
工豈安於妄估重河漕也銅禁罔苛不竭丹陽之產鑪工有貸

叟滋赤仄之饒裕鼓鑄也。政無微而不舉 恩自近以爲推春 錫芝筵慶聯熈系 軫懿親之端謹酹 賜黄封 湖疇曩之勳勞園移黑杜延舊祠之俎豆計請室之饔飧移駐本無私何庸臺諫譎居原示儆敢效牆踰羅罪雉經實自干夫法網追亾蜎綸洵有忝於宗潢嗜利貪求義乖鳳冑臨流畏葸職媿龍驤。憲典不私於所親 德威乃及乎無外 畀之世職嘉士目之輸心擾及回莊搗番酋而授首。璽錡疇於曠土用力勤公閉鏈礦乎新疆且防滋事仍衞藏添兵之賞恤洗洋補貢之勞代蕃部以析貲殊乖大體議輪臺之經費轉涉虛糜鎮靜足以甯邊無故弦而多所擾公平爲能服

衆敢苛索以快其私於斯時也。暘垓沂埏無有遠邇游原泳沫葺不眘親然且 懷兢兢 履翼翼 抱珍黄而酌憲 勤保赤以求甯圖匱於豐作所無遐仰 帝德之廣運乃聖乃神頌 皇極之敷言是彝是訓汪汪乎丕天之大律軒項以來蔑以加茲固宏 醲化懿綱萬世景鑠臣等循例編次颺言簡末其於 盛德 大業要非管窺蠡測所能導揚於萬一爾。

每年歲底 起居注進書例有前後序跋皆總辦者爲之先公允 日講官曾爲甲戌年前序乙亥年後跋茲敬錄入湖南文徵以存奏 御文字之式紹基謹記

案以上二篇當分隸序跋類而彼二類無進 御文故坿於表與露布文之後以其均爲 廟堂對揚體也汝懷附記

湖南文徵卷十一

湖湘後學集編

頌雅附

天威遠播平定青海頌有序　雍正二年　彭維新

臣聞招攜懷遠者天地之心伐叛綏民者帝王之政惟醜類弗知悛而稔惡故聖人不得已而用兵稽虞帝璽裳命徂征夫弗率亦越商宗思道用撻伐夫不庭貫之既盈刑斯草萛剗此氐羌族類無殊豺虎貪殘晤通枹罕爲黨援姦甚駒支之漏泄悖天蔑理自速芟誅埽穴犁庭永銷烽燧欽惟我 皇上聲教訖於四海 德威極於八荒 乾德輝光彰 治理於風霆雨露 泰符協應溥 恩膏於南北東西縱屬豚魚猶知感格凡有血氣孰不尊親蠢爾蕃夷藐焉部落吐谷渾酋茲遺種荒徼孳生西平郡本我舊疆塞垣偪近曩者工爲翻覆浸而擾及河湟我 聖祖仁皇帝惟欲安民因歸附頻加撫輯冀其改過歷歲時概事包容我 皇上煦育萬方庭衢六合更 頒爵秩俾備藩籬冀其革面而革心於以保身而保世不謂釜魚幕燕漸爲豨突鴟張蒙 賞賚之加未酬 豐渥孤 乾坤之造自外 生成依青海之瀰漫披猖水擊恃黃沙之布濩跳躑塵飛撼我邊鄙侵我亭障陰狡而巧營三窟狗彘不食其餘宣威而驅遣六師熊羆倍賈其勇兵車以律稟 睿算於行閒

殺伐用張揚 天聲於塞上彌望氊裘毳帳欻成灰燼之墟晝日草薙禽獮一洩神人之憤鼠首之同謀皆得蜂屯之故壘尋空積野充塗大收其輜重甬羸亙涇徧獲其牛羊蹈藉者相仍脅從者輒宥囟生歸命氛埽垓埏乘勝前驅飈馳闕塞逆賊獸奔迷道鳥怖焚林蒙巾幗以竄逃聞風鶴而疑懼游魂靡託生毋爲俘約倒戈投仗之多數踰累萬計六軍三捷之日期僅旬餘京觀山攢銛兵雨洗似此寇平神速翦梟猶如摧枯總緣聖慮周詳制羌蕃於指掌曩代所傳獲嘉聞喜未若此日鴻猷咎人所紀郎敘來威庶比今茲駿烈臣思颺美盛愧乏之文辭幸際凱旋飲至之時爰效鼓吹鐃歌之奏謹稽首頓首而獻頌曰

皇帝纘緒聲教四馳兆民安阜萬物華滋跂行喙息蕩穢濯疵罔不祗伏肅就綱維昏嚚氏蕃弗馴於化竄覺來歸 恩予宥萛 優錫厚秩俾藩塞外會是弗思而附奄蔡昏嚚氏蕃鋒蝟斧螗潛聯猾虜此狽彼狼往來倏忽遮掠糒糧敢爲撓抗叢厥咎殃 皇帝仁覆矜閔閩甚孽誨怙終乃 命六師六師桓桓犀甲隼旗應弦染鍔三捷塞陘脅從悉宥投戈稽首逐北搗巢慄慄羣醜青海蹏涔祈連培塿曼頭樹敦靡固可負酋魁鼠竄飄泊游魂同惡瑟縮驌無逃門頸顙帛繫 闕下伏豚郎 社行誅示戒外藩外藩震疊我武維皇相率革面來格來王王會增圖萬國梯航干戈永戢 垂衣廟堂

聖駕東巡 盛京恭謁 祖陵大禮慶成頌有序
彭維新
臣聞德惟仁孝能饗帝而饗親治有本原務盡倫而盡制故夔
存慤著已致於礿禘嘗烝而僾見愾聞叓求諸陵園寢廟自昝
累朝謁祀有舉必書至若萬國尊親惟今特盛欽惟我 皇
上 道隆繼述 德洽神人値百秊禮樂之興膺一統車書
之盛無逸作所時切民依主善惟師永懷 祖德以
纘聖爲 皇天所祐樹億世之規模而 盛京爲王迹
所基繫八紘之樞紐協靈辰而告 廟諏吉日以啟行日
霽秋旻塵清 御路恭承 慈聖勤定省於 行幃淡愜

皇情驗豐登於繡甸周巡 紫塞虎衛駢闐簇捧紅雲鵷行
絡繹邊庭之勁部咸稽顙以瞻 天屬國之名王竝獻觴而
上壽凡夫所覆所載罔不悉 主悉臣遞近 神皋勝彼周
原膴膴頻紆 天賞邁於殷土芒芒洵山川氣脈之英靈爲
風雨陰陽所和會謹趨 寢廟恭謁 鼎湖儼蓬島
之三山融鴻鈞之一氣王公卿士駿奔奄以執豆籩綏甸要荒
聆笙鏞而從拜跪禮超漢制樂協虞韶我 聖祖巡方展
祀以還復睹 曾孫繩武我 憲皇奉 命薦馨
而後茲來 孝子升禋 鉅典告成 榮光徧溥推
恩錫類 㽞京集王會之圖 行慶施仁寰宇躋春臺之樂
孝思標物則覺白山滄海非遙 睿藻煥天章眎研都
練京爲陋今值一陽來復咸欽 萬乘言還臣民皆歡忭靡
涯 懿美詎名言可罄臣恭逢 盛舉淡愧菲材爰集詩書
之辭用效升恒之頌謹拜手稽首以獻曰 皇天上帝祐
我 烈祖丕冒海隅日出綏厥士女用集大命地平天成
表正萬邦永底烝民之生一 丕承基緒惟 皇作極亶聰明
作 元后兆民永殖敕天之命動惟厥時庶績其甯百志惟
熙二 帝德廣運無遠弗屆聲敎訖于四海安民則惠克寬
克仁惟精惟一兢兢業業所其無逸三 明德慎罰亮采惠疇敬
授人時水火金木土穀惟修四海之內平康正直各設中於乃

心歸其有極四 政在養民惟民從乂惟 德動天 天休滋
至 帝曰欽哉惟時惟幾紹聞衣德言予思日孜孜五
三后成功在茲東土若日月之照臨多歷秊所戒爾卿士克
慎厥猷用奉若於 先王往哉惟休六 祗見厥 祖
怵惕惟厲邦伯師長百執事之人惟恭奉幣八音克諧簫韶九
成懋昭 大德至誠感神七 紀于太常則亦有熊羆之士不二
心之臣同力 王室其克有勳人惟求舊惇宗將禮惟忠惟
孝以功作元祀八 眚災肆赦宥過無大保釐東郊鰥寡無蓋時
肅展親始于家邦乃日肆覲四岳羣牧誕告萬方九 侯甸男邦
采衞罔不承 德奉 先思孝萬邦作孚 一人有慶

格于　皇天天惟純佑命惟曰欲至于萬季十　昊
天有成命受言載之維　清緝熙福履綏之有命既集正域
彼四方昭茲來許長發其祥一本支百世以似以續燕及
皇天受　天百祿　世德佇求昭哉　嗣服念
茲　皇祖錫茲祉福二七月流火零露瀼瀼十云其吉終
焉允臧爰方啟行六轡目目八鸞瑲瑲百辟卿士烝烝皇皇三
山川悠遠幅員既長無此疆爾界自西徂東畇畇原隰我稼既
同黍稷彧彧麻麥幪幪四洽彼四國時邁其邦莫不震疊莫不
率從來獻其琛受小共大共哀時之對不吳不揚五會同有繹
弓矢斯張一發五豝是用孝享夙興夜寐式遵其行　三

后在天繼序思不忘六乃覲於　京既庶既繁相彼泉水瞻彼
溥原此維與宅大啟爾宇景員維河奄有九有詒厥　孫謀
繩其　祖武克昌厥後有秩斯祜七自古在昔天作高山
高山仰止峻極于天伾　廟翼翼松柏丸丸穆穆厥聲濯
濯厥靈陟降庭止赫赫明明八於穆　清廟克配彼天
天子穆穆奏格無言享祀芬芬百辟爲憲式禮莫愆樂具入
奏崇牙樹羽簫舞笙鼓既和且平衎我　烈祖九既優既
渥　德音不已在公載燕孔燕豈弟言旋言歸既多受祉
孝孫有慶　上帝是祇於萬斯季自今以始十

聖武遠揚青海平定頌有序　進呈

黃　秀

國家統馭萬方文教誕敷武功赫濯四海內外含生負質之倫
與雕題鑿齒之屬靡弗梯山航海執幣獻琛而至依古以來聖
帝哲王車書玉帛之會一統無外之模未有若我　皇上德
盛化神功崇業廣如斯其至者也自　御極以來宵旰弗遑
勵精圖治庶績咸熙百度振舉　至仁遠被於寰中　聖
武布昭於塞外四方綏靖萬國咸甯豈猶有萌逆節肆悖叛弄
兵於潢池之中阻聲教以梗　王化者哉彼青海部落前此
率衆歸附奉　天朝正朔沐　天家洪恩者已非一日迺
蠢爾醜類有羅卜藏丹津者心懷奸慝罔矢忠順欲以螳背當

車釜負鼓浪糾集青海兄弟同謀煽亂以剽掠我邊境蹂躪我
生民此非可以化外置之異類視之也　皇帝特命將帥指
授方略駐軍西甯鋒銳洵莫敢當而先聲奪人之概已足令小
醜膽落而志喪矣故大兵甫建旗出境而逆寇遂望風奔潰爰
率衆軍乘機進勦屢戰屢勝不旬日間搗彼巢穴俘其母妻執
其台吉幷殲其黨羽盡獲其輜重由是渠魁畏懾易服遠竄而
殄滅即在旦暮間從此一隅甯謐六宇澄清重譯來　朝者
自極乎天覆地載之廣遠矣捷音具　奏凡屬臣民莫不舉手
加額共樂萬世昇平之慶爰擇三月某日之吉　天子御五
鳳樓受獻俘之禮文武臣工悉頓首稽首踴躍懽忭以稱　賀

而慶賞刑威之典行焉夫銅柱標勳燕然紀績自古將帥立功邊徼猶勒貞珉以誌不朽矧帝王定寇遏亂內安外攘維彼詩人罔弗形諸歌頌上奏 清廟屬在史臣亦必秉玆珥筆永著簡編凡以昭示中外垂型奕禩也臣備員史館自媿學識譾陋不能鼓吹休明揚 聖烈於萬一敬從諸臣後敢百拜冒昧而 獻頌曰 聖王御宇揆文奮武聲名洋溢普天率土畏威懷德無拂無侮後有萬年前無千古相彼青海居朔漠外柞棫斯拔行道罔兌忘我 國恩肆彼狡獪譬諸夜郎弗知漢大 天子聞之赫然震怒 特命大將統軍西駐旆旌如雲劍戟如雨設伏扼吭毋俾脫兔將士賈勇卒伍爭先執

訊獲醜累萬盈千頓驅鯨浪迅埽狼烟上兵神速踔厲無前其母就捡其子焉倚變易巾幗奔突似豕潛迹隱蹤膽喪魄褫獻馘授首直指顧耳欽惟 廟謨咸由獨斷制勝閫外悉符睿算 天威遠播翦除野豻滅之朝食用紓 宵旰漢征冒頓唐勦吐番宋人三鼓亦渡崑崙取殘蕩虐征烈如存孰若 盛朝勳滿乾坤幅幀旣廣聲靈更溥荒徼絕域無虞伏莽弓矢載櫜干羽旋舞遐邇一體悉臣悉 主好生去殺元后之仁濬謀大略料敵若神 天錫聖武靖邊安民永清沙漠瀚海淨塵古稱三德曰仁智勇 一人兼之荷天之寵萬福攸同百祿是總鐫諸金石萬世永奉

平金川頌

徐世佐

蜀徼數千里攢峰刺天層壑折地實造化之奧區促侵巔而巢攢拉腹而穴乾隆十三秊促侵郎卡侵擾毗近土司 朝廷發兵討之來入其阻窮蹙乞命我 皇上如天之仁赦而不誅以需後善 御製詩曰上將有心期利執大君無物不包蒙自是懾於 天威伏處者二十餘秊郎卡死子索諾木尤桀黠與攢拉僧格桑唇齒而健乾隆三十五秊僧格桑攻圍鄂克什索諾木殺革布什咱土司幷其地制府遣官諭令改行不從饕餮且謚甚於是 皇上知其必無革心之日遂行天討解逵木巴宗圍收革布什咱地遂入美諾僧格桑走促侵大兵隨

之堅碉萬仞之上以百數皆巨礮仰擊往往摧裂旣破烏勒圍醜徒無險可守遂圍噶剌依剷山腹置巨礮其中轟之陷其巢擒索諾木竝其弟莎羅奔甲爾瓦沃襍爾斯丹巴沃襍土婦其黨丹巴沃襍爾阿木魯綽爾斯甲尼瑪噶喇克巴獻俘 闕下四十一秊四月二十七日 上親迎勞將軍阿桂于西郊先期築臺是日武備院設黃幄御座禮部工部設靑幄兵部設將軍凱旋纛多號螺工部陳棕薦鑾儀衛陳鹵簿 大駕自行宮至郊勞禮成軍士鳴螺歌昇平曲 上回行宮軍士馬上唱凱歌翌日 上御門受俘 詔曰殄靖戎落掃除蠻氛定一勞永逸之模際偃武修文之會益 上之用兵非得已

也往者　上平準噶爾擒逵瓦齊破葉爾羌誅小和卓五季而大武告成其地萬里促侵小醜才可一州亦五季而後克之糜餉七千萬兩蓋溪山重阻甚於絕域故克之難也當唐之中世蔡州一席地無拳石之阻車馳馬驟出關門率五六日而躪其庭吳元濟小豎子繫其頸而來亘以憲宗之斷裴度視師李愬李光顏之勇三季而後得以視促侵何如哉於是臣佐拜手稽首而作頌曰於赫我

皇萬邦是怙乃聖乃神乃文乃武往者西裔有亂斯侮　王旅嘽嘽如奮如舞北盡突厥爰執醜虜南盡土番大啓我宇蠢爾攢拉促侵是附迺巢而梟迺穴而鼠是啄是齧不安其所迺梟而狼迺鼠而虎謷謷是恣爰攫爰

哺雪山盤盤負其險阻檄之不從抗我制府明明上天豈曰無覩包蒙而畔　帝乃震怒遣命虎臣簡茲勁旅是往是誅匪茹匪吐惠此邊氓厥旱惟澍萬山峩峩氷雪太古危石欲墮仄徑蟠互或箐而密乃晝而暮崎嶇騎蛇飛鳴在樹萬仞之巔堅碉碁布醜徒其閒盱睢而俯我軍仰攻石下如雨鐵騎碎骨剝子而汝　廟算有神武臣是與皎皎白日迢迢我路猿攀而登鳥飛而度下天雷吼絕地雲翥何險爾守何隅爾負乃拔其穴鼠竄而腐乃造其巢剗梟而斲縶之曳之不以釁鼓獻俘於

朝告于　天　祖武臣反　命觀者如堵

帝曰都兪予恩汝諧爾勞爾勳爲肱爲股禮重郊勞惟眂斯舉鑾氛既靖天惟雨露東溟我池西戎我戶安我北極廣我南土蕩蕩平平洋洋栩栩更億萬季受天之祜

平定金川頌　周燾

我　皇建極丕冒下土。苾苾六合悉臣悉主。惟山有梯惟海有航。納琛獻賮來享來王。蠢兹金川蠻獠賤族。僻在外徼如豕與鹿。曩者內附會從征討。遂列荒服世相繼紹。其地遐阻其民昏眊。狉狉狺狺罔聞禮教。邇乃跋扈啟釁鄰番。稱兵互鬭民人賊殘。其酋長與小金川搆兵四川撫臣遣使諭之抗不聽命于我吏議勞我　王師。敿干敹甲奄忽逾時。有節者山寇以爲窟。軍吏因循遲於飛越。虜因山架碉樓甚固元輔訥親總制張廣泗督兵攻之久不克帝乃震怒簡命良輔。節旄西指迅如風雨。元輔傅恆奉命視師行甚迅載申師律旋鋤亂黨。誅良爾吉王秋等援枹勒兵谷應山嚮。乃伐賊壘靡堅不脆。乃殲賊魁靡勍不斃。

厥酋讋慄哀籲漣如。元戎弗宥謂法當誅。帝曰無庸彼辜已伏。上蒼好生我武非黷。時惟初歲戎旅振振。受降　詔下絕域回春。翩彼飛鴞懷我好音。憬彼金川來革其心。其心既革誓不貳攜。睦鄰修貢嚮化無迷。金川既定　聖武惟揚。柔遠能邇式於四方。兜離僸侏窮髮鑿齒。同遵文軌環衞　天子。

瀛臺賜宴恭紀有序平邸擬稾　陳長鎮

欽惟　皇上毓德凝祥。體元總極。敬　天基命法　祖紹庥。至教覃敷則雲行雷動。仁聲遠訖則草偃風從。紬薄尙忠。蕭艾與蓀荃俱馥。揚清激濁帷薄與簠簋齊。修定律持平輕徭弛責。正直伸而方神用享妖妄杜而野鬼不靈。草綠春扉鼠消苾角。桴青秋堠犬靜花郵。周魃應禱以回驕商羊順時而獻舞。室家均足猶　鐲大地朱提。嘆旱偶偏即　發太倉紅粟。興舉水利畞盡東南。扞固金隄原同西北。山無下臥海不上飛。武庫動即勝殘文昌飛無勤遠。冠帶月支之窟梯航日出之鄉。寰海十洲波通太液之水。鄧林萬里影交上苑之花。可謂下下高

高無無有有。照臨昭晰包孕深宏者矣。若乃　訪道延儒　生知下學。乾行日麗愛乙丙夜之餘輝。巽入風和發二酉山之秘蘊。　訓詞調露　批荅迴波。禮修則五采光宣樂明則八音響合。式浮滦翰郁郁　堯文。導豫騰箋煌煌　禹律。時而雲飛　輿念遐矚封圉。偶因菊秀　紆懷遠縈邁軸。或廑天時人事之鉅。或觸鳶飛魚躍之微。大有玉振金聲都是補天浴日。美矣備矣烝哉皇哉。至於　詣篤絳源　恩覃朱館。封既窮乎五等對每接夫三雍。竹池桐山姁嫗春風似水。桂巖蘭坂浸潭膏露如珠。下至大宗小宗餘子門子。敦親有院積慶成圖。庫建維城則四時推解。學興教冑則兩翼甄陶。翦剔駒䮫長養雛

羽遇有青而每貴希爲善以同歸推之九棘三槐千官萬品置腹以去涯贍而來笙簧發其精神酒醴通其血脈莫不魚魚雅雅彪彪鱗鱗 功德既如彼巍巍 仁恩復若斯蕩蕩用能鼓南風而吹區夏提北斗以酌陽春犧瑟媧笙飛元音於赤縣堯樽舜甕沃妙醖於齊州蒼兕忘其武容䌽鷺嬉其文藻曰暘曰雨如影如聲盈車之元秬際天充箱之黃䴵匝地叟拍腹以成咏坎坎鼓音童張口以出聲鏜鏜鐘叩草木自樂魚鼈知歡信乎 得一以貫 函三而立可以作歌宣暘可以酌醴慶成者也恭逢 御極之十有一年淸商入律白藏司辰

皇帝居無逸之宮覽安平之牘四岳九牧百口一聲畿人甸師

稽額弁膝僉稱三時不害六寓其同割盡黃雲遺金布隴艾餘紫綬滯玉盈畦斥鹵既喜滿篝犖确復誇沒軸 堯階遠薦拮拮如聞 禹膳初嘗烰烰直上 天顏有喜憑軒而靜洽

宸襟 帝澤無私 賜酺而敬稽 憲典洪惟

聖祖肇文讌於 瀛臺 特舉威儀紹淸游於 仙苑 念茲同姓異姓之族俱希天揖時揖之榮近之三十一房遠而三百六屬多以靡別會豈謦歡 詔彼大撓分剛內而柔外諏茲雙吉用首親而次疏凡此藩服之諸丁荷厥 榮光於先甲是日也金飈薦爽玉露垂珠苑草如茵池波似縠桂殿丹粟飄月子以爭迎菊塢黃瓊苞霜英而望幸雞人初報虎士方嚴 鳳輦天旋 龍旌日運循螭頭而右轉擁雉尾以西移百子池頭銜珠之魚競舞豳風亭畔布穀之鳥齊歌 黼座高張 玉扆密邇親賢畢集少長咸臻蒲轂躬桓雍雍濟濟金錫圭璧繩繩詵詵列坐維年加觴以德但雁行而無佾亦魚貫以升階授几肆筵星弁霞蔚喝盞唱筯風袂雲興騎遞 天廚疊雪飛霜之錯車行仙醴流金泛玉之波牢九薦夜則弱似春緜異藕靈瓜則明如秋練羹翻碧浪汝陽漉厥饞涎餠擘紅綾東平果其皤腹金匏設瓊管陳八列齊三終叶英莖響逸徵角招流歸昌師其抑揚帝江傳其節奏禮成既醉樂且未央

帝鴻之硯雲垂 天象之文斗轉拈來七字七調全聲製就

三章三侯減色冠六爻而首出囊萬象以孤騫隱隱韻裏行間靄靄一家 元父智者捧而感泣愚者誦以歡呼猶且溫語重申 殊雲更綰豐貂共五雲飛下雕錦和三露分來翠管銀罌馝芬發越牙籤玉麈寶氣璘玢藏袖裏之星辰捧懷中之日月還 允分攜子弟任教深處周觀鬱鬱靑邸漪漪翠水閣似海中湧出棟疑天上飛來寶樹吟風瑤葩泫露纔嘗瓊液已入蓬萊偶拾玉榮恍游宛委竊欣今世依若木以遙分尙想明朝陪末行而復入臣 識慚窺管才媿雕雲橫草功輕傾葵心切猥緣近屬得備諸孫幼侍 虎闈依 光最早長趨豹直紆 眷獨深扈鎬上之車徒與沛中之歌舞頃復

寵升高坐　加賜上樽·援周召之襟裾聯魯衞之劒珮·魚
凱樂於在　藻鹿和鳴於食苹·卷施之草有心豈忘春暉之德·
樗散之材無用難酬清露之濡·喜極忘言感深靡術·寸衷自轉
中夜屢興·念欲荅乎　高深計惟形之歌詠·學殖譾薄詞藻
弇蕪·譬蛩感露以吟何知清濁·如木喜陽而笑豈計姸媸·用是
跪聆　龍章三詩既和·歸搜蟫腹四字還成·雖頌堯巍者莫
能名咏孔繇者難爲語·亦野人負暄之情貧子將芹之意云爾·
辭曰
於鑠　聖祖乾元降神·披攘九野冠帶八埏·陳常時夏與物
爲春·醞釀巖阻章明宮鄰·鴻羽漸漸麟趾詵詵·酌我北斗鼓我

南薰·靈臺靈沼駐景蔽雲·煌煌　憲典赫赫高雯謀貽
皇帝體膺上聖·運以河魁照以天鏡·樂內禮外義緯仁經·慶行
有腳聲蜚無脛·臣哉鄰哉之角之定·拔去荅嗇納之轂·孕錫福
飲和山暉川映·人宅其衷　天申其命·日兄月姊循軌安馳·
海王嶽帝迴瀾斂威·露童霜女汎灑輕霏·雨師風伯曉節知時·
黃發烘天紫穎羃畋·報以魚夢不責豚蹄·禿髮醉舞毀齒飽嬉·
獸歡鳥唱草笑木熙·華胥靡加大廷爰肖·貞元會昌純嘏駢召·
皇讓弗居　帝謙彌耀·十一年秋安平書報·億井同形
萬方一貌·　天顏大怡　龍光遠照·緬懷　聖祖賜酺
命嚼·與爾臣庶肅則虔傚·　温絲既賁陬日云良·維寅維卯
曰宗曰鄉·烏未出谷兔尙在梁·森森珠樹瀰瀰銀潢·若伯若叔
阿弟阿兄·先甲授几同寅奉璋·如魚銜貫似雁排行·鞠躬屏氣
望　幸迓祥·　九鳳翳天　六龍殷地·日車駐帷星弁
陪位·席似川平醳如波至·芳藉射越珍錯澎濞·聾鶴六四鳳凰
十二·其音方希其容有粹·彩雲應節淸飈助吹·太乙停驂羲和
回轡·　瀛臺之上麟麟瑞煙·　瀛臺之下漪漪晴川·
瀛臺之左　北闕巍然·　瀛臺之右西山映焉·有鳥有魚
有蒲有蓮·桂飄菊綻揉黃篩丹·虹騫島峙效景輸姸·顧此天倫
動我　皇歡·星轉　乾文風回　天韻·七字淵渟三章
嶽鎮·溟涬昭蘇·虛無充牣·庶藩情移肓子心印·極感出涕如蟄

方震·既欣飫沃還　頒琛賚·鶴頭雲委裹蹏星暈·壓軔盈轂
握瑜懷瑾·　宸襟既洽　鑾馭斯興·許攜子弟徧矚
岡陵·猥以凡骨入此仙瀛·錦禽竹裂幽澗琴鳴·景多莫接
恩重難承·靑邸峩峩翠水澂澂·三生一日綴液連莖·歸告家室
出誇友朋·　聖祖當年隆儀有斐·蘭臺載筆芸編特紀·綺甲
方遒載丁斯契·格彼豚魚況臣肺腑·奉人筋舒暄迎痌起·願化
靈禽永歌聖祉·萬歲千秋庖䶂膾鯉·既醉矢音以荅行葦·

恭慶聖母皇太后七十萬壽頌有序集五經　潘相

天亦惟休於　前甯人長發其祥時惟　姜嫄曰嬪于京德合無疆載生載育亶聰明作　元后應乎天而時行慮之以大憂之以敬行之以禮修之以孝養紀之以義終之以仁於是乎民和而神降之福永言配命罄無不宜丕冒海隅日出罔不率俾西方曰戎廣谷大川異制國險而多馬昏迷不恭　帝乃誕敷文德分北三苗自彼氐羌有大艱於西土　皇帝京矜庶戮之不辜利用侵伐則亦有熊羆之士不二心之臣奉將天罰罙入其阻導弱水至於西河自西河至於流沙

馬之所生有驕有皇有驪有黃西土之人懷我好音牽馬而前在坰之野苞有三孽誕敢紀其敍自作不典文武吉甫欽承　天子威命濟濟有眾一乃心力盡俘以歸釋奠於學以訊馘告西戎即敍越在外服雕題交趾莫敢不來享越在內服各以其剣無思不服　帝曰俞哉光天之下至于海隅蒼生含宏光大應地無疆以引以翼　母道也雞初鳴而衣服朝於內朝日三春王正月合萬國之歡心時邁其邦祀山川覲諸侯布德和令下及兆民以示慈惠六服羣辟罔不承德歸于京師其樂也融融何天之休二十有六秊冬十有一月日南至　萬壽無疆是日也　天子玉藻至於寢門外姝襳號酌以大斗庶邦侯甸男衛畢獻方物大合樂凡我有官君子多士多方觀國之光以雅以南稱彼兕觥予小臣世世享德敢秇壤奠拜手稽首乃賡載歌曰維清緝熙萬國咸甯惟　聖時憲善則稱親文王之母纘女維莘天祚明德其命維新一章　事親如事天於緝熙敬止自朝至於日中昃立憂自親始酌彼金罍式燕且喜德之休明令聞不已二章　明照四海受小球大球苗民三旬逆命克壯其猷招攜以禮建萬國親諸侯亦右　文母賓萬世無疆之休三章　太衍之數五十　天子萬壽元端而朝于其　王母如天之福火在天上大有用敷錫厥庶民保艾爾後四章　思齊太任如山如阜在位七十載仲冬之月日在斗施命

誥四方以祈黃耇于萬斯秊如天之無不幬五章　五載一巡狩省方觀民合德壽豈立憂惟親執玉帛者萬國雷雨之動滿盈大孝不匱是爲成其　親之名六章　允猶翕河泉流既清三時不害品物咸亨問內豎之御者壽耇且甯行慶施惠永庇烝民之生七章　重巽以申命施于中林拔茅征吉簡在　帝心賞以春夏庶績其凝仁之至也以草不興八章　四方來賀考祥其旋綿綿翼翼奠高山大川其禮備其樂具惟曰欲至于萬秊其所以蕃祉老壽者克配彼天九章

東巡頌有序　　潘相

天惟純佑我　皇淸無疆景命。列聖繼繼承承。奠麗
陳敎撫馭函夏。覃敷東西南朔。窮荒萬萬里外。含生之倫。靡不
仰　治敎休明。合數千季君師統爲一。三五以下。莫能比竝。
皇上聰明天縱。睿德書齋。洙泗宮牆。時形寤寐。御極十
有二季。心法道法治法。一稟四子六經訓典。親臨辟雍。躬
奉殷薦。歲時崇祀傳心殿先師神主。夏備且肅。惟茲昌平聖里。
聖祖仁皇帝肇舉幸魯盛典。焜煌萬禩。繩　祖武。
訪聖蹟。觀廟堂車服禮器。禮固宜之。乃　詔以來春東巡。仰止
杏壇。用申夙願。復念巖巖泰嶽。魯邦所瞻。惟隆古盛時。虞巡周

邁。有冊有典。　懿旨肫肫。是彝是訓。爰以戊辰春二月朔四日
戊午。自京師奉　皇太后車駕起程。省方觀民。行慶施惠。
戊寅至曲阜。詣孔子廟。至奎文閣降輦。入大成門。升階盥手入
殿上香。九拜。越翼日己丣。行釋奠禮。禮帥康熙甲子盛儀。樂用
闕里樂章。　命大臣分獻四配十哲兩廡賢儒。　命諴親王祭
崇聖祠。畢。　御詩禮堂講筵。聖裔舉人臣繼汾。優貢生臣繼涑。
以次進講中庸九經及周易臨五之象辭。衍聖公臣昭煥率各
博士十三氏裔。巡撫臣阿里袞率司道屬官皆入聽講。畢。　敕
大學士臣傅恒宣諭。　諭衍聖公率族屬敦倫愼行。式勿替至
聖彝訓。畱曲柄黃蓋于大成殿。率前烈。光秩祀。羣臣皆呼萬歲。
遂酹酒孔林。祭金天氏帝陵。謁周文公廟。頒楄聯。加賑卹。蠲租
稅。廣學額。拔儁髦。晉階秩。　賜衍聖公以下爽。　賜經史衣服
銀幣有差。又遣大臣分祭元聖及四配專祠。迺　回鑾至於岱
宗。祀岱廟。報德祈季。凡漢唐宋陋儒所稱七十二君封禪說屛
弗用。赫赫乎。巍巍乎。帝者之隆儀。皇世之盛軌也。小臣某敢拜
手稽首。乃作頌曰。於皇上帝佑我　聖淸。篤生　天子。天
亶聰明。後先一揆。玉振金聲。以治以敎。允集大成。惟十三季二
月初吉。四牡龍龍　東巡啟蹕。屛翳淸塵。天姥練日。觀風廣魯。
升堂入室。業業尼防。先師故里。　聖祖幸之。肇興盛軌。
神孫述之。載績其美。日麗杏壇。龍蟠泮水。賢臣贊襄。聖裔蹈

舞。肅肅鳳簫。逢逢鼉鼓。虞牧圭璋。魯生干羽。煦以春風。長以時
雨。迺瞻廟貌。江漢秋陽。禮循舊式。樂奏新章。雍雍穆穆。富美裔
廣運。聖者子孫。宣昭義問。百辟其刑。是彝是訓。咨衍聖公。虔奉
皇六十五載。迺宣重光。迺　御經筵。技聖之蘊。政舉九經。智臨
鬯卣。曲柄龍蓋。衣德重畱。汝率汝屬。率典愼修。公拜稽首。對揚
鴻休。迺奠聖林。迺祠少昊。元聖閟宮。所欽惟道。錫厥額聯。輝其
山藻。異數殊恩。降福浩浩。迺至岱宗。敷天京對。若虞之巡。若周
之邁。震出物生。雲蒸雨霈。玉檢金泥。永息羣喙。肆覲東后。慶讓
以殊。錫予蠲復。東人其蘇。有歌于芯。有嘗于衢。一游一豫。惟愼
步趨。　皇帝至聖。合德素王。律天襲地。祖述憲章。彙師其學

今詣其堂、于萬斯季于羹于牆、 皇帝至誠人道天道、過化
存神、我夙民草、總角者兒、尨眉者老、于萬斯季天眠皞皞、
皇帝大孝玉虹化魯、萬國心懽欽奉 文毋永言孝思受
天之祜、于萬斯季緝熙純嘏、 皇帝大文明述聖作、重定詩
書再興禮樂、賢于堯舜道弸教擴、于萬斯季淵泉溥博、

東巡以釋奠闕里爲主及于泰山名作多倒置泛舉茲恪遵
諭旨猶巽陳言以文不逮古人不欲存也此屆承乏曲阜恭辦
差務見聞尤親切欲作頌志之以初次典禮要盛備因增
改戊辰季稾敬識其後辛亥夏知縣臣潘相恭紀

皇上肇建辟雍釋奠講學禮成恭頌 謹序集九經 頌四章集詩經

張九鐔

皇帝書經正位凝命、易經五十年、書經夙夜基命宥密、詩經而從心所欲、
論語惟日孜孜書經 念終始典于學書經以臨其民孝經 聖人
久于其道而天下化成、易經禮樂明備禮記此其徵也、春秋左傳歲書經癸
卯春秋左傳 帝書經稽古書經天子視學禮記以行其典禮、易經王者之
制禮記大學禮記天子曰辟雍、禮記如璧詩經圜以應規、禮記其中孟子明堂
周禮闢四門書經刮楹達鄉、禮記其外周禮爲圜易經亦如之周禮澤上有水
易經如橋衡、禮記觀者禮記以節易經固周制也、春秋左傳大雅云詩經於樂辟
雍詩經文王是也、孟子鎬京辟雍詩經武王帥而行之、禮記繼自今書經

皇建其有極書經若合符節、孟子惠此京師詩經於萬斯年詩經始基
之矣、春秋左傳 命司空禮記匠人周禮經之營之、詩經甲辰春秋左傳冬周禮
告厥成功、書經 帝庸作歌書經以待來歲之宜、禮記迺 命有
司行事、禮記乙巳春秋左傳惟二月書經丁亥書經春官釋奠于其 先師、
禮記 天子乃帥三公九卿諸侯大夫 親往視之、禮記龍卷
以祭禮記用特書經大合樂禮記大昕鼓徵、禮記衆至禮記令奏鐘鼓周禮
升堂而樂闋、禮記太史典禮執簡記禮記三公九卿禮記皆在左右、
禮記 王中、禮記奉席禮記乃坐、禮記讀書禮記見易象春秋左傳天行健君
子以自強不息、易經 帝曰書經朕在位書經五十、易經昭事
上帝詩經兢兢業業、書經噫嘻臣工詩經欽哉惟時亮天功、書經誦詩論語

於緝熙敬止·詩經惟文王書經茲迪彝教書經君君臣臣父父子子·論語
正是國人詩經民用和睦·孝經皆所以明人倫也·孟子儀式刑文王之
典詩經又何加焉·論語　曰太宰禮記論道經邦書經以輔台德·書經大
司成論說于東序禮記掌成均之灋·周禮教之誨之詩經又從而振德
之·孟子告爾多士書經懋哉懋哉·書經是日也禮記　天子穆穆禮記卽
之也溫·論語循循然善誘人·論語金聲而玉振之·孟子俾萬姓咸曰大
哉　王言·書經環涂周禮觀者如堵牆·禮記自西自東自南自北·詩經
蹌蹌濟濟詩經以近　天子之光·書經僉曰書經此由太學來者也·禮記
帝德廣運書經至矣哉·春秋左傳予小臣書經敢再拜稽首春秋左傳
屬辭比事禮記爲之歌頌春秋左傳四章春秋左傳其辭曰周禮

天之牖民有物有則·雝雝在　宮聿修厥德·於穆不已小心
翼翼誕先登于岸思無斁·一章於樂辟雍無思不服·乃覲于京四
方之極·譽髦斯士生此　王國·有覺德行順　帝之則·二章
二月初吉于彼　西雝·奉璋莪莪鼉鼓逢逢·古訓是式錫我百
朋·展也大成穆如清風·三章觀其流泉秉心塞淵·濟濟多士言采
其芹·　天子萬壽遐不作人·遹觀厥成　天子萬年·四章

聖駕五巡江浙恭紀頌有序　張九鐔

臣聞箕疇九五福曰壽大德之受命以符周典十二年時巡·聖
道之化成于久·蓋惟正位凝命之本旣立·而後省方觀民之教
以行·粵稽放勳刻玉仲春游河·重華受圖甲子巡洛·夏后塗山
之會執玉帛者萬重·宣王甫草之田選車徒者四集·載詩書而
炳耀金石揚徽·溯官禮之輝煌簡編志美·凡皆節宣豫定質六
合於淸甯·履泰豐亨示千秋爲軌範·欽惟　皇上臨御之四
十五年·適際　聖節之七旬萬壽·三元統紀撫玉燭以常調·
五運應期卜金甌而永固·猶且　宸衷謙讓卻貢獻而弗居·
慶典覃敷錫　恩綸而大備·　謂寰宇之臣民踴躍

悉抱嵩呼華祝之思·而東南之士庶謳吟更切望日瞻雲之志·
太平有象　四巡已徧於推恩·教思無窮一紀再勤於問俗·
乃擇辛卯之元辰特舉　時巡之令典·是日也蒼龍御宿先
祈穀於　郊壇·　鸞輅行春卽省耕於畿甸·於是
六飛左指遂達海邦·　萬乘南行爰經淮浦·丹陽渡楫大江
東去朝宗·震澤泝流兩浙西來交會·此日吳山越水儼列畫圖·
當年農井桑郊都陳錦繡·　星廬駐蹕花開閭千戶之鐘·
露冕凝旒雨中看萬家之樹·遲遲春旭照宮扇以曈曨·習習
和風拂　屬車而蕩漾·楊柳倉庚相映兩行翠蓋參天·桃花
紫燕齊飛萬朵紅雲捧日·黃童白叟同稱介　壽之觴·香市

漁村競獻迎 鑾之曲由是 宸眷從容 皇情悅懌
時調 法膳知耘耔之艱難屢進 御衣念蠶桑之茂育
鱗層蔀屋徵量衡律度之同 繡錯名區察戶口版圖之異進有
司而設教申 渙號以時聞命太史以陳風聆清音而肆好
集 九天之珠玉詩篇則星斗斕斑耀萬丈之光芒翰墨則
雲霞璀璨 天顏有喜大彰對時育物之仁造化無私益顯
山色湖光之美此蓋 聖祖六巡之會自昔爲昭而我
皇上五幸之期於斯爲盛者也若夫引導河渠指顧而金隄
自合經營海岸擘畫而石楗重新以及蠲租賜復之條宥過赦
疑之令乞言養老歌行葦於生成造士育材叶菁莪于雅化

龍章鳳誥盡膺錫類之 鴻恩東賚西琛共沐懷柔之
厚德凡茲 盛典一體舉行然後返 蹕徐揚弭節□□
翕河喬嶽安禹甸於千年化日光天樂堯封於萬禩開明堂而
坐治虞帝正恭已之容揆紫府以觀文軒皇受長生之籙巍巍
蕩蕩無得而名綿綿延延自今以始 微臣躬逢 泰運幸際
昌期讀梁父汾陰之詞竊慚鉅麗彷曲水華林之製未繼
鴻裁敢伸雀躍之私衷企敷陳夫 盛美用志凫趨之夙慕庶
揚扢夫 高深謹拜手稽首爲頌十有六章以獻曰
皇帝萬壽福徵九五四十五年適符厥數 七十屆期從心
維矩天覆地載樂我寰宇一章 寰宇載德 聖澤如春東南望

幸爰舉 時巡乃擇吉日辛卯良辰至于 南郊載展
明禋二章 乃 御鸞輅周覽近畿陽和始布輿
衞有儀籥秩有度 駕倉龍乃 駕言徂東以游以豫三章 望秩岱宗
躬祀河流靈雨清道安瀾行舟遂過淮浦大江浮浮朝宗萬國
以受其球四章 咨我 仁祖六巡吳越我 皇五至所在
清蹕三江既經兩浙以蓬萬里光華沐日浴月五章 帝
有詔言與民共樂勿張行宮勿飾帷幕 鑾輿所指莫不如
約焚香謳歌以忭以躍六章 三春之日風雨攸調有禾在野有桑
在郊鳴鳩宛轉紫燕逍遙老幼迎止其樂陶陶七章 維揚駐
蹕瓜渡不驚金山塔湧鐵甕潮平閶門草綠茂苑鶯聲靈巖窈

窕左右洞庭八章 帝閱海塘如履磐石乾輪坤軸或朝或夕
龍鱗躍錦鯨波漾碧胥靈靜鎮陽侯奠宅九章 青旂畫舫 春
彼明湖有樹有泉有魚有蒲高臺朗鏡練影平鋪六橋三竺環
繞成圖十章 朱方東來樓舫樹幟北府水師天塹攸設我 皇
莅止惟以觀德吳楚青蒼江天一色十一章 揚帆西上遂抵金陵
牛首霞蔚鍾阜雲蒸六朝佳麗疆理經營載觀南紀 皇心
則甯十二章 皇帝曰咨問民疾苦陳詩觀風載歌載舞
帝時樂之 恩澤無數 宸章飛翰揮灑如雨十三章 維天
之仁春生夏長維 帝之澤爰教爰養同時四海有錫有賞
兆民悅服庶邦來享十四章 帝車言旋計日京畿吳越青齊

遙望　六飛河嶽効順黎獻瞻依咸慶嵩呼達於　帝扉

十五章自昔羲軒受命洪延論功頌德巍煥惟天我　皇受

命於古無前載拜稽首　天子萬年

東巡頌有序　張九鐔

皇帝嗣位之十有三年德教洋溢化馳若神於時懷生之類霑濡浸潤協氣橫流四方延頸望幸者雲集霧擾　上方謙讓未遑稽于秩宗獨決　宸斷以春二月東巡狩親致奠於孔林又奉　皇太后鑾輿秩于岱宗而反蹕青齊典至肅也臣謹按虞書歲二月東巡狩至岱宗柴望秩于山川必於二月者順陽氣以出也又考周詩槃般二章歌時邁巡狩之事鏗鍧炳燿頌聲流於無窮厥後典章寖微職事稍懈下及霸臣乃引孔子稱封泰山禪梁父者七十二君秦漢方士祠官求仙候神蔓延於此而當時儒臣侈陳金泥銀繩設壇紀號諸蹟咸莫得

而本焉獨漢高帝過魯章帝巡幸闕里皆以太牢祀孔子蓋前史所紀巡幸之君重道崇文之意僅有存者恭惟我　聖祖巡幸東魯親奠孔林　世宗特加崇封重新廟宇爲千古未有之典而　皇帝心存繼述道備君師精神貫六經治法超百王是以溯洙泗之淵源躋杏壇之堂奧俾金石絲竹發其音車服禮器昭其度所謂先聖後聖若合符節者也臣又按禮記言德爲聖人然後爲能以大孝事其親而祿位名壽諸福咸備故今奉　皇太后懿訓報饗岱宗合坤德之無疆與喬嶽而並永易曰受茲介福于其王母殆謂是與古昔帝王殊尤絕迹類皆建非常之原創無前之烈今景仰曩躅崇聖也纂

修丕緒法祖也·報功祈福教孝也·觀風行惠省民也·一舉而四善得焉·且合千載之制度典禮而光大之·可謂盛矣·至於扈從有節·郊遂靡供·大賚殊賞·徧布青齊·匪惟國不費·民不煩·而實有以錫福於庶民如此·其豐功偉業·豈臣子所能贊一詞者哉·普天率土·圓領方趾之士·載髮含齒之倫·孰不拊髀雀躍·謳吟無已·臣竊不自揆·謹拜稽首而作頌曰·

皇矣齊聖·有孝有德·受命於天·錫民保極·尊親永嘗·克和神人·及時省方·厥惟東巡·東巡維何·駕言魯邦·巖巖岱宗·雄長五方·中天降神·於昌平鄉·昔吾子登之·示我周行·當姬而穎·於今有光·聖聖相承·惟 皇之師· 天子曰咨·懿我 仁祖

躬親來祠· 皇考封之·廟貌斯垂·曰余一人·今是法以治·盍登其堂·見而知之·乃 駕倉龍·乃服倉玉·籩豆有秩·潛心齋肅·峩峩杏壇·湯湯洙泗·古檜聳碧·靈蓍抽翠·鐘鼓煌煌·絲竹以吹·稽古巡守·多歷有年·先師訂典·虞書攸傳·漢時秦封·迺淫於仙·事神治民·重道爲先·既崇聖德·神功亦耦· 天子載行鑾輿奉 母· 聖母有言·泰山之靈·胡不報饗·坤德直方·以生以養·用承鴻庥·爰荅嘉貺· 帝云相之·至於殿廡·玉瓚初流·燔柴斯聚·海鳥以升·潭龍以舞·槐柏森森·時風時雨

帝拜稽首· 慈顏載輿·俾介福繁祉·以如山如阜·如岡如陵·既嘉明禋·青齊莅止·官方以澄·吏治悉軌·二月淸和·時惟春耕·柳風徐拂·麥浪旋萌·靑旂颺颺·黃鳥嚶嚶·其惟我民·紹菱不擾·徒御勿驚·齊呼 萬歲·慶我太平· 帝來東巡·齊邦瞻依·八埏九垓·惟恐後時·先王游豫·省耕畿甸·我 皇行之·一物四善·孔紀詩書·莫之或先·出坐明堂·歸告 太廟·雕鏤玉牒·爲後嗣儆· 德之光矣· 聖教昌矣· 孝之至矣·諸福備矣·陰陽調和·萬物序類·百靈效順·五嶽奠位·於萬斯年·協於 天地·

西師獻捷頌有序　張九鐔

皇帝臨御二十載正位凝命端拱垂裳矢文德以無爲備武略而不用于時四方攸同萬國來賀乃受乾坤之圖籍膺宇宙之貢珍玉帛星馳共球雲集凡航浮索引陸讋水慄者葢不止西盪河源東澹海澨北動幽崖南耀朱垠矣　上方彰明禮樂優渥燕賚集劍佩以鏗鏘撞華鐘而震耀厚往薄來有加無已將以扶　皇極大一統俾薄海內外罔不襲職守率法度繼絕興廢慕義懷仁勿令有纖豪過譎以干　王靈而瀆　天聽乃者西戎準噶爾夷部僻處要荒之中亦在職貢之列恃其險遠罔知聲教怠棄倫常荼毒醜類鴟張肆於骨肉蟻聚亂

其君臣自達瓦齊篡弒之後神人積忿黨與攜心酋長部落之不附者大半遂已不遠萬里襁負載塗投誠待命闕萬餘人皆號泣赴愬呼籲上聞　皇帝哀矜逋逃受降改縛處以內地予之衣食以示涵濡生全之至意顧念不致討則元兇之罪難容不除暴則一方之民未安雖欲鄙棄邊隅綏縱梟魁惜一時之勞失萬世之利豈可得哉於是決自　宸衷奉行　天伐風雷交作赫赫業業遂按圖考形洞悉情狀選徒遣將指授方略分師兩路並出不逾時而至其地番夷望風下拜如降時雨如脫水火壺漿簞食以迎　王師亾命待捦捷音先至葢始春整旅而初夏奏凱兵戈無血刃之試邊羌有解懸之樂雖一月三捷兩階七旬曾未足方此迅邁非夫　聰明睿知神武而不殺者其孰能建此亙古未有之奇績乎於此時也羣臣奮勉咸各奏膚功以勞定安集畢奏乃事　皇帝將告清廟以成功登明堂而受賀銘勒鼎彝勛紀簡牒炳焉與虞典周雅同風矣臣職司封疆越在南土豈足以鋪張偉略潤色鴻業而舞蹈詠歌出於微忱不能自已謹拜手稽首而獻頌曰

於　皇至聖天覆地載日月所臨霜露所隊並育並生亦除凶穢懷德畏威罔有外內古稱西戎夫豈不治書紀卽敘肇定邊陲漢唐雄圖是羈是縻愛克厥威乃背而馳惟彼兇頑有準噶爾塞隔伊吾地踰弱水毒姼豺狠行敗螻蟻元惡滔天諸番

不齒于時酋長有從有違率衆逋逃匍匐來歸重繭萬里達于京畿呼號請命嗷嗷無依　帝曰噫嘻其許勿卻賜汝衣食處汝廬幕　帝又有言鋤强扶弱來者不拒居者何託爰亶　神謨赫然一怒山川臚列道里指數選將飭卒師行兩路義問先聲示此露布迺渡河水乃陟秦關玉門迢遞葱嶺巑岏駝鳴草伏馬飲泉寒百萬驍騎如飛如翰鼓聲淵淵旌旗飈飈風沙吹堡陣雲壓帳何來　王師從天而降烏合蜂屯不知所嚮部落遺黎脫於籠樊左牽右禮牛酒方溫困獸窮鳥逃竄無門戮止鯨鯢攝彼游魂羌民還歸婦子安堵久罹暴虐忽成樂土捷音飛聞載忭載舞兵氣澄清光華天宇晉師未興小

疑大驚。今來涖止。干戈永甯。僉曰　帝之明。咎師未興。眾拂以侮。今來涖止。捷於桴鼓。僉曰　帝之武。咎師未興。羌岷苦辛。今來涖止。沙漠無塵。僉曰　帝之仁。　皇帝謙讓曰。予豈得已。徵茲元惡。安辱鞭箠。告而不治。荼毒胡底。一方之民。惟予是庇。咎我　先皇。念此一方。以撫以綏。撻伐用張。孰知今日。肆厥猖狂。不行天討。孰服要荒。既服之後。克奏膚功。惟紹我　烈祖。惟繼我　烈宗。俾四方萬國。有土有封。以來王來享來格來同。始自去年。厥有成命。自春徂夏。遂普大慶。虞周千禩。曷臻斯盛。德齊　天地。惟我　至聖。　至聖有臨。恭敬齋莊。遂告清廟。遂開明堂。七十二代。譜牒攸光。于萬斯秊。受命無疆。

南巡頌九章

張九鉞

天眷佑　聖皇。式篤其祜。　慈壽萬年。永錫純嘏。呼嵩徧地。慶溢東南。鳩叟黃童。跂望　鑾驂。咸越敦牂。爰奉萱輿。春水漸玉。春花鳥呼。火樹銀燈。九河月洗。謳歌　太平慈顏有喜。其一　於赫　神謨。西廓版宇。筐篚榛榛。原隰膴膴。條支回鶻。名王之豪。赤茀蔥珩。從於旌旄。及其子弟。奔走琦岸。度索尋橦。角觝曼衍。　乾坤　燾載。遐邇則一。食德服疇視茲南國。維　帝其庸之。永奠爾宅。其二　鉤陳天開華杠星扶。行於二東。遂至南吳。車以和風。旗以澍雨。牛呞而畊麥花於土。既除賦供。亦蠲丁徭。或給種稑。或口漕艘。賚海之商

負弩之役。以氾以濩。以噓以植。昔歲協洽。赴赤奮若。　帝來錫類。　愷澤旁薄。重覲　天顏。重瞻　慈暉。六年慰望。歌　仁祝。　釐更億萬千年。　懿壽無有期。其三　河水洋洋。洪湖湯湯。　聖皇涖止。造舟爲梁。懷柔百神。薦璧沈珪。爰　咨重臣。　親授機宜。滾壩安瀾。高隄有巘。碧鏡長茭。如虹如蜺。乃疏清口。清口廣止。乃濬六河。六河暢止。及彼毛城。堵洩當止。秋有蟹稻。春有魚租。維　聖皇經營。以安以紓。其四　帝觀於海。其旂魚魚。海若秉笏。日月旋樞。　帝巡於塘。其輿安安。望彼囦瀠。尖山塔山。乃　召岳牧來相。來度。孰石以揵。孰葦以築。　德協重潤。不震不驚。如岡如墉。永觀厥

成沛沛麥禾芃芃桑麻維 帝之恩貸於有家其五 帝曰
咨汝岳朕巡是南邦求瘼求甯陳詩觀風靖共爾位以作是庸
孰爲邦師揚揚揄揄孰爲邦蠹爬之梳之 帳殿有供山屏松
藩昭質敦本毋侈靡觀飭汝篕篋愼汝緯繣俗厚民安則余一
人乃懌其六 帝曰汝耆耇實舊百揆及汝休沐維王國使汝
迎而來用錫汝祉皤皤黃髮汝粟汝帛藹藹吉人汝簪汝紱言
廣泮水烝彼髦士下逮圜扉雞竿曉起眾拜稽首 天子萬
年如江如海 福履緜緜眾拜稽首 天子萬壽長奉
璇闈以承 天祐其七 帝在東南風日清美水有
蘭蘅岸有桃李 帝乘錦舟蒼龍夾趨黃鸝在花銀鱗躍湖

彼笠者農彼桑者婦或舞或歌其鼓 考之 帝心載愉來
歌矢音 睿藻 宸章續耀雲林摩崖委宛刻珉硯石璧
合珠聯垂天地無極其八 萬姓攀畱 帝曰旋歸杏壇展祀言
觀其旂其旂翩翩至於汶水 鳳艒徐行錦纜安止靄靄花
香悠悠棹歌賈舫不驚祥風不波 聖母顧之既悅且豫
帝承色笑先迎於潞鉤鈐載明玉燭載調五雲捧輿南薰
叶籥寶甕器車赤麟紫凰金甌永緜 璇算無疆小臣作
頌敬紀嘉祥其九

平回雅并序　張九鉞

皇上御極之二十四年神武維揚聲靈赫濯命將軍兆惠富德
等奉 機宜追勦逆回霍集占兄弟乘勝深入逆回窮蹙鼠
竄至拔達山汗素爾坦沙慕德畏威援旗請奮斬酋首函獻軍
門籍地內附自關門以西拓疆二萬餘里十月捷聞 京師先
是準部蕩平版宇疆理跨躡朔漠左右薩克東西布露特皆獻
筐篚請臣僕 皇上旣宥釐而噢咻之而逆回背
釁助兇反噬 皇上有赫斯怒聲罪致討是時懦謀紛紜僉
謂不可究武 皇上毅然念 天討之未伸 祖
緒之未竟斷自 宸衷周于 廟算陣無不摧城無不下

卒得罪人正 國討計濯征以來迄于旋歸不越五載蓋駿烈
豐功若是之速也捷至之日 皇上適躬祀 圜丘宣
捷受釐神人歡洽告 廟告 陵用申繼述之志恭
逢 聖母萬壽嘉辰揚 慈暉錫 景福殊恩茂
典更番稠疊羣臣仰戴 皇上駿業膚功登三咸五僉謂宜
祟 尊號顯鑠萬世謹據典禮奉表以請 皇上謙讓未
許於是薄海內外益仰見 聖主撻伐之苦心敬 天
尊 祖功成而不居也臣謹按書冊所載湯之誓師曰將
天命明威又曰尚克時忱武王之誓師曰夙夜祗懼受命文考
又曰時哉不可失詩大明之七章頌武王之決曰上帝臨汝無

貳乃心下武之二章頌武王能纘緒有天下曰世德作求永言
配命成王之孚葢古聖主不得已而用兵皆稟天命承祖志乾
惕之心淵塞之神惟日不足貫乎終始故言出而天下信之功
成而天下安之維　天篤佑於我　大淸　太祖
太宗創定丕基　世祖撫有區寓武烈神功彪炳
史冊　聖祖平三藩收臺灣三征朔漠底定西藏
世宗綏輯青海繼述相承師之所至　天順從之我
皇上纘緒以來南平金川北定準部業至隆矣功至茂矣茲之
用兵回部理勢如之緒排築室之謀宵旰焦勞日兢兢於
上天之明命　列祖之付畀精誠所結蔚爲謨猷遂使

五年之內數萬里之遙不挫一師不羈一旅四夷効力屬國敵
愾成　祖宗百餘年未竟之緒拓古今數千年未綏之疆
若運諸掌拾諸芥至師行之地賑卹時聞軍興之餽不藉內郡
威震絕域而天下不知兵地包窮荒而百姓不知餉轉戰於語
言不通聲教不訖之國而險阻不足驚狙詐不足慮則又詩書
以來所絕無而僅有者雖　上天眷佑　宗社垂庥
而　皇上所以纘承而裒對之者何其盛歟臣伏讀　睿
謨宣布灌耳飫目竊謂　皇上膚功之迅奏曰誠曰神曰幾
而其要尤在於得幾易曰惟幾也故能成天下之務又曰知幾
其神乎書曰敕天之命惟時惟幾幾之變不測而用無方行乎
不得不行止乎不得不止天所以周流四時提衡六幕者端在
乎此　皇上順天時行知勢之必不可失時之必不可渴武
力之必不可懈不惑于浮言不謀于肉食不狃于近功不挫于
小衂赫然握金鏡轉璿璣風行而電埽之嚴以奮殺敵致果之
心迅以厲旣勝將訊之氣寬以收四夷順軌戮力之路惟知幾
而又貫之以誠運之以神是以天心助順人志同仇優游廟廊
之中決勝萬里之外信乎周子曰誠神幾曰聖人惟三者合而
後成此不世出之隆勛也臣不揣弇陋謹倣古錄實紀事之義
恭撰平回雅十三章詞俚意淺非敢自比江漢常武之奏幸瞻
謨烈之昭垂覩　豐章之焜燿竊抒丼誠揄揚萬一

惟　聖慈實垂訓焉其詞曰
於赫我　皇有者其武金川旣平準部克舉疆理亭障至於
漠野筐篚者酋壺漿者女卽順而柔悖義而刑有雨有風以耘
以耕孳孑　天庥孰敢蹈不庭一章　憝矣回酋其兇有恇
皇釋其纍使歸而疆敢搆狂且爲羣鴟張　皇整厥師明明
赫赫螗斧摧車風鶴喪魄不慓而悛狡焉負嵎昏嚚卒狂用干
靈誅二章　皇曰汝惠專汝斧鉞虪茲鞠頑光我大罰惠揚
皇謨援桴整隊冞入其阻扼吭搤膂矯矯我師疾首大憝誓
殲厥家以敵　王愾三章　王師桓桓兩道疾驅欻騰波流
碎輼破廬旣犁庫車旣收阿蘇烏什和闐我宇我圖　皇居

明堂單心萬里幾行風從如運之几匪安匪舒以報　天子
四章藐爾花門脇于二兇　王師之來悉慄以悾　王師之
來奉　天威德非藐是圖用去爾蠡賊苟灑以濯無余汝
嚇　賜汝綏章　錫汝銜敕長爲　大清臣眞爾安宅
五章二兇狠狙悍焉據巢我虎我貔傅于其壕九頭爲羣環而噬
嗥四百壯士截流以奔雷轟電駭斬其前軍豈繫不險豈繫不
繁　天助　皇順孰敢以猖六章戈壁谽谺旗旐逶迤非
勝而剋著銳迺馳孰覩我疲思怙其兇惟神佑之因險成功驤
口萬馬自天而下夜斫賊營歘地震野角蹶血蹂迺益怖讋迺
挈重錙大仆以北七章葉爾闐闐哈什鬼鬼伯克來迎里門大開

朱旗瑚戈入其內郛撫其郊原收其稅租以我貝刀易其騰格
以我冠裳臨其髽幗八章　皇曰汝惠汝德毋懈以息朕奉
天討罪人是得非利其土地用廣區冊或徼其秖或窮其
宄是震是拔無宄無匈喪貝棄輜束其子婦爾游魂幾何敢稽
天掊九章巖巖拔達山酋曰坦沙與　大邦同仇忿入于歹非偵
以誘絕其萌芽掎角遮要殲于厥家神人稔怒首惡駢誅洞其
腰膂函其頭顱毋辱藁街毋污釁鼓假手以戕不膏我齋斧十章
兇既殪矣酋亦乞降稽而伏蛾袒而牽羊　皇曰噢之毋究
我威能助　天順寔余宥釐回部既平拓二萬里亥步未
周章測未紀回部既平五年計日我斧未破我錡未缺十一章　回
部既平淑旗綏章以其版圖告功于　皇回部既平　皇
心載甯惟幾乃迅惟斷乃成回部既平　天章克肅懷仁
者庸背義者戮飲食耕耘無譴以贖諸夷不知視如草木十二章
天佑我　皇東鶼西鰈　皇讓不居　天
祖之澤　天佑我　皇版宇孔章　皇讓不居
聖母之慶錫類推仁酬庸策勛臣何力焉惟　皇聖
神武功既崇文德攸宣保泰圖甯　宵旰乾乾蹕我　皇
圖　大清萬萬年十三章

聖駕釋菜臨廱講學禮成恭紀連珠九首

羅國俊

粵稽有虞氏始建學·太學曰上庠·小學曰下庠·分養國老庶老俱以燕禮·夏分東西序養老以饗禮·商分左右學養老以食禮·至周竝立四代之學·兼用燕饗食禮·而辟雍居中焉·其祀先聖先師·其入學以齒·太子亦齒焉·詩曰於論鼓鐘·於樂辟雍·此文王之學也·孔穎達曰治世之音安以樂·故與聞之者莫不喜樂·是和之至也·饒魯曰文王畢竟自朝至於日中昃不遑暇食用咸和萬民·人必得所然後有此樂·詩又曰鎬京辟雍·自西自東自南自北無思不服·此武王之學也·朱子言武王徙居鎬京講學行禮而天下服也·白虎通曰辟者象璧·員法天·雍之以水象

教化流行·所謂春秋教以禮樂·冬夏教以詩書·憲而乞言·祖而割牲·執醬而饋·執爵而酳·教天下之孝弟者於是乎備·夫以唐虞授受之隆而講學或不如後代之詳·成周作述之美而立學又判以侯國王國之制·當文王講學之年·武王尚以諸侯世子齒於靈臺辟雍·迨鎬京辟雍始爲天子之學焉·故知伊古以來聖聖相承·同堂設教者爲難遘也·秦亾金鏡·於灰燼之餘固無足論·漢至高帝十二年·過魯以太牢祀孔子·自是除挾書律·置博士官·開獻書路·而儒道稍振焉·唐宋元明以來莫不舉行此典·然馬上成功·未覩詩書之效·而座前致問·徒矜講習之名·豈如　昭代之宏規·實邁前王之彝軌者哉·夫國子監卽元舊學·明永樂閒改建在國學之西·中曰彝倫堂·有　聖祖御書賜額·御製祭酒箴·世宗御書文行忠信額·至我　太上皇帝於乾隆二年大成殿易蓋黃瓦·三十年欽頒周笵彝器·凡十五年建辟雍宮於集賢門內以復古制·是年二月　親行釋菜·御製臨雍講學詩·三老五更說·堂哉皇哉·誠千載之盛舉也·迨我　皇帝踐祚以來·凡　郊　社　宗廟以及　經筵諸大典·罔不恪遵　庭訓次第舉行·今歲二月之吉　聖駕釋菜臨雍講學·典至隆也·惟我　皇上聰明天亶·仁孝性成·尊養兼隆·邁舜文之大孝·英賢竝育·紹孔孟之心傳·爰以聖經一

章爲聖學之總會·格致誠正而德無不明·齊至均平而民無不新·要皆以修身爲本·至善爲歸·又以上之臨下·貴於教思無窮容保民無疆·是以德澤之盛·其所以淪浹之深·漸被之廣者·皆由此卦象推而致之也·一經　指示而千古之心法治法昭如日月焉·蓋　聖以繼　聖而道統爲見知·治益求治而教思淪肌髓·唐虞三代以來臣子之所未聞而生　昭代者顧得躬逢其會·凡爲儒臣·恭獻詩賦·賡颺　盛事·詎不幸乎·臣章縫末品·佔畢陋姿·幸厠清班·祗聆　睿誨·不禁心悅誠服·用敢推廣　聖意·敬濵連珠·其詞曰·

臣聞臨雍展禮·式昭重道之風·啟幄談經·懋輯右文之治·何則

大學爲賢士所關教化伊始孔子自生民未有載籍攸存是以經正而民興文敎而化洽

臣聞陰陽無息天道所以有常精一執中帝德所以不朽是以寒暑相因日月無照臨之私運會頻遷道德無古今之異

臣聞心爲天君泰然而百體從令物皆我備和焉而萬族皆春是以明鏡空懸不窮於屢照原泉淵渾不竭於長流

臣聞彰往察來變易歸於不易開物成務執中貴於用中是以嶽峙淵渟君子知其分定天行雲靜達人悟其化機

臣聞陰氣潛消三陽所以開泰謙虛受益六爻所以並吉是以春生夏長物皆底於光亨海闊天空誰能窺其涯涘

臣聞理欲之辨自粗以及精誠僞之分由中而達外何則人或未見已自先知是以人心道心聖人以危微爲警莫見莫顯君子以戒慎爲先

臣聞誠應則妙理幽贊以彌淵靜虛則明道前知而罔翳是以乾行在上莫測保合之神離照當空不著向陽之治

臣聞元爲善長實先萬物之根德無常師聿建會歸之極是以庶物首出本修而末自理三才一貫綱舉而目自張

臣聞義方敬直矩無絜而不平公溥明通靜有主而自立是以聰明睿知至聖惟能有臨仁敬孝慈至善而安所止

平水土頌 有序

唐仲冕

臣聞水貫而庶土正土演而六府修舜命禹曰汝平水土禹亦曰荒度土功書序帝釐下土方設居方別生分類作汩作九共及槀飫説者謂汩作與汩陳異振而興之之謂作九共卽九邱所謂降邱宅土槀飫則餱糧皆備故伏生大傳稱九共之詞曰予辨下土使民平平使民無傲蓋治水主於敷土物土之宜而布其利王者愼財祇德之道也河渠書云河衍溢害中國尤甚禹厮二渠引而載之高地入於勃海諸夏乂安河旣南徙自明以來挾淮入海所經在洪湖運道之閒所治不外以隄束水以水刷沙而通塞屢易　國朝方略炳垂近自乙丑以至辛未歲

有壅閼　皇上睠焉東顧爰命杜后者臣總制江南江西四行省畀以治河重任先是議者以下游未暘欲改歸埵而北之而河乃橫肆汎濫於淮海諸州邑下民其咨制臣至立罷改海之議築雲梯關下南北兩隄以迅趨海之塗於是濬塞並舉其年王營減壩堵明年二月李家樓大工告蕆惟力排羣議上契宸衷故成功以壹而神也向之淪於波濤者皆涸而復矣向之轉徙蕩析者皆返而廬矣向之激浪排沙者且化堉而腴矣向之議卹議賑議蠲議減歲糜水衡數百萬而生計蹙經費絀者今則一雙之田擴爲頃一畝之收倍以鍾若以償前此之辛苦墊隘而有餘矣於是大司空疏稱海晏河平度海州安東

皋甯淤田・無慮數十萬頃・近時民多隱占爭械滋起・莫若官爲執度量地任力・定其壝畔・敉其蔽匿・收其值課・以豫都水歲需之用・

天子曰俞乎命制臣遣吏治之經年未竟・臣仲冕適以福甯守引疾僑居・方報痊・制臣謂臣曾知海州・習知東海地形人民謠俗・檄綜其政・嘉慶二十一年三月制臣舉其要入告・大約蕩歸營不侵其薪・茭池歸竈不奪其牢盆・澤歸廠不擾其畬畧・田歸𤰞不改其溝畛・惟其水降而地升者・舊谿者復賦・新淤者納價・科則晉弓申於今弓者科而不價・從民欲也・復賦除其重・納價取其薄・科則率其輕・體皇仁也・辨九等・棄不毛・使同貫利・視司空懸筭不及什之一二者・實覈而寛予也・書奏

天子悉允所請・臣仲冕以道員被薦・留吳待次・亦蒙詔可・制臣以爲事經草創・功貴善成・三州縣虞候亭戶之界址・士庶里鄙之訟牒・土著客戶輸納之期限・不可無人督理・而屬臣仲冕終始之・期於使民平而無傲・臣因是往來郁洲莞瀆至射湖後洋・親詣東窪北灘・以東觀黃河入海情勢・海若建瓴河如馳轍・曰庥哉・

皇上如天之福・臣聞今年東河奏言盛漲異常而消退甚速・職尾閭通利之由・臣又聞南河自徐邳以下・至河口沿隄不見河水・底深至三五七丈・眞水由地中行也・地不愛寶・土盡可耕・計今所獲穀土僅百四十八萬畝有奇・特少許耳・觀射父云天子田九畡以食兆民・豈有量乎・非地平天成曷克致此・臣躬覩其盛・謹譔平水土頌一篇・冀□上塵　睿覽・付之史館・乃獻頌曰

荷精布兮趨大壑・水維緩兮舊防削・闊爲河兮廢耕鑿・承
帝咨兮參□流・治其委兮塞蟻邛・金隄砥兮柳穀收・沮洳涸兮
徧洲渚・向泥塗兮今禾黍・私則競兮公則溥・冬官陳兮　詔
曰行・正經界兮惠吾氓・抑豪强兮杜侵陵・辨三壤兮上冊籍・田
萬頃兮價纍億・助水衡兮養力役・罄山海兮杭且稊・是芟芟兮
太倉稊・喜水平兮土可犂・斥阡陌兮歲復歲・任墾種兮　澤
江濊・歸懋勛兮召伯棣・

皇上六旬萬壽恭紀

萬壽雅十章 謹序　賀長齡

嘉慶二十有四年歲值屠維月在大淵獻恭逢　皇上六旬萬壽慶辰嘉祥鱗萃諸福駢集　慶澤覃施周浹宏溥香壇禱頌山呼歡呴聲動天地惶惶乎　帝者之上儀誥誓所弗及已伏維　皇上躬至聖之德豐茂世之規　敬天　法　祖　勤政　愛民中外同愉高深畢洽然猶未明求衣日旰忘食翼翼勤勤二十四年有如一日武王帶之銘曰恭則壽魯論曰仁者壽德至則符輳自然之理也臣謹按德莫盛于唐虞功惟懋于文武然封人之祝野老效頌賡

而不文考之周雅所陳如天保棫樸諸什受天福祿而進之以升恆日月之歌壽考作人而推之於雲漢爲章之盛一時公卿士庶嚅嚌道眞涵泳聖涯將其忠愛之誠而致其頌禱之實鏗鍧炳耀舄奕千載斯治世之隆軌也至唐柳宗元有平淮夷雅明王世貞有明雅而頌天庥以介醇嘏則無聞焉非其材之不逮抑其時治道之未光也臣幸值　昌期躬逢　盛典屬以奉　命視學山右不獲趨赴　丹陛與於拜舞之末而望　闕慶忭不能自已謹譔爲雅詩十篇以獻

於昭 美世德也 聖淸世受 天命克世其德也

於昭　聖淸誕膺　景運篤生　高皇武烈丕奮　文皇繼統無思不順無怨　國俗無斁　祖訓　章皇紹之以宣昭　義問

於昭　章皇纘　緒克昌　天戈一麾乃隳天狼放牛桃林歸馬華陽　義武趪趪於湯有光　仁皇紹之以對於四方

於昭　仁皇緝熙執競旣戓三孽四海榮鏡篤之撫之以游以泳煦之嫗之以生以正　憲皇紹之以保有景命

於昭　憲皇躬秉聖哲抱表懷繩執義陳臬整之敕之百辟有潔臣之直之九寓有截　純皇紹之以光於

前烈

於昭　純皇凝績撫時紹庭夙夜陟降在茲丕顯寶訓是儀是師丕念民瘼是諏是咨我　皇紹之以章我帝暉

於昭五章章十句

皇矣 凝命也 聖人顧諟 天之明命無時不敬也

皇矣　上帝惟德是眷　大德凝承延洪錫羨南郊　北郊　躬申藻薦高熛上通流華吐絢　齋肅寅恭音淖昭薦惟　聖時憲昒穆芝房　時霁肇舉薦璧升香日雨而

雨・日暘而暘・昭應感通・兆爲豐穰・萬民罔不康
惟　聖時憲式禮雍容・祈年　祈穀瑞協
天宗・辛占上次亥耤南東紺轅黛耜　四推劭農百穀罔
不豐・
惟　聖時憲將事如在・六宗　羣望歲時匪懈・肅肅憢憢
薦蘋晻藹河嶽吐符日月淸泰・百祿罔不介・
皇矣四章一章章十句三章章九句
嗣服（繩武也聖德重光繩其祖武也）
昭哉　嗣服不息自強　紹　堯見羹　述
舜見牆・一話一言曰　祖訓臧・

昭哉　嗣服執中　授　受・河圖在左赤刀在右・一
政一令曰　祖徽守
法　祖　考仁含和執沖・唐廚扇箑　虞殿
揮桐・蒸爲淸氛疏爲泠風・咮咮喁喁衢樽致中・
法　祖　考孝齋夔夕惕・原巘　衣冠橋山
劍舄・土壁葛鐙　前徽赫奕・洞洞屬屬僾愾允塞・
法　祖　考誠有缶其孚・珍黃內蘊太紫中樞・如量
受槩如節合符・郁郁嶷嶷春衮秋鈇・
法　祖　考敬虔鞏不已執玉晨興投籤夕起・如金
如瓊如冰如砥・亹亹穆穆前巫後史

嗣服六章二章章六句四章章八句
勤止（勤政也聖人秉乾健之德庶政皆簡心焉）
皇旣勤止日總萬幾・宵中索燭昧旦求衣・海隅雖邈奮雷昫曦・
民隱雖微雲靡風馳・以求以思・夙夜敢不熙・
皇旣勤止求賢抱蜀・有鶴在陰有鴻在陸・飲之食之文儀鸞鷟・
引之翼之聲和韶箾・以共以肅・夙夜敢不勖・
皇旣勤止求言無怊・設鐸思箴懸鞀納諫・涓滴不遺如海之潤・
土壤不擇如嶽之鎭・以遴以進・夙夜敢不愼・
勤止三章章十句
靈雨（愛民也天子求民之依無時或釋也）

靈雨旣零惠風旣承・如春在空欣欣向榮・或衢而詠或壤而賡・
奔走偕來同我　昇平・
靈雨旣濛惠風旣融・如橐鼓物生機棣通・或棠而芾或黍而芃・
含甘・沆滋遊我　堯封・
有麗者老或作或息・翼翼橫縱我疆我埸・油油黃茂我黍我稷・
匪我之積唯　天子之德・
有烝者士是度是絜・訢訢德音我琴我瑟・濟濟　國華我黼我
黻・匪我之質唯　天子之錫・
有嵩者氓爰居爰處・軋軋在戶我機我杼・緜緜在體我絲我紵・
匪我之春唯　天子之予・

靈雨五章章八句

天章歌聖學也我紹古聖道備於己也　皇學

倬彼　天章昭回翕艴　聖性欽明淵渼恭默覽閱書林
垂情古則討源洙泗　御論明敕惟精惟一而康而色蔚乎
文思夐乎　峻德億萬斯年人倫立極　聖作　謨烈
書契既興載籍遂博羣言殊塗表諸　武學古道擴瓊笈琅函金
維昭纂經於鑠我　皇繼　丹毫裁制曰筆曰削億萬斯年　道光六幕
舌木鐸　聖敬日躋動與道俱發爲　宸藻巍乎煥乎維商銘盤維周
箴杅　味餘藻耀　幾暇文專八年一集轢範轕謨

經筵垂論繼統唐虞億萬斯年　德炳珍符

天章三章章十四句

桐梓辨官材也官材辨則民得所矣

桐梓猗猗在彼南山資爾作室是臒是丹　皇曰欽哉善葆
爾眞爲梁爲棟維　國之珍
桐梓猗猗在彼旱麓資爾作輿是剫是斲　皇曰戒哉善治
爾樸或馳或驅維　國之軸
爲屛爲翰下民承流　軒鑑在懸靡微不周害馬既去嗷鴻
既鳩　皇曰俞哉爾公爾侯
爲令爲牧下民從欲　虞門載闢靡幽不燭澤萑既薅泮芹
既蔹　皇曰嘉哉爾福爾祿

桐梓四章章八句

奕講武事也奕竝用威武服于天下也　聖人仁義

奕奕高山皇皇　六師肄習以禮簡練以時動止進退中矩
中規如江如漢如雲如霓箕張翼舒丕振　皇威
舊典　恪遵木蘭　講武虎鎗花刺兎弧風舉三面開網
兩階舞羽緬象款闗狝鳥受土民望如春　皇師如雨
皇命出師　威申　天討苗氛既靖蓮教無擾如風捲籜
如霜振槁燕幕巢空蟻軍穴埽市肆不驚　皇心惠保
蠢爾小醜負嵎而張跊躪于滑臂奮螳蜋　皇命整旅武夫

洸洸螢消渤海石燼崑岡躋之　春臺熙熙穰穰

奕四章章十句

敷天行慶也天子行慶施惠澤及四海也

敷天　錫慶丹鳳銜　書湛汪澔溥浸於肌膚乃　命
使臣皇華載驅翕河喬嶽金吐雲噓青郊集鳳翠渚浮鱸沈圭
告瑞檢玉凝符　懷柔徧洽遠邇交孚
迺　篤宗親麟趾寵邀迺　嘉耆舊鶴袟崇褒追榮錫類
錦軸花彩旌門表戶彩楔雲標　桂宮露湑瀲灩黃醥蕊椷
香添濟濟青袍　恩綸四被人沐春膏
迺優三老　賜帛被體迺恤七華投膠浹髓列校走卒挾纊

而喜編徒隸役聞鼙而起秋賦載錫春祺載美貫索躔空圜扉草薙　惠闓宏專　蘿圖錫祉

敷天三章章十四句

禔福受慶也　朝野懽悅　篤禔福于萬年也

秩秩禔福玉燭時調將將九卿雍雍六曹奉表稽首拜　螭陛坳咸英風動纓佩雲搖

秩秩禔福雍昭和穆龍節蜺旌九州之牧鶬峙鵷趨為我

皇祝如松如柏如嶽如瀆

紺霞爛紏卿煙繽紛旃裘之長毳幕之君鱗集景從祁祁如雲載拜載賡　天子萬年

寶樹儀鴟香林舞鶖耕鑿之謠中和之奏黃髮元齡臚歡奔走載歌載颺　天子萬壽

禔福四章章八句

平回疆頌　湯鵬

天命　皇上爲億兆生民主嗣無疆大歷服敬戒不怠無小無大懷德畏威罔敢有肆厥志道光六年夏逆裔張格爾迺敢偷據阿爾回什回莊乘機勾結白帽回子集其兇頑猖獗亾忌於時喀什噶爾英吉沙爾葉爾口和闐四城以次陷沒復擾阿克蘇麾城郡邑勢未有底　皇赫斯怒乃集羣臣於廷而告之曰咨我　皇祖高宗純皇帝聲威撻伐奠定西陲版圖所紀回疆附焉越我　皇考仁宗睿皇帝綏靖邊陲旁敷闓澤戶口繁登安居樂業葢其革頑歸化任土作貢戴白之耋垂髫之童靡不熙熙皞皞涵濡變化於飲和食德之中六十年

來勿之有貳惟天付任在予惟　祖考傳亦在予今張虜自作弗靖非予有咎蕩搖我邊方戕害我官弁荼毒我生靈予弗殲除之其何以將天命明威紹復　先王之大業曰長齡爾爲揚威將軍以總軍制曰楊遇春爾爲參贊大臣以襄軍務曰武隆阿爾偕遇春爲參贊大臣以佐厥勳曰芳爾帥其部曲以從嗚乎爾有眾肆予以爾西征善穀爾甲張爾弧觽爾鋭驍脅爾紀律惟爾賢往敷厥威靈越厥張虜亡執俘之以獻於　太廟勿大肆殺戮其不用命者誅其用命者爾尚兢兢懷保若撫鷇雛俾厥膏澤布於下民予則大賚汝羣臣曰都蠢爾小醜上勞　宸慮不敢不力七年春二月進兵渾什巴河

天戈直指勇氣百倍山嶽傾頽風雲騰鬱虎嘯龍驤虜眾惶恐奔如流澌我兵乘之矢鋒所貫自相枕藉流屍塞川彌望無際一戰而復喀什噶爾再戰而復英吉沙爾三戰而復葉爾羌四戰而復和闐浹辰閒四城迅埽張虜大讋僅存喘息旋以數騎乘閒而逃羣臣戮力王室志在殲厥渠魁今復我土地逸爾張虜咸相顧怍愕不知所爲以奏於 皇上 皇乃言曰張虜乃元惡大憝罪無赦爾長齡爾楊遇春爾武隆阿弗體朕心恭行天罰不其或稽罪人斯逸 皇又言曰張虜以多罪逋逃今而後其不敢再顚越不恭矧其結怨於民自絕於天我乃其大罰殛之不逭乃死爾長齡爾遇春爾芳同德同力底定四

城朕不沒汝績冊功長齡賞加太子太保銜遇春賞還太子太保銜子國佐賞加游擊銜芳賞加騎都尉竝挑乾清門行走其餘將士臣工各賞賚有差臣稽在昔唐平淮蔡韓愈爲之碑明平江漢宋濂爲之頌至今炳燿鏗鍧讀其文者想見其崇功偉烈以爲美談今茲之役首虜雖逃然而我戰則克四城以完稽功於古未堪多讓且臣嘗讀詩至六月之五章曰薄伐玁狁至於太原云逐去之而已勿窮追也蓋逐去之所以伸國威而息寇擾勿窮追之所以廣皇仁而懷醜類則今茲之役洽有合於古先王威德竝用潛孚默率之意而歌咏不作非甚闕典與臣謹備著其事撰爲詞頌一通上以宣我 皇上之聲靈於億萬祀而下以俟太史之采錄云其詞曰

於惟我清受天明命寵綏四方罔不承令額額回疆厥惟西鄙 烈祖神功闢地萬里款關附關載就載瞻陶以雨風武嬉文恬西方之人以歌以舞歷六十年不聞桴鼓有餘者孽倚伏其閒地大物眾煽亂作姦聚徒劫掠擾我兵農跳踉以逞竊據四封 皇帝震怒歷告在廷我其殲之命將徂征飽爾糧糗厲爾干戈黃旄白鉞照耀山河雄威所吞虜膽已落既與虜逢衝擊大作矢鋒雨集礮聲雷奔六軍震動日月晦昏或繞虜陣截其兩肘或斷虜援突其羣醜或搗虜目礫其梟狠或覆虜穴刮其奸藏以彼蟲鳴當我虎吼骨碎血流竟亦何有虜眾大

潰僵骸藏臯逆黨盡戮酋長乃逃橫戟長追且偵且匿譬彼狐兔奔竄荊棘 皇帝曰吁不可黷武我將既勞我卒既苦復我四城彰我天討屢戰屢克如振枯槀犬羊之聚其何能爲來既驅逐去勿窮追放之遐陬俾自懲刷陽和誕布陰曀淸徹矧彼醜虜肆厥弗恭赫赫天網終不汝容飛走途窮如鼠入囊不日就誅以潤鼎鑊我將我卒其盍歸來凱歌振旅天雲盪開我民實煩轉輸恐後有田有廬矧遭踐蹂迺免其貢迺寬其庸大兵之後俾即於豐西人欣欣舉手相慶逆者駢誅順保性命西人閑閑晝出夜居曾何騷動今乃紓餘西人曰嘻 天子寬慈衣我哺我我無凍餓西人曰嘻 天子英武而今而後賊

不予侮稽古戰功載在書策千億萬年有聲嘖嘖惟 皇聖
明惟將忠勇蕩埽兇頑西陲固鞏凡在百僚懽忻慷慨可無歌
詩儷美前代臣雖賤微文字是喜對揚 皇休以告太史

平楚頌

趙璘

惟 宣宗成皇帝在位三十載湛恩厖鴻休烈煥炳燋鹵
梟瞯雕題文身之民靡不被風濡化浸潯濯沐聲教所暨喁喁
如也而湖南寶慶一郡苗民孳身其閒比歲數不靖二十九季
冬賊渠李沅發結黨煽亂太五營十行名目據新甯城戮良善
肆劫掠前巡撫率兵往剿績用弗成今 天子新即位詔宮
傅制府裕泰公督師討賊公自孟陬泚邵陵時賊已棄城走蔓
延粵黔兩省界四出滋擾鋒甚銳公至遴部將信賞罰飭軍器
峙糗糧芻茭分兵追剿三月閒連蹙之賊黨羽略盡夏四月
賊勢復張相率竄粵之懷遠兮備劉宗熙等追剿賊逃奔楊梅
巖等處先是公慮賊叵測難驟除即虛畱一路引其竄回而各
猺峝皆經公曉諭毋或爲賊逋逃藪猺民感奮識大義團練協
防公於要隘遣重兵堵禦賊不敢窺遂潛由粵楚界山逕竄歸
新甯公揆知命擇險設伏要其半渡而擊之殲斃甚眾賊退走
金峯嶺嶺故新甯巨鎮巉巖峭壁南通粵之全州東連永之東
安北界邵陽縣境緜亙百餘里亦與武岡援壤洩雲歕霧咫尺
不相見其中徑路岐出最便奔逸公命諸營密加防禦命提督
向榮督兵分三路進剿公移營居中策應二十三日乙酉天大
霽嶺霧如埽公命左右翼夾進前攻後守提督向榮督將弁等
躬冒矢石由中路直躋其巔自辰至未殲賊三百人有奇生擒

首逆李沅發，並毀山中諸淫祠，脅誘者胥解散，楚匪平，六月初
檻沅發送京師，　詔磔以殉，策功公晉太子太傅，伏惟我公天
授智勇克靖大憝，動伐之隆無所與讓，某公車敦迫不得從事
戎行磨盾草檄，在京師時每聞捷書馳奏抃踊無似，茲適還里
聞大功告成，輒依古佀平楚頌一篇，凡四十韻六百四十四字，
雖辭薄氣靡不足自效，惟導揚威德，警動荒徼冝目以昭示來
許，其辭曰
皇帝踐阼陽雨應時，中外禔福懷而慕思，惟楚一隅苗民宂處，
千峪萬箐藪奸之所，己酉之冬寶始搆難，據城戕虐既慓以悍，
以蘆為萑以竹為弩，膏人於鑽血人於俎，官軍既集且圍且攻，

文恬武嬉未翦厥兇，　皇帝繼統咨汝虎臣，曰毋養寇亦毋
虐民，孰起而嘯惟汝殄之，孰脅而從惟汝遺之，公起視師金節
錫盾，犀甲蜺旌照耀輣輵，徵徒簡卒秣馬厲兵，罙入其阻是討
是征，惟公始來賊勢方熾，急之則藏緩之則恣，公布腹心同我
袍澤，訓於羣師克齊乃力，桓桓將士惟公命是肅，孰是指麾而
不率從，公崇至仁如幾如式，行不偏勤止無兼役，部隊既正誓
號既明，雷動電爝環我中營，我出我師於彼近郊，執訊連連遠
布邇昭，賊黨卒迷謚狂而猘，奔呼叫呶雲擾波沸，有餌其誘其
動蠢蠢，以紅抹額出沒馳騁，滋蔓於楚於粵於黔，釜炙跳擲將
聚而殲，嶺嶺我公大奮厥武，運籌帷幄整飭營伍，曰茲賊徒逸

不受控虐我鄰邑其又可縱，曰予將士其贊助予，以甦民困以
正天誅，大軍環集或左或右，或掎其足或掣其肘，粵楚之界羊
腸盤旋，軌不得並驂不得駢，我公詗知分師逐捕，攀蘿躡磴義
不反顧，我公神勇威謀靡亢，誘擒元惡如阱引狼，獲其資糧與
其器械，其強既鋤其弱則潰，元惡耽耽敢稽大刑，竄歸其巢莫
之敢攖，公與神謀算無遺策，乃諜乃偵於彼窟宅，乃發徒旅摻
巖破樊，乃獲渠魁致之軍門，公親鞫治拳手桎足，輸於　帝
都，詔加顯戮根荑既拔，嘉禾遂生，廼慰廼止靡陂不平，始時苗
疆迷入坑窞，公與開導滌濯污染，始時苗疆柔惠莫安，公與綏
輯，室家復完，公來五月民獲慈母，公歸鄂城攀號拜叩，　帝

曰太傅汝功汝多，錫之策命礪山帶河，　帝曰太傅諸將協
心，汝簡汝奏綴組紆金，陣亾是卹孤寡是廩，豁租免稅渥澤流
瀋，伊咎方召平淮與荊，采芑江漢誕興頌聲，公承　帝命克
紹厥猷，匪慢匪虐惟凶人是求，既殛凶人南邦震疊，佀為詩歌
以諗來葉，

銘贊箴

湖湘後學集編

戴氏周鼎記銘

王岱

太原戴公廷栻有周鼎。三足而員。高廣各盈尺。腹著饕餮紋。間雲雷班爛朱翠。中隱馬鼠之迹。始爲明神廟李太后宮中物。太后以賜其弟某。迄懷宗末年。李以勳戚輸餉無資。售於太原御史潘公雲翼。賤其値猶至百五十鎰。後潘氏轉售於同郡戴氏。因鼎有馬。里中傳爲天馬鼎。公他君傅山博物人也。以周鼎一鼠令馬履之。出呂氏春秋。引爲證據。戴公更詳其義。以馬屬午。

鼠屬子。是爲午年子月。兼取坎水離火。爲水火交姤之義。由是鼎益珍且重。康熙二十一年壬戌秋。戴公持鼎示王子岱。且曰。此鼎自周迄今。上下數千年。其間閱歷人代。不知其幾。安保其終無劫燼。永爲戴氏藏乎。幸爲我銘之。時同學金子德嘉相與聚觀。卽爲箸戴鼎說。而以銘屬岱。岱按歷代鼎錄。始於夏九鼎。終於家羲之書鼎。盖鼎者。烹飪之器。上古不穀食。茹毛血。未始有鼎名。自包犧氏火食。然後鼎鑄。故畫卦火風名鼎。其後皇帝采銅首山。鑄神鼎。鼎成而龍飛。夏禹鑄九鼎於荊山。使民知神姦。不逢不若。四足而方。不炊自烹。不舉自藏。不遷自行。此鼎之最著者也。湯禱桑林。持鼎三足。周之鼎牢鼎九。陪鼎二。箸饕餮有首無身。所稱鼎中著一鼠令馬履之。爲其不陽也。固亦周鼎之一也。其餘魯岑鼎。郜鼎。正考父鼎。齊甲父鼎。吳壽鼎。衞舒鼎。種類繁興。皆紀功銘德。又不專以烹飪也。故漢蕭何鑄三石之鼎。自表己功。由漢及晉唐宋。其獲於塚墓巖谷川原。爲神鼎。玉鼎。石鼎。自一二三四至五六七八及十二十八。數之多也。自一斗至七斗。一石至三石。大之概也。其冊之鑪冶。有乙鼎。辛鼎。癸鼎。刑鼎。姜鼎。亞父丁鼎。王伯鼎。孟鼎。中鼎。伯碩史頭鼎。方鼒。分鬲。崇貫。䰞刑之號。以及蒼彤晶寶魁阜牡風育明藏正健順和潔。此十六號。皆鼎鬲之屬。皆非可效壺醯醬瓿懷挾提挈者。至近代所珍。以供玩好。盡几案間物。其餘烹飪銘功德之意寖失

矣。茲戴氏之鼎。大不盈尺。小不至拳。界於大小輕重之間。超於烹飪銘紀之外。上不及夏。下不至漢。馬鼠著迹。固爲周鼎。古色斑駁。應非贋物。古人制器。必有取義。少見多怪。未敢妄臆。姑銘之以俟後之博物君子焉。銘曰。

土子水母含精英。氣秉西兌質堅瑩。制器取辛以煉庚。用享火風爲煎烹。水火旣濟無所爭。有實則餗以和羹。震主匕鬯鉉裁成。姬造克昌宜爾貞。寶此壽考純嘏生。振振子孫顯且京。

金會公曰。綱羅閎博。千古上下。歷歷如數家珍。斷據明確。周鼎無疑。弇州大泌旣往。天壤閒久無此種文字。戴公嗜古愼交。故應得此良友。

廉石銘 有序

陳鵬年

予旣治蘇之明年，於道左得一石，高可七尺許，其狀麗然而厚，其色黝然而瑩，無孔竅，亦不雕琢，予異之。視其文曰廉石，乃知此所謂鬱林石者也。按陸績吳人，爲鬱林太守，歸無長物，舟輕以此石鎮之，遂爲舊迹，而不謂捐棄於闤闠瓦礫間也。予惟陸公之取此石也，似亦有意焉。易曰介於石，不終日。詩曰我心匪石，不可轉也。世之爲長吏者，皆能介而不可轉焉，雖劉寵之一錢有不欲受者矣，而況其他乎。且其厚也，異於世之輕儇以爲體者；其瑩也，異於世之令善以爲容者；其無孔竅，則機械不生；無雕琢，則太璞得完。凡此皆所以爲廉之本也，宜其載以俱來而

顏之以廉也。嗟乎，貪也而名其泉，廉也而名其石，物之榮汚，豈不以其人乎哉。顧人知廉之爲貴，則此石宜有以位置之，而猶泯泯焉，則知德者或鮮矣。今大中丞永甯于公大修郡學，而明太守況公祠因以獲新，予乃舁而置諸其側。葢況公廉吏也，廉與廉稱，不獨陸公之遺徽可接，而後來者亦因是生景企焉，則茲石雖微，可與砭愚訂頑，同垂箴戒矣。抑聞物必有偶，美必相合。昔邵武王司馬得瑞石以立諸韋公之祠，今吾得廉石以立諸況公之宇，兩石相望，一銳而有斑，所以象韋之文，一緩而無理，所以象況之樸，其必有相得而益彰者乎。乃志諸銘，銘曰：

在天爲星，在地爲石，韞玉生輝，補天無迹。賢守樂之，堅姿勁格，載與東歸，表茲清白。世遠物遷，幾同瓦擲，載眞賢祠，用彰遺澤。寒山一片，螺川雙璧，輝映中吳，千秋有赫。山斗同欽，庶幾無斁。

洞眞觀銘 缺末葉

彭之曇

觀傍炎帝行祠，不知自始。聞昝有胡眞觀殿，或其故與？眞觀者，炎帝從臣，爲帝卜葬南方，歿因廟祀其旁。凡帝殿所在皆有之，審若是，則觀之由來舊矣。羽士務圖象教，尊其所聞，而觀以名。迨梁大同中，標曰洞眞。後有因易代而更號者，此獨仍梁舊也。外若寂然，登其堂，前後殿各一，雷壇一。其所謂象教者，不一而足，具壯麗之觀，表威嚴之致，非寺枕寒流、佛臥荒烟者可擬。黃冠江承祥具言同其師江世景極力經營，繼世而後妥。且言其師巖徹元根受位之夕，雷繞厥居，烈焰光爍，皆成金字，丐以數言志之。夫木顚居士求福偏多，契結茅山藥術，資理彼其心，亦

近於濟人也。況覩形有人，雄猛以繼其志，可不謂叚乎？爰爲之銘。銘曰：

炎精承紀，火位南方。百神攸集，髣髴龍藏。緜緜萬祀，託止雲鄉。俗尚巫鬼，廟貌輝煌。眞元一脈，支傢雲陽。曰惟洞眞，基造於梁。宋人易之，靑霞著望。敬酉舊號，古迹用彰。聿經劫火，灰燼荒凉。葉垂十一，祖法繼光。結苗捫蝨，傍城之隍。沙回九汞，築三眞堂。復擬仙迹，飛甍丹黃。念誰主此，元武足當。金身丈二，翠壁開張。棗盤所指，霹靂護將。壺中日月，閱三萬霜。蜺茀曼衍，鹿駕翱翔。修景弟子，名卜承祥。雷壇續搆，紹矩先臧。懷疑問難，降心儒行。興酣白閣，七字篇章。忘所未忘，竊欲忘忘。差彼寄禍，附道於肯。惟今甯一人，坐羲皇。八公奚補，咄談老莊。顧茲里社，好事趨蹌。

後闕

磬銘　王夢揚

磬釋名罄也聲堅罄罄然也按世本毋句爲磬周禮考工記有磬氏倨句其制也以玉石爲之玉磬虞書所言戛擊鳴球是也石磬禹貢所紀泗濱浮磬是也此爲石磬而制何以殊考磬之名不一有大磬編磬歌磬頌磬笙磬周禮眡瞭掌凡樂擊頌磬笙磬鄭註磬在東方曰笙在西方曰頌一說歌磬以節登歌之句即頌磬未詳其是其形亦不同如博古圖載周雷磬琥磬雲雷磬皆黄金鎔範非玉非石或虎形或雷紋無磬氏倨句之法然則磬之制蓋自周已異矣則是磬也其亦形之一變者歟余得之而縣之簴爲之銘曰

擊石拊石磬以立辨聲輕且清聽之而善

硯銘

爾之爲物吾與友共不事筆墨者置之無用能治筆墨者乃可常用

城北草廬記銘　張聲玠

今夫天地一大蘧廬也人生於天地閒而天地貯之故天上乎我所以覆我無天然後無覆地下乎我所以載我無地然後無載有覆有載若是者可以無廬然而鴻濛開闢即有所謂穴處者矣穴處不已即有所謂宮室者矣日月之所照霜露之所降風雨之所漂搖不藏其身不可也夫廬所以藏其身者也故大廬之中而又有小廬焉豈惟於人物亦宜然波濤之內有窟焉蛟龍之所以爲廬也樹林之閒有巢焉鳥雀之所以爲廬也凡此者皆所以藏其身者也是誠不可以無廬雖然廬不可廢亦不可拘愛一椽而守之必其老死於是而後可也若有行焉棄

此廬矣即返而居之又終保其不行而棄之善視廬者當吾之行也則水之舟陸之車皆吾之廬也當吾之行且止也則郵之亭驛之旅皆吾之廬也無遠無近無暫無久無東西南北之界限而皆以其託爲廬是不可廢者廬吾任其不廢也而何必爲吾之廬不可拘者廬吾妙於不拘也而何必非吾之廬狹也而愈寬無也而愈有家山傳舍之念其猶有動於中者乎城北草廬予賃居五載矣初知爲人有也久之若視爲吾有又久之竟亦不知人有而吾有蓋吾亦視此廬爲水之舟陸之車郵之亭驛之旅而已矣何我而何人哉爰以數語記之於壁並爲之銘曰

城北有廬兮予居其中。滄海一粟兮藐哉吾躬。況非予之所有兮偶然其相逢。然何我而何人兮又何異而何同。望天地之皆廬兮偏南北而西東。隨所遇而安兮羌不知夫去從。意蕭然而無與兮悠然而無窮。心廓然而能大兮豁然而能通。爪之迹兮萍之蹤。蟻之穴兮鷲之籠。於以置之覆載間兮吾身亦何所爲不容。

悔過銘 并序

羅澤南

悔之爲義大矣哉。人稟天地之性以生。日用倫常莫不各有當然之則。惟古之聖人存養於未發之先。省察於將發之際。存天理之本然。遏人欲於將萌。始能無所偏倚。無所差謬。下此皆不免有過焉。白圭有玷。磨之則潔。袞職有闕。補之則完。惟視其能改與不改耳。改之則爲忠孝。爲仁義。入於聖賢而不難。不改則爲邪僻。爲兇惡。流於禽獸而不知。夫無心者過也。有心者惡也。無心而失之。復有心而遂之。則過日多而惡日集。惡大禍烈。噬臍何及。此悔之所以不可不早也。雖然。昨日有過。今日悔之。今日悔之而不能改。明日又將悔今日之過矣。無日不在悔中。復無日不在過中。其與不悔者相去幾何哉。某以愚柔之質。而不自加困勉之功。怠惰因循。莫克自振。仰愧俯怍。何以爲人。作悔過銘以自警。銘曰

不知而爲之。其過猶微。知而爲之。過將誰歸。縱欲牿性。任氣忘規。人雖不知。吾理已違。況乎鬼神之鑒察。人世之議論。尤顯著而難欺。嗟嗟。一言之失。駟不可追。一行之失。藥不可醫。大丈夫行事。當皎然如白日青天。了無塵垢。何獨憧憧往來。不能愼之於先幾。誦聖賢之明訓。守父母之遺肢。懲其既往。救之將來。或庶幾其無大疵。

白人銘

何鈺麟

余客嶺南聞官幕中稱得意者爲紅人失意者爲黑人紅人不屑與黑人交黑人奔走於紅人之門者惟恐後於是乎二者若冰炭之投又若蟻羶之附心甚怪焉余羈旅其閒既無半命之榮復不圖一枝之借無所謂紅亦無所謂黑遂自命曰白人以其在不紅不黑之閒而存其本色也或曰白受采子將由白而紅乎或曰素絲易涅白圭多玷子其早自濯磨庶幾免於黑矣予曰唯唯否否不然易稱白賁无咎魯論稱涅而不緇苟超然於塵埃之表皭然於濁淖之中雖紅如珠黑如漆爾焉能浼我哉乃作白人銘銘曰

羽之白也浮且輕雪之白也飄且縈茅之白也柔且薄水之白也流且盈粲粲門子將何取以成名於羽也取其潔於雪也取其明於茅也取其藉於水也取其淸四者之外吾尤取乎白璧之瑩瑩天地鍾其秀山川毓其英五德備矣純粹以精君子佩之鏗鏗其鳴黑爲元圭紅爲赤瑛豈曰非寶匪我思存維此白人保壽全貞縱心皓然何辱何榮

朱翁傳贊

曹耀珩

朱翁字玉章吾邑十五里西壩衡人與王翁某鄰舊爲性命友往來過從輒經日夕不去所與言相期古處王翁少貧無家年三十治生產田園累數十頃子三人皆籍諸生非其人不妄交獨厚翁一日過翁私語曰吾覘吾子當得奇禍吾不及見矣非金無以活吾晚歲所居積謹瘞之獨不可令兒子知恐一費早盡吾與若異姓同懷微若無可託者他日偕若識其處幸勿洩也翁唯唯越二年王翁病劇招翁至屛左右家人語曰吾旦暮不起向所託難須臾緩矣手一冊固遺金數緦緦誌數言於尾告之瘞處令獨往視識勿忘且曰若年自永兒子禍在二十年

後初逮獄時幸勿言逮勢窮事已無可柰何起其槖乃克濟矣翁唯唯涕洟而起曰而勿慮其不終而言者有如此河翁自王翁之逝緘其口即家人未偶露果二十年其子以葬母故罹於難幾不測議減猶有城旦之罰遷延五七載匱乏莫支欲售其腴產翁曰無庸而父有金曾語我爲爾兄弟今日故也掘圍隙得八百金數月金盡又欲售產翁又曰無庸更有遺者伐盈把之桃掘其下得一千三百金涕泗言曰而善爲之吾可報吾友矣還其父手書之冊翁後年至百歲惜其家微賤未有以人瑞聞於朝者余耳此事久今年十月翁之孫文學元來謁余詢之其言與昝脗合爲之傳贊曰朱翁行事余莫能詳迹其王姓藏

金一節豈不當於古人求之邪世人殉利忘義錙銖之微且揆其隙攫爲已有謂二千金明明知之而漠然無動於中者邪推此意千駟萬鍾弗顧可也史稱鮑叔分金楊震卻金管甯揮金翁節操加數子一等矣且朋友一倫其始也詟患難生死不相背負其後二心至於反復波瀾既墜且下之石者比比也翁所謂久要不忘者與若王翁知其子更知其友俱可云賢矣

程君傳贊

曹耀珩

程君召南江北滁和間人遊京師不一謁權貴所爲制藝詩辭絕工一宦族聞其才賢羅致之命子弟受業焉京師固冠蓋雲集之地凡名士館於斯者懷刺訪友倒屣接賓日不遑給時時索脩金爲酬酢資或以飾冠服程君角巾短褐如山中野客然繡紈狐白之綺麗書畫筆硯之精良藏於庋笥間一取被體曝架儼然貴游非貧也自入館手一卷不出門戶亦絕無一士來謁者口不索俸令節遺之輒曰吾無事需此而姑檢存迨仲冬辭去主人治酒饌爲壽具脩脯百數十金旁及節贐可二百以中落無力竊竊懼其薄而逢怒也程君笑謝不言明日主人往

送旅舍距太平園尺咫太平園者京師第一酒罏也邀主人入四筵豪貴皆遜程君上座賓人左右惟命嘉品畢具既撤不償直遽去邀主人再過舍從容語曰今歲受若託於君子弟無尺寸裨益所贈脯脩節贐置若庋歸檢入吾不敢素餐也主人驚愕婉請者數猶疑其詐反視之封識宛然再投堅不受三至行矣詢同舍客莫知所往張三湘門後寓主人舍視壁間詩辭主人告湘門湘門豪其行舟過其鄉訪識不得甲寅夏爲余言如此贊曰館師硯爲田筆爲耒志將求食也程君自食其力而又必稱其功視伐檀君子豈有異哉徒謂磊落豪舉似古俠客者流猶未深知此君矣

譚生傳贊　曹燿珩

譚生諱士泌字慕鄴世居沔陽與竟陵同系其曾祖中萬歷進士慕鄴以名族子好讀書家雖中落性豪俠視貨財如土論文之暇酷嗜弈親故及四方士夫樂從之游食客滿座樽酒盤飧日費數千錢以是更貧窶游湖之南依余兄弟欲謀生產自給顧太傲岸非文章意氣不通一刺尤嫉權貴人如仇雖宴集酬酢一權貴入座俯首不言甚或拂衣去僦小莊居顏其堂曰免死而已署聯於板曰芸人之田爲己之學此足覘其磊落不羈之素抱矣敝篋中短褐一苙鞋一他無長物所著五經鱗虛臆論史餓說諸帙常以自攜在居停口哦手錄不釋雖賓至不起立與語不答時流叱之某歲宴某氏園林約曰無少長貴賤步屧來一新貴獨後乘車下階除慕鄴怒衝冠大言叱之衆哄然笑某亦面赤不敢言逮入席慕鄴曰爵與齒弗如也吾之尊其德乎夷然自居上客衆又大笑無倫次畢坐慕鄴非甚無禮者蓋甚惡夫車中人有所激然也越二年益無聊吾爲書游揚於鼎岳潭攸諸郡邑其倨嫚不禮及門而閽人辭者爲請謝之有敢題稽喜爲凡鳥自比陶潛是乞兒句遂不復過又嘗錄贈余什遺客詩題書余名見之者詆慕鄴眞狂夫柰何名曹君慕鄴曰此眞俗客耳李白詩飯顆山頭逢杜甫杜甫詩南尋禹穴見李白古人情文質摯故直書名豈不重其友者昝一士官楚方

伯家友夏遣存問伻至前曰吾家譚二郎遣汝書肈吏呵斥方伯遽止之謂非吾友不啻此奴夫以家主儁楊首而無隆稱方伯尊秩爾汝之不顧必一立談一涂翰咸尊奉之曰大人先生大人先生此何理哉浩然決反卒無一當余爲謀館於馬頭衙歲晚持脩脯歸過一貧戶夫死莫殮哀憐之割其半拮据自若嘗易粟誤多斗許負而還之其嚴取與樂善又如此年四十餘死吾里櫬未歸讚曰譚君傲骨稜稜不充詘於富貴不隕穫於貧賤其義命之安素矣窮乃見譚君然則君子殆不妨窮邪

青浦縣城隍顯靈伯畫像贊　唐仲冕

顯靈伯者明崇禎六年敕封前四川左布政使沈公也公諱恩字仁甫上海人宏治丙辰進士授刑部主事忤劉瑾落職瑾敗復官歷雲南按察使時黔國公張甚公不爲屈按其不法事問遣其奴輩二十餘人尋擢川藩廉知蜀兵苦邊餉前後奏減二百餘萬石時楊廷和柄國耆頭請託之書公悉焚之其子慎廷對第一爭致重幣以賀公不禮焉免官家居謝絕竿牘嘗徒步送其師之喪數十里其歿也貧無以斂卒祀鄉賢敕命有云生爲直臣歿爲明神顯靈所由封也廟建縣城並祀黃渡遺像在焉余以疏濬吳松之役寓祠下瞻禮儀容敬獻讚曰

惟大君子正氣篤生嵩降申甫斗垂廉貞鍾材海嶠毓德滬城性涵純直學守忠誠懷方嶽嶽樹品皝皝是有精爽王於神明當其登第試政司刑輒忤逆奄無媿庭爭起官陳臬執法罔傾豪奴必按勳爵皆驚分藩井絡勤恤蜀兵奏減糧餉布澤編氓朝有柄相禮幣從輕因之退位幽居窮營望塵卻步葬師徒行持身節儉振俗奇英龍見蠖屈淵默雷聲存爲方伯歿比列星瞽宗既秩侯社斯靈枌榆相近俎豆惟馨下走于役託庇祠庭載瞻廟貌敬仰儀型丰稜自峻器宇彌清目光電炯眉采山橫日角高廣霜髯拂縈氣兼溫肅胸有準衡化參位育功奏眞平爰攄讚頌用叶鏞笙

東海東磊贊并序　唐仲冕

東海雲臺山古郁州山也一曰鬱洲山山海經注山自江南移來上有南方草木舊在海中與朐山隔海澨爲黑風渡靳文襄治河方略云海日東徙他日必有策馬而上雲臺者今果然矣山勢蟠鬱景物絕佳東崖尤奇峭爲錦屏巖言石壁若屏數百丈雜樹牽綴望之若錦也人呼東磊余剌州時登詠者數矣今偕師禹門太守履勘桑田流連榛嶂太守屬紀其勝因爲之贊云

黔羸胚僉忽鼇爪盤陁蹠磊落重黎冥靈焉託嶁嶭篁肱橐籥陽晉嵎吳朝夋夔虛逐馮蟠躍圭郁東聖產博勒棧巉粲懿鑠

合竹贊 並序

何鈺麟

癸未夏友人羅秋航持一卷示予且索詩披閱之則其尊翁所得合竹圖也竹約三尺餘下一本至中忽分爲二末復合爲一焉亦物理之最奇者吾邑張君中階爲作序命曰祥竹信矣諸名士競爲詩以頌長歌短賦自物摹形無美不備吾不敏何敢復置喙然重秋航之請不敢固辭因率愚見而爲之贊曰

一生二二而一其心虛其體直卓哉此君道協乎易或曰是坤象也所爲靜翕而動闢或曰是離象也所爲中虛而外實予曰嘻不然是直一太極其分也對待之形其合也流形之質陽生

陰而陰復生陽陰陽互根而易簡之理得蓋本乎太和元氣之所生一言以蔽之曰吉

當日題詠者連篇累牘惟先生以此制勝一時名下士俱推倒焉秋航前歲九日與余登拱極樓爲詩酒之讌猶道及之

受業劉邠謹識

中庸讚

趙世景

造物於人厥賦惟均若有恆性厚薄何分蚩蚩之氓所受者薄匪徒氣拘物欲牽縛維彼聖人生知安行不思不勉盡性踐形賢人之學由教而入自明而誠擇善固執擇分學困執分利勉視彼聖人夐乎其遠其始雖異其歸則同極之愚柔百倍其功百倍其功因有成功知行合一是爲中庸中庸之德無過不及小人反之君子則一行由於知問察隱揚執中若舜大知誰方知由於行拳拳服膺卓哉顏子擇善是憑益之以強知仁與勇胡爲後世隱怪接踵用費體微斯道之要魚躍鳶飛莫名其妙道不遠人要之以誠貫乎大小統乎鬼神體物不遺誠不可揜

必明必強我公是勉誠明明誠天道人道理本交通學期深造小德大德至聖至誠條分縷析如絲不棼從天及人從人及天無聲無臭妙幾微焉是有精義撮其大綱悉心研究理無盡藏

育德箴有序　周系英

世俗於生辰率獻諛辭爲壽，君子鄙之。然攷雅頌所歌，史傳所載，古人君臣朋友之閒，燕飲之際，往往有奉觴上壽之文，非苟爲媚悅，蓋本忠愛之忱，用致願望無窮之意，斯頌禱之善者也。平時且然，況覽揆之令辰，又烏可已乎。英侍學　三天，自媿謭劣，未能裨補萬一。茲逢　殿下二十初度，不敢以諛辭進，敬繹昔年　賜額之義，製育德箴五章，獻諸　座右，以爲頌禱。雖迂談不文，要所以致其願望無窮之意，則猶之古人也。儻蒙　鑒此拳拳，曲賜採納，比諸瞍賦矇誦，於以侑觴，有厚幸焉。

於維世哲，篤生秀異，性體淵涵，天姿玉粹，德爲福基，味以道腴。用心若鏡，體妙於虛，匪瑩弗靈，惟昏斯情，澄而廓之，豈不在我。清明在躬，志氣如神，先民有言，請書諸紳。右清心

三極彝訓，大義微言，君臣父子，正鵠攸存，上下千古，編年紀事，治亂興衰，法戒斯備，知人論世，尊聞行知，經經緯史，一以貫之。禹陰惜寸，武耄不怠，努力春華，庶無後悔。右學古

民生疾苦，稼穡艱難，人心澆漓，情僞萬端，生於深宮，錦衣美食，唯諾逢迎，左右近習，中堂千里，睫在目前，往往明哲，猶蔽於偏。兼聽竝觀，周咨博訪，四目四聰，至人所尚。右通今

文以載道，詩以言志，據德依仁，曰游於藝，闡揚義蘊，陶寫性眞，言皆有物，庶乎大醇，不朽之三，毋曰末技，盛漢盛唐，百家同軌，玉佩瓊琚，颺拜賡歌，陳思八斗，甯患才多。右游藝

動作禮義，威儀定命，笑嚬必謹，衣冠必正，治家有法，出言有章，君子檢身，何用不臧。芻蕘之言，端委粗備，所貴少成，日臻純粹，潤身育德，　謨訓昭垂，侍　膳承　歡，長慰　聖慈。

右飭躬

湖南文徵卷十三

湖湘後學[illegible]編

議上

漕運議　　黄　秀

昔夏禹敷土奠川則壤成賦俾九州底貢或浮于濟洛或浮于江淮皆達河而止蓋因帝都在冀三面距河故爾然在當日爲貢所由經在後世卽爲漕運所自昉也春秋時秦饋粟於晉自雍至絳吳開溝於揚由江及淮不過爲一時權宜之計漢代多興屯田未立漕法然議開渠引渭水入河則食粟者益多而漕運不得不講矣唐初創府兵漕法甚省開元間王珙開運道沿

河置倉隨地轉輸劉晏歲運百萬石而覆溺無患汴宋漕分爲四於黃河爲甚近道高宗南渡後嘗作堰以遏汶流喬惟岳復開沙河創二斗門以通水利而漕舟無阻元伯顏始創海運外由江浙瀕海之區汎舟揚帆以底直沽內復自陽穀入境開渠北抵臨淸名會通河是漕運與海運並行也然河渠淺阻裝無多故終元之世惟海運常行而不廢明初海運猶如故永樂時亦嘗行之逮宋禮治漕用潘叔正策仍修會通故道用老人白瑛計築壩於汶上戴村至分水龍王廟四分南流以濟徐淮六分北流以達臨淸相地勢高下而修水利因時日啟閉以爲蓄洩時督臣陳瑄尤籌畫多方良以海險而河平斯其法最善而可久故漕運遂迄今行之勿替獨是言漕運於今日其用爲至亟矣然言漕運於今日其事又有甚難焉者何也京都百千萬戶民若兵暨文武臣工祿糈俱取給米粟於東南用不已繁且多哉第以數千里之輓運十數金之耗費歷長江運河之險遠經年累月始致一石於倉庾又何啻如之況昔有軍運民運之異今則槩用軍運昔有截運遞運之殊今則槩用長運且昔之治水者專治河今之治水者兼治漕河流既導而漕運無阻其道洵兩得也且前此運河滯澀糧艘躭延雖水淺泥淤之故亦由旗丁裝載者太重在官弗能嚴禁侵漁者過多在軍每多拖欠遂令往返遲滯難以利涉輕便耳今則諸陋弊皆已革除仍

於二月過淮七月抵通照舊例冬兌冬開法誠善矣我　皇上自臨御以來廑念河工於武陟之塞決將已告竣則遣官相視思善後有良圖也加意漕務因山左之運道稍有淺阻則發帑興工俾役夫沾實惠也且有總河專其任副總河兼爲理近又設河臣於齊魯閒俾得就近分疆以治已無鞭長不及之虞矣而漕運則總漕倉場兩大臣統轄之坐糧廳與各監督分察之釐奸剔弊官吏毋敢侵欺愛軍恤民公私勿滋紛擾是以七省之遙四百餘萬石之糧皆得常盈於天庾而漕河永作咽喉之計卽至江浙之元纁璣組楚蜀之杶幹栝柏亦可遠達於神京不僅以東南爲財賦之邦此誠歷久不敝之道也又奚必

拘拘以海運啟紛更之說而蹈涉遠履險之途也哉

錢法議

黃秀

先王均財貨平物價馭人事以制國用者莫過於錢錢者泉也貴流通而不滯常行而不竭也昔夏禹鑄歷山成湯鑄莊山太公立九府圜法而錢制已肇周景王鑄大錢單穆公有母子相權之說迨漢初創榆莢錢已屬輕矣後變爲八銖復改爲四銖若比輪失之太重鵝眼失之太輕惟武帝之五銖則輕重最爲適宜至唐武德時有開通元寶與五銖相頡頏宋興鼓鑄於諸路元與明因之而以年爲號則自劉宋始宋開寶以後更一號則鑄一錢迄今猶相沿不易至若中統之楮幣末世之鈔貫又不足論矣我　國家設寶源寶泉二局於京師初令各省鼓鑄

故錢無甚貴甚賤之患後因私鑄者多輕重大小其制不一遂禁直省開鑄令各府州縣買銅遠輸於京都而京局所造制錢分發於外省原以杜奸民私鑄之弊定遠邇畫一之規也宜乎錢可流通而常行矣乃在內既無定價各省亦鮮成值時多時寡錢既弗廣價騰貴者無他以鑄錢專在一方用錢不一其地且買銅者其事爲甚難而運銅者其費又甚繁至於出入轉徙其勞勩更甚而弊竇滋多故也外省買銅或上至滇黔或下至蘇杭程途既已遙渺時日躭延復久州縣勢必違限故銅每難於驟致至京都發錢或水由糧艘陸由車腳轉運既虞其苦侵漁亦不能免而州縣勢不得不另派賠補否則參罰隨之而錢

亦難以足用恐非經久無弊國民兩利之道也為今之計其源宜開也錢需於銅使產銅之地毋禁民采廢銅之收聽民自便貿易銅斤者任商賈往來務照時值不致有抑勒扣減之弊庶買銅不勞官運銅不累民而泉源始不涸矣且其式宜定也方圓厚薄有定法輕重大小有定衡勿論中外遠近其錢一文以重一錢為準不得過小而輕亦不必過厚為重銅無分於青紅斯價無異同省無分於南北庶錢可通行而錢乃能歷久矣然其要總在直省各藩司另開鼓鑄耳各省另開鼓鑄設良法擇能員嚴禁令平物價毋令奸胥奸民以盜鑄滋其弊以低昂異其用以制錢改造銅器惟即其地所產之銅所買之物供其地

所用之錢是錢既不致於匱乏又何虞其壅滯邪如或制錢日廣凡俸工兵餉及存留等項俱以銀七錢三相配搭俾官可給於民民亦可輸於官不特無遠涉搬運之勞無違限賠派之累卽重戥加耗之弊亦不待嚴禁而自息矣足國以裕民通商而惠農可久無弊之道諒無踰乎此者此錢制所以如泉之流通不滯而常行不竭也不然慮銅斤或乏患幣鈔過重如唐之文宗禁天下以銅鑄佛像武宗又詔毀其像之已成者立法紛紛未見其善耳況天地有自然之利必溥其利於四方而物產斯能增萬物有必爭之數惟平其爭於人情而日用乃可弗匱如是而財物倘虞其不均經費倘慮其不裕者未之有也

積貯議　黃秀

稼穡乃王政本務積貯為生民大命從古皆已行之如周官遺人掌邦之委積以待施惠鄉里縣都之委積以卹囏阨而備凶荒立法極為詳盡而王制三年耕有一年之食九年耕有三年之餘是藏富恆在民斂蓄不盡在官也後代有半糴和糴均輸市易之法制每不一而愚謂在官者莫過於常平在民者尤宜於社倉兼舉而善用之其預備必有道務令豐穰先時而足其轉移必有方務令侵漁罔滋其弊且給散尤有法務令窮民獲霑升斗之需至於管理尤宜得人毋盡專制於官吏亦勿概及於閭閻斯所積所貯者行諸一方尤宜徧及天下行諸一時卽

可永垂千古矣　國家休養生息已閱數十餘年　先帝臨御最久深仁厚澤入人至深頻蠲正供以裕民財時發倉廩以濟民生截漕米於東南減糶價於州邑加惠元元既有加而無已我　皇上踐阼之初惓惓以民依為念賑京畿之窮黎豁江蘇之積逋兩湖水偶汎溢則發帑金以修隄防寓賑飢於春築之中而水不為災閩粵歲稍有歉則買米稻以備旱荒多轉運於鄰近之省而民不乏食救荒善政洵屬超越前古矣然賑卹於臨時尤宜綢繆於平日則議及積貯誠今日急務也試言豫備之道常平一法昉於隋之耿壽昌行於唐之長孫平由來已久無如州縣奉行者止視為故事始或勸捐於紳士里民

繼或買補於城邑鎮市保無有勉强抑勒俾小民多賠累之苦者乎惟當有年之時捐輸皆出自誠然不致强派以所難買補則因乎時值不得抑多以爲少而穀納於倉又毋使奸胥高下其手家丁苛索陋規則裕於豐亨者自可發於饑饉而儲蓄爲已豫其轉移維何穀旣多積則陳陳相因自宜出陳以易新乃有司每多虧折吏役復加侵食而豪强且爲兼倂卽有盤查之例分賠之法往往彼此蒙蔽互相瞞隱或捏爲民欠以報或僞爲霉爛以聞而倉廩悉屬空虛誠盡革積弊俾官不敢肆欺吏不敢侵漁盤查必核其實不循虛文受賄賂以欺　國而蠹民則取陳以食農生新以足用而轉輸自可勿匱至於歲遇荒歉

或減價以賤糶必令遠近窮民得受一分之賜毋使商賈囤積計圖生息或煮粥以活衆必使眞正孤貧得飽口腹之需毋令老弱飢餓益增疾苦且議賑議蠲不得加戶口之數目改升合爲石斗而豪强借貸者必取償吏胥減扣者必加罰庶給發不致艱難而中飽侵蝕之患益亦鮮矣至若管理何以得人也如義倉設在城邑者旣有定所而社倉雖可佐常平所未逮然朱子猶謂里社不皆可任之人豈良法必資夫美意歟今誠於鄉村鎮市皆立社倉每處積穀數百石擇殷實淳良之民三四人總理其事則民與民相通易彼必知某也貧宜用賑某也良宜用貸某也男婦若干須計口而授按名而與之豐則收入於倉荒則散出於衆有司年終查核其多寡稽察其虛實倘有細民逋負者則責之總理之人總理有侵漁者有司務稽查得實繩之以峻法速令其賠補不得少爲寬假焉如或有司藉端擾民假公濟私則府道必核實申詳藩司卽指名揭報督撫訪查隨以糾參加之庶諸弊不致叢生而小民均霑實惠積貯之法自可行於遠歷諸久而不敝矣所謂有治人而後有治法者此也不然者徒循其名不責其實則法立弊生安能俾愛養斯民之善政下逮於窮簷而嗷嗷待哺之百姓胥沐救荒之良法美意於無窮也哉

鄉謚議

鄒定周

邵陽文學平園先生以今康熙己丑佛浴前一日告終於先人廬旣殯鄉邑人士畢至拜哭於靈次退適公館集議謚昔柳下之謚以閨壹明道之謚以同產河汾之謚以門人以先生之文與行擬之古徒尙無愧焉詎可略諸於是私謚曰文毅先生余於先生同歲生也聞訃往弔諸人士因以謚議請遂弗獲辭余慨夫今之自命爲文者不少矣而君子或無取焉實弗稱也先生早歲蜚聲膠庠每爲學使者所亟賞然卒無意棘闈廣購書籍博涉殆徧謂聖賢之精蘊存於經經濟備諸史尋討尤精故其箸作不屑事浮靡獨存昭質如慕親堂自述篇情詞眞摯斐

然稱名搆絶非操觚家所克辦此其道德博聞者歟抑先生早孤煢不克自立幼與羣兒嬉遊或有侮之者遽奮然曰我孤兒也苟弗自振拔異時求爲人役不可得豈但見淩若輩乎由是刻苦力學休臥益忘以迄於有成非所謂能自强者邪順治末　王師有事滇黔軍需孔亟民斥產鬻兒供賦猶不給稍後時輒罹奇禍莫敢一置喙先生毅然爲當事陳其狀且請淸派數寬比徵省差催皆從之民賴以少甦及丈畝同鄉以浮糧攖累者衆先生與邑侯蔣明府善又請汰殆盡非所謂見義必爲者邪其謂之毅也又宜雖然文近柔而毅近剛未易兼優也先生生而失恃自幼事嫡母以孝聞每遇苦難事不躬親不樂値歲歉負米數十里外時不食已日餘矣困甚忍飢行歸與母相持而泣事從兄正希君甘脆與共請命而行事然有所不可不敢從也蓋順事者其孝友而堅忍又若此至事所必行有他人縮項斂手而退避者獨任之不疑事成衆始驚服子姓僕從愛憐極篤及有過雖小不貸莫不親而畏之使其得志於時豈非慈惠愛民而果斷難犯者哉世論靈寶許氏父子曰襄毅其眞宏毅士乎莊敏宏而不毅文簡毅而不宏甚矣其難也若先生之謚文與毅也吾何間然

請改邑名公議

陳一揆

爲懇詳更定邑名以昭典雅以頌治安事竊惟海内州邑星羅代有沿革要從一統治安之日酌定嘉名乃足昭垂久遠常屬四縣武桃與沅取義各當惟龍陽二字殊屬傳疑或曰水勢曲折如龍縣治在其陽也或曰因山舊有龍陽名也或曰赤烏十一年黄龍見於縣地亦在陽也夫天下水勢之如龍者多矣何獨以此名縣縣南横山唐天寶中改爲龍陽山則横山古也龍陽非古也至於龍之變化頃刻既不能執地所在而在三國時孫吴割據龍雖見亦非瑞可知矣總之名始自吴相沿已謬加以龍陽君之濁稱士大夫咸鄙笑之何堪久而不易乎按吴以

前西漢曰索縣東漢曰漢壽索之義無考漢壽者符國運也吴以後宋大觀中改曰辰陽辰陽者從辰水之陽如酉水之陽也辰與酉皆據上游而下匯於邑邑地往往稱之夫漢宋之統俱正其傳世又久而縣治東北至今稱有漢壽鄉辰陽村之號就斯二者取焉具徵典雅彼孫氏何必改漢壽爲吴壽而宋季又何必復辰陽爲龍陽乎然則邑之名屢更而當定於今　聖朝御極皆土皆臣如臺灣之設郡宣化沙漠之勒石紀功尤從來所未有一邑雖小版圖係之風教亦係之某等生其地思其義較之迴車不入爲更切則革割據而沿正統定傳疑而易嘉名頌美無疆夫固一代之宏規千秋之盛事也

開礦宜禁議

時奉當事下訪衆議作此應之

王文清

聞往歲有苗民猖獗致煩官兵擒捕者此雖苗民之罪亦開礦之舉激之也湖南土産穀米之外無他物民風則耕鑿之外無他業非若雲貴廣西等處地以金錫爲産民以開采爲資也故往時郴州銀礦屢開屢禁其餘湖南各郡則絶無作俑開采者非不惜天地之利也良以開一礦則官吏受一礦之利而地方居民受害無窮射利之徒每每夤緣賄託奉官票挾官差辦官工木可伐山可殘石可鑿高崖之平路可成墓廬之地脈可斬斤斧之響震天喧譁之聲動地爐竈之煙火蔽日大礦丁夫用千小者不下百數口多則飲食屠沽百物騰貴衆聚則酗酒賭

博厮鬧行兇一呼百應雞飛狗走此地方居民所疾首蹙頞敢怒而不敢言而苗疆與内地同情者也聞往者靖州地方官初議開礦苗民哀求停止不聽遂致傷苗民之心迫苗民之怒激苗民之變初次建廠衆怒來焚焚而又建建而又焚焚礦未已因而揭竿拒捕陷於極刑是此輩本非輕生而礦開必速其死礦之爲害何烈哉且靖州之苗非貴州苗比也彼其樸陋爲風耕鑿爲業近且有讀書入學者其俗與内地相近忽焉犯法至此而不顧者深痛礦之害及身家不惜以死拒之也竊聞湖南此時開礦紛紛名曰銅礦而所煎熬者多係鉛錫及銀蓋射利之徒陽以銅掩國家之耳目而陰取銀錫以充己之私囊官吏

伴爲稽查實則猶鼠同眠互相遮蔽一切不耕不讀不工不商之流結伴爭趨有如歸市一人得意則十人效之一倍方虛又十倍逐之有赤手入鑪僥倖捆載而返者有破產圖利反至流落無歸者得隴望蜀其慾無饜游手招聚田地拋荒竊恐礦廠日擴礦徒日訌柬之則其令不行驅之則其勢難散急之則其狀難馴先朝礦政之壞載在明史可爲殷鑒抑恐言利者或以抽稅銅觔有資鼓鑄爲辭不知我　聖朝梯山航海萬國貢獻國富民阜遠駕千古此區區銅稅捐之於國家何損進之於國家何益況礦利利在鑪戶利在金商利在地方之官吏而國家僅得其萬一毫末之利蒼生國脈坐受瘡痍國家何利焉卽如

往昔靖州之事礦方議開而已致遣兵矣索馬矣調糧草矣製鎧甲器械矣前議犒師後議頒賞矣計此等不貲之費與日後礦稅所得孰少孰多惟願當事鑒察始末嚴敕永禁小民幸甚國計幸甚茲蒙下訪輿議故據實直言之非敢越位建言也

此予壯時所擬作也今數十年矣見其有關　國事因付之剞劂以示後人云

上范中丞利獘條議　張　增

爲遵諭密稟事竊卑職中湘下士末學微員前由舉人銓授溆浦教諭修葺學宮勤舉課藝甫及兩載丁憂回籍起服候補乾隆十九年九月內補授今職本年二月初四日蒙大人親加考試拔置一等俾襪綫庸才異日稍有進身之階感激之私雖竭頂踵無以報稱萬一自三月十七日到任以來卽同訓導潘岱訓迪士子嚴加約束每月舉行課藝陸續解報惟期無玷官箴勵志上進以仰副大人拔取至意五月初四日恭奉憲檄諄切下詢士民習俗若何生計若何何利當興何獘當革倂該處印雜各員優劣輿論如何據實密稟卑職到任未及兩月聞見未

眞不敢妄逞胸臆含糊塞責正在密行采訪復奉嚴檄飭催卑職不敏敢敬陳管見將甯邑利獘愷切詳言之竊惟爲政之道不外興革二端而革獘卽所以興利蓋兩利相形則取其重兩獘相形則取其輕道惟權其輕重而已所謂革獘卽以興利所當權其輕重者一在熟田種麻之獘當議革也甯邑僻處嶺南縣分四路東路盡皆沃壤多植晚稻收穫最多南路次之西路北路更次之其雜糧素無所出惟東路鈔紙南路種麻西路北路出鐵炭鈔紙地方其民皆於農隙男女苦作獲利甚微出炭地方其民亦於農隙肩挑負販差比傭工度日均於農事不相妨獨南路一帶其民不種稻田盡將熟田徧植苧麻十室而九

平疇曠野一望彌際盎緣甯邑田畝每擔禾田種稻不過七八斗價值數錢不等種蔴可獲三十斤價值二兩有奇是以土著異民羣引爲利不思甯邑地方雖廣山多田少卽勤加耕作僅足敷一年之食今縱不能廣種雜糧以備三耕一餘之蓄奈何使熟墾之田化作蓺蔴之圃乎南路如是東路從而效之一邑熟田已去其半一旦荒歉將何以濟其獘有不可勝言者揣其意不過以種蔴之利倍於種稻耳不知田荒則穀少穀少則價昂價昂則雖獲賣蔴之利不足償買穀之苦更兼舟楫不通無穀可買種蔴何利焉彼愚民自不之思耳況山邊荒土宅旁隙地儘可任其種植何必廢熟田以作蔴園乎今若嚴申熟田種

蔴之禁勿令妨耕其有荒山隙地可種者務令盡行開挖廣蓺苧蔴兼種雜糧則不獨獲稻多而價愈減抑且山荒墾而利益饒矣所謂革獘卽以興利者此其一一在私開錫礦之禁當議革也甯邑有瑤岡仙三姑仙二山距縣南五十餘里山徑高險頗稱出錫向未議開誠以礦砂之多寡不可知一經議開而商客鑽營官員踏勘胥役騷擾厰未設而民先病且甯邑出產穀米僅敷日食一經開挖商民蟻集動踰萬計米價必昂國帑之起解無幾而虧蝕侵漁官商坐享其利而百姓陰受其害其獘有不可勝言者其不議開確有所見但近來有射利棍徒潛藏山谷煽誘愚民私行偷挖始猶藏蹤匿迹漸至百十成羣若不

及早嚴禁誠恐將來奸宄竊發貽誤匪輕今若嚴申私開錫礦之禁摘限捕緝輕則杖懲重則詳究庶匪類除而民枕安矣所謂革獘卽以興利者此其一一在補買倉穀之獘當議革也甯邑常平倉穀共計四千八百九十六石有奇每年存七糶三約糶一千五百九十八石有奇本年卑職準縣詳委監糶查甯邑煙民不下二萬三千餘戶一家五口爲率不下一十二萬餘人以一千五百餘石之穀供一十二萬餘人之求雖家賜人益不足饜小民之心卑職監糶惟有曉諭鄉民宣導憲臺德意實力奉行除糧多者不準糴買外謹按花戶人丁多寡分別一二三斗不等逐名散糶且隨到隨給執照赴倉速發早遣歸農勿令

羈留守候俾得均沾實惠稍慰民隱至蠹役之詭名包攬奸徒之囤買射利俱經逐查嚴禁務絕獘端業經發訖詳報在案惟是補買倉穀之法則有尙容請議者甯邑往年倉穀俱由經胥領銀沿鄉派買此實大開獘竇之由何則彼常平出陳易新平價糶補原非累民之事無如經胥挾此官銀視爲奇貨呼朋引類三五成羣突至有糧之家晝則勒取酒食夜則歇宿流連稍不如意者多金壓買飽其谿壑還銀免糴挨門插戶無了無休其有豪強殷富積慣把持者畏勢不敢發親族鄉里素所親暱者瞻情不往發其所受累盡是良民懦士耳甚且侵蝕肥囊假名充領莫可稽查及至減糶之時迺始籤差四出又皆黨羽之

人狡飾扶同而其身巧脫局外種種弊端不一而足名爲平糶實則累民今若痛革此弊莫如照糧均派按查糧册多寡某都某甲某人糧米若干應糶倉穀若干計發價銀若干先造清册然後發銀平糶勿令經胥高下其手其有糧不滿石者免其補買如此則不得指貧爲富詐富爲貧衆擎易舉人心允服將弊端絕而急公樂輸之情不呼而自集矣所謂革弊卽以興利者此其一一在義學延師催收館穀之弊當議革也甯邑有文昌閣義學一所延請師儒選邑中子弟俊秀者朝夕訓誨甚盛事也卑職到任以來兩進生徒而考課之見其英齡有志文藝可觀殊堪造就而館穀有限膏火無資只有城濠佃稅一十二兩

半隴租穀一十一石以爲逐年延師館穀之資數年以來虛應故事所有佃稅租穀俱係館師自行催收半歸烏有呈請差追又多浮費遂致師徒喪氣士習頹然竊思人才裕於樂育士習端於蒙養義學之設所以興起教化儲養英才務定永久之規以爲培植之本其縣中有無無礙銀兩租稅可以撥入以助膏火之資尚須酌議至現在延師館穀應何衙門徵收完足備書恭送館師庶不失斯文體統誠得實力奉行之將師道日隆人才日起進爲棟梁之楨退亦足爲桑梓之望矣所謂革弊卽以興利者此其一以上數條皆甯邑切實利弊卑職愚昧罔達政體仰承大人嚴諭飭催不敢緘默故不覺其言之覼縷也伏候大人應否采擇施行至於印雜各員優劣輿論如何知縣李允性到任半載稟性廉介苞苴不行因在署日少春間代管州事夏初奉調入闈五月初始旋署兩月以來勤於讞決士民引領樂觀善政訓導潘岱精神强健在任十年熟於學務士庶稱之典史董偉到任未及一載素有才能與滁口司巡檢任鈜均屬勤於供職之員卑職到任甫踰三月於各員確無異聞除再細體察以備密稟外並不敢畏縮游移聲張挾制也再查甯邑早稻倍收數年以來無此豐稔晚稻亦有九分光景尚未收穫合併聲明爲此具稟伏候大人俯賜查核臨稟不勝恐懼惶悚之至須至稟者乾隆十七年七月十二日

大禮議

陳聖清

孝子之追崇以尊親也·而非準之於義·則典祀豐於昵而列祖之神不安·明主之剛斷以黜邪也·而苟濟之以私·則宵小伺其間而正士之禍愈烈·世宗以親王入繼大統未嘗爲孝宗嗣·其得尊崇其親也亦宜·然繼體之君有祖廟·在世宗承武宗稱先帝則武宗也·獻皇帝之廟何居焉·厠之武宗之後·不可·躋之武宗之先尤不可·未嘗爲帝·而文而飾之不亦誣其父乎·未嘗承統·而攀而祔之不亦瀆其祖乎·此非以尊崇事其親實以不義事其親耳·考世宗在位英毅自强·而於大禮之議·舉朝刑杖謫戍·幾於空國之正士而去之·張璁桂萼因此致位宰相權傾朝

廷·其後嚴嵩誤國亦坿議禮之說·兇燄彌張皆世宗蔽於私有以致之·李福達以從逆謫戍逃歸更名張寅·復輸粟得官出入郭勛家·事發·勛遺書馬錄囑免窮治·錄劾勛庇奸亂法·科道交章劾勛·此其本事原易明白·郭勛疏言臣以議禮觸眾怒·帝信其言·至於舉朝訊福達事無異詞·帝皆怒而罪譴之·李鑑陳洸之獄罪狀昭然·亦皆以議禮觸眾怒之言惑帝聽·使廷臣訊獄獲罪如出一轍·一蔽於私其爲害乃至於此·使世宗不蔽於私·而以其英毅剛斷反而窮治奸回·其以造國家之福也豈有涯哉·雖然楊廷和等不欲以私恩害大義·是已·至議考孝宗而叔興獻亦非典禮所宜·而有以啟璁萼之邪說也·夫義不得稱皇帝而得稱皇考·不得祔祖廟而得別立廟·以此明·雖天子必有父而即以爲天子父見尊之至·公義私恩原不相悖·稽之於古皆然·廷和引漢宣止追謚悼考悼后·亦即是考興獻之證·引光武止立廟章陵·亦即是別立廟之證·使遂援此定議則世宗所謂務求至當應不過如此·張璁桂萼其何從而構之·以統論世宗承武宗非承孝宗也·廷和既援兄終弟及之議·則同祖之弟皆可云·反何以必考孝宗而叔興獻邪·爲人後者爲之子·孝宗既有後矣而復以世宗後之·是誣孝宗爲無後也·且將置武宗於何地·夫禮緣義起·爲孝宗後而稱本生之父爲叔宜也·未嘗爲後則豈其然·今方詔議追崇其父·而獻議者乃竝欲不父其

父·亦大非人情矣·惟當日援据失實致大拂世宗意·而璁萼因乘其隙反得坿正義以肆邪心·至於激之愈甚流毒不已惜哉·抑嘗考閔弟僖兄三傳皆以父子爲言·然則世宗承武宗與父子同乎·伏讀春秋欽定彙傳引羣議·論兄弟相及·昭則同居昭穆則同居穆·廟制與父子異其義精矣·且三傳所言君臣之辭比喻之文也·禮不可以親親害尊尊·又豈可以君臣而瀆父子之倫乎·或又曰繼統不繼嗣當以張璁之說爲正·不知當日錯處在誤以世宗承孝宗耳·果爲孝宗後又豈論育養不育養哉·張璁之說原意在逢君以圖富貴·究於繼統典禮全無深切著明處·致使端人受禍·羣邪蜂起·轉相迷謬·其辠何可勝誅哉·

族譜書法　羅天閶

譜而大書名爲綱細註字爲目妻若子屬焉忠臣孝子賢母節婦必書所以立人極而扶天常也文學行誼必書人材不易得也好善樂施亦書於人必有可濟也著述必書爲其苦心力學發前人所未發而可以教後世也科名祿位必書揚名顯親也誥敕封贈必書寵錫光榮也納粟奏名必書重名器也其人倘存雖美行不書蓋棺而後論定也生某年卒某年必書人之始終也葬地必書不可不識也子孫從祖父曰祔妻從夫曰合祔合必詳左右遠近懼後人不識也生曰娶死曰配有繼室曰元配重敵體也曰繼室曰側室分貴賤也而所生子女各屬焉夫

死而再嫁者有子書某子於夫葬後曰子某母某氏義已絕於夫而猶母云者天下無無母之人也無子書曰已娶嫌未昏也娶妻曰某人之女明所自出也女嫁曰歸某人明有家也娶再醮之婦曰娶某婦曰婦云者明非女也女再嫁書前婚從一而終再嫁非母家所得主也無子撫子曰以某兄弟子爲後出爲人後者曰出爲伯叔某爲後興滅繼絕之義也撫異姓子則不書懼亂宗也撫同姓而昭穆不相當者斥歸本宗懼亂倫也出爲異姓子必書冀其歸也卽爲僧道亦書望其反也遠徙外省者必詳書其人雖不反或其子若孫不忘本得有所據而歸也甲戌以前不盡以書法追改者世遠無徵疑以傳疑也凡此皆天理人情之可以感發人心可以懲創人志庶幾有補於家教之萬一云

岳州築隄開田議

吳思樹

岳州城之下抵城陵磯中山名七里山自城至此適七里也由城至七里山皆行古隄上隄高三尺寬四尺長可六七里中渡一石橋橋高三四尺凡隄內之水皆於是出水無源不常流春夏積雨時洞庭大湖過隄下大江扼之則湖流斜注大江倒灌由石橋空中逆而上凡隄中數千畝之地皆湮於水訪之居民每歲水漲時隄上猶可行其沒隄之水不常有水即沒隄湥不過二三尺常憑高望之內外皆水隄如一橋直至於七里山隄以古而堅若再加之一丈則水不能沒塞其石橋之空則外水不能入所患獨內水耳內水有二道一自南來下注之然其來

至城北九華山側則舊有大池闊可二三十畝塘壋猶存一自東來橫貫之然其來處兩山相對口甚窄築之可爲池此二池者以消內水上流旱則閘潦則閉如二池已閉而水猶溢於地則七里山下形勢低而窪於此留爲瀦澤以消內水下流又修隄時隄上加一丈則隄內之溝亦湥一丈皆可以受水俟外漲稍退如石橋塞處留一水門放之水漲不退內水不消則教耕民爲無數小溝入隄邊大溝多用桔槔或泰西水車可翻而注之江矣此開田消水之說也蓋此與岳城南南津港之地不同者彼地當大湖內有大江水流不隄則外水入隄之則內水溢與此迥異不可以彼而廢此也修隄之算隄長六七里以古法三百六十步爲一里計之六尺爲步乘之每三百步爲一百八十丈每六十步乘之爲三十六丈合七里二千五百二十步乘之爲一千五百一十二丈每丈須加一丈每人寬丈長丈能日加一尺六寸凡六日可加二丈合一千五百一十二丈其爲九千零一十二日以每日人工七分計之爲六百三十四兩九錢而水門石閘當值二百金縮古贏今拓餘補朒加之得千里足矣凡用一人一月可完五丈用三百人一月可完一千五百丈此鳩工庀材量地紀日之說也隄內之田凖古法縱橫一里開方九百畝之法約算七里當得六千三百畝除斜狹不足當得五千餘畝畝收二石當得穀萬餘石石凖五錢當得五千餘金

今棄爲灌莽瀆漫之墟魚鰕之所遊牛羊之所牧甚可惜也抑更有便者暫於巴陵帑中借千金不待穀熟而償耳但於募耕時用民間佃田法每畝出銀二錢視民佃爲甚輕矣且其地勢平溝塍甚易民必樂爲之五千畝之田可即得銀一千以完帑項是不費一錢而收無窮之利若得此田召耕人受二十畝有田者不得與可養二百餘無告之家以若干畝爲府田若干畝爲縣田凡驛傳之夫費徒卒之月糧書院之膏火生童考試之卷價一切取給於此若干畝爲學田爲師生及貧生之資是上可漸增稅額不費國而有益於國下可積儲義倉不勞民而有益於民一舉而數善備誠不可失已

邱氏非左氏後駁議

謝振定

蓋聞宗法廢而姓氏之原紊三代以前姓與氏分爲二戰國時以氏爲姓及秦滅六國子孫皆爲民庶人各氏其氏而姓氏之失於此始兩漢姓氏學不甚著魏立九品中正法設簿狀以備選舉遂專以門廕相高至李唐重八姓而姓氏之論乃盛行大抵以地望五音字體爲主援引附會猶相沿矜尚門第之遺風焉論姓氏者皆原於世本公子譜風俗通義等書其實亦不外乎左傳因生賜姓胙土命氏及以字以謚以官以邑之說後乃推而廣之至三十二類如以鄉以亭以技以事以次以族以凶德以吉德諸目類益繁論益密而穿鑿支離不可究詰其勢則然也自宋以來姓氏書軼遺略盡即唐林寶之元和姓纂僅僅附見於永樂大典中固未爲全書也且其書奉唐相李吉甫之命所著祗二十旬而成斷難洞悉源流具臻美備故於國姓無定論於自姓不知所由來已見譏於鄭氏漁仲博雅者當不其然而乃奉此以爲姓氏之金科玉律也可乎哉風俗通義姓氏編固久軼然亦附見他書其所載邱氏爲左邱明之後尚見於廣韻實非無據不得泥姓纂所不載而疑之即所據廣韻云邱氏惟河南之邱爲左邱明後河南與齊魯鄰何以知其與肥城之邱豪無比附邪至左氏精舍出於故老之流傳歷代守土者祀之或亦有所秉承如以邱堂敘文鄙淺斷爲非漢人筆則邱

堂固不以文名者當東漢之時焉能盡天下之人而筆勢全歸於醇古也耶夫姓氏以譜牒爲據譜牒以墓地爲據左氏墓在肥河鄉都君莊又名衡魚邨其地名里數既與魏書地形志唐元和郡縣志宋太平寰宇記脗合又其子孫世守邱墓聚族而居相傳已七十餘代雖其詳不可知要必不始於近時豈有逆料其後必有博士之設而預冒一祖以爲之地乎如以邱氏非左氏之後能盡逐其子孫於異地而令其別立一祖乎左氏而不立博士則已左氏而立博士則舍守墓之邱氏而誰與歸且夫譜系之難詳也楊子雲之於晉楊侯司馬子長之於程嬰沈休文之於沈子嘉白樂天之於白乙丙文人襲訛往往有之斷不能於千百載後一一而是正其眞贗故邱氏之祖邱明亦猶叔氏之出其叔皮氏之出樊皮員氏之出伍員其子若孫既有所受之仍宜因仍其舊也我　朝爲左氏設奉祀生以肥城邱姓主之蓋因宋祥符初封瑕邱伯時已有令邱姓承祀之舉亦如東野氏爲伯禽第三子得以奉祀周公是皆据邑乘之所臚允大吏之所請酌古準今類非臆斷何得竟議其誤邪案古今氏族譜以邱明爲左史倚相之後而明方氏通雅所載單姓邱者不盡出於毋邱引孔平仲雜鈔云左邱明本邱姓李太虛言湖州人有發古冢得碑者紀南朝邱遲爲左史邱明之後王元美駁之亦不知邱明之確爲左姓又言孟奇亦有邱明不姓左

之說據此則邱明爲左史倚相之裔與邱氏爲邱明之後昔之人亦嘗言之不盡出肥城邱譜之杜撰矣嘗謂考古之士與其以意軒輊毋甯愼言其餘如啖助趙匡謂左傳非邱明所作或以爲六國人作或以爲出於子駿或以爲出於三晉辭人之手亦不過姑存之說不得撤左氏學官之立西廡之享其卽疑以傳疑信以傳信之微旨也歟要之考宗族則他人不如其子孫之審核情事則懸揣不能比守吏爲詳左傳一書瑕瑜不相爲揜然其有功於春秋則古今人無異辭漢建武中嘗立李封爲左氏博士矣李封非左氏後也有能世守其墓者則以之奉祀也宜卽以之襲博士也亦無不宜不然據殘闕之書而欲更邱

氏世世所奉之祖是烏足以服子孫之心又烏足以垂百世不刊之令典也哉謹議

浦市善後事宜議

嚴如熤

浦市風檣雲帆煙火萬家東南一大都會也而西北南三面皆毗連苗境貨賄堆集旣啟奸徒垂涎之心地勢坦夷又無武夫當關之險一有苗警受禍最烈沅瀘當其下游不免風聲鶴唳之警去歲屢經焚掠商民畏苗如虎賴當事焦心勞思兩載籌畫念人非險莫憑修大堡而纔安矣堡非人莫守練鄉勇而纔固矣然將來大功告竣官兵盡撤鄉勇亦不能久糜國帑堡內固可安堵堡外民寨壠浦溪蛾眉灣各處則難保其絕無苗警各處果有滋擾則堡內亦必人心惶恐土著之家不能安業遠來之客不肯停販且僅存堡內則本市規模狹隘卽邀天之倖

苗不復來而市廛已難復舊又況苗人貪狡成性經頻頻得利之後心中無刻忘市勢同壘卵危如巢幕安得忘遠慮而致近禍哉鄙意爲此方畫久安長治之策莫如於見在大堡之外更建三小堡市正西之瓦寨壠地勢高傲拊市之背就民居形勢度之周遭不過二三里於此閒成一堡則可以當高山坪楊球坪苗來之路市正南之浦溪爲本市左臂東之釣坡園及沿溪而西有水可憑祇須用一圍牆建堡從黃泥橋起至巖壠頭止約不過三四里此堡成而南自殺人溪軍屯小顏坪西南自硬山長坪高壠頭之苗路俱截斷矣市正北之蛾眉灣爲本市之右臂如築堡由新橋繞巖子坡至舊衙上手河坎而止亦不過

二三里此堡成而青竹坪花園坪之苗路有以當之矣燈且就建三堡之利而言之大堡固雉堞連雲而堡外一無可恃則尙屬無援之孤城有三堡而星羅碁布聲勢雄壯爲全楚之雄藩一利也三堡基地居民不敢起造房屋數年後荆枳自生狐狸所嘷豈不可惜三堡成而漸次居住今雖廢墟日成樂土二利也本市貿易要地爲各省商民所戀殘敗後來市者不敢復挾重貲卽間有所挾亦寄頓舟中不肎住市買賣三堡成則外有所捍而大堡可以高枕無憂遠商自當放心貿易闤闠日盛三利也浦市後頂大朝山之脈前環以大江形家稱爲盛地但地勢渙散三堡成而前後照應左右迴環於收藏之中寓透露之

致風水更美四利也至遇苗警之時近浦東村民可辟入浦溪堡西北村民可辟入瓦寨蛾眉二堡分居各堡免聚處而生疾疫而村民與堡民相兼防守卽備堡內佽助之兵役五利也夫於浦市上下十餘里屹然而峙四堡無論鼠竊殘苗不敢存覬覦之心卽使勾結大隊欲分攻四堡則萬萬不能大堡建三望樓三堡各建一望樓瓦寨堡則就印家橋修甬道以通往來蛾眉灣堡則就新橋修甬道以通往來浦溪堡則從吉家頭築園牆以護往來遇警則於望樓鳴鑼吹號指示埋伏堵截而從甬道暗傳消息分之而爲四合之而爲一望之如五花八陣而實具率然之勢各堡人自爲戰固地小而易守大堡得三堡爲屛卽地大而亦可固此議果成本市數百年之福也至經費所用約計三堡之貲與大堡相埒市中舊多殷厚而經苗變之後元氣俱已損傷卽三堡內見在有屋之家亦不可過爲派累總之爲合市計全安而不宜心分畛域見薄收釐頭之議卽可通用於鹽鐵花蠟各貨經費籌之商貨庶瘡痍之居民不病夫流俗之情可與樂成難於謀始今使爲地方謀安全而必重困此一方卽不爲之可也且使於商貨謀蠅頭而將微潤乎己囊卽不爲之可也周別駕實心實政久爲地方所服信如飭主持於上而擇市中公正殷實之紳耆俾疇司入數疇司出數疇庀財而鳩工堡工告竣卽將釐頭停止上不費國家公帑下不藉難黎

之家私而令東南大都會永固金湯古人銅柱盛業垂之史冊者不過如此矣

覆汪大中丞清理虐政議

唐仲冕

本月十五日接奉憲札指示年歲收成當先清理虐政以迓甘和分列四條剴切告戒仁人之言其利溥哉迴環紬誦反覆紬繹恍如甘雨和風來集紙上仰見執事體　聖天子中和位育之庥著官箴而恤民隱非尋常文告所可比也伏念海州地瘠民貧十年九荒非獨郎綏自舊歲小稔新麥登場民始知有生業樂於輸將然去秋今春雨澤愆期卑職登山浮海以求之幸而得雨誠如鈞諭所謂臨時引咎禱求事後追悔補救今蒙執事誠求豐歉之由確示感召之要撫躬循省踧踖難安謹就四條情弊據實登荅不敢作一欺心之語伏查班房久經禁撤

而猶陽奉陰違者貪者藉爲恐赫取財惰者任聽胥役索詐卑職入官以來頗以廉勤自矢除小竊賊犯拘夥弔贓暫行管押俟結案發落外其餘詞訟案件從無羈押之累每遇準理差票必酌道里遠近人數多寡硃限某日解到郎於是日審訊更無送卷挂牌等事以致耽延儻或逾限重責原差又隨時密查各飯店客寓寺觀等處恐有寓居訟事之人或兩造已齊而原差不稟到者立予嚴懲至於審理斷結郎令釋回或案難率結準取的保亦並不聞有取保難行之說也枷杖例有定式歷任所經江南多不及式江北或稍過之亦不至板重十餘斤枷重百餘斤如卑州僻處海濱界連東省間有曳刀私梟匪犯情重法輕者若以蒲鞭示辱反致水懦民玩地方官德不足以化民雖不得有慘酷之實亦不可無嚴威之名卑職素性慈柔人多慢易勉爲峻厲法在必行故得兇徒漸戢頁善稍安然如連根之杖數孔之枷任意敲扑累日疊責等弊亦不敢故爲殘忍致攖禍尤若夾棍之設原爲重犯狡賴而用平常訟件藉以取供必成鍛鍊歷官十餘年從未輕用比較代杖江以南多有之官吳中時深知此弊不肎墮其術中勸諭徵輸雖間有賠累亦有糧則稍重民力未紓未盡催科之拙也此地則權其緩急年清年款無所用其比較凡此四者皆足干陰陽之和召水旱之災且明有典刑幽有鬼神計惟奉鈞札於座右朝夕警惕勉而行之

以期實效抑卑職竊由執事清理虐政之意而推廣之獄訟繁多易滋拖累胥役肆擾鮮獲戢休大約易準難審則訟師逞其伎倆多差少解則胥役恣其誅求親訊呈詞以察其端倪勒審速結以絕其支蔓不轉票不添差以省紛煩訟師工於搭臺倘詞近架捏必究暗中主唆之人以靖險健之習差役擅持鐵索苟案非命盜必標不許用鎖四字以斷嚇詐之緣此固尋常治官之法而以實心行之或亦清釐庶獄之一端乎要使百姓無生怨惡斯四時自協雨暘伏惟執事本愷悌之懷釀和平之福卑職不能導迎善氣又安敢稍涉浮辭惟望采擇施行俾吏盡其職民安其生則非特卑職一人之私幸也

與鄉耆約減糶弭亂議

鄧顯鶴

道光十有二年歲在壬辰湖南猺逆趙金隴作亂吾邑穀價驟貴石粟值錢二緡所在聚衆揭竿搶劫民倉縣官日行酷暑烈日中周歷村落彈壓拴治桀暴者至敢與官抗四鄉洶洶吾村幸安堵如故且相誡曰毋嬲鄧先生也嗚乎余德不足以服衆而鄉之人顧乃愛重信服如此豈平日眞能修德於鄉有以默化之邪亦蒙其矜憫而已先是余亟約里中存穀家與貧民之待糶者同日赴近村之十里鋪而先召存穀者密語之曰天災流行何國蔑有鄰境遏糶尙申盟誓矧同鄉井忍坐視其爲餓殍塡溝壑乎以情理論之閉糶不祥夫四鄉之所以洶洶者以

富家謹守葢藏抵死不肎減價其意以爲奇貨可居乃不崇朝而倉廩一空此雖罪在亂民實爲富不仁者之有以自召今邑中若此擾攘諸君尙欲積粟以賈禍乎以時勢論之禍在眉睫閉糶尤不利諸君顧慮不及此抑何愚也爲今之計急宜減糶以恤災且以息禍諸有穀者皆唯唯乃出語貧民曰富民之昂値求贏咎固不容辭然遂聚衆劫掠與白晝殺人者何異　朝廷三尺法在罪不容赦且聚數十百人而劫一家人獲幾何以升斗之粟致令全家受桎梏之苦羅搒笞之毒甚且不能保其首領亦何自戕其生之慘也若等悉良百姓我爲若平糶以給旦夕之需能從我約可乎衆皆唯唯方是時余家貯穀無幾爰與從子琳計口留糧劣供饘粥賫餘悉減值糶之或有背負稚子手持百錢求易粟斗許者則哀而予之不計値於是里中稍稍存穀者皆平糶一鄉皆帖然無敢倡爲亂者嗚乎當饑饉薦臻之歲余家存穀僅戔戔耳而一家老幼婦子皆賴以活一鄉顚連困苦嗷嗷待哺之衆亦得余爲倡而胥賴以存此可見稼穡惟寶餘九餘三之式宜籌之於早亦以見吾鄉地雖貧瘠俗尙渟厚爲極可憫可恤可親可愛之至矣然鄉使余家不有薄積首先出糶亦難以口舌爭然則世之足穀翁何憚不爲積善之行而必以身殉財邪是亦愚之甚矣洪範五福次言富而申之以攸好德言乎旣富則必好德而後長保其家亦言旣富則

易行德而非虛有其願夫窶人子矜言利濟有其心而無其具惟富而好行其德者乃可以暢然滿志故嘗以爲天下之患不在細民之窮而在富民之窮善治天下者務使富民寬然有餘斯窮民得所養而不致失所假如一郡能多得富而好德之人則一郡之窮而無告者皆可望其周恤而安全之使之相維相繫不致流爲盜賊而馴至於寇亂一鄉能多得富而好德之人則一鄉之窮而無告者皆可望其周恤而安全之使之相維相繫不致流爲盜賊而馴至於寇亂故富民者窮民之命國家之府朝野上下元氣之所關匪細故也顧無如世之爲富不仁者比比也不亦重可慼哉

祀何忠誠公於湘潭流水橋議

鄧顯鶴

明督師何忠誠公之殉節於湘潭也其地爲流水橋槀葬在是後雖啟殯遷去而精爽長畱潭人言月夜嘗見有紅袍玉帶倘佯橋畔者公之靈也先是公部將張熹官者襄陽人有膽略以都勻右營游擊從公於武昌公任之篤左良玉之變聞公投江奪舟追及正漁舟救公於關將軍廟時也自此展轉從公累功晉都督同知戊子代鎮將胡一清駐武岡時武岡再復公親書送行詩云江南江北望如雲嶺表孤峯帶夕曛報國惟憑心與力勤勞今日屬將軍熹官至武岡未久聞長沙變領所部從衡嶽後山夻援抵花石而公盡節已五日矣熹官聞大哭墜鞍拔

佩刀自刎爲其下抱持慰止（張氏家傳云抱持者同官胡躍龍也）少間飲泣大呼曰公尸未得官何敢死乃馳詣湘潭與老僧沿河行索得之於流水橋（其地在今湘潭十四總）親負之出具棺用常御袍帶以殮舁瘞於橋岸雙柳樹下於是熹官遂誓死守公殯不去爲潭人矣屢致書公子文瑞曰主帥死忠裨將收骨分也熹官所以久於潭而不去者以當日覆一抔土者惟熹欲畱以待公子之至親指其地白之有司乞公骸骨歸邸土與殉節夫人合葬然後公之一門節烈砰訇照爍於天壤而無憾蓋公配王夫人亦聞公喪而以死殉者也其後湘中有水災熹官卒遣人往五開迎公子凱及從子之玉來潭（張氏譜其年乙巳蓋康熙四年也）引至瘞所痛哭展祭待啟當瘞公時其祕其處惟故守備曾啟先衡陽丁德所豆腐家老暨老僧與熹官弟某僕老冬數人知之至是相與啟函顏色如生雙眸炯炯項下長新膚棺中衣不解帶體全蛻出咸驚詫稱異靈車既發熹官擗踊哭送謂公嗣曰熹官十七年心事今日始盡所望於我兩家子孫者建一祀於此地則公精爽常在湘天矣今越百八十年祠祀未建其地且爲市人侵占欲求流水橋雙柳樹遺蹟無有能言其處者余重刻楚寶時憾吾鄉表章忠義之典未盡也曾發其端於增輯中嗣又爲邦人上官數數言之以謂公撐持殘局盡瘁湖南其心則崖山之心其志則文山之志與史忠正之殉揚瞿忠宣之殉桂同例今揚州之於史

桂林之於瞿春秋享祀奔走恐後而湖以南獨無半椽一楮之奠如之何其可也今聞潭人有稍稍議及此者但公殯地久湮廢驟難規復議別建祠於他所余謂公神無不在然其精光不昧時隱見於古橋雙柳閒非祠於此無以妥公靈也彼都人士致多君子終必有起而任其事者故書公墓而詳及之謹議

遷祀甯鄉令邱公暨邑中殉難一百三十六人於北郊義士廟議　　鄧顯鶴

邑北郊有故邱公祠，祀前明甯鄉令邱公及邑紳士殉難一百三十六人。祠建於明邑侯黨哲，歲久荒廢，無可稽考。乾隆二十八年，陳文恭公撫湖南，檄侯令可儀求其地不得，乃就北郊靈官廟側義士廟故址重建，即今祠也。嘉慶十三年謝侯攀雲、二十年王侯餘英前後補葺，祠以是不廢。道光七年，顯鶴來鐸斯土，故事，歲春秋學官率弟子員修祀事於其祠。至是見其地勢偪仄，庭宇卑陋，慨然思所以更之。辛壬之閒，邑諸君子奉功令建節孝總祠坊於北城外，陰陽協相，基址宏敞，意欲因利乘便

遷祀邱公於其左，而高大其垣墉，增廣其堂廡。徧商之邑君子，詢謀僉同。蓋公與百三十六人忠義之氣在人心，而都人士秉彝好德之良尤不盡昧也。謀未定，會江華猺醜蠢動，邑當孔道，軍書旁午，當事無暇他及，議遂寢。久之，遂無有過而問者。竊嘗論之，明季流寇之禍，凶燄熾天，所在皆望風靡，而公以無城可守之甯鄉獨當其衝，慷慨誓師，捐軀遂志。而其時荷戈赴難，萬死不顧，甘以身殉者，又皆莘莘俎豆之士，至一百三十六人之多。後之過此都者，式其城可也，而況親爲其編氓、同里子姓姻婭，有不欷歔憑弔，求所以妥忠靈而永肸蠁者乎？抑余重有感焉。昔李忠節、蔡忠烈之殉潭州也，賓客僕隸皆樂爲之死，二公後先相望，彪炳史冊，錫予美謚，載之祀典，潭之人無不知有二公者。然二公之名在天下，亦猶其在潭也。公於二公之死同，又益以百三十六人同殉之烈，而前史不書其名，方志竝逸其事，易名之典缺如，表忠之祀行廢，伊可傷也。又況先邱公而殉者，有攝縣事之府經歷莫君可及與其子若鼎、若珽，而義士廟復專爲捐軀捍賊之砦官余君昇設，其事均見堵文忠公所爲憶江樓詩。今邱公之祀幸存，而義士之名反佚，經歷之祀無聞，鬼而有知，能無怨恫？且此百三十六人之膏血北郊者，半已姓名沒滅，蕞爾一祠，不及今維護而更新之，再閱數十年，恐遂夷爲平地，而百三十六人之英魂毅魄與邱、余、莫三公之精爽英靈

同湮沒於荒煙蔓草中而莫之知也，豈不哀哉！所望邦人君子、故家大族，各解私囊，同襄義舉。顯鶴擬通詳大憲，上其事於史館，請謚錫祀，以闡幽魂，以光盛典。謹議。

湖湘後學集編

議下

增祀聖門仲孫何忌七賢議　王泉之

竊惟重道崇儒首隆禋祀、發潛彰憲端賴表揚、孔門從祀諸賢、自顏子而下七十六人、惟公伯寮秦冄顏何見於司馬遷史記、蘧瑗林放見於文翁成都廟壁畫像、明臣張璁疏正祀典以公伯寮秦冄顏何蘧瑗林放五人不載於家語七十子之數、俱請罷其從祀、改祀瑗放於鄉、雍正二年我　世宗憲皇帝特諭禮部衙門曰、祔饗廟庭諸賢、皆有羽翼聖經扶持名教之功、

然歷朝進退不一、而賢儒代不乏人、或有先罷而今宜復、有舊缺而今宜增、　敕下九卿翰詹國子監科道等會同詳考定議、時廷臣議改祀於鄉之林放蘧瑗鄭康成鄭眾盧植服虔范甯、及罷祀之秦冄顏何戴聖何休凡十一人應復祀、孟門弟子樂正克公都萬章公孫丑漢諸葛亮唐陸贄宋韓琦尹焞黃幹陳湻何基王柏元金履祥許謙陳澔明羅欽順蔡清　本朝陸隴其凡十八人應增祀、嗣奉　上諭、宜復宜增必詳加考證折衷盡善、使萬世遵守永無異議、廷臣再議戴聖何休鄭眾盧植服虔陸贄韓琦毋庸增祀、又請將孔子弟子縣亶牧皮宋儒魏了翁元儒趙復一併增入從祀、是我　朝於諸賢諸儒有功聖道有裨名教者無不　特沛殊恩咸予祔享、誠曠古所未有、泉之於公餘之暇研習經史、竊見孔門弟子尚有載諸論語孟子禮記左傳家語史記諸書、不與家語七十子之數、而確爲孔子弟子者七人、曰仲孫何忌曰孺悲曰惠叔蘭曰公罔之裘曰序點曰顏讎由曰孔璇、考之聖裔孔繼芬所述、襲封衍聖公孔昭煥闕里文獻考刊本載有仲孫何忌等十二人、內除仲孫何忌之兄仲孫說考之論語子謂南容章朱註、南容孔子弟子居南宮名縚又名适字子容謚敬叔孟懿子之兄也、是仲孫說卽係久經從祀之南宮适、幷非另有仲孫說其人者、餘如見於莊子之常季晏子之鞠語、皆爲經傳論孟家語史記所不載、而魯

峻石壁畫所繪之子服何雖卽子服景伯、見於論語公伯寮愬子路於季孫章之註、第無弟子確指、皆不敢濫擬瀆請、卽禮記所載之賓牟賈雖有侍坐論樂之文、然亦無弟子考據、文內又有孔子稱賓牟賈爲吾子之處、查之載籍孔子稱門弟子無稱吾子者、亦不敢遽請從祀、至如仲孫何忌載在左傳孟僖子云若獲沒必屬說與何忌於夫子、使事之而學禮焉以定其位、故懿子與南宮敬叔師事仲尼、杜註說南宮敬叔何忌孟懿子皆僖子之子、載諸家語者有云南宮說仲孫何忌既除喪定公命之、辭曰先臣屬家老使命二臣必事孔子而學禮以定其位、公許之、二子學於孔子、則仲孫何忌之爲孔子弟子明矣、載諸禮

雜記者有云恤由之喪哀公使孺悲之孔子學士喪禮士喪禮於是乎書鄭註云時人轉而僭上士之喪禮已廢矣孔子以教孺悲國人乃復而存之是孺悲之爲孔子弟子又明矣載諸家語子游傳者有云子游特習於禮嘗從孔子適衞與將軍之子蘭相善使之受學於孔子考之禮記檀弓蘭卽司寇惠子將軍文子之弟惠叔蘭也家語所稱將軍之子蘭似係將軍之弟惠子蘭而佚其弟惠二字遂致承襲之誤是惠叔蘭之爲孔子弟子又明矣載諸家語觀鄉篇者有云孔子退而與門人習射於矍相之圃射至司馬使子路執弓矢出列筵又使公罔之裘序點揚觶而語射旣闋子路進曰由與二三子者之爲司馬何如

孔子曰能用命矣其載在禮記射義者大同小異則公罔之裘序點之爲孔子弟子又明矣載諸史記者有云孔子以詩書禮樂教弟子蓋三千焉身通六藝者七十二人如顏濁鄒之徒孟子云於衞主顏讎由朱子註顏讎由衞之賢大夫也史記作顏濁鄒則顏讎由之爲孔子弟子又明矣載諸家語叔仲會傳者有云叔仲會與孔璇年相比二人迭侍左右孟武伯見孔子而問曰此二孺子之幼也於學豈能識於壯哉孔子曰然少成則若性也習慣若自然也則孔璇之爲孔子弟子又明矣夫道莫大於五倫文莫備於六藝禮樂尤君子所斯須不去者也仲孫何忌受父命而學禮故孔子於問孝而猶以無違喻之孺悲學士喪禮於孔子俾已廢之禮國人復書而存之惠叔蘭以子游特習於禮與之相善因之受學於孔子子游正其禮於身後師友之成就者不淺也射爲六藝之一矍圃之射觀者如堵牆弟子之與射圃者不少也夫子獨命裘點二子揚觶而語以繼子路之後非以其容比於禮節比於樂乎家語弟子篇所載七十七人無顏讎由亦無顏濁鄒之名史記稱身通六藝七十二人而以顏濁鄒冠之則其受學於孔子不得僅以三千徒衆概之矣孔璇雖幼與叔仲會迭侍夫子左右亦可謂彬彬有禮矣較之載於弟子篇無言行可考而僅存其名於左郢石處顏相秦祖諸賢不尤彰明昭著邪且仲孫何忌與南宮适同承父命受

學於孔子今祀适而遺何忌孔璇與叔仲會同侍孔子左右今祀會而遺璇惠叔蘭與澹臺滅明同爲子游所取之友使之受學於孔子今祀滅明而遺蘭孺悲學禮於孔子而士喪之禮得賴以存林放問禮之本而儉戚之宜於焉昭著今祀林放而遺孺悲如謂取瑟而歌曾見拒於孔子彼鳴鼓而攻者不亦嘗見絕於孔子乎不知孔子之不見孺悲在未學士喪禮以前也儀禮士相見禮疏載古者士相見必由介紹孺悲不由介紹故孔子不見若旣學禮是師弟也常見何用介紹朱子以學禮在前見拒在後是儀禮疏全未寓目致令聖門首先傳經之賢不列禋祀謂非朱子謬解論語之過乎矍圃之射子路列筵於前公

罔之裘序點揚觶於後。孔子皆稱之。能用命。子路久躋十哲之祀。而裘點未叨明禋之薦。顏讎由與蘧瑗同爲衞之賢大夫。孔子皆主於其家。史記獨以顏讎由冠諸身通六藝之首。蘧瑗已邀復祀。而讎由未得祔享。他如漢以後有功聖道。有禆名教。竊戶牖而涉藩籬者。皆得其門而入。乃以親受業於聖人之門者反令其宫牆外望。未始非缺典也。我

皇上重道崇儒。發潛彰隱。旣以明臣劉宗周從祀西廡。又以

本朝臣湯斌從祀東廡。又以明臣黃道周從祀東廡。明臣呂坤從祀西廡。唐臣陸贄復祀東廡。明儒孫奇逢從祀西廡。重學術。卽所以正人心。正人心。卽所以廣敎化而厚風俗也。泉之膚淺之見。未能窺聖賢義

蘊於萬一。惟念諸賢之在聖門。於論孟禮經左傳家語史記。俱有行事紀載。或昔未議及。或議及而各執己見。致未陳奏。欣逢

文敎覃敷之日。正諸賢幽光闡發之時。用敢不揣固陋。敷陳芻蕘。可否依經具奏。增祀仲孫何忌孺悲惠蘭公罔之裘序點。顏讎由孔璇七賢。俾與二千餘年始行從祀之牧皮縣亶併入

聖朝典禮。以補缺漏。以廣

皇仁。以妥諸賢不朽之靈

而聖門無遺祀矣。謹議

增祀章水神議

王泉之

祭法曰。山林川谷邱陵。能出雲爲風雨。見怪物。皆曰神。有天下者祭百神。諸侯在其地則祭之。又曰。山林川谷邱陵。民所取財用也。非此族也。不在祀典。故天子祭天地山川。歲徧。以其皆有功烈於民也。管子曰。水之出於山而流入於海者。曰經水。水別於他水。入於大水及海者。曰支水。江西之水。以章爲經。其源出崇義縣西南九十里聶都山。舊隸大庾縣。明正德十一年。王守仁撫贛。征服橫水桶岡賊。設崇義縣。割大庾平正鄉義安三里與崇義。山亦隸焉。綿亙四十里。與湖南郴州宜章縣界。山脊自西而東。水流江西。山海經云。贛水出聶都東山。蓋謂此也。東流

七十里。入大庾。而艮熱水入之。寰宇記云。熱水昔名豫水。漢置豫章郡。因此水源以爲名。是章水發源於本省最先而最遠。匯十二水至贛縣。而合於貢。故章水爲經水也。貢水之源有四。一出於項山之麓。曰龍溪。卽湘水也。地爲平遠長甯界。一出於武平㠂嵊嵊張坑洞。一出於長甯周畬山。一出於汀州之新樂山。項山遠而新樂近。則項山之湘水又當爲支水之經水也。寰宇記言貢水源出雩都縣新樂山。亦未爲確論也。漢地理志註雩都言湖漢水東至彭澤入江。行千九百八十里。幷未言源出何山。是湖漢之爲貢水。猶彭水之爲章水也。章貢名水。酈道元議北齊劉澄之以贛字爲說。晉太康地志載贛縣屬南康郡。因水

以爲名虔州圖經章貢二水合流爲贛其閒置邑因爲贛縣廣韻云贛亦作贑貢合二十六水抵贛城北入於章水章貢既合渟滀於儲潭由是匯吉袁臨瑞諸郡之水達章江門由南昌縣左行合撫建廣饒之水入東鄱湖由新建縣右行合甯州武甯靖安奉新建昌之水入西鄱湖皆章水之所經而入者東章西貢貢近而章遠經章而支貢宜也夲流澎湃合東西鄱湖而皆經利舟楫而備材用爲風雨而見怪物必有神焉實式憑之禮崇報功以昭德章水神獨無廟祀非缺典乎都昌元將軍明洪武閒僅附祀於湖神廟嘉慶十四年前撫臣先奏請立祠專祭　敕封顯應元將軍春秋遣官致祭帆檣順利糧艘遄行神

之爲靈昭昭也況章江納衆水而匯彭蠡爲江西藪澤亘浸豈可失其禋祀乎　聖天子懷柔百神有功德於民者祀之今旣增立章水神祠自宜以貢水神配之其從祀諸水則以漢志與水經爲斷曰豫水曰廬水曰淦水曰南水曰蜀水以次祀於右曰盱水曰餘水曰鄱水曰修水曰繚水以次祀於左道尚右禮也謹議

黔省下游各營專設捕盜兵丁議　賀長齡

設兵所以衞民衞民卽以保國大用之則征討叛亂小用之則緝捕盜賊能緝捕盜賊而不能征討叛亂者有之矣未有不能緝捕盜賊而能征討叛亂者也何則大小之用異則難易之勢殊也然欲其征討叛亂必自緝捕盜賊始何者兵事難以嘗試未經戰陣雖有長技不足恃也惟用之捕盜則追亾逐逋非捷不可格鬭擊刺非勇不能躡險搜窩非膽不敢是亦臨陣之先資也孰與夫按期排操徒爲觀美而不適於用也哉今天下綠營兵每省多者五六萬少者一二萬不爲寡乏矣而能緝捕者卒鮮於何驗之試覩邸報吏兵二部獲盜引　見者文員多乎

武弁多乎武弁不過文員十之一二耳又觀刑部盜案題本凡首先獲犯者文員多乎武弁多乎武弁先獲者不過十之一二大率協獲者十之八九耳況所謂協獲者半出文員情面帶敘半由武弁囑託免咎其爲烏有子虛者又十之八九乎第就黔省近日言之各案獲盜者文員多乎武員多乎公牘具在可考而知也計黔省文職養廉不過八萬而武職廉俸兵餉多至八十萬各營將弁多於文職數倍兵丁多於差役數百倍受　國家之豢養如此其厚也備　國家之任使如此其衆也營房塘汛碁布星羅若使處處認眞宵小從何託足乃盜風仍未止息者豈兵之不能緝捕哉武弁不肎講求耳其不肎講求者則意

在偷安直以此事諉之文員耳諉之柰何則曰經費無出也然則平日所食之餉竟皆虛糜乎民出財以贍兵兵出力以衞民值此承平無事幸少徵調之煩獨不可爲民除盜乎卽有賞需遂無閒款可籌乎則又諉曰兵不識盜也夫兵丁孰非本地之人弁有去來而兵皆土著可云不識乎卽有外來之賊亦不過附近匪徒耳差役能識兵丁獨不能識乎卽云不識亦由於不捕耳捕之斯識之矣而奚諉焉夫旣爲兵丁孰不宜緝捕今乃議設專兵責之捕盜者欲使不得以差操藉口耳且責成專則心力自一也其法按兵額之多寡每百名內酌設十名或五名責以專拏盜賊一切遞解人犯護送餉鞘諸雜差槪行免派其

人宜募勇黠而與盜習者令其專習拳棒刀矛槍礮跑山跳澗等技擇弁之健壯者領之卽平日無賴而今能自新者亦準收用黔省下游古州鎭遠二鎭之兵不下二萬卽可得二千人或一千人分別才具高下列爲二等上者食戰糧次者食守糧無事則約束歸營有事則遣出偵緝酌籌閒款以爲賞賚有能破窩擒魁歷著明效者卽予超拔如是而兵不鼓舞不能獲盜者必無之事也此以盜捕盜之法也則有難之者曰捕盜而被傷或且死則柰何查定例捕盜兵丁有受傷亾故者照陣亾例賞卹帶兵官例無處分如不實力擒拏武弁則題參革職兵丁則重責除糧然則與其退縮而受罰何如勇往而蒙恩卽不幸而

被傷至死且得照陣亾之例卹賞有加榮及身後若傷未至死亦分別能當差不能當差照綠旗陣傷例優加賞賚何去何從不再計決矣且其中又有三利焉雞鳴狗盜多出異材可爲國家備干城飛揚跋扈收入樊籠可爲閭閻息事端其狼子野心終不馴伏者陰以法誅之可爲地方除後患夫亦何憚而不爲此今我　皇上患各省盜賊之多凡文武各員之以獲盜引　見者無不立加　擢用卽以黔省論文如譚同知以知府用矣吳經歷以通判用矣武如春副將以宣化鎭用矣此尤利之大者皆前此所未有也現今黔省緝捕無不嚴核功過明示賞罰但有微勞斷不埋沒近日黎平吳補心一案可鑒矣諸將

弁幸際此時明明上進有階何不力圖自奮乎然武弁又有詞矣曰此輩入營必不安分恐滋事干議也是又不然試問在營之兵豈無滋事者孰非倒提年月作爲鬪革名糧乎何獨於此而疑之下游各營行之而效卽可踵行於上游需以歲時則兵之懦者日以健弁之怠者日以勤遇有緩急率之以行必能奮勇殺賊立功得官如此則凡爲兵者皆將欣然慕效踴躍從事矣此奇正互用之法也前歲欽奉　諭旨令各州縣召募土兵當此太平閒暇亦惟用以緝捕耳則何如設專兵以捕盜而卽以隱儲敵愾之資尤爲計之得也哉或曰此輩聚於營伍不慮獷悍難制或生他變乎此更不然每兵百名中此輩不過十

名五名何能爲患倘或不靖以十人制一人未有不就縛者譬如善醫者以烏附硝黃猛烈之藥攻病而用大劑人參甘草駕馭之則其力更大而元氣無傷治兵一治病而已矣無增兵添餉之煩而坐收靖亂安民之實爲今之計似無逾此特須實力行之耳行之不力而輒以小小窒礙追咎始議者之非則區區不任咎也謹議

更定豁免章程議　彭永思

本日江南司傳奉中堂交下豁免章程一分內稱嗣後豁免照舊欠之數在次年新賦內免徵等語江南司以竟免新賦簡而易行如照舊欠之數抵免殊有窒礙奉中堂諭從前成案俱系豁免積欠現擬摺內只免次年新賦不免節年積欠慮與成案不符是否可以竟免新賦俾拖欠者知有欠不免不敢抗延全完者亦知不欠官糧普沾恩惠各省司公同酌覆等因職奉此仰見中堂軫恤民瘼無微不入之至意伏查嘉慶二十三年以後節年民欠計銀二千一百六十餘萬兩米四百五十餘萬石川貴兩省無積欠現在奉天山西江西甘肅湖南福建地丁漕

項及湖北地丁長蘆等處鹽課已據題銷在案未銷民欠尙有銀一千六百餘萬兩除安徽江蘇其未完一千萬有零其餘直隸山東河南浙江兩廣合計不過六百餘萬兩小民各秉天良惟正之供未有甘自拖欠只恐偶罹偏災禾麥無收卽如安徽江蘇河南山東諸省連年奏報被淹村莊不少奉　旨緩徵不一而足如逢豁免止免次年新賦不免積年舊欠倘次年仍復被災則新賦雖免如同未免從前之欠愈欠愈劇若盡免積欠則四川貴州省分歷係年清年款曾無逋賦一遇豁免必至向隅卽兩湖兩廣浙閩江西等省按照舊欠之數抵免新賦將未完者轉多覬望已完者亦恐胥役從中串弊職悉心體察不

若將節經被災省分飭督撫按照奏報緩徵帶徵實在無力完納積欠造具清冊奏請全行豁免其未曾報災及無民欠各省或加
恩全免或免十分之幾均歸次年新賦免徵如此則海宇其沐 皇仁將來民欠不至盈千累萬即各省州縣亦不得藉民欠爲詞致滋虧短如此分別清釐似與民生 國計兩有裨益是否有當伏乞訓示遵行此議

征教匪議

陳人倬

臣惟邪教之始起也惑愚民以徼福其肆擾也激愚民以免禍彼非有惠澤固人心亦非有勇略服眾志然而歷年不靖所至蔓延者非官兵弱也非官兵寡也非餉有不繼也今夫良醫之治疾也必先稽其致疾之源洞然於病者之腠理血脈而後藥石之針砭之無弗應者夫用兵之道多端要不外於命將練勇料敵轉餉四者將有勇有謀有千人將有萬人將觀其氣度驗其才略孫吳諸葛固已論之詳矣我 皇上智勇天錫知人善任將將之道固已超越前古而臣謂今之爲將者尤貴於淡嗜慾節靡費公保舉與士卒同甘苦聯之以一心激之以大義

毋觀望而自寬其歲月將體上心兵解將意庶乎幾矣教匪自蹂躪以來已歷川陝楚豫官軍日事尾追動經年月疲憊實甚是以教匪云吾不樂與官軍戰但事奔走遇村落則焚掠以食得深山峻嶺則盤踞以處官軍方且負器械齎營帳以從又烏能戰即戰又烏能捷即有時麕聚山谷宜可一鼓集事終以途逕未嫻不敢深入迨至匪眾提防縝密山巖峻壁擂石纍纍攻之不可招之不來於是徧布卡座以圍之大者或跨百餘里小亦數十里兵分則單持久則懈匪眾因之豕突而兔脫者不一而足故爲今之計莫如募鄉勇以濟兵力夫鄉勇者平時類皆血氣强骨格堅於所居山川險阻多所熟悉然宜與官兵分不

宜與官兵合．官兵每以鄉里兒輕鄉勇．其處營卡則奴隸視之．是以義勇之銳氣不舒．輒解去不樂爲用．今請擇紳士之知大義明志節者．令其召募操演．凡能得百人至數千人．先分別予以爵秩．有功量加遷擢．俾朝夕團練．如李抱貞之訓練澤潞丁男．賊至則相機擊之．錄其功能．隨時陳報．農夫販豎．皆將有上進之思．又孰不樂爭先效命也乎．且一方之鄉勇．卽令其守此一方．既無隨征之苦．又得以保聚家室．蓄養銳鋒．川陝楚豫雖遙．以此方聯彼方．聲息旣通．應援亦易．不數月閒．星羅棊布之勢成．匪將何所容身哉．而又以官兵分設要隘．固守城邑．彼匪徒不得滋蔓．偶有闌入．盡力勦擊．此以逸代勞．百戰百勝之策

也．且夫料敵爲出謀之首．轉餉爲師行之要．自將帥不知教匪詐僞淺深．名曰追勦．實爲其所牽．以至司餉之吏．莫識師行所在．輓運阻滯．轉爲弁卒藉口．而實不能料敵有以致之．誠使偵悉匪衆變幻之情．出沒之路．隱飭地方官吏．預謀餉道．將所至士飽馬騰．何至與糧吏互相誚讓乎．況偵教匪較偵他寇爲易．教匪之衆．烏合脅從．被掠者居其半．方今　聖天子下寬大之詔．投出者概予罔治．且給之養贍．民方感激不知所報．當更思廬舍被焚．資財被掠．父子兄弟．慘遭夷戮．痛心疾首．必欲得所甘心焉．斯時也．擇其果敢精細之徒．使爲閒諜．何患教匪之一舉一動．不盡得其實哉．於是相度機宜．密爲調遣．隨時隨事檄知兵弁義勇．勠力同心．不難以次集事．至於餉之糜耗．不在兵之衆多．而在將弁官吏之濫支．濫應．兵之支給．日有常額．將弁官吏不知所節．則一人日糜數十百人之食．冒銷浮報．端由此起．果能裁汰浮靡．人知臥薪嘗膽．相與奮勉圖功．將軍儲充裕．士氣百倍．彼區區教匪．當如摧枯拉朽．淨埽於旦暮閒也．謹議．

平定州專用鐵錢流弊議

黃輔辰

晉省平定州設立戶部寶泉分局原係移鑪就鐵鑄錢運京以濟銅錢之乏繼因錢質過低復令就地行銷除工本外將每歲餘息解部咸豐七年據分局咨稱每年鑄錢十九萬餘串平定一州難於行銷請各府州縣一律行使鐵錢不分成數當體察輿情礙難更變咨部在案本年添設三鑪鑄錢愈增十月間平定紳民呈請漸次搭用銅制錢由院批飭在案而分局部員總以阻遏爲辭查晉省鐵錢難於暢行實因各鎮集銅幣尚敷周轉民間行使不願更張咸豐五年奉準部咨行令搭放鐵錢當經王撫憲率屬捐貲於省城試鑄鐵錢復經分局陸續解到鐵

制錢二萬串由省城試行搭放一成當時民間雖無阻撓而行使究多勉強至省城數十里外商民仍不收用是以分局解到之鐵錢一年有餘始能放完而省城試鑄之鐵錢則始終未能搭放若布爲號令以數十萬鐵錢向各州縣市易必至高擡銀價貽誤錢糧正供此晉省鐵錢礙難通行曾經咨部之情形也嗣後平定壽陽盂縣等處因鐵錢時價較銅錢甚賤商民惑於小利凡以銀易錢者均取鐵而棄銅奸商更將銅錢藏匿凡客商過往有易銅錢者得借此以居奇因是銅錢日少鐵錢日增而銀價日貴矣據分局前咨每歲鑄鐵錢十九萬餘串之多即使此外無分文私鑄行銷已屬不易況復增鑪鼓鑄有加無已

直豫兩省以爲平定鐵錢暢行紛紛載運入境鐵錢愈多而愈滯銀銅遂日少而日昂小民逐末所得鐵錢不足償本則百物騰貴貧民無以聊生必然之勢也查從前試行鐵錢原未禁用銅錢現以銀價日昂民間仍請銅鐵幷行不過欲借銅錢以減銀價幷非棄鐵錢而不用實因專用鐵錢則無從得錢而生計日蹙此又民間呈請銅鐵幷用之實在情形也查分局所重惟在餘息易銀計每歲解部從前不過三萬餘兩而鑄錢則無有限制將欲行布於通省則征收錢糧必至鐵多銅少難於易銀批解近年以來平定州徵解錢糧諸多窒礙固分局所目睹晉省錢糧爲數甚鉅奉撥京協各餉全賴丁糧接濟稍有遲滯貽

誤匪輕以數萬兩之餘息致礙數百萬之正供利害相懸固屬不侔若止平定行使則一州之用銀有限而分局之鑄錢無窮銀竭害生即欲嚴法重刑勉強行使其勢有所不能在分局之意以爲不費帑金坐獲餘息豈知利害相因利所在則衆爭趨之害將至則衆爭避之爭趨之而利固難久爭避之而害更可虞且平定轄境皆在萬山之中平時稽查巡防已屬不易自設鑪以後匠作夫役幷挖鐵運鐵及外來趁利各項人等日聚日多難免匪徒混迹其間久則易聚難散是歲出之利甚微而流貽之害甚大此更不可不慮也

改河議一

左仁

天下之事窮則變變則通至於窮之極而愈窮而愈不通人不爲變必將自變以人變之其權在我所謂決諸東方則東流決諸西方則西流也聽其自變則積久之勢猝不及防一旦潰壞決裂不至於不可收拾不止凡事類然於今日之黃河尤其亟也河身日高又無可宣洩之路惟有加築兩隄以爲苟且目前之計不知隄日加河中之淤亦日長而隄之加雖峻淤之長尤速今之河身去隄頂高者不過尋丈低者僅三四尺所以一交伏汛節節危險非甚水大也乃河員稟報動云漲二三丈皆以舊日誌樁爲憑豈知原定之誌樁久已埋沒淤泥中其現存在

外者不及三之一乎是今日之河未慮潰決先患湧溢而湧溢即無有不潰決者到處可湧到處可決竟無往而不險也河自南宋入淮前此不若今日之淤故歷今千年隄頂高於內地止三四丈今則河底每年淤高一尺若及千年可淤至百丈不幾欲駕龍門王屋之山而上之哉恐將來素無河工之山陝地方亦被其害計之窮無有窮於今日者也今之黃流非河也直是一帶高山蜿蜒綿亙於中原接不竭之源而通之使流也夫水從天上來注之地中則易行今以天上之水仍流之天上其勢既平流安得而暢挾沙泥而就下則易去布之平地沙安得而不停河之在中國或數十百年一小變或數百千年一大變何以不聞有當年之大舊河蜿蜒綿亙如今之高山者存大抵後世生齒日繁無不闢之山無不耕之土大雨衝出其泥沙已多於古又加以東南兩河之埽土碎石充積其中以爲停淤之故淤易也且古之河在北山少而平原多水可直出故古河千里一曲今之河在南避山出峽如蟻穿珠故今河或數里一曲或數十里一曲人行隄上帆轉河中如所謂相見灣者處處有之故留淤尤易也然而河之淤不始於河而始於海口海口之淤固自裁革混江龍耙沙船始而猶不止此黃河自雲梯關出海大江自狼山佛山出海相去不過五六百里而大江之水入海向北故其沙不淤於崇明以南而淤於崇明以北自通州東臺

興化沿鹽城阜甯至海州與黃河之淤相接是黃河出海之口黃河自淤之而海口以外之河則大江其淤之由其相去太近故也於此而不爲之所惟有聽其壅塞於外潰決於內其患將有不可勝言者

改河議二

然則黃河非改道不可矣夫改道非遂能不淤也能使之不即淤也且有法以使之久不淤也而先可以弭湧溢潰決之患水性就下夫人而知之矣決高山之水而注諸暢入海口之濱河不惟新淤不停舊淤亦可以去遠者不可考矣道光六年陳端盜決於工二十二年桃源湧潰蕭工大潘下注至今缺口處之

河身尙淤三四丈不等緜長數里十數里又不等可見水下則沙下其理固然然所以僅淤數里十數里者當日堵閉甚速水仍平流故也若今水勢日下而又復混江龍耙沙船之遺制則改河雖止數百里而全河皆受其益河自徐州以上河性輕鬆下有飛流斷無不奔赴之理如人之一身兩便通利其人猶有病脹滿者乎然則其改之也當奈何則道光二十二年桃源之缺口天改之矣當時黃流直穿運道歸六塘河由桃源沭陽贛榆入海是年沭贛兩邑亦無水患是六塘河本能容黃流而有故運道雖被衝而仍無阻礙回空軍船較常倍速且黃水北去洪澤湖水放入舊河淸淮亦復故流糧艘揚帆徑渡入南運河

極爲順利而高寶下河七州縣遂不受湖水之害歲得豐收此已然之事予所親見非得之故紙堆中者奈其時當事惑以浮議河工毋於積習以堵口爲利藪以淸江口爲故居不肯輕去其鄉坐失此千百年無窮之利爲大可惜也爲今之計不必侈談禹迹亦不必尋南宋以前之故道但改由六塘河歸海有四便焉有五利焉六塘本與運道相通去黃河不遠或於宿遷以下之劉老澗或於邳宿交界之皁河窰灣等處其地之至近而甚順者改之工省而費不多一便也說者謂改河必先築隄爲費不貲此卽二十年阻撓之詞也不知水行地上則需隄六塘寬廣淤通水行河中何隄之需況近年挑復未久淤通更倍於前二便也或謂有關運道無論二十二年之運道無礙也向來南北各有淸口南口壞於庸人之手後乃強爲倒塘灣運今楊家莊之淸口猶存也豈彼處可作淸口易地卽不可有淸口乎且可省灣塘之勞三便也北河借　山湖水濟運每苦不足黃河既改於宿邳之閒則北河道里較短來源不至缺乏南河則參用近日改塘避閘之法由淸江浦闢通數里之河至楊家莊是避閘而并不用塘也惟楊莊之水本係東流今須引洪湖入淮之水逼使西去入新河前年楊莊進口卽沂逆流今則順流而下矣四便也改道之後全河無患矣又可省無量之費河員二十二廳須裁其半上游各廳及中河運河仍舊而宿遷改宿

北廳爲宿河同知桃源改桃北廳爲桃河同知沭陽設沭河同知贛榆設贛河同知足矣此外如宿南桃南外南外北山安海阜海防高堰山盱諸廳皆無用也現在徐屬八廳每年支銷銀八十萬兩今下游既暢絕無險工不過三十萬足備歲修其新河改設四廳每廳予以五萬爲善後加以江運揚河裏河中河之舊額其計每年不及百萬是改河每年卽省二百萬矣其大利一高寶下河七州縣膏腴之田不可以數計淮揚常鎭四府民食皆仰給於茲自黃河高仰湖水別無去路積而爲患於內涵洞閘水淹之四大壩又淹之昔年洩水可入海今則范公隄外游灘至二三百里之廣以致千百里上上之田盡成澤國改

河則湖水他去田皆涸出民得安業賑撫蠲緩之說不聞於耳而沿海各鹽場亦永無漂沒之患其大利二洪澤高寶諸湖爲淮南巨浸淼洋白馬射陽各湖次之此外湖口不可悉數大半清水汎濫之所爲清水歸淮故道湖地必多成田昔日之巨浪洪濤一朝變爲平疇沃壤以道里計可敵淮揚一府之地以生息計可得蘇松數縣之賦而舊黃河自清江以上至改道處數百里亦皆可爲田 國計民生兩有裨益其大利三向來南北運河銜接由浙買舟可至北通州自南清口壞舟楫久已不通改河則又一棹可達貨物之所集摧稅之所入百千倍於往日其大利四從前南漕幫費內有閘壩費一項由漕州縣解交

各本府彙解漕督衙門每年不下十餘萬改河則無閘壩更不需費而州縣亦少此苦累其大利五有此四便則改河既易爲力有此五利則改河之益無窮雖費 國家數百萬帑金而例之每歲虛擲三百萬守此朝不保夕之舊河其得失相去何如哉然而非河工之所樂聞也

改河議三

或曰君子謀國務在久大自大禹以後河故道屢失至後漢王景治河塞汴歸濟築隄修渠自滎陽東至千乘海口千餘里行之千年迄唐五代河猶無大患其海口在今山東之利津縣卽大禹厮河爲二渠之南流也說者謂由武陟改道循王景故河歸大清河入海其勢甚便今子胡不師王景千年之利而爲是小近之謀乎曰子之言是也然子亦思今日之工尚能如乾嘉以前之動輒數千萬金而不見其匱乏者乎今日之河其岌岌乎不可終日之勢尚能遲數十年以待帑藏充盈而不虞其潰決者乎請與子言改河復古之難王景時河未南徙不過滿溢散湧不就約束且其時北條之水尚多非若今日之半成平陸也故因勢利導其功易成今則無問禹蹟卽景河早已爲陵地勢雖低究無歸壑之路若平地築隄則水仍擡高不數十百年又與今河無異況北運河由地中行與黃水由地上行將仍不免倒塘灌送之勞且南運河有洪澤湖水借灌北河無清水可

借未能治河先已誤運難一築隄不可則必新拔一河而南北相去千數百里工大費繁豈遂能刻期復古新河既未竣事黃水尚存舊河彼處已興開河之工此處猶需防河之費是一河而有兩河之用矣難二黃流南徙以來山東直隸之民千年無河患矣小民各顧身家何知天下大計今一旦取其田疇而河之隄之皋其廬墓而毀之掘之徙則安土重遷雖給以厚値而不願然則彼民何罪恐不免釁隙之先開欲圖百世之安先釀目前之患難三故子所言非常之原萬世之利也功大而謀難就予所言目前之事百年之利也勢順而功易成天下事急切圖久大而不可得則先擇其小者近者爲之而久大之業尚可

徐圖、以覘夫激之在山、坐視其潰壞決裂而不可收拾者、其得失爲何如邪、或曰子第言南河而未言東河也、改由六塘之後、遂能保徐州以上之河不潰乎、曰河日就下、水可攻沙、前固已言之矣、然僅恃此二三百里暢流之六塘海口、謂遂能掣通數千里積淤之長河、雖予亦不敢遽信、然新淤可保其不長、此須俟改由六塘之後、緩至二三十年、治河之力既暇豫而有餘、防河之費其節省爲已多、然後再興武陟北行之議、既可弭目前之患、又可詒萬世之利、是在司事者得其人、因其時、相度其形勢而次第舉之、又非今日處堂而談者之所能逆睹也、

改河議四

或問、本年徐州豐北決口堵築之費、估需五六百萬、胡不就此改道入六塘河、省堵口之費、爲改河之用、不亦可乎、曰不可、昔裴文達亦自有改河入六塘之議、或終不利於運道、夫改河入六塘、實無礙漕運、而就豐北改之、則眞不利於運道矣、現在黃水自盤龍集直下、西北自沛縣入　山昭陽南陽諸湖、浸淫湧溢、已將江省韓莊以北、及東省之夏鎮至濟甯州臨淸閘一帶縴道閘壩全行衝斷、將來回空軍船不知如何南來、而韓莊以南至邳宿各處之運河、水不加漲、蓋黃河大流自入湖後不能容納、又溢而東南至銅山之藺家山、衝開舊壩、散湧四鄉、　山諸湖近雖淤墊、而地勢本低、故濁流以之爲壑也、又聞諸徐方父老云、嘉慶初年兩次決口與今日相去不遠、其時各鄉河道湥通、距今將六十年、河底尚低五六丈、故水不爲害、惟窪地被淹、高田收穫如常、其水則自　山湖由銅山之荆山河口出運河而南、緣荆山河之閘本有前人借黃濟運之故道、故水必歸運河、而昔則入湖卽歸運、今則至湖卽散湧、反不歸運者、蓋此數十年中運河口淤日高、水不能逆流而上、所以常年湖水濟運每苦不足、湖未嘗涸也、河高不能暢流故也、今若從此改河、則須開通荆山河、或由韓莊運河直下至宿遷駱馬湖頭相近之地、及劉老澗等處開道入六塘河、或於韓莊上下之閒穿過運河、別開一河入六塘河、然二者皆未見其可、且爲費不貲、何

也、運河小而淺、且其河底高於平地、若欲加挑寬湥作黃河、而地段綿長不下二百餘里、較平地拔河尤難、一也、若穿運道別開、則須在今運河之北、經由山東嶧縣郯城蘭山入江省邳宿境、其閒山石叢礫、開鑿維艱、未必一水可達、二也、荆山河已爲平陸、改作黃河非開挑卽築隄、自盤龍集至韓莊幾二百里、亦係平地開河、三也、河本東流、決口乃向西北、改道之下卽有一曲始繞向東、其勢已爲不順、四也、而合而計之、以堵築之費爲改河之用、究屬不敷、五也、然則爲今之計奈何、曰堵築斷不可緩矣、夫以數百萬之鉅帑、假使於上游有他道可圖、而費又不過如其數、　河工諸君子未有不樂從者、而無如道遠費繁、竟不得不出此堵口之下策也、噫

平猺議　陳起詩

平猺之法搜捕之功多戰陣之用少而搜捕之兵北兵不如南兵客兵不如主兵官兵不如鄉兵請詳論之五嶺綿亙數省自廣西廣東湖南以至江西福建嶺巔所在多猺人耕種去住荒忽名過山猺而廣西廣東湖南三省交界處有平坡千里萬山環抱南通連州北負永州西枕平樂東隔韶連爲猺人祖宗以來巢穴聚集之處名八排猺大道自連州三江口入爲咽喉永州九嶷山爲背脊廣西桂嶺爲首湖南騎田江西大庾贛嶺爲尾永州猺匪係過山猺有生猺熟猺二種熟猺與近山漢人雜居風氣略同生猺言語不通嗜欲亦異熟猺彊富生猺瘠貧生

猺常聽熟猺指使是二是一如鬼如蜮所以嘯聚動成千百猖獗遂連三省者地勢聯絡然也苗猺蠻獞性俱戀家易驚多疑不耐持久貪利苟得不能遠謀嘉慶初湖南苗反輾轉七八年始定而未出辰州一步可知苗猺無足慮以性俱戀家故耳然山溪箐密聚散無常非有平原曠野可以布陣安營而決機於十里數十里也林翳谷伏詭譎易生非有高城濬池可以十圍五攻而取勝於一戰再戰也東竄西突楚粵幷起非有通衢要道可以整軍聚糧而搗堅於一路也無百人數十人可容之巢穴而鼠穴鳥巢勦之不勝其勦無數百人千人之攻伏而雉攻兔伏防之不勝其防其地彷彿金川亦尺寸皆山之地其事不異苗疆惟雕勦之法最宜故曰搜捕之功多戰陣之用少雖然言搜捕者必主調兵吾謂兵不必調而必練兵不貴聚而貴分兵不在官而在民則北兵不如南兵客兵不如主兵官兵不如鄉兵之說也北兵長於弓馬馳逐平地性氣剛果臨陣齊一然不能耐飢寒難於持久不習湖溼炎熱鬱悶必多疾病不能輕捷跳躍攀援鑽窺易致竭蹶又不識猺人言語猺人性情則勦殺追逐進止遲速起伏探望呼吸之頃易失機宜不習山林高溪途徑紆直之實則欲迎頭反成尾追欲兜殺反多透漏故曰北兵不如南兵四川貴州兵素稱勁旅既耐勞苦又習險阻湖南兩廣遣調較易將來大營非此五省之兵不可然而楚粵之

兵素欠訓練必多渙散小利爭進小失競奔又專恃大營則防此失彼勦一逃三欲戰則餌之來而不卽來欲守則多所防而不暇防曠日持久師老餉糜苗疆之役所以不收功於福貝子而得效於傅鼐故曰客兵不如主兵官兵不如鄉兵且夫團練鄉兵以勦猺匪有十宜焉山谷高溪逕途遠近形勢險易人人易知則彼之所乘與所必獲我知趨避我所可及與不易及又知緩急識地利一也久雨烈日寒熱溫溼春疫秋癘習而不苦飢飽勞逸不生諸病順天時二也彼之言語十知九彼之性情十知八爲攻爲守爲伏爲逃爲降爲詐十知六七臨陣之際人人有應變之機得賊情三也人自爲戰鬭家自爲捍禦號呼擊

刺之聲同不誤於風雨父母室家之念重敢棄而散亾兵心固四也近猺十數州縣村莊累萬既苦裹脇又震兵差守則固無可恃逃則必有所歸團練鄉勇則併小村爲大村移低堡就高堡寨長漸多糧薪漸聚民志定五也會匪居民十之五鹽販居民十之二礦丁廠徒居民十之三盜賊逃人居民十之一約此數種不少梟雄此有所收不竄入彼削賊黨六也邊地民人畏官最甚文武皆可統領易於節制臨陣扞救官長必不致分彼此一操縱七也官兵飲食衣裝不比鄉民耐苦查官兵日給銀二錢五分貼補糜費似尚不止此數若匪逆起滅無常則大軍駐撤兩礙團練鄉勇則可以久駐易於供給卽猺事平靜亦可倚爲善後之圖簡供億八也此有鄉團則邊野無所掠而彼米鹽布絮銅鐵之來路窮漢奸無所通而我聲擊捦伏虛實之機密堅壁壘九也臨武藍山江華永明道州全州灌陽恭城富川連山連州陽山乳源十數州縣皆有鄉團則彼勢剖而難聚防多而難備力散而難久心分而易疑變化由我勝算先人勢剖而難聚則大兵所入賊不能併力以禦防多而難備則聲東擊西誘此伏彼賊必自救不遑力散而難久則各爲其巢穴各逃其生命而勦撫可兼施心分而易疑則賊黨必有互相推諉互相殘忌者首逆可不日捦獻制死命十也具此十善而談猺事者不出此其難亦有四謂曠日持久無速效也謂糾保練約必

騷擾也謂鄉兵非盡善類易藏奸細不識步伍難約束也謂寨堡團場旗幟器械所費不貲地方官吏借練勇之名以爲開銷或借以索民閒幫補仍無實際憂經費也是四者誠然然而天下事有見爲緩而急莫甚見爲擾而安莫甚見爲難而易莫甚見爲費而節莫甚請破其難而仍申吾說自兵興以至今日已二月矣調貴州兵湖北綠營兵駐防兵久需時日由今以後所謂速效又可必邪使自今日始三省督撫通飭沿邊州縣近猺山者團練村堡約每縣五六處以爲守望招集鄉勇約每縣六七百人要縣至千人爲止以備勦殺奉行得人一時竝舉不出三四月可以成事團練既成分道竝進不出一月必能勦滅命將出師可必之於四五月之內乎是所謂無速效者益見爲緩而速莫甚者也邊地州縣所轄之鄉民其騷擾有甚於客兵者乎州縣自練之兵其騷擾有甚於滿漢兵者乎外來之兵一則騷擾官府二則騷擾市集三則騷擾田產卽節制得人而風聲所到亦足騷擾人心賊來之民心已震兵來之民膽又寒當事類能知之未必能言之耳其實客兵騷擾之敝更足以搖動邊境之人心而使之勾通猺賊不可不防不可不畏也果得有膽智得民心之州縣勸諭鄉民使日爲團結招徠壯丁使聽吾指使所團者皆比閭族黨之家所練者皆交友認識之羣州縣既可藉大兵駐紮之威以馴鄉勇大兵又可藉鄉勇搜捕之力以

壯軍聲兩相爲用既不擾官又不擾民又不擾兵若龔遂之治渤海張綱之定廣陵虞詡之平朝歌只在良有司十餘人耳是所謂恐騷擾者益見爲擾而安莫甚者也奸細之伏藏於鄉兵可畏已奸細之伏藏於大兵所臨之地尤可畏也然伏藏於大營之左右而客兵不能識認之伏藏於鄉兵之左右而鄉兵無不識認之見生面而必詰聞音異而起疑外來奸細固不患入吾團練第鄉民非盡善類朝集暮逃稍縱滋驕刻繩易變其可慮亦與兵同要在良有司愼簡而收之善撫而教之耳教之善則莠民可轉其力爲奮不顧身之士教不善則官兵可恃其衆而有咆哮挾制之時得失之數亦略相等況約束以官又須各

鄉紳耆董之各鄉殷實明白者分理之游手以有所事而日勤梟雄以有所希而亦奮賊匪奸細有爲我近邊鄉人所知識者併多方招之爲我用多方疑之使之不敢自用其奸細如李愬之平淮蔡是也所謂難約束者亦見爲難而易莫甚者也今日經費之艱難人人知之人人能言之矣大營所在供應不少吾謂撤荊州駐防千兵卽省千兵之費半撤湖北督標湖南撫標廣西撫標兵約不下二千人以見在余提軍領貴州兵駐廣東廣西界羅提軍領湖北湖南兵駐湖南界進戰之事全以任之不使文官掣其肘湖督駐永州廣督駐連州廣西撫駐平樂督飭十餘州縣團練鄉兵不使武將梗其論三四月內各縣卽可分道併攻大軍亦於兩省分進吾知不待戰而降者降逃者逃搶者搶伏者伏矣以五六月而告功費之省也幾何卽以撤兵之費爲各州縣倡首賞勞之費亦已省經費多多矣至於各州縣經費之出其說有四一則勸諭富民輸粟出財修堡建團二則勸諭平民自出財穀相爲移併以保身家三則通粵鹽之禁於寶茶攸酃郴衡一帶官收稅以濟軍需考照宋李忠定明王陽明辦湖南兵事舊法勿以安常處順之見沮之兵靖復舊四則熟豁叛產卽與近邊民田錯雜各縣皆有仍須鄉老勘報清理入官糧收堡寨以爲屯積又各州縣常平社倉義倉育嬰橋亭等項公田公費縣紳鄉老自爲經理亦復不少兵興動用兵

靖償還無傷於官無害於民乙丙征苗之役調兩廣兵衡永郴桂四府民閒助給過兵口糧甚爲踴躍況地近切膚豈憂慳吝則此四條經費已足而於國家經費固省之又省也是所謂憂經費者又見爲費而省莫甚焉者也夫團練鄉勇之說古人言之詳矣卽平定教匪平定紅苗亦已著有成效而今日不能早決此策者事狃於所習而疑倡始爲甚難人憚於改更而慮勞怨之難任大抵然也湖查教匪紅苗兩舉初皆調兵征勦西滅東起此竄彼伏積年累歲然後歸於堅壁淸野之策以致底平夫明者先見於未然勇者定計於必行前之策不效而後變計則所失已多是宜力求循良稍破資格官兵與紳士幷資采訪與

稽查互用以人薦人以邊治邊其究也幷可以猺攻猺且夫今日南方之民即猺匪平靜豈遂不思所以善後哉亙廣西廣東湖南江西福建數省邊境叢山長林苗猺獞蠻所居外礦丁廠徒木客鹽販盜賊所匿罪人所逃硝磺銅鐵之產不乏鳥道羊腸攀藤沿壁百里咫尺呼嘯驚疑民無所恃則動易靜難官無所恃則賞窮罰竭催科提解捕捉之案棘夫手養育教誡判斷之事梗其行此何如之策哉故曰團練鄉勇即猺事平靜亦可倚為善後之圖烏乎又豈徒平猺之策已哉

宗法議

成毅

邑先正暘谷黃氏著家禮一編首講宗法備錄程朱之說而斷之謂大宗主闔族之祭小宗主高曾祖禰之祭居必有祠祠必四世親盡則祧祖遷宗易一如古禮某愚竊以為宗法誠善然如黃氏之說及所引先儒禮經似惟諸侯大夫之有國與家者始可言之施諸士庶必有所不便也試詳言之古者有世貴有世賤貴者而不嚴之以分其勢必爭庶人無慮是也故貴者主尊尊尊故祭隆而喪殺賤者主親親親故喪隆而祭殺祭隆而喪殺故三廟五廟其勢愈遠而期功以下之服絕焉喪隆而祭殺故緦麻袒免皆所必嚴而禰廟以上之祭絕焉貴賤之

分各不相蒙是不可不辨也且自命士以上始有土田穀祿名位以相傳襲有土田穀祿名位以相傳襲則其力可以世世守之無廢先人之祀庶人受田於官百畝之入僅足自贍其身而已未聞國家別有所以厚於民之為父後者而獨責以敬宗收族於嫡長子孫不已難乎至於後世尤所不能百畝之田不能世世有之而庶人之所以遺其子孫之財與產又無獨厚嫡長之例數傳以後不能自存比比皆是而謂嫡長子孫能獨以土田穀祿祀其先人世世不廢有幾家耶即如宋明以來貴者得立五廟而朝廷無世祿則其後必微為宗子者將必有絀於才力之時且既推為宗子則必賢智而且尊優於族之人必賢智

則必教之備．必尊優則必養之厚．能必嫡長子孫世世足以自贍也邪．不能自贍則必族人代爲之謀．此亦其所不可繼矣．且更舉古禮經證之．記曰庶人無廟．又曰庶人薦於寢．凡以庶人不能世世祀其先人則薦於禰．嫡子主之．終其身兄弟聽命焉耳．此卽漢詔所謂民爲父後者也．今謂立大宗以主闔族之祭百世不改．立小宗以主高祖之祭五世則遷．是庶人皆得有廟．皆得祭及五世以至百世．不顯與經戾乎．又古者治民之法詳於周禮．族師比閭鄰酇之長讀法諄諄．何不聞屬之宗子使治其族之政令祭祀也者．又如令國民族葬掌其政令者爲墓大夫．何不聞掌於宗子也者．則古宗法之未嘗行於庶人．其尤彰

明而較著也．且宗子有君道．有君道則凡爲宗子者皆得臣其伯父叔父伯兄及伯叔祖曾．今　律論親屬何第以尊長卑幼及服之疏戚爲定斷邪．大抵言禮之家．每多泥古而不達求古人議禮之意．與夫後世時勢之所不可行者．不敢變而通之．無惑乎禮教之愈微也．吾鄉舊俗族各一祠．祠擇一人以爲之長．上主族之祭祀．下治族之教誡．揆諸禮制．幷所不悖．而議者或謂體統未尊．及多不公不正．敗壞家事之人汲汲援宗子之說以爲愈焉．然能必教育無素之宗子定爲賢智乎．似誠不如族人之所共擇而共推者之尚足以稱家督也．愚固以爲宗法誠善而無如勢之有所必不行也．

保甲團練議　成毅

聖王之治民也．其上教誨之．其次整齊之．其次禁制之．其次斬刈而芟夷之．教誨整齊以治君子．斬刈芟夷以禦小人．禁制之術則所以佐教誨整齊之不及而預爲之具．使奸謀邪心因之攝伏而可不至勞吾芟夷而斬刈也．故時雖承平．必不廢兵．凡兵之威不在於用而在於備．在我常有必不可犯之勢．而後在彼常有必不敢逞之心．此謂兵之威也．譬如猛虎伏處．不待搏擊而見者失色．聞者屛息．何則知其爪牙之可畏也．是故兵者人主之爪牙而禁制之大柄也．　國家兵制久定．額設之數預備戰守．百餘年來無事可試．昧者幾於謂兵可廢．然而近時盜

賊竊發．雖不踰時卽就誅夷．而每一事起．大府動色．睢盱瞡顧．調發千里．官民交困．則以禁制未豫．而所以禦盜而衞民者全恃官兵已也．竊計盜賊之發．不過奸民亾命潛相嘯聚．非有豪傑大猾魁奇出眾之才．非有長戈銛戟衝鋒陷銳之器．而其附和之人又非飢寒轉徙無所告愬暴斂橫征瀕於死亾之勢．平時無所甚迫．而其始禍之心不過洩忿於一二仇怨之子．然而悍焉無所顧忌．倉卒揭竿．事同兒戲者．直緣輕視官兵而習知其不足畏也．議者或歸咎於兵之不練．非兵之不練也．兵卽練矣．而其勢本單．試以郡邑計之．每郡額設不過數百．每邑額設不過數十．分爲駐防塘汛．散處數十百里．是卽一一練習而其

勢且必不能振而況其不練也又按盜賊偶起調發官兵有司長吏實多牽制何則伏戎於莽形迹詭祕縱有傳聞信疑常半此其不敢張皇者一也卽令形迹暴露變在頃刻而眾寡强弱未易懸揣此其不敢張皇者二也盜賊滋事至於調發必被彈劾有司初念倘事彌縫此其不敢張皇者三也必至禍釁已成呼號始急而鄰邑旁縣極近亦當百里傾城赴援極多不能百人至於鄰郡二三百里裹糧跋涉疾趨赴鬭力已先竭氣必自索而況暑雨祁寒百里之程二日而至尙爲勞苦是故賊常逸兵常疲賊常暇兵常遽宜乎兵未遇賊而卽惴惴危懼不自保也又客兵雖至地利不習入山則徑路錯雜遇水則汊港縱橫

甚且東南西北迷無所向兵卽厚集尙須時日遲回審顧不敢輕發又調發旁邑鄰郡則節制不一紀律號令必俟大府始相綰攝牽制愈多觀望愈甚是故小醜跳梁動需經時閱月而始定也所猶幸者　朝廷寬大民氣安樂奸宄鴟張不能煽動而劫掠之禍迫於鄉村各有身家咸思自保或聚眾而邀遮或扼險而共守眾怒難犯賊不敢攖所以官兵邀擊尙易撲滅假令水旱饑饉鄉村細民不思自保又或遷延時日殘破必多身家無戀易被裹脅往則蜂屯蟻聚行則豕突狼奔是雖名城大郡所恃者何人各自危莫有固志正恐虛聲恫喝不待寇來而自擾矣興言及此竊謂可爲寒心者也然而兵不可議增也增兵則需餉且不可無事而多聚也無事而多聚則易譁糜餉而易譁於事不便故嘗熟思遠慮莫如保甲團練之計始於城垣徧於鄉村其初特以禦盜其既可以弭盜譬如火然屑薪曲突之側列甕儲水預以待之縱有偶失一把注之而已熄矣視遠而取諸陂池其緩急得失爲何如也故竊謂兵者禁制之大柄而團練所以補兵之不逮者也爰條其說於左

士庶昏喪遵　制正俗議　李德騫

考儀禮昏喪之禮尚存士昏士喪既夕士虞諸篇然士爲有爵之士其禮不下庶人後如溫公書儀朱子家禮皆有爵位時所作其儀節猶繁亦難概施於庶人也恭讀　大清通禮酌古準今於品官禮外更制庶士禮庶民禮俾家家知禮而講之人人循禮而行之典盡善矣但藏在官府民間罕見故閭里雖窮而奢風究莫能挽等威未辨而僭分寔不自知其有志世道者援儀禮書儀家禮諸書欲以矯時而未免反古茲議謹遵　大清通禮及　大清會典　大清律例所制士庶之昏喪以正邑俗之僭侈庶幾率由有準而民德歸厚民

俗還湻云

大清會典云無品級人及生監軍民不得用執事庶民婦女不得用執事大轎而邑俗庶民迎婦悉用執事大轎此僭而違禮者也　大清通禮云品官昏請期備禮物三品以上羊酒四品以下鵝酒庶人昏請期用鵞夫四品猶僅一鵝而邑俗乃用八鵝八鷄十鵝十雞此僭而違禮者也通禮云舅姑饗婦婦退饗婦送者是饗送者必先饗婦而後及耳兩饗亦一日耳且饗婦其儀詳饗送者則略以送者即布婿席之媵耳媵亦一二人耳（通禮云媵布婿席於東注云媵婦家送者）而邑俗送者男女十餘人甚至數十人而饗送者肆筵設席必大宴至三日四日五日之久此奢而違禮者也通禮云諏日婿以贄見婦之父母主人醴婿此亦一日事耳而邑俗婿家必備禮物送婦黨而婦黨亦各家宴婿必延二十餘日或月餘之久此奢而違禮者也繼自今酌禮俗之宜請期紳士祇雙鵝庶民祇雙鵞迎婦庶民祇小轎送嫁婦女祇二人饗送者祇一日婦家宴婿祇三日奢之以禮違則有罰庶幾僭奢之風可革也且邑有不明女父母因婿家貧遂詈言請期必備八鵝八雞迎婦必具執事大轎明知其力不能辦而藉此難之以致男年當娶而不得娶女年當嫁而不得嫁甚至延之多年陰爲毀婚之計者良可慨焉誠能以禮爲防匪特僭奢可革更能婚姻以時矣斯杜離婚之漸也況邑俗溺女亦原嫁娶

之奢盍因婦家送者必男女多人非裝奩盛不足爲送者光又因婿家饗送者必開筵數日非裝奩盛不致爲饗者喜又因此女異日將送人嫁鬭美競多服飾必豫爲求備非裝奩盛不能滿其女意（邑俗送者女客十餘人服飾彼此相形若一人不齊則恥甚且燕數日必易服十數次若一次不齊則恥甚故嫁女必預備之）以此嫁女裝奩不得不盛因求盛不得不負債鬻產因慮嫁女鬻產故邑多溺女若送者婦女不過二人饗送者不過一日則女之服飾無須乎多嫁女亦無慮其難而產女自無庸溺矣斯清溺女之源也惟望民之父母曉以　定制正其習俗敦典則民知禮崇儉則民知義保赤則民知仁行一物而三善皆得者此之謂也

大清通禮云品官喪初祭大祭一品官羊五二品官羊四三品四品官均羊三五品六品七品官均羊二是品官喪祭祇用羊猶不敢兼用豕而邑俗成服用羊豕二牲此僭而違禮者也通禮云成服後親賓各以其服弔具酒果香燭厚則加財貨而邑俗親賓之弔用紬段爲輓帳此奢而違禮者也若未成嫁娶之生親家是無服之親不宜計不宜弔者而邑俗喪主必計生親生親弔儀必重尤奢而違禮者也邑俗已成嫁娶謂之熟親慶弔恆相往來若未成嫁娶謂之生親則喜不相慶而喪反相計相弔已不合乎情矣通禮明言各以其服弔生親無服而弔又大違乎禮矣況邑多襁褓結親親家祖父母喪父母喪及夫妻喪皆計皆弔有累計累弔之後或男亾則女另許人或女沒則男另擇配不得復稱親家矣是前計弔悉付子虛通禮云擇宗親善書者一人題主而邑俗必延官紳

點主俗寫主字無點待官紳加之前儒已辨其謬張筵宴客族戚咸吉服如慶賀此奢而違禮者也通禮云凡喪三秊者百日薙髮而邑俗三秊喪者四十九日薙髮即除喪服是違禮且忍心也通禮云喪遏音樂

大清律十惡條七曰不孝居父母喪作樂而邑俗喪事用鼓吹以哀爲樂是違禮且罪重也請自今凡民有喪禮律可覈祭止一牲或用羊或用豕輓毋用帛薙髮限期音樂盡革乃如題主必宗親是擇且夫喪禮之不講民德所由薄也嘗見人家有神龕而無神主者矣推尋其故則以爲力不能延官紳也力不能燕族戚也夫宗親題主貧亦優爲顧何以拘於俗見致令先人之神無所妥而蔑於禮之甚邪若夫豐裕之家以官紳點主爲榮以鼓吹燕會爲慶以紬段輓帳爲光而初祭大祭虞祭祔祭祥祭禫祭之禮曾未一行焉豈知所爲費金錢竭人力以行之者究越於禮邪凡此者皆積習相沿而未見通禮士庶喪禮之故耳爲民上者誠援

定制以正之出示以曉之有不爽然失廢然返乎雖然猶不能無扞格於其間者邑有阻喪惡俗或人父母沒則族屬生事或婦人沒則外戚生事挾嫌挾勢刁難多端不用音樂弗已不用羊豕弗已不張筵宴弗已不多給白衣弗已通禮云親賓各以其服弔是自具其服而來非待喪家給服也況無服之賓奚必給服邪若喪家貧力何能給邪稍未遂意輒肆阻撓不許大斂不許發引致令慳產之家因是糜費而破產講禮之士因是支吾而失禮尤宜禁此惡俗嚴戒重懲庶幾禮教得以通行也然則喪禮之講明迴狂瀾於既倒溥孝治於無涯豈非大有益於世道人心哉

湖南文徵卷十五　湖湘後學集編

釋上

釋雲夢

黃本驥

雲夢古無二澤之分見於經傳有合稱者有單稱者周禮職方氏荆州其澤藪曰雲瞢瞢與夢通爾雅釋地有十藪呂氏春秋淮南子作九藪漢書作八藪皆曰楚有雲夢戰國策楚王游於雲夢宋玉高唐賦楚襄王與宋玉游於雲夢之臺司馬相如子虛賦楚有七澤其一曰雲夢雲夢者方八九百里又曰呑若雲夢者八九於胸中史記高祖紀用陳平計乃僞游雲夢漢書地

理志南郡編縣有雲夢宮又曰楚地東有雲夢之饒後漢書郡國志南郡華容侯國雲夢在其南水經注雲杜縣東北有雲夢城又云夏水自州陵東逕雲杜沌陽爲雲夢之藪隋書地理志安陸郡有雲夢縣元和郡縣志雲夢澤在安陸縣南五十里又云雲夢澤在雲夢縣西七里凡此皆合稱雲夢者也夫曰縣曰城爲地已隘必以雲夢合稱曰臺曰宮其地更微亦未嘗舍雲而稱夢舍夢而稱雲也其爲一澤斷可知也況相如已明言楚有七澤雲夢其一乎左傳定公四年楚子涉睢濟江入於雲中國語王孫圉對趙簡子曰又有藪曰雲連徒洲司馬相如子虛賦楚王乃登雲陽之臺後漢書郡國志江夏郡有雲杜縣隋書地理志巴東郡有雲安縣元改爲雲陽州明改爲雲陽縣今因之屬夔州府凡此皆單稱雲者也左傳宣四年䢵夫人棄子文於夢中昭三年楚子以鄭伯田於江南之夢宋玉招魂篇與王趨夢兮課後先凡此皆單稱夢者也其單稱雲單稱夢者特省文耳非謂雲中非夢夢中非雲也杜預注雲中云入雲夢中所謂江南之夢言雲而幷及夢則夢亦在雲中矣注夢中云夢澤名江夏安陸縣有雲夢城言夢而竝及雲則雲亦在夢中矣注江南之夢云楚之雲夢跨江南北然則江南江北皆雲夢也自司馬貞史記索隱乃云雲夢本二澤人以其相近合稱雲夢而雲夢澤名始分爲二至宋人之沈括羅泌易祓郭思鄭樵洪邁

洪興祖之徒遂有江北爲雲江南爲夢之說後之學者莫不遵之古之雲夢方八九百里今湖北省之沔陽荆門蘄三州監利石首枝江黃岡麻城安陸等縣東抵蘄州西抵枝江京山以南青草以北皆其地也而德安府屬之雲夢縣置於西魏至今因之特雲夢之一隅耳猶古之蒼梧其地甚廣後世以名粵西之縣豈謂蒼梧僅一縣地乎禹貢雲土夢作乂史記夏本紀作雲土夢爲治水經注因之亦作雲土夢作乂而漢石經及漢書引禹貢文作雲夢土作乂唐太宗始詔改石經爲雲土夢以符史記玩史記以爲治二字易作乂蓋謂雲夢之土可治非謂雲之地僅土見而已夢之地已生草木可芟乂也又攷湘中記云雲

陽之墟可以避世可以隱居唐張謂作長沙風土碑亦引此記夫長沙去古雲夢之地且千餘里其墟猶以雲陽爲名則雲之爲地亦安得謂定在江北而不在江南乎其誤蓋由於史記傳鈔本偶倒夢土二字而水經注因之唐太宗遂據以改經小司馬因分雲夢爲二澤宋以來儒者復𠜂爲北雲南夢之說而經傳古義遂棄若塵羹矣

庵字詁

黃本驥

庵字在漢不見於說文而見於衡方碑碑云庵離寫疾隸釋云以庵爲奄是雖有庵字猶無屋舍之義至梁之玉篇云庵舍也痾也其時雖以屋舍爲庵猶未嘗以庵爲僧舍唐人如溫庭筠詩云禪庵過微雪陸龜蒙詩云尋僧助結庵則以庵爲僧舍矣然唐之唐韻云庵小草舍也宋之集韻云圜屋爲庵其時猶未以庵字專屬之僧舍故宋人多以庵爲別號及書室之名如朱子號晦庵胡詮號澹庵米芾號海岳庵陸游所居號老學庵是也庵之爲字以广爲義以奄爲聲取就厂爲屋而有所掩覆之義故後人或以广字爲庵字之省文其字與司馬相如子虛賦

庵閭草名謝靈運山居賦庵羅果名之菴字相通菴一作葊文之變也故掩揜二字義亦相通菴有掩義在后鼓文勿竄勿伐其字從穴至東漢王充論衡菴邱蔽野始變而從艸皆以掩蔽爲義以其屋舍爲菴則見於後漢書皇甫規傳親入菴□□視三國志不出菴幔晉書竟陵王子良傳編草結菴葛洪神仙傳結草爲菴王子年拾遺記編茅爲菴杜佑通典齊人謂柏菴爲帳幔皆菴與庵通之證也後代摹印家以六書無庵字不能强作篆文故元吳鎭有楳華庵朱文印則借盦爲庵明王穉登有廣長庵主白文印則借闇爲庵說文盦從皿酓聲字既從皿義當爲器東觀餘論有周素盦又有邛仲孫伯戔之鑽盦又有漢

小盦宣和博古圖有周文蚪盦皆盛滫飯之器有葢以覆之是爲盦之正義而闇則說文云閉門也亦與庵義有別葢以屋舍爲義當以菴爲正以菴蓉爲通以奄爲古通以广爲今省而盦闇則借用也其以庵爲僧舍專稱非古義也

釋樂上

曾興仁

樂之名不一樂之音亦不一而要其聲之還相爲宮者則一何以言之樂有匏土革木金石絲竹之名卽有匏土革木金石絲竹之音音與名固迥然各別而用之迭相生而成聲者則未有不同者也故曰審聲知音審音知樂明乎聲有高低有清濁不離宮商角徵羽也且樂未嘗亾也樂者人聲也天下烏有人而亾聲之理自漢後論樂不解求之聲人各有說而樂遂亾不知大招曰二八四上二八者言人聲有十六四上者言笛聲有四上尺工六卽言宮爲四商爲上角爲尺徵爲工羽爲六也故黃帝制樂斷自伐竹而舜樂之妙稱爲簫韶於是又從六而推爲

高四爲高上爲高尺爲高工共成九聲而獨無高六者以羽音本爲高清再無可上此五聲中只名九宮不名十宮也夫人聲十六層次雖多然止五聲爲本則是所謂七聲者以五聲而加變宮變徵爲二變所謂九聲者以五聲而加宮清商清角清徵清爲四清所謂十二聲者以五聲而加四清爲九又加二變爲十一因變宮有變宮清而變徵最高無變徵清則又只加一變清聲爲十二聲第此三變清聲多設而不用仍只九聲九聲去四清仍只五聲今觀笛家凡吹調必有禁指可恍然也是以三代歌曲不及七聲故國語七聲韋昭註不知其義以爲二變是文武所加則豈文武以前唐虞夏商竝無變宮變徵乎亦惟設

之而不用故不傳也。唐時樂官分番樂古樂。以七音爲番樂五音爲古樂。相沿至金章宗朝。則竟以番樂爲北調。古樂爲南調。北調則七聲竝行。二變交作。而南調則僅周旋於五聲之間。逮元尙北音。致設科取士。專用北調。元末明初。始有南曲行于世。則是古樂用五聲。今樂用七聲。凡和平宛轉春容樂易。卽古之樂。其險奧荒澹沖僻夷穆。統以變聲出調。攢簇成音。卽今之樂。凡此皆毛西河竟山樂錄所詳言也。然則五聲必繼以六律、謂何以言黃鐘太簇姑洗蕤賓夷則無射爲陽。林鐘南呂應鐘大呂夾鐘中呂爲陰。亦無非言宮商角徵羽。而以六律配六呂也。今世之言樂者。苟能數其樂之名。竝能由四上以辨樂聲轉變

成文而爲音。則凡樂聲之有雅有俗而還相爲宮者。皆可一而類之也。且由是推之。則今日之銅絃洋琴。卽可知仿古瑟有多絃之遺制也。今日之吹蘆大清小清。卽可知仿古壎似稱錘之遺制也。亦誰謂古瑟失傳古壎罕見而樂遂云亾哉。作釋樂上。

釋樂下

曾興仁

余旣取西河之說而爲釋樂。猶恐人莫知五音六律。與今四上等字有合。仍茲然也。適謝君子湘以所編周誠齋音律指迷寄示。因卽所說而申之曰。六律之繼五音。以五音有三音相連者。有二音相連者。三音連者爲宮商角。則徵羽二音連而角與徵隔一律。二音連者爲宮商。則角徵羽三音連而角與商隔一律。惟五音中有相隔之一律。故不能以五律正五音。而必以黃鐘太簇姑洗蕤賓夷則無射之六律正五音。此聖人竭耳力之神用也。聖人又以人聲有陰陽。律而無呂則孤陽不生。乃依六律而制六呂。黃鐘之呂曰林鐘。太簇之呂曰南呂。姑洗之呂曰應

鐘。蕤賓之呂曰大呂。夷則之呂曰夾鐘。無射之呂曰中呂。六呂之聲各從其律。而大呂卽黃鐘清。夾鐘卽太簇清。中呂卽姑洗清。林鐘與夷則同聲。南呂與無射同聲。惟應鐘則別爲聲。附六律而爲七律。故左傳云爲七音以奉五聲是也。律呂諸聲或夫妻相配。或子母相生。則一律定而諸律皆可倚聲而定。大凡上生一位則十分損一分一釐九毫五絲九忽五微與九分損一之法異。遞損七位恰得清聲。下生一位則十分益一分三釐五毫八絲四忽與八分益一之法異。遞益七位恰得倍聲。蓋神明于流法。推至隔八相生毫釐不爽。突然以遼史樂志其音凡十曰五凡工尺上乙四六句合。則夢溪筆談及蔡西山律呂新燕

樂篇强以四上等字配爲十六聲以符人聲十六艮由不知六律六呂止有七聲而謬以爲十二聲復益四清爲十六也而要不若只以九字隨調移換爲得推之笙簧十一琴徽十三以及琵琶雲璈等樂皆無非高低清濁正變用律呂配今合四乙上尺工凡六五之九字也夫如是精以審之古今樂可恍然矣作釋樂下

釋道山三條四列　魏源

問道山之義或謂其敍在道水之前必先濬澗谷之水由畎澮距川故卽山以表之或謂其敍于九州之後是必懷襄已奠乃隨其山勢首尾而巡行之或謂卽道水施功之次第但山川各有奠定故分二篇以紀之者何曰以爲道水之前乎則禹自言浚九州距四海而後言濬畎澮距川苟大川未治畎澮安歸且壺口底柱則大河之經流岷嶓衡陽豈畎澮之功役其不合者一以爲道水之後乎則懷襄已奠跋涉重勞且岍岐與鳥鼠相近乃舍之不循東至海碣而後復及于西傾西傾與嶓冢相近乃舍之不巡及東極陪尾而後復及于嶓冢嶓冢與岷山相近

乃舍之不巡及東至大別而後復及于岷山此不合者二以爲卽道水施功之次第乎則禹之治水自冀河而外皆先下游而後濬源故兗青徐揚最先荆豫次之梁雍最後以水側山則宜先東後西雍州之荆岐旣旅終南惇物至于鳥鼠是其明證今道山皆先西後東全逆施功之敍其不合者三然則如之何曰禹隨刊之次第已分見九州皆以人功先後爲主而山川從之此則隨刊已畢總記山川條列皆以山之幹支水之源委爲主而禹蹟從之使徒分見各州則散而不屬顚而不敍非所以奠山川之位埀萬世之經故史臣於禹告成功之時大書特書曰凡九州之山則南條北條中條禹之所隨刊者從首至尾有如

此凡九州之水則四瀆五川禹之所疏道者從源竟流有如此貫數千里之山川爲一條分九州之山川爲四列具圖副說告成於帝帝不下堂而悉九域之經緯五服之平成焉不然何以青之岱徐之蒙羽梁之蔡蒙雍之終南皆各州功役所及而反不見於道山惟冀之梁山龍門詠於壺口之內弱水之合黎黑水之三危河之積石大伾江之東陵皆見於道水而亦不見於道山豈非以隨刊雖及而非大瀆之所經與岡隴脈絡之所重則雖施功而不敘乎至若壺口太岳底柱碣石西傾熊耳桐柏大別衡山與北條之荆則一見而再見鳥鼠岐荂岷嶓與南條之荆則一見而且三見岍山雷首析城王屋太行恒山朱圉陪尾外方內方敷

淺原則他州不見而獨見於道山豈非以大瀆之所經與岡隴脈絡之所重則雖重見而必書雖從不見者亦必特舉乎故知道山之文猶道水也因山以紀瀆明山川之本末而非述功役之次第也

問岍岐以下渭河濟水所經西傾以下伊洛淮渭所經嶓冢以下漢水所經岷山以下江水所經其爲因山以紀瀆則聞命矣至若孔傳以荆山之脈逾河而爲壺口雷首太行恒山之脈連延東北接碣石而入滄海衡山之脈連延而爲敷淺原則蔡傳闢之以爲地脈之說始於蒙恬成於郭璞當訓爲禹之逾河禹之入於海禹之過九江今仍主山川脈絡之義者何曰此所謂目不見其睫者矣漢書地里志曰禹貢北條荆山在懷德南條荆山在臨沮此今文尚書師說而馬融王肅用之以道岍爲北條西傾中條嶓冢南條者也馬王用今文說史記天官書曰中國山川東北流其維首在隴蜀尾沒於勃碣自河山以東南者中國于四海內則在東南爲陽陽則爲日歲星熒惑塡星占於街南畢主之其西北狐貉之民爲陰陰則爲月太白辰星占於街北昴主之此古文家說而鄭氏注用之以道岍爲陰列西傾爲次陰列道嶓冢爲陽列岷山爲次陽列唐書天文志復衍之曰山河兩戒其北戒自三危積石負終南地絡之陰東及太華逾河至雷首底柱王屋太行北抵恒山之右乃東循塞垣至濊貊朝

鮮是謂北紀以限戎狄南戒自岷山嶓冢負地絡之陽東及太華連商山熊耳外方桐柏自上洛南逾江漢抵武當荆山至于衡陽乃東循嶺徼達東甌閩越是謂南紀以限蠻夷是也以經文質之于北列書道岍而次北之西傾蒙其文于南列書道嶓冢而次南之岷山蒙其文則四列之義實本于大禹粵自庖犧畫卦俯察地理言九州地理之書謂之九邱地理者地之條理脈理也天地定位山澤通氣兩山之閒必有大川則兩川之閒亦必有大山推之兩小川之閒必有小山兩小山之閒必有小川小山者大山之分大川者眾小川之合使三條四列非關脈絡則岍岐遠在大河以西五六百里安得與河東諸山並爲北

條壺口底柱不過河中之后脊安得與雷首析城爭高並舉豈非渭北荊山之麓左自壺口后脊逾河而爲雷首太岳渭南華之脈右由潼關函谷分底柱后脊逾河而爲析城王屋乎道水之過九江至于東陵東迆北會于匯明謂江水過之至之迆之會之非謂人過之至之也何以道山言岷山之陽過九江至於敷淺原必非南條五嶺山脈過之而必爲人過之乎北條之山盡于碣石逾海爲島嶼諸國故經言入於海正所謂中國山川維首在隴蜀尾没于碣渤而說者乃以爲禹之入海則導河至海口忽航溟渤而東行將何往乎道水篇入于流沙入于南海亦皆禹入之乎

釋道山北條陽列

魏源

問道岍及岐至于荊山地里志吳嶽在扶風汧縣西古文以爲汧山（縣今鳳翔府隴州地）爾雅河南華河西嶽河東岱河北恒江南衡是殷周以岍爲西嶽華爲中嶽而史記封禪書自華以西名山七則析嶽山與吳嶽爲二元和志因之隴州志以州西四十里之吳山爲岍山州南八十里之嶽山爲吳嶽其實峯巒延亘東鄰岐岫西接隴岡在禹貢時止名岍山周都岐豐尊爲西嶽則總名嶽山至漢武時始析嶽山與吳嶽爲二自唐以後崇祀皆五峯爲首仍合爲一此則祀典代異猶太華少華太室少室之本一山也岍嶽在華山之西故說者皆謂周以岍爲西嶽華山爲

中嶽獨近日金氏鶚謂四嶽之名自古不改惟中嶽隨帝都爲遷移唐虞以霍太山爲中嶽周初以岍爲中嶽而華山仍爲西嶽考周禮職方氏河南曰豫州其山鎮曰華山正西曰雍州其山鎮曰嶽山此華爲中嶽岍爲西嶽之明證若如金氏說豈有華爲西嶽反屬豫州岍爲中嶽反屬雍州者哉豈有豫不爲中州而雍反不爲西州者哉且周都豐鎬東距華山不過二百里而西距岍山四百里中嶽既爲帝都之鎮乃舍近取遠反在西嶽之西乎若謂西方諸侯朝覲西嶽之下不應使越京師而遠赴岍隴不知畿內虞虢之屬原可就近朝京師若巡守而會西諸侯則隴西漢南之國畢至去岍近而去華遠且金氏力主衡

山爲南嶽則偏在五嶺何不虞南國朝覲之僻遠而反虞西幾之岍嶽乎或又謂禹貢北條荊山漢志係諸馮翊懷德縣下而富平亦有懷德故城亦有荊山者何曰此三國時所移立非漢之懷德且朝邑有洛水歷彊梁原入渭在荊山下同州志謂之蔘原俗謂之朝坂自荊山麓直抵河壖東連壺口故荊山之脈從此逾河若富平并無洛水且東距河二百餘里安得卽爲逾河之壺口乎或又以富平縣無高山欲以三原之巀嶭山當之見漢志池陽下俗名嵯峨山則叚在富平之西距河愈遙北條山脈至此安得卽逾于河且岐山東麓爲九嵕甘泉巀嶭以盡於荊山故禹貢西舉岐東舉荊以包之豈得因洛水亦有漆沮之名遂以後世漆沮入渭之

處爲洛水入渭之處竝荊山而移之乎

問壺口雷首至于太嶽底柱析城至于王屋皆北條逾河之山也而龍門在壺口西岸言壺口不言龍門者何漢志雷首在蒲坂則其東脈爲中條山盡于垣曲王屋在焉不言至王屋而言東北至太嶽者何析城在濩澤今澤州府陽城縣王屋在垣縣今平陽府絳州垣曲縣則析城反在王屋之東北而言析城至於王屋者何曰漢志壺口在北屈龍門在夏陽本一山連亘禹鑿之以納河故兩山夾峙東西而經以壺口屬冀龍門屬雍此欲言山脈之逾河自當舉東岸之壺口以表之也雷首一山九名亦名首陽山大戴禮伯夷叔齊二子生於河濟之閒此首陽卽雷首在冀州之證也亦名陑山書序湯伐桀升自陑陑注在河曲之南是也或亦謂卽中條山見元和志又名襄山又名薄山竝見穆天子傳封禪書又名堯山見水經注今有王官谷者是也雖邐迤數百里隨地異稱三方志各書所聞而其正麓則自臨晉絳州溯汾水北走平陽諸縣以達于霍州之太嶽蓋大禹主名山川知霍太山雷首之脈自壺口逾河爲北條之左支王屋析城之脈自底柱逾河爲北條之右支各有其紀而不可亂又唐虞以霍山爲中嶽而沇水出自王屋皆冀州之望故兩書至于以表之蓋王屋東接太行而霍嶽北走恒山也王屋濟水所出自當在今濟源陽城二縣界內其水南入濟北入沁若垣曲則幷非濟水所源何得王屋在其境內疑漢志本以析城在垣縣王屋在濩澤而後人傳寫誤互之歟且如城如屋皆

山形方正得名故或誤以析城爲王屋歟析城亦名中條山正與雷首中條相近之故苟謂析城在山東陽城不特於山幹東西不合卽謂禹之道山亦豈有由底柱渡河先東行至澤州陽城始復折回西至垣曲者耶

釋道山北條陽列二

魏源

問太行恒山至于碣石入于海說者多謂太行爲天下之脊自河內走幽州凡有八陘皆謂之太行而恒山則僅上曲陽之一峯是北條陽列幾可以太行盡之者何曰是從來之謬試以禹貢質之則太行自太行恒山自恒山不能幷恒山爲太行猶之道岍及岐至于荊山不能幷岐荊謂之岍西傾朱圉鳥鼠至于太華不能幷朱圉以下謂之西傾熊耳外方桐柏至于陪尾不能幷外方以下謂之熊耳恒山以恒水所出得名卽今之渾河發自渾源州與滹沱衞河夾恒嶽而東行故禹貢幷稱恒衞凡大山皆有大川界之黃河以北沁濟以南王屋之幹也濟沁以北滹沱以南太行之幹也滹沱以北桑乾以南恒山之幹也桑乾東北灤河西南燕山之幹也灤河以東遼河以西醫無閭碣石之幹也歷代諸史據太行言之謂之山東山西據恒山上曲陽言之謂之山左山右據燕山言之謂之山前山後雖分三幹竝祖于大同府外之陰山而分脈於甯武府之管涔山故朱子言冀都山脈發自雲中不言發自太行此精于北條脈絡者漢地理志惟于河內之壄王山陽二縣言太行在其西北卽今懷慶府之河內修武二縣而他處不言太行又于上曲陽縣但言恒山北谷在其西北而不直言恒山在其西（兩山間曰谷蓋恒水出自恒山行數百里山谷中至上曲陽始出山行平地故北谷在焉）此精于言太行言恒山者今人尙執

太行直抵碣石之說與北嶽在上曲陽之說請列數證以闢之列子湯問篇太行王屋二山方七百里高萬仞在冀州之南河陽之北是自古太行王屋兩山合記亦僅方七百里安得有太行東走千餘里直至海濱之說乎證以郭緣生述征記謂太行自河內逾中山盡于幽州凡有八陘考山中絕曰陘太行綿亘上黨河內二郡又東北跨遼州迄今獲鹿井陘之地旁薄雖廣實止五陘一軹關陘（在濟源縣）二太行陘（在河內縣）三白陘（在輝縣左傳亦謂之孟門）四滏口陘（在彰德府磁州爲自鄴至晉陽要道）五井陘（在眞定府獲鹿縣）皆在滹沱以南故淮南子稱太行爲五行之山正以五陘得名若第六飛狐陘已逾滹沱上游在恒山之北不得復爲太行（今宣化府蔚州飛狐口）第七蒲陰陘（在今易州）第八軍都陘（今昌平州居庸口）則更踰桑乾爲燕山在恒山之東謂之恒山且不可況太行乎其辯一也史記趙簡子告諸子曰吾藏寶符於常山之上使諸子求之無卹還曰已得之從常山上臨代代可取也地記曰恒山北臨代南俯趙晉隆安五季魏主珪自鄴還中山將北歸發卒萬人治直道鑿恒嶺至代五百餘里卽倒馬關路若上曲陽之山能俯臨代乎燕世家燕聽張儀之計獻常山之尾五城於秦正謂代北之地若眞定常山郡地則燕都近障豈能獻之而秦亦豈能有之乎其辯二也恒山之幹亦分三支其南支自神武泉東出盡於眞定而滹沱與滋河界之其中支自五臺東出倒馬關盡於上曲陽之大

茂山而沙河與滱河界之北支由蔚州東出盡于大房山而易水與桑乾河界之三支以中支爲正故渾源之元嶽爲祖五臺爲禰上曲陽之大茂山爲子孫實則一幹自相首尾自長城築後遂畫渾源之山與五臺爲二考名山記恆山有五名一曰蘭臺府卽南臺也二曰列女宮卽北臺也三曰蕐陽臺卽西臺也四曰紫微宮卽東臺也五曰太乙宮卽中臺也水經注崞縣南面元嶽漢雁門郡崞縣爲今渾源州地五臺正當其南是五臺爲元嶽之中峯故靈異埒於岱華卽不祀諸渾源亦當祀諸五臺若大茂山謂元嶽中支之麓則可謂卽是元嶽則以孫爲祖以臣爲首其繆三也周禮職方氏正北曰幷州其山鎭曰恆山其川滹沱嘔夷是幷州無太行嘔夷卽恆滹沱卽衛恆水上源出渾源

州衛水上源出五臺恆衛二水夾恆嶽東行至眞定始出平地是禹滌恆衛之源必在恆山上游若上曲陽之山所出何水大禹施功何所其繆四也王制中國疆域南不盡衡山北不盡恆山是南以衡山包五嶺北以恆山包燕雲故策士以常山之蛇喻中國形勢亦謂首尾蜿蜒之遠是王制述中國北面以恆山界華夷不以太行界華夷況區區上曲陽一山能爲中國北界乎自恆山至于南河千里而近其時禹河未徙上曲陽至南河大伾山五百里耳若非渾源州之恆嶽安得距河千里乎其繆五也漢唐望祀北嶽於上曲陽不過因古昔巡守之舊帝王巡守方嶽不必升造其巓猶祭岱山於博祭華山於華陰止取廣

平便於朝會非卽以華陰爲華嶽奉高爲岱宗若後世不舉巡守不覲方嶽歲時遣官秩祀則衡處南徼尙不謂遼況渾源密邇燕都反以爲遼乎會稽山在秦望廟在覆鬴豈可卽以覆鬴爲會稽乎秦漢置常山郡於眞定正猶九江郡治壽春會稽郡治吳蒼梧郡治粵其地望皆距郡治千百里豈得謂九江在壽春會稽在吳蒼梧山在粵乎豈得以常山郡治所在爲山之所在乎金明議者尙據詩崧高疏謂必據所都以定方位則軒居上谷處恆山之西舜居蒲坂在華陰之北五嶽之名應無代不改試問唐虞四嶽見尙書大傳軒皇五嶽證據何書唐以霍太山爲中嶽周以岍山爲西嶽華山爲中嶽殷及兩漢以嵩高爲

中嶽何謂五嶽不隨帝都而改況渾源之與上曲陽同祀恆山不過一在其支麓一就其主山並未舍恆別祀何謂遷改本朝順治七秊移祀北嶽於渾源州一正前世之譌謬而閻氏若璩輩猶襲孔穎達之譌請斷之曰後世帝王舉巡守朝會之典則望祀北嶽宜于上曲陽如僅遣官特祀則北嶽必在渾源州矣則或于五臺山

釋道山北條陽列附（本雍州文附論道山下）　魏源

問終南惇物至于鳥鼠或謂止太乙一山而惇物則莫知所在者何曰地里志右扶風武功太壹山古文以爲終南（武功今鄠縣太壹山亦作太乙山今曰太白山）垂山古文以爲惇物（錢氏坫曰垂山當作岳山卽今武功山俗稱敖山敖岳聲之轉舊本誤作岳今據封禪書郊祀志正之）水經隴山終南山惇物山在扶風武功縣西南此竝以太白山卽終南其武功山爲惇物故古有武功太白去天三百之諺此古之尙書說也隸釋載漢無極山碑云有終南之惇物岱宗之松楊越之篠蕩洪氏适謂以惇物爲終南所產與松篠同科此歐陽夏矦書說程氏大昌本之謂終南產物殷阜故稱惇物非別有一

山考此文與原隰底績至於豬野耦文對舉惇物正與底績對文此今文尙書說也其釋惇物雖殊而釋終南爲大壹山則古今文無異說僞孔傳及括地志皆本之武功志復云太白山一名太乙山此竝以太乙山爲太白山兩名實一自家法不明信道不篤于是有析終南與太乙山爲二者（張衡西京賦潘岳西征賦皆以太乙終南竝列唐六典又以終南太白竝列）有以長安南面之山自盩厔以東皆終南者（自盩厔至藍田之山禹貢但謂之蕐陽漢人但謂之南山無謂之終南者地里志鄠杜竹林南山檀柘號稱陸海東方朔傳諫起馳道抵南山云云皆指蕐陽而言而胡氏渭乃力主南山爲終南誤矣蕐陽之南則皆秦嶺今幷以秦嶺爲南山者更誤）有竝西起隴山東及秦嶺凡商顏太蕐皆謂之終南者（見栁宗元終南山祠堂記）因有謂蕐山爲惇物者（水經注索隱寰宇記因垂字誤作蕐）有謂惇物宜近

南山而以太乙山及武功山爲皆惇物者（胡氏渭）請以經正之禹於雍州治水自北而南刊山則自東而西故從荊而岐而終南惇物而鳥鼠則終南必在岐山以西鳥鼠以東明矣若秦嶺南山則反在岐山之東曷爲列次其後西跨汧隴則包鳥鼠在內曷言至于鳥鼠證一也秦風終南美襄公始有岐周史記曰襄公伐戎至岐而卒子文公以兵破戎闢地至岐岐以東獻之周蓋岐在渭北終南爲太白山正在渭南地相準直故秦人美其始有終南若岐以東之南山則襄公兵未至其地其子文公又以獻諸周安得爲秦有哉以詩之終南證禹貢之終南非太白而何證二也（詳詩古微）古人封山表鎭取尊特不取衺延故冀不嶽

太行而嶽霍太雍不嶽南山而嶽岍吳南紀不嶽五嶺而嶽衡霍今雍州之山莫雄於太蕐莫峻於太白不應不列於經賦家或以太白太乙與終南竝列者蓋以終南爲總名而太白則終南之主峯一而二二而一然終南亦至岐而止後人侈之遂有始隴終秦之說不知終南毛傳左傳皆作中南（司馬矦曰中南九州之險也）潘岳關中記曰終南一名中南言居天之中在都之南淮南子俶眞訓作中隆（高誘注謂卽終南）蓋太白居羣山之中隆然獨高故名中隆其中終隆南皆同聲假借不以始隴終秦爲義證三也盩厔藍田之南山禹貢但謂之蕐陽蓋皆蕐山之來脈故曰蕐陽黑水爲梁州若以此爲終南曷不曰終南黑水爲梁州乎蕐陽

以炭谷龍湫之山爲主峯俗呼爲南五臺神秀冠峙南山皆其屏障正在蕐山之陽乃或因雍大記稱五臺太乙谷有太乙元君湫池漢武帝元封二季祠太乙於此建太乙宮又山有太乙峯太乙池遂以南五臺爲太乙山則不知古言太乙者猶言第一山今南五臺雖秀安能與太白爭高且置蕐陽於何地證四也至惇物之訓則必從洪适漢隸釋所引無極山碑有終南之惇物云云蓋導山異于導水若空述脈絡不預隨刊則與導水篇何異九州無是㓮也故荊岐必言既旅蒙羽必言其乂蔡蒙必言旅平原隰必言底績終南必言惇物此今文家無上精義鴻荒之世終南奧阻人蹟不至雖材產般阜無由顯于人世自

隨刊滌源以後欙橇四通於是終南材木金箭取給不窮西至鳥鼠之山皆秦隴所仰供資用故以惇物與旅績竝書乃從來但據漢志太壹山古文以爲終南嶽山古文以爲惇物從未有表章今文家說者何哉蓋上文灃水攸同止治渭南患甚之一水時荊岐終南鳥鼠則幷滌渭南渭北山谷之源而後循治原隰以終道渭之績故知禹之治水皆先下游而後滌源也古文家不察經誼强以惇物爲山名而自來楊馬左思詞賦侈鋪名勝以及秦人土語從無一言及于惇物之山者鑿空之詞終難徵實證五也

釋道山北條陰列

魏　源

問北條陽列之山起岍岐盡碣石而不及隴西諸山首短而末長其次陰列之山起西傾止陪尾而不及岱東諸山首遠而末近者何鳥鼠朱圉太華皆渭水所經若西傾非渭源在鳥鼠西六七百里地里志禹貢朱圉山在天水郡冀縣爲今伏羌縣地則又在鳥鼠之東南二三百里道山乃先西傾朱圉於鳥鼠者何曰龍門未闢以前河由孟門左右分洩雍冀泛濫岐陽之地挾渭水而東則岍岐固洪水所支溢也故北條始岍岐終碣石皆以道河爲主而岍岐以西之臯蘭祁連諸山陪尾以東青萊諸山皆非隨刊所及焉至西傾雖非河渭所經而洮水出其東

北其入河之處距渭源甚近〔今臨洮縣是〕桓水出其東南入潛〔詳梁州下〕則西傾因桓自與道渭爲一役且其山在嶓冢之北非南條陽列之山安得不與鳥鼠竝舉乎朱圉爲渭水所經而伏羌縣志稱縣西南諸山皆朱圉之別峯隨地異名則是山或曰白巖或曰后鼓禹貢總謂之朱圉西接洮水與鳥鼠南北相直其山脈橫行自南而北則朱圉固可爲鳥鼠之來脈故道山先朱圉於鳥鼠漢志謂在冀南梧中聚者就其盡處而言或祀典所在猶上曲陽之不可以盡恆山西縣之不可以盡嶓冢而閻百詩泥之謂一聚可容趾必非廣則經曷爲繫諸鳥鼠之上西傾之下卽謂禹道水循行次第亦豈有循洮水至渭源乃不道鳥鼠而

先東至朱圉始折西至鳥鼠復折東至太華者耶胡氏渭至謂經文必從鳥鼠朱圉而傳寫倒互是不以經求地而反改經以殉地耶雍州刊旅先荆岐下游而後上至于鳥鼠道山則先鳥鼠上游而後至于太華詎知道山篇文皆以水之原委爲山之條列矣

釋道山北條陰列二

魏源

問熊曰外方桐柏至于陪尾漢志嵩高山古文以爲外方山金氏履祥謂大雅崧高維嶽安得與江夏之山相爲內外因別取陸渾縣之方山爲外方或又謂中嶽嵩高之名始於漢武者何志言江夏安陸縣橫尾山在東北古文以爲陪尾安陸今湖北德安府屬縣而孔傳謂皆在豫州界淮在桐柏經陪尾者何導山于嶽有華恒衡嵩而不及岱東者何曰嵩高古不名嶽止名外方唐虞巡守所不及殷都豫州始以嵩高爲中嶽故爾雅五嶽前條爲周制後條爲殷制至周室東遷洛邑始尊之曰太室取明堂五室太室居中之誼則復用殷代中嶽之制故左傳司馬侯曰四嶽

三塗陽城太室是太室在四嶽之外不在五嶽之外至漢武遂案古圖書復禮宗高爲中嶽非刱也大雅毛傳山大而高曰崧通指四嶽因申甫齊許世掌四嶽之故此西周時語自應劭風俗通劉熙釋名始混崧嵩爲一而釋大雅爲嵩山金氏履祥遂以殷及東周之五嶽上例禹貢而疑其不當名外方疏矣至漢志安陸之橫尾竝非淮水所經姚氏鼐謂當與安豐之大別互易乃傳寫者誤移其文謂大別漢水當在安陸陪尾淮水當在安豐此說亦未盡善詳大別條山考經凡言至于者皆相距甚遠至于鳥鼠至于太嶽至于太華至于碣石皆千里數百里以導淮之桐柏東會於泗沂推之則陪尾當從水經在卞縣泗水所出之說隋志泗水縣有

釋道山南條陽列

魏源

問道嶓冢以至大別此南條之陽列漢水所經也地里志隴西西縣禹貢嶓冢山西漢水所出或謂當在沔陽者何南郡臨沮縣禹貢南條荆山在東北漳水所出（臨沮今襄陽府南漳縣西八十里有荆山）江夏竟陵縣章山在東北古文以爲內方山（漢竟陵故城在今安陸府鍾祥縣南與荆門州界）按考荆山起南漳迄荆門與內方相接何不援西傾朱圉鳥鼠至于太華之例而必以至于荆山與至于大別並舉者何漢水至大別入江而地里志云六安國安豐禹貢大別山在西南非江漢所會或以爲漢陽翼際山則在漢西而非漢東又與左傳不合者何曰隴西嶓冢兼跨氐道西東二境西漢水出其西東

漢水出其東二水潛通互受故漢志互舉以明之禹貢導水有東漢無西漢者東漢入江流長路遠自以遠者爲正流凡沔漾皆東漢之名而西漢止浮于潛一語目胡氏渭據後魏所置沔陽之嶓冢縣以駮漢志東西相距五六百里使漢源反短于潛水南條不起于隴西（別詳于道漾章下）至道山經文凡言至于者皆以志水之原委至于太華志渭之入河也至于王屋志沇之發源也至于太嶽志汾之上游也至于碣石志河之入海也至于陪尾志泗源也至于衡山志湘源也至于敷淺原志彭蠡之治也江漢沮漳爲楚之望而沮漳皆出於荆山以入江而景山即荆山之尾故水經沮出沮陽縣西北景山而淮南子以爲沮出荆

（陪尾山今山東兖州府）周禮保章氏疏曰外方熊耳以至泗水陪尾屬搖星蓋本春秋緯文則漢人本以陪尾爲泗源豈有班氏作地志近據圖籍上本禹貢周官反不知陪尾所在而屬之江夏安豐者哉蓋淺人校漢書者妄取僞孔傳入之地志蓋以爲孔安國眞古文與安豐大別之增竄正同一例知陪尾爲泗源則陪尾正岱宗之來脈至于陪尾即至于岱宗也近日曲阜桂氏馥曰岱山爲中條之盡其脈自泗州徐沛間漸起岡阜由呂梁穿過而起沂嶧諸山再峽爲嶧縣之陰平嶺而起東蒙山三峽爲泗水縣之陪尾而起徂徠新甫諸山四峽爲萊蕪之原嶺再轉即東嶽插天矣正幹逆轉西南經東阿肥城以盡於東平州而曲

阜正當其環抱之處汶泗拱合鍾生至聖濟水東行岱脈西轉與濟相逆而鉅野大澤則其匯水之區（以上桂說）案嵩山之脈盡於成皋桐柏之脈盡於汝甯此後河南淮北一望曠衍幾無蹤蹟漸起於徐泗而突起於山東後世黃河橫決而南運河復橫截而北使人忘其所自至有岱脈自遼東渡海而來之說豈知禹貢熊耳外方桐柏至于陪尾已包盡中條之脈絡乎陪尾志泗源之山而不及汶源之山者汶不入淮而泗入淮仍以桐柏之淮爲主也

山則景山卽荆山也荆山爲荆豫二州之界兼沮漳二水之源首尾數百里安得不特書至于以見爲南條之中脊乎至以章山爲內方則種種不合漢志謂古文說則今文不然也章山不過荆山之盡麓其山所出竝無箸名之水舉荆足以包章且大別實在漢東與章山隔水其脈安能至于大別且漢北漢東名山無數何獨此詳而彼絕不及考楚國方城爲城漢水爲池則內方自當爲方城楚之方城有三一在上庸漢中之地居荆山上游非此所舉一在漢北卽屈完拒齊師之地在今南陽裕州葉縣連山相接六百餘里號曰長城而漢水流其南一在漢南卽吳楚夾漢時楚左司馬戌欲出方城外毀其舟又塞城口隘

其歸路在今信陽州及應山之地居大別上游而禹貢內方則專指漢北葉縣之方城葢導荆山者導漢南沮漳之水入漢也導內方者導漢北丹河唐河諸水入漢也至于大別則導漢東溳溠諸水入漢也至大別山則書正義謂地里志無大別惟鄭注云大別在廬江安豐縣杜預糾其與漢水不相近疑後人取鄭注以增入漢志且志果有此條杜預豈有不知而託爲或說者正義豈有不見地里志而直言其無者酈注於漢志無條不引豈有獨闕此文而但引杜預者故知此注必在鄭氏以後而其混爲班志原注又必在唐本以後孔穎達時尚未紊淆也水經注亦不信安豐大別之說而所言江水東逕魯山南地說所

謂漢與江合於衡北翼際山旁者亦不言是大別元和志始言魯山一名大別山在漢陽縣東北百步前枕蜀江北帶漢水則今魯山實在漢岸之西與左傳吳楚夾漢楚濟漢而陳自小別至於大別之說不合葢楚濟漢東則大別當在漢之東岸（別詳導漢章下）姚氏鼐謂今漢志安豐大別當與安陸陪尾互易則近淮近漢各得其所云云亦善于解環考左傳定四秊吳伐楚舍舟於淮汭自豫章與楚夾漢左司馬戌謂子常曰子沿漢而與之上下我悉方城外以毀其舟還塞大隧直轅冥阨子濟漢而伐之我自後擊之必大敗之子常不從乃濟漢而陳自小別至于大別三戰不利敗于栢舉吳從楚師及淸發將擊之夫槩王曰不

如俟其半濟從之又敗之又敗諸雍澨五戰及郢司馬戌及息而還敗吳師于雍澨考春秋吳楚爭戰皆在今潛霍六安之地由淮而不由江葢古潯陽九江及大雷彭蠡之閒江面橫廣各百餘里浩瀚沮洳洲渚縱橫爲舟師所憚行故皆泝淮而上甯由陸越山而不敢戰於江也或謂栢舉在麻城淸發在德安府安陸縣西之涓口（見水經及元和志鄖水卽淸發水）雍澨在京山縣東南皆與左傳地形不合葢栢舉卽在大別小別之地不應東隔三百餘里淸發當濟嚮郢之津不應遠在孝感雍澨則已涉漢而西不應反在漢東以禹貢道漢章證左傳則三澨在大別上游當爲今安城以下入漢之夷水口（水經注夷水入漢俗名蠻河口）瀫水口（古都國故城俗曰樂

鄉河權水口。逕荆門州東南入漢俗曰荆門河此三口皆在均州滄浪水之下。此據水經注引地說所謂滄浪之水出章山者天門大別山之西北。而權口為自陸安府赴郢必由之道。則權口當卽雍澨。與左傳合。而水經及索隱竝言三澨在邔縣之北。邔縣故城。在今襄陽府宐城縣東北。正當此三水口。而鄭康成謂三澨在江夏竟陵之界。漢竟陵為今天門縣。亦正在此三口東岸於古書無不合。楚師戰敗于天門縣。大別柏舉皆在此由權口濟漢。當卽雍澨轉戰荆門州。五敗而及江陵之郢。及左司馬自息還。則漢東已無吳師。故濟漢救郢。而吳師自郢東禦之于雍澨。以左傳證禹貢。則大別之在漢東不在漢西。無可疑者。內方當為漢北之方城山。不當為漢南之景山。亦無可疑者。

釋道山南條陰列

魏　源

問岷山之陽。為南條之次陽列。故蒙道嶓之文。而岷不復言道。然岷山至衡數千里。中隔繩若沅澧諸水。且衡山非江所經。而言至於衡山者何。衡在湘水之南。其麓盡于洞庭之西。而孔傳謂衡山之脈。連延而為敷淺原者何。大別以下。南條之循江北下者未盡。敷淺原以東。南條之循江南走者未盡。而道山中止者何。敷淺原或謂在九江。或謂在鄱陽。其說不一者何。曰道山之文。有于一條中復分二支者。荆山逾河。一為壺口雷首以至太嶽。一為底柱析城以至王屋。而皆為荆山之所分是也。南條則岷山之陽為五嶺。一由桂嶺而為衡山。以盡於洞庭之口。一循庾嶺而為廬阜。以盡於彭蠡之口。皆為岷山之所分是也。岷山史記作汶山。盤互松潘茂州灌縣。及陝西岷州衛。將千里。與太行無異。故陸游言自蜀郡以西。大山廣谷。谽谺起伏。西南走蠻箐中。皆岷山也。大江出其東。大渡河源出其西。是岷山所包甚高廣。山南曰陽。山北曰陰。五嶺皆在岷山之東南。則皆以岷山之陽統之矣。王制曰。西不盡流沙。南不盡衡山。北不盡恆山。是以五嶺為衡山矣。自江至於衡山千里而遙。若祝融一峯。距江不過五六百里。安得千里而遙。惟五嶺始能為中國彎蠻之界。非衡嶽一峯。所能界南紀也。衡者橫行之名。禹貢衡山。蓋上連桂嶺郴嶺九疑諸山。總謂之衡山。故可南抵巴陵之大江。東

乏盧阜之敷淺原。道山之條㓚。卽道水之條㓚。岷山道江東至于澧。過九江至于東陵。卽此之至于衡山過九江也。東迆北會于匯。卽此之至于敷淺原也。古時三苗之國。左彭蠡右洞庭。五嶺之山。禹未濬。入惟紀岷江所經。則上游所受南條諸水。莫大於三湘。故舉衡山以表之。下游所受南條諸水。莫大於豫章。故舉敷淺原以表之。水經注引地說曰。漢與江合于衡北翼際山。則自巴至武昌。凡沿江南岸諸山。皆衡山之麓。則孔傳謂衡山爲江所經。亦未可非也。蔡傳既斥孔氏蘇氏地脈之說。而又謂岷山之脈。一支爲衡。一支爲敷淺原。吾不知山脈與地脈。有以異乎。無以異乎。謂道山書至書過。皆禹至之過之。吾不知道江

書別書會書過書至。亦入別之會之至之過之。而非言水乎。大山之盡。必有水以界之。大水之會。必有山以紀之。因流坎之自然。行所無事。何得道山之文。獨異道水之文乎。豈但闢地脈而主山脈。自相矛盾乎。至地里志豫章歷陵縣。南有傅陽山傅陽川在南。古文以爲敷淺原。通典以江州潯陽縣之蒲塘驛。卽漢歷陵故地。敷淺原當在彼。考其地正當潯陽大江之盡。又適當匡廬山麓之盡。猶敍中幹云。熊耳外方桐柏至于陪尾爲岱宗支脈。舉陪尾卽可證岱山也。又猶荊山下有彊梁原。亦名荂原也。水經注引孫放廬山賦。臨彭蠡之澤。接平敞之原。正謂廬山南臨彭蠡。北接敷淺原也。胡氏渭引此以證山南之原。非是。其地有望夫山。南有湓口水入江。與漢志傅陽山傅陽川。亦無不合。乃後人因漢歷陽。兼有後世潯陽德安星子三縣地。於是馬端臨謂德安有敷淺水。則不但遠隔潯陽江。且在未起廬山以前。不應道山過九江。反遺廬阜。胡氏渭又以星子縣之落星石當之。則在廬山之南麓。而非其北麓。但瀕湖而不瀕江。與潯陽大江無涉。與漢志傅陽山傅陽川亦不合。故知通典之言確不可易。至晁以道謂在饒州之鄱陽縣。則幷非漢歷陽縣地。且中隔大湖。于潯陽于廬山皆無涉。更不足辨。自此以下。爲揚州吳越三江震澤之域。地勢卑溼。浚川之功。多於隨刊。猶之大別以下。爲徐。陪尾以下。爲青兗。皆道山所不及歟。固知疏濬多在下游之東。隨刊多在上游之西矣。

釋道山南條陰列附　　魏　源

問南嶽史記以爲衡山尚書大傳以爲霍山此古今文異說爾雅釋山一曰江南衡而無霍一曰霍山爲南嶽而無衡或謂殷周異制者何曰尚書大傳唐虞以霍山爲南嶽伏生在漢武之前知非漢武始移衡於霍葢古時衡山有二有江南之衡有江北淮南之衡江南之衡五嶺是也江北淮南之衡卽霍山也漢高帝文帝竝於六安置衡山國中屬淮南武帝時別爲六安國此漢初衡山在淮南六安地之明證秦本紀始皇帝東行上太山竝渤海以東窮成山登之罘南登琅琊遣徐市入海求仙人還過彭城西南渡淮之衡山由南郡浮江至湘山祠逢大風不

得渡怒伐湘山樹赭其山乃自南郡由武關歸是始皇竝未渡洞庭安有至衡陽之事其所敍衡山在渡淮水之下南郡浮江之上則知是淮南之衡非湘南之衡明矣再以封禪書證之武帝巡南郡至江陵而東登灊之天柱山號曰南嶽浮江自潯陽出樅陽過彭蠡北至琅琊皆始皇所巡之舊道以兩文參校則秦紀之衡山卽封禪書之灊霍非漢武始移其祀誼明矣水經山水澤地紀亦以霍山爲南嶽是古文尚書說與今文同史記五帝本紀五月南巡守至于南嶽南嶽者衡山也亦卽指灊之衡山明矣古帝王南巡守不過江北淮南于朝會差近若蒼梧九疑之地秦皇漢武所未至故山海經衡山在中山之經而不列爲嶽而謂唐虞五載巡守必朝會必於三苗之地乎禹會諸侯于塗山執玉帛者萬國杜預謂在壽春東北爲今鳳陽府亦江北淮南之地距灊霍不遠而今霍邱縣之山亦名霍山與灊連界意者古者霍山包舉廣大塗山卽其北榦天柱則其南榦專就天柱峯稱之曰霍取大山宮小山之誼連淮南諸山總名之曰衡取橫行之義葢本虞夏南巡朝會之地而秦漢皆襲行之歟至道山篇岷山之陽至于衡山過九江王制南不盡衡山自江至于衡山千里而遙則竝指江南之衡五嶺橫行故曰衡亦非專指祝融峯也邵晉涵爾雅正義曰灊霍天柱孤立而四面皆大山宮繞之故名曰霍若衡山則祝融主峯高出諸峯之上何得名霍乎竝存其說備參考焉

釋道北條弱水黑水

魏　源

問道弱水見地里志張掖刪丹縣桑欽以爲道弱水自此西至酒泉合黎又居延縣有居延澤在東北古文以爲流沙水經山水澤地記及酈注同之孔疏謂酒泉郡在張掖郡西居延屬張掖合黎屬酒泉則流沙在合黎東與經言弱水西流不合胡氏渭因謂流沙當在敦煌以西不信漢志居延之流沙者何黑水隨地可名至弱水不勝鴻毛古今書傳竝未指實何水或遂臆爲枯絕或謂字取諧聲不以柔弱爲詮者何曰弱水以西逝者爲正流而東入流沙者特其餘波則流沙之不當在西明矣淮南子云弱水出窮石山（離騷所云夕次于窮石也）說文謂之𡶑山亦謂雞山

即祁連山之異名在今甘州府山丹縣西南弱水出其山南又西逕合黎山與黑水合水經合黎山在酒泉郡會水縣西北案會水縣在今肅州之東北高臺縣之西北有濫賴河下游與山丹河合即古之合黎水今俗通名黑河蓋山丹黑河即弱水之正流及至合黎而會禹貢之黑水故經曰至于合黎蓋禹貢所施止道入黑水而止也至弱水說文作溺水亦取柔弱爲義山海經注不勝鴻毛之海即今之青海故地里志金城臨羌縣西有西王母石室弱水昆侖山祠則亦指羌谷水爲弱水而西海即青海也（西海一名鮮水羌谷水亦名鮮水）青海周七百餘里羣山繞之瀦而不流不勝鴻毛不通舟楫中有二島惟冰合時可通番夷居島者皆於冬月乘冰度海至岸儲一歲糧與外人不相往來此弱水之明證其敦煌黑河之枯絕者蓋伏流重出瀦於青海也自黃河言則謂之西海自弱黑二水言則謂之南海且其性弱其色黑實二水之尾閭是青海爲雍西之地望爲羇夷大界故禹貢特取二川有至勁之黃河即有至柔之弱水自古至今有伏流而無枯絕可息一切之諍青海竝無上源凡玉關外水皆伏流潛入之故黑水溺水皆以青海爲歸宿其弱水餘波兼瀦於居延澤在合黎東北千餘里者與西被之流沙各爲一地而其正流自由合黎之黑水西逝同瀦不行而伏流潛入於青海後世不知青海即不勝舟楫之弱水故謂之枯絕胡氏渭遂反以

居延爲正流而以其伏流枯絕者爲餘波別入敦煌以西之流沙遂排漢志居延澤爲流沙之說則豈經言弱水既西者不謂其正流而反謂其餘波乎豈居延澤之瀦於沙而不行者可不謂之入於流沙乎敦煌以西之流沙在玉門關外即古之白龍堆今之流沙磧竝枯磧無水王制自西河至于流沙千里而遙惟在居延故亘若敦煌以西之流沙距龍門西河豈止千里而遙乎至史記大宛傳安息長老傳聞條支西海有弱水而未嘗見本疑詞非指實且中隔蔥嶺非禹服所及非經義所關儒者所不通而程大昌輩竟謂弱水雖在雍地而實與西海條支弱水貫爲一川則是水必倒流上蔥嶺而西且所入亦西海而非

南海、孟浪之言、野等齊東、誕逾鄒衍、何足與辯乎、

問黑水三危皆在雍州、僞孔傳謂過梁州而至南海、則黑水絕無河源踰隴岷而入南海之理、於是說者謂禹貢黑水有三、一雍州黑水、二梁州黑水、三道川入南海之黑水、而三危亦非雍州之三危、鄭注謂三危在鳥鼠積石之西南、黑水逕滇池、非中國之水、說者多取潞江瀾滄江牂牁江以當禹貢入南海之黑水、其說似善於解環、而漢志水經皆不言及者何曰、果如是說、則弱黑二水當敘于道川之末、當紀于梁州之內、何反居道河道江之前、何爲均在雍州之域、考經文先弱黑、次河、次江、次漢、皆自北而南、則知弱黑必在河源以北、且皆敘于雍州之內、則其

道川之黑水、即雍域北條之水、三危即雍域北條之山、而南海亦雍域之海也、禹貢東漸于海、其西湖南三面皆不言海、是其中國惟有東海、無南西北三海明矣、至瞽敍所訖之四海、即爾雅東夷西戎南蠻北狄謂之四海者也、易卦兌西方之卦、爲澤而不爲海、禮鄉飲酒義曰、祖天地之左海也、則右之無海明矣、弱水餘波入于流沙之居延澤、而淮南及地記均謂弱水南流注于海、黑水與弱貫爲一川、水經注曰、澤水逕武威縣故城東界、此水流兩分、一水北入休屠澤、俗謂之西海、一水又東逕百五十里入豬野、世謂之爲東海、通謂之都野矣、是武威即有西海東海、皆殿泊渟豬之名、故曰北人得水皆謂之海、此等小泊、

皆得海子之稱、豈敦煌以西之黑水、獨不可有南海乎、然括地志所稱黑水出伊吾縣北百二十里、又南流二千里、絕三危山而入河、考伊吾今哈密地、竝無南流至三危之水、況入河與入南海無涉、至杜佑謂其季遠湮涸、則水之枯者不過如沸之斷續不常、如九河之故道遷徙、未有源流涓滴不存之事、然則黑水當于三危左右求之、水經三危山在敦煌縣南、括地志三危山在沙州敦煌縣東南三十里、山有三峯、黨河自鳴河山西流十里逕三危山、（肅州舊志曰、白龍堆沙東倚三危、北望蒲昌海、是爲西極要路、）春秋傳曰、先王居檮杌于四裔、故允姓之戎居于瓜州、地里志杜林以爲敦煌郡即古瓜州、此杜林古文尚書說、是敦煌戎爲三苗之裔、山海

經灌湘之山又東五百里曰雞山、黑水出焉、而南流注于海、雞山即說文弱水所出之岍山、乃祁連山之別名也、祁連山亙甘州肅州之南、漢張掖酒泉二郡地、弱水出其東南、黑水出其西南、即今之滔賴河、土名黑河、至肅州東之合黎山、古酒泉郡會水縣地、而與張掖之弱水會、（自酈注誤以黑水之雞山亦在張掖、於是括地志史記正義皆因之、皆以張掖城北之河一名羌谷水者爲黑水、既局弱黑於一地、又局雞山於一縣、且禹貢言導弱水至于合黎、則合黎以上皆弱水之源、無黑水之源、故水經山水澤地說合黎山在酒泉郡會水縣、蓋弱黑二水至此始會、故縣名合黎、是其明證、在今肅州之東、高臺縣之西、古酒泉郡地、非張掖郡地、蓋祁連山橫亙酒泉張掖二郡之南、豈僅局于一縣、故知黑水爲蒲州東之滔賴河、土人亦名黑河者、合黎在此、則黑弱相會亦在此、）禹時導二水西行、逕今玉門縣安西州之黑河、（黑河至玉門縣名蘇賴河、至安西州名布隆吉河、皆黨河上源、古黑水古道隨地異名耳、）而至

敦煌受三危山之黨河西南流以注于黑海。卽今大小色騰海也。再伏濟潛入于青海。青黑同色。地當正南。且與弱水同歸宿也。後世肅州之黑河。與玉門縣之河隔絕不通。反同弱水餘波。皆北注于居延海之河。于是黑水無上源。惟以玉門安西州之河。與敦煌黨河爲上源。及出關外。又止豬于西黑海。名喀喇泊番語喀喇黑也而不通于南黑海。卽大小色騰海叓不通于青海。于是黑水無尾閭。而說禹貢者。遂求三危南海于雍州之外。然今日肅州黑河雖與玉門蘇賴河中斷。不接相去百餘里。而二河之間。尙存二泊。爲舊日黑水相通之故蹟。是上源非無蹟可求也。西黑海雖不通流于南黑海。相去一二百里。然南黑海卽青海。竝無上源。皆

以爲潛流之所豬。則是沙下暗通也。禹貢言弱水既西。又言導弱水至于合黎。皆不言其所至。蓋弱既入黑。則黑水之下游。卽弱水之下游。黑水所入之海。卽弱水所注之海。而青海卽黑海。又卽南海明矣。但知弱黑貫爲一條。青海爲黑弱潛流之所入。則不但禹貢無不合。卽淮南地記水經所言弱水黑水亦無不合。或以合黎河至青海中隔大山及大通河爲疑。則葱嶺河源。何以先匯于蒲昌。而又洑絕大山。出于星宿海。濟水何以貫河底。而重出于滎澤。今許河濟之伏流潛發。而獨不許弱黑之伏流潛發。此何理也。矧青海周圍七百餘里。至今不勝舟楫。不勝鴻毛。惟海中有小島。每歲冰合時。番僧裹一歲糧入定。其餘時斷無一葉之渡。是青海卽弱水之明證。以其色黑。言之謂青海。自三危合黎言之。謂之南海。自雍州望之。謂之西海。漢書地里志。雍州西海有黑水祠。有王母后室。此自古祀黑水于青海之明證。惟僻在西羌。春秋爲鮮水。羌所據。故離騷天問已有黑水元趾三危安在之言。禹貢山水澤地記曰。弱水西流入合黎山腹。餘波入于流沙。通于南海。此所言南海。皆青海。故不言入而言通。與漢書地里志之西海黑水祠若合符節。是黑弱二水之在雍州青海。明如星日。至僞孔傳不考。故籍無稽。妄臆指爲梁州入南海之水。後人遂釋地記曰三危山在鳥鼠之西。而南當岷山。則禹貢何爲到于雍州之地。敍于導河導山之前乎。岷山又

在積石之西南。黑水若水出其南。于是競以黑水爲梁州北徼外之水。試思梁州導江自岷山近源。始豈有遠越金沙江外導及荒服南溟之黑水。而又敍之雍州者哉。使經文言導黑水至于三危。又南入于青海。則人人瞭然矣。然山水澤地記曰。弱水西流入合黎山腹。餘波入于流沙。通于南海。夫言山腹。則是合黎中有孔穴相通。如東西漾水之比。故曰通而不言入。苟必泥指大海。則使當日儻書曰導黑水入于西海。將逾葱嶺而注雷翥海乎。儻曰導弱水入于北海。將貟絕大漠而匯于冰海乎。未有瞽繆若斯甚者。

釋道南條九江

魏源

問九江聚訟一謂在荊之上游一謂在荊之下游而東陵匯澤卽隨九江而上下若謂大江水派別爲九則一水之中沙水相間横列十有餘條將無以容若旁計横入之小江則所受不知當爲幾千百江古今聚訟無所折衷者何曰荊州上下游各有九江尚書今古文各主一說而洞庭及鄱湖水皆不與焉蓋九江猶九河九河爲河水之自分爲九則九江亦必一江自分爲九而非九水之入乎江故淮南子言禹鑿江而分九路朱子所謂一水間當有一洲沙水相間者是也其在上游者見山海經而水經山水澤地記宗之此桑欽所傳尚書古文說（此西漢眞古文非馬

鄭古文比）荊州隄防考言古有九穴十三口今多淤廢其十三口乃外水之入江而非江水之泄于外與九江無涉（如漢陽之沌口青灘口江夏之金口嘉魚之六溪口石頭口皆是水經注中更有數十口今尤葺攷）惟九穴卽古九江蓋江自百里洲而下江分南北北江爲沱其南江正流東至于澧者則洲渚紛歧分爲九派曰虎渡穴章卜穴郝穴（皆在江陵）又楊林穴宋穴調弦穴小岳穴（皆在石首）赤剝穴（在監利）皆昔時分泄江漲之地分布江陵石首監利之間今惟江陵對岸之虎渡穴及石首之調弦穴尚存餘盡占爲圩田計今江南岸公安石首華容安鄉四縣皆古九江洲渚故道漢許商言九河自鬲津以北距大河中間相去二百餘里今大江去澧亦二百餘里正與九河廣狹相等

故水經言禹貢九江在長沙下雋縣西北（下雋卽巴陵）不言在下雋之南也（洞庭則正在南非北矣）山海經澧沅瀟湘之浦在九江之間不言九江在澧沅瀟湘之間也自圩垸日興洲渚盡化民田設立城邑于是南岸大江距澧平陸二百餘里而禹貢大江至澧之文遂不可通（自松滋至巴陵江隄長亘六百餘里）九江亾其六七而諸水盡鍾于洞庭于是以洞庭爲九江而水經及山海經皆不可通其北岸則大江別出之沱自監利夏首受江逕沔陽州潛縣入漢謂之夏口今則北岸長隄亦亘七百餘里夏首不復受江而東別爲沱之文亦不可通（漢志以枝江爲沱鄭注別夏水爲沱蓋以江分于洲南北皆經流無甚賓主必別行入漢方可爲沱曰水經注引應劭十三洲記曰江別入沔爲夏水以冬竭夏流得名案北江沱水通入潛沔故荊州貢道以浮于江沱潛

漢爲言其又東至澧以下自說大江正流）北沱漸塞南岸九江亦塞惟存虎渡一口至澧遂反以南江至澧者爲沱則下文曰過曰至曰逕曰會豈皆承江沱言之而不及大江耶至以九江爲洞庭無論洞庭是湖非江且入湖之水惟沅湘資澧故洞庭在古止謂之三湘謂瀟湘沅湘資湘其君山則謂之湘山湖口謂之湘江口（見水經注）國策又謂之五渚若五口然安得有九（水經注五渚幷澧水微水數之今巴陵東南微湖是也若幷上游入沅之五溪數爲九水則資湘澧所受溪各有數十何獨數入沅之水耶）故欲明上游九江之是必先闢洞庭爲九江之妄洞庭之妄明而九江故道明卽古三湘七澤之說亦無不明（七澤今無一存亦爲圩田所占與九江同）九江既在荊州上游則東陵當從漢志水經注在今蘄州之東地名田家鎭

兩岸石山抱江曲折有如巫峽正當尋陽上游（水經注江水又東過下雉縣北刊水從東陵西南注之刊水出廣江郡之東陵鄉尚書過九江至于東陵者也江夏有西陵故此言東矣案下雉縣爲今興國州大冶縣地其東則爲蘄州在尋陽之上游酈注以此爲東陵則不以尋陽爲九江可知）此九江在荆州北界之說也至尋陽九江在廬江郡本屬揚州與禹貢荆州九江不合然其名則見于史記（太史公曰余登廬山觀禹疏九江）漢書地理志（九江在廬江郡尋陽縣南皆東合爲大江應劭曰江至尋陽分爲九派）考尋陽北岸爲廣濟黄梅歲修隄防之地占水爲田在昔隄防未設時江必自廣濟隄穿入武山連山諸湖下逵黄梅之太白張家二湖包瀹縣治挾源湖感湖涉湖以東至宿松廣于今之江面數倍是尋陽在昔原有江分數派之事然秦立九江郡則實仍楚都壽春之舊（兼有漢九江廬江豫

章三郡地以尋陽大江界南北之中故舉九江爲郡望如治吳而會稽治粤而名蒼梧皆距郡治百千里）蓋楚徙壽春仍名之曰郢如鄢郢郊郢陳郢之側隨地僑置因並故都郢中之藪澤而徙之秦漢因楚于是九江遂移于尋陽太史公登廬山觀九江蓋今文家說至王莽以豫章爲九江而尋陽他屬則九江已不在界内于是劉歆又創湖漢九水并入彭蠡爲九江之說遂以莽制傅會禹貢而鄭注用之謂九江孔殷爲山溪之水孔竅繁多歧之又歧繆之又繆故欲明禹貢則必先明尋陽九江之後起卽欲明尋陽九江亦必闢彭蠡九水之妄蓋鄱陽在昔不名彭蠡止謂之湖漢水故漢志言豫章郡鄱水餘水修水豫章水盱水蜀水南水彭水俱入湖漢水爲九水東至彭澤入江水經注湖漢水會豫章總謂之贛水贛水總納十川同輳一瀆俱注彭蠡而北入江亦猶洞庭在昔止名湘水正同一例也其時彭蠡澤則在湖口下游小孤山左右爲今彭澤縣對岸山海經贛水出聶都東山東北注江入彭澤西廬江水出三天子都入江彭澤西此皆彭澤在九江下游北岸之明證桑欽禹貢山水澤地記彭蠡澤在豫章彭澤西北此尤彭蠡在彭澤縣北岸之明證山海經贛水又北過彭澤縣西北入于江（漢志豫章郡彭蠡縣禹貢彭蠡在西）考今彭澤縣對岸爲宿松望江二縣尚有泊湖章湖青草湖武昌湖等水又太湖縣舊有大湖小湖五湖之名皆魏晉時所謂大雷地也彭者盛大義蠡者旋螺義與雷音近蓋

江水至此成大螺旋語音轉展呼蠡爲雷遂以彭蠡爲大雷其池下抵今桐城之樅陽爲漢武南巡射蛟之處秦始皇亦由此浮蕪湖丹陽入震澤出中江之地惟其澤在北岸故曰東迆北會于匯經以彭蠡之匯專屬于漢而江水時迆北往會之鄭康成注所謂漢與江鬬轉成其澤豈有彭蠡反在江南之理豈有漢水截江而南匯爲湖又貫江折而北仍自爲漢之理自楚考烈王徙都壽春並名尋陽爲九江故太史公有登廬山觀禹疏九江而禹貢荆州之水藪遂移于揚州秦漢于此置九江郡加以後世隄岸日興江南日狹自鄂渚至桑落州沙水參差分爲九派之事皆不可考而九江郡之名則今古如一豈能以湖漢

水爲彭蠡移江北之澤于江南而漢水東匯澤爲彭蠡之文遂不可通乎有謂古三苗之地左彭蠡右洞庭大禹未嘗浚入特遣官屬巡行故紀報不實夫禹貢導山明言岷山之陽至于衡山而舜崩蒼梧爲巡守之地何言三苗之地乎江水東迤北會于匯亦不可通而以爲經之誤文歧繆又歧繆並非劉歆所及料歆雖以湖漢水當九江未嘗以湖漢水爲彭蠡也且入鄱湖之水有四無九猶之洞庭也贛江修江錦江婺江今卽欲仍秦漢尋陽之九江以說禹貢亦必先闢鄱陽爲彭蠡之姿方合于江水迤北漢水東匯之文庶無猶較劉歆彼善于此此九江在荆下游之說也程氏瑤田旣從鄭氏以九江在尋陽而又以彭蠡及會匯爲鄱陽則是江水迤北而會于鄱陽漢水截江橫過而匯爲鄱陽眞不値一笑尋陽九江之

說雖亦尙書今文家言凡地里志繫以禹貢者皆今文說史記本用古文因漢人習稱尋陽九江故亦從而稱之無關今古文說也然較之古文之九江則于經種種不合何者前後漢地里郡國二志廬江郡九江郡並屬揚州不屬荆州及元和志因其不合禹貢始改彭蠡以東爲揚州界尋陽九江以西爲荆州界又顯戾漢志不合一漢志廬江郡金蘭有陵鄉是地名非縣名前志廬江十二縣後志十四縣均無金蘭酈注始以爲縣自是魏代所置漢西陵爲今黃岡正北岸有山瀕江之地則東陵鄉亦必北岸瀕江之山據水經東陵鄉在下雉縣以東明卽今蘄州東數十里之田家集或蓋田家磯之膂譌與道士洑爲上下游是爲長江下游第二關鎖亦爲荆州一大戶闥蓋羅田英山諸山盤互淮南江北數百里其山北之水由光州固始出淮山南之水由蘄州出江其山自麻城羅田連延南趨至此橫插入江自酈注緣魏世金蘭縣謂東陵鄉在其西北則在今固始縣地水經注灌水導源金蘭縣西東陵鄉大蘇山至蓼縣入決水蓼縣故城在今河南固始縣南距江數百里中隔叢山豈有江水踰岡越嶺至固始之理亦豈有固始水南通大江之理耶後世置縣多非古地且往往一縣兼兩三縣之地如魏世嶓冢縣距漢世隴西之嶓冢數百里蕁容古在江北今在江南夏口古在漢陽今在武昌九江郡秦治壽春王莽時治南昌丹陽郡秦治蕪湖後世治丹徒至胡氏渭謬謂漢東陵鄉南値黃梅豈知江漢自過蘄以後豁然浩瀚其北岸豈有橫插入江關鎖結束之岡陵謂在廣濟且不可況黃梅耶是東陵實今蘄州東廣濟西踞尋陽九江上游不應尋陽九江反在東陵之

上且導山導川凡言至于某者皆相去千里數百里北過洚水至于大陸漢人或謂千里從無書過書至同在一處豈有九江東陵同在尋陽左右之事不合二鄭氏旣用劉歆湖漢九水之說而又以東迤者爲南江江分于彭蠡爲三孔入海則北會于匯勢必指中江所匯之震澤然震澤實在中江之東南何言北會不合三是故今文家尋陽九江之說雖係一江自分爲九差勝于洞庭彭蠡而尙不及山經水經之荆州九江上符禹貢以是知考古之事據唐宋不如據兩漢據兩漢又不如據周秦也

釋導南條漢水

魏源

問禹貢除四瀆入海外其小水源委皆入大水而止如渭洛入河卽不復爲渭洛獨道漢至于大別南入于江則江漢已合流矣又稱東匯澤爲彭蠡東爲北江入于海若江自江漢自漢終始別行者何彭蠡在大江南漢在江北乃能匯之者何宋儒謂果如禹貢經文則漢水入江後當別有一洲界其間以爲江漢之別而今無之因疑末二句爲衍文竝謂三苗之地禹未親入遣官屬巡行誤報者何曰此皆由誤以大別在江濱爲今漢陽府之翼際山全漢由此入江其南入之漢水卽東匯之漢水又誤以禹時之江漢卽今日合流之江漢中無洲渚又誤以彭蠡

爲鄱陽湖在江南不在江北是以重紕疊繆遂至以聖經爲不可信請一一疏通證明以廓千載之蔀漢水自襄陽安陸而下至潛江分爲二其南流逕沔陽諸湖分出青灘口沌口所謂南入于江者也其東流者逕天門漢川二縣而至漢口所謂東匯者也其南流之漢與江合其東流之漢古時尚未與江合何者水經注言江水東逕鸚鵡洲南有江水右迤謂之驛渚三月以末下通樊口水又曰鄂縣北江水右得樊口上自谷里袁口受江津南入歷樊山上下三百餘里此古時江水支分之第一證鄂縣卽黃岡縣蓋鸚鵡洲據漢口之上游而樊口値黃州之東南禹時漢口以下兩岸皆湖而江心爲洲斷續袤長數百里江水自鸚

鵡洲右迤出樊口夾青山在中武昌南岸小坡邐迤俗名青山西東長百餘里又鸚鵡洲舊與漢口鎭相連明崇禎開始爲水衝斷無存青山南有賽湖梁子湖首尾皆與相通此禹時江水所行也江北岸尤衍平漢口自後湖下通灄口陽羅各湖以東至黃岡皆在鸚鵡洲之北此禹時漢水所行也至蘄州兩岸忽峽束而江漢始一合過蘄而廣濟黃梅爲古尋陽地江復出東陵峽後奔放溢漲分成數派故秦漢時亦號九江陸氏釋文引尋陽記曰九江始于鄂陵終于江口會于桑落洲參差隨水長短或百里或五十里此又自鄂渚至尋陽江中洲渚連綿江漢仍未全會之第二證鄂陵鄂渚皆謂黃岡胡渭曰緣江圖尋陽所記九江今已無考桑落洲在今九江府東北大江中鄂陵今武昌縣縣界有崢嶸洲蘆洲楊葉洲舊志云江入縣境播爲三江過中洲至雙口夾

又自崢嶸洲過磧磯至大洲爲三江口又案水經注江水東逕軑縣故城南城對五洲江中五洲相接卽今蘄水縣界也又寰宇記眏江五阜洲在黃梅縣南五十里縣東北有尋陽故城桑洛洲在九江府東北尋陽記曰桑洛洲在宿松縣東南九十里與尋陽分中流江水自鄂陵派而爲九于此合流謂之九江口又爲武林洲卽桑落洲之尾也可考者惟此而已唐蓺文志有九江新舊錄三卷今佚不存在當時沙水相間自必實有其形然旣云參差長短則非九派相竝亦非至尋陽截然卽止也直至德化之桑落洲而後洲渚始略斷江漢始大會匯成彭蠡鄭注所謂漢與江鬭轉東成其澤其地在今彭澤縣北岸宿松望江太湖各縣之地凡泊湖章湖青草武昌諸湖自皖江以上至今爲江漲所泛濫古謂之大雷池者其皆古彭蠡所匯歟晉人守江者曰毋過雷池一步亦以此爲上下江之扼要也南岸小孤山北岸彭郞磯彭郞卽彭蠡之音譌是彭蠡至今屬彭澤縣所轄北岸之地蠡者旋螺

義彭者盛大義言水大回旋如螺其後大螺譌大雷亦卽彭蠡之音譌以在北北岸知爲漢水之所匯故不言過不言會而言爲者猶濟之溢爲滎江之別爲沱河之播爲九河同爲逆河皆水之自爲而非此水過彼水會彼水之謂也若江以南之鄱陽則江漢但過之而已可言匯之爲之乎漢九江郡本治江北之尋陽後世始徙治江南之柴桑是古時尋陽九江均在江北江勢自尋陽以東折轉趨北故言東迤北會于匯猶言北會于漢漢爲北江匯于北岸而中江迤北往會之若鄱陽在大江之南江方當南會之何反會于北乎至下游而桑落洲之尾斷者復連如采石磯大江洲中有陳家洲隔爲二於是江漢復分行至蕪

湖一由東壩出震澤一東下爲揚子江故鄭注言江分于彭蠡爲三孔東入海今日洲渚變遷非復禹貢之舊而由池洲下至蕪湖江面皆闊三十餘里又有楊家洲黃天蕩白鷺洲皆江水歧分與采石磯之江洲相仿蓋古時各洲在蕪湖以上今時在蕪湖以下東漲則西坍凡古時截江徑渡者今則各隔長洲互百餘里滄桑變易故江至采石以下南北分流南卽夾江與禹貢之漢陽尋陽事同一轍古時江分于蕪湖以上故北江行北南江行江南而中江由蕪湖以入震澤是上游北岸彭蠡爲江漢所共匯又爲江漢所從分若彭蠡爲鄱陽在江之右隔以廬山湖可入江江不入湖可言江漢分于鄱陽乎水經注沔水又南至江夏沙羨縣北南入于江與江合流又東過彭蠡澤又東北出居巢縣南又東過牛渚縣南分爲二其一東北流其一又過毗陵縣北爲大江江漢始終各自分行其舊迹見于秦漢魏晉者如彼經言江漢朝宗于海又曰東爲北江入于海東爲中江入于海其炳諸經者又如此昭昭乎經天緯地之不可淆自後世與水爭地隄岸日增江面日狹洲渚日少鸚鵡洲箸名自古自鄂渚至桑落洲沙水相閧爲尋陽九派者蕩然無存于是江漢合于上游不得復分二水而經之受疑者一尋陽彭澤北岸諸湖盡化爲田不通于江于是諸水盡鍾鄱陽遂以鄱陽爲彭蠡且以彭蠡爲九江而經之受誣者二五堰築而中江不通

于震澤海塘築而南江不達于浙濱獨有北江爲正流安得專屬漢水于是三江又合爲一而經之受誣者三漢水自潛江縣以下始分二道入江則大別自當在潛江以上當漢水之東北今天門縣城東南有大別山土名大月山其西有二小山當有一是小別（漢志六安國安豐之大別山是淮非漢與江夏安陸之橫尾山又是漢非淮說者謂傳寫之互易是大別之當在安陸東南徵諸漢志適得反證而天門正當安陸之東南其大月山亦見府志）蓋山勢至此而盡漢水至此而分又距內方山不遠地說云漢水東行觸大別之陂南回入江（鄭注每用地說必西漢古書孔傳亦用之）可見漢水在大別之西大別在漢水之東故春秋吳楚夾漢楚師濟漢而陳自小別至于大別若如今漢陽翼際山在漢西則東行之漢水何由觸陂南回

且楚郢西來之師已濟東岸與大別山隔水安得反依西岸之山況吳師舍舟淮汭自豫章與楚夾漢杜注豫章漢東江北地名或云在今六安州然無據則吳師不由江而由淮自息縣登岸踰義陽三關至安陸漢水東岸而楚師自郢東出禦之則當先在荊門州地與吳師夾漢故楚司馬戌欲子常阻水勿戰而自悉方城外之兵往焚其淮上之舟竝塞三關城口之險斷其歸路而後夾攻以敗之義陽三關卽左傳之大隧直轅冥阨也在信陽州之南應山之北自淮至漢行山谷中二百餘里必次第歷三關方出城口若如今之大別南瀕大江則吳師已距淮千里安用焚舟塞隧之迂圖而禹貢南入東匯之文叜不可通其誣經者四爾雅水自江出曰沱漢別曰潛今潛江縣漢水之分流者名蘆洑河又曰

白洑河皆取別行似沱非必伏流潛出故荊州貢道浮沱入江浮潛入漢是南入者爲潛東匯者爲漢自後人專以全漢在翼際山入江其上游叜無分注于是荊州叜無潛水可指其誣經者五去此五誣則知禹貢之江漢迥不同于後世之江漢而凡執今日之水道者皆不可以治禹貢案隄防考云瀟湘河離漢口北岸十里本漢水正道久淤其水舊分二道一入後湖夏秋水漲游船偶至惟北河乃其經流夏漲時舟至後湖逢瀟湘河應馬河以入江烏程范楷漢口叢談曰漢口鎭在前代一蘆洲耳卽古之鸚鵡洲明時尙未有民居漢水由後湖出江未遷其前面也迨成化閒漢自上游衝開而後河遂淤然前後兩水幷行尙可爲泊舟之所後又衝改而漢口遂盛甲于天下又隄防考曰漢陽之水舊從排沙口至郭師口曲折繞抱凡四十餘里然後下漢口成化初忽于排沙口衝開經過郭師口僅長十里而故道遂淤崇禎末又將鸚鵡洲衝斷漸次坍刷無存源案江漢變遷之蹟以上游證之荊州枝江百里洲古建縣治明嘉靖末衝斷爲二再以下游證之揚子江舊濶四十里瓜洲本在江心今洲與楊子橋相連江面僅七八里矣靖江縣治江洲大江分繞其南北故縣屬常州明末潮沙湧積北江竟成平陸遂與揚州泰興接壤矣黃天蕩舊廣數十里爲大江巨險今則中亙大洲多有田廬占江面三分之二一葦可杭矣江乘卽今龍潭舊爲六朝津渡今盡化洲田去江二十餘里矣以此推之則昔日江漢分流之處其鸚鵡洲亦如瓜洲靖江之舊亙江中袤長百十里江水分流其南北與今日黃天蕩之白鷺洲相似而今日之漢口鎭市舊皆連鸚鵡洲蘆葦一片豈如今日之北岸煙火萬家哉執今日之江面且不可以譚昔日之瓜洲靖江黃天蕩況以譚禹貢之九江三江乎又考漢陽府志大江環抱郡城其自沌口過城南經魯山東北與漢合流者江之正流也又一支自沔陽播爲陽湖諸湖接太白湖由沌口入江一支自沔陽播爲黃蓬湖由新灘入江一支自孝感之后潭河至黃陂河口出江此皆漢水縈匯江水別出之沱江弱則下流歸江江盛則逆漲而入于各港皆今日江漢互相灌注之勢也案此可爲古時漢上游分支入江下游經流竝未入江之明證

案舊說皆以大別故在漢東及左傳楚吳夾漢與小別大別

地勢不合故疑大別當主漢志之在安豐然今大別之在漢西則以明成化初漢水自郭師口改流而然見明史地理志此篇所引隄防考亦有之是成化以前山猶在漢東矣左傳左司馬戌謂子常曰子沿漢而與之上下蓋欲子常牽綴吳師而已得盡其毀舟塞隘之力夫沿而上則郢之東北境沿而下則及今之漢川其濟漢而陳適在沿下之時故自小別至于大別而又陳于柏舉也柏舉今麻城地若吳師在今之荊門夾漢則郢已在望何叜遠及柏舉哉濟漢之地明而大小別可無疑矣汝懷坿記

釋道南條三江　魏源

問三江旣入震澤底定．古今聚訟．不出三科．一則別於其源．謂北江中江南江．至彭蠡合爲一．而入海．是始分而終合．爲此說者亦有一正二旁．一則徐堅初學記引鄭元云江水左合漢爲北江右合彭蠡爲南江岷江居其中爲中江云云本與江至彭蠡分三孔入海者聯爲一條與蘇軾味別之說風馬牛不相及乃胡渭諸人皆以鄭說爲蘇說實爲大繆其旁說有二一則盛宏之荆州記江出岷山至楚都遂廣十里名爲南江至尋陽分爲九道東會彭澤經蕪湖名爲中江東北至南徐州名爲北江徐鍇說文注宗之則是同一大江特以上流中流下流三次異名與揚何涉與彭蠡以下入海之三江何涉甚則郭璞山海經注汶山郡有岷山大江所出崍山中江所出岷山北江所出此釋海內東經大江出汶山北江出曼山中江出高山之語本不言禹貢而楊愼據之謂求三江于下流不求尋之上游三江同源于蜀而注震澤則是梁州之水越荆而紀之揚至謂同注震澤彌不足辨惟鄭氏差勝焉一則別於其流．謂江自彭蠡下分爲三道．北岷江中

松江南漸江．以各入海．是本合而末分．爲此說者亦有一正二旁正說者班固地理志桑欽水經及書疏引鄭康成注酈氏引郭璞注及周禮賈公彥疏皆漢時今古文師說是也其旁說者一則不得地志之本意如胡渭誣班氏以中江盡于震澤而其下游松江別爲南江不知班氏言分江水至餘姚入海者正謂禹貢之南江也一則不得水經之本意如酈注見桑欽言南江北江不言中江因謂南江東注于具區謂之五湖口東則松江出焉其南出至餘姚入海者爲南江是又以中江爲南江之支流且以浙江爲南江則誤漸爲浙而全祖望諸人以錢唐江爲浙江卽南江者所本也叓與震澤無涉若孔疏申僞孔傳言三江至彭蠡後分流幷入震澤出澤復分爲三此水遂爲北江而入海水道瞢如蓋無譏焉一則叓別諸震澤之下流．謂自震澤出爲松江東江婁江．皆在中江北江之外．故旣入底定．其文相連．爲此說者亦有正有旁庾闡揚都賦注陸釋文引吳地記幷以婁江東江與松江爲三江于禹貢職方之三江無涉故酈注孔疏皆不取其說謂職方揚州宜舉大川不應舍岷江而記小水至史記正義始以解夏本紀而南宋蔡沈諸人幷從之虛譚水利無關經義一則國語越爭三江五湖之利韋昭注以爲吳松江浙江浦陽江亦皆在大江之外且全氏祖望又以岷江松江錢唐江爲三大望而中江北江則仍止爲一江均與禹貢經文無涉是三科者．北宋時禹迹已湮．班鄭不講．而孔傳又難依違．于是咸信異源同流之義．自北宋蘇氏書傳以後皆然南宋後承吳越財賦之區．中江堰斷之後．則咸主震澤下流三江之云．自蔡傳以後皆本郟亶單鍔吳松水利之議國朝講明經學師法．始知執後世所行大江以求三江．猶按後世所行大江以求九河．于是信地志水經所述禹迹．謂江分于彭蠡爲三孔東入海者．蓋今古文師說近古得實．顧氏炎武金氏榜錢氏塘姚氏鼐阮氏元孫氏星衍竝從之然尚有可疑三焉．下游以震澤底定爲主．則爲中江易明．南江次之．而北江不可通．上游以江分三道于彭蠡爲主．則惟北江易明．中江次之．而南江分

流了無其迹．乃班志桑經正言之．鄭元郭璞賈公彥述之者何．曰．說經必以經文爲主．禹貢岷山導江．東爲中江．入于海．導漢．東爲北江．入于海．此明以岷爲中江．漢爲北江．皆下游分道入海．則竝南江爲三道入海可知．地里志申其說曰．北江在毗陵北東入海．揚州川．毗陵兼今武進江陰地此言北江爲岷江也．中江爲丹陽蕪湖西南．今縣屬太平府東至陽羨．今宜興入海．揚州川．此言中江爲松江也．分江水自丹陽石城．今池州府貴池縣首受江．東至餘姚入海．今會稽山陰過郡二．行千二百里．又云南江在會稽吳縣南．今長洲常熟吳江地東入海．揚州川．此言南江爲漸江也．是爲鄭注江分于彭蠡爲三孔東入海．及東迤者爲南江之所本．亦爲賈公彥九江至

尋陽南合爲一東行至陽羨復分三道入海之所本亦爲郭璞三江爲岷江松江浙江及說文江水至會稽山陰入海爲浙江之所本世人惟知北江爲大江經流而莫知中江南江古爲大江之分流者以由蕪湖至陽羨之中江自南唐築五堰蓄水濟運而流始狹自明始築東壩于高淳之胥溪偪宣歙廣德州諸水盡西出蕪湖大江而東流遂絕惟漂水一支尚逕荆溪以達于太湖（即孔陽江）自是三吳水患少息而中江上游之故道漸不可尋胡氏渭不知漢志所言至陽羨入海者明由震澤以入海顧謂中江止于震澤而以吳松爲南江之下游則志曷不言中江入澤入湖而直言入海乎史記河渠書言吳渠通三江五湖正

以胥溪爲春秋吳楚身師要道闔廬所闢實因禹迹不知中江即今蕪湖之縣河高淳之胥溪溧陽之孔陽江宜興之荆溪西連固城石臼丹陽諸湖受宣歙金陵姑熟廣德及大江水達荆溪震澤宋單鍔建議言修五堰則蘇常之水可十厺七八則當洪水時其浩瀚更可知故墨子言禹治天下南爲江漢淮汝東流注之五湖此禹導淮入洪湖道中江入太湖之明徵吳人所闢因禹舊迹疏而廣之並非憑空開鑿是中江南江同以蕪湖胥溪注震澤爲東迤會匯之證鄭言東迤者爲南江不須別覓源流蓋中江以大江爲源而南江又以中江震澤爲源也乃漢志別有分江水過吳縣南至餘姚入海者水經注指爲禹貢之

南江謂江水東至石城縣分爲二其一東北流過毗陵縣北爲北江其一又東至會稽餘姚縣東入于海此敘南江原委然分江水由貴池蕪湖倒流入江無與震澤中隔萬山無繞避震澤而至海之理惟南江下游之逕湖州餘杭至海甯入海者水經注漸水篇浙江又東合臨平湖湖水下注浙江浙江又東逕禦兒鄉浙江又東逕柴辟南阮氏元曰此條可爲南江即漸江之證南江由吳江嘉興石門錢唐餘姚入海通名漸江非浙江之證胡氏渭力辨酈注之失抑未之思也南江自以震澤爲源不必藉分江水爲源震澤受甯國廣德湖州之水非盡中江荆溪之水荆溪故道五堰匯于震澤由吳松江婁江（即劉河口）黃浦江凡

松江以北錢唐江以南受廣德州湖州萬山之水由嘉興杭州海甯入海者是爲南江以其水平渟涵演不當急駛故謂之平江路此南江名漸江之明證與錢唐江之潮水逆流曲折而上名浙江者判然各異浙江由常玉山發源與震澤無涉惟下游赭龕海門入海之處會合爲一故說文浙及漢志及水經注均言江水至會稽餘姚入海此指漸浙二江相會處言之非指其上游以南之漸江爲浙江也自北魏石門仁和流塞唐初築海捍潮于是海潮不至震澤震澤下海口不會于錢唐江而漢志酈注之言漸浙會同者亦皆莫審其實駸駸幷三江爲一江皆由揚子下海而震澤底定之言亦無所屬曾亦思范蠡曰吳與

我爭三江五湖之利言吳越之地三江環之吳越春秋范蠡去越乘舟出三江之口入五湖之中是皆可謂三江卽是一江否耶吳與越爭戰可謂不在南江而在北江否耶秦本紀始皇東游自雲夢浮江下過丹陽至錢唐浙江上會稽秦丹陽郡爲治在今太平府當塗縣其地西有今池州甯國二府東爲江甯徽州湖州杭州山陰內地是由蕪湖浮溧水出震澤而渡浙江尤中江南江古道之明證中江與北江分于彭蠡下游而南江中江則分于震澤南江無上源卽以震澤爲上源職方國語皆謂震澤爲五湖猶洞庭之爲五渚皆以所受五水口得名中江爲荆溪口左則常州滆湖之水由無錫入湖右則廣德州南溪合溪之水由長興入湖苕溪之水由烏程入湖南江爲震澤所分非中江所分今分江水故蹟旣無可尋則今日譚南江不如直以震澤爲源之愈也震澤以潮水震蕩得名苟南江之水不沛然東

注則力不能敵海潮必至由嘉興直抵太湖沙岸坍爲巨浸平壤漲爲斥鹵震澤其尙能底定乎苟北江之水尾閭不𢙁則大江泛溢必且由蕪湖挾宣歙金陵諸水貫胥溧荆溪以入太湖非吳松一江所能受而浙西且淪爲巨壑震澤其能底定乎論衡釋江漢朝宗于海爲潮水說文及虞翻易注同云潮發海中之時漾馳而已入三江之中始小淺狹水激沸起始騰爲濤云云故後世築五堰以遏中江之下游不使入震澤築嘉興海塘以遏南江之下游不使倒灌震澤觀後人遏江保澤之迹詎徵禹導三江闢震澤之利害故墨子言禹南爲江漢淮汝東流注之五湖以利楚荆越南夷之民苟無中江水則江漢何由注之于各湖苟南江非由太湖入海之浙江則禹但能利荆楚何由利越南夷之民乎書言江漢朝宗于海孟子言水由地中行江淮河漢是也苟如後世漢水入江距海尙遠安得云朝宗于海孟子亦安得舉江淮河漢而不及濟水乎荀子言禹通十二渚疏三江與禹疏九河同功一治河之委一治江之委水不兩行久必淤廢苟執今之松浙上游無通江之源何以疑九河故道非禹迹乎若謂漢志于中江北江南江皆不繫以禹貢是職方之三江非禹貢之三江豈知班志正以職方證禹貢故三著其爲揚州川正所謂考迹山川綴以禹貢周官者也今不以三代職方證禹貢反以後世臆說證禹貢乎人知今日之河不可以言禹河而

不知今日之江不可以言禹貢之江黃宗羲王鳴盛錢坫全祖望皆號通儒乃其所說皆不出以岷江松江錢唐爲三大望之說至胡渭則叜傅會鄭氏以自張漢幟而實與蘇氏之說無以異且謂鄭氏之說非班志之說若三江合流入海則何不用導河之例書曰又東播爲九江同爲一江入于海乎至鄭氏謂左合漢爲北江右合彭蠡爲南江岷江居其中爲中江初學記孔安國鄭康成說江分于彭蠡爲三孔東入海兼明書引此二條本一條先言其上游次言其下游但初學記參合鄭孔爲說竊意鄭注原文當云左合湖漢水爲南江右合沔漢水爲北江葢古時彭蠡非鄱陽止謂之湖漢水若鄭君以彭蠡爲南江則不當云江分于彭蠡

爲三孔矣經不當以彭蠡爲漢之所匯矣豈彭蠡既爲北江之委又爲南江之源耶南江不見于經猶西漢水以對東漢水得名則湖漢水亦必以對沔漢水得名姚氏鼐阮氏元言三江皆主漢志及鄭注惟疑初學記所引前半條爲誤江氏聲孫氏星衍始知其同條并貫源更校正右合彭蠡字爲胡漢水以申經文及今古文之義

釋雲夢

魏源

問史記索隱本作雲土夢（索隱注曰雲土夢二澤名）又引韋昭漢書音義亦作雲土（韋昭曰雲土今爲縣屬江夏地理志江夏有雲杜縣是其地也）是史漢舊本皆以雲土夢爲澤名蓋西漢今古文所同自顏師古後始用僞孔之本以改史漢而訓爲雲夢之土（段氏玉裁古文尚書撰異）宋儒因分江北爲雲江南爲夢近儒段氏玉裁亦以雲夢爲馬鄭古本而唐后經雲土夢爲俗本甚且以雲夢爲古文雲土夢爲今文者何曰段氏校史漢孔傳本異同甚核惟于尚書經師家法不明專據馬鄭本爲眞古文因以史記之不同馬鄭者皆武斷爲今文此條知史記作雲土夢同于漢書則臆度馬鄭本當不同于史記而同于

僞孔遂以作雲夢者爲古文重紕貤繆乖違經義何者雲土澤名即地里志江夏之雲杜亦即楚語之雲連徒洲皆同聲假借單言之曰雲長言之曰雲土又長言之曰雲連徒洲猶山之名醫無閭名藝不注藪之名昭餘祁也若以雲夢爲古文本而望文立義以土爲高耶且或曰雲地爲方見土而夢地則已堪耕作以是爲地勢之高下水落之先後（王氏炎蔡氏沈王氏鳴盛說竝同）豈有江南之卑溼反高于江北之郢隨乎其繆一段氏謂必加土于作乂之上者大野大陸雲夢震澤居爾雅十藪之四皆地兼水土故大野既豬震澤底定皆自水言而土治在其中大陸既作雲土夢作乂皆自土言而水治在其中然則大陸又何以不言土

古者藪澤所占極廣、皆瀦于夏秋、涸于冬春、不與水爭地、故宋楚田于孟諸、魏獻田于大陸、衞狄戰于熒澤、鄭楚田于江南之夢、其事皆在冬春、安得雲夢獨土、而他澤不土乎、於經不詞、於側自亂、其繆二、書傳雲夢互稱、雲可兼夢、夢亦可兼雲、從無江南江北之別、左氏傳楚子與鄭伯田于江南之夢、蓋對江北之夢而言、䢵夫人生子文、使棄諸夢中、䢵子田見之、䢵都今江北安陸縣、豈有涉五百里而棄諸江南、而田諸江南、是跨江南北皆謂之夢、又吳師入郢、楚子涉雎濟江、（雎即沮水也、涉雎是西奔、濟江乃南渡）入于雲中、盜攻之、遂奔鄖、又奔隨、蓋吳師循江北岸而西、故昭王棄郢西走、自雎渡江而南、東至雲中、遇盜、始復奔江北之鄖隨、

是江南亦可謂雲、今以土爲水土、遂分雲與夢爲二、又分江北爲雲、江南爲夢、王氏鳴盛至謂郢在江南、楚子自郢濟江而北又謂禹貢分紀雲夢、其時尚未爲澤、䢵夫人諱其生子、故使人打槳渡江而棄諸夢地、是則禹貢春秋水地易位、職方爾雅藪澤迷方、一字亾羊、千歧獨霽、其繆三、漢志南郡之華容、（今江南石首江北監利皆其地）江夏郡之編縣西陵、皆有雲夢、（編縣今荆門州西陵今黃岡麻城皆在江北）水經注夏水逕監利縣南、縣土卑下、澤多陂陀、西南自州陵東界逕于雲杜、沌陽爲雲夢之藪、（雲杜今京山縣州陵今沔陽州沌陽今漢陽縣）是則苞川亘隰、水草沮洳、方八九百里、其時未有洞庭、故名不見于禹貢、皆以是藪爲金木竹箭羽毛齒革鱗介之所匯焉、自佺又以來、陵谷代遷、墾田涸陸、雲夢自失其舊、而諸水竝鍾于洞庭、于是五湖五渚、始見於國策楚詞、遂以後世洞庭、說禹貢之九江、而不知置雲夢于何地、況他澤不言土、而夢澤獨言土、幾疑古時雲夢之外、別有洞庭、其繆四、至僞孔傳以雲夢爲江南之澤、謚無譏矣

湖南文徵卷十六

釋下

釋江源

湖湘後學集編

魏源

問江有三源最遠爲繩水一名黑水卽金沙江次爲若水卽鴉龍江又次爲岷江凡水以最遠爲正源而禹貢敍江源舍遠取近者何曰禹貢華陽黑水爲梁州以黑水爲梁州南界蓋金沙江名麗名瀘皆取驪盧黑義爲入滇必由之道卽諸葛亮五月所渡之瀘是禹貢非不言及黑水之源也（此水出金沙故曰金生麗水）山海經南海之內黑水青水之間有水名若水卽黃帝次子昌意降

居若水之地西介金沙江東介靑衣江故曰黑水青水之間其上源曰鴉龍江中游曰打沖河最後會金沙江始名瀘水故漢志言若水入繩自以金沙江爲正源金沙江出西藏未入雲南以前已行二千餘里及經雲南之麗江永定武定三府至四川境始會若水又經東川馬湖敍州三府始會岷江距發源已四千餘里受大水小水無數較岷山遠逾一倍且若水已爲昌意所居不得謂非內地然禹貢但以爲梁州之界而導江不及者瀘水以上瘴重難入湍石無可施功而岷江古號沫水于成都利害最切故導江自岷始非卽以岷爲江源猶河非以積石爲源也知金沙爲江之正源則知河出蔥嶺之東江出蔥嶺之南同源于昆侖（昆侖卽蔥嶺也）非河源長江源短矣然金沙江爲滇蜀要道鉅石亙塞不通舟楫實不可强施疏鑿乾隆二年四月據大學士鄂爾泰之奏諭雲貴總督尹繼善巡撫張允隨委員察勘俱言江通四川瀘州爲運銅道所必由除東川以上無計行舟不必勘估外自東川小江口起至四川屏山縣之新開灘止計千三百二十里又自小江口自湯丹廠百五十里雖崎嶇險阻要皆人力可施化險爲平以利行旅自乾隆四年興工至十三年惟此江上游吳公嶺等十五灘水勢尤險議從陸轉般過北岸再下船雖奏請開濬旋不成而中止乃師氏範作滇繫于此江再三言之鑿鑿謂滇銅運京歲費距萬若闢通此江可省陸

運夫馬費之半卽可抵工程之用功不在禹下豈知金沙之不可通運猶底柱三門之不可通漕且亂石礧硐有百倍此者謂禹功所施不如書生坐論乎

六書轉注釋例　　魏　源

周官保氏以六書教國子。漢書藝文志曰。象形會意指事諧聲轉注叚借。造字之本也。象形指事會意諧聲皆無異義。獨轉注叚借頗多歧解。昔人有反正爲乏反存爲在謂之轉注之說。然此數字外更無可證。近人知其不可通。於是段氏本其師戴氏之說。曰轉注者猶言互訓也。以老注考以考注老。展轉註釋。是爲轉注。惟象形會意指事諧聲爲六書之體。而轉注叚借則六書之用。而力闢漢志六者皆造字之本之說。又以爾雅爲轉注之書。而初哉首基肇祖元胎俶落權輿始也。卽以始字爲建類一首。互相訓釋之義。然初哉肇基等可訓爲始。而始不可訓爲

初哉肇基烏在其爲考老之互訓也。推之而弘廓宏溥介純夏幠龐墳嘏丕奕洪誕戎駿假京碩冢劉將蓆可訓爲大。而大不可訓爲弘廓宏溥等三十餘字。賚貢錫畀予貺可訓爲賜。而賜不可訓爲賚貢錫畀。衎豫妉般可訓爲樂。而樂不可訓爲衎豫妉般。遹遵率循由從可訓爲自。而自不可訓爲遹遵由從。詢度咨諏可訓爲謀。而謀不可訓爲詢度咨諏。典彝法則可訓爲常。而常不可訓爲典彝法則。黃耇鮐壽可訓爲老。而老不可訓爲黃耇鮐壽。妃匹仇敵可訓爲合。而合不可訓爲妃匹仇敵。紹胤嗣續可訓爲繼。而繼不可訓爲紹胤嗣續。再推之天顚也。而顚不可訓爲天。元始也。而始不可訓爲元。禮履也。而履不可訓爲禮。海晦也。而晦不可訓爲海。不丕也。而丕不可訓爲不。井法也。而法不可訓爲井。秋揫也。而揫不可訓爲秋。牛事也。羊祥也。馬怒也。髮拔也。而事祥怒拔等不可訓爲牛羊馬髮。薦藉也。而藉不可訓爲薦。樹本木名。假爲一切樹立之誼。而立不可訓爲樹。豎本童豎。假爲豎直之義。而直不可以訓爲豎。舉爾雅一書無非會意假借。無一條可指爲互訓。轉注者。舉說文一書形聲事意假借無所不有。獨無至互訓之誼。段君戴君徒能言之。而不能指明。除考老二字外。不知當以何字爲互訓。惟窒塞疑惑喜樂悅懌等字。及力部之功勛劭勉勸勸勤勱彊勊。阜部之陋隘險阻隤隕傾墜隱蔽。糸部之綱網紀緒紹繼纏繞等字。差堪互

訓。此外徧檢各部。幷無可當互訓者。非如象形指事會意諧聲之字。部部有之。烏有此窘狹之義。可列六書者乎。且建類一首。謂以五百二十六部首。展轉貫注於每部數百字數十字之中。故每部必曰凡屬某之字皆从某。許君自敘曰其建始也立一爲端。方以類聚。物以羣分。同條牽屬。共理相貫。襍而不越。據形系聯。引而申之。以究萬原。畢終於亥。知化窮冥。是許君自敘一字不及於象形會意指事叚借。而惟以部類建首轉注爲六書之綱領。其綱領或在上下。或在左右。如日月金木石風土水火阜人口手足言首目骨肉毛魚虫牛羊犬豕之類。偏旁在左者皆左爲轉注。右爲諧聲。凡佳鳥皮邑殳攵支戈多它巴長乑久

斗戊丨攴𠬪之屬。偏旁在右者皆右爲轉注左爲諧聲。凡山屾
㒳西高爻冂冃冃襾网冏門鬥一二三四亩茻竹宀宄虍東亯
厂𠂇亠广自白瞿𦏧大先甘音旦采於聿北入夅厽乃之屬。部
首在上者皆上爲轉注下爲諧聲。凡其且巫几丌亏兮堇是此
氏氐矢止己支乙壬韭臼丰寸皿豆丹用重其見至王丁之屬。
部首在下者皆下爲轉注上爲諧聲。此全書之通例。卽如晦明
朓朒雷雲飄颾炎燎仌凌等字。使非从日从月从風从雲从火
从冫。何以知其屬天乎。邱陵境壤等字。使非从邑从阜从土。何
以知其屬地乎。江河波濤流潤淸濁等字使非偏旁何以望而
知其爲水乎。嶽崇岐岱等字。使非部首何以望而知其爲山乎。

从艸从木从竹从鳥从隹从魚从蟲从黽从犬馬牛羊之字。使
非偏旁何以知其飛潛動植乎。从金从石从玉从革从韋从絲
从衣从匕之字。使非偏旁何以別其何物何器乎。从心从毛从
髟从肙从目从皮从骨从肉从頁从面从手从足从子从女从
人之字。使非部首何以辨其何形乎。舉五百二十六部。無一字
使能出部首之外。故形聲事意等字如人之有名字而偏旁部
首則如人之有姓氏。而後祖宗嫡庶宗族支派。秩然其不可亂
焉。又若絲綱在綱。經緯錯綜而不可紊焉。六書轉注之誼郭大
于部首建類者。而乃以互訓當之乎。以互訓當轉注。則此五百
二十六部首。於六書屬何門。豈部首反不在六書之列乎。況以

詮書爲注書。起于東漢馬鄭之肊造。漢蓺文志載諸經師之書。
如齊詩故魯詩故韓詩故及春秋鄒氏傳夾氏傳左氏微鐸氏
微張氏微毛詩詁訓傳公羊穀梁外傳公羊穀梁章句公羊顏
氏記。從無有稱詮書爲注書者。豈周官保氏時已知東漢詮書。
而預爲轉注以待之乎。爾雅水注川曰谿注谿曰谷注谷曰溝
注溝曰澮注澮曰瀆。春秋有穌韋之蹈注。及華不注之山。皆以
山水得名。從無涉於詮解。戴氏段氏小學專家。乃畢生不知轉
注之義。可謂求之千里失之睫前。此許君轉注一首建類之義
大異于戴段者也。至于許君部分。亦有不盡符建類轉注之本
旨。有孤立部首凡某之屬从某而部下竝無一字者。有部首下

尙有數字可隸而不收隸者。有一部中忽分二字三字別立爲
部而絕不解何意者。有二部三部幷之實止一部者。有不以形
爲部首而以聲爲部首違全書通例者。如𩫏部从回象城𩫏之
重兩亭相對。竝無隸字。何不以鄘入邑部而自立部。又如鼻部
之前先立自部。惟一鼻字隸之。何不以自爲鼻之部首而免立
專部。后部只一姤字。皆當入口部。何以別立部。司部止一詈字。
何不以司入口部詈入言部而獨立部。珏部止一斑字。何不幷
入玉部而別立部。異部惟一戴字。戴當入戈部。則異當入其部。
何得專立部。如毌部惟一貫字。當入貝部。又虜字當入虍部。則
毌部可廢。㡀部敗衣也。卽敝衣字从攴㡀聲當入攴部。何以專

立部首耑部物初生之題也顲也上象形下象根也竝無一字案此卽端字當歸立部爲端之省文而廢此部首尗部豆也惟隸一豉字何不與豋登等字均隸入豆部又如宀部家宲皆牛豕之宮而謂家从豭得聲則牢之居牛又從何得聲五百二十部中皆以形爲部首不以聲爲部首何以丩句兩部亦聲之字獨首聲而不首形而同聲之字如鉤痀笱拘糾𣏕等又望一漏十段注不一糾其失反曲爲周旋如枸𣏕當入木部鉤當入金部痀當入疾部拘當入手部笱當入竹部糾當入糸部則丩句二部可廢柬部只一𩏂字案𩏂本从韋柬本从木當以𩏂入韋部柬入木部而廢此部首㞢禾麥吐穗上平也部內只一𪗉字

卽等齊之齊當以㞢齊竝入日部而以𪗉爲齊之古文則㞢部可廢瓜部九文而瓠字獨另立部竝無隸字殊不可解當幷入瓜部朿本木莁也部內只棗棘二字考朿本从木當入木部而此部可廢亯卽克字肩也象屋下刻木之形又古文克作亯此部竝無相隸之字今緣仔肩之義引申叚借爲克能克勝之克應入合部不當別立部彔部木彔彔聲也此部竝無一字何以不入木部而別立部凶惡也與兇懼之兇同字何以不入凵部而別立部又朮部只一枲字而下𣏟部有𣏟字枲屬又有𣏟字卽離散之散又下爲麻部有䵕䵗𪎭三字當以朮枲及麻等竝入𣏟部其計八篆不必別立部首帛部只一錦字考錦字从金以其美貴如金也當以錦入金部而帛入白部巾部𢂿不當別爲部垚土高皃堯字从之當幷入土部不當立垚爲部首㐆从反身只一㲺字案躳亦反身當以殷與躳軀同歸身部否則隸入殳部而吕則躳之偏旁皆不當別爲部告部僅一嚳字當以告入牛部而別立斅部以嚳字隸之又若哭笑不入犬部而獨以哭爲部首僅一喪字當歸入亾部而笑則竝不收入至李陽仌歸入竹部改犬爲夭謂竹得風如人之笑有同兒戲此竝單文孤部無可轉注不當空立部首者也至若庚部壬部均無一字然賡字从庚妊任衽飪紝等字从壬何以不爲收入此又部中字之應收不收者也至于宀部七十一文而宮營二字獨別

爲部山部五十三文而岫岳二字嵬巍二字各爲一部而不入山部均不可解宜竝入山部此小部之當歸入大部者也此皆與許君部首建類轉注之誼未能盡合自敘望後人董理者意在斯乎意在斯乎

說文叚借釋例

魏　源

問轉注之說戴段全非至于叚借之誼亦有可議乎曰叚借之說段君言之雖淡悉其本原而未旁通曲鬯其族類段君說文注曰叚借放于古文本無其字之時許書有言以爲者有言古文以爲者以用也能左右之曰以凡言以爲者用彼爲此也如來周所受瑞麥也而以爲行來之來烏孝烏也而以爲烏呼之烏古文鳳神鳥也而以爲朋黨之朋子本冬月陽氣動萬物滋也而人專以爲稱韋相背也而以爲皮韋西鳥在巢上（卽古栖字）而以爲東西之西許書言以者凡六是本無其字依聲託事之明證本無來往字取來牟麥字爲之及久但知來往借誼而本誼

反廢此許說叚借之明文也其云古文以爲者洒下云古文以爲灑埽字疋下云古文以爲詩大雅字丂下云古文以爲巧字臤下云古文以爲賢字旅下云古文以爲魯字哥下云古文以爲歌字詖下云古文以爲頗字喦下云古文以爲醜字爰下云古文以爲車轅字𢾭下云周書以爲討字（疑卽無逸篇譸張爲幻之譸）此亦皆所謂依聲託事而麥來烏朋子韋西七字不同者本有字而代之與本無字有異然或叚借在先製字在後則叚借時本無其字非有二例惟前七字則叚借之後終古未嘗製正字後十字則叚借之後終古遂有正字爲不同耳許書又有引經說叚借者如𢼸人姓也而引商書無有作𢼸謂鴻範叚𢼸爲好也（案𢼸醜同聲以醜爲好如以亂爲治）莫火不明也而引周書敷重莫席謂顧命叚莫爲蔑也堲古文垐以土增大道上也而引唐書朕堲讒說殄行謂堯典叚堲爲疾也圛回行也而引商書曰圛圛升雲半有半無謂洪範叚圛爲駱驛也枯槀也而引夏書維箘輅枯釋之謂禹貢叚枯槀之枯爲木名也此皆許稱說叚借亦由古文字少之故與古文以爲者一例大氐叚借之始始于本無其字及後旣有其字矣而多爲叚借又其變也後代譌字亦得自冒于叚借博綜古今有此三變此所謂無字依聲者也至于經傳子史不用本字而好用叚借譌字此由古書不盡著竹帛口授方言轉寫變易許君每字以形說其制字本義而其用本字之聲不

用本字之義者乃可定爲叚借矣源按用本字之聲而不用其本義者固不可枚舉卽古文有此字而終古不製字者亦不可枚舉何拘拘於說文六字十字之閒乎有引申之叚借如號令之爲令長長短之爲長幼君長本義與引申之義並行推祖考之考叚爲考成考索之考攻玉之理叚爲義理之理道路之道叚爲引道天道王道之道途路之路改訓爲大而爲路門路寢路車之路土圭測景之圭叚爲王侯執玉之珪子孫之孫叚爲孫讓之孫介本大龜而叚爲耿介之介井本水泉而叚爲井灃之井主字古文以丶爲火以㞷爲盛火之器後人叚爲家無二主之主別作炷字代之而主之本誼廢又如能本多力之熊爲

本好動之猱猶本多疑之罝而叚為能敏之能作為之為謀猷之猶若治若沽若濟皆水名通叚為濬治沽𤅊濟渡之誼而本義皆廢易即蜴字省文而叚為變易移易簡易之易鬯本鬱酒升香之器而叚為一切鬯茂細鬱之義㫃本旌旗之斿而叚為語助之於於戲之於等本竹梢相平而引申為等齊等級之等第本韋之相次而引申為一切次第之第又叚為居第之第貫本象以物串貝而叚為貫通之貫克本肩也緣仔肩堪任之誼叚為克能克勝掊克之克南方有大象不得見擬其仿佛曰象因叚為一切形象之象豫亦大象而叚為豫大之豫彖本豕形而叚為爻彖之彖美本羊羹而叚為一切美善之美奪為手持

妨奪而叚為一切攘奪之奪奮為大隹自田中奮出而叚為一切奮往之奮舊本黃離而叚為新舊之舊離本倉庚黃鳥而叚為離坎之離雝本鳥名而叚為雝和之雝雋本禽之肥而叚為奇雋中雋之雋桀本雞棲木上叚為英桀之桀豪本豪豬叚為豪傑之豪特本牛父叚為特立之特犖本駁牛叚為卓犖之犖牟本牛鳴叚為牟等之牟旄為徼外犛牛叚為旄倪之旄隲本牡馬叚為陰隲之隲驕本馬高八尺叚為驕亢之驕雕本鷻鳥叚為雕琢後雕之雕烏本孝鳥焉本黃鳥而叚為烏乎之烏語助之焉以至哭笑皆犬之喜怒叚為人之喜怒家牢皆牛豕所居叚為居人之家牢籠牢固之牢孚本雞之抱卵叚為中孚之

孚默本黑犬叚為墨墨無言之墨某本甘木因作楳與梅相通叚為誰每之每燕本鳦鳥假為燕安燕享之燕難本雁鳥隨陽去來以其難至叚為難易之難易者蜥蜴蛻化叚為變易更易易簡之易雅本鴉也叚為大疋之疋龍本純陽之物叚為寵光之寵爾本鳳皇百鳥從之叚為朋從之朋物本從牛大物也叚為萬物之物習本鳥羽學飛叚為時習性習之習不本鳥飛不至地叚為一切不然之不非本鳥飛不下而叚為是非之非有飛鳥遺音象易中孚䨓横成非字故史記秦非子養馬汧渭而晉盧子諒詩引作飛子注非與飛古文通用亦通作蜚然本火焚叚為語助之然則本典則叚為語助之則戴本分物得異而叚為負戴感戴之戴曰象口出氣因叚為言說之曰又叚為

粵為爰此皆有引申之叚借依聲託事借誼與本義竝行者也有不依聲而从形近之叚借如丂古文以為巧字疋古文以為雅字臭古文以為澤字臤古文以為賢字闢古文以為闢字𦬆古文以為魯字左傳仲子生而有文在手曰為𦬆夫人又有不依事而但託聲之叚借如霸本月魄而今叚為五伯之伯栞古文以為刊字人名則皋陶古作咎繇偰古作卨讙兜為讙吺丹朱一作丹絑仲虺古作仲𧓍冏命古作臩命子貢古作子贛衛侍人癕疽即侍人參乘之雍渠地名則牧野古作坶野費誓古為粊誓岷山古作崏山許國古為鄦國靈臺古作靈臺器則犧尊當讀莎尊此竝由衞包之徒改古為俗而亦託於叚借乃至

男女互相爾女自當作女而叚用汝水之汝黽本介蟲而叚爲黽勉之黽此皆無引申之叚借借諠與本諠幷行終古未嘗製字者也至於訓詁則厭有平上去入四聲而分厭倦厭沃厭壓厭惡之四義惡有平去入三音而分烏惡疾惡羞惡之三義讓不改音而有推讓責讓相歧之義敦彼行葦之敦又爲敦盤之敦格木長木皃叚爲感格格正格式扞格格至之格本末原謂木根木杪叚爲一切本始末終之義相本以目觀木叚爲相度相與贊相之相篤本馬病行遲而叚爲篤厚之篤又竺管爲篤之古文箴本綴衣之鍼而叚爲箴銘之箴暴本日出曝暵而叚爲暴富暴虐之暴堪本大突與坎同諠而叚爲堪能堪輿之堪

節從竹本謂木多節而叚爲節義節制節儉之節又或倒義互訓論語以亂爲治堯典以攘爲讓易師卦以毒爲治洪範以敢爲好詩以落爲始以穀爲惡木若夫引申之義大而言之則天本蒼穹也而引申之則夫爲妻天君爲臣天父爲子天倉爲民天極本屋梁居棟宇正中引申爲北極太極皇極之極陽字皆从阜本謂山南陰山北陽引申而兩儀四象八卦四時四方陽律陰律以及水陰火陽否陰泰陽邪陰正陽幽陰明陽男陽女陰牝陰牡陽雌陰雄陽陽木陰木無不以陰陽相配再考天干地支則甲本天干之首而叚爲甲拆甲胄之甲由从倒甲凡木倒甲而生卽爲由蘖而叚爲由自率由之由丁亦天干叚爲人丁之丁又爲伐木丁丁之丁辛亦天干叚爲辛苦之辛又爲更新之新壬本天干而叚爲壬林僉壬之壬子乃地支孟冬陽氣之首而以爲父子之子寅乃地支叚爲寅畏寅恭之寅庚本地支叚爲大横庚庚之庚又引申爲賡歌賡續之賡戌本地支叚爲征戍之戍未亦地支叚爲未來之未※古文癸象冬時水土平可揆度因引申爲揆度揆法之揆午本訓啎五月陰氣逆陽冒地而出叚爲旁午相午之午申七月陰氣成體叚借爲詘申引申之申此皆叚借引申之最大者也輒本車下兩輢因輿中人倚輢引申爲倚恃專輒之輒將本將帥引申爲將來將請將送又叚爲鐘鼓將將之將尊本尊彝叚爲尊崇之尊秀本禾穎

叚爲一切秀出之秀穆本木名叚爲於穆皇穆之穆塡本訓塞引申爲塡壓之塡與鎭同又叚爲大雅倉况之塡又爲毛傳訓烝之塡棠棣詩烝也無戎垂遠邊也引申爲垂天雲之垂罪本捕魚器从网秦始皇以辠文从自似皇字改辠爲罪辭讓之辭本與文詞各義而世多叚辭說爲詞字本乳子引申爲文字孳生之字桼以書簡墨以書帛爾雅不聿謂之筆后墨相著而研黑桼能書竹不書帛是筆墨研古皆有之因叚借爲貪墨之墨胡本牛頷叚爲胡虜誰胡胡盧之胡納本絲溼叚爲出納之納酋本酒官叚爲酋長之酋及詩似先公酋之酋鄭似也酋終也謂將嗣先王之業而終之雉本野雞因矦从矢矢可度量叚爲都城百雉之雉脩本束脩脯也

叚爲修治修能之修。胥本蟹醢也叚爲吏胥皆胥之胥。灝本豆汁叚爲灝大之灝。柰本木果叚爲柰何之柰。豈本凱旋車樂叚爲豈弟之豈語助之豈。勿本旗物叚爲毋勿之勿。且本薦也叚爲語助進詞之且。而本須也象形考工記作其鱗之而。叚爲語助之而。方本兩舟相竝也字本作匚叚爲四方之方。又叚爲語助方甫之方。又叚爲方㫄之方。業本鐘虡而叚爲事業德業競業之業。榮本屋脊叚爲榮華之榮。向者溺也叚爲方向之向及向昔之向。宣本宮室名叚爲宣明之宣。宋本木名專植諸亾國已屋之社。故周封殷後以宋爲名。廉本堂隅叚爲廉節之廉。欽本欠皃叚爲堯典欽哉之欽。堪本地坎也叚爲堪能之堪。又爲

堪輿之堪。厥本發石叚爲厥逆之厥。又爲其厥之厥。若本香艸杜若叚爲若順若似之若。帥本佩巾叚爲將帥之帥。常本裳衣叚爲旗常之常及五常庸常之常。矢本射鏃叚爲矢陳矢誓之矢。然本火然叚爲然諾之然。又叚爲轉語之然。綱本綱紘叚爲綱維綱紀之綱。維本車蓋叚爲四維之維。紀者絲之總耑叚爲統紀之紀。纔釋爲帛色蒼卽緅字而叚爲才纔之纔。經織縱絲也與直横相對。東西爲經南北爲綸。而叚爲經綸天下之大經。萬本蟲名也而引申爲千萬之萬。又叚爲曼長之曼。孔本从乙从子乙鳥應候至而得子可以嘉美。因叚爲一切孔美孔大之孔。薦本鹿名而叚爲一切薦藉薦舉之薦。此皆借義行而本義廢。說文自敘言孔子書六經左邱明書春秋皆以古文。其不用叚借明矣。及李斯改古文爲大篆。程邈又改篆文爲隸書。以便徒隸。而經文失眞者十之二三。加以秦火斷爛之後。尚書由女傳口授。詩由諷誦竹帛。經文失眞者十之四五。如尚書横被四表或作桄作光作充。平章作釆章便章一作辯章。平秩古作平豑。暘谷作暘谷。嵎夷或作嵎峓。又作禺銕。又譌作嵎鐵。南訛本作南爲。一作南僞一作南譌。疾讒作塈讒。民獻作民儀。盟古文盟象明神扗上以皿盛牲血。孟諸一作盟豬。孟津一作盟津。又唐虞三代無儀器。故堯典授民時專觀天象斗極旋繞北極樞機而後人叚爲璇璣。又作璿璣以配玉衡。因謂以玉飾銅儀。以

漢世機巧靡麗之器。施諸上古是誤認叚借爲本義。而正義反廢。推之割訓害班訓徧孟訓勉寡訓顧盧爲旅訟爲頌順爲訓美作孅亦作娓巽作亹。皆尚書周易今古文之異同。再推齊魯韓毛詩。谷与穀格与假鑒与監蘥訓勤節作岊媞作提共与供龔。留黎爲流離逶遟爲郁夷樂飢爲⿸疒樂飢。（⿸疒樂療同字　樂⿸疒樂同聲）倬叚爲劉永叚爲漾螓首爲頯首皆三家詩之異文。爾雅注疏引證孔繁遽數之不能終其物。此竝同聲叚借之例本有其字。不用本字而專用他字。或与本義竝行。甚至本義反廢者也。至漢志小學家有別字十三篇不入六書之內。以其無義可引申遂不成字。而亦自附于叚借者。如漢碑雖國姓廟號官名皆可冒濫。歐陽

作歐陽中宗爲仲宗縣令爲縣苓之類。洪适隸釋卽已斥之。又碑文易之。莧陸乃芫睦之譌。文而說文中亦有俗體許君濫收者。如某旁加木爲楳。杲旁加口爲噪。尊旁加木爲樽。犓犧字之加牛。噭字加口。此与馬頭人爲長人持十爲斗何異。皆必當芟薙之字。而人之爲篆書者反以其見於說文而遵之。至於劉金刀國姓而必改書爲鐂。潮字本於江漢朝宗。乃以說文所無而改書爲淖爲濤。是雅其所俗而俗其所雅也。甚至尙書皋陶謨七始詠譌爲桼始。又譌來始滑。又譌采治忽。盤庚篇今予其敷心優賢養歷。而馬鄭古文譌爲今予其敷心腹賢腸。易雜卦傳寡髮譌宣髮。列女傳衞寡夫人譌爲衞宣夫人。加以能研諸侯

之慮。易繫亦有衍文。酒誥召誥之簡中疊校其脫佚。此則豕亥魯魚陰陶別風淮雨夏五郭公。非竹簡之斷爛卽傳寫之譌佚。如是而概謂之叚借。何異以燕說郢以鼠證璞乎。至於一部之中所收重文有聲無義者不可指屈。玉部除球琳琨玕琬琰璧珏瓊瑤琮瑾璋珪瓚璵璁班璣珣玗琪瑊玦外。尙有璍堅琠琥琂珣璀瑀瑦瑂瑆玜十餘字。皆云石似玉者。不言何石何玉。艸部苢茖蕬薊萬薜菩藪蘄菡蘚藷苐菣藺葧萎蓍蕁葎蔞蔿莬菁蘢莨蔏三十字皆云艸也。不云何艸何形。此等無用之字多收何爲。故許沖上表言愼以文字未定。故久未上。許君自序亦有後人董理之望。故敢管窺蠡測。以告小學家之不持成見者。

說文會意諧聲指事象形釋例　魏源

說文之字以轉注叚借爲最廣。五百二十六部。無一字能離于部首之轉注與偏旁之諧聲者。惟諧聲有專諧聲不會意及諧聲兼會意之不同。諧聲不會意之字。五百部中不可枚舉。其諧聲兼會意之字。不如專聲者之廣。且其解說之誼。卽說文亦閒有未得制字本意者。如父母毋三字。說文訓父爲以手持杖。母從女有二乳。毋象女有奸之者。禁止之毋令奸。然父之治家豈僅恃持杖者。誼似淺狹。今考父从八从乂。八者陰陽所以分別。乂者陰陽所以交會而生子。故爻交字皆从乂。母者母訓子之聲。故爲禁止詞。（毋字說本武進莊氏）又如地池馳施等字皆从也得聲。似

有施布向外之誼。豈有如說文訓也爲女陰之理。也音与者同部。与地池馳施不同部。何以諸字皆从也得聲。不能解也。說文以江河二字示諧聲之例。考江紅虹鴻豇杠矼扛貢攻空功巧等字皆从工。貢者上供之義。与工同用。空者化工太空之義。而攻功巧竝言工上之力。惟此四字兼聲与意。而巧則从丂得聲。餘皆有聲而無意也。河阿哥何珂坷訶軻呵渮舸哿奇等从可之字亦有聲而無意。而奇則竝不諧聲。與从也諸字同例。皆所未曉者也。推之義儀蛾與譌訛同聲。彼陂被披破婆波頗皆从皮得聲。而除義儀外餘皆有聲而無誼。崇悰淙皆从宗得聲。終螽蠡等皆从冬得聲。惟終兼聲意。考諧聲不會意之字。百二十

部中不可枚舉。今專求其聲意兼得者。惟沖盅忡忠仲皆从中以聲兼意。濛曚矇艨皆从蒙得聲。而洪範則霿蒙同字。亦聲義兼得。勇湧俑踊慂誦通痛蛹亦聲中有義。龔供拱珙恭皆有聲有義。喑瘖諳愔黯暗皆从音得聲義。堪戡諶湛嵁踸竝从甚得聲義。又椹碪字有聲無義唅龕谽頷娢皆从含得聲義。含含同字沈眈忱耽妉皆从冘得聲義。枕枕二字有聲無義澹憺皆兼聲義。謙歉慊嗛溓隒皆从兼得聲義。酣柑甛甘泔某皆从甘得聲義。酣者甘酒柑甘果甛甘艸泔甘汁此竝聲義同者惟某从甘木而非甘聲則以楳梅相通之故叚誰每之每爲誰某因扞从每音与神伸紳皆从申得聲義鈞均皆从勻得聲義。儐擯嬪皆从賓得聲義。梱閫悃皆从困得聲義。壼閫同字墳蕡𢋈豶𥢶鼖饙轒濆皆从賁得音義。賁訓大也墳者大冢詩桃夭有

蕡其實𢋈大𢋈子豶豶大羊豕鼖大鼓又詩言饙饎者倉之豐盛轒大車聲濆通汝濆之濆謂隄防高大惇敦醇焞諄啍錞皆从享得音義。皆敦厚之意肫沌芚皆从屯得音義。殫癉燀彈蟬禪兼得聲義。惟醰有義無聲。單殫皆盡也詩曰哀我癉人言勞病無已時也燀者火熾將盡彈取聲欲盡不盡蟬取其聲蟬聯不斷之誼故皆从單禪與繼相對前禪終盡後代承繼故禪从單盡醰者飲酒器射禮舉醰罰飲立盡故从單說文醰酒器也从酉單單聲案醰音至無讀單之理當衍聲字蓋醰从單盡之義非从單聲也歡驩懽讙灌觀勸皆从雚得聲義。灌取祭祀灌鬯鬱酒人神歡洽之義觀取旁雚欣喜之義驩歡同字辮辯辨辦皆从辡得聲。煥渙皆从奐得聲義。蔓縵嫚漫謾皆从曼得聲義。嫚慢同字滋孳皆从茲得聲義。侅該荄孩垓頦晐峐陔駭皆从亥得聲義。凡从亥部字皆有取于侅大生長之義亥者萬物所以成終故亥爲天門乾爲亥方也侍峙詩時恃皆从寺得聲義。寺法也寺廷爲禮法之地碩願頒顒皆訓大頭从

頁得聲義。句枸拘笱鉤痀雊朐从句得聲誼。卽章句之句亦以句讀鉤勒爲義雊音與向同金陵句容縣取山圜勾曲義俗讀同章句者謬价玠界竝从介大得聲義。糾糾从丩互得聲義。濡懦儒均从需得聲而誼不同。儒取需用之需。席珍待聘爲國儲材之誼。逾踰愈瘉皆从俞得聲義。溺口口皆从弱得聲義。推之自私爲厶。反正爲乏。蔽以兩弓相背爲弜。惡以兩己相背爲亞。兩𨙨相背爲鄰邑。兩臣相背爲𦣞。此皆相反相通之誼。至若丣爲春門萬物以出。其字从丣。酉爲秋門萬物以入。其字从丣。此皆會意之字。丣可通爲桺。不可通爲卯。而鄭以桺谷爲卯谷讀爲昧谷。此如漢人譌呼丣金爲卯金。形與誼俱相反。斷不可認會意爲叚借者也。又其制字會意有兩字合爲

一字。如珏吅棘林艸朋覞之類。有三字合爲一字。如蟲爲粟犇爲奔。驫爲飍。一从木爲轟。羴爲羶。麤爲犓。雥爲集。灥爲原。晶爲多語。又有四字合爲一字。如㗊嚚囂从四口。詩我及酌彼金罍。籀文作𤴐象雲雷之形。又鐘鼎款識靁爲古文雷。又木部櫑爲櫐之古文。𦉪爲𦉫之籀文。又𢀜从四工爲𡨄。又䍜古文以爲討字。卽書無佚篇譸張爲幻之譸。𢍏勇之𢍏。古文作㚖𢍏爲䪿箈卽苗字。此竝見說文。有會意無諧聲者也。至於指事之字自人言爲信止戈爲武外。如上下左右前後東西南北春夏秋冬青赤白黃黑玄之類。皆指事之字爲例不多。其象形之字則篆文皆爲隸變失其眞形。如⊙ 𠕒 皆象形。自隸變爲日月則不象形

矣屮𣎵皆象形自隸變爲草木則不象形矣烏鳥皆从兩足象形自隸變烏鳥从四足則不象形矣爲本母猴象形自隸省作爲則不象形矣乞本陽鳥其乙象飛形自隸變爲燕則又不象形矣此六書大概姑述其略以告童蒙小學之士

湖南文徵卷十七

解　　湖湘後學集編

東迤北會于匯解　　張明先

傳之解東匯澤爲彭蠡也曰匯迴也以東迴爲彭蠡大澤朱子曰彭蠡之爲澤實在大江之南以地勢北高而南下故其入於江也反爲江所遏而不得遂因而自瀦以爲是瀰漫數百里之大澤可謂精於言匯者矣然禹貢導漾言匯則明指彭蠡而導江之匯未有明文作傳者或承上節仍指爲彭蠡以此句爲衍文或云北匯于漢而匯于彭蠡或云匯徑當作漢此皆不深繹

禹貢本義且未熟悉洞庭水勢訛承至今莫有辨者夫彭蠡在江之南爲江所遏而自瀦迴而爲澤九江卽洞庭亦在江之南其勢相同豈遂不爲江所遏迴而自瀦邪余往赴試岳鄂每見夏秋之交江水盛滿逆入洞庭滎迴湍激處約廣十餘里此巴陵舊志所以洞庭吐納百川而大江西來橫亙其口每歲六七月岷峨雪消水暴漲自荊江逆入洞庭清流改色北夢瑣言亦有湘江北流至岳陽達蜀江夏潦後蜀江漲遏住湘波溢爲洞庭湖凡數百里其彰明較著者也葢江水從江陵南岸虎渡口分入澧水過洞庭與沅湘諸水合流至巴陵縣皆由西趨東略轉北而大江之正派在北者包公安石首華容諸山在中江湖

二水夾流洞庭之水至東陵下十五里城陵磯北會於江之荆河口所謂東迆北會確乎不爽也會時洞庭面寬水平大江勢高湖水遏而自豬自古至今歲歲皆然何況滔天襄陵時邪公安袁中道澧游記云酈道元注水經於江陵枚迴洲下有南北江之名南江即江水由澧入洞庭道也陵谷變遷今之大江始獨專其澎湃而南江之迹稍湮滅僅爲衣帶細流然江水會澧故道猶可攷云小修公安人最爲親切止知近時江水入澧僅一小河以爲變遷獨不思洪水泛濫溢岸浮野豈由地中行者邪今之河道未嘗改也又有謂江水逆流此水漲使然語其變非語其常豈堯時洪水尚可作常論邪又有謂江水雖逆流於

湖而瀠迴反覆仍入於江豈彭蠡之水匯而爲澤竟未入江邪知彭蠡則知洞庭矣按周禮未載九江統在藪澤雲夢之中爾雅註指洞庭爲雲夢澤澤字之義似可與匯字作明證猶恐後人附會姑置不論即以禹貢經義繹之導江則於于匯之後曰東爲中江導漾則於東匯之後曰東爲北江匯字即不可厭重複豈中江北江漫無分別邪余以書之所言目之所見合之心之所悟不惴固陋竊以爲導江之匯即指洞庭不言洞庭者以上已有九江字樣不再贅書法又一變以導江之匯爲洞庭則中江北江之地皆各有段落可指而三江之說亦得以互相發明矣匯既訓迴字意甚活上加一于字則匯似有實地俗本作爲匯較于字更穩且又安知俗本之非舊文乎

樂律後解

陳之駓

律法自司馬子長後已失所傳高允胡瑗房庶蔡季通皆儒者謬信所學而不適於用其以黃鍾老陽二而實之三而損之六寸爲林鍾林鍾四而實之三而損之五寸爲仲呂尚餘一分又將一分窮算則毫釐絲忽自此不可收拾律十二也止此三律而相生已窮聖人作律自有成數豈如此闌珊哉即淮南子置一而十三之起爲積分即置一而九三之以爲寸法皆遷就之詞繫辭謂天一地十何事以九爲十乎不如樂府之說爲可曉吾不敢信樂府遂爲神理然其數皆成數也使其理有穿鑿能合自然之數哉但其子午相衝丑亥相配猶爲枝葉而三分損

益隔八相生反置架閣蓋自應鍾退至冬至一陽微動包束重泉未能爲暴舉僅進三分之一遂爲黃鍾額數自黃鍾後即以九加之使當時不如此斟酌則積至蕤賓反不能合陽九成數惟以三分先暗參黃鍾內遂覺六律皆此三分爲之推移此爲上生知益非謂逐加三分也陰數亦然陽數主進陰數主退自林鍾後皆以九退之黍當蕤賓時日晷正長流金焦后一陰潛滋止退三分餘律皆帶此三分併促積至冬至前黃鍾未加恰合老陰之數此爲下生知損故曰每三分以損益也至於黃鍾隔八生林鍾林鍾隔八生大簇凡上生者數皆百三十八除九十外餘四十八得地支之數四本偶方圓四也凡下生者數皆

百二十、除九十外、餘三十得天干之數、三本奇圓圍三也、陽數九陰數六進退皆以九爲度、陽統陰也、猶地天中之地也、九滿十則除數已盡也、獨有中呂生黃鍾百二十三、多此三數者緣黃鍾以三分益故數終仍還此三數也、應鍾生蕤賓百三十五、緣蕤賓以三分損故數終仍闕此三數也、此皆本乎節氣長短陰陽相配、然則謂黃鍾至蕤賓七律爲上、林鍾五律爲下者妄也、

變聲旋宮

陳之駓

宮有二、一爲黃鍾之宮、一爲林鍾之宮、律家但主黃鍾者、宮君象也、一陽初生、君以少爲貴也、林鍾六月、太陰濕土、其器爲塤、實正宮也、玩律家不曰宮商角徵羽、而曰宮徵商羽角、五行之序順矣、然以爲變徵者、此宮乃徵聲內之宮、故不以宮名、蕤賓爲正徵、則此爲變徵也、黃鍾亦羽內之宮、而以宮名者、陽一君而二民、君子之象、以少爲貴、故以大呂爲變宮、蓋黃鍾爲正羽、大呂近宮、從君而變、不復名爲羽也、□□□□□□□旋宮非謂大簇姑洗亦爲宮也、蓋五聲皆有清濁、如黃鍾有清黃鍾、角有清角、商有清商、以此律爲主、則衆律從而間之、從而和之

旋宮宮字非謂宮聲、乃遞相爲君也、如崇邸六奏、乃笙聲也、笙屬角則角爲君矣、夾振之而駟伐、用鐸兩行、宣導威武、鐸屬金、金商音應秋氣殺伐、則夷則爲君、商君而宮亦臣矣、

伯夷傳解　陳之駓

通篇皆是疑詞未有然伯夷意總歸伯夷以孔子成名傷已無顯聞也首言伯夷讓國先從許由讓天下開端又爲許由下一疑堯舜爲君舜禹爲臣皆以久試方禪說者乃謂堯先讓許由何其輕易矣解云余登箕山又有許由冢則當時果有其人有其事然孔子序列仁聖賢人獨稱伯夷不及許由何也此段是文之迎送入伯夷已爲得孔子而名益彰巖穴湮没張本分明是一經品題便作佳士其卞隨務光泰伯並後顏淵皆伴說古人文字寬衍不似後人單幫李克卜相可見旣入伯夷矣其行事亦未必盡能無怨如孔子所云但天亦不當報善人如此其

爽而盜跖反如此橫福接到若彼近世明明關照自己公正發憤无妄受災天道全不可信道不同一段見君子自修不以天下爲惑此是文章大關脫感歎處君子疾没世漸收回人之得名非偶必有遭逢伯夷幸遇孔子如此類湮没不知凡幾自悲不附靑雲之士也余恨學者不解其意聊爲疏㨗其他帝王項羽本紀贊月表年表悉當以是類之諸贊無甚味跋尾耳不必過索

負薪解　黃　秀

歲在閼逢攝提格時值昆明鯨動避亂黃道山中偶登山巓挾書一冊且讀且歌旣而負薪以歸憩息松陰下客有自外至者粲然謂余曰蓋聞賢者必有爲于時志士不浮沈乎俗生斯世也豈徒以窮約自甘云乎哉實欲借利達以舒厥志藉富貴以榮厥身也古之人或抵掌以說王侯或叩角而取卿相或對策于金馬門或垂勳于雲臺上或獻賦而名當世或草疏而結主知彼皆心異庸眾行軼人羣者也今吾子年甫弱冠名列黌序習詩書談道德篤志儒業緊云有日曷不掇靑紫邀祿爵顯揚是圖以誇耀閭里顧乃依山棲谷枕經藉史終寠且貧若此意

者獨居感憤含嗟而有怨悔矣乎余曰吁客前來吾語汝是所謂以鳩鷃而笑鯤鵬乘駑駘以測騏驥多見其不知量也曩者帝王肇興際乾旋坤轉之期乘風虎雲龍之會元首明股肱良故聘幣慇懃莘埜轍畊物色徵賢胥靡釋築磻溪輔佐王猷南陽鼎峙伯業咸由聖賢道同主臣一德始克建豐功而豎懋績藉令上不懸八紘之網下不奮六月之息卽有偉抱殊猷亦將老死巖穴與草木俱腐烏能聲施奕世也哉世降以還事殊非古賓師之禮久廢造請之典蔑聞英雄豪傑每延頸以待用感奮而抒懷莫不困於遇合沮於資格今雖　聖明在上一才一技之士皆得効力　淸時而地阻勢隔致身無術（時吳逆踞岳陽五載）

兩科未獲與試故云惟有蘊我圭璋俟我良琢植茲楩柟聽匠后已耳矧迺欃槍未埽狼煙未靖劍戟稱雄疆圉弧矢矜能馬上而欲馳驅皇路垂名簡冊似亦難矣故君子不以戚戚之窮廑憂心於一旦而以赫赫之勢移眞樂於生平也客曰子言誠然然値茲四郊多壘曷不逞炙轂雕龍之辨建倡仁扶義之謀上尊人主下說公卿益人家國而糜人好爵使見之者形慁聞之者意駭歟余曰否否夫編槿而廬緝篷而扉者太古之風也廊棟凝雲簷亙飾彩者後世之制也今欲以太古之風爲後世之制非惟弗達權度亦罔識時勢矣子以處今世而談戰國泥所聞以擬所見不亦異乎獨不聞子雲屈節新都孟堅託迹權貴蔡郎寄

身董丞文若効能孟德始謂攀鱗附翼可以奮興立業孰知身危族滅名節爲之毀缺譬若獵者獲獐麋而亾命於豺虎漁者覩鯤鯢而躬蹈於大澤也悲夫當吳逆叛踞時多受僞扎者後皆隕身喪節予預知其必敗獨能免此夫子獨非人情豈其惡富貴而甘貧賤哉良以塵容俗狀奔走乞憐倏于寵祿于前隨遭戮辱于後孰若優游自得理亂無聞將以篤吾業而守吾貞也客曰子不縈情利祿若此將以碌碌終厭身乎抑超然遐舉異於人乎敢問古君子殫心以企聖賢而彼且奚爲也曰予嘗聞諸易有曰鶴鳴在陰其子和之詩有云鼓鍾于宮聲聞于外士君子不慮身名未榮但慮道德弗修彼夫玉蘊山而山輝珠藏淵而淵媚此物此志也是以君子修身制行其道有二遇則行其學不遇則明其道行所學著于一時明其道垂諸千古亦因其時所可爲者爲之而已矣試觀仁山講學蘭江益之著述金華闡聖言繹賢傳紹往緒啟來學彼殆有不屑屑於利達不汲汲乎富貴者亦猶商彝周鼎未見售於目前卞璧隨珠自流輝於日後此眞吾徒師表也若夫商財賄之有無較錙銖之重輕盜聲聞於黨閭計溫飽於妻子是名雖儒者而行實同賈豎也僕誠不能與此輩竝埒故皎然獨守所志而誰識予之素心

解惑

曾紹孔

山後趙侯以試用攝邑篆甫三月罷去紳士耆庶酌而餞之送及郊鄉人惑焉走相告某曰令父母也民子也子於父母情患不足不患有餘三月之令未可以餞歟告者曰撫我者父母虐我者仇讐令未有大德於民僅三月而以父母厚之也不已過乎曰父母卽未慈子何可不孝令無大德亦無小怨雖一日未可薄也況三月乎且江河不返久矣不有過厚何以矯薄者之失世無申生人且寇仇其父其鼎鋸不避者卽斯人之藥石也世無屈原人且弁髦其君其日月爭光者卽斯人之針砭也世無伯夷柳下惠人且習於脂韋流於谿刻而莫知所極其浩氣

孤行不能磨滅者卽斯人之砥柱繩約也故當世教淩夷之日而有一二賢知主持其閒以其忠厚悱惻者自致於親長之前挽頹風而振末俗遙情逸韻不問而知其近古矣蓋不肖者常薄賢知者常厚式薄以厚卽有過當殆所謂賢而過過而彌見其賢者也記曰賢者過之孔子曰觀過斯知仁矣今如子所謂過者抑其所以爲賢歟鄉人曰徵子言智不及此乃揖而退

天秉陽垂日星解

余廷燦

天秉陽垂日星謂陽主施也地秉陰竅於山川謂陰主受也播五行於四時非山川播之謂日星播之也日中星鳥則播爲春分日永星火則播爲夏至堯典其明徵也參以月令日在營室昏參中旦尾中爲孟春爲盛德在木而益信四時有其播之者何謂和日星有短永有贏縮有分至有啟閉有南北燠寒有東西早暮凡陰陽消息一與四時相進退轉運而後和和而後月之晦朔弦望因以生焉今夫月無光以日之光爲光者日之四序晷刻不得其和卽月之三五盈虧不得其準施受一氣也然惟中國當赤道北寒燠溫涼得天地之中故月之盈虧亦與平

氣應若夫兩極之下其地大寒又或以半年爲晝半年爲夜彼其望月卽有盈有虧亦必不如中土之晦朔弦望互相停調朱子謂不和豈必月不生繹朱子未盡之說則經言月生者正謂其舒光吐曜一一如五行四時之沖氣會合故月和而後月生也

天左旋解　余廷燦

横渠張子有天左旋處其中者順之少遲則反右之說儒者往往以右旋於左爲遲遂疑日月亦左旋因行遲而覺其右轉則徒以右轉爲推步家反算捷法而有左復有右有順復有逆究不以爲天之實象然其說非也謝生大猷曰如以七政爲順天左轉則日行一日不及天一度月行一日不及十三度有奇此猶有常可執者也至於五星之遲留伏逆進退疾徐無常可執者何得以順天左轉爲定論乎且五星之行値日則伏與日三合則留對衝則退當其見伏留退之交其行又有疾初疾末遲初遲末至金水二星又各有合退伏其參錯不齊若此以張子

之說考之則當其退行之際皆爲行過於天而金水退疾又當過三度強者夫日月之行旣皆不及天矣五星之行獨何緣而過天乎謝生之辨七政非左旋甚明快而於右轉之說尚渾含其詞未極剖析按晉書天文志稱周髀家云日月實東行而天牽之以西没又案明史天文志記洪武中帝論天與七政之行羣臣皆以蔡氏左旋之說對帝曰朕自起兵來仰觀乾象天左旋七政右旋歷家之論確不可易爾等猶守蔡氏之說豈所謂格物致知之學乎此則右轉之說遠有端緒今日兼證之西法而益明者蓋古者第以恆星爲天體則天左旋卽指恆星天而於歲差之故不明西法以宗動爲天體故不獨日月五星東行恆星亦東行而於楚詞圜則九重之說乃合蓋自有宗動天以渾灝之氣挈諸天左旋其行甚速故外之近宗動天者左旋速而右旋之度甚遲內之遠宗動天者則左旋較遲而右移之度轉速是故恆星天東行最遲歲差纔五十一秒大較歷七十年而差一度新歷不謂之歲差而謂之恆星行度是也其次則土天木天又其次則火天至日天金水天較速矣而月天則最速所謂月行一日不及十三度有奇是也謝生第謂天以二十八宿爲體以日月五星爲用體用一經一緯旋轉一順一逆乃天道自然之妙則其說尚沿舊解而於右旋無確據予故參西法證之而右旋之說益顯白無疑且旣謂之渾天則必環固內抱

旋紐互根安溪謂如層雲疊涌雲有背有馳如二水合流水有流有滯則明乎一氣參差之故矣又謂置盂於此自邊而引之旋其近中者必緩矣宗動之天急旋於外若或引之其彌近地心而彌緩者勢也可謂精於譬類者矣謝生來學城南潛心經義嘗具一往深沈之思己酉以選貢赴京師未與　廷試而遽没是篇與掛扐解皆試於學使風簷爲人所傳播者乙卯索居偶從故紙堆中檢出心怦怦有慟因採其獨悟之思補其未備之說正欲存生之孤詣邁往以見不可禁禦有如此者

掛扐象閏解　余廷燦

學使拔諸生之秀傑者貢成均而試以掛扐象閏解耒陽謝生大猷頗究心易義則曰掛扐之說郭氏與朱子異朱子常與之往復辨論良由郭氏之說偏滯不應經文夫經既曰掛一以象三矣象三者豈能復以象閏乎人皆喜謝生之辨甚明快然亦有未曲盡者郭氏惟以掛一象閏遂謂後二變皆不掛而但有扐彼所堅據者在再扐而後掛一言也夫固謂初變有掛須更閱二變而後掛亦如初歲有閏又須更閱二歲而後置閏也然經何以不曰三歲一閏又何以不曰六歲再閏而必曰五歲再閏乎如郭氏之說直使五與再二字皆懸而無所著再閏再扐

亦判而不相聯矣朱子以一掛兩揲兩扐解五歲再閏句以經證經於五字再字乃顯白無疑且後二變皆有掛既與四營成易合而於成卦變爻皆有自然之法象於後二變之數不四則八者亦絕無參差不齊之弊朱子曾推究之甚詳此固不得輕議朱子之解五歲稍涉雜湊而可漫以左手五指遂臆決其當五歲乎謝生又謂掛不同於扐朱子之解掛也謂掛於左手小指之間與其所解扐者無異也豈知掛不得同於扐掛既象三宜掛於胸前以法中初不與揲餘混而朱子不辨其著筮儀漫目通掛之策不五則九云云是朱子自不能別其一於歸之外安得使人不混其一於歸之中無怪滋郭氏以歸掛一之奇於所揲之餘之誣也其辨愈鑿鑿可聽然未免愈離其宗夫經文固明曰歸奇於扐矣則奇與扐自是兩物併而歸一也經本併其一於歸之中解經者乃別其一於歸之外乎若以奇爲揲餘扐爲指閒朱子曾據孔疏解之不知以歸奇爲歸掛一之奇扐爲所揲之餘其說已始自虞翻而扐爲數之餘見禮記王制又不得執孔疏闢郭氏而謂經文之歸奇於扐非歸掛一之奇於揲餘也況掛爲氣盈扐爲朔虛氣盈者綜三百六旬之成數而可知故分二之後即除一而掛之也朔虛者計十二月之空分而後得故逐揲之後乃存餘而扐之也歸氣盈於朔虛而置閏故歸奇於扐以象閏則氣盈者正閏法起積之端而掛一者又

蓍策起積之端謂掛象閏則不可謂合掛與扐皆以象閏固無不可也又烏可別其一於歸之外哉

周官媒氏解　　　張九鐔

媒氏主合婚姻之官謀合異姓故曰掌萬民之判喪服傳曰夫妻判合言判別而合之合即下文所謂會也凡男女自成名以上書年月日名令三十而娶二十而嫁極言之令其父母使不得過限男女得以及時此爲始婚之正者言也凡娶判妻入子者皆書之謂人所出之婦再嫁所鬻之媵妾改適人者娶之者皆書於官以絕爭訟此爲婚娶之變者言也仲春夏正二月陰陽交順天時以成昏禮出令國中皆會合男女謂已行媒受幣之女惟此時雖有不待備禮而嫁娶者亦所不禁內則云有故二十三年而嫁俟三年喪畢也若無父母喪故而二十不嫁不

以仲春婚娶者罰之此皆令其父母配合之罰亦指其父母言所以戒愆期也又承上文言亦於是月司男女之無夫家者而會之國中鰥寡單丁女戶皆無父母主婚始官爲司之稱其年材察其情願者官爲之媒許即時配合此不必禁罰而自從故不以令言亦無不用令者所以閔怨曠也凡嫁子娶妻入幣純帛無過五兩此言婚姻無奢禮也禁遷葬與嫁殤者此言死葬無越禮也遷葬謂出母改適無子前子欲遷以祔父母者嫁殤謂十九以下許嫁而死者生不相接死而合之非禮也邴原女沒不從魏武之命與倉舒合葬曾子問女未廟見而死歸葬於女氏之黨示未成婦也況未合昏而可合葬乎今山西俗重冥配父母必合葬先葬者虛左右以待有母改適死而仍求與其父合葬者又有竝未許嫁求人家及幷未嫁而死之女與之合葬者亦謂之冥配今考周官乃知秦晉間自來有此風俗周公已先禁之矣中春會男女之文考二南如桃夭于歸摽梅及時皆相證明至奔者不禁先儒誤解謂聽其自奔遂爲周官第一疑案按內則云聘則爲妻奔則爲妾奔指未聘者言不得與夫敵體故謂之奔非如毛詩序東門之墠男女有不待禮而相奔者也劉向列女傳召南申女許嫁於酆夫家禮不備而欲迎之女不肯往夫家訟之女終拒之而作行露毛序謂召伯聽訟也六禮至不親迎猶見刺譏非受幣不交不親則知臨時不備禮

者之嫌於奔矣又有狐詩序云古者國有凶荒則殺禮而多昏會男女之無夫家者所以育人民也皆明據周官言之多昏見周官荒政會無夫家即管子治齊掌媒合獨之政所本二事當分別言之蓋經文先言會男女者令父母會之以許嫁者言次言會無夫家者則官司會之以鰥寡言次第井然不容攙越近日方氏注云始婚者第可言未嫁娶不可謂無夫家覆出此文明會而不禁者惟鰥寡也總緣疑爲一事遂謂文有錯簡而移易之又辨此爲劉歆所增竄引王莽傳私鑄者伍坐沒入奴婢以十萬數至則易其夫婦民人駭痛爲證至竝經文三十七字而刪去之非周官權天時體人情之本意矣

十亂解

張九鐔

論語武王亂臣十人有婦人焉馬氏云文母劉原父云邑姜皆非也婦字與殷字篆文相近致誤當作殷人太誓云予有亂臣十人同心同德大誥云爽邦由哲亦惟十人而君奭云武王惟茲四人上言文王時有若虢叔以文王弟故不與也周公召公太公畢公榮公太顛閎夭散宜生南宮适九人皆周臣按史記本紀載辛甲大夫歸周竹書帝辛三十九年大夫辛甲出奔周劉向別錄云辛甲故殷之臣事紂蓋七十五諫而不聽去至周召公與語賢之告文王親自迎之以爲公卿封長子左傳周辛甲爲太史命百官箴王闕作虞箴則直稱之曰周辛甲矣所謂

殷人者指辛甲也婦人不與外事文母既涉臣母之嫌邑姜更犯司晨之戒且果係二母孔子亦不敢斥之爲婦人也顧甯人云此陳師誓衆之詞皆身在戎行者其說近之而未實指其人王伯厚則據論語釋文作予有亂十人左傳叔孫穆子亦曰武王有亂十人謂本無臣字不必改從原父說然萇宏亦引亂臣十人與其去經文臣字不如改婦字爲殷字之爲愈矣

重訂史記歷書解

彭坊

余偶閱史記歷書見凌稚隆所輯評林註多譌字譌句如曰得甲子註中三百八分當作三百四十八分九百三十八分當作九百四十分蓋歷法以九百四十分爲一日也又其閒意尙有未盡者因略爲改正幷以巳意補釋如右

史記歷書歷術甲子篇云太初元年歲名焉逢攝提格謂甲寅也月名畢聚謂十一月也其實太初歷建寅此十一月尙屬甲寅前一年癸丑緣歷元起數必從子始故此預書明年歲名

云無大餘無小餘者謂十一月之朔也蓋歷法必以至朔同在甲子日先期夜半之年爲歷元此年十一月朔恰是甲子前此

竝無餘分故云無大餘無小餘也

下文再云無大餘無小餘者謂冬至也至與朔法異故兩列之此年冬至恰是十一月甲子朔旦夜半前此亦無餘分也

重書焉逢攝提格太初元年者謂此年建寅之月以後也歷法之元必從子月起數前書太初元年焉逢攝提格是也漢自太初歷始改建寅此書焉逢攝提格太初元年是也

大餘五十四者一年十二月從上年十一月朔數至今年十月晦六大六小合三百五十四日以甲子一週六十除之五六三十除三百日餘五十四日未滿六十故云大餘五十四也

小餘三百四十八者每月二十九日又九百四十分日之四百

九十九積十二月爲五千九百八十八分以歷法九百四十分爲一日得六日尙餘三百四十八分故云小餘三百四十八此是通計一年十二月合朔之零數故後總云小餘者月也

再書大餘五小餘八者一歲三百六十五日四分日之一從今年冬至數至明年冬至前一日以六甲除之六六三十六除三百六十日尙餘五日故云大餘五也又餘四分日之一以一日分爲三十二四分日之一是八故云小餘八也　前所載小餘是將一日分作九百四十此所載小餘是將一日分作三十二其分數不同者日原無一定分數緣日有奇零歷家分之以便算耳卽謂此小餘爲二百三十五亦可蓋將九百四十分而爲

四則每分爲二百三十五也

每年書大餘小餘者每年除五甲子餘五十四日爲大餘逐年遞加滿六十則除存其零數俟明年再加其小餘每年三百四十八逐年遞加滿九百四十則成一日除去九百四十歸一日在大餘數內存其零數　若係閏年之後一年則大餘止有二十三小餘有八百四十七其除法歸法竝同

其每年大餘恰滿六十除去無零數則書大餘無小餘恰滿九百四十除去無零數則書小餘無

其每年第二次所書大餘亦滿六十除去存其零數小餘滿三十二成一日除去歸在大餘數內

此書總以甲子爲主故前總題云歷術甲子譜其每年前書大餘小餘爲算將來月朔逢甲子後書大餘小餘爲算將來冬至逢甲子朔至同在甲子日之先期夜半則爲一千五百二十年爲一紀然歲首猶非甲子也積三紀四千五百六十年至朔同是甲子日之先期夜半又在甲子歲首總會如初是爲一元

閏年之後一年大餘止二十三小餘有八百四十七者蓋一年十二月爲三百五十四日又九百四十分日之三百四十八加閏月二十九日九百四十分日之四百九十九合之得三百八十三日八百四十七分除六甲爲三百六十日餘數得此也

其所以必在閏後一年者竊意太初歷雖改建寅而置閏或仍

用秦法總置在一年之終則當是閏十二月也歷法以建子之月起數故將閏月置在次年數內算

原性解

張世法

天之象穹窿而已·地之象廣漠而已·天地之性清甯而已矣·凡萃於上而天有日月星辰風霆流行固於下而地有山嶽河瀆土石凝結者皆其性也·無不善也·謂天之所行皆善乎日月何爲而薄蝕星何爲而隱而霣風何爲不發而霾·雷何以不擊而霳邪·謂地之行皆善乎·百川何以沸騰·山冢何以崒崩·土何以而有帝之息壤石何以有言於晉國邪·凡不得其正與怪戾之尤者亦其性也·有不善也·然則天地之性果有不善乎·曰非也·陰陽者天地之氣也·五行者陰陽之質也·舍陰陽則天地失其所以爲氣·而氣有升降清濁·離五行則天地失其所以爲質·而質有剛柔美惡·故夫渾然無不善者天地陰陽五行之性是也·淆然而有善有不善者天地陰陽五行之氣質是也·惟人亦然·是以聖人可學而能·而禽獸昆蟲草木不可學而至於人也·亦於其氣質異之而已矣·性豈有不善乎哉

原毀解

張世法

天地萬物之理·不與其有成·又從而毀之·甚矣其蠹也·毀之者曰·凡物之理·體不欲方而欲其圓·軸之橫者必脆·箱之中者必枵·圭角之露不可完也·質不欲剛而欲其柔·齒之堅者必蔽·骨之立者必僵·芒刃之利不可攖也·氣不欲峻而欲其夷·城之截者必崩·石之齾者必墜·嶄絕之過不可居也·道不欲清而欲其渾·涓可使之爲涇·練可使之爲緇·皎潔之辨不可存也·材不欲美而欲其惡·木之甘者蟲先腐之·華之馥者風先萎之·瑰異絕特之秘不可窮也·夫體爲其方而與圓者轉·質爲其剛而與柔者克·氣爲其峻而與夷者衡·道爲其清而與渾者同·材爲其美而與惡者處·皆大不勝之數也·夫先自毀也已·而又誰毀焉·然惡其方也·將蜣丸之智亦可弄·縠卵之仁亦可伏·而玉瓚圭𠚤不可以假郊廟·輯瑞不可以覲諸后·酌斗不可以祈黃耇乎·觚不觚·觚哉觚哉·方之刓·世道人心之害也·惡其剛也·將鴟夷滑稽·桔槔轆轤·俛仰上下以從人爲·雖有干將莫邪不得與鉛刀爭其銛·鏞金岱石不得與沙礫爭其砥礪·惡其峻也·將使泰山下齊於部婁·日月下竝於邱陵·惡其清也·將謂江漢之濯不可以刷潢潦·秋陽之暴不可以明熠火·惡其美也·將謂璣珠華實之纖不可以言鬼神之能·羽毛翬飛之麗不可以言乾坤之文·顛倒昚亂·雌黃詬厲·甚矣其蠹也邪·彼世無孔子爲依歸·則是

方若子高剛若季路峻若史鰌清若公綽美若端木而皆不得學聖人之道躪中庸之堂而造於其室雖有異者終莫可如之何也已嗚乎天地萬物之理其又孰從而正之毀由人生亦由人滅其蠹也亦元氣之壞也

易則河圖　唐仲冕

聖人之則河圖也柰何曰蓍則其數卦則其位參兩倚數大衍五十則其全數也則其五十之居中也虛其一以爲太極則其一之在北也分爲二以象兩則其二之在南也掛一以象三則其三之在東也揲以四以象四時則其四之在西也北爲空虛不用之方而水主流行故虛一以則之南爲嚮明任事之方而火主分辨故分二以則之東居左故掛于左手而木主發生掛一亦發生之端西居右故揲于右手而金主變化揲四亦變化之端一二三四生數也故以爲營七八九六成數也故以成易東方物所生形質雜出陽內陰外故八爲正陰南方物所養氣

象昌茂陰內陽外故七爲正陽西方日昃月朏陽極而陰生故九爲極陽北方寒涘暖動陰極而陽生故六爲極陰故歸奇於扐不外一二三四變而成卦不外七八九六所以則河圖之數也如此河圖內方外圓水火木金相對而尅賴中央之土以生之聖人知其然也布乾巽艮坤於四隅使順而相生者培木之氣以生火培金之氣以生水水火者陰陽之精日用之要也置坤土於西南以續火金之斷置艮土於東北以隔水火之交火鑠金金氣不能容坤以藏之而中宮之用以生而妙水生木水氣日以洩艮以止之而中宮之用以尅而妙蓋艮以終始萬物而後帝出乎震歲功成于十二月而後春以產物爲聖斷續之

間非惟則圖實有以發圖之藴且河圖陽數自左而升陰數自右而降皆逆也序卦之初二三爻則其陽之左升上五四爻則其陰之右降也是爲易逆數也

問畫卦則河圖方位曰天一地二天三地四天五地六天七地八天九地十陽數皆天陰數皆地天包其外地凝於中神也者妙萬物而爲言也坎離之據南北天一生水地二生火是也東西無定所者也水生木而爲山故畫山於一三之隅木生火而爲雷故畫雷於三二之隅火尅金而爲風故畫風於二四之隅金生水而爲澤故畫澤於四一之隅山雷在左則其陽之左旋澤風在右則其陰之右降然則山澤乾坤之交上爻風雷乾坤

之交下爻此言山澤下而雷風上何也曰中國居赤道南北極出地三十六度南極入地三十六度北極上南極下也坎離乾坤之交中爻何以不居東西而居南北曰南北極貫天地人之中也故曰極東西無定故虛其位而以山雷澤風實之序卦就人事而言乃有東西有東西而乾坤乃有方位矣天一生水故乾居一之上四之下坤爲中央土在火金之交故居二四之間東西在天雖無定位而木生金殺雷動澤說人事中不易之東西也故退震於三進兌於四使各得其正位生成之義著矣至無定者莫如風移而置之三與二之間以明長養之用至有定者莫如山一三之間元氣渾淪所以成始而成終故仍畫卦之舊與坎離南北方位爲終古不易者也序卦財成輔相與卦畫相與流通乾鑿度以四正四隅屬之宓犧非無說也

易則洛書

唐仲冕

洛書外圓內方圓者象天方者象地然外之圓也相對者皆相生動則相尅與河圖之靜則尅而動則生者相反而義實相成也葢靜尅動生謂天之樞紐屹然而圓轉自利也靜生動尅謂天之生生不窮而遞有乘除也內之方也五行各如其位與河圖之陰包陽如環無端者不同而義尤相濟葢陰包陽謂地如匏外爲質而中有眞氣存焉故能凝於大氣之中而不墜也五行各如其位謂地之東西南北雖分而隨人所立皆在其顚也書之數卽圖之數仍以一六爲水二七爲火三八爲木四九爲金其謂一坎二坤三震四巽五中六乾七兌八艮九離者後漢

書所云太乙下九宮法洛書之變例也易旣則圖卽則書矣雖然則圖畫卦則書演疇亦篤論也春秋緯云河以通乾出天苞洛以流坤吐地符宓犧有見於天之垂象而作易大禹有見於地之平成而演疇易有三才之道疇有九州之象聖人師天地其義一也易虛一以爲太極疇建五以爲皇極太極爲陰陽之所由分皇極爲五行之所由敘也

易則儀象

唐仲冕

易之爲言往來也其道本于儀象葢天爲大包絡其氣疾轉而地圓凝其中人附地上首戴天足履地西方之足與東方之足其底相對故西方之旦爲東方之暮聖人知之故以反對爲易無時不往無時不來此卦之初卽爲彼卦之上二五三四皆然所謂變動不居周流六虛上下無常剛柔相易也上卦爲數往者順上爲天五爲人四爲地下卦爲知來者逆初爲天二爲人三爲地合之則三四爲地居天人之中二五爲人居天地之中初上爲天包人地之外兼三才而兩之故六六者非他也三才之道也天左旋故易爲逆數然則乾坤坎離及四幹卦獨無往

來乎曰此本卦自爲往來也故上下經之卦數適均且天氣健運六爻皆陽往如是來亦如是也地氣中懸六爻皆陰往如是來亦如是也坎離爲南北極樞紐不動故不相射而相逮四幹卦往來如一故以剛柔相易序於二經將終之所君子觀屯蒙咸恒則知繼天立極之始觀山雷澤風風澤雷山四卦亦可知高岸爲谷深谷爲陵之象矣雖然天道遠人道邇故聖人繫易專言人事

天南北極不動東西環轉旣有南北則各有東西其體圓而方然其所以方者地方之也地爲氣所轉凝中不墜其體方而圓然其所以圓者天圓之也河圖象之外爲四方中爲十包五作

易者則焉卦之德方以知蓍之德圓以神非蓍卦何以方非卦蓍何以圓此動靜互根之妙也然地之方之者其氣本圓故七八九六分布四方顛而相生實爲陰陽變化所從出天之圓之者其質本方故五十雖爲蓍之太衍而宅圖之中卦有無窮之變而五十之數終古如故也蓋自參兩爲數之所倚而其可推衍者爲五十其於河圖全數旣有合而無遺矣五十又適爲河圖之中以五析之則十其五以十析之則五其十然數不可窮也故虛其一而用四十有九焉五十爲大衍其一則爲太極七八九六四象陰陽人事皆由此興衍有大於此者乎其一又七八九六所從生而不增不減不偏不倚極有大於此者乎或曰

五十有五旣虛其五又虛其一何也曰物生而後有象象而後有滋滋而後有數參兩者立乎太衍之先數之根也非虛之也其一則已在數之中矣數爲人所用而有不用者存不用者用之源也故五十虛一而後分而爲二有奇偶以象兩所謂易有太極是生兩儀也然則一生二二生四四生八乎曰此蓍卦之敍非畫卦重卦之敍也彼之所謂一爲太極者乃在參兩之前有數而無象是因太極而有易非易有太極也且又安有數在象先之理乎況宓犧畫卦仰觀俯察近取遠取本天象之垂立人事之則其於鴻荒以上寞甯以外固存而不論也此之所謂一爲太極者參兩之後太衍之中數也卽神也易之所必有也聖人何以不言虛其一以爲太極曰從古聖人不言一獨陰不生獨陽不長大造之成象也有上中下人事之成形也有始中終故畫卦不曰一天兩地而曰參天兩地專言一自老氏荀子始梅頤尙書乃極言之非聖人意也一不可爲訓也爻何以止於六曰兼三才而兩之故六曰不可三之乎曰參天兩地而倚數參其兩而爲六兩其三亦爲六也且反對法儀象故兼三才而兩之所謂易以貢也

秬鬯卽元酒　唐仲冕

周禮一書無元酒禮記元酒在室後鄭注云元酒卽明水司烜注云明水以爲元酒今以三禮參攷元酒明水實非一物元酒追古初質淡之原爲義至大周公何不設官職其陳設之事乎且禮記注疏謂鬱鬯在室中而元酒配之則記何不言鬱鬯在室乃於始灌之齊獨言配尊乎案明水以方諸取於月蓋露也故曰明而五齊皆以涗元酒則微有酒之質而非水元色黑而非明較然也蓋鬯以秬黍汁爲之秬黑黍也元酒卽鬯無疑肆師鬱人鬯人皆司其物可知周公之重此元酒也而記之元酒在室卽爲秬鬯矣以芬香條暢言曰鬯以質色言曰元酒以築

鬱而涚泲言曰鬱鬯五齊三酒以是爲最尊記稱秬鬯以事上帝則祭天以元酒矣其在宗廟天子以祼諸侯以鬯少牢特牲禮得設之而不酌冠昏禮則用醴矣

字課解　柳廷芳

形絕而習之使肖則甚難齒者不可使角蹏者不可使距形絕也手之持足之行具同而利鈍之不肖不習故也習固有權也余少劣書臨池過久腕病如脫稍研習之訖如故則竊悔出見世之工者而慚也窮日夜爲之腕既稍順踰時覆焉執加進苦習之晚則又悔均悔也吾猶不若齒之使角蹏之使距也吾甯悔吾前之不習以終吾悔

續字課解　柳廷芳

天蒼然地之體芑然天地以其蒼蒼緜緜者泱漭迴薄於十二萬九千六百年之中運於空而不墜曰惟空也故不墜也獅子搏象用全力搏兔亦用全力彼之力視兔猶象也亦空也痀僂丈人之承蜩輪扁之斲宜僚之丸公孫之舞劍器人世一切技能肆習之巧胡不然古人作字有云釵股痕屋漏痕其評右軍書曰龍跳天門虎臥鳳闕始吾不之悟也肆習久之乃用爲信雖然彼運於空而忘于空者天地也忘于空者全倚于空者敗獅子之搏兔則全矣吾烏乎知之亦于右軍知之續字課解

帝乙歸妹解

王泉之

帝乙歸妹之文一見於泰之六五一見於歸妹之六五何也此易之以天干取象者也蠱之先甲後甲巽之先庚後庚革之巳日皆此義也本義於泰之六五云帝乙歸妹之時亦嘗占得此爻凡經以古人爲言如高宗箕子之類者皆放此不思卦之象爻象辭作於文王周公孔子如以帝乙爲湯名爲紂父名其歸妹之時從何占得此爻即有帝乙歸妹之辭也其取天干之乙以爲象又何疑歟取天干之乙以爲象而必言帝乙者何也此假借之義也豐九三云日中見沬沬雨珠也借作歸妹之妹因上卦歸妹以本卦互兌爲少女之象也漸六二云飲食衎衎借

作坎坎以六二互坎也帝乙者聖人假人君之名以立象俾天下後世知君子之道造端乎夫婦婚姻爲人倫之大王化起於閨門不可苟也荀九家易曰五者帝位震象稱乙是爲帝乙余爲之分晰其義震稱帝震一陽在下爲乙泰之六五變自歸妹來也六往居四兌爲上爻九來居三震爲初爻上互震下互兌互體及卦變皆成歸妹故亦曰帝乙歸妹五爲坤主取象帝妹乙者坤納乙之謂也不得謂納甲之言皆可摒棄不錄也乾道成男坤道成女男陽女陰所重者陰陽之交也交有正有反有吉有凶泰之六五乾下交於坤而坤二來歸男求女也得其正則吉也歸妹之六五兌上交於震而與震二同歸女說男也反其正則凶也泰之彖傳曰天地交而萬物通歸妹之彖傳曰天地交而萬物不興此正反之殊也何言正反之殊二與五合而爲七七者天地之會也自乾以後泰居七宮之正自未濟以前歸妹居七宮之反得其正則協泰交之吉反其正則罹說動之凶此泰與歸妹之不同也至乾鑿度僞孔子之辭以泰與歸妹所言帝乙歸妹皆爲湯之嫁妹子夏傳京房荀爽項安世王註孔疏本義程傳沿其說且傳湯嫁妹之辭抑思湯得天下已在末年豈尙有未嫁之妹而正反吉凶之不同者哉經義之不明至於如此願與世之執象言易者共證之

在璿璣玉衡以齊七政解

李德騫

天之象聖人以器驗之璣衡正天文之器也璣爲轉運以象天行衡爲橫簫以察三光按璣衡尺度蔡邕所謂璣徑八尺衡長八尺孔徑一寸者始爲漢候臺銅儀隋志謂古渾象周七尺三寸半葺知何代所造疑亦漢製皆玉爲之孔傳孔疏鄭注馬注蔡邕渾天說漢郊祀志注後漢天文志注隋天文志皆以璿爲玉蔡傳以爲珠恐非而史記天官書漢書天文志乃謂璣衡爲北斗七星尚書緯謂璿璣斗魁四星玉衡杓橫三星星經謂魁四星爲璿璣杓三星爲玉衡大象列星圖晉天文志同此皆因斗建而傳會之不知夏小正逸周書始言斗建唐虞未嘗用建也且以北斗七星爲璿璣玉衡是以七星爲七政矣七星齊而中星遂不察而自齊乎而日月可不察不齊乎至大傳璿璣謂之北

極說苑璿璣謂北辰句陳樞星是又察辰而遺日月星也馬融獨闢星緯之說謂璣衡爲渾天儀見尚書正義隋天文志鄭康成說見史記五帝本紀集解蔡邕渾天說范甯說見太平御覽賀道養渾天記孔穎達正義顏師古漢書郊祀志注李淳風說見唐天文志張行成盧肇說見玉海皆宗之或以渾儀造於洛下閎疑自漢始然韓顯符渾儀法要序謂伏羲立渾儀見玉海劉智歷正謂顓頊造渾儀見玉覽春秋文耀鉤謂唐堯卽位羲和立渾儀見隋志則舜以前已有其制矣善夫王蕃云渾儀羲和舊器積代相傳謂之璣衡是璣衡渾儀名異而實同也七政舊有三說書大傳謂春夏秋冬天文地理人道所以爲政也見史記正義玉海而玉海又引大傳以日月五星爲七政恐誤孔傳日月五星各異政馬注七政北斗七星一主日法天二主月法地三命火謂熒惑四煞土謂塡星五伐水謂辰星六危木謂歲星七罰金謂太白各異政也見史記索隱然璣衡以觀天文非以觀地理則伏說似混葉夢得洪邁亦以伏說爲無據馬氏以北斗七星求合日月五星未免牽強孔傳主二曜五緯鄭康成說見史記集解劉昭後漢志注孔穎達正義洪邁容齋三筆亦從其說然堯典惟言中星不及五緯卽後世測五緯多以占驗兼用推歷可知五緯無關授時之大也近時戴震書補傳以歲月五行爲七政是猶日月五星之說少變易爾案伏生言春夏秋冬而遺歲月日戴氏言歲月而遺日與四時惟沈彤以日月春夏秋冬歲爲七政者近是葢日積之而爲一月月積之而爲一時時積之

而爲一歲七政自然之序也卽虞書所正之日所協之時月所定之四時所成之歲也在日之出納以齊日在日與月之合望以齊月在日之永短昏旦之中星以齊春夏秋冬之時在日之周天月會日之常數及其閏以齊三百六旬六日之歲在璿璣玉衡卽歷象日月星辰齊七政卽敬授人時也葢協于帝也

名字問答

李德騫

問　春秋公羊傳定公六季仲孫忌傳曰此仲孫何忌也曷爲謂之仲孫忌譏二名二名非禮也哀公十三季晉魏多傳曰此晉魏曼多也曷爲謂之晉魏多譏二名二名非禮也然則今人二名悉非歟

荅曰二名有兩義白虎通義云名或兼或單何示非一也春秋譏二名何乃謂其無常者也此以改名爲二名也五經異義云文武賢臣有散宜生蘇忿生則公羊之說非也見曲禮疏此以二字爲名公羊所謂二名也然許氏僅舉周二臣耳唐虞八元八愷亦二名也春秋時國君二名凡六十餘諸臣二名尤多其毋乃

譏之不勝譏乎卽經書何忌於昭定哀之際者凡十三見胡譏其一而遺其十二乎卽經書何忌於定六季者夏冬兩見惟冬無何字杜注以爲闕文是也如曰譏之胡於夏不譏而於冬則譏乎至晉魏曼多左氏穀梁皆無闕文胡公羊獨以闕曼字爲譏乎況聖母二名魯君亦有二名誠如公羊說是聖人將譏及君親矣孔門弟子二名匪一誠如公羊說是聖人不能譏其徒矣此豈可墨守邪後世新莽二名之禁假公羊說以飾治又豈可爲典要邪

問　集古錄云楊震碑陰題名一百九十人疑皆是字後漢時人見於史傳未嘗有名兩字者困學紀聞云東漢之士猶無二名者博學如歐王二公其言當不謬歟

荅曰後漢列傳有劉盆子任文公樊志張費長房冷壽光薊子訓許子勳解奴辜封君達郝孟節王和平陳文矩劉長卿或字或名尙難辨其附見諸王傳中者有劉無忌劉騊駼劉便親劉元壽劉安國劉虎威劉常保劉延平劉萬歲其附見列傳中者有鄧廣德鄧甫德鄧廣宗陳專諸耿文金王堅石竇萬全竇會宗伏無忌鄭諠恩鄭石讐孔長彥孔季彥廖孟舉廖偉舉此子若孫若曾孫若元孫若猶子若從孫之附見者當亦名也且有確是名而非字者野客叢書云後漢傳蘇不韋字公先王延壽字文考謝夷吾字堯卿東郭延季字公游此明爲二名者余按

范史二名猶不止此如鄭小同見鄭元傳元以其手文似己名之曰小同邯鄲舉見郭泰傳注謝承後漢書曰雲中邯季智名靈舉公孫進階見黨錮傳敍注云公孫姓也名進階編盲意見方術傳注云編姓也盲意名此小同靈舉進階盲意之爲名確矣又如安邱望之見耿弇傳注嵇康聖賢高士傳曰安邱望之字仲都馬日磾見馬融傳三輔決錄注曰日磾字翁叔趙無忌見趙岐傳注決錄注曰岐次兄無忌字世卿此望之日磾無忌之非字明矣況小同爲侍中其名又見於魏氏春秋日磾位至太傅其名又見於蔡邕趙岐孔融袁紹諸傳此皆二名之章章可攷者至名之或單或兼如劉寵一名伏胡耿貢一名無禁韓

康一名恬休又未始非二名也。

問 日知錄云單名以偏旁排行者始見於劉琦劉琮此後應瑒應璩衞瓘衞玠之流踵之而出今人以偏旁排行者此其證據歟

荅曰周匡王名班弟定王名瑜是偏旁排行不始於漢矣琦琮瑒璩皆兄弟見後漢書及魏志亭林謂之排行是矣至謂瓘玠爲排行則誤甚魏志衞覬傳覬薨子瓘嗣注世語曰瓘子恆恆子玠是玠爲瓘孫甚明據亭林説是以瓘玠爲兄弟矣亭林號稱博通不應謬誤至此或偶未檢耳又案晉書衞瓘傳恆二子璪玠是亦偏旁排行豈亭林原作璪玠而鈔刻譌璪爲瓘邪

問 明太祖卽位於東宮親王世系各製二十字俾世守之今世作譜預定排行諸字其仿此歟

荅曰此不自明始也南史陳文帝謂宣帝曰我諸子皆以伯爲名汝諸子宜用叔爲稱宣帝以訪毛喜喜卽條自古名賢杜叔英虞叔卿等二十餘人以啟之是君臣酌議排行字已見於南朝矣宋宗正寺仙源類譜太祖下有德字惟字從字守字世字令字子字伯字師字希字與字孟字由字諸行太宗下有元字允字宗字仲字士字不字善字汝字崇字必字良字友字諸行魏悼王下有德字承字克字叔字之字公字彥字夫字時字若字嗣字諸行英宗子吳王顥下有孝字安字多字居字諸行潛熙初詔多字行之子連自字紹熙初詔自字行之子連甫字徽宗子棣蕚宅諸王下連卿字卿字下連茂字茂字下連中字中字下連孫字是宗室排行諸字且著於譜中矣然南朝及宋諸王子有不聯名而聯偏旁者卽明太祖二十五子皆一字名用木旁是宋明猶畫一也

問 容齋五筆謂單書一字者若陳勝字涉項籍字羽彭越字仲張敺吳廣枚乘字叔楚元王交朱雲字游爰盎字絲張釋之字季鄭當時字莊劉德字路眭宏字孟東漢以下則不盡然然則今人無用一字爲字始自東漢已無歟容齋獨舉西漢豈西漢以前亦無歟

荅曰周時已有一字字（案冠字周道也有謂繇字熙禹字密皋陶字隤者恐未然）史記太公望呂尙索隱曰牙是字尙是其名詩家父作誦朱傳曰家氏父字春秋南季來聘穀梁傳曰南氏姓也季字也（案以伯仲叔季爲字以父爲字見於春秋經傳甚多）列國中郳夷父字顏見通志氏族略易牙名巫字牙見左傳正義文種字禽見呂覽注范雎字叔屈原字平見史記列傳聖門中曾蔵字晳顏無繇字路任不齊字選秦冉字開公夏首字乘顏祖字襄申黨字周顏之僕字叔左人郢字行燕伋字思廉絜字庸顏何字冉狄黑字晳見史記仲尼弟子列傳此皆西漢以前一字字也且東漢以下亦多有之管城碩記云吳志孫休長子字莔次子字㒯三子字昷四子字𤎸（案此出吳錄以爲吳志誤）

南史王修字叔北史長孫紹達字師顏之推字介弟之儀字升後魏書李延實字禧北齊書田敬宣字鵬唐書房元齡字喬顏師古字籀崔倫字敍崔衍字著楊元炎字溫楊仲昌字蔓曝書亭集云唐書李眾字師李琇字琇張巡字巡郭曜字曜宇文審字審李愜字祚李絛字堅竇思仁字恕張義方字儀余案晉書有竇允字雅新唐書叜有彭思王元則字彝柳公綽字寬任瓌字瑋顏杲卿字昕喬潭字源田季安字夔此三國至唐一字字見於史傳者又案後漢書蘇竟傳注延岑字叔叐延傳注叐興字驥此東漢一字字見於史注者新書宗室世系表李思訓字建李正字佩宰相世系表鄭興字贛（後漢書作少贛）傳允字固趙融字

長（以上東漢人）崔幼字季崔亮字敬韋鄭子字英（以上後魏人）陸惠徹字監（晉人）封翹字明高錫望字中高暐字暈房重字慕李栖筠字貞李鐈字浩崔漸字幾姜協字壽陸威字岐韋晏字安韋希叔字季韋昂字重辥楚玉字瑒辥誠字符辥逸字智辥庭章字介歐陽雅字琟唐茂字興徐倫字堅徐惲字揩（以上唐人）此東漢至唐一字字見於史表者顏氏家廟碑顏勤禮字敬李氏三墳記李曜卿字蓺其弟一字萬一字榮神泉詩碑韋元旦字烜徐彥伯字光尹元凱字緘碑銘有許洛仁字濟墓誌有李文字緯郭思訓字逸潘智昭字洛此唐之一字字見於石刻者放翁筆記錢緦字穆范祖禹字湻是宋時尚有一字字也後漢書列女傳周郁妻字阿許升妻字榮袁隗妻字倫厤湻（一本作湻）母字娥晉書列女傳杜有道妻字憲王渾妻字炎皮京妻字憐是婦人尚有一字字也豈可執容齋說遂疑東漢以下無一字字哉（案後魏鎮東將軍劉乾字天金石錄以爲怪）

問歐陽永叔謂房元齡名喬顏師古名籀在唐無所諱不知何避而皆以字行趙德夫謂顏師古匡謬正俗既以稱名爲是而乃以字行殆不可曉是喬籀皆名矣而史作字何歟晁子止謂唐鑑范祖禹湻父（父一作夫）撰是祖禹字湻父矣而放翁作一字字何歟

荅曰房喬爲名爲字諸書已有異同舊唐書云房喬字元齡貞

觀政要云房元齡名喬以字顯此主名言者新唐書云房元齡字喬元齡碑亦云諱元齡字喬此主字言者而宰相世系表乃云字喬松此又以二字字言者然終以碑與新書爲定顏師古亦名新唐書云顏師古字籀其所撰漢書注及匡謬正俗皆自題師古即顏氏家廟碑亦稱名師古（案顏魯公撰家廟碑自父以上皆直書名）則籀自爲字矣至其名字異稱亦未必無因匡謬正俗謂隋大業中出敕斷單稱複名幼小不爲複名者輒更加增元齡師古皆生隋世大抵初名喬名籀而後改爲字互唐初單名複字而以字顯者當亦緣此歐陽公趙德夫之疑當亦以此釋之若范湻之一字字確有所據梁谿漫志曰范湻父之母夢鄧禹而生湻父

故名祖禹字夢得溫公與之帖云鄧仲華篤行湻備欲更表德曰湻備次日復一帖云湻備字大顯而盡不若單字湻臨時配以甫子五十則稱伯仲是祖禹之字湻實由溫公而後之稱湻父亦溫公先論之矣攷史記仲尼弟子列傳顏回字子淵冉求字子有宰予字子我原憲字子思南宮括字子容樊須字子遲公西赤字子華司馬耕字子牛巫馬施字子旗（家語作子期）而論語所書則曰顏淵冉有宰我原思南容樊遲公西華司馬牛巫馬期是記者止稱一字字矣顓孫師字子張而子游曰吾友張也曾子曰堂堂乎張也是朋友亦稱一字字矣由是觀之又何疑范湻之爲一字字乎

問管城碩記論一字字兼論三字字如北齊書斛律金字阿六敦南齊書魏什翼犍字鬱律旃隋書宇文皛字婆羅門周書孝閔帝字陀羅尼武帝字禰羅突賀拔岳字阿斗泥王雄字胡布頭叱伏列龜字摩頭陁韓果字阿六拔前燕慕容廆字亦洛瓌後魏書乞伏慕末字安石跋朱蒙子字始閭諸石勒父周曷朱字乞翼加是三字字似起於晉而止於隋不知此外尚有否而晉以前隋以後亦有否

答曰十六國春秋前涼張天錫字公純嘏亦晉時之三字字也新唐書宰相世系表隋高祖字那羅延龍川別志隋道士屈突無爲字無不爲亦隋時之三字字也若樊侯字仲山甫程侯字伯休父見詩大雅是周時已有三字字矣王戒字文寶主見漢司隸校尉楊孟文頌是漢時亦有三字字矣唐南詔王字閤羅鳳見南詔德化碑興聖寺主尼法澄字无所得見法澄塔銘宋晁景迂一字伯以父見陸務觀文集劉敞字仲原父見歐公所作墓誌是唐宋時尚有三字字矣

問程伯休父孔沖遠詩疏云程國之伯字休父韋宏嗣國語注云伯爵也休父名也劉仲原父當時亦稱原父似皆非三字字者

答曰周語稱樊仲山甫楚語稱程伯休父是明明一例稱謂若以伯爲爵稱程國之伯豈可以仲爲爵稱樊國之仲乎則孔疏

未當也詩蕩之什一則曰王命仲山甫一則曰命程伯休父又明明一例稱謂若謂休父爲名豈山甫獨非名乎則韋注未當也李微之解士冠禮伯某甫謂如伯休甫（甫或作父）仲山甫之類是亦不以伯爲爵休父爲名矣劉原父之多一仲字者蓋遵儀禮伯某甫之例也故歐陽公作墓誌從之當時以三字字不便於稱謂故稱原父耳至費補之謂伯仲與甫之類本語助非表其德也余案伯仲爲長幼之次序甫子爲丈夫之美稱古人有以伯仲與甫爲字者謂之語助可乎若左傳孟之反杜注云字反則之字眞語助矣

問朱竹垞論一字字有李琇字琇張巡字巡郭曜字曜字文

審字審是又以名爲字矣不知起於唐否此外尚多有否

答曰日知錄云名字相同起於晉宋之閒史之所載晉安帝諱德宗字德宗恭帝諱德文字德文會稽王道子字道子殷仲文字仲文宋蔡興宗字興宗齊顏見遠字見遠梁王僧儒字僧儒劉孝綽字孝綽庾仲容字仲容江德藻字德藻任孝恭字孝恭師覺授字覺授北齊慕容紹宗字紹宗魏蘭根字蘭根後周王思政字思政辛慶之字慶之崔彥穆字彥穆唐田緒字緒劉濟字濟（案顧云緒濟起家軍伍未嘗立字史家例以爲字非也然史傳有不書字者若果未立字何必例以爲字乎）湛淵静語云郭子儀字子儀張嘉貞字嘉貞李嗣業字嗣業白元光字元光侯仲莊字仲莊管城碩記云郭曖字曖魏少游字少

游張忠孝字忠孝（案唐書作孝忠）戴休顏字休顏是以名爲字者已二十八人余案晉時更有孔安國字安國見晉書孔愉傳唐時更有襄邑恭王神符字神符韓王元嘉字元嘉尚可孤字可孤田承嗣字承嗣見新唐書劉傳李承昭字承昭見宗室世系表張均字均辪嵩字嵩韋器字器韋光輔字光輔韋綱字綱郭敬之字敬之郭幼儒字幼儒郭晤字晤姚弈字弈見宰相世系表是以名爲字者再得十五人又如白長命白建之父也碑云字長命而名闕攷北史北齊書皆云建父名長命趙奉碑云諱奉字奉伯攷北史北齊書皆云名奉伯此二人者亦北齊之以名爲字也又如路嗣恭字嗣恭（新書作字懿範）見遺愛表鄭仁愷字仁愷獨孤仁政字仁政乙速孤行儼字行儼王履清字履清段行琛字行琛朱孝誠字孝誠並見碑銘史繼先字繼先趙思廉字思廉王訓字訓辭進字進並見墓誌此十一人者亦唐時之以名爲字也且亭林謂起於晉宋之閒亦未確案宗室世系表漢河南太守李丞公字丞公將軍李廣元孫宰相世系表漢御史大夫辪廣德字廣德千戶侯辪鑒來孫（案辪鑒卽漢書英布傳所稱辪公也）則漢時已有以名爲字矣余見近日譜牒無貴賤老幼靡不有字抑思冠而後字所以表德儀禮士冠禮有字辭名人文集中有字說誠愼之也夫人之閒於時而傳於後者亦貴有實行亘豈因字之有無哉郭汾陽勛業彪炳累葉貴盛其父子兄弟猶以名爲字

（案郭敬之子儀父也幼儒其弟也曜晤曖皆其子也）亦可爲世俗之鑑者也

禹貢九江三江沱澧解　楊丕復

禹貢九江之爲洞庭而非尋陽也朱子之辨詳明後儒多從之矣導江導漢所言中江北江及漢之東匯江之北會朱子疑經有誤後儒勉強解釋以一水自爲賓主說究不可強通其云東至於澧或以爲山名或以爲水名而不敢直指爲今澧州之澧水蓋以江澧不通何得云東至於澧獨公安袁小修以江至江陵縣南虎渡口分支入澧爲禹貢東至於澧之故道禹貢雖指力主其說固可信而無疑然雖指所言又似太偏彼據水經注以江至夔州府奉節縣南分出之夷水至宜都縣北入江者爲荆州之沱此水漢志不言首受江獨水經注言之而其故道後

皆湮塞則即屬分出亦爲細流不足以當東別爲沱一語彼更據水經注江至江陵枝迴洲下有南北江之名遂以由荆州直下者爲北江入虎渡口者爲南江且以南江爲經流北江爲支流又以今之大江爲別出之沱而經流則東至於澧不知江至枝迴洲分而爲二及洲盡處仍合爲一非截然有南北江之分也其入虎渡口者至公安縣南界四水口分二支一逕石首縣至安鄉縣東景港渡過枯樹塘至華容縣界入洞庭一至安鄉縣西北焦圻過馬紅窖出匯口入澧既入澧水則東至於澧者信矣然其江身甚小不敵荆州大江十分之一且虎渡口夏漲冬涸即謂潮沙壅積今異於古而兩面之隄則有定也要不過大江之分流耳豈足爲大江之經流乎指此爲東別之沱斯得之矣蓋嘗思之梁荆揚三州之水江漢爲大洞庭次之彭蠡又次之震澤又次之而江又爲總匯合數千里之水皆由江以歸海禹貢條別其經緯於梁首言岷嶓既藝此江漢之源也次言沱潛既道此江漢之支也於荆首言江漢朝宗於海其大者已滔滔汨汨順流而東下矣次言九江孔殷其次者原浩瀚而不可津涯也次言沱潛既道其江漢之支流亦疏導而順其軌也次言雲土夢作乂則以江漢之水治而附於江漢之藪澤水皆退而可耕種也於揚首言彭蠡既豬此專屬揚州之大水隨江漢以行者也次言三江既入江漢入而彭蠡亦大也次言震澤

底定則在江漢之外者亦各得其安也合三州觀之而自江漢以南之水其大勢如指諸掌矣次又於導水統言之其言導漢於潛不複舉以其流小而不費大功也既入於江而言東匯澤爲彭蠡固統江漢言之不專指漢匯也其言導江特言東別爲沱以沱流會九江經洞庭而其功不輕也故下接言又東至於澧過九江至於東陵皆指入虎渡口之沱言也即東迤北會于匯亦指沱言也惟指沱言而後可言會蓋以支流會經流且支流與九江偕行言沱而九江已寓以九江會大江自然有賓主之分矣東迤北者洞庭出口而東流漸迤向北也會于匯者直與江漢匯彭蠡之水會也其必言匯者以彭蠡一湖收庾嶺以

北之水幷入江以歸海是卽所謂南江也漢入江九江入江彭蠡亦入江則但有一江安有三江然漢與九江彭蠡其水原大不能爲江掩故因其源分亦舉其流分之爲北江爲中江爲南江北江者漢水也中江者九江也南江者彭蠡也然皆統在江中故雖有南北中之分而皆目之爲江此所以云三江旣入也東爲北江入于海東爲中江入于海皆當作一句讀謂自彭蠡湖口以東此爲北江之入海此爲中江之入海所謂因其源分而指其流以實之非至此始分爲北江中江也先儒惟泥看北江中江故愈解愈疑自東別爲沱一語有的義而導漢導江兩條皆迎刃而解諸疑冰釋矣或曰如此則大江東流不太略乎

非也觀其言江漢朝宗於海知大江早已安流蓋其勢勇猛壯盛不可阻遏又不比黃河之多泥沙故禹原未嘗大施經理惟沱合九江不容不費功故特詳之試證之以導山岷山距衡山將二千餘里其中之山皆略而不言衡山距洞庭數百里地而必言過九江不敢略也敷淺原以下至入海處尙有千餘里而又略之不可見禹之重治沱與九江乎若謂岷山導江以下不得卽接言江陵別出之沱則岷山之陽何以徑接至於衡山乎又如導河積石以下北繞塞外南入冀州計三千餘里而不嫌其略至於龍門以下至於海不過二千餘里而不害其詳亦可以證導江之詳略各有當矣若夫九江之源湘沅二水源遠流大其勢均敵次之澧水資水亦各自入洞庭次之耒水源出桂陽縣耒山西北至郴州合郴水又北經永興興甯耒陽又西北經衡州府城東北注於湘而諸儒皆不之及次之瀟水源出甯遠九疑山合舜源水又合江蕐之沲水沕水永明之遨水下流至零陵縣治西入湘而諸儒以爲無此水次之無水源出貴州都勻府故黃平州境至湖南黔陽縣無口入沅次之辰水源出貴州銅仁府境至湖南麻陽辰溪入沅次之酉水源出四川酉陽州經施南府境至湖南永順縣又南至沅陵縣入沅凡此九水皆可爲九江之源矣若漵水源流短小不足數漸水不三四十里卽入諸湖亦未足以當一江也李氏敍欲以湘江爲九江

謂沅澧資等皆入湘其於湖南水道全未經歷尙何足與之辨耶蔡傳以松江東江婁江爲三江此本庾仲初說其水爲震澤之委旣入海而震澤底定上下文義正相承接說原無弊禹貢錐指力闢之過矣惟是一偏之水不足盡揚州之大則不如因中江北江言之爲安也

禱雨解　湯鵬

道光丁亥之夏酷暑射人枯旱彌野側聞 天子下詔詣黑龍潭拈香遣王大臣分禱神祠既而雨沛然下今夫天之遠不知其幾千萬萬也神之隔亦不知其幾千萬萬也其適然也邪其求之而應也邪蓋 天子淵然而積其仁敬孝慈之德於宮寢之中而又肅然而生上下左右之心於對越之會因以達於天地民物其故微矣昔者益陽亢旱之年稻田枯竭百姓有愁苦怨歎而哭於州縣之吏者曰無雨柰何州縣之吏亦應之曰無雨柰何百姓曰小人不敏聞雨可禱州縣之吏亦逡巡作色而應之曰聞雨可禱既而州縣之吏忘之矣百姓再請之而

三請之矣既而州縣之吏禱之矣百姓但見其禱而不見其雨矣既而州縣之吏厭禱之矣百姓仰天太息束手而無策矣幸而雨也則天與神愛百姓也非州縣之吏之力也不幸而竟不雨也則天與神罪州縣之吏也而因以及百姓也夫 天子有其淵然肅然者而後得雨而州縣之吏顧乘其貪殘醉飽之餘而呼其素所不敬之天不禮之神而告之則何怪其求焉而不應應焉而不速邪且夫一念之祥和風甘雨一念之妄厲鬼妖星蓋有所伏必有所現其理然也凡爲吏者皆可以警矣

五韻表　鄒漢勳

凡五韻之響萬有三千二百五類以應五聲類三部以應三統支佳部宮類黃鍾天統也歌麻部宮類太簇人統也魚模部宮類林鍾地統也耕清青部商類黃鍾天統也陽唐庚部商類太簇人統也東冬鍾江部商類林鍾地統也侵以下諸部東冬陽唐之附聲也諄文欣魂痕部餘類黃鍾天統也元寒桓刪山仙部餘類太簇人統也眞臻先部餘類林鍾地統也蒸登部徵類黃鍾天統也脂微齊皆灰部徵類太簇人統也之咍部徵類林鍾地統也虞侯部羽類黃鍾天統也蕭宵肴豪部羽類太簇人統也尤幽部羽類林鍾地統也部八等以八風內言開口也外言合口

也內有正隅外亦有正隅正隅皆有洪細是謂八等內洪南也內細東也外洪北也外細西也正以應正隅以應隅等有二十二音而出之以八體以應八音喉二深喉淺喉革也喉外三今謂之牙音金也齶內三今謂之舌頭石也舌二隆舌踁舌木也齒三竹也齒縫三絲也重脣三土也輕脣三匏也革木一聲故喉舌不具三音音五聲上宮也陰商也陽餘也去徵也入羽也凡在覆載之內秉類肖形八體苟具無不能濆也萬有三千二百響者調其八體尸之以心伺之以耳無不諧矣

說一

閱爾雅說

何文熙

我聞先輩有言爾雅倡於周公而成於子夏熈十歲治尚書行年十五而五經旁歷閱實其目十三經中爾雅與焉獨怪日加博涉覩經十一而爾雅與儀禮俱弗得見前兩值攻城之寇後頻遭革命之兵如是者六年閒兹二書也屢購求弗得販書者皆云販廢付之長歎而已兹幸廖友景陶近赴秋闈獲購爾雅以歸借閱之則丁卯春新刊版也彝陵州守田恩遠字豈三乃

三韓人自癸丑秋以長陽令攝篆西陵旋拜命實授閱州志中有雅臺明月之景其臺乃晉郭景純所建註釋爾雅於其閒詢之臺久廢而書無存徧覓其書不可得偶遇明經劉子於廷對後自燕臺獲舊集云旋出覽之乃先明萬歷戊午秋彝陵州守上猶人艮明吳從哲所校刊之舊本也田公驚喜因授梓以行之熈今得見欣慰夙心七十行年仍似童齡之篤志細閱之則多係釋詩如釋訓一篇過半是姬公以後人事熈思含藏之慍屢積於心曰居居窮詰之言頻宣於口曰究究闗切之情懷指其故好而子之居居究究之語句則姬公所未前聞者也孝友之張仲在姬公二百五十年後切磋琢磨之辭瑟僩赫喧之

詠又豈在於姬公時乎恂慄威儀之說盛德至善之文則曾子大學之語也向非子夏同時見之焉能翕其口吻子夏長於詩而作序則所謂爾雅倡於周公而成於子夏其言洵不誣矣獨是昔吳守序刊於前則但曰周文公今田守序刊於後亦但曰周元公皆不言及於子夏是豈未之見疑而致思邪抑皆略而不言邪又或二守未得聞其實邪予兹且勿論更有蟛蜞似蟛蠏而小蔡謨誤食蟛蜞人咸謂其未諳於爾雅也予少閱羣書見所記先龍之外有鱗曰蛟龍有翼曰應龍無角曰虯龍未升天曰蟠龍此猶是廣雅之言也但明宣德中上閱書紀飛龍之有翼出問羣臣檢討陳繼對曰有翅曰言龍出在爾雅取覩之

果然小史具載可考而知矣麟鳳龜龍謂之四靈今兹刻本略於麟鳳猶曰瑞物不常見可以勿贅也乃如龍則湖海所常見而靈變至貴者乃何以此書既詳於龜且詳於貝雉鼠蠡並無一字爲蛟龍之記籍而言龍蟛蠏均無與焉詎非因當年舊本有脫簡闕文也哉簡脫文闕則書弗全矣前景純序謂別立音圖今此刻無圖而音切則彝陵學博黃九門所輯者是景純之音圖又失而註解弗全矣熈初以得見是書爲慶繼乃以此喜幸之中心多歉焉周公云乎哉子夏云乎哉誨我者當更有以慰我矣

九疑說

曹耀珩

甯遠之九疑山輿圖志載九峯連屬相似故名九疑余以乙卯官甯入山謁舜陵其廟在舜源峯下傍侍娥皇女英二峯略相似耳蓋此山縣亙千里其餘諸峯多在百里數十里之外簫韶峯且相距十五里頗不相似亦絕不相連又何從而疑之余則謂此山實大有可疑者不在峯形也孟氏曰舜卒於鳴條孟氏去古未遠宜其言之有據史則稱舜崩於蒼梧之野葬於九疑然則孟氏之言反不足徵信邪舜南巡至於衡山衡之去蒼梧九疑千里舜胡為而履其地邪說者曰今之道州古有庳地也舜封象於此愛弟之心不遠千里欲一見耳吾過漫潭岸果有

象王廟土人四時祀之獨吾謂舜都蒲坂至道州遼遠已極數千里中豈無一近壤可翦桐者則當時非封之實遠之耳又何能望其源源而來常常見邪聖天子友愛之心顧如是邪若甯邑志謂舜昇天仙去今舜廟之陰有玉琯巖為舜時何侯煉丹處其前有何侯宅謂皆舜一時仙侶以至甯邑南道有帝舜過化處五大字碑此尤不經之論宜斥而不存者也不獨此也甯邑城東五里許黃馬佃下有泰伯仲雍祠傳采藥而逃於此後人即其地祠之然則斷髮文身之處此其是邪而史書缺載何也又邑城六十里踰坪田而北山上有光武城謂光武始起兵春陵地吾考光武南陽人當年起兵南陽或南陽別有春陵而譌傳此邪乃傳載漢王子買封楚為春陵侯人謂光武則王子買之苗裔也故起兵於此諸如此類不敢過疑亦不敢遽信稽古者闕之以俟參考而已故因九疑而併記此

風水說

廖志灝

謂風水之說爲無邪。則周之時業巳相陰陽度鮮原。不無審顧而經營之矣。是安得謂之無謂風水之說爲有邪。則後世風水旣興宜其篤生聖哲。胡返不若上世之不葬不封而神靈閒出者。是何憑謂之有葢凡物負陰而向陽乘生而避殺莫不皆然。而況乎其生於土而歸於土者乎。夫堪輿家之有取於龍穴沙水宜也。謂龍慾穴正水秀沙淸宅高明而祛卑溼。五患不得而侵之也。窔窌之區爲千百載之宅兆。若以龍爲宮室。以穴爲壇座。以沙水爲几案列扆。而左圖右史前堂後幃。取其可以愜吾意焉。而不使有傾斜欹側之狀。雜乎其閒而巳矣。葢一有所雜

則賓客且爲之弗肅。而況乎其爲吾親。一有所雜則旦夕不可居。而況於千百載。但因其形之端斜以卜其氣之淸濁。要亦俾化者毋使土親膚云爾。是故心安而理得。則地吉。理不得而心不安。則地凶。先世之體魄旣甯而後人獲福。斯亦理之固然無足怪者。而今術者乃遂於此分別官貴之高下。財富之大小。人丁之多寡。與夫世代之長短。因而習俗相沿。輒不念先靈而恃以爲弋取榮華之具。恍兮惚兮。奉之鐵劵不亦惑哉。且夫天自爲天。地自爲地。方員動靜豈能强而一之。余觀靑烏白鶴靑囊黑囊諸篇。以及頂門之鍼。琢玉之斧。將天皇天市之星。子父財官之卦。矯勉湊合以佐雄談。而滋世惑。雖三尺童子鮮不知其謬者。幸予仰止先生統一全書出。而堪輿家始知貶星卦尊巒頭。一取五星九星之正變。而握生尅體用之柄。其旨似矣。獨其閒因山立形緣形定評。以其帶誥帶軸謂之曰貴。而又有御屛御座天乙天馬不一。其名。以其帶倉帶庫謂之曰富。而又有金廂玉印禽星獸星不一。其號。不知誥軸倉庫等類。自有人來始有此物。有物方有此名。豈天地當日無名之始。於生山生水之際。遂有心爲今之人預設此物。以爲求富貴利達之具邪。天之星易之卦與地無涉。朝廷之誥軸人家之倉庫。於地又何涉。然則執誥軸倉庫之說而笑星卦。是亦五十步笑百步。其相距能幾何哉。總之山水之生非人力之所能造作。稍不傾斜欹側則

亦可耳。與其必待誥軸之地。令其暫不能安座。何若擇於稍不傾斜欹側者而座之爲安也。至於勢窮力極。弃稍不傾側者而無之。必令其終不就座。何若遷就於傾側者而且座之爲愈也。爲人子者若置父母當然之寢席。以冀後來未必然之富貴。夫豈仁孝之思也邪。雖然世之人葬吉而吉葬凶而凶。此固理之常也。若乃葬吉而返凶葬凶而獲吉。其故何歟。若大姦大惡之閒。淺之涉氣數。淺之關積累。必知性者可與言之。有非時術之所得而窺其萬一者也。吾友快山人精風水。故爲此說以貽之。且囑曰知地必知天看地須看人。

怪竹說

彭維新

余友海豐洪庸菴性嗜奇得一怪竹其大劣於拇指長不盈丈近根尺許成蛇形口眼鱗尉畢肖其半仍竹也云購自東莞農舍每持以詫賓友一日鄭重出以示余余曰是不足異也天地閒陰陽二氣流衍鼓盪生生化化一息之頃萬變不窮理所必無事之所或有世人耳目之所不接者蓋不知其幾矣就其見聞所及亦悉數之不能盡有化而同類者鷹爲鳩韭爲莧之屬也有化而異族者雀蛤雉蜃魚鼉鼈蛾蛣蜣爲蟬蟾蠩爲鶉鴽魚爲鹿虎之屬也有迭相化者鼢鼠與鴽蛹子與魚子有遞相化者胥爲駒掇駒掇爲乾餘骨久竹生青甯青甯生程之屬也

有無情化爲有情朽瓜爲魚麥爲蛾腐草爲螢有情化無情蚯蚓結爲百合蛇蟬凝爲頑石無情化無情松之爲石橘之爲棘枳之屬也然則兩閒之物羽毛鱗介有定質邪食水食草食肉食穀有定性也深山大澤寥廓之表莽曠之濱其譎幻俶詭之物可勝旣乎物化固不自知卽化物者亦復不能自持橫渠張子所謂不得已而然者是也斯竹之化亦適然爲農夫目擊耳何異之有矧竹化蛇蛇化雉及葛陂竹杖化龍前乎此者已著其事矣尤不足異也今夫物有萬人稟五常之性其貴於物也偏全純駁靈蠢之相去何可數計哉世第以人之化虎化黿化石君子猨鶴小人沙蟲之事爲異不知此陰陽之事非異也最可異者儼然圓頂方趾橫目豎體而爲人且嚴動止矜名節褒衣危冠欲自拔於人而其方寸詭幻閃爍久已淪於禽獸且並不如禽獸竟爲雷霆所不能怵鬼蜮所不得窺者子終日偏與之接曾不之怪而沾沾奇此數尺之竹不亦蔽哉然則物之怪者人得而燭之人之怪者造物亦無如何也儒者持世之道反經而已矣是故君子道其常聖人不語怪

白石說

李文炤

環案頭之器皆用白石隆者以爲架窪者以爲池平者以爲硯直者以爲尺方者以爲印圓者以爲印之盒曲者以爲紙之鎮乃若扇之楮鑪之玦瓶之玻璃屛帳之縞練皆與之相稱者也客曰吾聞五色合而成文胡專用白乎答曰太極既分赤白成象或淑或慝萬品紛紜吾欲內以洗心一疵不染外以理世百姓昭明故假諸物以自警云爾客曰子之願亦何奢乎嘗試觀於方寸之間自平旦以至嚮晦倏而霧迷倏而潢污倏而淵幽倏而嶽起蓋電燐之明滅者屢矣其與太虛同體者有幾刻乎又試觀於大運之內自渾沌以至文明倏而草昧倏而陸沈倏

而夜長倏而晝蝕蓋元黃之雜戰者數矣其與神明合德者有幾世乎今子以凡庸之資而冀皜然皭然之詣抑何不知量之甚乎答曰是誠然已抑吾聞之靜虛之極明通之幾是虛室生白之義也忠信之積禮法之本是白可受采之義也見素抱樸敦本尚質而後以人文化成之是白賁无咎之義也斯三言者或可以企焉而及乎乃若大白若辱則世塵溷矣元而尚白則靈臺黯矣湛濁在下清明在上則純一雜矣其術雖工而非吾之所樂由也語有之不曰白乎涅而不緇雖不能至心竊嚮往之而已矣

經星方位說

李文炤

王者向明而出治故紫宮居北出震而御宇故大角在東太微前朝也天市後市也樞者天體之大中皇者氣機之主宰帝后儲貳代天以理物者也尉宰輔弼衞丞匡君以建極者也四輔其左右之人五帝座其憑依之所華蓋以覆之陰德大理以承之（陰德主恩大理主威或分陰德爲陰陽二德非是）勾陳天柱以夾持之尚書宣其化六甲布其政柱史女史以記其言動御女天牀以待其燕息此垣內之分職也內階宮塗也輦道御路也內廚玉食也天廚大烹也八穀以厚生天鉤以制度文昌以司文槍棓以用武牢理以禁非元戈以除害傳舍以禮賓四勢以防奸天乙太乙掌皇

猷之潤色公師相守察輔弼之贊襄而北斗爲之紀綱此垣外之分職也大角者至尊所處左右攝提以輔之天市在其左太微在其右五帝座者五行之司將相執法者大君之輔太子以嗣之幸臣從官以護之郎宿虎賁以衞之公卿諸侯以佐之三台少微以佑之內屛障其擾謁者通其令靈臺須其候望明堂備其時巡長垣固其藩籬常陳嚴其捍蔽而前朝之象具矣帝座者九州之主左澤右山二十二國者中原之分后主內政官給內令（宋志以宦者爲三妃以帝左右二星爲常侍以斗爲宦寺閽人以斛爲內屛未詳孰是）女牀供內御宗正宗人聚內族斗斛帛度量度之器也屠車列肆交易之所也貫索以拘貪虣七公以平法合天紀以齊眾庶而後市之

象具矣東方蒼龍角爲首亢爲咽氐房心爲腹尾爲末其宮辰卯寅南方朱鳥柳爲味星爲頸張爲嗉翼爲翅軫爲尾其宮未午巳西方白虎觜爲口參爲身其宮申酉戌北方元武爲壁爲室爲屋之危穹然若龜之有甲其宮亥子丑辰曰壽星龍壽最永也角亢居之角總兵刑庫樓統眾之器也周鼎者國祚之鎭天田者東作之方進賢者當務之首平星者出政之初七政所由是爲平道中垣所向是爲天門而南門以爲郛焉亢爲疏廟一作朝斗柄所指亦名天罡水墓所歸是謂亢池折威兵也頡頏刑也而陽門以爲郭焉卯曰大火木旺所生也氐房心居之氐爲燕寢帝席飲飫之方也天乳潤澤之施也天輻陣車騎官道

路之馳驅招搖梗河關津之防衛房則將相也震象馬故又稱天駟日者太陽之精也鍵閉司戶鉤鈐司宮罰司贖刑好生之德明堂司政出震之體從官近臣也東咸西咸側室也心則大君而嫡庶隨之積卒雷門之威也寅曰析木水衰繼旺也尾箕居之尾主後宮春而孳尾之象也傳說其師氏乎屈原莊周又以爲殷相未詳孰是巫覡宮中所用者天江天龜魚子皆以其近漢耳箕司五穀種稑之種生於後宮也穮秄揚風之義也風木司氣丑曰星紀列宿之終始斗牛居之斗以量農丈人以耕柔土之所產也天淵天籥河漢之所有也雞鳴丑狗象艮籥以守門戶建以立都關弁以表元武之首且斗養生而弁飾體故斗主祿而弁主爵焉

牛者力耕之物其名一元大武而居金庫則大將之牀也桴鼓者軍之耳旗者軍之目男耕女織相與爲耦水中之土是曰漸臺水傷之土是曰羅堰坎純水而田純土也子曰元枵物至此而秏也女虛危居之女至陰而生物十二國之人民係焉扶筐其職離珠其府瓜其中饋之所供也天津水之位奚仲喪之車萬物出於虛而歸於虛司命所以馭其生司危所以馭其死司祿所以馭其福司非所以馭其禍哭泣以送終敗臼以致毀天壘以障空離瑜則后之飾耳物高者易危土功象之人者所役之眾杵臼者所齎之糧錢者所用之財墳墓虛梁以送死蓋屋以安生車府造父以壯行而工役備矣亥曰陬訾象偏隅之口

也室壁居之室乃王居離宮爲別館壘以環之羽林以衞之綱其帳也魁其陣也鈇鉞其用也土工吏其役也而師門固矣雷電處天門之閒騰蛇則元龜之配耳乾位西北天文麗焉故壁司圖書其象爲馬故天廄從之霹靂雲雨雷電之類也鈇鑕鈇鉞之類也土工吏力役之司也工官掌邦土蓋取法於此乎戌曰降婁陰降之極也奎婁居之奎爲武庫南門其郛郭也閣道附路天廄之所馳策以馭之王良善馭者也一作王梁謂天子之橋梁天溷以象溝瀆外屛以障之土司空則工吏之長也婁爲牢苑更其芻牧之官斗口所臨亦名天魁大將軍者統眾之象倉庾則西成之所收也西曰大梁如橋之跨漢胃昴畢居之胃爲倉廄而

列囷廩若動物之有胃萬物閉於西大陵其域積尸其彤也兌象澤是名積水天船行澤之具也昴主蒐裔月者太陰之精也阿主隱伏陰主潛密礪后以利刃皆攻伐之情也兌司口舌故卷舌天讒處焉秋多草萊故天苑芻稾屬焉物成而宜田獵故射場馬道具焉畢者取獸之物邊兵象之天潢咸池水沐之地也天街天關道路之界限天高斥堠之盼望五車天節九游參旗行役之威儀天囷百果之所成九州珠口重譯之所通六諸王則朝於明堂者也申曰實沈古分野之君也觜參居之觜乃軍候座旗所以辨等威者物反常爲怪殆更革之義乎參正司兵金旺則伐矣玉井軍井水生之地也天屎天廁屛以障之則

水之滓穢歟未曰鶉首當鶉鳥之前井鬼居之井爲晤昧之所（未者味也）鉞弧矢爲肅殺之具兩河四瀆皆比地而行者也五諸侯皆分地而守者也水源於申故水位水府列焉木成於未故壽林老丈寓焉天尊以象井養闕邱以象坤偶軍市以象大衆虎狼陳寶之限制則庚伏之義也積水爲酒積薪爲燎皆所以供鬼享者歟鬼爲晤昧之物積尸其顚也天狗以伺之將爐之火是爲天爟外廚滋味之象（未者味也）社乃土神天紀統百物而載之也午曰鶉火丹鳳之位也柳星張居之柳爲天廚火之利用酒旗燕享所以養陽也星象文明離之性情亦爲中女故后妃寓焉大民小民乃其宗也南面而垂衣裳者莫盛乎軒轅（或曰軒轅者後宮之門窗）天相其佐也稷乃穀神內平則百姓太和矣張司宗廟天廟峙焉徵陰始生鬼之所處右社稷左宗廟建國之神位也同其尊者惟齒德之貴戚乎故謂之太尊巳曰鶉尾當鶉鳥之後翼軫居之翼司禮樂光華之地也軫聯玉衡而司車騎引從之儀也當巽故主風器府樂之所用者金生方始軍門以固之夏耨當耑土司空以節之東甌青邱海島之分也長沙主壽兼入於辰爾乃若南極之下馬蛇蜂鶴飛魚金魚火鳥烏喙孔雀翼雀海山海后南船小斗夾白附白南門三角波斯水委之類雖或見之存而不論可也至於紫宮之內宗藩公侯將軍虎賁昔傳其象而今不可見亦姑闕其疑云

恆齋說

李文炤

李子館於張府門人請齋名以恆揭之既而歎曰此予三十年舊宅之齋名也蓋古之學者七年而小成九年而大成皆以其不思見異而遷耳予少竊早慧之號岸然自足弱冠下第始聞宿學之訓於身中而後知離經辨志復赴棘闈獲從有道者游處而後知敬業樂羣嗣是以往廣交尙論心境屢易而後知博習親師論學取友誠有序而不可誣也迨既壯之後乃覺經史子集皆有以會其源流而洞其得失蓋於知類通達恍若近之至若日用所遭大故小節雖未能情文備盡而亦不敢苟循乎流俗蓋於強立不反未嘗無意焉夫古人以九年而有成而予

乃遲十二三年之久且猶未敢自信蓋困勉之艱如此向非有恆之一念根柢於中則飄搖震撼亦孰知其所底乎今年將衰矣世波萬頃塵路千歧以末學而涉歷其閒向日之所知所能雖未必克養而光大之然亦未至失墜焉誠不自甘自卽於無恆也子輩之齡皆在弱冠前後矣如以爲過時乎則年富力強正在此際不得謂之過矣如以爲需時乎則荏苒蹉跎不轉盼而遲暮及之失今不學而更何所需乎噫聖人之神化非吾儕所能測也君子之美大非吾儕所能幾也善人之醇懿非吾儕所能擬也至有恆而猶不思奮勵以追之則將置身於何地哉處斯齋者尙其觸目而警心也夫

天文全圖說

王文清

按渾天家言天體渾圓周天三百六十五度四分度之一半覆地上半在地下其二端爲南極北極相去一百八十二度半強赤道距兩極各九十一度少半北極出地常見不隱謂之上規南極入地常隱不見謂之下規一行蓋天圖以百四十七度爲外規則北極距下規之度也以三十五度爲內規則嵩高北極出地之度也內規卽上規所謂常見者也冬至日躔赤道南二十四度距極當一百一十五度少半夏至日躔赤道北二十四度距極當二十七度少半或以內規作冬至日躔所在者非也今法以周天爲三百六十度兩地相去一百八十度北極出地

二十二度南極入地亦二十二度所見星座視古爲多茲作天文全圖以一百五十八度爲外規卽北極至地平見星之界也以紫微垣星界爲內規而不用北極出地度以北極出地隨處不同無定界也至於星官積數歷代史志各有不同今按靈臺儀象志除中國地平下不見外凡二百七十九官一千二百二十八星仍依巫咸甘石三家之位用赤黃色別之以便考也若夫赤道天紘黃道斜絡則一行遺法不容易矣

戴記義疏中庸大學後案語

王文清

案小戴記有中庸大學二篇乃全書之骨也自宋仁宗抽出賜呂王兩狀元乃榮之重之非去之也程子特爲提出亦欲人加意習之非謂禮記中不宜有此書也即朱子章句亦於章末載某節在舊本某節之下而存之亦未嘗遂以舊本爲當廢也自陳澔集說行而四十九篇祇列其目而不載其文於是此書之注疏遂廢夫漢儒長於數其學得聖人之博宋儒邃於理其學得聖人之精二者兼乃得聖人之全義乃竟舉注疏廢之殊非漢唐人意并非朱子意也夫朱子章句去小戴刪定千有餘歲矣中閒羣言淆亂向使無鄭孔大儒字櫛句梳餉遺來者俾得

羣相考信烏知其不爲齊論之無傳與冬官之莫購也然則二書之得表章於朱子者注疏羽翼之功又安可沒也哉明季張氏溥嘗兼輯注疏與朱注成書矣顧於注疏從節未免有闕略之憾茲因奉總裁之請將大學中庸二書編次注疏與朱注同其詳備不厭其文之繁辭之複與其義之各出而不相謀也非雜也夫亦主於修古不忘其初而已存古於後人所不存尤存古於後人所共存此注疏暨朱注兩相存而不悖也說者謂新修三禮凡例有六茲何以未之用也曰以有朱子章句在故也章句所定豈容有所擇於其閒哉若夫鄭注孔疏與朱注不合者多又擇之不勝擇矣第各存其原文俟夫好學深思者參互考之可耳然則三家之外別無可採與自宋元明以來講說林立其可採者已囊括於大全一書又其爲說要皆與朱注相爲表裏第讀朱注而其說之相表裏者可知也惟茲鄭注爲解經之權輿孔疏爲釋注之墨守皆爲大全所未載即爲諸家所未採謹全錄而存之一不沒漢唐先儒守經之功一仰體考亭不沒舊本之深意俾後之學者便於參稽云

讀楚元王傳說

陳其揚

元王既建國於楚有士三人者申公白生穆生游其門皆微時學詩之侶也元王歿而其孫王戊與吳濞謀逆穆生者已先爲醴酒不具引去世以是高穆生之爲人夫穆生之爲人於此亦足以見其高矣而吾獨怪夫楚元王平生學詩其友又專力於詩而其子孫遂爲謀逆至於僇辱爲可痛也孔子之敎讀詩曰邇之事父遠之事君今戊於臣子之分決裂若此豈元王與三人者說詩戊都不聞邪抑豈元王子孫都不可教邪傳稱元王箸有詩傳以行世舉世宗之而班史述其與三人者於秦時學詩於浮邱浮邱學本荀卿毋亦都有擇焉未精語焉未詳者哉

不然王戊之立去元王祗四年耳生長深宮教誨之中親見其祖與客論詩不旋踵而彝倫骨肉之閒乃若正牆而立其於孔子敎讀詩之義何其悖邪申公白生穆生既無所見於元王之國矣後至孝武帝時有申公者年八十餘召爲大中大夫是時漢興六十有六年計其年數於秦時學詩浮邱年十餘殆亦即其人也而卒亦無所建明於當時詩曰袞職有闕惟仲山甫補之又曰十畝之外行與子逝彼申公者道不行則去耳老而戀祿何爲也哉語曰不知其人觀其友今申公若此而白生穆生可知申公白生穆生可知而元王之傳詩更可知矣然則元王之傳詩毋亦綜博考據之事較詳而於孔子敎讀詩之義曾有未洽者哉即不然如三人者其毋乃倜然具高世之概而未可遂施之於行事之閒者類邪姑爲之說以志疑事焉

律呂存疑雜說一

陳其揚

黃帝命伶倫取嶰谷之竹以正聲而樂作樂也者和也陰陽十二無不和也然雖律呂雌雄各六而伶倫製器僅取正變七聲而止何邪古之製器者琴七絃管七竅各有五聲二變琴之緩急燥濕依管而定管則一成不可易者也然各七聲而有七調此七調者卽黃鍾七聲旋宮之七調是乎非乎非則豈復聖人制作之元音是則於中乃不能無疑義之參矣何也黃鍾以下至㽔賓之七聲既製器以具奏矣然則㽔賓之生太呂以下五聲其竟置而不用邪非置五聲而不用其竟七聲之調可該大呂以下五聲邪而又本宮之七聲旋相爲宮則二變律不遂役

五正聲而爲商角徵羽邪役五正聲準之律書所載爲大紕繆矣謂廢五律而不用則一年而廢季冬仲春孟夏孟秋季秋也不然其必正變七聲已備大呂以下五律之奏雖律管高下各殊而緩吹疾吹更迭相配十二陰陽全體畢具乃可也六代樂音雖亾流傳樂器具在然倫管虞絃反覆推究緩急七聲之外更無別作他聲起調者卽謂漢以下定管之家多高於古律然或高一律而起調大呂卽大呂七聲而止耳起調大呂卽大呂七聲而止不猶之起調黃鍾卽黃鍾七聲而止乎製無兩器器無兩聲其於旋宮十二周而復始運用不窮之妙何從見之今之伶人樂官皭知聲而昧於律而前世箸述之士則又詳於律而略於聲凡此數端者考之諸書皆未明言意者別有秘籍遺地未之覯邪略書而存之以俟他日之得其解而無惑今此之疑也

易說

陳其揚

易之爲書以人心見天地之心者也人心者一動一靜其由靜而之動由動而之靜也陰生於陽陽生於陰也而天地剝復之機具矣是故天者曠然者也定之以日月星辰之次舍地者塊然者也覘之以草木裸介毛鱗之異狀而分至以正四時以行凡皆於聖人之一心見之人之心以一動一靜而爲其陰陽天地之心以一剝一復而形其動靜此以言乎其同者也其不同者天地之動動而無動者也人心之動則有善有惡是故教之以懲忿窒慾以務去其慝其卦爲損損者損其所過中也人心之靈皆能爲善而去惡是故教之遷善改過以務進於道其卦爲謚謚者謚其所自進也而其由一而二由二而四重之而六十四析之而三百八十四者使人據爻定位內自度其德之涼厚遇之險夷而力求寡過於天地之閒聖人作易以教天下萬世之人心常人讀易以求見聖人之心而因以見天地之心是故莫患乎不內惕吾以一身介天地之閒而心之一動一靜與聖賢同異之故未能常常而省之而此心放矣其次莫如不玩占曰讀聖人之書而或於爻位不明所處漫不知戒而過曰謚矣楊生鴻治他經改而從易余維學易之難也作易說以貽之

夢說

陳其揚

正月之詩曰訊之占夢夫人之夢三其占一而已孔子夢周公思也晉文夢盬腦境也高宗夢惟肖機也機動於祥則有占占所以決其從違也思搆於心境接於身則無占本吾身心之所接搆而形諸夢寐聖人則若此矣霸主則若彼矣公私之形兆若鑑若券亦既示之而又何占語身心之接搆者莫如樂廣之說矣樂廣謂衞玠曰人未有夢乘車入鼠穴者此言理之所必無皆爲夢之所必不涉也若此說者人皆以爲然矣而有不盡然者蓋人生百年一明動晦休盡之苟其明動之頃善惡之念雜而相干斯晦休因之官骸各有所嗜即各有所昧大約昧在耳目者夢中多匪僻於聲色昧在心思者夢中多匪僻於巧僞此其無理豈翅乘車入鼠穴之類乎哉且凡人之於夢吉則喜之矣凶則禳之矣疑則占之矣占夢既前言其略若吉則無喜也凶則無禳也君子有終身之憂亦何有夢幻之是賴況吉凶或每互應孰知其極莊子所謂夢飲酒者旦而哭泣是也至若歐陽公同人見鈌耳馬之類則人之祥咎又要諸一定夢特先事而示之兆耳吉莫吉於視履而考祥旦晝之精明夢寐之清迴也君子所以爲禳如此而已矣芻姪請數語於臥帳書譫爲作夢說以貽之亦刀箴劍訓之意俾足以觸目而警心已矣

限田說

黃炎

三代敎養之澤廢而貧富常患於不均環天地之閒皆人也奢侈靡麗之象盈於目呻吟愁歎之聲盈於耳而太和不復在宇宙矣秦廢井牧開阡陌而兼幷興漢之時富民牆屋被文繡貧者至無立錐至於唐宋終不能反三代之舊考之明史太祖身起窮巷憫貧富不均立法多右貧抑富又懲元末豪强侮貧弱故籍天下富民於京師以次召見名爲量才錄用實務抑損之自洪永以後歷代相承選天下富民以實京師其籍附順天仍應本地徭役供給日久貧乏逃竄宣德閒定制逃者發口外充軍官司鄰里隱匿者俱治罪有司勾攝官吏誅索無聊生矣宏

治以後始免解在逃富戶徵銀與宛大當差富戶之害沿二百年而不改觀明之政所以抑富者至矣而非聖王安富之道也人生而富天之命也君人者敎化整齊驅之於善而已苟困抑之使不得其所豈爲民父母之義乎我朝　列聖相承休養生息恤富安貧減稅蠲租愚幼之氓無不可以受田者夷考明代正嘉極盛之際田價不過畝一金至　本朝康熙以來迄於今則畝或十金或數十金偶遇歲祲穀價騰湧富者積粟居奇坐擁重貲有田之利而無田之害是以不愛重値以收膏腴鄰近之業而中人不能與之爭故相競而田益貴則租亦重佃民終歲勤動而不免饑寒老無以爲終幼無以爲長富者日益富貧者日益貧此生人之大不平者也今欲輕稅則有田者受其賜而無業者不與欲減租則扞格難行而徒使業戶佃民不協天子雖有憂民之心而欲樂利之浹於蔀屋窮簷不得也自井田法壞衍沃之土山澤之利盡歸豪民當其席是業也好食美衣恣其所欲曾不稍推其餘以逮族里及其蕩檢踰閑驕淫恣肆日朘月削曾不轉盼而屬之他人是非有以裁成而節制之而聽其或豐或嗇倏消倏長於天地之閒此亦在上者之過也漢之時董仲舒欲限民田魏孝文給露田唐太宗定口分世業後周世宗期以一歲大均天下之田而唐元徵之亦有均田圖是三君二臣者或有志而未行或行焉而未久小民歎苦樂

之未均者且數千年而未知所終極豈天地之化不欲使人範圍邪夫井田固不可猝行限田固甚易易也今使富人不得多買田則中人以下皆可以有恆產而業均田數定則豪民不敢奢僭貧富不得相耀而志亦定裕民生正民俗固莫有大於此者矣司馬遷有言富有三本富爲上末富次之奸富爲下夫農圃山澤凡筋力纖嗇之所積本富也商賈末富也吏胥倚勢得財僧道異端惑衆奸富也夫君人者宰制萬物將以裒多益寡節其過而助其不及者也良民以勤致富兼幷比於素封猶尙惡之況夫奸胥巨賈上無益於國家下爲害於風俗今縱無法以抑損之柰何使連阡累陌坐占平人之產而制元元之命乎

是宜爲之限制。商賈僧道不得有田。胥吏之子成丁受室以上毋得過二十畝。今之二十畝當古之百畝有奇矣。農之子弟毋得過三十畝。士毋得過五十畝。八品以下之官視士。七品以上之子弟不得過二百畝。四品子弟不得過三百畝。二品以上則倍之。總以人數爲之制。雖一品毋過千畝。有司按冊以審戶。（有官戶士戶農戶吏戶之別）編戶以稽糧。因糧以稽畝。犯制者沒入之。使農末有等。上下有別。賢貴者處優而天下以爲當然。貧賤者各安其分而不敢怨嗟。夫古之二十而受田者。皆無値而仰給於官者也。今貧民竭其力之入。殫其室之出。或不能與豪民爭尺寸之地。而生人之道苦。田價平而業民佃戶均受其賜。民氣其少舒乎。或曰田則固宜限矣。故有者如之何。曰新買者不得過制。故有者則聽之。三十年之後不必勒令出賣。而富者之田自分散矣。

售畫說

張九鍵

客有能以指畫者。刻紙數痕。施墨數點。加以一節一葉。須臾而成松。他日又刻紙數痕。施墨數點。加以一鱗一爪。須臾而成龍。且其成松與龍也。指到墨隨。颯颯如風雨有聲。然持以示人。至旬日曾無一售。他日復濡指潑墨。一友旁而睨之。代捲其畫。置於他所。進語曰。子之畫雖工。然能以畫畫。未能以不畫畫也。夫以不畫畫者。敞明牖於外。裊香煙於內。手其尤絕懸之素壁。玩以古心。閒噓以氣。不惹以塵。風生色活。見龍如松。見松如龍。其寓託在形影之表。其指授在濃淡之中。吾學其術十數年矣。而後乃默而得之一夕。子如欲盡其妙。子權以百金爲贄可乎。客聞而神奪者半晌。及明日。其人入市。覓一淨店。果敞櫺牖。炷鑪香。居畫於中。而自就傍趺坐。澹煙浮動。隱隱乎其身之岸幘軒特。合松與龍而三也。未移時。立者語者去而來者踵。踵相錯。皆就牖注視。求得畫爲快。客聞往觀。見其畫若不與己侔。疑揣嗟訝。亦思得畫爲快。比煙歇香散。啟戶授之。乃即客所自畫。客怪而問若所稱畫之妙。固妙於有以眢人者乎。其人點頷笑曰。曩子知此則子之畫售矣。

閒人說　曾紹孔

大而萬國之會。小而一身之備。自天子以至於庶人無非事者。學公卿大夫之學。不患不精而患不勤。業庶人之業。不患不成而患不力。未有曠逸其身心而自置諸無用之地者也。乃亦齋獨號閒人。命爲之說。或曰亦齋年六十。有田以足衣食。有廬以蔽風雨。有子孫以紹箕裘。終搆獲。其亦可以閒矣。若然。雖未至於六十。而席豐履厚者皆可以及此耳。又曰亦齋農不勞耕。工不勞役。商不勞旅。士不勞官。故憫世俗之狃於勞者。而以閒自覸歟。此又鄰於遺世獨立。外形骸。薄功名。示無所用於天下者。均非亦齋所謂閒也。吾聞之。作德心逸日休。葢斯道之在人心。

譬諸五穀之種。靡弗句萌甲坼。欣欣向榮。特植之未固。培之未厚。養之未純。乃至不如荑稗。作德者猶是耳。惟日孜孜。去其矜心。絕其昏氣。本諸義理以植其根。要諸敬恕以培其基。參考善惡以擇其精。優游歲月。勿助勿忘。以俟其至。而後可幾於道也。夫士君子立身行己。凡物得以撓其中而撼其外者。以未嘗學道也。苟適於道。不媿於中。無願夫外。天地古今各得其情。上下左右皆素其位。雖遺大投艱。出屯濟險。未嘗不裨暇而意適心安。而氣和也。舜禹之有天下而不與。文王之不識不知。周公之赤舄几几。皆是耳。而況居閒處獨。自得其不學不慮之眞。無思無爲之體。窈然以深。邈然以遠。其視人世之富貴貧賤得喪榮辱是非好醜。若游雲飛鳥。浮沈上下。曾何足動其心而役其志。吁。此亦齋之所以爲閒人也歟。由是以觀。士病於不能閒也。而或以世界爲空輪。瞑坐爲持養。應事爲粗迹。滅絕人類。墮棄一切。而輒自號爲閒人者。其與深山之木石。大澤之黿蛇。老於人世者奚以異也。吾不知亦齋視之爲何如。

非祖神說

曾紹孔

楚南多淫祀僧尞野觀斲木摶土輒神之莫可究詰通都大邑遐陬僻壤山顛水濱皆是也尤者家奉一軀聚族合享命曰祖神嘻異巳古仁人君子愛其親而原所自出爲祖敬其身而惕於有畏爲神位以宗廟聯以祫禘綸祀蒸嘗恪恭惟寅凡以爲愛者不忍不若是也禀之屋漏主之五祀社稷山川獻享以時凡以爲敬者不敢不若是也故愛以情親敬以分肅記曰祭如在祭神如神在解之者曰祭祭先祖也祭神祭外神也祭先主於孝祭神主於敬則祖之不可混於神猶神之不可混於祖也混祖於神無關祀典而以神尊之詎不僭歟混神於祖本非族類而以祖暱之詎不濫歟濫與僭其罪不同其爲悖理傷道一

而巳矣矧以其神而祖之者豈眞有功於天地古今而聰明端一之謂哉神能是安肎受媚於人人得而媚焉者度不過僧尞野觀莫知誰何之神而巳視莫知誰何之神而親以吾祖之情則固玩其情不眞而其視吾祖亦如莫之誰何之神矣甚則雞豚罔逮所先椎牛以享非鬼其流毒世道可勝道哉嗚乎萬物本於天人本於祖祖之名尊於父母假指漠不相屬之土木而父之母之雖孩提之童亦知其非是況舉而加諸父母之上恬不爲怪智豈不童子若哉毋乃溺於世俗迷於天性而未有以仁人君子之說告者苟知仁人君子之用心自必明乎愛敬之道親親之情與夫僭與濫之爲非而神之受媚於人者決非聰明端一之謂吾楚淫祀之風亦可少衰止矣

湖湘後學集編

說二

楚南水入江西章江水說

孫良貴

楚南水流入江西章江歸鄱陽而達長江者又有七焉。一曰桂水。源自桂陽縣盂將司。東行至南安府崇義縣合橫浦汎水。由贛縣桂源司口入章江。山海經所謂聶都之山諸水所出卽源也。一龍泉水。源自桂東縣八面山陽。經左安北源二司。過吉安府龍泉縣城而東北行。繞萬安縣北百嘉鎮上二十里。爲龍泉河口入章江。一永江水。出茶陵州皇雩山陽。經橋頭十五里至

永新界爲路江。又下爲箭市江。至盧陵縣敖城而下。歷永陽大鎮。又下雙江口至永河埠口入章江。一曰琴亭水。源於攸縣鳳嶺。東經永新縣合后潭水。至蓮花廳北爲琴水。又合安城水固江水及武功山南諸小澗水。至吉安府城南上十里。爲安福河口入章江。一鈐江水。出瀏陽縣首埠山頂大湖。流經袁州府萬載縣合龍江水。至分宜縣下四十五里河口埠。合袁州府之淪江水。自插嶺關下爲蘆溪水。同流過新喻縣臨江府。下至黃土店臨江河口對樟樹鎮入章江。一曰錦水。又曰蜀江。亦出瀏陽首埠山。東經萬載縣東北界。至上高縣合銅鼓營水。又新昌縣之鹽溪水。花橋天寶二鎮水。至瑞州府爲華陽水。由豐城縣對岸龍頭書院下小江口入章江。又曰由南昌縣市汊口入江。或其歧汊也。六水源流行五六百里不等。惟南昌府艾城縣之滲水爲最長。漢之艾城今甯州也。源有三。一瀏陽首埠山頂之大湖水東北流。一瀏陽平江界大光山澗泉。一平江通城界之天岳山東南麓水。俱約長一百八九十里。會於州前犀角津下。收梁口水。過鈍埠至武甯縣。收鳳口金口水。至建昌縣收滄湖水。由涂家埠下至新建縣之吳城大鎮入鄱陽湖。由發源至此約計七百五十里。又一百八十里經靑山汎大孤山汎。至小孤山湖口縣入大江。適得千里焉。故經名修水。修長也。又郭璞曰。有水名修。天下大亂。此處無憂是也。密而循之。朗而括之。楚南之

水無餘派矣。嗟夫。有夏先后之明德遠矣。後賢桑酈亦旣沒矣。郡會行省軍衞道路之沿革。名屢更而變其舊。以致志乘仍譌踵謬。挂漏什九。愚誠欲討源而津未逮也。先之楚南以發其例

楚南水入江說

孫良貴

三湘九江既定外有源出楚南流入楚北大江者更有流入他省者不可昧其流也岳郡前有滽水焉唐相張說有詩志曰南津港當曰灝青（取潮來天地青之義）源出江夏郡雋邑天岳山雋通城也經九陵山（列子禹斬巴蛇九段積骨成陵）龍山至扁山夾湖口下入江岳郡後有城陵水焉源出巴陵邨東嶺岡由磯市口入江再下有雋水焉出楚北下雋（今崇陽）幕阜山之陰合通城嘉魚之水又收巴陵雲溪驛水匯爲白泥湖於臨湘縣治北關入江又下爲望江湖石頭關水源出豫章天岳北岡收臨湘縣桃林土門司及長安驛各水又嘉魚縣東南鄉各溪水由赤壁祭風臺口入江臺下

北岸數武屬嘉魚汛地而楚南之地出湖至此乃盡考此水當爲水經之漸水此其流在大江東者也其澧州安福石門安鄉華容迤北之水歧汊不一皆流入楚北長陽縣之洋溪口及宜都縣之三河口蘆花蕩（張桓侯截周瑜處）松滋縣之磨盤口蓮花蕩江陵縣之黃荆口石門縣之柳子口監利縣之唐家洲瓦子口車水灣各處以達於江此大江迤西之流水也其四川重慶府涪州江西南源於貴州遵義平越二府東南源於楚南永順府張壩永綏廳地葉壩至四川酉陽州合龔灘郁山司水屈曲而西經貴州思南府合婺印湄甕諸水下彭水縣北至涪州城下入江此又楚南水之由川入江者也

考定九江說

孫良貴

九江之名古今聚訟如孔穎達李宗諤羅泌者以潯江爲九江起郭璞一人之說夫潯陽即今江西九江府歷號江州一水散爲九派如江有沱潛之類非實在有九水也稽楚南古爲江南項羽弑義帝於江南即今郴州常郡人先起兵應高帝故武陵本壽陵改爲義陵檄曰發九江兵南浮江漢以下可證九江之爲洞庭矣又東漢光武初宋均爲九江太守猛虎渡河今虎渡口在大江南岸荆澧之交是又一證也而可以隋以後之九江冒之乎況潯陽地居吳頭已在揚州之域於荆州無與也自蔡氏遵朱子注九江孔殷正以爲即今之洞庭而羣喙息矣近世

猶有爲騎牆之說與朱蔡發難者是欲翻禹貢三有明文之案也觀其先曰九江孔殷乃曰沱潛既道雲土夢作乂江西之無沱潛彰彰矣猶序於孔殷之下明其爲在楚南也又曰至於衡山過九江至於敷淺原夫過而後至是九江在敷淺原之上也今敷淺原在饒郡洪家闞一帶以地勢較之九江府反在其西下二百里即地輿志以爲德安縣之博山爲敷淺原亦在九江府之上一百二十里愈見今之九江非禹貢之九江矣又曰東至於澧過九江至於東陵澧即澧州東陵即巴陵東西相對洞庭匯其中故列子屈子以東陵爲巴蛇九陵而唐張說滽湖寺詩云開東嶺千重出樹裏南湖一片明是也而可以九江德化

縣晉興始創之東林一禪刹，指爲東陵以實之乎。而且柏翳山
海經及漢初桑欽所出古本水經，係周秦以上之書。山海經云
澧沅之風，瀟湘之淵，是在九江之閒。酈元本之以注水經，事不
信古，秉經而翻成案，妄引强解，佐其荒誕，惑後進而欺天下，其
得爲著信考蘋之醇儒乎。顧九江卽洞庭，不創自朱子也。先之
者有胡旦、晁說之，但正郭、孔之謬，而皆未有水名以實之。九峯
始師曾彥和，和始據九經圖注，拈出源長者，創爲元、辰、酉、漵、沅、
漸、澧、澬之名，而終之以湘。訂於朱子，朱子以元、辰、酉、漵皆入沅
之水，湘流浩大，所入大水多水經有名者，而一無取，未免偏枯，
遂以元爲无字之譌，疑無是水，採鄭氏至於澧爲紀江水所經

流，遂去沅、澧二水，進湘濱之瀟水、蒸水，爲執中調停之說，以授
九峯作書傳注。九峯終以瀟、蒸源短，仍主曾說。於是湘湄閒人
祖朱，沅浦閒人祖蔡，交訌迄今，而靡有定。其實蔡據曾氏，未行
考實，若據實在情形，終非脗合夏后氏刊奠謨疇者也。謹發二
先生之覆，求其有當而後卽安，意者其許我乎。爰是全去朱子
所取之瀟、蒸二水，又去蔡氏之元、漵二水，訂酉水之亂辰水者，
析爲大小二酉水而咸去之，改正辰水之祇在辰溪者而去之，
別得湖濱龍陽縣之辰水以補之，收回三大源之澧水流近二
千里者而特列之，以埒於湘、沅、澬三湘，新拈出微、灉、汦三水之
汎濫於洞庭上游者以補之，若射覆然，發必中的。凡皆入於湖
之湑，經行湖之膂，而後入君山之蛟室蜃腹焉，非若瀟、蒸、沅、漵、
酉五水之遠在二千外，與洞庭無涉也。觀夫旱乾涸落，湖心宛
然九派，各私一泓，皆有沙嶼隔越，趨於布袋口，而後莫度其淺
深之尋丈焉。諺曰：九條龍落君山口，其卽九江之說乎。人顧習
而不察耳。

考定三湘說

孫良貴

楚南水數百派，嘗考而能言之，以窘於尺幅，則弗悉。惟取水經、地里志所載者統約之於三湘、九江，復訂譌徵實，據古印今，庶幾了然心目，無患雜而越也。考寰宇記以湘潭、湘陰、湘鄉爲三湘，而區以上中下之目，狹而陋矣。輿地志以瀟、蒸、沅會湘爲三湘，明人主之，作考爲修志者采，是又幷湘而四矣。獘由泥湘水以求三湘，而不知楚南之無非三湘也。繹湘之義，爲合湘納千流以入江，合中原百瀆以與河爭盟。近事則河淮同導入江，以南紀而受北條之全矣。觀其同源而南趨入海者曰灘，知其不與中原盟會而離異於嶺南北粵之區也。故愚意以澬、沅二水源流皆二千里外，與湘相埒，倂湘爲三湘，雖各入湖，潸行百餘里，而後沅引漸、辰二江，自湖心之黃鈷潭合澬以趨於湖腹，又行二百里許，由小布袋口入湘，若朝宗然。而澧則西引荊江衆沱，左會於大布袋口，東對巴陵，潋江口來而咸入焉，以爲湘之門，故長沙之宜爲省會也。先仁皇帝洵先天而弗違矣。偶閱唐末逋臣楊諠金璧元文云：南龍湘水湧波瀾，不知多少枝葉繁，悠悠地軸洞庭闊。又曰：荊楚元來是霸圖，分明九派入湘流。雖形家者言，亦可以證楚南總名爲湘矣。是以岳州城北有三湘浦，今爲臨湘邑治，雖出湖口百餘里，大江東去，猶以湘名。自岳郡對岸大江西浦，爲湖北荊郡監利縣、安陸、沔陽州地方，卽古左州侯地。而江東則由城陵磯達后頭關、祭風臺，爲巴邱赤壁鏖兵地，非黃州之赤鼻山。越三站二百七十里，而湖南之邊界乃盡。故漢曰江東，唐曰湖南，至趙宋始稱荊湖南路，蓋三湘所由稱有如此者。而宋人張君房湘山野錄全載楚南故事，斯得之矣。續野錄多不經，釋文瑩手成。

廣養生說示兒紹祁　羅典

嶽麓院左舊有文廟修建龕座及石陛訖復度門外隙地繚以紅牆闢東西兩闥命二兒紹祁董其役聞予有讀書聲或偶聚從游談文輒作稟詞相規云久視傷神大聲傷氣男以身試驗而信其然蓋初以爲暢快而不知神氣之皆病也其說未可厚非而不能實有見地豈以人而比於泥象木偶爲得養耶予嘗讀漢書王吉諫昌邑王疏中稱休則俯仰屈伸以利形進退步趨以實下吸新吐故以練臟專意積精以適神四語實養生之要予自出身守京職凡當齋戒陪祀靡不到者卽今掌教歷二十七年每値祠廟朔望行香及春秋正祭凡十處所必慤謹

將事雖邇來筋力就衰跪興必假扶掖而必勉爲之者亦因之俯仰屈伸以利形也講堂前曾搆轉棚地平如砥長五十步計驛路以八百步爲一里閒時一氣往還如數乃止斯非進退步趨乎惟但任直走折旋則足欹頭暈乃復代杖以人日出院門約二三遭意特主於行耳觀班書中原注云人有不行則厀下虛弱不實義甚明也予生平無他癖惟困於蒿頃覺胷腹左旁有氣上衝必張口數呵乃解因取書緩緩讀之出以停頓不過五百字其論文則久曠而一及之皆藉爲吐故納新也蓋聲起於丹田而達於喉舌口齒其五臟之氣必會萃以供吐納是練臟卽練氣之別名練則令其隨身習慣之謂至於精之與神猶魄之與魂雖分而實合故精神每聯言之惟心藏神而心之所之爲意意不專則邪心耗精神由以損其不適固宜惟矢志研理則欲心退聽予自從事諸經歲周四紀得成周易毛詩尚書春秋四部用心良苦而神不甚傷者精之能積也既耄而仍忝山長評點課卷不敢草率非精神猶能振作乎院內收蓄草花盆盎環列際斯盛夏燦爛庭階早夜坐其閒假以適神亦國風好色不淫之旨也夫人之既生饑欲食寒欲衣長則欲娶婦有子雖聖人莫能外之獨以節而不過爲主過則不克積精以適神失而復悔悔而復失病而知戒戒而復病恆情類然故不必高言無欲惟當從事窒欲書稱冒貢於非幾非幾欲念也適自

其心竅突出爲冒貢是宜用窒在易之損謂損上卦之剛以益下卦之柔也孔子作大象就損剛益柔之義爲學者說法曰君子以懲忿窒欲蓋以人之逞忿必過剛其容欲必過柔能損其逞忿之過剛以益容欲之過柔則忿可懲而欲亦窒矣人莫不有忿亦莫不有欲責以懲忿窒欲不待外求而誰能諉卸焉昔孟子游齊宣王對其巖巖氣象絕不諱言有疾初曰好貨既曰好色一似疾自王生不可力制然王不更言好勇乎王之勇與匹夫撫劍疾視等此特其忿耳懲好勇之心以窒貨色之欲孰謂疾之不可力制哉聊以予所心得及平生見諸行事者覼縷以廣汝所不及工竣當歸錄一通以銘座右

書王蕃渾天說

余廷燦

王蕃渾天說曰天之形狀似卵天包地外猶卵之裹黃圓如彈丸故曰渾天言其形體渾渾然也其術以爲天半覆地上半在地下天居地上見有一百八十二度半强地下亦然北極出地上三十六度南極入地下亦三十六度而嵩高正當天之中極南五十五度當嵩高之上又嵩高不在極南之九十一度而在五十五度是則嵩高本非天之中也惟就出地所增之三十六度與入地所減之三十六度均其兩端以取中其下適直嵩高渾天家遂標嵩高爲天之中矣故推步者謂夏至日道入赤道北二十四度北距嵩高弧背九度餘夏至日道下直衡岳晷無

影而從嵩高至衡岳夏至日道圜天之弧背以弧矢術求弦得衡岳距地中弦徑約九度餘是則嵩高本非天之中也特緣出地入地之度折其低昂以表天中使測筭者有所依據界段亦猶洛邑本非大地之中特緣王畿五服之地折其里道以表土中使享王者知所環嚮會歸也今新歷家自侈獨得乃歷指前人之說爲不然康熙初西士南懷仁入京師潑詆天圓地方之說及以九州爲中國之誤言天之包地如卵裹黃未有卵圓而黃乃方者天地既圓則所謂地中者乃天中也此惟赤道下二分午中日表無影之處爲然懷仁與會士來時曾身履其處乃眞所謂地中者其言似自矜其剏而確不知從南極北極均其兩端以取中則天地之中自在南戴赤道下之國不在嵩高洛邑然古人但就赤道北之中國言中其不言者往往隱寓其意故言北極而不言南極寫蓋天而不寫渾天古聖人固多闕於所不見要無不心知之者豈有疏漏以待後人補闡乎昔程子謂地無處而不爲中蓋以地體渾淪四積旁薄隨人所處無適非中及明末利瑪竇輩入中國言地原無上下無正面四周人著其上以爲不宣之秘而不知程子已先發明之及近日宣城梅定九出又推闡周髀經以爲亦原如此說何必西學今使論中於南極北極之下潛見絕判寒暑絕懸甚或半年爲晝半年爲夜此則晝夜不均贏縮互異誠不可以言中至論南戴赤道

下之國日之出沒於地上下皆半周天初無永短之異周髀言冬有不死之草歲有再熟之禾豈非得氣至平誠天地之中乎然使一歲之內晷影絕無短永無進退饒乏之漸無陰陽消息之平執一拘墟揆之於理亦中而非時究非中之至也如是則惟九州中國之地晷刻淹速寒暑升降一一與晦朔弦望春夏秋冬相推移乘除豪無缺欠而洛邑又其中之中者周禮地官所謂天地四時之所交合陰陽風雨之所和會周公豈欺我哉尚書疏謂渾天必古有其法遭秦而滅則不徒營自洛下閎度自鮮于妄人象自耿壽昌而有所受之於古矣

禘祫詳說

張九鉞

祭始祖所自出之帝而以始祖配之此趙伯循之說舉之以五年亦趙伯循之說諸儒竝同有以禘爲郊者韋元成之說鄭康成主之有謂禘卽祫者杜元凱之說有謂禘小於祫者亦鄭康成之說有喪終吉禘者諸儒之說杜元凱仍之魯之禘爲太廟魯之禘爲文王趙伯循之說朱子仍之按禘與祫確是二禮其混禘於祫爲一事故歷代紛紜不定則自漢賈逵劉歆始也楊信齋論之極詳而莫明於朱子王者有禘有祫諸侯只有祫無禘二語灼然無可疑矣禮大傳曰禮不王不禘王者禘其始祖所自出而以始祖配之此言天子有極尊之大祭天子以下所

無也曰諸侯及其太祖及者牽連以下之詞與配不同卽大祫也亦諸侯極尊之大祭諸侯以下所無也故下曰大夫有大事省於其君干祫及其高祖言大夫無祫有功德而君賜之乃得祫及高祖然云干祫者非禮之常也凡尊必兼卑卑不得僭尊故天子有禘復有祫大祫則合毀廟羣祖之主食於太廟禘則止設所自出之虛位於始祖之廟而以始祖配享不合羣主不序昭穆也後人妄謂禘卽爲祫皆合毀廟羣祖所異者但天子多自出之帝此說非也大傳明言以其祖配之因設位在始祖廟中故不復贅曰始祖而曰其祖耳非謂始祖而下皆祖故可統祖羣祖也且配之云者偶尊之詞故郊祀止配以后稷宗祀止配以文王禘則祀嚳而配以后稷皆以一位謂之配未有羣然衆列而云配者也如所言則禮文當云王者禘及其祖之所自出斯得耳或謂禘爲大祭若僅以始祖配而不合羣主似太簡寂何謂大祭此又不然祭各有義有文有簡有多有少各以其義爲貴禘取尊遠祫取合祖豈以廟主之衆寡爲大小乎如圜邱明堂后稷與文王且不相兼一何簡寂然則郊宗之祭亦疑不得爲大耶或曰按詩序長發爲商大禘雝爲周禘太祖長發歌玄王相土武王中葉雝歌文武則似禘亦兼羣廟之主曰朱子固辨之矣長發旣爲商禘乃但述元王以下而無一辭及於嚳稷祀所尊而但頌其後必無是理若據此爲大禘豈禘祭

幷及阿衡文母耶義更不可通矣故朱子以長發爲商大祫之詩雝則祭文王之徹詩其以爲禘詩蓋詩序之妄也凡序之不足信而朱子辨說之精類如此正惟爲天子別有禘之尊而魯僭用之故夫子曰魯之郊禘非禮也若止是祫祭但有所自出之異則魯又未嘗僭祀嚳稷何爲非禮哉禮制雖散亾難考然但就禮經參訂之尚有足據如大傳禮運曾子問儀禮子夏傳皆昭然可見至春秋三傳止侯國僭禮後之紀載名實混亂固有不可以證大禮者是又不足憑矣

理氣無二物說

張世法

有問曰今夫泱漭軋塞於太空閒者非氣乎氣蒸而成色蟠結而成形摩盪而成聲絪縕而成臭是故天地得之以爲轉旋日月得之以爲馳驟風霆得之以爲搏擊百竅得之以爲于喁萬物得之以爲知覺運動皆氣也一息無氣則一息無宇宙矣敢問理之說果何物乎吾曰理無色無形無臭無聲焉得爲物曰然既不得爲物則指其氣而名其生者可矣而聖人必別爲主名以爲氣麤而理精氣後而理先是將使爲老氏浮屠之說者不曰清靜則曰虛空以與吾徒掎角而爭也說將何辨吾曰歧理與氣而精麤先後之此後世穿鑿者之爲聖人無是說也聖

人曰一陰一陽之謂道陰陽者非氣而何哉陰靜而陽動陰闔而陽闢靜與動相涵闔與闢相倚貞精而凝變合而生譬之於物理其樞紐而氣其門戶也夫乾坤陰陽之大門戶也健順陰陽之上樞紐也故乾之健爲馬而又爲龍也坤之順爲牛而又爲牝馬也陰陽之理變而合者也不言健而乾之理不見所以卦之六位一勿用二苟得毋咎一有悔然履四位而仍不失其正故曰健也不言順而坤之理不見所以坤之卦窮而永貞雖遇龍戰于野而其貞自如故曰順也信如子所云蒼然者天氣之上浮者是然當未有是天豈能曰不已有曠然之天在乎無象之先而遽如是其蒼然者乎塊然者地氣之下凝者是然當未有是地豈能曰不已有是渾然之地在乎無質之先而遽如是其塊然者乎無樞紐何以藏其根無門戶何以分其宅故曰易有太極是生兩儀又曰維天之命於穆不已而老子亦曰有物混成先天地生寂寥獨立而不改周行而不殆可以爲天下母其說維何總之不離乎一陰一陽之謂道者是陰陽者非氣而何哉然則若天地之外天地之前復有何物乎曰無物也皆陰陽之道也天地有終始乎曰陰陽之道無終始天地亦無終始也物莫有大於此者乾坤毀則無以見易理氣有二物乎哉

唐陶山曰理字名目不見六經聖人從不於未有天地之前著議論後儒因二氏立一混未闢之說說無說空乃以理字

易之其義偉矣相沿至今漸遠遂謂未有天地先有理在此畢竟是何物以覘二氏之說唯之與阿相去幾何此名言廓清昭然揭日月而行矣豈膚受皮傳者所能涉其藩籬

奇偶說

張世法

一之數主奇而二之數主偶凡數之奇者必窮世常陂之然則三與九其遂不可用乎非也奇得偶而對待形以其相輔而行不以其相離而用也尊卑合而上下之志同動靜交而剛柔之德善故天地之數五皆居其中而五行四時十二月還相爲本也五聲六律十二管還相爲宮也五味六和十二節五色六章十二衣還相爲質也極之參伍以變錯綜其數而天下之事業成矣使其離而自爲則不特陽有奇而陰亦有奇夫無物不有對孤陽不生獨陰不長如是而能保其無窮乎哉然陽常居其尊無以扶之則用喪陰常喜其合有以比之則黨堅是以君子

之道必奇小人之道必偶也善用天下者亦在乎理馭之而已

續說

或曰人之一身凡所爲耳目手足皆其偶耳而口獨無二內則甘飲食而多欲外則出好興戎而多故是以惡其奇也雖然人之有身若首若鼻若心者獨非奇乎夫首戴天而出萬物之君也鼻先天而生萬物之祖也心代天而理萬物之宰也萬物莫不尊君本祖而聽命於一宰爲上爲直爲中正皆君子之事也惟口也甘飲食而出好興戎而又無諸物以輔之其事有類乎小人不可奇也小人而奇於彖爲橫綫於不可制矣然微口則無以爲生守而緘焉其庶乎金人之義也

禋于六宗說

魏晉

宗尊也禋于六宗謂祭所尊有六而說經者言人人殊以爲三昭三穆者劉歆也以爲天宗三日月星地宗三河海岱賈逵也而司馬彪又以地宗爲社稷五祀之屬据周官大宗伯以槱燎祀司中司命飌師雨師言六宗者鄭康成也而此外又或以天地四方言或以乾坤六子言按之經文皆不合經曰類上帝祭天也以形氣謂之天以主宰謂之帝類之云者言非郊天正祭類於郊也類則天地合祭舉上帝而地示在其中社稷之屬統此矣不得以六宗複言天地及社稷也春秋書不郊猶三望謂望祭河海岱也專主魯而言經云望於山川則六宗不得先言

岳瀆矣岳瀆分列東西南北更不得贅言四方矣古者祖有功宗有德三宗迭興傳於有殷七廟俱稱宗自後漢始唐虞時無此名目也天子七廟三昭三穆合太祖之廟而七是時堯老命舜居攝故孟子云使之主祭舜固不敢私僭天子制也卽以爲祀堯廟何以及三昭三穆而獨遺太祖廟乎且類上帝望山川偏羣神外祭也禋昭穆內祭也上下神祇竝祭於一日者有之未有一日而兼及人鬼之享者鄭司農云司中三能三階也司命文昌宮星飌師箕也雨師畢也鄭康成云司中司命文昌第五星四星如先鄭說則司中一也司命二也併飌師雨師而四如後鄭說文昌宮星有六見於賈疏疏本之武陵太守星傳曰

上將次將貴相司命司中司祿此六星者何以僅祭其二亦竝之飄師雨師而止爲四也若其謂乾坤六子則古今不聞有祭卦之文謂其象爲天地水火雷風山澤亦於類望及徧羣神括之故其說皆不立惟王肅取家語祭時祭寒暑祭日祭月祭星祭水旱爲六宗卽今戴記祭法篇云云也與孔安國古文尚書傳同孔傳在漢未立學官故賈鄭諸儒雖甚賤歐陽大小夏侯三家而未及見孔傳古文意王肅拾而得之因本其說而取之揆之經文獨合葢類上帝則此六宗之禋以次類法也由是望山川徧羣神祭法所謂山林川谷邱陵能出雲爲風雨見怪物皆曰神有天下者祭百神是也曰百則五祀皆在羣神中矣蘇東坡云祭法所敘卽舜典之章句義疏朱子語類亦云如此說則上下次序皆順蔡仲默作集傳主此伏讀　御纂書經傳說彙纂削羣言而定一宗誠以此爲千古不易之解也

祠祭不當泥宗子主祭說

魏晉

事有行之古而必不可泥於今者君子當謀所以變通之國傳冢嫡祭主宗子是矣我　朝　聖聖相承於傳子之中兼寓傳賢之義一人克享天心四海竝受其福此誠超千聖百王以立隆而爲億萬世不易之良法也夫古者君與宗相因而竝重故詩曰君之宗之其制大備於周有百世不遷之大宗有五世則遷之小宗載在禮文麤通經義者皆知之余獨以爲不可泥非無說焉古之諸侯世國旣以長子主器矣乃立適子之弟爲宗子原無賤者也今則封建易爲郡縣雖貴官大僚猶古諸侯之大夫不世爵祿繼其後者非克自樹立不能服官於朝則以

公卿之子而降在皂隸以宗廟之犧而服勤壟畝者所在多有然不能必宗子之皆貴而未必族姓中之無有貴者也抑不能必宗子之皆賢而未必族姓中之無有賢者也人莫不樂有子孫爲之振其家聲光其門閥度祖宗之心亦猶是耳今使春秋二祭濟濟蹌蹌肅衣冠者以分非宗子退居襄事之班而宗子以禿纓彩單襪布履爲之登降拜跪奠獻於其閒且萬一其人素不理於人口久不齒於人羣方將屛拒之惟恐後而忽以宗子故儼然攘臂而前壓族屬司匕鬯無論宗祊減色駿奔走在廟者之不服揆之我祖我宗謂能罔時怨而罔時恫乎安溪李文貞公曰庶人無田不祭宗子而庶人則薦而不祭矣士三

鼎大夫五鼎以士祭不如以大夫祭雖禮有庶子爲大夫以特牲祭於宗子之家之語然不如使大夫主祭之爲安也臨川李穆堂先生曰州縣古之子男也文林郎古之元士也在古於期服正期不殺旁期則且諸侯絕大夫降矣而況於祭乎況於官爵在州縣以上者乎愚謂今之祠祭本不得以古禮例古者庶人祭於寢今則世家巨族通立宗祠且得祭及始祖以下昭穆考妣不限以世數凡以報本追遠人同此孝敬之心較諸古不嫌加隆禮以義起亦禮緣情制因革損益不必盡泥於古易所謂窮則變變則通通則久也且不惟此而已夫子曰生乎今之世反古之道如此者裁及其身吾儕生長　盛朝當恪遵　王

章往者嘉慶時有提督某賀表稱皇長孫立加譴責無皇長孫之名正以其無皇太子之目也國不必定傳於嫡長以是而推之宗祠祭必定主於宗子乎宗支與旁支貴同則宗支主之旁支之貴有進於宗支者卽不得屬於宗支而宗支之純乎賤者無論矣益祭用生者之祿也旁支之中貴同則或以分或以齒或以德存乎族眾之議不得入廟而爭亦不得臨事而推經理宗事者先爲通知所以使之預爲齋沐致其誠敬也余族近年祠祭各持意見有主宗子之說者謹著此說質之族中長者竝以諗諸博學宏通磊落英多之士

禫說　張宗耀

承問禫期案士虞禮記文期而小祥曰薦此常事又期而大祥曰薦此祥事中月而禫是月也吉祭猶未配戴記三年問三年之喪二十五月而畢閒傳又期而大祥素縞麻衣中月而禫禫而纖檀弓祥而縞是日禫徙月樂又魯人朝祥暮歌及孟獻子禫二節王肅云中月祥月之中也經文處處通而不閡而鄭康成云中猶閒也閒一月也初喪至此凡二十七月覺經文前後不相應遂與王說爲敵對而均爲歷代典禮所宗魏晉以後行二十五月唐宋至今二十七月讀周人之書父在爲母朞者十五月而禫服被屈而情有必伸斬衰齊衰三年者二十五月而

禫服既遂而情有當斷原人子之心通古今之變哀痛未盡思慕未忘二十七月禫而從御吉祭而復寢未遂爲賢者過之也

中元祀祖說

張宗耀

禮云祭不欲數數則煩煩則不敬祭不欲疏疏則怠怠則忘先王定爲四時之祭自天子至於庶人或享諸廟或薦諸寢人人得申其孝先之心而遂其追養之意而冬至祭祖季秋祭父後賢復推周公郊祀后稷宗祀文王明堂之意以通行於士庶義至精而當也禮至備而美也若中元盂蘭之設始於後漢謂佛以七月十五日寄生因是有天尊集福之說地官校籍之傳而玉京花果幢幡之獻東都冥器衣服之焚乃益盛於李唐以後踵事增華久而不覺其誕也今楚俗以七月初十夜禮先祖於中堂謂之接公婆其神位糊紙椷一軸標高曾以來名號下至

子孫之殤者毋黨妻黨之戚者附焉可張可捲以備年年之用略者不爲紙椷直降龕中神主於中堂案上其禮北面拜跪其具香茶酒饌紙錢次日以後朝食午食晚食皆如之略如事生人之儀至十五夜事畢捲紙椷藏之先於十三日或十四十五日作紙緘中貯紙錢面各標先人名號旁注己名而焚之謂之化包親疏以意多少之是食羞物加隆節文加煩此雖俗節猶是木本水源之思事死如生之意亦可奉行剏棄禮之家古之時祭季秋之祭多廢而不講者乎

昏說

張經田

昏禮者將合二姓之好上以事宗廟而下以繼後世者也昏義一書所以修陰陽之教而厚男女之别者禮周且備今之議昏者競誇門第惟尙資財禮蔑如也虞翻與弟書云長子容當爲娶婦遠求小姓足使生子天之福人不在貴族芝草無根醴泉無源司馬温公有言凡議昏當先察壻與婦之性行及家法若何勿苟慕富貴范文正公爲子娶婦或傳婦以羅爲幃幔公不悅曰吾家素淸儉羅綺豈帷幔之物持至當火於庭先賢嘉言懿行可爲鑒戒古人重昏禮禮載納采以雁合卺以匏饋豚以明順奠菜以習事諸大端凡以示之儉導之正厲之勤抑之謙

是以家室和平而後嗣長也日來人心日漓將擇婦必問奩裹之厚薄將嫁女必問聘財之豐嗇苟厚矣豐矣婦德壻賢勿遑恤焉此則市井駔儈之不若而謂賢士大夫爲之乎抑聞之昏禮不用樂幽陰之義也昏禮不賀人之序也今則合卺之夕置酒演戲沈湎喧呶甚且媟嬻相軋披帷搜枕名曰鬧房則幾乎褻矣此又俗尙之偷有力者宜亟挽之

儉戚說

張經田

易曰文明以止人文也大哉止乎。聖人不憂不文而憂不止。故曰與奢甯儉與易甯戚。則亦曰止而已矣。近日喪者之家。散帛款賓延僧設醮踵事增華。每至開弔而秏至千金或數百金者。是惟富人能之耳。孔子曰稱其財斯之謂禮。先王制禮豈專為富人設乎。況人事無常用之終竭。或至疊遭凶搆。雖富人亦岌岌乎不可支矣。往往因營喪而罄產者有之。貧者更無論已。嗟乎喪必從奢非禮也。禮不窮人人自窮於非禮耳。孝子之產親所遺之產也。破親產以葬親。親不窮子子自速窮耳。書云不作無益害有益。以有益之銀錢供無益之浪費。既大乖乎古制。豪無補於亾人。不亦愚且悖哉。何如移此無益之用。廣置祀產以奉蒸嘗。增置義田以贍宗族。其禮為可久而孝為無窮邪。誄古禮也。書之紙軸祭畢即化。今則聯錦數幅金碧焜煌。雖家貧亦傾囊為之。或醵眾金公舉之。昔人致祭隻雞斗酒白粥生芻皆薦之。今則犧牲羅列山海錯陳。鼓樂導迎名曰響祭。護祭者輿從動以百計。舉凡犒賞酒饌在喪家亦不勝其酬應矣。是不惟損己兼以損人。於古人賻助之義何有焉。世俗出殯前一夕。大家則演戲宴客謂之煖喪。小家亦親朋滿座鼓吹達旦謂之伴大夜。大江以南踵其風。杭城亦然。吾鄉亦有伴夜之習。紳民徇俗恬不為怪。士君子維持風化砥柱頹波。宜何如挽救邪。

自度說

張經田

曠舜溪與余論佛法。問念慮不住云何降伏。云何滅度。余曰佛非能度人。須人自度。嘗讀六祖法寶壇經云。邪迷心誑妄心不善心嫉妒心惡毒心如是等心。各須自性自度。何名自性自度。即自心中邪見煩惱愚癡眾生。將正見度。既有正見。使般若智打破愚癡迷妄眾生。各各自度。邪來正度。迷來悟度。愚來智度。惡來善度。如是度者是名眞度。舜溪曰既自度何用歸依佛。余曰君又不聞壇經自歸依之說乎。六祖云歸依佛佛在何處。若不見佛憑何所歸。經文分明言自歸依佛。不言歸依他佛。自佛不歸無所依處。自歸依者除卻自性不善。嫉妒諂曲吾我誑妄輕人慢他邪見貢高等心。及一切時中不善之行。常見自己過。不說他人好惡。是自歸依。常須下心普行恭敬。即是自性通達更無滯礙。是自歸依。彼世之所謂佛者莊嚴色相四大威儀耳。以為佛在是。又所謂歸依者緇衣祝髮鍾磬膜唄耳。以為歸依即在是。以是佛以是歸依。是即如來所謂若以色見我以音聲求我。是人行邪道不能見如來耳。夫壇經之所謂自歸依者即自度也。金經云我應滅度一切眾生。滅度一切眾生已。而無有一眾生實滅度者。如謂佛果可以度人。佛何不發廣大慈悲奮金臂力放白豪光。化濁塵為淨界。變諸魔為善信。更不須神通威力以法遮制也。是故佛當度眾生實眾生自度。論語云退省

其私亦足以發於囘也如愚見之夫子之道忠恕而已於會子曰唯證之君子造道其自得也他日舜溪向余曰自聞自度之說時時反求諸己覺若干種心消去許多而後知從前念慮不住皆由自無主宰遂呈偈曰提耳發其聰幸仗維摩手自度兩字經諦揭終身守

夢因說

張經田

昔衛玠問於樂廣曰人何爲而有夢曰想亦有身所不接意所不經而夢其事者曰因佛氏有因緣因果之說夢幻境也何因之有然世人惠迪從逆種種造因不同夢亦隨之以異如晉侯夢大厲荀偃夢與厲公訟此惡夢卽惡因也秦穆公夢至帝所聞鈞天廣樂劉勰夢執丹漆禮器隨仲尼南行此善夢卽善因也大抵心地光明磊落者屬陽陽氣常伸往往夢瑤臺瓊室乘龍逐日諸境心地險賊昏昧者屬陰陰氣常屈往往夢荆棘坎埳雲霧晦冥諸境凡此豈想之所致哉亦曰因而已矣孟子曰旦晝之所爲有以梏亾之而夜氣不存夜氣卽夢也旦晝所爲卽因也釋氏論夢有四首曰善惡種子善惡因也卽夢觀因而人禽之路已分也古之至人靜與天游捨諸染卻其覺自忘其寢不夢其次勤修道德淸心寡欲則妖夢噩夢亦無從而起人能於夢中之境付己察究於前因後果思過半矣作夢因附於夢想之後以廣其說

卻瘴說　　戴澤三

余署河西邑之八日奉府檄委往溪處鄉辦理命案臨安十一土司溪處其一自縣至溪處所過府縣二十舍一凡五站中隔一江江自楚雄來由元江過溪處透迤達粵南國元江故瘴厲地也檳榔花開其瘴尤毒溪處承其流兩岸山高數十仞炎熱熏蒸如灼故亦多瘴焉從人有難色余曉之曰瘴可卻也請問卻之之法曰食必茹素清其氣也酒必量飲清其神也息心屏慮凝其精也神氣清而精凝內乃實矣內實而充外焉能侵推而言之忠信篤敬蠻貊可行極而論之誠能動物龍蛇蛟鼉可以馴伏尚何瘴之能爲厲哉以故出入於瘴厲之鄉得以安然而無恙

說三

編詩說　　唐仲冕

詩太史采之聖人刪而授之子夏子夏序之其篇章次第聖人本舊史而手訂之詩所以著王者之迹也其爲教自閨門鄉國達於朝廷郊廟故先風次雅次頌王者之風繫之周南諸侯之風繫之召南周南召南正始之道王化之基也詩爲樂心樂莫先於房中故以關雎爲首關雎后妃之德葛覃其本卷耳其志樛木之逮下螽斯之多男以致桃夭兔罝芣苢皆后妃之所致

要爲文王刑于之化故化行南國爲漢廣汝墳而應之以麟趾鵲巢諸侯夫人之德采蘩不失職草蟲采蘋大夫妻能循禮法亦由召公能行文王之化以導之故明敎則有甘棠聽訟則有行露節儉正直則有羔羊勸以義則有殷其靁然後男女及時爲摽有梅惠及下爲小星美媵爲江有汜下則野有死麕以惡無禮上則何彼穠矣以美王姬而應之以騶虞騶虞者樂官備也此文武周召君臣風敎之醇美其後邶不尊賢而風變也邶鄘衞故殷墟周受殷故次二南邶之柏舟仁人不遇而夫人失位爲綠衣與燕燕日月終風皆爲莊姜傷已遭州吁之暴故有擊鼓之怨雖有凱風之孝子無補於宣公之淫風而雄雉匏有

苦葉谷風作焉衞之不能伯甚矣黎侯失國而託於衞宜其有式微旄丘之篇其時簡兮之賢者不用泉水之思歸不行北門之忠臣不得志至於北風之虐靜女之無道新臺二子乘舟之淫亂而敵烈矣鄘之柏舟共姜自誓貞白可風迺有牆有茨君子偕老桑中鶉之奔奔曾鳥獸之不若宜其爲狄所滅不有文公衞安得存故定之方中美其復國蝃蝀止奔相鼠刺無禮干旄美好善而許穆夫人賦載馳猶有共姜之風焉衞康叔尙矣武公有文章又聽規諫以禮自防入相于周故美之以淇澳惜乎後嗣不克繼其業考槃刺莊公碩人閔莊姜氓刺宣公而有竹竿之女思而守禮芄蘭刺惠公而有河廣之歸思是康叔武

公之遺尙有存焉然伯兮刺行役之不反有狐刺男女之無夫家國幾亾矣賴齊桓封之故以木瓜之詩終焉夫政由五伯不恤宗周之隕王風所由作也黍離閔宗周君子于役刺平王之危難君子陽陽閔周之士大夫皆全身遠害而揚之水追刺平王遠戍母家中谷有蓷閔饑饉而室家相棄兎爰哀桓王之搆怨喪師葛藟則王族之棄釆葛則讒言之興大車則稱古大夫丘中有麻則思賢人以救時患葢莊王時也周之東遷鄭武公有功受封故次鄭於王而首緇衣以美武公以明有國善善之功未幾而莊公縱其弟以絕其母故有將仲子叔于田太叔于田三篇厥後淸人刺文公之惡高克羔裘陳古君子以風其朝

遵大路思君子女曰雞鳴刺有說德而好色至太子忽不昏于齊無援而見逐致有禍亂則有女同車山有扶蘇蘀兮狡童刺焉褰裳因狂童恣行而思見正於大國丰東門之墠皆刺男女之無禮繼之以風雨之思子衿之刺夫忽無忠臣揚之水閔之公子亙爭出其東門閔之迄乎野有蔓草之思遇時溱洧之刺亂皆兵革不息男女失時民弗堪矣東遷以後鄭最親而齊最强故以齊次鄭齊之變風始于哀公故雞鳴思賢妃還刺田荒著刺不親迎東方之日刺淫奔東方未明刺無節而太公之政荒矣至於襄公鳥獸之行則有南山無禮義而求大功則有甫田田獵畢弋則有盧令而敝笱載驅猗嗟由文姜而諷刺尙可

讀乎春秋時齊晉秦迭興晉滅魏故先魏風魏始以儉嗇而日侵削故有葛屨刺褊汾沮洳刺儉園有桃刺迫小陟岵之孝子十畝之閒之桑者皆有離散之憂其後伐檀刺貪碩鼠刺重斂而魏旦爲晉矣晉之始封爲唐燮父改爲晉而其風則唐也唐風憂深用儉而僖公儉不中禮故有蟋蟀之刺昭公政荒民散分國封沃支大于身故刺之以山有樞揚之水椒聊於是綢繆刺昏姻不得時杕杜刺骨肉離散羔裘刺在位不恤民是以昭公之後大亂五世從征者不得養其父母而有鴇羽之傷武公幷晉請命於周故賦無衣而有杕之杜卽刺其寡特無賢輔矣獻公好戰而葛生作聽讒而采苓作唐堯遺風尙有存者秦仲

始大車鄰美之襄公始命有田狩備兵甲以討西戎駟鐵小戎美之然蒹葭刺其不用周禮終南戒其初受顯服迫穆公賢而三良殉黃鳥哀之康公棄其賢臣晨風刺之好攻戰不與民同欲無衣譏之然而渭陽有念母之懷權輿無故舊之篤何哉秦爲伯翳之後而陳爲虞舜之胄檜爲祝融之裔故次陳次檜陳之宛丘東門之枌皆刺幽公淫荒僖公愿而無立志衡門以誘掖之東門之池思賢女配君子東門之楊刺親迎而女不至墓門刺陳佗之不義防有鵲巢憂宣公之信讒月出株林澤陂皆爲靈公淫夏姬殺洩冶致徵舒之禍而爲楚所縣也檜之羔裘則大夫以道去其君素冠刺不能三年隰有萇楚則疾其君之

淫恣至是不能無匪風周道之思矣曹文之昭也而其風則蜉蝣刺昭公好奢候人刺近小人鳲鳩刺用心不一至共公侵刻下民曹人疾之而思治之下泉匪風並作人心居今思古此豳詩之所以救檜曹也周公遭變陳后稷公劉王業之艱難於是有七月之詩鴟鴞則公居東遺王以明其志東山則公東征三年而歸以勞其勞而破斧伐柯九罭狼跋皆周人美周公以諷四國而達朝廷者也夫風始於二南迄於檜曹而變極矣天道不可以終變故以豳風殿之然則二南王豳皆周詩何以分曰風樂章南樂名豳亦樂名而周召王豳則其地之音也他國皆然故邶鄘衞同咏衞事魏唐同咏晉事非其音之有別奚弗合而一之夫二南文王之詩豳周公之詩欲救變而反之正非文王周公誰與歸此則聖人編詩之志也夫

今夫詩之厚人倫廣教化美風俗莫善於風而其正君臣和上下著興衰治亂之由莫重於雅雅亦樂章禮政有小大故雅亦有小大小雅先文以治內後武以治外治內則君懇誠樂下臣盡忠事上故以鹿鳴燕羣臣嘉賓爲首在國則燕之使還則勞之故次四牡遣使則送之以禮樂故次皇皇者華君臣既洽鄰國又睦乃可和燕兄弟故舊故次常棣伐木君能燕勞臣下臣亦歸美以報之故次天保內事治則當克詰戎兵以征不服故采薇以遣戍出車以勞還杕杜以勤歸也文武以天保以上治

內采薇以下治外始于憂勤終于逸樂故次魚麗美萬物盛多可以告于神明而人得養其父母故次南陔白華言孝子相戒以養且潔白也萬物盛多人民忠孝則致時和歲豐故次華黍太平之君子樂與賢共故次南有嘉魚是以萬物由其道爲由庚極其高大爲崇丘生各得其宜爲由儀由是蓼蕭澤及四海湛露飲燕諸侯彤弓褒賜有功有功蒙賞惟才是用故次菁菁者莪可謂極盛矣此正雅也宣王中興北伐則有六月南征則有采芑會諸侯於東都因田獵而選車徒則有車攻吉日安集萬民至於矜寡則有鴻雁然末而德衰衰有其漸故次庭燎美且箴之箴之不改而規之規之不悟而誨之誨之不從而刺之

故次沔水鶴鳴祈父。賢人去故次白駒。禮教不行室家相棄故次黃鳥我行其野。然而斯干考室無羊考牧宣豈厲幽比哉。周室亾於幽王。故自節南山以下至何草不黃皆爲幽王作也。家父作誦以究王訩爲節南山。哀民無祿爲正月。后黨專權譖自上天。爲十月之交。小人專恣覆滅周宗。爲雨無正。小旻刺王謀之不臧。小宛傷天命之將去。太子之傅作小弁。大夫傷於讒作巧言。蘇公刺暴公作何人斯。寺人傷於讒作巷伯。由是俗薄而朋友道絕爲谷風。孝子不得終養爲蓼莪。譚大夫告病爲大東。貪殘構禍爲四月。役使不均爲北山。大夫之賢者悔將小人作無將大車。悔仕亂世作小明。刺其荒樂而懷古樂作鼓鍾。因而

思古祭祀爲楚茨。疆理稼穡爲信南山爲甫田爲大田。瞻彼洛矣思明王之賞罰。裳裳者華思仕者之世祿。君臣上下動無禮文。故刺以桑扈。思賢君奉養有節故刺以鴛鴦。諸公刺其暴戾無親爲頍弁。大夫刺疾妒爲車舝。信讒爲青蠅。衛武公作賓之初筵以戒沈湎。而魚藻采菽陳前王居鎬京朝諸侯以刺王之至角弓作而骨肉怨。菀柳作而諸侯不朝。故都人士思行歸于周之民望不可得。而采綠刺怨曠。黍苗刺無膏潤。隰桑刺君子在野。原夫亂所從生由于幽后。白華所以刺也。微臣刺亂而作緜蠻。大夫刺棄禮而作瓠葉。朝野上下紀綱蕩然。戎狄交侵師旅并起。中國皆叛因之饑饉。故次以漸漸之石苕之華何草不黃。而周室東遷等於列國矣。大雅起自文王。至文王有聲。標盛隆而推原天命上述祖考首文王。言受命造周次大明。言天復命武王溯文王之興由太王故次緜。文王能官人故次棫樸。既言任臣之力又述受祖之休故次旱麓。又稱其母之賢以成其聖故次思齊。文王既聖世修其德天使之代殷故次皇矣。既聖能代澤及鳥獸故次靈臺。武王聖德繼文故次下武。繼其功伐故次文王有聲。文武之功起於后稷故次生民以尊祖。行葦言世篤忠厚。既醉言人皆醉飽。有士君子之行。既得太平又能持盈守成。故次鳧鷖。次嘉樂以嘉成王。召康公懼其盈也。述公劉之厚於民以戒之。又戒之以泂酌。言皇天親有德饗有道。卷阿

言求賢用吉士。此文武成王之正雅也。民勞以下爲厲宣幽作而雅變矣。民勞作于召穆公。板作於凡伯。蕩作於召穆公傷周室大壞。抑作于衞武公亦以自警。桑柔作于芮良夫。皆所以著流彘之禍端也。宣王承厲王之烈。遇災而懼側身修行。仍叔作雲漢以美之。尹吉甫美其建國親侯褒賞申伯。故作崧高。任賢使能周室中興故作烝民。能錫命諸侯故作韓奕。興衰撥亂命召公平淮夷。故作江漢。召穆公美其有常德以立武事因以爲戒。故作常武。是猶變之正也。幽王大壞。凡伯刺之爲瞻卬。以長舌爲厲階。爲召旻閔天下無如召公之臣。視小雅諸篇有呼天長號之象焉。然則正雅之爲樂。國君以小雅。天子以大雅。雖或

上取下就其大較然也而變雅之大小亦即所刺譏者之重輕爲區別耳正義云大雅廣遠而疏朗宏大體以明責小雅躁急而局促多憂傷而怨誹蓋亦當於音節開求之

風雅有正變有美刺頌者容也專美盛德之形容以其成功告于神明者也周頌周公所作祭宗廟之盛歌文王之德莫重于清廟太平告文王故次以維天之命文王道可爲法政教清明武王象其伐以制樂歌故次維清奏象舞成王即政諸侯助祭故次烈文道爲諸侯所法可以追祀先王先公故次天作人本於祖推以配天既祀於廟又當郊祀天地故次昊天有成命祀文王於明堂故次我將巡狩告祭柴望故次時邁武王繼文上

帝是皇故祀之以執競武王執競致牟麥之瑞推后稷以配天故次思文牟麥爲豐年之瑞故遣助祭諸侯於廟歌臣工自天降康因春夏祈穀而致福故歌噫嘻二王之後來助祭故歌振鷺秋冬報祀故次豐年既獲年豐天下和樂合諸侯奏而聽之故次有瞽萬物得所信及魚鼈季冬薦魚春獻鮪故次潛備物致敬祭其祖之所自出以其祖配之故歌雍以禘太祖諸侯始見於武王廟故次載見微子來見祖廟故次有客於是奏大武以示諸侯故次武武王之大事周之最盛者也然未身致太平嗣王幼沖朝廟謀事羣臣進戒故次閔予小子訪落敬之先朝廟而後諮謀君訪聞而臣進戒事之次也臣既進謀君又求

助故次小毖因而致敬民神春祈秋報於社稷故次載芟良耜既年豐民安可以祭祀祭則有明日之驛以致胡考故次絲衣以繹靈星之尸祭之全也然天下所以年豐壽考本以文王得用師之道武王克定厥家封功臣陟四嶽祀河海故告成大武爲酌講武類禡爲桓大封於廟爲賚巡狩祀河嶽爲般周頌皆太平之歌告神之事要以盛者爲先書傳云周公升歌文王之功烈德澤尊在廟中嘗見文王者愀然如復見文王焉可以知其辭之篤矣周公有太平制典法之勛成王命魯得郊禘故聖人錄其頌同於王者之後頌作於僖公之世季孫行父請命於周而史克作之以公遵伯禽之法寬儉愛民牧於坰野故以駉

爲首君臣有道穀貽孫子故次有駜能修泮宮故次泮水能復周公之宇故以閟宮終焉商頌存于宋昔正考甫校名頌十二篇于周太師以那爲首至聖人則僅存其五那祀成湯烈祖祀中宗元鳥祀高宗祀當爲祫長發頌高宗之大禘殷武述其征伐荆楚修治寢室皆爲高宗作亦足以存一代之典章矣風雅頌皆周詩也而以魯商頌附焉亦猶書之存費秦二誓也聖人之有深意也

易簡說

唐仲冕

乾坤有知能之象。乾默運而無遺知孰大焉。坤靜鎭而竝育能孰大焉。然其知也卽以默運。其能也卽以靜鎭。故曰乾以易知坤以簡能。故者以利爲本。易則易知也。輒簡可以御煩簡則易能也。聖人法之心無一息少懈。故知不滯於物。外物不足以撓之。故能濟天下。易簡者動靜之象也。河圖之動則相生易知也。洛書之靜則相生簡能也。非特此也。畫卦之神天地而虛東西。得易知之道焉。序卦之分震兌而定乾坤。得簡能之道焉。子在川上曰逝者如斯夫不舍晝夜。其乾以易知乎。子曰修己以敬曰修己以安人曰修己以安百姓。其坤以簡能乎。故乾曰君子

以自強不息。坤曰君子以厚德載物。且首艮者曰連山。首坤者曰歸藏。首乾者曰易。各以首卦之義名之。乾以易知之爲變易無疑。

尙書說

唐仲冕

六經聖人手訂以詔方來。書爲體道出治經權常變之軌。則尤兢兢焉。事涉奇誕語近幽渺。奸雄之所藉口庸儒因而誤國。雖在墳典亦必刪除。所以樹平成之準嚴傳託之防。盡變通之神恢參贊之量。而適協乎大中至正之理。所謂信而好古者。信其無偏無陂好其可大可久也。後儒信道不篤而惟古是好。雖聖人所刪亦欲存之。以務淹博。不已傎乎。伏生所傳鼂錯尙書二十八篇。葢聖人所刪存聖門所傳習者祇此數也。書正義引別錄云。漢武末又得泰誓一篇爲二十九篇。馬鄭注之。漢書蓺文志所云二十九篇。則又以書百篇序足之。余謂二十八篇同於

列宿。治道備矣。漢時所稱復出十六篇。增益二十四篇。無論眞贋。皆聖人所刪者也。若馬鄭所注泰誓。卽非張霸僞書。而白魚入舟。火流爲鵰以穀俱來。聖人將存之爲符命之倡乎。論衡又謂宣帝時河內女子發老屋得之。葢武宣之世神雀五鳳之瑞興。故博士僞撰以爲諛而不知新莽篡漢之釁實兆於此。詩必有序而後明。書本文已具安用序爲。且其篇名亦多乖離不經。何得上誣聖人。漢世去聖未遠。尙知堅守二十八篇。泰誓晚出。馬季長能辨駁之。魏晉而後。君臣以詐力相陵。士大夫以虛無相尙。老莊方滋。釋氏又熾。與二十八篇相違戾。於是晉宋以下牽綴羣書傅會古文。以陰攻其瀾。而起其燄。而生民之毓烈矣。且

夫堯以觀型底績禪舜而曰元德升聞是天位可闇干也君曰典臣曰謨禹謨載受命已失名分且征苗逆命顯爲篡位用兵不服者分謗湯放桀存湯誓武王伐紂存牧誓足矣仲虺之誥乃曰懼于非辜德足聽聞是湯伐夏以自全武王曰時哉不可失是圖度天命皆非伐暴救民之心太甲之文大學引之而伊尹放太甲之事不著書亦不存以杜臣子廢立之漸高宗不言論語述之而傳說舉於版築未必即在是時況乎夢賚象求雖見國語豈可爲訓凡梅賾所上古文皆當時君臣士大夫所樂聞也幸而朱子疑其淺諸儒闢其謬至梅氏考異閻氏疏證惠氏宋氏相繼排摘無遺而紀相國昀校上四庫書奏蒙

純廟聖鑒昭示學者而聖人垂世立教之苦心炳如日星矣

洪範九疇說

唐仲冕

九疇即九邱猶八卦即八索也漢孔子謂九州之志謂之九邱疇亦邱也洪範九疇則平治九州之大法也上古有大功烈於天下必受天命爲天子當堯之時求治水者登庸巽位而鯀堙洪水汨陳其五行非特逆水土二行之理國語謂鯀播其淫心離騷謂鯀婞直以亾身所謂汨也五行之汨由於五事之不能敬用故帝怒而不畀禹興而六府孔修庶土交正故天錫洛書禹法而陳之爲當受命也洪範以五行爲體五事以下皆用當以五事配五行而鄭氏注引五行傳謂貌木言金視火聽水思土不循水火木金之次庶徵亦云雨木氣春始施生暘金氣秋物成而堅燠火氣寒水氣風土氣凡氣非風不行木金水火非土不處故土氣爲風其言雨木暘金未免費解不如仍依五行先後叅五事以人生先見者爲序狀貌先具貌有動用屬水其次有聲爲言言主宣揚屬火其次開目爲視視主條達屬木聽次於視聽主收納屬金四者皆出於思思主中央屬土醫家亦以貌悴由腎虧貌屬腎水舌乃心苗言心之聲屬心火視以目目屬肝木聽以耳耳屬肺金思多則傷脾思屬脾土非强合也貌恭如水之澄爲肅言順如火之文爲乂視明如木之暘爲哲聽聰如金之斷爲謀思睿如土之博厚爲聖反是爲狂僭豫急蒙庶徵雨水暘火燠木寒金風土人所易知即五紀亦然歲如

水之流行不息，月受火爲光，日生於東，得木之生，星辰皆金行所凝，歷數則土可推步也，若稽疑之五十又不待辨而明，惟五福六極似稍迂遠，然亦可循次推衍，鄭注乃云，思睿則致壽，聽聰則致富，視明則致康寧，言從則致攸好德，貌恭則致考終命，凶短折思不睿之罰，疾視不明之罰，憂言不從之罰，貧聽不聰之罰，惡貌不恭之罰，弱皇不極之罰，非惟不依五行之序，亦且自亂其例，吾謂貌肅爲智，如水之明靜，故壽，言乂爲禮，如火之大有，故富，視晳爲仁，如木之暢茂，故康寧，聽謀爲義，如金之精良，故攸好德，思聖爲信，如土之純固，故考終命，反是，狂易者凶短折，僭差者多疾，豫怠者有憂，急躁者必貧，蒙昧者爲惡，其究皆歸於弱，惟皇建極，身其康彊，故能斂敷錫保，要在敬用五事，君子莊敬日强，此堯舜禹湯建極之本也

禋于六宗說　唐仲冕

伏生、馬融以天地四時爲六宗，歐陽和伯、夏侯建說六宗，上不及天，下不及地，旁不及四時，居中央，恍惚無有，神助陰陽變化，故郊祭之，李郃、劉郃、孟康、揚雄謂六合六氣游神，皆本其說，古尙書賈逵說天宗三，日月北辰，地宗三，岱河海，春秋說魯郊祀三望，魯下天子，不祭日月星，但祭其分野星及名山川，六宗祇祀其三，劉歆、孔光、王肅以爲易震巽等六子之封，祭日月雷公風伯山澤，漢安帝從李郃議，祀於雒陽西北戌亥之地，禮比大社，晉司馬彪表駁諸說，以爲天宗日月星辰寒暑之屬，地宗社稷五祀之屬，四方之宗四時五帝之屬，幽州秀才張髦疏稱六

宗卽三昭三穆，太學博士吳商謂升禋報陽，非祭宗廟之名，張迪以爲六代帝王，則不知何帝何王，虞喜別論地有五色，太社象之，總五爲一，則成六，當爲祭地，劉昭直以堙從土爲埋祭，明陶安謂六者地之中數，亦以爲祭地，至羅泌以爲天宗地宗岱宗河宗幽宗雩宗，方以智以爲重黎該修熙勾龍，惠士奇以爲方明，杭世駿謂天地四嶽之神，洪彤以爲六府，五禮通考以爲歲時日月星辰六物，言人人殊，要之禋祀爲天神，非地示人鬼必矣，盧植以爲月令祈年之天宗，孔安國及王肅取戴記及家語所載祭時、祭寒暑、祭日、祭月、祭星、祭水旱爲六宗，司馬彪云六宗所禋，卽祭法之所及，周禮之所祀，卽虞書之所宗之數，說

者最爲得之惟周禮大宗伯不言六宗而於禋祀昊天上帝之下云以實柴祀日月星辰以槱燎祀司中司命飌師雨師後鄭以星辰以下六者爲書之六宗而不及日月賈疏云祭天主日配以月日月尊不及宗夫宗之言尊也星辰倘有專祀爲尊之邪蒙按辰爲十二次卽戴記埋少牢於泰昭祭時也司中北斗在北司寒南斗在南司暑卽相近於坎壇祭寒暑也日月星則王宮祭日夜明祭月幽宗祭星也星謂金木水火土五星飌恆則旱雨恆則水飌師箕雨師畢卽雩宗祭水旱也蓋自圜丘以下天之貴神無如六宗方澤而下地之大祇無如四望六宗之祀日月星辰與四方經星猶四望之祭五嶽四瀆也以是考之

周禮祭法與虞書同條共貫矣

納于大麓說

唐仲冕

納于大麓王肅訓麓爲錄大錄萬幾之政如漢之錄尙書事而以烈風雷雨弗迷爲風雨節陰陽和上協於天蓋因百揆爲入掌機衡四門爲出總方岳至此當爲受禪之漸納於大麓猶納於百揆也然麓訓錄無所本錄尙書事燕然銘所謂納於大麓惟淸緝熙堯舜時安得有此且風雷弗迷亦非無疾風暴雨之義馬鄭皆曰麓山足也本之史記本紀索隱引穀梁傳林屬於山曰麓是也按堯本紀云堯使舜入山林川澤暴風雷雨舜行弗迷堯以爲聖舜本紀亦云入於大麓烈風雷雨不迷堯乃知舜之足授天下頗似堯試舜而舜得天眷仍未免讖緯家言蒙

以爲堯使舜入山林川澤非試之也當時生民之大患在洪水堯獨憂之咨求登庸巽位以救此患放齊不達稱朱啟明堯知朱之不任一時無可登庸故咨若采但求能幹事者事莫大於治水故驩兜稱共工爲水官方聚集夫役僝然見有功效而堯斥其言與行乖徒有其狀雖所在之方鳩工爲防而水猶然滔天也然滔天之患不以無人而不乂於是勉循四岳之舉而用鯀國語云共工氏壅防百川墮高堙庳以害天下崇伯鯀稱遂共工之過堯益以不得人爲憂於是舉舜而敷治焉其時共工未流伯鯀未殛水之滔天未艾也舜既宅百揆賓四門安能晏然於朝堂而不親履乎納於大麓所以相視眞山行水之道洪

荒之世疾風迅雷甚雨蓋常有之舜遭此變而無所迷惑則他日灑沈澹菑行所無事固已有成算於胸中矣故堯以爲聖謂能辦此大事而天下可平也曰詢事考言則與靜言庸違者異矣曰乃言厎可績則與績用弗成者異矣而洪水之憂斷可釋矣由恭讓而致光格正謂此耳竹書紀年云洪水既平歸功於舜以天下禪之其後禹平水土實秉舜命以成功要自納麓弗迷豫定之此封山濬川所由著於虞書也

易畫卦說

唐仲冕

畫卦先畫乾坤畫三而爲天兩其三而爲地以天視地則爻象策數無非兩也以地視天則爻象策數無非三也一能生物而不能成象故一爲太極而不用且一畫中即兼三兩所謂始中終左右是也三畫即具天地人所謂上中下是也然其畫也必先上次下次中何也天開於子地闢於丑人生於寅敘也乾如是坤亦如是也所謂天地定位也於是以乾之上畫易坤之上畫而爲艮以坤之上畫易乾之上畫而爲兌所謂山澤通氣也以乾之下畫易坤之下畫而爲震以坤之下畫易乾之下畫而爲巽所謂雷風相薄也以乾之中畫易坤之中畫而爲坎以坤

之中畫易乾之中畫而爲離所謂水火不相射也山與澤皆得天之氣者也雷與風皆受地之力者也水與火皆備人之用者也此上中下之分也其曰定位通氣相薄不相射者何也傳曰天尊地卑乾坤定矣又曰乾坤其易之門邪易之蘊邪又曰乾剛坤柔定位者不易之義也艮兌震巽有交易之義焉通氣以上爻言相薄以下爻言也坎離亦如乾坤不可倒易以變易而兼不易之義故曰不相射此八卦相錯之道也畫卦自上而下而中序卦則自下而漸上皇古之時輕清上浮重濁下凝而後人物繁殖畫卦之準也中天而後天氣動於下人事應於中地氣交於上養而教教而和取財於地立法於人歸功於天序卦

之準也數往者順知來者逆作易者其於中古乎是故易逆數也雷以動之風以散之雨以潤之日以晅之艮以止之兌以悅之乾以君之坤以藏之自下而上逆數也然則序卦遂不用畫卦乎曰不然上經首乾坤天地定位也下經首咸恆山澤通氣雷風相薄也上經終坎離下經終旣濟未濟水火不相射也非特周易然也夏之連山首艮以天地定位之後先以乾交坤而爲山且協止水之義故以艮爲首而夏尚忠卽始於此殷之歸藏首坤以天德不可爲首而陰爲陽根且協代有終之義故以坤爲首而商尚質尚鬼亦由是也周之尚文也定君臣之分嚴夫婦之防制民寒暑水火之用至詳且備而畫卦幾無未發之

蘊矣由序卦而觀畫卦天地定位者也而其用則神妙而不測雷得之而動風得之而撓火乘風而熯澤藉風而悅水以暗動而潤艮以動極而止故水火居中不相射而相逮坎離旣未濟之所以終也雷風相薄而不相悖山澤之氣益通咸恆損益之所以括下經也然後能變化成萬物皆神之所爲而乾坤易知簡能之理悏之彌廣矣序卦自下而上以震巽六子代乾坤故乾坤之後爲屯蒙由震而坎而艮三陽用事陽道主進也陰主退由兌而離而巽爲革鼎去故取新震乃出而主鬯矣至於咸恆以四卦對乾坤損益以四卦對否泰頤大過中孚小過仍以四卦交錯而皆終以水火總不外畫卦本意

禮記說

唐仲冕

周禮爲典章儀禮爲節文所謂經禮三百曲禮三千皆經聖人考訂與弟子講明而切究之其時七十子之徒及後學者所記一百三十一篇又有明堂陰陽記等篇凡二百十四篇戴德刪爲八十五篇爲大戴記戴聖又刪爲四十九篇爲小戴記今所傳禮記是也非特中庸大學爲聖道之淵源其餘四十七篇亦皆修己治人達天道順人情之大要是周禮儀禮爲制作之迹而記則其精義與易書詩春秋竝列爲經宜矣然其中尙有後人竄入怪誕駮雜之辭如孔氏三世出妻殯於五父之衢及防墓不修皆爲誣衊聖人月令之命太尉舉長大務搏執嚴斷刑

皆秦法文王世子之周公踐阼爲新莽所增禮運之四靈以爲畜禮器之升中於天明堂位之稱周公爲天子魯爲王禮坊記之引論語及吳孟子卒表記之義道以霸儒行之毀方瓦合皆文之害於義者不可爲訓而大戴記之夏小正古於月令其諸侯遷廟諸侯釁廟投壺公冠皆古禮經遺文又禮三本保傅五帝德帝繫曾子十篇皆有可采若以補小戴之未足則禮記於是乎全且夫古之學者豈猶是誦詩讀書尋章摘句勦說綴文而已哉將以求立身體道齊治均平之業必畢生專一於禮由少小以迄成人由冠昏以至朝聘鄉射由儀文度數之著以達於天人性命之微皆於是書取責焉不可斯須去身者也而其

辭義之害理而傷道者倘可過而存之乎夫大學明德親民止於至善中庸之篤恭以契上天之載所謂窮理盡性以至於命而聖賢相傳即在記禮之說則古人爲學入德之途舍禮何以哉

春秋說

唐仲冕

易書詩禮聖人贊訂刪考獨以史文爲春秋而曰作何也曰本舊史徵者顯之繁者約之常者刊之異者表之無一字無關於義法即無非聖人手筆所裁所以文成數萬其指數千雖謂夏五郭公爲聖人所作可也春秋何以必當作曰易書詩禮各有體裁各有指歸理相通而義弗貫文甚切而事無徵春秋則括易書詩禮之要指而明著之後世者也易言天道非春秋無以章之人事書紀帝王非春秋無以延衰周詩關風化非春秋無以示懲勸禮嚴紀綱非春秋無以明是非考得失是故春秋有五始而易之四德著矣春秋主魯史而書之稱周公者有述矣

春秋存王迹而詩之由變而亾者可續矣春秋詳於朝聘征伐會盟婚葬之典而周禮盡在矣是則易書詩禮者春秋之典據春秋者易書詩禮之規則也子曰文王既沒文不在茲乎又曰託之空言不如見之行事之深切著明此春秋之所以作也其書辭事立見無深文奧筆無須作傳中有未注所由者即自注明如以成宋亂用致夫人宋災故之類故讀春秋者如無傳焉左氏即恥足恭恥匿怨之君子故所論斷皆衷於聖人且親見晉乘楚檮杌故能言之鑿鑿若謂孔子見百二十國寶書則左氏亦當見之何以晉楚而外他國皆不能詳也公羊氏穀梁氏於左氏傳外不能別有記述是又在左氏後矣然謂讀春秋者

可無傳不得謂三傳之無所窺測於春秋也夫孔子之作春秋與伏羲文王之作易周公之制禮無異參之易書詩禮以讀春秋而聖人垂萬世法之苦衷昭然若揭矣莊子出子夏之門人言春秋有所授曰春秋經世先王之志聖人議而不辯若三傳者無乃辯乎

春秋傳說

唐仲冕

易之有象禮之有記後人發明易禮之義在作者之聖原無待於發明而後可垂世立教也聖人作春秋亦猶是也是預留作傳地以待有傳而後明則春秋爲隱語故曰無須作傳然則啖趙不信夾谷郤萊揖對之事歐陽子不信隱公之攝趙盾許止之說爲得其實乎是又不然蓋舍傳而經自明證之傳而經義愈章也夾谷之會齊人歸田聖人原不自表其功然謂過化存神一言不發而田自歸來有是理乎隱公不書卽位者不行卽位之禮攝可知矣而謂傳言攝位爲非也趙盾許止之弒聖人豈虛被以首惡大逆而盾名復見於經許悼公書葬非寬盾而赦止正以明其不親弒而必書弒之故是何也人臣無將將則必誅盾心乎弒而假手於穿是後世司馬昭朱溫之流安得不書弒親有疾飲藥子先嘗之止進藥而殺其父雖非有心然其父實死於止之藥安得不書弒律於殺人者以主使抵罪父母無誤殺之寬條卽此義也凡傳所言經皆有之廢傳不信經亦難通故曰舍傳而經自明證之傳而經義愈章也

周禮九兩說

唐仲冕

以九兩繫邦國之民注兩猶耦也繫聯綴也疏謂王者於邦國之中立法使諸侯與民相合耦而聯綴不使離散蓋取二耜爲耦之意蒙以爲兩卽易之比卦先王以建萬國親諸侯王者有分土無分民親者親其民也牧守土牧民魏氏校云諸侯各有分地世養其民是也似不必拘定八命作牧而以諸侯爲長與疏所引大夫稱長諸侯稱君之義不合諸侯有土地上卿有爵位故曰以地以貴且施典於邦國而建其牧立其監又以監爲諸侯引梓材王啟監爲證亦非書本義夫以邦國建侯立法無庸廣及八州八命作牧以功德加命兼統一州非僅以地得民

蓋監卽長也此言長而彼言監者此以國君之下莫貴於長彼因下有設其參故以天子所使大夫監其國者爲監在三卿之上也牧卽邦國所建之牧長亦如都鄙所建之長王畿侯國皆上卿也師儒亦非諸侯之師氏保氏敎者必以師師必德行足以敎民者通天地人曰儒所以使民知倫紀禮樂者也宗以族得民爲立大宗小宗俾民敬宗收族大夫稱主先鄭云有采地能布其利於民且主對臣僕言九職所謂臣妾閒民詩所謂亞旅彊以皆利於得主者故曰以利得民吏羣吏治事者注小吏在鄉邑者亦在其中友卽師友之友任卽六行中之任所謂朋友若孟子出入相友謂同井友愛之意與相助相扶持略同非謂朋友也藪注云有虞守其財物疏謂上八者皆據人而言此獨言民所居之處恐無是文法且藪亦難該括山澤干寶云宜作叜必非無因考工記注轂空壺中爲眾輻所趨者曰藪藪爲材物之所聚亦當指人言集註以爲富室以富得民卽司徒保息六曰安富之義王氏與之曰民心無常難合易暌牧長主吏藪以繫其身師儒以繫其心宗友以繫其親朋然後相親相遜相安相樂雖有變故亦固結而不可解自九兩廢而人心離會子所謂上失其道而民散也蒙按封建之法莫先井田不曰君而曰牧者牧養斯民也以貴得民者君子治野人野人養君子也次設學校師儒者庠序之敎也宗以聯其天屬之親主以合

其人偶之眾而禮俗善矣佐牧長之政惟吏輔師儒之化惟友濟宗主之窮惟藪則井田學校禮俗無不法制相維恩誼相洽兩以建之而德不孤繫以親之而情不乖比之時義大矣哉

堯德說

唐仲冕

五帝之德具於性。堯性之也。欽者智之神明者禮之察。文者仁之顯思者義之藏。安安者信之渾而該也。與洪範五事相表裏。欽爲智爲水肅也。明爲禮爲火乂也。文爲仁爲木哲也。思爲義爲金謀也。安安爲信爲土聖也。馬氏云威儀表備謂之欽。自主貌。而言若明則出言有章照臨四方。文則高瞻遠矚經緯天地。思則慮深通敏同於耳訓。其義亦與言視聽相通。惟安安以爲安天下之當安者。自當從集傳解。生知安行非睿作聖而何。堯典帝德洪範王道也。鄭氏曰不懈於位曰恭。推賢尚善曰讓。允克則三達德之勇。九經所謂修身也。恭讓卽以天下禪舜之本。克明俊德爲天下得人尊賢也。九族旣睦親親也。平章百姓敬大臣體羣臣也。協和萬邦黎民於變時雍。則子來柔懷皆是也。千古內聖外王之道備於此矣。而必先之以欽。此與舜之恭已禹之祇台。卽大學中庸誠意愼獨之旨。亦卽所謂允執其中也。然堯禪舜但曰詢事考言。而不載此語者。謂實見諸行事非託空言。聖人作而萬物覩天下咸服也。論語第二十所載。大率其篇爲聖人所未錄。而其章句之精者。記之以明帝王遞嬗異迹同揆。僞古文乃因允執其中。而勦襲荀子所引道經人心之危道心之微及精一之語以爲道妙。則前人辨之已詳。會何足窺欽明幾康之聖也哉。

六書轉注說

唐仲冕

六書者造字之本。闕一則造字不備。六者相因而不相同也。然五書易明。而轉注難識。說文前序所云。建類一首同意相受。考老是也。其義確不可移易。徐楚金乃謂耆耋壽耄。孝子養老皆是。若松柏等皆木之別名。同受意於木。江河同受名於水。此與形聲何異。是轉注爲贅文矣。且比之醫家鬼疰不亦異乎。周禮注疏乃云文意相受左右相注。正徐氏所謂左回爲考右回爲老。爲委巷之言也。然則轉注當如何。曰建類一首同意相受。象形指事會意諧聲皆不能該。無論假借。考老之外。如在存同爲在載哉同爲始之類。若宮之爲室室之爲宮。亦形聲而非轉注也。徐氏謂散言之曰形聲總言之曰轉注誤矣。卽如指事與會意亦須別白。指事者視而可識察而可見。上下及一二三皆是會意者。比類合誼以見指撝。止戈爲武十口爲古皿蟲爲蠱之類。皆有誼理存焉。形聲由象形來。象形者畫成其物隨體詰詘。日月山水皆是。形聲者以事爲名取譬相成。譬謂聲也。江河松柏之屬。周禮疏云形聲有六體。有左形右聲右形左聲上形下聲下形上聲內形外聲外形內聲詳矣。然豈能分出爲轉注乎。且轉注與假借兼以字義造字。轉注從形以通義。假借從聲以通義。故假借曰本無其事依聲託事令長是也。而字之孳爲無窮矣。或謂轉注之字太少。何弗合併於形聲乎。余謂轉注實非

鍇聲亦非會意不得不單立一門古人立言行事不肎苟且牽就大率如此即以五百四十部而論有數十百文居一部者亦有一二文居一部者後人乃强合之韻部亦然日趨簡便此古人所以不可及也

人生墮地而有聲能言而聲益繁形形色色事事物物動於意必發於聲聖人因聲以成文因文以生字有形可象則象形無形而有事可指則指事無形與事而有意則會合其意此三者皆可爲建類之首其同一類而稱名各別者則鍇聲以別之其同一類而意義無殊者則轉注以明之其意義小殊而有聲無字者則假借而用之凡言之有聲者皆可宣之以字有字而聲

傳雖不言亦傳矣每造一字音義即具字中諦審可知無庸更作解說轉注其尤著者也

郊社有尸說　唐仲冕

古稱祭祀惟人鬼有尸謂以後人之血氣追先人之精神其論篤矣然節服氏郊祀送逆尸士師祀五帝則沃尸又祭勝國之社稷則爲之尸國語晉祀夏郊董伯爲尸虞夏傳舜入唐郊丹朱爲尸禮注周公祭太山以太公爲尸五祀行中霤門戶竈亦皆有尸又本經冢人祭墓爲尸張子謂郊祀爲尸五帝爲五人帝之尸然夏郊鯀而董巳姓非鯀後也士師爲亳社尸太公爲太山尸冢人爲墓尸即以其官與諸侯則亦未見天神地示之無尸也春官言尸出入令奏肆夏又逆齍盛送逆尸沃尸盥皆承大祭言曲禮孔疏天子祭天地社稷山川四方百物皆有尸

是也先王之制祭祀也索之冥冥必求之昭昭恐以虛無浩渺致精意不專故郊祀皆以人鬼配以爲自外入者無主不止又必立之尸使心目中若或象之若或饗之古者宗廟之尸一人至周旅酬六尸可知外祭之必有尸不必爲人鬼之後也惟其義之足以相感者卜一人爲之以象神所以答祭者之精誠使如在之敬有所棲泊焉耳於此見仁人饗帝孝子饗親之誠

社祭后土說

唐仲冕

鄭志荅趙商云句龍本后土後遷爲社王大封先告后土元云后土土神不言后土社也又荅田瓊云后土古之官名死爲社而祭之故曰后土社句龍爲土官後轉爲社世人謂爲后土無可怪案左傳共工氏子曰句龍爲后土戴記共工氏之霸九州其子后土能平九州故祀以爲社此鄭所本也古人皇天后土嘗竝舉一言天神一言地示非自句龍始有后土之名也郊社竝重則郊爲圜丘社爲方澤鼓人云以靁鼓鼓神祀以靈鼓鼓社祭靁鼓靈鼓之見於大司樂者圜丘方澤也大宗伯云以血祭祭社稷與以禋祀祀昊天上帝對舉圜丘祀皇天方澤祀后

土不待辨而明矣在上古后土爲司土之官死而食於社以義相從猶之烈山氏之子曰柱爲稷周棄亦爲稷死皆食於稷稷古田正之官謂社非土神將稷非田神乎古初立官如句芒蓐收元冥祝融其名各如其物死即祀爲其神不必歧而二之曰遷曰轉誤矣但經多錯舉或言社或言地示或言后土亦如郊或言祀上帝或言祀天隨文見義耳至社有方丘大社王社勝國之社亦如郊有圜丘及四郊四類之別也圜丘方澤惟二至祭之祈穀大雩明堂大饗帝則在四郊祀后土則在大社大社在庫門之內右附以稷者若云后土非社則未聞更立后土之神於何所也若云社非土神則未聞社字從土從示而又爲何神也至注云后土黎所食者左傳黎爲祝融句龍爲后土殊不合賈疏云黎兼后土無據鄭葢本史記顓頊命北正黎以司地也是又未嘗不以后土爲地矣五禮通考大示即地示地示即后土對天神而言則曰地示以其尊於五土之示而君之故曰大示曰后土是也至謂王者尊天而親地郊與明堂皆祀天而莫尊於郊方澤與社皆祭地而莫親於社故天子一歲祭天凡四地雖止夏日方澤一祭他如載芟春祈良耜秋報豐年秋冬之報孟冬大割祠與夫軍旅會同田獵災眚皆有事於社葢祭社亦是祭地故曰祀社於國所以列地利其義甚精然郊社竝舉天舉所尊地舉所親社非方丘之祭地則拘矣王氏應麟汪氏

紱皆謂大社即方澤汪氏克寬謂社者地示之別祭而亦禮之大者如召誥丁巳用牲於郊戊午社於親邑可見郊以明天道社以神地道爲竝重也必謂言社不指方丘之祭是猶謂后土非地示也古人立言隨文見義當以意會如郊社對舉社非方澤而何社稷竝稱社非王社國社而何是祭地有大小皆可言社也

分祀合祀說

唐仲冕

經多言祀上帝而不及后土。豈詳於南郊而不詳北郊乎。蓋地可統於天。猶之后可統於王也。專祀地者祇夏至方澤。祀天則圜丘明堂元日祈穀孟夏大雩季秋大饗及大旅大類。皆祀上帝。上帝之祀百神皆從。地示當亦在其中。猶之王之祭祀賓客后皆與焉者也。然謂地示從祀則可。謂天地合祭則不可。東坡奏引虞書肆類周書柴望爲天地合祭。以昊天有成命一章序言郊祀天地爲據。朱子言天地定不是合祭。禮經會元言詩序謂祭天地皆歌此詩。何嘗言其合祭。羅泌謂序言天而幷及地。猶言父者幷及母。且詩亦言文武受命。不詳言天幷不及稷。蓋

謂郊天祭地皆可歌耳。五禮通考引孔疏云。經不言地。序知其因此二祭而作。故具言之。其意甚明。又引陳氏禮書宋黃復明夏言駮合祭之說尤詳。蒙按六宗四望有專祀。豈王者父天母地。地示反無專祀乎。況大宗伯有蒼璧黃琮之禮。典瑞有四圭兩圭之祀。大司樂有圜丘方澤各奏之樂。與戴記燔柴泰壇瘞埋泰折。同爲分祭之確證。汪氏克寬謂祀天可竝及地。而其統則兼體不遺。禮地雖不可屈天。而其實則尊歸於一。可謂得制禮之遺意。所以經文祀地與祀天對舉。或以社稷與上帝對舉。或言祀天而該祀地。中庸所謂郊社之禮以祀上帝。與周官之言上帝而容有后土者同也。方氏苞曰。經文彼此互見。昊天上帝別見於司服司裘。以未見禋祀。故於大宗伯職揭之。五帝同用禋祀。別見於大司寇。故宗伯職略焉。圜丘方澤別見於大司樂。四圭祀天。兩圭祀地。別見於典瑞。宗伯職不舉方澤。參考可知。羣儒乃謂古無方澤之祭。誤矣。

禘祫說

唐仲冕

大宗伯以肆獻祼享先王以饋食享先王、方氏集注謂四時常祭之外、莫重於祫禘、莫多於月祭、肆獻謂祫祼謂禘饋食謂月祭、若注疏則當曰以祼肆獻饋食享先王、不當分而爲二也、考注云肆進所解牲體謂薦熟食、獻獻醴謂薦血腥、祭必先祼灌以鬱鬯、謂始獻尸求神後、乃薦腥薦熟、逆言者與下共文、祫言肆獻祼禘言饋食、著有黍稷互相備也、比語極得古經簡奧之精、其分爲二亦猶柴燎升煙本一事、經分爲三、疏所謂事列於卑祀義全於昊天作文之義也、若不分爲二、烏知爲禘祫二大祭乎、但漢儒多據緯說五年一禘、祭慼生之帝爲夏正郊天則

周宗廟之禘爲小於祫、故有祫五齊禘四齊之說、且謂三年喪畢、明年春禘於羣廟爲終禘、練祭遷廟時爲始禘、喪中吉祭周大夫饋食禮、此雖非始禘、其以禘次於祫以饋食屬禘說、蓋本此、蒙按大專禘其祖之所自出以其祖配之、異於時禘、其禮實重於祫、獻之屬莫重於祼、求神於始祖之先、則祼獻以通幽合漠爲尤重矣、以肆獻祼享先王非禘而何、公羊傳祫合祭也、毀廟之主陳於太祖未毀廟之主皆升合食於太祖、禮同於禘、特不追太祖之自出、太祖得正東向之位、義重合食以饋食享先王非祫而何、司尊彝追享朝享、先鄭亦以禘祫爲次、蓋祭皆追遠、禘尤追遠中之遠、故曰追享、朝謂祫祭、則太祖之子孫、無論已毀未毀皆得朝於太祖而合食也、肆獻祼饋食分言之、爲互相備、合言之爲六享、皆然、若謂意有偏主、將槱燎者不實柴貍沈者不血祭乎、集注月祭朔奠之禮、數而略、固可不言、亦不得列祠禴嘗烝之上、且天子宗廟之祭、未有自饋食始者、蓋注疏之失在祫禘倒置、不在分而爲二也、漢張純曰禘祭以夏四月、夏者陽氣在上陰氣在下、故正尊卑之義、祫以冬十月、冬者五穀成熟、物備禮成、故合序飲食也、五禮通考謂周宗廟一歲六祭、仲春祠孟夏禘仲夏禴仲秋嘗孟冬祫仲冬烝、禘祫爲四時之閒祀、蓋本橫渠張子、禘也祫也郊也必歲有之、以明鄭氏從禮緯三年一祫五年一禘之非、至鄭氏三禘之說天神主北辰

地示主崑崙人鬼主后稷、因謂禘大於郊、其謬不待辨而明矣、

時禘說

唐仲冕

通典曰有虞氏四時之祭春曰礿夏曰禘秋曰嘗冬曰烝夏商因之蓋本王制所載諸侯天子宗廟之祭與祭統所云祭有四時礿禘陽義嘗烝陰義禘者陽之盛嘗者陰之盛故莫重於禘嘗王制又云天子犆礿祫禘祫嘗祫烝諸侯礿則不禘禘則不嘗嘗則不烝烝則不礿諸侯礿犆禘一犆一祫嘗祫烝祫注謂天子先祫而後時祭諸侯先時祭而後祫蒙謂文有順逆禮無先後諸侯之下於天子在省一祭而禘閒歲一祫耳要之禘爲時享祫對犆言皆非殷祭可知虞夏商之禘祫卽在四時祭祀之中其禘爲祭始祖所自出祫爲合祭未祧已祧之主則自有

虞氏亦然矣周公以爲郊配稷而禘及告列之時祭于禮爲輕合祭羣廟三時行之於禮爲數自當改爲閒祀以禘爲追享祫爲朝享祀春禴夏嘗秋烝冬爲時享追享陽之盛在禴夏之前爲四月朝享陰之盛在嘗秋之後爲十月祠禴嘗烝在四仲詳見夏官禮記莫重於禘嘗及禘嘗之義皆指追享朝享而言然周禮一書不明言禘祫而但云追享朝享者緣虞夏以來傳襲已久言禘則疑爲時禘言祫則習聞嘗烝之祫故必大變其文也然禴祠烝嘗僅見天保之詩其他記禮之書因言礿禘嘗烝且邦國所行尙仍其舊如改正朔建子而豳風猶言夏正周禮多言正歲也春夏常事不書所書必其失禮者然有禘嘗烝而無祠禴蓋禮秉周而名多從舊矣礿與禴同薄祭也不王不禘大祭也夏商因禘在夏而春爲歲始故礿於春周因禘於孟夏改夏祭從禴而春爲祠爲盛禮不可亟舉也祫近於烝功臣皆與自禘祫爲閒祀而祠禴嘗烝皆犆矣喪三年不祭喪畢而行時祭必舉盛典故有吉禘及晉人禘祀之說公羊傳五年而再殷祭特就春秋所書約略計之不知周禮明明曰四時之閒祀又焉有年數之疏闊乎春秋所書大事有事自是追享朝享餘皆時享之失禮者耳商以前時享以禘爲大祭每禘必祫故長發詩相土阿衡竝稱卽盤庚所謂大饗於先王也周禘不祫來雝惟云燕及皇天以明不王不禘之義商周雅頌得其大意如

昊天有成命爲郊祀詩不似漢唐樂府字句貼切而眞意反不存也禘說文從示帝聲是也漢張純諦諟昭穆尊卑之說方性夫遞及始祖自出之說固不確卽五禮通考以爲享帝之祭如虞夏禘黃帝殷周禘帝俈皆自諸侯爲天子始得追祀五帝其義似精而適足啟大微五帝之精及三禘之妄說不知周以前禘爲時享之大祭周則易其名爲追享而禘於羣廟者仍爲時祭義之輕重不嫌同辭若以字從帝從示遂謂必非時祭以駁王制祭統則諦揥等字之從帝者又何關於五帝乎

諸侯饗王說

唐仲冕

大行人所載王饗諸侯之禮甚悉掌客所云王合諸侯而饗禮具十有二牢則爲諸侯饗王若春秋傳鄭伯享王於闕也蓋周之大禮不過十二天之數也雖曰二王之後賓而不臣至於饗禮九獻食禮九舉亦云足矣盡取備物以予之又何以加於此乎諸侯長十有再獻明明謂上公之獻王也王巡狩殷國注云殷國者王不巡守而六服盡朝非也殷國卽殷同巡守而會諸侯於方嶽故云國君膳以牲犢百官百牲皆具如會於王而饗王之禮也曰國君不曰諸侯指所至之國而言至王不巡守之說謂以喪疾不行然疾已喪畢自可行之不宜更曠其期至十有二年之久且王果喪疾又不應日覲四方諸侯也況巡守者巡所守也豈可以諸侯之朝代哉六服之君無歲不朝以圖事比功又一歲而徧召之義無所取

世婦說

唐仲冕

世婦每宮卿二人下大夫四人中士八人女府二人女史二人奚十有六人注漢始太長秋等亦用士八人賈馬皆云奄卿也注猶疑辭義疏則直以爲皆奄矣周官奄之有爵者只內小臣上士四人然猶屬於內宰而統於太宰防微杜漸之意嚴矣使周官而有奄卿倍於六卿不亦害於義而妨於治乎蓋每公卿大夫士卽宮中之賢女主祭祀之事以詔王后之禮重祭祀故優其爵且以爲內宗外宗之長或謂卽卿大夫士之妻夫王朝六卿六宮當十二卿已難具數宿戒比具共齍亦非諸命婦之事又明云比外內命婦相外內宗則非命婦可知且使卿大夫士之妻舍其祭服朝服大帶蘋蘩之職日夕備官王宮大非治體爲是說者弗思耳矣然則何以知其女官也曰凡職內有奚女者皆不以士大夫爲之官名世婦又云每宮不言可知蓋春官之世婦卽天官之世婦彼不言數謂有德者充之此則擇其尤賢者予以爵而董其事故其所司略同以祭祀喪紀之重故詳於春官而又列其名於天官者明冢宰得兼統之也寺人祭祀喪紀賓客之事帥女宮而致於有司佐世婦治禮事注有司謂宮卿世婦世婦二十七世婦歧而二之誤矣然則世婦之數不浮於二十七乎曰記所云注亦謂夏殷之制卽以二十七大夫論周官之中下大夫且百餘人矣

婦人無外事而王后有好事於四方・有好令於卿大夫・有哭諸侯之事・世婦弔臨於卿大夫之喪・女卿從世婦弔臨・寺人則凡內人弔臨於外・帥而往・內宗凡卿大夫之喪掌其弔臨・好事好令・注言后族親所善者往問慰之・至於哭諸侯・則言諸侯薨於王國者・弔臨則或言王遣或后遣・諸侯之薨・王服弔服緦衰而已・后又弔臨之哭之・亦非正位乎內之義・若婦御弔臨外喪尤大非宜・先王制禮必不遠於人情・諸侯之薨・令宮中羣而哭之果何爲者・卿大夫之喪・宰夫與職喪治之・肆師相其禮・王親弔之爲服錫衰・疑衰亦已至矣・又遣婦御弔臨・殊無謂・且奚不遣外官也・蒙謂所哭諸侯・必后之父與兄弟・內人弔喪者亦即其

人之父與兄弟・雖婦人內夫家外父母家・未始不可伸其情也・然內宗掌之・寺人帥之・女御御之・宮卿世婦又云凡內事有達於外官者掌之・此亦達於外官之大端・掌則司其可否行止也・男女內外之別・益其嚴哉・若然則所稱王后有擽事於婦人・先鄭以爲爵婦人・後鄭以爲拜謝諸侯・夫人之弔大喪者・婦人無爵從夫之爵・諸侯夫人亦無奔王喪之禮・則擽事亦必其母若姨・或王之世母叔母之屬也・

鬯人句讀說　唐仲冕

鬯非酒也・特秬黍之汁・且灌和以鬱・亦必以醆泲之・故齊浴喪渳之事皆用秬鬯・祭天地不合鬱・貴其質也・其重於浴渳者・盛以彝而鎮以圭也・社壝用大罍・盛鬯多以鎮其彝・禜門用瓢・持以沃門・齎廟用脩・脩滌古字通・蓋藉鬯以滌爵斝者・因謂其器曰滌・故齎於宗廟・所謂水在洗東也・承滌水而棄之曰洗・藉鬯以待洗曰滌・皆祭器之以用爲名者・大射儀稱視滌注溉器・此滌蓋濯除・宗廟亦可用之・且薦腥時王親洗肝於鬯而燔之・以制於主前曰制・祭必此鬯而非鬱鬯也・齎謂用多當預藉・更別於祼也・山川四方用蜃・蜃若今大螺杯・或以蜃飾者・掌蜃祭祀

共蜃器之蜃・祼事用概者・血祭禜祭貍沈疈辜・雖用鬯皆無將受之儀・祼則宗廟賓客之事也・概以木爲之・藉鬯以待築鬻者也・取灌溉之義・概脩必別者・重祼事也・疈事用散・無飾曰散・容五升亦取其多・舊以禜門用瓢齎爲句・杜子春讀齎爲粢・粢盛也・鄭康成讀爲齊・謂制祇令齊・如二君說・齎字皆贅・廟用脩注脩讀爲卣・卣中尊・獻象之屬・謂始禘時自饋食始用中尊・雖貫參攷・或有傳授・然既爲中尊・即當屬司尊彝・且脩卣通用・別無可證・下文脩酌爲滌酌・爾雅蓨爲蓧・脩滌通用・禮經頗有・鬯如米瀋・微有香氣・可釁可浴・則滌爵斝用鬯可知・即鬱人祼事沃盥亦當用秬鬯也・注讀祼爲埋・謂字之誤・然貍祭山林則已用

虆矣鄭特以祼在鬱人不宜見此夫鬯之和鬱必築而鬻之肆師司其事鬱人和以實彝則鬯人豫以槪盛未和之鬯所必然矣按詩秬鬯一卣注謂鬯爲香草築煮合而鬱之曰鬯箋謂秬鬯黑黍酒謂之鬯者芬香條鬯鬯非草名是也鄭司農云鬱草名十葉爲貫百二十貫爲築以煮之鑊中停於祭前鬱爲草若蘭爾雅翼云是鬱金草和酒令黃如金故謂之黃流五禮通考謂必和鬱而後謂之鬯使秬鬯鬱鬯無別鬯人鬱人無異掌皆由不知秬鬯卽元酒故耳

天理人欲說

唐仲冕

樂記云滅天理而窮人欲理欲之說自此始然尙非對舉蓋理有文理有條理實義修理疏理虛義孟子所謂理義則理卽禮也從無以天理爲心性者理與不理對凡紊亂皆其反面欲與惡對天理人欲對舉自宋儒始後乃以理氣對舉因而有性理之稱至謂理在太極之前是道之外又有理焉且謂微妙難名吾不知本何經也夫古之所謂理爲文理條理皆主禮節而言自清談名理而理已虛渺後儒亦演其說易啟人蔑視禮法之意故不可以不辨

湖南文徵卷二十一

湖湘後學集編

說四

白虎說

朱聲亨

術者推人行年神殺，有白虎星到宮之說。其星按年輪轉，命宮小限值之，主刑傷口舌等事。相傳以立春日繕寫當年白虎神位，香楮供奉，夜分送諸河干焚之，是歲轉禍爲福，謂之送白虎。又市井風俗，親友鄰里有感冒風溼時疫瘧痢等證，日久不愈者，醵錢延僧禳之，謂之打白虎，又曰禳星。又京房易以本日天干所值，配螣蛇白虎等星入卦，謂之六神。六壬課以本日貴人所值，配天空白虎等星入課，謂之十二神。又每月值建除等星，建爲青龍，破爲白虎，謂之十二星。諺云：白虎當堂臥，無災也生禍。是皆言天之星，與地之白虎沙無涉。天之白虎爲凶星，卦命會遇，或非吉徵。地之白虎爲吉沙，左右環抱，斷無凶理。古者建國經野，辨方正位，一切營造皆合天象。東方角亢氐房心尾箕，其象爲龍，其行屬木，是爲蒼龍七宿；南方井鬼柳星張翼軫，其象爲鳥，其行屬火，是爲朱鳥七宿；西方奎婁胃昴畢觜參，其象爲虎，其行屬金，是爲白虎七宿；北方斗牛女虛危室壁，其象爲龜蛇，其行屬水，是爲玄武七宿。以屬肖論，亢金龍在辰，尾火虎在寅，龍虎皆在東方七宿之內。此專指一物分配十二宮以定纏度，各有性情，以爲考驗者也。以形象論，青龍在東，朱鳥在南，白虎在西，玄武在北，統論天象以別方位者也。天之方位既定，地之方位因之。禮云：前朱雀而後玄武，左青龍而右白虎，招搖在上。旂常以之取象，推之左祖右社，朝日夕月，左聖右義，東作西成，皆是物也。吉則皆吉，凶則皆凶。故天體左旋，日月星辰右轉；形家言虎踞龍蟠，書家言龍跳虎臥，兵家言龍虎鳥蛇，以及雲從龍，風從虎，龍虎榜，龍虎山，皆類言之，不能輕虎而重龍，惡右而愛左也。宋中興天文志：石氏云，西方白帝，其精白虎，爲七宿。奎象白虎，婁胃昴白虎三子也，畢象虎，觜參象麟，觜首參身也。王奕曰：白虎亦瑞獸也，爾雅謂之虘，騶虞之異名也。不食生物，食自死肉，其性至仁，五靈之一也。以五行媲之，蒼龍木也，木得其性則蒼龍見；朱鳥火也，火得其性則朱鳥見；靈龜水也，水得其性則靈龜見；白虎金也，金得其性則白虎見。與麟鳳龜俱爲王者之瑞，故西方七宿配焉。漢宣帝南郡獲白虎，宋元嘉中琅琊有白虎，史臣俱以爲瑞而特書之。伏羲先天八卦，艮爲山而居西北，兌爲澤而居東南，山高而澤下。自開闢以來，先天之位已定，地之形勢象焉。西北多山，則有太華昆侖之峻極，故北極出地三十六度；東南多水，則有吳越甌閩之卑溼，故南極入地三十六度。毛蟲三百有六十，而虎爲之王；鱗蟲三百有六十，而龍爲之長。虎山物也，故比之西；龍水物也，故比之東。非別有

軒輊也。歷觀都邑之地。山雄西北。水繞東南。下合地形。上應天象。其地必貴。若西不昂而東不伏。與天地大形大象相反。則其地必賤。自州邑省治以及古今名墓舊宅。罔不脗合。有枘新奇之論者。謂白虎不宜占高。不宜開口。其所本不可攷。證之於書則大不然。夫虎嘯龍吟。以開口爲貴者也。虎氣騰上。以占高爲美者也。矯矯虎臣。高則何嫌。闞如虓虎。開口何忌。反其道以爲言。殆不可解。若以虎爲諱。則周有虎賁。齊有虎門。漢有虎闈。蜀有虎將。文炳以美大人。皋比以尊經師。尊彝藻火。取其孝。雕龍嘯虎。取其文。何嘗爲凶象。且水官之擾龍。虞人之搏虎。禹驅龍蛇而放之。周公驅虎豹而遠之。龍虎皆爲猛獸。故道家謂之降

龍伏虎。非虎宜伏而龍不必降也。若以西方爲金地。金主肅殺主成。實萬物之所說也。佛家謂西牛賀洲爲極樂世界。天生五材。民竝用之。廢一不可。故金銀銅鐵。流通宇內。謂之國寶。形家以太陰太陽爲金星。貴之也。非賤之也。況尾火虎在寅宮屬木。亢金龍在辰宮屬金。則虎亦不盡屬金。又何嫌焉。若以白爲不吉。白者朱綠玄黃之始也。商以金德王。故尚白。月令三秋之月載白旂。服白玉。易曰白賁无咎。禮曰白受采。文中子曰。君子非黃白不御。是白之爲物。涅而不緇。非紅紫之奇衺也。吳以白虎起於塚上。因名虎邱。至今覽勝尋芳。游人如蟻。何謂不宜占高也。漢制白虎觀校書。至今白虎通爲士林所宗。何謂不宜開口也。古者賓主之禮。以右爲尊。故吉事尚右。凶事尚左。偏將軍居左。上將軍居右。楚人尚左。當時譏之。天之生人。左爲肝。右爲肺。肺開竅於耳。故洪範以聽配金。肝開竅於目。故洪範以視配木。肺主氣。氣屬陽。肝主血。血屬陰。氣嗓居右屬陽。食嗓居左屬陰。陰陽之理。竝行不悖。未有貴陰而賤陽者也。人之生也。父母教以右手。凡彈琴學射。操箸握管。有以左手者。則人笑之。若貴左而賤右。則禮之尚右。天之生人。父母之教子。皆誤矣。豈篤論乎。高山之東。亦有美宅。高廟之左。亦有吉葬。橋陵勝地也。而西山矗然。平陽安邑蒲阪豐鎬名都也。而西峯聳峙。東海而西岱。故海岱維青州。西荆而東河。故荆河爲豫州。今人稱人之美曰無

有出其右者。則右之宜高可知也。若州邑皆忌白虎開口。則西門以外之民屋。皆可去也。西鄉之民居。皆可徙也。若西方不宜占高。則西市之廟。林立鼎峙。干霄蔽日。皆可毀也。卽令屋可移。廟可毀。千尋之石。崔嵬於西之西者。皆將爲愚公之移。精衞之銜。五丁之鑿乎。抑舍旃乎。造物之位置高峯於桑榆。或者誤乎。總之白虎星與白虎沙。一在天。一在地。霄壤迥隔。吉凶各判。彼此牽混。是以杳無證據。徒惑愚人聽聞。殊無謂也。嘗見天星有開口者。流星有聲。爲天狗星。是開口也。熒惑星下地傳童謠。是開口也。西法五星。謂南極下無數惡星。孔雀蜜蠭飛魚火鳥之屬。食人無厭。種種惡狀。是開口也。凡此皆與白虎星無涉。天之

白虎不能開口地之白虎沙獨能開口亦怪甚矣制國猶體性焉爲高必因邱陵爲下必因川澤言有定也有宜高者有宜下者有宜動者有宜靜者總視方位以爲考驗方位值吉高亦吉開口亦吉方位值凶不高亦凶不開口亦凶舍地理而專論龍虎沙舍左沙而專責右沙舍右沙而專咎白虎舍白虎沙而牽連白虎星且遠求之十里之外癡人說夢盲人說書亦可悲矣潭之來脈從湖頭嶺入首右水由長壽亭轉出大埠橋入湘江左水由宋家橋入湘江此一龍虎沙也瞻嶽熙春兩門之外小水分入湘江又一龍虎沙也城內一沙從學宮至江邊一沙從洗脚橋至江邊又一龍虎沙也一從板石巷至觀湘門一從三

眼井至觀湘門又一龍虎沙也此皆貼身緊抱之沙不必摭拾於龍虎之外層層環抱層層界合實無可訾議者若夫縣西灞湘衝激其勢莫禦佳哉楊梅洲石嘴山等處天爲設險崛起石峯猶秦望之拒胥江鶴樓之敵大江愈高愈美此正邑之護衛曜氣非龍虎沙也無此一峯砥柱其處猝遇春漲駛駛從變家湖懷襄以下縣治爲魚矣尙暇講龍虎邪或曰石嘴山下舊有小廟名曰壺山舊蹟滄海一粟在彼河側前任邑侯某公惑於白虎開口之說毅然告毀一時衆議翕然以爲狄梁公之巡撫江南胡穎之經略廣東韓文公之諫迎佛骨不是過也然吾聞未毀之前邑無大禍既毀之後受禍更烈不獨壺山舊蹟懼其反脣相稽白虎有知亦將叩九閽而呼屈矣此足當識者一噱邪抑又聞之孔子過泰山側有婦人哭之哀問之曰昔者吾舅死於虎今吾夫又死焉吾子又死焉何爲弗去也曰無苛政孔子曰小子識之苛政猛於虎也古歌云虎告相公聽我歌相公比我食人多相公若肎行仁政我自雙雙去渡河由前之說虎患不如苛政之猛也由後之說虎不禍君子也前任某公聞之不知有媿於此歌否願以質諸嗜奇之士談虎而色變者

天主教說

朱聲亨

三綱五常不學而能不慮而知者也修道之謂教教以人倫而已而西洋以天主教來彼其所爲無時無在非棄天褻天之事而其教易以惑人願入其教者予藥一丸服之三日以內猶可盪滌過三日藥發其人五臟六腑悉聽客之所爲終身無悔心矣他日其種類遇於途口有號手有技人莫之識也彼既會意秦越爲骨肉器用財賄共焉入其室妻子共焉恬不爲恥愚者無問也最可怪者身列儒林名登仕籍一受其毒靦然北面而拜舍其所敬祖宗五祀以奉之其師至闍室羅拜有配以處女傳其教者傷風敗化莫此爲尤然其師飛揚飄忽不知何時而

來不知何時而去雖比鄰密戚無得見者爲鬼爲蜮實禹鼎所不及鑄益經所不及誌恨孰甚焉西洋麇聚澳門榛榛狉狉僅具人形呼中華爲唐人中華亦呼爲鬼子鬼子者龜茲之訛也鬼子每七日拜廟誦經一次謂之出會旗幢刀劍儀仗略備萬隊魚貫雜以龜茲樂其音悽慘大類嗚笳旗畫鬼像手捧縱橫十字彼之教主之祖也最後有僧一隊隊有短僧一人謂之僧王亦以二木縱橫爲十字手舉於上頭俯於下羣僧環列以行彼所奉者教僧既稱王是爲教主即天主矣無何入廟羣鬼隨僧拜誦事畢僧王驅羣鬼階下池邊牛飲之再拜乃出紛紛獸散此僧所至羣鬼之室肆其淫戲羣鬼榮之羣僧亦然謂之度佛種嗚乎所謂教者如此所謂天主者如此鬼之廉恥澌滅久矣中華之人上自仕途下至府史胥徒大半傾嚮可勝歎邪往者蚩尤爲亂重霧四塞民墜塗炭黃帝乃以洛書之數取法北斗作指南車以正子午子午既定縱橫對待罔非十數午者午也十字之制實昉於此眾乃不迷破蚩尤於涿鹿之野肢解其屍分葬其骨令民不逢不若蚩尤餘黨畏帝之威越海而遁遺孽西洋復毒中華今之指南夏造殷因日有增益安徽休甯其製尤精西洋雖譎購以善價莫之能倣故猶望縱橫十字而畏之天之生人同此綱常之理而奪攘矯虔獄訟繁興一室之中戈矛叢生洎乎教類相遇則又同心同德捨命不渝若謂可以

獲福則宣淫稔惡罪之通天至矣烏得言福若謂可以獲利則處順安常不入其教而享美利者亦又不少矣辛有適伊川見被髮而祭於野者曰不及百年此其戎乎堂堂衣冠禮樂之人甘爲海島魑魅所愚而不返亦下愚甚矣若不人其人火其書廬其居吾未見天主教之能熄也天主教不滅吾未見天主教之禍可以遄已也亦危矣哉

鏡說

朱聲亨

西洋創制觀天之器以水晶一片薄其中厚其旁嵌之以筩名曰窺天管又名千里鏡引遠至近可析豪芒前古所未有也堯時分命羲和止定中星四時不忒以前民用其法疏而實密西法算窮杪忽諸所占驗無裨於寶其法詳而反略是故古之數學習於童年婦人孺子皆善天官今之歲差紛紛聚訟授時推策汔無徵驗雖有奇器無益也沿其法以瞽中華之目則有之隻爲千里鏡雙爲靉靆靉靆者以有目學無目者也其制有老花少花養目近視等名近視又有十二時濙淺之別人情惡常而好奇喜新而厭故我生之初一二老輩及生而近視者偶一

用之不以對客也邇來制益奇巧價益騰踴有羸餘者無論適用與否腰攜一具其制出於服食器用之外而光天化日居然變爲幽谷鬼國矣康莊之間彼垂頭而蛇步於前此磬折而雞顧於後忽忽如有所驚惘惘如有所遺熟識親友覿面莫顧眼鼻無辜桎梏横加以其闇徑故稱眼鏡未鏡之前可辨練馬既鏡以後莫識牛蟻是以鏡代目適以鏡失目用之既習水晶外鑠瞳子內短一旦少釋有如夜臺白晝鼠竊之萌暮夜有狼跋之患日在混沌中央詡詡焉自鳴得意亦愚甚矣

菸說

朱聲亨

呂宋產菸葉剉而吸之謂能辟瘴其國與福建漳州爲近漳州之產更盛於呂宋勝國之季內地一二吸者詫爲罕見迨順治康熙中蔓延中土無不吸者然故老菸具以鐵爲管長不滿尺於無人處暗吸一過卽藏其具恐爲人非笑也又數十年而吸之稠人廣衆中矣又數十年而吸者不問老少男婦矣風俗薄惡威儀淪喪尙可言哉一室中外則祖孫父子兄弟叔姪內則姑媳妯娌姪娣各銜一管雜遝淋漓如相擊刺擊刺之餘口吐烟霧祖熏其孫父迷其子兄曩其弟內室亦然化莊敬爲戲謔易勤謹爲瀟灑饔飧之餘考業之際爾索我覓如飢如渴其事

不列酒肉菜果之數而能費財用啟獘端鄉落親朋以得一撮爲喜城市婦女以奉一客爲樂斗室則鑪中縱横入夜則燈燭齷齪棐几有刀切之患漆器多香燒之痕燒酒醉後爍肺可以致命月黑夜行跌仆叵恐輕生一市之內菸鋪多於米店一鄉之中菸土盛於菜園菸號千夫每藏奸慝菸車碾軋易啟鬬毆豈漳州未產以前皆死於瘴邪豈中土既吸以後更無病瘴之患邪假令堯舜禹湯之聖游夏顏閔之賢起翦頗牧之勇房杜韓范之正目手一具須臾不離亦城闕之佻達而已惡得欽爲聖賢將相者乎至若鼻菸一種吸之鼻竅有若糞土殊爲不雅久之能令鼻齆水菸盛稱蘭州五泉吸之最能裂肺往年尙不

多見近二十年來奸民銷化青錢爲水蔫壺美具可獲利五六百錢是以銅器日少銅價日昂市中裝蔫爲生者三五成黨娼賭充斥竊盜公行瘡毒傳染蔫之爲害與鴉片埒

學宮擊柝說

朱聲亨

古者八歲入小學教以六藝樂其一也至大學更詳舜命后夔典樂教胄周制大司樂掌治學政凡有道有德者使教焉死則以爲樂祖祭於瞽宗謂之神瞽謂之先師先師者道德之師也古學久廢樂器散亡八音六律五聲爲贅疣國都以及閭巷道德之教既微樂祖之鬼斯餒函丈之間有遺音者矣或曰金之屬莫上於鐘鐘爲金奏木之屬莫下於柝柝近於牘應雅鐸金體而木舌三者之聲或舒而遠或疾而短置之學舍皆可以警有志之士而啟其覺噫此器數之樂非致樂以治心之旨也大學之教八音克諧動盪血脈流通精神而救其氣質之偏未聞

專一之聽可以警志士而啟其覺者故周景王鑄無射而危季武子作林鐘而亡樂記君子聽鐘聲則思武臣今文學之儒恆舞於宮酣歌於室以操巫風而思武臣不祥莫大焉何覺之有佛爲眾生說法或由棒喝悟入如聖門時雨之化故謂之覺少陵宿招提詩以晨鐘叫旦報曙夢覺深省借用禪語喻意非謂鐘聲濬靈益智別有覺悟也如謂後覺之效先覺必藉叩宋傳響而後啟則口耳之學不足以爲人師豈長樂花外姑蘇客船尚有發聾震聵者乎古者天子施令振木鐸明堂位曰振木鐸於朝天子之政也禹待四方之士曰告以事者振鐸夏書周官月令所載鼓人所教皆言施令不言講學儀封人謂天下之無

道久矣．天祚夫子將施令以行道．以木鐸之施令擬之．非謂夫子講學四方．如今之廣文冷曹也．故曰二三子何患於喪乎．魯用天子之禮樂．振木鐸於朝．故有司鐸之宮．亦有司鐸之官．後人乃以司鐸專稱教官．教官古司徒之稱也．官階懸絕．亦不振鐸．惟田畯朔望振鐸讀法．略似遒人．其役亦非其所隸．以彼有教訓茂才之職．而無一堂受業講貫習復之勞．不施令以徇於道路．謂教官司鐸．謂鐸宣教．猶之誤矣．穀梁范注．梆木魚也．今用之放衙而擊於晝．是爲晝梆．易稱重門擊梆以待暴客．則擊於夜．是爲宵梆．宵梆其狀無可攷．孟子朱注．梆爲夜行所擊木．左傳林注．兩木相擊以行夜也．徐注．判兩木於門爲機相擊以

警夜也．是晝梆人擊之．宵梆梆自相擊矣．周官野廬氏掌建道路．若有賓客．則令守涂地之人聚梆之．環人令聚梆．掌訝令聚梆．修閭氏掌比國中宿互梆者．此禦暴之梆也．挈壺氏掌挈壺以令軍井．凡軍事懸壺以序聚梆．漢儀城門擊刁斗五更．衛士周廬擊梆．晝漏盡夜漏起．省中黃門持五夜．又名五更．此壺漏之梆也．宮正掌宮中之官府．多擊梆而比之．鄭注行夜以比直宿者．爲其有懈惰離部署．此巡察之梆也．古者救日於社．大夫擊門．士擊梆．此救日以充陽之梆也．五梆有晝夜常變之殊．均無與於大昕之警．其人則衛士守涂地之人．司寤氏之夜士．實供其役．既賤且勞．益瘠聾跛躃斷者侏儒百工各以其器食之．

執技以事上者．出鄉不與士齒．則擊梆皁輿僕臺事也．或援抱關擊梆爲解．非也．司關掌國貨之節．以聯門市．凡四方之賓客敂關則爲之告．是其職在譏而不征．故孟子與委吏乘田連類言之．非謂關吏常職．躬親援枹擊梆以食於上也．況敦勸爲之駕．豈陳殷置輔同年而語哉．書院者自古聖帝明王設爲庠序學校．培養孝秀以備異時鵠吉之選者也．鄭廢鄉校．子衿傷之．近世大學皋萃肄業．猶沿古制．直省則與頖宮分建．以廣收人才．而愼擇鄉大夫鄉先生爲之師．其待之忠且敬．曾子之武城．孟子之雪宮上宮．皆是也．賢人君子初不以適館虛拘爲意．而當世公卿大夫好善忘勢．決無以湫隘塵囂處吾儒者．師嚴道

尊而民知敬學．由來久矣．周官中夏教茇舍．以辨軍之夜事．注草止也．於師行則一宿爲舍．其餘官舍學舍書舍傳舍客舍田舍．廨舍．大抵皆過而不留之義．官舍則有中書舍人．學舍則有上舍生．此其異也．宵梆於夜事爲近．不得不舍明窗淨几而野處露宿於茇舍之中．以成其行僻而堅之志．其爲舍也．蝸牛一椽．粗蔽風雨．不敢擬於爽塏．充其操牽擔簦負笈之徒．賃舂臯伯通廡下．爲弟子都養而後卽安．其志將以求食焉．毋乃視吹竽執籥爲更瘁耶．或曰．魚鹽版築屠狗牧豕．天以勞其筋骨．苦其心志．亦有降大任於是人者．是又不可以講學該也．老農老圃．樊須之小也．饔飧並耕．陳相之倍也．事之不近人情者鮮不

爲大奸慝此所謂可鳴鼓而攻之者也學記曰善問者如攻堅木善待問者如撞鐘撞鐘非警也堅木非柝也不以治心爲樂而以形而下者爲務則能金奏一鐘師耳能舂牘應雅一笙師耳師也者瞽也非道德之先師非教德行之師氏也聲音之道可不慎哉院堂舊留晝柝一具刻木魚堂卒擊焉別置持更者東西學舍各一人擊宵柝方之兩木爲機相擊之狀已失其制而警夜與聚柝無異茲取宵柝與晨鐘同警以名其舍則未知其兩木爲機而擊之與抑躬親援枹而擊之也以爲救日則天變戒先時以爲壺漏則曉箭隸雞人以爲巡察則師勤而功半以爲禦暴則負綢有己事於義無所繫屬置之土鼓陶匏蕢桴

葦籥間不得與於鸁屬羽屬鱗屬之數不可以爲春誦夏絃之節不可以奏高山流水之曲不可以發白雪陽春之響而可以姦玉振金聲之律當其退舍習勤惜陰分寸威之以夏楚和之以琴瑟比之以推敲歌之以金石乃雜之以如怨如慕若斷若續之柝聲未必不駭圜橋之聽趣數煩志道欲增悲而曰此非惡聲也吾不信也且謂柝不如鐸之宣教又不如鐘之啟覺是知其瓠落無所用而弗鼓弗考無關於吾學之重輕者也猶且長夜焦勞服闇履危爲此志微噍殺之音明知冥昧徒亂人意是亦不可以已乎一旦野廬氏令焉環人令焉掌訝令焉擊壺氏序焉修閭氏比焉老師祭酒負其便便經笥手一柝以折五

鹿之角其自命居何等也夫月費歲廩廩人繼粟庖人繼肉以養君子有司以時上會計　朝歲以爲常不可謂貧師弟子論德考業其中官課館課旬日一試以攷其成又非位卑不敢言高者比不可謂卑　國家定制紳衿優免徭役不得坐柵支更所以勸士也其師俯而給衞士夜士之役則其弟子宜退而習輝胞翟閽之業以其器食之而不得與士齒以貴下賤降尊就卑舍車而徒俾晝作夜寡廉鮮恥莫此爲甚非所以仰副
聖天子崇儒重道之意顯違乎紳衿不得坐柵支更之令甲豈不悖哉吾聞招大夫以旌士以旂庶人以旃虞人以皮冠今以皁輿僕臺之招招士不應則見獵技癢應之則何以自立於大

夫庶人虞人之間擁皋比於書策琴瑟之地異日祭於瞽宗以爲柝祖謂之神柝謂之先柝不倫孰甚焉是故徵聘召役也脩脯傭值也廩餼豕交也儀文獸畜也衣冠草服也宮室橧巢也先師柝祖也弟子夜士也上食槁壤下飲黃泉自得也噱而與焉蹴而與焉不擇也不貧之貧不卑之卑矯廉以喪廉混俗以駭俗似忠似潔溫飽之志可掬也王播云十度邏齋九度空可恨闍黎飯後鐘此有志之士所以啟其覺而就口食者邪恐三郎郎當其去古者入學教樂之意遠矣

償馬說

王夢揚

庚戌仲春月既杪余乘牝馬將由縣治而東省李岳蟠夫子於草堂牝所息騰駒尚隨母慮其踶躍也縶之而後行行里許有騰駒嘶奔而來齊色莫辨余意縶者之逃追也仍之旣隨過城逕春頭嶺有馬成羣騰駒入焉多方招致不復隨遂與羣馬競馳而去及至草堂使人求之莫知向歸問家僕始知向之誤識也後有奚流爲主人求馬者來言類余所識因語之故奚喜形於色明日奚復來則曰子失某之馬當取子之馬以償初異其侮耳徐察之則橫逆之來也余曰噫嘻異哉余不過見有若是之馬耳安知其是邪非邪果若所言是余竊子之馬也是余直

遭橫逆也爲溫言釋之奚益不遜旋駒復來奚亦至屬奚往視則曰非也而語益支離矣致主者與予隙莫或釋嗟乎余所見之駒是也某所失之駒非乎是與非不必深論當馬之相從復去而莫知向也余不自惜其馬矣庸知爲人之馬乎昔有伯樂者其於馬善相而已世豈有失馬而問之善相者哉又有王良者其於馬善御而已世豈有失馬而問之善御者哉彼見馬之相隨亦若是也矣夫未嘗親見其馬之從人馬而失之不可謂馬之從人馬爲人失其馬卽親見其馬之從人馬而失之亦不可謂人失其馬行人之見馬者多矣騰駒之游乎牝者亦多矣是奪蹊田之牛猶曰蹊田人也罰酒具之家猶曰酒有具也若是以償將見馬者慮橫逆之加使道途之閒人緘其口覿面者交臂而過道上已無耦語者遑問道上所見乎是使俗流失世敗壞三代之直道泯然無一存於今者疇職其咎也夫於是有相慰者曰居今之世宜三緘其口今之人皆巧也子惟直故及此夫以子之直遠近無不信服則本此道以馳騁於宇宙將攸往而咸宜焉固也然而讒謟之蔽明也邪曲之害公也方正之不容也尺寸之必爭也大抵然矣子宜知所變計余蹙然曰不然直者心之端棨也心直則理正理正則氣壯氣壯則行矣忘機械之巧除奸險之習風示里黨感格物類此忠篤所以行於蠻貊中孚所以信及豚魚也彼不自反而以尤人借曰欲加之

罪何患無辭猶有鬼神於誰加之孰得孰失孰是孰非必有能辨之者孔子曰人之生也直罔之生也幸而免其人謝而去用規於失馬者

湘愚軒說　陳士杜

余僑居湘城五年，欲營盈丈地築室以居，未得也。歲乙巳僦居府治後茅屋二楹，堵皆糞土，高不踰五板，出入輒俯首傴僂。室中設榻一、几一，具筆硯琴書之屬，客或三四人，必坐一於戶外乃能容膝。余因榜其軒曰湘愚，因以爲號。客有過而問曰：吾聞水之爲物，智象也。且湘水至清，生其間者多清慧而文，今子忽以愚目湘，且名其軒，奚謂哉？余曰：天下之物莫靈於人，謂其心能出智慮也，口能爲論說也，耳目手足能曲赴其心意之所注而委折必達也。余湘人也，生而獨愚，上之不能出智慮以立勳名，其次又不能鍵戶著書見知於世，下之並不能持籌會計厚

貲財以豪鄉里，而乃曳敗絮，炊藜藿，無數椽之居以自蔽，無數畝之田以自給，落落焉身爲人役而不辭，是心愚也。然或吐辭設辯，五兵縱橫，强者震懾而跽請，諂諛阿比豪貴，其倚爲腹心，則其愚猶未甚也。而余不然，言乖於心者輒赧汗蹇齶，若物之塩於吻而莫能出，是口愚也。至於利之所在若無覩聞，巧僞者得利其愚以飽貪人，有急必悉力以赴，及其既解，余不任德，人亦莫覩，是耳目肢體無一而不愚也。且夫急財利，崇勢位，便辟以求媚說，非世所謂賢豪閒者哉？余皆不能，安得不以湘之愚自任。客曰：然則從而解之若何？余曰：否否，天以愚賦我，我以愚承天，率臆而行，游神清靜，無得無喪，何怨尤之能集？雖然，吾以其愚博觀載籍，則愚者千慮必有一得焉；以其愚諦玩乎禽魚花卉之致，放蹟於山巔水涯之閒，熙熙乎與牧童樵叟驩呼上下，發爲詩歌，亦愚者自得之趣也。吾安往不得其愚也？若夫汲汲於榮名，皇皇於勢利，巧詐逢合以倣摹乎智者之爲，吾固不能，吾又有所不可。客矍然起，憮然退。余因輯其所爲問荅者錄於座，以自鑒，且以告過兹軒者焉。

師鑑

張晉本

今有盜殺人取財，人皆知罪在不赦矣。設有憐之者曰：是或可從末減乎？則刑名家必以為迂夫子不通王法也。事固有類於此者，則誤人子弟之蒙師是。欺王法之所不能行，不惟蒙赦，而且可要賞名。雖曰師，情甚於盜。昔韓文公作師說，慨師道之不明，人以師為恥，而嘉李氏子之來學，稱童子師授之書而習其句讀，無預於傳道解惑。按文公儒者，宜輕視童子學，不知發蒙養正在厥初生，關係最大。夫近日之經師，大都不過點勘文字，若蒙師則人鬼之關於此分，終身成敗之機於此判，一日之益，益無量；一日之損，損亦無量。蓋少成若天性，習慣成自然，所爭

不在多也。故無論名公鉅儒，其傳授各有淵源脈絡，即鄉村牧豎童子，苟曾經端正蒙師教出者，雖不必皆能有成，而要不至於大壞。嘗見衰年老翁往往稱道兒時扑責故事為談柄，蓋生平得力處也。夫教子弟難，富貴之子弟尤難。何則？貧賤之家，習見祖若父艱難勤苦，食淡衣粗，無紛華靡麗淫蕩邪侈之薰染耳目。至彼紈絝之子，席豐履厚，不知米從稻出，絲自蠶抽，以故甘脆肥濃不適於口，細輭輕柔不便於體，或更育於妾媵，長於宦衙，其耳濡目染視居家者尤甚。除父母以外，大半皆逢迎諂媚頤指氣使者流，甚或夤緣為奸利，其放辟邪侈尤不忍言。所賴為之師者，道以嚴正而納之軌物，庶不至瞞昧尊長而陷入於敗類。且小學之道不講久矣，顧使課讀得法，亦不失為第二義。先儒謂讀書千徧，其義自見。又讀書在記徧數，已成誦而數不及者，必須補足。蓋一次讀熟，即終身不忘；其不然者反是。今且有人問其書，則多令其背誦，則一句不能上口。詰其故，緣初授讀時已是勉强生澀，杌棿危疑，至其溫習，則將諸書雜然並列，每本所溫不過十餘句，朱墨圈角標記纍纍。噫！是一日可讀徧十三經矣。究之誦讀之時，即其遺忘之時，不必待其掩卷也。朱子讀書法首在熟讀精思，夫熟讀而不精思，尚止口耳之學，況全不能記憶乎？無怪終歲咿唔，徒成不識字白丁也。耕牛犁田必翻土塊，胡孫演劇尚假人面，揠苗助長，無益有害，而獨不

聞之乎？何誤人子弟至斯也。課讀之鹵莽滅裂如此，其他猫鼠同眠，希榮固寵，情態不言可知矣。由是言之，盜害人之死命，茲竟害人生命。余於師道固不能萬分一，然前賢緒論，竊嘗服膺，故以儆夫為人師者，且願力能教子者之必擇師。

禹貢三黑水說

陶澍

敘州府宜賓縣古僰道漢置犍爲郡治負山枕江滇黔要路秦惠王破滇池通五尺道漢遣唐蒙發卒治道自僰抵牂柯隋史萬歲征南蠻經馬湖番山而進宋末蒙古將紐璘侵蜀渡馬湖皆由此此外水之衿帶也馬湖江自屏山縣界流入郡境與岷江會按馬湖江卽禹貢梁州之黑水其上游大水有三曰打沖河曰瀘水曰金沙江也打沖河蠻名黑惠江又名納彝江又曰鴉龍江其水洶湧衝擊故以打沖爲名明初討月魯帖木兒破之於打沖是也源出西番界在黃河源之山南地名查楮必拉蒙古謂之七察兒哈拉平地湧泉數十如鬵沸散若列星匯而

南左右支河十二道注之至瞻對入四川界南流東折繞鹽源縣東北又南至烏喇猓猓卽今雲南大姚縣之左卻鄉與金沙江會瀘水源出漢沈黎郡之西古笮都境旄牛徼外西番境謂之可跋海周七十餘里東流至越嶲廳舊建昌司之南十里其地有瀘山瀘沽古烏蠻所居唐貞元中韋皋招南蠻斷瀘水橋攻吐番卽此又南流至會理州東接雲南之武定州境與金沙江會金沙江源出西藏衛地之巴薩通拉木山爲岡底斯東麓岡底斯崑崙祖山也其東麓卽古犂石山水曰犂牛河番名木魯烏蘇河收納烏藍木倫阿克達木畢拉枯枯烏蘇等河凡數十水曲折四千餘里至塔城關入雲南麗江府境曰麗水又名金沙江以水產金沙也東南逕姚安境與打沖河合又東歷武定境會瀘水於是金沙亦兼瀘水之稱又稱馬湖江水經注越嶲郡馬湖江有瀘津卽武侯南征道也李京云從越嶲至滇道經金沙江通鑑注自嶲州西南行八百里渡瀘是也又東流逕昭通府至敘永廳入四川界卽馬湖府舊治又北至宜賓入江也計金沙發源在黃河源之西一千五百餘里在岷江源之西二千八百餘里凡行六千七百餘里與岷江會實川滇黔中間第一大水而禹貢不載水道提綱以此爲大江眞源酈注謂馬湖古若水也按山海經黑水之閒若水出焉盧者黑色加水爲瀘而金沙稱麗麗同驪亦黑也源出犂石犂亦黑也曰烏蘇番語亦

黑也然則瀘與金沙皆古黑水打沖界其閒則若水也三水旣會皆可稱瀘皆可稱馬湖又有繩孫淹鮮諸稱實皆黑水亘源遠流長故禹貢舉以界梁州之南境也至黑水之說不一酈道元孔穎達杜佑皆言在張掖南至燉煌過三危山南流入於南海不知中國之山皆祖岡底斯一支由于闐羌南起巴顏哈喇至積石以逮西彊而爲終南此中幹也一支由諾莫渾烏巴什起卓爾長山至塔城關以逮雲嶺而入黔粵此南幹也河在中幹之北海在南幹之南江在兩幹之中黑水果經燉煌當積石東北縱能絕河而南亦斷不能越中幹以絕江況能越南幹以入海哉竊謂禹貢言黑水有三一雍一梁一至三危入於南海

本非一處亦猶雍有沮水兗又有沮水梁有蒙山徐亦有蒙山不必强合爲一也梁州之黑水自在馬湖所收黑惠麗瀘諸大水皆因黑取義且與㸑陽南北相對地界截然至雍州之黑水本在張掖境經黑山下西入青海正雍州西界也其入南海之黑水樊綽蠻書以爲有四曰西洱曰區江曰瀰諾其一麗水卽禹貢黑水夫麗卽金沙何嘗入南海樊荅誤以瀾滄爲麗水下游也按瀾滄卽瀰諾出自藏衛李元陽以爲卽黑水然亦於三危無涉程大昌又以滇洱爲黑水謂與葉榆澤相貫且地近宕昌本三苗種裔與三苗之敍於三危相應此說較善然滇洱池瀦弗流不入南海愚意應以唐蒙所見牂牁江當之牂牁出烏

撖一名盤江在南翰山脊之南面其水繚繞於雲貴之境以達廣西爲左江至潯州北會黎平都匀定番之水爲右江逕梧州會灕江至番禺入南海此水在嶺南最大盤迴四省長四千餘里正入南海粵人謂之黔水以其出自黔中也黔之爲名自係因黑取義且苗疆也禹貢或因三危之還而名其舊地曰聊備一說以俟博雅者正之又按水經注過江陽雒水從三危山東南注之是三危不止燉煌一處也

禹貢荆州江沱九江說

陶澍

水經注枝江地平敞北據大江江汜枝分故名東過石鼓灘至焦崖凡三十里山勢逶迤欲盡又二十里至芊䓻洲而彌望皆洲江流至此如枝之析分爲南江北江所謂江有沱也以江心爲界北屬枝江南爲松滋地荆州記縣左右有數十洲盤布江中百里洲爲最大大江自枝江縣分流經松滋至江陵境其南一枝入虎渡口東南流經𢬵市彌陀市至公安縣之黄金口又南逕港關塞口楊家蕩泗水鋪入湖南澧州界至三汊腦而分爲二支一出津市稍東之觀音港入澧一出安鄉交界之焦溪入澧皆東注於洞庭所謂沱也凡水之出於江而復合者謂之沱梁與荆皆有之禹貢導江東別爲沱又東至於澧過九江至

於東陵今自虎渡至澧南北相距二百餘里說者遂以禹貢至澧之文爲不可解王晦叔謂南江在古時爲岷江之正流從虎渡口注澧而北江則沱水也其後北江漸盛南江漸微反以南爲沱北爲江矣此說甚新然細觀山脈從澧州至公安楊家蕩皆有岡脊惟三汊河無山是其過脈處及東逮安鄉㸑容則重起山巒江本經流非沱可比難於穿岡脈而南果穿岡脈而南則當如導嶓逾河之文曰逾于澧不言至于澧也大抵洪水之時江與澧本自相近中間界脈惟有楊家蕩等處一綫之隔今之相距二百餘里皆兩岸隄垸爲之耳澧本水名因以名地江

行至此南岸爲澧境故曰至于澧猶言至于澧州云耳非謂會于澧入于澧也由此而東至巴陵之地城陵磯而洞庭之水出焉故曰過九江也至九江之說不一有以彭蠡爲九江者劉歆也王莽緣此改豫章爲九江而鄭康成之說因之有以潯陽爲九江者（漢潯陽縣在蘄州界内地名蘭城南接德化境）孔安國書傳與班固地理志也孔穎達緣此謂江分九派猶河分爲九而應劭之說如之此皆秦漢時九江非禹貢九江也禹貢言九江者三皆在荆州而彭蠡潯陽在揚州之域劉鄭諸儒皆北人昧於南方地形遂並禹貢原文而昧之孔應之說尤謬江果分江則九江卽江之正身豈得言過耶按山海經洞庭之山帝之二女居之是常游於江

淵澧沅之風交瀟湘之浦是在九江之閒然則洞庭之稱九江由來久矣又按屈原哀郢云上洞庭而下江又曰當陵陽之焉至今淼南渡之焉如屈原放逐江南將濟洞庭必先由郢下江道出城陵磯卽東陵也所言陵陽自指東陵之陽猶今巴陵之稱岳陵也由此南渡洞庭而浩淼無際故曰南渡焉如也水經注江之右岸有城陵山其上有城葢後人因城之故而譌東陵爲城陵耳荆州本治江陵而城陵與夷陵分踞東西夷陵爲楚西陵則城陵山之爲東陵無疑矣自川江而東除卻洞庭更無九水同匯一處可以總名之曰九江亦更無名山在東岸可以稱東陵者若林三山謂廬江郡有東陵鄉無論小鄉僻地不足

爲證且江至東陵東迤北會于匯果在廬江則江漢方朝宗赴海更從何處迤而北匯耶至曾彥和以辰沅漸溆无（應作潕一作潕又作巫作无者非）酉澧資湘爲九江朱子去无澧而易以瀟烝後人又謂无澧不當去烝不必入但當易漸爲瀟耳蔡傳亦從曾說而三山謬謂曾氏之言無所考據不可從不知山海經非僻書而沅湘辰溆屢見楚辭資酉漸无注於水經豈得謂之無據若林氏可謂盲人道黑白也因論江沱而備及之

禹貢梁州江沱說

陶澍

青衣江水自夾江縣西來大渡河水自峩眉縣南來同會於嘉定府西南之雙湖又東流繞城隅而北入於岷江三江會合古有合水之稱晉書桓溫討李勢循外水西上勢遣李福拒溫自山陽即峩眉山之陽趨合水是也按青衣江源出雅州之蒙山在蘆山縣界經名山洪雅丹稜青神夾江至樂山即古沫水也以其源出蒙山故又謂之蒙水亘大渡河一名羊山江源出茂州西南徼外之羊山一名鐵豹嶺即岷山之別名也本與大江同出而大江東流在岷山之陰大渡南流在岷山之陽故又曰陽江也其水自打箭鑪入越嶲有羅羅河魚洞河注之又東至清溪縣界經

鬼皮落野夷入峩眉界而三峩之水入之故許慎謂之涐水漢地理志又謂之渽水渽即涐也始傳寫之誤大渡河下流稱陽亦曰沫水沫者水石相激噴薄如吐沫也大約蜀中險灘之水皆可稱沫不特青衣大渡可稱即大江亦然傳言李冰鑿離堆避沫水之害是江至灌口亦稱沫也此二水為禹貢所不載源流既遠名日互異記載紛紜無所折衷輒為論之於此又按大渡自入中國過郡三行二千餘里始至嘉定其源本與江同而復會故疑此水即禹貢梁州沱潛既道之沱矣否則此水與大江相表裏不應禹迹不到也

禹貢浮潛逾沔說

陶澍

大要蜀中之水以大江為經而羣水緯之大江自岷山經川西至川東禹貢南條之首也其在川南者則大渡河馬湖江為最大即禹貢之蔡蒙和夷也其在川北者則嘉陵江為最大即禹貢之潛也四川之目當指此四水言之亦有舉資水而無大渡河者不知資水較小雖有中水之稱祇係大江之別流不足自名一川不如大渡河之源遠流長也嘉陵江一名西漢水皆漢以後所改稱禹貢但謂之潛梁州貢道由此水泝今廣元逾甯羌州浮沔泝褒以出斜口故曰浮于潛逾于沔入于渭亂于河彼時帝都在冀若不由潛便須浮海否則由荊州泝漢仍須逾

河其道轉迂遠不如浮潛之便捷也史記言褒通沔斜通渭皆可以行漕然漢武穿之道果便近而湍激不可行舟卒廢其議蓋古今陵谷變遷褒沔近山多鬬壑沙石所壅寖失故道自禹至漢不過二千季而武帝時褒斜已不可漕況後世乎

雜說　陶澍

小時見一時文有云瀟湘雲夢之閒其人多詭不知何本或云此因楚人多詭一語而杜撰耳按楚人多詭語出史記酈食其傳所謂多詐者乃謂齊非謂楚也且楚亦秦漢時之楚非春秋時之楚也酈生傳云漢王欲捐成皋以東屯鞏洛以拒楚酈生因曰今田廣據千里之齊田閒將二十萬之衆軍於歷下諸田宗彊負海阻河濟南近楚人多變詐足下雖遣數十萬師未可以歲月破也臣請說齊王使爲漢而稱東藩夫項羽起江東都彭城爲西楚而齊阻河濟所謂南近楚者指徐邳淮陰之地今江蘇北境徐州淮安揚州等府是也揚州人或舉此語以誚湖

廣因戲謂之曰子何爲數典而忘也聊記之以儆不讀書而妄談者

閻百詩箸四書釋地頗有可采而將八股時文連篇累牘載入殊乖典雅至其子詠謂孟子言南蠻鴃舌即今之荊州人亦載入釋地中夫春秋時楚都郢中在今之湖北江陵縣荊州在其南相隔千有餘里其爲楚地已在羈縻之列逮孟子時楚徙都陳且東遷於壽春矣北距滕國不過三百餘里是以文公行井田而許行陳相之輩皆聞風自楚而至以其相去甚近也若謂許行爲荊州人則江陵距孟子時之楚已千餘里叉南去千餘里而至荊州乃能負其耒耜朝發而夕至耶非情理且楚東徙時秦已取鄢郢及洞庭五渚荊州叉在洞庭之南八百餘里已非楚地中間叉隔宋魏諸國安知滕之行井田而涉遠以至哉以此釋地其有譽兒之癖乎

湖南文徵卷

湖湘後學集編

說五

趙象庵愛冬圖說

彭浚

庚辰冬月長至後一日余過訪象庵趙子宅晤談半晌出其愛冬圖小照屬題忽有投刺者則蔣子次竹至披圖共觀之蔣子曰趙子固隱於菊者一官冷澹且三十年每當秋風戒寒出黃花數十種供人賞玩幽香古豔罕有比倫故都人士咸嘖嘖稱趙菊花其形清逸不俗蒼堅彌古似茲之黑而腴者殆非所以形趙子也余曰否此正所以形趙子也夫冬者藏也所以裕春

生夏長秋收之漸易曰復其見天地之心此其生者機乎不有鬱積焉有發舒老氏之學以退爲進理固然也特世人日勞勞於紛華利欲中其志未定其心未泰精神內潰若火之銷膏而不及檢此不知冬之可愛者也使徒爲是形容枯槁亦終近於禪寂之所爲不然長林古澗之中歷練冰雪塞向墐戶則老樵野叟固已受用無窮矣何愛冬者獨有趙子哉然則是圖也以泰定之心寫廣胖之狀黑而腴也不亦宜乎趙子亦輾然微笑蔣子曰子眞善言趙子矣遂爲之說以書於卷

五日子說

周樹槐

孟嘗君五月五日生父靖郭君令勿舉其母竊舉之長而見之靖郭君靖郭君怒孟嘗君頓首曰所以不舉五日子者何靖郭君曰五日子者長與戶齊將不利其父母孟嘗君曰人生受命於天乎將受命於戶邪受命於天君何憂焉受命於戶則高其戶耳誰能至者靖郭君曰子休矣卒拔之衆子中立以爲嗣壯學子曰自孟嘗之生見於史記其後王鳳胡廣王鎭惡之徒俱以五日生至將相獨唐崔信明不顯或乃以其文采當之所以豔稱而樂道之者以曉愚俗止故殺也余壹不知夫人人之情視其子之貴顯有文采與其身之利不輕重緩急取舍何如也

余少讀書嶽麓或爲余言乾隆中山長翰林侍讀熊爲霖者五日生生四歲而孤比余纂修家譜族之人五日生者乃頗有之竟不貴顯亦竟無文采其父母亦竟老壽無恙人之生衆矣貴顯者有文采者又衆矣生而喪其父母者又衆矣生何必不五日五日生何必不貴顯有文采何必貴顯有文采生不五日生五日長不與戶齊何必利父母生五日不高其戶何必不利父母雖然靖郭君但言五日子不利父母耳至風俗通乃云男害父女害母男不舉者蓋鮮溺女之禍烈矣不必其害也更爲邪說以導之不仁哉

卜日說　周樹槐

從父兄文學之葬日者三人得三日焉各相非也孤振鷩不能決告於几筵叉紙而揆之壯學子曰是古之卜日之遺也夫夫日曷吉乎便於事則吉爾雨也沮之霧也誤之霾也迷之沍也錮之不便於事故不吉也卜者卜此者也卜廢而後選日之說興人之敬其事不如其欲福而畏禍也日者乘其虛而劫之樂其誕以售之今曰某日晴某日雨人人不敢也曰某日禍某日福人人敢也晴雨難欺而禍福易惑也今之日無不選也然而不必福也不以爲日之無驗猶以爲選之未精是以古之日吉多今之日吉少余贈李賓門序之後二年所謂今有人者葢年

七十有九爲其父母營兆過訖余余曰葬有日乎曰今歲啓殯無日也余駭曰倘待明年邪曰明年山向未宜更一歲而選之前葬三月死葬子之事也天假之年地靳之日又禁之豈其命邪亦其父母之命邪至於死而不悟可哀矣夫壯學子曰古之卜日求以便事今之選日適以廢事古之卜者重人事雖聽於神人道存也今之選者希神福雖聽於人人道亾也然且以古爲解豈非名實俱舛者哉

改葬說　周樹槐

改葬可歟不可歟曰視改葬者禮有改葬之服視改葬者何也曰視其所爲改改葬曷昉乎曰昔者文王有之王季之墓欒水齧之見棺之前和是不得巳也廖金精之葬父始以二紀必敗而兩載可致富也則葬之客吳園十九年則又汲汲歸改之是再以父骨爲餌也然且靦然以教人其徒世世傳之以爲當然爾六百年來死而不得安其所者衆矣責報焉爾歸怨焉爾死者能自明邪嗚乎客十九年廖氏葢未嘗富也兩載不必富則二紀不必敗也禍其親以及人之親何也

案風水之說闢之與惑皆涉偏見葢闢之則一切不信遂至

五患不避而草率了事矣惑之則崇信術士顧忌拘牽停匶謀吉遂至彊葬盜葬健訟傾家矣而改葬之害尤烈往聞長老言乾隆中子姓以貧故將改葬先高祖儒林君墓謂爲去水也或竊穴視之棺木堅好遂止道光初又議改先曾祖承德君墓再從父晞陽君因言里中唐姓遷改祖墓棺中水明如鏡容貌如生以口氣噓之鬚輒飄動出諸水而顏色頓黑自是家業銷秏日益不振聞者以此致疑亦以未得善地而止邇來子姓多以武功起家冒叨榮遇其地亦轉成吉壤矣善化凌工部玉垣以選貢得京秩復與其兄玉城先後舉鄉闈勢方駸駸日上忽相繼夭折今僅留二丁力難自給推尋

其故則於得舉後遷葬經十八年之墳聞其遷時啟土見棺有若縉絲者蔓延棺上俗謂之紫衣地有生氣則然其親懿皆尼其遷而主者不從及剖棺則蓄水涵骸與唐姓祖墳無異此固風水之書所未嘗載堪輿之家所未嘗傳然若以爲溼氣積成則當腐骨朽木何以水之不闇而光不穢而良而軀殼衣衾之無損傷乎則造化之理非人所能詳也淩氏兄弟吾所交游未嘗研究靑烏之術其任情遷葬則篤信柳姓之言其人曾栞附會影響之地嘗故能惑人所謂禍其親以及人之親者也數年以來傷淩氏之淩替憾不執其人以肆諸市朝而會城乃尟知之者則其骨朽久矣夫改葬云者乃

必不得已而後出之者也遠則文爲欒嚙西伯所嘻近則兄枉水中望溪入夢吾家亦有徵焉從祖承德君葬有年孫男女數以足疾殞疑而揆墓則樹根入棺穿祖足也此不容不改也要之當慎於始苟附棺者誠信弗之有悔而安用改乎竊見近世士夫競談風水巒頭槃在似是而非猶爲人所共見理氣則元空幻渺術士藉便售欺才智閎博之流亦復信之且爲立說以揚其波是編不免過存其文亦欲後之人考其家世以證其說之然疑非遂謂其可備一解也古者卜葬卜日故愼終之道亦惟自盡人事而智力俱窮則亦歸於退聽而已葬之凶吉殆有數存烏容力取歷觀興門先壟或以槀葬或出渴葬有何名師法眼爲之審定且郭璞楊筠以前未傳葬術彼五侯七貴猗頓陶朱安所得哉此理固易明也顧今之輒爲誕妄術士所惑者實由未嘗研究此途故不能別其術之正僞如郭氏葬書楊氏疑龍撼龍猶爲持之有故言之成理者爲文不繁易於尋究學者無事他求以滋惑也

下卷孫氏頤臣荅改葬問可以參觀汝懷坿記

桃源說

方宣維

近儒說桃源者多以爲寓言然謂借此境以寓言可也謂無此境而空爲此言則不可夫漁人黃道眞太守劉歆姓名見於王安貧武陵記安貧與淵明同時淵明本其說以作記則實有此事矣小口有光之類或以爲奇然此類黔粵甚多余嘗游徧桃源境如太平洞穿心洞龍潭洞之類皆前後洞穿望之見一線光即之實甚小傴僂過之內開朗有田園水皆伏流自小口出則實有此地矣即今桃源洞尚有伏流自方竹亭下入地至北三里復出桃花溪又焉知當日非小口通人行而後漸湮塞邪邑中漉魚洞仙人洞數年前尚可秉炬出入嘉慶十七年後始

因鑿石塡塞亦其證也但今處太平諸洞內者其人皆耕桑愚樸必以爲仙則不可耳柳子厚借愚溪諸山水以自寓其拂鬱然非本無諸山水而虛擬之也王荆公借褒禪山以寓理境之難窮非本無其山而臆刱之也桃源記何獨不然夫古人固有無是地而刱是言者如醉鄉寂光國之類淵明所記其愚溪褒禪之類邪其醉鄉寂光國之類邪必有能辨之者至其寓意所存宋明諸儒以爲不事劉宋近人林西仲以爲思治世又以爲談性理三者未知孰是然論世知人則不事宋思治世之說爲近云

原情

胡嵩齡

人道之所以相交接者情也內以順性命之理外以聯萬物之歡是故父子無情慈孝滅君臣無情仁敬缺夫婦無情家室凶兄弟無情骨肉折朋友無情交信絕大哉情乎聖人之所以爲聖賢人之所以爲賢其皆出於此乎自古聖賢修身及家平均天下未有遺情者也是故聖人平情賢人善治情中士任情下愚縱情情一縱而行敗名僇家破身辱天地反覆萬物不育故矯其弊者又激而爲太上之忘情嗚乎情烏可忘也彼聖人心普萬物情順萬事廓然大公物來順應所謂平也若賢人之治情則心不能不動於欲而必制之不使出也心不能不牽於物

而必閑之不使入也敬以養虛靜之原精以察危微之判一以嚴克治之功動不踰時發必當物學者欲希賢以幾於聖亦惟善治情以至於平情而聖賢之能事畢矣或曰縱情之害若是甚與其縱也甯忘曰不然人之所以爲人者以有情相接也無情則木石耳而身非木石也父生之君長之師教之兄弟以聯之夫婦以合之締之以威屬輔之以朋友推之於天地民物無日不以情相接也忘情而其害可勝數哉昔何晏王弼以老莊虛無之說惑亂天下禮教淩夷風俗頹敗中更變亂且數百年故范甯謂王何罪浮桀紂非激論也余既深惡乎縱情之害而又懼忘情者之失其所以爲情而貽患遠作原情

原性

胡嵩齡

性也者與生俱來者也。凡物莫不各有與生俱來之性。故蠶生而螫。犬生而吠。牛馬生而負重致遠。麒麟生而不殺。豺虎生而暴戾噬嚙。是非作而致之也。其氣稟之生初。性卽隨之。如火之必熱。水之必寒。有斷斷乎其不可以易者。人性亦然。人之生稟氣受形。得陰陽五行之粹。故其性萬理皆備。而其知獨異於羣生。性之理隨氣質之生而有者也。知則因性而著者也。無氣質之生。何以有性。無性何以有知。故離氣質而言性者。是不知其與生俱來者也。然則人之生。氣質固有惡矣。孟子言性善。何也。曰人之生雖得陰陽五行之粹。然其奸惡亂逆。天所生以敗世

之人。亦必戾氣獨鍾。故商臣蠭目豺聲。子西知其忍。越椒狼聲虎狀。子文知其滅宗。此性之隨氣質而惡者也。然商紂至虐。聽文王而除炮烙。未嘗無惻隱。用文王爲西伯。未嘗非親賢。太史書崔杼弒君。杼卽殺之。是其心未嘗不知君之不可弒也。晉惠童騃。曰嵇侍中血勿浣。是其心未嘗不知忠臣之可念也。以此見本性之善。雖至愚極暴之人。未嘗泯絕。其獨鍾戾氣而爲惡者。究未嘗無一二淸氣之存。故善性雖亾而未亾。其知亦若沒而未沒也。夫人有性而後有知覺。有知覺而後有情。有情而後運而爲才。能盡其才。然後可以成其德業。復其本性。故欲不失其性。必先勿昧其知。知善之當爲。則情樂於爲善。情樂於爲善則其才不得不竭。竭其才於爲善。則性復。而天德隆焉。王道茂焉。作聖之功畢矣。然性之理實稟於生初之氣。告子曰生之謂性。其說非盡不是也。但其以生之氣謂性。而不知其理之粹然至善。稟於生初之氣者。乃謂性耳。非卽可以氣爲性也。以氣爲性。則人欲橫而可以滅理。以理爲性。則天理尊而可以制欲。且知性之理原稟於生初之氣。而不由外假。則人何可以我所固有者而棄之。如遺自滅其生理也。

原人

胡蕎齡

孔子曰天地之性人爲貴董子曰人受命於天固超然異於羣生故必明於天性知自貴於物然後知仁誼知仁誼然後重禮節重禮節然後安處善安處善然後樂循理樂循理然後謂之君子善乎董子之言人也人受中天地稟氣陰陽卓乎萬物之上其耳目手足官骸之運動固與物殊其心之稟氣含靈全眞納性以配三才立人極者更稟之自天而超然獨異於羣生者也故天之精華聚於日人之精華聚於心耳目百體稟命心君心得其職則肫然而仁斷然而義秩然而禮判然而智確然而信隨事物之接而時生於其心運於五官百骸措於人倫日用

以逮酬酢萬變無不宜也一失其職則昏惑陷溺迷其本性爲所不爲欲所不欲人視之若逸而已猶暱就之也人聽之懷慙而已猶樂道之也噫豈不可怪也與夫天之生人固甚愛惜而保全之也五穀雞豚魚鼈鳥獸以爲之食絲麻枲帛裘葛以爲之衣舟車牛馬以代其勞草木百藥以調其疾病宮室棺槨以安其死生猶懼未能戢其心也爲之君師官長以定其分以齊其志爵祿以勸其從刑罰以威其淫又代生賢聖明道立教以警覺其聾瞶天之於斯人欲其善也可謂至極爾矣而乃褻天明逆天命失其所賦畀棄其委曲成就之意而甘於非類豈不獲咎也邪善爲人者則不然知吾心之性爲天所畀而必敬以復之使合乎天也知吾身爲命所寄而必敬以修之使配夫命也家修孝弟敦本也鄉崇禮讓善俗也清白勵操潔己也正直靖共事君也平恕待物及人也一命有濟流豈弟也澤及四海天下歸仁也由是性情勿漓官骸受檢人倫篤敘民物完安然後可以食五穀衣麻絲受禽魚獸畜之供養爲兩間完人而無負天之所以貴斯人而愛之之意也嗚乎可不念哉可不念哉

原儒

胡嵩齡

晉庾爰之問范宣曰君博通經籍何以太儒一若以儒爲顓顓守咫尺之義而乏通方之識者故拘滯不達謂之儒迂選愞畏葸謂之儒懦優柔弛廢謂之儒緩引古緣飾謂之儒文此皆得儒之近似以混其眞而世俗因之以爲詬病然而儒之術終貴於天下所以陶世範俗非儒莫由選賢任能非儒莫進者誠以儒自有其眞也儒之名見於論語戴記而辨在於君子小人文懦迂緩諸病皆小人得儒之近似以混其眞者也故宋襄學文王不禽二毛成安君自以儒者不用詐謀奇計此儒而迂匡衡阿附后顯張禹不敢言王氏此儒而懦竇武謀誅宦官不卽收

殺王甫戎馬塡閭遨游嘯咏此儒而緩楊雄王通依倣論語此儒而文皆不得爲眞儒眞儒云何君子而已君子據經守正而非迂戒謹恐懼而非懦和平溫雅而非緩服式古訓而非文故經術通於吏事體用咸宜也大膽出於小心仁者必勇也寬嚴得中政教平也華實相資文質稱也於以禔躬範世參三才而立人極奚曰不然是故董子正誼明道諸葛澹泊明志非迂也陸宣公直擊延齡范文正自任西事非懦也司馬文正力改新法王文成急討宸濠非緩也程伊川布帛菽粟陸子靜八字著腳非文也故由君子而得儒之眞則闇修篤實下學上達而爲醇博究羣言淹貫六藝而爲通中和位育贊化參天而爲大皆起於一念之爲君子故隨所造就或遲或速或先或後而皆可以馴至若甘心小人之歸則雖聞見賅洽言行修飾人見之儼然儒者也而所爲已不堪問矣文懦迂緩之誚雖世以爲儒者詬然亦儒之不能盡其道有以致之嗚乎儒而不盡其道儒而非儒也儒而非儒無惑乎天下之以儒爲詬也且天下待治於儒教化風俗人心出於儒儒而不儒則天下之治忽與所謂教化風俗人心者皆可知也且世既以儒爲詬更恐人恥爲儒而以詐力勢利相傾區區名教防檢愈不足維持天下而世變將不知所終故舉世之詬於儒者皆非儒之眞而不足以爲儒病然後曉然於儒之道固可禔躬範世參三才而立人極者也而

相與羣趨於儒而得其眞庶於世教人心或有裨乎作原儒

三魚書屋說　　嚴正基

予咸之將生也客有饋生鱣者三或曰是殆祥徵也夫鱣爲鱗蟲三百之長陽數起於一而盛於三今其兆若此祥莫大焉余曰否否夫祥之至也視乎德德則其祥也非是則祥何有焉昔者孔門伯魚生魯君賜之鯉適至特命名以榮君貺此孔氏之祥也有孔氏之德則可昔者楊伯起以學倡關西有冠雀銜三鱣來集占者以爲鱣蛇屬卿大夫服也三又三台象也此楊氏之祥也有楊氏之德則可夫以其德如彼天祚之以祥也固宜而余何有焉雖然余願學孔子者也弗因祥未至而始修亦弗因祥至而德不增修且先子以淸白吏遺子孫嘗有楊伯起遺

烈焉余雖弗類服官亦匪敢有貳竊念德猶未逮焉顧敢以偶至之祥而不加勉於德乎咸生有十年矣齒日長而學不加進吾懼其爲泰山之麓阻而不得升也蔥河之洳壅而不能達也咸生勉之抑惟毋艮其趾毋堙其流崛然勃然徐以竢其至焉而已近取三魚之義額其書屋而爲之說使咸知祥之歸本於德少而惕焉長而率祖攸行庶幾德成名立天將有以償之則祥莫大焉夫有德則祥易集無德則祥難居外德而侈言祥徵亦非余之所樂聞也

治蜀臆說　　嚴正基

竊嘗取蜀中全局而熟籌之渝夔綏其東威黎控其西邛筰跨其南巴閬峙其北中貫岷江雄關四塞附近成都之十六州縣地勢平衍向資江水灌溉稻秔豐殖甲於荆揚諸州此外亦地多膏腴五種俱宜鹽鐵榷利貝貨充溢武侯稱益州險塞沃野千里天府之土而所在林谷奧阻易於藏奸居民五方雜處無族姓聯屬之誼材武爭雄其勢各不相下又不務蓋藏豐年揮霍無餘歲一不登輒呼庚癸則通省風氣皆然民情既易浮動緩急實難爲恃今就見聞所及舉其患之顯然易見爲地方大害者則患在肘腋者一患在心腹者三患在肢體者一何謂肘

腋之患川兵久歷戎行素稱勁勇其平居恃功驕蹇固難駕馭又常覬倖天下之變以攫取富若貴閒有不肖將弁陰爲之主持吏長短動輒遇事生風狼狽爲奸不惟有事難期得力更恐乞求無厭轉滋意外之虞且聚處城市偪近官舍民廬猝遇事變難以設備抵禦其害有不可勝言者此肘腋之患一也何謂腹心之患一則土棍散處各州縣地面乘蜀中連年荒歉一二魁傑者倡首以吃大戶爲名羣不逞之徒附之借貸米糧不遂恣意搶奪至釀戕傷事主重案其時辦理過於姑息輒以飢寒所迫從輕發落州縣因解省不冐執法亦遇此案將就了事此輩無所懲創常懷弱肉强食之心比比皆是近省地方尤甚淡

為可慮一則嘓匪伏匿川東北沿邊一帶百十成羣有帽頂大五小五之稱操習拳棒刀矛開場縱博開赴鄰近邊遠市鎮下帖逛會客長度勢不敵置酒歛錢相送秋豪無犯否則拔刀相向肆行搶奪必飽其欲而後去始雖烏合繼漸鴟張嘉慶年間教匪之變此輩相助為逆亦復不少雖經勦除淨盡而此風猶未盡熸一則煙梟來往川南凡毗連滇省地方糾眾取道興販其煙購之阿瓦司一入川境常有數十倍之利每起或數百名千名不等常以兩人執持鳥鎗刀械護衛煙挑一名州縣慮及拒捕傷差莫敢誰何雖此輩現未滋事而人數既眾易聚難散殊為內地隱憂此腹心之患三也何謂肢體之患川西南接壤

各夷沿邊文武員弁或用非其才加以饑饉洊臻夷中謀生無資控馭稍失機宜因而啟侮肇釁在所不免即如川南一帶夷匪連年擾害邊圉老師糜餉迄無甯宇固由峩敘馬雷各廳與夷境犬牙相錯地面過於寫長難以處處防範內地漢奸及附近之熟夷暗相勾結於無備處伺隙劫掠彼此分享其利而然亦由地方文武平日不能恩威並用思患預防臨時又無應變制勝之略以致邊民受其蹂躪此肢體之患一也夫天下之患莫切於肘腋莫大於腹心而肢體次之患在肢體者每發速而禍小患在肘腋與腹心者每發遲而禍大惟明智者先事而為之防則患可以常弭而國計與民生不至兩受其害愚以為約東兵丁之要在於服其心而兵心之服尤在於將弁得人神其駕馭之方使之懾服而不敢逞但此輩起自行伍不必人盡可靠惟有明定勸懲之法察看將弁中有能整頓營務使所轄部下兵丁守法而又技藝嫻熟者優予升調以獎其勞儻或縱容兵丁滋事或闒茸不能戢伍以致擾害地方者亦嚴行降革以示懲儆至兵丁應領錢糧不準將弁率行尅扣考補缺分名糧亦不準將弁得賄濫放違者嚴繩以法庶兵丁無所藉口再飭將弁於所轄兵丁設立功過二簿將平日當差勤謹技藝精嫻者分別大小記功其酗酒打降賭博滋事者亦分別大小記過遇考補缺分名糧記功者以次首先拔補記過者按照過之大

小扣除一二次後始準與考復以軍誡及　聖諭廣訓於朔望集眾宣講俾知遵守法度又平時察有曾歷行陣曉暢營務者密摺登載以備有事調遣忠勇廉幹之員加以恩禮為各營將弁矜式將心既得士氣自馴蔣襄平相國制西川日因標兵屢次在省不法奏請移駐緜州等營以分其勢將弁之劣迹尤著者嚴行斥革以儆其餘一時營伍帖然大約將兵不外將將果能用當其才賞罰嚴明即有悍將驕兵亦不能搖惑已固之眾心而相從為變則肘腋之患不足慮矣愚又以為治新起之賊利於神速土棍因飢搶奪眾方渙散事易震驚乘其凶燄未張急應購捕渠魁立寘重典以示嚴懲其有被害鄉莊諭令力

能捍禦之紳耆糾集丁壯堵緝並準格殺勿論一面出示曉譬餘黨開陳利害俾令投首者得以免罪再設法賑貸兼施以收輯未經附賊之衆倡亂者顯罹刑章守法者獲邀恩䘏其黨自當解散不至復聚而爲亂若嘓匪則嘯聚日久其交已固其鋒莫攖非多樹之敵合力以攻斷不能殄其豨突之勢除在官兵役口鄉地例得捕斬給賞外應令沿邊窵遠村莊彼此守望相助遇有嘓匪行劫鄰村相機協力抵禦有能擒首夥賊匪準予格殺勿論同兵役一體給賞又此輩本以利合非眞有固結不可解之勢一經敗衄亦易設閒搆離如夥賊能縛元惡投誠或斬首級以獻準免治罪仍照格給賞並收其梟傑者入伍效力

湔濯錄用俾有繫戀則賊黨自相攜貳爲我用而不爲賊所用又將不擊而自散矣至煙梟雖結大隊來往非如土棍嘓匪之擾害地方不至爲人憎惡兼有陰食其利而爲之耳目包庇者是以治辦更難蓋因近年禁煙愈嚴立法愈峻若輩心憚官府之緝拏又慮土豪之刁留磕詐結夥出外興販執持凶械自衛遂至變販而爲梟然所過豪無侵犯交易厚給價值民人利其遄行既不顧拏夥黨人數既衆率皆亾命之徒復推有氣力者爲首號令一而人心齊兵役畏其拒傷又不敢拏且齎貨最輕牟利過鉅較之私販鹽觔尤爲攜帶甚便探聽防範稍疏地面迂道兼程行走即有嚴明有司亦不能越境截拏然則如之何而後可計惟有責成地方文武厚結鄰近州縣營汛平日聯絡一氣不分畛域遇有大隊煙梟過境星速暗通消息虛聲以恫之伺閒以擊之狙伏要隘以邀之俟其四散奔竄或合力兜拏或分段截擒即不必全行俘獲而一經大創亦不敢肆行無忌公然出沒境內再於銷售鴉煙口岸地面嚴密稽查窩囤窖戶跟蹤搜捕照依新例嚴辦仍須參用盜匪投首之例稍貸鯨誅不令結成死黨糾紛莫解庶煙梟知顯戮在前自新有路聞風相戒斂迹或不至愈聚愈衆致滋別項事端則心腹之患可以漸消矣愚又以爲制外夷之內犯在於杜絕鄉導之人使彼無由知我虛實亦不敢深入爲患夷匪本無長技前此導之使來

頻頻得利是以勢愈猖獗若能斷漢奸熟夷之勾引即可以制其死命而操縱惟我聞雷波劉別駕耀庚與同城武弁同心協力激厲團練義勇之鄉紳將熟夷向通夷巢路徑塹山壅谷不令往來常率兵勇巡邏防堵夷匪不敢窺伺廳境是其明徵現在沿邊添築碉卡調兵駐劄梭巡守禦不爲不周但地介荒僻瘠區購食維艱似應於額領糧菜之外稍加津貼俾兵丁不至藉詞枵腹庶免他慮至紳民結寨團勇自衞桑梓若鼓舞適宜較之外調兵丁更爲得力昌黎有云徵兵盈萬不如召募數千爲其諳悉險阻進退無虞保護身家死生惟命也客兵必資義勇爲犄角而哨探始明義勇亦藉客兵爲爪牙而聲援益壯主

客之氣須聯戰守之心方一。若夫用間用諜。則李牧之制匈奴。虞詡之平朝歌。沈希儀之定猺賊。諸法皆可變通用之。而其要在於遴簡文武廳營。其人實有幹才可用。推誠委任。毋以文法相繩。使得各盡其長。又復籌畫經費。俾合敷用。既無掣肘之虞。自奏剋敵之功。則肢體之患又可永紓矣。夫肢體之患不治。其極不過痿弛而止。腹心之患不去。則日久成爲錮疾。猶可以茍延旦夕。肘腋之患不除。則禍發於崇朝。而軀命隨之。相病證之綏急輕重。以次處方投劑。所患自當霍然。至於培養元氣。保固根本。則擇守令。興水利。籌積貯。培學校。飭武備。又所當及時綢繆者。正基足迹未履川境。不過得之望聞。而究少問切之功。於

現在辦理夷務一切情形。不能洞悉本末。容難胥中肎綮。鈞閣洞瞩一方。采擇而施行之。措置嚴疆。安如磐石。蜀人之福也。

知人

黃浩爲

經曰。君子畏天命。弗知天。惡能畏天。弗知人。惡能知天。夫人身猶天也。天之大數止於十。人生一月而膏。二月而肤。三月而胎。四月而肌。五月而筋。六月而骨。七月而成。八月而動。九月而躁。十月而生。合於天數也。在天爲命。在人爲性。在天爲陰陽。在人爲柔剛。在天爲五氣。在人爲五常。頭圓以象天也。足方以象地也。天有四時。人有四肢。一肢三節。三四十二。十二節相持而形體立矣。一時三月。三四十二。十二月相受而歲數畢矣。歲數三百六十六日。形體三百六十六節。大節十二。副月數也。小節三百六十六。副日數也。心有計慮。副度數也。行有倫理。副天地也。

九竅副九野也。六腑副六氣也。五臟副五行也。肝木臟也。心火臟也。脾土臟也。肺金臟也。腎水臟也。肝主喜。喜氣取諸春。心主樂。樂氣取諸夏。肺主怒。怒氣取諸秋。腎主哀。哀氣取諸冬。故肝爲風。心爲日。脾爲雷。肺爲氣。腎爲雨。以與天地相參也。掌之圓也。法天以運動。指五。法五行也。大指屬土。食指屬木。當春。中指屬火。當夏。無名指屬金。當秋。小指屬水。當冬。土居中央。爲萬物之母。至尊。嬰孩初生。拳大指於其掌。中央之象也。冠衆指而巍然。至尊之象也。春秋日長短同。食指無名指相若。春秋之象也。夏永冬短。中指極長。小指極短。冬夏之象也。目之乍視乍瞑。晝夜之象也。鼻之乍呼乍吸。消長之象也。故曰身猶天也。數與之

相參而命與之相連也夫天地之道至紘以大尚猶和其陰陽順其五氣正其四時囿有乖戾風雨以時百物以遂人秉其靈剁敢多悖欲百體之載榮必五臟之胥調欲五官之當職必眞宰之永昭血氣化乎風雨喜怒荅乎寒暑精神通乎造化氣志彌乎六宇睹元神於屋漏載帝命於出王以四時爲紀以陰陽爲綱適守五常通協柔剛窮理盡性以至於命音明此之謂知人此之謂知天音汀

屈賈像說

黃本驥

長沙嶽麓山有屈子祠道光八年刻屈賈二像立后祠中余各爲之說屈子像說曰雯山闞嵐丈以丹青名於時爲仙佛鬼神形狀尤擅吳道子之長戊子春正月諸城王香杜太史金策新化鄧湘皐學博顯鶴甯鄉黃本驥集同人於嶽麓祠爲三閭大夫作生日雯山與其會見塑像以爲不類慨然曰大夫以忠死以騷傳像祀於此宜也余客湖湘二十餘年矣寫生其所習不可不以是役自任因謂本驥曰君博雅士生長湘中大夫之年貌冠佩必有詳考於平日者幸以教我庶像成不致爲士林所笑本驥按史記本傳未載其生卒年壽自張儀以六里紿懷王

至項襄王聽子蘭之讒而大夫被放以六國年表考之其閒不過十餘年事前後不得而知矣楚辭離騷亦僅述其降生於攝提之歲孟陬之月庚寅之日其月日爲楚之何王何年固未之及即其自投汨羅亦不知在項襄之第幾年無從臆度也惟九歌曰老冉冉兮既極九章曰年既老而不衰戴記謂七十曰老則大夫之卒必非壯年漁父篇曰顏色憔悴形容枯槁其貌必瘦削而蘊憂世之心有見於面者涉江篇曰帶長鋏兮陸離冠切雲之崔巍被明月兮佩寶璐而離騷亦曰高余冠之岌岌長余佩兮陸離則其冠必方屋而高岌岌然有切雲之象長鋏其佩劒明月寶璐其雜佩之珠玉也大夫之年貌冠佩可知者如

此若夫紉蘭作佩製荷爲裳駕青虬而乘赤豹騷人託喻之辭未可據爲典要其行吟澤畔搔首問天幽憂抑鬱無聊不平之情狀又有驚才絕豔志潔行芳皭然不滓之態流露於衣冠瞻視之餘是則頰上添豪惟吾丈之筆能傳之非善考據者所能歷言而求肖也文翁學舍武梁后室昔人固以畫像傳矣要皆於千百年後想像爲之未必確有所據至今賞鑑家以拓本爲珍藏未有或議其面目之不能神似者蓋求肖於貌不若求肖於神吾丈試據案伸紙閉目凝思若與唐勒景差宋玉之徒雜然共侍於大夫之側然後放筆爲之無不神似不爾孫叔敖雖復生優孟不能肖其萬一也衣冠云乎哉賈生像說曰雯山關

丈既作三閭大夫像曰屈賈二子皆有遺蹟在長沙屈有像賈可闕乎屬本驥弁考太傅生卒將圖諸石以三閭配按太傅之生不見於史本傳載其卒年三十三爲齊文王薨前之四年以諸侯年表推之爲文帝十二年癸酉逆推而上三十三年爲高帝七年辛丑其生卒可得而知矣傳曰年十八爲河南守吳公召置門下由高帝七年至高后五年爲十八年文帝初立召以爲博士由高帝七年至文帝前元年爲二十二年故曰年二十餘最爲少也歲中至大中大夫則二十三矣爲長沙王太傅三年而作服鳥賦賦曰單閼之歲四月孟夏單閼卯歲也文帝六年歲在丁卯太傅來長沙巳三年則以四年乙丑來長沙長沙王者文王吳芮之元孫靖王差也時差襲封二年太傅年二十五賦服後歲餘帝復徵入則以八年己巳去長沙爲靖王差之六年太傅在長沙凡四年去時年二十九是年拜梁王太傅梁王者帝少子懷王勝也勝封國十年於文帝十一年來朝墜馬死太傅在梁凡三年時年三十二後歲餘亦死其年爲三十三夫顏子以三十二而爲亞聖賈生以三十三而爲通儒人貴自立不以年限也治安建策固可與日月爭光然其在長沙纔四年弔屈原賦服鳥外未見他作太史公至以同死生輕去就與屈子合傳千載以下如劉長卿戴叔倫之流過長沙訪故宅者未嘗不想見其人而詠歌焉彼絳灌之功名何在顧以年少短之哉是像不可闕也因書以復之像成附刻其末

幕友說

陳必甯

入幕之賓，自古有之，所以補裨政術，匡救闕失，其次亦以子壻客卿司飛書馳檄之任，皆以佐治也。然古人學古以入官，通經以致用，不但洞悉治術，以期好惡之洽於民心，卽六曹庶務皆宜諳練，而刑法爲尤要。故昔之官人，法身年之外，兼取書判；後代試士法，制藝之外，亦用表判。書表所以觀其文理，判所以驗其聽斷也。今時則不然，揣摩入彀，惟在八股，試律亦且不必兼工，烏論治術。八股求之時墨，先正且不及涉獵，何論經史。洎夫弋獲以登仕途，則錢穀刑名，一切資之幕友，主人惟坐嘯畫諾而已。然而幕友中未嘗無學識之士也，其稱名幕者，大氐天資

高，讀書多，洞悉時務，而又能立品，不可輕屈，非隆禮厚幣不能致，故業此者常挾其具以驕人。然其具猶可挾也，及其敝也，子弟不能讀父書，學徒不能繼師業，人以其出自匠門，而又得有力者爲之推轂，其具無可驕，而驕自在也。迨館穀既豐，飽煖生欲，妻妾之奉，宮室之美，往往軼官而上之。官有黜陟，幕無黜陟；官有賠攤，幕無賠攤，故官多絀而幕多贏也。然則幕之可爲，不甚於官乎？曰：非然也。張子不云乎：富貴福澤，所以厚吾之生也；貧賤憂戚，庸玉汝於成也。憂戚非憂貧傷賤之謂，謂憂勤惕厲，動心忍性，增益所不能，以任世事也。豈有持尺一之本，墨守死法以畢乃事，巧者工爲避就，狂者妄操生殺，玩視生民，愚弄居停，而欲以是康其身，養育其子孫，有是理乎？其早擁厚貲，不旋踵而困饑寒者，比比然也。然則幕之不可爲，不甚於官乎？曰：非然也。幕與官一也，能學古通經以端其始，持盈保泰以善其終，官可世，幕亦可世也。若其未嘗從事詩書，授受摘鈔律本以爲遵守，不復更事推求，又復性耽飲食宴樂，其於民事以隙治之而已，若是者，則未見其可爲也。

師說

湯鵬

韓愈曰弟子不必賢於師師不必賢於弟子聞道有先後德業有專攻今也不然其先生曰如是焉則是不如是焉則非而弟子退然服矣其弟子曰如是焉未必是不如是焉未必非而先生拂然怒矣推弟子之所以退然服者若曰吾先生也迹之也推先生之所以拂然怒者若曰吾弟子也亦迹之也先生以迹敎弟子弟子以迹事先生是以先生無不智弟子無不愚先生無不賢弟子無不否也而豈理也哉天生民而立之君以長之立之師以敎之長之云者非曰莫予違也則夫敎之云者亦非曰莫己若也萬事萬物之理人與己交備焉則人與己交盡焉

彼未必盡昧而此未必盡明也彼未必盡離而此未必盡合也故古之學者其自視常若有不足而於人不敢有所輕師弟之閒湛然相與無迹之見而一出之以學問之意脩端趣側以發其情推此測彼以伸其類反覆辨論以衷其是參伍錯綜以盡其藏其所以為學與其所以為敎蓋如是其不苟也孔子曰起予者商也又曰回也非助我者也孟子曰子歸而求之有餘師夫曰起曰助曰有餘云者其謂敎與學相益也非以相勝也相導也非以相難也故曲而盡簡而平今之人萬萬不及孔孟而其意氣其榎概乃反過之君子譏焉曰此其為師也意氣焉已耳榎概焉已耳意氣榎概之師果可以敎天下哉

遇蛇者說二

劉嶽軒

余始為遇蛇說未悉夫事之顛末故極歎吾輿伯之弱且於蛇無怪焉迨悉其詳輿曰方吾之遇蛇也林閒一吼銜面而來搖頭吐舌橫曳於空吾自分危矣乃跪而請曰汝蛇卽暴必殺有罪者而後可吾此生無淺孽胡遭此不祥之罰儻陷於不知暫免吾歸後雖死而無悔不去又厲聲致詞謂吾有刀在手汝雖噬吾吾亦殺汝兩敗俱傷安所利之而蛇仍如故也不得已低首下心誦救苦經二徧復誦高王經二徧蛇乃退據杉顛伸如匹練然餘怒未怠尚瞰余而欲噬者然而吾且行且睨稍遠則絕塵而奔矣此輿所以得有今日也佛誠善護人者哉而吾謂

不然何者天下惟理足以屈萬物惟氣足以伸萬物理直氣壯雖猛物亦避其鋒當其與蛇相持皇皇然自審其生平是卽古人遇烖而省之意也而誦經奚為者昔韓退之之驅鱷魚也始責以義繼示以威而鱷魚避之蛇豈猛於鱷魚者邪故吾謂蛇之去也以輿之能以理諭也以輿之能以氣伸也其不去者殆欲觀輿之自信其眞與否自恃之堅與否至其去而止止而顧應亦怪輿之能以理諭乎能以氣勝乎而何為又以術愚予也斯時也輿以蛇為怪安知蛇不以輿為怪乎且是蛇固無足怪者使蛇而竟殺輿也則怪之怪其不可以理諭也怪其不可以氣勝也如第曰蛇之形怪也蛇之飛怪也彼山經海志形形色

色生來未有之奇從古不經之事竝出其際又烏知物之怪不更有甚於此蛇者邪然則吾將怪輿而不怪蛇乎則又非也蛇不足淡論而輿之事則有係於人心使輿而能如韓之驅鱷且能如韓之諫佛骨見怪不怪而復以怪息怪也詎非吾道之幸乎哉

息壤說

張瓚昭

山海經鯀竊息壤云云原與洪範國語祭法之言鯀者同非不經也自晉郭氏以土自長解息壤取漢元帝時臨淮地長爲徵而異說起及唐時永州寺僧夷古冢爲堂夷而復起柳子厚援郭氏息壤註以文飾之永州遂以有息壤傳於是爲戰國策息壤註者又牽合柳說而引伸之以爲息壤不獨秦有而異說彰至宋王旭在荊州誤認江陵舊埋石屋爲息壤作之記而蘇子瞻又作息壤詩高荷又作息石詩各有序以相誇而以譌傳譌所謂字經三寫烏焉成馬其將伊於胡底自我言之畎澮距川川達海泥沙石礫隨流而下者多海天同體豈能容此此蓋仍隨澤氣上附於地耳土之長以此今江湖中淡莫測忽焉洲起高出水上豈盡水之所壅乎歷考史書所載如臨淮地長之類不一處指爲息壤未爲不可特不可以爲山海經帝之息壤耳然則帝之息壤云何曰用修楊氏丹鉛摘錄云說文壤柔土也帝之息壤蓋指桑土稻田可以生息皆君所授於民者鯀治水不順水性力與水爭決耕桑之畎畝坊淫潦之洪流故曰竊帝之息壤以堙洪水此解出而後山海經無不經解人固如是夫

寄竹山人說 集禊帖字　唐李杜

今夫天地之大古今之殊同此寄也風日寄於天山水寄於地此寄之無終極者也情寄於言情盡故言盡言寄於文言盡故文盡曲寄於絃曲盡故絃盡此寄之有終極者也或寄於有形或寄於無迹有形者可以寄目可以寄足無迹者可以寄興可以寄懷一時之寄寄也終日之寄亦寄也一歲之寄寄也萬世萬古之寄亦寄也昔之所寄至今日已無矣今之所寄至後日又無矣一人寄之不爲少羣生羣類寄之不爲盛寄之爲言大矣哉人日寄於天地古今之閒固不若風日山水之無終極猶不自知其爲寄或仰以悲或俯以樂不亦妄與若夫旣以爲寄

是隨地可寄也隨時可寄也隨事可寄也今有取於寄竹豈無故哉夫竹與人同寄於天地古今之閒者也竹寄於天地古今人寄於竹豈人猶不竹若與不然人無可寄故因竹以爲寄與夫寄者蹔也人之在天地古今一蹔然事也寄者託也人不有天地古今將無所託也故云寄也竹寄於天地古今人又寄於竹是寄之又寄者也知竹與人同寄於天地古今又知人之寄於竹有所以寄於竹者竹之外將一無所寄矣竹之外一無所寄斯得其所寄矣得其所爲寄以視風日之寄於天山水之寄於地同此無終極可也由是寄於言寄於文寄於絃隨地隨時隨事亦無不可也能知其所寄者其寄竹山人之懷也夫

楷竹說　成毅

虎臣諸子以嚴謹之筆寫小叢竹細瘦不盈半筋閒以巖石望之蔚然深秀諦視筆意腕勁而氣和筆鋒著紙廉利深穩自署曰楷竹其友人成毅見而說之曰楷本木名竦直疏秀王次仲作正書以此名之後人專目近體爲楷其實籀文篆隸竝是古人楷法飛白章草則又楷之變焉者也人知易眞書爲飛白章草則知易章草而爲蘭爲梅爲松爲竹無二道也推之凡作金碧樓臺皴染山水刻劃士女鉤勒花卉假合竝用楷法出之如晉人作字一波一折具有精神則其所爲小品必有遠逾於常格者然其事倍難惟靜者心知其意可以仿佛得之大凡涉筆

不得楷法不足成家極其微妙與性情通知之而必俟乎習習之而必俟乎養養之久而弗忘弗助幾於自化莊生所謂承蜩累丸解牛胥是道也推之琴推之射二者蓋與用筆同焉皆可以觀道妙者也而其法竝昭於嚴謹是故君子之志於道也則務爲楷人而其成必資乎學

雜說四

成毅

士人服官亦惟謹守朝廷法制禁防而已。然而法制備禁防周，及其敝也便於小人而不便於君子。夫其所以為之法制而禁防者，蓋曰君子恆少小人恆多，對吾為之定制而劃一之，不問其人之為君子與小人也，行吾法焉已爾。顧事未有行之百年而無弊者，故君子循法而常不足以展其才，彼小人者則曰法固如是而已，其得與失非吾所能知也。於時君子日勞小人日逸，積之既久，形隔勢禁，相率舉其成法而盡弛之，小人乃漸奮其私智越而軼焉，而轉足快人意，於是法制禁防乃遂不可問矣。且夫君子守其仁義之本心，則多所顧畏，即蕩然無所禁防，

而其小心敬慎常若有所制焉而不敢逞，是惟聽其因事措置不為限量，則思慮周密，操縱在心，即可隨其才之大小任之輕重，而皆足以自見。今一切齎之以法，是即豪傑之才亦無異於庸眾，至於勢且不行，其事未必不可稍為變更，而不變者且隨而議其後，君子於此苟且遷就救過不遑，故能軼法度而建功名者，往往不能得之於平世也。小人異是，彼其恣睢桀驁之氣，陰賊險健之智，嘗私自便之心，固皆足以肆然自為，則方幸吾法之密也，而知所以禁防之者止於是焉，此外不得而我議也。彼其私心所營度者，乃即常在吾法之內，而又習知法之所行，事必不濟，則且故為驅迫或息緩焉，以俟其法之敝，及其敗而思所以易之不能，而其桀驁恣睢之氣，陰賊險健之智，皆足起而中之以便其私。故凡君子之所由之而重困者，皆為小人之所公然越之而不可以究詰者也。於是猾吏奸胥行私罔上，牽纏轇轕，君子方將藉以苟且目前，勢且不得不相與為掩覆，故為君子所不便，而乃愈為小人之所甚便。然而吾於世之所謂君子，則猶有說。今夫善惡義利邪正公私之辨，此如涇渭兩水判然不可相人，又如方舟並進，必不容以一身而兩御之。讀書之士知自好者十得八九，顧恆不能委曲成就此心，其終至於同流合污而不克以自拔，無他，其術疏耳。夫當其閉門讀書，亦常習聞仁義忠信之說，然而確然有所自得而遂從而謹持之

者蓋亦寡矣，而其精神斂斂語言文字之外無他及焉，則凡所為識人情察物理審時勢，如此而得，如彼而失，曲折變幻近在日用耳目之間，而皆以此為非吾事，然且挾策干進，貿貿然來，亦既遂能得之，私願已足，且不自知吾身將為何事。夫由其仁義忠信之說所習聞而既不可磨滅喪其本心，而其所為禍福利害之說持之不能自堅，及夫驟然身攖世務，則愈搖搖無所自主，是則清濁之界固猶未能判然先自劃定，而其才力又常不足濟之。何則？先時既未經歷世故講明切究，則於一切譸張變幻之術，試之當前，茫然莫辨，於是而不顛倒俯仰身為傀儡者鮮矣。夫既傀儡登場，任其提掇，於是猾吏奸胥皆得從而誘

之卽皆得從而制之而況乎法之所在往往牽掣不盡可行顧畏愈多竭蹶愈甚此其所以左顧右盼相牽而出於一術也然則君子始苦於自困終斬於自快則亦喪其從前所守而弗恤爾且夫上之所以涖下寡之所以勝衆者正直以持之明通以照之公溥以御之使夫畏而愛焉敬而服焉故能語之而必信令之而必行禁之而必止而後帥以從事指揮如意反是則異是將何道以濟之邪大率小人之尤者其機必快其手必辣蓋由徑竇習熟膽氣久壯而又可以冒然公行無所忌憚夫欲小人有所忌憚而不敢以冒然公行此無望其發於天性禁於憲典直恃君子之才之足以馭之耳是故猾吏奸胥所以敢於侮

其主者亦爲有所嘗試而知其人之易與也而小民視此矣是故服小人以德御小人以才二者缺一不可以爲政也然則非盡法制禁防之足以困君子而便小人也亦爲未有裕乎其本以待之者

湖南文徵卷二十三

湖湘後學集編

說六

原律呂說　邱之稑

嘗讀邵子皇極經世書而歎律呂之循生不已與其往而不返莫非天地自然之道也律以黃鍾爲本黃鍾一陽應候而得天數之始管長九寸而備天數之終故氣應冬至天開於子是也是月也復爲辟卦自復一陽歷臨泰大壯夬乾所謂陽生於子極於巳而黃鍾大呂太蔟夾鍾姑洗仲呂應焉自姤一陰歷遯否觀剝坤所謂陰生於午極於亥而蕤賓林鍾夷則南呂無射

應鍾應焉此陰陽之一大闢闔也（邵子曰無極之前陰含陽有象之後陽分陰也陰爲陽之母陽爲陰之父故母孕長男而爲復父生長女而爲姤是以陽起於復陰起於姤也又曰乾坤爲大父母復姤爲小父母）先儒謂同位娶妻隔八生子余謂生子固隔八娶妻非同位乃對衝之辰試以陰陽交媾律呂相生之次言之黃鍾生林鍾賓由復一陽與姤一陰交下生遯之二陰遯六月卦林鍾六月律也林鍾生太蔟實由遯二陰與臨二陽交上生泰之三陽泰正月卦太蔟正月律也太蔟生南呂實由泰三陽與否三陰交下生觀之四陰觀八月卦南呂八月律也南呂生姑洗實由觀四陰與大壯四陽交上生夬之五陽夬三月卦姑洗三月律也姑洗生應鍾實由夬五陽與剝五陰交下生坤之六陰坤十月卦應

鐘十月律也夫論消息之理陽極於巳陰極於亥幾不可以再生然相生之數不窮於亥者乾陽也生道之始無遽絶之理也以坤之順交乾之健則陰陽之氣復息故應鐘生蕤賓實由坤之純陰變陽與乾之純陽變陰交上生姤之一陰姤五月卦蕤賓五月律也蕤賓生大呂實由姤一陰與復一陽交上生臨之二陽臨十二月卦大呂十二月律也大呂生夷則實由臨二陽與遯二陰交下生否之三陰否七月卦夷則七月律也夷則生夾鐘實由否三陰與泰三陽交上生大壯之四陽大壯二月卦夾鐘二月律也夾鐘生無射實由大壯四陽與觀四陰交下生剝之五陰剝九月卦無射九月律也無射生仲呂實由剝五陰

與夬五陽交上生乾之六陽乾四月卦仲呂四月律也此娶妻生子之奥旨卽男女媾精萬物化生之妙義也至是而仲呂將復生黃鐘乎曰不能也生生之數止於此也如先天卦之序乾數始於一坤數終於八也如先天圖之象一始於南八終於北也所以往而不返也按之律呂相生之數無不符推之陰陽消息之機無不協則黃鐘爲十一律之本而不受生於十一律尚何疑哉先儒祇知娶妻生子之略而不明律呂所以配月卦分陰陽之理爲天地自然之機故終不能制器審音也或曰如子之說陰陽之理其終有窮乎曰否物窮則變變則通通則久易之義微矣哉

按京房因仲呂還生黃鐘不及原數創立執始等名目轉生四十八律杜佑通典本此以仲呂不盡之筭三分損益再生黃鐘以下十一律爲變律蔡西山律呂新書本通典節取之以黃鐘林鐘太簇南呂姑洗應鐘六律爲能具足定爲變律且曰應鐘之實又不盡一筭數又不可行此變律之所以止於六又謂變律止於應鐘雖設而無所用竊謂設無所用有不如無卽以變言古來論樂者只五正聲之外有變宮變徵律至仲呂不能還生黃鐘實陰陽消息之機天地自然之理歷千古而不能變諸說於此是爲節外生枝究於音律豪無所補備舉於茲其失自著

五聲六律十二管還相爲宮說

邱之稑

昔皇帝使伶倫自大夏之西昆侖之陰。取竹於嶰溪之谷。以生而空竅厚薄均者。斷兩節閒而吹之。以爲黃鍾之宮。制十二筩以聽鳳凰之鳴。其雄鳴爲六。雌鳴亦六。以比黃鍾之宮。而皆可以生之。此聲律之所由始也。虞書曰。同律度量衡。曰聲依永。律和聲。又曰。予欲聞六律五聲八音。周禮太師掌六律六同。以合陰陽之聲。皆文之以五聲。播之以八音。想見虞周盛時。制作大備。秦漢而降。樂經殘缺。聲律之道微矣。其散見諸書者。莫如戴記禮運篇五聲六律十二管還相爲宮之說。爲得古人制律之精意。夫聲有正。亦有變。正者何。宮商角徵羽五聲也。變者何。變

宮變徵二聲也。言五聲者何。不及二變。二變不可統五聲。五聲可統二變也。羽宮之閒收一音。曰變宮。角徵之閒收一音。曰變徵。雖名爲變。近於宮前徵前。故仍不離乎宮徵之名。不離乎宮徵之名。因有以淆乎宮徵之音。故合之雖七。而用之則五也。用之則五。而還之又不可無其七也。故五聲成調。二變禁用。如黃鍾宮聲主宮。變宮變徵當二變之位不用。太簇商聲主宮。正宮正徵當二變之位。不用。是二變用而五聲中有不用之二變。二變不用而五聲中又有時出變宮變徵而兼用者。此言五聲可以知其統二變也。何曰律。黃鍾太簇夷則無射也。言六律者何不及六呂。律陽也。大呂夾鍾仲呂林鍾南呂應鍾陰呂也。陰呂不可統陽律。陽律可通陰呂也。故周禮謂六呂爲六同。國語謂六呂爲六閒。呂其體也。閒其位也。同其高下之情也。陰助陽而理無成有終之義也。故天子之樂黃鍾主宮而六律從之。諸呂不敢以上僭。諸侯之樂大呂主宮而六呂從之。諸律不至於下移。無他。陰陽之道。立君臣之分嚴也。此言六律可以知其統六呂也。合律與呂言之。所謂十二管也。且夫律固可以統呂。而陽終不可亾陰。鄭氏康成曰。六律合陽聲。六呂合陰聲。是也。然則律有五聲有二變。呂亦有五聲有二變。陰陽各備正變。合之凡十四聲。而管僅十二。何也。管僅十二。五正而外。蕤賓林鍾爲變徵。而變宮之聲獨缺焉。缺可乎。不可也。律呂止於六損益相生

之數。往而不返。至仲呂而終窮。非可缺也。無其位也。無其位將求變宮於律呂內乎。抑求變宮於律呂外乎。求變宮於律呂之內而無其位。無怪陰陽錯雜。如漢唐以來。律家以應鍾爲黃鍾宮變宮。以黃鍾爲大呂宮變宮。夫應鍾陰呂。不能變黃鍾之宮。黃鍾陽律不能變大呂之宮。不變強以爲變。雖律家變之。而律終不變。律不變是求變於律呂之內。而應黃之淸濁各判者。兩不與相諧。求變於律呂之外。而仲呂之損益相生者。不能盡其變。求之不得。意者其在不內不外之閒乎。何謂不外不內。取聲之法。莫妙於半律。三半呂三倍律三倍呂三。三而六之。六而二之。合六律十二管爲二十四管。以十二管之律合之。得二十四

管之多由是以一而神體與本管各殊其長短以兩而化聲與本管別具乎高低長短殊高低別而後七聲生七聲生而後變宮出變宮出而後還宮之義著還宮之義著而半倍之體裁仍不出律呂之法度不出律呂之法度則二十四管不啻十二管不啻十二管故不曰二十四管只曰十二管亦猶言五聲而二變在其中言六律而六呂在其中也孰三半孰三倍律莫長於黃鍾太簇姑洗呂莫長於大呂夾鍾仲呂半律半呂者謂折此三律三呂之管而半之也律莫短於蕤賓夷則無射呂莫短於林鍾南呂應鍾倍律倍呂者謂加此三律三呂之管而倍之也半管之音較正管本音低一律倍管之音較正管本音高一律

故以正宮清宮言低一律者半黃鍾半大呂之管不應黃鍾大呂之宮音而應倍無射倍應鍾之變宮音半太簇半夾鍾之管不應太簇夾鍾之商音而應黃鍾大呂之宮音半姑洗半仲呂之管不應姑洗仲呂之角音而應太簇夾鍾之商音按唐宋言樂者昧於制律之源謂四半管爲四清聲不審音律之協不協竟以半黃鍾應黃鍾爲黃鍾清聲半大呂應大呂爲大呂清聲半太簇半夾鍾亦然至以其音過高直目爲鄭衛之音者更屬於理無當夫鄭衛之音自當以詞之淫靡分不當以聲之高下別風詩具在較然不爽高一律者倍蕤賓倍林鍾之管不應蕤賓林鍾之變徵音而應夷則南呂之徵音倍夷則倍南呂之管不應夷則南呂之徵音而應無射應鍾之羽音倍無射倍應鍾之管不應無射應鍾之羽音而應半黃鍾半大呂之高變宮音不應本音何其

故由於管體之半其長倍其長而未半其徑倍其徑所以與正管本音不相應而七聲之所從生也故曰七聲生而後變宮出變宮出而後旋宮之義著焉今就陽律十二管以黃鍾主宮言之倍蕤賓居下徵爲第一位倍夷則居下羽爲第二位倍無射居變宮爲第三位黃鍾居宮爲第四位太簇居商爲第五位姑洗居角爲第六位蕤賓居變徵爲第七位夷則居徵爲第八位無射居羽爲第九位半黃鍾居高變宮爲第十位半太簇居高宮爲第十一位半姑洗居高商爲第十二位正變各備高下竝陳旋相爲宮循環不已其於宮爲君商爲臣角爲民之義自然不致陵犯焉由是黃鍾爲宮與半太簇高商應則太簇爲商與半姑洗高商應

姑洗爲角蕤賓爲變徵夷則爲徵與倍蕤賓下徵應無射爲羽與倍夷則下羽應倍無射爲變宮與半黃鍾高變宮應旋太簇與半姑洗高宮應則姑洗爲商蕤賓爲角夷則爲變徵與倍蕤賓下變徵應無射爲徵與倍夷則下徵應半黃鍾爲羽與倍無射下羽應黃鍾爲變宮與半太簇高變宮應旋姑洗則蕤賓爲商夷則爲角倍蕤賓下角禁不用無射爲變徵與倍夷則下變徵應半黃鍾爲徵與倍無射下徵應半太簇爲羽與黃鍾下羽應太簇爲變宮與半姑洗高變宮應旋蕤賓則夷則爲商與倍蕤賓下商應無射爲角與倍夷則下角應半黃鍾爲變徵與倍無射下變徵應半太簇爲徵與黃鍾下徵應半姑洗爲羽與太簇下羽應姑洗爲變宮旋夷則與倍蕤賓下宮應則無射爲商倍夷則下商禁不用如用倍蕤賓下宮則不禁半黃鍾爲角倍無射下角禁不用如用倍蕤賓下宮則不禁半太簇爲變徵與黃鍾下變徵應太簇爲徵與半姑洗高徵

應姑洗爲羽。蕤賓爲變宮。旋無射。與倍夷則下宮應則半黃鐘爲商。倍無射下商禁不用如用倍夷則下宮則不禁半太簇爲角。黃鐘下角禁不用如用倍夷則下宮則不禁半姑洗爲變徵。與大簇下徵應姑洗爲徵。蕤賓爲羽。夷則爲變宮。與倍蕤賓低變宮應旋倍無射。與半黃鐘高宮應則黃鐘爲商。與半太簇高商應太簇爲角。與半姑洗高角應應姑洗爲變徵。蕤賓爲徵。夷則爲羽。與倍蕤賓下羽應無射爲變宮。與倍夷則下變宮應推之陰呂十二管亦然。管子所謂下羽之聲大於宮。伶州鳩所謂宮逐羽音亦卽旋宮之義也。由是五聲二變旋於七均之中。合淸濁二均爲一十四均而九十八聲成矣。此皆天地自然之妙。豈人力所能強爲哉。

蕤賓林鐘說

邱之稑

孟子曰聖人既竭耳力焉繼之以六律正五音。六律者黃鐘太簇姑洗蕤賓夷則無射也。五音者宮商角徵羽也。正也者以黃鐘正宮以太簇正商以姑洗正角以夷則正徵以無射正羽也。何以不言十二律也。六律陽也。六呂陰也。陽統陰也。陰助陽而代有終也。然其所以正者亦若是而已矣。大呂助黃鐘而正宮也。夾鐘助太簇而正商也。仲呂助姑洗而正角也。南呂助夷則而正徵也。應鐘助無射而正羽也。但呂之音每淸於律。陰不敢擬陽也。律呂各六而止用五者。音止於五也。其不用蕤賓林鐘何也。蕤賓中五月律於時卦爲姤。一陰始生於下而遇五陽女

德不貞壯之甚也。由姤而消息至復卦。陽又生矣。陽者君也。復者十一月之卦也。律應黃鐘。黃鐘律呂之本亦萬事之本也。蕤賓與黃鐘對而不敢自用。臣避君也。故於五音無取也。林鐘亦然。蓋林鐘六月律也。六月於卦爲遯。二陰浸長陽當避遯。故臨之象曰至於八月有凶愼之也。夫臨十二月之卦也。是月也律中大呂。大呂助黃鐘以宣物。猶后之助君而理內政也。故林鐘亦與大呂對而退處不用。猶妾媵不敢抗嫡也。然而蕤賓林鐘非終不用也。音居角徵之閒。藉以濟角徵之不及。故二律皆中變徵之音。變徵作五音聯。五音聯則變而可正。變而可正則律呂諧。律呂諧則陰陽和。而萬事無不得其正矣。其七律何也。變

徵之外又有變宮變宮在十二律之外也變宮備而後還宮之義見焉凡此皆陰陽自然之運不容少假人爲愚於㽔賓林鐘略參造化之妙矣漢儒誤以林鐘爲徵應鐘爲變宮是不製律呂之過故孟子曰不以六律不能正五音也

聲字配合五聲二變說

邱之桂

古人言樂但有宮商角徵羽變宮變徵七音無以工尺字譜名聲調者葢五聲二變得六律而始正而六律非五聲二變亦無以妙其用此按律可以知音亦審聲可以定律二者實互相資也且律之音每濁於呂呂之音恆清於律律呂二均一管不容混雜雜則其聲不相和應故六律六呂有陰陽之別而五聲二變有清濁之分聲字之合四一上尺工凡六五九音葢混律呂而一之混律呂而一之則陽律陰呂之聲其各以類從者無由辨律呂之以類從者無由辨則五聲二變之清濁不淆者亦無由明始猶以聲字代正變爲譜曲之捷法相沿既久只知聲字

是依竝不復知有五聲二變矣此管律之製所以不傳於後世也後世失管律之傳僅以時笛正律呂細審時笛聲字合與六四與五同一音而分高下是聲字之目雖有九而其音仍不外乎七七音中一凡禁用是聲字之音雖有七而其以正應者亦不越乎五以今證古以俗證雅兩相符合如是溯厥由來非無明徵楚詞大招曰四上競氣極聲變只此言聲字之權輿也何曰四上就四一上相聯之三聲而取其二也取何只及四上葢四上之閒爲一之次一居四之中得聲淆雜兼收其聲必致變調所以云然者謂四與上之氣兩相競而一之聲獨不與相協故曰極聲變只也由是推之則一與四上非卽羽宮之閒取一

聲爲變宮之義乎。一居四上之中取爲變宮。例諸工凡六相聯三聲而凡當禁用。非卽角徵之閒取一聲爲變徵之義乎。變宮變徵之聲得推之。上爲宮尺爲商工爲角六爲徵五爲羽。合與六高低相應爲下徵。四與五高低相應爲下羽之義。莫不皆明。此聲字與五聲二變所以兩相符合也。世之審音者誠能徧製律呂之管。窮求正變之音。庶五聲二變之淸濁。不因聲字之便易而全廢。而六律六呂之陰陽。實因正變之淸濁而悉昭。每譜一曲。註明某律某呂主宮某律某呂起調。區別陰陽分晰淸濁。絲豪不混。然後以聲字配合正變以圖易記。或不致得末而忘本。本末兼該。聲調悉著。安見古樂之不可遽復哉。時笛合字應蕤賓者爲律笛應林鍾者爲呂笛

五聲配五行說

邱之稑

嘗讀朱子書。有樂聲是土金木火水。洪範是水火木金土之語。竊歎五聲之配五行。與洪範五行一順一逆。要皆本河圖洛書之數而不可易者也。河圖之數。一變生水六化成之居北。二化生火七變成之居南。三變生木八化成之居東。四化生金九變成之居西。五變生土十化成之居中。洛書之數。戴九履一。左三右七。二四爲肩。六八爲足。五居中央。虛十。四應洪範五行之始於水終於土者。生數始於一終於五也。五行之生序也。萬物成形以微著爲漸。五行先後亦以微著爲次。五行之體水最微爲一。火最著爲二。木形實爲三。金體固爲四。土質大爲五。周子太極圖曰。陽變陰合而生水火木金土是也。若夫樂聲之宮在聲爲天地之中聲。在氣爲天地之中氣。在性與情爲喜怒哀樂未發之中發而中節之和。蓋得天地之中數爲中央土。而以之統乎商金角木徵火羽水者也。數多者聲大而濁。土之生數五。故宮聲最大而沈濁。金之生數四。故商之大次宮。數少者聲細而清。水之生數一。故羽聲最細而清。火之生數二。故徵之細次羽。木之生數三。故角聲居五者之中焉。然世之言中聲者。不以角而以宮何也。朱子嘗論之矣。曰凡聲陽也。自下而上。未及其半則屬於陰而未暢。故不可用。上而及半然後屬於陽而始和。故卽其始而用之。以爲宮。因其每變而益上。則爲商爲角爲變徵

爲徵爲羽爲變宮而皆以爲宮之用是宮之一聲在五行爲土在五常爲信在五事爲思葢以其正當衆聲和與未和用與未用陰陽際會之中所以爲盛若角則雖當五聲之中而非衆聲之會且以七均論之又有變徵以居焉亦非五聲之所取正也又有爲宮當配仁之説者朱子抑又論之矣曰迹其所以葢以仁當四德之元而有包四者之義耳夫仁木行而角聲者也以之配宮則仁既不安而信亦失據然以爲可包四者則不害其有是理也夫五行之序木爲之始水爲之終而土爲之中以河圖洛書之數言之則水一木三而土五皆陽之生數而不可易者也故得以更迭爲主而爲五行之綱以德言之則木爲發生

之性水爲貞靜之體而土又包育之母也故木之包五行也以其流通貫徹而無不在者也水之包五行也以其歸根反本而藏於此也若夫土則水火之所寄金木之所資居中而應四方一體而載萬物者也故孔子贊乾之四德而以貞元舉其終始孟子論人之四端而不以信列序其間葢以爲無適而非此也由此觀之宮之統五聲其理益著或曰陽律濁聲一均陰呂清聲一均總之有十聲又有何説以處此曰生數陽也成數陰也河圖洛書之數五居中十亦在中卽陰陽二均之中聲所從出也土五金四木三火二水一爲生數陽律之宮商角徵羽也土十金九木八火七水六爲成數陰呂之宮商角徵羽也太史公

曰音樂者所以動盪血脉通流精神而和正心也故宮動脾而和正聖商動肺而和正義角動肝而和正仁徵動心而和正禮羽動腎而和正智故聞宮音使人溫舒而廣大聞商音使人方正而好義聞角音使人惻隱而愛人聞徵音使人樂善而好施聞羽音使人整齊而好禮是樂之有五聲猶人性之有五常人身之有五事聖人以之致中和之用贊化育之道本乎此也非知天地造化之妙者孰能契其微哉

律歷相通說

邱之稑

月令以十二律配十二月，不過言其大概，未嘗晰及精微。如孟春之月律中太簇，若雨水未交，雖孟春過半，其呂尚是大呂，不可一見孟春，謂已中太簇之律。仲春之月律中夾鐘，若春分未交，雖仲春過半，其律尚是太簇，不可一見仲春，謂已中夾鐘之律。正如正月建寅，寅與亥合，太陽必雨水氣至，其時其刻方入亥宮。雨水未至之前，氣猶大寒，太陽仍在子宮。二月建卯，卯與戌合，太陽必春分氣至，其時其刻方入戌宮。春分未至之前，氣猶雨水，太陽仍在亥宮。推之十二律十二氣皆然。此音律之道所以與氣候冥合，爲天地自然之聲。惟製律候氣，心通造化者，

始可語於斯。故凡按時用律，月建已臨，而中氣未至者，某律即中某月，尚不可用以主宮，其主宮猶用此月以前之律。記曰：當其可之謂時。不臨節而施之謂遜。其斯之謂歟。

按文獻通考，宋眞宗咸平四年，太常寺言：樂工習藝匪精，每祭享止奏黃鐘宮一調，未嘗隨月轉律。據此則隨月轉律自古已然，不可不詳。

六十調圖說

邱之稑

律呂新書所著六十調圖，謂以周禮、淮南子、鄭氏禮記註、孔氏正義定。嘗考周禮大司樂：一曰凡樂圜鐘爲宮，黃鐘爲角，太簇爲徵，姑洗爲羽；一曰凡樂函鐘爲宮，太簇爲角，姑洗爲徵，南呂爲羽；一曰凡樂黃鐘爲宮，大呂爲角，大簇爲徵，應鐘爲羽。無論不用商聲，不識何義，即所謂宮角徵羽被諸管律，無一不相協。若謂每樂四章，各舉一音而言，總計三樂共十二調，每調五聲，爲六十聲，是必納商聲於各調之內，方成六十。如此又與周禮本旨齟齬不合。謂此不可解之經，自當闕疑，不必強爲附會也。淮南子曰：一律而五音，十二律凡六十音。鄭氏禮運註曰：其管

陽曰律，陰曰呂，布十二辰，始於黃鐘，終於仲呂，更相爲宮，凡六十也。按一律一音，十二律只十二音，五音六十音者，謂一音主宮，統商角徵羽一均爲五音，十二管還相爲宮，則於十二音中各得正聲五音爲六十音。如是六十音者，由十二管中還轉而得，非實有其數也。孔氏正義曰：黃鐘爲第一宮，下生林鐘爲徵，上生太簇爲商，下生南呂爲羽，上生姑洗爲角，至仲呂十二宮，宮各五聲，爲六十聲。是說雖律呂混雜，其所謂宮與聲，與劉鄭二說相發明，並未指聲爲調。如圖說以六十聲作六十調，則一調七音，六十調計四百二十音，即當二變者，不以主宮數，亦未嘗加減夫管各一宮，故爲十二宮。宮還而調成，宮既還而商角

徵羽莫不與之俱還未聞還宮之外復有所謂還商還角還徵羽之別立其名者試就圖中黃鐘一均言之黃鐘宮調與太簇之黃鐘商姑洗之黃鐘角林鐘之黃鐘徵南呂之黃鐘羽同此五音二變一調而重出者四是有黃鐘而商角徵羽之重出者爲贅無射商調與太簇之無射角仲呂之無射徵林鐘之無射羽及本調之無射宮同此五聲二變亦一調而重出者四是有無射宮而商角徵羽之重出者亦爲贅故曰宮還而商角徵羽莫不與之俱還也推之夷則角仲呂徵夾鐘羽莫不皆然推之大呂以下十一宮莫不皆然是調雖六十去其重複十二宮之外別無他調此聲與調之宜辨者也夫以律呂上下相生之術

爲宮生徵徵生商商生羽羽生角實由誤會管子紘度生聲數語乃遷史律數倡之班固前漢志因之劉昭後漢志仍之以後論律者莫不以訛承訛奉爲程法豈獨孔氏淮南子言之抜前八十四聲還宮圖黃鐘爲宮太簇爲商姑洗爲角蕤賓爲變徵林鐘爲徵南呂爲羽應徵爲變宮推至八音變黃鐘復爲清宮大呂爲宮夾鐘爲商仲呂爲角林鐘爲變徵夷則爲徵無射爲羽黃鐘爲變徵推至八聲變大呂復爲清宮無論陽律雜陰呂陰呂雜陽律音不相諧且半黃鐘半大呂聲不應黃鐘大呂以爲清宮又何能諧六十調圖與彼無異此陰與陽之宜辨者也至謂起調畢曲每五聲一均皆用宮調如黃鐘至夾鐘竝用黃鐘起調黃鐘畢曲夫黃鐘宮調固知用黃鐘者若黃鐘爲無射之商列於黃鐘宮下及列無射本位又曰無射宮調二也同一五聲二變起調畢曲此宜用黃鐘彼宜用無射不識何由分別偶舉一調例其餘知爲必窮之道也猶精言之曰宮商角三十六調老陽也徵羽二十四調老陰也且擬諸六甲五子謂六十調如六十日皆三十六爲陽二十四爲陰謂爲理之對待數之自然言固徵矣其如律呂之不爲用何哉知此則八十四聲圖可不待辨而自明矣

醫說

湯昭彌

敘齋子精岐黃術。不爲時人所知。一日過予妙香精舍。瞿然曰。予欲以醫道濟人。而人不吾信。何邪。予曉之曰。天下事其在人者。安可必哉。昔者扁鵲最號神醫矣。而不能救齊桓侯之疾於腠理肌膚之日。不能與靈巫爭用於衛人之家。言不信也。今吾子挾其活人之心之術。而曰人必吾信。是扁鵲不能得之於桓侯衞人者。吾子必欲得之於今世。有是理乎。且子亦知今之諱疾而忌醫者。枉枉皆是乎。有媚疾者忌正直之醫。有傲疾者忌謙遜之醫。有竊疾貪疾者忌廉靜寡慾之醫。諸凡戲謔之疾。游蕩之疾。沈湎冒色之疾。論語之所謂三疾。韓嬰之所謂十二疾

者。子能一一醫之乎。況吾子之疾。正未可一二計。者不合時宜耿介疾也。不慣趨承懶惰疾也。不知忌諱放言疾也。不明機械坦率疾也。醫門多疾。吾子自治且不暇。而暇治人歟。雖然子亦多疾矣。好古而生死以之。疾在於不知變。學道而饑寒聽之。疾在於不知權。雅愛施予輕財疾也。敦尚氣節倔強疾也。多疾如此。吾子將以何者補我黥而息我劓。使我不至抱疾以終邪。且子之於醫亦常三折肱矣。詞章者文士疾也。子欲醫之以經術。驕淫者富貴疾也。子欲醫之以渾樸。他如農工商賈。疾不一。醫亦不一。而欲醫之心蓋一也。然則吾子之所謂寒疾暑疾風疾溫疾頭腳疾腰背疾者。不過一人一體之疾。其疾小。而子之所謂乃世道人心之疾。其疾大。安得一一醫之邪。吾聞良醫醫人先備良藥。山經所載食祝餘者不饑。食植楮者不眯。食鯊魚者不驕。食櫜茝者不畏。他如榮草已風。肥遺已癘。儵魚已憂。鮨魚已狂。舉凡不妬不惑不疥不忘之藥。吾子囊中其果一一藏之歟。昔者伊尹醫商。太公醫周。百里醫秦。由麃醫郢。原季范蠡管仲醫晉醫越醫齊。數子誠醫中扁鵲哉。然數子能醫人之國。不能使人之我信而必醫其國。然則吾子雖欲醫人。又安能使人之我信乎。夫古之能醫人國者。有一應人請而有割股之心者。禹稷是也。有人再三請終不爲人主一方者。巢許是也。有人不相請而已卽不至者。顏子是也。有不待人請而叩門求治者。孔

子是也。吾子果何道之從。與信其在我。聽其在人而已。信不信何病之有。於是敘齋子乃冁然笑。欣然起。且惘然其若有失也。因作醫說以贈之。敘齋姓湯氏。余族人也。

嫦娥奔月說　周倬祥

王充論衡云羿請不死藥於西王母·其妻嫦娥竊以奔月是爲蟾蜍事之有無固不必辨亦不必非也·袁郊詩曰后羿徧尋無覓處誰知天上亦容奸·是不知嫦娥幷不知天也·天道福善禍淫·人必如軒轅乃能升天如傅說乃能託精神於箕尾·苟非其人雖服氣錬形不能·唐李虛中餌金丹而疽發背亾可驗也·從來奸人擅國·忠言伏賢人隱惟婦之賢者可行其柔正以諭之於道·羿篡臣也嫦娥賢婦也·陳嬰之母知陳氏之廢·王陵之母知劉氏之興·嫦娥之賢豈不知大禹明德非一再傳而湮滅者·羿篡竊非克保其首領者想其周旋有窮芴引曲喻以隱奪其

權奸之魄陰消其跋扈之心·不知若何周且至矣·柰羿暴疾性成·諫之不聽·不聽而強諫適足以殺其軀·葢彼既無君臣之義亦何有夫婦之情·嫦娥既不能甘心爲亂臣賊子婦·又不敢背與齊不改之義則惟有死無二適·羿請不死藥藏於宮乃服之以奔月云·夫王母竟以藥賜羿羿復藏而不遽食·葢所以玉成乎嫦娥也·以爲天上容奸悖矣·然則天下不知天不容奸而爲藥所誤者亦可返矣·或曰明皇何以游月宮·不知明皇倦於聲色昏迷政治冥其心以求天地開元渺之事·一時術士迎其機僞爲月宮之游·厥後果以霓裳羽衣曲引導貴妃·幾於喪國·豈月宮貽此淫聲以禍人家國邪·

退湖說　鄧瑤

余來鄂·鄂城北有僧寺曰長生閣·地閒曠·余樂而居之·閣後有湖·約廣十數畝·徧種芙蕖·盛夏花開·晨起啟牖四敞·淸香徐入·此身疑居蓬萊方丈·非人閒境也·先是余友張君啟鵬寓此·顏之曰退湖·余嘗叩其命名之意·君笑而不荅·噫·張君之意深矣·夫江湖憔悴不遇之士·當其窮困至極·則思退而求息·古今人情一也·君以激昂磊落之才·旣久困一第·將退求數畝之田於衡山湘水閒·徜徉嘯嗷·著書自怡·因以退名所寓地·君殆聊寄其將隱之意乎·抑以是湖當春秋之交·雨盛水溢·過時則消·有類乎無本之學·進銳退速·眛盈科後進之義·因以退名·欲爲世

之鹵莽治學者示儆歟·抑又有見於擁高位居寵祿者·戰利欲於方寸·忘宦海之風波·及至進退維谷·勢同羝羊·始悔不早自引退·君得毋有慨於此·將爲世之知進而不知退者諷乎·噫·張君之意深矣·且夫聖賢豪傑之生於世也·出處隱見·葢嘗躊躇審愼·長慮卻顧·實有不得已之心·非苟富貴徒貧賤爲也·居廟堂之高則憂其民·處江湖之遠則憂其君·進亦憂·退亦憂·之數語者·非范希文登高遠覽·感慨無端之盛心乎·士不容苟進·亦烏容恝視天下蒼生·亟思引身以自便·進退之閒·不其難哉·若謭劣無能而又憔悴不遇如余者·固宜息耕畬上·長爲農夫以沒世矣·昔漫叟作杯湖銘曰·爲人厭者勿泛·其作退谷銘曰·干

進之客不得游，而以孟士源無情干進，在武昌不爲人厭，可與泛杯湖游退谷，故作詩招之，今之退湖視退谷奚若，而無情干進如孟士源者，今又果有其人否邪，張君試訪之。

假山說

鄧瑤

余宅後有山曰龍泉，龍泉山之前相距數十武曰葉公山，兩山之石最多狀最奇，其仰而立者如猨猱之升於木，俯而伏者如熊羆犀象之蹲於山阿，其穹樹根出而負之者，又如龜之爲趺，而千尋之木屹然矗立於上也，圓者可坐，方者可圍棋鳴琴，可飲酒賦詩，其餘如甕盎如尊罍如臼之屬，玲瓏透剔不一其狀，又有古松怪柏杉檜槐榆楓樟橡栗杞梓椿桂連理之木數十百本雜列奇石間，葱鬱掩拂，噫，亦古梅谿嶰間一奧境也，顧吾屬生長茲山，恆熟視若無覩，邑里親串之游其中者，心知其可愛亦未甚以爲奇，而牧童樵豎之驅牛豕過其地者，牛就之礪角，豕卽之揊疥，遺矢累累也，其稜削之當路側者，童豎往往鑿而斷之，其類臼者又或叢溺其中，而石之遭屈於茲山特甚，蓋甚矣世之無眞賞久矣，湘陰郭筠仙孝廉嵩燾以道光丙午春偶至余家，余從叔父後偕仲源仲權兩弟及從子光松光椿光黼輩導之游，筠仙摩挲諸石，嗟歎不忍去，以謂平生游歷茲爲稱最，殊尤之產，惜乎阻於荒陬僻壤爲世所不識也，若以茲山之石輦而致之通都大邑，貴官達人見而琦貴之，一日之閒可立售，柰何使其偃蹇窮谷，置諸空虛無用之地也，余荅之曰，否不然，茲石之產於茲山，不知其幾千百年矣，得煙霞之醞釀，歷霜雪之磨鍊，雖爲牛豕所傷，童豎所侮，而其磊落嶔崎離奇偪

強之眞自全若輦而致之通都大邑則必命土人持畚鍤而掘其窟命石工持斧斤而鑿其根雱雜破碎已非完體及入達官貴人之第膠而合之壘爲峯嶺邱阜之狀顚倒錯亂一聽客之所爲工成具酒食大召賓客落之衆客逡巡睨視皆曰山也而孰知其爲假哉烏乎茲石偃蹇窮谷不求人知今乃僅遇郭君耳假遇有氣力者足以拔取果欲輦而致之通都大邑不誠斯石之大不幸哉郭君曰子愛石誠善前言戲之耳子勿過爲石慮游倦而歸遂爲是說以貽郭君

復性

孫頤臣

光明者火火無光也無明也非火之無光也無明也無以光明乎火者也積薪而焚之傾膏而然之人皆曰火之光也火之明也假而曰是薪之光也是膏之明也執薪而求光薪烏乎光也執膏而求明膏烏乎明也然而一車之薪光十丈薪聚則光聚薪燼則光燼矣一石之膏明百步膏盛則明盛膏竭則明竭矣夫性火也學薪與膏也性無不善火無不炎也非薪非膏火熸矣非學性漓矣鑒於水者胡更鑒於火

轉丸天下之至穢也蛣蜣不穢乎轉丸也而嗜之西子天下之至美也游鱗不美乎西子也而避之匪轉丸之馥於蛣蜣西子

之嫌於游鱗也不蛣蜣不嗜轉丸不嗜轉丸必不蛣蜣也不游鱗不避西子不避西子必不游鱗也然而叩之蛣蜣蛣蜣弗知叩之游鱗游鱗弗知蛣蜣性乎嗜游鱗性乎避也人性乎善猶之蛣蜣游鱗也然而蛣蜣不移其嗜游鱗不移其避而人獨移其性何也蛣蜣游鱗始終乎性者也人之移其性情爲之也故君子制情以復性

頒示刑律說　孫頤臣

孔子曰民可使由之不可使知之非不欲民知也道之精者民不易知亦不必知故不期其知也若夫著爲條教號令者則惟恐其不知於是月吉讀法遒人徇路設官備而立法周凡以懼乎不教而殺也今天下獄滋繁矣爲民上者以爲彼自戾於法我乃得以法死之彼之死死於法非死於執法之我也嗟乎彼誠戾於法矣使彼固知法之當死特戾於法吾因而死之是誠死於法也令彼未知法之當死適戾於法吾從而死之彼雖死於法能甘心於執法之人邪死者不甘執法之人執法者可愧矣慈祥之吏起而矯其弊執救生之說曲全於萬一無論不可

必得也即得矣生者倖免死者含冤使三寸之法不申於朝廷廢國憲而長奸萌貽害胡底也夫鴆人弗飲也白刃人弗蹈也以知飲之蹈之之必死也使知法之必死未有不視法如鴆與刃者也然而民未由知必上之人使之知而後能知也古者詩書之澤及於婦孺絃誦之聲徧於閭里上又以時警惕而告誡之故桀驁之氣化而爭競之風熄即今世之犯法者城市嘗少而鄉曲嘗多者良以城市之民猶習於法度而與聞乎吏事鄉民或終身不識之無不見官長沿鄙陋之俗率獷悍之性意之所起毅然行之不復有所顧忌昔嘗聞之有兄弟共妻者有弟偶寡嫂者有執賊而注刑斃之者親戚慶之里黨韙之無一人知所爲之干法而足以致死者迨犯而始知之未有不歎息痛恨於前此之不知者然而無及矣爲士師者明知其陷於不知而不得以不知爲之解是可哀矣今制州縣設鄉約月朔望集民宣講　聖諭法至善也然相習既久徒爲具文誠令牧民者實力舉行更節刑律中民所易犯者裒爲一編著其綱而約其目語務賅簡一覽可知量地之廣狹頒冊之多寡令鄉約熟誦隨時與鄉人講解更於朔望宣講　聖諭後詳細申說生其戒懼之心示以避趨之路使惕於　王章之不可倖逃法紀之不可或越雖頑梗不化未必無人而稍有人心者未有不惜其身命而慄慄者也是雖未能以德化民期於恥格而

以之行於末世冥冥中所保全者多矣不猶愈於不教而殺之爲民上者乎

謚說

孫頤臣

五帝興而謚法作。謚之由來舊矣。所以明善惡示褒貶。加諸身後。警乎生前。傳信於天下萬世者也。故善則謚美。惡則謚惡。一循乎生平之實。無稍假焉。夏商之末。若桀若紂。未嘗少諱。及周之叔世。人心旣澆薄矣。而幽厲之謚。猶不得以臣子之愛其君父者廢公議。春秋列國。其風尚有存者。漢以後。乃多美而鮮惡。其惡者。每在勝國之君。及有意以私加者爾。非然者。匪惟臣子不敢施於君父。卽君之加於臣者。亦將徇俗而不欲斥其非。於是紛紛焉遂以是爲榮寵之虛。忘其爲予奪之實矣。古者修德有道之士。或沒下位。或終隱逸。鄉之人景仰愛慕。迹其品誼。奉

以私謚。後之論者。從而許焉。此在野之淸議。固有較朝廷之評隲尤嚴且當者。自以朋黨之嫌。懸爲國禁。於是論定於上者。旣不足示信於人。而里黨之閒。復不得申其進退之義。此所以公道廢而好惡淆。好惡淆而人心風俗遂至於不可問也。謚之所繫。豈淺鮮哉。而今達官之子孫。猶有以祖父之得謚爲榮者。是可慨已。烏乎。其子孫知以祖父之得謚爲榮也。其尙可爲與。

荅改葬問

孫頤臣

有欲遷其親之塋者。若疑焉。問於余。余曰。改葬之由有二。一曰邀福。一曰避害。夫避害固以邀福。獨於改葬。有不得不分者。爲邀福之見者。不必出於避害。爲避害之見者。不必出於邀福也。今子果何見乎。爲避害而不出於邀福者。誠有水蟻之患。狐兎之搰。子孫見而恝置之。非人理也。故不幸而遇此。則有哀痛迫切。不敢一日安。亟圖所以避之者。此紫陽文公三葬其親。後人不得而議之也。若爲邀福之見者。名不遂所欲。利不愜所求。貧者思富而富益求富。賤者思貴而貴益求貴。惑術士之言。恃勢力之厚。智取巧奪。以先塋爲壟斷之途。等親骸於爨卜之具。朝

南暮北。幾若舉棋。嗚乎。親固何辜。其子孫剖析支解之如此其酷也。夫人子事親。至於葬。致情於親身者窮矣。其欲以吉壤妥其骨肉。情之順而理之正。然得與不得。若有定焉。一如養親者之莫不欲三牲五鼎也。勢有不得。菽水亦甘旨也。不得謂牲鼎之養爲孝。菽水之養非孝也。是故爲子之道。惟敬愼於卜兆之初。以求乎心之安。已心安。親之體未有不因之而安者矣。嗚乎。吾嘗怪世之信修煉與堪輿者比比也。使事修煉者能壽人。則彼不王喬必彭籛矣。工堪輿者能福人。則彼宜位公卿。且猗頓矣。彼之夭且賤彰彰若是。而猶信而奉之。使其獘不止戕其身。而竝以禍其親。是皆名利之陷溺爲之也。可悲夫。

示諸生習各體詩說　鄧枝麟

業優伶者參軍蒼鶻不一一演之其登場也必竊事丹青者衣文樹色不層層襯之其脫手也不生今之依永和聲豈異理乎功令試詩久矣匪僅排律爲應科目設也異日者歌詩淸廟侍宴承明奏燕鎬之章製橫汾之曲長篇小令選格雜遝莫不羨安后碎金盧郎八米也即或風月觴筵劈牋鬬韻非同處士著棋即類宋人刻楮能無氣短顏甲乎今與諸君子約喜得餘閒參拈各體題取其新白鴿朱鷺不拘也格取其正牛鬼蛇神勿錄也夫五七成聲篇幅易就披襟薄暝散酌清霄皆可抽秘騁姸了無妨於正道是亦造就風雅之方且爲聯絡性情之助也

余以江花就落郭錦將還攬鏡鑒形海神貌瘦然當鉢壺傳譟競病同諧敢云老馬知途聊爲諸君子援枹作氣耳請嘗試之毋怠

糕說　葛樹蕃

糜之謂餌劇之謂餻周禮重糗餈之羞楚詞登粔籹之品雖五經無字會閣筆於詩豪而四序有年每紀聞於蓺苑重陽二社饍饈互將銀杏石榴果仁雜糅此第按歲時之記姑且仍風俗之通孰若千載松脂糝之玉屑八珍英粉黏以瓊飴堅多心科上槁貴能化腐爲神雲子白鳳寶紅不愧嘉名肇錫倣文子潛山之製采就羣芳傳韓康京兆之方市無二價矧資生椎土導引爰主黃䔲則和味在甘養恬最宜赤子春綿秋練可參靈寶丹經擗脯截肪堪茲吳均餅說

湖南文徵卷二十四

湖湘後學集編

論一

與高節培論三楚文獻　王岱

偶閱錄中自隆萬至啟禎五朝爲斷則人文僅五朝五朝以上不書然矣然何以明初之詹同文又入也五朝以下不書然矣然何以死節之堵允錫又入也列傳爲十六門則每門必備其人詳其事方爲信書三楚五朝不乏人如武陵總制楊鶴師相楊嗣昌皆以事功著零陵陳純德以侍御死闖難京山楊文薦以巡撫死南昌江陵張同敞以督師死於粵死之最著者也何

湖南文徵　卷二十四　論一　一

以不書也其官於楚者如粵西何騰蛟督師死於湘潭吳中章曠巡撫死於湘陰王燾知州死於隨州又何以不書也閩中李贊齊安知府棄官龍湖著藏書講學郎惡其人不列之於名宦亦宜列之於流寓方技方外名僧異人中今竝不書其名何也豈其人幷不能與劉邋遢等乎十五郡之闕不遑悉載卽長沙一郡如大司寇胡應台少冢宰羅喩義大司農周堪賡生有文釆事業死爲全人又何以不書其間理學孝友文章經濟烈女義士又不勝屈指也總之此書必非太翁先生手筆或敝鄉李嵩岑先生之臆揶是不能張吾楚反以辱吾楚矣望足下再加詳訂始爲傳書毋徒草草了局此千秋之業不容忽也

郴州礦廠十害論　喩國人

按一統志載郴州桂陽宜章永興產銀鐵銅錫無賴奸徒遂妄稱郴有坑冶輒思開採竊思天下利之所在害必隨之況有害無利其可忘從前之殷鑒貽後此之厲階乎敢將流獘略陳焉郴界在嶺表山多田少一歲之收不足供一歲之食今增萬千之夫役則增萬千人之口糧米價騰貴窮民奚堪害一煎淘惡水一入田疇竟成廢壤不但衣食無資併國賦何辦害二穿求砂苗深入無底舉數十里之屋廬墳墓皆有斬龍絕脈之虞害三爐炭無出卽伐人禁山而不惜斫人塚樹而不顧居民風水悉遭敗壞害四且本地居民從無辨爐火識砂色者率皆臨藍

湖南文徵　卷二十四　論一　二

嘉桂常新各處奸徒及四方亾命晝則橫肆搶奪夜則公行剽刦令雞犬不甯婦女遠竄害五凶黨糾聚千百成羣少有忿爭便肆戕殺訟獄繁興牽連拖累害六惡水一出數十里溝澗溪河皆成穢濁民間飲之輒生疾病害七河道半被泥沙壅滯時爲遷改鄉民恐壞田苗拚命力爭屢致爭鬬害八萬山環聚癘氣本深更加掘發瘴雨嵐煙染者多疫害九竊逃藪盜例禁森嚴今夫役俱屬遠方卽有逃人巨盜藏匿其間孰從稽查害十凡此皆害在官民共見共知者也更有一莫大隱憂關　國家之封疆者脫有不測咎將誰歸遠代無論姑以明事言之洪武末杜囘子作亂將宜章四十九里屠戮十之七八今止存八里

固藍山之砂賊也。正德閒猺寇大作。兵連三省。征勦數年始定。固溪洞諸蠻也。崇禎丁丑砂賊結連猺獞。嘯聚數萬。犯郴桂劫衡湘。併袁吉昌韶諸郡邑。致四省大兵雲集宜章。尚不能遏其狂鋒。固臨藍嘉桂之坑徒也。戊寅年聲言來州開挖。王癩子等統眾近萬。於二月內連攻州城二次。索庫銀千餘兩犒賞始退。固新田牛頭寨等處之賊首也。至癸未年砂賊公然發牌張示。率眾萬餘來州開挖兩載。奸人朱儼谿因乘機煽誘。招集砂賊自號遼王。盤據州城。至今瘡痍未起。元氣未復。室廬盡成瓦礫。膏腴變作蒿萊。固皆坑冶招禍。砂夫釀亂。歷歷可數者也。言念及此。其得不爲之寒心哉。總之郴在百里山內。板猺峒寇虎視

眈眈。鄰壤礦徒日逐環伺。無釁可乘。遂隱未發。若開之以隙。令其糾集。少則是夫。多卽爲賊。其播害流毒。非自今始。故宋於建炎後卽廢坑場。其詳見郡守王橚疏中。歷明二百餘年。從未開採。雖嘉靖閒因殿工需材議開坑場。賴兵憲程公守憲宋公激切披陳。爲民請命。亦遂中止。至明末坑徒猖獗爲禍。遂棼結而不可救。由是以觀。則坑冶之爲害官民。不待智者能辨之矣。

　聖朝定鼎。嚴行封禁。民賴以安。及吳逆叛亂。招集砂賊開挖劉家塘等處。沿鄉擄掠。苦難圖繪。康熙十七年征南將軍穆恢復郴陽。兩軍對壘時。砂賊萬餘。尚潛匿山谷。名爲夫役。實屬賊黨。將軍恐其釀亂。將劉家塘嚴加封禁。害始少除。十九年下聽

民採銅之令。復開葛藤坪黃泥凹柿竹園白水壠水浪石等。夫　朝廷開採之意。原爲有資鼓鑄。今各處既非銅山。則是無補國計矣。且部文止許本地居民報明。詳允果無礙於良田墳墓風壠命脈者。方許僱募土著人夫開採。不許異棍假冒貽害地方。計深慮遠。何其詳切。今試問開採者果土著乎。抑異棍乎。維時因有官稅二分。故地方官皆吞聲飲泣而莫言耳。二十三年偏院丁公涖任。州守陳公以請停有限鉛錫。恩錫無窮民命。防患未然。以靖地方等事。剴切上達。荷院憲灼知郴州大害無逾坑冶。特委衡永郴桂道朱公。將外來異棍親臨驅逐。一切無名小坑。槩行封禁。浩蕩鴻恩。眞永垂萬世矣。二十四年奉部文停

其抽稅。聽民採取。可謂損上益下。法良意美者也。在郴民貧苦已極。田疇不足供賦稅。樂歲難以餬家口。豈甘袖手樂貧。不思少沾微息。但目前之十害已覺剝牀及膚。後此之深憂更同積薪厝火。豈可貪錙銖微利。而貽百世之災害也哉。況前此爲禍止在猺獞坑夫。今各省裁兵。不事耕種。日逐游手。　廟堂恐以安插不善。每爲議及。郴壤連四省。儻一聞開採。則兩粵江右大湖南北裁兵。定聞風蟻赴。以蕞爾之荒陬。集萬千之狼虎。脫有奸人煽禍。在郴民之身家性命俱不足惜。其若　朝廷封疆何。所以闔郡之人。痛哭流涕。赴上哀呈。咸思永閉。不願再開也。乃各處流棍。或稱商。或稱官。或稱弁。假冒土著。今日請開此地。明

日請開彼坑倏來倏往如鬼如蜮甚至不由上命招集奸黨竟自開挖幸州守陳公極意救民不避艱危深入蠶叢躬犯矢石始獲解散國人年近八旬心長力短追憶從前之災患已神悸而骨驚目覩近日之情形慮前覆而後蹈其言之重辭之複蓋深念桑梓實有隱憂毋使郴受坑冶之害而余獲知言之名則幸矣

坍錫坑說　桂東縣志節錄

桂東山高水淺物產最薄俗傳桂東流源雙坑產錫袈裟嶺亦產錫大都所產不多前朝開採殆盡今實無有也　國朝雍正年間兩經攻利之徒引誘外人挾貲充商呈準刨試聚衆數月

銷費貲本礦砂顆粒無獲而民間日用亦因以騰貴皆嗜利者階之厲也夫利之所在害必隨之況有害而無利乎憶康熙五十一年江廣亾命始聚衆數十繼而累百盈千潛挖偸淘旣無所獲日食難供卽行剽劫民壯敺之不得繼以官兵官兵不足繼以鄉團邇時知縣閻世魁千總郭開泰召募土兵演習銃礮四鄉居民入城守義勇羅蔡龍等皆犯賊鋒而死團總李俊傑等日夜巡邏沿山追勦始得鼠狠奔竄境賴以安邑令閻城守郭幷後令張公寬皆因此後先詿誤此皆前事之可監者也後之人其毋爲利所惑使闔邑受坑冶之害焉可也

繼善論　陳之駓

繫辭曰一陰一陽之謂道繼之者善也吾不知孰爲始之然後繼之或曰道言一陰再言一陽則是陽繼陰也況道以靜體而動用陰合在先然則陰爲道祖歟太極動而生陽靜而生陰太極果純陰歟動而生陽則陽先矣又靜而生陰得非重陰歟或曰太極者坎離之合體坎離各半規其中之虛白處卽太極非有物也方其動時卽謂之陽方其靜時卽謂之陰生無生也卽後文陰陽不測之謂神若是則太極猶無極也旣非有太極則繼從何來滋惑矣又或之言曰陰陽循環亦無獨體坎中有陽離中有陰陰陽盡處姤復之交二至之際陰陽間不容髮非動

非靜靜中之動卽其始也繼也嗚呼是袁黃之言也非動非靜是何境界抽薪換火懸鼓待椎彌縫未沒蹄跡可記是天地之大改革大關陷亢戰險阻非生生之謂也而何以繼歟且夫靜中之動苞中有實甲中有芽是一歲之繼月沈羚角露掩鐘聲是一日之繼開闢以來終古之繼必有大始將安名之意此繼之一字非承一陰一陽乃天人之勢有天則有人有命則有性人者天之繼也仲晦以繼善爲陽成性爲陰此又一陰一陽外以始終言之若如上諸說尙不若道家之言道家以天爲純陽陰者陽中之陰也如渾天儀地包天中攝陰還陽便與天合故曰太虛生自然自然生道道生一一生二二生三三生萬物一

即乾破乾即坤二也通乾與坤三也道即始也自然即莊生未始有始者也周子謂無極佛謂無始然則以始繼無始者極也此一陰一陽之渾融者也以生物繼太極者陽也此一陰一陽之抽發者也知天之爲純陽知陰爲陽中之陰以天御陽以陽帥陰則繼字之義有自來矣其曰一陰在先者猶鬼神之倒言之也

史記補亡論

陳之駓

八書何用補補亦適成其褚先生手禮書雜沓煩冗尙不如蘇眉山王荆公禮論子長帝王本紀雖采經傳亦不全用古文未有如樂書補亡盡借樂記吾嘗從事樂府詞以爲樂者肇於肉聲人心有喜怒思怨則其口吟吟然既已竅諸口遂有長短高下自然之節故曰聲成文謂之音音圓謂之韻於是乎管絃以和之金石以將之而樂成焉樂成而後之爲詩歌者又即其音之高下長短以爲節環相生也故樂府之辭其初未有曲名也人自謂之一加曲名作者咸取裁焉以爲五聲八音必如是始調諧工妙也此其法要於辨清濁樂之清濁則宮徵商羽角也

肉之清濁則齒牙舌喉脣也後之論樂者其清濁未有準也或以極清歸宮謂陽氣輕浮散越聽者悠然爽然或以極清歸羽謂陰氣沈抑深細聽之淒淨或疑宮土羽石於清濁兩無當然宮既屬土濁自可知石之靈者亦有鏗韻故用以爲磬以見堅頑之物尙能入人則其氣之清幽已極況朝廟之磬皆玉玎玲振響但可謂之短不可謂之濁豈若土之函胡瘖啞哉度曲者一以宮爲喉脣爲羽一以宮爲舌徵爲脣羽爲喉本舌者理也聲本於氣氣出喉開先到舌舌居口中動乎上下其氣尙束故聲最濁而屬宮達於齒間尙未出口屬角木聲之振振然也出口到脣即爲徵徵屬火主怒怒聲所發如烈火脣吻俱燥王褒

曰雕虎嘯而淸風起。虎自有風。故人有不平之心者。其風衝激直出。脣起先知。彼謂脣爲羽者。不過謂音短脫口不酉。如檐之墜滴。豈知脣音之大哉。乃若聲未出口。而宛轉於兩頤之閒。此牙音也。金石之錚錚然屬商。夫以喉音爲宮者大謬也。喉羽音也。聲之出而復入。徵而未盡。餘音不絕如縷是也。向使爲宮。則氣未到口。方在喉閒。如何有聲。是未行而先至也。必出而復入。斯有喉音。至於吞吐不洩。一入再出。謂之子宮。此貞下起元也。亦謂旋宮。嗟夫肉聲之不明。何以協樂哉。且樂生於律。十二律分寸損益於黃鍾。黃鍾者宮聲也。有謂其三寸者矣。參天之數也。有謂其三寸三分者矣。又三寸九分者矣。以母函子也。有謂

其九寸者矣。有謂其九九八十一分者矣。此陽不滿十。陰不起一。先後之序也。自何承天高允王樸胡瑗范鎭阮逸李照房庶之徒。未有得其實者。將短者近歟。脫其先長。無以爲升陽地矣。然而樂譜十二鍾之外。又有黃鍾四枚。何也。所以尊陽貴君也。黃鍾以孤陽伸重泉之下。束於厚陰。冬至景增如絲。淺迎其氣。管短聲本濁。大濁則又非陽爲輕淸之義。故以濁黃鍾順晷候。以淸黃鍾助宣湮鬱。淸黃鍾者。乃蕤賓長至之宮也。先是冬至宮藏羽內。其音鞞鼓。至是宮藏徵內。其音塤。必四枚何也。四季皆土有宮。天無二日。民無二君。別之以淸黃鍾。異於君黃鍾也。周衰禮崩樂壞。然諸侯淫於聲。未敢毀律。秦收六國之樂。去周未遠。漢承秦後。徑圍猶存。絫黍如故。龠量衡尺。事事可驗。而太史又世掌其業。與天文地理兵法圖史並藏。然身沒未幾。口口遂失。褚先生既非心知其意。有聖人起。自必有窮理盡制之人。寒谷可回。儀鳳可致也。

周禮樂律論　陳之駓

宮聲有二圜鍾之宮正宮也宮音土季爲正所嫌君道貴陽至此已二陰行令矣然則曷不從小呂曰陽盡也又多也君一而已黃鍾之月一陽微生雖非土王合土也十二律皆有旋宮而獨以圜鍾函鍾黃鍾祀天神地示人鬼圜鍾中春取帝出乎震之義坤地也萬物皆致養焉故函鍾爲祀示之樂黃鍾微陽不可有二天之生物使之一本宮聲居中四聲夾輔四聲皆有合宮不言合無敵體無私親也三聲皆從宮商獨不列者非大祀廢商也君臣一心以治民事物君行則臣避權矣民事物成則讓功矣此三聲者徵羽常近宮君者事之府也物之藪也角稍

遠之君不與民齊何況臣是故圜鍾爲宮則大蔟爲徵姑洗爲羽實左右焉徵與羽類有物則有事也商與角類有民則有臣也黃鍾爲角民遠君也徵羽輕者同在一春其氣聯也函鍾爲宮則蕤賓等之孤虛猶見君則臣伏也姑洗爲徵南呂爲羽以左右之各閒一律夏晷長則節疏也角愈遠矣黃鍾爲宮則大呂亦等孤虛而抵以角者權也臣惡逼民惡嫌也角徵導其前羽隨其後不閒一隙冬晷短而節密然則使南呂爲宮亦猶圜鍾何則一歲之中冬至至短夏至至長春秋分近南呂爲宮蕤賓爲角夷則爲商無射爲羽尙何疑哉有以大寒木根潛行火生於析木之房故以角攝大呂而以徵攝大簇者此論聲無與生尅事勿鑿十二律皆可爲宮悉以氣機協之反亂矣又有疑黃鍾之宮無射從商商金聲而八音從石商乎羽乎不知無射乃秋氣餘烈樂府雖引爲羽石同調謂其聲之短洗其實清商鏗遠猶孟夏雖用柷敔豈可以木器不謂之徵要之無射本變商以角彷之又宜得商若無射猶是商則應鍾爲正羽黃鍾居中大呂爲旋角大蔟爲旋徵往來君輔輪比甚順此特三祀之例可天文度也然何惡於商而必厭之意者圜邱方澤重器難移夏旌覆題桑林驚疾且大禮穆清奏假無言洪鎛殷鍧吉事也而有軍號以之作大武之舞可耳韶舞且不有之然孔子曰翕如也則知樂之未嘗廢金也其或編鍾細奏抑未或知鄭氏

又節言之陽不過巳陰不過亥天六氣地八風人九序不盡十二律之變亦大樂不求備聲以是知樂不可極也

原古

廖志灝

元武之變德昭之死金川之失兄弟也而仇讎叔姪也而醜虜是何視富貴若斯其重而天倫若是其可殘耶唐明二祖以天下之大而不能庇其長子與長孫秦燕二王祇見天子之尊而不顧弒兄弒主之惡是何怪乎里巷小兒輩之爭產聚訟終身而骨月叛離也但當時之兵不起第不失爲藩王而纂弒之謀一成遂以得正大統故後世之人徒知唐宋明三太宗爲英主而不復言建成德昭建文之冤是亦可慨也已夫成則王敗則寇作史者之勢然耳正德無道逆瑾竊柄甯藩之兵不書靖難何歟向使建成等不亾安知非三朝繼統之太宗而秦燕之與

甯藩同罪又何疑也郭青螺管蔡一論樹千古綱常赤幟可與權矣然當時周德新命殷罪貫盈尙未可與三君者同日語也王莽篡哀曹瞞廢獻其爲漢賊也昭然千古綱目不以正統與之明大義也若乃石敬瑭之于唐劉智遠之于晉郭威之于漢趙匡徻之于周數子之立心行事其距操莽也幾何而綱目與之統何哉豈兩漢之時得光武昭烈以繼其後而唐晉漢周無中興令主遂以將錯就錯論氣數而不論名節耶孟子曰殺人之父人亦殺其父殺人之兄人亦殺其兄天道往復假手相殘前後五代蓋有之矣讀史者宜平心以觀之可耳

讀孟子

廖志灝

問孟子願學孔子而實實能如孔子否曰孟子之願學誠欲體其道承其心如闢楊墨正人心之類若其措置作用各有其時自不必强同耳學聖人者學其因時而制宜者也如陳蔡之戹軍旅之對燔肉之行三子之告陽貨之諸南子之見公山佛肸之欲往以及匡人圍之而以後死者自命是何等冲融何等渾脫所謂仲尼天地無不覆幬者也若孟子則如兼金之餽餽同而受異以幣之交受同而荅異弔於滕弔於公行子皆不與王驩一言王召而辭疾客畱行而隱几闢楊墨薄管晏舍夷惠其立身甚峻其與世甚嚴蓋所謂泰山巖巖也泰山巖巖有象天

地渾渾無迹此聖賢造詣之别也但其說大人則藐之其意中尙有一大人在不若聖人之人公門如不容有自然之節度當今之世舍我其誰而其意中有一我在不若聖人之文王旣沒而以后死者自任有自然之擔當然當戰國之時日趨而下不如是則與儀衍犫連何異此又各有其時也程子云學聖人先學顏子蓋顏子一渾渾者也若曾思則在渾渾巖巖之閒耳孟子之時世主喜爭奪人民苦虐政游客好縱橫處士多橫議正氣衰壞人紀阽危幾率人類而禽獸於是孟子出而操性善一大本領挽回造化生人之機爲聖門重揭生面以繼唐虞精一之旨卒之許子之竝耕告子之義外楊之爲我墨之兼愛不

能勝焉自非義蘊之精力量之大工夫之堅確焉能孤立以砥柱其閒而使之俱爲我禽也哉齊王之不忍一牛甚懃於伐燕而謂其足用爲善然友兩問而責之以是在世子樂正子好善而推之於美大聖神是皆因端見底而欲令擴其性善之量者也告景丑不召之義詰陳賈長君之非原匡章之不孝明仲子之非廉不與子敖而幷責樂克之同來欲諷齊王而旁引距心之知罪不屑敎誨是亦敎誨皆因人下藥而欲竦動其性善之機者也至於告子先我不動可謂得力矣而其學在於一偏故因杞柳湍水之喩生與食色之說反復辨明以確昭其性善之旨也良心梏梏者謂性有不善平旦之氣猶存性安有不善者哉

管仲孔稱其仁孟薄其霸以爲功烈如彼其卑又曰齊王反手則似鄙管之不能成王業也桓公九合一匡幾于改物仲于是時假萬乘之强齊當列侯之推戴全在尊周攘夷而伸大義于天下故主盟者權也尊天王者正也若必欲改物席捲天下而王之則卽是山陽陳留之事春秋尊王之義又安在乎成湯放桀猶恐來世爲口實文王三分有二以服事殷周之共主行未至於桀紂葵邱首止大義凜然管仲之仁正在此乎此楚僭稱王春秋以號舉向使齊桓稱號則一部春秋不知功罪更居何等矣蓋當時孟子在齊祇見齊人稱霸顯不置而更不知有王道之大故以此言感動世主得以躬行其道至于得位而行則上興共主下救倒懸以繼孔子東周之志未可知也夫王霸之分在誠僞義利之別而豈在功烈之高卑不知其本而任其流其弊不至於大壞名義不已後世强藩跋扈乘王室之衰而假興王之義以盜竊神器擾奪不已蓋不知孟子之深意而實適爲管仲之罪人矣

夫子尙論帝王贊堯舜禹曰如天曰不與曰無閒論周之盛德推泰伯文王曰三以天下讓曰三分有二以服事殷而未嘗一語及湯武者蓋春秋雖戰爭擾奪列國尙知有周共主如醫者於歷年之虛證而用溫養之劑欲還其本以及其末也至戰國

時孟子對世主多稱湯武蓋見列服無君已甚病入膏肓如醫者於七日之傷寒而用瀉火之劑治其標以徐圖其本也蓋其志在於救民水火其術將以歆動人君故稱湯武不置欲效其仁義非眞踵其放伐也若道性善必稱堯舜此又大本之不可誣者矣

土芥寇讎與夫聞誅一夫之說似非對國君體然孟子當日必察其人之可進而后進之若以此語進於明太祖之前則金吾之射當不在千百載之后矣夫進英主之言當如甘露和風進庸主之言當如疾雷迅電蓋非疾雷迅電不足以振拔其委靡之習氣乃言之如此炎炎而聽者仍爾漠漠易位之語不過一

變色而已甘露和風之言尚何庸乎雖然戰國之君聞茲逆耳雖不能行猶能聽納若至於漢唐而下敢諫之臣雖戇如汲黯直如魏徵而能以此等言語進耶未得生王之頭先成死士之墓矣然而明太祖之忌寇仇語蓋以肅臣子敬謹之分逆知射之必有能捄之者既已射之而復祀之則可以知其意之所在誠恐一言之流弊至於欺君也有孟子之志則可無孟子之志則欺也

桃應之問孟子之答蓋推度大舜之愛親之切而視天下之輕極其心之所至云云非有是事亦非必有是理也瞍始年溺愛不過曰父頑而未嘗有殺人之事況舜既為天子而瞍倘有無

故殺人者邪瞽瞍天子之父臯陶天子之臣縱瞍果殺人安有其子之臣執君之父而誅之者邪況舜為天子瞍不得有殺人事縱瞍果殺人陶果執法舜亦安得竊負而逃棄天下之法而私一己之親是尤不可為訓者也然則如之何而可曰下罪己之詔優卹后之典于恩于法或庶幾焉竊負之說論其心耳無是事也無是理也

或曰舜未為天子瞍若殺人陶必執法舜於此時竊負而逃可乎曰烏乎可犯殺人之法於天下重逃罪之名於吾親於理未當即於心有未安必也引罪於己而代其親庶幾殺身以成仁歟或又曰聖人止知有親安知有法安知有名曰此為愚孝言之而豈所語于聖人之大孝哉聖人不慮法亦不廢法不計名亦不喪名隨事盡善泛應曲當豈其於吾親也苟焉而已乎

周書牧野之戰罔有敵于我師既已會矣安有不殺人者歟孟子曰以至仁伐至不仁必不至於血流漂杵過矣夫既布黃鉞白矛立止齊步伐有用命之賞不用命之戮則其中三百之乘三千之賁于甲子昧爽奮威敵愾惟恐以不盡殺商士為憾則漂杵之流亦其常也蓋仁人之用心與天下之服仁人之德蓋在乎一戎衣而天下定一語不至於再不至於三非若春秋戰國而下積年累月盈野盈城之甚也孟子此語蓋慘痛流血之語似乎殘刻有傷仁者惻惻之衷然此亦是當然之事固然之

勢不必為聖人掩也盡信書不如無書然則我於孟子取五六篇而已矣孟子服乎哉

李文正論

彭思眘

李文正相武宗際權瑺煽虐悉心囘斡救正人第稱其保全善類提拔後學而已至其鋤大憝以安宗社有功無迹人不得而知公亦不欲人知且爲不知己者詬厲其心彌苦矣人知發逆瑾之奸者張永也激永發瑾之奸者楊文襄也亦知文襄之所由激永除瑾者果孰爲之乎公不安交所與游必端人正士而深信其忠懇有爲者寮友中惟劉忠宣與文襄二人耳文襄孤蹤貌寢由南奉常驟膺殊擢者忠宣之薦公爲之也尋瑾誣逮文襄下獄禍且不測事竟釋而善歸者又公之爲也適寘鐇事起詔不遣他人監軍而遣與瑾有隙之永天爲之其不遣他人

總師而特起文襄於田閒者又公爲之也詔已下瑾圖延緩以觀變而捧詔具儀趣即出師者又公之爲之也故瑾既誅文襄與少宰何燕泉曰賓翁補天捧日無迹序其文集則有應變不易守及辱知多所規益語則公平日與文襄憂國深籌居然可知矣設策假手不動聲色而翦薙巨奸此又惟文襄知之卽永終不知也何況他人論者不察公鋤奸之苦心而訕其不與閹忤則并未徵考時事瑾陵轢薦紳獨於公有加禮屢邀款會公從不至其門詔與議事一無假借如議獻田土停廕敘免三覆奏取囘出差內臣革直省提學官罪平江伯陳熊憾安奎張彧苛校矯詔執朝班官三百餘員公皆與力爭悚以祖宗舊章怵以古今大義面折抗辭無少撓瑾氣奪顏變若此類不可悉舉不忤者顧如是乎至訕公不辭位則尤無識方瑾之謫司香孝陵也劉謝未深計致激中變二公雖去國瑾之恨刺骨其欲甘心也甯須臾忘哉若公偕去毒焰必益張瑾一日未除二公固不得安處且國事曷賴焉二公已蹈壯頄之凶而公則深合若濡之義矣餘姚喻此意在籍頻數通問情好逾舊時洛陽木彊人後亦省悟何局外者反用此爲譏議邪公天性忠君愛國非權倖所能奪淡榮利爲相國清約如寒士爨火屢虛常售草書取給而猶不免好事者不忤瑾不辭位之誣以沒其計安社稷之苦心則詆其春容大雅之詩文爲輭熟詆其所取文學氣節

之楊升菴爲私以巍科更不足怪矣此眞所謂小人好議論不樂成人之美者特不知其於郭汾陽之不忤魚朝恩狄梁公之不辭位於延載時則又何說也

案乾隆湖南通志載此文而封公之子尙書維新墨香閣集中亦有之微有異同未知孰是考茶陵志載封公十歲能屬文性耽吟詠手訂張龍湖集許氏說文吾邱衍學古編行世箸有書經辨讀易玩辭史衡各槀則非不能爲文者惜不多見也汝懷附記

周濂溪論

彭維新

道之大原出於天天道終古不已其寄諸人而行諸世者絕續之會天亦若有意焉孔子於文之未喪孟子於時之可皆卜之於天然則朱子謂濂溪周子為天所畀而得斯道之傳者詎不信哉周子德性之宏粹氣象之沖融識見之高明神趣之浩蕩志操之清潔備具聖人之體惟生是使獨故其聞道甚蚤出處一與道俱當窮居時意境恬曠若與天地萬物同適及臨民涖政精密嚴恕皆與天理人情悉協雖學問邃而涵養深而其所受於天者已較然夐絕於人矣夫三代以下言治與政歧言道與事遠人與天判不相涉聖與凡了不相通秦固不足道漢逮

隋唐中閒非無魁儒茂士鑽仰聖道而深探造化之源究極事物之賾挈修齊治平之要以善禮樂刑政之施均未有如太極圖通書之精微廣大深切著明者也蓋其圖尋端竟委發前人所未發推本主靜見聖人所以立極君子所當修為者舉在於是書之言性命言誠言幾言學言治辭義簡要與圖互相發明天德王道靡不粲然具舉凡此者皆所以闡大易之精蘊示學者知所準的不迷於從入之途循是而往上可希賢聖次亦可以修身寡過揭正學以祛矇瞶異學俗學無容其汩翳於以上接洙泗之脈下啟伊洛之傳聖道之幾息而復續已晦而復明者賴有此也故羲軒堯舜啓諸刱業垂統之祖也禹湯文周象賢守文繼世之嗣也孔子集大成能恢廓光大前業之嫡裔也而周子者生於斯道若泯若沒之會精心孤詣得不傳之秘於遺經俾不絕如縷之緒將墜而復大振此真雲礽之奮然中興者矣向非天所特畀奚能繼斯道之傳於歷聖既沒千五百年之後哉是則周子之功不在孟子下性道淵源超然獨得董與韓曾未與聞況餘子乎或乃謂太極圖傳自陳希夷朱子已斥其誣至謂受之鶴林寺僧壽涯者則更為無稽之說矣

薛文清論

彭維新

明代諸儒有志聖道者不乏其人。而學術之正以薛文清爲最。蓋自孟氏沒而斯道之榛蕪日甚矣。得宋周子神契道妙。揭綱要以續垂絕之緒。又得二程朱子遞爲極力疏闢。示正學之鵠。俾學者不迷所往。知行並進以造乎道。當時賢智之徒。過騖高遠。已不能無流弊。元儒許魯齋。步趨程朱。罔至失墜。自是而外嗣響者蓋寥寥矣。明初人材非不盛也。或以忠義顯。或以經濟著。或以文藻見。詎無一二端之符乎道。而全體至正者。究難其人。文清生平立身本末無有遺憾。其氣節其猷爲。其進退之宜。皆原於學問。而其學問之實。一本於誠敬。方少壯時味程朱遺書。即以復性自力。審之義理。體之踐履。驗之日用事物。必一一求其自慊。斯須之頃。心不少弛。衣冠必整。雖獨居燕處與治事接物無異。監場辰沅。惟懼澄清之不極。視學齊魯。惟懼教化之未立。平反庾獄。惟懼一民之或冤。悉將之以實意而持之以小心。距今三百餘年矣。宦轍所至。後人猶有稱道其事者。其始終不阿權貴。至於際窮阨罹患難。視爲固然。絕無所動其心。非信道之篤未能矯强而竊其似也。今讀書從政二錄具在。皆其生平正學復性。見諸行事之實者。論者以伊川之嚴厲。明道之平易合而擬之。非過也。獨怪當日預祀之議。遲之又久而後定。大概以箸述未富之故。夫二錄所載。何嘗非經傳瀝液。且身體力行。較語言文字孰難孰易孰輕孰重。但當覈其眞與否耳。如徒以箸述而已。則是楊雄之僭易。王安石之新義。竟可悍然攘臂於仲尼廟堂。而使閔子南容避席矣。何其時持議諸臣之采華棄實。反不若奸閹廚下之僕。猶知尙德好賢乎。甚矣學術之正不可易幾。而世之推崇正學者。亦難得眞知灼見之人也。聞文清初生。擧體晶明。洞見五臟。擧家惶駭。其祖聞其聲曰。是兒聲洪異人也。此則表裏洞澈之徵矣。眞儒之生。豈偶然哉。

陳壽論

彭維新

陳壽天資恬豁·能窺見前賢根柢·風概亦復矯矯·而飭謹未極·遂爲疵類·蜀當黃皓專政·大臣多阿附·壽以區區觀閣令史不爲之屈·至屢受譴黜不改其度·入晉以著作郎領本郡中正·是非一無假借·於一方人物片善必錄·冀以振厲人材·所撰三國志·前哲多善其書·而或非其寇漢·解之者諒其時之所處·或譏其求米·解之者謂出於無稽·惟詆毀諸葛忠武父子之論·昉於孫盛·而託諸常璩聞蜀中長老之言·晉書遂據爲實事·自是千古論壽者·竟衆口若一辭·抑何其弗察之甚也·觀壽所爲亮傳及所上文集表·於亮之公誠忠懇·敬勤明恕·津津頌不容口·蓋

未敢以三代以下人才目之也·亮自比管樂·壽則等而上之·儗之子產·譽之召公·又躋之周公之聖·街亭之役·載予復一詔·見咎由馬謖·師出無功·則云時無名將之助·且天命有歸·不可以智力爭·是皆爲推原之論·未始有一字詆毀也·世所指爲詆毀者·以有治戎長將略短·理民之幹優於將略云云耳·不知壽之推崇亮者於斯爲極·蓋三國時奇謀將略·非乏其人·孟氏所謂民賊服上刑者也·曾本領正大如亮·而與頗牧方駕·極其至亦不過媲美孫吳·適足爲玷耳·王佐德業惟判於此·而凡所稱立法施度·物究其極·運輸屯戍·盡善與司馬懿按行營壘·歎爲天下奇才者·特其餘事耳·至魏民追思於身後·魏帥肅祭於廟·禁樵牧於墓·備言德洽敵國至於如此·而世猶以爲涉於譏議·惑矣·故世傳壽銜夙怨·殊未可信·果若人言·壽又不應有以生道殺人·雖死不忿·及刑政峻而無怨·以用心平而勸戒明之言矣·況亮死爲亮廢斥者歎息流涕·壽又筆之於廖立李嚴諸傳·則亮髡壽父·壽被瞻輕之事·容有未必然也·其於瞻也·言蜀人思亮·愛瞻才敏·聲譽過其實·亦見亮遺愛深厚·人情猶繫屬其子·非貶辭也·矧鄧艾以封王誘降·瞻怒斬其使·與其子尚俱力戰死·一一具載於傳·象賢繩武·忠孝三世·壽傳諸葛父子·洵可謂能見其大者矣·至父喪有疾·使婢丸藥·爲鄉里貶議·沈滯累年·雖張華以遘疾原情·仍舉爲孝廉·然未能謹於微·是有其質而未能充也·惜哉·

王羲之論　彭維新

王逸少識精慮遠，有經世之略，有挽世之心，同時諸臣莫出其右，地望不必論，卽書翰亦其末迹。晉自渡江後，浮競仍扇，風尚益靡，道德旣昧厥指歸，事業亦卑卑無可稱述，惟迭相慕倣於舉止吐屬間，其出而幹實處而底厲流俗者，百無一二。卞望之而下，蔡謨、陳頵、范甯差不至背馳，自餘不爲國是世教之蠹者希矣，故政事日墮弛，而風俗之壞至於不可救。逸少幼訥長骨鯁，天懷恬淡，出處不苟，獨不爲敝習所漸，與謝安登冶城，規以虛談廢務；於謝萬都督豫州，規以與卒之下者同甘苦；及萬再遷豫州刺史，則致牋桓溫，言其違才；殷浩與溫不協，則誡以安

朝廷當和內外；浩將北伐，預憂其必敗，及圖再舉，又貽書切止之，復與會稽王牋極陳其害。其餘國事，一一洞如觀火。爲會稽內史時，值歲饑，輒開倉廩振貸，屢疏言吳會賦役繁重，朝議多見從。又條舉郡屬諸事之厲民者，致書當國，洪纖不遺。當時執麈尾憑隱囊者能之乎？及優游里巷，每因事寄意，以鍼砭虛元，至云教養子孫敦厚退讓，令舉策數馬，彷彿萬石之風，則自魏晉以來，薦紳之士久不作斯語矣。夫世人競家世，逸少不假門資，著人患無名迹，逸少反以書迹掩其實行。以唐文皇之傾心，尚採其末而遺其本，余故略舉其事實以表之。至恥爲王述下，未免涉於褊激，君子惜之，然亦無怪其然已。

三十六宮都是春論　李文炤

天地之大德曰生，其生之理則爲仁，其生之氣則爲木，其生之序則爲春，故一元之運以開物爲主，其渾沌者所以啟再闢也；一日之運以平旦爲宗，其昏夜者所以啟再曉也；一人之身以孩幼爲基，其老衰者所以傳嗣息也；一草一木之類以勾萌爲本，其凋落者所以兆將來之華實也。然則春之流貫，本無一息之間，其夏其秋其冬，不皆所以成之耶？昔邵氏論易而曰三十六宮都是春，請申之。或曰：乾一兌二，合之而爲三；離三震四，加之而爲十；巽五坎六，加之而爲二十一；艮七坤八，加之而爲三十六。是亦似矣，然純卦止於八，如屋之棟宇有定，而層次則以

漸進耳，安有因其積數裂而多之乎？或者曰：乾畫三，坤畫六，震坎艮之畫各五，巽離兌之畫各四，合之而爲三十六。是亦似矣，然陽一陰二，萬物之定分，奇者爲一宮，偶者爲二宮，則男乃一人而女乃二人乎？或者曰：六十四卦，正對者八，可當八宮；反對者五十六，可當二十八宮。是則益近之矣，然反對之卦各自有義，如字之爲上爲下，爲晉爲昃，爲㞢爲帀，倒之爲義大別，有如巷陌之間，兩戶相向，遂可合稱一家乎？蓋嘗深思其旨，而知爲月卦發也。地逢雷而爲復，由是而臨而泰而大壯而夬而乾，陽爻二十一，陰爻十五；乾遇巽而爲姤，由是而遯而否而觀而剝而坤，陰爻二十一，陽爻十五。是陽爻合之而得三十六，陰爻合

之而亦得三十六然孰非一氣之流行乎春之爲言蠢也陽之動也夏之爲言假也陽之盛也秋之爲言揫也陽之收也冬之爲言終也陽之介也陰亦然聖人不言耳然則三十六宮皆春之所彌綸耳其在於身念慮之擴充卽吾人之天根也幽獨之省察卽吾人之月窟也敍而爲親義序別之倫孰非至愛之所推乎發而爲惻隱羞惡辭讓是非之情孰非不忍之所貫乎析而爲寬裕溫柔發強剛毅齊莊中正文理密察之蘊孰非醇厚之所統乎形而爲頭直口止聲靜氣肅手恭足重坐尸立齋以至大經三百小曲三千之儀孰非和順之所體乎不謂之春而何哉古之君子端居謹伐樹殺獸之萌養此春之端倪也得志

溥惠鮮懷保之澤極此春之分量也卽至窮餓遯荒佯狂剖殺而仍不失乎惻怛纏綿不能自已之至性完此春之機緘也三十六宮之說非卽天下之廣居也哉邵詩又有之天外更無樂胸中別有春然則欲求此春之術無他也樂天而已矣

喪論

李文炤

物莫不悲其類而況於一本者乎故聖人重喪夫喪有大本焉有大經焉惻怛之實疾痛之情大本也節文之具度數之詳大經也蓋人之旣死體魄則降志氣在上爲之衣衾以周於身焉爲之棺槨以周於斂焉爲之宅兆以周於柩焉而所以藏其體魄者備矣始死而奠無時猶然養生也旣殯而賓之於是乎有朝夕之奠旣虞而神之於是乎有朔望之奠而所以萃其志氣者詳矣君子因之稱情以立文焉始而徒跣袒括殯而衰杖期而練服再期而素服此衣服之節也始而不食殯而飦粥卒哭而疏水期而菜果再期而醴腊此飲食之節也始而苫塊虞而

席木不入中門再期而後復寢此居處之節也顧自漢景短喪以後雖以晉武帝魏孝文周高祖宋孝宗之毅然復古而終不能盡變夫天下之俗於是舍先王之制用浮屠之法其居喪者自素服而外漠然無以異於平日甚或與宴樂主嫁娶而不以爲非不亦悲乎至若旁親外姻之喪各有差等民之所以羣居而和壹者恃有此也而世之君子當其少也則以親在而嫌疑之及其老也又以年衰而畏忌之獨不思父黨母黨之喪爲人子者多從親之服然則定省之閒何嫌乎以凶服侍其親也七十猶衰麻爲喪八十而后齊衰之事弗及焉且死生常理雖畏忌之而將何所逃乎族之相爲也宜弔不弔宜免不免猶且罪

之而況乎有服之親而可概留之邪即行弔於人亦當有制食未嘗飽哭則不歌羔裘元冠不以弔聖人之懿行也儻主人而有酒肉之設當力辭之或尊長在座亦必少嘗而速起焉無使陷於醉飽之失也弔服與冠皆當以木棉爲之不可費主人之布帛若贊禮題主概用公服其失非小而舉世安之敦厚好古之君子當必有一洗其陋者矣

祭論

李文炤

先哲有言祭祀之報本於人心故豺獺能祭其性然也自佛老之教盛行於中國或妖神怪像設之於寢室或誦經供佛行之於戶庭而祀先之禮概乎滅裂矣幸而有宋大儒修明典制雖不盡協乎先王之舊而禮以義起正百世之所當遵也朔望俗節之奠以薦新也冠婚爵命之告則當因時祭而行之高曾祖考之祭凡同服之親四時擇日會於小宗祠堂之內（日用丁巳）具犧牲而獻之其旁親無後之神主各以班而列焉然後同高祖之支庶別擇日而祀其三代之私親同曾祖之支庶別擇日而祀其二代之私親同祖之支庶別擇日而祀其父母庶乎不瀆而

不紊耳始祖先祖之祭凡同族之親每歲擇日會於大宗祠堂之內具犧牲而獻之但始祖之祀有似禘之嫌先祖之祀有似祫之嫌殆非士大夫之家所可僭不若但擇先人中之名臣修士做聖人七世觀德之意而特奠之是亦干祫之遺意也墓祭則非古矣然先王聯墳墓之法已廢而後世風水之說又盛行則其勢不得不散置於各方凡夫陵遷谷變之慮盜葬侵址之虞皆不可以不備也於春露秋霜之際會族人而一展省焉固人情之所不容已也至若五祀之祭則亦有家之至切者戶者萬物之所畢出也故春祀之門者萬物之所畢入也故秋祀之養物者莫盛於火而竈其司也故夏祀之滋萬物者莫盛於水

而井其司也故冬祀之禮記作行亦通蓋古者井田之法溝卽在塗下故也萬物莫不依地而附天中霤則一家之土中而天氣之所由通也故季夏祀之夫君子之心無德不報是數者皆人所賴以生也而可恝然哉噫淫祠謬宇則羣然諂之以求福至於當敬之鬼神乃反忘之經不正而民不興可勝道哉

湖南形勝論

王文清

自大湖南北分而湖南十二屬之形勝甲於列服矣蓋承平旣久幅員日闢康熙時修地輿圖以衡嶽爲天下之中蓋對湖北而言湖南爲中以天下計之則湖南又爲天下之中矣如湖北我藩籬也與之接壤者岳之臨湘華容澧之石門安鄉是也兩廣鄰南交之地今介東粵者衡之臨武桂陽郴之宜章介西粵者永之道州江華永明甯遠是也江右袁州一路古三苗地而岳之平江長之瀏陽醴陵茶陵衡之酃縣與相錯矣四川天府之國永順之龍山保靖寶之城步與相接矣貴州苗民雜處沅之芷江麻陽靖之通道綏甯不與相接乎其自北而南則岳州

爲首而澧州次之自南而北則永州居巔而衡州次之自東而西則軔於長沙而寶慶次之自西而東則肇自沅州而辰州次之常德又次之居西北隅者永順也兼東北隅者岳州也居西南隅者郴州靖州也兼東南隅者又衡州長沙也此通計十二屬之大概也大概得而逐郡可屈指矣控制湖湘門戶交廣左以老龍爲潭右以飛虎爲寨爲十二屬之領袖者其長沙乎左洞庭右彭蠡君山天岳之雄者岳州也登樓而弔范老其有同憂之志乎蒸湘雲湧城抱如弓者衡州也遐思瑞輯重華鳴傳朱鳳其南天最古之國乎固不獨祝融天柱之爭奇也常德鎖羣溪之匯駐重湖上地綦險要哉而論者徒以桃花流水侈

談仙境抑末矣寶慶勢臨谿峒林箐深茂而武岡城步爲甚昔唐柳公綽會於兩岡中招溪蠻而降之不亦壯哉苗疆故地改土歸流者永順也彼其垣壁之固濠塹之深蹊徑之紆曲灌莽之茂密自昔然矣辰州崇岡複嶺五溪之衆聚焉至今踰辰龍關渡瀘溪陟五寨尙令人心目俱眩向非楚之師武臣力其克城此而兼定黔中哉沅州者析辰州而郡之也蠢茲有苗巖城禦之其南土之保障乎若乃近挹百粵遠揖五嶺與黎獞爲襟帶者永州諸邑皆然其有戒心哉顧營道濂溪高山仰止元次山粲粲一亭顏魯公中興片石洵足壯山川之色已面西湖背荆江鍾澧水酌九溪出入匯口者澧州乎左之黔右之粵犬牙

錯乎苗猺而扼制其□□咽吭者靖州乎居楚天之末距三百六十灘之上鼓棹而下直達全楚者郴州也凡此十二屬者爲郡九爲州七爲縣六十有四所以實此形勝者也軍則自督撫提標外凡二鎭九協二十七營所以衞此形勝者也今也撫茲形勝竊爲未雨綢繆之計一畫戰守之宜有戰守俱不易者澧州也靖州也郴州也澧雖衆水迴環然地勢平衍無高山疊嶂以障蔽之郴靖雖山林深阻然地在邊隅靖尤孤立黔苗錯壤非種可鋤往往有他族逼處之患此則戰當持重守亦當加嚴者有易守而難戰者永順也沅州辰州也寶慶也永州也峭壁懸巖可以陷戎馬之足一夫當關萬夫束手則守之易也深林密箐無往非藏伏之塲雖有强兵悍卒長技莫施則戰之難也有可戰可守者長沙衡州也岳州也常德也大江重湖旣自有天塹難飛之勢而寬原平野又可逞其搴旗斬將之威商賈輻輳則百貨不缺於供鹽米如山則高壘可以持久故進可戰而退亦可守也雖然此亦懸論其大略耳險阻原不足恃孟子不曰固國不以山谿之險乎衆志自可成城昔人所以食子炊骸而不爲城下之盟也況此十二屬者一德一心風行草偃監司守令旣繩貫而鉤連露布羽書亦首動而尾應一方有警則脣齒有輔車之依一矢相遺則手足惟頭目之捍不又分之爲十二屬而合之直如一郡一邑也哉是在當事平日撙節愛養以

阜我糧儲操閱訓練以强我卒伍敦師儒崇學校以培植我士氣通商賈來百工以招徠遠人以供器用所謂足食足兵而民信之者此也夫包二千里沃土之區護億萬家生靈之命聚黔滇蜀粵之都會擁漢鄂吳越之上流無事則烽銷煙靜以養其威有事則鶴唳風聲以敵其愾要以拱衞　神京憂紓南顧形勢不極其勝哉

長沙全郡形勝論

王文清

易云設險守國周禮職方氏掌天下之圖以掌天下之地彼在德不在險之説豈通論與昔之人往往按圖籍爭險阻成竹在胸有備無患其爲未雨綢繆者至深遠矣長沙枕岡面山襟江帶湖此郡城之大勢也統全郡而指之東則由醴陵而度萍鄉抵袁州由瀏陽而越萬載至吉安矣西則左走滇黔右達荆襄者有益陽鎮猺民通新化者有安化援邵陽出武岡者有湘鄉矣南則洣攸二水合入於湘而發源於江右之安福則茶陵與攸亦與江右爲唇齒也日南桂嶺過斗飛瀧自分水嶺以北滔滔滾滾由永州達衡山而湘潭實全匯之則爲交廣之門戸者

非湘潭耶北則岳州之平江崇山鳥道石徑天梯千嶂萬壘而長沙實與接壤洞庭八百巨浪蹴天順風揚帆不日而萬艘畢集維湘陰獨障蔽焉則北門鎖鑰全在湘陰已獨善化甯鄉二邑包裹腹内不與他省鉤聯然於長沙湘潭益陽安化諸邑固自犬牙相錯此又長沙十二邑形勝之大概也先事而籌水陸各有要害焉陸則如長沙之羅洋智度善化之嶽麓關山湘潭之龍王黄龍湘鄉之龍巖黄巢湘陰之玉笥神鼎甯鄉之大潙稽茄益陽之五溪白鹿安化之浮青芙蓉移風辰嶺四山梅子司徒二嶺黄羅一巖桃山一洞瀏陽之道吾大光大圍三山醴陵之太平姜嶺攸縣之司空茶陵之雲陽此中險峻插天則攻取者難拔坳阿伏地則嘯聚者易藏所謂陸地之要害者此也水則如草市之匯茶攸淥口之入醴陵撈塘河之入長沙亦入瀏陽昭潭靳家河之抵湘潭湘河口之扼湘鄉喬口菱子口之通益陽亦通安化淨港之入甯鄉下泥港金子灣之入長沙銅官對岸之達善化區擔夾樟樹港之逼湘陰達各鄉之舟楫通各處之咽喉轉輸百貨搬運餱糧此誠不可一日失守者也至郡城四面尤有當加意修治者則南關外之醴陵坡豹子嶺張公嶺三處地勢高聳宜造敵樓百尺俯瞰長江遠窺山谷此瞭望之宜備者也大江在郡城西北别無港汊舟船難停風濤猝起每有覆溺之危按城南有南湖港城北有新河向爲沙泥淤

塞每奉當事浚瀹然往往未完其事必時加疏滌則運糧輸貨有急可賫停泊可避風濤此津渡之宜備者也城下有水陸洲上之又有興馬洲古磉洲晚洲長亙江心舟楫出其兩面承平既久往來者如入無人之境所當撥兵弁守汛以扼其吭以制其衝此江心之宜備者也洞庭爲長沙戸牖中有磊石山琴岐望兩處高距全湖望周萬頃而銅盆萬石二汊爲湖中棲泊要處南北有事勢在必爭今雖設立塘汛然地曠兵孤鞭長莫及似當撥武員領兵駐劄此地大之樹藩籬之衛小之警客商之防此門戸之當備者也攬郡中之形勝循十二邑之脈絡運我臂指固我疆圉此皆存乎旬宣者保障之力而已矣

風俗論

王文淸

案漢書謂楚俗火耕水耨食物常足唐杜佑以爲湘川之奧人豐土闢劉禹錫謂無土山無濁水人稟是氣往往淸慧而文曹中曰家聞禮義而化易今地足漁樵而人樂業宋歐陽文忠亦云山川之秀麗稱衡湘人居其閒得之爲俊傑我長沙爲楚南首郡則風俗之樸實而俊偉者莫茲郡若矣顧積習至今日竟有大異乎舊俗盡椓其湻風者則非質之過而文之過非不足之敝而有餘之敝也冠昏喪祭三禮載之最詳文公家禮斟酌古今尤爲平易可守今則襁褓巾帽冠禮固不講矣昏禮不問男女而先求聲勢不擇德行而專重貲財納幣則侈陳錦繡遣

嫁則夸示妝奩親迎則寶馬香車高舁大蓋竭歲月經營之力博頃刻市童之憐何其惑也喪葬大事往往舍戚言易舍質言文轜軸未行木主在匱而歌舞於朝鼓吹徹夜酒肉醉飽乎賓客旗幟高聳以招搖題主動請命官贊禮必須多士苟不如是則紛紛物議謂以財帛儉其親每有亾者之身未寒而存者之產已破九泉得無心慟乎此風俗之在禮節者也墳墓所以安親體非以利生人也今則惑形家之說圖謀風水有以計取之者有以勢奪之者有以貨利誘之者有以黑夜盜之者甚至截他人祖宗之脈以葬其父母且劈自己祖宗之塚而葬其新喪以親柩爲富貴之資借葬親爲壟斷之策殃連禍結纍骸骿棺不亦忍乎僧道師巫左道也今則惑十王之說貪種福之田病則宰牲禳禱口稱度尼消災死則拜佛齋僧求免剉磨舂火違名教總歸荒唐此風俗之在營求者也衣服宮室飲食輿馬酬應交游士大夫原有定分今則徧身綺羅畫棟雕梁飲食若流高車駟馬呼盧喝采一擲千錢以輕薄爲聲援以拍肩爲意氣取逋索債者在門沽酒治殽者在道此風俗之在日用者也男子勤耕女子勤織分也今則男不事耕耘而趨貿易甚則游手好閒坐食蕩產女不勤紡績而飾脂粉甚則朝嶽進香遺簪墮珥人離本業逸則思淫此風俗之在習業者也轉移風俗者士習也而此地士風不一彼老師宿儒名山箸述言規行矩守厥

家聲者固有人在矣其閒不自愛鼎者或教猱健訟聲帶三褫或浮言動衆起信險膚或不範馳驅而矜奇弔詭或初聞亥豕而禍棗災棃或匿喪投牒遂忘罔極之恩或更易姓名甘心匪類之種雖有典型不可救藥老夫灌灌奈之何哉凡此皆俗之失則文而敝於有餘者也風俗如此不將江河日下邪曰非也長沙古名郡昔人謂其士恬於勢利而好淸修又謂其俗多慷慨尙節概而恥爲不義學者勤於禮耕者勤於力是惟在涖茲土者正本澄源以身作則彰善癉惡樹之風聲穀然挽頹波而返之湻俗焉孰謂南風之化不復自吾邪

學校論　王文清

士先器識而後文藝蓋器識高而後行誼卓行誼卓而後事業眞區區文藝特其積厚之所流耳長沙人文蔚起王國多楨顧趨時務者往往鄙器識之說爲迂其爲文藝亦菲薄先正花樣求新揆厥由來則功名利祿之念有以誤之也苟可以博功名取利祿則不憚破觚爲圜襲石爲玉父兄以是教子弟以是學司鐸者亦以是應課督故事狂瀾之倒砥於何日乎夫器識莫貴乎遠大而藝文必根於義理古之君子獨行畏影獨寢畏衾敦孝友飽仁義淡泊明志甯靜致遠處也有守出也有爲藹藹吉人惟天子使勒旂常銘彝鼎社稷倚之俎豆奉之視彼藉詩

書以博富貴肥身家甚則憐市童泣妻妾者其器識之賢不肖爲何如也文章根柢六經廿二史次之經學通則經術有本史學熟則議論有徵乃今之學者捨此而遠求諸子旁索百家下至拾其唾餘襲其面目掠其一枝半葉弁諸子百家之意指而又失之嗚呼離器識於文藝已末矣況文藝中又失其所爲文藝乎求器識於文藝已淺矣況文藝中又益壞其所爲器識乎是必有養士之澤有造士之方有取士之規有用士之實厚其廩祿俾無入門交讁之憂斯從善也易養之之澤也立其閑檢使有名教自守之樂斯越畔無愆造之之方也尙眞修不尙虛譽尙實學不尙浮文取之之規也坐可言起可行文可經武可緯否則乘軒之鶴削棘之猴無所用之用之之實也夫如是以言教之以身率之優而柔之饜而飫之馴而化之後起多英南風有不日競者哉

湖南文徵卷二十五

湖湘後學集編

論二

五行生尅論

黃　秀

自太極分動靜而兩儀立陰陽有變合而五行布是五行之氣乃造化所發育而運行於無窮者也故二氣變化而陰陽相閒成對待之體者則有質質附於地也一氣循環而陰陽相因爲流行之用者則有氣氣行於天也天生地成是爲水火木金土而水木陽也火金陰也此以質而論其生之序也陰變陽合是爲木火土金水而木火陽也金水陰也此以氣而論其行之序也然統而言之則又氣爲陽質爲陰五行之變相爲生尅相爲制化者洵不可勝窮矣試爲推論之金木原有異質木曰曲直體旣曲而能伸金曰從革從乎改以反其本此金木之純乎質者然也水火雖有質而以氣爲用故火炎上與陽同升水潤下與陰同降而土不得制此水火之主乎氣者然也然木金水火與土又有相資爲用者木金者土之華實也有水火相雜於其閒故木根於土非水浸則不生火性易然故火附於木而不相離金亦產於土然因土性之燥得火之精以鍊因土性之濡得水之精以滋故水火相待以成而不相害此又木金之質生於土必資水火之氣者然也若夫土之爲物則五行所以成始成

終者故木金爲土之華實水火升降於土五行雖竝列而土之用尤重是以木盛非制以金難成有用之器火盛非制以水必滋燥烈之性水盛非制以土難遏浩蕩之勢而金盛非制以火又難以鑠之而不至於耗然則土之爲用不誠重矣哉至土本地之質化之終爲萬物所兼體不遺者況五行之生尅陰陽互相爲用陽生則陰尅陰生則陽尅其理固然也如同一木也甲陽乙陰故甲生於亥尅於午乙生於午尅於亥推之丙丁亦然同一金也庚陽辛陰故庚生於巳尅於子辛生於子尅於巳推之壬癸亦然而戊己與丙丁同宮抑又明矣故以五行合四時則生長收藏之序見焉以五行配四方則東南西北中央之地定焉以五行分八卦則震巽之木乾兌之金坤艮之土與離火坎水之位著焉且五行下凝於地上運於天而應乎恆星二十八宿或順而左旋或逆而右旋而十二辰之象列焉是天下何一非五行爲之耶然後知五行之生尅有交系之情有變化之機有順逆之勢有母子相生之義有夫婦配合之意有彼此制化旺相休囚之道而其用不可勝窮者孰非陰陽之氣太極之理所以生生不息而綿綿不已者哉若夫五德兼備五事克協以同符於五行者則必推陽陰合德全體太極之聖人能之而五行順應自無疹癘乖睽之虞而有宇宙太和之化矣謹論

聲止於四今之言五聲者謬也梧之與裴平聲之陰陽耳去聲亦有陰陽對隊之類是也若徇五聲之說則此不更有六聲乎哉平去陰陽之判伶人樂官多知之而學士有不知則不學樂之故也至於字母之設互與喉不二音脣舌齒各有二音舌齒合而成音脣齒又合而成音而皆於口乎取之若日不能舉其字雖日熟三十六母十二攝無庸也且亦於樂無當昔者聖人聞滄浪而警聽下逮甯戚商歌而感齊桓優孟楚歌而封叔敖子孫此皆聞其聲而知其詩味其詩而知其旨者也是故歌以移人情詩以感人心者由其發聲之不乖而取之口者粲然而

衆皆解也且其音又不繁故其詩一聞而如語若今之吳歈苟不熟其詞則竟日聽管絃嘽呀見優伶發齒動脣而已是故其音繁者其詞不宜不宣則非一聆而可知繁則使人聽之靡靡而心蕩其去古也不大遠乎然而不可以不究者蓋樂律之流傳止此一途猶可尋逐循此而因流窺源執口口口而五聲之相待而相成六律六閒之循環更迭而爲用者猶得浸淫而得領其要古之人幼而學樂長而歌詩贈答未嘗以此一事爲旁務也賓牟賈之請師襄之避席聖人猶爲之不得以爲過矣因君於此事極喜究心故略舉大凡如此而於君何如也

士人當有禮義廉恥論

黃 炎

蓋聞人君之視百姓皆爲一體而獨於士加隆者以其爲四民之望而人心風俗賴以維繫也士之名爲儒必行檢克立而後爲眞儒士之學在道必防範克端而後爲正道如是則其處也有守其出也有爲而輔世長民之本立焉故士人當有禮義廉恥之論其言淡切而其意篤摯也請申論之夫禮以制心義以制事士人立德之大端而廉恥又所以維持乎禮義者也禮者天之秩非強人也義者心之制非外至也禮非徒揖讓周旋而已必內主乎恭儉莊敬而行之有節文度數如伯玉之下公門不爲昭昭信節不爲冥冥墮行推之至於禮經論語所載凡事

上接下衣服飲食無一不準乎禮而不敢徇情縱欲則禮之至也義非徒剛介不阿而已必準乎天理酌乎事宜別嫌明微而不苟型仁講讓而不過處而在野能使鄉黨辨是非息爭訟而不爲鄉愿之爲出而在國能爲國家決大義斷大事而不存依違之見則義之至也然人莫不知禮義之爲貴而或甘蹈於非禮非義者則以紛華勢利奪其守而廉恥不立也夫天地之間苟非吾之所有雖一毫而莫取知以義自守則淡泊可以明志知以命自安則甯靜可以致遠惟廉而後能進以禮退以義不隕穫於貧賤不充詘於富貴極之至於伊尹之嚴一介楊震之礪四知則廉之至矣孔子曰行己有恥孟子曰人有不爲也而

後可以有爲。古人恥其君不爲堯舜。一夫不得其所。若撻於市。故無疚無惡。皆先自疚惡來者也。不愧不怍。皆先自愧怍生者也。推之如禮記有其位無其言。君子恥之。有其言無其行。君子恥之。地有餘而民不足。君子恥之。衆寡均而倍焉。君子恥之。有恥則不徒無蕩檢踰閑之事。而進德修業。宣猷樹績。皆於恥心發焉。蓋有是四者。上可至於聖賢。次亦不失爲謹身寡過之士。無之則爲敗常亂俗之人。聖王所必誅而不宥者也。士人可不知所務哉。

四皓論

張九鍵

黃老之術。自漢初已流傳盛行。彼以卓然帝者師如張子房。猶不免牽於穀城黃石之約。後又傳其從赤松子遊。況碌碌餘子邪。或曰。當子房時。有東園公綺里季夏黃公角里先生四人。皆修身鍊道。壽與德俱。儻亦赤松黃石之侶。以仙爲隱。故知如子房。當召見定計。心猶引重焉。余曰。否否。是固所稱閒終南之捷徑者。非眞能有以重於世也。夫海上有山。望之莫卽。雲間有鶴。雖招不徠。而四皓以再世之老。天子所不能臣。龐眉皓首。忽而辭隱入朝。豈其誠有不得已於中哉。毋亦意有所欣。遂頹然爲人所誦致耳。如不必爾。率其高尚。既不事秦。亦不事漢。何事太子。事太子矣。何又不聞以仁孝之治。俾惠帝徐以格其母后。致令厠中人彘見而驚心。輔翼靑宮。固如是邪。殆亦非子房所以重太子意矣。吾觀子房之意。意在猝致之以激悟高帝。非謂其眞能安社稷計久遠。有以出於叔孫通周昌諸人上也。其在帝之驚見示戚夫人者曰。羽翼成矣。亦非謂其眞能安社稷計久遠。有以貽朕躬後世之福。不過如所云彼事已就爾。而四皓率皆轉移其中。頹然不知。烏虖。以頹然轉移之人。且尙能守成深堅。重太子以爲天下重乎哉。史稱周成王當襁褓時。有召公爲保。周公爲傅。太公爲師。夫惟其冢君實以師保傅任之。而後太公周公召公得實以師保傅之道自任。正其身凜凜然如泰山

之不可犯・而國之根本屹乎其如磐石之不可動搖・君上無以孽幸間亂端・君后無以計畫窺神器・內則太子不閒植黨・而外則禮臣御史不聞聚議・記曰敎尊而官正・官正而國治・書曰三公不必備・惟其人・此所謂爲天下重者也・四皓皆窮老末代・故未識此・然吾聞後漢之世・若諸葛君龐德公司馬德操數君子者・其於行藏出處輕重・又何如邪・

淮陰多多益善論

張九鍵

用兵之道・間有以少許勝人多許者矣・未聞已多而濟之以益多也・濟以益多・名之曰武滿・滿則氣盈・盈則驕・驕則不固・用兵而持之以不固・雖有百萬之師・十年之備・其勢難可善其後矣・楚與漢久相持於廣武・漢王曰・吾甯鬬智不鬬力・鬬智非誠漢王所優也・而言則有可採者・凡力有形・智無形・以無形運有形・乘之於其所不足・空之於其所有餘・揣於其所必至而猝而發於其所不虞・故可以用多・可以用寡・可以用寡爲多・可以用多爲寡・並可以使多寡未接其機蚤決・可以用多用寡・兵法所謂十則圍之・五則攻之・少則能逃之者是也・可以用多爲寡・用寡

爲多・如孫臏減竈以示弱・虞詡增竈以示強是也・至於敵之多寡藏於敵・猶我之多寡藏於我・以我料敵・未定勝敵・以我餌敵・敵爲我揆・無不敵・敵其法在於蕭王之以兵三千・親犯尋邑中軍而知敵之有餘・謝元之遣劉牢之以兵五千・趨洛澗而知敵之不足・既知敵之不足・又知敵之有餘・然後以進則戰・以退則守・不進不退・可保無害・不善用兵者反此・敵寡則欺・敵多則迷・已多則喜・已寡則葸・曾不思寡者備人者也・多者爲人備者也・以人之必備・授以我之不備・所以高歡將十萬敗於宇文泰之一萬・曹瞞擁百萬敗於公瑾兵三萬・夫以號稱智謀之人・屢能設奇料敵制勝・而猶若此・又何怪於高祖之以五十六萬敗於

睢水。煬帝之以百二十萬敗於遼東。勢張氣熾。久爲敵算。而曾不自知者乎。山谷之閒。聚蟁成雷。然其善嚙不如蝨。飛鳥翔集。望之如陣。然其善擊不如鷹。則亦勢紛附而氣力不專也。或云允若是也。多其了不足恃乎。荅之曰。唯唯。兵自貴精。不貴多耳。兵以多貴。特詎於淮陰多多益善之權詞。豈誠用軍行師之道哉。且如信生平固善於用寡。不善於用多者也。觀其始之攻魏。所使從夏陽用木罌渡者。無過伏兵。繼之攻趙。所使持赤幟夜從閒道入者。無過八二千。外如囊沙可以遏流。則遏之。背水未可以陣。竟陣之。皆信半生金心之形機。數密運兵。不疲而敵已破。不聞其以多善也。迨於賣酈生。攻歷下。襲有全齊七十餘城之雄。願爲假王鎭之。而信之氣盈矣。氣盈而信致敗之機已伏。此正其不善用多者也。嗚呼。信劾百戰之奇勳。而不免窮於一縛。當此之時。惟冀少少發明前績。晤囘主心。作一時權詞應耳。豈誠用軍行師之道哉。

汾陽王臨淮王合論

張九鍵

治軍有所用反而功相成。名相埒者。若程不識之於李廣。李光弼之於郭子儀是也。雖然。子儀豈弼比哉。方子儀與光弼同以節度討安慶緒。義聲所振。諸路延頸。畔逆之平。將指日待。不幸師敗河陽。上以魚朝恩譖。用光弼代子儀。是時弼軍謀定後戰。將士能以少擊多。所用部曲什伍甲帳旂幟。悉仍子儀壁壘。頓爲一變。然而朔方軍士憚光弼之嚴。牽無不樂子儀之寬。謂安得撫士如郭公。雖古李將軍爲不足數矣。李將軍者。漢孝武時匈奴所呼飛將軍也。世受射。才氣一時無雙。嘗以一騎數卒。彎弓當千虜。虜爲卻退。又其行邊無行陣。不擊刁斗。但逐善水草

而止。人人自便。程不識曰。李將軍軍令極簡易。而其士卒樂爲之死。我軍頗煩擾。然虜亦不得犯。儻卽子儀光弼之謂乎。功名與遭際。古英雄處此。幸不幸亦何可勝道。而要百世後史書褒稱大臣出入將相。以身係天下安危。天下數有變。外內無援。至不惜帥離散閒曠之部。趨死不顧利害。與敵約。誓歸而告成事。顏色不動。天下屹然。則非獨威令伸。福澤厚也。其本原必有大過人者。吾觀子儀歷肅代之世。疑則置之廢地。遇有急難。則又遽呼而趣起之。遭逢亦不謂幸矣。而獨胸無纖芥。但聞君命。輒戟而趨。又所至免冑釋甲。咸大驚慚。或悲其來晚。此其視角能兩臂與提十數萬師。堅明約束。以靖一鎭一藩之變者。功可同

日語哉或曰以令公聲績赫赫若此而遇一醜貌之盧杞則色然一甫入相之楊綰則又色然將毋列侍妾盛音樂實亦有豪豔畏人指者乎而不知此又公之所以全其爲公也夫君子成人之美不成人之惡楊綰淸儉少自抑焉所以成其美盧杞陋而奸少預防焉所以不成其惡渙沈之器自杜漸明微者能識之且公生平惟履盛而謙是以功蓋天下位極人臣終其身疑忌不作若武穆王彌才非不雄然自頓兵齊州遷延至於諸將皆不用命竟以愧恨隕其軀悲夫

無吾先生論文

張九鍵

無吾先生楚宿儒也然不喜著作偶有作則縱筆所之快意累累亦不可名一家其徒容成子進問曰先生學惟師古而臨文頗不一與古肖何也無吾先生曰文惡乎古學古者其猶若嬰兒子乎嬰兒子始生寢不離褓坐不離抱待哺則嗁飽則啞啞而笑然未能言說也有乳母者於齒生時順其意緒導其含胡乃始漸漸知語然齗昵不能去膝前也稍長有幼昆者偕之出入引之於街巷指之以繁雜乃始漸漸有所聞見然曾未粗識義理也又有蒙師者某數某文口授手畫教以坐而誦立而背於是迺始知學是故積乳哺得語言積語言得聞見積聞見得

義理積義理然後迺成文章然已不復可作嬰兒子觀矣嬰兒子斷不能文章古人一家之文章其獨能覺萬世無算之嬰兒子乎凡古日之爲嬰兒子者多湆湆而晚日之爲嬰兒子者多熒熒熒熒與湆湆異其罔覺識於義理均也亦必有若書焉爲之啟闢其性情有若書焉爲之拓廣其聞見又有若書焉爲之稱引訓詁以解明其義數而後學成而名尊是故六經者文章之乳母也百家其幼昆而宋五子其蒙師也無六經而乳母絕無百家宋五子而出入扶誘一望塗人吾誰將與呼乎且誰造化猶然一嬰兒子也竅水於泉混混盈科耳漸進而放乎四海推雲於泰山之谷膚膚觸石耳漸凝合而能雨天下謂水雲之

不始於盈科起於觸石則不可謂盈科觸石之遂足以盡水雲之變態其可乎是故文無古今方其學而未之成也則幼昆亦可扶蒙師亦可詰及其成也則固科坎莫能限巖石莫能封盈滿於泰山滄海而猶莫能量鬱乎蒼蒼渙乎洋洋豈不大哉容成子聞言疑先生之太尊己其言閎大恢怪而莫可以端倪也將避席歸舍適聞廡下童子拍而吟曰莫赤非狐莫黑非烏住又吟曰白馬非馬孤犢未嘗有母先生曰績者汝識此乎此固公孫子龍之所以師於魏主

丙吉論　李芳華

書曰三公論道經邦燮理陰陽蓋古之三公意誠心正表裏瑩徹德盛而化神正己而物正故能論道而成燮理之功此豈後世不事事之具臣所可假託者哉夫道者陰陽之理易曰一陰一陽之謂道是也惟是以此日進而與君論之使其君耳所聞者至道之言心所存者至道之行優游饜飫無少間斷然後心得其養氣得其平形於動靜喜怒不乖達於政事刑賞無不順以是經邦故能措一世于蕩平正直之域至于大化翔洽民物熙暘則人事和於下天道和於上而四時不忒寒暑順序古之所謂燮理者蓋如此也夫天道之大者在陰陽陽爲德陰爲刑

刑賞生殺陰陽之大用王者燮和天人之大卞也苟君德未純喜怒任意賞不足勸善刑不足懲姦甚至白晝殺人於大都之中而不忌則人事不和莫大如是乃置不問而曰吾職居宰相當燮理陰陽吾不知彼之所謂燮理者果安在也謬哉丙吉傚然敢以古之三公自處而於陰陽之義燮理之術則懵乎未之有聞也洪範庶徵五行之休咎繫於五事之修悖天人果有二乎抑無二乎堯之治天下也明俊德親九族平章百姓協和萬邦至於黎民於變時雍乃命羲和欽若昊天古之聖君賢相果先天道乎抑先人事乎昔人有云化國之日舒以長蓋言賞不僭刑不濫人民樂愷而日行亦爲之舒徐也又曰一夫吁嗟王

道爲之傾覆。良以賞及惡德。刑加善人。足以傷和氣。拂天心。而災害竝興。國祚於以傾圮也。然則天人之氣。呼吸相通。燮理之事。豈在區區牛喘之一問邪。當是時。宣帝以刻覈爲治。法吏以擊斷爲能。禮樂缺微。刑賞失正。丙吉爲相。曾不聞其先格主正厥事。至於流俗失世。敗壞區區法律不足勝姦。白晝大都殺人於貨。宰相燮理陰陽。豈以是爲當然者邪。乃漠不動心變色。思有以救正之。而徒爲是無當之大言。以誇相道。可不謂之欺天罔人乎。舉世之人。不知其謬。反以得大體稱之。蓋相道之不明於天下也久矣。周禮大冢宰之職。掌建邦之六典。而自王之衣服飲食。及后世子之膳服。下至嬪御奄尹之微。絲枲縫染之細。

咸屬所統。於以佐王修身齊家平治天下。蓋以陰陽之理。無乎不在。所謂燮理也。然則陳平之不對錢穀刑獄。丙吉之不問死人。皆清靜不事事。而特假調和燮理之虛名。以自文者耳。則亦焉用彼相爲哉。

胡康侯論

李芳華

以人事君者。人臣之大節也。然舉士由於知人。知人由於知言。知言由於窮理。而尙論古人者。知言窮理之要也。昔游廣平品評秦檜人材。以爲可方荀文若。胡康侯曾聞其言。及檜自金南歸。因力薦之。檜見柄用。遂專主和議。斲喪宋室。論者咸咎廣平不知檜之姦邪。而擬人不於其倫也。夫廣平何嘗不知檜哉。康侯不知言之過也。康侯之不知言。則不能尙論古人之過也。康侯視文若爲何許人邪。當是時。曹操圖移漢鼎。挾獻帝爲質。以芟夷羣雄。文若以名德嗣孫。爲國舊人。乃罔念其祖父之清操。而思有以嗣續之。顧乃竭智畢力。爲曹畫謀決策。助成其篡。以

此觀之。文若之爲文若。忠邪姦邪。且廣平之以文若方檜。正以其皆爲小人而具狡獪之才者也。今試提彧與檜事竝論之。彧欲廣植人材。羽翼曹氏。而引進其從子攸等。布列朝廷。檜亦欲多引名士。使爲己助。而薦用張燾程瑀等。竝居清要。則其樹私黨一也。彧欲掩其不臣之蹟。而於操事已成之日。故爲正論以矯衆說。泥傳禪。檜亦欲淡取正人之信。而於金人劫遷之時。共爲議狀。請復嗣君安四方。則其欺世俗一也。彧欲爲開國元勳。故爲曹氏舉用。遂委身事操。其成大業。不憚陽奉公朝。陰附私室。而以漢社稷輸之。檜亦欲效尤劉豫。故爲金人所執。遂要結撻懶以求援立。不憚力主和議。冀成前約。而以宋社稷輸之。則

其深險賣國亦一也然則檜之爲檜廣平固早知其姦檜與文若埒而康侯自不能察耳是故斲喪宋室者檜也而使檜得柄以逞其姦者則康侯薦之之咎也身遭屛逐無足惜矣吁康侯嘗傳春秋矣顧迺不察文若之爲人如此則春秋時亘姦大猾又何從而識之宜其傳之多不足取也然則後之君子欲爲國家樹人而不至於誤者必務知人欲知人必務知言欲知言必務尚論古之人廿一史中邪正竝載皆學者知言窮理之資也豈徒供博覽已哉

五行論

李芳華

五行者質麗於地氣行於天殆四時之主萬物之母而大易洪範太極之宗乎或曰何以言之也曰五行者有本生之序有相生之序有相尅之序本生之序一水二火三木四金五土洪範所陳者是也相生者五氣之順布河圖三八木居東二七火居南五十土居中四九金居西一六水居北右旋而相生相生而後順序以成歲記所謂播五行於四時是也相尅者五材之致用洛書一六水居北二七火居西四九金居南三八木居東五土居中左旋而相尅相尅而後成器以利用虞書所謂六府是也曰其爲四時主者何也曰木主生王春三月火主長王夏三月土爲四行之本且金所由生故王於季夏金主斂王秋三月水主藏王冬三月循環相代周而復始時序之所以運行寒暑之所以迭更莫不由是周禮所謂五帝者也曰何言乎萬物之母也曰五行有理有氣氣以成人物之形五官五臟是已理以爲人物之性五常是已惟人得其正而受其全故靈於萬物記所謂五行之秀氣者也且五行有色有聲有臭有味青赤黃白黑其色也角徵宮商羽其聲也腥羶香臊朽其臭也酸苦甘辛鹹其味也而天下之物若動若植若飛若潛若有知若無知若有情若無情若有竅若無竅若洪鉅若纖微凡有色聲臭味者莫不本五行而生也豈非萬物之母哉曰易由太極生兩儀兩

儀生四象四象生八卦而謂其宗五行何也曰吾固謂天下之物未有離夫五行者也先天以八卦横圖中分而圓之則五行相對以立體故曰天地定位山澤通氣雷風相搏水火不相射後天本河圖而更置之則五行相生以爲用三八木東則震巽居之二七火南則離居之五十土中則坤居西南而艮居東北四九金西則兌乾居之一六水北則坎居之故說卦謂震巽爲木離爲火坤艮爲土爲山兌乾爲金坎爲水而大象更屢言之孰謂八卦不宗五行哉曰洪範首列五行其下八疇似不宗之矣曰五事八政五紀三德稽疑庶徵福極無適不函五行之理今不暇悉數細玩之自可見也曰大易由二而四而八而十六

而三十二而六十四生生不已乃造化自然之妙也周子太極由二而五遂及萬物豈能如易之廣大或乃出於方士之緒言耑以五行爲用蓋丹竈之法耳何可與易竝言也曰芻蕘之言先民詢之穆姜之論孔子取焉太極圖縱出於方士而其陰陽五行之說則固天地之道生人生物之理但彼不當竊盜其機而作弄之耳反而正之卽羲文孔子遞傳之心法矣是故羲文本吉凶同患之情而畫卦命占示民趨避之方故陰陽消長五行之順逆不得不致其詳如澤滅木爲大過水火相息爲革之類所以明其凶木上水而井養木巽火而鼎烹之類所以明其吉故必由二而四而八而六十四乃能盡其變若太極但明造化生人生物之理與氣及聖人繼天立極君子盡人合天之能事則由太極而陰陽由陰陽而五行而晝夜寒暑之道化育闔闢之機四序遞嬗之運生長收藏之用無所不具舉凡氣化形生無不醞釀於其中矣且五行既具則所謂帝出乎震齊乎巽相見乎離致役乎坤說言乎兌戰乎乾勞乎坎成言乎艮者固已幷舉矣又何嘗不與易合但義各有取故言有詳略耳安得耑泥前聖之說而妄議後儒之爲非哉曰有謂易則書而範則圖者信然否也曰圖書皆具陰陽五行先儒固謂圖亦可作範書亦可畫卦矣然細玩之則圖之體方方者其數偶故易自二而四四而八八而十六十六而三十二三十二而六十四皆偶

數也蓋以圖之一聯六二聯七三聯八四聯九五聯十皆一陰一陽中邊相配而對立故也書之體圓圓者其數奇故範自一而九自九而八十一皆奇數也蓋以書之一三七九居四正二四六八居四隅皆陰陽相錯而流行故也對立者易之爲體流行者範之爲用似乎各有所取而不可相易也然聖人聰明睿智由於天授目有所觸便成制作豈若後世迂儒截正補隅之陋見哉曰有謂太極理也不當作圖不可作圖者豈不然乎曰先天後天羲文固已畫圖矣若夫天本無言其理渾穆而河馬洛龜又何爲生此神物負圖以示人哉

正統論上

徐世佐

正統之變有二有奸雄篡據無羣雄割據先君無一綫之嗣天下統於一人則以正統與之非義之從其實也秦幷六國晉平吳隋滅陳天下無與分統者矣有奸雄篡據有羣雄割據先君有一綫之嗣則以正統與先君之嗣不以與賊有奸雄篡據無羣雄割據先君有一綫之嗣則亦以正統與先君之嗣不以與賊與之者義之從其實也篡據者不正割據者不正先君之嗣正正者君其不正者賊也故曰義之從其實也漢之蜀晉之南天下無與分正者矣無正統者有奸雄篡據有羣雄割據先君無一綫之嗣則莫適與正以篡據者爲正篡據者烏乎正以割

據者爲正割據者烏乎正各不正亦莫適與統以篡據者統篡據者未能統以割據者統割據者未能統各不相統故無正統唐之亾梁篡據者晉岐吳越閩蜀割據者夫篡據者之罪甚於割據者爲其手刃君父而滅其宗社也以篡據者爲正是猶以殺父者爲主人而分其財者爲盜也豈不悖哉

正統論中

徐世佐

蘇子瞻曰魏與梁吾與之名不與之實名輕而實重異哉蘇子之論也賢者吾名之爲賢不肖者吾名之爲不肖吾名不肖者爲賢曰吾與之名不與之實也途之人聞之其不啞然笑乎天子吾名之爲天子諸侯吾名之爲諸侯吾名諸侯爲天子曰吾與之名不與之實也途之人聞之其不啞然笑乎子瞻曰位名也德實也吾輕與之名而重畱其實夫位與德皆實也德爲聖人吾名之爲聖人位爲天子吾名之爲天子名者名其實也人吾名之爲人鳥吾名之爲鳥獸吾名之爲獸山川蟲魚吾名之爲山川蟲魚子瞻則曰人名也仁義禮樂人之實也人必有仁

義禮樂之實而後名之爲人則天下之爲人者鮮矣故吾輕與之名而重畱其實然則子瞻將指羽毛鱗介之族而盡名之爲人乎抑必衣冠言笑者而後名之爲人也然則子瞻之爲名猶未免從其實也子瞻曰不必有聖人之德而後名之爲正統吾亦曰不必有聖人之德而後名之爲正統堯舜正統也桀紂亦正統也然必正統而後名之爲正統也吾怪子瞻非正統而名之爲正統也子瞻曰不必有聖人之德而後名之爲人吾亦曰不必有聖人之德而後名之爲人堯舜人也桀紂亦人也然必人而後名之爲人也吾怪子瞻非人而名之爲人也子瞻曰必堯而後父稍不若堯降而爲兄則瞽瞍懼至僕妾焉吾亦曰必

堯而後君稍不若堯降而爲臣則桀紂懼至奴隸焉夫父之必不可降而爲兄也子瞻則固知之矣有是哉名之必從其實也而子瞻又曰吾輕與之名然則兄也而吾名之爲父降而僕妾也而吾名之爲父有笑於旁者吾且解之曰名輕也故與之非與其實也則何以畱其實曰名之爲父而實不以爲父也然則實僕妾也而名父也則且從之使之治棲除厠飲牛飯馬而又詈之而又笞之而從之使之治棲除厠飲牛飯馬而詈之而笞之而名之爲父曰吾輕與之名而重畱其實也然則臣也而吾名之爲君降而奴隸也而吾名之爲君有怒於旁者吾且解之曰名輕也故與之非與其實也則何以畱其實曰名之爲君而實不以爲君也然則實奴隸也而名君也則且從之使之治棲除厠飲牛飯馬而又詈之而又笞之而從之使之治棲除厠飲牛飯馬而詈之而笞之而名之爲君曰吾輕與之名而重畱其實也甚矣子瞻之謬也父父也殺父者非父也君君也殺君者非君也父吾父之殺父者非父吾亦父之君吾君之殺君者非君吾亦君之曰是皆無聖人之德者也不必有聖人之德而後君之父之也吾輕與之名而重畱其實子瞻之愚而悖於道其亦至此乎子瞻曰吳與魏不兩立夫吳與魏何常不兩立魏滅而後吳亾魏雖强不能統吳吾之稱名以魏統吳於實則誣魏雖强篡據者吳割據者吾之稱名以魏正吳於義則乖退吳不可況於退蜀甚矣子瞻之謬也或曰正統有常變乎曰有得之以正而大一統則正統之常也

正統論下

徐世佐

子瞻以爲瞽瞍雖頑子不得以爲非父桀紂雖暴臣不得以爲非君魏與梁雖篡天下不得以爲非正統夫瞽瞍父也桀紂君也魏與梁弑君者也則猶弑父者也吾怪子瞻以弑君者同於君之暴者君之暴者不得以爲非君弑君者亦不得以爲非君則吾怪子瞻以弑父者同於父之頑者父之頑者亦不得以爲非父弑父者亦不得以爲非父則子而父其弑父者而子瞻以爲孝也臣而君其弑君者而子瞻以爲忠也且夫父雖頑子不得以爲非父非其子不得入之而以爲父也君雖暴臣不得以爲非君非其臣不得入之而以爲君也魏與梁雖篡其所統者

不得以爲非其所統也非其所統者不得入之而以爲其所統也非其所統者而入之以爲其所統曰吾以名與之非其實也途之人聞之其不啞然笑乎夫吳與蜀之非魏所統也晉岐吳越閩蜀之非梁所統也子瞻其亦知之矣然則子瞻以吳與蜀之各有所統也皆不正而獨魏爲正晉岐吳越閩蜀之各有所統也皆不正而獨梁爲正是子瞻獨以弑君者爲正而其不弑君者皆不正也雖丕與溫聞之亦不以爲然而以子瞻爲諛而欺我也且夫正統之名名以統不名以德魏與梁果無分統者雖非湯武天下皆其臣子子孫守之則正統也湯放桀而有若吳者有若蜀者則分統也不得遂以商爲正也武王誅紂而有若晉岐吳越閩蜀者則分統也不得遂以周爲正也且夫統天下者統之云耳奚以云正有不正者則有正者是故正統之名以與先君一綫之嗣也非與之也誰非戴吾天而履吾地者其所篡據其所割據皆吾之土地人民也不得以其篡據之割據之遂以爲非吾所統也雖篡而割猶臣子也故統之也統之者不與其篡也不與其割也非其所得據也以土地人民還之天子是春秋之義也而子瞻胡以與弑君者

士氣論　徐世佐

廉恥者天下之大綱也風俗者廉恥之本也風俗厚則士知廉恥士知廉恥則天下治所謂臥赤子四海之上而安置遺腹朝委裘而不亂者此也風俗壞則士無廉恥士無廉恥則天下亂雖有聰明强武之君所謂抱火厝之積薪之下而寢處其上者此也是故聖王以君子治小人不以小人制君子以君子治小人則風俗厚以小人制君子則風俗壞風俗壞則士無廉恥子而人盡可父臣而人盡可君妻而人盡可夫天下大亂不止此必然而無疑者東漢之衰宦官用事天下嫉之其勢益橫士不勝憤忿而與之爭人主以宦官爲腹心爪牙以制天下至以天

子之權佐宦官之勢而攻天下之士盡殺之其始宦官畏士其後宦官制士其始天子用宦官以制士其後宦官用天子以殺士禍變既深風俗遂壞予每見潘岳王儉任昉之徒所爲狀序志銘序述當時士大夫至於弒君篡國之際栩栩稱其佐命之功豈非不知其非而以爲美而慕之者與蓋士之氣節折於凶人之威而廉恥敗於戮辱之餘風流波蕩而不可止良可歎也唐自甘露之變北司煽虐南衙俯首士類凋殘羣小滿朝禮義凌夷廉恥不立所謂人之云亡邦國殄瘁者延暨昭哀至於五代其禍慘矣唐莊宗寵幸優伶出入宮掖侮弄搢紳羣臣嫉憤莫敢出氣或相附託以希恩倖當此之時士之廉恥猶有存焉者乎天下之禍多矣原其所本多由於此蘇子瞻曰人之壽命在元氣國之長短在風俗是故聖王惜風俗如護元氣

憂論

徐世佐

歐陽永叔讀李侚書文曰翺幸不生今之世見今之事則其憂又甚矣柰何今之人不憂也有一人憂者或斥不用用者又必不憂豈惟不憂一聞憂世之言不以爲狂則以爲病眉山蘇氏曰天下無事臣每狂言世皆笑以爲迂闊然臣以爲有時而不迂闊也予嘗怪之宋自太祖至於仁宗可謂盛矣其君恭儉愛人其大臣皆人傑也當是時天下乂安上自飛禽下及草木涵濡浸潤於昇平之世者百有餘年而二子者不以爲樂乃以爲憂何哉俯而思仰而歎曰古者忠臣志士其憂國之心思之深而慮之遠如此夫蓋天下之可憂者莫大於晏安無事而天下

之禍莫大於不憂孟子曰天下之生久矣一治一亂夫治常生於亂亂常生於治非惟天道亦人事之必然也天下當危苦之際人人有憂患之心又有能憂者出而在上知天命之難保鑒前事之可虞臥而思起而行之一日不聞其過則懼是故有秦之亂然後有漢之治有隋之亂然後有唐之治有五代干戈之亂然後有宋之治有數十年之憂然後有數十年之樂詩曰殷鑒不遠此之謂也及其無事日久天下溺於治安無所以爲憂天怨於上而不畏人怨於下而不恤君臣相與歌昇平頌功德一聞憂世之言不以爲誹謗則以爲不祥如鴟鴞之鳴於承塵之上未有不惡之者惡盈而不知禍積而不覺此所固然無足怪者遠識之士當有事之時未見其人曰天下必治當無事之時未見其人曰天下必亂昔者晉有鄢陵之勝范文子以爲憂孟子曰生於憂患死於安樂非虛言也何以知之以吾之病知之往者年少而氣盛凡所以伐其元氣戕其支體者皆狎爲之不知其害不以爲憂已而病幾死乃皇然恐懼愛之惟恐不及養之惟恐不至也期年而病愈愈則必安豪情盛氣往往而動者有之不自知其愛之未及而養之未至也則復病病則懼懼則復愈則所以愛而養之者亦復不及凡大病則大懼大懼則大愈則大不懼則亦復大病小病則小懼小懼則小愈則小不懼則亦復小病夫安樂之地皆死亾之境故曰天下之可憂者

莫大於晏安無事權奸怙勢誅之可也小人蠹國去之可也君子在野舉之可也强臣拒命討之可也四夷交侵攘之可也盜賊竝起除之可也戎馬交蹶羽書還至平之可也而至於不憂則天地震之而不動鬼神戒之而不省處累卵之上而有泰山之安然而不亾者未之有也故曰天下之禍莫大於不憂唐虞之世不可謂不治矣堯舜之爲君亦不可謂不聖矣堯之命曰四海困窮天祿永終戒之者曰兢兢業業一日二日萬幾何其憂也至於禹湯文武亦莫不然其視天下匹夫匹婦一能勝予故曰予臨兆民凜乎若朽索之馭六馬凡見之行事著之言語者皆是也憂則聖不憂則亾豈必待有事哉且夫天下可憂之

事皆在無事之時。不憂者以爲無事耳。范希文曰。居廟堂之高則憂其民。處江湖之遠則憂其君。君者天下治亂之主也。君之心無所陷溺。則氣質清明。人之賢者見之爲賢。其不賢者見之爲不賢。事之善者見之爲善。其不善者見之爲不善。用天下之賢人。行天下之善政。然而不治者。未之有也。君之心有所陷溺。則氣質昏亂。人之賢者見之爲不賢。其不賢者見之爲賢。事之善者見之爲不善。其不善者見之爲善。用天下之不賢人。用天下之不善政。然而不亂者。未之有也。人主聽政之暇。退而與賢士大夫論時政之可否。民生苦樂。人之賢否。可用爲某事者。觀古人之書。成敗得失。善惡之迹。懍懍然如出諸身。然而其心有

所陷溺者。未之有也。若夫日出而視朝。操音樂服歌舞者立而俟進。狗馬者在宮門之外。人主雖勉强政事。然而其心無所陷溺者。未之有也。天下之治亂在人主之一心。人主一心之治亂。在平居無事之時。然而人主能自勉於臨難有事之時易。而能自勉於平居無事之時難。以天下治亂之本。而爲人主之所難。可不愼與。見形之士。以爲御門視朝之禮。國之大事。禮樂刑賞之典。未嘗有所廢。科舉銓選考課黜陟之法。未嘗不行。詔書未嘗不下。諫官未嘗不言事。封疆之吏未嘗不言利害。部臣未嘗不議。則治天下之道在是矣。若夫天子春秋鼎盛。四方無事。國家累世之富。土木宮室日以繁。苑囿日以廣。淫聲曼色。優倡侏儒百技之戲日以進。則以爲治安天子之樂固如此。於天下未有絲毫之累也。忠君愛國遠識之士。則潸以爲憂。且夫人之心。愈收則愈斂。愈放則愈縱。愈縱則愈不可收。一嚬一笑。何與於治亂之數。然而君子守之。防其漸也。焰焰不滅。炎炎若何。涓涓不壅。將成江河。可不愼與。然則處江湖之遠則憂其君。非虛言也。民者治亂之器也。自唐宋以來。世變不一。要其大略。亦概可知矣。四方無事。縣官無催科之擾。天無非常水旱厲疫之災。民之憂飢寒者。十常六七。其俗流之失。狙詐剽險。强淩弱。衆暴寡。智欺愚。父子兄弟爭而相害。不相顧。盜賊蜂起。訟獄繁興。此亦可憂之大者也。士者民之首也。禮義淩夷。廉恥澌滅。則何有於

民。利者人之所趨也。士或苦行積善。家無擔石之儲。鄉人賤之。名不達於有司。死而爲飢寒之鬼。富人大賈。交通貴游。意氣偉然。妻妾之奉。輿馬宮室。冒上無等。固已羣慕而爭效之矣。且士或窮年積學。皓首空山。不一售其技。而利走其閒。不疾而速。崔昌遐曰。排公門。入私室。取所欲得。如探諸囊中。夫唐之衰不足言矣。賈子曰。逐利不耳。慮非顧行也。剟寢戶之簾。搴兩廟之器。白晝大都之中。剽利而奪之金。矯僞者出幾十萬石粟。賦六百餘萬錢。乘傳而行郡國。當漢之盛時。而賈子爲之大息。豈以誣吾君而誣天下乎。孟子曰。爲人子者懷利以事其父。爲人弟者懷利以事其兄。夫利之悅人。何所不至。紾兄之臂而奪之。不以

爲忍也吮癰舐痔而求之不以爲耻也夫人所爲得志則愈爲之不止人以利而有勢以其勢取利若釣者得魚以易網而施諸淵也且夫鄉舉里選利之囮也變而求之語言文字之間非一日矣自唐宋以來取士之法日嚴而士愈無實關防日密而懷詐作奸不顧廉恥以僥倖於一獲者何其多也且三年貢士天子親策之於廷其最者公輔之儲他日佐天子致治興教化者也而其所重乃在書法豈天子臨軒策士之意乎今使善書者爲一邑之治日書數十帖與民其不投諸水火者幾何今皇上勵精圖治思賢如渴　御製詩曰豈但求端楷還須進讜論　天語煌煌而天下狃於故習不能自振王介甫曰

科舉之學大則不足以用天下國家小則不足以爲天下國家用然而天下之人乃惟恐朝廷取士不出於此無用之學以爲此猶取士之道而具此無用之學以取士者延千百年如久腐之索使馭馬引之懼其或絕也然而此無用之學猶取士之道而懼其或絕者猶守道之士也不然則其求利而不得者也然而求利而不得者將更求之守道之士將窮而思返也飢寒苦之室人謫之無爵祿之榮無名譽之美終其身而不變者天下蓋無幾人也貪者貪則富者愈貪貪而富則愈貪貪而不富則愈貪誠不知其所止也明自宣廟至於孝宗亦云盛矣嘉隆而後貪利相師決藩潰防天下靡然民俗獷悍尚武勇相侵奪劫人以爲利得利以爲賢好亂喜鬬小者兩人相敵大者十百爲陣縣官不能治則反爲之辭以自詭於法閭里少年買其伎倆百里之內健夫萬數如藥之飽於器中待火而發流賊之所因以起也以貪得之心有飢寒之迫當狙詐之時無父子兄弟之愛而濟之以好亂能鬬之力然則居廟堂之高則憂其民非虛言也是故賢者進則憂其民退則憂其君不賢者進不憂其民則亦不憂其君退不憂其君則亦不憂其民賢者無往而不憂不賢者無憂非無憂也憂不在夫君與民也憂不在夫君與民者則誠可憂也宰輔台諫不憂君則有憂宰輔台諫者封疆守令不憂民則有憂封疆守令者宰輔台諫不憂君而非宰輔台

諫者憂之封疆守令不憂民而非封疆守令者憂之宰輔台諫封疆守令不自憂而非宰輔台諫封疆守令者代之憂則憂者之過也憂者之過亦可憂也今之賢者豈特昔之人哉其有憂乎其無可憂者而不憂乎爲君難爲臣不易今　皇上嘗以訓羣臣矣體　聖天子之心思萬世無疆之治則昔之人所憂者皆可以無憂也

湖南文徵卷二十六

論三

邴鄭之學論

陳夢元

學問之道猶人之有體心腹充實四支雖病不足患也經傳爲實人心腹之物博聞強記旁通貫穹氣盛足以載理志堅足以裁識義精足以幹事生平世爲國家輔治安値亂世爲倫紀厰氣垢才或偏至蹟涉怪迂詎有妨其苦心哉高遠之士潛託清白神頤淡粹遇物而英發運機而望麋力憑於虛矯然千倍於愚柔是時姦回寇虜舉手搖足無不入坎穽獨迴翔超邁自全

不摧豈無本能勝乎間讀漢末邴原別傳載原遠方游學至陳酉師韓子助潁川宗陳仲弓汝南交范孟博涿郡親盧子幹獨舍鄉里鄭元而不師椑實心知入鄭氏學孤沈迴造氣嚮於弱銳初固終志餕於完償此忌彼義疏於苟恐單步負笈苦身持力八九季閒卒無所得故原會安邱孫崧有云人各有志所規不同者內斷蚤果矣他日荀文若欽爲一世異人士之精藻崔季珪讓以龍翰鳳翼國之重寶於時海內淸議咸云靑州有邴鄭之學雖然論學原何敢升鄭氏之堂品志節原亦未能仿鄭氏之溫偉及身之時云然後世之人未或許竝稱也烏虖陳氏曷冐用此語載邴原本傳哉是洵合叟裁也夫

易論一

朱景英

道生一者老氏說也道在太乙之先者莊氏說也王弼以來依據老莊遂解太極爲太乙則是太極非道別有道以生太極矣甚矣異端之惑人也周子曰無極而太極又曰太極本無極蓋正告學者以太極之義也其義旣明則言無極可不言無極亦可朱陸之說雖相持而不下然略其辭而觀其旨俱有功於太極者也劉歆曰河圖洛書相爲經緯八卦九章相爲表裏蓋河圖之數陰陽生成相配洛書之數陽居正位陰居偏位河圖之數十而方隅次序未嘗不止於九洛書之數九而一與九對二與八對三與七對四與六對未嘗不歸於十也又洛書亦以一

合六以二合七以三合八以四合九而以五數居其中悉與河圖相協所謂洛書亦可畫卦河圖亦可衍疇也而經緯表裏之論灼然矣文王八卦方位本法河圖見說卦傳而邵子以爲後天之學所謂伏羲先天圖者則又取說卦傳天地定位山澤通氣雷風相薄水火不相射八卦相錯之義而衍之也然朱子旣主邵子而他日又有康節說伏羲八卦近於穿鑿附會之疑學者可以審所從矣揚子雲準易作太元然託始高辛太初二歷爲之故有方州部家凡四重而爲一首九贊通七百二十九贊有奇分主晝夜以應三百六旬有六日之度首準一卦始於中準中孚終於養準頤二十四氣七十二候與夫二十八宿錯居

其閒其首衡錯測灕瑩數文掜圖告十一篇皆以解剝元體蓋以位當卦以卦當日起於漢儒之學而朱子譏其有氣無朔有日星無歲月亦篤論也司馬溫公又擬太元撰潛虛以五行爲本所爲源委熒焱本末亜刀基冢者五行之變名也五行相乘爲二十五兩之得五十首有氣體性名行變解七圖然朱子謂其墨蹟多闕文蓋未完之書而今所刻行者乃贋本也

易論二　朱景英

先儒謂乾坤爲上經之主坎離用事是已然亦有辨焉自泰否以前乾爲主坎用事者也天一生水也自泰否以後坤爲主離用事者也地二生火也先儒謂艮兌巽震爲下經之主是已然亦有辨焉自損益以前艮震用事至損益則艮震與巽兌合而兌巽始用事至漸與歸妹二卦則艮震又與兌巽合矣六子之中惟坎離能各自成卦震巽艮兌雖有正卦亦必相附而成且乾坤體也坎離用也大小過肖坎頤中孚肖離者蓋長少男女亦未有外水火而能陰陽者故曰坎離乾坤之大用也上經三十卦下經三十四卦其遙對者如上經之乾坤坎離與下經之咸恆既濟未濟上經泰否與下經之漸歸妹上經剝復與下經之夬姤皆是也泰否者乾坤交合之卦也蓋以前交坎無離以後交離無坎也所謂兩卦正對者如乾之於坤坎之於離之類是也兩卦反對者如屯之於蒙需之於訟之類是也四卦正對

者如屯蒙之於需訟師比之於小畜履之類是也四卦互對者隨蠱之於噬嗑賁臨觀之於无妄大畜之類是也

春秋論一

朱景英

漢書藝文志有春秋古經十二篇經十一卷隋唐志竝同眘山李氏以爲此本班氏自注公羊穀梁二家所傳也文獻通考有春秋正經十二卷引晁氏曰以左氏經爲本其與公穀不同者注於下此本又左氏所傳也以是觀之自漢以來所傳經文俱自三傳中取出而夫子所修之春秋其本文固世所不見也且以三傳所載經文異同甚多如一地名也左穀爲邾公以爲邾婁左爲蔑公穀以爲昧左穀爲郕公以爲盛又以爲成左爲祊公穀以爲邴左爲浮來公穀以爲包來左爲戴公穀以爲載左穀爲時來公以爲祁黎左爲杞公穀以爲紀左穀爲夫鍾公以爲夫童左穀爲曲池公以爲毆虵左穀爲虛公以爲鄰左爲艾公以爲鄗穀以爲蒿左穀爲袲公以爲侈左穀爲禚公以爲郜左爲滑公穀以爲郎左穀爲郳公以爲倪又以爲兒左爲甗公穀以爲暨左爲郿公穀以爲微左爲落姑公穀以爲洛姑左爲夷儀公穀以爲陳儀左穀爲檉公以爲朾左穀爲偃公以爲纓左爲鄟公穀以爲犂左爲下陽公穀以爲夏陽左爲貫公穀以爲貫澤左爲首止公穀以爲首戴左公爲甯母穀以爲寧母左公爲鄫穀以爲繒左爲盂公以爲霍穀以爲雩左穀爲須句公以爲須朐左公爲緡穀以爲閔左爲酅公穀以爲巂左穀爲夔公以爲隗左穀爲翟泉公以爲狄泉左爲訾婁公以爲叢穀以

爲訾樓左爲垂隴公穀以爲垂斂左穀爲厥貉公以爲屈貉左穀爲麇公以爲圈左爲承筐公穀以爲承匡左穀爲鄆公以爲運左穀爲棐公以爲斐左爲郪丘公以爲犀丘穀以爲師丘左穀爲祟公以爲柳左穀爲陸渾公以爲賁渾左公爲蓼穀以爲鄝左穀爲繹公以爲蘱左公爲辰陵穀以爲夷陵左穀爲莒公以爲衞左穀爲無婁公以爲牟婁左爲茅戎公穀以爲貿戎左爲爰婁公穀以爲袁婁左爲廧咎如公以爲將咎如穀以爲牆咎如左穀爲瑣澤公以爲沙澤左穀爲苕丘公以爲招丘左爲貍脤公以爲貍軫穀以爲貍蜃左穀爲鄬公以爲合左穀爲善道公以爲善稻左公爲鄢穀以爲鄔左爲鄵公穀以爲操左公爲偪陽穀以爲傅陽左爲亳城公穀以爲京城左公爲台穀以爲邰左穀爲邿公以爲詩左穀爲桃公以爲洮左穀爲祝柯公以爲祝阿左爲雍榆公穀以爲雍渝左爲虢公以爲漷穀以爲郭左爲太鹵公穀以爲太原左爲賴公穀以爲厲左爲蚡泉公以爲濆泉穀以爲賁泉左穀爲祲祥公以爲侵羊左穀爲厥慭公以爲屈銀左穀爲戎蠻公以爲戎曼左公爲鄸穀以爲夢左穀爲昌間公以爲昌姦左公爲雞父穀以爲雞甫左穀爲陽州公以爲揚州左穀爲拔公以爲支左穀爲皋鼬公以爲浩油左爲柏舉公以爲伯莒穀以爲伯舉左爲郢公穀以爲楚左穀爲沙公以爲沙澤左爲夾谷公穀以爲頰谷左穀爲郈公以爲費

左穀爲安甫·公以爲蓋·左穀爲構李·公以爲醉李·左穀爲犨·公以爲堅·左穀爲蘧蒢·公以爲渠蒢·左穀爲鐵·公以爲栗·左穀爲啟陽·公以爲開陽·左穀爲亳社·公以爲蒲社·左穀爲毗·公以爲比·左穀爲邾瑕·公以爲邾婁葭·左穀爲闡·公以爲僤·左穀爲郥·公以爲運·一人名也·左公爲無駭·穀以爲無侅·左爲裂繻·公穀以爲履緰·左爲杞子帛·公穀以爲杞子伯·左爲君氏·公穀以爲尹氏·左爲穆公·公穀以爲繆公·左公爲州吁·穀以爲祝吁·左爲挾·公穀以爲俠·左公爲仍叔·穀以爲任叔·左公爲語·穀以爲禦·左公爲獻舞·穀以爲獻武·左爲捷·公穀以爲接·左穀爲詹·公以爲瞻·左爲御寇·公穀以爲禦寇·左公爲友·穀以爲季友·左爲轅濤

塗·公穀以爲袁濤塗·左穀爲茲·公以爲慈·左穀爲班·公以爲般·左爲佹語·公穀以爲詭語·左穀爲杵臼·公以爲處臼·左爲頵·公穀以爲髡·左公爲穀·穀以爲彀·左穀爲驩·公以爲讙·左公爲射姑·穀以爲夜姑·左公爲椒·穀以爲荻·左穀爲術·公以爲遂·左穀爲聲姜·公以爲聖姜·左穀爲夷臯·公以爲夷獆·左爲嬴氏·公穀以爲熊氏·左爲敬嬴·公穀以爲頃熊·左爲洩冶·公穀以爲泄冶·左穀爲公孫甯·公以爲公孫寧·左爲公子首·公穀以爲公子手·左穀爲速·公以爲遬·左穀爲荀首·公以爲荀秀·左穀爲郤犨·公以爲郤州·左爲盧·公穀以爲廬·左穀爲士魴·公以爲士彭·左穀爲姒氏·公以爲弋氏·左公爲變·穀以爲涇·左爲騑·公穀以爲斐·

左穀爲閽·公以爲離·左爲牼·公穀以爲矔·左穀爲環·公以爲瑗·左穀爲嘉·公以爲喜·左爲黃·公穀以爲光·左穀爲畀·公以爲鼻·左穀爲夏·公以爲囆·左爲遏·公穀爲謁·左公爲痤·穀以爲座·左穀爲奐·公以爲瑗·左公爲鱄·穀以爲專·左穀爲大叔儀·公以爲世叔齊·左穀爲蘧罷·公以爲蘧頗·左穀爲佞夫·公以爲季夫·左穀爲國弱·公以爲國酌·左穀爲齊惡·公以爲石惡·左穀爲罕虎·公以爲軒虎·左爲展輿·公穀以爲展·左爲麇·公穀以爲卷·左穀爲原·公以爲泉·左穀爲婼·公以爲舍·左穀爲意如·公以爲隱如·左穀爲成·公以爲戍·左公爲世子有·穀以爲世子友·左爲成熊·公以爲成然·穀以爲成虎·左穀爲公子慭·公以爲公子整·左穀

爲夷末·公以爲夷昧·左穀爲朝吳·公以爲昭吳·左爲繫·公穀以爲輒·左穀爲向甯·公以爲向寧·左穀爲叔輒·公以爲叔痤·左公爲朱·穀以爲東·左穀爲郁釐·公以爲鬱釐·左穀爲大心·公以爲世心·左公爲章禹·穀以爲章羽·左穀爲黑肱·公以爲黑弓·左穀爲太叔申·公以爲世叔申·左穀爲公孫姓·公以爲公孫歸姓·左爲孔圉·公穀以爲孔圄·左爲蠆·公穀以爲囆·左穀爲公孫結·公以爲公子結·左穀爲牂·公以爲牄·左穀爲罕達·公以爲軒達·左公爲姒氏·穀以爲弋氏·左穀爲荼·公以爲舍·左穀爲夷·公以爲寅·左穀爲轅頗·公以爲袁頗·左穀爲魏曼多·公以爲魏多·左穀爲區夫·公以爲彄夫·其他若矢負爲觀負·渝平爲輸平·逆王姬爲

逆王姬衞俘為衞寶治兵為祠兵伐戎為伐我杞伯姬來為杞伯姬來朝其子殺其君之子奚齊為弒其君之子奚齊殺公子比為弒公子比盜殺蔡侯申為弒蔡侯申與夫太室為世室雨雪為雨雹雨雹為雨雪火為災災為火以及螽為螺鵙為鶪鸜鵒為鸛鵒且或己未為乙未甲子為甲戌己亥為乙亥其類始不可枚舉試問聖人手定原本所書者將安屬乎況其中經既異文傳既異義然則親見與私淑者其授受固判然至斯乎尤可異者公穀經文皆書襄公二十有一年十有一月庚子孔子生左氏經文亦書哀公十有六年夏四月己丑孔某卒夫以聖人手修一國之史而乃自書其生必無是理若以為國史舊文

是時夫子不過鄹邑大夫之子自史官豈書之哉至於獲麟後二年書卒或以為舊史而弟子引之杜元凱且以為近誣諒哉鄱陽馬氏之言曰襄公二十一年所書者公穀尊其師授而增書之也哀公十六年所書者左氏痛其師亡而增書之也俱非春秋之本文也即是以推三傳所載之經文其各自以意增損者不知凡幾而敢以是為聖人手定之本經邪然則究以何經為可信與竊以左氏近古也蓋公穀傳文間列經中左氏則傳外經自為書觀杜氏集解序所云分經之年與傳之年相附可知已夫既析經於傳則其所增損者或差少而且左氏詳於實事率皆依經曲鬯與憑空臆度者固自有辨也雖然吾夫子手定之春秋豈可得見哉

春秋論二

朱景英

以例說春秋自漢儒始而後之衍而廣之者蓋衆曰牒例鄭衆劉寔也曰諡例何休也曰釋例潁容杜預也曰條例荀爽劉陶崔靈恩也曰經例方範也曰傳例范甯也曰詭例吳略也曰略例劉獻之也曰通例韓滉陸希聲胡安國畢良史也曰統例啖助丁副朱臨也曰纂例陸純李應龍戚崇僧也曰總例韋表微成元孫明復周希孟葉夢得吳澂也曰凡例李瑾魯元生也曰說例劉敞也曰忩例馮正符也曰演例劉熙也曰義例趙瞻陳知柔也曰刊例張思伯也曰明例王晳王日休薇鉉也曰新例

陳德甯也曰門例王鎡王炫也曰地例余嘉也曰會例胡箕也曰斷例范氏也曰異同例李氏也曰顯微例陳迴也曰類例后公儒周敬孫也曰序例家鉉翁也曰括例林堯叟也曰義例吳迂也凡五十有二家若梁簡文帝齊晉安王子懋之例苑孫立節之例論張大亨之例宗劉淵之例義刁氏之例序則又甄綜其例者殆紛綸極矣夫例之作也大指謂春秋所重者義也學者因文以求義而有書爵書族書字書名書人書時書日書月之不同又或書或不書之互異比事屬辭而難為解於是設例以明之例有不合則又有曰變例曰特筆而極其詞曰美惡不嫌同辭亦綦密矣究之例愈繁而其義愈晦且夫聖人之作

春秋好惡一出於平非若後世史臣有所激而借史以洩其忿也況因舊史之文紀當世之事事核而文直無所褒亦無所貶蓋其用心顯然揭日月而行江河何例之有哉顧說春秋者未得聖人之意往往傾其例而苛致其文予者十一誅譏者十九將謂尊周而動著王室之非禮將謂誅亂臣賊子而先責備賢者不越境卽責以弒君不嘗藥則罪以弒父是聖人惡惡長而善善反短詎非例之一言啟其端致大聖筆削之公心竟目爲高下其手哉昔董仲舒作春秋決事比一書再傳張湯而其決獄遂以慘酷爲忠鄱陽馬氏有曰漢人專務以春秋決獄陋儒酷吏遂得以因緣假飾往見二傳中所謂責備之說誅心之說無將之說與其所謂巧詆深文者相類且聖賢之意豈有是哉嗟乎邵子謂春秋爲聖人之刑書常秩謂孫復所學春秋爲商君法吾故竊爲以例說春秋者寒心也

春秋論三

朱景英

左傳昭公二年晉韓宣子聘魯觀書於太史氏見易象與春秋曰周禮盡在魯矣是可見春秋爲魯史之名其來舊矣蓋自伯禽而下惠公而上載筆者原以春秋名之而其書不傳也隱公元年爲周平王之四十九年東遷則在惠公三年是惠公猶介西東二周之閒惟隱公實東周之諸侯故以此爲斷而東周之魯之春秋作矣夫魯至東周史官豈全無紀載必待二百四十二年之後至孔子始成是書哉是又有說大抵魯自隱桓而降時多闕政官無良史列國之會盟征伐薨葬弒逆載在策書者或措語無倫或涉筆偶曲於是夫子懼而有作然作之云者修之也蓋一因魯史之舊而爲之整理焉耳其實未嘗有所增損也如桓公十七年冬十月朔日有食之傳曰不書日官失之也僖公十五年夏五月日有食之傳曰不書朔與日官失之是也其他若戕蔡惠公之類不書與夫曹大夫宋大夫司城司馬之不名鄭伯髡頑楚子麇齊侯陽生之實弒書卒或因舊史所無或本舊史所闕或傳聞不勝備書姑從舊史以待察也此孔子修春秋之大旨也然則曷爲而云亂臣賊子懼也夫弒君篡國據事直書無少諱焉又烏得不懼哉而說者乃以深文隱語覘春秋謂必如此始合乎褒貶之義且謂必如此始謂之經而非史豈知聖人本意固未嘗以深文隱語爲褒貶而所爲筆則筆削則削者特自以爲此固魯國之史爾誠不料後之目爲經者如郢書燕說之極於不可究詰也

禮記論

朱景英

禮記原非聖人手定之書。後儒各記所聞。致相矛盾者往往而有。如王制封國里數。職官人數。三卿名數。皆與周禮不合。雜記公矦伯子男皆用圭。與周禮子執穀璧男執蒲璧不合。禮器天子堂九尺。與考工記堂崇三尺不合。王制五秊一朝。與周禮大宗伯春朝夏宗秋覲冬遇不合。又與大行人九服分六歲來朝不合。禮器天子諸矦席重數。與周禮司几筵職不合。祭法天地坎壇各異。與周頌不合。祭義日月與天合祭。與周禮分祭不合。月令大雩是五月。與左傳龍見而雩是四月不合。郊特牲郊用騂尚赤。與周禮大宗伯以蒼璧祀天。其牲各倣其器之色不合。曲禮大饗不卜。喪記大事有時。與周禮大宰祀五帝卜日。祀大神祇亦如之不合。曲禮大夫祭以索牛。與儀禮大夫祭以少牢不合。喪大記士大小斂陳衣異鄉。與儀禮士喪禮陳衣同鄉不合。雜記以遣車視牢為非禮。與儀禮士喪禮具牲牢。周禮牛人喪事共奠牛不合。曾子問慈母無服。與儀禮慈母如母服不合。雜記祀用桑。與儀禮祀用棘不合。曲禮卜筮不相襲。與周禮大事先筮後卜不合。玉藻天子日食少牢。與周禮王日一舉是太牢不合。射禮天子歌騶虞。與儀禮鄉射亦歌騶虞不合。凡此之類不可枚舉。而且一經之中彼此錯迕。一篇之內前後牴牾、蓋不一而足也。況王制漢文帝時博士所錄。月令呂不韋所修。緇

湖南文徵　卷二十六　論三　十三

衣公孫尼子所撰。三秊問荀卿所箸。其餘眾篇多如此例。亦極龐雜矣。然則曷為而列於五經。京山郝氏曰。三禮皆非古之完璧。而周禮尤多揣摩。雜以亂世陰謀富強之術。儀禮枝葉繁瑣。未甚切於日用。惟此多明理微言。天人性命易簡之旨。聖賢仁義中正之道。往往而在。如大學中庸兩篇。豈周官儀禮所有。故三禮以記為正。今之學官守此。程士良有以也。

儀禮論

朱景英

儀禮十七篇中。其冠昏相見三篇。士禮也。鄉飲鄉射二篇。大夫禮也。燕射聘覲公食大夫五篇。諸矦禮也。士喪既夕士虞特牲饋食四篇。皆諸矦之士喪祭禮也。少牢饋食有司徹二篇。皆諸矦之卿大夫祭禮也。喪服一篇則通言上下之制也。此篇第分屬之條目也。獨稱士禮者。因冠昏喪虞禮皆稱士故也。而鄭康成遂謂禮獨士存。拘矣。自后蒼等有推士禮而達之天子之說。後世遂以為殘闕不可考之書。夫儀禮之法。賤者為先。故以士冠禮為先。無大夫冠禮。諸矦冠次之。天子冠又次之。其昏禮亦士為先。大夫次之。諸矦次之。天子為後。諸矦鄉飲酒為先。天子鄉飲酒次之。鄉射燕禮以下皆然。且也特牲不言士。士用特牲。而不止士也。少牢不言大夫。大夫用少牢。而不止大夫也。但舉隆殺為例耳。論者不察。遂謂天子諸矦禮皆無。是毋乃狃於班固。猶愈於推士禮而達之天子之說。而自狹其見乎。

湖南文徵　卷二十六　論三　十四

周禮論　朱景英

周禮六官闕其一河閒獻王以考工記足之漢唐諸儒無有異議自宋臨川王安石新昌黃度均置不問而疑者乃衆矣王應麟尤詆諆之謂以考工記補冬官何異拾賤醫之方以補盧扁之書庸人案之適足爲病且謂百工細事固非周官所可無而於周官設官之意何補而葉時亦謂以考工記補禮書之亾獻王之見然爾曾是考工記而可補禮經乎明焦竑云周禮乃周公未成之書冬官之闕安可以考工補之而取綴錦之誚近代朱彝尊亦云周官三百六十多以士爲之若考工記所載直百工焉爾矣鄭氏以爲司空之官非也此訾議者之大凡也宋湻

熙中俞廷椿箸周官復古編謂冬官不無錯簡五官之內於是取其近似者別爲一卷以補冬官其書以天官之屬獸人䱷人鼈人獸醫司裘染人追師屨人掌皮典絲典枲凡十一官地官之屬封人載師閭師縣師均人遂人遂師遂大夫土均草人稻人土訓山虞林衡川衡澤虞卝人角人羽人掌葛掌染草囿人場人凡二十三官春官之屬典瑞典同巾車司常冢人墓大夫凡六官夏官之屬弁師司弓矢槀人職方氏土方氏形方氏山師川師邍師凡九官通四十九官改入冬官其後嘉熙閒王次點復作周官補遺元泰定中邱葵又參訂俞王二家之說而損益之爲周禮補亾吳澄又訂正之爲周禮考注四家之說備矣明何喬又考四家所論爲周禮集註其大旨皆於五官中求冬官也獨平湖錢𣈆作冬官補亾据尚書大小戴記春秋內外傳補冬官凡二十有一曰司空曰后稷曰農正曰農師曰司商曰甸人曰火師曰水師曰舌人曰工人曰舟虞曰匠師則本諸國語曰寄曰象曰狄鞮曰譯則本諸王制曰野虞曰工師曰舟牧則本諸月令曰工正曰圬人則本諸左氏傳其自序謂五家之儒割裂舊文五官幾於盡亾而冬官猶不存予欲使五官盡復而冬官之義未嘗闕也故秀水朱氏稱其不襲前人之言可謂溫故知新者豈無見歟

為人後論　　朱景英

喪服傳曰何如而可為之後同宗則可為之後何如而可以為人後支子可也又曰為人後者孰後後大宗也曷為後大宗大宗者尊之統也大宗者收族者也不可以絕故族人以支子後大宗也適子不得後大宗賈公彥曰同宗者謂同承別子之後一宗之內者若別宗同姓亦不可也支子可者以其適子自為小宗則不得後他人故取支子變庶言支者適妻第二子以下皆是不限妾子而已戴聖曰大宗不可絕又言適子不為後者不得先庶爾族無庶子已有一適子當絕父以後大宗田瓊曰同宗無支子惟有長子以長子後大宗諸父無後祭於宗家後

以其庶子還承其父薛慧曰禮之所以立後者重大宗也何言乎重大宗小宗無子以為可以絕者也故不為之立後大宗無子不可以絕故立後以繼之曷為後大宗不後小宗重本也大宗祖之正體也本也小宗祖之旁體也支也禮之正者支子為後禮之變者適子亦為後矣適子不為後者非他也傳小宗之統焉亘明小宗之統為重也詎知大宗之統為重矣諸家之說如此儀禮新疏斷之曰大宗無後則同父仲叔季之子皆可後之凡同祖同曾祖同高祖以及無服之子皆可後之但取同繼別之宗者而已傳恐人拘於倫敘之戚疏而取必於戚者則絕已以後人姝非為後者之所安而啓多奪少亦非均安之道故云小宗之適子自繼小宗不可以後大宗正與傳同宗則可為之後相發也設大宗之外僅有一人則戴說其正也要以田說通之可也又曰小宗無後者不立後古法也以支子後之要亦非聖人之所禁者其論甚正可以定置後之議矣

禫服論　　朱景英

士虞禮期而小祥又期而大祥中月而禫鄭康成曰中猶閒也禫祭名也與大祥閒一月自喪至此凡二十七月禫之言澹澹然平安意也王肅駁之曰二十五月大祥其月為禫二十六月作樂三年問云三年之喪二十五月而畢士虞禮及閒傳皆云中月而禫中月月中也是祥月之中也檀弓祥而縞是月禫徙

月樂若以二十七月禫則歲末遭喪出入四季小記何以云再期之喪三季鄭王二說不同如此魏晉以後用王肅之說至劉宋永初元季依王淮之奏改用鄭義遂以二十七月為斷至今因之然考公羊傳三季之喪實以二十五月荀子禮論三季之喪二十五月而畢白虎通三季之喪再期二十五月後漢書陳忠疏言先聖緣人情而著其節制服二十五月淮南子飭喪紀高誘注紀數也二十五月之數也是漢以前經藉所載無有以二十七月為禫者言之自戴德始而康成主之然司馬溫公與朱子皆以王說為是近世長洲汪琬又据禮親喪外除兄弟之喪內除之說以為杖期猶祥禫閒月豈三季重服而不可用期

喪爲準乎且謂春秋文公二季冬公子遂如齊納幣蓋僖公之喪至是已二十六月矣而公羊氏譏其喪娶由此言之固當從鄭義無疑惟儀禮新疏云古者祥禫之日不以忌辰而以卜筮凶事先遠日則必於後月先卜之可知也如祥禫俱於近日得吉則二十五月矣若祥禫俱於遠日得吉則遂至二十七月矣而服制之初則以二十五月爲斷蓋再期而又奇則以是爲三季㫖要之親喪甯厚今三季之喪從鄭氏之說必以二十七月則又峴山顧氏所謂過於古人也

沅州府形勢論　朱景英

郡之州邑甚古而自古談形勢者未嘗齒及於沅何也以無滇黔故也夫碧雞金馬之路通於西漢交阯象郡之物賦於三都以至羅施之鬼夜郎之王皆見之史籍傳在人口而其地類以爲要窅荒忽徼外棄之雖其時亦嘗有事其閒顧取道於關隴邛筰之區淡入於嶺海黎猞之地而別以荆夔據其衝衡湘扼其阻故沅得安其僻左無事而形勢遂因以不見至宋而沅始稍箸於史然是時蠻事倥傯特以是爲八番思播之衝故經制此地者恒議廢置則以其時滇黔猶徼外㠯逮於元而滇始置行省矣亦越明而黔始設布政司矣西南半壁都會在焉而涉

其境者舍沅莫由故沅重夫昔之官斯土者遷謫而外率銓以資地至是始閒有中州名人來治於此而沅益重馴至有明中葉則方建憲臣旋開大府而沅益巍然重鎭矣是故有滇黔而沅重沅重而滇黔愈定夫至重沅以定滇黔則近而全楚之賴以捍蔽遠而蜀粤之賴以轉轂亦從可知領吭肘腋之說興而沅之形勢瞭如矣試以全郡而論延袤祇數百里㠯三邑鼎峙錠㠯相銜類天造焉由西迤東五驛聯絡實以芷江爲中逵自上而下一水迅駛又以芷江爲建瓴若夫匯眾流於當關阻重山於一面則黔陽有筦鑰之寄通一線於䕺叢倚諸營於肩背則麻陽有屏障之資此全郡形勢之梗槪也自其郡治而論則

明山爲主山脈自西晃越五土坡迤邐入城爲郡負扆南面則楊山爲之㓠案潕水西下由北而南復數折而東縈紆澄澈環抱郡城而五郎溪界其左漁溪界其右合注於潕如帶之有紳焉此郡治形勢之崖略也夫由前之說可以識控制之機宜由後之說可以兆人文之興蔚況重以滇黔蜀粵荊湖諸大省之幹運而維繫焉而沅郡之形勢於是乎大

沅州府關隘論　朱景英

沅州郡境北控苗砦南捬猺山西下仰摧東來瀕遏蓋全楚天然之阨塞也顧其所謂要害者不過坡陀培塿耳非有天井之喬飛狐之邃與九折五回七盤十二繞之險也其何以守雖然

昔人有言守江者不於江守淮者不於淮善守者所憑在險而力常餘於守之外是故文德踞西辰龍扼東飛山阻南崇山峙北守禦有方聲援相倚則沅之腹背肘腋皆固矣沅固則西南半壁可以無憂然後知沅之名爲關者不足恃而有所以恃者在也

麻陽縣營哨論　朱景英

麻陽之有營哨蓋爲防苗設也明自宣德六年蠟爾苗叛都督蕭綬都御史吳榮率漢土兵十有二萬討平之班師後隨叛詔綬等各戴罪進勦乃冒暑夜馳直擣苗巢掩殺過半又圍其竄伏者久之苗皆出降乃設灣溪等十堡留官兵七千八百有奇以守迨嘉靖二十二年苗復猖獗至二十七年總督張岳力主用兵始大破之於是疏罷灣溪等堡更設哨所凡十有三各哨以土兵犵兵數百餘人復召募打手數十人戍守又增設參將一員駐麻陽鎭守而守備屬焉時實副使高顯參將曾賢贊畫之故邊境少安三十三年又議移參將駐五寨司城就近調遣

及四十二年又議撤民兵專募犵凱等兵與新降苗分列屯戍先是十三哨所中有銅信水塘水田等哨隆慶以後相繼裁罷尋又增置永甯長甯杜壤諸營嗣又增置龍首營於縣東以控之萬歷四十三年副使蔡復一又自銅仁至於保靖汛地三百餘里沿邊作土牆以遏之此營哨建置之梗概也明陳組綬有曰麻陽設於施州保靖之南辰靖之西而西鄰銅仁平茶聯湖廣貴州二路其地自辰沅而西皆夜郎故砦至今谿洞坪箐土著夷官僅得以宣慰宣撫安撫長官羈縻之而已有郡縣之名不得其人民之實蓋其時之麻陽雖疆域猶是錦州招諭幷置之舊而非其人戶久矣故邊鎭之表必繫乎麻堡哨之數必繫

乎廳卽重臣大帥駐節籌邊之所與夫士馬芻糧調遣輸饋之路亦必繫乎廳究之人戸既非廳有則疆域實爲廳累而廳之被禍視他處尤慘然使非當日營設防禦之周且密則廳亦久非其有矣故阨塞險阻之說不可廢也明倏如地曰五寨哨係中軍重地則嚴坎江之防飭宜先長甯哨最密邇苗穴則廳里之衝越宜慮乾州哨城連守備而屯餉易危則暴水衝諸路不可不塹永甯哨地近貴苗而募兵易撓則火草嶺一吭不可不搤廳陽之庫獄賴小坡而保故雷打坡之四出埋伏防出沒也倉儲之積貯恃石羊而完故水田營之把砦屯軍杜窺伺也草子哨地鄰洞口而上下營之戒嚴實彼先聲洞口哨壤接清溪

而烏牌隘之坑塹誠如左臂强虎哨雖雄據萬山然三面受敵一不設備而都羅鬼跳梁矣永安哨雖外倚藩蔽然强寇在旁一不加警而田衝嚴坎揭竿矣他如王會哨之皮沖江口盛華哨之都梅坡翦塘營之石灰窰靖疆營之油草塘要害相均哨伏宜謹機宜形勢數語若聚米畫沙是爲得之迨其久也奉行不善輸輓愆期將缺於上兵譁於下昔之棋置星羅者未幾皆鳥獸散所謂脫巾呼譽自決其藩者是也逮崇禎閒邑士田英產奏記閣臣以從前處置乖方向後掃除宜盡爲言大意謂廳邑設處萬山勢雖蕞爾實關辰沅藩蔽黔楚咽喉一失廳陽漸無辰沅安有滇黔爲今日計招撫之說萬不可行卽守之一說亦竟無益因言蕩平之後殆有三便疆土開拓可以州縣墾田輸賦以報公家一地方甯泰撤哨去兵可省軍輸以還公帑二取道盧溪直抵銅平裁省驛站以儲國計三閣臣上其議下撫臣相機議勦卒以餉運無所出罷而邊防亦弛矣顧說者謂鎮筸爲節制重地而堡哨自縣境小坡至於永甯鎮所則縣邊之極故必遠近皆詳我　朝聲教四訖蠻獠向化已久邊境之敉甯實自唐虞以來所未有者鎮筸則自康熙三十九年已移沅州總兵來駐四十三年又裁土司而移辰沅靖僉事道駐此嗣又增設鳳凰營五寨司通判巡司並設學於此矣乾州則自康熙四十七年設同知駐此又設巡司並移鎮筸鎮左營駐防其

地嗣又專設教職矣六里則自雍正八年巡撫趙宏恩招徠生苗四千七百餘戸相率歸化乃建吉多營永綏協文職則設同知經歷武職則設副將都司守備千把總矣轄苗砦者鳳凰營則一百有五乾州則一百一十有五永綏協則二百二十有八亦旣各疆而理專城而領不異州縣其地凡新舊營砦因之分隸焉夫然後始無所繫於廳矣旣不繫於廳則昔之所謂要害者多非境內當無事牽附於廳故標目止此而仍追述其始末以當論古雖然一堠尉於東南復綢繆於風雨予猶不能不有望於鑒前毖後者

選舉總論

陳昭謀

自鄉舉里選之法廢而科目以興雖歷代遞更大抵自漢至陳惟行孝廉秀才科自隋唐至元明惟行進士明經科而進士尤重得人亦盛蓋進士之名始於周進士之科自隋始也春官之試自唐元宗始也殿前之試自唐武后始也進士試以詩賦自唐始也宋因之至熙甯加經義之制至明而經義策論兼用臨軒試以詩賦自唐始也宋加試以論至熙甯始定策試之制至明遂專用策糊名之制自宋湻化始也易書之制自宋祥符始也三年一舉自治平四年始也唱名及第之典自梁灝始也瓊林錫宴之禮自王世則始也另委官主試自永樂始也而各省

之遺京官主試則自嘉靖始也說者謂科目之設徒為束縛英豪之具而貢舉所試專論文藝而不論德行又以長浮薄之風不如廢之而行鄉舉里選之法庶士習可端而人材可得然知其一而不知其二也善乎東坡之論曰上以孝取人則勇者割股怯者廬墓上以廉取人則敝車羸馬惡衣菲食可以無所不至德行之弊一至於此自文章言之則策論有用詩賦無用政事言之則詩賦策論皆無用矣而自唐至今以詩賦為名臣者不可勝數何負於天下而必廢乎由此觀之何代不生才何才不資世專用里選則人才由里選而出專用科目則人才由科目而出此亦所重之勢則然也何必拘言復古哉

星野論

陳昭謀

世言分野所屬惟翼軫之地極遠余以為不然九州之域保章氏所分特就中國言耳六合以外不與焉自後世幅幀日廣紀地者必綴宿以為準遂舉兩粵之廉韶鬱林胥隸鶉尾之次而翼軫之地廣矣不知當保章氏時粵尚未入職方安能預定所繫何宿而分之故漢志以翼軫楚之分野為確不可易但其間有兼張宿言者有麗司命下星言者有麗北斗玉衡與天璇者有主熒惑與司空者有主天市垣南第十星女宿十二國第九星者諸說紛紛要以十二次分配十二野為正而雜占特附焉者耳郴處荊南舊隸長沙長沙星懸著軫傍軫宿峯現居南嶽

天垂象地示形顯然可證今之郴古桂陽也晉書天文志翼軫楚荊州零陵入軫十一度桂陽入軫六度武陵入軫十度長沙入軫十六度唐書亦云負五嶺而南為桂陽則今之郴也入軫六度是二書者夫豈無據云然今考鶉尾度數費直起張十三度至軫七度蔡邕起張十二度至軫六度世紀自張十八度至軫十一度吳道行起張十四度三十分至軫十度八分蓋費氏始詳度數至吳氏又詳分數矣雖其間度數多寡之不同以十二次分三百六十五度推之大約三十度有奇而當一次不宜鶉尾所隸獨廣以地準天約二百里有奇而當一度若如世紀謂二千九百三十二里始為一度統全楚計之不下三千餘里

只一度而已賤何用張翼軫之分隸哉表景揆度之論似屬無稽或疑桂陽入軫六度之説以今地輿考之兼郴一屬及衡之耒陽常甯桂陽州之臨武藍山胥隸焉所入僅軫六度計地二百里有奇似地天之廣狹未盡脗合第考晉志所云翼主北而軫主南惟舉七大郡以概全楚而餘度未立主名安在桂郡所屬之地不已包在軫之餘度閒邪刻舟之見亦太拘矣總之天道幽遠推步實難況州郡之建置歷代屢更躔度之盈虛百年一變後人星算雖愈推愈密愈密而愈差必歲差之法立隨時消息按地以稽乃自歷歷不爽沾沾求合於度數分杪之閒豈能尺寸而量毫髮無所失乎至占驗之説或應或不應理更難

知故聖賢不言以天道之妖祥自有人事以轉移之有德受慶無德受殃必一一求其驗以實之則鑿矣第説非無稽姑存焉以備參可也

疆域論　　陳昭謀

三里之城必有分界十室之邑必有異壖而況數百里之疆域乎郴環山爲州蓉峯西峙豫水東流南扼交廣北襟湖湘固荊南一大都會也疆域所屬或析或併歷代互異自宋於茲未有紆縮其中鄉都里甲增減更易雖或不同而星羅棊布遐邇畫一如身之使臂臂之使指血脈灌注焉有此疆彼界之限哉迄今雞犬桑麻里閈相望懋遷有無各得其所眞太平之世也曠覽形勝所在高踞嶺上千峯簇擁萬壑環流屹然一巨鎭已又地居豫楚粵三省之險扼爲用武者所必爭故始皇以十五萬兵守五嶺今郴城濠壕猶存項羽謂古之帝者必居上游因遷

義帝於郴更覩衞颯守桂陽郡鑿山開險遂通粵地五百里馬殷得郴州遂兼收嶺外號稱霸府宋將潘美南伐自湖南進兵先拔郴州而嶺南膽落其形勢豈淺鮮哉曩者吳逆叛亂據守衡府　廟謨神算令將軍穆占自長沙間道疾驅先據郴陽建瓴之勢成矣逆賊腹背受敵其能久乎故不逾年而湘湖悉平非所謂扼其吭斷其脛遂有以制其命與則論收復之功郴屬效義獨先當爲首庸亦地勢之險隘有以助之也至若橋渡路亭利濟所關郴山多水淺征途險夷匪亭奚憩溪水混流匪橋渡奚濟行者苦焉所賴鄉里善士時加葺修登臨始便亦疆域內之急務而爲王政之一端云

山川論

陳昭謀

郴屬山水之奇陳牧之論詳矣余何必贅而有未盡發明者九州之山至東南而最高者莫逾於五嶺而郴之黃岑居一焉九州之川至東南而最深且遠者莫大於洞庭必以九江匯之而州之郴江居一焉正不獨蘇嶺爲天下第十八福地圓泉爲天下第十八名泉巳也鹿門曰五嶺以南多名山峭壁清泉怪石賢者足音罕至而深林幽谷之奇曲嶼迴瀾之勝卒湮沒如沮洳汙莽而不復出也豈獨郴陽爲然哉說者猥以山高水淺爲郴鄙不知郴山水之秀甲於楚南舊謂環山爲州其地與衡山齊且從東嶺數至魚降山七十一峯僅少南嶽一峯宋秦觀游

此謂其形勝大類華山之陰而沃潤過之他如五蓋八面大官胸膛等山巍巍乎淩雲霄而飛天際雖羅浮武夷何以加茲水則載在水經鍾水雞水二條甚明源發黃岑山江流如綫迫桂水耒水入焉程水森水便水又會焉其源遠其流長容納諸水曲折七百餘里始會湘江故金仁山謂蒸水甚小不應列於江而澧水又不合入於江而以郴水補九江之數同入於洞庭豈無謂哉噫山水不言因人而命柳子厚爲永州司馬而永州之山水以傳不遇子厚其名隱而不彰者多矣天下亦無有知其奇者郴非遇韓子品題又誰知爲中州清淑之氣所蜿蜒扶薄而鬱積也哉

礦廠論

陳昭謀

礦廠之害前輩喻春山之言詳矣人皆知爲害在官民而不知其自害也實甚試觀歷來礦商厚挾貲本招集砂夫慫恿富戶合夥開採聚衆數月刨試無獲空費資斧負債而逃害猶小耳迨銀氣旺盛壠多砂現訟獄繁興陡遇忿爭糾衆戕殺偶值壠中火發烟斃人命動以百計尸親婦女環哭徧野頭人隱匿妻子逃散殺畜毀室屋宇一空害乃大矣夫人惟利心至無厭耳始爲頭人繼充礦商廠卡公費官吏周旋甚爲不貲方其盛也用之如泥沙食必肥甘衣必文繡乘堅策肥使用多人故舊親朋抽豐無數意氣揚揚抑何雄哉及其衰也廠務漸竭官課無

出押禁追賠子孫俱累悔何及矣維彼頭人雞肋難棄雖砂衰日採日薄猶加工督辦不留餘力迫日久費多至蕩產鬻妻而不倦何其愚也吁上下數年間成也幾家敗也幾家始成而終敗也又幾家何前後頓異如此蓋有盛必衰者天道循環之數而有利卽有害者物理響應之常從未有積衆人之怨致千金之產而能久享其福者況彼鐵廠其利甚微其害愈多雖無科稅之費而吏役需索盈千累百受千萬人之怨罵供衆役之中飽於己何益至衆怨難犯舉火一焚柴炭成空可憐貲本盡化灰燼其害可勝言哉今鉛礦之害賴賢州牧應公以壠坍砂盡詳請封閉郴人均受其福至今德之錫廠年久崗老山空獲砂

有限・亦係隨抽隨報・絕不至累委員賠補・計每年纔報四五百斤並無定額・惟安靜之吏・不必設法開採・遺害閭閻・則州之幸也・今惟鐵廠私開未已・向例只準附近居民農隙刨挖・以供農器之用・卽山主亦惟覓土著良民開採・不許異棍假冒・近多引誘外來射利之徒・設爐燒煉・其採砂錘鍊人等・不顧人之田園廬墓・潛挖偷採・禁之不能・雖屢經具控・無如陽奉陰違・燒煉費柴炭最多・致居民日用柴炭昂貴十倍・米價亦起・人俱苦之・又其甚者・砍人禁山・伐人塚樹・滋事尤多・十數人之利・千萬人之害係焉・況外來商販・轉運販賣他方・安知不致有出洋之患・而郴逼近猺人・更難保其不爲軍器・後患莫測・爲民父母・念切民

艱・莫此爲甚・是以署州牧常公下車伊始・卽行出示封禁・害除一朝・利垂百年・眞善政也・後有官斯土者・嚴行稽查・勿使復蹈前轍・吾郴之受福・豈淺鮮哉・

事紀論　陳昭謀

天地一元之運・爲十二萬九千六百年・分而爲十二會・會分而爲三十運・運分而爲十二世・世分而爲三十年・此天運一元之大氣候也・年分而爲十二月・月分而爲二氣・氣分而爲三候・候分爲五日・日分爲十二時・積四千三百二十時・三百六十日而爲七十二候・此天運一年之小氣候也・會者元之候也・世者運之候也・月者歲之候也・氣者月之候也・天地之運・日月之明寒暑之代謝・氣化人物之生息・始終盡於此矣・月證於月者也・氣證於氣者也・候證於物者也・如孟春之月・其氣爲立春・爲雨水・其候爲東風解凍・蟄蟲始振・若行夏令・則雨水不時・草木早

落・國時有恐・其感召不爽如此・故祥異・氣候也・兵變・亦氣候也・歷考月令諸書・氣候之運行・雖出於天時・而實有關於人事・是以古之君臣・必謹修政令・以奉若天道・察乎氣運・以驚惕人・爲故至治之世・天無疾風旨雨之愆・地無昆蟲草木之孽・人無兵戈烽火之警・孔子之作春秋也・不言祥瑞・卽以大有年爲祥瑞・書災異者六十九・書侵伐者二百七十三・二百四十年間・凡氣候之愆變失常・征戰無已・備詳於經・而世道之興衰治亂・人事之汙隆得失・皆於是有證焉・所以警後世之君臣者微矣・有守土之責者・鑒觀前事・誠能省身以勤民・勤民以敬天・又何陰陽之和不可召・而變故之生不可弭也哉・

屈原論

向曾賢

屈子之窮厄以死，千古所謂奇憤也。故至今弔屈原者，每歲必於其死之日而哀之。而吾謂此不足以窮厄屈子，且以爲千古幸。何者？屈子窮不極，厄不極，則離騷不作；離騷不作，則千古風雅之脈斷焉。故天生屈子，非以爲楚也，所以傳忠臣義士之心，而繼三百篇者也矣。以明其然也，詩之亡也，繁霜正月以降，幽憂鬱積，至不可解，夫子錄而存之。至於曹檜之末，則亦錄匪風下泉焉。凡以亂極思治，其義如是焉爾。世運遞更，人心澆漓，君臣父子之閒，泛然若萍浮於江湖而適相值，故孟子曰：詩亡然後春秋作也。至於戰國，而禍變極矣。晦盲否塞，各以其術相傾

危。若孫臏、衛鞅、范睢之徒，去以資敵國，用爲害尤烈。屈子生於其閒，遭時不幸，主聽不聰，而嫉之者又衆也。以彼其才，何適不可？而獨以其忠厚惻怛之詞，寄其憔悴專一之意，以維持於君臣上下之大。天地不失，日月不改，則此志不移也。是心也，即龍逢比干之心；是書也，即大雅凡伯家父諸君子之什，三百篇之所留遺，而人心之所由以不死也。然則離騷之作，不亦重乎？抑吾竊思之：曩令委任無恙，王言聽計從無恙，無靳尚之讒，無鄭褎之惑，無張儀之攻擊，無令尹子蘭之排擠，幸得展其所爲，修蔿賈叔敖之業，抗强秦以雄長中原。當是時，未遂能相楚除嬴帝制，自爲與臯夔爭烈也。然而遭時得志，功建名立，縱使赫奕不暇著作，縱使著作，亦混於檮杌之書，參雜於戰國諸篇之內，亦必不傳。千載後安知屈子之義憤有如此者？吾故曰：天生屈子，所以使傳忠臣義士之心，而繼三百篇者也，則誠幸也。然而非屈子之意也。彼其忠愛之心，鬱於中而大作於外，不得已而寄之於辭，未嘗以致必傳於後也。後之踵興而師其辭者，代不乏人，而求其異世同神，若賈長沙、杜少陵、文文山數人而外，不多覯焉。蓋所爲源流遠矣，乃其音則亦到今未寂云。

反周爲唐論　　彭孚

唐神龍元年。張柬之等舉兵反正。史稱其功遠賢於平勃。予以爲不然。平勃時。諸呂在南北軍。手握重兵。苟或妄動。便成反噬。所謂劉呂之勢。間不容髮者也。若五王斯時。武氏年八十一矣。且又疾甚。承嗣既死。廬陵已復。二張豎子。無能爲也。其爲唐天下不過數月間耳。且武氏臨朝。祇用智術。諸武雖用事。亦未假以兵權。宿衞之將。猶是高宗時舊臣也。故柬之一言。而羽林大將軍李多祚泣聽處分。斬關直入。若無事然。厥功偉矣。而吾謂此時之舉。可爲可不爲者也。惟嗣聖八年。宗室殘盡。朝士俱危。羅織大張。普天同憤。一日鳳閣侍郎李昭德引王慶之示朝士

曰。此賊欲廢我皇嗣。立武承嗣。命杖殺之。因言於武氏。自古未聞姪爲天子而爲姑立廟云云。後姚元之薦張柬之能斷大事。噫。是時之能斷大事者。非李昭德其人乎。時狄梁公同平章事矣。而魏元忠爲中丞。朱敬則在補闕。徐有功李日知亦居法曹。之數公者。若果乃心唐室。當如平勃合謀。動多詐以大義。直入內庭。迎立豫王。居武氏別宮。諸武無少長皆斬之。豈非復覩天日。人神共雪者乎。夫士君子之於國家。苟非名義所在。不可一日安於朝廷之上。不可安而苟安焉者。其志欲有所爲也。特患其不得爲耳。得爲而不爲。與得爲而不必爲。吾皆未見其可安者也。當嗣聖之八年也。正武氏改唐爲周之二年也。較徐敬業暨諸王起兵之時。其名義又非母后臨朝比矣。諸公不於此時乘得爲之勢。舉名義之正。過此以往。而李昭德以誣死矣。爲狄公者。因而復貶。貶而復官。顛倒于一濁穢之女主。至於隱忍就位。而一薦張柬之。再荐張柬之。遂使十三年間之名義。竟成上下數千年未有之事。悲夫。且事機一失。其禍有與唐室相終始者。何則。廬陵初立。裴炎一諫。便云以天下與韋元貞。又何不可。此其不可爲君也。明甚。豫王以恬澹寡慾之資。有狄公諸人之佐。而姚宋繼之。太子宋王成器。亦學道謙讓者。義舉一倡。應立皇嗣。立皇嗣。則無韋氏之禍。無韋氏之禍。則無楊氏之禍。無楊氏之禍。則藩鎮不起。閹寺不專。而梟濫不入矣。雖天下事勢不

可逆覩。而據此以論。或者華夏女戎之醜。亦未必其若斯之甚也。然此又存乎刱業者之家法。何如耳。第即唐周之際觀之。如狄公諸人。殆不無遺議也已。或曰。柬之若早居相位。能爲之乎。觀其不從薛季昶劉幽求之言。則柬之能爲之。仍不能安之也。曰。若平勃當此。能安之乎。曰。漢高有言。安劉氏者必勃也。吾嘗以爲幸於乎。必宋韓魏公其人乎。

此予少作。峋嶁先生謂其上下千古。可與論史。橘州先生謂其變化縱橫。是大蘇手段。既而自思未免輕議前賢。欲焚其稾。後見朱子言通鑑提綱。凡逆臣之死。皆書曰死。至狄仁傑則甚疑之。李氏之復。雖出於仁傑。然畢竟是死於周之大臣

不得已隨入死例書云某年月日狄仁傑死今綱目所書不如此燕泉云蓋變例也因昰存之抑以知天順奪門事可無庸矣李文達云景帝不起羣臣自當表請復位可互證也

湖南文徵卷二十七

論四　　湖湘後學集編

費氏古文易論　張九鐔

易始自漢田何十二篇歷施孟梁邱而費氏獨著劉向以中古文校施孟梁邱經或脫去无咎悔亾惟費氏經與古文同蓋眞孔氏遺書也費氏治經無章句徒以彖象繫辭十篇文言解說上下經考前漢六經與傳皆別行蓋其師法講授如是實未嘗亂十二篇之次也後漢鄭氏始合彖象於經魏王氏始以文言附乾坤說者遂謂易始變於費氏誤矣秦燔書易以卜筮獨存故諸儒尙有傳授著錄者萬人然皆各爲章句僞說滋蔓焦京之徒專言陰陽災異畔道亾身惜不知折衷於孔子之傳以正之也費氏出於前漢時實始以孔子之傳解說義文之經不煩章句而易簡理得故事逸功倍如是此其識豈諸儒所能及哉孔子之傳易也有彖象爲經有繫辭文言說卦序傳雜卦爲緯字櫛句比綱明目張未嘗於卦彖爻外別立一義更設一象蓋兢兢以承義文之心爲心也易有聖人之道四焉變與象占悉見於辭故即辭知變本諸乾坤有往來內外上下之文而無所謂隨自否來蠱自泰來也即辭知象取物取身假象顯義而不必乾乃爲馬坤乃爲牛也即辭知占以六爻之吉凶悔吝爲占

者之吉凶悔吝所謂剛柔雜居而吉凶可見者也此其說皆具於孔子之傳後世舍傳談經乃以卦變互體五行納甲飛伏之法當之殆與瞽者之無相夜行之無燭無以異雖後儒以章句解易者亦惟王氏知之程氏明之而總不如以傳解經之尤簡而明也嗚呼費氏之意可謂深矣遠矣自鄭王本行於世取其尋省附近之易遵用最久學者但知以分經合傳推其原於費氏而忘費氏經文之舊及宋晁說之呂大防東萊紫陽始復田何十二篇之次而正鄭王之失刪去彖曰象曰之文置乾坤文言於傳其意亦善然其書固即費氏之經文也蓋由漢以來二千餘年而費氏之學獨存於今豈非天哉余特懼夫費氏古經

雖行而其以傳解經之意猶不明於天下後世也故爲特著其功以明之欲知易之眞傳而求三聖之一心者固將於是乎在也

詩亡春秋作論

張九鐔

詩亡春秋作自范武子胡康侯謂列黍離於國風齊王德於邦君天下無復有雅而王者之詩亡故託始東遷而作春秋呂伯恭則謂詩亡指筆削春秋之時非謂春秋之所始也其論至大相反近世有爲西周詩亡及爲正風正雅亡之說者考其實皆與詩序及春秋本義不合愚有以知其皆非也夫詩非史也東周以前豈無春秋春秋非詩也春秋之時何嘗無詩謂雅亡風存則不可謂之詩亡謂風雅正者亡而變者存則不得謂之詩亡然後春秋作嘗以詩論之周之王者文武成康太平制治之迹則二南豳詩周頌正大雅正小雅載焉其後風雅皆變而宣

王中興之治迹猶粲然可觀也至於幽平之亂而西周爲東所謂王者之迹盡熄矣故變雅至幽王而終變風至平王而終王者之詩之亡也明矣風雅時地各殊體製亦異只分東西正變而無升降王風舊次自周樂已定其序夫子方亟錄之以存周之東又焉敢降之哉且平王之有變風與幽厲之有變雅等當時詩雖復雅何異幽厲論王迹者讀板蕩黍離諸篇有同一感慨於此詩之僅存而已況後此幷無所謂詩乎考春秋諸侯如衛文鄭昭齊襄晉獻秦康陳靈魯僖皆有詩而齊桓晉文亦附見於木瓜渭陽之篇是列國之詩非王者之詩也小雅之篇有疑爲東遷後作者序以爲刺幽實皆西周時政至平王時惟棄

岐豐遺戍申二事詩人特著明之。蓋春秋以前世變莫亟於此矣。孔子之憂東周也夫非以其詩之亾爲憂憂王者之迹自是不可復見而天子巡狩述職禮樂征伐之事蕩然無存於是乎僭竊橫而亂賊熾也故因魯諸侯之史以明王法託始隱公實接平王末年首稱王正之義正名定制一尊天子凡皆采周之舊以會成王義垂法將來。蓋所以存王者之迹明天子之事所謂竊取之義亦如是而已矣。詩與春秋不同而其義則同。孟子以爲與晉乘楚檮杌一者魯之春秋而繼詩而作者孔子之春秋詩紀王者之治迹者也春秋紀亂世之事而一以治世之迹治之其迹非王者之迹其義則王者之義也謂之詩亾然後春

秋作其不以此也歟。嗚呼孟子之說其於詩與春秋之義可謂能識其大者矣。不此之論而齗齗於風雅正變東西列王之閒。呶呶於勸懲黜陟襃貶賞罰之際亦多見其拘泥穿鑿適足相亂而卒無以遠勝乎前人也而幷欲鑿空以爲指筆削之時即春秋何爲而託始於平王之四十九年也哉

中庸論

張九鐔

中庸者何禮而已矣。周官曰以五禮防萬民之僞而敎之中。又曰以中禮防之。夫禮所以制中也。有道而後有禮。故禮合乎道謂之中庸。道者禮之郛郭。禮者道之形體。道無形而禮有形。非有形者不足以凝道。是故有禮而後中庸之道始著。昔傳子思子作中庸四十九篇。漢儒列於禮記。實只一篇。禮之儀文器數三千三百見於經傳者至明且備矣。而於禮之本原未之及也。此其所以必著於禮書之由與。今觀中庸之書自天命之性至於無聲無臭其言若詳於論道而略於言禮者。而其中特舉鬼神祭祀喪服宗廟郊禘以及禮之等殺三德五道九經三重之

屬則凡古今言禮之大體無以加此矣。然猶恐人之離禮與道爲二物也。於是合而明之曰大哉聖人之道而實指其大用於禮儀三百威儀三千待其人而後行。其意以爲禮之生本於天地萬物而聖人達之於經曲。苟無其人禮不虛道。故究其說以道中庸爲主而歸於敦厚以崇禮。然則非禮不足以道中庸而中庸之道非禮亦不能行於天下也明矣。蓋凡人之視聽言動衣服飲食之法度與冠昏喪祭朝聘燕享之儀節莫不以中爲極致而其用之也必平易近人各得其宜期於至當而後已。是故天下之善言禮者莫如中庸。今有人於一事一物之不得其中中而不出於庸則其用之也必顚倒而無序齟齬而難安性

情爲之不適官骸爲之失措是不可謂之曰禮即不可謂之曰道矣君子欲行中庸之道於天下也必由於崇禮是禮也固即日用常行之道而吾身不可須臾離者也故曰即事之治謂之禮又曰立於禮曰約之以禮又曰執禮曰復禮禮崇故德厚積德厚積故道器凝是謂至德是謂至道離禮則德性不誠問學不明而所謂廣大精微高明中庸溫故知新皆空虛無用之物而已矣審如是則禮必不行於天下而中庸之道亦不行於天下周末文敝當時以禮爲僞故老氏之言曰失道而後德失德而後仁失仁而後義失義而後禮於是言道者皆空言以設教孔子顏子曾子之問學不離乎禮子思豈有異哉自子思子沒

然後儒者皆離禮以言道謂有形上形下之分德性爲本儀文器數爲末者是也而遂日求道於幽冥恍惚之中潛思默悟以爲天道物理在是本心天理在是而與世之談元說妙明心見性者無以異至一切禮法反簡棄爲不足事其始本於廢禮而其終至於滅道猶嘐嘐然曰吾所言者中庸之道也嗚呼此亦道不明不行之故也

廣封建論

張九鐔

封建之制蘇子以爲自柳宗元之論出而諸子廢予以爲至馬端臨之論出而其論始定蓋宗元之論謂封建爲不得已非公之大而端臨則謂必有公天下之心而後可以行封建由是言之封建本以爲公天下而後世之行封建者皆私也以後世多猜防利子孫之心而疑先王親賢並建之法則大不可此端臨所以諄諄佐宗元之言而獨能補所未逮者與至於封建與郡縣之利害則未有易於二子所云者何也三代以前有封建之利而無其害至其末也兼并僭亂害甚矣秦以匹夫羣起亡不享封建之利而後世復之則無不害者故常以郡縣爲利是皆前事之無庸贅述者也然以予嘗考之周初諸侯蓋千有八百

國大者方百里小者不能五十里皆僅以繼世愼職守納貢賦相安於無事其勢與後世之郡縣無以異而自秦漢以後官制布列於天下者有牧伯守令亦與古公侯伯子男爵祿略相等雖非繼世而先王封建內外相統大小相制之意故在也故嘗謂封建之與郡縣一而已矣天生民立之君君不能一人獨治也必眾得人焉以分治其地或使世及之或時擇其人以治之二者不同其爲民則一耳爲民者利之大者也亦公之大者也苟無害於民而國安焉雖因時而行郡縣聖人豈能易之哉故欲垂永遠之計必行郡縣以土地人民寄之於牧伯守令擇其

良者使久於其任·而凡親賢有功者使得世繼其爵祿·亦俾試於職事·惟不予之土地以全舊澤而杜後患·斯可謂得封建之意而不泥其迹者矣·韓子謂禹憂後世爭之之亂·封建之不能行於後世·猶禪讓之不能行於三代也·而當孟子時海內方千里者九·天下未定以定於一決之·蓋已知封建之裂·不復可以一天下矣·孟子又曰民爲貴·社稷次之·君爲輕·與其行封建而不能變置其諸侯也·曷若行郡縣而時擇良吏以守之之爲重吾民乎·作廣封建論·

顏延之五君詠論

張九鐔

士有自負其所弛之才·不羈之性·以爲不屑屑當時貴顯之爲·而又不安於廢黜·於是幽愁憂思·慷慨激昂·或取古人以述其無聊不平之概·是皆有所託以自敘其情·而非尚論古人之是非者也·噫·是烏得以爲定論·余讀顏延年五君詠·旨趣平淡·知其以此詩爲一時推重·及讀宋書·言延年領步兵·好酒疏誕·不能斟酌當時·劉湛言於彭城王義康·出以爲永嘉太守·延年甚怨憤·乃作五君詠以述竹林七賢·而山濤王戎獨以貴顯被斥·是延年之作此詩·特發憤之所爲作耳·夫延年得罪於時·旣已屛黜·不安於位·而反尤人·其所以自鏡者已疏矣·又安能鏡五

君之是非而論定之哉·且夫五君者則難矣·以虛無放達爲高·而蕩棄於禮法之外·世徒目爲清流·不復置臧否·其間以五人視王戎則皆勝之·而未必盡賢於山濤也·吾意尙論者於此·必將取其狂狷·責以中行·且引五君爲鑒戒·而自警焉·不當以己之怨憤而專取前人之不得志者·以寓其意也·然而延年與五君其才同·其性同·其不能自處以處世也亦同·故其詠中散曰·鸞翮有時鎩·龍性豈能馴·詠步兵曰·物故不可論·途窮能勿慟·詠始平曰·屢薦不入官·一麾乃出守·於參軍則有韜精沈飲之言·於常侍則有交呂攀稽之語·雖皆述其人之本末·而以按諸延年之爲人·不啻自道·豈眞心嚮往之而不能至與·亦不過當

怨憤之餘姑以寄其無聊不平之概而已延年縱卽五君爲品目而五君之是非豈遂以是爲論定哉嘗考延年文采冠江左少與謝靈運齊名然靈運不得其死而延年獨幸免豈後稍自貶屈而不蹈五君之覆轍乎特其作詩之意有見於辭氣而不可誣者太史公感於貨賄交游而發憤作游俠貨殖列傳其論未允延年之詠五君亦猶是也愚故曰非定論

辨似論

張世法

黎邱之鬼善效人子至父殺其眞子君子曰非其鬼之機變能毒且害也乃其父之志惶惑潰亂不足以辨於其似也夫使爲子也母者熟習於懷抱之初審察於嚬笑之外黎邱雖詐焉能殺其子哉天下之理正而勝者常少不正而勝者常多而不正之所以勝者類爲其似孔子惡似而非以其德之賊也紫之亂朱鄭之亂雅名謂夫人而知之而風俗人心流害至不可已始於豪釐之微卒於泰山之大其相似者皆其實相反者也使非相反何惡於其相似君子小人之辨亦辨於其似者而已矣凡事之在天德者莫不本乎人情今夫毛嬙西施人之所甚悅也

其不悅者必其爲魯男子爲柳下惠之能忍與忘也不則亦其以人言爲畏也未有嫪毒登徒子而亦高其節曰美色非吾之所暱也遺金藏貨人之所甚利也其不利者必其爲管甯爲直不疑之能廉且介也不則亦其以禍亂自防也未有魯跖楚蹻而亦潔其行曰曖昧吾之所不敢欺也鄒魯文學之師以梯其榮竊其號而其事已畢未有晨而飲其羊闕轂而輮輪力農桑啜菽粟道聽周公孔子而亦思誦說詩書禮樂之云云也若苟爲漁獵前作割截語氣誑聾聵之人邀一時之譽以是號召鄉里曰文士文士何以異於素不樂此而故爲之者也且夫人卽不能文不能不好利不能不好色亦不過庸衆其身而止豈必

蒙垂譏於生前遭鬼責於死後至指爲天下之大不祥人而囂囂者獨不願希圖其厚實而詭襲其虛文以居之不疑於是前者于于後者喁喁翕然羣起而和之不亦大惑也哉乃或者曰君子不欲盡言以翹人過我之大賢與於人何所不容爾爲爾我爲我雖袒裼裸裎於我側爾焉能浼我哉夫亦惡乎辨然使敎於後生則曰彼先達者耳其誰不願爲之邪居於要害則又曰彼搢紳有道者耳其誰不冐爲之邪吁斯害也已吾見鄭紫之似思孔子之所以惡而欲使里人之皆得其毋毋致爲黎邱者之技所試焉則幸甚

敬鄉論

張世法

成天下之學於一身則其道高高則不自其近者止故學可高不可傲用一人之情於天下則其勢分分則自其疏者始故情可分不可偸孟子曰一鄉之善士曰我猶未免爲鄉人也又曰鄉鄰有鬬者被髮纓冠而往救之則惑也恥其師友之不廣修名之不立枉己之不直也然而孔子之於鄉黨恂恂如也鄉人飮酒杖者出斯出矣其於原思之辭粟則曰以與爾鄰里鄉黨豈聖自聖而賢自賢哉將孟子之自視者隘而孔子之視人者周與學可高不可傲情可分不可偸所蹈之德不同所處之時不一孔孟雖賢聖不鄙夷其鄉蓬萊無根醴泉無源此以言

宇宙之幻境也泰山雖尊不越齊魯江流雖長不忘岷蜀當其觸石而起膚寸而合不崇朝而雨天下經瞿塘灩澦之險數千里而放乎海曷嘗有邱壑瀠滲之見在其意中哉而其始也究未之遺焉人之初生由嬰兒以俟成人至於才百人之謂俊才千人之謂豪才萬人之謂傑窮神達天莫可究詰而其始亦不離乎慈母保嫗塾師齒長之爲親秦粵之俗生而嗜慾不通言語不達老死不相聞問及其中流而遇乎風波則可使之鼓楫而救患婦姑不相得則反脣而相譏夫妻反目則輿脫其輹兄弟鬩於牆甚且入室而自操其戈是又何疏者反親親者反疏非其情實然其積漸者使然也今合四海九州之人士騶而軀

轃於京師亦事之睽且渙者矣然而聲氣往來相慕悅酒食醵遺相徵逐而於中又自私其孰爲秦人之鄉焉孰爲粵人之鄉焉曰此吾父兄輩行所與經過之地也吾親戚故舊所與聯絡之交也此卽尚齒尚德之遺意也始吾見有鄉之碩然人望者矣教不知而誨不及其後則有以所不能驕人者矣今則有誘人子弟以爲不善者矣始吾見有居然自爲地道主者矣憂恤與同而賓至如歸其後則有漠不關喜愠於其心者矣今則有滋他族而因以爲利者矣不數十年閒而吾以一至再至三至之身忽然分澆薄今昔之感其祿位名號久居於此閒者當何如觀也詩曰雖無老成人尚有典型又曰維桑與梓必恭敬止

樹猶如此況其人乎

絳縣之老論

張世法

絳縣之老繫以人問而不自知其生之年或曰是賢而辱於役者辱於役故使之年而承之以譎也又賢而隱於道者蓋黃老之流也黃老之術以修鍊其術謹甲子而略於年是以使之年而譎以告也賢人終隱世卿在位下之人甘於辱以自汙其道上之人辱使賢而竝不知顯其道以是爲晉之秕政者累也吾獨謂不然西北之俗生而不知有紀年乃各聞以生之所值十二神爲其年之先後或在巳若辰有問之不能互舉以對則曰大蛇而小龍也絳縣人不知年豈異於今所云者至歲有四序序必占甲子占以候豐歉此則老農之智專惡得以是知絳縣

人之賢者邪古之所重乎養老者上則憲其德次則乞其言次則亦恤其勞使之不與力政不與服戎不與賓客不與喪祭之事絳縣之老而果賢者邪則固當素所豎立以自聞於上矣其或爲韜光養晦以自抑其賢邪亦當告以力之不可强時之不可爲以姑求休息於斯矣而僕僕者何爲乎兩有所不能未聞有溷蹟風塵奔走衣食爲其役久無其聲者而亦必謂之爲賢也且趙武之欲謝之也何爲也哉將爲其賢抑爲其老乎爲其賢則品望不著鄉里謀畫不徵於縣大夫平居漫無所諮諏驟然謝不才欲使之佐爲政是幾以其政爲戲也爲其老則恤其家免其力終其身可矣而又羈縻之浮沈之苟焉畀以一官一

職復陶之使於舉則失義於賞則失名此特史趙師曠士文伯爲之不過藉以誇其淹博俾聞於鄰國曰晉有文人未可媮也如絳縣老者亦其儔耳惡乎賢然則吾何以知其不賢也以其姓名卒佚於晉則人之人之者役之也

祝融吳回論

吳思樹

周禮月令孟夏之月其帝炎帝其神祝融註曰炎帝少典之子姓姜氏號爲神農死祀南方爲火德之帝祝融者顓頊氏後老童之子吳回也爲高辛氏火正死爲火官又曰吳回回祿之神託於竈夏火王故祀之蓋炎帝火德之帝祝融火氣之神神農吳回則人帝人官之配合者也以此考之則吾吳之得姓已遠矣而後世乃有云成湯之時居於姬水故曰姬由泰伯居吳武王克商求泰伯後封周章於吳則以國爲氏鄭夾漈樵通志謂姓合而氏分姓遠而氏近然則如鄭氏之言吾吳當以姬爲姓以吳爲氏也而豈知周章之先已爲炎帝時之吳回哉考左傳

之言因生以賜姓則居於姬水之說也胙之土而命氏則封吳而以國爲氏之說也鄭夾漈該貫古今自矜其姓氏之學非漢以後所知然以吾吳質之其吳姓而姬氏乎抑姬姓而吳氏乎言必有據恐夾漈亦難臆斷也今天下公論謂吾吳與歐陽無二姓何也無賜姓也無漢之氏劉唐之氏李者之多也然吾吳反多合姓何也謂周國之周非即吳國而可乎謂姬姓之姬非即吳姓而可乎謂河東之虞非即江南之吳乎以至於管蔡郕霍以下十六氏爲文之昭邗晉應韓爲武之穆凡將邢茅胙祭爲周公之裔及晉魯各國之世卿分氏者別子爲祖不可勝紀然原其初則一也不可得而二也今惟　本朝旂下諸族猶存

古意而世人反疑之是以已之今而疑人之古矣第天下之人當先親其合者近者而後以推之分者遠者此聖人敬宗收族之義也不然則一室之親秦越矣一邑之人仇讐矣吾故因吳同得姓之始而極言之爲天下也非爲吾吳姓之一家也

泰伯無子論

吳思樹

泰伯無子之說但見於史記諸書未有言也史遷據詩書春秋左傳國語公羊穀梁戰國策而作史記豈以左傳泰伯不從是以弗嗣及泰伯端委仲雍嗣之等語遂疑左傳嗣字爲子嗣之嗣而謂泰伯無子邪左傳謂不從者不從太王而逃荊蠻也弗嗣者不繼太王而讓季歷也仲雍嗣之者謂繼泰伯後而主吳也商人立弟泰伯爲殷人想亦如之兄弟不相爲後仲雍豈不知之邪如史遷言仲雍卒子季簡立及叔達卒子周章立而泰伯遂無子矣然則商人兄終弟及其兄皆無子哉晉人所謂爲吳泰伯者何以加吳於泰伯上哉嗣字之義專爲子嗣後嗣通爲繼嗣嗣續如必以嗣爲子則書言舜讓於德弗嗣詩言大姒徽音之義皆難以通而反啟後人之誤矣太史公遭秦火之尼後人謂其僅踽踏於七八種書然世遠無紀則當闕疑而無子之說史記非誤解郎臆斷也

虞仲卽仲雍論　　吳思樹

史遷世家載太王泰伯仲雍季歷三人．不言虞仲也．於後又載武王克殷封周章弟虞仲列於諸侯．是爲虞仲．註史遷者遂謂始封於虞．是若前無虞仲．後乃有虞仲矣．及周本紀又載古公長子泰伯．次曰虞仲．季歷．何哉．本紀曰虞仲．世家亦當曰虞仲．世家曰仲雍．本紀亦當曰仲雍．何史公載人名前後自相牴牾耶．劉向列女傳單據世家太王妃太姜生泰伯仲雍季歷．後世遂疑周有兩虞仲．汪氏琬謂漢晉諸家俱不註虞仲何人．近世以仲雍實之．閻氏若璩引前漢書班固地理志．已以虞仲當仲雍．先於朱子集註．謂汪氏未考及此．是三者皆未晰也．左傳先

言泰伯虞仲爲昭．後言泰伯端委．仲雍嗣之．豈非虞仲卽仲雍之明證耶．閻氏據前漢．何不卽據左傳．汪氏又疑虞仲果卽仲雍．仲雍在夷齊前．敘事不應先夷齊後仲雍．此論語特依聖言論逸民耳．夷齊不當先虞仲．柳下惠少連何以又先虞仲哉．又謂仲雍儼然有土之君．不可民之．夫仲雍偕逃荊蠻．未聞受有商封也．周章弟虞仲實受武王封矣．而民之又可乎．故卽以聖言折衷之．仲雍所謂斷髮文身裸以爲飾．卽虞仲隱居放言．身中淸廢中權之謂．其義可定矣．

治河六論　　吳思樹

天下之水．直則順．曲則阻．黃河自古迄今有二大曲．禹之導河東至厎柱孟津洛汭．皆自豫西而東．勢直也．至大伾則稍東北焉．北過洚水．又北播九河．是爲自南而北一大曲矣．故河不能北行．周時徙砱礫．漢時溢平原．決瓠子館陶．唐時決博州．宋時決竹村．泛曹濮．皆今山東兗州地．夫河之由冀而兗．何也．北曲已甚．故漸回而南以求東也．其又一大曲．則爲自西而南．然元明以來．屢經遷徙．猶未全南也．逮劉忠宣大夏之治張秋．築太行．於是河之北曲絕而南曲成矣．我　聖祖仁皇帝諭河臣曰．蘭陽諸堡以下．河漸自西而南．夫自西而南．是又一大曲

也．自大伾稍東北而逆河．北曲凡數百里．自蘭陽稍東南而淮安．南曲凡數百里．河之南曲也．西決豫睢．東決徐邳．河臣竭力以守之．而勢不敵．皆此一大曲之所致．非隄防不固之罪也．

第二論禹貢治水之書也．而必曰導山．導山卽以導水也．黃河在積石西．曲行爲多．然多大山夾之．史所紀河三面繞崑崙是已．龍門至洛汭．河行亦曲．然梁岐在冀．岍荊在雍．故積石以西受河之利．龍門以南亦不受河之害．河自河陰至滎澤．猶有東西廣武也．迤下則無大山矣．有山以制之．則河可曲．無山以制之．則河不可曲．漢書溝洫志云．禹引河北．依大伾西山之麓．載之高地而行．猶藉山也．乃釃爲大陸．播爲九河．以疏導之．聖人

之心亦盡矣然天下地形西北高而東南卑而大陸之距山也遠故河流漸東南逐難於北挽故漢賈讓所奏徙水衝民放河北行之上策猶爲但救一方未綜全勢之論也或者曰河性最强所移之地旣莫挽胡不自順性直東而聽人之曲而南北乎曰河勢又不能也岱蒙諸山障之也諸山接聯千餘里横距東方北至歷城而後有入海之路南至宿遷而後有入海之路故曰勢不能也然則以山勢較之禹之九河皆因歷城而北諸山已盡卽播爲九道以引之東行今河南至宿遷諸山已盡獨不可爲一道以引之東行乎豈九河可同爲逆河而淮沂獨不東行會黃通運必强河南行阻淮爲病乎所謂明人治河以病爲

藥也因言禹貢導山不詳言岱而於徐州則曰海岱及淮淮沂其乂蒙羽其蓺今徐州東北岸之蘇家山有天然減壩會奉
仁廟指示爲南河防漲宣洩之要若於此處先分一河東行減徐邳之漲而蘇山以下河流則啟宿遷十字口放入駱馬湖而蒙羽之山俱盡處有古朐山卽今之海州誠因利乘便使洪流由此入海而以左沂右淮會之爲通運之道亦千載之一時也又言禹之治豫究兗其豬曰滎波曰大野河無豬則所至無以待衆流大江之有五湖占地輒數百里河南行而豫徐之地無一豬澤能無恐乎今宿遷西北有馬陵靈傑諸山而其東南則有駱馬侍邱碩項諸湖亦天成之豬也誠使導之於徐邳

之山而豬之於駱馬諸湖俾直灑之而東豫州可無患不折之而南徐淮尤可無患也　第三論河東行固以利河尤以利運漕運所憂者二端黃流倒灌與運水不足而已自　聖祖改置中河運口使淮右黃左相持幷下運河亦斜下出口相合如人字然故黃流無倒灌之患今誠師而行之使河由邳宿東行不下清口以免阻淮淮出而截漕循中河故地接南鹽河東北行之路接開弗道由安東境漸北斜下以入河會黃於宿遷迤東之處漕艘乃浮淮渡黃是河自東稍南淮自東稍北相合竝下猶　聖祖之意也黃水何致灌漕至東省諸水因運道既長每苦不足無可柰何而爲水櫃常憂旱淺歲煩濬挑沭

水最大又不敢用也今若再師　聖祖之意使山東汶泗沂泇各水不必南流皁河同南沂水向東直下合沭水由東斜南會黃於沭陽之境截同空之舟以渡黃入淮是淮水與黃爲右人字東水與黃爲左人字淮水但至於黃東水亦僅至於黃自無憂不足矣夫淮亦一大瀆也淮水大則可分水清則尤可分惟爲黃所阻則淮水爲利少而爲害反多若使清口無黃淮流獨出以其左東北浮運入河以其右東南浮運通江而雲梯關下之道可以不治如是而洪澤清口之淤可滌高寶下河之灌亦免矣　第四論今誠使河自西而東不漸曲而南性順氣利滔滔注瀉小曲之處衝擊刷汰河自能治之大曲旣消小曲

自少也若河力所難開則於水落時以撈淺兵船取其中泓兩岸以守隄積土之堡夫官地免稅之民夫取其挺灘滯渚有大灣則雇役助力凡所取砂礓土石必南北準較從兩灘乾地又緊鋪爲坦坡迤上則順東削填俱爲平地以接隄坡車馬道口亦向東斜務使兩岸相望高下均平如是而河即漫灘自必層次竝上左右俱漫不至偏趨而拍隄河岸之上又有平地可以行水隄坡之下又有横格可以回波若能使百千里之地兩灘坡直如引繩乃可大合　聖祖指示逢灣取直之意日積月累久而河之狹者寬淺者深兩灘之欹側者平兩隄之汕薄者厚可厚則可高將來南岸之隄可漸如北岸大行之築永固

之利也又言大汛非常之水每每驗其丈尺不過若干以水工計之中流至兩崖嫩灘至硬地各容若干至於隄坡之半斯足容矣若計汛水必泛至隄根則宜早爲之所凡水必於漲時立表而記其痕某堡至某寸某堡至某寸地之高下明矣地窪必獨爲高隄矣如是者爲漲志凡水必於落時立表而探其底汛時塹若干汛後又塹若干河之淺深見矣塹高必大爲開濬矣如是者爲淺志若夫洛汭徐邳東西果否相值或宿遷較洛汭則稍曲而斜南非測之天文宿數不能確也

第五論河自宿遷折而正南故道已久行矣今能奪之使東注邪曰久決之矣非敢妄也以縱引横則必奪以窪引高則必奪以寬引隘則必奪以近引遠則必奪以無阻引有阻則尤必奪西南横而西東則縱也桃源淸河河所久經積爲地高不如沭陽海州之全窪也河在豫州爲寬岸在南河爲狹岸不如東方諸湖之瀦也安東入海不如宿遷海州入海之更近也歸仁阻其西高堰遏其南河乃折而東不如自駱馬湖徑東行之駛也或又曰海州入海古所未言河道豈易新治曰夫固幸其有可因而後爲是言也今徐州東北蘇家山減壩水至邳州彭家河一百三四十里頗通舟中惟荆山口窄狹可鑿寬之阜河下至宿遷十字口近與黃通駱馬湖水又已東通劉老澗又北鹽河東流至沭陽西南入碩項湖沭水亦入碩項下海州皆可因也

第六論孟子之言云禹之治水水之道也以四海爲壑今河在開封與城中塔頂平而南灌淮安則隄高於城沿河州縣之卑於河者南岸尤多此亦積危之勢所宜深慮而更張者已且使更之而不可久不如其勿更也古之治河者多此決彼開以救一時之急否則請復故道以塞衆人之言其實新河則恐他潰故道則恐停淤今若以河東行以淮沂會之河欲北往不過入沂沭沂沭之西北又有諸山爲之屛河欲南往不過入淮淮之東南又有湖海爲之沼此何患其縱溢横決不可久持乎末言明人有云河事之壞一壞於呂梁二洪之鑿石再壞於淮浦鋸牙之石亾蓋謂無以激之泥沙必滯耳徐邳多石又其河多有稱銅幫鐵底

者。若河東行亦設鋸牙。取員石置底。用雜石平塞其罅。淤泥必不能留。以此翻騰下會。當勢如奔馬。衝刷益深。如蘇家山可以全河入也。宿遷十字口亦可不開。然山岡恐難廣闢也。若曰河不兩行。則禹釃二渠。其一爲漯。又謂之何。況不遠而卽合邪。蓋聞沿海之地多有島。而雲梯海口則無之。海中惟青紅二沙。見尾閭。此亦宜遠慮之大端。已潘季馴以河攻海之說。尤爲欺飾。漢王横且言海吞河道。渤碣河豈能勝海邪。故海州鬱洲田横島外蔽海潮。尤天之所留以待 聖主貽惠萬世者。愚賤廢棄難叩。九閽而陳辭。然此議則必存以俟也。若夫汶上南旺淮南運河。皆思有善策焉。又可漸而及之矣。

鄴侯論

王夢揚

鄴侯事業。史策昭彰。蓋古社稷臣之拯救斯世斯民者。何唐書史臣之論贊。乃曰異哉李泌之爲人也。其謀事近忠。其輕去就近高。其自全近智。卒而建上宰。近立功立名。計當時史臣如歐陽宋呂。類皆一時闓人。尙不能明其心蹟。識其行誼。況其下焉者乎。愚嘗讀紫陽綱目。而知大賢之所予者矣。按國史之大書特書屢書。皆爲有職位者言之。其布衣之賢者。惟徵與卒亦得書之。亦有君臣同美者。若留侯之得武侯之見是也。至獨詳其行止。惟祿山之亂。特書曰李泌至靈武而已。當明皇播遷。兩京傾覆之際。微鄴侯謁肅宗於靈武。佐籌幃幄。則唐之宗社亾矣。

幸其來謁。故重其文曰至。春秋公出曰如某。還曰至自某。綱目法春秋義例以成書者。乃以布衣而儀同我公之如至。是綱目於布衣書法。以此爲最。惟其予之深。是以書之隆。觀綱目之所予。可以明其心蹟。識其行誼之不愧古社稷臣矣。

圖書論

唐仲冕

六經奧論託之鄭夾漈其河圖洛書辨主劉牧之說以戴九履一左三右七二四爲肩六八爲足五居中凡四十五數爲河圖一六共宗二七爲朋三八成友四九同道五十相等凡五十五數爲洛書與舊說異與胡一中引王太古易說同至竟天一地二至天地之數五十有五見於繫辭天錫九疇見於洪範無可易也但河圖以五生數統五成數而同方自有水火木金土之分洛書以五奇數爲正四偶數爲隅初一曰五行則每一數皆有五行之義自非分布河圖五位以五爲用其成數皆於生數加五如一加五爲六之類洛書九位而虛十藏十於對待之中如一與九相應合而爲十之類易則圖也以震兌坎離居四正而以艮巽坤乾居四隅艮爲十二支之丑寅巽爲辰巳坤爲未申乾爲戌亥皆有土土五數也範則書也以五福爲五行之應稽疑爲八政之應三德爲五紀之應皇極居中無對而虛十與太極用四十有九而虛一同一義也太皞以木德王木居東方故曰帝出乎震春生夏長秋收冬藏四時之序故巽離以下以次順布夏后以水德王水平而五行皆得所故一爲五行而修身立政授時以建極各以類應要之洛書之五行卽河圖之五行圖分而書合圖體而書用圖幽贊而書相協也易曰雷以動之範曰敬用五事斯則聖人則之之心法也夫

魯十二公卽位不卽位論

陳宏典

春秋魯十二公書卽位者七桓文宣成襄昭哀是也不書者五隱莊閔僖定是也嘗讀而疑之隱賢君也則可書於史託始也則當書而不書桓弒兄者也不當書卽曰子以母貴而負罪則宜削而顧書莊以太子生之禮舉之者也桓薨而立宜也而不書閔雖莊庶子也然般弒於犖申奔於邾主魯祀者非閔而誰而不書僖閔庶兄也閔弒於共仲僖立於成季正也而不書文僖正妃聲姜子也其書也固宜而宣文嬖妃敬嬴子也不當書而竟書成承者也其書固宜而襄成公妾定姒子也亦得書昭襄公妾齊歸子也亦得書定襄公庶子昭公弟也非獨無卽位幷不書正月或曰昭不得正終定不得正始故不正哀定姒子也卽位僅四歲大書曰公卽位隱之不書也或以爲攝或以成公志或以爲內無所承上無所請而削之以爲攝而不書邪天下不可一日無王國家不可一日無君旣爲桓攝則爲國君旣爲國君則爲卽位而不書何邪以爲成公之志邪公之志雖欲致諸桓桓少而隱立隱固卽位矣不書卽位以成公之志得毋以公之志廢國之君邪且誠欲成公志胡不書曰公攝位而必沒其文而諱其意邪以爲內無所承上無所請而削之邪夫內無所承上無所請而削之簒逆者更當何如乎不書隱而書桓亦何苛於隱而恕於桓邪或曰隱賢君也故責之周桓簒者也

故書以暴其急欲得位之惡夫不書卽位爲削則書卽位爲予
而又以爲暴其惡得毋自混其例邪莊之不書也以爲文姜出
故矣然左氏固曰不稱姜氏絕不爲親禮也公自卽位耳與文
姜何與哉閔之不書也或以爲國亂不得成禮僖之不書也左
氏以爲公出故夫國亂不得成禮國家豈可無君乎出而入卽
位者不得書卽位將晉文之亾而復國絕其爲君而不予乎將
後世以藩邸入繼大統者不許其卽天子位乎或又以爲閔弟
而僖兄閔薨而僖繼變兄弟爲父子故以不書微其文夫爲人
後者爲人子聖人獨未之聞邪且躋僖公爲逆祀左氏固譏之
矣而何以不書邪文之卽位也僖公猶未葬若以閔僖不書之

例推之國亂不得成禮而不書卽位出而入卽位者不得書卽
位先君未葬者獨不可曰不書卽位先君未葬故乎宣以嬖妃
子倚篡於襄仲殺惡及視而居之其不當書也與桓等而其書
也與桓同此爲予其篡邪聖人豈予篡者邪抑爲暴其篡邪書
卽位者固予以卽位矣吾不知於義例居何等也成之書宜矣
然如後世之以溪文論春秋向使成未書卽位安知不以宣之
篡適暴其父以奪位而絕其子以卽位邪則又安禁人之不於
書卽位也而假所謂溪文以議之邪且當此時宣公尚未葬又
何不可曰不書卽位先君未葬故乎襄之葬成公也春秋書曰
丁未葬我君成公左氏曰順也事在成十八年十二月杜氏注

云國家安甯世適承嗣故曰順夫襄固成公妾定姒子也何云
世嫡承嗣邪果嫡邪而又何云妾子焉果妾子邪又安禁人之
不議其卽位乎昭公之立也繼子野之毀卒而立也子野之母
胡女敬歸襄公妾也昭公母齊歸特敬歸娣耳穆叔曰太子死
有母弟則立之然適嗣何必娣之子且之人不度不可立也嘉
容於喪次衰經有童心若以卽位爲予此不在所當削邪定之
卽位也以六月攷諸左氏定元年叔孫成子逆公之喪於乾侯
六月公之喪至自乾侯戊辰公卽位此所以不書春王正月公
卽位也而穀梁乃臆附以正終正始之說不亦鑿乎且云不書
卽位喪在外也胡不云六月卽位故不書正月卽位乎且定之

卽位也胡氏以爲季氏廢太子衍及務人而立之其主社稷非
先君所命專受之意如者故不書正月見魯國無君定公無正
果爾則聖人之筆削所爲尊君而卑臣者且見奪於臣而弱其
君矣春秋於定之元年固書曰夏六月癸亥公之喪至自乾侯
戊辰公卽位是特卽位不在正月耳誠若穀梁胡氏正終正始
之說其於月字之義又何以處邪且必如此釋正字其何以處
二三四五六七八九十等字邪且其謂魯國無君意將謂公之
受制意如故不書正月公卽位乎夫定之立誠受制意如矣哀
公立僅四歲耳遂能面斥其跛扈乎不能斥其跛扈其受制必
更甚於定矣受制甚於定而顧書卽位吾又不知其義例居何

等也然則何爲而可吾得而斷之夫子不嘗曰吾猶及史之闕文乎其不書者安知其非闕文乎其所書者安知其非舊文乎或曰如此論春秋然則聖人之筆削安在乎吾則曰以春秋爲斷爛朝報者荊公之莽而無忌憚也其以一字爲褒貶者諸子穿鑿附會之論也夫子曰其義則丘竊取之又曰知我者其爲春秋乎罪我者其爲春秋乎孟子曰孔子成春秋而亂臣賊子懼然則聖人之以春秋救世者莫大乎正君父之尊正臣子之罪而已其餘奉天王以冠列國內中國而外夷狄主魯國以紀列邦使强侯雖悍猶有王也夷狄雖横猶知畏也魯邦雖弱吾宗國也凡以使臣子之奉君父無所逃於天地之閒上自天子

下至陪臣以逮士庶稍自縱焉而亂賊之名暴於萬世矣所謂據事直書而善惡自見不至如列國之史奪於豪臣右族自脫其罪而已故自二百四十年以來書弒者二十有四始於隱四年衛州吁弒其君完終於哀六年齊陳乞弒其君荼今列國之史不可見而諸亂臣賊子之名闟然於目而大刺於心者非以春秋直書不隱之故乎而其他之炳於策而著於書者豈必故爲深曲乎信如卽位之予而奪奪而予則竟如老吏之以法爲奸而出入人罪矣而且附之曰聖人義例之精非常情所測吾不知聖人毋意必固我之私乃紛紛若此也然則卽位之義終何如吾則曰卽位云者猶云當國而已等而上之天子之卽位

猶云有天下云爾等而下之有家者之繼以宗子猶云承家云爾堯舜有天下桀紂亦有天下武成有天下幽厲亦有天下如必以諸子釋春秋者衡之則將謂堯舜揖讓意不有天下遂謂其未卽位乎桀紂殘賊德不有天下遂謂其未卽位乎武承文之服事成遭叔之流言亦可變例而謂其未卽位乎幽厲亦將以桀紂之例絕之乎如據其事而直書之讓天下者固天子失天下者亦天子取天下者亦天子承天下者亦天子敗天下者亦天子是故堯有天下也舜有天下也禹湯有天下也桀紂有天下也幽厲有天下也然則隱亦卽位也桓亦卽位也莊亦卽位也閔亦卽位也僖亦卽位也文亦卽位也宣亦卽位也成亦

卽位也襄亦卽位也昭亦卽位也定亦卽位也哀亦卽位也其不書者闕文也其非闕文則秦火以後赭簡斷牘而不可考也吾甚惜夫戔戔者挾逆億之私奮其小辯之才而未聞聖人之道也故論之

皇上五旬萬壽恭紀五經闡福論謹序　陶澍

臣澍稽首頓首言恭逢　皇上五旬萬壽慶辰薄海內外覓藻闡歡微臣供職西清親依　福寓飫景含和莩名高厚遠惟三極彝訓其書言經經者恒久之至道不刊之鴻敎　皇上精德立中淵心汲古　御論煒煌彌綸聖籀竊意以　聖人之論務聖人之經卽以聖人之經闡　聖人之福親切宜莩如茲昔漢臣王褒作四子講德論謂欲推主上宏風俗而騁太平臣生　堯舜之世覩褒所稱何啻霄壤爰斟其式綴儒臣敷繹之辭爲五經闡福論一篇每條謹宗　御論而以五經之言福者

緯之衍鑠鋪芬敬祝　聖天子億萬禩無疆之福文曰歲紀祝犁月在橘陽　壽寓延洪　福林普汜迺有五經儒臣翺沠題期嘔嘔瀹瀹卽肆業所及敷茂矩而繪龎褫於是業易者肅然曰盍闡　聖人之紹登大寶位也嘗　御經筵而論易其於元亨之義曰諸福匯集於惠心之義曰錫福靡有涯涘煌哉言福乎悉經六繇之碩畫矣臣試繹之　聖人握乾符闡坤珍巽令颷發兌澤洶流經文緯武則離以燭而震以讋焉遐政調風則坎以勞而艮以成焉用是條修葉貫醇美譽然享　帝尊　親爲既濟之禴祭受福簡賢登俊爲卄之王明受福道懋栽成爲泰之于亩有福而猶睽鬼神福謙之旨虩虩不已虔鞏撝勞日愼一日微天下之　至聖其孰能與於斯且夫飛龍在天黃裳元吉凡易之爻五爲君德而衍蓍之數起於五十計過揲之策九其四爲三十六則爻爲奇六其四爲二十四則爻爲偶奇爻百九十有二策六千九百一十有二偶爻百九十有二策四千六百有八二篇之策凡萬有一千五百二十引伸觸類粲乎盛矣而皆哈芀太衍與　聖壽五旬之生生延福以至申錫無疆者繩軝而契司也語竟業書者起曰是河圖之祕也猶有洛書焉是演福疇載在尚書臣覩尚書之文渾渾爾灝灝爾噩噩爾皆帝王輯福之大源是以　皇上於五十八篇皆系以詩實以心法治法先後同揆如

書言作福不敢動用非德則　皇上之執中建中也言允升大猷膺受多福則　皇上之釐工熙績也言澤潤生民永膺多福則　皇上之徯志從欲也然而丕釐　景命鳥奔麻祥開闢之門罕從蠡測盍讀　御製是彝是訓論而恍然曰懿鑠哉粵若稽古紹天闡繹其孰有如我　皇上之默通錫福之原者乎夫福疇一曰壽而握其樞者皇極由初一遞之中於五由次九溯之中於五協五紀以順五行極之建以五乂三德以推五福極之行以五五建極而福以斂五保極而福以錫允若茲作福惟辟所由仰　天子作民父母也若夫疇數四十有五主五用九由七八九六參互成十循環不息暘流地

符。又與河圖之五十居中。隨在見十者。表裏棣通。惟 帝相協。極亶平康。曰五曰十。豈非璨 皇上之豐福者。哉業禮者越席起曰。得其數矣。未暢於理也。夫 聖人之福。悠久無疆。而索劒鋣鑪。惟五之云。將由百齡至萬歲。由萬歲至億兆京垓。其奚辭以述。臣嘗讀 味餘書室隨筆之第四十一章。言中肅位祿名壽之理。謂尊榮福厚。非天有私。而歸本於德爲福基。休哉券壽以理。 聖人所以禔福中外者可知矣。蓋先王有大福。必有禮以樂之。禮者理也。所以興福祥之本。觀曲臺所記。曰祭則受福。曰爲民祈福。曰富也者福也。曰福者備也。備者百順之名與。 皇上泰元增筴。壽以政季者。顯若畫一。而周

禮太宰詔王生以馭福。都宗人致福於國。行人國有福事則合慶賀之。梓人爲侯辭曰。諸侯百福。則 皇上廓紘恢綱。均禧九有之經也。而尤葺蘥於春官六祝祈福祥之文。曰順祝。我 皇上化光金鏡之福也。曰季祝。和調玉燭之福也。曰吉祝。春臺熙衆之福也。曰化祝。桑田沛澤之福也。曰瑞祝。絢雲瀼露之福也。曰筴祝。炳符光緯之福也。洋洋乎若德。 帝者之上儀。疇能亘之。而辭曰六祝。適與六寓臣民臚歡祝釐者旨相印也。儀禮有曰。壽考維祺。介爾景福。承天之慶。受福無疆。願以敬祝 聖人。焉業春秋者進曰。孅哉論乎。其道首首然萬世爲福者乎。抑猶華離其辭也。於實際靡徵。微臣學於史氏親見

聖主一切實心實政。踰繩越矩。請得展采鍇事。效魯史例。書之。夫承天撫綠。纂聖膺圖。傳所謂如天之福也。則嘗綜 聖主寅承之實書。 授 受禮成。書 東巡恭詣 祖陵。書每歲 親祀 郊 壇。書每晨恭誦 實錄。至於辛 祈戊 社。占雨暈晴。 聖德 神功。郎景紀事。蓋不勝書也。夫統輯羣元。薰風潛愬。傳所謂民和而神降之福也。則嘗綜 聖主惠民之實書。 賜民餼粟帛有差。書普免直省地丁錢糧。書賑貸災民。書給貧民棉衣。至於矜恤庶獄。惟允惟明。範俗甄風。 旌褒節孝。又不勝書也。夫右規左準。任杖稱材。傳所謂國受其福。蕃釐老壽。

爲信君使者也。則嘗綜 聖主官人之實書。 加恩晉贈 師傅。書 優禮老臣。書 錄用賢良大臣子孫。書 覃 恩封贈臣僚祖父。至於每日 召見廷臣。引 見百爾。纖善必錄。銜璺必懲。又不勝書也。夫黼藻太平。叵授六服。傳所謂不僭不濫。湯以之獲天福者也。則嘗綜 聖主懿文鑠武之實。書 御經筵。書 臨雍釋菜。書 幸翰林院。書 特開恩科廣鄉會試中額。書增輯 皇清文穎。書平苗匪。書平教匪。書平洋匪。至於組仁織義。 御集萬言。射麗逐麑。矢無虛發。又不勝書也。夫聲教諧變。雷風通響。傳所謂同福祿來遠人也。則嘗綜 聖主綏遠懷方之實書。 頒敕廓爾喀。

書　敕封越南國王書．詔增琉球國晷度入時憲書．至
於高麗西藏蒙古外藩．萬樹園宴歲蒙　恩賚者．又不勝
書也．蓋　聖人訓濴稽古而尤精於春秋．如　論能者養
之以福．則究極體信達順之徵．論國之興也以福．則濴揆
天命民喦之本．彼交匪敖．福將焉往．載筆之臣所為大書特書
屢書不一書也．業詩者有睟其容作而曰．德至矣福盛矣．矦其
諱而．臣無辭以諡之．雖然和於倪者天也．啓於節者人也．言之
不足則長言之．咏歎之．手之舞之．足之蹈之．如是者莫如歌詩．
伏讀　御製既醉備五福論．辨析感應之幾．而歸諸法
祖行仁．以凝承　寶命．固以詩言徵福．符也．臣觀三百

五篇中．言福之文五十有二．言壽之文三十有一．而互文見義．
曰報以介福．萬壽無疆者三焉．誠以匪德福無由致．匪壽福無
由徵也．臣請祓飾厥文．賡為新什．敬祝　鴻釐．拜手稽首颺
言可乎．則應曰諾．於是為之歌．風曰．　皇斁乃澤．衢而酌之
樽．馨以醉和以醇．醲乎哉兆人　皇振乃俗．春而風之．風日
以煦膏以融．豫乎哉九谿．　皇錫乃福．壤而鼓之．腹嵩以呼
雩以祝．莘乎哉百祿．為之歌雅曰．穆穆　昊天．煌煌日月．
於熤其福．絣於有德．我　皇之德．抱一構巍．我　皇之福．
躪五騰巘．巘之顯矣．光于　列祖．民之熙矣．式歌且舞．式
歌且舞　皇之世多祜．謂天蓋高．以莫不覆．謂地蓋厚．以莫
不畜．慶有道長．祝無疆　壽．為之歌頌曰．於鑠　列聖．
累洽重熙．丕顯哉．我　皇撝之．丕庥矣．萬福毗之．翼汝左右．
天工亮之．釐汝士女．餴饎饌之．哺之飴之．被之纊之．禮義維之．
詩書餉之．我　皇之福．自　天貺之．旭日暹矣．集於龍
蘢．瑤星焜矣．貞于上宙．葳之蕤之　天壽平格．我　皇
允惟德之懋．歌既闋．相與歡呴．哄凝目眙．心醉．愔愔乎颺虞韶
之音．渢渢乎暘鈞天之韻．咸含和而吐氣．曰盛哉乎　聖人
之福．請書之以為論．

論三傳胡傳　王紳

問三傳得失先儒謂左氏傳事不傳義公穀傳義不傳事信乎曰左叟才也依經發傳紀序一十六國本末可觀此其所長然而尹氏之卒以男爲女仲子之賵以死爲生誣戴文以頑子彊夷姜作莊妻庶其州密亂乎大倫鄭僖齊悼乖於事實焉在其事之覈也公穀經生之家解釋字義攷正句讀洵爲得之然而以蔡仲之廢君爲權以叔述之妻嫂爲賢日月盡會盟卒葬之變氏族定褒貶予奪之殊於義豈有當乎故事據左氏義存公穀而左之義亦有精者公穀之事亦有得者鄭伯克段圍宋彭城寫得大義凜然遠勝二家而以文之納幣爲孝親拳之臨兵

爲愛君則逆矣萬之弒仇牧手劍而叱之得夫子連書之旨柯之盟曹子手劍而從之得管子佐伯之烈不以兵車之言見於幽盟存三亾國之語詳於高子可以補左之未備而謂仲孫爲慶父燕伯爲陽生郭公爲曹赤則臆矣就其中而論之二氏失於拘牽而實有淺得聖人之意者勤雨閔雨之辨精之至也五石六鷁之分細之至也謂非西河之傳不可矣左氏失之纛疏詳晉楚而略宗周推重目而抑小白百里孫叔寥寥難攷而狐趙之勳爛焉未免以意輕重而城濮之戰邲鄢陵之役千載如見使春秋筆削至今猶可紀者則其功亦鉅矣范甯作序於三傳皆有譏評愚謂不當其病三傳之病病於不知大道而以私意窺天地之公心也誠淸而婉雖短何害誠辨而裁雖俗何傷而失於誣者又何取乎豔而富也故曰三傳作而春秋散註疏興而筆削微求其一一當理蓋曰難矣沙而汰之合而通之取其所長去其所短是又在於讀聖人之書者

問文定傳春秋朱子稱之歷代用以取士而子非之何也曰文定之書其用意淺矣而於聖人之旨則未之得仲尼作經於定哀之閒君弱臣強弒殺相繼於是正名定分撥亂世而反之正故春秋成而亂臣賊子懼文定作傳於南渡之後紹興之初當是時金人肆虐中夏之氣薾然矣欲爲正本清源之說假春秋而發之此陳諫納誨之詞其時與勢異者也昔孔子因魯史作

春秋春秋非魯史也文定本春秋爲胡傳胡傳非春秋也故謂之文定之書則可謂之爲春秋之傳則不可今取其書而讀之淺者少和平之氣刻者無忠厚之情穿鑿坿會牽強而不可解匪經生之迂談則申韓之苛法矣且其中往往有相牴牾者如尊君父例也而三國從王爲貶桓國君被逐爲累上焉在其爲尊君乎討亂賊正人心例也而商臣稱楚子爲向善文姜稱小君爲無貶焉在其爲討賊乎敘先後之倫秩上下之序例也而不書即位爲首紬隱公王不稱天爲再貶天王焉在其爲秩分乎至於伐與國則專辠被伐殺大夫則皆謂累上聘問天子所以親諸侯而王使之來無不譏會盟諸侯所以謹邦交而公卿

之出無不刺天子不葬則以爲魯不會天子不崩則以爲王不赴甚之魯事稱我也而濟西以稱我爲譏莒卒不葬也而去疾以不葬爲辠與當時情勢戾矣大抵文定之書取公穀之餘論而甚之者也以子輿氏天子之事爲㒺主無義戰佺正鵠貶天子討諸侯義非不明也論非不快也而見涉於偏議隣於刻比日字於三尺同一句於百鍰欲其發心傳之要典正萬世之準繩抑或難焉故雖歷代以之取士而倍之而不以爲嫌紫陽之所稱許而非之而不以爲妥以聖經之文具在也外聖經之文而曰必胡氏則予不敢謂然矣

南北剛柔論

賀之理

友人有問以南離北坎水懦火烈何南方反柔北方反剛且胡獨舉南北以該四方也對曰然予嘗思之今夫天地間不外陰陽人身中不離水火而已試觀八卦乾陽也坤陰也先天之南北位乾坤易則以是首之交而易焉離本乾體得坤之中爻曰中女坎本坤體得乾之中爻曰中男此坎陽離陰見互根之道也故後天之南北位坎離易則以是終之惟坎離得天地之中故南北代天地之位此眞陰眞陽之所出也而河圖之一六居下二七居上洛書之二肩右七六足履一其經緯生尅此理昭焉而言風氣者可獨舉南北以賅四方之剛柔矣生物者天也

天之樞則有南極成物者地也地之脈則有北極南戒北戒而人之形質氣力筋骨皆隨所運而別其實天氣之行則宰以一元由北極而漸轉南極地氣之行則接乎崑崙由北陸而漸轉南交故北極常出而北陸所運之氣多盛南極常隱而南陸所運之氣多弱觀邵子方圓兩圖乾陽至東南而盡坤陰至西北而盡陽盡者必柔陰盡者必剛所謂天地有不滿之處是也姤復二卦循環迭運於二至而一陽生於子一陰生於午子北也而反生陽午南也而反生陰則剛柔判然矣且不觀坎離二卦乎離中虛虛柔象也坎中滿滿剛象也不較明邪則請近取諸身人身惟心腎司南北之正令必水火互藏其宅而後病不生

故人先生兩腎由腎生肝而生心火心有一系通乎腎腎水也眞陽位焉心火也眞陰位焉是心火非火腎中之火乃爲眞火腎水非水心中之水乃爲眞水素問曰腎者作強之官以其動也心者君主之官以其靜也靜則柔動則剛也就水火升降之路言之腎氣自北而左上心氣自南而右下下則柔上則剛也若立東方而觀則左南右北人左右應天地之氣故以脈道按之心肝腎居左肺脾命居右右手北方命門火生脾土肺金肺生左手腎水肝木心火火南政也陰血主之腎北政也陽氣宗之人右手足所以多強左手足所以多弱南北剛柔可驗矣由是發爲病腎之陽強則相火挾君火而動腎之陽衰則心怯而

氣下心之陰盛則髮滑肌脆而多痰心之陰竭則五志火起而燥渴於其不及而知水火之異用則於大過而知南北之剛柔況外症見陽而裏陰實盛外症見陰而內火實迫非此義邪至於聲音亦然火盛者氣由肺出而音短短則氣散水盛者氣出丹田而音長長則氣壯其有體外柔而氣內剛者眞氣自北上衝也體外剛而氣內柔者眞精自南下注也故律呂自黃鐘生者陽統之而聲漸放自蕤賓生者陰統之而聲漸斂人聲之淸濁高下卽本陰陽之上下生而定而南北之剛柔亦見矣且南北人之處事亦然南人多始強而中衰北人多漸強而終盛剛德本足任道故北雖非剛之正而遇事敢爲亦性使然也自古聖賢北方較多蓋得陰陽之中者而法天曰健去私曰克毋亦剛之意居多歟由是推之於相法南人天庭多尖地角多缺北人天庭多高廣地角多豐隆悉是道也使南得北相北得南相不亦全人乎又由是推之於命理如漢關帝之四戊午曰炎上格炎上南方火也宜乎柔弱何以剛強若是蓋生於午月卽陰生午中之義格南而氣北也好事者徒推之於地支所藏猶未能探命學之源矣至於天地所生之物得南氣者必柔北氣者必剛故木堅多心則屬坎鼈蟹內柔外剛則屬離不尤可證剛柔之分乎然聖人南北之論未嘗以地分亦未可以人異如一家兄弟同胞一人血氣隨時亦各有南北之異故得其全而化

其偏獨歸德義之君子

湖南文徵卷二十八

論五

賞罰論　朱色

五流五宅三居之法。先王委曲以全民也。所謂士制百姓於刑之中以教祗德者也。若官則重者死。輕亦棄。使不得爲人。故三風十愆有一於身則家喪國亾。臣下不匡者亦墨。故有扈之威侮怠棄則勦絶之。義和廢職則殲之。記曰大夫廢事終身不仕。死以士禮葬之。猶聖人之厚也。總之無姑黜而徐用者。非不用也。勢不容再恕也。何則。虞書曰三考黜陟幽明。其必三考者。當其一考再考。功罪詎不釐然。而不即黜陟者。幽者徐以俟其變。明者愼以觀其終。其待之厚矣。至三考則賢愚灼見。故陟不再黜。二十二人所以終於官。於是而猶有不肖者。則小人奸深。三考皆爲所匿。是罪不容誅也。故戮於社。罄於甸。或別有所議。稍從末減。四凶亦終於裔土。是法也。歷三代皆然。有不然者。好人所惡。惡人所好。則菑必及身。故桀紂爲逋逃藪。以四奴正士而滅。春秋書殺其大夫。殺者何。無罪也。以功德進。以無罪誅。于先王愼重黜陟之典。故書以罪之。此妟黜者也。然歷春秋至戰國。終不聞有黜而復陟者。若管夷吾舉於士。孫臏用於刖。皆非本國所黜。他若闔弑吳子餘祭。則春秋書其昵近刑人矣。夫惟黜不復用。故臧武仲以防不能以自求。士會歸秦。而初非罪出。他若伍員伯嚭伯州犂申公巫臣衞鞅張祿樂毅等。皆及罪而即逃。以不逃雖不死。而本國無復用之律也。當時固無復用之律。如數人者。殆亦赧顏於再援之厲矣。故黜陟明而後廉恥立。自秦人少恩。太子之師刖而不去。而黜陟乃亂。漢襲秦餘。功臣就醢。於是方位台衡。旋下廷尉。方困獄吏。復居鼎鉉。黜陟之亂至斯極矣。魏晉而下。承訛襲謬。升沈無定。榮辱不常。議者方謂宜復肉刑。貪污者以去一指與一節爲輕重。烏乎。去一節不悛者乃去一指。一指不悛。必將再去。官洵有此不廉者。刑人可在君側耶。擘畫民上。此指置何所耶。且上將何以厲廉恥耶。矧其待之抑何不仁義也。夫後世之刑賞既亂。士因有以入選爲恥者。官因有以罷斥爲榮者。有醜其高官者。有賀其刑辟者。至有明遂竟以廷杖爲榮。噫。古王其亦有以刑榮人者乎。有以賞辱人者乎。且夫上之罪人也。其重者欲其痛楚之不堪。其輕者欲其挫辱之無地也。後世之刑賞既亂。於是有挫辱痛楚之身。忽然仍尊寵於彤庭鸞輅之閒者。烏乎。君臣相對。前事各明。古所謂咸有一德者。顧若是耶。或曰。君子以君父爲心。自問無忝。何冤之計。惟小人之穢迹彰明。爲不堪耳。梅臂翁聞而歎曰。禍水洗漢。子雲美新。妖武篡唐。梁公入相。時事所趨。賢者與爲委蛇。秦漢以降。君子方不自恤。遑小人之有恥耶。

感應論三

朱色

惡可爲乎哉惡一分則報一分惡十分則報十分冥冥之衡豪忽不爽矣予死三子二女遭大冤一天火一痢一親友皆爲予冤予亦自冤矣繼思之非也報也葢予早歲謬以爲有才而逞焉又或以其窘而妄有所爲焉其他有干於生人之經暨白圭之玷則不勝指矣或曰斯出於不知過也非惡也而不知非也今夫天之於人也往往多出於試焉試之而善則福焉試之而不然則禍焉方吾之自以爲才也天若曰吾方逸爾爾卽縱邪方吾之迫於窮也天若曰吾方繩爾爾卽遁邪故其報倍厚吾竊慮如吾之逸者或復如吾之肆也如吾之窘者或復如吾之

遁也而或又曰某某者以巧算富也某某者以夤緣貴也而父然者其子亦然且然者卽然不然者卽不然子所謂冥冥者果可憑邪予曰嗟夫周以仁而歷祀八百漢猶訪子南君封之秦殺數千百萬人而有天下不再世而滅漢亦不存其祀帝王且然況齊民乎彼非分之富貴果能自保於後世乎小說言白起轉爲豬李林甫轉爲牛夫豬牛之變不知其果否然而聞而快者無異辭也夫人其快其豬牛則起與林甫不豬亦豬矣不牛亦牛矣烏乎豬牛之變人旣願之而況於天乎而世顧有重於吾戾者乎

論屈原

嚴如熤

六國之幷於秦也秦智而六國愚而其愚之甚者莫如楚其君愚其臣愚其舉國皆愚有一不愚者且羣起而嫉之烏乎欲其國之不亾也得乎楚地半天下帶甲百萬自成穆以來常雄於天下一旦而頓爲秦弱何哉夫國之所以振興者曰有人而已楚入戰國來其君旣庸下其臣亦皆碌碌無可紀者張儀之愚懷王如戲嬰兒如狙公之弄狙而舉朝憒憒獨一原者知其詐憤其奸痛哭垂涕而告之而終不悟不惟不悟且羣以爲狂以爲誹謗必不使其身容於朝廷之上吁亦可哀也已迨賈生作賦弔之謂原以其才游諸侯何國不容而自令如此傷之至矣

然亦未知其心焉夫屈子其可去乎哉其忍去乎哉身爲宗臣準諸箕干之義有死而已有因而已行吟澤畔憔悴枯槁則亦徵子遯荒之意耳而惓惓宗國冀其君之一聽則心良苦矣甯子邦無道則愚屈子其可謂愚者矣然正惟屈子之不愚所以成其愚也正惟其君之愚臣之愚舉國之愚而屈子尤不能已於愚也竭屈子之愚而君可以不愚臣可以不愚舉國可以不愚而楚可稱雄於天下獨柰何愚者之羣不諒其愚也且其言曰舉世皆醉而我獨醒舉世皆濁而我獨清夫濁者愚之本也醉者愚之狀也當其時秦以術愚人而六國者皆在醉死夢生中也舉世如是屈子又安適也哉伊尹之任伯夷之清柳下之

和疑皆倚於一偏得孔子孟子取而論之而天下皆知其爲聖使屈子生孔孟之前得至人以表其微俾天下後世知臣子之於君國有如是其纏綿悱惻不容自已者則三綱得以益明五常得以益顯夫聖與愚相反者也而屈子則庶幾以愚而造於聖烏乎不諒於屈子之愚而愚屈子之愚者獨楚人之愚乎哉

論前將軍荊州之失

嚴如熤

余嘗北游荊襄覽川原之壯闊城堞之雄盛弔蜀漢之遺事未嘗不痛悼於前將軍也將軍世之虎臣智勇忠義操畏之久矣一旦統大衆以北伐兵勢初交名城克復健將爲擒宜有以懾操魂而破權膽矣所惜者昭烈武侯慮禍少疏俾將軍不克成其志也悲夫武侯未出隆中策天下三分曰天下有變則命一上將將荊州之衆以向宛洛而將軍親帥益州之衆以出秦川夫襄樊之地去許昌數百里無高山大川爲之關隔健馬強卒四五日而臨城下地近中原易以震盪所謂正也祁山之師行密地越棧道出不意攻不備以爲奇兵則可未易爲大衆征伐

之道也失荊州而專用力於祁山則敵易於守我難爲攻漢事無成不待星隕五丈原矣自古命將出師則必命人代攝後事當時俊乂林立法正之智謀趙北平之忠勇皆前將軍所心許假鉞出征之時擇一人以代守用爲前將軍聲援也可用爲荊州固其圉也亦可吳人狡謀豈能竊發即竊發而我有以守荊州亦不至於遽失何至背腹受敵陷將軍以死哉昭烈有度而遲其見不及此宜也武侯一生謹愼而胡不之慮其失在恃吳之太深也夫當昭烈未入蜀之時吳之請荊州屢矣及將軍居守又頻與吳搆釁豈盡未之聞耶原當日之心不過以舊與吳好方謀與吳爲犄角不應過防以示之隙而不知子敬已死吳

無可信之人而孫權則未嘗一日忘荊州也故曰其失在恃吳之太深嗟嗟武侯以荊州爲正兵至憤漢賊不兩立而伸義討賊崎嶇險阻之閒豈武侯之本心哉以武侯之小心猶失之於此豈非天不與漢而無以啟其明耶吾不敢以疏於防吳疑前將軍吾又忍以過於信吳刻繩武侯也哉

錢幣論

周樹槐

錢之爲幣古者以權百物而銀獨施於器飾而已宋以來銀日寖重始或鑄以爲貨其後直以樸行始但行之閩廣其後通於南北及明中葉國之賦民一以銀積重以至於今舉天下惟銀之知余讀漢書食貨志銀錢之相準古今何其懸絕也古者錢權銀銀以兩計爲錢三百三十至五百二十有奇今者銀權錢錢以千計爲銀十分兩之七物之貴賤豈運會使然哉錢國之所爲也若銀則非國之能爲亦非民之能爲也而其偏重若此志古之士慨然欲廢銀以復於古銀之用五百有餘年國便之民亦便之矣烏乎廢諸然今制率千錢準銀兩子者無增受者

若減是以舉患錢賤而未有以貴之物之少而貴多而賤物之情也今卝人之入已微海舶之銀昔幸其來今或憂其去銀日已少而鑄錢滋益多錢之賤固其所也然國家歲鑄有常順治逮乾隆百五十年鑄錢不可億計以余所見嘉慶之初錢嘗過於所準何也錢法之姦有二曰盜鑄曰私銷隱屏而鑄之鑄有器錢有製隱屏而銷之其未銷也錢也其既銷也非錢也是以盜鑄易覺私銷難譏今流行民閒者乾隆之錢十不得一順治康熙雍正之錢千不得一嚮之不可億計者今皆何往也然自嘉慶逮今四十年閒必無慮此採運既艱銅質或不如昔工役偷減淆雜益多銷之不可得贏則不禁而止然則多者固不復

少賤者殆不復貴豈惟不復貴而已循是以往愚未測其賤之所止也然則柰何曰錢國之所爲也爲之而未有以貴之無爲爲之矣乃者直省大吏各以停鑄請國家歲轉滇銅列局鼓鑄資其贏息以佐大農然以今之錢若非限以準銀之定制隨時貴賤行之卽官鑄且不足以更費姑使滇黔官民暫紓採運之勞毋令錢益賤爾矣如欲遂貴之其權固在國矣且錢非果賤也銀貴故賤也銀非能貴也貴之故貴也今國賦猶以錢糧爲名然銀上供錢獨下行發之而不一收之是固賤之也順治中有詔七分征銀三分征錢有司樂銀簡便私以廢格今誠患錢賤莫若酌復舊制視其起運存留隨地制其征數而不必限以

三分要使錢得通於上下分銀之重於錢錢何以不如銀然議者爭言停鑄獨未有援舊制以請者蓋其說有二今錢之於銀十七而使輸者以代銀是使國損其十之三也則損上取之必有所用之今錢之下行者已患其賤又從而益之以代銀是再奪其十之三也則損下是二說者皆泥於準銀之定制是以雖有舊制今莫敢言也愚以爲千錢準銀兩者經世之常法要其終必使至於是而止爾今欲去偏救敝則因時而爲之權制錢之於銀十七吾增之爲八以收之卽錢必以驟行而貴如其所增吾因遞增之以至於所準其行之下各視其收之數如此則輸者有所減得者有所增下益而上不損不數年而錢已復常矣則鑄亦可以漸復此制馭輕重之權國之能爲者也若夫嚴海舶之議以節銀之流則瀕海有司之責矣

漢志秦幣二等黃金爲上幣錢爲下幣而珠玉銀錫之屬爲器飾寶藏不爲幣朱提銀八兩爲一流（漢權八兩當今三兩）直千五百八十他銀流直千其時銀賤如此漢武帝嘗造白金雜銀錫爲之盜鑄者多民不寶用數年廢不行金章宗始鑄銀名曰承安寶貨公私同見錢用哀宗正大閒民但以銀市易而不用錢相沿至今自古取民以粟與帛唐楊炎作兩稅始以錢宋仁宗景祐二年始詔福建二廣歲輸以銀至明正統稅糧悉折銀及萬歷一條鞭法行一切以銀爲額今仍之銀出於

山今產銀之山多封閉不敢議開舊開者或老而空銀之源已狹矣康熙初有司言中國銀少請弛海禁致番銀自鴉片流毒中國數十年來吾人之嗜者日益眾彼物之來者日益多習海事者多言歲直千萬計法禁既嚴不敢以中國之物明與爲市皆潛以銀給之信斯言也更數十年中國之銀或幾於盡近讀邸鈔廣東有姦商以銀數萬冒禁出洋被獲吾湖南地接廣東十餘年來鴉片之梟公行不忌人言湖南之銀緣此入粵者歲十萬不啻是以銀益少楚人失之粵亦王土恐悉付之波臣耳豈運會之變將遂廢銀以復於古耶不然是亦天下之大命爲國爲民者得不少加之意也（自記）

宋景公論

周樹槐

宋景公之時熒惑守心。心宋分也。公憂之。司星子韋曰可移之相。公曰相吾股肱。曰移之民。公曰君者待民。曰移之歲。公曰歲飢民困。吾誰爲君。子韋曰天高聽卑。君有君人之言三。熒惑其徙。候之。徙三度。壯學子曰。宋景公其知道乎。知道者知天者也。然孔子稱知道者曰楚昭王。昭王有疾。赤雲夾日飛。周太史曰若禜之。可移於令尹司馬。王曰除心腹之疾而置諸股肱何益。是王有君人之言一也。如王之心。胥移之民與歲乎哉。不及三者。史不及故。王不及然。王遂卒。豈不三不足聽耶。將楚無天也。壯學子曰。知天者不以道市。故不可以非道罔。裨竈請用瓘斝玉瓚禳火。子產弗與。而鄭火。竈曰不從吾言鄭又將火。子產曰天道遠人道邇。卒不與。亦不復火。以後之不與不復火。知前與之猶火也。然則使鄭復火。子產無憾也。熒惑不徙。景公無憾也。故知天者不失人。然而宋之天韋知之。鄭之天雖竈也亦久而知之。楚之天獨昭王孔子知之爾。此淫巫瞽史不絕於後世也歟。

漢高帝論

周樹槐

丁公爲楚將。逐窘高帝彭城西。帝急顧曰兩賢豈相戹哉。丁公引而去之。及楚滅。丁公見高帝。斬以徇曰後世毋效丁公。壯學子曰。丁公死晚矣。然譎哉高帝乎。高帝曰使項王失天下者丁公也。丁公爲項王臣不忠。然則爲項王臣忠者宜莫如季布。丁公巳戮而季布方購。高帝非能以公滅私者也。然則高帝曷爲斬丁公。曰高帝之怨丁公。猶其怨季布爾矣。然而丁公斬。季布終赦者。季布數窘高帝。卒無害於高帝。自以爲罪而逃之。則非高帝之所甚惡也。丁公能窘高帝。能釋高帝。自以爲德而謁之。是則高帝之所深恥也。不然鴻門之役。使項王失天下者項伯也。而封之。其有詞於後世也哉。

范增論　李象鵾

范增者項羽之爪牙義帝之蟊賊也先是增說項梁梁以言可用從之增之言曰陳涉敗固當君起江東楚將爭附知將立楚後也此其意不爲懷王以爲涉之敗在不立楚爲名則梁之成在立楚爲名也以名不立楚而敗者當則以名立楚而成者宜也當會稽守欲發兵請梁將梁命羽斬之項氏諸人之不能臣於人也增知之矣知其不能爲臣而立之君以臣之此必有位置其君之地吾故曰意不爲懷王然此猶曰誅心之律而世或以深文病也羽以兵四十萬擊沛公沛公親至鴻門謝罪幸得脫是時懷王固無恙增乃曰奪項王天下者必沛公夫項王則何天下之有弁髦其君之心積之於平日故於拔劒撞斗盛怒發洩之時中情流著不自禁束遂以天下屬之項王也且夫意有專注而特託之名者未有不敗露者也中郎將流涕送行而不能不誌喜於抱頸秦王亟讓東宮而不能不關弓於臨湖太傅對客圍棊不動聲色而不能不折屐於戶限烏乎胡可假也厥後羽尊懷王爲義帝又二年殺之江中而增曾不一言者知其陰有以敎之也論者不察用意之深而律以去就之分疏矣且義帝惡乎賢項氏立之而不以爲大將而使受制於徇私戳寇之卿子冠軍此必非羽所安也及羽矯殺卿子冠軍復命爲上將軍而不討其專戮亦又無能之甚也增於興兵之初而勸

之立知其起事則名可倚成事則人易除帝之見弒以無能增之所以立帝也不然委贄事人禍福與共安有同僚弒君弒己爲謀主所立之君觀望周章遲之數年而始去者哉由是觀之項羽之凶不在疑臣而在弒君范增之罪不在貪位而在黨惡向令陳平不設反間之計項羽不納歸報之言則增將終身倚之以成功業豈忍言去哉或曰弒義帝者沛公也策羽有勇無謀終就夷滅事定之後如義帝何是以陰使人刺之江中坐羽大逆師益有名夫致忍於親何有於君是說也然歟否歟姑存之弗論

岳少保平湖寇楊太八日成功論

周嘉細

考宋史列傳紹興五年除岳飛荆湖南北制置使命招捕楊幺時張浚都督軍事欲俟來年議之飛曰八日之內當俘諸酋遂如鼎州招降其衆數萬幺負固不服遣兵擊斬之餘酋俱降果八日而賊平張浚歎曰岳侯神算也是役也自書生不諳軍務者言之鮮不謂其語近於誇而不知皆實績也楊幺自南渡以後據湖爲寇高宗命統制王𤫊帥師討之十年不克其屯兵之地爲王師渚卽今之王家寨荆塘金盤灣斗等垸皆其地也但楊賊所蹂躪止在沿湘濱湖之地湘陰邑令胡公昭徙治於赤竹城以避之以其長於水而短於陸耳紹興元年岳侯始來知

潭州兼權安撫總管其破曹成也不欲襲招安之故轍而加以勦除岳家軍已有先聲矣至五年始受招捕楊幺之命時官軍久巳罷敝將佐各懷畏葸而岳侯顧欲以王師十年無成之功豫決其奏效於刻日何若是之神耶蓋楊賊之所恃以爲險者洞庭一湖耳考其屯聚之處大約在湘陰沅江龍陽安鄉四縣濱湖之界上自蒲桃山下至子母城當湽湘資沅之下流沱渚四達出沒無常故能水戰陸耕與官軍抗拒若縱之入湖彼習於水戰以輪激水舟行如飛更造樓船撞竿使官舟不得近安望其成功乎岳侯當承命之日先於湖之四面扼其要害於巴陵則駐兵於七里山於華容則築岳穆湖三城又爲食成臺以嚴瞭望於安鄉則壘土於石冢山環而塹之於湘陰則結砦於壘石戍高豎義旗與穆屯之營壘相爲聯絡此固其豫謀於八日之先者也比因賊寇鼎州巳破武陵社木砦岳侯始領兵前往至則招降楊欽奪賊腹心厚遇之遣歸之詭罵之杖縱之三日之閒功成大半又用運判薛直老之言乘時當天旱湖水落洪度賊出湖口之路惟湽資二江湽江則由小青口出湖資江則會沅辰漸諸水由大青口出湖俱在壘石對岸之洞庭夾因遣使伐君山木以爲巨筏塞諸港汊截諸大小青口兩處江路則皆用壘石一砦之兵也至若浮湖草以壅舟輪張牛革以蔽矢石舉巨木以撞樓船置善罵以挑其怒遣精騎以搏其壘數

事皆旦夕可辦總之兵貴神速如迅雷之不及掩耳使寇之所長無所可用遂致渠魁授首餘酋歸心而破我飛來之言竟成讖語蓋當其運籌帷幄之中固早有不愆於素者矣後世相傳以爲得洞庭神力之助高宗因此加封王號增建行宮或謂金沙洲老廟臺之立正在洞庭夾卽始於此今不可考要之神靈之效順實由將略之出奇向使爲將而不識天時不知地利安能尅期制勝有如是哉彼不諳軍務之書生烏足以語此

陶侃論　陳士杜

凡人抱磊落傀傑雄武之資，非際王綱廢弛，海內分崩之日，必不能有所藉以成其事。若天下一家，名位素定，身爲勳臣而有異志，則人心不附，事必不捷。夫陶公既躬擐甲胄，親執方鎭之亂臣賊子，先後誅之，論者反疑其晚節或有窺覬非常之志，此庸人所不出，而謂公有之乎？當王敦、蘇峻之亂，中外洶懼，晉祚幾危，賴公翦除兇逆，起而扶之，其功業威望固已震著於天下。而史氏謂其都督八州，晚有異志，徵折翼之夢，因而警懼，烏乎，是何言歟！忠孝榦濟如陶公，聰明正直不惑如陶公，乃好爲議論無端而媒孽其短，抑何不樂成人之美如是乎？嘗考其出刺廣州，菴左轉也，猶朝運百甓於齋外，暮運於齋內。人問之，曰：「吾方致力中原，過爾優逸，恐不堪事。」觀此可以知公之心矣。又嘗鎭武昌，賓僚宴集，每飲必有定限，或勸少進，輒淒然曰：「少時嘗有酒失，亡親見約，今不敢踰。」嗟夫，人有不忍死其親之訓，況忍逞其逆於生君乎？此又必不然之理也。且史又稱其神明機鑒類魏武，忠順勤勞似孔明。夫既以孔明之忠順予之，而謂其晚節包藏禍心，亦可見其立論之矛盾矣。夫沖天折翼之夢，昔人已辯其誣。獨討蘇峻時，公以不預顧命爲慊，溫太眞再三敦勸乃行。人或以此疑公，而又不然也。峻之亂，亮一人愎諫召之，及舉兵內向，臺省宮闕蕩爲灰燼，亮又恇怯而不能禦，徒負貴戚

薰赫之勢，淩轢百僚。公固內不能平，嚮惡其人，事敗又不能降心悔罪以召公，公是以憤而不行，此特激於一時意氣之私耳。及聞太眞涕泣之勸，即時戎服登舟，固其素志然也。傳曰：「君子之過，如日月之食。」我公有焉。要未可執此以議，況議之者又託於荒唐不經之語邪？至若體國經野之謨，行軍用兵之道，綜覈明敏之才，皆不具論，特表其忠孝大節數大事炳炳宇宙者，以明史論之厚誣忠直，爲不足據也。

壬辰防猺五論　唐鑑

地方之習於承平也兵不識步伐弁不識干戈守汛塘者一二無賴防門關者三五羣兒文武恬嬉天下誠無事矣當斯時也邊徼雖荒數百年不見烽燧蠻溪雖野億萬姓悉安耕樵特此不恐而防禦無備戰陣無備一切糾奸摘伏皆無備一日者小醜竊發嘯聚山林初不過鬼蜮伎倆耳致使蹂躪數邑勞師數月而後蕩平吁豈非無備之患哉向使江華得勁卒數十益之以鄉兵乘其出山劫掠迫而攻之彼二百餘人何難一鼓而殲滅無遺也而邑宰雖勇而無兵鄉民雖同仇而無器械俟之數日而賊勢張矣再俟之數日而狡焉逞矣卒至於披猖無所不

至戕害提協大將其不備之患尚可勝言哉

語曰事君能致其身此惟鞠躬盡瘁死而後已者能當之其愚而死輕而死無備而死好勇而死死而張賊氛死而損國威死而沮衆志死而益民危之數者事理不可死而死時勢不致於死而死安得以致身爲說哉然而旣已死矣　朝廷表忠蓋恤其死豈猶論其不當死哉而用兵則當以此爲戒兵凶器不得已而用之愚不可輕不可無備不可好勇不可是故論戰必有略行兵必知方賊未至則當淸野設防賊將至則當偵探部署賊旣交戰則當有正兵奇兵李牧之備匈奴也曰急入收保寇準之役澶淵也曰隨在瘞藏不遺賊糧也韋孝寬之拒高歡也縛木於樓李光弼之應思明也鑿道於地不畱賊隙也孫子曰自古明君賢將動而勝人者先知也先知者知敵之情者也此言偵探也金人南下种師道入援帝命於政事堂共議師道詰李邦彥曰聞城外居民爲賊殺掠畜產亦爲賊所有當時旣聞賊來何不悉令移入城中乃遽閉門資賊邦彥曰倉卒不暇及此師道笑曰亦太慌忙爾言無部署也孔明八陣其機在二十四隊游兵吳璘疊陣其要在更休迭出勝算背水而奪趙幟撤星而敗金酋大抵皆奇正參合者也是以將貴有謀兵宜結陣從未有知賊之所在而不爲之備甘爲賊所愚而舍身以赴之者也如海軍門者誠令人低徊憤惋驚愕數日有不能解於懷

者矣賊由此披猖民因之荼毒吁將之所係豈不重耶

自海軍門失事之後賊勢日益披猖衆至七八千人蹂躪數邑分投四出各將領無一敢攖其鋒者於是將倚九嶷山爲久踞之策羅軍門設計誘入洋泉洞連日圍攻親率將士不避矢石尅期殲勦無一逃者雖古名將何以加茲而當時猶有挫辱之者幸而無瑕可擊得以自全吁亦危矣

猺亦人也異視之則異同視之則同其種落不一男衣背有紅織文女頭裹紅布者謂之紅猺白織文裹白布者謂之白猺黑織文裹靑布者謂之黑猺男衣負花織文女頭頂板者謂之花板猺女頭插箭三枝以藍布巾覆之謂之箭桿猺隨處遷徙逢

山開墾者謂之過山猺居有定處與民人雜耕者謂之平地猺平地熟猺也較爲馴擾富川之三華倒水沙母平石龍窩烏源石鼓南源神源二九鳳溪谷塘大圍都家茶城之塘黃石盆佛家甕塘大源高界平源四都垓里馬眼平樂之大源小源九堡四哨蓮塘蘭洞蛇灘駝口荔浦之牛角古累龍殿龍莫橋頭金波太平龍楒龍田長漢黃桑假羊茭菇栗木根長院坪楒沖朝沖皆熟猺也修仁之六定六斷三片楊柳寨堡江軍長二長灘金秀六耶金邨流邨八沙六寺擲妹赤地山猺也亦不遷徙永安之東平里八邨龍定里十六邨羣峯里四十八邨與之同賀縣大凝五十沖大桂二十四沖皆過山猺道光十二年六月大

桂各沖滋事而大凝各沖安分守業其所屬犂頭山爲沖十八曰如仁曰山坪曰湖廣洞曰仁喜坪曰見蛇曰羊爛曰馬地曰大木萬曰小木萬曰銅羅曰大隘曰大浪曰古耶曰界板曰石坎曰龍隱曰小白磢曰鈞管過山猺也合昭平所屬之銅羅山雞沖山楓木坪苦竹山文進山景亮山屢沖暗沖茶子沖福安沖牛角山共二十九沖爲戶三百二十有八當大桂山相子金竹等沖起事往犂頭糾約者晝夜不絕而訖不與從及官兵俘獲鞫訊黠者挾憾誣扳幾致勞師幸以安撫而定夫猺一也何以相子等沖遂至畔離遠徙其平時豈有隱忍不得於心聞江華趙逆之亂因相煽而趨其事耶可謂愚妄無知矣文武官吏多方曉諭未出山者亦卽帖然與乂是豈與居民異哉

山之所係大矣哉扶輿旁薄清淑所鍾其民必爲秀良巉巖險峭毒厲不宣其民必多頑梗天之氣然地之形亦然也連山之八排萬山環聳其高逼天陰翳成雲霧嶺嶂若干戈險不可測生其間者安得不爲蠻野哉槃瓠之事遠而難稽卽以爲廖氏奴亦屬荒渺要之不知詩書不辨理義任其野性時起鬬心則自古爲然別之爲猺洵不誣也其地東通連州東南接陽山西界賀縣西南入懷集北連江華東北接藍山從橫四百里而遙其曰大掌嶺火燒坪里八尙軍寮馬箭此內五排也太坪沖天塘尾藤鈎嶺八百粟新寨茅田冷水沖龍水尾魚寨沖嶺尾六

碓沖盤血山雞公背牛路水水甕尾社下沖大竹山十五小排屬焉曰油嶺橫坑行祥此外三排也香鑪山大鶯新寨鍋蓋小坪望溪嶺馬頭鬃七小排屬焉其人猜忍好殺挺險輕生非有嚴明之吏行恩於威以刑弼教野心一肆獷悍難馴數十年必有一用兵之役及其兵將旣集攻守兼施則又屢鼓焚香投誠效順故從來有事於此者未有不先攻後撫先示之殺戮而仍與以生全者也然而兔奸鼠伏明順暗乖劫掠乃其常情險詐逞其故智撫之不見恩約之不爲信晨撤兵而夕復起父踐誓而子旋違以是攻勦者無竟功拊循者無成德所賴一二文武員弁時時以大義羈縻之以重威懾服之使之不敢肆而已

論左氏春秋八條　　張學尹

左氏記事有功於經甚鉅。後來經師二百餘家。舍左氏更無依據。

左傳長於記事。尤善於記言。如所記劉康公受中定命。及晉胥臣敬德之聚也。能敬必有德。德以治民。皆聖學之統宗。王道之條貫也。其他名卿大夫言天言人。言禮樂。言政事。辨吉凶之故。決成敗之機。粹然與六經相表裏。時能發六經所未發。蓋公穀所未嘗夢見。眞義理之淵海也。

左氏記事有顯與經違者。然未嘗自是而非經。直以好博而不能割愛。乃離經而博異。以爲經文自在。吾自記所聞。明知違經

而未嘗稍自匿飾其過。如日月之食。人皆見之。自杜注遷經就傳。後儒從而附和之。幾欲廢經從傳。則爲左傳之罪。非左氏之罪也。

左氏文字奇詭。往往怒罵而嬉笑出之。後人輒相訾議。如罪狀鄭伯至於幽母。射王。使人鬢豎。而伐許一篇。時忽贊之曰。於是乎可謂有禮。時忽嘲之曰。於是乎失政刑。蓋調謔之筆。讀者不以辭害意可也。

左氏好談閨閫。曲盡淫媟情狀。魯之君夫人幾無完行。列國幾無節婦。於衞略於莊姜而詳於宣姜。宋略於其姬而詳於襄夫人。又好神怪。多記妖妄。皆足以自穢其書。甚可惜也。

左傳尤長於兵。其論兵之勝敗。能抉其所以然。蓋其根柢出於聖門也。而其詭道陰謀。則又參以黃老。而掇孫吳之菁英。後世師其遺智。猶屢試屢驗。其於城濮之戰。先敘晉侯始入而教其民。邲之戰極稱楚之德刑政事典禮。皆先事制勝之本也。舅犯以退舍驕楚。楚子以求成誤晉。則臨事制勝之機也。魯曹劌。宋公子目夷。晉先軫。士會。秦蹇叔。楚蔿敖。吳伍員。皆深於兵。左氏記之。雖小勝敗。皆必揭其所以致勝敗之道。大抵以退爲進。以縱爲禽。以棄爲取。黃老之術也。至若晉厲以累勝而身弒。夫差以累勝而國亾。尤足爲弗戢自焚之炯戒。

左傳陰謀之毒。尤莫甚於和與間。齊襄謀紀不克。乃爲黃之盟

以和誤紀。使弛其備而滅之。晉欲取虞虢不得。乃以寶馬與虞。使自相攻。而因以滅之。邲之戰。楚使求成於晉。使不設備而乘以敗之。其後秦人用之。日以和誤六國。而遂滅六國。張良以利誘秦將與和。而乘其不備以敗之。酈生說齊使降。而韓信乘其不備以取齊。乃至楚漢鴻溝之約。漢高以和誤項羽。而遂滅項羽。自是以後。歷朝用兵。以和誤敵而滅之者。十常六七。至秦檜專以和議誤宋。而宋竟亾於和議。和之謀蓋祖左傳也。衞使禮至兄弟仕於邢。而滅邢。反間之祖也。禮至不殺國子。則邢不可滅。然使國子不近禮至。其間猶未必行也。後世祖其術而用之愈精。田單縱閒。使賂燕王之左右。而去樂毅。秦人縱閒。使賂趙

王之左右而去廉頗殺李牧秦人賂魏王之左右而廢信陵君賂楚王之左右而疏屈原其後漢高以黃金四萬斤使陳平縱閒賂項羽之左右而去范增蓋皆用閒之效也向使樂毅不去則燕不可敗也頗牧不去則趙不可亾也信陵不廢屈原不疏則魏與楚豈惟不亾雖資以滅秦可也吾觀六國人才足以滅秦者三人而已信陵屈原荀卿是也魏弱於秦制秦猶難楚强足以敵秦制秦較易乃荀卿在楚而廢於蘭陵屈原在楚而沈於汨羅豈天之不欲亾秦哉人主信閒而棄賢天亦無如之何也項羽不信閒而去范增羽亦未亾也至於天生岳飛以予宋而秦檜殺之秦檜還自金蓋金人使之閒宋也其力殺岳飛直

圖爲劉豫耳而宋之君不悟則天亦無如何也歷稽史冊用和議反閒未有不亾而左氏已發其端故曰左氏長於兵也左氏目光上下千古如隨會在秦郤成子勸趙盾復之伍舉在晉蔡聲子勸子木復之不欲使謀臣資敵也二子得復晉楚受其利假使二子不復則晉楚必受其害矣巫臣用於晉而楚已敝伍員用於吳而楚幾亾左氏於此蓋三致意焉吾觀三代以來伊尹嘗事於桀矣桀棄之而後湯得用之呂望嘗事於紂矣紂棄之而後武得用之至於秦漢以後帝王之興從龍之彥無非勝國之棄才耳當秦之時李斯坑儒而豪傑遁藏趙高指鹿而宵小附和於是蕭曹刀筆張良遁逃韓信食於漂母陳平困於窮巷周勃灌嬰樊噲酈食其之徒落魄於市井故漢高得收而用之耳假令秦楚之君不自棄置雖有漢高何所取資哉漢用外戚自衞竇霍許姻婭相援壅塞賢路而猶未盡散至王氏盛而賢才盡散矣猶幸光武起而收之故漢得復興及桓靈黨禍覗賢才如寇讎殺之不盡又從而錮之而不知其不可錮也亦敺之使爲三國用而已兩晉門第相高至以皇后之族求附於王謝之婚姻而不得而單寒又何問焉六朝相習成風非有閥閱攀援賄賂交結莫得貴仕英雄在草莽一遇風雲之變蔚然奮興以佐新主是以六朝易姓如弈棋也唐五代及宋元明興亾之故罔不由之夫堯舜禹湯文武所日以求賢爲急者非徒以

爲天下之治理抑將以塞天下之亂源也太平之世庸奴充塞朝廷錦衣肉食歌兒舞女以相娛樂其所互相屬託薦引者非親戚則嬖寵也賄賂也彼豈不知英雄屈抑在下哉以爲天下無事無所需此而且引而近之又將痛哭流涕日以不入耳之言來相規誡殺太平之風景尤慮人主有所覺悟將無以固其寵祿是以很爲壅蔽而不恤而人主不悟不知國無賢才如舟泛其流無維纜執楫以維持之者風波一起不知所底也自古奸臣敗人家國之事不一端尤莫甚於敺天下之賢才以資敵國左氏於列國人才之去留未嘗不致意亦千秋炯鑑也

左氏斷非論語之左邱明論語辭意與竊比老彭相似必古人

也。即不然亦必時賢之齒尊於夫子者。非門弟子也。杜氏乃謂邱明受經仲尼。何所據哉。傳之終記趙襄子惎智伯。襄子之謚後獲麟蓋近百年矣。孟子深於春秋。而絕不道三傳。則三傳皆孟子以後之書。何謂親受於聖人哉。朱子云。左傳有虞不臘矣之文。斷爲秦人語無疑。要其學極淹博。其搜羅之富。在焚書以前。其所錄名言懿行。皆焚書以後學者所未見。而古義紛綸。確可傳信。後來龍門博采。上及五帝。欲以相勝。止覺荒誕耳。史才如龍門。不易得也。而猶未足以窺左氏之藩。其他又何論焉。

五霸論

張學尹

春秋五霸。舊推齊宋晉楚秦。今以全經考之。秦未主中國會盟。宋襄爭霸。適足爲笑。皆未可以爲霸。其實能合諸侯主會盟僭天子之政權以摟伐諸侯者。齊晉楚三霸而已。春秋之初。鄭最橫。寤生能糾合齊魯。以王師伐宋。又合齊魯入許。幾開霸局。然周天子能率陳蔡衞以討之。傳言敗於繻葛。而經書伐不書敗。則天討猶行焉。桓二年經書蔡侯鄭伯會於鄧。傳言始懼楚也。八年傳言楚子合諸侯於沈鹿。黃隨不會。使薳章讓黃。楚子伐隨。則霸氛已起於天南。至魯莊時。楚已滅申滅鄧虜蔡滅息。大啟北門。而齊桓乃起而圖之也。莊十三年會於北杏。公羊傳曰。

諸侯而主天下之會盟。是無君也。說者曰。齊桓始主會盟。而宋晉楚踵之。罪之魁也。是也而非也。是時狄擾於北。戎熾於西。楚雄於南。天子不能制。諸侯莫敢攖。桓將合衆力以謀之。一以爲周室。一以爲諸夏。一以爲自謀。遽以無君罪之。則天下誰復敢擔當世務者。且是會也。宋陳蔡邾四國耳。而楚已入蔡以撓之。於是乎盟柯。會鄄。盟鄄。伐郳。服鄭。力爲糾合。而楚又伐鄭以爭之。爭霸也。而桓猶未敢直與楚爭也。再盟於幽。救邢救衞。示諸夏以簡書相恤之義。然後盟於貫。會於陽穀。蓋養精蓄銳。經營二十餘年。乃得爲召陵之師。以盟屈完。爲首止之會。以定周。爲甯母之盟。以服鄭。至於葵丘。不歃血。命五禁。齊霸稱盛焉。然而

楚人滅弦滅黃不能救也淮夷病杞赤狄滅温揚拒泉皋伊雒之戎伐京師不能討也其卒也城鄫不果伐衞無功則仁義之假不能久也宋襄為鹿上之盟以求諸侯於楚不可謂非爭霸然伐齊圍曹執滕用鄫橫暴已極乃欲以不重傷不阻隘為仁義謬矣執於盂釋於薄傷於泓適足以成楚之霸豈能踵齊桓哉齊桓卻狄苟完邢衞而未嘗懲創於狄自僖八年至二十四年狄橫行於中國九見於經齊桓不問遂致有天王出居之禍則養寇之禍齊桓不得辭也天王避狄出居於鄭晉文納王大功也而春秋不書削之也重耳有大罪三不討狄徇私惠也請隧蔑王章也遂啟南陽蒼葛一呼元黃變色倘得以勤王為功

乎狐偃之謀曰求諸侯莫如勤王勤王其名也求諸侯其實也是故削其勤王之名而書其求諸侯之實凡十有一條一侵曹一伐衞一執曹伯一畀宋人田一戰勝於城濮一主盟於踐土一召王於河陽一元咺之獄滅君臣之義一翟泉之盟亾上下之等一會溫伐許而無功一與秦圍鄭以修怨求如救邢救衞之義首止葵邱之蔾於戲遠矣其中惟城濮一戰說者以為功葢自齊桓未歿楚成巳張宋襄又為推其波而助其瀾楚成巳霸僖二十六年楚伐宋圍緡伐齊取穀二十七年楚人陳侯蔡侯鄭伯許男圍宋公會諸侯於宋曹衞又以往年無禮於晉懼而從楚天下大勢趨於南得城濮一勝少挫其鋒雖無方叔雷霆之威庶幾管仲苞茅之問耳而誇其功者乃至擬之唐郭李之誅安史則非也安史之亂乘輿播遷兩京陷沒郭李百戰收復河山奠安鐘鼎偉績也楚雖僭號闕貢負固一隅而齊桓嘗引與同盟晉文且受其惠極論其罪不過如趙佗之帝南粤如遇漢文可不煩兵而服也豈安史之倫哉城濮一勝有天幸焉未嘗摩方城之壘未嘗問漢水之津猶有奔於楚之衞侯猶有服於楚之許男猶有貳於楚之鄭伯惡得與郭李論功也晉襄戰殽卻秦敗箕翦狄伐許披楚有霸略焉然此特先軫之餘氣耳先軫歿而霸勢頓衰商臣弒君破楚之大機也乃闃不敢聲而使陽處父伐楚以救江末矣商臣由是滅江滅六滅蓼莫與

誰何靈公即位范山言於楚子曰晉君少不在諸侯北方可圖也商臣於是伐鄭鄭平侵陳陳平遂及蔡侯次於厥貉大張霸幟竟以考終莊王嗣位年亦少趙盾乃為新城之盟諸侯復從晉然而桃園之弒械巳成矣宣元年楚子侵陳侵宋霸勢又熾然趙盾弒君猶未能討葢鞭長莫及姑掩耳焉既而鄭又弒君乃連年伐鄭義聲亦振晉不敢爭義屈也既而陳又弒君執義討之遂盟於辰陵戰勝於邲服鄭平宋德刑政事典禮不忒則楚霸之盛也晉景於是懼而為斷道之盟齊人不至遂合魯衞曹伐齊戰於鞌齊敗績是時楚莊巳卒令尹子重為陽橋之役以救齊會於蜀南方諸侯則有陳蔡鄭許北方諸侯則有宋魯

曹衛大國則有齊秦小國則有邾莒鄫則楚莊之餘烈也晉景爲蟲牢之盟以服鄭爲馬陵之盟以服莒爲蒲之盟以謀通吳雖伐鄭屢叛猶得延霸事於一綫厲公繼之因是以執曹敗狄挾王官以伐鄭伐秦鄢陵一戰楚共集矢於目何興之暴也然外患未平內憂已作國亂身弒賊無主名范文子之言足以爲千秋炯戒焉當此之時晉衅可乘乃楚共霸才而抱憾以歿則十四歲兒之勃興其力足以制之也晉悼三駕服鄭非有奇謀大略子囊亦未甚庸奴然而不能不墮其術中則屈巫之毒深也楚共不錮屈巫大度也而子重子反激怒之致其教吳撓楚幾致覆楚可無戒哉蕭魚會後晉政恆在大夫論者以爲三家

分晉之禍胎於悼公非也晉自武獻翦屠宗族專任世卿范士智中行韓趙魏之家皆有分土分民蟠根深固至悼公時已有積重難返之勢悼公得國於欒范之手即如欒黶之汰舉國共知而不能不爲之覆蓋豈得已哉所幸智罃魏絳猶有忠順之心而晉悼能因而任之使各盡其才以成霸業則亦賢君也惟不討孫林父而反爲之伐衛取衛邑以益孫則害義實甚然無足怪也晉文公伐衛衛人出其君以說元咺之獄乃使醫酖衛侯助臣虐君固乃祖之家法於孫周何責焉晉平初政溴梁祝阿猶有爭霸氣象既而商任沙隨專爲范氏錮欒氏澶淵三會夷儀再會重丘一會概無足觀至弭兵於宋於號名爲分霸實則以霸奉楚耳昭四年楚虔合諸侯於申南北諸侯與會者十有二國十年之內三伐吳滅賴滅陳滅蔡亦假討賊之名執殺齊慶封誘殺蔡侯般則又霸局之一大變也晉昭雖有厥慭平丘二會而人心已散叔向之輩猶欲以威脅諸侯豈能濟哉其後乃執戎蠻子歸於楚則京師楚矣吳本楚之屬國自晉人教之射御戰陳大爲楚患遂能入郢破楚通邗溝江淮以敗齊師於艾陵蹂躪魯衛告命於周室爭長於黃池其披猖之勢較之鄭莊宋襄秦穆巍然大矣然黃池一歃旋自僵仆亦不足以爲霸聞嘗綜齊晉楚三霸而論之齊桓首與楚競雖未能復封申息閉其北門而能聯絡諸夏相爲聲援使鄭宋諸邦內有所恃

得以固其藩籬其殊會王世子不盟王官未嘗執辱諸侯亦嘗存三亾國則其事上猶恭懷人猶以德禮故推霸之首晉文踵桓之霸子孫相繼與楚狎主齊盟百有餘年其閒悼公之賢與乃祖先後輝映故推霸之次楚入春秋楚武始見於經傳其君之雄武夫人之明哲忠臣智士之深謀遠慮諸夏鮮能及之楚文繼體蠶食漢陽有囊括并吞之勢及於成王子文佐之眈眈虎視雖以齊桓管仲竭力謀之僅得屈完一盟而憑陵之氣不少殺也晉文在楚子玉請殺之眼明手辣是以城濮雖勝猶以得臣猶在爲憂然子玉剛而無禮不可以治民蔿賈已料之矣楚成不殺重耳乃送諸秦英雄惜英雄豁達之度超出尋常可

敬可愛重耳才略無以加於楚顧若非誤用子玉則勝負正未可知輿人之誦豔腦之夢有懼心焉懼故善謀而子玉輕敵宜其敗也殺子玉以正軍法楚是以終不弱焉商臣弒逆天下無討雖有霸略吾不齒也楚莊經文緯武殆勝桓文共康相繼皆英主也至虔以貪殘殺身居以讒賊破國楚瀕亡矣而昭王出走其忠臣智士猶能相與維持而興復其後齊亡於田晉亡於三家楚兼吳越地半天下與七國爭雄二百餘年常爲從約長則霸運之長惟楚爲最也古稱五霸夏昆吾殷大彭豕韋周齊桓晉文而不言楚閒嘗考之史稱高陽氏之後曰重黎爲帝嚳火正居南方命曰祝融重黎死其弟吳回嗣爲祝融生子曰陸終陸終有子六人有後者三一曰樊封於昆吾爲夏伯一曰錢鏗封於大彭爲商伯一曰季連楚之祖也史不言其封於楚然惟爾荆楚居國南鄉已見於商頌則楚建國古矣武王克商會同者八百國大抵因其故土而封之故楚仍在南屈原作離騷曰帝高陽之苗裔兮然則高陽之後昆吾霸於夏大彭霸於商楚霸於周其所由來者遠矣西周之時嘗伐之采芑之詩蠻荆來威蓋不戰而服也然方叔率止其車三千實用三十萬衆則其桀驁難馴已可概見故宣王城謝平王戍申皆患楚也是以春秋之世齊桓晉文皆得以屏楚爲功雖然周亦何可無楚哉假若齊桓之世無楚則周危何也內政軍令之陰謀既成必將

有以大逞其志於天下非滅譚滅遂之所足遂其欲也推其弒兄篡國之心何事不可爲苟無楚則威令所加諸侯臣屬而能恪守侯度爲周文王必不然矣晉文性情凶狡機謀阻深當其先世固已滅虞滅虢滅耿滅霍滅魏吞併畿內之諸侯而不忌矣重耳未入國而妻懷嬴既入國而弒懷公倫理澌滅矣請隧之志胡可量也假令當時無楚而周天子猶能晏然處其上而不爲冠之裂冕之毀必不然矣然則當時齊晉爭伯之日而楚不窺周吾不謂非齊晉之功也迨齊晉既亡之後而楚仍未嘗窺周吾以爲非齊晉之功也春秋書齊楚之事功罪相半書晉之事功一而罪百然則春秋賤霸而賤霸之中又自有淺深區別焉不可不察也

湖湘後學集編

論六

六朝論

彭紹封

予讀史至六朝之際。竊慨然曰。嗟乎。不有廢也。何以有興。禍亂之極。固天所以開聖賢也。自西晉以來。骨肉相殘。中原鼎沸。天光分曜。割裂土宇。東晉繼之。君多孱弱。强臣逼脅。遂以滅亡。通計百五六十年閒。蓋有十五主云。晉祚之移於宋也。劉裕擅戰伐之勳。襲揖讓之迹。從容談笑以取人國。自後亂臣接踵。由宋以至於齊梁陳隋。如出一轍焉。當革命之初。或稱小康。數傳而

子孫以不道失國。有出於荒淫昏昧者。有出於崇信佛老者。有出於耽溺詩酒者。有出於窮兵黷武者。或五六十年。或三十年。或二十餘年。國祚皆相繼隕滅。其自正統外。則有漢秦燕成趙涼齊諸國。惟拓跋氏最大。始於晉。終於梁。號東西魏。享祚最久。而其後魏禪於周。周禪於隋。數百年閒號令屢嬗。置君如弈棋。然此其故何哉。蓋以無王者之興。天心猶未厭亂也。亂不極則治不生。運會相承。始乎是。必卒乎是。天道好還。其不爽有如此者。自晉而後君之無道。未有如煬帝之甚也。罪惡貫盈。天亦悔禍。乃於干戈擾攘之後。特生太宗以開唐數百年之統。盪滌兵戈。四海臻於清晏。夷夏歸於一統。此與其後宋太祖之繼周無以異。郭璞有言曰。江東分王三百年。復與中國合。此其數將周矣。陳摶當宋太祖受命時曰。天下自此太平矣。蓋亂愈極則數必轉。後五代之變亂反覆。更甚於六朝者。亦天之所以開宋也。

或曰。唐有高祖。開國之主也。曷不與宋之太祖竝論。曰。觀高祖立國草創未久而禪位太宗。使非太宗爲之繼統。幾何不爲六朝之續。而何以統壹四海。享祚無窮哉。

漢七國論

彭紹封

帝王之治天下道莫先於親親自王畿而外封建懿親以爲屏藩必擇其賢者立之而爵祿廢置一皆稟命於天子故其共享福祚與國長久也漢之於同姓則不然自高帝刑白馬盟曰非劉氏而王者天下共擊之厥後諸子孫相繼爲王出入警蹕擬於天子文帝不忍加誅未幾而有淮南濟北之變至景帝時吳楚諸國又以反見告矣逆謀已成不得已而將兵討之親戚至爲仇讎斧鉞加於同氣豈非傷心之事乎論者不推究其所以然而惟以分地削弱爲長策猶未明乎務本之道者也古之聖王敦一本之愛而未嘗以恩掩義其自宮中府中笑嚬不以相

假而又爲之采章服物以辨之爲之朝覲聘問以節之爲之燕饗錫予以安之所以杜漸防微者無乎不至不幸而有變則省躬引咎以愧厲之如是而又不服乃爲之貶爵削地以懲創之是故動則有威而諸國莫敢不懼今觀文帝躬修元默一以寬厚爲懷吳太子入宮爭博見殺而吳王不朝乃反賜之几杖梁孝王來朝景帝與之宴且從容以傳位爲詞是自啟其覬覦之漸矣厥後七國以誅錯爲名而遂誅之是明以生殺之柄授之七國也乃錯既誅而七國之兵猶未罷必至翦滅之而後已爲乎文帝之過過於厚者也景帝不忍殺其親而忍於殺錯卒至不全其親皆未講於本計耳誠得本計以圖之可以使七國卒安於七國可以使七國自請於帝而不願爲七國且可使天下皆知尊王而不獨畏威者七國則寬猛交濟之道也不然務爲慘刻忍棄其親何如賈生之論眾建而少其力與主父偃之論推恩子弟分地而國自削弱者猶爲救時之善策也夫

議大禮論

彭紹封

天下大一統也。承一統之緒而爲天子。自當從所受以爲之子。非可以苟順私情而曲爲之說也。余讀史至有明議禮一案。竊見張璁桂蕚所云禮以義起。世宗不忍自背其親。不得以漢定陶王宋濮安懿王爲比。稱興獻王爲皇考。稱孝宗爲皇伯考。反咎當時諸臣强爭者爲多事。由今思之。而知說之無以異於考孝宗而叔興獻王也。當武宗升遐時。楊廷和倡議立嗣。祖訓兄終弟及。而以興獻王之子。憲宗之孫。孝宗之從子。大行皇帝之從弟。序當立。啟太后迎立爲帝。是非以世宗後武宗。而以世宗後孝宗明矣。武宗未有後。而以世宗繼前統。則是以孝宗爲考

而已爲之子也。兄終弟及。自古而然。非即以兄爲考也。古者父子異昭穆。兄弟同世次。故殷有四君一世而同一廟。宋太祖太宗同居昭。世宗與武宗同繼孝宗。自當皆以孝宗爲考也。據禮爲人後者爲其父母服期。世宗既考孝宗。則不得復考興獻王明甚。有何稱本生父母與皇伯考之稱爲。如謂長子不繼。興獻王祇生世宗一人。則當迎立之初。即宜辭登大寶。如謂母后尚存。不父其父而謂他人父。恐傷母后之心。則即如世宗所云。避位稱藩可也。何必曲徇母后之情而亂大義乎。昔衛輒拒父而夫子一以正名斷之。可知大義所在。炳如日星。一切權宜苟且之說。皆不度於義者也。其迎合順旨。無非出於貪戀富貴者之所爲。張桂輩以議禮稱旨。驟膺顯秩。四方望風希旨者。競進無惑乎明堂大饗之議起。而嚴嵩父子至援嚴父配天之說。而以興獻帝祔太廟。配享上帝。爲進身之階也。奸臣順旨迎合。以至異日專擅自恣。未必非張桂始作之俑耳。不然。楊廷和倡議引定陶王濮王爲據。猶曰一人之見也。而後此伏哭左順門。如何孟春二百餘人。豈皆不顧義之所在。必陷世宗爲無父之人耶。反覆思維。而終以考孝宗叔興獻王爲正。以求合於大一統之義。

唐藩鎮論

彭紹封

天下之患莫大乎綱維之不立名器之輕假始或出於姑息而天下有以窺吾之畏怯而肆其驕蹇遂至於積重而不可返如唐之藩鎮是已古者天子當陽諸侯用命爵秩出於王朝無敢有封而不告者唐自廣德以來垂六十年藩鎮跋扈河南北三十餘州不供賦貢節度使由軍士廢立其表請自爲留後者不可勝數於是天子之號令不行而彼此聲勢相倚一違其請則反者四出唐之國勢亦孔亟矣幸而憲宗嗣位毅然欲革承襲之獘自杜黃裳首勸討蜀威行兩河其後委任裴度卒平淮西而承宗斂手削地韓宏輿疾討賊向之抗拒自立者亦皆相繼

殄滅然而竭天下之力以制數州功雖告成而朝廷之困敝已久矣而況根株未拔由櫱復萌是後朱克融王庭湊等作亂裴度諸臣征討踰年迄無成功由是再失河朔不能復振以至於亾嗟乎藩鎮之爲害一至是乎雖然藩鎮之亂不自德宗時始也其殆始於肅宗徇僕固懷恩之所請而使然乎葢懷恩自負其功其表請薛嵩田承嗣李懷僊爲節度使不過欲引爲黨援耳朝廷苟冀無事因而授之於是天下知爵命之不自朝廷出也而河北數州皆偃然有所挾制以爲承襲之謀此非名器輕假不能斷之於早者自貽伊戚哉當肅宗時郭令公猶在懷恩雖倔強固無能爲也向使藉令公之威拒懷恩之請使天下知朝廷之爵命不可輕假如令公之敬共靖節雖州縣官必待奏除而後行也則河北諸州何自而反乎惜乎當日諸臣未聞有一言之爭徇懷恩之私畔卽自懷恩始馴致諸州效尤禍發而莫可救止其所由來固非一朝一夕之故矣易有之曰履霜堅冰至夫不內正其綱紀外修其政事使天下大權歸於天子至事勢敗壞乃思以智力補於一時此實難已有天下者而欲定名正分以統壹四海也其可不凜於履霜之戒哉

趙忠獻公論

彭紹封

天位大寶也神器至重也立之而非其人堯舜不以私其子而兄惡得以私諸弟異哉宋之由太祖而遞傳乃出自太后遺命也當太后疾革遺言謂太祖傳太宗太宗傳光美光美傳德昭趙普其記之且立誓約藏之金匱烏乎此何等事而唯唯從命若是乎天下非一家之天下惟有德者居之以太宗繼太祖誠爲不負然安必光美德昭之無忝天位乎親有治命有亂命太后之見安能及遠如必以從命爲孝則甯殖之罪可邀免於甯喜晉獻之命可見慰於荀息矣太祖惟溺於母后之命從之已失所宜普乃應太后之言如響不顧後此之多變乎自古兄終

弟及事之不可常者也魯隱公之讓而爭奪日起吳諸樊之讓而廢立頻仍與其苟順私情致同氣推刃曷若忍而斷之於先以不敢輕立之故伏榻而爭雖太后之心未慰於臣固無罪也失此不爲公於是可謂謀之不臧矣迨太宗旣立光美德昭自以次第當立或亦不無生心而公遂不憚幡然變計謂太祖一誤陛下豈容再誤太宗乃不得不自遂其忍矣秦王廷美與盧多遜比廷美旣貶李符又奏以不悔而懷怨望卒致廷美以憂終太原之役有謀立德昭者帝聞之大怒而德昭自刎死爲不忍再誤之說凡所以防患而潛圖之者皆公之爲也謀人家國始以片言之諾而慰太后之心終以欲更前約之非而頓割其天性之愛以天子至親不惟不有富貴而并不獲保其生全烏乎榻前之約名曰公之實以害之使公而自思何以見太后於地下乎史稱公能以天下爲己任其佐太祖太宗祇以半部論語論語中所載信近於義以及不施其親諸訓公獨未之深思乎凡舉大事必計其始終無溺於苟且公義私恩爲兩得之是故君子大居正

熙豐元祐紹聖諸臣論　　彭紹封

從來君子之與小人互爲消長者也。自古邪正竝立，未有不坐受其敗者。君子而與小人爭勢，必不勝，惟在君子有以善爲防之而已。嘗考熙豐以來，王安石倡爲青苗諸法，章惇、呂惠卿輩爲之播揚，其意主於聚財，其謀在於固寵，又能以博辨濟其說，使諸君子咸受其欺，相與交口而薦之。觀其稱堯舜、薄太宗，善伺人主意，排衆說而大肆其謀，誠所謂敗亂之小人矣。吾獨惜元祐諸君子知遠小人而不得其道，有以激成其亂而莫知所歸也。方新法之行也，諸君子皆知主上與安石如一人，則當積誠意以感其君，從容漸漬以開導之，不用其言，卽以去就爭之

可耳。乃司馬光、富弼、蘇軾日與詆排，而安石持論愈堅，君之寵任愈固，雖偶爲退黜，而韓絳、呂惠卿輩復陰相爲護持，邪說之難熄也如此。至元祐之朝，安石既免，溫公入相，新法一切報罷，羣小之積怨蓄怒，思有以報之久矣。且夫害不什不變法，苟其言可採，不必以人而廢之。如罷免役而行差役，蘇軾亦嘗與溫公抗論矣。均輸、手實可罷，而斟酌僱役亦有可行者。他如保馬、戶馬可罷，而立保甲以省兵費，猶有可取。新經、明法可罷，而廢詩賦、取經義，亦有得於正學，何必盡舉而罷之。夫安石新法皆本神宗所爲，法盡變而以輕棄祖宗爲名，則必援先帝遺意以破宣仁太后之命，此紹述之說所由來也。諸君子不務同寅協恭，和衷共濟，以求遏絕僉壬，乃復各持意見，競立朋黨，自相攻擊，互爲怨嫌，而使熙豐之小人得以乘閒伺隙而起。自楊畏首叛呂大防，而章惇、蔡卞相率竝進，至於紹聖之閒，小人道長，君子道消，向之指斥安石者，盡目爲邪黨，而皆不免於竄逐矣。揆厥所由，皆諸君子意見過激，變法太驟，自召之災也。且法可以不盡變，用法之人不可以一二留。諸君子不務絕其人而專欲變其法，自呂公著勿爲太甚之說出，而大防輩引用楊畏等以調停其閒，不知君子不欲盡棄乎小人，小人必將肆害於君子，一旦毒發，遂至於莫可解。迄乎靖國而後，元祐學術有禁，正人之阨爲已極矣。在諸君子忠義自矢，其撥亂返正，思得所藉手

以爲快，固不料其禍之至於此極也。然而宋之國勢亦已微矣，不旋踵而金師壓境，鑾輿震驚，卒至王業偏安。後之論者莫不歸罪於安石，安石固不足道，而處之不得其宜，國是遂以日非，予於諸君子不無少遺憾焉。當時處衆陰用事而能不激不隨，思有以潛移而默奪者，惟程明道一人。外此則深觀世變，慭然自樂，得以令名終，其惟河南處士邵雍乎。烏乎！觀乎此者，可以知進退存亡之道矣。

論兵

王泉之

傅重庵廉訪於苗民蠢動時以參軍從貝子福經略由滇至楚從事戎行余時就清泉王秋浦明府記室奉調督理鎮筸糧臺重庵廉訪時相過從詢余少所學於師者因縱談左史孫吳及古今名將行軍用兵出奇制勝之道廉訪快余談屬而論之擊節稱賞亟白於大中丞姜度香先生促余投效余志切科名不欲以他途進廉訪以腐儒懦夫惜之夫廉訪有過人之才具兼人之勇不以余言爲紙上空談竟作袖中珍寶每采擇之樹偉績立奇功 天子襃嘉苗民震懾生榮死哀可謂丈夫也余猶老大傷悲一官落拓摩挲舊物眷念故人不勝隔世之感曹子桓云年一過往無可攀援撫今追昔良足慨也

一曰治兵夫兵猶火也不治將自焚也兵何以治法是也法者律也律何以嚴罰是也罰何以服公是也律何以行恩是也恩何以施明是也恩罰非公明不見公明非恩罰不眞此主將居心之要也何以治兵曰儉曰廉曰惠儉何爲哉夫兵不知儉則窮窮乃兵之一忌也兵窮往往借官病民民勢必與兵爲仇臨事兵欲借此以傷民民之避兵尤甚於避賊民因而從賊者多矣若兵知儉則不窮自不至於病民兵與民無仇矣遇事則兵之愛民如己民亦依之爲恃同心合氣破賊如仇則從者少矣廉何爲哉夫主將不廉則兵不儉欲兵之儉必先廉也明甚上行下效捷於影響主將不廉財則兵必奢其所以奢者迎合主將之意耳吾故曰廉惠何爲哉夫兵無知之小人也應募者豈眞爲報效博封妻蔭子乎多爲養生計爾將既廉以處己又儉以教兵兵既然不病民幾何不怨上之刻薄乎其所以怨上者上無惠耳上果能惠則兵被恩之不暇何怨之有吾故曰惠惠而且廉兵自儉矣如此然後能治

二曰制己夫己之不可不制者今人多昧矣己不制則多妄行己何以制曰不貪而已矣不疑而已矣何以不貪知足而已矣何以不疑決而已矣貪則有弊弊安在如交兵則貪功貪功每以人功爲己功人誰肎出力乎疑則有弊弊安在夫臨兵起疑

則多洩洩則少成何以爲知足能得勝不論人我建功則皆爲可喜是爲知足知足自不貪功何以爲決決則不亂商於人不亂商便無疑矣無疑則不致多洩於人不多洩則機密機密則敵人難測功自易成矣吾故曰制敵之方在不疑不貪

三曰統兵夫兵何以歸統統者同也通也同者甘苦不分通者忌刻皆泯何以同情是也何以通恩是也統又必須有律何謂之律尊卑也老幼也唐之郭子儀得通同二字兵皆知恩李光弼得尊卑長幼二法兵皆知法二人相濟成功何以謂之情凡爲將者除臨敵畫策之外一心專注爲兵兵之甘苦藏之於心我以意度之行之於惠便是情非有心之失格外宥之便是恩

宥之有法非寬法也非棄律也心中思一易立之功合其建之以蓋其愆此方為能宥方是眞恩郭汾陽之治兵以此故兵將功多而過少何以謂之尊主將是也何以謂之卑兵卒是也何以謂之老疲者是也何以謂之幼少壯是也知尊則能聽命知卑則苦而無怨知老則疲者知息壯者便不惜力知幼則人皆勇往不生畏懼知老兵何以便不惜力蓋心中有一疲則可息之意在何以知幼則兵勇往蓋內中無衰弱者則兵膽壯矣何以謂之知老幼尊卑知老者息之而已知幼者選之而已何以知尊則兵聽令兵知尊於我者高於我者也聽令之故在此知卑何以苦而無怨知我卑者應代尊者出力也苦而無怨之故

在此李光弼以之破敵故兵盡力而無怨得此道也

四曰教兵烏合之眾不能制勝也久矣教之之法不可不講也明甚陣圖鬬法用也守禦用也衝鋒破敵則難用岳武穆常曰人自為陣者正謂此也千古以少勝眾岳武穆為最其所以能以少破眾者心齊也膽壯也信也義也禮也智也其所以能合兵將如此者仁也忠也恕也教兵之法不外乎此

五曰守法法有三其一曰緊其二曰活其三曰有路何以謂之緊交兵在即守法為先緊之云者緊且密也防人於所不及防之處曰緊防人於可入之處曰緊防人於所必防之處曰緊兵少不敷防守而能扼其要害亦曰緊使敵人知我防之嚴而無鬬志我反得乘其隙而入是亦謂之緊活何為也古有云置之死地而後生斯言有語病也何以見之韓信背水而獲勝馬謖據山而覆敗一則用死於活一則用活於死此語惟危急之時兵強將勇僅少鬬志以此法制之然後可若非危急而強用之是為弄險若非兵強而強用之是為輕躁兵家貴穩重老氣正為此也何以謂之活左右有援前後有防進有門退有禦不使敵人截我之助不使吾人背我之用先置身於勝地以待其變以觀其隙乘其有空我即入之此之謂以逸待勞反客為主之法便是活何以謂之有路凡為將者未慮成先慮敗此論本云守法而終以有路此即先慮敗之意也路如何便有欲求我有

路我必不能得路先截他人之路而我自有路矣他人不能多進一步我自寬廣不致狹隘無路矣此即先發制人之意也守法之妙不外乎此臨事當以意用之不可拘泥守法備矣

六曰安營拏卡不可好奇又不可平易高山大澤易於居險難以防圍從上壓下勢重則可以衝下難以持久平坦之地易於守正難於出奇奇正相生法為最善何以為奇奇者出敵人所不及料也何謂之正堂堂之陣整整之旗平相對壘不用奇兵以力勝之以法勝之法者陣也何謂之奇奇有道存焉如有敵遇前有險峻之處我欲攻之必先取險險處敵必有防我當設法以攻其防潰其防我則得本矣法如何設誘之而已矣敵好

勝我以弱誘之敵貪我以糧餽誘之敵喜得地我以寨誘之敵人驕我以敗誘之敵人愼我以小心處露些兒疏忽誘之敵人强我以兵激之以上皆誘之之法也如遇事當變通用之不可執一

七曰戰法出其不意攻其無備斯言不可單用當合知己知彼用之方無失何以言之如出其不意而後可出攻其無備而後可攻若雖知其無意無備而我力不能操必勝之權仍不可攻也至於交戰之先必令將士齊心先言曰此陣必勝三軍齊心以存必勝之戰自無氣餒退後者矣何以能三軍齊心我先料敷事無不中將士自然奉我如神令下自然齊心矣至於進退

之法勝不可追擊過急敗不可急走又有不同者追之不使其展轉退不可待寇此又一說也究竟總有要道要道安在在於慮事周詳不可大意臨事覷機而動在於一心非能豫言者

八曰計戰斷其糧道一計也兵弱不能斷不如焚之又一計也絕其水道一計也兵弱不能絕不如使其防我乘隙攻之而不能出汲之爲妙又一計也決水灌營不如激水壓之縱火焚之不如縱火驚之焚之則敵捨死來敵我驚之則膽破而遠遁以上皆省便之法也

九曰靜如處女動若脫兔如處女者處事安詳不露聲色之謂也動若脫兔者迅速令人不及防之謂也夜聞兵不可驚兵受困不可悶軍士陷不可亂兵受敵不可急寇在遠不可緩此皆口訣臨事而懼好謀而成神而明之存乎其人

十曰勤曰敬曰信曰深曰仁曰義曰禮曰勇曰懼曰恐曰愼其最要者信與愼仁與勇而巳矣知斯四者則人心得矣孔子曰寬則得衆孟子曰天時不如地利地利不如人和是也兵不厭詐古之名將出奇以制勝未有不由得人心者也

張居正相業論　文詔臨

三代之相才德兼具出處不苟功施於社稷澤被於生民君臣相信雖異世而無訾議三代以下略德而取才故功業可以濟一時之艱而不可以杜身後之口才可取而德不足故也明之張居正救時之相也當主少國疑之秋入則經筵講讀嚴氣正性使幼主憚其剛方而學業有成出則垂紳正笏董率百僚奠安黎庶辭伯爵卻餽金休休有大臣風神宗之世雖非郅隆亦云小康惜學術不純剛愎自用身沒未幾毀謗起焉君子惜之論者以高拱之去爲居正逐奪情視事爲居正咎此二者迹似於希位固寵而原情定論究亦功名中人所不暇擇者今夫拱

非明之首輔哉秉正直之性握黜陟之柄居正而賢拱當薦之居正而不賢拱當黜之當時不聞進退於其閒拱蓋默識居正之才而深器之矣既不欲冒進賢之名又不欲招蔽賢之誚不防蒙垢而去以成居正一代之功名而陰爲國家得十年之輔弼曾是居正而能逐拱哉其居父喪起復也出自上意不得爲居正罪君父一也安得以烏鳥私情拂王言之慰留明代臺諫以攻宰相爲能事居正沒後交相攻劾致使君臣不能始終一德而籍沒其財產不敵嚴嵩二十分之一於乎居正之宣力明室幾於國爾忘家者吾故曰救時之才相也夫救時之相又豈易得哉

鄧國三甥論　黃開運

昔鄧國三甥請殺楚子鄧侯弗許楚卒滅之東萊博議以爲國之存亾繫於治亂不繫於楚子之死生楚之滅鄧鄧有可乘之釁三甥置而不憂顧以鄰國爲憂雖楚子可得而殺猶有楚國存焉汲汲然謀殺之何其疏也余竊以爲不然夫春秋時强凌弱眾暴寡滅人國者相望於策東萊不既云爾乎漢陽諸姬楚實盡之彼其所兼併諸國豈盡有隙可乘諸侯爭欲滅之者乎（二語出博議）抑楚恃其强大而因以淩暴之也桓公初年楚始見於春秋蔡鄭盟鄧傳特表曰懼楚嗣是而伐隨伐羅伐絞敗鄖人盟貳軫紛紛見告與國咸震驚矣雖豐汝德澤明汝政刑固汝

封疆訓汝師旅（四語出博議）其若楚之淩暴何而何獨以咎鄧如謂環楚而國如陳蔡鄭許江黃道柏楚不先加兵而獨急於滅鄧以是咎鄧之自取則持論尤爲過刻且亦不識地里之遠近矣彼陳蔡鄭許諸國之去楚視鄧較遠故加兵稍後然亦俱不得免而終與江黃道柏同歸於楚楚之吞滅諸侯號曰蠶食言其以漸而至由此而及彼也今以楚先加兵而咎鄧是昌黎所謂引繩而絕之其絕必有處見者尤之其亦不達於理者也且獨不見熊通之世楚師四出羽檄交馳乎而曰先加於鄧是飾辭以誣之也而果得事勢之實乎東萊意謂鄧殺楚子不免於亾何也將咎三甥不勸其君

修政以自强乎夫春秋之鄧無殊戰國之滕三甥之才不及孟子之賢孟子不能救滕而獨責三甥以救鄧乎滕文公時孟子詳陳爲國之道井田世祿庠序學校秩然有條遵而行之可不謂善修其政乎三甥卽導君以修政有過孟子者乎迨滕逼於齊楚築薛而甚恐而孟子所爲謀者亦無過築城鑿池去邠遷岐之故事厥後雖强爲善終至覆亾滕文修政何以不能自强而卒致此豈孟子亦不善導其君乎而獨以咎三甥之於鄧何也且又安知三甥當日不曾以修政自强入告其君而世莫之傳乎嗚乎勢所無如何雖聖賢亦無良策以救敗猶疾不可爲雖盧扁亦爲束手詎得以坐亾莫救而謂神醫術淺乎然則鄧

之亾其非三甥之疏於謀也明甚且夫三甥之善爲謀莫如請殺楚子而楚子之不見殺則楚鄧國運之所關蓋有天焉而不可强也當日鄧侯親愛楚子篤於甥舅之情而楚子包藏禍心欲覆其國三甥亟請殺之其老謀深算必有善後事宜出於旣殺楚子之後者豈其懵然剚刃徒爲荊軻聶政之計哉使當日果從三甥立斬熊貲之首函之新篋傳示四鄰漢東諸國奮戈四起楚將舉國大駭救亾不暇而是時堵敖熊惲輩度皆幼穉國危主少不數十年莫能振興而鄧於其閒以時修政繕完戰守之備締交與國連爲脣齒互相掎角誰謂危亾之禍不藉是以稍紓乎如曰鄧國之見偪於楚子殺亦亾不殺亦亾然與其

不殺而亾毋甯殺之而亾也與其不殺而危亾之禍速毋甯殺之而危亾之禍稍緩也不殺而亾幾於束手待斃殺之而亾雖亾其國不猶爲天下除一不仁之人爲芈氏誅一不孝之子乎鄧侯不忍殺楚子而楚子忍於亾鄧國是不仁之心先施於母族他何論焉執而殺之不足以快天下之人心歟春秋不乏賢母而鄧曼尤卓卓可稱熊貲身爲賢母之子縱貪舅氏之國土獨不念其母之賢而稍存瞻顧之心邪不孝若斯是謂賊子賊子人人得而誅之況謀臣之於敵國乎嘗試論之祁侯者鄧之賢君也三甥者鄧之良士也惜乎國小勢偪竟遭吞滅亦由鄧侯過於仁慈不能用三甥之言也悲夫左氏於篇終著楚滅鄧

之歲其亦有慨於三甥之言之不見用也歟東萊嘖嘖議之其亦無當於事勢之實矣

論荒政　鄧顯鶴

寶慶連年歉收比之下游諸郡則爲樂土乃春夏以來穀價斗長日甚一日說者謂人荒非歲荒推原其故蓋有二端一由強民抑價勒糴以致富戶閉倉一由痞棍糾匪阻遏以致商販不通初猶以爲強糴也繼而沿門勒索又繼而沿路搶劫初以爲水道阻滯也繼而通衢設卡又繼而僻路設伏初猶以爲禁囤穀米也繼而豆麥皆阻升斗皆封被害者非一家飲泣者不一人始於武岡作俑因之邵陽效尤此風一倡郡郡閉糴處處設圍粒米顆穀不能出境而一二市魁里儈從中播弄既借糴穀之名遂其需索復借阻米之目肆其劫搶今且三五成羣鳴鑼

街市揭帖通衢斂費集錢無所不至父老吞聲飲憾官府瞶若不聞且有窮鄉小民走二百里持衣被向城中質錢買一二斗米輒被此輩搶掠且捉向公庭加以囤運之名官亦明知其非莫敢誰何反加良民酷刑以謝羣不逞之徒此近事也於是鄉曲愚懦不敢入城買米富民則閉不敢糶萬口嗷嗷無從得食目下邵陽猶可支持新化則全無生理貧富皆困待命朝夕不能自存緣新化山多田少無論豐凶總賴上流接濟今連遭旱潦又爲安化搬去而上游自武岡以下層層阻遏至邵陽作一大關鍵顆粒不通新化城中遂至斷炊罷市不得已將義穀減價分給而義穀無多十日即竭昨鄉紳公措二千金以官牘向府求買意謂借大府之力可以流通也而新民坐守三日不得報府符下乃以外邦辭吁誰非赤子而忍外之哉迨新人告急文書再至始委員監盤縣倉爲發棠之舉展轉推卸竊恐委員在途而新民已成溝瘠矣今郡城河下商米守候尚多爲日甚久大半霉變大水順流一日可至何惜不以濟新民而必愛護此一二痞匪不肯加半點聲色聽其把持武斷立視新民之死而不顧不知成何政體也且新民不飽亦豈邵民之利哉見在田秧蒔插甫竟而雨多晴少未知天意何如縱使有年亦在百日內外方見新穀此百日中作何區處此閉阻米曾釀巨禍至於戕官動兵而皆一二痞匪爲之豈不可寒心也哉況阻米之

私禁不弛不惟他邑難望接濟且一邑之內本郡有餘之穀即不許顆粒沾溉他郡本族有餘之穀并不許顆粒沾溉他族非盡由富戶昧任卹之道實緣痞匪嚴阻遏之禁故武岡邵陽素稱殷富之鄉亦皇皇然救荒無術與瘠壤等也爲今之計急宜痛懲阻米惡習以通邵陽關鍵而武岡之阻遏不許出境者則嚴檄州牧力弛其私禁俾米商迅速轉運源源接濟庶新化億萬生靈不致遂成餓殍而上游有餘之粟亦不置之無用之地貧富相通患難與共且使羣惡少震讋斂戢不致釀成巨禍如往日已事是長官稍一振作而民之受福不可勝言子實生我是所望於守土君子

陶侃論

蔡雲逵

善乎荊公有言曰近世作史者以忠爲邪以異爲同誅當前而不慄訕在後而不羞疑可以貸褒似可以附毁誠慨乎其言之也予讀晉史至陶侃以不得預顧命爲憾未嘗不廢書而歎曰史之不可盡信有如是夫方侃之守武昌也破陳敏走杜弢王敦忌之徙爲廣州刺史在州無事常以致力中原爲心是豈須臾忘君者哉成帝沖齡踐祚庾亮以元舅當國措制乖方時侃刺荊州勞績茂著亮忌其得衆遂以溫嶠鎭武昌王舒守會稽互爲聲援遥相牽制是侃之進退無非危疑之地也亮激成蘇峻之反峻兵犯闕亮奔潯陽逮徵溫嶠入援未嘗一言及侃嶠慮孤軍無與遣人邀侃非有朝命也侃對以疆埸外將不敢越局武臣膺方面而處危疑操心固應如是既而嶠復遣人往說侃遂戎服登舟長子瞻以廬江太守力戰而死喪至不臨兼程趨石頭元凶授首卒建殊勳微侃則危矣論勤王之責溫爲主而陶輔之錄勤王之功陶爲首而溫附之綱目於陶侃心迹不相掩可也而晉史歸美溫嶠謂侃託辭遷延雖其於元規之剛愎自用不無蔕芥於中然設身處地觀過知仁遽以曖昧之態迹遷就而爲之詞尚可爲信史乎且夫權臣在內大將擁重兵於外非奉詔旨不敢行師是侃之深慮也侃至潯陽外議洶洶謂必誅亮以謝天下亮因嶠謝侃侃遽釋然是侃之先國難而後私仇也假以不預顧命爲憾能如是之戮力王室乎矧顧命原非邊將所得乎尙書梅陶嘗謂人曰陶公機神明鑒似魏武忠順勤勞似孔明蘇子瞻亦云陶公忠義大節橫秋霜而貫白日八翅登天門之夢出自讒慝之口良由士行平賊未數年遽先朝露二子皆死王事當國者或假史文巧相誣耳之二說者士行之定評而謂史可盡信與厥後族孫淵明猶以先世嘗爲晉室宰輔恥復屈身後代其忠義之氣歷久彌彰殆非史官所得而污衊者與

魏風陳風論　何鈺麟

嘗讀檜風羔裘逍遙之詩曹風蜉蝣掘閱之句未嘗不歎奢者之取亾而儉者之可以保也及讀魏風履霜沮洳之篇一則曰刺褊再則曰刺儉豈奢足取亾而儉亦不可保與特視其儉之宜耳宜儉而儉則節用者可以免大東杼柚之空不宜儉而儉則短喪者不復見棘人衣冠之素也況魏園桃有勿思之歎十畝桑與與還之歌其國削小又不能以德用民使久役之人陟岵屺而望父母徒然一儉亦復何裨況儉不中禮則必吝吝則必貪此伐檀碩鼠之詩所由作也嗟乎候人寄慨於濡咮曹之所以亾也公劉致美於徹田周之所以興也乃魏以褊嗇之故

致在位者既無功而素食復重斂以朘民雖欲不爲晉所滅也必不可得雖然儉而固究勝乎奢而淫也故魏詩七而淫無一焉以視乎陳詩十而淫有六者不差強人意乎夫陳自衡門墓門防有鵲巢東門之池四詩外類皆君淫於上民應於下其卑風流俗至於不可遏者幽公有宛邱之湯而子仲之子婆娑於東門之枌矣靈公有株林之游而有美一人涕泗於彼澤之陂矣月出之佼人可好星煌之昏期以愆此其慾淫殆有甚於東方之日其廢禮豈僅比於俟我於著哉乃先儒謂陳之淫蕩實由於太姬之好巫愚竊以爲不然考武王五男二女男則成王邘晉應韓也而女則一爲太姬一爲王姬王姬嫁於齊彼穠之詩所謂平王之孫是也如謂太姬好巫而陳俗蕩則王姬不好巫而齊俗亦污何故蓋陳俗之所以淫蕩者大抵在不能以儉率民不儉則女鮮要襋之勞士無莫贄之采久逸必淫事所必至又何怪乎太姬之好巫哉故君子謂與其爲陳風之奢而淫無甯爲魏風之儉而固

前後文十篇爲余畏友何梅閣十七八歲時溫經便於記誦之作余見之久矣蔡傳參解直是仲默功臣詩論貫串三百十一篇殺費苦心卓有見地今年春劉子篤齋游其門於敗紙中撿出奉若至寶而梅閣竟棄之如遺余與篤齋爲之謄清梅閣猶不欲留稾謂幼年所爲徒貽人笑柄耳余曰嘉惠後學無窮何笑之有篤齋乃固請而存之癸未三月鯤南彭瀚識

齊風唐風論　何鈺麟

甚矣聖人之賤霸也吾今讀齊風唐風而知其意矣夫春秋一書載桓文之事甚詳而詩獨無有焉豈當桓文之時而無詩乎殆有之而吾夫子刪之耳如謂當桓文之時而無詩也則齊晉之學士大夫里巷士庶類皆有忠君愛國之忱其發於咨嗟歎賞之餘者往往言婉而多諷如齊哀荒淫遊畋則有雞鳴及還以刺之齊襄禽獸之行而更好田獵則有南山載驅及甫田盧令以刺之而晉則若僖若昭若武若獻諸君儉不中禮者則諷以蟋蟀焉不能修道養牧貽禍者則諷以山樞揚水椒聊鴇羽焉以孽奪宗寡特棄賢者則諷以無衣杕杜焉好戰聽讒者則諷以葛生采苓焉或隱諭或顯諫莫不慷慨以抒詞豈霸若桓文反無一語及之邪則當時未必無詩明矣然則既有其詩而夫子刪之何邪蓋王降而霸桓文實倡之也論其外則尊王攘夷使天下猶戴共主疑若功之首審其內則虛仁假義率後世而忘本眞實爲罪之魁刺之者或不足以服其心而美之者尤不知所諱以其意亦惟置之不議不論使人知霸之爲霸爲君子之所不屑言者而已矣且不獨桓文爲然也楚莊栩霸國無其風宋襄爭盟頌無其語秦穆爲諸侯長而黃鳥一詩僅刺其亂命而惜三良生前之行事無聞焉亦猶乎木瓜善衞人之情我送舅氏著康公之孝初無關於桓文之行事耳或曰霸者之詩不足錄既得聞命矣獨計於檜傷天下之無王亦於曹傷天下之無霸下泉之詩何以繼匪風而錄焉曰聖人於此有深痛矣當曹共之時晉文霸矣襄王命爲侯伯不能正曹反挾私憾執其君分其地去齊桓之救衞城邢遠矣此曹人所以愾寤歎而念周京也聖人錄之實傷夫王者不作霸風愈降而靡所底止也豈眞有慨然於霸之不可無也哉是故於春秋則詳之而於風雅則刪之蓋史以紀事不妨存其文詩以陳風何足汙其簡信乎子輿氏之言仲尼之徒無道桓文之事者

孟荀列傳論　何鈺麟

昔龍門史記作孟軻荀卿列傳自是以來漢魏晉隋學者皆以孟荀竝稱韓退之唐代大儒也其進學解亦曰孟軻好辨孔道以明荀卿守正大論是宏是二儒者吐辭爲經舉足爲法絕類離羣優入聖域是以孟荀皆爲聖人之徒也厥後讀荀子篇云孟子醇乎醇者也荀與楊大醇而小疵雖微分軒輊而猶以爲大醇作原道篇時大抵暮年矣其序道統則曰孔子傳之孟軻軻之死不得傳焉荀與楊也擇焉而不精語焉而不詳始知荀非孟比矣夫人之學問識見與年俱進如人入海一入一深所謂如是者亦有年然後識古書之正僞與雖正而不至焉者昭

昭乎黑白分矣殆以是歟迨蘇子瞻作荀卿論謂李斯事荀卿旣而焚滅其書盡廢先王之法皆由於荀卿之高談異論有以激之又曰孔孟之言無以異也後世卒無有及者由是孟荀之案乃定特見卓識端賴斯人然則知人論世夫豈易言哉或曰太史公貫穿經傳綜覈古今何其識反不及韓蘇班氏譏其是非頗謬於聖人不其然乎而不知非也蓋吾嘗思之古人著書立說皆有深意存焉合傳之體有以其人之行事正同而連類及之者亦有以其人之行事迥異而舉以反形者其例固不一也如班孟堅漢書作霍光金日磾傳相反而形者也霍納女於孝宣金不肎納女於孝武霍黨惡以護其妻金見機而殺其子一則以驕奢滅族一則以謙讓全宗參觀互證其得失可不言而喻也其於蘇武李陵亦然夫荀卿雖明王道述禮樂而實攻孟者也孟子曰性善而荀卿則曰性惡孟子曰堯舜性之也而荀卿則曰桀紂性也堯舜僞也且曰亂天下者子思孟軻也明明樹幟爲敵以相矛盾良史如龍門夫豈不知安知夫合而傳之也不因其相反欲以此之是而形彼之非乎又安知夫班氏傳霍金蘇李不倣太史公之意化而裁之者乎且柯氏維騏有言太史公序傳雖舉孟荀幷論然其傳中所敘推尊孟子與孔子同而斷其異於談說之士阿世取榮者至敘荀卿乃以繼於談說之士之後且抑之曰齊襄王時荀卿最爲老師則孟荀優

劣較然矣由此觀之則太史之微辭奧旨更非班孟堅之所能及也嗚呼儒者讀書論古不窮究考索而妄肆譏訐不惟厚誣古人亦何自愚其心目哉

京房論

何鈺麟

昔京房學易於焦延壽·延壽曰得吾道而殺身者京房也·世遂謂京房之死死於易·夫房當石顯專權·進諫漢元致犯奸人之忌以死耳·今考其言·始則泛論古今·而後漸及於左右用事之臣·從容不迫·無非冀幸君之一悟也·初非若郭璞諫王敦·不論理只言數·致有命盡今日之語·貽人口實也·誰謂房之死死於易哉·且夫易之道不外理數而已·精於數者自工於趨避·如邵子老於安樂窩·雖洛陽鵑嘑·南人爲相·亦且柰之何哉·朱子欲上封事·筮得遯卦中止·遂號遯翁·之二子者皆明於易數以全身者也·然而君子言理不言數·故程子與邵子交最密·終不與

言學易曰·邵子自有邵子之易·吾自有吾之易·卽邵子亦嘗有詩云·不怕二程夫子笑·要做神仙也不難·非數不勝理之明徵哉·若夫理非獨易爲然也·詩書禮樂春秋·孰非明理之書哉·明哲保身者理也·而殺身成仁者誰獨非理乎·所處之勢不同·故所行之事各異·其同歸於道也一而已矣·京房當晦肓否塞之秋·碩果僅存·正當爲莧陸之夬·雖大君無武人之斷·小人終柔道之牽·而王臣蹇蹇匪躬之故·理則然也·雖然·內文明而外柔順·以蒙大難·文王以之·利艱貞晦其明也·內難而能正其志·箕子以之·京房當明夷之時·不曰括囊无咎·而欲納約自牖·卽謂其死於不知易也·亦無不可

論粵西賊情兵事始末 咸豐四年正月

嚴正基

粵西幅幀遼闊·縱横三四千里·巉巖叢矗·林箐幽邃·所在最易藏姦·通計土著十之三四·柳慶桂平四郡·楚南墾荒貿易者多·粵東閒有民人亦略相等·閩省差少·梧潯南鎭思鬱等府州·半與東境毗連·墾荒貿易占籍者多係東人·閩人閒亦有之·土著則婦女耕作·男子游手好閒·因而各省流寓奸民·遇事盤剝取利·相率吃喝嫖賭·引誘爲非·劫略伏莽之風·匪伊朝夕·東匪號稱廣馬·土著則統名土馬·土馬易於制服·廣馬奸黠異常·事敗則竄越東境·難於踪緝·楚閩二省游匪·亦不能及土匪中雜有二三廣馬·卽難拴拏撲滅·此西省平日大凡·自嘆夷滋事以來·

粵東水陸撤勇逸盜·或潛入梧潯江面行劫·或迯出南太邊境擄掠·句結本省土匪及各省游匪·水陸横行·勢漸鴟張·至道光二十七八年間·楚匪之雷再浩李元發兩次闌入粵境·土匪陳亞潰等相繼滋事·小之鬧角打單·大之攻城劫獄·寖成燎原之勢·此一變也·迨三十年十月·洪秀全以東人起事金田·竄擾潯柳二府·陷永安·攻桂林·長驅而北·蹂躪半天下·又林十八一股起事粵東信宜·率賊眾圍攻西省鬱林·被西省兵練擊退·回東旋經東省殲滅·此二股均崇奉邪蘇·遇廟概行焚燬·淫掠尚其餘事·黨堅交秘·覬覦非常·其眾聚而不散·其用兵詭譎多端·非土匪伎倆可比·皆所謂會匪也·土匪則僅拜台結會·旗幟各編

堂名每堂少者數百千人多者三四千人不等合數堂便已踰萬或分或合專以淫掠勒贖爲事通省無慮數十起飢則蠭起飽則遠颺起號起馬散號散馬有自行旋起旋散者有兵勇擊敗而散兵勇撤而復起者有此股甫經撲滅彼股又另起事者幾於無地無之無時無之此變之大者也又三十年九十月後粵西因通省羣盜如毛鄭夢翁始調楚南粵東兵協勦李石翁視師周敬翁相繼撫粵又續調滇黔兵丁並募潮勇來西時屆咸豐元年春仲適洪逆凶氛益熾向帥被挫遂專注洪逆一股既而賽相視師添調外省兵勇雲集仍以全力專辦洪逆其南太最鉅之賊則派勞辛翁率壯攻擊柳潯梧鬱之賊則派本省

弁兵協同有司督帶民練勦辦雖不及洪逆凶狡而賊衆實數倍洪逆加以波山艇匪又自粵東闌入梧潯江面及各府縣小股賊匪均責成地方守令督飭壯練自辦辛翁用計捡斬賊魁顏品瑤以盈萬方張之衆漸行解散分派壯練跟蹤追勦潰入東境者復咨會東省道將合攻大局甫定越二年二月洪逆自永安潰出賽相檄催赴省援勦致餘孽猶未盡除嗣洪逆全股竄楚前後來西各省兵勇亦全數追勦出省境內未平之賊幷逸盜伏匪生心依然肆行滋擾此又一變也波山艇匪自元年十月竄西其初止賊船八隻以洪逆尙踞永安大軍環攻未撤乘閒句引土匪散勇附從日繁衆至三四千人船至千餘隻之

多横行左右江面上下攻陷貴縣圍困潯郡延至二年七月本省兵壯糾約東省兵壯合勢驅逐至梧州城外大江爲紳帥一舉殲滅復將著名之降盜張釗捡斬江面爲之一淸會紳帥視師赴楚沿江兵勇全撤張釗餘黨以復仇爲名又漸次句結生事南太柳慶伏而未盡之賊鬱潯境內未平之匪或於東省邀人助亂或於本省糾衆肆劫漸及桂平邊境州縣二年冬季派兵練四出攻擊至三年三月旋滅旋起加以楚鄂九江撤回之勇腰閒金盡所至陸續入夥通省數千里上下又無處不時有警報會城亦嘗戒嚴興安之變通縣舉貢生監拜臺結會爲逆於五月攻陷興安分衆襲攻會城幸有畏罪悔禍者暗通被困

未死之蔡令集衆反正捡斬首逆寢事不然桂林幾不能保此一奇變也粵西被賊州縣均有團練若鬱林州及所屬博白幷南郡之横州潯郡之貴縣尤爲勁勇著聲次則北流桂平平南賓州河池賀縣等十數州縣亦稱敢戰賊非大隊不敢入境而其風氣之最不足恃者則莫若南甯之宣化一縣地大人繁內有守正急公者卽有豢賊營利及出境行劫者陽託團練之名陰行鬼蜮之私爲本邑正經團練紳民所不齒有司利其在境無事兼以人衆且悍不敢輕動因卽以團練虛相羈縻辛翁駐軍南郡此輩窺我壯練强盛稍爲斂迹聽命及帶壯赴援桂林逸匪復出劫掠又復爲之囊橐收納近知經費支絀有司不能

僱壯公然修怨鄰村與本境團練爲仇因而向不爲非村衆懼
無官府之助其惡少逐漸拜臺結會殷室之被鄰匪搶掠者亦
卽聽從出村報復自思太以及柳慶均已漸染此風又柳慶上
年旱蝗過重一二不逞之徒倡亂飢民隨從搶奪比比而然此
又一奇變也粵西額征錢糧通計四十萬有零本省綠營兵餉
歲需四十二萬餘兩旣屬不敷其關料雜稅不及十萬餘兩支
給文武員弁廉俸及祭祀書役工食等項亦多短缺常年徵收
足額尙須外撥接濟近年盜賊充斥人民離散除蠲緩外完納
不過十之五六愈形不足前此鄭夢翁撫粵因國帑日絀憚於
奏撥兵事初興爲因循敷衍之計李石翁亦不敢多有調撥周

敬翁入向提帥之言多調外省兵丁大請餉項思爲一舉蕩平
之計賽相來西視師復添調外省兵丁廣募粵東壯勇專注洪
逆一股源源請撥兵餉急圖殲除此起凱撤回京所用烏向二
帥均屬可倚立功但惑於左右之言駕馭乖宜使烏向同事不
協均不能盡其用以致洪逆潰圍而出難以收拾維時洪逆雖
已離粵羣盜尙多嘯聚已撥未到之餉胥爲楚省截留備支入
楚大營洪逆屯聚道州數月閒道距桂林不三日程會城仍未
解嚴省內外防勦兵壯鄉練均不敢撤需費浩繁司道庫貯爲
之一空嗣後以楚吳賊盛用鉅又不敢昌言請撥間有撥餉到
省隨到隨罄馴至今日卽本省兵餉幷不能按季散放而通省

賊黨備多挹注無術顧此失彼遂成不可救藥之勢此又一大
變也粵西地瘠缺累州縣不能贍給者十常三四而省會大吏
向有關料盈餘津貼不至督責州縣供應是以簠簋不飭之習
在於上游尙少因是州縣亦不敢明目張膽婪索較之楚省稍
優而吏治之不飭則由於十數年前院司以文酒徵逐爲豪舉
於地方懲辦盜案之員目爲俗吏或加之黜斥有司諱匿不報
遂至盜勢益張涓涓不塞終成江河厥有由來近年左右江面
不靖關稅短缺大吏亦不能自給州縣疲憊日甚軍興時藉公
濟公尙可支持今請領無款支發盜多民困徵糧則民多抗欠
失事則官卽逮褫州縣不願到任視事每下檄嚴催始行登程

民不聊生官亦不聊生可爲太息安得耐苦耐勞視民如子若
于清端公治羅城者參希州縣賣刀買犢賣劍買牛庶其有豸
此又一變也西省辦理團練各府廳州縣城內均設總局其四
鄉亦有分局省會則又另設總局均遴選紳士以司其事省局
則又受通省總局之成而加重焉大約得公正廉幹者專司局
務於講求結團集費之事必周於臚舉出力請獎之人必允議
事而衆樂從賞一人而衆知勸求之省內外局紳中殊不乏人
而亦有私其親屬戚友不必盡以勞績得官旣爲人所訕議且
有持吏長短以愛憎爲是非尤爲公論不與者此又一變也

龍別論

張瓚昭

龍之爲神也兼三才在天爲東方宿所謂龍見而雩龍宋鄭之星也在地爲山如龍門龍阜黃龍九龍之類在人爲太昊之官及舜時作納言者又有姓焉如孟子亟稱古賢人龍子者是若是者尙未必皆享廟祀受封爵而何有於水物向使水物而得爲神克有享受則所謂黿鼉蛟者與龍俱生豈不先得之乎即曰物莫知於龍龍物之最靈者宜其有是是則麟鳳龜三物與龍幷稱靈者不亦先有之乎何以求之今而今不乏黿鼉蛟未聞其有是也更何以稽之於古而古不乏麟鳳龜亦未聞其有是也是可知廟祀封爵之龍非水物之龍也明矣然則求雨必

詣龍王廟何也曰此非有定制也古之求雨者經傳歷有明文如暴尫暴巫之類不一而足未聞及於龍誠以龍之爲物與雷幷屬震爲觀震象而以雷類推龍則可以知之矣顧以雷之行雨有聲有光彰彰在人耳目人尙不立廟祀之請加封號豈非以雨由天澤雷能行之不能主之求無應也而況今人幷不見龍如雷行雨之顯迹徒憑俗說妄談又奚足據也夫獨不聞雷爲蟄物龍亦蟄物乎如使雨由龍行則夫雨水之爲氣宜在驚蟄後矣蟄誰驚雷驚之也今雨水乃在驚蟄前是龍須雷雨而驚起雷雨不須龍而滂沱也然則詣龍王廟求雨往往有驗何也曰求雨而驗凡廟皆然豈特龍王世無求雨必不得雨之神廟亦豈有求雨必得雨之龍王求之有驗龍王廟與凡廟等不獨求雨爲然此蓋其人之精誠感召不在夫神之職有專司也予昔在長沙見市有迎龍王廟神者刻一角而髯張牙而出目者以爲像因謂其人曰爾市亦有馬王廟其廟神胡不塑一騣而鬣峻耳而拳毛者而必冠冕黼黻乎豈不聞龍馬一類於馬王之馬不敢作牛馬之馬於龍王之龍漫指爲蛟龍之龍乎蓋俗情之不能類推如是夫夫如是安知其非龍見而雩之龍曰龍見而雩之語爲後人龍能行雨之譌所出起其實謂龍星見則春及惟雨在所必禱正如朔氣惟立春則中氣必屬雨水非謂禱雨以龍爲期也況夫龍見之龍東方蒼龍宿天神之尊者與

元武一類今人祀元武一曰眞武在南則稱祖師在北則稱元帝豈其於蒼龍之尊僅稱龍王乎我知其必不然也故不若以龍王爲太昊之龍師爲得其正也要之鬼神之獲禋祀與人民之享土利相因自東周以來不可深究所可知者人民奉官師尙不敢望恩施人民事鬼神實切以求庇佑若龍師之爲官師也業已刱建非常恩施萬世豈龍師之爲鬼神也而不恢宏顯澤庇佑一方故吾發此以釋邑人士疑實預卜此以爲邑人士慶

王祥論　唐純

子讀太史公汲黯傳而歎長孺之風節何矯矯也武安侯田蚡以太后弟爲丞相長孺不拜而揖之大將軍靑天子所貴重又衞皇后弟也而長孺與之亢禮其不畏强禦若此是故武帝稱爲社稷臣淮南王欲反亦憚其守節死義而不敢發也亮哉長孺之賢未見有繼之者及考太尉王祥之事又若有長孺之風焉在魏主奐之世撫軍大將軍炎嗣晉王位荀顗往謁以爲宜拜而祥謂以天子之三公拜人是損魏朝之望也獨以長揖爲禮此與長孺之見大將軍初何以異當是時魏柄下移晉威上逼有祥之風節出而持之庶幾孔父正色不容弒奪之謀平仲

立朝克紓盜齊之難斯眞社稷臣足以動晉王之顧忌而抑其邪心矣曾幾何時晉武受禪祥以太尉加太保進爵爲公而靦然受之此又何說邪攷其時祥年已八十矣曩刺史呂虔檄爲別駕以年垂耳順固辭不受豈下僚末秩不足動念尊官厚爵未能忘情邪向日之高節安在也噫嘻我知之矣彼見晉文之爵晉王也何曾盡敬高柔鄭沖猶揖晉文不之罪意晉武當與文同故不復徇衆而小爲立異以自鳴其高焉今夫濬情厚貌之人其矯飾也最工心則以依阿爲心容則以矜嚴爲容抗其節於禮文之末以示不爲黨附實則黨附之尤者也觀馮道當周太祖之拜晏然受之似高於祥然道事周爲太師與祥事晉爲太保等道豈與周祖抗者毋亦師祥之意而用之耳史稱祥性至孝夫求忠臣者必於孝子之門祥不肯以魏之三公苟屈於人其究也坐視喪君亡國而未嘗以屑意忠孝之道豈竟有異用哉

朋黨論　　　唐　純

朋黨非徒朝廷爲然也草野亦然朝廷朋黨見於東漢之末實起於殷季泰誓所謂朋家作仇脅權相滅是也後世黨人多君子其目人以黨者皆小人歷代爲患史誌備矣若夫草野之人權不足以相統力不足以相服宜無所謂朋黨者乃吾揆之於古驗之於耳目聞見之際而知朋黨之爲患草野與朝廷不異也蓋其初起也亦往來酬酢之大凡而其後不能無相爭相爭也不能無相助相助也不能無相勝至於相勝而朋黨之勢成矣試觀庠序之間學術之異尚意見之各出人持一說至於相爭相助而求以相勝鄉黨之間貧窮不相侔求乞不相及人護

所暱至於相爭相助而亦期相勝蓋莫不然也大抵朋黨之起自於上者患在朝廷而其禍徧於天下自於下者患在草野而其禍延於國家故學士大夫之流朋徒交結議論抑揚不以平心處之遂使彼此釁隙紛然而起又如好事之徒託迹城市干求令長與胥吏爲伍招集儔侶肆武斷於鄉曲又如鄙野椎魯之夫相偕作息本屬固常而常有桀黠者在其間爲之倡而主持之小之釀鬬訟之繁大之致揭竿而起其端甚微其流甚著遂使醇源就涸駭浪橫奔人心以是日漓風俗由茲大敗此世道之憂也而世之君子率忽略視之以爲庠序之隙止於學士大夫爾好事者之武斷止於鄉曲爾桀黠者之啟事端有司者治之爾是皆不足以爲憂嗚乎其亦不思而已矣晉庾峻見風俗之趨競爲之慨曰始於匹夫行義不敦終於皇輿爲之敗績此所謂識微見遠者也觀東漢黨禍之萌由甘陵南北部之議議方其時以爲草野之細故耳及轉相牽引國之賢人君子相隨幷盡而漢祚以傾朋黨之患豈必起於朝廷而後能爲禍乎書曰無偏無黨王道蕩蕩無黨無偏王道平平聖人定天下以中正而偏陂反側之私自絕有心世道者尚持之以中正而維天下之風俗哉

東漢之末趙宋中葉明季東林復社皆是也小人不足責矣自命爲聖爲賢者亦復爾爾孔子於鄉人皆好皆惡訓一察

字孟子辯陳仲子之廉匡章之不孝以理勝不以氣比則朋黨之禍息矣至聖大賢所以爲萬世師也此文爲人心風俗起見極說得有關係故附及所見蓉圃趙亨鈐識

湖南文徵卷三十

湖湘後學集編

論七

專重制錢以收利權論

成毅

制國之用取於民者曰米粟曰布帛曰力役制於上者曰幣曰鈔曰錢幣之用古矣鈔行於元而廢於明至於　國朝利權之操以酌盈虛而節輕重者惟錢法一事鑪有常局鑄有定額工本重而製造精百餘年來利用流行公私交賴可謂酌古今而獨得其平者然竊以爲奪錢之權而陰爲大賈富商豪猾所據而公私因之有未利者其獘在於用銀太重而銀價由此日昂

錢價由此日賤請得而詳言之以錢賦民始於唐以銀賦民始於明其時本色尚多折色尚少而官俸兵食本色折色時相變通至於明代中葉條鞭九釐之法行而一切用銀　本朝因之銀之行使遂以益廣然考明代用錢之初每錢七百抵銀一兩定課收稅每銀一分折錢七文厥後私鑄惡濫有以十三四文當銀一分十六七文當銀一分者當時乃議以制錢與前代雜錢并行上品仍以七文當銀一分餘視錢高下爲三等下者二十一文當銀一分然則制錢七文當銀一分實爲輕重相權之準本朝百餘年來紋銀制錢兩相爲準大約不過七八文當銀一分漸乃加至十文較之往時已覺錢賤然而近日銀價則有兩倍於舊時者或議以爲錢多之故不知鑄局不增額鑄未溢錢何以多且錢多而日用百物未嘗增價所獨貴者惟有銀耳則非患錢之多而實患銀之少益可知矣且銀之所以日益少者其故易明五金之質金爲上銀次之銅次之錫次之鐵爲下地產之多寡與人用之貴賤大約相等銀之行用日廣煎鍊日多地寶之洩日甚則礦砂有時或竭其故一也銀便輕齎篋笥可藏萬里之程隨攜而往日甚一日散而難聚其故二也舊家巨室便於蓋藏積錢千緡便巳盈屋藏銀萬鎰不過一匱黠者以爲居奇之計愚者以爲子孫之貽入而不出日積一日其故三也中國多貴異物奇淫之產購自外洋盈千整萬去而不

來其故四也知斯四者之故而望銀之復多其可得乎又銀之產於中土者絕少況聞近時煎銀之業多在交南又番船銀元市易閩粵是皆以域外無用之物而耗中國日用之資其得與失尤所宜熟計者也知其必不能多而行用之權不爲變通是猶山居索魚水處索雉非不勉强致之而勞費甚矣夫銀之多寡有無既專操之商賈豪猾於國與民巳屬大病而況并操之域外之黠儈也則凡所以縻中國之人民者更無煩他術矣夫銀之所以可貴亦惟公私并用上下交需民閒非此不足以完賦　朝廷非此不足以給祿勢處獨尊物無可比故雖制錢出自府藏米粟切於日用而緩急所在貴賤懸殊此由勢有偏重

成於積久故耳於此而不早爲之計奪其偏重之權散其積久之勢而欲貴者之不更貴寡者之不更寡其可得乎今有人雞豚魚鼈已盈於庖客弗饗也曰必往索乎鄰人之脯則脯雖可得而雞豚魚鼈皆棄物矣而況其索之愈急則其珍愈甚也故竊以爲變通之計莫如公私上下百貨價值一切以錢爲估何則錢者人君所以持物之平而御輕重者也以錢御物則其權在錢以銀御物則錢亦一物耳所謂利權倒置者也假如一切以錢爲估則百物皆出於民錢幣獨操於官如唐劉秩所謂物重錢輕輕則斂之使少物輕錢重重則散之使多消息盈虛操縱在手此誠上下交利者也夫權者上之所必操利者眾之所共逐以眾所共逐之物而 朝廷顧不自操其權坐令黠者得以居奇而 朝廷與民交受其困是烏可不急圖之也

專重制錢論二　成毅

或曰專用制錢取利權還之 朝廷其說似矣未審見在官俸兵餉關市各稅原額定銀何以處之曰 國家定賦之初原係以銀抵錢故今倘曰錢糧於今卽可以錢爲賦但照原定準銀之數每銀若干抵錢若干固非有損於國而官民并利何則近年銀價昂貴每屆徵收錢糧計銀折錢比照先年銀價已及三倍而官復以錢易銀傾瀉火耗繁難特甚若徑以錢輸餉每銀一兩作爲制錢一千用甘肅近例或七八百文用初定舊例官收此錢貯於司道及州縣各庫本地俸工兵食卽行坐支彼此相當并無增減轉移之間祇在 朝廷一指揮耳或謂庫貯見有積銀何以處之曰此但先儘見存銀數一切支放叩作幾成銀錢搭放前代鈔錢本色并行之時原係隨時增損此可無煩過計者也或謂坐支之外尚有撥解存留之外尚有起運錢重難於遠行何以處之是宜略仿交子會子之法小爲變易假如商人貿易入錢本地置貨他鄉千里以外并可撥兌卽如米麥鹽鐵較之錢文多少輕重不啻倍蓰然而千里萬里皆可轉致前代納粟邊陲中鹽內地成法具在未聞隔礙謀國之術貴於經久無庸專恃其便利也或謂一切用錢則錢必驟貴何以處之不知錢出於官但資鼓鑄銅價之賤去銀百倍假如原額銅價定銀幾兩今祇叩作制錢幾千但令各局采銅添鑄而聽商

民自以百貨易錢赴局兌買貨價弁照時值錢文聽其衰運不過數月可以隨處流行惟須嚴禁行用私錢蓋近日錢文惡濫實由奸民銷鎔改鑄及鑄局工匠偷減正額錢本搭鑄夾砂小錢民閒謂之毛錢以致　國朝舊鑄青黄大錢日見其少禁之之法柰何曰市肆交易以銀準錢銀辨成色嚴於分釐錢雜毛小不計斤兩錢賤而輕職此之故今但限以制錢一定分兩納稅充餉弁用足陌不得攙入小錢一文其民閒日用行使弁依足陌斤兩計算或有舊用小錢定作折二折三抵準制錢叩算但定章程不須抑勒私鑄無利而銷鎔制錢之獘不禁而自息矣或曰更鑄大錢似於交子會子爲勝其說何如竊考前代大

錢自周以來至於明世率皆行之折二折三當十當五輕重斂散子母相依行之一時亦足獲效然事涉更張法愈繁密其事爲難仿古交子會子之法祇是商賈錢票官司其事但有會計而無轉移公私輕齎此爲最便大抵講求利市宜以商人爲師懸吾所有而令人自趨之常無折閱操竟權者心知其意宜無不可變而通之以盡利也

道光庚子以後銀價日貴司農度支亦絀時余僑寓岳陽與老友忍齋縱譚近事忍齋遂出酌變錢法暨專重制錢諸論相示蓋與友人往復籌畫而創爲斯論者忍齋精思遠識慮事詳善無如積重難返亦屬空言之無補矣然存是說也尚所望於燭計得失權衡輕重長謀審處之當道君子丙午仲秋諸文炳識

范增論

魏承柷

項羽之不有天下范增爲之也羽之救趙破秦軍也既已威慴羣雄莫敢仰視矣及入咸陽殺子嬰沛公頓首稱臣當此之時雖微韓生何難改正朔易服色南面而帝天下然而未遑者則以懷王在也懷王項氏所立也懷王牧羊豎子耳伐無道秦何患無名秦非楚一姓私讎何必立懷王甚矣增之無謀也增說項梁曰陳勝敗固當勝不立楚後而自立其勢不長梁乃求楚懷王孫心立爲楚懷王不知增之意姑以從民望耶將終奉之邪將終奉之則鴻門會上不應有奪將軍天下必沛公之語姑以從民望邪是懷王爲項氏君猶匏繫也匏繫之君無關輕重

徒以掣其肘使授柄沛公以分其權而樹之敵乃忿而圖之江中實篡弒之名以自賊何如其弗立也甚矣增之無謀也夫陳勝之不克終以苛察少恩諸將不親附故也非不立楚後也沛公之卒有天下以除秦苛政得父老心且上無義帝故也使向增不扳立義帝羽之力自足破秦沛公既已附楚則夫沛公者羽之臣子也雖先入關必不敢背羽自利雖自利羽必能取之且使羽滅秦卽帝關中裂天下分王侯賞罰之權在握君臣之分已定非大無道爲亾秦之續沛公必不敢起而興問罪之師且使羽卽率其所行或一再傳而亾或及身而敗亦赫然爲一代生民主沛公卽代楚後世必有以篡弒之名加之者孰與烏江授首霸業灰爐也哉甚矣增之無謀也增之爲羽謀者殺卿子冠軍也殺王子嬰也殺沛公也殺義帝也殺降卒也未聞有一言及仁義爲羽計久大者然則增一狙獪無行之忍人也羽不用增其猶後亾與

保甲論　張聲玠

今之州縣各鄉邨或有保長或有甲長或有牌頭或幷有之或分有之分不相統屬事各有專主蓋名存而實滅也久矣昔年予涖元氏差傜訟獄之事則地方甲長任之催糧之事則保長任之喻以弭盜安民之法皆懵然無所應對其意若曰是非我之責也然則又豈特實之滅已哉蓋保甲之名亦相率而就滅矣竊惟保甲不興則有民者如無民以民之氣散而不聚也以民之心異而不同也以民之力分而不合也於是守望不能相助而外之盜賊易入奸宄各自為謀而內之盜賊易藏地方多事比比然矣且也問山川之險易邨居之疏密不知何以籌戰

禦問水土之剛柔物產之盈絀不知何以治田賦問戶口之多寡居民之貧富不知何以卹災荒州縣官所必不獲已者猶不能為又何論於勞民勸相讀法講論按冊而稽責人而治賴之以移風易俗者乎則甚矣保甲之不可廢也然其法前賢論之詳矣大要不外得其人則治不得其人則亂二語而人人明其理人人難其事者何哉蓋王道無近功賢能不易得以為門牌冊籍之費酒食車馬之擾吏胥緣以為奸什伍患其連坐因是扞格而不行者猶淺也今之保正甲長皆鄉里卑賤無行者為之或周流門戶以供役日逐營營之利供給官長斂派鄉愚而因以自肥於中如牙行經紀徒耳其職汚下相沿已久如擇士之賢者能者為之必有所不屑即使隆其禮重其事或有應者而其鄉之民必羣起笑之曰是詩禮之士而何降志辱身甘就此保長甲長之選也於是不屑之心又逼之使起然則保甲之法終不可行乎愚以為宜行保甲之實而不必用保甲之名更保甲之名而暗以濟保甲之實擇紳士之賢者能者優其禮貌或曰一鄉之董事或曰五家之總理而保長甲長諸人即令董事總理擇鄉中之純樸正直者各舉以應役使士不失其分役仍供其常節目分明條理不紊以次漸興庶其可矣至若擾民之議在王文成當日固已不免善乎張惠言氏之言曰一在蠲本戶之費一在杜滋擾之源當今之務二者其要也謹以管見

書其事宜於左

銀幣論一　　馬敬之

天下之大害曰飢寒。天下之大利曰菽粟曰布帛。菽粟極圭撮。布帛極分寸。權之以錢幣。交易始㫖。銀幣者權錢幣者也。利宜與錢分行。明中葉國賦顓徵銀。迄　本朝銀幣遂盛。乾隆嘉慶間。奧區廣郡。婚喪之酬。佽賓友之惠。詒匪錢幣。意若嗛天下之幣。乃壹出於銀。乃以錢權銀。今置數者其前。銀所欲也。錢所欲也。菽粟布帛所欲也。然菽粟布帛提挈蹇頓。卽以今制錢準之。緡若重七觔。一人所勝率二十緡而止。或數百緡數千緡。則非舟車運般末由致遠。奔走天下。惟銀幣乎。銀幣生錢幣病菽粟布帛死。貲累鉅億。緘束扃鐍。囊槖筐篋焉。便官吏便商賈便盜賊。官吏商賈盜賊便。吾農吾氓彌甚不便。今夫不便而輾轉而已得銀猶可說也。坑冶之設向兼采銀。厰今永行禁閉。市舶之集向貿來銀。厰今反虞透漏。禁閉嚴銀源絕。透漏多銀流泆。而又釵釧銷鎔去其一。杯箸鑲嵌去其一。椎箔研泥及雜物塗毀去其一。是故銀幣耗。農夫織婦畢歲勤動。低估以售之。所得之錢不可輸賦。更進而權銀。（近日鄉中幷未聞以銀糴買者）日復一日。錢幷壅於商賈。不能得銀且不能得錢。金之用珍於銀。天下不憂金之耗者。國家制幣在銀不在金也。錢之用浩於銀。天下不計錢之耗者。鼓鑄未停。抑供億所亟在銀不在錢也。譬諸身。菽粟布帛心膂也。錢血脈也。銀指爪毛髮也。譬諸家。菽粟布帛父母也。錢子

弟也。銀傭隸婢妾也。先指爪毛髮。傭隸婢妾。而後血脈子弟。吾見心膂之壅鬱。父母之軒囂而已矣。以錢權銀。菽粟布帛益賤。銀益難得。天下之人騷騷乎背棄閭井。騖為商賈。必至愚至劣者。自念孱懦姑隱忍緣隴甽而佃園廬。而氣固囂然其不靖。官吏則貪冒橫。城府盜賊則攘奪橫。江湖遲之數十年。恐釋耒而倚市。投杼而刺文者。尚艮民焉耳。易曰。物窮則變。變則通。通則久。又曰。節以制度。不傷財。不害民。處極敝之時。而不思變通之術。節制之經。坐令上虧帑藏。下毒黔黎。有志之士所欲搤𢫬而抵掌也。宋熙甯中。張方平疏言。比年公私交困。幷苦乏錢。農民皆變轉穀帛輸納見錢。錢既難得。穀帛益賤。人情窘迫。謂之錢荒。方今天下豈不謂之銀荒者與。

銀幣論二　馬敬之

救銀幣之秏不在不用銀幣也天之所施地之所生凡濟於用英君喆相方將輟宵旰創起宣導之矧乃銀幣天下不廢銀幣斷斷矣譚者顧踵沿輒云古未嘗以銀爲幣魏源氏近之達者也其軍儲篇亦云宋明以前銀不爲幣此惟漢書食貨志稱秦幷天下幣爲二等而珠玉龜貝銀錫之屬爲器飾不爲幣爾太皞始鑄金禹湯鑄歷山莊山之金不必其銀不必其非銀矣荆揚貢金三品梁州銀鐵幷貢爾雅白金謂之銀其美者謂之鐐不必其幣不必其非幣矣漢武帝元狩四年造白金及皮幣少府多銀錫又造銀錫白金其後官鑄赤仄白金稍賤民弗寶用

貢禹上諫宜罷采珠玉金銀鑄錢之官亾復以爲幣王莽卽眞溺信圖讖忌劉金刀乃罷錯刀契刀五銖錢更作金銀龜貝錢布之品名曰寶貨其銀貨二品則朱提八兩爲一流直一千五百八十他銀一流直千晉武帝保定元年河西諸郡或用西域金銀之錢（如今洋錢）通典梁初交廣之域全以金銀爲貨幣韓愈奏五嶺買賣一以銀元稹奏狀自嶺以南以金銀爲貨幣雖遐陬僻壤兼之市舶銀未通行固爲幣矣源又云銀礦開采唐以前史書從無其事而下篇引周禮丱人掌金玉錫石之地而爲之厲禁以守之若以時取之則物其地圖而授之巡其禁令謂冶坑開閉禁令之始庸當時獨遺銀邪後魏宣武延昌三年有司奏長安驪山有銀礦二石得銀七兩其秋恆州上言白登山有銀礦八石得銀七兩錫三百餘觔其色潔白有逾上品詔幷罷常令采鑄云從無其事何邪貞觀初侍御史權萬紀上言宣饒二州銀大發采之歲可得數百萬緡帝以耑言稅銀之利黜萬紀一時孅意千古經制乎哉道不變者也法世變者也變法以牢利害卽階變法以斤害利卽祚錢子也菽粟布帛母也母可權子子可權母例錢於銀銀子而錢母錢幣不可權銀幣錢幣權銀幣錢幣痛輕菽粟布帛痛輕管商把牢盆蕭酂典會計不能使裕矣而況材智錀量斗筲詰以大計弱哂强罵一二畸儒碩士罔顧事勢之宜與否矯枉偏持務伸己說徑行其說其不

毒天下也幾希畢初所聞可以關其口而奪之氣矣

比干論

周倬祥

論語記比干諫而死孔子合微箕稱爲三仁誠千古定論也予以爲孔子仁比干之死蓋以其諫不聽而自盡耳非以其强諫而紂殺之也自泰誓有剖賢人之心一語竹書紀年則曰紂殺比干家語則曰比干剖心史記則曰比干伏象魏之門三日强諫不出紂怒而剖其心蓋欲明商辛之暴表比干之忠而不知適以不仁誣比干也夫比干之諫將冀其改乎抑速之敗乎比干紂叔父也徒强諫成君以殺叔父之名使天地爲之震怒鬼神爲之不歆祖宗爲之寒心國人爲之隕涕而奸人且爲之伺釁致異日亳社鼎遷自貽伊戚仁人固如是乎且君臣父子處

常處變其義一也嘗考舜之事父大杖則逃井廩不陷孔孟稱之謂欲之死而不死也申生勇從衛伋不諫君子傷之謂欲之死而竟死也父雖欲之死而不可死君不曾欲之死而顧可自蹈於死乎箕子有言爲人臣諫不聽而去是彰君之惡而自說於民吾不忍爲也諫不聽而去且不忍諫而使君慘殺其身忍乎嘗觀祖伊之諫紂也曰非先王不相我後人惟王淫戲用自絕又曰民罔不欲喪曰天曷不降威逆耳犯顏夫亦漢唐中主所不能容者乃不聞剖祖伊之心而獨剖比干之心何哉是必强諫不聽號泣不已從而指摘之指摘不已從而奮怒之令紂萬難自容然後憤激而剖其心烏乎比干而忍出此哉子貢謂紂之不善不如是之甚吾故信其無殺叔父之舉而知比干固因諫不聽而自盡也然則比干曷爲自盡哉諫則不行言則不聽蜩螗沸羹如故疆禦掊克如故聽斯民之詛說覩師保之顛隮相對欷歔於邑無色則惟抑鬱以終或不致目覩故宮禾黍耳萬一王哀叔父之死萌悔悟之幾則雖死猶勝於生也卽不然而耿耿孤忠或足致天命之少延邀廟社之默鑒一旦紂崩殂而武庚嗣興召微子立太師興復殷室其又將旦暮遇之甯非出於至誠也哉故曰仁也程子謂不當愚者比干蓋從泰誓家語史記及竹書紀年之言毋亦未按孔子所以仁比干之死耳而皇甫謐謂紂　剖比干妻以視其胎其明襲泰誓剖心之

語而附會刳孕之言又無論矣

介推論上

周覞祥

介推者忠孝人也。後世以清明前一日爲寒食禁煙。哀推之焚死。嘻異哉。是貶推之忠。刲推之孝。而實以罪推也。余讀左傳史記。皆無推被焚事。而往往散見於百家傳記。詞人吟咏之中。抑又何哉。考幷州太原諸郡。或以冬至後百有五日絕火寒食。或言是月有龍忌之禁。神靈不樂舉火。或一月寒食莫敢煙爨。或斷火冷食三日作乾粥。皆云爲介推焚骸故。於是黃山谷有士甘焚死之句。孫子荆有麥飯醴酪之文。下及詠寒食而悲介推者。難更僕數。此皆沿襲舊誤也。卽至漢周舉移廟之書。魏武帝明罰之令。僅以北方地寒。老少不堪。卒不能辨其誣而革其俗

也。惜哉。又況琴操載之推燔死。文公令人五月五日不得舉火。月令廣義云。之推焚於二月一日。國人哀之。各禁煙。則又與今寒食大不相侔。以譌傳譌。將誰信乎。此皆無稽之言。適啟千古聚訟之疑案耳。夫之推忠而能力者也。其與文公難。從者多人。而割股療飢。是狐趙魏顛輩所萬不能爲者。其忘身濟君。不可以愧偷生畏死者流哉。文公復國。推知其霸天啟之。貪天功以爲己力。皆義罪賞姦之黨也。故其母以死相慰。推旣不忍效尤而食祿。亦不敢用文而求顯。與母偕隱。遂隱而死。烏乎。之推生爲羈紲之僕。而盡其忠。死歸髮膚之身。而全其孝。西山義士。南荆公子。欒引爲同心也。其亦得仁無怨。無得而稱者與。迨後從者懸書公門。公見而召之。則亡。遂旌以緜上之田。使起推於九京而問之。亦將不受也。而附會其說者。以爲推作龍蛇之歌而隱。文公求之不出。遂燔左右木。而竟死。嘻。此誠誣推者哉。推果知文公之求。固甘焦爛。是彰君隱賢之惡。顯己廉潔之名。善人固如是乎。推苟自居其功。或授以子犯之璧。或賂以頭須之藏。文公早舉而加諸上位。胡爲付身灰揚哉。吾決其不出此也。且身可焚。而母不可焚。推如率其母而同歸於燼。是推殺其母也。此其不忠不孝之尤。將天理所不容。王法所必誅。而謂能享緜山禋祀乎。吾謂介推得正而斃。實足消當時望報之心。立萬古人倫之極。彼好事者。故爲禁煙以悲其志。反加推以滔天罪。其

誣妄不必深辨。然則寒食禁煙之說曷昉乎。考荆楚歲時記。去冬節一百五日。卽有疾雨甚風。謂之寒食。其說似可據。然周禮一書。秋官司烜。仲春以木鐸循火禁於國中。夏官司爟。掌行火之政令。季春出火。此其禁而後出者。卽後世禁煙之由也。今據歷家之節氣。以推寒食。或當仲春之末。清明或在三月之初。是則禁煙之制。不刱於周初乎。故漢宮日暮傳燭。猶周共墳燭也。唐代榆柳取火。猶周變國火也。觀唐時清明賜百官新火。韓濬王濯諸作。幷無一及介推意。知寒食所由起。亦猶行周之舊制也。彼以寒食爲悲介推死者。蓋亦未深讀盲左腐遷之書而誤也夫。

介推論下

周貺祥

寒食禁煙非爲介推焚骸故余既論以闢之而禁煙之說復證以荆楚記周禮二書亦頗當於理說者謂屈靈均莊子休皆列國時人去晉文未遠其著書自確有據楚詞惜往日云介子忠而立枯兮文君寤而追求封介山而爲之禁兮報大德之優游莊子盜跖云介之推至忠也自割其股以食文公文公後背之之推怒而去抱木而燔死信斯言也則推眞被焚矣況有唐幷州妬女祠傳爲介推被焚其妹介山氏恥兄要君積薪自焚大歷李判官禋撰碑誌之則不惟推焚妹亦同焚矣余曰屈子立枯解者不一林西仲謂祿不及而臥死或釋作枯朽非燒枯也

爲之禁者禁樵採以供祭祀如禁柳下季壟者非禁煙之謂若南華雜篇王荆公以此段爲寓言蘇東坡孫月峯謂讓王以下四篇皆僞作其誣妄尤有甚者至妬女碑記詞旨殊謬如緜山附少姨謂爲啟母妹淸溪小姑謂爲蔣子文第三妹悉傳會無稽按詩末句爭遺李禋鑱陋語可見然則禁煙之不爲介推非惟左傳史記無焚山而求語卽呂氏春秋僅云負釜蓋簦終身不見劉向列仙傳云之推還介山伯子常晨來呼推曰可去矣推辭母入山從伯子常游文公遣數千人禮以玉帛不出後三十年見於東海莫知所往則介推既非與母偕隱固隱而得仙者尙何焚骸之有且王子年拾遺記魯僖十四年文公焚林求介推有白鴉繞煙而噪或集推之側火不能焚晉人嘉之起臺名思煙則推雖被焚亦不至於死何至禁煙傷之乎其禁煙之節後漢周舉傳每冬仲輒一月寒食以之推焚骸不樂舉火歲時記三月五日介推爲火焚國人哀之每歲暮春不舉火謂之禁煙雷兆瑞時節註疏亦主是說則又與琴操五月五日廣義二月一日所載及今寒食不同果將誰信邪其爲禁煙說者鄴中記幷州俗爲介推斷火冷食三日後魏太和二十年詔介山邑聽爲寒食月餘似寒食獨尙晉地乃秦爲熟食齊爲冷煙則天下有寒食矣豈知寒食一曰龍禁乎雷註疏謂龍木星位春屬東方心爲大火在卯宮第三二月建卯懼火太盛故禁丹陽錄亦云心

大火權火盛禁之故寒食有龍火之忌路史燧人改火論心者天之大火辰戌在火之二墓故心昏見辰而出火心昏見戌而納火卯爲心之明堂至是火大壯是以仲春禁火戒其盛也顧甯人趙雲崧悉遵其說故昭十七年星孛於大辰裨竈知宋衞陳鄭將同日火鄭三月鑄刑書士文伯以爲必災蓋火未出而作火宜不免且辰屬龍今寒食謂之龍忌或本諸此溯自燧皇取火後有以火德王者炎帝以火紀故爲火師而火名高辛時祝融能昭顯天地之光明以生柔嘉材後世以火神祀之閼伯爲堯火正居商邱舜使益掌火掌火亦唐官名夏小正爲禹遺書三月主火出火主以時縱火九月內火大火心星也鄭康成

仲師輩謂三月心見辰使民出火九月心伏戌使民納火說與改火論同三代惟商之火官不見經傳彼周官司烜仲春修火禁爲季春將出火司爟四時變國火救時疾以順天也皆可見天運之循環聖人之調燮故后勒居鄴不禁寒食而震雹大變平地洿下丈餘人禽死以萬計豈非逆天縱火莫知氣化攸關耶周後惟漢武帝置別火令丞典司燧事後代庶官咸備而火政獨缺是固飲知擇水烹不擇火民必有陰感其疾而莫之救者其弊不可勝道而自古迄今猥以國家禁火謬爲介推禁煙抑何悖理之甚乎

張忠獻公論　周眖祥

忠獻張魏公浚鑑書志在恢復終身不主和議功雖不就人稱其忠朱晦庵謂士大夫倡爲和議獨魏公欲正人心扶持人紀其功盛哉呂氏中謂浚有社稷大功五世但以富平符離之役議之豈可以一眚而掩大德陳四明謂浚有大志親見二帝北行皇族繫虜生民塗炭誓不與敵俱存時論其忠大類諸葛亮吁論魏公者可以知其概矣乃自揭傒斯謂宋南渡不能復振者本於張浚抑李綱殺曲端引秦檜殺岳飛父子邱文莊以傒斯歸罪於浚或者不以爲非張時泰以秦檜楊罪朝堂浚復薦用事遂謂武穆之死人徒知秦檜殺之而不知高宗張浚殺之

君子斷武穆之獄當首高宗張浚而後秦檜庶得其當李空同以孝宗倚魏公如長城亦謂其陷李綱忌岳飛使二子掣肘不能匡扶宗祏遂致二聖幽居於沙漠羣黎塗炭於燕雲誠有愧於長城之寄宋史以浚三爲將而三敗績遂譏其量狹不能下士智闇不能知人如富平之役李綱尚在浚忌之而不能用淮西之舉岳飛在營浚惡之聽其歸終母喪而不能畱符離之戰虞允文遠在川陝浚雖聞其賢而不能舉以自副噫嘻此皆過情之論使魏公含寃千古而終莫能白卒無一人論及之者抑又何哉嘗考徽宗朝綱巳官居侍郎陳書剴切至欽宗靖康時或守東京或爲尚書或使宣撫綱早勳爛史冊乃一罷於李邦

彥再罷於耿南仲魏公固無與耳至金人議立異姓公始爲太常寺簿高宗建炎初召綱拜右相朱文公謂綱入來方成朝廷者正此時也而高宗惑於黃潛善汪伯彥之言使綱所論諫畱中不報綱自再疏求去邱瓊山謂茲何時而綱欲去是非人臣委身事君之義尚不知綱者也當其時汪黃讒間旣梗南陽之議復沮經制之薦綱固曰吾盡事君之道而全進退之節禍患非所惜也是綱固決於進退有合乎諫不聽則去之義時魏公爲潛善客又綱殺宋齊愈乃公所厚公故職侍御史劾綱以私意殺侍從且論其買馬招軍之罪汪黃復力排綱遂罷提舉洞霄宮胡新安謂汪黃不足責魏公深可惜吾謂公第不當以罪

劾罷不然則全綱進退之節者公也是冬竄綱於鄂州復安置提軍舉於萬安軍後高宗至杭赦死罪放還士大夫被竄斥者惟李綱罪在不赦更不放還蓋用潛善計罪綱以謝金也至富平之敗論者咎公之輕師失律蓋拒王彥之諫不從劉子羽吳玠郭浩之言復斬趙哲以散諸路之兵致平生興復之志不克少伸公固不能逭其責時綱久已罷錮安得謂公忌而不用迨紹興中以李綱爲湖廣宣慰使甫十月上言有恢復中原之漸呂頤浩言綱縱暴無善狀遂罷提舉崇福宮嗚乎綱終身爲羣小所沮始戹於李耿中困於汪黃終斥於頤浩皆彰彰在人耳目後以綱爲江西安撫制置大使知洪州鑑稱張浚薦其忠則

李忠定之忠義功烈稱當代之大賢者皆公有以成之也而猶謂抑之陷之忌之哉若曲端者當公治兵興元以圖中原周靜軒謂其正大氣象讀之凜凜有生意其與書漢丞相亮率諸軍屯漢中同意初端欲斬王庶朝廷疑其叛公以百口保之且以與敵屢角欲仗威聲承制築壇拜武威大將軍宣撫司都統制軍士懽聲如雷則端之於公當死生患難以之矣胡爲金婁室攻陝州李彥仙求兵於公公檄端兵援之端素疾仙不奉命致彥仙力盡城陷投河死嗚乎是役也彥仙以孤城拒賊告急求援端詭託不行遂使仙城破身亡民遭屠戮袁了凡謂仙之抗節矢忠無愧巡遠端非賀蘭進明乎殺仙者端也使魏公軍令

行事端復奚辭況端性剛愎旣逐王庶奪其印又欲幷王瓊軍朝廷復疑欲反公使張彬察之端爲按兵據險之謀公不聽猶積前疑竄於萬安軍自公敗富平思其言召還稍復其官徙閬州將復用之及書曲端謀反於憾端之吳玠斥作詩題柱於閬端之王庶復值提點刑獄於鞭背深憾之康隨端亦自知其死矣於是糊口脅之火乾渴飲之酒而端之死決矣時陝西士大夫以端累立大功死非其罪莫不痛惜之軍士悵憾有叛去者尹起莘謂公前以讒間而貶端此以讒間而殺端抑可謂之公議乎常熟丁奉謂端之死論者固皆罪公然端剛愎自用輕覷其上勞效未著動違節制公殺之雖冤蓋亦自取了凡謂曲端

王庶之不相容。亦楊儀魏延近邪。乃延之暴。當孔明而戢。端之勇邁。魏公而橫。儀不得用。間以害延。而庶乃得工讒以殺端。此魏公之不逮孔明也。然此皆謂端爲公殺。當時溪冤之。不知端旣可殺。戰敗偏將之叔。假至親以立法。公胡不可殺。扼兵敗國之端。徇諸軍以立威。吾謂曲壯閔固可殺。當殺於陝川違令之時。不當殺於閬州復用之時。且端之死。端自殺之。非公殺之也。至秦檜自建炎末金人縱還。宋史斷非逃歸。惟高宗開心撫納。以爲得一佳士。豈天必欲亾宋。故使姦臣得遇。爲戎虜內應者。洵不誣也。迨罪榜朝堂。示不復用。識者謂中興之幸。時公以建康爲中興根本。請幸之。以圖恢復。會諜報劉豫有南寇之志。趙

鼎建議幸平江。故以檜爲行營留守。蓋亦爲遷就權變計。公固不應薦。授醴泉觀使。倘高宗以榜墨未乾。君信難失。公其敢要君而強薦乎。厥後酈瓊叛。呂祉死。公因引咎力求去。高宗問誰可代卿。且曰秦檜何如。公謂近與共事。方知其闇。乃薦趙鼎代之。時泰謂公勇於自責。昔薦檜而今排之。倘得謂公引之哉。其秦醜繆之殺岳武穆也。肇衅於不附和金之議。成隙於定謀收地之疏。尤忌於指操姦賊之跋。及矯詔班師。河南遂陷。論者謂鄂王不能行權。後又與張俊同如楚州閱軍。於是而張俊之忌深。於是而秦檜之怒盛。於是而兀朮之書至。於是而万俟卨何鑄羅汝楫之交章弁劾。於是而王俊之訐謀密出。於是而淮西

逗遛之臺章指誣。遂致一門被掠。幾無噍類。雖有何鑄白之辭。仁卿等言之士儴保之。韓蘄王詰之。而三字獄成。十年功廢。吾謂殺鄂王父子者。高宗秦檜張俊万俟卨爲之首。羅汝楫王俊爲之從。而謂公引檜殺之。有是理乎。況公之於鄂王也。於楊幺之平。則曰岳侯神算。於蔡州之復。則曰指畫甚大。時而屯荆襄。時而屯鄂州。時而屯襄陽。命王以圖中原。曰此君素志也。王扶母櫬還廬山。累表乞終喪。詔不許。蓋高宗以中興之事委王。遂圖大舉。會檜主和議。召王詣公議事。王以王德酈瓊不相下。呂尙書不習軍旅。張俊楊沂中難御此軍。遂與公忤。即上章解兵。終母喪。服廬於墓側。公固謂岳侯忠孝人。則遂其終喪之願者。

悃成王之孝也。第奏王積慮併兵。奏牘求去。意在要君。則公怒過矣。不旋踵累詔趣起。趨朝復職。非聽其終喪。不留及淮西之師。酈瓊之叛。公悔不用王言。以致失策。吾意其事秦檜主之。高宗定之。以公都督軍事。咸以措置失當罪公。謂王在營而公惡之。可乎。虞允文采石之戰。以敗卒數百。破虜十萬衆。劉太尉謂朝廷養兵三十年。一技不施。而大功出一儒生。我輩愧死矣。及史浩參知政事。允文罷。周德恭謂史浩沮恢復之計。允文上恢復之圖。二人之忠邪可見。孝宗嗣位。史浩相。公欲遣將伐虜。浩沮之。公尙不得爲浩用。幸公銳意用兵。李顯忠復靈壁。邵宏淵復虹縣。顯忠又復宿州。孝宗勞公。謂十年來無此克捷。公以李

邵全勝之師應敵未爲過舉殊兩將不和致大潰苻離論者謂李邵不相能公不能禁士卒憤怒遂潰而歸不得不罪在都督意謂遠隔川陝之允文公不能舉賢以自副無論鞭長莫及而勝負爲兵家之常就令允文近參督府統率全軍而以戰士不犒之顯忠排兵不出之宏淵違制軍令又無統制時俊輩死戰中流得保其不敗乎且夫國家之待賢也賞罰兼行功過幷錄公自會師勤王討平劉苗高宗解玉帶賜之而川陝京湖之寵任可謂君臣之閒兩無所歉矣嗣是酈瓊可誅劉子羽可參謀趙開可轉運楊沂中可統制吳玠可將金虜可卻全蜀江淮可安公非無志於興復也故辛炳常同之劾不敢喻樗趙鼎之薦

而罷師鎭江視師潭州撫師淮上使御駕一再臨江士氣百倍者何莫非公舉措之功邪殊意永州安置而後去國二十年天下士無賢不肖莫不傾心金人至必問公安在乃爲秦檜万俟卨湯思退諸姦重貶竄抑莫伸至陳俊卿上疏乃詔復官判建康公則冒險赴君父之急惟盡其忠誠而生死得喪非所計也故衞士見公無不以手加額蓋公起廢復用風采隱然軍民引以爲重於是措置兩淮孝宗立召入朝以爲宣撫封魏國公至謂久聞公名朝廷所恃惟公則受知孝宗可謂深矣雖史浩見沮無成功幸孝宗倚公不容浮言搖奪至宿遷師還公乞骸骨洩不許對近臣必呼魏公而不名故隆興一二年閒周靜軒謂

公銳志殄虜可貫金石至今以爲凜凜得非忠義素著乎綱目書分道伐金書大敗金人書金師退皆以見連年虜寇侵逼至此未與一交兵自屈而去惟公令德所致魏公有功於宋若此眞可謂社稷臣矣亾何湯思退諷尹穡論罷雖陳良翰周操言公忠勤人望所屬終莫能挽觀去朝上疏猶謂君臣之義無所逃於天地之閒聞者聳然得疾手書付二子栻杓謂吾嘗相國不能恢復中原雪祖宗之恥死不當葬先人墓左葬衡山麓足矣嗚乎公始終不主和議死猶眷眷不忘恢復固有宋之忠臣矣謚以忠獻不愧也論史者第訾其過而諱其功且以南渡不復歸罪於公豈定論哉豈定論哉伏讀山左邵星巖所輯　國

朝崇祀盛典歷代帝王廟兩廡從祀功臣三十六人內有張浚潘美皆明太祖所定順治十七年六月御史顧如華奏宋臣潘美雖平南漢有功然斜谷之敗不能制護軍王侁擅離陳家谷口致楊業父子無援而死宋之不能復征契丹者以此又張浚三命爲將一敗於富平關陝淪亾再敗於淮西酈瓊叛命三敗於苻離而中原不可復振且劾李綱殺曲端與岳飛議不合奏飛欲專兵權此二臣者宜罷從祀從之吁潘美之擅權敗國其削祀也宜若論魏公不過襲史斷及揭文安之言而絕其禋祀除其神位是可慨也已然魏公之祀典雖懸魏公之沈冤須白子特表而論之

兩士論

吴英樾

有兩士者一勇一懦一辯一默一華縟一質樸也其爲人絕不同而同爲一官外之人羣相與議曰某之懦不如勇也某之默不如辯也某之質樸不如華縟也而又同爲一官事將有能辦不能辦久之不決以問於吴子吴子曰不然是兩君某皆知之然若某君者蓋年老更事多者也外雖粥粥若無能而其中有主問之者曰不然某嘗驗之行事矣某公之家居也孳孳爲利雖升斗必以較其應事無大小待人而後決其質樸拙訥意非不欲爲之才有不能耳某何遽如某君吴子曰不然子之說蓋觀其細而未觀其大也見其外而未見其內也知其末而未知

其本也某公之家居升斗必較者其嗇也然嗇其分也非有所攘於人也其應事待人而決者其情也然待人決而卒決之則又其準情酌理集思廣益愼之道也若夫便佞之喋喋蜉蝣之楚楚心術變於內精神竭於外卒閱事變進退無計古之上下相蒙者多類此焉某竊爲君不取也曰然則如某君者不足有爲乎曰亦不然某君蓋才有餘而識不足者也其見事至明敏也其應事至周密也其待人而接物則又多過謙厚也然而慮周詳而寡斷性機警而多猜心寬厚而不能擇交氣猛過而不能持久此數者皆足以殺身曰然則兩君之成敗何如曰當今之勢固未可定也兩君之嗜好閱歷亦猶未有所定也以理言之去其偏皆可有成曰奚去之曰若某君者去嗇去迂去貪某君者能忍能沈能斷

太公論

李得春

古今陰謀之說祖於太公。太公佐武王定天下，功業爛然，而其心究不可白於天下。夫紂之不善，載於書，詳於史，雖婦孺亦知之，而聖門子貢以爲不如是之甚。子貢之意，藉以警居下流而惡歸者固也，而吾謂子貢之意實欲以破尙父之陰謀耳。當日者三分有二，歸化者六州矣，而彼獨夫者猶復執有命在天之說，燕雀處堂。此時興仁義之師，弔民伐罪，如摧朽嘘枯耳。而太公之意，猶恐紂爲天下之共主，忠臣義士或不忍遽棄其君，而冀倖其君之一悟，俗之一改，相與激發忠義，號召勤王，則海內之民亦不忍遽棄其君以期新朝之大賚，則紂之天下可不亾。

紂死而武庚嗣位，或如蔡仲之改行率德，亦未可知。卽武庚不才，商人擇賢而立微子，以武王垂暮，成王幼沖，保守侯服之不暇，何能爲遠大之圖？商之不爲周有，亦未定之天也。而太公者以耄年之人，膺不次之寵榮，希非常之富貴，一旦逢君而希君眷，遂使我文王服事之忠，忽易爲載主東征之事，又惟恐戰不能勝，攻不能取也，於是散布流言，多稱紂惡，以離散海內之心，而陰行其險刻之計。使事或不成，則西岐莫保疆土，在武王固可以文考非罪，小子無良，謝天下，而太公者身爲罪魁矣。此誠僥倖於萬一之計矣。顧或者謂太公非紂之臣，較韓信之背楚歸漢原有不同，而吾謂溥天之下，莫非王土，率土之濱，莫非王臣。太公雖市井之臣，而身沐六七王休養生息，卽使其君不德，而庶人不議，亦當守天經地義之常，何至身爲戎首，畔其君而不顧乎？此夷齊之叩馬爲忠，而太公之揚鷹非忠也。觀夷齊叩馬之時，左右欲兵之，獨太公以爲義士，揮之使去，此豈非天良之不泯乎？又或謂識時務者爲俊傑，太公懷才而不見用於紂，似乎其興周者爲天下計，爲行道計，而抑知不然。蓋道可行則行，不行則道可傳。以太公之抱負非常，卽不見用，亦可著書以垂後世，而乃貪晚年之富貴，冀子孫之茅土，遂至出陰謀以佐主定天下。夫陰謀者後不昌，太公之智豈有不見及此者？亦眩於利而爲之也。厥後齊俗急功利，喜夸詐，綽有太公遺風，而春

秋齊霸爲最早，戰國齊亾爲最先，此亦可以知天意矣。且夫伐人之國者，不强入人之罪，則彼之人心不離；成己之功者，不多飾人之非，則己之軍心不奮。太公以陰謀伐紂，亦事勢之必然者耳。特爲紂者遽萌悛心，不墮入人陰謀之計，則亦可不居下流而致天下之惡歸之也。吾故因子貢之言，揣子貢之意，或亦欲藉以破太公之陰謀也。彼太公者，亦適爲陰謀之祖已耳。故後世六韜之言，論兵者多宗之。

藺相如論

楊源漢

藺相如戰國時第一烈士也夫秦之吞六國等於虎狼當其援十五城爲餌誘和璧至咸陽將璧明明齧之口矣相如知城不可得急捩諸其喉而取之乘勢馳歸欲假其威而已無及耳至澠池相會分明前日眈眈之欲猶未釋然於懷也又舉盟好以爲負嵎之謀飲酒一酣爪牙卽肆相如於五步內欲以頸血濺之張目大叱左右俱靡不啻食其肉而寢處其皮曷足懼哉若夫廉頗爭位輒引避弗遑莫之敢攖非勇怯若出兩人也蓋先國難不得不角秦後私讎卽不容格頗袒裼之勇忽斂而懇懇欲同心協力以效驅除之策也使六國士大夫得相如數輩吾

見禦侮有資進闚於函谷可以逞入穴之奇退伏於武關不徒侈攘臂之技各樹其旗鼓雖欲出而噬人於勢嘗有所不能無如士多雞鳴狗盜君亦鼠首狐疑縱其彪炳任彼猙獰坐令食韓魏吞邯鄲斃楚齊鹿死中原虎踞西域伸舌一捲生齒立盡而後歎相如之奮擊果無愧於偉丈夫也亦已晚矣

秦始皇焚書論

楊源漢

詩書者聖賢之精意所寄百家者諸子之心血所存其呵護之靈雖帝王不得攖其怒始皇概不顧惜悉焚之以愚黔首而不知燒秦書者已陰奉上帝之命日待舉燄而合其玉石俱焚以至於亡或駭其言之異曰秦書之燒子何所見而云然楊子曰是固載在典籍非余之臆說也考之始皇病甚爲書賜太子扶蘇令其與喪會咸陽而葬當是時書在中車府令趙高所高匿之不以聞夫匿不以聞必暗地焚之以滅迹矣眞書焚而僞書出僞書出而太子死太子死而胡亥立胡亥立而國祚移沙邱之火不必如咸陽之熾也而秦社以燔倡焚書之議者李斯也

秦二世二年下左丞相李斯吏斯從獄中上書自陳前功使書得上則二世感悟斯可以不死高令吏去其疏不奏高既敢於棄何憚於焚斯至此當悔詩書百家何負於我我必焚之而後快則今日之書其禁之使不得上者實有鬼神陰爲格之不埘之祝融回祿而不已疏焚而斯斬斯斬而秦亡秦亡而趙高亦戮然則趙高者不必有焚書之名而有焚書之實也豈非天哉噫秦之存亡係於賜長子一書斯之生死係於獄中一書高能擇其扼要者使不留餘燼其炬亦烈矣哉昔人云焚書早種阿房火吾謂卽以爲種趙高之火也亦無不可

蒯徹論

楊源漢

吾觀蒯徹之說淮陰侯而歎高帝之詐也．蓋徹之說信乃帝與良平等密謀而陰遣之以伺其動靜者耳．當是時信既自立爲齊王．項王又使武涉往說．欲與連和．楚漢之命皆懸於信一人．帝安得不懼．於是陰遣辯士以窺其向背．若何倘信而無背漢之意．則徵其兵．擊楚而項王可除．若信而有背漢之心．則釋楚擊信．而先除其腹心之害．毋使爲內憂．帝爾時之忌信固儼然一勁敵．而十倍於項王矣．使信果有知人之哲．則當蒯徹進說時．立斬其首．懸於軍門．因令將士曰．君臣之義．萬古不易．吾既事漢．雖肝腦塗地．所不容辭．豎儒蒯徹以亂言惑我．已梟其頭

於麾下．諸君如炫於利害．不力攻楚而輔漢者．請鬥此劍．如是則高祖之疑可釋．良平之閒可消．而信亦得世爲大將．永祚元勳矣．乃聽徹言一則曰吾方念之．再則曰猶豫不忍．雖力拒徹而因循之見．不免含糊於語言．帝之殺信實決於此．豈待陳豨謀反．假手呂后．而始以疑獄誅之乎．信歷數年猶不知其詐．反曰吾悔不聽蒯徹計．爲兒女子所擒．豈非夢夢哉．余又論之．假令信用其言．即舉兵以反．其奈之何．曰想當日帝籌之熟矣．蓋信欲反．必用徹爲謀主．帝之使徹與武侯之用馬岱以制魏延同一機權作用．不反則其死遲．反則其死速．斷不能出徹之掌握也．

漢文帝佐百姓論

楊源漢

漢初民不聊生．肝腦塗地．至孝惠猶未復．及文帝即位．始被厚澤渥恩而登於仁壽．其初詔曰．老者不養．何以佐天下子孫孝養其親．再詔曰．有可以佐百姓者．率意遠思．無有所隱．大哉王言．君也而謂之佐．眞三代令主而無愧於綸綍之音矣．余因推廣佐字之義．爲萬世牧民者告曰．天有日月星辰雲雷風雨之屬．佐百姓．使天不能佐．則上帝曠其職矣．地有河海山陵平衍原隰之類．佐百姓．使地不能佐．則后土失其司矣．人主上承天地．統馭蒼生．則以制度典章紀綱法度佐之．一不得其宜．而災禍立見．天子之功過有天地糾之．天地之功過有道衡之．故言

其分．至尊莫如天地．至貴莫如天子．本非民所敢抗．而論其理天地與帝王罔非斯民之佐．雖徧被生成．普施博濟．足爲赤子之功臣．而不得自尸其功也．且夫天地窮於佐者．須人主代之．人主窮於佐者．又須牧民之吏代之．禮官以佐其冠昏喪祭．樂官以佐其康樂和平．農官以佐其飲食供奉．刑官以佐其曲直從違．由冢宰而至小吏．莫不各有所佐．偶失其職．即干天譴．背王章．激衆怒．不爲民變而爲官變．不爲民犯官而爲官犯民．身名俱裂．青史遺羞．求爲百姓之役而不可得．悔無及矣．余故原本天地爲說．而上至帝王．下逮一命之士．皆以文帝之言爲龜鑑．而無得罪於百姓焉．斯億萬年太平之幸也．

霍光論

楊源漢

楊子曰千古名臣多蒙不白之冤如霍光在漢擁昭立宣大義炳如雖伊周何以遠過議者因其妻弒皇后謂光知之隱而不發不免大惡之累噫光何嘗稍涉隱情特後儒昧古人文義遂使一代元勳蒙亂臣賊子之稱過矣按史夫人顯欲貴其女成君令女醫衍進毒弒皇后許氏及諸醫收繫詔獄顯恐急具語光曰既失計為之無令吏急衍光大驚欲自發舉不忍奏上光署衍勿論顯因勸光內其女入宮此史氏原文也夫光大驚欲自發凜然大義滅親之意廷臣謂事涉曖昧舉不忍奏上將欲寢其事矣光於是親為署疏奏之無如衍自甘受罪全不及顯

若有禁之勿論者然衆人以霍氏無罪因勸光內其女入宮文義本自如是光大驚欲自發為句舉不忍奏上為句光署為句衍勿論顯為句如是則光之心事昭如青天白日顯固僥倖漏網非光之曲護其妻明矣且更有可疑者顯雖毒后對光固未明言其事不過謂女醫誤進補劑既失計為之委憐其無辜無令吏急衍而已不然顯既敢白之於光豈其不可言之於子何以大將軍薨後霍氏寖衰其子禹等方咤曰聞民閒讙言霍氏毒殺許后容有是耶顯恐急始具以實告事歷十餘年霍后已立原案已消雖至親如其子尚不知則光當日并未知其妻之主謀也乃謂知之而不明正其罪豈非不白之奇冤哉吾聞論古如斷獄斷獄不衷諸理則生者含冤論古不得其情則死者抱憾儒生操三寸之管當平心靜氣剖析幾微勿令古人飲憾於九原則幸矣

唐太宗放宮女論

楊源漢

賀善贊曰太宗令德善政莫大於放宮女一事余謂太宗秘計險謀亦莫慘於放宮女一事厥後武氏稱制殺唐子孫幾盡皆其陰禍惜古今人共爲所愚無有能察之者耳按綱目帝自稱太上皇世民嗣位即繼書放宮女三千餘人太宗開府秦邸不過藩王立爲太子未久便即位安得遽有宮女三千餘人凄凄楚楚舊宮一空踽踽凉凉上皇飲泣太宗只圖洩其一日之憾而竟不爲高祖少留餘地獨何心歟然而古今人竝無以此議太宗者何也曰放宮女美舉也帝素好名故援美舉而欺之以其方欺宮女必以擇配爲辭而宮女樂就天下必以怨女爲解

而天下感恩孰知馳歸女家則流離於道路遣媒議合更幽辱於教坊名媛等於優倡有司爭爲奇貨賦摽梅者或時登鬼籙感桃夭者不免遇匪人人主清心寡慾與其見放於後而致干天地之和孰若勿多娶於前而永完其室家之好歷代所書放宮女一事史臣雖嘖嘖稱爲盛德吾不取也況太宗借此報怨其困苦媒孽束縛拘囚之慘爲害必尤烈乎夫女子陰物也陰毒所凝鬱積難解不變爲異類必化爲妖魔武氏者即前後六千餘人之怨氣所結而成者矣不然長孫皇后家法森嚴太宗功德在人幾於刑措何以不再傳而淫豔入宮至於大亂此豈爲善之報哉

郭子儀論

楊源漢

昔郭子儀見賓客姬妾不離左右及盧杞問疾悉屏去之或問其故子儀曰杞貌陋而心險婦人輩見之必笑他日杞得志吾族無遺類矣楊子曰令公此舉於明哲保身之道得矣其如國與天下何大臣者以進賢退不肖爲職者也杞貌陋而心險此很毒之小人也公陷於不知則已既知其險可姑息養奸聽其他日之得志乎夫小人而已得志則羽翼成君恩固其去之也實難小人而未得志則陰謀淺黨與微其去之也較易公言他日杞得志是此時杞猶未能得志也於未得志之時知其他日必得志又不能於未得志時急爲排抑屏絕之豈公因魚朝恩

程元振之譖屢致傾危故不敢發杞之奸邪抑因德宗近狎邪辟習與性成知言之無益而止耶且杞得志豈獨公族無遺類哉杞惡顏真卿忠梗不服假李希烈殺之而顏氏之族幾無遺類惡李揆才望太高使於吐番死之而李氏之族幾無遺類至建中之亂羣雄僭號至尊蒙塵而天子之族幾無遺類大臣謀國不拔去奸邪爲異日天下安危之計徒沾沾爲一身一家慮其所見者小矣議者不察謂公出領藩鎭職司武臣將帥不用命士卒不和諧公之職也朝臣之賢不肖烏得越俎而侵之此又非也夫公在唐室位極人臣實非尋常武夫悍將之比當肅宗即位靈武命子儀爲長史同平章事其時已爲宰相矣及入

西京後尋進爵爲王代宗時加尚書令德宗時尊尚父加太尉兼中書令出將入相公皆任之則鋤邪去惡正其職也何所憚於杞而畏害若是雖杞之心險未肆其毒爾時無可聲之罪然公亦宜密疏於君使朝廷知備爲防微杜漸之舉在公既不失憂國之忱在杞或不至長惡之漸國與家兩受其福此策之至善者也公胡以計不出此他日杞爲相陸宣公極詆其奸李懷光數表其罪德宗始不得已貶杞於新州所謂小人已得志其去之實難也孰若禁於未然者之爲得哉吾於是而愈不能不爲令公惜矣

唐肅宗即位靈武論

楊源漢

肅宗之即位靈武庶幾聖人所謂可與權者也當是時上皇西奔中原失守人心洶洶無定使太子猶膠守故常萬一裴冕杜鴻漸等去順歸逆諸路勤王之師不受節制後世又以太子爲何人乎故上皇縱無傳位之命太子臨機應變暫即尊位以維繫人心亦無不可爾時天下爲重承襲爲輕自有權衡故也昔者舜不告而娶君子以爲無後況廟社所關尤大於無後哉夫天下不可一日無主自靈武即位後大臣起兵者輻湊而至河南江淮諸道知上即位殉國益堅然則兩京恢復卒返舊都謂皆肅宗即位之力也可吾聞靈武使者至蜀上皇喜曰吾兒應天順人夫復何憂當時名臣如顏魯公李鄴侯郭汾陽等皆不聞以即位爲非至華陽范氏始謂太子叛父致堂胡氏譏其欲速見小拘牽文義不明大體非通論也

湖南文徵卷三十一

湖湘後學集編

論八

論鹽一

孫鼎臣

以天地自然之利利民而國亦賴其利者鹽也雖然大利之中大害伏焉古之榷鹽不一官自煮之而自鬻之者漢之武帝明帝宋之藝祖元之順帝也立官司而收其稅者陳之文帝北魏之宣武後周之文帝也召商輸銀粟於京與邊給以所在鹽者宋之天聖明之洪武也商輸銀運司買引赴場支鹽者元之至大明之宏治以後與今制也自漢至今榷鹽之法隨時損益法

之興也愈繁則弊之出也愈滋善爲法者以民之利散之於民制其出入不務與民爭利而其利究歸於國家人第知厲禁之爲禁不知不禁之禁爲無形也知多取之爲取不知薄取之取爲無窮也宋咸平中度支使梁鼎請官自鬻解鹽於邊內殿崇班杜承審言往者鄜延環慶儀渭等州禁靑鹽令商人芻粟運解鹽於邊直與靑鹽不遠是以蕃部靑鹽欲售而無從今官運解鹽欲與內地同價邊民必入蕃販鹽徼利而居者亦樂其價廉與之市是助寇而結民怨也事乃已其後河決運艱增江淮兩浙制湖鹽價兩浙轉運使沈立言本路鹽課緡錢歲增七十九萬官估高而私販轉熾誠恤亭戶裁官估令人得詣場取鹽則鹽善而價平人不冒禁私售帝納其言而歲課視舊額倍增元至大延祐開鹽一引增至鈔一百五十貫積而不售明初開中之制凡引準銀八分商費少利厚邊粟不可勝食夫禁蕃部之私與禁內地之私其難易可知而宋之所以絕之者惟在於平價增課以給用人之所知也乃官估裁而歲入轉溢於舊元之一百五十貫而不售明之八分而邊饟充由是觀之榷鹽利者豈在嚴禁防而重徵斂哉夫穀與鹽皆民之所以生而不可一日闕者也五穀無地不生鹽亦無地不產有天下者制田爲賦五穀之糴糶未嘗有禁而鹽獨有官私之別畫之地以限之又欲其流行而無壅此於理則不順於情則不協於勢則不

便無怪乎法變事夥心徒勞而政彌拙也宋蔡京罷轉般之法囊括四方之錢入都以爲羡令商輸錢提舉司先至者爭支以示勸東南之鹽利厚而商困矣明之開中於邊本良法也久之以商所應支之鹽別之爲常股爲存積倍存積之價越次收支存積行而常股滯葉淇又從而變之不輸粟而輸銀不於邊而於運司始之準八分而致一引者益之至於數倍雖驟增帑百萬而邊儲大壞終明之世竭天下之力備邊卒亾其國淇之變開中與京之廢轉般其用意同也京之先至增支與存積之越次收支其用意亦同也罔天下之利而巧爲法以取盈京旣禍宋淇亦禍明傳言與其有聚斂之臣甯有盜臣豈虛也哉立天

下之法必要於簡易使其民易知而易從後世鹽法所以不行而滋弊者太難與太繁之故也原其意非是無以籠其利而無遺然至於格而不行吾未見其利之安在也其爲計亦左矣唐劉晏論鹽法謂官多則民擾惟於出鹽之鄉置吏及亭戶收鹽轉鬻任其所之晏之言非唐一代之法百世之法也仁哲之君察民物之情循天地之理鑒古今之蹟因勢利導而爲之法其必有道與

鹽法必數十年一變大利所在弊因而起行之既久則弊之積也必厚故當與變而通之商引之行重四百年弊之積也厚矣變通之利其在斯乎嵩燾識

論鹽二

孫鼎臣

治天下之弊當究其弊之始終得其所由生與其所終極去之而利自見天下產鹽之地曰兩淮曰兩浙曰長蘆曰福建曰廣東曰河東曰甘肅曰雲南曰四川淮南歲引一百三十九萬五千五百有十課銀五百八十餘萬兩淮北歲引二十九萬六千九百八十有二課銀二十七萬二千兩有奇兩浙歲引八十萬五千三百九十有七課銀二十九萬兩有奇長蘆歲引九十六萬六千四十有六課銀一百五十六萬兩有奇福建歲引五十四萬五千六十有二課銀三十萬二千六百兩有奇廣東歲引八十一萬四千五百有十課銀六十四萬七千五百兩有奇河

東歲引三十三萬三千四百四十有二課銀五十八萬一千六百兩甘肅花馬池歲引七萬二千六百八十有六課銀一萬四千五百兩有奇雲南無引歲額以觔計者三千九百四十二萬七千一百課銀三十七萬六千二百兩有奇四川無額視一歲所售之數請引於部而備餘引凡五千蓋鹽課居天下財賦四之一兩淮最鉅其弊亦最甚爲鹽之策者亦獨繁要其歸則緝私也恤竈也裕商也爲緝私之說者天下無不食鹽之人生齒之息今倍於昔鹽之售反絀於昔則病鹽者實私鹽也彼塞則此通矣其說誠是也然私果安出乎私之途非一船私者出於商船之船戶漕私者出於回空之軍船鄰私者出於鄰境之商

梟私者出於所在之私販以其慓驁也而謂之梟功私者出於商所捕得之私鹽而莫盛於商所自販之私商賄吏而以滷秏爲名溢於額引者倍於售也先私而後官私無課而官有課也雖然商之販私非商之故課重使之然也課之重非課之故吏黷使之然也順治初始定綱數淮南之引一百四萬二千三百九十淮北二十二萬九千一百二十有二今淮南之引增三十五萬三千百有二十淮北之引增六萬七千八十有六矣引目旣增商未受鹽而先輸課輸課之外歲有貢貢之數五十萬在公之費又七八十萬其閒大工大師旅則有加價有加觔商又輒獻銀以佐　國家之急常一二百萬產鹽之地自場吏以上

行鹽之地自卒役以上至於文武之大吏莫不有賂而又責之貸錢船戶以造船出財募人以捕私其爲用之繁且廣如是定制凡引課銀八錢三分及一兩一錢七分而商非銀二三兩不能運一引其後向之二者增而四三者增而五鬻一綱之鹽纔得三百萬而所費殆二千萬欲毋販私得乎故雖販私而吏不問也商私行而官引滯矣總船私漕私鄰私梟私之數不敵商私船私漕私鄰私梟私可以法戢而商私不能禁故緝私之說掩耳盜鐘之說也夫鹽產於場場不私鬻私鹽安出禁其所販之地不若禁其所產之地淸其源而流自絕於是有議稽火伏以禁場私者矣火伏者所以稽煮鹽之數也一竈爲一鐅歷一晝夜一鐅之得鹽若干有定數起止皆場官監之然諸場廣袤數百里火伏之時有先後逐竈逐鐅而視之不能之勢也且夫計口授鹽度天下之丁制爲引之數引之數有限而鹽之產恆有餘積有用之鹽於無用之地欲禁朝不給夕之竈丁使毋私鬻禁嗜利之商與梟使毋私市可乎禁之必收餘鹽以恤丁丁有餘力場無餘鹽私不緝自止此緝私先恤竈之說也雖然是餘者委之無力之場商收之乎委之積困之綱商收之乎課逋帑絀欲仰於官而官又不能故恤竈之說亦畫餅以止兒嗁也不收餘鹽無以恤竈不紓商力則不能收餘鹽然則裕商其恤竈之本乎於是搉鹽之使司計之臣請蠲　王貢矣請免積逋

矣請帶徵滯課矣請加價加觔而免其課矣又有封輪散輪之法以劑其盈虛有借底馬之法以資其轉運凡所以爲商計者無弗至而商之困不蘇額入之課累歲而可逋官吏之費依時而無爽故裕商之說亦朝四暮三之說也原其所由始而極其所終其利弊之所在瞭然矣往者陶文毅督兩江當淮北積弊之後綱商盡散乃更其法爲民運官給票而收其稅命曰票鹽行之而效益蠲一切之宂費其費則視商運纔損三之一而運鹽者已獲厚利積年之滯鹽頓空亦宋沈立裁官估而歲額轉增之證也後十餘年淮南之商益困陸沔陽以文毅爲之而效也如淮北之法行之而綱法始盡散未幾東南用兵兩淮之引

地戎馬交馳鹽法益壊地無餘而弊亦隨之蕩然盡矣數窮理極向之鉤帶蟠結堅如錮山紛如積絲數十百年　廟堂之上勞心焦思以圖之閎識之士竭智畢慮以謀之扃而不可排障而不可開者一旦決去如轉石於千仞之岡而墜之淵也雖人事爲之抑豈非天哉

論鹽三

孫鼎臣

往者亭林顧氏善劉晏之法而稱李雯之言亭林之說後人習聞之舉之達於朝諗於當事之吏尼而不行則所謂鹽利之不可興由於鹽吏之不可罷也當道光之九年御史王贈芳嘗以課歸場竈請矣襄平蔣相國與鹽政福森駁之越二年華陽卓相國太僕寺卿梁中靖翰林侍講學士顧蒓又以是請安化陶文毅駁之今觀其駁議之言則慮場地之廣而漏稅也竈戶之貧而逋稅也鹽之隨稅增價也商之爭競居奇也遠地之不得鹽也場不能置庫而場官之輦運煩也場官之職卑而稽察不能周也竈地之被災而病稅也根窩裁而失業者多也根窩之

說後卒裁之亦無甚害懼竈地之不能無災則制田賦者亦豈能必天之無水旱哉是數說者皆未嘗就其事之理而熟思之爲之說而詳處之也誠著爲法以場商之有亭池自煮鹽者爲鹽戶予以執照編之冊其有亭池煮鹽之竈丁願爲鹽戶者告官一例予照編冊其貧無力以亭池鬻於富民而自爲竈丁者聽命督撫舉廉能州縣官爲場官而優其品秩稅銀之徵解考成視地丁錢糧例運司總其成餘官皆罷其稅則通覈一歲舊徵正課之數與各場一歲產鹽之數均之而酌其中每百觔定稅若干必畫一毋畸輕畸重其舊徵之雜項勿計鹽戶自煮鹽鹽成告官開市場官稽其數而監其買賣按所賣之鹽依稅則

納銀稅畢場官給稅票販商運鹽出場關津驗票而行不問所販之地販商不問何人先於所在州縣領照赴場買鹽無照者禁州縣每三月具其數上之運司鹽之價毋官定稅則必畫一者均輕重以絕趨避也勿計羨者有鹽即有稅鹽溢稅亦溢鹽無所爲餘則稅無所爲羨也許貧丁以亭池鬻之富民者通貧富以重鹽戶順丁之情勿强也舉州縣爲場官者吏選慎然後鹽政清劉晏用士人之意也罷餘官而總於運司者一事權塞利孔也場官給稅票者利商旅譏盜鬻也販鹽必領照而具其數上運司者稽匿漏防侵欺也鹽無定價者產有衰王物有高下市易之道不可以法齊也天下無無稅之鹽而私販不必緝

鹽隨出稅隨入逋課不必督大商小賈人人得出財自運鹽而鹽無地不通壟斷不必慮淡食不必憂官少而費省價輕而售易鹽之利盡歸於場不必優恤而鹽戶自饒不必厲禁多取而歲入自倍諸弊去諸利興因利利民而國亦賴焉者此也道光之初綱法猶未甚壞食鹽之利者衆稅徵於場國利民利商利而官不與焉故雖以襄平之忠安化之才不能不撓於衆多之勢時之未至雖賢者無所用其力歟兩淮之綱既廢引地之禁亦盡弛東南民食之鹽莫可究詰其直不減於昔之綱鹽民不食賤而國失數十萬之課利權旁落皆中飽於姦民鹽法之吏宜莫便於此時矣於是當事之吏始思往者之言課徵場稅而不立法不擇官自咸豐五年至七年七月稅銀止八萬六千五百餘兩偷漏侵漁皆所不免或者遂謂海濱隨地爲鹽不盡受場吏約束勢必設兵重刑而彼亾命無不通盜雖賢能有難制且鹽官之不能盡罷猶河吏之不能盡裁以爲場稅果不可行信能從吾言鹽戶立矣猶有不受約束者乎鹽利盡歸於場猶有通盜鬻私者乎定場官之考成而精其選猶有侵欺者乎傳有之疑事無成建非常之原而蹈常習故之見牽於中以此而責成功也難矣哉

就場徵課之說亭林先生亟稱之其實必不可行海濱遼闊隨地可煮隨處可銷孰得而禁之果行此法壅者自壅通者

自通不過驅利而歸之場官耳陶文毅晚悟其非斷然不行誠遠慮也劉翰清誌

通論唐宋官人之法

孫鼎臣

古者士入大學格物誠意正心修身齊家而國與天下之理皆備焉庠序學校其養之有禮其教之有法然及其升於司徒司馬猶必論定而後官官定而後祿如此其慎也後世古制廢矣然取之不精用之必審重於其始進而不限其將來磨以歲月窮以事變猶可以塞僥倖而作人才此吾於唐宋有取焉而深咎明制之失也官人之由貢舉三朝之所同也遲速之序內外之任則有異矣唐制秀才高第正八品上京官則協律郎署令外官則中州錄事參軍事軍鎮兵曹倉曹參軍事之屬明經高第從八品下京官則三省主事考功主書評事外官則京縣尉

上中縣丞之屬進士明法甲第從九品上京官則宏文館校書郎正字外官則諸府州錄事上縣尉中縣主簿之屬乙第從九品下京官則崇文館校書郎外官則京縣錄事中下縣之屬筮仕之初品位不過如此宋制進士明經入望州判司次畿簿尉九經入緊州判司望縣簿尉諸科明法入上州判司緊縣簿尉判司簿尉初任循一資入知令錄次任二考以上入正令錄知令錄循一資入初等職官正令錄入兩使職官初等職官兩資入支掌防團判官三資入節察判官故蘇子瞻言選人改京官常須十年以上薦更險阻析討豪釐猶與唐制不遠明制不然進士高者入翰林次主事中行評博又其次爲知縣而簿尉之職以待外流即舉人常調亦皆自知縣始則其遲速與唐宋懸絕矣其內外遷轉之制唐世凡官不歷州縣不擬臺省侍郎闕擇常任刺史者郎官闕擇常任縣令者韓退之河南府同官記盧邁鄭餘慶諸人皆以主簿參軍入爲御史郎中官至尚書宰相是也宋人仕宦以臺閣禁從爲榮而非積資累勞不能至乾道二年詔非兩任縣令不得除監察御史非曾任監司守行不得爲郎官初等職官除大理寺丞兩使職官除著作佐郎支掌團防判官除太子中允節察判官除太常寺丞皆六考其外之大藩列部又以朝臣出牧招討宣撫諸使則二府大臣經略安撫則直祕閣以上河南應天知府事則郎中以上諸府則朝官

及刺史以上出入常均中外迭用此二代之制之善也明通籍之始京外截然後日之通塞由此惟科道考選有科目出身之推官知縣而科目又重進士而輕舉貢舉貢知推與進士同考大抵僅四之一起州縣入爲公卿者絕少此其變唐宋之制而失之者也自舉貢興而學校爲利祿之途古之養士之政壞矣然唐宋入仕有漸而中外歷考之猶未失論定後官之意明盡棄其制用科目太驟視州縣太輕中葉以後士橫而不制民困而不恤朋黨與盜賊交訌故唐之亡以藩鎮宋之亡以夷狄而明之亡也以搢紳

通論唐以來國計　孫鼎臣

財者天下之大計財有數而用無常考其盛衰足以知其理亂其君仁恕恭儉民得阜其生而遂其求無斬富之心而天下之富皆歸於國君失其道政失其理聲色狗馬土木之欲繁而水旱盜賊夷狄之患作於是聚斂之臣進剝下益上至於四海困窮天命人心隨之而去於戲不可畏哉唐天寶盛時海內殷阜斗米爲錢十三行千里不持尺兵是時天下歲入租錢二百餘萬緡粟九千八十餘萬斛庸調絹七百四十萬匹緜百八十萬屯布千三十五萬餘端元宗侈心一生宇文融楊國忠王鉷之徒以財利取媚遂釀安史之禍盈虛消息勢如反掌兩京陷沒

民物耗斃肅宗中興奮於艱難之中用兵專仰江淮財賦至大歷初稍稍孳息史稱鹽利六百萬緡居天下之賦之半則其歲入可知矣宣宗既復河湟天下兩稅搉酒茶鹽錢九百二十二萬緡而歲費率少三百餘萬德宗用楊炎變兩稅歲斂錢二千五十餘萬緡米四百萬斛以供外錢九百五十餘萬緡米千六百餘萬斛以供京師元和二年李吉甫上計每歲兩稅搉酒斛㪷鹽茶利總三千五百一十五萬一千二百二十八貫石較天寶所入少一千七百一十四萬八千七百七十藩鎮專擅封殖貢賦不入彊圉日蹙國計所以日貧也宋太祖懲五代藩臣驕恣漸收利權守令更用文臣其時士卒簡練宗室鮮少自朝廷以及郡縣官不及備故財雖不足而綽然常若有餘休養生息至於太宗遂成富庶至道之末天下歲賦穀以石計錢以緡計帛以匹計金銀絲緜以兩計總七千八十九萬三千天禧之末天下總入一萬五千八百一十五萬出一萬二千六百七十七萬五千二百有贏無絀洎於皇祐翰林承旨王堯臣等較出入登耗之數爲書上之元年之數入一億二千六百二十五萬一千九百六十四自是而所出無餘矣英宗治平二年入一億一千六百十三萬八千四百而其出也乃一億二千三十四萬三千一百七十四財多而用不贍則兵冗官濫宗族太蕃之故也熙甯以後言利者蠭起掊剝橫賦法守蕩然矣紹興偏安國用

惘給咸淳二年起截中數錢關會子二千四百九十五萬八千七百四十八貫銀一十六萬九千六百四十三兩紬四萬一千四百三十八匹絹七十三萬七千八百六十匹絲九萬五千三百三十三兩緜一百五萬七千九百二十五兩綾五千一百七十九匹羅七千三百五十五匹戶部以是定額牒諸路趲催蓋南渡後所見於史之數如此元志食貨疏陋一代之大計闕如明初制財有法立魚鱗圖以覈土田立黃冊以稽民戶賦役既定徵斂以時關市之征務爲簡約盡除宋元苛細之弊以屯衛養兵以開中實邊天下府庫各有存積外餉不支於內京師不括於外其取有制其用有節宏治以後內府供億寖繁始增市

稅置官房改折直省漕糧以供御用繼以武宗之游畋荒宴世宗之營建祠醮累世之積秏焉久之外庫所藏宣索亦罄由是羨餘乾折鈔沒孝順之名起姦璫四出礦稅橫擾四海騷然民不聊生葢至萬歷之世危亾之禍成矣然其時田土官民總七百一萬三千餘頃夏稅米麥四百八十萬五千餘石鈔萬七千六百餘錠租鈔三萬二千五百餘錠稅鈔七千六百餘錠秋糧米二千二百三萬三千餘石租鈔萬八千八百餘錠屯田花園倉基徵糧四百五十八萬四千餘石京通二倉薊密二鎭漕糧四百萬石太倉庫銀四百三十八萬餘兩內承運庫銀一百六萬一千餘兩廣惠庫鈔五萬八千九百二十八萬餘貫折色錢

五千九百七十七萬餘文天財庫鈔六十六萬五千餘貫折色錢二百四十三萬餘文經入之數無減於舊而出倍於入蹟貨無藝至天下兵起乃益橫征苛斂救敗而遹速之亦可悲已是故天下之財一也物之裒王俗之奢儉繫人主之敬怠而已以開元之富實而元宗西幸以彭原之迫隘而肅宗中興以五季之凋瘵而藝祖開國以建中靖國之豐亨豫大而二聖北狩貸逋租寬稅額而明興講礦利增田賦而明亾數君之成敗得失豈非千古制國用者之龜鑑哉

附記

本朝順治八九年閒歲入額賦銀一千四百八十餘萬兩出數一千五百七十餘萬兩內各省兵餉一千三百餘萬各項經費不過二百餘萬見順治九年給事中劉餘謨疏十三年以後額賦一千九百六十萬增餉至二千四百萬見張玉書紀順治錢糧數目至康熙閒部庫存至八百餘萬雍正時漸積至六千餘萬兩後西北兩路用兵動支大半乾隆十年臺臣請定會計疏稱每年所入三千六百萬出亦三千六百萬至四十六年部庫存銀乃七千餘萬見是年阿桂疏道光二十一年庫丁盜帑事發虧銀九百餘萬 宣宗責管庫諸王大臣分年賠繳又通飭內務府部院各衙門裁減浮費斥三苑三山珍貨命有司變價庫虧之數數年彌補全完自二十一

年至三十年戶部奏每歲入數三千七八九百萬不等出數三千六七八百萬不等歲計略有贏餘其內庫之數嘉慶十九年存銀一千二百四十萬兩見是年英和疏道光三十年猶八百餘萬廣西用兵屢頒 內帑濟軍需至咸豐三年七月存銀三百萬兩

論治四　孫鼎臣

天下者州縣之積也宰相者治之所由成而州縣者治之所從出不可輕也治天下者養之敎之而已朝廷有養之敎之之政而不及於民是州縣之過也川陝楚之變民皆以州縣爲辭州縣者民之所望爲父母也今疾之如仇讐而欲剸刃焉其所由來遠矣豈盡州縣之過哉選之不精任之不重待之不寬夫是以敝至此也州縣之途四曰進士曰舉貢曰捐納曰丞倅舉貢進士困於記誦之學而溺於科舉之文一日臨人腐儒老生低首而聽於幕友吏胥卽其聰明才德之士猶必磨以歲月然後能稍習其事及其欲有所爲而更調之符至矣立賢無方捐納

亦人才之路也然甫入貲而遽出宰階級躐矣且彼之入貲果何心哉求以償其欲也柰之何其以民之脂膏而爲市乎由唐以來縣令多取丞倅然唐宋之丞倅士人也今則捐納出其中吏員出其中其人已嘗毀廉恥而自屏於流外矣其拔而出之者皆巧於媚其上官而忍虐用其民者也千金之璧使傭匄守之如之何其可乎吾故曰選之不精也州縣之上有府矣其上又有巡守道又其上有藩臬之兩司又其上有撫有督一吏也而監之者五六人此一人者之性情語言動作其順逆皆足以爲利害其左右之人以至佐史之屬其好惡皆足以爲毀譽其居與行之供億皆取給焉雖公廉之長臨之固已不勝其病而況有所挾以逞其私哉利之當興也害之當去也此五六人者一不可則其事不能舉此五六人者條敎之所及意旨之所向心知其非而不敢不從三年而政成課吏之法也爲地擇人之說興數徙而不安其職首尾不貫上下不親往者行取之制州縣猶可望躋清要中材可以勉强於功名今士人一綰縣符終身擯外百餘年來公卿中以州縣起家者無幾人雖俸滿大計保舉未嘗無激勸之法而循資而升其至方面大僚蓋往往而難也吾故曰任之不重也　國家之本意以敎養其民責州縣督之之淡防之之密本意亾而文法勝錢穀簿書之閒一毫之不如法輒干處分故有受事數日而註吏議歷官數十年而未

霑寸祿者歲滿考績雖龔黃召杜之倫不能及格功罪黜陟操於奸胥之手骫法要賂必饜乃已且夫絃急則絕法急則玩操之已甚窮而思遁者人之情也催徵不力之法重不得不侵移刑名失入之法重不得不姑息緝捕廢弛之法重不得不諱飾刀筆出入休咎從之彼其心日諰諰爲救過之不暇而暇敎養其民哉歲祿之外加給養廉銀多者至千餘兩至優也然前人侵欠責償後人一人逋負波及數任謂之攤賠公事無名之費例所不許均之州縣謂之公捐皆於養廉除之而養廉僅虛名矣父母妻子之養族姻賓客吉凶往來之禮安所從出乎吾故曰待之不寬也有此三者故高人之行出羣之才常薄之而不

樂就而吏始回面易慮甘爲苟賤不廉第求便其私圖而職事之修廢民生之休戚不計矣州縣積輕如此天下果何由而治哉復唐宋之制丞尉以進士舉貢爲之考滿擢京朝官復出爲州縣則練於吏職而習知民情仿漢令長太守刺史之法州縣屬於知府知府屬於巡撫置掾屬分理刑名錢穀之務罷司道官則事簡而易達省苛細之文法而厚其祿則人自效而得盡其才用明邱濬之言九年通考課功黜陟一考再考平常者復任殊績就加其秩然後可以責成功采唐元宗之詔凡官不歷州縣不擬臺省進取之望遠故有爲之志興選之者精任之者重待之者寬州縣得人而天下如網之在綱矣

論兵三

孫鼎臣

周官之法卽比閭族黨爲伍兩卒旅之師今之團練鄉兵其遺意也聚則爲兵散則爲農無稟餼之給徵調之煩兵莫善於此矣嘉慶閒教匪之變勞師六七年堅壁淸野之議行民自團練遂以平賊蓋以兵戰以民守官兵之所不及鄉兵佐之費省而功鉅今患經制之兵不足而行召募召募不足而議團練誠省兵省餉之策也然自軍興以來直省州縣被　詔舉行四五年來賊縱橫如故城邑被陷如故此其無實亦可見矣其有能殺賊以自衞者利見而害隨之豈今昔之事理固殊哉蓋嘗論之今之團練有數難昔之用給於官今責之使自出財民多不欲此惜費之說也人情偷惰僥倖苟免此憚勞之說也惑於賊惡團練之言疑其不能禦賊而適以啖賊此懼禍之說也以惜費憚勞之心又益之以懼禍無怪乎　詔書屢降文告日張而民之起而應者少也嗟夫由今之團練幸而成者少使皆成害可勝言哉團總團長藉爲姦利凌弱暴寡魚肉一方幸而勝賊恃功驕橫小之獄訟賦稅官不得問大之戕虐吏民法不得加小民不知禮義日習戰鬬人人有飛揚跋扈之心喜亂樂禍於戲團練用民以禦賊也今乃變民爲賊其與夫始意豈不甚剌謬哉其所以然者法未善而任非其人也今夫比閭族黨周官之所以聯其民使之相屬後世之保甲也伍兩卒旅周官之所以

聯其民使之相屬。後世之鄉兵也無比閭族黨，則伍兩卒旅爲烏合之兵；無保甲，則鄉兵爲烏合之民。焉有烏合之民而可望之親上死長者？今之議團練，不先之以保甲，不問其俗之美惡、情之離合，而但驅之爲兵，固已徇其末而遺其本矣。而其所謂團總團長者，其人至猥雜，鄉黨自好之士不肎爲，惟市魁里豪與士之無行者乃爲之，非有禦災捍患之意，故其民不之信而莫爲用。其冠常出入，民罹鋒鏑之慘，不得已合謀禦賊，則雄武豪猾出爲之渠率而籠罩之，故常偃蹇恣肆而不循法度。團練舉若是，天下豈有甯日哉！夫團練必自保甲始，保甲者所以輯和其人心而整齊其風俗也，非賢士大夫不能任其事。昔周官

之法，鄉有大夫，州有長，黨有正，族有師，閭有胥，比有長，皆以卿士大夫之賢者能者爲之，以卿士大夫吏其鄉而掌其政治，軍行而因爲之將，無事則安其敎，有事則聽其令，如手足之捍頭目，子弟之衞父兄，故散者聚之，聚者散之，舉而措之帖如也。鄉大夫、州長、黨正、族師、閭胥、比長之制，今不可復，則宜察士大夫之賢且能者，尊禮而事其任，使掌一鄉之事，別淑慝，重賞罰，約之以相保相糾之制，勉之以相賙相救之誼，使良民有所賴，而邪僻兇很者無所容。保甲成而鄉兵由此出矣。度地以制財，量戶以制丁，部之以伍兩卒旅之法，出則節制之師也，入則教訓之民也。如是而不能同仇敵愾，猶有驕恣而犯有司之法者，吾不信矣。昔呂叔簡、金正希皆主用鄉兵殺賊，世知鄉兵可用，而不悟用鄉兵者之爲呂叔簡、金正希也。於戲！安得盡呂、金而爲今之團總團長也。

民團之制莫詳於王文成，而文成用兵南贛、思田，未嘗一藉民團之力。募數百萬之勇，糜數百萬之餉，不足以資一戰，而責吾民之殺賊乎？三省教匪以剽掠爲生，又非今日比也。察姦民狡詐之原，酌取文成十家牌之遺法，剔除奸慝，良有司任之以衞一方可矣。嵩燾識

度地以制財，量戶以制丁，二語盡鄉兵之要。明末惟呂叔簡、金正希可與讀此。所謂觀於鄉而知儒術之非疏也。朱琦注

墟市論　高崧

洪氏隆興職方乘嶺南村落有市謂之墟以其不常會多虛日也至白樂天詩則稱亥市魚鹽聚或曰西蜀曰痎言如痎疾間日而作江南惡以疾稱故變痎爲亥或曰非也荆吳俗以寅申巳亥日集於市故白詩亦稱亥日總之不離乎不常會多虛日者是而皆不若嘉禾墟之善嘉禾十餘墟在南門內者爲豐和墟以三六九爲期鄉村男女各負米穀豆麥苧蘇瓜果韭薤葱蒜竹木鹽油棉花布疋互相通貿非日用所常需者不登於市朝集暮散民咸利之是亦所謂不常會多虛日者也而城東北各墟或相離十里或相離十五里或期以一五七或期以二四

八以一墟觀之則市不常會合數墟觀之此虛則彼會遠近各得其所男女各遂其欲故市之善未有善於此者也孟子曰市廛而不征法而不廛說者謂廛者所以抑之其不得不廛者恐其以市爲利藪也法者所以平之其不必復廛者恐其以市爲畏途也今觀嘉禾所交易者布疋菽粟之恆所往來者男女老幼之類韭薤葱蒜無山珍海錯之奇竹木苧蔴非珠璣玉貝之異甚至雞鴨之所孕字亦可易粟數升紡績之所贏餘亦可貿鹽數合小人近市朝夕得所求足矣童子無欺精麤價相若可乎此固不待征不必廛幷法亦無所用之故曰市之善未有善於此者也我觀通都大邑商賈輻輳徵貴賤權子母男不耕耘女不蠶織謂奇貨之可居惟秋毫之必析究之相競於末其實不便於民列肆之所陳農夫之所棄也賈客之所寶匹婦之所輕也又況僻在鄉村離城多里撫茲囊橐屈計無贏縱有一尺布五母雞恐亦道遠莫致賈用不售矣其能如嘉禾之物各相資墟自相比易粟易器不爲厲予取予求莫之疵也哉夫事之利於民者多矣非見之則不能知非知之則不能行墟市之設一聞之於洪氏再聞之於樂天不知其利於民之若是溥也抑又有疑焉疑夫不常會多虛日者之行之必不能久也果若茲之以十里爲一墟十五里爲一墟此虛則彼會遠近各得其所男女各遂其欲可不謂善乎凡吾所謂善以利民故也非利富

民利貧民故也夫事之利貧民者豈惟善之而已吾將告諸同志各於其鄉舉而行之

兵農分合論一

張紳

井田行而兵農合井田廢而兵農分此固兵農分合之由而要有不得不分之勢何言之古者王國六軍大國三軍次國二軍小國一軍所以分而制之者有其等軍統以鄉師帥以大夫卒長以正士司馬以中士所以統而屬之者有其人春蒐而教振旅夏苗而敎茇舍秋獮而敎治兵冬狩而敎大閱所以訓而練之者有其時無事屬之司徒有事屬之司馬夫是故居則聯其家而爲比閭族黨出則聯其人而爲伍兩卒旅子繼其父無召募之煩而數不缺自耕而食無廩餼之糜而衆自飽也是井田行而兵農合之善也爰及後世則有大謬不然者古者一人從

軍八家供之井田廢而兵不能無身家之憂古者馬牛車甲賦自邱甸井田廢而兵賦責之民閒民必重困古者敎練多調發少甸積六十四井始出甲士三人步卒七十二人是以七家而始調一人也三家正羨代更七家前後迭任王畿之內計凡七十征而役一周民生二十以後六十以前其爲徒役也僅矣後世動以百萬之衆盡其人而兵之當戰國時已戶三男子其何以堪命古者征伐不過數百里又師不逾時戰陣必以禮節其進退步伐於疆場之閒不啻俯仰揖讓於戶庭之內也後世長征遠禦兼年累月而其爲戰也決命爭首其暴骨之慘苟非强悍之夫精練之士欲其出入於生死之地此必不能故其勢兵

農不得不分昔齊之管子天下才也知先王兵農爲一之法不可以決戰於是變司馬法而爲簡略速勝之兵參國伍鄙國之三軍悉出近國都之十五鄉而農夫不與其爲農者處之野鄙專令治田供稅更不使之爲兵觀桓公問五鄙之法管仲對以兵不旅舊則民不偷是不以其舊爲農者忽而隸於師旅之明徵也兵習於戰而農習於耕兵農不相擾齊以故方行天下又隨武子云楚國荊尸而舉商農工賈不敗其業則楚亦以兵農分强洎乎秦漢秦以力征兼幷六國所以誘三晉之民耕於內而使秦民戰鬬於外者勢不能復力於農漢武傾國遠征於是有募兵有常從亦審於兵農不得不分之勢也而儒生動言復

古夫復古莫如唐唐初分天下爲十道置府兵六百二十四上中下有差統練有法更代有時總以折衝無事則力耕以足食有事則荷戈以從戎此誠得井田遺意然其後法浸壞衞士稍亾匿雖欲不從張說募士宿衞之說其可得哉或者不察輒謂府兵設而唐强府兵廢而唐衰竊以爲未必盡然也當太宗之置禁軍也擇善射百人爲二番又選材力驍壯者置飛騎其試而取之也甚精其十二都尉率五校兵馬而訓練之步伐擊刺秩然有序其所以橫行天下而莫當者有其法得其人也開元彍騎之設其始各衞悉果敢而勇於戰以故高偘獲車鼻裴行儉斬泥孰匐王孝傑破泥孰俟斤其時兵號最强安在彍騎

之不如府兵哉自李林甫上下爲書童奴侍官習爲翹木扛鐵禁軍弛而各衛軍皆壞則任之不得其人也夫無太宗之人行府兵之法不能爲强有太宗之人行彍騎之法不至於弱然則長治久安之策誠不在襄寓兵於農之迂談也論者又謂兵農分國有養兵之費夫此養兵之費征自民間非勞國家別計經營以供之也兵出死力以衛民民出供給以養兵其與寓兵於農自耕而食雖云有閒而兵不妨農農盡其力農無兵擾農自樂輸以天下之財濟天下之用於國無損而可以紓民力何憚而不爲此且農養兵與農爲兵其害孰甚農也而兵之倏被甲兵倏執耒耜今日赴戎行明日赴畎畝民安有須臾之暇一旦

有警外深鋒鏑之患內荒芟柞之功設復有周公三年之役宣王六月之師農功盡廢而田野爲汙萊此舍我穡事而割正夏雖湯武不能泯其怨咨也又況農必三時不害而兵必以時肄農不勤猶無農也兵不精猶無兵也兵農合徵發繁則農必妨訓練疏則兵不習以荷鋤秉耒之夫當披甲執銳之任敵未來而膽已落有望風而遁耳安能執干戈以衛社稷是以其兵委敵幷以其國委敵也害可勝言哉且民風不如三代久矣今人各知兵家皆習戰其桀鷔難馴之氣剛暴不可制之性横行井里少不如意操戈相向甚且振臂一呼亂者四應以之摧堅陷陣則不足以之挾制官長則有餘法令安所得施昔宋王安石保甲之編時鄉村無賴子弟自恃身爲保丁又家藏利兵身挾武藝由是要結黨友羣行攻劫州縣不能制父兄不能禁其甚者入縣鎮殺官吏矣此其殷鑒也資以禦敵而反爲寇盜以此論之兵農莫善於分莫不善於合四民各守其業士恆爲士農恆爲農工恆爲工商恆爲商故習其業而精也今必責士也兼之爲農工也兼之爲商則業分而兩無所就且古者入而卿相出而將帥今之上馬橫槊下馬賦詩者幾人如必使武臣操毛錐子舞文弄墨文人持長鎗大劍角逐疆埸其可得哉文不能武武不能文兵農又安可合乎哉

兵農分合論二

張紳

三代而下兵農既分雖聖人不能復合其勢固然然以時通變因地制宜則有利於分者亦有利於合者論者謂人習戰鬬法令森嚴之日宜於兵農合承平既久人不知兵之時宜於兵農分竊猶以為未盡兵農分合之利也攻戰守衛兵農利用分防汛邊戍兵農利用合今夫屯田之法亦古者井田遺意井田寓兵於農屯田寓農於兵足食足兵計未有便於此者自漢趙營平屯田湟中遂倣先零諸葛屯田渭濱軍食因以不匱棗祗韓浩屯田許下羊祜屯田荊襄又後魏李彪請立農官取州郡戶十分之一為屯田唐憲宗時募民為十五屯墾田三千八百餘

里太和末畢諴募士開屯田咸收其利元初當征討時每遇堅城大敵則屯田以守之後各衛行省皆立屯明初則令諸衛分屯於龍江等處及邊竟荒田撥軍屯糧為官軍俸洪武所謂養兵百萬不費民間一文者也宋時歐陽修范仲淹輩咸建此議洵哉足食足兵之至計也雖然屯田有利而亦有害睹其利而未睹其害將盡天下之兵而屯之則兵不勝其擾又盡天下之田而屯之則民不勝其擾兵擾而有兵如無兵農擾而有農如無農害且不旋踵而至漢唐以來前事可睹矣漢唐之所以有功者邊地用屯宋之所以流而滋弊者腹地用屯而魏晉之擾則又兼以民屯夫地有可屯不可屯之別人有可屯不可屯之分今欲酌古準今萬全無弊師漢唐之法以收其利而變通於魏晉宋之法以祛其弊則必不可屯之地必不可屯之人有在矣所謂攻戰守衛兵農利用分是也不可不屯之地不可不屯之人亦有在矣所謂防汛邊戍兵農利用合是也何者攻戰與邊戍異防汛與守衛異守衛之士卽攻戰之士有事以備折衝之用無事以備干城之固訓練精弓馬技擊嫻習乃能出沒於鋒鏑之間執干戈以衛社稷非來自田閒而可足用也倏而農倏而兵農不習而兵亦不精則兩病故曰兵農利用分也若夫防汛邊戍則不然防汛分屯官道不能歸營伍以時訓練無事不過馹遞送迎有事亦不能用以攻擊昇平既久既無烽燧之

警徒為仰食於官日事游惰其黠者陽託巡緝陰肆奸宄借端滋擾囦害平民國家何事以有用之資養此無用之兵然而裁之則又官馹往來不便備豫亦疏計惟有於防汛之處授以田畝使之務農則有恆產兼有恆業恥心生而奸不得逞家有積儲守望自切禾防偷竊巡查自勤役不荒差不誤而國家并無糜餉之糜則是一舉而君民兩利也且夫軍國之事備邊為急備邊之事兵食為先道里遼遠戎人反覆撤戍則心生減兵則力弱將為久遠計而糜費日繁則國病轉輸難繼則民病千里饋糧師不宿飽則兵亦病欲其士飽而嬉馬騰於槽於以伸威境外慮非屯田不可計人授畝耕耨以時農隙講武而又以其

閒修城砦堡以爲藩籬蓄木種樹以限戎馬人有餘勇軍有餘粟戎人震慴而誰何無養兵之費而收富强之實雖以長治久安可也故曰兵農利用合也於其利用分者而合之兼顧而兩不能精誤農兼以誤兵也於其利用合者而分之供億而命不能堪農困而兵與俱困也是在善謀國者以時通變因地制宜可分而分可合而合則兵農兩利而國家有萬年不拔之基矣而要之分爲經久合則權宜萬不可以目前之利而貽害於將來亦不可以一方之效而流毒於天下如必襲寓兵於農之法恐處士之迂談無當於國家之實用也

案一法立一弊生故曰有治人無治法言得人則法可行非

謂法全可廢也土兵鄉團自古良法而有得力有不得力則視辦事之人乃近時治兵大帥及談兵智能之士皆以鄉團爲甚不然幾欲懸爲禁例無論各省以團見效者不少即如楚軍之起自湘鄉新甯諸邑者孰非先練於鄉邑而後出征乎如謂鄉團習成剽捍恐他日逞兇難制則召募之軍何獨不然如近日逃丁叛勇成羣刦掠來去如風民不藉鄉團自衞束手以待官軍之至乎葢當因時因地以制宜無庸預設成見也汝懷附記

士先志論

劉際泰

立乎千百庸衆之上而儕於千百庸衆之中既儕於千百庸衆之中猶自謂居乎千百庸衆之上抑不知其所以異於千百庸衆者果何在也夫立乎千百庸衆之上者非士哉彼貌爲士者冠儒冠衣儒衣自謂與流俗迥殊究其所爲卑污苟賤爲流俗之所不屑爲而弁爲流俗之所痛疾而交刺此固不足爲士也若既學爲聖爲賢矣亦既欲建功而立業矣猶或不免浮沈歲月優游身世初無痛自克治勉爲策厲之意又或刻自振作力圖日新竊其隱念眞有不甘於廢棄者未幾而氣稍靡矣未幾而力漸墮矣由是遷延畏葸前功盡喪甚至身名瓦裂一敗不

可更振此其故何哉則曰氣之不勇而非僅氣之不勇也則曰力之不堅而非僅力之不堅也彼其先立志原不勇故其氣因之不勇立志原不堅故其力因之不堅使其志果卓立千仞百折不回則卽摧挫之不能少撓磨削之不能少屈而決然一往有必成吾志而後已者甚矣志之徹始徹終而士不可不先定也冉氏之終於聚斂宰氏之行不逮言皆志之不立者也孔明之鞠躬盡瘁不逆睹成敗利鈍郭令公之屢遭讒退聞君命輒身捍國難皆能立其志者也志既定則明善而善可明誠身而身可誠爲賢爲聖由是建功立業亦由是尙有儕於庸衆之中而不能立乎庸衆之上者哉故記曰士先志

諫論

陳源豫

君臣之見相闓則有諫。既不能屈己以從君。乃欲挽君之見以從己固已難矣。而或不慎所發。適以啟厭棄之心。後將難繼。故君子不遽諫也。務先積其誠而已。夫誠感誠應。僞感僞應。古之君臣知無不言。言無不行。固有立乎其先者。後世則不然。臣以直諫之名爲榮。君以拒諫之名爲辱。諫者十。沽聲譽者二三焉。希榮寵者四五焉。其尤者己既欲居直諫之名。又欲使君自愛其名以妄冀夫身名之俱泰。是故陳利害則或以爲恐懼我。援成憲則或以爲要脅我。論理道則或以爲賢智先我。迫於理勢之無可如何。或且陽予之。陰嫉之。容於此而發於彼。臣以術貢

君以術馭。僞與僞交。市天下事。未有能濟者。而且曰吾言之不用。嗟乎。亦思其所以不用者孰使之然哉。然則當柰何。曰莫妙於閒。有時閒。有事閒。有人閒。韓琦諫撤簾。而曹后復政。呂端鎖王繼恩而太子得立。眞宗時宮禁火。王旦謂財帛不足惜。患政令賞罰有未當。中外乃得言朝政得失。此得時之閒也。潁考叔請羹遺母。莊公母子如初。魏王欲易儲。賈翊對以袁本初劉景升父子之事。武后夢雙陸不勝。狄仁傑曰不勝無子也。天殆以警陛下。嚴世蕃弄權擅威福。徐階第列其謀逆數事。此得事之閒也。若夫人閒則又合時與事。君子與小人而用之。張良招四皓輔太子。高帝以爲羽翼已成。呂后王諸呂。陸賈知不可。已乃說陳平交懽周勃以安劉氏。至於狄仁傑說張易之勸詔還廬陵王。李東陽楊一清謀誅劉瑾。先結張永。罔不因人而成事。昭烈白帝之敗。諸葛亮曰孝直而在。當不令主上東行。夫君臣相得如魚水。不得其人。諫且不行。況其他乎。而要非有忠君愛國之誠者不足語此。蓋其心本不繫夫君國。苟得其閒而用之。則天下將轉移於無形。而彼之名不顯。今試有人焉。善吾勸過吾規而究其本心非諄諄於我。不過訐吾短以自鳴其直諒。吾將茹之乎。吐之乎。親之乎。遠之乎。以己之所不能堪於友者施之君。友之所不能得於己者望之君。何不恕之甚哉。子夏曰信而後諫。孟子曰不誠未有能動者。伊尹之於太甲。周公之於成王。

當其志氣未孚。曾不敢以理喻勢禁。惟積誠以需之。至於三年之久而始悟。後之君臣。其果賢於太甲成王伊尹周公否耶。而乃欲於立談之閒劫而取之。其可得乎。況欲假是以希寵榮沽聲譽。吾未見有能善其後者。

淮陰侯論

陳源豫

烏乎韓信忍不如高帝智不及子房烏能免於族哉秦之末造豪傑并起高帝雖有蕭何樊噲輩屢起屢蹶幾不保逮其後子房謀於內韓信力征於外遂有天下當時之材智無二人匹者其見忌宜亦相等而子房顧超然不及於禍夫欲知人之所不忍當先觀其所忍方項王得太公置俎上以相要約高帝乃爲分羹之語子房於時固窺其微矣而信顧且爲假齊王且夫子房豈不知神仙之事之爲誕者乃欲從赤松子游且辟穀信則必待被執時始悟何信之明於料項王而闇於知高帝也語云神龍有欲則易制信微時爲母塋葬地其旁欲置萬家後又以

漢必不奪我齊地夫手挈天下以與人其所欲得者僅裂土之封而卒不保其有且至夷族不大可哀乎或曰信從陳豨謀反罪當誅夫登壇數語識時務者莫如信天下未定尚不肯背其君廢爲侯手無尺寸柄復奚爲耶彼舍人之告變安知無使之者

君心論

李紹蓮

王者御世之道不一期於治而已矣王者致治之道亦不一期於安民而已矣夫安民以政政本於心心之所存有公私則政之所施有誠僞有誠僞故有順逆有順逆故有從違有從違故有治亂觀者泥其末而不察其本則曰天下之治忽在理欲夫理欲何定之有當觀其存心何如耳存心也私則理也而人欲矣存心也公則欲也而天理矣揖讓盛德也堯舜讓而興之噲讓而亾堯舜公而之噲私也征誅大變也羿奡誅而暴湯武誅而仁羿奡私而湯武公也且昔者周公殺兄矣碩膚之度詩人美之太宗效之而負咎夏禹泣罪矣下車數言史傳稱之梁武

效之而國弱此四君者事迹不殊而治亂相反則存諸心者異也故夫天下之道惟其至公而已矣禮樂兵刑庸主以爲號令聖主以爲性命將九州之卒不以毒民而以除暴則鈇鉞卽仁義也率九宮之御不以縱欲而以式化則夫婦卽君臣也故有關雎之意則可以樂鼓鐘有車牽之誠則可以耽歌舞有天下一家中國一人之量則可以享天地之利而受萬物之養天地之利非私於一人也萬物之養非厚於一身也然且享之而且受之而世之君或奉宗廟而不足世之卿士大夫或保子孫而不能故曰惟其至公而已矣故仁有假仁義有假義禮有俗禮勇有小勇智有私智信有小信六者天下所共明也惟不推其

所由然故不辨是以其端不審其究靡窮今夫雪霰冰霜天所以肅萬物而固其氣也六月而降之則羣起而相訴雪霰冰霜非罪也或有功或不免於招怨則所降之者異也故君子出而談治術莫若爲至公惟公也而堯舜爲堯舜惟公也而幽厲可文武而世之言徒曰理則治欲則不治治其所治而不知其所以治則治所不治亦不知其所以不治夫治者非公可以治乎則淮水之鼓鐘猶是豐京之考擊而殷王之璇室不如西伯之靈臺若是者何哉

鄉政論

陳長鎭

朝廷一令出而天下應響一政行而萬里蜚聲以及邊鄙有警而捍禦不爽其期臣下有章而申奏不違其候風行電激射羽馳星握其樞機厥惟鄉政向使驛遞不立夫馬缺如將充國之奏報戊申至甲寅七日不達乎畿京溫書之爰書河西及長安三日難通於帝座內外格閡案件遲留下天衢以九重望君門而萬里廟堂宣化不疾而速不行而至果如是乎夫國家之有鄉政也譬之人之一身耳目手足各司其職必有血脈與爲流通血脈凝滯則一身之內必有痿痺虧蔽苟能自遠者鄉政所係亦猶是矣竊嘗考之三代以前未聞所謂鄉政者至周公命

官而始有鄉人之職龍節虎節朝聘會盟實嘉賴之秦漢而還使者驅馳相望於道凡其朝冉駹定笮邛通閩粵收夔代鄉力爲多終軍聘譽於昭關相如乘傳於巴蜀此其徵矣唐宋以後其任益隆折梅而逢驛使敢懈王程無伴以看好山恪遵國憲悉於鄉政是兢兢焉至於元明法綦詳備監司綱舉於上丞吏碁布於下伏櫪而鳴者有額仰官而給者有經上司行查數馬而對討口而稽由來尚矣顧周秦而上內而邦畿外而別辟各君其國各子其民慶賞罰懲獨行其是告王而請命者百不二三焉然猶迎來送往符竹委遺滿於郊圻盈於候舍司分六職事剗九經剏夫車書畫一中外同軌郡縣星錯於神州征討汗

須於紫極栖塞氈裘之長稽顙來前月棲日浴之鄉貢琛恐後而顧無郵以通之是使下望帝如天上視民猶海也是使睢陽之急不得援鄭俠之圖不得上也是使繞朝之鞭可無贈越裳之車可無造浮金沒羽之章莫耀於龍墀巢山駕海之輦不通於鳳闕也烏乎可哉又況今日者幅員之廣十倍於唐虞騰駕乎往代耳目所不詣梯航所不紀莫不讋慄濡蒸束髮請隸削袵承風一季之閒奏聞之項不知幾千百也咨部之案不知幾千百也議覆俞允之條批駁飭行之件又不知幾千百也苟郵政不修則聲氣隔塞無亦問四海之兵刑天子不知問諸州之錢穀天子亦不知乎無亦詔旨之下視同掛壁之文綸綍之宣

竟作覆瓿之具不然是猶舍舟而窮源今日適越而昔至也必不行矣然則郵政可不豫講乎顧竊有慮焉國家立政有一事必有一事之弊逮行之既久頹墮廢弛諸弊錯出莫可究詰而郵政於是乎壞矣試申其說一則勘合傳牌之多假冒也本非皇華之遣使而謬挾金雞本非白簡之飛霜而漫誇之易本無勘合則兵部之巧吏可以投鐶本無傳牌則督撫之蠹書無妨納賄既豹皮而羊質遂狐假乎虎威索其照驗冰斯之篆依然朱紫之符宛在眞贋莫辨竭蹶趨風而郵政一壞一則高爵顯位之多淩壓也不必合馳驛之條而大人之言傳卽成丹詔不必符遞送之例而從者之口誦便是明文儼呵氣而鼓風雷亦搖舌而成罪案何殊嚇鼠莫敢奮螂稍有竊延繼之鞭撻長官合丞俯首帖耳流沫相屬立給夫馬安問魯魚而郵政又壞一則往來供給之多踰額也督撫之偶出歲不二三府道之因公月嘗一再旌旗拂霧豈誠韓信之將兵僕從如雲屢煩邦君之負弩胥役悉乘上駟驕驢疊困長途不思單車而入朝歌王尊可法妄慕連騎而臨齊楚端木稱榮有司不敢抗違郵遞諠加煩苦而郵政又壞一則夫馬錢糧之多侵蝕也日分芻豆官食其七八而馬食其二三月給口糧夫苦臣朔之飢而官享侏儒之飽錦韉繡鐙之費盡入私囊長鞦短轡之資半歸己橐馬之倒斃有額也在廄而妄稱倒斃皮耳之驗何憑夫之支銷有額

也未用而妄肆支銷曆冊之稽皆僞甚至馬已斃而不即造報芻豆仍供老饕夫無常而臨時募招口糧盡塡貪嗉因之馬盡疲瘦夫盡逃亾一有重差纖手頓足罔識所爲一紙遲回不念監州似火五花棄置空煩韋陟書雲而郵政之壞極矣當夫羽檄旁午上司按臨則又設爲苛派之計旣可假此彌縫又復借端悉索不曰過山錢則曰鋪設費不曰夫馬價則曰草料貲奪民馬而硬打火印趨民夫而捏號排名近者則供力役遠者則議幫貼棄農功以承官府刲脅肉以給征徭狐兔之智如神豹虎之腸靡饜衝衢孔道之民紛受驛遞之累矣夫有驛而閭閻之雞犬皆驚村埠之桑麻悉擾虛糜國費玩誤公差此而不修

後將何既況當百廢具舉之朝庶績咸熙之日而能令此狐奸鼠詐之弊如環而生既非朝廷立法之初心亦非有司奉公之善策然則欲鄉政之修法當權其難易而專其職守何則假冒多由於書役責書役則假冒無虞淩壓多出於上官嚴上官則淩壓可免復準有司不避虎威詳揭逄部按問如律此二者之弊猶其易除者也踰額之弊督撫提鎮舊以便其私司道郡丞因之行其意相沿日久最難釐革則當嚴其禁於上司賫摺陛見有其殊檢閱盤查有其等某者騎馬若干不得求之一車兩馬之外某者撥夫若干不得取之民夫丁壯之中勒爲成書示不可越難易權而鄉政之弊十去其二三矣若夫侵蝕之弊有

巡察以稽查之矣然巡察之稽查不如郡守之勘驗巡察一歲偶至最易彌縫郡守按月調勘萬難逃匿驛站之地另立印冊挨次填註如某日某差因某事例用夫馬若干按月報府水陸塘汛亦立印冊查點數目按月申報以憑核對馬之火印編列字號貯之府署如有倒斃必皮耳火印俱存方准買補仍於府請印方準領給夫之工食一日二分不敷食用似難責以常夫無妨準其招募不則減其名數加其俸薪不准招募郡守不時查點申報巡察口糧槽豆據實開銷鞍韉鞦纆必須完好郡守司其目巡察提其綱而侵漁之弊息矣至於苛派近今絕少但令督撫嚴加查察府道按律糾參民間自行控告有司雖不肖

何忍以身家之重自入虞刑父母之遺頓羅湯網是則職守專而鄉政之弊又十去其七八矣他如水驛之地雖少鋪遞之任雖輕亦當整理其船隻嚴稽其晷刻驛站既修諸務畢舉帝王整齊宇宙之術綱維磬欬之機其神於此矣不然者鄉政不修道途多阻上官偶至豈誠騎竹馬以來迎星使欻臨未許駕鐵船而徑渡公務之廢可勝道哉

考一

湖湘後學集編

三江考

張明先

四瀆百川之名莫不昉於禹貢漢唐以下注水道者多訛襲後人俗稱指點見前疑似形勢坿會牽合任意解說迄無定論禹貢記荆州水曰江漢朝宗于海江之昉也記揚州水曰三江旣入三江本一江也其於江漢朝宗之後又曰九江孔殷因江水從今之江陵縣南虎渡口分入澧水至洞庭與沅湘諸水合經岳州而仍入江故九水亦得以江名所謂東至于澧過九江至

于東陵者是也正義與曾氏亦知下流合於大江故稱九江而不知江水早入澧水合沅湘諸水而復與大江會是江水與江水會也稱之爲江夫復何疑禹貢之導漢水也旣曰南入于江又曰東爲北江入于海故稱北江也禹貢一書凡言江者皆指岷山發源由梁而荆而揚之江他無所謂江也江水源流古今未改非若黄河遷徙無常失其故道無可指據自鄭元註孔安國三江傳云左合漢爲北江會彭蠡爲南江岷江居其中則爲中江蜀人稅安禮指掌圖以爲蘇軾作謂水出彭蠡者爲南江蔡沈圈外註亦稱蘇氏謂岷山之江爲中江嶓冢之江爲北江豫章之江爲南江二說欲於禹貢東爲北江東爲中江之外增出南江以足三江之數意以爲漢水自北來可稱北江則彭蠡南來可稱南江矣殊不知禹貢導水曰岷山導江是謂發源處已是一截江繼之曰東別爲沱所以別於江也過九江至於東陵東迤北會于匯卽繼之曰東爲中江又是一截江導漢水南入於江東匯澤爲彭蠡卽繼之曰東爲北江又是一截江導江導漢以江爲主中江北江皆原本於岷山之江文有先後脈貫一貫漢水南入於江在未匯彭蠡之先東爲北江在旣匯彭蠡之後漢統於江不得於江水合流之中獨標漢名曰北江彭蠡爲澤本文已有定名又安得刱立一說以彭蠡爲南江邪至蔡傳引庾仲初吳都賦注云松江下七十里分流東北入海者爲

婁江東南流者爲東江幷松江爲三江韋昭云三江謂吳江松江錢塘江此皆未悉源流止從震澤坿近著想大與禹貢三江之舊不合又山海經云三江者大江中江北江也汶山郡有岷山大江所出崍山中江所出東注大江崏山北江所出東注大江其源皆在蜀也此又□□江源後人臆說亦與禹貢東爲北江入于海東爲中江入于海之旨不合均非確論也學者苟探其源而溯其流滙會乎禹貢中江北江與三江旣入之義中江在至東陵北會于匯之下北江在漢水入江東匯彭蠡之下則知中江北江之上自有一江江水一源而三目岷山之江在梁爲一江中江在荆北江在揚三江位置井然三江入海不至泛

溢則震澤易致於定不但庾韋蔡三家之說悖謬斷不可從卽鄭蘇彭蠡南江之冊論漢水北江之特標亦誤甚矣抑又考漢書地理志注云岷山爲大江至九江爲中江至徐陵爲北江水經及荆州記云江出岷山其源若甕口在益州潛行地底數里至楚都廣十里名爲南江自犍爲歷澧沅湘合諸水至潯陽經彭蠡蕪湖名爲中江東北至南徐州名爲北江而入於海徐說文亦主此說次第不紊脈絡貫通斯爲近之然以岷山之江爲大江爲南江加一大字南字與中江相配反屬蛇足以愚見惟以岷山之江爲一江無大與南之名殊覺渾融猶是從岷山導江句鉤斷得來也至云以潯陽彭蠡蕪湖爲中江則以中江北

江混爲一處蓋由誤指潯陽爲九江錯解東陵之匯爲彭蠡故以蕪湖爲中江之界其實中江在東陵北匯之下起至東匯彭蠡之上止彭蠡以下則東爲北江矣潯陽在中江蕪湖在北江界限不可不明倘謂中江北江俱在匯彭蠡之下豈果如蘇氏味別之說嘗水味而知何者是中何者是北不尤可哂之甚者乎

夏口考

彭維新

夏口之淯其名譌其地也久矣昉於三國之吳承誤於唐而成於今之沿襲稱說習而不察者凡水之流經其地而出者謂之口水經諸所云口者必實有是水而後受其名鄂城左右無他水入江惟上流入江諸水經其城西南北三面此大江之南岸也漢口則漢水由此入江溳水附之大別峙其表與禹貢所紀漢水南入於江者今古不殊此大江之北岸也鄂城漢口均無夏水入江之口明矣水經云水東至華容縣西夏水出焉又云大江又東合于夏口注江水左逕北出通於夏口水經又云江水又東左得二夏浦俗謂西江口其右岸有城陵山（今日城陵磯在巴陵

下十五里）偏稽諸記志有曰中夏水曰子夏水其地悉在江陵之上其經流之處曰孱陵曰華容孱陵卽公安也今后首監利皆昔華容境而漢書地理志江夏郡注云沔水自江別至南郡華容爲夏水過郡入江故曰江夏似以沔水卽爲夏水而於華容則注云夏水首受江東入沔行五百里入江夏境接秭歸夷道（今夷陵）徵諸晉書杜預傳云舊水惟沔漢達江預乃闢揚口起夏水達巴陵千餘里與沔漢本非同條且其入江更在江陵以上則夏水之在大江北岸距鄂城漢口均千里而遙又明矣（春秋時鄂渚亦曰夏汭然水北曰汭水曲流亦曰汭非僅水相入一義猶嬀汭[illegible]汭之類非水所由出之口也）至詩地理考謂冬竭夏流故曰夏其入江處謂之夏口此本應劭十三州記蓋

意爲之說。故不能實指入江定處。按爾雅夏大也。邢昺疏凡物之大壯者謂之夏。觀夏浦之稱。屢見水經。自南郡至廬江界。水道縣遠。滔滔江漢。中夏水得屢標名目。其非隨時盈縮。涓涓細流亦明矣。溯淆譌所自。緣孫權於黃鵠山築城。以對岸有沔津渡。漫以夏口名城。自是而夏口之稱移於南岸矣。至唐人則竟以鄂渚爲夏口。凡紀行贈別見諸詩文者。無不專目南岸矣。江水逕魯山南。酈善長注引地說云。漢與江合於翼際山旁。山上有吳太守陸煥城。蓋取江夏二水之名。魯山一名翼際山即大別山也是又移夏口於北岸矣。迄於今人不知察。南岸北岸任意泛目爲夏口。或以夏水本出北岸。竟確指漢口以當之。旣不窮夏水之源。又

幷不迹入江入漢入沔今昔同異有無之處。則自江陵以下千數百里閒。凡大江之濱。盡可指爲夏口之地。加以夏口之名矣可乎。故欲得夏口之實。必確得其入江入漢入沔之口。而遡泝其所自出之源。則自三國至今名與地淆譌之夏口一無游移。是亦生斯土而有志考古者之責也。

中州河防考

黃秀

河源發於崑崙山。出自星宿海。聚蒲昌蘭河暨巨澤諸水。伏流千餘里。由塞外入中土至積石乃見。禹導河由茲始。禹貢曰導自積石至于龍門。會于渭汭。則已曲折三千里許矣。自龍門至華山。歷韓城郃陽諸邑。黑水西河惟雍州。此河上流也。自華陰至潼關。流入閿鄉達靈寶。東至底柱。經盟津伊洛瀍澗。旣入于河而滎波菏澤復被于孟豬。浮洛達河。荊河惟豫州。此正河之在中州者。且汾水東入于河。漳水橫入于河。而濟洛二水皆爲豫患。濟源爲患於數州。其流則散見於兗。洛水爲害於一郡。而出入皆屬於豫。此又河患在中州者。若自大伾北過洚水。至于

大陸。又北播爲九。始合爲一。同逆河以入海。此則中州之下流矣。蓋砥柱龍門不鑿。難洩上流之怒。而導其行。九河濟漯不分。難泄下流之壅。而殺其勢。故袁氏云。河流半溷泥沙。急則流。緩則澱。往往而然。昔禹治水。自蘭州而北。岢嵐而南。直至華陰。由雍以下。皆引之兩山閒。使相激盪。而泥沙不能積。及將入平地。懼狂瀾四出。則疏三門。析津以爲蓄節。故砥柱洵如柱。析城洵如城。王屋洵如屋。皆鱗次屹立於河之滸。其來也有高山大麓列於左右。故水雖奔騰而不致橫溢。其去也有眾水支派爲之分流。故水雖澎湃而不致汎濫。勢使然也。惟中州平原廣埜。無高山夾之。無川流導之。其地旣平。則其土必疏薄。土旣疏薄則

水易衝潰是河之爲患恒多而其爲防更甚粤自神禹以後中國無水患者七百七十餘年至周定王時河徙砱礫忽潰而南已非禹故道漢文帝時決酸棗武帝時決瓠子後又決館陶迨宣房築二渠導河北行復分流爲屯氏河此皆地近冀兗於豫似無涉故由東漢及魏晉五代以及唐鮮有河患者無他順河自北而東以入海其勢不少拂逆故爾唐正元間王琪開運道將砥柱諸險隘相繼剷平而大禹導山節水之意胥失矣宋仁宗時河決大名熙甯間又決曹村因導河南徙以合淮泗當是時淮猶受河之少半至金復決渦河南由項城經潁上過壽州河水全入于淮而故道悉淤且黄河故道不一自衞輝之新鄉

南入於界又北行與胙城合元代自原武決東南流經陽武封邱而下兹河北流遂斷至正初河決金隄命賈魯巡行建策以治明洪武初年蔡河壅塞自開封抵陳州運道不通命安然親督工師以疏導之宏治間河溢且嚙汴城孫需撫豫役飢民築隄以予之傭隄成而飢民飽後河復決張秋命劉大夏徐有功往治之以李善相度水勢開修賈魯河四十八里而河用底績此皆治河已事也獨不可倣而行之乎夫自古迄今河之遷徙無定處則河之防患甯有善策哉彼九河之名見於爾雅漢王横云已淪於海酈道元注水經亦云然以陵谷變遷非一朝一夕之故議者欲復禹故道俾河水入海不入淮恐亦蘄於再致者矣況昔之治水也耑治河今之治水也兼治漕故以河水入於淮而漕運受其利然以一淮受全河而生民獨不罹其害耶河流導而漕運無阻固兩得之道也若中州之河防不慎上流潰決則清不敵黄而洪波瀰漫淮揚州邑不且盡委諸波臣哉所以善治水者不與水爭地而欲收其水於地必先以其地予水故水方驟至既有所瀦蓄爲受水之地而水將迅往必有所歸宿爲匯水之區此大禹所以有九河疏九川滌九澤陂之功而漢賈讓亦陳曰疏曰濬曰塞三策焉愚謂疏於未然開旁支以殺其流決河身以消其淤是河當疏則利用疏濬於將然導上流以緩其來分下流以順其去是河宜濬則利用濬由此横

決衝溢之患與淺阻壅滯之形皆可以無虞迨夫既決則又利用塞下埽以禦之築壩以堵之堅隄防以遏抑之斯洪波不致汎濫而沃壤不變爲泥沙矣且相地勢之高下以制宜乘時之緩急以集事擇人之智能以專委任綢繆鞏固又在當事之審時度勢相機宜以運用於臨事時矣由是上慰 朝宁饑溺之思下致草野生全之慶則安瀾在四瀆利澤及百世豈第籌河防於中州一隅而已哉

曲沃徵

張坊

今之沃猶古之沃也亦何分於今古哉新城爲太子城城乃今縣治故城在縣治西南二里至今遺阯宛然是卽晉成侯所徙之都桓叔所封之國也絳山不改沃水常懸祖宗諸陵之魂魄新城世子之英靈千年如在呼之可卽出也況其見於毛詩春秋國語左傳史記前漢書者原有一一確證何嘗有在今聞喜之疑及據今聞喜爲今曲沃之明文也邪蓋嘗詳繹經史流覽形勢爲之推求其故一由於諸書註曲沃之錯會漢書也一由於諸書註新田之游移絳縣也秦分天下爲三十六郡曲沃屬絳縣隸河東郡縣名左邑故城在涑水西南與曲沃中隔絳山

分汾澮洮涑兩川原也漢書武帝紀元鼎六年將幸緱氏至左邑桐鄉聞南越破以爲聞喜縣春至汲縣中鄉得呂嘉首以爲獲嘉縣地理志河東郡縣二十四左邑聞喜絳幷列焉乃漢末汝陽應劭集解聞喜今曲沃也秦改爲左邑漢武帝於此聞南越破改曰聞喜是班氏原云以左邑之桐鄉爲聞喜縣非改左邑爲聞喜縣柰何遂幷今曲沃亦改爲聞喜也如左邑縣幷改爲聞喜縣是汲縣亦應改爲獲嘉縣矣又何以絳左聞喜幷列爲縣也然自應解一行後儒皆墨守而恪遵之由是吳之韋昭本之解國語矣晉之杜預本之註左傳矣劉宋林堯叟本之註春秋矣范氏本之作後漢書矣北魏酈道元本之註桑欽水經矣唐之孔穎達司馬貞顏師古本之正我毛詩索隱史記注前漢書矣降而兩宋不能更易其說況其後焉者乎夫未嘗親歷其地又憚於搜羅考辯依樣傳訛而寰宇一統通府縣志互相解釋無怪其相沿千載也矣二百餘年之勝地精華盡洩鬱結都宣霸圖其消歇矣迨三晉紛爭七雄交戰兵燹百劫簡册悉成灰燼陵塋鞠爲茂草遂至漢興兩都少有名人從而識之卽霸國遺文尚賴東魯之大聖大賢一經三傳大書而特傳之至今之書法謹嚴文章典重含英咀華膾炙人口者伊誰之力也邪而當年城郭都鄙自晉以來無復有人焉考其地而切註之曰新田本古絳縣卽絳邑縣地今何地爲絳邑縣故墟也將兩

都混而爲一珥筆者每從而疑之逡巡而莫能下雖明知其爲曲沃將何地以處新田含毫千里皆窘步而棘手矣然生斯土者尙爾傳訛見之古者又有明詮故其勢不得不將曲沃一地分而爲二以古曲沃歸聞喜而以今曲沃爲新田也豈知聖人修史晉沃原分兩地曰欒盈復入於晉入於曲沃公羊由乎曲沃而入也左氏作傳底本得之最確曰土厚水深有汾澮以流其惡且民從敎十世之利也猶留之典籍以待後人俾千載之秘終於昭雪聖賢之功千古不磨萬世爲烈矣夫與其勦襲陳言曷不披閱經史縱覽形勢以徐觀焉而自得之今於經史原文識得新田眞地則從曲沃下國以望唐翼晉水故絳新絳粲

若列星瞭如指掌而晉之爲晉沃之爲沃應不待辯而自明也自非然者坐新城撫故都沃泉懸鵠邑拱絳山猶峙澮水常流祖宗夫人之陵寢倘存世子申生之廟墓如故而成厲靖僖獻五世之徙都桓叔莊伯武公之封國甯悉遷之桐鄉之野洮涑之濱邪沃何分於今古哉去千年之障翳開萬古之羣蒙是在善讀書者之自領之而已矣

新田徵

張坊

春秋左傳魯成公六年晉景公十五年夏四月丁丑晉遷於新田是爲新絳二百有九年之晉國在是景厲悼平昭頃定七公之春秋在是出哀幽烈孝靖六朝之共主在是欒郤士荀知魏趙韓名卿大夫之功烈在是是必確有其地者在當不徒與曲沃故都同爲一地也余往來閩歷多有年所矣迨量移來沃以素所學徵之所見意確有其地欲實指其墟而遺老無存文獻無徵上下千年縱橫百里漠然徒見山高而水清乃爲稽之邑乘劉魯生縣志則曰王官城縣西南二里又號晉城景公徙居新田卽此引通考云曲沃春秋時晉所都新田之地趙彥復沃史則

曰曲沃古未之著也自昭侯封成師而沃著曲沃之名始此猶之一國也獻公欲遠世子而城之由城得新乃署新城或曰新田亦猶是也潘錦縣志則曰晉昭侯封成師於曲沃獻公去沃都絳使太子申生居焉遂爲之城號曰新城卽新田也景公遷都新田復爲考之府通一統而平陽府志山西通志明一統志皆云王官城在曲沃西南二里左傳晉人去故絳徙新田謂之新田卽此 大清一統志云絳邑故城在曲沃西南晉新田地景公遷都於此亦謂之新絳引左傳水經注以明之又引舊志南對紫金山有中城外城其南爲澮水衝沒東西北遺址尚存曁括地志漢絳縣本晉都新田在絳州曲沃縣南二里因絳山

為名考之元和志肇域記寰宇記亦同又以古曲沃爲今聞喜證之左國史記兩漢晉書之註疏今之曲沃則古之新田也證之魏王泰括地志而闕文獻通考杜氏通典以今之曲沃爲春秋曲沃邑之爲非是諸說雜陳豪無定見乃知下有建白斯上有修明近代著述編輯了事館局憑何采入邪及閱聞喜李汝寬駁沃人李廷寶曲沃辯云寶謂汾澮二水在沃西南今聞喜之去汾澮也遠矣以今曲沃爲古新田則是矣至桓叔所封乃古曲沃也既以今之沃爲新田而又以爲古沃豈以新田古沃爲一地乎如其一地也則晉人謀去故絳當云復都曲沃何以言遷於新田也邪旨哉斯言也吾因之而轉覺向所見之不謬

而二李之辯皆是也而皆非也矣夫韓獻子曰不如新田土厚水深有汾澮以流其惡若夫曲沃其去汾水也亦遠矣烏能流其惡邪必也其在今侯馬驛之間乎地在二水之交去曲沃三十餘里土厚水深背汾面澮交流其惡其無疑者一地去晉平公虒祁宮十里禾黍高低爲故國離宮其無疑者二地去汾水故梁十三里水柱參差爲遊觀津梁其無疑者三春秋欒盈復入於晉入於曲沃傳齊兵上太行張武軍於熒庭平公烝於曲沃警守而下會於湨梁道里適便其無疑者四水經澮水又西南過虒祁宮南注宮在新田其宮地面背二水西則兩川之交會也汾水又屈從縣西南流注水經絳縣故城北又經虒祁宮北汾水有故梁蓋晉平公之故梁也其無疑者五晉書絳邑縣隸平陽郡卽漢絳縣治也晉初杜預註左傳新田今平陽絳邑縣是其無疑者六唐書絳州有新田府設折衝都尉雄兵鎭衞江王孫李希悅曾駐其地其無疑者七況川原平衍千里大會連城接雉宛然故都表裏河山依稀霸國其無疑者八朝代雖分今古山川仍舊故地此非其昭然可據者哉彼拘守古曲沃之在聞喜李汝寬不讀經史原文誤之也牽合新田之在曲沃李廷寶不覽山川形勢誤之也直指曲沃古城爲王城爲絳邑爲新田前志鈔襲建置沿革誤之也眼前勝地千載晦迹一經指出而百有五年之春秋百有四年之史記綱目列國君公名

卿大夫之朝會盟聘圍伐滅入孔子筆之於經邱明公穀發明於傳司馬朱子記書於史至今猶想見其處古人云讀萬卷書行萬里路始可著書願與同事諸君六轡沃若兩驂雁行以參互而考訂焉將疑義與析欣賞其之也

集賢書院考

徐世佐

衡山之有集賢峰意必有巨公逸人道德文學之士爲師弟子朋友斲金臭蘭千里百里而來相與藏修息游于其下不然而峰胡以名也且夫載酒擕琴挾奇攬勝筍輿苡屬之往來往往有之不可以爲集集於此則必有肄業之舍講學之堂舍幾區堂幾楹圖書翰墨之所藏何閣登眺者何亭燕酣者何軒集者幾人來幾時去者何日古與唐與宋與或曰張曲江李鄴侯胡致堂五峰朱子南軒皆嘗集於此此誠有之亦都無斷碣殘珉可摩挲而彷彿者既已荒堙滅沒委之雲煙雨露茂草豐林文禽靈獸之所歌游林猿山鬼相與呼嘯而徘徊蓋數百年澹然

無復眩瓦頹垣之可尋而憑吊之者矣明嘉靖初太常卿夏東洲良勝謫守茶陵與編修張龍湖治衡山令彭石屋贊扶筇登岳窮覽幽遐憩南臺歸而趺坐峰下相顧曰此可堂石屋曰惟地主任于是東洲附之龍湖費之鳩工庀材凡三年而告成顔曰集賢書院峰以人名院以峰名亦固其所然其時亦都無辭榮高蹈講學從游者千里百里而來又不欲付之羽衣緇流爲老佛之場于是爲十主祀唐李鄴侯韓昌黎伯宋趙清獻公陳了翁胡澹菴胡文定公朱子張南軒附致堂五峯蓋三公之意亦欲後之人覩前賢而興起也越六十餘年院圮且盡神宗改元之十五年衡二尹休甯江九皋子鳴署衡山令典祭祀先是方廣寺建嘉會堂祀晦菴南軒道險遠令皆弗往九皋請于上官于書院廢基建屋爲二公行祠又六年而儀部曾金簡從鄒潁泉登岳慨然有石屋之志與伍諠齋謀捐貲首其事于時監司郡邑搢紳之士翕然從之後先營構亦三年而告成祀鄴侯昌黎伯清獻諠以周濂溪暨朱張凡六主而澹菴文定父子了翁不與焉以其餘貲買田二區收其租爲春秋釋奠之費蓋廢之易而成之難如此然終明之世迄無有人焉相與讀書談道於其中湛甘泉鄒東廓雖嘗寓衡皆不集於此則此一院徒以集古之賢者當世之賢者不與焉亦山靈之羞也本朝累聖相承崇儒重道涵濡于人文之盛者百有餘年運會昌隆羣

賢蔚起良有司新其院宇而廣之士之近者遠方來者師弟子朋友相與讀書談道於其中出則爲名臣爲鄴侯昌黎淸獻處則爲名儒爲濂溪爲晦菴庶幾不見古人見今人爲一時之盛以無爲山靈羞其在斯乎夫峰胡以名而又胡以爲書院也晉之人其兆之

夏良勝江西南城人正德二年鄉試第二明年成進士授刑部主事進考功郎中諫南巡下詔獄杖五十除名世宗立起文選郎中議大禮不合久次遷太常少卿南京未赴給事陳洸劾之謫知茶陵州已黜爲民以銓司存稾再下獄杖戍遼東三衛卒

炎陵祀典考　彭之壘

按邑志自宋太祖感戴笠持火夢。始識帝陵所在。給守陵戶。命有司致祭。以祝融配享。前此帝陵無聞。祀亦弗及。壘曰不然。史載火德王。有火瑞。以火名官。故曰炎帝。周官小宗伯兆五帝於四時郊。王肅直以五帝爲人。其說未爲盡非。帝王世紀曰炎帝位南方主夏。月令曰南方曰炎天。其帝炎帝。乘離執衡而治夏。其神熒惑。其佐祝融。此則司南天主朱明者卽帝非有二也。又古明堂祀五帝。必配以五人帝。從以五人臣。祀夏配神農。從祝融。周禮春官以赤璋禮南方。鄭注禮南方以立夏謂赤精之帝。而炎帝祝融食焉。舜典南巡狩至於南嶽如岱禮。柴望秩於山川後皆望祀。三代準而行焉。周官所載未聞祀歷代帝王於山陵也。唐永徽二年致祀明堂。以高祖配五天帝。太宗配五人帝。後世非之。宇文周祖神農以配郊。議者謂帝功德配天固宜。而非周之祖。是用嗤之。以爲不類。秦始皇出游雲夢。望祀虞舜於九疑。蓋緣前者伐木赭山至此而悔過耳。王制天子諸侯祭因國之在其地而無主後者。注曰所建國之地。因先代所都故墟也。今無主祭之子孫。以其有功德於民不絕其祀。故或於曲阜。或於陳。祀因其國也。唐天寶閒敕建三皇五帝創業垂範宜有欽崇。神農以祝融配。牲用少牢。春秋致祀。唐紀曰此祀三皇之始。前此堯舜各祭於所都之地。至是併三皇立廟焉。由此觀之三皇自

唐虞以來聿有常祀。或主人帝。或爲配享。要之炤耀乎南紀。伏靈於嶽岫者近是。帝曷嘗廢祀哉。蓋古聖之功德惟帝最大。故後世之報享惟帝最隆。至若陵祭昉自近古。宋志古者無墓祭。秦漢以降始有其儀。前此者典固缺焉。而五帝之祀未嘗少湮。此其較著者也。閱經五代類多割據一方。幅幀未廣。又卜世幾何。奚暇舉此大典。失祀固宜。迨宋祖踐祚。制作方新。於登極二年詔先代帝王陵寢宜令所屬州府遣近戶守視。其冢墓有隳壞者亦加修葺。乾德四年詔太昊女媧炎帝以下十有六帝各給守陵五戶。長吏春秋奉祀。其所云見夢者果於何年耶。曹操以篡得國。而亦列於成康漢文之閒。朱温篡弒其君。而亦獲與於景武元憲之列。乃以斵揉耒耜範金排貨之開創聖人。獨等於泰厲之鬼。無所依歸。幻影示形。以求血食乎。信史無徵。傳語麤鄙。其不出於學士大夫之口也明矣。明興。宋濂執宋人熊禾之議。以爲三皇五帝道德功言。載之六經。傳在萬世。其祀典宜領於學官。濂曰果如禾言。則道統益尊。三皇不汩於醫師。太公不辱於武夫矣。惜未舉行。洪武初年卽建帝王廟於南京雞鳴山之陽。以祀一統之世創業之君。於陵廟既命有司歲時修葺。以春秋仲月上甲日致祭。又三年一次出祝文香帛。遣太常寺樂舞生齎往所在。命有司主之。凡遇國家慶幸典。則特遣官牲用太牢。祭不以時。我　國朝定鼎以來。親政有祀。平滇有祀。

萬壽有祀祔廟禮成有祀告災有祀祀有專官文傳鳳詔香啟龍涎從以騂牡色耀彩壇典至渥矣復於每歲春秋禮部先期擇吉頒示有司遵奉時祭罔敢懈弛詩曰敬恭明神宜無悔怒禮曰祭不欲數又曰祭不欲疏是故合諸天道準諸人情仁之至教之本也

九江考　羅典

禹貢荊州稱九江孔殷九江即巴陵之洞庭九非數目字莊子天下篇禹親操橐耜以九離天下之川九通糾糾亦音九與論語桓公九合諸侯同義計湖南九郡四州湘水繞其東沅水繞其西自沅州而下資水畛其閒自寶慶而下澧水橫其北自永定慈利而下各因所過諸水以同入於洞庭而洞庭受之故洞庭謂之九江又江西有九江郡以彭蠡得名彭蠡合饒信徽撫吉贛南安建昌臨江袁筠隆興南康之流與洞庭爲對而禹貢不明稱九江者於洞庭正其名於彭蠡著其義恐後之讀者或執九爲數目字且導漢曰東滙澤爲彭蠡謂漢自大別入江而東有滙澤名爲彭蠡者在其南此漢之所由東爲北江也以隔於中江不言會導江曰東迆北會於滙謂江至於東陵而東則迆而北以滙澤之爲彭蠡者自南入江而江會之以是而東爲中江且彭蠡言滙其義即爲九洞庭稱江其實亦爲澤也會與滙二字宜辨凡水在南者以江爲大故江水多從江稱在北者以河爲大故諸江多從河稱據九江以解九河亦爲糾合衆水之河云爾但九江九河舊皆各有名稱此不可以無說按宋曾彥和謂洞庭之九江若沅水漸水潕水辰水溆水酉水澧水資水湘水凡九蔡傳遵之經朱子考定去潕澧二水而易以瀟蒸究之洞庭諸水欲於其中定所謂九江者蓋難之湘江源自廣

西興安縣海陽山流至分水嶺北流者謂之湘水入湖南境經永州城北源出九嶷之瀟水流至湘口會於湘下經衡州府源出寶慶邵陽之蒸水流至府城北當石鼓之合江亭會於湘此旣當九江之二矣自蒸水稍北東岸有耒口名耒水源出郴州之耒山會於湘衡山東岸之雷家市有茶陵水上合洣攸二水爲茶陵江會於湘及歷長沙府屬之醴陵有淥水上流逵江西萍鄉下出淥口會於湘湘鄉縣境之漣水源出邵陽龍山又源出安化珍璉山合流至湘河口會於湘長沙府城北有瀏陽水出瀏陽大圍山源二曰大溪曰小溪經縣前西流會於湘湘陰縣有汨羅水源出江西艾縣界分爲二一南流曰汨水一經古

羅縣曰羅水至屈潭復合而西流會於湘計自耒水茶陵水淥水漣水瀏陽水汨羅水此六江者其源流皆爲瀟之敵而盛於蒸若合湘與蒸其數之而九江之數已盈其他雖會於湘或不過與差相類者皆略之洞庭九江之名經蔡傳改定而後湘江竝瀟蒸爲三沅江竝辰酉溆漸爲五所改去者入沅水之潕其一也潕水上自貴州鎭遠入於沅求之省圖其流不能別出以之剟入九江其稱乎但所存沅與辰酉溆漸五水就中亦仍有辨沅水出四川播州經沅州府城西下歷辰州常德二府入洞庭其剟爲九江固允酉水出四川酉陽州東南流至王村爲辰州府沅陵縣境其辰水之出自三唔山者合至辰州府城西南入沅水皆稱辰河是名剟二江實爲一江矣溆浦縣屬辰州府溆水在其縣境亦入沅水其流不逮辰河之半而欲舉以同於沅水之剟爲一江不得也若漸水出武陵縣梁山亦入於沅流最小明一統志竝闕而不載舊九江之當改去者草漸水若矣然則沅與辰酉溆漸五江究之祇二江而止惟沅湘之閒資水源出靖州綏甯縣經寶慶府城北至新化縣又東北歷長沙府屬之安化益陽二縣北入洞庭是足剟爲九江之一澧水源出慈利縣西歷山首受永定縣以上之水東流經澧州南入於洞庭岷山導江東別爲沱又東至於澧其名特見禹貢則允宜復剟九江爲一江者綜而論之定九江之名若但以江之正流稱

爲一江則湘沅與資澧一例特四江耳旣不足於九江之內若即江正流之所會而亦各稱爲一江則湘沅二江中雖盡改去其不得爲江者與潕酉溆漸一例亦可得十餘江也又有浮於九江之外矣卒將何以定之

舜陵考

余廷燦

舜陵本始於尚書詳核於禮記雜見於墨子離騷史記諸書書舜典曰陟方乃死禮祭法則曰舜勤衆事而野死檀弓又曰舜葬於蒼梧之野墨子則曰舜道死南紀之市史記則曰舜南巡狩崩於蒼梧之野葬於江南九疑朱子注離騷九疑亦曰九疑舜所葬又通考十三經古注漢書漢紀各注暨竹書山海經淮南子風俗通世紀皇覽輿地考俱各往往稱舜南巡崩葬蒼梧九疑蓋歷三千年無一異辭者自唐昌黎韓子孤據竹書紀年云帝王之崩曰陟因謂陟爲上昇如舜南巡則地勢東南下宜言下方不應言陟方乃斷陟爲讀而以方乃死爲釋文蔡氏傳

尚書采其說後儒又援孟子卒於鳴條一語遂置經傳中確然可據者不信而揣測乎無何有之鄉羣謂九疑不必有舜陵而陟方斷斷非南巡矣然姚姒典謨簡古渾噩從無贅文自釋之例而商書有陟遐自邇之文則陟亦不盡訓昇而訓行方則省方之方是廷燦竊謂五十載書其年猶堯典二十有八載云爾乃死書其崩猶堯典乃殂落云爾中錯陟方二字書其事則是年適巡行南方有事於苗民爾何以知之以呂刑皇帝清問下民鰥寡有辭於苗而知之也夫舜豈徒巫拱蒲坂而遠徵發洞庭彭蠡之鰥寡走數千里外一問苗情於殿陛乎吾知其必不然矣蓋自苗民弗用靈已竄於堯世敘於三危呂刑所謂遏絕苗民無世在下者而其後留而未竄者又頑弗卽工禹攝位有年奉命徂征而仍逆命於是禹因益贊以班師舜則因益贊而行方問俗蓋不以苗民菲薄直深入其地一如所以待羣后者與之明明棐常分北其君子小人使鰥寡無蓋蠢茲有苗忽近聖人至德之輝光亦遂蒸蒸然向風丕變故曰誕敷文德而有苗格不然舜居攝且三十年卽帝位又十五年施德既久矣而史臣獨別之以七旬則此七旬效何以獨捷且將屬於何載斷於何時豈不以禹師臨之三旬而不服舜德南行七旬而乃所過者化乎呂刑繼皇帝清問下民鰥寡有辭於苗之下卽曰德威惟畏德明惟明正總括文德誕敷七旬苗格之實言之也故

表記亦曰德威惟畏德明惟明非虞帝其孰能如是且史臣紀舜典而殿以分北三苗者以見舜在帝位之終紀禹謨而殿以有苗格者以見禹卽帝位之始可知三苗在虞直至末年南巡而後靖舜於時適百有十歲而死焉葬焉吾蓋讀呂刑而得舜典禹謨之通證幷得五十載陟方之確詮陟方之解定則舜陵定矣然則鳴條之說何居乎曰淮泗在上古無涓滴注江而孟子謂禹排淮泗公侯在周官本受封五百四百而孟子謂公侯皆方百里此亦何必深求其解命世大賢高文英辨特取東西角對爲下揆一起步豈於禹貢職方必一一求詳哉如其一一求詳則畢郢分明兩地也豈文卒於畢又卒於郢哉其亦考所

不必考者矣或曰舜卽南巡崩必無不反葬者不知聖人以天下爲身沒卽於其地葬焉又豈可以後世反葬邱首之說泥者或曰九疑封樹無考不知冢人設自周官孔子曰古也墓而不墳繫辭曰古之葬者不封不樹蓋因山爲體亦其時制則然又南方之人信古而質必不敢妄有增益惟舜功德在人奕世猶共識其葬處不忘云或又曰蒼梧屬嶺外與衡隔遠不知蒼梧於古爲山名本荆州南境去衡不數百里自漢武帝時始析長沙置零陵郡又析南越置蒼梧郡零陵郡則設營道營浦冷道諸縣九疑山在營道南境故有謂舜葬營道者營道郡今隸永州府之甯遠縣出郭六十里爲天南第一巨鎭舜陵在九疑之

舜源峯聳翠出奇誠天造地設以安虞殯者蒼梧郡則設謝沐馮乘諸縣謝沐卽今隸永州府之永明馮乘卽今隸永州府之江華江華接壤九疑而如淳云舜葬蒼梧馮乘縣祇以兩地仳離毗連又執泥蒼梧郡名故有是誤究之古無郡縣惟以名山大川表封域爾時九疑正蒼梧之野蒼梧之野卽九疑書注釋云九疑一名蒼梧山應劭云舜葬蒼梧九疑是也惟文穎云九疑半在蒼梧半在零陵則猶主嶺外蒼梧郡言殊未深考者湘鄉蕭副車智湖作舜陵考徵引甚博予以古文法箸其援據之正斷制之確者而刪其不合者至以經證經竊謂差有一得以待通經學古者是正焉

禹碑釋文考

張九鉞

嶽麓志曰禹碑在岣嶁峯霧鎖雲封歷數千百年無有傳者唐韓昌黎劉夢得因道士之見尋之不得形於詩詞至宋嘉定初何子一遇樵者引至碑所始摹本刻於嶽麓隱秘至明嘉靖初太守潘曇峯剔蘚搨傳世始知唐虞三代之書故湛甘泉一見信爲禹筆但帝禹刻三字則後人所題顧東橋亦謂禹筆無疑但衡石疏厲碑必剝落或宋人流傳搨本林巽峯稱篆體離奇雖石鼓文原父鼎無以過但秦漢以下知者絕少季彭山亦謂別有隱義亦未可知惟楊升庵沈靖陽各有譯義焉升庵之詞曰承帝曰嗟翼輔佐卿洲渚與登鳥獸之門身參洪流而明發

爾興久旅忘家宿嶽麓庭志營形折心罔弗辰往求平定華嶽泰衡宗疏事裒勞餘伸禋鬱塞昏徒南瀆衍亨衣制食備萬國其甯竄舞永奔靖陽因其說而小易之謂洲渚當作水處洪流當作魚池久旅當作以此鬱當作巘瀆衍亨當作畢昌言永當作蒸而蔡季諸公隨就譯義力辨其非禹筆南昌楊時喬又別有所釋詞曰承帝令襲翼爲援弼欽塗陸登島瀉端鄉邑仔龕流船暗歇遲眠卽夙迄冬亥嶽麓殿陌裂岳析鄙罔墮纒往求出竅華恆泰衡嵩陘事裒獻桴挺禋鬱濟墊徙南畢幅員節別界聯魍魅夔魈竄舞蒸粦所聞麓乘者其略如此予謂禹碑非誤釋文自誤後人因釋文之誤而遂疑禹碑之誤也夫碑之刻

也蝌蚪縱橫蛟螭拏攫七十七字懸於九千餘丈之上歷數百千年而光怪陸離不可方物益禹精於治水篆皆成水流形此我朱陵山川渾淪磅薄之氣所鬱結而成洩造化而吐混沌者也雖起程邈李潮於今日安能定其點畫而規其體制也哉且蠆文卷尾螺書扁列籀歌趯趯冊句窺韜此三代以下之手迹也而支家望氣矜而不語況鴻濛初啟圖書方兆去倉頡作字之時未遠鳥迹蟲書之制夫豈可手摹口畫臨摹搨泐纍纍乎發聲如貫珠也哉但兩者相較則升庵之說近似而可行靖陽青祇寶光之夢故鬼其說以愚人而不知其流於僞而時喬又無論已究之禹碑非可以釋文虛摹窅鑿爲也後有鴻儒博士

爲國霖雨者能探幽索隱得神靈之眞義則長沙一片石將榮光起而燭天矣

湖南文徵卷三十三

湖湘後學集編

考二

周易古文考

朱景英

古易亂自漢費直鄭康成王弼諸人程傳因之朱子作本義始依古文故於周易上經條下云中間頗爲諸儒所亂近世晁氏始正其失而未能盡合古文呂氏又更定著爲經二卷傳十卷乃復孔氏之舊云明洪武初頒五經天下儒學兼用程朱二氏亦各自爲書永樂中修大全乃取朱子卷次割裂附之程傳之後而朱子所定之古文仍復淆亂後來士子厭程傳之多棄去

不讀專用本義又以大全乃朝廷所頒不敢輒改於是奉化教諭姑蘇成矩郎監版傳義之本刊去程傳而以程之次序爲朱之次序致朱子定正之書不得見於世康熙間　御纂周易折中出而朱子原本始復還舊觀矣

說易家數考

朱景英

自商瞿說易六傳至齊田何漢初言易者本之田生而王同周王孫丁寬服生四人皆田氏之學也同授楊何寬授周王孫王孫授施讐孟喜梁邱賀由是有施孟梁邱之學是爲一家而說者謂孟學流於陰陽災變梁邱又以符應得幸其所主大略可覩矣焦延壽獨得隱士之說京房傳之延壽自云嘗從孟喜問易而房以延壽易卽孟氏易班固所謂託之孟氏是也房授之段嘉姚平乘宏由是前漢多京氏學是又爲一家然其書大抵皆卜筮陰陽氣候之言不復更及易道矣費直易本皆古字號古文易無章句徒以彖象繫辭文言解上下經以授王璜爲費

氏學是又爲一家後漢陳元鄭衆皆傳其學馬融又爲傳以授鄭康成康成注之荀爽又作傳魏王肅王弼幷爲之注自是費氏之易大興歐陽修有曰易至漢分爲三有田何之易焦贛之易費氏之易其大略也然劉向典校書考易說以爲諸家皆祖田何楊叔元丁寬將軍大義略同惟京氏爲異可以知其源委之分合矣康成注易多論亙體王弼易注獨標元旨率以老莊解易漢晉以來二家幷立至劉宋初顏延之黜鄭置王陸澄王濟輩皆以爲不可自是汾陽諸儒多主於鄭江左靑齊多主於王唐孔穎達撰正義獨取王傳而鄭學遂廢至李鼎祚作集解則宗鄭排王顧其自序曰鄭則多參天象王則全釋人事且易之爲道豈偏滯於天人者哉信持平之論也迨宋邵康節之學本之希夷則主象數程伊川之學受之濂溪則主義理朱子本義出而義理象數兩明之矣

連山歸藏考　　朱景英

山海經曰伏羲氏得河圖夏后因之曰連山黃帝氏得河圖商人因之曰歸藏桓譚曰連山八萬言歸藏四千三百言夏易繁而殷易簡是二說也可以定連山之爲夏易歸藏之爲殷易矣連山出於劉炫僞作北史已明言之獨歸藏爲鄭樵所信其時僅存初經齊母本蓍三篇已非隋志十三篇之舊而文多闕亂不可訓釋其卦名如以坎爲犖震爲釐艮爲狠需爲溽大小畜爲大毒畜小毒畜家人爲散家人損爲員咸爲諴謙爲兼渙爲奐遯爲遂蠱爲蜀解爲荔无妄爲毋亾又有瞿欽規夜分五卦岑霽林禍馬徒三複卦之類名義多不可解善夫劉炎之言曰

漢士不錄連山唐志則有之漢志不錄歸藏晉中經隋唐志則有之昔無今有其僞可知況其言之不經邪

尚書考一　　朱景英

尚書本百篇楊雄曰昔之說書者序以百鄭康成曰虞夏書二十篇商書四十篇周書四十篇遭秦燔燒舊典無存漢孝文時求能治尚書者天下無有聞伏生治之欲召時伏生年九十餘不能行於是詔太常使掌故晁錯往受之伏生老不能正言言不可曉使其女傳言教錯齊人語多與潁川異所不知者凡十二三略以意屬讀得二十八篇一堯典并舜典愼徽以下爲一篇二皋陶謨并益稷爲一篇三禹貢四甘誓五湯誓六盤庚七高宗肜日八西伯戡黎九微子十牧誓十一洪範十二金縢十三大誥十四康誥十五酒誥十六梓材十七召誥十八洛誥十

九多士二十無逸二十一君奭二十二多方二十三立政二十四顧命并康王之誥爲一篇二十五呂刑二十六文侯之命二十七費誓二十八秦誓也以漢隸寫之故曰今文至孝宣時河內女子發老屋得泰誓一篇獻之合爲二十九篇乃班固謬以爲伏生獨得二十九篇矣此伏生今文之源委也古文尚書者出孔子壁中武帝末魯恭王壞孔子宅欲以廣其宮而得古文尚書及禮記孝經論語凡數十篇皆古字恭王往入其宅聞鼓琴瑟鐘磬之音於是懼乃止不壞孔安國者孔子後也悉得其書以考二十九篇得多十六篇安國獻之遭巫蠱事未列於學宮劉向以中古文校歐陽大小夏侯三家經文文字異者七百

有餘脫字數十此劉歆七略所述第未知中古文是否卽安國所獻葢經赤眉之亂焚燒無餘矣此安國古文之源委也又漢世所傳百兩篇者出東萊張霸分析合二十九篇以爲數十又采左氏傳書序爲作首尾凡百二篇篇或數簡文字淺陋成帝時求其能文者霸以百兩徵以中書校之非是此又張霸古文之源委也又東漢之初扶風杜林得漆書於西川以授徐巡衞宏於是賈逵作訓馬融作傳鄭康成注解餘若尹敏孫期丁鴻劉祜張楷孔喬周盤類從漆書之學然未詳其篇數隋書經籍志曰馬融鄭元所傳二十九篇又雜以今文非孔子舊書而正義又謂鄭氏書於伏生所傳增謚二十四篇舜典一汨作二九

工九篇十一大禹謨十二謚稷十三五子之歌十四胤征十五湯誥十六咸有一德十七典寶十八伊訓十九肆命二十原命二十一武成二十二旅獒二十三冏命二十四以一篇爲一卷九工九篇合爲一卷通十六卷以合於漢志得多十六篇之數說者以爲此卽張霸之徒所爲僞尚書而陸氏釋文則言馬鄭所注二十九篇亦不過伏生所傳與民閒所獻之二十九而無一語及增多之十六也此又漆書古文之源委也他若後漢孔僖自安國以下世傳古文尚書晉世秘府所存古文尚書經文此又古文之見於史傳者也及晉永嘉之亂歐陽大小夏侯尚書並亾至東晉豫章內史梅賾始得孔安國之傳上之增多二十五篇大禹謨一五子之歌二胤征三仲虺之誥四湯誥五伊訓六太甲三篇九咸有一德十說命三篇十三泰誓三篇十六武成十七旅獒十八微子之命十九蔡仲之命二十周官二十一君陳二十二畢命二十三君牙二十四冏命二十五以合於伏生之二十八篇而去其僞泰誓又分舜典謚稷盤庚中下康王之誥各自爲篇則爲五十八篇其孔氏傳亾舜典一篇又取王肅注從愼徽五典以下爲舜典以續孔傳此梅賾古文之源委也齊明帝時有姚方興者於大航頭得本有曰若稽古帝舜以下二十八字獻之朝議以爲非後北入中原學者異之劉炫遂以列諸本第此又梅賾古文外之古文也然則今之尚書其

今文三十三篇仍伏生之舊而古文二十五篇固非孔安國之舊幷非張霸僞書與杜林漆書之舊乃出於梅賾姚方興之獻合今文而一之也自漢科斗古文尚書出孔安國以隸書寫之故仍謂之古至唐天寶三載詔衞包改古文從今文釐定爲今文尚書十三卷卽今所傳之本也葢是書自東晉以後於經則其信爲尚書於傳則其信爲孔傳無異辭也疑之自宋吳才老始才老之言曰增多之書皆文從字順非若伏生之書詰曲聱牙夫四代之書作者不一乃至二人之手定爲二體其亦難信矣而朱子亦曰書凡易讀者皆古文豈有數百年壁中之物不訛損一字又曰伏生所傳難讀如何伏生偏記其難而易者全

不能記也。又曰孔書至東晉始出。前此諸儒皆未見。可疑之甚。又曰小序決非孔門之舊。安國序亦非西漢文章。又曰尙書孔安國傳是魏晉閒人作。託安國爲名耳。其疑如此。其時伸其說者。若趙汝談陳振孫諸家。猶未甚也。迨元之吳澄趙孟頫王充耘。明之趙汸梅鷟鄭瑗歸有光羅敦仁輩。則攻之不遺餘力矣。近世若崑山顧氏山陽閻氏秀水朱氏。吹疵摘謬。更加嚴密。益見今文眞而可從。古文非眞而難信也。至於張霸僞尙書。後又有明之豐熙。其書一曰箕子朝鮮本。一曰徐市倭國本。自謂其曾大父河南布政使慶錄得之。以藏於家。自爲古書世本。尤詭誕不經。顧亭林極斥之。或曰熙子坊。此猶是假託詩傳詩說之伎倆。不堪與張霸作奴。而其先後作僞。則同一科也。

尙書考二

朱景英

漢世爲今文之學者。伏生教濟南張生及歐陽生。歐陽授兒寬。寬授歐陽生之子。世世相傳。至曾孫高。高孫地餘。地餘子政。由是尙書世有歐陽氏學。歐陽高授林尊。尊授平當及陳翁生。由是歐陽有平陳之學。翁生授殷崇及龔勝。平當授朱普及鮑宣。宣徒衆尤盛。張生授夏侯都尉。都尉授族子始昌。始昌授夏侯勝。勝又事同郡簡卿。簡卿。兒寬門人。勝授從兄子建。建又事歐陽高。由是尙書有大小夏侯之學。周堪與孔霸事大夏侯勝。堪授牟卿及許商。由是大夏侯有孔許之學。張山拊事小夏侯建。授李尋鄭寬中張無故秦恭假倉。由是小夏侯有鄭張秦假李氏之學。爲古文之學者。孔安國授都尉朝。而司馬遷亦從安國問故。都尉朝授膠東庸生。庸生授清河胡常。此授受之源流也。其注疏在漢則有伏勝大傳四十一篇。及尙書暘訓三卷。歐陽生尙書章句三十一卷。尙書說義二卷。大小夏侯章句各二十九卷。大小夏侯解故二十九篇。孔安國尙書傳四十一篇。隋志十三卷。歐陽地餘等尙書議奏四十二篇。牟卿尙書章句。秦恭尙書說。後漢杜林傳古文尙書。而賈逵作尙書古文同異。衞宏作尙書訓旨。馬融作尙書注十一卷。鄭康成亦作尙書注九卷。尙書大傳注三卷。並尙書音書贊等書。王肅作尙書駁議五卷。古文尙書注十一卷。范甯作尙書注十一卷。此皆註之最早者也。梁

蔡大寶作尙書義疏三十卷、巢猗作尙書義疏三卷、尙書百釋三卷、費甝作尙書義疏十卷、隋劉焯作尙書疏義二十卷、劉炫作尙書述義二十卷、尙書百篇義一卷、尙書孔傳目一卷、尙書略義三卷、顧彪作尙書疏二十卷、此皆疏之最早者也、至唐孔穎達等尙書正義、則主梅賾所上之孔傳、因費彪疏而廣之、而注疏始定矣、至宋之注、朱子所取者四家、而明何喬新以蘇軾之書傳十三卷、傷於略、王安石之新經尙書義十三卷、傷於鑿、林之奇之尙書集解五十八卷、傷於繁、呂祖謙之書說三十五卷、傷於巧、然九峯蔡氏之書傳、或以爲勉强附會者亦有之、

書序考　朱景英

司馬遷曰、孔子序書傳、劉歆曰、孔子序書、班固曰、書之所起遠矣、至孔子纂焉、凡百篇而爲之序、隋經籍志、孔子刪書、別爲之序、是皆以書序爲孔子作也、程子亦謂書序夫子所爲、而朱子則曰、書序恐卽是經師所作、決非夫子之言、吳才老亦先疑之、厥後議者紛起、或謂書序僞、而朱子竝詩序亦疑其僞、詩序眞、而班固劉歆竝書序亦以爲眞、或謂漢初泰誓且有僞書、何況書序、或謂詩必待序而傳、書則篇中已詳、何用複說、而孫氏寶侗攻之尤力、其曰書序爲後人僞作、逸書之名、亦多不典、不但書序可疑、而百篇之名亦不可信、顧亭林極服其說、爲切當、朱竹垞曰、朱子疑詩小序、而竝疑書小序、疑孔安國所傳之古文、而竝疑古文之有小序、然百篇之序、實自漢有之、竊謂周官外史達書名於四方、此書必有序而百篇之序卽外史所以達四方者、其由來古矣、噫其信然歟、

九州考　朱景英

禹貢九州曰冀州曰兗州曰青州曰徐州曰荆州曰揚州曰豫州曰梁州曰雍州周禮職方氏九州曰揚州曰荆州曰豫州曰青州曰兗州曰雍州曰幽州曰冀州曰幷州爾雅釋地九州曰冀州曰豫州曰雍州曰荆州曰揚州曰兗州曰徐州曰幽州曰營州舜典肇十有二州經無明文孔安國馬融幷謂舜以冀青地廣始分冀東恒山之地爲幷州其東北醫無閭之地爲幽州又分青州爲營州孔穎達以其據周禮職方氏有幽幷知舜時當有幽幷幽幷山川於禹貢皆冀州之域知分冀州之域爲之據爾雅釋地齊曰營州知舜時亦必有營州而齊卽青州之地知分青州爲之然則孔馬之說亦屬意揣亘明劉三吾書傳又謂幽幷營三州皆分冀州之地又引歐陽忞輿地廣記遼東營州屬冀州爲徵而崑山顧氏又淡以分地之說爲非謂幽幷營三州山川皆不載之禹貢爲靡得而詳也漢書地理志堯遭洪水天下分絕爲十二州使禹治之更制九州與舜典肇十有二州之文不合惟陳氏謂禹貢之作乃在堯時至舜時乃分九州爲十二州至夏之世又幷爲九州故傳言貢金九牧其說爲是第其州名則不可攷而孔傳爲蔡傳所取姑從其說可也郭璞注爾雅九州下云此蓋殷制邢昺疏曰禹別九州有徐青梁而無幽幷營是夏制也周禮有青幷幽而無徐梁是周制也此有徐幽營而無青梁幷是殷制也然則舜典十二州其虞制乎龜山楊氏曰十二州九州或分或合因時而已不必強爲之說信然

說詩家數攷

朱景英

說詩者四家齊魯韓毛也漢初魯人申培作魯故是爲魯詩齊人轅固作詩外內傳是爲齊詩燕人韓嬰作韓故內外傳韓詩說是爲韓詩趙人毛萇作詩傳是爲毛詩申公受詩於浮邱伯以詩經爲訓故班固謂齊韓取春秋采雜說咸非其本義與不得已魯最爲近之其弟子爲博士者十餘人而瑕邱江公盡能傳之及魯許生免中徐公皆守學教授韋賢治詩事江公及許生傳子元成由是魯詩有韋氏學王式事徐公及許生張長安唐長賓褚少孫皆事式由是魯詩有張唐褚氏之學張生兄子游卿爲諫大夫以詩授元帝其門人琅琊王扶陳留許晏由是

張家有許氏學轅固以治詩爲博士諸齊以詩顯貴者皆固之弟子也夏侯始昌最明傳后蒼蒼授翼奉匡衡衡授師丹伏理滿昌由是齊詩有翼匡師伏之學昌授張邯及皮容皆至大官徒眾尤甚後漢陳元方亦傳齊詩彭偐民曰申公得詩之約者也轅固得詩之直者也以約窮理而以直行已觀其言以察其行信有異於毛公韓嬰之所聞也韓嬰推詩人之意作內外傳數萬言其言頗與齊魯閒殊然歸一也淮南賁生受之燕趙閒言詩者由韓生河南趙子事生授同郡蔡誼誼受同郡食子公與王吉食生授泰山栗豐豐授山陽張就吉授淄川長孫順順受東海髮福由是韓詩有王食長孫之學漢志韓詩有五書今惟存外傳十卷非嬰傳詩之詳者王弇州謂爲引詩以證事而非引事以明詩信然要之終漢之世三家並立齊詩魏代已亡魯詩亡於西晉韓詩雖存無傳之者陸氏曰三家之詩至唐已失其舊傳雖有存焉者僞矣毛萇之學自謂子夏所傳先是魯人毛亨號大毛公學於荀卿爲詩故訓傳於家以授趙人小毛公卽萇也萇爲河閒獻王博士授同國貫長卿長卿授解延年延年授徐敖敖授陳俠言毛詩者本之敖時齊魯韓三家皆立於學官獨毛氏不得立惟河閒獻王好之中興後謝曼卿衛宏賈逵馬融鄭眾鄭康成之徒皆宗毛公學翕然稱之按其書所釋鴟鴞與金縢合釋北山烝民與孟子合釋昊天有成命與國

語合釋碩人清人皇矣黃鳥與左氏合而序由庚六篇與儀禮合當毛公時左氏傳未出孟子國語儀禮不甚行而毛公之說先與之合不謂之源流子夏可乎呂東萊曰以齊魯韓之義尚可見者較之獨毛公適與經傳合關睢正風之首三家者皆以爲刺餘可知矣此所以三家皆廢而毛詩獨存於世也

毛詩注疏攷　朱景英

毛詩三萬九千二百二十四字。漢志十九卷。唐志十卷。鄭康成作毛詩箋二十卷。申明毛義以難三家。且毛詩經文久而滋誤者。因鄭箋可證其非。又作毛詩譜三卷。其自序曰。欲知源流淸濁之所處。則循其上下而省之。欲知風化芳臭之所及。則旁行而觀之。後賴歐陽修補完。而其書始備。他若賈逵之毛詩雜義難十卷。馬融之毛詩注十卷。王肅之毛詩注二十卷。毛詩義駁八卷。毛詩奏事一卷。毛詩問難二卷。劉楨之毛詩義問十卷。王基之毛詩駁一卷。劉璠之毛詩義四卷。徐整之毛詩譜三卷。大叔裘之毛詩註二卷。韋昭之毛詩荅雜問四卷。皆佚矣。存者惟

吳烏程令陸璣之毛詩草木禽獸蟲魚疏耳。漢魏晉閒撰毛詩音者九人。如鄭康成徐邈蔡氏孔氏阮侃王肅江惇干寶李軌是也。然存者僅什一。隋經籍志載毛詩義疏凡七部。其箸撰人姓氏者。舒援沈重二家。此外無名焉。唐孔穎達謂近代爲義疏者。有全緩何胤舒緩劉軌思劉醜劉焯劉炫等。顧其書皆亾。惟孔穎達王德韶齊威等奉敕撰毛詩正義四十卷。葢據劉炫劉焯本。刪其所繁。而增其所簡。卽世所行毛詩註疏也。而陸德明之毛詩釋文亦存。後此注家繁夥。殆指難勝屈歟。

三禮授受攷　朱景英

周禮六篇。前世傳其書。未有名家。王莽時劉歆始置博士。以行於世。河南緱氏杜子春受業於歆。因以教授。其門徒時鄭大夫興。鄭司農衆。及賈逵。皆受業焉。是後馬融作周官傳。以授鄭康成。此周禮授受之源委也。儀禮自魯高堂生傳士禮十七篇。而魯徐生善爲頌。爲禮官大夫。（漢書師古注曰頌讀與容同）傳子至孫延襄。襄亦善爲頌。爲大夫。延及徐氏弟子公戶滿意桓生單次。皆爲禮官大夫。而瑕邱蕭奮以禮至淮陽太守。諸言禮爲頌者由徐氏。孟卿事蕭奮。以授后蒼閭邱卿。蒼說禮數萬言。號曰后氏曲臺記。授聞人通漢戴德戴聖慶普。德號大戴。聖號小戴。由是禮有

大戴小戴慶氏之學。三家皆立博士。慶普授夏侯敬。又傳族子咸。大戴授徐良。小戴授橋仁楊榮。由是大戴有徐氏。小戴有橋楊氏之學。中興後。大小戴傳士禮。雖相傳不絕。然未有顯者。建武中曹充習慶氏學。傳其子褒。而董鈞亦習慶氏禮。漢末鄭康成本習小戴禮。後以古經校之。取其義長者爲鄭氏學。此儀禮授受之委源也。小戴禮記前漢無師說。惟漢末馬融傳小戴學。而鄭康成受業於馬融。（後漢書又云元從東海張恭祖受周官禮記）此禮記授受之源委也。凡此並見於前後漢書及隋書。近世竹垞朱氏撰經義考。於戴德禮記下。引漢書大戴授琅琊徐良云云。於戴聖禮記下。引漢書小戴授梁人橋仁楊榮云云。是誤以漢書所載二戴之

學其授受爲禮記也不知漢書儒林傳自漢興魯高堂生傳士禮下迄小戴有橋楊之學二傳之文專言前漢儀禮授受家數未嘗及禮記一字也其蓺文志禮經後論亦然惟後漢書儒林董鈞傳內一則曰元本習小戴禮後以古經校之云云其曰小戴禮者即高堂生所傳十七篇曰古經者乃淹中所得五十六篇也再則曰元又注小戴所傳禮記四十九篇則明爲今禮記篇數矣且鄭康成有言曰傳禮者十三家惟高堂生及五傳弟子戴德戴聖名世也五傳弟子者高堂生蕭奮孟卿后蒼及戴德戴聖爲五此所傳皆儀禮也其說甚明竹垞亦引於儀禮下何於禮記又牴牾若此甚矣箸書之難也注周官經者自杜子

春始嗣有鄭興周官解故鄭眾周官解詁賈逵周官解故衛宏周官解詁張衡周官訓詁其書皆亾馬融周官禮注十二卷見於隋志顧亦佚矣今存者鄭康成周官禮注十二卷王氏炎曰康成之訓釋可謂有功於禮記然一則以緯說汨之一則以臆說汨之是以學者不得不疑王氏應麟引徐氏徵言謂鄭注誤有三王制漢儒之書今以釋周禮其誤一司馬法兵制也今以證田制其誤二漢官制皆襲秦今引漢官以比周官其誤三且譏其主緯書六天之說以亂經又以南郊圜丘爲三郊以明堂祭天爲祭太微五帝以啟蟄而郊郊而後耕爲周祭感生帝靈威仰配以后稷而祈穀信爲疵謬也魏王肅又有周官禮注十

二卷朱子云肅議禮必反鄭元此始其一也後又有于寶周官禮注十二卷伊說周官禮注十二卷崔靈恩周官禮集註二十卷疏周禮者則有沈重周官禮義疏四十卷而晉陳邵周官禮異同評十二卷史稱其甚有條貫逮唐賈公彥作周禮義疏五十卷晁氏稱其發鄭學最爲詳明董氏謂此疏據陳邵沈重二書爲之朱子曰五經中周禮疏甚好故今立於學官云至宋王安石作新經周禮義二十二卷晁氏斥其傳著所刱新法以塞異議者之口信然胡銓作周禮傳十二卷自謂覃思十餘年僅成集解惜其書不傳也注儀禮者惟鄭康成最顯康成注十七卷晉荀崧稱其於禮特明並置鄭儀禮博士其爲後世所重如

此王肅亦有儀禮注十七卷而馬融袁準孔倫陳銓裴松之雷次宗蔡超田儁之劉道拔周續之皆有注或一卷或二卷蓋儀禮喪服傳一卷子夏所爲故舊唐書經籍志亦載鄭元注又一卷其諸家注一二卷者皆喪服注未嘗指爲全書注且陸氏釋文序錄可按也然自新唐書蓺文志於諸家下並不著其注喪服後遂沿誤而不覺其非矣疏周禮者則有沈重儀禮義疏三十五卷黃慶儀禮章疏李孟悊儀禮章疏諸書賈公彥撰儀禮義疏五十卷晁公武衛湜並云公彥刪黃李二家爲此疏顧公彥譏黃舉大略小李疏舉小略大爲互有修短朱子則云公彥儀禮疏不甚分明然自宋邢昺奉詔是正則亦列於學官矣宋

陳祥道注解儀禮三十二卷范祖禹以爲精詳博學惜其書不傳朱子儀禮經傳通解二十三卷其書以儀禮爲經取禮記及諸經史書所載附本經之下具列注疏諸儒之說惟喪祭二禮則屬之門人黃勉齋類次焉又撰儀禮釋宮一篇勉齋黃氏榦續通解二十卷其喪禮十五卷爲勉齋手定祭禮十四卷則又信齋楊氏復據稾本以續成者合朱子通解均爲學者所宗無異詞也元初又有敖繼公儀禮集說十七卷則與通解異有識者恆以細密精確稱之其書殆不可湮沒已注禮記者則有戴聖禮記羣儒疑義十二卷橋仁禮記章句四十九篇曁高誘禮記注見於經傳及他書所引然不可考馬融爲傳盧植合十九

篇爲之解亦世所不傳至鄭康成撰禮記注二十卷遂大明戴記之蘊朱子稱其考禮名數大有功事事都理會得衞正叔亦稱其簡嚴該貫非後學可及王肅禮記注三十卷雖多改駮仍按本篇孫炎禮記注三十卷雖挾鄭義乃易前編嗣是司馬伷禮記甯朔新書二十卷增革向逾百篇葉遵禮記注十二卷劉修僅存十二唐魏徵病羣言之錯雜紬眾說之精深成類禮二十卷元行衝作類禮義疏五十五卷顧其書寘諸內府不可復見朱子惜之疏禮記者則有鄭小同禮記義記四卷雷肅禮記義疏二卷何修之禮記義十卷梁武帝禮記大義十卷簡文帝禮大義二十卷賀瑒禮記新義疏二十卷皇侃禮義疏九十九卷禮記簡疏四十八卷沈重禮義疏四十卷熊安生禮記義疏四十卷唐孔穎達撰禮記正義七十卷其自序曰大小二戴共氏而分門王鄭兩家同經而異注晉宋逮於周隋傳禮業者江左尤盛而爲義疏者南人有賀循賀瑒庾蔚崔靈恩沈重宣皇甫侃等北人有徐道明李業興李寶鼎侯聰熊安等其見於世者惟皇熊二家熊則違背本經皇乃時乖鄭義然以熊比皇皇氏勝矣乃據皇氏以爲本其有不備以熊氏補焉此正義箸述之大指也今列於學官者卽此此後宋則有橫渠張子禮記說三卷爲魏鶴山所稱王安石禮記發明一卷要義二卷未爲完書而方慤禮記解義二十卷馬晞孟禮記解七十卷陳詳道禮

記講義二十四卷陸佃禮記解四十卷卽鶴山所稱方馬陳陸是也然其書皆述王氏之說人頗病之獨朱子以爲方馬二解儘有好處不可以其新學而黜之也崑山衞湜正叔撰禮記集說一百六十卷援引解義凡一百四十四家且云他人箸書惟恐不出於己予之此編惟恐不出於人蓋詳博至矣迨元雲莊陳皓作禮記集說三十卷以其簡便遂得列於學官秀水朱氏曰以公論揆之自當用衞氏集說取士而學者厭其文繁全不寓目若雲莊集說直兔園冊子耳獨得頒於學官三百餘年不改其於度數品節擇焉不精語焉不詳禮云禮云如斯而已乎此外說禮者甚多不能枚舉姑述其大略如此

三禮考　朱景英

漢興高堂生傳士禮十七篇卽今之儀禮（張湑曰漢初未有儀禮之名疑後學者見十七篇中有儀有禮遂合而名之）此其最先者也又禮古經者出於魯淹中（漢書注里名也）凡五十六篇（劉歆曰魯恭王得古文於壞壁逸禮三十有九天漢之後孔安國獻之後漢書儒林傳曰孔安國所獻禮古經五十六篇孫惠蔚曰淹中之經孔安國所得隋書經籍志古經出於淹中而河閒獻王好古愛學收集餘燼得而獻之合五十六篇朱子曰河閒獻王得古禮五十六篇乃孔壁所藏之書吳澂曰魯恭王壞孔子宅得古文禮經於孔氏壁中凡五十六篇河閒獻王亦得而上之）其字皆篆書是爲古文其十七篇與高堂生所傳同而字多異餘多三十九篇絕無師說在於秘館謂之逸禮此又儀禮之類也漢時有李氏得周官於山巖屋壁上於河閒獻王獨鈌冬官一篇獻王購以千金不得遂取考工記以補其闕合成六篇奏之至王莽時劉歆始建立周官經置博士以行於世卽今周禮是也漢初河閒獻王得仲尼弟子及後學者所記一百三十一篇獻之時無傳之者至劉向考校經籍檢得一百三十篇第而次之又得明堂陰陽記三十三篇孔子三朝記七篇王史氏記二十一篇樂記二十三篇合二百十四篇戴德刪其煩重合而記之爲八十五篇謂之大戴記而戴聖又刪大戴之書爲四十六篇謂之小戴記漢末馬融傳小戴之學融又益月令一篇明堂位一篇樂記一篇合四十九篇卽今禮記是也此皆其後出者也而遞補刪益之故亦略見於斯後漢儒林傳曰鄭衆傳周官經後馬融作周官傳授鄭元元亦作周官注元本習小戴禮（卽今儀禮十七篇）後以古經校之取其義長者故爲鄭氏學元又注小戴所傳禮記四十九篇（內三篇爲馬融所益史譏）通爲三禮焉此今三禮次第之所由昉也

湖南文徵　卷三十三　考二　三三

逸禮考

朱景英

逸禮三十九篇・其篇名頗見於他書・若學禮見賈誼傳・天子巡狩禮見周官內宰注・朝貢禮見聘禮注・朝事儀見覲禮注・禘嘗禮見射人疏・中霤禮見月令注及詩泉水疏・王居明堂禮見月令禮器注・古大明堂禮昭穆篇見蔡邕論・本命篇見通典聘禮志・又有奔喪投壺遷廟釁廟曲禮少儀內則弟子職諸篇・見大小戴記及管子・蓋其書初唐猶存・諸儒不以爲意・遂至於亾・惜哉・元吳澂於是裒收八篇爲儀禮逸經・曰投壺曰奔喪曰公冠曰諸侯遷廟曰諸侯釁廟曰中霤曰禘於太廟曰王居明堂・其二取之小戴記・其三取之大戴記・其三取之鄭氏注也・又纂次

儀禮傳十篇・曰冠義曰昏義曰士相見義曰鄉飲酒義曰鄉射義曰燕義曰大射義曰聘義曰公食大夫義曰朝事義・其七取之小戴記・其一取之大戴記・其二取之清江劉氏所補也・明何喬新又取原父文集中投壺義一篇・錄於朝事義之後・以補逸經之傳・而明初汪克寬則以爲儀禮十七篇・吉禮之存惟特牲饋食篇・乃諸侯國之士祭祖廟之禮・少牢饋食及有司徹篇・乃諸侯卿大夫祭祖禰廟之禮・凶禮之存惟喪服篇・乃制尊卑親疏冠絰衣服之禮・士喪禮・乃士喪其親・自始死至既殯之禮・士虞禮・乃士既葬其親・迎精而返日中而祭於殯宮之禮・賓禮之存惟士相見篇・乃士以職位相親・始承贄相見之禮・聘禮篇・乃諸侯久無事使相問之禮・覲禮篇・乃諸侯秋朝天子之禮・嘉禮之存惟冠禮篇・乃士之子始加冠之禮・士昏禮篇・乃士娶妻之禮・鄉飲酒禮篇・乃鄉大夫賓興賢能飲酒之禮・鄉射禮篇・乃士爲州長會民射於州序之禮・燕禮篇・乃諸侯燕饗其臣之禮・大射儀篇・乃諸侯將有祭祀之事・與羣臣宴飲之禮・公食大夫禮篇・乃諸侯以禮食鄰國小聘大夫之禮・自此之外・如朝覲會同郊祀大饗帝大喪之禮・蓋皆亾逸・況軍禮無存・非關細故・乃考於儀禮周官大小戴記易詩書春秋傳孝經家語・及漢儒紀錄・凡有合於禮者・各箸其目・列爲五禮之篇・名曰經禮補逸・然是二書也・朱彝尊稱吳氏文簡而論敘・秩然・曾魯稱汪氏辭約而

事備・其爲可取也・詎信矣・若明永樂中・沅州劉有年所上儀禮逸經十八篇・詔付史館・見於明一統志・羅倫因何喬新之言・欲待好古君子上請・繼類成篇・而焦竑亦惜其未加表章・旋就湮沒・楊慎又詆有年何從得之・而朱彝尊則以爲有年所進・即草廬吳氏本・蓋以逸經八篇傳十篇・適合其數也・雖然・明初廟堂諸公・豈竟未見草廬本哉・

廟制考　朱景英

王制大夫三廟一昭一穆與太祖之廟而三士一廟祭法大夫
三廟二壇曰考廟王考廟皇考廟享嘗乃止顯考祖考無廟有
禱焉爲壇祭之去壇爲鬼適士二廟一壇曰考廟王考廟享嘗
乃止皇考無廟有禱焉爲壇祭之去壇爲鬼官師一廟曰考廟
皇考無廟而祭之去王考爲鬼是二說皆不同其言大夫也王
制三廟一爲太祖而不及高曾祭法及曾而太祖則夷於壇而
無廟矣其言士也祭法雖與官師分而皆得祭其祖王制則不
及祖矣何參錯若是後之說者有曰王制商禮祭法則周禮也
或又曰是廟制也而非其所祭之數也凡宗子祭必及四世不

皆廟官師一廟而得祭其祖庶人祭寢而不限其所祭可推而
見也且高祖在五服之中而可以不祭乎哉或又曰王制之言
廟制也先之以支子不祭明廟制爲宗子設支子雖大夫不得
立廟或又曰大宗必立太祖之廟百世不祧宗子爲大夫者立
三廟祭及曾失職爲士者立二廟祭及祖蓋大夫並太祖廟而
四士並太祖廟而三也或又曰支子爲大夫士亦得立廟於家
不必於宗子之家也蓋廟自爲大夫士立不爲其宗立非二統
也凡此諸說雖各有相掌大都欲比王制祭法而合之耳近蕘
峯汪氏設爲五疑推勘盡矣而要之諸說者皆各有據存之亦
足以備考焉

五祀考　朱景英

大夫祭五祀曲禮王制同云獨祭法大夫立三祀曰族厲曰門
曰行是本經之言既不能齊矣鄭康成泥於祭法之文於曲禮
則注曰五祀戶竈中霤門行也又曰五祀殷制三祀周制也於
王制則注曰五祀司命中霤門行族厲也又曰大夫有地祭五
無地祭三也何一人之言前後矛盾若此夫殷周之制全無徵
驗不過出於鄭之臆說耳若以戶竈中霤門行之祀則止屬一
家祈報與分土何與而乃以有地無地爲差等耶況周禮祭社
稷五祀儀禮士疾病禱五祀則五祀無尊卑隆殺之別而其非
殷制也詎明祭法司命鄭氏以爲督察三命皇侃以爲文昌宮

星夫三命本沿里俗之談而大夫又無祭星之禮皆不足信也
至族厲之說孔穎達疏訓族爲衆以爲古大夫無後者汪氏曰
古者大宗無後則族人爲之置後非宗子而爲大夫者無後亦
如之是安得有族厲則其說之謬可知已總之祭法怪妄不經
所云三祀類與廟制乖異而鄭氏泥其文求其說而不得遂牽
附拑互一至於斯大抵曲禮王制兩說當以一爲定而五祀名
目則從月令春祀戶夏祀竈季夏祀中霤秋祀門冬祀行也可

春秋授受考　朱景英

自晉傳春秋者五家，左氏、公羊、穀梁、鄒氏、夾氏是也。左氏邱明爲孔子弟子，作春秋傳三十卷。公羊氏高，齊人，受春秋於子夏，作春秋傳十一卷。穀梁氏赤，魯人，亦子夏弟子，一曰名俶，一曰名淑，字元始，秦孝公同時人，顏師古曰名喜，作春秋傳十一卷。鄒氏傳十一卷，夾氏傳十一卷，幷見漢藝文志，此傳家最古者也。漢武帝立五經博士，春秋惟有公羊，宣帝善穀梁說，始置穀梁博士。孝哀時，劉歆典校經籍，攷正左氏傳，欲立於學，諸儒莫應。至東漢建武中，尚書令韓歆請立而未行。時陳元最明左傳，又上書訟之，乃以魏郡李封爲左氏博士，及封卒，遂罷。然諸儒

傳左氏者甚衆，永平中能爲左氏者擢高第爲講郎，其後愈顯。此三傳立學之先後也。左氏作傳，授曾申，申授吳起，起授子期，子期授楚人鐸椒，作抄撮八卷（漢志有鐸氏微三篇），授虞卿，虞卿授荀卿，荀卿授張蒼。漢興，北平侯張蒼及梁太傅賈誼、京兆尹張敞、大中大夫劉公子皆修左氏春秋傳。誼爲左氏傳訓故，授趙人貫公，貫公子長卿授清河張禹，禹授尹更始，更始傳子咸及翟方進、胡常，常授黎陽賈護，護哀帝時爲郎，授蒼梧陳欽，以左氏授王莽爲將軍，而劉歆從尹咸及翟方進受。由是言左氏本之賈護、劉歆。公羊子作傳，傳子平，平傳子地，地傳子敢，敢傳子壽。當漢景帝時，壽乃其弟子齊人胡母子都箸於竹帛，與董仲舒皆見於圖讖。自壽而前皆口授焉，是以免於秦火。胡母生與董仲舒同業，齊之言春秋者宗事之，公孫宏亦頗受焉。武帝尊公羊家，由是大興。胡母生弟子有蘭陵褚大、東平嬴公、廣川段仲溫、呂步舒，惟嬴公守學不失師法，授東海孟卿及魯眭孟，孟授東海嚴彭祖及魯顏安樂，由是公羊春秋有嚴顏之學。彭祖授琅琊王中，中授同郡公孫文、東門雲。安樂授淮陽泠豐、淄川任公，由是顏家有泠任之學。疏廣事孟卿，授琅琊筦路。貢禹事嬴公，授潁川堂溪惠，惠授泰山冥都，都與路又事顏安樂，故顏氏復有筦冥之學。穀梁子作傳，傳孫卿，卿傳申公，申公傳瑕邱江公，其後浸微，惟魯榮廣、王孫皓星公二人受焉。沛蔡千秋、梁周慶、

丁姓皆從廣受。千秋又事皓星公。宣帝興穀梁，擢千秋爲諫大夫。千秋死，徵江公孫爲博士。江博士死，徵周慶、丁姓待詔保宮。壽爲博士，姓授楚申章昌、尹更始，事千秋，傳子咸及翟方進、琅琊房鳳。江博士授胡常，常授梁蕭秉，由是穀梁春秋有尹、胡、申章、房之學。此三傳授受之源流也。至於鄒氏無師，夾氏未有書，故不能詳云。

左傳官名地名異同考

朱景英

左氏傳中列國官名若晉之中行宋之門尹鄭之馬師秦之不更庶長皆他國所無而楚尤多有莠敖令尹司馬太宰少宰御士左史右領左尹右尹連尹鍼尹或作箴尹寢尹工尹卜尹芋尹藍尹沈尹清尹莠尹囂氏陵尹郊尹樂尹宮廄尹監馬尹揚豚尹武城尹其官名率與他國異者又左傳地名名同而實異者如成公元秊戰於鞌入自丘輿杜解云齊邑三秊鄭師禦晉敗諸丘輿解云鄭地哀公十四秊阬氏葬諸丘輿解云泰山南城縣西北有輿城又是魯地是三丘輿爲三國地也文公七秊穆伯如莒蒞盟及鄢陵解云莒邑成公十六秊戰於鄢陵解云鄭地是二鄢陵爲二國地也襄公十四秊伐秦至於棫林解云秦地十六秊次於棫林解云許地是二棫林爲二國地也襄公十七秊衞孫蒯飲馬於重丘解云曹邑二十五秊同盟於重丘解云齊地是二重丘爲二國地也定公十二秊費人北國人追之敗諸姑蔑無解當是魯地哀公十三秊彌庸見姑蔑之旗解云越地是二姑蔑爲二國地也而地名盂者又有五僖公二十一秊會於盂宋之盂也定公八秊劉子伐盂周之盂也十四秊衞太子蒯聵獻盂於齊衞之盂也昭公二十八秊晉盂丙爲盂大夫太原盂縣哀公四秊齊國夏伐晉取盂當在邢洺之間是二盂皆晉之盂也州國亦有二桓公五秊州公如曹解云州國

在城陽淳于縣十一秊鄭人將與隨絞州蓼伐楚師解云州國在南郡華容縣東南其異同如此

春秋三傳注疏考　朱景英

左氏公羊穀梁三傳論者不一謂孔子將修春秋與左邱明乘如周觀書於周史歸而修春秋之經邱明爲之傳者嚴彭祖也謂左邱明親見夫子好惡與聖人同者劉歆也謂晉者仲尼與邱明觀魯史記有所襃貶口授弟子弟子退而異言邱明恐弟子各安其意以失其眞故論本事而作傳者班固也謂左氏傳理長至明至切至直至順長於二傳者賈逵也謂春秋諸家太孔子遠左氏傳出孔子壁中近得其實者王充也謂邱明之傳囊括古今表裏人事者盧植也謂邱明受經於仲尼身爲國史躬覽載籍必廣記而備言之其文緩其旨遠者杜預也謂孔子

作春秋邱明子夏造膝親受無不精究邱明撰所聞爲傳張本繼末以發明經意信多奇偉者荀崧也謂邱明之傳釋孔氏之經子應乎母以膠投漆者孔穎達也謂邱明躬爲魯史受經於仲尼者劉知幾也謂左氏受經於仲尼博采諸家叙事尤備能令萬代之下見其本末比餘傳功最高者啖助也謂仲尼明周公之志而修經邱明受仲尼之經而爲傳者權德輿也謂孔氏之門左氏富而不誣有以見聖賢之心者劉軻也謂邱明與聖人同時援其聞見參求其長左氏爲上者陳岳也謂左氏釋經義例具得當時事實非二傳之比者陳振孫也謂左氏曾見國史攷事頗精者朱子也至於公羊傳漢初盛行凡載漢志者如

公羊顏氏記十一篇公羊董仲舒治獄十六篇皆公羊之學也東漢李育少習公羊春秋沈思專精嘗讀左氏傳雖樂文采然不得聖人深意作難左氏義四十二事何休以春秋駁漢事六百餘條范史謂其妙得公羊本意又與其師羊弼追述李育意以難二傳作公羊墨守十四卷言公羊之意不可攻如墨翟之守城也而左氏膏肓十一卷穀梁廢疾三卷皆休所作以掊擊二傳者也於是鄭元乃作發墨守鍼膏肓起廢疾以排之此休所以有康成入吾室操吾戈以伐吾之歎也嗣是魏嚴翰善公羊鍾繇謂左氏爲太官而謂公羊爲賣餅家數晉王接又謂公羊附經立傳經所不書傳不妄起於文爲儉通經爲長漢宣帝

聞衞太子好穀梁問常賢夏后勝史高皆魯人言穀梁本魯學公羊乃齊學也宜興穀梁甘露元年召五經名儒大議殿中平公穀同異各以經誼對多從穀梁然晉荀崧又謂公羊精隱明如斷獄穀梁簡約隱要又謂公羊高親受子夏立於漢朝辭義清俊斷決明審多可采用董仲舒之所善也穀梁赤師徒相傳暫立於漢其書文清義約諸所發明或左氏公羊所不載亦足訂正是又以二傳宜與左氏并重不可偏廢者也顧有爲之說者曰左氏豔而富其失也誣公羊辯而裁其失也俗穀梁清而婉其失也短又有曰言其長則事莫明於左氏例莫明於公羊義莫精於穀梁言其短則或失之誣或失之亂或失之鑿是三家

又各有短長得失矣然左氏顯而公穀微自西晉已然且綜覈諸儒之論則左氏優於公穀不必以三長五短相品隲矣及唐啖助趙匡又參考三家以采其長助頗右公穀陸淳傳其學纂會其文爲春秋集傳纂例十卷又撰集注春秋二十卷微旨三卷辨疑七卷說者謂自漢以來言春秋者惟宗三傳三傳之外能卓然有見於千載之後者自啖氏始葢魏晉以前學者各守傳以合經唐中葉後學者頗欲舍傳以求經至宋孫覺春秋經社一書其書亦主啖趙而孫明復著春秋尊王發微十五卷遂專廢傳從經劉敞著春秋權衡意林春秋傳三十四卷雖不廢傳亦不盡從傳伊川直以自秦以下其學不傳特作春秋傳二卷以明之紹興中胡安國被旨撰春秋傳及通例通旨共三十二卷其書按左氏義取公穀之精者采孟子莊周董仲舒王通邵堯夫程明道張橫渠程伊川之說以潤色之近世學者皆宗焉然朱子稱伊川傳則云中間有說好處如難理會處亦不爲決然之論謂胡文定春秋非不好有牽強處聖人只是直筆據見在而書諒哉斯言學者可以廢然返矣他若蘇轍葉夢得鄭樵諸人各有所作大抵一偏之見未堪指駁耳此又三傳而外諸家得失之大略也注左氏傳者自賈誼訓故始然其書已不傳其後則有賈逵春秋左氏解詁三十卷服虔左氏傳解誼三十一卷王肅左氏傳三十卷董遇左氏經傳章句三十卷孫毓

左氏傳義注十八卷王朗左氏傳十二卷迨晉杜預左氏經傳集解三十卷出而注乃盡善先儒謂爲左氏忠臣夾漈鄭氏比之顏師古之注漢書而晁氏嗤其棄經信傳過矣疏左傳者則有沈文阿左氏經傳二十五卷王元規續左氏傳義略十卷蘇寬左氏傳義疏若干傳崔靈恩左氏傳立義十卷劉炫左氏傳述義四十卷直齋陳氏謂沈氏義例粗可經傳極疏蘇氏不體本文惟攻賈服劉氏好規杜失比諸義疏猶有可觀唐孔穎達據劉學而損益之撰春秋正義三十六卷而注疏統名焉迨宋林堯叟亦有左氏傳今附杜本行者是也注公羊傳者漢初有嚴彭祖公羊傳十二卷其後則有東漢何休公羊傳解詁十二卷史稱其覃思不闚門十有七季而成而鄭康成以公羊善於讖休之注引讖爲多譏之豈不信哉嗣有王愆期公羊解詁十三卷高襲公羊注十二卷孔衍公羊集解十四卷疏公羊傳者則有公羊疏十二卷見隋志而今所行公羊傳疏三十卷不知撰人或云徐彥撰宋邢昺奉詔是正其書以何氏三科九旨爲宗本有識者頗斥爲淺局矣注穀梁者則有尹更始穀梁傳注十五卷唐固穀梁傳注十三卷麋信穀梁傳注十二卷張靖穀梁傳注十卷程闡穀梁傳注十六卷段肅穀梁傳注十四卷孔君穀梁傳指訓五卷晉范甯以穀梁諸注家爲膚淺於是率其子弟及門生故吏商略名例博采諸儒同異之說成其父注之

志作穀梁傳集解十二卷晁氏謂三傳之學穀梁所得最多諸
家之解范甯之論最善非無見也此外又有張陳孫劉四家穀
梁集解四卷徐乾穀梁傳注十三卷然多殘闕不及見矣疏穀
梁傳者則有徐邈傳義十卷至唐楊士勛撰春秋穀梁傳疏十
二卷宋邢昺等奉詔是正而三傳之注疏以備至爲左傳音者
則有嵇康李軌杜預徐邈王元規徐文遠陸德明爲公羊音者
則有王儉陸德明爲穀梁音者則有徐邈陸德明此皆見於史
志足資考證者

左氏公羊穀梁考

朱景英

自唐以前諸儒之論皆以邱明爲孔子弟子貞觀永徽中祀周
公爲先聖孔子爲先師是時孔庭配食止顏淵左邱明二人其
褒崇若此至唐中葉河東趙匡則云左氏淺於公穀誣謬實繁
皆孔門後之門人論語左邱明乃夫子以前賢人如史佚遲任
之流焚書之後學者見傳及國語俱題左氏遂引以爲邱明也
宋陳振孫亦云左傳末記智伯反喪於韓魏在獲麟後二十八
年去孔子沒亦二十六年不應年少後亾如此又其書稱虞不
臘矣見於嘗酎及秦庶長皆戰國後制故或疑非孔子所稱左
邱明別自是一人爲史官者明郝敬又謂左傳或出三晉辭人

之手故其說往往右晉近時徐與喬云左傳晉韓魏智伯事舉
趙襄子謚則左傳作於襄子卒後自獲麟至襄子卒巳八十年
使邱明與孔子同時不應孔子歿七十有八年後猶能著書也
又云論語所引姓左名邱明傳春秋者姓左邱名明司馬子長
曰左邱失明厥有國語蓋左邱氏以失明而自名曰明也凡皆
眾說之獻疑者惟秀水朱彝尊作孔子弟子考特書魯太史左
邱子明又博采諸儒之說以辨之曰論世者惑於趙匡之說則
疑左氏在孔子之前惑於王安石之說則疑左氏生孔子之後
眾口紛綸迄無定論遂使唐代特祀之先賢竝不得與於七十
子之列然則漢晉以來經生之說均不足信耶又引風俗通邱

姓魯左邱明之後以證左邱爲複姓是眞可以解諸家之紛矣至謂公羊氏爲子夏弟子則戴宏荀崧梁武帝孔穎達吳兢諸人之說同謂穀梁爲子夏弟子則應劭顏師古之說同獨羅苹路史識遺云公羊穀梁自高赤作傳外不見有此姓萬見春謂皆姜字切韻脚疑爲姜姓假託然自高傳子平平傳子地地傳子敢敢傳子壽見於戴宏所記而班氏古今人表載有二子居第四等其非假託也可知若公羊傳內所稱子沈子注云後師明說此意者又有子司馬子子女子子北宮子魯子高子穀梁傳內亦有尸子沈子然則其人皆後師耶子有言春秋屬商意諸子者或皆子夏之徒歟

五伯考

朱景英

左傳成公二年齊國佐曰五伯之霸也勤而撫之以役王命杜預解云夏伯昆吾商伯大彭豕韋周伯齊桓晉文詩正義引服虔說與此同應劭風俗通亦主此說孟子五霸者三王之罪人也趙岐注云齊桓晉文秦繆宋襄楚莊與杜解不同白虎通亦有二說前說與杜解同後說則以爲齊桓晉文秦繆楚莊吳闔閭顏師古注漢書異姓諸侯王表五伯同杜解其注同姓諸侯王表五伯又以爲齊桓晉文宋襄秦穆吳夫差然史記已言越王句踐遂報彊吳觀兵中國稱號五伯盖荀子原以齊桓晉文及楚莊吳闔閭越句踐爲五伯也大抵國佐所稱五伯通三代而言之也當以杜解爲是孟子所稱五伯就東周後而言之也則以荀說爲近而諸說亦可備參獨宋襄求霸不成傷於泓以卒其實未嘗霸也而與桓文並列趙顏二說終覺未安

辰水考

朱景英

辰錦之說紛紛不一大意謂一水也在辰谿縣爲辰水在麻陽縣爲錦水愚竊以爲非是何也錦水以錦州名而錦州則以治前之多文石名是有州名而後有水名偶名耳非眞欲易其舊也至於辰陽縣之名實因辰水而有水經注云辰水經辰陽縣北舊治在辰水之陽故名然則辰陽自漢置縣後六朝時已嘗徙治迨隋始改名辰谿要皆不離乎辰水也夫自漢以後由唐以前麻陽初爲沅陵辰陽地再爲沅陵辰谿地則固未嘗割疆而理亦何至分水而名誠無事嘵嘵不已爲也縣志又云錦水在縣西三里自錦州發源經縣城入辰名錦江尤非葢錦州凡

兩設已見於元和志其云在伏溪水灣曲中惟東面平地餘三面竝臨溪岸者後移置處也其初固在所謂盧水口者治焉故亦置盧陽縣附郭盧水不可考意以爲在梁源溪上下近是而要非辰水也辰水固出辰陽三山谷耳顧三山谷亦不敢定指何山然以入沅七百五十里一語度之明非自錦州發源矣（漢書地理志辰陽三山爲辰水所出南入沅行七百五十里）葢是時辰陽地界闊遠大抵銅仁以上猶屬辰陽境內則三山谷之在黔省固無足疑今援据考證定爲辰水名則從古源則采實總不敢附會傳疑滋後來之指摘耳

潕水考

朱景英

方輿紀要沅江在沅州西南五里自貴州番界流入州境又云㵲水在州南四里又引熊氏曰今辰州之武溪卽古無水沅州之㵲溪葢卽沅水之異名耳東還紀程引顧閒雍曰考鎭遠以下㵲沅二水桑欽氏言沅水出牂牁且蘭縣爲旁溝水至鐔城爲沅水而酈道元又言無水出故且蘭南流至無陽故縣又東南入沅謂之無口無水卽㵲水無陽卽鐔城桑酈始言沅酈析流言無而皆出於且蘭總一水也不猶濟瀆之出王屋山伏名沇見名濟乎或謂其支從黃平州者抑末矣舊州志㵲水卽沅江一名㵲溪源出四川播州按諸書皆謂㵲水卽沅水是混潕

沅而一之其說均非不可不辯葢熊氏之以㵲溪卽沅水者由誤以武溪卽無水耳今瀘溪縣志亦祖其說實踵誤也夫無水之名見於水經注武溪之名亦見於水經注水經注謂武溪源出武山南注於沅後漢書注今辰州瀘溪縣西有武山高可萬仞元和郡縣志亦云盧水在瀘溪縣西二百五十里卽武溪所出是武溪可名盧水而按其源流與出自故且蘭東南入沅之潕水迥別顧熊氏之爲此或因荊州記中有武溪無潕溪故遂以武溪當潕溪歟不知五溪之名出入不一武溪之不能當潕溪猶潕溪之不能當沅溪也惟見於水經注者爲足據耳至於顧氏之說則又泥解水經注何也按漢書言潕水首受故且蘭

又注言沅水出牂牁首受與自出既異文則義固有別是沅與潕本二源也水經言沅水至鐔城縣爲沅鐔城今黔陽也水經注言無水南流至無陽故縣無陽故縣今芷江也安得謂無陽即鐔城邪乃或者疑經文有沅水東逕無陽縣句可以證沅無總一水之說不知舊本此段經文自沅水至牂牁云云至東至鐔城爲沅句止下云水東逕無陽縣六字則注起語也酈道元北魏人其所謂無陽縣者乃晉義熙中徙故鐔城之無陽亦即今黔陽已非漢舊故稱漢之無陽爲故縣以別之且於六字以下即云無水出故且蘭南流至無陽故縣者蓋謂沅之上流另有此一支之水流入於沅故注文至謂之無口句下又云沅水東逕無陽縣前有故字而後無故字則六字之非經文可知自明朱鬱儀移六字爲經文且自謂據宋本改正鬱儀與楊升菴竝號博雅其點竄古人不無穿鑿附會則所謂改正之經文安知非即升菴補石鼓譯岣嶁碑之類歟顧氏不細繹經注漫以泝始析流爲得爾強爲合一之說以誤人而鬱儀之移易經注竟置漢無陽於鐔城之東而莫有知其非者尤可怪也若謂支從黃平州者則常德府志釋沅水之言彼意沅水爲正潕水爲支雖知潕水之源而未盡也大要與方輿紀要之既有沅又有潕同屬兩岐之見耳舊州志承訛既久未經考正故亦云然且以沅州現治於此則潕水即沅水之見牢不可破豈知唐以前

之沅州或治辰州或治常德至唐始治黔陽皆就沅水之所出與所經名之也從未有治此地者自宋熙甯中此郡始有此名則水之是沅非潕無可致疑者予恐人之猶膠滴見也故備引諸說於前而辯之如此所以釋惑者正期於傳信非故斷斷於其閒云爾

案沅潕二水混爲一江今武進李氏所刊陽湖董氏圖及天台齊氏水道提綱皆然緣所據舊圖相沿已久也其實沅江故在而爲清水江之名所奪故併沅於潕二考据水經析其二原以今所稱清水江者爲沅之上原足正從來之誤汝懷坿記

沅水考　朱景英

方輿紀要沅江在黔陽縣城南自沅州東流合縣境諸水南流歷會同縣境復東北折而入辰谿縣界又云黔江在黔陽縣西南三里亦曰黔水源出牂牁經縣南一里七寶山下合於沅水縣志黔江下云沅水發源牂牁至沅州合潕水自北逆行而西曲屈二百餘里南至於黔陽其自西南來會者曰渠水渠之西爲清水江清水之源自貴筑入粤西界由夜郎至通州與渠水合東至於黔陽與沅水合流始名黔江東注達於洞庭按二書之談水道可謂紕繆極矣其大指皆謂自芷江縣流入縣西者爲沅水自清江口流出縣西者爲黔水沅潕之混已詳見潕水

辨獨不知黔江之名何自而昉夫既指沅水爲黔水則不得不指潕水爲沅水顧氏茲然所自於沅水曰縣城南於黔水曰縣西南猶前謂沅州之沅水在州西南潕水在州南之意也見既昧於一定說乃出於兩岐已屬鶻突而縣志竟謂沅水至沅州與潕水合試問沅水之合潕水也其地安在則豈能措一辭邪其云自西南來會者爲渠水是已至謂渠之西爲清水江則又何據且清江口以內之水將名爲渠水乎抑名爲清水乎至合流以後始爲黔江將由此而東至何地再稱爲沅水乎抑竟呼爲黔江而不復以沅名乎吾不能爲志解矣總之渠水之會於託口者會同西南來之沅水也無所爲清水也其會於七寶山下者芷江縣西來之潕水也至是而後潕水之名不復見而沅水之稱直至入洞庭而始隱無所謂黔江也謂予不信山海經水經注諸書俱在可考而知也山海經沅水出象郡鐔城西水經沅水出牂牁且蘭縣爲旁溝水又東至鐔城縣爲沅况九域志於黔陽縣下云有沅水又有潕水輿地廣記亦同蓋以縣西而上則爲潕水而縣東南以下則爲沅水皆未嘗涉黔江一字尤爲可信也至於黔江之訛實始於宋之名縣而其先已有黔江城之號然皆宋時事也若唐之名爲黔江縣者則爲今酉陽州之黔江縣凡唐世稱爲黔中黔州黔陽者皆指彼地於今之黔陽縣何與焉若夫沅水之名實自黔陽始有唐之設州於茲也以沅名義取諸此至宋始移其名於今

郡治已違其實而更名沅水爲黔水可乎哉大抵志輿地者但憑臆淺固自不可而耳食目論無所可否俗語不實流爲丹青其貽誤更不淺矣惟詳考載籍證以見聞參伍錯綜折衷必當始於此事不負予之爲此說也非故爲異同蓋既以訂其舊訛且爲沅水所經諸郡縣之志或少佽助云又按靖州舊志云沅水入境過長潭雲潭文溪金溪至託口與朗江合此說極合且略悉經行所在故附錄於此以備考

湖南文徵卷三十四

湖湘後學集編

考三

卦變考

潘相

卦變之說一詳於啟蒙一見於本義啟蒙以六十四卦之變爲三十二圖得初卦者自初而終自上而下得末卦者自終而初自下而上六十四卦各變六十四卦合之凡四千九十六卦與焦氏易林相合而條理精密則非先儒所及所謂引伸觸類天下之能事已畢也至於一陰一陽之卦來自復姤二陰二陽之卦來自臨遯三陰三陽之卦來自泰否四陰四陽之卦來自大

壯觀五陰五陽之卦來自夬剝本義所載非畫卦作易之本旨後之儒者多疑之顧朱子嘗有言矣剛來柔進之類祇是卦成之後用意推說以此爲自彼而來非眞先有彼而後有此也故如伏羲畫卦則乾坤亦無能生諸卦之理若如文王孔子之說則縱橫曲直無往不可是則看易活潑無所拘泥朱子所以度越諸儒也學者明乎此可以得易之用可以考歷代傳註之得失

易學源流考

劉工詢

昔者伏羲氏之王天下也觀天文察地理近取諸身遠取諸物始畫八卦重之爲六十四厥後文王作卦辭周公作爻辭孔子又爲之傳是爲十翼自魯商瞿受易於孔子五傳而得齊之田何値漢之興田何授王同同有易傳二篇易家箸書自同始同授楊何字叔元元光中太中大夫易傳二篇漢立易博士自楊氏始周王孫者亦田何弟子易傳二篇號周氏傳田何又授丁寬卽梁孝王距吳楚丁將軍也寬學成復從同門周王孫受古義而自作易說三萬言大都漢初言易者本之田何云自是而後易學益繁丁寬授田王孫王孫授施讐孟喜梁邱賀於是易

有施孟梁邱學三家之易漢宣帝并立學官甘露中帝命施讐與五經諸儒雜論同異於后渠閣箸易章句二篇授張禹禹授彭宣由是施家有張彭之學孟喜者孟卿子也卿治禮記春秋禮傳后蒼春秋傳疏廣後以禮經多春秋繁雜命喜從田王孫受易喜亦有章句二篇授翟牧白光由是孟家有翟光之學而同時有焦贛字延壽者云嘗從孟喜問易以其學授京房會喜死房以爲延壽易卽孟氏學而翟牧白生不肎曰非也房授姚平等元帝時立京氏博士故易有京氏學焉焦說長於災異房用之尤精有易章句成帝命劉向校書考易說以爲諸易家說皆祖田何楊叔元丁將軍大義略同惟京氏爲異託之孟氏實

不相同。噫向特未深考耳。孟喜雖從田王孫。其源雖出田何丁將軍。而喜別得易家候陰陽災變書。詐言師王孫且死時枕膝秘傳。又故祖好小數書之趙賓而名其說易之卵解爲己所授。是孟喜之學已改師法。而考當時蓺文則有孟氏京房十一篇。災異孟氏京房六十六篇。是京與孟同爲一家之學也明矣。翟白之言安知非故靳而自喜也。梁邱賀之得易學於田王孫也。始從楊叔元之門人某受易。後更事王孫。亦有章句二篇傳子臨。及賀爲少府事多。迺遣臨從施讎質問。臨學精熟。授五鹿充宗。充宗授士孫張鄧彭祖衡咸。由是梁邱有士孫鄧衡之學。其時復有費氏學有高氏學。費學起於費直。長卦筮。亾章句。以彖

象繫辭文言解說上下經。本皆古字。號古文易。授琅邪王璜劉向以中古文校施孟梁邱之易經。或脫去无咎悔亾。惟費氏經與古文同。高學起於高相。相與費公同時。亦亾章句。專說陰陽災異。自言出於丁將軍。相授子康。康用其術見誅王莽。當漢之世。習經學者以立學官爲顯。而費高二家皆不得立。民閒傳之。後漢習施氏者。劉昆受業於戴賓也。習梁邱者范升受業於楊政也。而張興亦以梁邱顯名。弟子箸錄且萬人焉。孟氏之學則洼丹作易通論七篇。世號洼居通。任安亦少受孟易於太學。京氏之學則戴憑解經奪席。孫期壟畔授經。其表表者。至於馬融鄭衆鄭康成荀慈明諸儒。竝傳費學。融著易解。康成作易注。慈明作易傳。費學盛行而高氏衰矣。考九家集解一書。世次稍別。首荀爽字慈明。次京房次馬融次康成次宋衷虞翻陸績姚信翟子元。命曰荀九家以荀爲主故也。諸儒而外又有魏王輔嗣易注。江左竝傳其學。河北學者罕能及焉。而自永嘉之亂施氏梁邱之易皆亾。孟京房之易人無傳者。惟康成及輔嗣所注行於世而王氏特爲世重。繫辭以下王不注。相承以晉韓康伯注續之。此晉魏以前易學源流之大略也。嗟乎書遭秦火易獨不廢。授受親切不比他書。而源遠流分。或考象辭。或談義理。遂有某家某家之易。幾如晉楚齊秦之互相雄長。竊嘗綜而論之。易主卜筮。故其辭必根於象數。孔子贊易亦未嘗離數言理。家語

所載筮賁筮大畜等類。又孔子用易之明徵也。商瞿而降遞相傳授。必不離乎卦筮。但非如後世之專說陰陽災異耳。田何以後諸家。雖專門異派。而師承參互。其學大抵相通。如丁寬從周王孫。梁邱賀從楊叔元弟子。賀之子從施讎可見。今考漢書賀嘗攻友孟喜之陰陽一書。非由師授。及爲郎時以筮止謀有應。得幸於上。是亦必依於理以用數者。梁邱之學如此。諸家可知。至若孟喜不守師訓。馳心小數。已開互卦納甲飛伏之宗。而焦延壽云從孟喜問易。竊疑所問即孟所別得更改僞攛之易也。至高氏學專言災異。自謂出丁將軍。則又或偏用丁之一說。變本加厲乎。宋歐陽公有言。漢易三家。有田何之易。有焦贛之易

有費直之易愚謂孟喜焦贛高相一家也王同楊叔元周王孫丁寬田王孫施讎梁邱賀一家也獨其別費氏於田何則有難於輕議者夫費之治易亾章句也深於易也其以彖象繫辭文言解說上下經深於易也何則易之爲道難言欲不言則竟不言而已矣欲言則卽以聖人之言言之而已矣此非疏於易固尊易之至也漢書云費氏長於卦筮卦筮非象數乎其以傳說經解說非義理乎理數不亦兼得乎而吳訥乃曰惟章句可以解經彖象繫辭文言何以解也獨不思十翼旣曰傳矣傳不足以釋經而又以何者釋經乎瞀儒徒見諸家有傳有章句而費氏無所箸述又未立學官遂擯而外之不知費氏與田何一脈本無甚懸絕不過遞傳旣久稍有異同且費氏亦傳未成書耳十篇解經必有口義相授不然漢之傳費學者所傳何指邪學費諸家惟馬融易解頗生異說荀爽易傳據爻象承應陰陽變化之義以十篇之文解經意此荀悅漢紀云云據此則爽之說經何以異於費氏之取十篇解說經旨邪王弼以理談經得費之半而象數之學遂隱朱子謂其失之一偏殆亦矯京孟之流而太過者顧其力破邪淫正宗獨得可謂超越諸家矣世歷千年而荀王緒言不廢於世費學固未亾也卽謂田氏學猶存可也

楚南諸水源流考　張世浣

大湖以南之水莫大於九江九江之水莫大於沅湘書曰九江孔殷曾彥和以沅漸無辰敘酉湘資澧諸水皆合於洞庭東入於江是爲九江蔡氏遵之朱子考定九江去無澧二水易以瀟蒸蓋九江之水惟澧水發源安福會南江東注洞庭其餘諸水皆入沅湘以注洞庭故西之水沅爲大南之水湘爲大此二水者衆水之所歸也地理今釋云沅水出貴州黎平俗名淸水江東北入湖南境漸水出武陵東入沅無水出沅陵入沅辰水出貴州銅仁至辰州入沅敘水一名渠江出靖州西北入沅酉水出沅陵東入沅而沅則會諸水以注洞庭焉湘水發廣西興安資水出武岡東北入湘瀟水一名營水出甯遠北注湘蒸水出邵陽界東注湘而湘則會諸水以注洞庭焉湘水有三湘之名其流入永瀟水入之爲瀟湘流至衡蒸水入之爲蒸湘流至沅而後有沅湘之名其源流可悉考也其他支分派別載於水經者不一而足要皆以沅湘二水爲之歸焉漣水爲資水之別流出連道西東入湘溴水一名遂水出桂陽入湘鍾水出南平與雞水合東北入湘耒水出郴會郴水北入湘洣水出茶陵西北入湘漉水出醴陵流至漉口入湘瀏水出臨湘過瀏陽與撈溪水合西入湘潙水出艾西入湘其餘若馮渚泠洮觀爲微汨應黃諸水皆由湘水以入洞庭者也若夫運水南注熊谿熊谿下

注沅水龍谿水出龍橋山北流入沅溆水南出扶陽之山北流會沅注水導源柱谿北流注沅辰水右會沅水名爲辰谿口武陵有五谿謂雄谿樠谿辰谿無谿酉谿此谿其一也他如施水北流注沅芷水分派會沅此則其由沅水以入洞庭者也外此則有灘水與湘同源而南入於鬱匯水發源桂陽而合溱以入海此雖源在楚而其流各異若此類者固不能以殫述云

舜陵考

蕭智湖

舜陵何考乎詳於經核於史雜見於諸說傳記抑辨其疑經史諸說傳記者而後知書之言確可據書曰五十載陟方乃死左氏國語禮祭法曰舜勤政事而野死古文家語孔子曰舜陟方岳死於蒼梧之野而葬焉禮檀弓曰舜葬於蒼梧之野離騷特及蒼梧九疑曰就重華而陳詞朱子註亦曰九疑舜所葬也史鑑綱目秦始皇巡行雲夢望祀舜於九疑古志三代祀舜於大陽谿秦漢建祀玉琯巖前大陽距九疑三十里廟今爲白鶴觀玉琯巖在舜源峯左龜趺文礎現存載考山海經史記風俗淮南子皇覽世紀輿地考寰宇記元和郡縣志十三經古注國語漢書漢紀各註稱舜葬蒼梧九嶷無異詞自唐元結有無死於空山來而不歸之惑韓昌黎始欲改陟方句讀且因康成註有昇道南方之語謂南方不應言陟方後儒頗韙之竊謂昌黎舉可辨者詩書之文無自作解釋語既如竹書云帝王之崩曰陟則陟如殂落之文已爾方乃死字不亦贅乎顏師古云古謂坑爲方舜坐沒之時先定其壙而後乃死若舜急爲壽藏風水之說者說更難通商書若陟遐必自邇周書曰陟禹之迹方行天下陟亦不盡訓昇也然則以經釋經陟方即陟遐之謂乃死則乃殂落之文耳且昌黎既據秦博士之論謂湘君夫人爲二妃二妃何獨繫於湘而湘之人百世祀之然則以謀語舜脫舜之

尼猶屬烏有之言以舜南巡崩葬祔祀二妃所固然歟而後儒之疑議不釋者特以孟子卒於鳴條語又疑蒼梧與南嶽隔遠更不應授禹後復南巡卽南巡崩無不返葬之理又見九嶷封樹無考周禮天子曰崩諸侯曰薨大夫曰卒孔子春秋咸遵之孟子歷敘堯崩舜崩禹崩文王百年而後崩於滕定公書薨凡皆準春秋正名分萬不應此章舜文特貶崩卒也蓋凡六經語孟之文除大夫曰卒一語外無有以卒云沒者卒於鳴條與卒爲善士卒之東郭語意正類卒本訓終生遷卒敘居地之始中終也且章意正驗其得志行事自不及其沒葬又舜文無異詞畢西邑郢荆州以文卒遷於豐而分陝卒迄江漢故兩及之如

謂崩卒通文將以郢爲贅文與抑謂文崩兩地與且謂以大夫而書崩其亦可與鳴條一在河南一在安邑有云在東夷有云在南服者固應以舜舊都隸安邑者爲確輿地考云今安邑鳴條陌未聞有所謂舜陵者意頗疑孟子之誤固未繹孟子鳴條之言初未云崩云葬也況諸書野死與虞書合蒼梧九嶷諸家之言盡合諸書頗多出在孟子前史公堯舜紀亦多采用孟子箸者又多北人詎舍其近之信而有徵者特於數千里外鑿此不根之論漢初白虎石渠諸鉅儒無一核而正之者而俟唐宋之紛紛疑議哉蒼梧本山名去衡不數百里今道州有有庳亭或云象所封地因謂舜念弟過有庳卽崩葬其處誠未免臆斷

竹書曰舜南征不返淮南子曰舜南征三苗而遂死蒼梧世紀云舜使禹攝政時三苗叛舜南征崩葬於蒼梧康成舊註多主之按其說繹禹謨有可信者禹雖受終攝位而有苗命征仍舜爲政曰帝乃誕敷文德者詎虞廷之文德今乃誕敷又何垂裳五十載未化者今七旬而格之南北風雷且不相應舞帝階之干羽格數千里外之逆民一似迂儒不解事之說者講家謂振旅以後苗民自格則命征舞干均屬多事玩益言至諴感神特援見瞽瞍爲證因謂苗民見帝當如瞽瞍之允若故振旅以下接帝乃云者是帝乃南征也以遠行敷德曰誕敷所過者化故可舞干羽而格之大化不紀時日前三旬以師行後七旬以帝

行故次第紀之今九嶷猺歌有槃王子孫在山好之語知猶三苗種也舜於時適百有十歲而老焉陟方勤事之說不互證乎舜視棄天下猶棄敝屣也旣四海爲家沒卽於其地而葬焉又豈可以後世返葬首邱之說泥者神農葬茶陵禹葬會稽人咸無議胡獨於舜疑之冢人周制也孔子曰古者墓而不墳魏文帝亦謂封樹之制非上古特援堯禹之葬爲證山海經紀舜葬凡數見皆指蒼梧九嶷又云帝嚳帝堯葬岳山者岳本山之總名合言以取文貝離兪云云耳郭璞因謂應當時殊方絕域之人各自起土爲冢是堯舜之冢當徧天下亦未審當時無起冢事凡夏殷以前所謂有冢可證皆誣也夫南人信古而質不敢

妄有增益惟舜德在爽世今猶識其葬處至考封樹則當年本無云載考輿地沿革漢武帝始析長沙置零陵郡是以舜陵得名遂以蒼梧名郡屬南粵於零陵置營浦營道冷道等縣營道卽今道州冷道隋會併入營道今爲永州府屬之甯遠縣以九嶷在其域內故漢名舂陵新莽直以爲零陵縣今永屬之永明漢營浦謝沐縣江華漢馮乘縣謝沐馮乘時皆隸蒼梧郡如淯云舜葬蒼梧馮乘縣皇覽云舜葬蒼梧營浦縣今九嶷接壤兩境或當年偶隸更易要古無郡縣名惟以名山大川表封域爾時九嶷正所謂蒼梧之野也山海經云蒼梧之邱中有九嶷山舜所葬也書註釋云九嶷亦名蒼梧山語最明了文穎云九嶷

在蒼梧半在零陵及史記崩於蒼梧葬江南九嶷語特主漢時郡縣言祝氏穆泥此謂蒼梧九嶷當是兩處猶未確考舜陵實在九嶷之舜源峯今祠廟在其麓云葬女英峯下者亦誤墨子舜道死南巳之市其書或斥爲後人僞作呂覽紀邑九嶷海州蒼梧云云更爲附會可無論矣九嶷距今甯遠南郭六十里嘗周覽其域脈起三分石岩巍天半爲楚粵三省分圻處卽古所謂蒼梧山者迤邐近四十里起舜源峯萬壑之中後頓前朝皆平壤里許峯頂更疊三峯坐石脈山半成形家所謂太極暈者二大小相涵宛如璧月誠天造地設以妥帝靈者祠戟門內古橚二枝椏皆數抱誠數千年物明周子恭所記古杉今頗存記云甯遠以修孔廟伐其一時昏黑風雷工師奔仆爲嘉靖乙巳子恭目擊事夫以一樹之故且天帝百靈呵護爲孔廟所不能取其他敢褻越覦之乎則舜陵之在此山尤確有可信者至九嶷之易爲疑自晉郭璞始諸峯皆面舜陵主從異勢惟皆平地拔起如詩所謂岐嶷者舜陵千峯拱峙甯第於九按古以九爲盈數九當如九山九川九江九河九野九圍九合以衆數言今考郭璞所名九峯相距或至數十里從舜源峯望之有不盡見者以云相似難辨誠未免爲好事者之說與按漢魏以前書之最古者字皆從疑

明堂考

張九鐸

明堂之制據考工言五室以月令九室參考之九室兼左右个言則仍五室矣其地爲王者之常居宜在宮中而不在近郊此定論也鄭氏云周人明堂五室是帝各有一室也合於五行之數周禮依數以爲之室施行於今雖有不同時說然耳魏徵云五室重屋上圓下方上以祭天下以布政自前世儒者所言雖異而以爲如此者多同至於高下廣狹丈尺之制可以因事制宜也其說可謂通達古今矣考後魏孝文時議明堂制度國子博士封軌議引匠人云夏后世室周人明堂殷人重屋五室九階四戶八窗鄭氏云五室象五行九階法九土四戶達四時八

窗通八風三代明堂其制一也呂氏月令見九室之文大戴之禮著十二堂之論室不過五堂不踰四九與十二其用安在宜則五室以爲永則晉正始閒袁翻議亦略同皆以九室爲非是惟朱子謂明堂當有九室如井田之制分左右个爲五方四隅隨其時之方位開門考前人已有言及此者孝明帝時賈思伯上議亦以戴德蔡邕之言爲非而從考工五室又謂按月令亦無九室之文原其制置不乖五室其青陽右个卽明堂左个明堂右个卽總章左个總章右个卽元堂左个元堂右个卽青陽左个如此則室猶是五而布政十二五室之理謂爲可安思伯謂諸家紛紜幷無取焉學者善其識此言五室者必以九室參考之然後知考工月令之制一而已矣至其地宜在宮中者何考明堂位云太廟天子明堂謂魯無明堂而太廟如天子明堂之制復廟重檐刮楹達鄉卽重屋五室四戶八窗之制此可見明堂爲周之太廟也按匠人營國左祖右社面朝後市皆在城中九卿朝室在路門外應門內唐志引顏師古云周書敘明堂有應門雉門之制以此知爲王者之常居爾其青陽總章元堂太廟左右个皆路寢之名也文王居明堂之篇帶弓韣禮高媒九門磔攘國有酒以合三族推其事皆與月令合則皆在路寢也大戴禮曰在近郊又曰文王之廟也此奚足以取信哉且門有臯庫豈得施於郊野謂宜近在宮中據此則楊氏謂王者所

居非王者之常居誤矣湻于登云在國之南丙巳之地三里之外七里之內與大戴同意以周人宗祀文王于明堂以配上帝必與郊祀配天相近不知宗祀廟祀不可施於郊野且郊外非王者之常居而以爲出教令朝諸侯在是可乎孟子語齊宣王明堂王者之堂則天子巡狩諸侯各朝于方岳亦取明堂之名故齊地太山有之而非考工月令之明堂也

左傳筮法考

張九鐔

嘗讀左傳竊歎夏商之易不傳惟周易筮卦爻之法大傳所未詳者賴左氏所載什九可相證明蓋左傳論易卦與筮俱主周易言或稱筮稱易稱周易立文不同惟不引易辭者遇蠱遇復屯之比大有之乾四卦杜注謂筮者之辭或筮書雜辭又謂臨時占者或取象取氣取時日王相以成其占可爲定論說者謂夏殷易之繇辭猶行於周亦未有據也惟杜注於遇艮之八仍引周禮太卜掌三易謂雜用連山歸藏二易皆以七八爲占二易之占七八不可知而周易之用九六而不兼用七八則經傳有明文且傳言得八者三皆斷以周易卦辭無以別其爲夏殷

也亦明矣其於艮之八也史謂艮之隨是五爻變之卦也朱子謂史妄引隨彖辭宜引隨之六二以不變爻爲占或指占艮二爲不變爻余謂應兼艮隨卦辭占史蓋諱言艮背行庭之辭而但援隨之名義以速出爲解故姜引隨卦辭云云亦自知其不能隨而必死□□也則仍兼占艮卦詞矣國語公子筮得貞屯悔豫皆八以三爻皆變兩卦適均貞悔皆應占卦詞注謂震兩陰爻在貞在悔皆不動或謂不變者二三上在兩卦皆爲八殊不知史因屯動遇險故謂閉而不通爻皆雜動故曰爻無爲也及司空季子引在易皆利建侯以兩卦卦詞兼斷之而始明耳其得泰之八曰是謂天地配亯小往大來直引泰卦詞尤無疑義若如前二說以陰爻不動爲八例以陽爻不動爲七即以泰言必泰之坤而後可言八亦必泰之乾而後可言七也今六爻不變三陰三陽皆不動不得專言八亦不可兼言七豈可謂舉八以該七哉此不待推之他卦而知其難通矣易筮皆以變者占凡傳中所斷諸卦皆主一爻之變占之孔疏謂一爻獨變則得指論此爻每爻異義不知所從則當總論彖詞故凡爻之不變與爻之雜動者占卦不占爻蓋因爻無專主故仍歸之卦說者謂八爲卦數故總謂之八斯爲近之耳然傳於遇蠱遇復遇屯卦皆六爻不變而不言之八者詳略異文於遇屯亦曰卦云元亨利建侯杜注於韓之遇蠱謂於周易利涉大川往有事也

亦秦勝晉之卦是占卦辭之明徵也惟六爻皆變當主之卦蔡墨論乾之坤引乾用九朱子謂乾坤占二用實則兼占之卦彖詞可也二爻變四爻變之卦左傳無之計亦不外兩卦體象與卦詞言獨占爻則未有明徵耳此雖朱子亦自謂經傳無文不過以例推之如此者曷若仍據傳以求之爲當乎左氏傳中所論筮占文詞奧衍皆有奇驗猶見春秋時人精極象數閎覽博物之學然旁通觸類亦不出周易一書後之少見多怪者輒以爲事後附會不解則逃遁其說指爲夏殷之書往往顛倒紛羅進退無據余於是又歎周易之筮學亦失其傳久矣今故略而不論存其諸筮得卦得爻之法與周易變占相表裏可以端正先儒議論所不逮者箸於篇

左傳始末考

張九鐔

史記年表云魯君子左邱明因孔子史記具論其語成左氏春秋嚴彭祖引觀周篇孔子將修春秋與左邱明乘如周觀書於周史歸而修春秋之經邱明爲之傳王充云春秋諸家去孔子遠左氏傳出孔子壁中近得其實漢晉唐諸儒皆言邱明受經於孔子惟趙匡云論語左邱明乃史佚遲任之類前孔子傳春秋之左邱氏則孔子弟子之門人也後孔子史記云左邱失明厥有國語左邱是複姓左氏邱氏皆其後其分別前後爲二人亦無所據據傳稱趙襄子謚當成於襄子卒後或云去孔子卒已七十八年或云在魯元六年僅五十四年疑傳本稱趙無恤

而後人改稱襄子如陳恒卒於魯悼十二年孔子卒後二十四年而論語書陳成子者近是考魯哀十六年孔子卒又十五年爲魯悼四年左傳終又十年爲魯悼十四年左氏國語終後孔子卒二十五年趙襄子卒於威烈王元年爲魯元公六年後孔子卒五十四年計左氏在孔子卒時即已四十至趙襄卒時亦只九十餘則趙襄卒後左氏固當尚存子夏在威烈王十九年猶能授魏文侯經蓺必以其年疑左氏非孔子弟子豈通論與但考史記家語孔子弟子俱無左邱明家語觀周篇孔子與同乘至周問禮老聃乃南宮敬叔非左邱明也史記云孔子年十七好禮南宮敬叔往學後去魯反魯敬叔與孔子適周在昭公時孔子蓋年三十至定公十四年去魯孔子年五十六矣亦無再適周事未審嚴彭祖何據而云爾公羊疏按閔因敘云昔孔子制春秋之義使子夏等十四人求周史記得百二十國寶書未審左氏亦在十四人列否今據史記旣稱左邱明爲魯君子則與孔子同時尚及觀史記與孔子修春秋可知矣劉歆亦云左邱明親見夫子好惡與聖人同正與左恥亦恥之相合論語之左邱明與作傳之左邱明即是一人無疑也

禘禮九獻考魯禘異同附

魏晉

禮莫大於禘。大傳禮不王不禘獻莫重於灌。祭統獻之屬莫重於灌禘前十日。典瑞其灌之珪璋。祭日肆師職灌之築鬻。鬻與煮同築者擣鬱金香草而鬻以爲鬯用以灌也鬯人掌共秬鬯而飾之。秬鬯謂未和鬱者飾之謂設巾也鬱人和鬱鬯以實彝而陳之。濯灌玉。卽灌器也詔灌將之儀與其蚤晏之節。王服袞冕入廟。司服云享先公鷩冕工奏王夏。王入立於阼。后服副褘從王入奏齊夏立於東房。初入廟時后從王入皆在東但有阼階房中之殊至行灌禮后乃就西象日生於東月生於西此陰陽之分夫婦之位也次乃尸入服袞冕。先公尸服鷩冕奏肆夏王不迎尸反於室。祭統君迎牲而不迎尸別嫌也后就於西房延尸入室作樂降神九變。見大司樂鄭注王以圭瓚。大雅瑟彼玉瓚郊特牲云灌以圭璋用玉氣也酌虎彝之鬱鬯。司尊彝云春祠夏禴祼用雞彝鳥彝秋嘗冬烝祼用斝彝追享朝享祼用虎彝蜼彝。按追享謂夏四月禘祭朝享謂冬十月祫祭以其間於四時故又曰間祀以獻尸尸受而祭之啐之奠之。灌地降神是爲一獻。后以璋瓚酌蜼彝之鬱鬯以獻尸。尸受之如前儀。祭之啐之奠之是爲亞獻。合初獻亦謂之二始。言求神之如也

魯禘祀周公不祀文王。當禘之時周公東向。以魯公配之。一如王者禘其始祖之所自出而以始祖配之也。故明堂位云季夏六月周禘在夏四月以禘禮祀周公於太廟。其制不純乎天子。君以圭瓚酌黃彝之鬱鬯初獻。夫人以璋瓚酌黃彝之鬱鬯亞獻。故明堂位云灌用玉瓚大圭。鬱尊用黃目。黃目卽黃彝也周禮冬烝祼用黃彝。間祀所及者遠故用虎蜼取其孝也雞巽畜春象鳥朱雀夏象斝禾稼秋象目者水之精冬象故四時分用之。黃彝象冬反爲上尊者。周正建子天一生水。黃目以貯元酒一也夏后氏以雞彝殷以斝周以黃目。爲時王所制尊之二也。目取象於人。虎蜼雞鳥禾稼取象於物人貴於物三也魯不純用天子制而特以黃目爲灌尊故郊特牲云黃目鬱氣之上尊也。既灌然後迎牲奏昭夏。王親牽牲。祭統云君執紖卿大夫贊幣而從入告於庭云博碩肥腯。禮器云納牲詔於庭王乃麗牲於碑。親執鸞刀啟其毛血。郊特牲云君肉袒親割敬之至也又云割刀之用而鸞刀之貴貴其義也聲和而後斷也。又云毛血告幽全之物也幽全之物者貴純之道也牲用騂者尚赤之義也授祝祝入告禮器云血毛詔于室遂殺牲。凡用牲廟各一牢又逸禮云毀廟之主昭共一牢穆共一牢周禘牲用騂。小雅祭以騂牡魯禘周公白牡。魯公騂剛。明堂云以禮祀周公於太廟牲用白牡魯頌云秋而載嘗白牡騂剛。益不徒禘祭有別也始行朝踐之事。延尸出室。祝乃於堂上取牲膟膋燔燎。燎於鑪上王

洗肝於鬱鬯而燔之以制祭於主前。禮器君親制祭次升牲首牛羊豕三牲首皆升置室中北牖下。郊特牲云詔祝於室坐尸於堂用牲於庭升首於室乃薦腥於尸主前凡主皆在尸右謂之朝踐。后薦朝事之籩朝事之豆。見天官籩人醢人之職王以玉爵酌太尊之醴齊獻尸。是爲三獻。后以玉爵酌太尊之緹齊獻尸是爲四獻。太尊太古之瓦尊也祠禴用獻尊烝嘗用著尊獻讀莎卽犧尊也三獻四獻周制。祠禴用獻音莎尊。烝嘗用著尊。禘則用太尊。魯禘君以玉爵酌犧尊之醴齊三獻。夫人以玉爵酌犧尊之緹齊四獻。魯頌犧尊將將明堂位云尊用犧謂三獻四獻也然後退而合亨。乃薦熟。謂之饋食之禮。先陳於堂。禮器云羹定詔於堂又云設祭於堂謂正祭也延尸入室。徙饌還先所陳堂上之饌於坐前。室內尸前祝先以斝爵

酌奠於饌南。郊特牲注天子奠斝諸侯奠角乃以六律六同五聲八音六舞大合樂以致鬼神祇。本大司樂文孔疏謂據薦腥後正祭之時言也自此以後謂之接祭。尸舉饌南奠斝。祝詔主人拜以妥尸。郊特牲云舉斝角詔妥尸按特牲少牢二篇自饋食始。故妥尸在饋食時。若天子諸侯有二祼朝踐疑二祼朝踐時已行妥尸。但饋食時妥尸則上下同也。后薦饋食之籩饋食之豆。見籩人醢人職王以玉爵酌山尊之盎齊獻尸是爲五獻。后以玉爵酌山尊之醴齊獻尸是爲六獻。

五獻六獻。周制祠禴用象尊嘗烝用壺尊禘則用山尊。魯禘君以玉爵酌象尊之盎齊五獻。夫人以玉爵酌象尊之醴齊六獻。明堂位云尊用象。謂五獻六獻也

尸飲訖。王以玉爵因朝獻之太尊醴齊酳尸是爲七獻。變朝踐曰朝獻

尊相因也后薦加籩加豆之實。見籩人醢人職尸飲七。祝酌清酒酢主人。主人受嘏。受以出量人與䰞人受之后薦羞籩羞豆各二。見籩人醢人職以瑤爵因饋獻之山尊盎齊酳尸變饋食爲饋獻亦尊相因也是爲八獻。尸酳后如酢王之儀。

魯禘君酳仍酌犧尊。夫人酳仍酌象尊。明堂位云尊用犧象山罍孔疏謂魯禘雜用山尊不知何節所用愚按山罍疑魯當酳尸時用之郊特牲前篇云廟堂之上罍尊在阼犧尊在西。又云君西酌犧象夫人東酌罍尊。曰夫人則非后明矣。或君以玉爵酌犧尊夫人以玉爵酌山尊酳尸歟亦禮變於天子也

尸飲八。諸侯爲賓者以瑤爵酌壺尊醴齊以獻。是爲九獻。九獻之後謂之加爵。王加以玉爵。后加以璧角。賓加以璧散。

魯禘君加以璧角。夫人加以璧散。明堂位云加用璧散璧角

嗣子舉奠獻尸。嗣子繼體傳位者。文王世子云上嗣是也。尸未入前祝酌奠。尸入祭奠不飲。至是尸執奠嗣子進受卒觶拜。尸答拜。所謂舉奠也。舉奠後由是冕而總干舞大武。祭統云君執干戚就舞位冕而總干率其羣臣以樂皇尸。明堂位亦云朱干玉戚冕而舞大武。徹則歌雍。見樂師職尸出如前奏肆夏。王出如前奏王夏。后出如前奏齊夏。賓出入則春牘應雅奏祴樂以節步趨。

春秋傳云魯有禘樂賓祭用之。謂享賓及祭羣廟皆用之明堂位言四代之服祭官魯兼用之。四代謂虞夏殷周時禮用四代故言各制度自虞始。樂亦止用四代。故季札請觀終於韶。明堂位亦第云禘而舞大夏。蓋魯制不純天子。周備六代宮懸而魯則止四。周禮韎師掌四夷之樂而魯第納任昧於太廟也。學者据賜周公以天子禮樂未及考加隆之中仍有不同故詳細考之如右。

旅酬下爲上考　魏晉

凡主人酌酒奉賓謂之獻•賓酌以荅主人謂之酢•主人受酢先自飲再酌以獻謂之酬•先自飲者導之飲也•祭必立尸必擇賓•長賓一人衆賓無數所謂上也•賓之弟子則爲下•其位在堂下西階之西•兄弟中之最尊者爲長兄弟餘爲衆兄弟所謂上也•兄弟之子則爲下•（祭羣廟則本廟之兄弟子姓咸來祭太廟則一族之兄弟子姓咸在•）其位在堂下阼階之東•有司羣執事皆北面立•祭禮凡九獻及加獻•皆堂上之尊也•謂之上尊•爲兄弟黨尊兩壺於阼階東•爲賓黨尊兩壺於西階西•是爲堂下之尊•九獻既畢•加獻復終•至嗣子登獻事神禮成•乃順神意以逹神惠•主人酌堂上之尊•西階獻長賓•

賓卒爵酢主人•獻衆賓•賓卒爵不酢主人•（大夫士皆祭主親獻•天子諸侯有攝主如燕禮之使宰夫爲獻主•）主人乃取堂下西方之尊酬長賓衆賓•（獻賓之禮以酌副之其禮乃成•）先卒觶導飲•再洗觶酌以進賓•主人奠觶於薦北•賓受之而不飲奠於薦南•此則西階一觶發自主人奠而未舉•正閞旅酬之端者也•既成賓禮•主人酌上尊獻長兄弟有酢而無酬•獻衆兄弟並不酢不酬•由是兄弟弟子酌堂下東方之尊在阼階前北面•先自飲以導如主人酬賓儀•乃舉觶於長兄弟奠於薦南•長兄弟受之而不飲奠於薦北•此則東階一觶發自兄弟之子•亦奠而未舉•正當旅酬之始者也•然後賓取前所奠主人薦南之觶•往阼階前北面酬長兄弟•賓立卒觶•酌於東尊進長兄弟•長兄弟受觶•賓復位•長兄弟卽舉賓酬觶往西階酬衆賓長•兄弟自卒觶酌於西尊衆賓之受酬者受觶•長兄弟復位•衆賓中受長兄弟之酬觶者卽舉此觶導飲往東階酌以酬衆兄弟•衆兄弟之受酬觶者又以次往西階酬衆賓至衆賓及衆兄弟以次交酢以徧•乃實觶於篚•此先旅西階一觶也•然後長兄弟取前所奠弟子薦北之觶酬長賓•一如賓酬兄弟之儀•此次旅阼階一觶也•衆兄弟及衆賓亦以次交錯以徧•乃實觶於篚•詩楚茨所謂爲賓爲客獻酬交錯也•其曰下爲上者•盖主人於賓有酬•於兄弟無酬•故使子弟代之•是下爲上備此酬觶•而得以導飲於其閒也•然猶未及乎賓弟子也•故旅酬之終有無算爵•

賓弟子洗酌西尊中庭北面•各導飲而舉觶於其長•兄弟弟子洗酌東尊亦然•凡有司之屬（賓及兄弟之私臣也）皆各舉旅行酬於賓於兄弟•抑且衆衆互相酬焉•推而房賓之衆內賓之少者•亦得導飲而舉觶於命婦•宗婦之少者亦得導飲而舉觶於宗婦•惠已均而猶餘•爵有加而無算•（旅酬惟兩觶遞下交錯以徧而止此則徧後又舉以醉爲度故無算）此旅酬之全也•要其下爲上則一而已•

舜陵考

魏晉

史記舜南巡狩崩於蒼梧之野葬於江南九疑。其云南巡崩與虞書陟方乃死合。云於蒼梧之野與祭法舜勤衆事而野死。檀弓舜葬於蒼梧之野合。朱子注離騷九疑曰九疑舜所葬。通考十三經古注漢書漢紀各注暨山海經淮南子風俗通世紀皇覽輿地考。俱稱舜南巡崩葬蒼梧九疑。惟孟子在諸書前云舜卒於鳴條。竹書紀年亦云然。韓昌黎黃陵廟碑。据竹書帝王之崩曰陟。因謂舜典五十載陟截句。陟昇也。天子崩曰陟猶云昇於天。方乃死書自釋陟之文。蔡傳宋其說。雖云孟子史記未詳孰是。然信孟子竹書。疑九疑不有舜陵。陟方斷斷非南巡者

比矣。而元儒吳澄之說尤辯。以爲堯薦舜攝位。巡狩等事皆舜代行。舜薦禹攝位後當亦然。故司馬温公詩云。虞舜旣倦勤薦禹爲天子。安得復南巡迢迢渡湘水。說似辯而實不然。虞書渾渾從無贅文自釋之例。何獨於陟而以方乃死釋之。謂陟訓昇而太甲有陟遐自邇之文。則陟亦訓行。不盡訓昇也。方乃死本不成句。蔡傳已議其非。特引楊子法言雲徂乎方爲證。謂方者四方也。則與易云省方之方無異義矣。然則以陟方爲巡方何不可之有。存吾余太史以呂刑皇帝清問下民鰥寡有辭於苗。而知舜因苗之反側不靖。親自行方問俗。三苗在虞直至末年南巡而後靖。故書曰陟方。陟方之解定。則舜陵定矣。以經證經最足折羣言而歸於一。是且卽以陟訓昇言之。論天下大勢東南爲卑。誠如昌黎所議。舜南巡而死當云下方。不當云陟方。以衡岳對三苗之國言。史記正義引吳起云。三苗之國左洞庭右彭蠡。地理今釋。三苗今湖廣武昌岳州二府江西九江府是也則衡岳實居其上流。舜旣分北三苗。安知非從流上至南嶽而道死乎。於陟之義無悖也。然則孟子與竹書何以云卒於鳴條。竹書不足徵。豈孟子亦不足信。沈休文註竹書鳴條有蒼梧山今海州。呂覽云舜葬於紀。九疑山下有紀邑。而海州蒼梧山近莒之紀城。則意孟子時或以山名地名之相同。遂指南徼之蒼梧爲海州之蒼梧。而目爲鳴條。猶江淮二水古無涓滴相入。自吳王夫差溝通江淮。而孟子

遂据以爲禹排淮泗而注之江也。但海州之蒼梧山。卽山海經之郁州。郁州南齊書作鬱州今名雲臺山經不云舜葬於此。且其地去蒲坂帝都甚遠。如吳草廬云舜命禹居攝。則巡狩當禹代行。舜亦不當至海州也。郭璞云山海經載帝王冢多重出互見。蓋聖人久於其位仁化廣及。至於殂亾。四海各自祭醊。哭泣起土爲冢。是以所在有焉。理亦近似。顧以此解南巡葬蒼梧之疑。何不可以此解孟子卒鳴條之疑。而必謂檀弓史記爲誣。孟子竹書爲確耶。再考書伊訓篇造攻自鳴條。陳師凱謂鳴條在解州安邑。地理今釋鳴條岡在今山西平陽府安邑縣北三十里。接夏縣界。括地志所謂南坂口高崖源是也。一云鳴條陌。而陳留平坵又有

鳴條亭。近世周理袁四書辨正謂安邑鳴條距蒲坂二百餘里。天子出無非事者。不獲崩於其宮。故云勤衆事而野死。亦堅執孟子之言。附合祭法。而於書之陟方。檀弓史記之蒼梧九疑。無他驗證也。愚者非不欲信孟子。特以典云陟方乃死。則知舜之崩也在於巡。卽何必非南巡而漫葬於蒼梧九疑。孟子命世大賢。就所傳聞。取虞周兩聖東西角對爲撰一起步於古蹟。未暇深考。如必一一求詳。則卒於畢郢。畢郢兩地也。豈文卒於畢。又卒於郢哉。孫毓以郢爲楚都。固與畢風馬牛不相及。卽据長安志引孟子此文作畢程。已無解於文字之訛。安知鳴條非誤於所聞。乃以孟子故。孤据以爲是乎。亦殊愧通儒之論矣。或曰舜

卽南巡崩。必無不反葬者。不知上古聖人以天下爲身。漫卽於其地葬焉。炎陵之在酃。其一證矣。未可以中古正邱首之說泥也。淮南子舜征三苗而死。鄭康成禮注亦然。蓋誤以淸問分北爲征也。墨子舜西敎七戎。道死南己（己一作紀）之市。蓋由三危之竄苗在雍州西。故傳聞異辭。而以爲敎西戎與。至祝氏穆据太史公歸葬於江南之九疑。疑蒼梧九疑當是兩地。亦非也。書注釋云九疑一名蒼梧山。蒼梧踞瀟湘上游。瀟湘在大江以南。曰江南。舉水之大者標識之。曰歸葬。明崩於野而歸葬於山也。應邵云舜葬蒼梧九疑。得其實矣。今九疑山在營道南境。故有謂舜葬營道者。營道卽今隸永州府之甯遠縣是也。如湻云舜葬蒼梧馮乘縣。馮乘卽今隸永州府之江華縣是也。江華接壤九疑。以兩地毗連。又執泥蒼梧郡名。故有是誤。實則蒼梧郡析自漢孝武。古無郡縣。惟以名山大川表封域。爾時蒼梧九疑一山而二名。其麓爲野。舜陵在九疑之舜源峯。距甯遠縣郭六十里。無二處也。

辰州五江分合源流考　　劉豹

書曰九江孔殷、漢晉隋唐率以爲潯陽水、宋胡旦始以洞庭爲九江、蔡註從之而九江遂定、在辰郡者有五、曰沅曰潕曰潊曰辰曰酉、辰固山水奧區哉、第分合源流載紀多舛、不博采羣書參以所歷、鮮不黯黯者、五江當以水經爲斷、沅者五江衆流之經也、水出貴州遵義府、（黎平境非今之遵義）流逕靖州會同出托口合朗江、至黔陽西七寶山下無口與潕水合、水經沅水出牂牁且蘭縣爲旁溝水、又東至鐔城縣爲沅、按明職方地圖云遵義秦且蘭漢牂牁境、鐔城今黔陽、禹貢注沅水出貴州黎平生苗界、黎平古牂牁境與水經合、此沅之源流也而方域紀要則曰沅水

在沅州西南五里、又引熊氏沅州㵲溪、即沅水之異名、沅舊志亦曰沅水一名㵲溪、葢混沅與潕爲一水、其弊皆由顧氏泥解水經注、謂無陽（今芷江）即鐔城、（今黔陽）考晉義熙中始易鐔城之無陽、故水經注稱潕水至無陽故縣以別之、下文云沅水東逕無陽方指今黔陽、不細讀古人書、謂無陽同、疑沅即潕而不知其爲二也、或謂沅州以水得名即沅之所出、夫州治於辰治於常、至唐治於黔陽、皆就沅之所經名之、不得據以定沅也、首與沅會者潕也、潕一作㵲、又作巫、又名舞、又曰無、方域紀要一水五名其實一也、顧又有訛爲元者、元即古无字之訛也、沅州志出貴州都勻府、故黃平州西三十里都凹山、經黃平鎭遠思州、入玉屛東北至挂榜灘入沅州界、水經注無水首受故且蘭、南流至無陽故縣、又東南入沅、謂之無口、漢書地理志無水首受故且蘭南入沅、行八百九十里、此潕之源流也、而熊氏以㵲溪即沅水、是皆爲顧氏無陽即鐔城所誤、又謂無武同音、以武溪即潕水、武既爲潕、則過沅治者自不得復名潕矣、考武水出源瀘溪武山、（今屬乾州廳）見水經、無水亦見水經、未嘗言武即潕、武入沅僅百里、更與行八百九十里入沅之語不合也、若方輿勝覽㵲水在盧陽、盧陽乃今沅治、非瀘溪、如元和郡縣志舞陽在舞水東、□□氏通典巫州在巫水之陽、皆指今沅州而言、武水之不得爲潕、亦猶潕水之不得爲沅也、其次會沅者潊、□陶志源出

潊浦縣西南金字山、由老莊逕古義陵縣、出逕縣城、迤邐至大敘山、達大江口入沅、屈靈均入潊浦兮余儃佪、正指此也、水經注序溪出鄜梁山、西北流逕義陵縣治、又西北入沅、此潊之源流也、湖南通志以□家山爲鄜梁邑中以聖人峯爲鄜梁、紛紛不一、夫由鄜梁以求水源、不如考水源以求鄜梁、陶志之說是也、考西北流逕義陵縣、惟金字山與水經合、意金字爲後人加稱、鄜梁其本名也、宋曾氏註九江、潊江一名渠江、出靖州、考渠水發源通道佛子嶺、無所謂鄜梁山、又不逕義陵縣、不知何所據也、若敘序之不同、或亦舞潕雄熊之類歟、又其次會沅者辰也、水經注出三山谷、東南流、獨母水注之、又云獨母水源出龍

門山北入沅。漢書地理志辰水出貴州梵淨山南逕溪口至銅仁施溪司口入廳陽逕縣城南北流二百三十里至辰溪縣城西入沅。禹貢會氏註亦曰出貴州銅仁此辰之源流也而辰谿縣志云出羅子山又云出龍門山考羅子山卽羅公山無水源。辰谿幷無龍門山惟龍門溪源出白沙洞。離縣一百三十里不甚長恐不足當九江之一。則謂卽獨母水之龍門山何不可也謂卽辰水之源可乎哉或疑廳陽既名錦江不宜又曰辰是不知錦州之名自唐始以前屬沅陵辰溪地固不得以後而廢前也。一統志辰水又名錦水元豐九域志廳陽有辰水舉無疑義至云辰水出三峿山三峿距郡城東一里濱江而立幷無水此

又不足辨者最後會沅者酉也。漢書地理志武陵充縣之酉源山酉水所出南至沅陵行一千二百里入沅水經注酉水導源益州巴郡臨江縣。故武陵之充縣酉源山東南逕黔陽故縣今龍山境又東逕遷陵故縣今保靖境又東北逕酉陽故縣今永順境此酉之源流也二書確有可據而後人互異其說湖南通志據禹貢註酉水出今沅陵縣遂以縣西二十里出小酉山者當之永順志據沅陵縣志酉水出苗地口角山遂以出永順西北口口保白口山者當之而不知遡二水而上大如湖北來鳳之北河水貴州之松桃河水均不得冒爲酉也而況其下者乎至若桑植治之酉水入澧不入沅則又一酉水而不得與九江之數矣夫辰州

古大都五水在境自漢以來畫界分疆或出川黔或近隸沅永五江遂非專治又考今古郡邑錯亂命名不常溪流淆雜變遷不一考古今沿遡之勞親歷

宇巽豹生長辰郡五江源流身幾徧焉綠爲博采羣說斷以水經非敢偏執已見證疑傳信惟博雅君子教之

九江考　夏大觀

九江之名見於傳記有三考寰宇記在杭州者曰浙江在潤州者曰揚子江在江州者曰楚江在潭州者曰湘江在荊州者曰荊江在利州者曰漢江在淇州者曰南江在蘇州者曰吳江曰松江此其一也按漢志有曰九江在廬江郡之潯陽縣考潯陽記九江之目一曰烏江二曰蚌江三曰烏白江四曰嘉靡江五曰畎江六曰沙江七曰隄江八曰菌江此又其一也又考蔡沈書傳云沅水无水潊水辰水酉水漸水資水澧水湘水皆合於洞庭此又其一也今按寰宇記之九江總南條之水計之大約有九固不得據爲九江定名其列於潯陽記者雖稱名鑿鑿而

孔氏辨之於前曾氏駁之於後其於派別形勢既無可取而反覆書義亦無所衷惟宋胡氏以洞庭爲九江則禹貢顯有明文其曰九江孔殷明繫於荊州貢賦之下此一證也導江之文曰過九江至於東陵東陵今巴陵也巴陵濱臨洞庭此又一證也又楚地記曰巴陵瀟湘之淵在九江之間水經亦言九江在長沙下雋西北參互考證而九江之爲洞庭益明矣惟是九江之水各有其源其載於水經者頗詳如无潊辰酉漸五水先後皆會於沅沅水出黔中牂牁且蘭縣爲旁溝水東至鐔城縣爲沅水又東逕無陽縣有水從東南入沅是爲無水無水亦出牂牁且蘭至無陽縣八百九十里（漢地理志注無水首受故且蘭南入沅八百九十里）入沅名曰無按說文無本古舞字故無水或作舞水又加作㵲又作潕後人以無省作无又以无訛作元究卽水經所載之無水也沅旣合無又下合龍谿水釜水東與序谿合按序與敘通加水作漵今之漵浦縣是也是爲漵水漵水一名構水爲五谿之一源出義陵縣鄜渠山經龍潭紆折而流至江口對旗山下合沅水沅又合錦水再合杻水東逕辰陽縣南與辰水合辰水出辰陽三山谷獨母水注之至丹山后乃與沅匯所匯之處謂之辰谿口此亦五谿之一也水又逕沅陵縣西會武谿水卽漢馬援聞笛處再會施水下與酉水合酉水導源益州巴郡臨江縣故武陵郡充縣西源山東南流逕故無陽縣南又東逕故遷陵縣界

逶迤而入沅闞駰謂之受水水所決入名曰酉口沅與酉合下又會東谿水謂魚谿水分嶺谿水東夷水夷望谿水又數折而歷杻渚入龍陽縣境而合漸水焉漸水一名澹水出漢壽縣西楊山南流東折逕其縣南又東歷諸湖方南注沅與沅同入洞庭水所入處厥名鼎口澧水出東別之沱發源岷山東流至武陵郡充縣西歷山之東過其縣南合茹水又逕零陽縣北與溫泉水合又東會零谿水又東有九渡水注之又東會婁水至澧陽右會渫水左會黃水東過作唐縣（今安鄉）左合涔水右合澹水折走龍陽傳家磯入洞庭資水出零陵郡都梁縣東北歷夫夷邵陽新化安化益陽東至湘陰縣臨資口卽水經所云水青口

與湘水合入湖湘水發源粤西興安靈川二縣界海陽山至分水嶺南流爲灕水北流爲湘水其水最清故號清湘經十餘縣所合之水亦以十數至長沙下雋縣（今湘陰巴陵界）入洞庭中宋曾彥和考定九江如此朱子不知元水卽無水輾轉訛錯之故以爲水經弗載古無是水故置而不錄又據禹貢導江之文江先合澧而過九江以爲從九江之外而過不知實從九江之内而過故不數澧於是去元澧而易以瀟蒸瀟水發源九疑山舜葬東南敺南流至三江口東北與沲水合一云與瀑瀧瀦合流又東北至永州府城外湘口會於湘是爲瀟湘又過祁陽縣至衡郡北郭與蒸合蒸水發源寶慶府邵陽縣邪薑山透沲入衡陽境

是水其氣如蒸故名至衡陽縣北郭草橋河口入湘是爲蒸湘又歷衡山以下數邑至湘陰臨澬口會澬水入洞庭合沅水同注長江是爲沅湘此三湘之所由名也朱子更定九江又如此但澧水實合南江以東注洞庭故水經注于江陵枝迴洲下有南北江之名南江卽澧水挾江入洞庭道也夫安得而不數曾氏之說蔡氏遵之似未可厚非耳合而論之沅湘二水實爲之經沅以一水貫無潊辰酉漸而他水不計也湘以一水貫瀟蒸而他水亦不計也資澧二水皆爲緯聚米畫沙之形一展卷而瞭然在目矣後之人或從曾氏或遵朱子俱無不可如必欲於曾朱二說之間核其實以符其數則宐取朱子所去之澧與所定之瀟蒸取曾氏之湘沅無辰酉資而去其潊漸盖潊與漸其源流視諸水爲短耳至於諸水所經古今異同之名則又在究心水道如桑欽酈道元輩之遠覽而周諮焉

岳州城垣考

方應和

岳州屏藩三楚襟帶九江固西南之要害也則所以資保障而固吾圉者詎容或後也哉按春秋時楚子使王孫由于城麇此岳城之始也漢以前年代悠遠無所考究三國吳魯肅城巴邱故名魯肅城晉陶侃城於東八里故名陶侃城元嘉十六年因肅舊城增築嗣是而歷代仍之自隋至元因革無聞然見於詩曰山城僅百層曰波撼岳陽城殆唐城之形勢歟風土記云湖水嚙齧去城數十步卽江岸父老相傳今江心古闤闠也殆宋城之形勢歟唐去隋未幾元去宋亦未幾觀此而二代可知矣明洪武四年拓城基而築之厥後永樂嘉靖隆慶各有修濬其

間鑿汴河而衞之者則指揮音亮也築土隄而護之者則施副使篤臣李太守時漸也壘女牆而峻之者則鍾司馬崇文也然修而或廢廢而復修雖竭締造之勞而究不能計長久者則以經營未必盡善耳我　國朝康熙八年重建城樓五十四年乃發帑大修之雍正四年籌款重修繼爲湖水衝塌因於乾隆五年撥舵桿洲歲修銀兩概加繕葺雉堞一新而規制於是乎大備矣迄今又歷三十餘年歲月既深剝蝕不免當事請於　朝發帑金四萬有奇宏加濬築相地置宜以南西北三面逼近湖濱波濤嚙齧植基難固特規進數十武以避衝激之患民之趨事惟恐後焉不踰歲而百雉巋然矣乾隆丙申

湖南文徵卷三十五

湖湘後學集編

考四

永昌三江考

戴澤三

博南山之西有江焉名瀾滄來自西番其源有二一源於喀木之格爾玑鑾葛兒山名鑾褚河一源於喀木齊魯胃他拉名敖母褚河二水會於叉木多廟之南名拉克褚河流入雲南境爲瀾滄江流至車里宣撫司爲九龍江流入緬甸入南海焉羅岷山下鐵索橫空飛虹遠跨江邊石壁如削題爲金齒咽喉漢明帝開博南山行者愁怨歌曰度博南越蘭津渡瀾滄爲他人卽

此蒙氏僭封爲四瀆之一云又其西爲哈拉烏蘇卽禹貢入南海之黑水雲南所謂潞江也源出達賴喇嘛東北哈拉腦兒流出東南入喀木界又東南流入怒夸界爲怒江入雲南大塘隘名潞江其深莫測兩岸平廣夏秋多瘴毒難行昔渡以繩橋今易以舟流經永昌潞江安撫司境入緬而入南海焉其水不必四時皆黑遇黑水來瘴癘尤甚飛鳥觸之卽墮此入金騰之要津也導川之黑水斷以是爲的又其西爲龍川江其源有三一發源七藏甸爲光明河流至莫落河通固東河又一流由阿幸至烏索固東二河會之爲灰窰江逾山峽中深不可測兩岸逼近俗呼爲天生橋流至曲石江一發源界頭甸馬鹿塘一發源

於雪山之麓。雙河入巨甸河。混泥河經界尾。亦至曲后。合衆流。而東延高嵛山走蜿蜒數百里若龍驤然故名由此過隴川通。猛密所部莫勒江。至太公城合大盈江。轉而南下江頭城入南海焉。此三江者在東南大榦之外故皆流入南海也

田雙考　戴澤三

黃華山主王庭筠黃華亭詩。山僧乞與山前地招客先開四十雙。按雲南雜志。夸有田皆種稻其佃作三人使二牛前牽中壓而後驅之犁一日爲一雙。以二乏爲已二已爲角。四角爲雙。約有中原四畝地。今雲南耕者使二牛。一牽一驅。間有中壓者。以一人一日栽插爲一工。栽用女工。言畝者絕少。民間契約祇載幾工而已。大約三工可當中原一畝地。余在永平見有民間詞訟呈閱前明老契者。其地多夸人號猓家。契載幾十雙。黃華北人不知何亦有此說也

三湘七澤考

張汝大

寰宇記曰湘潭湘鄉湘陰爲三湘其說不見於他書湘水記曰湖嶺開湘水貫之衆水會焉與瀟水合曰瀟湘與蒸水合則曰蒸湘與沅水合則曰沅湘此說近似然惟沅水無議離騷濟沅湘兮征南淮南子楚地南卷湘沅史記浮於沅湘證據分明古無瀟水羅含湘中記十三水而無瀟水經注曰瀟水深清也瀟湘猶言清湘也惟山海經云洞庭之南帝之二女居之交瀟湘之淵郭璞引淮南子弋釣瀟湘然所在則未詳也水經營水逕泉陵縣西北流於湘至唐以來始以營水爲瀟謂瀟水出九疑山然九疑有九水亦無瀟未可信也古亦無蒸水水經承水出

邪薑山東北至重安縣合湘水漢書亦作承郡國志則曰俯臨蒸水水氣如蒸故名蒸湘皆後人附會之說未見其必然也水經注湘水北逕三石戍爲二水之合西北對劉江亦謂之三湘口又湘水紆流西北水東承太湖西通湘浦故有三溪之目亦名三湘巴邱湖在湘水右岸西對長洲南湘浦北對大江故曰三江三水所合名三湘南史侯景敗三湘之浦一統志云湘浦在岳州境內一名侯景浦其說衆多將何所適從乎大抵洞庭以南皆可謂之三湘不必實求其地也至於七澤之說始自司馬相如子虛賦楚有七澤小者曰雲夢方九百里夸誕之言無足深信小者九百里大者必踰千里矣楚無此疆界也按周禮豐殖九藪其載在職方者曰荆有雲夢爾雅十藪楚有雲夢呂覽戰國策楚子遊於雲夢宋玉高唐賦楚襄王遊於雲夢之臺今文尚書曰雲夢土作乂漢書因之古文尚書曰雲土夢作乂唐太宗改今文從古文郭璞注爾雅曰雲夢在華容縣杜預曰枝江安陸有雲夢元和志曰雲夢在安陸南五十里西接雲夢縣荆藪編集亦載有雲夢宮又云江夏西陵有雲夢宮從唐諸儒因太宗之改必欲判爲兩地以左傳楚子濟江入於雲中鬬伯比生子文䢵夫人棄諸夢中有證故史記索隱曰雲夢本二澤沈五則曰雲在今玉沙監利景陵等縣夢卽荆公安石首建甯等縣羅泌鄭樵洪邁洪興祖沈括等則有南夢北雲之辯

杜元凱注夢中曰夢澤名今安陵東南有雲夢城則夢在江之南注雲中曰入雲夢澤中所謂江南之夢則雲在江之北不知左傳跨江之南北蓋雲廣袤千里東抵蘄州南抵枝江京山以南青華以北皆爲雲夢江南江北皆可稱雲分言之則爲雲爲夢合言之則爲雲夢不必牽引穿鑿其餘澤禹貢周禮水經皆不載漢唐註疏俱未之及卽子虛賦曰未見其餘則其虛誕明矣或曰七澤雲夢之別名如昭餘祈一澤而名九澤洞庭一湖而名九湖皆不可以數求也亦未可知姑闕疑焉以俟博雅君子

靖節先生書甲子考　陶澍

按淵明詩文於晉標年號宋惟甲子之說自沈約著於宋書而李延壽南史李善文選注相承無異五臣云意者恥事二姓故以異之猶約說也至宋僧思悅始剏新論謂詩中竝無標晉年號者所題甲子葢偶記一時之事豈容晉未禪宋前二十年輒恥事二姓所作詩但題甲子以取異哉由是王復齋曾季貍吳師道宋景濂郎仁寶諸人起而和之而先生之隱衷與史氏之特筆幾爲所汩此所謂以不狂爲狂也按北齊陽休之序錄言先生集先有兩本行於世一本八卷無序一本六卷竝序目編比顚亂兼復闕少蕭統所譔八卷合序目誄傳而少五孝傳及

四八目然編錄有體次第可尋是昭明之前先生集已行世五柳傳云嘗著文章自娛頗示己志則其集必有自定之本可知約去先生僅十餘年必親見先生自定之本可知竊意自定之本其目以編年爲序而所謂或書年號或僅甲子者乃皆見於目錄中故約作宋書特爲發其微趣宋元獻私記云隋經籍志宋徵士陶潛集九卷又云梁有五卷錄一卷唐志陶淵明集五卷今宮私所行本凡數種與二本不同有八卷者即梁昭明太子所傳合序傳誄等在集前爲一卷正集次之亾其錄錄者目錄也是先生集別自有錄一卷而沈約云文章皆題歲月者當是據錄之體例爲言至唐初其錄尚在故李善等依以作注後乃亾之遂淩亂失序無從校勘目假令先生原集義熙以前亦止書甲子元初以後或竝紀年號休文無端造爲此說則當時之人皆可取陶集核對以斥其非豈有歷齊梁陳隋俱習焉不察李延壽反采入南史李善又取爲選注哉休之謂昭明編錄有體次第可尋竊意昭明自加搜校必依先生自定之目一以編年爲序若如今本孰能尋其次第思悅等但據題上所有甲子爲說不知今集自庚子至丙辰十七年詩止數首而壬寅甲辰丙午丁未辛亥壬子癸丑甲寅乙卯等年俱無一篇辛丑游斜川詩轉不在編年之內其非舊次亦可見矣余門人涇縣趙紹祖謂先生未必首首題年號甲子不過於一年所作之前題

之而阻風赴假等詩葢偶書甲子於題首後人刪其每歲所標之甲子而此數首甲子以在題上故不刪其說近是若宋景濂謂先生清節不待書甲子而後見則似未審所爭書不書者非甲子乃晉宋之年號也不書宋號正孤臣惓惓故朝託空文以見志者王厚齋謂與箕子稱殷祀陳咸用漢臘同意眞先生曠代知己異說紛紛可以息其喙矣

開梅山考

陶澍

曾子固元豐類稾中有本朝政要策內南蠻一篇言宋興嘗設廣捷之兵習標牌之器其後又設澄海之師皆以備蠻之爲疆埸害也蓋及其輒動而我之所以威附之術可得而談者有用兵深入伐而克之興國之初翟守素之平梅峒是也有兵已克破赦而受之咸平之閒曹克明之收撫水是也有計能屈之納以忠信章聖之世謝德權之靖宣州是也蓋兵不足以克則赦不能以來計不足以屈則信不能以收此古今之通理而智謀者之所易覩也今溪峒往往爲東南之憂而議者不謀威略一欲懷之以利是見其一未見其二也云云據此則翟守素之平

梅峒固嘗深入而克之惜史缺有閒不可得而詳叵其命翟守素之詔則玉海亦載之從來譚吾邑掌故者皆以章惇開梅山爲稱首而不及翟守素之績故書此以備修邑志者之稽考焉

三江考

萬年淯

按洞庭之支派不明則九江之名無著九江之支派不明則三江之名無著九江三江之支派不明則荊州一州之水俱無著矣江自枝江來岐分爲二故縣名枝江水經注江陵縣有洲曰枚回洲宋書作枝回洲自此而分爲南北江禹貢經注詳於北而略於南故後之言南江者無所依據寰宇記云江自枝江百里洲首派別南爲外江北爲內江考南江自枝江縣南又東逕公安縣西又東南爲涔水歷澧州東北合澧水經華容縣南入赤沙湖又東南逕安鄉縣西東南入洞庭與北江會所謂江外也北江自枝江縣北又東逕松滋縣北又東逕江陵縣南又東逕

公安縣北又東逕石首縣北又東逕監利縣南夏水出焉又東至巴陵縣西北會洞庭所謂內江也禹時外江爲經流內江爲支流禹貢導江云又東至於澧過九江至於東陵記外江經流也水經注云東至長沙下雋縣北澧水沅水資水合東流注之湘水從南來注之記內江支流也袁宏道澧遊記云當懷山襄陵之時雲夢一壑江身不可復辨禹之導江必於高處有山可識者乃可以施疏瀹之功自彝陵而下高阜而多山者莫如澧由澧導之從九江以至東陵雲夢始出而江洪之在雲夢閒者始了了可辨江始分而爲二此卽內外江之別也水道提綱古江直從虎渡口東南會澧水又東南會洞庭後以徙流存虎渡

支津此皆可作禹貢導江注疏蓋自漢以來外江爲湖水所壅江流入外江者十之三入內江者十之七故後人反以內江爲經流外江爲支流且以過九江至於東陵之江爲內江而不知實爲外江也地里今釋解江流極詳然以此釋內江之支流則可以釋禹貢過九江之經流則不可也且經明言東至於澧若內江之水實未嘗至於澧又當言會九江不得言過九江矣內外江流之說明而三江之名乃有定論矣自古說三江者聚訟不一而要之吳有吳之三江越有越之三江荆有荆之三江禹貢三江乃荆之三江也當以鄭氏之註爲是鄭氏云左合漢爲北江右合彭蠡爲南江岷山居其中爲中江蔡氏集傳所引蘇

氏之語蓋本於此集傳不攻鄭氏而攻蘇氏以蘇不引鄭故置之也　欽定書經傳說彙纂一主集而又引地理今釋謂鄭氏融洽經文確不可易亦以集傳爲不然也集傳以三江既入爲揚州之文遂以庾仲初吳都賦注三江之名實之不知吳都三江起於近代非禹時之三江也禹時三江皆起於荆州之域揚州其下流也袁氏仁曰岷江在梁漢江在荆而其入海皆在揚故於揚言之此論是也玩既字之文可見但鄭氏右合彭蠡爲南江此句尚未協當云右合九江爲南江何以言之九江之爲洞庭前言已詳山海經云洞庭之山帝之二女居之洞庭之名堯時已有禹貢不言洞庭而言九江所以備三江之一也

禹貢江之名有中江有北江有九江他無以江名者孔氏傳云有中有北南可知其說誠然但禹貢究不言南江而必曰九江者何也蓋北之入江者惟漢故以漢爲北江而無所混南之入江者不止九江故必曰九江而不曰南江不使凡水之南來者得混也水之南來者莫大於洞庭其次惟彭蠡然彭蠡名澤不名江洞庭名江不名澤則南江之爲洞庭而非彭蠡也明矣其泥於經者謂彭蠡既在大江之南於經宜曰南匯彭蠡不應曰東匯於導江宜曰南會於匯不應曰北會匯既在南於經宜曰北爲北江不應曰東爲北江遂以東匯澤爲彭蠡爲多句或以東爲北入於海爲羨文　欽定書經謂畢竟以經文爲主而

朱子之論辨爲附錄誠以經文未必誤也今以經文考之東匯澤爲彭蠡東爲北江所云東匯者謂漢水東流橫截而匯爲彭蠡也所云東爲北江者謂此東流之漢水乃北江也東迤北會于匯東爲中江所云東迤者江與九江之水迤行而東也所云北會于匯者謂彭蠡之水北出也所云東爲中江者謂岷江經流過九江至於東陵遂挾九江之水而東去九江爲南江則岷江之經流爲中江也如此則三江九江俱了然矣近日張氏澂三江辨南江力主洞庭不主彭蠡所見甚卓其言曰三江之名雖總見於揚州而三江之源已並列於荆州其曰江漢朝宗於海則自西而東而中江北江兩源已合又曰九江孔殷則自南

而北而南江之源亦已來同此分水犀語也但彼專以湘江爲南江不若統以九江爲南江且禹貢有九江無湘江以經證之中江北江九江之爲三江復何疑哉大抵九江之說當主宋儒而潕澧不宜易漸蒸不宜入三江之說當主漢儒而九江不宜棄彭蠡不宜取也又考九江之內亦有三江之名水經注云巴陵西對長洲其洲南瀕湘浦北對大江故曰三江三水所會亦或謂之三江口按湘浦謂南來之湘江大江謂北來之內江西對長洲卽西來之外江西來之水不止外江但澧與江合沅資與湘合故西來之水統歸外江一南一北一西俱會合於城陵磯下故曰三江之口其實岳之三江亦猶吳之三江越之三江

均不足以證禹貢之三江者禹貢之三江洞庭特其一耳

案經文無南江未宜添設且亦不足證明三江揚州所言三江與震澤連綴成文與導水之北江中江實不相涉不必沿孔鄭之誤而推助波瀾也篇中所引諸家之說不皆確義存之以待學者鑒別庶不至更拾唾餘爲掤獲耳要之經文之東爲北江在東匯澤爲彭蠡之後言又東乃爲北江而入海豈有轉湖來原之爲北江者乎汝懷坿記

九江考

萬年淯

九江之爲洞庭說不自宋儒始也水經云九江在長沙下雋縣西北漢之下雋今之巴陵也山海經云洞庭之山帝之二女居之是常遊於江淵澧沅之風交瀟湘之浦是在九江之閒二書說本分明而後之說者以潯陽之九江當之不知潯陽九江之名起於後代非禹時所云九江也宋毛晃禹貢指南及胡秘監旦晁參政說之皆以九江爲洞庭以巴陵爲東陵又殷盛也言諸水所會其勢壯盛荊州敘次繼此而後及沱潛雲夢則非江州之下流明矣諸家多謂九江卽今之江州殊不知漢九江郡本在江北今所謂江州者實武昌之柴桑縣後以江北之尋陽

幷柴桑而立九江郡又自江北徙治江南故江南尋陽之名後又改爲江州實非古九江也尋亦作潯潯亦江之一名地在江北故曰潯陽也至朱子蔡九峯更從而發明之其說已揭日月凡以他水爲九江者不容辨矣近日張氏敘曰洞庭九江圜周八九百里乃一州中權絕大之水而爲荊州之所獨後世荊湖南北路由之而分彼震澤彭蠡之小於洞庭多矣而揚州尙兩序之而不一漏乃序荊州而反遺此水可乎哉此誠通人之論也其泥於經文者謂九江孔殷不應在江漢朝宗後不知古人作經有正文有補文其云江漢朝宗於海六字已盡荊州水勢原委其曰九江孔殷所以補敘江南之水也其曰沱潛既導所

以補敘江北之水也其曰雲土夢作乂所以補敘江南江北之藪澤也必若所言謂九江爲江漢之下流將沱潛雲夢不更居其下乎此可不攻而破矣考曾彦和以沅漸無辰敘酉資湘澧爲九江朱子去無澧而易以瀟蒸謂既云東至於澧過九江不應九江復數澧又疑無水不足數故去之然考經文東至於澧史記漢書俱作醴鄭注云醴陵名今長沙郡有醴陵縣鄭以醴爲醴陵失之太遠要之澧爲地名非水名確不可易蔡氏集傳用鄭氏之說而以澧爲山澤之名甚是澧既爲山澤則澧水得列於九江之一不必易也又無水雖小實亦與辰敘相伯仲釋水道者多失考證集傳不用師說而仍從曾氏亦卓有見地但

當去漸水而易以瀟耳竊考洞庭雖名九江其實入洞庭者惟澧沅湘資四大水其中入沅者四入湘者一備爲九者以其源流甚遠足成爲江故也考澧水有二源南源出桑植縣北源出太平鎮合流而東有安福縣之王家坪水有永順府之眉虎溪有龍爪關之五溪河即漊水也有花山埠之鐵水河有后門縣之九度溪水經注所云九度水也有新安市之刻木山水至澧州一名繭江分二派一東北流有西北來之楊潭河有津市之後河水經所云涔水也又東則大江支津北自江陵西南岸之虎渡口南流合三岡湖諸水自公安來會即禹貢導江至澧之水也至王家嵩與東南派合東南流者有西南來之道溪河其

一南流有田湖白湖諸水有武陵縣之從河經安鄉縣入湖其一東北流有白蓮湖經華容縣入湖水經注所云澧水流注於洞庭謂之澧江口者也源流其一千一百餘里前後有十數水注之小水無數此洞庭西來之一大派也沅水一名洪江出貴州平越府之金鳳山有施秉縣之沙坪水始名鎮陽江經鎮遠府有思州府之思州河有大魚塘之邛溪江東南流入湖南界經沅州府有冷水鋪之楊溪有黔陽縣之清水江會貴州平越府之豬梁江卡龍河麻哈江東安江都勻府之馬尾河龍潭河有鎮遠府之德明河即邛水也有靖州之渠河有黔陽縣之鎮陽江有洪江司之竹舟河即巫水也有辰谿縣之雙龍江水經

注謂之序水即敘水也有麻陽縣之麻陽河水經注謂之辰水武陵有五谿雄谿樠谿無谿酉谿辰谿其一也又有浦市之舒谿有瀘谿縣之武谿亦名瀰水有喜鵲營之烏巢江有乾州之麻谿俗亦名辰河有沅陵縣之藍谿水經所云施水也有辰州府之北河即酉水也有馬底河底乃氏字之誤水經注馬援征五谿蠻軍駐胡頭山即此胡漢書作壺又有清捷河大小洑谿新店新湘二谿有桃源縣延谿水經注所云延江也又有白洋河漆家河有武陵縣之德山港水經龍陽縣入湖水經注沅水東入龍陽有澹水出漢壽縣東歷諸湖南入沅亦曰漸水沅水源流其二千三百餘里前後有三十餘水注之小水無數此洞

庭西來之又一大派也。湘水源出廣西桂林府之海陽山。水經謂之陽海山。注云陽朔山也。羅君章湘中記云。湘水之源出於陽朔則觴爲之舟。至洞庭日月若出入於其中也。又東北流有興安縣之桃花源水。又北名海陽山。又北分湘灕灑三水。東北流有九龍巖之龍蟠山水。有光華鋪之六洞山水。界牌山水。至此始名湘江。又東有全州之揚子江。其北有羅江。合鈷鉧潭諸水。其南有灌江。合麒麟山諸水。湘流始盛。有灌陽縣之黃沙河。有三角司之洮水。又東北入湖南界。有東安縣之淸溪水。有零陵縣之瀟水。一名泥江。有祁陽之盧洪水。有縣南之騰雲嶺水。有常甯縣之舂陵水。有藍山縣嘉禾縣之歸水。卽舜水也。有衡

州府之蒸水。一作烝水。水經謂之承水。又有耒陽縣之郴江。一名耒水。十三洲記所云日華水。水經注所云來水也。又有衡山縣之洣水。攸水。有淥口市之淥江。醴陵縣之泗汾河。有湘潭縣之茶園水。有下攝司之涓水。有湘鄉縣之漣水。瀏陽縣之瀏陽河。水經所謂瀏水也。有平江縣之黃泥江。有甯鄉縣之圍河。左合益陽縣之資江。會於林子口入湘。水經作陵子口。或作臨資口。至湘陰縣分爲支江。又北有湘陰縣之哀江。有平江之汨羅江。水經注所云屈潭羅淵也。至磊石洲入湖。一名落桑洲。源流其二千餘里。前後有三十餘水注之。小水無數。此洞庭南來之一大派也。資水源出綏甯縣與武岡州交界之路山。一名唐糾山。

卽都梁山也。都梁者蘭也。水經注云南爲都梁山。因以名。東北流有赤溪橋之龍溪。有羊石橋之蓼溪。有紫陽司之紫陽江。經寶慶府有邵陽縣之羅江。水經注云夫夷水也。又有府城東之邵水。資未合邵。有五十三灘。旣合邵又有四十八灘。又東北有申家塘之潮水。與思水。石柱寨之漣溪。有新化縣之洋溪。水經注所云雲泉水也。又有女溪。思豐溪。蘇溪。有安化縣之炭溪。煙溪。瀼溪。株溪。思賢溪。麻溪。坪溪。河曲溪。敷溪。又有善溪出自善卷子祠前。自新化茱萸灘起。至安化善溪口。皆多險灘。水經注所云資水逬流山峽。變名爲茱萸江者也。又東經益陽縣。有四里河。占溪經浮邱山北爲桃花江。至縣西有關侯瀨。吳甘甯拒

關羽於此。其南爲志溪。過縣治前。又變名爲益水。以下分派一支。南去爲蘭溪。一支東去爲毛家口。水均至臨資口與湘水合。惟北經巳口磯。過沅江縣治前。一支爲正脈。水經謂資水與沅水合於湖中。注云所入之處謂之益陽江口。其實資水經流不入沅亦不入湘。直專達於湖。源流其一千七百餘里。前後有十餘水注之。小水無數。此洞庭西南來之一大派也。無水地里今釋云。無水出今湖廣辰州府沅陵縣入沅。考今之沅陵無有可的指爲無水者。水道提綱記藍溪自辰州府治沅陵縣東南境西流曲曲經新安塘西注於沅。與地里今釋所載無水合。但藍溪亦無無水之名。卽使的爲無水。而源流不甚遠。大先儒所以

疑之也水經無無水而注有之注云無水出故且蘭南流至無陽故縣對無水因以氏縣無水又東南入沅謂之無口考漢之無陽今之鎭遠府鎭遠縣也無无通蔡傳誤作元後人加水爲潕又別爲潕實此水也漢地里志武陵郡有無陽縣注云無水首受故且蘭南入沅八百九十里考漢時鎭遠隸於武陵此水源出鎭遠縣南故鎭遠謂之無陽東北曲流南入沅其流雖小而源長此乃曾氏所云無水水道提綱失考地里今釋所云無水非也此入沅之第一支也敘水一名雙龍江南源曰龍潭河東源曰龍灣河至敘浦縣南境合又北有縣東之四都河有北來之三都河水經注所云劉備之姊歸城卽縣城也縣城而南

與沅水會源流四百餘里前後有數水注之此入沅之第二支也辰水俗名麻陽河源出貴州銅仁府西北界曰順溪經巖山東水經注謂之龍門山有江口汎之酋溪凱洪溪有北山之小江水經注所云獨母水也經黃蜡關入湖南麻陽縣界有縣西之小江河有濫泥村之中和鋪水至辰谿縣入沅源流共四百餘里前後有數水注之此入沅之第三支也酉水源出四川酉陽州之茶坪囘環石穴中時隱時現至州西南之蒲海場始通舟楫過龍潭至秀山縣之石隄東入湖南永順府龍山縣界曰北河有保靖縣之世溪河水經注所云遷陵故縣之西鄉溪也有永順府之靈溪榔溪臼水溪剌濟溪麥子溪又東南有榕溪明溪酉溪水經注所云酉水本此又有北來之蓮花池與詩溪至辰州府西南入沅源流共五百餘里前後有十餘水注之此入沅之第四支也以上四水皆入於沅瀟水源出永州府之九嶷山水經注云羅峯九舉各導一谿岫壑負岨異嶺同勢遊者疑焉水界於兩廣合江華永明二縣之水東北流有永安關之營水故瀟亦名營又有道州之濂溪有春陵山之宜水水經所云宜溪也又東北總名泥江至青口有甯遠縣水至永州府有零陵之永水至府城西入湘源流共五百餘里前後有數水注之此入湘之一支也此九江之支派確不可易者若夫漸水地里今釋云出今湖廣常德府武陵縣東入沅今求之武陵實無

此水水經注云龍陽縣之澹水亦曰漸水所入之處謂之鼎口此水甚小不足以當九江之一且亦不定出武陵也水道提綱云古所謂辰酉敘無漸五水俱沅所幷惟漸水未明竊謂不如去曾氏之漸水收朱子之瀟水爲得耳至蒸水更不如澹不足數也又嘗考之水之入澧者若鐵水河從河臼蓮湖水皆行二三百里入沅者若思州河竹舟江皆行二百餘里若邛水若武溪皆行四百餘里入湘者若灌水淥水皆行四百餘里漣水五百餘里歸水六百餘里郴水七百餘里入資者若羅江亦行三百餘里凡此皆非小水而不列於九江者以非往來通津歟抑或者古時苗疆未闢未能悉數歟其外直達於湖不附諸水者

若新牆市之新牆河龍陽縣之五洋港華容縣之華容河不得列於九江者以華容河特江水之支夏水之尾也餘俱不足與澧沅資湘埒故不數也又考九江入湖之口澧水所入水經注則有澹口決口澧口沅水所入水經注則有鼎口湘水所入水經注則有陵子口錫口玉池口門逕口三谿口黃陵口東町口決湖口汨羅口縣城口青草湖口荷逕北口勞口同拌口水青口橫房口麋湖口資水所入水經注則有益陽江口其出湖之口水經注則有三江口[illegible]三江口謂之江會旣與江會則有西江口隱口貞父口彭[illegible]口白馬口以今考之澧水有二口西口南對長坂口徑百五十里東北口東對岳州徑百六十餘里

沅水口在正西去東南湘江口徑二百餘里資江有三口資江口至北岸墨山鋪徑二百餘里長坂口去資江口四十里李家蓬口去長坂口六十餘里湘江口正西對湖中之石彖山又經鹿角司至岳州府治六十里北出則爲三江口矣水經注所云諸口有求之不能悉合者其瀕湖之別以湖名者水經注澧水東則有赤沙湖湘北則有青草湖又北有微湖或謂之麋湖又北則有翁湖又謂之滃湖又謂之南湖趙冬曦詩序云滃湖者沅湘澧汨之餘波夏潦奔注則溢爲此湖冬霜旣零則涸爲平野以今考之澧水之下則有赤沙湖沅水之下則有天心湖資水之下則有青草湖湘水之下則有萬石湖角子湖銅盤湖水經所云同拌口之譌也合洞庭青草謂之重湖以其水爲海內藪澤之冠謂之太湖水經注東承太湖西通湘浦韓子避風太湖七日鹿口是也統名之則曰洞庭禹貢所謂九江孔殷者也且洞庭之險萑苻易聚水中可居之處古皆設戍若今之龍陽協及沿湖諸塘汛也水經注洞庭上流則有三石戍瀏口戍溈口戍高口戍錫口戍白沙戍汨羅戍壘石戍謹亭戍萬石戍金浦戍共十一戍皆瀕湖地此亦王公設險之義考九江者所必及也

九江考

王泉之

九江之名載之禹貢隸於荆州非尋陽之江明矣尋陽之九江何昉乎昉於秦始皇之滅楚以其都壽春置九江郡而始也楚項羽屠咸陽封英布爲九江王司馬遷自謂游歷名山大川有南登廬山觀禹疏九江之説厥後論九江者遂與禹貢相悖戾新莽篡漢改豫章曰九江郡柴桑曰九江亭淮南子曰禹鑿九江而通九路地理志廬江尋陽縣下云禹貢九江在南皆東合爲大江應劭曰江自尋陽分爲九郭璞江賦曰流九派乎尋陽自西漢迄東晉皆言大江至尋陽分爲九江禹之疏鑿者在是也而尋陽記緣江圖備列其名若以爲確而有據尋陽記云一

曰烏白江二曰蜯江三曰烏江四曰嘉靡江五曰畎江六曰源江七曰廩江八曰提江九曰箘江張須緣江圖云一曰三里江二曰五洲江三曰嘉靡江四曰烏土江五曰白蚌江六曰白烏江七曰箘江八曰沙提江九曰廩江二説已小同而大異烏可執以爲據乎歙縣程哲作瀛槎蠡説引通典載張須緣江圖云一曰白烏江二曰蜯江三曰烏土江四曰嘉靡江五曰畎江六曰三里江七曰箘洲江八曰沙提江九曰廩江且謂其説可入九江孔殷註余觀通典所載與緣江圖已自互異豈張須一人之言彼此混淆尚可以補註疏之未及歟至謂九江參差隨水勢而分其閒有洲始於鄂陵終於江口會於桑落洲直須之臆説也又有謂桑落洲在九江府城東北五十里大江中鄂陵即武昌縣縣界有崢嶸洲蘆洲楊葉洲且云江入縣境播爲三江過中洲至雙柳夾又至崢嶸洲過磧磯至大洲爲三江口疑即其類酈道元水經注江水東逕軑縣故城南對五洲江中有五洲相接故以五洲爲名漢軑縣乃今之蘄水縣五洲江當在此而尋陽記所稱今蘄州界古蘭池城謂之尋水城即漢尋陽縣也寰宇記云畎江五㟁洲在黃梅縣南一百十里可考者惟此而已通典亦曰尋陽舊縣在江北蘄春郡界今黃州府黃梅縣東北尋陽故城是也班志云九江在其南東晉時温嶠移縣於江南則九江在縣北矣唐藝文志九江新舊錄三卷今其書已

不可見第如張須所云九江隨水參差長短而以洲渚當之禹之命名其果以是乎酈道元以爲秦立九江郡治壽春縣兼得廬江豫章之地故以名郡是即尋陽之九江矣亦謂洲渚參差長短其在當時九派不甚分明有鄭亦疑焉之説此尋陽記緣江圖所以求其水以實之而蔡傳亦以尋陽九江屬揚州也嗟乎禹之治水豈如是之錯雜乎觀其漾漢入江與江水幷大始名爲北江未入江時止得名漢安有沙水相閒之洲渚望江未至而遽名爲江者哉而元和志云江州尋陽郡禹貢揚荆之境揚州之彭蠡既豬今州南五十二里彭蠡湖是也荆州云九江孔殷今州西北二十五里九江是也彭蠡以東爲揚州界九江

以西爲荆州界。太康地記引劉歆謂湖漢九水入彭蠡之說。是以湖漢豫章與鄱餘修盱蜀南廬九水爲九江也。此九水者同注彭蠡以入大江。謂之九江可。彭蠡揚州之澤也。以荆水而移於揚其可乎。然湖漢豫章均謂之贛水。贛水總納十川同湊一瀆。俱注彭蠡而北入於江。酈道元嘗言之。則湖漢九水之說豈定論哉。又有爲之說者曰。過九江至於東陵。實尋陽之九江。地理志廬江郡下云。金蘭西北有東陵鄉。淮水出。淮當作灌。雩婁縣下云。灌水者至蓼入決。是也。水經云。江水東逕西陵縣故城南。余考故城南。在今黃州府蘄州西也。又云東逕下雉縣北。余考下雉縣故城。在今武昌府興國州東也。刊水東陵西南注之。

謂江夏有西陵縣。故是言東也。又云灌水導源廬江金蘭縣西北東陵鄉大蘇山。蓋金蘭漢初有是縣。中廢。晉宋閒復置。故酈注據以爲言也。蓼縣故城。在今河南固始縣北。灌水出金蘭西北之東陵鄉。東北至蓼縣入決水。則金蘭當在固始之西南。直黃梅之北矣。薛士龍以爲東陵在漢陽蘄州閒。非也。江水東流自武昌以下。漸漸向北。使九江在尋陽。東陵在金蘭。則是先迤北而後至東陵。是禹之治水使水逆行。無怪乎可使過顙可使在山也。而導山導江文義皆不通矣。夫東陵者。今之巴陵也。夷陵名西陵。故巴陵爲東陵。江自巴陵以東。至沙羨卽迤北。若金蘭之東陵去江六百餘里。烏可云至于東陵乎。山海經言澧沅

瀟湘在九江之閒。故蹟班班可考也。曾氏說九江。一曰沅。二曰漸。三曰無。四曰辰。五曰敘。六曰酉。七曰湘。八曰資。九曰澧。朱子考定九江。去無澧二水。易以瀟蒸。然一曰瀟江。二曰湘江。三曰蒸江。四曰資江。五曰沅江。六曰漸江。七曰敘江。八曰辰江。九曰酉江。朱子據導江文先合澧而後過九江。故不數澧。无字誤作元。以爲無是水。故置之。或曰無作潕。又作㵲。說文曰無本古舞字。無水出牂牁且蘭縣東南入沅。然經朱子置之。不必論。總之九江卽水經所云九江。在長沙下雋縣西北楚地是也。下雋卽今之巴陵。朱子所考定者明明有源可溯。非若尋陽記緣江圖出自臆說。混以沙水相閒之洲渚當之。而昧昧者反以爲可參

入註疏。信乎執蠡以測海焉。足以知滄海之大且深哉。故朱子謂九江孔殷。正以見其吞吐壯盛浩無津涯之勢。非尋常分派小江之可當。繼此而後及夫沱潛雲夢。則又見其決非今日江州甚遠之下流。九江云者。九水之所匯耳。九河主其分。九江主其合。河自一而分爲九。故曰播。江自九而合於一。故曰殷。當其未合。非獨九河不得冒江之名。卽漢與彭蠡亦不得冒江之名也。非洞庭其能有此大觀乎。朱子之論。昭然揭日月而行。甯僅胡旦晁以道曾彥和輩爲爝火之助云耳哉。九江名郡。始於祖龍。再見於王莽。太史公南登廬山之說。不能無附會焉。因集眾說作九江考。以俟博雅君子正之。

敷淺原考

王泉之

禹貢敷淺原釋之者均泥導山之文皆以原爲山不知山自山而原自原也烏可混孔傳謂敷淺原一名傅陽山在揚州豫章界正義謂地理志豫章歷陵縣南有博陽山古文以爲敷淺原水經云敷淺原在豫章歷陵縣博陽山一統志云博陽山古人謂敷淺原也根盤三十里爲德安一邑之鎮胡渭作禹貢錐指謂傅讀曰敷今註疏本作博字誤也晁以道云饒州鄱陽縣界中有歷陵故縣及傅陽山禹導山至此爲豬彭蠡計也蔡傳主地理志以晁氏之說爲非但以博陽山爲敷淺原猶以山混原也考爾雅廣平曰原載之釋野邢昺疏曰澤之廣平者亦名原

漢以平原爲郡名屬青州又曰荀吳帥師敗狄於太原此大鹵也又曰高而可食者名原詩大雅云篤公劉于胥斯原是也又曰上平曰原下平曰隰何休云分別之者地勢各有所生原宜粟隰宜麥當教民所宜因以制貢賦也若是禹貢導山導水皆以奠民居則壤以成賦也說文云原爲高平之野是原之不可以混山明矣胡渭謂疆梁原亦稱華原山杜氏析山與原爲二者非也誠如渭言凡山皆可稱原爾雅一書尚得列之爲經哉且敷淺原三字明明有地可考禹貢非泛言也杜佑通典云江州尋陽縣有蒲塘驛卽漢歷陵縣驛前有敷淺原原西數十里有敷陽山原自原而山自山明矣馬端臨文獻通考云德安縣有傅淺水傅當作敷夫水名敷淺原之爲敷淺又何疑焉敷陽山在原西傅陽山在縣南一西一南博陽之非敷陽亦明胡渭未及深考以博字爲誤妄矣黃子鴻主晁氏歷陵屬鄱陽之說遂謂柴桑屬武昌不知柴桑實今德化歷陵實今之德安以鄱陽爲有博陽山遂以地志歷陵縣爲鄱陽縣夫鄱陽係漢舊縣不應又爲歷陵縣且云吳志有石印山卽饒州之鄱陽山敷淺原葢在鄱湖之西落星之畔謬甚胡渭謂星子因落星得名地本歷陵爲漢鄡陽敷淺原卽孫放所云平敞之原廬山東南之麓瀕於彭蠡澤者是也是卽朱子謂廬山爲敷淺原之說按朱子九江彭蠡辨云敷淺原疑是廬阜山高且大盡乎大江彭蠡

之交所以識衡山東過一支之所極然曰惟是爲宜亦未嘗指實故蔡傳遵師說指廬阜爲敷淺原仍以無可考據爲疑又金吉甫云傅陽山在廬阜之西南敷淺原之陽也廬山雖高其中原田連亙人民奠居所以有敷淺之名夏允彝亦謂敷淺原卽廬阜舊說以傅陽山當之山甚卑小且與江流無涉廬阜之巔禹嘗刻字其可辨者洪荒漾予乃攆知禹之施功於此也嗟乎山之高平原田綿亙何在蔑有而漫謂廬阜爲敷淺原哉且禹之刻字載於何典未聞岣嶁之外又增一碑直好事者爲之耳吾故稽之通典證之通考決以爲敷淺原之在德安也禹貢曰成賦中邦咸則三壤卽何休所言上平曰原原宜粟教民所宜

因以制貢賦也、如必謂高大可以辨疆域、廣博可以奠民居、信乎王耕野之言曰、五嶽中之岱山、揚州灊山、茅山、九華之類、綿亙皆數百里、何以不入禹貢紀載也、僅廬阜云爾哉、

汨水卽溳水考

周嘉細

余家居湘北玉笥里、蓋春秋之羅汭也、歷秦漢吳晉至南宋、而我邑始析名湘陰、梁陳兩朝羅仍置州未廢、逮隋大業三年、初於羅州玉笥山新置玉州玉山縣、十年之閒尋廢縣州、改復湘陰、至今不變、以湘之人道湘之故、得諸見聞者當不爽也、盛宏之荊州記云、羅縣北帶汨水、水源出豫章艾縣界、西流注湘、沿汨西北去縣三十里、名爲屈潭、司馬遷記屈原自沈汨羅處、是爲汨羅水、蓋汨以水名、羅以國名也、於是稱口稱戍稱山稱江、皆得汨羅之名、誠哉地以人重矣、漢桑氏水經云、湘水北過羅縣西、溳水從東來注流之、酈善長注、自黃陵口以下湘水又北、

右會東町口溳水也、溳卽汨水、又作潰、音扞同、經後十條詳言溳水所出所過、又西磊石山入湘者是已、惟下文言又北汨水注之、字不作溳、後注亦言溳水又在羅水南、遂滋後人疑議、總由不明溳汨同音、桑經體嚴文異、而汨羅故蹟、酈注掇籍宏鋪、自非差別離翕、辨析源流、詎能得其會通邪、湘水逕楚南吳蜀以東西分界、漸至湖瀕、皆成澤國、西岸延袤者九屬、東岸則羅巴尚爲沮洳之場、其自推山嶺下北望磊石、閒有夾扞、抵岸枯溢靡常、伏見莫定、若土星港、兔兒港等水、非所謂左合決河、積爲町湖者歟、所謂溳之在羅者、源獨遠、流獨長、其東注也、宜其與下雋之微渚、致孫麓門表爲九江之一也、且汨羅一水而有

二源。一出南昌甯州大光山。卽艾縣。一出袁州萬載大圍山。北至瀏陽東鄉古江合流。爲汨羅水。夫烏知桑酈二公均未窮究溳源。而經止言艾縣。註增出桓山。亦見此水以外別無經流。自合流以下幾五百里。經岳之昌江。下收長樂市溪。意孫權所析立吳昌者其在斯乎。而所稱純水右合汨水。則卽雙江口。由黃谷市以達小江。今雖波流未艾。而名號攸殊焉。自是汨水而逕羅縣。遂有專稱羅水者。羅子之爲國故城莫考。又西逕玉笥山。又西爲屈潭。湘中記云玉笥山屈子被放作九歌地。潭以屈名卽羅淵也。然而隋氏所置州縣。俱以玉山得名。土人或以向母渚獅子口當之。俱未足信。但羅水從呂覽渡直下。又分濱汉四道。一自伍家嵩東合土塘水。歸濯纓橋西出陶公汊北潭別注小河口者。爲汨羅水。一自禾家洲達泥嵩何家塘鎭下青泥灣北歸河北潭別注沈沙口者。爲古汨江。而其南一曰彭家塓水自百丈口達翁家港。出古汨江橫河。一曰胡家塓水。自雞公灘南注檀木港。橫通古汨江。二塓南北排比。周圍俱不過數百許。然而北塓則爲屈子故宅。眞西山所謂南陽吉里者是也。南塓則見存土城四門川洑環繞。今尙名五婆城。相傳爲玉山縣故阯。或云五婆卽古羅之轉音。未知是否。要之是四水者。濟有滚涉。可以方舟。就而未可以略彴通。所謂沱渚四達者乎。此外洲塓林立。汜港百出。六府孔修。津梁所在多有。計此水之流派入

湘有三。則自二塓由檀木港。東南至謝公渡狗公灘。東注古湖小港。其港狹僅容舟。至冬不竭。水出白魚岐。是名溳水。字同汨音。麓門亦誤以溳水入徽。小毋亦決入之。汜則然。惟明乎二源三流之分合。斯爲善讀水經矣。

磊石山卽古洞庭山考　周嘉絅

考輿地志載磊石一山而有六名・一名龍壽山・一名萬歲山・一名青龍山・一名青草山・一名五木山・余謂此名皆出秦漢以後・實卽古之所謂洞庭山也・洞庭之山見於山海經・後世第以君山當之・謹按尙書禹貢周官職方氏爾雅釋地所記荆楚澤藪・均止稱雲夢而不及洞庭・卽春秋左傳雜見楚國地名百餘處・亦未有言及洞庭者・惟中山經於洞庭之山曰帝之二女居之・是常遊於江淵・澧沅之風交瀟湘之淵・是在九江之閒・至海內東經於湘水曰入洞庭下・於沅水曰合洞庭中・宋儒始據今之洞庭以釋書之九江・是已・元仁山金氏有云・計禹時九江入江

會合未甚廣・故未有洞庭澤之名・其後漸漬日廣・方八百里・而洞庭山遂在其中・故因山得名・今觀中經之山志・洞庭山前後接壤・各相距百餘里・當亦猶南嶽之七十二峯・自回雁以至嶽麓・盤踞綿亙・統得以衡山名之耳・然則環洞庭而爲山者・自磊石而上至黃陵・下至君山・皆得以洞庭山名之・卽皆得以湘山名之・近日黃陵君山俱稱湘山・幷有二妃墓・職是故也・又按拾遺記載洞庭山浮水上・爲楚懷王與羣賢遊宴之所・後屈原被逐赴水・楚人立祠其上・今君山古蹟極多・獨無屈子遺阯・惟磊石據青草湖濱・東納汨羅之水・下有屈原潭・其上舊有三閭廟・且廟前龍窩𠝹岸・隨水長浮・雖暴漲恆不沒・以是證諸王子年之所錄・益足信磊石山之卽爲洞庭山矣・然則今之志磊石者・當必以山海經爲首據云

青草湖在磊石山南考　周嘉綱

天下之大湖五而楚南得其二曰洞庭曰青草夫人知之矣然青草一湖志乘皆未能確指其地幼學以洞庭屬鄂州青草屬岳州蓋誤指雲夢爲洞庭而以洞庭爲青草也朱子曰江陵之下連岳州是雲夢按鄂州爲今武昌藪澤不一跨川亙隰兼包勢廣皆得以雲夢名之而大江之水至岳州過城陵磯下會於洞庭洞庭蓋卽禹貢之九江爲湖南衆水之匯何得以之轉屬鄂州而以青草之名被之哉又水經注云湘水自汨口西北逕磊石山西又北爲青草湖口故諸志多言磊石山在青草湖南則是以微水之下流銅盆萬石等湖爲青草湖近日善化麓門

孫氏掾之以作楚南水考謂濱湘二水夾湘陰青山而行中隔青田一坪徑走高沙州直下洞庭夾故青田爲東湖洞庭爲西湖蓋以此夾而分東西也其謂青草一湖尾盡鹿角哨悉爲湘江之尾閭而八江皆來同者是直以洞庭青草爲一湖矣以余考之皆非也岳陽風土記青草湖在磊石山其東汨水出焉下有潭謂之屈原潭冬春水涸皆青草也夏秋水漲與洞庭相通九域志言磊石山傍青草湖荆州記言青草湖周圍百里且通志郡邑志俱載磊石山在縣北一百二十里青草湖在縣北一百里由是求之可以得青草湖之所在矣蓋湘江自營田土星港逕白魚歧而下其閒由兔兒港而入是名古湖四望無際其以湖名者不一而足每逮夏秋水漲汪洋千頃南至大灣石子澗東至歸義武夷山北至玉笥漁家市西至蕎麥湖皆沮洳之場也本朝於其東北之地修築窰背公悅狄湖茨塘蘆子五圍稍殺其勢而汨羅之水則由呂覽渡何家塘畬子營注之新開江之水則由戴公山注之檀木港之水則由謝公渡注之大灣之水則由狗公灘注之余嘗於五月大汛時自陶公汶放舟浮湘四顧蒼茫小艇如葉前望一拳浮於水面者爲白魚歧北望洞庭猶隱隱見磊石山南有青青一埂如帶者長年告余曰此卽古之所謂青草湖也余始聞而未之信及以地志參互考之則與所謂東納汨羅周圍百里者正符又水涸則皆青草水溢

則與洞庭混而爲一且計其遠近里至無不脗合夫以數千百年莫解之疑得長年一語以正之豈學士之誦述反不如野老之傳聞耶蓋緣後代考古之儒皆沿襲酈道元之誤然余紬繹水經注所稱又北爲青草湖口者似另一條歷數湘浦右逕之口非必其在磊石之北也況北爲微水止東流注湘南則羅水由青草湖注湘今水涸之時羅水自穴子口西流出沈沙港以入湘是爲汨口其自沈沙港而下由蕎麥湖以注湘者倘名青草港今則與羅水之平江河北會而出於小河口是爲青草湖口正傍磊石山故磊石又名青草山也又按洞庭湖南有青草北有赤沙亦謂之三湖蓋赤沙在華容北通江而南注澧青草

在湘陰北通灉而南注洞庭跨長岳常澧四屬則爲九江衆水之所會耳然則靑草一湖在磊石山惟湘陰得專之彼游移其說者益亦由不善讀水經而誤也夫

［清］罗汝怀　编纂

湖南文征

㈣

湖湘文库编辑出版委员会

岳麓书社

湖湘文库

考五

蒸源考

常大湘

考得蒸水其源有二一出邵陽仁風里黃帝嶺嶺形如薑九峯壘下土人呼曰邬薑山嶺前有沖曰虎沖有巖曰虎沖巖水可溉田百餘畝四季常流大旱不竭北流至上砂坪鋪左與鋪後無源之水由兩頭塘雙板橋來者合流東下曰高橋而煙熾巖出水巖之水入焉至孝子橋南斗沖之水入焉至三腳橋羊尾沖雷洪沖清涼山之水入焉又東北流曰仁風橋曰白雲橋三

塘沖之水入焉此河徑廣二丈餘或三丈餘但土民築壩瀦水高四五尺舟楫不通至白雲橋高家壩下始容數舟并行又東北流曰扆家橋又東南流曰長山江口即下砂坪而大雲山耳石嶺之水合焉矣一出邵之中鄉大雲山山界衡邵之間高十餘里圍百里許誠西南隅一大屛障也山形亦如薑土人亦呼曰邬薑山山麓至山腰皆衆小嶺蟠伏如兒孫羅列膝下田塘溪澗民居碁錯但體勢穹窿生機甚大不規規一巖之水而萬斛源泉隨地湧出四時蓊蔚雲霧雨澤易降歲不患歉其水泉之出也自甖禾坪來自官沖大石沖來者皆會於等江經城坪沖至金蘭市大金涠入蒸（此又一支爲下流）自羅家園來自雙江杉木前來者皆經堡門前合流爲上山江至文家巷入蒸（此中一支亦小流）又有數支水逆流出佳木白鹿經靈官殿與耳石嶺之水合乃過闊口廟（通舟止此上皆名壩）至長山江口（水路三里許）會合黃帝嶺水東北流至佘田橋復東流出石灣爲衡陽縣界耳石嶺者大雲山之支山也相距僅三十里許其形如荷葉上寬廣而平有田數百畝廬舍環之亦異境也但其水無源易盈易涸如黃帝嶺之有雙板橋水也流經始水塘鐵塘至黃龍漲水界頭沖之水入焉至孫家橋芭蕉沖之水入焉然後過靈官殿與佳木之水合總之耳石無源而河稍廣佳木流小而源實出大雲其合流處黃帝嶺之水又較大焉然勢固匹敵也數處余皆親至其地周覽

山川遍訪紳耆得其崖略如此溯蒸源者可以知所取舍矣

上帝考

張璸昭

帝之爲義德象天地人主之尊稱也而經語多屬之天不獨易爲然卽以易論其見於經者三惟益二王用享於帝是言天見於傳者五惟帝乙及帝出乎震不言天其餘言先王以享于帝言亨以享上帝皆言天且皆言祭與經言用享同幷與詩言我將我享維羊維牛維天其右之同今觀詩傳將奉也享獻也右尊也神坐東向在饌之右所以尊之是其釋經之言天以神可知卽神卽天也傳又言奉其牛羊以享上帝而天庶其降而在此牛羊之右乎是又言天卽帝帝卽天也然則言天言帝言神語無二致似皆非以蒼蒼一派渾灝流轉者言天使其以蒼蒼

一派渾灝流轉言天則形如卵白狀若覆盆安用烹牛羊以享之又安望其來降而右之乎竊觀今之奉祀天帝者爲廟宇爲殿閣塑冕旒黼黻之像偉然十尺九尺之尊軀未嘗不疑爲道家之褻越而今則無疑也爲湖古制於三代以前其以事人帝者事天帝非一世矣蓋祀有配享古之制也古之時郊社幷祀社有配享郊獨無配享乎古之時山川與星辰幷祀各有配享天獨無配享乎爲考后土爲社更於水正元冥火正祝融木正勾芒金正蓐收而外得臺駘爲汾神實沈爲參神因而知山川星辰之祀今人悉覆以廟塑以人像有由也今雖不能一一指實天上地下山川星辰之配享果屬何人要可知山川非人而配享則人也惟其配享皆人故凡山川星辰之祭無非飲食致孝無非以人道事之又何疑於天乎然則所謂上帝者非蒼天之名乃配享之名蓋言人也惟其屬人所由祭以牲牷粢盛惟其屬人所由稱帝謂者有之稱帝謂己者有之稱帝乃震怒者有之稱帝與我九齡帝許我罰有罪者有之此類不可枚舉孔子曰天何言哉凡有言語皆屬之帝濯濯厥靈洋洋如在帝固居然人矣第不知其人爲誰曰包犧何以知之包犧畫卦開天明道故號天皇亦稱太昊詩曰浩浩其天又曰昊天罔極天而曰昊雖猶是言天要惟言浩浩罔極非言昭昭之多也則是包犧擅此尊稱後雖有少昊稱金天氏今尙覺少不如太金天不

如天皇之尊稱其他不繫以天不繫以昊者胥云昊天其子之又何煩問哉蓋自有天地以來其功德克配上天足當上帝之稱惟包犧一人而已矣予故不揣冒昧敬爲此說爲易說不獨爲易說曰然則尙書稱唐堯爲古帝據以推其類包犧似宜稱古帝今謂包犧是上帝豈上帝亦可稱古帝乎曰可商頌云古帝命武湯正域彼四方非明徵乎有此明徵然後斷上帝爲包犧信不誣也不但已也據傳言殷薦之上帝以配祖考似虞夏以前包犧配天稱天皇稱上帝至中古則又分天與上帝爲二祀於是郊祀后稷以配天宗祀文王以配上帝周頌詩章煌如也是配享之中再有配享亦由周家尊崇祖考愈以尊崇配天

之上帝自是包犧之名分愈尊人相忘爲古帝直渾焉其稱爲上帝矣雖然上帝正不必古帝卽如爲社之后土乃共工氏之子未嘗爲天下主而中庸釋郊社之禮槪以事上帝言之此不可得其槪邪然則近日神祇亦有膺帝號稱帝君者彼其封典出自近今而濯濯厥靈洋洋如在與古經傳所稱之上帝無以異可想見明明上天照臨下土必有所假手以顯著其威權其在於古民之視聽屬配享故威權悉歸配享之帝其在於今民之視聽不僅屬配享帝亦樂得爲恭默悉委其威權於後聖封帝者以神其用蓋威令之行今亦猶古特民之視聽有推移威令亦稍推移耳不知者遂疑古經傳所稱之上帝威靈赫奕爲

神道設教之虛辭斯殆論失其方於古今之際未能有以觀其通也他若五天帝之說以青赤黃白黑爲號起於秦漢閒如月令所紀猶可言也至春秋緯所云靈威仰赤熛怒等號直是無稽可見斯時已不知昊天上帝爲太昊矣況其後焉者乎抑後人於郊祀多異議獨不及玉皇爲屬道家也不知玉皇卽天皇蓋道家不似佛家滅古猶堪徵實如此

生民帝武考上

周睍祥

吾宗系衍姬姓而姬則姜嫄所自出也人屢問生民帝武朱子作大人迹說近於誕猶謂履拇歆歆如有人道之感然則神人之生固無人道乎余曰嘻是何言也人爲祖宗所生卽爲天地所生數典而忘其祖則不能尊祖卽不能敬天矣而謂能繩祖武乎且申考之爲若人辨嘗讀詩折中帝訓高辛氏武訓行敏訓疾何楷所云姜嫄從帝始事敏速者固可主之以祛後人惑然巨迹之說朱子亦謂先儒頗疑業取張蘇之論以破之張子謂天地之始未嘗有先人人固有化而生者天地之氣生之也蘇氏謂凡物異於常物取天地之氣常多麒麟之生異犬羊蛟

龍之生異魚鼈物固有然神人之生不有異於人哉蓋與饒雙峯謂天地泰和之會鍾爲麟鳳非有種生者合明乎天生聖人固有異於常人也第蘇饒以畜道譬人道猶褻天道也而后稷之神乎人道者終不能明夫聖人之生而異者衆矣十紀之前荒邈不足徵考太昊包犧氏母居華胥渚巨迹出華胥決履以跧意有所動虹遶之生於仇夷是稷生固同於春皇也若神農氏母安登感神於常羊生列山之石室三辰能言五日能行七朝齒具三歲知稼穡般戲之事稷之利民宜蓺食穀者不又與炎帝合乎黃帝有熊氏母符寶秘電繞斗軒而震生帝壽邱故名軒計此三皇已異其生矣況顓頊高陽氏其母女樞亦見瑤

光星貫月如虹感已幽房宮而生帝乎稷父高辛氏生而神異自言其名稷母元妃有邰氏女也其次妃簡狄吞乙鳥卵生契其三妃慶都陰風四合感赤龍孕而生堯堯協萬邦之和契敷五品之教固同為帝嚳子而生之異者何獨至於稷而疑之至若舜母握登見大虹意感生舜姚墟禹母修已見虹貫昴夢接意感既吞神珠生禹於石紐凡歷代帝王之興其生而瑞應者炳燿史冊開難以枚舉豈若後世荒瞀者流故託妖異自矜誕降之殊以神讖緯之符乎然則以帝武疑稷者當自伏羲以迄神禹皆得以異類視之矣豈理也哉說文云古之神聖母必感天而生子故曰天子稷雖不及身而帝積德累仁歷十六世而

至武王亦有天下君凡三十有七享國八百七十四年較唐虞夏商多歷年所其得統之長食報之厚非后稷異生之所致耶就生民詩論彌月生子而無災害天顯其靈異也寘之而復收之以異類之物腓字覆翼猶知愛護不可見天之所生非人之所能棄乎見時好種植天性使然故力穡者天教之降種者天生之肇祀而嗣歲興矣此周公制禮尊后稷以配天必推本始生之祥以明之猗歟生民雖姜嫄生之而播厥百穀民賴以生則生天下之民者稷也生萬世之民者孰非稷哉

魯論齊論考

周覲祥

漢初有齊魯論之說齊論為齊人王中尉吉宋少府畸貢御史禹及庸生等所傳魯論為魯人龔都尉奮夏侯少府勝韋丞相賢所傳漢書藝文志云齊論二十二篇註云多問王知道二篇魏何氏謂篇中章句頗多於魯論魯論二十篇即今書隋書經籍志云張禹本授魯論晚講齊論合考之刪其繁惑除去問王知道二篇定從魯論號張侯論又古論出孔壁分堯曰下子張問為一篇篇次與齊魯異孔安國傳之包周二氏就張侯論為章句馬融為訓詁陳羣王肅周生烈皆為義說何平叔集孔馬包周諸家之說為集解鄭康成又本包周章句考之齊古為之

注金仁山所謂齊魯論至張禹合而鄭氏則合三論為今定本也故家語所記類多後儒附會而揚雄法言文詞艱澀王通中說人材卑陋擬論語者皆可置之不論矣然朱子或問云唐藝文志不載齊魯篇目陸德明釋文蓋於諸說中得之朱子輯論語要義序稱魯論二十篇古論二十一篇齊論二十二篇魏何晏等集漢魏諸儒說就魯論篇章考齊古注之咸平中邢昺等取皇甫侶疏約為正義後時相王安石父子論語解出而正義遂廢故朱子初為要義一易而為口義再易而為精義三易而為集注而今之論語始定由今考之魯論中有齊論齊論中有魯論論固無分齊魯也乃宋儒洪氏興祖以論語十六篇云或

以此爲齊論朱子集註引之胡氏宏云當以篇內皆稱孔子是噫豈定論哉其稱孔子者或言天子之禮樂征伐而損益好樂皆須友以成者故幷君子聖人善惡志道之說偶以孔子紀之奚足異也不然齊景爲齊之顯君富貴至死無德而稱齊人尙冐誌之以彰君過乎況篇首多論魯事而異聞君稱之附於篇末者更不記于曰發之吾決其非齊論也然則齊魯之論烏乎辨吾蓋取袁簡齋論語解以十四篇中所誌桓公管仲諸章爲齊論者近是今且擴其說而推廣之夫聖人之所重者仁也顏淵復聖僅許三月餘若仲弓若原思若子路若冉求若公西華皆以不知其仁謝之是固日月至者他如令尹子文則許以忠

陳文子則許以淸俱不得爲仁也何至於管仲而重稱之曰如其仁如其仁哉夫管仲之不死子糾是不忠也不同召忽是不信也請囚得相是無禮也背讎事仇是無義也天下有不忠不信無禮無義之徒而得爲仁人乎且夫子嘗稱管仲矣曰器小曰不儉曰不知禮天下有仁人而器小不儉不知禮者哉聖人之言世爲天下法何前後懸殊滋後人之疑竇也蓋魯人素薄管仲董子所謂聖人之門五尺童子羞稱五霸是也以管仲爲無一可者魯之弟子記之故篇中舞佾歌雍論旅論禘入廟告朔諸典載魯之禮樂綦詳且上文志定公哀公之問下文語魯大師樂謂非魯論乎而齊人最尊管仲孟子所謂子誠齊人也知管仲晏子而已矣以管仲爲仁者齊之弟子記之故上篇齊桓公正而不譎繼敘九合一匡之功下文陳成子弒簡公子路宿於石門或以爲齊地隱公三年齊鄭會於此謂非齊論乎齊魯之弟子各有僞託必求定論以折之如曰人也奪伯氏駢邑三百飯疏食沒齒無怨言乃聖人之論管仲也若子糾兄而桓公弟程子安以爲桓兄糾弟謂仲知輔糾爭國爲不義將自勉以圖後功故聖人不責其死而稱其功是眞害義之甚啟萬世反覆不忠之罪如唐之王珪魏徵不死建成之難而從太宗者未必不因管仲而誤之也朱子亦謂管氏有功而無罪故聖人獨稱其功是皆不知此爲齊論而曲爲仲解抑知仲罪固不能

逃而聖論豈當於理乎夫以童而習之之書人特舉管仲之仁以質疑有茲不知對者倘不詳考而明辨之將使天下後世終不明乎君臣之分而以管仲爲眞仁也今而後吾以論語中紀魯事者斷爲魯論其紀齊事者則斷爲齊論也

孟子爲門人敘定考　周昺祥

考史記列傳孟軻騶人所如不合退而與萬章之徒序詩書述仲尼之意作孟子七篇朱子序說引之後漢趙臺卿爲章指析爲十四篇序稱軻於戰國時以儒術干諸侯不用退與公孫丑萬章輩難疑問荅著書七篇秦焚書以其書號諸子得不泯絕又外書四篇不能洪深似非孟子本眞漢中劉歆有孟子十一篇當合外書篇數或謂劉歆九種孟子唐陸繼善復合趙本爲七篇宋孫奭疏之明乎七篇蓋孟子手筆也然昌黎韓公尊孟者嘗謂孟子師子思得堯舜禹湯文武周公孔子之傳闢楊墨崇仁義貴王賤霸故嘗尊推孟氏功不在禹下獨謂其書非軻

自著軻既沒其徒萬章公孫丑相與記軻所言林虔中亦謂七篇非其所著書而弟子所記不能盡孟子意因演其說作續孟子二卷則二公與史記趙岐說異是孟子固非自作矣於是前乎唐者非孟則有荀卿刺孟則有王充至宋馮休謂孟子可疑或門人所增益乃作刪孟其時疑孟者溫公與孟辨者東坡其詆而棄之者則李覯鄭厚叔也雖尊孟作於虞允文講義傳於陳傅良而孫奭之正義音義朱子猶謂僞託至是孟子之書幾滅自朱子集註作而羣議始息顧觀朱子序說謂史記近是似信爲孟子所作而集註於伐燕章云以伐燕爲宣王事與史記諸書不同沈同章註史記亦謂孟子勸齊伐燕蓋傳聞此說之誤燕人畔章引林氏謂此書記事散出無先後之次故其說必參考而後通滕文公篇首謂門人不能悉其辭可謂曰知疑有闕略四水入江曰記者之誤政不足閒閒字上當有與字北宮錡章說與周禮王制不同及殷受夏四語皆云不可考闕之可也食色章異於二字疑衍或有闕文微子爲紂之叔父書稱爲商王元子疑此或有誤字自范章孟子曰張鄒皆云羨文仁也者章外國本多二十字理極分明幷禹之聲章云此章文義本不可曉取豐氏說存之皆未詳其是否貉稽士憎當作增不得中道孔子下當有曰字凡如此類甚眾既爲孟子作何謂闕若是是不得目爲自作也乃吳伯豐舉性善汝漢兩註問朱子復

謂熟讀七篇觀其筆勢如鎔鑄而成非綴緝可就王伯厚亦取其語　國朝閻百詩撰孟子生卒日月考初以爲孟子道不行歸而作書七篇卒當赧王之世卒後書爲門人所敘定故諸侯王皆加諡其說頗當後復證以論語成於門人之手故記聖人容貌甚悉七篇成於己手故但記言語出處則又與朱子斷爲孟子作矣然則孟子之作果誰信乎夫宣王伐燕孟子所見也謂爲湣王者荀卿所聞也史記因所聞而誤著之朱子序說集註反取其說而疑孟子迄無定見惟金仁山據戰國策證之通鑑繫之宣王是也閻氏按燕世家載噲初立有齊宣王復用蘇代之文亦主是說固皆與孟子合則史記誠不足信也且無論

集註闕疑甚多而閻氏四書釋地駁集註援引誤者多至數十條殆因記者之所誤況孟游齊適梁其閒之魯之鄒之滕之宋諸國與諸侯王相問荅者必皆生時談論何得皆以謚稱雖曰未死賜謚北宮喜謚曰貞子析朱鉏謚曰成子或偶有之然既卒謀謚載於魯語將葬制謚傳於穀梁況周禮小史有所謂卿大夫之喪賜謚讀誄玉藻大夫沒則稱謚諸侯王何獨不然故晁氏辨之死後有謚且證以梁惠元年至魯平之卒凡七十七年孟子既見平公惠王初見不得即稱曰叟其說尤爲確切似必孟子卒後門人追敘其相見之詞也吾謂此書蓋孟子草創初就齎志以沒門人纘成師志故諸侯王死而謚者援謚加之

檀弓所謂謚以易名表記所謂謚以尊名也則孟子之成亦猶論語一書成於門人之手也夫

歷代帝王歷年多少考

周貺祥

或問之曰上下古今不知經幾千百帝經幾千萬年其詳可得聞乎余應之曰史冊具在可一覽而知也或曰自史記著而作史者不下數十家各據見聞異同互出且卷帙浩繁苦難稽覈子以嗜古稱盍綜考之爲後人總覽乎余曰馬宛斯繹史載方密通雅聞諸太西云自開闢至崇禎甲申六千八百四十年依所製稽古定儀推之止五千七百三十四年此說似可信矣元儒胡一桂云伏羲神農去洪荒未遠當知羲農前可以千計不可以萬計據此三說則年數可約舉也然按通鑑自伏羲至明末已得六千一百一十五歲史記通鑑明載三皇十紀豈伏羲

之前僅得數百歲乎則通雅亦不足據矣況廣雅漢歷志皆以春秋元命苞天地開闢至春秋獲麟之歲凡二百二十六萬七千年分爲十紀而索隱則謂三百二十七萬六千年世遠不能詳考宮定山中丞紀數統紀註皆引之余自獲麟考至明季又二千零四十六年當得二百二十六萬九千零四十六年也且余依諸史考之自盤古至於有明僅得五百四十七君共計四十八萬九千七百五十五年又與諸說相懸絕已試爲歷陳之盤古生於鴻濛莫知年代天皇十三人（一作十二）地皇十一人各萬八千歲共歷四十三萬二千年人皇九人（一說傳一百五十世）亦號九皇即十紀之首九頭紀合四萬五千六百年統計盤古三皇三十

四君四十七萬七千六百年也由五龍五皇攝提五十九姓合雒四姓（一作三氏）連通六姓敘命四姓循蜚二十二氏諸紀凡百君有年可考者約二千一百四十而因提紀始辰放終庸成六十八君（一作十三氏）有年可考者約二千四百八十禪通紀始伏羲在位一百十五年（一云一百又云百十年）終無懷凡八十八君（一作十九氏一作十五世是）共一千二百六十年又神農一百四十年（一云百二十年）歷八君傳五百二十年統計五龍至神農二百六十四君六千四百年也其疏仡紀黃帝十世一千五百二十年（通鑑作在位百年一云百十年）少昊八十四年顓頊七十八（一作五）年（又云八十四年）帝嚳七十年（一作七十五又云八十）春秋命歷序作金天傳八世高陽高辛各傳十世考年不合帝堯百年（史記作七十二一說作九十一）帝舜五

十（一作四十八又作六十一）夏禹傳十七君四百三十九年（一說并羿四百七十九年又作四百四十一又作四百三十一年）商湯傳二十八君（一作三十）六百四十四年（一作六百三十）周武傳三十七（一作八）君（又作三十五王）八百六十七年（一說作八百七十三年又云至東周君當作八百七十四年是）統計黃帝至周末九十七君三千八百五十二年也（疏仡紀至獲麟止周末尚有一百四十三年）秦三君四十二（又作三）年（又作二主十五年是）東西漢二十四（一作六）君四百零九（一作十）年（又云四百年又并王莽作四百二十六又并呂氏新莽共四百二十二按并莽當作四百二十四年是）後漢兩君四十三（又作四）年（若魏五君四十六年六又作五吳四君五十二年一作五十八九年又作四十九年混後漢內非正統）東西晉十五君一百五十五（又作四作六）年統計秦漢兩晉四十四君六百四十九年也南朝宋八君五十九年（一作六十）齊七（一作五）君二十三（一作四）年

梁四君五十五（一作六）年陳五君三十一（或作二作三）年（若北朝東魏十三君又云十一世一百四十九年西魏三君二十三年又作共十七主道武至大通一百三十九年分西魏二十二年東魏一百十七年北齊三君二十三年一作六主二十八年北周五君二十六年六一作五共二十六君二百二十五年混南朝年內）隋三君十八年（一作二十九年一作四君三十年）唐二十一君（一作二十）二百八十四年（四作五作九又作二百九十年）統計南朝隋唐四十八君四百七十年也後梁二君十七年（一作二十又作十六）後唐四君十四（或作五作三）年後晉二君十一（又作十二作十）年後漢二君四年後周三君十（一作九）年（若南唐李昪三君三十九年雖可作正統與晉漢周同時）宋十八君三百零五年（一作二十又作十九若西夏九世一百九十五年又作十一世百九十年遼九世二百零九年又作十九金九世一百二十年俱混宋年內非正統）元十三君（或作十八十一或作十作八）八十九（一作八）年明十六君二百七十九（或作七作八）年

統計五代宋元明共六十君七百二十九年也大約三皇後十紀之說名不雅馴即如元命苞十紀年中馬氏謂因提禪通當得三千年疏仡不過二千年豈前之七紀即得二百二十六萬二千年乎修短不倫妄信雜說尙論者斷自庖羲可矣孔安國尙書序以羲農黃爲三皇少昊顓頊高辛唐虞爲五帝通鑑舊註從之其說可信乃史遷作五帝本紀首黃帝而無少昊遂令欲備三皇者史記謂天皇地皇泰皇鄭康成謂伏羲女媧神農白虎通則謂伏羲神農祝融風俗通則謂遂皇戲皇農皇紛然聚訟後世迄無折衷而謂考年可符合乎故孔子求古史記得黃帝曾孫帝魁以來之書訖於秦繆三千三百四十卷刪之斷

自唐虞僅存百篇惟以堯後之年數有可徵也自堯至明三千九百四十八年益以羿四十莽十五（又作四）當得四千零三年也是則援史考年者當以正史爲準云

八排兵事考　湯彝

猺之居八排自南宋紹興間始八排之用兵自明嘉靖間始初連有仕於粵西者挈猺僕十餘人歸使墾州南黃地源山中山高六十里縱橫百餘里峯巒複疊巉刻阻深羣猺環山麓每一聚落曰一排初分八排曰軍寮馬箭里八峒大掌嶺火燒坪爲內五排曰行祥油嶺橫坑爲外三排久益繁息延及今復有小排一百三十有一地險物衆出爲民患嘉靖二十五年因擾邊征之旋議撫獸心未革未幾復亂天啟二年連山知縣楊懋忠請剿之參將趙文督兵入有老猺數十人跪馬前垂涕乞撫文信之不設備夜半賊以虎皮蒙牛犢驅入營官兵大亂猺乘之

一營盡覆監軍道某佯撫之以緩其暴密請總督檄都司蔡一申率鋭師啣枚夜入踞平猺嶺之險馬箭各排不能救一申用火箭射入軍寮焚其巢分兵屯白石嶺歇涼壟爲犄角示必剿軍寮賊潛奔油嶺一申率勍卒裹糧持鋤取間道夜薄油嶺黎明成三大營於林時洞賊大駭乞命一申勒獻首賊斬之始予撫崇禎五年復劫民邨逼州城三里許吏目吳中選會守備梁棟輔追捕之及於邊井塘爲賊所殺總督熊文燦議剿之而未果自是益披猖猺頭李大面者稱雄各部自以爲槃瓠後遂號盤古檄民邨徵租稅曰猺糧某排轄某邨各畫封界索花紅酒米民大苦之十三年廣西賊犯連山排猺應之復潛結臨藍高

猺柴猺諸賊由是楚粵之交郡邑騷然一月十三變遂攻州城州牧王立準率千總黎樹績禦之飛書告急總督沈猶龍令僉事道魏章監都司蔡坤守備馬文滔軍往援壁於金相塘賊大至圍坤營兩晝夜勺水不得入坤無策諭賊解圍卽退兵衣甲火藥盡予之僅以身免而以兵單賊衆聞上臺猶龍乃奏徵江楚閩粵六鎭兵分道并進號十萬西自大拱橋東迄大坌嶺營壘星羅而六總兵以客故不盡秉猶龍節制各乘便利賊乘高望之盡悉其進退整懈軍寮馬箭賊遂併力攻閩鎭陳鵬營大戰於蕨岡頭日已暮矣俄里八大掌諸賊從山南横擊鵬戰死各軍皆潰猶龍乃城茂古峒以塞其衝招義兵命監紀董梅鼎

守之名咸甯堡前立墟市民賴以無恐値明季天下大亂猺益肆沿及　國初未盡向化順治八年流賊馬寶入連州誘排猺出山相倚爲暴折咸甯堡掠民邨無虛日九年劫下水堡千總唐某率兵追捕伏發死之康熙元年連陽遊擊武君仕率三百人偵賊石圭陂賊數千乘夜出劫君仕令堅壁勿與戰且更番飽食天明大呼突出殺賊賊披靡退入山峒自此不敢出亂稍戢惟令兵役巡隘道察其動靜賊惡之欲得而甘心焉一日數猺牽牛負衣被作劫掠歸山狀誘兵役追捕旣深入則起而殲之其兇狡多類此各排惟軍寮最强油嶺里八峒次之有黃邨民素苦軍寮侵暴集壯丁伏山外俟其出狙擊之擒十人獻於縣時縣令朱三才畏盜案盡釋之欲其德己而不爲暴也猺頭房一心易之率其黨益淫殺無忌控訴皆置不問猺難復起四十年士民奔行省請討賊提督殷化行入里八峒駐兵山麓遣副將林芳入排諭以縛獻首賊羣猺悉伏山谷芳縱火燒猺房光四照各排見焚其巢咸怒於是軍寮馬箭之猺從排之下路仰攻大掌火坪之猺從排之上路俯擊峒猺恃外援遂從中路突出把總陳溥及兵百人皆殲焉芳走入壺蘆田顧謂其僕曰此絕地必死汝盍去其僕泣不行賊來益衆僕以身蔽芳彎弓四射當者皆貫脇洞胷矢盡負芳而死殷化行率總兵劉虎入賊焚林據險以拒化行度兵寡未能勝踞虎於軍而自回廣州

與督撫會疏以聞　命都統松柱等率湖廣兩粵兵討之四十一年二月師次三江口連營數十里開山通道三路進剿圍之數月賊大懼乞降乃撫之城三江寨駐兵二千以副將領之環八排建三十六汛彈壓控制百餘年來三連之民慶安枕焉道光十一年錦田猺蠢動潛結排猺應者數百人續去者爲守隘兵截回羣猺行時以山土賤售民戶旣歸無以資生又失其農具遂劫奪仇殺由西路延及東路而中路軍寮復袒惡助患五月李閣部鴻賓至定議剿之分三路進攻軍寮賊誘之深入夜火其營三路兵皆挫失遊擊史鵠謝國榮王珍幷殁於陣　命禧將軍等至連徵黔楚粵西兵將集羣猺慴服縛獻兇逆

乞命師臣承　詔撫之八排復定

排猺生深山邃谷慓捷如鳥獸恃險設伏是其所長故不利遠出而官軍亦不利深入然蔡一申之奪險神速武君仕之堅壁挫銳皆以偏師奏捷而五省六鎭十萬之兵或無統帥而潰或僅取輸款而歸求其出奇制勝以險絕爲功則不易覯兵法曰兩鼠鬭於穴中將勇者勝是知深谷行軍貴精練不貴兵多亦地形然耳且賊覘重兵至必絕隘道塞關險聚穴負嵎雖有良將勁兵無所用其武從來皆以安撫了局者蓋不欲老師糜餉也夫亂之所起不起於起之日其所由來者漸也竊謂於平日宜撫之不必撫之於旣亂於旣亂宜防之不必防之於平日徒防之適足以擾之將召亂況撫之卽所以防之可弭亂也而其要則曰防猺如防猛獸撫猺如撫嬰兒飽之勿飢信之勿欺馴伏之勿使其奔逸安戢之勿使其仳離庶乎袪民暴寢邊患節餉而不勞師也

握奇八陣考

戴醇

三軍之令主於中軍八陣未有不以中握奇者衞公李靖曰奇餘零也陽數一奇陰數二偶偶方有盡陽圓無盡也八陣而握奇於中中握一奇統攝八陣八陣四偶應乎一奇民夫羨卒闕車勇士餘零也世傳黃帝邱井立陣風后贊之著握奇經然其書漢唐志不載至宋始出十分三取奇餘七以爲八陣蘇東坡稱其繁曲鈎聯蟠屈爲不可敗究與車戰人數牴牾蓋由唐獨孤及八陣圖記依託而踵其謬司馬法曰夏后氏誓於軍中殷誓於軍門之外周將交刃而誓之牧誓稱戈比干立矛而誓旣陣而後誓也司徒司馬司空三卿軍將中軍握奇者也陣中央亞旅亞乎卿將五旅陣四正師氏以虎賁衞王陣王軍中奇也千夫長佐亞旅將二旅陣四隅百夫長一車百人之卒長也固足以成八陣而握奇然左杖黃鉞右秉白旄猶無以別識乎各陣也及觀周公制禮四時教戰陣如戰陣載以司常九旗鳥隼爲旟前朱鳥也陣正南龜蛇爲旐後元武也陣正北交龍爲旂左青龍也陣正東熊虎爲旗右白虎也陣正西全羽爲旞從乎朱鳥陣西南隅析羽爲旌從乎青龍陣東南隅通帛爲旜從乎白虎陣西北隅雜帛爲物從乎元武陣東北隅日月爲常中天黃道陣正中八陣分明昭然簡冊而量人所爲營軍之壘舍王氏應電謂軍中大道縱橫各二形如井字者法洛書之九數門

皆名和以行八風師克在和也吳子言招揺在上從事於下曲禮言招揺在上急繕其怒招揺北斗第七星周自敬王八年冬至日躔南斗月建與北斗杓相應故以斗為帝車運乎中而制八方當周開國日起牽牛未及斗故畫日月管子以五十人為一車萬人一軍車二百乘李衛公曰管子制齊亦由司馬法一師五旅一旅五卒之義其實皆得太公遺法六韜僞譎無可據而始于牧野維予侯興尚父鷹揚雅詩足證管子變而通之鄉良人將二千人之旅即牧誓所謂亞旅也陣四正分其半一千人將以五連長之中一長亦即牧誓所謂千夫長也陣四隅中軍有公之鼓有高子之鼓有國子之鼓君卿分將亦即牧誓所

謂友邦冢君司徒司馬司空師氏也陣中而握奇特其號門旗物未知奚若則已與九府圜法均歸淪軼耳武侯以王佐才自比管樂推演八陣聚石為圖說者謂八陣作於武侯不知孫武當春秋末隋書録其圖穰苴當戰國初通典述其法雖傳聞不免傅會而漢以十月會營上為八陣在武侯先則八陣原於古武侯藉以定軍制焉蓋蜀都重險西壓一州東連江表北踞渭濱而王業不可以偏安征伐頻仍轉輸孔亟武侯於時覩三分鼎峙之艱思一統版章之盛由漢溯周八十正卒用為戰士二十羨卒用為民夫易車而徒正其卒伍方行天下罔有不服庶幾乎王者茂烈也民勞乃可與休息成都圖經曰八陣有三在

夔者六十有四方陣法也今四川夔州府奉節縣江灘上漢魚腹縣也在彌牟鎮者百二十有八當頭陣法也今四川成都府新都縣北三十里有彌牟鎮在棋盤市者二百五十有六下營陣法也今陝西漢中府沔縣定軍山下有棋盤市三圖石數相倍要皆八八以成行然則八陣本一陣也後人不察致以遁甲八門休生傷杜景死驚開譌為神怪豈知奇門占驗李衛公目之為術名將弗尚也況武侯乎八陣為營壘所必需陣陣皆宜置之生地安可間雜死絕虎鈐經曰天陣居乾為天門地陣居坤為地門風陣居巽為風門雲陣居艮為雲門飛龍陣居震為飛龍門虎翼陣居兌為虎翼門鳥翔陣居離為鳥翔門蟠蛇陣

居坎為蟠蛇門蓋以後天八卦離坎震兌位四正乾坤巽艮位四隅而分八門未嘗波及於三奇六甲雖然軍起於五人之伍積伍成行積行成隊積隊成軍無不以一人居中指揮左右聽令中軍武侯八陣何以獨缺中軍竊嘗考之其在魚腹者六十四石每石一伍六十四伍凡三百二十人分為八陣陣各八伍四十人不列中陣者八陣以四隅隸四正中軍兼正隅附民夫以握奇從八陣可以推中陣也八陣各八伍中軍當十六伍八十人民夫一百合八陣凡五百人此蓋周禮五百人為旅而旅長帥之者也昔在少康有衆一旅能布其德祀夏配天不失舊物則以少康之中興望漢矣其在成都者一百二十八石每石

一伍一百二十八伍凡六百四十人分爲八陣陣各十六伍八十人不列中陣者亦從八陣可以推中陣也八陣各十六伍中軍當三十二伍百六十人民夫二百合八陣凡一千人此葢牧誓千夫長將一千人車十乘也昔在吉甫佐周宣王薄伐玁狁元戎十乘以先啟行則以宣王之中興望漢矣其在漢中者二百五十六石每石一伍二百五十六伍凡一千二百八十人分爲八陣陣各三十二伍百六十人不列中陣者亦從八陣可以推中陣也八陣各三十二伍中軍當六十四伍三百二十人民夫四百合八陣凡二千人此葢管子二千人爲旅鄉良人帥之者也昔在光武造攻昆陽自將步騎千餘爲前鋒能使洛吏復

覩漢官威儀則以光武之中興望漢矣圖雖有三陣則無二上攄報主之忱下喻恤民之隱天民之抱負越霸而希王論八陣當諒其心愼勿以術誣武侯而爲知兵者所鄙也

曾子問考

戴醇

程子謂儒行非孔子言以其辭誇大近游說也坊記非孔子言以其文徵引及論語也今以曾子問考之禮之變者不可究詰若一一以問之累牘難盡當春秋時禮書猶在似可不問則未知其問果出於曾子否也而觀其所以荅問者則多非孔子之言天子諸侯祭祀卜日朝覲戒日入門將事遭大喪而廢禮也日食有定度可以測算而知夏書羲和失職仲康所以命師徂征也與其遇食廢禮曷若令日官愼選其日避食於先而其從天子以救食也諸侯各以其方色與其兵周禮司服大裁素服初無東方靑南方赤西方白北方黑中央黃之五色鼓人救日

月則詔王鼓亦無東方戟南方矛西方弩北方盾中央鼓之五兵月揜日則食陰蔽乎陽伐鼓助陽執兵助陰分方厭勝陰盛陽微以緯亂經是尚得爲孔子言乎且述其問老聃曰日有食之不知其已之遲速老聃曰安知其不見星也老聃言天道猶張弓憑虛揣度或有不知左傳哀公十二年十二月螽季孫問諸仲尼仲尼曰今火猶西流司歷過也乃亦與老聃懵然於食限分杪是尚得爲孔子言乎昏禮納幣有吉日女笄而字矣遭喪停昏禮也終喪親迎易所謂歸妹愆期遲歸有時亦內則所謂女子十五年而笄二十而嫁有故則二十三年而嫁也乃壻遣人致命曰某之子有父母之喪不得嗣爲兄弟竟以絕昏爲

辭·免喪女使人請壻弗許而後嫁之·謂嫁於他族·夫昏結二姓之好·上以承宗祖下以蕃子孫·重之以父母之命申之以媒妁之言·一旦遭喪輕棄女節非所以厚別也·是尙得爲孔子言乎·壻親迎女未至而有齊衰大功之喪·男不入改服於外次·女入改服於內次·即位而哭禮也·除喪合巹未爲不可·而曰祭過時不祭·又何反於初·然祭主一時·昏繫一世·祭不可以例昏也·儀禮舅姑沒·婦入三月·乃奠菜不親迎·婦入三月然後壻見·未嘗不踰時行禮·壻雖授綏御輪其牢而食·夫婦未成·徑薦枕席·嫌於苟合·非所以愼人倫之始也·是尙得爲孔子言乎·師行奉主車·以明有尊禮也·未必載遷廟主·齊自太公封齊·傳至桓公一

十五世·五廟而外[illegible]主甚多·桓公持重·亦未分道出兵勦民以逞·而曰齊桓公亟舉兵·作僞主反藏祖廟·廟有二主自桓公始·似全不知齊之世系與桓公之會衣裳也者·是尙得爲孔子言乎·天子出征類上帝以請命·天討有罪禮也·承之以祖·祖配天尊祖以達天·行之以禰·禰配祖·親禰以達祖·諸侯爲天子吏·奉將天誅·承之以祖·天子巡方·舍其廟也·行之以禰·亦以祖尊而禰親也·是故庶子在軍·則守於公禰·行主曰禰·父主也·例以卜郊受命祖廟·作龜禰宮·其義一也·而曰七廟五廟無虛主·必以遷主行·推陳無虛主之由·云出於老聃·足徵當日重聃而欲以聃聳人聽·是尙得爲孔子言乎·廟制定於天子·建立七廟·追王則尊爲天子·不追王則祀以天子禮也·固不至廟有虛主·若諸侯不敢祖天子·開國之初·如康叔封衛不得祭文王·叔虞封唐不得祭武王·則五廟皆虛無一主·而曰惟天子崩諸侯薨與去其國祫祭於祖爲無主耳·喪祭不分吉凶·是尙得爲孔子言乎·大司馬以九伐正邦國·天子親征如武王之載文王木主·遣將於廟·則授以主命令專賞戰功·而曰無遷主天子諸侯必以幣帛皮圭告於祖禰·遂奉以出·蓋貴命也·親征同於遣將矣·是尙得爲孔子言乎·子喪父稱孤禮也·鄰國君弔·君臨其喪·非孤也·而曰衛靈公弔季桓子之喪·哀公爲主·客入弔·公拜·興哭·康子拜稽顙於位·有司弗辯也·今之二孤自季康子之過也·君拜則

臣避·康子但宜哭踊·不宜稽顙耳·東萊博議·譏左氏紀周鄭交質·稱二國爲無君·哀公君也·非子何以稱孤·康子臣也·何可尊卑幷列目爲二孤·君子居其國·不非其大夫·明斥康子之過·是尙得爲孔子言乎·春秋魯史·孔子筆削成經·哀公二年書夏四月丙子衛侯元卒·冬十月葬衛靈公·三年書秋七月丙子季孫斯卒·安有靈公先卒一年·猶能適魯弔桓子喪者·是尙得爲孔子言乎·孔子在陳·司敗揪娶吳孟子非禮·問昭公·孔子應以知禮而即退·爲尊者諱禮也·魯孝公乃隱公祖·亦魯先君·而曰昭公練而舉酬行旅非禮也·孝公大祥奠酬弗舉亦非禮也·直指其失·豪不諱忌·若他國之君·然是尙得爲孔子言乎·春秋襄公

三十一年秋九月癸巳子野卒左傳立敬歸之娣齊歸之子公子裯於是昭公十九年矣猶有童心春秋昭公十一年五月甲申夫人歸氏薨九月己亥葬我小君齊歸而曰魯昭公少喪其母有慈母良及其死也練冠以喪之喪慈母自昭公始昭公年十九卽位在位十一年歸氏薨時年已三十曷嘗少喪母是尙得爲孔子言乎篇中四言吾聞諸老聃石渠王氏曰此老聃非作五千言者非也漢初重黃老儒者欲託以取重謬援莊子妄謂孔子學禮於老聃則老聃卽李耳然孔子集聖之大成祖述憲章述而不作其言禮也曰不學禮無以立誠以天秩有禮不可斯須去身故雅言執禮非止如詩書講誦已也老聃倡創異

論欲復結繩而用之使民老死不相往來而詆禮爲忠信之薄道不同不相爲謀孔子何至向老聃問禮且聃楚人所著老子以弱勝强以柔勝剛以德報怨卽孔子所謂寬柔以敎不報無道南方之强也史記老莊列傳老子者楚苦縣厲鄉曲仁里人也苦縣在今河南歸德府鹿邑縣有苦縣城春秋屬宋戰國屬楚如以聃爲楚人則當生孔子後惟以聃爲宋人則與孔子同時孔子微服過宋何暇與聃問禮史明習掌故官多世職聃生於宋何緜爲史於周況失道而後德失德而後仁失仁而後義失義而後禮古無此邪說韓昌黎曰凡吾所謂道德云者合仁與義言之也天下之公言也老子之所謂道德云者去仁與義

言之也一人之私言也忞按杜撰何曾躬覽史籍致孔子見而問禮而道家者流競稱其騎青牛過函谷關關尹喜望紫氣而迎之周自平王遷洛關中概爲秦有則聃入關適秦非必爲周柱下史孔子西未遊秦無緣見聃問禮而曰吾從老聃助葬於巷黨是尙得爲孔子言乎聃言史佚葬下殤經無可考而金革無辟魯公伯禽有爲爲之鄭康成註徐戎作難喪卒哭而征之急王事也孔安國多方傳周公歸政之明年淮夷奄又叛魯征淮夷作費誓成王親征奄周公作誥故孔穎達言伯禽居母喪王伯厚曰左傳殽之役晉始墨若伯禽行之則晉不可言始矣詳玩誓詞并無臨喪出軍萬不得已之意蓋誤以秦誓晉襄公

墨經敗秦事實加之費誓魯公是尙得爲孔子言乎夫孔子大聖曾子大賢子游子夏亦皆聖門文學賢者漢儒何爲誣罔若是噫我知之矣漢文帝恭儉退讓懲亾秦之苛暴節取老子之長而善用之海內富庶斷獄數百學者不能議其非遂以孔子附之而不知道一而已天不變道亦不變也漢儒之陋也而又恐天下後世眞以爲孔子師老聃於是取其事之失實而舛於理者箸之此篇令有識者得以知其謬漢儒之狡也所言變禮未必無傳於古足以爲法將來然賈誼痛哭流涕疏陳政俗冒上無等則以老務淸淨無禮節以興教化故也烏容任其荒誕而不辭以闢之論語或問以德報怨其言同老子孔子折以何

以報德而告之以直報怨以德報德卽此一言矯情悖理孔子不取何獨於禮再四誦其所聞

五齊三酒考

戴醇

酒正掌酒之政令辨五齊之名一曰泛齊二曰醴齊三曰盎齊四曰緹齊五曰沈齊辨三酒之物一曰事酒二曰昔酒三曰清酒鄭註泛者成而滓浮泛泛然醴猶體也成而汁滓相將盎猶翁也成而翁翁然蔥白色緹者成而紅赤沈者成而滓沈事酒酌有事者之酒昔酒則今之醳酒也昔酒今之酋久白酒所謂舊醳者也清酒今中山冬釀接夏而成賈疏事酒冬釀春成竊謂五齊酒之釀而不煮者故皆有滓三酒酒之釀而已煮者故皆耐久事酒因事而造旬日可成約以鄭註清酒冬釀夏成則賈疏冬釀春成其昔酒歟司尊彝云鬱齊獻酌鄭註讀獻爲莎

當讀如字盎以鬱鬯其齊清香但臨獻而酌之也醴齊縮酌鄭註泛從醴謂醴齊以上其齊渾濁必當時以茅縮之而酌也盎齊涗酌鄭註緹沈從盎謂盎齊以下其齊明潔皆先時以清酒涗之而酌也凡酒滌酌事酒昔酒清酒爲凡酒其酒清湛第隨時洗滌其尊而酌也乃鄭註引郊特牲縮酌用茅明酌也謂明酌爲事酒醴齊取之以泲則以事酒涗醴矣醆酒涗於清謂醆酒卽盎齊涗以清酒則以清酒涗盎矣汁獻涗於醆酒謂汁獻爲鬱齊以醆酒摩莎泲之出其香汁則以盎齊涗鬱矣舊澤之酒讀澤爲醳以爲昔酒則盎齊涗清又涗昔矣不知縮漉也涗和也醴齊糟酒混淆縮之以茅則酒分明可酌故曰明酌汁

獻亦卽醴齊正鄭註所謂汁滓相將者縮去其滓汁可酌獻故曰汁獻當其未縮涗以淸酒乃成盎齊澤通釋讀作釋考工記水有時以澤糟化成酒猶冰之釋而成水舊澤之酒謂淸酒已熬糟釋已久涗之汁獻而成醆酒是以舊澤之酒釋其糟也記禮者輾轉詮解盎謂醆酒之涗於淸原以汁獻涗之成於醆酒猶是未縮明酌已釋淸酒相與釋糟爲酒而成醆酒於舊澤之酒也則醴酒以淸酒涗之成盎齊非謂盎齊已成涗於淸也鄭註不以明酌汁獻屬醴齊而分明酌爲事酒汁獻爲鬱齊且以舊澤酒爲昔酒夫鬱齊和鬯固不必涗以醆酒醴齊但縮而不涗無煩事酒盎齊以汁獻涗淸何有昔酒若五齊之用鄭註以

二祼合九獻謂祼用鬱朝用醴饋用盎則五齊止用二齊矣王氏應電謂五齊三酒非虛設引禮運醴醆在戶粢醍在堂澄酒在下亦以二祼合九獻謂朝踐二獻王用泛齊后用醴齊饋食二獻王用盎齊后用緹齊酳尸三獻王用沈齊后用事酒諸臣用昔酒淸酒不獻諸臣用以自酢雖禮運醴粢字互有誤移易醆粢未爲不可然祭統言宗婦執盎夫人薦盎禮器亦言夫人薦盎豈王祭則盎獻於王不獻於后諸侯祭則盎薦獻於夫人不獻於君乎郊特牲言涗齊與明水爲貴新涗齊指盎又言凡涗新之也兼指沈緹皆以淸酒浸漬應候而變新酒出也何以沈齊獨供酳尸且齊以奉神故齊不貳酒兼飲人故酒有貳何以齊有五四獻而一酳酒有三二酳而一酢割裂牽湊未免近鑿惟以十二獻備五齊三酒而用之則醴醆在戶醴當作粢粢從米祭盛曰粢米之精潔者也泛齊米糟初泛故名粢朝踐三獻在堂上近室戶王粢后醆故在戶粢醍在堂粢當作醴醍卽緹齊饋食三獻在堂中當楹閒王醴后醍故在堂澄酒在下澄卽沈齊朝踐堂上饋食堂中諸臣酢澄尊皆附下故在下由是第之酳尸酬尸各三獻王事酒后昔酒諸臣淸酒合以五齊一泛二醴王酌以獻三盎四緹后酌以獻五沈諸臣酌酢葢以酒之成作先後序尊卑辨等威焉故曰禮者天理自然之節文也予因之憬然悟矣內則飲重醴有稻醴黍醴粱醴皆淸糟幷陳

則以三醴未熬有糟可食也酒但言酒淸白則以三酒已熬無糟可設也月令大酋監酒特言秫稻必齊秫稻糯也非酒材之最美者乎嘗見釀秫者醱缸而糟泛泛齊也醪甕而釀甜醴齊也醅以釃燒始而酒溢色白盎齊也繼而色縓轉赤緹齊也已而糟淨化澄沈齊也俗謂之糯米醐自其醴倂糟而熬之新則氣烈而芬事酒也久之味厚而陳昔酒也又久之色洌而澈淸酒也俗謂之糯米燒然則禮經釀法先民傳授至今與酒尙存也其如人日飲而忘之何哉今俗祭祀用水酒不用燒酒水酒卽糯米糊漉之最清而似水者古之齊酒葢猶有官禮遺意

樂記考

戴醇

劉向別錄樂記十一篇樂本第一凡音之起由人心生也至則王道備矣樂論第二樂者爲同至則此所與民同也樂施第三昔者舜作五絃之琴以歌南風至故先王著其敎焉樂言第四夫民有血氣心知之性至是以君子賤之也樂禮第五王者功成作樂至故聖人曰禮樂云樂情第六樂也者情之不可變者也至然後可以有制於天下也樂化第七君子曰禮樂不可以斯須去身至先王之道禮樂可謂盛矣樂象第八凡姦聲感人而逆氣應之至則所以贈諸侯也賓牟賈論大武第九賓牟賈侍坐於孔子至則夫武之遲久不亦宜乎師乙論歌聲第十子

貢見師乙而問焉至故不知手之舞之足之蹈之也文侯𦒱古今樂第十一魏文侯問於子夏曰至彼亦有所合之也前後次第與今樂記異史記樂書引之亦互有異予嘗熟讀而深思其義自首至尾乃一大篇文字前分四段後引四古人言亦分四段以證之凡音之起由人心生也至則王道備矣爲第一段言樂生於心樂者爲同禮者爲異至故聖人曰禮樂云爲第二段言樂根於禮昔者舜作五絃之琴以歌南風至是以君子賤之也爲第三段言樂象乎治凡姦聲感人而逆氣應之至然後可以制於天下也爲第四段言樂章乎德魏文問於子夏曰至彼亦有所合之也爲引古人第一段證第四段樂章德賓牟賈侍坐於孔子至則夫武之遲久不亦宜乎爲引古人第二段證第三段樂象治君子曰禮樂不可斯須去身至先王之道禮樂可謂盛矣爲引古人第三段證第二段樂根禮子貢見師乙而問焉至故不知手之舞之足之蹈之也爲引古人第四段證第一段樂生人心若此者順逆相承終始相應一氣傾注脈絡分明其中精語如天高地下萬物散殊而禮制行矣流而不息合同而化而樂興焉固爲朱子所擊賞而物至人化滅天理窮人欲切指道心人心剖析人禽幾希之界盍記禮四十九篇大學中庸極爲純粹而此居其次

佾考

戴醇

朱子論語八佾註每佾人數如其佾數本杜預註天子用八八六十四人諸侯用六六三十六人大夫四四十六人士二二四人又註或曰每佾八人則本服虔天子八八至士二八之說夫舞所以節八音必備八人以成列降殺以兩者減其二列也若一列復減二人士止四人豈尙成樂朱子疑舞位必方故先杜後服而兩存之考左傳鄭賂晉侯女樂二八秦賜由余女樂二八不以四四爲文而稱二八則舞列必八人新聲女樂且然何況廟廷古樂而昭公二十五年將禘於襄公萬者二人其衆萬於季氏二人不可萬舞人當作八二人乃二八之訛

蓋魯侯六佾當六八季氏四佾本四八季氏意如取公四八合己四八以舞八佾故萬於襄廟者僅留二八也林堯叟謂孔子謂季氏八佾舞於庭恐指其事則季氏忍於奪公佾以充私佾上僭天子罪不容誅矣虞書舞干羽于兩階樂記五成而分周公左召公右歌樂在堂舞樂在庭庭中當兩階下天子八佾左四列右四列列各八人其位方若諸侯六佾左三列右三列大夫四列左二列右二列士二佾左一列右一列列各八人則位不方然周禮小胥正樂縣之位王宮懸諸侯軒懸卿大夫判懸士特懸宮懸四面其位方軒三面判二面特一面位皆不方舞人在列如樂器之在懸天子懸四面象天子之奄有四方故其舞位方天子而下懸遞缺其一面則其舞位亦不宜四面成方致與懸位異也

漢長沙零陵桂陽武陵四郡地考

鄒漢勳

兩漢荆州七郡而江南居其四曰長沙零陵桂陽武陵上世統謂之江水山海經曰祝融降處江水今衡之祝融峯是矣大戴禮記曰元囂降處江水是爲青陽案始皇本紀荆獻青陽以西於秦漢書鄒陽傳越水長沙還舟青陽今茶陵是也虞夏謂之九江書曰九江納錫大龜山經曰洞庭山在九江春秋謂之江南劉向書申無宇爲江南令左氏春秋楚子田江南之夢皆目是也戰國謂之洞庭之野亦謂之洞庭五都亦謂江旁十五邑而貨殖傳項羽本紀揚子方言諸書又謂之南楚江中沅之閒沅澧之閒九嶷之野江潭之閒一江南之地而數易其名學

者幾無從而考證漢與始置四郡其名最著其地皆可考也案漢書地志長沙郡秦置漢爲國莽曰塡蠻縣十三逸周書長沙國周成王時獻鼈國策亦有長沙之目知長沙之由來久矣其十三縣臨湘今長沙及善化羅今臨湘連道今湘鄉益陽今益陽下雋今巴陵攸今攸縣酃及承陽皆今衡山湘南今湘潭昭陵今邵陽茶陵今茶陵州安成今吉安府後漢書無酃承陽有醴陵今醴陵容陵兩漢皆有沈志無晉書亦無左氏春秋許遷於容陵杜元凱注地闕解者以爲今華容則此容陵亦當爲華容矣零陵郡武帝九年置莽曰九嶷縣十太史公書舜葬蒼梧曰零陵山海經亦載其事則零陵之目自舜起也其十縣零陵今全州及湘源營道今道州始安今興安及臨桂夫夷今新甯營浦今永明都梁今武岡泠道今甯遠泉陵今零陵史表作衆陽洮陽今東安鍾武今衡陽後書爲重安別有湘鄉昭陽烝陽烝陽故屬長沙湘鄉今湘鄉昭陽今邵陽前書表湘鄉侯昌封十一年免昭陽侯賞封四年免故志不箸後漢迺常爲國云桂陽郡高帝置莽曰南平縣十一應劭曰桂陽以桂水名或曰桂山卽水經注所云桂水出桂陽縣北界山者山海經亦有桂山則桂陽雖仿於漢而桂山之名自伯益時已然矣其十一縣郴今郴縣及郴州臨武今臨武便今永興南平今藍山耒陽今耒陽桂陽今連州陽山今陽山曲江今曲江含洭及湞陽皆今

翁源陰山今攸縣後書無陽山有漢甯今興甯武陵郡高帝置莽曰建平縣十三續漢郡國志曰秦昭王置曰黔中高帝五年更今名勳謂史記秦昭王三十年拔楚巫黔中三十一年秦所拔江旁十五邑反復爲楚則昭置黔中僅一年耳故班酈之楚詞曰朝發辰陽兮夕宿枉渚又曰入漵浦兮余邅徊則武陵之闢久矣其十三縣索今武陵及龍陽孱陵今公安臨沅今武陵沅陵今沅陵鐔成今靖州無陽今芷江遷陵今保靖辰陽今辰溪及麻陽酉陽今永順義陵今漵浦佷山今長陽零陽今澧州充今酉陽州後漢無無陽義陵改索爲漢壽刺史治焉別置沅南今桃源作唐今安鄉佷山度屬南郡又前漢書表路陵侯童

史記作洛陵侯章其邑卽今溆浦縣城側之洛陽城也龍陽侯陳置署卽晉地道記龍陽縣亦今之龍陽縣也二邑皆當屬武陵志不箸者無久卽廢耳此四郡地之大略也而疆域亦可按而知云重安故城在今衡山縣西水經云湘水北過重安縣又北過酃縣是二縣接壤也酃縣故城在今衡山縣西十里是長沙之南垂與零陵之北界皆在今衡山也昭陵故城在邵陽縣城北二里是長沙之西略兼有今寶慶地也昭陽故縣在今邵陽縣南五十里俗謂之故州都梁故城在今武岡東而二縣皆隸零陵知長沙之西亦不越今邵陽矣水經湘水至巴丘入江猶屬下雋知長沙之北境包今岳州也零陵之地爲今永州南

兼全桂內薄衡陽西該武岡城步新甯與今靖州鄰東盡甯遠與桂陽州接壤桂陽之地該郴桂之全北入攸縣南越嶺有連韶諸州皆幅員近千里而武陵則又最廣漢書辰水出三山谷今銅仁之梵淨山無水出無陽行八百九十里則今都匀鎭遠皆屬無陽矣沅水出鐔成西則今黎平盡屬鐔成矣充縣酉源山酉水出今在四川酉陽州則武陵之地西踞貴州半省北規湖北施南四川酉陽南盡嶺內有辰沅靖永順常德澧州永綏鳳凰乾州晃州四廳二州四府故武陵爲雄郡南北之瓜分也且爲武州矣此其疆圉之大較也

屈子生卒年月考

鄒漢勛

勛寓于新康學舍同縣鄧湘皋先生以考定屈子生卒事相屬并出巴陵方并亭塈屈子生卒年月考勛讀之見其詖爲可憑但引據或未確持論或未精譚歷法又及高春遲疾贏縮之事意欲求精不知反不合於古於是發憤成此篇夫欲考屈子之生卒必先定作離騷之歲月案史記屈原列傳原名平爲楚懷王左徒上官大夫讒之王怒而疏屈平平憂愁幽思而作離騷劉向新序屈原者名平楚之同姓懷王用之秦使張儀之楚貨楚貴臣上官大夫靳尙之屬上及令尹子蘭司馬子椒內賂夫人鄭褎共譖屈原原遂放於外乃作離騷張儀因使楚絕齊許

謝地六百里考張儀去秦相楚詐楚絕齊皆在懷王十六年則原之見放作離騷必是年也離騷曰及榮華之未落兮相下女之可詒又曰及年歲之未晏兮時亦猶其未央又曰及余飾之方壯兮周流觀乎上下王叔師注於前曰及年德盛時中曰冀及年未晏晚末曰願及年德方盛壯以是徵之則作離騷之時屈子年方壯也惟老冉冉其將至兮似非壯年人所宜語然叔師注引論語君子疾沒世而名不稱焉下繼之曰屈原建志清白貪流名於後世蓋志士惜日不覺其年之方富也況冉冉訓漸漸見五臣文選注曰將曰漸漸皆望而未至之詞則離騷爲屈子壯時所作明甚夫是則屈子之生年可考矣離騷曰攝提貞於孟

陬兮惟庚寅吾以降尗師注大歲在寅曰攝提格孟始也正月爲陬庚寅日也言已以大歲在寅正月始春庚寅之日下毋之體而生據是則屈子故以寅年正月庚寅日生也考楚懷王十六年周王赧二年也其年龍在戊申前七年爲愼王二年壬寅前十九年爲顯王三十八年庚寅前三十一年爲顯王二十六年戊寅前四十三年爲顯王十四年丙寅前五十五年爲顯王二年甲寅壬寅則太幼甲寅則非壯盛（記曰五十始衰故曰非壯盛）皆不必疑惟庚寅戊寅丙寅三者難定耳續漢志甲寅歷於孔子時效己巳顓頊秦所施用漢興草創因而不易至元封中迂闊不審更用太初又曰甲寅己巳前已施行效後格而不用甲寅卽殷

歷是孔子時用殷歷秦時用顓頊歷六國承孔子之後則用殷歷可知矣殷歷魯元公四年正月（天正也）己酉朔旦冬至弟十六蔀首也其年靑龍甲寅卽考王十四年也魯康公四年正月（天正也）戊子朔旦冬至弟十七蔀首也其年靑龍庚午卽顯王十八年也顯王十四年丙寅入弟十六蔀七十三歲人正大庚戌朔月內無庚寅顯王三十八年庚寅入弟十七蔀二十一歲人正小辛酉朔月內亦無庚寅惟顯王二十六年戊寅入弟十七蔀九歲人正大庚午朔庚寅爲月之二十一

湖南文徵卷三十七

湖湘後學集編

辨一

三代制產及孟子策滕辨

何文麃

問夏禹商湯周武皆聖人也其仁民一也而三代制產之法各殊且畝起於尺夏尺較商則短周尺較商頗長則夏之百畝不敵周百畝之闊也況減半乎抑夏禹以揖讓而王後人且尊稱爲帝湯放桀有慙德武伐紂而作誓以言乎德之優似乎武不及湯湯不及禹矣乃何以爲民制產夏則五十畝殷則七十畝周則百畝似乎夏反嗇而周獨厚也此何以故不知井田肇乎

軒帝至陶唐爲九年洪水所敗舊之封樎皆爲淖濘禹以八年四載之勞僅得爲民除害故以后稷之教稼而井里尚未開卽後七十年嗣登天位每夫授以五十畝艱食之有資恩勝百畝矣民閒歷二百年而十畝有墾民俗亦漸化故終夏四百年至商而二十畝可加每夫授以七十畝而井田助法可行矣又每歷二百年而十畝有墾民俗諠漸化故終商六百年至周而三十畝可加每夫授以百畝而井田徹法可行矣此二代處勢之變而用恩之一也獨計滕乃文王子武王弟滕叔繡之後而孟子對文公爲國之問不導以法祖行本朝之徹而乃欲倣行先代遠年之助法又何以故盍自東遷以來大家世族兼井田畝

富者日富貧者日貧至商鞅廢井田而開阡陌則蕩然無遺矣一旦翻行井里之舊而均之貧者固樂其有田富者深恨其奪業欲免怨之不能尙可强之通力以合作乎卽勸諭以行助法誠云上矣助行之久而徹可漸復矣若都鄙用助法是欲以周之百畝而行商之助也鄉遂用貢法是欲以周之百畝而行夏之貢也助雖倣商而兼貢於夏授田則祖周之百畝是又通三代以爲法矣若曰都鄙授七十畝爲助鄉遂授五十畝爲貢不幾啟民人之怨乎

歷法辨

何文麃

客問未來歷法久經前定確當無遺而通徹教師改歷易法歷可改否新法亦果確當否予曰愚草莽臣學疏識謭安敢非之又安敢一意是之乎客問故予曰自黃帝命容成作歷而唐帝咨羲和置閏歷代屢更不一法及元郭守敬歷爲最善且新改未久故明之初因之而未敢遽革也若久而漸差烏乎不改客曰若是則今之新法確當不可以易乎予曰否否周天三百六十五度四分度之一夫天何嘗有度數之分天行疾以日行每日一周天所不及之餘之廣而遂立爲一度歷三百六十五日四分日之一而退合一周故有是名數天體渾渾初非有額限

也猶地之里分自門外起該幾許遠爲一里又該幾許遠爲二里若在一里之中起則必至二里之中爲一里也亦初非有畫額在何地也然必三百六十五度四分度之一乃能與日合算而永爲信歷今通徹之法另改周天全體爲三百六十全度而無五度一分之名度可改日不可改以三百六十全度而合之於三百六十五日三時是每日一度而有零差也古人於八十三年差一度而前後屢更差法以六十六年求其合尙憚其難今每日有零差是三百六十五日三時之中日日有差法也瑣碎不可勝籌矣烏可久哉古人未立差法遂至有六十六年而退一度之差今既立差法雖經數百年亦可以相去不遠謂有

毫釐之或差則可而通微謂明經三百年已差四度不言其合差不亦謬乎元郭守敬之分節與氣每一十五日二時五刻而遷交非不知地氣有高下早晚之不同也但立中道以示人使地方之過者俯而就之不及者企而及之爲易從也而通微之法則以冬至後陽生其氣速而每節漸推而過前夏至後陰生其氣遲而每節漸退而縮後且使十二次俱因中氣以隨遷此固所轄日時長短之不同而躔次亦亂也然每月下既立總節矣又列橫圖以分各省節氣之早晚似乎詳且密矣然月節與橫圖兩殊不亦自相刺戾乎且各省異節固然矣獨不思各府各州縣各鄉都亦皆有地氣高下早晚之不同乎若欲分之愈

不可勝言矣至如倒觜宿於參宿之後或疑參主北滿故尊而移之於前予獨辨其移之之意蓋觜星無度坐參之內度以爲度而漸近於東故通微奏　聞移參於前移觜於後也獨不思日下之參觜可移而日月火水木金土之定序終不可移乎舊法每日百刻每一刻分六十分每日十二時每時八刻已該全刻九十六其餘四刻每一刻分布於三時之中故前初初刻十分後正初刻十分合三時之初初正初其六十分爲一全刻也今通微之法則分一日爲九十六刻矣每刻作十五算而每時爲八全刻無餘分乃畫晝夜之長短用爲定例由是節氣之遷交太陽之出入存初初正初之名而異其實藏初四正四之實

而革其名二三異次前後不齊詎不巧哉由是五者言之固不能經久而無弊也客曰然則舊歷當矣朔晦之更爲謬矣曰此亦未足議也　清未定鼎以前崇禎甲申尚行舊歷先頒七月朔丁亥及四月後宏光嗣位改六月晦丙戌爲七月朔時予先君尚存因疑而問之荅曰曾見萬歷以來亦常有改葢前定歷乃一時推算預刊行以備後人之用未必纖毫之盡合及後細推精確然後更定此是常事故吾亦曾察萬歷閒老書前定歷有二等刊本之不同崇禎辛未冬亦曾改閏故今有兩種刊本也崇禎辛未閏十一月小十五日小寒節改三十日大寒氣爲後月朔前三十一月後三十三月此不合法閏月有節而無氣

前編閏十二月小有十五日立春節而無前中氣前後各三十二月惟此月爲適中前定此月爲閏者似當是也然必月行退疾合朔躐前故改前月小以爲閏也今通微之立閏亦有節而無中氣與舊或同或異則又節氣前後推移之不同也亦猶前代或閏於歲終或閏於亥終也姑不具論而晦朔之更則是矣何以知之合朔之時刻不爽也薄蝕之變應不忒也故知其是也夫是以用而行之也客曰然則歷有足用可以永行之矣曰否否近閱所選歷法諸策惟頌揚通微之精當而無所訾議雖連篇累牘予終未敢首肎惟讀盛符升策藝頗合吾意而尚有未可據爲定論者其說謂通微之法在今日者無一不應其法

固密然無有百年不變者歷也故推算之法合於已往者易合於將來者難此語誠然但又謂聞之蔡氏之說曰造歷之家當使天運應差之數逆算之於造歷之時則有以差數爲正數者其法精密而無獘後之學者因正差之數以定算因始終之算以定法其在今日受事之人乎此語則未可據也何者子思子曰及其至也雖聖人有所不知歷法以人合天而星辰進退游移致度數之廣狹前後古今屢驗不一上古固難稽矣卽如觜之一宿晉書云魏益州廣漢入觜四度越嶲入觜三度是觜在晉尚有四度及後漸狹而爲一度爲半度爲二十五分爲無度甚至借參之初度爲觜之一度半度與二十五分也何者今觜

居參度自古二十五分之數實參之借度也猶兒童坐成人之身坐位者成人也非童子也周公負扆而朝諸侯坐位者周公坐周公身者成王也事屬之成王則稱成王不稱周公矣夫星度以紀日月五星之行次設紀行次於觜度之三四古有之而今無之則無三四度可紀也此星度之廣狹古今不齊非若五星四餘之有成迹舊例可逆推者游移不定人固不能測之也又何可以精確爲萬年不變之歷也哉古人隨時考驗修改以與天合良有以也若夫通徵之法謬戾尤多當更難久矣客曰子又何每稱通徵之善也予曰居是邦不非其大夫況　天室大臣新撰以爲時王之制愚草莽臣學識謭陋又安敢非之乎然請觀我所審用則知之矣侯亞公曰湯若望歷法各省節氣時刻依地經度列之者今吾兒乃謂以陰陽遲速之氣不同豈不失彼立法之原乎予曰吾固見新歷之法矣謂各省日出入及晝夜長短時刻悉依北極高度定緯所列各省節氣時刻悉依地之經度所列然歲差里差博物典彙諄諄言之矣但節氣時刻以地之經度列之非晝揆之以日則夜揆之以星而後可定地之經度也試問節氣之遲速不在陰陽之氣而在日影星光中可測之否此明賢所謂奸也豈但天主之說哉亦不但此也其大者次舍之分在天別有明界非以地理爲則今通徵之法太陽過宮一則順天每月中氣時刻爲次舍之分也以爲尊

京師則得之矣謂十二次舍之分舍茫茫大地一準於燕土爲宇宙之通理乎且地支中巳屬火辰屬土不可紊也如吾郡入軫六度舊列在巳宮爲楚之分野今則裁改爲辰宮爲鄭之分野矣問我桂陽是鄭地否乎向之屬火度者今屬土度矣有是理乎雖歷代之所分次舍各殊未有若是之甚者也況天漸差而東歲漸差而西代有明驗今每歲一以每月中氣之時刻爲太陽過宮之時刻將所謂每歲差十四秒者何在七十年間將差退一度今每年以中氣爲準如新法大寒中氣日在丑牛一度今以每年此日度爲入子宮元枵之次二千年後大寒之期日必差退在寅箕度漸及丑宮度而亦曰大寒後日躔元枵

之次是以丑寅宮爲子宮也可乎此必不可宗者也或者曰新法立差十四秒每歲節氣漸差而後以與日合予未暇深算也予曰然則節氣日遲而陰陽之氣又差二千年後未冬至而日已北旋未夏至而日已南轉大寒中氣必差遲在寅月之中當名曰雨水正月中而以此寅月雨水中氣立爲丑月大寒中氣可乎此必不可從者也當必日自日而節氣自節氣各分推算然後可予固曰通微新法未敢一意是之也

予作此辨後至丁未戊申己酉三年果復改用舊歷

歷代分時刻法自黃帝及周有挈壺氏以百刻分晝夜漢哀帝時改爲百五十刻梁武帝改爲一百八十刻唐後遵古制則仍爲百刻至於今　淸初乙酉年止順治三年丙戌用西洋法造歷每一時八刻整齊一日十二時則每日一晝夜分爲九十六刻矣

五合辨

何文麃

每五年而六十花甲月乃周每五日而六十花甲時乃備周而復始備而後配故甲與己日其時皆起於甲子甲與己年其月皆起於丙寅此甲所以與己合也一陰一陽謂之道一夫一婦成其室甲陽而己陰也甲夫而己婦也此甲所以與己合也合則能通通則能變變則能化化則能神十二生肖莫神於龍辰也者亢龍之所居也故辰爲龍甲己之年月逢戊辰甲己之日時逢戊辰戊也者中央土也其色黃是爲黃龍龍能變故甲與己合則從龍而化爲土也此所以合通變化以入神也推而言之乙與庚丙與辛丁與壬戊與癸其合其化皆同也夫倡而婦隨土者甲之財也甲與己合爲横化夫暱婦而化爲土也是爲化財金者庚之比也庚與乙合爲平化夫樂婦而化爲金也是爲化比水者丙之官也丙與辛合爲縱化夫引婦而化爲水也是爲化官木者壬之子也壬與丁合爲順化夫交婦而化爲木也是爲化子火者戊之父也戊與癸合爲逆化夫牽婦而化爲火也是爲化父因五行而轉爲六親此所以合通變化以入神也不然我勝則威勝我則畏勢每至於相離而胡以十干逢尅而反合哉觀乎此而轉以知水火金木土穀六府之序五行相尅而後能生五穀也其初相生以成體而其後相尅以爲用也

興甯縣志辨誤

何文廌

興甯舊志曰興甯本郴縣地晉改曰晉甯縣隸桂陽郡陳廢入郴縣近年邑令雍邱耿公念劬重修縣志曰郴志稱漢高五年分長沙南郡爲桂陽郡領郴便耒陽臨武南平含涯曲江陰山湞陽十一縣云云又稱晉天福閒改郴州爲敦州郴縣爲敦化邑志謂晉改曰晉甯無敦化名且又謂陳廢入郴縣則別有郴縣又按史記項羽徙義帝於長沙之郴縣則縣疑不自漢始矣廌閱彼縣志耿公之說如此葢未知時地之兩有別也漢高帝分長沙南境爲桂陽郡是吾蓉城也其十一縣中之郴縣即今郴州也今興甯縣當日爲郴縣地非爲郴縣官治也郴縣自漢

及兩晉皆屬於我桂陽在唐則合我桂陽總爲郴州以城內爲附郭郴縣至五代晉天福閒始於我郡分爲兩境以東境爲敦州以附郭郴縣爲敦化以我西境立爲桂陽監自郴人不服言前屬於我郡作郴志以漢晉冒我郡名使人疑今郴城爲當日桂陽郡城一不明也而我郡東北立晉甯縣在前西晉武帝太康元年庚子葢緜亙至今興甯縣地與今常甯縣地而立之也其地甚闊故得立王於其中及陳乃廢如天福則在唐後之五代石晉也相去六百五十七年興甯之改晉甯在前晉郴縣之改敦化在後晉而地亦非一定耿公未察五代晉之後無陳而誤以天福爲前晉又未知郴志之冒名自諱宜乎辨論之弗明也

孝經辨

何文廌

孝經之本有三而時以朱子定本爲準明末江旭奇孝經疏義謂朱子未嘗改訂此語信然葢大全多閨門章從孔壁所藏古文豈有誤哉顏芝本十八章而字句稍異今文之闕也少閨門一章則唐司馬貞之秉筆以宮闈多穢避忌而刪之者猶無怪也至如朱子孝經本割裂牽合以分經傳朱子何嘗有此意觀朱子之解論孟千駟章二句脫簡而不移自范章三字衍文而不削則其意可知也然竟有改本行世乃後人欲假託以傳故借朱子名以更訂之究竟自己之名不傳徒致朱子之心難白也不知經傳之分在大學一書則可如此論孝之書既以經爲

名矣又何傳之足云觀女孝經之做例亦可知矣況聖人所作爲經賢人所作爲傳此經文皆孔聖之筆又何傳之分哉朱子豈不見及此乎崇禎初江旭奇奏疏曰臣與朱熹同鄉幼之傳誦實惟今文如熹果有刊誤鄉人豈不知之即熹族孫吾彌表章熹生平著作幾至充棟何亦未之及也吾觀此語則謂學者當以古文考異疏義爲準無疑也至如衍出三章則吾未之見矣

冬官辨

秦火之後漢興除挾書律周官乃徐出漢儒以考工記補冬官之闕或曰冬官散見五官原未嘗亡自不必補或曰此周公致

政七年後所作乃未成之書亦不得而補三者孰是孰非乎予謂二說不可偏廢而考工記自另作一書也周官三百六十舉成數言耳然則每官各六十亦概論成數也蓋周公初作未成之書是以冬官之門未立而雜附於五官之中而五官有溢於六十數之外也若當日更定次序摘彼入此則書成矣惟其初作而未成是以此闕而彼溢也而公孤之職亦未有也猶今人作書起草立見未定然也若謂官數三百三十未足六十之數爲有遺漏未編入者則可謂當日立制必以三百六十爲準是拘也夫天度尚有零餘前代之官則甚不足豈以三百六十爲定議哉蓋一事立一官一官司一事豈周政恰以三百六十事

爲定律無有餘不足之數哉吾故曰三百六十者舉成數言也

書序辨

書序出孔子壁中孔安國未嘗言孔子所作劉歆班固謂孔子作序誤矣先輩注解皆云不知作自何人愚謂孔鮒孔騰兄弟也皆爲博士當藏書之時未必不相商恐後人之失旨因作序並藏之上則挾書之律嚴下則刀筆之工繁倉卒之閒豈無一誤此書序中所以有不合於經旨者也碧梧陳氏謂爲史氏之筆尙書百篇豈一史官所作乎帝魁以下之書千篇刪去九百僅存百篇出自孔子之手存之於家史官又何從爲作序乎

虞仲辨

周逸民有虞仲者仲雍之次曾孫也宋鄭樵作通志氏族略有曰荆蠻之人義泰伯從而歸之千餘家以爲君長泰伯卒無子仲雍立至武王克商求泰伯仲雍之後得仲雍之曾孫周章已君吳矣從而封之爲吳子追封泰伯爲吳伯又別封周章之弟虞仲於虞皆爲諸侯鄭樵本歷代相承之遺書纂而爲氏族略以首冠通志必有確得其實者由此觀之是虞仲者乃虞國肇基之祖也以其爲弟而封虞故號爲虞仲論語列於逸民指商季未受封時言之也解逸民章者以隱居放言之虞仲即仲雍雖本於吳越春秋誤矣仲雍在夷齊前若謂虞仲是仲雍記者何以列其名於夷齊後哉

日永短辨

世謂日之有長短以地有升沈之不同殆非也蓋北極出地三十六度南極入地三十六度春分秋分之日出於卯入於酉升於天而南淪於地而北然高深皆均故日夜均也冬至陰極然陰始生於午所以日行南方出於乙入於庚升於天則極南而低淪於地則正中而深日之耀於上者少故日短夏至陽極然陽始生於子所以日行北方出於甲入於辛升於天則正中而高淪於地則極北而淺日之耀於上者多故日永也

舜卒鳴條辨

史記云舜崩於蒼梧之野而孟子謂卒於鳴條者何居蓋卒之

爲言終也非謂死也不然天子曰崩大夫曰卒孟子何以不言崩而言卒哉

三十六宮辨

三十六宮乾三坤六九也震五巽四九也坎五離四九也艮五兌四九也合四九爲三十六宮矣若乾一兌二離三震四之説則兌二乃第二宮非分爲二宮也離三乃第三宮非分爲三宮也柰何以虛數算爲實宮乎未是

月食辨

月之食也朱子謂之闇虛謂日光正對乎月而衝射成暗猶燃燭於桌下四外皆明而桌底當燭焰之上衝則成黑暗也此由

沈括日耀月明之説而生此論予謂不然燭有尖長黑氣煙焰則衝而黑之也其理固然日如金丸銀彈極最圓團周圍環照六合圓光無尖長之黑氣煙焰何由衝射乎月而成暗乎況中隔以大地卽使日有尖長黑氣煙焰而月之明暗斷非由於日之照耀衝射也況歷數家推算日月之食原因首尾二星又云金星水星出早爲日食爲月掩分杪各處不同然日有連月兩食者一則爲羅計所迫一則爲金水所變耳至如月食天下分杪皆同而食數之多寡不過以日相對爲推算耳茫茫大地相隔月光斷非自日星而月食亦斷非自日衝射而成也其爲羅計之肆兇無疑矣

入軫六度辨

段巘生

按軫十七度舊經距極九十度唐書距極百度又考太微左上相在軫六度三十分距極九十度三公三星左第一星在軫六度八十分五諸侯五星左第二星在軫六度距極六十一度今桂陽州入軫六度常甯縣入軫六度中百分度之二十一分七千八百九十九萬餘五百四十三秒太

按漢時常甯卽耒陽地隸桂陽則漢費直蔡邕及魏太史令陳卓所分度數皆從桂陽無疑至晉則三國吳時早已分長沙地爲衡陽湘東二郡又割桂陽之耒陽西南徼地以立新甯新平二邑矣而亦沿襲魏志止載長沙入軫十六度桂陽入軫六度

不及湘東衡陽者誠以衡陽內史今衡山縣及湘東郡所治臨蒸今衡陽縣皆漢長沙之東西二部地故仍從魏志而新平新甯二邑今常甯地地雖分屬於湘東星實同度於桂陽也今之桂陽州卽漢之桂陽郡常甯雖與桂陽同隸於衡而星野則仍入軫六度當太微五諸侯三公上相之閒其衡陽衡山等處應仍與長沙同入軫十六度蓋地雖分隸代殊星度則亙古不易而舊志以分野從郡者誤矣甯之廣輪包山林川澤以勾股法四週得絃通計積得五千八百七十五里開方筭之不過方七十六里五分以三百五十一里餘八十步爲一度筭之入軫六度不過百分度之二十一分七千八百九十九萬餘五百四十

三秒太自常甯至桂陽州治一百八十里山路曲折紆迴以勾股浛得絃一百二十八里亦相距在入軫六度中百分度之三十六分四千五百八十九萬二千六百七十四秒太旦然此止據各史所載臆度云爾若乃黃赤縱橫銖黍不差躔度分數微茫必辨則土圭測驗必有其器非敢以憑空妄擬也 聖天子睿學淵深明天察地聲教所被周於南極而遙固已玉衡準平叶四海無外之量行將老人星見兆萬季有道之祥矣豈僅翼軫明大而禮樂車騎之同風學校文儒之得所已哉

劉子驥辨

羅人琮

舊志所載太守劉歆往尋之語合太守子驥爲一人與淵明所記不合誠屬謬誤明暨陽陳公性學作八方亭記謂歆爲漢人以證其誤而引隱逸傳劉歆之子驥采藥衡山一說以爲淵明所指必此人夫劉歆典領五經卒父向前業在漢成綏和之年去晉太元時已四百餘年矣安有其子尚存者且劉歆不產南陽與淵明所記亦不合南昌人物載晉劉驎之都昌人字子驥直指爲桃源記中劉子驥驎之雖與周續之淵明爲潯陽三友於記中南陽二字無涉並非余攷晉劉驎之字子驥南陽人桓沖聘爲長史不就其時其地其名其人俱無可疑永爲定論至所稱太守原無指名姑斂以俟再考

南嶽衡山辨

彭維新

衡山之爲南嶽南嶽之居荆州南境自來無歧說漢武帝巡方始移南嶽之祭於廬郡之灊山此特一時權宜而南嶽衡山古今原有定在近有好事者撰南嶽考實竟謂灊卽衡嶽何其漫無考證邪稽之於經禹貢荆及衡陽惟荆州是荆衡二山專屬荆域灊不見於經度其地當在禹九州徐揚之閒於荆無與也又云岷山之陽至於衡山衡山巘嶂緜簇脈自岷山南來灊劃隔大江距九江（洞庭）敷淺原（廬山）尙遠於岷山之陽無預也周禮正南曰荆州其鎭曰衡山（鄭康成注大司樂云五嶽衡在荆州）衡於周之鎬京洛邑均直正南灊則迤東矣於正南又無預也爾雅釋山云江南衡

按江南江北之名昉於左氏指雲夢言非今日之江南也若灊則舊隸江南今在江北又於爾雅所云無預矣更證諸史史記封禪書云上至江陵而東登禮灊之天柱山號曰南嶽夫曰自南而東則非南矣曰灊之天柱則非衡矣曰號曰南嶽則本非南嶽矣子長漢武帝時人其言信而有徵班氏漢書所紀無異詞（至郊祀志云南嶽灊山則就移祀後言在郊祀言郊祀言各有當也）范蔚宗後漢書郡國志湖南侯國衡山在東南厥後諸史無少參差更廣參之諸家之說山海經云衡山一名岣嶁今惟衡有岣嶁峯徐靈期南嶽記曰衡山者五嶽之南嶽也名朱陵太虛之天踞離宮之鄉赤帝館其巔祝融宅其陽故名南嶽今惟衡有朱陵洞祝融峯羅含湘中記曰衡山度應璣衡天官書南宮朱鳥爲權衡今灊分野屬斗爲北宮之宿於權衡璣衡之義均無當也吳越春秋云天柱峯在九嶷東風俗通衡山本名霍山廣雅釋云天柱謂之霍山地理志霍山天柱在長沙湘南縣之南卽南嶽也然則灊之稱霍與天柱已屬假借而南嶽衡山之非灊可冒更不待言矣（王充論衡謂舜南至霍山亦以衡山本名霍山故耳至天柱稱山凡山之峻特者多被此名如餘杭壽陽平度太和樂淸南安皆有之惟九嶷之東湘南之縣爲南嶽衡山之天柱不可移易故舉衡可以統霍言霍不可以通衡）夫彝莫如經核莫如史遐蒐幽討莫備於百家之說於南嶽衡山均確鑿不易若此至山之大小崇卑雖婦女亦能辨之凡稱嶽之山以其高且大殊於衆山也衡山緜亙八百里巨峯七十二名泉三十八

巖洞溪潭不可殫計爲南服諸名山領袖故與泰華恆嵩竝峙宇內雖九疊之匡廬四百三十二峯之羅浮猶類居支輔況灊山乎此必誤讀爾雅及郭璞註之故爾雅云霍山卽南嶽蓋以衡山本名霍山也郭註卽天柱山灊水所出云者蓋據徙祀之後言觀其山海經之註衡山援据明晰豪無游移可知（山海經衡山注云在湖南衡陽縣南嶽也謂之岣嶁霍山注云今諸處皆有以霍名者水經第四十三卷末帙句亦有霍山爲南嶽在廬江郡灊縣之文舉郡名縣名見其爲改祀後之南嶽明甚酈善長於湘水南嶽衡山注備詳鄰近諸山水而於泚水出灊山縣注但云有霍山有南嶽廟而已有南嶽者如東西北嶽廟所在多有之非卽爲某某嶽也）今既不徵典策又不識山之形勢且於爾雅文義尙未了然少見多怪眞所謂毀所不見而終以自蔽者夫雄才大略如漢武祗移祠祀於一時仍

不能泯巖嶽之故處刔一空疏村學究倡獨學無稽之言撼千古不刊之迹紙費墨渝徒自擾耳疇其信而從之且歷代踵祀罔斁聖朝核典崇禋天章㬚煥永垂億萬世愚賤不倍之義敢稍踰與本不必辨慮世不乏讀爾雅不熟之人取譏貽笑爲引證訂誤俾知衡山之爲南嶽南嶽之居荆州南境後之人無庸更置一喙也

十三經源流辨

李文炤

湘潭曾釣著十三經源流門人攜以相質因問曰謂漢儒之數出於讖緯王弼之理入乎老莊不足爲後學之準諒乎曰是誠然也蓋漢儒窮象而不得其眞乃牽納甲天星之類以合之王弼棄象而虛言其理乃引老莊虛無之說以釋之先儒所以有扶醉漢之譏與但程朱全不言象數變互亦未免於疏耳曰揚氏之太元蔡氏之洪範數皆用九而儒者多非元而是範何邪曰天地之化不過一氣之周流分而爲二乃爲兩儀之對待易以其對待者言也範以其周流者言也若元則裂而爲三與屈伸消長之理不相似矣敢問圖書位數三同二異其同者中與

東北陽之不可易也其異者西南陰可易也七九屬陽而亦易以其成數固亦爲陰也其說何如曰此先儒之成說也但五行之次水爲五氣之始木爲四德之元土爲萬物之母皆至尊而不可易非火金之所可並耳然則先儒則之之法多端可盡用乎曰不必然也一爲奇二爲偶三爲晝四爲象六八爲陰爻七九爲陽爻五十爲大衍則河圖者則其數而已矣五行之類以象五方八政以象八隅皇極以象中三德以象左右中貞悔休咎以象合十則洛書者則其位而已矣敢問圖書變卦之法多端將何所折衷與曰先天來往之義鄧潛谷（名元錫字汝極）得之蓋自震一陽離兌二陽乾三陽自巽一陰坎艮二陰坤三陰皆往而

去者其數則左旋而順焉自艮坎一陽巽二陽乾三陽自兌離一陰震二陰坤三陰皆來而回者其數則右旋而逆焉如此則無一圖二運之疑矣後天對待之義惟朱楓林名升字允升得之蓋長男少女相對於緯中中男中女相對於經中少男長女相對於左隅老父老母相對於右隅何必午貫而後爲敵偶也哉至於卦變之說則惟來瞿塘名知德字矣鮮得之蓋屯蒙交易其位需訟迭居其所八錯之外無卦不然或往或來或上或下此之謂變也先儒乃舍此而他求不免於支矣蓋自十翼以後惟周子得易之理惟邵子得易之數其餘百家互相得失學者精擇焉可矣

問書之今文多艱澀古文多平易何也曰記錄之辭雜方音制作之辭經潤色不觀橫渠之書乎其語錄或不可解而手筆無不可通亦足以見秦晉閒之風氣矣設有人焉能僞作禹謨卽舜禹復生矣能僞作伊訓卽伊尹復生矣又何必疑其辭之不類哉曰春秋禮記孟子荀子所引之書與此多不相合何也曰古人文字皆書於竹帛不能家置而人有之歷歲既久著書之人豈能無所遺忘其不盡合也宜矣曰王仲庵之續書非與曰三代以下豈無天資之偶合小善之一得者使能精擇之未必不可以繼呂刑秦誓之後但必尊之以爲經則不免於僭耳若白居易之湯征補亾則贅而已矣

問詩序詩柄互相柄鑿孰爲得之乎曰序多非而柄多是不待言矣但雅頌之篇有成周一代之事迹可據其實而解之若國風則多無證無案之詞訟何能臆度於千載之上如鄭衛之詩其稍涉情致者序皆以爲刺時君譏國政固非怨誹不亂之旨矣而柄則皆以爲男女之私願閨房之褻語又豈好色不淫之義乎曰雅之有正變柰何曰以時之盛衰而分也然篇什先後豈無失次者如楚茨信南山明爲饋獻祖先之辭甫田大田明爲祈報社稷之辭瞻洛裳華桑扈鴛鴦魚藻采菽明爲君臣唱和之辭隰桑瓠葉明爲主賓酬酢之辭頍弁則燕兄弟親戚也車舝則燕婚姻也而序皆以爲傷今思古之作可謂丼矣曰雅

之有大小柰何曰小雅乃燕詩所以示慈惠大雅乃饗詩所以訓恭儉不可以通用也朱子晚年亦嘗見及此矣小雅有侯國祭祀之篇大雅皆王朝祭祀之篇則朱子未之及惟行葦既醉鳧鷖嘉樂獨得其旨耳曰此外有子貢詩傳中庸詩說亦有可取者乎曰有之如以大學八目釋二南以中庸九經釋小雅豈可廢其說哉曰邵子言删後無詩諒乎曰未盡然也陶潛之潔身杜甫之憂國卽列之三百篇中亦復何愧朱子於楚辭之後亦列漢晉唐宋之詞賦然則騷既可續而詩獨不可續乎但其變而爲聲律之學則不盡出於性情之眞必嚴汰之斯可耳至若六朝之擬雅頌不過倡家之讀禮屠兒之誦佛而東晳之補

筆詩會不知其有聲而無辭也其智又出優孟衣冠下矣問儀禮五十六篇而止存十有七篇何也曰此漢儒不收錄之過也然明初劉有年猶進儀禮逸篇十有九命藏於翰院秘閣而今亦不見伊可惜哉今求之大小戴記之中僅得遷廟釁廟奔喪投壺等篇求之注疏之中僅得中霤王居明堂禘於太廟之篇目耳曰謂儀禮皆士禮諒乎曰不盡然也覲乃天王之禮聘射燕食皆諸侯之禮鄉飲鄉射少牢皆卿大夫之禮篇目具在可考而知也敢問周禮之書九畿之制不合禹貢設官之制不合周官封國之制異乎武成孟子建都之制異乎召誥洛誥果周公之所作乎曰是書經緯宇宙育正民物非聖人其孰能修之

九畿之制卽五服之制但禹貢以五百爲限此以二百五十里爲限其外薄四海咸建五長則卽此之蕃服耳武成列爵惟五分土惟三孟子本之皆實封之數此則兼山川附庸在其閒矣公孤爲六卿之加官非另設也周官乃天子之事故言公孤之夾輔此書乃宰相之事故止言六卿之分職也洛誥召誥卜宅於山川之形勢以求土中此之建都測日影之加臨以求天中統三才而合一豈曰異哉太宰之職宮府朝廷無所不統修齊治平無所不貫乃五峯胡氏紛紛致疑豈未讀大學平天下之篇乎至若王莽借井田之制以奪民產王安石借泉府之利以斂民財皆非此書本意何乃秦皇焚書而歸咎燧人氏也若蘇綽立綱陳紀靡有倫次唐之六典亦多本之孰謂無功但用之宇文氏則非其人耳考工記乃周人省試百工之書觀其國號有秦殆東遷以後之作乎詳於車制而不及舟則必出於西北人信矣他如俞椿王次點吳澄邱葵方孝孺何喬新輩或裂地官養民之法以補冬官或取春官司樂教人之法以補地官甚或欲一官各司一職會不察其有聯事之法也是皆無稽之論而已矣敢問禮記可盡信乎曰是多儀禮之傳也其他醇者如學記樂記雜者如儒行明堂位其辨易明此外則在精擇之耳曰謂俎豆席地袒衣行禮書名用方策人死三日斂祭必設尸廟各有制取士用射若此之類皆宜於古而不宜於今然歟曰

俎豆席地所以便於禮讓然今旣用棹椅則相習已久而不必更矣袒衣行禮則決拾之際割牲養老之時不得不然書名用方策當時未造紙耳人死三日斂慮其有復生者祭必設尸神而人之先王之深意也廟各有制而流澤之厚薄可見矣取士必先以德行道藝而後侯以明之豈專以一藝定其賢否哉謂人死含珠玉壙中藏甕甒筲衡等器虛土誨盜三殤之辨太瑣麻葛之易太煩凡此數者今用之而不可盡用然歟曰珠玉之含先王未預料後世之暴客甕甒筲衡之殉先王未深察東南之螻蟻今旣覺其弊則不用可也三殤之辨見恩情之深淺麻葛之易見變除之重輕物有賾而不可惡者此類是也其他諸

辨何如曰父在爲母期尊無二上也出母無服已絕於廟也支子不祭不敢紊宗法也豈得謂之近薄哉父母爲子斬衰重嫡長尊主器也妻與母同服父在則屈父沒則伸也豈得謂之失倫哉國君饗賓夫人出交爵大賓大祭其敬同也命婦入養子乳母必擇賢也國君夫人入臣子家弔喪生榮死哀一體之情也觀宣仁太后臨溫公申公之喪賜范相呂相之社飯曹大家爲六宮之師表夏侯勝授上官太后之尙書何嫌何疑又況三代以上乎宗族姓氏隨官地而改易爲其繁也不然則徧天下止有姜黃子姬數姓而可乎尊嫡抑庶杜爭而已亂也然惟王侯有土者則然何不可常行之有曰袁輯三禮勒成一書當用

何法乎曰朱子黃勉齋嘗共爲之然實未定之稾也竊意當分爲吉凶軍賓嘉之五類然後以通禮通樂繼之儀禮爲主戴氏等書輔焉而周禮則別爲一書以存治平之大法未知有當於聖作明述之心否也

問春秋三傳之得失曰春秋有事有文有義左傳得其事與文矣然義則不能知也公穀求其義矣然事與文則多未考也至其害義傷教之說則不可以枚舉范甯有言左氏以鬻拳兵諫爲愛君是人主可得而脅也以文公納幣爲用禮是居喪可得而婚也公羊以祭仲廢君爲行權是神器可得而窺也以妾母稱夫人爲合正是嫡庶可得而齊也穀梁以衞輒拒父爲尊祖是爲子可得而叛也以不納子糾爲惡內是仇讐可得而容也且也注許趙鞅之清惡開強臣簒國之端疏恕邾術之室嫂阿昏主瀆倫之失則三綱爲之埽地矣不可以見其槪乎曰程子胡氏之傳果得聖人之心乎曰程傳多精義而未及成書胡氏雖推演之而多以己意窺測有如春王正月不以爲周人改時而以爲夏時冠周月能無更制之嫌乎桓公四年七年闕秋冬不以爲闕文而以爲聖人削之以明王朝之失刑能無隱語之譏乎謂滕子不當朝桓而遂貶及其子孫之爵則罰毋乃濫乎謂曹公孫會爲子臧之後而宥其據邑出奔之罪則賞無乃僭乎謂胥命爲相諭以信而善之則戰國時之相王相帝者果皆

善乎謂同盟爲或諸侯同欲或惡其反復或王臣與盟則儀禮設方盟之儀果因此三事乎齊桓公命諸侯城楚　而乃罪其專封不已苛乎劉子

虞公之貪不責晉人之暴詐可乎城濮之戰楚已目無中國而晉人敗之其功優於召陵也而乃專惡晉文之譎不罪子玉之強橫可乎諸侯出奔不書逐君之臣而以自奔爲文存君臣之坊也謂專以警乎人君則是強臣之恣行乃義舉乎鄭伯髡頑之卒楚子麇之卒齊侯陽生之卒傳雖以爲弒而經不書愼疑獄也謂皆爲中國諱則中國乃

亂賊之藪乎至於稱謂爵氏之閒經但據實以書非以此爲褒貶也而乃左右隨手高下從心如獐邊之鹿鹿邊之獐莫可致詰則可謂徒勞已矣總之聖人因魯史以作春秋蓋自處於直筆之史官初無操天子之權之意又況敢以天自處乎徒知尊聖人之神奇而不知陷聖人於狂僭此春秋所以爲絕學也

問孝經果聖人之自作乎曰記錄之辭非自作也分爲經傳而別其醇疵朱子之刊誤其識卓矣但傳文之次序猶有未帖然者友人唐文華斷以感應章釋至德三才章釋要道迴出前人之表蓋天明地察德之精微也天經地義道之昭著也以下迎刃而解矣曰論語爲曾子有子門人所成諒乎曰是但以二人

稱子而知之也先儒又以憲問篇爲原思所記一貫以後爲曾子所記未知果否耳但當時編次之法猶有未盡如中庸孟子所引之微言槪未收入倘能如朱子近思錄之輯則有條而有理矣嘗欲取家語孔叢子等書擇其合理者爲孔氏外書顧力未暇也他如法言淡而晦中說爽而淺然以擬論語則皆小兒之强解事耳曰孟子之書果其所自作歟抑門人所記歟曰篇中諸君皆稱謚恐出於門人所記也朱子疑有人能記言如此不可謂軻死而失其傳然安知非樂正子等所爲邪曰其言亦以類相聚乎曰有之如梁惠王篇皆與時君之問荅也公孫丑篇皆自任之實學及出處辭受之節也滕文公篇皆與時人之辯論也萬章篇皆尚論古之人也告子上篇皆論性與心所謂彀率規矩也盡心之微言則直窺聖奧矣彼司馬君實之自是其愚李覯鄭厚之無知妄論又何足辨哉曰爾雅果出於何人也曰是六經以後諸儒訓釋之辭觀淇澳首章之訓既載大學亦入此書則可知矣謂其爲周孔所作抑何不詳之甚哉

曾氏之說但紀其書之晦冥表著與注疏之來歷耳至於經義未之及也得此闡明如暗室中一炷矣弟芳華識

省志辨

李文炤

庚戌修省志於北局各分一府其總部則各分一事辛亥修於南局聯而合之眾議通修遂至道謀築室羣喙囂然而舊例爲之大變矣星野之紀相傳已久然昔用赤道之度而今用黃道之度則多寡之數不同昔用初氣之宮而今用中氣之宮則偏正之垣不同法當兩存之以俟後賢之裁度今乃盡刪古法一用新例毋乃非監夏監殷之意乎且略災異而備祥瑞似與敬天省身者不相合也此其變者一名宦之紀以爲後法非賢且能豈可濫與今乃重事功輕名節於是凡史傳所載宦蹟並爲臚列有如南北朝中反覆之徒皆得與德業聞望之巨公同等

不亦辱乎至若一代革除庸懦之髦士達古今之通義板蕩之孤臣守天地之常經各行其志不相悖也今乃盡去守節專取達節將使後人何所勸戒邪此其變者二鄉賢之紀原折衷於府縣志不專據國史也故國史非係大政者不書而鄉賢則一行一節不敢湮沒魏撫軍嘗面諭云鄉賢當取三不朽者苟能儀型州里是卽德在一鄉也捍禦災患是卽功在一鄉也訓誨庠塾是卽言在一鄉也若必顏閔其德禹稷其功程朱其言則一省有幾人哉今乃蔑棄志乘專求史書而所重者又止在名位有如靖難之代以董鏞監察御史長沙人之殉死牛景先鎮撫沅人禦之從亾而不錄以張武之助逆夏原吉之事讐而大書其於成仁取義之訓不亦悖乎此其變者三節婦之紀所以重風化也不幸而死於兵者尤爲卓然今乃謂抗拒義兵者不得爲訓夫婦人貞吉從一而終是卽其義也雖漢文帝之母柴世宗之妻猶不能無議焉豈可以枕簟衾裯之娛助簞食壺漿之迎乎卽曰大掠所及完節實艱不宜多錄死節者以愧之然不能完節者謂諒其迫於不得已如楚辭後語之論蔡琰則可若遂以爲處得其當而反譏死節之過激是率天下而倍其夫也此其變者四隱逸之紀所以表潛德也或出於時命或出於志操故堯舜在上下有巢由周武革命而采薇作歌漢高奮興而茹芝成曲安必盛世之無遺賢哉今乃一概刪削反若猨驚鶴怨者爲適

時通變之人枕石漱流者爲矯世戾俗之士則先聖逸民之品題非矣此其變者五孝義之紀無分於大小訓天下以庸行也魏撫軍亦嘗面諭云割股廬墓雖非中庸之道不可以爲訓然亦出於至性之誠然不可使湮沒無聞也今乃於此輩新增者不蒙收錄舊采者亦復屏除使天下而皆中行之士也則可天下而未必皆中行之士也則何如存之以爲不肖者之勸歟此其變者六方外之紀聊以紀異耳然必其道果高名果成者然後登之雖忠臣義士逃歸二氏者吾猶譏其愛君而倍師念國而忘家不足爲訓也今乃廣蒐殘碑博采野史凡能捌庵觀設象教者卽廁之仙佛之閒然則儒者之中有能造書院立木主

者亦當列之聖賢之中乎此其變者七藝文之紀本非所急然去取亦有體要焉凡有關於學術政典民風土俗者雖出於庸夫亦當存之苟爲不然雖出於名流亦當去之今乃不惟其言惟其人然則國風不當采閭巷之謠春秋傳不當錄野諺之語矣此其變者八至於文體雖本羣書亦當潤色而出之故公穀左氏傳一事而各殊其狀司馬行狀神道碑一人而各異其文未有著一書而徒勦舊聞者也若此之類又其不足置辨者已凡此紕繆本欲盡爲酎酌無柰口衆而我寡也故聊記於此以俟後之君子云

六辨惑 有序

廖志灝

楚俗尚鬼而好佛鬼佛之說而止於楚也吾固甚惑於吾楚之人鬼佛之說而不止於楚也吾且不止於惑吾楚之人惑焉必問問焉必審要使幽明生死書教象教以及異同邪正之說無纖豪疑義然後鬼佛之道眞而吾之信鬼以信佛事與法且得而徵焉原夫神道設教之時王者禮樂不能化繩之以法法度之所不及則二氏起而救之以性宗歆之以因果懼之以地獄來生迨夫地獄來生之說窮則又相與造爲超生拔死之佛法蓋其心主乎善而理未免近於誣於是乎以象教而有金身於是乎以言教而設經懺於是乎異端之中生異端之魔孽異端

之外有異端之異端與其傳疑爲愚天下之術毋甯傳信以正千古之經吾年四十而不能無惑於此則不容不辨焉今夫佛自有所以爲佛者教人以晨鐘暮鼓傾戒持齋不過欲其動心忍性以爲磨甎面壁之基而所爲正法眼藏者不在焉道固有所以爲道其教人導引擦摩通關補腦亦不過固精鍊已以實進火退符之具而所爲金液大還者不在焉況夫綵服金冠搖鐃鬬革作關摸腳色如扮戲傳奇者流則豈釋迦老子當日立教之本意哉迄觀其書則似近今爲之而非若楞嚴參同之奧衍問其人則曰隨衆墮落依教行持我亦不解是故不敢不信且不得不疑雖於正法大還之義未便妄爲去取且略舉淺近

之數端爲吾目之所見耳之所聞近日近地之荒誕不稽者質之緇羽中之高明而我輩士夫其能遵而信之者必且有說以開吾之茅塞而辨吾四十之惑焉則吾幸矣不然之數者惟楚有之而楚之風可得而正焉不惟楚有之而惟楚爲甚固且願其一變而不必至於若此之甚也則楚亦幸矣獨恨空言無補端有望於主持世教者采擇而酌行之

一鬼物之惑

夫巫覡禱召自古有之而未有如湖南近日之信鬼魅竟習染而成風者彼夫祀典所載無論已撥神之説亦所固然外此稱神或被封敕或受居民戴奉事必有所由始而近地除土穀神

外每里稱廟者以百計每家奉孳畜者曰家壇其三五里無烟火曰冷廟曰壇曰廟依草附木遇臃腫大樹輒神之而側破裂瓦缶以屋之神焉如是何以自立於靈明然神未嘗自道而父老竟莫道所從來此一惑也疾病之家除祈禳外有出神拘魂之法以木爲像而人舉之名曰打神是人打非神打也又以人爲神名曰附體東奔西竄向前所謂壇廟者咒之仍是人走非神走也人得暴疾者恨不及待出神爲憾然往往見魂歸而人已莫問者亦恬不之怪若有若無吾未嘗有無之祇覺造物生死之權俱任其爭鬭而莫之自主此二惑也又其甚者有致鬼之術簾幃中似唧唧有言及審聽之則莫辨其音與其字又其甚者有過陰之術運符詛咒能令人身灰冷夢中囈語作鬼物聲嗟嗟人鬼之間竟可彼來而此往九重泉地無界限無鎖鑰亦何幽明生死之分此三惑也説至此而人尙駸駸乎慕之其不率人而鬼也幾何哉

一佛事之惑

緇流羽士挂紫披金非扮佛仍扮鬼也其中科白多不近情姑舉其甚不可解者言之一曰頒赦吾見朝廷之赦朝廷主之上帝之赦而每每可頒也斯亦奇矣豈天宮時時有赦而死者適逢其會歟抑欺上帝無言而作佛者自赦之歟雖然縱上帝有赦而死者仍不免則頒之亦徒然此一不可解一曰贖罪人死

受罪之説宋儒辨之詳矣人之生也有形軀血肉則刑有所施及其既死而體魄一歸於無桁楊枷索將施之於何處爲人子者不能於生前揚親善而返於沒後彰親惡獨何心歟吾見作法事者除懺悔外又造冥府錢作十王衣爲贖罪具審爾則是閻羅王亦愛錢財冥冥之中公行賄賂一衣一楮所費無幾而天下之爲惡者幸矣此二不可解一曰破獄地獄之設正爲斯人曹操秦檜何惜數十萬金而破之邪以獄爲眞有則必不可破以爲眞可破則又何貴乎其有幽泉重禁反不若監盜者一牢卒彼獄雖嚴又何畏也此三不可解一曰血盆爲女人而設謂其生育子女汙穢世界聚血爲牢以罪之天地以好生之意

寄之男女女有牢而男獨無恙乎天地欲不生則亦已矣天地而欲生不自咎而咎人則亦惑之甚者也昔目犍連持戒而其母犯葷犯葷之罪未必若是之甚而釋氏遂歸大惡於其母則其孝亦可知矣今剖盆者無問母氏之聖善女子之賢淑而總以巳爲目連以其母爲忉帝利豈非忍心而害理邪況夫天地惡其汙穢而所聚之湖所剖之盆此物豈歸於天地之外歟此四不可解一曰還受生錢世人謂南嶽注生還錢者必至嶽始效是錢也天地得之邪抑嶽神得之邪錢可通神果有之矣造物且然而況人乎未生且然況旣生之后乎閻羅愛錢嶽神愛錢天地愛錢又何怪於世之人邪天地得此紙錢吾不知其何

所取用獨其生時不需現錢而身後乃索舊帳人身不惟可買而幷可賒世之艱於嗣續者何不以現錢買之返覺易易邪又不知羽毛鱗介受生於造物而誰爲還錢者此五不可解一曰行鍊元門家二候采藥四候溫養三載鍊巳十月成胎懼無所成而被以瞬息扮演遂曰拔死者以升天欺人邪抑自欺邪若云擲綵書符是行鍊也則神仙滿世界矣此六不可解之數者固非釋家老子之意而爲之徒者莫識何時衍爲科白俾駭聽聞人皆曰予知而不覺習見習聞中爲其所愚者久矣

一塑像之惑

象教之說昉於佛氏久矣然吾觀靈山繪像岣嶁癯削是其本眞原非有滿月金光之形如今日所塑者則此滿月金光是假佛而已矣夫佛之教在於明性佛之心在乎救人至於涅槃而後諸弟子乃範土木以像之則是像也者非佛自爲者也佛未嘗以象教而況乎其爲假像邪此而可假則何往不可假邪我近地每三五里有數庵每庵有數像每像少則十金多至百金其累於人也實甚然佛未嘗教人爲之人竟踊躍以爲之至於佛之教人明性教人救人而返不肎爲與其重費而貌佛之假毋甯不費而得佛之眞也貌其假像誦其假言行其假教勞人傷財相沿成習竟使威音王那畔研窮掩而不彰良可浩歎此是余信佛之深而憫世人之徒費金錢而不知所以奉之者也

惟是圖範一說在中國巳千有餘年無論二氏卽今聰明正直之神皆範以土木矣吾謂忠臣孝義有功於國有德於民者祀之則宜以主而或者疑之疑夫主也者所以祀先聖孔子之禮凡爲神者曷敢當之是說不然彼有功於國有德於民是卽大有造於名教而爲先聖之所喜而進焉者況夫聖廟主祀自明太祖始謂其稍別於佛老耳嗟夫見之固明行之允當然得其一未得其二謂佛老無益可以不存則主祀不可像祀亦不可謂佛老有功而可存則旣可像祀亦可主祀此其事固係乎主持風教之人焉

禹碑辨

李繼聖

岣嶁峯禹王碑明世一刻於金陵新泉精舍一刻於揚州甘泉書院一刻於滇之安甯州法華山俱本嶽麓碑而翻刻之者後惟新泉精舍本有三家釋文楊升庵沈鎰楊少宰時喬也梁劉顯粹璣錄蕭齊高祖子鑠封桂陽王時有山人成翳游衡嶽得禹碑摹獻之王王寶之爰采佳石翻刻始見於世而徐彥五宗禪林觀空錄則云六祖慧能法徒行思思傳希遷於湖南遷徒永曇上衡山岣嶁峯一夕起溺忽見大茁徹窗壁如火驚出視其光發自峯椒林草石皆赤逾時乃滅翌日率徒眾負鋤攀援陟覽得石洞蒙茸翳蔽斬棘而入洞壁有蝌蚪書字大如拳不

可識因憶峯故傳禹碑復環覓無之疑此是也曇默溯上古未有碑名皆云立石豈信大禹紀績非碑乃鐫巖石耳

有庳辨

陳其揚

道州之鼻亭非封象故國也仁人愛弟至於虞帝君子謂人倫之至乃於封國必南置之嶺嶠之地惡溪窮山之中遠距邦畿四千里哉夏商不可考周封同姓不出邦畿近州其臼以蕃王室而已帝惟一弟何故屏之於遠如此而欲源源來常常見之則必下三湘櫂洞庭波濤數千里舟車屢易然後至於冀都帝又何苦勞困其弟如此哉且書稱虞帝三十徵庸於時四岳之言謂象亦既烝乂後又三十年帝爲天子矣而猶放之使不得有爲此亦後世傳語孟子故即事而論其理耳向使果然也而遠之四千里之外象欲有爲於國吏不敢抗帝又安得而猝禁

之瞽瞍殺人尙來桃應之問何況於象惟封之兗豫之閒輦轂之近庶無鞭長不及之虞其不格姦豈叶天倫之樂矣吾謂帝必出於此但其地今不可考耳然則道州之有庳奚以稱曰帝陟位以來五載一巡狩五月至於南嶽其時象扈從偶至或遂卒於此當時爲立廟後世遂流傳第不知卒於何年耳若謂帝巡狩崩於蒼梧之年不獨象無此遐齡帝亦必不於是年巡狩何也虞書耄期倦勤帝年九十三歲禹已攝位總師矣天子四海爲家葬於九嶷固有之倦勤已十七載崩於蒼梧者謬耳立廟誌其死所者帝之愛弟也永厥廟之明禋者民之愛帝以愛其弟也故鼻亭所由以不替也揚嘗過鼻亭廟貌巍然村人敬

畏然莊墟絕徵必非帝封弟之國可知也故曰道州非封象故國也且是說也新安亦未敢據以爲信故或之或之者疑之也

湖南文徵卷三十八　　湖湘後學集編

辨二

楚風辨　　張九鍵

楚地山川清絕出乎九嶷以涉瀟湘泛洞庭入漢瞻鹿門峴首蒼茫數千里代有忠孝能文章之士咸紀其勝謂楚無風何薄也僅摘漢廣江永避彼汝墳諸詠寘之亦頗嫌略焉薄與略豈有得於風之意乎夫風者發動乎天機疏鬯乎地氣轉移乎人心古昔人心厚樸多因天地之本故雖婦女子所歌閒得採而收之後世人心不厚逴逴有孝子忠臣憂思鬱結抒而成音悠揚乎遠足以導中和維敎化而槪不得以收其不得收者何不因乎天地以時拘之以格限之也嗟乎論詩而限以時與格是猶植長木於林搖白羽拂之而其杪不動其謂無風也固宜不然周詩已後若屈子之有騷漢魏樂府已後若詩之有杜可不謂楚之風氣醞釀獨厚能然與太史公曰國風好色而不淫小雅怨誹而不亂若離騷可謂兼之元稹之敘杜甫曰上薄風雅下掩諸家自詩人以來未有若子美者是兩人固明明以楚風推尊兩公矣夫楚之風氣本厚後人亦明知屈杜兩公之足繼楚風終不難一槪薄略之然則使忠孝有淚可無揮學士輩自習繁聲曼舞靦面陳請重爲五經玷矣又獨風人之意邈焉一

無存乎或曰由子之見是謂鄭衞陳所歌率非善風夫果一無善太史不必採之魯叟刪詩亦何事因而存之余曰是又不然今夫風愕於竅激謞叱吸怒出而萬不定者其自鼓也若夫以我培風則必擇其有厚於風者矣所以孔子蔽詩曰思無邪後儒濟彷其意於騷得篇二十有五外若宋玉之作九辨景差之作大招雖附騷末示從遜於杜得詩千四百五十有八其一代鄉先生若孟浩然皮日休李羣玉雖竝屬楚材殊謂遠遜蓋非獨遜其詞也其憂讒愛國每飯不忘君父讀而通之悠揚平遠櫽括古今彼楚風補一編對此直蕪雜可擲去耳或曰其編已成子一人謂可擲去將天下後世有忠孝而能文章之士不仍

嗤子爲拘於時限於格乎雖然吾甯使天下後世之言風自屈杜兩公而限不欲使屈杜兩公之風爲列國婦女子所歌而限則楚眞無風矣嗟乎楚無風而天下後世曼淫安得有風哉

五經說辨

李芳華

學者窮經將以致用也致用者用以治己用以治人而已矣是故詩以道志書以道事禮以道行易以道陰陽春秋以道名分此雖漆園之言而實五經之要指也舍此而尋諸名數之末竊恐義有所難賅而於聖人垂訓學者所以致用之道亦不免於或相刺謬矣今夫伏羲觀馬圖而畫卦但取其一陰一陽中邊相配於是畫爲一奇一偶因而摩之爲四盪之爲八重之爲六十四程子所謂加一倍法是也文王由是繫之辭焉而象占大備凡以明天道之吉凶消長人事之進退存亾蓋爲卜筮而作所以示人趨避之方寡過之道此其本旨也迨孔子作十翼而

易理於是乎大著矣若夫所謂三名者不知出於誰氏之言解者或以爲公卿大夫則於六爻之義迂而鮮當或以爲太陽太陰中和雖若於道陰陽之旨稍相似然其所謂中和者毋乃指陰陽之當位者爲說與否則徒以元氣言之斯亦於易無所屬而爲老氏之緒論矣或以爲天地人蓋指六爻而言大傳所謂兼三才而兩之是也此雖六位之正義然要必審時位之當否以爲吉凶得失若但主此以爲三名亦非所謂惟其時物也或又以連山歸藏周易當之則亦僅三代之名耳豈易之要義哉詩有五際詩傳以爲卯酉午戌亥詩緯謂午亥之際爲革命卯酉之際爲改正辰在天門出入候聽而擬取天保當卯祈父當

酉采芑當午大明當亥然揆諸經義則無謂質諸孔子所謂可以興觀羣怨邇事父遠事君與夫思無邪之旨則更鮮當此乃術數家之邪說非聖經垂訓之正道不足論也書紀二帝三王學問之心源與治天下之大經大法而孔氏徒以爲有七觀夫帝典固可以觀美矣然獨無政事乎禹謨禹貢言治水畫州與弼成五服之類固事也然所陳之六府三事與克艱之戒敬修之訓何莫非德何莫非政皋陶益稷之謨固政也然其愼修思永翼爲明聽何嘗遺德何嘗遺事若夫洪範則天人性命融洽貫通而美大胥包政事畢具豈僅觀度而已哉泰誓代罪救民固可觀義然永清四海垂拱成治獨非仁乎五誥式化殷頑固

可觀仁然戒其怙侈勸其和睦獨非義乎甫刑告有邦有土愼於用刑固可觀戒然味其言則好生之仁罰惡之義莫不具見矧於全書中區區摘此數篇以爲言亦甚狹而不賅矣春秋五例其言出於杜預見左氏傳序頗與韓子所謂謹嚴者有合然亦後儒推勘之辭云爾非孔子自爲此例也禮有五經謂吉凶軍賓嘉此洵足以舉禮之大綱無容議矣蓋嘗論之五經之晦阨於暴秦烈焰者半阨於豎儒淆譌者亦半漢儒之以訓詁詮經者猶足以覈典故而僞儒之以讖緯說經者乃所以爲蠹賊故焚書籍者雖一時之黔首爲愚爲蒙而本心之天理猶未至於戕賊若夫援正入邪以邪亂正則有以眩瞀學者之心志爲癲爲狂爲妖爲孽而天理民彝爲之汨亂禍且延於百世然則邪說之害甚於毒火而原情定罪固不在祖龍之下也雖然五經猶存彼能剝蝕之終不能滅沒之也後之學者有志於明體達用之學苟於易求諸天道人事則可以履祥可以避咎於詩求諸美善刺惡則可以爲勸可以爲懲於書而考帝王傳心之要與立政之規則可以成己可以成物於春秋而攷正名定分之旨及經世御物之典則三綱以正萬目以張於禮而明天理之節文人事之儀則則麤之而周旋裼襲合其度精之而視聽言動循其理細之而日用飲食受其裁大之而君臣父子就其範夫如是則聖人五經垂訓至大至切之指咸歸自我心而得

之彼無稽不衷之說將不待攻而自破矣吁吾能無望於眞窮經之士也哉

禮記近王近霸辨

李芳華

或問至孝近乎王至弟近乎霸其說何如曰此殆非聖賢之言也曰何以知之也曰王霸殊塗也孝弟一理也以德行仁是之謂王以力假仁是之謂霸王與霸猶美玉碱砆之不可以相量薰蕕之不同氣臭冰炭之相反而不可相入也率吾性之仁而有愛愛莫切於親而孝之道以著率吾性之義而有敬敬莫大於兄而弟之道以立孝弟者性之德同原而異用蓋嘗驗之人情未有孝而不弟弟而不孝者矣今乃不察王霸之殊軌孝弟之同體顧强分而屬之是其析理之不精而立說之謬戾有以知其非聖賢之言也且夫至之云者造乎其極之名也近之云

者相去不遠之謂也孟子曰堯舜之道孝弟而已矣孔子曰孝弟之至通於神明光於四海蓋孝弟之至而仁義至焉仁義之至而性盡焉能盡其性則能盡人物之性而可以贊天地之化育堯之峻德克明而致時雍舜之玄德升聞而成風動者此也今但曰近王而已則是孝之至者猶未純王也其視至孝不亦淺乎至若近霸之云尤爲不類夫霸者假之惡足語弟弟既至矣猶曰近霸豈假之之德反過於至弟之眞摯乎哉劉向曰周公悌弟豈德如周公猶不得爲霸乎哉由是言之則至與近之文義彼且未喻又何足與論孝弟之理王霸之道哉吾故曰此必非聖賢之言也或曰弟之於長非事生我者比彼其屈意承順安知不出於牢籠世俗之意誠不若孝之由中而發也近王近霸之說似未大失子何過之深而辨之力歟曰是愈亂道也先王有至德要道以化成天下孝弟是已故詩曰惟此王季因心則友則友其兄則篤其慶載錫之光受祿無喪語弟而曰因心明其發於中情之不容已而非假襲於外故能昭其兄讓德之光感格帝心永受天祿也弟豈籠絡人心之具哉彼籠絡人心者特外飾卑順之貌陰售其奸猾之計王莽之謙恭下士是也豈聖賢所謂至弟乎哉由子之言是使人心愈僞倫常愈斁風俗愈媮羣相率趨於鬼蜮之行而莫知所底也其爲害可勝言乎嗟夫一言之失流禍彝倫遺毒百世不可不愼也唐子西

曰注醫方誤害及人身而已解經書誤則害中人心此言宜深味而以爲至戒也今欲文飾前人立言之非而曲爲之解遂不顧傷敗彝倫惑亂人心可乎哉嚴以辨之蓋亦子之不得已也

禮記大同小康辨

李芳華

或問大同小康之説其誠出於孔子乎曰吾未之敢信也觀其尙道德輕仁義賤禮法蓋老氏之眷屬而非孔子之家法也夫官天下之與家天下聖人亦何容心哉惟是得其人而受以位能定天下之民使四海長治而不亂則聖人之心釋然矣故有時賢適在臣聖人不容顧燕翼之私有時賢適在子聖人不必博揖遜之譽傳賢之與傳子莫非大道爲公之事也孟子曰天與賢則與賢天與子則與子可謂深知堯舜禹湯文武之心矣今記者以選賢與能爲大道之行大人世及爲大道之隱蓋以後世私心窺古聖人卽萬章所述人言之意爲孟子之所深闢

者曾是而乃出於孔子之口乎不但此也昔孔子贊易弧矢之利以威天下則取諸睽於師則曰君子以容民畜衆於履則曰君子以辨上下定民志子貢問政則曰足食足兵齊景公問政則曰君君臣臣父父子子今乃謂大同之世謀閉不興然則黃帝伐涿舜伐三苗帝世豈不用兵乎惡得以兵由此起歸咎於三代聖人也設制度立田里正所以生養萬民使之老有所終幼有所長矜寡煢獨廢疾者有所養也今乃一切以爲小康之事將謂大同之世聽民之自爲生息則又誰爲之養老慈幼而卹矜寡煢獨廢疾者乎禹之荒度土功正在堯舜之世尙書明明可攷也禮義以爲紀而正君臣篤父子睦兄弟和夫婦正所以啟迪顓蒙惇敘倫常以化成天下使之男有分女有歸者也今乃概謂之爲大道之隱然則大道之世將眞任民之盱盱睢睢如標枝如野鹿而稱至治邪彼男有分女有歸又是誰節制而堯之親睦九族平章百姓者亦豈大道之隱乎此卽禮者忠信之薄之説不待辨而明者也至於城郭溝池之固雖若出於待衰世之意然安不忘危治不忘亂帝王同此心也不然重門擊柝以待暴客孔子何以爲堯舜氏作之事而王公設險以守其國何以於坎言之哉凡此數者衷之於理未見其當徵諸孔子平日之言更相矛盾此予所以未敢信其爲孔子之說也閒嘗取其全篇讀之自言偃復問以後極言禮之足尙亦旣與前

説兩相乖違而人者天地之心云云純粹精密與文言繫辭傳相埒其禮耕義種仁聚樂安之説悉條至論洵非孔子不能言也獨其篇首兩段全似老子殊不可曉豈西河弟子將記師門問荅之辭而以己意冠之邪抑亦後之好事者撰此兩條纂置篇首以援儒附老邪大抵讀記與讀經不同經宜於精思而無容簡擇讀記則必待簡擇而運之以精思蓋不獨禮運一篇爲然也或曰帝與王不無升降矣大同小康恐亦未爲或過也曰昔孔子嘗言之矣曰韶盡美又盡善武盡美未盡善帝王之優劣性反之安勉揖遜征誅之遭遇具見之矣豈若大同小康之甚不倫乎苟以三代爲小康則自漢以來舉皆亂世也亦大非

平情之論矣子妟以爲三代盛時亦大同之治也但德業則不無大與化之殊焉若漢之文明唐之太宗宋之仁宗或富而未之教或敎而未得其敎之之本則小康之治而已矣彼禮運之說則吾終不敢信其爲孔子之言也

昏禮廟見辨

李芳華

或問新婦三月廟見其古禮邪曰古禮也孔子嘗荅曾子之問矣曰然則鄭世子忽先配後祖陳鍼子譏爲誣其祖者非邪曰此譏其不先告至也告至者主人之事非廟見也曰何以明其然邪曰古人有事必告於廟示不敢專也況大昏關於嗣續尤其重者乎考之昏義凡納采問名納吉納徵請期皆主人筵几迎賓聽命于廟壻往女家親迎主人亦筵几于廟迎壻入奠鴈至於壻出親迎則主人告廟而後行楚公子圍所謂告于共莊之廟而來是也新婦入門主人亦詣廟而告至春秋書僑如以婦姜至是也今鄭不先告至是以鍼子譏之爾曰左氏明云先

配而後祖何以知其非廟見邪曰廟見者奉豆籩相助奠之始至重禮也必夙齋戒質明行事今新婦甫下車遽使之倉皇入廟行禮豈能致其誠敬不誠不敬何以祗見厥祖況道有遠近時有早暮儻昏夜淺更始至遂于是時舉行大禮豈不褻瀆之甚且夫禮也者緣人情而爲之節文者也如必廟見而後配則合巹之禮其後焉者也夫未合巹姑無論其未成夫婦而男女且不相識以不相識之男女相率偕行宇宙無此人情聖人豈有此禮制乎若謂但令新婦告至則爾時尚屬他姓之女而突如其來可謂無因昔魏郁閭久氏有云我未見魏王猶是突厥之女豈中國聖人之識反出突厥女子下哉又況始入廟見而

不偕壻以往更非所以示之婦順他日呂雉武曌之禍不早於此階之厲乎此等說數不但悖謬聖經竊恐傷敗彝倫不可不愼也曰然則必三月而後廟見何也曰三月者天道小變之節古者女子將嫁教于公宮三月新婦入門三月而執婦工其義一也未三月以前猶稱女而不稱婦魏詩云纖纖女手可以縫裳曰女手明未成婦也曰可以縫裳譏其未三月而使之執婦工此魏風所以爲褊急也然則三月而執婦工執婦工而後成婦成婦而後廟見此禮之序也又何疑哉曰然則家禮改爲三日何也曰此爲士庶人無廟者權之也夫士庶不能立廟則自置于正寢而新婦見舅姑亦必於正寢旣于正寢見舅姑必遲

之三月始見祖非人情矣然必俟之三日者亦曰庶幾能夙齋戒少致其誠敬云爾曰舅姑旣沒將如之何曰孔子亦嘗告曾子矣三月而廟見擇日而祭於禰成婦之義也今若欲俯順人情則成昏之次日用特豚饋食之禮奠見於禰或亦事死如生事亾如存之意乎曰如子之說則新婦入門將使何人告至邪曰有尊長者尊長主之否則壻自告至又何不可哉

長子不得出嗣辨　李芳華

吾鄉有以長子出嗣于其胞兄者家甚殷實其次子垂涎思奪之乃陰結族人族人大譁將訟于官來質于予曰長子不得出嗣律禮森然彼何人斯乃敢違之乎予曰子所言者常經也其中有權變焉不可不審也其人忿然作色曰王者定律一準於禮禮者天之理也何權變之有予曰子姑一息吾徐陳委曲可乎其人曰其委曲若之何予曰聖人制禮本乎天理合乎人情人情卽天理也彼律所云者爲其承父祀耳使其父身爲大宗子或小宗子則長子誠不可出嗣也汝族之事則異乎是何者某君居一房之長本繼祖之宗子也某君行居第四異日其子

不過爲繼禰之宗而已則其以長子出而繼祖次子他時奉禰倫理分明有何不可今乃拘拘然執長子不得出嗣之說欲以次子承其長伯則他時繼祖者分雖卑幼而儼然大宗繼禰者實雖兄長而不得不屈抑於其下毋乃小加大少陵長乎其人曰子之說亦有所據乎予曰禮也者緣人情而爲之節文者也苟其情順其心安于天經地義少變而仍不悖夫其常則禮雖先王之所未有可以義起也今之律書有律有例亦爲此之故葢律也者道其常也例也者盡其變也子徒執律而不等之於例則泥而難通將使後來兄反屈于其弟小宗反得據爲大宗不亦拂理亂常之甚哉其人卒不以爲然訟之有司而縣尹斷

案一一皆符予言嗟乎末俗饕於利欲而汩喪其眞情難與論禮可與論禮者其惟學古入官之君子乎

廟中有像辨

李芳華

或曰古者廟皆有像宋儒乃議去之何所據邪曰廟中有像何居乎我未之前聞也閒嘗攷之經傳春秋書作僖公主矣不言作像也孔子云五廟七廟無虛主矣不言無虛像也又云君薨祝取羣廟主藏之矣不言藏羣廟像也喪禮言既殯設重將葬作主小祥易練主矣不言設像也郊特牲云直祭祝于主矣不言祝于像也禮器言周旋酬六尸蓋古人祭必立尸所以依神也苟其置像則神所憑依將在像矣而復立尸得不贅哉且既有像則當祭之時自合迎像而據几筵吾不知尸將位於何所曰古人嘗言廟貌矣如其無像曷云貌邪曰廟貌云者廟之形

狀也詩曰縮版以載作廟翼翼又曰寢廟既成既成藐藐蓋翼翼云者所以狀其嚴正也藐藐云者所以狀其深邃也是則所謂廟貌古人所爲瞻榱桷而興思者此也像云乎哉曰漢唐以來文廟皆設聖像迄今猶有存者劉宋太廟有高祖太宗諸像載在史書安得以爲無像邪曰此佛法流入中國後無知豎儒尤而效之者也古豈有是哉如曰有之則古者大夫無罪去國必載廟主而行顧乃舍像焉得非棄其祖考而滋不孝乎蓋像者象也惟佛氏以象教人故諸佛諸天土木其形金碧其飾揚眉弩目位置滿堂特藉以讋服愚夫愚婦使之畏懼匍伏而神明奉之耳曾謂古之聖人亦以鬼道教民哉且予嘗周游僧寺

歷觀關公諸像竟無一相同者矣豈關公眞有億萬化身哉毋亦雕塑者失其眞耳然則宋子業入廟謂世祖渠大齇鼻立命畫工齇之者又何怪其然而乃重罪其狂悖也故予嘗謂文廟以像祀聖賢是以佛奉聖賢而爲不仁之後學何也一須一髮有不似焉卽非吾先師也宗廟以像祀祖考是以佛奉祖考而爲不孝之子孫何也一須一髮有不似焉卽非吾先人也然則宋儒之議殊爲卓識何可輕訾之也曰如子之言滅像不已甚邪曰滅像者佛書之言也聞之記曰孝子之祭親也七日戒三日齋思其音容思其笑語苟廟中有像則一入便見之矣何待思乎由是觀之則西漢以上未始有像從可知矣至若諸佛諸

天土木形骸儻有大力者悉舉而焚之沈之是則舜命重黎絕地天通之遺法其人卽舜之徒也滅像云乎哉今之人不深攷古訓顧援引近似之言穿鑿附會以巧詆宋儒直爲佛氏厚積之薪而助其燄耳祝氏有云象山陽明流毒近在吾儒何暇遠攻釋氏吁其言得不然乎哉

食子肉辨

曾紹孔

嘗觀成周盛時聖子神孫世世相繼然自后稷開基歷古公季歷及武王有天下而維新厥命必推本於文王蓋文王者其心聖人之心而德聖人之至德也以天理爲權衡而力行其所安故足以法當時而傳後世雖狂患難豈有易歟史稱紂囚西伯伯邑考質於殷爲紂御紂烹爲羹賜西伯曰聖人當不食其子肉西伯食之紂曰誰謂西伯聖人者而傳者衍其說遂謂文王知而故食之也吁是何言歟此宜常人所不爲者聖人顧有是乎獸相食且人惡之況於人乎況人而聖聖而父子乎豈以是爲君賜邪夫爲君賜不知食之惡止紂而已知而食焉卽他人

之肉而從君於昏非以爲忠也矧其子之肉忠與慈兩無所處矣而惡顧止於紂哉爲是言者本史之意謂文不食紂必殺之特出一時權宜以全吾身耳夫有經而後有權權者衡度以取中非離經畔道忍心害理之謂也假西伯果預知其事方且疾首拊膺痛哭流涕觸昏主之怒捐脰亾身勿恤而子之肉斷不忍食也更不然自就死地不忍見子之羹且曲盡爲父之道並不樂聞君之命或默冀主心之悔乃所以爲權也未有食子之肉可爲權者也夫陰行善之說咸以史氏爲誣顧全吾軀而食子肉以爲權去殺妻求將烹子媚君者幾何其何以爲聖人又何以法天下傳後世哉余嘗讀史高帝與項王爭天下項羽留

太公俎上欲烹之而高帝公然以分羹之說對是豈人子所忍出諸口者萬一激其怒不聽項伯之言太公果就鼎鑊高帝雖覥然人上不特不可比於子且不得比於人矣況能治天下乎後之論者亦以高帝爲一時權宜之術而抑知太公之不烹者幸也是以戰國之世人心薄而天理熄故桃應設問與孟子之荅皆推本大舜愛親之心切視天下之輕極其情之所至云云固非有是事也有其事詎獨舜爾凡爲聖賢者莫不同此心此理矣矧文王尤稱與舜合符節者乎今欲誣以食子之肉殆與高帝同一權術而不得同舜爲聖人也豈其然哉豈其然哉詩曰惠于宗工神罔時怨神罔時恫刑于寡妻至于兄弟以御于

家邦孔子曰三分天下有其二以服事殷周之德其可謂至德也矣皆爲文王言也孟子曰聖人人倫之至也爲君止仁爲臣止敬爲父止慈爲子止孝此文王之道也萬世之爲君臣父子者皆當以文王爲法如傳所云顧敢於誣聖人乎而況聖人者必知其爲子之肉也抑又何據哉

報母齋辨　曾紹孔

古非大故不絕葷致齋散齋三日七日以交神也自佛法入中國齋名百出卿士大夫至村農野嫗持行如一流弊蔓延未已遂有三年齋爲報母名者謂孝教天下噫議其非而不知此惑世之大者也詩不云乎欲報之德昊天罔極報之說子所難言報以齋不知於母何裨也豈不曰以三年之愛故夫父母於子惟疾是憂固終身莫解也卽三年論母豈僅節口量腹已哉本根未固剝蝕易摧形氣之宣揚意欲之指向兒喜亦喜兒悲亦悲劬勞萬狀殆不可名爲子者左右就養寢興不甯能有是否就令有是胡敢云報而況報以其齋邪瓜果未嘗先親食之不

敢羊棗獨嗜後親食之不忍非此遂爲孝也小以觀大變以徵常雖小必謹處變弗苟愈難能也無不敢不忍者沾沾焉節口腹以爲報誠不知於其母奚裨世猶踵而行之非惑歟意爲此者特以炫異取名耳嗚乎身爲人子假父母博孝名尤惑之甚者矣嘗觀孝之至者極於明天察地祇此庸德之行竭吾力所當爲而或稍自表暴類專善而市道者適所以爲媿也顧可矜言報母而傝然自命爲孝乎矧第以其母而已爲孤子歟非通論也非孤子歟尤未可訓也今有生而眇者舉日月之照雨露之潤風雷之鼓盪謂皆地之爲也不大謬歟何以異是由斯道也悖於人而乖於天卽無報母之非何解無父之戾猶曰以孝

教也豈非旨於心者哉且齋必三年歲時伏臘烹鮮炰肥家人
會食獨苦身窶形離性滅欲棄生人之正理辜美景於良時毋
而不賢也毋而賢鮮不飲泣吞聲食不下咽矣尙得謂之孝哉
原其始必有一二人浸淫於佛氏之敎如目連救母懺罪貪福
諸怪說以亂其衷其後乃流爲風俗羣以爲孝不知駸駸乎入
於不孝矣惜其人雖不知孝不可謂無意於孝者吾取其意反
其事正之以聖人之常經一喜一懼維親之存善養親志勿傷
親心親心燕喜壽考且甯

九江辨

易宗涒

書曰九江孔殷九江之名濫觴於此漢志九江在廬江郡之潯陽縣張僧監潯陽地記備列其名曰烏江曰蜂江曰烏白江曰嘉靡江曰畎江曰源江曰廩江曰提江曰箘江樂史寰宇記李宗諤九江圖經皆本之王莽改豫章爲九江郡淮南子曰禹鑿江而通九路司馬遷曰余南登廬山觀禹疏九江應劭曰江自潯陽分爲九郭璞江賦曰流九派於潯陽白居易詩潯陽九派繞孤城皇甫冉詩長江九派人歸少古雄圖經南面廬山北背九江葢自漢晉以迄隋唐無不以潯陽爲九江矣至宋初胡旦始以洞庭爲九江而晁以道曾彥和皆從之而九江乃明蔡沈注書因直書曰九江卽今之洞庭但蔡師會氏以辰水沅水漸水元水澂水酉水澧水資水湘水皆合於洞庭故曰九江而朱子去元澧而益以瀟蒸二水至今尊尙而九江遂昭昭如揭日月焉葢漢晉諸儒率多附會不暇深究故相沿至此耳余則以爲洞庭之九江宜以禹貢山海經水經爲斷禹貢荆州九江孔殷又云至於衡山過九江東至於澧過九江此禹貢之可據也山海經曰洞庭之山帝之二女居之常游於江淵澧沅之風交瀟湘之淵是在九江之閒出入必以風雨此山海經之可據也水經曰九江在長沙下雋縣西今巴陵漢下雋地縣西卽洞庭此水經之可據也禹貢作於大禹山海經作於伯益水經雖不

知何人所作。而漢桑欽始大其傳。亦爲周秦以前之書。尊之曰經。必其常久不可易者。不此之信而以漢晉諸儒爲依據邪。夫孔甚也。殷盛也。洞庭九水所會匯爲八百里之湖。故曰甚盛也。若潯陽則爲九江所經過之江。上而黄州。下而安慶。同此廣闊。何爲孔殷邪。此尤彰明較著者也。且孔穎達、羅泌、張須元及潯陽記、緣江圖列名與張僧監互有異同。其爲後人之牽引無疑。至州別味別之說。尤爲不經之談。知此則潯陽之九江爲附會。而洞庭之九江爲無疑矣。但余生長湖南。性好遨遊。湖南七郡足蹟幾徧。竊嘗以爲九河之考定。朱優於蔡。九江之去取。朱蔡似未易優劣也。按朱子據鄭氏之說。言至者或山或澤也。澧宜

山澤之名。故不數。澧无誤作元。爲無是水。故置之。所以去元澧而易以瀟蒸也。今考地理志。澧水源出武陵郡充縣歷山。過郡行千二百里。而東北注於湖。則澧爲洞庭之入水。安得而不數也。元無是水。誠蔡之誤。但曾氏說九江有无水。古无字近元。故誤作元。一統志載无潕灖舞湖一水而五名。其源自貴州牂牁且蘭山。經諸葛洞。從偏橋鎮遠下流。而南合沅水。洞庭水源惟无至遠。安得而置之也。若云以其合沅爲一水。則漸溆辰酉諸水皆合於沅。而始注洞庭。豈下流之水源短者取之。上流之水源長者反置之邪。抑聞之古無瀟水。酈道元曰。瀟者水清深也。湘中記曰。湘川清照。水五六丈。下見底石如樗蒲。則瀟湘猶言清湘也。非別有瀟源也。隋唐以後始謂瀟水出九疑山。北合湘水。是爲瀟湘。嘗考九疑舊志。九疑一山而有金花銀花巢許復溆水安歸沙晉九水。而無瀟水。亦屬不合。今溯流窮源。九疑山至永州城下合湘處。才三百一十里耳。蒸水地輿記載出都梁邪薑山。漢志載出邵陵縣界。余嘗循流而下。實出邵陽縣之梽木山石亭橋。離衡州合湘處。才二百一十里耳。源皆不遠。總不若无澧二水之爲源較長也。今去无澧而易以瀟蒸。似未見其必然也。更可疑者。惟溦水。戰國策秦與荆戰。取洞庭五渚。五渚者湘資溦沅澧也。水經注云。湘水東對溦湖。世謂之麋湖口。今謂之東湖口。即巴陵縣東南溦湖是也。溦口口爲一源。從洞庭

東注大江。水亦不小。非溆漸諸水漸次合沅注洞庭者比。曾蔡朱三子皆未之及。誠不可解。循名核實。既識其非。目覩身游。尙存其是。安得起古人而爲之商榷邪。則是分支別派。何止於九。去取各別。不必盡拘。傅同叔云九江不必求其有九。如太湖一湖而名五湖。餘昭祈一澤而名九澤。皆不可以數求也。此誠通人之見矣。是爲辨。

鎮安縣志天書山辨

聶燾

按天書之事倡於王欽若成於王旦欽若不足論也以王文正之賢而爲美珠所誘卒箝口以終身削髮披緇悔心雖著其何及乎忠愍素號剛直亦藉此復入中書讀史者深惜之乾祐山之書史明書爲巡檢朱能所造當時中外咸識其詐矣而後人猶誑指其山以證之孫待制曰天何言哉豈有書邪予則曰天何言哉豈有山邪削其山辨之於此或問山之名於商者州有商山商南有角里山雒南有熊耳山山陽有天柱山鎮安諸山見於史冊者獨天書耳胡以削邪余曰不然商山角里以四皓傳熊耳以禹天柱以康節傳彼天書胡爲者朱能小人徒玷山靈而事又果乎萊公傳公者以竹林不以天書爲賢者諱道應爾也然而士君子立身行己一有依循萬口附會承訛踵謬幾費滌除後之爲萊公者其亦可鑑矣哉

鎮安縣志藥王神蹟辨

聶燾

舊志載嘉祐辛丑年九月初五日乾祐縣令王衢立碑上鐫藥王神蹟四大字余尋其碑不得也舊志又云山椒有窟以木塞之世傳藥王瘞黃巢於此後人思而祠焉說尤妄誕唐史載黃巢入長安僖宗走興元李克用破巢軍於渭南遁去趣汴州克用追擊之巢奔瑕邱巢甥林言斬巢及兄弟妻子首以降是巢趣汴州授首瑕邱幷未遁入南山何從而瘞於鎮安哉且以巢之逆亂人人得而誅之藥王乃從而醫之醫一人以毒天下爲藥王者不仁醫之不愈而又瘞之爲藥王者不智不仁不智而曰神蹟豈非大可噱之事哉

詩綱辨義十三則　許伯政

樂歌曰詩首見於虞書今按詩言志者在心爲志發言爲詩也歌永言者言不盡意又嗟歎之詠歌之舞蹈之也聲依永者歌之腔調必文之以五聲所謂情發於聲也律和聲者不以六律不能正五音所謂聲成文謂之音也大序之言祖述虞書乃詩教之第一義蓋樂爲心聲而詩又爲樂源也古樂莫盛於虞韶帝庸作歌曰股肱喜哉元首起哉百工熙哉臯陶賡歌曰元首明哉股肱良哉庶事康哉元首叢脞哉股肱惰哉萬事墮哉其意象與維清之奏象舞武之奏大武相仿疑即奏韶舞之升歌搏拊琴瑟以詠者故紀於后夔言樂之後九敘維歌疑即九成

湖南文徵　卷三十八 辨二　卅六

之閒歌夔曰下管鼗鼓合止柷敔笙鏞以閒言歌舞之閒作也孔氏書序舜作九共九篇疑即九歌如五子之歌其一其二之類緣壁經古文摩滅而遂亾之九共猶曰九夏或因太甲盤庚篇數亦以爲有書九篇殆非矣大武六成象四海之永淸簫韶九成象六府三事之允治故禹曰勸之以九歌俾勿壞也

舜臯之歌載虞書五子之歌載夏書皆詩也而止名曰歌頌之名殆始於商故商頌五篇附載三百又按虞歌之元首股肱商頌之綴旒駿厖雖屬賦體比興之義已彰惟別無所謂風雅然則六詩之敎至周乃備一曰風者上之化下如風以動之一國之事繫一人之本所謂風之自也二曰賦三曰比四曰興者心聲之感發正言喻言卽風而已具譬諸易首乾卦元亨利貞猶之賦也潛見飛躍雜物撰德猶之比興也由是言天下之事形四方之風曰雅雅者正也所謂遠之近莫敢不一於正也由是美盛德之形容告成功於郊廟曰頌所謂微之顯皆誠之不可揜者通於神明光於上下也心之所之至此則自新以新民新命者無所不用其極矣故曰大哉關雎天地之基也

詩三百孔子屢稱之載在論語今考毛詩篇數笙奏有六本無其詞商頌五篇另附於後周代之詩實三百篇三百之得名殆由於此孔子所稱非必在刪定之後况刪詩之說漢以前不見於經傳史遷始云古詩三千餘篇孔子去其重得三百五篇孔

湖南文徵　卷三十八 辨二　卅七

氏書序亦云刪詩爲三百篇孔穎達曰案書傳所引之詩見在者多亾逸者少孔子所錄不容十去其九遷言未可信也竊嘗就所見聞參之孔子蓋序詩而未嘗刪詩何也詩以言志卽敷陳直言而反覆詠歎與書史記事不同加之借物比興寓意微婉使無序文發其綱要千載之下曷由攷其人與世乎若商頌十二亾七無可復刪周詩之正者四始曁豳共一百七篇皆文武之政敎所形周公之制作所定其用於邦國鄉人朝廟郊社軍賓掌在太師樂部攸分傳誦已久卽舊章也設更有多於此者孔子方幸爲未喪之文曷爲刪之變雅變風之作譏諷時事者下以刺上非樂章也散見列邦者國異政家殊俗其時天王

守府孰爲采之諸侯放恣孰爲貢之不得領在樂官也攷之春
秋自魯僖之末以迄獲麟一百五十餘年唯株林澤陂作於定
王之世而他無聞焉所謂迹熄詩亾非有而不錄也循是求之
正詩止有此數變詩本無成編孔子生當周季傷變者之亾而
不作思正者之久將失傳於是歷聘之餘就其見聞所得凡三
百餘篇爲之序次其義道基正始故提全詩之綱於關雎正之
將變又著廢缺之由於小雅其閒卽有置而不錄者不過如滄
浪清濁之歌倩盼素絢之吟唐棣室遠之詠章句寥寥無國可
附者耳又如艾豭之謌黔晳之詛于思之謳均作于宋而辭氣
鄙倍較之齊盧令秦權輿體格尤爲卑隘乃不採之詩教之亾

卽此亦可徵焉然既非舊有成編亦不得謂之删也又如諸侯
以貍首爲射節射義記其文曰曾孫侯氏四正具舉大夫君子
凡以庶士小大莫處御于君所以燕以射則燕則譽此其辭意
與冠禮之醴辭相似故周公制作時繫於禮不入於詩非孔子
删之安有三千餘篇而十去其九者哉

史記又稱取可施於禮義三百五篇孔子皆弦歌之以求合韶
武雅頌之音說者遂謂詩既經夫子删定三百皆雅樂又謂鄭
聲淫自其土地風氣之發於聲音言之非繫乎詩辭又謂邶鄘
衞之分由所採異地故音節不同曾不思子謂武盡美而未盡
善是武猶不能悉合於韶況鄭衞之音比於慢安能求合于韶
武先王之樂詩言其志歌詠其聲舞動其容三者皆本於心然
後樂器從之今謂孔子所絃歌者三百之詩也則鄭詩者鄭人
自歌其土風不出乎國志詩與聲本一貫也何故發聲則淫而
詩音則雅若枘與鑿乎五方之風氣因乎水土其發於聲音者
固不能齊但邶鄘衞皆在殷畿千里之內今與鄭地竝隸中州
其風土相近也雅鄭不同部則貞淫相去甚懸也設邶鄘諸詩
雖爲衞作音節尙異於衞何故鄭衞之音獨可合於韶武雅頌
豈非迂僻不根之論乎今按詩之始教以六德爲本六律爲音
故詩者中聲之所止語夫詩之至也自周道傷于幽厲而變雅
作王綱弛于東遷而變風作侯氏僭天子之禮樂而魯頌作則

非復正始之中聲譬諸中晚之卑于初盛化治之變爲天崇皆
氣化人事之消長蒸鬱於人心而有以使之然矣孔子錄而敘
之分類列於四始之後正欲誦歌之者觀夫治世之音如彼其
安以樂衰世之音如此其怨以怒亾國之音如此其哀以思皆
政之乖和爲之故斯民所以哀傷者由於懷舊而思先王之澤
王澤終不下究則政散民流之區漸入於淫且蕩而詩亦因以
亾焉必能鑒末俗遵先型俾詩之變者復乎正庶樂之淫者可
還於雅斯則聖人序詩垂訓之志也如第硜硜然堅執聖經不
爲錄淫之具則將謂東遷之王聖如文武列國之君德如周召
夫子取其詩歌雖桑中溱洧亦協中聲可施於禮義毋乃與於

導欲妖淫之甚而不自省也夫

孔子自衛反魯然後樂正雅頌各得其所而不及於風何哉二南惟兔罝甘棠羔羊騶虞四篇不言婦女其餘二十一篇皆陰教所繫故用之鄉人用之邦國風天下而正夫婦無僭竊之嫌也二雅言王政而政又有小大小雅之入樂有諸侯大夫得用者有不得用者大雅周頌乃天子廟朝之樂是以各有其所焉方周道之盛辨上下定民志名分截然莫不各止其所也及王綱解紐諸侯僭于天子大夫僭于諸侯稍陵夷然其始雖天討不加人猶識其非而風刺之漸積既久踵而益甚樂工肄習皆昧其本始於是湛露彤弓以燕甯俞文王之三以享穆叔雍以

湖南文徵 卷三十八 辨二 三十

徹于三家之堂葢雅頌之失所至此極矣夫子聖人甯不心知其非而文獻不足則言之無徵歷聘既久所見聞于識大識小者皆確可引證然後自衛反魯毅然釐正之故雅頌各得其所云當是時樂工之賢者恍然見文武周公之舊制乃相與不安於僭竊而逃去是則正樂序詩各爲一事而說者每混而一之此鄭衛皆雅樂之說所以聚訟不已也朱子極辨桑中溱洧必非雅音而其解正樂但云殘闕者補之失次者序之又云王迹熄而詩亡其存者謬亂失次孔子自衛反魯復得之他國以歸定著爲三百篇則其誤亦同於諸家竊謂聖人之修述六經一曰翼易一曰刪書一曰序詩一曰定禮一曰正樂一曰作春秋其義庶各有當歟

序詩非注詩也注詩如后妃既成絺綌而賦其事后妃以君子不在而思念之故賦此詩之類是也序詩如葛覃后妃之本卷耳后妃之志凡繫篇名以制義而辭尙體要者是也士生百世之後取古詩而注之豈不博攷遐稽澄思殫慮期于至精且當究之其詩作于何人何時何事臆度而非眞知則豪釐差而千里謬者多矣序詩者時與事人與世早已洞晰于胸而非屑屑爲之分疏也提其綱領舉其樞要以示學者欲學詩而不由序惟詁訓箋疏是務辨之彌詳違之益遠猶求入室而閉之戶也程子曰詩大序其文似繫辭其義非子夏所能言也蓋夫子慮

湖南文徵 卷三十八 辨二 三十一

後之不知詩故序關雎以示之斯言信得其實矣但卽序之源流攷之夫子所序奚止關雎何也漢興詩有四家魯人申公受詩于浮邱伯爲訓故以教無傳疑者則闕不傳號魯詩齊人轅固生作詩傳號齊詩燕人韓嬰推詩之意作內外傳數萬言號韓詩是三家之詩皆自爲傳訓無所師承也毛詩之傳一云子夏授高行子高行子授薛倉子薛倉子授妙帛子妙帛子授河閒人大毛公毛公爲詩故訓傳于家以授趙人小毛公一云子夏傳曾申申傳魏人李克克傳魯公孟仲子仲子傳根牟子根牟子傳趙人孫卿子孫卿子以傳大毛公兩說雖不同其傳自子夏則同也鄭箋云衆篇之義合編至毛公爲詁訓傳乃分之

各置於其篇端孔疏云毛傳不訓序者以分置篇首義理易明故不爲傳據此是詁訓傳作於大毛而由子夏以來轉相傳授者獨此序義耳序義非子夏所能言則衆義合編皆孔子成之而卜商親受業焉其傳授之淵源遠矣易象傳亦孔子所作彖言乎象故明卦象者稱大象傳爻言乎變故明爻象者稱小象傳所謂卦有小大也六詩基化于關雎故統論全詩以冠三百若綱之在綱因名大序衆篇之義各指其所之如樛木后妃逮下也漢廣德廣所及也其屬辭較之潛龍勿用陽在下也見龍在田德施普也文法相仿因名小序其初合爲一編大小之序有條不紊及毛公分置篇首轉似詩之命題又侶篇名之註語

則序次之意既隱大小之稱亦混矣朱子云按後漢書儒林傳衞宏作毛詩序今傳于世則序乃宏作然毛公之前其傳已久宏特增廣而潤色之隋經籍志先儒相承謂毛詩序子夏所創毛公及衞敬仲更加潤益今按小毛公爲河閒獻王博士出其家傳詩授王以不在漢朝故不列於學又史稱獻王修學好古所得尚書禮記毛氏詩左氏傳孟子皆古文先秦舊書宋禮樂古事稍稍增輯是古文舊書小毛爲博士時俱所親見今序文中附會左氏孟子諸書以立說者大抵小毛採輯于前宏又附益于後隋史所志洵爲明確然其手筆各別見義尤多麤陋續貂之蹟瞭然莫揜茲編既合古序于首卷屛續序以還其舊而

解詩則仍置篇端分古序續序以別之竝辨其義焉古序亦閒有殘闕而大毛補之者其說與雅頌分什之由另具于北山詩之篇名多取篇首一二三字或一句爲之皆詩成之後作者所自名書稱周公居東爲詩以貽王名之曰鴟鴞是足證也國語宋大夫正考甫校商頌十二篇于周太師以那爲首可見作詩必立篇名其來久矣所以然者詩之入樂其所不同唯篇各有名然後樂工肄習孰爲升謌孰爲閒謌或搏拊以詠或笙鏞以閒易於識別而不混觀燕禮之工謌笙奏閒謌及謌鄉樂又足證也且詩者志之所之感物而動達意而止故名篇在詩成之後非別有所取義漢高祖置酒沛宮召故人父老道故舊爲

笑樂擊筑謌曰大風起兮雲飛揚威加四海兮歸故鄉安得猛士兮守四方因名大風謌項羽兵敗至垓下夜起飲帳中悲謌慷慨自爲詩曰力拔山兮氣蓋世時不利兮騅不逝騅不逝兮可柰何虞兮虞兮柰若何因名垓下謌此皆情動于中而形于言迄今誦之興亾異勢故一則安以樂一則怨以怒哀以思仁暴殊施故一則不嗜殺人遂一四海而馬上得之安事詩書之胸懷亦露一則武人爲于大君竟無以保妻子而喑啞叱咤千人自廢見人慈愛言語嘔嘔之氣象亦傳良由其時近古猶彷彿三百之遺意後之爲詩者卽景卽事卽物以命題乃搆思選辭而成之追琢彌工性情彌遠其詩亦有題名而無篇名矣續

序每從篇名生義雨無正曰雨自上下者也衆多如雨非所以爲政不知此詩首引天降饑饉以陳言其饑饉由于淫雨傷稼故名雨無正猶之寺人孟子曰巷伯天子之功曰常武名義皆取諸篇中明明上天明明在下其始皆名明而誦者加小大以别之召旻韓奕小旻小宛小弁皆可類推箋疏之家横生異義而後人又或效尤焉是求解經而適以蠹經也

四始之稱創見於大序解之者其説不一史遷曰關雎之亂以爲風始鹿鳴爲小雅始文王爲大雅始清廟爲頌始孔疏曰風也小雅也大雅也頌也此四者人君行之則爲興廢之則爲衰是興廢之始成伯璵曰始者正始也周召二南國風之正始鹿

鳴至菁莪小雅之正始文王至卷阿大雅之正始清廟至般頌之正始王安石曰風也二雅也頌也雖相因而成其序不相襲故謂之四始今按序稱關雎風之始故史遷推類言之序稱王政所由興廢故孔疏依傍言之序稱一風五雅六頌而雅又有小大故安石圓融言之然衷之於理遷説牽合而失之誣孔説勦襲而失之闊王説調停而失之游唯成氏之言明正切當獨得眞詮蓋四詩之正者其始正也是謂四始及其久而皆變焉變乎其始者也是謂變風變雅不言變頌者魯獨有之父母之國故微之也細繹序之本文自當見之

序曰國史明乎得失之迹又曰止乎禮義先王之澤也知其說者其惟孟子乎蓋孟子所云王者之迹卽先王之澤也君子之澤五世而斬明其迹亦寖熄焉文武之化始于二南四方之風形于二雅成功盛德播以頌聲由是子孫臣庶相與遵循之君子賢其賢而親其親小人樂其樂而利其利風雅之變者未由作也厲幽踵武周道大傷平桓以降日益衰微然而故家遺俗流風善政猶有存者當是時式救爾後必稱皇祖維今有舊必稱召公顧瞻周道則思西歸念彼周京則思郇伯惟前王之芳躅猶留一綫于人心故哀吟感歎庶幾旦暮見之風雅所以雖變而未亾也序次之以附四始俾百世之下賴以考見得失可觀可興而國史所明之迹無庸取材矣蓋孔子所取乎詩者吟

咏性情皆心聲也非史策之浮僞可及王迹者一代之人心所繩維也故懷其舊俗以形于言迄夫道失民散風俗日趨于污人心澌昧其舊剝極之迹譬諸梏之反覆夜氣不足以存是故苕華草黄有作則人亾國瘁無復凡伯家父諸賢而雅因以亾桑中溱洧澤陂又作則性情流蕩誣上行私恬然軼于禮義之坊而風因以亾魯頌又作則飾功蓋罪虚美以媚生君矯舉以誣天祖而頌因以亾在其四海滔滔狂瀾莫砥百王之軌轍將嗣是而不昭因之筆削國史以正人心以存王道故曰詩亾然後春秋作明夫序詩修史事異功同孔子所爲繼舜禹湯文武周之後以布衣延幾希之緒而孟子幸得私淑諸人者賴有此

也先儒每謂黍離降爲國風而雅亾今按黍離作于東遷以後宗周已滅故繫王城較之周南雖盛衰迴異非王者之無風也郭爲降之或曰王室既卑故詩人不爲雅而爲風然則雅之亾否操縱于作詩者之手何惑夫鄭有詩卽稱其合中聲于雅頌魯有頌竝美其同盛德于商周也夫

每讀左氏季札觀樂之文無義蘊可尋而謬妄尤甚案季子來聘在襄公二十九年孔子方八歲未正樂序詩也設如史遷古詩三千餘篇之說則所删二千七百篇皆周樂也其閒豈無他國之風安得由二南及檜以下悉合于毛詩此猶曰遷言未足信耳邶鄘衛周樂既分三部魯工何以合樂且憂而不困乃聞

歌知之而曰吾聞康叔武公之德如是今按憂而不困舉似二君之德極不相肖札未觀樂之先何從聞其如是而指爲衛風之證邪其三十九篇內新臺牆茨桑中鶉奔倫理滅絕以致定中再造亦憂而不困乎鄭曰細甚先亾既影附於聲淫亂雅之意矣但既爲周樂何故雅鄭兼收其後孔子正樂奚爲不放之也凡人憂思則知戒懼謂王曰思而不懼是困心衡慮而不作勢將死於安樂何美之有君子審音知樂而謂之所憑者唯聲與詩本樂記言之敖辟喬志者齊音也就三百攷之荒淫無節鳥獸內亂者齊詩也謂齊曰泱泱大風國未可量於聲詩兩無所據毋乃姑妄聽之姑妄言之乎能夏則大謂秦似爲近之至於魏當閔公元年爲晉獻所滅其詩雖存實亾國之音也今曰大而婉險而易行以德輔此則明主揆其意中以魏詩皆爲晉作晉方主盟中夏遂從表裏山河生義而爲此說故唐本晉詩又從國名生義舍唐叔受封而歎美陶唐氏與續序如出一手也陳曰無主難久似專指株林若宛邱刺幽公當厲王之世衡門誘僖公當宣王之世逮觀樂時傳世二百七十餘年斷其無主難久將札言之不中乎抑樂工未謌此數詩乎序稱二南正始之道王化之基言其經夫婦成孝敬乃道之造端與肇基王迹之義迥別今二南曰始基猶未勤而不怨象箾南籥曰美哉猶有憾是謬認始基爲肇基惜其三分有二未能身致太平則

與聲淫及商無異而文王服事之志荒矣鹿鳴之三閒謌之三笙奏之六載在儀禮乃周德方盛之樂工謌小雅莫先乎此何以稱周德之衰設指刺幽者言之類皆直陳得失且有惡惡如巷伯者何以稱怨而不言乎豳詩迎寒暑豳雅祈年豳頌祭蜡載在周禮掌于籥章謌豳必不越此何以云周公之東卽就居東言之鴟鴞救亂狼跋美公哀而不傷猶似之與樂而不淫何涉乎三頌事異世殊斷難合謂於謌頌而統稱盛德之所同湯濩猶有慙德而魯僖之頌不但同德于商且比盛于文武不已妄乎況大雅曰曲而有直體卽曲而不屈也未足以該文王之德頌則曲直遠邇遷復哀樂用廣施取處行對舉成文外强中

乾湊合無味又不知舞以節八音行八風此方論詞未及于舞而遽以五聲八風對言之淺陋尤易見也大武則影附四海永清曰周盛若此大夏則影附不矜不伐曰勤而不悳韶舞則影附盡美盡善曰甚盛蔑加猶無大謬但魯樂果備虞韶孔子魯人也札得觀韶于魯子反聞韶于齊何也大抵以國風皆周樂以魯樂備六代所見不出漢人其謬爲大言以欺世求諸續序則多比附衷以古序則極支離殆由河間獻王所得舊書有毛氏詩左氏傳詁訓之士遂相與採拾增輯爲之說又攷武帝元光五年河間王來朝獻雅樂所獻之樂大約詞用四詩舞稱六代而總以周樂爲名當日獻之漢朝必先有援据好事者因左

氏帙繁事雜竄入其說以爲引用詩樂之證耳今攷左氏本文敘吳公子札來聘見叔孫穆子說之與語畢又敘其出聘也通嗣君也故遂聘于齊聘于鄭適衞適晉文理一綫而其間歷敘與諸國卿大夫言者繁簡有條向背有法兼入晏子之納邑免難及甯戚聞鐘一大段雜而益整至賾而不可惡起止亦復屹然乃于觀必及子之下橫空塡入此文由詞及舞由風及雅頌由文武及湯禹舜請觀起請觀結于筆庸瑣義意空疏盍與僞泰誓等耳讀左說詩者皆不可不辨也

學詩之道有四一曰作詩發言必根于志之所之是謂心聲廣博物理依于音律是謂出納五言虞書曰予欲聞五聲六律八音在治忽以出納五言汝聽又曰夔命汝典樂教胄子直而溫寬而栗剛而無虐簡而無傲詩言志詞永言周禮曰太師教六詩一曰風二曰賦三曰比四曰興五曰雅六曰頌以六德爲本以六律爲音記曰不學博依不能安詩皆作詩之教也一曰誦詩必反求而內省愼修而篤行不徒口耳之麤迹子曰詩三百一言以蔽之曰思無邪又曰誦詩三百授之以政不達使于四方不能專對雖多亦奚以爲又曰詩可以興可以觀可以羣可以怨邇之事父遠之事君多識于鳥獸草木之名子謂伯魚曰人而不爲周南召南其猶正牆面而立也歟又曰不學詩無以言經解曰其爲人也溫柔敦厚詩教也溫柔敦厚而不愚則深

於詩者也白圭愼言則南容三復不忮不求何用不臧則子路終身誦之皆誦詩之學也一曰說詩必心領神會發揮旁通論世以知其人子曰賜也始可與言詩已矣告諸往而知來者又曰起予者商也始可與言詩已矣孟子曰固矣哉高叟之爲詩又曰說詩者不以文害辭不以辭害志以意逆志是爲得之又曰誦其詩不知其人可乎是以論其世皆說詩之方也一曰賦詩古人于詩不以多作顯才而以能賦發志必熟悉義理乃精于節取曉語音節乃善于諷詞用能即故生新切中事幾之會兼通彼已之懷故詩僅三百而朝聘燕饗軍旅之際其用不窮晉侯享魯公賦菁莪於是莊叔以公降拜而賦嘉樂鄭伯宴文

公子家賦鴻雁。文子賦四月。子家賦載馳之四章。文子賦采薇之四章。於是鄭伯拜。公答拜。范宣子來聘。賦摽有梅。則季武子以歡以承命。許之。武子賦角弓。又賦彤弓。則宣子亦以敢不承命許之。穆叔如晉。賦圻父。中行獻子曰偃知辠矣。賦鴻雁之卒章。范宣子曰丐敢使魯無鳩乎。范宣子賦黍苗。以享武子。則再拜稽首而賦六月。穆叔賦載馳之四章。以感叔向。則曰肸敢不承命。季武子賦常棣之七章。以受享。則宋人厚賄之。賦魚麗之卒章以復命。則公賦南山有臺。以嘉之。晉人賦嘉樂以享齊鄭。於是國弱相齊侯賦蓼蕭。子助相鄭伯賦緇衣。而晉侯拜齊君之安我宗祧也。又拜鄭君之不貳也。他如七子賦詩。趙孟稱爲

數世之主。趙孟賦瓠葉。穆叔知其欲一獻之禮。六卿皆賦以餞韓起。起因以知鄭其庶乎。皆賦詩之事也。

經解曰詩之失愚其故何哉。聖人修述六經以持世教。故時雖舍而天下文明焉。夫唯至教淵廣。學者不能徧觀而盡識。於是各循其性之所近以學之而受益無方。入其國觀其爲人。卽可知其教之所得力。是謂專經之學也。詩之爲教。信以發志而穆如清風。故無疾言無遽色。發乎情止乎禮義。故哀樂不過其則。動靜不失其常。體之以治厥身心。暘于日用。鄙可寬薄可敦。矜躁釋而辭氣和平。谿刻消而哀益稱物。以經夫婦雍睦。刑于家庭。以親族黨任恤式于閭里。其爲人也庶乎溫柔敦厚矣。雖然罹變如宜臼而曰我無令人。則能慕而不能怨。居時如有鰥而曰必告父母。則知經而不知權。誦北山者非淺。體夫我將教孝之心。勢必至于臣父而非所以爲子。詠常棣者不大明夫破斧滅親之義。道固出于愛兄而非所以爲臣。充斯類以行諸躬。措諸家國天下常變雜投。跋胡疐尾。小雅曰不敢暴虎不敢馮河。人知其一莫知其他。斯之謂也。非愚而何。然豈詩之愚人哉。亦弗淺者自失之而已矣。若夫說詩者以文害辭以辭害志。小則淇泉之綠竹區爲二物。太則執競之成康判爲二王。稱此以求而詩之失愚殆不可以更僕數也。卽如嚴君平之學易。履亂而皭然不汙。遯世而確乎不拔。律己必砥乎廉隅。語人必依于忠

孝。盈虛消息與時偕行。可不謂潔靜精微乎。惜夫閉肆下簾。惟講老子且欲箸書以述後世。攻乎異端。其蔽也賊。賊與愚爲害不同。其失則一。愚成斯編而號之曰淺匪云能之。姑以自勵夫願學之志云爾。

夏殷之禮文獻無徵。孔子猶難言之。況焚坑以後六籍僅存。而殘闕不少。樂無經。周禮無冬官。儀禮尚書亾逸皆過半。春秋則經全史缺。雖有二傳而公穀之解經鮮事實。左氏之紀事多浮誇。折衷以符經旨自昔難之。其閒惟文周之繫辭。孔子之十翼獨爲完書。次之則詩者古人之文與事三百具存也。序者聖人之所取義。鴻綱舉鉅目張。非書序比也。史記秦時焚書。伏生壁

藏之其後兵大起流亡漢定天下伏生求其書亡數十篇獨得二十九篇以教于齊魯之閒據此則其年至九十惟口授鼂錯由所得舊簡歲久壞爛而又別無寫簡耳孔壁古文出時人無能知科斗書者孔氏以所聞伏生之書攷論文義定其可知者增多伏生二十五篇伏生原合堯典舜典爲一益稷皋陶謨爲一盤庚爲一顧命康王之誥爲一孔氏據序分之故云幷序凡五十九篇其餘錯亂摩滅弗可復知悉上送官藏之書府據此是序與書同出壁中矣雖然序果裁自聖筆必於要義有所發揮今讀其辭不過節書中事略記其篇名本屬贅旒又九共九篇咸乂四篇太甲三篇之類意在詳其篇數而已臨淮太守家

語序云孔子襄以秦法峻急壁中藏其家書由是論之此序乃藏書時慮其簡編歷久或蠹朽淩亂因序次篇名數目以備攷及與經俱出孔氏念皆先人遺迹附經以傳俾後學知刪書舊有此數故書序惟稱孔子討論墳典斷自唐虞以下迄于周典謨訓誥誓命之文凡百篇今其存者五十八亡者四十二而序不與焉及其承詔作傳乃言書序所由作則序非聖筆明矣若夫詩序二南大雅豳詩標旨趣者居多小雅周頌商頌明事類者獨晰變風變雅魯頌其書法或婉或直或平或峻或予或奪或顯或晦悉與春秋相表裏於今可攷三百事義者獨賴此序之存豈若范范墜緒文獻胥苦于無徵哉其他聲韻音釋字義物名地理制度官爵朱傳頗集百家之成茲編所見有與集傳異者則註之凡不註者皆從集傳唯逆志于文辭發其本旨雖多與集傳不符卽就詩以敷陳之不能悉爲之註也

或問朱子力駁詩序而後學說詩每不從集傳然則晦翁之學非歟曰吁是何言歟子朱子古篤學力行之君子也其質性似曾子嘗曰學者須剛毅果決悠悠終不濟事則其爲學亦由行入惟敏達不逮子貢故尤加意於格物致知蓋求擴充其所短也昔孔子自敘有曰四十而不惑孟子亦曰我四十不動心今讀晦翁所爲傳註或積疑數十年究無定解或兩義竝存不敢軒輊或晚年所見異于少壯而亦未肎追改

前說卽此以窺其學力所到殆可與立而未優于不惑若其困而學之隨事體察則曾子以後所僅見者使獲游孔子之門一貫之道庶可以與聞矣噫孟子之生去聖世未遠又近聖人之居然而無有乎爾則亦無有乎爾蓋深懼夫見知者邈則聞知者久且益難況秦火以來遺經僅存諸子百家羣言瞀亂如治絲而棼之雖曰豪傑之士無文王猶興而欲于棼絲中擇焉皆精語焉皆詳中人以上其難之故孟子七篇所言猶閒不慊于人心又何異夫集傳之未能無小疵也伯政童年學詩謹守集傳長而博攷旁參一旦憬然如悟遂取古序及朱傳審辨其義積三十五年乃成茲編不忖陋妄庶

幾思夫千慮或少補明智之所未發其言是正朱子所深嘉如其非是必不能以欺天下後世又何敢與先儒為難也雖然窮經匪知之艱行之維艱知及之仁不能守之則雖得必失流為自欺之小人能不前望子朱子而恧然慙且愳歟乾隆十有九年仲春望日誌

湖南文徵卷三十九

湖湘後學集編

辨三

純水辨

鍾聖芳

平江邑志云純水出純山即連雲山也而其發源於東南者則謂之盧水水經注曰純水出其縣東南純山西北流又東逕其縣南又北逕其縣故城下右會汨水按古吳昌縣在今之金埠觀故為純水所逕即邑志之盧水也會汨於故城下在雙江口則今之中縣坪者故城也建於三國之吳邑志以為後遷者其亦傳聞異辭者乎連雲稱純山古無可攷山之所出水分二源皆屬小溪其入汨乃在故城之上流三十餘里豈得逕故吳昌縣南哉平之大溪四在西北者三在東南者一純水也四水源流遠近大小略相似皆會於汨惟純逕古縣城故獨見於經傳耳由此觀之邑志之盧山盧水皆古之純也而又或以盧為羅其失均矣因附於此以正其譌焉

詩序辨

朱景英

詩皆有序獨關雎爲最詳先儒謂關雎爲大序葛覃以下爲小序而作序之人說者不同謂爲子夏作者毛公鄭康成王肅蕭統輩也謂大序是子夏作小序是子夏毛公合作者沈重也謂衞宏從謝曼卿受學因作毛詩序善得風雅之旨於今傳於世者後漢書也謂毛詩序子夏所創毛公及衞敬仲又加潤益者隋書也謂子夏意有未盡毛公更足成之者陸德明也謂子夏有不序詩之道三疑其爲漢儒附託者韓愈也謂詩序詩人所自製者王安石也謂其言時有反覆煩重類非一人之辭凡此皆毛氏之學而衞宏之所集錄者蘇轍也謂詩大序其文似繫

辭其義非子夏所能言分明是聖人作此以教人者程子也謂小序一言國史記作詩者之本義小序之下皆大序亦國史之所述閒有聖人之遺言可考而知者范處義也衆說紛紛殆難縷述矣近世竹垞朱氏以爲詩之有序不特毛傳爲然說韓詩魯詩者亦莫不有序惟毛詩之序本乎子夏故毛詩出學者舍三家而從之以子夏習詩而明義其序不同乎三家也且謂毛詩雖後出亦在漢武時詩必有序而後可授受韓魯皆有序毛詩豈獨無序直至東漢之世侯宏之序以爲序乎其言甚辨然不爲無見也去序言詩者自宋雪山王質詩總聞夾漈鄭樵詩辨妄始朱子因漁仲之說盡去美刺探求古始其說頗驚俗楊用修謂文公因呂成公大尊小序遂盡變其說爲矯枉過正非平心折衷之論宜東萊不能心折也蓋自朱傳出而訾議紛起信者少而疑者多其尤明切攻之不遺餘力者則鄱陽馬氏之論足味已大抵謂書之序可廢而詩序不可廢雅頌之序可廢而十五國風之序不可廢其中舉詩之賴序以明者凡數端且謂詩序自漢以前經師傳授去作詩之時不甚遠千載而下學者所當遵守體認以求詩人之意而得其庶幾固不宜因其一語之贅疣片辭之淺陋而欲一切廢之鑿空探索而爲之訓釋也噫斯殆文公之諍臣也夫

沅州辨　　朱景英

元和郡縣志貞觀八季於龍標縣置巫州天授二季改爲沅州開元十三季復曰巫州大歷五年以境接溆浦改曰敘州一統志據此謂今黔陽縣爲唐敘州治兼據通典巫州理龍標縣之語而證以龍標山在今黔陽縣城内則唐巫治在今黔陽洵屬無疑又謂今沅州治乃唐潭陽縣而舊志誤以今沅州治卽唐巫州治其說甚精足破從前之惑矣乃或者猶以唐沅州爲疑豈知沅州之名以沅水而稱而沅水自會同流入黔陽縣西清江口與無水合已詳予無沅二水辨則唐沅州治之在今黔陽縣更明且唐王昌齡謫龍標尉其見於詩者如西江寄越弟云

沅溪更遠洞庭山龍標野宴云沅溪夏晚足涼風留別司馬太守云遠謫沅溪何可論送柴侍御云沅水通波接武岡送吳十九往沅陵云沅江流水到辰陽卽辰志所引昨從金陵邑遠謫沅溪濱之句雖其詩全首不見本集然莫不指沅水而言不皆與唐沅州相證明邪至今沅州治實自宋熙甯開始移置於此絕非唐之舊矣此誤如輿地廣紀明一統志方輿紀要諸書猶不能免不獨舊志爲然也

諸葛營辨　　朱景英

一統志諸葛營有四俱在黔陽縣一在縣東南安江一在縣南渡名甕城一在縣西南原神鄉一在縣西南託口相傳俱諸葛亮屯兵處按水經注沅水又東與序溪合水出武陵郡義陵縣鄜梁山西北流逕義陵縣治序溪其城劉備之秭歸馬出五溪綏撫蠻夷亮率諸蠻所築也攷義陵卽今溆浦縣序一作敘卽敘水黔陽與溆爲近其屯兵處似與酈注所云亮築城處相距不遠然攷蜀志章武元年先主伐吳吳將陸議李異劉阿等屯巫秭歸將軍吳班馮習自巫攻破異等軍次秭歸武陵蠻夷遣使請兵二年先主於夷道猇亭駐營自佷山通武陵遣侍中馬

良安慰五谿蠻夷咸相率響應又馬良傳以馬良爲侍中及東征吳遣良入武陵招納五谿蠻夷蠻夷渠帥皆受印號咸如意指會先主敗績於夷陵良亦遇害是入武陵者良也是役也武侯以丞相領司隸校尉留守成都不在行閒何緣得有築城一事至亮本傳云建興三年亮率衆南征攷其經由實道越巂故表云五月渡瀘不言出此況先主敗軍之後所云荆州三郡地皆入吳終蜀漢之世不能復也武侯更無緣得經此地且水經注此條朱謀㙔箋已謂秭歸以下有脫誤蓋五溪上是脫文而良誤爲亮音近而字訛耳黔陽縣志於山川類有臥龍巖冷水井而古蹟内又有諸葛城及諸葛營俗語流傳不足信也

若溪砦辨

朱景英

方輿紀要若溪砦在沅州西宋至和中溪州蠻彭仕義作亂寇辰州界據守若溪地既而其兄師晏攻殺之歸若溪地並以皮白峒來獻蓋在若溪西也崇甯三年始置若溪砦屬盧陽縣今仍爲戍守處按宋史蠻夷傳北江蠻酋最大者曰彭氏世有溪州州有三曰上中下溪又有州十一總二十州皆置刺史而以下溪州刺史兼都誓主十九州皆隸焉謂之誓下州天聖五年命彭仕端知下溪州明道初仕端死復命仕義爲刺史至和二年知上溪州彭師寶與仕義子師黨舉族趨辰州告其父之惡且言將起爲亂於是知辰州宋守信率兵數千泝入討伐兵至

而仕義遁入他峒不可得俘其孥及銅柱而官軍戰死十六七信等皆坐貶自是蠻獠數入寇鈔邊吏不能制後遣使經制大出兵臨之且馳檄招諭之而仕義乃陳本無反狀願以二十州舊地復貢奉內屬嘉祐二年就降辰州亦還其孥及銅柱自是仕義歲奉職貢然黠驁數盜卽辰州境界白馬崖下喏溪聚衆據守朝廷數招諭令歸侵地不聽熙甯三年爲子師綵所弑師綵專爲暴虐其兄師晏攻殺之納誓表於朝並上仕義平生鞍馬器服仍歸喏溪地五年復以馬皮白峒地來獻詔進爲下溪州刺史章惇經制南北江誓下州峒蠻各以其地歸版籍師晏遂降詔修築下溪州城並置砦於茶灘南岸賜新城爲會溪新

砦名黔安戍以兵隸黔安戍云云考彭氏所剌之州在今永順府而下溪州卽今會溪在辰州府沅陵縣之西北一百二十里源出永順縣西南流入酉水是爲北江俗呼爲北河是也仕義所據辰州界白馬崖下喏溪大抵卽今沅陵縣北二十里之白巖界山爲近若沅州之若溪砦則在今芷江縣西州志所謂若水之右是也沅州上下宋史謂之南江與北江遠不相涉況若溪與喏溪字畫亦別其不能牽附明矣至仕義作亂始末與師晏攻殺事蹟顧氏亦舛錯已多故詳引宋史以正之

李白流夜郎辨

朱景英

夜郎壤地最闊人多通稱唐初屢以名郡縣貞觀七年置珍州夜郎郡治營德縣亦理夜郎縣乃李白長流處也元和二年州廢縣隸溱州終唐之世溱有夜郎縣唐凡四夜郎珍溱郡縣之名三而沅州之夜郎縣自貞觀八年析龍標置初隸巫州再隸沅州又隸舞州鶴州終隸業州至天寶二年更名峩山白之流珍州夜郎郡也在肅宗乾元元年半道承恩放還亦未嘗身履其地其寄王明府詩所云去歲左遷夜郎道今年敕放巫山陽是也曾子固謂其汎洞庭上峽江至巫山以赦得釋試取其道里所經而次第之與沅州之夜郎何與邪至古夜郎國漢為牂

牁郡在唐夷播之閒亦絕非李白流所人率昧於夜郎所在每信口漫相指目而湖南諸郡縣志多牽綴李白流寓以為重且傅會其詩句若武陵之木瓜山沅州之武陽山以彼吟咏實此齟齬黎邱之鬼幻憑白晝之夢空囈豈足當通人指摘哉

後漢書南蠻傳辨

劉紹濂

南彝之稱雜見經史書云三苗詩云蠻荊史記前漢書云夜郎卭皆南𡰥種類也卭南𡰥傳之星宿海也初無所謂槃瓠其說者自東漢末應劭撰風俗通雜采詭俚之語標為槃瓠之稱自矜博洽而不知其無識不典實甚也然劭非有柱下紀載之繫恣其醜記著為創聞不過博文人談鋒一快耳夫何宋范蔚宗者作後漢書冀光石渠上嗣馬班率臆拉引漫無別擇乃翻遷固之局於西南𡰥傳上加入南蠻二字而援應氏詭俚之語冠於其首無識者流增衍為說益以滋蔓勢不能家置一喙則亦不可不著論以破之也嘗試卽其說而辨之大抵其妄有八犬

戎者山戎獯鬻玁允之總號也南𡰥從無此稱今云高辛氏有犬戎之寇帝患其侵暴云云則是猥以加之武陵蠻殊駭聽覩其妄一吳之得姓以泰伯將軍之官自戰國高辛氏之代安得有將軍之稱乎其妄二且云征伐不克則吳將軍者其人必悍勇其黨必繁多其巢穴必險阻槃瓠一犬耳雖獟驛如獒要非其敵安所得其頭而銜之其妄三高辛氏建都於亳今歸德府商邱縣是也商邱至今辰郡水陸三千餘里中隔洞庭之險槃瓠以一犬往返三千餘里又銜一人頭保無何而奪之角而斃之者且又安能走天塹如康莊邪其妄四高辛氏列稱五帝其少女則堯與稷契之妹也以配畜雖至愚不為而謂聖如高辛

氏而爲之耶其妄五令不可違屈就女配卽如其說前者以犬銜頭而來今又以犬負女而走經涉旬月踰遠越險如入無人之境而近在數舍之內事理之必無者也其妄六武山石室傳在瀘溪非有甚阻絕也況犬可以往豈人不可以至乃云遣使尋求輒遇風雨震晦若迥非人境者其妄七槃瓠之子旣以先父有功母帝之女立之君長賜有印綬厥後唐堯嗣位南蠻爲其外甥虞舜旣帝南蠻爲其親戚二代要服之國瓜葛歷然何幷未見他書耶其妄八夫此八妄如瘢著面有目共覩初非吹毛求疵也范氏乃不能燭其紕繆正告天下而至援以立傳則非應氏之妄而范氏之妄也當時自謂整理無愧又云體大思

精卽此而觀吾不知其所謂整理精大者安在也又夜郎之侯遠在漢先其見於史漢二書者夜郎稱侯則有多同其後封王實惟元狩而牂牁立郡亦卽在元狩年間范氏乃援華陽國志竹姓稱侯之說若夜郎之侯始於漢武帝者且牂牁之郡顯在元狩而范氏以爲元鼎豈范氏目未見馬班二書耶況二書西南尸傳於武帝錄至元封二年若有其事馬班先載之矣何待常氏掇拾於後乃范氏不據正史而據雜記亦誣且僻矣哀牢之傳謂婦人觸沈木有娠十月產子男十人其小子曰九隆其推以爲王是爲哀牢之祖荒怪不經亦本風俗通與郡無涉故不辨

尚書今古文雜辨

張世法

尚書先儒傳漢所治惟伏生二十八篇武帝時增泰誓一篇而止至東晉梅頤奏上孔安國傳註尚書比伏生多二十五篇凡傳記所引書語皆收入又析伏生書爲三十三篇竝書序共五十九篇遂冒爲孔壁古文行於世其書不可信此疑之者過也據書序中百篇虞書帝釐下土方設居方別生分類作汩作九共九篇槀飫合典謨爲十五篇其十一篇皆亾商書自契至成湯八遷始居亳從先王居作帝告釐沃湯征諸侯葛伯不祀湯始征之作湯征伊尹去亳適夏旣醜有夏復歸於亳入自北門乃遇汝鳩汝方作汝鳩汝方湯旣勝夏欲遷其社不可作夏社

疑至臣扈夏師敗績湯遂從之遂伐三朡俘厥寶玉誼伯仲伯作典寶咎單作明居成湯殁太甲元年伊尹有訓作肆命徂后沃丁旣葬伊尹于亳咎單遂訓伊尹事作沃丁伊陟相太戊亳有祥桑穀拱生於朝伊陟贊于巫咸作咸乂四篇大戊贊于伊陟作伊陟原命仲丁遷於囂作仲丁河亶甲居相作河亶甲祖乙圮於耿作祖乙高宗祭成湯有雉升鼎耳而雊祖己訓諸王又作高宗之訓而其篇皆亾周書武王旣勝殷邦諸侯班宗彝作分器巢伯來朝芮伯作旅巢命唐叔得禾異畝同穎獻諸天子王命唐叔歸周公于東作歸禾周公旣得命禾旅天子之命作嘉禾成王東伐淮夷遂踐奄作成王政成王旣踐奄將遷其

居于蒲姑。周公告召公作將蒲姑。成王既伐東夷肅愼來賀。王俾榮伯作賄肅愼之命。周公在豐將歿欲葬成周。公薨成王葬於畢。告周公作亳姑。其篇亦皆亾。夫旣以其序爲僞則其亾之篇可盡斥也。篇可斥其人其事亦盡可斥邪。嘻亦忍甚也已。又據古文之增者。其篇若大禹謨五子之歌亂征仲虺之誥湯誥伊訓太甲上太甲中太甲下咸有一德說命上說命中說命下泰誓上泰誓中泰誓下武城旅獒微子之命蔡仲之命周官君陳畢命君牙冏命。併析而增之者。其篇若舜典與堯典爲二。益稷與皋陶謨爲二。盤庚爲三。康王之誥與顧命爲二者是也。說者曰此僞也。與伏生之口授不類。夫古今善言書而繁稱博引

者。宜莫如孟子七篇。其他則時時見於論語傳記諸說。使疑者而或別有所爲書。非吾之可得而知也。若祇如孔書所載。則吾據孟子論語傳記各指陳而斷。其章章明白無可疑者。孟子祇載見瞽瞍夔夔齋慄。非大禹謨乎。乃葛伯仇餉初征自葛。非仲虺之誥乎。論語簡在帝心朕躬有罪無以萬方萬方有罪罪在朕躬。非湯誥乎。孟子天誅造攻自牧宮朕載自亳。非伊訓乎。大學顧諟天之明命。孟子予不狎于不訓。天作孼猶可爲自作孼不可活。非太甲乎。論語高宗諒陰三年不言。孟子若藥不瞑眩。非說命乎。而孟子又引天祐下民作之君作之師。天視自我民視天聽自我民聽。我武維揚侵于之疆殺伐用張于湯有光。論語亦有予有亂臣十人。雖有周親不如仁人。非泰誓乎。孟子曰吾於武城取二三策而已矣。血流漂杵。非當日之卽有是言乎。左氏傳曰王曰胡毋若爾考之違王命也。非蔡仲之命乎。子曰惟孝友于兄弟。非君陳乎。禮記緇衣君牙曰夏日暑雨小民惟曰怨咨冬祈寒小民亦惟曰怨咨。孟子曰書曰丕顯哉文王謨丕承哉武王烈佑啟我後人咸以正無缺。非君牙乎。若皆纂其語而爲之辭。彼孟子論語傳記所引稱。豈盡自其逸書者而爲之邪。然又惡知其纂者之孰爲逸。而引者之孰爲眞邪。又其中於太甲伊訓武城泰誓。前所見于孟子之言。則顯摘其篇而有是名矣。彼纂其語而又纂其篇者何爲邪。若皆可纂而爲之書。

則書序篇亾者百。居其半。何不悉纂而爲之。豈不竟曰完璧。而僅纂此二十五篇者之爲。復割裂今文之舊。分而充三十三篇者之爲何謂邪。吾又以決好事者之必不爲是也。且彼疑者非以其今文詞反難。而古文詞反易乎。然韓子有言文無難易惟其是爾。此雖在六經亦猶是也。聖人之書存什一於千百。後之人雖極力摹擬。而欲竊效其一二文辭。不惟無唐虞三代氣象。亦竝無唐虞三代之原本。何者。聖君賢相淵源聚續。不可窺測。今試問危微精一之言。性命主善協一之言。學術變理陰陽寅亮天地之言。綱紀制度。當漢之時有劉子駿楊子雲其人者能爲之乎。又東漢魏班孟堅徐偉長其人者能爲之乎。漢魏諸人

序辨　　張世法

吾序禹門陳君而尙有躍如之矢爲彀中引而未發者客曰子其與陳君哉何少人多石之論娓娓津津猶未離乎楚之說也則對曰吾何序序卽陳君之所自爲言耳陳君初識余色甚喜而意矜其文且曰於實則得於名則失楚之所以不亟重於天下者無大氣力以張吾軍而又能者深自愛惜不肎一出其學以就當世大有氣力之爲故沒沒也吾將收輯楚材出而問世而力有不逮先生其爲余序之因苦其心壯其志而有是前者之序雖然抑更有說焉吾不知陳君之所謂楚者果天地山川無閒於疆域遠近之爲楚邪抑一水一石爭勝於邛壑方隅之

爲楚邪果天地山川南嶽之靈洞庭之富其氣槪豈遽讓於天台雁宕罨溪淸霅之勝若猶是一水一石則熊羆之登於山牛馬之飮於溪蹲踞而環列者且交相唬齧也適自諂於柳子之文耳何多詫焉今陳君之於文其能焉與否吾尙未遑多議然吾聞其不得志而歸里也有觀湘之選十子之稱夫楚豈盡於湘十子豈足以盡楚如得其人文數十人不爲濫設未得其當雖一二人已足爲累十何爲者況並無此十子者於胸中而將歸而謀之邪唐宴堯章學成而年尊其文益可貴重不宜與諸子齒陳君欲取而弁之並以已文爲之附皆非昭明愼之道吾願陳君且蘄至於古人之學而毋汲汲於一時之名已也

不能而謂東晉之效淸言慕風流者能爲之乎此何異於掩耳而盜其鈴之說然則爲此者究何人哉而懸擬之以爲僞也或又曰時代先後文章厚薄因之乃古文之爲是書者商書淸淺反不如周書樸茂則時代更爲倒置也吾又有以明其不然夫啟與有扈戰於甘野以天子之尊統六師與一彊矦相敵前後乎此者未聞也而今文並誓獨言之且其文讀之似極平易而湯誓高宗肜日西伯戡黎微子等篇其今文亦必不盡作佶屈聱牙之語相提而論黜彼取此膠柱鼓瑟刻舟求劍而嘵嘵者千百言不已此亦疑者之過也與其過而廢也毋甯過而存之今梅頤之有是書吾誠不知其並免於竄易附會焉與否但竟

公然師心僞作彼亦何敢侮聖人之言者先儒有知吾請爲主其辨

洛書卽洪範辨

潘相

易大傳曰河出圖洛出書聖人則之是二者皆出於伏羲之世而後人乃謂洛書錫禹洪範本於洛書愚竊疑之夫聖人則之者言則以作易未云則以爲範也洪範云錫禹洪範九疇未嘗云錫洛書也學者生秦火後何從於正經外斷洛書卽洪範或曰其軼時時見於他說夫他說曷足信且夫洛書理數之可以作易不可以爲範也明矣一與六合三與八合五居中其位次猶圖也惟二七與四九易位其相合仍不異以畫卦則老少生成錯綜有意移而作範一曰五行何以居下二曰五事何以居右前三曰八政何以居左歷歷推之類牽合不可通其文云初一曰某次二次三曰某以右前之二次下之一因而次之皆無次焉白而奇者陽爲一三五七九黑而偶者陰爲二四六八夫五行八政皇極稽疑福極何以屬陽奇五事五紀三德庶徵何以屬陰偶河圖相配皆見精義而書獨無之甚無謂矣且一二四數各五三數八五數一六數三七數七八數五九數十一天爲之歟禹爲之歟天爲之則有其點不具其數禹爲之宜則一爲一則二爲二而任意多寡於配義奚取焉如謂但取九類之合則無往不可作範又奚待夫黑白其圖縱橫其數禹始能第之成九類也然則洛書錫禹不足信洪範者禹功成受位所立治天下之大法也其言天錫猶錫王勇智云爾不必龜負爲錫

也其述繇亦舉相反者以立言猶言武必援文必舉紂耳因而坿會之謂爲治水之瑞是猶云春秋成而麟至也過矣夫學者窮理宜尊經傳未可泥也今質之書文衷之易繫察之理數洪範之卽洛書其然耶其不然耶至謂是說也出於漢孔安國劉歆班固成於宋蔡氏父子則前儒之鑿妄者多矣九以爲圖十以爲書紛紛者又豈可憑學者不信孔子易箕子本文顧宗劉歆班固孔安國之說則是劉歆班固孔安國之說勝於孔子易箕子文耶

檀弓記出母辨

張九鐔

檀弓篇伯魚除服本父在爲母期之制謂當除而不除了無可疑而子上章有先君子喪出母語此傳聞之誣辭爾記者以禮之變而存之者過也夫謂爲父後者父沒爲出母無服而父在則服期而無禫伯魚子上皆當父在宜服期是之謂有隆有殺進退如禮而子思廢禮之非明矣吳氏妄謂子上繼兄後以子思哭嫂則有兄不知孔子亦有兄未聞以伯魚繼兄後子思兄從爲之繼後記無明文子思豈不及此義而但自是所見使子薄其母獨不違祖若父之教乎子思之母爲衞庶氏之母亦不得哭之於廟嫁母與廟絕族子思父殁爲祖父後欲爲之服禰

若恐其失禮戒之故言無其時君子弗行吳氏妄謂子思支子不主祭雖父祖俱殁亦得爲出母服抑何與不喪出母之言自相悖謬乎噫嘻孔氏三母不得如太任太姒之遇亦何至不如衞共姜陳戴嬀之行一門三世視白華凱風猶有餘恫焉此叔孫武叔嬖人臧倉毀侮聖賢之所不敢言而謂較量區區服制閒可以爲訓禮經乎且其事史記無之家語剿之記禮者猶存之吾直以爲傳聞之誣辭吳氏反從而實之此所謂不知而作者也

論語弟子門人考辨

張九鐔

錫邑朱氏作孔子弟子考孔子門人考二篇其於家語史記所載名氏異同辨之詳矣至其分別弟子門人爲二則不免於辨而失其正也門人蓋弟子之通稱猶稱師曰夫子曰先生云爾朱氏引歐陽子云受業者爲弟子受業於弟子者爲門人意以弟子親近而門人乃疏遠之稱不知特出於後世之論以親受業與否爲差等耳而遂謂論語爲孔子而作所云門人皆受業於弟子者何與論語弟子皆呼名或呼二三子記者概稱曰門弟子又曰門人若門人厚葬顏淵子出門人問曾子子路使門人爲臣門人不敬子路孟子云門人治任將歸皆孔子之門人

而非顏子曾子子路子貢之弟子也惟曾子有疾召門弟子反兩稱子夏之門人爲曾子子夏之弟子無疑孔門惟曾子子夏弟子箸錄者多顏子早卒子路子貢皆不聞其有門弟子且子夏之門人卽子夏之弟子也非受業於子夏之弟子而後謂之門人孟子受業於子思之門人卽受業於子思之弟子也而非弟子之門人若云孔子之門人卽非其弟子則子夏子思之門人亦謂其非受業之弟子而可與史記世家云弟子蓋三千焉身通六藝者七十二人是三千之徒皆弟子也哀公問弟子孰爲好學孔子獨稱顏回回與無繇父子當各異時事孔子故曰自吾有回門人日親言師弟子之誼相得耳非回先本門人而

後列爲弟子也檀弓記師从心喪三年以明無服孔子之喪門人疑所服子貢請若喪父而無服卽所謂心喪三年猶無服也朱氏一以爲弟子之心喪一以爲門人之服非悉之甚者與又檀弓稱門人者不一如孔子先反門人後如門人曰鯉也如子貢曰於門人之喪如孔子與門人立而槪以爲門人非弟子可乎後漢書賈逵傳有弟子復有門生歐公跋孔宙碑陰題名云漢世公卿多自教授聚徒當數百人其親受業者爲弟子轉相傳授者爲門生是亦皆及門之人如董生下帷講誦弟子傳以久次相受業鄭元事馬融在門下三年不得見使高業弟子傳授於元是弟子可使傳業疑孔門已有之要之同爲先後及門

之弟子卽稱之爲門人無不可也唐以後主司門生之稱與東漢舉主之門生雖皆非受業而可自附於門人者也朱氏所列孔子門人如子弓子思公穀樂正子春公孫尼子之徒固有受業於弟子者其人多不及孔子之門且其爲時久遠孔子已不及見矣何得妄以論語所云門人者當之若以當孔子時而顏子曾子子路子貢子夏已皆有其門人矣而復稱爲孔子之門人又何以別於諸弟子之門人乎史記世家孔子葬弟子皆服三年三年心喪畢相訣而去則哭各復盡哀或復留惟子貢廬於冢上凡六年而後去與孟子一一證合凡論語弟子門人之說三尺童子所共知也

夏殷易辨

張九鐔

周禮太卜三易曰連山歸藏者當從鄭康成易論指夏曰連山殷曰歸藏杜子春云連山伏羲歸藏黃帝世譜言神農曰連山氏黃帝曰歸藏氏又各不同也禮運載孔子之言曰我觀殷道吾得坤乾焉或以非孔子之言然先儒以爲連山首艮歸藏首坤疑本諸此也首艮亦有成始成終之義焉首坤亦有陰闔陽闢之義焉但二代之易不傳卦爻之次占筮之法皆不可考有指二易皆以七八爲占及連山三十六策歸藏四十五策者亦與周易不同大都去聖旣遠僞說日生以故後之學者靡得而折中焉嘗考桓譚新論云連山八萬餘言歸藏四千三百言王

伯厚云惜無所據抑何夏易太繁殷易太簡耶馬端臨云連山漢志無之歸藏隋志無之二書至晉隋閒始出而連山出於劉炫僞作北史明言之度歸藏之爲書亦此類耳考文心雕龍云按歸藏之經大迂怪乃稱羿斃十日嫦娥奔月殷易如此況諸子乎眞可謂迂且怪也宋元豐中有毛漸僞作山氣形三墳之書有指連山爲伏羲歸藏爲神農坤乾爲黃帝皆不畫卦而名曰卦爻大象其大象皆八八而八之爲六十四者特以是强合周禮經卦別卦之文其妄不足辨余讀杜氏春秋後序云汲冢周易上下篇與今正同別有陰陽說而無彖象文言繫詞疑於時仲尼造之於魯尚未播之於遠國也其書亦祇有周易而陰

陽之雜說廢凡左史倚相所讀八索之書與周禮占人八簭八故之文皆無復有存焉者矣二易之亾自周末而已然又可勝惜哉

三通同異辨

張世浣

有唐劉秩採古之有關治要者本周官六典之意爲政典三十五篇迄於天寶而止德宗時杜佑詮以天寶而後事爲通典二百卷廣爲九門分十九類則有食貨選舉職官禮樂刑法州郡邊防以及田賦錢幣戶口職役諸目宋湻熙閒鄭樵因變其義例爲通志二百卷倣志爲略凡二十略則有職官選舉刑罰食貨氏族六書七音天文地理都邑謚法器服禮樂藝文校讐圖譜金石災祥昆蟲草木等類後馬端臨廣杜氏之成規檢鄭氏之疏舛附以心裁成文獻通考三百四十八卷爲類凡二十有四則有田賦錢幣戶口職役征榷市糴土貢國用選舉學校職官郊祀宗廟王禮樂兵刑經籍帝系封建象緯物異輿地四裔等類是三通者竝傳不朽者也而要其同異不可不辨夫劉氏一書房琯謂其才過劉向杜氏病其未盡故其書總衽覆舉故實李翰作序謂其刊列治典緝熙皇朝粹精而其道不雜宋祁撰列傳稱其博而能約然其析賦於田制之外雜貢於稅法之中敘選舉則孝秀與銓授同科論訓典則經文與傳註相汨他如天文五行封建世系之屬皆無及焉馬氏訐其節目未備去取欠精而劉昫撰經籍志習而不察列之類家蓋亦儗不於倫矣鄭樵之六書七音氏族等十五略自謂非漢唐諸儒所得聞其職官選舉等五略則謂雖本前人之典亦非諸史之文馬氏

論其天文地理器服失之太簡而五略直寫通典全文不加損益他若玉格曲名誤爲寶貨樹萱書名指爲草木信毛漸之三墳刪子夏之小序詆史遷之禮樂全用舊文譏班固之勦襲父書過矣至於貫串百家綜覈異同練氏族校六書正七音刪列史之荒蕪成六經之要典非其卓有可傳者乎端臨以宰臣之子無志于進其書考古證今門分類別雖倣杜氏實可與溫公通鑑並行其自稱敘事則謂之文論事則謂之獻若潁濱蘇氏平園周氏水心葉氏五峯胡氏數十家之說擷其菁英折衷盡善不愧一代鉅手王圻譏其詳於文而略於獻不誠誤哉總而論之杜氏之識正鄭氏之學博馬氏之所見者大其閒雖有詳

略得失之不同而要其爲紀事之書則未始有異也宋咸平中翰林院承旨宋白奉敕續修通典今已不傳樵子翁歸曾續父書亦未見行世明嘉靖閒王圻取嘉定以後及遼金元明典故撰續文獻通考二百五十四卷分合淆而簡編雜詎足與馬氏比肩而接踵耶

南嶽衡霍辨

張世浣

五嶽之名由來尚矣說者云黃帝遊觀六合見泰嵩華恆皆有佐命之主惟衡山獨孤立無輔乃與昌宇力牧方期等章祠三天太上使命霍山潛山爲南嶽儲君並青城山爲丈人署廬山爲使者令總衡嶽以鼎鎭舉德眞而爲主其說已不經然猶謂霍山乃衡嶽之副明霍山不得爲正嶽或乃以霍山爲嶽其實非正又廣雅云天柱謂之霍山而風俗通三禮義宗云南嶽謂之霍或又謂霍者護也言陽氣用事盛夏之日護養萬物也則其說要鑿矣夫南嶽衡山朱陵之靈臺太靈之寶洞上承翼軫鈐總萬物故名衡山下踞離宮統攝大師故號南嶽赤帝館其

巓祝融宅其陽逮于軒轅乃以潛霍二山爲之副則南嶽信非衡山不足以當之爾雅釋山云江南衡南嶽衡山也其說確不可易李巡云郭璞因下文霍山爲南嶽遂謂霍山今在廬江灊縣灊水出焉別名天柱山漢武帝以衡山遼曠故移其神於此今俗人皆呼爲南嶽南嶽本自以兩山爲名非從近來也又云漢武帝始乃名之則是武帝在爾雅以前矣豈其然乎謹按爾雅釋山云江南衡南嶽衡山也是南嶽衡山初無二名而下文霍山爲南嶽當是漢人因武帝徙南嶽之祭於此而後附益之卽今衡山天柱峯與廬江之天柱峯亦不過名同而地實異耳

神滅辨

張經田

北齊杜弼嘗與邢邵論死生理邵主人死神滅之說弼力辨之理屈而止然死生之說於理可信卽其事亦有可證者如後漢書武陵女子李娥物故踰十四日聞塚中有聲發出遂活言冥事甚悉晉書干寶兄病氣絕積日不冷後遂寤云見鬼神事如夢覺寶遂撰集古今神祇爲搜神記遼史孩里墮馬斃而復蘇言見二人引至一城有持牘者示之牘書官至使相壽七十七後皆驗此皆死而復生見冥中事者也南史齊宗室鏗死後有陶宏景與鏗舊識忽夢鏗來話別云後三十年當生某家覺後訪之與夢符舊唐書崔咸父銳爲澤潞從事有道人自稱盧老

銳館之於家一旦辭去且曰我死當與君爲子指口下黑子爲志咸生志驗其形神亦似之宋史王氏婦梁會元兵至死於賊謀更娶夢妻曰我死後生某家今十歲後七年當復爲君婦隨遣人聘之而合詢其生與婦死年月同此皆死此而生彼者也佛家又有變受異形之謂如鯀爲黃熊杜宇爲鵑鴂褒母爲龍牛哀爲獸彭生爲豕鄧艾爲牛是也他如歷代所載幽冥事甚多難以悉數彼執神滅之說豈前代記載盡荒誕不足憑耶抑其中別有說無始以來天地之大往往理之所無而爲事之所有不知卽事卽理非凡夫所能測自異說譸張於是鬼神之說不眩於怪則恍於畏浮僞日滋而本心愈失夫鬼神之事不可測其理則確切不可易而見諸聖經者易言情狀記述幽明仲尼謂物之精子思稱德之盛季札之言曰骨肉歸復於土命也若魂氣則無不之也孔子善之子不語神亦以敬鬼神而遠之爲智知生所以知死事人卽能事鬼皆孔氏之敎也是故堯舜也孔孟也未嘗不死而其神日在天地未始滅也或有謂堯舜孔孟與草木同變滅鮮不以爲愚且妄耳以是知生爲賢智殁爲明神此理之常無足怪者觀於此言俾通夫死生晝夜之道人皆思感格鬼神而交於鬼神之義亦不失其正矣

桓公子糾非兄弟辨

王紳

齊襄公弑魯納子糾桓公自莒先入遂殺糾而君齊王子曰糾非桓兄也襄公子也桓非糾弟也僖公子也夫桓糾之爲兄弟先儒言之詳矣茲獨以爲非者亦卽經與傳而斷之左氏曰初襄公立無常鮑叔牙曰君使民慢亂將作矣奉公子小白出奔莒初立而奔明其爲弟也又曰亂作管夷吾召忽奉公子糾來奔亂作而奔明其爲子也在春秋之例本君之子稱子其母弟稱弟故繼世之君當先君未葬猶書曰子慶父之弑般也曰子般襄仲之殺惡及視也曰子惡太子野之毀也曰子野故里克殺奚齊曰君之子奚齊而衞人立晉初不謂之子晉夫子於伐

齊納糾曰子糾其取子糾殺之也曰取其子糾是猶謂僖公子乎夫襄公淫虐暴逆之君也子不可立於魯仇讎也讎者無時焉可與通通則爲大譏故其伐齊也特書曰納納者不宜納也以其爲仇之子也其後之盟於柯也公及齊侯皆爵以其易世且非後嗣也可以審矣不然仲事糾糾無過而桓殺之是亦仲之仇矣胡可相哉

音韻辨

王紳

音韻之興其天籟之自然乎聖人本自然之音以舒其衷曲發爲人文而樂章以啟依永和聲其權輿矣顧上自賡載下逮揆予其中漁樵之所贈答嫗姝之所謳吁亦可上被管絃采入輶乘三百諸篇可攷而知也自周沈昉爲四聲部分釐嚴揆之古箸往往不合於是爲通爲叶以濟其窮不知可通可叶斯可正矣不可正則亦不可通叶矣且所以叶者謂不合於正不得已而用之也非可正而必取於叶也今取毛詩而讀之天皆鐵因無有爲他前者下皆後五無有爲胡雅者行讀胡郎事切上止今皆以爲叶豈當時皆取其叶而不取其正邪行露章家分谷

容騶虞章虞分公牙豈物取其同而音取其別邪至於通必其音韻相鄰而後可以兼入而吳才老之韻與杜韓詩不合杜韓眞文元寒刪先六韻通吳則眞與文元先與寒刪而眞不通先吳庚青蒸侵皆通眞杜韓庚青蒸相通而不與眞通侵覃通覃則所通亦無定矣且東冬通江而江通陽則陽亦可通東冬矣眞文元六韻相通而眞可通庚青蒸侵則十韻皆可通矣眞通侵而侵通覃鹽咸則十三韻亦可通矣吳有通又有轉陽通江轉庚庚通眞轉陽則十三韻與東冬江陽四韻亦可通矣合之支微齊佳灰五韻通虞魚二韻通蕭肴豪三韻通歌麻二韻通獨用者唯十一尤然則平只六韻可以包之由是推之養可以

通董感可以通軫漾可以通送勘可以通震藥錫可以通屋上六去六而入則唯一也何以百有六部哉又韻之所叶者尤不與蕭通而尤叶蕭至五十三蕭叶尤至十有五麻不與支通而麻叶支至十八支叶麻至十六支不與尤通而支叶尤至十七尤叶支至十九不與魚通而魚叶尤至十二尤叶魚至三十其爲轉注者未計一韻之中可叶至數十則其餘亦何不可叶邪爲叶音者以古人之所已用而言曰古詩三千其爲叶者何限秦氏焚書有韻之文又豈僅於詩邪卽漢魏以後其叶之可見者有如此曰其不見又豈有盡邪然則百有六部部皆可叶八千八百餘字字皆可叶矣邵子湘古今韻略通從杜韓入聲屋

沃覺三韻通質物月曷黠屑六韻通藥獨用陌錫等韻不通質月今按杜堂客二十一韻用屋者七用沃者六用職者八南直十六韻用屋沃職亦三柳宗元佩韋賦樵用屋沃職則屋沃職與覺一曰安在其不通邪李因篤箸唐韻還爲子湘之所稱專取唐初盛諸公近體常用之韻彙而爲編以十蒸獨用以二十三梗二十四迥之半至拯字上爲一部拯字以下爲一部二十敬二十五徑之半至證字上爲一部證字以下爲一部一屋二沃三覺十三職爲一部又與子湘不同何也且夫聲旣分四則聲宜均何以平去三十上音少一而入只十七邪陰氏刪併上聲之拯併者何意邪孫緬唐韻部分二百有六上平自一東至二十八山下平自一先至二十九凡上聲自一董至五十五范去聲自一送至六十梵入聲自一屋至三十四乏平水劉氏始併通之爲一百又七分者何因併者又何因邪明初刊修洪武正韻刪併部分又省爲六十七韻其所省又何道邪愚謂古今聲氣間有不同五方風土淸濁各異北音之平入上南土之上轉平務宜以方音通之天在一先聲可通眞何必叶也下屬二十一馬不通六語知當時之音必作戶也行同於天事類於下因韻而言可以詳推然則六書之所謂轉注者果何謂邪曰四聲本有不同何可强之爲一轉注者東之於董送屋眞之於軫震質聲似而淸濁不同必須轉而注之若東冬之叶揀慟龍誦

皆因其音而轉也唐登禽分則其音之相通者也虞麻不通東而不可轉虞亦入於叶者因騶虞之詩而誤也古人詩有單句獨爲韻者三頌尤多本詩末句乃嗟歎之詞與上章相叶不必以本章論也家亦入於叶者因行露之詩而誤也中句可不韻字當作本音讀也不然則當日之方音有殊曰然古人旣已有然矣後又何必不然乎餘皆可推而得也然則音韻可廢乎曰刪而併之使平上去各爲六入爲一而加以轉注之法行之其非轉注而爲古人之所已通者則亦通之隨其方音之所合而用之其亦庶乎其可也

曾子易簀辨　　嚴如熤

曾子寢疾聞童子之言易簀反席未安而沒論者謂聖賢行義之勇聞善則徙不以生死易也然余竊疑之華而睆者大夫之簀意當時簀之用必以貴賤殊矣曾子非大夫而季氏豈容以過賜季氏過賜而曾子豈容以過受卽交以道接以禮曾子不能以情辭亦豈必其遽以爲席耶曾子昧其爲大夫之簀而童子知之豈曾子之明反出童子下耶當疾革時聞爲大夫之簀而易之豈未疾之曾子其守義顧不如疾革耶聖賢之所以異乎人者以其平日非道非義一介之取與不苟也飲食服御舉止語默常人之視爲細故而忽之者聖賢皆謹焉非勤於小也

一事之不檢卽以見其心之放人欲肆而天理息矣細行不矜終累大德古君子盡然而況履冰臨淵終身戰兢之曾子而有不及檢之時哉或者曰人孰無過過而能改所以爲賢也是說也尤不可以槪曾子十目所視十手所指非曾子之言乎隱微不知之地曾子之嚴如此施受往來之際而乃不以禮自守耶日用居處之閒而乃任情自放耶不此之嚴其所嚴者又何事也幸也有愛人以德之童子一言而易之設皆爲姑息之元與子春則將終其身簀大夫之簀矣幸也爲大夫之簀冒昧而受之冒昧而席之設爲大夫之冠與服亦將不辨其可否而遽冠之服之耶其何以爲曾子將以明君子改過之勇而反以失君子持己之嚴世之推崇聖賢好爲新奇聳人視聽之論而反以失其眞者此類是也孟子曰盡信書則不如無書吾於曲臺禮亦云

湖南文徵卷四十

湖湘後學集編

辨四

九江辨

陳楷禮

九江卽今洞庭也水經注謂資水入湖謂之益陽江口澧水入沅謂之澧口又謂二水入沅匯出洞庭後來雖有遷徙總屬支流於經流實未之有改乃喬氏水道提綱則謂資水入湘出喬口又分一支出林子口夫湘水南上資水北下相去已有百餘里喬口之水不過湘水之支流分入資水者耳今謂資水流出湘水則是百餘里逆流未免上下倒置而益陽江口入湖之水大於此水幾五六倍反置而不論中間小水分合無數既曰入湘又曰入沅亹亹言之眞不啻癡人說夢范氏風土記既謂澧水入沅又復游移其說謂澧水自入湖今北家口之水爲長澧通道風颿往來必先入沅逆溯二十餘里然後涉赤沙湖入湘所謂澹澧口者猶昔稱也入沅之口直如漢口之入大江耳若沅水之經流大於澧水亦五六倍又獨行數十里迄於明山出布袋口而後入洞庭春夏水漲則沅澧通流冬盡水涸但有沅水一條無所謂澧水也是澧水之不能外沅水入湖甚明考喬氏提綱於澧水經流入湖之處亦茫無著落以二公之博雅所紀如此他可知矣竊意二公未嘗親履其地覩其情形所言水

道皆常澧與長沙相通之支流捷徑得於舟人估客之傳聞遂爾筆之於書耳

資水辨　鄧顯鶴

禹貢九江。其大者資湘沅澧四水而已。然澧水入沅。湘水受瀟。皆匯衆流以入洞庭。惟資能直達。而所出之源諸說不一。水經資水出零陵郡都梁縣路山。酈注出武陵郡無陽縣界唐糺山。蓋路山之別名也。以水經之古道元之精宜不誤矣。而注與經文互異。後之說者莫能審唐糺路山之所在。而說淆矣。有謂資水有二源。一出潊浦者。長沙府志是也。有謂資水有二源。以都梁水爲經流者。潛璺水道考是也。有謂資水源於綏甯。卽今之高沙市水者。寶慶府志是也。其稱出潊浦之謬。人盡知之。不待辨而明者也。潛璺以都梁水爲經流。似得之矣。而未盡也。蓋嘗

論之。武岡之水見於記載者四。資水。都梁水。巫水。夫夷水是也。其以土名者亦四。濟水。渠水。洞口水。高沙市水是也。方志譌渠水爲都梁。又譌資水爲濟水。求資水而不得。遂以高沙市水當之。府志乃從而暢其說。今以圖經水道考之。都梁水卽資水之經流。濟水乃都梁水之別名。而資水之轉音耳。蓋其可疑者有五焉。其可信者亦有五焉。師古注漢書都梁山資水所出東北至諡陽過郡二行千八百里。言水勢之雄且遠也。考高沙市水溪流一線。又上爲銅鼓巖蓼溪花園嶺。淺狹不通舟楫。曾不得比於都梁水之旁支。而曰資水盡是焉。舍經流而求支派。其可疑一也。酈注資水東北逕邵陵郡武岡縣南。今高沙市水繞州之西北。向東南流。出州之東。距今州治七十里。與道元所云逕縣南者相去懸殊。其可疑二也。舊志云晉析都梁分置武岡建興二縣。其縣治之所與今不同。道元蓋指當時而言。尤爲臆說。酈注云縣左右二岡對峙。重阻齊秀。後漢伐五溪蠻。蠻保此岡。故曰武岡。縣卽其稱。今在州西五里。又名同保山。後魏時武岡縣治實未易地。其可疑三也。資水之名最古。所受之夫夷水邵陵水高平水雲泉水。酈注考核精詳。錐畫掌指。若濟水入資。道元豈得不載。而高沙市水。又豈宜歷千百年莫或知其水名。其可疑四也。高沙市水出綏甯縣靑坡。府志云唐糺山在綏甯縣遂以此爲資水之證。不知酈注云資水出無陽縣界。無陽卽今

之黔陽。道元謂爲無水所經之地。故以無名。今之洞口水卽出黔陽縣天坪山。以高沙市水出綏甯爲資水。則亦將以洞口水出黔陽爲資水乎。其可疑五也。方輿勝覽都梁水出都梁縣西南百里。武岡圖經唐糺山都梁山俱在城西南百里。州之西南城步境也。舊志所稱濟水發源城步正西南諸山。其可信一也。地志諸書武岡西南有都梁水。無濟水之名。惟通志云濟水出城步縣角山。東流合威溪。角音之轉爲洛。史記洛陵侯索隱注曰漢書作路。後人引都梁有路山爲證。則路轉音爲洛。洛又轉音爲角。其可信二也。酈注東北逕零陵郡武岡縣南。又逕建興縣都梁縣南。是資水由武岡縣之南。歷建興都梁而後東北逕

邵陵縣之北彰彰矣。明史地理志武岡州東有都梁廢縣邵陽縣西有建興廢縣二縣今不能指其何處然皆在州東之境無疑也今土人所指之濟水迴繞城南折而東下逕邵陽縣北歷歷如繪若如舊志則不必逕武岡縣南但云東北逕邵陵縣之北足矣其可信三也舊志云今高沙市水入濟水處名資巫溪資巫一曰資無以謂資水無陽之名猶未盡泯不知言資巫溪可以證濟水之爲資言入資巫溪尤可以證高沙水之入資水而高沙水之非卽資水明甚其可信四也一統志寶方山一名資勝山明會稽張元忭云禹貢九江資居其一發源於此州而寺適當其勝處故名資勝今按寶方山在今武岡城東五里濱

資水若舊志所云遠在七十里之外資勝之名何以稱焉其可信五也然則高沙市水非資水乎曰是也是則烏乎辨也曰諸書固言之矣資水有二源其南源爲都梁經流其北源則高沙市水故謂高沙市水爲資水之北源則可謂高沙市水獨專資水之名則不可然則濟水之名非乎曰非也諸書無稱濟水者潛谿所謂土名也資之譌濟有說乎曰酈注資水謂之大谿水資與谿諧谿又與濟諧因資而呼爲谿又因谿而轉爲濟故謂濟水爲資之南源則可謂濟水而非資則斷不可明史地理志武岡西南有都梁水東北流入資水亦仍方志之誤耳且稱都梁水亦不言濟水尤可以證資之卽濟也

楚國無詩辨

王泉之

二南皆楚詩誰云楚無詩哉朱子謂得之國中者雜以南國之詩謂之周南其得之南國者則直謂之召南言固是也不思周國名文王西伯也卽遷於豐而國名仍舊何以言自天子之國而被於諸侯不但國中已也又何以言方伯之國被於南方而不敢繫於天子也其說誤矣文王未嘗爲天子而誣文王爲天子反以詩譜所引孔子三分有二之言以爲證而誣文王分岐周故地以爲周公旦召公奭之采邑且使周公爲政於國中而召公宣布於諸侯於是德化大成於內而南方諸侯之國江沱汝漢之閒莫不從化蓋三分天下而有其二焉夫子之言三分

天下有其二就人心而言也言天下之人心三分有二歸周文王猶以服事殷所以爲至德若於春秋傳所云歸文王者六州及詩譜言雍梁荆豫徐揚之人咸被其德而從之文王直叛臣耳尙何至德之有既不能辟國寖廣而岐周片壤焉有采地可分周公召公乎卽以詩譜而論雍梁荆豫徐揚皆被其德胡爲二南均未言及而僅言先及於荆之江漢邪朱子既忘卻鬻熊爲文王師又泥著孔疏釋詩譜之言因亦曲爲之辭誠如詩譜紂命文王典治南國江漢汝旁之諸侯是在未遷豐以前六州業已皆被其化而作邑於豐乃分岐邦周召之地爲周公旦召公奭之采地施先公之教於己所職之國其言已自相矛盾周

召先未分有采地何言分岐邦周召之地未得天下何言稱己所職之國謂非誣乎惟是鬻熊既爲文王師文王之德化能知之最深傳之國人故周南無召伯之巡行而刈楚刈蔞伐枚伐肄之士女皆能俗易風移尊君親上而與公姓公族同播休美於聲歌非楚詩而何召南皆楚詩非惟江有汜三章云然也惟何彼穠矣一詩插入其中則不可解毛傳以平王之平訓正而齊侯之齊似當訓一何以於齊字獨無所訓乎齊東北之國於南渺不相涉列之召南何爲皇甫謐云武王五男二女元女妻胡公王姬爲媵今何得適齊侯之子何休曰事無所出未可遽信也或以尊故命同族爲媵其說亦通其言王姬下嫁者武王

因鬻熊爲文王師故以其次女嫁於鬻熊之子孫傳是以謂武王女文王孫孔疏云德能平正天下稱爲平王余謂德能齊一諸侯亦可稱爲齊侯若以平王爲宜臼齊侯爲襄公諸兒則謬矣宜臼之詩何得列於文武之時平王之爲文王無疑齊侯之爲楚侯又何疑哉不得謂楚爲子爵不可稱侯婚禮從其隆也是召伯巡行南國在武王時不在文王時明矣弟不臣師故熊繹在成王時始封於楚且南爲楚詩非余之臆說楚鍾儀繫於晉晉侯使與之琴操南音范文子曰樂操土風不忘舊也二南列風詩之首故曰風其不名爲楚風者因鬻熊也鼓鍾之詩曰以雅以南劉炫之釋云南爲二南季札觀樂工歌周南召南不獨鍾儀之不忘舊而琴操南音也南爲楚之土風由來久矣誰云楚無詩哉鄭漁仲曰周爲河洛召爲岐雍河洛之南瀕江岐雍之南瀕漢江漢之閒二南之地詩之所起在於此屈宋以來騷人墨客多生江漢故仲尼以二南之地爲作詩之始楚南有詩豈余之私言哉

古文尚書分合辨　王泉之

尚書何以有古文二十五篇也、東晉梅頤僞上漢孔安國書序、謂魯共王好治宮室、壞孔子舊宅以廣其居、於壁中得所藏古文虞夏商周之書、及傳論語孝經、皆科斗文字、王又升孔子堂聞金石絲竹之音、乃不壞宅、悉以書還孔氏、又云科斗書廢已久、時人無能知者、以所聞伏生之書、考論文義、定其可知者、爲隸古字、更以竹簡寫之、增多伏生二十五篇、夫伏生所傳之書固有文義可考、而二十五篇非伏生所傳、又何以定其文義乎、又云伏生以舜典合於堯典、益稷合於皐陶謨、盤庚三篇合爲一、康王之誥合於顧命、伏生髦年窮經、以其所熟習者授於人、

斷無以分者而故合之之理、又云悉上送官、藏之書府、以待能者、承詔爲五十九篇作傳、既悉上送官藏之書府、又復承詔作傳、胡云會國有巫蠱事、經籍道息、不復以聞乎、余考魏何晏論語序云、魯共王時嘗欲以孔子宅爲宮、壞得古文論語、邢昺引共王本傳疏曰、王初好治宮室、壞壁孔子舊宅、以廣其宮、聞鐘磬琴瑟之音、遂不敢復壞、於其壁中得古文經傳、卽謂此論語及孝經爲傳也、故漢武帝謂東方朔云、傳曰時然後言、人不厭其言、又成帝賜翟方進策書云、傳曰高而不危、所以長守貴也、是漢世通謂論語孝經爲傳、幷未言另有古文尚書也、論語孝經安國嘗自註之、馬融包咸鄭元等亦各有註、如果因巫蠱事發未行、註之者固無可註、引之者亦無可引、漢宣帝命疏廣傳太子、何由通論語孝經乎、劉向又何從參校古文孝經、省除繁惑乎、如果二十五篇同出孔壁、馬融作傳、鄭康成作註、安國亦自爲註、何以康成之註書序、有汨作九共典寶肆命原命、而無仲虺之誥太甲說命微子之命蔡仲之命周官君陳畢命君牙十三篇耶、又按歆移讓太常博士書有云、孝文皇帝使掌故鼂錯從伏生受尚書、初出於屋壁、朽折散絕、今其書見在、時師傳讀而已、又云泰誓後得、博士集而讀之、故詔書稱曰禮壞樂崩、書缺簡脫、朕甚閔焉、時漢興已七八十年、離於全經固遠矣、及魯共王壞孔子宅、欲以爲宮、而得古文於壞壁之中、逸禮有三十

九篇、書十六篇、天漢之後、孔安國獻之、遭巫蠱之難、倉卒未及施行、及春秋左氏邱明所修、皆古文舊書、多者二十餘、通藏於秘府、伏而未發、孝成皇帝閔學殘文缺、稍離其眞、迺陳發秘藏、校理舊文、得此三事、雖未言及論語孝經、其所稱書十六篇者、卽三事之一、孔壁所出、獻自安國、漢人謂之逸書十六篇、後漢衞宏杜林賈逵許愼等、皆爲其學、未有註釋、而經文幷亾於晉永嘉之代、不可復見、無所謂二十五篇也、何待梅頤始行獻之於上乎、甚矣其譎也、惟是列諸學官、遵循已久、以一知半解之小儒、咄咄稱辨、何異蚍蜉之撼大樹、第念修慝辨惑、聖人所取、試就其所分者言之、堯典而冠以虞書、無所謂舜典明矣、此葢

史臣合傳體也大學引書獨稱帝典惟孟子則稱堯典其所稱引皆舜典中語可知二帝同典非自伏生始也孔子刪書斷自唐虞故曰唐虞之際實天地亨嘉之會合二典爲一典用意良深非如後世作史者一帝一紀一臣一傳之例也愼徽五典一節緊跟我其試哉一句爲可割裂余嘗聞之師曰所謂試者非試其刑于而已將試其可陟帝位否也愼徽五典試之以司徒納于百揆試之以冢宰賓于四門試之以四岳納于大麓試其德之堅定或詢事或考言皆試也乃言底可績夫然後陟帝位試之之義豈漫然云爾哉由堯遞舜神聖萃於兩朝天工亮庶績熙堯之峻德卽舜之峻德堯之放勳卽舜之放勳所謂二帝

合傳分之者胡爲乎皋陶一謨亦諸臣合傳體也允迪厥德謨明弼諧二句實爲一篇主腦故以皋陶終始之其閒明刑教稼工虞水火五色五音煊覵悅聽而羣策羣力各奏其能無非發明允迪厥德之意凡篇中曰字言字歌字俱從謨字生來祖考格羣后讓鳥獸蹌鳳凰儀皆烘染一諧字耳其要在君德之迪故臣皆責難於君其成在臣弼之諧故君亦責難於臣知人安民盡之矣虞廷所以稱至治也孟子曰若禹皋陶則見而知之又曰堯以不得舜爲己憂舜以不得禹皋陶爲己憂禹旣受禪虞史成於夏時謨首皋陶又何疑焉固不必析謚稷而爲二更不必冠禹謨而爲三今試就禹謨言之允執厥中本之論語惟危惟微本之荀子其言曰人心之危道心之微蓋引古道經語也此篇前又有虛壹而靜及傾則不精二語遂采竄精一二字櫽括爲四字復續以論語允執厥中爲十六字論語曰舜亦以命禹則舜之所言卽堯之所言也若於堯之言有所增加論語不足信矣人心道心正是荀子性惡宗旨而後世奉爲虞廷心法之傳可哀也夫夫人止有人心道卽具於人心中庸所言率性之謂道是也當惻隱自能惻隱當羞惡自然羞惡辭讓是非皆然何嘗另有一心哉不失此本心無有移換便是允執厥中故孟子言求放心不言求道心言失其本心不言失其道心夫子之從心所欲不踰矩只是不失人心而已人心惟危道心惟

微惟精惟一十二字未經孔孟言之其爲摭拾荀子豪無疑義實理學道學之蠹且其中君臣相諛已失都俞吁咈之旨德必若舜禹而後有天下禪位豈可以言功哉稽首固辭尤多僞焉無怪乎南朝五季以功而啟篡奪新莽魏丕以詐而言揖讓是皆可以禹謨藉口也而無稽之徒遂以舜旣讓位於禹禹卽逐舜南奔客死蒼梧之野是何言歟是何言歟再征苗誓師諸多可疑之處苗民蓬居野處蠢誠蠢矣無城郭宮室榛榛狉狉不識聲教文物何以有君子在野小人在位之事我　國家懷以文德榮以衣冠蹻之士林始知向化當日恐未必然也帝典曰竄三苗於三危是禹貢之言丕敘指其竄者而言也呂刑之書

無世在下乃絕厥世指其分北者而言也何嘗加以征誅哉梅書不過以孟子殺三苗於三危之語眞謂禹有征誅之舉不知三苗距三危地隔萬里於三危而殺三苗無此情理古篆偏傍多混殺字實投字之誤觀於莊子可知矣信有此謨帝典呂刑尙可信乎干羽周制也唐虞時無之后夔典樂未嘗言及如果干羽一揮而七旬苗格誅固不必竄又何爲不待智者而知其僞矣梅書因禹之受禪無徵遂以論語四海困窮孟子夔夔齋慄左傳德乃降等語衍成此篇而以爲未經伏生所見謬矣其分盤庚爲三篇蔡氏亦謂今文本合爲一則上中下三字俱可删矣湯自中葉流離播遷子孫不常厥居勞民疲衆本非善舉

盤庚援天述祖怵以刑罰懼以鬼神所謂重巽以申命也通篇以不能胥匡以生爲主極言不可不遷天之斷命言不遷之害天其永我命言遷之利末節言奠厥居既遷時事言正厥位既遷後事曰大命曰民命曰敢恭生生曰生生自庸俱是闗合首節胥匡以生斷命永命正旨首尾相應一氣呵成必欲割裂而分爲三則意致索然矣其分顧命而別爲康王之誥蔡氏嘗言此四字可省詎知伏生所傳爲不誣矣顧命者成王將崩顧太子羣臣命之也首節敘顧命二字正面所以立案次節敘顧命二字實際所以詳其事末節敘顧命二字歸宿所以終其義也首言訓命以昔君文王武王起中言册命以荅揚文武闗合末言聽命以昔君文武迴應而一顧字又於一二伯父句中借點是羣臣不負所託元子不負所付而成王顧命之事畢矣豈可强爲分割哉尙書於伏生所傳二十八篇之外其所稱古文者辭多淺率義不渷蘊首尾不應次第不分或疊牀架屋或貌似神非既無帝典皋謨之精光又欠周誥殷盤之寶貴即以泰誓論其出最晚在漢文帝時已書缺簡脫矣故見於史記書大傳僅止上下二篇至唐以後竝失之今其書雖援孟子所引泰誓之言其閧怒罵聒聒不啻鬬口爭舌豈武王之所宜爲者不得謂孟子曾引之而遂以爲眞也即如堯曰咨爾舜等句見於論語而梅書敘入禹謨放勳曰勞之來之等句而帝典未錄其詞

孝乎惟孝本係一句此孔子所引君陳之語梅書截去孝乎二字以惟孝接下友于兄弟連讀僞乎非僞可知書經孔子删定者皆逸書也與逸詩同亦不得謂孔子删之而復引之之爲可異也漢武帝時有僞泰誓合伏書爲二十九篇司馬遷嘗引白魚入舟火流王屋之語撰入周之本紀至晉僞古文尚書出而僞泰誓始廢其先梅賾而傳古文者則張霸僞古書百兩篇也漢藝文志稱古經十六卷即劉歆所云書十六篇也傳記所引書在梅賾二十五篇之內者鄭元趙岐韋昭王肅杜預輩竝指爲逸書非余一人之私言也唐孔穎達稱一代鴻儒而以梅賾所上之二十五篇爲眞古文從而義疏之豈劉歆移讓博士一

書竟未之寓目乎惜孔壁古文亾於西晉之亂故孔穎達無以證晚出之僞其首辨梅書之僞者宋吳棫才老也繼則朱子亦言書序伏生時無之其文甚弱不是前漢人文字安國序亦非西漢文章傳是魏晉人作託安國爲名耳氣象與孔叢子同是一手僞書蓋其言多相表裏而訓詁亦多出小爾雅於梅傳古文一則曰安國僞書再則曰安國僞書是猶以僞書誣安國而不知安國所傳之古文久亾於西晉也而爲之弟子者正當信以傳信疑以傳疑乃明背師承仍遵舊說使梅書終信於世者蔡沈之過也元初吳澄著尚書纂言獨取今文引朱子所言伏生使其女傳言以教晁錯齊人語多與潁川異錯所不知凡十

二三以其意屬讀而已其間缺誤顛倒固多然不害其爲古書又謂伏書雖難盡通然辭義古奧其爲上古之書無疑草廬既知辭義古奧其書有何難通而謂以意屬讀多缺誤顛倒又烏知伏書之妙哉至稱梅賾所增二十五篇體製如出一手采集補綴雖無一字無所本而平緩卑弱不類先漢以前之文千年古書最晚乃出字畫略無脫誤文勢略無齟齬不亦大可疑乎是明知其僞而猶疑之何也不知古文尚書出自孔壁在漢成帝時已發秘府而列學官即伏書所傳亦出屋壁劉歆言之詳矣伏生使女傳言教錯之說始於魏晉閒衞宏所言朱子殆忘劉歆移讓之書也明焦竑之論尚書曰始伏生授晁錯書二十八篇漢魏數百年閒諸儒所治僅此耳至東晉增多二十五篇即所稱壁藏書也考漢志有古經十六卷以其後出別於經其愼如此唐人不能深考猥以晚晉雜亂之書定爲義疏而漢魏專門之學遂廢近吳幼淸敘錄悉還伏生之舊而趙子昂歸熙甫之流各箸爲書靡不懸合朱元晦嘗深疑之而未及是正今學官既有著令學士大夫循習不辨遂使唐虞之遺援拾於故老者盡亂於後人之手而不覺可勝惜哉故余臚列諸家而特著其事俟廣石渠白虎之義者有所考鏡焉竑之言如此我

高宗純皇帝鑒定四庫書採梅鷟閻若璩之議以梅氏書爲非眞古文自是以後學者始得知所折衷惟是梅鷟所箸尚

書譜於梅書所摭拾補綴湊合者一一還其來歷俾梅無所掩飾而於分合二字究無發明閻若璩作尚書古文疏證其辨別梅書之僞可謂不遺餘力其引郝敬所云堯舜一德故二帝併典五臣同心故皐陶合謨之句爲非蓋合於漢藝文志有尚書古文經四十六卷即安國所獻壁中書一語也又班固於四十六卷之下自注曰爲五十七篇顏師古於五十七篇之下引鄭康成敘贊注曰本五十八篇後又亾其一篇遂以康成所言武成逸書建武之際亾謂所亾者爲武成强爲分次以合五十七篇之數遂以堯典爲一篇大禹謨爲十三篇皐陶謨爲十四篇益稷爲十五篇盤庚仍分三篇爲二十九篇顧命爲五十一篇

康王之誥爲五十二篇、又以五十七篇釐爲四十六卷、卷一則堯典、卷二則舜典、卷五則大禹謨、卷六則臯陶謨、卷七則益稷、卷十九則盤庚三篇、卷三十九則顧命、卷四十則康王之誥、以強附四十六卷之說、是仍以合者而故分之也、其所引朱升浙江省試策對所云、今文古文篇有分合、詞有難易、觀其文理之相接、則可見其始合而今分矣、觀其體制之迴殊、則可疑其彼何獨難而此何獨易矣等語、閻若璩既知體制之迴殊、以梅書之易者爲僞、伏書之難者爲眞、何以不察文理之相接、又以梅書之分者爲是、而伏書之合者爲非、附會史傳、自相矛盾、則又不可解矣、今即閻氏所自言者以質之、竝與世之讀尚書者共質之、當不以余之辨分合者爲鑿空之言也、若毛奇齡之爲梅書雪冤、不誠妄矣哉、

周公殺管叔辨

王泉之

周公殺管叔、誣之者左氏、成其誣者司馬遷、自古文尚書出而疑獄定矣、天下後世無不以爲周公殺管叔者、孟子曰盡信書則不如無書、誠有慨乎其言之也、若以其殺管叔在居東之日、是時流言騰沸、王既疑公公何敢殺叔、既避而居、已無殺之之權、謂居東爲東征者非也、金縢曰周公居東二年則罪人斯得、罪人者管叔也、罪人斯得者成王殺管叔是也、周公以管叔爲罪人有是理乎、是殺之者成王、非周公也、又曰于後公乃爲詩以貽王名之曰鴟鴞、言于後者殺管叔之後也、管叔既殺、周公收其屍、常棣之詩曰死喪之威兄弟孔懷原隰裒矣兄弟求矣、此其證也、序以爲閔管蔡之失道、初未嘗以爲周公誅管蔡也、朱子釋詩乃云周公既誅管蔡而作、是周公不止殺管叔、兼殺蔡叔、又與左史尚書相悖謬矣、無惑乎墨翟韓嬰劉向之徒、均以爲周公誅管蔡也、汲冢周書曰元年夏六月、葬武王于畢、二年又作師旅臨衛攻殷、殷大震潰、降辟三叔、王子祿父北奔、管叔經而卒、乃囚蔡叔於郭陵、未云殺管蔡也、而文致其說者、且以爲管叔既經、周公戮其屍、夫公欲以身代武王之死、豈肎以已死之兄而戮其屍、達孝者顧如是乎、周書雖不足盡信、而言祿父北奔、亦可援爲東征之據、試即鴟鴞之詩而紬繹焉、其情哀其志切、其視武庚實爲不共之仇、曰鴟鴞者比武庚也、曰既

取我子者喻管叔已死而蔡霍已放也何得謂周公殺管叔哉或曰成王殺管叔康叔實與聞之詩傳曰管叔封於邶與蔡叔霍叔康叔監殷四國害周公康叔諫不聽三叔遂以殷畔康叔憂王室賦柏舟維時兼司寇或然也管叔之殺天倫之大變也周公既已避居東土王殺叔而公不能救於大誥則曰若兄考有友伐厥子民養其勸弗救於康誥則曰于弟弗念天顯兄亦弗念鞠子哀於無逸則曰人或譸張爲幻不寬綽厥心亂殺無辜無言不痛其言西土人亦不靜傷叔之死而閔其失道也其言知我國有疵痛王之殺叔而公不能救也故於康誥奉前人之訓動一本之思使追念先德敦天顯以濟時艱告康叔兼以

告成王也朱子釋東山之詩謂成王既得鴟鴞之詩又感風雷之變始悟而迎周公於是周公東征已三年矣既歸因作此詩以勞歸士直以居東爲東征之年殆未卽孟子之言而思之邪孟子謂周公伐奄三年討其君滅國五十非其明徵歟先儒皆以此行爲討管蔡誤矣且謂大誥之辭緩而不切徒歸重卜筮不知管叔叛徐奄又叛周京僻在西隅朝歌以東薄海五十餘國皆挾武庚而叛公既於王殺管叔而隱痛之不得已奉王東征誅武庚滅諸國豈欲殄殷哉武庚誅微子封聖人之心仁至而義盡也折之以卜示之以天而推本於武王安危之勢不兩立殷亡周興天也質諸鬼神而無疑也孟子之對陳賈不過曰周公弟也管叔兄也而以爲周公之過未嘗言殺管叔也余故依經斷經決以爲成王殺管叔於周公居東之日非殺於周公征東之年與世之讀鴟鴞東山金縢大誥者共證於孟子以辨此疑獄也書其可盡信乎哉

孔子使子貢亂齊存魯辨　王泉之

孔子作春秋而亂臣賊子懼陳恆弑君已在孔子絕筆之後而猶沐浴而朝正告哀公曰陳恆弑其君請討之曰陳恆舉大賊也曰弑君彰大惡也曰請討正大義也公以爲告夫三子孔子曰以吾從大夫之後不敢不告也之三子告不可又曰以吾從大夫之後不敢不告也其所謂不敢者不敢養奸不敢從惡也而家語載孔子語子貢之言謂亂齊存魯吾之初願若彊晉以敝吳使吳亡而越伯者賜之説也斯言也何言也亂臣賊子之言也烏可以誣我孔子乎直不知有沐浴請討之一事也越絕書史記皆稱田常將作亂憚高國鮑晏欲移兵以伐魯孔子使

子貢如齊子貢一出存魯亂齊破吳彊晉而霸越則是陳恆弑君之舉皆孔子使子貢成之也考之春秋哀公七年吳徵百牢於魯太宰嚭召季康子康子使子貢辭八年夏齊人取讙及闡是兵未加而與之邑冬復歸之厥後因胡姬而齊使如吳請師伐魯冬及齊平九年齊使孟公綽辭師于吳冬吳使來儆師伐齊十年公會吳伐齊夏公至自伐齊齊人弑悼公赴于師齊人敗之吳師還十一年公會吳伐齊戰於艾陵獲齊國書叔孫未對賜甲之命子貢進而對之吳將伐齊越率眾以朝子胥懼而諫之子貢未嘗與其謀也十二年夏公會吳於橐皋吳使太宰嚭請尋盟公不欲使子貢對焉及吳藩衛侯之舍子貢束錦以見太宰十三年公會晉侯吳子于黃池六月丙子越子伐吳爲二隧丙戌復戰大敗吳師秋七月辛丑盟吳晉爭先卒之吳釋景伯之囚寢伐宋之欲而及越平吳之不振非由於子貢之説也十四年夏陳恆執其君寘於舒州旋弑之是正孔子請討之時也而吳之滅也在哀公二十二年孔子之卒也在哀公十有六年吳亡越霸之説其信然乎其誣也司馬遷乃謂吳晉爭彊晉人擊之大敗吳師越王聞之涉江襲吳遂圍王宮殺夫差而戮其相破吳三年東向而霸直以子貢開後世游説之門而實有其事是皆滅經毀聖而妄自牴牾者也尚得謂之信史哉彼家語越絕書又何論焉

西狩獲麟辨　王泉之

春秋書哀公十四年春西狩獲麟杜預註之曰麟者仁獸聖王之嘉瑞也時無明王出而遇獲仲尼傷周道感嘉瑞之無應故因魯春秋而修中興之教絕筆於獲麟之一句所感而作固所以爲終也十六年夏四月己丑經書孔子卒杜預註曰四月十八日乙丑無己丑己丑五月十二日日月必有誤孔子既絕筆於獲麟之句是十四年春及十六年夏四月以前所書之經皆非孔子所修之史也杜預謂孔子既告老去位猶書卒者魯之君臣宗其聖德殊而異之是書孔子卒者魯之君臣也孔子修春秋游夏不能贊一辭獲麟以後所書之經果魯之君臣歟抑

游夏之贊辭歟吾不得而知也己丑爲五月十二日而非四月十八日何以經誤而傳亦誤也是西狩獲麟之句恐亦非孔子絕筆所書者也夫麟爲生孔子之瑞稱聖獸焉其口嘗吐玉書豈人所能獲者哉爾雅釋天云冬獵爲狩春秋書公狩于郎見於桓之四年書公及齊人狩于禚見於莊之四年此之所書西狩者不書公其非公也明矣非公而書狩孔子豈肎濫以予人哉孔穎達疏曰虞人自修常職公卿不行故不書狩者名氏此狩常事本不合書書之爲獲麟故也虞人賤者止可書獵又胡爲而書狩邪如以獲麟而故書狩以褒之非春秋法獲麟之句信非孔子絕筆之書也孔子之生也麟嘗見於闕里聖母以紱繫其角是麟之爲祥瑞人人皆知之矣未見其爲不祥而棄之也何鉏商獲麟以爲不祥而賜虞人乎鉏商獲而賜之而孔疏以爲虞人自修常職又何說也家語云子鉏商采薪於大野獲麟焉折其前左足而歸叔孫以爲不祥棄之於郭外公羊傳曰西狩獲麟何以書紀異也何異爾非中國之獸也然則孰狩之采薪者也薪采者則微者也曷爲以狩言之大之也曷爲大之爲獲麟大之也故孔疏亦謂書之爲獲麟故也如果薪采者獲之非惟不宜書狩亦不得稱獵大之云者何爲乎麟之爲物也王者至仁乃出不履生草不踐生蟲游必擇地詳而後處不羣居不侶行不入阱陷不罹網羅采薪者焉能獲之而折其左足

哉斯言也其信然歟其傳之非其眞歟抑猶乙丑而譌己丑者歟獲麟一事也左氏公羊家語互異其說其將何以適從乎然則經何以書其始游夏之輩以麟爲生聖之瑞傷夫子終老尼山抱道不行伐檀削迹所入不合故託爲麟之無所應出而遇獲以寄慨焉是春秋之書麟亦猶論語之歎鳳也而附會其說者遂謂麟之眞獲聖人見而生感始絕筆焉且以爲抱麟解紱而泣豈所以擬我孔子哉爾雅疏載幷州界有麟大小如鹿非瑞麟也故司馬相如賦曰射麋腳麟而狩所獲者其爲麋腳麟乎其非麋腳麟乎若以爲瑞麟則吾未之敢信

周禮闕冬官辨

王泉之

考工記周禮冬官之書也其言曰國有六職百工與居一焉六職者卽天地四時之職也百工與居一者冬官所屬之官皆可言百工也曲禮言五官繼以六工列六工於五官之後亦此意也官制稍殊是殷禮雖因而未嘗損益者也司空掌邦事堯時無司空故帝曰疇若予采采事也驩兜曰共工方鳩僝功工官名也舜命禹治水而宅百揆始有司空之名故鄭康成註考工記曰唐虞以上曰共工賈公彥疏初堯冬官爲共工舜舉禹治水堯知有強濟必有成功改命司空以官異之禹登百揆後更名共工是其事也可見禹以司空而宅百揆工卽無所繫屬舜

又曰疇若予工僉曰垂哉帝曰俞咨垂汝共工仍其舊也故言工虞水火皆官也左傳共工氏以水紀故爲水師而水名杜預註共工氏以諸侯霸有九州有水瑞故以水紀事以水名官又曰共工氏有子曰句龍爲后土杜預註共工在太皞後神農前以水名官者其子句龍能平水土故死而祀爲后土可見唐虞以前無司空皆以共工而平水土也禹治水何以易共工爲司空冬水司令也水歸冬旺至冬而反涸柔而善藏也天一生水乾初主潛藏之謂也故禹之治水行所無事法其涸而藏也董子曰陰常居大冬而積於空虛不用之地冬官之所以無事而名司空者以此其事皆散寄於五官猶官府六屬不繫於冢宰而繫於小宰小宰職云六宮之屬三百六十今按天官之屬六十有三地官之屬七十有八春官之屬七十夏官之屬六十有五秋官之屬六十有一冬官之工二十有四合三百六十之數而多一官卽冢宰冢宰無事也周禮上灋周天三百六十之實數而名官王者繼天以立極冢宰代天而宣化天無爲而冢宰兼攝乎百職冬無事而司空總理夫百職職是故耳冬官何嘗有闕哉司空平水土自禹之治水始司徒之爲地官則自周禮始如謂司徒掌邦教司空掌邦土義當更正則宗伯當爲司徒而司空當稱地官矣可乎不可周禮以司徒充地官則地官之宜兼水土明矣而敎卽寓乎其中周禮隱藏冬官錯列六屬其文

變幻莫測而以考工記附於五官之後離奇變幻則又不測之謂神矣以爲補冬官之闕直癡人說夢也儀禮爲周公所作周禮亦爲周公所作儀禮篇終有記不以爲補而於周禮篇終獨言爲補何也五官之文直而正考工之文曲而奇文筆之妙猶樂終亂之以武六師振旅正出而奇歸也貿貿者何足以知之考工所言之器五官所用之器所言之灋五官所共守之灋夫人日用而不知者惟器爲然一人之身百工之所爲備易繫辭云形乃謂之器成而用之謂之灋民咸用之謂之神天工人代利用前民國家之事何莫非工國家之用何在非器日用飲食城郭宮室車馬衣服禮樂征伐之器皆資於百工是五官分布

其體考工闕實其用有五官烏可無考工哉故國有六職百工與居一焉唐虞之以其工名官良有以夫或曰冬官之屬六十考工僅三十而猶闕六闕而又闕也其闕三十者非闕也分寄於五官也其闕六者亦如五官之屬尚闕十一有官而無事僅存其名而已是以不列於三百六十之數也俞廷椿王次點皆以冬官爲未亾錯見於五官先儒莫之能辨遂以考工記補之也邱吉甫冬官補亾自載師封人以迄川師遼師凡五十四合俞王兩家之說而損益之亦以冬官爲未亾所亾者惟王建國至以爲民極二十字及乃立冬官司空至邦國二十字及大司空小司空一條爾朱竹垞謂考工記不可補冬官之闕周官三

百六十多以事爲之若記所云直百工焉爾矣記之所載三十工鄭氏以爲司空之官非矣臨川俞氏復古編謂司空之屬分寄於五官同安邱氏取五官所屬歸於冬官六屬適各得六十著爲周禮定本讀此而宛如全書焉吳草廬周禮敘錄云冬官雖闕以尚書周官考之冬官司空掌邦土而雜於地官司徒掌邦教之中今取其掌邦土之官列於司空之後庶乎冬官不亾而考工記別爲一卷附之於經後與俞王之說稍異朱竹垞以百工爲非司空之官何不取堯典臯陶謨讀之堯典曰允釐百工庶績咸熙註言治百官而眾功皆廣也臯陶謨曰百僚師師百工惟時註云百僚百工皆謂百官言其人之相師則曰百僚言其人之趨事則曰百工其實一也百工之爲百官彰彰可考焉若俞王吳朱之言皆不知天道至於冬而無事也冬官無事故名司空何有大司空小司空之職又何用補惟王建國等句更恐卻唐虞之以其工名官全不體會考工記國有六職四字而妄爲臆說也洪容齋則以考工記出於劉歆歆嘗從揚子雲學作奇字考工記多奇字他經鮮用以爲劉歆僞爲容齋以歆子誤歆考工記之文非惟劉歆不能僞即漢之馬班董賈恐亦不能僞也非周公其孰能與於斯周禮本名周官周公成而未行之書事多窒礙故不傳朱子以爲書之草㓦誠然漢以後始易周官之名爲周禮鄭康成以爲經禮三百非也臨孝存因孔

孟未嘗言及遂詆爲瀆亂不驗之書何休亦詆爲六國陰謀之說豈可與言周禮哉程子曰有關雎麟趾之意然後可以行周官之灋眞西山曰有周公之心然後能行周禮無周公之心而行之則悖矣有周公之學然後能言周禮無周公之學而言之則戾矣若程子與眞氏可謂知周禮者矣

泰六五帝乙歸妹以祉元吉辨

王泉之

邑船山王先生稗疏云舊說帝乙歸妹之時亦筮得此爻而獲祉夫文王作周易周公繫爻辭與商筮之用歸藏者象占各異安得沿襲商筮以占吉凶況歸妹爻辭亦云帝乙歸妹又何說邪隨元亨利貞穆姜筮之卽凶帝乙之吉非其位非其時者安能吉也抑史稱帝乙元妃無子早沒故微子之母以媵妾攝內主生紂帝乙一傳而殷亾何凶如之安所得以祉元吉殷天子號乙者湯稱天乙又有祖乙小乙不但紂父之爲乙則必有得淑女廣繼嗣以受天祐者非紂父明矣其云歸妹乃陽下於陰之詞二爲帝五爲妹陽反居中於內陰反正位於外男來就女

之象婚姻之禮至周始定自周以前男來就女如今之贅壻雖天子之貴亦或用此制故曰歸妹言往歸于妹與漸之言女歸者異王氏以女處尊位降身下二是帝乙之女歸夫家非歸妹矣愚按稗疏辨正本義之說其論誠是至謂帝乙非紂父歸妹爲男來就女則非商之君以乙稱者不一人而紂之父獨稱帝乙書酒誥自成湯咸至於帝乙成王畏相多方自成湯至于帝乙罔不明德恤祀皆原其始以要其終文王作易當殷之末世帝乙其所嘗事者當時帝子下降周公或目擊其事故取以爲象於泰言之於歸妹亦言之自不容泛指前之稱乙者帝乙元妃無子焉知不有女況經云歸妹或帝乙之父猶有女之未嫁者於帝乙自當爲妹左傳齊侯使晏嬰請繼室於晉曰其姨姑弟妹若而人則先帝之女當現今之帝而嫁固事之常無可疑者商之末不似周之季尺地一民莫非其有雖有叛國文且率以事紂其餘少有不靖則六師及之故傳云紂之百克征不庭也天下及紂之身而失則就帝乙而言一統全盛娶帝子者未必不可云以祉元吉若其謂商之時男來就女雖天子亦或用此制其說尤不經書曰釐降二女于嬀汭嬪于虞曰降曰嬪嫁之也又曰娶於塗山曰娶則女嫁而男娶也王季値商之時度亦遵商之制其娶太任也詩曰來嫁于周曰嬪于京不入贅也文王爲太子時娶太姒亦止曰親迎于渭安有天子而或贅於

人者婦人謂嫁曰歸故南國兩言之子于歸其下如此其上可知考程傳亦疑帝乙不知誰屬而特謂自古帝女雖皆下嫁至帝乙然後制爲禮法困學紀聞歷引四說子夏傳帝乙歸妹謂湯之歸妹也京房載湯之嫁妹之辭曰無以天子之尊而乘諸侯無以天子之富而驕諸侯陰之從陽女之順夫天地之義也往事爾夫必以禮義荀爽對策引帝乙歸妹言湯以娶禮歸其妹於諸侯也張說鄎國公主銘亦云帝唐降女天乙歸妹雖皆據湯而言然卽是亦可知下嫁之禮不自周始也周嚴同姓爲婚故禮記云繫之以姓而弗別綴之以食而弗殊雖百世而婚姻不通者周道然也豈有周以前女不適男而男來就女且制

通於天子乎泰與歸妹以六居五之尊故皆以歸帝子取象斷以王氏女處尊位降身下二之說爲確

子見南子辨

王泉之

集註據史記南子使人謂孔子曰四方之君子不辱欲與寡君爲兄弟者必見寡小君寡小君願見孔子辭謝不得已而見之孔叢子云古者大饗夫人與焉於時禮儀雖廢猶有行之者意衛君夫人饗夫子則夫子亦弗獲已矣二說不同要皆以爲有淫行之南子獨孫季昭名奕示兒編南子卽南蒯也何燕泉餘冬序錄陳絳金罍子顧太初說略並取其說余亦深以爲然或曰南蒯何以稱子余曰楊朱墨翟孟子之所深闢者也而他日云楊子取爲我墨子兼愛子者男子之美稱當時從楊墨者稱之曰楊子墨子孟子亦隨口舉之南蒯叛魯借張公室之名安知

人不以男子相呼而記者隨口記之豈必如春秋之以稱名稱字稱人爲褒貶耶且惡莫大於弑逆崔杼弑齊莊而魯論記曰崔子又其一證矣羅整庵困知記云子見南子子路不悅疑夫子欲因南子以求仕也當時王孫賈亦疑之媚奧之諷殆指南子而言觀夫子所謂天厭之者卽獲罪於天之意蓋調停於魯南蒯衛南子二說之閒以南子爲夫人以見南子爲求仕周理東四書辨正極取之因謂昭公十二年南蒯叛孔子生襄公二十二年是時年二十有二家語誌孔子長子路九歲則當蒯叛之時子路纔十三歲豈得受業門牆耶其說似辨繼閱辨正子華使齊條而又笑其自相矛盾也閻百詩曰向嘗以子華使齊

原思爲宰。並爲魯司寇時事。既考赤少孔子四十歲。子爲司寇。於時赤甫八歲。應是自衛反魯後。赤年將三十。求仕於季孫。久已富而粟多矣。辨正駁之云。子華使齊。固不必在爲司寇時。但不當以年定之。如以年論。則原思少孔子三十六歲。當爲司寇時。裁十四歲。亦未能爲宰也。大抵家語史記所紀弟子之年多不可信。愚按辨正不信二書紀年。一語可謂如齊文宣之斬亂絲。顧以爲不足據乎。則不信於原思者。何獨信於子路。而引子路少孔子九歲之說。以駁季昭邪。以爲足據乎。春秋傳南蒯奔齊。在昭公十四年。則子路年十五矣。原思十四歲而爲宰。子路甯不可十三歲而受學。原思十四歲而解辭祿。子路甯不能介

十四五之年。而疑見蒯也。弗擾召子欲往。子路不悅。佛肸召子欲往。子路引前言以相難。此則已見南蒯矣。與兩處欲往而尚未往又不同。想見子路之不悅實深。故夫子援天以自信。而因以曉子路。揆之情事較合。如史記孔叢子云云。孔子非聘賓。何得援見小君之禮以爲禮。牽與大饗之文以爲文。如羅整庵不疑南子有淫行。而轉疑孔子求奧援。僞子路之所見於王孫賈。豈非不倫之甚矣乎。

鄭聲辨

王泉之

朱子曰。鄭衛之樂。皆爲淫聲。然衛詩三十有九。而淫奔之詩才四之一。鄭詩二十有一。而淫奔之詩已不啻七之五。衛猶爲男悅女之辭。而鄭皆爲女惑男之語。衛人猶多刺譏懲創之意。而鄭人幾於蕩然無復羞愧悔悟之萌。故夫子論爲邦。獨以鄭聲爲戒。而不及衛。蓋舉重而言也。後之難朱者。謂史記云。古詩三千。孔子取可施於禮義者三百五篇。皆絃歌之以求合韶舞雅頌之音。鄭聲淫自其水土風氣之發於聲音者言之。非繫乎詩詞。故春秋傳諸大夫歌詩贈荅。多取材於鄭衛。不以其詩詞爲淫。尤不得以淫詩而目爲淫聲也。近世周理（折衷）四書辨正。獨力

伸朱子之說。謂鄭音好濫淫志。自春秋列國皆好之。鄭以女樂賂晉。又以淫樂之矇賂宋。魏文侯聽鄭衛之音則不知倦。趙烈侯好音而愛鄭歌。則鄭聲之能惑人可知。如謂淫不繫乎詩詞。則樂記云。詩言其志。歌永其聲。舞動其容。三者本於心。然後樂器從之。詩與聲本一貫也。豈有發聲則淫。而詩詞則雅。判然爲二者乎。說似辨而實不然。按宮商角徵羽。宮最濁。羽最清。故周語云。大不過宮。細不過羽。凡聲之淫者多羽聲。左傳爲之歌鄭。曰美哉。其細已甚。羽聲多也。爲之歌秦。曰此之謂夏聲。夫能夏則大。宮聲多也。詩以言志。歌以永言。聲以依永。律以和聲。固未有淫詞而聲不淫者。亦有詞不淫而聲則淫者。子夏對魏文侯

曰鄭音好濫淫志宋音燕女溺志衞音趨數煩志齊音傲僻驕志此四者皆淫於色而害於德今據朱子集傳鄭衞之詩多淫矣齊則淫詩殊少卽南山敝笱諸篇猶曰刺淫之詩也若宋本無詩又何以爲燕女溺志則聲之淫不專繫諸詩之淫矣且卽以詩論鄭之淫在下衞之淫在上宣公之奪媳昭伯之烝姜世族之相竊妻妾其亂遂至於亾如朱子云當云聲之淫莫甚於衞則聲之放莫切於衞何乃轉屬之鄭邪若其以淫詩之多寡論淫聲之甚不甚彼陳風十篇淫居其九胡不曰放陳聲而子夏之對文侯亦不聞舉陳音而弁數之邪近來豔曲淫詞輕謳低唱比之箏笛此詩淫而聲亦淫之說也乃至貞女淑婦之曲

而歌者吹者柔曼以遲其聲亦復如是則詞不必淫而聲淫矣卽如鄭風緇衣愛桓武羔裘美大夫雞鳴述賢夫婦而比以鄭聲亦無解於淫傳之所謂細已甚也何必不發聲則淫而詩詞則雅乎尤可證者周頌之酌賚般大武之樂章也國語云牧野之事音皆尙宮而樂記謂有司失傳聲淫及商鄭孔謂有貪商之聲或曰商聲主秋淫及於商則武王殺伐之心動以國語音皆尙宮推之或說近是然愚意下云武王之志荒矣荒與淫相應漢書禮樂志紂作淫樂史記稱師延作靡靡之樂竊疑以大武之樂入靡靡之調故曰聲淫及商若非有司失傳則音比於慢斯志疑於荒矣鄭聲亂雅樂此足以見今卽據先儒舊解尙宮者可誤移於商而酌賚般之詩詞猶是也亦可知詩自詩聲自聲不相離究不相混故鄭詩可以錄而鄭聲所宜放放之云者弁民閒之所習而禁之如周禮禁其過聲淫聲凶聲慢聲非但不用之郊廟朝廷而已至於詩則輶軒采之太史陳之不必如衞巫之監謗國人莫敢言也故就聲論淫鄭爲最宋次之衞次之齊又次之詩則雖淫邪如陳不在其限朱子誤以鄭詩卽鄭聲後人正當爲朱子功臣不當爲朱子佞臣又況卜序毛傳之說鄭詩確指爲淫者不過一二篇而已哉

湖南文徵卷四十一

湖湘後學集編

辨五

桃源避秦辨

方堃

六經無仙字而詞人豔稱仙其好仙邪其姑以奇離恣譎供文家之波濤也夫清虛之說古人或爲汨於利欲者下鍼砭而其流爲黃白之術禍亂之資其害於風俗人心者豈淺鮮哉淵明花源一記宋蘇子瞻王十朋胡明仲明粵東葉氏諸公論之詳矣而世猶疑仙疑幻何哉蓋因唐瞿童有秦人棋子之說後人一唱百和遂成荒唐之論而皆藉口於淵明之記此不可不辨

也淵明記中無仙字詩稱賢者避其世明紀賢而非紀仙又王安貧武陵記備載漁人黃道眞太守劉歆姓名安貧與淵明同時淵明聞其說而作記是當時實有此避世之人匪特非仙幻並非寓言也朱文公謂賢者避世爲伯夷太公之倫謝疊山亦以商山比首陽而陶公旣稱爲賢者避世又擬以商山黃綺則其人品可想見考博異記以桃花神爲陶氏則篇中夾岸桃花蓋隱言陶沿溪水源蓋隱言淵小口有光蓋隱言明淵明曠世相感述古以自況謂之寓言可也謂之爲仙幻不可也夫淵明天資高明其學幾於大賢爲東晉一代人物讀歸去來辭直與采薇歌出師表同意豈屑爲後世之游仙詩哉論者不察見其辭意有出塵之想遂以子虛大人賦等量而齊觀誤矣甚且爲附會之說穿鑿之論試思一邱一壑何地無桃源境避世正在世中奚怪夫迷不得路者今且爲通衢也善哉陶詩云心遠地自偏又何事爲穿鑿附會之論哉仙之有無吾不敢論如顏之簞瓢陋巷不改其樂點之春風沂水物我同適近於仙矣其可以仙論乎特恐世之惑於求仙者其弊不可勝言每託於吾儒之記載故爲申其辨以祛其惑明夫汨於利欲者尚可以淸虛之說救而汨於仙幻者終不能以聖賢之說化也六經無仙字實爲人心風俗防也

沅南辨

方堃

臨沅沅南縣名舊矣。其地犬牙相錯沿革不一。今之桃武北岸皆古臨沅地。桃武南岸皆古沅南地。謂之沅南者。以在沅水之南也。後之人誤以臨沅專屬武陵。沅南專屬桃源。遂若臨沅東而沅南西。又見桃治在沅北。遂謂古沅南在沅水北岸。名實互乖。而沅南之名義不著。轉致疑於南臨沅水及在沅水之陰二語。則以紙上空談故也。今目治得實特備論之。考水經注於壺頭山下。即云臨沅縣與沅南分水。壺頭在今桃源沅陵界。是二縣分水而治明矣。其下夷望山在桃邑南岸者屬沅南。明月池白璧灣乃今新湘穿石在桃邑北岸者屬臨沅。又其下平山。在

武邑北岸者屬臨沅。又其下云武陵郡南對沅南縣。是武邑南岸屬沅南。文義瞭如指掌也。且沅南故城有三。一在縣南百二十里。今甯鄉驛地。一在武陵縣南七十里。距桃源洞二十里。一在潯陽坪。均沅水南岸。是沅南在沅水南岸。如湖南在洞庭湖南。江南在大江南。河南在黄河南。決無在沅北而稱沅南者。宋乾道閒置縣於沅北延口郵。則已改名桃源而不復名沅南矣。水經注又云沅南縣在沅水之陰。說文山南水北曰陽。水南山北曰陰。此尤沅南在沅水南之證。荆州記臨沅縣南臨沅水。水經注亦錄其語。此又臨沅在沅水北。與沅南分水之證也。自賀奇府志誤引荆州記南臨沅水之文為論沅南。不惟與沅南故城所在不合。且與沅南名義不符。又或解沅水之陰陰字為北。以附會之。不知古邑與河陽汾陰之類。皆以水南山北曰陰。初無異解。即近世湘陰之名。亦以洞庭為湘水所潴。故洞庭之北名臨湘縣。洞庭之南名湘陰縣。何嘗不以水南為陰乎。推其所由誤。蓋因今縣治在沅水北。而執以論古耳。豈知沿革異制稱名異時刻舟求劍非復故步哉。然則舊志相傳以臨沅屬武陵沅南屬桃源者何也。今武陵縣治乃古臨沅縣治。今桃源縣治亦古沅南縣治之徙者。論縣志之相承。則武屬臨沅桃屬沅南。論縣境之全隸則武兼沅南桃兼臨沅言各有所當然不足以舉其全也。

齊魏紀年辨

楊丕復

史記六國表顯王二十七年爲齊宣元年，三十三年爲魏惠三十五年，四十六年爲齊湣元年，愼靚王元年則燕噲元年，赧王四年則燕昭元年，齊宣在位十九年，魏惠在位三十六年，齊湣在位四十年。而孟子在魏則繫於魏惠三十五年，齊人伐燕則繫於湣之十年。其孟子列傳云游事齊宣王，宣王不能用，適梁，梁惠王不果所言，故後儒以爲孟子先事齊宣，後事梁惠、梁襄，後乃事齊湣而值齊伐燕噲。通鑑則謂魏惠三十六年改元一年，後十六年卒，爲愼靚王二年，孟子至魏在惠三十五年，及惠卒之年則去魏適齊，此用竹書紀年說也。齊宣元年則顯王三

十七年，齊湣元年則赧王二年，齊人伐燕則繫之赧王元年，孟子去齊亦即在是年，皆宣王時事。綱目謂與史記不同，未詳所據。朱子孟子序說引史記，亦疑孟子以伐燕爲宣王事與史記、荀子不合，且謂通鑑以伐燕爲宣王十九年，是孟子先游梁而後至齊見宣王，亦無他據，未知孰是。愚竊謂孟子書乃孟子自著，其書篇首即書見梁惠王，次及梁襄王，次及齊宣王，次及滕文公，先後昭然不紊，則先至梁而後至齊，不待辨而自見。其於梁惠論說尚多，於梁襄則一見而即謂無人君之度，其遂去梁可知。及至在齊，則惟有與宣王問荅之言，並無湣王一字，是孟子未嘗見齊湣也。蔡虛齋以湣王卒在孟子後，故孟子不得稱其謚，凡書中止稱王者，皆湣王也。然如足用爲善一語，加之齊宣自當，加之齊湣則恐未然。又如伐燕事，前伐燕、取燕二章皆直稱宣王，後二章雖止稱王，而沈同一章當在伐燕章前，陳賈一章當在取燕章後，合而觀之，其爲一事無疑。虛齋以前二章爲燕易王時齊宣取燕十城之事，則所取甚少，未嘗滅燕，與章內所言虐民往征、以萬乘伐萬乘、五旬而舉，且直稱伐燕取之，及毀宗廟、遷重器、謀於燕衆、置君而後去諸語皆不合。以後二章爲齊湣伐燕噲之事，則孟子所言初未見燕不可伐，王何爲因燕畔而慚於孟子？反覆以觀，知伐燕噲之爲齊宣無疑，乃據史記傳聞悠謬之說，而疑孟子親身閱歷之言，不亦誣乎？況戰

國策載伐燕事明言齊宣，更不得謂通鑑之無據也。旣伐燕爲齊宣，則齊之紀年史記未可信矣。通鑑於齊之紀年雖不見所據，大抵齊威則益十年，齊湣則減十年，而移下齊宣十年，乃合伐燕之事。古今傳聞異詞，齊威本立四十六年，傳者或誤爲三十六年；齊湣本立三十年，傳者或誤爲四十年，此亦非事之所必無。況又有孟子及戰國策爲左證，則通鑑之移易實足正史記之誤。但謂孟子去齊即在伐燕之年，則是時燕猶未畔也，越二年然後燕畔，燕畔而後陳賈且有解慚之言，則孟子猶在齊也。後章乃言致爲臣而歸，則孟子去齊實在燕畔之後，非在伐燕之年，此又可以孟子正通鑑之失也。通鑑以齊湣元年在赧

王二季似不如移在赧王十二季則齊宣爲立二十九季齊湣爲立二十季於孟子爲尤合嘗考呂東萊大事記亦以齊宣爲二十九季足證予言之非杜撰且伐燕噲實爲齊宣非齊湣而燕破後二季燕昭王立越二十八季伐齊齊湣走死又五季燕昭卒計在位三十三季此皆史記之文可據者以此推之齊破燕燕破齊中閒惟距三十季而齊湣之立猶在燕昭之後安得有四十季及三十季是必燕破後燕人卽立太子平爲王於是而孟子去齊於是而齊宣卒齊湣立皆在此一季中庶幾齊湣符三十季之數而通鑑又依史記後二季立太子平之說則通鑑終不免誤也若魏惠之季通鑑從竹書謂三十六季改元一

季後十六季卒襄王乃立以孟子考之與梁惠王言僅有書數章其在梁必不久使於惠王三十五年至梁後叓十六季始見襄王是孟子在梁有十七季之久事必不然知竹書之紀季不足信故邵子經世書亦從史記而不從竹書司馬公以其爲魏史而信之誤然魏惠三十六季卒既卒之後孟子卽去梁去梁而卽適齊則距伐燕之季又似太遠或去梁後仍歸鄒或至任後乃適齊自及去齊後或至魯或至宋或至薛終乃至滕魯與鄒近其至魯葢數矣葬於魯其一次也臧倉章言後喪踰前喪則又在去齊後也喜而不寐章葢又在臧倉前也兼金章因宋薛之餽追論齊餽知至宋薛亦在去齊後也滕文過宋見孟子知至滕又在居宋後也以此推之孟子生平履歷大概可見而齊魏紀季之是非亦可定矣又考宋滅滕齊卽滅宋事在赧王二十九季其時孟子猶在故有與萬章論齊楚伐宋一章越二季燕卽破齊而湣王死則謂孟子不聞齊湣之謚恐未必然顧孟子初至梁時惠王已稱之曰叟至齊破湣王死時又歷五十三季孟子之壽葢將近百季而後儒讀孟子者竟未推尋及此吾願與細心討論者一商之

周末存亾辨

楊丕復

周公相成王營郟鄏以爲東都是爲王城又遷殷民於洛陽下都是爲成周平王東遷定都於王城敬王値子朝之亂徙都成周及至考王封弟揭於河南以續周公之職卽王城故地也是爲河南桓公傳子威公孫惠公當威烈王時惠公復自封其少子班於鞏以奉王號東周其時王在成周鞏地近之故令奉王而已則擅有河南地也號成周爲東周知王城爲西周矣史記索隱云自是有東西二周是也呂東萊大事記云平王東遷之後所謂西周者豐鎬也所謂東周者東都也在威烈王之後所謂西周者河南也所謂東周者洛陽也何以稱河南爲西周自

洛陽下都而視王城在西也何以稱洛陽爲東周自河南王城視下都則在東也公羊傳亦云王城者何西周也成周者何東周也此東西周之分確不可易者也然東西周雖分治皆天子之臣也東周君奉王王固自在也非東周君卽王也卽赧王徙都西周君亦自在也非赧王卽西周君也史記周本紀赧王五十九秊秦取咸陽城負黍西周恐倍秦與諸侯約從將天下銳師出伊闕攻秦令秦毋得通陽城秦昭王怒使將軍摎攻西周西周君奔秦頓首謝罪盡獻其邑三十六口三萬秦受其獻歸其君於周周君王赧卒周民遂東亾秦取九鼎寶器而遷西周公於𢠸狐後七歲秦莊襄王滅東西周東西周皆入於秦周旣不祀其秦紀則云昭王五十一秊將軍摎攻韓取陽城負黍斬首四萬攻趙取二十餘縣首虜九萬西周君背秦與諸侯約從將天下銳兵出伊闕攻秦令秦毋得通陽城於是秦使將軍摎攻西周西周君走來自歸頓首受罪盡獻其邑三十六城口三萬秦王受獻歸其君於周五十二秊周民東亾其器九鼎入秦周初亾莊襄王九秊東周君與諸侯謀秦秦使相國呂不韋誅之盡入其國秦不絕其祀以陽人聚賜周君奉其祭祀合二紀繹之赧王五十九秊西周君獻其地於秦秦仍歸其君於周周者西周也卽王城也仍歸之者不絕其祀也是秊赧王適崩則周之正統絕矣而西周君仍在也明秊周民東亾歸於成周也

秦乃遷西周公於𢠸狐然後西周亾矣及莊襄元秊東周君又謀秦秦乃取其地而遷其君於陽人則東周又亾矣蓋其時赧王寄居西周徒擁空名其地皆東西周分有之赧王不能主也西周君之獻地西周君自獻也於赧王無與也秦仍歸之於周歸西周君也非歸赧王也惟赧王適崩於是秊而不復立後則周亾於是秊西周君雖在不能承周正統也然東西周皆周裔西周亾於秦昭五十二秊東周亾於莊襄元秊則未亾之時猶延周一脈而不可略也周紀言莊襄滅東西周不如秦紀之晰然未嘗以西周君獻地爲赧王也周之亾他無可考自應以史記爲據通鑑於此直改西周君爲赧王失其實矣使西周君果

爲赧王則赧王旣崩西周已無君矣明秊又何以云遷西周君於惡狐乎綱目不察於赧王五十九秊大書秦伐韓趙王命諸侯討之秦遂入寇王入秦盡獻其地歸而卒此因通鑑之誤而失於考正也繼之分注六國之秊略東西周不紀亦以赧王獻地而卒則周已亾也此雖勝於通鑑之卽以秦系秊而書法亦未盡當竊謂赧王五十九秊大書當分二條初一條書秦伐韓趙西周公率諸侯討之秦遂入寇西周公入秦盡獻其地秦歸西周公次一條書王崩周亾其後分注則冠東西周於七國上西周滅猶存東周至東周滅後乃始單列七國庶幾得存亾之實宋鮑彪注戰國策以安王赧王爲西周元吳師道力闢之不

知彼固沿通鑑之誤也至其時西周君正義以爲武公蓋得之東周君則無考戰國策雖有周文君索隱云亦不知滅時定當何主蓋周室衰微略無紀錄太史公雖考衆書以詳其事然二國代系甚不分明其說是矣

新唐書李氏世系辨　楊丕復

世系表序云李氏出自嬴姓帝顓頊高陽氏生大業大業生女華女華生皐陶爲堯大理生益益生恩成歷虞夏商世爲大理以官命族爲理氏按史記秦本紀云秦之先帝顓頊之苗裔孫曰女修女修織元鳥隕卵呑之生子大業大業取少典之子曰女華女華生大費與禹平水土是爲柏翳舜賜姓嬴氏說者謂柏翳卽伯益也然女修呑卵而生大業則女修乃高陽氏女其夫家不著然非顓頊帝之後明矣以母族而謂爲始祖其誤一也大業取少典之子曰女華是女華乃大業之妻非大業生子名女華也乃云大業生女華女華生皐陶以妻而謂爲子以母

而謂爲父其誤二也大業其詳不可考史記正義引列女傳云陶子生五歲而佐禹曹大家注謂陶子者皐陶之子伯益也卽此知大業是皐陶今乃以皐陶爲大業之孫而宰相世系表裴氏序又言大業生女華女華生大費大費生皐陶皐陶生伯益則皐陶變爲大業之曾孫孰是孰非自相牴牾其誤三也然皐陶之爲大業與伯益之爲陶子究無他據自尙書左傳以至世本史記皆無其說惟劉向曹大家言之試思伯益卽神聖何能五歲卽佐禹治水禹本紀云禹薦皐陶授政而皐陶卒封皐陶之後於英六而後舉益授之政則益非皐陶之子顯然可見使果爲皐陶之子則秦趙皆皐陶後也楚滅六蓼其時秦趙皆存

臧文仲何以言臯陶庭堅不祀忽諸高陽氏才子八人庭堅旣爲臯陶何可隤敳卽諡以父子而同稱八愷又遞子於父上皆無是理則以爲臯陶生諡其誤四也帝王世紀云臯陶生於曲阜曲阜偃地帝因賜姓曰偃漢書地理志云六故國臯陶後偃姓是臯陶之後姓偃也舜賜伯益姓嬴氏是伯益之後姓嬴也今云恩成以官命族爲理氏與偃嬴二者皆別且虞時刑官爲士周時刑官爲司寇爲士師皆無大理之名史記舜紀雖有臯陶爲大理平之言然上文仍引舜典言臯陶作士其言爲大理者亦猶言伯夷主禮垂主工師龍主賓客之類非官名也豈得據此爲李之緣起其誤五也秦本紀又云大費生子二人一曰

大廉實鳥俗氏二曰若木實費氏未嘗更有一子名恩成爲大理者伯益旣不繼臯陶爲大理何以恩成之後歷夏商千餘秊皆爲大理蓋欲避蜚廉惡來之族因造爲恩成之名又欲遷就李理之音相近故謂以理爲氏不知與史記全不相應其誤六也或謂柏翳非伯益也然秦本紀言柏翳調馴鳥獸與舜典言益若鳥獸草木無異舜本紀列益卽無翳益翳爲一人可知惟陳杞世家言翳復言益索隱已疑其謬誤今敍大業之生與秦紀同而謂益非柏翳則前後乖剌其說愈不可通卽謂非柏翳之後故不姓嬴然旣爲臯陶之後何不姓偃姓偃有書可證姓理實杜撰不經其誤七也後又言理徵之子利貞逃難食李木子得全遂改理爲李氏家於苦縣後裔遂有李耳此唐之所以謂元元皇帝也然耳之姓李史記索隱引葛元云李氏女所生因母姓也又云生初指李樹爲姓則其姓李竝非因仍祖父而然而以爲由大理之後遙遙相承居然華冑其誤八也又云耳後有李宗魏封於段爲干木大夫是又援孟子所謂段干木以爲榮也其說蓋沿於史記然史記云老子之子名宗宗爲魏將封於段干注云段干應是魏邑名魏世家有段干木段干子田完世家有段干朋疑此三人是姓段干因邑爲姓也今乃云封於段爲干木大夫旣欲藉段干木之賢又嫌其以隱居終世故假爲封爵大夫以榮之沿史記而又別自爲說抑不知干木大

夫之稱何謂且使姓干木之人與姓李渺不相涉相去百餘年而與李耳爲父子遠誣先賢以爲己榮其誤九也又云宗生同同生兌牽引至於隴西成紀而有李廣然史記趙世家有李兌事武靈王平原君列傳有李同本名談史公避父諱故曰同與平原君同時則在李兌之後不得云同生兌又史記於宗後裔云宗子注注子宮宮元孫假假仕於漢文帝而假之子解爲膠西王卬太傅因家於齊則李耳之後歷歷可數矣何不因襲言之而別謂宗生同同生兌卽蓋注宮以後五世無顯者解又家於齊無緣未久而顯於成紀故必別爲一說方得引隴西以至涼武昭王然捨其可據者而牽引其不可據者且於秦始皇使

破楚之李信而以爲李同之七世孫相去不過二三十秊而世代懸遠如此荒謬不經莫此爲甚其誤十也且晉有李離在李耳之前魏有李悝趙有李牧秦有李斯在李耳之後安知李唐非出於諸李而必推本李耳且上推至顓頊而以母家爲始祖豈後爲帝王者皆古帝王之苗裔而上世草野之民皆無後者耶何後代姓氏皆出於古帝王也此葢凡爲姓氏之說之通病亦不獨李姓然矣唐高祖始興惟立四親廟雖涼武昭王之近亦不之及中宗時欲以涼武昭王爲始祖議者謂爲不可遂止至天寶時乃遠引李耳以及臯陶顓頊此明皇侈心耳故通志謂姓氏之學最盛於唐而國姓無定論葢知其所牽引皆不足

信也歐陽永叔博極羣書不苟傅會獨於此表無一語微寓譏刺且謂源流所在可以考見豈歐公於史記亦未之讀耶何其誣也昝公議濮禮謂所生父必不可改稱乃使伯益冒臯陶爲父段干木冒李耳爲父不知悖謬孰甚耶

性辨

張學尹

氣質無惡也孟子曰性善不言氣質以性該氣質也氣非性不生性非氣不著是故自有聖賢以來言性者皆不雜以氣質以天固不能於氣質之外別具其所謂性以與人也君子必知性與氣之所由分又知性與氣之所由合而後有以確然自盡其性而無疑易有太極渾然無善惡之形故楊子指以混得其似也而不知其渾然善也孟子曰口之於味也目之於色也耳之於聲也鼻之於臭也四肢之於安逸也性也性者非惡也物交物而客感生而後有惡當其未感天爲之主故善及其既感人持其權故惡惡者非性也而荀子指以爲性不知性也韓子讀

孟子既以五常爲性矣又不能不惑於二子之說於是兩利而並存之凡皆謂之不知性嗟乎性善之說舊矣至孟子而已著矣然而後起之說猶得而參之者葢孟子之言皆在受形以後如四端之發平旦之氣乍見孺子之類皆取其切近而易見者言之爲夫齊宣梁惠之徒之不足以驟語夫天命之源也夫智之上者因其切近易見者而擴充之而天命之源亦不言而喻矣故曰盡心以知性知性則知天而豈意智如韓子猶不知自盡其心而區區耳食舊說以惑亂天下哉子曰一陰一陽之謂道繼之者善也成之者性也又曰性相近也其曰上智曰下愚曰中人皆主其人之所以自命者而言之也如湯武之敬以自

修桀紂之才辨而自暴是其所得於天者未嘗不同其所以立志自爲者異也有宋諸大儒者作於是舉天命之源而發揮之而性命之理昭然若揭日月於天下然而其所謂善者乃多在未受形以前噫後之人幾何不自諉之氣質而歸其咎於天也或曰氣之絪縕摩盪而萬變也何事不有乖戾之感有以人而產物者矣有以人而化后者矣叔魚之未生也其母曰滨山大澤實生龍蛇羊食我之生也其母曰是豺狼之聲也越椒之生也子文曰是乃狼也諺曰人面獸心彼負其獸也之氣而託於人也之形是固天下之大怪也夫滨山之狐惡潭之鼉久而能化氣使然也而援以證生人之性可乎雖然別乎氣以言性不

如卽乎氣以考性衡湘之閒有學者焉限於方隅之偏錮於見聞之陋非有荀卿楊雄之才韓愈之學其不足以論性命之精也明矣然而竊嘗取先聖人之緒論而申之曰天地之始有理而後有氣萬物資始於乾資生於坤一元而已矣豈惟人性善物亦善也是故重者之善爲沈輕者之善爲浮膠者之善爲粘剛者之善爲斷皆各因其氣以顯其性而虎狼之父子蜂蟻之君臣其最著者也氣之偏者則有之矣得其偏而終於偏者物因其偏而充於全者人其偏者亦未嘗不善也此孟子所以必言乎受形以後也且夫善惡之名爲夫愚不肖者而設之也聖人之視天下蓋有善而無惡何則理之有柔有剛有短有長有弛有張有弱有强有寒有熱有通有塞有迎有逆有舒有結有高有下有正有側有厚有薄有虛有實皆善也故理主其全而氣主其偏凡氣之所生皆理之所發也是故大象之作也如否剝損困之類皆取以爲君子之善是故聖人能盡其性則兵刑可以佐太平而砒蛭可以已惡疾故使焚炙施之廉來不可謂之非善使都俞同之其驩不可謂之非惡今夫罪大惡極則莫有甚於君行臣道父行子道夫行妻道者矣譬如楩枏杞梓不以飾廟堂而以營廁廄黼黻文繡不以美冠衣而以充袓服膏粱膾炙不以奉尊親而以養僕馬則豈楩枏杞梓黼黻文繡膏粱膾炙之不美乎其所以用之者非也今舉吾聰明才力仁恩

義斷禮肅樂和之肫然秩然而不容已者而皆反其道而用之而命之曰惡吾甚惜之夫理者氣之神也氣者理之形也無是理卽無是氣有是氣卽有是理是以庖羲畫卦不取象於太極而取象於陰陽爲乎理之寄於氣以行也理善則氣焉得有惡今夫人受天地之氣以成其質而曰吾將取而氣質而變化之是孟子所謂戕賊杞柳者也天下之人能不駭然卻走乎吾聞回之敏參之魯皆可以進於道在中庸則曰致曲在孟子則曰擴充夫耳之善聰目之善明心之善思與乎君之仁臣之忠父之慈子之孝皆順其自然者而導之無可以矯揉造作而成之者也而何所用其變焉人無賢不肖皆必有所謂喜怒哀樂愛

惡欲之情聖人之治天下亦使之施之各當其可而已今指性爲善而指氣爲累是使人得遁於氣質之中也如得歸咎於氣質則鯀可以不殛管蔡可以不誅何則非人之故爲惡也天也夫天本其理與氣以生人而人得以自持其權乃絶天而自用雖天且無如之何而況於聖人乎曰然則瞽鯀朱均叔魚羊食我之徒皆不得歸咎於氣乎曰瞽瞍猶知愛象共工猶知象恭叔魚羊食我之徒亦必有所好惡惟其自絶於天是以施之皆不得其當耳今夫慈父以千金授其子使爲衣食之具而其子以其金爲淫蕩則豈得歸咎於其金乎是故夫子曰上智與下愚不移非謂其氣質然也或卓然而自立或悍然而自絶其立

志不可移也乾谿之難子曰克已復禮仁也楚靈若能如是豈其辱於乾谿夫人之所以得與天地竝命爲三才者以其克自主也傳曰天道福善禍淫謂天既降之以不善之資又降之以不善之罰其誣天孰甚焉曰然則叔魚羊食我越椒之惡何以決之於生初而不爽邪曰吾嘗讀左氏春秋矣其所云懿氏之占史蘇氏之卜何其驗也既徵之卜世三十卜年七百之類則懸絶焉吾聞諸葛亮之智足以識魏延而不足以識馬謖韓琦司馬光之智不足以識王安石蘇洵識安石而不足以識程顥子文之賢不能踰於數子而羊舌之婦何所挾而能然邪是叔魚羊食我越椒不足怪而左氏其好怪者也君子之所以斷天下之疑者恃有理而已且以帝堯之智足以知鯀周公之智足以知管蔡而卒使之治水使之監殷者必非徇岳牧之請私手足之親而置蒼生之成敗於不問也亦望其善用其才則不爲障水而爲治水不爲周叛而爲殷監耳烏有定人於未生之前與初生之際者哉雖然氣之偏者則有之矣沈潛剛克高明柔克未有不善者也其不善之氣則莫若豺狼蛇蝎蚍毒而聖人因其所宜而用之天地閒未有棄物焉而況於人乎夫人之有身氣之融而結焉者也氣之融而結焉者理之融而結焉者也孟子曰形色天性也其諸言乎性與氣之合也歟

陳情得請兼祧辨　　　曾興仁

道光戊戌秋南昌太守張子畏先生丁生母艱以行述索銘復以陳情得請一編寄示而說者謂太守固得兼祧惟部議持服兩歧屬余辨之以定其義余思太守實有情不自禁之情禮固緣情而定也何辨之有然亦有不容已於辨者矣太守世居桐城父輩四伯仲皆無子叔有子一孫三季有子二太守父其季也太守年十四出繼仲父其胞弟亦出繼伯父維時太守父母俱年未四十自謂必有續嗣也厥後年漸老而無出太守及弟亦未有子而出繼之弟旋又不祿不獲已乃以叔之次孫承繼伯父為孫復以叔之三孫太守自繼為子展轉過繼是伯仲之

無嗣者皆得有嗣獨季之本有嗣者轉無嗣矣太守官四品憂思之渙援例引經不得不以復繼之孫仍繼仲父自請歸宗本生父母因上其事於大府詳咨吏禮二部議之二部以孫禰祖自請歸宗二說均不可行惟因篤于所生起見準其一身兼祧而已第兼祧一議禮部以太守既為嗣父母持服三年則將來生父母應持服朞年用符禮不二斬之義吏部以太守既為嗣父母持服三年則將來生父母亦應持服三年特明所生為重之情太守今丁生母艱因所生無後專從吏部議得不降服而仍服斬則歸與不歸一耳此陳情得請一編所由作也而一時論者遂以吏禮兩歧為議不知二部之議實歧而一特未申言以明之耳今之所謂大小宗與禮經大異而通乎其說則太守今日兼祧皆小宗也設使太守當日承繼大宗伯父自無論嗣生有後無後則應為嗣服斬為生服朞禮也茲太守承繼小宗仲父自無論嗣孫有後無後則應均為服斬禮也且太守此時一身兼祧將來得生有子一為所後承祧一為所生承祧禮也或竟不有其子則禮有言小宗可絕又何必言歸與不歸也惟是禮部以所後與所生無子者未經分晰復以所生無子而歧歸者未有成案吏部則以嗣生持服為統同是皆未申言古今大宗小宗之有異而祇以兼祧為辭也　會典內載獨子承繼兩房宗祧及　宗人府職掌內載出繼撤回承祀胥專為今之

大宗言也讀是編者更可恍然矣或又曰父母者生我之專名似不宜加稱本生以自抑疏也然則天下承繼之子豈有於所生父母之前而自稱為本生父母邪亦不過對人言曰此我本生父本生母也或者之說余竊不然

書辨

曾興仁

戊戌之秋八月念九包愼伯大令以蓺舟雙楫一書寄閱雙楫論文論書也要其旨不離法古近是今約其作文之說愼伯以隱顯回互激射六字括之卽以其說通於作書可也又何必別而言之邪雖然書旣爲楫而余不得不亟辨者以有說恐滋後人疑耳迹書上篇黃小仲云唐以前書皆始艮終乾宋以後書皆始巽終坤愼伯自言初聞不知何語反覆觀中篇愼伯解爲始艮終乾者非指全字乃一筆中自備八方後人作書皆仰筆尖鋒鋒尖處巽也筆仰則鋒在畫之陽其陰不過副豪濡墨以成畫形故至坤則鋒止佳者僅能完一面耳惟管定而鋒轉則逆

入平出而畫之八面無非豪力所達乃復積畫成字聚字成篇過庭有言一筆成一字之規一字乃通篇之準者謂此也此愼伯解小仲之說似是而非而人亦必終不知爲何語也夫小仲所云始艮終乾實以凡作一字起筆多不外乎點與畫也克知起筆逆入則凡一點一畫咸始於艮矣克知平出有往皆收則凡一點一畫咸終於乾矣彼用順入無收者非始巽終坤乎哉夫如是愼伯所言仰鋒爲巽逆入平出是也而究不申言逆入卽艮平出有收卽乾且竝不專指一畫備八方統言一筆備八方余故曰愼伯解小仲之說似是而非也第凡字有大小有篆隸眞行草書之別此其象可以迹求者惟隸行草三體不可以迹求者篆與眞耳括其用意要在筆先也余今得申小仲之說曰始艮轉巽終乾轉坤則千古作字起筆之妙可盡人而知矣然亦不過借此以立逆入有收之名非眞別有所謂卦義也彼小仲之說明明如是而以唐宋爲優劣復以天地爲區分者其殆故爲不傳之秘張大其辭耳何愼伯亦以請其術卒不肎言而乃爲疑似之說示人邪愼伯仍以論文之法論書也可

史記律數辨

邱之稑

漢承秦火之後先王制作無一二存而其假借紊亂者莫如音律一道考史記所定律書以兵械爲重所引武王伐紂吹律聽聲猶爲近理至詳舉歷代征伐敷衍成文於律呂豪不相涉次列二十八宿十母十二子語亦穿鑿附會不可爲法學者震其名未敢議其失然自識者觀之已知其學之無本猶其易辨者也其音律之遺誤後人者莫如律數一節列九九八十一以爲宮三分去一五十四以爲徵三分益一七十二以爲商三分去一四十八以爲羽三分益一六十四以爲角且述曰音始於宮窮於角烏乎史遷爲有漢一代著述者所著律數體用不明如

此無怪以訛承訛後世之言音律者皆無所適從則是六律之不分五音之不正誠非無自也此豈可以不辨哉夫三分損益者律呂管體所從生管體生而後五音出孟子曰繼之以六律正五音是也遷不以去一益一爲生某律某呂而以去一益一爲得某宮某聲是六律之生未終而五音之名先正宮可以生徵徵可以生商商可以生羽羽可以生角是五音之名自正而六律之以徒勞有是理乎況有定者律也無定者音也何謂有定如以黃鐘正宮則太簇爲商姑洗爲角蕤賓爲變徵夷則爲徵無射爲羽其不可以他律混者體之所以立也何謂無定如旋太簇爲宮則姑洗轉而爲商蕤賓轉而爲角夷則轉而爲變徵無射轉而爲徵黃鐘轉而爲變宮其未嘗以轉調窮者正之所以行也孰謂宮商角徵羽可亂爲宮徵商羽角哉孰謂宮商角徵羽之旋轉不竭者可任意指爲始於宮而窮於角哉永嘉陳氏猶謂律呂之法起於黃帝氏律呂之說定於太史公知黃帝氏之法而不知太史公之說則難與制律知太史公之說而未知黃帝氏之法則雖不能制律而不害其爲律比擬不倫至於如此不可不急爲辨正也惟生鐘之分與以下生者倍其實三其法上生者四其實三其法數語於古人制律之遺意爲有合焉耳

按九九八十一爲宮等語乃管子琴度生聲法詳三卷琴考論遷史不知以定律呂相生之數遺誤後人幾二千年不急

辨正律呂之道將終不明於後世也

黃鐘不復與他律爲役辨　　邱之稑

黃鐘不與他律爲役雖僅見於前漢志當是援引古語蓋謂聲氣之元能生十一律而不爲十一律所生故三分損益隔八相生之數終於仲呂不能轉生黃鐘所謂不與爲役者此也志誤會其意謂以正相應之聲有同心一體之義遺及後世大變古制如通典諸說直以仲呂之實三分損益再生黃鐘及以下十一律以爲變律所得之寸數半之以爲變半律律呂新書曰正律十二子聲十二變律十二子聲十二凡四十八聲最得漢志黃鐘不與他律爲役之意又曰黃鐘爲大呂之變宮夾鐘之羽仲呂之徵蕤賓之變徵自用變半律聲非復黃鐘矣烏乎誠如

諸說將視黃鐘如贅瘤竊謂黃鐘雖尊六律之體賴以生六律之聲尤賴以正如虛設不用何成聲氣之元故義雖象君非天子之樂歌不敢用以主宮若以旋宮言時可轉而爲商轉而爲角轉而爲徵羽爲二變卽體長音低恐多陵犯惟無射主宮黃鐘爲角音濁於宮當用半太簇高宮音代之其餘爲太簇之變宮夷則之變徵得聲淆雜禁不起調例當退居不用之列聲之正者可轉而爲變役孰甚焉若於姑洗宮旋爲下羽蕤賓宮旋爲下徵國語曰宮逐羽音下羽下徵其音雖大於宮律家不忌至其爲倍無射之商音較清於宮位自然不犯由是推之安見不與爲役也律呂新書和聲第五章謂此乃數之自然他律雖欲役之而不可得且曰此一節最爲律呂旋宮用聲之綱領誤矣合觀前說其失自著

三律爲三統辨　　邱之稑

班固前漢志以黄鐘林鐘太簇爲天地人三統而引說卦傳陰陽柔剛仁義之言以明之竝分乾坤十二爻直十二辰而以乾初九居子配黄鐘爲天正坤初六居未衝丑配林鐘爲地正乾九二居寅配太簇爲人正此其穿鑿附會之甚者也按說卦傳天道地道人道以重卦合言之則上二畫爲天中二畫爲人下二畫爲地以兩卦各言之則上與三爲天五與二爲人四與初爲地審爾則不惟於三律之義無所居亦於三律之位無所當且爻辰之說實牽合於當朞之義遂執乾坤十二爻配十二月而因以配十二律也後世以卦直月惟十二辟卦爲近理與律

呂相生之氣亦脗合是卽隔八相生法也可見天地造化不假人爲而整齊變化如此彼牽合者其奚當至以三統配三律則尤爲無說夏后殷周之改正朔定爲一代之制以新天下之耳目若其時之正令之善則必推有夏非比天地人三才亙古不變者也且以律言黄鐘爲音律之元卽爲萬事之本固亦知曰尊無與竝也若林鐘太簇可鼎足而三尙得謂尊無與竝哉況地統不以大呂而以大呂之衝當之卽婦孺亦知其陋此不待辨而明唯蔡邕獨斷以黄鐘配周正大呂配商正太簇配夏正爲能依文傍義然於理無所發明於事無所取法亦徒亂人耳目而已何也夏正建寅不聞尊太簇爲律元商正建丑不聞尊大呂爲律元以太簇大呂於建寅建丑之義無所附也究其所失蓋昧制作之源欲以精淡文其淺陋而又誤解國語紀之以三之一言愚謂三言黄鐘之管三其三而爲長九寸徑其三而爲圍九分紀者理也黄鐘理則六律生六律生則十二律備故曰紀之以三平之以六成於十二也一字之義不明其穿鑿附會遂至於此烏乎音律之道豈俗儒所敢輕議哉

正聲無有忽徵辨　　邱之稑

前漢志曰黃鐘爲宮則太簇姑洗林鐘南呂以正聲應者無有忽徵非黃鐘它律雖其月自宮者其和聲之應有空積忽徵不得其正且夫律呂各六聲之正只及其五者對變宮變徵而言也以正宮言之黃鐘主宮㽔賓爲變徵其當變宮之位者倍無射也以淸宮言之大呂主宮林鐘爲變徵其當變宮之位者倍應鐘也位當其正所應之聲無不正亦猶位當其變所應之聲無不變空積忽徵之有無於正聲何與哉漢志所云不過襲史遷律數之謬然其於制律之法遺誤豈淺鮮哉試立黃鐘爲宮以商音應者固七二之太簇以角聲應者固六四之姑洗其以

徵聲應者爲夷則非五四之林鐘以羽聲應者爲無射非四八之南呂信如固言謂林鐘無忽徵可正黃鐘之徵南呂無忽徵可正黃鐘之羽以林鐘南呂爲黃鐘徵羽按次吹之較夷則無射音下一律音下一律其與黃鐘宮太簇商姑洗角三聲不待師曠之聰皆知其不相和應矣其正於極不正之中以爲正固豈別具耳力哉良由不識律爲音之體音爲律之用並不識六律六呂各自爲均絲豪不容假借故誤以黃鐘下生林鐘爲宮生徵太簇下生南呂爲商生羽體用不分陰陽錯雜由是不自明其本實之先撥而謬曰正烏乎世豈有不知審音空談律呂而克有當者孟子曰不以六律不能正五音可知音之正不正由於律之以不以空積忽徵之有無於五音何與哉

烝水源流辨

常大湘

烝固衡邑巨浸也。源出邵陵邪薑山。水經巳詳言之。而邪薑所在。言人人殊。楊志及高秦原論皆主邵之仁風鄉名黃帝嶺。通志及寶慶府志皆主邵界之中鄉大雲山。分縣志乾隆二十一年衡陽分設清泉乃據文學馬清言以爲在耳石嶺。牽合水經邵陵界界字。且謂仁風之水固小。堡前之水尤小。當烝已成洪而旁注之。不可爲烝之經流。是蓋未嘗親履其地。而徒憑臆揣耳。夫堡前之水。從大雲山來。會金石塘水。至上沙江入烝。誠小而旁注矣。然大雲山別有一水。自佳木地名逆流至靈官廟。入耳石嶺。河流雖小而有源耳。石嶺河雖至黃龍漲水地名已大。而實無源。無源之水。豈

可據爲烝所自出。若仁風河自黃帝嶺虎沖巖發源。北流僅里許。至上沙坪與雙板橋水合流東下。巳具汪洋恣肆之觀。安得謂之小乎。又東南流至長山江口卽下沙坪與耳石嶺水相會。挈彼度此。而仁風河奚啻大三之一。又安得云不可爲經流乎。且仁風水程較遠十里有奇。巖水可溉田百餘畝。其爲烝水之源。彰彰明矣。而數千百年陵谷遷變。疆境殊移。則水經界字之不必泥。亦可知矣。至邪薑名目。黃帝嶺九峯壘下。其形如薑。大雲山亦然。土人均以此相呼。耳石嶺則平如荷葉。初無此形名也。由是觀之。則烝有兩源。一出佳木。一出黃帝嶺。其殆若大江之源於岷崍矣乎。

毛鄭婚姻正期辨

方大淯

婚姻正期。毛氏以秋冬爲正。鄭氏以二月爲正。後儒或據周禮。或據家語。或據夏小正月令。或又以荀子白虎通爲據。愚謂家語夏小正僞書也。不足據。月令並無嫁娶之文。白虎通亦屬附會之說。尤不足據。經之可據者。毛詩周禮是也。子之可據者。荀子是也。迨冰未泮。歸妻謂于歸也。是冰未泮。正言婚期。詩言歸期。豈言請期乎。詩言迨冰未泮。豈言已泮乎。鄭箋强屬之請期。顯與經文背矣。而鄭且以周禮媒氏之文。證桃夭詩爲二月。夫桃華言二月猶可言也。其葉蓁蓁。葉盛幾四月矣。有蕡其實。實大幾五六月矣。而亦二月時乎。而亦婚姻時乎。是又與經相反

矣。然而爲鄭說者。猶堅執周禮爲說。攷之周禮。仲春之月。令會男女。司男女之無夫家者而會之。言娶妻也。又曰奔者不禁。卽奔則爲妾之義。言納妾也。而皆以仲春爲正期。此正鄭說之所本。而不知其誤實甚。周正建子。仲春丑月也。卽正歲十有二月。是凌人正歲十有二月。令斬冰三其凌。與詩言二之日鑿冰冲冲。三之日納於凌陰。正合。是周正二月冰猶未泮明矣。是周正二月斷非桃夭時。亦明矣。此詩所謂士如歸妻。迨冰未泮也。鄭以桃夭爲二月。不亦混夏正爲周正乎。更以荀子證。荀子一書。雖不免醇疵互見。要爲秦漢以前無疑。其曰霜降逆冰泮殺。正與毛詩周禮合。顯然可據。然則婚姻正期。斷以毛說爲正。或曰

月令仲春祀高禖蓋元鳥生乳之日以爲嫁娶之候故天子重之而祈焉然則月令不足據歟余曰不然祀高禖祈嗣之禮也非言嫁娶之候也詩曰天命元鳥降而生商孔氏謂祈福之時是高禖之祀由來舊矣且月令下文云后妃率九嬪御乃禮天子所御帶以弓韣授以弓矢於高禖之前其爲祈嗣之禮甚明何嘗言嫁娶乎至若夏小正一書本屬後人僞撰二月綏多士女之文又烏知非因周禮而誤孔子曰行夏之時又曰夏禮吾能言之杞不足徵行夏時者謂建寅爲歲首耳而其因時布政之事載籍無傳故曰不足徵如果小正尚存則大經大法頗具於此又何云不足徵邪則小正固僞書也綏多士女之文烏足

據又攷孔子家語云霜降而婦功成嫁娶者始行焉冰泮則農桑起婚禮殺此說雖與經傳合然今所傳家語乃王肅僞撰雜採傳記附會成文其有無不可知亦不必引此爲據也又按白虎通云嫁娶以春春天地始通萬物交接之時也則又依託夏小正益不足辨矣

泰伯讓商辨　方大湜

泰伯讓商之說沿誤久矣不攷其時勢不足以證讓商之謬不析其義理不足以斷讓商之謬不詳其文義則讓商之謬猶未盡著不發明讓周之旨不滾明讓周之心則讓商讓周之辨且未有已爰廣集先儒之說而一一詳論之一則揆以商之時勢而不合也考殷王小乙二十有六祀太王遷岐未三年而武丁立武丁英明令主也學甘盤相傳說撻彼荆楚奮伐鬼方殷道中興者五十九年故孟子曰武丁朝諸侯有天下猶運之掌也太王以岐邦新造之基値武丁中興之盛安得遽懷翦商之心乎且是時文王猶未生也攷文王之生適當祖甲之二十有八

祀書曰其在祖甲爰知小人之依能保惠於庶民是甲亦賢君也又何云殷道中衰乎其謬一一則揆以周之時勢而不合也太王之事詩與孟子言之詳矣詩曰古公亶父來朝走馬率西水滸至於岐下孟子曰太王居邠狄人侵之去之岐山之下居焉太王流離播遷之不暇而暇謀商乎詩曰天作高山太王荒之又曰帝省其山柞棫斯拔松柏斯兌帝作邦作對自太伯王季孟子曰文王以百里太王雖遷岐而生聚猶未眾田野猶未闢至於王季始啟山林文王然後蕃盛疆宇猶僅百里也太王之世安得周日强大乎且使太王如果强大則何不恢復故土逐獯鬻於塞外以雪社稷之恥乃反晏然不以爲事而欲伐天

下之共主是司馬錯之所不爲也太王豈爲之乎且紂之暴虐極矣武王孟津之會猶遲之十三年之後使紂能自悛武王亦必不伐之武王猶不忍伐紂而太王乃遽謀翦商必不然也其謬二且使太王志在翦商則太伯不宜讓不必讓亦斷斷不可讓何也爲人子者父有過三諫不聽則號泣而隨之夫與其得罪於鄉黨州閭寧熟諫而況事關君臣之大倫將得罪於天下萬世乎爲伯者宜負罪引慝務積終身之誠以諭親於道豈潔身足以塞責哉夫順父之志節之小者也蓋前之愆孝之大者也當是時使泰伯不去太王必不以愛季之故開廢嫡之端於是承國於父守臣節盡忠貞若王季之勤王家文王之服事殷

不惟盡己之心兼可幹父之蠱庶幾君父胥安而忠孝兩無遺恨矣慮不出此而避而去之則是有翦商之志者太王而成其志者泰伯也克商以有天下者武王周公使武周得所憑藉以克商者伯之讓實使之也伯去而翦商之勢益成是伯讓商之心終有所未盡其誠也設曰吾以商之天下還之商是足以全吾之本心矣而因以不臣之謀聽父若弟自爲之則泰伯者天下之忍人也伯豈眞視其父若弟恝然若秦越而是非無與於己者哉自處於忠孝而陷弟與父於不義何以爲至德邪其謬三且文義有不可强通者凡己以所有與人曰讓人以所有與己而已不受則不曰讓而猶或謂之讓未有以不肎奪人之有

而亦謂之讓者太王時商之天下晏如也於周何與焉而泰伯得以讓之若泰伯可謂之讓商則伊尹亦可謂之讓太甲周公亦可謂之讓成王諸葛武侯郭汾陽亦可謂之讓漢唐矣有是理乎此非但時勢之不合也卽文義亦難通矣其謬四然則泰伯之讓斷主讓周無疑矣攷史記太王曰我世當有興者其在昌乎夫太王當播遷之餘得此聖孫自慶先業寖昌非卽萌廢立也泰伯微知其意託故而逃不讓國於傳位之日而讓國於採藥之時有伯夷之心而無伯夷之迹則季雖欲爲叔齊而亦不可得矣古今之讓從未有曲而盡如此者夫孝順德也先意承志孝子之事也故泰伯之所爲乃匹夫匹婦之所當然也夫

惟匹夫匹婦所當然是天下之至情也而非聖人則固不能盡也謂之至德誰曰不宜當是時以國讓也而自後日言之則以天下讓也當是時讓王季也而自後日言之則讓於文王武王也故曰三以天下讓講家泥天下二字遂以太伯爲讓商夫使泰伯果讓商則引身而去可矣何以又偕仲而逃邪偕仲而逃明是欲太王傳季及昌之意也旣使太王傳季及昌則泰伯之讓是讓周斷非讓商也亦明矣至若詩言實始翦商者謂周家翦商之業自太王遷岐基之耳傳言太伯不從者謂逃之荊蠻不從太王在岐耳史記晉世家云泰伯亾去是以不嗣此其證也柰何據此爲翦商之證邪讓商之說元儒金仁山明儒歸震

川皆有論辨我朝百詩閻氏惕菴張氏東壁崔氏及吾鄉許石雲先生反覆辨駁其義益明茲撮其大略於此與學者共賞之

攷注疏引鄭氏說云採藥不返一讓也季歷赴之不來奔喪二讓也免喪之後斷髮文身三讓也按此說亦穿鑿左傳明云太伯端委以治周禮仲雍嗣之斷髮文身則斷髮文身亦非太伯事補記於此

屈子疑冢辨

周龍祥

少嘗從汨羅過平江沿江諸山多爲淘金民所穴有古堆香草繽紛古氣蟠鬱周遭數十丈高十數丈者不一父老告余曰此屈子冢也余曰何不一父老曰二十四蓋疑冢也余曰何疑之有父老曰昔者屈子沈沙逆流三十里抵今汨羅祠山而休首饞於魚半其女鑲以金諺所以有九子不葬父一女打金冠謠也防掘故葬以夜而多其冢以亂之代有發其冢者皆爲風雷所阨余曰嗚是諺也所以起貪人之見而速之使發者也風雷其難爲役矣夫屈子廉貞嘿嘿未死以前家無長物可知也安所得金其女何人金又何來之說也必起於秦漢間貪夫之臆

度也烏足述哉父老曰非金也何故疑以冢余曰非冢也何更故而冢所由疑也非金也而幷非冢也父老曰明明冢也何故疑以金父老曰金冠古諺也惡乎疑而幷疑非冢余曰惟金之無之余曰有冢之名而金之說起也從來懷芳好古之士慕古人之行事想望風期既已渺不可接於是撫其遺迹如見其人方且愛敬之不暇附會之不暇且又誇耀爲都郡之勝而爭執之不暇矧夫竭忠盡知而國不能容反覆流連而君不之悟至欲明其心不得污其行不能無可奈何徒葬其身於江魚之腹若我屈子其人者哉夫以汨羅一區屈子之行吟於斯沈没於斯廟祀亦於斯安必其冢之不葬於斯風騷之士疑以爲卽在

二十四冡聞亦固其所余以爲泥江魚之說則屈子不必有冡。旣有之由周而來二千有餘歲顧安所得其眞邪且有之一之已足何故爲二十四邪以有金故窀穸之初固不能必鬼神呵護也雖二十四竊金者何難盡發邪以爲屈子忠義必能格天。又何必二十四邪古人不我欺斷不若是之勞且拙也然則冡之二十四者柰何揣宋玉唐勒景差之徒憫恤其師厥命將落。作大招賦四望以招其魂此殆其招魂臺也夫臺其徵者也而風雷可召則屈子之眞忠格天也千百世猶存則山川鬼神所呵護也不必眞冡在其閒更不必冡之有金也冡之眞僞不待淡辨正恐嗜古者泥爲冡又牵於打金之說而階爲掘金者厲也如之何不辨

湖南文徵卷四十二

湖湘後學集編

記一

重修長沙會館記　王岱

明季時吾郡會館有二其一在內城其一卽今東草場十條衕衕之館是也自　本朝開闢星沙遠隔天末兵革相尋車書閒絕內館幷故基失之獨此館猶存時别郡借寓遞成郵舍里人不敢問矣由是傾圮殆盡余於順治八年仝唐子世徵許子長庚始獲居是館爲之修飾補葺立額以誌之其後風塵往來屢修屢毁鞭長不及仍爲傳舍至康熙十六年量移京衛學復來都門此館竟爲人所竊踞廬舍盡壞且人獸穢溷幾無措足地乃捐百金極力修補余因心傷久之念是館建於崇禎閒余隨叔父長膺適同計偕與先達共勤其事吾郡所屬州縣十二一時官京師者有大宗伯李公騰芳大司寇胡公應台少冡宰羅公喻義總憲周公堪賡臺省則有劉公光沛史公可鏡劉公宏化廖公國遴部曹則有謝公肇元郭公都賢其餘大小京職者不能悉數外之督撫藩臬守令不與焉計偕者百餘人故力衆易舉自滄桑以後老成凋謝上計偕者不過數人及　本朝鄉試數科吾郡兵火之餘僅三十人而通籍者僅三四人皆一行作吏此事便廢雖趙公開心官至大司空胡公爾愷出山爲給

諫弁官京師無意及此、黃公鋐以銓部寓是館、又羅奇豗、是館幾不得保、無復有一人爲修補者、余官既泠甑、又當孤立、縱義激於中、如精衛塡海、木石屢投、口血都竭、至十八年七月二十八日復有地震之災、前後又圮、几案器物俱碎、一身僅免、先是余以故園久離、值新開復、思告休還里、以遂首邱、適值地震異災驚魂未定、兼惜此館一傾卽成平地、異時必至基失、則後此者將無從問、乃更竭行貲、重爲修建、一時物料騰貴、較前修費數倍、夫余窶人也、四十載公車而不獲一第、十餘年靑氈而不能致通顯、蝸牛戴屋、鳩鳥營巢、志亦苦矣、嗟夫吾郡長沙古稱巨鎭、星耀翼軫、水繞湖湘、嶽麓炳靈、岣嶁著蹟、土淳民樸、尙義好文、自熊繹始封、騷臣接軌、其閒賢哲挺生、不勝指屈、卽明初秉軸者相繼疊起、如李公東陽、劉公三吾、張公治、若而人、而李文正之文章尤著、夏忠靖之事業不刊、豈至今日徽音永絕、芳躅無存、遂成偏隅荒陋之域乎、後之君子、應共奮起、追先哲之遺風、挽凋殘之墜緒、以爲吾郡光、不獨此區區一隅地、自當踵事增華、效希文捐宅爲黌宮之義、立少陵大廈庇寒士之志、更興復明時二館之舊、使衣冠萃止之有餘地、日盛月盈、視一郡如一家、又安忍使鵲巢鳩據、狐鼠雜居、騾馬蹂躪、藐吾郡之無人哉、是所望於後之君子矣、康熙十八年九月朔日

案近刻長郡會館志中載此記、無先是以下數句、徵覺文意不貫、茲從雍正年會館舊志本增入、字句微有不同處、亦并照舊本易之、汝懷坿記

吼山記

李嘗之

畱越州兩月餘始得一至吼山此兩月中所游山水每輒言佳至此皆可盡廢鬱鳥累百不如一鶚文舉晚得正平不覺心服乃爾大約山之妙在空靈眾壑環之可舟可陸可速可久任游人興至爲之其下放生池其上石崖如梁如蓊蓋如幢旛如天闕盪舟其中去來無礙者爲水宕其下亭臺樓閣其上石壁如廊如洞如柱如層臺可琴可碁可避暑爲旱宕兩宕雖屬五丁鑿開非由天授然歷秊既久漸近自然古人以身佀愚公聽後人增損後人拈莖草建梵剎不肎孤負古人南閻浮提不寂寞賴此輩好事爲之彼求田問舍人何暇及此旱宕之右有兩石

拔起十餘丈下豐上銳如立錐然其巔各有一大石覆之者爲飛來峯余以康熙己酉元夕前三日與及門叟童二子來游未至山半里許望見飛來峯以爲水宕必在其下及峯稍近舟子忽轉棹左旋入橋下橋影未沒而舟已入水宕中方停棹仰觀忽一小艇載三嫠首出宕兩舟去來皆疾余已送之則已鷁過新羅矣叟子擲爆竹三空水應之佀周景王無射奐樂矣況舟中人宕盡舍舟登僧舍僧餉杯茗啜竟趨前門度橋入空明庵庵棲女僧過而不問亟尋所謂旱宕遍觀焉宕在他邦當稱奇絕在此山爲水宕所奪如尹夫人望見邢夫人也庵門內止水一畝其圓如璧樓閣環之粉白黛綠嬉游其中者魚貫若見女人身佀比邱尼弟子受用丹山碧水豈非清福今以授受不親之故迴車而去惜哉出庵右行數百武繞飛來峯一匝熟視峯頂疑信相半信者謂百賁育不能運置其上疑者謂上帝不應勞神役鬼佀爲無益卜度未決姑舍去余已自峯降而二子猶未畢登余待於庵前橋上二子至舟亦至趨反棹過藕塘頭炊飡訖鷁首西指過舄門入東郭回望吼山白雲天際矣

柯山記

李嘗之

柯山蔡中郎取亭竹處也、寓園祁中丞世培所營菟裘也、園去山一里許、山以石勝、園以水勝、越州無地不水、無水不佳、而寓園之水尤爲淸絕、余來寓園之前一日、與趙吉生叟子聲登柯山、登柯山之前十日、與童懷之叟伯韜汎吼山、吼山余有記、方其入吼山也、疑東南之美已盡、不意復見柯山、時殘雪未泮、立氷上反看柯亭及后佛寺、面面堪畫、亟索紙筆描其大略、俟還逆旅謄入溪藤、當令披閱者身歷其中、異日見寓園亦如之、園之亭館樓臺橋梁廊楹、莊嚴層折、旣已入妙、而門牆之內可使小艇往來、橋下飲酒觀負、尤不可思議、酒半出園、以屆信指代

投壺、勝者飲、不勝者度曲、舟行三十里、酒猶未闌、日夕入西郭抵懷之家、吉生亟稱柯山、懷之左袒吼山、相持未決、余言兩山一園、有鼎足之勢、何可軒輊、試請懷之往觀柯山、吉生亦至吼山、必皆爽然自失、不復情量所及、怏然自足、遽謂所聞不逮所見也、

齊山記

李嘗之

弱冠時誦王山陰、鍾竟陵二公齊山記、便知嚮往、追顚毛種種猶託空言、己酉麥秋、自金陵還楚、已過蕪湖、與同舟估客計日趨潯陽、咫尺齊山、勢不得陟、俄暴風大作行李、沈所不沒者人與書簏耳、明日曬書於孝娥廟、又明日入池州郭曬書於祝聖寺、余始促齊山、想令家童守書、獨行出南郭、度橋踏長隄三里許、絕類西湖、而兩涘渚匯較西湖尤空曠、隄盡爲齊山寺、寺左有碣勒岳忠武詩云、經年塵土滿征衣、得得尋芳上翠微、好水好山看未足、馬蹄趨趁月明歸、舊有得得樓、今廢、由碣而上爲雲窩、爲望湖亭、亭南折而下爲三奇亭阯、阯下爲山川壇、壇前

後茂樹數十本、行者藉以蔭、余坐樹下良久、乃東北行陟后徑上得翳薈洞及庵、由庵西南踰嶺、度平岡百武、得五雲庵、庵前爲周道、皆平平無奇、所可觀者望湖亭北江雲城樹與齊山寺南湖光山色耳、返祝聖收書、投止旅舍、復與估客買舟還楚、

牛首山記

李嘗之

陟揚子江望攝山便佁棲霞。想登大報恩浮圖望牛首便佁祖堂。想會有數故人寓金陵者訪之皆不值。遂從江東門僱驢度塞鴻橋。入安德門經天界南行。三十里抵山麓。下鞍徒行陟捷徑。至龍王泉少憩。過殿墀入養老堂謁監寺。寺主具茗果延語。尋進食。食訖令一老僧導余入關公壇。闔其戶令暗中摸索。余不解何謂。須臾左扉容光射入粉壁。見塔影倒垂層級歷歷可數。爲之一快。門闢復導登萬佛接引彌勒地藏四樓。每樓有老僧一二人司香且乞錢。既下樓復導至辟支文殊二洞。洞左有含虛閣。江山空碧一眺千里使人神怡。又導觀捨身崖。崖在宏覺院後。石磴盤旋上朱欄輔之。如行浮圖中甚可喜。磴盡一屋覆崖頂。易通爲塞易明爲暗。如規漆衞公方竹大可恨。又導從後戶出看萬壽藤。藤大如臂長百尺施於松上。萬松皆斧斤萌蘖。獨此株以藤故庇其根本。保天秊者何必不材耶。李柱翁曰余於牛首秊見而知之。大要藤佳於閣。閣佳於崖。崖佳於泉。泉佳於洞。洞佳於樓。其最佳者垂白之僧。不坐禪不誦咒。挾十餘金投監寺。監寺督少者種田博飯給老者終其身。是晚宿樓頭。念去秊此日在閩之鼓山。會下千人。以釋迦覩星之夜。商量浩浩不遑暇食。而此山鐘沈鼓宋萬籟無聲。亦不失爲無事道人。黃龍侍者云。

富春山記

李嘗之

誦小范雲山蒼蒼江水泱泱。疑富春江面雄闊。及泊其下一葦可渡。而四面環合如坐井然。殊不逮所聞。又池前設煙墩爲塘汛地。生不臣萬乘而魂魄冐與戍卒爲伍。無有是處。山有東西釣臺各高數十丈屹立如兩石柱。坐此垂竿大似緣木求魚。爲發一笑。祠有石勒方正學詩云。正人先正己治國必齊家。如何廢郭后寵此陰麗華。糟糠之妻尚如此貧賤之交可知矣。羊裘老子早見幾獨向銅江釣煙水。客星偃臥在建武。四秊而廢后則十七秊事。正學錯下名言。微獨文叔不服。即子陵亦嗤其多事。夫子陵前身爲漁父。習氣未除。非把釣不樂。原非逆億故人易交易妻而不屑就也。士各有志何至相逼。此豈嬰熱官而慮其不終之語乎。

蘭亭記

李嘗之

亭去山陰縣治西南三十里。欲游者舟行十八。徒行什二。或不乘舟。竟緩步山陰道。往亦有與邦人謀者。則不潰而成斷出一己。則朝發夕至。其登臨之際。須如九方皋相馬。如杜家壻讀漢書。如溫子貞觀韓山碑。方不虛一至。置筞傭心目其間。白日欲寢矣。右軍自記蘭亭崇山修竹激湍映帶。舌相誠實。眞實地中人。不似山高月小。塗抹赤壁。使後人妄聽。亭右百武爲天章寺。是右軍故宅。中有浴鵝池半月泉。余未至寺。晝叟趙磬石爲導。先至亭阯觀曲水。既至寺。寺僧爲導陟寺後山巔看秦望峯。因思蒼梧瑤池之後。適諸侯者戒膠舟而杯瞰河海肉視五岳。乃

枉陽翟買兒。可謂一世之雄矣。降自巔出寺門竹庵外。東鄉看蘭亭。枯木參差。是倪雲林小景。移步立亭南隄上。看蘭亭及四山竹木隄外清流。又如對王中允輞川。若遇煙雨時。秖蓋立此。便成米顛水墨中人。由隄後至亭阯。剗坐礎上語興廢。已起視阯。縱廣三丈。曲水之地亦如之。水周旋作九曲形。廣三寸。深倍之。一池圓徑可五十尺。作者引隄外溪水。暗度隄下。穿田入池。池盈則曲水溢。溢則洩第九之防。洩入低田。往季見人持繪事及石搨蘭亭。所畫溪水如半里許溪澗。余不能辨。遂以爲然。今觀此中無有是處。亦猶入靈隱望果二寺。則門對江潮。遙天波浸。皆脫空漫語。而或者謂不當以辭害意。夫以陪臣虎爲孔子可也。指東方曼倩爲侏儒可乎。俄聞寺中柝聲。返寺晚食具茗夜語。余以重搆蘭亭諷僧。僧不對。明日將別復諷之。僧云有亭則冠蓋相望。僧旺食矣。余心非之。遂舍去。與磬石復至亭阯。坐久乃行。

西湖記

李嘗之

十月初八日與仁和劉氏十餘人出錢塘門汎舟達西泠登岸過集慶寺見道左水流如帶有吾師丈人意行二里抵飛來峯峯石破碎蹲踞與他山異其根有龍泓仙人射旭諸洞出此入彼明暗通塞神工天巧不可思議洞內外皆鑿佛像如蚍添足峯北即靈隱寺寺可千人阿羅漢相五百殿閣壯麗爲西湖冠殿左建具德和尚塔院未落成院僧導余謁客司司方設茗劉氏趨入野店倉倉竟緩步返棲霞嶺謁湯陰墓及廟低徊久之詢于少保冢安在劉氏指南山云翌日往觀遂登舟飲酒至湖心亭登樓三面湖濱纍纍如漏澤園無復昔人所謂樓外樓者

返舟泊錢塘門外一少年導余入昭慶寺寺甚蕭索不類所聞劉氏立舟畔待余至約詰朝理南山游事初九日復出錢塘門汎至新龍王堂與劉氏出舟登四賢祠祠祀樂天長源子瞻君復近復增王元美李于鱗等數人余立祠中想見太守李及之爲人知杭州戒俗奢靡不事游宴一日冒霅出郊訪君復清談至暮而返今君復有祠而太守未置木主豈非缺典伭是念已右旋至放鶴亭亭在山址與保叔塔相對不見全湖無足取還舟中循六橋而南至三台山爲劉氏諗耶首數處畢趨入于少保祠祠額懸都城隍廟四字未知何據祠後馬鬣封七不知第幾冢爲少保遺骸出祠入守冢者家受飡訖泛至藕花居入淨慈雨驟至疾行入舟再游湖心亭有樂工自亭升舟一吹簫一度曲曲闋有童子來亭中市一土偶至麗甚余笑曰此下酒物也因問小青別業及冢安在咸謝不知往嘗誦小青詩文恨不奮飛至孤山起泉下人而與之語今親至西湖而不得其封樹可柰何余欲湖游孤山舟子以日暮不從乃從煙雨中返棹跨驢入郭二十二日與吳山雲居僧重過淨慈登鐘樓望湖朝嵐掩之不可見乃下樓巡五百羅漢相相皆雷同無足觀謂僧余欲觀法相及天竺僧曰諾乃從于忠肅公墓西行里許入法相寺拜長耳和尚漆蛻入東房看窗外竹木甚蒼翠僧出茗餉客言辭溫柔可聽少焉辭出往天竺道經飛來峯聞靈隱鐘聲入

就食食訖穿飛來三洞而上歷中下二竺見夾道市門數百或賣藥或宿食香店凡五里許抵上天竺登鸑鷟殿禮大士像像高不盈尺每歲春暮吳越數十郡士女奔赴不絕可謂愚惑然道旁逐末湖上居停以及舁夫舟子數百萬人仰事俯畜皆取給於佞佛之裘釵木偶雖祟亦小民衣食之源也返飛來峯日初昃僧言去此三里有玉泉寺負池甚佳宜往觀從之池清見底日光映之金鱗長尺餘者數十對之心眼俱淨問鳥巢禪師塔安在曰在鳳林乃過岳墳入鳳林寺繞塔寺主別崖歷菴皆楚人留余宿從之己酉二月自山陰返錢塘重過六橋訪別崖歷菴映崑三上人於鳳林不值詠近體一章去踰旬復往訪之

寤焉明日與映崑游瑪瑙寺遂至智果觀參寥泉又至大佛寺由寺右陟寶石山數折而上至保叔塔從塔西頹石中捘剔得一石寶一石茶竈又西過一石峽峽長可二丈廣不盈尺與映公蟹行而出復南渡一小峽乃下仄徑凡七八折至周道時清明上冢之候士女筍輿不絕又天竺大士受謁遠近男女肩相摩或三步五步一崩角映公哂之余言夏蟲朝菌根器不齊使由不使知何害頃之過斷橋踏孫公隄隄長里許萬歷中中使孫隆築以便游人者隄盡入龍王堂坐觀童子釣微雨促馳入關帝廟呼廟僧與之金令搨董太守其昌書白蘇孤山詩浛蓺記募緣疏各數本僧許之又西過陸宣公祠拜公塑像訖趨入

六一泉寺寺祀惠勤上人及歐蘇其左一楹祀宋景濂祁世培王孝重等二十餘人泉在佛殿後石亭覆之甚汚濁此一勺海內所慕而不可挹注如此余甚惑焉出寺雨益有聲亟度西泠入鳳林衣冠盡溼歷公自廚下出云吾燒筍漬芹待子久矣請以方袍叚子衣食之留鳳林三日欲與映公登韜光寺會大霧不果遂由瑪瑙寺左陟寶雲山及赤壁庵庵在竹樹中到門始見入門衲子數人箕踞自得余亦不與語但周視挂壁字畫而出出十餘步得一石與映公坐石上看湖忽一隼自崖縱飛過以爪攫映帽不得而去映公愕然余拊其背云渠欲爲汝拈卻炙脂帽子汝卻孤負他去戲謔而下還經鳳林不入趨湯陰墓

左上棲霞嶺登紫雲庵有癡僧進茗良久東北折入佑聖庵庵本古黃冠之室今改爲僧舍寶雲亦然此盛彼衰未知數世之後復歸誰氏庵僧方興土木乞余爲晰其沙水余指示之僧折筍具食食已同陟庵後烏石南望江湖北俯玉泉心神爲之一快余謂僧此石宜構一亭亭畔鑿茶竈嘉客至挈泉瀹茗坐石上淸談便可稱賢主人僧笑云有志未逮姑徐徐當如子言越三日復與映公馳靈隱盤旋磴道凡三十餘折至北高峯頂望江海城郭有東山小魯意一小庵在修竹中訪之見二老僧方剝筍具飯其一熟視余設坐問訊歡若舊識且云登陟不易燒筍療饑毋遽行食訖余賦七言律一章贈之而去下至韜光庵

謁回道人像觀金蓮池池上石刻董雲間所書樂天招韜光師入城及師不赴二詩詩立風露中漸剝蝕余思搨數幅去紙墨未具但低徊而已下經涵澤普覺二庵入靈隱時男婦自天竺燒香還過此如醯雞逼塞甕中幾不得出映公導觀白猿洞洞外亦鐫佛像甚無謂返度龍泓仙人射旭三洞洞中男婦亦如靈隱冕者丐者見其過亟索一文錢因坐洞口諦觀久之乃南行過毛家埠折上風篁嶺觀龍井片雲過溪諸蹟不慊人意遂繞南高峯入煙霞寺觀壁上匡廬石梁兩瀑布及岱松蜀雪大類黃子久寺虛無人得此續事始不寂寞從寺右陟磴數十級仰觀一大士在石龕中龕如覆鐘爲一合爪龕左爲煙霞洞洞

深六七丈高丈許內鐫十八羅漢及三大士又鐫千佛繞浮圖佛皆二寸許古人好事向無中生有類如此由洞而下東行二里入石屋洞余與映公憩洞中石床上忽婦女七八人靚妝冶服負貫而入其從者叱余出余已移步從者忽推余仆地映公瞋目欲格之余不可趨出山門外映公怒未解余言千鈞之弩不爲鼷鼠發機彼犬吠非主何足校因引譚長眞事慰之映公首肎遂往大慈山觀虎跑泉泉畔豎石勒子瞻詩宋景濂銘潞國美人蘭觀畢而出馳過高麗寺經于墳度鎖瀾橋踏隄還鳳林

柱翁曰余至錢塘聞吳山雲居寺僧寶雨能鼓琴往謁之不值遇故人歷庵於廡下歷庵者辰州人前巴陵新開院客司今充雲居典客者也別余七八秊葺知其鄉猝然相遇大喜過望是時余舍館未定望門投止歷庵慨然白堂頭留余堂頭者天童之孫浮名老人之子孤風大師也新住雲居乏書記余志在西湖願充其職以理游事師許之遂乘閒游聖果天竺淊相玉泉諸寺居無何余之山陰明秊還雲居則師已解制散眾歷庵亦還鳳林余領書記如故未幾歷庵迎余余辭師往乃得徧探寶石寶雲祐聖紫雲北高龍井煙霞石屋虎跑高麗所不及至者十八澗及天龍雲棲諸刹亘向使余不知琴則不訪琴僧而遇故人不通內典則不領書記而久於湖上其得遇故人而久於

湖上雖余與西湖有宿緣哉亦余嗜琴嗜內典之報也余留西湖凡三月乃之廣陵臨行大師與歷庵皆餽贐錢塘東南一大都會也無一人波及晉國而一片有心乃在方外之老凍膿內典亦何負於人哉人亦何苦而效韓子之鬻欲人其人而廬其居也

君山七先生祠堂記　李嘗之

湯陰至性人也。觀其歆享周同得古人師友之義。君山其用武地也。容城與物無競。臨事有爲。一言而福被蒼生。君山其登臨處也。南城山陰理學名臣。流連君山而不能去。始有夙根者歟。江袁矯開元之濫觴。如張楚一呼。豪傑響應。當時待文王而後興者。何其無特操也。雖戲題君山增綺語業。然廣莊一書。堪與人天爲師。至爲諸孫留一日。於易簀之際。又豈尋常君子耶。武彝黄冠歸故鄉。襄陽緇服游名嶽。皆信宿君山。賦詩而去。所謂伊人於焉嘉客矣。北海連公曰。是皆可祠於君山者也。於是捐金庀材。築室於梵宇之右。背軒轅臺。面朗吟亭。雖四山如玦。不

見全湖。而前山斷處。微露煙波一片。祠前疏籬曲徑。果樹蔬畦。俱可人意。予因徧觀山中亭臺。雖屬古名賢經營。殊皆草草。不及此祠。且祠成置木主。大書湯陰岳先生鵬舉。容城劉先生時雍。山陰張先生陽和。公安袁先生中郎。南城羅先生近谿。襄陽嚴先生橘園。武彝李先生磊英。神主五十一字。奉祀其中。楣其門曰七先生祠。蓋康熙六年仲春事也。五視居士曰。予猶及見嚴襄陽李武彝兩先生。其餘則予私淑諸人。且夫所貴乎天下才者。爲其能救時也。容城庶幾已。湯陰非天下才乎。而不克立功於外。非才之罪也。始有命焉。孔子志在安懷。而忽及友信。蓋深見夫口惠之鮮實也。彼徐渭之在井中也。人或下石焉。山陰力出之。非信友乎。近谿生沽玉之秋。而伾漆雕未信之想。公安片言折獄。而以投幘爲解脫。所謂急流勇退者。非耶。假設七先生生同時。仕同朝。容城爲相。湯陰爲將。公安爲司寇。襄陽典樞密。山陰武彝知制誥。南城爲諫議大夫。其有益於人國無足疑者。而惜乎時地之參差也。孟子曰。聖人百世之師也。百世之下聞者興起。況於親炙乎。君子之至於斯也。必有聞七先生風而興起者矣。然不如親炙之爲愈。夫天下大矣。賢人至衆。高山大川間。安知無七先生其人乎。連公諱應鄭。號海涯。山東青州人。由進士任岳郡推官。建祠時方攝守事也。

沿革合記

譚紹琬

茶陵茶鄉之名彰於古史子欣子陽之封昭於漢書自漢迄唐書缺有閒矣宋元明清見聞所及可得詳焉宋嘉定四年黑風峒平曹公彥約議茶地闊遠難以控扼於是析三鄉爲酃而茶於是始分紹定四年寇復見遏守吏力拒余公嶸建築城之議謀協乎希稷力宣乎子邁而茶於是始定不可謂非捌治時也元末羣雄蜂起一據於歐祥再據於周七依山爲寨不遑甯處洪武初命吳公聚知州事招集流亡營建官署而成公麟實踵繼之綏輯之功視前有加不可謂非撥亂時也由洪永而成宏由正嘉而隆萬二百餘年閒煙火相望鳴吠相聞時逢熙洽治

尚清淨蓋公黃老之旨爲吏治之所師而庚桑畏壘之風尤民俗之所尚故李歐布其寬和徐錢表其仁廉吳楊著其明察董林昭其文雅不可謂非長治時也流及旣衰明失其御方漢之險棄以資敵聶爾僻郡其何以免於土崩哉入 國朝來南服底定郡邑獻圖署州事袁良陛翦荆撤棘與民更始而李公一鄂楊公嘉兆仁心爲質悃愊無華安輯勞來民漸歸版焉可謂撥亂之時亦可謂捌治之時也時高李之甲方捲於前定國之戈復挺於後叛服不常治亂相循然未有水火之深如割據之吳逆者我 皇上銳意南征王公大人專閫外之寄文武吏士極一時之選時熊公應昌宣猷行閒恢復之初卽以州事畀之鋤莠糧粻咄嗟立辦撫字催科竝行不悖且也釋之鋒鏑脫之纍囚酌賦役之平而勞民汔休下招來之令而游民歸里兼之汲引多士俾之登庸朝而諸生暮而守令一時選舉照耀銓書焉寓捌治之猷於撥亂之中幷寓長治之休於捌治之始此志沿革者所必詳也茶雖僻遠居湘上流以道里之遠近計之則宜隸衡而不宜隸潭以炎陵茶鄉之故考之則宜倂酃於茶而不宜割裂以郡邑相維守令相御之制推之則宜合附近諸邑一統於茶而不宜鼎峙此在當事遠猷必有念及此者爲陳末議以補文毅之所未及者

澤枯記

譚紹琬

太守宜公撫茶之二年見道有遺骸喟然歎輿買山一區收而瘞之州人美其事播之詩章蓋取澤及枯骨之義也夫澤於卦爲兌於義爲人於德爲說而有及有不及焉雲漢見呼滂沱畢應芃芃黍苗陰雨膏之此澤之有可及者也滋乃枯條潤乃涸鮒既朽之骨起而肉之此澤之有不可及者也考之范史曹褒遷射聲校尉營舍有停柩不葬者幾百餘所怪而問之荅以建武之後死而無主褒買地以葬代爲之主焉陳寵任廣漢太守先是城南每陰哭聲晝聞徹於府中寵廉得其詳敕縣葬埋聲由是絕焉茶雖斗大一區居吳楚東南之衝南征之役試師於

茶兵鋒所觸道殣相望川谷流人之血原野堆人之骨雖古戰塲未有加者不有我公垂射聲之仁流廣漢之渥祠骸府阿掩骼城曲則新鬼故鬼之哭何時已哉公湛恩汪濊六年於茲矣均役以澤農建塾以澤士省輿作以澤工平物價以澤商此如六月之雨既優既渥既沾既足無足爲我公難者獨是義冢之役捨畚悽愴縱鍤漣洏循題興念撫俑增哀此如潤下之水滋液滲漉於義則爲人於德則爲說而兌澤之所及更渥於坎水也既專於澤之所及而及之復兼於澤之所不及而及之其與曹褒陳寵不可曠百世而相見乎因廣澤枯之說而爲之記

五女同淪記

何文麃

戊午秋九月嘉禾縣東鄉地名板橋有女子七人及笄未嫁約以登山采小栗爲名於某日時齊赴某水同沒自盡欲辭父母恐其覺也乃相與代辭同往及中途有二女各遇其兄二人自遠地回問妹何往二女以采栗對二兄曰此時兵馬往來汝如何去遂押之轉五女曰相約同來如何便歸二女曰汝先往我後來五女曰我於前某樹下候二兄曰汝輩去吾妹不來矣遂別二兄押二女歸以爲眞采栗也不之防二女得復往及樹下則無人矣尋至水濱見遺繫腰五帶於岸上二女相謂曰吾欲赴水恐不得其伴也不如歸告伊親另行自計遂歸告伊親伊

親往覓屍五女聚淪於水底二女親知制禦不得復往急各合壻入贅且領還別土恐鬼祟之爲災也或曰赴水時女子多人有言失帶衣物而旋歸者及水赴歿者七女焉起其屍則七女相連爲一蓋臨盡時以緘線下攣其鞋上攣其衣同足並行赴水者也今姑如傳述以記於此如其慮世變之或污先圖自盡則貞女也當核其名字生齒及其父母語言以爲之傳且請旌立祠各以生沒舉祀亦足以榮門而風世也

赤寶山記

向文煥

自黔江渡南岸循江而下數百步得梅花徑去徑碧梯數武怪石怒起若獅象摶立爲梅花塢緣徑附石盡梅花直上數百尺爲第一峯俯江峭削晼蔾桃杏芙蓉海棠芳草梨花皆緣壁下上上稍平則紫竹黃柑菌桂栝柏之屬參差秀鬱蹄坂數折爲螺山蘼蕪蔭翳頂如青螺稍紓之爲帝宮廢阯蒼煙杳靄有黯澹色緣徑竹得斗山狀如覆斗又面西與金斗相望山後爲平臺自第一峯徑路峻折至此氣象稍舒側下略東爲翠雲坪爲翠雲峯修竹美箭空翠森秀而斷雲棲之其下深窈杳冥爲琴澗澗水曲屈達於江聲泠泠然可聽由翠雲坪渡楓香嶺青楓

烏桕疏落可數細草雜樹皆能花蜿蜒而登得小徑藤蘿覆結如亭亭之名曰翠薇其下多薇蕨青翠可茹稍曲而東折而西上紓餘千尺天風冥冥始達白雲峯也峯勢峻絕眾鳥飛鳴其下俯視白雲去來空際上平舒可五六尺其前如盤谷窈窕盤紆樹色青葱昔有鶴巢其顛時時引眾子迴翔其上背負大壑深可二千尺下多良田美樹壑中時作江濤聲渡危嶺而西稍低爲香藤峯古藤覆徑花時能香也爲蘿月峯夜月蘿徑疏疏也又西跌爲嵐峯芳草薜蘿煙嵐疊翠也又西折則境絕矣自嵐峯鵠落而東曰迴峯謂香藤蘿月嵐峯皆迤邐而西此獨東也與第一峯近若接襟帶回望白雲峯恍然天際自白雲峯東下逶迤而北爲峯五曰觀瀾峯東觀獅水洄瀾千折也曰芙蓉峯峯勢秀如芙蓉也疊前而奔曰待月峯曰先月峯北臨大江而東則月先之前既得月而次則略待之閒四峯而低其中曰乳峯峯微起如乳也五峯都無樹木惟芳草鮮美耳山之峯十二得小山二徑一塢一廢阯一臺一坪一澗一嶺一亭一谷一大壑一而十二峯之勝惟白雲其要焉勢爲之也山之勝宜春夏幽芳繁陰杜宇黃鸝也宜秋紅葉瀟瀟白實離離也又宜冬梅花晼蔾刻露清芳也登山而游宜雪又宜月雪則極目千里乾坤一氣月則四顧寂寥萬山盡碧長空無垠江流有聲也二者月較幽山勢儼然面城郭邑侯霍邱張公愛其氣嚴而體舒

增植花卉爲堂於署之西偏望之名其堂曰望山云

游蟠龍山記

向文煥

己酉暮秋向子亦菴將游蟠龍與廖子長公黃子子鉉向子復旦吉水歐陽孝先出安遠門始命舟王子武臣從後至遂與諸游人會於岸次既登舟自獅水渡龍陽洲溯渠江舟行步步望山舊城緣岸竅石嵌空水激有聲乃涉淺瀨達岸舍舟穿徑入平疇數百畝阡陌交通緣細路行數百步略不經意田盡山漸合壁皆赤色額曰天台進步緣溪行溪中一石截流而峙王子指曰石中空旁入可容數人舍之不顧折而入渡石砌砌下隙處髣髴若水門王子曰是李灣潭先生渡仙橋處水失故道橋遂堙石磴磷磷梯而上茅屋數椽籬外垂楊嫋嫋爲王子莊游

人小憩出故道踰峻阪王子在前遙呼眾愕然乃從莊後出徑其前也諸游人岸幘躋磴道數百尺遙見石洞閉薜蘿倒挂王子曰洞中有石牀壁間字皆篆籀荒徑雲封不可往遂不往渡危嶺小憩復梯磴數百尺杉松寒覆細磴曲折清涼沁人肌骨去眞武殿僅咫尺路不欲即至故紆以幻之諸游人憩樹下有頃蟻行歷曲磴一僧貌甚癯補衲石上橋柚離離遂造殿游人先後至小憩入後閣閣奉佛半在巖下氣陰森坐久澹人思慮石壁有詩點畫斷缺不可讀遂出步檐石壁嶙峋百尋色赤甚仰見呂祖像立石龕龕架空垂壁外若將飛去游人欲上斗絕不可攀然必欲從他道窮之右壁鐫張容園先生詩讀畢渡危橋過補衲石左穿修竹巖下丹竈石牀王子曰明懷宗時宦者年七十祝髮坐石牀三年無履迹將亂辭去莫知所終出折下曲磴旁得石徑略之傍林轉小徑路如帶細草青青復得磴道舍之取徑看泉泉之名曰杜香上多杜蘅芳草也掬飲寒香沁骨泉旁細花紅白數點山半有凸湧出向空游人爭欲往王子止之返觴所舍磴道躡而登不盡百級而憩人各據一磴有頃涉嶺嶺窮磴亦窮西瞰金斗山若在足底潭水淵然可掬南繞山後或降或升遂至絕頂一石如車輪苔鮮斑駁去山根萬尺目眩心悸孝先立石上瞰之無論城闉煙火千家大角紫霄皆在指顧兩江水如白氣一縷近瞻阡陌屋舍儼然身在秋色中

萬山爭以秋色獻頃之雲自谷中出微風蕩之片片飄忽樹間向子懽然曰秋山宜澹霜林黃葉正須白雲點綴乃返磴窮處諸子盟曰必踞蟠龍凸始快遂踴躍披榛往踰小峯草樹蓊鬱松徑滑履不能著搜奇良苦矣乃猿引穿松徑入石阪荒寂有龕垂垂將墜王子曰是觴所仰呂祖像也眾喜甚出不意乃大呼噪逼前下瞰心魂肅肅昔亭其上今破瓦斷椽無存者游人憑弔久之去數武遂得蟠龍凸石龍蜿蜒有鑱鑿痕上有亭亦廢至此游人意頗足向子曰向所略石徑當一往以了此游諸子許之於是返石徑臨塹谷危甚蟻而渡足所著處目即注之賓閒積泉落葉如游魚屛息不得轉眸既渡得平山上可結茅

齋數椽楹隙處多香餌草香特異復旦拔數百本命從人肩之再返佛閣足與心目俱勞遂命觴久之謀歸便覓向路王子邀入莊設雞黍蔬果雜陳廖子縱飲諸子懼舟危飲不欲多辭出返山口牧童四五折樹枝成屋拾敗葉以代陶瓦至江岸將暝乃返棹渠水流急向所望巖石目不暇接徐棹入灘水回望山際暝色黯澹不能辨是日意各有餘黃子訂再游許之

益陽遭兵賊始末記

羅賢胄

癸未九月張獻忠賊騎沿鄉索馬先鋒王老虎名國用幷僞合莊天成至邑誘授諸人僞職賊遁去常德道胡某率兵來戮授僞職諸人株連無辜十一月朔邑民倡亂者駕船復迎賊至賊乃舉全營歷境駐邑七里橋遣賊衆過河驅住市千餘人戮之起春亭江邊十九日發賊徒往鄉搜山縛男婦若干人於地名軟橋桃花江七里橋三處砍手或斷一臂或左右臂或截耳鼻剳勢幷沿路殺人萬計獻賊隨遁常德路往四川去餘民無食出山回市乙酉復有滇兵張先璧駐邑沿路自歐公店始搜掠民糧旋有市惡某某嗾其營將張四海王璽在市大索財物三月盡又有上游潰兵郝營突入縣殺掠財物子女丙戌丁亥連年城空又被龍陽縣民假兵打擄己丑年牛馬二營大隊直過搜山殺掠上下無遺壬辰年寶慶潰兵宋戴二營下縣殺擄益邑自癸未以來民被殺擄旱荒鬻賣流亾無算田土盡拋棄數百年未有之變天災人害獨甚於他邑

賊陷長沙始末記

羅賢胄

張獻忠沿江而上破漢陽。臨江欲渡武昌大震。議江上設兵嬰城。參將崔文榮曰守城不如守江。守江不如守漢磨盤煤炭諸洲。淺不過馬腹。縱之飛渡。而嬰城坐困非策也。議者不從。賊果從煤炭洲而渡。□□城下文榮禦之小有斬獲。賊攻武勝門文榮□□□拒之多所殺傷。楚府新募兵爲賊內應開門迎敵。文榮躍馬大呼。賊攢刺之洞腋死。大學士賀逢聖同守門。城陷歸衣冠北向再拜。以巨舟載家口出墩子湖。至中流鑿舟俱溺。逢聖屍沈百七十日不壞。十一月始葬。長史徐學顏與賊戰斷左臂。右手持刀不仆。賊支解之。楚宗多從賊者。賊執楚王盡取宮

中百餘萬金數百車載不盡。以篗輿籠王沈之江。屠士民數萬投屍江中。尚餘數萬人驅之出城。以鐵騎圍而殲之。入江浮屍蔽江而下。其餘民數百。多刖斷手足。鑿毀耳鼻。無全形者。賊據□□□□僞設六部五府。鑄西王之寶。開科擢三□□□□授郡縣官。張獻忠陷咸甯蒲圻。距岳州二百里。巡撫李乾德總兵孔希貴移屯岳州。居民他避。令軍中詐爲居民。開門迎賊。入城伏發盡殲。留四賊割耳貫箭縱回以辱賊。賊怒益兵進攻。乾德虛立營壘於道旁林中。立旗幟伏矢礮積薪其上。賊以火攻之。延燒積薪。礮發斃賊數百。賊益怒水陸幷進。乾德飾戰艦中流向賊營。度矢石可及。即止不進。賊連弩射之。乾德度賊矢礮既盡。水陸奮擊。三戰三捷。獻忠乃悉衆二十萬圍岳州。力屈城陷。乾德希貴俱走長沙。賊鋒前至湘陰。民空城走。獻忠欲北渡卜於洞庭神不許。斂舟湘陰將北渡。大風覆舟。餘賊復還岳州。盡殺所掠婦女投屍江中。焚其舟火延四十里。遂陸行向長沙至城下。李乾德奉吉王惠王走衡州。長沙陷。推官蔡道憲死之。初賊至城下呼推官曰。吾軍中皆知爾名可速降。道憲强弩射之。攻三日夜城陷。執道憲。百計誘之不屈。磔之。健卒凌國俊等九人追侍道憲。賊勸道憲降。國俊曰如吾主可降亦去矣不至今日。賊曰不降爾亦不得生。國俊曰若吾輩願生亦去矣不至今日。賊幷殺之。內四卒奮然曰願且延旦夕葬主骸而死。賊

義而許之。於是四卒解衣裹骸葬於南郭。葬畢自經。賊陷衡州。桂王及吉惠二王走永州。獻忠拆桂王府至長沙造宮殿。遣兵追三王。巡按劉熙祚督水師禦之。護三王入廣西而自死守永州。題絕命詞於永陽驛壁罵賊。城陷遇害。

白石巖避亂記

朱克靖

白石洞口舊砌城堞，乃先太保恭簡公疏題所築也。外沙之巖有三，曰仰天，曰水通，而白石其最也。公處明興中葉全盛之時，恆厪未雨綢繆之思，因築是巖以備不虞，謂居平可嬉，遇亂可保也。先時邑有寇警，父老每挈妻子入山避寇，若指巖而示之，則以爲洞中隙地，儻攻擊所加，則受困更甚於圍城矣。歲戊子，有粵寇名紅頭賊者，蹂躪桂邑特甚。民向不覩兵革，自是賊衆盤踞，沿鄉肆劫，雖深山窮谷，莫不窮搜徧索，殺擄隨之，人民奔逃他境，僅存者十之一。城市絕煙火，田廬荒燼，畜牧種絕。數年之間，居民皆蕩析離居，桂邑幾廢，獨外沙以三巖獲全。計予方

遭亂窘急，意先太保堵築此巖，甯無深謀遠慮。乃四塞路迷，從而入者僅三五家，及見巖中石竈沙牀零壘無數，且懼且駭。繼而走山者多被害，相率來附，羣聚於巖至數百家，仰天巖人居滿矣。又覓水通巖居之，山麓蓊鬱，犄角成勢，器械備而心力齊，於是人懷殺賊之志。賊近境則出巖擊賊，有不利即退入巖中偃息以俟，賊不敢窺覩。時或大聚賊衆，舉火攻巖，風返煙飈，賊往往敗去。越明年，又入白石巖，內外人稠，洞門不閉。賊時在縣東南日夜肆擄，獨畏三巖之雄，相戒不敢西覩。巖中家置販倉，養雞豚，備牛種，日出耕，夜入宿，如是者三四年。時凶荒洊至，當庚寅辛卯之際，斗米千錢，父子夫妻不相顧，食穅秕，茹野虀。下至農具田器皆出以易粟，以人代牛耕，而外沙人民頗免於餓李鋒鏑，田廬如故，皆享巖之利也。且邇時兵賊循環，城市丘墟，縣尹且來依巖以居，人民趨之，儼若都市。仰天、水通兩巖，其險阻即婦女亦能守，然中暗艱於出入，人多築室巖旁。白石巖外險而內夷，隙光可照，泉潔可飲，防禦器具一可當百，堅若金城，尤稱最勝焉。三巖奇險，名聞遠邇，於是各鄉相繼搜尋巖洞以爲窟宅，而桂陽遂稍稍復業，外沙實倡之也。兵法有云：置之死地而後生，置之亾地而後存。當亂之方始，外沙以勢窮入巖，蹈危出險，保全無恙，豈非設備置防於未亂未危之先，而討生死於存亾之日者哉！夫人苟未嘗身歷其事，何能爲此中親切之

語？余於驚魂乍定之後，備述時變以志感。且虞邑界豫粵，事變不常，爰集族人永爲保聚，勒石以記，使世世相傳，識祖宗詒謀之善，與天設之險，有事則知所趨避云。

幕阜巖棲記　唐艮壟

幕阜絕頂石壁如削。水從石壁直下飛流濺沫人迹罕到。乙酉之歲闖寇南遁。餘黨蹂躪鄉邑。予挈家匿巖穴。山中況味始得備嘗。大抵山晴雖盛暑日色淒黃略無暖氣。夜則仰視星月攀手可掬。雜聞山魈鬼魅作禽獸呼號。或似人語。欹枕假寐涼氣侵膚。飛瀑泠泠如徹夜銅壺不能成寐。及曉天空色白海日湧出。雲霧平鋪山半旋風拂之。髣髴大海迴瀾奔騰變幻頃刻萬狀。雨則深臥不敢出視。四山晦暝東西南北莫知所向。震霆常在山側。且有神怪作崩崖拔木之聲。雨止林溼風日微晾嵐氣如洗。邛隅岑蔚異鳥奇花不辨其名。或夜曳杖下山厭明負糧

而上。往往緣枯藤躡危石跋涉丹崖沸池。與山靈相狎曾無畏壘。每凝眸湘流似鏡懸峯外。東望故園邨落歷歷可數。時有寇掠往來莫得我所。還念此身眞不啻繫一匏於天半矣。夫平時不知名巖仙境之奇。即興到一登非朝往暮歸即信宿而返。不能如是之連旬累日盡領其趣也。昔歐陽永叔謂詩必窮而後工。然則名山景況非安常無事者可與習。處必經亂離奔竄而後契之深知之穩。如程明道所謂談虎色變。箇中人說箇中事。始得其情而盡其致焉耳。寇退挈家而歸理故業。越三載舉鄉貢公車北上。憶茲山舊游不知再得於何年。爰漫書以紀其事。

雪蕉亭記　劉友光

雪蕉亭者長沙廖子大隱。取其家之舊墟誅茅斷竹搆以讀書延客也。亭何以雪蕉名。未有亭時煙灌茂草緣延狠藉。大隱從大雪中梳櫛瓦礫種蕉數十本。計綠到天而亭亦成。意與右丞僵臥圖不謀而合。亭在郡北古所稱北津城。酈道元云登臨寓目塵郭之佳憩。即其地也。亭北枕大江。漁唱檣烏傳聲遞影度越女牆時犯林檐。嶽麓道林伯昆肩隨往來。晴雨中荒唐大樹細碎香草。亭之南檐則盡收之。亭之西阡陌縱橫。可種彭澤之秫。亦可種中郎之豆。又有伯氏屋在西頭。雞鳴犬吠喧呼雜引。每一相憶屐步便通。覺王績渡河猶爲煩累。曲沼前臨魴鯉不

肥。水至淸也。長沙魚麥之鄉人無無魚之歎。亦不足爲食客歌也。園圃築後雨甲煙苗韭葵爛漫。有客到門而盤飧殊媚。丁未秋杪迄戊申夏初。予以上簿留滯與大隱追隨最久。大隱慫余蹇頓。春則傳柑招以聽鸝。夏則沈瓜呼以語冰。秋則鷊鶉煎鱝招南方未歸之魂。雪則除門搆火咏左思招隱之詞。予亦謔浪忘憂相與述勳績則弔番君征西之墓。陳忠節則下王琳李芾之淚。晰義理則泱南軒元晦之藩。揚厲風雅則尋杜沈之遺瀋李歐之殘碑。男無巾袴女無鞶屬風俗之訛傳聞失實與大隱證之。山有染紫之霜潭有染紅之露。景物殊絕淹沒難窮與大隱惜之。憶予少際隆平長之士大夫多在西北之陲。朱池翠幙

迴月匝煙窮妙極麗會不二十年入望悉黃茅白葦土木之勝人不獲安理有固然卽以文靖之德而五畝不保爲之欷歔頓絕大隱棲心幽素門庭蕭寂草萊不翦竹雖亭而風雨不蔽予嘗思郗鑒爲戴逵搆屋於剡曲嚴武爲杜甫營草堂於浣花雖要人詡舉終爲名士之累未若張融牽舟玉川破屋可以了然無繫大隱殆其人耶戊申八月十三日攸水劉友光書於柯怡園

育嬰堂記

劉應祁

士人窮居伏處領誠正之旨識治平之要固巳得成己成物體用之全矣至讀己立己達己溺己飢不忍惻隱諸篇未有不謂異日儻得志焉有可以濟人利物當無不爲此其居心立志似亦人人所共矢逮身躋通顯遂漠然置之者此無他聲色貨利紛於心功名子孫勞於慮而初念頓失此亦人人之所共蹈而不可望之一二人吾友太史與三車公少負異才長列庠序早有自任天下之重之志及夫聯掇巍科致身翰苑剔歷省垣二十餘年家居日少辛酉讀禮歸里廬居哀慕嚴一介之操惟以一方之疾苦請命於當事不啻被髮纓冠惟恐不及一時閭里

咸賴之見貧民有不能育子女者每棄之途時爲惻然因築室於衢東爲堂三間顏曰保赤復楹三間守以老衲前門一閉門列榻覆以亭招民不能乳子女者錄其生年月日時付兒懷夜置門外亭榻次晨收付乳母家歲募乳母若干人視送兒之多寡月廩給之資以銀帛貧民有婦能乳者皆得利之以治生於是夜送棄兒者踵相接公磬其租產之所入以爲育嬰費屬其姻范大紳主其事而以鄉耆蕭中正蕭啟貴老衲傳衣佐之是歲卽吉還　朝補兵垣八月擢掌科甲子復掌鼓廳事計公立朝正色職司封駁夙夜在公義不暇內顧而家報時郵無復他及秖以此事爲兒姪戚友致囑惟懼一稚失養一夫失所此何

等居心乎由茲以推則在　朝之日凡可以恤民之嘉謀無不講求凡可以安民之嘉猷無不入告以贊　皇上好生之德符於重華如傷之隱軼於文考可知也嘗歎士大夫身受子惠小民之寄不肎切痌瘝於乃身勤疾苦於拯救力所得爲而不爲分所當爲而亦不爲而爲之僅見於公也公純孝立身忠貞矢志身無重裘之飾家無百畝之增其於一切聲色貨利視之若浼守功名於難進課兒穉以一經宜其誠正治平得全於體用而惻怛不忍先發於鄉閭異時入參卿貳佐公燮理出撫名藩日宏衣被此又不待余言而可爲公量者也余老矣欣覩斯事伸紙疚心吮墨顔甲謬述其事止以爲鄉人勸至於記公之

堂永公之澤尙俟大人先生能文章者贅筆焉公諱萬育字與三敏州其別號也時康熙甲子冬至日

　案育嬰之堂今州縣多有之然皆醵貲成事故屬闔邑公舉無一二人私爲之者據此文則其法爲車公所刱興前此未有也車公官居諫垣無崇秩厚祿而能爲此博濟之事卽其祖產稍豐不以貽子孫而以蘇窮困其志行亦何偉哉然惟其時生齒未繁給求尙易若今之庶極而富教無加雖車公其如之何汝懷坿記

游龍山記

劉應祁

邵境之山惟龍山最大而高等衡嶽其頂名嶽平謂與嶽埒耳衡嶽羣峯四出忽起忽伏而龍山橫亙數百里一望如屛幽崖絕谷鳥道猨蹤獵者率眾裹糧鑽火露餐夜宿樹下故游者亦鮮而閒爲浮屠一二之所穴云余數往來山下欲躋顚以探其勝詢之土人多以爲難康熙甲辰萬松超公卜隱浮雲石約余游者再矣庚戌潙山慧公復來結廬荊竹坪皆爲龍山奧區心竊喜其有主人辛亥九月十四觀萬松飯僧超公復申前約遂以十八日偕鈍木一麐往度不可輿挾兩僮策杖登羊田寨逾龍鶴山至白泥坳宿萬福林十九辰出夾山口循溪曲折進抵

獅子石石突削橫截溪流復緣溪至禹廟余欲入謁鈍木曰可留作歸途瞻仰也聽之兩溪會於廟前詢之則曰左發至嶽平沈香潭流爲大龍溪經莫家沖老龍潭始知龍潭有二卽邵水源也右爲雞公潭源發自錫茅岡流於廟右至廟前而合度焉登黃土嶺雖漸峻路尙闊可五里許鈍木曰少息從此分小徑則壁上行耳山爲鵝公嶺林木蒙茸乃解衣結韈而上碎石觸趾或百步或數十步支杖返立至山復喘甚坐亂石閒復上數里躡其顚又從左橫行出一脊北望嶽平咫尺連峯壘嶂蒼翠肆兀還視廟前諸峯皆退遜無復突傲狀又漸上皆百折於腹裏下平削不可視時出松杉杪上復躡一磴指曰此下爲壘書

臺石橫疊有痕下爲小龍溪復上四里登頓冥密詰曲數十抵小石山溪水流出入其內有田一區轉一山破椽在焉先至者烹茗以俟曰午矣鈍木曰里許即譚家山主人預知余至禮甚恭詢曰此上嶽平幾何曰壁行十里荊竹幾何曰二十里余欲之嶽平曰徑久塞須半日可達苦無餐宿地柰日午何余意索遂決意荊竹飯巳握杖躡峯顛西望厰豁縹緲沙霧蔽日不可辨從顛突下陡壁箭削兩足蹇蹇數十折而至一溪意以爲平矣緣溪數里忽瀉而下排空度險捫蘿履危趦趄仄壁閒又數里至煙竹坑村民危氏以茶至詢之則曰此上荊竹五里以扳躡倍耳余乃委宛以升礌硐輪囷十武一憩可一里而至一峯

突見層巔嶺徑懸壁上兩澗深窅下復懸絕氣爲奪稍定鼓勇而前至左澗下一石覆於路如屋緣而上巳抵氣所奪者力爲登後者及前者踵觸土石皆動而杖復礙委折棄之左折及澗俯視神攖右折亦如之目恍惚無定以手按地佐足者數四乃命二僮翼余超焉至其腹則氣盡足跛矣坐息良久乃入左澗循溪復上慧公以驢來迎卻之躡其嶺丹嶂橫開紫巖壘起白雲摩頂古木浮青渺渺冥冥神曠情怡巳不知身之在人世也復下里許乃抵荊竹入揖慧公茗語移時出步剎外周視羣峯羅列如蓮花瓣崇閣庋其中方丈踞其後水曲折以輻砌石隱鱗以環階彩翠雲濤競奇獻狀視其額曰古功德寺爲觀察朱公廷宋題又前爲法華古德開建故址夜話至更深就寢二十日欲行慧公堅留與談出世法兩夕枕畔聞落葉策策與殘鐘相應神爲之爽廿一日乃從左側上一峯出蓮花瓣上與慧公別俯瞰浮雲石在几席閒行數里從樹林直下可里許而至上城坪隱者處茅屋斜支席門欹挂老僧明空視余甚詡急烹苦茗出山果爲餉良久乃沿小澗至下城坪舊爲潮水寺不入又里許經一茅舍雞犬桑麻有幽致又轉入山腹下視無際又二里許至鐵鑪江一巨石盤溪中左右度木成梁峽壁嶙峋如獅吼虎攫坐石上聽水聲兩岸皆種萘意隱山結茅當不外此度梁入一庵鈍木曰此來半矣必飯乃可登聽之仰睇庵後諸峯

石怒猨哀飯巳攜杖以上騰轉嵜崟視硼石斜瀉如舌脇息扳緣不敢顧又逾峯後一嶺躋其半視前峯在几下路巉削仄不容趾力躋可五里而至朝陽庵少坐詢之僧曰從左踰白水入浮雲稍迂從後較捷余欲從迂鈍木欲從捷不得巳聽之不數百武而途窮鈍木先余迹之不能度命僮後先牽持而以手接樹根危甚心怵汗如洗似與昨登層巔嶺頗怪以父母之體而臨不測若此復逾一嶺登其顛有石臺遙睨東北洸漾無涯僮驚呼曰下有白塔當是浮雲鈍木曰是矣前有兩小徑僮左下鈍木右亦迷失道呼僮還并從硼中直下緣崖斜蹈數百武乃得穹徑下視斗絕氣巳奪於險不敢縱足又上而至於巘左右

皆絕谷脊僅數尺夕陽蕩滉心目爲眩鈍木肘余左一麐支余右垂首顧趾可三百武而及浮雲之徑少憩神定矣而後行轉山背見突崖深窈復僂里許至普賢碑下聞水聲汸汸迴顧瀑布怏甚眷戀不忍去超公俟余三百步外蓋在松林時訂是日集於浮雲蘭若也蘭若爲超公休老處約余游者再矣今始得一至焉室前諸峯壘翠遠矚上湘一抹如黛心境頓開雖以陡上陡下數十里之疲而忽不欲告倦也扶杖出視瀑布如飛花如墜雪時而大小異形時而曲直異態垢面一洗反矚兩僮穿壁罅閒如鼠如蜴詢之則曰此走三生塔徑也余欲隨之超公以距三生塔尚遠坐廊下凝目瀑流不欲入燒燭茶話又憾月

上遲遲寒不能待廿二辰起披衣縱足飯巳超公策杖先余導從左腋登林肩看文殊塔空洞可坐四五人尋扳枝直上合二三人牽挽如猨引凡三五息造其顚是日風清雲澹霧盡霞飛指奇岫於雲閒示梁岑於林缺郵煙鳥語若遠若近停盼久之左行巘上林木蓊鬱側矚絕澗幽窅莫窮尋下崇岡歷巉巖而會於三生塔之徑平步坦途以至塔下塔基巨石仄盤超公集千工疊小石以就崇三十尺余爲繞一匝又左觀龍門石壁削闢一溝直下不敢久立鈍木曰此去南臺不遠余意不欲遄乃下至一室蓋搆以避暑雨者坐觀瀑布顧戀容與久而後墜巳又引下數十步度羅漢橋至朝陽臺臺石寬平如砥俯察澗下民居如井底螺錯仰視三生塔則淩霄矣曝日於上氣甚豪舉而院僧以茶果至相與席地談勝巳從臺下入羅漢洞超公曰此下北臺尤奇乃由小室折下徑甚險緣壁而進可半里一大木撲地不得前乃還縱步林閒林窮壁見上下皆削不敢置足數十武乃出險午飯巳超公告倦余與鈍木右出探泉石下再西折而徑塞命兩僮下視瀑潭未及里許爲寒逼急旋余乃上觀普賢碑又側視仙人石山峯圓秀前植二石一石如壁一石如佛首髻腕臂趺坐其上宛面壁狀飛水洞在其左蓋源自牛頭坰會眾流成大溪行二十里至此直瀉絕壁下壁懸如洞水去壁遠若垂簾故壁皆蒼白色洞名飛水亦確亦不俗也又稍

上遙睇北臺自三生塔下度一脊如梁僅二三尺而突盤於澗中廣可一畝四面皆削成高幾百仞又稍上鈍木指示仙人橋蓋兩峯連而忽斷一石梁其上又指望佛臺亦石突出巉嵒閒好事者置碑其上余皆不敢進惟聽之唯唯而已還下數百步見曝布旁有緣碧色鈍木曰曝呈五色此將息矣憾不早還視之立未幾碧旁忽作黃色尋赤尋紺而五色雜出如錦映日作紫金光余狂呼久之鈍木曰春夏時有秋冬不爾也鮫人豈爲公示現乎余笑曰何以酬之相與神賞久而色復如初歸問院僧皆不見巳復從院下觀大竹又下觀溪流暮還蘭若廿三覓輿歸自飛水洞折而上稍見郵居又折而遡流則雞犬相聞田

疇井列可十五里至牛頭坳下輿步上步下至杉木冲林竹陰
鬱居民稠疊山景更異又十里至監門口看雞公潭巉石幽黑
狀若虎豹飯於藥鋪行二里許至鵝公嶺已會於昨所登荆竹
之道矣下至禹廟整衣冠入謁瞻視梁棟崇宏丹朱金碧蓋府
椽張聯芳五年前捐產倡建而乞余作緣起以成者也徧覽舊
碑得一碣於麥園半埋土中額篆普濟數字八分精雅而尚完
好視其文多剝落不可讀殊爲憮然夕宿松林廿六日乃還是
行也往還凡十二日結糉登陟爲日者六停宿半之而茲山之
勝得十之三由西而東僅歷於南面而嶽平尙未躋焉其山北
如鳳凰鐵子諸概未之及也卽龍南面而言禹廟諸峯森列棨

戟翼衛溪流襟帶田疇方幅一勝也鵝公嶺疊嶂排空干流橫
鎖一勝也譚家山一望煙雲無際萬象全收一勝也荆竹功德
寺之在蓮花瓣中羣巒拱向起伏高低玉井金欄潮湧浪疊鐵
鑪江幽深窈異㵎流泓渟如入桃花洞口至浮雲蘭若則天開
圖畫山峯之秀聳嵒石之靈怪水簾之奇幻徑栈透迤於林杪
庵亭巇巇於幽腹丹梯指掌白水盟心與夫橋塔臺磴皆足以
發畸人之鴻藻留開士之孤笻者若曾眞嶺之斗絕與朝陽庵
之危險又可一至而不再矣并記之以告來者若所未至尙有
積於中懷俟之異日

記二

仙梅記　楊柱朝

岳陽樓之擅名僅以其樓也湖山形勝秀甲寰區自回道人往
來於酒家屢顯其靈異而神仙之說遂與湖山并傳此後千百
餘年寂無所聞矣勝國崇正辛未歲樓不戒於火郡守戴公司
李陶公倡議重修忽於樓之阯得石一片上有畫梅一枝色如
紺墨其枝幹隆然而起望之高出于石宛若人工鏤就者及以
手摩之則潤滑如砥了無痕迹梅與石無辨也咸以仙梅呼之

因置諸樓之左畔而亭以居焉今樓燬而此石尙存夫荒唐之
說儒者不道而事之信而可徵者雖聖人不絕於書竊嘗思之
莫頑于石而梅之隆然以起者似有精氣存乎其中則頑也而
靈矣莫靜于石而梅之動靜之機靈頑之理皆具焉予故特爲
紀之正不必託言神仙以掩其信而可徵者也

鏡石記

楊柱朝

自湘泝流而上十五里許有石焉曰暉落磯壁立江心高可十丈其小者不可數計蜿蜒旁礴亂流而度其特立者曰鏡石嚮東一隅有光瑩然色如桼器物凡江天飛鳥雲霞出沒之狀兩岸草木以及人之衣履鬚眉靡不畢照石雖高而所謂瑩然者廣數尺高倍之予昔年曾與方子仲美艤小舟於石上盤桓彌晷維時水落石出天空江曠對之如披畫圖好事者或鑿片石攜以歸置之案頭則生氣索然無向之所謂瑩然者信乎山川靈異之氣有所挾以成譬如人之一身靈於內者爲心靈於外者爲眼其餘皆血肉皮膚耳心不可見而精神全注之於眼斯

石殆山川之眼歟春夏之交九水與洞庭合而下注石能以身敵之故其流怒甚湍激澎湃之聲聞數里外舟行不可嚮邇長年比於灩澦之險過者不敢游水涸則不及游二者交戰而石之受知於人者鮮矣嗟夫山川固有遇不遇哉

何仙巖記

羅人琮

何仙巖不知何昉舊志載世傳何仙姑修道於此實無確據菴前奉彌勒大士鎭武菴後祀女仙女不詳其姓名去桃源縣四十餘里將入峯巒遮見眠者蹲者憑者起者行者止者俯者仰者拱者揖者舒者舞者斷者續者竝者錯者山不一狀狀不一情近巖里許山盆合仄道依東麓里許中卽以稱一線天亦宜由東迤邐折而西上經石梁數百武抵菴側望兩山翼巖巍然蔽天如十萬之囷中不可量而斗脊自失如青獸布威羣象辟易而狐豕愈微又如朝宰正笏國門百僚整肅大將軍戎服登壇偏裨以下劄語蛇行鈍巨靈之斧折共工之額不足以喻其

堅也窮老獲之臂絕狡兔之趾不足以喻其峻也言其古則鐵貌斑文言其秀則碧垂翠滴招鸞鶴以棲遲爲煙霞之窟宅菴居山半上接百仞之高下臨千尺之低前望溪山瀠洄映帶氣象萬狀心目軒豁由菴後石徑下經巖阿稍上爲何仙洞洞泉淋漓每歲旱居民迎神取水得水卽雨遞上攀蘿躡蹬可躋巖顛極目四顧羣山俱卑或如瓮覆或如罍懸或如列屏或如布席或如散卵或如置碁至於煙生木末睹孤邨之蕭瑟雁度平沙儼行旅之淒涼雲起足下語傳空中豈非登臨之佳境而名勝之曠致哉余嘗謂山水之在寰中其見稱與否不盡如本分要地繁會驅指輪通游人踵接騷客珠聯金碧璀璨題詠遠播

彰矣若乃幽可絕囂僻能離俗妙窮人巧奧純天然爲羣仙所指顧而名聞寂如如斯巖者抑又何可勝道邪斯巖也擬之人爲高士爲戒僧擬之詩畫爲澹描爲逸品擬之器爲夏商法物而邑內水心之孤穹后之奇涤蘺之雄靈巖之幻漁仙之峭折桃川之幽祕比長爭勝何多讓焉余從僧請題菴之額曰光凝翠涌門聯曰入望溪山如畫裏忘機日月即壺中佛殿聯曰祇園覓上方山浮紫氣千層出石林稱精舍月伴禪心一片明仙殿聯曰咫尺花源此處煙霞猶勝地依稀海島分來猨鶴伴仙蹤葢有得於斯崖之深非復泛交淺契之所能襲也並記以遺後之君子

重修唐興橋記

唐世徵

界邑上流與燕子橋相拱抱若左右翼者唐興橋也歲久水嚙垂圮邑有斂金錢議修築者底績矣未幾復圮左角半甎前事者呶呶委咎后工之不職是已夫食人食事人事后工將奚辭予曰不然若率后工果計口炊量材授乎果差次賞罰殫竭蹶乎五申三令惴惴然懼乎能如是而工不完好堅固未之前聞否則匪后工咎也主之者褊急而偏頗應之者粉飾而苟偷幸其成貪天工爲已有即乎敗推託諉詬希解免以自容天下事亦安賴若爲哉聞前之役某僧聚斂什佰歸併於某工問誰綱紀曰無人問誰節目曰無人雖使盤倕復起保橋之毋仆哉考

省試饒廩責在冬官孟子曰十一月徒杠成十二月輿梁成田功甫竣用趨力役今重議修築不當彷古王制而行乎茲役也告諸令公謀諸士庶龜筮鳩合必誠必信然後相從事庶乎易成而難敗以知邑有大興作斷未有無主持於其間妄畀輕塞虛糜緊苦相顧眙睸爲後事者所憤痛嗚呼豈獨一橋哉

重建青龍橋記　車萬育

國家致治平海宇享清晏之福四十餘年矣偶因滇逆不靖蹂我湖湘兇鋒所觸邵當其衝罹其剽掠最慘　皇上赫然震怒命將出師禁旅進擣邵値孔道瘁於轉輸邵獨當其疲卽城闉一橋日爲千萬趾往來屢遭燬廢歲糜宮功其他可知也顧橋雖屢造取辦一時未暇選材伐石不三四年風雨飄搖勢若纍卵人咸憂之甲子五月會爲大水漂去家兄萬有暨薦紳爲請於郡伯梁公公慨然捐金四百兩爲倡委縣佐趙勉周督理簡紳耆之誠樸者市大木於西延伐巨石於林壑募工匠給廩食灰鐵瓦甓無物不具寬時日課工作補舊墩之頹缺而加崇

視舊制之雀拱而增固重簷鱗甍平道壘級洞門廣厚高朗鞏堅工始於甲子仲秋訖於乙丑孟夏日省時程家兄與有勞焉告成之日薦紳郵函索記以志公功余乃歎曰郡厄方除民氣未復一橋之建雖費千金苟無關於民瘼不足侈也而此不然郡之人居廛市皆在於東米薪之入四方之會城闉血脈恃此一橋如人之有咽喉不可一日壅也但不選材石嚴覆蓋高堅是圖曷有賴焉今也墩加崇雀加高木加良亭加固一時之勞百年之逸千金之費百年之利無歲歲趨事之擾無日日履險之懼而況財出自上也工出自募也公之功德得不謂之有關於民瘼者乎且公之功之德不僅此也聞其倡修六學積累逾千崇文教也糜粥救荒布給牛種哀民生也水火之厄按戶給鏹卹民災也止訟息爭刑錯不用省民財惜民命也敦延儒紳纂修郡志徵文獻也所舉者皆關治體所禁者皆全吾生又豈獨一橋之足以志公之功之德也哉余嘗歎世之喜事功者以綜核苛察市赫赫聲以發摘鉤致邀神明譽使民日聚訟於庭逞無情以陷良善因獄訟以肥胥徒卽有門如市心如水之稱其破民家損民財殞民命者不少彼臥護淮陽門可羅雀又何以推焉公六載靜鎭豪無擾於民一錢不入萬室咸甯民之感之正在於此而謂一方之不戴豈人情也哉則戴安靜之福致一橋之成無所取於里甲無所責於公旬卽一橋可類推巳使

後之人因橋而思公之功德者商賈氓萌也不僅因橋而思公之功德可以復致治平者薦紳士類也噫嘻是亦足以記巳郡伯某某咸捐俸有差總理勤勞則縣丞某督工鄉耆某某例得備紀康熙二十四年六月

重建忠孝祠記

車萬育

以天下之大勢視一邑之孤危其利害不在一邑明也以一人之竭節抗百萬之劇寇其維繫不在一人明也然以一邑之令長而抗百萬之劇寇使其勢不得不爲之跋疐而於此一邑一令亦似有爲之恫疑虚喝而不能不齟齬迴顧於其閒安得謂維繫之不在一人一邑也哉曾南豐謂顏眞卿以區區之平原抗賊而折其鋒四方聞之爭奮而起使賊不敢直窺潼關由公與杲卿分其勢也乃張巡一瀆源令耳起兵討賊力竭而不能守則死之死尚願爲厲鬼以滅賊彼亦知賊之不可抗而不以成敗生死易其慮者乎汴爲九州咽喉闖賊之梟張也何有於

汴而新鄭其屬邑也去汴數舍地且極衝以賊視之直可踏平耳同邑劉默菴先生以龍陽諭之遷令新鄭也於時爲如何哉明知其邑之不可爲時之不可爲而公必爲之亦知其事之爲之無裨而必以死殉之設使猶人之言候憑少待亦不與於難矣而公必爲之者所謂知可及而愚不可及也方闖賊之困汴也兩河巨鎭擁兵數十萬環視而不敢救郡邑數十城無不失守公以一丸之邑激疲殘之民效死弗去賊來則禦之賊去而躡之力持於四十日之閒使賊瞻顧而不敢偪汴者誰之功也及公死而汴旋亾公之爲智爲愚而不可及者豈僅嚙血罵賊奮臂爭死之爲烈也哉鄭旣請祀於邑庠矣而猶懷思不忘又請於當路合五賢而廟祀焉五賢者周鄭國僑唐裴度宋王曾歐陽修暨公也康熙甲辰春育兄弟會試道經其地而鄭具述其事甚詳而邵之鄉人以公之舊有特祠也先奉宋陳何李諸大中丞後先彙題賜建而朱侍郎爲之記矣祠在愛蓮池上而今燬不可問獨不可度地而更新之歟則倡率而呈言於郡伯傅公爲宜卜地於濂溪書院旣得請矣而督學王公適至諸人士又以專祠必有專祭王公慨然爲捐學租若干爲每歲春秋永祀費傅公復補其遺事於郡志中皆好德之秉彝而鄉邦之盛事也會育從史局乞假還里而長君徵育記事育少聞公死節事心竊韙之家之父兄每爲育言公固文弱不勝衣言若不

出諸口者而於大節烈烈若此而因感當是時邑之不皆如新鄭人之不皆如新鄭令也乃稽鄭之五賢僑固東里惠人也度與曾修墓阡前後輝映茨山洧水閒而公赴義時亦以附骨僑廟側爲鄭人告豈非生不同時行不同事而忠惠不異者邪即今祠鄰於濂溪也不又有如朱晦菴張無垢陸子壽之莅俎豆於其中邪我知公之神出則依依於遺愛之鄉而歸則棲游於道學之林者也雖然特祠者將以教忠也亦公之不幸也不幸而止於一邑一令其志之不克展也猶幸而未幾鉅逆殲滅以復際清晏也　今上御宇以顯忠闡幽爲亟方命禮臣采訪啟禎閒事以補纂修育又知公之事狀必赫赫國史中矣茲督

學與郡諸大夫邑茂宰之樂成是役也其亦有念觴書而行古之道乎則是祠也可以觀人心而識政事矣公諱孔暉號默菴中天啟辛酉科鄉試初仕龍陽教諭崇禎己卯聘考滇南省闈得士十人成進士者二其孝友懿行與節烈始末詳之家譜及楚豫郡邑志中而龍陽亦請列之名宦而育獨記特祠之所由來云時則督學王公諱自新江南句容人守藩朱公諱廷寀邃東人郡伯傅公諱鸞祥河南汝陽人郡丞金公諱星賁江南安東人別駕白公諱美玉鐵嶺人司理顏公諱象龍江西安福人邵陽令蔣公諱其昌江南臨淮人於例備書

詩曰瞻彼廬陵文信國公君其鄉人用蹇匪躬黃巾滔天雷邑

何封匪師匪徒無廩無墉亦既固圉亦既屢攻生則不可死則人從鄭人向義大節可風登之明堂四賢與同惟鄭四賢事業昭融公之配之乃以孤忠某邱某水桑梓敬恭乃建特祠濂溪之東四瑚八璉烝嵩恪共有司明享表章之功史氏作記比於考鐘千億萬年錫類無終時康熙四年歲在乙巳八月日

世祀縣侯惕菴林公記

諶會基

縣侯林公諱龍彩字景雲號惕菴閩同安人也出身鄉進士崇禎辛巳授溆浦令甫期年政通人和士民德之壬午癸未間流氛猖獗震鄰剝膚溆浦幾不保公學守堅定復集思於邑賢士繕城濬池練鄉勇開誠布公諭以忠義故得民之死力而溆賴以安先是公奉上檄徵逋賦獨我龍潭遠而僻積隱壅於上聞公緩帶輕騎一歲兩詣境深知民情土俗凡撫字催科一一懷以德禮激以分誼龍潭民咸德之每退食卽進諸生講學問業其緒論皆發明延平考亭奧義都人士薰其德而精進者未可屈指數未幾臨藍餘孽發難勢以龍潭爲壑公請於上出方略

用山猺搗平之以寇攻寇不遺一矢會都城報警鄉之叛孽倡爲紅兵之變吾諶族士庶義不附亂遂攖其鋒罹首難最慘公同張典史周巡檢師都司泣請偏沅巡撫疏聞於廷發大師勦滅之而龍潭以安溆邑以甯而吾家一綫庶幾藉以復全嗟嗟非公吾諶氏能有今日乎公涖溆四年秩滿考治行第一於崇禎甲申擢陞寶慶太守晉階粵西副憲事見李督師平猺功次上之報功優且渥矣吾諶氏世受公恩於九月二十六日當公初度恪立木主捧觴稱壽雖區區今日未足罄公生成之報然亦覩河洛思禹功持瓣香祝南豐之遺意也云爾

炎陵山水記　羅士彝

酃邑西行三十里起伏蜿蜒形勢奔趨有如星羅碁布儼若金城湯池接其境古樹陰翳長松挺立望之鬱鬱蒼蒼斜倚直豎參差匪一蓋不知其幾千萬數者古神農氏之故墟也殿前有黃楊山兩峯對峙彷彿樹旗蓋列旌矛中如覆盂視之又不啻懸章甫朝至尊焉江流襟帶有武夷九曲之勢黃河澎湃之狀石巉巇而壁立疑人疑鬼山峑崗以嚮應且叩且鳴不獨週圍環匝宛然辰居曜拱也宜望氣者以爲神靈之所棲云

重建夏紫橋記　簡能

治之北有水一泓繞縣東北而入江橫臨大路襟帶城郭使軺之所必經官府軍民之所必歷其有橋也舊矣肇於勝國之初名曰夏紫存其名而遺其義嗣修於宏正再修於嘉靖三修於萬歷涖斯土者董其事爰更其名曰迎恩以爲百歲千秋後不復知誰之力故更張使相睹記以無忘其姓氏然而士人相傳至今仍謂夏紫未謂迎恩也　國朝壬寅陳君拱照守是邦性頗戾而好名信堪輿家言橋此於地不利且路衝衙署之後未足陞擢而陳君紛然多事矣乃圮舊橋鳩工運石徙於治之東倚岸傍河一泓所會若窒其口而扼其吭遂大書特書曰陳功

橋嗟乎陳君假此遂足以志不朽哉而土俗相呼仍謂夏紫終不謂陳功也踰年陳君以他事坐廢邑之病噎哽癆瘵者疑橋有窒口扼吭之形咸歸罪焉羣欲廢之而無其力夫天下之多噎哽癆瘵也非盡若湘之橋也固非此橋之足以噎哽癆瘵人也然而昔或寡今何多昔之陞擢者纍纍今且寥寥以是知由舊之足以致福而紛更之足以滋弊也明矣丁卯秋杪當除道成梁之際邑侯王君其始土功者老遮道曰侯治此九年矣政簡刑清民和庶附興廢舉墜罔不釐然顧此橋殊未便願易之侯雅不喜紛更而堅於衆請乃捐貲百金予家大人暨故舊耆老董其力而其勸厥事越二月而工竣仍正其名曰夏紫夫民

之撫今思昔睹物而興懷者不自今日始也前之人爲其勞後之人守其逸雖百世可以無斁乃始也易其名繼而易其地而輿情衆志終不改其名而必復其地夫乃徵作者之謂聖喜事之繁不如由舊之安也士人居官理物不無因革而議因者什之九議革者什之一革之而善則民易於從革之而不善則民易以疑恩與俱洽則存之惟恐不固怨與俱深則去之惟恐不速茲橋其明驗也有志者其亦守先由舊愼無爲無益之事也哉

復易心廛記

廖志灝

廛者何也受於人而通有無之謂也吾所有者天理之固然而其所未有者人事之紛然者也自予受茲血肉之軀靈明之性飄泊浮沈未有所止故其虛靈活潑者爲本來貨物而以數十年之血氣爲廛易者何也易生太極是生兩儀以及四象徵氤震盪淸甯奠分一闔一闢所謂主人者有在焉蓋一理主而二氣廛也寰區之內山澤蒸融雷風鼓盪日月代而水火交錯行運動於大塊翕然之閒若貿易然者蓋二老主而六子廛也至於五行迭運品物流形動者植者靈者蠢者無非此一理之貫通一氣之周流而翕洽生生謂易呼而周旋者蓋六子主而萬

物廛也彼太極生兩此理也由兩而四而八此理也由八而推盪之至於百千萬萬以至於我亦此理也其閒錯綜互異授受相禪大分而小一本而殊性命各正同彙降才本然之物豪無虧欠迨夫純雜均承以物交物滓渣繁拂至善無幾天地本然之數不能還所固然則向所受生生之易者固不知其存焉與否也譬若商賈負貸主人出受㕓廛交易秦楚中庸之子弟能酬其固有而善謀者且餘其息以利他人至於不肖之夫恃財妄作匪惟不貲亦且秏散本來之貨付之烏有先生生則浮漚死同腐草亦其可傷已哉古之聖賢主靜立誠念天生蒸民有物有則全體惟天渾身是易確見畫前之大原以神夫萬有一

千五百二十之酬酢彈純粹以精之量而默提夫健順動止五常百行之綱維一理總其全萬殊通其貫各正保合混然完備天地合德日月合明動如飛龍健如馬足是謂體元用九乃見天則者也故易者天之心天道內陽而外陰心者人之易人道好善而惡惡純陽至健復自一陽萬善歸仁復於一善則復之時義大矣哉是則我生之初受之爲性我生之後還之於虛而藐然之成位併兩爲三與大造乾坤爭不朽事業立德立功立言以爲法而可傳者是則數十年交易之餘賚而於本然豪無虧損者也是故余之受此塵也塵之中原有此物也祇恐塵之中不能長保其有也是故當復其固有之物而別無所加損也其妙在易其竅在心不貴於塵而貴於能復也作復塵記

登祝融望日亭記　廖志灝

日陽丹也可望而不可卽者也然日無人不可望無時不可望無地不可望而必望於祝融之亭何耶葢人之望之仰焉益烈而祝融之望則俯焉益親譬若煉丹者火龍疾馳金烏奮躍發於大淵之底而騰達崑崙之顚非賴祝融丈人文經武緯莫爲之煅煉而融洽焉是故周易之畫卦也由下而至上其布圖也前順而後逆純乾之學取坎塡離純陽之丹以水濟火其入地之明則搆精之象其出地之晉則聚頂之花而先天一點眞一之炁眞陽之精莫有眞於此者魏伯陽作參同而符契周易然則周易者其果鍊丹之書乎雖然大造千百億萬載不知幾返幾還而擅此力量大陽百千億萬載不知幾抽添而充此精華當日之秉於大父母不過一凡質叉不知幾時長此聖胎曜光圓覺曜瞰曦曨造物者乃倚爲不壞然則造物無此健翮陽神則亦混沌死而已矣故知元始之爲此也以淸虛一大爲壇鑪以天海爲神室以翕聚星月爲藥物以鑽燧爲行火以朝汐爲□火以一日一周過一度者爲刻漏火符以雲行雨施霞爍霧掩爲薰蒸以暘谷蒙汜爲沐浴以黃道正線十有二會者爲交感之宮以子半午中爲初弦之炁以晦蝕陰霾爲生殺以晝夜百刻歲三百六十辰爲銖爻以無聲無臭爲規中以太白辰星爲乳養以太和元氣爲丹砂以二五爲眞鉛眞汞一粒黍米萬

派靈光煉自鴻濛迄於今日所云淨躶躶赤灑灑遂以不知不覺金火爛鎔結此一顆無極大丹而飛蕩於中天無極世界也於是祝融君展然喜曰今而後吾庶幾無爲而治矣是日昧爽同上封映禪師與蕭君柯亭俱至亭上蕭君知黄白者也性宗命蒂有如此日然則望日也蓋望道也望道而未見之喜望日而見之也天地圓球百萬里而祝融始見眞日我生三十餘年今始見祝融之眞日云援筆記之爲乙亥六月之初伏日

平山堂三賢祠記　陳鵬年

自古以吏治而兼風雅者前有韋白後有歐蘇韋白守蘇州各有專祠獨揚人之於歐蘇則合而祀之於平山非獨爲其有淵源之誼也蓋亦風雅夙好二公實有相契者焉南渡以後揚州多壘官斯土者岌岌然悉索之不暇何暇復論風雅之事乎自元及明餘風未振惟我　國家定鼎治平垂及百年長吏無事幸得以休沐餘閒相與商搉提唱以歌詠太平之風而新城王夫子司李維揚文學政事尤爲天下所宗一時賢儁從之游輒登山開堂揖二公而宴諸生不啻折荷於邵伯賦雪於聚星也厥後遷去爲某官爲某官爲大司寇勳業爛然滿於朝野幾若日不暇給猶每飯不忘平山蓋其精神之所注嚮在於二公而結聚尤在斯堂是斯堂待歐蘇而闢待公而勝也今夫子下世已若干年矣而郡人謀所以祀公者以爲非茲地不宜非歐蘇不配於是奉其主升祔於堂而鼎立焉既成禮走告於予欲予記而勒諸石予亦從公游者其敢以不文辭予惟弟子之事其先生百姓之事其長上也如孝子之事親祭義云思其居處思其笑語夫居處笑語則非祇廟門以內凡平日之所經涉而樂游焉者皆是也夫子有德於揚揚人既俎豆之而不於其精神注嚮之處綏我思成公之神其來格乎且以德則均以名則埒二公將必喜公之來而相爲讓左讓右也豈復有非族不祀之

疑焉昔朱仲卿謂其子孫不如桐鄉人之祀我今公之子孫賢自必顧其烝嘗然以新城爲特享而以平山爲合食宜無不可者吾知三公之神其長妥於蜀岡松桷間矣爰載筆書之以告後人俾春秋匪解庶吏治風雅永有所式儆云

修復劉東山先生祠堂記

王祚尉

立德立功立言自宇宙不朽盛事不朽云者名當世而永後世不朽在今古人心耳而齊家寶訓云鄉先生沒則祭之於社此祠廟所由昉乎夫祠廟人爲耳人之爲此蓋亦不朽古人盛心而其勢不能不朽要之天下無不朽之物而必不可朽者自在則朽者仍不至卒朽嗟乎山川清淑扶輿旁礴之氣鍾爲偉人而頑廉懦立之風千古如一日也其關係世道人心豈其微哉吾鄉忠宣劉先生明成宏閒名臣也其經濟敭歷中外載史乘無容贅所難者消患於未萌圖治於未覺垂紳正笏不動聲色而措天下於磐石之安卓卓乎古大臣立德立功不朽天地非

偶然也先生祠宇在邑北郭明世宗時黔撫同安蔡公監司於澧實剏建之往大司農武進趙公開府星沙嘗捐俸畀其裔孫俾之修緝矣顧先生廉於貽謀子孫世有顯者而貧無長物故雖拮据經營終以不能告成爲憾夫天下事成毀興替不可常方蔡公剏時鳩工庀材未有不爲經久計者未百年而鞠爲茂草蕩爲瓦礫致不能已於今日之舉則今者祠廟告成縱輝煌烜耀加於往昔能保百年數百年後不爲風雨所飄搖蟲蟻所剝蝕歷久常新不改初緝時光景也耶且祠毀而於公之不朽非有損也則祠建而於公之不朽非有加也然則今日者沾沾一祠求助將伯不亦勞勞多事也哉雖然此可以多事而不可

以無事者也夫士君子心儀古人愛之慕之憾不與同時同地親炙其議論風采未嘗不欲身至其井里觀其故居與齒遺手澤因而奠酒漿訪父老子弟及苗裔冀得聞一二逸事俯仰憑弔穆然想見其爲人所謂好古篤行深潛尙友善知人論世者類爾爾也且夫貞亮醇固節義廉隅之性之情夫人而具之矣苟樹之風聲表厥宅里步武景行之意有不油然興起者乎是則一祠雖微用以表彰往哲固然而國家厲世摩鈍訓方型俗之微權未始不由乎此也蔡公趙公夫非此物此志也與方今在朝在野縉紳士大夫諒不乏心蔡公趙公之心者使聞先生之祠宇維新無期先生之家嗣貧窶莫支未有不咨嗟慨歎捐

所有以爲之地者是則祠不足以不朽先生而先生之不朽自在人心則祠雖朽仍可以不朽也

游君子山記

曹之璜

君子山距予家不六十里許然坐來青樓眺峯尖黛色几案閒如列屏嶂蓋霽心岡巒之勝而未獲登焉癸丑二月從嶽游歸舟次淦田望雲峯咫尺殊可數於是擬以明日往游氛霧霾霏薄江閒心告山靈目占夜色私意昌黎晦菴諸君子開雲霽雪恐未易數數也厥明朱霞界天萬峯吐爽始登岸命肩輿出廣野中山時見時隱時就時卻又數里不見山惟至一石橋山又從橋上出嵐光嫵倩若翠黛雲鬟跂而相望者橋頭水凝藻洗碧淨不可唾游人從澗西折入兩山夾峙中如旋蝸角稍下一小村平疇白水旭旭照人時山家農事方經始一邨童驅犢犢

急蹈塍溝水濺衣帶舁夫足褌無所惜田中蛙亂鳴更唱迭進予不能辨其起止始予從舟中聞風聲棹聲濤聲歸鴉聲獨未聞此物聞此物忽聒人耳似謝康樂游山鼓吹不及此天然鳴籟也邨盡行竹塢中竹雞從塢中飛出觸輿夫項背幾墮掌股又數里過獨木橋亂石瀉流綠無停影古樹錯立森若列戟似各有位置者行半里許取樵路登山落葉覆苔面石肌膩滑不可以屐遂舍輿步而上道傍葺甲新開作紅莧色惟映山花從萬綠中朱英照灼的的懷新然予未登山時望君子山時時撩吾眼及登山山反揜之使不見惟行山脊上閒一見之山下泉夾山奔注從左方者不見泉惟萬丈下草樹蓊鬱中懸流怒湍

洲洲作響疑爲風聲搏萬竹殊不類右方泉澗益深山益狹流益迅然徑稍平百武內外溪迂曲約數十折行者亦數十渡左數武則旋而右右數武復折而左水稍闊則置橋稍狹則壘石其中央尤狹者竟躍之人行澗中如越九曲游七星盤毋論行人予從嶺脊環眺以爲水盡雲深而不知進此有家焉者有岡而種圃而蔬焉者矣山上蕨如兒拳初豎欲恣飽啖之不可得大小石悉白玉色莓苔之氣不挂斑斕之彩悉生似南中不易見者行數里踰分水嶼則罡風凜栗栗栗肌骨殆不可留然是時萬嶺方雲羅會奔與游子相見陰巖幽壑蓋靡不呈露者踰阿彌峯聳崎峭拔氣欲劘天惟山腰一線路儳從螺背蟻旋才

可容足下壁立奚啻萬仞游子目眩神悸懼錯趾便當蛻遺羽化至木魚峯奇險略相類然憶來時路謂兩峯當取道山前及登岸游人忽繞山後屢升屢折反行斜行備極險峭然興會所至究亦輒忘其苦道逢一老僧虬髯傴僂手指錯屈諜羣僧種麻山曲予登峯來所見惟羣鹿漫游虎迹載途約十餘里未見人見老僧宛如故識引覲拜水井拜水者前此山坳無泉一頭陀拜乞山靈泉噴石罅酌之甘郁芬香大鍾靈氣行數十武至寺門石砌天然似不由闕發源南嶽來愈遠而不忘本者何謬也夫予觀於山風骨整峻亭亭雲表靡所附麗而受麗於羣峯君子而孤高自異者邪夫天下靈山奧區或託仙佛以傳而茲峯獨君子著焉殆正氣孤行而左道獨闢者邪然山去衡近黃帝至拜青城署廬山爲衡輔佐而不屈此君子於衡殆子陵之於文叔矣第山記既以君子名世遂無有知君子者記自混沌暨今閱億千年不以名於世君子哉豈其有隱德稱隱君子而世顧莫之傳邪然予不游嶽遂不獲登此山嗟乎山豈獨君子哉

案文載醴陵志本無闕佚因所見本脫落一簡未能得他本改補故注一闕字作者文不多未便從芟也汝懷附記

新建醴泉亭記

曹之璜

邑以泉故得名醴是泉者水之源其漫衍浩瀚如江漢之源於嶓冢岷山龍門華陰之源於崑崙星宿也區寓泉不一名獨醴泉不少概見陶唐夏后之世德茂清平俊乂在官醴泉凡迭見嗣是漢宣帝三年醴泉流湧枯槁榮茂至光武中元元年上幸長安還洛陽是時醴泉出於京師瑞靈徵應固不與迸璣隱劍虎跑趵突同科也醴邑有泉一區吐自姜邨后竇閈山有陵陵下有井味極甘冽愈疾溉田功用旁礴詫花異草映帶瀠漩玉鏡晶盤蕩漾沈碧顧勝蹟久湮過客游人非遇蒼水玄夷幾使冰雪蕤姑埋沒荒煙落照閒眞成憾事陳侯於政成之暇探奇

問勝特表而出之爲捐俸構亭其上甃其舊址建厥巨觀標勝槩於來今創前古所未有令人知邑所由名民所攸藉於是而益知泉之繫於醴者爲甚鉅侯之澤於醴者爲遠且大也予聞瑞應圖曰王者純和飲食不貴貢獻則醴泉出飲之令人壽鶡冠子曰聖人之德上及大淸下及大甯中及萬靈則醴泉湧白虎通曰人君乘水而王其政和平則醴泉漉今　聖天子發祥東北以水德應之而淸甯效順固宜神靈滋液飛潤流甘醴雖楚南九邑而洊至休徵爲　國家徵瑞應陳侯膺　天子命乂以和平之政佐之則其膏惠旁流敷政浹洽其所以躋民於仁壽者已足使人懷其澤戶啜其恩有如此泉哉

湘西草堂記

王敔

先子船山記曰船山者吾山也敔今之記湘西草堂亦謹記之曰湘西草堂者先子之草堂也先子自前崇禎癸未張獻忠陷衡後湘嶽之閒三十餘年羔幣踵至終全志節閉門著述迄歲庚子乃徙居於湘西之金蘭香卜舍於茱萸堂初造小室名之曰敗葉廬蓬簷竹牖植九木柱編篾爲壁次築觀生居在茱萸堂上易以茅堵窗櫺楹少容几杖越十二年再徙於石船山下去觀生居二里許仍里人舊址築湘西草堂因避滇氛泛宅數載後復歸草堂定經詮秩散稾輯閒吟迄壬申而先子奄背敔僅固遺書於屋右个而火災蟻蝕之害其震驚怵惕者不一次

也因聚徒課業於其中迄敔年六十從游者數十人醵金爲余壽余受其金授子塤曾生重建草堂易瓦以葺支椽以櫨鍊甎以砌敔年老病羸以餘年讀遺書於其中而從游之有志迄姻友之有力者續側柏紅梅碧桃等樹成蔭篔簹幽篁成林而草堂益爲都里所共式逮敔年七十諸生復醵金如舊爲余刊小草百篇小草者先後所成時藝此不足傳而余之不卻者亦以諸君始終培植草堂之意不可忘也爰爲文付諸子孫讀之者當如讀鴟鴞而三復也

西山記

劉授易

西山自太行蜿蜒旁礴起伏數千里翼護神京玉泉一峯吐珠濺沫灌漑大內潤澤京師達於通匯於海華夏之攸分鑛石之所產薪果日用之所資其形麗氣厚盤旋聳拔以拏皇圖壯哉此山往予詢北游諸子往往嘿塞不能對大抵客燕臺者車馬風塵鞅掌奔走不暇游非同心賈勇遷延因循不能游親炙手之熱無高人出世之想則以爲不必游是以密邇數峯竟成海上三山矣予乙亥入都與陳子滄洲分燈對榻相視莫逆陳子固膏肓於泉石中者予至又以西山爲競競第一事六月七日同陳子人傑買車駕馬自西直門取道暢春園以往會大雨彌

日信宿而返因念游山清福山靈何秘惜乃爾然西山蒼翠時獻媚吐奇於飲食夢寐閒至九月十八滄洲披衣夜起視明星燦爛殘月在天急款扉呼予曰天氣清朗西山之勝當落吾儕手矣乃與陳子愚齋及予而三奚童二挈游具襆被策蹇從西便門出一路夷坦居民稍稀望煙樹糢糊青黃交接錯襍如繡滄洲顧予謂久客塵囂當前此景彷彿夢中空林落葉不可讓他人獨步也遂舍衞而徒時黃葉鋪地蟲聲在野微風徐來洽然欲絕十里至上莊皆功臣瘞隧古栢聳翠白楊嘶風殊動我首邱廬墓之想道旁一老嫗當壚小憩鬨尊領略郊原風味五里至下莊折而東有小山突起寺冠其頂曰隆福右寺曰香山下院滄洲曰此去西山不遠漸有陂陀之意京師地脈咽喉也折而北山坡綴石纍纍然如缶如笠如癭瘤贅下山一里爲田郿二里有茶庵僧出茗相款題一聯云世上難完圓滿債亭中且結喜歡緣滄洲韙其言予曰西山之游是亦人生圓滿債也相與大笑西五里爲皇郿過皇姑寺乃比丘尼道場寺宏敞可容萬衆寺中女尼盈千叩其臘無一須菩提欲覓驪山下說陰符經人了不可得其住持首座鑾輿儀從牟后妃蓋替度優婆姨也少年小璫二爲門者寺三重最後有樓奉□□遺照予笑曰使若輩在淨梵宮中則摩耶夫人不知增幾許獅子吼兒而曬侯羅不偏滿三千大千世界耶此處居然離恨天矣時日巳

下舂而峯巒枕其後磨石十錦山在其西了了一望中矣菰店而寢聽老兵打諢說鬼次早買驢而東五里爲善因寺再上爲聖感寺至絕頂爲寶珠洞田園曠野收吾目中東折十里至碧雲寺寺前左右溪流會合匯而成淵虹橋橫渡水聲淙淙煩囂頓滌望殿宇高出天際從左門入甃石爲橋達於殿楹橋左右植古松二枝葉盤蓋皆數百年物廊下柿葉沃丹布地由左弄數百步至山角曰龍湫鏤石爲龍頭於石隙中口吐清泉湁潗泂瀁石梘承流迴環瀠帶中搆一亭匾曰水天一色宣宗皇帝御書也亭右古檜盤鬱如虬蟠蚓結亭後茶蘼勝春諸花夾道最後一亭清泉涓涓繞其砌下亭後石壁數仞中開一洞洞三

開深廣容數十人藏大內桂花橙橘瑞香之屬循牆而南數十武上石磴古樹成行皆車輪偃蓋繚以石垣濃陰幕天濤聲捲地乃先明諸璫祠墓石馬翁仲林林羅列擬王者陵風撼樹梢松子搖落如雨予輩趺坐其下從落葉中拾松子飽噉愚齋故匿襟袖中滄洲故以射覆奇中奪之大笑而出西一里爲香山山勢至此門庭邱壑爲之一聚泉從山頂迸溢道旁半山霜柿似隋宮彩樹離離耀日殿宇當山腰頹敗欲壓游者恐怖不敢置足東搆高閣向僧乞清茗解渴簷前蒼松古柏枝葉倒垂至人眉睫開陰覆百人有奇北上爲來青軒俯瞰高閣出吾足下再北爲摘星臺右爲香鑪峯路叢薄荆棘不果往左折爲十八

盤羊腸小徑柏樹森森根穿石磴參差陰蔭仰不見日至頂爲洪光寺內建圓殿狀如望月倣高麗國製也東下三里爲臥佛五里爲先明諸后離宮紅牆碧瓦半零落於荒煙辟越中二里至玉泉山　今上淨明園也繚以高垣爲避暑之所有泉數十道出山下山之西麓二泉湧出予輩坐石上出餺飥飽啖牛飲甘冽異常南有金山寺牆外遙望離宮樓榭相向朱丹映日迴出天際樓右呂公洞護以朱欄沿江清泉可鑑豪髮水藻蘋蘩游魚唼呷度橋而東至功德寺山後爲景泰陵蒼梧金粟瓦礫蓬蒿矣潸然泣下不忍望二里至甕山沿湖渡青龍橋自此十里長隄夾道楊柳銀鯽魴鯉出沒於衰荷敗葦中田父腰鐮刈稻提筐饋饁且行且歌巳抵暢春園矣宿於王氏南苑沽酒盡醉至夜分霜月皎潔在參畢閒因念自有此山藩封於列國割據於金遼混一於元明幾人帝幾人王矣其中悲歌慷慨紅粉螺黛高車長劒又不堪更僕數也惟有青青者山涓涓者水菌菌者石蒼蒼者松尚獻媚吐奇以待吾儕得不下牛山之泣哉次日策蹇由　御道而歸殘柳半黃晴煙橫鎖樹浮煙際如故園秋景不覺有家山邱壑之想古人因秋風而思蓴鱸良有以也昔謝希深歐陽永叔游嵩山暮抵龍門香山登石樓望都城各有所懷錢文僖遣廚致妓傳語曰山行良佳願更少留今日文僖高致邈不可得而吾儕逸興翩翩庶不令謝歐諸人

笑我地下矣時九月二十日也

案此文載損齋詩集中其集久佚從醴陵龍文學許得之亟爲錄入不獨存作者吉光片羽兼爲未至西山者作臥游具其時則康熙三十四年陳恪勤公方通籍需次都門也汝懷坿記

濂溪祠記

段巘生

由周而來道倡於北以孔子爲祖而孟子獨得其宗自宋以下道倡於南以周子爲宗而朱子能衍其緒韓子云求觀聖人之道者必自孟子始余亦謂欲學周子之道者必自朱子始此先河後海之義也然學海而必至於海則學孟子者必以孔子爲歸學朱子者又必以周子爲歸汀之南巔巖碎硉水石衝激險不可近至杭城頗平衍其水二摺而去山環之半陰半陽宛然太極圖象公餘之暇偶與諸生舟泊琴岡流連半日返而登山縱覽形勝雅與心會遂席地而坐爲諸生講太極圖說且告之曰凡讀古人書當觀其氣象太極一篇是天理爛熟之書其氣

象渾淪不在羲文周孔下又曰此間草茵大有生意茂叔窗前草不除良有以也諸生曰唯唯因請祀之余曰可值公廨北爲衞衙衞衙者故千夫長署也其地門一堂一樓一地頗宏闊余惟因陋就簡缺者補之傾者砌之朽者易之欹者正之漏者葢之爰置神主於其中顏之曰濂溪祠諸生以時肄業其中擇邑中文行兼優者得劉生徵爲之師而復以郭生文正授童子句讀於前堂夫當　聖天子壽考作人之世得寬閒之地祀崛起明道之人又得二君子者爲之師以造就後進高下淺深之材而興起其上下千古之志使之得意忘言得言忘象於琴岡山水之間吾將於此快斯道之昌明而觀風俗之成也昔明道伊川受學濂溪而載道以北伊川先生之送龜山也則又曰吾道南矣以後延平尤溪浸昌浸熾閩之理學由是大興汀之龍湖固龜山發祥之地也諸君子生太和翔洽之世近名賢發祥之居其能忘所自來乎夫士希賢而賢希聖士君子之志也宣上德意以樂育人材有司之職也遂書以志之

靖叛紀略

段巘生

皇帝眷念楚疆僻在南服會前撫軍陳公詵升太宗伯　帝曰咨九卿有能宣力江漢諸臣各舉所知以對　帝曰咨汝殿衡厥考撫楚遺愛在人汝能克荷厥薪煦育茲邦楚人望汝如望歲焉汝其復往越三季調總制御史大夫少司馬鄂公節度秦蜀　帝曰吁誰能爲朕保障東南使宅斯位僉曰提臣倫特　帝曰倫特汝老成持重威行南國予嘉乃績故陟卿貳汝其爲予節鎭上游苗民俾乂是歲適前觀察使者亦遷官去　帝曰咨九卿有能明刑弼教期於無刑僉曰連登　帝曰如何僉曰柔而能剛淸而不刻歷任監司所至有聲

帝曰俞汝往欽哉惟明克允於是三公先後受　命經紀楚事境內肅淸居無何方伯李公巡撫湖南督撫兩院承　制以張公攝其事越明季春三月　天子萬壽劉公將祠武當山額公以湖南地敞不淸行駐節長沙因謂公曰三楚重地吾兩人爲行者君爲居者亦復何憂事有得專制者不妨專之勿以嫌疑介意公曰唯唯因密語移日乃行夏四月三日爲公初度先四日日晡宴集於西偏之揖靑軒酒三巡有闖人來耳語公遂起如廁俄而侍者傳言使君腹疾命七郎君主席七郎君者公姪也少間又傳言使君疾差可行且復出請諸君毋罷酒旋命閽門毋出從者使君且有犒良久復曰使君瘳矣方理文書事畢便與諸君痛飲耳諸賓客方屏息以俟須臾忽傳鼓門者敲雲板者三公已升廳事時漏下二十四刻矣諸賓客問侍者云何爲侍者曰頃者使君稱疾僞也適有僧自卓刀泉來上變告使君屏人問之則云有無賴子王爾寅陶二者嘯聚漢鎭陰置軍器部署文武將吏將以公壽日圖爲不軌聞某有膂力忽遣其黨李二李五等一十六人突入僧房脅某曰汝能從我則貴不然死我劍下某佯爲色喜飲之酒餂以甘言盡得其實已爛醉矣可速擒之使君如其言執訊西亭果然比密遣王司馬渡江蹤跡所在羣賊方在睡夢中作喃喃隱語邏者已圍其宅排牆直入大呼曰捉賊賊驚起曰呣水發水發者方言消息漏

也遂械其頸無得脫者今至矣於是四座聞言皆大驚遂罷酒公驗問諸四反形畢露下之獄旋出教曰反者某某也於衆人無與所得誓書汝等愚民不無署名其中者然皆非其本心已焚之矣書曰殲厥渠魁脅從罔治易曰有嘉折首獲匪其醜兩院臨行時予曾親承指授諸務從寬豈於此事獨曰不然汝等各安高枕毋爲浮言所搖明神可鑒予不食言是夕烏合者轉相告語悉解散去居民皆安堵如故明晨僚屬來謁公語之故且曰昨已飛報兩院矣倉卒時非不欲使諸公知之恐涉張皇反致疏虞敗乃公事予故急乘其黨羽未集一鼓擒之所謂迅雷不及掩耳也衆官皆頓首稱謝比報至長沙從官皆懼額公

曰何事張皇張臬司在自能辦賊其報至武當也亦云然公之見信於兩院也益如此越十餘日兩院馳歸一見公卽勞之曰君不動聲色了此大事我兩人行將入告當得懋賞矣公曰不然此事上聞必下九卿往返牽制動經季月疑者曰衆轉相煽動恐致變生肘腋可爲寒心陸宣公云宥之以恩則曰新者咸思歸命斷之以法則懷懼者姑務偷生亘爲名言某昔守青州時曾有饑民爲寇攻城掠倉亦止擒其元兇二三人立置之理餘悉不問四境賴以帖然況重臣得專制閫外乎不如勿煩聖慮便宜從事令反側子自安倘遭吏議某誠不愛一官以紓楚國之難敢過望邪兩院歎曰賢哉此盛德事人情所難而

君能之此座不久當屬君矣吾兩人所見亦略相同聊試君耳旋復笑曰古人恥獨爲君子有吾兩人復有君豈獨分其半兩院命公推勘再三多所平反比獄上兩院渙然之遂於黃龍山下之閱馬廠取其魁七人杖殺之餘各分別處分遣回鄉井大約多鄰省人也當是時父老子弟觀者環立如堵咸以手加額歡聲動地謂三公眞有遠識活我一城百姓又有歎息泣下者曰當夏逆搆變時倘得上官如此三公者必能潛消逆萌何至猖獗若斯使我生靈塗炭至今言之猶爲心悸惜此苦衷不令聖人知之然而　天子已明見萬里矣於是以額公知人善任折衝萬里可權佩大將軍印視師西陲劉公精勤公忠休休有容可獨當一面令以巡撫兼行制府事張公從容應變動合機宜可參禁密徵爲卿貳楚人士樂三公之相與有成而恐其事之久而失眞也僉謂余曰先生曾侍張公帷幄知之甚詳其執筆余曰然乃書之卓刀泉僧人者名某武昌人亦有膽智尚奇好氣公曾賞之金三百力卻不受云

處士平久黃先生祠堂記　段巘生

君子將營宮室宗廟爲先黃子得千既卜葬其父處士平久先生於南坑之山而復建祠於其麓禮也間之禮曰別子爲祖繼別爲宗考黃氏家有諱福者以武略將軍官於汀是爲別子之祖武略爵視下大夫宜三廟自六世文學公諱芳者以下爲小宗則庶士無廟處士公承小宗之後不祔於祖廟而祭於寢宜也別建祠何居然嘗稽之祭法法施於民則祀之以死勤祀則祀之能禦大災則祀之能捍大患則祀之余讀處士墓誌銘而有感焉當明祚之方傾也大江以南率倒戈釋甲簞食壺漿以迎我師仙霞一帶虛若無人一時山海不軌之徒乘機竊發流

毒四野處士膂力過人而篤於行義嘗奮臂一呼鄉勇羣集飲泣誓眾無不以一當百者當是時甯化義士李世雄輩亦什伍比閭阻塞要害夫布衣韋帶之士非有章服之榮也先世武略千戶之封非有河山帶礪之重也而六世以來承襲不及故國之恩亦愈殺而愈替也向使處士不世際滄桑與當時所謂學士大夫從容坐論侈論忠孝亦未必有以過之也而承先報國引爲己任者終在此不在彼縱賚志以沒卒能保障一方以待昇平原其心雖爲前代之遺老論其績實爲　興朝之干城揆諸禦災捍患之義固宜汀人氏世世祀之豈徒黃氏哉而吾以是卜黃族之必大也我　國家奉三無私以治天下凡忠臣孝子義夫節婦表章不遺餘力得千慷慨負氣有厥考風而聰穎絕人讀書十行輙下爲時文字洋洋灑灑有長江大河之概他日得志於時以其先子之潛德幽光上達　宸聰必邀異數以昭示來茲吾知千百餘季之後溯家世昌熾之由其當以處士爲不祧之宗矣夫有功於鄉宜祀有功於國宜祀有功於家又宜祀此祠之所由建乎夫得千亦猶行古之道也會余禺從畫眉橋舍車而徒覽其山川形勝登其堂觀其遺衣祭器想見其爲人因顏之曰汀南處士平久黃先生之祠復題其柱曰坑南寸土堪埋骨橋上當年盡畫眉又曰一片乾坤留俎豆千秋詩禮付兒孫用志景仰之意是爲記

記三

登最高峯望月記

龍宏戴

己酉七月望後一日暑氣猶熾思上最高峯玩月與虛舟弟薄暮從左側上般若臺出珍珠泉見一僧經行林薄間意甚閒適詢之則鄰庵昆公也問之余告其意昆公曰不若風霜高潔觀晚霞落照之爲妙爾卽開柴門邀予茶堅辭乃別去至圓通精舍拉制凡上人彼已候于竹影之下葢先日約也於是解衣曳杖且行且語松林昏黑不辨蹊徑但恃制公音聲爲步履爾至

中峯喘甚憩石上見野田白霧蒙蒙而起如煙如錦如練如雪不可明辨制公曰此夜氣也地氣上升天氣下接陰陽交結化爲雨露驗之有素矣相攜而上見水光如鏡波平不流漁燈郵火乍隱乍明又約行二里許至太虛亭有樵者蓬頭垢面方擊磬燃燈聞杖履聲乃出門周視與之言閟然不應有擊壤鼓腹之狀殆所謂葛天氏之民歟制公曰月色尚遲少畱片時未晚也予曰何以知之制公曰月將升則雲際微白霄漢清寒萬物靜肅今氣宇昏昧漠然無虛明之意因露地而坐是時白露微下清風徐來萬籟無聲羣動皆息六人相對如入不識不知之天則稱予爲羲皇上人亦可也久之聞鐘磬聲浮空而下制公導予出草莽間至石徑地勢峻急如登層樓予謂之曰聞昔年古柏長松隆然森列綠陰蒙翳虧蔽日月公子王孫懽游暘適之地今皆化爲烏有先生矣登臨者惟悵然有荒煙蔓草之悲昔人云人事有代謝往來成古今豈不信然相共歎息緩步而上磴道三折將一里許聞犬吠白雲中而東方瞭然有色矣忽熠火數十點出下方巖谷間或鴈序而行或凝結而住亦有自遠山來會者肰若疏星其光綠碧虛公曰此陰幽之火靜夜則見深澤大林處處有之毋足怪也上款柴門有蒼頭出視若舊識者主人元公演梵未竟聞客至倉皇迎待禮意甚肅設几席于露臺望月出如大寶鏡浮空而上林巒溪澗森然莫隱雖境

象可觀而鴻濛之氣亾矣俯視大江如拖白練茫茫靄靄一望無際元公曰此宋韓世忠扼兀朮之黃天蕩也往往無風而波鳴浪湧舟行時有覆溺之患好奇弔古之士常游覽而賦之然十年已來蘆荻叢生化爲洲渚今麥禾棲畝皆昔之浩淼無涯之處海桑之變信不誣也予凭几而悲仰天而嘯聲不可遏元公徒屬羅列蔬食乃環坐而飧因思清霄月色不能常存而塵途紛擾相對無幾又況新秋深夜凌孤峯萬仞之巔哉乃呼杖告別主人固畱不得牽送松門抵家則夜已過半矣後二日大雨盈滄因憶制公之言有驗遂走筆記之

游金陵攝山記　龍佳蔭

庚申陽月此菴上人歸自金陵云吾二伯楚雲闍道三吳揚聲四海不啻活佛西來家君念胞與情深亟欲買舟東下以傾積悰又以家務紛紜膠膠擾擾弗果其行十餘年來常縈心意形爲浩歎戊寅仲夏得二伯手書相招家君命余省侍於六月朔日與姻友劉子凝若艤舟而往過洞庭泝彭蠡道九江浮安慶舟楫所歷凡都邑人民之盛山川淸秀之奇與夫古來學士大夫騷人詞客之亭館臺榭陸離光怪眩目驚心時同舟旣衆泊岸有程不暇討幽尋勝計程二千八百計日二十有三是爲丙寅始至金陵寓觀音菴菴卽二伯往來京城下院也住持可成

慇勤款洽談論終宵次日丁卯與劉子策蹇出太平門遵元武湖時湖水小涸菱荷被渚余徒行數里見有神道碑橫斜道左拂而讀之知爲明代中山王墓墓門荆棘牛羊踐踏杜少陵云王侯與螻蟻同盡歸邙山亶其然歟余徘徊移晷而過蔣王廟覩鍾山烟翠廟祝出鹹蔬淸酒爲薦余與劉子舉五六觴而出姚坊門不二十里遙望一峯卓立天外層巒壘巘左環右抱鬱爲精藍者卽攝山棲霞寺也攝山爲鍾阜支脈高百三十丈周圍四十里其地產攝生草故名攝山其形如蓋又名繖山而棲霞寺正値其陽寺本南齊明僧紹故宅因與法度禪師友善捨爲招提名山紀略具載其事寺前有松高數十仞圍數尋參天蔽日相傳爲梁武帝手植余與劉子憩息其下淸風徐來煩溽頓釋入寺門循白蓮池歷三會殿伽藍殿祖師殿殿後有銀杏二本與六朝松相埒緣石級而上爲大雄殿殿廊有江令碑書法奕奕疑是唐人手筆繞廊而上爲毘盧閣儲藏經若干函其右爲戒堂左爲客堂中有石階曰白雲梯梯盡爲金湯旃檀二閣侍僧道恆引余入方丈瞻二伯道範頂禮鞠躬潸然涕出時日已下舂矣二伯具飯於白雪軒飯畢燃燭燭光繚繞恍移花影橫窗白雲糾紛疑是雪宮散彩大有異致二伯詢余邑中事及宗族昆弟亂離之苦悲喜交集語剌剌不能休不覺漏轉方各就寢戊辰方曙震萬上人引余觀白石塔塔爲隋文皇所建

以藏舍利凡五級四周鐫金剛力士卉木枝莖工緻精巧若有生氣塔左有泉水從石罅中觱沸而出泠韻鏗然二伯建亭額曰品外泉謂陸羽所未品故名過無量殿禮石佛佛爲僧紹子仲彰感佛光之異所琢高四丈左右觀音勢製稍亞上爲千佛嶺則文惠太子豫章竟陵諸王鑿佛千尊蜂房燕壘巨細相錯儼如千百億化身嶺坳有石丈餘爲明月臺傍爲默坐軒石壁間繪一達摩像俯身趺坐莊嚴甚古數折而上爲中峯澗有細流一頃名白鹿泉泉出紫盆峯下舊傳山中水竭居民逐白鹿至此得泉有古篆石刻爲李言恭書左折而下至半山亭卽山神靳尙祠祠前爲春雨橋泉流縈帶修篁萬本余臨風而聽琮

琮琤琤悠然若韶濩之停耳少頃有梵聲從林中出震萬曰此優曇菴也再上爲白雲精舍卽僧紹故宅余潛心觀之巖壑窈窕松柏交蔭誠隱者居也因思僧紹爲南齊高士舍和隱璞秉道匿光無塵雜之累叶幽貞之趣視人世榮名如棄敝屣眞堪爲山靈增重余俛首徘徊久之住持要余飯素饌雜陳余與同人飽啖揖別循東廊度岐嶒羊腸鳥道巨石林立左右山巖如列屛袋是爲中峯之脊距高峯尚三里許余欲躍往而窮其勝柰兩股踸踔愈行而愈不前因悟欲速則不能達天下事大都類是遂取道西峯蹭循而下忽見層巖起伏靈奇變幻如大海潮汐者是爲疊浪巖巖左一洞曰虎穴昔智聰禪師馴虎於此

下有迎賓石醒石其峭壁懸巖閒有石刻鸞飄鳳泊與岣嶁畢肖閱之知爲楊公時僑寓金陵時以南嶽禹碑重摹於此躡蹬而下爲天開巖卽雲谷禪師與了凡問道處惜荒蕪而名人碑記多漫漶不可復識行里許憩圓通禪院登多寶塔觀兀朮飲馬澗飯般若堂中閱明代諸公所書經典僧汲珍珠泉以獻余盡一甌而出過淸歡堂有葛公寅亮碑石苔蘚剝蝕余將松枝拂拭乃可句讀讀罷由綠雲菴觀飛來佛復循白蓮池閱唐高宗御撰明僧紹碑書法遒勁係高正臣筆碑陰棲霞大字雄麗飛動是爲高宗御書余玩良久震萬要余入兜率宮閱二伯所儲經史子集夜分宿靑雲室次早欲造峯頂因陰雨晝晦衆尼

余行余興發不可遏遂攜劉子登五雲閣時陰霾稍闢金風時至復由千佛嶺附葛攀蘿登最高峯頂遙望大江如拖白練而靈巖燕磯金焦鐵甕諸山擁翼連綿靡不周見俯視棲霞丹穴紅泉其星河而競瀉珠林白社與日月而爭輝眞息心之勝地遯蹟之名區余與劉子情移志適目曠神休嗒然而忘此身之猶在塵世也余足疲宿元君殿觀晚霞落照與劉子連榻淸論空山夜靜闃然無聲忽聞鯨音震吼塵勞游子不復成寐質明別主人反方丈促二伯歸期訂以八月桂日共余南還余聞之蛩然而喜忽有使命自蘇松來詢之爲宋牧仲中丞張又南元矦請開禪戒之期二伯堅辭弗獲因謂余曰吾受浪祖鉢置開

堂棲霞鼎新梵宇已四十年矣今年踰六旬欲歸隱衡山無如蓮社老友爭禮致之吾勉應其請子歸語家君明春當聚首南嶽隨命侍者柔克於七月望日癸未引余入京城觀鍾山龍蟠石頭虎踞靈谷花山牛首雞鳴天界能仁報恩諸大梵剎靡不游歷八月丙午復返攝山住十日別二伯至龍鳳關與劉子聯舟而歸劉子因謂余曰金陵當南紀之陽山川秀美文物高華眞巍然天府天下之鉅觀也夫一介之士命意高遠歷巖壑而訪異聞覽風物而誇輿會以舒其不可一世之概吾與子覽江表之名區覩帝都之壯偉子可無一言以記之乎余應之曰金陵之勝蹟在諸寺寺凡四百八十當以棲霞爲之冠昔天台智

者謂震旦國中自五嶽而外以天台國清濟南靈巖荊州玉泉江東棲霞爲天下山水四絕今棲霞之勝余已十飽其九其景象之瑰麗時淵注於胸而不能忘也舟行無事因劉子言援筆而爲之記

益陽郭婦行孝記

陳雅琛

有老人語余曰願聞村婦之孝乎曰願聞之曰吾鄰村之女年及笄而從夫夫農人也性復椎魯所以承堂上歡者惟婦其後姑攖痼疾婦事之惟謹始終無違言焉余曰順矣孝何易言老人曰請道其詳其姑之攖疾也持行俱廢由衣服飲食以至坐臥溲渤舉於人是資婦無一不竭厥力亦無一不盡厥心夏則奉之涼冬則奉之溫固陰沍寒一夜十餘起造姑寢而撫摩之察其衽褥帖然也而後即安夫或訴其煩婦撫然曰老人多不能熟寐輾轉牀笫必至衽褥狼籍又不能自引手我不數趨視何以爲心自姑病後歸甯未嘗一宿家人强留之泣曰吾父母

幸康可不須我吾姑則不能一日離我也姑病於丙寅歿於庚辰中間延殘喘者十有五年皆婦之勞若此而不謂之孝乎余改容起曰信若所言是眞可以爲孝矣古不云乎孝衰於妻子夫人子之孝猶或因婦而衰則爲人婦者但能無違夫子罔迷溺於不孝焉足矣安望夫旣憒憒尙能得其循行婦道秖事厥姑哉昔崔母乳姑今古欽其懿行如此婦事病廢之姑盡心竭力歷十五年如一日可不謂賢歟世嘗云古今人不相及豈定論邪嗚呼婦姑之閒可議者往往而有矣因箕帚而誶語不相說而反脣士大夫家容或不免何問編氓乃若號稱知禮於其姑之老且病也朝而問焉夕而省焉其不同居者月一至焉日

一至焉爲之奉茗爲之視藥則以爲婦道在此矣他如櫛沐飲食一切穢瑣之務直委之婢妾已耳至不幸而沈疴日久經越歲時則且習而相安房帷燕笑幾不復聞堂上之疾痛呻吟也嗚呼此又不獨婦人女子也試以此婦方之能不媿死入地哉老人之語余也其亦有感於斯乎夫聞人之善而不信者薄也信而不以傳者忍也傳而不以實者誣也余既信老人言又惜夫婦出農家而懿行不傳也爰爲之述其實以告天下之爲人婦者卽以告天下之爲子者婦氏周歸於姚姑則袁氏老人者倪其姓明偶其名皆邑之十九里人云

屺齋記

陳雅琛

夏子禹書宅崇岡之麓結小齋於室之西偏而額之以屺予過宿齋頭知其義在陟屺也意頗疑之何怙何恃古今同痛禹書於齋乎寄思可以屺庸詎不可以岵詰旦積雪方霽山色空明齋傍一古梅枝幹扶疎禹書與其中引余登眺潸焉指示曰此吾母墓也予乃恍然於齋之所以名夫禹書自幼脫左髦其撫摩而翼長之者惟母其督教而責成之者惟母當諼庭無恙之日出必告反必面雞豚足以傲椎牛斑斕足以薄素組雖食饘有年而視棘闈如蜀道不忍一日離吾母盖相依爲命者三十餘載而一旦母竟長逝此卽宅兆迢遙斷無不悽愴滿眼又況

厥封厥樹黯然相望邪獨是陟屺之辭曰猶來無棄則所以慰其望者當尙有期而斯齋之瞻幽明異路望亦徒然耳然詩人之瞻母也閒關禹書之瞻母也咫尺則觸目警心凡所以求無棄者當更倍切矣雖然曰岵曰屺變文耳岵甯必不瞻母屺甯必不瞻父心苟有父殆無往而不得岵焉心苟有母殆無往而不得屺焉是故草舍屺也華屋亦屺琴書之地屺也輿馬之場亦屺禹書念之哉文章事業阿父志也阿兄志也成父兄志卽所以慰母志是無形之屺不瞻之瞻也如第徜徉斯齋謂不忍一日離吾母古所謂屺者不若是固矣禹書才思敏妙而迹涉玩世故於其屬余記也終之以規

復修州學記

彭維新

我州人士之遷建聖廟學舍於西郊江口也復舊也亦取新也稽舊志茶州學宋紹定時與州城并建在紫微門外卽今阯也地極軒敞具性天高明廣大之象焉歷宋元明至我　國初未之有改中惟化治閒曾一移置事出長吏旋復故所洎康熙之十年有子衿倡建捄形家術不謀於衆撤而遷之南城內取其材以副速工制率略其地後臨谿阬無以流惡前偪崇堞雖鑿城爲門仍屬牆面左右近介亥湫隘囂塵均所不免舊材易敝上漏旁穿頻事繕葺甚無益也士氣鬱陻行道惻盡人情懷舊久矣近益不能支復舊之舉不敢更需於時詢謀僉同城鄉胥

勸卜吉興事訖有成功溯三代有學無廟漢唐廟學或不竝設自宋中葉迨今郡邑無不立孔子廟師儒學舍卽附其旁俾學子仰止起敬不啻見諸羹牆造士之法莫良於此夫聖人之道固不緣地氣爲隆汚然詣極負絕所登彌高而萬物皆小匪宅崇基弗稱嚴祀至學人藏修息游之地尤必有以發其耳目拓其心思鼓動其天機盪滌其邪穢而消融其渣滓於以日新其德然後可馴至於高明廣大之域是則高明廣大與湫隘囂塵之於廟學孰宜也不俟明者能辨之矣往聞之長老唐末造及五季吾里巖居川觀之徒率以洗心澡德相尙詮遺經敦善行不怠其擯編軼事足興起後世以故宋元儒行繼繼繩繩至勝國而愈盛矣如劉李張廖暨內外宣猷諸先輩罔不步趨聖軌不徒以名位傳也以今準昔抑何不相逮也邪或者於高明廣大者未盡若先輩之加之意邪夫卑污陜陋與高明廣大戾者也其情狀遞變至無所底止先輩惟兢兢事心獨其幾而力折其萌故不至淪墮雖所得不無淺深要爲不自失其心者茲非習禮敬業故地乎今學宮既復其舊矣則學者亦當返從其朔聖敎之垂世也惟崇實行五常五倫事甚庸而道難盡才智之士馳逐聲華浮沈詞藻安其所習有終身背馳而不寤者矣故惟審端用力不自蔀其天始不至岐於所往今既知性天之迴超於物又獲攬挹江山之勝且幸生逢　盛世於此進德修業

日新而不已聖人可學而至也其於鄉先輩積中發外之盛更何難差肩接迹於此後也哉此遷建廟學意也或疑專爲科名則褻至聖而輕儒術不惟無以開執形家之口實亦聖人之徒之所不屑道者是舉也土木諸費競助人不盡章縫家不盡豐羨於人心之同見性源之一則又深幸吾州淸氣未漓之有徵也工興於乾隆辛巳之秋落成甲申之冬中爲大成殿東西五筵南北四筵四阿重檐廉陛森敞次爲東西兩廡次爲大成門門之內左右爲鐘鼓樓門之外左爲名宦祠右爲鄉賢祠次樹石爲櫺星門前泮池大成殿後爲崇聖祠總繚以崇垣周九十四丈有奇垣之外左爲明倫堂掖以學正訓導署迤東爲奎文

閣諸生肄業處也。規制有加於前。精堅堪以垂久。爰聖育材於茲。爲稱倡率任事暨捐貲姓名。具列碑陰。州紳士合辭屬予記其事。固辭弗獲。爰舉遷復之由。宜適之故。而引申高明廣大之說。期諸吾州之士以副之。至學校之典物綱條。教學之本末次第。聖籍所載。唐宋人學記所述備矣。此皆士所飫聞而稔悉者。不覆列也。先是院司以改作爲疑。功幾輟於垂成。州大夫戴侯申懇至再。兼請城中廢學永爲州試所。得允行。其留心教化。爲人心風俗計者遠矣。州人士尚其永體此意哉。

重修州城記

彭維新

楚之南。澧屬茶最遠。處湖湘上游。爲省會之屏蔽。扼衡桂之襟喉。壯零邵諸郡之走集。通百粵三吳之行旅。蓋要區也。茶有城昉於漢元狩節侯欣者。曰茶城。至宋祥符鄧宜續築者。曰金州城。悉湮廢失其處。今之城則南宋紹定初。緣鄰壤梅山寇披猖。焚掠四出。茶民時驚風鶴。湖南安撫余嶸以地界三路閒。非城不可守。檄所司劉子邁城以備寇。民恃以無恐。距今四百餘年矣。石泐甓黴。頹墮幾盡。跛牂羸豕之所狎而出入者也。昇平日久。人習而安之。設險之義謂何。　聖天子文德武功。迥超前古。際重熙累洽之盛。未雨綢繆。　詔諭直省繕修所屬城垣。

欲俾兆民世席安全之樂於無窮也。於是藩伯鹺使更迭至茶。相度勘計。謂發帑修築。宜莫先此。而特難其經理之人也。時州大夫戴侯名保豫。已膺循卓。經　題擢例當入　覲。督撫籌議以鉅工非侯莫屬。疏請留辦。侯亦不以遷擢爲急。而欣爲茶民永貽保障也。爰卜吉興事。遴匠庀材。酌法授式。分地程實。伐石於山。必修且厚。范土成甓。必緻且堅。爍石作液。必膠且洽。造小艭。製輕輴。以運以載。椎杵雷轟。畚臿雲集。董巡勞勸。必躬必親。且備民者城也。而衞城者隄也。茶城三面瀕水。洣洮雲秋三水交匯。城西流駛勢悍。晝夜撞嚙。則岸難固。流遶南門。深潭邃壑。蛟蜃所宮也。則工難施。迤東積沙彌望。曼椿不能徹底。則基難奠非舉三難城不克立今則鉅石縋深層鉗壘壓杜刷墊以捍城趾者無弗至自非胸有定畫而措置周詳其能致數百年未舉之工觀厥成於期年之閒也哉工興於某年月城身表裏皆石堞甃以甎周迴長一千六丈高一丈八尺雉堞共一千二百月城四座城樓六座重欄複屋者二馬道七護城大隄自西門至南門迤東共二百一十七丈鎮隄鐵犀層臺一座大成門正南門外水埠二大座城爲門六名仍其舊東曰聚星正南曰迎薰次曰大成北曰朝天正西曰紫微次曰通湘也凡所繕造眡原估均多所加增墉隄樓櫓什者暨毀者完狹者拓闕者增言言仡仡聳肅觀瞻丹碧攢簇交映江干南服重鎮永與 盛世

河山同其悠久矣州人仰沐 皇仁而因歎侯之能上承
聖德以下庇斯民也屬余紀其槩焉

種竹記

彭維新

余性喜竹自來京師所見者高皆不踰丈餘大僅浮拇指而心亦耽之每趣僮僕購諸廟市凡庭中牖外有隙地無不種竹者然旋種旋槁槁復種種復槁者屢矣因繙竹譜諸書有淺種深種密種疏種之說更以試之仍就槁或謂土必潔也時必擇也方向必仍其舊也於焉易以遠郊佳土又蒔以五月竹醉日又字識其初生處所向位置之且溉以甘泉扶以長架而槁如故幾疑書所云云者誕也前年夏江甯鄭子炳文爲余種竹數處久不槁未幾竹萌競出今更加於舊余怪而問其故曰仍是淺深疏密種之說也凡竹獨者氣單弱不浹貫必購叢居者密種

之謂也竹根必受陽氣而平行深則根鬱就腐故地平發土不得過四寸許淺種之謂也由是於地上壅以厚土俾勿動搖以固其基此深種之謂也雖然畏其偪也每叢必視竹之多寡爲相離之差毋致葉盜露而根爭土此則疏種之謂也四者合而後水土時日方位乃因以奏效四者缺其一雖倖不槁亦必不茁長繇者析而施之槁也固宜非書之不驗也余因歎讀古人書不得確解不經指授弗究弗問祇師心臆揣以倖其合及試之事而齟齬不入反歸咎於書者均以意種竹之類矣故記之以爲信書而不求甚解之戒

修建長沙郡會館記

彭維新

翼軫爲荆楚分星長沙一星獨居軫中而近翼翼爲羽翮軫爲車郡人士之奮飛曡軌於天衢也固宜都城之有郡邸猶列星之有舍次也　聖主當陽星受日光而有耀邸舍匪崇廣弗稱顧自麓堂頹後張文毅倡置斯館入　國朝來前後官京師者雖頻事修葺而閱世久瓴甓杗桷滋蝕腐近愈不能支勢且圮郡人內外居官者謀捐修建意僉同屬其事於銓部尚書郎羅君立齋乃別購西城屋一區以棲止來者爰略基址程土物拓恢舊制更撤鄰購南鄰敝屋及續購屋南隙地統事營建修十有六丈廣九丈爲屋大小四十閒堂室中度門庭閎敞廚湢

備具自是集轃者交獲其所也迴視從前漂搖數椽廳事偏陋門不能容車值赴春官謁選署人眾每就民舍散居奚翅徑庭之相去哉夫星之麗天也在野象物在朝象官抱朴子云人受氣皆應列宿之精吾郡山川既上協象緯今郡邸更軒翔在望郡屬十有二州縣之至止者粲然若華星繁會以近　天子之光則所以經紀萬品光輔治化者宜何如邪是役也易修爲建則工鉅工鉅則費繁費繁則任厥事者匪易自勝國嘉靖至今閱二百有餘年而斯館始克改建甚矣其難也醵貲姓名及公定條約經始落成之歲月工役財用之數具載碑陰繼自今愼守而嚴護之且益新焉固不能無冀於後之君子

紀翁孝子事

彭維新

武陵陳庶常宗五爲翁孝子徵余詩復請余文以紀其事余嘗讀柳子厚襄陽丞趙公矜墓志云公矜死柳州十七年其孤來章徒行求其葬所不得日哭於野卜於秦誎兆曰乙巳於野宜遇西人深目而髯其得實因七日發之乃覯其神明日遇一叟曰是故趙丞兒邪吾曹信也指其墓地已夷啟土自乙至辛恰七日發之緋衣緅衾見者出涕以來章之孝神付是叟與龜也余嗟異之以爲朱壽昌之獲遇其母未足爲神矣今覩翁孝子之事則更有神於子厚所志者孝子名運標餘姚人父曰大環客游粵西舟次零陵新塘夜登岸不返同舟者有戚友停泊數

日徧索之無有疑其他適馳使告其家幷歸其行篋篋鍵以鑰其鑰則大環平日自繫於帶與之俱往矣方大環出游時運標與其兄運槐俱孩幼稍長母鄔氏告以父形貌兄弟泣別母求父祈諸神有意外得生還兆語兄與弟更番迭訪躬負擔操舟備嘗險阻者十餘年虛歸曡卜兆如前終無從得迨運標成進士母及兄俱歿距父出游時已三十六年矣運標痛切辭家誓不得父不歸祈神兆仍如前諸往來湖南北又從豫章入東西粵無可柰何頻歎瀰洄衡湘閒號哭感行路影響寂然猶不絕望哭求不輟至新塘悲愈甚一老叟問故歎曰白沙洲墓中人眞而父矣運標叩其故叟具道其弟海生某年墮水隨流託葦

叢幸不死。顧視其旁有一屍。海生旣攀援上岸。言之余。共憐而瘞之。運標計年時相符。詢其姓名。曰鄭海還。年八十。海生死已踰年。訶其兄弟名。與兆語生還合。復求其徵。叟曰。昔瘞屍時有雜佩數事。年久消滅無有矣。今惟一鑰存。運標隨往。雇急足挈鑰證之伯姊。姊見鑰泣曰。是遺篋鑰也。試之脗合。還報運標慟絕。始知其父之淹於新塘而瘞於白沙洲。感神之稠疊示兆不爽也。求諸士人丐其地。高其冢。立祠其旁。擗踊成禮。依棲泣血。今運標由武陵令擢道州牧。距墓密邇。時至其地。徘徊嗚咽不忍去。楚人競傳其事。能詩者多爲詠歌以稱其孝。夫公矜之死十七年。較三十六年爲近。且公矜仕者。人皆耳而目之。非若大

環甫布之士。暮夜溺水而人無知者。藉使天不假手於海生之墮水以瘞之。又不延八十叟海還之年以告之。復不留徑寸之鑰以證之。則運標求之雖勤。其父終不可得矣。雖然精誠之至。通乎神明。格於異類。而況一體之親乎。翁孝子之事固神奇。然感應之理則甚平平也。世之人子日侍父母膝下。而精誠不洽。其相去不可以道里計者。聞孝子之感神。人詎無悚然有動於中哉。

書堂山記　　彭維新

宋景祐間。有一儒生自豫章郡來茶鄉。風貌蕭爽。自云望氣而至。姓鄧。詢其名。秘不荅。鄉人未之奇也。止余族秩堂書塾。授童子句讀。性倜儻。經史略皆上口。眈嘯吭時有驚人語。於是人始異之。士人亦多與之游。其臥室常有紫霧異香。中夜扃戶。每有問荅談笑聲。學徒竊闚之。無所見。率以爲常。居二季餘。屆九月九日。書堂砌菊叢舒。色香逾往。昝鄧趍謂諸弟子曰。今日吾偕上清游。未遑與若曹飲萸酒賦黃花也。遽解衣竝庭中。指天際片雲曰。此吾衣也。卽竦身躍空中。其雲欻爲彩霞團簇其身。舉手謝其徒。西北逝。憩此山巔。尋復冉冉乘霞。谷徘徊北高阜上。

時觀者遝遝千萬人。相顧駭愕。目極而止。因名是山曰書堂仙山。號鄧曰霞衣仙人。學徒立壇其上。旋建廟以祀之。（并祀之授讀之塾曰小鄧皐）鄉人九日登高。往往就此。其山頳色鮮潤。若丹霞燦蔚。晴雨俱有態。木石亦甚清蘙。每踰季春。雨夜必有雷電入廟巡刷。堂廡帝案塵土淨盡。道人及肄業者均見之。至今猶然。山不甚高。西北東三面數十里外望輒見。吳楚諸郡邑鄰接者。詣祠下求。皆應。奔赴禱祈無虛月。所謂山不在高。有仙則名者。非邪。

游龍湫雁蕩記

彭維新

雁蕩山水靈幻·峯洞崖瀑苞東西二谷中·有圖繪弗能似者·余素聞人稱說·冀往游無由也·雍正乙巳夏五當按試溫郡·霪雨彌月驛路漲絕·將取道此山·時應試者阻雨未集·因欲徧揽其勝六月二日自台度姚𡿖嶺忽開霽·將次大荊驛距山廿餘里·迎面一峯矗立·禿頂僂背狀如僧·愈近愈肖·衣有裓·履有褋·一沙彌彳亍隨而行者·老僧巖也·是爲雁山東入之戶·瀏水匯崖下成巨沼·綠淨鑑毛髮·迤西北陟崇岡·東崖前有洞閎敞·洞口一石拔起紆折·其半爲門·復盤空橫亙其半以爲梁者·爲石梁寺·由此道謝公嶺以（謝康樂自此返得名）遞折而西·行青蒼石壁間長里許·甫出則東谷諸峯森列·翱聳彌望矣·歷寶冠·含珠·雙筍·叕屏初月諸峯·洞抵雙闕·有危峯北聳者·爲靈龜峯·峯嶺斜出十許丈·下漸削·中裂爲直罅·脩垂及麓·有穴若門·游者由茲入·罅不盈尺·而中空闊數人可竝行·磴光潔不陛行不覺漸高·曰一線天·幾二里·達於巔·則豁呀巨洞·足容數百人·洞虛懸·飛鳥皆見其背·始知罅中來徑之已遠也·（一曰羅漢洞靈峯寺在此峯之麓）四周峯崖攢簇·峯曰二賢·曰五老·曰鳳凰·靈芝·蹲虎·橐駝·曰鬬雞·曰礪身·曰犀牛·崖曰白頭·曰果盒·循而西·有趺坐雲際者·爲觀音崖·崖之膈有洞·層通·山僧因勢疊閣之上·承觀音頦·代陶瓦名碧霄洞·爽塏明潔·前諸峯曰菩才·文筆·將軍·與五馬岩鄰·（五馬岩下有眞濟寺）左右有峯類淨瓶·鸚鵡·是夕宿閣樓·夜景亦幽奇·羣山影欲來·星斗逼檻前大倍常·次日由石碑崖朝陽洞·折而西爲淨名寺·寺枕一峯·峯頂大中顚而埜特弱者·爲荷葉峯·右有谷·口有峯曰頂珠·迤西兩嶂峙豎·端齒齒若雉堞者·曰霞城·石城·其中水自巓分飛而下者·曰水簾谷·又西曰維摩洞·仙人橋·藥杵·鷹嘴諸峯·又西爲蓮花峯·峯亦上豐下削·削處折入丈餘·四面如一人可周遭旋轉·游者曰行道廊·又西北兩崖對束如峽·行其間登登有磬者·曰響崖·出崖有峯側首傾耳者·曰聽詩叟·道旁列崖四·曰鉢·曰盂·曰鐘·曰鼓·道北百餘武·曰僧拜石·過此則爲靈崖寺·寺後巨嶂峻麗·石質雜五色·爛如明霞者·名平霞嶂·寺前遠近羣峯·怪怪奇奇·大小疏密·相間拱揖·環衞其近而可指名者·曰展旗·天柱·玉女·卓筆·獨秀·雙鸞·蟾蠩·伏虎·白鹿·天窗·（一曰天聰凡四窗即展旗之腹空處）循平嶂之麓·右上仄徑·劣容足·行二里餘·至一洞洞不甚深廣而特高·兩壁石色丹黃·頂孤聳·蝯鳥不敢窺·中裂徹洞背·別有翠石嵌入裂罅·貫上下約數百丈·蜿蜒生動·鱗鬣欲舉·尾翹天半·首凸凹離奇·如龍昂·洞壁鼻垂·若大瓠·復仰挺一爪中窪·與鼻對·鼻端兩孔·乳水左右互滴·爪窪承之不涸·亦不溢·左麓即小龍湫·聲勢亦駴耳目·靈崖東谷之最勝處·有谷曰安禪·開山僧始居此·今民居在山者·此谷尚十數家·迤西經石屏·小剪刀·鷹嘴諸峯·及觀音髻·逢馬鞍嶺·馬鞍嶺者雁蕩東

西二谷分界處也自玆而往則爲西谷矣巖簇僧伽形者爲羅漢峯攢多蘚者爲芙蓉獰怒挺雙孔者爲獅子鼻皆沓列道左折而迤南門峙五塔者爲能仁寺諸澗水合流寺前巨石返捍之歧而分者爲燕尾水近寺峯爲戴辰火焰崖爲將軍自此轉而北瀨爲錦溪溪清激平漾砥石上闊處約廿餘丈溪窮一峯刺天周十數圍其端西南略歧正西平北勻圓峯一而三稱名歧者爲剪刀平者爲石甑圓者爲天柱此距湫瀑尚遠而巨畔已巋巋然亙西北行覿面語不聞又數里西抵鐵城嶂嶂鐵色北峙高千餘仞橫亙二里餘平淨如初拭直西作屏疊摺對面老樹危巘蘸之行陡轉忽白雨亂飛濺人轟雷撼地軸修霓壯

闊從天下垂者爲大龍湫也距湫三百武小憩觀不足亭心神稍定乃得俯仰寓目而其勢其聲其態其色變幻不常詎眩悸數往數卻强近湫踰二時挹其水瀹山茗偕從游者飯亭中還經水鹿峯千佛崖游道松洞望常雲峯是夕宿能仁寺次晨由獅象二崖天貓峯迤西北疊上壁削徑循石壘狹不受趾先期鋤鏟者僅損分寸賴古樹壽藤鉤帶相倚所過怪異無名峯崖無數皆不遑與周旋趾掌互用始躋其巔石地寬平苔花藥草紛披蝯猱麞麏羣游不避人東北行約二里餘則雁蕩在目矣水蕬出常雲峯北山頂外隆中坎受之蕩三五相次生葑草湠處碧澄不可測兩道分流西南流者大龍湫也極目南則海光晃日甌縣隱隱見麗譙所歷東西谷伏足底東南半壁諸名山若蒼螺點點蕩漾烟霧中舊有白雲庵今廢天風時吼四方皆震懾久留歸路詎懥悰扶掖縋繫迭輔始得下仍宿能仁寺次日由丹芳嶺過梅雨洞西南至芙蓉驛爲此山西出之戶矣凡三日龍雁諸勝頗挾其槩此山質體純石自謝嶺以西丹芳以東一皆石爲峯根自石起故能拔地造天空所依傍翔騫欹梟修纖透漏備極變態而從無頹落之患是處溪澗羅絡清淺可涉籃輿穿石林躡清鏡幾不知時之爲炎暑身之爲勞人也最可異者洞窟能明泉環能燥卽諸峯得名度昉於山衲野老偶舉其似故重複鄙俗往往不免（重複如一線天鷹嘴羅漢將軍含珠之類鄙俗如天貓閻王鼻

果盒幞頭之類）乃一有映合竟似天成如玉女所對高峙鏡臺觀音之旁分列餅易聽詩拜石之顧盼有情含珠頂珠之接承相得展旗天窗之表裏爲用叅神施鬼設厭人心目自餘儗類愚騃亦可一望卽知其名豈造物曲體人意而爲之邪然造物之憂護此山亦甚矣雕鐫既盡致又不欲盡洩其奇自洪荒迄後代道書洞天福地槩未之及以康樂之窮搜幽勝遠踰他郡乃近守永嘉山屐止於谷外唐宋文士工於賦物而此山寂寂竟不得與魁父介邱時邀品題舊志東西二谷又各分內外合計爲百一峯（東外谷之峯五內谷峯四十八西內外谷各二十四合之爲百一峯）其嶂洞澗溪亦列舉名目壹似次第傳指而紀其數者其實峯崖奇詭者不可勝計他

山似此一峯一石已足自雄·二谷無美不備·反爲衆美所掩蓋·峯不止百·一卽嶂亦不止於三·洞亦不止十二·潭不止兒膽·白雨澗不止臥龍·則所挂漏者多矣·且東谷山奇於水·而可望不可階者十居八九·西谷水奇於山·而尋源之徑嶮絕·好事賈勇者多半途而返·海舶遙視爲準者·惟觀音髻·而峻極之常雲峯霽日亦隱不見·窺造物者之意·必以爲盡彰其美者美易盡也·故閟之於始·叜留其不盡於後·其夔護此山不亦甚哉·余於海內名山多曾經游·常憾未攬雁蕩之勝·茲反因霪雨棲阻·校試獲乘傻佁游仙三日夢也·驛館翦燭·略紀游迹·擬勞役時閒一披閱·以當續游·聞平陽叜有所謂南雁蕩者·山水遜此·鄧程紆迴不得游·然亦可不必游矣·

徐天池畫記

彭維新

余童時數聞先君子稱徐文長詩文書畫奇肆·肖其爲人·心識之·後應試長沙·於一舊家見其蟹圖·螯跪森佁·恆有動勢·極求之·靳不可得·雍正甲辰試學兩浙·山陰文長故里也·試竣·每以善價購其墨迹·閱三秊·所得漸多·恆以自隨·尋備官浙藩·續購復有增益·戊申蒙　恩內擢·將入都·度不能盡挈以行也·慮遺失·概舉其數·緘鐍寄南船·己酉先君子捐館舍·余奔喪歸·服除數月後奉　命又將北上·於是撿前後所得文長各畫·撮舉而類記之·人之屬·觀瀑者二·扶醉者二·放鳶童或獨或衆十有三·洛神一·荆卿一·文長自貌其相一·人之屬凡二十有二·羽之屬·爲鳧者一·爲鶩者八·爲鵲者五·爲鸂鶒者二·爲練雀者二·羽之屬凡二十·而棲鴉啅雀·雁陣之細瑣者不與焉·毛之屬·爲牛者一·爲白鹿者五·（側立正立眠草齕草嗅芝各一幅）爲貓者一·毛之屬凡七·鱗介之屬·負跋浪者二·吹沫者一·戲藻者五·大小羣游者九·蟹四十餘·行者止者·銜稻者·半藏石半出穴者·仰者鬭者·鰕十有五·黿二·凡鱗介之屬約七十有奇·竹木之屬·梧桐二·松十·檜二·桂三·楊柳十五·枯樹三·竹十有三·風者雨者·雪者霽者·月下者·雙鉤者·凡竹木之屬四十有八·榛莽荻葦不與焉·花卉則梅之花十一·桃杏之花各六·芍藥五·海棠三·芙蓉二十有三·木芙蓉四·石榴五·實者一·花者一·花實兼者三·玉蘭二·蘭蕙十有一·紫

薇三辛夷二山茶十萱梔子秋葵秋海棠各四雞冠二菊十水仙六山丹一芭蕉十七花卉之屬凡一百五十有九苔衣虎目馬藺附焉瓜果則佛手一橘柚一葡萄五瓜爲類三荔枝一凡瓜果之屬十有一其器物瓶盎翎拂野艇風鳶各以類附諸圖各係以詩多寡岸跌宕之句爲大小幅軸六十三手卷三十一冊葉二十二總一百一十有六件行草書不在此數富矣哉文長之墨迹之萃於吾也當長沙求蟹時始願甯及此哉物聚於所好而好之克遂與否又若有數焉此足以觀矣文長稟才雄驁淹洽載籍而慳於遇牢騷鬱勃之氣洩於詩文者未盡又寓於奔逸之書法復軼爲戲謔之繪事不假色澤墨氣一往蒼渾

揮霍任意隨手成勢隨勢成形一物疊見彼此各極其變無一重複視昌黎所謂無一同焉者尤難也今閱百數十秊生機奇趣著處逼人墨瀋淋漓如初潑欲沾人衣袂言南北宗派者未由追其神逸故觀文長之畫即可知其書法知其詩文且知其爲人矣余竊幸萃而有之而又愜以先君子之未及盡見爲憾也

類彌記

彭維新

韓昌黎示兒詩云昔我來京師止攜一束書辛勤三十秊乃有此屋廬庭中何所有高樹八九株有藤婁絡之春萼夏陰敷東亭見高山雲風相吹噓松果連南亭外有瓜芋區西偏屋不多槐栖翳空虛山鳥日夕鳴有類彌谷居云云

類彌非彌也類於彌焉耳類之云者疑之也然始則疑焉旣而信之久且耽之矣今夫繚垣曲檻淨沼危橋其間亭榭臺館之歷落層軒複甸之宏敞崇深琴牀碁石町畦徑路之位置此人事所萃彌無功隨其所附之類以爲類者也若夫彌則石磊磊

泉瀧瀧者其質也古樹壽藤虬攫蛟縈者其骨也削壁欹崖攢青飛翠森肅不可干者其節也蒸雲屯霧氣象萬變者其所洩也懸葩繽紛鋪卉斑駁者其生色也危沙仄磴草芊眠而苔結轕者其全體之潔也凡此者皆彌之所擅苟非其類無從冒而襲之者也故彌所本無者人事可勉而能彌所本有者雖好事而強有力亦斷不能猝辦而況都城之內闤闠之區欲髣髴彌之一二斯尤難矣雍正壬子余備官戶部尚書仰荷　聖恩賜白金四千兩因買宅南城其地爲遼金勳戚別業舊名三公園今譌爲孫公園（又訛松谷園）者也前爲廬舍百餘間後爲內園園後有園廣袤二十餘畝凡彌之所有與所無者規制已具稍葺

而增諡之移書籤畫軸與古尊彝甁甗之屬列設於中類與不類相與爲類合之兩美於是乎在爰取昌黎示兒詩所云有類彌居者名是園嗟乎余本山中人習與彌爲緣自倖廁仕籍四十季來宦轍南北數矣道途煩熱逢獨樹輒就憩息恍好風之被體當堆案視事時每覩一砌花庭草亦復欣然悅之若清泉之洗其目也今獲於自公退食之暇游息於斯樹林陰翳鳴鳥上下閒與賓從觴詠爲歡幾忘乎此身之游宦緇塵之涴衣也詎非遭遇　盛時之厚幸哉夫是以樂而耽之而不復疑其類於彌谷也然則世之眞居彌谷者其樂更何如也

石佛山記

謝天墀

由上湘而西四十里望之雲屏聳秀烟嶂攢空有塔影飄浮於雲日蕩漾之內而若隱若露者石佛山也石徑逶迤嶔崎欲絕登嶺坳循石路下復上窪然平衍有寺曰永福乃宋蕭皓公蛻化處也下有兜率橋橫嵌於寺趾之空缺以通行人竹樹森翳日光不漏每當溽暑披襟步橋上清風徐來松濤竹浪掀青簸綠爽氣瀟然枕橋有井泉出石罅開潄玉淙淙細流下注滃然成壑草若增而青木若增而秀石若增而蒼潤茲山若此亦若益其靈幻幽峭折而上拾級以登於寺俯視橋下樹影蓊然深沈如菱芡荇藻交錯於澄潭止水中人之處其上者空明淡宕亦似泛虛舟然由寺左小徑扳蘿而上有巨石危處山巔俯身趺坐儼若古佛莊嚴羣小石如弟子紛列起者立者拜者伏者拱而翼者跂而待者跪而獻供者俛首而悟者仰而若有白者左右環繞如參如來坐山之得名以此家君禮此有自成菩薩參天地待著袈裟後古今之句頑石亦應點頭矣從石佛嶺下憩於寺之諸天閣閣高於諸寺凭欄平眺層巒疊巘勢如雉堞迴環山分左右翼奔東峽口水從峽出土人引流灌畦橫木梘跨樹杪若垂虹然高數丈水溢梘外微風蕩之散爲垂絲碎玉日光晃映皓然一副水簾洞徹亦奇也若夫林谷幽窅境地清虛宜詠月宜對雪宜雨後看山宜風中聆竹宜焚香聽偈宜選

石攤書宜雙柑斗酒坐聽黃鸝百囀宜攜驚人之句搔首問天手揮絲桐目送還雲桃花流水別有天地又未許俗子問津也

甲戌上巳日記

重修櫺星門記

胡興銓

宣聖廟制何昉乎自漢元帝詔孔霸以食邑奉祠廟桓帝為孔子廟置百石卒吏則闕里之廟也唐武德二年始建廟於國子監而郡邑未有廟也貞觀二年詔州縣皆立孔子廟而廟與學未合為一也其後學必有廟由太學逮府州縣咸有定制專祀孔子更先聖曰至聖蓋道德於是乎出於一矣自正殿而南有戟門有櫺星門釋文云櫺者楣門牕格陸游云牕格縱橫相間如星眼門曰櫺星大抵取嚮明之義攸學明倫之堂啟聖之祠尊經之閣既與廟而以時修葺而櫺星門之建則始自前明嘉靖乙巳重修於崇禎癸酉迄　國朝雍正十三年十月是門因歲久就圮僅存四石柱柱又剝泐前臨璧池勢且日傾越二載為乾隆丁巳於是攸學之士有孝廉龍璠劉重煇暨生員劉來培歐陽定樞定觀劉應洵等倡議鼎建易四柱為六柱易紅石以青石視前此為較堅栗可以垂久召募鄰邑石工訂價八十金有奇他費半之余聞其議而喜隨備由牒邑令李雍有同志豫酌處一切營辦爰命匠人遠採衡山青石牌飭草市巡檢司諭土人罔或阻撓凡七閱月石工以運石竣事來告於是國子生洪天書通日者之學諏吉於閏九月二十七日豎柱定基時邑令因公在省余與司訓劉君蜚聲率糾首諸君殺牲落成於是戟門之前景象一新環而觀者踵相接云因復為修飾殿廡

堂几陳丹臒粉頓改舊觀其正殿暨兩廡栗主舉丹漆而新之幷考正先賢先儒從祀次第俾秩然有序不紊恭懸　御製與天地參匾額巍煥昭彰星輝日麗他如明倫堂右牆斜折柱櫨朽敗頭門亦將傾頽余自到署以來次第修整頗爲完固一切工程支費另有印冊註記姑舉其略附識碑末俾後之官斯土者有考焉

省志訂譌記　李文炤

予承乏志局分修長沙乃取縣志府志及一統志而參酌之然返之於心而有未安者因作訂譌記蓋有隆重勢位於崇高者則詳之而側陋者略焉是貴貴之書也專於貴貴則不平有篤愛家鄉强以族姻里黨之庸材而文飾之與英賢等是親親之書也局於親親則不公有奇節偉行而訾其過激者是善善之未宏也善善非長則傷仁有含垢納汙而美其包荒者是惡惡之未切也惡惡過短則傷義至若惑異端者則搜仙佛之秘怪溺辭章者則裒埶文之浮夸是皆不足以垂訓也曷不以春秋綱目折其衷乎宰周公之會則尊之王人以下不詳焉貴貴之

義如是而已矣匪是則搢紳焉耳孔父之節則錄之正考父以下無聞焉親親之義如是而已矣匪是則家譜焉耳荀息之忠子野之孝宋伯姬之節皆大書焉蓋賢智之過猶愈於愚不肖之不及也文姜之孫仲遂行父之聘意如荀躒之會皆特書焉蓋尊親雖所當諱而三綱五典不可以淪也且夫同泰之捨身上清之致祀皆存之以示誠則仙佛之學豈周孔之名教乎太元之擬經永州之作記皆刪之以明蕪則辭章之技豈詩書之遺則乎不去此數獘志雖工勿善也噫前民之得吾之師前民之失吾之鑑烏可苟焉而已哉

古文周易目次記

李文炤

在昔太古風氣方開天地之變化形於圖書、是故聖人畫卦以明之、爰暨夏商卦失其次、夏之連山首艮商之歸藏首坤有占無文而民用勿彰、是故文王周公繫辭以釋之、流及末世淫於術數、而聖人之大義微言幾乖且絕矣、是故孔子作傳以申之、自秦以降家私其書人私其學、田何之易凡十二篇費直之易則以彖象雜入經之中王弼又以文言益之焦贛之易第言陰陽災異而更不類聖經矣其得言而失理者又紛然雜出而莫知其非、楊雄之太元司馬光之潛虛元嵩之元苞王通之贊皆是自濂溪周子心契遺經、而作圖以明其綱領、一傳於伊川程子乃爲傳以釋經而易理明矣、自華山陳氏得圖書於方外之學、三傳以及河南邵子、推演其義而易數

傳矣、自嵩山晁氏考訂古經釐爲八卷、東萊呂氏復因而詳正之、而易書亦復其次矣、三者既備是故朱子乃作本義以折衷之、蓋易之明而復晦晦而復明者反覆幾數十年、而至是始克集其大成也、無何明儒編緝大全、冠程傳於本義之前既失其潔淨精微之旨、附諸儒之說於其下又不免於雜亂支離之失、而本義之故編遂不行於世矣、某蓋屢思更訂焉而未敢也、往歲得敬軒辥先生之遺言、其論易書與愚見脗合、顧以生長楚南雖欲購求故編而無由、於是手錄是書以俟佗日之參訂、雖其違世獨異之罪所不敢辭、然而輯聖言之渾成復本義之條理、則不無千慮之一得焉、

廣濟橋記

王元復

城北三十里石馬江、新邵通津也、江狹流急春夏水漲小舟孤危、雖有急故欲往來者亦望洋歎息、明萬歷間兩邑耆民彭秉岳謝朝三自擲百金、復糾同志賓始鳩工伐石砌礅五而梁之一時人嘉賴焉、垂數十年石圯橋崩、士人無力就便架木以濟舟楫之窮、雨溼足滑數有墮溺莫救者、因思彭謝兩老人之利於是爲大、顧礅低水高衝蕩漂泱、石與梁之勢不能敵水、是以成之易而敗之易也、今里人鄧非凡不惜重貲、謀於衆僉有合志、遂乃度其丈尺相其土功、因石於川取材於山、乃襄乃成增是新基寬高且廣、雀起翼然虹垂亭然砥柱矻然、寬大有以宜

車徒闐闒有以容沸騰、貲費千外閱工三年而後卒事、其成之之難如此、是役也捐金首倡者附近煙民也、嘉與有成者邑大夫李及見聞諸紳士也、隨遇樂施輕重惟意者旅賓過客也、不忘志事尙思既修者彭與謝子孫也、竭誠募導不畏勞不居功者上人方諸也、例得幷書、

湖湘後學集編

記四

重修長郡會館記

王之錡

皇上以湖南地廣材衆分秋闈增會額上年　詔南楚撫臣徵鴻博　天語輝煌麟麟炳炳士咸思奮長沙爲郡首彚趨鱗集實絡繹焉故一時公車輻輳不下數倍於初而會館爲監稽斯館由來舊矣當　世祖章皇帝時司空趙公以寅亮天工之暇偕給事胡公經營籌畫而崇禎年間給事廖公京兆周公兵馬司賀公創始之業賴以不墜嗣後　聖祖仁皇

帝十八年澄海明府王公修之五十七年恪勤陳公又修之至我　皇上御極之二年司農彭公覩中棟傾圮從而修葺焉余力稍不逮建庖舍於右孝廉周君鳩搆前宇迄雍正癸丑歲翰苑劉君謀建後棟爰集同鄉諸君子鳩工庀材復郵書四達與敝邑蔣孝廉走尺牘商之余余不佞出淸俸勸盛舉且樂吾鄉諸君子之大有同志也今年春諸君子謀勒貞珉以垂不朽復諄諄郵請於余余誼不獲辭因思會館之設爲公車計也茲代際勳華人文蔚起內則當合志同衕翊贊宏猷外亦當協恭宣力遠揚雅化庶停驂斯館者共相砥礪有所藉爲忠君愛國之助以無負　皇上加意湖南之盛心是則余之望也夫

怡頤堂記

黃秀

古者國老庶老俱各養於庠引年尙齒所以敎孝弟興仁讓者胥在乎是典云鉅矣今　國家屢舉養老善政以粟帛賚高年亦猶行古之道也康熙六十年辛丑試南宮予年六十有四始成進士越明年壬寅春首値　先帝在位週甲伊始　特設千叟　御宴　賜諸老臣年六十以上者但序其齒勿論爵秩崇卑予時幸獲預焉且　命赴燕臣工皆得乘輿馬至　景運門與黃髮元輔仝飫　御饌復入侍　清宮敬聆　天語此古今來人生所不多遘者洵異數也　今上御極晉詞館者六年侍臺班者兩載至戊申秋予年屆懸車不欲虛糜好爵

久戀祿養以貽舍爾靈龜觀我朶頤之誚遂力乞解組歸田頤養天和俾子若孫聚處一堂繞膝承顏以怡予志天倫樂事當無踰此者況優游林泉力畊自食杜門著述之餘看嶺上白雲差足怡悅庶可油然自適矣乎因思吾夫子嘗以切切偲偲怡怡爲士品所重而斯干詩人又以相好無相尤者爲築室落成頌其意良有以也歲己酉秋杪卜築河遙之畈愛山林淸幽遠城市坌囂聊爲觀頤貞吉雖經營拮据不遺餘力然非營菟裘以終老者比故以怡頤名吾堂盍惟既翕者相怡於庭斯克順者益頤諸室庶期頤之願或可豫必也然則怡之情宜篤而頤之時義大矣哉吾願吾子若孫居是堂者瓜瓞綿綿卽派衍雲

祕而世世兄弟悉怡怡然相好無相尤皆能遵聖人之訓如雅什所言則無媿士行者斯可似續妣祖而永世克孝矣不甯惟是吾嘗玩彖詞謂天地養萬物聖人養賢以及民悉由養得其正始誠占頤之象廣頤之義而孝弟克敦則仁讓可風將舉一世而養恬之斯爲大有慶也又豈第老吾老於一家以怡然自得者爲足盡由頤厲貞之吉而已哉用是書其義於堂作記以昭茲來許凡我後人俱宜恪遵吾言種德敦行以綿世緒毋忘吾惓惓之意雍正庚戌仲秋月道山老人題時年七十有三

王陽明先生書院記　黃秀

文成公書院在黔地者二其一龍岡乃先生謫龍場時苗人築以居公者有何陋軒君子居玩易窩數處予聞之予未之見也一在貴陽城東明席公文同督黔學時以邊方士鮮知學因建書院延先生爲師擇黔士俊秀者從之游而士因趨正學以識正道至今尸祝勿忘其有功來許者匪淺矣逮兵燹屢經祠已久廢邇來當事諸公復重建於舊阯其形勢高阜四山環列廊廡軒爽規模宏整居之可豁耳目拓心胸洵讀書講學地也予致仕歸里久不出山矣因黔省禮聘纂修通志偶寓於此流覽暇時不禁於先生之講學立教竊有感焉古聖賢有四科五教

以訓天下莫不各因材質所近啟其途以從入不必矯爲異毋容强其同也即如聖門同一一貫曾氏積以力行端木得自多識似乎不相謀也然知行初無二理體用本屬一源殊途同歸顧學者得力何如耳非若後世人自爲師家自爲學分門角立是己非人紛紛滋朱陸異同之說以惑世也如謂學術必分異同將謂曾子似頓悟子貢類聞見同事一聖人所學固如是徑庭邪吾知其必不然矣先生講學嘗拈致良知爲宗旨夫良知言自孟子致知本諸大學非創說也人皆具良知不學以致之則拘於氣蔽於習而本體之靈明已錮致良知者因吾性中本然之知從事學問思辨擴而充之以造其極則盡心知性躬修

實踐蘊之爲德行著之爲事功發之爲文章胥不外乎此此其立言本旨原不背於孔孟亦非大遠於程朱也胡以後人不達先生之意不知先生之學之行且未履其境遇建其功業乃妄生非議謂其學涉於禪功雜於霸竟以陽儒陰釋譏之抑獨何歟且夫禪家者流固以明心見性爲事也然絕去人倫澌滅天性人或且謂禪家有體無用予獨謂體用原不相離世未有離體爲用亦未有舍用爲體者禪固無所爲用也詎知其本體已大非矣先生學既有體仍復有用原非空談性命流於虛寂者比而可譏以陽儒陰釋乎況吾夫子卽嘗小管氏之器然亦大敬仲之功矣在管子功雖雜霸夫子猶許其一匡九合大有濟

於當時並未嘗以弗純乎仁而遽斥之也若先生功在社稷澤及生民而妄薄爲伯術可謂知人論世者乎故余平日持論嘗言學行如先生功烈文章如先生誠無媿立功立言三不朽之儒而猶不免於譏議則人世間又安能得百全之行以彌縫後人之口實也哉且先生既從祀廟庭今猶崇祠以奉春秋致享焉益知公論常在人心故奕世皆敬慕勿替彼世所譏議猶之吠日而喘月者多見其不知量也抑庸何傷予因寓先生書院故不憚娓娓言之亦將以明正學昭聖道也豈特爲黔中人士言哉用爲天下後世之隨聲附和而妄議儒先者敬告焉雍正壬子歲嘉平月楚岳陽道山氏記時年七十有五

橫嵒塬記

康應瑚

嘗覽澧紀載慈諸寨而橫嵒塬居其一志云昔人搆屋於此避秦亂今門牕雖不存而丹雘之飾猶在舟行江上可見余於癸巳歲因清明搆兵同姚子躍天朱子四來諸君俱挈眷避此有紅土築牆手巾搭嵒之奇土人長老競傳花關索鮑三娘征戰之所遂遺迹焉從棧道登其上背山面河左右峭壁約二十里井五石室十有七凡室可處百人餘則五六人三四人而已塬之左有石嶙峋似可扳援因命工作棧道五千仞自晨及午方可步其巔余於十有三日同姚朱衆友命童攜火燭始步其梯潛心定目裹身促足幾淩雲摩空也登其門高爽明豁一小洞

天也石砌有五十丈昔人丹竈杵匳之物宛然如故石磨石缸石棹石凳之類不可勝紀大約非人世所能爲者其堂有大石梯上有四門皆黯不可入中門稍有明隙入數里許則石燕拂人不能深進水流有聲覩之惟有桃葉積兩岸耳再行進數步燭火俱滅余因相顧錯愕莫知所之急趨出各欷歔久之謂衆友曰夫非所謂桃源者邪夫邑乘澧紀纂於宋初而曰昔者不知何代之人何年之事也考志在吳爲天門郡在晉屬武陵郡關索生長蒲西距慈土數千餘里斯言荒謬無稽也明矣余觀夫兩岸繽紛波濤澎湃武陵人舍舟遇避秦者另一乾坤或此地也去索口市不過十餘里晉時文教不及之所太守安能以

胥小一言深入不毛邪。淵明詩云止知昔有秦不知今有晉。意謂知秦之暴刻不知晉之寬緩猶覺相安云耳。今則 聖主當陽不識不知順帝之則。懷瑾握瑜之士當翺翔上國。安可使南陽臥龍同於處禱蝨也哉。後之君子登斯地者以予言爲然否。因不避固陋命毛穎記之。癸巳孟春月既望日書於塬之左壁間

翼亭筆記

夏光洛

歲丁酉春正月三日工土者二人來作園隄。越四十有七日隄成。高四尺有五寸。表包一千二百有三尺。明年穀雨前二日始翦榛莽上竹坡。左轉循古隄得迤邐徑乃至竹岡。次日由竹岡取逕竹坂右轉循斷塹入竹曲。又次日出竹曲橫過木坳口斜迤而上左折得杉坡。由坡躋嶺橫嶺乃名。第四五日事也。西下橫嶺循山傍隄取徑園轉與竹坡通右轉仍達竹岡矣。於是通計費日者七。厥後從事園中歷夏徂秋無暇日。間有完日不記日。 下竹坡路口取徑左之。兩竹當徑并生如門棖。并鐫竹關二字。過竹關而上爲越嶺。巡嶺西下山腳與屋左短垣相屬。園

隄門在焉。常闢耳。竹曲口斷塹外有平壤爲射圃。鑿壤下泉爲小池。初名曰君子泉。復易之曰勺。 竹坂直下山隈有小徑循之下岸谷。又自谷躋岸。 竹坂岐路樹下左出先隴右山趾至屋右域於隄。於隄塹架欹橋渡焉。路經梅巢出如圃乃至草堂 四月下弦後四日雙槐子來坐園中竟晨夕。明日晡時將別題野性難馴四字於竹岡竹上。復口占二十字曰尋到山高處漫無佳句題只留四字在頗似與山齊雲臥鐫之竹。遂以馴名園。寄語索徐子念亭爲之記。 午月上旬兄湘巖先生初游馴園。陳子禹封前導弟洛隨杖屨。湘巖詩四首是日得仙掌先生題寄詩。潙甯陶氏倫宰來留七言一首。 季夏於捌牌沖老屋

闐踢得零斷山石一塊舁置杉坡樹根下城中屋牆門外靑石一片舟挽至旋風灘舁入山杉坡於是有石榻又於城中武弁廳前得桃源石甕一持歸園禹封氏讀書友山樓七月患十日瘧初愈登浮邱見寺前齒石一枚狀如敔意之曰是可爲杉坡石榻上枕索之僧僧曰君能攜之攜之去禹封解衣捲之挾而下遣傭者窮日力自友山樓負至杉坡重可三十餘斤　菊月兄湘巖先生五旬前二日逅坐馴園畱詩一首　徐子念亭記成以所屬稾寄示中間點竄則小阮葛廬手筆也　十月雙槐製寄野性難馴匾一念亭馴園記手卷一匾鐫葛廬弟能嫁氏字卷則曹氏暘菴書暘菴附一詩於卷尾　禹封氏有馴園記

一杉坡詩一已脫稾見擲一日忽時亾撿去雲臥索之曰焚之矣　己亥春夜月出東山立橫嶺俯視木坳西畔光如耀金爻日作山腰月徑　三月竹岡橫嶺亭阯及杉坡小屋基先後成平古隄作陂遥自竹岡直下竹曲竹曲上路執事者所誤闢因用之　裴樹郭子來登眺橫嶺曰何以得此成五言二首　約樵雲子入山園不至寄來七言二首有小引　夏四月勺泉下第二坎成炎暑時督食力者刪木坳棘莽得香油子本成陰者百十株中閒有穉松數本出焉長者三尺餘小者尺許干霄蔽日淩風起濤何日邪　庚子初春將搆亭門人郭十一景蘧書一聯仲春望日奉桃江夫子詩訓三月旬有三日伐山木作竹岡亭岡亭鐫雙槐詩字竹不得畱伐以爲亭脊一月亭乃成用暘菴詩句名之曰翼六月朔懸雙槐氏題贈匾姪夔秋闈歸省問馴園有五言詩五首　山舊有蘭惜不多春二月秋九月兩度入安樂山採蘭蕙百十本植於園宅相趾仁氏得石磬一片於某家藏坐榻下雲臥見而賞之遂以贈十月廿三日舁入園懸翼亭西南檐角長二尺厚二寸腰闊尺有二寸上下闊遞殺有竅貫鐵系於端形似敗蕉聲清越聞三五里適周八芴班郭九卞長郭十一景蘧同時至相與熟玩之皆曰非偶然也雲臥顧謂芝兒曰我死葬於園祭於亭其擊此磬以招魂焉因作擊磬辭曰今日有心之擊汝爲吾響他日如在之祭吾爲汝享麥

飯一盂磬一聲精魄山靈千古兩每風雨雪月深夜擊之默誦以爲音節擊罷退立對磬一拜手　十有二月編壁翼亭以障風雪除日奉桃江夫子寄賜一聯　辛丑新春寄語索聯於花奴未即許　王子位三有遠游便道見訪始設榻翼亭與共一夕　有業種杉者或先容之爲伐木坳東畔香油子本闢地五畝種杉秧二千本既而悔之曰不如依舊　二月加培園隄高尺許修飭園中路路傍得山茶三十餘本培之　插秧事畢日雙槐子來訪宿翼亭畱二律　五月乞石磬銘於仙掌先生得之　冬十有一月病間某友至翼亭編壁始得以雪繭代塗澤董氏來歸我繭菴遺筆對卷也看山五字匾於亭

祖磬記　張埴

弟埰獲祖磬之次年孟夏南宗八傳孫埴記曰嗚呼此余家襄陽朝王城所藏先世靈磬也今南遷者四代矣胡爲而至於斯蓋自明社之將屋也名都大邑宗室藩封皆已破滅其圖球鼎彝蕩爲清風化爲冷灰者不可勝數襄鄧之閒赤地千里民居里閈搢紳偉伐一切頹敗詩書帷幕悉以汗牛馬裹金革而又何有於一磬歟今觀此磬土花剝蝕繡澀皴起獻子之鐘增其窾坎武肅之劵重其砢㕚甯不厪摯流連欲歌而欲泣邪憶余童時聞王父督府公言獻賊之躪襄也欲借襄王以釁楊武陵王遇害余家距城百里曾王父臨難罵賊身殉王父與叔祖父

失而復獲一官鄖鄂閒關而南駐於潭保於衡播遷於兩粵浮沈於交海節旄落色帽穎萬里單騎然後還延恩遽復止於潭蓋北望流涕無日不興懷於峴首鹿門先人邱壠云中正始一歸爲曾王父卜宅樹表其老屋荒址在宿莽叢薄中莫可棲息而南中創造頗有成規夷陵燼餘寶衣黑土遂不復省戀矣大人丁卯登薦後亦一歸討論譜帙墜緒茫然先人靈爽幸而不泯至法物圖書則片羽隻字不可索得此靈磬者隱而未見也嗟呼夫孰意數十年之後忽輪囷迸露於耳目之前歟雖擕之者自吾弟而拔剔磨礲微伯氏某之力不及此矣磬重十二斤高六寸寬二尺五寸旁列雲氣環七十二乳歲載萬歷十一年月日爲三世祖廷憲公置聲清而越徹而永晞噓微哉咸英杳默知之罕矣自今以往吾家子姓奉籩豆設几筵以擊以考撫其物思其人水源木本清河玉牒如在目前也憂世亂告心哀拮据艱難高曾手澤不昧厥始也敦本之輪奐朝王之梓桑千里一縷咫尺儼接磬雖微其爲思也廣矣而忽諸季弟坊博古尊先促余記之使後之人得以攷焉

游桃花源記

彭心鑑

曩余嘗讀桃花源記，竊訝人間世現此神界，眞咄咄怪事也。擬即欲覓小艇問津洞口，卒以世事羈絆不果。歲甲寅秉鐸桃邑，越明年春仲，課士稍暇，適同年友武陵郭君過訪，因與之訂花源游。郭君曰：數十年前曾一寓目，然山水之勝，固非可一覽盡，況仙源乎。余乃相與鼓楫扣舷，溯流而西，時驚蟄之前一日也。春和微扇，兩岸柳眼半開，城郭廨舍參差隱現於晨霧炊烟中者，儼若畫圖。已而舟稍進，矯首南岸，一帶層巒曡嶂若貫珠。郭君曰：此茶蘿峯也。幷語予以往歲經游時，秋水落霞掩映諸峯，今則嫩綠新抽，碧羅初挂，意境迥別矣。時余方呼家童取楡柳

火烹茶，忽聞奔騰澎湃之音擣枕樓，則白馬雪濤滾滾注山峽。舟子鼓棹迎濤，一躍踰絕險，自是水勢稍平，轉瞬抵前洞。怪石屹立，罅竇處疑有神工鬼斧爲之批卻導窾者。篙工方作艤舟勢，余曰：未也，愷之食蔗，佳境當漸入耳。掛帆前經泊水溪，舍舟登岸，踏青行，夾路碧桃綻蕊，芬芳襲人。步里許，至八角亭，碑碣林立，率多前人名筆，摩挲久之。循山麓過遇仙橋，俯視石澗清光激湍，涓涓吐細響。驀澗扳古藤屈曲上，奇葩異卉，繽紛照眼。郭君曰：仙源近矣。又前數百步，石壁橫亙踞山顛，瀑布搖曳若匹練，匯成小池，冷冽侵肌膚。余曰：此眞古洞府也。池畔有坪，可容散坐者近十人，石礅數枚布地，蓋舊時好事者曾構亭於茲，

今亭廢，僅礎存耳。乃皆就坐少憩，思一跨絕壁直探水源，以窮於扳躋而止。爰尋故道，復渡遇仙橋，穿竹林東出，經大士閣，山僧延入，列果款飲佳茗數甌。已乃出閣，俯瞰階除，嶄然臨無地，坡下美竹森森拂游履。仰視前山，若拱若揖，突兀鬱蒼，則桃川宮、擘頂、空心諸古蹟在焉。乃穩步下危磴，歷山腰，過淵明書院遺阯，透迤就康莊。茅舍數區，腴田一壠，靖節詩所謂荒路曖通者，茲則馳道殊敞甚。道旁有桃川佳致四大字石刻，係唐時劉禹錫所題。壠盡陟坡約里餘，覺茂林修竹中烟火氣悤悤上，而桃川宮已在目矣。拂衣入坐定，迴睇大士閣左右諸山，恍如海市蜃樓現空際。起尋瞿童煉丹臺，蕪沒不能得，乃循山脇東下，

伏而復起，登最高處，躊躇四顧，辰沅諸水委折西來，匯而東勢如黃河九曲，到此疑星宿可呼吸通，不啻重逢一仙源也。僕夫報西山日薄，因與郭君拾晚翠，踏暮暉，崎嶇抵纜船所。一路山花濃馥，而舟子已返水溪之棹，泊前洞，迓予於絕壁下矣。登舟視石罅間，隱隱有隙可投，抑之有聲，竅之正黑，意昔雲封洞口時景況大率爾爾。延佇移晷，乘興棹歸舟，黃昏後烟雨朦朧，滴滴透孤蓬。予笑謂郭君曰：山靈殆以此洗滌塵襟邪，解人不當作如是觀乎。郭君曰：茲辰之游，會心不遠矣，回視向日所領略，大有逕庭。余因述其事以紀勝游云。

嶽麓書院四公德政紀略

王文清

書院在深山之麓創自宋開寶時江岸有古石牌坊定向與舊院向差一字朱子所欲改就之而未及爲者也乾隆中建城南書院於會城中闤闠紛華可悅而嶽麓書院遂鞠爲茂草焉時太守呂公南村聘予修長沙郡乘燮頌告予曰吾守此郡而不能復嶽麓書院吾不能見先人矣因捐俸薪請予館此予以絰養固辭呂公請益力又令司馬鮑公縣尹魏公明經朱檻到門敦請予乃就席及門多應童子試者迨學憲按試邀山靈之秀入泮者凡十餘人後中式者數人其姓名今猶勒講堂右壁於是讀書士子爭東行李渡江肄業嶽麓當事亦以師生膏火移歸嶽麓院中而嶽麓書院遂從此中興矣此德政之出呂公者一也然朱子欲就之向猶未成也癸未甲申間撫軍陳公榕門毅然撥公項金若干增齋舍兩層凡數十間照依朱子所定向兩山交會大江橫繞路從古牌坊下而出大修後連科賢書疊薦此德政之在陳公者二也書院在深山中人烟稀少暮夜屢受穿窬之害予亟請於驛憲熊公蔗園迺詳定更夫二名每年共給工食銀壹拾肆兩肆錢永夜輪守師生安枕此熊公之德政三也戊子年當事以術士禍福之言忽改書院頭門偏對麓右白虎高昂千尺院中災病大作幾致撤散幸德公純菴來撫予爲先後詳述其事德公按視之曰此如人面然移嚮居右

耳之旁尚復成人面乎立命有司喚匠作卽行折改刻期觀成門復舊制院中漸次安堵如故是德公之德政不居其四乎此皆予親歷其事亦通省十餘郡中人所共見共聞且共仰共戴者予掌嶽麓教前一載後八載今以年髦辭歸恐後人不知其詳故特據實而略紀之附入嶽麓志中俾後之沐浴此中者每飯祝之而世世無隕善政無忘舊德也辛卯冬日　題聘通省嶽麓書院長甯鄉王文清題於半學齋頭

大汾湖水源及諸洲水道防障雜記　陳其揚

益之南甯之北山谷之閒有二溪匯而爲湖曰大汾湖湖之旁爲洲者四曰汾湖洲曰灘頭曰排頭曰西陵汾湖洲之水別匯於瑤頭湖瑤頭在大汾湖之東夏漲則波連於大汾冬涸有港西行一二里北折而與灘頭之水合其大汾湖之水東出再聚而成溪然後次第與排頭西陵水合而更三十里乃與汾湖洲灘頭之水其會而入於湘此水之大略也汾湖洲形如掌指地勢稍高其浦漵入水之處或有橫隄以障或無之然自百年來被水之歲不五六見也排頭東南高而西北下隄形如半月灘頭西陵二洲則四邊皆下無偏高之處故環之以隄此防障

之大略也防障之興始自乾隆初載前此洗斥之區土長葦荻水游魚鼈居人種蒔稀有一二殘籬草屋惰民業漁者而已是時無所事往往則蕩小舟刈荻買魚衝波而去竟日而還耳近者十餘年來防障漸堅土地盡墾升障而望屋瓦如鱗大約十室率八九農矣其民三時力田一時興作冬春之會邑令丞必一再課其勤惰上則中丞以下親臨諭之鋤銚畚挶早作晏息列之以行柳堅之以夯杵防豫之計必愼必周一隅滲漏則畢一圍之力致於一處春漲者其來暴秋潦則勢緩而爲日多圍民之憂勞亦因時而各異焉汾湖洲既無防障亦遂無興作之煩然春夏淫雨積潦之注於湖者爲諸洲高障所壅不得驟洩或至於旬日浹月故汾湖洲之田其憂春漲則又過於曩時其所匯之瑤頭湖向爲刈荻者於湖北別決小口通舟垂二十年矣爲其不利於洲之人也集衆力往堙之使復其舊同時邑東南有楓林港者前居民壅閉其流防潰流之漲以捍其下淤田亦垂二十餘年去其隄而重洩之於此可見溪瀆之勢當順其故不可以意爲蓄洩也

浮邱山石齒枕記　陳其揚

益之浮邱山其上有石縱橫作齒痕柔脆而質白礲以堅石則落如膩粉環山頂寺旁皆有之碎者等瓦礫大者盈尺寸以上問之寺僧或曰浮邱者古仙此石古仙遺蹟也或曰聞有煮石爲服食者是殆仙之餕餘乎說皆荒渺不可深信然柔脆膩白而作齒痕亦無惑其傅會而爲是說矣昔人作山海一經世傳以爲淹博然窮極宇宙之變是書何足逮其萬一通都大邑之所產人皆見之則譁然而道之矣至於遐陬僻壤紛細而不可究者盈天地閒何翅億計雖有博物君子烏能以盡其變哉前此康熙五十七年讀書浮邱山下從人登山而見是石徧求之

恨無足供器用者山僧曰有之乃出一石曰斯不類枕邪孰覗之若虎之伏若蜎之伸瑰譎而嶙峋因從索得力致之齋中意甚寶愛而邑夏雲臥先生新闢園亭以書來曰聞得石枕可贈我爲偃仰之助余以意御而先生必欲得之令致書者坐索余詫曰是公之好異也乃過於我遂舉以贈先生得之命石工於其上刻敔枕二字焉

省園記　陳其揚

外舅暘巷曹公所治省園前臨深池後阻密竹南北數笏地耳東西纔可十餘丈製一齋一亭齋有室有堂有廊由齋而亭有曲徑徑以甃輔之以欄沿地皆欄無他佳花美石竹樹雜生其閒公以明經授外翰官於永郡之甯遠官三年而受聘爲嶽麓主講主講四年而卒於講舍園則其未官之先所治者也方公之治是園也有終焉之想及官千里外以謂無復初願既而主講嶽麓密邇家園歲時撤絳覓得歸而至於此遂自喜以謂沿老告休可以於時起處而不自謂杳焉遂殂然則人之託物以游者處於大化之中其意願顧可以自必歟公於文章世號通

才而於詩尤篤嗜既治茲園詩日益富於人則友朋戚好遠而都邑京國千里之外平生之舊必有懷思寄贈之章下逮一名一物俚事閒情伸紙疾書盈篋累帙方其未之官而偃息於此園也朋友之候問訪臨者書什贈遺者問道考業之親炙光儀者酬酢有不暇給紛藉而不知其勞頻數而不以爲厭雖亦公之才力有大過人者然而四方之士諄篤而不懈景行而不怠茲非其篤學力行之所積而通焉者哉蓋公自十齡爲諸生才名噪於都邑之中讀書箸述積四五十年逮晚節而託興於此此雲亭亢草之見重於當世者也而豈一朝一夕之故也通津不足以爲喧曲巷不足以爲固於人而已

二柳園石山記

陳其揚

二柳者族曾祖筠浦公故園也公沒八年而揚始生生十餘年往游其地聞人指說某堂某亭處蕩然無見所見荒蹊之畔二柳離立荒臺之上怪石嵯峨而已運之又久而往二柳亦失所在運之又久而又往臺上之石亦無所見問之曰其諸孫分散而有之矣歲甲戌公元孫世烈始出其一以爲貽爲其曾有所學於吾也至是出祖物爲贄吾園因以得是石焉方吾之始至公園也所見於臺上之石爲横爲欹爲奇峯嵂兀爲側嶺爲頑洞中空狀各殊致溯之當年蓋亦求之非一端得之非一朝皆窮虎豹冒毒螫據無人之巓縋不測之壑而取之者向非公之

恩信結於朋友遠地交游皆樂爲用而安能如是之佳且多也今公沒纔七十餘年耳所及見者獨此一石惜哉抑又聞之公之得優游於此園者中間不過四十餘年事今又七十餘年而此一片石因緣邁會使其族曾孫爲之守之今族曾孫又皤皤老去復安知此一片石之爲何如蓋石不足愛愛其有守之之人而已言未既有客逌爾而笑於旁余叩之客曰杜暹藏書而戒其鬻安知必不鬻禹偁竹樓不問其朽豈其竟速朽君子之於物但因其見在而已矣處之以無心而已矣余聞而悚然曰子之言是也因并錄而爲之記仍命曰二柳園山石者不欲沒其舊也不敢以自專也

紀鄰

陳其揚

所居地名荷塘幼時見比屋而居者合之余家而八二十年中其六家先後徙去獨余與東家猶舊今東家又徙將行矣語余曰唇亾則齒寒緊子今者得無寒乎余歎而曰自古虞夏商周聖人之胄更廢迭興以至於後世相嬗也又何論庶人之居乎哉且昔者孔子大聖以宋人而興於魯孟子孟孫氏之苗裔也而顯於鄒百里奚一去虞而秦成霸業范蠡一居齊再居陶皆累鉅萬聖賢人既若此也富貴者又若彼也今徒以不喪其故而爲得不爾則以爲失是豈足以爲通論也哉且夫吾儕所謂不喪其故者何邪忠信以立心孝弟以率家力田以急租稅以

勤事畜以是爲其故而已矣若乃棄農織去詩書身無所束遂入游惰游惰之禍其傷孔多三五暗結狙伏搏擊是謂貪殘之民飲酒博奕奸倖巧變是謂干紀之民怙富假勢陵轢鄉閭是謂亂俗之民非詭其是曲枉其直是謂鬼蜮之民凡若此者雖或庇祖父之居饜肥甘之享遂以爲不喪其故乎哉向之六家雖皆非得其意以去也然於吾所云者凡皆有其善而無其惡足以不恨然余卒悒悒於昔今所見之異而喟然於倚伏之無時也作紀鄰

鋪石潭刊木記　戴烱

洞庭而南衡湘全道之閒多懸灘石舟行必量水曲避然後得脫於險若善化鋪石灘上流有木妖者不知起自何年樹不五出去岸十餘丈盤踞河泓寬不丈許欹側附灘幹尾枝根森若虎牙槎鋸秋冬水涸雖熟由此路者舟被穿覆歲數見焉於是呼號求捄而利其災者直半其貨以爲償非是則袖手觀望不少進康熙五十年閒糧艘爲破長善二邑侯往勘欲抉去之詢諸鈞舫皆云千百年牢不可去遂中止銅　有僧曰應適者雅修善而有膽智乾隆十年冬熊君幼蘇偕余與寺僧游話及此時有爲弔詭者謂此木根固而深大四圍長五六丈黿鼉隱現

出沒漁人敬祀之意有神憑犯之恐速禍予曰不然古有功德於民者則祀之今爲民害且百千年胡神之云且妖不勝正宜善其策以除之僧乃乘水涸伐竹數十莖作巨纜百尺夫若千飯數石酒數甕入水而繫者倍償於是人爭助功於上流則牽挽數日不少動眾忌且止僧苦勸持酒勞之移而就中不一日竟拔其一長五丈大四圍堅至不可斧斤閱二日持糧催夫向下流又拔其二三轉向上流抉其泥沙斧鋸斷鑿無不拔者如是者三旬熊君又走函趣余同覓舟過覽是溪連檣而下放乎中流若平地然莫不拊掌稱快來自遠方者相告問莫知爲誰何之力僧復不自多其功不以示人嗚呼彼向舟人託鉢與沿河擊磬以求一錢之惠而毫無利便者去此何翅萬萬也古之强有力者興利除害建無前之烈大不世之勳彪炳史冊積之旣久人往往享其利莫知其初矧此僧去積害建成勞利與名不設於心苟不銘於冊而勒之石不將積久而忘其募眾刊木一勞永逸之功邪古語云天下事有可忘有不可忘僧自忘其功可也安瀾而過者其可忘邪予深嘉僧力之强而不自多其功也故記之

工於是秋八月其費帑金二萬四千餘兩夫富人作巨室不過爲子孫計百年而經營拮据謀土木之巧者且窮年未見有成功侯爲邑數十萬戸赤子建不拔之基屈指纔八閱月而城市鄉村若不知有大工大役之興者何人不擾而功成速也非任事勇擘畫詳悅以使民者能若是乎故曰無城而有城邑得賢侯也今我　皇上聰明睿知旣悉治方內就法度布昭
聖武赫赫明明準噶爾　兩朝逋寇一朝蕩平版圖西極崑崙而遙金城湯池星羅繡錯三代以來無有倫比侯經猷卓犖際茲昇平適當政成報最之期行見治行第一　宸衷簡在大任端歸願益宏此遠謨作蒼生之霖雨价人維藩大邦維屛不僅一邑蒙庥恃賴以爲保障也則揚宗旣爲吾邑賀者又將爲天下賀矣是爲記

生員廣額記

鄧世讓

學校者人才所自出國學萃天下之才郡縣學萃郡縣之才將使通經學古明習當世之務固非徒爲是限額已也　國朝雅化覃敷郡縣生員之差一沿前代之舊伏讀　欽頒學政全書立法周詳爲敎優游列黌序者宜爭自濯磨以仰副樂育又非徒爲是備額已也攸爲長郡屬邑前代列甲科數十人膺鄉薦近百人皆起自鄉學後先輝映　國朝順治戊戌則有余曾大父永芳以廩膳生爲長郡甲科先聲涵濡旣久英俊彙生陽羨蔣公愼齋督學三楚按試長郡有十二城兩秀才之目則攸學生員陳桃文單羽臣實名動湖湘嗣是劉來垣由湘陰學歲貢歐陽廷燦由醴陵學選貢蓋應童試者歲數千人縣學十五名外撥入府學又間撥入他縣學於時文風之盛槩可想見雍正三年　詔天下郡縣學文風寖上者各廣額有差於是邑紳朱世榮以攸學額可廣具呈督學督學校攸士佳搆如林乃廣額五名而向之入學十五名遂定爲二十名論者謂一時文風協應亦由朱君發其端也蓋自廣額以來由雍正癸卯至乾隆甲戌三十年中列甲科膺鄉薦者數十餘人趾美蜚聲洵未艾矣是故廣額者他邑所同而不徒備額以循名而責實則在乎一邑之師友淵源講貫討論廩廩守鄉三物之敎不稍涉華虛經訬之習由是成德達材處爲通經之士出則爲有用之儒濯

層以仰副樂育斯其庶乎昔聖人之垂訓也曰博學於文曰行己有恥自一身以至於天下國家皆學之事自子臣弟友以至出入往來辭受取與之閒皆有恥之事蓋嘗三復亭林顧氏之言而信其不可易也吾攸人士果仰志弭節而體驗於斯則額廣而教亦因之以廣道德之歸其有日矣否則以備額爲美名於樂育之意何與焉余故記之以闡揚朱君之盛心卽以爲後之列黌序者勖乾隆丙子仲春月望日

乾溪洞記

張九鉞

辰陽以西山益峻石益詭最雄譎曰乾溪洞溪出辰谿縣西南勢迅悍洞承其下流傳深窈莫測行十餘里忽徹砑容萬人牀屋竈臼咸具滇叛時土人裹十旬糧避於此後洞在洪江滸溪水所由入沅也游以四月望同行十餘人午食乾溪堡望峯如覆釜左右兩阜夾翼阜巔各峙一亭行小徑里許登左峯亭下瞰赧駮桀削水石隱嶙駭心目樵人遙指黝然伏者洞也强其導游以無徑辭皆踐循亭上余憤然曰吾必窮其奇循崖纖圻下彳亍不及踵三之一斷處緪藤蘽以身爲緧畏擲而下從然墮嵒沚顧同游者止四人躡大石牽緣猱躍高者獅驤低者象濼浮者龜泆怒者熊鬭履之震眩欲飛去遇兩石虎互對向各長五六丈銳其末不受趾以手爲蹠乃達最後匍匐穿一穴則以腹爲趾怒流輥雷掣電不得逞徐轉轂行若與之鬭而勝者相與躁笑乃得平石縱五畝旁爲車箱束流泆其底少憩焉仰望洞門厚豁橫七八十丈高三倍之石如積布疊餅攢羅旋轉夭蟜飄忽怪樹壽竹穿疏筋突骨中垂下入洞府反平衍沙輭苔碧向之黝然者城郭堂皇縈青繚白可張石家錦步障石乳溶溶滴虬鳳蟠攫閃閃欲動斜陽倒射光彩映人面作五色沿溪入左右石乳奮立成鍾鼓獅象形殊壯詭漸昏黑怪風衝襲作餓鴟叫行十數步溪水忽擊入小潭鏜鞳發大聲聞怪蛇唬

櫂而出邑志云有別徑緣潭行十餘里乃得容萬人處惜無炬不可入相與悵然攀右峯亭小徑而上視左稍夸歸驛館則月上矣迺援筆記之同游者彭正之如之彭氏僕李湘余僕魏貴

武岡劉氏新建宗祠記

張九鉞

河南觀察武岡劉淑庵先生守東都時一日至周南講院問余曰予族人醵金建宗祠以合族余捐廉首倡既庀材矣今宗祠與古廟制異同若何余曰王制大夫三廟一昭一穆與太祖之廟而三鄭氏注謂別子始爵者也大傳曰別子爲祖繼別爲宗繼禰爲小宗尊祖故敬宗敬宗故收族今宗祠蓋自玆起鄭注又謂別子從他國來別於本國者今宗祠中以始遷祖爲始祖其義亦權輿於此又問祭器制度余曰古者大夫祭器不假堂五尺席再重三牲五鼎不豐不殺言其稱也昔文潞公作先廟於洛陽請頒禮器儀制宋史以爲知禮此之謂也先生復以前

溪族譜屬余校訂始知武岡劉氏自南唐評事公遷撫州之宜黃爲宜黃始遷之祖長史公遷安福前溪爲前溪始遷之祖子理公遷湖南寶慶府邵陽爲湖南始遷之祖余謂先生作宗祠以子理公爲始祖下遞爲宗方與王制大傳之義合先生皆以爲然且曰祠成子其作文記之余自汝南旋里歲丁巳聞先生大梁訃又三季客星沙嗣君蝯園員外既釋服與小阮江洲學博告祠落成以祠制節略幷圖來請記余覽之祠中正龕以子理公四代居之兩支之祖宗咸列東西兩龕以分房祖配享下四龕配享以世次之或品行卓犖或爵位有聲或勤勞可紀無忝厥祖者使遠者不致荒渺難稽近者亦無淆亂濫及而評事

長史有耑祠在前溪者斂焉．謹嚴包括不柔不濫．洵足爲天下宗祠楷式矣．余惟王政之至今存者．教民親睦．宗祠其首務．非僅崇棟宇耀彩堊列俎豆豐庖湢而已．將使子孫誠敬精神通於祖禰．來格來歆．介爾景福．至合食之道．又必衣冠有秩．長幼有序．揖讓雍容．成禮而退．而爲之尊長者．於是時宣禮讓之教．敦品行．惜廉恥．讀書稽古．力田逢年．無恃勇欺淩．無譸張爲幻．咸歸淳樸．劉氏一族．將更昌熾未艾．緜瓜瓞．衍椒聊．大振宜黃前溪之緒．而觀察公敦本倡首．與諸君子竭情襄佽之苦心．然後可以無負也歟．

瀍東書院謁至聖像記　張九鉞

前明嘉靖年間．閣臣張孚敬奏請天下郡縣學．毀至聖像．易木主．命下．大吏奉行．惟恐不速．爰及河南府學．眾舁像出文廟．將棄之於瀍水．有庠生孟大智者．袒括衰絰．奔至．抱像號哭．聲震天地．誓以死殉．主者怒．欲科以抗旨罪．有從中解者曰．是生因保至聖像．理直氣剛．罪之不祥．且朝議欲易者．郡縣學耳．吾聞闕里及四大書院．皆像．敢盡毀邪．苟移置義學奉祀．無害．大智收涕謝曰．即瀍東書院可矣．瀍東書院．宋洛陽城內外四隅十書院之一也．是時周南書院尚未設．瀍東在舊東中門外銅駝巷右．下臨瀍水．近且僻靜．乃奉聖像於內．大智立塾課子弟於此．終老焉．今歷三百餘年矣．余主周南講席之秋．月率諸生祇謁

焉．地橫瀍岸．廣袤不數十丈．宮闕門廊雖小．規模秩然．至聖像素袞冕旒．左泗水侯．右子思子．侍坐亦冕服．有龕．有幔．有几筵．一庭肅穆．雍和睟乎有容．古柏覆於檐．疏竹窠石．環於階．右院爲堂三楹．可講讀．茂樹成行．邙山爲藩．瀍水繞牆．足風起．如竽瑟鳴．相與徘徊不忍去．余謂諸生．永嘉以新進議大禮．合世宗意．驟用至首輔．天下後世言禮者羣攻擊之．枋國後．刪革典制．毅然獨斷．易像爲主．其一事也．當舉世波靡之日．大智能以孱書生發義憤．如烈日秋霜之難犯．使聖像不潰爛於洪濤巨浪中．至今光生俎豆．匹夫不可奪志．其信然乎．卒以孝子祀鄉賢

祠天之所以報之者隆矣諸生僉曰孟生事載通志寥寥數語未盡先生追尋舊蹟發爲偉論孟生鬚眉猶躍躍欲動使海內知吾洛庠序中有此義士傳之益久且遠請書之於壁以示來者

眞西山先生祠堂記

陳益

先生一代之名儒也事君以道務格其非心嘗纂大學衍義上之然當是時奸邪盈朝矣梁成大附史彌遠罷先生錄祠貽書所親曰眞德秀乃眞小人魏了翁乃僞君子此語大快公論識者笑之嘉定五年以寶謨閣待制兼安撫使知潭州以廉仁公勤厲屬又有湘亭諭屬詩至今誦之不衰蠲軍實罷榷酤蠲斗耗免和糴立惠民倉積穀至九萬五千石又於各縣置社倉及鄉落別置慈幼倉民有死不能葬者立義阡以待之凡婚嫁產子暨有疾病者皆贍賜有差潭之士民特祠祀之一夕有題者云舉世知公不愛名湘人苦欲置丹青不須更作生祠記四海蒼生口是銘祠在城南舊府故址毀於兵今復之良有司力也烏乎先生宗正學源流宋史不列之道學而列之儒林謬矣其守潭也以周程張朱學業勉士教化大行迄今潭之士篤於文行有成立者皆先生餘澤也記稱有功德於民則祀之先生之道不以易天下而以澤一方其功德在人亦河之九里潤也俎豆之奉牲帛之勤其能已哉先生諱德秀字景元宋之浦城人學者稱西山先生云

辛未平糶偶記

陳　益

天下之勢患在時和物豐而民窮財盡天下之人貿貿以安之上之人不卹卹以憂之譬如虛浮之體醉飽冥豫精氣秏索一旦感寒暑尫傫不能終日此其漸也比歲以來自山東河南江南諸州郡報水旱災荒外各省雖歉收無恙然而民窮財盡之勢岌岌乎不可止庚午秋大中丞開公延見余問境內豐歉狀對曰歉曰若何曰近五分中丞爲太息久之然例不得減稅給賑郡民亦安之今年四五月米價日昂貧者持服器典白鏹號叩富者之門富者靳升斗閉糶四郊告饑太守呂公念民瘼屬邑之民舟簦雲集日閱票千百城中豪富射利黠傾屯販鄉民

愚謹終不能勝市井之捷得也公乃詔飭胥役數人巡禁在城碓戶不得取買以便鄉民而蠹役緣此爲奸反欺鄉民稚弱或劫簦或劫舟豺聲虎目持鐵索械鄉民嚇利贖放違者誣稱包買送上笞責鄉民愚不得辨誣受烏乎家人戛金旅客覆盆數百里饑困之身橫遭蠹役之害幾何不瀕於死也是時予家亦挐舟買穀泊城下蠹役數人者至將辱予仲幸仲力格不受辱而鄉民納價未領穀者率畏禍颺舟去予雖知非公意走白公公召蠹役數人者至呵責之旋宣諭鄉民聽次第領買無阻民歡忭祝公且感予意云夫使公素不禮士則予言不得聞予素無以服公則予仲將亦誣受予仲既誣受則鄉民甯餓死不爲此升斗匍匐求禍天下事良有司利之胥吏害之往往如此平糶其細焉者也昔范質書箑頭詩云大暑去酷吏清風來故人旁有貌寢者揖曰酷吏何止大暑相公他日當究此弊持其扇而去質後至沃廣見土木鬼手持此扇心異焉仕周乃手訂刑統然予謂酷吏之害易知蠹隸之害難除要其弊當痛懲之也夫一事也而人情之狃於治安不圖預防者見焉官府之拘於常格難爲厚下者見焉胥吏之肆於積虐枉辜惠政者見焉士民之貴於通情咨訪疾苦者見焉是皆不可不記

游三仙山寺記

文楷

霞流村吾婦翁王凝堂先生桑梓也余家夔城西讀書西城外樹芝草堂足蹟不出方圓里許有時攜詩囊輿勃勃欲到之處或阻濡滯不果又家訓嚴跼蹐不得遠行舉近城所有諸名山水足以開視聽供羈客騷人之登眺娛翫者曾不任意一往霞流距城且數十里雖有勝地安所得游而余以省婦翁時得往步霞流其始也覽山川之大概歎其滿目清麗進而求其可供登眺娛翫與名山水俱古者則三仙山寺其山之尤勝也望之翳然林木蒼鬱濃翠諸山來朝其下左右周視之團團如螺髻非壯强者步其巔輒苦喘息循牆而入山寺在焉寺前長松千

尺枝卷曲盤折甚古綠竹成陰青苔繞砌又餘景也游者憩僧房時忽忽聞下界人語聲午餐聽鐘鼓嘈呟鞺鞳厥足醒人覺神骨爲之曠爽自是數年來無歲不來霞流無歲來霞流不登寺今夏適友人陳子景三雷子茂華肄業其上余既喜其地之清幽閒曠而又以是幸同賞之有人也陶淵明詩云聞多素心人樂與數晨夕今其樂且何如哉過訪之下三人銜杯酒撫景怡情忻然坐話輿到或聯詩數首寺無棋時棋輿發各不能自止於是索寺前小石代白黑者以銅錢代爲拍案叫陳子曰余摧汝之鋒而不汝讓也或者議之是作無益害有益嘻彼烏知棋中趣又烏知吾輩所爲與泛泛者正大有徑庭邪且夫人生行樂耳以如是素心之侶一時相遘於名區勝境閒不耽其情以盡一日之懽安知不逾時而登眺娛翫者有其地而無其人同賞朋友聚散離合之感可勝道哉夫霞流村得茲山而增色固多矣而余游亦已樂矣遂握管而爲之記

蒙泉草堂後記　張九思

乾隆丙寅余年三十作蒙泉草堂記之越歲壬申余在京師吾師醴谷先生閱其文大加稱賞其評以爲古之揚子雲不過是嗣是憂病尋侵舊學榛荒矣去年舍側初置小屋爲燕息之所頗采舊名而表叔游元素爲書而扁之於樓尋所記遂不見然其大指以爲泉之爲物其出之有其本而流之及於物者長在易山下出泉其象爲蒙出潛離隱有覺之意出而未闢猶未離乎山之內也故稱蒙焉覺生白蒙人以所見爲明明不生於所見生於所不見故君子惟獨之愼以一而達不貳不息放乎周流其動也則直溝澮之水盈涸無常集也故聖人以致一懷哉

惟養正乎或東而東西而西逝其遠矣惟勢焉驅波之所蕩而濁之所委源用駛之雖聖人其如蒙何故貴夫能自得師蓋當時特因所見而揭以自警者如此不敢知有當於易之義與否然余尤以爲夫人一生之中前後常不能以自必即一日之中離合每不能以自必今距丙寅作記之時且十年矣中間人事錯迕悔吝憂虞之遷流震撼又何可勝道然區區所志如此誠取以自質何如也故今堂之名說之旨皆不復易焉而更掇拾之以爲斯記然則余之所朝夕循省而慚汗不能已者亦豈有他哉自失之而自求之期無戾其初焉而已是果行育德之義也

石棊局記　張垣

余每過名區見石之如砥者恆刻爲棊局問曰某仙弈處石之如案者問曰是翻經處是撫琴處卽恍然如見古人焉故山房之成也亦於石之如砥如案者名之曰琴牀曰棊局琴牀無可似棊局則刻爲井紋以似之久之苔痕蝕翠草帶承趺過者羣歎天然云然斷弈六年矣雖有枰而無子也故與局相忘復十二載忽遠人貽子二合置之案頭客來自尋石局未能禁也迺雲幕開枰風簷落子兒曹竊覘其精神志意已勞攫勝負之場矣余驚而投之潭書二絕於壁曰石局縱橫不設棊當年原惜寸陰移兒曹莫學忘憂客枉卻機心那自知非排坐隱誇高隱

厭歇清談向手談緣草成茵花覆局別饒風味靜中參客拂然曰投棊曷若毀局彼動靜方圓未荒十年相業不宗李泌之智而效王隱之愚乎余未遑與深辨第十八年之操持則欲以終吾身傳吾子也至於局則已與相忘矣而又何毀焉倘曰有愧古人也吾當援琴三弄以謝之

始建山房記　張垣

居潭上之南塘門臨東陌欲作向南小齋苦積石迴遭無善地偶讀柳州雜記悟其披羅布置之宜始命石工施斧鑿得平地三十餘笏畫半以爲堂空其半爲種花坐嘯之地其不可鑿者隨石勢之高下建亭一閣一入其中不復知身在亂石間也惟存二石一作榻一刻棊局牆外古梅老桂香送堂前亭畔薜蘿復生更得天然趣登閣而望羣山蒼莽澗壑爭流隔岸茅檐松竹蓊鬱春晨秋晚田歌牧笛往來上下閣中之琴韻書聲如相和荅山中人得以坐而忘機悠然作裴王在輞川想已顏其堂曰枕石山房依堂小室曰尋樂處亭曰自然閣曰平山湘漁兄

畫里弟各賦詩以紀勝一時諸君子聚飲於斯者咸有詠焉夫山之巉岏犖确振古于茲一旦少施人力而幽境豁然向使薄爲無用則夫可以堂而吟誦亭而宴游閣而登眺者皆沈没於落葉寒泉荒煙宿莽誰復爲之流連睇賞於其閒哉語曰璞必勞于琢而後美玉出人必勤于學而後功業成爲地主者可以知所自處矣山房距湘江三十里成於癸卯之春

湖南文徵卷四十七　湖湘後學集編

記六

還雨福記　郭焌

土之人歲以一豕登三焦之頂而殺以祀神命之曰還雨福山故未有廟相傳有石香鼎在焉爲樵者所蹈所謂祀神者山神也豕之上於山也不以繩約鞭策引之至山下則闖然而登路若熟習者衆以爲異焉予居山下四十餘年矣每覘晴雨則覗三焦三焦有雲則雨無則否或有客雨自他方來三焦若不爲之接應者則亦不雨三焦之能自以其雨福吾民而不欲掠美

於人也古者山能出雲降雨以爲民福則謂之名山而祀之今三焦不然何其行之似君子也余故爲之記

遊走馬峯記

李繼聖

常甯古宜陽也邑西有峯字走馬朝雲遼巢彭澹晻藹卽雨俗往往以是爲奇驗邑舊乘成於季世昔君子或未暇詳庚戌辛亥間修飾前書採錄亦不備烏乎窮幽而極渺之難也甲寅春二月余講學其下指謂從者曰余聞諸父老此岈崍者受字亦奇矣先朝伐寇邑南鄙師北鄉人夜夢白面郎血透袍鎧自言某唐姓陣亾於寇西向走馬徘徊雲際顧棲村北隅最高一峯今麓之陰有唐相公廟峯之得名以此弟子詵其事請余導先路銜踵以次登旣百餘仞得石壁嵌山椒嫩苔蒙茸滑膩如懸靑氊予方倦跂足倚立諸弟子躍然曰此先生行樂小像圖也

憩少頃循壁左右磴分行直上服色錯雜烟靄掩映各露半身於竹杪松梢閒達巓得石粱突兀架空崖崖巉巉相與屈勢環余而蹲焉焚香酌茗長歌宋玉對楚王問林谷轟然鳥躍獸馳山靈辟易掣劍一麾淩風大呌白雲冉冉欲墮覽卸衣冠從巖端擲下猶委蛻而登仙山下行人仰視霄漢未嘗不掉頭詫奇卒不能釋然於其故以去也烏乎唐相公者何如人死且有知惝恍來此以據其奇矣乃爲人迹之所不到景埋於棘而蹊塞於茅不有今日亦寂寂烟雲自吐茹已耳

幸遊記

李繼聖

天下恢奇古怪之境不可以有心得也予於雍豫之界僕從夫而後馬失道瞌睡乍醒一徑如線微風淡蕩亂草紛披黃沙眯目莫辨方所久之驪聲忽住則馬臨澗矣澗闊二丈許自小成隊逐一大鯉洋洋而逝隔岸山阿中炊烟縷縷欲問居民所向遂勒銜相淺以渡沿麓行半里有豐碑當道伸袖拭之無文字繞左十數步有長坂古木蒼蒼一色時屆深秋無落葉過林見岡巒羅布馳入以鞭數之得八靑石峯整齊協卦位洞然中虛甚坦且曠無塵無棘草鳥蹟獸蹏印地若蝌蚪不可識地中有圓井掬飲之甘冽沁心脾然四望杳無人烟而八隅則各有大

道予從西隅出按轡反瞠雲霞嵐霧種種殊光衝起天半始知向所見之縷縷者其靑氣之偏發於一面者也方徘徊如有所失不意僕夫已招呼在前矣異哉予何幸而獲此一遊也靈運爲永嘉守巖壑幾徧未搜雁蕩諸勝昌黎近滕王閣欲至無由若天姥則靑蓮僅見一夢是有心者或目前咫尺難到而無心之遭竟不可思議訪諸人亦率無有知其處者卽柰何爲人稱述以滋人疑也聊自記焉不可忘

塔樹記

李繼聖

弋陽江岸有石塔七級約高八九仞其頂鐵葫蘆約高四五尺葫蘆旁一樹幹似拱把而杪似與葫蘆齊鬖鬆葱蒨直逼蔚藍吾不知頂石之罅何以蟠根自固竟能超然向空獨立也士人云每歲左右迭爲榮枯榮則秋冬不彫春乃代謝焉嘗有海賈願千金購樹千金修塔邑人士執不可賈未言所用亦未稱其名蓋傳疑久矣至今無識者吾聞而歎曰伊尹出空桑夜郎王出浮竹徐偃王出棄卵可以爲不經哉託生於奇絕之處其來也無始其成也無終人或惜夫遇賈之知而用未顯而名未彰

吾則甚幸夫未言所用未稱其名得以致虛守寂依然混沌之天鴻濛之世也其左右迭爲榮枯也物情忌滿天道好還則陰陽一氣之自爲闔闢盈虛也故榮能不彫而枯能不死

代晉平陸杜觀察家廟記

李繼聖

王者本仁孝誠敬之至而制爲廟所以聚焄蒿之神聯雲耳之裔也廟之外昭穆不相見羣祖東向獻於各廟而不及他宗此小宗禮也廟之中昭穆不相紊太祖東向祫於太宗而并萃羣宗此大宗禮也我杜氏本溪而未繁始熾京兆繼熾襄陽功勳志節文章爛焉自士能公由梁遷晉爲今平陸一支太祖此闔族百世不祧之大宗也幸沐餘澤家習耕讀明季某六世祖反泉公始以科第顯官五馬骨鯁忤權貴不終遷邑故有太守坊某罷居林下謀之服屬修坊且別立廟焉此又倣世室之例而太守公固不可與五世之小宗而同祧者也某嘗慨世宗法不

明士庶之家多無廟往往輕去其鄉骨肉不相保則以氣閒於生死而情絕於本源也夫此豈無故而然哉古者廟事先自秦漢作祠時而淫祀盛淫祀盛祖廟衰矣古者尸事先自禹鼎鑄鬼物而假像興假像興尸祭廢矣且祭有四舉而後世惟春秋至釋氏盂蘭之會立妄以中元月望冥王赦諸鬼出地獄俾享人間血食天下從風而靡多私祀其先於家而春秋之典又荒矣蓋世道人心之壞之至於此極也夫以主神之也以尸人之也以廟則神人一視也我杜氏士大夫之家也卽不能上循古禮亦不可下與庶人苟安習尚自茲以往過廟而思入廟而敬宗知大小親知昭穆仁孝之心生卽聰聽祖考之訓而有餘功

勳志節文章之士何患乎不遠繼京兆襄陽兩派也若敖氏之鬼餒而庭堅氏之祀忽諸抑其子孫不克自振耳讀古至此能不寒心善夫孟夫子之言曰卿大夫不仁不保宗廟仁者百行之根本保之云者可以長處約可以長處樂也其安得不與族人共滚無窮之思哉

丙子會記　李繼聖

水火濟功之歲余四人降於楚以南坎離布化之朝余四人集於燕以北葢衡山饒君大昭許君兼五暨祁陽余宗友桃也甲子蒲月望七醵飲祝饒君屬余紀其事余四人已近古者服官政之朞矣猶需銓不卽爲國家效力學之未優歟時之未至歟星士往往談命余思水爲氣之元而生於數之始其乘子水來何遽不可爲江爲河爲淮爲濟也又助之丙火若釜鼎烹飪當足以養人類余獨何爲十年客路幾至於渴不潤而寒不熯哉今年支幹建首水與水合而會於北方北方亦水行之所宅也其四瀆之朝宗於海乎且丙火逢甲木不啻楡柳棗杏柞楢槐

檀之生旺於四時也瞻雲就日又不啻金燧之獲餘輝於太陽也宋世丙子東坡生癸丑作遌語東坡詩自壽陶唐丙子張果生辛酉作誕日漫記感及之柰何才人與同庚而蘇子不復見仙者與同庚而果老不可期猶幸得從三君子數馬齒也又何必曰古之人古之人

費履齋云寸人豆馬竟從片地上馳騁

龍鳳潭禱雨記　李繼聖

雨大閒風雲雷雨氣之所聚神必棲焉其不時及神不欲行而氣散也則當以人心之誠聚之故感而相通萬年縣東隅有龍鳳潭去城七十里相傳禱雨多驗禱之之法邑令先設壇於城隍廟遣道士往陳供素果穀各五器齋表啟一道藉以黃紙浮游水面紙自斜側下啟入少頃乃取錫壺亦眠浮諸水神賜水壺立而沒還自出抱歸壇必雨不雨啟與壺不入也入則其下儼有引手者所聞靈異蓋如此乾隆辛未歲旱甚予如法求之得霢霂連日復求之道士同衆至其處夜半冷風猝過失所供素果五盂□□喜以爲神受之矣尤未嘗見聞之事也越日果

降滂沱一候予愧德涼不能重邀神惠以膏四野乃三致齋戒乘兜輿往禱近潭五里許徒步小澗中亂石上跳躍彳亍兩涯無蹊徑澗盡爲潭潭在石壁下環圓約十餘丈深不可測其旁高峯對峙茂林蓊翳左峯有曲徑達壁壁後一峯如座水自弋陽來亦小澗也繞茲峯之左麓注壁爲瀑布高二丈餘入潭丁冬即當微風吟葉蟲鳥雜響雖張樂洞庭不是過矣右峯懸崖巉突崖下四碑明正德萬歷時所豎皆勒書劉眞人得道處數大字無記敘文亦無名號（按舊志名享文）予向碑行禮觀道士所爲如所聞得神水拳拳服膺出谷方三十里陰雲陡合甘雨沛然予竟體淋漓役夫歡呼疾走莫不以爲神人感應在呼吸間時六月廿一日也蒙之辭曰再三瀆神固不厭其瀆也匪不厭其瀆不厭其誠也是以叩禱壇下而廿四日又雨邑庶幾乎免於旱夫誠者天地鬼神人物之道之府也予亦一念之誠云爾已矣況至誠者乎桑林之事何疑焉且予觀其飛瀑爲潭潭又發爲澗過兩石門出頂雲峯下兩石門者澗身一束中昂大石如扇戶而水自罅瀉也頂雲峯者當潭之面銳削如旗竿而水自旋轉也乃越樂平界入江入湖則其流澤廣遠而靈氣又合江湖爲一體者也豈惟是茲邑之福神福地乎哉復紀以詩滿澗徒行仰地靈壑中樵牧未曾經鬼神朝罷月逾白龍鳳鳴來山又青雲展寶幡升朵朵石班玉笋立亭亭何須馬上加零滴乞得

仙潭水一瓶

歲辛未家六叔宰萬年憂旱聞境內龍鳳潭仙靈感應爾遣道士祈求皆雨因未霑足遂撰記及半躬往禱以半稾投於潭祝其大賜甘霖乃成篇用彰神惠果如所願其人其神其事其地並文而五不朽矣論幽明之相報萬世一時毋乃若桃李玖瑤之相去乎姪啟晨註

重修自卑亭記

歐陽正煥

戊寅冬余家大人來游嶽麓遂登斯亭顧謂余小子曰富哉趙公之命名也其有概於中庸之指乎今夫登高自卑之說學者童而誦之至於工文章取科第置身青雲之上自命誠不凡矣迨反而求之日用行習之地或不必悉衷諸道是鶩高而遺卑也究所謂高者安在哉今嘗欲登嶽峯捫禹碑俛睨蒼茫慨然追朱張之履舄而非下循平坂問塗已經輒謂其能馮虛御風躐凌絕頂其誰信之然則深造自得之境固自有眞際焉誠使遠觀諸物近取諸身平心以詧之實力以踐之從容漸漬以俟之如循絕磴毋廢半途如陟層巒毋阻一間卑之既盡高不可踰矣則所謂下學而上達豈外是哉小子志之其無忘先民嘉惠後來之意也於是小子敬奉嚴訓繕葺斯亭而泐其說於石

白公渡記

劉元熙

潭邑治瀕江爲四達五會之地兩岸居民通闤帶闠問津者往來如織舊設二渡相距約十里而遙而舟苦不給邑之人屢議增置一渡於其中如築室道謀迄無成而若有所需也邑侯三韓白公以舟楫才作吾潭保障今閱四年潔清勞勩飲湘江一杯水涖事往往廢寢食沛澍施霑百廢具舉春臺熙熙欲報之德而不知所以公性孝友迎奉太母於署而鞠其兄若弟之孤嫠色養祿養罔不周至潭人士益觀感激發於不容已會逢太母七旬誕辰乃皇然相與謀曰聞我公壯年失怙賴太母教育而成立之今秉慈訓以治吾潭而潭民受福固宜朋酒羔羊一效躋堂之祝也而公廉仁素著必以爲費吾民而不吾許其何以申愛戴之忱顧公之不欲費吾民惟期利吾民耳吾儕其以利吾民者爲太母壽推公之孝思爲潭之利濟公能不我許乎往者議增置一渡未果斯其時矣以告於公公猶慊然以爲費吾民也自捐俸百金爲助夫孝莫大於合百姓之歡以事其親慈莫廣於本親親之仁以濟其衆感莫捷於因利民之政以抒其誠是役也上下交孚相成於不朽豈非千秋盛事乎議成而踴躍者徧鄉邑客支土著爭解囊捐田以襄厥役鳩工庀材不閱月而集事擇地十六總倉門前馬頭造三巨舟覆以篷爲亭於南岸以憩渡者其歲修公食之費簿籍出入擇公正者司之

規制既定邑人屬予爲記且酌其名予曰昔漢趙中大夫白公鑿渠涇陽溉田數十頃唐白太傅築隄錢塘門外蓄湖水以溉民田當時皆以白公名之今公之惠澤風流與二公鼎足而三矣即名曰白公渡可乎僉曰善繼自今無祁寒暑雨鄉邑遠近之人至此靡有望洋興歎者相與叩舷而歌曰湘水湯湯行人彭彭我侯惠我如履康莊匪且有且訏謨孔章野無伏莽樹有甘棠又歌曰衡山高兮湘水瀏有慈航兮垂永久錫爾類兮福單厚勒貞珉兮祈黃耇湘水瀏兮侯之清衡山高兮母之壽

燕子嵒記

王昭熙

畱田之陽多山其巋然獨秀者旗山爲最羣巒環繞若郛郭然迤邐而北疊巘重岡皆巨石凝結其西南隅則爲燕子嵒是嵒也每當風融凍解元鳥羣巢於內呢喃對語響荅林閒故以是名遡其初榛蕪荒穢半爲藤蘿所封居者未有以奇也有明萬歷閒先子仕賓公覽其名勝有懷於燕翼詒謀之意於是始以人工而疏天巧遂成耳目鉅觀嵒之上下四旁皆石壁高逾丈許廣半之袤數十餘丈曲如大環中可容百人前有隙地寬平廣闊上建小菴鐘鼓嘈呟時與山谷相應列坐其閒近阜遙岑參差隱見清幽之況迥隔紅塵若夫三春花放林鳥變音悅目怡神不可名狀夏木陰翳炎熱不至蚊蝱不生避暑雅集恍坐蓬瀛迄乎萬寶告成山容獻翠丹葉霜紅停車足娛既而孤松挺秀玉積羣峯而嵒內融融煦暖不逼寒威翻疑吹律回春何如此冬日之可愛邪嘗論大造一良工也水流山峙隨地布奇雖有佳景未經薦紳賢哲之品題其名不傳若斯嵒者雖予先人之所培植然其清奇古奧實足爲郡邑名勝之觀余不能不紀其實以沒山川之勝

龍標山記　朱景英

龍標山在黔陽縣治東。元和郡縣志。武德七年置縣。因龍標山為名。大清一統志。梁置龍標縣。以此。今龍標山在黔陽縣城內是也。按隋書地理志。龍標梁置。攷篇海。檦音表。北魏書。列檦建旍。淮南子。檦林欂櫨。為鹵簿柱枅之屬。山之名此。葢狀其勢。自梁至隋未之改也。迨唐始去刀為標。作平聲讀。李白詩。聞道龍標過五溪。王昌齡詩。龍溪只在龍標上。是也。然失其舊矣。山坏覆城隅。逶涂夷坦。非有峯巒洞壑阻人登陟。其上則普明寺與城隍廟隔垣而峙。靈旗颭岫。清磬若巖。紺宇琳宮。望之翼翼。黌宮倚建。坡陀閈繚。垣闤闠。朱碧相輝。列植綠楊。拂檻蔭沼。皆為此山簇成景色。下見公私廨舍。與夫街衕井䦨之屬。莫不接我眉睫。七寶山面出。如當戶庭。嵐翠疑可攬結。沅潕二水襟合。下煙深似海。月上如潮。徘徊登眺。幾不知此身在城市中也。

龍溪記　朱景英

龍溪在芷江縣西一百三十里。源出貴州黃道司界向家地。流逕山磵石壑中。逵於劉師洞。又一支自縣境小紅旗發源。流至此為西河口。匯焉。由此而南逕大洞坪。又折而東南入於潕水。凡三十里為龍溪口。設市於此。貨販稍集。人烟亦稠。估客船郎上下棲泊。唐書地理志。獎州龍溪郡。本舞州。亦即業州龍標郡也。獎州故郡於此溪為近。然則大歷五年改龍標郡為龍溪郡。或因此名與。又考唐王昌齡集有送崔參軍往龍溪詩云。龍溪只在龍標上。（案此龍標非郡名。乃縣名也。即昌齡謫地。）秋月孤山兩相向。譴謫離心是丈夫。鴻恩共待春江漲。可以證此溪之所在矣。

獨醒亭記

王立楷

昔讀離騷漁父篇。至世人皆醉我獨醒之言。未嘗不欷歔歎曰。殆哉、時懷王疏遠正士絕齊事秦楚日以削。三閭覩舉國之號呶羣臣之幡反。作離騷天問以啟悟君心。不啻爲貪婪求索者立之鑒也。不啻爲謠詠善淫者佐之史也。乃悃悃款款解醒不逮。一醉而敗丹淅再醉而辱藍田。又再醉而被執武關。身死不返。爲之臣者若上官大夫子蘭靳尚輩。又相與哫訾慄斯。卜之晝卜之夜以餔其糟也。幸姬鄭袖又承款汋約。或涕泣歌舞以歡其驩也。三閭章畫志墨。本九天以爲正奉五帝以折衷目擊黨人嫉妒眾女嬋媛。若夢若狂亂我籩豆。不得已煩冤瞀客行吟澤畔。與漁父問荅自命獨醒。且以慨歎世人。嗚呼豈不哀哉。

獨醒亭之建。立汨羅江也不知創自何時。前明嘉靖閒。邑知縣戴家猷重建。旋傾圮。去今二百餘年矣。歲甲戌邑侯陳執齋夫子撤三閭廟。新之於玉笥山。明年廟成。邑人李公大章胥公遵儒踵前事立亭廟側。仍其名曰獨醒。表前哲即以勵後來也。後之託造湘流憑弔楚纍者。其或廉介正直以事其君。登斯亭也。將與椒蘭同芳。把臂修門而寄志不孤矣。若使突梯滑稽以辱君敗國。躑躅於此能不汗出浹背。自愧爲鬼爲蜮。不可久爲延佇哉。亭成。費金一百有奇。董其役者大章子邦淮遵儒子從名也。例得並書以貞諸石。

騷壇記

王立槐

乾隆二十一年。湘人士撤三閭廟而新於玉笥山。余瓣香謁所爲新廟者。臨水濯纓濯纓有橋。循橋高山兩亭翕然。一曰招屈一曰獨醒。直前有壇。額曰騷壇。壇高而闊。吾鄉黃公所建也。余詞若橋若亭。自昔有之。騷壇毋乃嫌於刱乎。黃君曰。惟楚無風鬱極必發。三閭睠懷宗國。作離騷二十五篇。雄博瓌麗。稱詞賦宗。其徒宋玉景差攄情寫志。感慨傷懷。三湘七澤。閒爲採風所不及者。駸駸乎大倡宗風矣。於是賈誼劉安東方朔嚴忌王褒劉向楊雄王逸之徒。相繼則其綺麗抒其哀怨。鴻裁豔辭。乞靈爭長。吾建騷壇於此。欲懸三閭爲詞賦不祧之祖。彼摛華競秀與三十五篇同源者。吾進之壇中。與三十五篇異流者。吾斥之壇外。先生其爲我志之。余曰。玉笥爲三閭作九歌地。史記云原賦懷沙。沈汨羅以死。其他離騷天問遠游卜居漁父等篇。不傳作於何地。是天下之騷。繫於全楚。而全楚之騷。繫於湘陰。茲壇其所以志乎。夫刪裁僞體。轉益多師者。詞垣之統論也。俯視千載。絕斷眾流者。藝苑之大衡也。且以三閭爲牛耳主盟。宋玉景差而下。歷階而升。樹幟北面。其餘詞賦詩歌之徒。悉逡巡廡下奔走而馳驟之。崑崙元圃。赤水流沙。皆騷壇邪。鸞鳥鳳凰文狸赤豹。皆騷壇物。產杜蘅蘭茝揭車留夷。皆騷壇紉佩。一切靁塡雨冥。風颯木蕭。猨悲狖愁之聲。皆騷壇鼓吹。非是者厲色登壇皋祓而麃之自古遷人游客皆嘗遲此投弔三閭異時有賈誼史遷其人過焉吾知不躑躅江干以垂涕而徘徊堂府以欷歔也黃公名德然字達山邑高士年八十捐金百兩成壇其孫齊銓董其役並書之以貞諸石

洗筆池瑞烟記

張正笏

湘鄉東皋書院之右偏為洗筆池唐褚公遂良行部憩棠故處也公書法絕倫洗筆於此池水盡為雲煙後人名其池以誌不忘曰洗筆池云公没數百年後池烟不常見見則人文蔚興嘗考志乘所載邑之科名莫盛於宋其時有池烟出焉魏了翁記公之祠於篇末亦微其詞而弗遺乾隆己卯之歲余授徒東皋每暇時往來池上輒徘徊不能去精神恍契公於千百載以上然求所為雲烟之起則不可得而見六月十七日亭午之會有來言者曰池水起墨雲余往視水異常烟之浮已淡矣次日巳刻復起至未乃没如是者五日方出池時水盡白少頃墨霧從

中起漸彌漫一池其布形不一或如風竹搖曳或如老梅橫斜或如蒼松盤曲有棲鶴隱顯其閒而其迴旋圓折為太極圖者則數見焉遠近觀如堵有攜瓶甕取水歸者瀉杯中有香氣浮出此歷歷余目中事也是歲大比邑登賢書者謝子佑瑾羅子國俊鄧子文泮其一男眉大儁四人而余授業者三焉一時聲噪咸以為墨池文瑞云余謂墨烟之起此僅有事當以人瑞卜不徒論文瑞也士君子讀書處則為純儒出則為名臣窮達皆有千秋之業如韓魏公草茅力學具公輔器及廷對擢高第太史奏雲五色見於天上其後安國家定社稷事業光於天壤垂之竹帛如是之謂國瑞若夫弄筆墨以眩俗目曲學阿世以圖

進取至於列朝籍身家念重漁溷自甘綜其生平爲有道所羞稱其爲閭里辱何如何瑞之足云且夫池之所以重者以褚公重也公高宗時以諫立武后貶潭州都督當其執筆爲諫書時意必有祥瑞之見於日月者如韓魏公廷對時事豈得以昏主之斥辱弗指爲唐數百年之國楨乎在僞周時狄梁公宰端揆使其後日不能反周爲唐則屈身賊后於公有餘愧矣且公行部有遺愛湘之人所以尸祝之至於今也然則池烟之起瑞之驗不可知以言瑞古不云善人國之寶乎卜瑞卜以此也是可取而志之以正今日之言瑞者

案己卯爲乾隆二十四年時上湘尙無館選顯宦至九峯筆

山兩公始皆由詞垣洊歷鄉試而以是科同舉鄉闈爲一邑科第功名之先導故應有此瑞祥後來當亦有此祥或無人見見亦未之紀耳汝懷附記

大嶽灘記事

文承寵

從攸水達湘江數百里險道不一惟大嶽灘爲最近聞經玆灘者舟或溺或破所漂散器物如少陵屋上之茅遇風投地竟有公然抱入竹去者今秋買舟赴衡至園西坪則先至者列檣如林舟人曰是皆待灘子而後行耳灘子者卽灘側居人幼習於灘而與人充水手者予笑曰古有梓人闕其牀足而請他工若等得毋類是曰不然吾所可測者江河自然之徑今玆灘非特石嶄嵒水拘折而勢剽悍也人於其間或掘焉如阱設或梗焉如錐伏閒從其道累石而默識之不知者惟意所揣觸處皆礙甚至毀檣摧櫓資裝蕩敗前之待募不獲者汲汲焉承其敝矣

惜小費蹈大害予奚取焉迺各尋舊識訂値促行久之灘子挾雙屐揚揚登舟握篙駁舵時或故爲差誤蓋其操持甚熟爭勝毫髮不使人得銜尾而隨波也旣出險則啖飯與肉索値靸履登岸舟人回望灘頭白濤洶湧惝怳如夢罔測所以嗟乎世之以機械馭人利害得喪顚倒播弄於其手而人莫知省者獨玆灘也乎哉

重修朱子亭記

丁宗懋

舊學宮後有朱子碑石鐫其遺像并詩覆以亭亭再燬徙碑石於明倫堂及學宮遷遂委之蔓草中矣乾隆甲午始稽其故址理其莓苔而覆以亭如舊攷朱子全集載南城吳氏社倉書樓題其寫眞詩與此同是詩與像並在南城作也邑志謂朱子初經此地特鐫像重過此城乃繫以詩特以明斯亭之所由來要之朱子道在天下凡所以係人思慕者正不專在乎此當朱子帥潭州時講學嶽麓邑先正如吳文定黎貴臣實親炙之是其望風景從相與羽翼斯道者大有人在像而奉焉以志瓣香固無論朱子之一過再過也且醴陵爲潭州屬邑相去不二百里

而近維時東萊呂子南軒張子嘗講學於此今治北書院與南郊外二賢橋故蹟猶存然則朱子勤採風之駕停訪道之車郎一過再過又何俟徵諸詩而始信之東萊學宗關洛能變化氣質朱子固稱其足以範俗而垂世南軒得胡氏論仁之旨以古聖賢自期待與朱子在嶽麓往來辨難尤密今斯亭成歲當致祭既議奉東萊與朱子合祀而以吳文定從焉愚竊謂南軒並宜合祀於亭以見諸君子合志同方一時相得之雅吳文定初從南軒學後乃師朱子於潭湖湘一派表率爲多同時若黎貴臣爲朱子所推重嘗舉充嶽麓講書事業雖不逮文定要其學術之同出於正不必以隱顯異也似應並居從祀之列然後登斯亭也溯往喆而念芳型名賢聚會信非偶然師友淵源昭茲來許雖山區草澤開其流風餘韻豈在遠哉端必有聞之而毅然興者矣若夫經營措置倍於前規有亭有堂有軒有檻則吾友鄢君晝郵實權輿其事已紀之詳

二聖橋記　　丁宗懋

自淥南別業出郊不里許有橋曰二聖予詢其名詢之土人莫識所指也邑志載有宋南軒張子東萊呂氏嘗講學於此土人因以名其橋嗚呼斯豈非地以人重者歟二子講學之軼事他無可攷惟東萊書院在治北四十里大德中宋渤嘗爲之記今遺阯尚存南軒舊講學於長沙城南外當朱子帥潭州相契最深而東萊生同時其志趣亦同朱子嘗並推之且距醴甚近其往來辯難諒所時有惜其說不盡傳僅得於斯橋慨想其游蹤而已顧斯橋枕於荒郊曲澗閒廣不盈丈袤不及尋非有迴瀾浴日之觀也乃幾與昔賢並有千載彼世之潛光處晦山之巔

水之湄豈無勝概不獲遨顧盼於時卒至與墟烟蔓草同歸寂盡而湮沒不彰者可勝道哉吾是以慶斯橋之遭也夫二聖之稱名誠不免過當然其時學禁方厲諸君子散處僻壤一時庸夫孺子咸知愛慕亦可見曩之風俗淳厚而教化之入人深矣予請易其名曰二賢蓋崇之以實即起二子於今日端不以予言爲謬云

游三仙石洞記　　張眉大

龔生榮沂學於余別字參石余偶詢其所取何義生云沂居二十一都近倉沖大石山山有三仙石高數丈許其中洞府尤絕奇既邀余至其家因往游焉山頂巨石錯互如鬬如伏如星離如馬驟三仙石獨昂首傑然出其下有門可俛入入數十步尚暗忽現光明煥然見堂室蟬聯或大或小皆整飭壁有松如畫有龕有筐筥皆石石倚壁若設几案或小佛三四尊或有碁枰子俱全佛與碁子可移不可攜出攜則重難舉越一閒兩閒則有井井皆泉水噴湧倚左壁南流瀌瀌有聲漸成河深不可測時七月初甚熱至此不覺涼沁心脾也趙德麟謂仇池小有洞

天之附庸余未窺玉柱金庭較此何若而此之奇要非附庸比矣是爲記

重修迴瀾閣記　張眉大

溆邑古多招提其見於志乘者凡數百所然或誅茅幽阻或結宇闤闠鮮有能兼山水之勝者西郭外有山曰靈翠枕盧峯瞰溆江山骨巑𡸣竹樹峭蒨有高僧萬緣者愛其勝卓錫於兹創爲大士閣功未竟而師示寂其徒一飯踵成之更名迴瀾飛甍果樹上概太清憑欄遙睇則平疇錦繡迴渚挼藍屈子之亭樂王之洞皆可攬之几席之近洵奇觀也余司鐸於兹每逢月夕烟朝輒偕二三同人步屧而至以騁蕩性靈焉乾隆丁酉閒刹盡於火一飯誓重新之時歲方連祲人或以爲難一飯獨持一缽奔走山谷間風餐露宿足重繭弗休道俗咸感施者雲集乃

購名材鑱巨石不數月而工成金殿突兀寶絡莊嚴禪房齋廚鐘樓鼓筍咸復舊觀而規制且稍廓焉余聞萬緣師涅槃時所餘僅卓錐地今福田嬰闕皆一飯所創兹復使靑鴛之舍成於彈指自非發勇猛心具堅固力其能若此之易於插草也乎以此心而參最上乘未有不入三摩之地者矣刹成不獨鹿苑緇流可以面壁觀心而吾輩有山水癖者亦得於香山居士白衣鳩杖肩輿往來假香火之社而徜徉於翠竹黃花間也遂援筆記之

樂貧軒記　朱色

家故無倉以無積也亭兒成進士祠例給穀乃截貯讀書之房牘半間仍以讀僅容厀力不能廣也即吾志而名之額曰樂貧或曰貧何樂哉衣食交歉俯仰喪資風霜砭骨鍋突失炊囊虛櫃空甑橐項弛世所共愁君樂何辭且夫疏水枕肱食簞飲瓢孔顏樂道貧乃偶遭子取糟粕乃爾囂囂梅臂翁掀髯而笑曰俗哉子之言也孔顏樂道固非爲貧貧如不樂道域奚臻且子貧不樂必富是求人謀鬼謀乃底豐優阡陌繡錯爽塏深幽頤指儕輩氣壓人頭此富者之所自豪也夫豈知天之所生欲其相愛而陽虎有不仁之歎天之所與欲其自恤而古人有暴殄

之悲夫不仁以創之暴殄以守之則古言鮮克自家常奉御以逮冠昏喪祭其靳艾計算之有干天和者豈可僕數也又況子弟承訛襲謬踵事而增邪語有之善惡之報如影隨形奢必報歉貪必報喬淫必報淫强必弱及環而顧之紛紛者何其多邪昭昭者豈有差邪富之累人如此昧昧者不堪嗟邪且夫天之所生物賤人貴貴賤相關賤怡貴慰夫何淺俗徒令罪彙是故富貴之家飲食是崇膏粱熬煎腸胃自攻豈若澹素淸意內沖富貴之家裘馬相耀軀殼矜貴筋僵骨癈豈若布素可負而戴富貴之家府第必侈朱檻雕闌穿鑿無理豈若蓬柴嵐翠依倚富貴之家必有寵房青蛾皓齒每召參商豈若荆室勤力酒漿

家有臧獲必有陵污孺子食力豈有糢糊家多貨賂詩禮無情王霸歷齒豈廢負橫貪吏不擾豪强不侵催科不及暴客不驚我甯作我我樂不禁可歎哉花鳥雲山取用不費富室高牆障無一卉饞花而植餌香而罻寶瓶雕樊天倪全未若非終窶鮮能知味無田可耕再食未闕無山可樵炊烟未歇命數精微未可滑突自汲而飲自鋤而蔬行有餘力儘理殘書服氣餐霞味甘於肉佩藻紉蘭華勝綺縠夫婦糟糠相見若賓思媚思依各裕厥眞父子兄弟耰鋤相忘闔室欣然誼美恩長然則天地有眞機貧者測之天地有眞趣貧者得之天地有眞味貧者嘗之天地有眞氣貧者藏之不富而富不貴而貴貧之樂兮孰知其

既引而申之謂之道穗梅臂翁曾見富人之母死息未絶也諸婦詬於室諸子鬩於堂詢之母耳失金環也俗禮父母死子拜汲以浴屍湘上人有母積多金垂斃諸子相守息絶家人請汲諸子相推挨卒議封其房而後議喪彼二母者非以多金買子不孝邪梅臂翁慮後人不能免俗而妄致富因以致不肖如兩母之子故記吾額而言之長

記白雲山人事

陳夢元

白雲山人者學佛人也初不知其所出十季前遇於漢陽大別山麓乾隆乙未春三月余辭都門道出襄樊適遇山人於漢上招入舟不冠不履不飲啖自言吳人問名問季俱不應祇述其平生甚奇性無他嗜婁婁看嶺上白雲婁讀古書苦難記旋棄去季二十四落髮爲僧入天台山復入雁蕩習其毅不知閱幾十寒暑出山至淮上入燕趙出關尋返復走秦蜀滇黔及兩粵至廬山陟諸峯巔久之還江南入青陽九華山宴坐洞中彌月忽一日夜半氣不屬有道士緣崖來洞口呼令吐吐盡飲以清水三四盂味甘同蜜覺胸腹殊異迨曉洞外無人蹤出洞至一

大寺有老學士讀書其中經史滿架上就讀忽五行俱下一見輒能暗誦自憙甚聞及詞賦下筆始可萬言學士屢錯愕甫匝歲而經史悉貯吾腹內矣別學士復出山泝江徧歷湖湘山寺冀遇吾本師始歸吾老焉適再遇子於此指艙內諸書可隨抽試因倍誦吳志張昭諸人傳及漢書天文五行諸志一字不遺忩又爲余賦汗漫吟數十韻書兼篆隸即柚其草余始出近文百十篇就質山人曰存可某某篇餘俱燒卒子根未壞且讀書他時力爲之庶使人無吐嘔傖惡矣語竟拂衣起疾乘小舡去自日午趺坐至月出娓娓發攄肘膝未嘗少縱情洵定力已至者所稱學士者何人而其本師果誰耶

昭潭書院學約記

朱廷楧

乾隆十年乙丑吾邑新建昭潭書院成明年請衡山聶環溪先生掌教事丁卯膺選出宰西秦丙子以丁內艱回籍復請重來丁丑冬服闋例應補官從游者曰先生將出矣親切之旨著於學約宜紀其略廷楧曰先生之教及門也以立志遠大變化氣質爲先務敦樸實愼交游養性靈以爲讀書明道之基其設教之勤懇也春初入院冬杪解席四書集註逐字講授歲必一週五經綱鑑性理近思錄以次講解尤肫肫於小學一書夜授古文時蓺手自批點一堂歌誦常至夜分月定五課俱在講堂雞鳴卽起日昃繳卷四書文二經解一詩一寒暑晝夜批改不倦

所取不拘一律惟以理法爲宗發卷序齒爲先後標其優者用資觀摩於英年多方引誘尤加意貧士不授贄儀且分金以助之朱張胡眞四賢祠近在院右時率諸生入謁以振其志氣邑中先正之以德業文學著者時時舉誦以奬厲後進出必告反必面有告歸省親者無不欣允至事涉公庭絕不齒及恆以非公不至爲諸生勗自先生來主講席每年肄業者不下數百十人相親相敬嚴憚自生下至厮役門隸輩咸安戢不敢肆牆壁戶牖公置書籍器用一一無或損壞講堂學舍所在肅雍俾吾儕俯仰揖讓其閒相深於道德文章之域泱科釆芹鵲起未艾實由學約之親切積久涵濡故其所成就有如此也先生於門人恩義若父子往者宰西秦時寄書吾儕殷殷以敦品立學相勸勉今茲之出也更有不忍恝然者矣故旣以學約謀梓因撮其要而記之未足以盡先生之敎竊志吾儕之所不能忘云爾先生諱燾字函有號環溪乾隆丁巳進士吾儕姓名別載於籍

桂秀堂記　李光甲

嘉城西里許地名蓼岡。三峯突兀巋然尊秀。掩擁兩山左右環抱。勢自南嶺犇折支條相向。至此劃然竟住。與城郭映帶互出林表。循岡而南李氏別業在焉。歲乙酉余道出西郊。晤李生騰芳延余少憩其中。峕首夏清和翠影繞簾涼風入座。彌望平原開野阡陌連延。中夾泉流聲琤琮橫亙如帶。谿東南肅然如剡屛而峙者爲玉案。㘚然如聯璧而聳者爲五峯。雲煙之所出入光景之所映射不可紀狀。堂以下初無異卉奇葩及夫容芰荷之觀。惟木犀二株左右秀出。顏其堂曰桂秀紀實也。余啜茗延佇久之因具叩所自來。李生指余而言曰。此生伯與父爲生等

課讀計也。伯諱道隆字維豐。道崇字維高。道巍字維天。父諱道巖字維石。購得之治數椽。以一經授生俾遠塵坌盡職業。堂之前薄田數頃歲入租以資膏火。生恪遵庭訓晨夕無廢命。然懼其久而或怠也。幸賜一言生其祗承之。且以示後。余既奇其地乘善所請。乃指木犀言曰。此非諸翁之手植邪。夫其始種也必溉其根。未茂則憂其瘁。茂矣則又覘其蠹。盡物之性然也。諸翁既勤封植且以是勗于堂。所謂影搖金殿香放碧雲。得無有溉望與。生第本之仁厚以培其根。澤之詩書以沃其葉。浸灌滋潤無失生理。則靈椿一老丹桂齊芳。安知今不異於古所云。第謂坐茂樹濯清流。以斯地佐諸翁之盤谷。余知其不盡然矣。

六里社倉記　劉永華

社倉之法始宋朱子後代因之。我朝雍正初。奉文飭各州縣官紳士民。捐穀儲倉以時散斂。我世宗憲皇帝特降諭旨。以爲社倉之制所以預積貯而備緩急。原屬有益民生之事。務俾民間踴躍樂輸量力儲蓄。不可繩以官法。又以爲自古有治人無治法。必有忠信樂善之良民方可以主社倉之出入。必有清廉愛民之良吏方可以任社倉之稽查。聖謨煌煌。所以興其利防其害者至矣。我益社倉自雍正間始捐分貯各鄉。設有倉長卽社長也。我里時捐穀若干。里分十區逐區輪管。承管者卽爲之長。以時交卸盤查無敢侵耗。誠良法也。迨乎積

久玩生不復以時輪替。爲之長者藉以長充。於是得據其閒視爲己有。惟所侵那。迨乎虧缺既深彌補無術。遂乃援引殷實舉報承充。人畏其項之懸而無著也。承之則賠累匪輕。諉之亦追呼莫免。於是轉相牽引互爲攻訐。擾累無窮。而昔之良法成弊制矣。賀君聿修符君清河劉君石嶺龔君渭廷趙君在位里中篤實士也。有鑒於此惄焉傷之。爰集同心會區書偕糧戶愼選首事。酌糧勸捐購地本里舒堂市建社倉十間。分貯十區之穀。請諸官追逋欠立章程。各區之穀本區自管。總管則十區中擇殷實老成之人。輪流更替以爲之長。毋庸紛紛更報社長。其穀散斂以時。登記有冊。年終會核。毋許侵漁。時乾隆五十六年事

也旣成邑侯陳公省菴過其地見之給之額曰和衷協濟葢嘉之也予自武昌解組歸從子禹謨嘗襄其事備爲予言予以爲社倉者民捐之而民掌之者也立制之始以爲司自官則虞其擾民故仍歸之民以從其便然民之賢愚不一得其人則法行失其人則法敝洪惟　聖諭所謂有治人無治法其言盡矣今諸君子有鑒於法以人敝毅然起而整之以從其朔分之各區使責有專司彼此毋能混秏輪其總管俾權難久擅前後得以時稽是人與法所以相輔而行而法可持於不敝抑又考之朱子之始爲是也法十家爲甲甲推一人爲首五十家則推一人爲之社首而無行之人不得入今之分區卽所爲甲首其總長則所爲社首也而以時擇而更之則無行之人不得預是不惟甚有宜於今而適協於古朱子之意雖至今存可也安在良法之爲獘政哉使後之人守而勿失則所以爲我里之惠而上副　聖朝所以預積貯備緩急之深仁皆於是有賴固桑梓閒所樂得稱道而弗諼者爰述而誌之以勵諸今以諗諸後云

湖南文徵卷四十八　　湖南後學集編

記七

重修安仁學宮記　　劉權之

惕惟聖人之道與天地無終極愈達而愈尊其得祀也於其道稱今自國都以下逮於郡邑咸得立廟行其治宮牆宏富俎豆豐備長老能敎子弟能學俊杰出焉孝弟出焉巍科宏烈亦出焉何也天無私覆地無私載聖人參天地無私庇聖人立極於上志定人倫氣貫人事而已萬世而下有能修其倫者皆其志也有能理其事者皆其氣也祥和之應捷於桴鼓其兩相湊泊然耳假或聽其衰敝則倫與事之精爽漓矣禮讓文物不備將必有蕪茀其閒陋者求諸末而迂視聖道此他物之得以乘虛入也是以哲人舉事務審所先崇隆之以示民嚴志氣內齊思而不斁萬品以序羣邪以消立敎之大如此安仁之有孔子廟壘見重遷邑乘載之詳矣玆維嘉慶三年邑里搢紳及秀士沐浴　聖化久而日新乃克感道懷和願有光輔於　國家之制於時董厥事者爲儒學黃君齊雯阮君大綬集邑紳士徵工就役有煥其觀逾年而緒克就殿廡階序嚴正廓大東西兩齋亦次第觀成用廣敎基用貴彝典者老卑幼來觀宇下咸曰其足降多福於是邑也已廟成之歲其邑歐陽生厚均適成進士

選授民部．黃君阮君寓書都中．願書其事於石以屬於權之．權之曰．柳子有言．譬天地之大．褒日月之明．非愚則惑．不可犯也．故聊爲述敬承之意於左．俾識禮服化者誌之．乃作頌曰

眾萬憑生．性命賅備．聖祀是虔．以服仁義．今人之質．聖人之神．忠信篤敬．克相明禋．祉祉斯邑．厥初丕正．永懷好音．於邦錫慶．典垂倫敘．嘉乃師儒．申申秩秩．道用不孤．聖亦有言．祭則如在．非祭而恭．瞻儀罔怠．時嘉慶六年歲次辛酉孟春月穀旦

補修石鼓書院記

余廷燦

是山斗然拔岸．駕入二水．如艨艟萬斛．銜碇下垂．書院蟠其腹．門前蒸湘分瀉．中間隔地不多．僅僅見界畫如韋一纜．矢直刀削．綫脈最奇．厥初門其左隅．以山勢直也．利曲受之．無何有中徙者．表裏洞穿．左右激射．風氣疏洩．訛言屢騰．郡大夫曰．是不可不還其初．急轉移之．遮蒸衝突．迎湘溶漾．則天臺迴雁諸嶺盡拱秀效奇．心目得遼朗．軒舉．由門入．最高當中座者大觀樓．樓左右二祠．一祠漢諸葛武侯．一祠趙宋李忠節．歲既久．俱板瓦腐剝．赤白漫漶．不足揭忠敬．壯高明．又牆舍中几榻齋廚之需．鈹如不具．寢興無憑．郡大夫又與衡陽清泉兩明府次第籌畫之．不廢不侈．有則有經．工既訖．俯仰周遭．引背爲向．展曠得奥．則造化之靈秀始呈露焉．濯黯爲鮮．抽脆補緻．則神人之棲息倍肅整焉．陳列克庭．從容賓藉．然後體氣得夷愉．神志得清甯焉．其疇不兼裒咨嗟．感激奮自興於學乎．而郡大夫及兩明府爲政急所先務．尤不可諠矣．書於石．非賀是山也．

牌樓山記

余廷燦

自嶽麓逆折而上有嶺崒起莽蒼之野勢可萬丈如流星下墜截然中斷見溝脊界畫是爲金牛嶺嶺斷岡連迤安行徐驅氣延脈屬盤礴鬱積回互再折而爲牌樓山山不及嶺三之一公平田加二百步山延袤如曳布隆圓如覆釜山之左刀削壁立如牌樓其山之得名乎山頂窪然爲天池天池周遭如蓮葉如桃實如嘯口廣輪不及半畝天池之上微凹如匏柄是爲小天池先是小天池中白果樹蟠根封焉占之者曰吉發白果樹得土穴周遭后也吾始祖君文公實妥魄於茲湘水襟抱其前嶽麓屏蔽其左隔江峯巒盡收納入小天池天池中氣通霄漢時時能噴霧蒸雲降雨烏乎是山固吾高祖忠所公登頓相度精神憑依者也有碑紀墓紀是山兼紀田碑毀於張獻忠兵田幷於土豪而是山僅僅猶存土人不忍沒其實仍歸之吾余乾隆壬午小子廷燦請假自京師歸迺克伐石表墓又四秊乙酉有侵界逼葬者粵東蕭公聚崑官善化按法治之逼葬者鋤厺侵界者釐正吾族人如蕭公約又伐石表其四至墓前縱計二十五丈有奇後計十丈有奇右半於前左半於後是山庶幾完復如吾高祖所登頓相度者乎抑猶未也烏乎爲人子孫守祖宗塋墓者其亓念之哉

戴東原事略

余廷燦

君名震字東原姓戴氏休甯之隆阜人少家貧無以親師友亦不喜隨人治世俗學聞孔子定六經示後人求其一經讀之茫然無覺悟尋思既久乃自計曰經之至者道也所以明道者其辭也所以成辭者其字也由字以通其辭由辭以通其道必有漸於是攷諸篆書得許氏說文解字三秊知其節目漸覩古聖人制作本始又念爾雅爲承學治古文者津筏又殫心其書屢淹星歲然後從友人假十三經注疏朝夕諷誦旁推交勘讀之則盡得其古書古義古音聲古度數名物直聳然躋身於嬴劉周末與諸經師儒宿相語言謦欬於一堂有一字不準六書一字解不通貫羣經卽無稽者不信不信者必反復參證而後卽安以故胷中所得皆破出傳注重圍不爲歧旁駢枝所惑而壹稟古經以求歸至是符契眞源使見者聞者洒然回視易聽步算家測北極兼測黃道極也則據周髀經證之曰黃道極者卽周髀之北極璇機也璇機今尚書作璿璣伏生大傳及隋書所引竝作璇機璇取旋運之義機取樞機之義惟正北極居中不動黃道極環繞其外四周旋運凡日夜半在正北極下位子出卯在正北極左加午在正北極下入酉在正北極右此璇機之一日四游所極也冬至夜半起正北子位晝夜一周而又過一度漸進至四分環周之一位正卯則春分又漸進爲夏至夜

半位正午又漸進爲秋分夜半位正酉此璇璣之一歲四游所極也璇璣所建卽十有二月建之本與日躔黃道發南斂北相應因其璇運不已故周髀以北極璇璣名之日月五星之右旋也儒者又疑右旋爲逆君則正之曰黃道爲日星右旋之天周不惟日循之而南北發斂以成寒暑列宿部星亦循之而古今推移右旋者日月五星列宿旋轉之實也論南北不論東西左旋者爲大氣所運遂成東出西沒之象論東西不論南北雖名以左右而非一順一逆知南北與東西殊致則無疑於日月星實右旋矣又就晉書蟻行磨石之喩推論日行黃道南北其象顯然周禮大司徒土圭之法君論其義曰日南日北猶堯典之

度南交度朔方也日東日西猶堯典之度嵎夷度西也日南景短日北景長取中而得尺有五寸以是求南北之中日東景夕日西景朝時刻差移取中加時以是求東西之中所謂測土深以南北言聖人南面而治古宮室皆南嚮故南北爲深表景之長短卽南北之遠近必測而後得故曰測土深也正日景則以東西言自東至西環地面各有子午卯酉東方日中景正西方尙在午前而爲景朝西方日中景正東方已過午後而爲景夕以率率之厺一次則差一時地與天恒相應也東西相差若干時半之則爲地中與東西所差之時是則地中景正而東方景夕西方景朝必正其日中之景以審時之相差故曰正日景也是二者一爲南北里差一爲東西里差前古測之極詳猶今之測北極高下也凡寒暑進退晝夜永短隨地不同必悉測之而後偏中可知分至啓閉可定也又嘗言周禮太馭右祭兩軹祭軓鄭注曰故書軹爲軒杜子春云軒當爲軹軹謂兩轊也則注改經之軒爲軹旣與輢內之軹二名無別又釋軹爲轊轊與軒亦若二制無別者禮記少儀祭左右軌范鄭注曰周禮大馭祭兩軹祭軌乃飮軌與軹於車同謂轊頭也則注旣不辨經文軌字卽軒字之誤又徒溷軌於軹軹旣誤釋爲轊軌亦因之誤釋爲轊者若濟盈不濡軌之軌毛詩故訓傳由輈以上爲軌依毛傳意則宜讀犯此又注之溷軌於軓且聲從軌而義從軓者歟

字如治絲而棼不可究詰今宜還軒於轂軒轂末也還軹於輢內軹車輢也辨軌字之誤於少儀軌車轍不得謬訓轊頭也正轊爲軸末於軹與軌無關正軓爲式前更於軌不合辨其名詳其制乃可正交錯繆說有苦考工記難讀者則刪取鄭注而自定爲補注更繫之圖其正軹崇三尺之軹當爲軒車人徹廣六尺之六當爲八弓人膠三鋝之鋝當爲鍰皆經文傳誤漢儒已莫能是正者其訓軫通前後左右材皆爲軫以軫象地方也訓輈人之任正卽輈爲下當兔圍發意衡任卽軸爲下軸圍發意訓鍰鋝之數以鍰之假借字作垸鋝之假借字史記作率漢書作選伏生大傳作饌其數大小不同未可如鄭注之合爲一數

也訓桃氏設其後之設宜與設其旋設其羽同義不得獨訓為大訓鍾之鉦閒記雖無明文然鍾自銑至鉦自鉦至舞斂網以二準諸勾股法銑閒八鉦閒亦八是謂鍾長十六也若舞乃其上覆其修六廣四蓋舉鍾羨之度不得援合以湊鍾長之數鄭謂鉦閒六合鼓閒六與舞廣四為十六者殆未審也辨明堂五室十二堂故曰明堂月令中央太室正室也一室而四堂青陽明堂總章元堂是也四隅之室夾室也四室而八堂則青陽明堂總章元堂各具左夾右夾左个右个是也凡夾室之前堂或謂之箱或謂之个左傳昭四秊使寘饋於个杜注个東西箱是箱得通稱个亦或隨左右夾而稱之為北堂東堂南堂西堂故

曰八堂要皆兩旁之名也古者宮室前堂後室有夾有个有房惟南嚮一面明堂則四面闓達亦前堂後室有夾有个而無房房者婦人在房明堂非婦人所得至故無房宜也此又治經者循習鄭注千餘秊來未有如此明辨以析者六書之說雜然歧出而轉注考老人尤不解猥云考字左回老字右轉別舉側山為阜反人為匕以象形之變轉者當之而徐鉉鄭樵又謂祖考之考古銘識通用丂於丂之本訓轉其義而加老則以諧聲之聲義兩近者當之至蕭楚張有諸人繆以轉聲為轉注雖顧炎武亦不淡省竟援說文假借舉令長字移而屬之轉注也君則曰說文老從人毛毛言鬚髮變白也考從老省丂聲二字本一

屬會意一屬諧聲而說文又引以證轉注者則會意諧聲其體而轉注乃其用也轉注之云猶曰互訓云爾說文於考字訓老於老字訓考轉相為注是以敘中論轉注又舉此二字以實之也大致造字之始無所憑依惟事與形兩大端而已指其事之實一二上下是也象其形之大日月水火是也文字既立則聲寄於字而字有可調之聲意寄於字而字有可通之意是又文字之兩大端也因而博衍之取乎聲諧曰諧聲聲不諧而會合其意曰會意四者書之體止此矣由是之於用有數字共一用者如初哉首基皆為始卬吾台予皆為我其義轉相為注有一字具數用者依於義以引伸依於聲而旁寄假此以施於彼曰

假借所以用文字者又其兩大端也君論六書孳乳次第皆自然而精覈如此宋元以來論反切之學俱稱釋神珙傳西域三十六字母於中土君則謂反切之法起於孫叔然叔然受學康成之門人稱東州大儒者也崇文總目敘曰孫炎始作字音淡甯宴曰倉頡制字孫炎作音沈約撰韻此唐宋人論反切字咸溯源叔然也若珙之反紐圖惟五音聲論列字四十而不曰字母今所傳三十六字母乃定于釋守溫又在珙後者也嘗詳珙之自敘曰昝梁沈約刱立紐字之圖是珙圖遠在沈休文後敘內又及元和韻譜是珙更後乎元和何釋氏之徒既移反切之法於珙又移珙於四三百載之前冒入北魏欲追而上之休文

以欺惑後世而儒者數典自忘亦且筆之於書幷口一談也君又謂水經注四十卷崇文總目云亾者五卷後人因加割裂以傅合四十卷之數如注文江水又東過巫縣南注訛刿爲經遂與前經文又東過巫縣南劃分異卷凡經例云過注例云逕凡經立文首云某水所出已下不複舉而注內詳及所納羣川加以采摭故實則水名不得不亟端再見又經文敘次所過郡縣如云又東過某縣之類一語實賅一縣而注則必沿泝縣西以終於東詳記所逕委曲又經據當時縣治至善長作注時縣邑流移是以多稱故城經則無稱故城者以是數者推之經與注溷淆甚夥而尋求端末乃可各歸條貫蓋君之訂正訛舛卽水經一書亦實從來所未發者君修榦軒偉强識鋒辨要其箸書取理道顯白未嘗過騁議論以排擊前人嘗謂淹博難識斷難精審難于天官地志勾股音韻之學靡不悉心鑽硏貫宗勾極嘗自言治經者不知恒星七政所以運行則誦堯典數行卽掩卷不能卒業不知古今地里沿革則禹貢職方失其處所不知古音徒彊以協韻則誦二南自關雎而往俱齟齬失讀不知古者宮室衣服等制則誦古經士冠禮卽迷於向方莫辨其用不知少廣旁要則考工之器不能因文而推其制不知鳥獸蟲魚草木之狀類名號則比興之意乖而誦詠之指趣失矣又戒鑿空立論謂趙宋而降去聖久遠學者多習所見聞喜談虛

無性命未免蔽以異趣乃原本經旨推究天人之道陰陽善惡之理作原善三篇自明祈嚮乾隆壬午舉於鄉癸巳　詔開四庫全書館必得如劉向楊雄其人者司讎校君用諸城劉文正公薦入館充校理又明秊乙未與會試中式者同赴　廷對洊升翰林又明秊丁酉以勤於職業病不復起卒秊五十有六時五月二十六日也其在館校定水經注五經算術孫子算經等書官爲板行所自箸書毛詩補傳若干卷考工記圖二卷爾雅文字考若干卷孟子字義疏證若干卷續天文略三卷六書論三卷聲韻考一卷聲類表九卷方言疏證十三卷屈原賦若干卷原善三卷原象一卷文集十卷初君與其同郡鄉先生江慎修永相講貫友善慎修碩學耆儒箸述甚富然勤一世於山巖屋壁閒竟無所遇以老歿若君者遭際稽古右文之盛得出所學於承明箸作之廷不待後世復有子雲旣聲譽隆隆滿天下而又不永其秊齡以大抒其所蓄天之生斯人而奮興於斯學也遂如是止乎君旣歿遺文零落無所收拾其後曲阜孔君繼涵取其書校付剞劂稍稍流布海內海內旣注仰孔君之表章嗜學而又幸君之歿而不歿以爲潛心大業其顯晦升沈之際乃有如是之感召默成也君感愴慎修歿爲作事略狀廷燦未識君面而喜讀君書後君之歿十有二秊來京師從士大夫之後日聞君之學與君之人恐久就墜逸因敘次其事略以待

史館采擇焉謹狀

案事略當歸傳狀內以編帙已定難於改補仍之戴氏於六書轉注以互訓當之金壇段氏注說文遵用其說然轉注者建類一首同意相受若互訓之字則不盡建類一首矣又其四體二用之說謂指事會意象形諧聲四者爲製字之體轉注叚借二者爲用字之法然叚借可言用而轉注不可言用觀本書中笱鉤拘等字不歸竹金手部而歸句部實合建類同意之義而與事意形聲之字別爲一類以明明可以从竹从金从手之字乃舍而从所諧之聲以爲部而敘中又未別發此例則轉注之說當於此中求之固不必泥考老二字而强爲之說也汝懷附記

書米脂令邊大綬事

余廷燦

邊大綬者直隸任邱人也明崇禎時任令陝西米脂縣遇中原蠭午魚爛一日具箋上制府曰竊見流寇蔓延李賊尤猖獗不可制其鄉貫實隸米脂職訪得賊祖李海賊父李守忠墳墓俱在縣治營葬時遇異人指畫謂三世後貴不可言今不季言中若伐冢剖棺灰其骨斷其山脈洩其王氣賊亾可立待又訪得勦葬賊祖之縣民李誠可爲鄉導貢生艾詔則又識李誠蹤蹟許鉤致者但乞俞允俾得便宜行事是時汪喬季總制陝西急符下縣曰義心足報國季勉爲之蓋崇禎十四季十二月也明季壬午艾詔領李誠至縣言誠卽闖賊里人勦葬賊祖已久亦懩慌不甚記憶其處但從前啓土時得空穴三陷黑碗一圜術者教塡其二用其一取黑碗注油然燈枓封置穴中今但見黑碗者卽賊祖冢也大綬卽檄練總黑光正堡長官王道正及箭手三十名鄉夫六十名盡一晝夜行二百里至其地名三峯砦遇大雪深二尺餘鑿山上鳥道攀緣始得上上一里許見諸窟舍牆垣卽闖賊邨落又過一山四面峯巒環拱氣槪雄奇而林木鬱葱茂蔚則封墓纍纍計二十三堆始伐五六冢骨皆血色鮮潤不似遠季骴骼然皆無黑碗證驗直日已就暝圍火待旦再伐數冢而黑碗出檢李海骨黝如墨額顱白毫長六七寸許其左側冢頂茁榆樹一株龍蔭如臂斧斯墓開下蟠白蛇長尺

有二寸頭角蜿蜒是爲李守忠墓其骨節絲如銅青亦生黃豪長五六寸其餘骨骸奮張鬚鬣者七八冢盡數鋤出聚其屍骨而燒剉之童其山木而焚赭之仍具箋并黑碗白蛇上制府喬季劇喜慰大加獎許而米脂人謂是役必速禍不可測又賊媚黨艾朝棟高映元馬翅龍等間賊有四月十九日翅馬入秦之語更流言鼓煽羣謀縛大綏暨艾詔黑光正等迎獻解忿大綏曰無庸賊來修怨予一身爲椹質斷弗央及米脂一民衆猶然疑不定會制府劉大綏薦剡中將會巡按保題城堡廳又明季計典大綏官評稱卓最賊黨愈詿忮忿不自安遂揑造單辭極力搆陷部議鐫一級例厺官制府諭留候題大綏不可遂樸被

厺秦歸任邛十月十六日闖賊破潼關陷西安未幾賊烽又逼山西會眞定叛卒殺撫臣輸賊於是固關失守賊三路犯神京遠近震恐是時大綏親嗟亦勸其遁蹟用晦庶或保全要領大綏憮然曰如孀母何又如邊族門戶何吾原爲朝廷滅賊計今獲死所有餘榮矣何以避爲十七年三月賊破都城懷宗殉國大綏北向慟哭發喪越四月二十八日聞賊潰而西走方謀聚諸生謝銘石等將舉義師邀截殺賊一報國讐越翼日而賊之緹騎入任邛城矣大綏挺身不動未幾僞令曹懷玉嗾羣役縛執大綏付賊使白姓吳姓者而下其母妻家口於獄闔門羣從亦被執相連屬任邛人觀者塞巷皆爲寒心刺骨初一日賊執

大綏西行其家衆以保任獲免明日至安平明日至無極又明日至眞定入城賊衆充斥街巷喧傳大駕且至見者咸揶揄曰是伐墓人邊大綏也亦有此日耶又明日初五賊傳僞帥馬出城發兵候駕二賊亦押領大綏出候城外但見賊兵自北而南者塵土蔽天日然皆老幼扶攜丁壯兒戲十賊中率夾帶婦女三四輩茲無紀律大綏憤懣謂如此鼠子殺之如草而所向淪陷神州陸沈眞可痛哭流涕者延佇良久倏傳駕已至關帝廟吃中火即行二賊又帶大綏至廟門外伏候是時隨役者止存王姓其三人暨持驢人俱亾厺大綏度見闖賊必死盡以後事付王姓好爲傳語家人我死國難無憾也須與賊竟厺僞帥傳

諭帶大綏西行明日至固關闖賊以百姓堙塞井沒方殺人如雞狗橫尸闐道又賊卒不腰弓撚箭者下令盡斷左手血肉淋腥是時王姓亦遁厺惟吳陳二賊押大綏出關適見闖賊咸下馬伏候道左正欲稟白而吳賊忽搖手相戒使其時陳賊出口一言馬前立齏粉矣初七日賊中傳言追兵至核桃園乃下令調後營人馬卻回防關二賊押大綏亦退住平定州東關外聽候僞旨至初十日薄暮始傳止留精兵防關其輜重先行是時闖賊已上太原吳賊乃同一賊僮押大綏疾行一夜天明至壽陽南關按米覓水炊飯早食人乏馬疲吳賊命大綏解鞍繫馬自入小室偃臥賊僮則樓上臥大綏亦假寐良久忽聞棧馬蹄

齧嚳呵不止起鞭之再三鞭之吳賊方酣睡不覺大綏遂抽身出門北行初迎一賊衣黃者問何之詭云南頭無水復北尋目至北頭入一店見三賊方束裝詫曰汝已行何復返則曰來取水具目潛身進後院下覷壽陽城河無水即捨身跳下循城北岙二鄉民持梃搶營喝問自何所來荅曰吾亦掇物者已而四五傖父各執鎗棒圍索財物無有洗剝其上下衣換破衣二具纔被體大綏見日方亭午慮有形影可指目終難脫賊網即蟄山畔土窖中氣死形灰至晚賊騎來探者六七次皆未破露待月出甚高始延頸出穴視月所向攀緣上下歷墟墓磵澤中鬼燐螢火殊非人境及曉逢人問所向自稱保定諸生被掠逃難

但求得生還鄉目其人憐之指東北隅方山寺尚可容棲大綏極奔三十里遂委命僧寮淹住六日始辭僧眾出門由山僻小徑蟻行饑丐食晚露宿經土寇叢中數處信爲乞丐尚無阻撓惟間固關娘子關俱賊兵嚴守不敢過有荷蕢者三人識小路導之入琉黃口而琉黃口萬山一綫豺虎猿狖交橫噬人至最陡絕處頂踵相磨上騰天下入淵凡數十折始履平地又凡六七道渡井陘大河始涉虖沱逵眞定自是稍稍寄通名姓傳語親懿間者且悲且喜遠來迎勞慰問洗沐更衣然後得遞達任邱與一家兄弟婚姻登堂謁孀母分明團圞相見母子如初猶疑在夢寐恍惚中悲慟欲絕是爲五月二十九日計被執時正匝一月或曰闖賊不生明之天下不潰闖賊不死明末之天下不平大綏不令米脂賊脈不斷鬼神不佑大綏顯道不章其言樸而切於情事者乾隆己亥吾長沙太守邊公方泰爲大綏族曾孫行持大綏所箸虎口餘生記示廷燦曰太史志在箸述若得巨筆翦裁繁冗疏通首尾以補漏遺備采擇亦國家掌故也廷燦不獲辭讓太守又曰吾邊氏族萃任邱兆域寬廠以數百畝計形家謂梅枝橫斜延出得萼則雋吉壤葺夥於是又葺綿長於是者自宋及今已歷四朝周遭甃石遮禁若城垣然方闖賊潰而西也一夕駐馬任邱即在邊氏族萃牆垣中任邱人葺不爲邊氏祖骸危而闖賊乃如癡如夢不知而過之豈惟大綏

脫虎口有數其邊氏四朝兆域業在踐蹋蹂躪中然且不飽毒手抔土無恙亦豈偶然者是以君子知命不惑見義則勇爲之無計較也

譬文書屋記　　潘相

韞聖經賢傳諸史子集爲一屋屋四室室各四版中之北曰經室其第一版曰　欽定諸經尊王也首易折衷次述義次詩書春秋傳說彙纂次詩折衷次春秋直解次三禮義疏性理精義朱子全書又次　大淸會典　皇朝禮器圖其第二版曰朱子諸經解儀禮經傳通解經之定本也次朱子四書註或問語類小註遺書百家講章擯不與大一統也次周禮刪翼周禮是聖人天理爛熟書刪翼頗有發明故陟之又次小學近思錄入聖之津筏也先儒云三代後聖人惟文公爲第一等故朱子文集附之其第三版曰十三經註疏易書詩左氏春秋禮記爲五經

益之周禮孝經論語孟子爲九經又益之公羊春秋穀梁春秋儀禮爾雅爲十三首周易兼義魏王弼注唐孔穎達正義共九卷次尙書尙上也上古之書也漢孔安國傳穎達疏凡二十卷次毛詩二十卷毛者傳詩人姓別於齊魯韓三家也或云小毛公加毛詩二字漢鄭康成箋之其疏亦穎達也又晉杜預孔穎達注疏左氏春秋六十卷鄭孔注疏禮記六十三卷周禮四十二卷則鄭注而唐賈公彥疏也孝經注疏九卷校於宋邢昺昺又疏郭璞爾雅之注十一卷論語二十篇集解者魏何晏其疏亦昺也注孟子十四卷者漢趙岐疏之者宋孫奭公穀各二十卷注公羊者漢何休集解穀梁者晉范甯疏之者唐楊士勛儀禮十七篇韓昌黎亦謂難讀而鄭注與賈公彥疏最詳明但鄭氏信讖緯如解五帝云蒼曰靈威仰赤曰赤熛怒黃曰含樞紐白曰白招拒黑曰汁光紀疏亦不能是正他可類推朱子謂宜刪去且云漢魏諸儒正音讀通訓詁考制度辨名物厥功甚博顧所以求夫聖賢者則不在此近人又欲宗之而祧朱子眊矣其第四版曰歷代經解自漢魏及今凡依附注疏及羽翼宋儒者以其班而余所著周易尊翼禮記釐編周禮撮要在焉其未定之詩書參釋春秋尊孟近思錄輯注亦附見其名中之南曰史室史體二曰編年曰紀實編年首朱子綱目次司馬溫公資治通鑑又綱目前編續編三編凡爲是體者皆附之紀實之史

馬班大宗也范順陽小宗也三國志庶孼也五代史其中興乎明史其繩武乎史記一百三十卷評林測議註頗備漢書百卷顏師古注後漢書一百三十卷唐章懷太子賢註陳壽魏書三十卷蜀十五吳二十帝曹而寇劉不如習鑿齒或曰彼魏臣固爾唐君臣撰晉書一百三十卷語多駢偶他若宋沈約宋書一百卷梁蕭子顯南齊書五十九卷唐姚思廉梁書五十六卷陳書三十六卷魏收魏書一百一十四卷隋李百藥北齊書五十卷唐令狐德棻後周書五十卷李延壽謂其不雅馴爲南北史南史八十卷北史一百卷較本書差勝而表志無傳議者病之魏徵隋書八十五卷歐陽修宋祁唐書二百二十五卷較舊書

文簡而事增顧余最嫑景文傳論筆力特勁歐公不之及若五代史七十四卷則歐公勝宋遼四史矣元阿魯圖等撰宋史四百九十六卷遼史一百六十卷金史一百三十五卷明李善長等撰元史二百一十卷皆煩蕪少裁正惟 國朝修定明史三百三十二卷爲完美它若歷代雜史通志郡縣志及余所輯琉球入學見聞錄曲阜縣志皆在焉其未成之兵農禮樂編口綱目書法讀史提要亦存其目於經室經室之北曰子室余少嫑南㢡文旣以其亂經與老列申韓荀楊僅一過目後乃觀文中子紫陽之所稱也惟韓文考異余葢嘗寢食焉所至必攜之顧訖無一得他家凡數百種或偶一繙閱或僅存其名目矣其史

室之南曰集室賦如騷文如選家如柟歐王詩如李杜吾師也旁及李翺孫樵杜牧曾蘇諸名家之粹者皆熟復若 欽定古文淵鑑三通子史精㢡大學衍義諸書 御試題多資焉其他私集選本甚夥時文猶古文也士非此不通籍故以 欽定四書文爲宗諸善本亦存之而附以余西漢文精鈔古文類編制義精選及鬱文書屋集略約六齋制義潘氏一家言葢余少時亦喜漁獵長乃務爲精專不欲效近世名人自雄其擁書數萬卷貽譏記醜讀大學至三月餘或窮經一條數日不能易猶以性魯思滯老老大大鮮成就諸所藏卷軸雖經流覽卒乏圈評若賈肆竊自恧大兒歸于槐園修三錫祠起 誥敕樓樓前作屋貯新舊書傷爲兩廂室便讀者余仍名曰鬱文書屋記於碑俾知學務正而博博而約且共厲世守禁嚴于平泉莊一石一木云乾隆甲午夏日湛一學人題於濮陽官署

勘尼山田記

潘相

尼山之陽隸鄒縣、舊有學田二十頃、祭田一十三頃五十晦七百二十步、東至於小山、西至於曾陀山、南至於昌　北至於冷飯堂、乾隆甲申、衍聖公以鄒民欺佔、咨院行縣會勘、六年而未結、余到官一月、同鄒尹馬君蘊錦疆理之、得隱匿地十三頃三十七畝有奇、視原額尚缺八頃、以皆糧地不可復、新立山至、東曰夫子洞、北嶺西曰五彎頂、西麓南曰黃土堐、北曰穀山麓、定租劄、嚴盜賣、戒私佃、造鱗冊、鈐鄒曲公府印、各存其一、且禁樵牧、詳覆報可、顧嘗聞故老言、厥初山多檜柏、荆根如車輪盤結、嚴谷無敢伐、有婁一均者為鄒令、學錄以魯源村民盜荆根牒於婁、婁不之罪也、陰縱民徧掘取、衍聖公言於守、守檄婁往勘、婁復陰令民戶插小紅旗、風俗紅旗戶有痘兒、胥役誡勿入、其獲者皆廟戶也、復於守、守以語公、公語塞、禁遂弛、數十年山以濯濯、而民德婁到今不絕口、婁其違道干譽人邪、或曰司尼山者常多倚公勢欺民、民取一草一木及馬牛偶逸、皆有罪、民困甚、婁固愛民人也、是二說者余皆附存之、

救災記

潘相

乾隆辛丑夏五月、武定府大水、淹禾稼、壞廬舍、百姓暴露乏食、撫軍飛章以聞、聖皇憫恤、肫諭速謁賑如例、九月之朔、余奉羽檄、星夜赴青城蒲臺二邑、經理賑務、至則宣訓諭、考規例、相地形、疏積水、度村莊、稽冊籍、匃斗升、鈞泉貨、議廠舍、遴吏胥、先赴西北鄉、次南、次東北、望而眂其村、水環若濠、長若渠、廣若陂、其樹槀以椔、其草元以黃、進而眂之、礿仄仄、泥滑滑、跣則蹶、揭則陷、車行則滯、馬奔則躓、眂其塲、如洗如焚、如積穢、閒堆敗稭亂穗、以指按之則癟如、眂其門籍、皆無存、問之則曰某村千戶、某村數百、進而眂之、突如阜、呀如谷、覆如鱉、纍如甖、削如刃厲如亂石、曰此皆頹牆也、眂其巷、巖者、欹者、捩者、拄者、杜壅土者、梁什地者、木槎枒者、夾牆怒牙鋸齒若欲齧人者、曰此皆敗屋也、進而眂之、墣無雞、苙無豚、牿無牛、箱無粒、盎無蔬、甕無糜、眂其飯、煑敗桑葉、細切之、以少許麪和之蒸之、曰桑餅、磨三稜草實、以少許麪和之蒸之、曰草團、眂其人之貌、黑而瘦、黃而痞、體椓而腳瘇、疲癃而尪廢、眂其人之衣、男多裸裎、女擁敗絮、無完裙、眂其居、或架牀水際、圈月席以承露、或為人字棚、廣數尺、深數尺、妻子牀棹釜鬵皆寘焉、夜半寒霜降、風颯颯吹水氣入寢所、凍不可忍、則相與抱持號哭、聲聞數十里、聞官至、則男女老幼羅拜號哭曰、爺救我、諭以上司請謁賑、毋戚戚、則又相與

泣且拜曰萬歲爺活我眡其口一戶率二三十人或十餘人或女口倍男問之則皆曰幾世同居也伯叔母寡婢也女嫁而夫逃以歸也易一村則其衣烞其貌不烞再三察之則彼村所已閱者往往在焉眡其突一戶計室四五室各有竈竈多不黔凡查靑邑成災之莊一百五十二戶一萬六千有奇口十七萬八千有奇並於災莊之莊四十九諠戶四千九百有奇口五萬七千有奇不及分之莊二十九處高而言窪之莊百二十二男女老幼千百人日啼於館擁於輿慰諭之不去則往勘之勘不如例則集衆而勸戒之凡賑分極次戶大小口次貧兩月極貧三五月大者人日與之粟二升小半之勞獨倍之閒賑歸者入之

寒士移學師廪之災不成者預借穀以濟之計倒房之閒而請畀金葺之書役之弊混者覈之多出簡明示以曉之不率者懲之其於蒲也亦然噫嘻親民之官莫要於勘災獄賑大災是役也予益怠寢餐三月以赴之冀萬一之補裨而常多遺憾則信乎施濟之難也爲之記其略俾覽者共惻惻云

顏子林記

潘相

曩余覽任昉述異記稱顏林石柟二株大可四十圍爲顏子手植嘗竊疑焉夫顏子年甫三十有二陶然自樂於陋巷奚豫爲身後坏土樹木今其樹不知凋於何時獨楊奐東游記所云石高二尺許鐫兩甲士背負而坐一執斧一執金吾者猶存不解何自竊謂古貴者之葬方相氏執戈揚盾先匶敺方良茲豈後人憤顏子葬不得用後乃贈公應以此守墓而爲之邪君子益闕之顧考林地廣袤各一百五尋有五尺周垣頹塌林門朽壞墓前數步亂石敗瓦碑漫滅不可讀問之則曰舊有享殿康熙中修廟使者重建之今久廢矣余即欲復之以諸廟工迫甚未

暇也今年夏乃捐俸搆屋三閒如舊阯飭其門俾殖殖有覺且將謀築圍垣壘紅牆會有濮陽之役遂不果嗟呼顏之視孔配也孔林經上公請修極崇閎且以近城數逢　車駕臨幸邀曠典獨顏氏以世一簞瓢不克輝先邪略放孔林毋亦有以上聞者邪請竢之賢者乾隆壬辰夏五月曲阜縣知縣潘相謹記

游壽佛迴雁峯記　曾貞慶

歲己巳之仲春旬有三日伯兄扶山先生四十初度辰也謀於諸弟曰欲觴客則礙禮慈靈其若何欲弗豐則吝財鄉人其若何吾聞七十名峯迴雁為最峯有佛焉稱無上壽其風景佳致耳熱心醉有年矣曷往觀乎叔季羣起曰諾遂攜老僕駕一葉沿途買酒緣處停橈南雁北飛北舟南上仰眺留連不勝光陰隙駒之歎焉舟行五日矣鐘聲磬聲木魚聲已泠然入耳矣遂維舟於峯之麓越一宿往游焉峯離郡城不三里而近離平地不二丈而低山路皆巨石砌登臨不勞苦而逸自煙門抵方丈長可一里有奇欄可五十丈風鈴鐵馬碧瓦朱欄規模不狹隘

而紓其結構錯綜不拘一律門則有所謂煙雨門入山門雁峯門殿則有所謂天王殿大雄殿壽佛殿閣則有所謂觀音閣準提閣權巧臺齋堂方丈碑榭迴廊不一而足兼之青天作背郡市為屛湘江草橋為左右翼耒江為襟帶其餘石鼓院文昌塔青草橋凡衡湘以南之佳山水悉括之斜谷吞吐開矣況當煙雨池濱清流耀目楊公樹下偃臥橫斜予顧譁然曰有此快活幽棲而不坐活百年者非夫也即此一日已足勝傖父千歲就樹下盟曰自吾兄初度之始游者也更五十亦必游焉更六十亦必游焉更七十八十至百歲而亦必游焉第恐伊時之來游也則好事者流必謂五百年而壽佛回六百年而壽佛活現矣松花勝會有不較今日而更盛乎相與笑謔久之金烏欲墜矣俄聞有鐘聲出樹梢煙雲間者寺僧語予曰山之西北隅有花藥寺亦叢林也客興未闌曷將此郡佳處悉收之游囊乎予曰世間樂境不可一綱盡請留為明日之觀僉曰善遂下山買醉於百勝園中

游黑麋峯記

李光嶢

郡城出湘春門六十里連山緜亙勢若浪湧其巍峩而傑峙者黑麋峯蓋諸山之冠一邑之鎮也顧黑麋所自名不可考或曰古號洞陽山今寺額洞陽古剎可驗也乾隆戊子暮春偕從弟往游越深淵陟巉巖歷虎牙鷹背攀蘿捫篠始躋其巔至則異境闊眼界擴乾坤端倪恍若呈露西望衡麓儼來朝拱瀟湘之水環焉北顧洞庭波光明滅遠在烟雲彷彿間東南之山若遠若近或見或隱山光嵐色深翠淺碧遠與天混極目無際俯瞰峯下素所登眺稱奇峭者若覆盂然人物往來途陌如蟻走盤中峯之下窮巖絕谷邃邈幽邃橫嶺崇巘攢簇累積倏陽倏陰

或霧或霽頃刻變幻不一峯四隅各有井廣盈尺深倍之水澄澈見底有物焉狀類蜥蜴稍短烏黑腹正赤金光晃目天將雨輒自穴出附石上俗名漢金龍山之產古松老桂楓杉櫧槲離披虬結而連蜷草則朱蘭崇蕙茝蒲紫茸隨足所詣幽香襲鼻其他嘉葩怪卉得諸睹記者不盡識其名寺數椽規制甚樸棟牖榱桷多為雲氣剝蝕率三二年一易寺側數石柱屹立云是劉仙姑飛昇處遺蛻藏焉入寺而憩山僧供茗飯菓蔬甚芳潔已而日馭西昃猶踟躕顧戀不忍去及尋歸路則半規隱遠山矣因喟然曰是峯也軒昂磊落繚曲往復其諸柳子所謂奧如曠如者乎惜僻處險遠登探者少其勝弗傳也山固有遇不遇哉雖然王公貴人不一踐其區無羈臣逋客以與嘻噓感涕而後臺榭之宏侈碑碣之填砌丹碧之塗澤不以累其眞獨葆其元氣與太虛往還興雲出雨以福我生民則茲山之所全不小也弟曰匹夫砥行不彰於時大率類是余甚韙焉爰述所歷為記

芒擔石記

鄧文泮

乾隆壬辰春余自　京師旋里、宗人多萃處長田者一往訪焉、入其境有清流潑潑雙石拱揖於前、廣約三十丈高約五十餘丈、上下如一峭壁削立、雲霞掩映未易名狀、從者告余曰此芒擔石也、相傳仙人以芒竿挑石淩空過、適逢女子見之、弛負擔對峙兩岸、余異之、思凡名區勝境、贅者損之、缺者益之、皆氣機鼓盪、若冥冥中有主持其間者、此地山明水秀不可無此雙石、意當時不逢女子勢必位置於斯、其必使女子見之此又仙人游戲聊示神奇云、或謂叱而爲羊飛而爲燕、皆小者易於變幻、似此峻偉磊砢而藉一人舉之信乎、余曰浮山自蓬萊至鷲嶺、

由耆闍來、層巒疊嶂大力尚負之而趨、於石乎奚疑、昔衡岳有鉅石礙道、集衆推挽不能動、嬾殘係謫墮之人、履之卽旋轉而下、舉重若輕所以爲仙也、或謂夏時之擘秦世之鞭、由君言推之信有然矣、胡爲用夫芒之弱也、余曰果老之驢一紙也、葛陂之龍一竹也、見爲紙者非紙、見爲竹者非竹、見爲芒者安在其必爲芒哉、且聞壺公試費長房以茅繫數丈石臨其上、茅固與芒之弱無殊矣、孫興公云騁神變之揮霍、忽出有而入無、可與語此者也、牟子引諺云少所見多所怪、不可與語此者也、吾恐可與者少而令仙蹟不彰也、爰作記屬宗人鐫諸石以告後之來游者、

桂東仙女橋記

郭立鏚

舊志青石洞有仙女橋長七十餘丈、清夜時聞奏樂聲、桂邑佳景也、自明季之亂鄉人半亾去莫識其處、有好爲荒唐者謂青石嶺之斷壁、古有仙橋仙人居之、清夜鐘鼓大作驚居民、雷擊橋折、鄉人信其說、而斷壁間遂竊仙橋名、去冬吾鄉有入下樟者、出語人曰、吾儕由東水泝流而入、上高山下深谷抵下樟、青石纍纍洞中一色、佇立久之、時夕陽在山禽鳥歸林、因假館宿山莊、始焉山空籟靜寂然無聲、忽於深夜後夢中驚悟聞聲自南來、清韻悠悠類絲竹管絃之響、竊怪山中人何乃有善音樂者、明日率衆往探之、至洞口兩山夾澗樹林陰翳窈冥晝黑、及

觀喬木之顚、隱隱有物橫空中、穹窿如梁、若隱若見於雲霄間、衆大駭、不識爲龍與虹也、已而登山審視乃一大石、廣數尋修數十餘丈、橫駕兩山間、偶登之目眩心驚股栗不能久立、求昨暮管絃之處、四顧悄然、但聞深山奧穴鶴唳猨啼淒然入耳而已、吾聞桂邑八景有仙橋天樂之說、或者其在斯乎、余聞之而後乃今知向相傳之非也、夫其暮所聞者仙樂也、晝所見者仙橋也、向所傳者乃竊其名以欺世也、由今思之、當斷壁竊名之日、赫然照人耳目百餘年矣、而是橋枕流高臥匿蹟於深山中、不求人知而卒爲人所知、又因而知向所傳者乃竊其名以欺世也、是爲記、

近聖泉記 幷銘　夏大鼎

歲庚申平江邑侯孟津李公秀山滋楙延余主講其治之昌江書院會院前增建考舍工作方興鼓篋後卽還館文昌閣明年辛酉始移榻其間院故無井力役苦之居數月講堂東北階下涓涓細流時隱時現首事鍾君楷黃君珊就其地命工鑿之原泉湧溢甚白而甘乃甃石成井而屬錫名於余余以其地鄰孔廟也名其泉爲近聖因紀崖略泐諸石而爲之銘辭曰

古羅城西講堂聿起後聳天岳前環汨水近聖人居瞻宮牆美歲在辛酉我來棲止院故無井人病汲取洒彼濫觴咫尺千里掘不崇朝混混乃爾烹煮灌溉贍足多士溯厥初基歷年三紀

昔何變塞今何清泚譬如爲學漸進不已待其融會萬源斯備其艱其勤念誰捌始飲斯泉者尙其鑑只

野航記　方應清

堂以西因廊搆室架板爲篷編木爲牖宛類吳越游航特規制小差耳每當掩幃靜坐時有書韻機聲依稀漁歌欸乃鼓棹於迴汀曲渚閒也因摘老杜詠南鄰句榜之曰野航客曰吾子負濟川之才方將乘長風破巨浪揖皋夔爲舟師招伊周以共涉若卽野航恰受浪蹟名高毋乃逃虛之太早余曰是則然矣抑有說焉憶余髫年揚舲蜀粵理檝滇黔渡瀟湘泝淮泗蓬飄鳧備萍寄燕齊忽忽二十餘載今雖暫休征躅究竟彼岸未登明年又未識解維何處但念人生碌碌祇此虛名其或始之濆港繼之江湖終馳風於尾閭沃焦之閒雖飽帆而往亦扣舷而還

然而丁年掖舵皓首猶且操舟余甯辭此以求安亦聊藉爲停崖泊島之少自憩耳客曰審爾是子之航依然未纜之舳艫也烏能爲野余曰自是不歸歸便得五湖煙景有誰爭特患縱葦所如未肎消受野情耳倘他日歷盡風波篙藏櫓歇重來故里再入野航蘭槳猶存雲帆無恙鳧鷗之與狎漁釣之與游優哉游哉以視范大夫扁舟歸去其逍遙閒放更何如也客乃欣然笑曰旨哉言乎由前之說則青蓮所謂兩岸猨聲啼不住輕舟已過萬重山是策世之寶筏也由後之說則鄭谷所謂一尺鱸魚新釣得兒孫炊火荻花中是慰世之慈航也質之少陵定當首肎野航云乎哉是不可以不記余曰然遂呵凍書之

游衡山祝融峯記

周錫溥

予之居帶湘而枕衡，弱冠後肄業嶽麓上舍。麓，衡之趾也。邇從書記衡郡，直回雁峯下，歲必登焉。回雁，衡之首也。而自湘泝衡五百餘里，乘流上下，則所謂望衡九面者，又歷歷目游之。余固非無得於茲山者也。顧衡山橫絕南紀，而祝融居中最高，左右諸峯而兼有其勝，有望日、望月二臺，而初日之景尤瓌瑋。予固山中人，循趾及首，覿面而失之，可謂有得於茲山者乎？嘉慶壬戌，居停觀察史公柘溪巡視嶽廟，歸語以狀，乃決意游焉。於時高蟬咽露，商飇徐起，爰攜兒子鴻棐、鴻渠買棹江滑，以首秋十三日遄發，十四日抵嶽市，料理肩輿，詰朝造焉。且憩且行，萬山

如揖。是夕宿上封寺，鐘定雨止，延月於西嶺。又明日，僧導出扉，陟巉巖，日已高。有廟巋然，若漁艇上覆，鐵瓦石四壁立。稍前亭四楹，亦皆石欄楯，嫾媥懸薄萬仞[illegible]，祝融峯頂也。皮杖振衣，風謖謖然，側足下視而不見其裏，泱背鳥外而不知其所止。少選，雲氣一縷起屨下，倏忽合沓，如立薄紗中。相與入廟，拾松實支頤以俟。又未幾，日竅隙有光，一蒼石覓臥峯背，莫知其尋丈。循以返於上封之後圃，泉冽草幽，不風而馥。予乃歎元氣翕張之妙，莫盛於此。其他所見不具焉。惟山之曉氣多陰少霽，故是日遂不克登臺而觀所謂日出者。予惟至此之難，而以未獲盡觀爲歎。顧謂山僧：是可待而觀乎？僧曰：夫將與造物者游，造物無待也，游亦無待也，兩相遭於泊然而不知所以然。今子智慮未絕於心，風塵未絕於迹，且不能待也，又焉能無待？予曰：有是哉！予以造物爲無待者，幻也；以游亦無待者，玩也。祟幻者墮實，積玩者愔心，是予所以棄於浮屠也。今以一日之積言之，朝夕中昃，晷刻分以爲人事興作起居之節，何者之爲幻，而何者之可玩乎？以爲幻邪，則一時一事之成毁不可意而推，何況於太虛？以爲可玩邪，則山中之浮光伏景、猨鳥麋鹿皆將玩焉，而予之無待恐無以加於一物。且夫觀日出者莫近於海隅，正日晷者莫中於陽城，君子其將拊髀雀躍以從事乎？抑修其人事之至實而有不暇於此也。僧惝罔自失，予亦辭而去。嗟乎！彼二氏

者之遺外人事，而習爲河漢無極以詫於人，人是何足與言？然其取於造物者甚廉，其避遠禍害者亦甚智，以視夫熱中榮利而有累於人，卒亦自戕其生者，相去較然矣。故君子有時引之以激末俗，或者慕其頹放而反以迂聖賢之說，則豈不惑哉！昔朱張兩夫子之游於此也，敘記其所爲詩，而申以玩物喪志之戒，君子之隨時檢制其心如此。予五十解組，自念無以效於國，猶當有以效之於身。榮利吾謝之，山水吾姑寄焉。今日之游，遇諸外而無所膠，返諸心而有以自考，是又予之所得於茲山者，而非徒向時聞見之迹也。棹既返，舉斯義以示兩兒，因命書之以爲記。嘉慶七年首秋月。

書胡氏一家殉難事　周錫溥

大興胡生廷璪從予游衡州郡東之石鼓·始謁時練冠衰線絰皃甚戚·予曰子有喪乎·生泣下交頤不能舉其詞·久乃逡巡請曰廷璪遭家禍·而猶忍死視息人閒者·懼母氏之烈行無聞於後也·今獲侍先生·願得先生之文以存之·廷璪死不憾·出其狀視予·予憮然曰嗟乎·生乃若此·雖然傳之體·專銘者銘所藏也·生母以烈故殉·其一家而生又未返葬·是於書事宜·按胡氏之先籍浙江·康熙朝刑部尚書諱昇猷者·生曾祖·子諱仁洽由某官洊歷甘肅肅州兵備道·生祖移家大興·因籍焉·生父曰振紀任湖南永壽巡檢司·調永綏廳排補美巡檢司·以乾隆五十八

年卒於任所·生母李·巡檢公側室也·事嫡室白盡禮·白早卒·母生四子·曰廷璣·廷璪·廷珪·廷璋·巡檢公沒時家無餘財·十口寄居排補美民舍·而殯公淺土·時再從孫文銓官安徽廣德州知州·母謂廷璣廷璪盍往貸以歸汝父櫬·兩人治裝遂行·時五十九年六月也·踰年而苗難作·排補美者辰之極西苗市集處也·苗發難永綏·其地在賊中無出理·母聞變挈幼子而嗷僕董輝者辰州人·啟母避難石氏莊·石蓋董之佃戶實苗也·母不欲往則掖其兩幼子行·母強從之·已抵石氏莊·石出迎·忽聞吼呼聲有班闌數輩馳至·石色變·母大悔詬曰奴誤我·指其旁一小池曰此吾死所·踊而入·從者爭赴水池爲之滿·從死者生之庶伯母劉年六十三歲·生之嫂鄭廷璣妻也十九歲·廷珪十三歲·廷璋十一歲·廷璣子福官三歲·老婢吳八十五歲·而生母時年四十九歲·最後董輝驅其妻子俱入池中死·曰吾以此謝主母·其十一人·實六十年正月事也·方爭死時苗黨瞋視指問石此何色人·石云詬者前巡檢官夫人也·則大驚·於是相率舉母屍而瘞於石氏宅旁·羅拜去·巡檢公故有恩於苗·而苗俗畏鬼·其如此者懼陰譴也·始生偕廷璣之廣德·適文銓膺卓薦入都不敢以私故請·留邸三月·餘資且盡·再之蘇州·明年二月聞苗警急·馳歸則賊已大合·兩人西望慟哭曰吾家虀醢矣·自是轉側沅湘閒·嘉慶元年文銓由廣德州陞湖南常德守·常辰故接壤·乃

往依其幕下·而日日沿江渚聒商民避難者語·以偵家耗·卒不得其要領·又明年賊平·兩人僶俛至永綏·乃得其母之遺骨於舊僕葉鳳狀所云云·則皆葉之聞諸石氏苗者也·初苗犯永綏葉在圍城中獲全·賊平後聞主母死石所·葉故與石善·見而讓之·石具語以故·發其瘞衣履熒然猶可辨識·乃重加殮具·竝啟先時巡檢公之柩·偕負至永城·而馳訪廷璣廷璪消息·會其至遂以授焉·其從死遺骸在池中者·葉索諸石氏·石云當亂時先後坎諸荒隴閒·不復可辨·兩人大痛·獨載兩柩反常郡而封識之以待北歸·予又以悲十一人之殉難同·而不得收其死骨之尤慘也·鳴呼逆苗之難·如猰狗雜噬·小有濡忍·即驅辱不堪·母

獨率先捐軀義憤之氣怔慑異類可謂烈矣而一門之中子死其母婦死其姑僕死其主又何貞魂毅魄之纍纍也生遭難後與廷璣旅食漂泊不克臚其事以聞於　朝宜其飲憾不能已已今年兩人從其中表田太守畿於衡而田君尤偉生之爲人與其文謂可以洩遠到子覩之而信其冬田君入　覲挈生歸就京兆試生以未葬不除服爲疑子曰此三年外之變禮服未除而赴舉則嫌於不稱其情顧生力不足以返葬而服之除無日亦安用此娖娖小謹者爲古者人子例得求祿以養其親則知求祿以葬其親者之未爲失也生其謹持心喪以待返葬之期努力名行以成顯揚之志斯於孝爲兩得生唯唯於其行也作書事俾存之以俟後之採風者嘉慶四年十二月日

湖南文徵卷四十九

湖湘後學集編

記八

八景臺記　張九鐔

大湖以南皆湘也古長沙南至零陵北界下雋而湘水合蒸瀟經九疑衡山而匯於九江中州清絕之地於是爲最擧佳景而臨眺者浮空泛景萬象在目疑造物之有無而人自得於湖山千里之外長沙故城之西有八景臺宋嘉祐中築因作八景圖陳傅良復建二亭於旁八景之名可不擧而知也而臺之興廢者可勝慨哉然吾以知景之不係於臺也余嘗訪其遺阯登高而觀南北一天東西四隅波濤洶湧風雲闔闢北望洞庭重湖呑吐日月乾坤浮浮南則有瀟湘之泉白沙露赤崖立每當晴霽雨收嵐氣若無斜陽倒垂梵音乍續漁歌互答雁行起伏之處皆可目送而或寒江積雨漲沙舞雪伏萬里之魚龍呼寒天之鶬鴰則又有風帆浪船出入於江濤浩渺煙雲杳靄之間景則佳矣而八景之擅名亦可謂領其勝矣夫屈原之賦懷沙杜陵之行湘春見於歌辭篇什者無景不收矣迄今披元章之圖誦慧洪徯斯之詩未嘗不想見其餘風而弁以歎臺之荒廢爲可惜也若夫景之不朽而人自得之者吾又烏乎惜之

游白鹿洞記

張九鐔

黃溪之東有馬嶺山高六百餘丈廣圓四十許里其下爲白鹿洞去郴江之湄里許世所傳蘇仙鶴覆鹿乳處郴郡踞嶺上山水橫絕而古迹莫著於蘇仙故山水皆以僊得名自城之東曰來鶴樓稍東爲觀又東跨郴江爲橋再北東而爲洞有祠以祀仙再上則雲松夾道石級盤空爲中觀又上爲馬嶺絕頂然游人之多景物之奇莫如白鹿洞者以其下遠城市之囂而上無登陟之勞也神靈之迹所在多有而蘇仙生前以孝得名仙後佑其母以壽且以種橘鑿井愈疾庇其鄉人其立壇祠食報於茲土也固宜顧世傳其母潘孕感五色浮苔而生棄之牛脾山

石洞中後見有鶴覆鹿乳取之而歸以比於寒冰隘巷之事余考水經注引桂陽列仙傳云耽少孤養母至孝以此證之世所傳非妄歟是洞在城之東嶺之下耽之栖游來往蹤迹顯然當其與衆兒更直錄牛時牛方裵徊左右不逐自還云非汝曹所知則鶴馴鹿擾於禨祥時又豈他人所得知哉余以爲欲論蘇仙之事者當如此矣余自丙子閏秋獨游此山賦詩五章戊寅九月偕友至其地盤桓竟日出寺門復共憩山下石橋古松流水間紅葉青山夕陽掩映如隔塵境噫嘻步虛聲中若有乘紫雲駕白馬偕鶴鹿以翱翔而拱手以相謝者世迺以余言爲不然也邪故爲之記以告來者

山中學舍記

張九鐔

昔在弱冠愚兄弟讀書家園多朋友過從之樂每縱談古今謂有能文章如太史公韓吏部學行如鄭康成朱紫陽事業如諸葛武鄉韓魏公者吾當鑄金事之矣或曰不然是不可得而兼也夫古人不朽之精神常流貫於千百年中當其時必竭一生之力而成之而猶有至有不至焉庸非所謂性也亦有命與今吾儕生當隆盛才薄智短斤斤執古人之陳迹而思與幷馳是未嘗爲其事而姑慕其名者也然其志則尙矣忽忽十餘年來窮廬枯落日月逾邁而嘗南栖百粵東泛滄海北出神京逾雁門西游河汾殽洛之際以求廣其聞見發其志氣而不可得又

重爲有司所困至於十上無所合今且投深山荒涼之區日與昆弟朋友相隔絕轉念前言如飄風過耳而已故嘗默默以居簡棄人事宴坐寂照以是爲遯世不見知而不悔矣退而深思君子不得志於時而蓬累以行者匪苟爲伏藏亦將以爲畜聚也故易風行天上之象爲小畜曰君子以懿文德天在山中之象爲大畜曰君子以多識前言往行以畜其德畜我者之大小不同而吾之所畜亦異古今人之文章事業皆其因時後起者耳若學之所以成其德者又何可一日已哉學舍欲營一齋而無其所然几榻之旁圖書儼然而郴又山中也故取山中之義名之因幷爲識余之所處者以申其志焉時丙子陽月望日

西涯雅集記

謝振定

明李文正公居第在西涯，因號焉。今二百餘年，軼其處。嘉慶三年，國子監祭酒時帆法公參考懷麓堂集及他書，乃得之，謂當在今德勝橋東南匯通祠前所謂積水潭者。時帆居亦近西涯，其所指證故不妄。覃溪翁先生覆核之尤信。文正之生在六月九日，時帆喜西涯之有其地也，欲以是日集同人爲文正壽。大興令章君石樓、宛平令郭君虛堂聞之，欣然屆期夙治具，卽西涯故址張葦蓧，懸文正公遺像其中，來者各再拜致瓣香焉。先一日集者十有六人，次日集者二十有六人，再至者六人。余楚人也，時帆以文正故楚產，屬余貳主焉。序以齒，略禮文，去畱惟

所便。時帆出文正墨蹟數軸，云覃溪先生所藏，屬以供文正像前者，座客環觀之，贊不置。時積慶亭攜所蓄澄心堂琴來，爲余鼓平沙一曲，淡泊滈古，盡飛鳴止宿之趣，泠泠乎如身在瀟湘明月夜也。其拂素吮毫而作畫者四人：笪繩齋布垣廬及所來徑，馬秋葯繪水增草樹，譚湘琴寫隔岸柳色，又益石，鳳馳雨驟，瞬息而成。羅兩峯後至，支頤觀之，卽是日雅集圖也。荷香冉冉，與草木蔥蘢之氣沁入心脾閒。遂命酒酌綠陰深處，客有去者、住者、對景畫箑者、行而吟、默而思者，碧篇交錯，蟬響互更，陶陶然忘日之悠以長焉。醉而歸，約翌日再集，而余以是夕病暑下，次日幾不克至。及午，梅生過余，促偕來，來則畱者向十許人，兩峯方捉管醮墨補圖中人物苔點，梅生索與文遠皋弈，負者償以詩，弈適平，亦不作詩也。旋共把酒臨風，徜徉四眺，觀橋洞石龍猙獰贔屭狀，至日夕乃去。時帆屬余紀其事。余於文正生平出處之際，旣別論之矣，獨念文人學士之曠世相感者，渺不自知其何心。時帆以文正之故倡此舉，而諸君子次第來集於兹，以觴以詠，相與流連慨慕，若不謀而合焉，知文正之不徒以文采風流重也。西涯以地傳，實以人傳矣。自兹更數百載後，好古之士慕今日之雅，尙或有傳其名、覽其地，俯仰低徊，穆然如見其爲人，至於愈遠而愈彰者，則是日之會豈偶然也邪？余以放廢之餘，歸計未得，得與斯集，固不勝桑梓典型之感。然與諸君

子都下棲遲，閒聲相慕，或有不得一見者，似亦有數存乎其閒。若夫仕隱殊趣，合離靡定，明年此會，來者爲誰，是又異時舉斯會者所當覽山川景物之勝而叡然增感者也。

游焦山記

謝振定

乾隆甲寅歲十二月余視漕河至京口日與荷舂鍤者伍時時眺焦山在白浪中蓊蓊如翠毬然輒神慕之不得往卽金山咫尺閒亦無由得至月既望矣工且蕆夢樓先生夜過訪約余翌日游焦山待旦而行朱觀察白泉適至相與聯騎出城越北固抵象山門人魯選堂亦來刺船竟渡而夢樓已先至笑指一僧謂余曰此詩人借菴也余揖之導游焉山周環不三里自麓及顛逶迤幾五里許顛有兩峯別峯菴在其右腋登江天亭西向望別有二小山附之又各不相屬所謂松寥二山者也中途凡三四憩所至景輒易惟半山大士閣最挹其勝焦公洞在其下

焉比歸仍逕半山人皆科頭解衣帶各選石或藉地坐夢樓白須拂拂與朱履相輝暎白泉借菴娓娓談元理故不甚解選堂獨不見尋之乃在古檜樹下摘葉細齅余方踞磐石上躍起語白泉曰此一幅天然畫也盍腹其稾歸待異日補成之乎衆皆以爲然遂還過海雲堂觀瘞鶴銘新舊碑及周古鼎復酣飲海月樓中酒竟月未上入借菴禪室見詩卷外無長物乃草一詩贈之醉後亦不省作何語及舟余與白泉鋭意泝月游金山舟子有難色久乃解維亞帆翦江上往還計八九折乃達月色江光曲盡其妙櫓聲軋軋與來雁聲相互荅風豚拜起時遠時近更命酒酌柁樓扣舷叫絕以爲塵世閒無此樂也醉既劇口喃喃不絕吟顧旋吟旋忘忘亦不甚惜聽麗譙鼓或四或三無定響遣人叩水月山房門無應者沿廊而左至玉帶橋趺坐風露中酒亦遂醒皓魄澄心直欲前無古人矣已聞橋下砉轟震盪聲愕視無所見從者曰此老黿也露氣侵人江天欲曙老僧達本延客入樓中以茗果獻竝述其平生好游狀語未畢而童僕鼾聲出廡下起而歸歸而爲之記

登太華山記

謝振定

嘉慶甲子秋七月余奉　命典試秦中道出平陽極目西望有山焉磊磊落落出沒乎烟雲浩渺之中者心知其爲華山也閱數日絕黃流渡潼關距華不四十里循鳳凰山南麓而北而西峯帷肆覽目與神謀及華陰而三峯露爽仙掌高招靈氣之往來乃締結於余懷而不能去比至西安數數問華山之勝人無能言者試事蒇言於方葆巖中丞中丞言經華者數矣有登覽之志而羈於官弗克果願未知何日遂言已愀然時九月陰雨緜旬十七日北還瀰潦尚尺許閱二日過華州日影穴雲出山光承睫乃與芝齡太史約同宿玉泉院夜坐山蓀亭聽泉聲

疑雨乃爲文禱嶽神乞二日晴期必登而華陰令何君適來余問道何有難色言數十年來宦此土者惟畢弇山先生一至巔戰栗不能下前邑令某飲之葯如醉裹以繒氈乃徐徐縋下復以葯蘇之其事與昌黎投書絕相類余亦有戒心姑諸至青柯坪量其力之能否而休焉何退語人曰是必無至理憊矣行自返越晨紅日滿窗棱大喜過望急起促僮僕願行者三人芝齡亦欣然各舁山輿復數人左右繩引進道出張超谷嵐氣滃然夾岸石壁如鐵墉泉淙淙不絕嚮里許則下而步縱橫出亂石堆中已得少夷地又舁行如是者數至五里關道者出肅客茗罷又行行率由澗中遇怪石梗道遂無徑人穿石腹中行縋輿出石背乃得度又二里許見懸崖鐫擘窠字曰上方輿者言眞仙蛻骨處往有鎖可攀今鎖絕又有厲禁無復至者蓋希夷峽也又言有唐公主飛昇處亦無路稍折而南爲沙羅坪舊有祠久圮惟門橫鐵狻猊一望所來徑渺不知何處又前過道院出所攜瓶酒與芝齡各盡一甌而去道中瀑布落危崖間聲色俱佳過此以上泉亦不復見矣又數里爲十八盤螺旋上頂與踵摩石壁間往往有字漫滅不可辨亦不暇辨日晷已正賈勇而前見數樹歷落出雲端至則青柯坪也坪方廣數十笏山行此最坦躡石橋東道院十許楹入少憩視酒瓶罄矣邑令先令人置餅餌爲犒歸計食少許出後院中見西峯全壁如天然屏幅

一望無垠妥貼蒼茫光芒萬丈徘徊間冠幾墮迤南有白凹處則辛酉歲大雨墜石一片土人言當墜時聲震數百里道者焚香鳴鐘鼓誦經乃已余聞之壯氣爲懾而游志轉堅矣問輿夫已歸倚杖行數百步圓石卓道周題曰回心石沿緣過此隔溪見崖壁鐫當思父母四字字各丈許咄咄動心目此乃攀鐵鎖初程也鎖臥於石試緣之琅琅然有宮徵音面壁行率以鎖爲命左手持鎖定移右武右手持鎖定移左武無敢譁鎖左轉則面左鎖右轉則面右皆隨山轉移惟有高無下耳折而東氿泉出石罅漫溢途閒幸石潤而麤礪能畱足一失足落千丈澗矣得稍可駐足處一仰視見層崖劃闢逗天光一綫有磴如梯凡

二百餘級人蟻游其中或級一坐或三數級一坐及十級未有不坐者計五六十坐乃達是爲千尺幢實不第千尺也迤而北又一崖斜出如蟹筐之半仰不見天日磴略如幢而峻磴不及足者因石隘處橫短彴兩肘恆支壁穴壁銜容指尖指窮引以鐵杙率不敢下顧顧輒股栗是爲百尺峽實不第百尺也峽盡爲天門有石方丈可佇眺或名曰雲臺石又東北行宛轉出二仙橋踰龍背石小坐俯瞷嵒眺山外諸郡邑歷歷可數徑雖迂是皆可杖行者稍東有鐵猢猻疾首蹙額坐石脉上曰猨見愁又有山如車軨人蹡辟及軫腹趣闖出曰車箱谷是皆可捫壁行者倏而峯迴路轉曠若無涯懸霤中分嶄然而下其直中繩

墨若晦之新出于鉶高且逾千尺是爲老君犂溝按華山不以伯陽顯大約山澑湍急久而成蹊後人附會之以爲犂溝也或又謂老君超凡之地脫離塵垢故名義似馴而實鄙矣溝勢益斗削始而援鎖就磴繼乃一步一匍伏翹首前行者或若猱升若蚓蟠若蝸綴於壁而不可脫稍眩視身恍恍不自適若將墜然其實則危坐磴上耳磴盡得平阜可展坐有黃冠長揖請曰此去北峯數十武曷少駐眾聞之喜歷坡陀數重乃至所謂雲臺峯也祠穴奉神龕依山而屋高可眺遠喘定題名祠壁出循嶺而南而東有崖上峻下削行者右耳著崖若壁聽曰擦耳崖又過閻王碥閻王峽皆蚋行又西曰鐵牛峽又南爲日月崖崖如垣旁有赤白圈高可三十仞鎖立垂鑱石爲梯不及寸手與足併力乃得上曰上天梯北折爲金天洞金天像居石服冕旒侍從皆具又有洞曰三元宮曰瑤池每歲三月賽神遠人畢集率飲饗於茲無常居故無典祀者踰此則亂石槎枒詰曲而東有石坊曰升嶽御道爲漢唐以來封嶽舊蹟自西而南遙見長劍一道光黝然斜倚半霄修數百丈廣僅尺有奇旁兩山夾道相向是時霜氣乍清漫山紅葉青黃相閒輝映絢爛而是嶺中出如神龍騰起錦浪閒昂首強項勢不可遏四顧徬徨知此爲必由徑乃蹣跚卽之則石脊也如斧鑿略具磴形欄以石胥鎖於欄欄圮者植銅鐵杙顧左右皆千仞窔窅然不見底設遇罡

風震蕩雖賁育無所施技是日喜無風鞠躬進五體竝用得寸則寸得尺則尺較幢若峽若溝尤難焉是曰蒼龍嶺水經注所謂搦嶺者是既度嶺有巨石冠嶺端曰龍口又曰通天門老杜詩箭筈通天有一門及昌黎投書處皆在此更上里許穹石洞折而下身倚洞腳反身據洞巔如鷹隼之下攫突然而驚起也境雖險幸少緜故游者不難之稍進有古松隱巨石旁濤聲在樹石圓而削其半曰將軍面松舊有五曰五將軍今僅存其二矣又迤北百餘步則金鎖關在焉舊名宗土祠爲三峯之麓三峯如蓮華至此蓮瓣始分羣巒奔赴環而衞之登三峯者於此判途右出爲西峯左出爲南峯又左則東峯與玉女峯所由道

也時導者引而右路稍平腰腳既憊亦覺不易又數里平陂不一境泉涓涓流不遑審原委倏而西峯道人來迎問峯遠近曰不三里矣掖而前過玉井在崖半未能掬飲詢十丈蓮如船藕皆愕然謂五百年一開又有二十八宿潭亦不能名其處也道有坊曰西峯頂又越數嶺或坡或陀或阪皆多石少土松陰四合日曛黑始及西峯院低徊靈境心曠神怡如夢蘧蘧不知身與世之何以忽忩也入南簃坐松風謖謖然若奏鈞天意天閶宻邇神爲之肅道人治具蔬果餺飥皆精潔數出院中望月但見清光一片在高峯蒼莽中院前後固不見月也探懷中王屐遊山記與芝齡共閱一過旋亦就寐道人以高寒故出袈裟爲

覆足瞬息聞鼾聲雷動矣辨色興盥謁斗母宮韓道人引登蓮花頂巨石如浮龜出蓮葉上名曰肺石中斷處有斧劈痕陟其背北度天橋觀守身崖心且慄且喜徐行松林中倚松四顧覺此中別有天地聞水簾洞在峯腰不克往水涸亦無簾還望有與此峯對峙者則南峯東峯也循麓下坐院東榮道人出紙素求題爲書聯幅紀來遊歲月又摹兹山之性情氣概書直方大三字屬道人鐫於巖既飯晤張道人問其年曰六十五詢山中人實百歲有奇微重聽顏童而須鬢略白聞其善琴悤悤行不得一聆悵然已而同韓道人之南峯過千尺坂觀巨靈遺蹟剛二尺許跨石梁度有壑特邃聞雀聲如栗畱劇清越乃知傳所

云青柯枰上無鳥聲者非篤論也草露未晞步步踏松根如天然磴橫出山腋突有石崖西俯而虛其左厓石如層波演漾或作雲若芝彤苔蘚縈之古秀可愛旁鐫字數行云是楊椒山詩及李于鱗題名處剝蝕不可辨是爲陳希夷避詔巖側身行頁與厓觸急趨而下乃反在南峯之半見嶽祠未入南峯道人先引登仰天池云此華嶽絕頂爲落雁峯故一片石也平而微上有池三大者五六尺深不及仞水淡碧清冷若不可測傳有龍潛其中雖旱不涸涸則赤地數千里也席石坐四望無障礙河洛渭如指掌脈絡貫通日映之溶溶如銀汞因憶李青蓮謂此閒呼吸之氣可通帝座洪荒以來登於斯覽於斯者不知其凡

幾也知難而退半途而廢者幾人百年之後能詳道其姓氏者復幾人哉古今人心迹同不同未可知然能至是巔者意氣之盛類必自命不凡不知其終且同歸於盡可慨也峯背有賽華山氣象亦奡兀少北爲三公山如列鼎道人指視三公之麓隱隱一峽如臥劍直接峯腳曰此形家所謂金綫葫蘆也爲華山之脈又遠指終南秦望太白武功諸山森森如兒孫儒立近指玉柱毛女香爐白雲諸峯皆在肘腋間若拜伏舞蹈於白帝之前者天風凜凜不可久留迺下謁嶽祠威儀特壯蓋即往時鎮嶽宮之遺而重新之者也北出祖師殿迤東爲南天門旁有石臺曰聚仙可瞰南峯背全真巖在其南傳爲賀老養靜所突詹

下覆穴壁施銅柱置板裁容趾又綴鎖爲橋懸度乃抵崖朱書三字在人迹不到處亦偶詭境也余時趺坐臺端望松鬣迸石罅如一縷雲心慕其奇偬不能自振並東峯亦不及上矣嶽東西南三面皆削成無階可緣唯北面鳥道百折而上俯覽之其中實窪也玉女峯隱其中而實附東峯之背東峯峻不可下乃南度細辛坪由坪東轉行小石峽中磴道亦崎嶇覼㠓與峽此爲坦途矣坐玉女祠門東峯爲之屛彩虹一片石齾槽分陸離如瓜稜然聚足升爲玉女殿殿東角即白馬峯頂石亦如龜覗西峯少殺廣可萬人坐問所謂玉女洗頭盆指石上圓坎爲證徑圍三尺許耳余環顧石上如臼者三四皆可容水數斛不能

定眞贋然與集仙錄所載峯有五石臼者脗合稍南有罅焉相傳下與黃河通唐元宗嘗禱雨投簡於此殿東有洞頗湫隘曰仙人洞峯東北隅有懸巖衺出可覽仙掌眞形蓋東峯之西北面也掌欹斜模糊黃白黑三色閒之岐出如指惟拇指剡上下壓竊意太古來石脂凝成如洞中人物筍阜之類若指爲巨靈所擘聖績神工陶鎔萬象殆有不可以理測者在邪北行爲出山計意少紓道人尾送猶未已遇險輒左右維持之至金鎖關而別尋舊徑下行下視登較易瀏目曠覽如理舊讀書雖足補益勝概然膽怵者倍以爲難余蓋得力於坐以代步之法也行且止不忍遽去還至半山見廢垣上石碣文雋雅可誦余偃臥石牀上屬芝齡錄稾歸至靑柯坪黃日銜山暮靄紛集矣輿夫集舁輿如來時惟不須引繩及玉泉院漏二下見者道無恙或駭異太息余唯唯而已余惟夫茲嶽居西方之位秉收成之權於令爲秋於卦爲兌其於義也爲剛爲斷是天地清肅之氣之所聚而鍾也昔人云華山如立余遊天下名山多矣其壁立萬仞絕無依傍者惟華爲然綜其端方正直之概率以險見奇以奇萃秀人世閒委瑣齷齪之狀艮不足語於斯余以駪征旅人置身絕頂獲領茲趣微嶽之靈不及此繼自今茲山眞面目宛在胸中其何以蕩滌佚志求無愧於淸夜者惟山靈實默鑒之爰記其所自得者筆之冊不厭周詳俾時時覽之以自警記

成於甲子冬十有一月脫稾則乙丑正月上元日也芝齡太史者李姓宗昉其名淮安山陽人又有山陰人巡檢馮浩者從宜並書

重修嶽麓書院記

龍驤

盈天地間皆道也，而備於人身。故道明則凡天下之物與事，舉有以綱之紀之，鼓舞而玉成之，而其人以傳，而其地以不朽。嶽麓爲四大書院之一，天下鉅觀也。余竊謂無六君子則無嶽麓，無二賢則六君子亦久而或湮。六君子者，朱洞、周式、李允則、劉珙、陳鋼、楊茂源也。二賢者，張子、朱子也。自神禹開疆以來，若陶侃、馬燧、裴休、杜甫、沈傳師、劉長卿，後先結廬於其中，然不過自適其性情而已。宋開寶閒，朱洞爲郡守，始刱書院以待四方學者，敎化大行。咸平中，李允則爲請於朝，得藏御書。厥後周式爲山長，眞宗召見便殿，拜國子監主簿，詔以嶽麓書院爲名，使歸

敎授，增賜中秘書籍，自是書院甲天下。乾道改元，湖南安撫使劉珙廓而大之，爲屋五十楹，內設禮殿，外增亭池，延張南軒主敎事。夫南軒得胡氏之學久矣，義利公私之辨，諄諄然至精且微。斯時嶽雲若爲之靄，潭水若爲之澄，彼從游人士有不蹶然而興者乎？越三年，朱晦菴訪南軒於長沙，論中庸之義，彌月迄今。登其堂，觀其手書忠孝廉節四大字，未嘗不俯仰低徊而不能去也。紹熙五年，晦菴知潭州，更建書院於爽塏之地，堂室二厝，約百閒，立百全軒，列禮殿、泮池，臨江建湘西精舍，置學田五十頃，聘醴陵黎貴臣充講書執事。一時游學者輿馬之衆，飲池水立涸，莫不俟晦菴公餘，相與其質所疑，旋各得其意而退。當是時，晦菴樂甚。嗣是燬於兵者再，興於官者三。至明宏治七年，通判陳鋼重加修葺，建宗道祠以祀張、朱二子。同知楊茂源復置尊經閣，刊紫陽遺蹟，彬彬乎禮樂文章之盛。其後若吳世忠、陳鳳梧、王秉良、孫存、林華、李天植、吳道行，凡皆踵其事而新焉者也。天地之道不息，則張、朱之敎不朽。六君子或引其端，或衍其緒，嶽麓成奧區焉。我

朝崇儒重道，文敎覃敷。康熙初，嘗依

中丞丁思孔議，興舉廢墜，頒九經而藏之矣。今日者桂林陳公來撫斯土，究政治之原，提理學之要，甫下車，艤舟過江，訪古先典型，慨然徒見山高而水淸，爰襲已成之規模，增未備之制度，振厲士風，不遺餘力，其亦斯道之幸歟！夫世之學者，矜騷壇之

長則以駢儷爲尙，擅風簷之勝則以剽竊爲工，其於君臣、父子、夫婦、兄弟、朋友之懿，博學、審問、愼思、明辨、篤行之要，或未有以究極其精微而踐諸日用。此陳公所目擊心惻，不能遏其流而不得不爲之導其源者也。顧以公繼六君子之後，闡先儒之緒言，吾楚聞其風，薰其德，仰其制作，其必有奮然興起，絕僞學之險僻，靖俗學之浮麗，存心養性，蒸蒸以進於古者，豈惟嶽麓不朽！我

聖天子甄陶至意，其庶無負萬一也夫！是爲記。

重石記　　龍驤

邑治南泝捲簾水而上有石焉其巨如坻其平如砥其勢自峻嵒忽墜若俯吸夫水者水至其前則甹邑人以重石稱之夫石亦何不重之有余觀漣水濫觴于龍山滃瀁奔放不得停每雨甚怒濤起立衝兩岸輒崩爲農田禍至大灘尤酷故舟抵其處必旋轉一周而後下觀者咸危之大灘距捲簾約十里許其閒淵然而深渟然而澄水漲則灝然瀠洄無直洩橫決之患豈非以重石爲之砥柱歟昔人過之以爲天地閒惟靜可以制動也爰枕于斯漱于斯飲則以之爲几也釣則以之爲磯也對弈則以之爲局也益覘斯石誠重而重石傳矣嗟乎人生富貴貧賤

亦時數之適然好事者或反以倏忽變遷歸厥咎于斯石也抑獨何哉

修烈媛陳夫人墓前石隄并石墓記　　蕭智湖

余閱邑新舊志乘載原寓溪口烈媛陳夫人事甚悉夫人籍出巴陵明死王事侍郎章華亭妾也當陶弁强委禽時夫人嚴詞拒之及陶逼令登舟行至深潭遽躍入水死地卽墓前雪花灘之下游今里人相沿猶能指其沈淵處也乾隆丁卯所修府志則遺拒陶之詞而曰佯許之又載行至易俗河乃自沈而沒按易俗河居潭城之上游距溪口約二百餘里夫人甯至此復作自沈之計且夫人於溪口原無親屬果沒易俗河何復返葬斯地邑舊志修於明季孝廉劉公公與夫人同時且居隔不數里故應紀載之確惟夫人寓於此卽致命於此里人乃卽其懷沙

之岸以爲瘞玉之邱其後有學博賀公錞爲之刊碑邑侯張公念齋重修其墓又邑新志所備載而遺迹見存者柰溪波蝕嚙日卽傾頹漸逼壟至不周尺許余曩商邑人士依改葬曹孝娥塚例擬遷於高原又以節烈遺蛻諒不至於沈淪恐事涉紛更未果也然而激流則勢逼處此矣歲丙辰夏邑文學黃子齊斕李子本敬商余次男仲信謂此地不爲計慮將墮當無辜若翁意仲信乃勉倡爲建隄之舉時文學劉子開嵐劉子鴻逵鄧子楚金曹子明淡亦共爲慫恿遂發簿勸捐而推陳孝廉董司其事始事於丙辰仲秋越歲而此役告成矣隄半規長周十丈高迄沈水立腳共二丈石面皆橫闊五尺重立小月臺以石甃墓

華表拜臺如式復爲清釐塋域憑冢起左右後徑各三丈築壕界之約費二百金有奇皆出樂善諸君余因思人莫不有一死惟所恃有不生而存者如或旅次遇疾不幸歸卽荒郊越百餘年弔祭不至冢之存沒誰復過而問之兹夫人以旅殯孤墳有立石而樹之表者有培土而隆其封者今更有鑿石鳩工以固其域而新其墓者詎非節義之感人足不朽哉而我邑人士慰貞魂表遺徽羣情鼓舞亦油然見我　朝德化翔洽而直道之行今猶三代之民也已或謂此地終瀕急湍能永保此域之不朽乎余謂下游風化灘水神之靈舊矣可以扞商旅之行舟甯不可衞忠烈之幽宅則自此戢悍波而固坍岸是有覬於河伯

之神而夫人凜烈之氣又應萬古長存者且賴以尊天柱立地維甯不可以障川流而迴狂瀾則永此占磐石而上安貞是仍有覬於夫人之靈

書徐香莊事

鄧枝麟

徐香莊名大綸浙江人乾隆六十年官鎭筸五寨司巡檢時紅苗焚掠乾鳳永三廳明鎭臺以輕進陷軍苗知筸城虛攻益急香莊奮梃大呼募敢死士百餘人殲苗甚衆暇則團練鄉兵爲守禦計苗不敢近呼爲徐三將軍蓋香莊行三故云嘉慶二年以平苗功賞六品服故中丞傅公時爲鳳凰廳同知香莊隸其下與辦善後事宜是冬一夕以勞疾卒次日將殮香莊忽大聲作北音曰奉神命傳傅同知傅至又作山西音曰忠義吾所佑徐大綸有活生靈功爲請於帝得不死呼傅至前以指畫掌作百餘字且曰善視若吾去也香莊病遽起當時譁傳以爲異事

余聞之慨然曰天下之駭人聽聞者莫如已死復生之事天下之惑人心意者謂有起死回生之神聖賢弗道也天之生人有功俾矣官非武弁秩居末吏軀不滿七尺年未及强時使其可若輕視其生而速之以一死者有必重惜其死而不使以一死謝其責者其權歸之造化要之皆命也紅苗逆命香莊戰守之死卽死於鋒鏑間耳乃藉手以奏膚功而遽促其歸大暮也斷不其然嗟乎人生不過百十寒暑則終死耳香莊之死而不死抑香莊之命係於天而不當於中道齎志以死也小明之詩曰靖共爾位正直是與神之聽之式穀以女又曰靖共爾位好是正直神之聽之介爾景福則在位而正直之人必爲神之所佑

香莊之頽死而神必救之宜也然則神果有言乎夫神之相人冥冥爾漠漠爾何待於言然觀經傳中曰帝謂曰鬼神來告曰神其怨汝詈汝神道設教自古已然茲之操西北音者又何必不然也士君子有修身立命之學而夭壽不貳焉香莊知不以之死而之生者爲倖獲神庥其必有所以自立者矣聞香莊之之死而之生者毋徒傳爲異事其必思所以命自我立者矣後之覽者其亦有感於茲文也夫

城步重修明倫堂記　胡澤匯

城邑明倫堂自庚午續修後距今五十載　今上卽位之四年澤匯捧檄鐸斯邑因慨然舉其廢壞越三年工用蕆其規制視前煥然大備凡甎甓之費若干土木金石之費若干丹雘黝堊之費若干皆邑人士襄之不足則益以淸俸監修者生某某等或曰事之遲久爲之難也如是不可不紀也因請余泐諸石余復語之曰維堂之設依我　聖廟康熙庚子廟遷城外而堂斯存迄於丁卯庚午增修因陋距今弗舉維邑人士能振厥舊增其牆垣高其榱桷習俗丕變視我之所祝三載考績三歲報政維三年中廸德興賢我用爲愧而堂乃成成匪曰難稱之

爲難習禮讀法月吉是宜以其餘力聿新我署我奉二人得安其處昔國子司業陽城入學首飭省親謁而歸者盈二十人我署之修猶堂之志我望諸生助我不逮學爲忠孝惟陽城之所誨載泐斯碑庶幾來者之視茲以亹浸而不違

道鄉祠崇祀三中丞記　嚴如熤

嶽麓舊有六君子祠，祀自宋以來官茲土者，創學舍，營膳田，嘉惠士林者也。嶽麓本紫陽南軒兩大賢過化地，凡楚南先達為名臣為名儒，多講誦其間。十餘年來，遠方橫經士日益衆，雖由我愼齋夫子德高望重，循循善誘，有以動景從之心，亦由旬宣此邦者相繼鼓舞作育，有以導迎善氣也。書院舊齋房規模湫隘，春夏間燥溼氣蒸人。大中丞又川李公憫之，宏杜陵大廈萬間廣庇寒士之志，檄屬州邑募貲重修之，又將以庀材餘貲益學徒膏火。雖因移鎭去，未蕆事，然高楹明窗，免燥溼之苦，而益勤其藏修者，公之賜也。書院舊額正課常歲五十名，大比歲七

十名，外郡士道遠不知試期，比抵省則額已滿，雖千里擔簦，親師取友，非區區為膏火計，然寒士或有資焉。大中丞朗夫陸公念人多額少，籌書院贏貲存鹺使者，奏請發典商行息，廣額正課三十名，附課二十名，遠方士益蒸蒸向化，公之力也。二公他澤及楚民者甚多，非關於書院，故不詳。前二公數十年，有瀛洲李大中丞者，其德於楚南人士尤大。先是沅撫雖移鎭長沙，省試仍在武昌，阻洞庭之險。七八月當湖水漲時，覆溺風波，時所不免。士以省試為艱，南士獲雋科十數人而已。公力疏請分闈，時為北人官要路者持其議，公抑憤而卒。　憲皇帝登極首定南北分闈之制，南士戴　皇仁者無窮焉，然亦公為楚士呼籲精誠有以動天也。公已崇祀名宦，楚士又創祠屋致虔，歲久漸圮廢。陸李二中丞今尚未請入名宦，楚士戴之深，恐其久而湮也。嶽麓諸學徒相與謀曰：六君子祠祀有德於楚者，今三中丞之德，我楚士詎不深哉？稽三中丞生平事功節操，俱無愧大儒，以擬六君子，有過之無不及焉。瀛洲中丞沒於康熙間，李陸二中丞亦下世久焉。思而俎豆之，非生祠去思借媚當途比也。六君子祠名既限之以數，志完鄒先生舊有祠，以三公之清節厚德而奉以配，庶前賢後賢相聚一堂，儻亦道鄉先生之樂而少荅羣士思慕之誠乎？相與請諸愼齋夫子，夫子曰：然。於是涓吉具牲醴，奉三中丞之主於道鄉，率諸生成禮而退。至若

朔望瞻拜，對三公之主，懷三公作育之心，益相與循夫子之教，積學志道，植品敦行，勉期於先達之為名臣名儒，以無負盛朝文治之化，是又當油然而興者已。熤幸與襄其事，退而為之記。

文會記

嚴如熤

愼齋夫子講學嶽麓者十餘年倡明道術衍朱張之傳湖湘間翕然宗之一時俊偉奇傑之士獲聞夫子緒餘皆務服古志道爲有體有用之學不屈屈疲精力於文也然自宋明以來以科目取天下士名臣大儒鮮由他途進類皆修其文爲拜獻先資葢文者士之羔雁也古君子出必載贄旣將以其文爲贄於君相又烏可以不講哉文者所以明道也道在五經四子士人出其所見本其所學體合聖賢語氣以闡明前人所未發苟有所得則難者爲難易者爲易皆無害於文之正也徒雕飾蔓詞浮薄無根文也近於俳矣投有司之喜怒遷就其文以倖於一遇

則性情心術有不堪問者而何足以語道雖然此豈易言哉先秦以前尙已自漢以下聰明博辨之士殫精勞神竭畢生之力以從事此中者不知凡幾而惟賈董劉揚諸子韓柳歐蘇諸家磊落先天壤雖世殊代更而家習戶誦珍如球琳者猶一日也餘則隨時銷滅與花卉草木同歸腐棄而已豈非以諸家者能根据聖賢關係世道人心不苟爲炳炳烺烺而非一切炫博鬭靡者所可及歟今制舉之文其貌雖若不與古同而其以明聖賢之道一也先正如歸胡金黃莫不以古文爲時文當其因題抒發精深透闢可以立懦砭愚令人油然思名敎之重懷節誼之大勉爲君子而恥爲小人嗚呼何其盛也余與諸君子幸生文敎昌明之世莫不思含英咀華以鳴　國家之盛顧散處方隅恆苦囿於見聞囿於習俗倀倀乎莫知所從昔者子夏之賢離羣索居自云不能無過也況吾輩乎曾子曰君子以文會友古之人賞奇析疑考是訂非其藉助於友者多矣夫以聖門賢哲之眾而曾子必曰會之豈非以各自爲學兩不相謀則直諒多聞亦不能以誼所不親效其益乎今余與諸君子得大賢人以爲依歸旣幸有以示其迷正其趨而風雨一堂或齒德俱尊可爲楷模或年茂才俊可資辨晰久者五六載近亦兩三年皆款洽懇至不可謂非誼之親也因仿曾子之意聯爲文會相與講論探討務志聖賢之志以端文之本學聖賢之學以宏文之

用善則相勸過則相規毋侈聲氣毋矜標榜毋貌合而中離毋阿意而曲從庶有以仰體大賢人之訓誨而得古人相與有成之義也諸君子者蒲墅彭子勿齋王子郁亭潘子竹軒滕子魯齋向子靜軒汪子竹浯秦子笛樓趙子誾誾謝子貞齋彭子雲榻方子東浦胡子蔗畦方子望山陳子白橋李子七塘傅子麓西羅子偕余凡十八人

紀夢

胡光北

歲丁未七月二十三日得陳一予田計暮歸館翦燭西窗酌濁酒披南華爲解愁計而愁倍深就寢輾轉莫能寐漏四下始交睫覺與賀洋泉李白橋傅七塘羅麓西黃理堂話予田事忽予田率僕擔簦至余歎曰固謂予田不死何如哉頃之偕游清風峽憩松林藉地作筵飲最豪卽白橋素不飲者立盡十餘觥予田曰此時此樂顧安所得執紅牙拍譜白紵詞以侑觴乎麓西曰予田雅工曲度者何惜紫簫紅箋金玉其音於是予田歌臯姓絲之曲洋泉和以洞簫諸君悉歌相答惟余莫憶一詞乃吟程明道春日偶成句代之洋泉按節而譜胥無爽調白橋曰脫

泰竹浯巖樂園在當不知何如樂七塘曰奚必有竹浯樂園而后樂一觴一詠文人韻事君輩不靳琳瑯余請從後理堂曰予田新至應首倡予田亦卽不讓吟成七字推余續余苦不得讓諸君白橋應聲續之次洋泉次七塘次麓西皆立就末及余索枯腸始得予田復以一語殿之白橋令余以聯句串歌始縱忽竹浯樂園醉態婆娑來余等故不禮焉樂園笑曰若輩勿爾吾卽蒲酉仙所謂茁生者如更刺刺不休悉當果吾腹矣眾益以譁吟樂園乃作撲擊狀余頓驚寤悟其詩遺忘數字因紀梗概以示同人

附幻荅

初予田來麓山也契結自余始及死示余以幽夢始終如一日者予田也夫何幻論者卽謂夢幻旣夢誠幻矣呂東萊云形接爲事神遇爲夢事且幻夢安得不謂之幻樂廣亦云是想是因予田交好十數輩何更無一積想成因如余者人謂之幻也固宜洋泉堅辨非幻洋泉入夢而實未夢惡知其非幻哉卽洋泉又未免幻夫人謂幻特以未親歷故向使置此夢於千百人夢寐中千百人胥夢余夢遂不幻邪佛經謂人生如夢如幻五蘊非有四大皆空此中至理存焉今而有詰余者曰爾夢幻余曰幻爾夢非幻亦曰非幻幻邪非幻邪卽余亦莫辨

過磕頭坡小記 坡在昭通恩安縣界

戴澤三

磕頭坡者言上坡之難如人之叩頭以頭至地志峻也坡長十五里余從涼山過舍輿而騎約行五十里迺至一處煙雲迷漫咫尺不辨人下視之渾渾若天從地底出卽磕頭坡頂也對岸則江邊巴布地又舍騎而徒二人挾扶而下約半里一歇旁有石可埽而坐行至坡底懸巖絕壁峭若刀削猿狖成羣見人乃攀巖援壁而去又其下爲巨箐土人燒其樹而倒之大可數十抱小亦不減數圍遠而望之纍纍若長蛇之出洞其高起而偃蹇者又若蒼龍之走石澗中頭角森森然相持不下天雖晴而堅冰積雪滑不可步時已昏黑夷人擧火來迎以是日昃下坡幸免磕頭云

登南嶽記

唐仲冕

衡山爲壽嶽歲九月往祈親年裹糧步行過昭山二百里見羣峯護擁峯尖皆紺一峯東向屹立雲端疑卽嶽也問行道者知爲紫蓋峯少陵云紫蓋獨不朝爭長嶫相望信然至嶽下廟市喧囂招提唄誦香霧氛氳入廟頓首卜珓仰眡丹繪罘罳鬼物青紅靈象有赫明日出廟北門歕雲泄霧靄晦溟濛恖如羅含所云非晴霽素朝不見其峯念已行不敢卻步逾接龍橋經赤帝峯石磴鱗次或題直上南天或題雲梯皆犖确深刻飛泉懸瀑琮琤道周經彌陀峯至自卑亭故半雲亭也晉桓元記云垂柯跨谷俠獻交蔭曲溪如塞已絕復開如是者數得芙蓉峯水

經注容峯最爲竦傑望之蒼蒼隱天憩半山亭雲陰解駁突兀青空望天門咫尺矣又越嶺至丹霞寺有石題敲冰破凍今古奇游興會可想益鼓勇金簡惠日兩峯閒上南天門與泰山記所云十餘步一休頓不避溼闇前有燥地目視而兩腳不隨者將毋同其側瘞一殞於風者登高臨深可爲吁駭南天門上俛睎腳底諸山幾於郲婁莫辨折而東北上幽崖翳薈野荔爛紅紺宇觚稜迥出六幕金頂斜射夕照晃昱如霞魚梵悠然闍黎遲客則上封寺也昔朱張所謂板屋者今一名藍巨刹矣長老欲悉易鐵瓦因施一片苾芻導往祝融峯寺右循泉梘而上里許至焉泉發祝融峯背石罅中涓涓流入上封齋廚飲可數百

人雖盛嘆沍寒不蘸盛宏之荆州記云峯上有泉飛派如一幅絹分映青林直注山下益爾時尚未有梘耳山松盡虬屈瘦拳或生昔邪則摧踠於風霾使然祝融峯爲絕頂嶽帝殿甓石冶鐵以爲固後有六祖像皆局於地不能宏麗殿南蒼石巉起巋嵬如冠切雲登覽南天雲霞低偃環綴不知其幾千尺也羣山伏地如聚米湘川九向九背如曳練如曲蟺洞庭遠如甌臾抔碧落而絕紅塵殆非人間世昌黎云南方之山巍然高而大者百數獨衡爲宗豈特南方哉苾芻指某峯獅子某峯象鼻七二但舉什一且僅隱約得之況能一一躋躡乎少陵云祝融五峯尊峯峯次低昂求所謂石廩天柱者雖莫能知然自紫蓋外無

不俯首帖伏而拱赤熛怒之神回顧峯後諸山戈鋋矛戟萬馬驫馳自回雁峯來眞所謂欻吸領地靈澒洞分炎方也下叩羅漢洞過會仙橋踏試心石迴探觀音巖羅念菴讀書處水經注云東有仙人石室學者經過往往聞諷誦之音疑即此時日入西崦矣乃宿上封寺寒甚圍爐長老置茗共話黃獨紫皺堆盤纍案且多不知名者正無心懶殘芋火也星月窺窗以爲五更可望日出及曉鍾動急披裘起則寒霧衝人對面不見山少時聞父兄快言觀日之奇頗恨緣慳山僧曰此宜長夏非秋霽新霽時所得見也然昌黎不云陰氣晦昧無清風又云須臾靜埽衆峯出乎無已強至望日亭杲杲者已與山顛平矣是爲岣嶁峯亭中科斗倒薤鸞飄鳳泊照耀琳瑯則禹碑也初學記云禹治洪水遇蒼水元夷使者授金簡玉字之書此碑後人從宋何子一所撫於嶽麓者重刻於此亦自奇古絕倫坐玩久之問鄴侯書院安在僧曰南天門西六祖道場亦在焉問魏夫人黃庭觀曰在雲居峯問朱張所僑方廣寺曰蓮花峯皆近在十數里遠或數十里恐扶鳩之倚門也乃頓策巖阿假足輕輿而返

古甎硯記

唐仲冕

此硯得之故適適園．其質甎．重百八十八兩．方尺有一寸四分．厚寸八分．面爲井．其文長不及方者寸．廣寸二分．深七分．外有圻鄂．廣寸．近井文末者廣五寸．中爲田．方七寸．能受墨．背四周爲雲雷方篆各二錯．或以爲漢宮魯靈光殿甓．未能詳也．同年王畹馨宰閩．以治平第一　召擢州牧．道過吳門．適奉檄采生黃銅二萬斤．生黃銅者．紅銅七．白鉛三．和鍊而成．非可猝辦．從容過從．因出此硯贈之．畹馨甚喜．自爲銘曰．養不窮．公無私．不髻墾鑿耕之屬．余銘曰．如井出泉．清其源．如田有畔．愼厥思．如甓日運．勤乃事．時孫淵如觀察．汪瀞雲主事在座．皆銘之．孫

曰．漢宮甎文斑．如問井田吏而儒．汪曰．仰觀天文．潑墨一斗．爲雲漢章．爲霹靂手．於是吳子竹虛繪爲圖．因幷記之．畹馨名紹蘭．蕭山人．淵如名星衍．陽湖人．瀞雲名梅鼎．休甯人．竹虛名履嘉．興人．

琥珀鼻菸壺記

唐仲冕

鼻菸者．東洋人屑菸葉如塵．漬以他汁而盎之．實諸玻璨缻爲一刺．精者充貢品．餘亦每刺價兼金．其臭以辛酸爲上．納少許鼻中．可以解肺寒．疏肝鬱．善明目．已頭風．京師貴人相餉遺．會賓客則出袖中．先茗汁交獻酬．其菸皆分於刺．爲小甎可握弄．曰菸壺．壺必以金玉．余昔得一松紋琥珀者．大如杭子．質堅而輕．中空能容．頗愛之不釋手．雖瑪瑙車渠羊脂翡翠諸玉不以易也．嘉慶元年．爲一將官攫去．惋惘無已．大凡友朋會聚．各出鼻菸以通款洽．必先嗅其壺．余頗憶前所失．舉以告人．今二十五年矣．過揚州．謁甘泉羅大令方抱晤間．大令遽曰．頃有人以

琥珀菸壺求售．吾嘗熟聞君言其形製．絕相似．因弆篋以待．乃取而見贈．果吾故物也．豈意力戴豪敓．閱歲二紀之久而仍入吾手乎．拜而受之．喜可知矣．大令亦有心人哉．夫一小甎耳．非必玩好之具也．非必希世之珍也．乃余嘗以金寶與人．或被强求巧取．過而輒忘．獨是物久而不忘於懷．不能已於言．而彼亦展轉推遷．卒爲有心人所得．復歸於我．毋亦有若或使之然邪．且未失之先．視之尚爲常物．及失而復得．雖合浦還珠．連城返璧．不是過也．器猶求舊．而況人乎．秦小峴曰．鼻煙壺不見前人記載．得此文可與麈尾唾壺同爲典故．近世茗椀有船．食案有單．以及瓜插蠅旗．皆製造之便於日用者．惜無文筆旌之．物亦有幸不幸也．

景風閣記

歐陽紹洛

粤之山多洞其幽邃險怪弗可言肖也顧去城較遠覽陟未易獨疊綵風洞在舊子城側與官舍民居相屬覩之若庭除閒可蹴而至者記曰張而不弛文武弗能然則以其餘閒與邦人士休息於此固亦張弛之道歟洞居四望於越之間前接廣壄後俯大江廓然翕受窈而多風其東小閣數椽故爲游人憩息地每盛夏薰灼於此解煩焉以其舊無名額名之曰景風夫風諷也諷則能動動故不滯言其婉而從乎風之景爲陽陽以爲養養故不挫言其殖而輯乎若然余之名斯閣其大望於吾民也於是加之葺飾凡可游處而與賓友列坐其閒啟東扉之麗景

豁南牖之清飈翛然四矚空闊無際僉曰氣佳哉造物者生是以娛觀覽邪余曰嘻其然顧事有今與古異者諸君子亦知其所自歟自唐宋來嶺南以荒遠爲遷謫地其咎之自致者無論或乃碩臣誼士感悟無由遂至宅身萬里賜環無日彼雖流連光景寄情風物寫其隨事自得之致究其中之介介者釋焉否乎今則四海一宇嶺南數千里乃在內地稱樂土百執事任是邦者以序擢職焉揆諸昔之居此者同乎否乎昔歐陽文忠於晏元獻座中作詩拳拳以西師爲念及其作豐樂亭記乃謂民生之樂徼國家涵濡生息之故不至此且曰宣上恩德與民同樂古君子安不忘危而言各有當如此夫今古之不同非其地之忽易乃人事實然然則今之優游覽眺於此可忘其所自歟因爲之記而並繫以詩

嶺南富林壑詭异信神運披函索吟覽不謂得之近雲霞落危影桂柏生淸韻川流曁峯峙千里歸一瞬暇日集賓舊勝景疊登進規時卜陰晴察物考虛牣翹首雲山高列若摻在敬庶幾薰風來永解吾民慍

案此文爲守土者語氣當係代作

借園記　　歐陽紹洛

鹺使署在桂城西，爲全城山水萃薈處。顧既面市而沉形氣者復壁土擁其後，如人以指抵目，雖全身之大無與於明，可怪也。梅生先生來巡之歲，人和事舉，既戢既飭，將擇所憩望者，省視而喟曰：魯哉，珍裘反衣邪！命闢爲園，置亭廊其上。於是湖山之奇豁然呈露，青蒼縹緲，極望無際。公顧而謔曰：是拓吾園矣。雖然，吾借耳，園其以借名乎？論者曰：園，公有也。如公云者，將達觀歟？巽詞歟？或曰：否否。署故當於地，今接堵者湖吾池，交除者樹吾蔭，廬舍吾附綴，雲山吾藩籬，禽魚洲渚、吾漁麥牧豎皆效悅吾目，而各致其事於吾園，因工於天，藉事於人，而不假吾力，以

是爲借云耳。之二說者似矣，而未盡耳。夫人生而靜，形體血氣心知之外，非吾有也，而不能不資諸物，彼所資者其來與生俱乎。愚者夫且固執爲己物，破爭爲均，障簏爲癖，肩肩焉據所有而忮於所不足，是其於物也，爲溺爲繫，爲溷蠹，爲外重內輕。夫烏知據所有者之非有，忮所不足者之非不足歟？孟子曰：大行不加焉，窮居不損焉，君子惟其固有者存，外此則有與無皆借耳。故曰：有爲物所樂之心，而無不累心之物。知其爲借，則適適然相忘，視吾之借彼與彼之借吾奚異，乃浩浩乎與造物者游也。公笑曰：有是哉，子言之質也。遂命書之，以爲之記。

重修獅蹲閣落成記　　歐陽紹洛

歲丁巳，余僑寄甯邑，幽林僻剎，所在有足迹，尤最契所謂獅蹲閣，以爲邑之勝在是。雨闌日暝，嘗藉草坐移時，念就頹蕪，意繾綣不忘，欲爲都人士言之，悤悤未暇也。歲之杪，適照師以募告余，曰：此夙志也。敘而遣之。乃二三知好有同志，脫貲解藏，以戊午二月始事，五月落成。榱桷黯敝者更之，丹碧剝落者堊之，林立於除，雲棲於棟，煥然改觀已。第閣舊名獅蹲，爲　國初邑令王蔚建。康熙中，東魯牟君國鎮令是邑，爲其凶息禮讖，易名放生，語近俚俗，薦紳先生或難言之，因反其名曰獅蹲，誌舊也。噫！余以甲辰至甯，今重來此，距十五稔，人事之更易，風景之變遷，

寂者或即於繁，舊者或即於新，消息循環，若煙雲幻化。即茲閣計，自始建迄今垂數百十年，修廢屢易，高天倚杵，大海揚塵，化人視之，曾不數羅剎矣。然亦可知衆志所好，雖廢必舉。後之視今，亦猶今之視昔，余於斯閣之葺重有感也夫。是爲記。

木龍記　羅新瀛

龍靈物也以其神能變化不爲時運氣數所拘而木之似龍者可概論哉雖然吾竊有感焉木龍之始吾兄醒齋盛時所採取而置之座右者兄聰明好學嗜奇每遇物有可裁成雖微不棄其作養人材亦然少施鐫刻揭其名無不肖凡鱗鳳龜蛇馬牛雞犬之類與夫奇形異質可以賞心悅目者無不備木龍其尤著也懸之書室夜則讀書其下燈光相暎影落壁間恍若生龍活動躍躍欲飛之勢亦藉以自喻其志亘往來知己輒以詩文賞之相與吟咏於清風明月之下暢懷於飲酒賦詩之間幾十數載矣晚乃捐棄所好播遷他鄉葢屯於遇戹於時不得已而

爲之無暇戀戀於物之存與否也予於乙未春遽見於族姪之草舍姪習農褻視之不甚惜吾憫焉乃收之安於書齋以篤修吾兄之所好云嗟乎物之幸不幸有數存焉其亦隨人之盛衰爲轉移歟當其沈淪於幽谷之中欲邀一顧而不可得一旦有識者爲之援錫之美名登之琴書之旁以供文人之咏歌斯亦遇之隆矣迨至委棄於閑散污濁之地竟無有過而問焉者何其窮也夫龍與予相暱又十數載矣兄以己亥謝世物猶存而人杳不可復見木龍其有靈乎安知異日能與予相保其初終如一日乎竊以今昔卜之則猶有可懼焉乾隆五十二年歲丁未書於玉屛山房

賜穀堂記　首元清

臣清屢上春官連擯於有司乃於近舍築別業游偃其中披閱書史揮洒翰墨樂之終朝不倦四週繚以城牆牆根雜植松桂他如綠橙白棗杞菊葡萄山茶梅蘭諸花果次第培壅隙地作曲沼畜魚可徑尺名之曰綠猗園葢靡日匪時靡寒匪暑而不涉此園以寄興也越歲之丙午五上春官會試後大挑一等以知縣用五月二十三日　引見是日微雨蒙　軫念　引見各員衣服必有沾溼　賜庫紗二疋無蹈　丹墀捧歸私寓伏念臣清等草茅下士一介書生仰荷如　天之仁俾得及鋒而試紫綬銅章榮膺百里含租衣稅澤被一家涓滴未效

曑荷　龍光所謂千載一時難得之良遭若不勤廉自奮即己仰愧俯慚是以歷任江西進賢廣豐等縣刻苦自勵勉效駑駘辛亥壬子調補浙江請　告回籍雖宦囊蕭索而不虞之譽謙讓未遑綠猗園松桂招要花果笑迎解裝即恭捧庫紗二疋懸之中庭伸紙和墨顏曰　賜穀堂所以紀小臣之隆遇當揚休頌禱於億萬斯年也

湖南文徵卷五十

湖湘後學集編

記九

秋夜游東園記　陶必銓

己未之秋八月望日陶子與客重爲浮邱之遊遂宿胡氏之莊明日歸意復若有未慊已而皓月銜山淸光入戶微風動庭桂香氣從鼻閒過令人翛然作塵外之想呼劉生躡影行阡路紆迴人聲闃靜過山市渡澗梁坐憩於古所謂后井者而憑弔焉劉生曰稍東折而北生之居在焉先生得毋有意乎生請先陶子欣然緣溪行入峽口風在竹林琮瑽之聲與溪流相響荅綠

痕璅碎如玉屑之霏於地而不可得拾也忽而山犬一聲嗥然破寂隱隱一村落鱗瓦修廊可辨生曰此鄰居某也過此數十武即生居矣驟步抵其家約近二鼓則主人方解衣就榻聞剝啄聲櫜履出迓曰先生胡爲夜遊至此陶子曰今茲之遊夜邪乃今而知余之爲夜遊也主人曰光陰過客浮生幾何謫仙人嘗言之吾烏知先生之不爲秉燭遊乎問荅閒杯盤忽已羅列陶子曰中庭地白盍移金樽而對明月乎主人曰諾遂相與列坐閣外酒肴既備閒擷嘉樹之實芳桂之英以助其馥月到中天花陰盡直酒數巡矣主人復起爲指點周遭竹木之勝傍舍之東有慈竹一叢主人曰此西蜀物也物爲人遷矣吾烏知人之不爲物遷邪陶子曰物固有之然惟君子有不遷於物之心是以有不易乎世之名花之影而西東也月遷之也然其亭亭者自在也故遷者形而下者也不遷者形而上者也主人大感悟舉杯更酌古樹鴉沈茅檐露冷客主酩酊解袵就寢東方明矣啟戶不白而歸

吳文定公墓記

丁世璪

文定公宋理學名臣也。功業學術舊乘紀之詳矣。獨其邱墓闕如。通志雖載在醴陵縣南。亦未詳其處。竊意公生於醴家於醴卒於醴。卽年湮代遠。何至四尺封土竟淪於荒煙蔓草而不可稽也。爲掩卷太息者久之。今年春會續修邑志。始悉邑人劉巖程本純等已得諸采訪。在治北四十里地名擂鼓橋后𣘨嶺。后𡷫周遭一抔隱約。左右華表屹然尚存。墓碑載崇禎七年吳明聖奉旨修理祖墳。雖摩挲苔蘚。字蹟半歸漫滅。而其爲吳姓之墓顯有可辨。又稱墓側有后筆山嶔崎峻削。世傳爲公解組後登眺之所。其地舊名吳家莊。墓之前後左右產業罕有他姓。其

爲公故里夫復何疑。旣而邑人陳世榮弟昆復捐山培墓。邑侯黃竹安明府深相嘉許。苟非眞蹟。陳君又何樂而爲此。或曰是固然矣。然則通志何以載縣南。舊志何以竟闕。曰楚南名墓通志所載不一其縣矣。亦有一縣而不一其處者矣。於公墓何必不然。舊志不載。或亦前人之簡略疏漏耳。奚事深求乎。夫古賢往矣。其精神恆足以壽百世。故雖荒邱斷壟。猶足發後人之憑弔。矧茲松楸可指。有不俎豆奉之者乎。且又烏知今之羣然采之與慨然捐之者。非公之英爽有以誘其衷邪。故記之以補舊志之闕。以釋通志之疑。

角鯉池記

丁士鉉

池以鯉名。志異也。曷異乎爾。異其爲角鯉也。前志載宋朝我祖少連公事親孝。承歡養志。母嗜鮮鱗。營之市恆不得。公乃於宅右開鑿一池。畜魚以供烹飪。時母思魚膾。於池中網魚得一鯉。命膳之。庖人驚報魚頭生角。鯉已瀕死。公祝曰。爾若變化。分當再活。試以水圉圉如初。未幾雷電轟煜。雲興浪作。角鯉揚鬐鼓鬣泝流而上。遂有化龍港之名。池在邑東城隍廟之左。距縣治僅三百步。宋天聖閒有司聞其事於上。詔建化成坊。蓋取魚龍變化之義。實徵公孝感所致也。池周遭基地約十畝許。池前建公孝子祠。至元末兵燬。迄明祖會山公復築室於此。仍以其池

畜魚。又構書舍於池之後。種柳栽松。以培先業。因著懷鯉堂詩集。竊惟天經地義。亙古今而不可易者孝也。孝之大足以動天地感鬼神。微足以化強暴格鳥獸爭草木。自古帝王公卿下及士庶。其以孝行稱者。莫不名當時傳後世。若我祖少連公孝感池魚。榮邀宸翰。沿宋迄今。名蹟具在。固其宜也。歲庚寅司馬宋公署篆吾醴。簿書之暇。常耽吟詠。鉉與兄乃持祖會山公懷鯉堂詩集呈請序。因問角鯉故事。遂遊池撰序。並贈以詩。無何有志未逮。竟類道傍謀築。因竊歎鉉兄弟等讀祖父一卷。有志觀光。乃屢向龍門。變化無由。竟暴腮徒痛者。類皆孝行有虧。不能表彰先蹟。神有怨恫故也。爰於壬寅冬月鳩工周遭𡷫后爲岸。

雖未大展規制而方圓有象勝蹟依然可詠可浴可遊可眺但見池流清漣水光瀲灎時而雲淨碧天無翳星斗爲之倒垂時而風行波瀾横生鳥魚爲之飛躍然則是池也非徒爲尋芳探勝適耳目之具已也殆足以豁人心性而啟孝思無窮與洎雍正三年奉 旨立忠孝節義祠余祖少連公得邀崇祀數百年名蹟至是益彰鋐自揣庸陋不能聿修厥德以紹先業至鯉池顛末暨祖孝行亦須備記以示不忘惟冀後之子孫覩此池者明發有懷仰追前賢芳躅恢宏其制吾知人傑地靈雲蒸龍變頭角崢嶸將於是乎卜之矣是爲記

義莊記

郭家聲

義田之制刱自范文正公置附郭常稔田千畝以養濟羣族之人日有食歲有衣嫁娶凶葬皆有贍至今范氏義莊猶世守弗壞吾父在時每有志於是而力不逮嘗言吾家雖非鉅而於吾族本支中豐嗇則有間家所有由祖宗積累而來族之人皆祖宗子孫也其初兄弟也吾幸免於飢寒而不卹兄弟子姓之飢寒奚以慰祖心而敦族誼自高祖霞軒公支派不下百人其貧而能自食其力者不計其必須佽助者又不過十中之一此而不爲之所吾心恧焉旣而吾父病篤易簀之際猶再三命不孝家聲曰予生平有志未逮惟置義莊贍宗族一事曩者旣緜於

力天又不能假我以年汝其勉承吾志仰承遺屬耿耿在心自戊戌以來水潦頻仍不孝又疏於理財承遺命而不克遵行奄忽數年矣癸卯歲秋大熟因念繼志述事人子之責分多潤寡宗族之誼遂勉力均輸錢千緡歲計其息以爲贍族經費謹述顛末以誌家聲之所以不敢厚一己之奉以薄視夫族人者實凜吾父之遺訓也後之有力者儻能擴而充之以遠仿范公之義田是則家聲所厚望也夫

柏庭書舍記

王夢揚

昔孔子痛殷社之既屋念夫質家尙白柏樹西指有葵花向陽之象因種之於庭念厥祖也何以知孔子種柏之爲念祖也考之孔子對魯哀公曰某少居魯衣縫掖之衣長居宋冠章甫之冠章甫殷所尙夫子何以冠之卽練耐先後之禮殷周易制夫子何以多廣殷道於學者而凡我老彭之竊比與某殷人之長歎是知惓惓之意深矣昔易康言先生居邑西白竹仙峯之陰嘗建家塾於宅左中爲先生燕居之堂翼左右椽俾後賢肄業焉旣嗣君楚懷修先生之業增美其間於庭前種柏兩株而顏其庭曰柏庭書舍夫楚懷固孝弟人也因卽孔庭種柏之意以

勉示後賢蓋人能以尊祖敬宗爲心則孝弟之忱自當油然以生慨自科第以言取人而後師弟教授率以勝人先人爲事童而習之長益奮焉而孝弟謙遜之風泯然無聞烏乎世道衰微人心不古仁義之習漸入澆漓愷悌之風忽成刻薄儻顧其名思其義有不勝其愧怍者是則楚懷葵忱之所幸甚也余遊息斯堂中夜省惕爰薰沐濡豪而發其義以昭示於同人時乾隆壬子歲仲春丁祀日也

讀書石泉山寺記

王夢揚

盤古嶺之西北蜿蜒數里類皆峻岫崇林溪澗崖壑其地多梵宇而石泉寺爲最幽余於嘉慶元年丙辰偕同人讀書其間寺在山上山高峻而多石有泉出於石中故名夫以水石之性言之石剛而水柔故石者可以砥礪琢磨而水則滔淫汎濫豈可同日而語抑亦繩木之不類也夫然張乖崖判吏罪有云繩鋸木斷水滴石穿言水力雖微久克有功是以邑南有水源悉出石罅因名之曰矻水石（詳常甯圖記）考字書矻與砥同茲之以石泉名者其亦取水磨石之謂歟嗟夫士君子居今稽古其所以爲藏焉修焉息焉游焉者惟欲其砥節礪行清心潔體猶之水磨

石也詩曰他山之石可以攻錯易曰井洌寒泉食故余於石泉寺有取焉昔唐李德裕居平泉有平石以手磨之隱隱見雲霞草木之形嘗引泉水瀠洄而疏鑿之作平泉山記又載有石泉公家藏藏書目多園庭草木疏以爲先哲所尙必有意焉此余之以斯寺爲最也泉距寺數十武樹木森羅花草掩映讀書於此則朝夕玩賞低徊其亦思木斷石穿之義於以砥節礪行清心潔體也是所望於同人

新建沱江書院記　李大鵬

沱江書院者邑侯狄明府之始建也侯以江左名宿涖兹小邑甫下車進諸生以義學久缺思夫學術分門人士散處無以宣敷德教惇諭風俗慨然請之列憲謀諸僚佐迺於縣治之左相其陰陽辨方正位材木瓦石之屬犖舉畚輸分集其處門廡垣墉講齋肄舍是塗是塈蒇期告成延師就學邑人李大鵬言於衆曰　國家承平百有餘年矣誕敷文德以譽髦斯士三古以還未有若斯之盛者也昔唐虞命官敬敷五教洎及有周監於二代益自黨庠術序之閒其人則州長黨正閭師以及鄉先生致仕之大夫莫非董帥其教自敘秩倫紀以至升降揖讓之儀靡弗肄習其政自養老賓賢以至飲射讀法祭蜡蒐軍之政無不率從當是之時耳目旣親視聽無靡養成德器周知世紀書之司籍列於王官故大司徒教民賓興而必繫之以鄉三物也漢晉以來學校閒興沿唐溯宋四書院之名播於天下楚南之嶽麓其一也說者曰衡山蜿蜒旁礴涵演益富瀟湘雲夢之水匯爲洞庭以達諸江其閒應有賢喆生焉華容控荆岳之閒襟帶江湖十室之邑必有忠信況値右文之世簡擇良牧惠我賢侯創建善地樹之風聲雖文廬江之敦禮教秦扶風之崇儒雅監古揆今罔戾厥指也夫鄉道而行有開必先植本崇教端在初服昔劉忠宣讀書寺舍不飾邊幅嘗自言致知之功什一誠

意之功什九以故碩德望重蔚爲典型斯績學之殊驗也願與同志勗之謹庠序之教正風化之原學以廣才靜以成學使可爲世用且爲世勸發爲文章以仁義之質標古雅之神退可以菑畬經籍扶樹道教進可以出入謨誥珥筆雍容緊惟吾邑乎是望若夫奔競聲氣游揚虛譽本之則無不殖將落以上負朝家作人之典大非賢侯所以建學立師之意是爲記

重修二堂記

李　煥

縣署之制舊矣門與堂各有二焉非徒重厦廣宇搆深瑋之風樹宏富之模以崇尊大之體也葢將董一邑之治則法令於是乎出賦稅於是乎徵暇則延接賓佐以究悉利弊興革之故於人心風俗之所關獎勸而作新之用是以肅觀瞻謹葢藏而便延納堂之設視門爲重無內外一也華容邑侯溧陽狄公江左碩彥也策名筮仕於今數十年矣乾隆丁丑攝醴篆不數月而庶事就理予屬治下旣得瞻風采親覩其設施未幾以調涖華予參選亦得司鐸茲邑卽造門而請謁焉見其大堂棟宇旣起輪奐斯彰周以四圍輔以兩翼房廊就列井欄成行退而問諸

人人曰是非前令之爲而吾侯之新造也夫任無大小爲政則一諸葛武侯治蜀官府廨舍無不繕理後之守官者非狃於前規則憚於後舉至於聽事之處垣頽棟摧而莫之改作今侯以亘才涖茲邑官不廢事民不言勞未旬日閒而斯堂以成足以知公之經營將不止乎此也予應之曰然越明年二堂告成其中爲聽事之位其右爲藏賦之所而左則延賓之館在焉予旣升堂稱賀退而語人曰古云郎官上應列宿出宰百里葢合一邑之民事　國賦雜然幷陳邑中耆老士夫思欲躋公堂以奉光儀其可任夫湫溢狹陋不較然爲畫一之規哉且夫古之人息心公餘游神勝地草木土石水泉之適山原陵麓之觀淸秀敷舒溶漾紆徐於是亭榭周建池臺四起畫棟朝雲珠簾暮雨吾不知其深靚瑰瑋何如也公率不營心而惟以餘力搆斯其升於座則瞻視之攸嚴也其涖於庫則出納之惟謹也其接於館則進退之有禮也一舉而治事藏賦肅賓之道具焉推之而凡百興建結搆周密悉準諸此矣衆皆應曰然華容生童素無肄業專所公下車卽以興起學校爲首務迺於縣治之左建立沱江書院畫地鳩工計日可就豈特鼎建斯堂云爾哉予旣歎吾醴之不獲久留公又竊幸再得從事而喜華邑之有賢侯也於是乎記

游衡嶽記

舒　東

庚子五月吾師姚雪門夫子試事旣竣謀登衡嶽衡固楚望先是戊戌春師按臨過郡値雨不得登今又大風雨吏白難狀遂止嶽廟東與余學山蔣厚山自請行且曰如吏言將無祝融諸僧早凍折死邪師笑許之則短衣苙屩步行三人者皆楚產而昔未嘗游者也人之言曰自廟至祝融峯上下三十里必勇甚乃能遂相戒以御者非夫且策我師必且至且行且迴顧會師遣竹輿尾之至遂舁至半山亭則師果至俄而王明軒先生至惟崔曉山先生以老病辭郭芴堂先生先三日歸其鄉不至有新來布衣黃薺田最後至遂偕入亭旁寺中稍憩時東三人以

野人服侍坐錦衣赤舄閒寺僧疑爲不類因憶東坡爲學士時遇雨跣足取民家笠戴歸市兒爭笑之此景殊不惡也茶已遂行上南天門徑觀音崖入上封寺小飲趨上祝融峯則日已暮矣罡風怒吼人人挾重綿有寒意從者且匍匐行東笑謂師曰萬物皆莫競於人而獨不如鳥秋高木落仰坐空山微風蕩雲如鱗如縠如身如車豈有仙人羽士相與往來卽烏知不飲酒賦詩俯仰天地如人世才士所爲哉乃羣鳥飛去卒不可從每懸念此樂輒歎造物生人無所於惜殊慳此一毛不謂今日者如棲眞迴雁諸峯轉出我下也還宿寺中期詰朝觀日出得觀日出云始三人者之行也東必居中計可前後語凡所歷隨二子所指畫聽其言甚豪而厚山向不與浯溪之遊益奮然引爲慚登南天門則東且落二子後及侍我師淩風立高處東談笑自如而二子者又若悸不發一語矣抑是遊也迫於日不得盡他日我師儻再來則東三人者候之麓一奉琴書前其後爲左右翼挽輿以上至某寺某峯某巖某亭曰是向所經過者也至上封寺曰是向所經宿者也至祝融峯望日臺曰是向所詫奇觀窮言狀者也見有僧是向以弱齡能誦波羅心經者也見有樹是向所摩挲今之成圍者也見有鳥是向所聞識見有石是向所箕踞見風雲怪幻是向者汝東振衣舞起舞予之側也獨芙蓉天柱岣嶁紫蓋及方廣諸勝向之所迨今庶幾一至焉師

弟子閒樂將何旣哉旣返二子示東苙屩幸無恙且將云藏之若欲以待吾師者東則失之矣

重修茶屋記

陳士元

松木嶺新桂通衢也有樹森然有亭翼然好義者復設衢尊以一甌淸茗滌萬斛渴塵行者樂之於是置田三畝有奇而築屋於亭右俾主者司茶政夏涼冬溫咸俱無缺然屋歲久剝落茅簷粉壁飄搖風雨中致紅泥鑪冷雪椀香消茶學士每過而悼之壬子秋復謀繕葺凡甎甓榱桷之資抹度約椽之費咸取諸募施踰月告成基仍其舊而牆宇一新焉每雪晴雲霽暑退涼生瓢角巾來遊見亭主人埽落葉烹石泉一縷茶煙自牖中透出側耳亭畔聽祇笙徐鳴泠泠然與松韻相和荅覺耳目俱靜道心自生蓋不徒司茶者憑依得所可藉以長濟行人抑亦風

味宜人增我輩閒中逸致也矣爰紀其事而勸捐金姓名於左

遊天門山記

胡世安

田子王音宗人誠一與予居近天門山山甚高而景最奇心竊慕之畏其險不果遊也丙子秋三人約遊會以事阻越三年戊寅秋得遂所約偕二三童冠載酒攜筇乘輿而往西行數里遇一老叟年七十餘興甚豪步更矍鑠拉以前道北向而登初遇一嶺橫亙雲表蒼翠欲滴叟曰是名馬鬐對嶺峯曰圓點久之陟嶺同人喘息坐忽蟲鳥作世外聲草木作世外氣田子曰此別一天也叟曰猶有進無何叟攀援而上同人亦緩隨之相與行歌幾忘乎形骸之外旣歌且和上雲梯過土地坳未幾而斷山橋矣至橋各選石坐叟指曰橋之左乃赤松山間丹竈存焉

右爲足迹巖聞有祖師拇迹坐久復起俯視斷處深不可測白雲滿壑流於峭壁窣窣如有聲田子擲石試之久方響響在白雲間又久響在空谷又久響在對峯不知其所止也過橋半里許一石如人踞援石而上有古木枝皆拳曲下垂田子曰此豈倒生樹耶童子曰雪壓故也相顧而笑陟嶺欲設飲値微雨霢霂飛洒如霧四顧峯頭盡爲雲掩林際萬籟作聲益增岑寂遂共投寺中至則衣履盡溼明日天霽仰觀羣峯浮於霧面田子喜曰天其假我以遊乎於是攜手緩步搜探奇勝時誠一爲僧請卜塔址叟亦偕予與田子童冠數人離寺眺望異態畢呈信步而前忽入仄徑縈紆曲折藤蘿絡石夾道幽趣逼人遂捫石

緣木而下幽奇怪偉莫可名狀既下沿路皆峭壁周環如城石罅出泉聲錚鏦如琴筑據石小憩忽覩青障開樹動葉落忽寂忽喧審睇之乃猿戲也傍石壁而東行六七里仰見天門洞啟吐翠吞青雲開閶闔門下萬石崚嶒莫辨徑術相與跨石而登且畏且喜既至而十六峯在望眼界爲之一空矣門內多鳳尾竹門上約百丈許有石乳下垂悠揚飄忽非雪非珠聲欻一聲如花雨亂墜田子脫冠而盛之玩坐良久益覺山容變幻幽趣橫生田子顧予而歎曰嗟乎予數人生長於斯謂是童子時嬉遊地也乃至今日始識天門之奇異臨反又欲尋天漕瀑布玉壺鳴泉意倦於行而童冠亦促之歸乃各折鳳尾竹一枝覓原路投寺中信宿而反

延光書院記

龔之若

澧居洞庭西隅志稱神仙窟宅柳子厚亦稱南州之美莫如澧則以氣節文章若屈若宋若車武子代有偉人後先光映數千年不數乃歷唐宋至明不聞有工詞賦詩歌追蹤屈宋者鼓吹風雅倡之無其人彼沈酣經籍寢食百家者亦止閉戶著述或嘯咏水石摩挲煙月名不出於里巷如文山非上詩三百亦安得校書郎而授之後亦安知上詩三百如文山者而誦之矧能徧化國中丕變風俗使人人騷雅　今上御極之六年淸河湯鈞右先生以宇內名碩來守是邦刑措政簡明年進諸士試以制科義又明年徼南北士風以詩古文詞且搆書院於澹津

先生之言曰澧之先屈宋尙已讀書博雅不有武子亂其人者能使千年後澧人士猶稱囊螢故事不衰其光可延也是宜名延光昔公孫宏開延賢閣集天下羣儁比黃金之臺後人豔傳計其得人之盛隆於一時澧亦舊有車渚溪東兩書院亦僅爲昔賢讀書遊息之所未聞有如先生抱公孫之意行於厥里者且澧在今日無論不如公孫時承平日久諸俊嚮應卻車可載抑不得如武子文山兩先生時卽無其人猶能尋佳句於水竹囊螢光於緗渚今兵燹迭羅昔之飽經史嫻諷詠者縹緗之業化爲風塵逸洒之襟奪於衣食彼素稱文獻名邦者且不悉風雅爲何事先生曰來爾諸士吾爲爾裁有花生筆底繡絮胸次

傳同班馬賦等江陸者入是院・龍標之句雋妓下拜香山之韻婢子首肎典奥可奉郊廟壯麗允當宸翰者入是院・若乃義以制科青紫是梯・奇文秀句可驚四筵者入是院・抑能記蟋蟀以自娱賦閒情而送懷・追遥寄韻於晴窗徘徊寫影於雪案・其文甚嘉其志堪勵者亦得入是院・先生筆之削之磨之礪之・清浮彰觀之區宜人人握靈蛇之珠・追蹤屈宋步武車李不愧稱文獻名邦・是澧藉先生之光於不朽也・先生行且晉公孫之席・諸無憂有三百不得上聞・至自爲叩閽僅僅取校書郎也・若夫記其居阯詳其歲月則有司存・

雲秋山記

侯忠陛

縣南一百二十里舊名金紫仙后山・戴土其中峯特聳不可仰視・好事者捫蘿攀緣而上不能返・繞而始下山之面北向左右小峯攢擁望如火燄・每歲秋雲覆其頂恒竟日不散・故又名雲秋山・迤左爲山之肩有后門・過后門有后井狀若蓮花類造物者之設施而爲山僧之所取汲・巖壁閒多后耳食之已病・以其險人無敢上下者・山之腰有后罅瀑泉涌出飛練數千丈・下而成川流可六七十里・藉其蔭者無旱苗・其東下而北綿亙過鄰邑界入茶州西鄉百里至香草坪以臨永樂江・安仁縣治在焉・形家以此山爲縣治祖山・當爲邑中名勝第一・舊志言金紫不

言雲秋・金紫雲秋非兩山也・吾聞此山古無人徑・時晴則見峙陰則隱・且茂樹惡木佳葩毒卉雜植於其閒・而虎豹豺狼憑之以爲窟・覽勝者屐齒不到・孰從而探其奧窔・百餘年來人尚勤儉野無曠土・以茲山之險且幽而蔀屋連煙竹籬映日・古爲虎豹豺狼之窟今爲行旅往來之鄉・而此山眞面始得邀遊人之快睹供騷客之品題・竝令邑之人士知此山之奇與此山之利之最大者・蓋 王道平而地靈不掩・已非一朝一夕之故矣・夫一山也・於昔則晦於今則顯・豈其突兀崚嶒前之人難於名狀・與抑其遭逢當有時與・嗟乎山猶如此矣

金華山記　潘勝鵬

郡城南七十里有金華山其巔巨石橫數尺夜覗若金華峻出雲漢之表有庵曰雲霧山聳立多空洞覗下萬丈中一洞陰翳莫測旁有一井取水者執火架梯而汲投火洞中聲汩汩然不知所止或云雷藏其中曰雷洞下半里形如香爐因曰香爐山巖阿中石砌小逕曲屈近五里往來遊者甚衆置身其巔羣山皆小復霧中郡邑城郭隱隱臚列燦若錯繡窅若雲海洵辰州勝地矣余庚辰秋遊其地老僧言昨夏登樓見洞中白霧縷縷出如素練繞窗十餘丈後有黑霧擁雷走舒溪辰河閒瞬息煙鋪霧漲雷聲迅疾雨滂沱逾兩時方止倚欄望一素練徐徐繞

窗復入洞中予曰其洞之靈乎宜是山之多異觀也山後有舒溪流其下前有楊溪繞其旁兩水分流出辰河而此峯峙其中朝則樓前之煙火村市風帆漁艇歷歷堪娛晚則夕陽西霞村燈漁火犬吠水聲牧歌鳥語縷縷不絕於耳山中之樂有如是也是不可不記因記其大略

瑞滌池記　鄢正笏

瑞滌池水載鄱陽馬氏文獻通考陳士元著江漢叢譚傳其滌色可以繪字扶輿示異掌故備登匪徒徵諸郡邑乘之紀勝也池之上有古碑勒朱子遺像康熙四年堯山張侯葺亭覆之爲文磨礲以記百年來亭墟碑仆張侯麗牲之地亦無有存者考朱子以乾道丁亥請祠潭州路邂逅張南軒先生講學此地而鄉先輩吳文定公獵宋史稱其宗仰朱子使湖湘之學一出於正然則片石流遺其閒緯有淵源語云有其興之莫或廢之今歲屬有事於瑞滌古蹟甃石疏泉兼構數楹祠栗主於堂趺碑於石欄楯略具繚繞清江工既竣述其緣起書置壁閒檀弓兩

卷皆言物始知今茲樸斲塗茨益特踵前人之舊云

汲浪軒記

段起玲

歲壬午余館於永甯羅氏之汲浪軒．軒臨溪．溪水從亂石中瀉下．聲響喧闐．時初至．更深就寢．聒耳不寐．輾轉枕簟．閒因默誦周易艮卦象辭與程子定性書．倏忽有得．遂不覺溪聲之寂若無聞也．蓋人心至虛至靈．爲一身之主．握萬事之綱．儻有所擾而不定．則五官百骸皆逐境遷流．渺無棲泊處．易曰．艮其背．不獲其身．是止乎其所當止．止而止也．故內不見己．又曰．行其庭不見其人．是行乎其所當行．行而止也．故外不見人．夫不見己不見人．是內外兩忘也．兩忘則澄然無事矣．尙何溪聲之足亂吾心哉．天下惟靜可制動．一可御紛．若惡動求靜．愈不得靜．厭

紛求一．愈不能一．然則軒之汲浪．聒耳．其示我以定性微旨乎．爰記諸壁．俾肄業是軒者．得靜觀自考焉．

紀龜異

陳士杜

大龜徑二尺曰寶龜．世所傳見夢於宋元君者也．其他若江賦所稱六眸．形誠異矣．而荊南又有小如錢者．曰綠毛龜．形愈異矣．至爾雅所載大龜．其所生又異於常矣．以余觀之．皆未若今者浦市之龜之異也．道光六年．余寓硯善邑．胡君錦山宅．有客自浦市來者．與余晤酒酣．述所見浦之異事．云浦市賈多江右人．常於河邊何公廟中醵錢演戲．不知創於何時．每奏劇．則有大龜自河緣岸跂行入廟．伏處以觀．好事者或飲以酒．輒盡．劇散乃去．如此非一．一日演劇．有邀客往觀者．入廟．龜尙未至．諸賈皆佇立以俟．且於神座旁爲龜設一几．劇將作．數數覘視頃

之．觀者叢集譁然．呼曰．至矣．至矣．見一大龜．身徑尺餘．自廟門盤跚以入．綠甲紅睛．直趨殿楹．諸賈人肅衣冠．鞠躬以揖．龜徐行至几側．緣梯登几．居中昂首以望．諸賈更焚香爇燭．伏地禱請客大駭．日中．又置汾酒一盤於几．龜伸頸入盤．一吸都盡．吸畢．仍昂首對劇．設劇不當意．輒轉首向內．以尾對之．劇散．用紙轎一乘．舁龜其中．鼓樂前導．送至河干．舉火焚轎．揭簾．轎已空矣．客愈駭．抵省謁余．且詰曰．某不解．何以廟演劇而龜卽至．又不解諸賈人何以敬奉若此．意者殆以廟神所憑歟．余曰．昔鯀殛羽淵．其神化爲黃熊．故夏郊祀之．浦商之意．或有所託焉．未可知也．且龜．智蟲也．見獲於宋．七十二鑽無遺策．甲之靈已若

此況生者乎。以臧文仲之智且爲山節藻梲以居之。子又何疑於浦商之敬祀也。第是龜族居甲蟲號爲波臣而溺音嗜飲不厭亦安能長享是乎。書曰甘酒嗜音有一於此未或不亾。吾恐浦市之龜終不免於豫且之禍也。

書高祖夷子公逸事　陳士杜

高祖夷子公諱宗彝。湛之公長子也。明洪武初始祖百揆公自江右徙居長沙生德清德華德亮三人。德清公永樂間由廩生辟爲河朔令。陞授雷州府別駕權知府事政績詳邑志中。夷子華公八世孫也。當明季失政盜賊蠭起方鎭悍將率不奉法度。擁兵焚掠居民皆望風逃。一日聞滇中將軍兵至村舍驚竄湛之公自外歸直抵軍門曰昔張賊流毒湖湘焚燒郡縣擄掠男女湘民死傷積野十戶九空今將軍旣翦除賊黨靖疆土當傳檄遠近招來流亾俾驚魂未定之民各安其業。乃復肆暴掠使士民失望。非所以利國家安社稷也。左右以聞將軍怒命執之。

時舉家已避於山見湛之公被執惶懼莫知所措。夷子公方十歲告太祖母王孺人曰軍中執父索金耳使兒得見將軍賂以金當免孺人以幼穉固止之不可乃令攜白金釵釧詣事造軍壘呼曰願見將軍白事軍吏不爲通袖金與之引入將軍方踞牀坐公拜曰老父嚮以言語得罪麾下今願以微金薄物敬犒左右將軍誠赦老父非獨某一家感再生之恩境內之人莫不頌德有不齎牛酒壺飧歡迎將軍者乎。不然老父一儒生耳殺之何足以示武。且使智能之士聞之皆謂將軍殺士裹足不前矣。夫戮一儒生失楚南智士心將軍奚取焉。將軍初見公倜儻甚訝及聞公語益奇之命掖坐於側溫語曰吾無子若肎爲吾子余卽釋而父。公度不許兩人俱不得生。則僞應曰諾。將軍大喜乃逸湛之。公傳令拔寨南行抱公乘馬馳去。去數日途遇一人蹌踉奔避。公馬上遙識之呼曰子非賣魚某翁耶。其人驚顧公曰幸告我家。吾今從將軍入黔矣。翁歸語湛之。公公驚喜厚給之。會黔楚道梗。越一年乃令與僕加籌攜貲偕往。將行公謂加籌曰。曩兵至吾見旗幟有威清平壩衞將軍字。入黔當以是訪之。行月餘抵黔久之始知威清平壩二衞在宣慰司東界。閱月至威清又十餘日至平壩。其地險隘民多夷獠。所謂九門十八洞者。寨據萬山中鹿角密布旌旗戈戟照耀林麓。外建大旆果書威清平壩衞將軍。於是貿錫酒之屬潛遊洞中。察一峒民

頗樸直。距寨僅四五里陰暱近之。因寓其家。時具酒食共飲噉。驩甚約爲兄弟。頃之詭流涕云某本長沙人有弟被擄寨中。父母日垂涕苦思某故尋訪至此。脫得間竄出當重酬。幸勿洩。峒人許諾已聞軍中掛孝爲夫人建醮。越數日忽發礮闢門。加籌匿壕塹窺之。遙見素旐飄揚鼓吹前導。僧道數十人合唱梵唄而出。鐙鼓笙笛鐃鐲之音喧闐若沸。一童子衣白練衫執素旛乘白馬者公也。左右簇擁至水邊招魂。畢復入。先是加籌入黔聞黔人唱所謂憐花落者。習其聲。至是乃走軍門乞食。值重門洞開公方禮佛。加籌立門外高唱以動公。公反顧遽目止之。加籌因乞齋供索酒食噪聒不休。公佯怒執棒逐之。至厠側無人

曰夜間俟我於此。加籌颺去。其夜公僞腹疾數數如厠。左右謹侍之至夜半皆熟寢。乃易衣攜金潛至約處低喚曰來否。加籌應聲出負公疾趨峒民家。入門告曰此吾弟也。令徧拜其家人。公與加籌計曰軍中失我必大索奈何。峒人指室中煙埃濃厚處曰此炕種薑所也。若踞其上縱入戶索必不覺。於是共伏其中。四鼓後聞人聲洶洶光射簷隙。公驚起捫壁罅覘之。見軍士百餘人胥執炬搜巖谷穿洞穴。踏密箐瀧溪澗攪池塘。時各峒沸騰火光燭天若晝。三人終夜惕息無敢出聲。向曉復見鐵騎數百人風馳而過。使峒人偵之云將軍以公子夜失大驚且恚。命軍校分道疾追。凡郵亭旅舍深山寺觀有不嚴緝搜問者死。

公聞蹲炕上者半月。探追騎盡返乃厚酬峒人金。與加籌及賣魚翁齎乾糧晝伏夜行。間道出鎭遠界累騎而還。及長補邑庠食餼赴武昌闈。房考官以公薦元主司抑之遂脫榜。公亦以湛之公老不樂仕進。時吳逆初平差務繁劇。里長違令者罰不貸。惟公爲令所重丐一言輒解。邑中聞之多以田畀公承差事。竟仍以田歸之。子六俱遊庠。其次四門公爲士杜曾祖。以明經揀授綏甯縣學博會疾作不果赴。公晚年謝絕時務營別墅於居室之左。朝夕誦經奉佛。凡境內春花山石灰嶺望谷隱珠及瀏邑石牛陂諸寺。施田或百畝或數十畝。迄今百有餘年寺僧往往猶指公所鑄鐘磬以告人。卒年七十有九葬瀏陽石牛陂。公

生而穎異膽氣殊絕智深勇沈喜慍無所形見故能以總角之年履虎尾而不懼間關數千里卒用其智脫身以歸及徭役倥傯公所率多人悉以兵法布勒其屬檄下無逃亾者至於修學校建邑署興禮讓厚風俗其見諸邑乘者不具錄惟采祖父以來所傳軼事以見公之英偉奇特自其幼已然也予小子恐日久寖失其傳故訪求而謹書之不識後之子孫讀其事者果能開卷驚歎如親見我公當年委蛇冒難於戎馬崎嶇之際否耶

嘉慶十有五年孟夏月之二日元孫士杜敬撰

桃花源遊記

陳洪儀

余家武陵東去桃花源百二十餘里少讀淵明記心嚮往之荏苒到今未一往蓋少則嚴君約束長而塵網拘牽老而二豎爲虐無閒暇時亦無濟勝具故因循至今未一遊夫向平志遊五嶽而余乃吝於百里馬遷足徧天下而余乃憚於同鄉俗不可醫如此洞口桃花豈不笑人哉甲戌秋杪表弟吳子靈崖有嘉會余過其家去桃花源四十餘里耳晤季子東明陳子虞緒語甚合因謂君等肎同吾遊乎二子欣然願爲桃洞主人遂以孟冬三日四人攜手桃縣買魚沽酒鼓棹漳江看綠蘿之晴晝望兩岸之層巒山色水光應接不暇溯流緩盪暮泊白馬渡頭陳

子躬執爨李子瀫釜鬻大白滿浮劇談午夜相與枕藉舟中東方早白起擾山廚登驛路或谷或陵高高下下而足知人意樂此不疲不踰時而秦洞不遠矣蓋古者山徑未開故漁人從小口而後入今鑿叢久闢可不問津此以見山川景物隱見有時亦惟世值熙隆教化盛行外而戎夷蠻貊莫不享王內而各土苗猺咸歸版籍況武陵南國通衢大道之旁乎洞向北朝江入首大開兩臂左臂順江而下右臂背江而上其中開朗有田一區桃川兩宮適踞其內余從右臂躡入舊宮空杉丹竈雖不見蹤而古木蒼翠欲滴由新宮而下渡橋而南夢得古碑在焉題曰桃川佳致右折而西行不半里左折而南復渡小橋卽洞門

瀑布泉水所經過此伏地三里而後出爲桃花溪沿溝而上直抵山麓古碑新碣屹立如林又趨而進則有平地丈餘石桌石墩儼然棋局雖後人之附合而茂林修竹覆蔭清幽使人躁心盡釋更躋而上石磴天成計步而置則遇仙橋雖無昔年藤結之奇而寬平可少休足力過此攀援而上直抵洞門水簾高挂注水盈池洞門緊嵌小隙亦閉可望而不可即矣低徊久之扶崖而下復反橋東旋躋梵刹登樓西望田少山多以此爲仙者固屬荒唐以爲幻尤爲臆度然余獨怪秦人結伴來兹歷年五百子孫繩繩未必盡鬱鬱久居此也嗟嗟秦人一見漁人即設酒殺雞今余來此竝無有過而問之者豈古人情多而今人則

寡與毋亦物以少而貴數見則不鮮秦人惟與外人閒隔故見漁人以爲異設使生於今日見夫往者來者穰穰熙熙必植杖而耘耔矣尙有從而問訊延留數日者哉興盡反舟放乎中流一飯甫終倏而達岸余躡步追日然足倦行遲不似去時矣俄而月落天暝幾乎迷路竭蹶抵家奚子舉杯勞余曰今日之遊甚樂可無記乎遂記之而繫之以詩

萬民巖記

魏瓊

萬民巖者某鄉禱雨處也夫時雨之降天之哀吾民而賜之也雨可禱乎禱則必於天神何能爲然而神固有回天之力也人之精誠不可格天藉於神以請之於是乎有禱雖然神道公也禱則雨不禱則不雨公也而私之矣神顧如是乎旱而必雨神之請於天以致之禱之適逢其會也神不私私於神神亦不受然則萬民巖之設其以私干神乎天之賜不可忘也神之賜亦不可忘也乾隆某年旱禱雨於紫雲山大道之神不旋踵而雨天也何莫非神之爲也神非有私於禱而然然而吾民則極不能忘矣爰建祠宇設神像妥其中顏以萬民明民之德乎神亦

以見神之心乎民也行見神之默相禱於天而豐稔頻仍不以禱而雨且不願吾民之有禱也而吾民亦惡用禱爲

湖南文徵卷五十一

湖湘後學集編

記十

重建永州府濂溪書院記 蔣雲寬

吾郡舊有宗濂書院在府學後燬於兵國朝順治十四年郡守魏公紹芳改建於城北關內易名曰濂溪中為祠以祀周子提學按試卽此校士而院之左別立社學右立義學皆魏公建置有田畝以資養生徒厥後提學別立試院而義學社學始倂於書院合為一區焉歲久院舍就頽僅餘右旁老屋數楹師生治業其閒湫隘卑陋居者不能多容遠方負笈之士日漸以稀

嘉慶丙辰夏雲寬來郡特造焉思欲一瞻賢像肅薦蘋藻則祠宇久廢像刻徙置齋舍籩豆缺如讀舊碑詢所謂太極堂者惟見荒土一坵蓬蒿滿目而已是年巴公來守永有意振作爰籌公項千金付之質庫擬歲取息以為葺治院宇及師生膏火獎賞之資章程甫定旋去永事未果行丙寅歲予家厚山先生為山長適郴州牧應公來署永篆稔先生賢折節納交先生於接見之餘以院事為請應公欣然親相度其地先營祠安像而於右院剔朽除穢易為堅完改建小廨若干閒添建橫齋若干閒几榻之屬畢備次年揀我厚山先生及劉君瑛賀君義鳳董其事復於太極堂舊址前重建講堂一座顏曰立誠又建二門若干架自二門內建過廊八楹與堂接髹漆丹堊崢嶸絢爛離立交映蔚為巨觀凡用白金七百皆應公設法籌捐未用巴公存項工必備致材必市購不廢不侈有則有經工既竣士之業於此者登其堂棟宇軒豁俎籩鮮緻則瞻依倍整肅焉居其廬陳列充牣從容資藉則游息倍夷愉焉必將踴躍奮興爭自濯磨雖欲自畫於道而有不容已者而況生長道學之邦薰染漸漬於前賢風教匪伊一日如吾永人者哉若夫提撕作勵鼓士氣於弗衰而以時保護修治恢拓前模則後此守土者與郡大夫之責也吾不能無厚望焉巴公名哈布漢軍正藍旗人今遷湖南按察使應公名先烈江西宜黃舉人今遷常德守

櫟口頭修路記

蔣雲寬

自永明達粤之平樂道出櫟口頭距縣城八里而近又南至大橋鋪官置郵遞焉邐迤二三里間遂畛逼仄徑之者必彳亍而後度蹊隧之危幾與左擔道等歲丁巳處士周紹孔諸君謀所以平易之者募人之財而人爭應之役人之力而人爭傭之凡得錢若干緡擔石土若干募石工若干以次修墊計袤延二百餘丈廣半尋有餘緣地勢爲平高者三四尺又夾驛舍旁爲橋二於舊置梁處凡三閱月而工告訖事嘻可謂易矣夫除道成梁王政所有事也徒杠缺而國子貽譏道路塞而單公興歎特言乎牧民者耳若夫隱處田間食力自給與世漠然絕不相値

非若藩竹之王霸堆石之岑公闢道之九齡其力可以興利禦害爲衆所跂而望庇焉者也而能憫人之難使之脫危阻而就平夷如此然則士君子有懷利濟豈顧以窮達或異也哉雖然使斯民非幸際熙平之世享豐亨之樂將謀室家之不足奚暇急人利病邪君子觀於道路之閒其亦可以覘世也夫周君屬予作記遂書此使刻之其所與董役助資諸姓名例得附鐫於石以誌好義云時嘉慶二年立夏後五日也

重建邑濂溪書院記

蔣雲寬

濂溪夫子里居密邇永邑邑中又有夫子寓止之地流風猶存是宜有專祠以俎豆夫子此仰濂祠所由建也祠作於明隆慶間邑令何公守拙卽邑庠旁廢寺地剏立已而就湮萬歷末年邑令黃公憲卿擇地於郭外瀟江之南改建濂溪書院遴士肄業其中歲時修祀事焉後改爲宗元書院旋亦頹廢　本朝康熙十三年卽舊阯復修之仍稱濂溪書院其改稱宗元爲何時及復修者爲何人邑乘缺載不可考矣二十二年學師徐公尊顯續修之並捐置田糧九石有奇以膳多士又購藏書籍二十三種用資肄誦而制始備徐公去任邑士裒集經營事宜勒爲

一編名曰徐公惠政錄者是也踵事之人一切規模日久弛壞雍正以後田租入於私橐書院僅存虛名余少時嘗過其地則見棼橑傾敗風雨弗庇荒庭寥豁鞠爲茂草蓋師若徒不居其間者五六十年矣乾隆四十五年庠生徐肇炆牒請於邑侯田公聯科葺治之又請於督學錢南園先生釐正田租延師課徒稍稍復舊今又數十年矣棟宇垣墉漸見欹圮邑士某某等謀撤而新之且以院向坎方於北面師事之禮有乖於是卜日鳩工改背爲向易腐以堅前建重門中爲講堂後爲景芳亭最後爲祠堂堂設三龕中奉元公遺像左祀有功書院者凡幾公右祀邑先賢宋博士周子兪先生明教授蔣泰門先生西院後層

爲光風霽月樓樓前兩旁齋舍各若干間爲諸生藏修之地又前爲會饌之室大門外帶水環流築石梁以達於通衢其履之爲階除嵌之爲檽牖飾之爲丹堊無不完整麗密以至牀幃椅桌之屬釐然畢具經始於某年某月越幾月畢事落成之日邑紳士登庭而修釋菜之儀籩豆靜嘉肴醴馨潔周視簷宇嶷然煥然羣峯萬笏拱列南榮委秀輪奇氣象佳麗洵嚮明之勝區育才之善地也游息其間者思夫昔也何以墮壞今也何以作新則知因循者無成奮勉者有功於焉樂羣居業緬賢喆之風範而興其淑艾之思誦經訓之微言而究其道德之蘊朝夕不懈以迄於成將見出而致用必有裨贊鴻化黼黻隆猷蔚然爲

王國光者豈直剽竊詞華弋取聲譽云爾哉工既訖鄉先生寓書於予願爲文以鐫諸石予於乾隆丙午丁未之歲肄業於此時經田侯葺治之後支傾植仆僅完舊觀喜斯舉之能恢前制也用敘其始末且爲院中諸士勸焉若夫加意培護及時修補以無替前功則有望於後之君子是役也計用白金八百有奇出於公產所積者半出於紳士捐輸者半咸得列之碑陰云

下寺西塘村新建漢壽亭侯廟記　蔣雲寬

邑西五里許新建漢前將軍漢壽亭侯關公廟上馬下寺西塘村人所作也先是上馬十村人合作一廟尸祝五代馬氏殷歲久廟壞嘉慶八年謀更新之而下寺西諸父老以馬氏無功德於民法不宜祀欲改祀關公相與諗於村衆僉以古廟不可廢格其議諸父老乃獨率族人相地於宅左而建斯祠焉遂來徵記於予予惟前代忠臣烈士振不世之略者於其歿也褒以五等之封予以易名之典於其所生之鄉與其效命之地隆以俎豆之奉報功之禮然也若夫封號尊以帝稱血食徧於宇內伊古以來惟蔣子文張亞子與關公而已然蔣帝至今罕稱者梓

橦之祀雖著猶不如關公之隆崇祠峻宇炤燿雲日與素王宮殿相配凡烏言卉服殊方遐島之鄉搢紳氓賈進禮祠下者靡不懾於威嚴稽首角崩有所祈禱如響斯應蓋神功之布濩正如日月之經天無在不歸其照臨中也於戲盛哉永俗篤於事神祀多不經相沿既久雖士大夫莫能是正寺西之人獨能不謟不瀆恪其明神可謂明於禮矣夫神所憑依將在明德寺西於邑爲僻村然其人謹愿醇樸無矯誣慆淫之習忱以公之神靈必益惴惴恐恐懋修厥德父父子子兄兄弟弟釀太和而迎善氣公霓旌玉節洋洋在上鑒於昭事之虔其噓吸風雨和會百靈以貽此方生民無疆之庥當視他祠宇尤顯赫也廟既落

成村之人相與刑牲酹酒頌神之功而予更侑以享神送神之曲其詞曰公來兮來何方赤驥馳靈斿翔風衙衙雲容容與桂酒酌椒槳恍兮惚臨斯堂公去兮去何許升天閶歸紫府騰祥煙降靈雨錫豐年綏士女報神功終萬古

三然晶舍瑞蜨記

胡振圭

歲辛酉予授徒於三然晶舍暮春既望日午方講書鳳鳥不至章俄而白蜨大如掌從空際飛來集於案舒其翅漸緣傅於硯予噓氣逐之竟不去予諦視之瞿然曰異哉斯蜨之文何異圖之與書邪色分赤黑數分奇耦有黃綫亼紋一二三居首十居中四九居左五八居右六七居下三方各十三各一點小推之有至理存焉昔彭帝錫倣洛書作地中圖說者譏爲李赤黃居難斯實有蜨非意造不誠天生神物邪包羲觀察不遺鳥獸之文使見斯蜨安知不謂一方一圓一銳蜨文亦與龍馬神龜並則邪蜨亦馴伏思有以豢之而惜無其術因歎高陵龜文背有

八卦古字張掖之后有討曹三十五字上林之柳有公孫病已立五字精華蟠結自成文章化工之妙實非常理所可測與諸子詫異者久之因援筆記之

春秋樓記　胡振圭

春秋樓者吾祖文定公箸書所也宋紹興初公由湘碧泉徙南嶽紫雲峯下築室居之邑嶽志所稱有文定公故居是先是高宗召公爲中書舍人有聞卿善春秋之問可其對命兼侍讀專講春秋故五年有命注春秋之詔公自遭謫致仕來衡每登高望闕涕淚常流卽其居之右山隆起而峙者築臺焉爲朔望之拜曰祝聖臺臺之下去數十武有塘倣周子之愛蓮以種蓮卽創樓其中以應詔池今名春秋塘葢因樓得名也相傳樓以外靑松翠竹相環繞池中淸香冉冉撲鼻識者謂公正色立朝不伍權貴草木亦感其德表勁節幽芳以助山居勝槪如康成之

書帶草紫陽之君子荔云紹興八年書成進覽帝謂深得聖人之旨詔加寶文閣直學士當是時公獨坐秉筆深慮大義之莫明而思所以引君於當道其俯仰樓下徘徊樓中身山林而心魏闕憂國愛君之眞誠猶可想見抑當王氏柄宋指麟經爲斷爛朝報黜不列學宮極其意幾欲縱咸陽一炬公傳出而經旨益明朱子謂春秋極難領會胡氏雖不中不遠迄今傳炳如日星而樓以久而圮於風露　聖朝崇儒重道以公從祀孔庭頒祀書院歲春秋遣官致祭樓雖不有庸何傷顧子孫之於祖父思其嗜好思其居處公嗜好在春秋居處在斯樓其深後世之寤思者何極明御史錢公曰公在胡氏爲族姓之祖在天下生民爲倫常之祖在儒林爲經書之祖讀書服古之儒覩樓阯尙存猶輿懷於遺蹟之不可沒況在其子孫哉歲辛巳合族復新公書院欲幷斯樓而新之未果然懼其虛而終泯也謹記之俾知斯樓故阯之所在且知斯樓之所由刱望有志者起而建造之

重修玉皇殿記代姜撫軍

魏瀚

百神統於天，天神之大者曰昊天上帝，玉皇之名不見經傳，要即貴者太一之說也。楚騷九歌有東皇太一篇，楚之祇事上皇由來已久。長沙玉皇閣舊名壽星觀，在郡城北門内，莫知其所緣起，燬於永樂，屢建於天順、正德中。殿有三，居玉皇殿前者殿曰三清，次曰四聖，廊廡之屬若干。其以壽星名者，葢取長沙上應天文分野之義，而卑不可以統尊，則稱今名爲協。閱歲既久，丹黝剝落，垣圮而榱崩，非所以致尊崇也。予膺　命巡湖以南三年，歲皆有秋，民無疵癘，乃克修之。某某董其役，鳩工庀材，經始某年月日，落成某年月日，彷其舊規，新其像而妥焉。或謂

天子郊天，南郊壇地，爲壇崇質也。室處而像設焉，不異於古所云乎？予惟天之體至尊，不可褻，而神實近於人。至尊則非惟人道事之不可，即以神猶不可。是故王者對侑昊穹，禮易樂簡，其他罔敢干。然匹夫匹婦儼首而瞻，此蔚藍蒼蒼者，則爾心若或臨之。淵泉不可窮，掘深則得水；上帝不可私，倦極則呼天。非天之近人乎？天，臣民之所莫敢干；天而神之，魄寶昭臨，光靈來格，恍兮惚兮，謦欬呼吸可通也。室之神於是乎棲，像之神於是乎憑，固不得執禮經之說相難。況夫欲與神通，宮室被服，非像神神亦不至。明堂昉自周制，秦漢以來祠天神者咸有廟宇臺室，而漢武於甘泉宮畫天地太一諸鬼神而置祭具，像之設葢由茲彷，又安見丹其室、金其軀之於古乎異也？方今　聖人乘龍御天，百神受職，司牧者既無敢不心乎民，而又崇德報功，咸秩明禋。謂山川蒸雲出雨，守土罔不虔恭祀事，況在天神，其何敢不惟民之勤，惟神之肅？都牆匝紫微之垣，樓觀駕金銀之闕，羣靈合沓，列星環辰，光景動人，氤氳蜿蜒。我其夙夜寅直，清哉懿夫！剡剡揚靈，天神咸降，雷師戒具，飛廉奔屬，降年惟康，我民乃用慶。比歲以來，幸無獲罪，垂享以歆，蒙福以富，雨暘時若，札瘥夭昏屏伏不作，其敢忘恩眷之自然而不可常者？人之心也，天心仁愛斯民，亦視人心之敬肆爲轉移。撫臣句宣茲土，敢告同官：君一天也，不負吾君，斯精誠格天，子用是懋焉。匡率其不

逮，凡百君子庶幾恪共爾事，更有裨於民，以對揚天子休命。維時上帝其居歆哉！然則伐材運甓不足以爲勞，黃金白鏹不足以爲貴，辨尊卑之等，合天人之交，儀制勿戾乎古，典禮可式乎俗，報本反始，致洪化於仁壽，以惠此一方黔黎，皆於是乎在。爰書而鐫之石。

記硯　魏瀚

友人二。岳州龔立海。同邑周治先。硯二。一方博三寸長五寸强厚寸。一圓徵長博二寸長三寸有奇圍得八寸强。之二硯常置側出必以自隨曰一吾生友一吾死友也憶甲辰旅岳交立海予南歸立海貽予硯所謂圓而徵長者也既至長沙遘疾日甚癯嚴君來自衡乞瀚以硯艮且舊而曰新購於市甚疑焉後問治先近狀則與僕人語差異則又疑焉亟請之則曰治先病血死矣硯其遺其尊人以歸汝爾盍嚴君憐瀚病恐傷於懷誡僕詭其詞不得已始以情告也後有見而欲之者予弗能兼守泫然告之曰方者吾死友圓者吾生友生者可得死者不可

奪也今治先墓草四青而硯未嘗一日廢其用而立海以貧故走海南予亦東遊江淮抗手不相聞然未嘗不與硯日往來予懷也記之以自釋焉

石記　魏瀚

宜春縣治秀水南學廨在其北廨前有石屹立江滸玲瓏而峥嶸漏凡三高咫方下圍廣三尺弱銳上廣尺甃以甎不知何時物亦不知何時徙置此余見之笑曰此米顛所謂丈人者也此蓋好事者詫爲詭觀而相與愛護寶貴之也予家衡山南山故多石石有如人立者如獸蹲者勢翔翥如鵲厲氣佶傑如馬騰者或如倦而倚畏而伏踣而仆貪而攫者相搏如楚漢相讓如廉藺者理象爲人物花卉之文者殊形詭狀山中人或相與摩挲之而豈以爲詭觀哉而茲石之屹立於此而人知愛護寶貴之也謂非其遭歟石之未遭米氏也其堆積於山巔水湄而名

不著者何限自米氏以癖聞後之人競倣傚焉而石乃與珠璣玳瑁金玉之屬頡頏而尤爲雅玩顯晦固有時哉而宣和之間以艮嶽故乃至搜巖竭澤以求之而綱運遂爲民病人家階甃偶有奇異之石輒指爲不祥不祥職石之咎石其任咎歟其亦尤物之爲妖歟抑處非所據而巖巖者眴眴胥屬歟斯又不可謂非其罪也雖然物莫頑於石而茲乃能振拔於其中而見異人世是果鍾造物者秀靈之氣哉嗚呼亦魁傑丈夫也哉

倡建平糶義倉記

陳振玉

昔虞廷之命五官也首以黎民阻飢爲慮而敷教明刑皆後焉果何故哉民以食爲天若饑則無以爲生必至愍不畏死雖敷之以教而不聽明之以刑而不顧矣此爲治莫先於足食所以制治於未亂也顧播穀之教見於虞書而救荒之策未傳卽荒政十二詳於司徒而平糶之法亦未著惟司稼以年之上下出斂法玉海謂出則減價糶斂則增價糴是周官已開常平之法而管子之輕重卽倣其遺意而行之論者謂平糶始於李悝亦未深考耳至漢耿壽昌立常平倉而法乃大備矣朱子立社倉最善彼時人心渾樸借則悉還故屬可行日久生變借出難還

累及社長視爲畏途而社倉遂多廢故社倉之借不如常平之糶較爲經久然常平司之自官或不便於民又必詳上而後能發恐緩不濟急至義倉之在民有爲賑濟設者然發賑不能猝辦而亦不可常施恐後難繼也合義倉常平之法而兼用之則莫若平糶義倉之在民爲甚便而可常行焉郴地山多田少歷賴衡湘接濟每遇米船稀少卽有食貴之虞道光十年前憲姚始倡爲捐辦平糶之舉俾玉率及親友共襄其事十二年後復踵行之至十四年衡湘阻米致郴市缺米者十餘日斗米千錢人心惶懼玉亟請於前憲穆借穀救急復捐辦平糶乃安張皇補苴諸多掣肘惟未能備之於平日故也宋司馬康之言曰自古聖賢之君非無水旱惟有以待之則不爲甚害古昔所以有荒歲無荒民者亦惟思患預防故得有備無患也程子曰一命之士苟存心愛物於人必有所濟玉曷敢云有濟也亦籌其可濟者云爾玉因是慨然有捐建平糶義倉之志常與各親友諄切言之亦多見信幸得李君尊祜應允捐穀三千石而工可興事可成矣舊歲五月十八邀在城親友至舍公議捐輸得錢五千串後續增之共得錢六千餘串相度地基建倉於文昌宮之右而李君尊富周君廷珍及陳君顯廷皆自備資斧踴躍監工半載告竣蒙州憲吳獎勸添貯以助其成復勸諭各鄉倣行以廣其惠此可見好善有同心而風化之權在上爲尤捷也玉蒙

諸親友信從獲成斯舉愈殷然有厚望焉一則有望於繼起經理之人一則有望於賢司牧之照拂保護其關繫爲尤大也有以圖其始必有以守其成人之欲善誰不如我郴人尙其體此心哉是爲記

綏甯營中秋讌集記

張晉本

綏於古荒服地，去長沙千里，界粵西，爲極邊遠，故設官分職，武倍於文，凡以愼防禦、優堵禦也。甲子八月，遊擊平村許公以子寓硯虎溪多暇，邀赴龍家寨。適値中秋，公乃進僚佐及分營世職諗之曰：我輩食　天子祿，保障一方，民幸苗猺甯謐，弗驚刁斗，諸君子平日勤訓練、數軍實，刻無甯晷，余亦不敢稍自暇逸，弗爲諸君子倡。際此良宵，矧有嘉客冒過我，一休沐乎？諸僚佐唯唯。爰乃刲羊於牢，摘蔬於圃，謀酒於瓶。時則急雨初過，涼飈送爽，彷彿軒畔，折桂亭前，杯盤狼籍，觥籌交錯，什什伍伍，以軍政爲觴政，其得酒與否，蓋亦有天幸焉。先是令人潔治堂塗，爲得月地。日之夕矣，更卜其夜。已而皎兔東升，移樽更酌，剖靖州之梨，擘胡桃之肉，榛黃橘綠，藕白栗肥，傳觴引滿，仰視明月，各在襟抱，似歐陽子所云銜枚疾走。而予不工飲啖，則命代以茶，又如鉅鹿之戰，諸侯從壁上觀也。久之，芙蓉欲臥，香露沾衣，坐中亦多不勝酒力者。平村欠伸起曰：今夕之酒樂哉，憾不聞霓裳一曲耳，子能續水調歌頭乎？余笑曰：某固願隨營學習者也。乃序而記之。

記異

柳廷方

辛巳，余館劉北篤敬堂。環堂東北悉小阜，惟南循長廊，闢松扉，小山外卽見仙女嶺。嶺延緣數里，矗天半，雲氣常與天接，外則羣峯合沓，不知幾層疊。九月秋深，天黯積雨如塵，客歐陽禮門、胡星堂家從孫衞楨見訪，余偕同人送別，迴望嶺巔，雲氣一綫瀹白，惟自山腰下積青如沫。佶男忽咋曰：是近麓形如蒼狗者何物邪？羣愕顧，則去地且數丈，形漸長，斜曲循青山青處行，片晌入西南峯深處，始不見。羣客返視歎絕，則又行去不數武，物忽自西南蜿蜒循故道返山麓，惜小阜障目，不見其沒處。客欲奔視，則物復躍起，仍徑返西南。三次周折，得諦視，長不知幾許。尢異者，循坡越嶺，首昂而尾逶，身腰曡摺，纖悉皆見。噫嘻！其龍歟？胡鱗爪之不見而雲其身也？或曰：龍興則雲屬，雲其身，所以爲龍也。顧吾聞龍以春升，以秋潛，今以秋見，失其時矣，殆非龍矣。或又曰：是山有老龍窟宅，故在今之見，非蟄也，其殆躍也。嗟乎！龍之潛亦旣老矣，老則不蟄，而又將奚躍？今且忽躍，然則蟄之機殆又在數年後歟？誌其躍，所以卜龍之蟄也。暇仍當拉客入山，幷其窟宅訪之。

君山記

陶澍

海內之水莫大於洞庭其峙立湖中者東則扁山南則扁石青山西則明山寄山團山數山中明山頗勝餘皆部婁不足當登臨之目獨君山周七里有奇蒼然帖湖心爲沅澧資湘之砥柱予往來洞庭數矣未及登也會有事常德而岳守陳公亦專人相迓遂買舟往道明山寄山團山下時秋水方平微風不起俯仰惟天浩然無際遙見君山鬅鬆若魋結可望而不可即更初始相近舟人將逕抵南津港半渡因風返遂泊焉月色如盤升出波中四顧蒼茫如成連之在海上也自念此山在十一福地不可不到我輩歷碌風塵湖山易隔詰朝解纜不免覿面失

之遂起踏月山椒略識面目山寺犬聲如豹露氣襲人攝衣而返翼早北風大作望岳陽樓縹緲雲邊無能飛越舟人相譎惟予幸后尤之見畱飯後攜僕入二妃廟階下叢菊盛開老樹蔭廟後寒翠欲滴其右爲洞庭君祠稍上百餘步爲二妃墓有小碣著茂草中墓上檞樹一株亭亭如蓋相傳犯之有蜂蛇之異按山海經洞庭之山帝之二女居之郭璞謂天帝之女也是則上界天仙豈有玉棺遺蛻畱瘞凡間自祖龍焚書博士大都不學隨口應對傳會虞姚遂使此山橫被髡赭不知蒼梧南狩二妃未從是以九歌所賦不徵釐降之文昔人謂倦勤耄歲甥館久虛乃以白頭老婦跋涉要荒蹈濁水以捐軀望空山而掩涕殆不其然昌黎黃陵廟碑亦不言其葬此而小人無忌憚至有辟陽侯之誚悖矣由墓旁小路迤西有刹立山奧楊曰有緣益言山非有緣者不至也蓬萊三島自在人間然名利兩航去來如織逆風則不能至風順又不肯至其有欣然襆被蠟屐思游而塵心未化見遠山靈往往阻以風波或臨岸而引之使返如今日之遊不謂之有緣不得也崇勝寺隱然山之南麓恐佳境易窮故折而東迤邐過數岫則監利華容之山皆在目矣濱湖西上里許轉入山徑窈而南曲折如旋螺久迺陟軒轅臺爲山之最高處煙波浩淼駭目盪胸志言黃帝鑄鼎於此鼎成上昇故旁有飛昇亭竊謂鑄鼎荆山未必即此考史黃帝南至于江

登熊湘解者釋熊湘爲二山君山舊名洞庭山又曰湘山則此地自屬公孫遺蹟不必借攀髯遺弓事以文之也其南爲酒香亭昔漢武遣欒巴求得仙酒於此山下岭岈林立有后方平可坐數人謂之漢武射蛟臺云遂下山麓東至崇勝寺羣岫環揖古木蓊然間作赭色云是秦火之餘僧堂下列鐵爵二各重千斤其文曰淳祐五年孟府十位鑄或云孟珙嘗以八寶鼎獻馬希範爲壽馬以賜君山僧茲即其遺按淳祐爲宋理宗年號時孟珙鎮襄陽去此未遠其爲所造無疑寺壁懸錢南園先生書蒼勁似魯公爭坐位帖柳毅井在其左水甘洌四時不竭山寺皆飲之旁有刺橘大數圍空靈古拙千年物也即柳毅爲涇陽

婦人傳書處、事見小說虞初志、流俗遂黿爲洞庭之神矣、出寺循澗而下、觀龍虎二洞、石竅嵌空、漲痕初落、相傳昔有虎居之、晝伏夜動、予惟岑鬱之區、靈禽是集、如柳歸舜所見、則有武游郎花都子之屬、至若毛蟲四足、無從傳翼、故圖經言此山不受穢惡、無猛獸、況山君水處、說尤不經、按君山有穴通吳之包山、郭璞江賦所言巴陵地道也、又拾遺記云、洞庭之山浮於水上、其下有金堂數百間、故知山本中空、而二洞則往來之門戶、今山之南有響沙、水涸時蹬足有聲、殆中空之驗云、由洞稍東、高阜據湖濱、舊有朗吟亭、因小憩石畔、坐數九馬金鶚諸山、歷歷如畫、西眺明山一帶、昨日之所經者、亦微茫若粟、浮沈於輕煙

薄霧之中、夕照銜山、落霞千里、但聞漁歌繇邈之音、遠起蘆荻間、舟人以風息來告、遂鼓枻至岳陽城下、沽酒巴陵、登樓記之、

漕河禱冰圖記　陶澍

漕運自揚達淮、經邵伯高郵兩湖閒、有地曰露筋、漁洋所云湖雲祠樹碧於煙者也、按祝穆方輿勝覽云、舊傳有女子夜過此、天陰蚊盛、耕夫田舍在焉、其嫂止宿、姑曰、吾雖死不失節、遂以蚊死、其筋見焉、故名、而段成式酉陽雜俎、江德藻聘北道里記、或言醉者止此、白鳥咕嘬、血滴露筋死、或言鹿爲蚊嚙而筋見、皆不及貞女事、惟歐陽公憎蚊詩云、嘗聞高郵閒、猛虎死陵辱、哀哉露筋女、萬劫仇不復、而米元章書廟碑、亦云澤國之女、嚌膚露筋、不就有帷之子、氏不顯於當時、祠方揭於千古、庸夫庸婦之所傳、有如昨日、至我　朝康熙四十六年、　聖祖南

巡、　御書節媛芳躅以賜、而後神之貞烈、乃昭然揭諸星日矣、嘉慶乙亥十一月、臣澍奉　命視漕瓜儀、道出祠下、見棟宇摧落、瓦礫涸集、壞壁苔生、而神像儼然、太息久之、其時漕艘歸次、出江者甫半、連日北風怒號、湖冰凍結、深恐貽誤漕行、爰齋祓爲文、於是月十八日齋禱於神、次日風回日暖、全河冰泮、篙師長年、踴躍奮迅、二十八日各船出江報竣、其夕冰淩復合、迫曉一望皓然、江南人傳以爲異、明年新漕駛行、得無阻滯、計所運之米、多於上年一百五十萬有奇、而行期反速至四十九日、比余押尾北上、躬拜祠下、復獲順風、揚帆至淮始息、有以知神之靈昭昭也、六月回京復　命、仰荷　聖諭及之、適

節相菊溪百公與漕帥書巖李公河帥湛溪黎公直指厚菴阿公會奏重修祠宇因及余禱冰獲應一事得　旨封爲昭靈普惠之神　賜祠名貞應盆神自唐宋以來千有餘年至是始邀　封典其端實因禱冰事發之故倩野雲山人爲圖以誌神應而昭我　國家有道之祥且使他日談故實者有所考焉

義犬記

鄧顯鶴

義犬者何先君臺峯府君之所畜而能以死報其主者也犬守夜勤於羣犬少有警如巡邏者防敵然府君愛之儕於諸孫每食諸孫繞膝分甘與之末必一臠投犬府君或攜諸孫策杖有所游憩犬必隨伺主人倦遊將反則爲前導徐疾輒偵主人意府君病問疾者日盈門羣犬嘷吠犬獨搖尾迎之府君卒之日諸孤擗踊水漿不入口犬亦不食葬府君之夕諸孤環穴哀號犬亦俯窺穴淚涔涔欲滴以前兩足跪伏壙門者移時衆咸異之諸孤廬墓犬每夜蹲伏墓側聞廬中悲泣聲則亦狺狺作泣聲應之府君小祥日又值先妣卒哭之期家方如禮虞祭犬忽

曲踊哀叫死於庭中問之已先二日不食矣烏乎父母畜人子劬勞萬狀爲人子不克先塡溝壑驅狐鼠地下靦顏偷生犬以豢養微恩乃能一死報主七尺男子曾一犬之不若也能無慨然也乎爰以敝帷裹之埋於庭前之小園絣爲封識其處時嘉慶二十有一年十一月十七日也棘人顯鶴感而作記

孝犬記　鄧顯鶴

今將執什伯千萬庸眾中之最懦者而語之曰汝曾一狗之不若也人其能受之乎然卽反其詞以慰之曰狗固不汝若也人又豈能受之乎烏乎其亦未嘗借觀而反思之也余嘗授徒家塾松桂堂塾旁東西數百武爲族子某家畜子母狗余愛其子買而畜之僮牽之行甫就縶嗥吠不受彊之其母狺狺追送以口齧其牽繩而返雖百牽不能至塾所余聞之至其家命釋縛餌以美食解以詞色犬似解人意明日又至則搖尾迎又明日至則知其爲新主歡然隨主人後其母亦歡送非復前日狺狺態也犬守夜甚勤然日必數歸視其母主人愛之每食餧以蒸

飯犬四旁盡其餘粒留中之半銜歸哺母初見之以爲偶然旣而無食不然主人憐之甚因戒餧食者必多與飯以爲常諸學子因爭以手摶飯成丸置地視犬銜哺以爲戲又或故遲之以達其候母乃走至塾左烏桕樹下作聲以呼子聞之而知其餓也則嗥嗥向主人距躍作乞食狀與之食雖飢甚必至樹下哺母然後歸食閱歲母死悲號不食者累日余解館有鑪觀某生歸犬隨至其家留畜之一日忽不見意以爲返故主也後其家刈禾入深處見一犬蹲伏禾中死皮革存焉驗之赫然犬也迺以敝帷拾而埋之余以爲犬固肥大彼中人或有垂涎者犬見顏色不善因堅匿自全使其身不受烹刲之慘與不然何自苦爲也烏乎犬乎母在汝能養母死汝知哀見幾汝知避能保全母之遺體而不罹慘禍斯可謂孝犬也已可以人而不如犬乎

事在乙丙之閒子振子曾作孝犬記以示諸生其稾久失欲補作而未果也道光癸巳冬偶檢閱舊作義犬記有感於懷因呵凍補記追憶其事如在目前甚矣何鄧氏之犬多良也

沈舟記

鄧顯鶴

國朝以八股取士每三年大比外設學臣往直省歲科試學使行郡首試諸生次童子諸生違試教官以欠考注冊比之逋賦功令然也道光三年癸未學使沈公巍皆以二月初四日按臨寶慶新化生童逐隊前往有力之家乘篠輿行健者徒步二者俱遜則買舟往余自嘉慶丙辰列名庠序碌碌諸生中已二十八年例在應試無可寬假家貧無力雇輿年屆始衰又苦徒行迺約姻戚陳碧崑上舍及其館師劉仁山明經率兩家子弟買舟同往訂初六早解纜余攜從子琳由家起行距河干二十里日中未至舟子不能待已揚帆去矣別覓一舟至則舟子招之

上中坐者半比鄰人見余至皆俯躬出篷立船首招迎兼述陳劉兩君前路相候之意乃攜琳登舟次日宿麻溪與前舟會兩君相見喜甚由是聯舟行明日入灘河水手合力挽船每灘十餘人牽纜至急流處牽者首抵地兩手攀石磴或握岸畔垂柳蔓藤如牛負軛必力竭而灘始上越三日入一灘灘甚惡亂石橫亙水激搏怒流舟從石罅中上篙師失手左右夾擊舟砉然有聲前艙壞矣兩孔如拳大水濆湧入舟中人怖駭都無人色急命船夫舀水水乾而船就岸於時同舟十餘人轉懼爲喜船夫扛船上岸以絮塞孔外加覆板重釘仍牽纜再上初十日抵郡城十二日學使至十六日試五屬諸生二十日試新化童生

是日季弟湘皋至二十三日新化童生榜發同舟諸童無一入彀者次日天方明諸童悻悻怒躡蹻擔簦窮一日夜力而歸不少待余亦命琳隨後行湘皋走送河干返喟然曰余爲人父愧不能以一輿代兒子步余曰否否不然貧家子弟不使之習勞苦他日何以自立湘皋乃俯首無一言是日湘皋亦赴粵仍應李春湖中丞之聘余與陳劉兩君送至南門外之長壽亭臨岐顧余曰幸早歸毋勞大兒盼也葢其時伯子抱恙尚未全愈余心急如火煎灼合目即如見伯子臥病喘息狀既又心懸琳兒路上不置也先是琳起程日天晴盡去其服著襴單利於行走次日天忽風雨寒比嚴冬余欲遣急足追劉君止之曰不及矣

余堅忍之而猶覺路上之一步一趨一寢一興時攪擾於胸中而不能須臾去也又念余季路受風雨之苦而復不忘其子之苦以增其苦是使余方寸之地而吾伯吾季吾猶子更番往來忽捉之坐忽援之起起坐不甯惟有聲聲叫苦而已即日出城外覓船立江壖徧呼無應者遷延至二十八日有舵師吳聾子來云即有船行心喜甚且人人云吳聾子能如是與劉君等六人登舟舟固小兩艙復載煤俯躬跼蹐氣不能舒頃之岸上呼船急且呼予姓字諦聽之則爲劉君帶朝也劉固學中稱前輩者意不能卻此外尚有三人矗立船首六人皆以船不能載辭舟子利其貲許之六人且增爲十人矣次日午刻抵銅柱灘灘

素以險名柁師欲施其能囑毋登岸余厲聲呼之始泊舟强同人上岸遠望雪濤洶涌砰磅訇礚怒勢濆瀑高數丈許聾子意氣揚揚指揮羣動扶柁而下勢如奔駿倏忽船穿浪中浪湧船轉須臾間船沈後半柁已隨水漂去矣幸槳手併力船未沈已近岸於是諸人走至其處踉蹌解履韈上船行李半從水中漉取攤曬岸上頃刻陸地幾成海市矣篋中敝裘數襲緘縢甚固得不沾濡噫嘻河伯有靈旣惜我死又慮我寒尚欲留此無用之頑軀以偷活於人間天之愛我何其至也於時聾子舍船匿他所作楚囚泣同人欲毆之不敢復露頭作故態也是夜宿岸上何姓店余謂同人曰我與諸君以急敗急於歸故不擇舟之

穩與否也舟子以貪敗小船希重載又自矜其能宜其自取覆敗也若今日不上岸雜遝驚張船不破碎且速沈同登鬼籙矣尚安有今夜圍爐長話之樂哉次日兩同人別覓舟行余獨懲前車之鑒問之土人有路通麻溪乃躡芯鞋荷雨蓋從亂石叢棘中取道走有時遇絕壁數仞則攀巉巖而上猨挂虵行惴惴焉恐俯瞰江水奔流飛鳶跕跕天色昏黑煙雨淒其於時也竭蹷前赴惟有靜思平日過愆思我平日安坐室中受妻子養曾不知天壤間飢寒困苦轉徙流離十倍百倍於此時此景者何可勝道而我膜不動心不一援手又安望今日之有援我引我者乎是夜更盡抵小溪市計程蓋已八十餘里矣有賀奉朝者素不識面走來問訊見余體泥塗爲易鞵韈兼具衾枕探囊尙有餘貲急呼主人作飯雖麤糲甚甘也明早雨甚小溪距麻溪七里許路多歧迂曲遲延至麻溪已晨飯後矣望高兄弟見余至喜甚具早餐唯謹望高者余族子賈於麻溪者也適從家來甫見面卽得伯子病愈實信且知琳歸家無恙大叫歡呼不能自持觀者羣相駭怪以謂余爲顛也時同人刺舟麻溪小港候余從篷窗中望見余至劉君仁山卽同帶朝來望高店相見敘苦且云昨日沿河刺舟候君不見君來今晨雇肩輿來接何途次之相左也噫二君友朋之誼如此亦可感也已計自銅柱灘而下舊志載有五十三灘四十八難之名灘名多不典雖類皆

象形而名可想斯河之險阻岸路之崎嶇也有頃帶朝偕餘子別去仁山獨與余偕水巢長數丈別雇新舟日中從麻溪解纜不踰時卽抵縣地塔山灣是爲三月之初二也仁山居城南上岸相別去余乃截流橫渡取行李肩至仁山館中館主人卽陳碧崑上舍寓郡未歸余女壻陳能玖諸昆季則試罷先歸者也聞余至走候於門爲語其故羣咋舌相驚愕坐定卽呼筆硯草此示能玖諸君以諸君異日皆有乘風破浪之會萬不如余之運蹇屯邅風濤作惡也然道而不徑舟而不游亦未必不於謹身事親之道有所裨益云

書高大鎬

鄧顯鶴

桃源多奇偉權變之士余從樸園所往往聞其略其言高大鎬事尤著大鎬於樸園爲中表兄弟故言之最詳云嘉慶初白蓮教倡亂蹂躪荆豫間所過殘毀大鎬省其父陛於臨淄邑宰署歸攜僕王明道經荆門州匪燄正張道梗聞舟行尚無患迺買舟行抵沙塲突見無數小舟打槳飛集近之槳皆鎗也大鎬橫劍踞坐以待須臾賊蜂擁登舟大鎬神色自若徐曰君等盜乎吾非畏盜者畏盜則不敢來此財物任汝取可引我見掌櫃蓋賊稱其魁曰掌櫃云遂問掌櫃爲誰曰姓戴大鎬乃佯喜曰是與我有舊我見掌櫃必喜我將來我與若皆好兄弟也賊眾咸

喜遂擁見戴且述其語大鎬身長七尺骨幹修偉見戴長揖不跪戴異其狀且惡其倨大呵曰若與我何舊得非官軍營弁來偵消息乎命縛出斬之大鎬大呼曰我盜也非弁也君欲爲盜而迺殺天下之大盜乎戴奇之釋縛與語曰何謂也曰某學盜三年矣而不得所歸聞戴掌櫃非常人特千里相投不圖今日之見殺也曰大盜云何曰戕人之命劫人之財以爲盜其盜小戕盜之命劫盜之財以爲盜則羣盜皆委財於我授首於我而盜乃大大盜成乃可橫行一世子欲爲盜必學大盜欲學大盜當奮我奈之何殺我曰汝爲盜能殺人乎曰能遂牽三人出曰可手刃之以試爾能曰此三人者盜乎非盜也曰非盜故殺盜故不殺也大鎬乃大笑曰若是何足齒吾劍請掌櫃別擇親軍以勇聞者與較勝負願死無憾於是賊中最號驍勇善㭬者三人躍出與角皆斃賊眾股栗戴亦惜其勇不殺然心忌之防衞甚嚴故大鎬亦不能害戴也大鎬因此深自韜晦儕於儔伍中日以醉酒酣歌爲事未幾掌櫃下令攻宜城城拔營往大鎬亦逐隊行至一處溪流清激長橋翼然佯語同行者曰我暍甚思浴汝姑前行跳而下已見橋下一土竇草木陰翳劣容一人因屛氣蹲伏其中盡一日夜橋上馬聲未絕也良久寂然始出飢甚遠望道旁僻處一小屋投之闃無人覓食得綠豆數升將煮以療飢又念炊煙久斷或餘賊後至望見將不利遂出戶四眺

果見三人荷戈來大鎬僞爲狎暱狀急以手招遙呼使近語之故且曰得食可共啖我憊甚若爲我炊一賊欣然投戈裸體俯拾薪爨兩賊赤膊坐地取涼相笑謔炊將熟大鎬乃笑取三矛評利鈍作距躍曲踊狀以助嬲謾曰鈍物何能殺人我姑試之出不意一鎗中爨賊背洞胸兩賊驚愕不及起復一鎗中一賊胸洞背一賊疾起走出戶又追斃於階下迺從容取釜中豆飽啖裹其餘取徑兼程走宜城逕詣縣門大呼賊來縣宰驚問故具道本末宰曰可柰何大鎬爲畫守城策盡取居民市廛街道階甎石碎之運置城上密布女牆閒盎大鎬住賊中久知賊畏飛石勝軍器也已而賊眾大隊至見城上石如山積知有備氣

沮大鎬登城周呼曰爲我語戴掌櫃高大鎬在此可速去不然且盡殲賊愕然遂宵遁寧乃飛檄鄰縣城賴以完事平寧上功大府欲以首庸入大鎬名大鎬毅然曰幸脫虎口得生還足矣敢邀功哉堅不允乃止寧迺厚送之歸歸後十日而王明至王明亦桃源人誠慤無他能隨大鎬陷賊中絕不相見蓋已不知其生死矣歸具述與主人相失後賊逼令炊爨負擔鞭撻勞苦屢瀕於死一日至某處賊與官兵接仗不勝走官兵捉獲二百人王明與焉閉置一處刑訊慘毒明歷供被掠情實無謊語明日又易一官訊明供如前又一日易一官訊明仍如前凡五易官而五訊明終無異詞五訊後官乃分二百人爲左右隊各造

名冊載里居忽傳左隊進良久見兩人執刃挾一人出肩上各插一令旗以次駢斬是時明立右隊中迴顧同隊人皆觳觫無人色淚涔涔下有頃呼右隊以次進官按冊問名姓里居無他語辭色甚和問畢人給一符一金諭曰若等皆良民不幸陷賊中今拔爾歸見汝父母兄弟妻子符以衛汝行金作汝糧糗資汝歸歸語若長老子弟益勉爲太平良民於是眾皆叩頭泣謝各領符取金歡躍而散蓋王明所親述如此噫嘻高生殺賊如屠羊豕勇固不可及也迹其倉皇遇亂死生呼吸之際而能談笑權詞以解使賊不疑卒出萬險以保其身而全一城其功又袔偉歟乃抑抑自下有而不居高固奇男子哉而如王明言又可想見當日從戎諸臣曲體　朝廷寬大深恩不妄戮無辜德意然非王明誠慤謹愿前後無異詞得不同爲草菅哉然則君子之處亂其亦有道也乎烏乎教匪煽亂勞師糜餉用兵至七八年之久然後敉定夫亂之始猶火之燄燄耳不能撲之於早遂至燎原而不可遏誰生厲階可勝歎者此高大鎬之事所由書也

案分二百人爲左右隊時便已決別良莠其右隊皆良故皆釋之觀其五易訊官真得明慎用刑之道其率師者必儒吏也惜不知其時與地無可考矣汝懷坿記

寶慶形勝記

鄧顯鶴

邵陵之用兵始於東漢桓帝元嘉詹山之叛。寶應明但築城守備未入其阻。益苗巢天險北方步騎最難爲力也。至昭烈章武二年。零陵北部都尉舉兵應漢。爲吳人所殺。至晉懷帝永嘉五年。流人杜弢陷湘州。而邵陵內史遇害。至齊和帝永興元年。邵陵人逐內史以應臺軍。至梁敬帝紹泰元年。太守劉棻救江陵爲其下所殺。自隋以前。戰爭多在中原。邵陵非要地。亦無重兵。故舉事輒敗。唐大歷五年。王國良據武岡反。用兵者數年。憲宗元和六年。辰溆首領張伯靖反。擾武岡。用兵者二年。皆不能平之。蓋漢唐武岡。卽今城步。其地萬山峋峻。使二豎者非迫於虐

政。素蓄叛志。據山谷以淩衡湘。豈曹王柳公單騎所能招哉。鄧處訥以邵州殺周岳。馬希萼用梅山蠻攻潭州。殺希廣。元陷寶慶而李芾死長沙。蓋寶慶者長沙之西偏。有龍山后子坳諸山界長沙而長沙處平地。有山不甚高。由寶慶而攻長沙。勢若建瓴而下。由長沙攻寶慶。譬如拖船而上。故國於長沙者有寶慶則可以禦滇黔。而國於黔滇者陷邵陽新化。則長沙之西門不啟矣。李定國由楓木嶺陷寶慶。而敬謹親王沒於衡州。度八十里山而恭順王死於桂林。蓋武岡邵陽有四望高霞黃帝諸山以界衡永。新甯有八十里山江頭嶺。城步有金子山。湖南界以界桂林。據諸山而守之。則衡永西粵禦寇不暇。故武岡邵陽陷則戰在衡永之西郊。新甯城步陷則戰在桂林之北門矣。貝子彰泰度楓木嶺而吳逆遠竄。蓋郡西有洞頭蓮花楓木涼山界龍口坳牛家店老牛坡紙錢笥芽諸山。循山而守之。則辰沅靖戰場矣。宋張虎據新化。戰鬬屢年。故由新化下安化。則岳常之城門盡閉矣。然則寶慶者中高而四下。西南有事不可忽也。今將各縣險要具載於篇。

劉仙巖記

陶章溈

游風洞山之明日遂游劉仙巖。巖爲仙人劉仲遠所居故名。由山趾左折而上石洞豁然卽后爲磴盡其級。又一石室天光旁通數洞相屬。玲瓏聯絡繚石腹而達巖端。奇巧莫測。蓋神斤鬼斧作此重樓疊閣與人槃嬉。吁可怪也。巖前極曠闊。奇峯拔地如筍。林中皆丹楓老檜。綺綰錦結。秋色正麗山情轉幽。於是讀壁上之詩想仙人之蹤。徜徉而忘返焉。或者曰造物之鍾異於是邦者可謂至矣。使致之吳會之間。好事者施其結構以游以息。必能誾發天地之奇。惜其僻介粵嶺無有張其勝者。漸恐鬱湮而不知矣。或又曰一邱一壑之勝覽之易盡。則假於亭榭陂池以娛耳目。若此邦奇觀。天竅其技人莫加焉。存其天以待其人必有眞賞也。是二說者姑置之。獨是粵山可游者不勝數。而余之游興亦未衰。恐游事日多而或忘也。爰分地志之。復園圖之。无咎凡得詩若干首。合爲一冊而藏弆焉。後有游迹則續存之。烏乎羈旅異鄉使予日有可樂而惟日不足者。非此青山與吾好友邪。惜乎又將捨去。去而曰歸亦可矣。而馳驅於風塵車馬之間也可勝歎哉。

伏波巖記

陶章溈

明日與无咎復園登伏波巖。巖上有馬伏波祠宇。故以名巖。若削成。壁立百丈。下臨淵潭。好事者就巖隟鑿磴搆屋。游人槃空以遨。江水卽焉。急瀨跳波。來若奔馬。抵巖忽止。寂然無喧。含聲蓄影。意與沈冥。舉目縱覽。則隔岸諸山勢皆向巖。蒼翠萬狀。如髻如簪。影或落江。綠侵漁舫。布帆沙鳥悠然而過。相與啜茗閑坐。徘徊久之。山川淸氣滿我襟袖。卻顧二客各有會心。嗟夫馬伏波之南征也。建立功業。行佩金紫。不負其慷慨大志矣。顧迺言其在浪泊閒下潦上霧毒氣重蒸。臥念從弟少游平生時語以爲不可得。何言之悲也。今我輩遭時太平。亦無蓬取功名之志。假使如馬少游所云衣食裁足守墳墓。鄉里稱善人。斯亦足矣。而爲饑寒所驅。漂泊嶺嶠。捨故國之山川。覩他鄉之名勝。而卽今弔古。如伏波之功業已爲塵土。徒見夫山高而水淸。況我輩偶然遊迹。轉瞬之閒已爲烏有。亦何足道哉。于是與復園无咎樂而轉悲。俯仰而三太息也。

棲霞寺記

陶章溈

由伏波巖喚舟渡灕水之東過花橋抵棲霞寺寺宇宏燿遊人頗多寺院折而北臺榭傾圮行蔓艸中所履甚平而所見特險蒼石層累絕壁如劂高廣竝數百尺石罅多瘦木怪藤枝葉掩冉若緣牆薜荔大風北來搖撼衆綠濤鳴波旋危石欲墜一步一駭捨而去之還過寺院折而南怪石橫出如奇鬼意欲攫人躡其跟趾穿其腰腹抉其口鼻卻坐下視桂城若礪灕水如帶烟樹原田綺鋪繡錯葢所履則險而所見則平與前異致矣遂歷七星巖四仙洞徧觀石刻還坐於碧虛亭山童束緼以請曰星巖之下有奇觀燭之可見願導以遊予與復園曾遊不願往

无咎欣然獨行阻之不可噫无咎特好奇而不知所從也盤洞而下深黑若隧所恃者火耳風嘘雲觸火不可恃況如所稱老僧纂衲漁翁撒網狀類雖多大抵石乳凝結庸人妄爲指似皆習見熟聞之物非有異形詭狀使人可以喜可以懼爲平生所未經歷者豈賢於振衣千尺縱目百里披雲霞而狎蝯鳥乎復園曰然俟无咎出而問之

季壽叔外舅桂林游記凡八幅皆徐復園畫易无咎皆有詩爲舅兄子立所珍度余乞之不可則強分其四子立歿於山左官所兵火之餘先人手澤不知尚無恙否而此八幅竟無由合倂矣何紹基謹記

榕樹樓記

陶章溈

復入西城徐君曰近有勝處不可以不游欣然從之折而南趨葢一樓峙闤闠中初不覺其異也既登樓古榕布陰覆檐如幕樓故得名於此樹也樓之下有塘闊數十畝竹樹環繞樹巓遠山若露修眉清風徐來水波鱗鱗而樓前老榕與四圍之竹樹搖空照水萬影團綠變弄姿態以爲客娛其所見如此然吾以謂此樓之勝槩尤宜雨朝與夫月夕也它日雨中必踏屐而來二子其能從乎愔乎中秋已過未嘗攜酒來賞而爲今日悔也然吾之見事每遲而悔於後者獨此樓也邪

湖南文徵卷五十二

湖湘後學集編

記十一

學耨齋記　彭浚

吾族自江右來衡先世皆力於農至高祖駿園公篤學力行有積德生子二伯曾祖衡陬公以名進士起家眷懷舊德顏其堂曰恆農先曾祖碧垣公由一第擢明通粹於學尤厚於德遂以耕德名堂嗣而伯祖雲亭公題於居室曰步耕山房先祖松泉公亦題居室曰亦步所蓋弟不先兄之意亦均承父志耳夫耕農之始事也始之則必繼而成之甘雨時降嘉禾遂生既霑既

足發榮滋長而獲豐年慰耕者之望存乎天百穀既播艮苗懷新是穮是蔉剔草芟蔓以培嘉植繼耕者之志係乎人惟學亦然禮曰講學以耨之以云繼也余小子德不足以繼先人而書澤之存拳拳勿失亦深懼耕而不耘草其宅之耳至其成也猶有待京居堂側拓廳二楹有藤一架夏雨初過開窗延爽叢碧侵人曾署爲小碧山房志曾祖之別號而額之竊懼其近於褻因名曰學耨齋時嘉慶庚午仲夏中澣也

浮石記　彭浚

石可浮乎曰不可歲丙子余過耒陽桐木宿於族之書齋其左爲家祠右則聚居四五郵族人食余以雞黍有諸生鄭某在坐言此地數十年前某祖若父皆講學於茲彬蔚可觀故嘖嘖稱桐木彭家今皆家道中落老成凋喪不勝今昔之感云族負山而居山形名獅子樹木陰翳大可盈數抱其趾多石白者可以取火內有帶土形者色黃中有文理雜白蜂窠鬨之投之於地其聲硠硠然受以斧則泥粉稍稍墜而大體無損抑似強項而未可侮手舉之則輕如非石者置之水中若瓢焉浮而不能沈也噫異矣或曰天氣輕清地氣重濁至地秉乎天其剛柔燥溼

之不同猶陰陽寒暑之在天產於地者亦視氣之清濁爲輕重泗濱浮磬書有之矣茲其得氣之清者歟余曰以質言則石取其堅重不得言浮如人之生得陰陽之氣以成形觀其自立必士端農樸男慤女憧戒奢而崇儉斂華而就實用以保世滋大於無窮不然輒敗故砭石以箴懦介石以比節石而浮豈石之本性也哉時僕夫載三石以歸余固不之取也因書其義以示族人

重修五賢祠記　符鴻

古之人行高天下則天下聞風景慕而當一國之近以至一鄉一邑則被其澤熏其教者思之愈不能置則宜祀之不祧故古之仁賢衆矣近在一國則祀之若我江侯闓之祀十九賢是也在一鄉一邑則祀之若我李侯忠之祀五賢是也五賢者爲周楚屈原則桃江天問臺遺迹在焉蓋原放逐江南嘗僑寓於斯者也爲漢諸葛孔明則縣郭中故井存焉蓋公佐先主調江南諸郡租賦嘗經理於斯者也爲宋張乖崖詠是嘗宰益而壓波之烈猶存爲胡致堂寅張南軒栻南軒講學青修小廬尚傳遺塾（縣志有小廬精舍郡志稱南軒講塾）致堂徙籍潭州嘗棄官歸隱其於益必嘗

所游歷者李侯之崇而祀之蓋非苟已祠初建於學宮側明嘉靖間劉侯激拁龍洲書院復建祠尊經閣後爲鍥像五其制巍然大視人逾身有半時聘蔣道林信開講於斯道林沒人思其教不忘乃增祀學宮側之祠是爲六賢　國朝康熙甲子江侯復因六賢廣爲十九建祠五賢祠之旁所祀則漢賈太傅誼關忠義晉陶桓公謝文靖安唐褚登善遂良杜子美甫裴公美休宋唐子方介岳忠武飛朱文公眞文忠德秀辛忠敏棄疾李忠節芾幷舊六賢爲十九也以皆嘗仕游於楚故祀之乾隆丁卯高侯自位修復書院改正祠向以十九賢於五賢有重出乃減其主爲十四祔五賢上龕而十九賢祠廢已而學宮右之六賢亦毀而是祠者遂巋然獨存乾隆癸巳馮侯鼎高始加重葺嗣是垂四十餘年嘉慶丁丑邑紳蔣文軒煦捐修書院齋房於是祠獨未及措工予自丁丑攝講席於茲相繼三載覩其象日漫漶剝落其堂目就傾殘且嫌迫促也時思所以新之而未得其緣庚辰予仍主斯席經管書院者邑紳胡君顯韶臧君逢善而鄧君阜連歲同事志館予因以重修五賢祠向商鄧君慨然諾爲己任俄而李侯光瀛偕兩學送諸生登館予舉以告李侯輒然稱善因言蔣道林於書院有講學功舊祀六賢祠而今已廢是地鑄象限以五數不可增然道林之祀斷不宜泯思惟張乖崖別有專祠又祀名宦可無庸瀆宜以道林易之又言書院中

爲文昌閣諸生上學僅謁文昌不及孔子亦有缺典今文昌正祀已遷城中曷若於此移其象於祠而設孔子之位於閣乎衆僉曰善鄧君乃遂選工購材規祠之前廊幷爲堂宇又前爲過亭與講堂接餘門壁龕楣一一鼎新丹黝重裝五賢及文昌象乃如李侯命於五賢易乖崖爲道林餘仍其朔舊各有木主遂因而新之分設象前餘十四賢舊亦有主乾隆乙巳邑先達蔡二然璨主講於斯曾以趙文肅貞吉易關忠義今亦仍而新之乃移文昌於祠內上龕之中十四賢分列左右龕又江侯高侯舊亦有主從祀斯祠二侯者惠政在民且有功書院宜食報於斯者也亦循其舊分列十四賢之側凡此諸工計其費金二百

皆鄧君獨力成之乃於閣因舊文昌龕座加之繕飾敬設先師孔子神位閣前仍額曰尊經則臧君捐貲理之凡兩越月工竣書院之制於是釐然具備顧或者謂昔五賢議爲五嶽江侯考而正之後猶諸佛梵雜祀其中馮侯遷而别之今并祀文昌可乎曰文昌者本諸星官所謂斗魁戴匡六星曰文昌周官祀司中司命卽其中星後世主其祀以人猶五帝五行之本天神而主以人神耳故曰自外至者無主不止且其象爲文明之主其化爲德行之祟是以載在祀典享以春秋豈異氏比哉或又以像者二氏之所爲設教以奉諸賢可邪曰不然自漢靈帝時畫孔子及七十二弟子象後代雖聖廟皆以象祀洎明洪武閒始

更木主劉侯之爲此蓋舊之通制非故然者今制自聖廟外象非所禁而又何議與惟夫十九賢者高侯嘗欲正之而未敢發今猶其意也若夫五賢者遺蹤在谿餘澤未洇今爲重新其祠俾後之人講學於斯展祀於斯仰其遺象緬其休風思其政教觀感則效之心必有發於不容已者是以仍目其祠曰五賢從其朔且明其切也既成李侯屬以其意爲之記於是乎書

楊統制祠堂記

蔣舒惠

宋統制楊再興殉難於小商橋其子弟家人緘其骨灰攜其遺甲并二銅鑼以歸建祠於夫夷之南鄉大絹其甲長大無倫想見其容體之魁梧奇偉其鑼雌一雄一子孫恐古鑼之神而爲怪也埋一雄於地中上植樟樹以鎭之六百餘年而青蔥茂翳如故存其一雌遇祭日擇品行端方者聲之於祠以三爲度外此不得妄動動則癘疫作焉或有無知兒童嬉戲聲之則疫大作說者謂見怒於統制之神而以疫禍之爾余曰人則自禍神烏能禍人夫水旱癘疫之災有造物者司其權非神靈之所擅用也楊統制古之仁人也其忠魂在天必將爲民捍大災禦大

患今卽不爲民捍災禦患而以一鑼之聲之愆遽降禍於子孫黎民豈仁人之心也哉然則鑼之愆夫聲也疫何爲而作也曰物失其常者凶故應鳴而不鳴與應不鳴而鳴者皆凶兆也是鑼之以三爲度也常也聲鑼者之失其度也愆也其兆凶也禮之三揖而進三讓而退常也忽有人焉揖讓以四以五則容止失常而精神不守執玉高卑子貢所以卜邾魯二公之亾也夫霜雪風雨之不時中於人而爲夭札疵癘而適比於鑼之不應聲而聲聲鑼者不自知亦非神之所得知也然則夭札疵癘豈楊統制之仁人爲之哉

嘯巖記

蔣舒惠

士固有特立獨行隱居深山不求人知無萬鍾而富無軒冕而榮無阿彌而佛無導引而壽無絲竹管絃而和者而名山佳水靈泉異石之處於荒隅遐陬也亦往往而然丙子歲會安循齋先生延修甯邑志乘遇首事劉時蘭道及甯之奇勝無如嘯巖余曰何也劉曰今歲六月間至邑之北鄉龍迴郝人煙頗稀日已晡思得茗而飲之聞山中鐘聲以爲必有寺觀遇圍覓之而不可得忽見巉巖中一小徑彷彿有人迹徐步而進得一石洞可容一人行又數十步奇勝天開光明洞達菴院五六座上生石觀音魁梧莊嚴望之肅然起敬豈非無阿彌而佛無導引而

壽者與又生一石鍾山之上有泉滴焉其聲淸越以長其韻油然而幽擊之則洪大窾坎雖魏武子之所鑄師曠之所聽不是過焉豈非無絲竹管絃而和者與於是擁燭入第二洞石禾倉二周數十丈玉樹一枝高二丈餘挺然特立無阿附柔媚之態第三洞玉田數畝玉江一溪玉壩一所萬頃琉璃寒徹骨疑是銀河落九天第四洞一金山一銀山削出秀芙蓉如登瑤臺仙府方之蓬萊方壺無不及焉豈非無萬鍾而富無軒冕而榮者與余聞之欣然欲往時操筆墨而不果後志乘畢邀采訪諸人往游登其山竟迷離煙雨無處問津而後知此爲方外之山水不許方內人知海中之珊瑚猶可網而此中之玉樹不可伐而披也烏乎孰謂山林泉石之隱不如接輿南郭之高也哉

三十六琅玕圖記　唐業謙

己卯夏五月叔陶山觀察權江南河庫道事謙來袁浦得相從驩甚廳前植竹數行蔥蒨陰森望之如翠玉可珍愛爰名所居室曰三十六琅玕適吳郡周君雨香來爲之圖而以謙列侍且命爲記謙曰昔晉阮籍與從子咸爲竹林之游一時七賢畢集嘯歌觴詠稱衣冠盛會將得與之後先輝映乎竊謂嗣宗之爲人越禮驚衆不肎齷齪世故固所稱高士而傲睨自恣未蹈中行且其時尙清談士大夫虛無詭異故樂隱於酒以自晦公抱負經綸風雲會合在官職所至有清勤聲性好恬澹胸中坦夷時復確乎不可拔嘗與人道今古上下議論慕東方曼倩不當以阮籍比若謙者資稟蓬陋非有識微神解學日淺碌碌安得頡頏古人如仲容靑雲器哉抑又思竹之生挺特端正干霄直上其中虛其節勁與公生平氣槪有符契者然綦竹篇詠君子曰圭璧將優游四注之廊假息南牕之下猗猗數十竿儼立相對溫潤縝密穆然與萬化冥合謂人如竹可也謂人如玉可也謙雖蕞陋無炳蔚可觀得所扶植廁身大雅之林軼混濁而鮮淸英俾克自樹立不隨流俗汩沒亦將憤發企古人而從之非一生之大幸歟圖既成謙將有遠行他日竹林淸話賡續羣彥儻重挹九天之珠玉則更幸矣遂援筆爲記

登銅山記　唐業謙

道光九年正月初二日余以巡緝捻匪公出越四日至泌陽縣大路莊慮匪徒出沒於山嵒之中縣故多山而銅山爲尤著志稱其上有三天門恐匪徒之匿於斯也欲往搜焉皆曰茲山高聳千仞怪石峻嶒車馬不能上僕隸不能從余決意往莫敢阻相與逡巡至山下但見怪石堆阜如魚鱗之雜沓層壘而攢蹙也如虎豹之蹲踞獅象之攫搏傴仄而掎角也迺屛騎從選幹役召其土人取家中所設木椅憑之而坐絙以大索前者挽後者推數十人爬沙扶掖當此之時一跌足則碎首衆皆駭汗喘氣猱升鼠緣遂狃頭天門焉石壁摩霄徑路敻絕轝者稍憩乃延佇而望見其旁處空曲露一線天問之人曰此二天門也下臨深巖僅可一人行磴道盤盤約數百級余奮起曳衣而登衆隨之登低視踽步則又悚息惴惴竟躋二天門由石門而入地頗平夷有一小廟甃以石余力乏席地而坐少閒道士出拜望其上甍棟深隱若更有一重山者余曰是所謂三天門邪道士曰然又僂行數百步乃至焉至則過仙人橋謁祖師廟觀龍湫巖泉滴涓涓經年不涸盤桓久之則三天門又上矣余乃捫手而歌曰巉巉之石兮壘爲天門誰其來兮扶雲根旣而慨然曰昔王陽過九折阪驅車而返曰不敢毀先人之遺體後王尊過九折阪曰車驅之車驅之王陽爲孝子王尊爲忠臣二人所見

各異而各有道余守是邦以事來登高履險亦奉厥職耳爲王陽之孝固難爲王尊之忠豈易哉抑又聞謝靈運爲永嘉太守常著游山屐所至山水無不歷覽論者謂其時士大夫風流相尙而政務多疏方今　朝廷清明講求吏治太守卽欲肆意於山水之閒萬萬無暇乃不意因公夙駕成兹勝游則謂太守之從役卽爲太守之游山不亦可乎爲繪圖以紀其事

尋淮源記

唐業謙

余少時讀禹貢導淮自桐柏習稱淮水出桐柏山而未詳其地及出爲南陽太守屬邑有桐柏縣心竊喜以謂昔時欲考淮源而不得者今乃庶幾得之其後有事桐柏入縣界望見岡巒重複問其山爲大復山山下河形甚寬涓流一線卽淮水所經迤邐至固廟距縣尙遠因小憩廟祀禹王神規制宏敞甃井三其二在廟內一在廟外相傳以爲淮井建碑其上曰淮源嘗疑淮水之源卽在是井歟古人所謂出山下者不合而舍是井又莫能指其他處道光九年三月余復以事至桐柏宿固廟訪之土人則曰淮源尙在山巔上相距三十里許遂欲往觀焉吏人難

之曰山勢高且緜亙非車馬可到況雪水方融山滑難行余謂之曰爾其慮吾擾乎吾爲山人之行不爲太守之行何擾且吾乘輿而往萬一道滑不可步則廢然返耳又何患難者語塞迺召土人設小椅肩輿行纏以大布曳之走騎從皆息廟中方近山下水從石罅流粼粼可愛遂上山山岡突兀皆土阜少石有樵徑可循行至山腰土人呼爲接官亭基趾無存見一井酌水嘗之味甚甘又行十餘里至山顚最高處謁淮瀆神廟廟下有井土人曰此眞淮井也井不大覆以石板乃知所謂淮源者蓋在於是意固廟之井爲淮水伏流所發見歟因思淮本四瀆之一禮曰凡天下名山大川在其地者莫不有祭淮之祭由來已

久往時祭淮瀆或於此山之廟故有援官亭其後頽廢毋乃因差使煩億夫役疲憊小邑受其困遂改建於邑中而祀之歟廟有一道士供奉香火貧難自給余躊躇久之越明日告諸邑令甯君曰邑故有廟秩祀常崇第茲廟在山顛淮水所從出其可缺祀今將議修淮瀆廟若以餘貲稍加葺治俾道士不至困乏奉香火足矣然吾因之有感也自少時讀書欲考淮源而不得至長來守斯地問之士人始得之豈所謂學問至芻蕘者邪是行也天氣晴朗路乾潔往返竟日非余有向往之誠幾爲胥吏所紿雖欲考淮源亦不得矣噫胥吏之口不可用天下應爲之事往往見沮於胥吏者豈少哉是爲記

重建西昌書院記

賀長齡

新建自太平興國六年分南昌爲縣續建書院四十餘處西昌其一也今皆無一存者西昌建於邑令魏雙鳳在縣治旁塵囂不可居廢之非一日矣猶存其名稽始也事不責實存其名已可傷也靡不有初鮮克有終凡事類然非僅爲書院傷興廢也省會舊有三書院豫章刱自南宋中祀二十四先生友教因子羽而得名洪都爲東楚地班史言子羽居楚友教士大夫是也東湖成於宋嘉定間縣丞豐有俊闢李寅滄虛閣故址以館游學之士故爲南昌書院今河督黎湛溪先生續修之有湛溪夫子講堂之稱嗟乎教化行而風俗美師道立則善人多斯言良

可味也前此合縣諸紳士商復西昌書院謀於今吉州鄭夢白太守太守時宰新建慨然曰教養守土者之責以文章道德從吾游吾能不尊之哉因於澹臺門內擇地而更新之復得令尹李君石溪獎勵焉鼓舞焉肇建於嘉慶丙子落成於道光辛巳歲六稔而功竣門則伉如堂則靚如左右兩旁則翼如塗丹堊繚周垣與夫焚膏繼晷之費筆札館穀之資無不經營而盡善焉是可謂有始而有終矣是可謂實至而名歸矣書夢白夫子講堂者仿南昌也夫居官有一行之善而民即不諼若此況有功德於民者哉諸士肄業其中朝受業晝講貫夜服習親師論學取友不苟同於流俗教者有不倦之心學者有不怠之功蓄

道德而能文章處則爲正士出則爲名臣吾爲爾多士望矣藉非然者始則勤而終則惰實不稱而名虛懸功隳於半塗事敗於垂成城闕貽譏茂草興歎吾爲爾多士慮矣可不懼哉可不懼哉是爲記

湯楚儒贈公遺像記

唐鑑

余嘗聞乾隆閒鳳山殉難之事每神往而心馳焉而未得其詳也一日雨生協戎稱其先贈公楚儒先生有遺像示以同人題贈之作屬綴言其閒吾觀協戎修偉有雅度與人交澹而篤未嘗不想見先生之爲人也及讀先生與竹居秉亳所載傳贊誌誄諸篇大抵皆言先生豪飲放歌喜大言不屑繩檢工詩善鼓琴儻所謂儒者之狂歟夫人惟有眞性情而後能見天下之眞理惟負大氣概而後能持天下之大節古今來綱常名教皆一二英偉賢豪扶持而匡正之使之不顚不墜不淪不斁以長存於兩閒卽遇事有難爲勢不可支而此剛强勁直之氣足以正人心而維風化如先生者前日之狂卽後日之殉義也使先生不遭鳳山之難養其才氣擴其性量其所樹立當必有大異於人者而乃不出此亦可傷矣然而天之予人忠孝其大端先生以忠成孝以孝殉忠爲天下萬世植綱常垂名教儒者之道又孰大於是哉余未得仰見先生之遺像也謹識數語以爲敬云

楹語記　唐鑑

皋廨西偏有池有亭道光戊戌春鶴來止焉飲啄自適無猜無猜偶一鳴清響振雲霄噫何其高也夏池蓮帖水出幹亭亭從泥中挺立花潔而不滓雖盛暑有清風徐徐來此其品爲何如可以爲鶴伴矣鶴之來也有意邪無意邪避塵囂邪覓儔侶邪吾不得而知之也蓮凡處皆有未嘗不入俗而實未嘗汚於俗其生於池也未嘗有異非同鶴之爲世罕見也然而鶴之高蓮之清是皆君子之所取法者爰爲楹語以記之其楹語曰亭前日暖常留鶴池上風清獨愛蓮

行樂山房記　羅光奕

昔司馬溫公居洛下築獨樂園自號迂叟謂人有同其樂者願與天下共之此偉才碩望後天下之樂而樂者也邵堯夫箸擊壤集名其居曰安樂窩當時里人於所游息之處復搆爲行窩以待則自樂其樂而人亦與並樂其樂非所稱天挺人豪者尤不及此余自早歲受書身弱多病家政歸仲兄經理日侍親側菽水承歡頗得至樂中年益自頹放蒔花養魚閱方書理釣筒浮雲富貴渺若天外次男繞籍博一衿後倅我耕稼長男繞典官京師近復督糧關中陳臬山右擠其廉俸所出寄助老人薪水余老矣安車屢迎雅不願以衰鬢頹顏復受風塵之苦乃以

杖頭餘錢小築數椽顏之曰行樂山房房樓岑覫與老屋齊樓下小圃多新花可娛目仲兄今年八十有二腰腳尚健風日清美之候率相與灌畦引水倚檻看山子姪孫曾輩撰杖牽衣亦樂與老人共笑語昔人所謂敘天倫樂事者庶或近之是則堯夫安樂自有行窩何待里人別搆乎若夫廟堂黼黻霖雨蒼生以溫公之獨樂同樂自期許是有望於吾子孫之賢者非太平識字老農所計及也道光二十一年月日省菴老人記時年七十有二

首望山記

鄒文蘇

新化之山傳自宋以前者凡三於晉得湘中記之攴斤焉於魏得水經注之首望焉於宋得九域志之長龍焉攴斤之傳也或曰以其景幽邃曠奧傳或曰以仙傳或曰以禱雨有靈應傳而不知實以清白吏傳長龍之傳也或曰以其形獨長傳或曰以其肰肖龍傳而不知先王畫埜分疆必藉名山川別識之則實以其地控扼吭喉爲新邵關鎖傳獨首望山其傳不可得而聞焉神禹伯益奠高山述五藏山經其有取於山者爲其亭峙聳屹終古不移不如川流經數歲而輒改故書以爲萬世談地里者宗尸佼劉安論水泉所起亦詳天下名山猶斯志也若是則

山宜傳而山之出泉者尤不可不傳酈書言高平水出首望山則首望以高平水傳然高平水行不二百里彼且不能自傳又安能傳首望哉小戴記曰凡山川能出雲爲風雨見怪物皆曰神首望之山有盧慧之尸焉凡所爲觸石而出膚寸而合崇朝而雨者首望咸有焉而又有名禽異卉瓌石清泉沈香黄連蔆苕芝朮射干天麻鬼箭之屬僊藥備焉則首望之傳殆以是夫夫山各有其可傳而說者或謬則既有其可傳又必有知其可傳者而其傳始眞余長於首望之隈五十年矣而不知其所以傳又搜披郡國圖經推尋之擬議之而愈不知其所以傳逮今陟其顛覲其體勢窮其形勝詢其蘭若之名僧訪其谿谷中華髮墮顛龐眉鮐背之老而始知其眞因歎夫士之耽典墳嗜經史搜百家言討論古今文辭賦旁通星歷算法技術河洛緯候鉤識內典釋藏目不窺園夜不解帶忽老將至或隱而不傳或傳而不眞者何可勝道知我者又何可希哉是日也余喜得山之眞因記之以詒親交

對峴亭記

鄭敦允

峴山之北爲檀溪溪之北爲襄陽郡城又北爲周樊侯故城先是溪水自鴨綠湖襄駕而來至万山西岐爲二道分繞郡城一由郡南徑檀溪透迤東下一由郡北貫襄樊二城而下漢胡烈唐張柬之相繼築大隄以衞郡城明楊一魁直接万山築老龍隄塞檀之隘於是水始合流郡北歲久漸齧樊城南岸寖及城堙壞民居十四五檀溪既夷而爲田樊城復半沒於水昔人慨念陵谷時有變遷殆信然與歲戊子余來守是邦士民合詞請甃石隄暨吳司馬雲門白之上官道憲文公亟韙所請命爲董其役余乃日詣其地相土宜規水勢親爲量度可否以次興築

閱二年而畢務隄之袤計四百丈有奇高一丈五六尺下闊二三丈面闊四五丈不等雖工紮鉅萬若宿成焉夫水分則勢殺水聚則力堅漢水十里九曲最稱難治而二城首當上流之衝舊分爲二今迸爲一勢尤迅駛故易潰決而其地爲水陸交衢亦一中州鎖鑰安可聽其廢弛則修隄防開道路雖屬民事實守土者之責也故樂與士民殫竭心力以蕆厥事焉隄既成士人建亭其上俯臨漢水仰對峴山余爲名之曰對峴亭欲使此亭此隄長與峴山相對不隨漢水之分合爲變遷也因從士人之請書諸石以誌其顛末於此是爲記

唐母徐氏節義記

趙先雅

龜臺峃近郊一屏障也昔人建書院其上瞰江抱郭踞山水之勝合圖書之奇迺復於其麓搠斗魁塔與江北三台塔江閣魁星閣相鼎峙稱巨觀好義者復置膏火葺齋房肄業彬彬人文日盛丁丑予自詞垣乞假歸見而美之尋反都門里中來京者復爲予言書院臨江舊有徑久爲荆棘梗瓦礫塞塗近闢而甃之自院旁下迄江干凡數百武皆壘石爲級如梯並豎石爲龍洲書院坊屹然江岸益便登臨壯觀覽詢其工則邑唐子萬經之母徐氏捐金數百獨成之予不禁欽然曰有是哉此吾亾友紫菴之淑配嘗以節著者也乃復好義如是乎憶吾與紫菴舊

同學時俱年少交甚懽紫菴磊落負大志不幸早殂其妻氏徐年二十有八遺嗣萬經萬緯俱幼穉氏毅然以持門戶撫藐孤爲己任嗣是家日起子勤學萬經屢應童子試不售乃與萬緯先後援例入成均氏治家整肅閨門內無嬉笑詬誶聲行年五十餘動必以禮家人無大小咸敬憚冰霜之操里黨稱頌無閒言始萬經來謁予執故人子禮縷述其母之苦貞乞爲之傳予時謀北上未有暇且以生而立傳不如姑俟諸異日然心竊誌之不敢忘今聞是舉益歎其義之著於一鄉裨於一邑倍可信其節之貞諸平日永諸百年宜亟表而出之以爲風俗勵也因掇而記之郵致諸唐子卽以是爲傳焉可

家塾記

李紹蓮

予家塾五間，緝茅蓋廣尋徑丈高不及常。總角時讀書處也。繼而頹，頹而重構。因予出就外傅，嗣又友教於四方，不爲書館者二十年。歲乙酉，予失館，且以兒子作新作城未從師，故遂寓於此而教焉。前簷最低，光不能徧照，因翦其茨，且鑿後壁以爲牖。牖成而天日之光、煙雲之色交映於几席。予熟視良久，顧謂二子曰：小子識之，自古惟我自有之者爲可久，亦惟我自有之者欲有爲而立就也。念予教館於外五六年間，所遇高堂廣廈多矣，於以跗琴書、聚講貫，非不甚足，然其進退予奪，有主之者，豈惟才不得展哉，亦使予今年南，明年北，而靡有定也。近如去年

新市之館，左迴廊，右靜室，美矣，至於九月而有毀圻之患。繼遷鍾氏之宅，高甍礙烏，美有加焉，然主非其人，業許今年聘而不果。孰若斯塾之設，吾幼學於斯，吾繼從吾父重構於斯，今又攜爾曹教於斯。茨可翦也，翦之而莫吾禦；牖可鑿也，鑿之而莫予幸。天日之光、煙雲之色可愛也，收之几席而莫吾禁。小子識之，自古惟我自有之者爲可久，亦惟我自有之者欲有爲而立就也。夫天下我自有之，而可以久、可以欲有爲而立就者，豈惟家塾哉？吾願爾卽小以見大也。

潙水舟行紀略

羅鑿龜

潙水源發黃材，勢如建瓴而下，至新康靖港入江，計程約百五十里。其流瀠洄，繞山曲折，舟行如游沼沚，不見其出也。巒積蟠結，土膏肥美，素封之家，望衡對宇。其椓杙橫截壘石爲壩者百有餘。壩端倚岸留洪，以水爲機，以轉筒車。筒車形員如車輪，斲木爲軸，輻午貫之，內盤十六重，爲外盤參差置輻，承其杪數五倍之，斜繫筩數十於輻顛之間。筩長三尺餘，有底，旁掩以簣，縱稍縮於筩，橫尺許。岸植木爲二架，盛軸之兩端，置水中。水與簣薄激而旋轉，筩飲水滿，以次灑出如酌。架有曲尺梘，接以灌田。壩之中則留洪以通舟，舟名烏舡，莫解其命之之義也。聞造於

黃材者良。甯地沃饒，足穀米、煙鐵、薪炭諸貨，懋遷有無，資其般運。而安益湘鄉之界甯者亦如之，故檣影上下，如櫛如墉，欸乃行歌，宵旦響荅。河身寬者數十丈，隘者數丈，風颿不利也。而洪狹流急，卽篙師之能者，篙稍失勢，雖將上，猶復從流而下，二人不足，增數助之，甚必減載，然後克濟焉。邪許謳輿一登，則呰謷笑噱，靡所不有。而自上而下者，稍左右分寸，則舟爲杙損，糜碎沙沈。故潙水之舟子，乘風破浪或非所長也，至行舟以力，實捷而有神，又能使水如傭。方其溯洄而上也，火伴鬨頭，後者呼取盤杅之屬，前舟舉投之水，雖相距寥廓，流駛，其舟絕不他適，俯而搴之，如拾地芥。舟首有孔，維以索，鉤貫之。其上洪也，一舟旣

登以鉤挽後舟連之不煩號召也卽杳不相識者無德色無倦容維舟食息鄰舟素未謀面娓娓劇談坦然不疑雖擊鮮魚羔亦會食無猜受者初不以爲惠何人我之見交相忘也此二者殆風俗之醇美者歟硜硜小人曰世之揚舲湖海者讋魂慄膽操奇贏於狂飈駭濤中是以性命與貨殖相角逐也茲水廣如衣帶無風波之虞密邇里居籌持利獲且竹樹暘茂兩岸籠舟名禽時花四時不斷壹似天憫其勞而酬以淸妙之況者行行不落寞也若夫鮮明如鏡游魚鱗鬣可數漁舟一葉散布瑟瑟澄潭密網截圍沒水籍刃者時攫巨鱗於綠波翠瀲中潑剌而出而流波觸杙從罅隙迸湧望之皚然而白如置身於雪椀冰

壺水晶宮殿景光尢不易覯焉彼目儆耳傭安安而攬之者若一任西湖虎邱三島十洲之名勝舉無足移吾情懷紛吾游棹也己卯閏月十一日

書夏雨

羅鑒龜

管子稱夏雨雨人雨澤四時利賴而獨言夏豈不以苗之蕃熟百昌生殖胥賴以成哉曉嵐紀氏謂有天雨有龍雨油油而雲瀟瀟而雨者天雨也禮經天降時雨山川出雲是也疾雷震電不久而過者龍雨也易文言傳雲從龍是也諺云夏雨分牛脊謂有無之界其判最微嘗試驗之百不一失殆所謂龍雨歟予家居山止湖起之交百三十餘年矣其田與圩壤接不半里也北望洞庭百里而遙無卷石之山相閒隔惟其地承山之委部婁夷曠無流泉浸潤灌漑恆苦旱每逢五六月閒晴乾課雨跂望昏夜老龍潭之電人無停睫老龍潭俗傳介東北之閒其電

以緩爲準謂之上水當雲霓望切雷以時發則老幼歡呼忻抃果不一二日而雨從無或爽若其左右之電各方之電及他端之占則有應有不應焉察之在雲漢之首或曰河口是又立春五戊禁不動土則降雨期數而大不禁者期疏而小亦有徵而可信斯皆理之可推而不可推者他日之符驗又不知奚若焉猶憶丁卯之歲自四月十七不雨至於七月初九薄暮周天皆赤予告人曰物極必反雨至矣初十之午大雨如注平地水深數尺池之竭者盈而決耄耋之老驚未見焉此又經歷之深中大效也初田下溼而壤沃者收可得半高而磽者秕而不實商蓄稻孫而毋或刈之議者謂經早多矣未聞蓄而獲穀者不蓄

則秋可飼牲而苫可蓋蓄將兩失予非之及得雨有以成法進者曰悉芟夷之俟其發生最捷或曰擇其穎栗者捋之徐待穉之落實陳與新將兩取焉或曰禾莖鬆脆捋則關節開拆而本亦搖將不敷榮況有水滋養卽陳與新莅登必不脫落礙而爲米不過較新者稍彤破碎何傷乎如其言斗田獲穀二石一方賴以給足吾家計充四月之食其用他說蓄者所獲反是辛未之旱我稼無損乾隆戊戌乙巳吾鄉旱甚戊戌賴吾母在堂予少不更事凶荒之度母卵翼之乙巳田佃高姓租僅數石糴貸以給穅覈羹粥屑雜豆麥萊菔爲飯吾妻終歲啜之余一餐猶難能也彼其時陂澤之蓄無幾其掘而放乎阡陌閒也又人人

爭相汨注風日燥熯故公瀦易涸而旱魃得肆其虐今池水旣瀦而深蔭注之務復擇老於農事者專之淺深一致惜涓滴如金故雖憂災無害非旱祲異也禦旱之術異也此亦人定勝天之一端而居山臯者欲有備無患未旱之防維當旱之支持旣旱之補救均不可不加意也嘉慶己卯夏旱禾稼之傷者多矣而予里獨豐故書夏雨而類敘之

書王翁還金事

羅鑒龜

王翁南有甯鄉人素廉謹乾隆丙戌冬初某日午晡自趙市歸渡河舟中徒行者負米者呼庚癸者肩背相摩翁後登藺足舷限有槖迮足鞠脃探之金也知爲過客所遺慮聲張難完趙璧徐取而袖之達岸忍飢坐胡宅以俟日將入見一人踉蹡對岸反首抵掌愬失金狀甚悉槖具銀袱皆合翁出招之來曰金固在無憂出槖開袱就沙中展視約百兩散亂未權予之曰若細檢視某固未啟若封也請酬以半不許請三之一不許曰咳脫利若金抵岸卽走當數十程耳安從物色哉世豈有不掩人之物爲己有者反乘窘急矜德色而析之乎若第持歸慰家人望

毋緩其人泣拜去翁非豐於財者而能檢押若此亦難矣哉翁吾妻之姑丈也距予家不八里嘗耳其事一夕飲翁宅面詢之因得其詳

軒皇遺蹟記

周嘉紳

昔孔子刪書斷自唐虞，而贊易則上祖三皇，然繫辭所謂取諸乾坤者，惟黃帝與堯舜竝稱，誠以千古人文之始，實自黃帝而開也。葢羲農之世，民用未滋，若網罟，若耒耨，若交易，所急者不過衣食之資，故洪荒之事，樸略無傳。迄至黃帝御宇，於是乎書契作而鑄器有銘，禮樂興而咸池大備，棺槨易而封樹從厚，都邑分而疆域以昭，其斯所謂通變神化與民宜之者乎。然則求遺蹟於上古，必自黃帝始矣。而其傳於吾湘者獨有五焉：一曰鳳凰臺，一曰筐竹岐，一曰神鼎，一曰鼎湖，一曰龍壽山。考傳載帝張樂於洞庭之野，奏諸重湖之上，時有鳳凰雌雄各六，鳴於

九龍山而和之，因建臺焉。又史載黃帝南巡崩荊山之陽，仙書稱帝采首山之銅，鑄鼎於荊山之下，鼎成，有龍垂胡髯下迎帝乃升天，臣僚持龍髯而髯拔，墜帝弓而弓墜，不得從帝，仰望悲號，故地名鼎湖，弓名烏號，有由然也。拾遺記亦稱厭世於昆臺之上，在鼎湖之極峻處，留其冠劒佩舄，立館於其下，帝乘雲龍而游殊鄉絕域，至今望而祭焉。夫以自古名賢之所經歷，雖偶爾流寓，里之人猶必相與愛惜而私之，矧帝王之澤及萬世者乎。今軒帝之陵，則移祀於陝西鄜州中部縣之橋山，然亦止傳葬其衣冠，誠如郭璞所言，聖人久於其位，仁化廣及，至於殂亾，四海若喪考妣，各自立廟而祭，起土爲冢，以志不忘，是以所在有之耳。惟其複見者多，是以流傳失實。即如堯崩臨汾而其冢乃在成陽，舜卒鳴條而其陵乃在九嶷，以經史之有可考者，猶尚傳譌如是，又況宋乾德中詔隆歷代帝王陵寢，而當日儒臣失考謬指，無惑乎其以秦惠文王、悼武王之陵爲周文武之墓也。若黃帝之蹟，使不考其實，則隨處皆可附會已。故或云鑄鼎在黃山之天都，則因南條荊山之近在襄陽也。即君山亦有軒轅鑄鼎臺，然岳州舊志云鼎湖距府城西二百里，又有烏號郵，亦明言其相去較遠矣。葢以鼎湖所在，志乘多莫詳其地，邑舊志以爲在天心湖下，則以近龍陽之鼎港，曰其旁有看竈山，相傳有神鼎出乎其中，宋改朗州爲鼎州者以此，此則近日所謂

兩湖分界之處，庶乎近之。然余考青草湖當在壘石山南，則所謂重湖之上者，惟壘石一山，南踞青草，北瞰洞庭，正與今鳳凰臺相對，故王嘉記稱瀟湘洞庭之樂，聽者令人難老，四時每聞金石絲竹之聲徹於山頂，葢此地也。又按今鳳凰臺畔穴子口對岸灉水之南，有香爐湖焉。湘北方言，凡三足之鼎，多以香爐名之，意即所謂鼎湖歟。兩湖吐納，四望平衍，誠必以磊石山爲極峻處矣。然則帝之鑄鼎張樂，乘龍上升，皆必在吾湘之磊石，是山之以龍壽萬歲得名者，殆亦有取諸此乎。而天心湖下，特神物復出之地耳。至若神鼎山或其采金之處，筐竹岐爲其截筩之所，皆在湘陰。良以當日晝野，百越未開，幅員之袤，南訖江

陬自沅湘以外尙皆阻於聲教故帝之南巡止於重湖之濱爲之張樂以昭德鑄鼎以象功皆其所以化被蠻方者而當日之民直游其化中而不自知也壽者傳載帝壽登三百歲而孔子荅宰我之問則謂生而民得其利百年死而民畏其神百年亾而民用其教百年顧由今上溯黃帝陟方之歲已幾歷四千四百年而帝之過化存神者不儼然與天地無終極也哉考新舊邑志並載軒轅廟在縣北地雖不傳而昆臺立館之蹟正未可滅也余故詳爲之記俾考古者務得其實不爲沿襲傅會之談抑以見吾湘之得力於人文之始者其來有自云爾

書義僕唐自仁事

葛樹蕃

自仁從主氏唐頎偉精悍有膽識躬役於唐者三世克護主於難養主於生全僕也而行義士矣余聞而壯之因識之順治初賊氛未靖逃竄習爲固然仁主家七口匿山谷中獨留仁照料於家日貯飯蔬盌匕之屬筐齎以食偶遇賊山椒賊遽刃之仁遽仆佯死賊遠乃起初仁製高領密縫布七層防不虞及是刃痕五層而止利在迎刃而速仆入故未竟不者殆已比覔筐莫鄉仁臆憑盌之破否卜主存亾迹而得諸麓盌有全者乃喜反家更齎以往主果無恙日賊坌涌至磬掠家中物仁睨某獨攫篋百金賊共雄視仁招爲黨陽冐之隨至賊所止地先覵得某賊匿金處乘閒陰納諸懷某懼衆攻其私忍弗敢張明日給賊賭騎射衆方整轡具韔先躍馬著鞭而逸竟得脫急蹤主眷屬得伯仲二稚問主何在曰餓已三日父覔食未回母先被擄仁攜稚安置好乃出遇主山峽中導與稚一處又出訪主母聞以殉節投水死族有葬之者號痛而反擇棲主幽僻資前金力作以濟養數年遷湘潭鑼塘伯仲教讀婚娶皆恃仁主既沒伯貿景德鎮死於痘兩孤方襁褓時仁年五十矣奮然往奔柩反葬循撫兩孤如前先是其主母窖藏七十金及發窖金烏有仁循土墳鬆處掘十餘丈得金塘邊俗金走之說良信尋買田如干畝曰荷塘生計遂給主家德之婦以婢生六子乃令絡計仁奔

走數十年險阻艱難備嘗之矣若其生於刃脫於擄再全金於旣失仁不惟義殆又智歟今荷塘田畝冊猶自仁名唐氏後裔歲淸明必埽其墓所以報也然仁在當日惟知有義耳詎望報哉

率園記

羅江

事之因陋就簡與踵事增華皆行其心之所安而已心之所安卽分之所在也故士有時繩樞甕牖可居而翬飛鳥革君子攸躋不必過出於矯而要當持以不敢侈肆之心道光辛卯適館吟江張氏媚家書室緣垣之中地有餘閒葢通南北舍之所余扃其門使別取徑而雜植時花野卉其中爛然滿目以成於草草顏之曰率園主人以余之寄情於此也爲平治其偏頗修葺其牆壁闢窗牖以引薰風增迴廊以供徙倚客謂余曰今而後不得復名率矣請更之主人曰否否請仍之噫此苟完苟美意也夫園之大者有若平泉綠野炳著一時卽蘭成之羈寓梨桃

百樹栗里之隱淪方澤十畝茲者無十笏之山但數弓之地不遠致奇花異卉惟於四鄰分其所餘拾其所舍我惟時其灌溉之壅培之無棄材焉善夫蘇子瞻超然之記曰凡物皆有可觀苟有可觀皆有可樂故惟有眞樂者能卽物以成趣不逐物以喪志也今世人無雅俗愴慧皆好花木或謀取佳植不遺餘力稍擁餘貲則大治園亭崇飾以爲觀美其賞以目不以心其見在人不在己也如是而平泉不必贊皇綠野不必晉公若人人皆可爲之者而忘夫分之大有所踰矣張氏先世蘊蓄者厚主人復藹然仁讓之風常恐子弟或浸淫於玩好儻復導之土木之巧奇貨之居以盪其目而肆其志此豈主人之所望而余之

所當出邪亦惟涉是園以游泳其心思渙發其文采覩桃李而樂天倫夢池塘而增新句固無事怪奇瑋麗爲也而又何嫌乎垄焉客曰善遂記之

夜狩記

彭定本

歲癸亥九月先望一日日云暮矣月且東上余晚食訖烹苦茗啜之思欲挑鐙讀書有金重子者叩門云適從桐子坡來見二褐衣者浬迤入自子山迹之不得願借黃犬與子一行余時固辭不往也金重子勉强久之余乃腳著芒屨手攜木杖步山椒而登焉皓魄朗曜微飈肅清從寨嵴下歷何家巖惟荆莽荒穢水聲潺湲而已金重子曰不越險阻何由得獸遂相與攝衣望茅栗橋進發皆嶄巖嶔岑捫蘿緣磴而上卻顧所來之徑已覺高不可攀折而西行有鳥焉起於蓬蒿之閒人與犬皆以爲獸逐數步始知及抵大坳下耳後忽有風聲始徐終疾如萬馬破

空自北而南仰視月中一無所見余方心動欲還未幾有若獸之相嗾聲者相違不過數武走黃犬逐之愈逐愈上按其聲尾之第見一峯插天路皆砂石流動不能住足而聲適在其顛因以杖抵行始得踞其絕頂黃犬亦絕無所遇而來迎焉於是覓小徑從峽後相累而下約自齋公坡木頭石歸余諾之以爲其險必不若此也至則石壁峭立爲歸路必經兼以露氣所溼滑澤難行余乃魂悸魄動大失故步直匍匐而歸於時月已漸沈西矣金重子前謝曰枉子一行幸勿爲過余曰是何言與余二十年居此山下所游勝境不少其生平所未經歷以子故一夕而徧之所獲多矣然余歸數日猶時時如置身諸險處云

武陵水災記

胡焯

道光十一年夏五月大雨水漲五溪合注武陵溢南岸隄浸郵野十三日甲子晨決北岸隄自河洑山以東至城西決者數十處西城東一里外同時亦決盡大野瀦而爲湖水之決於城西也若千萬雷霆兵車甲馬之聲硠磕觸擊不可言狀覆舟拔屋疊壓以下環西北城屋盡壞人漂沒不可計騎屋據樹附器具隨水浮沈者數百人呼號痛哭慘不忍聞流益急小舟不得進知縣塈江盧君步巡城陴竟日徹夜及旦命役乘巨舟自所潰以入拯之時門當水者閉自城堞繩引而入邑有力者相率濟以巨舟於是邑令使諸避水露處城而者分居諸僧寺饋以米

會舉人鄉貢諸生督吏胥給之越三日置釜竈爲粥以食故雲貴總督邑人文恪趙公建預備倉其子敦訓敦詒以其穀爲粥更益以家貲官所置之地二趙所置之地三是時城西北至東北隅有傾圮者盧君率役會兵民設版築之東北城水竇水湧入勢急使善沒者入水以布囊盛土塞其竇而雨方不絕城以內積至數尺水益洶湧衝齧其外老幼男女億萬人相與痛哭懼其遂沈也官民相與奔走禱於城隍壇社請於提督會弁兵登城震火鎗以達陽氣六月辛巳朔雨止水勢減眾乃稍定於時城西十餘里河洑車喬郝城東十里德山各有富者主置粥事而逃生民日漸集入城者數萬餘其以餅餤米錢藥物予人者各視其力官之置粥也邑紳民暨商旅宦遊者各輸貲助焉文恪從子敦讓與桃源候選訓導于顏乘舟率沒人出溺屍爲棺數千并病斃者斂葬之湖南布政使南海吳公來視災察數邑患之淺深別其令之賢否而黜賞之問其士民之能卹患者而獎之自武陵還以狀聞巡撫右副都御史請於　朝蠲租賑糧給屋貲遂募壯者築隄以次舉其事秋七月既給賑止置粥於是水漸落民各求其居止土田補植諸穀爲終歲計當水之至也逃生者以得免溺亾爲幸而流離散失飢寒病困以至於死者又不可數計凡此耳不忍聞目不忍見之狀何可勝言耶黔蜀之交羣山萬壑匯爲五溪同入於沅水納諸澗谷分合數

郡二千餘里以至武陵東入洞庭洞庭合沅澧三湘之水北入大江大江之水自巴蜀出彝陵趨江陵泛溢以下勢橫拒而不相受湖壖土地漸墾隄防日逼泥沙又從而壅之瀕湖郡邑歲受其厄武陵塞五溪之衝惟恃隄防以爲固而下流無可疏通羣流灌注而下洪潦爲災遂至一決而不可禦當此之時禦變於倉卒而拯其危急又爲之籌策以善其後　朝廷大吏論卹災者以武陵爲得所蓋知縣盧君之勤能縣人士之樂義皆不可沒也至於疏通湖流決去壅塞俾湖濱郡邑永無潰決之患則又必有賢士大夫斟酌而行之者矣

湖湘後學集編

記十二

南郇耦耕圖記

魏源

有士士者，有農士者，有商士者。其靜淵渟，其動雲征，得時則駕。不得則蓬纍而行。汎兮大化之無情，此士士者也。吾不得而見之矣。侃淵其躬，嶽砢其容，與世不逢，獨宜固窮，謂軒冕者勞而桔槔者充，此農士者也。求之於世，或遇或不遇焉。若夫攫拏夥頤，行盡如馳，在坑滿坑，自鄙無譏，豈樸散既久，士皆譁而不能靜歟。抑非其人不能遇其倫，固有志託邱麻，心恥耒耜，而未能

自決者歟。夫勞人相競以知能，野人相忘以天事，獨怪予之浮沈於二者之閒，而一無所以自處也。以覗兩鄧子不散其樸，奮然於戰勝臞肥之閒，以辨其志而定其性，此豈易測識者哉。雖然，性剛才拙，與物多忤，自量攖患，黽勉辭世，此淵明之所自命，乃宋蘇子暮年而多託之。豈士之所存，固有泯其中不膠於迹，而未可一概論者歟。鄧子歸，其詢諸仲氏，更有得焉，速以語余，當荷鍤而相從於寂寞之濱也。

高江橋記

黃崇光

高江橋者，舊名迴龍橋，在城東十里。山自西南曲折蜿蜒，至此作迴首狀。橋當其前，臥波隆起，故名之曰迴龍。考之碑志，建自明崇禎十年，穹其空者七，廣可通輿。橋設而向之以渡名者易而名橋，故亦曰高江橋也。自明及今，壘有修葺。逮嘉慶庚午春漲，橋之穹者圮其三，后碧沙彯，行者苦焉。監生謝君承蒔，商同里車昀、李宗蓮、粟德懋、胡昌齡捐募復修，眾允焉。於是鳩工伐后，惟梁崇之，惟防稠之，惟沙汰之，惟水潄之，閱月而工竣。計其費幾二千金，承蒔捐十之四，蓋謝主焉而眾勷之也。余聞承蒔生平自奉儉樸，而樂於施濟，嘗於西路歇騎嶺建茶亭，牆皆石

砌，施田爲久計。買官山六處爲義冢，嫁名他人。於資水青溪銅柱險灘置救生船，施田四畝。凡諸險灘，僱工鑱后，所費類皆不貲。其餘亭路之修，及施棺澤枯，俱無吝惜。程子云：一命之士，存心濟人利物，皆有裨益。承蒔其庶幾乎。茲橋之建，慷慨作登高之呼，區畫周詳，不惟不畏其難，抑不欲自多其績。自是勒之貞珉，蒔之名與橋同不朽矣。若區區以造橋修路廣福田積陰德，期食報於無窮，慶緣善積，理固宜之，抑或未足以盡蒔之志也夫。

遇仙亭記

周燮祥

營田鄉有二異焉。一柳治痊噎。一黃丐愈癱。柳名賢。攀業治謝家坪。病膈噎。劇。將詣營市與友訣。道遇癯丐。鬢鬔鬔背隆露手赤趺。服敝布藍褋。襲青短襦。訶柳。龍鍾狀。柳告之病。丐曰余能療。詢名氏里貫。荅張姓。先日名。居日光廟。來甚遠也。行且語至郭公橋。柳將沽酒而觴之。丐强柳紆行。就宅旁小橋憇焉。則易翠亭先生新宅。繚垣下渡塹石矼也。丐索柳錢百。曰便爲醫之。橫三錢橋端。餘錯布長如人。出佩囊銀杯。掬大鍉藥和田水合咽。以所扶竿竹書空作狀。掖柳錢上行。遂懵不知。醒則臥布錢上。而丐已渺。歸來飢甚。餐脫粟數盂。病若失。爲錫製杯式龕供

之。此嘉慶二十五年四月二十七日事也。越明年而有黃丐事。黃幼病躄痿。足攣跪。纍面掌據地膂行。丐里市四三年矣。道光元年除日求寒衣翠亭先生家。有與。越二日里中讙稱黃丐癱者行也。衆詫異。趾錯於門。問何修獲此。秘不言。固問。則曰昨歸自易翁家。迤垣行而東。遇皓鬢眉老人。藍襦曳杖。橐於肩。顧謂曰而苦若病。吾爲而瘥之。余蹣跚從之行。止於新宅前石梁。即曩傳柳叟遇丐醫膈處也。授藥丸曰飲此愈而疾。不足爲外人告。歸如命。酣臥兩日。起而蹀躞行矣。余不言。遵老人屬也。遂與柳事以二仙并傳。戊子春余過訪翠亭先生。步橋頭。訊及曩異。先生曰固有之。余曰曷不標識爲二仙留其迹邪。先生曰仙之說得毋幻乎。余曰夫人罹沈痾瀕於危。遘一醫起咸從而仙之。今無端哽者食。瘓者趨。回造化春功。捷俄頃。奚幻爲哉。夫黃鶴岳陽邯鄲緱嶺類以仙蹤偶寄。得雅士標題。後之墨客騷人摩挲舊迹。輒爲流連不置。況二仙異迹親獲諸聞見之眞。又介子閈閎側。仙者亦若擇地而待子永其迹也。不此之志。將久漸蕪沒。後有好奇嗜古者流。因諸傳聞搜討其遺蹤彷彿不可得。是不足惜乎。先生曰諾。遂拓橋而亭其上焉。凡五閱月亭成。肖二仙象其上。與客落之。余曰子業以標二仙者迹也。顧橋與亭烏乎名。先生曰橋之設也舊。今緣二仙之濟柳黃於斯。其名之曰仙濟。而亭卽顏曰遇仙可乎。衆客曰善。遂額之。并屬臚其顛末於壁。

過李閣老胡同記

文舒燿

胡同者從外省郡邑某街某巷之稱也。李閣老者沿明時李文正公賜第在此而名之也。其地在西長安門西。公沒後析爲民居。嘉靖乙酉麻城狄公定向贖完爲公祠。祀公像。幷具篋藏公舉奇童時所著粗紵衫二寸履於其閒。而今無𠀾矣。公又有別業在北安門北。集中西涯十二咏。有桔槔亭楊柳灣稻田菜園蓮池。而響牐鐘鼓樓慈恩寺廣福觀皆在咏中。其墓在城西畏吾邨。據懷麓堂集自曾祖逮其身若子凡五世皆葬焉。子孫不振。至使販鹽者以墓前白石搥碎雜賣。蓋宅墓皆久不可識矣。嘉慶初年國子祭酒法時颿先生居近畏吾邨。嘗訪公軼事。哀集爲記。又屢託大宛二縣尹查其墓。一日尹以大慧寺老僧所指前明一古墓以告。法乃親往僧寺。又遇一六世居此邨之八十老翁。同詣寺西北審視。見僧所指一冢外旁又隱隱有二冢形。而八十翁又指一處云是閒向猶見有二冢。法乃瞿然曰。此爲文正墓無疑。蓋因符集中所載祖孫父子墳五冢是也。查其地計三十一畝。主之者爲百祥菴僧。法卽謀贖之。宛平令胡君遜卽慨然捐俸百金復其舊。於是謝侍御薌泉蕭侍御昆田爲文以告同志。一時聞風捐助。乃營葺墓道。就墓前建祠二楹。小屋二閒。繚以周垣。嘉慶六年六月祠成。設祭以落之。文正之生在六月九日。嗣是同鄉京官歲歲以是日集同人往爲文正壽。而凡慕文正之風者。不拘楚產皆與焉。予昨讀夏一卿去年詣畏吾邨壽文正公詩。既嘉歎之矣。今過此。乃幷紀其實於右。

又按法公記云。公子孫久已廢絕。葢據蔣一揆堯山堂外紀也。然予考安鄉潘經峯適魯錄云。伊宰曲阜時。猶有文正裔孫以公府贅壻之後居此者。但不堪扶植云。吁文正之感人至數百年若此。此豈徒以文采風流焜燿今古云爾哉。

秋山補讀圖自記

黃誠

少侍先君子讀書略有稟承。不幸纔弱冠先君子見背。易簀時猶以偕弟輩讀書爲囑。且謂讀書非徒能文章博科名已也。每憶之如在侍讀時。顧以母氏年衰兩弟稚弱。不獲已棄筆謀生藉資事畜二十年來粤嶠吳山奔走靡暇。迄今反哺又已無及。弟輩差免就荒。而浮生事業與文字因緣半消磨於舳艫屐齒閒矣。友人陳君伯谷與余交。知余意之有在也。爲作秋山補讀圖以贈。夫峯巒之峻。林木之淸。非不足以寓情也。煙霞之契。泉石之侶。非不足以見志也。然而心身之失檢。言動之或乖。實足爲吾生之累。伯谷之作。其將爲山水之樂與。抑非僅爲山水之

樂與。秋景甚佳。秋日未莫。古人云失之東隅。收之桑榆。安在不可補之於晚歲。豈曰事過境遷。遂垂老坐荒。以重違遺訓耶。家山萬里。計日可歸茅屋數椽。何時堪託。是圖也。能無對之而時深警惕歟。

七十二峯樵采圖自記

黃誠

吾楚山川之盛甲於天下。其廣而深者惟洞庭。其高而秀者惟衡嶽。余少游吳越。屢涉重湖。昔人所謂含遠山呑長江浩浩湯湯渾無際涯朝暉夕陰氣象萬千者。已身歷其境。而衡嶽之勝猶未之見。嗣游西粤幾二十年。往來瀟湘閒者不一次。每於扁舟一葉江水縈洄見夫遠山聳翠衆峯環列煙雲縹緲或遠或近風日晴和或隱或見恍若有七十二峯在焉。亟欲極登臨眺覽之懷。而或促於客程。阻於風雨。每不果行。幾謂天地閒名山勝境。或到或不到。似亦有夙緣焉。不可强而致也。丁未夏寓研衡郡。城之南有望嶽亭。暇偶登眺。覺晴嵐翠黛直插雲表。較前

所見爲倍覩。然亦可望而不可卽也。未幾溽暑全消。新涼漸爽。爰約友人策杖偕游。越二日達山門。又二日歷峯頂。遠矚羣山直如邱垤。俯視城郭。已隔塵寰。向之所謂晴嵐翠黛者。今若熟視無覩矣。向之所謂煙雲縹緲者。今忽生於足下矣。星辰可摘陰晴各殊。洵令人有超然出塵之想焉。他日筆耕或暇。還以扁舟寄興。溯湘而上。將樵采於七十二峯之幽。以快吾游覽焉爾。爰作圖以紀之。

藕堂記

黃開運

宋營道周元公知南康軍築室蓮花峯下前有溪合於湓江取營道所居濂溪以名之學者稱爲濂溪先生先文節公嘗歎其人品甚高胸中灑落如光風霽月今讀太極易通其淵源可槪見矣愛蓮一說寄託遙深危坐讀之令人有亭亭淨植之想從兄古鄰臣灑落人也庚午秋卜築藕塘之上堂宇數椽踰月而工告畢登其堂飭如也縱步外觀陵麓綿延形勢壯闊登高望遠則影珠面其前瓢峯背其後昌江諸危峯復左右環繞突兀峭削足以開拓心胸古鄰臣遷自龍首城名其堂曰藕堂命愚爲文記之今夫蓮花之君子也藕蓮之本根也根之茂者其實

遂君子之學植根深固不爲外物動搖然後釀爲英華莫可掩抑藕之與蓮猶是也顧塘故無藕而以藕得名毋乃如永州鐵爐步無其實而冒其名致子厚之譏乎然子厚居冉溪更名曰愚今猶相與愚之茲塘無藕而藕名幷其堂而藕之與愚亭愚島愚池愚堂幷傳爲美談不亦可乎獨念子厚才高氣盛而卒莫克大用寄愚於溪島亭堂亦感喟之所形耳數百年後大賢挺生其間而悠然自適溪泉與之俱永由此觀之人亦可知所適從矣古鄰臣居是堂其將仰止濂溪潛探夫無極太極之妙使當日不由師傳默契道體與孔顏之樂吟風弄月之趣皆於斯堂焉得之愚於古鄰臣有厚望也於是乎書

平崇圖記代

毛國翰

辛丑冬十二月十日崇陽賊民鍾人杰謀逆報至旣遣兵巡檢即自選麾下步騎兼程以進十八日屯咸甯聞賊於十二日劫倉庫城守十七日巳分據通城矣而崇陽揵湖南之臨湘東界江西義甯北連通城通山其道四達非遣所屯兵分守賊必滋蔓而所調各營兵未集由是益募白丁旦夕訓練爲習流實行營防奔突也先是以蒲圻之汀泗橋距咸甯二十五里爲湖南北通衢賊所爭已遣兵分守至是月除夕且大雪慮賊必乘無備來攻乃遣別將帥兵以援之是夜賊果大至圍官幾不保而所遣兵至映雪奮擊賊披靡遁去圍乃解是後所遣往援嚴家

山界水嶺及蒲圻通山諸監兵先後告捷皆以寡勝衆將果銳也士用命也賊遂不復突出矣十八日乃拔營由汀泗橋桂家山進而界頭西嶺諸險皆爲賊固守十九日令諸將由白蟻橋奮擊至崇陽之西北越包牛薄力諸嶺復自石盤山分道並進悉奮奪諸賊卡是日抵黑橋遣將帥兵向通山破界頭等砦遂會圍崇陽且檄蒲圻諸將分兵由桃花嶺奪洪上及小嶺隘口由是賊腹背受敵始窮蹙欲竄矣城中應官兵者因誘賊出城伏發遂擒鍾人杰等是日入城安民肆不易市二十一日乃遣將分兵收通城而城中人於二十二日縛知縣但扶瀧等送行營崇陽通城皆復是日再承 天寵 錫新命焉二十六

日自崇陽振旅回武昌遂宴文武僚屬於黃鶴樓勞還禮也是役也自出師至復二城凡三十六日而賊平時廖子文舫適自江右至爲之圖十二因次其事而爲之記

果木明正學全體記

朱文炑

烏乎正學在天地甚明且晰矣乃世之言學者顧往往各操一說不相下甚至輕重失倫源委倒置而亦有所不顧甚矣其蔽也余不敏竊請以果木譬之樹之始初有根其伏於土也雖爲人之所不及見而盤曲深固實爲榦枝葉花果所自出是固大本也是正學中道體一層其次爲榦榦本於根樹之所以爲樹在此一切枝葉花果藉是以立是爲正學中性命身心所謂德行一層又其次爲枝枝附於榦千條萬緒各有脈縷是正學中經濟一層又其次爲葉有榦枝而無葉亦不見其茂密是正學中名物象數卽所謂考訂一層又其次爲花花涉於虛然實爲

全樹精英所著有此以壯觀瞻美矣是正學中詞章一層最後爲果果由花出者也然花浮而果實樹之眞元實蘊於此播於土則又生出一樹是詞章中發明理道之言所謂經傳一層凡此六物闕一物不足以爲樹猶之正學六層闕一層不足以爲學雖然其中有體有用統言之則根榦體也枝葉花果用也析言之則榦體也根體之體也枝用也葉花用之用也果則用而反於體者也有本有末有先有後有大有小蓄其渾然全具之中所謂粲然而不可紊者固又未嘗不寓焉是故爲學必以榦爲本以根爲大本以枝爲用而葉與花果經緯其閒此爲正學之定則古今聖賢君子由此其選也若夫榦根有不足問而惟

枝是榮則世俗所謂經濟之學幹根枝俱不足問而惟葉是粹則世俗所謂考訂之學幹根枝葉俱不足問而惟虛花是競則世俗所謂詞章之學世亦未嘗不以爲驚諱然而聖賢固有弗貴者矣吾輩今日但當奉全體爲標準而又必明於源委輕重之序以從事焉既學之後德行必求無忝而枝葉花果之所在則各隨天資學力而有全與不全有至與不至固有不可强齊者矣余竊有志於此而又愍世俗之學罔所折衷也因卽果樹爲喻期與海內同志者相爲共勉云

八十壽亭記

彭洋中

亭在邵陽小東路水東江上鼻子坳曾君子璟構以憩往來行旅爲屋三楹置田四畝歲以其租入施茶飲爲經久計凡費白金七百五十兩既成里人以君是年壽登八十因以名之介君之壻賀生希乾丐余爲之記先是君六十時構亭縣九塘下名希壽亭七十時構亭十塘下水尾灘名七十亭二亭規制皆視八十亭費亦如之道光辛丑縣令慈谿裘公美君高義欲以風示里俗乃詳采二亭規制經費及君歸所倡修佘田橋費若干積年賑米施藥費若干共白金萬兩有奇請於大吏奏準以同知銜議敘　制誥命服遠近榮之而君不以自足而復有斯

亭之舉也豈非濟物利人之懷老而彌篤日夕廑於中而不能自已邪覗世之齷齪自守不肎稍出其贏餘以佽人者其於爲人賢不肖何如也昔余曾大父不息府君以中人之產自其六十七十八十九十每禁家中觴酒稱慶之需於邑中道路崎嶇之處伐石平砌各十餘里邑人至今以爲法今君構亭之意蓋適與之合頃余晤君聰明矍鑠如四五十許人繼自今而九十而期頤天之所以佑君其壽正未艾而君之設施其亦必有加無已也因以是復賀生其勒之石以爲之券

重修賈太傅祠幷建小學記代　黃本驥

長沙舊有賈太傅故宅及太傅所鑿井在縣治西北濯錦坊後人即其地建祠以祀幷追祀楚大夫屈原一名屈賈祠水經注元和郡縣志及　大淸一統志記載甚著太傅事蹟見史傳而生平論定則互見於晉庾闡弔太傅辭唐戴叔倫劉長卿過故宅詩宋蘇文忠太傅論明李文正修祠記然其出傅長沙史僅載投湘賦鵩兩事而於澤及湘民千秋廟食之遺愛舉無可考前漢廟祀之存於長沙者惟文王吳芮定王發二廟一在北關外一在東關內芮佐高帝以忠顯發築臺思母以孝著而此祠獨巋然與二廟幷存非以更定法令未竟所施被謫浮湘必

有小試於痛哭陳書之先者故思之深而傳之久邪去歲余涖官來湘祇祀先賢見是祠爲住僧所踞內則商貨囤積外則市肆障蔽榱桷傾圮丹漆駁落未稱景賢之典因考建祠始末明成化元年始以宅基改刱著於祀典至　國朝康熙二十二年重建四十年長沙通判賈仲儒置香火田九石有奇乾隆二十四年重修嘉慶二十二年前方伯翁君元圻捐春秋祭銀二百五十兩祠碑多剝蝕惟衡山侍御歐陽正煥祠田碑及長沙守劉某刊刻存焉乃爲屛逐住僧拆去左右市肆籌款修祠幷植欄以護舊井經始於嘉慶二十五年仲冬落成於今年孟春屬乾州丞翟聲煥董其役又屬善化令李宗沆勘丈祠田田在善化七都十一區民田六石有奇屯田三石與碑載無異歲入折租銀一百四十兩又祠後隙地歲賃銀四十兩翁方伯捐項歲息銀四十兩屬理問瞿中溶總其出入除春秋祭及祠田額稅守役工食外建立小學二所每所課童子十人置修脯聘館師餘存藩庫爲葺補之需夫小學非僅爲童子計也學者立身行己務求實效以希有用若徒以章句訓詁弋取科名童而習之白首終無依據治安數策當時雖未盡用識者謂如其言雖三代無以遠過則湖湘人士期爲有用之學取太傅遺書服膺而三復之其成就定能遠到然發蒙養正自童子始故增立是學以廣嶽麓城南壇坫之所未及而太傅廟食之遺愛亘永垂勿

替矣

終南訪碑圖記

黃本驥

關中爲金石之藏終南一山西起秦隴連亙長安咸甯盩厔鄠杜之南而東抵於藍田縣延盤踞幾八百餘里又爲關中藏寶之所會歸其中吉金貞石之沈薶於荒煙蔓草閒者不知凡幾前明趙子函生長其地頗以意事自負其於此山僅作三日游所得舊碑不及十種而石墨鐫華之著流傳至今已幾幾與南山共壽車君秋舲以江南才士囊硯游秦好古之癖遠過前人視子函遺冊爲篳簬藍縷未足以窮陸海之勝嘗於春秋佳日具餱糧召徒侶凡丹崖翠嶂古墓叢祠猨鶴之所棲樵牧之所憩苟可以得寸金片石者皆爲屐齒所必到因乞小蓬王君爲

作終南訪碑圖而屬余爲之記夫物聚於所好歐陽子嘗言之余謂所好之聚亦視其物爲何如耳衞懿公好鶴鄭子臧好聚鷸冠秦皇漢武好神仙彼以君公之貴非所當好終有難聚之物況吾輩一二寒畯必欲探渤海之奇珍發元圃之祕蘊其能得乎然未可與訪碑之舉同日語也刻碑之傳可以詮經可以證史非僅耳目玩好之具正惟吾輩之所當好秋舲行矣他日芒鞋踏破翠墨盈囊不獨子函三日之游難與比數卽歐趙洪薛諸家竭數十年心力著爲專書亦不足以擅名山之藏而誇金匱石室之富則此圖之作亦山靈有幸寶藏勃興之會也乎

歷朝尺式記

黃本驥

前漢書廷尉掌五度度者分寸尺丈引也十分爲寸十寸爲尺十尺爲丈十丈爲引古人審度其稱不一如一髮爲程十程爲分五寸爲䂓八寸爲咫尺有三寸爲矩二尺二寸爲幅三尺爲武又爲跬又爲柯四尺爲仞五尺爲墨又爲几六尺爲步又爲弓七尺爲軌八尺爲尋九尺爲筵一丈爲板丈有六尺爲常丈有八尺爲制二丈爲端三丈爲雉四丈爲兩亦爲端又爲匹五丈爲堵此長短異名也公羊傳注側手爲膚按指爲寸禮投壺注鋪四指爲扶一指按寸大戴禮布指知寸布手知尺舒肱知尋此古人制尺之原也蔡邕獨斷夏十寸爲尺殷九寸爲尺周

八寸爲尺通鑑外紀禹十寸爲尺湯十二寸爲尺武王八寸爲尺陳詳道曰周法十寸九寸皆爲尺考工記十寸尺也王制八寸尺也此古人用尺之異漢劉歆有銅斛尺光武帝有建武銅尺章帝時泠道舜祠下得玉律度以爲尺謂之漢官尺又建初六年造慮俿銅尺晉始平閒得古銅尺隋書有十五等尺曰周尺晉田父尺梁表尺漢官尺魏尺晉後尺魏前尺中尺後尺東魏後尺蔡邕銅籥尺宋氏尺隋水尺雜尺梁俗閒尺此自周至隋尺制之異年代既遠古尺無存今就各家考訂歷朝尺制及

國朝各部所頒銅尺造爲木尺若干枚匣而藏之以存其式俾知一朝有一朝之尺未可渾同考訂古器當用古尺記載今

器當用今尺·庶不致有豪釐千里之差·

三長物齋記　黃本驥

余舊名齋曰式相好·自余兄花耘先生即世·不忍復稱是名·因易之曰三長物齋·三長物何物也·余不能書·而嗜古人之書·集秦漢以來金石文字數百種·爲長物一·常學琴於湖北洗山人·不能竟學而止·蓄舊琴及支琴甎各一·爲長物二·囊無一錢·而有周秦刀布數十品·人以爲廢銅·匣而藏之·若拱璧·爲長物三·然則長物止此乎·馳逐名場三十年·而名不成·有志讀書而未暇·吾身亦長物也·何止於三·第以三者皆有用之物·適與頑然之軀相遭·而辱爲長物·則以三長物名吾齋也宜矣·

三長物齋後記　黃本驥

既以三長物名吾齋矣搜索齋中復得三物一自製溪州石磬聞客談猥俗鏗然一擊耳爲之清一歷朝尺式自唐虞至　國朝靡不備世有挾贗骨董者不能欺以長短一雲陽樓看山冊雲陽長沙市樓也乙酉重九後四日集名流飲此以詩畫見貽者彙爲巨冊用識朋友山水之樂夫天下之物足供嗜好者豈有窮乎今既彙三爲六矣由此而十而百而千萬皆長物也皆可作三長物觀也故仍其名曰三長物齋而著所由推廣之義於後云

重修李中丞祠堂記代　黃本驥

前中丞李瀛仙先生以康熙五十五年巡撫湖南借帑發賑出穀平糶釐奸剔蠹吏治肅然其尤彰彰者則鄉試分闈一事湖廣鄉試舊係合闈湖南學額與湖北等而赴試者不及湖北十之三中式者準此蓋以險隔洞庭屢遭覆溺功名之念不敵性命之虞故三年大比裹足不前者十常八九先是趙中丞宏恩潘中丞宗洛疏請分闈俱爲部議所格而先生復踵其後三疏籲懇幷捐俸刱建貢院仍格於部議不果行迨雍正元年欽奉

俞旨於甲辰科舉行湖南鄉試湖南士子沐　聖恩

科名蔚起皆先生屢疏入告剴切陳詞之力也先生以勞瘁卒

於官士紳請入主賢良祠與前巡撫趙恭毅公申喬合祠復建恭毅及先生專祠於城北歲久祠爲營卒所踞榱桷傾圮享祀弗虔庚辰秋余叨撫是邦恭詣各壇廟爲士民祈福見湘中廟祀類多廢弛乃次第新漢賈大傅及恭毅二祠復敬奠一觴於先生祠下懷遺愛之永垂懼薦馨之弗稱爰飭長沙謝令希閔勘丈祠基籌項修葺新化李令之梓先生後裔也捐銀二百兩與通省守令公捐恭毅及先生祠經費發商生息又丈出祠外鋪地若干所取其賃租交布政司理問歲會所入爲春秋祭及香火歲修之用是役董工屬之翟丞聲煥楹柱朽蠹者易之丹漆駁脫者新之瞻仰輪奐頓復舊觀而先生之崇祀日新全省

之士風益振矣湖南貢院原建號舍七千有奇乾隆十一年楊中丞錫紱以號舍湫隘拓而大之僅存五千嘉慶三年姜中丞晟二十三年翁方伯元圻以應試人數過多兩次增建各以千計合之仍符七千之數夫以未分闈不及湖北十之三者今且增至數倍非湖南人才昔絀而今優也文風積而日興端賴後賢之培養士氣剝而必復實由前哲之轉移則先生廟食此邦宜其爲百世不祧之祀而後人之崇德報功潔蠲致敬以培一方文教以永千秋祀典孰有急於是舉者哉故於修葺告成謹記歲月以勗諸后

訪米忠毅墓地記　黃本驥

余昔年與修湖南通志載有前明貴州巡撫米忠毅公壽圖墓在沅州府城東古臺山及司鐸黔陽屢至沅郡詢之士人莫知古臺山所在一日友人邀游城東雁塔寺聞寺外有米巡撫墓心知卽古臺舊域也亟往訪焉見荊棘滿地荒冢纍纍有一冢稍高其上壓葬一棺蓋營卒新冢也前有小碣僅存米字餘文磨滅不可讀因慨然曰昔賢埋骨地遂荒穢至此乎告之總戎遷卒冢并作示付芷江縣尹募邑紳捐修米墓邑貢生唐君可久好義士也聞余言獨任其事出金修復馬鬣巋然矣逾日余偶步城南關帝廟見有誅逆熄亂額粉版墨書字類顏法前題

隆武元年正月朞　大清順治四年丁亥明閩藩唐王聿鍵年號也後題宛平米壽圖書則忠毅遺墨存焉其年四月巡撫貴州張獻忠遺孫可望陷貴陽忠毅奔沅十一月　大清兵收復沅郡偏沅巡撫傅上瑞以城降忠毅遂闔家死節書額之日正其協守沅城當戎馬倥偬時所謂誅逆熄亂者蓋一片血誠無可控告自言其志蹟之神明非爲壯繆表靈蹟也余因鉤摹其字攜歸黔學并以明史忠義本傳各刻一碑運交唐君屬於寺之左廡設立龕主而以二石嵌諸廡壁以爲忠毅專祠俾邦人得以瞻禮遺烈而一坏藏蛻不致再爲蚩氓所豪奪也唐君謂余曰君以同郡冷官表彰鄰邑古蹟勤懇如是可見大君子遇

事輒爲不以彊域爲限余復之曰此中蓋有夙緣焉余不修省志無由知米墓在沅不以職事至沅無由知古臺山卽雁塔寺不至關嗣無由知前賢手蹟尙留人間且不得好義如吾丈者更不能於邱壟垂廢之際而爲一郡大觀是蓋忠毅在天之靈有以默爲驅使余與丈皆奔走承命者也不然墓在此地垂二百年豈無一二有心人爲之經理而聽其荒廢至此乎彼皆限於不知或知之而力不能爲故冥冥中不能驅使而奔走之也十年前新化鄧君顯鶴搜輯明長沙司李晉江蔡忠烈道憲遺集適其鄉人宦滇者道過長沙詢其行篋藏有忠烈家書索觀之乃盡節前五日墨蹟也因摹其字於祠壁而以書稾入文集

逸事入年譜若或使之故不先不後而此書適至修省志時嶽麓山長招局友赴飲湘潭張君家渠邀余游山至嶽麓寺寺僧延入方丈款茶見案頭有硃批妙法蓮花經字類金錢聖教蓋康熙初開山僧阿諾所註全經也因摘其自序弁碣銘事實編入釋家書目余曾肄業嶽麓不知寺有藏經非山長招飲寺僧款茶且非是日見經均無由載入省志彼特百餘年前一釋子耳平生心血寄於簡編尙能驅使吾輩爲之代傳況米蔡二公忠魂毅魄歷久長存而謂修墓立碑錄文入集爲偶然事乎余故牽連及之而知夙緣之由前定也嗟夫人特患不自立耳果能自立豈必邱首方保遺骸豈必子孫方珍手澤是又在吾輩之表彰前人而因以自勵也溆浦諶生瑤殆所謂有心人也鈔錄同時游客表墓詩文刻集行世茲不具述而以拙詩附於記後詩曰不堪迴首望幽燕獨向沅南作寓賢舊筆尙書誅逆字錫名賴有表忠編摩挲斷碣荒郊外想像英雄夕照前愧殺當年降節度幾曾富貴到黃泉

雙陸局記　黃本驥

雙陸之戲始於西竺其局彼此內外各有六梁至魏陳思王植始置二投盍取投擲之義即今骰子所託始也其戲盛行於齊梁陳隋間如梁蕭賁與湘東王繹雙陸食子未下賁曰殿下都無下意繹深銜之是也至唐狄梁公與張昌宗賭集翠裘中宗爲韋后及武三思點籌遂爲宮壺之戲宋太祖有雙陸詩紀于奎文閣其時猶以此供御洪景盧雙陸圖序云閱時旣久中州泯泯罕見而殊方偏澤頗能爲之蓋南宋以後博具益精此戲遂不甚傳而湖湘以南見者尤少嘗閱唐子畏譜雙陸序云垓不可虛門不可啟敵不可縱家不可失積則量輕重遲則計緩

捷推其術可以用兵幷可以論文心竊好之而未及一見壬午秋游山西於洪洞劉氏得之倣爲一局傳之好事者以存近古雅戲博奕猶賢或亦大雅之所不廢云

書某氏婦事　黃本驥

婦人所重者節耳吾鄉某氏婦孀而嫁嫁而死節不終君子無取也然其往事有烈烈丈夫所難爲者前夫故貧士婦之父官冀州夫挈婦所生子往依之父子相繼死於冀婦聞耗偕小叔往迎喪走長江取道金陵時有官其地者强止之遣其叔去冀迨喪還而叔又死婦瘞叔於金陵而負夫與子之骨歸里其歸也無舟資婦曰是不可以柩返出其父子屍以大油布裹長短袱作行李狀孑身至江問舟舟子見一婦人而將兩袱廉其直附以歸婦至舟以夫置臥具之左而枕其子以臥時値酷暑熏烝屍氣達於袱外婦焚旃檀亂之且祝曰若幸自斂不爾舟

人不我載父子終爲羇鬼矣閱四十日經三千里舟人莫知也將至里換小舟婦自念曰數千里扶喪而以袱歸爲鄉里笑非死者志吐其實傾囊中數鋌付舟子爲市大小二棺就舟中解其袱屍腐筋斷骨有易次者手正之載以歸里里中人莫知也時婦年未三十此其生前自述者吾爲書其事所以壯天下之婦行哀之也闕其名所以勵天下之婦節惜之也

白水洞記

楊太灝

洞自棠溪徑北兩山緜亙夾峙中有清溪百步一折寂無人煙窅乎莫測所嚮沿溪行三里許經鐵局亭又里許抵一橋橋之旁曰片石菴菴上有巖曰吞湖右有亭曰寒碧寒碧亭當山水要隘松濤石籟時與疏鐘相荅行者褭褭其間覺山窮水盡無復有進步處矣既而右轉數百武豁然一小洞天民居數十家田園廬舍鱗次相望溯流而上有滴水巖青壁側立千尋如猛獸奇鬼森然欲搏人轉側間前阻巨石從石壁行而上兩旁徑絕居人於右壁鑿石置趾行者捫蘿附壁足垂二分俯視澄泓倒影澹瀨稍一移足輒眩掉不能自持須臾踰險誦青蓮一夫

當關萬夫莫開之句爲之憮然里許瀑布懸於巖上高百餘仞如水晶簾及山半有石承之忽破碎如霽如霧如雲烟散布不可名狀下注爲冷泉晴則日光映之作五色長虹炫燿不定巖前土潤草肥陰森緜邈幽寂移情其中爲陵塘爲靜池又爲深隩八九仞游魚出沒不時又二十里許橫峯側嶺移步換形令人應接不暇至螺螄洞水源出焉崎嶇險巇人蹟罕到山上居民皆刀耕火耨結茅以居如在天半至此迴望洞口連峯虧蔽白雲合沓不復可辨識矣

黃荊洞記

楊太灝

郡城西北二十里許有山曰峩山怪石嶙峋熊蹲虎踞多穹谷嵁巖而其大者爲黃荊洞洞連屬如重闥始入可羅胡牀十八九旁有石柱天成其下水流成溪響操琴筑漸窄如瓮再進復歷落宏敞差可容數十人頂俱有華蓋又入則犬牙錯互漸就昏黑投以石作鐘磬聲燭之則石田縱橫田畔有小潭潭水清冽時有游魚頭頭可數立久寒氣砭人肌骨旁有數穴左穴微敞可蛇行入曾有窮其險者結伴然炬半炊時山頂佛龕石下聞擊啄聲啟之則一人出又頃或出自山后石穴或踰數里自前山小洞出如蟻穿牟尼珠不自知其何由出復不知窈暗中

何以相失也各道所見言人人殊未身歷者蓋亦不能辨也洞前有兩荊樹盤根石上一則圍七尺有咫一過七咫高俱八丈有奇蒼古聳秀望之如雲婆娑勁幹抱石俱老洞以此得名

竹界衝水記

楊太灝

龍山之陰竹界衝距嶽平頂二十五里溝水一道秋冬不竭源出雞冠山山處嶽平頂之腹如雄雞昂首而綷幘故名水自懸巖噴瀉而下十里至羊虎洞口經曾家壩壩之江身即楊家灘之別源合經流以入漣水者也五里至紫花坳細溢衝又五里至油榨衝石頭坳始入竹界衝居人黄周二姓於上流均一分注蔭羅眼大塘腳下乾塘排烏龜塘上下田畝於下流均一分注蔭潘家坳茅塘黄衝集大方塘背上都計近萬畝旱暵得藉以無虞而雞冠山之水利普矣嘗考龍山諸水其岡脊以北爲漣水發源南爲邵水發源漣水出邵陽三溪一都界江坳經五

都六都入湘鄉周學霆詩所謂八面龍山湘占十一分漣水邵居三者是也邵水出邵陽三溪三都龍山自洪橋至西洋江會桐江槎江又西北至雙江口會檀江至郡城東關外攔江嘴入資自是礧而爲七十二灘遂而爲四十八溪泓而爲二十四港然後同聲併力以達於洞庭在沅湘間獨爲一派即漣水且不足比數況竹界衝水乎雖然士無論出處期於有用功無問大小期於及物今夫草澤之中寒泉一泓沛然四達逸於舟楫疲於桔槔源不待尋而可知流不待考而具見然而靜深而有本時出而不窮居民皆得以食其利及其有餘亦滔滔汩汩而有朝宗會同之勢以視大川之水其汪洋澎湃渾浩流轉雖若可驚可愕時而高亢絕物居其間者或至不得蒙其涓滴之惠是雖巨細顯晦之相懸而食其利者終不能以彼而易此也如竹界衝水者是已抑余讀劉濬山先生游龍山記詳於山而略於水其記水處亦止略言邵水之源而漣水未之及湘邵邑志皆詳言之此水同出龍山曾不得挂名其間焉蓋方志之遺漏者抑又多矣茲得備悉此水之源委與其及人之功用因表而出之爲茲水賀更爲灝是水而居者賀也

重修玉潭橋記代

李隆萼

甯邑爲省會西北通衢。輪蹏輻湊。縣治南濱玉潭。溈水入湘必經此道。酈道元水經注所云溈水歷溈口戍。東南注湘水是也。春夏漲漫行者苦之。鄉賸輒稽遝。前明以來於蘚花巖下架木橋以渡。曰玉帶橋屢修屢圮。國朝乾隆二十六年。縣令劉君善謨謀邑人移建石橋於南關外。會更替未及蕆事越三十五年乃成橋上置化字介亥一石獅四鐵牛二桁以欄石亙若雉堞。工牢費逾巨萬。刱始之難有如斯爾。歲月緜歷沙磧漱齧其下。又數遇大水漲高於橋。近岸基趾毀之廉且斸也。磴之懸且壓也。介亥半闕獅牛亦漂落。追蠡闌剝物理常然。盖自肇造迄

今已百年於兹矣。予以癸亥涖甯道經巡覽。見岌岌有不支之勢。竊惟興利修廢有土之職也。顧興利難於刱而修廢易爲因。因其刱者而踵事焉利即存乎其間已。予之來兹土也去粵酋牿亂未久。殘缺頗多。比戶方急輸邊未敢擾以興作。屬都人士來謁僉以廳廨多就頹隳。相與醵貲修葺。爰自兩轅頭門內及二堂皆矜飾而新之。堂之西偏拓六楹爲衙齋翼以箑房。基柱衡縮恢於前。因庤其羸餘復商諸君子。諗以羨鍰各款。得千餘緡。擇監生朱蘭恬等董其事。就地量度廣袤約十丈。召匠石鳩工庀材。繩之準之營之繕之礎碣而礱斲之。桔槔翻翻然竭流而籍板也。層碟礮礮然澀淚而浮砌也。草譎八月兩閱月而工訖。予就觀之有若琢者焉。有若削者焉。有若施砥濯者焉。夷庚由由庶幾舊規之完焉。予稽邑志橋自劉君經始。其間停工殆五六年。義民李廷清出傭積百餘金倡輸之邑人感而樂從功以竣。是役也舉之不費成之不勞盖因之說也。因其易實因其利而利之也。夫興利修廢有土之職也。顧初終一出於因。虹其飛歟鼉其鞏歟。予何力之有歟。於其成書以紀之。更俟後之善因者。橋舊無碑廷清事或弗聞。予嘉其義竝以表諸石。同治三年

騎田嶺石研記　陳起良

物有拳曲臃腫不中繩墨逃斧斤飽風露以全其天不幸則爨爲薪腐爲燐幸或取以爲玩杯之瘿杖之曲五石之瓠瓠其中而用亦得乃若和之璞趙之璧犀象珠璣珊瑚木難珍詭瑰麗怪怪奇奇龍蛇之所潛藏虎豹之所蹲踞如有神守之而不得見見矣未有不呼號招要百計千奇以求之者此猶寒不可衣饑不可食治世用之不能興禮樂衰世用之不能致太平且如此若夫人生日用如飲之瓢食之箪工之刀削農之耒耜其爲物也取之甚易而用之甚便人以其所甚便也而漠視之遂若以爲無足用也者甚矣人之好怪也郵夫牧豎山野無所見聞則其好也不足奇而其怪也亦無足論乃有豪門巨子墨客文人窮其力於無不可窮之處聚其尤於無不可聚之端如是則其搜羅也甚苦而其寄意也獨精嗚呼是說也吾於騎田石研而愈知之矣郴之山巉然高而大者不知其凡幾而騎田又爲郴山之最崔嵬雲表上則劍闕下則陰巖未秋而寒不風而慄非復人世閒之所居遊矣先是土人取以爲礪好事者目之曰是石也於研宜道光初年郡守曾公石友好古者也聞而異之命僕從偕賓僚鳩工鑿山度以千金而石之良者羣然以出或曰是石也產於山者不如產於水者之良凡天地閒煙雲山水鳥獸艸木人物之形於此焉具往往索之而得或索之費巨資

而亦不得惟時從兄雲心曹君鹿泉咸爭致之而騎田石研之名以傳嗚呼是石也不汩沒於荒煙艸莽之閒而與吾文章馳騁之事相期於無盡是則石之幸也然以予所聞肴山之龍尾信國之玉帶吾不知其於石何如也夫肴山信國古之不朽人也意其精神必有與石俱存而不可磨滅者而石亦因之存矣是則石之幸也夫是則石之幸也夫

記十三

改修八面山路記

何慶元

五嶺博大亙南天郴爲州當五嶺上仰達於兩桂而桂東又踞其巔嶺至此如積橫奔怒立攢簇盤亙虧蔽陰陽其尤高而險遠者曰八面山山在邑西延衺二百里赴郡者必道焉自四都柔毛嶺至廟頭嶺形勢倍阻峭崖巒仰聳湍瀑俯喧降躋往復頂履攀援前後官民啟辟更徙之勤志記備矣然未獲坦捷茂才李君錦春希濂先生高第弟子也憫行旅艱危慨然思有以

康逸之精準望計道里避高就下化方從斜舍迂得直凡繙路十五里夷阻二十五里費累百金功踰一年比成行者稱便其友劉君拔元寓書歐陽子泳丐予爲文以章之予曰君子居是土則思利是人心乎愛物者其於世必有所濟本末相應人事通變神化相推相闡理勢固然不足爲李君頌也山谷渾沌之民固習成俗往往男劬女佚厚於養而薄於教是故人倫不明秀髦者亦罕所成就耕織本業也則有農無桑術序黨庠古之人所謂既富方穀也乃更附益田宅貿取軒裳以自張而不知務學好禮爲保世滋大之計鬱欒韜廿自咨阻深甚可憂也李君既夙稟師教約已利物著有成效則曷弗搬興蠶桑申明婦職增設鄉學崇起儒術倡之以身行之以次俾幽昧險隘皆得耀乎光明其宣砥斯人之性正外內以馴頑鄙也功不倍於宣砥斯途者乎既約紀其勞并書以用勸

築隘記代 何慶元

古者國有重險、城郭溝池樹渠守內、山林川谷邱陵守外、凡造都邑必周知其四境之阻、因其山川達其道路、治其固與其守法民皆有職焉、國有故則藩塞阻路止行者、官司率其屬與地之衆庶守之、晝三巡夜三鼜、雖有卒然之警、民安堵寇罔獲蹂躪、其備豫也、桂爲楚徼、南偪粵東、鄰豫章西北、接興東壤、重山峙其外、壁立環帀巍峩億萬、稚因其閒窊凹者稍辟焉、才可通往來、委折峭險狹踰彭門、四境率如是、道光二十一年辛丑子來宰斯土、會粵氛、奉檄戒備、先嚴保甲淸宄慝、乃率耆老搢紳循省吾圉、凡途之入粵者與粵之道他途可達桂者、必窮之底

于界、僉曰天險也、屬兩山而垣之門、啟閉略如潼梅諸關制、山不可屬者墩之、堞其上、無山卡焉、則守者逸待勞、利且萬世、於是計畝捐資、遴能督績、甃石墁灰、高厚視城墉、費白金幾二千、役畢、額以名、上其事於各憲、凡爲隘八、墩一、卡一、正南曰太平隘、兩山夾途、出於隘門下行入粵之仁化、距縣治四十里而近距仁化界十五里而遙、乘垣望可見、數十里內有隙地容百人、不百武有水泉、山舊曰蠟嶺坳、以太平堡在其內故命之太平、太平隘之右十里曰城溪隘、形勢道里如太平、乘垣望可見、十里內有隙地容二三百人、數十武有水田、山舊曰風門坳、以城溪團限其外、故命之城溪、城溪隘之右二十里曰龍虎隘、形勢如城溪、下行入粵之樂昌、距縣治六十里而遙、距樂昌界五里而近、乘垣望可見、數里內有隙地容數十人、不百武有水泉、山舊曰分界嶺、以龍虎團在其內、故命之龍虎、西南曰延壽隘、形勢如龍虎、下行入樂昌、距縣治六十里而遙、距樂昌界十里而近、乘垣望可見、十里內有隙地容百人、水泉遠、築隘苦汲、坎其旁得泉、出不竭、事蕆泉涸、今其坎故在、山舊曰甎頭坳、以延壽團在其內、故命之延壽、正西曰鎮安隘、形勢如南、下行道文明司入粵之樂昌、距縣治五十里而遙、距樂昌界三十里而近、乘垣望可見、二十里內有隙地容百人、不數武有水泉、隘初築上莊橋、水患徙於此、山舊曰百丈嶺、以文明司限其外、文明本鎮

安、故命之鎮安、東南曰東嶺隘、形勢如南西、下行道東嶺入粵之仁化、距縣治七十里而遙、距仁化界十五里而近、乘垣望可見、十里內有隙地容百十人、不數武有水泉、山舊曰輪子坳、以東嶺限其外、故命之東嶺、正東曰集龍隘、形勢如南西、下行道集龍入江西之崇義、距縣治四十里而遙、距崇義界三十里而近、乘垣望可見、十里內有隙地容百十人、不百武有水泉、隘初築豐洲亭艱守、徙於此、山舊曰花坳嶺、以集龍團限其外、故命之集龍、東北曰永豐隘、形勢如南西、下行入崇義、距縣治六十里而遙、距崇義界五里而近、乘垣望可見、二十里內有隙地容千百人、不百武有水泉、山舊曰牛子塘、以永豐團在其內、故命

之永豐太平東嶺之間曰九曲嶺道峻削艱上下僅容一人行無兩山夾故墩于其顛墩受二十人水泉近距縣治四十里而近距仁化界二十里而遙集龍隘之右三十里偪崇義界曰百石坳地平衍舊無卡今增焉距縣治七十里而遙其小路閒於各隘而不利修築者七南曰竹里坳帶角嶺馬蹟嶺冬茅江東曰黃土嶺猨坑西曰姜陽洞其西北路之達興東可築而未及築者五西曰竹篙嶺江顧峽北曰八寮坳寒嶺頭樟溪坳有事時皆當量寘防守毋易視守隘之人自保甲出就其鄉戶編壯勇擇機警爲衆服者統之籍于官時糾察焉禁令賞罰必明必信守隘之資富民量產出財粟而立廉能者司出入罔侵欺罔

安費人乃用命守隘之器鳥鎗礮石爲上弓弩次之戈矛又次之先時相度地勢於太平隘得斷碑文剝蝕略可辨識者九十七字無年月不知是何朝代也其辭約曰郴桂門扃兩山夾聳天生扼要桂邑黎庶昔年被賊本鎭親勘桂之四境捐貲命匠永定關隘鎭安內地捍禦外侮厥後興工掘地又得古隘遺址于隘所甎石儼然昔人先得我心益以證此舉之非刱矣自今以始時塗塈修次舍有其舉之莫敢廢是存乎後之守是土與密邇是隘者矣申畫郊圻愼固封守獨予責也哉因搨其碑附案而詳記顛委以俟

修復山西平陽府蓮花池記　羅繞典

平陽郡以平水得名而郡城距水遠獨莫沾其利城中地勢隆然高起其視城外若高岸之臨深谷雖引水無從入也居民以井泉鹹苦車運城外之水供用無力者苦之宋慶歷閒潘公大博始鑿蓮花池於城北隅引東山臥龍岡黃蘆泉水注之經金源氏之亂而池廢明洪武十年郡守徐公仲聲復引汾河灑利渠水穴城灌入分爲兩池方圓各二百二十武其深七尋跨以土梁名其池曰永利成化乙巳太守李淙重濬之鑿通郡學泮池及不由兒濠刱爲引水洞長有百尺過水洞長半之又於池旁鑿井以便汲取井橋既具花木茂美建書院於池側極一時

盛事其繼起修之者嘉靖閒則有劉司馬衍祚萬歷閒則有邢大令雲路自　國朝康熙三十四年地震後池之舊址就湮而水洞遺蹟更邈不復覩矣余於道光丙申來守是郡每徘徊池上竊念前遺澤沾溉窮簷竟聽其荒廢幾二百年無由修復不適重守土者之過歟考水經注載潏水出巢山東谷北逕浮山東又西北流與勞水合卽山海經所謂牛首之山勞水出焉者是也亂流西北逕高梁城則距郡城僅十里矣乃先期戒徒疏浮山潏水之源引入樊家河之千金堰使水源大旺溉地有餘改修舊渠及小蓮花池畚挶既興凡引水過水諸洞井然具見掘其淤塞增其瓴甋俾復舊觀城鄉諸父老子弟莫不歡忭鼓

雞捐貲協力經始於戊戌十二月迄明年五月而事竣計費緡錢凡二百萬有奇而東村士民亦請修復黃蘆泉水由翟村繇底開渠迤邐至城又於東城濠內掘出甘泉甃爲郡井城中數千戶提甕荷擔車馬馱運者取之裕如其蓮花之水由北關入引至郡治前爲小海子折由西關而出甘如醴淸如鏡周環如拱璧衣帶融衍瑩淨其流渙然昔東坡贈唐州趙太守詩曰渠成如神是舉也殆亦默有神助者歟池上舊有三元宮爲居民捐建竝輸田爲是池歲修之費因祀龍王神於其中以荅神貺余於池成後適奉命觀察秦中其書院及亭臺花木未遑次第補葺謹以俟後之君子因泚筆記之以見平民之好義急公而

風水惟貞亦卽將來人文鼎盛之券也別後西湖付與誰誦白香山句益低徊留之不能去云

重修八蜡廟記　羅繞典

伊杜里在平郡城南舊有八蜡廟余以丙申冬來守茲郡下車伊始問民疾苦僉曰比歲以來常苦旱米價日增窮民艱食閭閻不乂實重爲父母憂余因反而深思所以致此災者豈寃抑之未伸歟彊梁之未輯歟抑溝瀆有未通而暴骸有未瘞歟於是悉按治之而邑父老猶愀然長慮謂關南北多蝗災而平郡幸頻年無恙今八蜡之祠頹廢已久非所以荅神貺也且懼無以康神之靈而俾一方民不蒙其澤也余考伊耆氏始爲蜡其祝詞曰土反其宅水歸其壑昆蟲無作草木歸其澤夫爲民之故而索饗以奠水土輯昆蟲其肇祀之意不誠深且遠乎哉平

陽伊耆舊都凡茅茨土偕之迹蓂莢之亭邑父老猶能指求其約略乃伊村舊壤遺祠荒落土鼓葦籥之聲不作舉古聖人息老勞農仁至義盡之典竟淹沒於烟荒草蔓閒亦守土者之過也越明年乃醵金合郡重修之廟以南爲漢關壯繆祠亦良其餘貲而肸飾之別建東廊三楹爲劉將軍祠將軍元人驅蝗多靈異近始列之秩祀亦詩人因秉畀而逎田祖之意也其西廊三楹爲齋宿所建房六閒居守者又重葺茶房官亭繚以長垣嚴設扃鑰俱如式落成之日大雨適降秋禾以成城鄉士庶幸歲功之有成而災荒可弭也咸歸其功於神相與琴瑟擊鼓詠歌以樂之是歲也蝗過境不爲災予因喜而爲之序

修賈浪仙墓記

舒夢齡

予守姑孰之明年，始於郡城南得唐詩人賈島墓。墓四面皆田，鋤犂所侵，僅存坏土。因與前當塗縣季令謀加修葺，詎江漲圩破，村落盡在水中，兼地方有風鶴之驚，戎馬倥偬，無暇及此。嗣季令調宣城去，予亦量移同安，浪仙有知，得毋責其食言乎？今年春，乃函百金寄交饒星垣教授，并書託胡青亭太守、史穎生明府相與經理其事。落成之日，適權觀察近在鳩工，星垣以書來請予記其顛末。予按島初習釋，名無本，韓昌黎尹京兆，與爲布衣交，教其爲文，遂去浮屠，舉進士。然一身落拓，久困飢寒，枯坐苦吟，至饔飧無以自給。張文濳云：唐詩人多窮，莫島爲甚。生

前瘦骨，死後吟魂，忍聽其蹂於畜牧邪？或曰墓係賈嵩，非島也。島因謗貶長江，卒於蜀，鄭谷經其墓，有七絕一首，而曹松又謂在房山，近代王阮亭亦有詩。然前志載島官水部員外，不樂進取，客死葬當塗，必非豪無依據，即輿圖全書一載當塗，一載房山，世遠年湮，不可得而攷矣。要之，嵩名不甚著，人亦鮮有知者，島則稱當時，聞後世，其軼事或時見於他說，愛其詩者至呼之爲佛，甚或繪象奉之，其爲人所推重如此。則此一邱之壠，即歸之長江簿，亦無不可。

中墩記

伍澤景

郡地脈自西南來，故繞郭皆山，北枕資，東濱邵。資深且廣，濟行人以舟；邵稍淺而狹，水底沙石層起，且道通衡湘，往來絡繹，非舟楫所得盡濟，宜造橋。橋曰青龍，位在震也。肇造自宋之寶慶丙戌，至於今六百有餘歲，歷元明迄我　國朝，代有廢興。初建時撰石爲梁，形如半壁，勢懸若墜，故易毀。後更爲墩，墩凡五，駕大木梁之，覆以版，狀若筏，鑄鐵犀蹲上游以鎮水怪，南北爲廛舍，東西通大道，過往者肩摩踵接，如履坦途，而忘其爲橋矣。道光戊戌夏，大水驟至，怒濤中激，墩全圮，民病涉，權宜造浮橋，聯以鐵纜，遇暴風疾雨，卒解散，至有墮溺莫援者。邑紳耆咸集，請

於官謀復修。於是有任修東岸及第一墩者，岳君也；任修東之第二墩者，予族父例貢生武揚君也；任修西岸及第一第二墩者，城內外諸君子也。惟茲中墩，迴旣倒之狂瀾，作中流之砥柱，所最緊要，而水深湍急，當邵水南來北下之衝，其施工尤難。則有予再從弟國子生福、縣丞職銜謝翁承蒔、文學生陳君必耀捐貲爲倡，募合邑善士共修之。伐石東塔山麓，占艮工董乃事。墩表裏皆甃以石，基址仍舊而石維其新，鉅者徑丈餘，小亦徑八九尺，其中之罅隙處，燔石爲灰，彌縫其闕。美哉！聯衆石爲一石，歷久彌固，較前之塡以沙礫，外堅而內脆者，其密緻爲何如邪？墩旣成，購大木梁其上，南北建傑閣，一祀水神，一祀關忠義

左右廛舍悉依舊制經始於已亥落成於丙午計費金六千有奇一墩之鉅且難固如此是舉也予再從弟福始終經理之糜金最多予無力貲助惟是承邑侯石蘭裘公命備糗糧走鄉勸樂善君子慷慨好施以共襄厥成也

城南五忠祠記　陳本欽

嗚呼此吾湖南晉宋洎明前後五忠之祠也初譙王及孟公五人宋世卽南嶽行宮設位以祭淳熙中朱子帥潭州始於郡城之北門剏建五忠祠肖像專祀是後南宋及明之亾潭之士大夫與官於潭者捐軀殉國若李忠節何忠誠蔡忠烈諸公光赫赫若昨日事嗚呼何忠魂毅魄前後數百年間不相謀而相同毋亦大賢之表章崇奉有以風厲而興起之與既歲久祠之故基不可復得譙王孟公之主乃僑祀於　國朝賢良祠之夾室李公何公則不血食者且二百年於兹湖湘之閒淫祠多矣貞臣誼士之魂乃黯沒若是嗟乎猶有人心其忍此傎乎先是新化鄧湘翁顯鶴修輯楚寶一書慨此典之闕也議復朱子五忠祠於故城南書院廢阯益以宋明湖南死事諸公爲後五忠祠幷僚佐僕卒與鄉士大夫之殉節者祀焉久之議遂不行道光甲辰秋本欽方崇祀陳屈兩賢於妙高峯上妙高峯者宋朱張二先生所嘗講學地也故南軒祠焉其前楹旣祠兩賢矣左右有隙地求可以棲前後五忠之神者與兩賢同堂而異室室凡東西四楹五忠祠東序南向後五忠祠西序南向益規制雖略而春秋牲殺器皿之供不闕基宇雖不閎而周旋於大儒孤忠之庭亦神之所安也祠成亟讅湘翁及黃虎癡師本驥左仲基宗植擇良日刑牲禮神而奉安焉嗚呼晉宋曁明之末造可不

謂極亂之世也與爲人臣者平居北面立夫人之本朝而享其富貴光寵及一旦四郊多壘棄城遁全軀命保妻子甚或輸地倒戈賣君父以取榮利者相踵也湖以南荆吴之上游也天下有事所必爭之地形勢偏遠無阨塞關隘可以阻險而捍戎惟恃一二人傑奮萬死不顧一生之節固人心而報所受扶名教以風有位而此落落十數公者明知事無成崎嶇艱險竭力所事至或寸磔其軀以死或徧刃其家人而後死或僚屬友朋僕隸感慨而相率縊林木嬰斧質以死嗚呼悲夫死生亦大矣彼豈異夫人之身與何義烈若斯之隆也非夫負至大至剛之氣而槪乎有聞於聖賢之道惡能從容堅定如此也夫古人往

矣其浩然之氣足以配天地其名足以光古今固不在後世祀典之有無百世之下言之者動容聞之者改觀廟而祠之尸而祝之者秉彝攸好之良廉頑立懦之感儻亦有大不容已於其間者與然則朱子表章崇奉之意其必有在矣道光二十四年九月旣望

柏子書院記

張瓚昭

東安四鄉少義學凡學中人自鄉來謁余必勸之修義學其有源源來者余則勸之至再至三惟東鄉端橋鋪周生而溥應余言其族有公田數十畝將遵諭定爲學田但未有學舍耳越數月余以奉札講　訓兼勸修義學宿山口鋪言學田事及周生人告周家現在定其祖遺柏子菴爲學舍余喜甚因勸其推與同里各大姓共之且欲勸各大姓皆有捐項以相助於是特訂捐簿幷作敘文弁其首以遺之旣而聞端橋諸學人咸允予說惟不欲用柏子爲名蓋疑柏子無與於學也余於時業已爲之書額曰柏子書院斯不得不有以記之其辭曰古之爲社也

殷人以柏與夏松周栗幷傳或曰柏者白也殷尙白故以之以吾推類於夏尙黑黑於松無與周尙赤赤於栗無與頗不謂然然而柏旣見取於殷則必有關於學何者學與教相因言教不始自殷言學則自殷人始今學記所引勸學書文皆殷之書文是明徵也且易興於殷世故高宗帝乙箕子經有明文洪範九疇武王訪於箕子得之說者謂殷自契爲司徒以教爲職由來久矣學具在殷豈顧問哉雖書缺有閒未聞亳社左右有學然吾聞辟廱之爲學在囿中囿爲習軍旅之所凡習軍旅君親誓社以觀其習變而流示之禽禽非囿無有則社與學皆在囿中可知夫社必有樹而學必有林社與學旣幷在囿中安知殷人

以柏爲社之樹不升以柏爲學之林邪然則今之太學所植皆柏升不參之以松栗豈非監於有殷者歟商頌曰陟彼景山松柏丸丸景山殷所都也丸丸以子言松子之丸丸不如柏子以柏子有仁味甘而氣淸香主養心而去百邪醫家所珍珍其仁也夫仁爲大生之德吾身之仁與木實之仁無二生生之理同也吾學中所重在仁故孔孟之言仁至悉宋代國學以責仁名齋有以也惟柏子以仁重茲郎以柏子名學胡不可故吾今定端橋義學爲柏子書院因爲之記如此亦曰柏者百也端橋自有此學吾願其學人皆仁人且人之多以百子稱盛云

擴修前明婁賢妃墓道記　鄧仁堃

當宸濠兵潰樵舍婁賢妃與一時獲從宮嬪皆赴水死明史紀事謂當日求妃屍葬者爲南贛巡撫王公守仁而舊志則稱妃自沈逆漂至德勝門外漁人網得之私瘞隆興觀側即今新建上饒兩漕倉之窆所是也夫此麗牲之石久漸傾頹掩沒於窮岷竈側者歷有年所逮乾隆辛未鉛山蔣太史士銓與修邑志請於方伯彭公家屏重爲立碑妃本上饒婁諒之女也母族避亂易鍾姓支裔有徙居沙井者出所藏朱牒適詣方伯備陳妃墓湮圮之故猶得稽其壙址而妃之死事亦具詳焉嗟乎中州之記與夫藏園片石之傳其表揚蓋已至矣越二十六年吳公

山鳳以觀察來領藩牧捐金徙墓旁蔽舍稍稍擴淸在昔樵夫牧豎攀登礪角之所易爲風帆雨檝騷人過客低徊感喟之場世遠年湮一坏不沒固妃之靈爽陰相之亦前茲守土者勿替也咸豐三年夏五月粵匪之亂陷及金陵其黨掠艘數千突犯南昌歷夏徂秋三閱月有奇坿郭民居罹兵燹者殆盡余守郡時先事區畫商諸臺省爲城戒備者嚴賊至百計環攻屢撲屢蹶掘隧道燃藥轟城者再後就前壘陷隙左右幷發裂數十丈皆余與江公忠源及其弟忠濟合力固禦且戰且築極危而安復與在事寮寀出奇計擊之賊窮終不得逞一夕焚攻具遁去當其千檣坿集原野之叢祠古刹爲賊憑據而旋成邱墟者不

可勝數以昭明太子之賢文信國謝疊山之忠咸不得其歆饗之室任寵狐虺卽一二憑眺所寄如滕王閣秋屏北蘭諸勝一俛仰間悉與千萬闤闠頓成焦土獨此冢封識可尋吁是殆志節不泯凶壤以係存亾之故歟史稱宸濠將謀反妃泣諫不聽卒困於兵間以身殉難蓋明夫順逆之理而悲逆藩之逞戈爲無道也結衣沈江有隱痛焉余昨歲備兵攖嘗鋒鏑寘身命於度外而終以塹險既失狂瀾莫迴不得擊檝提戈先發制於境上坐使重闉踰閾悉委榛蕪觸目棘心菸菸感集其得留此賸蹟者抑又益以悲已曩者方伯彭公以移官去悤遽未增式廓吳公有意興廢逼於倉困憚重遷未令他徙余幸逮前賢未竟之志又以闡幽發潛先爲勝國遺簪導揚嫿美也治城既竣命子輔綸監視修葺并爲文以泐綽楔風景不殊河山異致後之攬斯勝者其感慨又何如邪

昭德侯祠記

陳起書

郴自四月不雨至於五月米價驟騰知州事姚公悉心條畫禱於昭德侯而得雨禾盡起價復平因立侯祠於橘井觀之左以報焉公之籌救郴饑也予曾贊之謹將已行未行諸策詳書以告後人曰救荒之策招商買米爲上騾夫運米次之勸紳士買米平糶次之嚴強糶禁游民又次之必不得已而發倉又次之莫不善於平商米價郴居五嶺之巔山高田少仰食於衡湘五月之杪米價驟昂桂陽州出示平價米至日少民祈發倉郴商慮發倉則米必賤又新穀將登商咸不行予以郴四十萬人就倉穀二千餘石何足濟乃通計商米之在郴者在衡湘者在途者共八千石而耒陽永興去其一桂陽州臨武藍山嘉禾去其一宜章興寧去其一郴不能十日食早禾已壞中禾尚遲月餘二十日內將安食況是時衡米斷阻湘來往經月不先時計之食盡無策矣公乃招商人獎以花紅有願買千石者其日聞風者數十人皆給路引得數千石焉若郴亦平商米價米必不來不惟價不能平且食不可得矣不平價而價自平招商之力也又五月初旬郴米價四百八十錢而瓦窑坪實止三百八十錢蓋瓦窑坪至五湖灘船載米五石石三四百錢夫運於城石又數十錢公則不僦舟而僱騾石二百錢運價少而米來多矣公又慮米出於商而錢出於典郴一典而桂陽州之典復停仰給

於郴郴日貿千金錢必盡乃諭典運錢於衡給路引而載以騾錢有出而後米可入也又勸紳士買米八百石平糶又以游民易動為嚴刑强糴數人乃復靜昭德侯適至而雨降郴得不成菑焉夫民祈發倉而公不急於發倉何也人知荒之須穀而穀無從出知倉之有穀而不知倉無益於郴倉穀八千石存七糶三官不能自發稟大府又咨部焉往返數千里新穀登而文移猶未至也又況胥吏之費大府之費委員之費銀錢折換之費米去其半追買補而費亦如是米未及民官已憊矣夫救荒無奇策發倉平價言之甚美行之甚迂古人有增價以招四方之粟而騰湧頓息者彼誠洞於物情而不邀一日之虛譽哉若夫

未行而可行者五隅賑米六鄉貸倉近城無糧者多先分五隅造門牌二日而成約二千張以十口計之得二萬人人各一升家得一斗二百石已足人各三升家得三斗六百石已足二百人領米五日而畢不畏擁擠也六鄉有糧者多惟門牌難猝造不能周知戶口之多寡家計之上下令民執上年斗升合勺餉票依數發之可矣施粥之地宜分或勸富戶令人擔粥隨地給發又施藥餌施棺木收小兒禁燒鍋熬糖禁私宰禁嫁娶宴會繁靡禁僧道道場禁聚眾演戲勸種冬蕎嚴察流民謹稽保甲皆宜於郴者也夫救荒之策先事為上當事次之事後為下侯郴人有桑梓之愛

立昭德侯歲祀記

陳起書

考之禮有功德於民者祀之能捍大災禦大患者祀之又曰雩祭水旱雩有二月令仲夏命有司為民祀山川百源大雩帝用盛樂乃命百縣祀百辟卿士有益於民者以祈穀實此龍見而雩之常雩也周禮司巫若國大旱則率巫而舞雩此非常雩也今夏旱迎昭德侯赴郴禱祀而雨降因立祠於橘井觀之左以報焉宜章縣志侯槳水人也唐時武進士歷官都統屢立戰功委身殉難封為武陵侯每遇旱災祈禱必應宋嘉定五年因亢旱瘟疫迎神赴郴雨降疫止請於朝封廣惠侯寶慶四年因大旱致雨加封廣惠靈佑侯景定五年因大旱盜起禱於侯雨降

盜息加封廣惠靈佑顯應侯元至元二年因旱迎神赴郴祈禱雨降加封廣惠靈佑顯應昭德侯明宣德己酉因贛寇蕭彥貞作亂將入境侯顯靈於風雨之中寇驚遁詔有司歲具牲幣春秋二仲率屬詣廟致祭　國朝因之可謂有功德於民者矣可謂能捍大災禦大患者矣其祀禮也今宜有祭而郴無祭雩祭復久廢乃將立廟羨餘以少牢之禮每歲春秋二仲致祭即以為雩也亦可夫水旱乃天道之常侯神有桑梓之愛或禱之有應有不應者其故有三歲祀不虔不應一禱祀不誠不應二政不足以感神不應三後之主斯祭者於歲祀之時必思政之足以感神而後於禱祀之誠乃可以甘霖立沛云

藍王廟橋記

陳起書

由州城北通永興之路曰東大路由州城西北通永興之路曰西大路西大路之西有小路在州城西三十里至藍王廟過西河可通永興桂陽州向有渡以其不便也橋之爲齒若干爲用若干夫橋之便行人也天下所同也不必余言也春夏閒猺擾桂之泗洲磧其時余謀守郴之策畫西河而守之則猺不能入境桂在西河西郴在西河東西河水深猺能行山不能過水也於橋西砌一牆高丈餘下實六七尺而級之留孔以鎗內寬外隘以取準則我能俯擊而猺不能仰攻於橋東砌一亭留門如柵實下而虛上則我能仰攻而猺不能俯擊百人守之千人不

易過也千人守之萬人不易過也上下救援沿岸巡查則偷渡無虞晉問易通西河之橋十有二當守者六藍王廟其一也幸賊久平因書其法於碑以示後之守郴桂界者至於砌亭之說則於憩行人禁盜賊亦不無小補願以其餘修一亭於橋東

陳君祀事記

首煥彪

雲心先生旣沒之二年歲在壬寅州人士知與不知言及猶流涕彪等心傷之倀倀然如無所歸而失其依也因取古人拜五經之意議於先生誕日位以栗主薦以溪毛設讌而展拜焉相與誌瓣香之祝禮也念非置產不足以垂久爲醵錢若干置鋪宇一所納其租使歲歲行之不替與斯會者羅君儲雍周君德光陳君昌嗣黃君仲騏謝君艮室張君賢詠黃君如岱與彪凡八人諸君雖各有受業私淑之不一其心切景仰則一也事旣成爰命彪誌之蓋自兩漢以來文振八代之衰者韓文公學闢百世之統者周元公二公之生曠代所僅見吾郴幷得而祀之

何幸也夫以郴僻在南服而山川淸奇又爲名公魁儒之所游宦意敎澤之所被必有聞風興起者乃歷數吾州爵秩科名衣冠文物之盛雖唐有劉平章明有何文簡輩類皆閒世而始一出出亦卒遭厄抑而不竟其用豈眞淸淑之氣積以有待邪抑限於荒阻窮深無人焉昌明先聖先儒之緒以其振之邪先生繼劉何而起毅然以道德文章自厲用意精苦力抗古人所作詩古文辭直逼昌黎不肎輕出以示人而尤好博攬宋元明諸儒書講求體用以上證濂溪之旨故其經國大業胸中海涵地負誠可以扶世濟民而收實效雖一官冷局迄不得施而懷抱古今眷戀國家尙欲勒爲一集傳之千秋以備採擇此則彪所

深知而有難爲外人道者，即欲言之而亦安能盡其精蘊邪，嗟乎先生往矣，藉使當日居得爲之位，與能言之職，功業亦烏可量，不然而或令優游著書，少發抒其蘊蓄，安在近不可以表章劉何，遠不可以紹述韓周，乃天顧必齟齬之摧折之，以歸於盡，天縱不爲吾郴惜，甯不爲斯世惜邪，昔韓門之學，得籍湜而彰，濂溪之道，藉程朱而顯，賢如程朱，固非淺學所能希其萬一，抑豈無勉爲籍湜者乎，薪火相傳，厥有端緒，遺文補錄，望之何人，第沾沾以一祀爲足重先生，是豈重先生之意歟，

分水潭記

何鈺麟

分水潭在桂林興安邑，湘灕二水分流處也，其源發自海陽山，橫流奔注十餘里，至此而分，左順流而下爲湘水，右順流而下爲灕水，二水中分一潭爲界，舟隔數里，遙望水勢，如天河倒瀉，匹練飛空，左右皆然，諺云，興安高萬丈，信不誣矣，予世居湘江上，湖湘之源，稽之志云在陽朔，或曰在全州湘山，今夏來粵，始知其皆非也，事不親履其地，目擊其形，而徒恃耳食，烏可傳信哉，吾因之有感矣，古人云飲水者當思其源，夫楚粵之人，日飲湘灕之水，而或不知湘灕之源，是無異涇渭不分，淄澠莫辨矣，豈不可歎，且不獨此也，萬物本乎天，人本乎祖，雖支分而派別，

實異流而同源，柰何人日戴天之德，而不知所以事天，日沐祖之澤，而不知所以念祖，不幾自絕其源哉，悠悠人世，君子所以有江河日下之憂也，分水潭故不可以不記，

稻香樓記

鍾顯震

稻無時不香者也。爇檀於鑪，檀燼而香歇。蒔花於庭，花落而香消。惟稻不然，朝夕閒一酒一食，皆稻之菁華，浮浮焉生於中，達於外，溢於口鼻而沁於肺腑者，無往非稻，卽無往非香也。楚南爲古荆州，穀宜稻。魏文帝言長沙有好米，新秔稻出，斜風吹之，五里聞香，其來舊矣。熙人樓於其廬之右，爲讀書地，樓之外，稻田彌望。五六月閒，良苗懷新，甘露在野，金穰玉穗，莫不含芬吐馥於窗櫺几案之旁，與樓中人妙氣喜神交相長養。卽稼收，野闊而耕夫田父，雨笠煙簑，犂者、鋤者、桔槔者、篝車而擔荷者，妝點平疇，歌聲互荅，登樓徙倚，目覽耳收，皆有自得之趣。卷軸之

暇，具杯酒盤飧其中，而嘉穀餘香，又浮浮焉從座閒起矣。況早稼方登，稻孫重碧，米元章無爲州城所見，靑靑者固猶未艾哉。樂哉斯樓，其與爇檀蒔花者所得爲孰多也。

記武隆阿秀堃八旗生計疏及雙城堡屯田始末

孫鼎臣

我朝八旗以兵政寓民，一馬甲月給銀三兩，護軍四兩，月米皆四斛。於京城內外按旗分給房屋，於近京五百里內圈給地畝，衣租食稅，恩至渥也。雍正中，每旗發帑十萬生息，以爲婚喪之費。乾隆四十四年，戶部贖回八旗入官老圈地二萬七千餘頃，責成直隸州縣徵租，解部，於年終普賞各兵一月錢糧。嘉慶十年，又節省巡捕營馬乾銀，增養育兵額。十一年，復發帑銀七十萬交商生息，再增兵額，所以爲旗人謀生養者無微不至。然歷年旣久，生齒繁而衣食絀，列聖時以爲憂。

宣宗登極初元，大學士伯麟奏調劑旗人生計，詔八旗都統副都統詳議以聞。於是喀什噶爾參贊大臣武隆阿、幫辦大臣秀堃言：直省綠營旣有滿官，亦不妨有滿兵，請將各將軍督撫提鎭標綠營馬兵，酌分十之五爲旗缺，以駐防八旗馬甲養育兵就近送補，無駐防者以附近之駐防兵往補，三年補足其額，差操錢糧卹賞與綠營兵同。千總、把總、外委缺出，較其優劣，一體拔補。其在各府州縣，照商籍寄籍例，編爲旗籍，戶婚田土命盜諸務歸地方官管理，生子隨時呈報，督撫年終彙咨部旗。旗籍子弟願補綠營守戰馬糧，許一體考補，幷許應府縣文武試及鄉會試，應繙譯試者由各省咨送入京，其欲預赴各省

候挑兵丁及自謀生理者呈明給咨赴州縣入籍駐防兵補綠營兵後分滿營兵缺以其二補本營駐防閑散旗人以其八調取在京閑散旗人往補由京旗都統按缺選派所以應補之缺截曠銀糧計數支給爲道里之費官給車船遞送其馬甲養育兵願赴駐防者許辭京缺前往聽補父撥補而子爲閑散者得攜其子子撥補而其父辭缺隨往者亦聽兄弟叔姪亦如之京旗中願隨外任親戚或願赴各省謀生者皆呈明都統給咨齎赴所往之州縣入籍如此則京外旗人生計充矣疏入　上命八旗集議事格不行二公由是獲譴當　昌陵之季年議開奉天吉林等處荒地移駐京旗於是富俊松筠迭爲吉林將軍首尾經畫十餘年雙城堡之屯始成他未遑及而二公繼歿矣先是乾隆閒御史舒赫德范咸戶部侍郎梁詩正請於盛京黑龍江甯古塔沿邊開屯議者多以爲不便至嘉慶十一年　諭曰京旗戶口日增生計拮据乾隆閒以八旗人眾分撥拉林地方給田墾種迄今甚享其利今若將在京閑散陸續資送吉林以曠地撥給或自耕或召佃取租足資養贍乃命松筠富俊與盛京將軍和瑛會勘議行會吉林將軍賽沖阿奏秋收不豐而止十九年富俊爲吉林將軍乃始奏於雙城堡設中左右三屯爲移駐京旗之計雙城堡者吉林轄境也南北七十里東西百三十里西南爲拉林河北爲松花江地勢平衍土沃泉

甘其地俗以晌計一日可犂之地爲一晌大晌十畝得糧四五石多者七八石一石準倉石二石有半（四年十月富俊奏）富俊奏挑派吉林奉天旗人三千戶爲屯丁官給耕牛農具籽種分中左右三屯爲百二十屯每屯鑿井二每井給銀十八兩每戶給葢窩棚銀四兩撥荒地九萬數千晌每丁給地三十晌先開熟二十晌五年後徵糧二十石移駐京旗到日撥給熟地十五晌荒地五晌通二十晌餘十晌荒熟各半給屯丁爲恆產不徵其租（道光三年松筠奏改爲兩戶屯丁原分二地六十晌內照原議荒熟地畝之數兩戶屯丁撥給一戶京旗二十晌各屯丁每戶留二十晌爲恆產）每屯屯丁三十戶京旗三十戶中左右三大屯議移駐京旗三千戶每歲移駐二百戶願移之戶十月報部次年正月起程每戶戶部給治裝銀三十兩本旗津貼銀十五兩車馬皆官給到屯後戶給屋四閒皆官建自道光二年始移駐二十八戶三年移駐三十一戶四年移駐五十三戶五年移駐七十七戶時墾熟之地已三萬三千一百餘晌（四年容照者英奏）葢富松兩公前後數任始終其事閱時最久故規畫倍詳二公歿而當事者不能無懈京旗安土重遷往者益少其後協辦大學士英和猶以爲言以爲經始維艱宜推廣以竟成功而任事無其人矣方雙城堡之興屯也富俊欲推其法於伯都訥圍場以爲募民開墾可得地二萬餘晌較雙地堡事半功倍前後奏至六七上廷議以雙城堡屯務未竣且經費不足不能更及竟寢其事而松

錡於道光三年任吉林將軍亦請開養什牧及大淩河馬廠皆嘉慶十七年故所勘地也良法美意雖未果施行而老成謀國之心條議區處之密與營平之在金城何異若夫成功則豈人之所能爲者哉

八旗生計舍是二者別無良法煦垒相公當國時以過犯銷除旗籍者歲常數十百戶則又無可如何之計也今旗民歲餉不支相與安坐待斃數公謀國之苦心至今日而始見其效豈不哀哉嵩燾附識

壬辰征猺記

湯彝

猺之類甚蕃錯居五嶺腹背有土猺獏猺獞猺過山箭桿頂版之別大都皆蠻族也路史引伯益經云黃帝曾孫干明生白犬是爲蠻人之祖而漢書謂爲槃瓠狗種杜君卿非之得毋因白犬之名而傳訛與蠻自漢以來叛服不常惟以蠻制蠻爲上策總不外乎勦撫兩端而宋主撫故沅州誠州之建廢日繁明主勦故韓雍李震王守仁之師徒時起　國朝則因時因地勦撫互施諸猺畏懷　威德百餘年來伏莽潛消復擇土猺之秀者列諸庠序易其名曰新生化榛狉而冠裳之實足超軼前代矣過山猺者卽郡國利病書所謂食盡一山卽移一山是也而

信鬼崇巫恆與民搆怨道光辛卯湖南江華有過山猺趙金龍者居錦田之長塘寨業巫覡以端公降神爲衆猺所尊信屢與民人訐訟有司不直之猺益怨民先是常甯猺趙福才揚言通仙術山中將有猺王興趙金龍貌偉多才願助起事金龍惑之潛結八排九沖猺千餘人遂起爲亂冬十二月二十九日出焚兩河口沈田沖各民村執匪徒與有宿仇者數人殺之壬辰正月三日江華縣令林先樑會游擊王俊率兵役往捕賊拒敵戕兵胥分遣逆黨出掠迫脅土猺響應漸衆永州鮑鎮軍友智先於初五日檄調附近兵七百餘名李郡守銘紳募鄉兵八百十五日齊抵錦田十九日分兩道進攻長塘西路兵連戰傴賊巢

二十日黎明東路兵亦焚夾沖平山抵長塘趙金龍挈逆屬黨與九百餘人遁東路兵仍由平山出屯兩河口賊尾之過夾沖東折黃竹寨於是官軍皆在後賊遂如入無人之境矣迫鎮軍分遣將兵堵藍山縣大橋諸隘賊已入將軍坪葛藤沖甯遠縣之大小紫金山屢拒官兵隨地脅掠時鎮軍徵寶慶各兵晝定信地防堵九疑要害皆以道遠未至賊復乘虛四竄俄鎮軍郡守皆以輕進被劾兵心益懈二月十二日海提軍淩阿抵甯遠寶慶兵亦至時賊屯九疑山內如提軍駐甯遠縣城設疑兵於下灌等處賊必懼不敢出將坐困山內而錦田大橋各兵躡其後成擒必矣乃藍山告急日再至其實賊入九疑藍山在賊後

提軍不設偵探未審賊之所向以爲藍山事急卽趣兵往援十四日天微雨誤由僻道至池塘墟山口賊分隊突出官兵不及陣遂潰提軍及副將馬韜游擊王國華守備吳鑑皆被害兵械盡失賊勢始張二十四日犯新田縣令王鼎銘令僕懷印走省城自率鄉兵至窩塘禦賊戰歿賊遂陷縣治桂陽常甯新田各猺趙福才趙文鳳皆糾衆起盧督府坤至永州奏徵鎮筸等處兵七千餘人　上復命湖北羅提督思舉領鄖竹兵一千貴州余提督步雲領黔兵一千會勦三月朔日我兵入新田賊遁屯楊家鋪初十日羅提軍至永州各路兵亦漸集趙金龍欲竄入常甯併趙福才之衆北擾衡州而趙福才已在羅家橋被殲

餘賊匿聚黃峒金龍固未之知也屢攻桂陽之排前墟上下白水洞與官兵相持十餘日戰甚力趙文鳳復據楊家鋪均距黃峒不遠督府以賊勢犄角牽制官軍若急攻必竄逸四出轉分兵力常甯北面已有重兵密檄桂陽守將但設虛聲旁擊羅提軍由新田南路偪之使聚爲一鼓殲擒計各賊聞我兵已進新田果北合黃峒賊同竄踞羊泉二十九日提軍至獠頭饗軍食畢卽進前隊甫行數里提軍復撤回獠頭時賊設伏道旁欲出不意劫我軍既見未至又値注雨乃退去提軍偵知北路兵將合揮兵疾進夜半畢至賊數驅衆衝突我兵冒雨力戰連四晝夜殲其多人賊不能支始退匿洋泉市中羊泉居四山間平疇

十餘里溪水貫之郵市臨溪延袤數里牆壁皆甃石砌築以防溪漲故市外復壘石爲垣如堅城賊據之穴垣出槍銃我兵不覺多爲中傷乃持擋牌進擊提軍下令先登者賞不次士皆奮舁攻具薄垣躍而上前者被創墜而繼進不絕火其屋數十間殺數百人賊勢愈蹙圖潰走每夜深雨黑輒犯陣圍之密不得出一日趙文鳳領十餘賊詣營乞降羅提軍佯許之令繳槍械獻首逆各賊具結去蓋欲懈我兵心乘閒竄逸也初九日羅提軍督兵進攻余提軍亦領黔兵至軍策應益衆槍礮轟發火具幷舉一時市房盡然我兵冒煙燄直入咸奮勇攀登斫門殺賊賊驚譟突出或由牆隙犯火奔逃我兵內外夾擊立殲二千餘

人趙金龍改易服飾混羣賊中逸出為官兵格殺之俘其妻孥幷八排新田賊目數十人十九日盧督府亦自永馳往犒師時市房焚燒殆盡惟李氏宅重楹疉宇逐日焚攻至二十四日始盡燬之賊眾尚數千悉斃於火乃班師先是　上命禧大司農恩瑚將軍松額往視師至則已奏捷卽駐衡州會籌善後適廣東連州排猺續受趙逆約潛兵赴援為我守隘兵截回而資糧器具為附近郡民竊取因之劫奪仇殺漸蠢動羊泉班師時會奏留勁旅二千屯楚粵要隘備協勦五月閒有連州朱岡猺趙子淸糾眾入楚界揚言為趙金龍復仇追脅九沖猺數千犯江華余提軍就駐邊兵圍捕六月八日及之於濠江沖一戰而

潰趙子淸竄入銀江沖為官兵所擒六月十九日復有廣西蒼梧縣旱塘猺盤均華以趙金龍已敗亾湖南猺山多曠土集二千餘人前往奪據二十五日至芳林渡廣西祁撫軍墳遣兵追及盤均華拒敵敗走匿江華竹排界山洞經降猺偵報幷其妻女皆就獲排猺見官軍大集亦讋伏縛獻兇逆乞降　詔撫之楚粵猺地悉平

嗚乎蠻患自昔為然矣然唐以前尚不甚劇以省民熟戶居內山猺峒丁居外有所捍蔽也自宋熙崇閒拓地之議興各獻款內附請吏於是民與蠻乃相接多闢徑路滲入溪洞通市易漸典鬻田土僕賃其孥奸猾牟利百計相欺詐蠻性戇直輒忿起仇殺逸囚逋盜乘隙扇誘而寇亂迭起每撫蠻以制蠻元明因之設諸土司溪洞有警動徵其兵一二十萬土兵習地利耐瘴毒與蠻共其所長此韓雍王守仁所以奏績也　國朝雍正初沿邊士民苦土司暴歛爭赴愬願為　王人時　國家方經略西南夷疆臣亦以為請乃相繼削土改置流官土民不啻出水火而登衽席郡縣旣治諸蠻亦多帖服藩籬雖撤而法禁則纖悉無遺久之邊吏習於晏安防範疏闊偶致蠢動復芟夷而懲創之　醲化漸被孳息日蕃同於齊民矣不謂流言扇亂小醜鴟張為禍如是之烈也然而事變多起於所忽錦田處九沖萬山閒近接八排八寨環

千餘里皆猺彈壓控制營衞是資而總永州一鎭兵甲不滿二千錦田防兵又僅十數人器仗楛窳軍威不揚奸宄玩易啟其戎心倉猝鬬變兵難驟集必待遠地徵發而賊已滋蔓矣且綏懷異類尤貴拊循猺地跬步皆山稻田絕少墾種諸芋苞穀充其口食葺茅崖广僅蔽風雨獉狉其形殆非人類而性樸魯知敬畏官長得良有司盡心撫治可以無事乃設丞理之又以僻遠鮮涖其地民戶偶以侵山訐訟惟猺是虐猺旣銜恨刺骨而信鬼祟巫民亦疾之若仇（猺與民有隙將其姓名書之竹木瘞於土中其人卽死名曰埋禁）勢疑則隙生力侔則亂作何文簡云大抵蠻夷盜賊恆起於訟之不平政之不理苦其吏而不能自達

則怨怨則變生揆諸今日可謂明效大驗也朱岡蒼梧八排各猺氣類相同先後附嚮以勦以撫始獲肅清或鑒成憲度時宜議興議革以善其後然而進考已事成法具在如熙甯閒詔曰頃湖廣諸蠻近漢者無所統壹因其請吏量置城邑撫治紹興閒全州守臣言本州密邇溪峒平居失於防閑馴致其亂宜從閒地巡檢兵及分遣士卒屯諸溪谷山徑嘉泰中湖南守臣言制馭溪峒宜擇素有知勇爲猺所信服者立爲酋長隆興初廷臣言湖南州縣多鄰溪峒省民往往交通猺人擅自易田或詐匿其產避科差宜禁之此皆制蠻安邊之至計也今議者移濤墟同知于錦田改永州通判理甯桂

諸猺符熙甯之制矣移江華游擊及提標守備駐錦田增大橋各防兵如紹興之議矣設猺長猺目猺老等專其鈐束化導之責猶嘉泰之遺意也猺田準苗疆例禁與民交產又隆興之區畫也他如懲邪術禁兵器察緝漢奸議有司疏縱之罰則皆昔所未及者可謂備矣而其要惟在理猺得人則桀狃可革杜預曰法行則人從法法敗則法從人易本義曰先庚三日丁也後庚三日癸也丁所以丁甯於其變之前癸所以揆度於其變之後審是則擇賢能而圖綏輯不益懔然於設險之道慎固之義也哉

還白軒記

彭昌運

古者家有塾小學也然蒙養基於此焉余年五歲卽奉先大夫庭迪授以句讀假館於對巖先生有屋五閒印泥土爲垣牆以然石之白灰堊之皎潔而清幽眞讀書處也余幼好弄嘗當晝講貫生徒皆侍坐余乘閒嬉戲見巷壁如素箋援筆疾書黑若塗鴉先大夫怒威之以夏楚屈指五十餘年矣　國家制科取士明試以言余以佔畢取科目得筮仕歲己亥以太宜人之憂自信州府丞歸窀穸既畢築室於易園亦先大夫講學之區也拮据兩載始蕆風雨而家塾未就越明年爲從屋於西南隅亦印泥土爲垣牆堊之以白灰幼子童孫請業於其中朝暾入戶

夕月當窗幼時塗鴉之所宛然在目因名之爲還白軒夫大造載我以形勞我以生佚我以老老而還少養生者爭言之而實未數數覯也我生之勞太甚年十四爲諸生困頓場屋十有八年始選拔入成均淹滯都門凡十年列甲後出入都門又十次一行作吏鞅掌風塵鋒鏑死亾之憂舟車覆壓之險躬自蹈之回憶趨庭授句讀時若再世人而惟幸清白吏之猶爲故我也我　朝聖聖相承之綱之紀燕及朋友　上自卽位以來封疆大吏或以親老請養或以老病乞休入告卽報可前此未之有也而閑曹更無論矣余年既六十有一憂勞之後耳目力衰近又失足夷左臂量才度力自謂宜休其飛倦知還之鳥歟多少

朱門鎖華屋主人到老不曾歸詩人嘗嘲之茲軒則白屋也少時爲讀書之處於今爲佚老之鄉出處同揆後先一致還少未可必也還白則不誣矣然不見吾先大夫者已二十年則周旋出入之所耿耿者也

由昆明湖上　圓明園記

袁楙森

圓明園在都城西北二十餘里　聖駕所常駐蹕者也百官直宿咸自都城襆被往會試入都者類多悤悤去來欲往未暇也甲辰四月先放榜三日心怦怦動因與洪瑞南西潭劉騰翼雲翥張宜照近曦偕往焉卯刻車及前門僕夫告曰稍迂道由昆明湖便皆曰諾則過前門西行入宣武門西北行出阜城門行十餘里見稻田畦塍鱗次新秧已綠農人麇集謳歌載路彷彿南邦風景有頃至昆明湖湖畔僅有茶亭蓋爲遊人設也舍車行湖上俯瞰明漪絕底蒲藻菱荇牽風展帶煩襟頓滌趨視高碑博厚環刻　純皇帝由高梁橋泛舟至昆明湖詩楙

森與宜照敬讀之想見當時遊豫之度前登一橋名未詳橋止一空高數仞雲翥且登且數云自下上上四十三級去橋約里許有寺在水中央遠屋扶疏望之深秀咸欲往遊焉過一橋中斷而止西望西山蜿蜒蒸蔚石塔筆卓者三北顧高梁橋虹飛百尺橋北爲玉泉山樹木豐茂樓閣森聳下臨湖面天然一幅畫圖但　例禁遊人可望不可即耳返憩茶亭迎風啜茗清泉味美沁入心脾入都以來始獲領茲佳勝眞大快事登車北行過虎城僕夫曰此虎城也觀虎便從之城守拒關索錢人數十始令入入則導以登圈圈周遭石壁高約二仞其上屋之圈冪鐵網覆之中畜一虎時止三虎尙有空圈也虎皆帖地臥見人

不驚有兩虎長久乃起形略似貓首尾長五尺許高三尺許腰圍二尺許起徐行徽嘯旋臥百計令復起不可得想其在深山時有見人不怒且不起者乎積威約之漸一至於此聞之虎日飼一羊守者竊更以五斤故虎皆瘦且孏圈後有穴穴口承以柙柙有閘蓋欲出虎則引之入柙下閘閉之可數人扛以行亦可以一人制其命也出虎城北行即　圓明園地又北東至駐蹕處其後緜亙縝密固若苞桑前惟環以檔木守以衞卒下車由左角入檔木內即亦不禁　宮前地極宏敞嘉木林立豐草芊眠遙望宮門后獅蹲踞兩旁朝房數十門內樹木交映閒瘌蓬勃時於綠陰中曾見瓦縫參差而巳佇立徘徊有奉宣室

以何年之感既出言旋過林外大荷池青錢壘壘想花香風送時不知若何欣賞也有居民漁釣其中旁若無人西潭謂予曰芻蕘者往焉雉兔者往焉文王之仁政復見於今矣予曰抑所謂其民皞皞而不識不知者與遄東行十餘里抵　萬壽寺寺宏壯富麗殆甲都中銅佛三金剛四諸天護法巍然大樣酷愛佛殿前古松二株最大黛色參天龍鱗耀日撫摩瞻仰不能遽去殿後有禪堂中為大和尙座左右各施帷幔可坐十數僧然未見一僧蹣跌也出禪堂東南隅有假山可坐數十百人時釋家浴佛前期士女殷盈不無猱雜迴廊暫遶出寺小酌行六七里入西直門時尙早僕夫曰可更稍迂行覽金鼇玉蝀也則由西四牌樓遶　紫禁城後至其處東西大渠有橋南北跨之金鼇玉蝀者其橋兩端牌坊上額也渠畔綠陰冉冉樓閣參差殆與昆明無異竚望景山孤聳上有亭墖亦可望不可即過橋行二三百步登車遶景山行過西長安門出前門大街回寓時已酉初矣是行也西潭屢約予予初以謂通籍後不患不至其處但恐屢至不一至爲勞耳何用是汲汲爲既而思之不可必得儻復下第去決難復來則將以兩赴禮闈於　皇上駐蹕處不一望見爲悔適雲翥近曦亦有同志於是乎行既歸秉燭書之聊志梗概其遊歷所至徑過者多不能細也甲辰四月初六日書於都門之長郡會館

湖湘後學集編

記十四 駢體附

首望山記　鄒漢紀

首望山在新化西南九十里一名望雲山值某所居羅洪郵之西高入雲際每旭日東升郵境晻曖未辨色山顛已曈曈然睛光熤爍矣庚辰冬偕同志數人爲絕頂之游崎嶇亂山中數里小駐覺眼界頓豁而桃仙鑾寨諸峯盡如培塿又數里有澗出兩山閒水落石出曲徑迤邐石級高尺許余疲於行憩息再四行行且止見地勢平敞得池焉莎草蒙茸水深四五尺聞昔爲

泓然巨浸今所見不逮遠甚有野人宅繞宅清泉瀌瀌宅左得一池池姓羅竟日鮮笑語聲因憶天地寂寥山水清逸之趣非身歷者斷不能知擬誅茅結一小齋牧於斯樵於斯讀書張琴於斯未知何日得此一番野趣過此爲石佛寺佛爲土人掘地得之乙丑冬沙門某重葺其寺金碧輝煌煥然改觀入寺謁石佛鬚眉粲若所謂神工鬼斧者非邪其座顏曰生成石佛兩廡有睡羅漢因口占君是何年醉云云寺僧煮茗款客榛栗盈盤余感其意爲之小坐喝談已而徘徊庭際愛日西斜寺僧從室角指示余曰靈山不遠矣從寺右登見油鹽石磥然曠野中大如五石匏杳無異迹又上征風力異常衫飄帽舉豈遂爲罡風世界邪未幾見有古樹羅列余喜曰此絕頂洞天也從樹下左轉樹中數十畝有寺在其右題曰天門筆法遒勁謂有朽者某懸立所書余以爲是殆朽而隱者也不然則茲山之神效靈於是書者亦遂動於不自知邪南有高埠埠上構石室室前一石長出丈許下臨無地余至石室中風力稍定因得徘徊憑弔東望桃仙巖下挺然立一峯矯矯天半僧曰此銅鳳山也西望數十里外有如屏風迤邐僧曰此冷溪山也南望諸山俯者仰者踞者倚者蜀者宮者奇者麗者澹者濃者峭拔者深邃迷杳者森然竝峙偃蹇參差驚心騁目僧曰此古高平地也山顛紫氣恲懞窮於眺望嘗在邵州聞於先達云秋日晶明時見城北有

遠峯相傳爲新化之望雲山今登茲山時已久晴不得暴雨瀟騷一洗諸峯塵壒而所謂邵州城者徒得於摹擬想像中殊屬憾事山麓稻里一帶迤而東北山田錯置者爲羅洪爲洋溪爲古塘又其下爲新邑治彷彿不甚分明其外迤而東南爲高平諸郵山之右其迤而西者爲邵邑隆回鄉幽興未已友人告余曰夕陽在山可歸矣而山北諸山水郵落遂不及見余以家於山下至今始得登臨又以倉猝故不得盡游目騁懷之盛感而詠曰他年不負青山約碧草瑤花鑒此心所得淨壇小竹絢實如指味甘而澹其卽如鳳鳥所食者乎抵家寒蟾高揭柴門靜鎖展轉不能寐合眼勝游歷歷如在因誌之以俟後游者

邵陽重修龍神火神劉猛將軍廟記　鄒漢勳

郡城南隅有泉曰濂泉甘洌甲郡內昔人祀龍神於此我
世宗憲皇帝雍正五年頒龍神二像于直省令守土大臣虔誠
禱祀於是天下水泉池澤之神少有靈異者咸得列於典祀而
水旱之有禱也於龍神禮尤重邵陽舊有龍神祠二龍山之龍
湫與此濂泉是已龍山雖在宋賜廟額歷元明相沿祈禱不絕
而濂泉以近在城內獨專龍神之饗云火神廟舊在郡治之南
蓋　國初所建歷久摧積康熙癸巳移神像與龍神共龕垂帷
以別之是時龍神火神咸爲無文之秩固未有專尊也不廿年
而有守土虔奉龍神之詔書則龍神獨尊遲之又久至

純廟時湖南巡撫陳文恭公始檄所屬以春秋仲月上戊祀火
神而火神亦爲典祀於是一廟之中神有二尊或曰廟居正南
高顯之地于以宅火神也宜或曰廟在濂泉之側爲龍神之舊
不可移也郡城之東有砥柱磯焉舊有五顯祠所謂康濟廟也
廟側有注生夫人祠相傳爲先禖神明季通守霍公于此弗無
子獲所請因崇斯祠我　朝湯文正公奏除五通淫祠而五顯
以疑似汰注生夫人祠亦虛乾隆壬午之歲郡伯鄭公以注生
廢祠下臨資水之深潭謂可宅龍神因移奉于此自是吾郡龍
神不在濂泉而在資水之潭而火神始獨專有此廟焉洎乎道
光之初砥柱之龍神廟漸爲風雨所剝落復卽濂泉爲廟而火
神龍神又竝廟而居皆在濂泉之側矣其時火神廟內又別有
財神堂觀音閣則皆時俗相沿之祀非正典也道光甲申郡伯
翟公入廟致虔見棟宇傾攲垣墉剝蝕集郡中紳耆謀之罔不
忻然以應城內及負郭之廛毋慮數千主者皆輸其租什之一
別有樂輸者焉共獲緡錢二千有奇貯之質邸以權子母至道
光乙未獲子錢三千餘緡共子母錢六千五百餘緡又增益樂
輸錢一千八百緡蓋八千餘緡矣迺伐石掄材購地拓基新正
殿以奉火神殿左右設鐘鼓樓樓前爲長廊廊前右爲土神祠
左爲財神閣廟左別院則爲龍神廟焉宮濂泉於廟內泉本懸
崖側出因疊石穹其下瀦爲井首曰龍目末曰龍尾又爲一池

一井分濂泉以周注乎廟中泉前爲龍神殿殿側有廳事長官
奉祀及月朔致虔愒息于此其右有閣二前奉大士後奉劉猛
將軍劉猛將軍者元代指揮今頒祀典爲治蝗神吾郡舊未有
祠至是邑大夫張君以行省檄新建者也閣後又有廳事一士
紳之所愒息也其外皆周之以垣有門有亭有坊門之外復有
臺門歲時修祀事則舞于臺臺側之平地皆墄石爲基蓋經始
于丙申季春而落成于己亥首夏所費近萬緡云烏乎以一縣
之民致力于此經營至十餘年之久爲錢近千萬之多而民皆
歡忻鼓舞不以爲厲己是則神焜燿普潤救災捍患之功德淪
洽於肌髓而民自不容已也然考之經記火神者熒惑星也在

周列于實柴之典故與歲鎮太白辰諸星同祀未聞特異于諸星而頒之天下其特祀而頒之天下也蓋自宋崇甯始宋自以火德王故特崇之至今數百年廢而獨興而湖南特盛則以南方亦火方也龍神者卽月令所云名源淵澤井泉也史記漢書之朝那湫亦其比以吾邵論之龍山名源也瀨泉井泉也是皆于法應祀者也詩曰田祖有神秉畀炎火猛將軍其是與八蜡之祭詞曰昆蟲毋作是蝗蝻者八蜡之所司猛將軍宜祀于八蜡者也八蜡之祀不修猛將軍其可少乎哉若夫火神之廟額宋曰離明殿近世曰乾元宮殆以坎離爲乾坤之用離本乾體也乾元云謂乾以爲元非乾之元也或曰邵之火神獨靈異於諸方則以南嶽配朱鳥爲火之宅而南嶽實邵陽龍山之所衍云

新化建火神廟記

鄒漢勳

天生五材民竝用之而水火於民最切天一生水地二生火若木若金若土皆居於後則水火於五行又最初生顧水位於北而幽火位於南而明水合於冬而藏火合於夏而長幽者不若明者之可嚮藏者不若長者之可欣故火尤著於水此火神所以有祀而水神特少也顧世之言火神者其說不一嘗考之經記天有五常司火者爲赤帝炎帝神農氏王焉地有五行其一爲火重黎食焉是曰祝融而五緯之中熒惑爲火二十八辰之中心爲大火咮爲鶉火主大火者閼伯熒惑與鶉火未聞焉凡此皆司火政在周咸列于祀典蓋古聖帝明王所刱制而非世俗悠漫不經之說也其在後世漢東京有心星廟以季秋月祀之至晉江左始不特祀是大火特祀者有之矣宋慶歷中修大火祠以閼伯配是大火特祀而以閼伯配者又有之矣崇甯元年建長生宮祀熒惑以閼伯配其從祀以五方火精且令天下崇甯宮皆修是祀是熒惑特祀而以閼伯配者又有之矣明制每月朔祀火雷之神僅通言火未知其爲星爲行我　朝有司火之祀實維熒惑見於會典可稽也而世多稱其廟爲祝融宮學者疑焉而余謂一也曷言之五緯之與五行猶本之與標源之與川祖之與孫本爲一貫殊無二致也祀祝融以配火卽以配熒惑焉爾記曰天子祭四方歲徧諸侯方祀歲徧鄭康成曰

祭四方謂祭五行之神于四郊也句芒在東后土祝融在南蓐收在西元冥在北方祀者各祭其方之官而已經曰中秋教治兵遂以獮田羅獘致禽以祀祊賈公彥曰此祀四方五行之神陳祥道禮書曰大司馬於社言祭地示也於祊烝言享人鬼也於方言祀蓋兼上下之神也勳謂記於天子言祭於諸侯言祀亦互文也益足以明方祀兼上下之神矣夫祭五行而兼上下非五緯而何故曰祀祝融以配火卽以配熒惑也而孰能岐祝之哉謂之爲祝融宮亦何不可哉況古者諸侯許祭其方之官而吾楚位居南服於以祀祝融正合經典而又何疑焉說者又以火神爲炎帝閼伯則亦非也炎帝爲古天子非郡國所得尊

崇而大火則與鶉火同爲十二次之一宋祀之可也而非南方之通祀也而非天下之通祀也宋崇甯時以閼伯配熒惑特尊崇其分星之神耳亦非古今通制也烏得以此爲疑哉烏得以此爲疑哉我南楚自乾隆二十一年行省兵部侍郎兼行臺副都御史桂林陳文恭公奉大部議檄下府州縣以歲時祀火神於是府州縣多立廟而新化未遑也乾隆新化後志云火神每祭需銀五兩二錢九分知縣自捐備則新化亦有祀火神之事特以無廟旋舉旋廢耳先是新化屢不戒於火術者言縣面維山而治維山形銳於堪輿法火星也宜於南門建水晶閣以厭之道光二十年南關外災自青石街而北薄水晶閣而止賴救者之力廑以免城內之災而閣撤去其半矣不數月南關內又災自毛家街而南亦薄水晶閣而止一歲之中再致火災約焚數百家議者謂水晶閣不宜丹雘或曰宜於南方穿大池蓄止水或曰火神之祀不修邑侯胡公惻然以澹災爲念二役幷舉惟城南緜亙數里皆民廛無可穿池者其議不行其復建水晶閣也卽以黝堊易丹雘以符議而與火神之廟爲尤謹爰購地以定基鳩工以經始庀材焉必取其良築墉焉必取其固捐紳商之財盡工農之力董其事者爲李明昭上舍澤源晏圭瑞上舍貽琳旣勤旣愼夙夜罔懈風雨無閒數月而廟成凡治役者罔不體我侯卹民澹災之心而致力于神烏乎生民晝夜賴水

火之功固植其體幹以生神明以成德業而可忽之乎在水雖無專享而龍神江神何莫非水火之支别至于火則闕而不祀可乎況乎火之爲神也在天有熒惑以緯之在人有淳耀惇大天明地德光昭四海之祝融氏以配之又已歷百世祀不衰先

高宗朝復有廷議省檄以興建則州邑之長固宜奉命維謹聿新斯廟以大庇斯民而吾新化悠忽不舉者幾九十年其閒亦嘗更歷循良令長公勤士紳而卒未能以修建是廟爲言逮至火災疊起而始憬然甚矣民之難與圖始也烏乎無吾胡侯之仁與吾李晏二君子之能則我新化之民至今不獲蒙祉福也是烏可不記道光二十五年十月五日

學藝齋記

鄒漢勳

勳既以學藝名齋，有過而請者曰：子當明道，奚以藝自卑也？勳曰：藝奚卑哉？僕方有媿於藝，學之而恐不至也，藝奚卑哉？夫人之性本於天而恆動，動必有所精。書也者，藝也，動而精於書則探賾；數也者，藝也，動而精於數則鉤微；御也者，藝也，動而精於御則致遠；射也者，藝也，動而精於射則宣威；禮也者，藝也，動而精於禮則嚴束；樂也者，藝也，動而精於樂則情夷。情夷則其志章，嚴束則其人莊，威宣則其身強，遠致則其事行，微鉤則其計明，賾探則其言彰。故匪道則藝無從而生，匪藝則道無從而植。藝故以輔道而非外於道。況子所言者道，而子所問者非道也。

高道而卑藝，藝故任受卑也；高非道而卑藝，藝不任受卑也。詒者於是乃歛。勳又曰：無藝而求道，譬之無阯而牆，無基而堂，轂輻未揉，埏埴未兆，而求其無之用，以爲俯首。浮而不至，虛而無有，觕則腐，精則老，合乎俗，倍乎道，便乎己而得譽利早，是謂浮競之道。學藝者烏用斯爲哉？詒者乃退而走。勳亟命同志之友書之座右。

寶慶疆里圖記

鄒漢勳

夫作圖之法，古有成規，蓋必明於句股，深知形勢，更能測星測景，又有指南、記里、準表、重測之器，故其成圖也特爲精絕。□□滅法以來，知者蓋尠。晉裴秀作禹貢圖，條陳六法，尙能存其彷佛。賈耽諸人略能宗倣。此後又將絕矣。　國初胡朏明渭又申明六法，而以鳥道爲要，可謂振墜緒、興絕業者焉。自是踵而效之者愈多，然取鳥道之說則未有詳言者，而朏明所撰禹貢圖不盡支川，因之地勢差迻，亦未爲精妙。知之非艱，行之爲艱，不信然乎？近世爲地志者大半委之畫工書吏。畫工之法與圖地形者迥異，假手斯途，是南轅而尋太行也。書吏則草草應責，豪

無法度，安得有善圖哉？今作斯圖，深鑒諸弊，增益六法，講貫既明，方舉郡內髦俊，轉相授受，按方搜討，既成全圖，始一一分劃，裂爲小圖以箸於篇，又縮爲六圖冠之篇首。其指揣方向，鉤心鬬角以明形勢，尋歷川途，辜搉近遠以明分率，用心良苦，知者亦希。然記里、表準之器，徒有成說，未能造具，不克見之行事，是所不及於古人而未快於心耳。夫作圖必明分率。分率者，約地之廣狹與紙之廣狹，辜搉而命之之謂也。其法畫紙爲正方格，或每方千里，或數百里，或數十里、數里，惟所命。此作圖之第一義，決不可變者也。作圖而無分率，是謂偭規鑿矩。然知者雖多而能者絕少，則出不知其病也。畫工描景之法，近密而遠疏，圖

地形者亦師其意近城之處雖爲地無多必寥廓盈紙及乎四境雖疆土寥廓反窄狹無幾病一也畫工之畫山也必爲崇峻崎峭之勢一山之廣大必寸許方能容其畫川也必爲波瀾壯淼之形一川之蹬歷長充幅者闊亦寸餘夫圖之大者不過方丈切縮而厠之卷首僅尺許耳勢必不能容於是一圖之中僅一二中流四五崇山而巳而山川之關會概未之及病二也又見方志中繪城廓必如盃碗之大備列門巷尺許之幅一城巳居其半境地無從而安則扁縮不能如率病三也書吏之圖略具城邑汛哨此外皆不之及山川城邑之大率如前病既無分率則無遠近故汛哨距城之里數必書於幅每繪一處多至數

十字本是粗獷之法斷不可用而保殘之徒反以爲明爽圖何以堪病四也葬師之法專圖龍穴環回抱護曲折必明一片之山動盈尺許病五也今爲此圖五病皆祛又酌古今之圖勒爲成法凡作山但連疊數人而巳作川則爲雙綫經流稍闊支水周尺度之屢分許乾流故道則墨塡其中伏流則空之而使其勢連屬書伏字於間繪途則纍點分界則單綫城郭略具形勢大小依率字書於中故城則塡墨字書於上郵團洞寨則有口■之別關則爲丌塘汛則爲卄橋則爲口渡則爲■皆在水中又別以五色分率之方格方隅之斜行子甲之記號皆以黃色山川城郭之形皆以墨色道途以藍色分界以赤色去誤則以粉焉分率既明而準望可得而言矣準望者方隅鳥道之謂也胡朏明言之詳矣方隅之法自來地志之書惟四正四隅十二方朏明增爲十六曰正東曰正東微南曰東南曰正南微東餘以類推堪輿家則有二十四向測望家則有六十方三百六十度若以三百六十度六十方則太密以八以十二以十六則太疏今酌用二十四而學者每疑二十四向之不古不知緯書之言明堂也有巳地丙地之論淮南之序節候也有指甲指寅之文一興於六國一起自漢初復何疑焉而作者之不能明方隅也則有八病地圖之制無論冊書卷軸必上北下南前東後西昧者初見莫不能辨倒易其方或上南下北或隅正反施病

一也舊志及采訪冊但有四向或幷四向而無之據以作圖無從位置病二也作圖者先定中宮作一縣之圖以城郭爲中宮一府之圖以府城爲中宮一省之圖以省會爲中宮中宮不立凡舊志采訪冊所云東西南北舉不能定病三也省府州縣之境原不正方城又不定處於中作者知有中宮又必以紙心爲中宮不知就偏裁空申實圖何以成病四也作者不能實測名山之方向徒依方志之言苟且塡入東南寖易子午乖方據其僊言布置形勢糾繆膠轕無從下手病五也多山之縣數里外卽爲嶺嶠所阻障無從而測其方向是宜用轉測之法轉測者先自城下測可見之山自可見之山以測遠山也舍是則巳測

者可塡入於圖而未測者斷不能塡病六也既知轉測又不能以轉測之山塡之於圖則由於不知轉移中宮之法也夫繪圖者以城郭爲中宮分而爲二十四向城下可見之山固可依而寫矣而轉測者中宮非城郭乃城下可見之山也作者迷亂不知迻易必瞀惑而不能成病七也迻易中宮之法以紙書二十四向而中宮聚於紙心欲迻中宮則以此紙之心摹套其處據向以書雖轉測至四五遞皆可畫也不知此法則雖能測而不能繪病八也鳥道者空中鳥飛一直無回轉之道也黔首曰履川原而謂能知空中之直徑人孰信之是必有法以取之講求其理凡有二端取四海九州之遙者則以日星取一郡一縣之

細者則以句股重測既得二者又參之道路三法思過半矣而不能者則有六病由北極出地之度可以知南北之鳥道由偏西之度可以知東西之鳥道作者不解其理不求其率雖有明文定法忽爲不經病一也出地之度無有所差偏西之度地在赤道北者類北狹而南廣作者不知以率綴算形勢必不能肖病二也句股重測之法原以御高深廣遠詳具於周髀海島算經平日不能講明不知何以測度何以入算病三也徒能講明其法而無其器若準若引若表若筩四者無一必不能測又何以算病四也一縣之地可測者不過數處其餘山川必須以道里消息作者高論謂待處處重測方可入圖必無之理難成之事徒以驚人病五也既取鳥道得其遠近每每不能寫之於圖則由於不知作分率尺以度紙也作者既申紙命率必別造一尺長視紙之十格又畫分寸欲取遠近則依數量之展轉回環惟其所用是謂分率之尺不明於此遠近曷法以取哉病六也今造此圖以府治爲中宮方隅則分二十四向既成圖始去其綫而畱綫末以爲標識其取鳥道也以出地偏西定五屬城而重測之法則以製器未成不及施用餘則悉依法以製也夫作圖之必有道里者蓋以圖之所肖惟山川城郭關隘疆界里居而已城郭關隘疆界里居咸人所建置惟山川則以一定之形經緯土宇尤不可略乃山脈川道恆多曲折獨人行之道避紆

趨徑避曲趨直故道路較山水迂回特少此圖法所以獨重道路也裴秀六法其三曰道里其四曰高下其五曰方邪其六曰迂直皆以言乎道路也作圖而不能記道里者凡有六病圖有分率以鳥道爲主道里出於人行以人行較鳥道有絀無贏故納道里於分率絀者爲密合贏者爲眞差不明乎此少見不合輒自瞀亂病一也道路遠近於有塘遞之處官標其數似爲可據然以營冊較舊遞每每塘鋪同處一所取途亦未少異而鋪路十里者塘路輒止八九里彼此參差不能酌定病二也無塘遞之路信口以呼訊之途次言人人殊有一里而實有二三里之遠者據以入圖形勢乖舛病三也兩山之閒必有川而山峽

之際恆多兩水分流此實山川之關竅而亦道路所必經於此辜推可得正形昧者漠不留心任意迻至道里必乖病四也地有高下路出其閒一上一下爲里必多又或南北大同東西無異自此之彼循弦必近磬折則遠又或一則羊腸九曲一則馳道直除遠近自應殊懸作者不知消息形勢必不能合病五也定經途之遠近步步而量未若記里鼓之推行卽知今之作者不能有其器又不知以意消息圖必不成病六也水道人行皆有支裔交互貫串徒有經途名川而橫出道苞之溪徑經過之津梁概委而不繪則紙多空闊路不交川必致差迻病六也今爲此圖無論官道小路經緯咸登委曲備寫而又酌之以高下

方斜迂曲之三法貫之以律梁圖既茂密差卽易知此亦作圖之關楗也大抵古人六法今約之爲四要曰分率曰方隅曰鳥道曰道里而察其要害抉其苞蘊廿又五病之說又興焉爲知者提其冐會爲習者道其艱苦或不以嘵嘵爲嫌也

羅山記

羅澤南

余之居在湘鄉縣百里外之羅山羣峯鉤連四面羅列故名曰羅山山之勢自西來最大者曰黃龍山橫亙數十里曲屈變化矯若游龍能興雨山脊盤繞北下雙髻挺峙突兀雲端日光射之紫色奪目者荆紫峯也上有寺最幽邃其西北一峯獨秀者曰顏子嶺橫列若屛者曰龍破石皆雄偉特立無柔媚態桃林一山峙其北山之麓羅山諸溪之水匯之夾岸多桃樹此西北諸峯之美者也由黃龍逆折而南岡巒伏起翹峙於西南者曰石屋嶺上有洞洞中有牀有竈下有泉相傳爲昔人修鍊之所南爲蕉芭嶺又折爲天使嶺視石屋蕉芭尤高縹緲雲端如天

使下降其下多奇石異巖不可紀循是而鐙鼓嶺而橐車嶺而仙峨山連亙東南隅悉種竹煙雲繚繞翠色參天忽而奇峯迭起高與天使埒而大過之與荆紫峯對峙於東南表者爲九峯山黃龍南折至此皆衡山榦脈也自此一支東趨祝融一支東北趨歷城澗爲雙峯屹立水濱與桃林山會爲羅山門戶周約百餘里中徑五六十里居其中望之如城如垣如藩籬如旌旗繞侍如臣僚鵠立無一處有稍缺者其聳立於山之中者曰筆山曰觀音山曰古牛峯三山竝立端凝莊重余之居在其下其餘諸小山縱橫交錯如相揖拜於宮殿之內其閒多良田宜稻園宜菽宜瓜蓏宜麻山之材宜松宜杉宜桐宜梓宜竹箭鳥多

黄鸝慈烏人多涫樸水最清匯而成川瀠洄奔赴由雙峯下而出夫山川之流峙天地自然之結構也人於修業之暇時相與眺覽之最足以滌塵垢宣堙鬱以條達其廣大高明之氣是山據湘之上游旁礴鬱積其巍然於外也萬仞壁立高不可踰其閎然於中也寬平舒泰無一物凝滯投之不能得其闕窺之不能盡其藏其殆有類於有道者與衡嶽在山之東不百里七十二峯蒼蒼鬱鬱山之西有龍山其高亦不讓於嶽嘗登高處望之又若重翼於外成爲一家者然也

惜字鑪記

羅澤南

近日好善之士樂修惜字鑪所過名區皆后閣挺立濃煙郁馥足見一時崇文之盛余謂習字之義至無窮也科斗篆隸字之文也仁義禮智字中所載之理人惜其文而不忍委諸地尤當惜其理而不敢忘諸心古聖賢嘉言懿行微義奥旨莫不載在典籍紀諸編冊讀其文者自宜身體而力行之以不負其所訓見孝子之書則思我之所以事父母見忠臣之書則思我之所以報君國植綱常扶名教正品行厚風俗凡有關於世道人心無不爲之維持斯其所惜者大而其所修者宏非徒以敬惜字紙遂可告無罪於斯文也惟愛其道因愛其文故於斷簡殘編蠹冊賸墨不忍令其糊之牎壁墜於泥塗兢兢焉建鑪以焚之以見文字之所係者爲匪淺鮮故耳世之誦虞夏之典覽孔孟之籍弄筆墨邀利達患得患失無所不至名節所在罔知愛惜羞其行者共歎爲斯文之埽地覩字鑪之建應亦有所惕然於心也已余族某以好善爲心欲自勉其所行勸族眾捐金修鑪於女子橋之側余因舉是説以告之共喜余言之是且欲書之以勸諸后也謹錄所見質之當世之敬惜字紙者

重修叉魚亭記

羅澤南

癸丑歲暮余與李子續賓平永興土寇駐師郴州過城北叉魚池乃唐昌黎伯韓公貶謫陽山令量移而北待命郴州招張員外叉魚處道光閒州牧曾公鈺搆亭其上爲堂三楹以祀公駐馬視之欄榭門檽無一存者詢之士人知去秋爲粵寇所燬兵燹之餘荒涼滿目因偕李君出金修之以復其舊公之貶陽山也或以爲論宮市或以爲論關中爲天下根本小人媒孼其短鬱鬱適茲土後之人莫不爲公悲余謂天下之禍亂憂之者君子釀之者小人君子思患預防苟有謀猷入告我后小人則從而排之擠之使不得竟其說譸張爲幻變亂是非而不顧公有

唐一代偉人骨鯁之性死生弗渝使當日用其言公之所欲建白朝廷爲天下生民計者必盡形諸奏牘以制治未亂譏讒頻加待罪萬里匪惟公之志沮天下忠藎之士莫不爲之結舌朝野大政墮壞冥冥之中遂有不可勝計者唐之末造黃巢以一匹夫倡亂海澨度嶺表下潭州塗炭中原禍延關中李唐之祚不絕如縷是非一朝一夕之故其所由來者漸矣由是觀之小人之爲害君子者淺流禍天下者大撫今追昔有不勝爲之太息痛憾者也公待命郴州不過偶爾駐迹耳而其叉魚亦一時遺興之所爲無足異千載而下猶從而臺榭之歌詠之萋兮菲兮成是貝錦究何損於君子之大也哉余方巡師永桂不及待其工之竣董是役者湘鄉李子□□蕭子□□郴州曾子紀龍也咸豐三年癸丑除日

書少廷尉張公逸事

唐祖价

公諱璨字豈石號湘門湖南湘潭縣人年四十七舉於鄉康熙五十九年出知無錫縣歷知河間府長蘆鹽運使加按察使銜內擢大理寺少卿前後在官凡七年故有七年聾帶濫吹竽之句知無錫如鄉過山埡風搖其輿下輿步山深處風如故左右落梧葉遽呼役兩人拘吳八來役問何事曰風故曰吳八安在曰我初來官詎知之往不獲杖汝役哂之訪一日不獲受杖三日不獲杖如前役置不訪日逐嬉觀劇偶晨過屠所一人叱屠者曰而割何不正讓我吳八割役駭聞拘之見於梧下訊曰汝吳八乎曰然拘何爲曰汝罪發直供不汝刑吳八固曰無罪杖

亦無供乃命伐梧吳狀驚愕不可強而伐之命再掘強亦不可乃命役掘五尺得女屍頭有傷而面如生吳八對屍戰慄於是且杖且供盜鄰邑夫婦行乞吳八逐其夫強奸不從手拉之斃云事在十三年前梧爲吳八手栽已拱矣葉左右落如八字故機觸而拘吳八吳八供實置之法守河間查獄一犯呼張公救我而曰某故秀才某官誣我以強奸斃命惟公救我初某官無子攜妾之任婦與女居城女日繡於後樓會官戚婚禮婦往賀秀才偕友人亦往賀且行且語過樓下女適唾落秀才帽彼此不覺樓下有屠門一屠過適見之夜衣冠來門役詢問詭稱官表姪頃唔婦戚家故來此徑入女室則稱我秀才某日中過樓下小姐唾我帽其有意乎言已解衣強奸女怒且羞呼婢役逐之出投繯死官憤告秀才秀才稱冤守令無能得犯屈秀才獄中有年矣公故疑乃索得女之婢細詰強暴狀婢曰鐙光中貌髯鬍但身軀修短不同然猶記解衣時胸露黑毛一團公驗秀才無之於是信秀才誣思所以得強暴而脫秀才一日示稱地方多盜蓋厲鬼出世城隍之役縱之也某日訊城隍之役士民莫不啞然夏五月果訊於廳事觀者擁塞大譁奇公曰人無譁移後院訊可容萬人然由廳事至院必數過曲室室中預伏兵役而女之婢在焉令顧觀者男入女否入室則令各袒徐行以驗驗八百人得胸有黑毛者屠人也先是示凡三易距訊之日

久絕不言秀才事而來觀者初不意爲是故屠人亦來既得屠人出秀才於獄一日坐堂上決事忽四役拘兩人至曰盜也公注視良久怒而杖役曰若良民曷誣爲盜兩人亦叩頭頌青天青天遂賞酒食去夜分進所杖之役曰日中所拘果盜然小卒也拘小卒大盜必去爲鄰境害縱之若必謂我不識盜也杖爾則謂我無意於盜也乃今而後可得盜矣盜每夜飲乘輿劫掠我給汝資坐肆偏處飲有盜入肆報我越夜役飲果十數大漢偕昨所拘者入酌酒相慶曰久聞本府名故不如某官也俄又有入者或數人羣或十數人羣約六七十矣役既報公會營弁圍肆盜譁起將出走也兵役畏盜無敢入公乃當先入入於門

項門一刀下。公乃舉手拉持刀者腕。而刀與人齊仆地。役前縛之。羣盜赤手。又見縛持刀者。皆戰慄就捡。於是河間無盜。在大理寺。某王重其才。然以事與王牴牾。不少屈。同僚病之。嘗入白事王。辭以病。因求見閽者。不可。大叱之。卒白事於寢。久之。世宗廷諭曰。汝有才而無量。公頓首謝。後歸建學曼齋。公多讀古人書。熟經國濟時之略。魯亮儕觀察之裕出其門下。余以邑人鮮知其遺事。謹掇所聞書之。而見於縣志及他書者不贅。

重修文信國公祠記　陳源兗

皇帝御天下之二十有四年。江西畺吏以宋臣信國公文天祥請從祀。　制曰可。海內之士咸奮自矜厲。越一載。源兗被命守吉安。始至。展公墓城東北五里螺山下。舊有祠。明宏治時建。以祀公及同時徇難者。歲久垣。且夷。其堂廡丏者止焉。府訓導劉拱辰請繕葺。六月某日始興事。源兗適移守廣信。踰歲祠成。郵書請爲文刊之。易剝之上九曰碩果不食。其卦五陰盛長。一陽垂盡。宋當帝昺播遷之時。其剝極矣。公以一陽迴薄於衆陰陵險蹈義。舍命不渝。其所以摩厲而致此者。豈朝夕之故歟。士大夫氣節之盛。無過東漢。魏晉以降。洎乎五季。背主迎降

者若逆旅主人之逗過客。教之陵夷。與人心之陷溺。蓋五十有七年。宋之初興。旌韓通以厲臣節。於是天下嗷然知有廉恥之存。逮其末造。蹈鼎赴鑊者踵接肩摩。而信國尤炳然爲諸臣稱首。則豈非教化之所陶冶。而天理民彝之終不沒於人心者歟。世之茍賤之徒。揉其筋骨。更互迎合。以據厥寵。彼豈獨無羞惡也。教猱升木。將天下皆安於茍道焉。源兗因斯祠之成。敬繹今皇帝崇祀信國之義。蓋褒賢之盛典。卽教忠之微旨所由寓也。夫道光二十七年四月既望。

重修鐘樓記　陳源兗

鐘樓者青原臺舊阯也在府廨東少北樓三重有銅鐘圜廣丈許非大事不叩叩輒聞數十里歲久樓且圮道光二十六年五月余始至郡民謀新之時四方田事亟甚余難之固請始諾於是橈折者破碎者漫漶不潔者舉治之工既竣請記余考周官小司徒均土地以稽人民而周知其數起徒役毋過家一人載師掌任土民無職事者出夫家之征戴記曰用民之力歲不過三日蓋古者計丁授田無尺寸之土不爲民業歲畢其力於田毋敢奪以他事及其役也則又權人之多寡時之久暫而不使有不均之患自秦廢古法豪强兼并於是失業之徒相與逐錐

刀之末而農始病烏乎天生人而失其所以爲業於是頹惰放佚將并其所以生人之理而亦失之其積也乃至聚黨剽竊以重爲吾民病夫三代之所以均徭役者重農故也今之民且貧以爲利焉然則傭其力以養其家者於時使之義或不大乖與是歲也旱禱之雨歲豐民忘勞焉吉安守者茶陵陳源兗記

游齊山記　陳源豫

齊山距城近望之若培塿而志乘所載多昔賢摩崖文字伯兄久官此將刻其詩於山中屬選其幽久未暇也秋涼身健始與徐子毅甫往焉山小而奇於石列於泉靈於谷由漫巖東有洞曰九頂憩焉寺僧曰昔有僧來將潛眞於此旋以饑去折而西徑后壁開曰蒼玉峽出稍廠后矗起巉峭錯落高不過數仞遂秀無險惡狀憑湖遠山屏列九華出沒雲際了了可辨將窮其勝草豐滑步日正烈僧屢告饑遂罷游是役也所歷及山之半僧又獷野目不識一丁字顧獨得龍圖公之書額與夫岳武穆王文成之所留題僧雖俗中途爲余言朱張呂三君子之遺迹

娓娓不置夫昔之人刻劃斬斬被巖谷矣而是僧乃獨於殘蝕剝落不甚可辨者有味夫其言之抑獨何哉伯兄之詩與余文行將刻於山中未知後復有僧蒼茫指顧如此焉否邪是則重可感也已

水月林記

瞿元鈞

長沙東城有寺曰水月林。不知剏建何時。雖以水月名。究未嘗有水也。寺凡三楹。左右皆鄰菜圃。地僻而遠於市囂。湘陰李文恭公爲諸生時。嘗讀書其中。暇則與二三知好唱酬談讌以爲樂。及督學粤東。觴楊丈芝樵詩。猶有今宵炎嶠月疑照定王臺之句。蓋寺旁卽漢定王臺。淸曠之景。閒適之趣。恆惓惓不能忘也。道光丁未。寺主將售之他姓。廢爲民居。時梅生編修方營第宅。闢地爲芋園。以其爲文恭公讀書處。出貲購之。繚以重垣。別通一徑。山門佛堂悉仍其舊。於是斯寺乃與園之池水相屬焉。越十四年。仲雲觀察復修芋園。竝施丹堊於寺。徑前增以迴廊。

欄楯蜿蜒。因曲勢作小亭。取蘇子語意。以知水月名之。寺復築屋三閒。刻文恭公遺像於壁。一日招予游。啜茗亭上而相謂曰。吾前夕來此獨坐。時值好月初上。淸光透林隙。射水中。明滅不定。游魚潛躍。宿鳥驚呼。涼風翕習。入襟袂。此心欣欣若有所得。巳而星稀雲斂。皓魄當中。水色空明。渟泓滉瀁。數聲鶴唳。與寺中鐘磬相和。令人有高世遠舉之思。自以爲古之輞川平泉。恐不是過也。旣念先君子讀書時無此勝景。卽後乞養暫歸。奉先大母以游以息。亦林泉粗具。不逮今日。則又悲從中來。俯仰愴恨而不能自已。且先君子馳驅王事。黽勉匪懈。垂二十年。卒以督師盡瘁。遘疾以終。於古人先憂後樂之意。洵無所媿。方今四方多事。時艱孔亟。聖天子憂勤於上。諸疆吏與將帥鞅掌劬勞於下。而余獨席先人業。從容暇豫。徜徉於茲。得不內顧皇然。大懼負荷之不克勝乎。余旣寓書叔弟。爲述此意。卽欲使後之子弟知芋園之所以有水月林。其思奮勵有爲。志先人之志。則是役也。庶非徒以供游矚而便居息也歟。余深韙其言。因不揣弇陋而爲之記。時咸豐十年六月旣望。

廖大隱息機園記

游乾

夫潭州距洞庭絕嶺嶠西引黔巫東襟區豫躔絡降秀川嶽貢美雖方輿千里而蘊鬱淵宏故熊繹受胙番君分茅馬氏裂版舊代藩封地重則育類蕃庶滋則情勢溢緣感而遷觸變成害機動而不自知此陰符所謂反覆天地也大隱先生百年華胄三世青氈少而耽奇吞雲夢者八九中逢灰劫悟般若之色空乃闢地城隅樹陰十畮竹覆五楹名其居曰息機園余憩於其堂木几横設圖書數卷鑪斂焰而灰寒塵滿案而帚挂入其室也內供粵仙小像神光曄曄葫蘆懸串無藥無丹敝榻緼衾客倦則休菹黃粟脫腹盈而止及徐步其中庭虹泉遙迸於江麓

龍谷虛吟於郭渚嘉蔬品列媚目菁英野鳥時飛隨風上下晴嵐繞檻以回光崩淵汨流而呈籟籬鮮吠犬池雜鳴蛙琴不絃而螳螂何捕神常惺而檀羅誰夢見青蟲之滿院忘長日之小年余憮然曰此大隱之所謂息機乎念吾人之稟於胎鼻爲祖承氣而發斯機智横生小之蝸蠻觸蟻穴爭大亦倒崑崙洩滄海宜陽解甲而炎火旋飛燭影方搖而崖門浪捲若雪蕉故館花謝芙蓉驃騎新營巢迷燕子況熊湘之冢土蹟蕪三洞之長楊條合吳宮楚苑鵑血榛煙大隱以天地爲廬太虛與處覺西山之歌襟期尚小商洛之芝香綸徒釣履斯國者魚之游江湖鷗之浮海瀣穆然三古而與之相忘又何機之云息哉

嶽麓寺智公和尚退院記

陳圭

蓋聞曇花布影香彌十地之陰慧日移輪光徹三天之界埽八垢於化人城內得六通於選佛場中衍象教之正宗參龍牙之妙諦針鋒粟顆小具迦陵翠竹黃花都成甘蔗談經寶座說法香臺花散身而不沾石點頭而皆起此翠微白腳當留金偈於名山而鷲嶺雞園遂燭祥光於終古也維我潭州省會嶽麓道林形勝山幽年深寺古引七二峯之遠翠紫蓋祝融瞰八百里之重湖赤沙青草萬家煙火水隔洞天一徑松篁圖開福地歷唐宋元明之代道脈長留鎮衡湘荊楚之區山靈永貯琉璃地上頻放白毫之光歡喜園中時播旃檀之氣住持方丈輪轉三

年歸兩足之尊接十方之眾非惠遠莫成蓮社惟生公乃坐虎邱禪板蒲團晨鐘暮鼓羣生則藉其導引眾念則奉以皈依古亦云然今之謂矣智公和尚心含冰雪骨帶烟霞正念歸眞餐風味道太虛不滓何來一障雲浮萬慮俱清只見千潭月印啟三篋八藏之秘口海瀾翻括九根五蘊之精心田香滿託身淨域滌志清瀏闡鹿苑之微言住龍泉之上刹法有根而自固名無翼以遐飛西域同尊南宗共仰卽心是佛著眼皆空爰攀寶筏於湘流乃續禪燈於麓寺空山錫響虎豹皆驚古渡盃浮魚龍自遠證辟支之果不滅不生現菩提之花何無何有凡在緇流諸知震旦於是金碧照耀三千之世界重光寶絡莊嚴丈六

之身容聿煥清齋玉粒挂單者悉飽德於香廚戒律金繩聽法者自騰光於覺路故知慈悲所被業無善而不臻神化所通緣無惡而不翦蓮花漏永六度春秋秖樹林深長瞻水月問年則六十四卦之中甫周方位記日則三百六旬之內靡弛門關玆者任性逍遥隨緣解脱望故山而心曠指歸路以神飛挽之不留行乎在邇袈裟一片楊柳一瓶策白馬以馱經喚烏鵲而止樹慈雲有像佛日無邊不因片語以抒誠邢盡羣情之永慕他日青楓江上或重尋八水之源此時白鶴泉邊誰參透三生之石

張鑑湖觀察池上樓冊子記　　徐燾

池上樓者謝康樂守永嘉時登臨之處也嘗考康樂於永初三年七月至郡宋書言其在郡一周稱疾去職集中登池上樓絳嶂山石門最高頂江中孤嶼游南亭赤石晚出西射堂齋中讀書諸詩皆在郡作也永嘉山水挺秀東泝康樂以曠代逸才出爲典郡紅泉碧樹桐帽莎衫儘寄遐心此焉託足襟情霞散藻思雲披濯錦紅波出蓉秋水征鴻荅響潛虬寫幽刱景緒風池塘春草遷謫之意哀怨之思江左文章風流莫逮然而城郭猶是歲月旣湮問陳迹於東甌幷無虚館訪讀書之精舍不見空庭古木蘿牽頹墉蘚爛鑑湖觀察雅意復古高情遂初惓松菊以抽簪悦魚鳥而投紱因謝家之故址還池上之舊觀榛艿旣伐峋窪疊見鴛瓦目營燕梁心匠玉帶青雲寒潭疏蓼朝暉夕陰萬象羅列自栽桃李爰課縹緗杖履餘閒登眺自適別號如園裝成十景倣剡川之一曲家有藏書聊舒席於平山門無俗客壽木林蔚龍眠橙張庶乎近矣令嗣孟仙金成唖地梅映餐花飛梟鳥於嶺南擬冰壺於山谷乃不忘舊業授之丹青藉吳生之擅場摹謝公於蠟屐僕邨壑素耽書劒遠邁天台雁蕩壯思未闌玉露金風秋容巳老披圖循覽神與輿飛用附里言以誌編末

湖湘後學集編

序一

周司農治河奏疏序

趙開心

甯鄉周子仲宣止齋輯其先大父司農公治河奏疏緘使至都請於余曰先大父行修於家仕勤於國不孝孤孫輩和淚濡墨具行狀言其槪矣但爲少司空時值國步艱難之會治黃河決口於開封任鉅而事掣肘克底厥績其有造於斯民也甚大所遺章奏經明季離亂後僅存三十有一手澤具在懼其久而佚也將授之梓欲丐一言爲序非能文而習於先朝之掌故者未

易詳也先生其許諸余謏不能辭謹按崇禎十四年九月闖賊李自成大敗左帥之兵於朱仙鎭遂圍開封總兵陳永福守禦甚堅陣射自成中其目明年自成決河灌城西自馬家口柳園東至朱家寨一時黃流瀇涌東西幷潰水頭高百丈其聲如雷汴城內外官廨民房市廛及遠近村落盡爲魚鼈惟親王宮眷及官兵數千人急走棲城樓待舟北渡乃免賊眾在決口下游者漂沒亦數萬爲千百年汴梁慘變是年冬北直總督侯恂治河弗效崇禎皇帝御德政殿召閣臣及銓臣鄭三俊樞臣張國維馮元飇張鳳翔少司空某即公也諸臣以次奏對畢及公帝從容諭問汴河事憂形於色爰命公以原官兼右副都御史前往堵築開封決口且曰汴決河徙陵運攸關三月桃花水汛事不宜緩卿遄往工堅完速自有懋酬也公亦條陳河道事宜至三鼓而退是爲崇禎十五年十二月十四之夕公捧敕即日就道以正月八日抵汴親行相度馬家口決口在開封西北爲黃河上流水溪猛朱家寨決口在東北爲下流稍平緩兩決口相距四里合於城之北隅灌城南奔入淮淮怒溢鳳泗之墟而河流故道涸爲平地者自冬徂春矣公集羣議先濬舊渠以殺水勢奮鍤旋施用夫三萬且濬且築時大梁寇殘之後兖西河北相繼兵荒民皆死徙應募不滿萬埽料惟餘椿榆檾蔴柳梢蒿葵皆百無一具公乘小舟泛河干與河道方大猷南陽知府

李芳蘊日夕拮据招徠儲備甫一月而工料麤集先築朱家寨兩岸隄長三百七十五丈頂廣三丈趾廣八丈隆地窪地不等捲埽層累而上總與頂齊於是朱家寨決口遂塞次馬家口西岸南接舊隄長一百零九丈西接舊隄長八十三丈頂趾之廣如前工亦竣會春汛水溢河之故道極望二三百里聞水澌瀰漫次築馬家口東岸犇騰怒沸埽料以數萬數十萬數百萬計再築再潰而時已五月矣公上疏以伏秋汛水相尋與其以有限之金錢付之巨浸於事無補不若嚴護新隄倍疏故道餘請俟之溪秋帝不聽公揮汗赤日中與兵夫相邪許齊埽六十餘丈一夕又潰最後秋水大至忽闖賊全隊西來兵夫皆驚公按

劍危坐與在工文武諸官約曰先與河爭旦夕之命者今亦當與賊爭旦夕之命敢退者斬飭道府各部署所統兵夫嚴陣以待賊氣奪已而豫撫援師適至賊哨騎遂南折兵夫無一逃者水亦驟退九月復築水深二丈以內者捲埽爲基累埽拼枠水深四五丈泥深丈餘者捲埽如屋壘至八層其計工糜料視朱家寨且百倍久之東岸之舊隄新隄二百九十餘丈工俱畢惟當正決口愈約水益震沸中僅十餘丈不能合公不得已默禱於神神應曉夜更番力作三日卒合於是南流斷絕河悉東還賈船自淮徐來者銜尾而至自二月迄十一月爲時二百七十日初估工料銀五十萬減定三十萬告成日復省銀五萬歸報

繪圖以進帝嘉悅錫銀幣有加未幾升南大司農公諱堪賚天啟乙丑科進士令閩之永春福清考最授浙江道御史歷官至大司農未任以積勞成疾乞歸不兩月而京師陷論曰懷宗皇帝際累朝弛翫之後淬礪臣僚勸功懲過不踰尺寸然人事盡功弗奏者往往而有豈亳社將屋不可支耶周公胼胝況瘁卒定狂瀾人定勝天又於是乎在世傳公治河時有神降於埽者爲公咒羊伐柳其事近於鬼物夫水德神明誠能動之自昔有然也

楊忠烈公文集序　趙開心

余楚三閭大夫懷忠被謗行吟澤畔自沈汨羅迄今離騷天問不堪痛讀後宋玉賈誼淮南東方朔之流著爲招魂九辯惜逝招隱諸篇讀之益深感慨唏噓雖有班孟堅詆其露才揚己責數懷王愁神苦思忿懟不容然史遷終謂其忠而過過於忠則貞臣義士肝腸揭日月而行天壤也千百年後吾楚忠烈楊公應運而生文章氣節卓冠全楚筮仕吳地居然慈母神君士民尸祝而俎豆之及擢列諫垣職司蹇諤遭邦不造神廟賓天光宗晏駕貞主少危疑之際適權璫窺竊之時婦寺專擅於內奸黨鴟張於外天下事岌岌乎殆哉忠烈公幸以給諫官得隨諸

大臣後親承顧命正色抗爭爭醫藥之誤爭封后之非爭登極之速爭移宮之亟於是幼主始得克承丕基海內知有其主大事既定盡瘁匪他奈羣奸側目謗言日至頓作鳥盡弓藏之感乃身依首邱而心懷君國詔起田間徐持風憲覩逆璫之橫暴不禁髮指心傷及二十四罪之疏上而殺人者有題目矣或爲發蹤或爲下石誣以封疆誣以贓款緹騎四出身家立盡於時楚紳之受累獨多楚紳之受禍獨慘忠烈公固含笑圜扉甘心鼎鑊絕無怨懟一語而全軀[illegible]位之徒尚謂楚之禍皆忠烈公有以激之不思逆璫之播惡在參疏未上之前乎在參疏既上之後乎何以前此無一人首發難端後此無一人同攻鳴鼓乎

嚮使無忠烈公一疏，彼時聖子神孫，危若朝露，尚望有天日邪。旣而明主當陽，妖氛盡埽，因而表忠旌節，賜之俎豆，加之贈卹，使忠烈公丹忠俠骨，生氣凜凜千秋，是忠烈之不朽者，夫固不在立言也。然人心不死，天理常存，屈原已往而歌詞卓起騷壇，竟能作古今忠義之氣，不因琱固埋沒。今忠烈公嘉謀讜論，動關宗社，長歌短牘，悉本性情，有心世道者忍不誦祝而彰明之乎。茲直指李公以順治丁酉銜命按楚，景仰前模，檄行郡縣，掇取忠烈公文集，壽之剞劂，俾流傳奕世，將以廉頑而立懦焉。其心其事，殆宋玉、賈誼輩後先繼美。在敘騷經者曰：人臣之義，以忠正爲高，以伏節爲賢，故有危言以存國，殺身以成仁，子胥不

恨於浮江，比干不悔於剖心，然後德立而行成，功顯而名稱。故觀風問俗，彰往勸來，憑弔忠良，表揚節烈者，直指大夫之義也；高山仰止，江漢流芳，覩優孟之衣冠，不忍叔敖之泯沒者，後死者之責也。忠烈雖賢，得直指公而益著，甯直附青雲而譽顯哉。敬託於楚些之祝誦而爲之序。

送長沙司李胡公沂庵擢太原丞序　劉友光

天下治防以刑，漢刑法志獨詳於兵，周公繫易至師不言兵而言律，文公次卦至訟卽繼以師，大要兵與刑麗也。長沙於天下後治，用兵二十年不解。粵有名進士胡公沂菴，以戊戌春奉簡書理於長。是時民尚苦兵，公方臨之以刑，迺慨然曰：棄禮徵書，旣皆叔世，後之獄吏又多文致危人自達，此參夷收帑之不可望其衰息，烈火峭淵，吾不忍爲也。以故公治長數年，凡得上符行質於公者，俱無戚容，曰我可以求其生也。邇以楚疆過大，詔御史大夫開節長沙，民之黠者張弓於壁，疑人於杯，以爲可取人於雚籠也，攸俗亦甚。公明愼不留，舉郡市虎爪角潛豁，悉自

以爲不冤。溫舒之言曰：治獄之道，非憎人也，自安之道在於死人。公自安其危，乃可使民之瀕危者卽於安，仁恕如此，宜其早踐華要，乃十年不遷。予益歎曰：公治獄如此其平，守己如此其正，官郎不三公，人已千仞矣。今夏四月，以詰戎量移太原，人或以公不得華要爲惜。予曰：不然，古人悉以兵原於刑，公旣爲朝廷畫衣冠而措刑，必能爲海內包甲胄而銷兵。太原自昔稱雄勝，五原四塞，繡錯碁布，爲神京右衞，車徒鍾鏄，可以發公經緯；其山有繫舟懸甕，其水有太華甘露，可以資公吟眺；其人有狐偃、太眞，又有尹鐸、韓琦、孟敏諸賢，爲仕爲羈，可以佐公評討。今公行矣，舉泥耳懸髮、囊頭籤爪之流，一旦絕去，以白帢胡牀進

龍盾犀甲與之聚米敦詩更以餘閒投轄馬垂緌帶尋越石臨月之樓步淮陰東下之關所得詎倍蓰哉公之在長也人見其質諸大獄鞫者頌繫鞭者蒲辱以公一切平易近人是又不然叔向非子產之鑄刑書曰誨之以忠使之以和又曰涖之以彊斷之以剛獄詎獨一和能折哉憶戊戌冬有備兵使者寓名蒐徒乘傳過攸攜其子造余牆東取酒論詩意甚酣適更出讀史外編投予徵序予性樸遬不能以無實之言媚人用是諾久不報於其行也又誤投文信國集為別使者積不能滿己亥秋有宵人乘之搆予於使者使者乘之喜可一雪滯憤下其事於公公爭之甚力予迺得解時予與公無一面之歡使者亦感公義

而悔數致書為余言過以公盛德披驟雨障狂瀾既直援寡弱幷過化彊禦謂非剛者能之乎子瞻云多難之後回思免我於戹者皆平日可畏人也是知剛者必能仁然則人獨以平易歸公者殆天德不可為首公眞善用其剛也夫

送汪悔齋使琉球序　王岱

琉球為天朝屬國然其地無珍奇之貨故洋商罕至其道里之近遠水托之淺深亦無詳考惟聞其地有五山而國建諸中是以有中山王之稱一切襲爵錫號悉稟命於天朝其來已久本朝開闢琉球向化歲貢不絕康熙二十年中山世子尚貞當嗣位請封重譯來朝使者相望於道　上允其請乃遣文學之臣汪林二公持節以往誠盛典也然儒者難於進取樂於守成聞航海之役逡巡變色而二公獨毅然捧敕治具戒褱行有日矣素交之友於其行也例得一言以壯行色施公愚山徵言及岱岱為之加額相慶曰夫人自墮地方跬步繩趨少見多怪不

知天地之大豈知天一地六無非海者須彌四部洲南贍其一香海各千重今東西二洋地屬南贍不啻大海之一勺也琉球彈丸又不啻大海之一島也雖萬里之遙皆方幅以內若鬪險而神沮將何以任天下事哉且也人不歷非常之境則氣不充識不廣洋之為地波連如山浮天無岸呼吸萬里幻怪百狀靈潮吐納天吳罔象翱陽逸駭金樞振蕩鰌颶風生蜃樓霧降憑指南以為程無昏曉之可傷如列寇之御虛似雲將之雀飈誠宇宙之曠觀抑游覽之極況自能消其曲見空其理辟昔夫子乘桴之言是憂道之不行今二公得位行道奉　朝廷寵命臨彼荒服宣威達化垂名竹帛勒石海邦其意氣之盛可謂壯矣

是不可無詩詩曰

維彼中山、口其効順、歲時職貢、罔不肅愼、厥嗣請襲、重譯來覲、帝用懷柔、僉允示信、使節往宣、永錫海鎭、維爾屬國、勿忘恭藎、無効佛郎、殘陵屢釁、無縱樵老、梗化洋汎、職此不供、自貽悔吝、天威咫尺、聲靈曡震、

歷代繪畫圖序

王岱

画非小道也、其道始於天地一画之文、書契之造、其后焉者也、何也、日月星辰烟霞雲霧天之圖画也、山川艸木鳥獸蟲魚地之圖画也、五官百骸嘯笑怒罵人之圖画也、至河中之圖洛中之書、造化者且示人以繪事矣、一画之象、先天之卦、聖人者又開人以繪事矣、禹鑄九鼎、隱繪事於器中、爾雅齊諧、隱繪事於文字中、然則後世粉墨成文、踵事增華者、皆因之非刱也、自晉唐宋元、画始有專家、古人以極肖爲工、後人以寫意爲韻、顧虎頭吳道子張僧繇輩、幾於幻矣、王摩詰李龍眠趙松雪輩、幾於神矣、宋時画苑、猶必命題追似、而元以下、惟取風韻生動、其匠

心獨至者亦多、然不無年代升降之感、如文章之六經左國子史、漢晉六朝迄唐宋而下、愈工愈薄、愈鮮愈淺、卽韓蘇不能挽回之、亦時代使然也、圖繪一書、其來已舊、而楊鐵崖從而史之、画家源流姓名具在、明以後無稽焉、山陰泚鑒馮子淹雅士也、精通六法、得舊人遺意、操筆墨於都門最久、其一幀一楮、爭重於鉅公、膾炙於名流者、戶外屨滿、限爲之鈌、車轍馬迹之深矣、心感斯道之失其傳、爲重緝舊編而訂之、自明及昭代薦紳先生、山林逸士、旁搜廣緝、無不詳著其姓字、其繼往開來、爲斯道功臣、豈在馬遷下哉、余少涉趣、是中老未衰息、惟馮子獨賞之、每余公車至止、無日不與馮子商摧、而癸丑春明卽出是編相

示并索鄙言續貂爲述數語考亭以人掩其字閻立本以画掩其人余生平精力秏於詩文𠕋藝各技中不獨画也今偃蹇名場數十年無成或其姓名反以画傳正未可知立本之感又何辭焉

贈程穆倩序

王岱

凡欲有所表白於世爲世所灼知而洞見者其人易盡而可測惟不欲表白於世世無從灼知洞見其人未易盡而不可測彼亦若浮若沈時顯時晦焉殆古所稱隱君子者歟嗟嗟隱君子者三代以下不數見見於晚近之世愈難矣何也名利者舉世所共趨勢位者賢愚所共嚮方將飾言而僞行噉名而逐勢安肎晦其迹隱其行斂其才德識量以自同於衆人姑託於片技寸長之末日使人逐逐求之不復探索於技能之外并有識者知其人之未可測一試之不盡再試之不盡遂相詫爲怪從而謗之疾之非之笑之其人且冥心高寄自甘於寂寞之野無何

有之鄉終其身不悔吁又難已夫隱君子不易見見於三代以下如吾穆倩程子者焉穆倩籍新安而流寓於白門廣陵淮南之間數十年抱不羣之志不世之想立瓌偉之行讀等身之書交非常之人少遇異人於名山授之記故卓犖英絕覗宇宙名場利域如電光泡影蜉蝣朝槿惟篤行勵志以自進乎古人又借書畫篆刻晦其迹使穆倩之爲穆倩者止是以厭世人之求雖一時名卿巨公深賞契締爲金石如黃石齋楊機部錢牧齋趙長沙龔合淝名重當世者穆倩頡頏其間規其過進其說直言高行不少避遜當滄桑局變水火門分穆倩排解斡旋使諸公卽菀離枯其於介幾燭微發蒙納牖成敗治亂之數如指掌

列眉以故諸公心折其才而重其品及強以官祿則堅遁遠避翛然不滓雖鴻釜不爇憲府時露甘如食飴迄於今老成徂落後生輩出閒聲遂響丐其詞翰求其篆刻穆倩之所以爲穆倩仍如海畔成連而不可卽非古之所稱隱君子者孰能若此哉余與穆倩交於庚辰重晤於丁未中有獨契穆倩之所以爲穆倩者究亦不能測其二三也姑舉其略如此

羅月江焚餘集序

王岱

文登巖曰楚無詩楚人而盡詩也夫亦有爲而言之也何也夫盡詩而言無詩是無詩名非無詩也作詩不求名名亦不著而世貴耳賤目因無名而詩亦不傳遂曰無詩甚矣人之嗽名也夫至於嗽名其作詩爲名非爲詩也論詩因名非論詩也恐人之名高於己而樹幟建標恐人不附己因以敗己之名由是而黨同伐異派調立而門戶分羽翼成而毀譽起聲吠旣虛名實皆混定評其安據哉故王李設七子之號增附至四十餘家其後自相矛盾旅進旅退有識傳爲談柄七子中吾楚止一吳興國可以盡楚之詩乎鍾袁出而奔走天下中郎傷趣退谷傷弱

又可以盡楚之詩乎非詩之傳有幸不幸實作者之靜躁各殊靜者無求名之心躁者有競名之技故傳不傳分焉錢蒙叟列朝詩選自謂搜括無遺漏而楚則寥寥數人於鍾譚反借論評爲譏訕而李茶陵雲社輩皆名位赫奕天壤間不選自傳漢東顏木與信陽同時詩文最有風骨而蒙叟小傳雖及而不錄一詩其山林隱逸迄位不稱才者多蒙叟耳目所及之人東南居半楚則缺焉名之不可槩人也久矣莊子曰名者實之賓也吾將以爲賓乎楚人無名心而有實詣文章事業皆然獨詩云乎哉桃源羅月江先生當鍾袁盛名之後不附其名而學其詩矧東南之無足齒者尤所屛絕宜乎詩名之不著也夫不附人以

成名者其人與詩自已足重有名無名又何記焉侍御紫蘿公之子也能世其業刻其遺稾問世是又近名之意仁孝之思則然也非月江先生意也桃源洞中人無問津者其高淡更難測也

蔣愼齋試楚新書序

王岱

三代官人以德而材兼之所謂材者兵農禮樂非文采也至漢設賢良方正孝廉茂才諸科猶不失三代遺意蓋人品眞然後學術正學術正然後事功立自後詞賦論策多途其得人也不無純雜相半體用相乖故安石設爲八股其意原欲別於詞賦論策專以存聖賢經旨聖賢學術庶幾百家子史之浮靡皆不得入蓋合三代漢唐之法而兼用之俾正人君子經綸事業於是乎出所以久而不能廢也迨後寖失其意然明初制義猶惓惓正文體嚴法脈不使一語畔經光熹而後始有淩駕之病先正極力廓清有毀板擯人之疏雖不能盡復乎古猶未離乎古

也故東鄉氏論文必先體認字句牴牾聖賢者皆屏之亦是意也乃風氣日下專事勦襲題自爲題文自爲文售倘有不解題旨者　本朝因有廢八股之舉亦非無見在朝廷急於得人士子止圖僥倖甚者捷徑他途八股皆爲贅物安暇拘拘論體裁乎今天下科第莫衰於江楚然八股猶存乎江楚其能存者正不在科名也如玉之韞石火之種燧惟剖之擊之而自出耳宜與蔣公愼齋督學吾楚及羅士而振拔之試楚新書盡絕時蹊一還本質奇正歸於理長短本乎法復八股之初意聖賢之微緒行將正人出學術傳而事功起天下文章莫大乎是帖括云乎哉

送禮部周星公使安南序

王　岱

康熙二十一季冬，安南國王黎維禎遣其臣朝貢請封。朝廷已命詞臣、滿漢各一員奉詔以往，再命詞臣禮臣祭告其前王黎維禧、維禟。而禮臣周君星公之遣，則朝廷與有教化睦之微權焉。考安南之國，卽古交趾，在秦漢剗爲郡縣。至宋始封丁部爲王，其後見奪於黎桓，再奪於李公藴，遞傳其子壻陳日煚，且數世。明初奉朝貢，後復見奪於黎氏，始有征討，屢服屢叛，仍剗爲郡縣。後遠人斯服，乃宥其前愆，還其故爵，而黎氏遂世其土，荐氏爲附庸焉。　本朝定鼎，獻琛球而重譯者，恐後因率舊章而勞來之。及黎荐交搆，因遣詞樞二臣奉　敕諭以解兵息爭。二姓俛首輸誠，各安部落。朝廷不興一旅，不費升糧，使蠢動休息，視前代六師八伐，歲月遷延者，眞霄壤焉。兹復爵其承嗣，弔其舊主，詞臣采藻而文明，禮臣雍肅而典贍，冠珮鏘鏘，玉帛煌煌，榮生哀歿，亦慶亦愴，所以動其仁孝之思，消其暴忍之習，興其禮讓之意，化其侵奪之萌。不獨黎氏之苗裔不敢紊序，以思騁而荐氏之釁隙，亦當潛移以安常。其有造於異域殊俗者，功豈鮮淺哉？樽俎折衝，不必舞干而苗格矣。且也周君生於闤閠，早擅文譽，始官鈴索，旣典秩宗，一本至誠，出爲經術，踐履篤實，不流浮靡，魯論所稱忠信篤敬，蠻貊可行者，其始是歟？君命不辱，又何疑乎？一時同人其贈以言，余亦遂隊爲之弁首而續之以詩。詩曰：

安南屬國，交趾舊疆。彝獠雜處，嗜殺匪艮。椎髻裸身，昧於五常。山川所毓，異珍名香。秦漢剗郡，宋始錫王。丁黎李陳，侵奪遞强。黎世其土，荐附而長。元明竝封，貢使相望。損郡設國，惟順則臧。息征爲撫，惟　聖包荒。嘉兹蕞爾，服化循牆。重譯旣誠，勞來自莊。王臣濟濟，　天語煌煌。榮生恤沒，柔遠懷邦。寵以綵綺，錫以駝章。裒以誄論，奠以醴燎。動其仁孝，感其哀傷。信孚豚魚，禮繩譖狂。覆載之廣，不遺微苬。矧此海藩，能不紀綱。維此禮臣，黼黻哀裳。俎豆折衝，知柔知剛。過化易俗，觀風流芳。維爾屬國，國恩莫怠。小心翼翼，臨淵履霜。咸艱毋鈘，觵航日將。敬慎勿怠，永免斧戕。

楊忍土辯武陵相公諗書序　　王岱

讀楊子忍土所爲武陵公辯諗諸篇，益知忠臣之事君，孝子之事親，皆至性不容已者也。夫武陵大節在天壤，事久論定，自有公是公非，似忍土可以無辯，而必辯之者，孝子之事親，義不容辭，情不忍恝，即武陵公當日事烈皇帝之心也。然則武陵父子之心，可大白於天下萬世，而當日之不能無議，後日之不能無辯者，亦理之固然，勢之不得不然也。書生而談天下事，與旁觀而議天下事，褊心而議天下人，與私心而議天下人，皆不得其公是公非，無足怪也。故但略言其當日之議人，如黃石齋之論奪情，其最爲一時聲吠者，以平心觀之，曾何足爲武陵損？夫苫

塊涕泣爲孝者，舉世優爲之，不必鄉里愿人矣。而武陵公社稷臣也，當獻逆猖獗，四方蠢動，國祚之移，實基於此，此天命人心去留之會，有識者已先憂之。方枕戈臥鐵，以身報國之日，區區守不奪情之細行，置天下休戚於不關，坐使國勢傾危，可得謂之爲孝乎？且武陵奪情與江陵又有異，江陵當全盛之日，武陵當多難之時。全盛可議奪情爲貪位忘親，多難則奪情又爲移孝作忠也，況重於天威之嚴命，浹無可逃之分乎？此石齋之論爲好名，要加以門戶，不僅書生也。若謂武陵必無成功，石齋早能料之，則又不然。夫賊勢與氣運爲盛衰，明運將終，寇自難滅，諸葛不能挽既去人心之漢，而欲武陵之必能翦賊乎？古社稷臣，濟則君靈，不濟則以死繼之，如是而已。然在當日實心任事者，惟武陵，即舍武陵，誰任者？萬一轉而任石齋，石齋果能辦賊乎？又不待異日南遷後一戰覆全師，始卜石齋之不能。自賢如石齋，猶不免書生不曉事之失，況餘子碌碌聲吠，又無足道矣。若夫嚴子首昇，屢困場屋，退而著書，不過欲作一冠冕文字，於集中生色，以使異時知嚴子談經濟，不獨文章，又與門戶者不同日語，不在石齋。劉諸葛武侯，陳壽猶以私憾短之，況下此者？是武陵之公案，自有千百世下公評，正不在口舌爭也。袁子與作楚三不幸論，亦臆揣之言，非知三公心者。夫社稷之臣，鞠躬盡瘁，死而後已，遑計夫幸不幸？惟不幸始見臣節臣心。若事事皆

幸，又安用此社稷臣爲？此江陵、芝岡、武陵三人，任勞任怨，舉世非之不顧，祇求無負君父，無欺鬼神，成敗利鈍，在所不計，一稍計之，則委靡瞻顧，安能獨斷天下事乎？南皋、石齋，不過守經不權變之儒，至於以芝岡之功作罪案者，是秦賈輩妨賢病國之言，又何必辯哉。

案：武陵相公長子名山松，字長蒼，作孤兒籲天錄；次子名山梓，字白藏，作辯諗錄。辯諗作於籲天之前，其書早佚，人亦早亡，不及見籲天之成也。長蒼晚歸空門，稱忍古頭陀，顧亭林詩所謂「督師公子竟頭陀」也。忍土殆白藏之別號，猶之忍古歟。汝懷附記

青溪旅吟序

王岱

詩本三百篇。清者多風。博者多雅。奧者多頌。本乎情性之自然。非可强也。五方風氣不同。其一時竝立不相下者。惟楚與吳。然楚多雅頌。吳多國風。未嘗遠也。自學詩者不得其說。以時之宗尙爲詩之趨嚮。以人之趨嚮爲詩之門戶。烏乎豈復有性情哉。故吾楚之風氣。如屈騷之奧宋賦之麗杜詩之博孟詩之清皆卓然自立。不欲依傍他人。人望而知爲楚也。近代杜茶村爲楚詩之傑。雖淹留於吳數十季。其子弟姻戚。非吳者幾忘其爲楚。然其詩之卓然自立。仍未失乎楚也。葉子桐初爲茶村半子。實爲婁江人。其詩自爲機杼。不染吳習。仍不本茶村。窺其意非不能學茶村。實不欲似茶村。右軍之學衞夫人。人各有體之意。然余細閱其詩。清眞不落時豔。雖不似茶村。卻似吾楚。茶村似杜。桐初似孟。總不離乎楚也。生於吳而操楚音。不謂之不本茶村不可得也。吾鄉先達洪半石善書。其半子曹尙白亦工書。人稱其書似半石。則拂然怒。然觀其書。實刻畫半石也。桐初卽欲不似茶村。豈可得哉。尙白爲茶村同里。茶村讀此。當一噴飯。

蔣京少梧月詞序

王岱

詩詞一道也。今分而爲二。蓋其始則合而終則離。其合也。詩卽可爲詞。其離也。詞不能爲詩。詩本三百篇。而三百篇卽可歌可奏之樂章。其音節高下。五音六律協焉。自詩亾而漢之樂府代。猶有三百之遺意。至樂府亾而詩皆韻言。非可歌可奏者。卽律體亦屬具文。而於音之節奏。恐未合也。是以有塡詞一派出。塡詞者以一切雅俚成語。皆可塡入。由句之長短。調之單雙。四聲之安放。俱有一定區分界畫。然代者未免持筌求魚。其於音律之閫奧。仍未悉諳。宋之詩餘。在梨園止可爲引子。而不可歌。故又有曲一派出。至曲則纖濃愈甚。雖可歌奏。其音靡靡。於明堂清廟。仍無與也。是以詞厺詩遠。而曲厺詩愈遠。此詩詞之離合有由來也。詞莫盛於宋。曲莫盛於元。至今日交盛。士大夫稱韻士以不知詞曲爲恥。蔣子京少獨擅其長。著有桐月詞集。爲詞場家所傳誦。與陳其季諸君旗鼓頡頏。或者謂詞曲爲花間月下。有礙正雅。和凝曲子未免遺譏。然歐陽晏殊魯直稼軒輩。未嘗累其文章氣節。茲京少載籍極博。聲應日遠。行將鼓吹休明。協和郊廟。爲正始之音。求其詩詞之離者而復合焉。又何患詩詞之爲二道哉。

涇川遊草序

王岱

前輩父兄課子弟者舉子業外惟令熟經史諸書及歷代典故以爲經務之學多不令之作詩恐其以詞章妨正業以爲學術事功可以經世者甚多不在詞章也此正論也又有謂士患不通顯既已通顯詞章之士爭出其門賡鼎捉刀何難立就此世俗論也亦有感而云然也余齠年作詩不令先君知倖劉鄉薦以詩謁吾師施誠菴吾師正色相戒謂不宜遽及此通籍後未晚也時吾師工詩畫其言亦如此初聞之不懌及蹉跎公車數十年雖不盡作詩之罪然詩能窮人始信吾師之蚤見也雖然自設制舉藝始以妨業爲戒其實何李七子鍾袁輩何常相妨

通塞有命豈盡詩乎宣城施愚山先生既以制科起家又以詞章擢史館今其次子少恭茂年即以詩名愚山亦不之戒行將拾科如芥仍取鳳池家物次第學術事功以賡前輩之戒則正論世論俱可不設矣少恭詩秀韻有風人之致望而知爲淵源家學將來正未艾自有主持風雅之人歡喜讚歎余老傖父何足以知之因少恭以詩相質輒爲論次於左

都門懷古詩序

王岱

孟子曰詩亾然後春秋作人知春秋爲賞罰之書不知三百篇先春秋爲賞罰葢詩人之言善善惡惡有嚴於春秋者故觀風以采詩惟王迹熄而詩亾無以致其懲勸孔子乃作春秋以明王道是詩與春秋相爲表裏者也迄後世無信史於是有心世道者不能載筆論斷每借吟咏而三致意焉則又春秋亾而後詩作也其爲騷爲賦爲詠懷詠史弔古皆是意也然詠懷或不指其人與事或指一人一事至弔古則實指其人與事總皆後人追詠前人至五君八哀同時亦詠之矣夫詠往事者是懲前人之是非有未明而追詠之詠今事者是恐後人之是非無定

而先詠之無非詩與春秋之微意也方子渭仁作都門懷古詩十六章實指其人與事悲歌憑弔寓意尚論不矯不隨有裨世敎古人相去未遠故足傳也雖然詩別貞淫里巷之言私也春秋筆削素王之書亦私也爲騷爲賦爲詠懷詠史爲弔古無非私也是皆不得志於時者之所爲也不得已也今渭仁既已澹墨題名圖橋簪筆乃復取往事而懷之毋乃不足於中乎夫懷往事曷若取今事而懷之爲私詠曷若取史事而公之後視今猶今視昔毋使今人遺憾後人後人復追詠前人可也

趙允公詩序

王岱

詩爲小道理學者不爲經濟者不暇俠烈者不屑以其虚言之無益也趙子允公賚負奇氣至性孝友有官友邵陵註吏議爲之周旋左右者數秊及事解乃已其名遂聞於當事者與之定交其後當事京師亦罹難允公幾以身殉悴力疲形嘔心竭血奔走數千里經營十餘秊不倦儕人畏患頸縮舌吐允公坦然無懼且爲存孤其俠烈之名已動遠近及官閩中雖爲貧之仕絕無爲貧之心隨分所至無不得當而海氛忽起既能身乂戮力疆埸故一時之上官俱不敢以小吏視屢登薦剡其經濟俱有成算允公初尚氣節久之涵養性情復究心性理諸書浸浸乎周

程之門故其居官缺介而舉動雍肅偉貌豐度而意念常自下人空其四聲八韻皆在不爲不暇不屑之中乃允公仍留心風雅登高能賦遇物能吟不以詩爲小道而僭爲陶冶性情之具豈得謂之虚言無益乎茲允公以別來所作詩文見質而名流評騭敘言既已盈帙無俟予贅惟述其生平梗概如此

東村詩序

王岱

詩三百篇皆本性情之正故樂不淫哀不傷後之作者或皆過之大抵爲境轉而失其性情之正處約則多愁苦之意處盈則多放佚之語視三百篇遠矣惟有道者不然彼其胸中有確然不拔之操窮約顯達視之如煙雲變幻於太虚無著無入而不自得故其言如水流花開莫非自然擬以三百猶落言筌以此論詩愈難其人予於山左得二人焉一則念東高先生一則吉津李先生高先生信口皆詩頃刻萬言無非精義自非涵養學問莫能至也茲讀吉津李先生詩雖其機杼各別其一往閒適不爲物累則一轍焉先生以前代老宿官　本朝宮詹遂以正

氣發爲讜論至罹坎壈閱歷險阻不足動其心及得遂初服耆晦林泉其閒可歌可慨之境不一而足乃先生絕無鬱抑愁苦之音莫非陶詠閒適之意豈非有道者能如是乎先生之長公以王戌魁南宮聞捷音不以介意乃手書及詩草寓意於蹉跎之王子商搉風雅此其胸次爲何等也先生之鄉自濟南以聲詩壇坫宇內數十秊不相下繼起有人予何足以論詩哉抑惟先生不可以詩人律之予得窺有道之言而論次焉

漢東志序

王岱

順治元年全楚十五郡邑先後各上其乘以倣古職方版圖之意其山川人物賦稅各損益前代而加詳以無倍車書同文之制鄖子之國屬邑六漢東爲大大者例先職貢會司牧者遷代而不遑文墨至康熙六年丁未州人刻之余方北上實未執筆而適值其成需余一言序曰志者何古史之祖如春秋經尼山之筆削事簡而言約意隱而義深文詞議論多詳於公穀左氏之書而本經不注非如後代史家繁言屢辭而義藴易盡卽馬遷之史記歐陽之五代亦不免焉他無論矣故史視春秋而遞降後代之志視史又遞降矣何也作者無專家述者無史筆致

褒譏失豕亥淆無以厭識者之意僅剡其文焉若漢東之志猶近古者孔子曰吾猶及史之闕文也與其傳疑無甯傳闕善行不詳毋如闕焉庶後起者思有補苴事取其簡詞取其約甯樸毋華甯暢毋抑甯闕毋濫鄖子之屬邑六首漢東而乘成獨後鄖屬邑之乘務備藻采而漢東獨樸質孔子曰周監於二代郁郁乎文哉郁郁者皆周初本忠質之文非周末文盛之文也後之覽者或有取於漢東焉

周令公史貫序

王岱

古人以著書爲讀書蓋書不能讀盡惟著一書必詳核諸書而後備何也古人行事散見於諸書所紀互異卽左國公穀猶然況其後代惟著一書必考其出處詳其事實核其異同以歸於一然後著爲獨裁讀爲有得此著書之法卽讀書之法也史家之書上下三千年幾於汗漫斷爛不能讀蓋自遷固而下類無信筆以及晚近官爵貲秩史無專職亥豕未分且爲操管褒譏失實膚俚無文安能考其異同乎制舉者且不知爲何物是閑於史者百不得一焉明之留心史事者鄧潛谷之函史鍾退谷之史懷李溫陵之藏書皆有獨見發古人之未發其不能無議

者見有偏執論有踳駁不數傳而置之此又讀史而能貫之難也衡陽周子令公爲吾鄉老宿讀書有本於史學尤深讀之有得因著爲論論定而史之面目出古人之行事亦出筆削褒譏一本乎正不獨文貫而理亦無不貫矣孔子作春秋主於宗周而誅亂賊責賢而誅意一日之是非自可以貫於千萬世貫之爲義大矣哉則令公之書直可羽翼春秋同不朽焉

劉子厚詩序

王岱

往弱冠侍先大人官芝城其時余立竹社而名宿咸集易子康矦無畫其最箸者也康矦嚴冷無畫放誕其詩亦如其人余皆心推之餘者花晨月夕雞鳴風雨與之酬唱無閒自己亚還湘日尋兵火芝城湘潭一衣帶水如在萬里外追憶前事則如隔世故余終老風塵吟詩送日而故交淪謝十不存一丁未一鐔漢東地僻而荒官此者羅雀門空晨炊竈冷風雅一道亦置不談子厚自芝城假道漢東折柬見投則前侍御公劉正賢之子其姓名面目俱不復識蓋先大人官芝城時子厚僅三齡也爲之詢故友山川及其數十季兵革之故爲之淒然子厚曰余之

慕公也有季恨無由一識顏色茲來蓋欲得公序以傳詩也因出詩若干讀竟其向之淒然者且愴然涕泗念吾爸竹社之風景如在目前子厚之詩刻而樸澹而老似不欲置身唐人中不獨不佮今人語也惟康矦絕似之郊寒島瘦甯爲不貴不壽而不欲一字同於人宛然呼吾康矦出紙上異哉爸虎賁貌似中郎尙欲引之爲典型矧子厚與康矦生同地師友淵源之切肖者能不動於中哉則見吾子厚如見吾康矦也芝城竹社之友猶有存者有無畫后樓孟醇道生諸人能知康矦之性情吟嘯者讀子厚之詩當不以吾言爲妄也

黃唱韓詩序

王岱

中州黃唱韓令樂安以丈田進圖稱 旨後竟以詿誤罷官遂遊戲墨林頃刻盡數十紙然亦隨手散去其爲人物如豆車馬如拇指毎取毛詩尙書中成語揣摩之如幽風無逸皆有圖窮極要妙及與之論畫唱韓則曰余烏知畫直偶寄意旨其於詩則絕口不言矣余在歷城與唱韓比寓數旬余別去且六七季庚戌唱韓客鄂渚泛洞庭浮湘江遇人輒佮詩其於畫又絕口不言矣是冬大雪岙漢東出詩草若干欲余選定序之已私訝唱韓之忽爲詩於是兼旬未暇辛亥夏岙漢上遇李房季曰毗歲與唱韓同舟往還湖湘聞唱韓甚言詩絕口不言畫異哉

此唱韓之近於古也唱韓官樂安爲廉吏破裘麤食無長物罷官無慼容是唱韓於官已爲偶寄甯獨於詩與畫爲偶寄也哉以偶然之意寄其適然之興安知異日更有偶唱韓者竝官與詩畫皆絕口不言未可知也唱韓詩語語自創無一字剿調近人其無意也意深矣

孝友錄序　　王岱

五倫之中父子兄弟以天合天合者不假人爲不假思議何以言之子者父母精氣之遺也兄弟者父母先後精氣之遺也如物之同氣樹之連枝故捋一髮而體爲之動傷一肢而身爲之困此其呼吸感應至切不可分者自非因孝友之名始爲之也世運遞降乖戾氣乘子有逆其父者然後孝子之名彰弟有傲其兄者然後悌弟之名顯聖人防其微開其化爲之立孝弟之名以鼓勵之庶勉然者歸於自然是豈聖人之得已哉余閱劉氏希堯孝友傳而重有感也希堯孝其母撫其弟撫其姪不私財不私產至其歿竝以善地葬若弟雖古之曾閔不是過者夫

劉氏起壠畝豈習於詩書飾於觀聽者乎其天性然也茲其子文耀又思其先人芳軌哀慕感泣一時賢人君子從而表彰之可謂能世其德者矣雖然仁孝出於天性彼劉氏者惟直行其意身後之名所勿計也則表彰者又吾人爲聖教鼓勵世道之微權有不容已者也

譚司業灌湘詩序　　王岱

水之生也泉源汩然放之爲江海木之萌也根柢眇然蔭之干霄漢火之始也光芒隱然種之燎原野然其源不濬其放不遠其根不固其蔭不廣其光不耀其燎不遍所以爲江海爲干霄爲燎原皆有本之固然非其卒然者也人實有之詩亦如是曳遷之於馬談工部之於審言子瞻之於老泉其才思天授不由家學而機杼淵源有不與尋常同者其故皆有本也吾鄉譚鵠灣先生與退谷廓清詩道爲海內宗仰數十秊人之性情皆潛移默運於二公而不自覺雖其刻劃之處啓後人之攻實開有餘不盡俟灌湘起而承之以補前人之不逮何其盛也今其詩

清以厚溫以麗有清廟明堂之氣無山寒水落之槀如江海之浩渺百尺之扶疏燎原之炳耀其識力使鵠灣難乎爲前可免不見替人之歎矣或者謂開創居其難繼體得其易是大不然漢文帝唐太宗皆繼前人成一代之運是繼又難於創大於創也其始灌湘之謂乎且其補救實又有功吾楚不僅爲寒河功臣也

葉慕廬詩選序

王岱

吾楚之才以雄傑奇奧著然清韻秀婉者無所不備獨能自舒性情自出手眼不襲古不蹈今不拾人牙後嗽名以成其名皆有不可磨滅之氣此楚之所以稱才也楚自屈宋杜孟而後下至竟陵漸成弱調其時未嘗無雄傑奇奧之士而名反爲所掩不傳然楚風仍在也葉子慕廬籍於浙而家於楚稱詩有年集亦甚富其詩秀婉幽逖絶無時蹊在楚爲別軍卓然自爲機杼仍吾楚人之氣也慕廬在長安與宋牧仲謝方山齊名吾家阮亭相糺水極爲推轂故慕廬之名噪於一時予以丁巳復來長安慕廬以詩相質並索予言予生平坎坷時宜不合詩其一也

敢復論人之詩哉矧予詩與慕廬不同調言之無當不足爲慕廬重反足爲慕廬累是以遲之數年而不報辛酉冬慕廬入都仍質新詩索言予惟述其略爲吾楚慶至慕廬之詩之傳無俟他人置喙也

陶子詩序

王岱

凡人之才卓然自命一世者必其負性異畀材殊侈於天而肆於人有主於中不撓於習旦旦而期之終身而安之如射之赴的行之抵舍卽旁搜而廣覽無使一義之或遺總以成吾之所嚮而後用志不分乃凝於神及其成也精英寶色愈久愈辟非謂其苟然而能冒然而得之者是以一言一詠其人之性情人品皆出焉靖節超然物外似無意於爲詩後人追琢擬之愈遠其嶒然不滓之意自不容陳言之或臿者少陵退之孟郊昌齡元結無不如是後之讀者觸目驚愕以爲胡至於是不知其經幾鍛煉而始至是也今天下稽詩伧者如林自歷下北地出天

下之耳目遂移於北地歷下自公安竟陵出天下之耳目又移於公安竟陵數十年間皆顛倒循環於數家之中而不能出非才不足志不堅也求其卓然自命不撓於習者實難其人甲辰冬閩僧白山自漢上來吾潭篋中出古詩一章七絶二章有王孟風味異之白山曰此陶后首作也后首中北闈令吾楚旌卽解綬傚陶家故事結廬黃鵠磯謝絶一切日以著書爲事楚之名宿爭交之其行事大類彭澤不獨詩也其評近代詩也少可而多否獨心賞王先生余感知己之言而行事復多相類心焉誌之及丙午冷䨱漢東過鵠磯因與公往復唱酬盡傾其所著竟日夜丹黃而甲乙之則眞所謂卓然自命不撓於習者公之

古詩倍於近體，皆竆硏極精，聲調格法，非漢以上者不涉筆，置十九首蘇李中，莫能辯；次亦不失爲鄴下；冣下者亦在潘陸二謝之閒。其思沈以深，其句煉以堅，其氣樸以厚，於近人之習，皆洗濯殆盡。其律則出入於元王儲孟，而化其迹。余交詩人衆，而志凝神眞，無踰於后首公者。卽欲序其集，公乃搖手曰：此道未易問世，俟吾二十季後未晚也。嗟嗟，世人得此，自謂過之，乃公持重若是，此其志非苟然而能，冒然而得者明矣。其精英寶色，久而愈鮮，又何惑乎。

韓兵部遺稾序

王岱

聖秋韓子爲余同季友，其主持風雅者數十季。當官夏曹時，則與合淝諸公唱和，而四方之能詩者無不接引推解，由其成名，故就業者相屬，未嘗餘一錢自私也。及其沒也，蕭然歸櫬。今長公雄陶自淇洞來燕，向之接茵聯席，金斷而后堅者，半零朝露，任昉之孤誰恤，朱穆之倫空傷，良可悼也。且出聖秋夢航未刻詩，余因是重有感矣。目今詞場盛而眞詩亾，標榜多而實誼少，聖秋之詩堅樸澹老，無浮響襲詞，眞不媿晉唐作者。視時之名噪一時者，不啻遠矣。使聖秋當日取甲科，歷詞垣，登政府，其詩名早爲選家奉之大家一席，何至殘藩餘墨，爲竆愁老友唏噓歎息而已哉。

朱悔人詩序

王岱

吾楚近代風雅最著者公安竟陵雲杜其後胡石莊吳晞齋皆南郡所出其流風餘韻雖衆人孺子亦嫻四聲豔心名宿所以陶冶薰染者素也悔人朱子生潛沔之閒弱齡卽負盛名久之播遠近凡官楚者無不推轂家幼[illegible]宰潛時月試諸士悔人制藝詩俱拔之冠軍中丞張公方伯徐公懸榻設館轂日夕造廗俾悔人得一意讀書放情吟詠不爲客裝家計所困故學益博詩益富文益奇然悔人數奇屢困棘屋因奎長安就試成均復報罷於是淹滯京邸者經歲雖日與諸名流酬唱四方之士相援踵惟恐或失然交廣而寡合其詩沈鬱多感體備杜白不

欲與時人爭聲響夫子之不遇寡合倍於悔人安足以傳悔人哉惟述其大略以俟知悔人者

吳去慵先生世求錄序

江有溶

嘗讀史記吳世家而引夫子之言泰伯可謂至德矣斯言也蓋本世德作求之訓也夫子旣以至德表泰伯及論文王亦曰周可謂至德矣然則文王求泰伯者也今去泰伯數千年凡閒風興起者秉禮度義啟後亢宗萬世之天下皆求泰伯者也太史公世家三十而獨首吳所重有在矣予同學吳子敝宏覽博物有延陵季子之風方燥髮以文受知徐亮生先生高彙旃堵牧游兩先生相繼督楚學徵敝箸述式廬加禮焉遭亂抗節古處於富貴淡如也所不能忘者尊人嶁山先生八十四年中鉛槧之業盡付壬辰一炬其大者吳氏家乘載宋文定公獄迄明茂

才道升升弟鄉賢公道行卽嶁山先生也嶁山子愉乙酉殉難從祀蔡忠烈公祠事俱詳傳記敝心傷往牒之灰燼而懼後世無徵也次第搜輯授之梓題曰世求錄屬溶序之溶謂吳氏冠冕吾郡由獄至愉前後本末可考也而闡揚光大嶁山先生之功居多享廟食宜哉乃敝生賢父兄後當兵火之餘獨能留意茲帙仁人孝子之用心所以訓勉後人者至深且遠也爲子若孫者手茲一編何以無愧於世求之義亦本吾夫子所以表泰伯者曰德也夫仁義忠孝德之大端也講學以明之躬行以踐之所以求進於德者曷敢不致力焉異時蘭臺簪筆之臣采風衡嶽卽以世求錄續吳氏家乘後可也

湖南文徵卷五十七

湖湘後學集編

序二

大學士劉公文集序（公諱三吾）　譚紹琬

我外祖學士公文一輯於成宏者爲文安呆齋所錄而於大誥一序尤致流連往復之思焉再輯於隆萬者爲督學養旦所編而於碑銘序記諸作益殫網羅捃摭之勤焉蓋以公系出中村而文安督學後先蔚起慕前徵而搜遺文故不能已於表章也余小子行天下有年所遇名人巨公輒詢三湘詩文而懷麓堂以外實有難於置對者歸尋舊刻則文安之所錄督學之所編半蝕於蠹魚矣因歎自古文人尋茲茲墜緒旁搜遠紹上下千

百年不難遙集於一日焉今余小子爲公家之所自出而於學士遺文聽其放失太史公所謂墮先人之言罪莫大焉當亦余小子之所宜退而引慙者也爰謀諸外家闕者補之譌者訂之越三月餘而始成書焉或疑文正文毅文成數萬詩亦如之而我公之集悉數可盡或疑李文近韓而詩逼老杜張文近左而詩壓燕公我公詩文率爾命篇不煩意匠揆諸奇正濃淡之閒似猶存乎見少焉余以爲不然初公以天下才隱於亂流抑塞磊落鬱成奇響故元末所作沈雄奔放有言古人之所不敢言者厥後駕蒲就道入侍承明以耄修之臣事雄猜之主揮毫欲落輒復中止僧虔妙筆有時用拙蓋一篇之中不知幾寓意焉則平津晚遇之日未可謂江淹才盡之年也假令公竝生成宏以後隆萬以前遭時不諱暢所欲言應制之文雄視藝苑應制之詩超絕騷壇炳炳烺烺耀國書豈僅角二公之勝而已邪雖然公之綴文疑於少貶公之立朝絕無阿附當璧未定儲位幾搖賴公一言國本始奠則我公之節尤當求於詩文外也至公之家學督學公已詳於前序余小子不敢復贅而獨揭廷爭之事附於篇終俾尚論君子得以考信焉

廖湘門學吟艸序　　譚紹琬

學吟云者謂其叩響於九歌析疑於九辨振藻於九章抗談狂昔追而效之非苟焉已也詩莫奇於幽幽莫奇於騷古之學騷者推一揚子雲而以反騷爲顯近代之學騷者推一袁石公而以廣騷爲題夫騷不可反反則距騷已遠騷不待廣廣則距騷益遠今取長楊校獵諸賦附於離騷之末已爲不倫況其後此者哉廖子湘門生於湘長於湘居不必卜而詹尹端拂矣枻不必鼓而漁父信宿矣芳不必搴而江蘺薜芷紉而佩之矣目之所及足已追之口之所號手已輯之當其縱心一往悉其所尚世無屈子不當在弟子列假令登玉笥之堂而入其室焉不難

隊景差叩宋玉何有於反騷何有於廣騷也哉余家世湘南而帆隨湘轉溯流溯洄迄今有餘馥焉曩者郭些老陶密老以洞庭秋命篇屬而和者已盈千萬言余次其韻亦浮於什伯不可謂非騷意也天誘湘門惠而好我伏讀所作幾汗流而卻走狂我兩人俱有學騷之癖而遠與近異地古與律異體壯與老異年似未可以比而同也嗟乎麗非宋玉藻不景差而唱余和汝不我遐棄雖甚荒耄豈能自外於騷壇也哉誰謂湘遠一葦可航握手談詩或不以耄耆而舍我也

涉園文集自序　　譚紹琬

古人之以文傳者取於心注於口措於手皆其自爲言也其代爲言者半出於制誥然觀西漢諸詔溫文爾雅未嘗假手詞臣而其時晁董終賈兩司馬極一時能言之選亦未嘗少貶以徇假令屈此數子珥筆承明琱琢蔓詞以希一當必有懷慙而引退者懼心與手口之相格也彼陳琳之代袁應瑒之代曹文非不工蓺苑以爲口實則自言之與代言其度越爲何如哉余拙詩刻於乙丑文則闕而有待謂中多代言故耳既而思之余所自言曰祝曰誄當其歌有思哭有懷安樂動於中悲懽見乎詞使讀吾言者怨無故而笑怨無故而號於韓子所謂和平之聲

愁思之響澹泊幻渺竊有慕焉而體近俳優顏傳忸怩以今況昔其能免於愧汗邪余所代言曰志曰譜志申命於長吏譜奉教於父老耳提面告言人人殊而以一人之手揮毫應之實難如其意所欲言第就志言之外綜山川内臚田賦覈人物之實錄傾蓺文之瀝液則取長吏之所欲言而代言之猶自言也就譜言之邇因生賜姓之始窮北轍南轅之變合近遠以爲紀衷疑信以爲傳則取父老之所欲言而代言之猶自言也顧梨棗之價剞劂之直計字償之必至於破產而失今不梓必作蔓草之萎不得已爲要刪計於茶志則錄文若干於湘志則錄文若干於譜則錄文若干而其由序迄跋由凡例迄論贊十藏其九

以待後來藉令天假之年子若孫奮自振拔以佐耄耋之所不及則是刻之觀厥成或未可知也尤可笑者僻處窮鄉寡偶少徒左太沖之序旣難近得之元晏李長吉之序豈能遙期之杜牧執卷徬徨實有難爲寄託者夫失之自言而得之代言失之問序而得之自序後之讀吾文者不知作何竊笑也康熙三十三年七月

志後序　譚紹琬

韓退之以見非於人爲作史之戒蓋以進處士退奸雄則固已非遷矣賤仁義輕守節則曄又非固矣目睫之歎自古云然況以郡邑之志藉手傭生筆則筆削則削其筆而登之者未嘗同已之望其削而汰之者易滋異已之忌爲人所非曷足怪哉簡非南史筆非董狐而欲使田水月之論文不買戾於會稽白石樵之輯錄不貽譏於雲間此倅之難邀而執簡者之所以徬徨卻顧也徵翁熊父臺宣猷吾茶凡綏理羣生綱紀庶務皆以古爲法式而於載籍所垂討之論之講求不遺餘力常歎農服先疇士食舊德事必師古舍郡乘無可考鏡者因燹於兵遂以編

纂之簡授諸山澤之癯琬內慙寡陋外畏譏訕謝弗敢承父師則進而堅之曰取新刻而削之刊其虛誕埽其繁蕪擲遂良之曲筆翻魏收之穢史宜子之懼而閣筆也取舊刻而筆之訂其訛謬綴其闕遺續史記於褚生校漢書於馬融子將奮筆之不暇而何有於懼哉因舉嘉靖乙酉之所刱萬歷丁酉之所續彙成一帙而其新者則收之故府爲後來備考地琬祇承父命偕諸友綱羅而考核之因念自萬歷之丁酉迄今之辛酉八十四年於玆矣其閒山澤之負於位城郭之囿吾圉區域之畫於封疆畝之區於畔可按籍而手錄焉獨是賦式之損益風俗之正變里自多而併於約學自西而徙於南選舉自科目而廣於徵

辟衞所自衆建而省爲耑職官守則裁丞而仍倅尉此非可約舉而例論也故博而采之詳而覈之俾八十四年之實錄無憂於荒墜者焉其在悠悠之口所聚訟不決者惟人物藝文兩志耳今與諸友約不議削而議筆人物之正而大者筆之誠而烈者筆之炳蔚而高潔者筆之敦樸而周愼者筆之而外此之人物自不煩於削矣藝文之奇而法者筆之麗而則者筆之沈雄而奔放者筆之雋上而雅健者筆之而外此之藝文自不煩於削矣數益約而名益彰軼愈簡而采愈流則吾茶之立德立言尙何求多於此外哉志成後邑侯出新舊二刻參伍以觀覽今之所梓體裁義例一準於舊刻而大同小異去新刻不甚相遠

則彼此可互見也琬藉是可告無非於吾黨矣

郡譜志序

譚紹琬

郡譜者志郡之所由始而詳其沿革也遠遡炎帝近考宋元明以元朔四年爲郡之所自始以嘉定四年爲郡之所自變以元貞元年爲郡之所自復以成化十二年爲郡之所自定其閒爲縣者三爲軍者一而今一定於州屬湘東郡者一屬雲南郡者一屬衡郡者三而今一定於潭名聲鄉者一廢入湘潭者一入攸縣者一而今一定爲茶陵此沿革之大較也茶有四山雲陽居一說者援史有大敦氏沒雲陽氏作之文强相附和或云少昊氏所居或云潞子之國即在潞水夫以炎帝而牽入少昊何異移轂城於雲山架圯橋於洣渚也按春秋晉人滅潞以潞子

嬰兒歸使潞國於茶南屬楚東鄰吳晉師雖强安能懸車深入取嬰兒於兩大閒乎論㧗於羅泌編成於潞史采入州乘而文毅之信史不能勝衆說之紛綸矣今特爲刊定凡郡譜所志一以文毅爲正至潞史之說新奇可喜爲藝苑所樂道不敢載入以滋疑云

楊石林先生稾序　譚紹琬

詩文之道於味取淡於地取僻於時取閒於興則取奔放而歷落子厚少作尙沿駢麗而雄深雅健之篇多得之永柳彭澤宦游未有傳稾而蕭疏簡遠之咏多得之田園無他以淡以僻以閒以奔放而歷落也石林楊先生家洞庭而吞雲夢以詩文馳海內有年矣自存所作必精必刻迨至以高第而任巖邑怪石奇鬼森傳於道左烏言夸面畫地於堂下雖永州司馬之謫未有疏於此者及以五年上考倏而解去草茀於三徑蔓繫乎五柳又與陶令歸來遙相後先先生雅量高致灑然塵表不以菀邑爲可鄙而以捲牘窮經爲宦游之快事不以落職爲可悲而

以杜門箸述爲迴車之美景故其見於詩文者淡而不癯僻而不詭閒而不馳奔放而不失於縱歷落而不失於懈以視蕭疏簡遠之陶雄深雅健之柳不亦可曠世而相見哉近因編纂之役陪奉末議先生不我遐棄示以詩文數種予受而讀之謬爲舉似客有規予者曰　今上崇尙詞賦博學宏詞之科將爲先生勸駕何陶柳之足擬余應之曰自古館閣鉅公必先有寂寞之濱寬深之野在其胸中以預爲之地故其應制所作麗而有則今以先生蔚爲舉首珥筆承明吾知其臺閣之言必將取淡取僻取閒取奔放歷落而不若俗輩之靡曼也請以是質之先生焉

北道吟序　譚紹琬

尹子交余以文者幾四十年矣其交余以詩則十年內事也吾鄉公安竟陵矯濟南之濃而一出於淡其失也有秋冬而無春夏有山林而無朝廟尹子起而以沈雄救之甯實毋虛甯麗毋質甯盧楊毋陶謝甯元白毋郊島此詩旨也嘗語余曰我輩唱和下里難免寡陋行將泛黃河登大行瞻壯偉於京華交慷慨於燕趙其庶幾乎今驗矣余臥病空山忽寄余一帙則北道吟也其言實而不積麗而不靡有盧楊之壯而去其浮有元白之暢而去其膚殆全乎其爲沈雄也或有詩史之目余曰否否杜子遭天寶之亂崎嶇入蜀悒鬱侘傺皆於詩發之故詩近於史

而不可作史觀今尹子遭遇盛時人文聯翩目之所得取而口之口之所得取而手之淋漓滿志痛快無餘何詩史之足擬乎哉其一出於沈雄者蓋亦所以云救也是不可以無辨

履素羅先生詩集序

譚紹琬

初唐詩猶踵陳隋，明亦如之。工則爲宋，失則爲元，其流漸然也。洪武四年罷制科而崇徵辟，諷天下以近古。時能詩之雋，薦游韻府，走名如鶩，而此倡彼和，不出近體外，陶謝墜緒，茫茫未有所屬。求其高出魏晉，浸淫兩漢，不僻而近於古者，豈不難其人哉。不謂失之臺閣，得之嵁巖；失之十五國風，得之下里郢曲。如履素羅先生者，則其人也。先生生而雋上，長於北平宦邸，歸里後纔心希古，懲其一往而意主韜晦，凡有所作，不輕示人，匿影埋照，有古人逃名之意焉。當鶴書入隴之日，爲徵書出谷之時，有心勸駕請者，而先生謝之；登盧楊於蘭省，沓沈宋於昆池，有以應制請者，而先生仍謝之。則先生之古意古色，盎然於作述之林，其自命有素，非苟而已也。曩余編緝郡乘，欲勒隱逸一傳，以作頹流之砥，戛戛難之。假令得讀先生之詩，以想見其爲人，其大書特書，豈有待於今日哉。余老友祇園，情殷念祖，志在發潛，闡其新編，問序於余，謂余之坎壈失職與伊祖同遇，沈酣風騷與伊祖同好，後近體先古風與伊祖同癖，徵顯闡幽，似難他屬。余重違其請，率爾命篇，未敢以不文辭也。余惟明之以詩傳者，半出於宦豪，其窮而益工，獨推文長、仲醇。今先生之古風，置諸徐陳集中，幾不可辨，其餘諸體亦幾近之。而人如其詩，則陽明公合道之序，固爲篤論；詩如其人，則湘川公溫醇精到之序，未嘗阿私。至云登之於梓，以俟鄉之知言，俾不晦於前而無泯於後，其意誠有待也。余距先生三百餘年矣，辱在同鄉，敢竊附於知言，起先生於今，或不河漢吾言云。

送任太府左遷序代

譚紹琬

余讀蔽芾甘棠諸什歎楚之無風而有風也其俗質而近古守令之有德於民者愛戴於當時繹思於去後翦伐之戒重申茇憩之懷不諠自漢唐迄今猶有甘棠遺意焉余祇役安南取道荊潭有長老歎於途者有挈其子弟禱於廟者皆以大守去任靡所依託將請於上以挽厥轍詢其詳則曰吾潭苦苛法久矣糗糧竭於內芻茭困於外賦秏於悉索役疲於奔命此誠龔黃棘手之日召杜蒿目之時也我公於倏勦之初申軍政以戢侵暴而危者以安於流亡之後開樂郊以糾離逖而動者以靜於大無之年法常平以疏滯積而饑者以飽莫勞於輪輓而以更

番者休逸之莫困於荒蕪而以蠲豁者勤恤之莫痛於刑獄而以亭平者更生之至於砥礪廉隅而屬官之簠簋漸修廣厲學宮而列代之鼎彝畢湧此吾儕小人所想望於數十年稱快於五六載而不謂竟促其駕於一日也已而驅車入郭質之子衿無異詞焉質之薦紳先生無異詞焉因念楚之名宦莫著於羊杜之守襄劉陶之守荊羊以仁而杜以博劉以厚而陶以敏故荊襄之民尸而祝之社而稷之至於今弗替我公叔子之心濟以征南之學季和之厚奮以士行之勤誠能合四公而一之而公之在今更有難於四公者以位不若太傅權不若征南任不若八州之專一行偶疏動而得過此古今之異時而不可謂其人之不相及也尙何怪哉雖然羊杜之碑森於峴頂劉陶之祀秩於荊南較千古於一時當不以彼易此也況我　皇上嘉惠守臣主爵者宣上德意毀譽裁於一定黜陟定於更端將見蠆尾之謗轉爲誰嗣卽墨之毀益彰譽言則今日左官之屈不爲異時登庸地乎余備員史局山公啟事何敢妄參末議獨是輶軒所過旁採風謠察吏治之循酷稽民俗之純薄亦史臣之所有事者公晉陽名第長於詩賦所作竹枝詞愷切柔厚備悉民隱與次山舂陵行相爲表裏余輯其所作及後人去思之詞彙成一帙明棠樹之流陰紀憩茇之遺愛而戒後之人翦且伐也且以附於古太史采風之義云

學政錄序

譚紹琬

江先生之教吾茶也十年於茲矣方其始至壖閒軒購坊刻饞練揣摩爲公車地葢如是者有年而官稾以傳其繼也開講舍集羣彥聯席角藝爲長育地葢如是者有年而月課以傳前此二刻曾辱徵序余謝以進取之文動與時會非老生之可贊一辭也至是視余以學政一錄爲卷者四余伏讀再三喟然歎曰是錄也葢宣上廣厲之旨式訓下士非江先生之私言也我

皇上銓序官方師儒之選較鄭重於守令國子先生擢自詞林立諸生於館下正坐口授天下文章莫大於是至郡邑師儒半取諸明經其人少而壯壯而老內困於章句外疲於歲科以

江淹才盡之年登伏生傳經之壇諸生旅見一揖而退客與主旣不相習教與學從何相長乎其自縣令改授者年在方剛而其才其名赫然在人耳目閒擁經而請問所未聞論難衎衎嚮如振玉有古師弟子之義焉今以明經端士習以孝廉恢士學分任膠庠廣厲之旨端在文行兩者閒也江先生以天下才屈首清署不以一氈爲可薄而謙遜靜愨不以所長勝人俾北余面者引爲平交握手論文皆得吐所懷來焉凡錄內所載曰讞語凡可以爲士曲全者慮無不見之亭平也曰告示凡可以爲士昌言者慮無不見之訓誡也曰申詳曰囘詳凡可以爲士上請者慮無不見之奏記也而吾所以推江先生者則尤在身教一事始而經義旣以身爲王唐繼而策略復以身爲賈董至於爲人說書往復百折一以爲馬南郡一以爲鄭康成舌敝脣焦無一非身教也先生與余道古獨喜韓文而於師說進學解尤沈吟及之余以爲詆排異端攘斥佛老傳道兩字未敢爲先生概許若乃受業則奇與共賞解惑則疑與共析厲精勤則高朋滿座戒荒嬉則燕朋屛迹雖韓文所稱何以加焉史稱元和以後中晚名流皆稱韓門弟子此刻行余當爲江門一拭目也

家產序　譚紹琬

家產者文中子所謂守先人薄田以給饘粥者也自俗尙浮薄談及產業則以爲俗談及先人植產之事則羣引爲辱余以爲不然恆產恆心見於七篇矣躬耕南陽見於出師表矣儒者之學必先治生見於語錄矣以武侯魯齋爲俗尙不可況孟子乎至以是爲辱則尤有說以折之周以農興大雅所載后稷公劉之事稼穡艱難其言質而不陋陸平泉陳大士皆當時聞人序陸者曰三世皆農幼隨父力田厥父荷鉏於前厥子牽犢於後犢有時逸則逃入鄉塾以避乃父之笞陳自序曰父課以農取薪山中拾糞道上耕於大窩口命其看秧其地左倚叢篁右傍

高岡偸閒讀書而其父不知也以平泉大士爲辱不可況后稷公劉乎此余序譜而有家產之編也吾族兵衞師之所在荆棘生焉我祖南谷翁奉司牧吳聚之命墾田若干迺疆迺理迺宣迺畝田成之後卽以是授之時民無限田耕種所及不難取多我公意不欲多謂口分世業如是而已足也迨其後運際恬熙年逢大有兩岐六穗之瑞告於田畯鄆灌龜陰之圖捧自他族壤拓於三善疆闢於八世阡連乎郁稼陌錯乎處啟至慶歷以來曰永曰紹曰士賢能輩望增其式廓合古城之田計之則畝近於萬萬盈數也盈則必虧啟禎之消耗豈偶然哉記余少時肆力一卷不問家人生產事先君示以艱難攜入山莊指某所上田爲某姓之沃壤而吾某祖之所殖也指某所中田爲某姓之平壤而吾某祖之所殖也指某所下田爲某姓之瘠壤而吾某祖之所殖也取次數之如指諸掌而於各房莊業耳目所及時爲縷序蓋以今日之饘斯粥斯餬口於斯皆先人薄田之所遺也讀吾譜者可無念爾祖歟

雙清亭送譚學師歸炎陵序

車萬含

濱邵二水合而有亭亭下樓臺院宇吾郡之勝觴於其上者同入嶲別桓部別山張先生赴梧郡參軍怡雲傅先生入武攸而庠師國珍譚夫子給假歸炎陵也兩先生與師敦縞帶班荊與諸門姪附聲應氣求諸門姪與師系以函丈重以父執曷啻金蘭之契而郡庠師李芳谷與兩先生莫逆與師分則同僚齒同諸姪也集此爲會分韻述懷兩先生方欲尼師之歸謂以君道範經邦楷模以君徧望當塗推轂曷爲戀彼東郊之湄哉故桓部詠曰未酬家國恩忍看山河碎四郊今多壘遺辱在我輩名山集勝友菊松焉可醉援翰持轉衷日落烟含翠參軍詠曰眉

璵淵江渾不流有情猶自係南舟琳瑯此際均嶲別骨孅愧余略唱酬師但荅云兩先生繡案經綸應啟雲雷咄咄如某自當放歸長林耳諸君各出所贈有未喻旨含乃宣言於衆曰此師徧志也師自庚辰歲司訓吾庠癸未秋獻賊重兵壓郡時僞道與師同郡密招之遂遠匿已而黎靖署鎮恢郡與師故知益重之當路交章汲引屆今爲盛師獨受坐陞吾庠司教而辭顯秩豈非以其圍城使無噍類謂將無貞志而徒殘民命邪其動關國計而遠心不可羣也如此七年於茲一旦分袂正如應璩所云或振翼天衢或濯鱗清淵豈可同哉於是衆咸以爲然芳谷師曰樂事天壞不可再也江上送行白璧將焉分也惟子言與詠爲滚知師者曷竝爲序以記之鐫於亭畔俾後之覽者噫含爲撫掌之資乎含詠曰濱山鄰山白雲裏白雲處處隨夫子即今歸去鄰山隈雲隨夫子過秋水惟嶽降申及此途繡斧金過赴蒼梧桃花洞口仙馭游東閣西華參武攸龍泉太阿相爲洽澹懷如許與對榻其言此地別光風使我夢繞江頭月一宵魂氣猶如此百年變態焉可測君去南君去北霜氣骨劍猶存古色他年若問茲閒評明河炯炯炤生平桓部諱同敞江陵人參軍諱作霖武陵人師諱宗䲔酃縣人芳谷師諱青蓮黃岡人諸君瑤篇不及備載丙戌冬月之吉

行吟自序　　尹惟日

余兄弟與叔父韓傒共筆硯爲文日多詩亦成帙無何世事滄桑癸未獻賊陷潭州余叔操班生之筆漫效張子之椎事發幾不免是余叔姪以詩文而賈癸未之禍也甲申以來朝南夕北不能有其家而余又爲知己者用仗劍從戎身在戰場家人父子皆奔命不遑也　本朝鼎定余一馬脫歸叔姪兄弟遂爲世所知戊子衡湘兵起余與二兄間道謁劬庵師於鄂歸尋兩親而搆者遂以爲口實緹騎四出余父負老祖遠匿窮谷余叔姪四人顛沛吉袁間倚師友以活是余叔姪以詩文而賈戊子之禍也然余是時名已倖列貢籍矣恢復後二讒人交搆其間吏

議以賄脫至是而郭外之田蕩然無復有存者余遂出亾西江矣是余叔姪以詩文而賈庚寅之禍也辛卯幸舉於鄉時道路告嚴余挾弓矢奔上春官馬上獨吟淒其以風壬辰成進士朝論以余年少欲畱靑瑣而余往年好談兵事身經數十戰狹知湖南大勢遺孽負嵎王師久駐情見勢屈必將有變余不忍余家之即於難也謁諸大老流涕爲言遂匹馬南歸走十數日至漢口而長寶果告陷矣乃買舟走九江由豫泝吉卒報賊由茶陵破吉州時王子伯敬同行余曰賊之輕犯西路者以我師未集也今師已至星沙我計日而擒之我到吉賊當走衡桂矣比余登舟問吉之主人皆云茶陵於三日前賊方遁去王子伯敬益歎余歸之甚勇而甚奇也歸來與家人相見荆棘中甫兩月又將有遠行檢詩稾付之梓人余自序之

胡祁緖芝廬偶集詩序

陶之典

十年前蒼筤谷上讀胡子祁緖制舉文。天驚石破。察其才實與李杜爭光燄。非但操劵取高第冠軍沾沾得意於有司試者也。旣而語其師黃瞻孝廉曰祁緖君之宅相所謂天門聲價者雖執經得毋且避一頭地乎曰然吾固早以平生業歸阿一矣。嗣黃瞻出宰予歷蹟空山積離羣之久。知胡子所造就益盛。人多怪其不早達。而予所私斬於胡子者則以其驚天破石之才宜且紬繹騷王長藝苑以傳風義於無窮。而不合懸國門書之遲速也。辛巳秋予臥病北窗。突有銜軸書介緗帙陸離而至則自祈緖惠貽。皆驚人之言煌煌篇什也。快哉向所懷企而冀其

宜從事者茲拜之。何啻起病而慰調饑焉。荷題奨綫八章。乃特爲耄人三致意。以新詩勸飧飯。嘗味果然。似謂故舊中差可語如予者。猶足備知己耳。已刻三集。其光照乘。碩義立於篇端。無一辭可容夏贊。顧猥屬衰庸。自當皇甫以筵發鐘。可不自知遠慚耶。雖然柴桑老夫固嘗以詩爲家事矣。請攘臂而即其命。編之意一爲鼓吹可乎。蓋讀秋心草而知遠神之獨據焉。觀其韻入窅冥者情競移。孤吹芳秀者氣愈顯。可以思澹漢微雲雋句。蕊英華之座。非秋垂露筆端。握造化之奇也。讀三芟草而知極追琢之効焉。觀其四應兼眾人之長。造微得晚節之細。可以思景熟奇呈。物象自奔於腕下。年鎔月鍊。波瀾自適於老成也。若夫一紀刪餘之集。吾卒業焉。而益歎服作者之用心爲不可及也。已夫矜爲詞章者。連累篇牘。務雕繪滿眼以鬭富爲能。方恐鍾嶸嚴羽之徒收之不博。孰有如胡子自豐殖之而自嚴汰之若此者乎。攻瑕絕纇。其粹乃精。洗髓伐毛。其眞乃出。此刪之旨也。至楚人乃不得以枝葉之言欺祁緖。而祁緖斷有以自命焉。天分所詣。妙合古人。縱則飄然不羣。蓄則汪涵萬狀。吾故曰祁緖之才。其光燄與李杜爭也。且晚文售上金鑾。著書觀中禁落筆。如太白子美所遭逢。大雅業將傳不朽。以是歸得意。乃眞得意也哉。康熙辛巳老同學八十朽人陶之典序

劉五原浮海詩序　　陶之典

皇甫持正嘗謂文士篇章特異於凡衆者蓋若鸞鳳之噦金玉之輝其器業不能不異也此固舉其聲光流溢者以相喻而材賢志物德諠之辨在焉故臨川序詩義亦曰放其言之文君子以興則四始五際之原尤人倫之所自出也自詩騷之裔歸於湘澤代有人負荷之至於今不墜蓋皆躭學篤志彪炳乎君子之林焉今湘澤之詩號爲最盛矣而諸同人乃共推湘潭劉子五原以爲爇壇祭酒者攷其素醇流粹溉殆非獨爲奕於聲光之表者歟予往與五原尊府符九先生游嘗共晨夕於石村且園聞五原方弱冠聲高雅好哦咏得尊府歡於獨立之際顧英

沈自得不漫隨人舉止予嘗與之談公幹絕唱及隨州長城輒曰主持風雅不當如是乎既爲名諸生擅國門業而斤斤大雅之復陳則命意詩騷五原之籌負荷也蚤矣於是藻詞鋒發沈浸郁穠其不與詩騷合者蓋未嘗有也而五原意不自滿益求之名山大川以博其識徵之才人益友以信其心斗南北海滄炎凡可以廓襟靈者莫不遠攬之以助鬯其志言大氐於涉屺岵同袍澤闢憂樂者之惓惓焉而五原之詩乃大成矣故美者彈凡密者絲扣極才人之致而不膠於古人斷歸雅正夫豈草草爲湘詩者哉予既耄英華座上事不復能與而湘之宋日益張時驚老眼五原乃淡心靜氣以蘄進夫英辭雲諠之閒人不得而澄撓之也頃歲　天子南巡至於白下數延問長卿其人劉子適客其地偕一時詞流獻詩賦緜仗下遽動　乙覽

蒙

賜置高等天下傳爲盛事而劉子固惶恐自維思賞賚颺奉登奏屬在報國之章者其分難副淬礪之益兢兢也與予兒子煊稱執友莫逆論詩文字櫛句比不少徇懷枕祕幾三十年始一出示衰傖和予橐中諸韻爲詩十章以相寵耀且使讀其近集而弁之以言遲回鄭重乃特以見商若昔人所謂後世誰知定吾詩文者然而予則何以堪之請爲敘次應求本末而敬佩五原之負荷楚詩不少怯其心如是若夫聲光所流本於德諠者則信乎鸞鳳之噦金玉之輝有不能不異者焉君子哉

其詩傳其人亦傳諸同人類心折而推崇之當不以予之言爲私言矣丙戌春分日同里世同學八十有五耄人拜譔

文廟樂譜序 代

陳之駓

禮莫大於祀。道莫尊於聖人。祀賜以樂。樂之用數繁制精。八物導化。機神相盪。非彊情無味者之所能塞責也。孔子之道與生民亢。廟食百世。禮則天下行之。樂或有或無。語此者寡。勢也。明興。長沙文廟樂稱盛。緣王府也。王府樂隸太常。封藩之初。賜以樂器樂官。彼所奏於太學者。皆是長沙樂舞生得所流傳。潯陽琵琶。有京都聲。洵非誣也。獻賊潰崩。明之天下。吉王遜國。樂工零落何所。宮廟兩寂。僅留檐上風箏。時亦鏘鏘晝夜鬧而已。國初拾禮器舉舊祀。取黃冠所降神者充奏事。二十三季人掘地。得學宮舊鐘十二枝。石磬一。豆七十。簠簋之類一。鐘無范鏤

文字。莫辨律名。昝漢成帝時。於水濱得古磬十六枝。蓋編磬也。劉更生遂欲因此興辟雍庠序。詔未佮而寢。何則。古樂失傳久。雖得其器。莫習者。求如簫韶在齊。桑林在宋。何可得也。亢明訓導汪君諱光蛟。得丁氏雅聲於王豹菴。所多寡次第。皆有圖說。方知十二律外。更有清黃鍾。而前所掘得者。尚少四枝。詩歌之韻。某字繫某鐘某磬。或吹笙簫。第幾聲。琴瑟第幾絃。幾徽。舞者或左或右。翟籥分合。或俯或仰。或磬折。或欹或反。或跪或蹈。或卻。八音按節。合舞成容。曲終樂闋。甚爲爽徹。夫魯備六代。會欖而已。聞樂知德。乃在季子。今竝誰爲魯者。何妥盜名。容身等竽南郭。阮逸胡瑗。知李照爲非。而不能精求絫黍度數。書生矜負。試輒扞格。說在郴州之論攝生。中聲竟不得聞乎。季有此端倪。人恥伶役。予繕修其書。令留心禮樂者。優獎好事童子。升歌象舞。一案畫圖部勒。則鈞奏天籟。未必如夢想之杳杳也。然則是書采成之者丁也。其在五官之法者乎。藏之者豹菴也。其收丞相府圖書者乎。予也。新鐫而盛行之。其背誦遺書三篋者乎。論功各有差。

歷朝古文選序

陳之騋

一代之文豈無參差觀其大略可知一人之文亦必有參差觀其得意可知尚書之文典雅深厚然贅牙棘舌周公亦爲之孔子觀周史記作春秋明王道約其旨深其辭於一字之間全性命於亂世也故春秋之授無明文左邱明隸經作傳亦非爲經存事彼將託列國以自見其所爲文然心鈍而思切節促而聲煩旣整束爲傳又以所聞之蕪不盡治者副表爲國語一劃之巒時有之僅矣觀此靡靡之文知人無闊步何能起衰周之運哉左選訖無善本好雋者茹蕚輯鬬者刺事及觀大史公編年取纔一二則犂然散矣作史者必有斷割由己之才然後能以

寸管了古今事左氏沒竝無能爲左氏者懸絕七十季治亂存亾不知何似遂成戰國戰國稱策非竹書也謀士之言也文章非亂世不奇亂極奇氣中於人心故其文清雄疏蕩傲詭善變當時攖動傳聞非盡關手書只應辯立談頃列國御史注之不然下必有斐娓如檀弓者存之又不然秦雖尚刀兵刑法收六國圖籍亦或有良史校案非盡漢司馬公所修飾潤色而成也楚漢之際急於戰國先秦高祖以百折不挫大風雲飛開國之氣自強人意而又長者愛人君臣簡易故其言樸直寬大短篇蹶然而起卓然而止時出崛奧爲好新者所不及非獨古茂之風溢於言表當時賈誼蜚英於前不幸蚤夭子長發憤於後揮

宏人才有左氏之藻鍊無其滯色肆盡於戰國而尊重過之非不羈異才乎東漢末魏氏君臣炫異漸起六朝俳儷此常理非變也天地閒有奇卽有偶人之口鼻奇也耳目手足偶也鈞形異位未有刑殘解去者故文散調合調參乘不悖久奇者戀其偶運使然且六朝之俳儷又可輕乎哉天地閒另有一種陸離之色淸商之音穿鑿之手塡嵌之工非沈酣古今浸潤穠郁焉能任操靈府生成妙合耶昌黎子惟不能也畏而逃之諱拙而矯語於所好爲古文者古文成遂爲歐蘇四家之本其實去史漢遠矣昝蕚亭顧偉南遺我長句云古文阡陌亾昌黎比興廢夷首顏謝亦不蔽其罪而阿之也要之史漢之氣橫若淩江河

不患其不續使八家效此三數行竭矣八家之氣馳逡巡徙倚以赴情理之歸非好爲此也勢不得已也後之人苦彼切直怨茲柔繆亦覺彼有風雨迴翔虬鶴矯繞之樂而剃髮及膚翦爪侵肌痛處終未有及且史漢之文亦何嘗不逡巡徙倚大者千里一曲小者喉閒細轉不易見耳今欲定文質之則調正變之聲自左國以下必有所特標之汰簡之黜其最有名人最有名文爲世奴奉而耳食者而後可定其狂簡之斐然若夫俳儷之文掩映埀虹方折如玉二矛翱於河上雙劍會夫延津雲裒帝城春深銅雀唐惟宣公擅之宣公尚不如庾鮑徐瑒之倩麗也然以澹宕圓秀之詞寫奏議軍國之事下筆千言典雅詳盡逸

氣不蹶。奉天兩回鑾駕表。尤堪伯賦。幾會此者。宋仁宗以翰林官司馬子昃辭。曰臣尤苦四六。上曰如兩漢制誥可也。亦足見此事之難。事不預備。難以應敵。

墨選前序

陳之駓

一代之文。必有一代之體。後世卽以爲古文。凡精此體者。則必有妙義獨諦。神行鬼助。其際人視爲不可及。昌黎之變六朝也。昌黎實不能六朝。諱而逃焉。別取一途以自擅。而後遂成其爲昌黎之文。其所以應制者。卒不敢廢。自云顏忸怩而不出者數月。袁中郎云。八股明朝之古文也。知世哉此言。顧此體精而國步已無幾。論者遂以文盛爲明運之衰。予嘗稽之往古。似然然所以然者。開國文體新制。人倀倀如冥行大荒。久之先聲之所開導。流風之所浸淫。始膽智競出。而國步亦老。蓋文至是始精也。不然。以犖才數聖人之言。豈聖言爲傷鷊乎哉。割席自好。力

闢於萬人場中。日暮途遠。未知所極。而時學之陋亦頗悉矣。篤時者取朝華之文。月增歲減。而三科之前。不知問十科。則茫然如前生事。泥古者自洪永以來。奉爲轍迹。嗚呼。是死人含玉也。使王唐瞿歸等復就諸生試。督學得三等爲幸。竊論文章先後輩。分自明甲子之季。先輩所萬不如後輩者。先輩確於談理。後輩巧於設意。先輩熟於用法。後輩長於御氣。先輩能盡題所有。後輩能空所有而生所無。先輩能稱題之情。而分寸不爽。後輩能破題之格而縱橫自如。先輩博而無用。但可施於二三場及詞賦之類。後輩卽時文爲古。寄興會情。陌徑自通。先輩涉講章衍義。後輩饒寫生傳神。今人猶稱先輩。遡潮而上。則是花不如

苞苞不如萌芽萌芽不如寒枝豈理也哉先輩閒亦有脫穎絕塵者則又人中之瑞也吾故略明前九帝科目於正德嘉靖各載一二於隆慶有加於萬歷啟禎稍肆 本朝順治猶肆今康熙復精汰之若夫囚瑣腐弱願見古之麤梗不得未敢風示晴洗塵污

感遇數篇序

陳之駓

文也者測聖賢之意亦得聖賢之響者也聖賢意如古器難名能鵠中其情聖賢之響大音希聲能以響續之如自其口風過成聽此其人謀辨可卜矣且聖賢豈徒道德之名哉殊能絕智之稱其書人情事勢何所不有而學者以偏枯杳冥之道德誣之使其生氣化爲腐爛亦自失所爲利器尙何華旂之有天下士中此弊久波以煽波聾人之聾笑人之笑詑不自知其何緣閒者 朝廷亦厭其蕪根濱蔓延從何拔此道不在典闈而在督學典闈三年一出非素所習士不維其風之自取而待其成勢必盡爲排斥而後可卽有大雅不從俗與典闈相遇於百千

之中是百千者反以爲嘗試僥倖於一得不足訓噫後之人孰從而聞道也卽有心知其非僥倖而心儀之者則未知後此典闈爲誰其好惡猶前邪而欲懸待湊合之是猶仙人趾蹟而希其雲霧之生也噫後之人又孰從而信道邪故曰道不在典闈而在督學誠有以開其先也督學與士親季月課三年再校閱非典闈之有榮無辱比士馴其教故典闈享成焉愼齋蔣夫子之督學於楚也悼楚俗弱什而手起之大要惡假借使人治業效諸葛武侯治家有桑八百株自食其力而不倚於官賤雷同喜張睢陽用兵使人各自爲戰而不以軍令陣法牽制之故士皆務見其質而得以己意行文是時 王師猶爲僭闖阻岳陽

壁湖以南風未之聞也已未秒始建旗節鼓吹溯流而上按長沙士迎者夾道觀者壘壁蓋文德始修夫子又以陽羨名碩爭識其羽儀元朔之六日大校士至燈宵止夫子愀然不樂曰古稱楚俗剽悍文不雅馴有之今何其靡靡也顧士之失伍者補集未已夫子續續收之最後得單生士逵幷駓卷始開顏曰好驪馬不逐隊當是時如江州司馬囘舟挑燈重宴而聽琵琶梨園子弟晨星落落惟存公孫大娘劍器秋八月反自濂溪錄科仍先駓遂命參乘北去賢者所知衆人惑焉果爾羊叔鶴公又未幾葉落風不起山空花自紅去夫子二十年幾摸索於牢籠者之手賈黃鍾得矣夫然後向之惑者亦暗折駓之難羅而夫

子操鑑之神也而夫子之道其有以大信於楚矣然夫子之督學甚難督學以衡文爲事自來居是職者甲之乙之上下手畢矣孰是懃懃以開導轉移爲已任則居心未厚也幸留意又恐簾官與已見參差羣不逞反借爲口實始隨俗操拔則任道不勇而夫子之前若有痛後無所屑非忠於其職能乎非獨此夫子督楚兩閱科修聖廟廢壞者强半書院四之三凡先賢大夫及有道之士在人心者悉進諸俎以彰教化購著作之隱逸者社師於今爲芻狗夫子拔其尤使列子衿童子或循捐例夫子視文佳抵厭金皆非巧宦所樂爲駓一一揚之冒於諂獨文章一途甚切已樂得豪吟以志感恩知已當世一時

自詩序

陳之駓

族祖文瀾老能詩伯兄閑長請業焉予稚未解聞吟聲上下亦聽之方理舉子業未遑也業成爲諸生始學之閱漢詩去三百未遠風流潤澤未若後人終是大風橫汾之餘有椎魯無齷齪豈方袍大巾之以儒詩爲三百氣味者哉黃初矜厲難掩皆窳至康樂則彬彬質有其文用古事成語累累對出開唐人之祖未有所謂律者律取詞中整體而修之以其篇甚短而起承轉結全焉簡而易學故取爲律令且便工俳諸名家不甚爲惟少陵得意五七言各二百首然字句太齊聲音互換止隔分寸重壘易厭乃樂府之一調予初作律詩後逃之古其存律詩有拗

字拗聯不改以唐人犯此者有矣嘗論文書理未盡則虧題作意未愜則虧文不得已竄虧題莫虧文寬韻亦然韻之失者可以佳句贖之句敗句俗非一字老韻所能醫也且韻有六惟邵韻從不用才老宇類增於休文溫公挺齋皆本釋梵調呼坐爲詞學正韻又括錯之此之所外彼之所收亦足以舒學者之拳跼非曰負固也予從文得詩覺詩懷潤則文字句治能以情聲淘理之村轅文氣弸則詩亦必波瀾遠鋒銳縱橫若夫七聲輕重吾安取則起作韻者固不能將刀劃水然非關尹射燕趙舞也吾亦時應之若曹景宗

徐岫眉詩序

陳之駓

陳子匹蓟執唐宋明三朝詩相絜曰唐獨王乎後無刱霸乎予謾曰王霸各有運工力亦不甚遠唐未始獨王宋明非無霸何謂然唐以詩爲科人自童子時已學聲韻對偶如今帖括然森森皆有墨則又麇集諸色以待供億功名中無性情久矣故其詩亦不揚諸如李杜王孟皆軼出科外網羅有幾此唐不獨王也後世科制在帖括士以詩爲游戲會際與酬候蟲時鳥不得不鳴又無寵辱拘忸鬬亂其胸中反能發抒性情以自愜幽獨所不如唐者止有宮詞出塞無其豔芯此實運會使然蓋唐之君臣不大嚴隔侍臣得與禁內宴狎至尊妃嬪顰笑服御一切

目所常擊又唐士人不得於朝則就節鎮辟舉節鎮握兵或制邊塞書生爲之參佐凡形勝軍容戰鬬馳獵斬伐胥在場身親磨厲皆可收其奇氣爲筆之助後世旣無斯二者心膽寥落卽彊爲大言豔芯何處得來所以讓王於唐至其發抒性情以愜幽獨每多竅心鏤骨破天驚鬼令椎鈍者汗下神怡此則未始不霸卽宋風腐茶不過朽質雕文之士地望淸華爲天下標者數人污辱詩壇未可以此蔽天下士也明稍無此詩不知者不强爲且不王則削不霸則亾當今世霸何可得而虛稱王爲大抵詩貴眞貴新司馬子長史記陶寫人物紙上皆可呼動千百年猶有生容眞故也南華一部買蝗蟲耳何嘗有是然無是人是事似有是理無是理疑有是情無是情覺有是景無一死人墓中殉器新故也故夫眞極生新新極生眞雖不爲王退可爲霸唐之作者予前不能悅杜審言後不能悅溫庭筠審言徒體統尊重無堪解頤庭筠豐圓溫潤少稜稜氣骨予謂唐不獨王略以此明徐渭開有麤疏要其氣象磊落有藺相如張目叱秦王子房狙擊博浪沙之雄斯人不止霸近見江陵徐岫眉集宏闊滚切注弩藻鍊殆亦爭霸者流甚矣眞新難全詩無常勝古人感而後思滿而後作臨墨躊躇成而復毀今乃以當尋常塞溫視王霸何等匹蓟願然曰詩不亾幾何不王猶霸不霸將奴隸耳請以此持檄推敲家凡修理吟政者俱赴江陵校勘予亦

願岫眉之提唱又喜匹蓟之知人

譚元瑾詩序　陳之駓

蘇子瞻論作文只一聚字法等許字積成句句積成文錯落更置位次有宜有不宜耳雲陽譚眾只先生予昔與其嗣君子盤共八尺坐拂湘水歸知先生修詩政至是將命奉書曰家君詩授梓成願有言開視則一集唐一自作去有間私予者曰子昔序江陵徐岫眉詩云貴眞貴新司馬子長史記網羅事實文稱其質自非應闕字句不泛涉至今讀者有風采眞極生新也莊生多端烏有是人與是事然理之所墮情疑有之新極生眞也今先生於唐鶴斷而鳧續之爲已功眞乎新乎其所自作何等之風乎予曰是不可一例兵法善戰者因糧於敵食敵一鍾當

輸二十鍾遠地當三十鍾非智將不能過於古乃可使古以唐三百年詩人自爲政不相役且使之旅進迭承奉給不暇莫敢背違向非伊君之執臣妾之於奚知之於其自作詩知之也郎若竹林三十韻尖儁無徵不入閒情逸理是辛幼安苔鶴問疾有三事大無聊賴憂樂不倖側奇一也七言渾質堅凝力多於巧有漢樂府氣味是殆擊中副車時文章豈俗膚易嗜既有所慷慨不自得一二奇興外視當世又無可意者儀唐人詩句爲外府掇劑之孟嘗之裘非一狐之白叔寶珠勒非一螾之淚公主襲非一翠之羽徵唐人固不足當其椎鑿自來文人筆墨之道不能終日閣置巔破緗雲以爲衣服移宮換羽未怕周郎詩亦有之彼蓋以慘澹經營選事爲樂也雖昔人不甚矜貴之句一經其募比聯排突崖斷波立慢然不知移來是何處天地微獨鉤心鬭角而已本自有長寓之溢惋九金貢而鼎成詩非復唐詩也不觀詩人猶以爲他人作嫁衣裳哉

單氏族譜序　陳之駓

單姓之爲單于之善也·與單耦之丹也·書無別迹名有殊稱·此如騣騠驌驦之未騁也·魯玉之徑若色·未嘗側視也·孰從辨之·而譜載甚析·統之周文王後·其源流迢遞·枝葉扶疏·則又非雁門崇韜之冒汾陽也·昔羽臣與吾同遇於督學使陽羡蔣公·公每稱羽臣而難其詞·疑於所姓之音也·吾以丹對·公曰此姓無丹·江南有善耳·公蓋熟其別族之出於臻·而未稽戴宗之在攸也·吾亦私揣此字·一見於十四寒韻內·故李後主詩餘有客衣單之句·意此字可以兩喚·但不可爲姓耳·今觀譜系·知姓之有丹也·凡著姓必以顯者·攸著姓科第·可屈指數·而單氏歷官甚

多率以貢顯·不知古之貢卽今進士也·今進士乃舉人類耳·緣禮諸侯歲貢士於天子·故朝廷進賢以此爲名·韓愈自稱鄉貢進士·明初但有貢·後以貢有遺才·別設括之·洪武十八年庚子纔一舉行·旋寢罷·其仕於博士者·疏表悉出於其手·亦謂外翰·至今廷試獨貢生·是則進士屬其肩餘·單姓之爲著姓也久矣·夫矯鉛爲丹·矯丹則復爲鉛·單氏能以貢士成名於昔·獨不錄進士於今乎·且其家多長者·好禮力學·不求虛名·今　朝廷博求古聖賢後·賜爵褒封·曩者周公與季路後竝　命襲博士·以單氏之德·卽不上書自陳·聖人之澤久而彌新·必有從科第起者·俟不旋踵·

湖南文徵卷五十八　　湖湘後學集編

序三

與畫人拓談序　曹逢通

諺曰畫人難·以還人眞面目難耳·非如山水花木磧阜禽翎隨意疏寫也·扶子文英嘗爲士大夫繪影多肖·獨於予不爾·予謂之曰子豈工彼而拙於此·然雖工者不能寫予之拙焉·昔韓幹之馬·僧繇之龍·米歙溪之蜨·支道林之雲物·巧妙極矣·予未能騰變如雲·迴舞如蜨·飛動如龍如馬·胡爲乎尤畫者之不我肖也·且夫畫之以眞還人者面目耳·彼子房武侯敏達廣遠之神

於設施·少陵仙李嶔奇礌硌之發於歌咏·希文涑水溪醇忠亮之流於性度·百世下何從覯其貌顏·乃不啻若遇之而傳之·蓋其不可磨滅者固自有其眞也·詎規規面擬而目摹之耶·矧予自甘迂魯·視不及襟帶之外·聞不近上友之林·持則懷捧玉之愆·行則切折坂之懼·是頑於目而强之晰·鈍於耳而化之聰·愚於手足而使之靈·必不得矣·工非拙·安能寫予之眞拙乎·扶子矍然曰工於寫拙而傳其眞·謝不敏矣·夫拙者故吾也·故吾吾自識之·卽吾亦不能自道其所以然也·

三元宮積穀序

曹耀珩

古王者以三十年之通制國用，凡祭祀、朝聘、燕享、征伐以及凶荒不虞之需，咸取給焉。其在民閒，亦必餘三餘九，蓄藏無限，而後俯仰有資。他若社倉之設，以二分起息，稽其出納，酌其盈縮，皆古大賢行之鄉里，爲積儲計，用補大廷所不逮，意良厚也。甯邑三元宮每歲中元建盂蘭會，皆衆姓醵金爲之，貧富不齊，一時有無莫辨。今市鄉之善良者七十人，各捐粟一石，每年取陳易新，子母必償，中元用其息，本穀及所贏仍貯倉，輪管。不用命者罰無赦。李生光四來告余，請一言。余曰：天下有治人，無治法。生法良矣，第顧其人何如耳。蓋人之情莫不各私其利，人而至

於七十，爲滄爲黠，又未可比而同之也。如其人之未必良，則有不匝歲而法弛，究歸蕩廢者矣。如其皆良，吾見陳陳相因，以億萬計，行之百世可也。生其述吾言，大聲疾呼之。詩曰：靡不有初，鮮克有終。尙愼旃哉。

雲鶴堂集序

曹耀珩

今年夏，於千壽碧朗方丈邂逅雨隨上人，手出其雲鶴集上下卷授余讀之，如炙熱中淸風徐來，嘻，異矣，快矣。雨隨者，吾同學湘門張少卿方外友也。湘門敦道義，好文詞，不苟投契，獨與雨公交垂二十年。年來脫簪組歸里，人罕得見顏面，雨公且兩至其門，數日乃令去。雨公之爲人，於吾湘門可考矣。六一集中惟儼、秘演二僧序，士束髮熟誦之，其識二僧皆以石曼卿。序惟儼之詩，謂既不用於世，其材莫見於時，考其筆墨馳騁文章贍逸之能，足見其志。序秘演，謂能遺外世俗，以氣節相高，又曰胸中浩然，習於佛無所用，獨其詩可見於世。二僧詩不少概見，大約

皆當世賢傑而隱於釋，如吾雨公其人也。雨公，衡山人，中歲學道，縱歷天下佳山水，至京師，杖錫於安國、柏林六七載，今且倦還，棲遲醴之余山，而浩浩落落，尙不欲凝滯於天地間。吾益陽浮邱、小廬二山，蕭然佛地，江城之南，長松絕壁，唐裴休讀書處、雲樹庵、白鹿寺猶有存者，雨公儻一過其地，吾將蒼顏白髮，從惠遠之社。少陵贈贊公曰：與子成二老，來往亦風流。其許之乎？於其別，爲序其集，述吾意於篇首。

臚句序

蔣大年

古者內史掌記邦內，外史掌四方之記。公侯伯子男之國皆立史，猶今省郡州邑之各有志也。王者欲知里巷謠俗細碎之言，更立稗官，不設忌諱誹謗之禁，亦存野史。小大殊則諷議攸歸，卽三傳之各自爲體，而學士服之無斁，期在裨益政教，助宣王化已爾。然而省郡州邑之志，官無專職，代遠傳譌，秉筆者徵言於遺老，取信於他籍，附會穿鑿之疑多有。且古之里婦胥徒，咸與聞聖賢大旨，詩以寓志，太史陳之，觀得失焉。後世號良史才，其所是非猶尚訛謬，況戔戔者與。昔人稱史有三難，余謂不但已也。品必宅於道德仁義，心必植於正大光明，然後可以善施

其文章，式昭其軌鑒。余郡七十載乘記闕如，有志其歎。昔春秋列國大事布諸策，小事簡牘載以赴告，故一國而列國之事俱書。乃者一方一邑環數百里之內，歷數十年之間，典故荒落，罔所考稽，其中芳躅餘規、微言孤行，槪與蟲草同滅。而車子孝思嶽降，不遐適生其際，文不在兹乎，文不在兹乎。戊寅郡伯陶公紫閬先生走使者奉幣帛請屬載筆焉，可謂得其人矣。方車子之始作志也，虛懷靡及，諏謀度詢，必咨於周，雖以年之寡聞，俾董膽繕。既而會逢事故，撤席赴闈，主者裁以己意，假於他手，不無一二遺憾云。烏乎，待之數十年而後有其人，辭之十年而後任其事，任之一日而又不克盡其才長，良書之成，豈不難哉。又

二歲，車子別爲臚句一書，年受而終讀，比事連類以見義，依往起論以救時，帙不盈寸許，而以觀山川之夷險，察星日之常變，觀興敗之乘除，鑒風謠之美刺，度刑禮之張弛，燭賢奸之消長，不必讀全志而槪鏡於斯矣。至於蒐錄佚遠，譏切曲中，表幽遂良之意，憤世嫉俗之心，時時從筆舌中傳出，其猶春秋之志也乎。余觀車子夙負經世大志，曩徵書迫起，以天子行格外事，勉而應會。當事菲薄名器，車子乃遯之古棻萸江，抱郪讀書。余語車子，昔呂文穆公自負止用人一能，及韓魏公生平未嘗以膽許人，獨子差不愧之。年一日單舟獨棹訪車子於励園，默對良久，慨向余曰：子今安所志？余曰：霜勞柏逸，波攘石安，澹然自足

勿苟世好而已。車子曰：不然。士生於世，無問貴賤，君父念頭不可一刻放下。居高不能盡命竭才，在下不能明務正業，皆謂空食君粟。我欲表古今君臣相得之理，作爲史繫，附古者進書覺報之義，烏能擲管斷舌，自比樹魄乎。余聽之悚然。竊聞五帝聖神，其臣莫及；三代主臣同量；五霸臣過其君，咸不可謂有君而無臣。有君而無臣之歎，近世諛君之詞如此。旻之五章曰：國雖匪膴，或聖或否，或哲或謀，或肅或乂。當時所謂無，詩人所謂有也。蕩之四章曰：不明爾德，時無背無側；爾德不明，以無陪無卿。當時所謂有，詩人所謂無也。朝廷觀前代君臣所以得失，未嘗不咨嗟笑歎，正恐後之視今，猶今之視昔耳。吾子服仁懷義積

力撫忠勤思偉略宏廸新猷於以拜獻天子光輔中興詎不偉哉然則臚句一方之書也賢者覽以興起不肖者聞之足戒史繫天下之書也普天率土莫非王臣本性情以動之引議論以伸之鹿鳴天保之盛偕子臣而共賡之矣車子不徒文章著述人也車子之文章車子之心術德業也昔尹吉甫不以文章稱而有嵩高烝民二什諸葛孔明不以文章稱而有前後出師表億千載讀之人人起好德願忠之思余所以俯仰淒寄於是編而若有不能遂已云

鄭玉如集序

劉昌臣

鄭子名嗛里中者五十年先儆居城舍與余內父結社於柸渚孤峯余因與之交其人修髯長眉襟懷磊落睥睨一世後復與唐汲庵楊巽氏賀天放結社於大善僧寺馳騁諸公閒銳不一挫善飲酒不可以斗石量嘗同社讌會或花前月下酒肆城頭當鐘鳴漏盡鄰雞五更猶豪飲自若絲竹喧闐呼盧喝六聲聞數里卽當事亦耳諸公名皆謂此輩何止光燄萬丈金吾不之禁也相率爲古文詞各以摹一古人爲勝汲庵善讀離騷巽氏心契同甫每過鄭子則手一編咿唔不輟見余輩來輒匿之同社訶其所讀何書文之孤逸峭削乃爾及百計覘伺則徐文長

集也嘗謂明世諸子王李失之濃濁信陽北地博大矣而病於疏公安竟陵以淸雅矯之然亦有可議惟文長丰骨稜稜不可仰視其奇快在長吉之上唯惜其時不遇成弔天池文幾三千言悲歌痛飲可泣鬼神當時傳之鼎革之後諸友散亡巽氏死天放亡命汲庵家別公溪余來羅上港鄭子逃於江南授生徒自給遂相睽隔而當年唱酬聚首之地已成苔蘚今春余自山左歸鄭子貽詩文一冊致書於余云交游成故感觸無門智勇隤頹舊學銷秏前之所作散亡兵火今之存者皆三十年來物也猨哀鵑苦語不成聲子其爲我序之余讀之有所感矣文長八赴賓興不得一售鄭子亦七入棘闈似之文長僅以明經老

鄭子六十尙爲府諸生似之文長受知於胡制府辟文衡鄭子幸遇於王分司張陳臬似之文長使酒罵坐旁若無人鄭子以酒自豪似之文長囷頓七十餘年中遭冤獄幾瀕死鄭子壬癸以後轗軻顛越貧無自依禍雖小不似而終似之文長俠烈如豫讓慷慨如漸離鄭子偃蹇玩世自號狂奴復似之至於文章之知遇文長沒數十年而後有中郎爲之表著余今日不敢竊附歇庵然安知數十年下無有如中郎其人讀之而慕慕之而傳而使後世知有玉如則亦何不似之有哉是爲序

送傅夢臣序

龍之瀠

吾郡大司馬傅公作霖崇禎壬午鄉薦也明末授兵部職方屢晉大司馬以不識天命抗節武岡當事者壯其義而錫之祠表以墓道噫　本朝之於勝國孤臣如此其至矣於勝國孤臣如此其至者所以教天下之忠也於勝國孤臣如此其至卽未有不優恤孤臣遺嗣使之奉祀宇下者所以教天下之孝也然而伶仃後嗣飄落委頓莫支則非優恤之不及也司馬有子四其三相繼殞落最少曰巖字夢臣今年二十有五矣慷慨俠烈有國士風聞計時纔弱齡奉母夫人晨昏數歲夫人尋卒而弱子孤蹤亦委落風塵顛躓莫振矣暨癸卯冬初余與夢臣飲酒數

行夢臣撫案瞑目慷慨流涕曰男兒年當力强坐視一室不如蹈東海以死欲決策入滇訪諸故人屬余序余不許曰子志則壯矣其氣未老也夢臣拂衣行自辰入沅入黔入滇約一歲歸於時司馬故人或出師或外鎭其閒半遇半否志未暢也乙巳春有京師之游請序如故余曰子氣則老矣其識未達也引大器晚成之說以進之不聽單丁獨力竟走都中閱歷山川備嘗艱險復一歲歸然察其動靜大非吳下阿蒙者默爲之誌喜今年春果復入滇東載秣馬索津筏余擊節鼓勇曰達人乘時子其氣其識絕力過人速行無怠且司馬公推轂滿天下忠義動朝廷當事者憖不得其遺嗣而顯之以風勵臣節一旦聞有

孤臣弱息能強力自持慷慨俠烈如夢臣其人者當不知如何愛惜援引期大遂其懷抱自不同叔敖子以優孟衣冠得顯也更何待余序哉所惓惓者當事之重夢臣與夢臣之所以干遇當事無非司馬一片忠義肝腸凜凜如日星河嶽使夢臣果愈老其氣愈練其識大展抱負以無負故人推重之雅使人人知司馬之孤忠弱息能強力自持相與有成於以風化天下不淺矣余與司馬有筆墨之交於夢臣之別也飲以酒并爲之序以壯其行

寶慶府志序

車萬育

國家命官莫重於史職宰相入輔必兼殿閣學士蓋以稽謀自天而燮理寅亮非精貫三才無以匡佐郅治故內有史相臣領之郡國有志太守裁之而修史必取材於郡志凡以天下者郡國之積也一郡有星躔有形勢有田賦有戶口有風俗有物產有官師人物其閒禨祥險易肥瘠登耗豐儉湻漓賢否貞淫皆得而稽察焉上之　當宁使情形萬里如在眉睫庶幾因地建官以爲鎮治綏猷之要而太守固將習典故考文獻達民情時爲舉廢修墜不致荒缺則郡志之修固不重哉至於綜故實精考覈義例體裁必典必確訓詞深厚文章爾雅非深吏治具

史才曷克勝任而愉快子翁老公祖涖郡三年政和化洽庭清事簡謂舊志之略而不詳也脫而不完也質而不文也義例無所折衷也體裁無所區別也欲釐正而一新之謀諸郡人士僉曰非公弗任公曰顧可當吾涖茲而使大典弗光不克比於潭衡永陽諸乘實愧甚於是開局延寓賢諸郡彥以從事焉而先徵言於余不佞不佞聞之而喜可知也余請得而言之邵陵固楚僻小地也山類蠶叢水視巫峽土瘠民勞難幾富庶苗猺雜處未易牧甯然舊志稱事簡而民湻士大夫多介節似亦尹斯土者可臥而理也然何以在土田昔錦而今石在輸賦昔易而今難在物產昔豐而今儉在風俗昔湻而今漓在官師昔順導

而今費幹旋自公之莅治也石而日就錦也難而日就易也秏而日就登也儉而日就豐也漓而日就淳也衰而日就盛也幹旋而日就順導也抑將鑒於昔之循良有效於斯土者以爲旬宣歟抑得於甯壹不擾之旨以爲牧輯歟則今日之志亦志公之所理者而已雖然政令及於一時教化流於永世余復得而贅言之可乎志天文矣天冥漠而不可知然何以和風甘雨必取信於誠求故謂星次之無關於一隅者妄也則考驗宜精志地理矣地非大而難理然何以昔縣今郡時分合於漢宋之間故謂形勢之不必泥者非也則申畫宜謹志建置矣擇可勞而勞之然何以書城中邱而不書修閟泮故謂公旬之不必拘者

誣也則時使宜愼志山川矣似無係於理亂之數然何以不騫不竭取予於休盛之時故謂僅資登高臨深之眺羨者謬也則流峙宜察志學校矣聖教徧於天下然何以禮崩樂壞無可徵考於方冊故謂郡邑皆同而無事繁言者舛也則儀禮宜詳志秩官矣一時之撫虐入於人心一路之嘻嗃難於旦夕可謂遠無從稽代不必考乎則秩官宜備志田賦矣民閒之粒食國家之正供係焉什一何以生全取盈無以卒歲可謂全書巳悉不必詳之圖史乎則纖悉宜具志選舉矣天不擇地而生材　國亦無方以取士可謂拔茅之僅在科目乎則人文宜悉志惠政矣一事之害百方去之而不能一時之誤百年釐之而不足得無謂小利小害不甚關民生歟志祀典物產災異古蹟園墓矣國依乎社民依乎神鮮粒懋遷之必資水旱眚災之足懼得無巫鬼可聽而憑弔何事歟志武備矣有文事者有武備謀桑土者先未雨得無謂無事可撤備而樽俎可折衝歟志名宦矣保釐不遺於一隅孔邇實望於守令則宅師綏衆以生聚我婦子者伊誰之賜也志人物矣表揚固重於忠貞闡幽宜及於微賤則尙德不媚貴敦行不重文以勵風化於忠厚者譙氏之直也至於藝文將以爲末乎然柳頌韓銘以昭武功周文朱記以宏文治推此選言皆教也則詞烏可巳哉二氏之流收之所以闢之也志餘之錄詳之所以愼之也此皆公之調燮以致祥恃德

以制險農隙以使民明倫以謹教省躬以率屬用一以阜財儲才以待舉去害以興利謹祀以感神紀循良而身爲傳表忠賢以示之型綜德功以立言闢邪說以閑道公之治即公之志也則詳略輕重之閒於以見公之志即可以曉然於公之治也若夫訓詁深厚文章爾雅公才饒爲之而義例體裁典覈精要公家學具在日者柏臺之采不但爲通志所憑將爲　國史是藉則天人之貫正彌亮之資也余不佞又不僅觀成於茲志也夫

申刻楚詩並續徵引

陳一揆

潭州廖大隱先生篤學好古士也前因徵修總志集十五郡之風詩肆力纂訂以上追三百篇之遺曰楚風補足令湖嶽生色顧數十載以來殫竭精力辛苦難成遂寢疾矣家孝廉廷借亦篤學好古者會捧檄過潭相晤與語痛甚巳乃焚香拜託指誓天日不啻寶劍之重殆詞場僅事也廷借歸膏晷卒業湲恐以北轍負所託而孰意玉樓之召竟促於大隱聞者益痛交請還璧豈楚風之不競歟抑補之猶有待歟烏乎文人才士著書未展而齎志以没者何限斯舉也存亾絕續之感湲矣弟姪輩爰毅然任棃棗要揆瀏武谿幾經信宿閱其全編丹黃甲乙兩手

成勞當不復加參錯惟勝國迄 昭代實繁於宋元以前而勝國之季 昭代之初介處隱見不無異詞其盈帙者恐混於燕石埋照者恐遺於滄珠紀次恐類於豕譌竊竄恐同於馬易去取誰定而知罪誰歸乎總之搜采務廣考辯務嚴搜采廣則唐山人之瓢不委諸波流而文暘大顛亦入韓集考辯嚴則漢魏樂府不雜陳梁之後庭而無東坡之達者亦不得題爲巳作從此騷壇亦信史也其於楚豈小補哉揆感存亾絕續之故不憚申明厥旨冀共相鼓吹鳴 國家之盛陰以質之大隱先生而廷借且不朽也至於梓局巳設千金非一腋之集九仞豈一簣能成自有維桑之名公鉅卿在

莫湘亭行實序

劉之蕙

余與莫湘亭先生令子永蔭交得知其文章氣度者久比聞鄉閭族黨交口稱許曰錫遠事王母賀太君至孝益得於湘亭先生之家訓有由來也初先生朝夕瞻依出告反面終身孺慕先生限於年易簀日無他及惟以不終子道爲憾欷歔泣下顧錫遠而言曰卒吾職者幸有子在年老人將事委曲視無形聽無聲順孫孝子惟爾是任錫遠拜牀下曰不肖不敏謹遵嚴命以供厥職不至貽大人憂先生强起謂子極知爾天性純篤而今果然目垂閉又復甦引其手曰凡持身不可不飭居心不可不恕以之進德德可就以之敦族族可和以之旁及於鄉人家國

無所往而不善爾父承歡時所孜孜不逮汝其敬志無忽錫遠又哽咽再拜唯唯湘亭乃逝痛絕數數而賀太君哀其子又憾其孫拊背慰藉錫遠强爲承命恐傷太君志居憂哀毁骨立相依王母改戚色爲歡容烏乎錫遠心苦矣其他禔躬涉世一一無改前行湘亭雖亾而不亾賴有子也先生生平善不勝書卽其易簀數言其立心仁孝可概見矣 今上二十一年壬戌春錫遠旣編輯湘亭行實持屬予序爰實述其略以爲後學楷模語云孝爲百行原先生善行纍纍先生雖往且不朽嗟蕙碌碌無能怙恃弁失景先生之行而慨然念生我之初能無愴然用是隕涕揮毫而爲之序

重建舊邨山庵引　劉恂

邑之有事於浦市者，必假道於舊邨山以爲捷徑，而山阻修特甚，地僻嶺長，淵深樹合，昔常庵於嶺之中區，庵爐而罔兩虎豹豺狼之醜遂呼朋類長子孫於其中，戊巳以來，爪牙無忌，行人裹足，其萬不獲已而必繇此者，則先期約同隊，持桿棒叫呼喊震聲如格鬭，歸而舉家賀生還焉。今　聖哲在御，兇物馴伏，然而過斯地者，未嘗不毛豎股栗，故離邑雖咫尺，而邑人視之若太行孟門然。蓋嘗讀內典，言其微者不可測也，其顯者則大率以利濟爲歸，是故跬蹏之水必通之，梁山徑之隤者濶者，則尤必軌其塗，五里有舍，十里有郵，爲其聲息可以相屬也。今於

通衢之中，居然渫山窔藪焉，則陰敗陽畜，與人爭道，於理不宜。然則集衆力以復寰宇，翦荆棘而童之，返幽宅而陽之，屛罔兩豺虎而易以鸑鷟龍象之觀，使有事於此地者，肆其心，息其喙，暑得以茗，寒得以火，嚮晦則旅次於小安，以遠混淪無良之徒，豈曰小補之哉。願倡事者速僝功焉。

孤兒顧天錄自序　楊山松

嗟乎，士憎多口，謗亦安能免哉。然使釁有所開，侮繇自召，則亦已矣。若先太傅者，遠房周而兩俱不附，旣無臭味於甘陵，身元祐而匹焉寡儔，豈問低昂於蜀雒，宜乎車無載鬼，安得射也張弧。雖然，翼贊聖功如房元齡，而蕭瑀疑其不忠，但云未反；嚴辨有聲如呂夷簡，而孫沔比之張禹李林甫；公忠直諒如文彥博，而唐介謂其相繇妃嬪。以正遇正，無端疑揣，尚且已甚不倫，何況劉洎之死，以爲出於遂良，竇參之誅，必謂事繇陸贄，弓影必然者乎。此固無足怪者。若乃魚腹巳旌，正則馬革巳裹，伏波甚至鱗甲莫攖，李平亦聞殞星而發病，汶山投畀，廖立亦念左袵

而興悲。斯時也，似乎貝錦縱無停梭之候，而伯勞或有反舌之期，以一日之蓋棺，平反從前之月旦，夫誰曰不宜。乃尚有不能得、不必得者，則遇魏收而按之入地，遭沈約而萬箭攢心，甯不悲哉。藐予孤孽，忝寄杯棬，昔也在臺閣而習見故事，敢比黃瓊；入公府而改易姓名，竊同李固。逮乎南征逐隊，仰佐鼓綏，雖則蟻穴金隄，究歸齎志，河北莫留宗穎，南州故立劉璠，猶然冀幸合尖，旰衡繼起，豈期後來瞶瞶，愈遜前人，瘁矣揮戈，陽烏莫返。幸而上逢　堯舜託命，塞翁然九死餘生，遺書縱在，卜蓍種樹，相與浮沈，不惟餘帛餘財，原無長物，卽成都十五頃之田，豆落成萁，八百之桑，萎無夏肄。嗟此一腔熱血，聽其縹緲鬱紆者，

蓋三十年於茲矣。今者 聖天子在上，搜求書史，天語煌煌，博學宏詞，羣英濟濟，用是不揆孤陋，特輯此編，以當采擇，然而死灰不燃。 君門萬里，上無金張許史之助，下無蚍蜉蟻子之援，而謂以一人之向隅，欲翻三十年城府堅僻之窠臼，得則先人之靈，不得則孤兒之罪。 君相之天與臨女降鑒之天，必有以處此，所恃者天爾。時康熙十九年庚申冬至前七日，楚武陵忍古敬書於宛南之歷痕草堂。

凡例

一是編之輯，因購得流寇志、國榷、綏寇紀略三書，爲託始，久之，客有以幸存錄、明季遺聞、延綏志、崇禎朝紀略見示者，

因並錄焉。數書之外，吠聲者不知尚有若干種，然約計十七，諉盡之矣。客有爲松慮者曰：江河日下，世局難言，是編出，固揭日月而中天矣，君子當信以心，猶恐小人更長以喙，得毋有憂鳧脛之短者乎？松曰：名義至重，鬼神難欺，聽之而已。

一是編所引非先人之奏疏，則日歷書牘，其中刊布流通者十之九，況督師之役，松身在行間，故創作楚，猶如昨日事，非所聞所傳聞者可比，並無隻字杜撰以圖欺飾，皇天后土，實式憑之。

一先少傅大父文集前曾有文字拈五卷之刻，先太傅文集早年曾有詩擇野客青鞋集地官集之刻，晚年曾有撫關奏議、宣雲奏議、中樞奏議、督師載筆、樂饑園詩集之刻，卷帙浩繁，不啻充棟，其板藏家園別業者，松生也晚，不及典守，至撫關以後，板藏京師常德會館，即經鼎革，以砌在夾牆中，爲此庵胡公呵護，得免於難，尋遭鄉里匪人身在臺省，反以此充薪火付之一炬焉，毒矣。然幸多方搜購，亾而復存者十之八九，海內諸公，儻有收存撫關奏議以下五種，幸惠一音於白門周雪客書坊暨報恩寺後修藏禪院，不惜重購。

一先少傅已訂文集十卷，先太傅已訂年譜八卷，文集大約

四五十卷，亦欲次第付梓，約費千金以上二千金以下，家世仳離，止恃窮途託鉢，以爲難則呼盧之雄，一擲百萬矣，以爲易則叩門趻不以在亾爲辭者，得寸則寸，顛毛種種，尚不知告成之何日也。

一兩先人雖曰被誣，然夜氣良心世猶未泯，公論亦漸明矣。松足迹所至，贈答詩文但及兩先人事者，另刻一編曰武陵公案，海內名宿有心者當不乏人，佳什名篇，亦望郵寄。

一季弟山㮇亾於甲午，仲弟山梓亾於丁巳，長兒農者歿於丙辰，是編之成，皆不及見，然梓弟有辯誣錄一編，已互見此中，㮇弟者兒雖曰無所贊襄，其忠孝種子存歿不殊也。

因附錄其名於輯校之內。夫亦曰義在則然耳。

松自己酉初至長干。講求昭雪先人公案。有五案陳情一揭。亾弟山梓亦著有辯誣錄一書。其時見聞未廣。以爲先人受誣大略可覩。此外當無復有過情者。會客燕數載。及戊午秋仲復還白門。客有以幸存錄流寇志國榷綏寇紀略延綏志諸種授讀者。始知先人受誣。不惟不盡於前所見。將並不盡於今所見者。松滋慟矣。以幸存錄言之。其宅心原主平恕。然所不知者自應闕疑。乃以不知同於所知者。一槪逞臆而談信口臧否。遂使後人因其人之高節。而信其書之可傳。眞僞不考。居然祖述。揆之作者。得毋神其恫乎。以流寇言之。出於

淮海彭君孫貽以國榷言之。出於鹽官談君遷。猶曰以草野旁觀。雜采街談巷議。疑信互投。無憑揀擇。無足怪者。至於綏寇紀略。云出吳梅邨太史偉業之手。竊揣梅邨當日身在史局。錚錚有聲。其是非自當不苟。且流寇一事。奏疏邸報宜無有不畱心者。較之彭談二君迴不相侔。何以不信目而信耳亦惟取流寇志國榷諸書爲據。且偏於影射之刺譏。傳會羅織焉。愛之生羽毛。憎之成瘡痏。其施及先人。即不足恤。乃因先人而施及崇禎皇上。是豈當日身在事中者之所爲也。讀未竟。復有以崇禎朝紀略見貽者。云前半出姚現聞先生希孟手。後半則高忠憲公先生攀龍乃孫高節培所續。覽至末幅。有近有婁東吳梅邨太史。記闖獻兩寇始末頗詳之句。始知其書更在綏寇紀略之後。規隨衣鉢。幾如厲人生子。急取火而照之。惟恐其不肖。甯有翻案爲人少開生面者。故其所刺譏。雖仍不外於諸書所紀之數端。而文致刻深較之更劇。勢也。更可怪者。延綏志不知何見。獨有取於明季遺聞所云先人在蜀。自書其旗曰鹽梅上將。聞瀘洲之敗。猶云多辦長繩縛賊等語。以鳥道蠶叢裹氈冒刃。手提枹鼓之死靡他之事。比於三尺孺子捉月搏沙之所爲。雖然觀李自成立傳而尊之爲僞順。列於劉元海趙元昊之類。且曰二十一歲應募銀川驛馬夫。夜陰失道。有雙狼引之。竟不傷。其敗走商雒山

中。晝則射獵。夜則讀書。且觀乾象。云過此六月之尼九五可期。其所讀之書。云爲異人所授。亦似詡其有王霸之徵應者。他如劉光祚之入衞而恇怯。張全昌之勦賊而降賊。皆爲之立佳傳。則其人可知。又無怪乎先人之受誣蠛矣。烏乎。松之抱遺書而奔走海內者何心。甯有對此默然者。乃或者曰。此輩以奔婦而議柏舟之短長。以袖手而譏焦爛之工拙。殊不足爲信史。又何必辯。況人之不肖。甚至有目擊坊間小說新奇易售。可以射利。居奇而爲之者。何嘗從萬世之是非起見。假手冒名。果出其人之著作乎。若然。以千秋之國是。供一日之徘場。是可忍也。孰不可忍。因取諸書中有關先人事者。逐

段節取於前案據先人日歷奏疏引證於後有一字不曾經先人刊布者概不敢入而松前所箸之五案揭亾弟山梓前所箸之辯誣錄總括於內命之曰孤兒籲天錄昔武穆之孫岳珂爲其祖雪冤曾有籲天辯誣狀一通先人受誣雖一時箴滿中山卒不能移崇禎皇上之宸鑒似非武穆可比然無情之筆舌未嘗不慘於戈矛松與珂此物此志有雖異而實同者孤孽無援所可籲者惟天耳烏乎遺書具在儻使有力刊傳卽誣有盡於此不盡於此者返照自明而剞劂之將伯無人則繼起之吠聲難料是皆孤兒萬死之罪也　按諸書之於先人是非長短雖連篇累牘而大端不過一十有六一

曰起應司馬一曰籌賊籌餉一曰舉用總理一曰星變陳言一曰入直廷爭一曰賈莊殉難詞林費晝首輔覘師一曰濟南失陷一曰邊烽解嚴一曰調用屬員一曰奉命督師一曰舉用左帥一曰襄彝勦局一曰華嚴禳蝗一曰襄雒兩藩一曰死後餘波而先大父撫賊之誣一案附焉然其中有論焉有誣焉論者推敲其是非較誣爲殺矣誣者媒孽其長短較論爲苛矣然誣者取無形之事而加之天下後世猶或信其無而諒之論者取有形之事而駮之天下後世或不能不因其有而信之矣且因誣之端無幾不足以洩媒孽之氣而論始生焉是論者所以濟誣之窮而長誣之燄者也以故誣當

辯論尤當辯誣而詆誣焉原所本無不任受也當辯卽論而歸美焉或原非本有亦不任受也尤當辯論且誣而其書已刊布足以惑聽亂眞當辯論且誣而其書猶伏藏不足以惑聽亂眞尤當辯松因列爲一十七案而辯之以類相從則諸書不妨割裂庶幾覽者較若列眉雖然詳觀諸書其於先人身爲督撫以前無譏焉則知所以致斯誣斯論者蓋不幸而以一司馬招之以一司馬招之而不足又不幸而以一宰相益之以一司馬宰相益之而不足又不幸而以墨縗之召益之猶未已也羣猜之衆喙旣集獨契之聖眷愈隆獨契之聖眷愈隆羣猜之衆喙滋長亦似羣猜獨契兩相競勝而有一

番之獨契也在上以爲魚水益帷輒有一番之羣猜也在下以爲鍛鍊鉗網甚至以不測之刑賞爲一定之報施以獨攬之主權爲從旁之煬竈其以先人爲射覆也猶可言也其以崇禎皇上爲傀儡也不可言也大抵冐入淸流之荳則來百足之扶卽嫫母可稱絕色但持獨行之操則來十手之指而盜嫂鞭坐不疑總緣先人孤立性成不獨邪不冐附而正雖同類而離羣報君念切豈惟譽寡不虞而毁亦求全而不悔惟生前自甘鑿枘則死後增長瘡疣惜乎先人之不知時局而自貽伊慼也況松窮袴守宮雖不辱終南之徑然遠不能如諸葛瞻之於忠武近不能如張同敞之於江陵區區僅以

口舌爭之抑末矣尚何言哉尚何言哉

起應司馬之謗第一　世之譏先人者雖自樵史有己巳押兵入衞涕泣受命畏縮不前之說始然查先人當日分司汝州統押毛兵一千三百奉豫撫范公景文之檄星馳至都拜疏請命派守阜城門外數月奉旨還汝范公題請加銜久任職此之繇一時同事共知共見作書者爲逢迎一權貴起見無人附和此外無譏焉實以未爲司馬以前不足以致入宮之妒也然及爲司馬眾怒初攖功罪未著宜乎不遽至於城府或者祇當論朝廷舉措之是非不應即謗先人之長短然前有奪情二字以爲彈射之堋而繼有入直一事以爲續薪

之沸於是即爲司馬而眾怒竟城府矣編起應司馬之謗第一中有汎論先人者附見

籌賊籌餉之論第二　先人既已受事則一切布置勢不能不力圖更始因病處方雖不足以致謗而猶不免於論且議焉編籌賊籌餉之論第二

舉用總理之謗第三　舉用非人或曰無才或曰失算此論耳議耳舉以加於舉主猶曰知人之明自古不易勉爲執咎焉可也乃不僅曰無才不僅曰失算而且曰通賄而且曰有內援而且曰於洪孫傅余朱常諸公有所低昂向背焉以爲之地則匪彝所思非論也議也而直謗矣勿論舉者不任受恐爲所舉者又豈樂受哉編舉用總理之謗第三

星變陳言之謗第四　星變非先人所宜言然從國家起見也在何公楷一疏猶曰以門戶之故假此發難不難於吹索乃浸假而有楊士聰談遷浸假而有綏寇紀略浸假而有崇禎朝紀略說鬼說夢其謗愈巧矣爲後人者敢嘿嘿順受乎編星變陳言之謗第四

入直廷爭之謗第五　司馬壘纍不已而入直其得謗也固宜然使謗之之人不足輕重則可任其自爲銷鑄起滅乃今所爭者爲黃公石齋幾如懸一的而眾趨之矣雖陽曰綱常曰國事而實則黃之不相怒室色市先人不幸相值遂爲射

者所期之的一若錢之不相歸咎於溫雖心迹迥有異同而水火參商勢不容已焉夫亦曰門戶之衣鉢則然耳吾恐竝石齋究亦借爲射者所期之的也至謂石齋一相之得失關於明室國運之廢興我不敢知天下萬世自有能辨之者編入直廷爭之謗第五

賈莊殉難詞林贊畫首輔視師之謗第六　邊烽告急緩急用人請以盧公九台爲援師總督此事之可必其有者也因督師而賈莊殉難而詞林贊畫而首輔視師此事之不必有而不必不有者也惟事之不必有而不必不有斯謗生焉且也非意中之旨出於不測一切之奏報俱禁鈔傳於是猜忖

於當時沸騰於後日。又安得不倒授太阿於詬者之手乎。三事相因互見故爲一案編賈莊殉難詞林贊畫首輔視師之詬第六

濟南失陷之詬第七　濟南失陷罪宜有所歸矣。歸之其人而以爲非所當歸斯詬生焉編濟南失陷之詬第七

邊烽解嚴之詬第八　邊烽解嚴水落石出矣舉代斵之苦心不能收寸效於指臂乃欲以在事諸人之罪盡萃於中樞之一身當日求多事後謠諑詬安得不夥哉至於身爲應議之人而奉命爲主議之人爰書一定而在廷無譁恐非吾心如秤者未易臻此編邊烽解嚴之詬第八

調用屬員之詬第九　司屬之調未嘗坐名以相招縱有倖竇罪在予者不在受者矣今乃橫加於受者亦何足辯然適足以首其門戶黨護之局又何可廢也編調用屬員之詬第九。

奉命督師之論第十　以邊烽請罪至再至三無可解免而以督師開使過之門非意所及然於衆心未厭也雖無可詬而不免於論焉編奉命督師之論第十

舉用左帥之論第十一　屈指衆中差強人意左帥似不在不應舉之列然敢於負吾君敢於負吾相弁忍於自暴自棄一無所成而死是豈舉之者之罪哉今不究爲所舉者何以不爲人用而反責舉之者用之不得其宜悖矣編舉用左帥之論第十一

襄彝勦局之論第十二之上　奉命督師無專治之地賊之所在即督師之所在矣自己卯十月至庚辰三月以張逆在房竹西興而不得不襄至庚辰四月至七月以曹過九股在歸當興遠而不得不彝於是乎襄彝之勦局斯受名焉其撫其勦較若列眉降寇老兵類能言之非操觚染翰者所可抹殺也然使良心公道不在操觚染翰而在降寇老兵其有幸乎編襄彝勦局之論第十二文字冗長分爲上下二卷　華嚴穰蝗雖衆口之所沸騰者當另爲一卷而於文不多且亦

彝陵勦局内之一事也因附存此卷之下

入川勦局之論第十三　勦賊於襄且彝不能結勦之局而不免於入川焉天也且先人未入之先已遣萬公元吉先入矣以萬公而亦不能終勦局焉尤天也編入川勦局之論第十三。

襄雒兩藩之詬第十四　襄藩之失衰衰在人耳目不必諱言者乃媒孽者以爲猶不足以甚先人之罪於是又取福藩之事移易年月加於先人之生前甚至河南新志亦采其説牢不可破矣冤哉冤哉編襄雒兩藩之詬第十四

死後餘波之謗第十五　先人孤立無援命居磨蝎衆口鑠金在生不免況沒後乎然當年松耳目之所覩記略無餘蘊乃今諸書所紀又有不經見聞者或本無而增添或本有而改竄欲加之罪何患無詞不足以爲蓋棺之定論聽之而已編死後餘波之謗第十五

先大父撫賊之謗　先人之謗既辯之無遺矣然謗有加於先大父者雖薄且殺於先人亦不敢不辯編先大父撫賊之謗另爲一卷

案籲天錄久無傳本往安化陶文毅公與新化鄧先生顯鶴謀爲重栞而不得原本但見楊太傅元孫文敏公超曾上疏辯誣將原書進　呈故鄧氏刻沅湘耆舊詩集云書存楊氏後裔不知武陵後裔至今亦弃無藏本也汝懷搜采久之始從長沙彭孝廉申甫借得重栞有待先爲錄其序例以見梗概又采獲武陵疏稾數十篇均可略見自昔傳聞之失實孝廉爲文毅門壻而藏書求書兩不相喻殆語次未嘗及之亦可見物之顯晦有時矣汝懷附記

嶽麓試牘序

郭金門

制義始於宋而傳文無幾明一二傳者大都略會經意取箋疏潤澤成調所謂候蟲時鳥自鳴自止初無體法定裁譬諸詩柏梁之屬其始終一致尙在蘇李下安望唐人格韻渾然冠冕鏗鏘哉明始以八股爲制一時作者大倫守溪荆川方山思泉諸先輩發纖穠於簡古寄至味於澹泊操觚家競奉爲宗然其文以法勝不以巧勝闡明義理外才氣無所用之迨正希大士長明陶庵出標新領異一篇中非原本經史卽驅策八家巧與法會而文人精華始不爲傳註所掩非徒以循牆偭榘格格然爲自欺之學雖苟及式而亦不知其所自得何也以故終明之世無寡廉鮮恥之士至行特節皆從此出　興朝濯磨文苑吾楚

熊鍾陵獨闢風聲士爭模楷乙未後漸流卑弱鮮有精義名言供人尋繹不過挑剔虛字淺口滑手驅諸理路如貧人振衿如逋負避主如纖手撲湯勢將蔑棄經史八家等諸倉字沒書不可識認至庚戌癸丑丙辰閒賴有崑山徐健庵長洲韓慕廬琴川翁寶林三先生迴瀾既倒庶幾金陳一派不墜而跅弛之才又多不安軌轍破法求巧讀者厭之至與卑弱同流而譏也今天子好文廷臣屢上書請正文體海內力學嗜古之儒彬彬稱盛而長沙熨冶之餘會大中丞公丁督校公姚郡司馬趙風起文瀾一筆一削點墨寸金弁藏嶽麓余得窺其全豹因之

有感焉凡衣冠藻雅悉是天地英華山川靈異所現九州之內爲嶽者五而楚得其一叉鎭在湖南峯巒分奔蒼萃亂流迤邐數百里力倦氣收然後阻以瀟湘結以岣嶁聳爲長沙右臂則一麓已全當衡嶽之秀上與九疑連雲下與黃鵠大別爭峙固宜雕龍繡虎炳蔚七澤而分旄建節峥嶸一時山靈雖奇得人文而顯人文雖競因大賢而聚文之以嶽麓名也嶽麓之以文名也未定所在而三君子之功要使之不朽云

澧州刺史陳公清丈均賦實政序　張明先

今之州牧昉於唐虞亦卽漢魏晉唐時之刺史也唐虞九州十二州厥地大矣漢以後刺史加使持節其權最重今州牧所治之地所司之權雖異於古而承流宣化敷政宜民其事則無以大相遠夫牧者養也州牧者養一州之民者也爲天子牧養斯民而求以養民之實心行養民之實政蓋百不得一則養民之道有未講也我澧州刺史陳公乃余大夫子大冢宰公之同懷弟也公自髫齡讀書卽留心民事慨然以天下爲己任年甫壯出宰臨湘卓有能聲及守澧州勸學課耕明刑息訟謹權衡平度量興利剔弊善政未可更僕數而重且大者則莫如丈田均

賦一事先是己巳歲湖南興大中丞以田畝荒熟不淸奏請丈量無何撫軍屢代遷延三載奉行者止以加賦爲能而民隱則莫之恤是時公任臨湘獨確有所見按田算糧計畝起科甯寬毋刻甯留有餘於窮簷不竭民力於公室計岳郡諸屬中惟我安邑盛侯與公有同心故澧州華容加賦之後率籲衆感甚至散之四方而臨湘安鄉民皆帖然斯其明效大驗者也乙亥春天子命大學士暨九卿於午門右闕會集楚之官於朝者詳問湖南丈量有無累民比余與同官桃源文石濤具以實對上命督臣吳公覈其事時澧州舊牧被參署篆者草率報結民累究未釋而刺史公適於此時擢遷澧陽都門與予問荅

丈量事甚詳公立意均平不憚煩難此澧民再生之會也迨下車卽徧招流亾開誠曉諭又盡心體訪乃得周知其故俯采輿論痛陳疾苦雖經諸當事再三嚴駮而終始一詞初不少挫於是立法定式經界分區旣令民自丈復拔所部親勘單騎減從不費民閒絲粒而寸土罔漏辨等定則未損國賦圭合而徹底俱清弱民兼賦立與豁除豪强隱稅卽爲均攤蓋查此之所隱以任彼之所兼適如前牧所上之數而田賦一均百姓稱平不數月而散者以歸動者以靜頑者以淯憂者以樂怨者以頌夫昔一司牧也今一司牧也何彼之民如彼此之民如此也今澧之民有餘財而輸納恐後有餘力而耕鑿相安飽食煖衣家絃

戶誦則公所以爲　天子牧養一州之民者庶幾豪髮無遺憾矣不甯惟是公涖澧四載視郡篆者再闔郡之民咸沐厚澤邇者安華二邑澤洞方割賴公力爲請命發粟賑饑全活者以萬計然則公之宰一邑牧一州守一郡者其實政亦旣次第可觀矣使由是而方伯則唐虞羣牧之職也由是而督撫則漢以後刺吏持節之權也公將以事之已效者推而準之神而明之天下蒙福獨岳郡乎哉

劉小唐吾亭嬴草序　　張明先

吾亭嬴草者吾友劉子小唐自錄歷年之所撰箸而署其端者也今夫天地一亭也劉子據而有之其襟懷之瀟灑磊落殆不可以一世矣而自視所箸僅同一嬴非小也放之則彌六合歛之退藏於密滄溟非一嬴之可測而一嬴實具滄溟之量亦猶天地非一亭之能盡而一亭實備天地之象劉子所居之地如其人劉子所箸之言如其地此劉子之所以爲劉子也歟昔元結刺道州愛其山水遂家焉其地所有悉稱曰吾如溪曰浯溪亭曰𢈈亭山曰峿山石曰⿰石吾石之屬皆於本字隨地隨物而加以偏旁不嫌於杜撰一種獨得之趣止堪自傾略而未可爲一

二俗人言今劉子曰吾亭則山吾亭也水亦吾亭雲吾亭也月亦吾亭木吾亭也石亦吾亭鳥吾亭也花亦吾亭不拘拘焉指一地一物曰吾也吾也又不沾沾然牽合其義曰浯溪從乎水𢈈亭從乎广峿山從乎山⿰石吾石從乎石也此其所得視元使君不更有進哉嬴之說昉於歐陽子舊槀偶自錄滄溟之一嬴之句蓋劉子之文章素以歐公爲準而歐公歸田錄云山林之文其氣枯槁臺閣之文其氣溫潤劉子雖抱宏博而不獲一遇而其詩若文皆秀雅典麗昌明博大直有館閣氣象因其文卜其人夫豈若枯槁寒瘦終老山林者之所爲邪夫劉子具元使君之性情而爲歐陽公之文章旦暮閒當必有知己之遇合俾出

其學問經濟爲萬物吐氣爲斯道揚輝實可操左券以待而非吾之阿其所好迎其所欲以爲諛者也而吾乃於是推廣乎蠃之義矣劉子天資最高質厚而神完則蠃之生於海者也目數行下材敏而學贍則蠃之生於崖今所稱石決明千里光者也相時而動臨機應變則蠃之生於田而與月爲盈虧者也鍵戶讀書不預外事則蠃之引閉其戶而不可開者也凝神定慮安貧耐苦則蠃之似蝸而棲壁者也器可利用材備衆美則蠃之鈿以飾鏡匳以合香吹之爲角琢之爲杯者也蠃足以具滄溟之量而謂不足以盡劉子之能事哉說卦云離爲蠃取其內實而外剛也文明之象著也劉子生平之踐履後日之境遇蓋於蠃草乎窺見一斑矣

劉損齋西山雜詩序　張明先

損齋劉先生游西山歸出其記與詩屬予序之余未至其地未可以遽序也旣念韓昌黎未至滕王閣喜載名其上列三王之後有榮耀遂受太原王公之命而不辭先生天下才也富著述嗜山水不求聞達然屐齒所至輒倒屣相迎抵都下一時名人韻士無論先後輩以得見其顏色接其議論評騭爲幸若因其詩文以聞於人豈非昌黎所謂榮哉乃讀竟而書之曰西山天下之大觀也距都門四十里耳然有官於京數年或數十年者皆未嘗過而問焉更有生長京師問以西山之勝亦有以未嘗游對者詢其故則曰有四難焉或興至而身不閒牽於事也或

身閒而車馬酒漿之物不具屈於勢也或身閒物具而美景良辰值陰晦風雨阻於時也且合志同方風雅之侶罕集遑於人也有此四難而四十里之名山竟與遙遙數千里外者無以殊先生纔以今年入都耳卽偕同志決計必往數日之中歷幽洞探高峯入古剎濯清泉倚老松賞翠竹凡前人之遺蹟與今日之新搆莫不一一翫其勝概人所見難者一舉而行之甚易余旣聞而羨之又以歎騷人墨士之趣始於知成於好而赴之以勇也抑聞之登高能賦山川能說可以爲大夫賦者賦其情也說者說其事也抒懷思寓感慨則賦爲宜紀軼蹟敘次第則說爲允使人讀之而心開意朗浩然勃然則善於賦者也使人聽

之而欣欣欲往亹亹忘倦如履其境如與偕行則善於說者也兼此二者而後游之本末具備耳先生所為記山川眉目若畫同游笑語猶覩花卉禽魚悉寫寺宇亭臺隴畝溝洫徑路等諸指掌詩則清新流逸足以發其胸中之瀟灑能賦能說是從政大夫之才也豈徒與騷人墨士同體稱贊哉他日余公餘暇日亦思招邀雅友作市月游然不能敘述題咏如先生載名於此猶韓子之意云時康熙乙亥嘉平月上澣

荻齋徵集頌節詩序

張文炳

國家久道化成賢良蒸蒸布在有位念草野隱逸孝友節義懿行未彰詔下直省大吏行郡縣覈實以聞於是黃子奉璋母楊孺人以大節舉甯邑履辭不克疏奏　天子嘉焉敕建坊表之一時搢紳朝士四方嘉賓客暨感里引商刻羽形諸詠歌奉璋彙付梓褎潰成冊走書屬弁其首以余之相知蓋最久也方奉璋為名諸生中丞丁泰巖夫子以文治撫湖南徵遠近士讀書嶽麓余兩人先後至猝定交連席分鐙賞奇晰義不少倦閒墨靜茶香奉璋鬱鬱若有思疾起步廡下久始告余曰瑄以三月乳雛先君子見背王父埀老內難外侮交作又軍興夠午追

呼塡門慨產不足給吾母十指拮据供甘旨無缺支撐內外門戶得不顛覆俾瑄畢志於學今齒豁髮種種尙艱一第其若母敎何是以每一掩卷輒憤不自忍也余聞之悚然更重奉璋為令子別二十三年風塵鞅掌名山晨夕已不可追而孺人之節烈迺膾炙朝野奉璋宜喜溢筆墨顧書詞悒悒猶曩時豈非所志者大而姑以是遲迺報哉嗟乎世固有掇巍科取卿相寵誥誇示閭里而堂上之人反避席卻走赧然不欲受則顯揚之與祿位正不必相謀也奉璋褒衣博帶立身制行對母氏無慚色今且烏頭綽楔大書深刻姓氏羅天使輿阜五伯之屬麟鳳海馬白澤諸瑞應物狀照耀通衢埀千古不朽視區區一再命苟

尺寸貤封者爲何如邪奉璋可謂令子矣抑余有感夫賢母於其子其氣類鼓召爲甚速也陶母截髮剉薦以延賓近於豪矣而侃之投具運甓其英爽絕似李景讓母治牆得積錢無算封㧞不取讓以清白吏聞尹母誡子以孝養不以祿養焞守之遂爲名儒然則奉璋之通經守正何莫非孺人辭榮甘澹薄之性有以涵育而鞠成之也荻齋一集烏足以盡孺人余交孺人子久不克登堂展拜修郭泰茅容故事余則愧矣而幸挂名編末得與當世名卿大夫宣上德意而勷盛典是令子之不棄我也敢拜手爲之序時康熙己丑仲秋

四焚書序

廖志灝

歷代藏書之富爲千古美談而余獨未嘗美之謂其但粉飾太平也而書之實用安在乎其能藏也秦氏焚書之禍爲千古憾事而余亦未嘗憾之謂其能力還渾穆也而書之實用又安在乎其能焚也但秦氏之焚書庸夫孺子皆知憾之余固不憾其焚書而憾其焚之自始皇耳雖然夏時之當行遵聖也而后世不以爲不遵郊祀之當合憲天也而后世不以爲不合裂郡邑以更侯服事雖紛而其迹竟爲世法銷兵刃以靜禍亂計雖拙而其心反覺可原若謂滅六國有罪而漢唐以下之大統不滅人之國者幾何若謂一世至於萬世之說彼家天下者疇不願

之獨是坑儒而焚書其禍重在坑儒爲桀紂之所不忍爲若但焚書而不坑儒則又漢唐宋明之所不能爲此其所以爲始皇此其所以憾焚書之不當自始皇耳烏乎試問秦氏既已焚書而唐虞三代之未焚者有能讀盡看盡而行之盡者乎秦氏已焚書而漢晉而下之汗牛而充棟者有能讀盡看盡而行之盡者乎洵能身體力行則孔氏之六經爲大經大法之宗學庸論孟爲下學入德之序廿一史通鑑綱目以備治亂興亾得失之鑒之數種者又有能讀盡看盡而行之盡者乎兒曹莫憾咸陽火焚后遺書讀盡無有味乎其言之矣能讀之盡卽是博我以文能行之至卽是約我以禮古今大本所在既不能知之明而

體之切則其餘又安用許多故曰不死盡人心之僞無以見天道之精微不焚盡非聖之書無以復上古之渾穆憾始皇生於春秋之后而不生於漢唐宋明之後也作四焚書

秦氏焚書而書存漢氏藏書而書亾四焚者非眞敢焚書也焚焚書之書也邪說淫詞浮文小說支離背戾與聖道爭豪釐而千里者皆焚聖人之書者也昌黎曰火其書雖專指二氏要亦孟子欲正人心之遺意也近歲李贄自作書曰焚書殆亦夜氣猶存自知其可焚比之作惡而能自首者云爾今之人不自知量勉强著作以大戾於孔朱之教而又自執彌堅牢不可破則且李贄之罪人矣

湖南文徵卷五十九

湖湘後學集編

序四

明史忠獻公致身錄序

陳鵬年

嗟乎余讀史淸遠先生致身錄而慨然也論者徒以忠臣一死名垂千古謂夷齊死名西山之下此世俗之見非志士仁人之心也嘗考遜國諸臣門誅者方則八百七十三人練則七百有六人景與鐵則瓜蔓之慘邨里爲墟不知幾千百人豈以此易一名哉其他棄官去者御史給舍四十餘人北平州縣二百九十人靈壁被執文武百五十人姓氏泯沒名稱安在顧以負彤

宇內綱常不可毀至性不可滅張子西銘曰生吾順事沒吾甯也生而同禽獸不若死而爲人其赤心浩氣直與乾坤激昂耳人臣不幸當革除大變眞沒甯之時也於名乎何有哉淸遠先生玆錄載遜國隨亾者二十二人備嘗險阻潛形匿影卒保讓帝以終天年豈惟忠肝義膽曠古稀有其智深勇沈賁與子房奮擊祖龍大索不得相埒如謂訪求張三丰者有以調護其閒亦未必然之說也文皇帝巳正大統遂不欲置成王於死地其可信乎當時鬼門潛逸家燕巳入而鍛鍊孤忠小則誅夷一家大則埽空邨落亦太忍矣儻知蓬茅緇鉢中師弟戒嚴其不下大索之令亦二十二人之族不止乃知讓帝獲全非特文皇信

赴火不信出亾之故而實二十二人之才力足以全之也往讀靖難舊史得邪溪樵者晝沙詩其落句云伶仃苟活緣何事要了熒熒一點心憾其姓氏終不可知今閱史公錄知塞馬先生爲馮淮雪庵和尚爲郭節雲門僧稽山主人爲宋和葛翁天肖子爲趙天泰老補鍋爲王之臣東湖樵爲牛景先他不可考覈究不知邪溪樵者爲誰也噫金川失守時在殿痛哭者凡幾輩遯去者凡幾輩如邪溪樵者亦偶見沙中詩句耳其他山林藪澤閒或歌或泣者何可勝道又烏知邪溪樵者非卽二十二人中之一人邪玩其詩語隱然故主猶存此身未了難從方鐵輩於地下然乎否邪若清遠先生奔走楚閩粵滇之墟進衣獻食

周旋二十餘年終爲讐家所訟而瘐死其清風亮節百世不磨何幸澹園焦師藏其遺筆以遺其九世孫冊俾二十二人姓氏藉先生之榮施以彪炳於二百餘年後也此則可爲漢使者耳於名乎何有哉余願後之爲臣者讀此錄必思所以致身思所以致身而不得其本原能致身者鮮矣夫

郭蓼庵先生詩序　陳鵬年

往吾潭全盛時名流輩出其以古文詞成家先後接踵中閒遭兵燹患難磨滅者何可勝數及先大父先君兩世交游數十年閒如風雨散邑虛無人求其巋然湘上如魯靈光者獨吾師蓼庵當其弱冠負奇才倜儻岸拔每試冠軍初見知於邑侯景綸黃公次見知於郡侯滄水雷公學使澄川王公余生也晚迄今聆其聲稱猶藉藉在人齒頰閒既際世變遂淪放於詩歌非自娛悅舉生平所罹骨肉之慘兵火之劫與夫饑凍顚連之痛楚類皆人生萬一有之遭逢顧以是蓄其孤芳礪其氣節凡聖賢悲憫英雄慷慨一切無聊不可遏抑之槩不能達之於時與遇

者幷其全力以發於詩故其爲詩也窮益奇而神益旺年愈進而骨愈堅大約歡愉之詞少愁苦之音多杜少陵不瀕亂離困頓奔走華州巴峽閒其所得亦正自有畔岸涯涘也意先生年少時下筆爲文章辟易萬眾似曹彬奉命下江南顧盼自雄今不幸而頹然遺興於岸花錦瀨之旁或把酒臨江或騷歌痛哭雖塊壘不平而風流未墜且也大冠廣袖蓬戶朱門有茹芝飲水之操無傴僂囁嚅之狀回首當年意氣何似悲邪壯邪亦任造物者之不可知邪若余父子皆出先生門如二曾之事闕里從游最久知先生最深先生又不以余爲不知言輒命而敢弁其首

魯亮儕詩集序

陳鵬年

古之學人多專精一業以終其身當其冥心幽討往往屏去一切甚至寢食俱廢卽所涉歡愉疾苦變態不一惟此性情嗜好期畢力於是以求有當由是學成而名於當時傳之後世乃紀載所稱博物閎覽君子又且采掇羣言浸淫往古出入百家旁搜遠引以備當代緩急之用二者交稱要之人各擅其能未可以彼此爭勝負也魯子亮儕與予游㝡久以詩文忝一日之知今年秋魯子挈舟涉江遠來訪予於京口留予寓齋信宿夜闌燈灺酒醺月上相與聯句爲樂且出其詩槀就正於予細閱數過大約蒼澹樸老中饒有流麗之趣眞雅人深致矣亮儕方從

事帖括以舉子業應試所司乃覼其所學自天文地理陰陽歷數占驗考測九章句股以及河防水利兵制鹽筴與凡可以有用於世者靡不究心淹貫手自鈔撮成書裒潢置筴何學之富也吾聞魯子先世當明初以軍功累官至大帥其後科第蟬聯代有顯者舊籍吾鄉之麻城人僑寓皖江亮儕固世家子乃從諸生中窮經學古博通當世之務庶乎不墜家聲能世其業者豈僅如斯世章句小儒悠悠競工拙於佔畢鉛槧云爾哉是爲序

王孔昭楓莊和詩序

陳鵬年

予被　命赴京僦居無貲寓城東之郵舍且歲餘短屋數椽僅蔽風雨前後多隙地夏秋雜植草花閒以竹蕉紛披掩映苔蘚盈砌藤蘿被牆用登然自喜名不挂朝籍足不履市塵每讎校餘閒與二三親知吟風踏月怡然以適不異此身之在山林田野閒也一日南海王子孔昭手楓莊和詩二十篇授予讀且索序詩中命題自築室編籬以至灌蔬調鶴閒情韻事極幽人之致而詩亦樸老清新雅與題稱尤極意摹仿少陵吸其氣使上而不冒下紙窗竹榻余爲朗吟數過因誦長安中逃虛無耽寂寞者不謂無人而所謂楓莊主者余誠不知其何許人大約從

龍貴冑冠劍車騎之流乃能自振拔託志林泉工吟咏愈以見
國家盛隆人文蔚茂以彼其材將必有用於世而天不永其年王子與予交日淺不能深知其爲人見其詩固敦龐純固君子人也從羅浮萬里來京師蘊其所學豈徒欲以詩鳴者哉顧旅館殘燈敝裘風雪中荒涼彳亍蹤迹略與余同豈天之於王子蓋亦有不得不然而然者歟因書此以爲之序

蔣蓉江綱集選詩序

陳鵬年

和詩昉於唐人賈舍人早朝之什屬和悉是名篇沿至元白長慶皮陸松陵鬬巧爭新淸吟往復其冣著者也集句濫觴於宋然觸事寄懷單詞斷句未有名家至明始多工此體者如五羊孫仲衍廬陵季昌祺輩櫛比字句對屬工巧尤傑然雄長者也然未有集句以和韻且集選詩以和選體者有之則自我蓉江先生始先生鍾淸湘閒氣博達奇偉於書無所不闚旣以高才入　禁近爲　天子侍從臣承明著作後先班馬復以下直餘閒集選詩一卷和樂府擬古諸題原韻徵材寸鎔不假旁搜驟讀之則異釆紛披陸離斑駁如捫斷碑如披古錦不知其爲

先生之詩也熟復之則機杼天然不煩湊泊一經部伍壁壘重新無縫天衣鍼痕滅盡不知其爲選詩也予於先生詩未得徧觀卒讀讀是詩而醞釀融洽擕取不窮有以知先生之詩深於選者也自學者以少陵爲大宗言詩者無不師杜氏然其言曰熟精文選又曰續兒誦文選瓣香俎豆轉益多師讀是編而又知先生之詩深於杜者也雖然先生以復古自命之才佐休明之治鋪揚盛美發爲詩歌行將協諸宮商登於樂肆上繼卿雲以鳴　國家之豫是編特其吉光片羽耳

蔣氏江聲遺集序

陳鵬年

楚無風而騷特傳騷者憂也憂之過比於怨矣又其體連犿淫泆繁而不殺無康樂之音多激楚之節是以不得列於三百然而古人傳之朱子從而注之何哉以其有忠君愛國之思而託之於憂讒畏譏之意故也然則楚無風騷卽可以繼風有騷而楚風不已競乎吾湘故多奇士而天植先生尤爲卓犖論者以爲得衡嶽洞庭之秀予姻趙友沂先生擅海內名與先大父獨心折先生凡今所遺江聲集及四如小草者皆先生所排纂也烏乎先生遭明末造僅一登賢書流離瑣尾遽以蚤世亦可傷矣士君子不得志於時往往謳歌道中行吟澤畔以見其志彼

固有所鬱於中故不能已於言也獨是歎老嗟卑如所謂羡二鳥之光榮歎一飽之無時者雖幽憂疾疢猶爲君子所詬病今觀先生之詩感時觸事如怨如慕如泣如訴非爲一身惜而爲天下惜非爲一家慟而爲天下慟卽其所作可柰何何處歌可知也已此皆忠君愛國之心所迫而成之者雖連犿淫泆其辭何害哉然其詞肆而隱怨而不怒爲有得於騷人之情深焉此其所以可傳也獨惜其年不永不得究其業使天假之年其所造不祇如九歌九辨已也歲庚子先生孫斯年年兒登賢書計偕來京師裒其遺稾以問序於予用遡我世講嘉我土音抑以見蔣公之遇之窮也

諭俗膚言序

陳鵬年

聞之文以載道言之不文無以致遠故士君子著書立說務期精深廣大含英咀華無取膚近爲也然諭俗之文與明道之書正自有辨明道者不精微無以闡理學之淵源諭俗者不膚近無以啟愚黎之聾聵試觀五經明道書也詩之爲教雅俗並釆得失互陳而孔子獨曰興於詩誠以其法戒昭然俾人易知而可從耳前浙東古虞徐鳳山先生治攸時悉心吏治修學校清田糧息民訟釐奸弊綽有古循吏風蓋實見之行事匪直託之空言者又以公餘集諭俗膚言若干條凡得失法戒洞若觀火故攸邑化之風俗最爲近古予湘人也與攸爲鄰邑流風餘韻

猶在人口予心儀久矣今吳郡張某梓是書行丐余言爲序余謂是書明白坦易知而可從者方今　聖天子文教誕敷海隅日出罔不淪膚浹髓奚藉是言然得是書行之亦有裨於人心風俗誠非淺鮮昔子輿氏曰言近指遠者善言也夫風雲月露雖連篇累牘識者已笑其膚而正論危言似平平無奇合人感發於不自已後之聞是言者其亦勃然興矣豈膚云哉蓋太羹元酒澹彌旨矣故以爲諭俗之文也可卽以爲明道之書也亦可

詩乘選序

陳鵬年

金陵朱子介士宿儒也嘗以制義屈其曹耦於棚試中而場屋輒躓今且以明經老矣乃寓意於詩歌以攄其幽憂抑塞之志每得句則出西郭走橫塘與其友劉子簡齋相訂於敲推數一之閒劉方從事詩乘之選遂引介士共商推焉無何簡齋下世其役未就介士慨然捐貲以卒其業將以行世而綴稾投牘乞言於予自道其與簡齋友善而力爲補亾之意且不敢自以爲功予覽之而喟然曰是古之義也夫是古之義也夫古之君子不恥其身之不見庸而恥其言之不立古之爲友者不懼其友之亾而懼其亾而無所傳於世非直廑廑爲子期之思舊士衡

之歎逝已也今觀劉子之爲是選也覃精研思於六義之正變諸家之派別四五七言之源流古樂府之聲辭離合罔不臚陳縷析粲然如指諸掌其用意可謂勤矣至於持擇謹嚴論議高闊直欲劃濟南竟陵之壘而拔其幟又無論鍾嶸高棅等輩是豈不欲其言之既立爲學詩者通億載之津哉然而人亾編絕奄忽之閒委於朝露良可悼已朱子以寒素擅高才舌耕筆耘旁搜遠紹豈不足以自成一家言而必爲之訂殘補闕以終劉子未竟之緒其所以不死其友者未有若斯之篤者也獨惜其集隘僅自　本朝而止又諸所著名稱雄詩壇者或闕焉而加意表章幽隱之士頗與荊公所刪宋次道之唐詩百家選同意

然亦已拔萃取尤俾一時縟旨星稠繁文綺合兮其盡如作者之意漢魏六朝詩載三百有奇唐人詩載千二百有奇宋遼金元稱是其爲蓺苑之大觀更何如也抑聞之乘者車也以乘名編將必取諸無所不載之義而茲猶未足以御車也苟盡發其藏而員輻焉劉子不滋欣然於地下乎朱子姑以是導於前焉可耳

劉凝齋先生虛籟集序

陳鵬年

勝國劉大司馬凝齋先生吾楚南之偉人也有奏議若干卷行世今其裔孫際炎復裒其詩文遺稾連綴成集名之曰虛籟錄以示余余讀之而知先生之學有原本非雕蟲篆刻塵塵爲虛車之飾者比也夫文章經濟原不相兼故揚馬之儔辭賦淩雲而功德不紀蕭曹邴魏勳猷爛焉而文采蔑如此無異故遇有不齊美難獨擅從古然也先生之學充於中而溢於外爲能兼華實而有之故其功名事業彪炳人間敭歷中外屢秉節鉞直聲震於朝廷威惠行乎嶺海凡其制兵籌餉動中機宜非具宏濟大略將焉能之故其發爲文章類皆準今酌古蔚然爲有體有用之言而遺興道情之作亦復格律精嚴神致超越蓋其取材富而用物博又能運之以神鼓之以氣是以聲振絃開韻流絃外如大塊噫氣不知其所自來亦不知其所自止名之曰虛籟良有以也夫登高能賦可以爲大夫昌黎亦言文章言語與政相符是知有眞學問者乃有眞經濟有眞經濟者乃有眞文章言乎先生之學問則六經三史以及諸子百家無不貫穿也言乎先生之經濟則文經武緯以及邊牧河防無不嫻習也如是而施之經國大業不朽盛事其有不汗漫而輝煌者哉昔張子壽文如輕縑素練實濟時用而窘邊幅以先生之文視之殆有其長而無其短矣抑當年有譏指先生爲江陵姻黨者致有

明比之疑夫事久論定天下後世以江陵爲何如人固無庸深辨然吾考先生之言曰學貴純陽一累情慾斯墮陰界以是推之則先生平生之磊落光明不問可知無論實非姻婭又豈肯媕婀隨人以爲膴仕地哉古人云言者心之聲也今以其集觀之尤信

林屋民風序　陳鵬年

太湖周五百餘里中有峯七十二洞庭最大有東西兩山東曰莫釐西曰林屋其閒民俗淳樸巖崖映蔚竹木茂美山人王洪緒居之洪緒深於易卜以時日偵事理吉凶其精者往往抉先天之奧尤好表揚人忠孝節義嘗綴一卷書曰林屋民風自名人題咏之外凡兩山中忠臣良將潛德隱行及婦女節烈卓然有關風教者罔不搜輯爲傳其書上接震澤編洞庭紀勝蒐摭郡縣志附以近代里俗所傳其大要歸於道揚風化紀述見聞蓋漸人以淳樸而砥人以行誼也皮襲美有言古聖王能旌夫山谷民之善者方今

聖天子屢巡吳會過化存神躋民雍

動余昔承乏守土愧未暇表章遺軼洪緒此編輶軒采之其亦稗史之一得矣抑予考襄陽耆舊益州先賢諸傳其作者蓋亦留心風化之士百世而下讀之使人懷古情深其功與正史互發而今乃得之洪緒也吾安知夫後之傳洪緒者不目爲君平士元之徒乎向余稱其精日者術合司馬季主諷人忠孝之義也今復書此爲林屋民風序

王樓邨修撰詩集序　陳鵬年

寶應王樓邨先生以詩文名海內下筆不能自休箸述盛富等身往與予論詩闕下言皆洞澈根柢不爲剽襲及其没後之四年迺得卒讀其全詩不禁掩卷而歎歎已復讀曰嗟乎詩道之難言也天以山川封域與畫方位而人之性情風尚亦遂各溺於其土而不能相調迺復狃於性之所便目染耳濡浮華交會其能勝之以學而卓然不惑者蓋難也江左之詩輕圓便利略如其人　國初沿虞山婁東之餘響編珠綴玉人尚風流其後我師新城王尚書司李揚州以詩倡率天下其時儁流雲集搢紳耆舊布衣寓公烏錯鯢騰翰飛紙落江左之詩一時大盛

嗣是以還雖流風餘韻猶有存者而或趨於所見之一隅或懾於前人之餘燄大抵以塗澤爲風華以輭熟爲溫麗所謂風雲氣少者豈其習尚固然哉夫亦不自振刷而寖以衰也先生出於江左詩學盛衰之際獨能輔之以學而不錮於習其詩排奡陡健能盤硬語一洗吳音然亢而不激險而不躓疏蕩而不淩越蓋以昌黎爲宗而汎濫於廬陵宛陵眉山劍南涪翁之閒若其徵材之奥博使事之精核則如大匠揮斤巨桀細桷施之各適其用也如身入寶肆光怪蕩潏而火齊木難之錯陳也讀書破萬卷下筆如有神觀於先生之詩而益信矣先生積學嗜古久困名場其成進士已及暮年卒能以第一人自奮天下榮之然先生之可傳者仍不在彼而在此也予因思江左詩流惟有明爲獨盛然中閒一奪於歷下再奪於竟陵語曰大江之南五湖之閒其人輕心自古然矣先生生於風土柔嘉之地而克自振拔不爲積習所拘聲燄所奪如此烏乎豈非以其學也哉

望亭詩草序　陳鵬年

余家距衡嶽不百里，去隱山才四十里，碧泉則自柴門外越東阡度南原，一蹴踵可至，凡是皆宋儒胡文定公往來讀書游息之區，又適與余居相近，凡昔賢所經游者，余皆游之，胡氏子孫多散處衡湘間，自余先世所與游者，余又皆莫不與之游，望亭先生其最也，記余方五六齡，先王父與唐琴臺先生交好，先生方少年白晳，稱唐氏壻，其與先王父相見也，執猶子禮甚恭，王父奇其才，有神駿之目，先生每有就正，必極意獎可，或時加訂定，先生亦虛懷請益，質疑問難無虛日，其酬酢詩篇多載在后郵集中，先君子又與先生生同歲，長同膠序，稱通家兄弟，歲時

切劘，鴈行之誼益篤，余是時方習之，無亦時應對將命於詩筒酒盞之次，稍聆緒論，固未能盡了了也，未幾遭滇變，亂離奔走，兩先人相繼下世，余墳墓密邇先生之居，得從苫由餘生執猶子禮，數登先生之堂，先生亦以曩者先王父之相待者待余，余年少鮮師承，因以不能得之於兩先人者，時得以一二竊聞於先生，而又與長君秬一，次君三來，推襟送抱，一如先君子與先生相交時，嗟乎，祖孫父子兩家三世，迭相師友，垂四十年，始終不渝，可謂難得也已，又未幾予以薄宦走吳越中，瀕患難，羈棲京邸，近四十年不返其鄉，親舊凋零，至不可問，獨先生如魯靈光巋然獨存，每從郵筒中辱相問訊，今年秋寓書都門，以見懷詩三十韻，及所爲望亭詩草一帙，命余序，自念勞人草草，學殖久荒落，而鼠憂遘閔之餘，遭逢　聖明，復不得以初衣返田舍，回望故鄉，落落晨星中如先生者，世其家學，爲國典型，不卜何時從杖履後，考遺經，問絕業，以徜徉乎丹山碧水之間，先生尚康甯壽考，白首著書，其毋聞斯言，金玉其音，而有遐心乎，因書此以爲序，

文廟禮樂備考序

陳鵬年

古者庠序既設，天下之士莫不習於禮樂之中，手熟乎其器，心識乎其數，耳目習乎其容聲，所謂斯須不去者，不待考而知也。自秦裂井田，廢學校，燔詩書，而先王之禮樂蕩然無有復存。後儒掇拾於灰燼之餘，亦已殘缺失次，至使數千年之間，有志稽古者旨如長夜，未嘗不痛惜追憾於祖龍也。然太史公自以謂適魯登闕里，觀孔子車服禮器，心竊嚮往之，是天下之守禮者惟孔氏，則天下之言禮樂者亦必自孔氏。今學者誦孔氏之書，而茫然莫識禮樂為何物，豈徒二三子之羞，抑為國者之憂。東吳故言游里也，言游親受教於聖門，列文學之科，故以學道愛

人而邑有絃歌，則其漸摩於里中者可知矣。而或茫然如故，則其羞又加甚焉。夫金聲玉振以立中和之極者，聖天子之事也；參互考訂以知其說者，學士大夫之業也。今我　皇上敦崇先聖，廣厲學宮，自成均以及郡縣，竝舉春秋上丁之祭。戊子冬，予奉　命守蘇，將以時行事，大懼禮廢樂弛，舉多不中，無以稱　上意，亙與師儒諸生講正其典，而蔡生正榘等因以所訂禮樂備考進。予發而觀之，按其說則始終沿革可立而辨也，披其圖則廟貌器物可坐而見也。問其所從來，則明郡博劉氏所述，而前守盧公所延聖府教習之所傳也。烏乎，亦云覈矣。夫諸生習孔氏之書，居言游之里，而又傳習於秉禮之國，則是書之作，我知其非漫然者，梓而傳之，固其宜也。抑聞之，禮者敬而已矣，樂者和而已矣。雖其器數聲容不可不講，而善學禮樂者不惟其文而惟其意。學者際此　景運休隆，　教化翔洽，相與履中蹈和，雍容於依仁游蓺之域，以對越先聖，必更有訢合於無形者，祭則受福，此之謂已。諸生勉乎哉！

胡氏繹志序

陳鵬年

昔荀卿好著書，當戰國之世，游說紛紜，獨退而明王道，述禮樂，其說數萬言。揚雄亦好著書，作太元以擬易，作法言以擬論語，亦不下萬餘言。二子可謂勤矣，而當時無知之者。其後韓昌黎迺表而出之，荀揚並稱，謂其旨趣不謬於聖人，然且曰擇焉而不精，語焉而不詳，亦不能無遺憾焉。蓋著書若斯之難也。然而天之生人，才智輩出，前者莫能距後，後者莫肎讓前，是以秦漢以來，代有作者，列於儒林，見於藝文志者，已不可勝數。顧歷世既遠，竊計其傳者不過萬億中之什一，而不傳者固已多矣。獨有志之士，不以其不我傳也而遂噤焉而不敢爲，蓋其論議之

所激發，必有溢於中而不可遏閼於外者，此在說鈴書肆且然，而況其有見於聖人之道者乎。竟陵胡石莊先生，國朝之隱君子也，高鹿門之節，屏居巾柘，著書自娛，然不以示人，世亦莫之識也。迨先生歿既久，而涇陽李邑瞻先生迺從其嗣君嘉言得所著繹志若干卷而讀之，歎其有切於聖賢修身立命，以及帝王任官行政、制事治人之措置施爲，名臣賢士之所以持躬成業，凡民之所以居室盡倫，靡不兼綜條貫，於是序而藏之，若溪以不能謀梓爲憾者，亦無異於昌黎之好荀揚矣。嗟夫，學者生載籍極備之後，嘗患其才之少，非才少也，掩於前之作者而莫能自異故也。今觀繹志之書，未嘗襲荀而無非荀，未嘗襲揚而無非揚，其根本節目皆欲依歸於聖人之道，故亦不得而異，而卒不爲荀揚所掩者，其見時有出於前人思議之外，而指陳徵引亦有時勢區畫之不同，文字繁簡奇正順逆之別也。其足以並傳而不朽也必矣。嘉言復持書問序於予，予又與觀乎社祭之末者也，其服膺嘉歎，豈有後於李君焉。於讀書說亦云。

女史徵序

陳鵬年

新安汪息廬采摭近代婦德作女史徵附列其母程夫人及庶母蘇孺人生母袁孺人行實余讀而繫之言曰內行之修豈不賴於前人之風勸也哉夫忠孝大節發乎情止乎禮義宜無所擇於古人而爲之然自中人居常無事閨窬之中橫耳所聞不出乎嚚陵燕婧之爲而凡女師之教內則所垂言物行恆懵然若無覩也則其情之發也不能無偏而陰教之虧莫由以自返劉向輯列女傳上自宮闈下逮委巷之妻嘉言懿行備焉傳久浸譌南豐曾氏疑其非成於向一人之手然自有向書而東海之女德幾與諸節義士匹焉班昭之訓張華之箴范蔚宗之傳

踵是以興女史之功不其偉歟汪氏世有婦德自子喻先生隱居養母妻程相之敬事無違教諸子馴馴有家法新安稱內範者必歸焉凡史家敘傳例得及其先人玉尺之詳其母猶此志也朱子嘗病伯恭女戒言有未備欲別集守身事夫宜家御下諸古語爲小學一書疏其門目有八以示劉子澄而書未就也玉尺采諸近代信而有徵不惟有以廣石渠之傳表先夫人之美而弁纘成鄉先儒未竟之緒言於以風勸閨門助流王化世有南豐氏者出而校之其必躋諸正史之列矣

易公申齒譜序

陳鵬年

物有以少爲貴者貴其不輕用也亦有以多爲貴者貴其適於用也等貴也而適用之貴不較勝於不輕用邪寶玉犀貝人知其爲貴也而用之恆少非高閎貴介雖畢生不覩不爲歉也不有粱稷纖纊乎貯之囷夥用之尤繁上自王公下及蒼赤蓋須臾而不可離畢生而不爲厭物不必自爲貴而人自不敢賤之故曰適用之貴較勝於不輕用也簡冊之於人亦猶是耳由典墳以逮百家之紀載其類繁矣而彙書之選尤爲適用所以豁管窺而飽儉腹無煩獺祭之勞矣自李唐迄今輯者不一人選者不一例若星緯之紀輿圖之記月令姓氏廣義之箋語有林

嘯有譜旁暨飲食支干之細莫不各立專書而年齒之錄闕焉囧聞易君公申幼有聖童之譽讀書目十行下寢食於古亦既有年所箸半霞樓集久已膾炙海內頃來京師出古今齒譜一編見示自誕徵以至百有餘歲年以部分部以類紀書成四十萬言廣徵博引皆李善書簏之秘袁豹未讀之書噫嘻何其專且詳也予與公申同里閈於難兄公錫公仙久稱莫逆知其一家之內自相師友讀書以外無他好而公申負邁世才五官並用以文章而兼經濟投之所向無不如意正如劉氏紆岐粱稷纖纊允爲寒年儉歲之需其適於用正未有艾也書如其人將以是編爲嚆矢焉不脛而走吾知其必貴洛陽之紙矣

重修南嶽山志序　陳鵬年

惟冥心息機之士，思慮凝一，屏棄萬有，始得縱心事外，精其識以揆夫奇異之藏；而亦惟天地靈奧之區，塵囂之所不及者，始可以息影棲神，爲高人靜侶所憩託。是人擇地以晦其蹤，地亦因人以發其矇，地與人固有若相待者乎？南嶽衡山，固天地靈奧之區也。山七十二峯，爲朱陵洞天，環以湘江，雲蒸霞蔚，岡巒萬狀，名蹟勝概，難更僕數。峯之最高者爲祝融，杜少陵所謂「祝融五峯尊，峯峯次低昂」者是也。絕頂有上封寺，迤折而下爲西園精舍，鑿翠排靑，丹崖紺宇，彙諸峯之勝，而上人源庵、頂庵實駐錫焉。上人爲臨濟正派，苦心超詣，孤情絕照，於世間一切可喜可愕及氛垢塵雜之務，悉不以交其胸，常樂與我徒游。予后郵山莊在衡山之後，相距不百里，朝發而夕可至，每歲春秋，必偕名僧古衲登臨眺覽，而西園則恒爲憩息地。因念衡山眞五嶽之尊，古帝王時巡望秩焉，而舊志散軼，事蹟荒略。　國初衡陽明經羅君曾經重葺，惜其文獻無徵，采擇未備。竊欲網羅舊聞，搜揚逸事，勒成一編，會宦游奔走，有志未就。後待罪　禁垣，奉　旨纂修《方輿一統志》，於山川地理采綴頗多，思以下直餘閒修輯是業，未及引端，復有守吳之　命，一行作吏，此事又廢。因歎著述之難如此，遲之幾三十年，而此志未就，迄無成書，豈發潛闡幽，不當屬之我徒歟？意修明之業，或者其別有待也。

頃源、頂二上人以書抵京師，謂正在纂輯山志，屬序於予。予既嘉上人之用心，且幸三十年未就之志，得此藉手告成，是亦有數存乎其閒者邪？其書卷帙繁富，不能郵寄，予因不得卒讀。然以上人思慮凝一，屏棄萬有，固所稱冥心息機之士也，塵俗不攖，乃得精思獨造，以用才於文章之境，則是書也，吾知其能爲名山開一生面也。抑予以塵海勞人，雲山夢繞，他日儻拂衣遂初，守先人之敝廬，得與二上人商搉棲山，披圖按籍，指童時之游釣，其爲樂不既多乎？序上人之書，幷以申息壤之盟已。

案今所見《南嶽志》，乃乾隆十八年重修者。知衡州府事晉江黃君岳牧序云：「前邑令高君見舊志湮蕪，延邑紳曠太史重訂。」衡山令高君自位序云：「志刱於前彭令簪，踵之者鄧樞、巡雲霄，其後則朱令衮也。彭、鄧志已莫稽，朱志距今且閱九十年，而文已不可盡識」云云。此文所云　國初羅君曾經重葺，及源、頂兩僧所纂，皆未之及，則二僧之書未成，卽成而未及刊行也。文稱其書卷帙繁富，若今所見志本，則八卷，編爲六冊而已。汝懷坿記

國朝詩的序

陳鵬年

詩之有選猶物之有權衡也無權則衡百貨者無以得輕重無選則言六義者無以定優劣然論詩於遠代易論詩於近代難遠代褒譏予奪可以指麾略定近代則觸手忌諱回護之意勝則淘汰之功淺如少陵之所謂別裁僞體蓋其難哉請以有明一代之詩言之國初無論矣自宏治以來何李倡於前王李繼於後天下靡然從之未有議其非者也然曰漢魏曰盛唐不過求肖於聲調字句之間譬之優孟學叔敖衣冠雖具而神氣索然矣崑山於是起而訾之虞山又從而劇論之然後習於空同元美之派者漸覺其非夫豈漢魏三唐之不可學哉誠以僞體

之多而別裁之不可以緩也此其人皆意氣激昂不顧世俗之毀譽故能卓然獨出其所見毅然獨伸其所說雖以之論定近代無難今之近代猶昔之近代也吾鄉陶氏世執牛耳而奉長先生早有詩名足蹟幾徧天下近從事 國朝詩的之役而以之問序於余余非能論詩者然持論詩者之論則亦欲其別裁僞體而已矣唐之詩藻麗莫如王楊而子美以爲近於風騷奇嶇莫如長吉而牧之以爲騷之苗裔刻削莫如東野而退之以爲橫空妥貼古人之論詩皆在皮毛形貌之外乃可以得其眞今奉長先生進退百家網羅遺軼不牽於流俗不怵於毀譽兼收竝採如入五都者百物具陳觀武庫者五兵畢萃或可當鯨魚碧海之目或可備天吳紫鳳之觀或可供琪花瑤草之玩或可作彝器法物之珍要皆無贋鼎闌入於其中是不獨取精多而用物宏也抑其持擇可謂嚴矣其於少陵之所稱庶其近矣乎然則以之論次近代何難哉康熙六十年歲在辛丑清明前五日題於燕山之虛舟詩屋

案道榮堂集未載此文攷恪勤以康熙六十年四月十六日始奉隨尙書張鵬翮勘閱山東河南運河之 命此文作於清明前五日則猶在 武英修書時也茲從詩的卷首錄出存之以補本集之遺詩的已少流傳向未之見近始從長沙市肆購得之汝懷坿記

漢鐃歌音韻解義序　　陳鵬年

古之樂章不可得聞毋論綻紟絙桑即咸池六英雲門大章亦寖久而失其傳春秋之時於韶爲差近然季子請觀周樂亦祇見其舞而未聞其音孔子在齊始得聞之不覺神往之至僅一嘉歎而已亦未嘗傳其章南風一曲乃帝舜鼓琴自歌非樂章也嗣是大夏不傳於杞大濩僅傳於宋商頌十二篇至今猶存其五至舞以桑林題以旌夏亦容也非聲也周詩略備故金奏肆夏工歌鹿鳴皆音與辭比惟笙詩無辭束晳補之終非其本餘則諸詩具在可按而歌也然秦灰漢馬之餘亦不知雍勺爲何如音已景武之世河閒獻王裁得大司樂一篇則古樂之亾

失者已多鐃歌雖古不過如大風歌橫汾曲已耳豈遽爲昭德象功之作哉然樂之爲道帝王從不相襲因世升降流而不返周樂之一變而爲鐃歌猶之周禮一變而爲緜蕝也況漢去古未遠歌工伶人猶有存者其音節雖不能比次古樂亦異於後世之靡靡者矣則鐃歌之列於樂府也固宜獨是其辭古奧茍無人焉爲之解釋其音義雖使伶倫諦聽師曠審聲亦無以得其節族之所存雲間徐子某好古多聞尤長於音韻之學所箸有漢鐃歌音韻解義廣摻博採其言信而有徵使千秋絕調一朝曠若發矇亦藝林之一快已晉之荀勖阮咸號爲知律荀稱闇解阮稱神解作者其在二解之閒乎嗟乎音律之不講也久矣世儒動言禮樂百年而後興縱有慨然復古者欲引與商訂則曰管絃之事末之學也夫使人人弗學後世其孰有聞而知之者乎鐃歌既已非古而今且幷鐃歌而失之吾儒不得辭其責矣審是則徐子之功雖與毛疏鄭箋爭烈可也

鄭虎文詩序

陳鵬年

選佛證悟者，必參乎千僧之林；居奇鬻貨者，必游乎五都之市。京師固亦學士之叢林，而文人之都市也。士之長一技者，莫不擔簦負笈，求游揚於公卿大夫，以成一日之名，且謀百畝之資，以爲事父母畜妻子之具。顧幸而遇，則一日而名滿長安；不幸而不遇，則芻米僕賃一無所出，不幽憂窮蹙盡荒其故業不止。秣陵鄭生挾詩爲贄，且請曰：某之困於斯久矣，願公一言以振之。披其卷軸，名章秀句絡繹奔赴，且於羞澀坎壈之餘，吟咏不輟，窮而益工，如生才者，豈不足當京師貴人一盼邪。自維憂患

餘生，聲華氣誼之場一無所與，即援手推轂，恐不足以振生。秖以重生之困，然卒不能不爲生序者，亦以堅生之志，而卜生之遇也。昔白太傅初至京，顧況指其名戲曰：長安物貴，居大不易。及讀至野火燒不盡，春風吹又生之句，乃歎曰：有句如此，居亦不難。生之詩如此，生雖窮，終必有大力之士，拔龍象於儕伍，披珠玉於泥沙，湔祓以成生之名者，姑畱余言以爲劵可爾。

郝幼成明詩鼓吹序

陳鵬年

士不得志於時，則退而著書，垂空文以自見，古之人皆然，而以予所見，雲陽郝生幼成爲尤篤。予自羈寓京江，生儼然來造，投予以其所著，則皆手自鈔錄，其卷帙動至盈尺。於五經則有臆言，於明文則有宗，於語錄則有警心等作，而明詩鼓吹則尤其綜備者也。夫詩之爲道也微矣，考亭之序詩傳曰：言之不足，故長言之；長言之不足，故嗟歎之。蓋其抑揚反覆，抗墜疾徐，皆與樂之節族相赴，於是鼓之以發其聲，吹之以比其節，不至有流湎淫濫之失，然後大雅興焉，此詩之義也。持此以選明詩，則一代作者皆可收之於成文從律之中，不獨國初之四傑、中葉之

七子，爲能擅勝於一時。此其規格殆與虞山不遠，而其趣向亦各有不同，生所以毅然而爲斯選也。余讀有明一代之詩，如青田、金華諸公，皆以沈鬱頓挫發其幽憂要眇之思，比於貞觀、永徽爲已肆矣。嗣是西涯、獻吉諸公，大放厥辭，沈博絕麗，幾與開元、天寶埒盛。下逮鍾、譚等輩，雖另開堂奧，而風味自殊，有發纖穠於簡古，寄至味於淡泊之意，竊以爲勝於開成以後之作。是詩自三百以後，莫盛於唐；唐以後，莫盛於明。盛而不爲之裒集其精華，別擇其品彙，非鼓吹之旨也。則生爲此書，其亦可與虞山爭俎豆矣。嗟乎！虞卿非窮愁不能著書傳於後世，生瀕老而不得一青其衿，可謂窮矣，而其志不衰，其著述益富，此殆天之

所以玉汝於成也。不然使生得一第。欸將日刮月磨於帖括中。尙安能畢力於旁搜遠紹而以自傳於後世乎哉。願姑卒業。勿爲覆瓿憂。異日必有元晏者出。爲之敘而行之者矣。

高塘李氏族譜序

陳鵬年

古重世族。春秋時吾楚之與國同姓者。類得爲上卿令尹。以柄國成。左徒傳曰平造憲令。憲令者楚之家令也。豈上官大夫所能絀乎。楚之後有芊姓與屈昭景。竝立史載楚有三戶。雖式微泯棼之候。綴姓猶井然也。抑又聞潭州七戶自老成彫謝裔族淪胥較三戶雖過。亦已替矣。然其時父老子弟恆安其業。美其俗生聚長養以冀昇平。無輕去其里者。余比年出官吳中。家國日遠時聆鄰壤之民挈家入蜀。巴蜀之民罷焉。風俗流失無踰此者。夫先王畫井分疆。聚族而處。寓有深意。祖宗廬墓其依主伯亞旅相習。何不可者。柰何變其舊邪。此無他病在宗法家政之旣失。而族中貧窶單獨者。不能以自存故也。余每欲於簿書之暇。刱立宗譜。竝置薄田。以效文正范公之爲。而族人繁衍一官匏繫。卒卒未能。丁亥之役。奉　召內廷。承乏方輿纂輯。而職方所隸。又值楚省。其閒山川道里風土人物。得以周知。纚有成編。獨於家乘小史之作。往往缺而未備。今年夏。余叔帝書公忽以姑翁直臣所撰譜牒郵余爲序。余披之。州次部居。經經緯緯。銖黍毫髮之不假易。用力勞而爲功遠。此余所對之而瞠若者也。夫譜學之難。難於徵實。區區氾濫僭忒奚取焉。以杜正倫之賢。求齒城南。郭崇韜拜子儀之墓。陋矣。至若南豐上續郕國子番陽吳氏直溯延陵季札。丞叔希文溯厈其非古今大條理誰有能辨之者，直翁譜雖小帙，其爲志也大矣，兼義田之設，有合於古者同井相養，嫁娶相濟之意，故樂爲書之，弁援據古說，使輕去其鄉者勸。

石輿山修族譜序　陳鵬年

石氏於我湖南爲著族，自宋藝祖時諱守信者以軍功顯，其孫襲封千戶占籍於楚，後復有爲郎中者，以世遠事蹟不少槩見，其姓氏僅見諸邑乘，而高塋大域，至今樵夫田豎，猶得指而識其處焉，熹廟中有軫餘公者，忤魏奄，放廢田里，思陵踐祚，起郡守，歷官僉事，所在皆有政績，然而族譜之作，則數百年來未有及此者也，我內兄輿山始慨然起而任之，輿山之言曰，吾族由宋歷今數十世矣，中閒升沈顯晦，迭罹滄桑，再閱人代，子孫將不知祖宗爲何人也，及今不考，後嗣何觀，且我湖南姓氏蕃衍，而本支一氣，雖豆析瓜分，服屬有辨，昭穆有紀，不可誣也，近世

扳援傅會，積久相忘，不大爲釐正之，恐有以不知誰何之人亂我宗祧，我益用滋懼，於是大告於族人，溯得姓之所自始，稽其世次之先後而作族譜，且以予忝舊姻，習知其家事，不遠五千里訪予河北，而索一言以敘其緣起，憶予與輿山別者已十餘稔，而予之不返其鄉且幾四十寒暑矣，黃門思舊，惻愴嵩邱，逸少年時長游郗第，歲月幾何，而時事推遷，存亡聚散，予既以宦海風波，屢經顛躓，輿山亦中遭家難，毀室破巢，三十年中飛塵瞥電，今復以白頭二老，河朔重逢，且及見我輿山含飴弄孫焉，俯仰生平，追維身世之故，亦可以當人生一小劫矣，我聞之，豐於德而嗇於遇者，將以大其畜而厚爲之發，自僉事公振起中

葉置義田宅以贍族人今百餘年其規模猶有存者輿山從此益恢而遠之以綿祖德以貽子孫昌熾之符不於其身者必於其後我於族譜之作爲之操左劵焉

三魚堂年譜序　　陳鵬年

長洲陸先生曾爲嘉定令余守吳郡時其邑之士大夫至於田夫婦孺皆思之不置一墟一落各有祠宇及再任靈壽民之思之猶嚶志也嗟乎先生之感人如是豈無本而能然與余攷先生年譜自始學以至全歸無日不講求於聖賢之道其黜異端而崇正學可謂不遺餘力矣然究非敝敝焉大聲疾呼務爲醜詆以攻其隙也惟是講明吾儒之學晰義理於豪芒辨是非於疑似使天下之人之於吾道燦然若黑白分而淄澠別也則異說不攻而自屈矣此歐陽子所謂修其本以勝之也觀先生進而在朝退而在野出而爲一邑之宰處而爲黨塾之師官守言

責敦然埤遺往來酬酢紛然雜乘未嘗一日怠學往往夢寐之間若或告之此豈待仕之優與時之暇哉惟然故丰采著於朝廷惠澤施於百姓本體之明以爲用之達初非有加豪末於性分之外及卷而藏之不俟終日而絕無幾微芥蔕於其閒彼無異故其素所蓄積然也我 朝昌明正學 聖天子表章孔孟程朱之理如日月之中天照耀無垠以故理學之儒接踵而興先生其當首置一座者也異日修從祀之典將必有議而舉之者豈特桐鄉之祭而已哉記辛未先生以御史與郃子昆先生同有事棘闈余卽以是年成進士曾望見其丰采而未嘗一通請謁今乃得拜先生於祠讀其書聞其流風餘韻如親炙焉

適先生年譜成敬識數言於簡首以志夙昔嚮慕之誠如此云

序五

徐顛客序

陳養元

予少時讀方山子傳知光黃閒多異人往往佯狂不羈及長游鄂渚泊赤壁下見友人家圖畫私怪羅州子一卷其水石吞吐時時起烟霧余心識之謂其手蹟必魁梧人也乙酉春以薄宦走京師旅食數載適九日鄉先達讌會戶外屨滿而坐有異客須髯甚古余目之或告余曰吾故人徐侶蒼也余曰是得毋自號爲羅州子者邪連牀數夕稍露稜角檢篋中圖籍出以示余

其大小篆如蛟龍盤拏直逼秦相而詩亦奇偉與字畫稱性嗜酒耳熱後常稱老畫師焉有不可其意者輒嫚罵之衆人多目之爲顛公亦以顛自喜遂又號爲顛客己丑春予承乏甯陽取道姑蘇適與公遇笑謂余曰敬亭山昔人相看不厭盍爲余具幾兩屐邪今年夏余以公事入郡見以刺投者余笑曰老畫師至矣隨下榻於十松亭畔十日爲余畫一水五日爲余畫一石而官身早暮未暇盡領其趣追念昔日燕市之游登崆峒泛易水與公作世外想何可得邪公有二雛其一序東頗事詩文日與從游放浪山水雖其天性要亦地氣使然也他日爲我過岐亭問吾家季常其後猶有馳騁當時者乎余望之余望之

王靑原餘集序　陳養元

宋梁棟夙有詩名。簡帙散落百不半存。曰吾詩能傳人將有腹稾。夫詩果能傳寄於人之腹。人心不泯詩亦不忘。然人閱人而心亦代更。言雖文其行之遠乎。昔人所以弔沈碑而惋汲竹也。靑原王子與余戚好。慧而能文。於詩古駢體尤所癖嗜。弱齡冠郡試。癸酉與予同譜。挾臨沅集走京師。琴未碎而百軸錚錚。先達爭器之。終以拗腸不肎札腰趨步。遂游吳越。歸里取舊刻削爲柹。字慘慘如礫。投之江流。曰以湔吾穢且雪梨災。已卯復走京師。每有新箸輒棄故紙。雖名流評許者視之俱不甚惜。沈浮數載。仍復故山。乙酉偕余銓注取道洞庭。謂予曰湖無舊乘豈

古者闕文以俟後人。余願乞一冷官買舟湖上。江蘺沅芷之勝一落吾手。將力請當事訪之巖隱纂而成之。爲冰伯闔中一快書吏足矣。居京師二年。唱和益夥。多爲人拾去。丁丑以學使聘入秦。隴頭之水。陰山之雪。朝那支羌之俗。與出塞入塞聲。供其穎下。有棄而復取者。己丑余令懷安。靑原一來治所。留數月輒辭去。曰余乃心湖上也。越一年握手麻川。骨相癯然。謂余曰湖上島嶼余得之過半矣。手出圖峯諸詠。生韡崛彊不類人間有。余笑曰得毋苦思緣詩瘦乎。居懷安十數月。癸巳夏竟齎志以逝。今七八載。同游者尙能口誦其句。及檢兒輩手錄餘集。前後錯落多未載入。因與豐川方山謀付梓人。以質之人之稾於腹者。

胡祁緒芝廬草序　黃中理

牧齋錢氏品目梅村之詩。謂可學而不可能。而又非可不學而能。僕嘗三復斯言。乃或謂詩有別才非關書也。而陋者至謂詩妨舉業。自漢魏下逮唐宋諸凡有韻之言。悉屏置不省。士苟以其蓺戰勝兩闈。問以聲偶律切之學。皆茫如烟霧。斯不亦通人之訴病。而古所謂登高能賦遇物知名者。其必非搢紳先生事哉。同學胡子祁緒工舉業而最有詩名。當其角蓺風簷湧思泉出。於世有司之尺度所謂豪釐分寸無纖悉之違。每試輒高等。自余爲諸生時亦數從壁上望其軍麾。及余倖通籍而胡子猶囊書橐筆作牛刀小割之觀。幾不免鵠瀉頭重之歎。然欲嘗瞽

胡子之舉業則雖其所憎惡者亦不謂然。然胡子之深詣獨造則終在其詩。胡子爲人雅不拘細謹。家徒四壁。一擲千金。每當酒後耳熱。仰天浩歌。淋漓跌宕之槩一發之於詩。即其率爾應酬亦復不減巨源頭搖昌谷心嘔。蓋胡子之學所爲撰珠驪龍掣鯨碧海者。有非可與攢眉瞬目借巧儻來者同日語矣。阮嗣宗飲酒埋照。世稱放達之士。至其咏懷諸詩縝密淡邃。純乎道德之旨。今胡子所處與嗣宗異。阮公無意於世。而胡子則方將醞釀其所作以爲承平雅頌之音。而論者乃欲求之於靑眼白眼之閒。亦已過矣。適胡子刻其芝廬草成。因書以序之。

言行彙纂序

王之錡

言行彙纂一書余家朗川先四兄所手輯也・先兄長余七齡積學篤行爲家庭師表・余自髫年迄登賢書悉受學焉・吾兄於詩古文詞外博採古今人嘉言懿行・分門別類會萃成編・凡四十帙藏笈笥中時自觀覽・竝以勖諸昆弟子姪・固未嘗敢云淑身者欲以淑世也・余於辛卯冬謁選北上・先兄手授是書曰茲編雖皆纂述舊聞・然丹鉛披購半生心血幾耗於此・今吾弟一行作吏數十年昆季師友天各一涯・不能時相切劘・尚於簿書鞅掌之暇披茲編而閱之・庶幾身心家國之間其寡過矣乎・爾時余敬受之尚未知其爲益何似也・迄今二十餘年先兄往矣・余

馬齒日增閱歷日益廣朝野上下之交亦既世味備嘗矣・往復茲編觸目生警・雖不能於古今之嘉言懿行倣彿其萬一・然幸不卽於匪彝者實得力於先兄之貽我者居多・歲癸丑適同里武陵楊藥山先生客潤州・偶於案頭繙閱流連不忍釋手・謂余曰是書博而有要質而不膚・扶持人倫羽翼經傳・備鄉大夫之箴規示愚不肖之矩矱・非一人一家之私言也・曷授梓以公同好・余聞而瞿然曰・吾人幸生　聖明之世・涵濡雅化非一日矣・方今　皇上本　聖祖仁皇帝上諭十六條廣以萬言其覺世牖民者直如日月經天江河行地不啻家喻戶曉至於儆惕羣工敎飭多士・農桑樹畜之講求天人感召之幾應・因人垂訓隨時隨事誥誡精詳・悉已著有成編・凡我臣民佩皇極之猷以淑身何德不修・廣王言之大以訓世何人不化・若茲編者摭古人之餘緒效老生之常談・不過自鳴於蓽門蓬戶進子姪族姓交相勸勉・期竊坿於王民之皞皞日遷善於不知已耳・敢謂著書以行世哉・藥山先生曰自古太史採風芻蕘不廢・茲編雖纂輯舊聞觀其比事屬詞・無非欲進一世風俗人心偕之大道・使出以問世俾宇內之秀頑良莠・敬聆聖謨之廣大者・得是編而證以父老之方言昔人之成範・將益翻然勃然鼓舞於王道之蕩平・使非朗川先生本經明行修之素・沐浴於重熙累洽之仁・亦何能遠稽近攷敷宣勸誡言之親切而入人淡若是

乎・夫出草野之傳述於以驗德化之修明・竝令讀是書者益想見朗川之爲人・正吾輩表彰責也・甯第曰著書云爾哉・余低徊久之竊意藥山之言與先兄纂輯之初心微有合也・因出全集而請政之・相與訂訛補闕・又得海甯管君翔皐商榷攷證・爰授之梓・嗟乎先兄不可作矣・獨念余辛卯瀕行吾兄握手鄭重寡過是期・轉瞬二十餘年言猶在耳・今且年逾知非而徒愧欲寡未能・校閱遺編眞有人琴之感已・

詩經論世序

彭維新

必舉其事實其人以說詩·將三百篇盡如吉甫北伐方叔南征·始能使人無異論·自餘事與人不著者則又何說·雖然詩之爲道詞意微婉·不但比興別有寄託·卽賦以陳事而諷諭之意每含言外·非得作者之旨·昔人謂雖孔子之聖·亦不能逆知作詩之意而序次之·此子輿氏論詩之法授千古頌詩者以暗室之燭也·漢世去古未遠·而齊魯韓三家已斷斷不相統壹·洎毛氏學單行·學者奉詩序爲鵠·然閒毋於所繫未能盡饜後人之疑·如何彼禯矣列二南則以爲美王姬楚茨數篇列怨亂詩後則槪以爲刺幽王之類·宋儒義理之學固無疵瑕·紫陽矯東萊尊信詩序·或謂稍覺過正·致後世宗朱者疑

詩序·信詩序者詆朱註·說詩者愈多·同異亦益紛綸·學者舍論世一法·安所適從哉·爰仿春秋編年例·譜周室世次而覈考列國歷年之數·繫之以合諸詩篇時事之符·其事與人見於詩者世易稽也·諸不見於詩者·聖有明訓則遵之·如關雎諸家異說不一以夫子云不淫不傷定爲文王世詩孔叢子引夫子云於木瓜見禮行左氏亦云爲齊桓作則定爲惠王世鴟鴞見書定爲成王世之類次則證諸賢哲之論說·如碩人載馳淸人木瓜見左氏小弁見孟子之類次又據諸專家經師之傳述·如匡衡蕭望之所說兼采各載籍所稱引·荀揚管子孔叢子之類要以周秦漢人之書爲斷·以其所聞所傳聞距作詩者世代較近·異於後世之影響遼絕者也·凡說之異者·從其同·言之淆者·折諸聖·廣蒐博稽·彼此互證·於是何人何事之詩·因何王之世·以見者十之六七·片語隻字必求据依·不惟不敢以己意與·卽詩序朱註·成見亦不敢執·惟世是求·其說之疑而未安者·寗闕以俟考·或曰子輿氏以意逆志之說·不更簡而易循邪·曰夫言各有當也·是爲已知其指·膠執文與辭者言之也·如不知其所指而師心臆測·非愚則誣·何志之能逆·然則子論世之法果信於詩無一失乎·曰何敢遽信也·前此康成有譜·歐陽永叔有圖·以漏略不盡滿人意·明末何楷詩世本古義·亦以混風雅頌爲一·不能免於指摘·蓋頌詩論世若斯之難也·春秋編年之書也·人與事顯列於經矣·三傳且有齟齬·後之爲說者據經酌傳以立說·猶且前後訾謷而未已·茲之論世援据古義·惟以明吾之不敢以意爲說而已·何敢謂所論之世之確乎一無失哉·

經疑序

彭維新

六經均載道之書曷敢寘疑經疑云者非疑經也讀經有所未徹記所疑以待問焉耳余稟中下資嘗竊取宋儒讀書法治經矣於意理灼然顯白者證之以傳註弗疑也其義蘊淵微猝難昭晰及句讀上下互屬者更幷註平心誦繹至於再三略得其意未安也復求之宋儒之論說漢唐之注疏猶未愜也又求之諸家說經之書求之愈博言人人殊疑義益棼然雜起然則經果不當寘疑其所滋疑者說經諸家之言翳之也夫說經之家類有功於經然漢儒專門名家各守師說而不相統一自唐迄今說經之書彌多而騁其私智競以相勝爲高其踳駁幷謬至

於背理傷道者有之惟程朱諸鉅儒所著粹於義理多所發明而其參差異同之說亦間或不免則治經者欲槪信而一無所疑奚能晏然已邪於是類而記之久而成帙易書詩爲卷各一春秋二卷禮記三卷條舉備錄俟質之好學深思之士荀子不云乎信信信也疑疑亦信也余愧質之不敏而致疑猶自幸質之不敏而有疑也夫讀經未徹而有疑將以求信焉耳敢疑經哉

史臆自序

彭維新

史以彰人心之公必析義精而紀事覈始足厭百世以後讀史者之心而往往鮮焉何也春秋義法謹嚴游夏莫贊後世作史者去聖人之徒益加遠矣紕纇宜所不免又前後紀載之家各有成書聞不若見傳聞又不若親聞交互稽校恆多違反世以司馬氏之史爲諸史冠固也然已不能辭是非頗謬聖人之譏至其所引据之國史世本世久亾其書就其有可徵者取以考證猶時有抵牾矧下此者乎班陳歐陽踵迹具體等差較然自餘諸史疵瑕尤不勝指矣故歷代史家之失均可臆斷之雖然作史艮難昔人槪事抨擊如糾謬刊誤纂誤與劉子元鄭漁仲

之論吹索過苛反不得其平惟梁舍人劉彥和持論頗不失中而第舉梗槪語焉弗詳且間以文辭爲優劣則亦未能盡同天下後世之人心也余讀史每準以春秋義法兼之見聞異同諸書以覈其失得之故其或協於古今人心之所同然者乎則斯編也從同而已究非臆也

集句和韻序

彭維新

集前人語爲詩昉於晉傅咸咸作七經詩萃經語聯貫見意集句蓋權輿於此三唐詩人無格不備獨此體絕尠宋仁宗時蜀人胡歸仁始集爲五七言近體一章至王半山眈此長歌轉韻絡繹不可闕孔毅父輩亦效之惟石曼卿下第偶成七言律詞意曲鬯爲當時所稱自時厥後爲者日益多文文山先生亦寓意於此元明間人尤競尚之至有專門擅長鋟版爲巨帙行世者然有工拙拙者勿論已其工者誦古人詩多且熟興會所觸不事摻索挨喉衝口如己出驅使如意隻字不移掇屬對工而章法渾成當其擊鉢刻燭以速見巧亦有得心應手之樂焉而

山谷猶謂之正堪一笑蔡絛亦云以文爲戲則集句非詩家所尙審矣曩余官翰林同門友劉太乙日集唐人詩趣余和韻追撫蘇日案牘塡委門人裘滄曉在署授兒輩讀亦時投集句余暇一和之玆檢舊篋得五律十七首七律二十一首覽之自笑正昔人所謂費日力於此爲可惜者幾欲焚之念太乙滄曉下世已久今墓木拱矣迴想當年二人者搦管乘興欣於所遇躊躇滿志以冀余之見而擊節情事宛乎在目姑存之以志友朋師弟相得之感而已非以牽帥和韻之詩爲工也

文心雕龍序

彭維新

曹子建云劉季緒才不逮作者而好詆訶文章掎摭利病蓋以文士喜譏彈古人而昏於自責此大蔽也唐劉子元箸史通掊擊諸史家略無餘地持論失其平非但古人不甘受誣卽後人亦不敢堅信惟梁舍人劉彥和文心雕龍一書能折厥衷署目凡五十篇半以析體製之疆圻半以條機杼之利獘欲俾千古擒文之士共瞭然於文辭之端委而不迷於所往其樹論闡義鑒洞而衡平褎無溢美譏非深文狀文人委曲之隱而揭其機緘抉行文得失之繇而中其肎綮其於文章一道益實能辨所從生而推其所終極摯仲治之流別今不盡見若陸士衡文賦

膚末耳覺古今論文之言未有如此書之愜當者洵操觚家之指南車也特文多駢語未脫當時體然風淸骨勁敻異浮豔方之史通之指摘過情其自作不滿人意適蹈跖非蹻刺之誚者相去可道里計邪彥和更有新論十卷傳於世益言立心制行政治風俗之事意指亦無偏頗此其人往古所不可多得者甯惟爲六朝之錚錚者哉史謂其長於佛理覯此二書殊不然至先燔須髮以求出家改名慧地是則事之不可解者萊守耿君紘祚篤好是書重訂而刻之其淡悉文章甘苦者與

激書序

彭維新

士汩於舉子業自制義外束庋古人書略不省覽與語往代事宜其結舌瞪目茫然失所措也賀君子翼以一處士能覃心載籍偃仰歗歌自奮於荒邨老屋中不屑與世士浮沈帖括之學可謂豪傑之士矣所箸史論六十餘篇瓣香眉山雖未盡脫規橅之迹行墨閒亦尚乏恢奇森聳之概然工於持論抉摘幽隱援引比類多切中綮肎凡昔賢所未發及發而未暢者皆一一能達其說名曰激書匪苟作也夫水之無聲也一或激之則爲漣漪爲湍急溟海掀天澗流戛石聲之大小不同其成於所激則均也卷軸之積於中者益富加之以研覈斯蘊蓄淡而其發

也必更實大而聲宏視近日空疏萎苶之時文奚啻蚓竅蠅鳴哉昔漢傅武仲撰七激獲與班孟堅諸人共典校書文雅顯於朝廷惜乎君沒已久所詣遽止於此也至靈均之騷歷代之詩皆憂思感觸發諸性情迫於不得已而作者君爲騷筏詩筏附是書後其亦激之餘波也與

音誤舉正序

彭維新

往余試學齊魯閒試日唱名有吏呼禚姓爲盖壘呼無應者余令以灼音呼之應如響蓋春秋莊公二年會齊侯於禚註音也昔聞有訪禰姓於江右者呼禰爲米重繭至其鄉徧詢無是姓適過其家家人弗知也辭曰此地從無米姓者其人遂空返由不知禰有二音呼米者父廟呼祢者姓氏也失其音宜覿面失之此與誤呼禚事相類因思古人讀書雖一名一物必審其音必求其解如檉木華不之類無關義理而亦切切辨之蓋恐施之於事或有齟齬不但聲律文字已也爰自辛丑夏每於披覽載籍時考訂音註隨筆劄記閱數年日積而多凡五千餘條今

刪其不急與不甚疑誤者分類錄存以備檢閱嗟乎自有讀字從半之說而媮惰自憙者遂藉口凡將元尚等書不傳無復畱意字音世趨苟道非一朝一夕之故矣以宋曾子開家世問學知滁州閱訟牒時猶誤呼庫爲厙則於伏獵之蕭靈更無譏焉矣此吾儕所當援以爲鑑者也

詩經鳥獸草木蟲魚圖序

彭維新

詩三百五篇觸物起興其假於鳥獸草木蟲魚無不與心所欲言者形神肖似而後能曲折以盡其意非泛泛焉博徵而雜引也故誦詩者必知其物知其名乃以知詩人之情而得其取類體物之妙孔子教弟子學詩而終之以多識鳥獸草木之名豈徒冀其爲博物洽聞哉亦以興觀羣怨事父事君之必資於是而感通倍捷耳是故遇物或不知其名亦宜循名以辨其物鄭康成之箋亦曰詩譜陸璣璣字元恪三國吳烏程令非陸機也之疏郭璞之拾遺洎唐宋人類多究心名物顧其所訓釋往往就已所知至於累齡援引而人不能盡曉幾若重譯遞傳其語惟譯者知之聽者尚茫然也如睢鳩曰王睢伊威曰鼠婦之類誦詩者既不知其物不知其名則於所謂關關呦呦翹翹緜緜者凡鳥獸草木皆可彼此互易而詩人取類比物之義隱矣今夫山農野老之於物也靡不悉其情狀而襲其方言終不符於詩之所名學士大夫遇之於吟咏用之於文辭乃當前覯之反不知即爲詩中之物則必鳥盡若爽鶴獸盡若鹿鼠草盡若葛蕈木盡若桑楊蟲魚盡若鱣鯉之類而後見者共知知者如見他如鸒鶋舜鷊蠋鱨之異其名則詞人田父同一不知而已是故鳥獸草木蟲魚以耳治不如以目治也昔有攻漢代宮室之制者徧稽載籍久而未詳張茂先舉未央桂宮建章之規模駘蕩馺娑枍詣之位置唐中太液之形狀

千門萬戶甬道周廬言之親切一一如指掌由家藏三輔黃圖畫卷日接於目之故千聞不如一見信矣哉唐藝文志有毛詩鳥獸草木蟲魚圖二十卷今不傳周君自木世藏詩經畫譜云是宣和畫苑物極工緻而加色澤活潑鮮潤非後來畫手可擬上方標毛詩鳥獸草木蟲魚名而以鄭陸郭之說分注其下爲卷者七次二卷曰附圖則詩所未見而見於他經者次三卷曰廣圖則山海經爾雅廣雅之所載皆備焉總十二卷一披覽間覺飛潛動植諸物雲飛川泳凝露搖風生趣洋溢於几案之前無論智愚一見即得其名詩人寄興之意靡不躍如因思古者左圖右書書所不能瞭然者披圖而即知之遠勝訓解疏說之辭費也獨惜宣和君臣祇知究意花鳥此外惟博古圖而於禮樂器物鉅制曾未之及也

雁汊藏書目錄序

彭維新

歐陽文忠有云物聚所好好之已篤力雖未足猶能致之言力之不如好也夫人所好專壹其精誠且貫金石物之應感而至也固宜然亦惟好舉世之所不好其言始驗聲色貨利之物世之人無不好好之者無不專壹無力者好之必不得有力者得之卽有力者好之亦未必盡得倍有力者得之如是則好不能與力爭至經史子集諸書非若金石篆籀文字之怪僻宜乎好者之眾而自唐宋以迄於今致而聚之者代不數人則以好之專壹誠難其人也好之而不克讀半飽蠹蟫讀之而不克見諸用未免貽譏廚簏故漫焉好之其無力者致之之心必不能堅

且永勢能聚之彼有力者亦祇能侈其所致之富而斷不得擅夫篤好之名如是而歐陽氏之言又不驗矣大司寇巢公素庵幼無他好惟好書家貧先世所遺惟十三經註疏時東城多藏書家公借鈔無虛日洎官翰林歷詹事俸糈所入恆以購書晨炊不舉弗恤也嘗於廟市見異書賈人索値高公度所挈者不足當解所衣之裘爲償忍寒而歸好事者作質裘購書圖以識其事凡歷代之書未有知而不求求而不多方以期必得者經五十餘年所聚之書至於連屋充棟而雁汊之藏書遂甲於東城乃輯爲雁汊藏書目錄十卷仿阮孝緒七錄許善心七林區其類曰經曰史曰子曰集曰方伎曰釋曰道酌爲附錄諸經之爲傳爲說未粹者與讖緯附於經僞史雜史霸史故事附於史贋子（關尹子亢倉子之類）僭子（淮南子抱朴子之類）附於子握槊羯鼓附方伎僞佛經諸僧語錄附釋集兼收道老列莊已列於子餘淺俚者仍之總爲卷二萬六千三百二十有奇噫公之貧於家而富於書也非好之甚篤曷能致此公性强記少時敝衣疏食居僻巷矮屋中竟日伊吾入仕扈從出使退舍披吟不少輟卽今年近七十丙夜短檠熒熒丹黄忘倦架上之書不惟目治而且心稽計自垂髫以至垂白無有不讀書之日也藝林掞藻輶軒采風以至登臨倡和亦時有作暨義遺詞一皆銘鐫卷軸至定大議斷庶獄多援据經義酌於至當計自始仕以至九卿無不以所讀之

書見諸用也物聚所好其公之謂哉雖然使時人於書有如公之篤好者數輩將分之見少歐陽氏之言又或不盡驗也然則公之獲遂其好皆不好者之所貽也其聚書如此之富蓋亦幸矣雁汊者公藏書之別業也

袁櫟堂集宋詩序

彭維新

集七經句爲詩昉於晉傅咸唐人弗尚宋自景祐後爲之者踵接類多取材於唐其工者如胡歸仁石曼卿孔毅父輩往往見稱於世夫唐一代之詩初盛中晚雖若界畫部分而氣味格律之相距尚不至遼絕萃腋爲裘似覺易易至宋而風氣迥別矣涉於淺墮於迂徹於俚夫淺易盡迂寡趣俚不雅馴也歐梅蘇黃諸人之於北宋楊陸諸人之於南宋猶且不免焉無論其餘矣往見吾楚黃陂陳義臣集宋詩一編歎其工緻惜其孱薄則集宋之不易工倍於集唐明甚袁君櫟堂嘗集杜少陵五七言近體百餘首人服其裁製無迹又集宋人詩近四百首采掇繁富鎔冶天成攄寫己意首尾迴環儷配精而機趣流利心所欲言罔不曲折盡致令閱者祇知其爲櫟堂詩幾不知其出於宋人而其氣味格律均歸於渾厚閎雅不知淺者迂者俚者之銷歸何所卽令爲所集之宋人見之度亦必以爲唐人詩幾不辨其出自己也廢槍融爲矛戟家雞渾如鴻鵠文人賞心樂事此爲極矣夫宋詩之所以不逮唐者渾厚閎雅也櫟堂所集蕩汰淺迂俚之語凡所以救宋也櫟堂其大有功於宋氏哉

姓氏溯源序

彭維新

姓氏族望自魏晉迄唐上下矜尚譜記益繁而源流益混宋羅長源國名紀鄭漁仲氏族略非不極意蒐討而關涉疑似猶未能犂然盡當人心也夫姓分而爲氏氏分而爲族族猶次也氏之別而聚焉者也葢姓以統祖宗所自出歷世不移氏以別子孫所自分隨時而易故姓可以稱氏氏不可以稱姓氏同而姓不同者婚姻可通流雖合而源實分也姓同而氏不同者婚姻不可通流雖歧而源則一也三代以上男子稱其氏婦人稱其姓（如榮叔毛伯叔孫季孫之類皆氏也子氏姜氏敬嬴皆姓也）三代而下姓氏混爲一至秦滅六國子孫爲氓隸故以國以姓以字以名爲氏姓氏之淆始

此自時厥後亂之者匪一有賜國姓者（項伯婁敬徐世勣李繼遷之類）有改本姓者（梁爲運期束爲疏奚爲稽敬爲文之類）有加惡姓者（齊蕭子響爲蛸梁蕭綜爲孛隋煬改楊元感爲梟氏武曌改王后爲蟒氏之類）有冒貴姓者（劉淵冒漢姓姚弋仲冒舜裔之類）又如士會之孥處秦者爲劉伍子胥之子在齊者爲王孫凡若此類數傳而後必至昧其本原至伏虙同音而分爲二其叔段一人而氏析爲三是則以同爲異也馬服之馬淆於司馬鴈門之郭襲於汾陽以至王也劉也孔也文也字音無殊受氏非一是則以異爲同也閱世滋遠紛紜參錯以至莫可究詰而或援春秋稱姜氏子氏姜子皆姓而謂之氏則姓亦可稱爲氏大傳云庶姓別於上則氏亦可稱爲姓羽仲爲無駭請族隱公命以展爲氏則族亦

可稱爲氏商氏條氏之屬謂之六族陶氏施氏之屬謂之七族則氏亦可稱爲族姓氏族說或互通斯義無一致婚姻人道之大往往有亂宗而陷於不知遠嫌而誤於弗考者以此故也吾友陳一泓太史閔之輯姓氏溯源八卷追得姓之始而條其支流俾一覽卽灼然於姓氏原委徵引詳博而裁斷簡嚴覽鄭氏氏族略較此爲繁羅氏國名紀較此爲略將使婚姻之道不瀆不疑其裨補世教詎小哉昔晉摯虞宋何承天梁王僧孺唐姚士廉林寶所撰譜志記纂等書今不盡傳得太史是編諸書固可聽其存亡也夫姓氏族之混淆於世也久矣涉漢涉沔而茫然莫辨也湖諸嶓冢焉可爾涉潛涉沱而茫然莫辨也湖諸岷山焉可爾

勿藥自壽編序

彭維新

人之大患莫甚於不自樂其生然有可以救藥者有不可以救藥者今夫際奇窮遘惡疾受拷掠入於其時以生爲苦以速死爲幸而苟贍以生之資與以生之機開以生之路其人瀕死得生未有不欣喜過望迴思前事之難堪彌覺餘生之可樂珍惜其身且甚於衆人故享眉壽而閱世長久者往往出於其閒彼夫境裕體充安居無事之流非若寒餓之莫支形骸之自厥肌膚之難忍也甚樂其生恆極自厚其生於是沈溺酒色服餌金石外馳於萬感而內擾於七情凡所以厚其生適所以促其生也宴安致疾其不得壽者十之二三矣病小愈而不懲前病旣去而不慮後其不得壽者十之三四矣及痼疾已深莫可如何不得不託其命於醫倖其效於藥而其不得壽者不啻十之五六矣蓋可以救藥者天戹之人困之不盡由於自取其不可救藥者率皆自恣自戕天雖欲優其年人雖祈永其命亦苦於愛莫能助也此非所謂自作孼不可活者邪然則壽之修短由於人之自爲政也審矣鄒君西苓素嫻醫理見庸醫用藥誤世者之多也蠱然傷之撰勿藥自壽編爲目五一曰閑嗜慾以葆本元二曰調性情以禦感觸三曰審居處以避燥溼四曰愼飲食以養沖淡五曰均勞逸以時節宣各條徵引古聖哲之言行以實之事在日用易知也反己而求易行也所以警覺羣迷俾人

各自愛皆得自躋於老壽不致妄棄其生於醫藥洵仁人之用心也其自序云藥之性無不偏勝雖平常之品混用之亦足殺人壽之權人可自操雖薄弱之稟善培之皆可永命允哉斯言與班氏有疾不治常得中醫之說朱子竈火風中室中易化難化之喻若合一轍矣而其五條之所該則廣成子之論長生醫和之論疾月令之言禁嗜欲薄滋味文中子之言黃公善醫先寢食而後鍼藥程子之言忘身徇欲爲深恥壽身之理靡弗統者吾願僻壤無所致醫藥與寠人不能致醫藥者得是編可以自堅尤願耽嗜醫藥者時時罣心是編庶知無妄之藥不可嘗試不偪不貳實能自壽（國語楚魯陽文子對楚惠王曰盈而不偪懼而不貳臣能自壽也）於五條推類以盡其餘疾無由生二豎技窮六合之內安往而非黃髮鮐背之倫哉

寶墨詩卷序

彭維新

吾宗兄涔東生平嗜墨成癖自爲諸生至爲令幾五十年凡足之所到目之所見耳之所聞有前代佳墨無不力求而必得之積之既久品類遂多丸者螺者笏者挺者規而圓者矩而方者半者蝕者計四百二十餘種物聚所好信矣哉慮其淆也仿漢書人表列爲等科上與中之等各三下焉者不與又慮其散也裁古錦爲囊者七上之上者貯二囊餘各貯以一縹帶雙束細書名與數於其端涔東家居則置之坐右枕旁旅遊必挈以自隨每有暇次第出所貯偏几案摩挲撫玩至移晷甚至廢所事因自號墨癡名其室曰守黑又於尤賞心者各繫以詩詩備各

體道其形質名目時代共二百餘首各爲成卷題曰寶墨詩可謂篤好也已余觀古來文人雅嗜往往劇於寢食然必一無所移始爲眞癖若杜元凱於平吳立功後方好左氏傳特好後世名耳顧長康好畫分心鄰女米元章於硯性情傾注著爲譜至於拜賜淋漓據舷欲墮宜無他嗜者而復好石好青畫夫汎愛則癖不堅未有如涔東於墨之纏緜曲至舉世間無一物足以移之宜其詩之有味乎其言之也聞其壬戌會試落第橐尚賸六十餘金知某牧上世蓄古墨盡費求入其幕年餘得拇指大無款墨云是潘谷製喜而歸及宰奉化上官某舊聞其事索此墨堅不予遂中以他事一無悔此眞癖之根於性者矣余嘗戲

謂君嗜墨特姑息之愛耳以云墨知已則未也夫墨之貴於文苑也以用而著今藏之什襲晦其功矣蘇文忠所云墨堅人脆非人磨墨墨且磨人得毋類是乎君曰不然吾不盡墨之才故能全墨之質不聞宋初用李廷珪墨飾相國寺門至宣和時黄金易得而李氏父子墨至邈不可求乎此則滘東之以無用爲用也余淺之乎爲丈夫矣

郭珂印譜序

彭維新

昌黎韓子有言凡爲文辭宜略識字漢尉律學僮試諷籀書九千字乃得爲吏又試以八體郡移太史幷課最始爲尚書史書或不正輒劾之則等而上之當時士大夫類無不如石建之知誤書馬援之能辨印文者也小學之不講於世久矣惟篆刻印章猶存古人遺法而比來以此道鳴者率淺昧寡學於制字意理略無攷證祇憑臆增減移擬以取配合諸自詡鑑賞家徒爲其所謾而不知以故六書之學日以翳晦閩人郭珂覃心許氏叔重書數十年剖析至再始游京師凡勳戚之家所蓄鐘鼎尊彝之款識世祿達官所藏金石碑版文字巨冊珂皆求而觀之

以究其法故其所作不謬古人制字初指而於疏密短長參差不一之字體究無不自然相配者印譜具在可按也嗟乎書居六藝之一唐宋以來綴文之士多而識字之人或寡矣人趨苟道致載酒問字者不於士夫而於印史爲吾徒者何以自處哉

唐音集㪅序

彭維新

詩以道志志者情也夫至眞者情至靈者亦情自爲詩者騖詩有別才之說其失則詭連犿蒐瑣叫囂野戰其流爲空滑爲麤俚至於散漫不可收拾或泥於無一字無來處之說其失則壅壅之弊爲襞積臃腫氣脈艮而意旨鬱徒事撏撦而已二者交譏眞與靈何有哉此猶賢知之過也又其下者才窘腹儉詭則不能壅則無資庸猥腐爛之物撏管而集業與詩道背馳猶然自號爲詩噫嘻彼亦知詩爲何等物邪夫古今人之情一也胡相反如冰炭相違如風馬牛若是是無他故毋亦平日口之所誦目之所睹父兄師友之所督責而切劘者莫非此庸猥腐爛

之物而所謂詩之眞與靈者曾未有人焉謦欬於其側也大抵詩家菁英之氣代不過鍾於數人人不過擅美於數篇今舍驪珠而寶鼠璞宜其性情之不足相發矣古之生子者既愼胎教子生又必謹卜食子者以子體之强弱貌之榮悴德性之剛柔緩急食母能潛移之於不覺故擇食母較重於慈母保母也食之非其人雖天廟之器猶不能不漸於陋惡芻豢犬之質乎詩亦有食母焉唐宋人爲句圖如玉谿生之集渠人麗句高似孫之選句皆是道也余嘗采漢魏至唐宋古今體詩近四百篇俾兒姪輩肄業及之悉以超妙而不涉詭典贍而不涉壅者爲準近又慮謦欬之隱於篇中也復於唐人五七言律中摘其眞者靈者示之俾朝夕諷詠庸猥腐爛之語不交於心目庶幾得所養焉久之將合同而化詭與壅二者之弊亦由此而克免乎不甯惟是余年近衰矣舊學荒落張蒼老飲乳以代饔飧余亦欲藉是以自養也

歷代箸述人名書目序

彭維新

上世事物之變未極書契雖興而箸書立說者不少概見至周之季述作紛然起矣洎秦迄漢唐宋厥流彌蕃其閒純駁正雜迭出其純者正者之能傳世行遠與否又眎其才識議論爲等差蓋立言以垂不朽若斯之難也然當其慨然有作在聖哲闡敷理道固欲廣屬天下後世於無窮卽駁雜之家其覃思奮筆摭事理而揣物情不惜耗費日力以成其書亦冀藉是表見以自壽於世乃閱世未幾其書或全或缺或存或佚學者幾不知某氏撰次者何書且不知某代箸作者何人昔者斂精刓神以圖不朽俄泯泯與草木同腐詎非千古憾事哉賴今 國家以

經義取士以故往古經儒之說閒存什一程朱之書與其及門所述則更無缺遺然此外先儒羽翼經傳之編有其名而亾其書者蓋亦多矣唐宋距今未遠也而亾書已不可勝紀此非後學者之責與夫左氏春秋不遇杜元凱韓昌黎文不遇柳仲塗焉知不如惠施五車今存無幾樊紹述箸書近百卷傳世者僅一二篇已邪則綱羅散佚不得不急爲之所矣用是徧稽歷代箸述臚其氏名紀其書名卷數詳其時代地著注其闕軼又仿昭德讀書志揭其作書本旨閒以愚臆論其失得之故大要詳於經史其詩文集專行者另編風角壬遁各術藝與稗乘之荒誕不經俚俗不文者均不錄自餘關典故涉物理者雖叢殘弗敢遺也計自周秦至勝國得二千三百餘家懿哉萃數千載箸述之才與朝夕披對珍護其所已存而蒐訪其所未備或不負箸書立說者之初心也夫

陳桃文時藝序　彭維新

陳君桃文賦才雄驁性强記自六經史漢外更博覽漢魏人遺書及唐宋大家之文沈浸既久涉筆爲古文辭奇杰卓犖卷軸之氣充溢即降格爲時義亦匠心獨運豎義警闢體大物博善以偏師擣堅壘使萬夫辟易自爲諸生試輒冠其曹而赴鄉闈者十餘度竟不一售緣詁題參用漢唐註疏與場屋專主一家言科條戾故屢見擯受業其門者多獲雋躡膴仕而君久局明經或惜其枘鑿齟齬諷以稍貶抑如時人遇合之文而君好古益力必不肯一改其度則君之得於文者邃矣韓子云爲文大稱意人必大怪之又云用功深者收名遠若與世沈浮雖不爲

當時所怪亦必無後世之傳然則文章聲價自不可掩詎以一名之得失爲顯晦哉近日文敝極矣腑無一卷古人之書行文非疲苶膚庸則野戰杜撰遂至疵病百出證有强弱總由中虛彼其於傳註也原非有得於宋儒之萬一也特掇拾糟粕以文其空疏而已是其文之不取怪於世也非不欲爲也實不能爲耳桃文之文吾未敢謂盡無遺憾而方之陳龍川之古文陳方城之時文其奇氣刱才則相若而醞釀卷軸則往往過之此正今時中虛文敝之藥石也嗟乎以吾所聞所見世號爲文人者衆矣如桃文者甯可一二數也哉君年較余三倍以長憶壬午乙酉鄉試同客鄂渚往還論文甚數爲忘年交茲余謁假歸里君歿已二年矣其子允續奉其時藝稾請序余未遑一一評隲而略舉其爲文得力之由以告吾鄉里之有志於學古者君諱之駓桃文其字也

重刻論衡序

彭維新

漢自建元以來，君相尙文儒，箸作之家迭起。迨東京永元間，窮愁箸書者彌衆，指歸各異，均非苟作。王仲任老困海隅，見習俗拘蔽，閉門潛思，戶牖牆壁著刀筆，撰論衡一書，以砭世訂古，亦已勤矣。爲篇八十有五，凡二十餘萬言，編簡之富，鴻烈繁露猶遜之。是亦多言矣，能無中乎。故所指注，亦閒切中時弊。然學無根本，理紕繆而文煩猥，概不自知。其言性之涉矛乖，言命之摭膚末，姑勿暇論，卽其逞無稽以疑誤天下後世，如言舜禹皆以治水死，商均不軌，項羽以重瞳自知爲舜裔之類，及宣漢驗符二篇名之獻諛，不顧與各篇所言符瑞適然者違反，尙不必深責。

至謂善惡不足致禍福，福虛篇天災無關人事，譴告篇治亂非繇德化隆替，治期篇則顯與惠迪從逆之訓，兢惕修省之道背馳。又其甚者問孔刺孟二篇名，敢悍然舉聖賢以肆抨擊，是直一無忌憚之人而已矣。更何怪其僭擬孔堯，以煥天文順地理自贊其書，而自斥其祖父爲勢勇淩人，與祖濁裔淸之云乎。其文意複章冗，詞語多涉鄙俚，漢人諸書無有劣於此者。以正定六經指陳七事，素號學術深奧之蔡中郎，乃祕玩以爲談助，又於捜得此書於帳中者，戒勿廣傳，此則不可解已。三國時虞仲翔亦會稽人，耽箸書，至老不衰，今傳者絕少，得非以虞多注經，不如此書之諧俗乎。吁，書之傳否，其亦有幸不幸焉。如此者可勝道哉。鼪使王君徧刻前代王氏書，初欲刻王伯厚先生困學紀聞，茲移其工役於此書而速其成，是論衡於千數百年之後，又得一別賞之中郎於同姓也。余因其請而序之。

廖東雩先生三關志序　彭維新

三關志者吾里廖東雩先生參藩山西時所箸也古之君子居其官必思其職思其職必悉其志慮耳目之力以蘄有當於其官故職無不舉而事皆有功匪是懼曠厥官矣勝國中葉文恬武嬉幾於官不事事迨世廟耽意元修權相枋國以喜怒愛憎進退天下士士之獨立不阿思自建樹者多中以危法其時中外士夫志慮耳目畢殫於揣摩權要意指而已職事之修廢概弗暇計此吏治日墮而武備所以益不振也先生甫至山右見軍務就弛請巡視邊徼自雲代達延綏以一儒生疋馬短衣崎嶇故壘廢堞閒雜草野宿褢糒晨餐夕淹月日於阸塞之緩急

關堡之舉廢斥堠之疏數士馬之羸壯軍械之堅窳屯積之多寡有無一一備悉於是塞其侵軼之徑策其防遏之方定其烽燧偵伺之法酌其戍守增減之數籌其屯貯之所輓運之途凡所以思患而豫防者亦已周且悉矣蓋飛狐句注之地爲漢舊塞匈奴所嘗闌入蹂躪者也英宗時乜先穹廬距此密邇乘輿北狩軍沒身羈曾無控弦敵愾之士殿其後而遮其前致敵得以乘虛逞志者無備故也則是書所紀是承平之長城而邊警時之千金一壺也先生之居其官思其職悉其志慮耳目之力者甯有遜於古人也哉先生由嘉靖壬辰進士授高安令入爲部曹提督山西學政名希顏字若愚東雩其別號也

山水同名錄序　彭維新

禹貢紀九州舉山水以表疆域其紀隨山濬川亦必山水互見距今數千年緣其所紀而山水之名可指而得聖神明德之遠若逆計後之易涉溷淆而預爲之防也者三代而下郡縣遞有沿革山東西河南北隨世轉移區壤愈分稱名愈繁傅會愈衆而覈諸前代事實愈多不合郡縣之志未必盡輯自鉅儒牽引勝地以自張又或因仍舊稱弗加深考五嶽之尊華衡受冒三江五湖人各異說則歷山赤鼻之假借更無論已齊劉澄之山川古今記唐韋澳山川地名要略久不傳今惟桑酈之書見存猶未免不覈不該之憾則禹貢後山水稱名溷淆孰從而正之

婺人葉芸陔性好山水年十九隨其兄蘭陔道齊魯入京師之晉之秦後復徧歷吳楚閩粵所至訪其山川備詢故老博徵古人之書訂其是否鉅細不遺前後閱三十年撰山水同名錄十五卷所記得諸躬覿而其書成於羈旅非好山水成癖冐爲此不急之務哉夫人名之相襲也張良則有九王褒則十有二他若董仲舒張禹張敞劉歆鄭元李白王喬名姓同者多至八九少亦不下數人自餘不可勝舉有作同姓名錄者考据頗富然人同姓名而時地事蹟家世各別雖同而異易稽也若山水自禹貢所紀而外散見紛紜非博考羣籍足蹟半天下必不能覈其同異之實也芸陔所爲不亦難乎然水經及注密於西北而

疏於東南是錄也於東南爲詳合比而觀則凡宇內之名山名川與夫卷石涓流其名同而實異者亦無不可以指而得之

劉杜三詩集序

彭維新

勝國末造業詩者漸厭王李聲貌唐人之獘於是竟陵起而以沖迥脫落矯之當是時操觚之家無不俎豆鍾譚若困於酒食者乍遇茗汁藜羹竟以爲古今至味在是也而矯枉過正幾胥天下而爲尪茶虛羸奄奄欲絕之人海虞蒙叟亟思矯之而根柢未極淡厚祇能爲調停之術加之色澤運以風調而儇佻之態終不能掩此善於彼則有之矣以云示詩家之鵠恐猶未足以開執宗仰竟陵者之口也夫詩言志志之所至而言以宣之適如乎其志而止詩之道如是已耳詩三百篇世屢更矣其爲體正變不一一皆自攄性情各適已事旣非合喙而鳴亦幷未

嘗矯他詩之失故能以已志感千載誦詩者之志自矯獘之說起而詩亾矯之愈力而詩之亾愈甚何者詩不本於性情而徒以之爲轉移風氣之具是詩爲他人用也於言志何涉哉南雲劉君杜三與鍾譚生同時居同方當其風行波靡時獨能不墮鍾譚雲霧素從蒙叟游能不隨蒙叟趨步非彼時豪傑之士哉今觀其詩語不必驚人才不必雄驁學不必淹該而抒寫性情質有其文免竟陵海虞兩家之失亦不襲有唐諸詩人聲貌一惟自鬯其意所欲言而已夫詩之言志者不知有風氣而能自爲風氣漢魏閒人合作去三百篇不遠者得是意也彼立意矯獘者欲轉移風氣實則與爲風氣轉移者同病宜不能辭於後

世之詬厲也杜三懲轉移風氣者之自欺其志而又能不受風氣轉移以自達其志其詩可以存矣

江維牧注黃山谷古詩序

彭維新

注書之難難於著書著書以一無紕纇能傳世行遠爲難耳而用意用事用語則自爲政注書者以己意逆人之志既未必盡得而讀書半作者不能注等作者亦不能注必倍於作者始能之以顏師古而不知吏庾鄭樵而誤注員半千蓋注書若斯之難也而注詩則尤難散體之文雖寓意深曲然行墨引申徵者仍顯且隸事多愳其累意也徵詞富愳其累氣也詩則不然稱引浩博卷軸錯綜意嘗在言外一爲所眩揣測爽其本旨訓釋味所從來者往往有之矣故注詩者難爲功而注宋人之詩則尤難唐世載籍雖博其數猶可稽詩愼取材如玉川昌谷之鑿

險縋幽崧陵之窮搜綴飣未數數然也至於宋而唐三百年公私編輯之書更增於舊宋人務博競異稗官小說與夫釋子羽客之逞臆撰錄率採以入詩今其書半就磨滅藏書家多不收弆注者卽極淹洽勢不能備舉而徧徵之王施二家注蘇詩尙滋口實無怪注宋詩者之寥寥也黃文節腹笥之富鉅細不遺其爲詩片語隻字必有所本注而釋之非難之尤難者哉江子維牧取豫章集五七言古詩字疏句解引据簡確不得其意者不爲傅會穿鑿之說字句譌誤者錄本文以正之其疑似無可徵者姑闕焉計所注者十已得九矣是洵能爲其尤難者維牧曩從余山左使署時頗攻舉子業未暇爲詩相距十餘年而學

問該通如此今已成進士投牒願降就教授以養母廣文官泠無簿書之煩益可大肆其力於聖賢之遺書將來闡發六經以嘉惠後學是其責也甯僅以識鼮鼠髦頭與注蟲魚者詡博物之爲難能已哉

贈吴興筆工徐霖蒼序

彭維新

國朝製筆之佳者稱湖州而湖之業此稱名家者惟錢功立徐霖蒼余初官翰林時聞功立已老而霖蒼年方壯盛載其所製筆數萬來京師是時詞林羣尙書法爭購之兩日輒盡復覓筆材競延霖蒼於寓邸選出新式相誇勝霖蒼前後約獲白金二千兩有奇猶時以出門所攜未多爲憾也雍正乙酉余撫江蘇霖蒼至署爲製進貢筆詢及昔在都時曾被接遇諸薦紳先生間亾與歸者過半歔欷久之今年余杜門京邸霖蒼請見覿面幾不相識越二十五年而霖蒼皤然老矣具言兩浙洊饑出游畿輔念疇昔諸翰林爭購其筆者今惟溧陽海昌二相國及余三人在都故策蹇入投謁邸之山左一瞻闕里廟堂以畢素志別未幾復自東省至京師辭曰文龍所獲槖中金幸早已增置田宅儘足資以終老此度歸不復出里門乞贈以言爲光寵出素縑數幅求書甚力余勉書其一以塞其意而不勝今昔之感焉迴憶四十七年前余方鋭意學書愛霖蒼所製筆勁健是時意興飛揚輒厚值先購未及旬穎禿成束不少惜洎撫蘇政事煩賾無暇復臨池然於密要奏劄猶手自繕寫今仰荷　聖恩賜以餘閒經年卻埽心迹清恬乃臨摹久荒手腕生强不能如向之筆手相得則余亦覺老矣乃霖蒼於所書縑幅尙存見少是仍以數十年前好事之故我相視也

湖南文徵卷六十一　　湖湘後學集編

序六

崇正編序　　車无咎

天下之道是與非而已矣·是者正非者邪·是者眞非者妄·欲得其是必辨其非·程子曰正路之榛蕪·聖門之蔽塞·闢之而後可以入道·故是非明為入道之路·入道而後是非之極致愈益較著而不可混·是非之差數愈益微細而不可道也·孟子於先聖王之道必曰閑之曰守之而不辭好辨之名·蓋異端既起·方暗侮吾道而顯為敵禦侮捍敵而無壁立萬仞眞積不可回之力

原始要終灼知不可惑之識·不謀利不計功之心·則終必依違拖沓詖不可得正道不可得明也·雖檢點積累自營固有本務·注存內反自不暇於外攻·然辯與學問思行相發以為功·而斅固學之半·今異說之中人久入膏肓·在上者嘗剗除之矣·旋而復盛·在下者大聲疾呼·聾瞶者覺矣·旋而幷其人誣之·入室以塗人耳目·使還聾瞶·黠猾至於如此·言之髮豎·又烏得而默焉·吾友簡全子先生素以闢邪崇正為己任·譾談恆語·每輒及之·會郡邑奉　上諭黜異端以崇正學·月吉講讀·半屬胥吏·無能有所發明·先生作為集注·原本孔孟程朱子之言·演以儒先之說·質以法律之條·而特揭朱子白鹿洞學規為正學準則·梓行既有日矣·茲復鏤板為書·幷彙其平日所著論說辨各若干篇·合為一編·名曰崇正·蓋先生於邪正眞妄之際·晰之極精·考之極覈·言之極辨·於誕妄所由起·洞若觀火·無遁情·使承誕踵妄紛紛援之以惑人者·無所復得闢其口搖其脣·快哉此書·凡所指切·未嘗非先儒所已言·亦有言所未言·然暢論之·較諸緒言合比之·較諸散見·功斯偉矣·士不由乎平素無其心無其識·無其力·而偶激發於一時·一意一篇一語之閒·其能確切簡明足以覺人如此書哉·昔人詩云·重陳芻狗衣文繡·又云伽藍位下講昌黎·此書出·猶有文繡芻狗而伽藍昌黎者乎·無是非之心者·非人也·人也而有不曉然暢然·而仍還聾瞶者乎·願與入道者共讀之·

張觀察甄齋詩集序

車　閑

閑曩閱程墨讀昭潭觀察張公文闡發經書義蘊不僅爲舉業師程知有本之學自是不同心極景慕而蜩鷽莫能隨鵬翼雖居鄰綠野不隔千里識荊無由深以爲憾甲戌公適閒居郡守聘公來郡主濂溪書院席閑瓣香伊邇朝夕得以就正固遂生平素願也公亦不我鄙夷晋接既久道契彌深一日偶談及詩因出其篷窗憶舊暨嶽雲閒草稾曰余不知詩惟追慕先人遺風有所感觸亦不能已於吟今乘閒彙集舊作將校諸梓而繕寫非出一手其中恐不能無亥豕之譌子其爲吾較訂閑受讀數過雖不深曉而詞調清雅氣格沖和詠賦景物不事雕鏤而

自然天機流露評論古人不持己見而別有卓識定斷至紀感一篇則正曲江歸燕詩所謂無心與物競鷹隼莫相猜者也蓋公品骨清高胸中極其瀟灑出仕雖久而未嘗以吏事廢詩文故所歷燕京大江左右及會稽關中諸名山大川隨地隨時或獨自吟詠或與人唱和長歌短句皆能暢其高曠之懷飄逸之志古人所謂得山川之助信不誣也嚴滄浪云詩有別材非關書也詩有別趣非關理也然非多讀書多窮理則不能造其極然則公之詩又豈徒修飾枝葉不培植根本者所能哉論詩者往往舍三百篇舉唐而抑宋如楊誠齋陸放翁者又何不可於黄初建安閒高踞一席也

哭三女詩序

劉授易

女生乙丑九月予奔走四方及應制舉凡十餘年計依予厀下者數年耳庚辰六月以內人疾革返里而女工刺繡繕中饋矣室人先備裝匳促其于歸恐不可起則三年守禮遺泉下憂以十一月歸曾仍黄長子鑠壬午四月二日內人亾女哀痛觸棺欲相從地下予故怒止之內人臥病數載女雖出閣然時時歸省調藥餌依牀側未少離先是內人病篤繼死喪未能備一縢相隨癸未三月予始走淮海分人升斗至乙酉正月六日自金陵往吳門爲覓婢久之未得二月二日張貢五往東越遺一札得凶問猶未悉也二月初十長兒迎余歸抵蘇臺方悉其事則

女以甲申九月四日卒於家初女病脾虛醫誤爲瘧繼欲歸家調攝謂諸兄曰吾在大人厀下未能盡新婦禮翻以病貽兩尊人憂益不自安來依兄妹修短聽之而已吾死衣父母所賜衣吾無所出夫家寸絲隻珥悉封還之爲後來賢婦作服飾父母自幼至今貽我金請以給貧人死後葬我於母大人側毋汚曾氏土且重大人及郎君戚自是屢藥罔效既屬纊良久復甦語言爽朗告諸兄曰吾曾用兄嫂錢若干吾適死默念生平有此一事速爲償之償訖而逝含殮後顏色輔頰忽紅潤如平時并無病態諸兄如遺言葬之女孝順和柔居家未嘗呵及雞犬于歸後執子婦禮甚篤仍黄遺予札曰聰明孝順之女戚串無不

稱羨中途夭折身後無遺天乎人乎痛於何極內子往詢相持對泣又慮兒夫孱弱悲憤莫支每曲爲寬慰言言血淚不忍聽聞回首家園𢈔棺毋側皆出治命死生之分曉至性之綢繆又殤年所罕有者所恨門祚淺薄不能庇賢婦以長子孫柰何不幸至此嗚呼哀哉讀之淚傾斗許矣越半月作哭女詩痛不自禁聊紀生平女生乙丑九月二十五日殁於甲申九月初四年僅十九不及二十二日云

案仍黃郎用瑣原名世琮以字行也亦字虹受有耕雪堂詩集文稾未見卷中錄存陳伯五詩序一篇汝懷附記

鷹來草堂詩鈔序　　徐昌夏

一代之興英才挺出將相而外厥有文學之臣開一代之風氣而不屑與古人較徵逐此如瑞木靈芝蓋舉世不一二見者其人不盡出於窮愁隱逸與求之廣廈細旃之內蓋於山林臺閣外別具性情故其箸作博大厚重焜燿蟠際不可端倪凡此皆天也天意定於冥冥之中故郎其風霆河岳千態萬狀沈冥發舒舉而聚之一人此一人者穎悟特達有以會天地之全而游乎萬物之表以得是氣之至靈然氣全矣不綱羅古今會諸家之音節則其氣必餒學博矣不得名師友爲之陶冶以就其範圍則氣必漶師友良矣不縱覽名山大川廓其心目以舒其性情則氣不雄必四者備而後可與言文與詩石橫海先生幼號神童八歲能詩比長遭勝國之亂隱於田閒益自淬厲凡經史子集以及野乘宗門之書無所不讀而以唐汲庵先生爲師楊髯龍白藏賀天放爲友此數先生者奇公才相與揚搉風雅通籍後肆力游覽秦燕再歷齊魯登華山過龍門賦帝京記衡嶽弔銅雀之臺放西湖之棹夜郎嶺表邛筰峨崃皆有足蹟則前之所謂四者先生殆已兼之故其淩跨千古而元音高響可使風雲失其變幻雷電失其聲光山嶽河海失其高渙遂與一代應運之將相皆爲不可祧祧之人彼以卑淺之識刻晝蟲魚花鳥糟糠荳芉不復振聳吳季札所謂其細已甚者直謂之蚓竅

蠅聲耳。其能無。誦先生之詩而驚詫也哉。劉子蕉谿梓其集以問世。蓋有在也。夫黃帝張樂於洞庭之野。鳥見而迴翔。魚聞而潛躍。聲音所感。異類且然。安敢謂天下竟無知言者。天下而有知言者。是則劉子表章之功爲不沒也夫。

入德津梁序

王之鈇

吾楚自濂溪以太極通書開河洛不絕之宗。後之言理學者。必以爲稱首。又二百年。趙江漢崛起元初。學問淡粹。獨得孔孟心法。此外少傳人焉。我　朝振興正學。道脈維新。熊澴川箸學統閑道諸編。其於朱陸異同。陽儒陰釋之辨。致爲兢兢。生其鄉者何不聞繼澴川而起也。豈南條之南。鬱積磅薄千餘年來。獨三先生當其秀與。毋亦爲師者之所以教。學者之所以學。汨沒於詞章科舉之習。不知望道以適從也。嗚呼。道之浩瀚無從下手。每每望洋而歎。然天理民彝。降衷不異。其性仁義禮智。其情惻怛羞惡辭讓是非。其倫君臣父子夫婦昆弟朋友。其事正心修

身齊家治國平天下。莫不有天理當然之則。予人以不可解免。而非強彼以難行。乃世顧推而遠之。徒以綴輯語言。造作文詞。爲科名爵祿計。其亦大惑也已。之鈇質魯性迂。童年假手程文。覺於身心無所補益。久乃購濂洛關閩諸書。反覆而詳繹之。稍知嚮往。顧鹵莽滅裂。豪無入路。曷敢與里中弟子論學哉。然區區造就之懷。不能自已。既日懸近思錄與學者講明切究矣。爰輯自子朱子下逮元明暨　本朝諸儒論說。本近思錄門目而部分之。總二十八卷。顏曰入德津梁。日置案頭。用以自攷。且與里中弟子共勉焉。極知採擇不精。棄取失當。然藉是附諸近思錄後。爲有志者端其趨向。而循循服習之。庶入德有門。不至於

斷港絶潢終無與滄海之觀也若夫守先待後提倡宗風於以廣濂溪江漢瀔川之教澤則有諸老先生之全書在其毋拘守是編也可

辨類編序　　周郃生

丙午春余謁選都門錄燕巖先生辨類編以行因時時備觀省以爲檢束身心之資亦謂筮仕後或淸俸稍餘謀付梓以公同好也夫君子小人之辨前人之論備矣然皆散見於經傳史集之中學者每不能徧觀而盡識之其盡觀焉者亦多隨口記誦未必實反諸已也先生獨取其對勘互論者萃而集之凡其心術之純僞險易事業之公私純駁以及家國天下之治亂得失莫不燦然眉目之不可倒而易冰炭之不可併而處採擇備而序次精規模宏而條理密在先生固以爲自治之書以識類之所由辨而懼爲君子之棄小人之歸以自端其趨矣且幷以知

凡讀書之法皆宜如先生之切實體驗而不僅以供言語文字之用爲筆墨摭拾之資矣是則先生之所以教人者固卽於先生之所以自治者而寓之矣故私竊以爲功不在近思錄下非僅可班居業讀書二錄也余少爲先生所許可比中歲猶漫無知識妄於洪河率試葦杭幾遭波蕩幸手是編反復上下遂亦若忘其風之烈而浪之横也則先生之益我多矣家又似弟省予於豫章旅次先生札命爲序序所未敢也謹綴數語於篇末以誌益云

餘閒艸詩序

楊　緒

余自癸未官京師與中州宋生枋東善視其人志凝而守固淡泊而寡營余心賞之而不知其能詩也己酉春余有事星沙枋東亦久客於此相與唱和得句甚夥始知其前此善自韜晦如良賈之深藏而不衒莫可窺其蘊蓄也未幾出餘閒艸一帙乞余弁言余覽太息曰嗟乎閒之益人也閒則心定心定則道心生其氣必和其興必逸其胸中必瀟灑拓落活潑而無滯礙如是而發之於詩亦必恬澹樂易不煩繩削悠然而別有會則誠得閒之助者也自尊官顯位勞心期會豪侈之族縱情於聲色莫不避閒如讎而窮簷僻處之士又復衣食奔走日不暇給餘

閒之趣遂若為天所吝而不可得如是而發為詩歌必臃腫齷齪蔓衍而不收拾否則憂愁鬱塞拉雜無有聊賴即一二慕道之士雖意復古而跼天蹐地意不得舒於是古調絕響矣枋東處風塵之中而有世外之想與余游垂三十年而貌不改懌神不改適其聞道者歟其詩每好為古體浸淫於漢魏六朝唐宋諸大家而不琢不巠適然惝然意與境會手與心忘其有得於閒之助者歟枋東性至孝蚤失恃依繼大母傅氏鞠育成立迄今哀慕如一日志不紛者天不濟宜其詩之流於至性也枋東又自述兒時能記憶前生姓氏里居夫輪迴之說君子不道乃能言之鑿鑿蓋亦奇矣而竟得以閒自老緊何幸歟

夏禹書遺編序

張　璨

梅巢居士吾友夏子禹書三十歲後所自號也余與居士締交時居士年尚未冠居士之伯兄仙李仲兄淇瞻均以弟蓄余居士又與予季弟同庚甲故居士以兄事余也往予兄弟諸生時與同郡友朋為文酒之會者每歲嘗得一聚晤自余三十外脫諸生籍即有四方之役與居士不相見者幾二十年至康熙壬寅余以作吏逢銜恤迨癸卯春旋里予季告余居士以先一年長逝矣所為號梅巢居士者皆余所未嘗聞見者也自居士沒後十四年予復得與淇瞻二兄聚郡城見居士仲子逢薇於其寓嗣是別去又十六年逢薇乃訪余湘浦以所輯居士遺編泣

請於余曰先君子平生志業未獲表箸於當時即其所撰箸亦隨手散佚茲不孝孤兄弟於親舊家零星收拾以彙為斯編除尺牘向所錄存笥篋者其餘則皆當時所焚棄然不孝孤兄弟猶幸得見而鈔輯成帙安忍聽其湮沒而不復存維先生與先君子金蘭之契有年幸一言以序之余三復遺編既泫然流涕又肅然起敬悲故人之不見而嘉象賢之克類也惟夏氏孝友詩書聿有端緒自吾先人與夏氏之先人早有僑肸之誼余兄弟早孤又得與居士兄弟結翺於斯文之會居士自弱齡即嶄嶄然見頭角方將期取大科第以行其家學於一時而居士蚤懷恬退未四十輒自放於烟霞泉石之間今觀尺牘與其家子

弟所述之緒言，初非有侘傺無聊之胸懷，以忞其隱居放言之旨趣。蓋居士循循學問之中，志乎古而遺乎俗，合於道而遠於時。其享年雖未永，而言之足以垂世也昭昭矣。自昔賢聖之論進狂狷而惡鄉愿，若居士者，蓋可忽乎哉。今并其朋舊往還之筆牘附載於中，而顏之曰居士遺編。後之讀書取友者亦將於是乎有徵焉。居士之諸子能寶居士之書，而兢兢勿替，是尤難得之於身後之事。余於此益信居士之貽謀爲不可及。行將舉居士之蘊大發舒於時，余雖老猶得見之也已。時乾隆庚午仲秋。

帆湘閣文集序　張璨

嘗讀歐陽子序蘇子美者曰，子美之齒少於余，而余學古文反在其後。又云獨子美爲於舉世不爲之日，不牽流俗，可謂特立之士。而歎古人慕善之誠，而言之親切有味也。夫學者苟惟其營懷利祿，思速成以遂所欲也，則自兩闈墨義暨一二房行選本外，它如左史兩漢及唐宋大家諸綫裒本子，罕有津逮其域而一寓目者。見有人焉一心而攻古文，則掩口而笑之矣。蓋甚矣古學之落，而學者志氣之頹唐也。吾友張子貢五，自其爲童子時出語已驚其長老，獨奮不顧流俗，縱心孤詣，爲文章以古爲程。一日編其贈荅紀述之辭若干首以示余，余受而卒業焉，

而歎張子之勤也。夫張子生日月後於余，而所爲古文辭已卓卓可觀覽如此，正不知子長子雲當足下年齒時，其所撰箸復何如也。雖然，顧吾於茲猶自有感焉。古人稱三不朽而立言爲後，凡今人之所以不及古人者，皆不惟其文辭焉已也。張子既能通古人之辭，則必且則古昔稱先王而修明古人之道矣。余之羨張子者，自張子視之，不且以爲糟粕而不足珍哉。張子別有時藝曰師古集云。

劉損齋浮海詩序　　張璨

損齋先生以癸未夏浮湘達漢至於淮上返棹駐金陵往還於維揚姑蘇間又自金陵返於湘歷歲二周積詩得若干首顏之曰浮海集紀游也先生十年中數出游嘗北走燕東適越南踰五嶺其游皆有集曰燕臺渡江過嶺海內人士爭相傳誦蓋吾里中稱喜游喜賦詩其游之寥闊而詩之敏且工者莫先生若也先生弱冠通經史試諸生輒異等然性不喜帖括業一意攻詩古文辭三十後留心性命之旨所著有臆語爲證道之書又其學自律歷河渠兵農錢穀之類靡不講習淹貫嘗切磋當世之務可見於施行其出游未嘗不以捉刀賁游展所在蒼生隱

受其福而不知然先生雅意在山水興至而游游倦而返青天白眼拔劍長歌不能屑屑依人者其大較然也憶前歲先生出一時賓徒送者謂先生有當世意余賦詩送先生曰出處將誰共適從歎場聽罷正從容華軒得路皆爲鶴竹杖何人不化龍蘿念久傭半村者先生所隱居讀書處學者時或稱半村先生先生出則一至淮上即返金陵　乘輿過舊京投函獻賦奏對動　天顏而秋風鱸鱠掉頭拂衣卒自放於酒人漫士之列昔孟襄陽端居恥聖結綱情濱及邂逅至尊又以不才自廢後之論者未始不惋惜其遇然視右丞鼓鬱輪袍私第稱公主門生其清濁必有能辨之者夫詩有詩品詩家俎豆少陵今讀其詩於侘傺無聊之時感惠酒食長言詠歌後世山人墨客借以便私圖而成徑竇先生數出游未嘗一懷當途之刺所至必訪耆英碩彥相與傾倒流連可謂極山水友聲之樂至其感懷弔古觸緒紛來則一本其胸中八九雲夢抑塞掩遏不使自露而朋一出之者英雄名士不可執一端以求之蓋先生之詩自有所以工而初不係乎格律聲調之區區也以余獲侍先生久辱先生忘年之契先生不以余爲不知詩承命點次其近稾且曰子其爲我序之語云頌其詩不知其人可乎予序先生之詩而因以及先生之人俾世之覽者開卷而得先生其又以先生之詩

徵信余言也獨是先生負才大不能終藏後此之游且日以汗漫而詩篇日以富且新予之得讀而序之者又不知當作何語此則予之所爲望洋向若而不能不有愧於大方也夫是爲序

乙酉仲冬朔日

秦偉士客燕集序

張璨

燕爲帝王都會來游者踵相錯士之業詩文者多出其閒寫以生紙副之門狀唐人上書溫卷之風蓋於今爲烈也昌黎埽光範門議論者以爲訾謷佛骨原道之篇俎豆兩廡其學術自在杜陵投延恩匭令至尊動聽天老書題目春官驗討論落筆中書觀者如堵何其豪也迹二士之所處則今之人可概非邪今之爲詩者人宗杜陵頌詩論世如唐書本傳載子美之爲人其文行無玷焉所謂杜陵布衣許身稷禼其生平所爲鏤肝琢腎者豈第在流連光景牽率豖鶴之閒哉余持此以觀燕遊之士有能爲韓杜之學者卽干時求進亦上書投匭之類也吾友偉

士游燕而滯於燕積其歲時所著題曰客燕集又仿長慶體作燕中吟其言以走聲氣獵名譽爲可薄而蒿目人情盱衡時勢皆賈誼嚴安徐樂之所爲縱言而極論者也詩之道主風王者省風陳詩則可以得民情之好惡而政教以節宣之其在上也郊廟有頌宴饗有雅其及於民也亦皆寓其丁甯告誡之意而不廢夫鏗鏘可悅之辭書曰勸之以九歌俾勿壞是也其節奏皆中於人心之宮商如天籟之吹萬使人優柔漸漬以日化而不自知藉如今之人能取偉士燕中吟上自王公搢紳下及閭巷之小人皆頌其辭繹其旨可驚可泣可羞可惡之事相戒而不冒以復爲天下治平不可待哉士在上則以政事興太平在下則以文章助教化夫子曰誦詩三百授之以政不達使於四方不能專對古之學者所患猶若此居今之世而幷束書不觀焉其人材何日而興起也今讀偉士之詩而取其留心世務有益政化者將與詩人之游燕者編排而論定焉偉士歸而下帷講誦如河汾教授之流明三綱達五常徵存亾辨得失則其於詩教也當益浚應劉沈謝詎足爲偉士道湘水茆屋行且爲偉士揚推而陳之康熙庚寅歲夏六月

澹園遺詠序　　張璨

甲辰長沙寓中澹園（裴夏光）同學示我趣陶園和韻詩三十首余賦絕句二章題其卷首云平生兄事二君間竊覩雄文各一班今日詩壇驚合璧鳴聲鸞鶴響空山賡歌喜起柏梁臺聖代求賢路正開擬置兩翁蓬島畔柴桑莫便賦歸來時余方北首燕路素民（曾之貞）與澹園猶齒髮未衰葢相望以濟勝爲懷也轉瞬二十餘年余既言歸隴畝素民亦解組懸車澹園則終以邛園老且歸道山已數歲矣喆嗣典虞（名逢夔）奉先人遺詩付梓索余一言弁其首當澹園與素民離索相思見諸歌詠二十年中兩君竟未得合幷話舊今素民僑居江漢老病不能出門戶所謂

趣陶片地已成過眼烟雲澹園和章亦久爲雪中鴻爪而典虞孝子之心覽遺草而動永懷留先人音響以見性情余交澹園久知澹園之性情初不以詩即詩之佳亦不僅於和趣陶之作然即此亦足以存澹園矣援筆題數語葢不勝今昔之感云

四禮時宜序　　張璨

古者三禮之學考訂紛紜學者有童習白棼之歎至文公家禮一編斟酌古今之宜以爲士庶之遵守雖其制度簡約而崇實務本以爲正人心而厚風俗之道莫有近於此者矣今之世去文公又遠習俗相沿幷家禮之書而多屑越之我　皇上御極之初即留意禮教風勵臣民宇內駸駸臻於同倫之盛矣湖湘僻處楚南其禮節猶有乖於風教者吾湘之士相率訂四禮儀節時宜一編原本於家禮而酌以今時所能行者與同鄉之士遵而行之其尤急者於喪葬祭祀革用浮屠舊習一切依家禮行之此有功於名教甚鉅余辛酉歸里得見是書日夕披覽

自痛早孤失學不能有所考正然猶幸得見是書之出俾後之子孫可以守先賢之道而爲　聖朝禮教之民亟慫慂而成之夫一鄉一家者即天下之推也今吾鄉同學諸子亦既已行之而無所失墜矣則夫四海之廣豈無有同聲同氣者相與講求盡善以仰副　廟堂崇實黜浮之盛心哉因斂容拜手而書其簡末

陳伯五泿石近詩序　　曾用璜

余讀酒民詩既卒業悄然悲其爲人且以悲吾潭盛衰倚伏之數若漚浮雲幻怵目愴神歷今數十年徽音彌懰懰也先生少時遭逢全盛得繩其素業肆力於文藻之場思致身青雲取顯名於當世而潭之早達者彯袿飛組冠蓋不乏人率以風雅雄壇坫海內往往稱之其時貴游子弟樂道詩書班荆贈縞之歡覩賢俊爲引重口南勝侶北海英流去湖嶽閒不遠也歲丁陽九之會鋒刃洊至鯨怒鵰張所過颯㜑焚薙承平以後縈榭耶墟縑緗煨燼昔之流連光景者蕩然略無一存先生既抱永嘉天寶之傷而夙好㝵朋風流欲盡念彼長逝者業已劍銜碧血

軀委埃沙杳乎其弗可作即或脫命草閒而皮骨僅存無復白祉烏衣之舊此酒民所由自誓以不返也用是冥心泉石挫迹巖扃擊缶凭欄長歌當哭懷好音者屬而和之繹其詞類皆寫性情隨觸感假淡泊要眇之旨以舒其鬱而理其憂不斐斐縟采繁聲蘄工世俗翫也五平先生爲酒民猶子孤煢之託實藉恩勤今笥其稾廿餘年散佚既多所自訂者僅若干首殷勤什襲捧手澤而潸然嗣君穎長漢賓汲古贍才能紹承其家學付是編於琮校讐而剞劂之以公之來者幽光不翦古道未亾洵論世者所樂聞也自昔潭之人文林立迺冷煙荒草什一僅傳酒民先生頭白長哦彙爲莫續賴子姓之賢且才延德音於不朽斯其幸矣若夫物換風遷事多故迹余檢集中唱酬諸耆宿其亾者黯沈茲掩鬼錄頻登其存者若碩果晨星慕老成之猶在則表章勿替匪伊異人當不令斯編與水光雲影同歸浮幻也

周易本義拾遺序

李文炤

易之體要象辭變占而已辭者卦之藴也變者爻之動也象者理之形也占者事之兆也卦無定體爻無定用而聖人之精藴於是乎見焉語其性情謂之德語其形容謂之象語其成位謂之體語其對待謂之錯語其流行謂之綜卦之萬變由是而生矣承其尊乎乘其卑乎應其敵乎互其交乎變其之乎得奇之謂健得偶之謂順無過不及之謂中質與位當之謂正爻之萬殊由是而生矣引而伸之觸類而長之則於聖人之情亦思過半矣至哉十翼之作乎釋之以象象申之以文言經緯之以序卦雜卦繫辭所以明辭也占在其中矣說卦所以明象也變在

其中矣易傳之作蓋善於祖述者雖本義亦大抵本其說而約之耳然於辭則多得之而於象蓋未深考是亦不無遺議也不揣愚陋妄爲補葺釋經則以象數爲主釋傳則以義理爲歸體用一原欲推而明之顯微無閒欲究而極之而數載之閒憂哀沓至橫逆頻加稍有暇日未嘗敢釋於心也草稾三易始克成編蓋七年於兹矣觀會通以行典禮豈所敢知由辭以得意或庶幾其萬一矣乎

增删儀禮經傳通解序

李文炤

五禮有庸昉於虞廷而秩宗之官特典其事自夏歷商莫不由之迄成周之代元聖挺生而制作於是乎大備然行之既久威儀太甚忠信或薄文物既繁僭擬斯萌孔子周流列國參考互訂思欲折三代之衷爲萬世不易之成憲夏時殷輅周冕韶舞固已略見其槩矣乃詢之柱下僅得周儀徵之杞宋不足文獻是則雖有訂禮之意而未必其遂爲成書也然三百三千經曲具在而七十子之徒作爲傳記以故郁郁之盛未嘗失傳焉迨秦灰既烈之後而其迹遂蕩然矣漢人以金帛購書眞僞混淆諸儒任意去取儀禮之經僅存十有七篇其記僅存四十有九

篇此外經之篇三十有九記之篇一百有餘雖或偶見於大戴禮及注疏稱引之閒不過存十一於千百耳唐之元成魏公輯爲類禮二十餘卷而故府不傳宋之伊川程子始與門人呂與叔思欲大加删訂而迄不能就惟朱子與門人黃直卿輩爲儀禮經傳通解集注然卷帙浩繁而誦習者益寡矣顧其書實爲稾本而篇目之離合注疏之得失猶多有可議者蓋專以冠昏爲家禮而喪祭列之續卷則不當分而分也曲禮以儀之紛賾生民所通用大學中庸之精微聖學之極則而幷入學禮則不當合而合也至於周官乃治平之全書不專於言禮而裂取其分土制國設官建侯師田刑辟之事以充王朝之禮能無肇削

聖經之嫌乎故知此書實爲豪本而未可執之以爲定論也炤自方壯之年始得其書而誦習之繼而重遭大故乃留意於喪祭之禮據黄氏之所定者去其重複補其疏略復取朱子之成書分爲七類而解釋之首之以嘉則冠昏飲食燕射之必詳次之以賓則相見聘覲之必辨次之以軍則師田均建役刑之必晰由是而愼終以凶則殯虞練祥服制儀節不可以苟也由是而追遠以吉則祖考神祇廟貌文物不可以忽也夫然後以通禮彌之其居家也有內則其入學也有弟子職少儀其立朝也有臣禮優游於日用則曲禮致其文遜敏於庠塾則學制學記立其規和同於天人則夏小正月令備其用若禮運禮器則總

文質之宜具經曲之義而一以貫之而禮之爲教可得而悉矣夫然後以通樂飾之鄉有南朝有雅郊廟有頌至於樂記則聲容德政發揮無遺而樂之爲教可得而推矣嗟乎禮樂之用經三代聖人之作述而後成今欲據殘闕之遺文而復還其盛豈可得哉然則是編之修亦曰守其舊以俟之其人而已矣風會推遷無往不復聖人有作卽始見終據此而推明之其必有以默識於意言之表乎周子曰不復古禮不變今樂而欲致治者遠矣建中和之極者三復焉可也

周禮集傳序　李文炤

萬象融融上天統之庶類紜紜后土含之大運緜緜四時紀之而元化默宰於其間王者有作人極於是乎立焉設官分職綱舉目張蓋取諸此而已矣君者極也相者陰陽五行也司徒爲敎養之相宗伯爲禮樂之相司馬爲征伐之相司寇爲刑辟之相司空爲田賦之相播五行於四時也冢宰爲修齊治平之相渾二氣於一元也洪荒以來茫昧莫稽唐虞以降損益迭出及成周而後大備孟子曰周公思兼三王以施四事其有不合者仰而思之夜以繼日幸而得之坐以待旦甚矣制法之難也周轍旣東王綱不振諸侯惡其害已也而皆去其籍雖以子輿之

哲亦僅聞其略而已然庖人之類見於內則庶子之掌載於燕義九伐之法述於穰苴職方之紀出於汲冢司樂之篇呈於竇公蓋不待李氏女子之獻劉氏天祿之校而其言固已散出矣去聖旣遠晦蝕繁多有倣其蹟而假之者有竊其似而亂之者有師其意而不能循序以施之者天下之士益以惑焉惟朱子以爲運用天理爛熟之書而其論始定顧表章雖明而訓釋未逮至諸儒之說則又未免以私意小智雜乎其閒非不有醇焉而不勝其疵也非不有詳焉而不勝其略也學者入於其中能無望洋向若之歎乎炤自弱冠卽不能無疑於此於是熟讀深思遠稽博采不揣固陋黽勉爲一編上推列聖之因革下鑒歷代

之興衰以竊附於詩書集傳之後至若冬官既亡則另搜官名於傳記之中以誌其梗概而考工記亦存之以備參稽焉庶幾聖人之精意不汩沒於百家之曲說云爾嗟夫天地無心生民有欲其污隆升降視乎君相之一念耳志氣如神百體從令當躬具有位育也朝廷建極萬方承式海宇不啻官骸也外王內聖果且有二道乎哉自道術之裂也論學者以虛無為宗而土苴世務論治者以名法為急而迂疏性術規矩準繩之不立而思制天下之器利天下之用也其可得乎然則是書固四子之梁筏五經之模範也糟粕煨燼無非至教神明變化存乎一心此傳之所為作也若曰為天地立心為生民立道為去聖繼絕學為萬世開太平則宇宙之廣永當必有人焉任之而豈區區之所敢議哉

春秋集傳序

李文炤

春秋議道之書也道之大原出於天分而為三綱而人遂各戴其天焉天子以之平天下諸侯以之治其國大夫以之齊其家士庶人以之修其身而宇宙無不得所之物矣皇古以來君師代作成周有制六典昭垂融融洩洩莫非天理之充周卽莫非道術之經緯其斯以為太和之運哉東遷以後下淩上替卿尹之擾攘而百官失其統邦國之吞蝕而四海失其均世官用而賓興之法失稅賦增而養民之意衰僭竊相仍而禮樂變矣爭奪無已而征伐擅矣亂賊日滋而刑罰縱矣田邑踰制而疆理壞矣舉六典之所載者皆棄而廢之則道術不用而智力相競亦其勢然也孔子生乎其時夢想周公而不獲一試於是因魯史而作春秋以成周之道術治成周之臣民埽陰雨晦霾之積沴指示以太虛之本體而宇宙之太和在其手矣蓋其心如天之於萬物包涵徧覆以知則易以能則簡故形於言者絕無委曲煩擾之蹟隨其所發而莫非性命之精微無我故也後之儒者不能得聖人之心而思窮聖人之言訐以為直徼以為智舍康莊而入於荊榛之中又何道之能議邪伊川程子略舉其端未竟其緒私淑其學者迭相闡明譬諸以管窺天而終不能盡見其全體竊不自量裒集之擇取之閒亦附己意而足成之未知於聖人之意果如何而諸儒之穿鑿附會則盡去之矣嗟夫

宇宙之綱維一道而已純之則爲王駁之則爲霸戾之則爲裔戕之則爲賊氣化之遷流不能不亹興於其閒聖人未嘗不欲一切以道繩之而僅寄一綫於簡冊之中此聖人之所深悲也使凡有天下者與有國有家有身者讀其文推其意而思其義一念之慊不啻華袞之加也一念之欺不啻斧鉞之至也則日用云爲無適而非春秋卽無適而非聖心無適而非天理矣撥亂反正莫要於此心一身之三代既復而後推之於家也可推之於國也可推之於天下也亦無不可載之行事之深切著明皆本乎天道以符乎六典豈徒二百四十二年之陳蹟已哉不然則是束案而已矣則是郵鈔而已矣

近思錄集解序

李文炤

昔者衰周之運百家競作孔孟之徒有憂之緝微言而成論語道正學而著七篇使學者不迷於向方其功盛矣秦漢以降道術分裂荀揚王韓各駕其說而不能相一有宋周子以先知先覺之詣建圖屬書弁冕羣言以傳之程氏而張氏亦與有聞焉推演光大辨析精微所謂爲天地立心爲生民立道爲去聖繼絶學爲萬世開太平者也顧其業至廣其說愈詳學者乃或望洋而興歎甚至未嘗究其顛末而妄肆詆訶有如陸九淵議太極之非是大原可得而湮也林栗攻西銘之失是宏綱可得而絶也程迥詆主敬之謬是聖功可得而廢也陳亮疑道治天下之迂是王猷可得而雜也朱子葢深憫之於是不得已而爲近思之錄著性命之藴而天下之言道者有所宗揭進修之要而天下之言學者有所準至於窮理居敬克己之方理家入官均平天下之法以逮應物教人制心之則與夫闢邪說宗正學之歸莫不畢之有要而循之有序誠可以羽翼四子而補其所未備焉欲求數君子之道而不先之以是書固不得其門而入矣然其微辭奧義多未易曉朱子雖往往發明之而散見於羣書四書集註或問大全集語類葢學者欲觀其聚焉而不可得也竊不自揣爲之裒集而次列之而又取其意之相類與其說之相資者條而附之以備一家之言至其所闕之處則取葉氏陳氏薛氏胡氏

之言以補之（葉氏名萊字平嵒著近思集解陳氏一名埴字器之著近思雜問一名選字士賢著小學集注薛氏名瑄字德温胡氏名居仁字淑心著讀書錄及居業錄其言及近思錄者取之）閒亦或附己意於其閒庶幾可以便觀覽備遺忘以待同志者之取裁而已矣烏乎學者誠能遜志於此書則諸子百家皆難爲言而於內聖外王之道不患其無階以升較之役志於辭章之中老死於訓詁之下風推浪旋無以自拔而猶自矜衣鉢之傳者其大小之不同量爲何如也聊誌其概於此以自警云

家禮拾遺序

李文炤

先正朱文公宅祝太夫人憂著家禮一書藏之篋中爲一僕童所竊逮易簀後乃行於世當著書時年方强仕耳故與晚年之論不無小異然其規模之宏大條理之精密固無愧於制作之能事也予自連遭大故以來取是書而遵守之誦習之已而參之於儀禮周官復衷之於語類文集爲辯論數十則上推先生之遺意下輯羣儒之公論名曰家禮拾遺郡侯崔公閱而嘉之錫以弁言然未敢出以示人也比年以來三禮解成恐始學者未免有萬牛回首之歎乃復取故編而訂正之以爲有家者誠能守此而謹行焉亦足以正其本矣至若藍田鄉約則鄉禮之準繩也白鹿洞揭示滄洲釋菜儀則學禮之權輿也輒取以附其後以爲三代之文物雖不能遽復而因俗以宜民道莫近乎此也抑文中子有言曰冠禮廢天下無成人矣昏禮廢天下無家道矣喪禮廢天下遺其親矣祭禮廢天下忘其祖矣烏乎吾末如之何也已然則觀是書者其毋以言近而忽之儻亦寡過遠罪之一資乎

唐宗舜孝經刊誤注序　李文炤

孔門立教以仁爲宗仁之發也先見於親而爲孝移之於君而爲忠推之於長而爲弟極之於民物而爲仁愛皆一理之充周耳聖人生平不忍絕人以不仁惟於短喪之宰予責之亦不敢許人以仁惟於順親之伯夷從兄之叔齊忠君愛國之微箕比干與之世衰道微弒逆接踵乃與及門諸賢講論傳授存天理民彝於一綫之未泯以詔來世其似聖人者旣申之以本立道生之旨而得聖人之宗者復述孝經之篇顧其書雖存而淆亂之者亦不少雖以紫陽草廬刪訂而尙未適厥中故先帝衍義之書專取經文而於傳文則不盡從也吾友唐子宗舜乃取而

精校之識天明地察之爲至德推天經地義之爲要道而一書顛末遂迎刃以解傳之家塾以示諸生若築室焉基立則不墮若樹材焉本固則不搖非僅以爲場屋論蓺之資也抑宗舜之爲人渟厚慈良其於仁孝之道非苟知之實允蹈之故能默契於千載之上諸生毋徒求之色相聲聞之閒則幾矣不然無躬行心得之實悉入耳出口之紛則是以身謪也豈作者之所望哉

楚辭集注拾遺序　李文炤

詩歌之作關係五倫而於朝廷爲尤鉅帝歌陶賡所以鳴其盛五子述戒所以鳴其衰至成周而其體大備宣聖刪之以垂萬世之經可謂盛矣詩亡迹熄乃有楚大夫變而爲騷以繼夫風雅之餘韻後代辭人往往宗之然采其華而忘其實者多矣獨晦翁先生以名世之德業遭僞學之禁錮且傷其良友之以宗臣而罹無辜之禍也於是悲天憫人神會心契而有集注之作後語之錄以故千載之忠魂昭雪於一旦但大旨雖明而微意未晰後儒不無遺論焉閒嘗於齋居之下得王林廖朱四家之說而參酌之（王名夫之號船山作楚辭通釋林名雲銘字西仲作楚辭燈朱名翼字悔广作離騷辯廖名志灝字

伯湘作天問荅）取其當者黜其謬者以補集注之遺惟九歌遠遊則鄙見不無一得之長亦輒敢附於其內至於後人之續作獨宋大夫負同調之悲賈太傅生曠世之感珠輝璧映一例發明其餘則欲稍加箋疏而力未暇也嗟夫屈子之經朱子之傳皆憂世之書也亦卽經世之書也予以浮游物外之人厲后霖雨之具久已付之杳冥白髮青陽之感無由形之寤寐然沈吟反覆之下而不覺惻然其動心焉誠不知其胡爲而然也昔者蒯通流涕而讀樂毅報主之書胡寅豪飲而誦孔明出師之表亦不知其胡爲而然也事不相謀而情實相感儻亦人心之不容已者乎

張玉友先生詩序

李文炤

風雅騷辯之後，詩體屢變，而子美之法、堯夫之志遂孤行於宇宙之閒。然子美法雖深而識則淺也，堯夫志雖高而格則卑也。鮒魚多骨，金橘太酸，亦不可謂非千古之憾事矣。吾執友石攻張先生負豪傑之才，蘊聖賢之學，間或以其餘力研精於詩歌。飲醇探湯之意，其發之也眞；悲天憫人之情，其出之也切。幾幾乎兼二家之長而有之。有時不免於歎老，而祇慮所學之無成；有時不免於嗟卑，而實憂斯民之不古，夫豈俗情之所能測哉。迨年逾不惑以後，則志有所專而不暇多作，且又不自珍惜，而收存者無幾矣。然儀鳳一羽，實備五色，又何必較量於篇什之

豐嗇也邪。蓋先生嘗誦子曰：詩而無當於興觀羣怨者，雖不作可也。百世而下，知人論世者，其必有以鏡諸此矣夫。先生本姓余，諱鳴珂，字玉友，號石攻云。

周易原書自序

陳方愷

易之爲書，廣大悉備。孔子天縱之聖，嘗韋編三絕，猶願假年以卒業。易固不易學也。先天四圖傳自邵子，而啟蒙、本義倡明於程朱。其他一知半解，或釋經而反以亂經，如揚子雲太元者，尤爲易外之易也。韓昌黎謂易奇而法，蓋天地間萬事萬物變化不測，非易之奇不足以擬議其變；至於吉凶消長之理，進退存亡之道，又如規矩誠設，繩墨誠陳，示人有成法不可易。往者有西川之役，天下山水莫奇於蜀，凡道途所經，見夫峙者、流者，其奇特處成形成象，皆可於卦圖而擬諸其形容。居蜀四載，地僻民馴，無案牘之擾，日惟焚香讀易，研慮悅心於先天後天之秘。

洎告病還里，醫治罔效，因戒勿藥，獨手執易卷不釋，若不知沈痾之在身者。夫易原於圖書，闡於四聖，冒天下之道，百物不廢。人不學易，即一言一行貞悔莫審，一出一入動靜失時，或趨利而不知害，求福而反得禍，如迷於岐途，昏於暗室，終身瞶瞶，動輒得咎。彼古來履盛滿、處危疑而不令終者，亦由不學易之過也。雖然，學易有道矣。先天八卦惟坎離得乾坤之中，乾虛其心即離，坤實其腹即坎，乃千古傳心之要。在虞廷曰精一，在孔門曰明誠。方外羽士盜襲坎離之義，猶自有得力處。自古君相師儒紹道統之傳，無非明以擇善，誠以篤行，惟精惟一，以求天人合一之道。此易之爲書，大本以立，達道以行，聖學王道舉莫之

能外也雖管窺蠡測不足以盡其精微而求之一心證之諸儒每有所說必反覆詳明期於經義之原無敢差謬而已時乾隆十年歲次乙丑中秋之旦

湖南文徵卷六十二

湖湘後學　集編

序七

復遠齋詩序

徐大本

仙掌陳先生彙復遠齋近稾既竣坊人請授梓家舅氏喬山陳先生序之仙掌復徵余言以余之稍知其詩而又嘗學爲古之文也辭不獲命乃略言之曰詩者何思也吾思之來至不可測而必於詩乎止之詩非能止思也以吾思爲詩而繩焉削焉慘焉刻焉委委而蕩蕩焉如禪在定如水出峽如驟馬之陷陣如怒龍之拏雲極迴旋宕折旁薄湮鬱之致以爲快故每一詩成

而憤者以解憂者以舒樂者以和悲者以洩而吾思若遂止乎此也今之爲詩者多矣其皆有思否乎其所爲思者皆出於悲憤憂樂之誠否乎斲削餖飣謂詣工巧而不知傷其氣搜索奇齴謂抒精華而不知破其體艱澀詭譎務驚世駭俗而不知艮其脈而累其神其他鄭衛同舉蛙蚓爭鳴秦灰之所未揚而投江之所必及者抑又未易以枚舉矣仙掌獨嘗教我曰詩主於意而已意不可以有所襲故須發乎情意不可以任所之故須止乎禮義險也而後能使之平幽也而後能求其達沈摯錘鑄也而後能進於渾醇非是者吾不敢知也意也者思也是可爲善言詩矣余嘗取所作而讀之描繪景物而非以肖形含吐風

流而非以摛藻其纏綿反側則忠臣義士孤城萬里擁旄仗節而迴首玉門之關其慷慨激昂則捫蝨解衣提刀所馬佳賓主相與上下於今古之論也抗懷孤往而寒山遠水暮雨晨風儼然角巾苡履夷猶寂寞之濱馳驟紛華而天語春溫御蓮夜撤即不異承恩錫寵而親爲宣麻視草於鸞坡鳳沼之間也烏乎是非出於其思之所大不得已而悲憤憂樂之相爲激發者而能之與竊意知之者或寡矣長吉奇放而絀之以爲怪東野傲岸而鄙之以爲寒沈宋岑王喬皇昌偉而羣相耳語以爲程法彼但執諸家正變之迹如此而不知其搆之於心脫之於手追魂取氣固皆有其迴旋宕折蒭薄湮鬱之致而未可漫爲優劣也若夫周公在上樂其袞衣繡裳孔子在下嗤其飯蔬飲水以爲是二聖者之所爲有同異也豈可號爲知詩者哉夫不知詩者不能詩者也不能詩者無思者也無思則無憤無樂無悲無憂塊然耳而猶且據筆臨紙蔓引藤牽若不能以自止則吾不知其所爲詩不知其讀仙掌之詩以爲何如也

湖北鄉試進呈錄序 雍正四年

楊超曾

國家文治炳煥人才蔚起光天之下俊民吉士爭自濯磨以潤色鴻業翊贊昇平　皇上作之君師加意教育俾歲相繼開設科目又試其才質多方任使所以鼓舞而成就之者至詳至備迺四年丙午直省復當貢士之期先是　御試記名諸臣皆以掣籤擬用次及湖北奉　旨以臣超曾與臣儀董其事臣籍武陵例應迴避而過蒙　殊恩儞畀掄才重任聞命自天感悚交切　陛辭之日跪聆　訓旨懇至周詳更沐　聖慈俯念烏鳥私情　特命試事竣日便道歸省父母臣何人斯受　恩濃渥至於斯極伏念伯父紹由縣令屢荷　優擢今任山東按察使臣超曾由乙未進士備員館職十餘年頃因引　見便殿獲承　天語垂詢家世　溫旨獎訓旋　命入直南書房甫及浹旬復叨　異數臣一家洊受　恩榮如臣尤爲踰分敢不精白一心殫智竭力上酬　高厚於萬一乎用是星馳抵楚北入闈風簷鐙火宛然在目臣所由賓薦之地監臨則某提調監試則某某等煳秉虔告其矢公愼遂進提督學政翰林院編修加三級臣吳家騏所錄士九千一百有奇鎖院三試之臣等悉心搜校自呈薦之文以及落卷罔敢遺忽焚膏繼晷歷二十二晝夜得士五十三人貢國子者十有四人錄其文之尤者以進臣例得拜首颺言於

餚端・臣等惟三年大比制蓋昉於成周・其敎法則受於司徒而頒之於鄉吏・三年則考其德行道藝而興其賢者能者以賓禮之以故野處之秀莫不感慕奮起易觀之六四所謂觀國之光利用賓於王者是也・今之羣士由於歲月漸摩之積・而敎之以文辭其於六德六行六藝之屬特皆言之已耳夫　國家之所以取於士者將徒以其能言之而已乎・抑將取之以言而試之以事也士之所以自處者亦徒能言之而已乎・抑將有所試也・今之登榜之士以能言之故已見賓禮矣・則所以報禮者可勿重乎・禮之於前而報之於後・如稼於田而竢其有秋・如木於林而冀其成室・揆日度功果收其用・故臣之所以勸勉羣士於文

辭之外竊有進也・且夫楚士之於臣鄉里尤近・雖收之以糊名易書而榜發之後・平日之束修砥礪與他日之設施樹立・又孰非臣耳目見聞之所及察者乎・羣士幸生重熙累洽之世・遭遇　皇上涵濡長養之澤于于焉・歌鹿鳴而來・由是升於　朝立於民上・明體達用隨所器使・以佐萬年有道之盛於無窮・書諸史冊曰某郡某邑某某德著於世如何・才見於世如何・庶幾以邦家之光爲閭里之榮・而使德行道藝非徒託之空言・將制科之得人不後於鄉舉里選也・臣得藉手以稍荅　皇上非常之恩有厚幸焉・於時涖斯土者某某例得備書

戊癸編自序

胡虞繼

康熙癸巳春恭逢　聖祖仁皇帝萬壽恩科・虞繼闈中試牘已叨薦錄・旋以策語小疵乙去・深爲主司所惋惜・越明年甲午秋獲雋・乙未捷春官・留京教習・每當晉謁師門・例執詩幅爲羔雁・而同年友之唱和酬贈亦多・丙申南旋・丁酉北上・戊戌己亥閒薄遊山左中州・登臨憑弔不乏吟咏・庚子夏涖任西江・計經七載・兩次分校鄉闈・頗有應酬筆札・雍正四年丙午忽以牽連解組・事出意外・丁未戊申奔走於車塵馬足之閒・雖顚越羈愁猶或搔首孤鳴以抒其感慨也・蓋自通籍而出宰而罷官而往來郵傳・先後十有六年・中閒升沈倚伏・甘苦備嘗・宦海名場・彈

指蕉鹿・洵有如大蘇先生所云二十三年眞一夢者・是可笑也已・篋藏詩稾・頻遭多故・或燬於火・或散於途・所存僅十之五六・檢殘拾缺・亦聊續壬辰以前之寄託・啓己酉以後之端倪耳・嘗觀宋元諸詩家・恆以支干標其集・茲編署曰戊癸・亦竊附昔人紀時詮事之緒餘云爾・諸孫師濂力贊其成・彙付梨棗・乃按次攄豪而誌其大凡如此・乾隆十年歲在乙丑孟春月望日

甲子重編詩草自序

胡虞繼

繼幼承父師提命髫齡命筆爲詩鳥籟蟲吟聊自適其天機而已顧乃不自揣度謬付開雕前後有刪餘岸花秋心後刪諸編而編中所錄斷自康熙甲子始流光駒隙忽忽六十年又值乾隆甲子矣六十年中天時之代嬗人事之推遷境遇升沈之錯互有若浮雲變幻不可端倪自通籍以逮宦成所至半可驚可愕之境撫時感事不廢咏吟此達士所以貽念於前修英雄所以警心於末路也丙辰以來息機鄉里麓山湘水幸獲扶筇鼓腹歌詠　太平率爾成篇正如父老之話農桑明白易曉既已刻之南還草中矣茲者甲子重逢積成小帙檢閱之次覺應酬

贈荅之作十居七八似無當於性情風雅之旨然亦不暇自諱其老拙取而增刻之非錄詩也蓋紀年也昔絳縣老人自稱臣歷四百四十五甲子師曠推之謂其得年七十有三然特零星甲子耳余之增刻茲編蓋始終弗忘父師之往訓而以甲子貫年譜也儻邀天假耄齡長此流連翰墨則又乾隆甲子之支流餘慶矣爰撮其大意而題諸簡端乾隆乙丑花朝

楚南曹氏家譜序

韓楷

吾夫子生周而曰殷人也離騷經亦首推乎高陽苗裔皇考伯庸蓋古聖賢之不忘所自出也如此迨後世因生胙土之典廢學士大夫各專其姓氏而國乃有簿狀家亦有譜系矣晉咸康二年詔索天下諸譜至唐貞觀中復詔修之此雖官人以世之事而君子謂其於化民成俗咸有助焉良以譜存則祖宗之世澤子孫之孝思於是乎在而使人興起於相親相愛之風毋或即於犯齒犯尊之事其不以此也與顧族之盛也視乎譜而譜之興也存乎人如眉山之譜成於老泉廬陵之譜成於永叔彼其文章足以發揚乎先猷學問足以博綜乎經傳而又有尊祖

敬宗敦倫睦族之意藹然於家庭之閒故其爲之足傳傳之可久而亦士君子讀書知自愛者所私心慕法之由也他如謝靈運之述祖德祇稱太傅車騎之功而不及諸謝其失也略汪希顏傅采家乘直溯乎得姓之始至於成公黑肱凡世七十有七其失也誣又如李崇之譜義甫崇韶之譜汾陽未免傅會失實抑又自鄶無譏乎惟吾郡曹氏之祖有玉溪將軍封自於元歷明洪武嗣孫十二公者又以迎駕功授喬口攔江指揮使子孫襲蔭後改河泊又改省祭迨啟禎後始落職焉而當夫成化閒其以孝廉任江南常州江陰縣者則有文通公也萬歷閒以明經任廣西靈川丞者則有恆德公也又其族人之登賢書通官

籍處鄰邑者固不乏焉而迄今四方散處或隱於士或隱於農類皆能敦詩說禮砥節好義以經明行修世其家云舊有譜爲孝廉公所手訂兵燹之後燬滅無存今其八世孫旦明先生痛念先人之湮惴惴焉惟宗族散亂是懼乃自大宗玉溪以下次其世傳箸爲譜帙附以家規其發凡起例則參之眉山廬陵質而不誣詳而不略蓋非世之爲譜者所盡同也吾因以見其敦倫睦族尊祖敬宗之心爲甚渙矣夫分族別氏以來孰非一本而遞傳有加勢必不能無散今距玉溪之封歷世十有八耳而豫章而長沙而近自三湘遠及常岳荊襄諸郡族姓則已別也而徭於江而戍於邊而因分隸於兩京雲貴諸省其世代又已

渙也於此固且姑闕之而特未嘗徑削之矣乃至屬在本邑爲必十一賢十二之嗣者其爲爵號爲里居爲差糧版籍之更易又或所聞異詞所傳聞異詞焉自非一碑一鐘一誌后一紙牌之及存閱數十年更閱數百年毋乃後之視今有竝不如今之視昔者然則先生茲譜其以彰未墜之先緒而傳之不朽亦以聯既渙之子姓而引之常親安在其可稍緩乎自茲以往其以承祖宗之世澤而展嗣孫之孝思於以興仁讓而美風化皆先生之力也於戲是可風矣抑吾聞之箸書立說儒者之事也表章文教學士之功也奕世戴德不忝前人孝子慈孫之責也先生以力學積行闡揚前哲而世守之是卽古聖賢人則古稱先之遺意而要以率祖攸行敦行不怠則孝子慈孫亦有不得辭其責者然則曹氏之譜爲先生者竭蹶以成之爲後人者宜著龜以奉之矣予自惟前明以襲蔭起家南湘傳世十二而屢經烽煙家帙散佚擬欲搜羅未遑秉筆茲喜先生之旣先以告成也因爲敘其大概如此若夫蔡中郞稱王氏之公孫楊巨原說韋家之門戶近於諛也茲不敢贅也時康熙六十年辛丑歲仲夏

重修傅仙峯仙祠引

張埰

山不在高有仙則名。說者又謂地以人靈。吾鄉之傅仙峯山之最高者也。可以望衡麓。俯湘流。前人搆祠絕巘。歲旱禱雨輒應。意者果仙乎。抑人之精誠所屬神物憑之。遂能興雲雨而降禎祥乎。祠荒圮久矣。鄉前輩潘公文珍重修之。公耽幽性僻。每遇山水佳境可竟日忘歸。茲峯尤所樂游焉。自潘公沒而祠復就圮。其嗣君潘子又艮能文有學行。近卜居峯下。一時名流造又艮者。咸躡屐峯頭高望而遐矚。飄飄然作游仙之想。而山靈知不寥寂矣。又艮弟曰東霞。精岐黃之學。余時通往來。一日語余曰。傅仙峯者吾鄉之最高處也。天朗極目。湘南數百里山川左縈而右峙。郡邑浮乎前浦郵落布如棊局。芙蓉秀削聳壑昇霄。絕境奇蹤。神開鬼闢。眞仙靈窟宅也。里人將新仙祠便歲中祈禱。峯頂苦無泉難以居守者。幸峯下有孫思邈及文昌祠舊阯。今幷復之。便上下往來止息。所茲峯庶可不朽矣。君盍爲疏以告同志。余聞之而喜不克勝也。通都之內五達之衢。緇流羽客紺榭雕甍相望。而名山仙勝頹爲荒圮。草莽荆榛而游狐兎。世罕惜之。今潘氏兄弟留心古蹟。急急焉以振興爲任。而吾鄉人文蔚起。書聲比屋相接。暇日探幽選勝者正不乏人。及聞此舉知必共勷厥成矣。昔我先留侯受書黃石。卒從赤松子游。邈矣高蹤。余嘗登傅仙峯慨然永懷。恨不御風相從也。

劉忠宣公詩集序

黃秀

東山劉忠宣公德業聞望。勝國一代經濟名臣也。當明孝宗時首輔則推劉公健。謝公遷。法司則稱戴公珊。閔公珪。公與諸君子同朝遭時遇主。君臣喜起一堂。行所志以展所學。洵人生不數遘之盛事也。其親民政績以愛養窮黎爲亟圖。其立朝大節以弼成君德爲己任。其制撫浙粵經畫河渠。秉戎樞於夏曹。預密勿之謀議。則必殫厥心力務爲久安長治計。而不徒苟且補苴於旦暮閒。至其清忠正直剴亮恪誠。則又歷中外閱始終。履夸險而如出一轍。雖患難貶竄曾弗少渝其素履。宜許宗魯以陸敬輿汲長孺諸名賢相爲比擬也。嘗思公之德業若此。聞望若此。當其時曷嘗拈韻推敲。捉筆爲詩文。與才人韻士競文采風流於壇坫之上。郎在後之覘傚典型者。又豈必以詩若文流播人閒。傳誦嘖嘖。始足爲可法可傳者哉。雖然公之行誼功勳固無乎不傳也。而雕蟲小技。郎非其志所自存與其學所共著。然亦皆有可傳於後世者。其偶爾吟咏大率沖澹猶夷。本諸性情以流露楮墨閒。與風人溫厚和平之旨相頡頏。猶記其遊君山和韻詩中。有兵窮民窮疇建白進憂退憂誰道閑之句。雖在游覽而愛國憂民其情亦見乎詞。正無事鏤金錯采嘔肝刻腎。以炫奇示異也。今夫世有一器一物一書一畫。爲名人所貽留者。後人猶且美斯愛。愛斯傳。什襲珍藏而勿忍置。凡以物聚於所好也矧名賢遺筆前哲之流風餘韻存焉既韞於家乘卽可懸諸國門有不奉爲拱璧而一家寶之行且與天下後世共寶之者乎公族裔孫諱學愉以乙科爲邑令甲辰赴部補選至京與予聚首岳陽館舍中因出公詩集一冊附以東行西行兩稾欲付剞劂索予序予因把玩弗置讀其詩因想見其爲人嗟乎致主澤民先憂後樂誰則無其志第阨於遇所不得爲位所不能爲遂鬱鬱終身不克盡展生平所學耳若旣居其位矣又遇其時矣徒以爵祿縈厥心而鮮所豎立以垂諸不朽就令著述滿家不過風雲月露之詞其於風教亦奚裨是又忠宣公所不屑爲不樂道者也夫子之雅志忠宣公也久矣詩曰高山仰止

景行行止史公謂雖不能至心竊嚮往予於東山先生當亦云然爰綴蕪詞於篇末非敢謂予能序公詩以傳世而行遠也亦聊以夙昔所景慕之意用藉此以志勿諼云

案文中所稱甲辰當是雍正二年其時忠宣詩集猶附東行西行兩稾而嘉慶末所修省志但載西行稾而無東行今忠宣族祠所刊詩稾一帙幷無東行西行之名併入乎抑散佚乎汝懷附記

三楚詩萃序

黃秀

動物莫如風感人莫如詩詩本性情由來尙矣自黃娥白帝矢口成韻詩已胚胎於斯吾先師刪詩首列二南爲王化始基而江永漢廣隨陳於關雎麟趾之後至嵩高烝民諸什吉甫作也尹爲楚產詩孔碩而風肆好卽謂爲楚國風奚不可誰云楚無風哉矧楚位正南離精儲朱鳥軫翼星分以布太微之政屬在火房文明實主之天旣垂象地復效靈故祝融聳峙七十二峯五嶽楚居一焉洞庭靑草延袤八百里五湖楚居二焉泱泱大風形勝甲於天下是以名山大川多產偉人而兩間閒氣遂代發以顯其奇讀善卷讓有虞一歌當與許由箕山幷傳而蒼水

啟禹鬻子師文下及覩射父倚相稱訓詞博物皆千古盛軌也後有靈均其志潔其行芳其詞忠憤而幽憂洵得風人遺意究之風變爲騷實自楚始其徒宋玉景差和之復成千古絕調是楚固詞賦淵藪也然此皆顯而可紀者已卽如滄浪孺子洞庭老人名雖隱矣猶以一歌一絕傳外此則姓氏未著於人閒詩卷亦不能長留於天壤彼深山大澤蔓草荒煙中其湮沒無傳者又難悉數可勝於邑哉若唐人宗文選李次璘註之子北海更以詞翰名杜襄陽祖孫先後濟美而工部詩史廣大精微稱三百篇後一人他如浩然襲美文山建侯推詞人弁冕者指不勝屈矣遞傳至炎宋恆多樹幟詞壇而五星聚奎篤生我道國

元公契義文之奧旨以啟理學薪傳襟懷瀟灑迥出塵表又豈得以詞章之學目之乎自是而降元詩數百家楚人不少概見而吾鄉鞠志元與昌江胡天游亦常與焉至有明一代如夏忠靖劉如孫李文正劉忠宣賀文忠諸先生文章經濟勳猷節烈類皆彪炳史冊而詩詞亦流播寰區或長編全部或吉光片羽奉若拱璧當與白珩同爲楚寶矣然余抑有說焉明代詩人迭相雄長而吾楚實與之角勝歷下瑯琊執牛耳於詩壇當世盛稱之其時同登壇坫者吳明卿先生也中郎繼起欲盡埽王李窠臼詩爲一變迨竟陵兩公出以淸新敏妙之筆發揮性靈詩似再變雖各出手眼不襲前人隻字然矯枉甯無過正其選詩

歸也雍俗獨雅標古鵠令俾作者與讀者之眞性情眞精神相得益彰焉獨是古詩明詩雖各有歸惟楚詩散佚居多未獲所歸不能單行於天下後世毋亦采訪無人或爲退谷鵠灣之遺憾與余嘗慨楚詩散軼無歸每欲彙集成編以問世竊有志而未逮已亥冬沔水錢君念萱持引偏索楚中聲什名曰三楚詩萃不憚跋履山川爲之殫搜遠紹上自朝廟下暨委巷徧及於緇黃閨閣有奇必賞無幽弗闡張吾楚軍於前古後今之際且能揚扢　本朝人文之盛眞大願力也大快事也適得我心所同然矣然或者曰詩天下共物也專言楚得毋隘甚余又謂不然風詩以二南居首維江與漢實楚域也而邶鄘衛繼之鄭齊唐魏諸國又繼之斯十五國之風以成今錢史兩君在楚則言楚在天下則言天下匪阿所好也儻以萃楚詩之渙者更進而萃四海九州之渙惟萃也而後詩得所歸由此采訪既徧復南向吳越閩粵之邦北歷燕趙齊魯秦晉之地合宇宙內諸名區廣爲裒集雖言人人殊而本諸性情者則人人皆合是詩之感人無微不入亦猶風之動物無遠弗屆也庶三湘七澤之雄風行將與二雅三頌幷傳不朽不得謂吾楚無風矣又豈僅以是編壯全楚之大觀已哉吾願與諸君子聿觀厥成也可

續古堂十三經源流自敘　曾鈞

今人得一希世玩物雖瑣屑無用未有不溯其源流考其廢興者也至於布帛菽粟日飲食之被著之宜有以悉其顛末矣從而叩之或茲無以應豈布帛菽粟之難知哉以其習而不察耳十三經者學者之布帛菽粟也自有漢唐之箋疏宋儒之訓詁諸經之蘊炳炳如日麗中天後儒未遽能窮義理之精微急宜辨古今之同異然從而叩其源流廢興亦茲無以應又豈經之難知哉亦以其習而不察耳況所見異辭所聞異辭所傳聞又異辭執一經者或仍師說之謬或出臆見之私過於疑者多爲指摘之說拘於信者因爲準擬之文遂使蒼黃混淆魚魯多誤

觀者河漢渺無津梁其爲患豈淺鮮哉余讀迴瀾史錄歎其鋪序明白瞭如指掌以爲史雖如此經亦宜然於是薈萃前賢之論博考近世之言平心觀理折衷其說趨庭之際執經問難家君親爲指授遂以提綱撮要述經學之源流斷百家之旨趣間有出一己之議要不背先聖之旨一句一字必有所本錯綜鳩聚以成篇章所謂采五金之精以鑄劍集千狐之腋以成裘者也然載籍如林未能徧覩潛窺似管豈識全斑恐有遺聞不無漏義博物君子幸敎我焉康熙辛丑孟冬望日

夏雲臥遺編序　陶士偰

昔人謂文字以逸品爲最上乘顧逸而或流於誕或近於怪弗貴也蓋由中著外覘乎人之性情德詣焉濱江雲臥夏先生少負美才而天機清妙名利泊如自補弟子員後足不入棘闈奉母孺人居村里鍵戶讀書養志家故貧也乃依竹爲園架梅爲屋以恣意於山顛水涯間此其高情遠致固得之生初而成之以獨行孤立由是發爲詞章安得不臻上乘哉然而時俗眼孔竊欲因此爲訾議謂其棄科名而逃空寂迹涉怪誕遂并疑其所著述亦誕且怪之說耳嗟夫世豈無奔走名場忝竊高位外罔益國家內薰心利祿至白首不知止者海上之夫終身逐臭

以覘吾雲臥君之超然遐舉賢不肖相去何如況其文具在披卷讀之自山水鍾情外大率皆於父子兄弟夫婦友朋懇懇懃懃流露至性惟閒以幽思冷語使人觸目解頤亦復刺心動魄是殆本貞松古柏之根株作琪花瑤草之異韻余以爲人與文悉登逸品無疑也誕怪云乎哉抑猶憶三十年前余往來桃花江上親炙其言論風采翛然若仙滌我塵穢竹園梅屋洗盞賦詩恍歷歷目前事曾幾何時遂成陳迹而少年後起且無端訾議之可歎也夫不知其人視其文此編出而營營者可以息喙矣乾隆十五年庚午仲秋

郭右㒟文序

張埴

帖括文字是制舉一道耳。昔之科場原不以是權輿，荆公有明用之定式，自洪武甲子始。交年司文衡爲吾鄉茶陵三吾劉公，天下有道篇鴻章壯朱開國大文，行墨可闇數也。宏正之際，西涯李文正兩主會場，以儒先有本之文提唱宗風，一時學者有長沙之學，若錢鶴灘、顧東江、儲柴墟、邵二泉數十輩流是已。嗣後南風少墜，吾鄉之風教不在楚中而在吳越，百餘年士風國氣接續流衍，猶有存者。至於穆宗江陵枋用，辛未南宮命題，首之以足國用，次之以正風俗，而歸於安社稷，程式先進禮樂之作爲三百年第一篇文字，鄉校家塾具有其錄，可覆而知也。郎

以吾潭末季言之，湘洲宫保壯而登第，歸而悔其少作，尚爲時藝十首，幷文字法，以附岣嶁王衡集後，而於潭之先令包儀甫前後稾三致意焉。自吾少時入蒙館，即聞諸訓蒙先生而傳其緒言，雖不及見其人，未嘗不掩卷興思也。湘洲之言曰：予邑偏在南服，耳眼庳陋，無所取正，四方時文習尙年變月遷，傳之至邑，邑人摹而效之，嘗在一二年後，摹之未熟而四方習尙又變矣，此余邑所以陋也。惟其然而四方悠謬怪惡之習染者未深，可以洗而去之，他日人文將在四方之先未可知也。而深幸得儀甫倡率，以幾幸其復古。又逃胡渭川求道方山一條，爲後學勇於進取者勸。蓋前輩之究心文事，宏奬風流，不肎苟懈如此，是以其時學者往往所作可觀，唐、譚、后、謝之流，一經指授，皆羽化飛騰。村先生其知文乎，而爲余言爾爾，理脈淵源猶可竊聆私淑焉。逮今廿年，江河日下，言不勝墜緒茲茲之感矣。數年薄遊四方，凡所稱今世善屬文之士，都嘗一接其面，究其言無以異於人人，聞吾楚風，再拜謝不敏焉，而此中人顧異是。每與損齋、滄洲兩丈喟歎久之。是以余近者雖不喜與人論文。右㒟郭君，吾少時同研席友也，齒少余而相知特深，今其華髮盈頭，褎衣博帶，儼然升堂爲大師都講矣。出其文以質，喜其不爲時下骫骳脂韋紫色鼃聲之習，而能希古道也，殆亦聞鄉先生之澤而興起者乎。緬維坦齋、西涯、太岳、湘洲，皆古人，其骨已朽矣。追

憶蒙師緒論，恍如隔世，爲覆舉以當一夕之譚，猶然帥初肆簡，循循規矩意也。古有之：昔我有先正，其言明且淸。又曰：雖無老成人，尙有典型。若時下謏言瑣說，既飽聞而厭道之，亦非余之所以期右㒟矣。右㒟得毋拈髭微吟，嗤余童心且未免爲鄉人乎？此則余之所亟用自愧也。

何無佞國策補遺錄序　張埴

將欲紹古聖六經之傳・著書明道以垂訓・則無務乎肆雄談逞詭辯・以眩瞀一世之耳目焉・蓋經者天之心・開務成物以立人極・其言醇乎其醇・安所事詭激哉・迨世既衰至於戰國・微言絕而大義乖・楊墨莊列各自爲家・堅白異同談天炙轂・白馬非馬之辨橫決而不可止・處士遊說者朝秦闕暮燕闕・此縱彼橫倏連忽合・立談而取卿相・抵掌而下邑城・當其意之所注目之所射・口之所吐手之所畫・術惟恐其不工・言惟恐其不辨・生心害政之事惟恐其不甚而無成・固有明知其說之非聖無法・乖於古昔悖於六經・而亦忍而爲之者・烏乎是何暇復與之辨是非

而論邪正邪・故吾以爲論文至戰國・而欲執六籍之義繩之・是猶強猨狙以服文衣・控泛駕以求按轡・不惟無以適軌・且跳梁叫號而軼去耳・然就其中而求善觀之法・則莫若明著其說・弗滅其籍之爲愈・是其言出於南豐曾氏・所謂使天下知其說之不可從不可爲・然後以禁則齊・以戒則明是也・其次則陸子稼書去毒一編・頗近古・彼知是書之行千餘年・上繼春秋下起秦漢・學者多誦習之・第其中足以說人耳目者多・而壞人心術亦不可勝計・如厚味之甘而毒寓其中也・去之斯味甘而毒釋矣・其立意可謂善哉・山陰何君無佞嗜古好學・孰復不怠・久之復以曾氏本中俶奇恢詭之篇多所未載・謀於余曰・闕

贈曹暘庵序　張埴

世多謂窮愁始能著書・余謂著書者雖貧・而嗜著書者恆壽・何以明之・商有籛鏗信而好古・越周李耳著道德五千・孔子曰竊比・又曰猶龍・非其信而有徵歟・漢之時有張蒼有伏勝師丹・蒼百二十・精律歷以書爲黃嬭・勝明尙書・丹治易・甯以其篤老多忘而置之・自後世儒者不明古義・而以著書屬之窮愁之虞卿比諸歐陽所云詩能窮人者・抑惑已・余家世素之產・每授徒以給饔飧・固天下之窮愁人也・而獨不能著書・雖嘗從事於文章然小戰利大輒不利・恆怪之・繼以明經遊太學・習詩歌古文詞・心欲獨出古初・超杜韓蘇陸外・自名一家・自忖究遠出其後・是

以付剞劂・質當代者寥寥焉・屈指韶光遽及耳順・草木之年又自愧其徒壽也・頻歲意不自釋・發憤讀古人書・更取良師友所刊各集附益之・見有爲制藝爲古文・爲詩賦爲箋牘四六・斐然各列琹玉焉・伊何人斯・按其氏名・則吾友濱江曹暘庵聽濤園各種者・是躍然曰此眞大作家・繼杜韓蘇陸而稱能著書者乎・余素與暘庵稱石交・知其明春亦六十・夫余與暘庵生庚申則同也・而等身之業不啻霄壤・小知不及大知・小年不及大年・有恧焉增歎耳・猶憶童子時隨先君子之郡城・値峩冠褒衣・攜總角頎然來訪寓舍者・爲澧州誼伯與暘庵・先君子命出揖・識儀型・未幾暘庵以采芹食廩餼・又未幾以屢挑首貢成均・鉅鹿之

役呼聲震天昆陽之戰虎豹股栗文陣雄師使人舌撟乃暘庵循循善下若不爲意至都日鼒僅過終童自國子先生孫公樹峯外史公胥司吳公匪庵湯公西崖諸名卿莫不倒屣迎而同肄業者燕齊吳越各直省及外彝官生日本高麗世子求詩文法書恆戶外屨滿無虛日暘庵目送浮雲手瀉流水咸驚天授意將由后經虎觀導佐明廷而暘庵注意正途思得制舉一當以振前人之緒謝而南歸解其橐得紀遊百首雖不欲自存謂吾道淵源非在是而於古作者之林尚躪中庭未入閫室也遂窮其奧詣其微取周秦漢唐宋暨有明人文磨礲砥礪如是者又十年而後乃駸駸入化也逮數踏省門終不遇始放意肆志

於詩騷詞曲雕肝鏤腎鉥目劌心窮人情而極物態不至於古立言者不止學與年進入聖超元有由來已嘗怪世儒手持帖括號敲門具河橋之筏渡則去焉中年入仕宦棄官書浩若煙海折楊皇荂蒐瑣其言不文不遠澌焉易盡即富貴而光榮其與沒字碑屋角金何異尚堪詡詡然著作自命哉著作必若暘庵始能行遠傳後無疑也暘庵窮暘庵壽矣或曰藍溪之上橘千頭竹千箇有田有池可耕可釣夫婦偕老也兄弟聚順也鳴鶴在陰而子和之高山在望而學者景從之曹子樂曹子不貧何以著作爲余曰古之彭李及張蒼伏勝師丹皆非得已而爲是也抑亦有志於古之人古之道云爾暘庵少不得意壯不自存其以古道相期久矣期於古乃不屑於今志乎道乃不同乎俗樂則遂憂方大也奚而不以著作寫之余學既遜暘庵而知暘庵特深江關百里援筆摛詞如蒯子訓與老人摩挲銅狄語五百年前事必有合符者矣書以寓湔江諸君子爲署之屏端當祝嘏之獻或不揩拄余言也是爲序

尹如玫文序　張埴

余庚友如玫尹君裒其生平制舉義若干首欲待大科第發名於時而後付諸坊客以行遠傳後老而未遇及門諸子欲彰其師之邃於學而深於文也相與醵金開雕以問世意良厚哉乃如玫致書索序於余又何謙也如玫之言曰僕與君生同里長同學又齊年而世好也時埶之刻儻不棄而爲之序但當恤其不知而誨其不及一涉浮譽誰能受之余三復教言致震掉失筆兒輩曰盍亦一言非然無以慰尹君求而拂厥門人意余曰余非不欲序如玫也不忍也不敢也思如玫之先掇科者非一代代不一人如玫世其業故學有淵源又重之以名父浪翁口

授手指於先正衣鉢確有心傳余自戊辰讀書其家亦嘗竊聆緒論每有所作不謂不如進而教之比於猶子先君歸自都門絳帳唱和一彈再鼓之餘相視而笑望其兩成今童而白頭不克負荷追思曩昔二老風流邈然盡矣是以不忍也如玫泮遊後屢試冠軍督學使者自薄李繆黎四公咸稱國士無雙校錄一出聞者爭寫一時紙貴當都堂納卷日余與如玫旗上下如楚擊秦戰鉅鹿諸侯軍無不惴恐遑較量諸作實不愧舉首服膺有日是以不敢也迺吾二人者小試則小利大試則輒不利今髮種種矣聰明減而道術無成市人目笑路鬼揶揄何能覥顏據席歃筆和墨形之話言乎然有不能默默者則以時文非小道也　國家程材以是亦士子羔雁先資乃二三君子視爲無實剩雜之戲敲門之瓦啟則擲焉河橋之筏渡則去之其不大負朝廷設科之意而隳家世屢傳之訓乎況邇者　天子加意文學命禮臣釐正文體歸於渾樸自王錢以來至於熊劉彙爲一集以作津梁何等鄭重殷勤而　詔書久下未有善本憶在都門嘗親詣靈臯宗伯語及選事至而熱發赤趣其早竣切勿假手他人今得如玫不以選而以文補其缺陷使老友見此助我起予豈不撫掌共快記之引詩曰昔我有先正其言明且清小旻之戒曰無築室道謀不潰於成如玫眞先正大猶築室有成者矣余是以不容默默耳浮譽云乎哉至於遇合之事聽

之天功名之來存乎數庸知省門蹴踏非勞苦變動而後光明小屈者必大伸伏久者飛必高邪若余者西風氈毯甘蹇步於國門非敢後也馬不進也如玫其努力著鞭余將於長安旅署令兒輩埽除以待名賢韓夫子非長貧賤如玫豈終老牖下者乎

賀子翼先生史論序　張埴

學者一室觀古苟非具知人論世之識而徒以備耳皦目求之陳編讕語中盈庭聚訟築室道謀訖安有定見哉況伊古以來經數十朝歷數百餘帝君臣上下王侯將相及大夫士庶多矣其閒仁聖賢人奸回僉壬層見疊出不一其狀而我以一人口舌從而上下其議論別白其是非善惡此雖具重瞳之目反握之手翹關扛鼎之筆亦且阻於異時隔於異地眩瞀於異人異詞也莊生有言曰彼亦一是非此亦一是非安所取正哉然則定之如何多讀書勤下問細用心耳是學識才之謂也顧吾尤易以三言曰明曰公曰慎作史者其敬聽之禍福相倚隱而未

彰先之以見明也得失互陳持而不下施之以斷公也褒貶將定衡而未允加之以審慎也持是以知人論世其於史也庶幾歟永新賀子翼先生明季箸作才也績學與身等四十年老諸生滄桑改易一旦棄儒巾奉母隱於禾山丹黃油素手不停披又歷寒暑者五十幾與籛鏗柱下齊年四庫五車七略九經撐腸拄腹不可以指屈枚數所箸水田居士集外易觸詩觸詩騷筏澂書等文亦既短曹劉而劘屈賈矣乃於讀史之餘更箸爲快斷曰史論此蓋倣龍門扶風廬陵眉山之遺而擴充其才調者也曾孫楚望館於余數出以相眎且命爲之序予受而卒讀焉乃歎先生之才學識信天授非人力也卽其見禍福斷得失定褒貶於公於明於慎若射之有鵠中正之有準阡陌之有經界無豪髮銖黍方寸之有移易殆可爲一代良史而具論世知人之識者乎然予於其鋪陳排比提掇照應外而更有會於先生立言之意焉夫一鬨之市立之者傾米鹽瑣屑片言可折據其情而已十室之邑設之長吏酒食詬誶數詞可正判其理而已綜千古之正史聚帝王君相仁聖奸邪於一堂而下上別白家爲爰書人立定案斯其筆墨所及行閒字裏非有意思行乎其閒則公明慎才學識數者皆無庸焉而意又非可以臆造也得之於心應之於手不疾不徐有數存乎其閒其在屠牛鼓刀匠人運斤之會乎不然讀史堂中編白頭何限拙者牙籤插架

新若未觸閒有才士侈口信眉隨手塗抹孰不班馬負而廬陵偶斲其能實具史才者百不一見何也則不省夫意而惟陳言讕語之是求焉耳不求者獨子翼先生此先生之言所爲恆存於霜降水落之餘不與草木同盡乎閱世四紀猶覲剞劂異代子雲予負愧於楚望特澂聊筆數語以爲嚆矢先聲其有能代懸國門爲日月不刊之書者是不惟楚望日夜禱求而亦予之所深望也史論其藉以表彰乎

安成王外章詩序

張埴

余少持帖括出門求友嘗扁舟東下遊於吳越諸名流之門源流派別得所師承而猶以爲騷壇詩社宏奬風流未之問津終成傖俗也及後湘川敉闢風雅大振滄洲崛起先君唱酬麓庭岸花執耳敦槃無虛日余亦屬鞭弭從其後而又覺風雲月露操瑟違時於制舉業有妨也荏苒南北年運而往事則兩岐都無一是終夜徘徊悲悔交竝平原君云勝也何敢言事有退然自沮而已安成王君外章與余有世締其伯父伊髯翁從先君學詩遊泮龍城至潭則僑余家余以是知王氏上世事爲獨詳時當壯盛掉鞅文場踸踔傾倒肝膈無不吐伊髯嘗曰吾老矣

一巾裹首先人書香爲不墜顧未知吾子弟繼起何如也則又撫膺而歎迨數年余還花橋莊伊髯攜弟或庵君復來則已鬢禿腿斑傴僂而行無復拳捷黃鶴酒醉長沙豪態矣嗟乎王生結轖曾幾何時引鏡鑑顏已非故我對此玆玆百端交集張子於此自問可知也爲賦二詩別去不相聞問者十年雍正庚戌冬余兒九鈞由田硎歸則云有伊髯先生之姪外章授徒劉氏山莊讀其文灑然出塵壒而詩章清新儁逸遠追庾鮑欲余延以訓其季弟余曰有是哉亟聘以來續吾兩家締好爲不寒盟矣既來則出所作快談如鈞兒言覽之喜既又復悲益喜王氏之有人而悲伊髯之不再見也外章淡泊好學美秀而文踽步規言類有道者振起前猷可操券俟而其苦吟焦思似浪仙之在驢背長吉之投錦囊吾見其進而未有艾也由此充之突過伊髯而以余輩爲不足學且以灑然出塵之文取大科第續青箱而榮閭里不難矣乃悟千古詩文淵源流派雖殊指歸則一烏有工吟咏者而於制舉業徑路有不通乎命有窮通遇有得失伊髯與余所坎軻者在外章與鈞兒輩共勉之耳外章淡山閉戶足不出門限風雨如晦雞鳴不已詩文互攻移時成冊余舉方正學遊濳溪故事相方濳溪之詩曰豈知萬牛毛難媲一角麟外章固瑞麟也或庵歸安成須折駟馬門以待無長滯湘干也可

贈石介如序

張埴

古英雄之士有報人之志而無不成者無他焉爲能潛鋒養晦相時而動以毋輕於一試而已明受其害而洟泗自甘此靦然人面不足比數者也心知當報而撫劍疾視止圖一時之快其或遂窮事左愛莫能助賢人君子有深惜餘憾焉則尤大不可也句踐之報夫差也不難於擊鼓興師以圍姑蘇而難於臥薪嘗膽躬勞苦三年而不倦范雎之報魏齊也不難於供具設飲馳告大梁而難於拉脅折齒佯死變姓名而不知是蓋英雄舉事遠過尋常故能堅其志老其謀關其口斂其氣以斷乎有所成就非悻悻然若小丈夫之疾怒輒形於顏面也吾子得之矣

其加慎乎哉當吾子之未至龍眠也余聞其避地於漣湘始而喜既而悲蓋以地居接壤兒女姻婭若可恃者乃忽開門揖盜孤注與人始知其難以久留矣其既去漣湘也余聞其棲止於龍眠始而悲終而喜以其寓居世族裘馬輕肥恐相矜詡迺竟折節讀書大殊往昔不覺爲之稱快矣此豈非不幸之幸天欲與人門祚故留此善地以曲庇而玉成之也哉亦大出於望外矣嗟乎君之王父下世者於今三載萬石之車懸金谷之園廢想其含冤齎志眞欲墮炎霜而隕碧血然繐帳猶存靈輀未舉生平知交貴遊未有抱幽冥之痛從而問焉者卽尊公覆巢之下幸保完卵而漂流淮徐割慈忍愛春草生而秋雁往顧景傷懷亦無有釋左驂以贖罪如平仲於越石其人者爲可歎也余忝世好於君家當年之役深文羅織旣不能爲左儒之爭復不能爲趙岐之匿慙愧良深然此中可白肝膽淋漓雖未與其詣龍眠而讀足下寓懷詩至吾心飲恨竟誰呼之句感慨橫生有神與俱往者矣吾子其亦知之否耶聞歸湘完姻有半載栖遲之約二姓之好似續之謀人生所重何爲不然第懷與安實敗名當於逸樂時常思憂患也齊襄公復九世之仇君子大之宋高宗不復仇君子恥之故事載在史書取覽自明總期足下之能報而已不盡

案文中所謂王父卽以重征叩閽之天際先生喬森也其被

害後子若孫遠竄流離久之始還故土此文猶以復仇勉之則當時之公論可想矣汝懷坿記

送安南使臣歸國序　張埴

安南使臣尚書阮名譽太僕阮進策二人者承其國主命來獻於我　中朝其故相與吾祖在彼都有舊也過訪寒家子之飲食必試以銀乃入口質之譯而後盡醉可謂涉險遠知所防閑者然予惡其多疑而善幻以孔子言行忠信篤敬告之欲其實也他日朝事畢將歸於國裒所爲詩文泊舟湘岸請以益之余曰吾所以告二君者盡於曩日所言矣無已爲重申之今夫國有大命不可干也海有大汛不可欺也一也一者何實也子居家則奉其城郭人民出使則奉其珠玉香羽咸知所鄭重矣柰何以尤重者而顧輕之重其所輕是第知有城郭人民珠玉香

羽也其何實之與有爾國安南亦反覆顛越不實甚矣區區彈丸莫也而陳擾之李也而黎竊之益稷來朝拒不使返登庸在告誣其潛通方命已極今　天子聖神文武歸誠向化似識所輕重者然求封增土瑣屑無饜小事大夷效華而敢若是哉使者歸尚其告於爾王無二爾心無違爾誓無缺爾貢獻三年一聘五年一朝苟有明信何事鑄金爲人明珠作目以爲寶乎若猶未也干國典悖古訓銅柱猶在伏波之神不遠所由轄制爾安南人民者成法具在不可追也吾之告國使無異前言所以益爾詩文者亦在是也古有之柔遠能邇以定我王中國以之又曰率土之濱莫非王臣子之君臣以之

贈曾子厚序　張埴

昔衞多君子延陵季子友之魯有君子孔子慮宓子賤無以取之非君子難而獨成其爲君子難也非交君子難而君子之交始終不相背負爲難也若余湘中曾子子厚與胡子蒼巖斯君子之交乎翟公云一死一生乃見交情一貴一賤交情乃見余於斯二子者益驗蓋吾湘中地有朱亭有淦田蒼巖爲朱亭人子厚爲淦田人淦田去朱亭不二十里而近子厚豐於財蒼巖家屢空老母妻子在室恆不能舉火蒼巖自登賢書謁選曹闕千里無內顧憂皆子厚由淦田往朱亭常左右之蒼巖有才子曰師孟字道開能讀父書擅無雙譽蒼巖槖洗如而令子衣

冠甚都雅僮馬從容余竊惑之蒼巖語余君何惑是皆吾友子厚代營而吾兒師孟固忝贅壻於子厚也雖然此人所能也惟館其壻而並迎其壻之父母與祖母並養其壻之弟與女弟爲難能也是眞君子也更可誦者蒼巖赴選以疾臥京師道開欲往省子厚嫂夫人憐其弱子厚毅然以身爲代至則病已劇强扶就騾車卒漢上旅邸斂而易舟以還窆於先原惟其所志非古君子爲行而能任此乎歲丙辰道開舉於鄉余子九鎰叨同年生試南宮又同捷俄邀　國恩又同授庶常余束裝往視約子厚偕行子厚許諾俄以長姪驟故恐重傷伯兄子敬意辭不往而道開在都衣冠騎從較余兒加整飾又知子厚之遙爲結

東纖悉備至也。明年道閑假歸，病卒於家，子厚哭之盡，葬附父阡。又獲畢乃願焉。是胡氏一家兩世，皆子厚經理，生前卒後，終始不相背負，豈不洵賢而能獨成君子邪？然子厚雖豐於財，頗殖學，列明經，仕當得州二尹，不赴。平居事親孝，事兄恭，遇親族鄉黨有禮，待臧獲佃傭以惠以仁，祠堂族譜之修，大半皆子厚捐財穀以成。視世之齷齪苟且，挾一錢若持明珠大貝，兢兢恐失墜者，霄壤殊矣。今年秋，盌養痾家居，如淦田，眞道閑便謁子厚。值誕辰，戚友謀所以致祝，皆云非余文則子厚不樂。余何以况子厚哉？卽以其周旋胡氏家事者，舉例其餘，而凡子厚生平之嘉言懿行類此矣。卽所以祝子厚之臧而昌，壽而康，亦在此

矣。古人一生死貴賤，茲則竝生死貴賤而俱忘之，使孔子與季札見之，當何如也？於其杖鄉懸弧日，書以張之於堂，諸戚友被服恂恂，有甞衞禮義風，知余贈人以言無虛譽者，亦庶幾得厠於君子之林乎。

全輿詩括自序　　張埴

吾欲縱全輿以博覽，而苦其泛濫無稽也，則請約之於唐、宋、金、元、明有韻之言，庶確而得所據乎。皇華輶軒，過必言懷；遷客騷人，勞而寫怨。爲土風，爲士宦，鋪陳景物，點綴山川，其城郭國都因革損益之故，往往藉以疏通證明，千年銅狄，可摩挲而劇談也。然而知者希矣，存亦譌焉。謂是區區篇什，閒長吟短詠，遂可攟而憑之以爲的實邪？自一統志不收全詩，而各直省州郡蓺文所載，傳會失實邪，移剽襲割，剝捋撦已，無復整齊畫一之觀。小儒鍼鼻眼孔，家少藏書，所見異詞，所傳聞異詞，不難因陋就簡，隨聲附和，指他人門戶以爲里閭，新豐營而雞犬舉受牢籠，

抑亦可哂之甚矣。夫人生非多讀書遠行路，難詡問道已經，況堪輿茲茲，有觸輒誤。孔子作春秋，必行求十四國寶書；司馬遷簪史記，必陟名山，泝大川；博望之窮河源；邪律楚材之適西夏；要皆具隻眼而挾濟勝，乃可謀野有獲。今欲以惘惘心胸之乎洸瀁無垠之域，而曰我明是，我纂輯是，無惑乎非愚則妄而已。某於斯事業之有素，周行天下，已越半生，所過山川都邑，世家文獻，必親質焉。有疑義未明，卽山澤之臞，退院之老，亦叩扉撞莛，折節下氣以諮詢之。而奇書秘笈，屢朝全選耑集，無不傾囊倒篋購求。糊口之產不給，盡典衣裘，所覓宏多，而後乃今稍稍略有窺測。然不遇異人導秦橋，揆徐市入海，前載籍則三五以

上所爲畫疆分野者安所取正哉至於還轅返棹一室綢羅卽又埽地焚香滌除元覽率門人小子州次部居發凡起例以刊定其踳駮硊硊者數載始致齋北向告備於天焉異日者 巖廊之上 皇輿竣事旁徵藝文而及詩篇某也執此以往可號單行柳河東曰華彝圖上應初識風土紀中殊未傳韓昌黎曰願借圖經將入界每逢佳處必開看則斯編分類所紀其職志矣不然九經四庫二酉五車文字語言浩如煙海將極畢生之勤求而罔濟亦抱無涯之志而書卒無成也今得取證篇章儌倖卒業上下縱橫不盈一掬命之曰括括誠難也由來邈矣仙乎仙乎敢忘所自哉謹書以識之

攷古源流敘

彭士爾

王子廷鑒先生績學有望於楚捷禮闈後不合牧而皋比造物者將以諡其所未至邪先生之學業已至矣其又奚諡先生不謂然曰學焉而至者希矣范獻子聘魯不知諱具敖賓元德不能荅帝郎是學殖荒落姑勿論至文學如昌黎盧陵亦綦至矣而昌黎尚以讀儀禮爲難盧陵以所不知三事折簡詢劉原父原父譏之學奚易言至邪雖然不敢不勉也皋比多暇諡遂於學學於皇墳邱索特夏五郭公耳以十三經學則治田者之塗本也以二十一史學則記事珠也而經史之華與實則唐杜岐公通典宋鄭夾漈通志馬貴與文獻通攷備之矣先生學既有

得薈萃三通勒成一書名曰攷古源流惟傳述舊聞不自逞意見太議論而先生之學之粹卽是書可見一班余仲子坊受知東坦歷有秊所每辱寄書必勸學是勖余以姻故諡稔先生之學適 朝命舉博學鴻詞楚分省諸上臺以先生應稽古之力歟諸上臺之明歟先生雖恬退能勿應 明詔赴長安歟舟行過余齊安學署中屬敘其書余觀是書爲綱者六以統衆目綱分天地禮樂兵農目仍通攷之舊其間刪繁去複訂譌補遺則三通均之余攷馬氏謂杜書綱領宏大攷訂該洽而節目之間未爲明備去取之際頗欠精審或又謂夾漈果急喜持論往往執一察而輕議前人至馬氏通攷援据夾漈甚多而弁言顧遠

湖岐公不及夾漈經籍攷內備列諸家類書奸如王欽若所輯冊府元龜亦與焉獨不及夾漈通志亦未免遺漏嗚虖類書倣史氏書志體其又可易言邪歷代諸家各有纂述今何以集厥成邪蕭相國造未央宮過侈曰無令後世有以加也而孝武造建章宮千門萬戶謂之無加於前可乎先生兼三通而去取之卷帙之多較通攷叓倍綜絡古今原本終始類聚臚列之而百世可知然則三通均之未央先生是書其建章矣乃先生自視欿然曰余將叓求其至者也予又安能測先生之所至哉學者得是書而讀之因以知己之所未至與所不可不至則思過半矣

竹巖先生講學録序

彭士商

竹巖先生著書等身頃余嘗序其所爲詩若文若家訓若宗正錄梓而弁之其諸桓君山之嗜子雲歟歲己酉先生之子孫復以講學錄來且曰先子邈矣其生平所學與所以教人之法萃詳是書儻弗得與所爲詩若文若家訓若宗正錄同邀一言垂不朽則子孫辠也敢以請余喜先生之後有人能不泯其先德受其書讀之其目二十有五大抵皆纂述先儒之格言加以刪定稱引先儒之行事徵示取舍未嘗自立一言而薈萃諸家得其精液勒成一書先生獨得之祕從此可窺從來講學家河汾蘇湖置弗論卽直接孔孟心傳如關閩濂洛亦多未竟之旨至

朱子始集諸儒大成然吾觀朱子作論語孟子序說皆節錄史記成文而雲峯胡氏於論語序則曰要看太史公書法又要看文公刪後書法近李岱雲氏於孟子序亦曰史記文一經朱子手便當作朱子文看惟朱子著書亦然如小學內篇則採三禮論孟孝經他如荀楊淮南子輩亦閒收一二條外篇悉漢以來賢人嘉言善行今海內讀小學者千聲一喙鮮不以爲是朱子之書也先生講學錄摹仿朱子自先儒言行外不叓贅一語而援引別有深意翦裁具有法度是則眞先生之書也金谿江門姚江曷取乎爾引人以正竝示以岐使知擇也尙書斷自唐虞此其以庖犧何涇陽之俎豆周元公是已元公朱之庖犧也庖

儀古之元公也後之讀是書者類而證之罔弗印實而體之罔弗效將人盡桓君山而何假乎余言然余弗言非先生子若孫意也於是乎序

謁漁山師孝子傳序　彭士諤

漁山先生師吾衡九稔矣某向侍皐座聆訓誨較諸生獨密嗣某叨捷南宮濫竽黃鐸違先生杖屨且千里而先生以近所編輯孝子傳緘寄屬序誠相知之深某雖弗工文然義弗敢辭且夫子弟之初學操觚者非甚狂妄師心將必講求乎先正之塗躐名選家之評論繩趨尺步猶恐失之然未必眞能之也得名師友焉親見其爲文若何經營若何制勝已乃不覺才思欻發矣其於制行亦然五經皆聖人明倫之書也語其根柢在性命之微詳其義類有經權之異禮儀三百威儀三千言天下之至賾而不可惡也士大夫口誦心維行則背之有實踐者於此標節樹型則頑者廉懦者立矣其於孝亦然孝經一書其近如地其遠如天此聖人之言也聖人立教以言亦以行經曰人之行莫大於孝攷諸史大孝與小孝竝錄虞舜武周曾閔申生伯奇以及近古所稱孝子皆士大夫名師友也操觚者知求名師友以自諟其文事親者不知求名師友以自諟其行是務末而忘本也先生之秉鐸吾衡也課士以文藝某幸得從諸弟子後羣而師之自謂深有所得乃先生則以爲是末也大匠言方員不若言規矩言規矩不若執成器以示於是裒集古今來孝行最箸者斷自有虞迄乎近代凡三百有二十有二人摭其事括以韻語便吟諷也程子謂三百篇簡奧未易曉別欲作詩教童子

亦此意也。每段韻語外詳註事蹟，徵則信也。刲肝不書，刲股不書，尙庸德抑畸行也。巾幗不遺，闡幽也。孝在蕢肎則師蕢肎，孝在巾幗則師巾幗，義均也。噫，先生言坊行矩，某居門牆時，見其當父母忌辰，嗚咽設祭，今且老矣，孺慕弗衰。吾衡之事親者莫宜於師先生，而先生竝欲取古今來之善事親者爲衡之人師，且以爲天下之人師。吾師乎，吾師乎，開卷求之有餘耳。茲某且與先生湖南北各分一席，某學行弗逮，焉知教，亦惟勉效先生之師衡者以師黃，其可也。儻先生廣布是書，流及黃郡，使黃之人化之，則某坐受其成，厥功尤偉。

炎陵志序 代

彭士商

方今　聖天子崇德報功，數遣專官祀帝王陵寢，典最鉅。乃者　萬壽聖節，大祀於炎陵，禋瘞玉幣，焜燿南服。鄙學博湘潭彭君望廬賦以紀其盛，摛芳擷藻，潤色　聖明，彭君之才於是想見一斑。既又摭其遺事，攬其勝概，作炎陵志若干卷，郵致於余，屬以序。余惟帝生洪穆之初，開物成務，以前民用，功在不祧，先烈之垂也，不可以不志。唐以前帝配享明堂，宋則有陵祭，由元明以逮　國朝，制仍宋，沿襲有自也，不可以不志。犄角嶺表，犬牙粵徼，近則與朱陵福地接壤，山川之氣呼吸相通，楚地鉅觀也，不可以不志。大祀若時祀有祭器、祭品、樂章、儀節，朝廷業著爲令矣，加以筆諸書，則開卷瞭然，俾有司知嫺習，毋隕越，所賴於志者尤重。彭君精心繕之，訖有成書。余覽其全帙，其大者有若帝王本紀、天官書，其關繫也鉅；次又有若地理、溝洫諸志，其紀載也詳。洋洋纚纚數千言，揚扢而多風，典覈而有體。其瓌瑋矞皇，令人肅然起敬；其古穆淵永，如置身皇初，歌詠於蕢桴土鼓之列。以是敭歷　鉅典，直可媲雅頌而賡歌，是烈山之功臣也，而賓　聖世之鼓吹矣。是爲序。

湖南文徵卷六十三

湖湘後學集編

序八

宋儒易山齋先生周禮總義序　王文清

玉韞於千重之后而氣吐白虹，珠沈於萬仞之淵而光生淸夜，無他，天地精華之所聚，物莫能揜其神也。士大夫之立言也亦然，有數文之言，有載道之言，數文者文敝則言窮，載道者道不變言亦不變。吾鄉先輩宋易山齋先生所箸周禮總義一書是也。先生名祓，字彥祥，號山齋，居吾邑潙山右，篤學力行，箸述甚富，擢宋淳熙己巳狀元及第，累官大宗伯，封開國男，遇甚榮而

素業不少改，葢孤詣之志自悉其力於不徵矣。顧國運屢移，兵燹頻作，坊本剝蝕，家刻亦焚，至今六百餘年，所箸書或已不復耳其名，卽先生之子若孫亦無從探之故府矣。況周禮亂於新室，累於介甫，毁於五峯，學者言人人殊，雖有總義遺文，孰與掇拾而表彰之耶。恭逢　聖人御極　特詔修定三禮，幷　諭海內士夫家三禮藏本皆得入獻，文淸時備員纂修，矞心搜討，方惜先生總義一書僅散見王氏訂義中，不得其全本，宋之吾鄉行省所獻亦未之及也。未幾當事　奏令纂修官入中秘文淵閣上蒐遺逸禮書，予乃從閱得永樂大典全書，其書網羅數千家，中載三禮多種，而山齋總義在焉，按之獨司徒一官有缺，餘五官皆完善，予爲之狂喜，因出語先生族裔宗渻字公申者，孝友士也，時舉鴻博來　京師，聞而起祝曰：此吾先世之靈，經六百餘年尚不磨滅也。且歎且喜，因捐貲傭善書者繕之，予亦從各纂修處彙其稾，隻字片言必以付，數閱月錄畢，幾千餘頁，約數十萬言。公申揖予曰：俾我先世散佚數百年之精光重見日月者，先生實大有造焉。予曰：非也，周公致太平之書，總義大有所發明，是能羽翼周官者也，衞聖經者天故壽之，兵火不能滅，風雨不能壞，當此制作休明之運，自鳴后室出金匱以佐鼓吹而滋黼黻，後起者適若有啟其衷焉，而與爲藉手耳，豈偶然哉。且文淸與先生地同里，後先生六百餘年而生，今適以珥筆

三禮爲先生闡失傳之遺緒，若相値，若相待，又豈偶然哉。公申大快曰：予得此，差不負此行矣，歸將授梓，爲先世傳此絕業焉。予因述其事而志之，俾後之人知此書所自發，幷以堅苦心箸書者無患後世之不傳云。

附及者：淸閱永樂大典之書，爲卷凡數萬，分帙以韻，幅長尺有八寸，廣尺許，皆寫本，大字徑寸，小字五分，朱格皆用辰砂，畫墨尚帶古香，書法遒勁，通部無懈筆，紙厚比高麗而潔白過之，絳帛爲表，紫玉爲籤，修自明永樂中，總裁數十人，纂修數百人，執筆墨從事者千餘人，書成卷軸充秘閣，終明代不能鋟板，後張江陵奏寫副本二部，一藏華蓋殿，一藏武英殿

及李賊焚華蓋殿此書亦焚惟武英殿本尚在因　世
祖龍飛初時駐蹕此殿乃移此書置皇史宬後移秘閣其書羅列萬有書目多外間所未聞惜其徵引太繁頗傷冗雜臨川穆堂嘗欲向此中挑出數百種鋟以行世吁向徵秘閣尚存此書山齋之心血冷矣因附記於此

案永樂大典係湖廣王洪等編輯計二萬二千八百七卷萬一千九十五冊目錄六十卷嘉靖中大內回祿世宗亟命邢救書幸未焚敕閣臣徐階復令儒臣照式摹鈔一部寫手百有八人自嘉靖四十一年至隆慶元年始克告竣見延陵姜紹書韻石齋筆談與此文所紀小異姜以宏光元年致仕其

於明事或較確也我　朝乾隆中　允安徽學政朱筠之
奏以歲癸巳特開四庫全書館將大典幷各省採進之書分類校讎於是隱帙奧篇胥得著錄而典籍之富遠邁前古矣汝懷附記

古今韻表新編序　王文清

韻之爲言均也五方殊音語言多瞪目不省原其初生墮地時兒啼孩笑之聲窮髮無不相似者亦可見音之同然天均之矣虞廷賡歌至毛詩三百篇時俱未有韻法而率口所成自合音節任乎天也自魏孫炎切反切法齊周顒始作四聲韻書而梁沈約夏侯該隋陸法言唐孫愐宋陳彭年邱雍宋祁丁度李淑劉淵元黃公紹陰時中時夫兄弟各有定本今諸家書多散逸惟宋集韻廣韻二本尚存而陰氏藍本劉氏之書特行於世顧其書多臆見紐合而經緯之天籟不交方音偏枯而南北之元聲不協洪武時雖定正韻一書然陰陽既未分明刪併又無倫

次益前此諸書失在知分而不知合正韻之書又知合而不知分殆亦五十步百步之差耳嗣是正韻不行學者仍宗陰氏本予東髮時已疑之東與冬支與微魚與虞眞與文之類果截然爲二乎又如十三元中煩與翻聯痕與魂合之屬不幾混而無別乎竊謂此中自有天然之鑰出乎五臟合乎五土流通乎萬彙縱橫分合無不脗合而曲中而絕非師心臆智所能損益出入之也吾邑侯季翁仇公甬上滄柱先生令嗣也承其家學宰吾邑能寬仁曾引疾留居吾甯士民相依且三載病痊入　覲予時因館閣之暇公以所箸韻表一編見示卒業久之見其爲書也分兩界以定陰陽立四書以歸奇耦有經有緯則洪纖畢

該有定轉有開放則流行中自相對待且開口闔口之有別方矩圓規之有分同聲異毋之有紐三聲通叶之必轉正聲無不井井條條源流朗徹至其首領腹尾之後繼以續綱三十六母之外補拈四母東冬之下承以陽江庚靑等部而魚虞歌麻諸部直列寒刪蕭豪後且合八庚九靑十蒸爲一韻四支五微八齊爲一韻而仍分上中下部位餘韻類然同中見異異處歸同用洪武正韻而神明之變通之至宋氏潘氏毛氏諸家之說特備其采擇之一節耳其用總歸於均其體歸本於天自我韻韻而舊不襲焉以韻還韻而智不鑿焉喉舌五音聚訟以息華嚴衆母咸就部分此非實有所得者能之乎獨其所載表例五音

通轉類紐諸辨說予尙未得而讀之然以前編推之必有奥旨存乎中可知矣抑又思韻者氣之會也氣者心之表也心平而後氣和氣和而後韻協公之韻學至此則其生於其心發於其政者有一不根於和平者乎是書也以爲韻略可也以爲治譜可也以爲理學之元苞亦無不可也噫誰謂韻學爲小道也哉

呂揚祖讀禮說序　王文淸

昔人苦儀禮難讀難讀者莫如喪服以其頭緒繁多而正義加降之閒若不可爲典要也予以爲究無難也先王之制喪服稱情而已矣情有親疏有厚薄而服之隆殺出焉是情也者性也天也禮之所由出禮之所由定也中乎情則忍者不能不及篤者亦不能或過惟其稱也自學者不豫凶事高閣庋此書予每欲質一言而無可開口處暗室一燈幾乎熄矣新安呂君揚祖有憂之抖擻十年精力箸讀禮說一書臚列服制爲之圖圖皆有說於古經傳外參之通典通解家禮邱氏王氏迄　本朝會典律令讀禮通考等書經之緯之錯之綜之而總準之於人情

有古今所同而獨別之者其情差也有古今所異而獨合之者其情均也有昔人所減而獨加之者其情摯也有昔人所加而獨減之者其情殺也有同一等倫而於此乎加於彼乎減者地因情而易也有同一體例而加者忽然而減減者忽然而加且加而仍然未加減而仍然未減者事緣情而有變有不變也至其辨逆降之非駮叔嫂之案申爲庶與爲後者之法摘昔人未發之旨伸鮮民罔極之恩而情於是乎竭矣君誠善讀儀禮者哉雖然君蓋有本焉吾觀其荅張牛兩秀才書血淚盈盈紙上欲滴乃知君固盡乎情者以己之情準人之情因以準先王之情卽準先聖先賢之情併以準天下萬世之情一而已矣無異

情有異性有異天乎抑予竊有所疑者斬衰服之至重也而論語但言齊衰滕定公薨世子斬衰也而孟子告之亦曰齊疏之服雖檀弓有三年如斬之文然聖門不言而獨言其次者何也請以埘質之善讀禮者

石曉堂明府詩話合編序

王文清

詩話始於宋而究不自宋始也昔者孔子說詩矣讀鴟鴞烝民二詩而皆謂其知道又自讀二南見周道之盛以至廢小雅見中國之微此後世詩話之端所由開乎端木因切磋而知來卜氏因素絢而悟禮是得聖人說詩之意者孟子謂誦其詩必知其人論其世且謂說詩者不以文害辭不以辭害志以意逆志是爲得之此非卽孟子之詩話乎嗣是秦漢而下以至於今詩日繁而話之者日益盛蓋作詩者之精神非有話之者則不出也彼或借古以諷今或託無以爲有或寄意於鳥獸草木濱情厚性不能自白一自有話之者而一一剖其心曲原其時勢諒

其遭逢指其用事之來歷辨其傳寫之舛譌俾作者一片性情曲曲如繪而欲歌欲泣之意直令魂夢往來親相告語夫而後知詩之有眞話而得以文會友之樂且收尙友千古之奇將令後之人話其所話兼話其所未話斷斷然傳孔孟說詩之教於無窮而詩教於是乎益廣焉乎此曉堂詩話一編所由作也

辰谿米氏一門詩集總序

王文清

予六十年前嘗一至辰陽矣辰龍嵯峩萬丈而大小二酉爲秦人藏書勝地竊意其中必有光怪異人可傳而又不輕傳者昨甲申春予主講嶽麓一席適南豐謝愧於昆仲應聘修辰州郡乘道過謁予予餞其行而贈之曰予頗搦管郡縣志矣大抵兢兢然惟以表微闡幽爲念況辰郡當明末滇黔多難此地最當其門戶兵燹蹂躪之餘典籍既缺而父老傳聞日湮其間忠孝廉節理學經濟當搜羅者固多即文人才士樹騷壇之幟者亦必爲表其精神標其辛苦彼杜氏小英一女子從容盡節時尚能繡詩十絕義感河伯至今傳誦不衰況推敲金石沐浴風雨

之文人哉玉昆此行尚爲窮蒐徧索無令蓬窗竹笥中尚有未殷之心血也則增光吾楚多矣謝家昆仲皆唯唯而去及秋聞愧於以書來告極稱蒐得米氏一門詩人其先以直節顯子孫屢傳其學因寇亂播遷僅藏遺稾若干卷而郡縣志皆佚之今爲蒐出成集云云予聞之稱快良久乙酉春予門人米生其鴻自辰谿來從予遊相見畢即以其屢世祖詩集請正於予并索予序予展閱之乃即謝君所盛稱者亟爲流覽一過覺其祖孫父子各擅其長濃澹平奇各極其妙遭逢離亂而不失和平之音寄迹溪山而自得嘯歌之致因亟爲校閱閒有可商者謬爲酌定俾其鴻付之棃棗予於是乃歎謝氏昆弟之爲知言而米氏諸公於九原中應爲知己首肎矣又歎才人難測即窮崖亂世尚有一門爭勝愈出愈奇若而人則吾楚之多材信矣然則人特患無可傳耳米氏累世詩人沈抑一百餘年風雨霜露幾經剝蝕而一旦懸之國門遂可不朽所謂不輕傳而終必傳者蓋玉之在璞珠之在淵寶光發見非草樹沙石所能蔽也鴻也勉乎哉爾丁年方壯帖括成章必將繼其先業亢乃門閭抒潤色黼黻之盛事將於先人大有光焉是則老夫之所深望也夫

時乾隆乙酉仲秋上澣日也

喻衡石左傳碎金序

王文清

古紀載之博而核者左傳爲先。予少時嘗分輯是書矣。爲典禮爲詩樂爲朝會爲聘問爲盟誓爲燕享爲戰陣爲鬼神爲卜筮爲說夢爲謠諺爲吉凶約十有二焉。凡羣幹小辨高言讜行各以類從。仿歐陽類聚虞氏書鈔之法爲帙。書成而以治經故不暇剞劂。徒置之敝簏中耳。最後見左氏始末及分國紀傳諸編讜歎作者之奇變日出也。晚聞吾邑喻君石衡者積學士也。其人滀越而溫恕。出其手眼作左氏碎金一書。介其友及猶子問序於予。予時主講於玉山書院。展玩其書。見其徵材也確。其譔詞也工。其立格也駢而變。其協律也抑揚而調。確則不駁。工

則不纚。變則不駁。調勻則不致聱屈。浸浸乎舉二百四十二年。周十四王魯十二公中之紀載。而肆其翦裁。歸其陶鑄。至其傳文原本一字不遺。地里山川攷證有據。則附注抑又詳焉。是書也其殆有貨瞫神盧。萃於天堇之幾乎。彼詞賦家事類諸編非不絢爛也。然彼取之於百家。孰若此之取於經籍也。彼得之漢唐以後。孰若此之得自成周以還也。雖昔之人亦有先衡后而爲之者。然昔略而今詳。昔罣漏而今周匝。夫固有後來居上者矣。況乎形上形下理歸一致。事實雖云麤迹。而百王之大法存焉。素王之心傳寓焉。學者儻因其事而究其法。即其迹而緬其心。安在不徑登征西東山諸儒之堂而翱翔於其室也哉。予幸業時覺少時分輯十二卷之事。尙怦怦往來心目中也。於是乎序而歸之。

廖大隱息機園詩集序　王文清

昔人謂大隱不離塵市信哉言也息機園在市塵中巢於是而湘嶽雪蕉亭環焉於以供吟嘯發秋思抒寤語飄飄乎有游仙氣直如身在空谷而市塵之塵埃沙礫不得犯焉此大隱之號所由立也予生也後不及與大隱唱酬聞其居是園也鳥啼花落魚躍鳶飛烏几竹窗橫琴彈劍絕不肎曳尾泥塗銜玉當事眞隱君子也哉早歲輯楚風補楚詩紀二冊發吾楚千秋之覆而閟其光茲嗣是自作雪蕉湘嶽寤語游仙諸集巢可覆而吟嘯不可輟卷帙遂盈筍焉兵燹屢熾後嗣遷徙凡大隱手輯手箸諸本長封敝簏者四五十年適丁卯歲太守呂公延予修郡

志搜取遺編而是集出焉呂公遂毅然表章之郡志畢旋招孫譚高陳諸君子爲訂正之又有西江湛君受而剞劂之此集乃長壽人間矣顧未幾而湛君沒板片星散復爲殘篇斷簡有大隱族姪廖南英者率其裔孫力爲搜求散者收之破者固之塵污者滌之殘缺者補之此集乃完好如昔南英吾舊徒年八十一窮老布衣少時購息機園爲家葬其子孫於此每慇慇以闡揚前人爲念今竟坐老而成其事以卒新安太守業而合其尖不亦壯哉於此益歎人苟克自樹立即肆其力於三寸不律四聲五七言中彼靑雲之士且有樂負之而趨者而況乎爲其遠者也

羅黄江先生文集序　王文清

士大夫之傳世也豈但雕龍刻鵠彪炳耳目已哉蓋必有沈靜之器有經緯之才有眞介之節而又有承先啟後之功夫而後可以世世不朽也吾同郡濱水前輩黄江羅先生者從萬歷間進士歷官至少宗伯立朝時仕優則學閉門謝客涵養端倪不露茲角器宇何宏遠也籌畫時事有講武之請有軍府之議有車戰之疏有乘日講而盡獻替之讜經術又何湛然也當魏璫橫肆之日有請建璫祠者即痛懲之不少徇攖朋黨倡首之禍昂然任之而不少屈又斥溫相於隔扉而毅然不苟埘聞按畝加征之政即力諫之而不肎稍阿風節不亦棱棱乎及其末也

知直道之不容而亟請乘傳以歸憩林下十年而終殆歸潔其身者矣是則箸作之根柢不亦深且厚乎況公家之先代有斷頭將軍有批鱗憲府有鳳山玉巒二作手有亂儒等伯仲五六人而公能以一身繼之後此有賢鄰賢冑及諸文學譽髦之士而公又能以一身開之古稱豫章之木七年而後生及長則垂蔭百畝不亦信哉獨惜其煌煌大文上扞軍國下福蒼生者屢罹兵燹卷帙散佚今其賢裔純嘏殫菊搜遠輯之力僅從殘編斷簡中存什一於千百爲可惜也然自有什一之存遂得因此以識其全璧無異見一斑而可窺全豹之文嘗一臠而可得全鼎之味則純嘏裒集之功其可少哉純嘏積學之士老而不衰

曾於庚午歲梓是集以行忽遭回祿爲灰燼中心耿耿者凡二十年今既髦矣自恐日月之難待遂破產爲剞劂之資重成此集令覽者一展卷而莫江之心術事業幷其前哲後英流傳二十二世者無不瞭然指掌中純嘏此舉洵有大造於爾族之家聲哉烏乎揚祖烈之難也以張留侯而其後有辟彊以韓魏公而其後有侂胄蹟其所爲豈復念地上之傳書與撤籬之遺績也哉彼夫老嫗之殘筐山窗之故紙往往萃前賢之心血於其中而莫之掇拾也良可痛矣今莫江先生獨得此於百數十年之後固純嘏孝思之不匱抑亦先生忠介之精神有以噓吸來許於不墜也今有純嘏之嗣仕升奉父命走嶽麓索序於予爲

予詳述其始末予因得備書之亦見仕升之爲名家子而羅氏之振箕裘而馨俎豆者殆方興而未艾也是爲序

考古源流自序　王文清

予資苦鈍極百徧讀尺幅書越日已不能成誦又不量力漁獵古典制諸書竊歎其卷帙浩繁東藏西庫百寶在前而不能晉萃歸一繙檢甚勞乃步其源流彙爲一書去華存實補闕剔紛凡雪夜風晨舟中馬上皆以槀本自隨經九溪岳陽兩席課士之暇諠悉力其中廢紙禿筆充斥小齋凡三十餘年槀始竣爲門二十爲卷六百二十有八合三通學海玉海元龜考索衍義典彙稗編諸本校之則卷帙不必全收而要義已具是矣取材悉出先儒而附會則不敢矣折衷閒出鄙見而臆說則無有矣拙人自備遺忘非敢與纂訂之業適督學使者習吳兩先生前

後索觀謬加鑒定錫以序言俾公諸世柰囊空力緜不能授梓並難繕寫裒瀆姑郎行書槀本巋訂成帙以俟後起之裁正而表章之云九溪自識

案先生鋤經文略卷末載未刊文目錄有考古略補自序讀書紀略自序增補三字經自序新刻朱子性理吟自序宋儒理學自序海內嚶嚶集自序嶽麓同人譜序天祿賦草自序等篇以書皆刊行序具書首故不復刊入集中省刻貲也其書今皆不見又有善化周思皇詩集序蘄江孝廉李耳遜詩序上湘易公仙授簡集序湘潭夏次臨禽言集序岳陽江總戎詩集序江丹亭守戎詩集序胡慕雲明府詩集序陳鹿田

石村詩集序。永定楊石宸詩集序。車宜人詩集序。澹津張蘭雅詩集序。重修岳陽樓記。公請陳恪勤入鄉賢呈。請上憲禁匿名揭帖。書代方望溪壽中湘陳太夫人七旬文。乙未蝗蟲食苗祭社稷文。公祭河督陳滄洲先生文。等篇。皆無從覓取。又案先生居甯鄉某里。昔陳文恭公宏謀為立碑曰經學之鄉。其考古源流五六百卷。舊藏於家。前年聞為回祿所燬。近日復聞尚存。蓋自先生裔孫名闓暐字雲樵者。歿於道光末年。遂無從訊問矣。雲樵亦稍有纂述。今竝無傳。戊辰長至汝懷拊記

夏聽齋先生詩古文序　陳其揚

揚少時隨姊丈讀書郭氏之友山樓。惟時揚文方務馳騁放縱。而先生一以繩尺範之。敎就平實。揚以為難。閱十餘年。偶於閒中坐論曩事。先生曰。教人之法。貴隨其才。吾向者之於子。憾未能及此也。為太息而言之。然揚幼即好讀詩及古文。而不專治舉業。亦不獨盡如先生之所云然也。而先生早歲於詩則不常讀。古文好韓歐。為多。史漢而下。命諸人習其醇易者。後其奧浩者。蓋先生志在沈潛四子一書。於濂洛關閩之旨。務窺其堂奧。反覆其意義。以折衷於至是。其一生精神之所輸注。在彼而不在此也。所刻以行世者四書訂疑。及聽齋試蓺二書。而於詩古

文。益不輕作。作亦不自收檢。門士及甥輩竊而鈔存之。先生歿後。令弟秀長欲授之梓。因有謂先生一生於斯二蓺。自謂非其至者。欲暫緩開雕之議。而豈然哉。昔人有言。杜工部長於詩而絀於文。韓吏部長於文而絀於詩。今試取工部之文吏部之詩令世人捉筆為之。能有以過乎。又況新安朱子詩古文行於世者多矣。新安一生所著述。繼往聖開來學者。炳如日星。而詩古文則亦與之竝行不悖。蓋得其大而其小者因之。如潛潭有龍。泉湫皆依附而靈矣。揚於先生甚樂其先彼而後此也。則凡在及門之敬先生者。又何可以得彼而遺此也乎。

注石函古本參同契自序

陳其揚

伯陽此書方外之書也而參同於周易何也周易一書無乎不貫者耳其書直以乾坤為體坎離為用餘六十卦為消息流行之序而已此上篇之旨也中下二篇則釋體而言用然於坎離震兌艮巽復姤屯蒙之象隨其所在無不脗合故曰周易一書無乎不貫者也自前代以來注參同者數十家莫不從舊本錯簡為之乾隆七八年間偶於方外得石函古本歸而讀之初不敢信及考伯陽自言有曰書成密獻徐從事徐為立注從事即今本景休其人也而非伯陽之弟子高象先云叔通從事魏伯陽是叔通者乃伯陽之弟子也亦既實有其人矣又按景休上中下三篇皆於伯陽三篇次第發明不爽豪髮叔孫自謂補遺篇中實有補遺之語其理又皆不爽然則此書決非好事之流故為矯誣以脅嗜古者之目可知矣昔朱文公亦知此書方外之書也而以參同於周易故反覆於其閒惜其所得皆錯簡本令得此書則條理脈絡井然矣夫積千百年不解之疑一旦自我解之而不彰闡以散於人閒與讀書麤知其解而不急出所見就正有道俾得證其所是而教其所非者皆過也因敬注而刊行之

感知集序

陳其揚

集長郡十二邑之子弟就試於太守之庭而獨賞一十五歲之童子拔之前茅而贈之詩句其必有所以取者焉劉子次歐之受知太守錢公也垂今三十年矣而猶窮困一諸生在廬說且謂無以報一日之知噫信斯言也是非以錢公為知人能得士矣吾觀次歐之處於世也齗齗然不諧於俗不知者怪之其知者亦疑之而太守賞之若彼者太守於次歐觀其言語文章視其進退威儀之節而有以知其淡也夫士惡與俗浮沈耳人皆曰賢人皆曰無不善則君子惕然而自返矣誾誾行行侃侃無非剛正之氣聖人顧而樂之者夫曰此聖人之階筏耳然則太守之有取於次歐者可知矣如徒曰知此人必富貴也次歐雖非長貧賤者而太守之意吾知其必不在乎是矣雖然此獨為太守言耳為次歐言則更有進者我昔聞故友之言曰上哲與凡人相近惟中人殊斯言雖矯異乎蓋亦謂物我無閒之學與物無猜不岸異也曩者陳仲舉史稱不畏強禦者也既為三公矣而曰叔度若在吾不敢先佩印綬叔度於漢世無所表見獨郭林宗稱其汪汪若千頃波而仲舉之推崇之若此佩韋玉以自緩急古之人亦自視其所以過者而裁之耳相馬者於牝牡驪黃之外課士者貴日新月異之功傳稱蘧伯玉行年六十而六十化然則古之人豈欺我哉太守而非知人能得士者則可

也太守而誠知人能得士也其於亥歐當必有進而求之者矣集中和太守詩者不下百首其於亥歐愛而譽之者殊多故爲之推論其本使知者感者俱不出於流俗之意焉

羅掌夫詩序

陳其揚

學詩莫先於句句似矣而學其章章成矣而求其骨凡學作詩者於此而已矣而上焉者則必取其精精也者骨之所資以豐潤者也李杜詩皆千首而求骨可得而言少陵以忠君愛國爲骨供奉以豪宕一切不屑爲骨骨者性情遭遇見之乎其言者也可求而得也惟精之爲物不可摹似甚矣精之難言也然嘗試一妄言之今者與俗人共話語如嚼蠟相對貌不驚人性情遭遇非不畢出也而精則索漠矣有君子焉其煦如春其肅如秋其發越也如風起而霆迅其淵默也如霜凝而月皓無他精之渥焉故也惟君子爲能渥其精以故後之學詩者骨不立而

何有於章章不成而何問於句此其不可以言詩也人皆知之惟精之能渥千載而上臻之者能有幾人千載而下學之者更能幾輩即欲學之古人已死守其糟粕卒亦歸於欲從末由而已耳故曰精之難言也羅生掌夫好學詩持其所自訂詩本來質兼乞書作詩之要於端生尊人樵長二兄吾襟丈也以能詩砥柱吾邑浯溪之中流生過庭必聞其要非如世俗之學詩者也故吾不敢猥屑而自道其所欲學於古人者以告之

杜詩選注序

李芳華

虞書曰詩言志說者以爲帝與臯陶賡歌迺三百篇之權輿然則詩所由昉本各言其志而勸戒因之而寓者也三百之什其致不一大抵賢人君子時當其盛則朝廷清廟鳴其和樂運丁其衰則感事傷時寫其憂思憂樂之形詩之正變所由分也降自漢唐詩之變屢矣先儒謂刪後無詩非無詩也言志之道微而其所以憂樂者殊無當於勸戒之旨也余讀杜工部詩慨然想見其志焉工部所遭丁元肅代宗之世元宗耄荒安史肆逆肅代昏懦王政不綱於時朝廷之闕失生民之塗炭公目擊心傷而生平抱負忠義不獲見用無由一展其經濟故往往託諸

詩歌以攄其孤憤之情而致其閔恤之意迹其所傷悼殆小雅板蕩節南山之作家父譚大夫之流與余悲工部之志選其詩之關於大義者若干篇而詮解之雖其閒比興之什意旨淵奧非末學所能悉曉然尙論其世以意逆志兼之考信於唐史參互於諸家之注釋似頗識其大概顧質諸同志而就正之閒嘗竊聞之聖賢憂世之志與樂天之誠雖竝行而不相悖然樂天者其常也憂世之情則有感而後發耳今工部之詩鬱抑感慨憤疾之意無時或忘卽朱子亦嘗譏其困心衡慮之無諠者然余攷其先代累受國恩差近屈大夫之於宗邦而工部又嘗以稷契自許抑而不用無所發抒宜其憂之至而少樂也烏乎工部之於聖賢若有閒矣卽其稷契自命亦未的知能爲其事否而讀其憂時感事之作勸戒昭然則固慨然以稷契爲志者也以視夫得意而揚揚詡詡失職而放蕩悲愁甚至怨懟君父反顏事讐者彼之蘊諸其志形諸其口甯復憂國憂民有如是之篤摯乎哉讀工部之詩夫亦可以觀其志矣

元朗家禮拾遺序代

李芳華

昔在成周、哲王恭已、家相迺衡、監二代而損益之、大經三百、小曲三千、郁郁乎自天子以至於庶人、由朝廟以及服食、無不辨之儀則、有一成之矩矱、猗與休哉、所以定民志而節民性者、不可尚已、自祖龍肆焰以後、掇拾煨燼之餘者、什僅一存、兩漢諸儒、又各以已見互爲增刪、甚者引緯書以雜之、而禮制於是乎大壞、魏晉以降、俗尚不同、泯棼胥漸、或以禮爲強世而土苴棄之、或援禮以文姦而胠篋行之、至唐李義府編顯慶新禮以附會賊后、筆削任意、而古制之存者益鮮、復取國恤篇焚之、而喪禮於是乎失傳、延及有宋、先王之道、烏乎微矣、紫陽夫子有隱

憂焉、而道不行於世、身不操制作之權、末由仰追美備之烈、惟是取古禮之猶存者、暨先賢之論述者、訂爲家禮一書、以爲有家者之準繩、夫冠昏喪祭、自天子達生民之大節、風俗由之汙隆者也、所關豈尠哉、顧末俗澆漓、異端昌熾、紛華靡麗之觀日侈、輪迴超度之惑滋甚、匪惟不克遵行之也、即取是書而講明之者亦罕矣、余總角時侍先大人側、每見其言及於禮、輒吁嗟久之、少長、授以三禮、曰苟能是、居則爲守禮之士、出則爲秉禮之臣、革薄還湻、挽邪歸正、將於是乎在、余佩服之、無敢刻忘、歲乙未謬叨　簡命、來守長沙、方欲與湘中賢士參乎古制、酌乎風俗、取家禮而增訂之、以風厲此邦、俾人喻而家行之、求無負

先訓以仰荅　朝廷簡拔之意、而有志未逮也、公餘李君元朗投家禮拾遺一冊、求余校正、將以問世、余展閱之、見其命意精湥、立論醇正、倣乎古不戾於今、酌乎宜不詭於正、闡先儒之微旨、協經曲之權衡、洵不愧修明才也、李君勉之、他日本此下迪迺民、則湻風可還、於近今上贊　廟謨、則制作可光於隆古、嗟夫汙樽之陋、變而罍爵、草木之樸、變而冠裳、古帝王亦因運會而爲之節度、且由今言之、舍椅桌之安而返諸席地、棄木棉之利而尚夫縞紵、於人情便乎、吾知聖人有作、必不强民從古、亦不過因時俗以裁成之而已、余嘉李君得古人制禮之意、且與余素志有合也、故不辭而爲之序

通鑑綱目集義序

李芳華

宇宙間一理而已矣時有古今理不因之有升降也世有治亂理不因之有隆汙也是故尚書紀四代之治周禮垂六官之典古聖人之範身以範世者固莫非天理之極矣春秋書亂世之事而君子以爲性命之文者何哉蓋詐力之君亂賊之徒行雖甚悖然理之爲理自若也反其逆理者則理卽其事而著矣孔子之或筆或削或褒或譏惟是於其昏悖亂常之中抑揚予奪示之以天理之正於以正名分扶三綱立人極此其所以爲性命之文也戰國以來治亂非一其閒非無明主良臣閒起而有功者然究其行事則合於理者有之悖於理者亦有之求如二

帝三王之純粹以精邈乎莫逮然而理之爲理固自若也不特此也卽極之秦隋之暴悖漢唐末造之姦宄肆行南北十六國五季之擾攘紛糾洎夫虛無寂滅之殄絕彝倫蝗蝻聖道而理之爲理仍自若也何也綱常不容紊也物則不可泯也反其逆理者理卽在是故也然自麟經絕筆而大義不明史氏浮夸而是非失實所謂道名分者或湮矣紫陽夫子蓋有隱憂焉於是祖述春秋之旨取溫公資治通鑑編爲綱目一書先立凡例以爲標次撰提要以爲綱復命門人趙氏纂輯史書以爲目而其大書特書抑揚予奪無非於悖亂極致之中一示以天理之正嚴而不猛簡而不遺直而不劌曲而不阿非得聖人之心者孰能修明之宜金華王氏以爲謂之續春秋而無愧也顧其成書惟是取其人所行之事衷諸理之至當故其爲褒爲貶閒有特義焉而非凡例所可拘者亦有未及致詳因史之舊而與凡例不合者且有刊寫失眞亥豕傳譌者迺汪氏考異徐氏攷證槩執凡例以疑之將紫陽筆削之微亦何由而著見乎劉氏書法尹氏發明議論醇正强半得其謹嚴之法然篤信太過又不免隨其疑誤曲爲分解其閒悖理傷教者亦往往有之矣芳自及壯以來癖於嗜古而於春秋綱目之書潛心玩索者有年竊謂紫陽筆削一倣春秋苟非闡揚其微旨於一字一句之中無以見其正名分扶三綱立人極之意而所謂理者或反晦於疑似

之說而不得其眞矣妄不自揣精擇前儒之論附以己見纂爲提要集義以蘄發明朱子微旨極知僭踰無所逃罪然欲明斯理於奧窔晦明之際非得已也閒嘗論之周禮致治之大經也已綱目書法裁之以春秋亦裁以此而已昔人所謂出乎禮卽天理之極則也春秋書亂世之事一切裁之以天理裁以此而入乎律者此也故曰反其逆理者理卽是而在焉爾嗟夫身世一原也知行一致也儒者宅心應務之閒一念合理卽爲王道當躬具有位育也一事悖理卽爲殘賊屋漏不啻鈇鉞也且匡居絃誦之際講其所是辨其所非是卽格物致知之學也是者師之非者革之是卽誠正修齊之方也然則所謂性命之文者

非與茍或不本是術以讀之則其綱一斷爛邸鈔而已矣其目一類書通典而已矣彼其於宇宙閒惟一理者又何由而獲見之哉

恆齋先生文集序

李芳華

經世之文六經尚矣由周迄漢咸稱自左腐遷爲文字之宗然不過議論之透脫章法之縝密而已衡其義蘊駮雜支離要不若賈疏董策有經濟實用也昌黎文起八代之衰而歐曾繼之如原道本論宜黃學記諸作言皆聖門餘緒文章於此可謂盛矣若迺詩賦則後世羣推屈宋李杜爲冠良以其忠君愛國憂時憫世之意居多爾然則文之爲文惟言有物者爲能傳之久遠否則爲君子所弗取吾兄元朗先生自總角以來志希往聖力溯道源思卽宣尼之門牆窺程朱之閫室沈酣六籍進退百家出其心裁彙爲傳註非但欲以文章名世也然卽其著述之

餘或有時觸物感懷有時過都歷境有時瓊玖贈荅凡其所以形諸筆墨者類皆抒寫志意闡揚性道風雲月露之態未嘗犯其筆端豈非所謂根之沃者葉自光者邪歲月既久充牣奚囊捐館之後嗣子伯成慮手澤久或散逸屬余選次付之剞劂烏乎琳琅雖枉謦欬莫聆披閱之下聲與淚俱蹟其遺草文何不若韓碑詩何不如杜律若其辭賦又不知視屈宋爲何似大約長楊子虛未可以伯仲行也惜夫卦數甫週玉樓旋召雖魁楚鄉通仕籍而未獲身登朝右一吐胸中之蘊藉使得邀宣室之召對揚休命則說命卷阿庶有嗣響彼韓子所謂鳴國家之盛者將不在茲乎先生文集甚夥不能悉刻今梓其尤者質諸同

志諒月旦之評自有同然而先生之不朽者卽此而亦在余豈阿所好哉

案恆齋卽朗軒先生文炤也作者與朗軒爲族昆弟先後舉於鄉志行學術皆同而身後之名不逮迄今舉朗軒人猶知之而尠能道作者名字善化文學王達适溥泉年七十餘藏鈔本一帙曰澹齋文存首有自序後署乾隆丁卯中秋李芳華書於邵陽濂溪書院若非此序自署其名則幷不知爲誰氏之作而已泐數十字矣文凡四十餘篇中有譌字殆非手訂其未嘗鋟木可知故編中錄之過半百年殘帙未付鑪灰幸哉同治丁卯仲冬汝懷坿記

四書朱註廣義序　李芳華

四書之旨朱子既爲章句集註以詮釋之又爲或問明辨而暢發之而其門人後學又輯其平居講論問荅之語爲語類文集以流傳之又各本其師傳之意而立言以闡揚之其說可謂大備矣四子書之精義可謂無餘蘊矣然語類文集不無少年未定之論而及門相傳亦不免或失紫陽之眞暨有明靖難以後一綫之脈幾乎或絕永樂間諸儒之學問初未嘗窺聖賢之堂室迺編集羣言名爲大全識既有所未逮不足以定取舍之歸而編次又不得其要領往往不免割截支離之弊魚目混珠餖飣哽咽識者譏之自時厥後人各立說戶自成書講解風生標榜幟立充棟汗牛殊難僕數然究其大病其失有二而陽儒陰釋者不與焉一則鶩名之輩欲炫己長句疏字訓動輒千言而無當於理要一則好勝之流喜攻人短壘駁層翻弔詭百出而罔顧其謬譌於是天下之書愈多而理愈晦辯愈肆而道愈乖挨之茫茫如捉風捕影索之渺渺如燕說郢書學者徒徘徊歧路而莫知所適從也夫自宋末以迄於今好學深思之士後先相望其閒非無微言至論發程朱之所未發足以羽經而翼傳者徒以一阸於猥瑣之訓詁而棄之如遺再阸於妒前者之攻辯而颺之若秕遂不免雲埋霧障矣今歲之夏與從游諸子講習大學因語次及之諸子遂力請纂輯自朱子以來名臣碩儒

精粹之說彙次一書以備觀覽便檢閱愚嘉其意不可卻也迺購聚諸書細加披討而裒集之以朱註爲綱取其凡足以發明註意者綴於其下其通論一節一章者列於其後而以夾圈隔之間有未備者竊以鄙見附之於是以或問殿之適大學先成因敘其纂輯之意弁於簡端夫以愚之闇陋何敢去取前賢之言以冒輕狂不韙之罪亦第勉徇同志之請本朱子傳註之義集諸家之說而推廣之務使本註瞭然明白無疑而四子書之精蘊由是可以默識塌歧途之轍蹟揭意指之歸宿資友生之挨討省問難之紛煩如是而已若夫藏之名山傳之海宇則非愚之初志也

邵陽王醒齋椢園集序

李芳華

椢園管測者醒齋先生浚造自得之言也先生以高明之資沈潛古訓倡學南陬芳及冠時已竊聆之吾鄉先輩矣歲癸巳遂隊鄂渚因偕族兄元朗謁先生於旅次挹其道範言溫而氣和色愉而貌肅爾時早已心醉徒以場務悤悤未遑多所請益也洎丁酉先生下第歸舟過長沙來訪先兄於仙崖兄館居家塾匝月得以朝夕侍側凡有疑義悉舉質證而先生罔弗再三剖析又作廣道鬼神死生蠡測四篇見示益不啻發吾覆矣然於先生之精蘊猶僅什闚二三而已未幾先生歸邵山川緜渺驛路迢遞思欲立雪門牆徒以俗冗羈絆不克如願迨今乙丑郡

伯石林王公聘芳爲濂溪書院山長始獲至其鄉而先生捐館舍已逾歲月一章矣居無何先生嗣孫北平來叩敘故之下亟訪先生著作迺得椢園一集伏而讀仰而思則見夫河圖洛書之分合先天後天之位置方員圖卦氣之運伏洪範經世書之理數律呂八十一調之正變以暨天地陰陽鬼神之浩渺幽微無不發明盡致蓋先生天質既穎復力學不倦凡所讀書必研究其極務使昭晰融釋至無餘蘊而後已故其出爲論說根根柢柢皆有以闡先儒未竟之旨蹟其苦心力索妙契疾書視橫渠之著正蒙殆有進焉者迺今而後竊得究其底蘊而先生不我少待矣惜哉先生抱醇儒德業而不獲登賢書對大廷一吐

其胸中之奇竟守明經終老著書得非蒼蒼者不欲斯道之大明大行邪然南方人士羣宗正學於俗說異說之汗漫支離吐棄而排斥之者實先生倡明指引之功也今其遺卷炳炳烺烺而同邑歐陽子爲之刊布以廣其傳於來茲是則天之阨先生於遭遇者適所以使之潛心述作貽留宇宙而延一綫之道脈於勿替也夫

遼西草自序

孫起棟

僕少無遠操亦頗無俗韻乾隆癸酉浪蹟京塵以致習冀博一官養親謂唾手可得而少不持重偶爲人捉刀對簿不屈遽捍文綱編管右北平沈淪苦海緜歷三紀皮骨一空惟當世賢士大夫以識字劣能未遭眼白至有命駕造門折節下見幾如豫章之於何點自時厥後逐海上臭者屢蹟焉仲舉賓榻仲宣幕蓮爰尸講席亦與典籤爾迺長城古戍海嘯山鳴悲笳哀箑行吟互荅引玉續貂不能爲無口之匏走也不敏未能沂六朝漢魏以上薄風騷亦不斷斷於唐宋之分而尊之祧之少即慕離垢老人之才大如海囊括萬有雄視百代覺元微之優劣李杜

旣可笑元裕之之以滄海橫流目老坡大不自量近人毛大可輩之雌黃此老眞撼大樹之蚍蜉吾無責耳矣古今風雅之總持浣花玉局斗杓並垂浣花固精諧而無韻之文則不可讀六一不喜之楊文公譏之曰村夫子涪翁評杜不少假借文章氣節厥推昌黎而或訾其詩爲有韻之文惟我離垢老人海涵地負魚龍百變含垢納汙靡所不孕詩特其緒餘亦復越漢跨唐上掩陶謝下淩李杜自詩教以來至此老而大集其成今觀浣花之詩史曰忠愛以視玉局之憂危君國每飯不忘爲何如文章忠義蘇海韓潮未易軒輕顧上書光範或亟亟欲行道而此老難進易退已自寫照於鶴歎中初不似王半山之雜廉狠吝

所與觥觥嶽嶽者皆朝廷數大事宋史本末可考艮由理道貫心胸忠義塡骨髓直談笑於死生之際而何官爵禍福足以餌之而怵之此其氣足以葢天下而又何萬斛源泉之必擇地而出不使人怖若河漢而無極邪更幾千載下可復得此人物邪今不察此老所以格天泣鬼巋然獨立於篇章之表者正有幾許事業在以堂下人而議堂上人得失以門外漢窺窔室中之琉藏此又錢牧齋所嗤牛羊之眼但見方隅者也道堯舜於戴代晉人付之劍首一吷殘膏賸馥沾丐後人幾許而或不盡尸而祝之社而稷之豈理也哉今　天子賜環行笈蕭然念無可以諗知己者迴憶四十前未嘗不憑此老之一編以秏壯心

遺殘喘今老矣焚棄筆硯而結習所存至性所傾未嘗得此老之萬一要未嘗無一眞字雖復敝帚不堪而向來瓣香未可磨滅聊從蛛絲煤尾於破簏中蒐亂稾數束摘錄其十之三四略存梗概所有古今文詞遼西雜識塞上巵言各數卷以及零紈斷素流落人間者一聽其散如飛煙不復恤已白沙老人孫起棟自敘

湖南文徵卷六十四

湖湘後學集編

序九

桑園遺集序

曾紹孔

嗟乎此吾邑十九齡袁郎照四之遺詩也吾邑廿年閒抱著作之才爲余所珍服而不獲竟其業齎志以歿者有徐子葛廬夏子雲臥潘子班墀今并袁郎而四矣豈天之生才固難而使之老其才以名於世者爲尤難也哉雲臥之歿易簀前一夕舉所搆詩文付之爐灰葛廬之遺稾賴溫陸軒拾而成編班墀之詩於其歿之年相次付梓其閒或可傳而不傳或不意其傳而傳

或傳之而不盡傳要皆有幸有不幸與然葛廬卒年已四十餘雲臥班墀亦各踰而立歲獨袁郎以十九齡而遂卒也吾於袁郎尤歎天之厄之者爲太甚已甲寅秋袁郎尊人甯普曾過予舍欲爲袁郎講聲律之學予謂此非袁郎所急乃閱其詩若干首恍若杜宇嘑春秋水鳴峽懽愉致少愁苦音多袁郎甯不自知其爲讖乎而靈心慧舌機杼成家不啻合淵明太白爲一致白玉樓中人我知畏其後勁矣夫以如是之才天或假之以年俾得竟厥志則袁郎之樹立豈有量哉卽不幸得年如葛廬其造詣亦不止此再不幸如班墀兩人又不當僅以詩鳴也柰之何獨以十九齡而遂卒也此余所爲悲袁郎更甚於悲三子而

覩袁郎之遺詩又不勝感慨繫之雖然人生老死草木同腐者何限生有以樂死有以悲一日百年當復何擇今袁郎幸有詩成囊也脫袁郎不克自振拔而以歲月爲有待則無一字之遺袁郎亦甚無足輕重而袁郎尊人甯普又何能見其詩如見袁郎且不忍其心血澌滅彙其詩爲同人點定幷屬予序邪是又袁郎不幸中之幸也則謂袁郎雖死猶生也可

餓說序

曾紹孔

道德以充其體理義以養其心經史以笥其腹未嘗不飽譚子慕鄴何爲餓邪餓矣尙何說邪豈天之餓之未嘗無說因感於中發爲言遂以有說歟是亦不善處餓矣及讀其說乃知慕鄴窮於世急霜露犯風雨烟雲日月盪彼心胸有得疾錄家無賸粟囊有餘槖餓之說非說餓也慕鄴家世沔初不貧繼乃中落向使一心志專耳目勞手足用取世貲未必不可爲良田美圃如世之處華屋而擁厚貲者卽不然亦何至枵腹而罔策也乃彼心思耳目手足一若天特縱之以佐其說之之具而惟恐其聞見有所未闢智慮有所未精也於是究極於經傳子史百家

之說陰陽水土星辰方藥之書沈潛夫義理尋味乎髓膏得其曠遠以豁其識淸爽以暢其機警策雋永以精其思充實高渾以厚其氣而不覺其說之長也則夫河海之大山嶽之高日月之明鬼神之幽珠璣華實之纖雷霆風雨之變以及麟鳳龜龍之所以靈鳶飛魚躍之所以適疇非供吾說者茍未能鉤元而抉奥也茲於往而窮於來泥於中而塞於外求一語之幾於道不可得雖日膏粱奚補哉吁慕鄴所以餓也是故慕鄴不說必不餓慕鄴愈餓愈益說然慕鄴餓而有說詎不餓卽無說夫其餓而不能已於說何一非其不餓而不能不說者脫不能餓而說卽烏能待不餓而後說也則凡不餓而無說與餓而亦無說

者皆不能說慕鄰之說則皆不能餓慕鄰之餓者也昔歐陽子稱文章之工必由羈旅草野窮人之詞豈大家世族之子弟槪以華貴累歟夫亦謂必嘗挫折偃蹇其拂逆動忍一如單寒之士而有羈旅草野窮人之困乃足堅其節而老其才其立言始可傳焉耳審若是則慕鄰之說雖不必以餓傳而餓且與俱傳後之讀斯說者知天餓慕鄰不能幷其含咀饕飫豐腴益溢者而悉餓之也慕鄰何嘗餓哉

方可齋詩序

曾紹孔

八百里洞庭湘沅非性命於山水友朋者罕至又況入深林泝迴溪攀虎豹之懸崖瞰蚪螭之絕穴倚長劍挨幽居不以風塵撲面有倦色解衣旁薄箕踞胡牀浮白盡歡語以山川之勝與勃勃不禁胸懷光霽有如秋月當空澄潭淨影絕無微滓點染是惟東陵方子可齋乎初余受敎於方子芝眉甫援隨以詩文質敷胷腸披肝膽運斤成風惟其能也未幾方子亦出可齋詩豪使相砭訂余受而卒業益知其沈浸崖壑清酒白社以自鳴得意也如疏川決澤不待擇地挹注故其爲詩神峭而刻意幽而遠韻清而勁其諸卓巘層巒吐納烟光險怪萬狀乎颶風怒

雷作於卷阿大澤之閒蛟龍潛而鹿豕迷乎八陣營壘杳不可窺乎其閒纏緜鬱結慷慨激昂之氣蓬勃無際又不但歌聽渭城柳折河梁黯然魂銷已也嗟乎方子高才績學夙爲同人推重年五十纔博一明經何其窮也然非優游泉谷曠之以歲月縱之以登眺亦安能以絕境良朋快諸詩脾吞吐於酒腸情臆閒而達觀任化超然與造物者游也惜余僻處湘曲鹿鹿塵沙中不獲與方子嘯歌詩酒徜徉上下猶幸接其人論其詩浣我胸中無數壘塊他日泛剡溪之舟訪浣花之宅往來於寥谷大川問渡岳陽酣故人黃鶴酒兩心相對一往情深當有縱筆疾書直寫其胸中之奇者以報可齋矣

雙溪草序

曾紹孔

余丙戌序江甯觀道人之逐萍錄・已丑序鐵夫上人適性草於夫彛・今復來雙溪之請・生平不作方外交・未五六年數序其詩文・豈易其轍邪・抑有說歟・雙溪・吾楚名僧・刻意爲詩・上泝魏晉・下迄三唐・皆講求精密・嘗往來燕趙・歷覽天下佳山水・歸而隱於邛壑・其爲詩益富・其所與游多哲士・豈無序而行之者・甯假余言重雙溪・曰・不然・吾圖不朽者文章耳・余不敢當其言・而深感其意・思文章原與道俱者也・道散於萬類・而咏歌見志・莫備於詩・今雙溪居清淨寂滅之門・外膠悉解・宜其於人世可喜可愕無聊不平之故・泊如也・而獨肆力於詩以求不朽・觀其志氣之所激發・舉凡天地之大・古今之遠・物類之繁・與夫閭閻蓬屋之孝弟貞烈・無時不形胸臆間・固非塵芥六合者・而其游覽所至・通都大邑・荒陬絕塞・務必窮其勝概・得其要領・而絕未嘗有干請投贈之作・其爲人又可想也・安可謂爲不知道哉・嗟乎・士之鬱鬱不得志而寓於僧・又託於詩以自寫其哀樂者・何其多也・每讀古人文・如昌黎於大顛・廬陵於惟儼・皆有序・使兩人所爲不軌於道・二公何所期待而與之交・更樂與之文乎・然大顛惟儼雖文章傳之・而其所以傳・實不盡由於大家之文章也・若雙溪者・卽今之大顛惟儼也・世必有如韓歐兩君子者稱許而表彰之・余烏能爲雙溪重哉・

送方子兼三序

曾紹孔

調鼎者應有火候・結實者自有時節・惟詩亦然・後十年未有不突過前十年者・而前十年絕不知後十年・又後十年何如也・蓋天地間形形色色・無非此山川草木・日月煙雲・花鳥竹石・一入詩人之機趣・取之不禁・用之不窮・是造物者舊而詩人者新・造物日化而詩人日生也・況其爲教也・氣豪不靜則麤・思苦不工則鄙・格合弗離則滯・甚且意幽而弗遠・韻淸而弗厚・則纖巧寥薄・又皆詩之病也・苟非閱歷旣久・見聞屢易・而能吐屬風流・鎔鑄今古・卓然成一家言者鮮矣・故子美爲千古詩聖・必曰晚節漸於詩律細・嘻・何其難也・余學步騷壇・或作或輟・不無狼籍・韶光戊申秋・獲交可齋方子・灑膽披肝・境會所觸・閒以詩賞・越三載・命兒子受業・因館可齋於六君書屋・每雞鳴風雨・春草池塘・花英亂發・蟲股切聲之時・排遣塵累・洗滌磈礧・未嘗不以詩相訂也・嗟乎・可齋與余同庚生・而淪落蹇躓・亦與余同・惟是重湖閒隔・雲水蒼茫・地遠人遐・彼我一身・所爲交游之眞・切磋之情・與夫盛衰聚散之感・豈惟詩歟・而詩未始非一道也・故予兩人雖老・猶思晚節之兢兢焉・今兼三爲可齋叔父・年未三十・以詩來謁・把讀數過・往復忘倦・蓋其集中撫今追古・吞吐奇秀・固已若斯・由此十年更十年・洗心道岸・放情塵表・咸以聲韻自寫性情・居閒處獨・出身加民・充而用之・皆各有所得・其爲詩益卓犖

不聾無其病而有其機趣所云候與時殆將不細不已也故今日論兼三之詩不屑屑於某體某篇某句擬之古人誰比蓋其所屬望者大矣矧兼三自岳陽挐舟訪友不遠千里謭陋如余亦邀惠好又以可齋去其鄉戀戀不忍釋窺其志門以內無鄉魯野之外無兄弟皆兼三所不樂事此又有在於詩之先者余安得但以詩人目之哉故於其別爲書以贈

送段王二生序

曾紹孔

段生希聲王生漢章不遠數百里自星沙訪余於我山草堂嗚呼何其勤也希聲超邁豪爽漢章沈毅秀傑皆能詩文又同在妙齡余慕而友之察其可與言矣猶未敢以易言也雖然余何能無言哉吾見夫爲高者矣就平原列卑澤始於一簣以至侵雲遏日不知幾許辛勤幾經歲月而後巍峩可即苟卜諸層峯峻嶺功纔及半千里在望矣無他所因之基異也今二生才質其不爲平原卑澤也審矣有其基而復充之以學力其所造就奚必不如山嶽之俯培塿乎夫才質貴乎能因而學力存夫能創所因者易爲二生不能自主者既皆得之矣所創者高爲二

生所能自主者尚有待歟然則二生力其有待以副其所既得自非盡於今日所能已也段生籍雲陽王生籍酉陽今皆從居星沙星沙故古潭州地賈太傅屈大夫及考亭南軒諸君子遺迹在焉吾知其在天之靈亙百世不可磨滅無俟玉笥牙籤流連唱歎起伊人宛在之思卽今日之水雲巖壑斷草荒烟疇非其過而化焉者倘二生從一二箸書談道之士憑弔其抑鬱而鼓盪其精神自必油然生愛肅然生敬於以親耿光而揚庥烈佩服夫古君子之風則層累日上者又豈獨語言文字之閒已哉

送別傅子彬也序

曾紹孔

有豐於天而嗇於人者君子不謂之豐也有豐於人而嗇於天者君子不謂之嗇也蓋天能豐人而不使全豐之益往往無所不便而有一不便天能嗇人而不使盡嗇之累往往無所不礙而有一不礙一者何在在讀書精神泛用則斂專一乃餘智慮攻苦愈淡分營斯秏嘗見富厚之家多牽而窮約之身恆暇也豈天能豐人嗇人而不能與吾讀書之事抑豐於彼而嗇於此理固然歟雖然管城親而牙籤疏圖史富而貨財遠履豐不必有豐之事讀書乃所以為豐硯田窮而貂裘敝筋骨勞而體膚餓處嗇不無至嗇之時讀書乃益臻其嗇不便者便不礙者礙

則亦在夫人而已矣傅子彬也豫章故家值中落負書湖南負擔千里外觸暑衝寒而旅夜一鐙咏歌不絕豈非知讀書之益而不以嗇累者歟一日歸辭曰明年不復來老母在用謀一館得遂孝養更肆力於書於願足矣余聞而壯之使傅子席豐履厚必有可觀者然歐陽永叔不云文章家窮而後工乎吾烏知傅子他日不如永叔所云邪況以今日傅子之為人卜之其必有合焉者矣

再送唐子默齋序

曾紹孔

乙丑春自謂識唐子默齋於筆墨中有弗識未盡耳今始悔曩之無能識其萬一不禁肅衣冠起立拱手致敬曰有是哉蓋其尊人原明公自戊戌歲因家難出游默齋方更事值家世中落上有老母下止弱弟欲出則有北堂之戀欲留則有瞻望之悲展轉號泣幾不欲生久之智盡計窮殫心篆隸諸體摹古揮毫旁及山水花卉鳥獸蟲魚草木悉臻其妙即余前序所云是矣然意在親不在筆墨也挾此泛舟洞庭湖湘沅而上抵楚粵之關窮簷蔀屋僧寮野觀及士大夫之家足蹟幾徧忍辛茹苦節口量腹有餘即歸以奉甘旨居明日復出至今歲夏五始獲於

衡陽報國寺奉公以還時公變姓名將隱於浮居矣公出游十載默齋僕僕道途一歲間出而歸歸而復出者八年破帽鐵鞵寒沙苦月觸炎埃之勃鬱經風雨之漂搖身有所不敢潔口有所不能瘖顧惟未死耳嗚呼此豈今之人哉夫人生無過忠孝兩端士君子隱顯不一忠或無從表見而孝則匹夫可與日月光昔壽昌棄官未為不忠溫嶠絕裾為國也至今猶議其不孝蓋壽昌為母而嶠則棄其母也由是觀之默齋何如哉而獨怪默齋前此弗言致余有失人之責原其設心知必又有以親沽名陰圖厚實者使我若是是傷親心也噫此其所以尤不可及也歟余故樂更為之序

纂錄傷寒書序

曾紹孔

余悲夫醫之不明而殺人也自傷寒始天地之大也根陰根陽惟人亦然二者和暢經絡乃治偶一乖違疾病作焉苟不明乎闢闔之理生化之機與盈虛順逆之數殺人甯止傷寒特傷寒爲醫學第一義亦疾痛生死第一關觀仲景治傷寒大旨曰汗吐下曰不可曰微和急溫及盡劑不盡劑諸條得其法若時雨之蘇萬物稍過不及等之摧枯拉朽矧不夢仲景者乎故善治傷寒者雜證未盡識而理本一貫不致憒如傷寒不講而能治雜證者未之有也嗚呼不明傷寒必殺傷寒者而以傷寒殺人者決不能以他證生人是人不必死而死之者病也病不必死

而死之者醫也死於病有醫可以不死死於醫無病不可以死誠足悲矣年來習靜山中抱沈痾醫技告窮者叩關索方不能厭也或曰曷梓以便世微論方書繁夥余豈有私焉第不參脈證而徒事方藥得毋欲其操刀往殺而罪乃兵歟抑何異殺人而醫者哉惟余讀仲景書有年尚未窺其堂室未始不以余之難益歎專家之不易也而況高衢僻井不乏懸壺家皆室鮮藏書或苦浩瀚難了解僉曰吾受異傳嘻有以異乎夫醫本無二道不識何以爲異也間執回春保元諸帙謂足闖奧晰微一臨危險俱不免空脊應重敵不識兵刃何物矧言步伐而當局者馬鹿其間朱紫莫辨宜其草菅人命均不足怪也余尤悲焉今會萃傷寒諸家言入理精比附確足與仲景發明者刪繁撮要縷晰條分先中求簡以便覽觀豈得已哉得其理廣其義可使養陰養陽卻病未然無事掘草烹石以與脈絡筋骨爲讎解詎不善歟因證詳治雖危疑之秋不憚以死求生求而得非幸如不可求俾罔有害兢兢纂錄以此獨仲景去今二千餘年以傷寒著足爲後學典型今生斯世視古既遠氣稟寖薄且不能盡踵其成法況下焉者乎採衆長以取裁精獨見而弗亂於以思其智之所未及憂其時之所不能神而明焉是貴博雅君子

通志雜辨序

曾紹孔

余姪侶蒼讀書太平書屋趺坐一榻閉門絕軌、自經史外一切天經地輿山財水利田賦荒政兵法歷律諸編、罔不綜核盡善、凡名碩益友、隨其所在不憚遠近、咸與居游資考辨焉、其志固將有所用之而不欲以一長自居也、庚戌春與南北諸君子奉徵入武昌會修省志、吾姪分編辰永諸志外獨掌雜辨一書、計其疆域山川邨墓古蹟人物、自昔所疑未經核實者、悉皆更定釐正、歸錄以授余、余觀其所引羣書、博而能洽要而不繁、言必徵信事必研眞、弗明弗措、如披沙揀金撥雲爛日、陰翳霧障晛見冰消、其用心亦良苦矣、嗚呼自上古圖籍亾於秦僅存於漢、

其爲亥豕魯魚附會穿鑿不可勝道、獨吾楚然哉、故一城邑也沿革屢經、一山也井里遞殊、一水也源流互異、一書冊文物也、是非乖亂名實附和、一古蹟邨墓也時地謬舛東西牽合、以千百年以下人徵千百年以上事、抱焚餘殘脫之恨、前無所承後無所俟、寤寐不爲通鬼神莫能告、苟非旁稽博覽好學深思、而欲考核辨斷條縷輯注、猶不得人之情、而欲難折之獄片言斷其曲直、其果明決乎、以此愈知吾姪平日留心經濟、不肎闕靡誇多、如所稱博士書籭而已也、

脈學纂要序

曾紹孔

先哲有言脈有神機、胸中了了指下難明、若此、顧昧昧者更何似乎、況上自軒岐下訖諸家、汗牛充棟之書幽深浩瀚之詞、欲窮其說、而能通貫曉暢瞭若觀火者幾人哉、有之復不獲運之心而注之於手也、足見醫道之難、莫難於脈、而況擇焉不精守焉不約、童而習之白首莫得其要、鑿空妄語誕謬支離、而貿貿焉一無所識、以人命爲戲者又勿論已、吁大可懼也、今自內經而外刪繁就簡訂僞存眞、博觀以會其通沈思以取其精、曲暢以發其旨、薈萃若一家言者、節而錄之、馳情浩渺無裨實用、拘牽往蹟鮮所變通、及艱澀之詞旨鄙俚之歌括、不得與焉、豈謂

脈理盡是哉、惟其便習而已、然其大要必歸於此、今夫初覿面之人、其聲音笑貌不可得識也、矧臟腑經絡居於至內、而我引指於皮膜之外、欲以審順逆判陰陽、決存亾消長之機於一呼一吸間、固已難矣、又爲之者惑於詞而泥其理、逆於往而迷其歸、求脈之明、爲脈之晦、是無異橫斷港而航海也、豈不尤難哉、是以懼而爲此也、微獨折衷簡潔一空障翳、大都精於用志明於見理、善於觀變、竊意折肱家至於是而止、爾而學者苟盡力於斯篇、亦未必無得也、雖古人匠心獨運、口莫能宣、而開卷了然若有神遇、久而躍如、其機在我、然止可一二爲知者道也、吾懼夫昧昧者終瞶瞶如也、復何道哉、

送楊湘崖還里序　鄧正芴

癸酉之秋予與湘崖始相識於城南書院即以詩人目之時同游者數十輩競爲弋獲計獨湘崖邈然寡儔行吟坐嘯若一無所營爲者三十年來幻景相屬落落晨星而湘崖甫得一鄉校博士之官奉檄來鐸吾醴相見問無恙外輒復抵掌論詩譚次閒至謂楚風不競近代又極詆竟陵然非之無可非詩中鄉愿吾亦無取故甯於竟陵有折衷焉予因憶陳伯璣與施愚山論李翼軒伯敬其人以官爲隱以讀書爲官而於友誼尤篤詩文姸媸豈在尋行數墨其旨與湘崖合已而湘崖出其詩鈔屬予序予聞湘崖以盛名寓京師公卿爭欲延致太學六館之士無

不震有武陵楊先生彪仿唐人溫卷之風寫以生紙副之門狀豈乏元晏其人而寂寞千秋至退而商之空山舊雨人謂湘崖鄰於通予第覺其介爾及卒業其詩緣情綺麗跌宕昭彰之態時復與竟陵異趣人謂湘崖工於愁予第覺其樂耳昔伯敬刻集郢中其友譚友夏戒之以勿乞名人作序故伯敬之集惟沈澤山山人一序伯敬之集何嘗不傳傳伯敬者又安問其序出何人哉顧山人於伯敬尚能揚搉而敷陳之而予之拙於文如吃者之爲言當其迫欲致於斯人每不能栗留其語惟於期期格格之下少維其勤勤懇懇之衷即令傾筐倒篋而出固未之有易也嗟乎古今詩人之著亾若唐之杜工部宋之蘇端明工部之言曰文章亦小技於道未爲尊端明云昌其言不若昌其理蓋蓺之善者其所主不存乎蓺而見吾善者機爾然則湘崖向之所爲邈然寡儔一無所營獨能以詩人自異者其在斯乎於其別也遂書以送之行

嘯松樓詩集序

鄢正笏

吾鄉張芷翁先生早歲卽工韻語。擁鼻微吟如琴瑟之不去斯須。顧每有著錄率以未定稾自注及攜之行篋折衷四方知言之士。則一時傾倒咸有序論。推爲壇坫之雄屬以鼓吹之任蓋駸駸乎楚軍克張也。而芷翁且謂諸公揄揚逾量。此特崇獎雅誼。居之不疑則吾豈敢。故元晏之登若謙讓未遑其自覦欲然又如此。昔杜牧之語莊充。謂文之有序皆後世家仰其人。益言文與人之難以遽定也。而遂謂法不得爲弁世之人序。則牧之之拘論也。如芷翁者雖弁世豈復有疑歟。芷翁懷文抱質於儔伍中蕭然自遠。而憐才好善一往而深天性然也。以予所見自

諸生以迄通籍數十年如一日未嘗有寒燠之異。當居山時閒以他務入郭。遇吾輩二三子論文道古悠然永日。或竟忘其所事。至童僕催促乃起去。其風致如此。其詩之紆餘澄淡蜕出風露良有以哉。今諸郎君裒其前後所作。衘芷翁命屬余論次。惟詩之美善。搢紳先生則既言之矣。空山孤陋何當復有所云。抑念子輿氏有言。誦其詩不知其人可乎。又記有之溫柔敦厚詩之教也。故爲略其篇什。推本性情。偶彷總述附諸簡末。夫在心爲志。發言爲詩。觀其流連景物涵詠纏緜。而生平本末所具友朋相喻之徵復有可想見焉。此固非苟爲炳烺與漫然標榜者所得與也。噫嘻惟吾芷翁其有見於斯也夫。

張貢五先生文集序

劉暐澤

張貢五先生與澤一別十年。今秋相見問無恙外。以生平所爲古文一帙下問於澤。澤受而讀之。反覆紬繹喟然而歎曰。此接統之文也。夫一代文章之統嘗屬於一二家。此一二家者既爲天所篤生。以應鬱勃昌明之運。而其人亦皆以絕異之資殫心汲古。醞釀蓄積。久之而發爲沈雄博大俊偉卓犖之文。非一時風尙習氣之所能移。非時命僥倖巧竊科名富貴之輩所能攙而取。弁非工於詩歌工於詞賦工於帖括者所能竄入而分其席。蓋古文之統獨重於他文。而左國史漢唐宋大家之後接其統者之誠非易而得也。有明一代之古文。天實篤生震川先生

一人。以沈雄博大俊偉卓犖之作跨介甫子由而上之。直接南豐曾氏之統。前有潛溪空同。後有虞山錢氏黃岡杜氏。皆莫之逮也。迨於　國朝百年以來。婁東合肥華贍而歉於氣骨。侯壯悔公子雄而不沈。西銘堯峯沈而不雄。諸公同時尙有二三君子亦各有未至。澤何敢遽以古文統緒屬之貢五先生。負資異敏。有六十年讀書養氣之功。發而爲文精理流溢。有聲有光而筆力健舉。骨法典重。實有合於所謂沈雄而博大。俊偉而卓犖者。此而懸諸國門。正告於當世曰。震川先生而後古文之統今屬貢五先生。彼世人同具心眼。縱不能深知其所以然。而文章公物也。試焚香而誦之。捉筆而效之。返心而問之。其孰能揩拄。

斯言也歟。澤每怪十餘年來耳食之徒妄以古文之道推尊某某甚或以其時蓺官爵之故夫使以時蓺之工也而遂可以古文屬之則唐之李杜既爲詩家鉅手宜亦可以排突古文之門戶而與若韓若柳者竝列矣抑使震驚於官爵以論文則世之讀唐文者宜推李贊皇之一品集以爲高山景行其心嚮往而千古薪傳何以獨屬之南海之逐臣柳州之遷客也哉澤自少小以來性之所近獨愛詩篇每謂老杜一集雖宋之大蘇尚未敢許其接統嘗竊自愧學杜三十年而一技未成故於古文一道不敢旁及向因士友敦促勉有論著中心輒用恧然比來斯馨堂之刻類於恥過作非者然不存既往之非恐無以求將來

之是古人於少壯所作亦未聞其盡棄職是故也今辱先生賜書有曰心所服膺近在斯馨嗟乎嗟乎是益重余小子赧汗耳然先生與澤別來十年各有之燕之晉之秦之吳之蜀之役所見於當世能文之士亦不少矣至於今日先生獨以古文屬余評隲而余於震川以後亦獨推先生爲接統此中所以然之故與兩人相契之微夫豈倖竊科第藉一二妄庸人識面之末遂欲以官爵昌其詩文而遇讀書養氣之儒亦思苟自夸毗者所可與共語乎於時先生與澤相視莫逆遂命以斯言弁其端

張貢五先生志千集序

劉晫澤

老驥伏櫪志在千里烈士暮年壯心不已茲雖曹孟德之言而有合於歲寒後凋之旨不可以人廢也以予歷觀前史凡踴躍於利祿者多在少年喜事之輩彼不過博一時之浮榮原無大志而深沈練達之士或闇於律要拙於干謁其鯁顑專一之氣轉供若輩之齒冷然而良驥以老成大器以晚成其志固自不可沒耳張貢五先生以比年北游詩集見示顏曰志千其中長途閱歷弔古攄情敘事議論動關勸戒而昂藏磊落之概與澹泊甯靜之懷俱令人悠然得於言外以視妄負詩名而浮聲贋采剽竊飣餖者相去益遠焉夫詩言志者也而志之所在不以

遇不遇論昔文中子教授河汾房杜得其學以助貞觀之治而伏龍鳳雛委身佐漢則二德可以躬耕老今先生郡下諸君子讀書秉禮爲羽爲儀雖當少壯之年皆有深沈練達之養是先生利濟蒼黎之志已有所託矣而流連光景吟寫性情雖百世而下猶足以起衰式靡又豈屑屑焉與利祿中人爭一日之名一時之遇合也哉少陵云爾曹身與名俱滅不廢江河萬古流然則如志千集者庾信文章淩雲健筆洵所謂老當益壯者歟是用慨然而爲之序

之萬集序

劉晫澤

貢五先生北遊既倦南浮江淮以歸於楚其紀行諸作命名曰之萬集蓋取蒙莊所謂之九萬里而南者也夫蒙莊斯語世第目以寓言而未揆其意旨之所在以余觀之彼其拔俗離塵置身萬仞之上固卽此可見矣自戔戔之子汨沒於聲利之途動以高第美官自侈爲鵬飛九萬不知中無所據而妄乘君子之器其遇事惶惑措置乖方之害不可勝言若而人者持祿養交而外殆於正牆而立一步不可行也奚以之九萬里而南爲惟夫讀書養氣之士胸懷迥異於眾人著述可傳於後世拔俗離塵自堪不朽彼鷽鳩斥鷃之輩雖環而笑之又何損歟又何損

歟然則先生之還轅息陬正先生之鵬飛九萬也讀是編者可以思矣

農圃會序

劉晫澤

易稱盍簪詩歌伐木皆言朋友故舊之會合也以故香山有九老之會而耆英洛社則率眞之會竝著焉會者古道也陳其生先生與親知五六君子共舉之亦猶行古之道也顧其以農圃名是會也何居蓋吾聞鄉里風俗之盛衰皆自其二三長老倡之世固有侈衣冠文物之會者當其始事非不雍容都雅講揖讓之儀而以文學相號召也迨子若孫沿而習之漸失其初意於是炫服食車騎爭以靡麗相誇而文章學問之道或置而不講則其風氣蓋寖以衰若乃農圃之事士君子雖不以自限而亦往往託迹焉昔者龐德公司馬德操及伏龍鳳雛輩嘗偕隱

襄陽躬耕自樂矣觀於牀下之拜則師友長幼之分秩然而經世遠大之略所以講明而造就之者遂爲千古所不易及今諸君子果能得其遺意則所以爲是會者敦孝友明禮讓尚儉樸遠澆漓方且不輕於仕進不苟於衣食俾後生小子率其教者自無佻達之習而文章學問之根氐亦必大異於世俗矣南村茅舍相約耕耘將詩所謂攸介攸止烝我髦士吾可於是會乎覯之而諸君子者抗言夙昔來往風流陶淵明云聞多素心人樂與數晨夕又云相思則披衣言笑無厭時此其清風高致豈亦可賡續於不衰也歟

趙豹三益州游稾序　劉曄澤

楚無風吳無風蜀亦無風余吳人也僑居楚南嘗往來瀟湘洞庭閒采芳擷馨欲倣澧蘭沅芷之餘韻作爲詩騷以備采風者之掇拾而學力未逮又悤悤作益州游於是此志日益頹廢思遂擱筆並舉舊作而焚棄之武進趙君豹三以王謝佳子弟世其家學胸中淵涵停蓄包舉毗陵震澤之奇此而抱郪高吟足使吳風大振矣而亦悤悤作益州游與余相聚於文翁石室賞奇析疑之暇每倡韻索和不以余爲鄙陋余亦自忘其愚見豹三之敲金戛石遂不覺以蟋蟀之吟蟲飛之聲儼與之希風競響也乃豹三更出其益州游稾屬余評序余惟古風人之性情

百世而下猶可想見而余與豹三晤言一室見其律己則方嚴處物則溫厚此固於古風人中得其性情之最正者以故其詩無靡曼之聲而不失之激楚無豔冶之態而亦不傷於徑直大抵懷親思鄉感時恨別與瞻屺陟岵之調相爲出入夫孰悉其性情而因以觀其詩觀其詩而愈益見其性情之眞至此予所以不辭而爲之評爲之序也今豹三歸鄉讀禮方當痛輟蓼莪而益州諸作則徘徊錦官玉壘之閒縈心震澤毗陵之上無非南陔白華遺意繚繞筆端其眞可以補吳風並可以補蜀風而足備采風之掇拾者歟且余亦因豹三之倡率遂得益自振拔以庶幾補楚風於萬一豹三之益於余者不旣多乎

金山縣志序　常琬

金山古康城地也粵稽明代初置金山衞用備倭寇無事則屯有警則以守以戰其民生皆有田廬冢墓之戀與父兄宗族里黨之胥匡以生安土重遷居然沃野迨我　朝順治二年繼設金山營及我　世宗憲皇帝建立縣治畢婁邑西南之土而分隸焉於時田賦旣釐學校斯設民生富庶人文蔚興彬彬乎太平之盛事洵可邁前朝而光簡策者與琬不敏以乾隆六年來治於茲旣愛其俗之遠於澆漓與斯人安於無事其吏民亦知予之拙相與循其分勤其業熙熙皞皞共享　朝廷休養之澤於無窮致足樂耳夫幸際休明安居樂土而於累朝建置

之踵事加詳及此邦風土之淳人物之盛山川形勢利弊沿革之大端闕焉而無紀載之書詎非邑人及官茲土者之責歟爰諏紳士共事纂修載於婁者毋複隸於金者毋遺凡爲田賦學校節孝忠義建革風俗水利等若干卷彙爲成書庶自今以始咸有所考鏡焉所愧者承乏十年以來未有一善可紀而邑中之務與浦東橫浦二場之鹺政加以裁衞歸併簿書較繁譾劣之才未得畢力於斯役故文從其質事舉其凡期免於闕略云爾若謂追史家之體例盡事類之周詳能使金山一志炳燿千古則惟諸紳士之克有成勞余固有志焉而未逮也

米季馨同文要覽序　　唐效堯

今天下誠同文之世矣我　國家重道隆儒表章羣籍　御府所藏薈萃古今多唐宋有明所未及者邇年　欽定字典一書天章璀璨館閣諸儒臣訂譌補缺搜幽採博不遺餘力其視字彙字通諸書不啻眾曜之依乎日百川之匯於海矣以故遐陬僻壤雖三尺童子彬彬向學莫不講求乎此然而卷帙浩繁得此遺彼每有搦管操觚白首莫究其全者風簷中率爾沿誤或至以點畫戾法而受擯此雖學者研肄之疏亦以涉獵之力實難徧及也吾邑友人米君季馨爲南宮後裔淵源固有所自來其曾大考順齋先生以名進士續斧按三晉暨其尊考同

人先生伯考羅峯先生皆以孝廉工詩文尤能以字學世其家季馨才高學富自少以穎異稱於書靡所不讀余丱角時即得與交共訂文會每課畢偕諸友把酒細論資其教益者不少然屢蹶場屋今年幾六十而其志彌堅扃戶兀坐日以詩文自娛雍正庚戌之役余忝列進士奉　簡命試用陝西得便道旋里與季馨晤余客京師三載與季馨別甚久握手道故固甚歎季馨之屈而自愧其得先季馨也顧季馨鬱勃踔厲眞雲霄中人泥塗不終困者既乃出其所著同文要覽一編將以授梓而欣然曰子盍爲我弁一言余讀之句凡四言統計二千一十六字首陳　盛朝聲教之隆次及人才奮興之美次及書家辨析之異而以己採掇之旨終焉其詞古奧其義宏深既皆場屋之所取資而尤便於覽記誠舉業家津梁也嗟乎季馨不自患其未第而且惟恐人之受擯而不第其用心爲何如哉吾知季馨既不至久困他日掇巍科援乃祖考之步武而登承明著作之廷季馨之用心當不止是則今者同文之編其殆季馨之嚆矢也夫

續修家譜序　　羅源漢

祠以衍祖譜以聯族是二者漢自通籍以來常有志焉未逮乙亥秋適奉　天王命祇祀炎陵道經茶之漳橋少長咸集羣以修譜謀漢亟諾稱善歸過長沙爰與族衆定議而始其事按吾族系出江右吉水吉水本廬陵廬陵之始祖曰蒯自唐中葉時定居於此蒯公後十二傳至淵谷名椅爲長沙軍學教授寓於長是爲居長之始當是時猶未遷長也歷祖默祖在治凡三傳至瓊三名式金遷於長之茶陵茶之始祖自此顧不以始祖歸瓊三公而以歸淵谷公者長始於茶且承素志也瓊三公後歷祖奎佑至汝公及懋公凡四傳至菊亭公名琥居於長及吾

長沙之祖當是時菊亭以官老歸休於長籍本茶人然在長則己祖乎長矣子九人四居長五居茶是菊亭公非長之所得而獨祖者茶亦祖之顧茶合而長分茶因而長創揆以別子爲祖之義公於茶爲小宗於長爲大宗矣菊亭公之伯父曰益子三人曰琳曰琪曰璣與公爲從兄弟皆世居茶則長之所不得而祖者茶各祖之至今茶之子孫較長爲尤繁亦猶分長以後茶不必祖長而統聯一氣有支派無親疏也家譜始自前明一修於洪武辛酉再修於宣德庚戌歷正統己丑至天順甲申凡四修若學士劉坦齋修撰黎大樸數先生之傳序班班可考今之舊譜則於　本朝康熙己卯重輯之譜於吉有別圖於茶長有總圖有分圖略遠而詳近也且今日之修亦孔急矣自己卯以後漢輩之不登於譜凡幾世矣事久易紊人衆易睽保毋長與長茶與茶有終其身不相識者何況長茶相去數百里之遙哉重爲告曰凡我其譜必親必愛無以我瓊三公一人所出過分彼此更無以我菊亭公一人所出強分遠近譜斯永矣抑有譜必有祠大祠在茶地遠莫赴而吾長子姓自有明至今垂三百餘年詎無有議及此者亦或議焉而力未逮源渭弟書至已得湘城數畝之地可鳩工而興事是譜與祠俱有託矣於是乎喜而並書乾隆二十四年己卯季夏

觀海學山原集自序　張坊

孟子觀於海者難爲水游於聖人之門者難爲言揚子百川學海而至於海邱陵學山而不至於山是故患夫畫也太史公曰詩有之高山仰止景行行止雖不能至然心嚮往之憶髫齡父兄授山海章每以造極觀瀾相期望及隨任天台仙居閒聞吟謝眺滄波不可望望極與天平太白半壁見海日空中聞天雞時尚不知其高深也迨年已及冠趨庭蓬萊東觀乎成山射乎之罘浮天之浪浴日之波誦祖孝徵雲島相接連風潮無極已蘇子瞻東方雲海空復空羣仙出沒空明中六七年東海徒憑眺耳歸來泛揚子江觀廣陵濤憶張祜海明先見日江白迥聞

風祖詠海色晴看雨江聲夜聽潮太白登高邱望遠海六鼇背已霜三山流安在江海往來觸景興懷也戊戌從京師之海甯登龕赭雨點海門勝錢塘江上之望辟據西陵口東南際萬里極目遠無象山影乍浮沈潮波忽來往駱賓王靈隱寺樓觀滄海日門對浙江潮蘇長公海上潮頭一綫來樓前相望雪成堆浙海不誠大觀哉壬子爲南海游詠岑嘉州海暗三山雨花明五嶺春蘇玉局杳杳天低鶻沒處青天一髮是中原楊萬里衆水更從何處著千峯赴此卻回休觀於海者吟此詩也直如九天之雲下垂四海之水皆立矣向敢分觀海集而言詩邪康熙壬寅游南嶽衡山思望岳杜句有時五峯氣散風如飛霜祝融

峯恽巍盪胸晴靄千重出入眼遙峯萬點青朱維京乾坤日月雙輪轉吳楚山河一鏡看猶歷歷在目前也丙辰季春甫登泰山之半誦太白登高望瀛海想像金銀臺天門一長嘯萬里清風來張養浩萬古齊州煙九點五更滄海日三竿王世貞西盤瓠子河如帶東掛扶桑海一杯眞名嶽雄篇哉已巳歲道中望西嶽華山誦韓昌黎倚巖睨海浪引袖拂天星崔顥天外三峯削不成杜少陵西嶽崚嶒竦處尊諸峯羅列似兒孫惜未登峯一問青天耳　本朝復祀尚書北嶽恆山於渾源州甲戌仲夏奉估廟工與龍牧雲裴得徧游古嶽讀李夢陽北狩明堂虞典禮西京宮后漢文章若曲陽唐鄭放頌洞鎖河朔嵯峩冠嵩邱

古樹侵雲密飛泉界道流即一至未能矣自丙辰季秋西瞻中嶽嵩山歷壬午仲冬幾三十年四面經過環望不得陟其巔嘗詠沈佺期太室洞壑仙人館孤峯玉女臺少室雁塔風霜古龍池歲月深吳融高淩鳥外青冥窄翠落人間白晝寒之句以皆古昔名人興酣落筆搖五嶽而淩滄洲敢續貂以爲言哉此余三十年來而五嶺而太行而出塞曲沃于歸以政爲學第心向往耳非自畫也縱觀海嶽難爲山水也今仍從觀海學山兩集中摘錄入湘帆詩話以爲紀行詩及歷官紀事爾乾隆庚寅端陽日

曲沃縣屢世同居傳序

張　坊

秦晉之交渭洛河汾之表多孝友縣長之族屢世同居之家其積之也厚其流之也光爲能保世以滋大夫豈偶然者哉　天子多皇清受命百一十五年重熙累洽以孝悌名顯於閭里積行之民皆得付之史館登之志傳以爲朝野光莨非一身一家事也歲甲戌余自天鎮量移曲沃其地爲晉國名區說禮樂而敦詩書草野孝弟之家不少而登之志乘者缺如意其中必大有人在也問嘗詢之衞生洪修許生國宗則舉唐書張君密秦德芳馬元操李君則以對四人者敦本尚實一時光照史冊不盡沃民邪其自宋金元明四朝皆漏而未登諸志秘而

未達於朝此豈異地哉何以風徵而人往也余於修志潛加諮訪集諸生百人授簡以採逸事僉稱漢魏先朝尚矣我　朝邑人如史店行世纘東莊王希閔柴村柴林柏北王王堯則同居皆六世蘇村賈光啟義門王永和安鷂李崇先同居皆五世而四世三世者楊三正王光先因柱而外殊難更僕數天下篤行之積不求人聞敦本之族習而相忘若此類名湮滅而不稱悲夫戊寅春纂修人物悉舉唐書張君密四人與行世纘七人并楊三正輩登之孝友志中以爲時勸而復爲合傳以序之夫乃知晉絳之交河汾之東篤生閒氣代不乏人而表閭者既忽其事採風者曷由而紀斯千年正氣卽志乘亦不載其人甯不爲勝地名區大減其聲華也哉彰前徵而流奕葉求田野而登載籍培風厚俗作典而鼓舞之固守土者之責也曩余令天鎮一邊方荒徼耳而義門程應雯雙寨宋朝恩者皆務本力穡五六世同居之家曾爲請上官之旌表蓋亦有篤行敦本者焉矧其爲晉絳名邦乎古稱家修庭獻積厚者流光升諸官達諸朝他日方將付之史館以照耀於簡冊夫豈一身一家之光也邪

清一禪師詩序　徐世佐

昔有和尚學詩於虞山蒙叟叟教以適山情助禪悅埽除一切詩偈毒螫以灰香淨滌而可和尚曰客有啖味而佳者問何物主人曰竹也歸而煑其簀不熟曰主人欺我如公之云人將笑我煑簀蒙叟曰開堂振錫千偈瀾翻椶飯陳羹所在塞屋鳩摩羅什云嚼飯與人非徒失味又令嘔噦子苦煑簀不猶愈於飽嘔穢之餘而果腹相誇耶和尚懡㦬而去神鼎故叢林清一禪師提正印登講座拈椎說法聽者雲集然其生平所作詩了不涉佛子語大都山光潭影朗月清風入其肺腑中洶寫而出夫詩人也而天尸之得其本矣唐杼山好作詩晚乃放棄筆硯曰

我疲爾役爾困我愚我將放爾各歸本性若是乎詩亦爲禪累然予以儒者之道沂水春風之趣則又浩然所謂聞天籟而發清機者其於佛理當復不遠蒙叟曰沙門此言離欲離欲則方寸虛而萬景入入必有所洩乃形于詞又曷云非禪也清師屬予序其詩予無以云聊舉蒙叟之言云爾後將有煑簀者則非予所知也

遁翁八十自壽序　徐世佐

遁翁自塞外歸一榻蕭然萬象俱宋盍足不出山者二十季亦未嘗杜門埽迹每春和秋爽曳敗履行田閒與父老子弟語稼穡之艱難日斜未已或薦以稷衣箕之坐不應笠其首則笑語斷則歸愉愉如也惟寒暑中人則閉門枯坐然歲暮天晴鄰家酒熟或時招飲則亦未嘗不出出則序親疏齒長幼列坐酣恬從容談笑必相謂曰　皇上神聖百昌萬靈各得其所吾輩享昇平之福能醇謹爲良民庶幾不負盛世皆應曰諾尊酒既盡瑣瑣如家人問農具視耒耜問牯特覯其肥瘠問饑牽數雞豚雖閒情往事終日不厭獨不喜作雄長語聞貴人之名則掩

其耳有公府來者謾瀾時事則搖手曰吾輩農夫思無越畔爾許呶呶嗟乎百季未久心與時移正未知造物者云何也遁翁弱冠登賢書抗首重霄以上自謂天下事皆吾分內事既而四上公車不第備員海上爲宵人所搤尺寸不得展涓埃之報無以自伸居常鬱鬱至於奮拳毆雪嚼齒罵風斯亦極無聊之況矣歸田後語不及前事人有問者不荅時或飲酒大醉渡前溪登東皋裂浮雲而望八方肝膽淋漓欲灑俄而倦鳥聲息鐘磬發於林中扶杖夜歸飽飯一匙蒙被而臥鼾聲達曙起而歎曰安眠靜衾皆國恩也輒北向稽首遁翁少季狂蕩讀書之暇梯層飈竆迴陰席木客之庭踐飛蝯之徑每有佳句抗聲長吟林

谷皆響吟曰山以人名山不鍾靈寶育無聞噫噓乎山之神有嗷於旁者曰名山者子也則曰嘻唯唯汝來前筆以松毛墨以泥書石上佀某峯某嶺某巖某澗字皆尺許若是者紿徧他日過之爲霖雨洗去則曰山不好名傭奴我耶拊掌而笑此小兒嬉游故態下第歸多病則又以游爲飲山爲藥倦則坐松陰潑處讀南華史記漢書卒無首尾置松根裹袖紙筆起行佀詩亦不成章得句卽書或推敲未定揑小字投石上拈之每得其勝天將雨捉短柄繖坐半山濃雲自頂而下沒山徑身在雲中杳然非復向來人境也雨霽送夕陽控飛霞夜靜月明仙乎仙乎今老矣遊山之屐不可復著日長無事抱曾孫坐柴門外見八

哥騎黃犢款段而來欣然一笑有童心焉則宜乎翁之壽也歲之癸丑遁翁季八十入冬近誕辰父老約稱觴介壽將求文於名人以侑酒翁曰果爾酌諸司爟父老謝曰稱翁之意不敢以外人溷也乃屬稾于鋒鋒無以云則輯父老之言以進翁視之默然良久曰勉爲父老進一觴

湖南文徵卷六十五

湖湘後學集編

序十

鑑撮序

曠敏本

古者今之鑑也前者後之鑑也始予偶從一友案頭得幾本數十頁編注歷朝改元甚悉予笑謂友曰我儕猥云彊記能盡記歷代改元乎借其本鈔之欲演而成書未果也因念後世師儒之所授髦士之所肄總括經以應帖試日兀兀俛首於八股中齒豁頭童而詢以古今之變故典章或茫乎其無以應也今夫十七部也二十一部也家既不能得得更不必能熟也涑水通

鑑也紫陽綱目也紀事本末也抑猶不能家得而人熟也爾乃取史學提要一書合改元鈔本演而廣之首皇古迄崇正名之曰鑑撮或且曰漏也夫自廿一部而外以爲漏則皆漏也虞夏商周四代之書今之刪而存者有幾也而四代始末且犂然也於是乎綸綍之章奏疏之體訟檄之文旣俾讀者政事文學於是焉取資而有餘他若華封之祝擊壤之歌扣角之詞開登之以引人觀玩焉而後三家村童子手是編而可了然於數千年之故而彼胸有全史者政不能傲以所不曉今夫皇王帝霸之三三五五也一啟口而卽是者驟詢之而或不及荅也十六國之割據也前五代之南北朝也元魏之東西也北齊後周也後

五季之十國也遼金元之與五代趙宋相終始也開卷而苦茲然者掩卷而尤苦茲然而是編且井井也而於是乎正也閏也偏也竊也罔或淆也其偏而正邪蜀漢也南渡也抑江陵之蕭詧晉陽之劉崇本名旻 西遼之耶律猶將與之邪其正而竊邪孟德仲達之欺人孤兒寡婦也抑陳橋取之孺子靖難莫逃一字猶將斥之也其統垂絕而不絕邪一旅之再造也東京之中興也抑子嬰帝昺猶不遽絕之也其統不絕而綱絕邪姬氏之宜曰趙氏之構口統則存而心則死也若五部之豪傑竝起也碻落若世龍而傳檀英氣且邁華夏也前燕之廆也後秦之弋仲也前涼之軌也尙不敢圖司馬氏也其他竊據方州未必非天

意屬焉知誥也具美也卓乎一世之雄也詢乎可以鑑也士誠不自菲薄凡所以檢身檢心經邦經世者俱將於是乎取焉是不亦弦之佩而帶之存乎是國家可得而人可熟者也簸而弃之不脛而四達其亦後學之津筏與

楚南文匯序

曠敏本

楚文藪也孔子采列國之風楚何以不與或曰孔子在外十有四年居陳蔡者强半欲有爲於楚而不用於楚故遺之此謬說也或曰楚僻陋則西戎又何取彭蠡洞庭古稱三苗之國今特號文物之鄉虞后之巡蚒王之迹冠裳朝聘卓矣大邦鬻熊且爲文武師人地之有耀若此其盛也或曰瀛爐之餘六經俱無完書不然何以周禮不繫於篇而秦誓獨厠似也亦未盡然也予以爲楚自屈子作離騷直追風雅數千年來風騷竝稱而楚風之雄反冠於列國文勢所至雖大聖人筆削之威弗能遏抑其光芒轔轔熊熊輷輷軫軫猗歟盛哉且夫吳楚都無風而吳

楚都以文雄南服南位爲離是曰火房其道主文明吳自公子札通詩書易禮樂之文而吳文盛楚自左史倚相讀典墳丘索而楚文盛今吳不具論已楚自三閭而外若倉左之傳蘭陵之論漆園之篇允皆文字之祖楚文藪也往予持此論久矣適坊人南青溪有楚南文匯之刻問序於予予乃爲發之也抑吳楚之文尙矣吳顯而楚或闕吳當舟車之會縞紵贈荅無虛日交游月旦延譽江東楚南人淡於宦而薄於名埋頭鍵戶跫闃聲華葢吳自札游中國雅擅名士風流迄今流風所漸文成名播楚則偪𡋯如屈平以彼其才不冐游諸侯而自令放逐文字表見亦非其本心然則楚人既不樂以文相標榜而山巔水涯蒐

輯不易青溪其能家至戶傳叩門而求之乎楚南文以雄逸勝往雍正初年相率爲俳儷之辭指股脛腰讀者至不欲終其篇今集中應無有蹈此者予亦未暇爲檢點也抑今所梓者制義也而騷賦論傳繼屈左荀莊而起者其人往往晦采於湘嶽之閒青溪其有道以出之而成帙乎其姑持予說以徵之

何燕泉集序　曠敏本

尙論古人遠則略近則詳仰止先賢遠則疏近則親其大較也虞夏世遠矣唐宋抑猶遠也其有明乎世近矣顧或東西異域則不無然疑之參殷吾景行者其桑梓先輩乎有明一代人物吾楚南文章風節之卓絕者華容劉公大夏茶陵李公東陽郴陽何公孟春宜章鄺同曠公埜往於明史中皆得稔其梗槪而李公劉公之文予向皆得讀之何公之文則久耳而未得覩嘗欲走宜章訪族人求鄺公遺文而亦未果也今年夏予友何子東望介何公裔博士泰吉來詒予燕泉集餘冬敘錄予受而讀焉喟然曰陽明先生南中諸疏魏叔子稱其本仁祖義爲秦漢以

來奏疏所不逮予讀何公集殆不復愛唐宋也敘錄一書總四千餘年治亂興亡之故羅羅若掌紋此可以見公箸述根柢焉公受業李公之門爲其所畏愛而劉公雅重公有大議每就公諮商公文筆不減李公而立朝侃侃當時有賈生之目議禮一節不無過激而剛義忠直屢遭擠陷而不挫其志其於劉公殆不復讓睎士木勁挺疑相伯仲焉博士索予弁言予久未應博士曰得毋靳乎予曰惡是何言但得附公文籍不朽實予厚幸顧獨慙不文不足爲尊先公重是所執筆而惶然赧恧幷者又念如予者假得生公時執禮公門公或不之拒則又未嘗不臨文而流連愾慕於無既也

募修西湖書院序

曠敏本

西湖者初爲濂溪先生愛蓮池後稱西湖也其地爲先生舅氏龍圖閣學士鄭公向宅阯先生依舅氏讀書於此愛池之蓮故名也往者就西湖爲學地號蓮池曰泮池特設書院以祠先生而衡士多肄業其中焉院枕衡西城外前令高公始捐俸延師爲義塾然修脯無幾體貌弗崇今廊舍亦寖圮矣而所謂蓮池者固無恙也盛夏蚤荷馥郁襲人當年之亭亭淨植者宛然在目焉思昔先生藏修於此擅林塘之幽擁圖史之盛令得及其時敂門摳衣而請業渠非快事乎乃數百年後鄭公之宅已墟而書院又將鞠爲灌莽傷已德侯涖任雅意修復以書來屬爲

敘曰九疑之下舂陵之墟夙嘗心往而神游焉幼讀先生書劇羨程氏吟弄風月得親炙其輝光每恨受生之晚不獲挹光霽之容今誠不意得親尋先生履舄駐處也一行作吏於先生洗冤澤物之政愧有志而未逮竊願因書院之役以寄其高山景行之思而又冀將來之游息於此者朝夕拜瞻先生以起其祗肅之心因而孰復先生之書以求夫志伊學顏之實詣吾知此地豪傑之士必有踵前武而作者非徒曰修舉昔日之廢墜也予惟庠序敎廢士無所於學而書院以起然必有租入以供修脯之費香火之奉而後能隆其規而永其典於勿壞昔黃勉齋會易田二百五十畝爲石鼓書院生徒養贍之資曾西湖勝蹟不此之先務與考三代之盛士皆占田恆產俱足學舍膏火未聞有匱乏之慮自井田廢士無常業不得不仰給縣官則今日之置田以規其久大者侯與此邦搢紳人士之責也天下書院之著號者四湘南二焉曰嶽麓曰石鼓今侯與諸君子矢院之必成侯倡捐二百兩諸君子共襄厥美焉異日稱天下大書院五湘南三焉盛哉其不自今日始乎

重修嶽志序

曠敏本

嶽隸邑掌志者邑大夫事而交煊鞅掌簿檄句稽則有與志者志不可以有心與皈緇者覵般若依黃者絜汞鉛迺槧握詞敦則又剏篇什是皆不足與於志志則務以紀勝爲首義山七十二峯碣七十二字姚姒之遺蹤李趙之懿躅亭臺之邃卉木之佳獸禽之奇珍與夫域中方外可吒可愕之事朞於覈實裁僞不漏不誣譌則弗承疑則必闕覬免僭濫之愆恕百之一焉前直隸高侯與予商志局曰子嶽生者予曰保無生此而虛此生乎終古此嶽也爲陵爲谷詎所語於巨鎭然靈境也或榛莽之洞府也或瓦礫之不之志官斯者惄焉亦土斯者疚也抑厚意

則何可負既而江左黃侯出清班宰百里竊幸有道當前不斬南指顧亦欲然若以予爲嶽產者夫韓子過衡衡爲韓有朱張過衡衡爲朱張有如予者童而游之皓首茫然昔昌黎登華咋指而魏和公躡其頂且高昌黎哭處十里予又安可以自多且夫山見岱水見黃昔人用此意滿而見不到者仍若弗克見嘗竟日憩泰安然不解少陵何以盪胸也嘗兩度渡海然不解坡公茲游何以奇絕也大都鹵莽於山水者山水亦鹵莽報之嘗於越剎有扁湖南第一山者嚄而成句曰第一山驚在此間忽爲西湖南也予之鹵莽於嶽得毋類是抑境地之峻也涉其末不躋其巔無見也躋顛矣若有蔀之者見終不能遠在地成形有形形者形斯不儆嶽形峙也而有流形者太虛茫瀕志不能舉似也是皆予所惶然抱慙於嶽者嶽僻處南天長卿子明之修說不及嶽而次山子厚之筆獨於嶽闕設色焉豈天下奇詭者獨人目而止且大者不易生人企乎志自朱尹修後已閱九十載古志既不得見而朱志或成於倥傯之餘口授耳受以予所聞見質之志中不無舛午雖自來名賢記載亦容有一二差參自念年十七即饑驅南朔出山日多還山日少予既鶩遠忽近而又歎事之未嘗盡歷裹邊者挂此漏彼不獨於嶽然也就中名流屐齒不敢不詳然尋幽弔古惟韓朱張諸賢舄駐杖策鑿鑿如昨他則大抵然疑參焉豈嶽靈之護於諸賢偏與抑諸

賢之學與游均有其造極登峯足與嶽俱者令後人仰止之思高山高人迸集胸臆與予承賢侯教徒以嘗從樵邸牧豎後信足劃手淡懼恫嶽神而眩人目後之游者以志爲先路之導觴景悟詮焉可也

就日堂稾序

謝　才

臨川先生遺文若干首，諸嗣君既盡出示予，擇其尤者評次而付之梓矣，猶屬予序言以弁其端。嗟夫，予所心折於先生者，但以其文已哉。先生孝於親，友於昆季，儀型其族鄰，與人交尤以道義相期許，規勸悉出於誠，一切阿諛摸棱之談不以出諸口。常爲予言曰：生斯善斯，實賦於德。又曰：丈夫甯玉碎，安能瓦全。噫，先生之巋然樹立，使人心折者此也，獨文也歟哉。乃卽以文言之，亦實有可以信今而傳後者。盖　國家以制藝取士，於茲數百年，其名家者亦且百餘矣。然必吐棄一切，求爲空曠，猶以山殽野蔌餉王公，既不免寒郊瘦島之呵，而腹笥自矜，遂至塗

澤湊砌，亦党家姬所云只知羊羔美酒，不聞有香茗也。獨先生耽籍嗜古，經史手鈔者數四，諸子書及內典亦皆註釋詳確，而其文自出機杼，絕無所規橅，淸而不癯，典而有則，有如彼二家所譏者乎。昌黎之答劉正夫書也，曰：文宜何師？曰：古聖賢人。聖賢書具存，宜何師？曰：師其意，不師其辭。文宜易宜難？曰：無難易，惟其是。又曰：用文必尙其能者，能非他，自樹立不因循者是。先生其欲聖賢自爲者歟，而亦豈有難易之見介其中也歟。嗚呼，先生之樹立者偉矣，此其文之所以可傳也。先生讀書自娛，無意進取，予速之駕，乃赴省試，登賢書，公車僅一上，卽謝不往。已卯夏，信宿予家，嘗言及斯，謂適人之適者必不自適其適，吾將以著述老矣，安能向闤人投刺也。然先生之文，高者登古人之堂，次亦卓犖自憙，無時俗氣習。諸及門手鈔外，凡獲片紙半牘者，卽珍如拱璧。覩諸掇巍科、取上第、綰符帶紱、逐逐塵封，求一言之幾於古人而不可得，其信今傳後又何疑焉。予故樂爲序之，使人知先生不朽之業固自有在，而欲如先生之文，當厚自樹立，如先生之行，毋僅沾沾然向故紙堆中覓生活也。至文之高邁鮮潔，藻不妄抒，已具詳各篇中，茲故不著。時乾隆甲申歲菊月之吉。

齒譜自序

易宗涒

往余九齡爲諸生時自媿未遑積學迺閒從半霞樓繙載籍窮經究傳顧念古人年譜之輯卽一人之生平而件繫之耳若夫菁莪羲軒以暨勝國綴事分年概乎未之有見也爰於耳濡目染之餘得可錄者每壘之程几手自迻書越三寒暑滿古囊顏曰齒譜懸之夾壁此雖錄之偶一爲者過不問焉旣入　京師觀碑太學獲從賢公卿游方肆力於制舉之文卽向之詠言發韻且置若土苴况茲採摭摘裂爲已陳之芻狗過揚之穅秕將焉用此歟然而積絲成綵散覩騰花其誕育而至成童嶷嶷乎初服之規模也弱冠而幾盛壯奕奕乎方剛之典則也遲暮而

迄期頤休休乎老成之矩範也韶秀者神閒而益振其始者耈者色動而愈賈其餘彼夫玩日愒時身名晼晚而不思自厲者或借是書以策其惰慢之氣而悔旣往以鏡將來則進德之方在焉豈以文之餖飣而厭棄之也若夫攬揆之賚取攜之捷無煩獺祭之勞並有行廚之腳則又其緒之足以少裨於人而或不可廢也夫

我山艸堂文集序

方宣試

嘗讀唐宋八大家非六經之言不敢道非三代史漢之書不敢據非道德仁義之旨不敢傳非有關於綱常名教風俗人心之盛衰不敢表彰其理精而嚴其義奧以博其取材也典而切其繪事也徵而中其氣雄浩而悠揚其辭充暢而雋永朗乎若日月之經天沛乎若江河之行地變化猶鬼神卷舒若風雲□□杳渺若神龍之不可方物也嗚呼文章之巨觀盡是矣遡因屢躓場屋絕意進取慨然有志乎天下之名山大川通都巨邑以及寬閒寂寞之鄉幽僻奇險之處求一二高人逸士如韓柳歐蘇諸公者與之盤桓戊申秋乃遡洞庭之涯泛舟湘水歷瀟及

資於益陽得曾子泗英焉曾子倜儻有大略才氣冠絕一時予向讀其詩頗覺磈礧盡釋心地一空自漢魏以下詩人不及也今春又讀其文皆刻意湙擊絕無摹仿古色蒼然如周鼎商彝不可褻視每一篇中尋其起盡味其旨趣大約根本聖賢沈酣理窟若詼詭浮誇刻覈尖新與夫是非謬於聖人皆夷然不屑也是以其文矜愼不苟作作則必本乎性衷於道立綱常以扶名教培風俗以正人心予故心折其文尤以是服膺其人願舉天下慧業文人無論曾識曾子與否但細玩其文而得其根心生色油然藹然則知是集之所以善且久而必傳矣時乾隆丙辰五月

我山艸堂詩集序

方宣試

向不解詩人必窮今乃信其所以窮於曾子泗英尤信焉物之精華天地所秘惜自人得之扶輪大雅鼓吹休明鉥心鏤骨搜奇抉怪工詩文者必不工謀富貴太史公稱虞卿非窮愁不能著書非邪獨天不富貴其人而詩文其人遂以所珍愛者舉而畀之豈豪不加擇漫無主張於其間歟譬之百昌稟天地之氣忠孝松柏是矣富貴其桃李也詩文則椒桂也桃李華於春乍榮乍落而椒桂歷久彌芳足知天厚於松柏而未始無意於椒桂也余自戊申秋獲交曾子卽讀其詩而序之由是雨晴涼燠樽酒論文嘗縱談千古治亂安危正論危言旁見側出無不極

悲天憫人之思知其心固欲有所用之不當以詩人終也歲月流化倏今九載遂皤然六十翁其色蒼然其容恬然其心愈浩乎有得乃遇則益困詩日益工庸非天獨詩文曾子而以云工詩者之窮不益信乎今彙其前後作定爲專集授梓復以示余余何能益於前日所言第爲道天之意以其解於詩人之窮明曾子之詩韻味獨優絕非人力所設施而未嘗無主之者宜其遯世不悶甘貧約弗悔也復爲序

我山艸堂文集序

孫邦英

我山先生手訂前後詩文爲一集西粵李君素庵東陵方君可齋既弁其端復以命余余足知先生詩文乎哉顧束髮從游先生以詩文教也微獨曉窗夜燭握手聯牀凡離索相憶情癈相箴窮愁相慰行間腕下感慨悲歌不啻引之翼之惟恐其背於古而謬於今也則先生詩文余雖不足知而金光寶氣窺八九矣夫詩以言志文以足志士君子抗志千載馳騁百家莫不醞釀宏深光流既溢如火如潮如花際春如霞散綺莫知其然而然故渺眾慮爲言定羣非於是憤世不嫌於激違俗不病其孤而未始不欲俟知己於千百世後使疇昔與居與游之人謝曰

不敢知此傳其言而無守昌黎所由致歎也先生之命之也意或如此乎余讀先生文儲思獨深立意必高而矜慎名貴醇正典雅一主於志以斂其氣本於理以精其識沈酣經史以鍛鍊其才質信所謂有道而文者也其爲五七言古詩與其律馳三唐而驟六代亦直抒其性情之故與文章表裏實無容過爲區別嗚呼詩古文自唐宋大家以還嗣音者罕矣制藝興而才雋之士相與束縛其聞有人焉顯晦不以動於中是非不以奪於外聽其言足以明道而解惑挹其韻足以式靡而起衰豈非振古之雄傑哉然則觀先生詩文其志可知而素所樹立更可知矣

甄齋詩集自序 張九鈞

余少專事括帖騷雅一道鮮留意稍長讀先王父鄰嶽詩集暨先大夫吳行越行諸篇心竊向慕始學爲詩雖閉戶齋居不獲素心相質而春蚓秋蟬亦頗自鳴得意通籍後備員西曹具有責守無暇更爲此事閒有所作亦香山所謂三年光景六篇詩耳矧率出酬應絕乏性靈語無足存者然數十年閒 王事奔馳所歷事緒所經名區勝境怱怱如白駒過隙未嘗多有紀載心甚歉焉歲癸酉夏荷 聖恩放還舟次岑寂時有所動於是日與筆墨爲緣自武林至玉水過彭湖溯袁江浮湘抵家嘯傲容郄居中嶽雲閒曠有得輒吟越歲餘得詩如干首彙而成

集夫詩以言志余何志哉志舊而已其中若祝母憶兄寄弟並初度中元感紀暨懷人贈友等什固屬舊志所在即凡山川艸樹鳥獸蟲魚以及風雲之變幻時序之迭更城郭井疆亭臺陵墓之登歷未始不聞所未聞見所未見而要之棖觸於懷其一時之所怦怦欲動者皆夙昔之所勃勃欲吐者也則亦何莫非舊之所蓄也乎因總題之曰篷窗憶舊以明卷中所言悉本舊志特不過借題寫意而非爲問世計也亦聊以繼先人之逸韻不至絕響云爾後卷嶽雲閒艸感時觸景更多愴懷事游不離乎鄉憶不改夫舊亦倣先大夫郡居楚鄉等集遺意繼踵詩倫俾後來續之家乘焉時乾隆甲戌重九

羅浤谷樂郊園詩序 張九鎰

余歸棲退谷檢少時所作晚悔其淺以抒寫性靈之蘊非箇中人不能道余固未能自信爲有得者爰是客之謁吾廬而來問以韻語餘事之學屬序於余余概謝焉蓋文辭之浩博繁衍工於言不必悉協於道也詩其一矣而獨有淡契焉者吾友羅君浤谷浤谷有道人也余交之自童稚今相對皤然矣其生平行誼卓犖如履康莊安驅緩步輔中庸之庭而造乎其室非止閉門耽寂誦老子而味元言輒詡詡爲有得者百代之書無所不究而最精通者醫與詩醫洞悉諸科久有著述其合於道無疑也獨詩易工而可悅人以爲吟咏之具耳浤谷曰否天下好音

悅耳妍花娛目其往來榮落於宇宙者吾何取焉吾所取在有得於中而隨所觸發之以故集中所編凡山河雨露草木蟲魚鳥獸之變態皆見道之語而有意思流行於其閒方其抒寫於心嗒然囅然不知其然而然並忘乎爲詩也嗚乎世徒喜其詩之工而不知其所以工知音可易言哉雖然浤谷有道人而余亦非徒耽文辭而外於道者因綴數語於篇末用相質且自勖云乾隆甲午季冬

狄西巖雪梅艸後集序

張九鎰

昔王子摯好晨風而慈父感悟裴安祖講鹿鳴而兄弟同食古人作詩能令千載下讀之者驚心動魄不能自已其故何也性以感性情以移情惟其眞而已西巖先生解組後與余相遇於星沙往來唱和成莫逆交其論詩以性情爲主而格律神韻采色必取法盛唐而兼綜漢魏與余所見略同維時西巖年逾五十壯心未已思欲捐復原職仰報君恩於萬一奔走齊魯燕趙閒迄無所就其志遂衰乃益肆力於詩凡歷代名家罔不窺其精蘊而遺其糟粕風雨一編未嘗釋手歲辛丑以邑侯白明府聘修縣志與余共事蒐輯壬寅癸卯主講昭潭書院舊雨新詩

纏縣往復余既序其雪梅初集鐫以問世茲復遙寄雪梅後集暨湘中艸屬序於余披讀之下見其格律神韻采色寖寖乎盛唐遺響而抒寫性情處皆有眞氣行乎其閒較之前集又進一格余不禁心醉神怡爲之圈點讎校焉而猶以雲山閒阻不獲常晤爲悵不意西巖近有山左之行取道湘潭訪余於又一村中余見之且驚且喜以爲自天而下遂留飲縱談每讀其詩一首則浮一大白蓋性情之感深於肺腑矣獨惜西巖時將東下悤悤就道相晤不知又在何日送君南浦傷如之何昌黎云老大思故友予固不能忘情也夫

拗柴胡氏族譜序

聶　燾

往館茶陵有謠者曰打條鐵鎖八尺長日日夜夜伴鬼王此事若要全民命尋到西門胡德祥余聞其語而悲焉胡德祥何人哉能全民命若是今年來主昭潭書院講席得拗柴胡氏譜讀之所謂胡德祥者魁然在焉遷長一世祖也蓋公以武功起家奉調繇閩而贛而豫而楚而茶陵作萬夫長督城役恤工力民命獲蘇事在元末明初迄於今四百餘載矣而民閒哀述歌謠若是自公而下道權道衡胥宇拗柴甯厥幹止世修耕穡九世君顯春濤兩公用儒術噪膠庠十世弱生公以老諸生訓家塾是生敬亭十一世敬亭丈登賢書宰滇南膺上第擢刑曹十二

世泰庵孝廉繼之其他列弟子員作太學生入明經選貞岷者逸數難更僕從吾游者心廣心悅順德後來之秀也十三十四世矣綜十四世而上至於有宋大儒致堂茆堂五峯又上至於文定繼承幾何派衍幾何不可考也何以不考譜失故也而談譜學者且曰舜胄閼父備恪封陳是爲胡公謚而胡又曰胡周同姓國春秋時會與楚子會申伐吳今穎川西北二里許有胡城遺蹟國而胡則未知拗柴受姓虞歟姬歟謚歟國歟又孰從而考之哉蓋運邅滄桑圖籍散佚世家巨族昧其古先後有仁人孝子博雅明典故者從而釐訂之徒付之無可如何其爲可悲可涕大都若是顧吾於此則重有感者譜生生之道也天下

之生久矣一治一亂民命攸繫秦漢以來邊疆蹀血糜爛生民其間虎臣爪士殺人邀功立殞厥祀不可勝舉其最酷莫如始皇無定河邊死骨入夢長城髑髏日暮飛灰驪山之役三泉錮機弩構後宮塡工匠閉望夷赤族再世斬絕天道好生作俑殄嗣豈非事理之彰明較著者哉而德祥公以匹夫經播越作萬夫長督百里城惠及一州報垂萬禩緜緜繩繩昌熾逮今樸者茂者跧者躍者充周拗柴旁及他邑後且日引月長巧歷莫能算焉人之爲善果何負於人哉夫生王之頭不若死士之壟重義也公葬茶陵西郭田夫婦合塚茶人哀公弔公謠公必能以柳下季壟待公而欲献舊德不忘肇遷修墳墓勤祭埽派公費

垂不刊與茶人通奕世好者拗柴後人之責卽今日重修族譜之第一義也余旣喜讀拗柴譜得按公之實蹟而又有感於民命全活之謠也故因序而并致其惓惓者若是

拗柴胡氏族譜後序

聶燾

闢拗柴者誰胡公德祥也譜拗柴者誰四世顯隆公也譜失輿族人續修者誰今奉直大夫致仕歸田敬亭先生也先生承其先增公之學文章德器經濟出處有曜於時顯矣聶子序譜反覆德祥從湖也徵顯闡幽之義也雖然亦有未容槪論者盍讀先生所自爲序而有味乎其言焉吾楚杜于皇先正之論曰風俗之敝也士大夫交游滿天下而或不識其族人文章滿天下而或不及乎高曾余嘗誦其語以自警抑復別有怪者交游滿天下卽通譜於交游中姓同而貴顯之人扳附華冑稱謂不倫狄梁蔡疑徧地皆是其爲可恥不待言矣若乃文章及高曾而

高曾反因文章以晦是又自欺其高曾而無以爲來者勸也大抵高曾而上風氣渻厚衣冠笑語動循古處後之人厭其樸且陋也爲之雕琢瓌辭妝點風雅陸海潘江相望冊書以爲吾家文章自上世以來如此矣至於勤儉質實之行則湮諱不肎言謂此何與文章事且吾旣能文章矣而不以文章潤色祖若宗乎予能以文章潤色祖若宗而祖若宗不且曰予有後足掩予拙乎嗚呼是陽爲表彰前人陰則菲薄前人也是劉宋世祖之所以訕笑乎先帝而後梁朱溫之所以誇耀於母側也文章之道如是乎哉世之以文章及高曾者有不如是乎哉且夫族譜之興雖由於季世然千古以來善譜祖德者莫過周公豳風無

逸諸篇述先世創造之艱力作之苦勤勤懇懇能使嗣王之蒙業而安者瞿然覺蹶然起焉後世立言君子思以文章及古先當以周公爲法始爲不誣茲讀先生所自序曰開基以來世守忠厚人務耕鑿味其言上合經訓矣其諸豳風無逸之遺意歟先生系出安定碧泉隱山之間文定公祠墓巋然經學相沿流風未墜固然而吾鄉風尚近趨浮靡湘潭地雜五方商賈所集熏染尤易敬桑梓者有從先進之望焉得鄉先生之篤論而服膺之則高曾典型比戶尸祝風俗之成坐進於古不難矣豈直一家譜牒之私談云爾哉故因前序之所未竟而廣其言

重刻文選補遺序

聶燾

余少讀史好撮先正名論鈔置卷端漢唐以來得陳氏仁子之說爲多丙辰丁巳　天子開博學鴻辭科四方應徵辟至者駢集京師余時以進士留都門與其淹雅知名者游叩所以備顧問者則傒筩錄貯半載仁子之說實亦未考其爲何時何地人也癸亥春來講學茶陵書院客有以陳氏重刻文選補遺見眎者展覽原序乃知仁子卽吾茶陵東山之同俌先生而此書者則因元革宋命隱居不仕杜門箸述之一旣自愧見聞短淺於桑梓文獻尙昧考究又以歎先生後裔之良能收藏先世圖籍廣刻行世以昭祖德以惠來學其用意最深遠也後裔者州中耆逸文煜暨弟文爐文熾也文煜席豐嗜古刻此書旣成越四季下世文爐繼之余皆未識文熾樂與賢豪者游遣子光堂來學余嘗略舉此書之所繇傳與夫傳之所以得其宗者指示之光堂遂偕文煜之子言來請畢其說爲序焉余曰補遺之傳因文選而傳也文選遺所不當遺則補遺補所必當補咎之人已論之矣顧余之心折先生者則不第在選文之精當而在持論之嚴核蓋先生宋人而此書之註多采宋儒粹精之說刻於前因以己意闡推於後就宋儒中又折衷朱子爲多觀其首卷冠以詔誥卽引朱子云云以正仲淹之疏其他各篇雖未盡然而考厥名氏多爲朱子師友淵源所漸好尙如此宗主如此豈

無所致而然哉。考先生之生在乎宋季。州志第列漕舉。學校志紀爲進士。家譜亦云景炎丁丑進士。俱未詳其生年。按景炎丁丑宋端宗之次年。越四年宋亡。前乎端爲恭宗。未二年北狩。又前爲度宗。僅七年。則先生之生必在理宗之朝。去朱子卒時不過二三十年耳。理宗固崇奉朱子。而眞魏大儒又遞相俎豆。大爲表章。其時朱子之書已昌明於世。意先生必信之深好之篤。反覆沈潛。匪伊朝夕。義理既充於中矣。而不欲用於世。爰偕是書以發之。自秦漢迄齊梁。上下數百年間。理亂興亡。邪正得失。準理規義。如持權衡以較輕重。無絲毫爽者。嗚呼偉矣。而昧者尙瑣瑣然以文選求之。至目爲蕭氏功臣。是且降先生於昭明

之下。貶註義於五臣之班。固先生所夷然不屑受者。不然。以先生之抱負非常。當元世祖信用儒術之日。出而紆青曳紫。豈不居然號識時務之俊傑哉。而乃闔蹟林泉。提衡今古。澹然沛然。若是無論他人。卽亦豈同時許魯齋吳草廬輩之所能及哉。昝朱子當高孝光甯之世。念念欲爲國家復仇。每好讀出師表。及不見大用。懷歸念切。好讀歸去來辭。今先生於出師補入後表。於淵明詩增選多篇。此皆非蕭氏主臣所知。而別有所宗。曷宗乎。非朱夫子而誰乎。然則自此書而外。如所著文選續。牧萊脞語。迂樁蕪說。庸史卮言。讀史諸篇。世雖罕傳。其大指可臆斷矣。抑余更有論者。先生既知宗主朱子矣。而註中所引或稱氏或稱名。曾不若當時金人猶知稱朱先生者何也。蓋其時去朱子未遠。先生意在極力表章。恐遐陬僻壤小生豎儒。拘於僞學之禁。尙有不能目歙芳名者。故大書特書不一書以提其目而灌之。猶之聖門弟子曰自孔氏爲孔某云耳。今則婦人孺子皆知有朱夫子矣。且匪獨此也。我　皇上聖明天縱。作君作師。每諭廷臣。謂萬幾之餘。未嘗廢朱子全書。煌煌　天語。稱謂之崇。如師弟然。非示沖懷昭道統也。然則草野箸述。尙於朱子稱氏稱名可乎。故在原板者可仍其舊。在重刻者宜改稱子。此雖面質之先生。亦必深許以爲然者。因序并及之。用以備端人孝子之采擇焉。且以明余少時卽知景尙先生者。所繇與應博學

鴻辭者異。

宋五子之稱。在明元以前。原無一定。康熙五十四年。周易折衷成而箸書立言家始有遵守矣。原板於朱子稱氏稱名。自無庸議。重刻改稱子。亦宜於凡例中述明之。以見子孫無擅改前人傳書之意。附及以質陳氏後賢。胡嶶亭先生

潼商兵備道張公三次陝闈內監試序　聶燾

明以前鄉會闈無內監試。本朝康熙十八年以御史爲之。止於京畿。乾隆元年徧及直省。定例。同考薦卷呈內監試驗明。轉送主考。有弊卽行糾參。同考不以佳卷薦。主考會同內監試查明頭參。是內監試之設。統同考主考而闈防之責綦重也。乾隆庚午例屆鄉試。陝中當事以內監試請大中丞陳公。愼擇其選。周視監司中。謂莫如公。迨越壬申癸酉兩科。舉不能易。故公自涖任以來。充內監試者三。秦中號稱得人。僉謂公之力。夫公無衡鑒之權。去取之任。而謂公之力者何也。則有故焉。庚午闈中同考多以能文自負。甫展牘不耐駐目。或編其詞句作笑府。公

獨正襟危坐。若爲弗聞也者。而不足之意。豔然見於面顏。主司動容起敬。同考退而規戒。自此各矢恭謹。一以搜羅爲事。凡呈卷。公必細閱。陰記可否。於各房號下。卷佳而多者。識以圈。次則點。下者直咸惴惴然。以不得當公意爲恥。至爲語曰。薦不好。監試惱。其嚴肅縝密如此。是歲苦旱。闈中吭甚。公神思靜穆。忘其炎燠。公餘手自箸書。筆翰如流。黎明卽起。夜分始寐。無鉅細。悉躬親。終事無少倦。論者謂公心細而神足以周之。非可勉強而致然也。公既總覽全場薦卷。悉其風氣所趨。知全璧之難多得也。棄瑕存瑜之在所選也。有司久於簿書。既未能盡文字之變。而風簾官燭。少縱卽逝。又勢所必然。宅心不可不寬。而操鑒不可不愼也。爰於壬申闈中。作詩示同考。首云。當年結綬洹源濱。曾附掄才兩問津。爨焚采珠堪照乘。況逢棫樸數三秦。次云。刊來珉石方呈玉。汰去浮沙始認金。甘苦諸君俱領略。好將鄭重副初心。一時屬和成帙。至癸酉分校。雖非舊員。而公之意旨咸知祇承。間有書其詩壁間。以當座銘者。夫人經年誦讀。辛苦場屋。思一當有司目。而投非其房。重遭按劍。得憐才者。憫其勞瘁。提操鑒者之目而警惕之。雖不見錄。亦屬心平。況乎朗照之下。物無遁形。今茲賦鹿鳴而去者。皆太華河渭之英哉。然則事循其本。功歸所自。不以爲主考同考之力。而以爲內監試之力。公亦安得辭耶。公世代科甲。自大司馬而來。五世鄉會。墨暨所傳

彙經韓慕廬方靈皋兩先生精選。行世。治科舉業者咸習之。大父宗伯公。典學江南。所錄盡一時知名士。海內至今稱宗師之賢者。必曰樸園先生。公宰滇時。癸酉丙午兩次同考。最名得士。季祖蓋公。康熙己丑進士。歷今四十餘年。與李穆堂先生同年。主考來陝者。皆以前輩禮事公。庚午闈中主考李都諫呼公曰穆堂都諫祖也。公居恆本儒先之學。以毅人舉循良之績。以課吏。其監試之愼又如此。亦可思公之用心矣。燾侍公几席久。知之悉。故序之。公姓張。名坦。字士安。號易庵。直隸磁州人。

二嶺遊詩序　聶燾

負才未遇者能自憐其才因能憐人之才簡兮之詩曰碩人俁俁公庭萬舞有力如虎執轡如組能自憐其才也有杕之杜曰彼君子兮噬肯適我中心好之曷飲食之能憐人之才也吾友張子慶西二嶺遊詩兼之矣夫士具千古識出而持鈞衡典選卽以衡文論亦必專主試席總裁羣彙使海內能文之彥趨走若赴玉帛冠裳之會而文風之轉移依之顧乃棲人幕府嫁衣之作只爲他人其中固有不能自喻者又以己之塞憫人之屯意天下積學能文之士絀於庸有司之目甚且困頓童子場中必有百倍於我者搜羅之切發爲吟詠二嶺遊詩所爲拳拳也遊僅四十餘日得詩六十八首比賦雜陳興會各寄而自憐憐人之意時流露於行閒其所尤致念者曰南嶽曰杜韓夫南嶽開闢以來絕大詩題也杜韓三百篇後絕大作手也張子之詩與之輝映其工甯待問耶余讀張子詩歎其有力如虎評而出之以志中心之好

紫峴學博才雄二嶺之遊余恃燮折柬相招顧乃惠然肯來詩文相賞極一月之樂方期別商箸述而紫峴旋賦鹿鳴干青雲直上矣自憐憐人必有大展其夙抱者余與環溪益有同望云蜀東呂彌節識

周禮注疏折衷敘　黃澍綸

唐哉皇哉天以自然之理理萬物而錯綜參伍成變化行鬼神經經緯緯於無終窮也禮者天理而已天所不及垂象示法穹窿爲章焉按星經曳天官書壹切兵農刑政爵祿祭祀莫不有辰極主之聖人恢張制度以治天下此周禮之所爲作也古往滔滔訓詁家執見相仇不有聖人是惡知禮意其閒一或不得委諸如甌脫曲遂戈矛之私則力庯峭其說世惟聖人折衷聖人曰孔子是也讀聖人書能以聖人之心折衷聖人書考亭是也何休輩哆哆欲何爲囂然以陰謀屬六國意不過謂法密於古而已嗚虖天之所以理萬物何如者或疑此書爲公草剏而

未成是說亦非公久作家相肇造函夏知營形折未有不實見諸事而僅託之空文牽爾筆墨儕於淺夫而林孝存且曰瀆亂不驗是與何休皆欲以黃老之術易天下嘵喈能讋孺子識者比之鴉音聒耳況復有亙卿蘇綽荆公其人而瀆亂陰謀之禍次第作嗚虖是書可一日不折衷於聖人哉以攷工補冬官漢儒雖陋然未可輕議觀其獨詳車制或如殷輅以配四代之政云爾服牛乘馬利天下取諸隨意者其然歟必亦公書非漢儒贋迹周禮明晦繫大治亂余流覽諸子百家文中子固子輿氏後升堂士一言蔽之曰運用天理爛熟可謂能讀是書者矣是書禮之綱領也惜詮家惝恍王制又多不合卽五物九等明白

顯易若斯攷楚蔿掩書土田注與太玄九地高下皆齟齬三農之釋箋疏角牴安得盡如朱子詩傳以上中下爲斷九拜之辨字義騎牆安得起古人於今日而問之若歐陽氏若陳氏若胡五峯則疑其官若蘇穎濱又吹其毛是葺不欲拊𨋍一鳴牢不可破衡湘胡君毅川學問高朗涵養淳醇教誨攸邑諸生咸蒸於道精研此書顯曰折衷知其滿腔天理蚤已爛熟無所夭閼故發凡起例俾此書渙然冰釋猶辰宿之麗天雖殘闕所在亦不貶無名小星自彌綸於五緯二十八經閒其一切兵農刑政爵祿祭祀之大天下萬世實利賴之君可謂獨攬天德王道之全功不在考亭下矣余昔備員史局樂得郵寄數言以弁於簡端云乾隆歲次己未嘉平月

葉秋章家禮約鈔序

朱色

非天子不議禮矣然自緜蕝以來歷漢唐晉宋元明其天子所議者率訂定於儒生則禮尤儒者所宜急顧謂　聖人在上式玉式金煌煌照人耳目託宇下者即不必更自究心矩度邪且儒者所定見採於國爲國禮而家不得私如曹褒新禮下逮王儉沈約辛彥之暨唐之貞觀顯慶開元諸禮宋之開寶諸禮大亨明堂記太常因革等禮雖皆定於儒者而實不敢自爲書是也惟吾先文公家禮則家得私之雖明成祖會以載性理大全究亦未嘗禁儒生別有專書也夫朱子慮國禮之不能徧諭故定爲家禮儒者將修身以齊家因以獻於國則家禮之講習其可以不篤乎哉嗟夫自朱子箸家禮至今將千餘年中閒又經元明大儒訂定散布海內冠昏喪祭之宜宜其家敦而戶曉矣乃以余所交文章歌樂之士不少而送死大禮往往棄而用僧名父母爲罪鬼以求超拔告之以禮且悍然服縗絰而與吾爭背　國典歟抑家修之未篤歟獨葉子秋章於家常日用一遵朱子而冠昏喪祭講之尤詳葢秋章殫心程朱之學身體力行洞見本原而儀節之嫺猶其淺也秋章近棄舉業家居敎子姪皆彬彬有禮暇復取邱氏朱子家禮斟酌時宜悉精妙不失考亭遺矩秋章眞古儒哉惜也其說尚未見采於當事也曷待之

也園詩序　朱色

陳鐵崖既歿之明年其弟賓谷子痛其未有聞於時也將板行其所著詩而屬序於梅霽翁梅霽翁曰詩必窮而後工此歐公故爲之解也究之詩本窮人何言之詩者性之靈也不靈則不工而不窮則靈弗出今有人汨於功名汨於身家則所言者功名身家之語耳鄙矣若其下者汨於奔競逢迎外服儒冠志在飲食舍靈龜而觀朶頤蠅營狗苟是其心剮而視之腐矣靈云乎哉夫以腐穢之心苟效顰爲韻語是爲廟中籤爲市兒唱爲喪堂夜歌適足使達人噴飯耳若出於性靈則不然其聲清越以長且豔如四時之變其臭香其味辛其入人也足以鉤其天

而使之油然不能自已雖然欲其靈斯不得不窮不見夫浮屠乎自阿難而下靈濟普賢之屬皆心目既感慈悲乃發斬六塵除五賊至於磨甎爲鍼老死巖壑皈依不二然後乃證道妙今實心爲詩者亦必三百篇爲最上乘以漢魏六朝唐宋人爲五百阿羅漢與之寢處傲慢放誕神與天遊而世之所見而襝衽以爲温飽者皆其所屛棄而不屑鄙葢曲欲其高和欲其寡不高不寡不寡不高窮矣高矣窮矣而詩人者方且囂然入經史窖坐諸子窟臥百家峯歷奧區趨廣路受諸般苦惱當是時左挹李蘇右拍陶杜嘯然一嘯金石之聲發於窮巷所謂五色毫光出於胸前卍字則所飽者在烟火外又安有屑屑焉計身世之窮邪然則有富貴心者不可言詩有功名心者不可言詩至其齷齪卑鄙孳孳爲稻粱謀者又烏足與言性中之靈邪嗚呼此陶靖節杜少陵李昌谷温乾臏石曼卿楊廉夫徐文長陳鐵崖之屬之所爲甘心以窮而死與夫鐵崖學贍才敏爲恪勤公家孫鴻臚學田先生令子也使汩心於功名富貴何難哉何難哉乃卒以窮死則以詩之故也詩工矣悲夫

功過格序　　朱色

曩者先君子以色學不加進，每教行了凡先生功過格，當不以阿蒙終。余以先人家學在於正心誠意，而誠正之功則在格致。余物之未格，安知吾之所行果當於物邪，吾知未致，安知吾之所行果無戾於知邪。於是東其格不觀者逌三十餘年，鬢坐白矣，而所學無成，猶故吾也。夫以庸下之資，越求高深，宜無所就，獨使先君子厚望卒未一慰，其罪豈止以千百計哉。里中劉君經翁先生，富而篤於善行者也。往歲旣鋟趙恭毅慈航一書，近復鐫了凡先生功過格，則又獨善而思兼善者也。乙巳，余客湘鄉，荷鄒示所刻，余以三十餘年未觀之書，展閱竟卷，始知裨益

吾儕庸貧不少。昔昌黎子著書俟之五十以後，以年老而見定也。余以少年浮慕，薄父母沈賓之教爲不可從，迨其信之而去日苦多矣，可勝慨哉。獨是經翁素封甲於吾里，嘗見有餘之家最易豚喪而陷於不知，如剝削佃農，零碎起派，困勞家奴，寒暑不憐；或縱淫而汚女奴，或恣殺以取異味，或阬人田山，故意不買，或愛人田宅，巧計陰奪，或炎涼骨肉，或欺侮孤寡，或倡騰穀價，或暗幸年荒，或重金交官府，半文不濟貧親，或衣物贈梨園，一勺難饒匠作，甚者倡演秋戲，招匪類以害地方，競事驕奢，作無益以媚婦女，是皆利令智昏，自以爲無妨，而不知其過之大而莫贖也。先生旣篤於功過之書，其於世俗富人之常過，諒亦奉書而猛然醒也。然則先生之滋福裕後，豈有量哉。余既自慨遵循是格之不早，而又感於厚貺之裨益宏多也，故敬述管見以弁諸簡。

湖南文徵卷六十六

湖湘後學集編

序十一

重刻東溪詩集序

楊　河

宜之爲文獻地也舊矣丙子上憲纂修省志檄下郡縣搜取名人箸作余聞故明大司徒宗周鄧先生有東溪詩集歲久殘缺其八世孫林桂徧搜而手錄之因校其次第而急爲申送且勸之授梓林桂曰是某之志也夫工將竣而屬敍於余夫詩發乎情者也情動而文生天趣洋溢不求工而自工詩乃至焉徒侈富麗競新巧以悅人觀聽者其若俳優乎大雅鄙之昔河汾子

論詩上明三綱下達五常於是徵存亾辨得失小人歌之以貢其俗君子賦之以見其志聖人采之以觀其變而淡病夫李百藥之論上陳應劉下迹沈謝四聲八病剛柔清濁靡不畢究至默然而不荅噫夸富飾巧詩非不工毋乃非三百之遺意歟此可以讀先生之詩矣嘗考明詩洪永以來沖融演迤不事鉤棘一變而何李之流專事摹倣再變而鍾譚之說惟務艱澀先生處宏正閒舍和吐休率吾情而盎然出之華實并茂既不襲同時崆峒之迹亦不開後來竟陵之風無心求工而天趣洋溢其於河汾論詩之旨殆深有合焉余觀全楚山川昔稱才藪當明初以及中葉成祖時則有楊文定夏忠靖孝宗時則有李文正劉忠宣皆以文章飾政治而其在嶺南山高水駛中州清淑之氣每鍾於茲維時鄺大司馬以忠節顯名既而先生繼起勳名爛焉且聞其學問踐履一本於忠信故終始不移險夷一致坦衷正氣豈獨於詩爲然然卽其詩亦皆眞情自達不苟悅人宜雖邊徼樹功立言者不下於楚中諸先生其爲古文獻地不信然邪乃者重修宜志余謬膺編輯載筆之下大懼文獻無徵無以興起來學今獲讀是集深幸先生之後人能苦心搜錄既以獻諸上台復俾傳諸來世後之徵文考獻者讀其詩而其人之性情見焉其亦可以興矣夫

楊梅治主政詩序　孫良貴

楚詩至今日而衰極矣。微特腐儒衰官。大匠之日形橐索也。即有才俊子弟。而皆先束縛於帖括。繼馳騁於儷駢。百夫決拾矮人觀場。韻聲莫諳。遑問壇坫。以是百年前人謂詩衰於楚。今直無譏焉。而衰乃眞極矣。極則窮而久蟄思啟。意必有老成宿望之士出乎其間。爲之主持而提唱之。而後一二舊胄先爲尊信。漸以浸淫。夫窮陬委巷。春風煦徧。而吾又未之見也。間有聞焉。大都僞體日親。耳響猶調琴者專下死指。眞響弗宣。病同橐木。乃知風雅之道。盛之所闢。不在冥搜仰屋梁。其性情有大過人者也。余蓋博觀夫故國三十餘年矣。獨見楊子梅治。梅治之詩高者法少陵。次亦不失宗鹿門。宋元而降。姑舍焉。何其盛也。或曰梅治舊胄也。年等終軍耳。乃能讀盡先世藏書。宜其事半功倍耳。然吾讀少傅太傅兩公奏疏方略。嘉其忠而悲其遇。惜其爲詩多不傳。又冢宰文敏公。天下以不得覩其相業爲憾。其所表樹亦實被於天下矣。詩獨無專梓。豈其文章以事功掩哉。計安社稷爲悅焉耳。今梅治廕郎官不仕。崛起而爲三唐之詩。以振楚杜孟而後八百餘年久衰之緒。謂非性情之用一往而深。躁競不攖。獨彤清妙。其中有大過人者乎。不然。何其妙齡華胄。清儉自怡。顧克如是之下筆有神。而詩律彌細也。余交梅治久矣。見所作古詩近體三千餘首。玆所裒而存者什之二三焉。其廓擇之愼。何庸詞贅。惟念明詩三變。愈變愈遠。吾楚鍾譚以偏師躡之。天下嚮應。今　國家泰運賁隆。梅郁新城既往。處宜盛之時。而開方盛之局。其竟無人焉。緣性情之眞。而導一代風雅之趣者乎。杜甫孟浩然之鄉。眞聲寄焉。梅治豈有意乎。余不復求諸老成宿望矣。行將鳴其盛。勿悼其衰。

案梅治名植秉。武陵太傅元孫。文敏公超曾之次子也。文敏長子珽。字元夷。七歲通五經。二十二歲卒。所著書凡五種九十餘卷。植秉三十喪妻。不再娶。不置妾媵。著有妙泉初稾。當即此序詩也。楊氏門才之多。行誼之卓。科名之盛。歷久不替如此。此豈可得之陰險娼嫉誤國庸臣者乎。植秉子孝驤。舉於乾隆甲午。官江都令。孝驤孫禹門。寄籍湘潭。舉於同治甲子。距太傅九世矣。汝懷坿記

我山草堂文集序

孫叚貴

昔者商邱侯方域翩翩佳公子也其爲文馳騁縱横以盡其才達其學而終軌於法觀所成就雖蘇子由見伯仲焉而元明諸子可知也其述子瞻之言以論文曰風行水上者天下之至文也風之所以廣微無閒者氣也水之所以澹宕自足者質也故曰氣莫舒於風質莫堅於水然則至文者雕鏤之所不受組練之所不及也予讀　國初諸名家文鈔而知其故焉有主八家之法者有主明理者有主練局練格者上者乃元文之最高下則明文何李所濫觴其瑕瑜不容掩矣此外處士集中忠孝灌灌自成一家言者王猷定杜濬也而黄宗羲陳祚明亦多可喜

者焉惟侯方域蹻蹻行空有諸子之得無諸子之失上紹唐宋八家下超乎元明八家得風之氣淒忽而不可禦得水之質凝成而莫能劃也三十年來二三老成記醜而博頤指氣使其爲文也雜亂而無章漫沓而無氣又褊心恡枝惡後起者之出其上也擯之惟恐不力亦自號召愚庸指揮儕輩覗然詡於人前曰吾文非貌襲八家而攝吸其神髓者也聞者掩耳卻走矣其或後起奇傑有氣之士欲從而矯之則又恢詭儷怪雕刻牢籠以明吾才之奇吾學之富究之其中未必有適以形其苶然疲敝焉而先正八家之規矩偭越無復有存焉者矣今乃從吾家浴溪兄得讀先生之文而見夫熊熊者光也未始不充於理浩浩莽莽者勢也未嘗一詭於法遽謂浴溪曰熊熊者質之凝成而莫能劃也浩浩莽莽者氣之淒忽而不可禦也而所以範夫氣而充夫質者才之眞學之裕也才定於天學成於人二者具矣而法莫能遁焉先生之文非近日作家之文而　國初十九子之文也亦非直十九子之文而八家中南豐曾氏一家之文也東京才子雖堪埒於大蘇乎能奪同時諸子之席必不能駕南豐子固而上之也古文之法其自先生而再見矣乎獨計方域子以累葉巨卿之胄生長雪苑名勝之都隆其才學佽翼以良友名馳列國下及倡伶策略萬全出沒神鬼順風而呼張韓之事業庶幾矣天乃偏厄其遇而俾之搶攘亂軍中鬱鬱不得

行其志年甫及壯遽以死其視先生之遭逢太平以其閒適之身緜歷歲月所得於天孰豐孰儉提今衡昔不得以彼易此矣要其紹聞南豐裁僞體而爲功先正者亦不以此易彼也世人讀書稍有耳者皆聞夷門公子之爲今日眉山子瞻矣卽不患無目者閱先生之文又安得疑余稱名爲南豐子固之不稱其情也哉

廣東鄉試録序

周壽

臣竊惟唐虞官人之法曰敷奏以言明試以功車服以庸禮曰事君先資其言拜自獻其身以成其信夫上之所以求賢與賢人君子之所以佐其上事功焉而已然下不先之以言無由自獻也上不先考其言亦無由知其能任事功而試且庸之也應制對策昉於漢武其猶古敷奏之遺意歟隋唐而下仕進多出科舉然聲韻不本經術帖誦不窮義理識者譏之我　朝加意作人監於前制定以三場取士試之四子五經性理以觀其學術試之策問以觀其才猷試之判以觀其律令試之詔誥表以觀其辭章使士之由此進者皆副其實而無徒務其名則薦之

鄉國登之　朝廷庸詎非明體達用之材足以裨益治理而潤色鴻業也與臣伏讀　聖諭有曰近今士子故爲艱深矜爲俳儷爭長角勝彼此倣傚文風益下文品益卑有關於國家掄才鉅典非細故也煌煌　天語唐虞明試敷奏之規孔孟知言知人之法胥包括於　聖明洞鑒中矣孔子曰辭達而已矣蘇軾曰辭至於能達則文不可勝用近世之故爲艱深者其不能達者也矜爲俳儷者不能達而强爲文者也抑不甯惟是而已繫辭傳曰吉人之辭寡躁人之辭多孟子曰詖辭知其所蔽淫辭知其所陷然則士之胸次坦白者其決不務爲艱深之辭可知矣其行誼質直者必恥爲俳儷之語又可知矣夫以坦白質直之資而爭自濯磨益醇其學術擴其才猷於以明於律例而嫺於辭令則庶幾乎明體達用之才而　國家收養士之報者於是乎在臣學淺識疏不克仰荷衡鑒之任然幸　盛世文治日隆粵東雖遠處嶺海距京師近萬里而多士涵濡至教猶有能嚮往先正而凜凜焉以艱深俳儷爲恥由此進而日上其才猷學術如唐張九齡明梁儲海瑞陳獻章湛若水輩將必接踵於斯時　雲漢爲章　壽考作人誠　聖天子久道化成之效亦微臣所銜　命忭舞而厚期諸多士也

送州牧管公臥郵序　周　燾

皇上御極之十二年陳大中丞巡撫湖南吏輯民殷諸務具舉獨念茶陵州遠省會且當積弛後計圖屬廉能吏無出綏甯令管公右者檄公攝州篆薦諸　朝將擢爲牧銓部謂非舊例尼所請茶之士民惜公之去而計畫無復能畱也曰茶與醴鄰近公宰醴且數年以儒術爲治其民耕者穫牧者蕃爭者息絃誦者聲相聞厥後以課最改綏甯醴之人猶思之不置茶久困非公莫能甦幸賢大臣念地方疾苦請命　天子畀州民以慈父母而竟不免爲成例格然則茶與醴與綏甯其果有幸有不幸耶或曰是不爲不幸矣茶地瘠薄歲數歉每春夏閒輒仰食

常平倉穀近以下游需賑卹應碾米三千石遠輸江淮閒公以州民待哺急且水石峻激轉運維艱白上憲懇請再四然後免民有兄弟鬩者兄忿甚赴府誣其弟有不軌謀所牽累數十人幾興大獄公時初奉攝篆檄策單騎星馳抵州躬自察覘悉其妄諸被誣者得釋又以釁起骨肉量爲原減其人悔泣願復爲兄弟如初州舊有書院公始下車即以文行勖諸生爲捐俸籌膏火士之觀感而興者甚眾公之涖茶也不三月而實心實政可確鑿指者已若是若其操行之端潔聽斷之精勤尤未能更僕數公雖去茶茶詎爲不幸哉或曰中丞之薦爲州計也銓部不允正所以爲公地也茶僻且褊例非題缺不足以展長材而公曾以前中丞薦入覲稱　旨記名以太守用　聖天子畱意人材又知公久宦楚南與風土習行擢爲吾郡貳二千石俾大潤澤於茲土茶之食福者無窮矣又奚以戚爲抑嘗聞古賢人君子之守其土子其民也必行其生平之所學而有以大愜乎民心故其民敬而愛之至則喜而去則悲若侯霸寇恂輩所在遮道攀轅史不絕書然歷事或數載近猶期歲日浸月漬民與上相習不忍恝固未有涖任未三月而民心惓惓不能釋如此者此非獨茶醴鄰近聞風嚮化之日久要以公之德教入人深而感人速大有異乎時俗之爲者耳

瀚瀆徐氏譜序

黃玉衡

余涖宜六載延見邑中搢紳先生暨知名士衆矣嘗爲兒子輩擇師得徐子聞融徐子砥行績文華實相副信所稱粹然君子人者一日貽余以所輯家譜且乞弁言余展閱再三竊歎其敦篤於宗盟而尤矜慎於秉筆也徐子號宜荊甲族前明宏治朝首輔文靖公相業焜燿史書歷今三百年簪纓接武洑溪門望視蘇之崑山松之華亭湖之德清無不及焉乃若其同源而異派者則別爲瀚瀆瀚瀆者聞融之先世也按譜洑溪祖伯祥公瀚瀆祖伯玉公兩人兄弟行由其先來自鍾離世居梅林里當元至正末明太祖怒富民楊氏之貳於張也族誅之伯玉故楊

氏壻匿其孤事發捕繫金陵獄禍且叵測族人各駭散梅林爲之一空時伯祥亦更姓曰王徙洑溪以免一傳爲瑣州公始復姓又再傳爲文靖公洑溪之徐滋益大而伯玉依倚中山王獲減死論戍後以弟某之代行也獲畱既乃徙滆湖之瀚瀆厥後或分散他州縣久之復歸與洑溪益曠隔而門望亦雅不逮物莫能兩大固其勢然乎然今萃然處瀚瀆者亦且數百家聞融特秀出爰仿唐花樹韋家及宋歐陽氏蘇氏法譜其世系不使一本所衍泛然相視如途人大傳曰尊祖故敬宗敬宗故收族三代以下宗法廢而譜學興譜故宗之遺也於是可得其用心之所存矣抑更有進者氏族之重肇自魏晉開至唐而彌甚李必隴西崔必博陵鄭必滎陽他率類是一時士大夫競以門第相誇尚甚至捨其自出之祖影附名流華冑遙遙貽譏識者如郭崇韜之拜汾陽墓者豈少也哉今瀚瀆譜沿流溯源斷自伯玉公始此下絲牽繩貫尊卑疏戚一望了然無論崑山華亭德清諸派槩不敢及即同邑同宗確然可據如洑溪者亦各自爲譜另出單行期無失乎古人紀近不紀遠之意矜慎若此可傳也已余簿書之暇時問俗於鄉嘗道經湖濱徧眺邑亭諸野見夫溝塍繡錯煙火交通生茲土者或士或農大都謹飭馴良去古風不遠顧而樂之歸語徐子徐子曰此即吾宗人聚廬處也自古地靈人傑久鬱而不發其發也必奇余聞徐子世父聖游

翁擅名詩古文辭克武邑迦陵檢討訖艱於一第今徐子既以文學顯而宗中後起之秀更不乏人勢蒸蒸日上其將與洑溪氏代興矣乎爰題其譜而歸之弁以爲勖

倪女士篋存集序　黃玉衡

篋存集者陽羨徐生魯璠繼室倪女士之作也女士名瑞璇宿遷人自歸徐氏至陽羨邑中士大夫以其博學能文章工吟詠因仿古不櫛進士埽眉才子之意而以女士稱焉又嘗自傷其才而夭也臨沒時將生平箸作悉付之火僅餘篋中詩數卷徐生檢而藏之名曰篋存集余承乏茲土識徐生一日生攜是集請序於余余覽至終篇覺其瑰奇絕特盤鞕橫空烈烈有丈夫氣幾忘其爲閨閣之作也因悚然異之閒考依古以來婦女工詩者夥矣卽三百篇中所載綠衣燕燕日月終風以至柏舟載馳河漢泉水竹竿諸章或興或比或賦雖發乎情止乎禮義然

皆一望而知爲女子詩其他宮人媵妾游女思婦之作無論也降自漢魏而後如班姬之怨歌行蔡女之胡笳十八拍徐淑則蜀箋寄憾蘇蕙則織錦傳情雲飛雨散情感灌夫拂杵調砧悲陳闕下此皆不過寫其離憂發其愁憾所謂女子善懷固其常也卽有身處通華矜玳瑁之千函表瓌璃之萬卷而風雲月露之吟終不免傳粉薰香之氣若夫側媚淫哇更不足爲大雅道矣今觀倪女士集緣性著情因事立義如水流山峙行乎其所不得不行止乎其所不得不止也如老儒宿學自道所得如對執法御史鐵面冰心凜凜乎不可犯也故其紀游諸什自幼依舅氏於睢後隨夫子南歸涉黃河歷大江過金陵覽山川之壯觀窮幽遐之奇趣所到勝地發爲高歌有蕭然物外遺世獨立之思焉當其讀書懷古往往升降百代低昂人物罪奸雄於旣死弔不朽之孤忠所謂詩有史意其在斯乎卽賦物懷人贈別諸詩亦必準乎禮之所宜凡諸謔柔媚新聲豔詞斷不屑一出諸口徐生本寒素而女士則挽鹿車以御窮臥牛衣而勞苦絕無怨憾不平之致稍見於行閒古人云詩工於窮至於窮不言窮其爲工更何如也女士幼聰慧讀書數行下凡經史子集無不博覽幷嘗肆力於古文制藝此其志曷嘗以女子自視哉向使天假之年則曹大家之續漢史韋宣文之隔幔授徒未必不再見於今也何乃自傷命薄才實誤人盡焚其製作而齎志以

沒所存詩槀特餘技耳噫其可哀也已昔樂昌孫氏善爲詩適進士孟昌期一日焚其槀謂才思非婦人事自是專以婦道治內然白燭詩猶閒傳人口余獨悲女士有孫之才兼孫之德而無孫之命徐生則皓首窮經又不能有昌期之遇也益爲之慨然余感徐生意記數行於簡端以待後之采風者使見女士誠巾幗之須眉也至其夢白之吟女士或別有寄懷而或者遂以謫仙擬之此則余所不能知矣

送贊府黃公歸南昌序

黃玉衡

余嘗博觀商周賢士大夫暨秦漢晉魏以來諸豪傑有志之士其處也有守其出也有爲相時而動動而不囿見幾而作作而不滯上之德成名立次亦不失爲寡過其行其止綽然自如未嘗不歎古人不作服古之士所當嚮往而私淑之也宜邑贊府黃公名憲鯉南昌人沈毅簡重不苟言笑服官時曾宦西土若干年以公罷歸里癸酉冬出爲宜興長吏時適余宰宜邑舟中把握見其仁厚有長者風心竊異之已而値大工馳驅王事相與鞠躬盡瘁無少懈明年余因公卸任逾時公亦告歸文甫下隨命僮僕促裝遄行囊橐蕭然慷慨就道邑中人無老幼莫不

祖餞余因嘉公之賢而有識而又以悲余遇之多艱也方余承値大工時金盡能索日與公徘徊於巉巖疊嶂間邈望故園憾不日飛千里也迨工竣余退越年餘公尋歸而余仍淹畱旅舍奔走風塵瞻顧同人欷歔欲絕其視公進退咸若者相去若何也邪余旋見公解纜後乘風破浪遨游於三江五湖間理亂不知黜陟不聞雲山縹渺騁懷極目雖古之豪人達士何以加茲由是赴洪都返市汊故舊盈門親朋滿道或促膝敘故或抵掌談心祖孫父子聚順一室雞犬桑麻遇物怡情當斯際也其樂何極若公者誠所謂動而不囿作而不滯其行其止綽然自如也歟於其別爲文以贈之

儲六雅存硯樓二集序

黃玉衡

儲氏自在陸草堂後羣賢丕振海内仰指言文藝必推宜興儲氏其尤賢者爲六雅先生先生制科之文徧寰宇余少時佔畢牖下已仰奉爲指歸比通籍始得見先生所爲古文初集於京師及宰宜邑又知有存硯樓二集雕板於京江張氏迨張以事沒其家其板籍亦并沒於官儲之後無能爲理而求給者歲壬申余承上官檄按張所有是集簡冊宛然在也爲請於上官捐俸廉抵其値以歸儲之後而簡多蠹缺復召儲後之賢者爲索原本參考訂正付之梓工以成完書而海内得覩先生之二集矣儲之後賢來告余曰是集之旣湮而復振也非我宰不及此

用乞一言以昭本末余惟盈天地間飛潛動植皆一氣之所鼓盪以出者也飛且鳴者鳳也凡鳥也泳且游者蛟龍也凡鱗也藴於淵者珠貝也魚目也產於山者良玉也碔砆也楩枏桐梓也凡卉也得氣之眞者靡不以時自見而不可淹抑者也況乎秉禮守義誦法先王其出也不竟其入也無悶若六雅先生者蕭然韋布時卽聲譽徧宇內及入靑瑣踐紫闥校石渠天祿之書旋卽退處名山箸書樂道以老其一誌一論一詩一銘皆本數十年集義所自著此中有眞氣焉乘時而見也若鳳之鳴也龍之躍也珠之輝也圭璧之解璞也桐梓楩枏之呈材也其簡冊也其文也余從上官出之而非余與上官出之也先生之自

出之也魯壁也艎頭也井中也山川之窟穴也靡不有藏餚也及其見也是簡之顯也亦卽其人其氣之不終淹也夫與宰何有焉余因後賢之請爲告先生自著之故如此夫亦念邑多士讀是集也均爲自著之實以弗墜前哲之業是則余之志也是爲序

日鑒錄序　張九思

往子在京師同鄉相友善爲郭昆甫其次爲姚暉漢昆甫廓然有大志其胸中若不可一世人多病其狂然退而校其生平言行大節要無一背夫古人而姚君則純淨端潔自少與時異趣而安貧悅學澹然有以自守孟子所謂有不爲而後可以有爲者予於二子無能爲役然皆資以自益故喜從之游歸遭大故憂病侵尋瀕於死而僅存者數又踰年昆甫遂歿顧嘗爲子弟言史稱李廣程不識之用兵廣人人自便而不識整部伍嚴刁斗兩人皆未嘗遇害然究論之先爲不可勝以待敵之可勝則不識紀律爲可常昆甫暉漢二子之於道皆用兵之善者也然

而使學者有所據依上之可自達於聖人而退亦不失爲寡過則吾必以暉漢之所守爲長昆甫旣沒嗣聞暉漢舉禮部復不第予一官司敎宜章以去相距數百里無緣朝夕繼見及今秋君奉調來長沙而予與相見於會城計其闊疏十易寒暑酒酣之次君出所爲日鑒錄示余余考其書不類於人人者之言蓋皆六經諸儒所嘗言抑非僅六經諸儒所嘗言而吾友深造自得近裏著已者之言也自宋氏以來眞儒輩出孔孟六經之敎大昌於世宜乎士舍是無以爲學學在是而所爲聖賢者不絕然攬其造端置力之地與其歸竟其知學乎此者又絕少其毋乃習焉不察猶厭薄以爲迂而又見夫世之雷同壹迹襲其名

而不暇求其實焉者衆。遂胥援之以自恕歟。姚君此書無驚世絕俗之談。而平近精實。其理卒不可過。吾觀其爲人。志之所存。事之所履。出之於身。加之於民。無非是也。古之所謂不言而信者耶。其書錄始丁卯。初不次第。丙子撮其凡。爲條二百八十有餘。其曰日鑒。明自警也。原夫君之用意如此。其終至於聖賢無惑也。噫。昆甫而在。必以予爲知言矣。

詩深自序

許伯政

千鈞重鼎。力小則不能舉。六籍微言。識小則不能明。非其讀書之精也。汎濫竊窺。求間求新。而不能見大意。故所識者小。經旨盈策。凡目所到。如塵迷。如霧隔。惡識其所以然哉。夫書不盡言。言不盡意。能見其大。則綱舉目張。詮釋固不能盡之。是編成。友人閱畢。柬予曰。富辰稱文之昭十六國。而燕不與。燕世家謂與周同姓。未詳所出。惟皇甫士安以爲文王庶子。故後儒多疑謐言之無據。書中如此。恐未可信。荅曰。古史殘缺。衆說兩歧。則當考之於經。經雖無明文註記。而辭旨顯白。亦可斷之以理。自古貴戚之卿與異姓。異貴戚中同父。又與同姓異。伊尹作保衡。伊

訓太甲諸篇。稱湯以訓。曰商王。曰先王。曰俾輔于爾後嗣。曰辟不辟忝厥祖。曰今王嗣有令緒。曰臣罔以寵利居成功。皆異姓卿之辭氣也。召公誥成王。曰今沖子嗣。則無遺壽耇。又曰有王雖小元子哉。又曰知今我初服。又曰我受天命。其辭氣與周公之告孺子王如出一口。周公語君奭。曰殷既墜厥命。我有周既受。君已曰時我。我亦不敢寧於上帝命。又曰在我後嗣子孫。大弗克恭上下。遏佚前人光在家不知。又曰今在予小子旦若游大川。予往暨汝奭其濟。小子同未在位。誕無我責。又曰我受命無疆惟休。亦大惟艱。告君乃猷裕。我不以後人迷。又曰前人敷乃心。乃悉命汝。又曰乘茲大命。惟文王德丕承無疆之恤。又曰

予惟曰襄我二人汝有合哉此于文武曰前人于成王曰小子曰沖子于己與奭曰我二人曰予暨汝其濟曰前人悉命汝其辭氣明明父子兄弟不但同姓而已然則皇甫氏之說殆其然歟友又曰魯于周公稱太廟魯公稱世室其後立武宮因稱魯公爲文世室與武世室相配周竝無所謂文武世室也書中似沿宋說之誤荅曰明堂位云魯公之廟文世室也武公之廟武世室也其文法與前言四代之樂器後言殷學周學相仿皆極稱魯備四代之禮樂如王者之制度故鄭註云此二廟象周有文王武王之廟世室者不毀之名也其說不始於宋世室之名夏已有之載在考工記不始於魯且諸侯五廟周公爲太祖其

餘四廟當遞遷魯公安得有不毀之世室蓋魯人僭行郊禘乃立魯公廟又立武公廟所以象周之文武世室也而子謂周無世室魯獨有之且謂追稱魯公爲文世室以配武果何所依據言之哉友又曰以朱子爲困學人未必信宜稍含蓄爲是荅曰孔子云生而知之者上也堯舜性之是也學而知之者次也湯武反之是也資學下于湯武而能與聞乎道必由困而學之故曰又其次也古人廁躬聖賢大略不越茲三者孔門弟子獨稱顏淵爲好學惟其有不善未嘗不知知之未嘗復行是以不貳過不遷怒而庶幾於學知雖聞一知二之子貢不得與焉一貫之道曾參以魯得之是謂困學而政事若由求文學如游夏不得與焉所謂困者其於學問思辨行也有弗能弗知弗得弗明弗篤而弗措也卽未能詣乎知之成功之一而好學則近智力行則近仁知恥則近勇三代以下指不多屈惟朱子實能致力於人一己百人十己千之功其觀書有感詩曰向來枉費推移力此日中流自在行枉費推移困也中流自在困而通也如謂朱子未足當困學由漢唐及明誰克當之如謂朱子不由困學則將躋晦翁於湯武顏淵之列人雖斷斷言之卽吾亦在所不信矣且夫修辭立其誠所以居業也其本非以邀人之信而僕僕爲之也吾有所獲於吾心恆內反焉而不敢以自信也久之而內信於志焉又久之而宣之於口筆之於書焉信與不信存

乎人豈吾所敢必哉子產曰人心之不同如其面然吾豈敢謂子面如吾面哉抑心所謂危故以告也凡吾所以爲是書亦如斯而已昔孟子道性善外人皆稱其好辯不信之也豈惟外人及門如公孫丑萬章之徒未必全心信之漢唐閒信孟子者惟昌黎猶或與揚雄竝稱至宋儒而後灼然尊信之噫我言之人信之其難必也孟子尚然而況於我輩故吾所以爲是書者形己之忠而匪以邀人之信也吾心之所獲在是卽吾言之所發在是設違吾之本心姑委蛇周旋以希人之信正恐未能欺人適以自欺耳此予與友人相往復者亦編中詮釋不盡之意也爰述之以寘諸編首乾隆甲戌季秋朔序

魏韞庵先生壽序　郭焌

同年之稱古未嘗有也自唐以來重科目同選舉者謂之同年膠附繩聯亦如倫紀之不可易緣其在一身有兄弟之誼而上至祖父則視諸所尊而敬同下至子孫則視諸所親而愛同此未足異也或其中有耆英碩德之振於其前高才偉器之屹於其後而其家世之際情事之閒又或有符契而軌合者於是仰望願慕服從慶幸頌禱之心以朋而聚淮南子云虎嘯而谷風生龍舉而景雲屬物相感以其類豈不宜哉韞庵魏公鍾嶺海之閒氣而生文章德義負東南夙望而尊太夫人又以節孝特聞方其母子相守於幽堂邃宇之中爐火篝燈鳴機發篋習勤

茹苦之志致足動天地而感人神其可謂難矣數十載來我公以學完行高馳譽粵中爲老師冣既能彰母節於朝而次公雲偉合楚中官政十年民懷七縣自公退食以養以娛夫公之所以致福與天之所以必欲報公者如此則知後來者不勝羨也而況於年乎而奚兢兢請祝之爲多乎歲之九月屆公攬揆之辰衆其起爲壽焌於次公部民也然往在乙卯貢成均爲同年已而受業於國子先生又爲同學其於公通家子也焌雖孤生失學碌碌無所樹而祖母楊亦實以苦節之貞留貽世澤環計公先後兩世何其同也同者之情如家人雖稱祝其辭以眞不以文遺眞散樸非焌之所宜行於公也焌故不敢

勒素亭詩序　郭焌

昔唐李賀奇於詩昌黎韓愈與之生並世而名相聞愈爲其少且諸王孫也未之信既往相見愈心折其能乃深相結此二子者余皆甚愛之而尤樂其以平生之素並傳於世爲身後榮嗟乎余與素亭之不獲及其時而與俱遊也閒嘗計天地之閒忽然爲人實乃以一身同爲萬物其所得於世者穉弱壯盛老憊不過數十秊止耳古之人亦同止有此數十秊而傳之至今近者數百秊遠者且數千秊其人亾其言存謂之不死可也死不死何足深論顧既已爲人而使後世不知有此人則如當時未嘗生此人焉者莊周云悲莫大於心死而身死次之豈不然哉

往吾友衡山曠魯之常爲余道素亭詩字畫之勝歎爲三絕余狂人也覽古之有倡者以爲不可及欲歌焉欲泣焉思其人而不得見則將於今之人求之庶幾一遇以舒吾懷然多未能也今乃獨與素亭相聚於一室之中觴行筆落無虛日於此時也魯之又不與人生之聚散離合猶不可知如此而況於天下後世之傳歟素亭善畫不常畫畫輒數十幅維書亦然其於詩則日吟一篇或數日吟亦止一篇大指遺乎今合乎古者爲之不合乎古雖甚宜乎今素亭不爲也余嘗論詩以謂嬰兒之聲其唲呱呱其笑啞啞此眞詩也其次爲老人之言而學士大夫鏤風繪雲揚芳摛藻之倡謂之詩者乃眞無詩焉聞吾說者嗤愚

斥妄獨素亭余同素亭之於詩亦奇矣余長素亭一季官棄匏落無所望於世世亦不用而素亭公子也例當得官亦不願仕夫不能遺當世之榮而妄意有後世之傳是燒黃金而求神仙也秦皇漢武之炊其巳久矣世有知此意者吾始願與交素亭之人得其人矣夫乃可與讀素亭之詩

就梧吟序　　黃道懋

園之有梧爲書屋設也由來舊矣屋舊戶於東軒於西而是梧植軒東一隅背戶孤立晦明風雨嘗不得與梧謀於是積久蕪穢不治幾同散木僑輩過而不問手植殷殷之謂何亦何貴有此梧也客曰東西咫尺地耳曷遷植之便夫遷植一廢置之梧成全幾閒適用之屋梧之用亦藉榮多多矣爲梧計何憚不爲然而有難焉者緊彼梧自條大歷今數十年居然成立碩大且朋非積眾人之力不能動非廣地數弓不能容且也根深蒂固巳久一旦盤鑿動搖保無有撥本實而甚至不生乎與其必易一梧而生死付之無定孰若易屋就梧挾一必成之勢俾屋成

而梧亦得所哉爰謀匠后拆舊營新易屋之西而南爲上下兩舍簷楹四啟戶牖相望去積年歷久之湫隘樂爽塏於祟朝左右顧盼頓改前觀是豈眞斯梧之會逢其適耶抑屋特就梧而爲之耳易其軒名顏曰就梧作就梧吟志之嗟乎梧猶是也屋忽更新自今過此以往未知梧竟何如屋竟何如主之者愛護能不墜所守長得與梧相長於勿替否也若夫物是而人則非撫今思昔或臨文而增慨歎或倚樹而動悲思則今日就梧一吟特權輿耳

麓山詠古三十首序

歐陽正煥

南之望嶽爲衡衡之峯巒七十有二而麓山承其委則茲山之名以麓專也專故尊也顧曷爲而贅之以嶽邪或曰嶽形蜿蜒如人之一身百體相承故雁峯爲首嶽麓爲足肖其形也夫七十二峯皆嶽也未有複名之爲嶽者大雅旱麓詩箋云旱山之足以旱山爲主也今必贅之以嶽則嶽著而麓山隱矣唐李邕譔麓山寺碑直稱麓山曾無嶽麓之名則何如專之以麓之爲尊邪或又曰嶽麓之文見於禹碑茲固禹蹟之所經也明德遠矣欲靳其名而弁沒其實可乎夫禹之功大矣乘四載而抑洪水何處非平成之遺蹟獨茲山也與哉且昌黎岣嶁禹碑歌固

云事嚴迹秘鬼莫窺矣雖神物流傳其來有自而奇文奧字窔古之遺已不可盡識明楊愼沈鎰楊時喬皆以意譯而沈尤託之夢寐神明其說以取信後人世果有夢龍蛇草木之篆文初未嘗明授音譯而且誦其碑恍若素識遂不勞思索而得金簡玉字之傳者邪則所謂宿嶽麓庭亦後人揣摹傅會之詞初不必借以補吳越春秋之缺就令可信亦衡嶽之通稱茲山安得而據之故余於詠古而存之以麓山成其專也亦所以尊之云爾獨是茲山之名則固以書院而傳而書院之傳又以朱張二子之講學而永也粵自元圭既錫九州攸同沿及晉唐所稱溪洞巖壑之奇大率皆梵宇琳宮遞相誇耀今自麓山一寺而外卽斷塹頹垣殘碑古碣可以備神仙幽異之紀載者已漠然徒見山高而水長又況雨花雪觀非虛則無無論其不足傳卽傳矣亦安在其有裨於世道人心使人聞而慕見而興有不欲斯須少釋者邪獨書院之建自宋開寶間郡守朱公洞刱厥始歷咸平中山長周公式以行誼著眞宗召見拜國子監簿詔使歸院賜嶽麓書院之額且給以中秘書乾道初安撫劉公珙延張南軒主教事越三年朱子聞南軒得胡氏之學如長沙訪焉紹熙五年朱子安撫潭州更建書院以處四方從游之士一時學者至千餘人其盛甲於天下故天下稱四大書院首尊嶽麓而自元明以來遞毀遞造至於今不墜欣逢　聖朝丕振文教

賜書　賜額如日中天休哉治化之隆軼唐虞三代而上矣正煥不敏忝爲茲山長講學之暇閒復登臨或捫蘿攀磴循朱張之故蹟訪求遺文猶殷然切步趨之思焉偶有吟詠不盡錄存惟涉於古蹟者綴次成韻卽非二子經營締造講道論德之場亦時時及之而意念固有所專屬矣夫王者巡方觀岳躋民俗於大同詩書絃誦之聲徧海澨山陬而莫不一致茲山之附麗於衡密邇門庭特承指顧固較之瀟霍爲獨親矧以先賢杖履之所登臨流風餘韻近千年不衰　聖天子興賢育士聲教所被光華日新雖山嶽亦當爲之效靈以默翊　景運天下書院之盛麓山之得而專之者又豈獨古蹟云爾哉

虞山蔣少宰宅讌集分賦盆花詩序　陳長鎮

少宰虞山蔣公以癸亥夏出撫楚南萃其邦之荃蘭蕭艾汎以光風物化其舊被澤彌山扇馨若一不二年奉　詔歸銓部黃童白叟相顧色落猶草木之失陽春也公既憫楚人之拳拳故尤拳拳於楚人及來京師有展謁者無賢愚貴賤不一拒道家世問疾苦如其作撫時譬植盆花既登之席拊之煦之又汜溉之謹視之噫可謂仁矣明年正月休沐無事招其邦之官京師者釃酒爲歡某以公車滯留又承顧夙厚因得闌入酒半出盆花八以侑有紳一人其容岸然舉手過頤作而言曰公春風也故百卉近公無忍自閟者不然今立春甫二日林橫積縞簷挂

寒鉤戶外朔風若呼若嘯茲之爛漫伊誰之爲宜分曹限體作爲歌詩以張盛集以宣春氣且以觀楚人之志公曰可會者六人合公洎其家嗣適符花數某得梨花焉竊念甘棠流韻光於二南某又適闖遇樂府體天其或者欲使繼國風乎與同人歡欣舞蹈次第矢音鳩而呈之公覽而嘉之命善繪者作八圖以傳之某復竊念生同凡草幸隨國香後薰蒸濡染得免差池其敢忘臭味所自迺重爲序以紀之且使後之行春者知取焉乾隆丙寅望後二日

唐詩別裁集箋註序　朱景英

選本之有注自李善注文選始後之注家徵用羣書字箋句釋率祖之李善之言曰諸引文證皆舉先以明後以示作者必有祖述也其凡例如此論者舉其注頭陀寺碑一篇三藏十二部如瓶瀉水其諸唐書所稱敷析淵洽者乎而世顧輕言注書其敝也擿摭類書竄易墳典臆造互會撏撦割剝極於時地繆盭文義乖反而不可究詰尚瞯然曰吾祖李善傎矣夫注選本與注專集其體例亦自有別注專集者次第其人之出處歲月尚論其生平因以考見其著作故人自爲書而注亦自有其體若選本薈萃衆作以成書而注則不能依附諸家而各爲例然亦

有參攟舊注者如李善於辭綜劉淵林郭璞王逸劉孝標諸注必標名篇首仍書善曰以別之是也而世何昧昧焉龍溪黃君步春博雅士也頃以所注唐詩別裁屬序蓋是選爲沈文慤公手訂善本一洗歷下竟陵之陋海內承學者幾於家有其書今得步春詳疏而曲暢之紬其心力之勤援据之贍櫛比之精洵足以驂靳雅輪膏馥儉腹者矣抑昔人於箋釋之學恆相攻擊如杜注之有黃鶴魯訔蘇注之有堯卿次公每爲後來指摘至騰爲姍笑不已信夫注書之難也步春懼其難斤斤焉守其例而不欲踵其觖毋亦李善所云享帚自珍緘石知謬者與余故樂爲之序

文集自序　　朱景英

頻季海外，齒髮漸衰，猶役役文字閒，未忍割棄，豈結習然與？自念平生譔著，應酬牽率，謏諛代言之作，居其强半，每不足存。幼習文選，務爲博奧，於史漢八家文法，與夫波瀾意度之所以然，罕所津逮。已窺尋夾漈、深甯及近代亭林、竹垞之書，頗究心穿穴解駁之學，雖不欲以文名，夫既不欲以文名，復昧昧於文法，而其僅存者又不足存，尚敢憪然以作者自命耶？半生作吏，坐老無閒，舊稾叢殘，聽其放失。會友人彗亭徐君介人祀永福清，李君崇舜振陛下榻官齋，捜我敝篋，精心排纘，凡得文若干首，析爲八卷，亟付鈔胥，裒然成集。雖然，以予結習未忍割棄者，所就止此，茲所爲鈔竟而手之媿汗已。

文昌閣會序　　彭　坊

今之會，卽古之社也。漢制二十五家爲社，民閒有私立社者禁之。後世友朋聚集，亦名爲社。唐人有詩社。明以制舉取士，熹廟初，周介生、張天如諸人捜羅天下英俊，合梓其文，名曰大社。同時艾東鄉、陳大士、章大力諸公皆遙相倡和，而社乃極盛。下至鄉曲娵隅小生，莫不有社。嘉定黃陶庵結直言社，雲閒陳臥子、夏彝仲又倡爲幾社，其論文不盡與東鄉合。吾楚顧重光又立匡因、廣因二社，然要不若大社、幾社爲極盛云。其後國步旣改，仗節死義之士往往出於其中。顧其弊也，武斷鄉曲，把持朝政，又或同室操戈，凶終隙末，而周介生以闖賊檄文牽連正大辟。先是，顧涇陽講學東林，高忠憲繼之，社中諸名士多附東林。後忠憲爲魏璫搆陷，懷宗旣誅魏璫，復入陸文聲言，追論東林黨人之禍，迄明祚之終不解。我　世祖章皇帝順治九年，頒立臥碑，禁士子結社，蓋監前代之弊而亟張之也。百餘年來，此風亦已息矣。近年學者始稍稍爲文會，而人才汙下，會不逮古之什一，無亦司其事者氣力緜弱不克振之歟？吾邑倡會者無慮數十百家，而文昌會尤盛，蓋專主科場言之，其說旣已陋矣。又其弊也，三五醵錢，以利爲招，酒食遊戲，徵逐子母，相權與賈豎無異。今某君某復糾集同志爲文昌會，而惡其類於前所云也，屬余一言爲之勗。余於同鄉諸會，概未有所與，諸君子顧有取於余之言余何以勗諸君子哉曾子曰君子以文會友以友輔仁今諸君子之所講求者制義耳毋亦惟是揣摩有司之程度欲博科名為拜獻之先資而前明制義若荊川鹿門震川正希大士諸公其氣魄才力直追唐宋作者於數百載之上彼其於有司之程度未數數然也而卒未嘗不遇至若張江陵王文成之事功薛文清曹月川顧涇陽之理學正希東鄉臥子陶菴石齋諸公之節義斯又不徒以制義傳而其制義具在荊川鹿門震川大士諸公未能或之先也語云言者心之聲韓子云行之乎仁義之途遊之乎詩書之源諸君子其試於此致力焉而由是以上幾夫曾子之言安在今之會遽不逮古之社乎哉我

國家制度詳明於學校科條尤嚴武斷鄉曲把持朝政吾固知其無是事矣而三五醵錢以利為招諸君子又有所不屑第恐因循歲月汩沒於八股排比之中而不能力自振拔以上幾夫古作者之旨是則余所以為諸君子勗而亦諸君子訂會之意也歟

元日王氏家讌序　彭坊

丁亥冬余公車北上過外舅九溪先生值除夕相與飲酒賦詩樂甚越明日先生晨起過子舍問內暨畢即率子弟拜於家廟退讌於寢時吾岳祖　封君赤烏先生暨叔祖南荻先生咸以八十老翁坐堂上子姪孫曾更迭稱觴坊以門壻得與旅進旅退之列不可無言以述坊竊惟　國家太平百有餘年民物安阜風俗熙皞士大夫家居有田園之樂歲時伏臘烹羊炰羔聚族讌飲盍極一時承平之盛而王氏一門孝友成性雖在齠齔咸知禮讓酒既行油油如也秩秩如也唯謹有以見其家教儻亦漢萬石君之流歟先是外舅官京師以終養得　請歸里置

義田義宅數處凡祭祀有費合食有費族之貧乏有資大較仿范文正公遺規然文正遭遇用專致貴顯奉秩頗厚而外舅白首郎署清儉如寒士顧乃毅然為此尤加一等且夫世家大族始未嘗不翕合而後稍乖睽也外舅羣從兄弟九人今其子孫且百餘人椒聊遠條抑盛矣宜　封君暨南荻先生顧之而色喜也顧族大支分設更數十年其繁衍當必倍蓰於今日則王氏之所以維持而聯合之者其必更有道矣七月之詩曰為此春酒以介眉壽外舅年六十猶在不稱老之例其　封君暨南荻先生之謂歟行葦之詩曰戚戚兄弟莫遠具邇外舅兄弟之謂歟楚茨之詩曰子子孫孫勿替引之吾婚兄弟勉之哉

贈浮屠嗣芳序

彭　坊

自佛法入中國抵今千有餘年，學士大夫方正豪傑之士往往爲其所誘，陷溺而不知返。其徒徧天下，華居美衣，服役窮氓而奉之以爲固然，無足怪。甚矣，其賊乎道而蠹乎民也。然則有從其敎而不賊乎道、不蠹乎民，君子將許之乎？曰：君子必急許之。何也？因其賊且蠹而惡之，則亦因其不賊且蠹而許之矣。吾邑浮屠嗣芳居邑東鄉楞伽寺，又不居寺而於寺旁築靜室以居，不接衆，不說法，泊然與物無求，其徒皆謹愿，庶幾無賊於道。力耕而食，閒出其贏餘以濟貧者，鄉里德焉，庶幾不蠹乎民。吾邑士大夫無慮數十百人贈以詩若文，嗣芳舉囊以視余，丐余一

言。余曰：是君子所許也，其何辭。然余惟昔朱子與門人論佛法凡四十二章，楞嚴、法華、圓覺諸經皆能舉其篇章成誦，而程純公亦時時閱佛書，譬之治賊者必先窮其根株巢穴所在，而後一舉勦之，則決勝有餘。余於內典諸書未暇深究，今贈嗣芳序，亦姑就其稍言之，而要以不賊道不蠹民爲本，庶幾不悖先賢焉。

馮時翁六十有一補祝序

彭　坊

馮翁時夏以乙亥之秋壽登六十有一，諸戚友製屏以祝，距今又十載矣。翁卒亦數載，今嗣君復請余爲文補祝之。蓋當製屏時，爲文者頗不愜翁意，故未登於屏，屏雖具而黝然鬆也，與泰山無字碑同。余於是知翁之賢矣。昔司馬子長謂富貴而名磨滅不可勝數，惟倜儻非常之人稱焉。余謂倜儻非常之人亦必藉文字以傳。今世讀史者其於三國晉宋以下人物必不能如史漢之熟也，蓋馬班二子皆有良史才，學者嗜其文，沈吟反覆，鼓於其人物熟焉。翁今欲藉文字以傳，乃至不得於其身親見之，甯虛其屏以待於身後，可謂知所重矣，不賢而能若是乎？抑

古未有以文壽人者，要未有以文壽人於身後者。壽文之起，大約始於明之中葉，明初劉青田、宋潛溪、方正學諸公文集未嘗有也。而近世魏叔子謂歸震川壽文宕逸多奇，不減古人敍詩文記山水，然則壽文亦何渠非古歟？至若以文壽人於身後，則惟杜於皇爲休甯吳隱君作補觴說，以謂隱君之父七十有七，隱君時時語其子謂得如爾祖之壽足矣，而隱君乃以七十六卒，其子傷焉，故於其日抑哀伸慶，以曲遂其父生平之一念，亦禮之變者也。今翁卒已數載，今嗣君哀慟之心宜稍殺矣，而欲傳其父之心未嘗一日忘也。仁人孝子於此，當必有惻然動心者，況以余抱鮮民之痛，能勿操觚爲文以補祝乎？余聞翁之先

君子當雍正初歲歉嘗爲粥與邑之餓者所活不下數百人翁克承厥志力爲善於家人皆以此多之又翁父八十有六翁六十有餘較之吳隱君父子僅差一歲不同矣而余之補祝與杜之補觴將毋同或曰祝者祝其壽也今翁已往矣將奚祝余曰子見今之爲壽文者當第祝其壽已乎盍上及其先世而又下及其子孫翁之先世如余前所陳既足傳矣所祝者其在翁之子若孫乎翁有五子孫幾人書曰子孫其逢吉以是爲翁補祝其可乎異時余過郡城令嗣君張屏於庭置酒觴余朗誦余文余不自知其得如古人之宕逸多奇否是爲序

羅洋文集序

胡師亮

乾隆壬申余以計偕入都與郭君昆甫訂交於京邸又重之以婚姻明年癸酉余補充左翼教習昆甫官國子寓內城而官學肄業生例以辰集酉散昆甫度余館課畢輒驅車來迎劇飲縱談恆至夜分不寐蓋一旬之內率二三相過從又明年甲戌余由明通選授教職辭館南還昆甫戒行廚攜斗酒一餞於豐臺再餞於二閘時彼此年壯氣盛方冀京師冠蓋之地他日當其相翱翔故雖握手惓惓未嘗作離別可憐之色而豈料後此之不堪回首也哉癸酉之秋昆甫聞其弟仲甫以選拔貢成均喜謂余曰吾弟當來矣來則篝燈分賦擊鉢聯吟又添一勍敵然

知吾與子之益有以樂乎此也嗣是每會必及之至歲除仲甫未至則署其燕坐室門曰幾時定宅如申伯盡日傾杯待卯君嗚乎使昆甫而天假之年得行其志文章節義殆不多讓東坡其視仲甫亦四海一子由也固應對牀風雨極不忘情豈尋常聚散離合之感所可同日語哉昆甫爲道山游已越三紀羅洋艸時藝久不脛而走海內茲仲甫將彙刻其詩古文集委序於余余學殖膚淺老益荒落自分無能爲一辭贊者竟無庸索稾本披閱俟刻成而卒讀焉惟憶都門聚首詩酒友朋之樂忽如夢寐乃昆甫既已齎志沒余亦僅博一官一邑碌碌風塵復頹廢以至於老不禁悄然以悲又歎昆甫知人之明所以友于弟

者至勤且篤、其得此於仲甫也固宜、而以仲甫之才之力、所以綦其兄者不專在此、此特其尤要者耳、既不能默而息、且娓娓而樂道之、庶爲爲人兄者勉、與爲人弟者勸也、乾隆三十三年戊子長夏、

西安府志序

翁燿

西安古京兆地、疆土恢廓而博厚、山河奥衍而雄秀、人士瑰偉而英多、古稱天府百二之雄、文物風教之盛、豈偶然哉、然則作志者於此、將以徵核文獻、使百代之版章土宇、以及名山大川城郭溝洫、民物風俗、星羅碁布、鉅細具舉、而政化之所施、撫馭之所及、由此犁然可攷、不綦難與、大中丞弇山畢公巡宣是邦、閱茲數載、舉凡土物民風、無不備悉、而西安爲省會要區、尤加意焉、乾隆丙申夏、入　覲避暑山莊、以各屬舊志多簡而不詳、浮而寡要、　奏加增輯、　天子俞其請、還及秦中、適嚴侍讀至、因先以西安府志屬編纂焉、夫地志之難、難其與史相表裏、

而尤要者在各得其民情土俗之所尚、以稔知乎條教號令之所宜設施、使後之讀是書者、由其言次第行之、而無不協、乃爲善耳、今西安自秦項洎今、或爲塞國、或爲渭南、或爲內史、或爲京畿、或爲大安、或爲安西、所轄州縣、或出入于馮翊扶風北地三郡之閒、其疆域城池、變遷較易、至于垂山惇物、彼此互稱、武功太乙太白終南一實數號、灞滻涇渭豐鎬潦潏存湮錯置、鄭白六輔龍首永安修濬異宜、以及宮闕苑囿第宅陵墓祠祀之散見於諸史、暨三輔黃圖長安志雍錄雍大記諸書者、或基址偏存、或地分難定、求其博綜羣書、攷符典故、有倫有要者、蓋已難言、若其徵驗民風、貲諡吏治、大有關於上人之政教民俗之

敦麗者則非通達古今求至於昔之立言者不得而知之亦不得而詳之也我朝德化覃敷文明光被海甸乂安萬方沾沐深仁厚澤致詠太平者百數十年於茲疆境日闢幅員日廣雖在窮陬荒域莫不加以教養凡所以爲民疊計者靡所不至今中丞公仰體　皇仁敷施美利使斯民欣悅樂利上致天和漸摩敦阜下成風俗推厥由來大抵起於政化之自然而然作志者宜若難以依傚侍讀此書乃舉其宏綱條其庶績鋪陳事勢藻繪情狀藹然見上下和謐之氣象然則際斯時而作志將潤色鴻業揚厲盛治實於是乎在燿備位茲土亦樂得而述之若夫體例之精詳類事之贍具則又作者之餘伎燿特詳言其大者

湖南文徵卷六十七

湖湘後學集編

序十二

癸卯同門齒錄序　羅典

凡入學以齒古天子諸侯之世子尙然湘之西有嶽麓讀書堂其於斯傳習焉者九郡四州之士皆隸於省從統稱如其一鄉以是綴屬爲同師朋爲同志友其秩秩固宜余抗顏校課日夕晤語言皆能辨之其閒或髭鬢皤如束身就弟子列而安焉每窺其握管爭長沈凝至漏淡面色變滅不爲苟止何堅慤乃爾謂訖於諸生非情之能甘稽其儕輩有屬先膺歲薦號明經還

復委懷相依如不得已則又奇矣至其襆被擔囊以來攬几榻而處疲頓淸苦各親得於存問展省中此殆少壯所大同而老亦與焉耳然至者類輕遠路水犯風濤陸衝泥雨惟所之齋頭日再食特粗糲無加餐佐具率惡又强半不得參官給例額沾潤分膏亦絕不聞歌行之難與居之大不易或廢然生沮退想也其他若里居云邇及夫有力得懷資自贍又無論已爲綜計之數至百六十人有奇噫豈不盛哉顧學殖鄙淺如余無所出以塞於隨相慕悅之意於私省實用怵然計先時以閒息游知傍院隙地多蕪傭人鬭之令滾剷草荄謞瓦礫務盡窪則瀦水栽荷稍高及堆阜種竹取其行根多而繼增不息也其陂池岸

旁近濕搖柳或木芙蓉取其易生也山身舊多石餘山右足斜平可十數畝築爲圃增植桃李取其易實也是外蒔雜卉成行作叢生如紫薇號百日紅山躑躅每一歲花再見取其發榮齊而照爛靡已也凡余幸得與諸君子共周旋此物此志卽將憑以自明力不逮而心逮之會茲秋當貢士翕然敬業以篤樂羣之歡請踵舊事鐫同人齒錄一帙維余齒稍長輒擬入而同其樂無索居而離羣亦實樂其可以羣也不黨也並錄付梓列卷端第一繙次二至末皆雁隨編最前者余老友也最後去余遠亦昔所忘年交也夫

案近聞之安仁歐陽世洵信甫云當年有某邑某君居麓院

中二十餘年與鴻臚主講相始終其課藝固不常列優等也去之日涕泣頓首於主講之靈曰今而後不能復居於此矣事師終矣其爲誠篤君子可知惜信甫忘其姓名信甫侍其祖侍御居院日久其說不妄矣汝懷坿記

己酉同門齒譜序

羅典

伏維明歲庚戌恭逢 皇上八旬萬壽 詔以昨戊申預行己酉正科以今己酉舉 恩科鄉試楚南九郡四州多士咸歡忭踴躍仰期無負 聖天子作人之至意嶽麓書院爲先賢講學地鼓篋來游者不絕於途且茲歲距丁酉一紀例舉明經滇中錢南園學使循正陪例邑取三四人與選者爭自淬厲胥來就學資觀摩以故學徒至是極盛多苦學舍不能容余自壬寅主講此閒至癸卯諸生以古者學必以齒於是取同業者循長幼編次爲譜余序之忽忽踰六年矣初壬寅癸卯閒嘗闢院旁隙地爲園池加卉木點飾略載前序中時同人息游多輿以

八景標目繫之韻語備今古各體彙成帙付梓存之今則荷英爛漫墩之上簇錦團花其桃李俱成林高者至丈許他如桐柳列植或綠蔭夾道或靑煙覆地咸鬱蔥成目前勝概凡皆以爲時旣久規模有成事類然矣院之右舊有小土阜當曲澗活水前以丁未冬拓而大之搆茅亭其上四面近柱足橫板供坐具外有數陂方員廣狹不一式周環之別有巨陂約占地二十畝綠波溶溶當院之左以近天子廟名曰黌門亦卽戊申初春乘水退滅盡瀉其停蓄從中央累石培土作基高八尺五寸置亭覆以瓦長二丈橫分十之八簷宇軒竦欲翔周以木欄仍注水合滿緣木橋十尋以便往來不時至者多心羨其空涼忘暑云

今年夏四月復於院內講堂前跨月臺建敞廳六楹敬擬明歲秋八月萃楚南紳士恭祝　萬壽堂內舊懸　皇上御書道南正脈賜額　宸翰光昭　天顏咫尺麓山以衡嶽爲宗於此竊效嵩室之呼華封之祝其境地庶幾無少褻焉工既竣而書院庭除所際氣象崇閎亦早於舊有加也諸生沐　國家雅化溪仁萃處名勝優資廩親師取友而外晨夕出入會心不遠皆得謝塵俗以親雅意略戔小而與大觀裨益良多矣況復逢掄才大典選拔科舉兩途並通其及時騰達當指不勝屈茲踵癸卯已事爲譜齒之錄以誌人才盛集皆前後所難猝得者非直敘列明雍容而已余年既七十有一仍覺神明未衰每評點課藝見一題各出機杼無美不備竊歎其補諡智思過半不啻焉與諸君子周旋久心昵其文采照耀不以離立於獨爲樂因自敘有生以來至於今合並鐫之列譜中第一繙亦猶記憶癸卯之已事固然耳是爲序

嶽麓書院課藝序

羅　典

前嶽麓書院課藝之刻由今蘇州太守長沙周君鍔號春田嘗從余游起壬寅至丙午几五年舉於鄉遂聯捷分部游歷郎中以乙卯典試河南後庚申秋奉　命督學黔省請假歸過嶽麓與余周覽舊所游息卽謁新刱屈子祠及賈太傅周濂溪祠卒至前疏請南省分闈之李大中丞瀛仙祠輒亟歎爲書院之文教科名浸盛實基於此因索余廿年所酌存課藝之佳者裒輯得一百六十餘首攜去學署刊成郵致意念甚淡今距庚申歲紀經六易尚有搜掇所遺亦節次歛得且能手輩出爲文率有法程其見解每得四子書眞諦彙之復一百有六首與初刻之經廿年酌存者數及三之二名山萃秀文教之浸盛日有加知未艾矣又往春乙丑進士楊衡山彭君浚得巍然大魁自有書院以來科名之浸盛今爲最又可量乎昨臘月望九值賤辰荷春田遠自吳中以扇幅壽余作排律百韻作大楷書以千數懸之照耀堂壁其詩中亦極快寶臣之大魁曰佳話喧閭里奎光溢黨庠蓋特藉爲山齋老人導歡洽耳於時復善寶臣以歸覲經長沙泊舟我願手奉以聯句紀七載門牆以爲自壬子及戊午云此視春田之相依又多二年而先後出身一皆好我無斁卽以其聯夾懸於扇幅兩端相與開筵促坐無他客胥屬院中同人對酒當歌匝兩昕夕余亦健爽忘疲邁此極歡所由來

豈偶然哉茲丙寅新歲梓人告續刻課藝已蕆事仍當綴言簡端因遂於篇內即事引伸以明改歲前之文緣結縭盛集哄傳有如此俾凡隔闊未及與者一想像焉其目錄宜參入前編按經次之以便檢尋是爲序

朱子年譜綱目序

羅典

郴居吾楚上游其屬邑興甯多篤行力學之士李君涵萬先生自幼喜讀朱子書今年近七十猶朝夕一編孜孜罔倦企慕愛樂欲觀朱子行事以爲身心之資嘗讀本傳而病其略覩年譜而疑其疏因本朱子著書之體紀朱子行事之實參取羣書彙爲一集綱提其要朱子體道之大端無不昭矣目致其詳朱子析理之精微無不著矣綜觀其出處語默家世里居歷歷分明羹牆如見然後知朱子一生著作所以發明前聖後賢之遺旨無不一一見諸行事與天命人心相表裏余自乾隆乙未歲以歸養里居得掌教嶽麓經十餘年極念吾楚爲朱子過化之地

而嶽麓城南兩書院隔江相望朱子又嘗就訪南軒張子往來唱酬於其間流風餘韻至今未泯每當秋月春華偕同人息游以尋名教之樂情景所觸睪然志遠憾不得從朱子游於數百載之前今讀先生所編輯年譜綱目景仰前哲力崇正學殆奉其身以爲朱子之徒而及其門矣而余猶瞠乎後也前未得邂逅適願幸君之嗣君遠經遠緯與君姪鼇來相依講席手出君錄定稾本相示同堂諸子見之僉謂人人當讀之書宜付剞劂因撮其大意以爲之序云時嘉慶三年戊午孟夏

鼓磉洲羅氏族譜序

羅典

吾宗四修族譜既竣事距前三修時歷三十有六年計我七世祖北江公刱修後又三世及而尊公續修之凡越年百有二十再越年七十有四乃議三修得吾族叔祖宗山宏圖二公當世之十一不以衰老避事力董其成葢此舉難在得人故須遲久始定乃今竊覘門祚盛厚務肫肫乎敬宗收族詎復蔚然大有人也譜之前值三修典得親見之齒既壯今繼前舉四修典復親見之齒猶未及耄何其易而速乃至此時則督修爲吾族叔祖定民公仍當世之十一嘗與修前譜其次爲吾族叔祖竹泉及族兄建中族弟孔才佐之初典嘗省二世祖奇山公墓在湖

田鳳形山典之祖以上數世皆祔葬其下每不免爲牲足踐履語乞定民公通築大壕圍衛之累土平地無所基長約百丈既諾閱月而工畢其任事之篤信敏幹可例觀矣定民公之弟爲凝命公能侃侃持論不私已阿人以管攝工用爲政從龍屬其姪行特殫心參覈猶懼不盡纖悉復自引姪行起莘助焉至其司彙編之總則爲吾族弟雲臯此實典所愛敬心以今之古人相推奉者少好讀書垂老不釋手初未始於科舉營營性篤孝母沒廬墓側三年食產粗足家無儲偫晏如也居常束身如對客與所知其談累晨夕不雜一流俗語夙長於詩近猶次書院八景韻合古今體多至二百五十首有奇積之成帙通觀之誠吾宗學行之圭臬也譜之講明書法酌新舊所待增刪皆出其手訂義例秩然他若謄寫校對事涉繁劇非强力不勝則得吾族弟調陽及族姪渭陽弁任之皆勤以愼典還憶前丙寅歲刱置宗祠及甲戌三修族譜祠後荷葉塘族叔子元往來工所無虛日若治乃家事然其爲人可至今想見調陽乃其親姪殆究乎有伯父風渭陽在童時嘗師我茲久於諸生以授徒成老學究日親几硯足不及城市其專懃奚啻兼人及是族譜更四修有親姪于東孝廉碧泉贊善皆在京不獲與力正得資其勞以爲之代云夫族之盛否徵見一在祖墓一在祠堂一在族譜典自卸職歸里每歲必省墓見先世所營吉穴冢多甃石亦或湅

以灰漿平原草若鋪茵山阿則樹成帷幄莫有犯者比謁祠其外墻左右牆各啟甎門特嚴整內明德堂布地如棋枰肤甎方踰尺頂編板鋭上而侈下式取籠罩重以雕鏤繪飾仰之輒目眩生花夥廊盡置扉亦各玲瓏納景虛以白凡皆前作記時所未始完善者今逮四修之譜復竣徵名派加一二世薈萃生齒加一二千口悉據前四堂十房之分支以次序列多沿舊登亦間有新入愈繁衍乃愈聯屬雖里居各習所安近異鄉遠且異縣指數不易終要靡不祗溯初基奉鼓磉一洲之名以標吾宗之湊聚成族者嗟乎所徵見若斯而豈不盛哉凡在後嗣其屬仰承我始祖政齋公之遺澤歷久詎宏可深思而自得焉郎以

典言之徙依長沙積四世出身以來枉官頗久率平善不遇險巇既歸主麓山講席經一紀有羸羸精力退減亦無他疾憊此非能自必也所尤難者早為宗祀計切禱有孫而久不塞願值今歲六月十七日適幸得之何所從來也又先今乙巳歲當八月二十六日院中平江李生方川重得是夕夢驚喜趨告謂典有孫名德裕攜以來令執書請受業焉初聞而異之忽忽更四五歲頃得孫以三日舉湯餅會生來極道前夢有徵典遂以德裕為孫字不名避原籍譜定派也別命名修仁仁之取數多蒙易傳之言為德裕而指其實且果核亦以仁稱生生不已并足廣裕字之義作裕後觀至其明著所因以示毋忘號曰夢徵非漫徇夢者之自幸非誣也自古表誕生之異每作降神謫仙諸幻語其以夢傳者尤多奇讀之皆莫敢不信典年踰七十初未嘗一日廢書以此度吾歷世祖靈之矜念嗣孫典使之有藉以繼承勿替獲長保其手澤之不就湮者其兆先緣夢見則又何敢妄自疑也因記之以綴其末乾隆五十四年歲次己酉孟秋月

淇園四世詩帙序

陳夢元

徘徊邑東郊池塘絲注春草園碧迤折而南白沙彌望江環如帶緣岸徑曲石偃臥層層聚足連步曠然坦夷樹木交蔭鶯聲上下繚垣標竹籔紛扶疏如繢畫凱之譜中遺意即曩傳淇園者是萃於斯饘於斯鬻於斯歌哭於斯為余族伯父叟占族兄天放族兄子蘭洲族兄子之子泰初也矢詩不多是吾家事逝者存者肆好四世讀之幽咽慨慷拔劍斫地抑塞磊落多沈厲悽斷之音余族伯父胚胎醞釀醰醰乎其有味少陵歟堂上發倡遺音三歎叩之往往清越以長其追參高妙淡不可收族兄人自此遠矣蘭洲宗師昭明陵厲清浮顧盻萬里肅音足曲拂衣而起泰初枕經籍叟閉門彊記過庭受業廩廩庶幾噫嘻伯父兄已矣蘭洲辭世數更寒暑痛念前修譬策晚進編緝梓成泰初尸事以己附言彰美傳盛大雅扶輪心窮袞許余也兀若枯木豁若涸流何能應泰初兀晏之委然尋繹吟翫撫覽捉擘正以暮春三月隨時光景到處名園花氣爛漫誦詩人之清芬與名花遙相和應而邈然含豪澧蘭沅芷思公子兮使余情又何能以窮極己丑穀雨前二日

送劉雲房典試江南序　陳夢元

有明爲制舉業之文推崑山歸震川金聲玉振而集大成震川豈徒以制舉業自表著觀所爲古文如馬政志易圖論水利論禦倭議及諸序記誌銘皆有本成章自標其風神與史漢非形貌肖似昝者嘉靖庚子吾鄉茶陵張文毅公爲考官於是科在大江以南得震川而滿公意待以爲國士後八上春官晚乃遇文毅公已歿震川每爲人言及公而流涕於知己也嗟乎文章之遇知己初由其音響節奏進而得其意推而得其辭合而得其法以天合天器之所以凝神洵有如莊子云云者在其人惟止自知之而知之者又矜不欲其人知之而知爲至矣余嘗與

洗馬劉君上下古今人文章因歎息文章之難知而舉震川所感激於張文毅公者君爲欷歔往復者久之而君平生豐於所學不矜炫襮每接君而溫沖可挹以余之淺陋學不加修未少有得而止焉其視君幾不知自處於何地矣夫虛者能受之器也和者宅心之方也一恃己傲物而無不失也今君爲　天子求賢才於大江以南也其必有人焉師震川之所學或偶能有似於震川制舉業之文者君自有以得之矣旣虛且和豈有求而勿得乎噫君他時文章風節又將嗣文毅公志與事而振馨於吾鄉里矣

送羅碧泉南歸序　陳夢元

遇有通阻而情有悲喜者常也阻引爲喜通反以爲悲者情之變也湘潭羅君碧泉一舉得與於進士百六十八之列方自慶其遇榜後之十日丁母夫人憂號慟遄歸其所云通而悲者矣嗟乎碧泉秊甚少時甚寬茲之歸宅母憂葬祭得盡禮而祖父俱康甯堂上得以盡孝道又以其餘力研經傳琢詞賦三秊中無可憂然之一日也夫進士美名徼倖而致欲稱其實則必於書無不讀於物無不博於事無不習能在是選者厥惟艱哉然則遇雖可慶而衰服之中正宜自勵焉豈非昔賢所謂養其根而竢其實加其膏而希其光者乎吾願碧泉思所謂實與光者

果何在也他時碧泉自有以覆我焉而決非無驗而言之矣

案先生自識文後云名進士不易做惟厚心善氣者稱之先少詹從父以乾隆辛卯壬辰聯捷禮闈時方弱冠驟丁內艱至乙未始成進士入詞垣前後四典鄉試三爲同考分校四庫全書繼爲全書館提調方駸駸嚮用嬰疾遽卒時在嘉慶元秊秊纔四十餘士林惜之先生於其初出時爲文以贈必其所期望者甚大而所贈者之可語進修也語語規則想見前輩風裁考舊俗者可於此得之汝懷坿識

送同秊朱笥河學士筠視學安徽序　陳夢元

古未有著書多而能奇。韓子得樊宗師書稱焉。顧樊氏書雖不傳。而韓子之語可信也。同秊友朱君笥河。賦天資之材甚奇。書無所不讀。古今金石文字無不接討。多識精別。爲文章甚富。汎濫百家。詞必己出。如韓子稱樊云云。今其視學安徽也。笥河曰。吾於是役。使是邦人士爲注疏之學。而窮經。爲說文之學。而識字。此一生之志學也。噫。他人言之。余未之深許。笥河言之。早知其推而放焉。而皆準矣。笥河爲韓門之學。得樊氏之富。必出入於仁義。余交笥河久。信之獨篤。於瀕行。卽本其所志與其所學。爲序而送之。

戴東原云。樸質言之。文之古。卽肖乎其人之古。自後觀之。笥河可謂實行其所學。踐其所言不爽者。

杓橐自序　陳夢元

漢唐諸儒說經。渾堅難破碎。鄭孔兩家。鏗鏗往復。末學窮秊鑽紙。深入不得出。出而昂首彌望。浩浩若煙海。古人經解。創獲徘徊。至晚節護惜。及身後問世。世仍未敢自信。故曰書肆。曰銳鈴。夢元讀經書。驚怖無極。毋論他經。文義謹嚴若春秋。非通左氏傳。能鑿空乎。非旁通公羊氏穀梁氏。能貫穿乎。文義如斯。箋疏注解。又屬支派。舉一經於諸經。俱難拾涓滴。可媿也已。今秊來沈浸學古。心思有得。立題製辭。論記序說。粗識津逮根柢脈絡。潛心闔闢。豈有不沿泝經訓爲語言者。夫語言是矣。果可庸說經歟。不能說經。猶有語言。逾媿也已。媿仍存之。進寸退尺。猶航斷港絕潢。將何日學海得至海云。己丑重午長沙桂戢寓館自敍

贈休甯戴東原先生震敘

陳夢元

通諸經羣史。及其中天文地志典章制度。竝聲音文字。所云識其大者。詁之確辨之核思之精。觸類旁通參伍錯綜。勞於記誦徧於講解。奔乏於挼求。自隋唐宋元明。中閒鈔寫雕刻。脫落訛舛倒亂蒙雜。相沿相混苟且棄置。俱歸於確且核核且精。精矣猶弗措於詁與辨與思。此惟無斷續於節候物變。載車與船。契契通人。思問思難。剖心折肝。若閻若顧若毛若朱。淒雨孤鐙。寒神瘃骨。冥冥窅窅。相證於陳紙書堆。古有才曰鬼曰仙。會何足云會何足云。余季五十一官於京師。遇先生知先生之學。弗措於學問思辨之學。決先生之學之並世久遠。亦如百詩甯人西河竹垞諸老之著述光燄萬丈。回想爲記誦爲講解爲挼求。忽忽至今始三十餘季。無一日有斷續可摘罅漏。先生閒爲余述其大略。然卽不言。半生心血。固炯炯於著述各種書紙上。今者病促元歸不得相從數數見。癸巳之秋迄茲乙未之春。道義交財季餘。先生既有贈行者之言。余安能言。言恐非所則非所稱。哂率臆而陳。曷敢書以爲有協於前賢何以贈我之義。惟先生藏之。勿示人焉。乙未三月十又一日

送家伯思本忠使黔省序

陳夢元

乾隆四十八季十月廿又一日。昌平伯思由戶部郎中出使視學黔中。道經湖南常德府之武陵。時余主講書院。薄暮與伯思握手道故於驛館。不覺別九季矣。詰旦伯思過院齋。出近作大學全部各章題時文十五篇。序記各五篇。就余商較。盡一日夜目力心思。反覆讀之。敬復諸伯思。爲贈之言曰。人一生勞瘁精力。至髮禿齒落。顚顚服習一事。衷無有不誠。誠則無不明。明則無不驗。諸外未有不赫然出之以正大光昌者。此自然之理也。伯思之學邃矣。文醇乎醇矣。茲行也。或謂是邦人士有逡巡葸敢窺望高且深者。然伯思之文具在。不求隱怪之理。不設詖遁之辭。鳳凰芝草。賢愚皆以爲美瑞。青天白日。奴隸亦知其清明。稻粱膾肉。未聞有嗜有不嗜者。孔子曰可使由之不可使知之。謂日用飲食之民。曰若猶是人士之於文章。當路之君子。簡棄詭說。保任皇極。膺風示之責。可使人士由於正大光昌之經義。詎有不可使之盡心剖晰豪釐於文章之道之所以爲文章者哉。此又自然之符契也。余與伯思非一日之好也。伯思之文亦非一世之文也。于茲之行。深勤跂望。要亦自任以文章之重之不容息肩也。

送刑部郎中姚姬傳鼐南歸序　　陳夢元

自聖門卜氏子夏大賢。有仕優則學之論。後世士大夫逹於仕進。毋論位內位外。俱毋敢荒學。然唯宦於京師。務學較居多。閒或游讌爲娛樂。飲酒則歌詩。登高則作賦。退食自公。未有一日廢書不觀者。若吾友桐城姚君官刑部。最爲好學可敬者也。君於古書無所不學。亦無體不習。其詩才淸曠。詞賦歸雅馴。然君獨喜爲古文。有作不肎出以示人。嘗語余曰。遐方異味。僉恐生病。若稻粱菽粟。味淡而正。補益人元氣。人周身所以爲運行晝夜。恃有元氣。亘天地之元氣在太和。人身之元氣在善養。雕琢刻削而已。亾有焉。自是知君所以語余者。在浚造於經傳中而自得之。君先得之。閉口而勿泄於人也。今君歸矣。余以病不能獨留此地。君歸有太夫人在堂。歸而樂也。是一家之太和也。余歸慟吾先人。曷往乎。雖然有一日之學。卽爲吾父母一日之肖子。若天季假吾以歲月之多。余要自矢不敢雕琢刻削。虧所受於天分。與所受吾父母身體髮膚也。他時君在大江南北。或問訊余乎。余卽舉是語。敬復良友於湖山數千里之外。庶有以知吾之謹口而亦勿泄也。

贈林編修香海樹蕃序　　陳夢元

余與庶吉士林君香海初相識在辛卯之八月。時香海官庶吉士。秊財二十二。越明秊。某尚書延入第宅。敎其子。甲午典浙闈。鄉試爲副考官。明秊春二月。余以病告還湖南之攸。計與香海交好財四秊。余及見某尚書雅相器重。延爲子師。尚書負重望。非他翰林見器重者可與。林君比。浙江人才所自出。主司者一日之閒。屈百十才人奉爲師。古所謂感恩有之。知己亦有之。是均以師席處香海。竟以一眇然少秊膺之。烏得不津津樂道。卬然香海積學博。下筆敏。看書五行俱下。受之天分。敻絕於人。豈他少秊所敢望。余將歸。香海贈余詩曰。衆星爭夜景。孤月皓秋旻。竝世誰同調。先生迥絕塵。因其房師姚君姬傳而及余。余爲古文辭。每商可否於姚君。香海遊師門。由是淺知余。誦詩歎爲老成厚德。余媿乎其言。姚君足當之。非姚君烏得有門下士如香海。余何能畬斯人而浩然歸也。乙未二月

戴東原云林君不負知己所言

贈孔檢討撝約廣森敘　陳夢元

居官以讀書爲職書曰言多官曰言重人莫不美之曲阜孔君撝約官翰林爲漢儒之學勤於許叔重鄭康成之詁經季少而志厲才裕而氣充余數過孔君質所疑能說之詳余曷敢及孔君百分之一然予有感焉自漢代章句漸疏浮華相尚遂至忿爭更相言告亦有私行金貨定蘭臺桼書經字㠯合其私文當時儒風已如是之衰嗟乎諸經有師說能勤而守之即奉以爲家法人家賢子弟善聽受祖父之言惟默存諸心熟踐諸身若持以爲矜己餌譽之資必無是情矣余將歸就孔君爲別孔君固讀書有家法者爲書所感者㠯贈余竊願孔君挽同志者交相厲而得其所以報我焉

案自注云孔撝約用黃筆自評此序惜失之

徐后亭夫子八十壽序　王立槐

自古賢哲挺生必萃山川清淑之氣而上應乎星精而後其文章事業足以自壽而不𣣃湖南居楚服上游踞衡嶽洞庭之勝上應鶉火象居文明吾師后亭徐老夫子生於其閒弱冠補博士弟子員登賢書其爲人傲岸壁立不可一世其於書無所不讀尤服膺於孔孟六經之旨其所著述多發儒先所未發其爲文則蘇之雄韓之大柳之逸歐曾之醇也其爲詩則太白之豪放工部之沈鬱也其服習於道德仁義能識性命之統紀達於治亂安危之故而可施於政事非徒剽竊科舉之學蓋其降生者神也使其舉進士列詞垣典司朝廷制作必能輝煌至道潤

色宏業即居即省備獻替讜論嘉謨必足以贊遠猷扶世道澤被生民其所設施豈在尋常意計閒哉而皆不能以老豈造物之豐其文章者其力必有時而窮必嗇其遇而不使之發攄其事業歟抑其位置別有在歟初先生下書樓放洞庭意氣浩然自謂宇宙事皆吾分内事既而四上公車不第備員海上殘蘆敗葦閒無所適其跬步涓埃之報未能自伸居常發憤至於嚙齒罵風以赤手撲貪人之燄而卒爲所搤被讒去官時年五十有三會　聖天子擴宇西陲俾得從觔書之末隻身走萬里崎嶇蜿蜷日濱於危而磊落奇偉之氣百鍊而愈剛比至幕府故多材吏先生以宿學知名温司徒俾司振鐸是時大武告成

誕敷文教地戶寥廓戶口初開先生柔其獷悍擴其狉榛穹廬毳幕之區蒸蒸有士風焉在事三年　聖天子賜環歸里先生晨起焚香東向稽首與諸生揖別布袍棕履徒步入關然先生之心終以生當　盛世尺寸未展每高樓酒罷短笛橫秋未嘗不睇空長嘯也是年歲在辛卯恭逢　聖母皇太后八旬大慶獻頌　慈甯　詔復前職明年二月歸家杜門埽迹於今二十餘年矣某嘗謂文章天地之元氣得之者其精光足以貫日月動風雲其不可得而磨滅者人固不得而磨滅之也以先生之敦敏遜志自負非常而所遇幺魔萬狀恩讐百變若墜諸淵淵若投諸烈火所往愈窮而神愈完其學與識乃日廣

而愈深其蓄積者多無所發洩而盡發於文章其氣之閉塞若萬夫操土障怒河之下流一決而不可遏然則人能扼先生之身而使之不得經綸雷雨必不能阨先生之文而使之不橫絕古今也而先生遠矣曾未數年向之操戈持挺者若微塵之沒於風雨而先生巋然獨存今且年登八十適仲嗣發軔成均都人士莫不掞藻摛華頌岡陵升崇階酌大斗以爲先生壽夫壽者受也彼厚福者庸庸無所短長何嘗不引殘年稱耆艾然其以堂堂之歲月委之茂林豐草而我無所用之豈曰能受如先生乃可謂壽也某忝門下自愧功名偃蹇不足以發先生之光而先生之著述實足以接漢唐宋斯文之統藏之名山傳之其人如金簡玉函久而寶貴壽世壽年當與衡嶽洞庭永峙長流而不敝也然則先生之自壽者以文不以年而天實以年積先生之文則天之所以壽先生惟先生能受之以自壽也歟

袁貞婦詩序　張正笏

斷指旌心古有之乎曰有之廣漢廖伯妻段氏紀配是也古有之而今爲之其事非絕無僅有者詩歌不爲贅乎曰節義常道也爲其難而各成其是故詩歌以美之詩歌節義所以傳也袁貞婦衡山唐令女也甫及笄嬪於吾湘新溪交侯之長君甯讓生女僅六月而夫逝年纔二十一耳服闋有以改醮諷者誓志斷左手一指血淋漓捧視舅姑見者酸鼻而婦坦如也踰兩月甯讓之兒生子於呱呱中撫之承夫祧蘉以卒其志也吁若此者視古段氏之節烈豈有異乎哉然段氏達於詩書慕梁高行之義而礪其節貞婦自任其性者也吾聞崑崙之上有炎火之

山其地之物烈火不能焚然則稟性之貞者雖金石豈足以喻之哉夫貞婦之所處人以爲全其潔耳而不知婦之瀕於死而猶存者爲存夫也存夫之祀以存己之身此指所以志也夫從來不二心之臣送往之日切切於藐孤之屬不二心之婦其作未亡人也勤勤於式穀之似如貞婦者其率性而依於義者乎卽古段氏之達於詩書亦無以過之矣彼學士之詩歌有不悉出於懿好之公乎哉夫其事可傳傳以其事固不以詩論而要卽貞婦之所以傳也余讀其中有曰我心若可回此指當能續雖則續指不回心幾見有瑕是良玉有曰若把須眉當巾幗霽雲激切乞師時又曰鴛枕當年不夢蘭可憐死易立孤難阿新產後眉應展摩撫何曾得淚乾可謂善道貞婦之志者矣讀其從叔有曰仗節當思持節穩毀軀只道保軀難余又以知貞婦之節義其有所激厲於家法而百年一日者乎以視段氏之所謂生見禮義者豈有異哉古云彤管未揮令聞不彰非所以激揚貞風然則詩歌之傳播卽以備他日采風者見聞之徵可也余既弁其簡首復賡韻以美之予其節嘉其烈也

楚風補序 代太守呂公作

陳謚

余自丙寅來守長沙蒐輯郡志得郡人廖大隱所彙次楚風補一書上自禪通疏仡以來數千百年凡楚人之言韻而可風者皆在焉余嘉其業之慧而惜其不得大力者吹嘘徧天下也旣釐定授之梓迺題其首簡曰風何始乎周以前無風也周禮地官誦訓道方志以詔觀事故天子燕寢則陳列國之詩今所傳十五國風葢準孔子删定爲義耳周道衰孔子歿繼周而治者峻堂廡陋草野上無太史輶軒之采下各私其所學陳詩之典闕焉然則周以後亦無風也前無風者樸略之遺也後無風者矜尙之異也今夫天地之氣日趨於文南方適當離明之位故其風日以競前此與世安其樸略後此與世鬭其矜尙衣冠俎豆不祧先型况騷騷乎江漢之聲早導其源哉昔吳越無風而其後吳越春秋越絕書之類旣補外史楚當春秋時亦有觀射父能作訓詞左史倚相能道訓典惜其書無傳屈子揚江漢之波鏗鏗別調中原承學之士和者繼聲焉其六義之終而變聲之始乎夫楚之風足以吹嘘天下也久矣騷賦興而三百篇之響無能續者且亦不復爲也傳稱古詩三千餘篇風三之一耳以成周封建之廣歷年之遠而裒集不多後世作者一人之身動至數千篇是集所存局於方隅猶纍纍若此則以合之天下之言其倍蓰又何如也豈其陳之爲王朝之風則見少秘之爲專家之業反見多邪於此又可觀世變也邵子云自從删後更無詩則凡其叶金石感鬼神者皆可廢矣以爲猶有詩三百篇以前三百篇以後宜亦有關世道人心者則是書之補風詎同束皙補經之例也哉書凡若干卷錄自明止其在　國朝者別爲楚詩紀云

楚詩紀序代

陳 [illegible]

楚予家三世宦游地自予從祖宰武昌從父宰漵浦前後幾二十年繼予先大父來典庚子鄉試其時重湖南北全轄因南士迫洞庭之險奏請分闈先君亦由武昌觀察晉蜀臬而予今忝爲長沙守又適與江華宰從父同時夫古之君子出宰一方則必於其一方之山川人物習俗周知其美惡然後可以達於政而有爲自予髫壯時飫聞先人誦說楚風已悉梗概茲奉天子命歷重湖而南適守上游昔之所聞今之所見將毋有同者又何幸博徵文獻而有廖氏楚詩紀一帙存也本書踵楚風補紀之起順治乙酉訖康熙癸酉凡前此數十年山川之奠麗人物之嬉恭習俗之湻良皆於一歌一詠見焉伏惟我朝鄘開熊劉二君子褒然舉首嗣是而巖休明登令甲者先後輝映清天宇遠近同風楚南服也畸行瑰意之士思覲耿光制科初雖其顯晦不齊亦有窮苦闕塞之音自嗟卑老而煙雲泉石中得與友朋文酒相勞一時野人女子方外雜流又多有攄幽緒助羣籟者人生此數十年閒如陽初暾如春初馥不識不知歌詠帝力渢渢乎治世之音集所紀者可覆誦也然予猶憾天下不皆爲是書使各志一方之勝抑尤憾是書所紀終廖氏見聞止耳今之楚猶昔之楚也大湖南北仍統於制府聲教之浹洽師友之淵源將有進於是珍文獻之傳者其復繼廖氏之業乎哉昔予從祖司農公經楚中詩云大造緣動靜山水有恆德古之登臨人於茲見所得讀斯集者誠津津乎見所得矣抑獨不知楚之人於予家屢世宦游之績其民歌萊蕪士詠菁莪者何若而予則有不容已於楚者故於是書亟表而布之

楚風感興詩序

陳諠

人物之古今不能盡閱也而精爽通之山川之夷險不能盡歷也而跬步通之其通之者亦學之餘也麓門孫子學蘄輔世嘗以昔之豪傑先天下而憂後天下而樂用志是不衰已未成進士授郎陵郡博教成擢冣　天子責民社焉今年赴任關西乃來湘中別故人得讀其所爲楚風感興四十章噫此可以觀麓門之志矣抑可以觀麓門之學之通矣弔往緬前型也企友歆譽髦也審勢籌邊略也閔俗砥狂瀾也卜遇撫時命也言隱而緒煩要於世理不無補焉然有進者言天下事易成天下事難賢者不得志而求奮發有爲及得志而膚奏無成毀其初節

往往不孚其言麓門今且作縣五千里外平日之見見聞聞思大酬其用者將權輿此哉余故多其願之素殷而勉其實之能繼也輒題而贈之非以其詩耳詩曰楚風者事楚事人楚人也其不繫於楚而風之以楚者詩楚詩也稱是以往其所感於山川人物之變又安窮哉

匯韻園詩初集序

陳諠

天有籟誰能和之人有籟誰能倡之有緒觸天人者而山水發其聲矣或曰宇宙一旦莫也堯舜之揖讓湯武之征誅祇可作杯酒棋局觀下此者無論矣今夫候蟲時禽自響自寂於旦莫之間而人瑣而不察古今學人墮此藩籬者不少則介三子與我輩正不必白眼放歌睢此人間世也雖然人之自旦至莫臥有鼾時思有噓時喜有笑時痛有號時我輩談詩亦鼾也噓也笑也號也宇宙間胡可少此一段公案哉介三子嘗學畫學琴學弈矣其爲詩不染丹青而傳神阿堵有畫趣不按宮商而無絃太古有琴趣不矜勝負而閒著爭先有弈趣殆韻人韻事合

而成籟者乎嘗憶往者督學習公萃吾郡博雅之士采錄實學余以枵腹廁其閒而介三子在焉聲響驚座上風雷迅筆中余心異之其時蓋總角也越十年邂逅旅中乃猛然詫曰異哉黃九竅乎眉何鎖容何蝕也叩之則廢蓼莪者近三年矣既相與泣剖肝腸又出其匯韻園詩草相質吁介三子其亦有不得其平而鳴乎夫仁人孝子謦欬不違乎親匯韻園數卷中强半多毛裏之痛則宇宙閒不可無談詩一段公案談詩者又不可無介三子此段性情吾是以於匯韻園之詩舍其風月花鳥之篇而哀其志也如介三子者非所謂白眼放歌者矣予長介三子七年學問不加益而錚錚之響較多介三子懼其多而失也方

謀與同人典裘爲我先刻其樂府然吾不能以此虚牝之擲累諸公也姑以介二子集先之天下慧心人必將有和其籟而發其聲者

好古堂詩集序

陳謚

物之顯晦有時哉龍泉太阿沈潛豐城獄底近十年有望氣者指斗牛閒紫氣知寶劒之精上燭掘而得之又取西山土拂拭之光彩頓發以此推神物之流傳人閒非偶然也吾讀彭蒼水先生詩三太息焉先生溧陽人家世膴仕　國初伯兄秋水先生爲滇南太守從之官晝參劇務夜奉簡畢滇故多勝蹟昆明金馬碧雞之祠具在每從游覽燕賦輒發奇響已而西南亂起乃萬里懷糧崎嶇豺虎閒周履中外形勢往往發憤有作要其旨歸於忠厚所與游多方外逸民而亦時爲賢公卿畫策爲安天下計勸之仕掉頭去之烏乎此先生之所以爲詩也彭氏既家長沙今四世世以詩爲業有名顧獨不見先生詩其從孫孚篆與予游得先生手訂好古堂詩集九卷讀之清明大雅類不作宋元以下語曩聞說詩者歎彭蒼水五言古獨步今觀其五七古近體皆善其弁詩小序紆委古致敘事類左史則所稱善者又不獨詩又聞先生有南北分編若干卷稾秘他氏未刻今亦不傳烏乎先生終不傳哉舉世之爲詩文者傳而先生不傳彭氏一家之詩傳而先生不傳望氣者知斗牛閒紫氣尚未射耳雖然神物顯晦固有時也孚篆非予故不輕示益善守者謹藏以竢之

天覝會序　陳　益

里中諸君倡六月六日之會始丙辰將與歲無極焉益奉家君子命執筆敘之曰國家承平日久桑梓詼洽壺飧之會非獨伏臘畱賓春酒介壽已也巾衫暇適卽景陶情其人與事皆有蕭疏遠興焉是可述而志也茲會之始同人捐貲爲宴具取其餘薄息行之意不在利也而利亦逐歲而增益又有儲社之義焉歲一宴周而復始輪次之人先期備藥物至則諸君脫巾衫調麪餌歸分啖兒消暑導積益又有養生之道焉是日也天高氣晶薰風醉客紅簇山榴之燄青環野稻之香酒亭藥圃雅韻宜人布韤芒鞵幽情觸緒或談世故或悉家常或較雨暘而數農

功或美雍熙而歌　帝德舉觴白眼多少高陽之雄拄杖蒼顏四三綺里之季吁嗟樂哉然而今日之老昔日之壯也今日之壯異日之老也自今以始歲有斯日日有斯筵預斯會者則必相視笑曰某歲是日厥燥厥陰厥風厥雷何象也某歲是日厥旱厥潦厥豐厥歉何占也某歲是日厥吉厥凶厥憂厥樂何事也某歲是日望而來者孰眾孰獨候而至者孰早孰遲飲何家雜何賓列何肴酬何度也古所謂和親康樂爲一書者其不在是乎哉又況後之人撫杯棬而各思其祖父油然孝弟之心且於是乎生風俗之醇直將一變至道矣

送周維揚兄弟應博學宏詞科序　陳　益

士之以術鳴世者帖括一家詩賦古文一家兼而工者寥寥也帖括自童子習至皓髮不衰而渙醇雅勁號稱大家者亦未多屈指至於詩賦古文半自英爽豪邁者樹之幟焉其胸中不可一世網蒐古今治亂得失邪正之迹感觸蟲魚花鳥山川之形以陶寫性情益巨靈運世譜皇輿經世疏也迂曲下士莫究端倪而望筆墨之河漢鮮不反顧袖走且笑且怒矣今世教子弟舉業者必先戒此而眼界手擘誠不作尋常觀必能揆理窟於天根步仙境於月窟奚至如稼不可陶梓不可範兩家門戶東西別哉特才力有豐儉故風氣異齊魯耳今　天子雅意作

人詔自翰林以下至郡邑學生有能企古司馬相如揚雄李白韓愈其人者赴博學宏詞科而吾友周子維揚昆季將應其選陳子授鞭而策之御曰行哉楚軍其張也海內不乏劇孟聊以干將莫邪試敵國鋒益從壁上觀不落寞爾維揚兄弟精舉子業以五經世其家十弟辰遠已玉堂初步今復馳其詩賦古文之才戀闕翩翩則南方風雅君一庭高踞哉行矣雖然爲良友進者文章華國魚目混珠　朝廷以博學宏詞徵必不僅以博學宏詞用求稱其業則忠藎凜朝夕焉求闡其道則聖賢有師保焉昔君家茂叔倡學汝南演太極圖說爲河洛宗旨君其有意乎濂溪一燈千古光矣選靑之日其以同異證白虎觀

雲驥莊拾遺草序

黃立隆

元配秦孺人名邦淑，同邑知龍門縣諱安鎬公次女也。九歲失恃，時公久登鄉薦，方膺選北上，慮無依託，素與吾父友善，遂締姻，且寄養焉。性閒靜，朝夕侍吾母旁，未嘗一出戶外。女工鍼黹之餘，啫讀古名媛詩傳，麤釋義，亦不求甚解，吾母益愛之。及笄後，旣執婦禮，余家本寒素，益屏紛華，遠服飾，躬操井臼，潔治盤餐，事堂上以敬，妯娌以和。晨昏佐讀之下，嘗勵余曰：丈夫不窮則不達，貧乏不足縈懷，但期勿負飲食，虛度歲月，以貽父母憂。居恆喜拈句，惟不多作，作亦輒燬，不欲外人見，以爲巾幗非所重於吟哦也。余亦嘉其志而默之，以故平昔無一知者。己巳歲

余得列弟子員，越四年，謬膺貢選，特邀　簡命，出宰燕平，迎養於署，奉侍偕來。惟時少年筮仕，不學無術，催科撫字之外，竭蹶未遑，賴以助理，闔以內劃然不紊。十年來哀號衰絰，同奔母喪，跋涉風塵，隨余南北，人生艱苦之況，殆亦徧歷。何天奪之慘，一朝遂萎。余方迫以王事，離家十日，相距僅百里，而迷離神脫之際，未嘗一言永訣，傷心慘目，有如是耶。嗟嗟！殘月悲風，招魂腸斷，因思傳舍無常，擬於初秋歸櫬鄉園，庶幽魂得安託焉。檢拾鍼篋，忽見長律十章，自述平生所歷之境，讀至終篇，泫然涕下。嗚呼！豈其機之先見，而識語忽出諸口耶。平生偶作，稾不一留，獨存此十章，意謂三十年來不能已於言者，恐子女幼小，久而失眞，故自述其事，以待成人時，知其母之艱苦備嘗耶？或者存以勖余爲忠臣，爲孝子，毋忘糟糠之舊耶？抑或者離形之驗，而不及自燬耶？嗚呼傷哉！夫巾幗誠不以文字重，亦不必以文字傳，第其意清眞，其音淒切，余不欲沒其素常，故略敘其大概，并付諸梓，以乞當世士大夫先生俯采擇之，俾賜如椽之筆，以光泉壤，存歿均感。乾隆二十九年歲次甲申五月，甯鄉黃立隆識。

案：定之先生以選貢官至大名知府，他文未見，此篇見於其孫本驥三長物齋文略中，因爲錄出。遺草在當時名公題咏甚多，而湖南諸公之作多沅湘耆舊集所未載，爰附錄存之。

長沙羅公源漢曰：秦簫淒斷舊音聲，賸草無多劇有情。自是降眞回上界，誰知夙世占詩名。十年佐政勤劬在，七字流傳曰迴腸。淒斷江淹賦淚溼，蘭幃永訣期。十載風霜勞內助，一生心事在遺詩。魂依燕北妝臺月，夢冷湘南玉樹枝。他日史中傳淑則，名齊鍾郝可堪思。長沙劉公校之曰：閫範由來匹孟桓，花封月闕墮江寒。餐蘭佩芷風猶在，詠菊銘椒墨未乾。一卷遺編傷化蝶，卅年愁緒悵驂鸞。重吟繡閣知何似，聲繞潺湲白馬灘。長沙劉公權之曰：寶婺無光素旐旋，琴堂誰共理朱絃。秦簫縹緲留遺韻，謝柳低迷賸彩箋。淚化瓊瑰驚此

日名書彤管重他年香匳應補離鸞操曲奏靑城紫府邊醴陵張公邦柱曰淸吟肎與外人知底事流傳篋裏詩應是精華難泯滅故教神物爲呵持迴文錦燦蘇娘字飛絮風生謝女辭鄉路欲歸歸不得迷離猶切藎臣規比翼鴛鳴錦水波十年冰蘖飽經過班姬自解裁箴史鮑婦猶聞卻綺羅白日彩雲看易散秋風紅豆怨偏多鸞紱罷御淸音渺奉倩情鍾可柰何湘潭張公世涤曰內則芳徽杳莫攀珠沈碧海玉埋山詩吟柳絮香分謝史續蘭臺豔是班三十年傷新歲月四千里憶舊鄉關楚南燕北成幽夢佇望秦樓綵鳳還鼓盆聲斷憶當年又見檀郎淚泫然花縣何人簪寶髻琴堂無伴撥

冰絃芙蓉帳冷留遺挂孔雀屏封護綵箋他日輶軒到瀛水定將列女傳中傳湘潭劉公亨地曰才同謝女正華年官閣酬詩好竝肩豈意臼炊占旅夢空留血淚染雲箋花開滿縣簪誰鬢琴撫中宵慟舊絃素旐飄飄隨逝水爲江落月意愴然湘潭羅公典曰日出秦樓漸曉時東方千騎怨歸遲竟眛花箋經秋覺拂地湘簾有月知每以通家聞淑德轉從殘篋見遺詩瀛洲亦是傷心地莫更登樓悵別離衡山文公光朝曰空幃遺挂落香塵餘韻猶傳蘭蕙身北帝招魂修女史黃庭參座弁夫人吹殘葭管三更月望斷梅花萬樹春闇範何須同譜譽紫泥書降壘楓宸祁陽陳公繩祖曰雲路鸞車杳秋風繐幕寒珠璣遺墨在冰雪蠹魚乾萬里魂何倚三春夢忽殘辛勤勞內助廿載共郎官曉月思妝鏡孤鸞失後期家風留肅穆仙馭已迷離白馬灘聲咽黃山蕙草悲可憐荀奉倩淒斷鬢成絲其遺草十首則沅湘集已錄矣汝懷㞐記

送郡伯李峩峯序

林學易

陶士行剌荆州終日斂膝事無遺漏而筆翰如流伊川先生之言曰稽古愛民於爲政也何有益惟稽古之人仁民愛物不遺餘力正與運甓同意非伊川不能言非士行不能爲也我衡郡伯李峩峯先生起家進士粹然儒者以政最擢守劇郡游歷閩楚所至惠政旁敷口碑載道乾隆戊子秋杪攝篆吾衡甫下車剔弊除奸興廢舉墜鉅細畢張尤以教化風俗爲兢兢每有規畫設誠致行三月之間聲馳七邑見者聞者咸鼓舞踴躍於不自知化亦神矣而公餘偶暇諸所建置悉述以文根柢義理不以語言文字爲工視陶士行之書疏殆又過之而心勞撫字約

己惠人惟日不足則又不但習勤而已伊川所謂惟稽古者能愛民非我公其孰克當之乎惜涖郡未久遽攜琴鶴以去此則衡人士所臥轍攀轅無可如何者雖然賢人君子游蹤暫憩人猶欣慕流連勿衰況公之雅化實被吾衡善政善教歷歷可數則其所以留棠蔭而繫遐思者又曷有窮期哉當與士行之宦蹟伊川之著論幷埀不朽矣

湖南文徵卷六十八

湖湘後學集編

序十三

檀弓庖廚序

劉紹濂

評書不得已也在今日而評書有何不得已者爲注爲疏爲傳解爲輯釋爲纂言集說源於漢派於唐衍於宋濫於元明後之人奉筌蹏而求魚兎魚兎當無慮不得之矣乃復濡穎研思思欲出手眼以領新標異故於筌蹏外奪所爲筌蹏則彼已饜魚而寶筌啖兎而珍蹏卽盛心覼縷道之曰非所謂魚也非所謂兎也自有其魚兎者騖游跌居於壘行中而未始一獻也彼將

反其數年稍稍所得內自思曰果皆非邪何以吾腹若果甚而又將朵吾頤邪亦不信之矣予壬戌來嶽麓不能潛心理學從朱張游翻閱舊籍妄有丹黃都未成書獨檀弓有素癖評批過多甲子文場戰北搜篋思卒其業重加斟酌將謀梓竊思檀弓典要書也核理精而極其變辨器嚴而剖其類紀事簡而括其實與儀禮周禮諸書相發明先儒列於戴記陳澔有集說行世其義詳矣盡矣特是其文之妙猶未拈出葢彼詁經此言文其勢固不得竝也余嘗推尊以爲足竝左國公穀當有單本行世選古文家第登刻一二訪諸書賈皆無此固管蠡之過宜痛自砭者爰是綴視微吟數十過遇有所得魚邪兎邪可以付之庖

廚而嘗之邪・今夫大澤之內・湠山之中・以游以泳・不角不牙・又尾而斑鱗・缺口而長須者多矣・取用固不盡也・得者人能辨之・斯必罄其有遺類爲足極山澤之藏・片鱗數羽・又何足以誇得邪・夫檀弓大澤也・湠山也・余奉故筌蹏有得而未敢足也・開卷而讀・掩卷而思・循環凡幾・心中若與曩者異・乃新其筌蹏而善所以置筌蹏之處・善乎杜赫之言曰・張羅者張於無鳥之所・則終日無所得・張於多鳥處・則又駭鳥・必張於有鳥無鳥之際・然後能多得鳥・此其筌蹏之所由新也・夫此其置筌蹏之秘妙鉢傳也・夫顏曰庖廚私蓋有取爾也・世之人以爲魚兎則魚兎之矣・以爲筌蹏則亦筌蹏之矣・而回視余庖廚固芬馥自若也・

老莊別言序

劉紹濂

省齋主人聞之副墨之子曰・孔師老孟不辟莊・又莊源出西河・孔孟從同老莊從同・又聞之洛誦之孫曰・老莊與聖教將毋同・主人曰・云孔同老萬世之人不許・云老同孔老亦不許・云孟同莊萬世之人不許・云莊同孟莊亦不許・然則云老莊同乎・老莊亦不許同矣・又奚云不同・不同矣・又奚云同・老不同老矣・云同莊不同莊矣・云同孔孟不同孔孟矣・不云者同・云者不同・田從胥驅豜而獠於姑逢之山・得二狐・舉火燭之曰狐也・又有獸鳴於藪中・噭噭不絕・豜銜之而出・遂中機辟・田從燭其形・羣曰狐從曰・是獥獥也・有翼似狐・夫獥獥則獥獥矣・胡似之云・老莊則

老莊矣・胡同之云・省齋主人既撮錄老莊成顏曰別言・或者不知以爲外之・而曰子之別有別說乎・主人曰・別云者非外老莊也・別老莊也・別老莊者還老莊也・老莊別故別之・亦猶宋儒書粹故粹之・或曰・有言也者・有未始有言也者・有未始有夫未始有言也者・有別也者・有未始有別也者・有未始有夫未始有別也者・子知之乎・主人無以應・而卒無以易其別之說・

性理粹言序

劉紹濂

人文布帛亦文綺羅。人味菽粟亦味芻豢。然則布帛無擇文。菽粟無擇味。文綺羅者或虛終身。味芻豢者或歉終身。一日不布帛菽粟則寒而餒。則不可以終日。夫布帛文也。綺羅未爲文也。菽粟味也。芻豢未爲味也。宋儒之文布帛也。宋儒之文之味菽粟也。理皆自所體而得。心又如其印而合。以陷溺之衷與之對。則黮黯齟齬致多鄙屑。以平旦之氣與之迎。則有歎先得我心者矣。濂幼愛讀其書。逮長茫然。然觀諸名家文根極其一二語。便自卓然名於世。桐城方靈皐尤其較者。濂既不能朝夕涵濡。體驗於日用之際以養其心。又不能揆索强誦浹洽於心口之

間以發爲文。費精神於無謂而無數布帛菽粟。不爲我禦寒而療餒。濂懼終身無一言之幾於道也。丁卯春復檢錄之。與諸同志共勵此道。然聚無數布帛菽粟於其間而終不獲被我體實我腹。毋甯表裏紲袢。一日三粲而果然也。是說也。朱子嘗以爲伊川程子贊。而吾取以弁吾性理粹言。

海東札記序

劉亨地

六合以外聖人有所不知。不知之則不敢言之也。東坡官登州五日而將去。以不見海市爲憾。禱於神而得見。乃作詩歌以紀之。故凡風土人情之變。山川草木之奇。屬在海隅非中土可例。不身親其地而歷有年所。其能了然於心胸筆之於簡冊乎。吾友朱君硯北爲臺灣司馬三年。秩滿來京。出海東札記一編見示。夫臺之隸我版圖久矣。官斯土者孰不眞知之而能言之。顧待君援筆以記乎。蓋四海內外。其麗於天與麗於地者有同有不同。人生於其閒。性情嗜好亦因之各別。每覽夫方輿所載千態萬狀。覺胸中奇奧之氣勃然而生。未嘗不歎宇宙之風景皆

乾坤清氣醞釀而成。卽天地之大文也。欲得難狀之景而錄之成文。非才學識之兼全。豈能文天地之大文哉。君爲吾楚名元。自爲諸生時。吾卽欽其學之博。才之長。年來宦游四方。又足增其識。故所著循經堂詩集。早爲騷壇所推重。而其作是編也。統之以八門。釐之爲四卷。萬類洪纖。覼縷備載。體物之工。不啻偃師化人之戲。至於御民有道。立政有方。則經濟之老成。尤足爲後之守土法。甯第斯文之必待君而成哉。君與吾少圃兒爲同年友。君甫自臺歸。吾兒卽往宰鳳邑。君其寄一編與吾兒讀之。亦可奉爲前事之師云。乾隆癸巳仲冬月下澣八日

唐詩矩矱序

方應和

乾隆二十二年。特命春秋兩闈易表判爲詩。下逮歲科童子試亦增排律一首。於是海内之士。彬彬然調商協徵。扢雅揚風。咸講貫於聲韻之學矣。竊稽以詩選士肇自李唐。其時上以此求。下以此應。三百餘年來。雖有初盛中晚之別。而後先媲美。爭妍競爽。謳歌之盛。洵曠代所未有也。學者相逢　文治光華之時。幸遇詩教昌明之會。所藉爲賡拜之資者。舍唐詩奚以作胚胎乎。惟是諸家林立。蔓引枝繁。使貪多務得。采擇不精。譬之屛羈銜而御馬。廢篙楫而揚舲。當其漂泊中流。馳驅周道。縱意所之。非不足快究之。畔岸茫茫。馨控無術。其不至覆舟覂駕者

幾何哉。吾弟德輝髫年嗜學。未冠能文。匊工吟詠。因綜唐人應制排律。裒集若干首。大抵堂皇冠冕。典贍精詳。音調則玉節金和。局度則鸞停鵠峙。蘊藉則平山遠水。婉折宜人。鮮麗則露蕚晴葩。芳菲滿目。其輕俗瘦寒。牛鬼蛇神。翦紅刻翠。槪不與焉。誠場屋中之矩矱也。吾弟由此潛心揣索。含咀英華。和其聲以鳴國家之盛。行見龍門奪錦。鳳沼揮毫。遭際之榮。知必不讓前賢矣。

諮餘錄序

何光晟

胥雅之三篇備陳諏謀詢度。蓋美使臣之賢勞。叔孫穆子所言獲五善者此也。然賤如原隰。微如皇華。且寄情焉。以周諮而不忘。賦物名鄉。風雅率類是耳。而不謂隰與華。且得附征夫以傳於不朽也。蒲邑萬年庵爲使車經駐之地。前明董宗伯題曰歇心處。我　朝吳文恪公士玉詠歌以紀其事。繼此名公鉅卿。屬和者踵相接也。金薤琳瑯。輝煌斗室。楚北傳美談焉。余涖斯土。寶貴之。弁思所以永之而未暇。丙申冬。湖南觀察梁沖泉夫子過此。顧余曰。邑有名勝。而子任其散佚可乎。余瞿然對曰。是晟心也。爰錄以付梓焉。夫蒲圻巖邑也。萬年荒庵也。名不如澧鎬

鄠杜之麗矚。不若虎邱西湖之奇。而顧乞靈於名士之風流。以光昭其勝迹。是亦猶隰與華之得附征夫以傳於不朽也。遭何幸乎。乃知蘭亭之清湍修竹。無右軍不顯。愚溪之嘉木異石。無柳州不名。陋室之苔綠草青。無夢得不著。嗟乎。巖穴瑰異之才。非附青雲之士。亦無能聲施後世。光何以異是哉。乾隆丁酉孟春人日。

案諮餘錄未見刻本。向從市肆得一鈔本。於萬年庵歇心處三字匾皆有圖繪詩。自吳荊山先生後和者甚多。劉石庵翁覃溪兩公倡和。翁詩載復初齋集。南園錢公詩可補其集之遺。若蒲圻未有此本。則當補刻以存掌故。汝懷坿記。

歸震川先生全集序　劉權之

余少時習舉子業，先君子選有明制義三百篇授讀，曰文章之矩矱盡於是，文章之變化亦極於是，內如震川先生文，能善學之，則由是而進於唐宋，由是而進於西京，無所不可。但無門徑可尋，其殆胎息龍門而與古俱化者歟。因而反覆玩味，見其渾灝流轉，運單行於排比中，實有風水相遭之妙，惜未得窺其全豹焉。後值　國家稽古右文，開四庫館，余適懷鉛握槧，幸廁編摩之末，始得見先生曾孫莊所刻全集，讀其文，歎其遇，并悉其於舉世波靡之日，獨力支拄，卒能使宗北地、信陽之說，剽刻古人者屏息而慴伏焉。孟子所謂豪傑之士，非先生其人乎。及余督學大江南北，先生七世族孫梅圃觀察，取嘉定張樸邨續輯及家藏餘集并刻之，蓋後人視先生單詞隻字，皆應如吉光片羽，因彙爲一編，屬序於余。余何足以序先生之文，先生之文又何取乎余序。余卽序之，又何當乎先生之文，非惟余序之無當乎先生之文，卽當時之序而傳之者，亦未必能深知先生之文。自古聖賢有自得之處，旁觀之推測無論矣，卽及門高弟子朝夕與居，心領神會於微者，偶爾感發，欲形容其所造之境，終覺惝恍而無據，未免意可到而口不能宣。倘以身設教之餘，自道其一二語，每親切而有味。學問一途大抵如斯。先生序項思堯集，謂文章天地之元氣，得之者其氣直與天地同流。又序雍里先生集，謂文者道之形也，道形而爲文，其言實與道稱，所以先生集中辨別義理，發揮經濟，洞中竅要，有見於道，而氣又足以副之。余無以序先生之文，舉先生自道之語，還以爲先生文集之序，庶有當歟。不然，以王司寇之才，大學博至晚年而始有悔心；西海范范，獨於張文毅公惓惓不已，非僅篤於師門，平生僅有此一知己耳。何況數百年之後，率爾操觚，竟欲舉數行文字以爲先生重，何其不自量也。質之梅圃，以爲何如。嘉慶四年己未首夏。

杓橐序

劉校之

由湘江泝攸谿瀠洄石瀨波興伏不怒窅然岸曲每折秀絕峯巖嶺插若龜若鳳若鸞若司空披水經圖志又知古云陰山與天柱紫蓋石廩氣延脈注徘徊瞻眺知是中大有人在明代如易語池陳開之陳逸子陳史占俱有詩歌翰墨流落人間傳者焯爍瑰瑋不傳者湮沈何限前輩體齋先生踵起特峙汲古嗜學京都歸來里門杜足謚鑽仰典訓擲筆破的苦心漢魏杓橐數千篇端倪軒豁正未敢師心著述往復商訂促以付梓前輩歛退就儒作而言曰吾邑古筆學博如同姓桃文先生其古文古詩緘囊固篋生前秘不肎示人我而張諸如姿何噫嘻惴惴

小心如臨于谷學然後知不足前輩此意正願挈後進廩廩持以共勖焉己丑夏仲

習是齋古文序

蔡 瑹

巉巇絕巘人迹不到之區天下稱奇境者也而通都大邑平原廣野則民生居室耕作通易之所必資駹峯豹胎蝤蛑江瑤柱天下稱奇味者也而有食有不食多食或發人疾不若稻粱菽麥瓜壺果蓏之謚人而韓子曰無當世之怪必無後世之傳余始讀而疑及徐而味之乃知公所謂怪爲小夫曲士狂走囈嚼者言之所謂傳則後世有述之類非謂世士趨好之有異同也汾湖舫齋陳先生少倜儻有奇氣負文武才既於世無所遇乃閉戶讀書者殆十年暨於中歲忽好老氏家言得參同古本註之旁及方書佛氏諸語無不貫通余與先生生同邑而又通家

世好凡先生之生平既耳熟而心維之者久矣今歲清明前三日籃輿赴青山拜先人墓遭使者於路泥踝喘汗懷中出一緘披視則先生古文一集也手書誡余爲序袖底墓舍私心竊計騁譎瑰不可方物者存於其中乎夜既靜挑鐙讀之則見其紆餘質慤欲然若不欲有所驚炫於人者明日又讀之而議論通達動中窾要雜傳小記皆有微意深旨至於說易論命諸篇尤足見其得力之所存庶乎因文見道者然後歎賢者之用心不可測也昔張邵諸子一代儒宗發爲文詞足以經世立教其先皆旁入乎百家二氏之說已乃求之六經深造自得然則先生

所以自得者可欽也已夫以先生之才而又旁涉百家奇蹤殊
嗜何不可恣意而出之而所精擇而存者乃必斤斤乎於道有
合焉而後已也登巉崖陟絕巘窮歷險阻蹻而跌足隱几窮水
陸之珍捫腹醉飽反而甘蔬茹糗道固如是耳因爲之序而歸
之使夫讀先生文者知先生之綜博羣語斷斷一範於正譬猶
蛟龍行地溪壑狹曲木石挂礙相迎以解鱗角無有害也世之
狂走蠼嚼者淈然亦可以返矣

琴城酬贈詩序　張九鉞

余二十年客豫章多交南豐士又十一年攝南豐邑篆又十四
年戊戌秋以訪人過南豐淹留六十餘日南豐運五嶺脊踞盱
江上游軍山雄秀插霄漢產魁奇特達之材皆秉曾氏經術文
章以樸茂深醇相尙又爲程山講學地重節義扶倫紀毀譽無
私猶存三代遺直長吏能剛大光明恭儉慈惠不怵以勢則雲
合飈舉甘赴湯火效死力閒有桀黠者人皆不齒卒愧悟恂恂
服教余初攝篆時主童子試苞苴竿牘皆杜絕咸直之暇時與
能文者互相切劘杯酒往還淋漓跌宕若忘其爲長吏也者今
重來望軍山晴翠欲滴如故人迎揖邑人迎余館舊嘉禾書院
朝夕迭相陪從軍山曾早白處士時年七十八亦懷詩數步行
至白首相對雄談博論至夜分余倦眾方散家釀埘雞網魚烹
黍惟恐余之不至余歸艤舟資政橋下則又攜具寺中喧豗賭
勝夾道爭相望羨若忘其爲旅人也者先是邑歉收民艱於食
余請平糶四方攜老挈幼來者萬餘人部例大邑存七糶三余
計就食人數糶幾過半上官下檄切責幕中人咸病余余曰積
貯民命也墨守舊例坐視民餓死非所以廣　皇仁余不貪
穅秕不徼餘利萬一爲民食受罰不負君不負親其榮多矣上
官廉知無他浮議亦息倉米不敷糶則勸義紳襄事給牒赴豐
境售米運先至者給匾額旌之米麇至早稻亦漸登場訖事萬

餘入無一弛隤者玆鄉民聞余來擁輿候顔色相慰勞有執余手歎泣者曰非公吾等早爲餓鬼矣余浮家豫章城食指繁紳士多贈米儲諸舟市肆傳帖有以霉溼米售余者查出公罰時民禁米出境截江嚴守獨護余舟行幷飛帖沿江放行無阻語云山之民多仁余何德於民亦賴邑諸君子不以俗吏視之而巳因集余酬和及衆贈行詩爲一集使知今世存直道敦古處者尚有南豐諸君子也

送阮見亭游蜀序

張九鉞

漢陽阮子檥舟章水之濱將歸省母遂爲西川幕府游其友張子曰壯哉此游阮子之學於是乎將適於用矣今夫幕府者天下磨鍊人材之地也士抱魁奇材貫串古今之學思見用於世試官矩矱不足爲束縛又不屑抱殘窮蠧疲其精神於無用之所於是出之幕府爲人佐理借其出號施令紓生平裕國足民之學陰以見用於天下當夫犯霜露冒寒暑出入蛟龍虎豹崎嶇而後達旣荷禮遇思竭報效劇心鉥胃管禿席敝以求理之當事之合葢亦勞且苦矣及智謀濆涌中乎機宜揮灑如意熟而巧生焉進則可以坐言者起行退亦稱鉅手通材爲天下倚

仗故幕府失其人雖豪傑經營而不足幕府得其佐雖庸材安鎮而有餘吾故曰磨鍊人材之地也西川古節相所迴翔人以登幕府爲榮然南詔吐蕃素苦邊釁今　天子神聖文武奉天討罪剷平兩金川歸我圖籍軍興甫定大吏籌善後事需佐理甚急士樂以長材自見而阮子之游適際其時夫承流宣化勞民勸相者有司之事也坐堂皇召僚屬而謀繪山川而計嘉謨嘉猷贊密勿而布之大吏之事也若夫撫綏招徠何以徧耕墾肥磽何以較句稽寛嚴何以濟險阨輕重何以守聲勢聯絡何以周條分縷晰播之文告以行遠而丞令甲則非幕府不爲功操三寸柔翰指畫數千里外繕一奏剷一牘適如引助者所

欲行又不可竊意旨以爲迎合使令出而俗不驚言贍而事不擾流順民心而無束溼鍥薄之弊責綦重矣抑亦榮矣阮子勉乎哉司馬德操有言儒生俗吏豈識時務識時務者在乎俊傑所謂識時務者謂其可適於用也是故合乎昔者不可通乎今利乎內者不可施乎外反是膠柱鼓瑟欲速見利必病民而僨事且夫善於用者在度其時乘其勢審其機而已郢人誤書舉燭而燕相取之以治燕不龜手之藥或裂地而封或不免於洴澼絖用之所宜異也余嘗論爲幕府之道有三曰靜曰愼曰毅靜則不自亂而識定愼則不自恃而材正毅則不自貶屈而氣直兼此三者則亦何適而不可阮子閩關萬里謀瀚瀟之豐將

振尚書比部之遺業以報　國者報親必自無誤其用無滯其用始阮子勉乎哉昔杜少陵幕府諸詩洞悉邊務然多羈愁之音阮子當販圖式廓山川和樂收巫峽雪山雲棧之壯氣爲詩必鏗鍧廣大與少陵異曲同工寄余讀之亦以覘阮子之以用爲學矣阮子行乎哉

新安呂方伯濯桐齋時文序　　張九鉞

余自束髮入大學從當世名卿耆儒游因得縱觀流傳制藝竊謂五十年以前之文多尚法五十年以後之文多尚才尚法者奉先民遺矱以理爲宗毋敢放言高論循循焉稟經酌雅求銖兩之悉稱藏鋒韜穎而言才者莫或出乎範圍焉而世家大族之文守其高曾之矩父兄師友之訓則又務以雍容樸茂醞釀深厚爲上以故出而應試莫不各有事功以自見蓋沐浴於國家教育者深而山川鍾靈於是獨厚也河南呂氏宋時一門鼎盛史有中原文獻之稱明末忠節公以理學德業爲文章臨難捐軀大節炳千古又不僅以語言文字傳入　國朝子孫如

侍御司農光祿諸公彬彬繼起立朝丰采符人望而著述宏富和其聲以鳴盛於是天下言中州文者必推新安呂氏司農喆嗣桐齋先生天才卓犖學術淵雅早擢科第服古入官以事功表著余曩游長沙幕府稍稍讀呂氏先人集欽其家學得耳先生政績顧未能遂展謁老客東都與先生嗣君寸田交寸田詩文才氣橫溢而軌於法余心折焉訪余周南講院出先生濯桐齋時文受而讀之其文言必六蓺理必先儒秉正鵠以發有的不屑劌心鉥胃鉤章棘句而深醇之氣油然楮墨之表仁義之人其言藹如余所謂五十年以前尚法者益於先生見之蓋其先世德業節烈之所涵濡者廣且大而呂氏於河嶽精靈尤爲

獨萃矣。寸田將刻先生詩文。謁余爲序。余何能測其涯涘。顧自少至老。於文字中飽閱天下世家盛衰之故。見獨之鴻騫鵲起者精華皆竭。而呂氏一家光燄猶奕奕宇宙間。本之盛者枝茂。韓子之言不誣也。昔宋吳興汪問集謝安以下十六人詩爲謝氏蘭玉集。而呂氏中原文獻。惜當時未有彙而編之者。余學殖荒落。其言無足爲重。寸田交游半天下。其請諸宿學鉅眼。自忠烈公而下。及一家弟姪之文。合爲一集。流布海內。庶足以彰國運家學之盛。而先生此刻。尤其椎輪也夫。

杜詩集說序

孫九鉞

注杜詩者。自宋九家以後。亾慮數十家。率皆牽附史事。強合詩旨。使杜公忠愛之忱。流爲怨誹譏刺。大傷溫柔敦厚之教。而學詩者又徒摘其某句某字之工。爲摹倣。買櫝還珠。千古同病。然所說不同。雖瑕瑜互見。又可爲以意逆志之助。惜無好學深思者薈諸說之大成。折衷焉而歸於至當。使讀者開卷瞭然。是又非見聞之洽。藏弆之富。歲月之遠。不能也。樵李江孟亭先生。績學殫聞。以詩古文辭雄齊吳幕府間。於杜集有深嗜。憫諸家之說泛濫無歸也。乃出篋衍所藏宋元明及 國朝注本。去其踳駮。存其醇粹。條於詩後。闡明大意而不失之簡。分載疏註而不

失之繁。間以己意參酌。其間曰杜詩集說。諸家之論。庶乎少定矣。捐館後。喆嗣澹如。旣以先生所注曝書亭集付梓。而是書亦次第藏事。書一出。而觀者稱快。爭欲得爲枕中鴻寶。信乎杜氏之功臣也。杜公宗武見於公詩者。曰誦得老夫詩。曰熟精文選理。然於公卒不聞有傳述。澹如奔走衣食。能縮其脩脯所入。以成未竟之業。展卷而先生精神躍躍豪楮。是杜公不能得之於宗武者。先生得之於澹如。誠可爲蓺苑中增佳話矣。是時金壇于君晴川。亦以所集文選評本開雕粵城。貽余一編。吳越諸君子好學汲古。如飢渴之於飲食。而澹如克承先生志。嘉惠來學。其用意尤深。將度嶺歸。急援筆而序之。

耿湘門素舫齋詩集序

張九鉞

往余兄甄齋與諸名士賦詩黃鶴樓，長沙耿君湘門枉座，年十歲，衆方繞桂吟，君搖筆立就，踔厲風發，舉座大驚。甄齋數爲余兄弟言湘門能。余十二歲賦嶽麓六朝松歌，君兄憲侯驚歎，爲太白復出，言惜子不遇湘門。後聞君棄舉子業，縛袴褶北走燕，東之白下、錢塘，詩筒酒椀，常屈其座人，羣曰是楚豪不可當也。憲侯亦別去，三十餘年不相聞，而天下耳中意中皆惝怳欲遇湘門。余自京師歸，大雪登黃鶴樓，望山川蒼莽，思得一奇偉非常之人相與呼酒賦詩以當之，不可得。而湘門方以詩雄於嶺南，新安汪先生筠川、武林杭先生堇浦皆與君交深，君又交嶺

南何先生西池、陳君祝三、馮君箕邨，詩箋碑版照耀海嶠，零紈斷墨，得者藏弆爲榮。甄齋至嶺南，與君唱酬最密，時君已浮家海上。甄齋歸，言湘門甚思見弟也。又言君居幕府，數畫奇策，中民瘼。高州山瘠不可治，大吏以報墾多課最，邑浮報四萬餘畝，君力持之。會　朝廷下朱文恪公遺疏議，得核除，君大喜，按冊立刪一萬餘畝，主者有難色，君聲淚俱下，議上，竟報可，而君亦投筆歸。又言君近事鹽筴，出心計，贏萬餘金，急友難，揮斥過半，更大折閱，橐垂盡，君浩歌不輟。余今年來嶺南，甄齋與憲侯先後下世，君亦垂垂老矣。余急欲見君，君方臥病謝客，閽人執刺解，忽聞余至，狂喜，呼長君迎余素舫齋，兩童舁君出，秉燭望顏色，執手且嗚咽曰：不圖晚年得見子也。自是日數次至，把酒擊鉢，因得盡讀君生平詩。君以詩書爲嘉穀，以山川爲性情，以朋友爲心膂。羊城嶺海雄闊，尉陀、陸賈之遺墟，五子三家之流韻，珍花怪石，雲蔚霞緺，君樂而安之，梳濠作齋，庋書萬卷，以箸述自娛。其詩標舉風會，俯仰身世，鯨呿鼇擲，橫絕一時，兼有杜、韓、蘇、陸之長。時何、陳二君皆歿，君與箕邨交余，攜家具，買舟泛珠江，登越王臺，君坐籃輿，負養和以從，輒游輒讀君詩，不釋手。獨怪君五十年前使屈首場屋，才華經濟如錐出囊，必能吐其奇立功名萬里外，乃奔走衣食，浮沈嶺嶠數十年，以寓公老，徙發爲詩歌，則何也？然使君僅博一第，其詩未必如此工。天不幸使

君懷才負氣，侘傺抑鬱以老，又幸而付之以才，幻之以境，使魁閎輪囷之氣蓬鬱畢發，金精珠光，不可磨滅，天下不得見君者，讀君之詩，如虎豹在山，蛟龍在淵，隱然有奇偉非常之想於嶺南嶠北閒。嗚乎！此則君之詩所以工也。余交天下賢豪多，而真摯伉爽無逾君。將北歸，君贈余長句數千言，愧不敢當。私幸吾楚豪如君尚在，以得見誇鄉人，又自悼。酒闌夜歸寓，海風吹樓柱欲折，急雨屋瓦澎湃，起索燭作岬，離合之感雜沓中來，序訂交序賦別而已，稾不足存也。

裴慎齋琴餘艸序

張九鉞

乾隆辛亥冬，慎齋裴子自大梁旋里。王子春，余亦自鼕城歸，主講澧陽。裴子訪余，出其琴餘艸十九篇見示，沈酣經史，出入秦漢唐宋八家，我用我法，神與古會，渾灝流轉，鬱怒遒緊，余讀而心醉焉。昔陳黃門稱徐昌穀詩所存無多，短章片語，悉是連城，是也。余嘗謂吾輩風雨孤燈，研鑽數十年，稍得綰一綫，思可展夙負，顧俛首低眉，挽馬撾隨老革，而貪者浚之，忌者排之，暴者甚至欲殺之，吁亦危矣。然貪者不能攫吾胸中之書，忌者不能奪吾手中之管，暴者不能飄散吾天地山川所賦之氣魄。若曹如飛蓬輕𡏖，渺無蹤影，而吾輩積諸篋衍者，猶長懸天地間，可

以復古，可以傳世，可以娛老。此余讀裴子文，感喟交集，又躍以喜也。余長裴子三歲，老病困循，心源幾同廢井，無能爲裴子役。裴子精神滿腹，譚藝衮衮不休，曷繼十九篇而張大之。杜少陵云：老去詩篇渾漫與。漫與者，言隨吾化工而不以力與其閒。裴子之文幾於道矣，固吾所樂窺其全者也。

送曠峋嶁前輩由嶽麓歸衡山序

余廷燦

以嗜學舊儒，白首耆艾魁壘之士，計其顓壹發憤，潛心覃思，積至六七十年，研味皆至到，發攄必性靈，權衡極分寸，議論通今古，而四海之大老無可用。一日乃自抱所學，欣然言歸。吾考漢興，經初脫秦火，賴齊魯諸老先生出，輔弱扶微，興廢繼絕，而後六經不墜於煨燼。吾考其人，類皆髮脫齒落，脣腐齗齾，說經不可別白。至今殷盤周誥，尙餘聱聱破碎聲，亦豈不氣緩言澀，脫字宂文，而存什一於千百，則斷非諸老師宿儒出不爲功。今先生際經學大明之世，又章句小生日藻繢鞶帨，取決科之不暇，於先生所學無可用，先生誠不如其歸。且先生素喜談說經濟，

雕鏤文章，又喜號召後學，角辨無已，當其心計指畫，口講結習，鬱勃於中而大作於外，是尙見吾衡氣機也。毅然趨己之所獨嗜，猶然犯舉世之所不求，而後乃今擺落收拾，豁然言歸，蹋祝寥廓，吾豈無以測先生德之所際矣。先生如之何而不樂歸。他日吾將就衡山而問道焉。於其別也，序以送之。

明指揮使謝公承任死事傳後序　余廷燦

茶陵謝生國楚以其先世指揮使謝公承任死事桂陽縣志傳及詩歌彙爲一帙請予更繫以傳予展讀卒業辭焉已乃作而歎曰公偏裨微弁耳天資忠孝鬱勃其心遂支解其體爲萬山中一小縣死死既百餘年猶生氣塞穹壤而光日月當時擁專閫佩斗印擅土地甲兵坐恃貴强桀大以自便其避死趨生之計者亦復何有哉論者或曰公死事於明季不甚著非關天下之所以存亾是大不然者今夫縣無小皆王土官無小皆王臣當粵寇鍾靈秀之薄桂陽城下也若俱如縣官之縮頸宵遁則豺虎縱横寇盜充斥直入桂陽視若無人耳天上地下有一可

視爲無人之處則天下豈有一無心之人哉今人惟有心自毛髮指爪之末以至呻吟疴癢之細無不隱隱脈脈呼吸相貫而後其人不死況人者又天地之心也無心貫一身不可以爲人無人貫天地則天地又何以與立通是說也亭障堡戍中一老校羸卒皆其司命脈而與天地貫者也何況指揮使之於桂陽然無人不有是心而或禽獸其心究不可謂有心亦猶天地閒無處不有是人而或鬼蜮其人亦究不可謂有人嗟乎此則惟公之人可以貫天地而天柱地維所賴以有立者也其人雖已死而其人爲天地之心之人則天地之心乃亙萬古不磨者故其人雖死而常生而斷非戈兵水火所得而死之亦斷非膏粱文繡所得而生之也曩令明之縣邑隊伍皆得如公之人心公之心以爲天地立心則縣邑隊伍皆隱然重鎮强國豈復有今日破某城明日又破某城者哉夫一身者一肢之積天下者一縣之積也若林大傅之棄桂陽如敝屣第脛指不可屈伸耳然人一二指搐卽身慮亾聊宜公之疾痛相關與身俱赴者嗟乎自公之死十有三年爲思陵癸未闖獻横驅郡邑望風瓦解當是時明之天下錮疾不仁雖扁鵲不可爲治大率皆由林大傅輩積而成之耳然與其由林大傅輩積之而亂何如由公與蔡江門一輩人積之而治哉予考春秋之義事關疆場者雖微必書因反覆是帙不能已於言乃就觀察李公拔傳序而還之謝

生以副其請亦以見得失之林有如此者

唐陶山岱覽序

張世法

自古之善尊泰山者，斷自詩與孟子止。詩曰泰山巖巖魯邦所瞻，孟子曰登泰山而小天下，皆言之善者也。然爲其瞻也率不如爲其登，爲其登也又率不如爲其覽。瞻從於遠，登從於高，覽則竝陰陽分合而更窮其變態。吾讀唐子岱覽一書，而又歎爲天下之善學泰山者，不但此一二言止也。噫，夫造物者之無盡藏也久矣，鹵莽而往之，則亦鹵莽而應之，其於學也何有焉。岱爲天下之大宗，其地帝王封禪，神仙陟降，鬼物出沒，精靈蟠結，孔老釋佛、翰林子墨藏修憩蹟之所。後之游者，問徂徠之松，新甫之柏，考秦皇漢武之碑，按蟲鳥之遺形，掘蛟鼉之斷足，幾於

感憤欷歔，摩挲欲絕。及與縱覩海日風濤、野馬匹練、飛巖瀑布，追想伯牙鍾子期露雨崩山之音，則又有心夷神愉，若英爽萃在咫尺，而皆於覽焉外得之。唐子生有夙緣，自少隨其尊甫侍任榆山，繼又葬其母夫人於陶山之穴，不數載復客岱，主泰安之講院，執杖屨，營窀穸，據臯比，忠孝文章發於性情，觸於吟咏，宜其於岱飽聞而飫見也。岱覽一書，其淏於學者乎。不然，天下亦大矣，五嶽之在神州，岱其一也；環海之外復有九州，神州又其一也。唐子豈到處裹糧而從，執筆而爲之者哉。吾於讀詩與孟子後，悅唐子之善爲其學，故序之。

唐陶山補箋周禮注疏序

張世法

天下不患有難爲之事。泰山之霤穿石，爲其專也；狐白之腋成裘，爲其精也。精則其用物也必過多，專則其需時也必最久。然吾獨畏陶山之鋒，其銳力於古，抑何莫邪干將，堅悍淬利，使人驚愕失次，不可逼視，有如是哉。始吾晤唐子於荅通客舍，其論周禮注疏，如鄭賈先儒諸多未愜已意處，欲爲補輯而釐訂之。吾曰甚善，君但力爲之，吾且與作序。竊意未必即有是事也。其後專袖一帙示余，則摘及周禮三齊秬鬯元酒之說，旁引曼證，周詳辨論，連篇至近千言，雖一節必無憾而後安，苦矣難哉。亦竊意其志可嘉，其事未必即有所成就也。最後則又相遇於同

里蕭君之官學，而見其容悄然，其神槀然，因私言之曰：爲我語陶山人，命最重，姑以異日俟其成之，吾序未爲晚也。乃不十數月，而已裒然成集矣。及反復讀之，章梳句櫛，每出一見，適如人人意所欲出，而仍與古人之言脗合，抑又何粹然出於至善，絕不類於倉卒補苴之所爲也。然而其鋒則已銳矣。夫六經滅於秦火之後，學士大夫抱殘守缺，窮年皓首，老死不見全經，或一代閱數十人之手不能完一書，或一人積數十年之學而不能完一解，無他，私意牽滯，因循遷就，不銳故也。若盡如此爲之，窮金匱，貫石渠，天下何復有難爲之事。今唐子之集已卒業，而余之序逡巡有待，倥偬赴甘，不克竟如前約，是則吾之魯鈍過甚

其不及唐子也遠矣雖然其銳也乃其精與專也唐子之精非一人一說之精也唐子之專非一時一事之專也學者苟無讀書稽古之素而復欲以銳意爲之辭有不至於鹵莽之耕滅裂之耘者幾希矣是集出吾願學者之奉爲圭臬焉因風晉言俾示蕭君促付剞劂公惠同好蕭君名大經亦績學篤行士也故樂爲之云云時臨澧道中書序

海峯龔明府詩序

張世法

海內言詩者徧陬澨而猝無所得余宦游再至甘始聞廉訪姚雪門先生及平涼明府龔海峯俱以能詩名先後藉重搢紳間然簿書倥偬其所爲詩竟亦未能遽睹太華黃河插天湧地之奇日在人耳目終以風塵邂逅寤寐懷想不能決然捨去爲之悵惘者久之於後姚雪門詩刻出乃得海峯與所爲書其論雪門之詩較之近日有才華而無性情有格局而無韻致者何啻霄壤之別吁此正海峯之深於爲詩也海峯足迹徧五嶽其於乾坤風雷呵護山川鬼神施設與夫帝王歌臺戰壘文人逸客墨池釣阯寡鶴唳猨名松怪石百變不窮之態皆其少年巧思

妙運豪材傑構至於詩書忠孝禮樂文章醞釀於胸懷吞吐於喉舌有不可以聲色擬議求者則又由壯將老之所得而要必於其詩焉發之辭必高然後爲偉思必深然後爲警旨必遠然後爲醇氣必眞然後爲清總不越其與雪門所爲書二語有德者必有言若海峯之爲詩其幾於道矣乎惜乎雪門死矣觀其鑱刻萬物而終之以淘汰豈亦人之所常能哉而不獲享大年主騷壇振興後進此則余與海峯爲詩者之命之窮也海峯以其自爲集示且囑余訂正焉是爲序

畱示平涼柳湖諸生序　張世法

西秦爲天地神皋奧區。自禹貢紀雍州始見於經。至周而二南江漢七月豳風。及秦而車戎駟鐵蒹葭條枚。漢則上林西京長楊羽獵。唐則曲江華清秦州同谷玉門陽關安西北庭流沙弱水。疆域萬里之外。皆見爲詩篇詞賦歌謠。雖蒼涼激壯有近於邊塞之音。然而其風亦已振矣。君子未嘗擯而斥之也。其後浸淫不及於古。作者殊少概見。在甘爲甚。荏苒於今。士子之習爲舉業者漫無所挾持。以就有司之繩尺。曰是固已求而俱獲也。有司之至是衡文者。亦往往寬其繩尺以足遴選之額。曰舍是則幷無以獲士也。吁吾不知下之所以應上，上之所以示下。終

將操何道以從事邪。夫豈山川奇特不如昔之所云邪，抑生其間者風俗習氣耳濡目染。乃月異而歲不同歟。吾以爲此非弟子之過而父兄師長之過也。亦非父兄師長之過而教其父兄師長者之過也。譬彼黃流南徙。衝刷而訌失其故道。挽而迴其波。障而固其防。當必有在矣。吾與平郡諸生處日無多。今且別也。畱言以使之密相尋繹焉。

如予草自序　羅健亨

詩如其人。如其性情才學也。夫性情盡人而具。往往莫之發攄者。才學有以限之耳。夫古人有十倍之才學。故發於性情而爲詩。因亦有十倍之工巧。若不及古人之才學。而妄希古人之工巧。勢必錮蔽靈明。俯仰陳迹。迹雖似而神已非。令閱者不知其性情之何在。不既失我之所以爲我哉。近代圭臬詞壇不勝數。要皆分道揚鑣各樹一幟。或在古人之下或出古人之上，未有不如其人之才學性情而云自出手眼者。予愧誦讀無靈。漫然涉獵。自幼不敢言詩。以詩非其人不能學。學而不如古人之工巧。卽不可以爲詩。不廢江河萬古流。豈潢汙行潦所可彷彿哉。

繼而又自思焉。楚謠漢風既非一格。魏製晉造體亦各殊。古人十倍工巧之詩。不過如其十倍之才學。予既鐵線其才管窺其學。何不可爲鐵線管窺之詩。以如予其才其學之人乎。且古之作者有言矣。學我者拙似我者死。如必謂詩非其人不能學。則我之性情終於漫沒而不吐。必律以不如古人之工巧不可以言詩。勢必錮蔽靈明。俯仰陳迹以求肖。竊慮我肖古人。古人不爲我。肖反失所以爲我。我有不令莫知性情所在者幾希。憶自雍正辛亥至乾隆戊午。八九年來日與二三知己倡和吟詠。得若干首。非不藏拙。倂未知工。非甘守拙。實不能巧。惟存本來面目。以發攄其性情。求如予之所以爲予而已也。至分道揚鑣各樹

一幟自出手眼之詞壇固非予之所敢妄希者滄溟曰才雖不足不少走險學雖不足不苟之俚卽未必美人芳草之遺亦在不容屏棄之列如予草其庶幾歟

湘三倡和詩引

羅健亭

曷名乎湘三也謂鄭丈寄園姚君一亭暨愚不佞皆湘居也夫湘大矣湘人士衆矣舍三之外無人乎曰有有則何止以三類不侔也曷云乎類不侔夫湘大矣湘人士衆矣有曰賢者焉知者焉愚不肖者焉然而賢者以類集其賢知者以類集其知愚不肖者亦莫不各以類集其愚不肖予三人者非賢非知亦非愚不肖適自成其爲三人賢者之類無三人知者之類無三人愚不肖者之類亦無三人故三人雖湘居卽有以知湘之大與湘人士之衆又何從知所謂賢者知者愚不肖者哉雖然猶有別別其有用無用耳賢知而有用愚不肖而無用固也然亦有賢知而無用愚不肖而又有用者是類之中不又有類乎此予三人所爲不能自命也賦詩飲酒問水尋山覺三人外多不侔也因顏之曰湘三云

陶山文錄序

嚴如熤

言者心之聲也立言之則曰有序有物物有通蔽心之存不存繫焉心有存不存言之淺深醇駁區焉陶山先生以文章名海內數十年自服官以後事功日隆隆起其求民瘼熙庶績區畫經緯早作夜維一心營職業卒卒無須臾閒豈復得如少壯時鍵戶尚箸作哉而文章事功乃俱日新而月盛壬午秋晤先生於靑門親德輝者兩月肅乎其度盎乎其容對之者傲慢鄙吝之氣不知何以頓消信乎誠能動物也已而出其所存陶山文錄十卷相示熤敬受而卒讀也慨然曰其斯爲陶山子之文乎其斯爲陶山子之心乎陶山子之心無日不在家國天下家國

天下芸芸相酬對其憂喜苦樂無一不繫乎陶山子之心而陶山子之心不第有家國天下芸芸相酬對之彨狀也不第有芸芸相酬對憂喜苦樂之情況也與之同憂喜其苦樂必爲之祛其憂苦生其喜樂勤勤焉懇懇焉以爲吾所當然竭吾才而猶未已而陶山子之心洋洋乎莫非物理之流動充周矣夫物理涵於吾心則豈弗以軒豁呈露燦然外著爲貴哉經者天地之心聖人之心陶山子之說經不勦說不立異時有旁見側出而必有協乎天地聖人之心尚論古人則爲之設身處地準情度勢而有以彰乎其微指陳時務則爲之深思遠慮通德類情而有以當乎其宜昆弟宗親交游偶爾之投贈尋常之交際莫不有至性至情流露於句裏行閒小之一山水之游玩一器物之品題莫不若有寄託者豈故爲是斤斤者自矜異也哉心之中既皆物理之充周流動有所感而不覺引而伸觸類而長也言者心之聲豈偶然邪陶山集風骨近兩漢神理類八家而要非班馬之文非韓柳歐蘇之文自成其爲陶山子之文也夫天下後世人同此心人心同則物理雖有通蔽而莫不同有此物得理足情至才眞之言牖之撼之憂喜苦樂不禁歌泣從之矣熤知天下後世讀陶山子之文必有同於熤也則熤所爲讀陶山子之文也

鍾馗圖贊幷序　王夢揚

鍾馗神者不知其所自始世言起唐明皇夢中遂圖其形所謂終南進士也然考其書傳北史堯暄字辟邪本名鍾葵但馗葵字異耳博物志謂鍾愨之妹名鍾馗此又馗妹之所由來矣博物志又謂鉦名鍾馗一名辟邪鄭康成曰鉦卽稱椎此又以器具名矣總之爲除夕擊鬼而設三餘贅筆云唐故事歲暮畫鍾馗賜羣臣故劉禹錫有代杜相公謝表云圖寫威彩驅除羣厲又曰弛張有嚴光增門戶之貴又有代李中丞謝表云繢其神像表去厲之方又五代史歲除畫工獻鍾馗擊鬼圖於吳越王倧倧題詩於圖上此可據者其旁加蝙蝠何原朝廷有頒賜之

典此猶天官賜福之義凡今上官宴飲召伶人作樂其入齣中有三多故事演五蝠爲五福駢臻乾隆癸酉秋清江楊公撫湖南時將入　覲寮屬公餞演三多適眞蝠飛繞楊公冠上良久寮屬悉離席致賀及　陛見卽撫浙旋制閩後驟居端揆近見瀟湘聽雨錄爲紀其異理或然歟其倒挂蝙蝠者何按崔豹古今注蝙蝠一名仙鼠五百歲則色白腦重集則頭垂故謂之倒折食之成仙至道家附會有白蝙蝠精得道登仙之說然皆荒誕不足信也其篆重䵷邑何謂䵷者靈也若壽文取篆於萬年祿字取篆於穀城九老圖之取篆於瑞昌義若斯耳余外舅張仲臨先生崇奉茲神久矣屬余題識爰具管窺而系贊以應命

贊曰烏帽鸞鞾龍泉象服髮指衝冠眉鬪怒目於思於思乃皤其腹望之儼然卽之也肅威靈赫濯妖魔畏伏位尊鬱壘功參亭毒萬歲千秋家尸戶祝

藥王會序代

王夢揚

天地以好生爲德累之億萬而不盡極之運會而無窮惟寒暑之失時人事之少節此人之疾病所由生焉疾病必資於調治故藥者所以醫人也昔神農嘗百草藥之流傳尙矣然藥能治人卽能害人惟在醫者之善用之耳傳有之醫不三世不服其藥又曰三折肱知爲良醫自岐伯傳其術以來古今名醫不一而後世之崇奉之者則惟孫眞人夫民間之崇奉非由　朝廷敕封者亦曰公曰王曰公者如財神趙公是也曰王者如眞人藥王是也考唐書列傳眞人諱思邈京兆華原人也隋文帝以國子博士召不拜及唐太宗召入京師時年已老拜諫議大夫

不受竟稱疾還山而明一統志所載京兆人物亦僅此藥王封號竝無明文至　國朝有禮律條例頒行有司藥王亦祀典所未及則其爲民間之崇奉無疑矣按華原域屬雍州其地古多名醫若秦之和緩三國時之華佗類皆神明乎此術者況一術之長世豈其無而後世獨尊眞人者非其陰陽之理調劑之道有過乎前喆者歟不然何家祀而戶尸之也某學此久矣於眞人之神方妙訣非能深知然欲本此以濟人因集同人相立爲會各輸銀輪掌爲子母利以爲眞人誕辰之費相傳後搜神記於諸神誕日無不悉載亦未知其有據焉否爰卽俗所傳者以致其崇奉之意凡我同人及攢錢穀數竝列於左

陶嶺八景倡和詩序

王夢勳

攬風物於湖湘赤岸白沙雲樹烟景鬱鬱焉蔥蔥焉無在不合人低徊留連者余邑西北濱瀟湘東北帶茭源計其水程皆百里而遙且環境地脈發於甯遠實九疑東北之麓如米氏瀟湘八景惟洞庭秋月爲遠其曰山市晴嵐者小序云依山爲郭列市爲居是知湖以南省會郡邑治所皆是也至若漁邨夕照煙寺晚鐘江天暮雪遠浦歸颿平沙落雁瀟湘夜雨今景皆在望生處其間抑亦可云攬勝矣矧江山之變化無窮丹青之圖狀莫闡湖湘風物甯僅米氏云云者故其八景惟湖南通志主之外凡所部悉爲效擬然已具體而微矣今里戚某積其閎懷胸

次咳唾珠璣卽所居陶嶺風物亦從而擬之爲題詠八章則尤微之又微者矣然而佳品授目風景動人又烏容失之醉夢中耶原夫迢迢方級遠賽浮槎此古壘之天梯也蒼蒼百里羅浮布地此陶嶺之攬勝也半山朗吟清風傳送此桃林之書聲也一丫寶殿飽餐煙霞此玉嵒之石佛也朝煙宿雨花笑鳥歌此蔭山之春曉也風撼雷震奔濤觸磯此龍溪之綠漲也江氣虹繞落霞點綴此湘煙之環帶也鼎烹湯沸水泡成珠此珠泉之鼎沸也此又以起騷人墨士之題詠宜和之者之如林也於是集爲三卷付活字版以紀勝概昔朱張連篇於衡嶽特紀勝游皮陸合草於松陵率屬微物景無大小心賞一致夫以兩賢之

風詠第言有聽而倡有和耳尚流傳至今茲雖一邛一壑微之又微然從而和之者已百餘人夫安知陶嶺之不與瀟湘相頡頏也者嶺以宋慶歷閒祁陽陶弼征五洞遺壘故名而里居在望風施到今於今辰匪跳梁 王師征討未休陟彼高岡能無景仰夫陶公也乎

湖南文徵卷六十九　湖湘後學集編

序十四

周易尊翼序　潘相

尊翼者何尊十翼也易經三聖人手至夫子翼之而其書始行夫子言加年學易可以無過是易爲教人寡過之書也何晏論語集解以五十學易即五十知命程子以前皆用其說是易又爲窮理盡性至命之書也蓋語乎寡過則人人宜學而寡之又寡以至於無非聖人之盡天道者不能故夫子亦以爲不易學學易之法兼乎象變辭占故曰以言者尚其辭以動者尚其變

以制器者尚其象以卜筮者尚其占又曰君子居則觀其象而玩其辭動則觀其變而玩其占夫子之易即文周之易文周之易即伏羲之易以彖傳解彖以象傳解象以爻傳解爻要之觀其象辭則思過半不離象數不厭事理不專說卜筮一卦一爻之詞不分某爲象某爲占由是以考河洛先後天之圖莫不皆然乃爲尊十翼乃爲尊周易古史有言辨黑白而定一尊學易者其甯勿尊吾夫子哉

送車澧江游邵陵序

潘相

曩余欲輯三楚文獻一書，肇自周秦名卿大夫，下逮隱逸沈淪數十年，理學經濟文章堪爲師表者，别類分門，付之攻木氏，使天下得見楚材之全矣。河東柳子妄談少人多石，而洞庭衡嶽之氣蜿蟺扶輿，磅礴而鬱積，又匪但韓公所云魁奇忠信才德之民後先蔚起也。顧自古文獻之傳，苟不幸而竆老鐙寒，楓青路黑，平生言行隨手雲散，曾不得附青雲以自見，見於歷史省志諸文集者類多名公巨人，亦什一千百，其遺之子孫而世莫聞見者不知凡幾。然且有遺之子孫而竟失其傳者，神明阜隸，俎豆山河，千百年後徒想其姓字衣冠於祖龍灰爐之外，則甚

矣其傳之難也。吾邑吏部車公以文學節義著名典午，身雖未獲大用，而烏奕繁昌，若吾友澧江克卜繩武，尤盛於邵陵一派。嘗以爲吏部遺事，邵陵之冑或多珍藏巾笥，而近世名臣文字亦必有什襲而未及傳者，欲從而求之不可得。適澧江以續譜事赴邵陵，予知澧江敬宗收族，當網羅舊聞以歸，而邵陵諸友遙念先卯，曰篤不忘，其倒廩傾筐，羅列以贈無疑也。則予十年前所欲遂之願，庶乎其有冀矣。於其行，書以問之。

勸修陳田保祠序

潘相

里保之設，蓋倣古周禮鄉遂之制，而其意亾矣。先王之世，鄉遂立州長、黨正以下諸職，月吉四孟，帥民讀法，而祭禜、祭社、蜡饗、射飲以時舉行，皆必有祠宇之建焉。今雖不可考，然其所以致其禮事，掌其戒禁，書其德行道藝，以升之大夫而賓於天府者，粗之本於力田，而精之及於孝弟廉恥之際。至於縣都之委積，旅師遺人之頒斂者，皆卽在序與社內，隋唐義倉、朱子社倉所由起也。夫古今之民俗非甚相遠也，而行之或異者，豈非有其法而昧其意焉者歟？國朝稽古定制，邑分里，里設公所，其人有耆老、保正、約正，卽周禮比長、鄰長之屬，朔望聚會，宣講條約，

若舉孝廉節義及民間徵發諸務者，保皆以所見達之，而里之積貯亦寓焉。公選一人爲社長，以春散而秋斂之，以周匱乏，而宣德意。如吾里陳田保，固十一里之一，而非可與諸浮屠老子之宫比竝也。但邇年無奉行之實，或聽吏胥言移倉於城，其流毒甚多，而里人莫敢言。於此見吾邑之渞，一變而至古無難，則夫倣周禮之法之意而舉而行之，惟其人焉耳。誰謂先王之制不宜於今哉？今新尹以興學復古爲務，而吾里長者亦念保屋朽頹，欲重修之。夫天下之事，成於大同而壞於好異，舉於誠心而廢於意見。兩住持誠一心協力，而里之人亦有見於重典之所在，而無洛朔之分，吾見其事之濟，而古法之漸可復也。

曲阜縣志序　　潘相

曲阜舊志肇緝於明嘉靖中藩僚孔宏幹。厥後知縣孔宏復、孔宏毅相繼增修。國初知縣孔衍湝又卽舊板附刻巳事。其綱四曰土地、人民、政事、文獻。其目九十有二。卽今所存六卷三本者。乾隆己丑孟冬。相承乏是邦。吏以志進。見其篇簡皆斷爛脫落。文多漫漶不可識。而於　本朝百有三十年之人之　未及登載。竊歎爲一邑廢舉。祇以當務有最先者。不暇爲。辛卯春三月。今相國金壇于公扈蹕來。檢古事覽志。憮然顧謂君學道人。茲要務也。胡弗爲。相惶恐謝不敢當。退伏念相以楚人自幼受書家塾。卽慕陳良悅周孔道爲北學。先長從劉瑤林先生之玠

游。教以由洛閩問途洙泗。顧以因循荏苒。無由適魯。巳而入成均。晤賢裔顏懋僑。述遺蹟。謚切嚮往。後以大司成保　命教琉球生。會今衍聖公入朝謁文廟。派相贊儀。私喜如俗稱得見小聖人。越四年官福山。又五年調茲邑。渡洙泗。拜林廟。望魯故城。謁周公及顏子祠。見衍聖公。晤孔止堂昆季暨各氏裔。出周易尊翼、禮記釐編、周禮撮要、琉球入學錄諸書相質正。幸得遂北學願。適有侵尼山祭學田六年之訟。奉飭會勘。涉沂水。過舞雩。墳防林。拜顏子墓。瞻尼山。顏母昌平山。寓昌平鄉陬邑故里。低徊十餘日。疆理其田如額。明年秋。大修顏子廟。冬又修周公廟、少昊陵。恭逢我　皇上五臨闕里。行釋奠禮。駐蹕三日。

行宮尖營橋道。以次虔修。祭品祭物。依式敬備。奉侍禮部太常寺卿貳涖肄禮樂。從王大臣後祭各祠廟。率官紳老民婦夾道嵩呼。凡諸要務。無細大皆蒙當事籌畫指使。臚懽祝　釐仰邀　天顏豫悅。大官遷秩晉銜。俾我小臣亦不隕越貽羞。蒙　恩加級賞緞疋。大吏復計勞列優等。記大功。甚切感慚。旣而奉刻　御製詩章。恭送　欽頒周器及銅供器於各廟。敬懸　御製少昊陵、孔子廟、顏子祠額聯。自念何人。逢茲盛軌。脫以謭劣不文。逡巡未遑舉　堯文之煥　帝典之隆與歷代　聖人重道崇儒之儀。不敬恭紀錄。上官之承流宣化。及邑宰奉行之德刑典禮政事。不以時編次。聖帝明君

賢人君子貞士烈女之事實。不詳考登載。地利肥磽。食貨贏縮。災祥休咎。時代治亂。民生休戚之所關。不據實敘列。濫竽令長。坐縻厚祿。不一修舉廢墜。重負知己望。是謚之咎也。因不自揆。廣求經史子集。博覓各郡縣志。商於衍聖公諸先後進。徧告兩學儒生。各陳所見所聞所傳聞。增損義例。就正於學使蕪湖韋公。命兒子承熾、承煒、承炳、承焯及壻黃膺元分門排纂。其傳贊序論多命承焯屬草。而自程以每日晨起閱案牘理民事之後。搦管輯修。雖辦公會城。查災武郡。猶攜書篋以往。甫就初稾。大中丞徐公奏委往署濮陽篆務。務較劇。諸兒請稍緩。竊念斯志一修於前尹孔毓琚。稾未定而去官。再議修於嚴文典。以陞桃

源廳去削其草相旣屍居四年無涓埃以裨補曲人脫以易地謝非己責吝此區區者而不以蔵事其若夙願何乃仍以餘力修輯如初及奉檄赴都門獲以目例請裁定於相國武進劉公今大司徒錢塘王公往返四月雨雪楊柳邸館傳舍篝燈塗竄或至徹曙蓋四易稾始以付攻木氏而已刻復改者尚數數焉噫嘻古昔名賢以平生之精力盡於一書又得諸良友相與是正猶不免於抵牾而相以風塵支離上之不能於聖賢之體用窺尋次之不克從蘭臺巨公講求良史之鴻裁下之又未獲廣延名儒相與商搉裁訂而顧以敲撲諠囂牒訴倥傯之餘未及三年以成是書而欲其無僭踰譌謬疏略淺陋之弊誠知其難

也然而集史志之例本儒先之論詳美善之行袪濫徇之失使夫後之賢宰得有所據以考定增益則猶庶幾於萬一焉乃爲之標舉其綱目 奎文二卷以尊 聖製次圖考一十二次倣歷史本紀綱目前編及歷城諸城安邱諸志之法爲通編二十一次類記二十一次聖蹟二賢躅一次倣史記述孔氏宗子及東野氏四氏襲職以後爲世家二列傳三十七而以闕疑補遺終焉其敘曰

天垂奎象聖人則之奎臨魯野斯文在茲惟 聖憲天惟 君作師行道明道萬世一時恭紀 奎文第一第二

思樂泮水奕奕新宮 天子駐罕以告成功湇泉觱沸古柏蒼蔥億萬斯年萬仞齊崇譔圖考第一

昔在金天定都崇阜亦越元公分茅開後道統之傳遞相授受有侐閟宮遺墟不朽譔圖考第二

四尺崇封防山之北泗水卻流天開聖域聖宅舊區聖廟翼翼天地竝參萬世無極譔圖考第三

於戲顏子陋巷門閭崇閎輪奐與聖爲徒惟曾及孟匪產茲區而生居魯而沒依洙子孫世世爲四氏儒爲吾邑籍畛域難殊載瞻林廟以次竝圖譔圖考第四

巍巍尼邱誕毓大聖洙泗之閒聖教以盛舊蹟長留書堂遞竝學水學山匪曰吟詠仰之鑽之盡性至命譔圖考第五

天分奎婁地峙尼防秀靈鍾聚山澤洋洋高墉屹屹爰衛宮牆捍城守土敬告銅章譔圖考第六

惟 聖尊聖彝器周頒從周榧志犧象斑斕盤簋笙簧各以其班質文兼備萬舞攸嫺譔圖考第七至第十二

溯邑嘉名著于禮傳少昊之墟爰開魯甸報政遲遲尊親風變惟王禮樂公廟用薦逮乎春秋因事而見譔通編第一

葵邱霸盛魯道愈衰會盟征伐奔命以疲政在大夫大柄內移襄之末載國以不支譔通編第二

周室旣衰諸侯擅柄天生聖人匡亂反正不遇明王老於歷聘歌鳳泣麟亂靡有定魯以削亾奉楚之合魯縣更名卒歸秦政

譔通編第三
秦火焚坑聖孫遯逸漢祀太牢中天皎日表章六經天開漆室
賜邑封侯褒成薦饁爰及周公褒魯有秩大盜篡國爵以俱失
譔通編第四
漢官作郡荆棘始除褒成襲爵迺復故居地歸東海數駕屬車
會朝祠祭悉索何如孝和之末始官孔尌相平相敕爰營墓廬
譔通編第五
魏遷龜鼎崇報亦優置官建廟宗聖封侯爰尊顏子配享㞢卣
神明世胄丕踐厥猷中原雲擾乃棄先卯譔通編第六
元嘉之初始謁廟戶樂用登歌八佾斯舉諡由魏人曰文聖尼

父爰及周公竝覲清酤何獻雉獻烏塗毒編戶隋定縣名亂離
何怙圓朗稱兵諡俾我褕譔通編第七
唐尊周孔竝薦嘗烝先師先聖以配以升瀛洲啟館聖裔偕登
乾封開元懋典丕繩亦有賢宰奉顏豆登賊兵侵略大節崚嶒
譔通編第八
聖者子孫多崇氣節亦顯于時輝其閥閱何天祐之初邁茲顛
蹶賊臣不仁敢行篡逆誅止其身未單天罰譔通編第九
天開宋運奎聚五星聖道以顯丕建廟庭觀風廣魯周孔禮成
惑於老氏仙源改名景靈宮觀毒我蒼生譔通編第十
凝安大樂肇自仁宗灑埽林廟中戶是充肇新廟學毓聖崇封
九章之服追尊齊公御書殿榜百世猶崇荆舒何事裁省戶工
三經新義而頒學宮譔通編第十一
金源虎臣保茲聖墓衍聖襲封寢宮營度載錫閣名服官詔護
配祀賢儒像設增塑彼寇之災燬茲檜樹物之菀枯亦各有數
譔通編第十二
大成加號至大之元崇封啟聖追溯洪源爰及元媲典禮攸敦
迺定四配肸蠁蘋蘩尼山寢廟肇作墉垣簞瓢故宅有閎其門
譔通編第十三
明祖崇儒錫公帶礪錫敕世官寵承帝制陋巷大宗及乎孟裔
初妥紳珩烝嘗罔替爰葺帝陵開其蒙翳守以熊羆蹲之蟲鳳

譔通編第十四
相地建碑重輝聖宇不戒于災火炎桀柱既作新宮寇橫于萊
震盪廟庭戕焚士女移縣護防爰興百堵譔通編第十五
法以人更罷茲世職旋復其官愼遴賢德外史栅修廟林齋飭
耳額請加鄉闈連陟西郭新祠歆茲黍稷譔通編第十六
於鑠　皇清　聖人首出定鼎開天先崇道術渥澤濃恩
繁星麗日至聖尊稱萬年祇遹譔通編第十七
於皇　聖祖至聖同符昌明大道恢廓前模光臨魯壁典
重球圖周公鬼餒亦侑尊孟祀田世秩丕顯聖謨譔通編第十
八

穆穆　憲皇五王晉爵詔學諱名鳴鼉振鐸火及杏壇
皇心愈恪重煥宮牆載新丹雘爰葺聖林鉅工竝作天鑒敬
誠鄉雲重焯譔通編第十九
惟　聖天子尊聖彌虔君師道合聞見知全隆儀繩武丕擴
前編親祠少昊金德迺傳瓣香元聖惟道拳拳譔通編第二十
我　皇盡制易厥世官宜民通變濃澤霑霑五　臨洙水
薄海騰歡于萬斯億翹仰　金鑾譔通編第二十一
百里彈丸郕莊城邑神化過存山川有色譔類記疆土第一
土會土宜生財攸別利在因民愛養撙節譔類記物產第二
遺俗滄靡一變至道矧値重熙德風民草譔類記風俗第三

親民之職養之教之駿奔籩豆亦各有司譔類記職官第四第
五　薄賦輕徭淪肌浹髓免役蠲租加　恩聖里譔類記賦役第
六　致思無窮竝興兩學霞蔚雲蒸道弸文䙚譔類記學校貢舉第
七　備豫不虞以甯四境豈曰聖鄉而無寇警譔類記武備第八
歲物豐成吉蠲為饎敬共明神黜其淫祀譔類記秩祀第九
惟軌度文　聖朝所定鄉士庶民是彝是訓譔類記禮典第
十第十一

世爵土田自天錫賚惠我兆民涵濡汪濊譔類記　恩例第
十二第十三
鄉往名區匪誇游覽高山景行古人所感譔類記古蹟第十四
第十五
漢隸唐分集于所好六一諸編未殫厥奧譔類記金石第十六
第十七
為聖人後近聖人居難為言者其言何如譔類記箸述第十八
東晳補亡騷猶補楚集此歌詩惟其近古譔類記風雅頌第十
九二十二十一
知聖之難如蠡測海史記世家以誕獲罪敬法紫陽芟其煩猥

四配遺徽亦慎輯采譔聖蹟第一第二
先賢遺事衆說紛紜我遵　今制敬識所聞譔賢蹟一卷
上公主鬯代承終譽世官博士各記其初譔世家第一第二
世病乎直人昧其和臧氏之子其如命何譔展氏列傳第一
伯兮齊美仲也同譏卜僭而吉寶龜何知譔臧氏列傳第二
獻能幹蠱莊實象賢秉人之幹識聖之傳問仁問孝亦紹其先
譔孟氏列傳第三
溫溫穆叔知死之三胡洗于女而喪于男昭平牛禍亦挫虎眈
寢齋祈死亂是用餤譔叔孫氏列傳第四
為公室輔遂長三桓有靈兩社世保巨奸彼婦不逐孺子不完

自貽伊戚城彝空歎譔季氏列傳第五
肸非兄惡它肖父賢著聞于國以永其傳譔叔氏子服氏列傳
第六
政在世卿迺湮賢路忠義桃戈莫回天步譔子家前後諸人列
傳第七
專門學經各有師承斯文未喪賴此諸生譔周漢諸儒列傳第
八
敵干擁盾佗佗左軍穹石敝木矻矻皇墳伐柯操斧世紹前聞
譔孔樹孔聚孔臧孔琳列傳第九
秦燄既熄魯壁初開金絲響震蝌蚪書迴以今讎古天啟風雷

晦于巫蠱用竢後來譔孔安國孔建孔豐孔僖孔季彥列傳第
十
吉保皇孫丹衛太子閉戶全生伏蒲請死陰德顯功侯封累祀
譔丙吉史丹列傳第十一
游俠之徒曰知變節孟坐秖言以要鈇鉞雲憤其竊猛於訕訐
折檻勿修幸逃黥刖譔眭孟朱雲列傳第十二
赫赫太師明經飭行履滿思謙憂心怲怲遜於不虞以保天命
譔孔光列傳第十三
君魚幹蠱懦立頑廉孫曾衣德高位巖巖逢時之否比於詖僉
一麾作郡有口皆箝譔孔奮孔奇孔嘉孔穌孔扶列傳第十四

泰山著勞北海齊美兄遘屯難弟遭否匪登李龍門脫卓虎尾
拯劉于戹辨楊之誹不避郄蠅以陷曹鬼卵覆巢傾毒哉虵虺
譔孔宙孔翊孔彪孔褒孔昱孔融列傳第十五
顏宗南渡遂徙于西文章斐蔚分軌合轍舍生避死其志迺睽
譔顏延之顏竣顏見遠顏之儀列傳第十六
去聖既遙羣言紛亂惟孔顏孫同心仰鑽考訂疏明示我道岸
譔顏師古孔穎達列傳第十七
漁陽鼙鼓挫於二顏成仁取義先後一班弱翁隱者以亂出山
再招畔逆迺搆災患譔顏杲卿顏眞卿孔巢父列傳第十八
德行先孝有大中小友于敦睦皆民之表譔孝義列傳第十九

仁人志士視死如歸股肱力竭捐命揚徽譔忠義列傳第二十
易稱嘉遯詩詠考槃高尚其事不刺素餐譔隱逸列傳第二十
一
獨行之士爲世難能志其高誼亦儆昏傭譔卓行列傳第二十
二
爲逐雀鸇爲朝陽鳳義取回天以直以諷譔言語列傳第二十
三
維屏維藩爲憲文武我思古人邵棠郇雨譔節鎭監司列傳第
二十四
師帥吾民承流宣化治以烝烝考惟下下譔守令列傳第二十

五·
見智見仁惟其所取·寖饋六經以窺戶牖·譔經學列傳第二十
六·
輪轅徒飾矧此虛車·篤其實者以蓺致譽·譔文苑列傳第二十
七·
鬱爲選首稽古之榮·不貪溫飽不負科名·譔高第列傳第二十
八·
桓桓都署丕肅軍容·挽强善射肇敏戎功·豹韜龍節有趪王公·
提師西鄙載纘英風·譔張進王澄列傳第二十九·
我思賢尹作宰維桑·恩威兼濟永世不忘·我從其後瞠乎遥望·

譔縣尹列傳第三十·
建學立師非云養老·阜矣導江含經味道·私淑聞風亦抒懷抱·
縣學範模誰與徵考·譔學師列傳第三十一·
小道可觀爰存羣伎·何以神奇精專之至·譔方伎列傳第三十
二·
女子無儀其儀不忒·禮法仁賢爲閨閫則·譔賢淑列傳第三十
三·
未婚守義是謂幽貞·異室同穴奇行足旌·譔貞女列傳第三十
四·
從容蹈火憤激沈河·殉夫之烈亦振頹波·譔烈婦列傳第三十
五·
恆其德貞義惟從一·曰未亡人有如皦日·譔節婦列傳第三十
六·
詩吟壽母矧曰期頤·國家之慶以享純禧·譔貞壽列傳第三
十七·
徵文考獻先孔氏書·次諏顏孟東野所居·衷於經史慎記其餘
怪神不錄仙佛用袪·郭公夏五例亦闕如·惟虞鑿妟見斥橫渠
譔闕疑一卷·
凡此志書發凡起例·文附事傳非云選蓺·矧厥多文有言皆贅
體要斯崇繁蕪用薙·惟我惼愚見聞莫逮·異地殊時網羅滯泥

或昧其元而捐其細·誰與補之敬竢後世·譔補遺一卷·

浯溪詩序　潘相

予嘗聞詩之清者必其人之心有以超然於貴賤貧富之外今讀唐元次山浯溪詩乃諟信次山以挺異之才積學有得始著元子十篇稱元子避亂入猗玕洞稱猗玕子徙家溪上稱浪士客居樊口稱酒徒又稱聱叟至其爲道州刺史愛祁陽之山水自呼漫郎臨浯溪上爲漫郎宅鑿溪巖爲窊樽愛溪口之異石亭其上曰年將五十始有吾亭懿乎居方伯之職若與世之遷客騷人寄興寫懷者比何其超然於物外也唐自武德來文人蔚起昌黎服膺者數人而次山居其一所謂高出魏晉浸淫漢氏者歟抑聞次山之爲治也蘇枯弱強歸流亾戶口萬餘民安

其教競勸石頌德故杜拾遺云今天下得結輩十餘公參錯爲牧伯萬物吐氣海內又安矣然則次山其不徒以詩見者乎故其詩諟有本愚故竝爲論之使觀浯溪詩者知所尚焉

喻來巖先生文略序　潘相

來巖先生姓喻氏名崇修字叔安澧之焦圻人著今古文甚富燬於燹嗣君簡雜收六十二首正於宮允張洞庭多贋本今年夏月其曾孫某謁余於文正書臺屬校訂而授之梓余爲之裁其僞正其誤鈔三十二首如左當天崇時艾千子主秦漢陳人中主文選爭執牛耳不相下先生初泛濫於雲閒卒宗東鄉故其文釆芳魏晉擷腴齊梁不名一體要之以秦漢爲歸己卯舉於鄉與劉黃岡同門熊漢陽亦同社友也順治壬辰偕臧佡人李石臺唐釆臣成進士倡和燕邸故原稾多諸老評跋韓長洲墨選亦亟歎賞之惜俱被六丁攝去物之精華天地所珍先生

與諸老俱以文章應興朝景運諸老全集皆得傳獨先生文罹燒劫眞不可解顧程墨集中選七首是亦足以傳先生矣其二十餘篇亦皆義法澂穩氣骨清古歐陽氏有言斯文金玉雖棄擲糞土不能消蝕則今日之收拾煨燼而壽之棃棗其亦文章有神與抑聞先生令白水恥爲俗吏惓惓以勸學興行爲急已而改諭衡山家無長物子孫守清白訓則先生又非徒以文傳者矣

曲阜縣修城隍祠序　潘相

城隍之神自北齊慕容儼鎮郢城始嚴奉之五代宋元而後士大夫無不敬共凡守令履任皆沐浴齋宿祠下春秋朔望拜謁惟謹近世且列祀典與風雲雷雨山川共一壇陳設視社稷謂其保固疆圉迺和甘驅災厲爲民物福功甚鉅世俗信浮屠誑誘立寢殿東西廡設十閻羅王像鬼物猙獰震駴愚婦孺爲香會奔波若狂甚非制乃聖人鄉亦競爲之其旁又有白衣庵居女僧考明宏治時茶陵李文正公奉命祭闕里廟有一方煙火無庵觀之句是庵其始何時邪而世尹顧聽之余欲燬其像廬其居婚其人明　聖制以道之以未信徒駭俗誒後時惟嚴

禁婦女勿入燒香燒香治如律風亦稍戢焉顧城隍祠久弗葺鐘樓二門尤傾頹不可支法宜修適住持以重修請手一簿索余題引余惟宗明祀保烝庶宰官責也而壽酒樂城隍見於杜詩諒亦人有同願矣余迺譔十金畀之弁書數語俾請於世族大家凡百君子

送陳謙甫游吳越序　潘相

士之能文章以雄峙今古者類必目盡天下奇山水以發其胸中之奇獨怪自有宇宙卽有奇山水經年出入其中者未易一二數而千古奇文顧獨首太史公史公之所游上會稽探禹穴窺九疑浮沅湘講業齊魯之都耳未有章亥之步博望之槎也今讀其書鬱嵂層疊煙波浩渺類非游人所能到豈游亦有道歟抑史公之文奇矣而議論是非率多刺謬若使與無名先生學四海盡四海之情者度長絜短又不可同年語要以著屐攜筇往來於明月太虛中史公之周覽亦烏可少哉潭州陳君謙甫種學績文泓涵演迤日大以肆壬戌夏挾其能戰蓺於京師

見嵩嶽黃河宮闕富美與當時之韓歐顧獨不上書巳而挐舟歸里欲取道齊魯吳越愚聞東南多奇山水謙甫沿淮泗望天孫浮震澤弔吳公祠入紫陽拜徽國臨龍湫雁蕩諸遺蹟隨所見聞當必超然有得於古聖賢之眞諦由是而發爲文章蜚英聲騰茂實無疑也愚於謙甫爲同年友慕古人之相請贈與處也於其行卽與之論游

陳君名謚益陽人壬戌貢成均錢塘倪檖疇師亟稱之與余論議尤莫逆南歸後不聞問者八九年庚午鄉試余寓煙霞庵君忽夜叩門曰某書館不遠請爲一夕談畱數日出所著相正懽甚時當路方舉君經學君顧不自足亟勸余成諸經說壬申舊南闈夏五北上死客舍同人畱瑩歸其喪余每閱經說輒悵念君不置也

說左約箋自序　夏大觀

春秋一書傳者三家而左氏獨詳晉杜氏註之傳始顯顧其中脈絡之相承領要之有在非好學深思挈其大旨雖記誦靡遺究難貫串譬諸萬選青錢不得綫索亦終散漫而無歸耳馮君天閑窮經力學寢食於左氏傳義蘊所儲罔弗了徹故所撰春秋時事諸說原原本本無一語一字不足發古人之隱義啟後學之雋思是誠左氏功臣也向予得是編見其爲文也雄而渾其論事也確而精心甚醉之特慮學者未能概明全傳稍加註釋顔曰說左約箋俾覽者易識其義之所歸焉雖其中有不揣譾陋偶易數字處亦緣便人記誦非敢妄也又補輯魯三家及

列國名臣說二篇或循世數而詳之或按列服而增之無非欲廣備稽考耳何嫌續貂乎今譚子玉成不惜助貲付梓以公諸世子既嘉譚子好學之深心且諗歎馮君所箸士林有同好而相賞爲不孤云乾隆歲次壬辰五月上澣楓江氏自識

左國史漢文章之祖而左傳蹐于十三經于道尤尊好學之家往往嗜之成癖以其爲春秋功臣不惟隸事賅備供蓺林采拾已也宋儒呂東萊先生曾取內外傳事實制度議論爲左傳內編六卷書分十九門門有綱領又爲左傳國語類編二卷體例相倣古之人于左氏傳好之篤而言之詳也如此若以事類排比對偶成文者則有毛友左傳類對賦六卷楊鈞魯史分門屬類賦三卷見馬端臨文獻通考及宋史蓺文志顧皆略而未備且其書已佚世不多覯學者惜之湘潭夏君楓江家居力學尤究心左傳撥擇融液日月既多爰分類排纂成賦七十一篇閒爲門弟子所傳寫誦習昨歲余視學楚中適夏君司鐸衡郡因公接見之暇出此書相眎歎其區部嚴而裁對精自天象地利以迄蟲魚草木其閒槖籥三才經緯五倫視毛楊所編卷目倍蓰過之而于配取之中抑揚進退義法炳如又兼備東萊之斷制矣顧念東萊于類編自序謂春秋編旨不敢妄擬輒比于枝辭贅喻爲舉子課試之資若欿然不自足者今楓江所作誠足供課試者之摭掇而

要非貫串全書實有心得不及此則試由是以窺文章之淵奧更由是而尋筆削之旨歸如祭川者先河而後海蓋已仿彿東萊之用心而非徒藉以續毛楊二書之未備又安得以枝辭贅喻相品目乎哉書既成而箋之者大鼎力也大鼎爲余所取士方將以優行薦於朝爲楓江難弟云時乾隆壬辰九月既望長洲褚廷璋左峩氏序

案作者別有分類賦作於約箋之後自序云以宋徐秘書所纂左傳類對賦未及分門事多挂漏因及門之請分類七十有一日成一篇不三月而竣彼序失錄胥鈔因坿褚學使序於約箋序後也汝懷坿識

律呂新書箋義序　羅登選

有宋蔡西山先生律呂新書二卷蓋將以撲制作之原該百王之法使樂經亾而未亾未嘗不重賴有是書也自黃帝使伶倫取竹於嶰谷之閒生其竅厚均者斷兩節閒而吹之以爲黃鐘之宮又制爲十二筩以聽鳳鳴其雄鳴爲六雌鳴亦六此誠作樂之本而律呂所由昉也唐虞夏商周之聖人蓋莫不宗焉舜之命夔典樂教冑子曰聲依永律和聲又曰予欲聞六律五聲八音在治忽言欲播於聲音不可不依律也夏商之制雖不可考然傳曰禹聲爲律身爲度言禹以身備律而又以律察音也商頌之詩曰鞉鼓淵淵嘒嘒管聲既和且平依我磬聲言黃鐘

之磬設於堂上以應律而堂下之管聲皆依之而不亂也周之盛時周公制禮作樂乃命太師掌六律六同以合陰陽之聲陽聲黃鐘太蔟姑洗㽔賓夷則無射陰聲大呂夾鐘仲呂林鐘南呂應鐘皆文之以五聲被之以八音有事於太廟則大合樂以樂其祖考故其詩曰喤喤厥聲肅雝和鳴先祖是聽我客戾止永觀厥成周道弛於上紀綱廢於下於是乎太史不陳詩而鄭衞靡曼之音日起而亂雅故孔子歎之曰吾自衞反魯然後樂正雅頌各得其所孟子曰王者之迹熄而詩亾詩亾然後春秋作遭秦廢學經籍散亾而樂之爲書尤殘闕而不可考漢興北平侯張蒼始定律呂太史公作律書乃盡述五聲十二律之數

三分損益上下相生之法班氏又取而廣之以爲漢志蓋誠有得於先王律呂之本法而其他諸史莫及也當孝元帝時郎中京房傳故小黃令焦延壽六十律之學至宋元嘉中太史令錢樂之又有生三百六十律之法而識者以爲相生至於遲內卽古法六變而窮於應鐘此時八十四聲已備十二調已全雖復勉强相生未有用處名爲妙盡陰陽其實去古益遠東漢而後圜徑漸差自蔡邕有黃鐘管徑三分之說而孟康韋昭之徒因之雖有妙通音律如晉荀勖而終不能改參考古法如隋牛宏辛彥之諸人而皆不能覺唐聲雖備律亦非古獨宋胡安定議樂始以爲空圍者律之口空面羃也圍九分者律之一圍能容

九方分也以是九分求徑則徑當有三分三釐八毫以是九分求周則周當有十分六釐三毫若從徑三圍九之法則黃鐘之管止容九百三十六黍積止六百三十六分與古法之容千二百黍積八百一十分者數終不合則亦非律矣蓋五聲生於十二律十二律本於黃鐘黃鐘之圍徑中聲於是乎出度量權衡於是乎生故尤爲造律者之所首重如此是可以知立法不惟其異聲和而律遂完考數必徵於徵律非而聲不得獨是西山先生生古人之後慨古樂之不可復作而又見夫歷代議樂者之不能以一也遂乃討論舊章折衷羣論芟其太繁擷其領要箸書二十三篇分爲二卷上卷十三篇述法度以明制作之原

故名之曰律呂本原下卷十篇卽取上篇之義而稱引先儒之說往反辨論證其是否故名之曰律呂證辨其論黃鐘圍徑之數則疑蔡邕月令章句而獨有取於胡安定之法其爲五聲十二律相生之術則主司馬班氏而不汨於京房錢樂之之說由是而變而半而聲而訓皆無一不本於古人已試之成法以自成爲一家之言後之聖人作樂崇德一時典修監議之臣考律定聲舍是書其奚自哉明永樂中命儒臣胡廣等編輯性理大全而是篇乃與周張諸子之書同列學宮其時爲之直解者則有尙書韓邦奇爲之補註者則有太常李文察然其書皆不傳已久不可得見選自蚤歲卽嘗私讀是書而心好之顧以義精

詞奧了悟無由心竊惑焉中遘悸疾精神靡敝十有三年之閒竊嘗偷息鑽研日月既久貫通稍多遂乃會萃己見立爲箋釋不敢謂有當於淺義聊用表識其不明者至若其中雜引他說爲後儒所增每有錯脫爲坊本所誤者非據古而裁正則因義以求文　國家功成治定禮樂方作於是書或有取焉亦庶幾千慮之一得云乾隆二十年乙亥七月

夏櫆江左傳分類賦序　羅登選

類書昉於唐之白氏六帖厥後宋有祝氏和父事文類聚明有焦氏弱侯類林又有陳氏仁錫潛確類書凡自天文地理君臣父子禮樂兵刑之大與夫昆蟲草木之細靡不門分類別瞭若指掌然猶惜其僅爲蓺苑之菁華供士林之獺祭於經學家無取也近日又有五經類編春秋左傳列國分傳然以經求之則割裂以類求之則又不盡可以類舉亦無謂也湘潭夏君繼臨伯仲家世博學多文一日出其所輯左傳分類賦示余余讀之而瞿然以驚曰自晉杜氏元凱作註宋林氏堯叟補之千餘年之後而又僅見有此書也葢其類則亦自天象地利君臣父子

禮樂兵刑之大與夫昆蟲草木之細靡不備其考據則自隱桓莊閔僖文宣成襄昭定哀二百四十二年之事無不包舉取達意屬之以騈事限于文廣之以註類分七十一門葢誠纂先儒未纂之書而非僅一家之言已也抑聞之春秋於五經爲刑書經爲斷傳爲案左氏以其案定斷述事以告萬世而使曉然於春秋之義之不苟也故於孛入星隕可以見天文之法象焉於方城虎牢可以見地利之防禦焉於荀息申鮮虞可以見守君臣之義焉於申生壽伋可以見處父子之變焉於觀樂賦詩可以識禮樂之節焉於分廣鑄書可以見兵刑之紀焉他如爰居以識文仲鸛鵒以驗童謠牛鳴以觀物理結草以知感應雖枉

鳥獸草木亦有寓焉而是書皆備之是亦足以羽翼經傳無疑已余少好讀春秋左傳思欲有所發明中閒遭悸中止苶然如未嘗讀者己卯思續之庚辰疾再作戊子又思續之今春疾又再作讀夏君之書而不禁油然慕勃然興且更恧然愧也己丑季夏月

橫陽砦書事詩序　　歐陽基文

闖賊滅後其部曲尙擁衆十餘萬闖部何公悉招致之分散處湖南列郡閒爲復明社計所謂十三部也其駐吾郡者爲王進才牛進忠輩雖激發於闖部之誠而狠子野心焚掠如故戊己之閒鄉民受戕於此議者或以揖盜議閣部余曰不然彼肘腋之賊撫亦掠不撫亦掠閣部計之審矣夫明室之不復也無知愚皆知之豈閣部而昧此傳曰雖有善者無如之何明之元氣至熹廟而盡矣莊烈憂勤十七載固已積重難返而溫周迭興楊盧異趣廷臣各立門戶當宁無可信從一海舟之造而兵戶兩部往返彌歲一弭盜之舉而勦撫兩說聚訟經年謀同築室禍已切膚至於江左酣宴楚粤閧鬬蓋又無足道者而一二殺身成仁之士尙欲煽死灰於已寒收盆水於既覆計無復之乃矢涕於讎仇之前竭誠勸勵同心悔禍以幾倖於萬一事之不濟以身殉之所謂行其心之所安至死而不復顧慮者不幸而閭閻并罹其禍此亦事勢所必至不當以之議賢喆矣獨怪明之末造其憒憒至此夫備之不豫雖豪傑無所致其力而相率以歸於盡毋亦守土者所宜深念也夫砦在新化城西橫陽山鄉民相率禦寇於此故壘猶存覽眺之餘感慨斯繫時乾隆戊子春杪從游者爲周生圭劉生光允周生德和云

雪泊聯舟傳飲詩序　劉工詢

乾隆四十五年正月六日張生伯觀同余北上舟發漢陽擬至襄陽而陸時安鄉族弟修甫與其兄子佩鄉來自武昌試院以暮解纜質明會於江渚於是兩舟互相尾以行四人者皆以南宮　恩闈往也伯觀既與余有晨夕好修甫亦嘗再四晤言京邸而佩鄉伯觀同舉於鄉且同庚河干夜泊鐙火輝映倚檣而語意氣懽甚長年舊習舟各於其黨其黨也不獨同發夙暮必偕卽相遇不相識亦呼聲唱和啞啞笑言非其黨勢既不相友甚有以揶揄見長者余與伯觀舟差小四周蓬覆足兩人寢處日食飲傳橙授校各趺坐以竣事而修甫舟俗稱滿棹以木爲

蔽狀似板屋梯級高下分艙列坐容五六人酬酢甚舒兩舟主者初若不相能然以吾四人成約強兩行止遂亦漸睦如舟之同類焉余嘗語修甫云四人分舟君子以同而異也若輩連舟所謂以睽而通也修甫亟善余言行數百里以風雪泊某所兩舟相維其閒不能以尺艤既定修甫招飲伯觀遂過舟余呼修甫吾與君二而一之可乎修甫會意啟窗櫺彼此各坐舟中可以揆面而視若手則取攜尤便也余因取伯觀所酤酒與修甫囊中物較量聖賢尊兩壺於兩舟之纍修甫酒醇醪也乃剩於余尊而和之用其酒參之一修甫尊不動以待臨時裒益多寡於是舟以風之去來爲離合兩人杯之手與尊之手卽以舟之離合爲遠近斟酌甚謹雖崇酒涓滴無漫謚者蓋向空一酹而外江神不能多飫也然余與修甫較勞於伯觀佩鄉兩人特以壺枋枉握指揮盈虛稍自矜貴佩鄉伯觀坐分其旨而已肴無席以修甫舟之廉爲几器巨缶二涼則蒸之於火皆有蓋氣浮浮旁達凡登降其缶者屢焉所貯一黎祈一博望侯所貽辛草也飲酒樂修甫連沃余尊數觴而壺首強項抑其首乃肯出每盡則雜而均之如前法已而修甫病余之勤也誘余壺而欲執之余笑曰壺去則手失勢矣余酒可得余壺不可得也修甫大笑而無以奪酒將闌修甫笑指窗櫺謂余曰此非通氣出入之牖戶邪出入則難通氣甚易而余四人者之綢繆亦甚矣余大

笑危墜杯而償余酒是日也幾無算爵余舟人妒余四人之豪也以余占午炊之地告且曰公等休矣不可以過樂余惡其意而善其言因罷酒修甫曰今日之事詩料也不可以不記余因援筆序之而以韻語屬諸修甫伯觀佩鄉三人者

感知集自序

劉工詢

歲乙卯工詢生十四年矣歸安吳牧園先生視學湖南取入縣校其時江南太倉錢公寶爲吾郡太守先是雍正己酉工詢方九齡稍通經史時之人以爲早慧也邑廣文荊南張公趣先君子挈工詢往見至則游揚之於是觀察孫公太守楊公邑侯單公善化邑侯李公每晉謁課文畢錫賚有加恩禮之隆非敢以下所敢望者楊公又以校童子射日見工詢於宗匠吳門載展習公公即輟射抽經書令背誦嘉勞再三而更引先君子面諭姑以而子歸若固遠到器毋務速成先君子如所誡不令就試有司洎癸丑應試則錢公來守之三年爲工詢舞勺時矣錢公

之試各屬也去取甲乙皆自任之不假他人是歲工詢見賞於邑侯陳公拔置第四及錢公招覆至五六好事者浮言且冠軍公實無成心也案發如縣名方就寓讀書公忽揭三人者羅而三試而工詢預焉其二人則湘潭張君度西湘陰陳君天后也聞公意將薦之撫軍卒格於例不果而工詢棚試卷亦備而未登公府治內舍有齋狀如舟製名不浪舟公政餘之所游息也召入且慰且勖時公長君孟揚以內舉待徵善指頭畫公命潑墨寫牡丹一株見賜長君私語工詢家尊於此有微指也子其勉之越歲公仍提調試事工詢以縣府前列備弟子員公喜甚招飲賜詩二章有瀟湘饒有江山秀孕毓英奇是少年之句其憐才好士特相矜重如此先君子存日未始不以珍藏屬也忽忽春秋又十五矣中間以家室故經營碎細重以累服齊斬哀酷繼纏鍵爐風雨中常懼立身蹉跌以負知己之明而顧此頭顱依然故我無緣仰副大人先生所見期望豈能覥顏向人覼縷舊時事邪獨念工詢以庸材見禮當路數公而數公者既勢分懸隔不敢以微賤扳援其一二溘先逝捐賓客者又無以謝知己於地下錢公雖久任而工詢自列庠序從未一望履舄及以一書徹隸人耳今公歸且十年傳語平安傫然大耋又過之矣雲山迢遰瞻望神飛回首前因可勝於邑昔曾子固上歐陽公書舉所贈序以爲感戴王介甫上某侍郎書矜謝牋墨之惠

其於知己皆惓惓焉工詢雖不敢妄擬古人然以賢大夫之培植淡厚報稱無由而勢絕地限思一再見不可得也手其琳瑯安能以無介然於懷邪公詩故書於箑今春偶一檢視觸手剝落似不可久回思先君子所丁甯諈用黯然將鋟諸版苦少不成帙用述受知顛末附錄諸和詩聯爲一卷標曰感知集以誌不忘而已非敢沾沾以是自喜也然而泚筆及此顏之厚矣乾隆庚午孟冬月望日

代義山會序　劉工詢

人情之難割而忘其損已者無如好飲而沽酒人情之憚損已而割所難割者無如捐貲以行義二者若相類實相反不相涉也然則卽擯酒絕飲何預於行義乎且行義必待捐貲乎余於其閒通一衕焉余祖隸豫章豫章之人與余先後旅寓湖南會城者不下數百家寒暑霜露之侵非能槪免也不幸死喪夭札或窘無所措而客籍例不入義冢義冢官置城外閒地也不得已寄棺野寺之旁標題塋室彌望如鱗奔載之期遙遙莫必其或覓一抔土爲久厝計則又荒原曠野孑然單骸數年或不能舉其所在余心竊悼之今年正月偶與族某友某某共四人沽

酒敘飲見扶櫬出郭者同鄉之喪也不覺惻然動念手一尊告曰公等努力盡此後不得旦暮酤我矣諸君聞言而駭余曰甘酒與好義相反者也戒酒與行義亦兩不相涉者也公等知戒酒亦可於其中行義乎余與諸君雖不善杯勺日計不足歲計有餘與其損此無謚之貲曷若相戒以圖義舉稍爲黃土青燐一助數人者喜諾咨余以計所出余酌定其法人月輸錢二百文四人歲以一經紀其事自謌徵息限三年可得貲若干公置義山一所以備不虞朱子賡亭曰是舉有五善焉戒酒一也行義二也戒酒卽以行義不別捐貲三也自本自息不貪外贏四也三年爲期不至久懈五也此謂仁衕亦義衕也余四人其以是爲息壤乎於是彼此浮白尊竭而止會名義山者意從山起兼旣戒飲不欲復言酒也

案此文言省飲酒之費以買山而瘞無歸之骨可謂法良意美然不獨酒也湘潭錦灣對岸有小市從兄世果礲米其地與同人約省檳榔以周貧者家置一筒客來則主人投一錢於筒中月計歲會加周䘏事急則不待會計先傾各戶之筒以濟之蓋潭人之於檳榔雖孩童時用咀嚼嘗聞之人云其壯盛時日需百錢而一家終歲之費常在二三十緡不亦偵乎始捐嗜好以行義繼且藉行義以損嗜好其爲作用大矣

汝懷附記

湖南文獻考略自序　尹篤任

山川清淑之氣鍾靈於人人以山川而靈也而山川之靈又藉人以傳而其靈始著是山川之靈人靈之非山川之能自靈也然惟山川能靈人而後人得靈山川是山川之靈終自靈非人之所能爲力者矣邑境內之朱亭潭上游之勝槩也其地在楚爲江潭秦爲湘南治有宋朱張往來衡嶽構亭講學遂曰朱亭歷元迄明勝蹟孔多迨經兵燹蕩然無存蓋以地非通都又無文獻故日就銷沈閒有好古之士欲訪遺蹤穆然徒見山高水深付之想像而已頃當事留心訪古以余爲老馬識塗於是喟然曰山川其有幸乎哉是誠晦極而顯之時也爰採志乘參稽

文獻閒有文字殘廢又綴俚語以補其闕集成一帙命曰湖南文獻考略以供輶軒之採焉夫山川顯晦何常在有力者之主持振興耳茲以當事之好古情深吾知山川生面自此而開百年沈晦之蹟必將洗剔以發其寶光豈猶任其霧鎖雲封長此蒙翳乎此殆山川之靈與先賢之澤鬱鬱勃勃有所不能久湮者故得賢人君子居官師之位以相與昌明不然陵谷變遷既以荒殘傾圮聽其雨蝕烟銷胡爲一旦舉其陳蹟詢諸芻蕘使空谷既寂之音一振響於高岡千仞邪可見在上之人得江山助以成千古之大業隆名所既與日月山河而并古殆非偶然矣

玉林塾草序　周大澍

伯牙學琴成連連令牙之海上羣鳥啁啾潮汐澎湃牙遂歎成連移情自是琴妙是則牙之得於連者若在琴若不在琴也爲文亦然文章之妙存乎心因心之妙盡乎變海立雲垂風起泉湧羽毛華實歌舞戰鬭天地之至文也有觸於外必應乎中文人之心不可方物弋金翅於摩天掣鯨魚於碧海惟其變而已矣余姪樹棠樹槐兄弟五人暨劉生兆熊下帷雙林以余迴轍偶閒就余譚藝山席因憶昔嘗讀書茲山留題證緣再至始兪其請至則山容依然人事非昔林鐙雨夜交集百端憶丁亥別山浮沈人海南北東西近則陟祝融於衡泛洞庭於岳遠則山

如嵩室太華少華爲五嶽者二水則江河淮泗沂爲四瀆者三其險阻則山如冥塞秦嶺藍田六盤清涼峭壁插天蒼崖絕地水則龍門積石瓜揚黃天蕩片帆出沒皋蘭黃河冰橋銕柱浪激雷砰頃刻萬變洞心駭目其邊遠無極則天山絕塞沙漠戰場萬里少人六月猶雪胡笳吹月胡馬嘶風毛髮森豎形骸塊存迨息影倦游胸中吞吐雲夢八九顧茲一邱一壑撫枕終夜欲起及命題校藝諸生各以藝呈光怪陸離出人意表其佳者如複嶺迴峯爭奇吐秀烟霏雲斂畢露軒豁不覺神王擊節幾忘身在山中豈茲一邱一壑有以移情而致之工邪二三子勉之矣吾尤望其廣已造大也太史公周歷名山大川其文雄恣

奇盪益進。子由上韓魏公書謂于山見終南於水見黃河於人必見太尉而始遂。然則文章之高深其必係諸所見名山大川歟。或視乎其人在此而不在彼也。二三子學成北游京師觀山於岱觀水於海以發爲文章爲余車轍馬迹所已經未足奇也。吾聞河源出崑崙西距玉關二萬餘里博望槎求河源之地在回部葱嶺火赤腦兒墩譯言星宿海。其源自天上所謂黃河之水天上來也。地入　盛朝版圖。余昔馳驅玉闕嘗以未得極觀爲歎。二三子他日其游歷余所未游將其文亦逮余所未逮豈直羣烏湖汐琴師之一彈再鼓也乎。既浹月簡其尤者得文數十首將梓以勵塾勤之一得二三子謙懼辭余曰余豈以是爲

子能而畫之進哉將以待夫好余好者賞音有人而後知余好之非私焉。爾林側溪橋曰玉帶因以玉林顏堂題其編曰玉林堂翦鐙塾草或曰雙林部婁也帶溪蠡勺也名編而以小何也。余曰泛曆波者先溪流陟崇巘者先邱垤。二三子姑於小託始焉先於小不限於小也亦猶先河後海之意也爲識其梓之緣弁之首。

山東鄉試錄後序　　羅修源

乾隆四十有五年直省鄉試屆期。秋七月禮臣以山東考官請。
皇帝命臣修源貳臣趙佑往司厥事。伏念臣南楚寒微至愚極陋由乾隆三十七年會試中式四十名成進士。蒙　恩拔置詞垣分校四庫全書。四十三年散館一等授職編修涓埃未效夙夜祗皇茲復忝邀　恩簡俾典文衡聞　命之餘屏營感悚爰星馳就道齋祓入闈既竣事擇其文合理法者梓呈　聖覽。臣維周易觀之大象曰先王以省方觀民設教蓋君子之德風也風行地上周及庶物王者居中得正上觀天道下觀民俗若風之鼓動萬類叶於周觀之象用能以一身爲天

下觀。是以六四之爻辭曰觀國之光利用賓於王。言人才奮興由王者覽風問俗登賢舉能有以引而進之也且居觀之時最近至尊志意慕尚爲王賓也。我　國家敦龎湻厚之化純純常常使天下釀爲元氣發爲和聲者百四十年矣。皇上統備君師大文彌耀環瀛內外奉　王言爲六經蓋誠以　大觀在上之盛握恆久不已之樞乃者　壽考作人　五巡江浙而青兖之域尤　鑾輅所頻經過化存神後先同揆黃童白叟咸協就瞻況承學之士生聖人之鄉而近　天子之光其被濯磨神鼓舞爭自附於尚賓之義以副　省方設教之隆軌至親且切固非海澨山陬可得同年語矣。臣又伏睹近

歲以來　詔書往復風諭學官將以返樸還淳漸進於古如鑄物然實授之鈞如治玉然務攻其纇以是知天道至教聖人至德惟　聖同天故身教言教一以貫之而下觀而化有不自知其然而然者夫豈臣等鎖闈攤研斤斤繩尺之閒論長絜短所得闚尋常萬一哉天下大矣泰岱之區霖雨所興也而來松甫柏又詩人所致頌也敢以爲鍾英毓秀者期即以爲　當宁獻翰林院編修加一級臣羅修源謹序

陝西鄉試録序

羅修源

今年爲　聖天子御極之六十年禮臣遵前年　詔書舉行　恩科鄉試六月以考官請奉　旨陝西正考官著羅修源去副考官著朱文翰去欽此臣以譾陋供職詞垣五膺衡校茲復荷　寵命再典秦試　任使有加悚惶倍切於是駪駪就道屆期入闈時執事闈中者監臨則護理陝西巡撫印務布政使司布政使臣倭什布協同點名則署陝西布政使司事按察使臣姚學瑛陝西按察使司按察使臣姚學瑛潼關撫民同知臣朱學濂提調則陝西督糧道臣孫藩監試則陝西分巡鳳邠道臣王文湧內監試則邠州直隸州知州臣龔景瀚咸肅恭將事乃進陝甘學政臣章煦所錄士四千餘人扃闈三試之臣偕臣朱文翰率同考官臣馬學賜臣章廷楓臣王駿猷臣孟正笏臣蔡灝臣錢廷琰臣姚運東臣安清翹臣唐以增臣朱超等悉心校閱得士如額錄其文十四篇恭呈　乙覽臣謹颺言簡端臣聞洪範曰皇極之敷言是彝是訓于帝其訓即繼之曰凡厥庶民極之敷言是訓是行以近天子之光說者謂民之敷言皆皇之敷言有以涵育而啟迪之故其下即繼以三德曰正直曰剛克曰柔克此三德者蘊之爲德發之爲文章故詩曰三英粲兮不言德而言英是德之英華見於外者而其本則由於皇之建極錫福以成之也欽惟我　皇上敕幾行健典

學單心先德功而後立言以堯舜而兼孔子　御製詩文集爲天地之大文與六經而並壽臣侍　講筵有年伏讀　御論仰見　聖天子緝敬昌經亹亹孜孜日新不已光被四表人文化成天下之人蒸然同風稟　聖人之訓試之以五經也則皆知兼通之當務限之以七百字也則皆知究長之當除　諭之以清眞雅正也則皆知正鵠之所在　示之以歸有光黃淳耀之文也則皆知先民之是程度誠陳而長短合權誠懸而輕重彰臣由是乃知感應之理不疾而速而洪範因皇之敷言卽及於民之敷言者有由然也陝西民氣質厚臣嘗於壬子之歲承　命典試是邦其爲文無塗澤佻巧之習有

足當用乂之選者今又細加別擇將取其材之秀者備棫樸焉洪範不云乎曰予攸好德汝則錫之福蓋必於其敷言驗之也臣惟與多士交相勖勉以無負登俊之典是則臣區區之心所爲荅　聖慈於萬一者爾惟時官斯土者則署理陝甘總督印務陝西巡撫臣秦承恩甘肅等處承宣布政使司布政使臣陸有仁某某例得備書　日講起居注官翰林院侍講學士臣羅修源謹序

畢莘農詠史詩序　周錫溥

詩之有詠史也其源蓋出於樂府曹子建怨歌行以周公金縢事儷曲而晉桓叔夏依聲按歌致使安石泣下孝武改容嗟乎何其感人之婉且至也後人稍變其調以爲古風則左太沖鮑明遠諸篇最其善者然皆主於咏志猶阮嗣宗咏懷陳張諸公感遇之比非自棄其言而言史之言也又如陶公之荆軻顏延年之五君王右丞之夷門能使讀者邈然想見其人而忘其爲一事之陳蹟然則果可僅謂之詠史乎唐初去古未遠而如盧昇之李遐叔詠史詩已不免散漫宋明以來隸事愈繁而萎弱愈甚正坐賦詩必此詩耳且古人未嘗執題求詩也執題求詩

而又泥於詠史之一體則嫌於以其心靈日逐於枯朽糟粕之餘而反無以自揭其性情之所止猶參禪家所謂不記已語反記吾語而於詩爲贅矣然吾獨有取於畢君莘農之詩者何也蓋今之爲詩者各手一編高自標置非粉澤於竿牘之投則塞溫兒女不能自休以其言語媚人之有泚固不如從事古歌者之有以自適其適也君自授書時卽不屑爲科舉之學終其身未嘗一試於有司惟不屑爲科舉之學故得備覽夫宬史之藏惟未嘗一試於有司故無所激發於榮辱悲喜之態而盡以其所得效之於詠史今叩其篋中已六七百篇而猶爲之不止昔蘇子美在杜祁公館舍每夕索酒一斗公往窺之見方讀漢書

曰有如此下酒物一斗未足多也君之是編比事屬辭皋牢千
載蕤亦因寄所託以消磨其仕宦之胸已矣又多乎哉君吳之
武進人從辟書吾楚將歸屬序其詩予雖重君不敢卻其請而
竝論古作者同異之旨以相質云

蓬草篇序 附詩

周錫溥

六月予自蘭州循中衞囘甯適援府檄委勘香山雹災山在衞
城南八十里而至災所幾百里涉大磧薄暮始至人馬饑罷出
錢易粟䵃不得詢之居民則山中故食蓬草也持示予有沙蓬
水蓬綿蓬三種其法入水一沸漉出之別入水熟以爲羹充日
夕餐具多則乾以禦冬予乃知邊塞閒民竟有啖草爲生者命
烹以進則腥澀幾不能下咽而山民終年食此可歎也按蓬即
蒿類見於毛詩爾雅傳記諸書三蓬即三種蒿也蒿類如莪蔞
邪蒿味甘氣香者可摘以供蔬然非常食又如博物志所稱一
種蓬草子作飯無異秔米儉歲可接糧而香山民所食之蓬草

皆取根葉茹之未聞有子如秔米也與博物志所記美惡迥別
又今甯郡近河諸堡無此草名稱志亦不載或當年地利猶厚
山民未盡食此抑其地僻遠非採風所及邪予因勘災目擊斯
異以爲雨雹天之常沴而茹草人之奇戹迴車感愴而韻之名
曰蓬草篇用補風土之缺竝告其令胡君息齋俾加賑焉亦無
可如何之極思也

金城歸來寒始退淩晨飛騎至中衞衞東半壁繞邊牆香山卻
出邊牆背炎風五月雹如雷棒檄行勘香山災路窮崖斷百里
許始見屋角烘烟煤居民迎謁舞相屬我僕已痡車卸軸呼令
換米充一餐山中食草不食粟夜深月黑人奔波太息忝此官

供何口道草名手摩挲逡巡子側耶忍訶。一種頭坠如羽葆名曰沙蓬出沙杪。一種微窪谷下苗厥名水蓬類蘡薁。沙衝水洑蓬生少水潄沙穷蓬見高別有緜蓬葉爪碧入夏輭現兜羅色。青褭小婦瀹殘冰三種齊烹待官擇。土氣苦腥味苦澀舌本閒强嚼不得推案置之長太息。問民啖此經幾秋豈無五種田可耰。民言甯夏河爲塞此山巉嵯懸河外。禹時棄地秦時壕偶有人居雜魑魅。枯暑戰霜陰氣涸重霾軋露陽施閉。舍南老翁面凍棃知春不知楊柳稊。病思清井澆肺渴雪盡卻飲沙中泥。先時父祖營耕壟萬鍬斸山山脈動。短苗初茁冰花開又報沙蟲大如蛹。官耔委棄如土苴子孫啖草爲生涯。草少人多日一啜飢腸宛轉鳴繅車。昨尋薦地西山麓牧放牛羊盼年熟。胃可充食皮可衣贏得餘資作稃粥。雹災瞥過旋成空牧塲死骨撐青紅。老鴉惡鴟飽狠藉五更往往嘷腥風。東家西家淚沾灑回看蓬草嗟獨在。謝天再拜乞天慈但願葳蕤得長採。我聞此語感且吁大哉天地何事無。記我南中歲無恙。廩囷遮迾如屛障。市橋豚酒滿眼酤老饕未饜猶惆悵。自從作吏來邊關邊黎照眼饑羸瘦。年年濬渠溉河堡渠水不到成河灘。巡稍放閘訖無暇赤手耶補地角剢。每聞流亾夜輾轉忍竭膏血營炮燔。豈知香山近咫尺性命乃有懸草菅。人生九土共覆載不著食籍良可歎。行告爾主發陳廩漏澤一綫回天慳。語闌攜槧疏所記客次

湖南文徵　卷六十九　序十四　四四

蕭颾北風厲。莫怪我詩多苦聲。請官嘗此三蓬羹。

湖南文徵　卷六十九　序十四　四五

詩經音訓自序

余世本

誦詩三百未有眞能依韻成誦者矣坊刻紕繆太甚或誤音爲叶或誤叶爲音或改反切而妄音某字空注某聲或去本句中音叶而移置割裂不成文理致使字音不明字訓俱舛大義乖隔不通絶不知其所自起則坊賈傖胥之爲之也近世明達之儒斥此爲非朱子之書歸咎於其門人有謂朱子之門斷無是事是因朱子所未完而他家增竄之者又有通融其說去彼取此自伸己見者愚皆疑之蓋經學莫盛於今日今天下久奉頒傳說彙纂則必朱傳眞面目也盍嘗從事於此乎何緣盡人猶執贋亂之坊刻以詆議前儒特叶音亦多有不可解者自周

初以至東遷迄乎春秋中葉爲時久矣況復有商頌在前自君卿大夫以至思婦勞人懸絶無算何以風雅正變類舍字本音而惟叶之從古之人無周沈以後韻書也又何以云叶竊謂古之正韻卽今韻可直通之六部也今之人但曉今韻則以今韻之通求古韻之正未爲不是其閒不容不叶者百之一二雖叶而意義可通方音適合者又多但使不改字而不致聱牙可諧聲而不昧本文則得矣癸丑甲寅閒由朱子書中所嘗用通韻及隔句押韻之法依類參稽舉坊刻悉埽淸之然猶未敢以課兒曹今春至宜邑與濟源衞侯嗣子其硯初入學肯雅肄三郞標韻以示次第重點又別爲簿略記改讀字音九月生偶嬰恙僕恥素餐於是反覆紬繹取新帙撮書上方丹墨陸離畱以爲生讀本書就而生恙亦愈蓋音韻淵微非僕僻陋無聞所敢知而三百篇則無人不童而習之知其當然然後能漸知其所以然冀他日行成名立助我不逮爲我校刊全槀存之則相與有成僕之志亦衞侯之志也侯洞精音律度進而教之乾隆六十年乙卯冬十月朔書於宜章官署

[清] 罗汝怀 编纂

湖南文征

(五)

湖湘文库编辑出版委员会

岳麓书社

湖南文徵卷七十

序十五

自序

湖湘後學集編

張九鐔

曾子曰其少不諷誦其壯不論議其老不教誨亦可謂無業之人矣余受業父師年十五徧誦九經正文尤篤好毛詩左傳習其文辭而已弱冠輯古文尚書證驗周官綱領二卷旣而覺其淺妄推明孔鄭章句各十餘事夙疑頓釋最後讀易大傳博覽諸儒之說者六七年慨然知三聖之易爲一而爲象數圖書之學者徒費年月也自是於諸經皆求貫通大義無所凝滯三十

以後疲於四方之役未能卒業至今常以爲恨顧平生之論以爲經傳之出至兩漢而已全注疏之學至唐正義而略備二千餘年不能增易中唐以後董畢之言易啖趙之傳春秋漸生異義逮宋熙甯閒始爲新學注疏遂廢洛閩大儒由博反約微言精義多所發明然於事實制度略而不備又多采取當時諸家雜著以視漢唐專門之業或遠遜焉宋末元初大都墨守師說推衍坿會什居六七至於竄易經傳穿鑿新奇如王魯齋金仁山吳草廬輩爲世嗤點亦宜有之若近日崑山徐氏九經解秀水朱氏經義存亾考流傳著錄者且數百家以之侈聞見之博誇藏積之富可也而學者競相祖述互爲標榜故有全寫則揭篋易采則探囊以爲窮經之學端在於是而庋置注疏於高閣是何異遺日月而摭星宿捨江河而尋溪澗哉流及科舉樸學愈荒或分文析字勦帖括之卮言或別起例義襲類書之餘智甚者憑私決臆離眞失正而大書深刻日增月益莫可窮詰此程子所謂支離經訓無復統一者不重可慨歎歟六經非一人一世之書其與天地無終極而存者謂人習之爲學世資之以爲治也如使人人得爲異說而隨世以爲增易則聖人之志晦而天地之理或幾乎熄矣故余以爲今日之學仍宜折中注疏歸而求之經傳不當信口說而背傳記是末師而非往古也每念修綆未汲鹵莽無報上之不能探天祿石渠之藏輔翼道術

以質問難辨異同下之不能居寬閒寂寞之地研精覃思以備遺忘省過失而欲敝精神糜歲月竊附意見於其閒自知秏蠹有同朽腐故頗裒集前後經傳議論之文百餘篇合雜文爲甲乙丙丁四部欲倩友朋書而存之敢謂自喜文字之閒而已哉亦聊以示不忘舊業之意云爾時乾隆癸巳九月立冬日

通考小序鈔序　張九鐔

馬氏通考爲門二十有四其小序只二十三篇蓋合郊祀宗廟爲一篇其書本諸史志所述折中經傳參考古今奏疏論辨凡經世要務無不覈其源流析其得失通古今之宜而明政教之要蓋萬世治天下者之準的也昔孔子言三代之禮以推百世曰因曰損益爲法不同同歸於治其後周制以熄灋度蕩易孟子論周室班爵祿只聞其略至語齊梁滕君曰井田學校云者只曰大略曰潤澤其所以經世之法不過如此又況更秦及漢千百年以後一切淪滅時君世主雖因仍茍且然亦時勢隔絕積重難返挾以孔孟復生不能不變通於其閒而一二儒者不

知通古今之宜明政教之要方且摭拾周禮王制疑文軼事謂非一遵其法不可爲治及其用之而爲患則曰非法之不善而用之者未盡也故嘗護短憑愚習爲怪迂以排羣議未有辨其所以然者今與之陳歷代典章經制因革正變同異之故源流得失一一具在則其已事可鑒而凡爲空言無益於世用者可以返矣漢董氏通儒也其言曰道者萬世無弊弊者道之失也先王之道必有偏而不起之處故政有眊而不行舉其偏者以救其弊而已矣而宋曾氏亦云法者所以適變也不必盡同道者所以立本也不可不一是皆得其意而不泥其迹者也二子以降知此者惟端臨此書而已自明至今其書頗行於時爲博物洽聞者所必不廢至於發策決科待問條目亦有取於是余獨以爲萬世治天下之準的者蓋其用意所在故不得而不明也既先錄其小序述而論之使暇日得以考證焉

陳宗五先生詩序

張九鐔

武陵陳宗五先生·余叔父梼山兄天門戊午同年友也·余弱冠時嘗謁虞山蔣中丞·遇先生於公廨·望之須眉朗朗照人·既相揖敘舊交·未盡所言而別·後遂無由再見·先生壯歲以詩文名湖湘·著作雄富·聲華籍甚·都下久而發聞於時·人咸謂其遇之遲·方冀大展所學·而先生卽以恤歸·以毀卒矣·嗚呼惜哉·今年丙戌季夏·余自京師歸·適友人諸暨郭幼春自武陵來·攜先生詩集見示·謂近與先生兩嗣君共校讐·將謀付梓·余讀之·竟卷往復唱歎·不能去手·以世多知先生者·不復贅一詞·然獨以茶陵彭公稱先生之詩·謂始跨昌谷·繼神明於少陵·漫衍以上闚

漢魏者·尤得其深·蓋少陵之憂憫·黎元志存經濟·漫衍之直抒胸次·原本性情·皆根柢於漢魏·而與爲雕繪·襞績纖淫靡麗之詞者迥殊·先生之詩·雖復奄有衆長·不專一能·要其根本準則不外乎是·至於內行之淳篤·志量之閎廓·皆與詩之詞氣音節相爲表裏·有可以決其傳世而行遠者·而亦何必爲先生重惜也·與幼春非深於詩·不能好先生之詩·故以楚越天涯而臭味相合·爲之嚮往追慕·蓋先生之詩感人如是·而況余於鄉先達之遺文·其宜愛重而寶貴之爲何如也·余非知先生者·顧於先生辱兩世之交·且以二十餘年前一晤而未盡所言者·一旦於身沒後而得盡讀其詩·有深幸焉·

六學集原序

張九鐔

昔歐陽子云·六經之旨失其傳·其有不可得而正者·自非孔子復出·無以得其眞也·以余嘗考·諸經自西漢以來·易詩春秋皆聖人之全經·惟周官戴記·尤雜特甚·然宋元儒者往往刊正補緝而卒無成·若易有古今之分·其文特經傳分合之間·而古文尚書與今文爲二·雖宋元儒者亦已別白言之·而古文固不可廢也·他如今文孝經·古本大學·皆文簡義明·而率多改移·終不如仍舊貫之爲得者·是又學者所無庸多言矣·余自庚午南歸閒居·誦經爲樂·每念聖經微言大義·先儒宏之已精·不復措詞·獨可省除煩惑·削去譌謬·庶幾有所統一·而師友淪落·無與是

正·嘗以退學之餘·折中衆說·斷以己意·得文五十餘篇·非苟爲異同·亦求自釋於心焉耳·班志有言·古之學者·存其大體·玩經文而已·是故用日少而畜德多·三十而五經立也·余年既過三十·雖枉心力之勤·知其勞而少功·又深達古人畜德之義·等於淵明所謂終日馳車走·不見所問津者·其可不發憤而知所悔也哉·今始裒爲一編·序而藏之·題之曰六學集·時甲戌春正月某日也·

送宗弟理衡南歸序　張九鐔

余宗弟理衡以明經入太學三年今春來告別於余挈其囊有讀書思問錄六卷皆五經綱鑑論說大篇條辨次第成編余以校書之暇繙閱數過歎其不獲知遇又歎吾與理衡自髫年爲諸生同試於場屋相知久矣而未知其能於經史之學縱橫貫串而折中於至當如是也葢自有朱子以來斯道大明諸經義訓獨存體要而異端僞說什去六七學者遵功令勤課讀由其辭可以至於聖人而不惑顧恐循誦習傳雜而不貫徒爲科舉剽竊依附之詞而無得於心終冥然無知而已而近世之學則又不然當其爲諸生少壯時未嘗不循循守規矩冀博科第及

已得之後而遂忘之又或年近老大漁獵日多見聞惶惑以私臆爲穿鑿往往增益圖書刪改經傳其盡脫窠臼者亦不過步西河之後塵拾竹垞之餘唾已耳然其才辨足以濟之名位足以據之友朋門徒互相標榜而奮辭舞筆睥睨世俗無所顧忌夫豈其本心哉日飲食而自云服氣已婚宦而勸人出家姑妄言而妄聽之何怪焉理衡之書紬繹經義辨析史事一以朱子爲宗閒亦攄己見而不入於新奇排羣議而不流於苛刻至其文辭筆力又足以達其所見非積學之久信道之篤何以至此余役志於樸學者有年蓄疑待問無以自解風塵羈旅一旦於子遇之如入舊國舊都望之暢然況見見聞聞而昆弟親戚之聲欬其側者乎是可喜也矣理衡在京師躬爨步行質樸有古人之風今方南歸省親需次爲郡邑學博將以教學之餘益治其業且日進而未有已焉余幸得先覩其已成者而樂道之也故書此以贈其行

孫子評序　張九鐔

孫子十三篇孫武撰史言武齊人而用於吳在闔廬時爲將破楚入郢而左傳不載惟趙曄吳越春秋詳之吳王召孫子問以兵法每陳一篇王不知口稱善今所傳者是也其書完全於兵家爲最古自魏武帝杜牧之以下注者二十餘家宋歐陽梅蘇及明唐荆川王鳳洲諸人則稍稍稱其文辭矣世之論者以爲奪謀逞詐戰國相傾之流余獨謂三代王者用兵見於六經自春秋諸侯無義戰久矣況於後世乎故不得已而後從事非以謀人以自謀也世傳韜匱諸書僞託古人不足論若吳起穰苴之徒一切權譎反文以仁義之言濟以揖讓之說使其行之雖

與三代何異及臨敵決勝時視若贅疣何其繆哉武子之書則兵論兵出奇無窮以貴速不戰爲能攻城破軍爲下傳曰臨事而懼好謀而成然則所以勝諸家者在是矣其文之縱横幻化而紀律飭切節制謹嚴蓋以文言兵實以兵法行文自左國以前未之有也余既喜其文辭頗爲道其法度波瀾之所以然故敘論於篇

先儒文略序例　張九鐔

夫載道者謂之文道莫大於六經然其爲文也與天地並故無得而稱焉周室衰微孟子没而荀卿在於時莊列申韓異學並行是故道喪而文遂敝兩漢之世儒術振興董生爲羣儒首賈劉馬班諸人皆本經道述文史專門通經之學各有家法自是而歷魏晉以迄於唐中數百年其稱立言著書不謬經旨者僅得一二人而昌黎力能明道以起衰此其最也逮宋儒出道以大明而文教愈盛然論者以爲當世之以文自表見者如歐曾之林既依附乎道而莫究其由至於濂洛關閩師友之淵源則又不以文爲能然則道與文不猶判然爲二物也哉余益觀三

代以來人自爲子家具有集非無學問之深才力之富與夫文章語言之工不隨衆泯滅而足以行世傳後者其所爲往往載於奏疏論箸書序傳記之類亦皆道之所散見於事言而不可廢者也然以考其出入離合於經區以别矣而欲其文章之兼勝焉抑又難矣今之學者溺於詞章詁訓之習徒見六經之後蕩然無所於歸而不能有以一之者嗚呼其可慨也與乃總錄周漢晉唐宋諸儒之文以其時先後而論次之自荀卿而下至馬端臨得三十有七人文百篇大抵論天人推性命明王道述禮樂凡古今爲學爲治之體要略具焉或曰漢唐諸家之於宋五子若是班乎而程朱發聖人之精蘊備於是乎余曰不然程

朱所爲有功於道者未有能出於經者也故爲識其大者如此謂將取道於是以明經耳以程朱準董韓以董韓準諸儒而又皆折中於經以權衡之不執一說不名一家則董韓程朱之於諸儒亦一而已矣使夫上下千載之閒得諷誦乎斯文而有以審六經之指歸焉是則余之所樂於是也夫

自前史以文苑儒林列爲二傳輯羣書家因有古文儒書之目學者詞章訓詁支離散亂文章性道非一原矣余雜撰書文總歸經訓悉以時代相論次至於削僞反眞去俗存雅刪繁領要蓋有不得已焉爾

漢文載乎史唐宋文載乎集諸儒傳注各附乎經其自爲之書

又別爲子實則皆文也言以足志文以行遠故非是則不可謂之文有能配經而傳詞理相稱者希矣南宋以後沿講義語錄餘習雷同勦說根本則亾於英華乎何有此固僞體之在所別裁者也

孔顏曾思孟不作而微言絕後世道統之傳久有定論然漢唐千餘年閒若董子通貫天人韓子推闡仁義不止功在一時隆中出處淡明治道本原謂非有得於聖學可乎宋儒一脈周張程導其前朱子振其後始盡發羣聖之蘊而集其成如入海之必由江河言天之先睹日月焉它有作者以此爲權衡其可矣

周末文敝始於諸子之異端橫議極於戰國從衡之策孔門弟子箸述自戴記外率多亾逸當時儒家獨取荀氏學論漢興則取賈生禮論毛氏詩序孔氏書傳序竝冠於篇端而江都明王道述春秋尤卓絕千古矣其餘若馬遷立史法王陽匡鼎二劉約經義與夫兩子雲之文稍擇其近正者載之此前漢諸儒之大都也

東京諸儒首推班掾史志經師則以康成爲宗蓋一代家法也諸葛君有王佐才出師兩篇庶幾兼古人三不朽之稱者今特箸於編自魏晉以至唐初文氣萎體敗經史之學雜以詞章而無所發明僅錄徐偉長中論及王輔嗣易注杜元凱春秋傳序范蔚宗史論數篇附於後漢云

韓文公起六代後撥衰反正功不在孟氏下後來以因文見道目之不知其實有得乎道而能文者且其文渾涵汪茫千彙萬狀兼古今而有之匪獨中唐之盛也今附以二李爲一卷

北宋人經學文章之盛亦其時爲之積漢唐之遺業復六經之正傳天也亦人也歐陽司馬學識純正著述粲然而周張兩程之書修詞立誠藴藉淡厚若此可謂大雅不羣矣佗如宋子京李泰伯曾子固蘇子瞻諸人其人亦各名一家其文有能衞道贊經者悉存大概以益多師因篇目稍繁列爲二卷

程學歷南渡後凡數傳而得其正且全者朱文公一人著作有功人能言之茲頗搜擇精詳與其文理兼勝者蓋天地千百年

元氣之奧盡於是矣朱子前錄范茂明後附張敬夫及眞希元一二篇而歷代文獻之源流則以馬氏序終焉

南宋文體靡弱詞意支蔓至末年爲尤甚又當程朱大明斯道之後口說習傳元明承之卑者但滯舊文高者反滋異義然綜其意指不出前人緒餘蓋源遠末分自鄶無譏矣後之學者誠知漢唐宋斯文之傳所宗必正所擇必精以通經學古爲源以尊聞行知爲歸雖人皆聖賢之徒可也

右總論錄文之意如此是編本爲通經而作六經誠非一人一世之書凡諸儒傳注疑義全異是非之大者略著於編要於標舉綱領統一指歸可以並行不悖若鑿空前人各具己見雖其

持之有故言之成理而無關於義蘊大全及違離本旨者略之多聞擇善闕疑愼言庶免於不知而作矣

歷代文章盛衰與時高下漢人渾厚唐人峻潔宋人疏暢固是異曲仝工然東都後之俳儷南宋閒之迂宂亦自風氣轉移茲集因時取裁頗示己意其有魁儒名家大篇成書未與論次及所錄之人有優劣文有繁簡不同是在尙友讀書者證之

是書始於甲子孟冬手自排纂原目積至數百增損十餘次稱意而止惟諸史取節論贊餘篇悉錄全文不敢刪改卽評點亦可不存觀其所擇足以見其意矣其閒字畫繆誤未盡釐正姑以密爾自娛而已至壬申孟夏屬稿始定輒爲紀其時月藏之篋中

理事編序

魏晉

主治者君也輔治者相也賦政於外而總其治者督撫藩臬大僚也爲政於下而分其治者府道州縣佐貳也而令尤爲親民之官以徵賦稅曰惟令以理刑獄曰惟令以悉利病曰惟令令得其人則政簡而事清吏戢而民安風醇而俗茂其官雖卑其責綦重矣恭逢我　朝　聖人御宇端本善則旣有以樹之風聲立之綱紀尤復澄敘官方肅清吏治旌其賢者能者而黜其不肖不率者大憲無所私於上屬員相與奮於下益治莫盛而世莫隆焉晉生長大湖以南少充解額日奉一編與遠近友生相切劘三十有七年居至倚廬又三年自顧頭顱徒傷老大

甲子忽忽已周矣猥以族黨勸駕請咨上京蒙　恩簡授鎭平自己卯臘月十七日履任夙夜兢兢誠有見於民生之不易作令之艮難無以告無罪於上憲大部蚤無以叩無疚於清夜寸心也鎭平南接鄧州北連南召東毗南陽西界內鄉廣袤不及百里惟北境過之其民風大都刁頑莫甚於南梁鄧習也西北爲山高會萃之區民秉其地氣以生質性之厚重險峻亦復相似所幸邑非衝衢無冠蓋往來垓館供億之煩無徭役差派辛苦墊賠之累因得以且仕且學承乏待罪於課陽嘗論居官之道曰清曰愼曰勤愼固當立於清與勤之先尤當以寬貫於清與勤之內貪墨者清之反也愼則無敢以貨寶府其辜然見

有不貪而民病者矣水至清則無魚人至淸則無族淸操過嚴處心易卽於刻貪則酷刻亦必酷其源殊其流一也怠荒者勤之反也愼則無敢以酒色曠厥官然見有不怠而政亂者矣求治太驟則措施多乖未有絃急而不憂其絕徑捷而不病於窘者道在推之以漸貞之以恆自矣第從容而就理子曰居上不寬吾何以觀非縱弛之謂也古君子之持己也嚴其御人也恕其任事也果確而無難其處事也一出以安詳和緩而不容以躁氣乘惟寬故平惟寬故厚惟寬故舒惟寬故裕斯有以收淸勤之效而無刻薄寡恩欲速不達之譏故廉吏能吏一歸之曰循良吏余惟德薄不足以宜民常思所以培其基才諝未由以邁

衆當謀所以補其拙於寬之一字不勝三致意焉揭聯於大堂云鎭物豈容情或矯平心乃得事無偏二堂楹之左右亦揭以偶語勿傲上勿擾民愼靜而尚寬庶幾得安安無事不虧公不肥己澹泊以明志未必非綽綽有餘敢云允蹈抑觸目警心惟恐不能設誠而致行之負國乎負民乎其負己以負親之訓書之教也實甚邇來民氣安恬日有餘暇取座間登事理事兩部綜觀之登事一編凡聽斷曲直刑罰輕重分諭可否必書之紀課程思得失也有苦積牘之壅者乎則無可書有私骫法之人者乎則不可書不可書而不書曰貪曰墨無可書而不書曰怠曰荒此二編者日無不書之事事無不書之情雖細入豪髮而一將之以愼重字挾風霜而一行之以寬和非謂是昭淸且勤之善治實卽是志愼而寬之初心也登事編第綱提而目已張理事編須辭達而理乃舉擇其慮周而言之成文者手自鈔集聊供把玩循吏也乎哉猶是當年擁氈塾師暇豫之吾吾云爾焉已矣

尋義而莫切於奉孔聖人之傳以通經雖兼收博采要皆擇不悖於孔翼者筆之簡端去取是非隨時更定稾經三易矣

今上二年因公羈留豫省於時視學者爲盧公容庵著有周易經義審發坊裘訂借閱旬餘喜持論之與愚不謀而符而見解時有出於前日尋味之所不到者急命侍者購以歸暇則取前稾參互剳記盧書行閒客見而好之勸其編次以成全書稾起丁亥臘月旣望迄戊子三月朔乃竣時年七十矣艱於楷寫爰以行書淸謄釐爲六卷命之曰繹翼蓋孔子者神靈天亶之聖而十翼者讀易學易之準的也聖譬則力智譬則巧射者持弓矢審固然後可以命中故射之爲言繹也於十翼亦然發彼有

的舍矢如破是在讀易學易者之善繹焉爾矣時道光八年戊子天中節前一日

易經繹翼自序

魏　晉

人卽矜智必甘讓智於聖人必不敢謂智過於聖人且遠駕孔子之聖智而上獨至譚易則不然易自伏羲畫卦文周繫辭而易用大備有生民未有之孔子出雅言垂教不輕以易語人晚年韋編三絕乃作十傳羽翼聖經誠以易之道甚大易之理甚精易之數甚神而究不離乎日用彝倫爲古今貴賤人所不能外故不惜諄諄訓詁開示天下後世俾得觀象玩辭之方而收省身寡過之助顧歷觀漢魏六朝唐宋元明諸儒代興講家林立爲功於易敎者固多而添蔀障於易義者亦正不少往往聖人之所不言而諸家言之儼若目擊包犧之指畫者然有聖人

之所已言諸家不屑言而別出臆見言之儼若親聆文周之口授者然如則圖畫卦紛紛然以爲析彼數移此數析此數移彼數也重卦定爻緫緫然以爲由三而生四生五又由六而七而八而九以遞至於十二也卦爻剛柔上下往來謂反對也不取互體而云卦變四德全而性命昭其藴九卦舉而學修括其凡大象立而體用揭其要辭變象占有聖人之道四也獨以其倚數衍著專目爲卜筮而作若夫經文簡奧高古不得其意旨之所存則或以爲誤或以爲衍或以爲脫大儒若程邵朱子不免焉而其他更無論矣歲在壬子晉始從事易學竊意治天者當順天行以求合治水者當順水性以導流治經者當順經文以

募修李文正公墓碣祠宇序

謝振定

自周官冢人墓大夫之職久無存，而邱壠兆域之禁令度數，茫然無爲之主者，甚至侵盜及枯骨，而獄訟日繁，其或古墓爲田，松柏爲薪，啾啾然銜夜臺之泣者，所在皆是也。前明相國李文正公，吾楚茶陵人也，而世居於京師，公有子先卒，故無嗣。見堯山堂外紀 自曾祖逮其身若子凡五世，皆葬畏吾村，懷麓堂集有告墓文可考。歷歲久無過而問者，又無麗牲之石，遂軼其處。振定舊聞公墓在長河北何太監墓側，後法梧門祭酒數過其地，訪得之在今大慧寺西三十步許，太監墓在其傍，與所聞脗合。祭酒爲之記，且質之大興翁覃溪先生，固鑿然可據者。方文正之沒也，

貧不能具葬，門人故吏醵賻之，乃克葬。見楚寶 曾幾何時，而墓前石碑至爲土人盜售之，碎以和鹽。見瓦釜漫記 信可悲也。已嘉靖初，麻城耿尚書定向爲贖其舊宅，置專祠焉。見帝京景物略 萬歷中宛平方公從哲封其墓，見金會公書中 同時又有王進士文遴者重封樹之，見池北偶談 而我朝廣濟金會公檢討有致新城王文簡書，於文正墓三致意焉，並屬其轉告黃岡王昊廬先生，其辭尤婉而多風。見居易錄 是文正身後之事，前之君子數數念之，稍稍經理之，而惜乎未竟其功也。夫有明孝宗、武宗之世，權璫燄熾，毒及搢紳矣，文正以一身係天下之重，彌縫匡救，委曲而保全之，其有功於士林甚鉅，至其風流文釆，照耀人寰，尤前代宰輔中所

僅見，而其藏身一坏之土，蕩然爲耕烟牧雨之場，此在行路之人，猶將爲之悽愴而太息，況乎冠冕人倫，巍然居士大夫之列者，其忍耳聞之而坐視之邪。今其墓地屬浮屠氏，是宜請於典土者而歛值爲之償，以次封崇之，碣表之，更得建祠或墓屋三數間，庶幾好事者歲時蘋蘩，以妥鄉先賢之靈，以垂之永久。維時法梧門、藹昆田二先生首其議，同人任其事，思以成耿公、方公、王公、金公諸君子之志，屬振定識其緣起，以徧告夫當世士大夫之樂與人爲善者。庚申六月敘。

江亭話別圖序　謝振定

嘉慶五年夏六月吏部郎中周君春田出視貴州學政行有日矣其門下士共集城南陶然亭話別諸君謂余與春田厚約與偕微雨既霽涼風載清草木靑葱之氣蕩襟而爽目若不知有別離之感也者座客朱野雲卽景繪冊諸君賦詩紀事屬余序其端余與春田自麓山同硯席迄今二十餘年旣同官京師月無三數日不相見於其行也固不可已於言披圖而流覽之竊意校士之道有可通於畫者卽以品畫之言進今夫畫之爲道也意定於筆先神游乎象外烟雲變動水木清華不規規焉求其逼肖而蒼秀之氣自溢於楮墨閒由其品高而識偉也校士之道舍品與識曷取哉今天下人才衆矣而言品與識者蓋寡何也讀書止爲科名也科名之念切梯媒之術工其所以求富貴利達者皆取資於六經之糟粕童而習之終其身無他慕焉其幸而得也脂韋以求全貪縱以遂志於天下之利病國家之經猷無與也其不得者則又趨利喜事至放僻邪侈而不顧嗚呼人才之不古若而士風日靡也豈細故哉然則造士之法莫要乎令其知所以自重欲其知所以自重在乎上之人有以重之隆之禮以養其望澤之古以擴其胸望尊則品立識遠則器宏所謂以文章報國者將於是乎在畫之稱能品者隨物賦形不失累黍令見者詫爲眞焉斯已矣若夫神妙之至則視乎其

人之性情焉識量焉以性情識量取士焉往而不軌於正也哉黔中士氣近魯樸習染未深其施教應易春田前典河南試所取多端士吾知此行必不徒求之詞章藻績之末也他日輶軒之暇展冊讀畫其庶有味乎斯言是日與集者七人姓氏不具書各有詩

逸賸詩草序

陳士雅

余每讀吾兄蒼山之詩，未嘗不掩卷太息也。曰：嗟夫！天於吾兄何爲豐其才而嗇其遇一至斯乎？兄少時貧，不能從師，晝與傭保雜作，向夜篝火，手一編不倦。十許歲出語已驚其坐人。稍長，授徒餬口，鑽研經史，擷諸子之英，咀文選之腴。或靜鍵一室，俯仰嘯歌；或朋好讌會，酒酣興發，輒下筆滾滾數千百言。然而年過三十，猶困童子試，中無知者。盧筱谿先生視學楚南，始器之，拔冠多士，旋食廩餼。然兄家故貧，又落拓不能爲生計，所得修脯，大半耗於酒家，以是益困，炊烟常不繼，僦屋而居，播蕩轉徙，無甯歲。晚年以明經老，至爲薦一假館之地，亦往往不遇。嗟夫！

昔人謂詩人少達而多窮，然吾觀唐宋以來作者，若東野、閬仙遇昌黎而顯名，聖俞、子美遇永叔而顯名，皆闒歷升沈通塞之途，雖窮而未爲窮也。他如浩然以怨棄，飛卿以狂廢，皆名達主聽。至於生當不辰，閒關崎嶇，流落至死，又不惟詩人之窮爲然。獨吾兄負高明伉俠之才，生逢　聖天子稽古右文之世，承賢公卿操衡秉尺、求賢如不及之心，而卒無有能知之者。即偶遇一人知之，亦未有能遂顯之者。甚則土銼鶉衣，朝不謀夕，竝未有能佽助之者。此余所以把卷於邑，搔首問天而不自禁也。兄之詩性情悱惻，寄託遙深，翛然塵壒之外。雖時有騷屑感憤無聊不平之詞，要不過乎其則。師法由盛唐以希漢魏，雄渾蒼勁，歸於自然，不落宋元人氣習。爲古文詞亦工。其於制義，出入羅儀部、金司馬、大士、大力諸家，劌心鉥目，余恆怖而不敢與之角。學者以其弗利於場屋也，故不之知，而惟知其詩。然及其詩，又多喜揣摩范陸新句以資應酬活計，然則於其所以詩者，亦未必盡知之也。兄性疏散，詩成不下數千首，懶不自收拾，或竊鈔以示，竟不復憶爲己作，故所存止此。既老病，同好相與鳩工刻之，而因屬余序之。後之人儻有讀其詩、悲其志而想見其爲人者，庶幾吾兄之遇雖窮於生前，而不至終窮於身後也夫！

張竹軒先生栟芝集序

陳士雅

士雅曩論楚南制藝才大心細者首推家桃文前輩而先生以渾古閎深之作高與頡頏我生後桃文久矣先生則與先君交好先君子早卒先生輙以詩情詞悱惻往往奉之而泣顧以少孤不出里閈遂弗獲親炙先生爲憾及後讀桃文詩語意儁傑每拔奇前人外益信能者兼擅其長而又憾未得見先生他詩歲癸亥士雅援徒郡城南先生之嗣伯閑以試事來過余手出栟芝集一編問序乃得盡取先生詩讀之時則先生下世已久而犬馬齒亦六十有奇矣夫楚南山水淸淑而黃陵舊迹屈子遺墟皆足以發人幽思逸興形諸詠歌自學者溺志舉業竟無

暇以爲彼揣摩以干進取者無論矣卽有深心嗜古之士亦或精力刓敝於一藝而不能工吟其能者或又牽率酬應僅以諧聲傳色爲務取悅一時而可流傳者卒尠先生以餘事作詩人乃獨溯源風騷儲精漢魏而并出入於杜韓諸家雖其諧聲傳色若不必與時賢鬬好而骨韻蒼然以堅神味油然以厚負縱橫馳騁萬怪騰躍之氣而約而節之一歸於優柔故言理而不腐言情而不靡令讀者不自知相引之何以深也然則欲知先生之蘊豈必徙求之制藝也與抑桃文旣以明經終先生亦浮沈學博無所表見其以栟芝名集蓋取柳子朽栟敗腐猶足蒸出芝菌以爲瑞物之語以寓其意然柳子遷謫猶爲刺史其言類多湮鬱怨誹不概於道先生蕭然閒散意象夷愉雖中攖憂患偶自鳴其不平要不過乎物者又以歎先生之學深養邃非詞人所能幾也士雅少違庭訓進學不勇於先生無能爲役謹就其所及知者藉以寫其平生嚮慕之私加謂表章論定妄意有所增重於斯集也則吾豈敢

春艸堂稾自序

陳士雅

國家之所以萃天下人士使一出於學者何爲乎將以求其明體達用行於己而施於人也然自唐虞三代以來取士之法已不能不敷奏以言至科舉之學興天下士往往習爲雕繢纂組之儕弋取榮名而曾無益於國家之用識者憂之易詞賦以制義俾人人束髮從事於四子之書庶幾志聖賢之所志言聖賢之所言而天下士乃即以雕繢纂組者施諸制義以悅人耳目則其無益也滋甚間有深心者出起而窮天人之奧究古今之宜研精覃思求進於道則不能苟爲聲華以悅人而或不遇遇矣亦多俟乎醞釀既久之餘則其人又已將老而不及於用夫

爲而不遇與遇而終不及於用是反不如雕繢纂組者得以少年獲雋上可以儲卿尹之選下亦備有司之才爲國家馳驅效績而斯人者乃僅退而倡和於寬閒寂寞之鄉以自娛而娛其徒夫如是是又何益之有雖然前之人明知其無益而甘爲之者亦曰上之人所以取士下之人所以爲學之初意在是焉耳士雅嗜癖而才鈍才鈍故不能競進嗜癖故好勉窺作者之眞而不自量其力年將半百偶受知於宗工旋以母老請養奉
聖恩予告歸里仍理故業計自弱冠至今畢力於斯事者垂三十年爲其成之之勤且久也爰刖擇而存之適座師姜杜薌先生來撫湖南命付剞劂要以得失之故信心良難重雅愧矣抑又有疚者學之道以行於己爲自得其施於人也則有命焉至不得施於人然後本諸躬而有言凡以覺世云耳今欲因文求道則是先言而後行非所以爲學也又況內反所行百不逮一庸愈於雕繢纂組之爲乎哉惟龔闓是編者以予爲鑒先立其所以爲文之本以仰副　朝廷興賢育才之典庶克收明體達用之實益也夫

嶽麓書院課藝序

周鍔

嶽麓書院自愼齋羅老夫子以壬寅來主講席，至今辛酉，凡二十年。前後肄業生徒，統計領鄉薦、捷南宮與選拔、優行及舉孝廉方正者，不下百數十人；內官如翰林、部曹、教習，外官如民牧、司鐸，類皆卓然自立，有以仰體夫子之敎，惟恐貽門牆之辱。其所以裁成後學、培植人材者，豈偶然哉！夫子之爲敎也，講明經義，旣使之各有所得於見聞之外，復於游息時隨事指點，凡身心性命、處已接物，無不洞徹夫情理，而使皆曠然有得於心。猶記夏日晚凉，花墩陪憩，同人侍坐已滿，鍔後來攙入其中，致兩端者僅及半股。夫子曰：「與挨擠不甯，曷若多移坐具。」衆起移運，

鍔乃就現成者坐之。夫子大笑曰：「甚矣，恕道不知也。」心知責己，瞿然起坐故處。夫子又曰：「多此一動。」當時如聞棒喝，終身不敢忘。嗟嗟！一侍坐之頃，而三愆迭形，夫子皆就其所失以警之，其循循善誘。此固知夫子之敎有本，而不徒沾沾於文藝之末也。卽以文藝論，我夫子之心力亦勞矣。夫子之於文，凡命題，必根究書旨，以觀其會通，而深求所以代聖賢立言之意。其有塡寫經史、記醜以爲博，貌爲艱深、好怪以爲奇，皆所不取。所取者，要皆平易近人，而入彀者極少。每得一佳搆，必命及門鈔而存之。鍔自壬寅從游，至丙午凡五年，鈔存僅獲三首。此二十年中，同門之文獲賞於夫子者，不過百六十有奇，非嚴其格，實精其選也。庚申秋，鍔奉　命視學黔南，旋里門拜謁函丈，因面請所存課藝付梓。夫子初不欲相授，以爲是一時說書心得，未必卽可共賞於人。鍔則謂夫子廿年心力、諸同研一時精華皆寄於玆，且以制藝說書，旣深契乎文以載道之旨，自協夫學人心理之大同，曷若公諸世以廣敎思，而嘉惠後來之爲得也。夫子笑而許之，檢以相付。到黔，卽將原稿原評壽之剞劂。是編出，而夫子之所以敎與文之可以傳，讀者將自知之，鍔又安能復贊一辭也哉！是爲序。

嶽麓八景詩序　周鍔

凡賞心者皆樂事也當其境不知及時異地殊思之則以不可再得爲恨蓋已渺不知當時又何所自矣每見今人傳古人佳話或道異地風物輒津津不置而聽者忘倦以爲其人其境類不在聞見中而豈知盈耳目前皆是邪書院前舊不過荒地數十畝瓦礫淩亂草木穢雜鮮有過而問焉者自我愼齋夫子來主講席顧而異之以爲其地大可樂而任其蕪穢不治爲可惜因就其前植修竹數百竿今成林蔭方圓池凡四種千葉蓮池之附地鑿爲沼放游鱗焉而其所從出之土卽堆爲墩雜植以紫薇芙蓉山躑躅花時皆絢爛可喜且耐久墩外舊有塘環插

楊柳使繁陰如幕搖曳於水光天影中於東更得廢地圍之種桃成塢塢外山泉所經爲曲引之水石相搏聲若琴筑可聽西則詣道鄉祠舊徑也從山扳躋而上頗艱於行爲別闢其徑於山麓而依壕密布桐樹易成而陰可蔭自是則四時之景備矣鍔侍夫子三年於此追隨杖履時不同而景亦異心有得而樂無窮師又寬以禮數或羅坐花閒或侍立月下或隨行澗沼墩徑閒談經道古內而心性外而身世之故凡所欲聞者無不聞而皆有以洽其意而饜其心夫人役役於塵鞅中得則喜失則憂愈勞而愈不能遂愈苦而愈不得休視我輩得良師兼益友游息暇豫耳目之前人所苦於束縛而不易有此樂者皆得因師之所有而共有之其相去顧何如也故地之有顯不顯猶人之有遇有不遇也曩時猶是書院而觀忽改於今同人得親炙我夫子於春風化雨中異時回首此境其可得其不可得俱不可知因恐其忘所自也爰同賦八景詩付之梓以誌賞心而廣樂事焉是爲序

種橡圖説序

戴澤三

惠民之政貴在實心有實心然後有實政王政授民田百畝宅五畝牆下樹桑誠以貨惡棄地衣食之源不可不裕此實政也黔省幅員較隘山峻水駛無平疇沃野之利民生其間者窮苦無貲官斯土者付之歎息已耳遵義一郡與他郡等乾隆初年有賢守陳公爲之設法因其地之樹教之蠶教之織繭之所出歲以萬計商販雲集至今遵義之民稱殷富焉安平小邑亦瘠邑也劉令承之斯邑奉檄倣踵行毅然以爲己任慮民之難於謀始也捐廉買繭教之試放業有成效其爲圖説焦心勞思條分縷析上以順乎天時下以符夫地理依圖樹則仿古無逸繼

以謳語歌咏勤苦髣髴豳風七月之章至於種樹以橡不以桑不及五年便可採取以供蠶事何其敏而速也夫民生在勤勤則不匱然非有人調劑而勸導之物亦不能自效其靈矣今得賢邑宰開此無窮之利將見機杼軋軋午夜聲聞俗日以醇用日以裕山雖峻而利溥土雖瘠而民肥于以共沐盛世之休風可不謂隆歟

順天鄉試錄後序

周系英

皇上御極之二十有三年戊寅秋八月舉行　六旬萬壽恩科　臣系英臣鐶之副臣廷珍典京兆試事伏念臣三湘下士學植譾疏由詞垣入直　禁廷洊歷卿貳二十年中七預掄才之任儒臣榮遇感悚難名迺復奉　恩綸載司文柄爰進學臣監臣所錄滿洲蒙古漢軍奉天直隸承德及天下各直省官民八千餘卷虚公遴拔得士如額謹擇其文之尤醇者恭呈　御覽臣例得綴言簡末欽惟　皇上壽考作人太和保合　智如舜　仁如堯　勇如文武敷德政而宏聲教固已薰凝萬姓化陶八紘凡多士之輻輳偕來莫不烝

烝焉雲附景從如衆星之拱　紫極矣茲　特開慶榜首善之區　緘題試士卽以　聖心之執中廣　聖學之致和昭然與天下相見俾天下葆其太和臻於同軌而毋荒於學無惰於行咸知砥礪廉恥以底於君子之歸也仰見我皇上本實心爲實政　垂身教於言教所以登郅治者在是所以育人才者亦在是唐哉皇哉美矣茂矣臣等仰體　宸衷悉心甄錄區區報　國之忱蓋將以揚　壽寓之延洪慶得人之藹吉云爾吏部右侍郎兼署禮部左侍郎工部右侍郎管理錢法堂事務臣周系英謹序

江南鄉試錄後序

周系英

嘉慶十三年戊辰　萬壽恩科禮臣以江南考官請　上命臣周系英副侍郎臣陳希曾往司其事翼日　召見諭以江南人文最盛衡才之道要當爲國得人命題必正大錄文必醇雅言爲心聲其文醇者其人必端異日居官臨民咸視乎此大哉　聖訓臣與臣希曾服膺銘刻星馳入闈虔已協恭殫竭二十餘晝夜心力得士如額錄尤雅者進呈　睿覽臣例爲後序謹拜手稽首言曰文以識爲主輔之以氣以達其識養之以局以和其氣士生聖賢二千餘年之後必期仰測當日立言之本旨黜異說袪膚論以明眞理而暢垂教之衷此非

研幾於經以正其趨取證於史以通其變旁涉諸家先正之論議以博其趣則識不能淺而且正矣既有眞識而文不足以自舉故詞尚鍊氣氣已盛矣而或散漫以傷格或怒張以傷雅則亦未足以徵其學養故法尚鍊局是故識勝者臨事而能決其機氣勝者機決而能任其重局勝者重任而可安其成維昔名臣有以一日之文而遂決終身之行者誠如　聖訓言爲心聲不可誣也若夫摭拾卮言以炫異揣摩句調以求獲偭棄規矩意圖詭遇始則有傷文體繼且害及士心臣仰荷　委任昕夕兢兢滋懼不稱謹偕臣希曾悉心評量嚴加別擇於頭場定其學術於二場驗其醞釀於三場覘其閱歷凡理脈清眞議論警透者拔之前茅以示其準其有才力可觀未臻粹美者附之副乘以勸其學至於僞體謏聞剽聲掠字概不敢濫登俾多士共知　皇上旁求之　至意實欲因文以見道明俊以官人與周之六物興賢漢之三科舉士不間今古本經術而經世務非徒謂其文采炳然宣　上德以盡忠孝已也　日講起居注官翰林院侍講學士文穎館總纂臣周系英謹序

續尤西堂明史樂府序　周系英

陽城張子雋三磊落士也少工詩補學官弟子輒棄去復遊大梁闕越吳楚燕齊閒二十年而其詩益工旣倦遊歸臥析城王屋山下日與其徒徜徉詩酒抒寫性靈絕無抑鬱牢愁之意形諸歌詠其淡於名也如此余督學來晉與雋三初不相知采風所至輒求能爲詩古文詞者顧不可多得乎未冬按試澤州童子中有李毅者試以各體詩無不工妙甚異之詢其所從學則曰我師張雋三也翼日雋三攜所著豔雪堂詩集來謁挑燈疾讀之大抵工於言情長於論古不屑屑規橅作者而其雋爽超逸直欲自到古人亟索其近作則出續尤西堂明史樂府百章

質而不俚婉而多風節奏天然斷制精確不覺一讀一擊節非徒言語妙天下蓋其學識過人遠矣斯必傳無疑也相與議論上下今古意氣和平神致蕭散無名士虛憍習氣淡於名則其深於詩也固宜余於是喟然曰若雋三者豈獨雄視三晉郎以詩名天下可也雖然名亦有幸不幸焉士之有高才者而又有貴仕則足以自取名有高才矣或得一得位有埶力者爲之大聲延譽則亦足以爭名於一時　國朝山右詩人首推陳午亭相國吳蓮洋徵君相國望重朝端優柔平中之音自具臺閣氣象徵君爲新城所激賞而名以大著世莫敢有異議今取蓮洋集讀之漢祠秦樹萬里崑崙而外他作殊不稱則豈非登高而呼之謂歟之二者雋三皆無之而又不屑與一時稱詩者標榜壇坫閒落拓半生頭童齒豁足迹半天下而名不出里閈是可嘅也余不工爲詩余之言何足爲雋三重顧謂雋三可與午亭蓮洋鼎立且欲躋雋三於蓮洋上至於樂府以爲實勝西堂直與西涯爭席斯言也鮮不聞而駭之然讀雋三詩者始知雋三之詩果可傳初非藉於余言而余言之果不謬也豔雪堂集其友延君荔浦官靑齊時已爲開雕甫竣工罷去版留歷城尙未行世樂府不妨單行余故梓而傳之爲序其梗概如此讀者可由是以想見全詩且想見其爲人嘉慶壬申夏五

皆不忍堂事例序

周系英

讀皆不忍堂事例見諸君子掩骼埋胔其意美其法良其事足以經久而無弊予於是喟然曰甚哉人不可以無術也昔齊宣王不忍觳觫之牛以羊易之孟子謂爲仁術藉令無易而牛竟死矣然則泱泱表海之主苟無其術曾不能變一牛況布衣韋帶之士手無寸權雖有此心烏由而遂之夫可哀可痛之事偶見之未有不惻然者然而卒莫爲之所則亦諉之無可柰何而已矣既已無可柰何雖日日見之亦漸習而安焉其迹幾與殘忍者等嗟乎此無可柰何四字中埋沒人之善心豈少也哉方溺者之漂蕩江流也甯獨二三君子見之而惻然夫惟惻然而

必爲之所於焉置義山立公產由是撈有船舁有夫埋有櫬而且別男女立標識冬必修秋必祭其中曲折次第至纖至悉莫不周詳而盡善此義一倡好善之人感動奮發捐山捐田捐屋紛紛樂助而經費以裕由是推及於死而無告者竝及於有後而無力者亦莫不周詳而盡善而且及於數十百年之溺者無告者無力者不知其幾千萬也諸君子之心於是乎快然而無憾矣夫諸君子不過惻然於溺者而思以瘞之惟不諉諸無可柰何遂乃纖悉備盡如是且漸推漸廣以及於無窮原其初豈嘗有是曲折次第在其意中哉然必如此纖悉備盡而後無憾亦不過完此惻然之一念則謂此曲折次第初非隱具於惻然之頃不可也則謂彼諉諸無可柰何者其中竝不具此曲折次第不可也此孟子所以謂人皆有不忍也此吾所以謂人不可無術也抑諸君子布衣韋帶之士耳彼夫操保赤之權受司牧之責宜可以爲所欲爲顧往往坐視其困苦顛連轉於溝壑漠然曾不一援手是獨何心歟今諸君子無權也無責也其於溺者無告者無力者初非由己殺之也然且急急於爲之所若是使他日有其責又有其權所以求其無憾者更何如耶孟子固言之矣充之足以保四海也一堂云乎哉予固樂爲之序以勸來者且以諗諸君子他日毋忘吾言

送楊靜堂歸里序　賀之理

贊公楊靜堂先生以粵東名進士宰於蜀。繼乃爲長沙丞。長沙固古才人淪逸地。蘭茝之思。鸞鵠之感。不獨三閭抑於前。太傅鬱於後也。先生顧以丞屈此。先生晦而湘岳則有光矣。先生吏也。楚人士競以文師之。先生亦自忘其爲吏。余久儀焉。未獲謁。先生三篆醴亦恩恩未及於文。乙卯余膺淥江講席。繕擬草一帙。丐斲於太守張桐圃夫子。謬蒙奬譽。且曰此楊贊公所與校者。余觀其意匠所運。得窺般倕矩矱之所至。於是求先生全稾讀之。炳炳乎彝鼎圖球。什襲而不敢近玩。喟然曰先生其將以文章光吏治乎。何相見之晚耶。今夫文章之難也。匪會諸心體

諸躬。約諸經義。準諸人情物理。而欲代聖賢立言。無當也。余嘗謂四子書一章一句一讀一字。皆精理所融結。有眞理。斯有眞氣。前惟震川望溪兩先生。朗朗胸次。灝灝行間。後先繼軌。可幷俎豆而不祧。金陳則理未醇而氣羸矣。章羅則理未足而氣澀矣。是故不匯六經之旨則理不通。不體當下之旨則理不確。於是有窒塞之病。於是有浮滑之病。於是有支離淩躐蒙晦艱澀之病。若夫掇秦漢下僻字穢句。以竄聖賢語中。固屬不經。而剿經以侈富者。又擁腫尸積。一望生氣杳然。而文章眞種子絕矣。可不悲哉。惟先生不撓於時。戛戛乎游精力以逢聖賢之蘊。抑泊泊乎發閎議。以成先生之文也。如先生者。非卓立崖嶁者歟。

而今乃歸老於江右之袁。是使吳得所宗。而楚人士師先生者之失所望也。抑余有冀焉。袁介江右東南。衡而醴與萍接壤。萍袁邑也。不朝夕而郵。先生將以迹鵝湖鹿洞之軌。履杖優游。藉文章以寄嘯傲。而匡靈庾盬日衍天倪。其必有以成名山不朽之業。以光海內者。藐茲後學。而近其居以薰之炙之。不猶有以啟不逮乎。抑又烏知蓬飄梗泛之身。何所棲止。而得與於斯文否乎。翠屏芳洲。月印澄潭。撫絃於漉干。而梧葉風徐。輒不禁感知己而發無窮之慨也。先生行矣。爲爇沈檀。漱芳泉。哦騷經數章而餞之。

區穀冊序

彭孚

昔人謂荆公新法之害惟青苗爲甚究之朱子社倉法亦略相等而其利獘有判然者匪獨青苗勸與收息而社倉否也亦以州縣之爲地爲物闊且多而里黨狹且寡闊狹多寡之閒得人之難易因之此之不可不知也今之議積貯者謂常平倉柱城邑遠村飢民往反不謀朝夕而社倉至秋冬入穀不無追呼之煩均有其獘往見余太史議云不若分常平之糴本爲當社之儲資倉則朱子法用䢹民無道里之艱省敲扑之苦窮民朝夕傭役以錢易米眞萬世無獘之道乎然近日社倉之獘不在受者之不償而在與者之無穀蓋當社必擇公平有身家者主之

而公平有身家者慮其穀多而難檢故公舉一人則多方規避於是社司不得其人中歲則私相借貸取息至於大飢而穀缺如矣閒有少許亦爲近倉民逼取殆盡訴之令長亦無如何身乎獘至於斯救荒果無奇策哉孚前與諸友論及此事謂一社長管數十區之穀實難如可分之各區區自擇長並各糾本里殷戶捐輸置倉立法或亦易而可行頃吾友胡君三才來言曰比境往領社穀並無升給今有同志某某議秋成向本區殷戶捐穀立倉但行私例不煩官管蓋穀少則經營甚易故每年可以交代而秏蠹難容地近則散給甚均故飢歲止此貧民而豪強不奪例約已成君爲序之孚於是擊節歎曰嗟乎我　國家休養生息百有餘年而楚南素稱產米之鄉比年以來米價昂踊至於啖麥糠食白泥囊橐奔𡸁不能少休以遂塡溝壑爲白頭老叟所未嘗經見者如今歲極矣當事日不暇給有心者又蒿目無力於是不得不起而爲將來預備之計如君等所議者是豈非留意民瘼者耶諸君勉乎哉其閭而慕之者知必躍然爭相效矣是冊也條例詳密法約矜嚴將刻之板各𢍏藏以示諸永久者余謂胡君雖傳布天下可也因是幷敘余太史之議及前與諸友所論其可行與否又非孚所敢知也時乙酉五月望二日

案欲通常社二倉之窮以便民莫如積穀於鄉爲最善此文

所言區穀是也湘潭自道光二十九季本地歉收下游被水難民麕集捐賑之後爰議捐穀建倉畝輸二升得穀一萬數千別捐百石二百石者給與八九品議敘又得穀二萬有奇兩季蕆事歲以每石一斗六升收息通詳存案迄今歷十有九季除各鄉動用建倉及秏散外尚存穀七八萬石證之此文諠信善舉無不可行也己巳臘望汝懷坿記

序十六

滇蹟紀略序　張憼田

詩自三百篇而後惟樂府爲得風人之義其旨歸於厚人倫美教化移風俗其藴諸心也正斯百物盪於外而不遷發爲歌詠無趨數敖辟燕濫之音故論詩者必先論其人霽亭吏於滇歷宰恩安富民永平河西諸邑皆號稱瘠土乃無幾微不豫之色而一以丕變民風導揚前烈爲己任退食之餘取滇中古蹟有關風教者一一譜之於詩其體擬古樂府計二十餘篇因讀禮南歸出以示予受而讀之皆足以厚人倫美教化移風俗音節格調不沾沾模倣古人而實有合於風人之義蓋卓然可傳者也予曩權馬龍州牧時有龍州述古吟之作與霽亭同夫詩者何忠孝而已矣節烈而已矣舍此四者而言詩雖多亦奚以爲霽亭此編當與點蒼太華同不磨矣是爲序

繁峙保甲冊序　張力卓

保甲垂於　功令奉行宜徧天下矣或徒具其文或文且不具毋徒惑乎閭里爲非而不覺也嘉慶十八年冬因教匪滋擾尙多逸犯　特旨飭地方編查幷　頒保甲事宜稾繁峙毗連直界山谷衍奧頗易藏奸歷無冊籍守土者何獨晏然余於十九年五月署篆慮難猝辦先取各鄉約不得容匪習匪甘結乃單騎裹糧帶領書胥傳集村眾挨戶編造戶給門牌一張冊設連環二簿別爲總目一帙以備省覽歲終甫竣蓋事兼查緝須防揑名溷迹之弊未可安坐以督民閒也縣舊無四鄉所有錢糧都甲大小互錯於保甲不便又西界代州僅十五里未免薄弱爰度形勢劃分自城迤東至靈邱界歷直隸阜平界爲東鄉自城迤南至五臺界爲南鄉自城迤西接五臺界歷代州界爲西鄉自城迤北接代州界歷山陰應州渾源界爲北鄉至於保長甲長牌頭管領數目率遵保甲事宜稾成式其地曠人稀人稠地狹之處戶單分牌牌多併甲甲少立保取便責成不悉拘焉夫州縣無保甲則怳諸聽聞有保甲則了如掌上豈惟禁暴戢邪於庶政皆有裨益顧用之何如耳若夫匪類有無隨地稽查戶口增減隨時磨勘實心實力久而不懈是所望於繼此之賢

岱覽自序

唐仲冕

長沙唐氏新阡在陶山之陽岱西百二十里立於乾隆之三十有九年謹案唐氏之先與陶同姓在夏爲御龍在商爲豕韋范氏亦其族也吾祖氏出晉陽唐初爲莒國公儉宋爲質肅公介南宋遷於豐城明客長沙於善化長樂鄉有田廬萬歷時始墓於鄉之師子山入縣戶世有隱德家饒於財好施與爲閭里望至先大父上舍棕身公尤長者好學屬先公石嶺府君於鄉賢李朗軒先生之門窮研性理敦實行先公乃濬求三代爲學之要格物致知忠恕一貫之指歸患漢宋以來煩言碎辭支離穿鑿隨聲是非其高明者以扞禦開悟逃儒入墨於是揭循禮體

道契性達天切近漸積之功於制義中濬發明之以爲時文者士子束髮從事先入爲主故其爲文精括軒豁使讀之者可以通經可以入道每一義出時論翕然所箸詩古文詞必衷諸道晚年客於岱麓嘗作游泰山記云孔子登泰山而小天下喻道也而躡履而登亦復不易予登泰山者數矣監籍混施錢閱視祠宇程作皆奉奏在公安得言游游乃自今日始是時也簪組既謝風日正佳體便攀躋輿涉超雋乃卻輿携杖攜兒子仲冕及兩僕行出北郭遇一黃冠自勞山來鬚眉盡縧問之云崇禎七年生避亂入山今始出游類有道者步趾如飛追之弗及余迺歷天門狃萬仙樓酌護駕泉觀七十二君輦道憩五大夫松與兒子論巡望封禪事且論且行至十八盤陡絕如應劭所記勃窣蹣跚不能縱步然余行輒在兒子兩僕前經數盤輒小住以待度南天門挨白雲洞遂陟太平頂凭眷雲軒四顧夐豁羣山伏藏上與造化者游而河海形勢瞭然在目一一指示仲冕使徧識焉道士進靑精飯日下春矣聞後石陽特幽奧卽謁丈人峯轉西天門下從北天門犖确入天空山世所稱元君得道處也怪石冷泉靈蹤詭異疑有虎豹守關猿鶴舞座庵荒徑僻凜乎不可久留乘月踏雲仍返穹巓至則夜分矣五更起上日觀立東天門觀日出回禮孔子崖尙早坐呼仲冕而告之曰汝登山汝亦知學山乎泰山巖巖樹汝風骨山之邃邈安汝器宇

山之廣博廓汝識量曉日初昇汝眷乎旦膚雲巳合汝作霖雨積之以自卑資之以濬造毋躁汝氣毋墮汝志則至於山且至泰岱矣不然是大山之麓止而不能升也小子勉之仲冕拜受而興歸塗紆道經石峪石坪夷曠泉瀑數流石刻北齊分書金剛經字大如斗上有明人刻大學百九十六言仲冕素業古本大學進而問曰大學節邪抑殘鈌邪余慨然曰此宋儒所謂經也格致補傳與古本專責誠意者異夫物有軌範知當擴充誠意者格致之內功格致者誠意之實踐卽如余年六十有四一日之閒登岱四十里往返後石陽亦三十里而筋力不憊者游興暢洽故也誠意也周覽椒麓則格致也不當惟是山亦有然

其趨伏向背者格致之情狀其扶輿淸淑旁薄鬱積者誠意之端倪故曰不誠無物此小子所宜沈潛偶於登山焉發之因書之以爲記居無何還湘西老屋乃注今文尚書古本大學中庸論語孟子季八十猶手自錄訂注儀禮未成以屬仲冕仲冕幼稍通敏父兄教之經皆成誦壯游四方學殖將落自惟孱昧不克續成前書別爲儀禮蒙求十四篇雖義本過庭而辭入里耳矣先公以乾隆辛酉舉於鄉戊子除平陰宰平陰者水經注云春秋襄公十八季晉侯濟河會於魯濟尋湨梁之盟同伐齊齊侯禦諸平陰者也京相璠曰平陰齊地在濟北盧縣故城西南十里宇陰城南有長城東至海西至濟河道所由名防門去平

陰三里齊侯塹防門即此今防門北有光里齊人言廣音與光同即春秋所謂守之廣里者也又云巫山在平陰東北昔齊侯登望晉軍畏衆而歸今巫山之上有石室世謂之孝子堂也平陰居萬山中地嶮隘草竊伏匿爲居民苦先公至則窮其根株痛繩以法三月而外戶不閉與民言慈孝友恭之誼訟者感泣自毀其牒進子弟之秀異者親爲講授邑有雲門山石中階磩泰山將作檄采之先公以累民力爭得寢民至今謳思之邑城久壞修繕完固民忘其勞先公於庚寅臘月移官昌邑而先母氏譚卒於平陰官舍先是先公自邑之郡輒經陶山相其陰陽指爲瑕邱後二季罷官謚貧不克歸母櫬先公曰齊人愛我如父母乃命殯於此山之陽母氏事先大母彭最孝大母性嚴肅侍養者屛息不敢出聲母氏獨能得其歡心臨終謂先公曰事親如汝婦可謂孝矣母氏勤儉雍睦族黨式之教子義方無姑息愛至官舍日率婦婢紡績不輟其葬也平陰肥城兩邑士民相率助庸穿壙負土成墳壙在山上山至嶮陗不可炊汲從麓至壙詰屈四五里壙又石椁天成堅甃無罅斤鑿所入僅得分寸工徒登降傳餐日夕胼胝無怨色椁當前和開一洞穴紺砂中滿舉鍤除砂適足容棺推棺入穴仍以鑿石扃合如故棺初上山嶺以攀陟爲危乃舁轝執紼者數百人齊歌蒿里蠭擁蟻附登躋如雲無少軒輊非先公惠政先母氏懿淑所感曷由至

此而風俗敦厖鄰里匍匐爲人子者能無雪涕稽顙於數百人之前乎此甲午季夏四月事也其秋仲冕舉京兆竊自悲歎生無毛義捧檄之榮歿無郄詵輿櫬之力徒懷蔡順圜冢之泣媿乏林攢佮闕之禱昝孔僖卒葬臨晉其子長彥季彥皆十餘歲曰載柩而歸則違父命舍墓而去於心何忍遂留家陰仲冕願附二稚之義因以陶山爲氏歲在辛丑守令生儒延主泰山講院乃得以束修所入當澗北天和觀之東置宅一區祭田三十六畝葺茅屋三間爲白雲丙舍置挂燈巖之南啟北窗則見兆域矣然先公季七十餘猶教授里門乃聞歲一歸省營甘旨至歲己酉即世遺命若曰漢袁賀早失母其父伯楚病困敕使留

葬侍衛先公慎無迎取汝母喪柩如亾者有知往來不難如其無知祇爲煩冐俗人以爲清高兒曹識之因葬故鄉之桺木塘齊楚相違三千里雖合葬非古而展墓有期致多乖隔祖宗祠墓所在兄若弟若諸子任之仲冕當率妻子躬耕陶山之陽以終身焉癸丑春成進士釋褐除令將之官中懼由是拜埽之疏曠也假道於肥攀條設祭記曰父母既沒必求仁者之粟以祀之此之謂禮終他日需祿糈買山田僂當返吾初服棲遲岱畎守墳墓蒔松柏與田叟野叜追話先公遺愛岱下諸生復相從講學述先人之志業於願足矣乃作陶山賦以見志其詞曰維濟北之東郡乃岱西之南支越三布之萷芳循五道之逶迤鬱

葱度金牛之穴句瀛橫威鳳之枝倚孝堂於郭巨闢幽洞於鴟夷蓋縣本肥而始建山以陶爲最奇也昔范少伯佐越句踐沼吳計成相齊名顯變姓閒行挈家重跡謂地擁乎肥河將物饒於岱畎于焉治生足貲富產蓄魚有池牧羊有棧致貲百萬能聚能散固計研之餘術實林澤之沃衍是山也巋然特起峙於平陸學岱宗之巖巖環羣峯之矗矗小山爲宮大山爲蜀其上平天而冠嶅其下蟠地而鍾伏石側成以橫顛土埴墳而附麓七十二洞嶔崟繚曲玉几金牀可凭可倚東崦則十二重樓夷光之妝臺築焉西崦則幽棲古寺朱公之佳城卜焉泌水發其源澗泉遶其足濟北貫而淪漣汶南襟而波屬山峻川平縱橫

極目嘉禾遂生豈惟畜牧木則白榆翠柏果則文杏緋桃柹坐而葉赤棗纂纂而香飄春原肥苜蓿秋架蔓葡萄慈烏鸜鵒將翱將翔仙禽時集惡鳥無號蝙蝠飛於巖穴絡緯鳴於堂坳匪徵異於物產亦藉毓於土膏左通橫嶺右控榆山長城爲障防門爲關自盧阿而逵郡恆經過而仰觀曰吾先君之宰平陰也戢貪暴卹煢矜鋤根莠培芝蘭雉雊於野犬龐於關寢工作於雲后靖繇役於墉垣望茲山之旁魄隱有合於形家之言於後金萱凋銅綬亦解歸櫬無貲表阡有待大人乃謂牛眠可卜馬鬣斯在邑之士民聞之咸願率錢負土助我貧宰破石得椁起墳成鬼惟予兄弟淚抱譽皐千里窀穸終身泣灑越今二

十季矣終天復痛於椿庭合葬難返於湘水往來齊魯之郊卻略荆楚之里愧夏畦之有依傷春暉之長已守邱壟以難期指松楸而至止山蔵葦而風高洞邃邈而雲起留連絕壑緬懷前軌未嘗不歎范子浮家徒爲智士郭君葬母乃眞孝子也重曰陶山之脈祖泰岱兮自陶朱公善舉廢兮家世儒素躬負耒兮幽窔是營愁櫬櫬兮石窆之天成異金穴兮繼世韋絲守冰雪兮展墓愴懷辭鄙拙兮少游有志題籤臬兮仲冕自徒既葬母以來往來岱下前後廿餘季主泰山講席者三季其時泰安黃大令鈐屬修邑志名山大川邑之望也因與郡中學士大夫諏訪前喆遺文祕籍圖冊典章證三觀七十二峯之名狀澌環泮滦

三谿及大小汶之分合下至云亭梁父禪首徂徠諸山岡巒延屬疏其根節頗爲詳密志既成淺惜蒐采之勤與登覽之周未能徧錄支山之在他邑者弗入焉蓋志邑體例宜爾也憶兒時屢夢登一大山與熊湘閒山絕不類後隨先公榆山任泰山在其東百八十里未能至或望見之歲在癸巳先公解組游岱得撰杖屨侍行屐齒所涉迴如宿游一凌絕頂宛然髫齡目中故物也及居山齋嶽色近接窗几興至輒登凡山之椒麓背腹陰陽闔闢支絡斷續往往追躡幽嶮以求之獲昔人所未經是不可以無傳也且慈氏窀穸之山實惟岱之右麓遼絕鄉關恆懼失墜張憑作誄崔寔勒銘顧惟檮昧不任表章庶幾寄名嶽爲

附庸分日觀之餘照林巒既顯阡壟亦存雖然經山脈水邱索遺文喬宗鬱采雅頌揚休蒙也於古作者無能爲役惟是徵夢童齔永懷明發目所周覽手爲追摹記見證聞命之曰覽蔽云名山著作哉揚子雲云泰山之高不嶕嶢則不能浡滃雲而散歊蒸且夫闚井牖者不足以窮象緯履旄跂者不足以瞭方州岱爲時邁所先　帝者之上儀豈鯫生所能測竊念臣爲剌草典重苞茅雖不克臚擊壤隨屬車猶得樸被躋攀翹首天章及　詔告儀物之昭垂者冠於首編以志庶民近光之忱大觀在上眾山皆小煌煌乎　作覩之鴻烈而非區區游覽之美談也說文覽觀也從見監督徐鍇曰監臨也義取諸憑高而視下也於是輯原岱岱禮岱廟爲總覽三輯岱頂岱陽岱陰爲分覽七輯岱麓降禪諸山大汶及徂來新甫靈巖琨瑞爲附覽六輯嶽牧文獻虞衡齊諧爲博覽四終之以陶山自敍爲敍覽一皆溯源竟委自上下下旁及枝附因以曼衍而要其歸於陶且敍所以編纂之次曰

跨海而來巖峙北戒羣山稱宗萬物相代陽魯陰齊汶標濟背峯嶸參差周羅無外中阪鬱盤絕頂雄邁東南邃邈西北附隘金石千圭詩章百琲乾端坤倪宣於泰岱作總覽一

遂昔虞巡燔柴肆覲成周懷柔薄言遠震於皇我　朝重熙廣運有卷者阿與山齊峻吁惟秦漢典禮淆紊開元祥符匪驕則

吝越數千秊　皇極是訓考度求章宣昭義問作總覽二

禮視三公德爭五帝立廟負山重闔鉏砌　欽賜青圭眾膺告祭淑明爲宮炳靈其裔扶桑曍嵥拔東茂翳柏漢槐唐列左右衛遺參前縈環吭別第詎比靈光漫誇瓌麗作總覽三

天柱峯高后如摺斑日觀月觀左右差等碧霞靈幽白雲溟涬夔身崎峨望吳淸迴篆失李斯文殘蘇頌漢碣唐碑蟠螭列鼎后馬南馳丈人北挺環四天門曰太平頂作分覽一

南天門下飛龍翔鳳歷對松山望朝陽洞御帳飛泉煙溪雲涷壺天足憑后經可諷維彼紅門雲程初矼嶺看虬飛泉招鶴控山城百雉迴姝市闤南郊墠壇經唐閱宋作分覽二

松巖迤東延坡橫倚東谿發源勢分梳洗摩天屏風鄣巒特起堰嶺西流艾峪東駛歸田謝過緬懷前軌漢仛明堂荒煙遺址澗渚環匯河名十里紅亭奉高遳蹟堪紀仛分覽三

水出石後竹林西河上接三尖丹穴之阿下竦淩漢青嶂綠莎投書香水遺韻沖和傲來脩禁扇子嵯峨龍池瀑練僊影煙蘿石峽暘流橋嗅柰何林壑明瑟清景獨多仛分覽四

北門阸塞曰獨足盤嶺翔雙鳳臺誌堯觀黃礬蓮花玉女瑤壇筍城雲暗石屋松寒洗頭盆上虎躍龍蟠懶張何在明月團欒大小泳峪終古巑岏幽人逸士宜此盤桓仛分覽五

天燭雙炳分水兩歧惟周明堂天津遠之谷山玉泉黑闥金絲

仙臺長城橫亙北陞青山翠積黃阪星馳石釜有底金井無淊津拱巖洸塹汶之陂古靜封鎮著於豐碑仛分覽六

桃峪濫觴其汶曰泮分為中川東流得半紅雨紛紛碧花粲粲清風嶺旁問元都觀極負姜倪雁行魚貫雲臺若拱筆架如案峻嶺西橫長城北扞翹首白雲墟墓生歎仛分覽七

禪祭小山高里社首介邱石閭恭承縮酒亭亭廣禪石門水口梁父梁陰壇畤之藪柴有云云禪仛凡九肅然安在東北大阜長山有賢典禮是守我客布山緬懷艮友仛坰覽一

汶源有五其義曰柰牟嬴北柴合為大汶舊由堈城坎河流順明問會通戴邨置汎遏而南流旺湖濟運入大清河故道可問山下出泉利宜疏濬汶因岱傳弗及旁郡仛坰覽二

尤來幽岨徂來泰昆新竹谿鳳尾松嶺龍鱗峪稱礤石峯號貴人映佛懸乳隱仙隔塵薤山光化經石粼粼六逸遺躅清風樂貧講書讀易千古長春惟黨承旨與石嶙峋仛坰覽三

新甫為宮花攢蓮萼兩巖若屏三峯似削上雲衢岫下毬杖壑天門頷皺石梁腰絡孤寺柏橫雙塘魚躍春楊淵涵秋千索草望仙有臺茂陵所仛何如閟宮萬民是若仛坰覽四

方山上平曰證明龕獅峯象嶺窣堵名藍泉因卓錫靈紀瞿曇松曾摩頂石尚點頷雨花暮靄佛日晴嵐水田金縷長傷菲庵明孔山北神寶寺南幽勝何似月映寒潭仛坰覽五

現瑞金輿蒼椒翠麓環錦陽川稱朗公谷寺表神通浮圖精矗玉水琴泉味醴聲筑峪涌海螺山分靈鷲錦繡錦雲帶繞山腹至濁馬崖瀐汋洄洑為濼為濟岱之隈隩仛坰覽六

堯讓四嶽許由避爵舜世八伯曰陽曰儀魯南齊北杭履分治李固韓韶守令之師都尉雖罷營壘猶遺矦擧阸嶮高嶼定危惟包孝肅以令立祠除而未泯至今民思仛博覽一

維嶽降神首鍾和聖長山林子知禮定命越石徂來學宗孔孟師孫友胡後先輝暎還樸清醇青巖持正亦有隱淪墨名儒行文獻昭垂於斯為盛右史左圖並資攷證仛博覽二

岱畎絲枲鉛松怪石卝玉狪珠空存載籍墨龍堪寶硯蝠誰擘

所可紀者秦松漢柏欒自充籠花應繞宅白練紅娘山饒羽翮
珍奇不貴物滿林澤䲭注魚蟲用勞采擇佀博覽三
岱爲東鎮實叶休祥后徵興廢火兆陰陽卽有神異福善其常
府君祭酒繼屬賢良出雲見怪浩難測量自古有之莽實犢芊
蜚獮匿迹刀鏡潛光允矣靈府變化無方佀博覽四
昝在弱冠葬母陶山先公德感父老涕灒助成孤壟近接層巒
雲封在望風木徒攀亭瞻集鳳驛接翔鸞墓門還往講席纂編
書傳喬嶽志切荒阡焚黃已晚汗青多幾佀敍覽一
凡岱覽尊　聖製紀秩宗弁諸篇高有融乃胎艮藏神震育
上自巔下至麓陽闔溫陰翕肅隅周四體合六妃顯位勝支川

推闡頌贊梵禪麗者峻美斯傳稍肆覯備惇史靈獨鍾物雖紀
德揚詡詞假詭詞假詭意婉約述終篇感旁醜篇之終始所託
草刱於壬寅歲之日南至人事蹉跎記載粗略迄癸丑秋仲歲
一周矣迺復依遲丙魚綢校闕譌獵微蒐博謹次首編七目錄
四覽二十有一圖十有九分綴金石刻七百七十六通昝賢藝
文七百六十五首皆背鈔而不敢佀呂氏春秋云伯牙鼓琴志
在泰山鍾子期曰巍巍乎若泰山蒙蓋有志而未能似也弆之
篋衍以俟中區元覽君子要刪焉

海州志自敍

唐仲冕

長沙唐仲冕曰方志之久而不修未有如海州之甚也州志自
順治十七季至今百四十四季沭陽志自康熙十三季至今百
三十一季文獻無徵可謂曠遠矣惟贛榆志修於嘉慶元季然
其書一本康熙十二季俞志之舊而增坿以近事中閒由淮郡
改隸於州前後各數十季猶之譜系能滽高曾以上而祖父以
來反無傳焉則亦州志闕略之由也我　朝休養生息累洽重
熙民生不見兵革官吏無馳檄扞圉之勞且改置專城同於列
郡麗吳會文物之地非遐陬僻壤可比而考風問俗曠百季而
無編何哉豈官斯土者盡刀筆不能文將日拊循荒瘠未遑及

此歟蓋由國家道一風同有司奉法循職無殊俗異政之當書
無驚見駭聞之必錄安常處順歲月滋多是以春秋戰國記載
浩繁而文武成康之世登於尚書者僅數篇而列侯無聞焉於
此亦足以見太平無事之日長也雖然周官以職方綜山川土
地人民財用五穀六畜之數使同貫利又有形方土訓匡人撢
人各循其地俗所宜忌以爲政教蓋其詳哉今一統志采於省
志省志采於府州縣志使府州縣志弗修將何以達於省而上
之　天府哉不甯惟是又欲使居官者視已成事因地制宜
取其近時而俗變相類道通而易行也况夫德行道藝書於鄉
老鄉大夫而孝弟睦婣有學者則書於黨正閭史蓋爲善於一

鄉未必能及一國爲善於一國未必能及天下所書各異其爲不沒人善則一也故一統志視省志爲簡省志視府州縣志爲簡非略也體則然耳使其善未合於省郡之書而州邑又無載籍不幾湮沒不彰而阻爲善者之心乎海州自　國初以來脫離明季震蕩凋殘之苦賦役均減如獲更生賢司牧又能繕城郭滋戶口修水利勸農桑至於分符置屬使北贛南沭環護後先復隋唐東海郡之舊淮徐之閒隱然巨鎭矣其沿革損益致足述也又其民俗敦龐雖無鉅人長德顯位殊勳著於旂常竹帛而篤行之士孝子悌弟貞婦流傳於父老之口者代不乏人而皆無志以書之寖微寖泯可惜也余以嘉慶七季自平江

權知州事因閱劉志零編錯簡讀不終篇志作於裁海之後往往侈談雲臺靈異以圖復山而不知其詞之誕也然原本張志續有論列雖殘缺失次抑亦坤乾夏正乎是季小祲暵澇力請賑貸刱建石室書院以育生徒欲事纂緝猝無餘閒明季入都被　旨拜眞始得畢石室書院之役而甲子河之工又作矣差季近歲小稔衆志翕從州人士請曰公嘗謂州志當修今百廢具舉而志乘闕絕其能緩乎余乃遐搜舊聞博采輿論而解生國琪出所藏張志原本辭尙體要足爲繪素參之以明宋祖幹　國朝高成美淮安府志及康熙中州人陳宣續志稾皆未改直隸州以前之考證也其後則有乾隆元季之江南通志州人趙開裕續鈔志稾李普元增修顧乾東海志稾近時沈生祥恩海郡文獻拾遺喬生紹傳本其師淩進士廷堪所著朐乘爲古朐考略雖互有同異而網羅放佚亦得失之林也雖然凡志之修舊者仍之新者補之而已且州志則前引東海一郡屬之朐且濫及於琅琊下邳後畫郁洲一山入於海更何論乎懷仁厚邱今將考治朐之始東海置郡之季以裁其枝蔓則討古爲難又從復海之餘兩邑坿屬之後而述其顚末則諏今亦不易余素尠學識僕僕簿書牒訴期會舟輿之是從其不能率爾而操觚也審矣所賴僚友多賢博士諸生問學研摩討古以正史爲權不必借才於異地諏今以五善爲準惟期辨物於同人凡

因造之屢遷利病之迭易輕重遲速之殊方與夫前言往行潛德幽光必皆審端竟委度義恕情無徇衆諛無憑私臆無怵於威利而睽於物則舉一州兩縣百四十餘季以前之陳編重加釐正百四十餘季以來之掌故不憚蒐羅雖擣撦與挂漏二者均未免詒譏要其用心亦已勤矣舊志多仍明本明以前頗有諓損其載筆維詳者以今嘉慶十季爲斷游而上之自　國初始

海有神山　帝命作鎭州有循良　璽書昰訓恭紀　宸翰第一

於皇　湛澤溥及海隅蠲租賜復史不勝書亦有寒畯困於暖

姝廣開芹藻以勖師儒恭紀　恩綸第二
國先畺境周知廣輪合而作者李公逢春析之爲三豈有分民
覽其畛域如掌有文作輿地圖第一
名山大澤郡邑之表海不可圖其山則好朐山東門郁洲南島
贛榆有山聖賢所造韓山建陵沭陽是保厥山嶠嶸厥水縈繞
薔薇六塘功利宜考沙河沭河兩邑環抱圖其大者事異幽討
作山川圖第二
面山背海屹然城郭紀鄣中城有備無惡各設廨宇水衡所作
壇壝館舍存其大略作建置圖第三
黌序宮牆轍巘嶻巕石室既啟濟濟升堂逮於屬城鄒魯相望

作學校圖第四
田賦版圖簡牘可省兵農亭戶錯雜宜整斥鹵分場鹽官晝井
毋忘舊章以息爭併作倉貨圖第五
海不揚波亭障猶乘西海東海爰建兩營騎卒舟師克壯干城
作海防圖第六
表察地理封分禹甸爲莒魯疆箸春秋傳秦皇樹闕漢世列縣
南宋郡僑東魏州見隋唐宋元獨當一面朐海既裁漣水先判
領贛隸淮明制始變我　朝雍正方州迺奠作沿革表第一
蒙羽其蓺大事宜紀銅馬帝興謝祿山峴典午陸沈天水南徙
垣以勇全魏以忠死僑爲長城箸於青史勝國無政四郊多壘

遺際　郅隆謹書　望祀作紀事表第二
太守刺史時有軒輊今爲州牧副以丞倅其下合長屬以簿尉
典制攸殊期於撫字文學博士鹽鐵諸吏至於軍伍皆爲民衛
職存名亾不繫祿位諏史訪碑　朝籍方志依代分編爲題名記
作職官表第三
進士得人鄉舉薦拔明經入貢科目竝列國子貲郎選人可謁
王官儒官稍殊衣褐六品告身三考筆札雖文無害授職微末
武舉甲科武階旌節材勇竝進遭時顯達封覲蔭子彰其閥閱
作選舉表第四
表厥宅里樹之風聲　聖朝曠典殷仁竝榮　賜謚入祠雖

死猶生忠臣孝子義士耆英祥衍七葉人瑞　昇平下逮閨閣
盡養懷清女子未字亦孝亦貞咸邀　寵賚綽楔街亭或格於
例官顯其名作旌獎表第五
考占星野尤別畺域漢志旁搜晉書精核僑郡實土紊於南北
元和元豐圖志可識今　大一統民人社稷形勝雖強不言阸
塞風俗雖殊一以道德物愛心臧先知稼穡師存稷槩以勖吏
職作輿地考第一
山能毓材水能澤物山疏向背旁薄蔥鬱水泝源委河淮溟渤
修其利者豐草是萊明德遠矣流風未訖我思古人媿我簪紱
作山川考第二

王公設險官吏聽事無謂崇墉疏於善備無謂傳舍視爲信次保甲難行野多橫肆馬政既裁郵鮮急遞利害相循興除匪易作建置考第三

丁不加賦人稠食寡田屢減則嘆高潦下市無雜徵爭事魚鮮地已爲腴農不狂野　蠲緩頻施解支如寫既儲常平復備鄉社鉤覈計籍封識空廈鹽課素饒亦擾害馬相彼牛羊誰歟牧者厚廩祿米勿蹈虛假作食貨考第四

既富方穀建學爲先廟堂仰止俎豆秩然師生有室有稍有田書院既作講習以專爰置小學舊館所遷懷仁懷文餼芊存焉修舉弗墜責在後賢作學校考第五

禮重事神祠官所主社稷山川風雲雷雨先農厲壇蜡臘田祖火帝龍師城隍后土新秩文昌舊享神武名宦鄉賢各建堂廡忠義節孝穀我士女有舉弗廢惟德是輔作祀典考第六

海于有蔽水陸專閫碁布星羅防護維謹承平日久游手執盾本以衛農或致爭忿平其薄厚約以繩準軍丁徭役豁除始盡千戶遺黎生聚隱賑栽海復山歲月以遠書之於策不忘數典作海防考第七

傳推名宦守土牧宰安攘戢康敎義樂愷不名一錢不避菹醢吏冊所傳輶軒所釆從事幕曹佐治僚寀政類桐鄉視同畏壘博士祭酒將領背嵬頗著聲施式垂模楷作宦吏傳第一

海邦多賢別裁旁證列傳大書冠以先正安漢以來文武並競立朝有節治民有政見利思義臨危致命近古名臣詳其氏姓臣無二心士有六行博學著書隱居適性一節之美可歌可詠惟張與徐逞志持柄歧爲外篇協於公評僑寓之良材技之勝下逮方外兼資考鏡作人物傳第二

士行既彰女德尤茂季漢前明兩朝妃后賢母淑媛坤貞閨秀慷慨從容不遺副笄謚有殊尤表爲博收彤管有煒奇芬是懋作列女傳第三

東海著錄斷自梁陳代有作者其書僅存明之楊張　四庫所甄餘子矻矻藏之名山作藝文錄第一

立后刻石始於先秦唐隸宋篆題勒如新筆以人重惟張忠文亭識乘槎洞記歸雲劚蘚拓墨訂譌存眞鍾鼎泉布釆備多聞作金石錄第二

海廟既荒鬱林已夷雲臺三元遐邇禱祠行道有福造物無私梵宇仙館緇黃住持作寺觀錄第三

黃兒誤疏孝婦尊賓傳聞異辭封樹由舊田橫仙埤存疑正謬賢壟名阡無俾蘇樵傳彼一抔誠不以富作冢墓錄第四

祥祲無常惟德所召神怪無方惟明所照卮辭疑義折衷典要作拾遺錄第五

志始無間修輯斯傳如何曠佚甲子三遷日余弗文邦有仁賢

表州聯縣綜爲一編爲綱者六曰紀曰圖曰表曰考曰傳曰錄綱既立矣條目分焉尊　朝廷則爲紀二審形勢定規橅以章法守則爲圖六竝時異世殊事同科則爲表五地利豐儉民生休戚禮俗政教事神保眾之道詳求順施則爲考七居官以憂養爲本自搢紳至於閨門皆以行誼相高則爲傳三筆札之畱詒墟廟之哀敬亦足以覘風尚而奇文逸簡參互考訂則爲錄六凡目二十有九爲子目之坿於目者百一十有三而以昝賢所箸文章有關風化者各從其目分次於篇言念前志什一所存原其載述之體以爲椎輪俾後之君子知今日論考遺忘匪栩實因作敘述錄第六書始作於嘉慶九季甲子之夏五成於

明季之冬十有一月命之曰嘉慶海州志方當就正大雅以埀海邦之典籍會史館續纂會典下其符於省郡徵采僻隱江南通志亦置局增修於是促付剞劂獻之大府備裁擇焉

周希甫東岡詩賸序

唐仲冕

陶山唐子讀東岡詩賸未嘗不廢書而歎也曰烏乎詩其摯矣乎惟眞故摯惟道故眞非眞之摯必渝非道之眞必褻弗褻弗渝性於彝情於則詩乃大適夫適必由不適且大不適乃至終不適而後能適其適也適則摯矣東岡秉義方以立身揆精言以植學理有淵窟行有崖岸顯其幽窅夷其險峻歷窮通得喪困阨變幻之途甯躓於遇毋躓於心甯忤於人毋忤於天以是發之爲詩其猶有褻且渝之病乎然東岡之於詩又非任其才力之所至而率爾出之者也蓋又加繕刻之功焉余與東岡游近四十季每以詩切劘甚且相抨擊然余實不逮東岡往往蹈

前數者病而東岡輒療之舊集草草付梓而東岡先逝後日誰相知定余詩者耶東岡論詩甚嚴存詩甚愼余嘗錄其舊作今詩賸則已汰大半矣烏乎此其所以爲賸也夫物苟不足於用安得有賸晝人力於稼夜人力於絲除其煩冗時其委輸其存焉者皆其賸焉者也爲文亦然若無餘蘊曰賸吾知其大適也適則摯矣嗣君某某兩孝廉屬敘於余謂余雅故不可以辭因憶辛未歲東岡客余崇川與趙味辛司馬偕游狼山投贈數詩凡五百餘言鞅掌未能和東岡自都促之以詩及試守江南余劣得數短章而七言古風尚憖置之慮强爲之媿眞摯且顧安可負吾良友哉乃序而追和其詩以效季子挂劒之義

陶萸江先生遺詩敘　唐仲冕

吾楚風雅何渠不若齊吳所以然者彼常有新詩一句兩句在人口也吾鄉詩禁甚嚴作者務矜慎不相標榜而流傳自遠然亦有因是而終闇者矣今夫湘江之出陽朔也觴爲之舟至洞庭日月若出入其中其他入江異源同殷皆出懸崖秀壑開天然詩畫至於望衡九面則面面皆詩生其地者仁智之性山水合撰豈反讓乎淺水平漪黃沙白草所醞孕者哉余少時聞善化李四眺先生以清狂歿其詩富而飽於牛腹猶記其一句云夜不關門貧壯膽又攸縣陳桃文先生海內知名士也曝雨所溼晝於庭亦爲牛所齕先生怒剖其腹得之殘其半後檢討陳

夢元刻其集已無幾矣余用是慨然有湖南詩蒐之舉自維衰朽無能爲役厺秊入都見陶雲汀給諫謂此事非異人任今給諫巡江南漕相還於揚州出其尊甫萸江先生遺槀見示先生詩有建安風格惜其舊槀亾於胠篋此則給諫從其門生故舊家錄之頗有酬應之作或以爲不足存夫詩以道性情篤倫紀雖酬應亦具備如必盡出於箴銘則少陵詩之可不作者多矣且夫人之不好詩而好屏幛也好其爵里之美與夫織文褒池之麗以與其家之貴富相終始今先生以一寒儒經數十秊而屏幛之詩一一可鈔則其品之足傳與其鄉之好尚爲獨古也余用是諡歎詩蒐之舉之不容緩也

山西詠古詩序　唐仲冕

山西詠古詩一卷知岳陽縣丁禮門明府纂起上古女媧氏迄勝國周忠武按其陵墓祠宇之隸晉者各系長律一章綜若干首余與明府生同里閈蹤迹久疎今秊夏黃孝廉虎癡自其治來秦中爲述明府政績甚著頃復郵此卷見示介虎癡屬爲序予受而讀之諡諗其志趣所歸惟前哲令德之求以助流政教者也夫所貴乎循良之吏者豈僅簿書期會聽獄變訟而已乎必有以訓俗型方獎勸誘掖使之觀感興起而不自知夫人情於記傳所載仁聖賢人君子非不誦習而推崇之而獨於其鄉國之前芳遺躅尤津津樂道追慕勿諼不啻桑梓之恭敬高曾

之規矩雖巷曲郵隱能使婦人孺子聞而感泣若夫父母師長於人民謠俗所豔稱爲之刊其荒謬表其精誠而被之詩歌於以化民成俗無難也此山西詠古詩之所由作也雖然作史必具三長詠古亦然葢才不售則躐學不充則陋識不卓則俚安能式古而儀今耶明府此編居然詩史洵足補晉之乘矣昔唐胡曾有詠史百五十截句宋許尚曾極張堯同董嗣杲有金陵咢亭嘉禾西湖諸百詠亦皆盱衡得失寄託悠遠彬彬乎大雅之林明府殆其嗣響歟而以考鏡禆風化則命意彌深讀其詩可以知其政矣爰序而還之並寄虎癡裁訂焉

黃淵亭先生古文遺稾序　唐仲冕

道光丙戌春仲姻誼黃生維善以其先曾祖乖北太守淵亭先生遺文見示余受而讀之歎曰此吾鄉之文獻也昔先君子每論學問文章亟稱先生故嘗信而慕之今讀其文原本經術發攄性情不臨深以爲高不矜奇以駭俗而無一言不衷諸道蓋素所蘊蓄然也夫文以明道卽以載道道無乎而不在非必索之幽邃而後爲明正不必自詡材力之雄以爲載祇以人倫日用之常布帛菽粟之細可以見知見仁發而爲文章拜獻則經世善俗之猷議論則酌古準今之識事親長則爲和順交友朋則爲信慤訓子孫則爲式穀言雖淺近而道存焉六經垂訓之

旨豈必在高深哉集中有云詩言志卽言道也物者道之形體詩者道之鼓吹諸經之言道皆正言之詩獨託於詠物可謂深於詩矣他如論儀禮周禮禮記皆從淺處指點見道獨眞哉其立身行己不負所學一時宗工哲匠咸重其文集中所稱李恆齋先生者先君子之師崇祀鄉賢者也觀其書行狀後極力表章以是知先君子之於先生氣誼相合有由然已先君子之生稍後於先生當先生典試山西之季先君子與其從弟瑀同領鄉薦故得詳其梗概也余生也晚未獲親炙鄉先生之言論幸采猶得讀其遺文考其出處志節詎以知前輩立言所以闡道而翼經非苟爲彝藻也此先君子之所爲亟稱也

晏湘門遺詩敘　唐仲冕

天下有憂才者而才顯天下有忌才者而才愈顯憂之情博忌之心毒博則知之猶泛毒則知之最深若非知其才足以蓋人之才則不忌乃有才焉非特無憂之者又無有忌之者則甚矣才之終無由顯也唐之李昌谷奇才也人乃以其詩投之溷厠然昌谷之才詎顯於當世以至於今今晏湘門之詩學昌谷且進而峭削爲韓柳造於平淡而爲姚馬爲儲孟可謂才也宜爲世所忌而世無知之者豈人盡化其忌心邪而又胡爲弗憂也或曰惟才忌才豈世竟無忌才之才邪抑所謂才者非才卽才矣尙不足憂不足忌邪然造物固且忌之矣困其身促其年壽

一如昌谷則甚矣人之漠然於才也雖然鄧湘皋歐陽㽘東吾楚之才於詩者憂之甚篤猶曰其同里也尙衣汪鈍溪都轉廖復堂於其身後將剡其集不可謂非知而憂之者夫苟有憂而無忌而其才終顯又豈非才之大幸乎然其爲知且憂則已僅矣湘皋屬余爲之敘余之敘烏足以顯湘門讀其詩悔生平之未得見不能不慨然於才之難顯也於是乎書

隋唐石刻拾遺序　唐仲冕

搜絲字於東井西雍之墟討翠珉於龍興虎視之域非車攻之紀績陳寶之命祥不足以盱奇睟而擴奧隱也東京以降自鄐無譏然而字青石赤簡古難求堂甓已當搜掇始盡究之義娀或遺贋鼎葬辨薦紳先生難言之故夫諏吏論世當以隋唐爲準昔弇山尚書之撫關中也鸞文鳳藻之彥同汎芙渠鴻飛獸駭之資悉登金薤蓋已有美必收無義弗究矣惟是物之顯晦有時而文之繁省或異虎癡世講才吞鳳石學富雞碑謁余青門博索周秦已來石刻而疏證之得關中金石記所遺隋唐志銘七十餘種宋以後不與焉采擇必精甄綜必確諮詢必廣裁

斷必嚴足以覘稽古之識矣謂余所摹唐葛襄公碑亦可補畢記之未備故坿之開元之末虎癡來此才三數月㠯稱是以求安見隋唐以前如漢曹全裴岑諸碑者不復出於山谷榛莽間供其擘悅也哉既付之梓爰爲序之

葦杷塘詩敘　唐仲冕

葦杷塘者在長沙城南十五里其塘爲二有山環之葦塘抵其陘杷塘當督如璧之好稻畦如肉而宅其西塘田皆前橫日余苦僦屋挐挐門人張子伯思居邇於此寓書云山雖蒴葹於吾子性情宜屋雖卑庳於吾子寢興宜田雖犓磽可支一月暵力耕穫粟二百斛十人一歲食猶贏也其値適與吾子橐中金相當因由其家循山口入至松莊茀屋卽今松房別墅見對宇數椽隱隱叢薄中距數武㠯然必繞膝數百武乃至則以杷塘爲之隔也宅亦如之中唐方廣二尋入門葺識其堂房箱个庖湢所在山皆有牆爲畛牆以內無它姓尺土淆錯喜而售之迨歲

杪卽徙孥與器居焉初余旣除服將擇里以周易筮之遇履之隨貞曰履道坦坦幽人貞吉悔曰視履考祥其旋元吉朱升注云考祥爲父喪祥祭上九爲乾父之終將以復寢父沒觀其行乃大吉也嘻命之矣夫其夷無砦确一拳石必取之他山儻所謂坦坦者邪路逶迆蜿蟺如入洞窟周如城郭儻所謂其旋者邪居數月門外無車馬迹非專問吾者不逕山牆內遠於都市東脩壺酒往郡城乃可得非所謂幽貞邪昔先君子名堂曰果善齋曰克己嘗手鋟楹板曰克己最嚴須從難處去克爲善必果勿以小而弗爲爰規其面午之室爲果克堂懸其板於兩楹堂之東穆別爲齋曰果克山房以體視履考祥之義西箱曰旋

元个其南有室如舟兒曹讀其中名曰問津船又南曰南圃吾兒相其陰陽於舊門外置欄干以土苴爲環堵因曰苴軒軒東有園園之外度二塍則爲杷塘矣杷塘東北爲松房別墅佃客居之墅有茗柯町町後松外有蕈柴山房後落爲牡丹陽陽卻略爲苦櫧崖崖南之傍南圃者竹坡其上亦有蕈柴杷塘尾有祝槁灣平田井田首有遂以通水道其可登陟盱衡西至熊湘嶽麓谷山東至昭山大石嶺吾祖宗邱墓廬井所在者則葦塘尾之師子岡也岡爲界脾嶺之一巒吾父葬師子剅相距三十里隱約可見故名客有持籌者曰子之貲盡於是而已乎將爲子秤薪而炊數米而爨猶不足也子知之乎計子不稼不穡佃

租不及十鍾而家食米日三豆不及十月而穀盡矣輸將祭祀賓客慶弔酒鹽藥餌之費不與焉楮子之林木灌莽爲薪蒸不給一季當置薪炭茗三擿僅二三斤當市茗無桑柘以蠶以織當市布帛之數者將安出子乃以爲菟裘邪易曰履不處隨无故子其勉之余笑曰二塘一井之水浚而甘也可飲也園圃之果蓏芋蔬時而熟也可茹也婦女紡績大布粗絺將三歲一易也可被體也獲稻拙糟糠其瀌豉罋雞呼豨以爲賓客問遺之需也可粗具也若夫牀席有容風雨有蔽圖書筆研之屬有度也可以寢饋而吟誦也倦則倚軒臨池上師子岡竹樹林泉雲煙峯岫江濤檣颿之狂望也可偃仰左右而得之也林無鳴雉惡鳥聲睍睆鉤輈鳩呼雉雊與莳田芸苗舂相機軋伊吾之音相唱和也耳目皆有以自娛也履和而至隨動而說又安能瑣瑣戚戚效多錢足穀計哉別其地志以名而繫之詩

芳茂山人詩錄序

唐仲冕

芳茂山人詩錄者孫淵如通奉自錄其詩及其弟南麓通守等輯爲十卷者也通奉雅不欲以詩傳迨暮年從友人慫恿選存僅四卷耳其精嚴若此蓋通奉專攻考訂硏覈小學證據古經非三代兩漢之書不覩也所箸周易尙書悉取漢晉以前說縷列綜貫不作一杜田語日與其徒討論金石文字購宋槧擇舊書之無傳者付之剞劂其於詩古文詞隨手揮應非篤好也先是文體華贍經學觔襲居多鉅人碩儒出以許鄭爲宗實事求是海內老師宿彥大雅博聞之士同聲發明翕然推獎庠塾之講貫孝秀之選舉皆出乎是天下靡然向風矣然其弊分文析

字貌牆詭蒼矜一名一畫之奇而失篇章之體要甚且置五經爲陳言剽刺汲冢竹書不經之語以爲新義其害更甚於荒經蔑古此詞章撰著之家所由嗤爲贋鼎也余於二者皆無所得而通奉許爲通品相與較量經義於六書之轉注及張霸之泰誓議論亦小有不合然竊歎通奉好古有識其天資學力有大過人者非膚受皮傅片援寸附者所可幾及讀其詩則直追曹劉鮑謝次者亦不失爲昌黎昌谷與風騷相推激此直合考訂詞章爲一家而各造其極者也詩顧可不傳乎哉通奉長余七日生近歲同寓金陵方爲耆英之會而通奉遽逝今南麓刻其集以示余屬爲之序撫卷披吟不勝人琴之悲與宿草之感也通奉者所請從二品封隨其尊甫同拜　誥命而尊甫書屏先生年九十餘矍鑠猶昔余每一拜謁輒念九原有知亦當色喜序其詩因并及之時庚辰首春四日也

秦竹浯詩艸序

唐仲冕

余與竹浯太守爲總角之交少時同應童子試學使試以秋水賦雁來紅詩余媿弗如也甲午年余舉京兆太守後十四年登拔萃科皆未得相見迨余癸丑通籍太守方觀政儀部爲余題款乃圖又十年癸亥余以遷秩入都太守爲尙書郎中旋以道府發湖北蓋自童子試後四十餘年始得再晤而太守已於歲之乙丑卒夷陵郡治矣太守爲人修眣不羣而性廉飭與人交淡以永詩詞眞摯而清綺其癸亥寄懷詩有云淸高政極平和樂文仍肆郎當時見贈集曹全碑爲楹帖語也艮友諄勖讀之泚然余和其詩故有面會一何難省身艮自媿之句及庚午入

都則不可復見矣今年以資遷謁選令嗣小浯以其生前自書湘城艸存都門艸存二冊屬爲序其艸自癸巳至癸亥三十一年僅錄詩五百餘首賦三首前所題款乃圖詩不與焉其矜愼如此當同試學使時年纔十二詩賦已雋語絡繹令斷自癸巳始則其少作鮮有存者且癸亥詩將百首極其旁薄甲子以後豈竟無詩蓋佚之矣嗚呼惜哉余自幼詡知人之鑒與太守迹疏而情密謂其才其學必當著作承明卓然經世之業爲吾鄉望而乃艱於一第僅以郎潛出守未展其用讀其詩可以知其志矣因憶同試童子時有鮑生湘者亦奇童也久不相聞問近讀周春田鶚詩乃知其蚤年窮餓以死且無遺槀則太守尙未爲不遇耳余之才不逮兩人而猶繫官州郡衰老而不知止豈不重可媿哉序成爲慨然者久之

雲閒課蓺序

唐仲冕

制蓺與氣運相衡而人才出焉其始科舉之業訓詁之辭其後則爲學術專攻師友講貫材力犂品詣徵焉一時風會所趨遂有升降汚隆之感其精神之運心術之動成之於研摩考校者匪伊朝夕也明代文凡五變隆萬而後蘼靡極矣自金陳章黃諸大家出力埽勦襲繆悠纖晦之習卓然一軌於正而雲閒陳黃門夏考功先生倡立幾社以經學爲根柢以先秦兩漢爲矩則東南壇坫海內翕然卒之陳夏諸公以節義垂不朽與平時發揮聖賢之言無豪髮負益信文爲心聲所爲切劘而成之者不可不審也我　朝文運聿興昌明博大熊劉實開其先而熊次侯出華亭張蓺匪之門謂其天才敏擅經術湛涘同時若宋直方周釜山皆爲文壇領袖獨王農山以驚才絕豔高摘濃熏發爲雕績纂組之文迄今百有餘年殘膏賸馥沾丐無窮此豈非同社觀摩醞釀涘厚之所致哉自文社禁廢士子講習之所厥惟書院雲閒建設已久亦既人才輩出矣余權守是郡例當甄錄爰進諸生試之監院陸僑南教授以所輯課蓺如干首將付之梓而屬序於余余惟國家取士之具卽國家成就人材之具也成周以射擇士興賢習於州序詢於鄉老曰和曰容曰主皮曰興舞又曰內志正外體直持弓矢審固然後可以言中夫制蓺亦猶是也探究理藴原本注疏無勦說無雷同亦可謂和

容而正直矣由是而進焉融洽六籍瀝液羣言於鄉先達之中學農山而不涉撏撦以追陳夏諸公之淵懿渟茂則帖括也而德行道蓺胥於是乎備他日黼黻　皇猷豈異人任夫雲閒固文章之林府也余雖不敏請以一言爲之券

湖南陽秋例言　　王紳

天下之理一也而有不一者存非不一也時以限之地以別之人以岐之其本殊矣其流因之異不異不足以爲同同而後異生焉故古人之著述不一致也大易本之天道以明人事春秋列乎人事以徵天道皆以持古今之綸紀而發其㝔奧朱子因通鑑以爲綱目其書法一本春秋然而執春秋以求綱目未必盡合春秋書當時之事其義微其辭隱綱目紀歷代之書其言顯其文彰其所處者不同也而一國之史與天下之史抑又有別故朱子不必一一皈依以求形似而大義自明先叔勉亭先生取正史事跡湖南編而紀之爲湖南春秋義例一本綱目然

而綱目天下之史也湖南春秋一省之錄也不得不上溯春秋而春秋當時之事也湖南春秋歷代之文也又不得不反求綱目書法紀注有難合而通之者已於是並取二書而精以出之恐其意未易明自爲訓義坿於各條之下嗚呼其取裁可謂正矣其用心可謂苦矣伏而讀之各有文理非泛泛而編錄者比也書未成病嘔血因絕筆於脩嗟乎豈天之不欲成是書耶抑義例彰彰緒未竟而思已過半矣乾隆癸巳奉　旨徵求遺書鈔錄上呈與衡湘稽古三易圖說並登冊府唯是春秋之名上同聖經心有未慊於是改春秋爲陽秋編而存之庶幾坿於古編年之列云爾

湖南文徵卷七十二　　湖湘後學集編

序十七

南邨草堂詩鈔序　　歐陽紹洛

古今名詩者無慮千百就中卓然可稱者數十家而止其品類趣尚各不謀要未有不求其是者嚴滄浪之論曰詩非關書理也而非多讀書窮理不能極其至眇者泥於不關書理一言挾枯寂之胸求之空虛猥瑣之地言而無物如管之鳴不可咀也其汩於糟粕者乃挼剔詭僻堆砌塗澤以爲博伯生所謂川人之庖龘塊大臠濃醯厚醬而飲食之味微二者之於詩猶楊與

痞然事殊而患同故僕生平不常與人言詩懼觸其所宗主而以爲毀也子立與余交近三十年顧獨喜余言余始識子立於都門而見其詩繼而子立游齊魯游吳中數年一晤而詩格一進繼而游粵游章門又數年一晤而詩格又大進繼而重赴都門自兗自揚與當世賢士大夫縞紵贈荅歸而示其所作則詣復大進乃知子立於此事無一時稍釋屢進而詣工如此葢其學無不窺而性情之眞至敦厚足與古籍相發明故其形爲歌詩因事揆象適然若逢其故物沛然意愜而理順使人誦之知其人知其性情知其取精之多而不以博淹矜庶幾先王六蓺敎士使人發舒志意引於纏綿懇摯之地以著爲骨月朋友悲

歡憂樂是非懲勸之眞者遺意猶在夫而後詩可存也然則操觚而求一言之合其易易哉夫詩至專集不能無利鈍也取昔人之集古今所共推者論之其中宜汰者或十之二三焉或十之四五焉甚乃十之六七焉名愈高則疵愈甚要其可存者人所不能至則巳獨絕千古其餘不過釆輯者備致摭拾以示不遺存而不論可耳暖姝之子顧曲意哆吒以爲出自大宗巨手則言言金玉科律亦大謬矣子立嘗爲余言平時儕輩酬唱每一首出衆口交詡則憮然曰必老硼證可乃巳其見信如此近別子立四年矣不復見其詩然知其精進當不減曩時於其集之付梓也序以寄之道光戊子仲冬至日

過且過齋遺詩序　　歐陽紹洛

鄧子湘皋既刻湘門詩成手以示余余讀之喟然曰湘門於是乎不死矣夫詩以言志而晉謬者顧哆然冒之謂輸吾志耳噫不要於是而曰是亦志焉然則朝瞍而呼滅君之志奚皋且悖邪古人竭畢生之全力愁肝擢腎窮迄極眇乃至知盡能索殫日積月然後能成一蕺蓋愼重若此今海內人各有詩詩各有集哀然金剛其杵者何限乃或負盛名掇巍第至於顚華齒豁求其一言之可存千百而不獲一二豈非志趣凡陋出之輕率不知古人立言之旨歟湘門年未三十而所造如此烏乎是可以傳矣余始未識湘門戊辰之歲適其計偕來京時年十八耳

初未甚異之湘門顧獨厚余奉之若師保然一言之出必疑難數返乃定余或他往則杜門搆思坐若尸行若忌竟夕輾轉日旰不食余乃知其精進若斯因亦心厚湘門切劘不少假借其詩幽潔自喜一埽凡豔而古厚之氣往復無盡其他程文雜述率皆類此嘗笑語湘門僕於世齟齬自念非風塵中人今君奉親命來都爲科第計乃以苦趣自墮不知造愈高者遇愈難折楊皇荂嗑然而笑彼所習祗此耳大聲責之里耳將期曠希流俗邪君往矣毋自辱他日爲老傖二仲者君與鄧子湘皋耳烏乎孰謂其竟以夭逝哉吾鄉士氣醇古有守之士輒不欲隨風氣轉移前輩如湘皋序中所稱引諸人置之科第詞翰間所謂

累世不易得一二人。數千百里內不易得一二人者。而皆齎志不遇。僅以明經鄉貢等終其身。是則不安庸陋而淡造以自誤之明驗。余因悲湘門而及吾鄉諸前輩。且以自悲而再悲湘皋也。

擬修新館序

向曾賢

去歲與同人謀擴充舊館。因謬以己意仰體鄉先達剏始之志撰為引說。極明是館終當合為一。又當以情而調乎勢之所窮。亦本諸詩人桑梓敬恭云爾。已鄂書奉聞同館外任諸君子。會人地懸隔。事不獲驟就。逮今歲公車至。每與談議此舉。雖亦有奮然興者。然各以公事悤悤不暇及。曾亦授徒他處。不得常晤尋。置之秋冬。聞半愚嚴公以俸滿入都上　覲。而敝邑余退圃先生之姪泰衢崇如昆季亦至。半愚先生居官數十年。而和粹敬讓有加。同人交尊之。其在吳下同考時。及門諸好友朝夕踵至。館中亦與有光焉。余君昆季至。則稍後居館側之東偏陋室。

未嘗少有不平。余亦不敢以同邑故而請他人以易之也。先是退圃先生每入都。必輸金數十以為修舉廢墜之資。厥後魚雁頻至。亦必以是舉為諄諄。今又得半愚先生來。曾因與同人喜相語曰。是舉其可以得所藉手矣。居未幾。館中惡輩猖獗。連日難作。不可嚮邇。半愚先生因相顧而嘻曰。千鈞之弩。詎為鼷鼠發機哉。然亦不可以垂堂而坐也。因與余君昆季徙居避之。由是而向之所云勢無如何者。乃徵諸此矣。今夫所貴夫旅居之萃處一室者。士君子離父母兄弟妻子而來於斯。所得者朋友之樂耳。又以其鄉井之不甚相遠。聲息之不甚相殊。或素有婚媾之連。或夙有世交之好。羣居和集。彌益見眞。故不忍舍而他處也若使詬誶時聞戈矛相向淩侮我尊長翦棄我幼弱碎前人之俎豆湧平地之風波則京師中幾百萬戶豈少尺寸容郄之所而必逐逐然與禍機相邇哉吾聞奔蜂不能化藿蠋越雞不能伏鵠卵天下之物之難齊亦多矣今之患此非但人滿地隘之謂也欲不更而張之不能也吾盍不忍極言其所以然聊迹其大致如此以見吾數人之舍舊圖新其心固可以告前人也因續前說而申言之

岳陽會館引

向曾賢

岳與澧同郡其後既分而幸猶有合者則惟京邸駐足一所憶自爲兒時應童子試至岳得與同屬人士嘻嘻相往來其長老常有能言澧陽之某某君子與某某先生者因念吾祖父輩行時二屬之士歲時來聚於斯其閒必有文章氣誼相投贈或酒食游戲相萃處今則有莫能及矣是雖少年天性之迂然詢於人人亦時有同然者毋亦桑梓恭敬意乎及聞有來自京城者聽其語言羅縷不厭必嘖嘖稱吾屬會邸在某所及來此與爲和會之狀私心竊冀苟得一至其處則生平之願足矣夫人居游既隔風土亦不無少殊惟牽車服賈或有互相游歷者其他則否至於匡居安業之人不幸而不得志則終老於山林其幸而得至於斯者幾人哉幸而至於斯也夜則同寢斯室也晝則同食斯堂也所缺可與箴也所善可與師也其講論可與相磨也其笑語可與相歡也其有緩急可與相念相恤也固猶然昔者祖父輩行時投贈萃處之日也幸孰大於是凡人之情當其境不覺其聚之難及過時思之則恆悔其忽如今之兩湖南北其初蓋一也逮其分則勢無如何猶此也然而士大夫之居都者每歲必於孟春之首醵錢合酺爲會一日之歡雍然穆然幾如家人骨肉之羣居和集得與其閒未有不私歎其意之厚者由斯言之岳澧之有是館雖歷世不分可也顧前之刱建及

踵修者誠勞矣、規畫誠善矣、而歷世寖久、又幸際太平休養之秋、人文日益盛、每當公車澁止、騶從不能容、則往往於外僦居、猶憶曾於乙卯來都最後、時則人居已滿、欲外住則囊無貲、又不欲舍同人獨處、因於神室旁棲止焉。由是常有擴充想、顧力薄不敢出口、及聞衆君子語、則無不有是心者、因以念此皆人心所同然、而非有強也。夫地狹則易忤、居廣則咸和、誠使修而舉之、廓其有容、以迪前烈、以備後觀、是則祖孫父子得聯氣同枝於斯也、怡怡切切之思、當有油然而生者、善始而慮終、篤近而舉遠、豈不休哉。爰不揣僭踰、謹拜手而為之引。

月郵詩草序

鄧奇逢

伯兄月郵嘗選唐宋元明詩、以雄渾奇傑孤峭蒼深之作、獨標一格、都為一集。其自作亦然、率皆放筆直書、絕無咿唔局促之態、有時才情橫溢、精光迸出紙上、捫之字蹟生稜、見者咤為奇絕。顧每不自愛惜、緣手散佚。戊子秋歸自棘闈、竟以疾終、去仲兄蓮舫棄世先後十年耳。身後可傳、不獨詩也、就其詩可得其性情面貌、非胸有千古者不能也。爰采遺集近作、類為酬和者攜去、已無存稾、而少作反得於敗楮蝨簡中、時一掇拾、輯而錄之。因歎伯兄負才不偶、與仲兄落魄泉下、向之千古自命者、均愴淚千古矣。猶憶逢髫年、隨兩兄步屧朗水西山、家君講學之地、皆逢與兄倚侍之地、風晨月夕、伯兄一字一句、與仲兄推敲淋漓傾倒者久之、逢時在側、雖未能盡曉、亦間有省記者。迄歸里、伯兄搆得月樓、蒔花種竹、水石蕭閒、茗香馥郁、日偕仲兄賦詩為樂。仲兄沒數年、逢頗知文字之趣、時坐棣萼山莊、酒冷香殘、伯兄感念蓮舫不可復作、命編其集、置之奚囊、思付剞劂、豈知志尚未竟、而伯兄今日之詩、散華落藻、留在人間者、轉不可多得乎。伯兄舊作古文一帙、篇各萬言、為前輩所許可、逢未幾猶一見之、意以為終秘之篋衍也、今亟搜之、復不獲。苔花蝕砌、鼠迹承塵、漁洋山人之弔其兄西樵、所謂痛絕人琴、今已矣、亙生從此竟摧絃者、視逢於茲集之感何如也。乾隆庚寅仲夏

蓮舫詩草序　鄧奇逢

乾隆辛巳伯兄彙仲兄蓮舫遺草求序於武陵朱鐔城楊梅治二丈將梓以行未果戊子春復命逢編爲四卷冠序於首以逢所記遺句附尾伯兄尋下世集無副墨閱今又三十七年一再散失芟爲蒐輯僅存戊寅後隨侍先君子客途所作三十四首曁逢所記遺句而二丈之序幷伯兄手彙原本已無從得因帙太簡且取所存舉業試體詩足之方兄之能詩逢才五歲常憶冬日兄步老屋折梅花數枝歸與伯兄倡和有如話寒山信梅開臈雪先及石橋香暗詩先得茆屋雲深酒未消句伯兄擊賞之亦有竹樓夢斷雲流地葛帳寒生雪滿林及山翁慰我高樓

寂持得師雄酒一瓢之和章兄謂己才大遜伯兄輒苦心績學鍵戶深山作詩每夜分不寐青熒一燈隱隱自叢篝中漏射時或朗誦一聲山禽至磔磔驚起伯兄旣豪於才下筆率不加點獨兄非得之天成必濡豪往復閒至越宿始能脫稾故詩完善者居多其論詩以前之三唐後之有明諸大家爲師法中閒惟嗜坡放二翁與元遺山集此外絕不入目逢稍長漸解聲歌即敎以一氣犇放有神無迹者爲上乘次則安章宅句密咏恬吟耐人咀吮者亦可不廢今讀其遺詩宛如當日與兄棣萼山莊風雨對牀夜窗颯颯魂魄繚繞其閒未嘗或去爰錄而刊之庶使千載而下有知吾仲兄蓮舫之爲詩人者嘉慶甲子

莊學士集序　李麒光

著書立說士君子之事也表章文獻卿大夫之責也故文足以名世矣其人之科名道德又足以重之則其傳也何疑然作者之意在當世非有意於傳後之人讀其文重其人而思所以傳之則傳於數十年之前與傳於數十年之後皆以信之於其文者信之於其人而表章之功亦非畜道德而能文章者不能與於斯也閒嘗論才於三楚屈平宋玉而後襄陽少陵之徒尙已有明三百年閒信陽北地稱盛中原而茶陵以樂府冠之弇州歷下七子標榜而興國抗之公安竟陵樹幟立標致使王李氣衰天下改轍是三楚人文無所倚附於天下而天下之風會常

依附焉沖虛莊先生又有砥柱橫流之力者也先生當隆萬之際讀書中秘官學士歷晉少宗伯生平學問涵經濟而沈性道故其詩文皆宏深正大原本實踐直繼茶陵之席所謂閒百世而僅有者也夫以先生之學問如是先生之爵位又如是則其集之行行而傳也宜已久矣乃越百餘年有我聽巖之表章而其集始傳乎聽巖以名孝廉讀書學古易僾齋諸刻膾炙士林今秉鐸星沙課文校士之暇從殘編斷簡中得先生詩文若干卷詩則古歌律絕之體皆備文則疏敕論序之作皆具爲之編次成帙付之棃棗雖先生之著述如圭璧鼎彝不終湮沒而亦我聽巖旼奇拔逸維持風雅以有此耳因思李文正懷麓堂諸

棄滄桑澤火之餘散軼已多學副蔣慎齋先生披羅考正爲文正重開生面今沖虛先生之集又有聽巖以表章之其心事俱堪不朽但聽巖鱣堂苜蓿爲力遠遜於前故書雖成未獲行世今時際休明公卿大夫皆以斯文爲已任當必有珍珠玉之藏使沖虛先生已熄之膏馥雲舒霞布與懷麓堂集竝行海內則其有功於文獻豈獨在楚言楚也哉

重修坦齋公文集序

劉映藜

藜兒時曾侍先嚴虞操公行六府君偕族姪碩人飲於族姪易先宅酒酣見所藏坦齋公文集版殘缺相與嗟歎久之旣歸語伯父行五乃載公叔父行七兆男公行八漢三公曰吾大王父平埜公有集盛行於元兵燹後吾族無復有存焉者矣越二世而坦齋公文顯於明初肇開吾茶李張二學士之先今猶膾炙人口顧所刊版寖漫滅急當議修吾父屬纘遺言曾以未事茲事爲憾吾昆季不繼成之將聽其文之終湮巳乎孝子慈孫應所心惻諸父咸首肎焉頃之八叔父謂公集刊於成化間者旣因回祿之燬而未得其全刊於萬歷間者又因校讎之艱而幾

去其半嘗聞諸父老云公文之見於他書者甚夥吾昆季欲重修其集盍徧采之以成完璧後以付諸梓未晚也緣是各自索諸家所藏書中或問詢諸友人及鄉先達處總欲得其文之完然者而彙集之詎意彙集無幾而父暨諸父相繼捐館有志未逮竟無異於王父也乎余每憶父與諸父之言而悲其志蓋無時不以纘承厥事爲念丙寅秋偶見龍湖張先生集讀其序乃后隴彭封翁鶴田公重刊之者詎愕然曰有是哉張公之文他姓尙爲表章矧祖父文之足傳者爲之孫子顧徒抱揚摧之志而不急爲之所乎因謀諸從弟十一右陶十二虹臺十三羽峯曰坦齋公集吾祖欲修之未逮吾父與諸父繼修之而又未逮

迄今實吾昆季責也於時諸從弟胥躍然起起而同聲曰諸居無何族姪易先之次子繩武碩人之長子省三聞之舉欣相謂曰是舉也吾二人先子亦屢述六叔祖與諸叔祖拳拳之意而若爲愀然者今圖厥修願其勷焉夫亦先志之所存也余既快諸從弟之無二志二族孫之有同心用加意蒐採積十餘載於前二刊外得皇明文衡皇明館閣二刻本及正氣集化鶴集斐然稾諸鈔本文若干篇詩及詩餘若干首視萬歷閒刊本增五之一覺渾灝之氣逾盛渲古瀞泊之音逾長乃編次成帙倩梓人以鏤諸版刊成私竊幸曰吾六人者差堪慰先世未慰之志而太祖文之先李張二公而著者庶亦並李張二公而不朽矣

若平埜公集吾族雖未獲收存而海內文獻世族或有存什一於千百而可漸次以采訪者姑以俟諸後云乾隆戊寅季秋十二世裔孫石溪映藜汝輝氏謹識

旭初集唐序

李文昊

後山詩話云王荆公暮年喜爲集句沈存中筆談遂謂集句自荆公始而金玉詩話及蓼花洲閒錄謂宋初已有集句至后曼卿而大著按晉傅咸有集經詩則固不始於荆公且不始於宋初矣晁美叔以集句示劉貢父貢父曰君高明之識何至作此等伎倆東坡荅孔毅父集句見贈云羨君戲集他人詩指呼市人如小兒又云退之驚笑子美泣問君久假何時歸二公之持論固當然文人游戲筆墨因難見巧亦未可厚非也予中表王君旭初博文強記箸述滿家近尤喜集唐句凡抒懷投贈寫景賦物湊泊如無縫天衣予戲之曰君其荆公的派哉顧荆公古

文雄長一時李雁湖獨取其詩箋注詩未必不可傳集句特其餘技耳竊歎荆公集唐人百家詩自謂廢日力於此良可惜使如旭初沈酣於全唐諸作者之林字櫛而句比之其所成斷不至如雁湖所箋之集猶貽後世譏評也然則是集人謂即旭初著作予謂是集以當旭初功課而後可

補修桃花源洞天志序

陳汝霖

以桃花源爲有乎虛空何由粉碎以桃花源爲無乎大地將無塵土陶徵士桃花源記武陵人捕魚緣溪行逢桃花林源盡入口見良田美池桑麻雞犬男女衣著及設酒作食此言桃花源之有也及問今何世不知漢與魏晉且曰不足爲外人道再往津迷詩曰旋復還幽蔽高舉尋吾契此言桃花源之無也迨昌黎詫荒唐東坡疑殺雞陶弼信洞裏栽桃卽古城版築此以桃花源爲有也唐績題靈巖分明便是桃源洞又曰可惜秦人不曾到此亦以桃花源爲無也嗟乎有有無無之閒桃花源之眞面目失桃花源之眞面目抑於斯畢見乎乃或以今洞在陂陀

迤靡閒未極雲壑之奇遂疑記直文人游戲豈知桃花源勝概宜仍求詩與記而不惟今洞觀也今夫臨沅以南巖洞林立鬼斧神工不可名狀有如靈巖方山漁仙大蠻者乎乳竇鉤連神通氣貫臨以花源博大宏濛渾淪旁薄窅然若喪求之道家諸洞殆出神游衍而花源其歸根復命性天合一時也善夫王右丞詩初因避地去人閒及至成仙遂不還蓋眞隱卽眞仙眞隱如絳雲舒卷倏倏乎仙家清福胡分別觀也且巡湘赭伐秦人藏用無何有匪仙未若是矣洞在人境黃瞿沖舉後猶見杉竹手眼矣宋時石文浮出明代童子香迎矣洞外奇花瑤草異鳥神龜隔斷紅塵夢游徧天壤矣乃知洞扉前逼山陬後啣沅澹道書顏白馬淚光之天萊蘺展烘晴天畫意其實居藏水底如蓬島三壺珠宮貝闕植根洪濤鼓盪中令人可望而不可卽蓋桃花源之實境也故觀爲有爲無而桃花源之眞面目揭矣偶卽僧一休舊輯補其譌漏徵士記曰既出得其船便扶向路處處誌之且曰尋向所誌迷不得路詩曰雖無紀歷誌四時自成歲千載上陶公有知將樂斯志之成而不以爲多事耶

春日同友人游桃花洞序

黎明獻

天地陰陽之妙，山川融結之奇，敦厚㓨薄，玲瓏巧幻，不可勝狀。其所以歷千古而不變者，存乎眞也。而滄海桑田之說，亦不過極言人事之紛更，究何損於兩間之質乎。我城南七里許有古桃花洞，葢天造地設，爲郡八景之冣。歲庚辰，春和景明，偕友人李瑶𪄻、何協一、陳允升著屐游焉。見夫遺基殘碣，蔓草荒煙，不禁慨然曰：是洞也，脫置江淮河洛間，高者臺，𤰞者沼，豔者花，蒼者木，則勝甲天下矣。乃以絕妙之景，竟冷落於荒陬僻遠之區，未嘗不爲斯洞惜。繼而曰：不然。天工之巧，惟眞乃古，使加修飾，掩其本眞，一時之觀則美矣，其能久經世俗之紛擾乎。曷若處

此幽曠之地，以造化之亭毒，醞爲空明之洞府，石髓之涵而爲鳥飛爲獸伏者，無斧鑿之痕；頑鈍之立而爲臃腫爲笨伯者，免雕鏤之煩。一種太樸之眞，不與乾坤相爲終始哉。其游賞者亦大都與之相類，而少俗士之駕，又未嘗不爲斯洞幸也。如吾輩以眞誠之衷，敦古處之交，不存盛衰興廢之感，獻附驥尾，亦得撫此眞景，玩此古致，相得之雅，不堪與斯洞永相固結乎。因賦古意以寫眞趣。

杜溪詩草序

陳炯

杜溪詩草，吾家伯叔兄弟兒姪風晨月夕閒居倡酬之作，非有經國大計、裨益民生，須載之歌詠、託之諷諭者，然則雖不存焉可也。兒敏疇謂：詩草一帙，作者凡十人，其中有半生失意，轗軻潦倒，齎志以歿，當其感觸景物，雕鏤心肝，流溢於長短歌什，其專壹何如。苟聽其散佚而不爲收拾，是使全帙菁英終歸晦蝕，惜已。然則別其所宜存者存之可也。疇又謂：詩草係一家言，際聖朝雅化休明，涵濡累葉之久，而風俗湻醇，家庭雍睦，得以優游歌詠，函心篇什，或略分而倡予，或忘年而和汝，雖單辭隻句，具見性情，豪無蔕芥靈府，葢草澤一家之娛，而實生太平無事

之日，有以揚其休、被其澤也。然則因其所舊存者而竝存之，無不可也。顧又謂：古之立言者，折衷矜愼，不輕以示人，故能信今傳後。今卷帙綦繁，漫無別白，何弗質諸當代宗工哲匠，擇其尤者存之，庶不致貽譏大雅。夫詩爲一家言，則是一家之私言，而不必天下之公言也。敝帚自享，虛牝自擲，若效踵門之請，以希過情之譽，適見嗤而自點耳。然則卽以一家之見，去其所不必存，存其所可存也可。爰撮其旨，命兒子疇書於簡端。

豫商錄後序

陳士杜

王君集和江右臨川人也寓長沙以鬻筆爲業好義樂施與吾兄蒼山嘗集其行事可以風世者爲豫商錄授之同邑張公瑾甫李公中琳因爲之跋吾友李君中行又爲之歌其餘贈詩歌者篋常滿余少從蒼山塾中見集和傴僂負篋至郴楧野與人言無少文飾時取架上詩史俯首吟哦至孤臣寡婦哀傷怨懟之詞未嘗不流涕及見古奇烈偉幹磊磊軒天地者則又躍然心喜見者多以爲迂余異之因作歌以贈一日集和以尺幅示蒼山發之則其繼室書也備述經營艱窶狀囑付貲以紓死集和欷歔無策惟求蒼山爲長歌慰勞之竟無一錢寄歸蓋貿筆

餘贏大半爲推解罄也其後余授徒鄉邑集和歲或一二至或三四至至則沽酒痛飲而去以爲常集和爲人體貌遲重然肚心所至遇名勝不憚險遠常自江夏泛舟躡黃鶴捫赤壁覩曹孟德與周郎相拒處泝荆州訪古麥城覽壯繆侯遺蹟登岳陽城樓謁呂公像數言所歷江山風景之勝令人勃勃欲往游焉嗜古拔俗天性然也時遇人若無所臧否顧每值豪家富室諸鄙瑣不韻者索筆恆不往歲癸巳余授徒里中會集和肩筆至夜中置飲飲未半輒辭醉余笑爲故作客語集和曰不然人惟氣壯則能飲意得亦能飲子覩二者於某何如而猶謂某善飲邪酒罷舉首視余曰古云人非無賄之難無令名之患某不幸役於末業不能一快意詩書今老矣復何冀然竊有冀者念子昆季常遇我厚且邃於古誠得爲某具述生平以道達其牖愁堙鬱之意則某雖顚躓風塵亦復何憾余謝弗及越今年余重有幽憂之疾冬初遇於郡邸又促余如前余唯之且感其意念集和以筆工而好施不厭喜讀書卒不克遂其志以老乃汲汲於失時憔悴之士求其文以自嬉抑亦可唶也已於是更次其軼事及與余往來款洽之素著於篇集和第存之與蒼山所錄者並藏焉可也

秦百二遺稾序

吳登鴻

楚湘之風肇興屈宋．西漢迄前明尤指不勝屈．國朝以來．陳恪勤王山長張湘門張天門張紫峴等專集行世照耀寰區．乃若生時名噪而未及授梓至飽於鼠飽於蠹蝕於風雨者又何限．蓋傳之難而代爲謀者洵不易易也．吾湘兩湖社作手頗多．類皆八面應敵之將．而余最心折者莫若秦百二張謙庵兩先生．余哭百二詩有六國從來最畏秦之句．紀其實也．自古詩人多窮．要莫甚於百二．其卒也衣衾斂具．大都一二朋好醵金襄助．始克葳事．封馬鬣．其詩文稾生平嬾不自收拾．每一篇出．人輒持去不復追討．存之篋者多塗注．半難猜識．或久而漶漫．字多亾失．謙庵與最契．乃入室捜括．裒而輯之．醵金壽之梨棗．謙庵心力盡瘁矣．余與百二交五十餘年．其尊人諱天鍵先生夙以詩鳴大湖南北．有集藏於家．百二承家學．服庭訓．六七齡便能作驚人語．及長．益肆力於古．遇僻典他人目所未經．獨琅琅誦其前後文不遺一字．其五言雜王孟集中．幾不復辨．其七言則雄傑渾灝．直入李杜韓蘇之室．七排一體．唐人作者亦少．百二則以古之大氣鼓之．又無一拗律句．更能難人所難．其四六雖宗徐庾．中仍閞宕流走．裁對無一牽强語．無一滯語．戊辰恩科巳中選．主司以中多四六改置副車．所謂聚六州四十三縣鐵鑄一箇錯．不成也．今者管中之豹．僅見一斑．然而全鼎之

味．一臠可槪．謙庵大集巳刷印行世矣．是歲十月爲謙庵周甲之吉．巳既壽又推以錫亾友．奕禩之壽．其禩期其氣誼．其立心制行．均當於古人中求之．余既爲百二慶．更又於謙庵加敬焉．是爲序．道光十二年歲次壬辰菊秋時年八十又五．

湖南文徵　卷七十二　序十七　圭

兩貞女行序　朱孫

兩貞女者永州零陵龍翁之女也龍氏世無聞乾隆初龍翁以家徙邵故貧賃居於邵東之仁風里而山耕焉永俗習山農每力作男女畢出酋長者持門戶時雞豚豢字之午則熟黍就山而餉焉日以爲常故男女多者食力於山所獲常豐裕龍翁徙邵州近六十年今壽七十餘頹然老矣少時娶妻雷氏四十以廢疾殁生二女無子零之人有求之者長女曰吾父母無子吾不得有兄弟吾嫁吾父母何以爲生吾何以夫爲吾願爲父母子誓終養焉媒者至毅然拒之其妹亦未字人以姊之賢益競求之姊曰女其可以字矣妹曰姊爲孝吾獨不願爲孝乎且母

合姊無偶也求者俱不得而止甲寅秋余以事道仁風里因得訪其廬而造焉鬢髮鬖然扶其老父出而見客蓋姊年五十妹亦四十餘矣然猶終日荷鋤負畚姊先而妹從宛然山中老農婦不知其爲處女也龍翁安居粒食怡然不覺其老且獨者以有兩女子故也龍翁不知名人以其老呼之曰龍翁云

譚萬川年丈七十雙壽序　趙愼畛

茶陵譚子古恬畛同年友也由拔萃科充教習期滿　天子嘉其勞　詔以知縣錄用今夏四月選授惠州之海豐令人皆爲古恬賀謂海豐爲粵東劇邑島嶼回互濤瀾壯闊形勢要害非古恬魁壘樸懋之質無以稱斯任而卑卑者且謂是脂膏之地估舶鱗集廛市殷賑由是可資溫飽計而古恬獨不色喜涽涽悶悶若甚有不釋於中者曰余自束髮承庭訓讀書矢志雅不欲效俗吏之所爲獨恐才不稱職尚謀所以稟命者將迂道過里門迎堂上人至署昕夕奉官箴焉畛聞之不覺肅然起敬曰古恬可謂知本矣詩小雅序云南陔廢而孝友缺白華廢

而廉恥缺孝子循陔眷闈馨夕膳潔晨羞所謂心不遑安心不遑留者此南陔之孝友也而化民訓俗之意即隱寓乎其中今且出宰一邑百姓或漸於習俗或困於饑辛輕訬任俠剽椎爲奸治之者勿侵暴以爲能勿鍛鍊以矜巧宣布惠澤務養其廉恥而進之以爲善乃克稱　聖天子之所以簡任之意亦即不負趨庭之所以教之出身而仕之意所謂白華之廉恥者此也抑畛又有說焉詩之言曰教誨爾子式穀似之又曰君子有穀詒孫子人子夙夜黽勉以自奮其南陔白華之養恆情所同然耳至父母訓厲之心則不惟其子之梯榮取利爭一時之光耀而已必將期於德成名立焉萬川先生含經味道藏器不試

敦龐渟固之氣其充積於中者淵乎莫測其涯今得古恬以彰施之其必能從容度康濟之略以蘄底於政通民洽惟古恬持之以名稱之以實敦崇其所已至光大其所未能於事君事親之義兩得之矣豈徒致潔白之養云乎哉來歲二月爲萬川先生古稀壽辰德配彭孺人亦先一歲壽七十先生周甲時構滿花軒昆明夫子曾詳記其性情學問之大端焉故畛不復贅古恬歸以是言質之先生其或晉一卮乎

龍陽縣志序代

張再英

常屬邑凡四龍陽建自東吳最爲古縣稻蠶魚菱之利甲於水鄉秀民畸士項背相望前聞往見事如積薪是賴有專志以備考稽而後長吏徵於舊聞儒者徵其故實用能斟酌土俗蔚爲文章卽周官外史氏之掌也雖郡志已總其大綱而縷析條分究以各屬之專志爲詳盡龍志在前明不可考　國朝康熙某歲邑令蔡公始修之距今百有餘年其閒武功之戡定文教之涵濡良有司之規畫與夫科名節義踵事而增不有續修奚以炳琳瑯而昭史乘耶余奉簡命來守是邦暇閱龍志則近事書缺有間因詢諸大令及鄉之耆宿僉以重修爲便迺相與禮延

文彥從事編纂商推體例網羅放失公餘之暇時亦手訂其閒綱舉目張期歸整密如放新豐之雞犬自識戶庭營建章之宮闕各謀梁棟則是書也雖不敢謂豪髮無遺比對山武功志之簡核然以備掌故示來茲亦省郡志之嚆矢乎若夫龍之遺蹟如滄浪逸韻譽答靈均范蠡浮舟銷沈伯業潘承明岳忠武之屯軍經略張長史李青蓮之嘯傲湖山則全書具在無俟余之贅說矣緝綴既訖例有弁言用誌顛末以紀歲月

凡例

一志以紀事而先後倫次閒有一定之位置入國問境入里問俗則地里志居首焉而郡縣之轄治歷代不同故次以沿

革表有是邑則必有一邑之興造規爲故營建次之由是足食足兵而教化行則食貨武備學校選舉之所由遞誌也夫旣體國經野則必置輔陳殷故次以藩封職官表而名宦特志甘棠之思焉上有政治則下有人才或出或處卓然能自表見故人物列女次之而修之於身施之於事見之於言藝文亦三不朽之一也至若歷代相承災祥兵寇之類另爲事紀其餘稗官小說瑣屑之語無類可坿則別爲叢談以終之此全志之大略也

一志與史相通體裁不可不正若逐類各成一卷則名目太繁且一邑之事幾而分之勢必碎鎌零璣不能成卷今訂總

綱凡十有五爲目則五十有餘分坿其下如將之率兵必使隊伍有制秩然不淆非必欲與舊異理應如此非此不安也如分野風俗載地理志壇廟寺觀載營建志戶口物產載食貨志凡若此類皆酌所宜入者入之爲卷凡二十有八而圖則另列卷首

一龍邑地勢平衍多窪下非隄垸莫資捍衛故於營建志內詳列隄防一門而相形勢以固河壖尤一勞久逸之計故后櫃亦坿營建志中皆於例爲㭊而實爲本邑之要務云

一建官分職文武兼資今於武備志中紀各營汛兵防之數至若歷代戰爭經營之故則另入紀事中旦以述旣往之陳迹與詳實在之防維義固各有攸當也

一學校爲化民成俗之大典原稾一卷僅坿入建置考中且竝兩廡從祀之姓名亦無之何以資考據況我　朝崇儒重道超軼前古　宸章奎畫炳如日星茲恭錄一卷合諸條爲學校志三卷較原稾差詳備矣

一封贈有載人物志者然或生平潛德隱而未彰亦無從紀其崖略茲則坿入選舉表下以歸劃一若其人事蹟彰著者仍別見焉彼此固不相掩也

一職官表文武竝列文職則知縣兩學武職則副將都司而列巡典於都司之下其已裁之縣丞驛丞有姓名可考者仍

按其時而坿著之舊有政略一門茲改爲名宦志以符體例

一人物分類各本其實行列女則另編一門其已膺綽楔之褒者無論已亦有生平苦節闇而未彰或力微不能自達者冰心雪操豈可沒沒茲確核鄉評一竝登載而以已旌未旌別之他若壼範旣修而遇又坦夷康樂以及銘椒頌菊才穎過人亦坿誌編末匪特勵柏舟之節兼以存彤管之徽云爾

一藝文志始於漢書所以紀載書籍今作志者率以詩文充之而典籍缺如其卷帙繁多不無喧客奪主之病今於本志中只取金石文字以及邑人所著之書分經史子集四項舉要發凡誌其大略雖緇黃閨秀亦所不遺卽書已散佚而登

載其名令觀者慕人文之盛若古今詩文記序奏疏墓銘之類凡有關龍邑典故者別爲文徵一書輔志而行茲可不贅

一他志立祥異一門亦古者登靈臺察雲物之義但一邑之小可紀者無多且時際昇平舉和風甘雨景星慶雲亦相忘於習見矣茲則並入事紀以省轇轕

一自來作志者每一門例必有小引茲於總綱下既該括下意以發其端而於分列之各條仍附鄙意以闡其緒若學校藝文二志其中條目則不另行論序以義已見於總綱無煩瑣述也至其款式凡出自論辨者則另行低三格加案字以別之每門總序則不用案字

一志自有體各邑之志原以備省郡之編裁若邑志先簡則無以爲采擇張本茲故廣加蒐輯以免漏遺若限於聞見者則不能有加於志也

秋水山房詩鈔自序

陳圭

余生平言詩得力於同里王念亭先生其言云詩乘元氣而出渾渾灝灝有自然之音響節族大海迴風波瀾自湧春雲出岫舒卷自如故感於物而有言言之乃足以感人乃有當於風人之旨退取所嘗竊誦潛心靜思淵乎微乎抑又苦矣迨出而與當代雄俊君子上下其議論終無以易吾先生之言其言如此則其詩必有專詣今念亭之詩既不得見僅從方志得其五律一首無由窺測蘭莊詩多詠古作又別有賦物近體一卷殆以對仗工麗自喜求其所謂淵乎微乎者亦未多見也其詠古諸作如始皇云死爲世結坑儒局生與天終戰國場項羽云父老

竟羞生而目故人誰惜死頭顱周瑜云亂世英雄能擇主少年才略動如神岳忠武云南渡有天常半醉兩宮如水不迴波淮陰云壍死漫驚兒女詐平生原授帝王猜毛遂云處囊雖後三千客成事徒驕十九人李衞公云老覺鷹揚周尚父生憐駒隙漢酉侯馬希範銅柱云書生名筆千秋壯上將軍麾五代雄綠珠樓云后家歌舞成奇節晉室衣冠讓美人此類甚多至賦物諸篇多郙塈纖巧小題尤可不作也

劉文恪公詩集序　歐陽厚均

湖自嘉慶己未厚均始受知於劉文恪公成進士宦京師侍函丈者十有六年迨甲戌冬同歸林下往來晉謁於里第又四載至戊寅夏而夫子薨年已八十矣其一生大節立身行政諸遺行厚均就見聞所及已述其崖略送湖南志館爲之立傳因念夫子由詞館洊入黃扉敭歷閣部寺院敷奏昌言著作必富曡掌文衡輶軒所至䟎詠必多詢之哲嗣長君壽山比部次君桐坡太守僉稱先大夫謨猷入告俱不令外人知奏稾悉焚而不留生平不喜作應酬文偶一爲之亦不存草少年詩古文辭久已散佚惟壯歲以後所作古近體詩自颺賡歌矢音作誦以

及郎事詠懷游覽贈荅諸什曾經手訂並未及纂輯者俱存篋中行當付吾甥丁伊輔太史校讎而釐定之厚均亟稱其謹委得人今太史已遷學士矣告養在籍循陔之暇誼篤渭陽取夫子遺詩悉心校訂又復蒐捘補綴網羅逸賸詮次成編釐爲三帙曰自訂賸存詩草曰詩存曰恭和詩集郵寄桐坡太守將付剞劂因厚均爲夫子門下士以其繕本授厚均命作一序自維譾陋之文如吹劍首不値一吷烏足以存夫子之詩哉而重違太守之意誼不敢辭謹敘其顚末綴於後焉云爾時道光壬寅夏

牘餘詩課初集序　歐陽厚均

牘餘詩課起於癸亥四月訖於甲子三月閱歲一周作者凡八人得詩若干首始余與宋君小嵐徐君香珏鄭君松谷以齊年之好共事農曹時當長夏日似小年簿書多暇諸同寅相與茗戰手談而非余輩之所長乃拈題作五言八韻以消永晝工拙所弗計也未幾同年涂君瀹莊暨同曹楊君剛亭林君逌園聞之頗有同好於是始聯爲詩課何君仙槎時官銓部主余家爲長男嗣欽授句讀亦邀與同課每課浹日爲期食不重肉飲無算爵賓至各出其詩多者十首少亦不下五六首交主人彙爲一帙以次傳閱余擇其尤愜於心者命男錄存之男復就見聞

所及爲之注釋以時展誦今距甲子之春甫二載爾小嵐香珏先後以憂去職松谷出守豫章瀹莊剛亭改官侍御仙槎以第三人及第入詞垣乞假旋里農部中惟余與逌園二人在焉迴憶會課時與諸君子雍容退食倡和言歡車上成吟樽前覓句閒復討古論今談風嘯月猶依依如昨日事日月幾何而已不勝今昔之感矣爰取嗣欽所錄復加遴選付諸剞劂名之曰初集其散存於諸家者踵而梓之是所望於二三同志焉茲爲述其始末並及作者之姓字爵里列於簡端款焉良對忽成舊游每一繙閱想見文酒過從一時樂事則所以破寂寥慰離索者又未嘗不在斯編也已時嘉慶歲在丙寅夏四月既望

重修上湖南會館傳書序　歐陽厚均

會館舊有傳書傳其人傳其地傳其事鄉先輩論之詳矣顧自乾隆辛未重修之後迄今六十有四載剝蝕漶漫字迹多不可辨加以收貯不謹版片之殘缺十蓋二三焉今歲同里偕計車應禮部試者貢成均應　廷試者先後來京師濟濟稱盛諸同人以傳書栞自先輩有舉莫敢廢墜任其散佚愈久而愈失其傳後且無以溯舊規徵故實也翕然亟謀所以修補之以余官京師最久近復有新葺會館之舉余實董其役館中故事每舉必書於是僉以釆輯之責畀諸余余既不獲辭暇日輒取舊傳書逐一紬閱疑者闕之譌者正之繁者刪之逸者補之體例悉

照舊式朙復附以鄙見互相商搉五閱月而書成適余以省親乞假於　朝東袠南旋行有日矣校讎一過遂付剞劂氏鋟之梓而紀其始末於左

無礙詩草序　歐陽厚均

昔吾師羅愼齋夫子主嶽麓書院講席曾建屈子祠於院之南葢卽古湘西道林寺舊阯也遴高僧爲住持得劉陽永興寺僧曉迷上人使居之夫子沒後及門諸子設木主爲龕位祔祀於廟內曰羅山長祠越十載余受當事聘掌院事每春秋致祭朔望行香以次至謁山長祠上人迎送惟謹貌溫言寡恂恂然有儒者風余心敬異之初不知上人之能詩也未幾上人來謁以五言排律百韻贈余爲贄並出所著無礙詩草屬余言弁其首無礙上人之別字也余展閱之則羅湘州太史已爲之序矣稱其神釆煥發聲調諧適多超曠之神無蔬筍之氣又奚俟余言

顧太史以上人詩儕於楚僧寄塵竹軒而悼兩僧之俱沒歎上人之漠然無所倚也夫兩僧者特近日之以詩稱者耳以余所聞楚南詩僧代不乏人其卓卓表見則唐代楚僧齊己才高思遠無所不到當時搢紳名流雅推重之歎爲莫及其所著白蓮集十卷外編一卷全唐詩內錄至七百餘首之多而湘西道林寺詩復不少今上人居名僧寓游之地振興宗門仰希往哲方將取法乎上不徒局局與輓近緇流相頡頏已也且上人年已七十矣猶復模山範水瀹性陶情口不絕吟日孜孜而弗倦由此進之安在今人之不古若也哉是爲序

省軒叔文序

陳聖清

吾叔省軒先生長清九年，清七八歲時初學爲文，叔已名噪郡邑，於五經三傳國語國策史記兩漢唐宋楚詞南華等書已皆口誦手評，能得其精意。謂清曰：讀古人書須急起直追，又須從容反復。論古文要訣有兩字，曰翻曰透，不翻則意不新，不透則理不析。緩急並行，用工盡之矣；奇正相生，行文盡之矣。太史公馳騁博覽，以淺見寡聞爲戒，而以深知其意爲宗，急則積之多，緩則入之深。韓昌黎論文曰異曰是，異必出於翻，是必歸於透。凡古人經世大篇如潮如海，序記小說比物連類，皆盡相窮形，無一境而不析，無一意而不新者，而亦有別焉。以郡縣爲高於

封建，以管蔡爲聖於周公，是新而戾於理；以司馬遷比之小雅巷伯，以張子房比之荊軻魯仲連，是析而泥於迹。楊少尹序以異爲同，石鍾乳記以謡爲笑，結搆雖小，機勢可參。劉伯溫論卜全做卜居，列禦寇夢鹿全類南華，種樹賣柑意境相擬，蘇秦司馬相如朱買臣傳間架不殊，要皆洗盡面目，自出機杼。得此意以學古人文字，思過半矣。蓋叔常深器清，歷累寒暑，不以清爲少而不與深言也。及清長補弟子員，試輒冠軍，而叔不利於小試。叔長清九年，至登賢書，復後清九年。夫盡吸古人之精英，自不求合於有司之繩尺，韓子所謂志乎古必遺乎今，亦何怪其然。然遲之又久，而亦未嘗終乖。彼罷精憊神以揣合風氣而卒困終身者，又豈無人？以彼易此，孰得孰失？有志之士宜何如自處也。叔之文凡三變，初閱歷於經書子史，立議必求恢奇，所宗仰者章雲李李石臺諸公；繼乃力矯之而務求平實；歷久而熟，出經入史，一歸自然，則平實者深於蘊含，而恢奇者融其渣滓矣。後有讀斯文而能得其精意者，又何古與今之殊耶。

湖南文徵卷七十三　湖湘後學集編

序十八

募重修章巖山宣梵院序　彭昌運

鉛山多佳山水鵝湖葛仙山而外惟章巖爲最其載於邑乘者唐以前詩人之吟詠爲多蓋浮屠之卓錫伽藍也洎宋南渡子朱子講學於此始顏之以宣梵院手書勒石於是巖以人重遂爲士人藏修息游之地巖之中有石鏡晶瑩如月一統志載焉故得名達　天聽康熙某年　聖祖仁皇帝御製鵝湖楹聯有章巖月朗中天鏡之句經　宸章品題之而巖愈增

聲價矣顧奧區幽邃非探奇選勝者莫之至伽藍學舍易剝蝕於鳥鼠風雨理勢然也向之重修葢屢屢矣今之大佛殿觀音祖師堂地藏禪院惟柱礎屹立有棟折榱崩之患而講舍十餘楹門壁窗牖日就朽塌行將鞠爲茂草惡在其爲宣梵也諸生劉士楷等慨然欲新之敘其顛末以告余謂去歲巳修葺地藏禪院矣院之右增小屋三閒今年謀之同志擬於大佛殿觀音祖師堂易其梁棟補葺其廢頹加之黝堊後殿置香積廚一所左建學舍一楹講堂一所以復朱子之舊學舍前立文公祠繪像祀之庶幾宣梵院之名副其實也余謂諸生之謀則善矣然所謀者構造之法非構造之具也千金之裘非一狐之腋是役之興皆將取之材用必資焉非羣策羣力以舉之如匪行邁謀是用不得於道矣鉛山今歲大熟民氣和樂好義之士以善緣求署名者所在多有大半皆浮屠室也且踴躍如是況茲巖之爲伽藍爲學舍一舉而兩得乎有志之士宜何如樂輸哉爰爲之序代諸生呼將伯焉

查桂一湘中識餘序

魏瀚

余讀湘中識餘而喟然感悲然慚也游空虛者喜跫然之足音鄉邑景物夫人所不能忘情也余自冠歲即旅食於外間一南歸歸未久輒以事復出計家居蓋無幾日耳客中時讀書遇吾鄉舊聞軼事亦劄記之而嬾不自惜多失去邇者養痾都門絕意箸述矣而桂一乃以其所輯於楚南者屬余序讀之恍如言歸清湘壽嶽閒也余鄉前明多聞人自李西涯何燕泉而外如劉大司馬堯誨曾宗伯朝節伍大參讓陳太常宗契王行人夫之作者彬彬足為湘中獻臣而周合公所輯湖廣通志蒐羅亦既博矣然以余所聞如庾仲雍湘州記梁元帝荆南地志郭仲

彥湘州記及湘州副圖記陶岳零陵總記韋宙零陵錄諸書皆無傳本使得其書而讀之吾烏知其舊聞軼事不增多於今之志書哉且讀周楚獅三楚新錄而知其可補五代史之缺也讀范致明岳陽風土記而知其可證太平寰宇記之謬也讀李沖昭南嶽小錄而知其所載事蹟名物即一書而岐說紛如也則烏可謂通志一書足以盡楚南掌故哉獨是余客京師先後六七年於帝京景物略日下舊聞畿輔通志而外無敢稍置其喙而桂一以燕人談楚事如倚相之讀九邱書也不重滋余愧乎聞桂一在湖南時與余友人龔柱君輯楚南金石錄其本在柱君所他日余歸尚將取而讀之蓋不惟一慚已也

楊蘊山岳陽拾遺序

魏瀚

以山川形勝之所鬱蟠詞人墨客之所覽記神仙鬼怪龍鼉蛟蜃之所出沒變化其間異聞佚說豈有心者盡目之而好事者盡筆之哉岳州以洞庭著洞庭之奇吾不能盡知又烏知夫天岳元后之間其幽幻杳窈果不為異人畸士之所迴翔陰張而下文詞彬焉見於舊志者十之四五耳其謂魏晉以上果無子堅燕公其人邪夫滕子京刻唐宋詩賦於砲樓片石隻字今都無有湖山終古風流代興昔人未嘗留待來者後人又奚必規橅陳迹哉楊處士曰詩不云乎維桑與梓必恭敬止鄉先生有道吾祖若父遺事者終身識之弗敢忘予惟時采掇前聞為拾

遺若干卷補舊志之缺勿臆說勿雷同傳聞異辭則弗敢知夫人不以耳目有不聞不睹而自置於聾瞶余又安敢自飾其荒陋而置父母之邦之文獻於堙湮澌滅弗可考哉處士之意厚矣可與道古可儀其鄉人余家衡山南衡山亦名勝也余頻歲飢食飽嬉於外余愧處士甚矣處士曰蘊山文燾其名與余善

龔立海說詩序

魏瀚

楊蘊山予忘年友也。予客岳。獨識蘊山。撰岳陽拾遺。索予所爲岳陽詩。龔子立海則謂予其敍予爲敍之。予故不識立海。立海見予所有爲於蘊山詩則喜。語蘊山欲過予。予未之奇也。日有喧而叩門者。予識蘊山聲。共語者詢爲劉東堂。其一則立海也。東堂性介寡和。合獨與蘊山立海善。其過予也立海實致之。予因得與三子者善。獨疑立海負奇氣。歘嵜電發。嬌嬌亢亢。既家洞庭。又嘗橐筆游浮江。略漢。踞金山。泊舟秦淮。復折而南。躡浮邱。下三瀧。乃踰五嶺。航灌湘以歸。覩其議論激越。若風嘄於壑濤跌蕩於海。若馳飇車飛羽輪。跨崑崙以南望。而八紘如煙之

點於太空也。此其才宜爲世用。胡生三十有五矣。顧鬱鬱於此。爲予數人者所激賞。而力又不能振之邪。其說詩也亦然。外間論詩者競事尖新。或拾庸音破體。以唐突杜陵。人謂立海狂於詩者也。安得如立海數十輩與之蘄至於古耶。立海所爲書凡數種。不求人序。而語予序其詩。予之言不足以見信於人。予惡乎序立海詩也。立海年長於予。然未若蘊山東堂之貧以老。其謂爲山中人哉。蘊山曰。有彭田橋者。亦奇士。今還蜀。惜子不及見之。立海亦云。

張竹軒先生古文集序

柳廷方

童少時入鄉塾。雅傾慕宗匠。側聞善邑竹軒張先生人品學問遠方古人。文章復冠絕流輩。顧以晉不更事。未敢遂執贄見。居平取先生火餘集讀之。喉閒棘澀。不解作何語。面輒發赤。已長肆力諸先正制藝。以其餘旁涉周秦兩漢六朝唐宋諸子之書。始喟然歎。歎先生之根源盛大。而向之未足讀先生之文也。喜心傾倒。竊意時文若是。篋中古文當倍詎超勝。時從朋好輩得一二近作。伏讀沈思。俯仰忘倦。獨全稾尙祕未行世。益思之不及見者。今垂四十年。嘗論時文與古文由來莫二。學者秉筆流源自應一貫。顧猶以謂近世名流工時文者。或竟祖時文。其胎

息古文者百且不十見。能時文而兼工古文。更百不二三見。甚則耳食剽竊。生吞活剝。貌古而去古詎遠。陳臨川時文聖手。太乙山房集。或譏穢雜無檢節。歸太僕能古文矣。比之韓歐猶隔一塵。與之角者。去上齒則毋乃其生稟之難。而天適限。是天優矣。而百年之身。重以人事轇轕。憂虞震恐。遷變得失。妻子仕宦之沈汩溺震乎其中。而撼乎其外。則人品學問之無以自堅而神餒於內。而力之可造是而尙未及造是者。亦遂終竟不克底於是。蓋文章之通於性命如此。先生之文何以超然也。客秋嗣君某公始出先生古文全集。走以見屬。余則何足知先生。顧嗣君之言曰。往者先君子在都。與劉耕南何二山周白民諸公

稱文字莫逆今故舊零落知者日諠尠懼遺文之且散佚也將謀授之梓余諠肅然未敢應藏之篋經年閒一披檢則見其浩乎沛然萬象呈露萬怪惶惑其於古人渾乎半山穎濱南豐高者上掩昌黎時奄有匡稚圭劉子政遺韻蓋功力之深至是而根柢則不盡以文顯也嗚乎而豈倖致歟方近且半百矣憶曩時匪絕無知識傷生之晚未及親炙先生人品學問其於古今文宜無能爲役老嬾頹唐寖不自惜每一念至重慚且憤春階積雨樓頭一燈青炯手一編夜半卒讀有如少年時執贄一堂侍坐隅與先生上下其議論也

募修古倉帝廟引

柳廷方

有道人癯且蒼年五十許冬夏常一衲青縠布韈手筠籃一鐵箝一往來潭郡都市中檢溝塗牆陰城隅敗紙牘字而火之爐中見士紳則稽首至地以顧修古倉帝廟故長跽再三請潭故省會地百工商賈販負之所雲集方外士託鉢持雲板謀一飯者踵相望或有呵之者則又出懷中簿廣尺許四角半漫滅翻閱之朱印赫然中多櫛比捐施諸名氏而當事諸大人自藩伯以下以次首冠焉道人之言曰吾非有所利於是顧往者吾師以院多隙阯嘗欲刱搆之託有力者言諸當事當事可故署名若是師繼病且歿不果院中同輩率闒茸未習事不欲麋當事

金貲吾少逐利湖湘閒亦足自溫飽中年志灰隳遺世事來此窮院中老無所需矣終日繭手足思爲此以少補於世脫得請吾以成吾志抑完師願也金貲曷計焉言已愀然歎余因以思先王之制有功德于民者則祀之混茫初闢未有文字倉帝開天明道苞發符啟日星雷雨風霆霜露冰雹之靈異人物之奇流峙飛走之變神仙土木牛鬼蛇神以及六經諸子稗官野史之惶惑而駭聽罔不充牣其中闔肆其外陸離而光怪字之有功於生民至大而楚地處離南位當正午文明之所炳耀精氣於是乎在昔蒼水授簡赤文綠字視雨粟之年瞠乎後矣今日尙碑之亭之記之譯之而帝之廟祀闕如其毋乃典實有闕微

道人言楚人士固當爲是舉抑又聞華嚴字母闡自釋氏佛亦帝之功臣也道德五千道祖立言亦須文字其敎雖殊皆當奉帝爲不祧持此言也以往待有大力者負之而趨他日事成勒碑紀實謂吾儒昭德報功之舉可卽以道人之心力藉其言爲嚆矢亦無不可道人李姓上湘人復蓬其名

謙庵詩序

張履信

或問謙庵之詩何若余曰謙庵之爲人也弱不勝衣恂恂如處女於天倫悱惻肫摯而狷介自持臨事不苟時見手骨具定力謙庵之爲詩卽謙庵之爲人也少棄制舉業工駢體文尤孜孜於五字七字中與余交最篤每有作輒舉以相示風格俊爽氣韻清淡緜至之思騷屑之音其神妙有不可言狀者余嘗見他友詩雖心知什伯於我然竊臆儻假以歲月加之詣力尚可庶幾至若謙庵則學之十年去之愈遠昔人論琴謂初下指一聲不合卽終身無復合理謙庵之於詩蓋其天性合耳乃有以謙庵詩視杜韓門徑稍別爲詞者是大不然新城尚書曰唐有詩不必建安黃初也貞元元和有詩不必神龍開元也宋有詩不必李杜高岑也旨哉言乎袁簡齋亦云學杜韓者學而似則爲優孟衣冠學之而不似則爲畫虎類犬其義亦可以互證余讀國風雅頌體裁既異格調亦殊古今來才人韻士勞逸悲愉各有所値之境卽各有不容已之情感慨悵觸自出機杼發爲歌詩其文之至者自足不朽於後世必執杜韓以繩謙庵豈通論哉或又曰謙庵敝帚集詩盈萬首今刪存者不及十之一二毋乃刻乎余曰黃山谷豫章集最多而晚年自刪其詩止存三百篇徐昌穀自定迪功集亦最少今余刪謙庵詩視黃徐篇目多數倍矣謙庵索序卽以取荅友人者弁之簡端

城南書院志序　余正煥

后有時以沕金有時以寒·而獨有亙古不可磨滅者紀載是也·故事有見似不關緩急·而實不可置爲後圖者·今之城南志是也·考城南之肇自有宋·與嶽麓先後相等·其隔江對峙·各藉先賢之聲蹟以俱永·亦遥遥相望·然嶽麓自宋歷元明·經兵燹者數矣·而旋毁旋復·至今一樹一木·凡先賢手澤·無不可指數·及之城南·則自紫巖先生匾額四字及妙高峯祠宇數椽而外·曰舍·曰堂·曰軒·曰樓·曰亭·曰榭·曰湖·曰谷·俱渺茫不可復問·雖以前明吳翟諸君子屢議修建·卒以阻於不能淸復而止·豈非缺於載筆故耶·今　國家承平垂二百年·　天子　聖聖

相承·作育徧於四裔·民氣烝烝·敬典惟上所命·而賢有司宣風布化·又無不以牖民覺世爲兢兢·而我南軒先生七百餘年之廢蹟·始獲從荒煙蔓草閒豁然開朗於一旦·雖規仿形容未必遂如當年之舊·要以高山仰止·湲有契於蒙養麗澤之殷·衷固不在勝景宜人·空資吟眺也·正煥幸承乏其間·始之終之·若不稍次其顛末·其何以副諸君子修復作興之盛心·且何以俾自今以往有舉無廢也·或曰書院則幸修復矣·抑當日之所希蹤·及與生徒相切劘者·其條教當必有在·今第規規於增學舍廣課額抑末矣·不知此特以志書院之源流也·至於端取舍謹步趨·則鹿洞之規在人耳目·固非城南之所得私·諒亦南軒之所莫易·是在教者之主持·學者之祈嚮而已·且出其途則遵其軌·履其迹則思其憲·將不特此規仿形容者·又烏睹乎如或見之哉·若夫旁搜博引·潤色鋪張·則不敏實未遑焉·後有作者·其以此志爲粉本也可·道光四年八月

宋張南軒先生文集序

余正煥

宋南軒張子講學於湘·所以倡明而作興者·在乎辨義利而敦實行·其見於詩文者末也·然朱子序其稾以爲得是書猶可以少見其志則無行不與·又何嘗不在文字之閒·正煥曩編城南書院志·第附錄其詩文之有關於城南者·而杞菊一賦尚缺而不全·今年春先生之裔孫德林出其詩集七卷文集八卷·乃乾隆初祀鄉師儒所刊而行者·經今百年·漫漶零落·謀再鋟板以永其傳·謹讀朱子原序·其所蒐輯校訂爲書四十四卷·則今之所存特三之一耳·然較之正煥前所見冠英堂集則卷帙已多·昔朱子於張子之初沒也·尚於得四巨編外益加訪求·而學者

私所傳錄及在州郡時所條奏·皆以不著而無由繕入·則先生之文當時已多散失·況其在數百年後邪·夫張子嘗家於城南潙陽祠墓子孫世守焉·而張綏州方伯述其贊佐幕府·破郴桂羣盜·奏辰沅弓弩手·謂其有功德於湖南·則湖南人士之所以俎豆於不祧者宜有同志·詎僅在其後昆乎·至於先生之學與其所以立言之意·前後弁語已詳·覽者當自得之·時道光十有六年初秋·

詩故考異序

余正煥

予同館徐君蓮峯博學嗜古·於書無所不讀·目數行下·穎悟强記·早負盛名·洎登玉堂·游石渠·尤得讀所未見書·充溢腹笥·而且才愈大者心愈細·識愈廣者心愈專·凡書中之一字一句一音義有未協者·必刊其謬以衷諸是·而後安·蓋其學之精也·又如此·一日以所輯詩故考異示予·予讀之·益信其學之博且精也·夫漢唐以來·說詩者分門別戶·言人人殊·其閒或字異·或事異·或義異·各有見解·而絕不相謀·讀者昧厥指歸·不免游移失據·至宋朱子出·始獨抒己意而作集傳·讀者咸遵然而力排羣議·成一家言·中亦不無臆斷·蓋諸說雖多穿鑿·而去古未遠·師

承有自·固有未可厚非者·予每讀詩·輒以集傳爲未能盡善·思輯漢唐諸說以示學者·而因循未就·今讀徐君書·抑何其適獲我心歟·其書蓋取孔沖遠詩疏·王厚齋詩考·益以他書而集成之·總攬傳箋之全·備舉正義之要·於齊魯韓摘其略·更於經史子摭其餘·復以傳詩考·僞詩辨·逸詩錄附於末·參互引證·囊括靡遺·又謂注疏本傳箋正義每附於逐句之下·致將章法隔斷·不便尋覽·於是先錄正文·後存諸說·分章詮釋·鱗次櫛比·俾讀者開卷瞭然·有以審其同異而知其得失·其有益後學豈淺鮮哉·是爲序·嘉慶戊寅仲春·

四川鄉試録序

陶澍

嘉慶十五年歲在庚午各直省舉行鄉試有　旨命臣澍副臣史評典四川試事臣楚南譾學由嘉慶七年進士改庶吉士散館授編修旋以外艱歸籍前後供職未及二載即荷　洪慈畀以掄才重任聞　命之下祗懼彌增謹星馳抵蜀入闈恪共襄事得士如額選繕試録恭呈　御覽臣例得綴言簡末臣伏思自古文章之盛視乎上之所以教下之所以學而其要在於宗經經者恆久之至道不刊之鴻教也經術明則人才蔚起其深者漸摩浸潤密移於性命之際發爲文詞必充實光輝粹然一衷於道由是建之設施則通經致用亦經正而庶民

興所謂文章莫大乎是而時代升降之說不足言也蜀自漢以來人文最盛如司馬相如揚雄蘇軾父子之倫尤傑出論者謂天下之山水在蜀峨岷毓秀江漢炳靈以故奇才輩出臣竊以爲皆經學之所致耳考漢孝景時文翁治蜀作講堂石室遣雋士東詣博士受經東漢興平中高眹作周公禮殿厥後毋昭裔有石刻十經田元均補刻公羊穀梁二傳席升獻補刻孟子而十三經咸備若此者類能尊聖經以延教爲天下冠即如馬揚詞賦藻苑所推而長卿之學成由於東受七經子雲作法言比論語作太元比易後儒頗譏之然其研經之功實有心得大醇之目昌黎非讕言也眉山三蘇文各名家而老泉則六經皆有論矣東坡則有易傳書傳潁濱則有詩傳雖其文各稱其所見之大小所養之淺深要皆習於經而有得焉斯所以義極乎性情而詞匠乎文理也我　朝經學昌明邁於前代蜀士之奮興鼓舞涵濡　聖澤者蒸蒸日上而制舉之文代聖人賢人以立言心之精微通乎詞氣尤足覘其所學臣與臣評悉心甄拔一以經爲根柢其支離鄙倍不衷於經者弗敢取録以期言爲有物學爲有用用副我　皇上樂育化成之至意區區之忱尤願與多士共勉焉爾

紀元通考序　陶澍

易言結繩易爲書契百官以治謂文書也萬民以察謂契劵也其時有甲子無年號國君之年以元二紀人心尚質未聞滋僞也觀秦二世登泰山立碑謂金石刻辭先帝所製而不稱始皇帝疑於後嗣之爲丞相斯等因請刻詔書以示別白益巳患紀載之無辨矣高帝初以漢紀年閱世則窮於是有中元下元之制可見世風日下欺詐漸起年號之興亦時勢所至不得不然顧漢武建元實緣符瑞而起歷代沿之屢有更改仍多未便自明以前在位久而年號不更者漢明宋文唐高祖太宗憲宗金世宗元世祖數君而巳夫年號之紀義取正大若乃運類走軍

成負人戈昌有二日之象正止一年之朞穿鑿忌諱原可不必然或漫無檢核而取前代之號以紀年有同至三四次五六次不巳者如漢武帝哀帝之太初晉惠帝元帝之建武唐高宗肅宗之上元元世祖順帝之至元則近在一代更爲不倫餘或號同僭竊號同外夷甚至同於盜賊如永樂爲方臘之號天啟爲元法僧之號難免有識者譏而晉康帝之建元同於劉聰恭帝之元熙同於劉淵海西公之太和同於石勒希述寇仇尤爲不可解者此宋太祖所以有宰相須用讀書人之歎也秀水葉子維庚箸紀元通考一書凡古今正閏各主下逮外國至於僭賊皆釐而輯之經以年表緯以編韻辨前後之異同證古今之得失又得武進李申耆先生爲之商搉以視封演之古今年號錄宋庠之紀元通譜楊億之歷代紀年賦益詳且審矣昔孔子作春秋首重書元之義孟子言知人必先論世然則葉子是書之成其爲用豈小也哉

蛾術編序

陶澍

嘉定多篤學之士·乾隆中錢竹汀少詹·與王西莊光祿兩先生齊名·竹汀先生學博務篤實·其書凡二百七十餘卷·行於世·余撫皖時·其孫師康爲敎官·復出聲類四卷·余以授趙徵士紹祖校刊之·西莊先生務淹貫·所箸尚書後案十七史商推·已有刻本·又有蛾術編九十五卷·馮子齡孝廉持以示余·余公暇偶一披覽·經十數日始竟·綱羅繁富·六蓺百氏·旁推交通·多所發明·其言經義·主鄭康成·文字主許叔重·宗尚既正·凡鄉壁虛造汗漫不根之談·攻瑕傾堅·不遺餘力·夫無師之學·昔人所譏·是以漢人傳授皆有專門·尊奉本師·罔敢棄家法·異同之論·致煩天子親臨白虎觀·稱制剖決·後儒作疏·亦墨守傳注·惟恐踰越·苟有歧趨·胥加駮難·自世流少見多怪·中實空枵·徒恃私智·妄生荊棘·或偶逢半解·如獲珠船·而此達彼窒·失諸目睫·轉欲淩蔑故訓·高自標置·終墮昏蒙·人復掎其後·嗚乎是丹非素·伊昔而然·然則屛斥過嚴·固不足爲先生病也·先生沒後·家日落·同邑學者閔是書之散落·將醵金付刻·因爲序其端·曰蛾術編者·先生自謂積三十年之功·始克就·正戴記時術之喻·其功乃復存大垤者也·綴學之士·尚觀此而知所積以求其通哉·

聲韻辨譌序

陶澍

雨粟而後書契遞興·篆籀既遙·隸楷斯起·歷稽古今字書·如說文玉篇類篇·偏旁之書·所以正其畫·廣韻集韻韻會·反切之書·所以辨其音·爾雅方言釋名·訓詁之書·所以釋其義·三者相輔而行·不能偏廢·說者謂古有宮商角徵羽·而無平上去入·沈休文創用四聲·當時人已疑之·古韻失傳·音義遂淆·其說固然·然六經諸子具在·區分界別·實自較然·大抵不外因形以求聲·因聲以求義·而豪釐之閒·可以燭千里之謬矣·夏君以稽古之餘爲辨譌之編·句梳字櫛·卒出於目耕菑以手鋤·雖囊括尚未富·然非剽竊緣飾者比也·古者人生八歲入小學·保氏敎以六書·漢興·有尉律學僮年十七·試諷籀書九千字·乃得爲吏·又以八體試之·郡移太史·竝課最以爲尚書史·吏民上書·字或不正·輒舉劾之·是考文之事·列於三重·而於蒙養尤先也·職訓課者·即是編而益精之·是亦蓺海導迷之筏·文衢大章之車也乎·

重刻輿地紀勝碑記目序

陶澍

宋王象之輿地紀勝二百卷又別有輿地碑記目四卷卽全書所采各路碑刻之目錄也其書之體例　欽定四庫提要論之備矣顧刊本罕見傳鈔日久譌誤滋多車明經秋舲持謙假得精校之本將以付梓問序於余余惟金石之書自歐陽文忠趙明誠以來代有著錄蓋古人之蹟不可得而見矣獨賴碑刻有以存之故好古之士不惜攜氈椎齎糧糗手胼足胝鑿幽縋險索之於蛟龍之窟挨之於猨猱之居凡有殘甎斷碣皆必得之而後快其麤者以為筆墨之娛其精者以為考據之用然而近時所見之刻有不如前明所見之完者矣前明所見之刻又

不如宋元所見之完者矣雨淋日炙苔蝕蘚封歷歲愈多其傳愈少今歐趙錄中目存而碑亾者殆十二三也然後人不得見其碑而見其目猶可卽目以想其碑之髣髴則目之可寶也與碑同象之是目得秋舲表彰之其以慰蓺林想望之心而為學者多識之助功豈小哉秋舲邵陽人其祖大參公始移居江甯今為江甯人也好古多識卽是編足見其一斑云

易學支流序

陶澍

堪輿家言起於漢晉而極於唐宋之際青囊捉脈以還眾說雜陳趙汸序風水選擇所云得陶書者為陶得郭書者為郭得楊曾書者為楊曾眞偽純駁莫辨淫巫瞽史徧天下者也顧堪輿之說雖繁總不出公劉相陰陽觀流泉二語山法水法備於此矣乃後世幽杳之談顧多託諸理氣相傳唐以前陰陽秘本皆藏於內府開元中聞喜邱延翰以天機心印進呈逮黃巢之亂掌靈臺事竇州楊筠松叔茂得其書流寓江西作疑龍撼龍三十六龍等書其天玉經則專言理氣元空大卦八神三元九星等名目皆非世所習聞近日雲間蔣大鴻地理辨正出乃更迂

其辭晦其旨謂楊公別有口授怪鬼輩因假為護符人人自詭為得鴻寶秘傳惑其術者舍龍脈而講元空將使沮洳糞壤皆得指為三元旺地數十年來所見人家移居遷葬受蔣盤之禍者指不勝屈夫陰陽家言所以為宅葬也大易言取諸大壯取諸大過卽宅葬所由昉也聖人先天弗違安死利生固非貿貿然以取之故曰陰陽一道也道卽理也氣依理而立理載氣以行既曰理氣豈有無理之氣哉吾門人陳子雪樓治經之暇乃以經術比附疏通證明為天玉了義陽宅易簡二書以江東江西之卦為卽四正四隅以八神一二分配干支以五黃加向為仿說卦出震見離以左旋右旋為本月令左个右个悉從來未

發之覆蓋至是而天玉始確然有義例可尋一切荒唐悠謬之說不攻自破矣陳子於諸經皆有論述尤好學易是書於易雖僅支流小數然因源竟委明白正當固吾儒卽物窮理之一端非術數家所能階而企也余故樂爲序之庶幾利用前民之一助云爾

案易學支流及此序卅年前曾見傳本其後留心風水之說復取蔣氏書研究而博采之無論浮淺影響卽其稍精者亦不能與天玉等篇悉合則既廢然返矣今人好言蔣法而又不得其解遂至各有師授言人人殊曾不計其無當於蔣卽當於蔣仍恐無當於楊也方今所傳世族名墓多在蔣書未

出之前又何說乎雪樓名世鎔皖江老宿經學詞章皆邃近年屢至湘中談次不及風水蒙亦未嘗卽其八神五黃之說叩之也是編於堪輿家言或信或闕皆兼載之俾學者有折衷之道而無惑於術數云汝懷坿記

歷朝史印序

陶澍

印章之起蓋自周官掌節貨賄用璽節然掌之於官以通商旅之出入則猶今州縣之印非私印也私印之流傳於世者自漢始率冶金爲之與鍾鼎款識同其筆法未易窺見今雖人人言漢法而心知其意者絕少如臯黃君楚橋乃特以此事名嘗聚石四百餘方取古今作史諸人人篆一章命曰歷朝史印凡十卷嘉慶初大興朱文正公序而行之嗣是徧游吳越江淮一時士大夫莫不思得君片石以爲重今年夏秋閒爲余作數方古雅絕倫筆筆中鋒三代法物如將見之矣一藝成名皆必有精力存乎其閒其傳之久暫亦常視以爲率秋之於弈宜僚之於

丸扁之於輪彼蓋有動乎天機而不自知者至形之於言筆之於書皆糟粕也楚橋得名三十餘年今老矣技而益進乎道其視向之所箸吾惡知其不以爲糟粕邪雖然上自周初下逮明季有良史數十百人一開卷而如晤焉夫以印爲印業此者之所知也羅良史數十百人於胸中以爲印則非業此者之所知也楚橋之胸有此數十百人與之往還噫此其所以能爲楚橋之印也歟

送周希甫太守赴南河工次序　陶澍

海與河皆古運道、禹貢冀州曰夾右碣石、揚州曰沿于江海、此海運也、其他浮濟漯浮汶浮洛浮淮泗浮江沱潛漢皆達于河、則河運也、當日荒度之法不傳、史臣第總其綱曰導、自孟子釋之曰疏曰瀹曰決曰排、而導水之方始著、夫禹之導水一而已、而所以導者不同、其排決之法多施之南條、而北條則用疏與瀹、凡以各有宜也、惟禹能審形勢察脈絡、相水之宜而不強以制之、所以爲明德也、宋元以來言者紛紛、不過壘隄而已、築防而已、而疏瀹則未之及、此白圭之法、非禹法也、禹之治水、所以去害而利、卽因之、其於運也可以海則海、可以河則河、不可以

海、不可以河則陸、如逾洛逾沔是已、後之言運者無所謂陸已、而又一於河則廢海、一於海則廢河、此所以相持而不得其通也、計　國家仰東南漕以給　京師、歲需四百餘萬石、由大江入瓜口、絕淮渡黃、經運河以達通州、爬灘剝淺、日夜催趲、僅而能至、設一旦遇大災沴、河且壅潰、遏糧艘不行、將　京師食奚出、此其患豈止於河而已耶、海運之法、雖怵於風濤、然方遠王獻諸人所言、由淮安而東、歷麻灣海倉二口、逕登萊以泊天津、其閒僅一千六百里耳、地介河海之交、未必非夾右碣石之遺、而議者或猶以迂疏目之、遂使官家數十百萬金錢、歲塡無底之河、以苟旦夕之安而不可得、嗟夫、河以利漕也、漕無息肩之

地、是河終無安治之時也、夫河之遷徙無常、要自有其不易者、水之性利於下、流不暢則逆、逆必溢、水之勢蓄於上、力不倂則弱、弱必壅、然則隄防雖密、適以遏其流使怒耳、閘壩雖多、適以分其力使淤耳、高家堰之危以洪澤湖淤也、洪澤湖之淤以黃河倒灌而入淮也、黃河之倒灌、以下河日積而日高也、然則治河之策必自下河始、下河之治必自疏瀹始、昔者　聖祖仁皇帝時、嘗濬大通口矣、　駕臨相視、　命拆攔黃壩、疏海口以導河入海、次閉六壩、疏清口以導淮刷黃、次疏淮揚裏河、開人字芒稻涇澗等河、而安瀾之慶遂巍然與神禹同功、惜後之任事者、狃目前、惜小費、舉一切撈爬挑濬之具奏

罷之、而海口復湮、河事遂以日壞、比者河決碭山、徐邳鳳泗之閒頓成澤國、　天子覽奏至爲流涕、此誠臣子竭力効命之秋也、而吾鄉周希甫先生適奉　特旨赴工次、益河事棘矣、導水之方自有　廷算在、先生之所職則工而已、工不堅、雖有神禹之指揮、而亦無以收疏瀹之效、夫麻稭柳葦質易腐朽、沙土疏浮隨築隨圮、計莫若擇工之尤要者易之以石、費雖倍而功不啻萬之、昔人於白河之淤、尚欲令運舟自擁兜杓四五具、遇淺卽濬以爲省費之一策、今若暫釋運舟、每歲搭解京師之倉板以載石、其勞費差足相準、而於冬月因駁船之暇、滌乎懷孟太行之石、可順流而下也、然此特河工之一節耳、至於相機

宜審形勢終恐非疏瀹之不爲功也先生昔守黔之大定治行第一故於茲行有厚望焉

海運全案序

陶澍

國家定鼎宅燕歲漕東南米四百餘萬石供億　京師蓋因前代會通河之舊南起江北達通州而咽喉於淮黃交匯之淸口康熙嘉慶年間屢以河患議海運未果道光四年冬大風壞高堰淸口淤明年漕滯　詔羣臣議海運協辦大學士英和連疏陳其利六月臣澍自皖移蘇途次接奉　諭旨令覆議甫接任卽拜摺請海河分運時督臣琦善自山東奉　簡命至亦主海運議並得　旨報可七月臣澍因公至海上召集長年三老宣播　皇仁與約期冬歸受兌新漕八月布政使臣賀長齡復往議定水腳價值及剝兌一切章程六年春正月沙

船攢泊黃浦臣澍自省馳往率同大小文武相機督辦其天津收米則尙書臣穆彰阿倉場侍郎臣百春臣申啟賢同各員夙夜將事逮六月上旬而起運告竣計海船一千五百六十三號裝兌蘇藩司所屬四府一州額漕正耗米一百六十三萬三千餘石由吳淞出崇明佘山北放大洋趨成山轉之罘以達天津水程四千餘里往返兩次不爽時日屢遇風暴履險如夷間有鬆艙拋失耗米爲數共止八百餘石不及全運米千分之一至於正額顆粒無損因思古來海運如禹貢碣石入河秦起黃腄輓遼左乃在瀛滄登萊境內對渡關東道里無多唐宋偶一饋運其數㝡微故史不載明初張赫等初運三十萬最多至七十

萬永樂中陳瑄始建倉於直沽亦止以百萬爲名其後沈廷揚自灌河口開洋七日抵天津一時詫爲異事其實經營已閱季餘所運二萬六千石而已卽元代海運最久其初運亦僅四萬三千石行之七八季猶秖運米數十萬漂失動以萬計從未有初次試行卽裝米一百六十餘萬石自始至終不溺一人不損額漕一粒米如今茲所運者仰惟　聖人在位海若爲夷萆不鼓職而瀛民蜑客生長承平習於沙線操駕日精昝之望洋興歎以爲波濤不測者久已視爲坦途揚颿直上無嶕崖之齒峷無港汊之彎環轉較諸內河爲易議者每謂河運費財海運費人由今觀之海運果費人否邪然則費財之說舍海運亦奚

以易之蘇松數府州漕額甲天下而丁船經行內河提溜挽閘剎淺般壩與夫押運交兌趲驗之費多不能省丁疲索之官官復問之民民力憊矣而官與丁亦敝使蘇屬海運遂行歲省費不啻十之四五東南民力庶有鳩乎若夫難海運者曰盜賊曰潮溼曰侵蝕實皆無可慮但患南兌易而北卸難章程不可不豫局是役也始於集議定計成於招商雇船繼以籌費兌米終於交卸收驗以及水師之會哨委員之設局貨物之免稅餘米之收買商埠之獎勵旂丁之安置頭緒稹繁不容無紀爰彙始事以來　詔諭章疏及咨移稟議爲海運全案若干卷以敘一時之事備將來考擇而程途之經涉船式之修造風汛之邇

遐亦策海者所有事也故爲圖附焉至於南北同心大小並力咸稟　聖謨釈事有恪喜起之象於斯可徵則又不獨爲海運一事煒也

江南武鄉試錄序　陶澍

皇上御極之十一秊歲在辛卯．恭逢　聖壽五旬慶期．詔開　恩科以廣登進時因江南闈場被水兼有賑務欽奉　諭旨改期九月舉行文闈鄉試並改武闈於十二秊三月補行．臣例典試事爰進江蘇學政臣汪守和安徽學政臣鄂木順額鎔送上下江武生及駐防江甯京口之滿洲蒙古與試者共一千三百三十一人會同江南提督臣王應鳳督同提調官臣蓀謙監試官臣周繼炘悉心考校．先試馬箭地毬次試步箭及弓刀石三項技勇次試內場照例默寫武經百餘字分別雙好單好字號按照外場密記所校弓馬人材汰劣拔優衡定甲

乙如額取中張彬等六十三人旗籍薩勒杭阿等八人．恭刊試錄進呈　御覽謹拜手稽首颺言簡端．臣惟聖神廣運必資乃文乃武．斯二者誠經緯世宙牟盧品物之大端矣古者澤宮選士之法不外射以觀德敦詩說禮未嘗區文武而畸其輕重也漢制設茂才孝廉而羽林期門則選六郡良家子爲之其時漸已別途至武舉設科則始於唐長安三秊有馬射步射筒射翹關負重馬槍身材之英由此出焉宋明以還遞有增損然或先策略後弓馬．或由廷臣各舉所知．或由郡縣遣詣別爲一軍或設科數秊始舉行一次．訓養無素而取具臨時難語求才之效．洪惟我　朝　家法相承保定大功首崇騎射校閱之法既備且精．是以武功之爍超越前代．中林兔罝莫非腹心干城之選．翹材輩出悉本菁莪　樂育之遺如本秊江南鄉試．卽有重赴鷹揚筵宴之通州耆紳原任浙江溫州鎮總兵李景曾．現蒙　恩旨賞加頭品頂戴．壽考作人之盛卽此可徵．臣渥承　聖訓．簡閱軍實練揀材良．茲於武科之選尤再三審慎期在得人．通校各場．以舍矢如破觀其志氣之安和以舉重若輕觀其技力之純固．以進退步伐觀其器局之宏深整暇．復於揭曉後進而敎以尊　君親上繩己接人之道俾化其囂猛悍鷙之偏而歸之於有勇知方之域庶幾忠信爲甲冑禮義爲干櫓兼資文武斯無難矣是則臣所望於諸生冀以

仰酬　高厚於萬一者爾

洞庭湖志序

陶澍

洞庭海内巨浸也昔黄帝張樂於此本以山得名山海經洞庭之山在九江之閒所謂辰沅漸潊潕酉澧資湘也九江中五入於沅與澧資湘瀦而爲四同注洞庭以會江若五口然故國策又謂之洞庭五渚也然皆後世所命名禹貢但謂之九江曰九江孔殷曰九江納錫大龜曰過九江至敷淺原曰過九江至東陵皆指荆州無及揚州者顧自秦漢以來九江之稱或移之江北移之淮南移之彭蠡祇以禹貢有九江無洞庭遂併九江之名而紊之揚州之域俗儒目會入主出奴至今猶聒欲志洞庭此其大者不容以無考也按漢書地理志九江郡秦置而未言

其地酈注謂秦始立九江郡治壽春此蓋淮南郡治非九江也以壽春爲九江自元狩六年始其實壽春背淝負淮南隔灊霍與江絕不相涉不知武帝何由舍淮而以江爲稱竊謂九江立郡漢之誤沿於秦而其端則起於楚楚國都江陵曰郢中其後遷徙如鄢郢如郊郢如陳郢皆以郢名史記考烈王二十二年東徙壽春命曰郢是仍施舊號非新邑也洞庭九江爲附近國都之藪郢徙而九江亦隨以徙如東晉渡江而南竟南徐諸州亦因之僑置也然則其地安在曰洞庭九江在故郢之南二三百里閒則僑置亦當在壽春稍南如今六安州境史記九江王英布都六即其地已余持此論惟萬子彈峯滨然之以爲前人所未及萬子博學多通夏戛獨造往時需次都門過余案上有洞庭湖志稾乃前長沙太守沈君廷瑛屬余訂定者余方巡城鮮暇因轉以屬之俾竟其事越十年而以志成告蓋是志爲粤容拔貢綦世基所刱湘潭夏學博大觀增輯以遺沈太守萬子又增之訂譌補鈌倍於前書其用力勤矣余無庸多及而惟以洞庭即九江之說質之冀達於古今者采正焉

淮南子天文訓補注序

陶澍

漢淮南王安。招集八公大小山之徒作書二十一篇。統名曰鴻烈解。爲之注者有許愼高誘兩家。今許注已佚。惟高注存。然亦非其舊。閒有許注錯雜其中。天文訓者。特鴻烈之一篇。後世陰陽五行之說。多祖述於此。高注或未能悉得其義例。蓋疇人之學。非宿學世業。不能通其奧也。乾隆中嘉定錢進士塘特取而爲之補注。以淮南所用爲顓頊歷。信而有徵。以八風配奇門。亦足訂術家休生相次之謬。惟本書所言土生於午。壯於戌。死於寅。今卽不用其說。豈天事微渺。其名以命之。數以紀之者。皆出於人之所爲。可隨時而轉易乎。又太陰在四仲。歲星行三宿。太陰在四鉤。歲星行二宿。四鉤之義。高注詳之。三宿二宿。高氏無注。蓋本書後文太陰在丑。歲星舍尾箕。太陰在寅。歲星舍斗牛。卽二宿也。太陰在子。歲星舍氐房心。太陰在午。歲星舍胃昴畢。卽三宿也。錢氏引左傳婺女元枵之維首。以元枵次有三宿。則大梁鶉火大火亦必三宿。其餘八次僅得二宿。可知輾轉相證。似忘本書之已自注於後。然淮南亦第就漢時十二宮次舍言之。揆之於今。多有不合。蓋恆星東移。約七十秊而差一度。則亦未可膠柱而鼓瑟矣。是書向無刻本。適門人淡君春臺作宰嘉定。因屬令表章之。淡君因與毛上舍嶽生顧孝廉某。以莊本校字句之同異。而付之梓。識者無徒以陰陽五行家目之也。

重差圖說序

陶澍

魏劉徽作重差。具句股之體。著測量之用。其自序云。徽幼習九章。長再詳覽。輒造重差。綴於句股之下。度高者重表。測深者累矩。孤離者三望。離而又旁求者四望。是其書本名重差。後人以第一問望海島。遂名之爲海島算經。云差者何。句差股差也。重差者何。以小句股差爲大句股差之率也。凡望極高測絕深而兼知其遠者。必用重差句股。則以重差爲率。其設問有九。一曰望海島。二曰望松生山上。三曰南望方邑。四曰望深谷。五曰登山望樓。六曰東南望波口。七曰望清淵白石。八曰登樓望津。九曰登山臨邑。其術由疏而密。始用今有。繼用重今有。其義由淺而深。始以表高爲率。繼以人表爲率。繼且以前去表減景差爲率。登山臨邑一問。具三望四望之義。故著於篇終。由此推之。凡天之高。地之廣。星辰之遠。江海之深。敵營之遐邇。師旅之多寡。皆可以測量知之。其詳見於秦九韶數書九章。朱世傑四元玉鑑。重差之義。該矣哉。考隋志唐志。皆有重差圖一卷。今已不傳。吳門沈弱侯欽裴。憫古書之亾。纘先民之緒。索隱鉤深。補圖立說。繪句股於寸紙。從橫截之。令同股者不同句。爰有句差。令同句者不同股。爰有股差。而差之中又有差焉。小差大差。輾轉相求。舉凡高者深者遠者。無不可得。洞然見句股具測量之體。測量著句股之用。可知明體達用之學。備於六藝中。九數爲六藝

之一而句股又九數之一也弱矣旣校定數書九章又爲四元玉鑑撰細草余嘉其好古深思而有得也因爲序之

胡光北韻學序

陶澍

合氣爲音見於鴻烈形氣相乘而成聲見於化書形有肥瘠強弱氣有剛柔清濁世殊今古地歧南朔重脣輕脣正齒半齒而郵爲之莞攝於是等韻之書以出滽自魚山四十二絜別爲三千餘聲至僧宗彥而衍爲六千其備九州之音乎舌居中爲宮開張爲商舌縮卻爲角舌拄齒爲徵撮口爲羽五音而析爲七再析爲九此顯而有徵者也然玉篇以影曉匣喻屬宮而韻會屬羽玉篇以幫滂非敷屬羽而韻會屬宮司馬文正以半商徵半徵商爲來日陳彭年以迦佉屬牙綱各屬喉沈氏筆談以宮商角徵羽當脣舌牙齒喉而近世毛先舒七聲類例則於五音中不用舌齒豈非等韻之學專憑脣吻各以方音爲是故不能

盡畫一乎然等韻昉於西域三十六字母其從陳晉翁刪爲三十二李如眞刪爲二十二蘭廷秀又刪爲二十後世奉爲反切之宗有音和有類隔有通廣有就形又有開合二十四攝有內外八轉彼非此是格閡糾紛要未有如我　朝清文鑑十二字頭之窮微析奧者也夫古韻之學形聲殊部主於詁經今韻之學籟參天人長於適用吾鄉講求古韻者向罕其人而今韻之學則有瀏陽胡學山先生光北聲音蠡測一書辨陰陽五聲析爲八音究五方之殊言創反切之捷徑其於　國書合聲相切緩讀急讀之旨尤有神解往者襄平都秋莊箸黃鍾通韻四庫

書目稱之先生覃精積思行且由音韻而窮律呂以辨聲氣之元窺禮樂之奥焉不徒爲雕蟲之士講淸濁辨聲病而已也適余自江南奉　命閲伍江右乞假歸里道出長沙先生以其書寄余且求序余方馳驅道路悤悤未有以應也既而返署則先生已赴道山矣生平行誼耿介秊且八十猶孜孜好學不倦以明經終見其宗人竹塘明府所爲誌甚詳因亟敘之以爲吾鄉志學者勸先生别有詩韻循音余職其義例不可得則亦不敢妄參末議云道光十七秊夏五月

聖賢羣輔錄序　陶澍

陶靖節聖賢羣輔錄一名四八目其書每條末皆載所見原書出處自北齊楊休之編錄後至明何文簡孟春始爲之注按靖節此錄雜襲僞作究爲北齊以前人所依託其中甄述兩漢及東西晉書皆非班范史及唐人所撰之晉史也如三輔決錄張璠記謝承書之類今全書雖佚猶散見於羣籍以南北六朝及唐初諸子書並李善文選注虞世南北堂書鈔徐氏初學記歐陽氏藝文類聚太平御覽冊府元龜等書考之大半符合何注所采僅依據正史頗多疎漏如韋文高爲韋豹之父錄中所引文高三子見京兆舊事考前漢書表及韋氏世系文高當名浚

京兆舊事凡見御覽十七條即文高亦見御覽文簡謂不知豈偶未深考邪又下卷八俊内有趙典范書黨錮傳云惟典名見而已考典范書本有耑傳又别見郭泰皇甫規傳安得云惟以名見自相矛盾邪葢名見者見於八俊也顧亭林亦不得其解乃謂有兩趙典是未考華陽國志及三君八俊錄也而文簡直以典事僅見黨錮及羣輔錄是並未全檢范書矣豈知典事見於謝承司馬彪書及常璩志書籍所載固有不勝錄乎如此之類均考其同異正其得失按何注有增不揣固陋謹附所見如此以質之博雅

榴園管測序　　歐陽儁

氣之流行也渾渾爾分陰分陽而象乃著有盈有縮而數乃生其所以主宰綱維之者蓋莫非理之所爲也羲文之卦相經緯周邵之書相表裏設蓍而演疇定律而正歷聖者作明者述凡皆天地有是理卽有是氣因象而著因數而神朱子所謂非聖人心思知慮之所爲是也雖然天地之秘鬼神之幽在聖人本潛孚乎理而默契於氣機運動之閒故其寓於象舞於數適得乎造化自然之妙學者殫其心思知慮以求先聖先賢所作述者不可得或一得自喜往往流於牽合傅會穿鑿支離後學苦其虛懸而無所終薄遂疑所謂理者孤立於氣與象數之閒而

所謂氣與象數者竝眩其幽渺浩瀚非切於身心日用之事此異說俗學所以得竝起而相煽也能愚先生榴園集一書造之濙語之詳所以發明圖書畫卦羲文之奧旨周邵之微文著範之要言律歷之精義折衷朱子旁通諸儒本乎心得非同臆見而其要總在於舉近見遠卽末揆本使聖賢之教所謂理氣象數者有所啟發以開示來學其有功於世非淺鮮也我　國家治教體明先生行誼采入志乘而濙以是編之不獲梓行爲惜噫先生之書載道之文也後學之士既不獲親炙而折衷之欲自是其知人論世之識以闡揚先生之教傳於無窮不亦難乎然得是書而併心壹志以求之分文晰字不異先生之口講而指畫焉若江河之浸膏澤之潤渙然冰釋怡然理順所謂理氣象數之同條共貫者有所依據則不苦其繁難求之切近因以契其濙妙庶幾文章之儒亦得問津先聖彼異說俗學之弊或可廻其狂瀾也乎先生文多散佚是書亦少編次同人憂其久而湮沒欲急梓之故校厥魯魚略爲詮釋閒亦竊附管見於每卷末使斯書之梗概有可見至於支分節解斷斯編之盡善則有待異日云

湖南文徵卷七十四

序十九

嶽歸堂全集序

鄧顯鶴

有明之詩凡三變而風會所趨每轉移於吾楚文正主持文柄為一代大宗雖以北地信陽之氣焰震耀中原不能上掩茶陵之光弇州歷下儕執牛耳而當時海內求名之士即有東走太倉西走興國之語至公安天門出而王李之勢遂衰詩歸一選天下翕然宗之友夏先生名輩均後於伯敬而天下稱曰鍾譚至於今不替豈偶然哉先生言詩有曰淵洞寂歷有曰空曠孤

迥有曰荒寒獨處稀見渺聞如有所失而其要曰善變曰日新徵矣哉先生之為詩也當七子壇坫方盛屈一世聰明才力奇人魁士震於其名轉相摹倣其獘也為虛矯為膚闊積習波靡無能訟其失公安起而矯之或不免空疏淺俚之誚先生當風雅淩替之日慨然以復古為己任而又生丁衰季不為世用遺棄時務冥心曠懷縋幽鑿險入神出天用能救公安之獘摧弇州歷下之鋒一時風氣為之一變論者謂有明一代之詩以茶陵倡於前以竟陵殿其後吾楚詩人至與國運盛衰相終始豈區區求聲調字句之閒者可同日語哉先生性孝友兄弟五人皆賢先生任家督居恆偕弟妹侍母同食人直供一日或時置酒相對論學業世事太夫人喜策杖出聽自置餅餌佐啖曰見汝曹辨論可不須富貴也以故先生卒無心用世年逾四十始舉鄉試第一旋丁母艱服闋一上春官不第遂不復出日孜孜慓慓落落瑟瑟於寒河荒渚閒與漁人蘆子相贈答卒年未六十先生卒後五年而明亡其時伯敬之歿已久則謂先生之詩不殿一代之終不得也先生嶽歸堂集向有刻本多散佚其裔孫惺漁縣丞澤愷搜輯詩古文已刻未刻其為若干卷蓋經唐陶山方伯譚子受太守所編定者惺漁復以校字之役見屬置案頭三載矣冷官無事時一披讀如冰花鐵繡古光冷豔動魄怵心惺漁能詩稱其門風今方以與平猺功升秩會有永陽之

行以書來索云將付剞劂以詒海內時陶山方伯歸道山久子受太守亦卒官二年矣既序而歸之又不能不相與嬋媛太息云

圭齋文集目錄序　鄧顯鶴

右楚國文公圭齋集十六卷古今體詩各體文大凡三百三十九首以道光二十六年秋刊於邵州東山講院先是顯鶴輯沅湘耆舊集徵公詩入前編求所謂圭齋文集揭序四十四卷宋序二十四卷之本久佚惟明成化間公防里族裔所編之十六卷本尚在人間　國朝四庫全書目錄所云江浙採進本者是也嘗展轉購索之江浙書肆無所得其篇第先後不可得而知矣今湖以南所行之劉陽紹文堂本亦十六卷顧其書編劃失次譌謬滋仍類坊閒書賈所爲且其中多淺人贋作羼亂蒙有感焉案古人別集類稱詩賦而魏志曹植本傳稱景初中撰錄

植所著賦頌詩銘雜論凡百餘篇此本卷一冠以賦四首次以頌一首原未爲失顧頌亦詩也近人以經進篇章弁集名之曰頌以示尊崇若單章寥寥偶名爲頌而別編之末之見也五言古詩七言歌行皆古體詩也後人通稱五古七古惟元遺山集七古之外別出長短句而鐵崖西涯皆以樂府擅名遂別著錄稽之唐以前若工部太白長吉昌黎諸集樂府琴操皆雜於五七古長短絕句中無別出者至鮑參軍集樂府別爲一卷則後人所編非原本也若排律之名古未嘗有尤不宜編次在前此本卷二曰五言古詩實則五古止二首而以五字小詩四首足之總曰五古又次則七言律又次則五言排律通爲一卷非法也卷三曰七言絕卷四曰歌夫古人以歌行名篇如太白昌谷集亦稱歌詩無單以歌名者今核卷中所錄皆七言古詩也而專名之曰歌後又次以雜體名號及求所謂雜體者則古樂府一首漁家傲詞十首也於後忽又贅以七古一首其惑滋甚古人文集原統詩文而言專以文論有詔誥書疏表狀論辨說贊序碑銘哀誄各體之異求之於唐宋古文家如昌黎集首表狀次序記次碑銘次哀誄廬陵集首書疏表啟次論序次碑銘次祭文大抵以是爲敘此本以經義策對詔誥萬方冊上尊號及表進三史大典之文次於墓志哀辭之後而以本傳世系附錄卷末先後錯亂尤不勝糾點畫譌俗字句脫漏又無論已顯鶴

不揣譾昧思欲蒐討全集重爲排次訂定授梓以傳謀之十年卒卒未暇今年重領東山講席纂修郡志之暇稍取其篇次第之又刪其贋作若干首與邵陽學博彭君彥淡言彥淡好古有識深以余言爲然因出其所藏碑版有爲此本未見者亟錄以示復命兒子瑤琨兒子琮發篋得公遺文若干首依類編入詳審是正付梓凡三閱月刊成又敬錄　四庫全書總目四庫簡明目錄元史本傳行狀家傳像贊先世神道碑銘與夫方志選本各傳及宋彭序跋於前爲首卷其續刻諸序跋則附錄於後爲末卷題曰瀏陽紹文堂原本示不昧所自也刊成敬書所編目錄後以告當世之能讀公集者至公之文如江河萬古與盧

陵竝行不廢文獻序所云上則爲德星慶雲下則爲朱草醴泉亙萬古猶一日者烏乎盡矣豈末學小子所能贅一詞哉惟是公文散見元文類元各家詩文別集及著錄　國朝四庫全書者爲目甚多坐少藏書無由徧輯昔夏醴谷提學序公集有云公之文天下之文而非一家之文也凡生公後者皆與有責焉尙當問之內府求之海內士大夫藏書家俾後生小子讀公集者無缺略不全之憾至哉言乎此今日皇然編訂之苦心不能自已也好古君子尙思有以惠我是歲秋七月甲申朔巳酉日新化後學鄧顯鶴謹識於邵州之東山講舍

附錄鄒叔績書承獲開成石經全部竝欲與相臺五經參校

同異繕成善本刊行使湘中人士共識古經眞面目嘉惠末學良匪淺尠惟祝吾先生九十朝朝讀五經也凡事爲之則成楚寶增訂耆舊全集寶慶府志以及圭齋文集周子全書其明證矣此事吾預知必成至爲慶幸圭齋集得先生爲之舉正刪削其功不細但尤有願質者賦之後即繼以詞考之古人詞賦本爲一體觀文選所收漢武橫汾之作淵明歸去來詞皆近於賦是也後世以詩餘爲詞所云詞曲是也今集中賦後所錄之詞乃詞曲之詞頗爲不倫似當坿之詩後不則退居卷末其當卷尾諸作不以詞名者反近於古人之詞遂以當其缺可也又經疑書義二篇即當時場屋應試之文似不可居於詔冊之先明初八股猶是經疑體久之爲成宏諸公之作尙有大結以至於雍康閒今則爲庸爛墨卷故今之庸爛墨卷即元明之經疑也不存亦可存之以識當時之體坿之卷尾其庶乎策問亦當居表奏之次太廟祝文與祭初祖先祖之祝文一爲家一爲國大小雖殊其爲祝文之體一也似不可離而爲二後生小子非敢故爲譊譊實欲居質疑辨難之列因忘其固陋妄抒管見冀加教正焉平生拙戇屢蒙宥奐諒不以此爲嫌也漢勛謹白

圭齋文集補遺序

鄧顯鶴

是集刊成從友人處復得江西新刻本有增入各體詩文二十一篇中多碑版大文皆拙刻所未有亟爲補錄以類附各卷之末通爲補遺目錄如右而拙刻所增之鑑湖歌道州路重修濂溪書院記金華宋氏石刻世系記周此山集序浦陽人物記序河平碑記補許先生神道碑銘方安人墓道碑銘凡八篇亦江西本所無以是歎先生文集散佚雖多其精氣長存天壤今宋序本久佚而成化本尙在人間所散見各書如元文類各省郡縣志及日下舊聞鐵網珊瑚等籍都非秘冊此外故書雅記琳宮梵宇所存必多惜無有人徧爲搜輯裒成完帙爲可惜耳李

君祖陶余曾一識其人其時不知有序刻是集事未及共爲商搉今閱其校刊跋語所稱增入之文往往勝於原編諸序記是亦多所遺漏之一證其言甚確但其所云詩中編次未當各爲改正者則仍竄所是正又其中淺人贋作一律登載殊未若拙刻之稍有決擇猶不失爲矜愼之意爾博雅君子合二集而互勘之匡其不逮補其缺略是所厚望云是歲冬十有一月小寒日顯鶴重識於東山精舍之讀易窗

是集補遺刊成後又從龍虎山志採出太淸玉虛槱星門銘文一篇江夏陳氏楚帖採出與伯溫書一首依類增入而補遺目錄所列之王代先德碑拓本尙未獲見

古杉倡和詩序

鄧顯鶴

宋南渡之際陳簡齋先生以避亂來湖湘寓吾郡久今簡齋詩鈔可歷按也其將至杉木鋪望野人居及別杉木詩所云數株蒼檜遮官道一樹桃花映草廬者卽今之畏田鋪土人所稱乾杉樹是也按爾雅釋木被煔注似松又樅松葉柏身檜柏葉松身題云杉木鋪而詩曰蒼檜實同類也比年余承修郡志考杉木鋪所在蓋已無有能言其處者彭曉杭學博曰今黑田官道旁有雙杉屹立非其遺迹乎余聞而喜急思往視會去秋八月有長沙之行取道黑田憩兩杉樹下鐵幹銅柯挺然道左古光油然殆千餘年物也摩挲嗟玩不能去因思此種神物日涸蹟

於風塵雜遝中蕘夫牧子旣熟視而無覩高官貴人冠蓋馳逐又不肎停車坐玩少澆征塵仰其高風古趣乃幷簡齋之詩亦不知作何語可歎也已歸語曉杭擬作石欄圍之搆亭其上榜以古杉木鋪而別作一祠爲簡齋艸堂大書兩詩刻於貞珉適吾友黃虎癡黔陽書來訊雙杉無恙幷以所著三長物齋長語見示知已纂入湖南方物志竊幸好古有同心顧其語詳於杉而未及詩以虎癡博覽者奇尙如此又何以責諸尋常估畢之侶固宜其閟八百年之久方志別集無一語道及而此杉此詩遂長湮滅於蠻煙瘴雨中無由自白矣豈不重可歎哉自來詩人多漫浪湖湘閒如少陵退之柳州及劉夢得王龍標輩皆託

蹟沅澧郴湘衡永開絕無有至吾邵者有之自簡齋始。而邦之人無能稱道方志且誤入名宦。俗子又競爲鄙俚詩詞以附會之。集中名作。如貞牟羅江遠軒之類不一而足。皆吾郡掌故絕不之及。吁國猶有人不若是之陋也。謹案簡齋先生詩。以老杜爲宗。避亂湖嶠開關萬里流離乞食造次不忘憂愛。亦與少陵同。其清明詩云書生投老王官谷壯士偷生漂母家蓋明明以少陵自處。傷春詩云。廟堂無策可平戎。坐使甘泉照夕烽。初怪上都聞戰馬。豈知窮海看飛龍。孤臣霜髮三千丈。每歲煙花一萬重。稍喜長沙向延閣。疲兵敢犯犬羊鋒。欲不謂之少陵不得也。少陵詩至夔州而始盛。簡齋詩至湖嶠而益昌。今湘潭人士。

取子美岸花飛送客句作岸花詩社。又於鑿石浦搆少陵艸堂。與退之之祠郴。柳州之祠永。夢得之祀朗。龍標之祀沅同。況簡齋寓吾郡最久。紫陽洞壁開。溪影山光流風未沫。而所謂杉木鋪者。巋然尚存。祠之與少陵艸堂竝垂天壤。光我湖嶽。亦邦人君子好古之心所不容已於中者也。既作歌以張其事。二三君子倡和成帙。命兒琮錄爲一冊鋟木。幷附黔陽三長物齋長語於後。時守吾郡爲孝義張儷鄉先生。聞之欣然以修建爲已任。且寄書大定黃先生。二公先後守郡。皆樂爲吾郡興廢舉墜者也。道光丁未八月

附甯鄉黃虎癡本驥三長物齋長語。自湘鄉永豐市入邵陽境。有古杉二株。霜皮蝕褪。鐵幹高撐。大十餘圍。高十餘丈。小枝下拂。亦有龍爪拏空之勢。土人云枯已百年。仍鐵立如故。又十里許。復有二杉。高大相若。皮皺葉秃生意婆娑。反不及道左枯株可入畫境。

校刊楚寶序

鄧顯鶴

楚志之最古者、襄陽耆舊傳、長沙先賢傳、桂陽先賢畫讚、及盛宏之荆州記、羅含湘中記、庾仲雍湘州記、盧藏楚錄、路振楚青、今皆無存、近代言掌故者、以廖鳴吾楚紀、周伯孔楚寶竝稱、而楚寶爲優、俱列入　國朝四庫全書存目、顯鶴自授書以來、喜聞老先輩說古今巨人碩德、鄉邦文獻、念生長湖外、欲搜討楚故、無如此書、求之十數年不獲、自爲甯鄉學官、聞黃虎癡孝廉言長沙一士人家有鈔本、可借刊、以聞於今大中丞合河康公、公喜、允爲梓行、索鈔本、復無從得、事遂寢、會桐城李海帆觀察自永州來、攜湘潭周石芳侍郎家所藏刻本見示、眞不啻獲重

寶、時中丞述職北行、復請於方伯長白裕公、及官楚諸君子、謀重刻、顯鶴獨任校刊之責、爰開雕於甯鄉學署、冷官多暇、日事披閱、又參以書傳記載舊文、訂其譌謬、彷朱子校正韓文之例爲考異、復徧采古書地理志所紀、刪節綴拾、爲增輯、統附各卷末、依類編次、以便省覽、其有目錄缺傳者、悉加補正、閒附按語以諗學者、書垂成、會余以試事于役省治、以書局自隨、復借官書詳加是正、凡十有一月而工竣、極知僭越滋懼、然於鄉賢文獻、庶幾萬分有益、方志之廣識焉、道光九年十一月謹序

附錄長白裕泰重刻楚寶序、著書難、取前人之書而增益之考訂之則尤難、著書者自立門目、去取由我、猶可避難而就易、取前人之書而增益之、安知我所增者非彼所棄乎、又安知所增者什之九不猶漏其一乎、取前人之書而考訂之、既難徧得所見之本、不將愈考而愈失其眞、得於此而復遺於彼歟、蓋非多聞而識定者、不足以語此、新化鄧子湘皋、少壯時歷覽名山川、徧交海內賢士大夫、及歸而就廣文一席、人以爲官冷而飯不足者、湘皋且欣欣然喜曰、是可以遂吾讀書之志矣、因徧索兩湖掌故之書而讀之、期爲有用之學、得明季周氏聖楷所著楚寶、謂可以備志乘之遺、補文獻之缺、爲之增益、爲之考訂、不及一載而剞劂告成、抑何用力之勤而書成之速也、楚自春秋戰國以來、幅幀最廣、及漢以荆州

分部、唐以山南淮南江南黔中諸道分領之、宋置荆湖南北路、元置湖廣行省、自明迄今、遂以湖南湖北爲全楚之界、其掌故之書見於記載者、有晉張方楚國先賢傳、宋盧藏楚錄、路振楚青、明陳士元楚故略、何遷全楚志、高世泰三楚文獻錄、惟陶晉楧楚書、廖道南楚紀、及伯孔是編、錄其目於　國朝四庫全書提要、餘皆佚其籍矣、周氏生數千百年後、集古今人物、勒爲一編、其勢不能無漏、拾蠹簡於古籍散佚之餘、其勢亦不能無誤、湘皋爲之增益其漏、而不敢自謂無漏、考訂其誤、而不敢自謂無誤、仍附編於各卷之後、不欲以己意亂前人成書、蓋愼之也、其於門目閒有更張、亦因時制宜、無

嫌獨斷而其成就前人之美使二百年垂絕之書復行於世自皇古以迄前明上下數千年全楚人物可與白珩爭美者條舉臚列如敘一家譜系可不謂之多聞而識定者乎至其編書體要則有湘臯增訂之例在不贅及道光九年歲次己丑嘉平上澣

晏湘門過且過齋詩序

鄧顯鶴

嘉慶乙亥春湘門以疾卒於家其友同里鄧顯鶴客揚州聞訃旣為位以哭檢行篋得遺詩若干首釐為二卷將謀付剞劂迺弁一言於首曰記云獨學而無友則孤陋寡聞余之友湘門近十年矣始余不識湘門壬戌春初見於邵州郡城丁卯再見於長沙未之奇也是年冬偕同年友譚吾肩赴禮部試寓都門會里中楊蓀圃歐陽磵東兩君子踵至皆交口譽湘門不置二君余所矜式不輕許可因是有意乎其為人已而湘門策蹇來都甫釋擔出途中諸作相質雋傑廉悍咄咄逼人乃大驚駭以為國有顏子而不知也遂定交焉會禮闈報罷楊歐兩君子先後出都余與吾肩及湘門三人留未幾而蓀圃丈凶問至三人者感念存歿聚散之故相與勉為古人之學以道義相切劘不復以窮達繫念嘗雪夜臥東草廠寶慶試館頹垣破扉覆以敗席枕藉生冰起燒溼葦爇著飲以供夜譚聽門外車聲隱隱呼僕起檢篋中敝衣付質庫賃早餐嘯歌自若也至於花晨月夕驅馬金臺行吟柴市俯仰憑弔有所得輒寄之於詩歸卽篝燈疾書互相吟荅視入世科名得失如遺唾不復顧自謂友朋之樂雖三公無以易也曩吾鄉詩人孫白沙石溪吳蘭柴暨蓀圃磵東諸君並以才力所詣各成一家比年淪喪殆盡今之碩果厪一磵東磵東與吾肩齊年長余十歲余長湘門十歲以為數子

中湘門最少來日正多方圖歸築茅廬買田資江之上卜鄰耦耕效鹿門故事庶幾友朋之樂朝夕無閒有于喁之雅無孤陋之誚而不圖湘門之反先死也其聚散存亾之感更忍言邪湘門爲詩刻苦矜愼鏤心鉥腎而出之相戒爲靡曼之音今之所存十不逮一雖其雕鎪刻劃邊幅稍隘而格律嚴峻風骨淸迥求之時賢殆亦罕覯嗚呼是可傳也已湘門幼受業於白沙蓀圃自二君沒後所心服者磵東而外余與吾肩而已吾肩既不作詩磵東又坐詩窮余之才不逮磵東竆與之等而天讒司命重爲鄉曲非笑雖雖知湘門而不能言言之而人亦不信也然湘門詩具在四海之大必有能知之者顧以湘門之年之才之

學而鬱鬱以死乃徒望之四海不知誰何之人嗚呼此尤增余獨學之懼而重逝者之痛也詩凡四卷古今體詩若干首多辛未以前之作其辛未後暨南歸數卷當往求其家補之以諗世之能知湘門詩者

磵東詩鈔序

鄧顯鶴

雲汀中丞刻磵東詩鈔成謂余習磵東宜有序磵東書來亦屢以爲言磵東昔嘗語余病近人一集數序非法他日刻集不求人序今玆乃以屬余豈誠以余爲略知其詩乎磵東與余同里閈齒長余十歲余兄事之磵東亦以弟畜余既飢驅四方會合無常或積歲始一見每見必先以詩就質磵東考詩甚嚴鉤核瑕疵指擿罅漏如申韓論事之酷不少寬假余每難之然卒無以易其言也磵東幼與同里吳蘭柴孫石溪楊蓀甫諸老先倡和甚富余年十五六時卽見其一粒草堂集驚爲天才奇絕後乃盡刪去有當時耳熟之句今集中皆無有其嚴如此余每語

磵東古大家集中亦多少作山谷溪上吟則十七歲時詩今必欲盡汰去無以徵歷年所詣因從其門人鈔本掇拾採擇爲第一卷以存梗概然非磵東意也磵東少孤所遇特窮惡蹤蹟冷峭非其力不食有梁伯鸞徐孺子風視人世一切聲華赫奕與夫標榜依附之習去之若浼其湮鬱抑塞剛介嚴凝之氣一寓於詩然不多作嘗言作詩當自寫胸中之天不期而與古合所謂非有受於人忽自得之今人過一地遇一人必作一詩汲汲焉與幷世之人較短長豈吾胸中之詩哉每同人社集交驚互譫用相誇詫磵東漠然若不聞非儕輩敦迫或終歲不得一字作亦不自愛惜隨手散佚客遼東十載存詩止一卷然其詣力

獨峻絕矣。中丞序能道其實無溢詞。余無以加。惟論磵東存詩之嚴。與吾兩人斷斷辯議之意著於篇。質之海內能知磵東者。昔段成已序遺山詩集云。詩不待序傳也。若其刻詩大略不可以無言。是則余今日序磵東詩鈔意也。道光六年秋九月

陶季壽詩鈔序

鄧顯鶴

余與季壽居距三百里許。不相聞知。後從吾友歐陽磵東處。見其詩。始悉其爲人。季壽亦因磵東知余。既相見於都門。旋即別去。比來桂林。館李松圃先生寓園。季壽則松翁妹壻。嘗與磵東同倡和於韋廬。爲所特賞者也。因得益聞所未聞。無何季壽卒官於晉。松翁痛之甚。從其家搜得遺稾。屬爲論定。余與季壽蹤蹟雖疏。然知季壽甚悉。不可辭。乃發其全稾讀之。得古今體詩若干首。釐爲八卷。而弁以一言曰。詩至於今。靡不備矣。語性靈者尙冲澹。矜博雅者喜瓌麗。繩檢纚立。則以馳騁爲戒。規橅稍闊。則以邊幅爲虞。莫不尊韓抱杜。援陶引謝。區界唐宋。陵躒齊

梁。其苟焉聯綴。剽竊拾朱王之唾。以博時譽者。不與焉。然爲之者日多。而不戾於古者益寡。求其合乎言志緣情之旨。能長存於天壤而不敝者。豈易言哉。季壽之詩凡三變。初學選體。清泠明爐。宗法陶謝。繼信高密李氏所訂唐賢主客圖說。繩趨矩步。確守張賈格律。迨後所學日進。所得日多。又變爲汪洋恣肆。奇峭挺拔之作。大抵出入蘇黃二家。於玉局尤爲神肖。今集中多用蘇韻。其徵尙也。嘗論坡公仙才卓絕千古。乃其生平多以詩獲咎。而其詩拳拳服膺。獨在陶公。以爲質而實綺。癯而實腴。自曹劉鮑謝李杜諸人。皆莫之及。晚謫嶺南。追和其詩殆徧。季壽天才橫逸。屈爲貲郎。骯髒抑塞。不可一世之氣。一洩於詩。宜其

與坡公相近顧坡公晚年服陶季壽早年學陶後乃肆力於蘇使季壽不死必益求夫蘇之所以服陶者何若蘇之所以異於陶而終合於陶者何若將季壽之詩泯然不見學古之蹟其視蘇與陶無少區別也然季壽以未竟之年未已之業其所存卓卓如是此亦可以抗於古作者之林而不朽矣礀東嘗爲余言季壽不獨其詩工也古文學昌黎廬陵時有可傳儕輩中精心果力如季壽者何可多得吾楚風騷之鄉思與礀東季壽諸君起而張之而不圖季壽之遽止於此也此余序其詩不禁爲之掩卷三歎也道光壬午秋

張蓉裳詩鈔序

鄧顯鶴

往與蓉裳同謁選都門余不樂吏事求爲校官蓉裳方得縣令賀者踵門蓉裳若甚有不得於中者因就余商出處余曰均之官也而有尊卑貧富勞逸冷熱之不同余處卑而讓君以尊貪逸而責君以勞可也余甘貧而謂君欲富耐冷而謂君不怯熱乎哉且勞與熱又安所得尊富也蓉裳亟韙余言既向吏部求改官既而除目下余得甯鄉蓉裳得新化新化余所籍也老友歐陽礀東在焉余既喜邑人得名師復私幸爲礀東致一良友得大昌其詩也礀東詩一刻於揚州再刻於長沙余詩亦牽連鋟版惟蓉裳詩尚無刊本余郵書屢促之去年秋蓉裳裒其古

今體詩釐爲八卷寄余且曰余之爲此官子志也今所成就者止此其可無言余受而讀之益歎蓉裳以彼其才何難躐取人世一切光榮赫奕之具以華其躬以永其名乃困躓湮鬱老作選人不得已而以其身自棄於賤貧孤遠落寞岑寂之地又不得已而以其志聊寄於嘯歌詠歎哀怨諷刺之中以爲吾不知於人而自寫其天吾無聞於時而有傳於後使後之讀吾詩者猶見吾今日之心則吾胸中之天不受黜陟予奪於人其視人世之光榮赫奕猶塵壒也蓋蓉裳之遇塞而其詩益昌矣夫詩小技也而古來事功卓卓震耀於天下人之耳目者至殫其力不能爲其孜孜矻矻以爲之者或窮年累歲老死無一字之傳

幸而傳矣自唐以來至於今號稱詩人者何限其感人心而昭昭在人口耳者亦不過數十家外此則若存若滅聽其湮藉委積無有過而問者猶弗傳也然則詩雖小道當其精能之至入神出天感頑豔而格幽明質古賢而俟來哲淵淵然翏翏然不知天之爲蓋地之爲輿世之有人已之有軀也而況儻來之具輕重得失之無定者邪蓉裳生長名家蚤歲跌蕩自喜其詩穠豔蒨麗典贍華妙雅近溫李既而學識日充胸次益擴盡棄其少作一變而爲春容大雅緜密樸茂根柢盤固包孕古厚已出入少陵昌黎眉山摩圍諸家得其神髓晚益和平演澹眞精璸溢神動天隨盡泯雕繪藻繢之蹟純乎坡翁晚年學陶境界蓋

其敝精秏神於此事者數十年而蓉裳則既老矣今所存僅八卷其風骨之清迥氣味之芳潔四海之大百世之遙必有讀其詩而哀其志流連嘅慕如見其人者吾知蓉裳卮於人不卮於天闇其躬不闇其名蓉裳雖窮且老可以無憾余獨悲蓉裳雖窮老苟得一邑而爲之未必不如元魯山道州之所爲而必强之去彼就此與呰窳偷安闒茸鬼瑣者同甘廢棄是則余負蓉裳蓉裳不負余也雖然余之爲此官也受命於余兄而䌹東實贊成之今䌹東益偃蹇空山戛然遠引若遺世而與汗漫者友而余與蓉裳猶靦據一氈抗顏徇戀竊升斗以自潤重負良友多矣然且曠職廢時召尤速謗欲曳尾泥中自全其天而不可得徒思託諸語言文字以求告無罪而希不朽抑末矣雖然古之君子居是官則求盡其職爲是事則求造其極殫其力之所能爲求其心之所可安死生禍福且弗計況悠悠身後之名哉故於論列蓉裳詩而序其首如此以明吾黨結習所在不以彼易此又以見詩文餘技且不遺餘力爲之則其大者可知矣既以復蓉裳兼質之䌹東當有慨乎余言

寶慶府志總目例言　鄧顯鶴

紀
表
圖
記
書
略
錄
傳

右寶慶府志大綱有八目分三十六門編年紀事略仿史例爲紀一曰大政爲表十曰沿革曰疆里曰藩封曰世職曰職官曰武職曰巡歷官司曰選舉曰氏族曰士女爲圖二曰形勝曰疆里爲記三曰形勝曰疆里曰山川爲書六曰吏曰戶曰禮曰兵曰刑曰工爲略二曰五行曰藝文爲錄五曰政績曰武功曰良翰曰使岷曰幾明爲傳四曰先民曰勝朝耆舊曰　國朝耆舊曰列女卷末爲摭談凡紀之屬其卷七表之屬其卷四十有五圖之屬其卷十有七錄之屬其卷十有二傳之屬其卷三十有三摭談別爲三卷首卷六敬列　詔諭公典大凡一百五十二卷總二百餘萬言始於道光二十五年三月越二十九年六月書成敢云文省事增聊用發凡起例

寶慶自順治四年內附後又閱十二年始克底定二百年來　列聖詔誥　皇上諭旨雖僻在一隅而谿峒山傜時厪　睿慮其閒飭勵臣工勤求民瘼表彰忠藎諸大端煌煌　天語萬世典謨雖非爲一郡而發亦當敬謹登載然不敢分隸各門也至學校壇廟祭祀大典係天下公行非一郡所得專舊志樂章品物瑣細備載非志體也茲謹裒爲　詔諭公典二門弁冕全書不入卷數所以示尊崇亦以昭限斷也

紀者記也所以記其事也史傳人事與地理相經緯地理終古不易人事日異月新其閒治忽臧否災祥休咎史不絕書不可勝紀今首列大政一門以編年史法書之起自漢元朔五年至

於　國朝道光二十八年凡歷代郡國建置因革損益及凡命將底定之勞設官循撫之績年經月緯首揭於篇若網之有綱標而出之一展卷而千餘年之郡事瞭如指掌不待披全志而已得其要領矣故先之以大政紀

郡古荆州域秦漢以來分隸長沙零陵爲縣爲國爲郡爲州府軍路代異名更致難畫一今詳爲考定著其統屬釐其分置析其離合省併又博采圖經地志諸書以實之言不厭詳事惟求實一展卷而千餘年之提封圖籍歲集司空者不待搜往籍而已在目前矣故次之以沿革表

志地莫先疆里明制分州縣爲鄉分鄉爲里分里爲甲　國朝

因之田賦出其中徭役亦出其中然民田不無變易里甲歲有
改除於是因形勢之便設爲村團故里甲無定域而村團有定
居今志疆里而實以村團里甲村團分四正四隅首列去州縣
治里數里甲分都廂鄉里備列十甲姓名俾閱者按籍而披一
覽瞭然所以備稽覈亦以重賦役也故疆里表又次之
志地莫重封建郡爲漢代食采六朝遙封故壤都梁夫夷昭陽
侯國邵陵王公武岡高平子男諸爵炳焉馴至防禦龍輿岷藩
圭剖鉏瀵戚畹徧於國中加以衛所世襲勳鎮開疆文武百僚
之莅官分職巡歷各官之奉使從事以及薦辟科目之殊途舉
貢恩例之遞進雜然紛陳無以表之懼其湮且淆矣故藩封世

職職官選舉諸表又次之
言地理者莫先禹貢而於導山導水之後繼以錫土姓誠以地
與民兩相維繫者也周官小史奠繫世國語司商協名姓又曰
工史書世先鄭曰世卽世本之屬故譜牒之掌古有專官歷觀
前史魏書有官氏志唐書有宰相世系表而方志之書惟常璩
華陽國志略言大姓費著蜀中氏族譜詳記宗派近會稽章氏
湖北志稾一倡此議其書未成曾以其法修四路廳之永清志
甚爲詳覈而儀徵相國亦存此議於文集中具徵通人雅識夫
巨室者編氓之望也士族者齊民之表也章氏之言曰以直省
領列郡以列郡領州縣以州縣領士族以士族領齊民天下大

計可以指掌言故觀於士族之貞淫興替而知邑里之安危治
亂寶慶雖乏巨載而岷藩封國傳位十世指揮千戶聚處一城
昔之衣租食稅腰金章紫者今皆列在平民入　國朝來以難
蔭膺世職者亦不一家而衣冠素族所在多有今立氏族一門
首列爵次勳鎮次軍民編戶按其譜籍載其先代展轉占籍之
由其中仕宦必書舉貢必書務奠其世繫詳其里居而士女軼
羣之倫閭巷負異之士以及疆埸死事之夫閨閣殉節之女標
其名姓皆大書特書庶衆寡可知淑慝可別宅里可風爭競可
息而欲行保甲團練之法者亦不外是矣故以氏族士女二表
殿十表之終焉

方志舊稱圖經周禮職方氏掌天下之圖土訓掌道地圖而大
司徒以天下土地之圖周知九地域廣輪之數故圖學之於地
理爲尤重今立圖記一門曰形勝凡爲圖二十以開方法計之
每方四十里首列府城及四縣一州城營塘汛圖以重守禦次
列歷代沿革圖以備稽考別爲形勝記一曰五州縣城郭之地
二曰歷代防守之地三曰歷代用兵之地四曰歷代險要之地
曰疆里凡爲圖三百九十有四以開方法計之每方三里別爲
疆里記大約分一縣爲若干鄉鄉轄幾村團大村各爲一圖最
大者分爲二三圖小者約兩三村團合爲一圖周圍紆直各視
其方圖各爲記每村團去沿若干里東西南北與何村團接壤

某山自某處起某處止某水自某處來某處去某至某幾里有某渠某堰某橋某廟某墓及名人遺蹟故老詩文皆附其下又著明村內大姓某氏庶幾無事之時可以知編氓之相與守望者何地相與扶持者何人而保甲之法隱寓其中及乎有事之秋可以知其若何聚集若何歸併若何接應而團練之法悉具其中又備書其村團之關隘藪澤塘汎涂徑若者為行旅之所湊集若者為道路之所經由若者為盜賊之所藏伏出入皆可周知而土田之美惡民力豐歉關於民生政治者無不一覽而具矣

郡在萬山中資水發源經行郡境七百里其名山支川見於水

經地志諸書者紀載不一其原委遠近分合必縷述無遺始稱完善近世方志雖不廢山川而記載猥雜全無法度夫山川之遠者或千百里近亦或數十百里而方志僅曰某山某水在縣東西若干里將指其源乎抑指其委乎其源去治近者其委必不近也其委去治近者其源必不近也則里數不可定也上流在縣東下流或轉而西上流在縣南下流或轉而東則方向不可定也山之首尾亦然眾小水之赴一大川也有先後有左右方志僅曰某水入某川而已而彼此之前後洩入之左右不可得而知也而山亦有支分有起止而方志皆不言是皆志山水之過也今以山經之法志山以水經之法志水計郡境之山千峯萬嶺其大者有三榦南榦為江巒閒山凡七支都八十一山西榦為資沅閒山凡三十九支都五百八十三山東榦為資湘閒山凡十七支都二百五十三山其餘小支各以類附而山之脈絡起止無不縷析水以資水為宗所受之水大凡二十有四由所受之水以達於資者亦二十有四不歸於資而歸於湘沅暨桂林榕江者又一十有七其餘小溪亦各以類從而水之源委分合亦無不析矣

形勝彊里皆有圖有記山水但有記無圖以山水皆分見於形勝彊里圖中也夫圖學之不講久矣古人不曰志而曰圖經故圖最重蓋必明於句股測知形勢更能測星測景又有指南記

里準表重測之器故其成圖也特精自秦以來古法斷絕尠有知者晉裴秀作禹貢圖條陳六法猶存古意 國初胡氏渭申明六法而以鳥道為要自是踵而效之者遂多然取鳥道之說亦未有詳言者近時方志一委之畫工書吏且塗飾名勝以相誇耀而圖中城郭廣袤皆畫整方除一城之外幾無地可見疆域以俗傳麤獷之法羣詆為明爽何論圖學今增益六法按方搜討既成全圖始一一分劃裂為小圖又縮為六圖其指揣方向鉤心鬪角以明形勢尋歷川涂辜推遠近以明分率用心良苦其法初畫紙為正方格每方或四五十里或二三十里以府縣治為中宮方隅則分十二方十六方暨堪輿家所稱二十四

向上北下南前東後西取古人六法約爲四要曰分率曰方隅曰鳥道曰道里凡作山壘數人字作巛水則爲雙綫經流稍闊支才分許乾流故道則壘塡其中伏流則空之使勢連屬道路用壘點分界用單綫城郭略具形勢大小依率字書於中村團峒寨則以□△○別之關則爲冂塘汛則爲卬橋則爲口渡則爲○無論官道小路經緯咸登委曲備寫而酌之以高下方邪紆曲貫之以津梁橋路圖既茂密差郎易知別有寶慶疆里圖說見藝文史部地理兹不復贅

天有五行人有五事五事修而五行敍天人徵應之理徵矣自漢書志五行詳錄伏氏洪範傳說及其占應後代作史者因之

然於庶徵但紀災眚而不及休祥沈氏宋書因□□符瑞志宋史則兼採祥異嘉禾瑞芝與水旱札瘥備□□□所謂因其事以考其時則休咎自見也至班史創藝文志所以綱羅載籍收拾遺經也歷代沿襲不改隋書則直稱經籍志近世方志乃以詩文當之郡箸述寥寂自唐末秋田咏史後曠歷歲時未聞接踵元明以降代有聞人兵燹風霜故老遺文半就湮沒舊志臚引陳篇詳徵歌咏且遠引風詩侈爲佳話而經史子集見於著錄及金石文字炳於碑版者反任其遺佚陋矣哀而錄之烏可緩與故繼之以五行藝文二略

方志每苦門類繁冗重複雜遝方家所譏夫志重紀載與　朝廷六典通吏之官制戶之貢賦禮之學校兵之營汛刑之律例工之建造皆關係大政勒成一書原以備　國史之採兹纂爲六書官師建置繁簡遷移以及俸薪養廉之添裁掾役胥額之增減皆歸吏書戶口田賦倉儲屯政以及鹽茶錢榷之目物產風俗之宜皆入戶書祀典學政祠廟鄉校則禮書所統也營弁塘汛驛站鋪遞則兵書所統也若夫出於禮則入於刑不可不特書之以昭炯戒起大役必動大工不可不詳書之以重民力故繼之以吏戶禮兵刑工六書

有陶士行歐元功之治行而後郡人知樂生有周茂叔張九韶之教化而後郡人知嚮學有柳公綽李公素諸人之詰戎而後

郡人免谿峒之患有曾烈愍李節愍諸人之殉難而後郡人識忠義之重功在一時思永千禩循良之咏干城之頌烏可忘也乃若前代遙封未之國及之國而無事蹟可考者其人雖賢例不著錄若岷藩就封傳位十世二百餘年雖腥德時聞而時近事彰難任湮滅舊志紀載缺如無以徵信又有明一代區區褊郡指揮鎭撫千百戶百餘家偪處一城其中衞所子弟不少才諝足資紀載既非土著又異流官是宜別立一門以免淆混詩曰戎有良翰此之謂也故繼之以政績武功良翰三錄

岷藩之國代有命使偉人名德接軫斯都洵不可無紀他若企鐙之失國永明之稱號闖獻之餘孼孫李之忿爭區區一隅蹂

灩已極· 熙朝肇興救民水火瘡痍甫起復有吳逆之變今則承平日久民不知兵·而聞見異詞事已無考·至武岡竄據尤關係殘明掌故· 御纂通鑑綱目三編附三藩於後· 諭令一體稱王免書僞字·於三王死節諸臣均蒙 褒卹仰見 聖朝寬大之恩海涵地負·政無所庸其忌諱·哀而錄之不可略也·故又繼之以使岷殘明二錄·

襄陽著耆舊之傳·桂陽存先賢之讚·楚國人物見於古載籍者尚已·郡文獻寥寥·漢以前分隸長沙零陵·古有其書今亾其籍·無得言焉·考之正史·惟邵陽周琦一見晉書·武岡鄧處訥一見唐書·楊再興完者之倫一再見宋元二史·此外分見統志通志·

及各家譜牒記載者·自元以前徧爲搜討·共得若干人·代禩緜邈·行故墜沒大較舉其一隅·古曰在昔·昔曰先民·不復區別名目·故繼之以先民傳·

代遠則多缺略·世近則易詳備·自明以來·薦辟科目學校三途竝用·楩枏之選·圭璋之彥·彬彬輩出·璽書交馳於資邵之郊·孝秀爭升於萸峽之野矣·或迺明廷錫宴·遽返郊原·亦有盤桓利居·終身肥遯·其閒忠臣孝子·耆儒退士·耽懷道術·服膺六藝·甘老牖下而不悔者·殆難更僕數·舊志草率·掇拾缺漏已甚·今詳加甄錄·拾其遺闕·庶草野一至之行·皆可光日月而格金后·閭巷砥節之子·亦可垂竹帛而示子孫·故繼之以勝朝耆舊忠義孝友儒林文學善行任俠諸傳·

世族地望古人所重·首邱土音昔賢不忘·故考亭著新安之號·北海仍江夏之稱·重返本也·郡少洪伐宏顯·一二載在史冊者·又多展轉著籍·迷其本貫·有郡人而疑爲別籍者·如宋史之楊再興不著臨岡周湛別隸穰縣是也·有非郡人而誣爲郡籍者·如晉書之邵陵人陳光·隋書之邵州張顒是也·（陳光張顒舊志皆誤爲邵人而不知陳光爲許州之邵陵張顒爲後魏所置垣縣之邵州與邵陽之邵州風馬牛固不相及也）又舊志以宋史徐經孫無籍貫·遂據長沙府志爲寶慶人·（長沙府志徐經孫寶慶初爲瀏陽主簿遂譌寶慶初爲寶慶人也）湖廣通志湖南通志楚寶增輯皆因之·而不知經孫爲江西吉州人·見 四庫著錄·其文自明也·又以宋史本紀

潘王之亂·有王元春告變之文·遂以邵陽之吏部侍郎王元春當之·而不知告變之元春爲湖州人·見元史方技傳·其文可案也·凡此之類·多強爲附會·而殘明密敕之案·與十八先生同光日月之林烈愍青陽見於明史·及 御纂通鑑輯略 欽定勝朝殉節錄諸書·班班可考者·反不之及·其姓名亦在若存若滅之閒·若此之類·亦非一事·蓋舊志之固陋如此·其在城步沐氏有先塋之志·楊氏有世勛之碑·藍氏有復姓守塋之記·皆郡中掌故也·今人泥明史定遠六合之文·致迷其本貫·而通志於城步又僅列楊洪一人·小傳寥寥數語·實不足以傳信·茲本之正史·參之載記·復親歷各家·登其墓兆·證以譜牒·得其

先世手錄印冊作動衞傳禮失而求諸野官失而守在夷百爾
君子庶諒徵考文獻之心毋貽借材異地之誚
英雄之記盛於季漢遺民之錄裒自宋末龍虵悼鷸綫之臣蒙
戎咏流離之子前明之季吾楚憔悴忠藎之士過殷墟而泣黍
離執干戈以衞社稷者邵人最多至永明逃竄從亾諸臣蹈鼎
鑊而如飴甘薇蕨而不返又虞翻所云外來人也舊志漫無區
別或且列入流寓類既不倫事且失實其湮沒無聞不見紀載
者又無論矣茲分爲遺民寓將從臣遷客四傳不與隱逸流寓
諸傳同科亦可以壯河山之氣起幽憤之魂矣至若　國朝肇
興全郡內屬二百年來戶遵　皇軌家沐　聖化人躬

湖南文徵　卷七十四　序十九　三三

閔之行士挺珪璋之質下至閭巷負耒之夫窮閻卹緯之女芳
蹤淑德奕世載美故邵之爲郡論洪伐顯奕不及一邊邑而巖
棲谷隱徵名聘德若車王理學邵陵風雅諸老嘗起自一隅與
中土爭衡海內求名之士必歸焉無論湖外矣故繼之以　國
朝耆舊諸傳
香草美人之咏盛於湘中蘋蘩季女之詩登於南國郡襲召南
之化俗師節儉之風家不尚綺羅之習人不侈咏絮之才而窮
鄉委巷霜嫠處女一至之行泣風雨而感鬼神者動以千百計
蓋自明以來見於舊志特旌者二百二十四人見於新志彙
旌者又一千五百一十六人嗚乎盛矣其姓名已大書特書於
士女表又取其事蹟奇特可歌可泣者採而傳之貧其苦行昭
我管彤亦秉筆之光也故繼之以兩朝列女傳
書不盡言言不盡意古籍之所以日出也所傳異詞所見異詞
卮言之所以日亾也方志多採錄軼事爲雜記叢談之類今倣
其例爲摭談三卷分天地人物俗故藝異八目昔曰博聞姑付
諸信以傳信疑以傳疑之列亦資談助聊等於寓言十九重言
十七之條所以存疑亦以拾遺也故爰之以摭談終焉
昔常道將云善志者述而不作序事者實而不華是以史遷之
記詳於秦漢班生之書備於哀平皆以世及事邇可得而言也
寶慶著錄見於古籍者有昭陵圖經邵陵類考及明代之正嘉

湖南文徵　卷七十四　序十九　三四

隆慶志與邵先正之召乘臚句邵陵風雅諸書今皆刓闕不傳
入　國朝凡四修一爲傳太守鸞祥一爲李太守益陽一爲梁
太守碧海其一則乾隆朝鄭太守之僑也傳志當鼎革倥偬之
際迫促將事草創而已本非完書李志較善而剞劂甫竣遂有
滇逆之變守土與郡俱陷故其書不爲時重尠有藏本梁志際
閈復之後故家遺老尚有存者拾殘補缺圖籍一新顧體裁略
備固陋實多鄭志廣收博採自謂遠勝前人幾於家奉一編珍
爲科律矣而其書荒謬時有缺陋轉甚今又閱八十餘年未經
續纂若再遲則文獻愈替墜失無傳是不可不亟爲修輯矣顯
鶴生爲州民老竊講席每覽陳牘引爲已責才短識闇文湮獻

往既慚荒陋復愳咎質屢與邑子鄒漢勛叔績言之頗欲竭其翼翼之思而官書非私家所得專抱此區區相對愾歎非一日矣甲辰之夏河曲黃先生來權郡事與言及此迺以茲事諈諉叔績實從臾之遂相與援翰執素廣訪博咨而言人人殊衆議騰沸懼其久而渝也體例𪈲定遽爾開雕黃公旋有大定之擢吳牧伯繼之籌議甫及而叔績又爲黔中大吏促去事幾中輟會孝義張公來守是邦力持前議又得學博彭君洋中相助四閱寒暑始克有成其發凡起例道源究委蒙有一得至蒐討故實采摭輿地登椒窮涯村至鄉問山川能說古事能述則叔績兄弟及郡中諸賢之力居多衰門子弟亦與鉛槧之役而提挈綱維終始其事實資彭君要其指歸一稟成於守土君子而已無與焉惟是一方人物五都士女雖負販之氓田閒之婦苟有片善必爲甄錄然多出閭巷之口或據譜牒之私子孫而矜崇其祖父弟子而曲徇其師說者有之吾師有言聞人之善而不欲疑考古之疏而未敢信是則懍懍於人非鬼責之懼知我罪我當亦通國之人所見諒者矣道光二十有九年歲在屠維作噩如月庚子朔新化鄧顯鶴謹識於南邨草堂之讀易窗時年七十有三

案先民耆舊諸傳自乾隆二十七年鄭志以前上溯晉唐宋元凡舊志闕略譌舛者博采史傳載記及私家譜牒一一詳爲補輯糾正凡增若干傳删正若干傳較舊志致爲完備至乾隆二十七年以後則以開局後各家採訪爲據有近時名迹稍著而其家不送稾到局及書成後始送稾者皆無憑立傳幷非有意去取也識者諒之又案志係官書例應書名舊志於名宦政績書某公某官皆非法也今於政績武功各錄凡偉人巨公有事茲土一概書名惟濂溪考亭二公一見政績一見統部變文書子此又一例言各有當也至村落間多方言俗字如氹凼堆坑等字不見字書而質券文契最多此類武岡許志所云仍之則不典雅易以他字則易起爭端是也今略爲是訂如蕩即氹亦即墈培即堆衝即坑垠即圳之類皆予更正此外有相沿通用而不可從者如備作賠振作賑岵作貼徇作狥之類亦有字本不譌而鈔寫互異者如柴砦閒閑村邨源原大太之類寫不一人校不一例讀者自辨之當不以是相詰責也

湖南文徵卷七十五

湖湘後學集編

序二十

毛青垣麋園詩序　鄧顯鶴

余聞青垣之名於沈栗仲，因得交其人，今二十許年矣。戊己之閒，余羈棲長沙，寓舊城南精舍，栗仲方買宅城南爲流寓計，相距不過數武，青垣往來其閒，無閒晨夕。時余方搜集湖外詩爲總集，謀授梓，會有西河之戚，青垣恐余廢業，移榻就余，日取淇汞以來各家巨帙零章，商摧進退，余感其意，制淚忍痛，孜孜汲汲爲之，遂以成書，今所刊行沅湘耆舊集是也。青垣性孤絜，無他嗜好，獨併心壹志於詩，故其詩境日高，俗流莫能識也。栗仲最先識之，嘗以誇於人。青垣依栗仲久，栗仲既罷官，青垣無所於歸，又久困諸生籍，坎壈抑塞，不樂近人，惟自矜其詩，落落寘寘於荒江老屋中，飢甚則出求升斗以自活，冀旦夕不死，歌聲出金石而已。以故時之人舍栗仲外，無有能客青垣者。今太子太保東巖公聞而賢之，公由潭帥移節總制兩湖，遂招之偕行，於是館於武昌節署者六年。先是青垣以余爲能知其詩者，裒所作千餘首寄示刪訂。青垣詩樸老眞摯，而尤長於五言，顧刻意學杜，連牘殊體，閎麗詭變，無不神似子美，余稍汰其格體太似者，青垣不余忤，屬爲序，行未及爲而青垣死矣。青垣死，宮保哀之，既歸其喪於長沙，又屬其友善化湯彝幼尊校定其詩爲八卷，開雕於武昌府署，而以顯鶴於青垣有平生之言，以公命來徵序。余惟詩自漢魏以降，得興觀羣怨之旨，有合於三百之義者，誠莫如杜子美。子美忠悃亮節，騷情古意，同符正則，其於詩天才獨縱，而學問詣力又足以副之，故世謂之詩聖。後之學杜者，多求其善於言者，千年來不過數人，而村市鄙闠里巷壟曼之音，且接踵天壤，若人人意中有一子美者然，吁可駭也。青垣詩宗尚甚正，而一以子美爲法，才識雄毅，功力刻深，有沈鬱之思、剛勁之氣，而無叫號之習，有委婉之致、春容之度，而無觚骰之態，吾不知於杜詩何若，求之於唐以後學杜諸家，殆亦無以過青垣矣。揭曼碩有云：詩之正如日月星辰山川草木鳥獸，而其變如風雲雷雹龍騰虎擲，要在盡其常，通其變而已。余不敏，無以序青垣詩，聊舉古今來學杜之失與青垣之所由得，而終以曼碩之言，還質之栗仲、幼尊，以踐平生之諾，以弛後死之責。若夫青垣窮老一諸生，晚依上公，備荷知遇，恩禮終始，生爲上客，死正首邱，未水之骨遂歸，浣花之名益著，斯則子美不能得之於嚴公，抑亦足以慰長逝之魂而洒千秋之淚矣。道光二十有六年冬

嘉樹堂詩鈔序 代李比部作

鄧顯鶴

嗚呼季壽已矣·所不與俱殁者惟此數卷詩耳·去年秋聞吾妹返長沙余使人往弔·即求其遺稾·得嘉樹堂詩鈔兩巨冊·發之淚涔涔下·輒掩卷不忍卒讀·今年春余妹攜孤女來粵·具述季壽彌留時語·拳拳以此事見付·嗚呼余尚忍聞其言邪·季壽幼倜儻多慧·眉目秀整·舉動英偉·隨其尊人官粵·先大夫一見決爲大器·以愛女歸之·三十年來余弟畜季壽·季壽亦兄事余·惟謹·季壽伉爽有大度·好氣任俠·交滿天下·所至傾其座人·余病其意氣太盛·每箴之·季壽韙余言·然莫能改也·獨心讋余詩·余詩學韋而季壽學蘇·余學韋而難於言·季壽學蘇而出之若易·

此余兩人才分優絀相懸·非可強同·然其精心密詣·思求合乎古人之轍而不相戾·則余與季壽初無異同也·因取其詩忍淚編次·付梓以踐冥諾·季壽可不死·余獨痛季壽早負才名·當其盛時傲睨一切·視天下事無足當意·卒之屈於貲郎·邅迴屯踣·壘壘不自得·而又家門多故·死喪相繼·性豪邁不善治生·以故季壽交日廣·名日起·而境乃益困·一官偃蹇·無所建白·年未中壽忽焉以殁·無三尺之孤·無一椽之庇·徒以寡妻弱女累七千里外頹然老翁·此則季壽死不瞑目者·嗚呼季壽已矣·余其何以爲心邪·序其詩非徒藉慰逝者·抑以紓余挂劍之悲爾·

送楊玉泉先生重赴鹿鳴序

鄧顯鶴

國家以科舉取士·每屆三年·朝廷遣考官分往各行省試舉人·如例·放榜之次日·宴新舉人於行臺省署·以次坐考官之末·笙簧酒醴雜然前陳·名曰鹿鳴宴·與斯舉者以爲榮矣·其有早舉於鄉·歷六十年之久·重值是科者·故事得由原籍儒學州縣官·起文申送行臺省·名曰重赴鹿鳴·大府以其名聞於朝·例得荷 俞旨·照原官量予陞銜·與會試重赴瓊林等·所以貴科目·崇高年·典至重·禮至隆·恩至渥也·以余所聞當代儒碩·如宛平黃崑田·大興翁覃溪·錢塘梁山舟·桐城姚姬傳四先生者·海內所稱耆儒碩德·瓌才璞學·閒世而一出者也·然皆以重赴

鹿鳴·親承 列聖之褒嘉·躬被 加銜之寵錫·蓋 國家所以崇儒重道尊賢引年之至意·悉寓於是·嘉與士林光昭史冊·甚盛舉也·吾楚自湘潭羅愼齋·桂陽周玉甫兩先生重赴丁卯己卯鹿鳴後·未有接踵者·甚矣哉盛事之難得也·同縣楊玉泉先生溫·乾隆丙午中式第二十四名舉人·迄今道光丙午例應重赴鹿鳴·先生歷官益陽縣教諭·武昌府教授·所至躬行率士·難進易退·爲多士所服·以道光二十一年春乞致仕歸里·其生年爲乾隆二十四年·今八十有八歲矣·先生師表人倫·垂型邑里·行有防檢·學有本原·其官益陽也·顯鶴承乏甯鄉·每值歲科試·於役省門·朝夕過從·所以愛護而規切之者甚至·迨先生

歷任武昌顯鶴乞假北行嘗一再晤於鄂渚臨別先生猶渡江送余言論娓娓不倦余去爲後再游武昌而先生已於三歲前賦歸歸後今又六年矣聞其神明不衰步履如故終日危坐手不釋卷燈下猶能作楷豈非 國家元氣之所關吾里人望之所繫哉顯鶴年來偕主濂溪講席兼有纂修郡志之役於選舉表乾隆丙午科先生名下大書重赴鹿鳴四字旣喜縣中有此吉祥盛事又恐先生之高蹈邱園安居几杖不肎居此美名或觀望而不前也因爲文以速之且以告之吾鄉諸同人上之當事大君子當有鼓舞歡忻樂先生之一出爭先快覩爲人瑞者先生行矣蒲輪之徵古有其典革野之食今逢其盛余不敏尙當率邦人子弟撰杖屨御安輿以相從於麓山湘水閒爲重歌鹿鳴之三章可也

沅湘耆舊集序例

鄧顯鶴

敘曰在昔襄陽傳耆舊之傳近世甬上輯耆舊之詩徵文考獻異世同揆今海內詩徵之刻殆徧吾楚風騷舊鄉獨闕焉未備湘中耆彥屢謀而未成推原其故亦有四難屈宋而還漢魏以降騷壇宋歷代禩緜悠中惟南平陰子堅振響蕭梁顧疑外來又少竝起自餘單章率乏奇采唐宋而後楚風振矣然襄陽少陵類非湖外所得攘其見於全唐詩者湖以南不過數家北宋湘陰鄧氏諸老詩散見永樂大典內府所藏外閒反不及見南宋各家亦止雪磯叢稾在世餘率多缺佚洪宣以後懷麓一集孤行天壤若楊文襄何文簡竝有千古而石淙燕泉兩集行世寥寥他更何論至如洞庭漁人高霞居士夕堂老人諸先生當時奉爲壇坫今且不識姓名石渠天祿渺若雲霄玉律金科委同草莽今欲遠紹遺聞光我簡冊則上溯之難也家之藏書人尟專業高門右族手澤旣不輕以示人蠹簡鼠編下士亦各私其祖父無不視爲奇貨秘比琅函造觀旣乏鄉導借鈔絕少寫官下至荒山古寺委巷農家村學傳鈔老僧黏壁亦有名章可資采錄自非身歷其地不知又若定哀之閒多微詞沅湘之地多激響忌諱滋繁嫌畏尤甚若蓮冠道人食苦和尙砍柴行者之流聲出金石光爭日月散在榛莽飄若雲煙鬼神護持流風不墜偶得片語如獲異珍驚喜狂拜至於泣下凡此之類若沒

若滅何有何亾今欲綱羅散失勒成一編則旁求之難也雖有碔砆不掩璆琳雖有蘭茝不廢菅蒯選樓一開郵傳麕至堆塞几席蔽錮聰明徐凝不少惡詩僧虔政多累句所恃刪繁領要搜隱獲奇識鑑不淆取舍斯允若乃矜言瓌博則以高簡爲空疏矯語性靈則以纖佻爲妙悟馴至淺人俚語累幅不休逸響孤音古調欲絕夜叉菩薩之句傳徧人間龍頭豕腹之篇翻疑賡鼎取馮子粟梅花百詠忘劉昭禹四十賢人一唱衆咻殆難以口舌爭楚風補詩的二書俱坐此病捃摭雖勤榛楛未翦固陋實甚遺佚更多則決擇之難也班固人表差等有九鍾嶸詩品區分有三自來館閣宗匠各有師承布衣名家實具宗派執

牛耳者不定擁麾旄捧盤盂者不定在韋布壇坫遞嬗門戶攸分支派相承源流可考惟爲之定其品目論其世次考其家世弓冶之詳溯其師友淵源之自各以類從位置既定流派自清人風亦辨若乃漫無區別任意顛倒屈上座與髠流一牀致老子與韓非同傳進豪門而退素族旣涉攀援之嫌抑鐘鼎而崇泉石亦坐矯枉之過馴至一人被擯切齒者數世一目偶乖指摘者千夫以風雅之林成恩怨之府知我罪我孰得孰失則品藻之難也以茲四難遂成五患一曰濫收二曰挂漏三曰去取失當四曰評騭不允五曰草率將事尙望其書成不刊信今而傳後乎顯鶴竊不自揆嘗欲薈萃湖以南文獻爲一書念搜討匪易當自近始會就耳目所易及者先爲掇拾名曰資江耆舊集陶文毅公業爲開雕於金陵矣已念全楚之大非一道所能賅自湖外諸郡分隸湖南布政其閒鉅儒碩彥通人誼士斷璧零珪湮霾何限文采不曜幽光永沈此亦闕於采錄者之罪也因發憤推廣展轉搜索復成沅湘耆舊集而以資江諸名人仍按時代編入起自洪永至於近日凡得一千六百九十九人詩一萬五千六百八十一首釐爲二百卷葢湖以南文獻略在是已伏處荒村見聞孤陋故家名集十不得一大懼瞢昧獲咎書成迺蒙同里諸君子爭先寄貲助刊遂開雕本宅先祠始於壬寅春仲至次年秋工竣凡費緡錢一百八十萬有奇昔裕之輯

中州集歷二十寒暑僅成卷帙無力刊行後得趙提學國寶資藉始得鋟木以傳今是集告成實藉諸君子之力顯鶴識闇才疏因人成事敢自以爲功哉謹序成書之始末歲月而條系例言於左簡祈與天下後世大雅君子共證之

徵文考獻當自其鄉始歷觀古記載史部所列若襄陽耆舊記零陵先賢傳臨川名士傳錦里耆舊傳楚國先賢傳皆傳其鄉之獻也集部所列若蘇州名賢詠淛東酬倡集河汾遺老詩會稽掇英集宛陵羣英集皆傳其鄉之文也若元遺山中州集合文獻爲一書遂爲一代史宬之本葢著述家採拾搜討有功國史關係之重如此今仿其意曰沅湘耆舊集仍資江耆舊例也

湖以南水禹貢言九江國策言五渚實則沅湘資澧四水而已而資水入湘澧水入沅湘長於東沅雄於西故舉沅湘而湖以南水盡在是卽湖以南郡縣盡在是其曰沅湘耆舊集卽湖南詩徵之變名也

文集日興散無統紀網羅刪汰總集以興三百以後權輿王逸惟所裒僅楚詞一家　四庫總目提要以爲體例所成當以摯虞流別爲始其書雖佚其論尚存文選以下互有得失然選樓初開何遜猶在不錄其詩猶爲近古若師叔楚詞之錄幷入九思則以己作入選與徐陵玉臺新詠同唐芮挺章國秀集亦然提要詆之以爲雖有例可援不可爲訓至國秀集前有天寶進

士樓穎序而其詩卽列集中提要以謂一則以現存之人采錄其詩一則以選己之詩爲之作序後來互相標榜之風已萌於此其言可謂深切近代吾楚陶烜　國朝詩的彭廷梅　國朝詩選均坐此病今本以蓋棺爲定差免詩社錮習

洪荒以前無可采錄中古文字簡略萌芽韻語渺焉悠邈三百以後吟詠備矣然昭明有言姬公之籍孔父之書與日月俱懸鬼神爭奧豈可重以芟夷加之翦截自來談楚故者以茶鄉爲炎帝之陵九疑爲虞帝之寢洞庭爲黃帝張樂之野遂乃遠稽蜡辭旁及政典雜引兵法丹書廣成道要以及解慍阜財之歌履霜水仙之操漢永江廣之什山鬼國殤之篇無不旁搜遠紹

節取斷章意存誇張適形鄙陋今欲一從刪汰難於託始姑斷自洪永以來迄於昭代爲一書元以前諸家別爲前編發凡起例自具簡首茲不復云

選家向多書名惟文選於班孟堅張平子以下皆稱字中州集祖其意而變之有以官稱者如吳學士張秘書馬御史之類是也有以名位稱者如禮部閒閒趙公承旨党公之類是也有以官之地稱者如劉鄧州高博州馮臨海張偃城之類是也有以名德稱者如常山周先生昂黃山趙先生渢黃華王先生庭筠是也有以隱德稱者如王隱君辞繼先之類是也有以異人稱者如擬栩先生明了居士無事道人之類是也有以其號稱者

如劉龍山愚軒居士姑汾漫士之類是也有區分門戶各以類從者如三知已南冠五人諸相之類是也有直書其名者如呂仲孚李端甫王元節之類是也有愛其詩親其人鄭重而諡之者溪南詩老是也其例甚紛其稱不一錢受之列朝詩選胡道南甬上耆舊集皆用此法今仿其例冠以官階繫以字號用表敬恭桑梓不敢直名之意

位尊書諡無諡書官官書其終書其地亦書其著無官書科目如進士舉人恩拔副歲優貢之類一依功令無取別稱惟府州縣學生員及監生仍列朝詩選舊稱曰秀才國子其布衣處士少變其文亦用前例至其素以字著不因官顯者則舍官從字

其字本共著而官有事蹟可考者、仍舍字從官、若平生親故知舊則一例書字、字履俱無則書其名、意在表章、義無軒輊、世嬗歲遷、名流輩出、家數既多、主名不一、人風易淆、昔人有云、世之選家、坐取諸集、錄其擅名及子孫方貴盛者、爲冠冕、若單門逸響、附錄一二、輒有德色、但略去取、閒遂裒然大集、至問其集中諸公風格高下、與詩學源流、闢草萊者幾人、主壇坫相羽翼者幾人、選者讀者皆茫然不知也、其言沈痛、可爲炯戒、湖以南名公全集行世者少、今集託始勝國、首推一初李先生文章志節、卓越千古、爲懷麓一集風雅發源、所謂高曾規矩也、洪永之閒、學士劉公三吾方伯彭公友信尚書夏忠靖公原吉昔吾先正、尚

有典型、宣德以後、忠宣劉大夏恭簡朱英名德宿望、不必定以詩名、若王侍郎偉楊僉事廷芳李敘州鑑以下、清詞名章、體裁略備、至文正公出、卓然爲一代大宗、論者謂其以金章玉衡之質、振朱弦清廟之音、含宮咀商、吐納和雅、大韶一奏、俗樂俱屏、老鶴一鳴、啁啾皆廢、雖以北地信陽之氣燄、劫持一世、不能上掩長沙之光、而其時同鄉諸君子、晉楚匹敵、則有楊文襄公一清蘇門秦晁、則有何文簡公孟春石淙燕泉兩集、亦懷麓之亞也、此外聯鑣接軫、如尚書鄧公庠參政嚴公永濬兵部李公永數十數輩、篇章酬酢、具見集中、而又有相得益彰之老友彭民望澤與共晨夕、益其時湖外之吟事、彬彬然稱極盛矣、自時厥後、龍湖張治東雩廖希顏共顯於正嘉之閒、君御龍膺雪濤江盈科競響於隆萬以後、讀浯池易舒誥紫園曾朝節之作、知騷國不少詞臣、誦八厓周廷用終太艾穆之編、信郢中猶多高調、諍禮一集徐一鳴既無愧於燕泉、講學諸篇冀元亨蔣信劉穩伍讓諸人乃導源於擊壤、布衣而主壇坫、克副洞庭雲夢之觀、洞庭漁人孫宜夢山人孫斯億雲外吏而談風雅、足壯五溪六嶺之色、武岡曹一夔邵陽車大任漵浦鄧啟愚靖州許潮諸人尚書詞翰或少掩於勛名、劉堯誨宗伯文章實允符其風節、莊天合羅喻義李騰芳況復揚芬七葉諸黃代有聞人、善化黃氏接武一門三范時稱名士、桂陽范氏其餘或結社於白下雲水仙蹤、傳孔說米雲卿或借隱於空山烟霞痼習、龍人偲邸當世諸人此皆湖湘之故事鄉曲之美談也、若夫天崇以後世變漸滋、鼎革之閒

遺民尤盛、無不家函井史人矢谷音、如些密二公郭都賢陶汝鼐倡社於湘中、邵陵一老車以遵主盟於資峽、夕堂王夫之浩歌猺峒、居然正始之音、長史鄧祥麟高詠鹿厓、宛具初唐之格、虎塘劉象賢須竹唐瑞芴具體少陵、樵隱朱之宣江聲蔣之芬希蹤坡谷、又若馮介烈一第之巖冷幽峭、郭遺民金臺之簡遠蕭疏、黃九煙周星之馳驟譎詭、鄒民厓統魯之僻苦棘澀、長蒼父子楊嗣昌山松之奇偉蒼鬱、食苦兄弟唐訪唐誠之清厲悽愴、斯又各有性情、自具宗派者也、至若春容含蓄則有屢徵不起之潘章辰應斗、沈鬱蒼涼則有九死不悔之夏叔直、汝弼清婉深秀則有刻苦自厲之陳耳臣、五鼎悽戾清愴整贍雅飭、則有沈晦無名之程或委、本雅潔高老格律渾成、則有負

氣不出之王稚潛（嗣賢）幽冷名雋脩然塵外則有功高不居之陳迺錫（宏範）以及船山諸友（洪業嘉劉惟贊管嗣裘郭履躚諸人）仗節諸君（陳來學唐諟周繼聖左天民俞一鱗吳愉諸人）行遯遺黎（陳五簋王二南袁湋譚雅諸人）苦吟衲子（髡殘一念諸人）一名氏半湮於湖外敦盤未涖夫中原（列朝詩選明詩綜多未及）各有千載猶然楚中三戶之遺自成一家不愧南宋羣賢之目爰爲之拾殘補缺部別區分或特設一牀或同登上座或編爲合傳或各以類從綜厥全編遂難更僕敢云張楚莫謂無人若夫衰世之音哀以思治世之音安以樂諸賢入　本朝後雍容簪筆歌詠太平含和吐氣渢渢乎歸昌之音疏越之響二百年來各有師承源流備矣就其所見審爲編錄成例具存不復亶究

世遠代積輩行先後最易混淆今一以科目爲斷恩拔歲貢有年歲可考者亦依科目序列至諸生韋布騷人逸士難以意斷則視其家世交游前後爲次與科目間敘大抵以三十年爲一輩其無可考者則注明附錄卷末而採到較遲者亦一例注載不敢任意顛倒自亂其例惟十七卷之冀闇齋蔣道林皆明儒學案中人因與龍潛之唐子充理學諸人各以類從科目稍淆此又一例也

集名耆舊文獻所繫以詩存人亦以人存詩用備一方掌故非爲後學程式也故集中所載不拘一格要以表彰先哲搜剔遐隱爲心不敢侈口妄談輕議前人貽誤後輩也然愚山有云詩如其人不可不慎浮華者浪子叫號者麤人窮瘠者淺癡肥者俗風雲月露鋪張滿眼識者見之直一葉空紙耳故曰君子以言有物又云山谷言近世少年不肯淺治經史徒取給於詩故致遠則泥此最爲詩人鍼砭是集雖不敢自居詩教嚴立程式苛爲去取然市井里巷叫囂輕薄之習在所痛懲上下五百年家數以千計詩以萬計豈能人及西涯之門家服夕堂之論總覽全集容有麤淺而必無叫囂有平直而斷無輕薄此則可以自信可以其白者也

徵到諸家全集苦少或出自譜牒或摘自方志或採自巖洞亦有家世寫本坊市俗刻展轉傳鈔參互不一或一題而彼此錯

見或一篇而首尾互異疑既難闕信亦誰從要惟擇其稍完善者登之比識曲之聽眞異買菜之求益比較原本或稍不符覽者諒之幸毋深罪

徵文考獻意在表章論世知人無嫌詳盡集中各傳俱採自史志史志無傳旁及家譜別記其或傳聞失實仍核之本集即如開卷兩人希翁登第一以爲元統一以爲泰定坦翁末路一以爲戍邊一以爲賜死及核之本集皆非其實因爲之詳細辨證不惜訂　四庫之疑糾正史之謬故集中諸賢事迹無論見正史與否均不憚一一詳載若其人無他表見則止敘爵里世族地望昔人所稱土音之操樂工不忘首邱之義賢者尤重

故廣陵仍江夏之呼，考亭繫新安之號，示反本也。若先世流寓斯土，子孫著籍已久，即同本貫，非比外來。其有著籍他地未絕本貫者，亦閒爲收入，如彭襄穀澤以湘陰籍蘭州，文總制貴以湘鄉籍東昌，郭太平本以平江籍廣西，李解元士英以瀏陽籍貴州，以及邵陽車氏籍上元，武陵胡氏籍無錫，溪州田氏所枉著籍皆是也。至閨秀以所適之地爲主，方外以卓錫之地爲斷，雖非楚產，亦登表而出之，以免借材異地之誚。

楚詩向無總集，今所傳廖氏楚風補、楚詩紀、陶氏詩的二書，挂漏譌舛不一而足，詩的無論矣。楚風補見 四庫總集類存目，提要以爲其書意主誇多，冗雜特甚，又疏於考證，舛漏尤多，假

借牽附不一而足。如劉䟦子乃北宋人，而列於六朝之際；嚴羽乃昭武人，而列於三湘之閒。經其指駁，大凡十事。今按其謬尤不止此，如范浚蘭谿人，而以爲澧州；周渭恭城人，而以爲桂陽；曹唐桂州人，而以爲湘州；廖正一安州人，而以爲衡山；余闕色目人，而以爲羅田。此猶謂仍方志之譌也。尤可異者，元浙江天台有黃庚，字星甫，著月屋漫稾，見 四庫著錄、浙江通志。廖氏因湖南通志宋遴舉表有常甯黃庚，名姓同，遂以其詩實之，則不顧朝代之隔矣。金源氏之王庭筠，中州集所謂黃華先生者也，愛相下山水，自稱黃華山主。廖氏因南嶽志黃華觀有黃華老人，并以其名有詩實之，則併不顧南北之阻矣。又以方志所載長沙好善樂施之許有壬爲許文忠公。文忠著籍湯陰，爲有元一代偉人，有至正集八十一卷及圭塘欸乃集，見 四庫著錄。乃以疆域遠隔、姓名偶同之人當之，是豈足以爲楚重乎？至不知周樸有二人，李贄有四人，此尤其誤之小者也。今本去取詳愼，凡若此類，槪從刪汰。

相傳明代科舉取士之制，定自劉公三吾。洪武乙丑進士榜，湖南至二十三人之多，中惟澧州張庭蘭、武岡于子仁有詩。于詩神似太白，飄飄有仙氣，故世謂之仙去也。二人集均佚。大抵明代詩集佚者甚多，以余所見，懷麓堂外，有名者亦不過忠靖、忠宣、文襄、文簡數十家而止。此外名位昭著，若巴陵鄧襄敏公廷

瓚、道州熊莊簡公繡、巴陵方簡肅公鈍、長沙李恭懿公棠、零陵陳恭節公純德及祁陽陳尙書公薦，名德碩望，垂型鄉里，都無一詩可采。恭節公以身騎箕尾、氣壯山河之人，且不免於外論，其餘更何言矣。至一代名集，見 四庫著錄存目、明史藝文志、傳是樓書目者甚夥，若茶陵尹尙賓一經堂集、斗庵集，劉一峯衡雲集，當時盛行；衡陽吳國瑞詩，曾選入曹能始石倉歷代詩，今欲求其單章隻字亦無有。而醴陵徐提學一鳴，父子相繼成進士，官部曹，迹其生平，諫南巡，忤劉瑾，爭大禮，爲文簡引重，其人氣節凜然，其詩風格遒上，遠勝七子中吳明卿輩，亦可以不朽矣，乃迄今無有能道其名姓者。余輯提學詩僅得十二首，嘗

以不見全集爲憾比友人寄到一冊則已在是集刊成之後矣吾楚人湮沒不彰多類此賢達且然況閭巷韋布山林憔悴之士哉發憤搜剔爲是集或存什一於千百亦不得已之苦心也

有明之詩凡三變而風會所趨每轉移於吾楚文正主持文柄爲一代大宗固已嘉隆七子氣燄方盛時海內求名之士即有東走太倉西走興國之語至公安天門出而王李之勢遂衰詩歸一選天下翕然宗之亦譁然詆之論者謂有明一代之詩以茶陵倡於前以竟陵殿其後吾楚詩人至與國運盛衰相終始然此就全楚言之若湖外諸君子閉戶闇修多務樸學而厭聲稱尚氣節而惡標榜故始不附王李以求名終亦不附鍾譚以

累名凡七子五子四十子之目楚南諸老漠然若不聞焉㵲山窮谷抱奇蘊憤老死不求知於人而人遂無從知之者多矣茲集所存往往不盡其人之長而佳者又有不盡存之憾枌榆耆碩桑梓英髦諒其顓愚指其罅漏是又卬須之至切者也

楚寶文苑論贊云楚自鬻熊發忠敬和嚴之旨而後世始有子書倚相讀墳典邱索之文而歷代始尊史學離騷振風雅之衰太極抉羲文之秘靡不自我作祖以待來茲天下文章莫大於楚矣顧不能無淺慨者自漢迄今湘澧英靈類多遺佚其一二傳聞者又復流離鄉土生卒難稽豈熊子遲暮之氣湘纍忠憤之感楚材晉用有開其先抑洞庭浩汗沐日浴月九疑二嶽負嶺分天使造物洩而無餘鬼神忌而不惜乎今集託始勝朝遠遺前代反愛古薄今之習昧先河後海之義知忽近舉遠之非失沿流溯源之旨於典既鈌於心靡安老至眊及姑俟異日竊恐白頭有志青汗無期如其委化一朝遂成千古爰就兒子琮所掇拾詳爲審編自元以上至漢魏六朝共若干卷爲一集名曰沅湘耆舊前編而以向後所得明以來諸家爲續編勒成全書冀無遺憾里多世族家有藏書務望示知不嫌求假

子厚耆先友之傳昌黎重久故之交總角嬉戲老死難忘衡宇休暘歡情易洽先雲渠兄嘗欲輯先世舊聞閭里耆彥爲北山小志以家世居縣之北郭也自兄云亾倏又三載每思編綴遺

文以報地下嗚咽掩卷不能自已今仿其意凡先世交游兒時師友單章斷句皆爲綴輯家世履系詳爲載記語不厭煩事惟求實終仿阮翁感舊意竊取篋中收季川中州登敏之之例以雲渠兄詩終焉後綴佚名補遺一卷女士方外後幽則索之鬼神下併徵諸謠諺庶幾纖細靡遺矣至湘中諸賢文集記敘海內名公歌詠篇什有與楚事比附者亦爲采錄牽連附存如密公孤兒顯天錄序亭林先生聞楚僧元瑛談湖南三十年事詩之類此又事關淸議義繫詩史當謹書於冊者也

詩重將伯禮戒孤陋爲其事必求其功集衆思尤資衆力顯鶴家世寒素別無嗜好自束髮授書即喜聞老先稱說古今巨人

長德鄉邦文獻迨長以詩獲交海內名宿於吾鄉唐陶山丈陶文毅二公尤稱投分憶三十年前與唐丈同寓淮南即舉湖南詩徵相勉近文毅總督兩江爲余校刊資江耆舊集甫竟而公卒卒前半月手書寄余猶諄諄屬以此事邇來家居多暇日事編劖稍成卷帙凡遊歷所至必以自隨然未敢自謂完書遽希鋟木也念裕之中州集編成二十年始得趙提學資耤付板而漁洋感舊集身後久之雍雨山人始爲開雕古人成一書其難如此老境蹉跌日事大窘縮衣節食無能爲役乃書成今貴州巡撫賀公聞之首先寄助百金於是哲弟栭農侍御熙齡與陳堯農水部本欽以書偏抵同鄉諸君子先後寄到多金遂開雕

本宅凡閱兩年竣事至此書編輯之始所與商搉校訂者鄞縣沈粟仲道寬長沙毛青垣國翰湘陰左仲基宗植搜訪之勤且慎則湘潭羅研生汝槐張玉夫聲玠武陵楊杏農彝之力居多督刊校字則兒子瑤伯昭與有勞皆有功於是書者也其捐資諸公採訪諸君子姓氏及引用書籍具見別簡道光二十有三季歲在昭陽單閼立秋後一日謹識於邵州濂溪講舍

城南倡和詩序

鄧顯鶴

倡和詩自兩漢六朝而後寖尋日多顧未有次韻者至唐元白倡爲此體皮陸繼之其風始盛宋蘇黃出一題嘗往復數四疊出不窮說者謂爭新鬬巧或反非大家所宜然其命意徵事愈出愈奇神動天隨渾然無蹟有變化從心之妙無牽硏强押之獘要無失其爲大家也己酉之秋余攜琮兒小住長沙寓舊城南精舍與老友沈粟翁相距不數武舊雨重逢吟興竊發適故人黃虎癡湯柚村楊紫卿左景喬羅研生楊性農張栭泉諸君皆以事逗留省門聞余至喜甚紫卿研生約襆被就余促膝聯榻餘閒日必至流連晨夕極友朋合併推襟送抱之樂爰以九

日邀同登天心閣晚集寓舍紫卿即席成二律余亦繼聲有作諸君子往復疊和興往情來窮日夜不倦時李石梧宮保方乞假家居聞之亦疊惠和章而陳堯農院長復以十月九日邀集妙高峯爲借展重陽會仍用元韻更迭酬荅一時湘中名雋湖外勝流于喁競作裒然成帙好事者至繪爲圖畫流播湖湘而城南倡和詩遂盛傳一時夫詩以道性情驗民風覘國政古人偶爾矢吟俱有關係非徒耽吟弄資游覽已也是歲東南大水湖以外災民麕至嗷嗷蔽野當事煮粥分賑於此自夏徂秋始稍稍散去余來時哀鴻歷歷猶在目也故卷中詩多蒿目及之覽者將有以見一時情事蓋不僅我輩離合之感矣大凡詩三

百一十九首除柚村古詩不破戒外皆次韻也會者前後十五人作詩者十九人繪圖者五人略以齒敘而殿以琮作爲一卷其不與會而遥和者又十七人别爲坿錄一卷以所得先後爲次編成會新甯有警余倉卒歸里琮感寒服散不復省覽而索觀者多既乃取以鋟木而序其緣起如此城南爲朱張講學地有兩先生城南倡和詩刻銜今書院壁上大賢遺咏導源三百無以尚已然朱子云敬夫道學之懿爲世醇儒乃欲以求工筆札爲戲而宣公南嶽倡和詩序則述晦翁語云余與敬夫皆荒於詩矣夫詩未易言也而兩先生所言若此今此卷出將有引斯語以相督責者其能免於荒與戲之誚乎是則余與諸君子

所不能辭者矣道光二十九年小除日序於古梅谿峒南村草堂之讀易窗時年七十有三

磊石山志序

周嘉紬

周禮地官之屬有土訓掌道地圖誦訓掌道方志所以備天子巡守之顧問而夏官復有訓方氏誦四方之傳道康成以爲世世所傳說往古之事必由此職采而達之蓋即誦訓所道之方志故不特邦國有志掌於小史四方有志掌於外史也夫志以言夫記也謂積記其事也其名起於班史然必其地可記其人可記其典故文章可記而又非識精學博茹涵淹貫之士不能爲昔江文通有言修史之難無出於志信哉磊石山者特吾湘治北之一山耳然其嵯峩崛疊屹立方尖作重湖之砥柱則其地可記矣帝王將相忠義功德足後世之聽聞則其人可記矣

懷柔之禋祀勿替採訪之軼事時傳行吟過客悉祖騷音登眺名流恆多鉅製則其典故文章又可記矣所謂世世傳說往古之事者將於是乎在焉第吾鄉之人鮮未有爲之積記其事者而縣志府志省志天下輿地志雖其采錄及之大抵摘其略而未能致其詳傳其疑而未能徵其信舉其偏而未能綜其全蓋由於方志之不備矣吾友王君藍江以督修洞庭龍神廟僑寓茲山者數月因綴輯本山往古傳說之事彙纂成志首形勝記其地且記其人也次典禮記其典也次靈蹟次建置記其故也次藝文記其文章也次雜紀其又摭拾於積記之餘者也凡分類六列卷九繪圖十三其搜討也務得其詳其考訂也必求其

信其參互也要會其全槀經三易而始克成編其足以爲方志之傳誦者豈淺鮮歟方藍江編輯之初嘗以書見寄余亦稍陳膚末往復論次謬承附入編中至是書成而復問序於余余披閱首卷則既有劉君省吾爲之序稽之於古兩序非體自晉太沖求序於皇甫士安而後世綴文之士或質諸高明以蘄重於世若譾如余又甯足爲君文增重且前者答書具在襲陳言尤嫌犯複顧尚有未盡所言者夫省方訓俗議禮考文天子之事也成民致神修廢舉墜有司之職也紹聞述往顯微闡幽良史之才也至於殫見洽聞纂言紀事攷古而敷典不忘論世而立言不朽不可謂非吾儒之責也乃余也家居湘北生長山陬而頽年餬口他鄉祇於章句帖括之餘浪拋楮墨翹首名山殊懷慚恧今見此志之作大愜夙心而又服藍江之識精學博茹涵淹貫爲不可及已此志已成可以應輶軒之採可以登著作之林藍江之於是役亦可謂不惜心力之俱瘁矣爰識數言用以諗夫後之讀是志者

嶽麓書院新搆東西二亭銘序　周嘉緗

麓山舊爲亭者十其北峯頂爲禹碑其南峯頂爲拜嶽遺蹟蓋古焉今並存者在山足達江道左爲自卑在北峯磴道爲極高明道中庸在宣聖廟後高阜爲四箴餘則名僅見於志曰吹香曰風雩曰汲泉曰流觴曲水夫亭一也有存有不存豈有數焉存其間邪或曰不然吹香汲泉諸亭半屬流連景物者之所取非如高明中庸數者之所以致學得名也意山靈呵護在此不在彼亦詩書禮樂之澤有非風霜兵燹之所能剝蝕者歟我愼齋夫子主講麓山既七載門人日益親鼓篋孫業以模以範夫子則謀所以游息之者乃引水流泉峽口疏濬沼植花卉以與同人偃仰其閒歲戊申復搆兩亭於書院之前其一在宣聖廟左傍山池中池故有小島仍其址而甃之爲方臺植楹者八庇以修椽飛甍繞以朱檻距山限西北隅架板橋廣約二三尺長可六倍兩旁設護欄通行徑焉其一在三絕碑前柳塘畔地裁數弓四面皆沼北爲略彴以達亭止四楹就其旁爲連椅式可環坐上結茅蓋之如一笠然兩亭成夫子樂之或請錫以名夫子不言居久之同人襲齋廡之舊稱因即以名其在左者曰東亭名其在右者曰西亭夫子亦第仍之不變也於是乃相屬爲歌調弄宮商雕鏤金石各極道揚以微偵夫子之意嘉緗則慨然諗於衆曰君知夫子之所以作是亭者乎此夫子嘉惠同人

而與之觀化也有定名乎哉禮稱藏修息游相資爲用故其入人尤速今觀東亭近在宮牆咫尺開面山臨水無他視聽玩好之娛使人得之爲靜淡爲幹固西亭則可縱耳目盪心胸衡青湘碧應接不暇若送者自崖而返而不主故行若成連櫂船海上使人俯仰空闊躑躅而移情夫道淵乎其居廓乎有容得其環中以應無窮斯則夫子立教之意乎若乃吟花月親魚鳥而放然無所得於心則亭之在茲山贅矣後之視今猶今之視昔他日覽是亭者何如也謹拜手而繫之以銘

山以止敦水以止靜惟德之閑毋心而穿心澄見天德成作聖其嚴惟人涵養在敬 東亭銘

振衣濯足魚躍鳶飛匪物之玩而情之怡囊括眾有曼衍天倪優優大哉學在致知 西亭銘

莫如樓合稿序一

蔣湘垣

先兄癸亭先生既撤瑟於茲逾一紀弟湘垣乃陳發故篋先簡點其生平所著制義若干首付之剞氏而序其所以爲之之勤曰吾兄自幼警穎讀書目數行下未齔則已誦經子史集數萬言稍長益肆力於學握筆爲文銷鎔千篇諸長老皆奇其文采是時與吾先君子交好者往往修紀羣之敬矣稍從鄉先生知名者問其術笑曰是易易耳不自信又遠證諸一二耆宿略得其法度節奏歎曰此近似矣然文猶兵也顧當得之心耳涑水公云古人文章間架法度聲調皆可學惟妙處不可學政當思其妙處安在已而反求之四子之書盡屏漢宋以來注說日取

正文諷之熟復磨切導揉陶汰浩浩乎其有得於中者故其爲學孤起淡造夷然從超悟而入拔出傳記帖括之外嘗謂帖括家鄙淺不足論若先有一傳注之影埋藏胸間種蕪識田積唾靈府是猶舍其摩尼而乞璧光所謂一食其塵不復可鮮故其所爲文其格律於古文取之司馬韓蘇於時文取之荊川萊峯臨川而其獨得乃在涵咀白文閉關默證宴坐容與力能伸其心精魄力以追古人於數千載之上而從之者所能堅定然後旁討傳注蒐截旁說符契真源爛爲文章卓乎成一家之言矣吾兄所自力爲文與其所以教人之法如此雖然此事故不當求之於文其心事光明洞達胸無宿物休休穆穆處闇而神清

故其爲言明白俊偉時溢爲怪奇遺去筆墨蹊逕拘儒老生亦殊不能知之高者淩青穹下者沈蒼淵雖極精銳思而日光玉潔未嘗有艱聱佶屈謇澀傲詭之態其剛大之氣充於中而大作於外是以發而之於文辭上下馳騁偉傑可喜如雷雨滿盈而草木甲坼也如風怒濤湧千里一洩而魚龍挾之以東奔也信可謂絕出一時者矣嗟乎吾兄力學好古行篤而氣剛稜稜負奇決事若流蓋慨然有志當世之務未始衰而早隕百不一出誰知其施晚且病矣數四循諷篋中語忽忽太息將其中固有自喜獨得者邪抑抱負閎不展而兀兀寄意於是編爲可惜邪蓋介甫誌王回深甫稱其智雖能如軻其於爲雄雖幾可以

無悔然其志未就其書未具豈特無所遇於今又將無所傳於後吁若吾兄之學足以及於古而道足以行於時使其無所見於世猶當考古興衰治亂之迹勒成一編垂之於方來而不幸逝矣歐公嘗言勤一世以盡心於文字間者皆可悲也而況於制義者也零落遺文曾不如煌煌三賦顧當使趙重乎心城血路便復滅沒可惜此余追撫遺編不能無愧恨於斯文也若其才峯標映餘膏沾潤爲樹幟舞纛者之導師則亦優爲之矣集成因泫然流涕而書之

莫如樓合稾序二

蔣湘垣

他日評吾癸亭青軒兩兄文者擬之長公汪洋萬頃海少公峻拔千尋麓蓋其道似嬴出不相謀實則一家氣骨也顧其體源各有所昉夫文章之道與時遞遷而剽獵相沿文體驟變又非獨吾向所云傳注帖括之陋而已近則更掇拾古書一二奧僻生割之句攟摭艱澀奇險之字撏撦截裂而藉以資其聱牾之繡嘗試反索其解則目瞪口噤而不能言其甚則明知其不可爲而糊心眯目濡首以從之者皆是也是豈直如明允所云絺繪之美寸割而紉之會絲繪之不若也哉而其中一二黠者則又倖其詭遇之獲轉以爲祕術而教其弟子嗚呼此亦所謂謬

種流傳者歟夫其始進已如此矣一日得志有能無突梯脂韋蹈閒抵巇以徼寵榮不也然則其害又獨在於文章而已歟嘗獨以爲流弊既劇非雄渾博大之作無以易之而余兄弟所爲文若伯兄之作有汪洋浩瀚洞心駭目之觀然裴相所謂恃其逸足往往奔放者蓋亦有矣而叔子則大都以澹爲高以樸爲老其味乃在酸鹹之外非世俗之所嗜好若余仲兄之文俯仰揖讓紆徐漾演而無氣懾語急之病沈浸醲郁精深華妙而無豐縟骫骳之累使道古者稱其典則而諳今者樂其和平蓋其根柢經術窮極理要而以昌明博大之體運淸遒沈鬱之氣故非寖饋於先正而又陶冶其性情者無以爲也以之救時之弊

而徵明允之所戒則足以針膏肓而起廢疾也夫惟大雅卓爾不羣斯文近之矣然癸亭稍自珍惜其文遺稾頗存而余三人者之作則大半散落矣今稍收拾得數十首鋟諸木苕杜茶村自序其集有言范蔚事自謂體大思精余嘗笑之今余意中之言復似之矣嗟乎今余序仲兄之文如茶村言也戊寅七月下澣書

莫如樓合稾序三　　蔣湘垣

叔子之文凡數變少所爲文清矯峭拔頗規嘉魚既而曰文者以明道也道故在啍啍邪故其爲言也堅深而明肅如老宿談經解簡而義密也又曰古之立言者皆不得已而有言於是刊落文采落落穆穆殆如不欲言者譬之山深歲晏百草萎死而古木森秀時復清微淡遠有空山無人水流花開之致蓋公輸氏當巧而不用者矣早歲不少沈博偉麗之作他日覆視之則塗乙過半時以墨瀋濃注其上黲黲不復可識字故其爲文清眞簡淡其去取務行已意不求合於世而世之知者益稀也今所簡存爲尤少矣嘗歎曰學者當胸中先有一段不可磨滅之

理直抒所見發先儒所未發今時文家隨人作計耳此甯爲文邪又言吾始汎濫觀百家之文殆無不可意及取先正法繩之如大匠畫宮盈尺而寸椽尺榱皆有節度操此裁量諸家稱意者鮮矣嘗自評其文云此文若外間見一豪佳處者是一病也此蓋放翁詩到無人愛處工之意其文未能皆然也而語特深雋深戒近世好用經史之病以爲此正坐不解耳解經則可用者絕少也近時深於經學推釣臺任先生而數典處輒不免抵牾且如不辨醓醢爲醬是不讀後鄭周官膳夫注也其論反坫仍沿孔氏正義尊於房戶之閒及尊於東楹之西此尊也非獻酬所用當用鄉飲酒及燕禮以爵降尊於篚方合余謂此說致

精且開發人神智漢唐注疏訓詁名物最悉猶不足倚憑況不諳經義輒資其天吳紫鳳顛倒裋褐者乎如是者不一他家亦多所駁正蓋其緒言如此然吾兄天資高邁於時文實未嘗以屑意其於經籍子史以及象緯輿地兵略律呂下至弦矢切劘禽奇遁甲之術皆鉤脈析理洞達其旨而於經義尤致力焉有勸其著述者輒曰古人云聖經興廢上關天運要當卓然獨見於千載之表覃思多積庶幾斐然有作耳若少有所得輒事箸述勢必以駢枝贅疣增廣卷帙此箸書家通病余弗爲也亦會早世竟未嘗有書每病余好鈔撮諸書曰學貴得其意而已何自苦爾也晚以兄癸亭詩文未梓嘗謂余恐遂飽蟫蠹可惜弟

當好料理恐一日出山便無復下帷休息時也然余是時已絕意纓茀矣嗚呼又烏知十餘年間余兄弟大半零落今乃悉論次諸兄遺稾乎雖劉氏之三筆六詩琅琊之人人有集今日觀之亦所謂寂寞身後事者矣悲夫編成或疑是集太尠余曰文貴可傳耳不校計多寡也書家得古帖數行便可成家學者貴師其意而已且嚴先生言之矣是買菜也而求益乎哉弁書之以詔吾子弟之能讀是集者戊寅八月朔日

莫如樓合稾序四　蔣湘垣

編次諸兄文竟一二知交猶以爲不可無余文索之益僅有存焉耳稍爲整齊之亦不自省何年語矣余爲文未有所窺也克於先大夫無能爲役然髫齡從諸昆周旋鉛槧之間歲月既久紙墨浸多每脫草猶見沓賞昔欒城誌坡翁云撫我則兄誨我則師余少而聞道老大無成日對汗青徒有愧歎編摩之勸期諸皓首至區區之業極知無當於事聊復存之以無忘十年教誨之義耳傷逝以來於文字不復措意閒有會心時一涉筆而墓門宿草無所質正曠岣嶁先生句云壁上焦桐時一拂會攜泉下覓知音余每讀此語轟然不勝人琴之痛矣時戊寅九月

既望星階自題於讀異書處

莫如樓合藁序

蔣湘垣

三十餘年前余兄弟讀書屋之西偏小樓上幾於智永不下梯桃七年者樓廣徑可値數弓地剛容兩方几而倚壁爲架其經史子集萬卷畢庋其上惟意所游衍而各有所嗜伯兄嗜司馬韓蘇仲兄嗜廬陵半山叔兄嗜孟子余嗜荀卿韓非子其於時文非所甚好然功令取士由之不得不作作不得不多時使然也吾先君子名之曰莫如樓義取唐棣首章而時時用晦翁勿謂今日不學而有來日二語提示之嘗誨以作文之要曰古人云文章經國大業李文饒稱漢孝武以片言折武安衞將軍爲得其要及自作諭三鎭詔開誠寫懷言簡而理盡論文宜識此

意余兄弟爲文雖各異趣至其神氣骨力之間亦往往若重規合矩矣其後張忍齋先生欲余兄弟熟復說文玉海兩書蓋欲揚婺源休甯之餘波以上幾浚甯鄱陽之精博蓋亦稍從事焉然亦自恨其爲科舉之業所累不復專心意畢智慮以大肆力於學爲可惜也常相期以爲稍暇後當相與屛棄一切掃向來容卻地焚香安坐卒業於此一意攀援以求進於古之立言者然自先君子棄諸孤草土餘生洊歷多故八年而伯兄不祿又八年而叔兄繼逝又四年而仲兄亦下世矣嗚呼日暮途窮人間何世後死之人不言傷心思舊時同起居眠食質疑難義歌呼語笑樽酒酬唱湖山跌宕之樂今已隔世矣昨日登莫如樓上徘徊凝睇意緒都非疇曩循視舊坐臥處積塵黯黯盈寸矣愴然者久之古人云人生少得六七十者一月之間開口而笑當得幾日耳今余年近始衰矣家運蹇阸人事變遷意氣殆欲俱盡徵論經國之訓慚負過庭而舊時所業隨時耗廢覽書不數行忽焉神魂飛越了不知開卷所語云何也豈特不堪當世用雖欲把筆泚墨踐曩言事著述自惜吾精已銷亡矣子弟輩請以余兄弟昔年著作繕寫裝潢而各體散落不可卒迫收拾爰稍簡制義若干首合刻之聊免囓蝕遺落恐後人不復識別耳非以爲敝帚千金期此事可不朽也雖然有欲爲子弟語者藺相如稱趙括徒讀父書傳不知合變夫不知合變此乃括所

以不能讀父書也兵以正合以奇勝奢功惟在閼與一戰去國都三十里留二十八日卷甲二日一夜至眞所謂靜如處女動如脫兔者廉頗拒秦長平蓋詐敗以誘之堅壁以老其師策一舉取之耳其機括與馬服同意而括不知此不然雖百銳頭豎子能取之哉故不善讀父書者莫如括時文雖小技拘攣定格至於用閒出奇變化若神殆非可以意擬前人云文字自是天機所成正謂此也而大要不可以無學葛公云夫才須識也識須學也王司空訓子云令吾學如馬鄭亦復大勝復倍不如今亦必大減汝若自無調度誰復知汝事者或身經三公蔑爾無聞布衣寒素輕相屈體父子貴賤殊兄弟聲名異何哉體盡讀

數百卷書耳。各爾身已切。豈復鬧吾此書。故是吾意中語也。兒姪輩當復能理余兄弟樓上舊業乎。仰觀堂構。思各努力。文雅儒素。俱稟家風。勖之而已。戊寅七月六日星階題

趙仙伯詩序　李中涵

曩歲仙伯與余游。嘗終日論詩不稍倦。余故目仙伯。他日必詩人也。厥後仙伯用意制舉之文。忽閣筆不為詩數年。而制藝之學遂大進。余以是又目仙伯。他日必科目中人也。然仙伯雖不為詩。於古人之詩無不窺。遇能詩之人無不友。似乎所學在彼而所好仍在此者。余以是知仙伯於詩。將俟其科名之成而後以吟咏終也。詎知余方以捷高第入鳳池望仙伯。而仙伯竟以諸生齎志地下。哀哉。今年春王君子壽聞仙伯訃。郎以書來屬余為仙伯存其詩。而仙伯生平有作。輒隨手散佚。不自愛惜。意似必詩工而後存者。是仙伯之詩未嘗自存。余安能為仙伯存乎。適海谷上舍偶撿敝簏。得詩十餘首。紙墨殘缺。皆仙伯手自塗抹。業已不欲存者。余索而觀之。雖少通體完善之作。而佳處自不可掩。因理而存之。歸諸海谷。為吉光片羽之珍。嗚乎。使天假仙伯以年。則仙伯之詩必能自信。而別有所存。其所存或友朋更為刪定者有之。乃今不惟不能為仙伯去平昔之所存。而轉為仙伯存平昔之所棄。此余所以序仙伯之詩而不禁潸焉淚出也。

湖湘後學集編

序二十一

陳節愍公建祠修墓引

彭浚

零陵陳澹元先生諱純德崇禎十三年進士莊烈帝召咨時事公奏對稱旨擢御史巡按山西時民多凍餒公上疏請卹因陳抽練之弊旋督畿輔學政十七年三月闖賊犯京師十九日丁未莊烈帝殉社稷公還邸痛哭自經於上湖南館東廂椿樹下館人瘞之館側京山秦君嘉系授徒在京積館穀三十餘金買永定門外石榴莊地葬公迄今一百八十一年矣同館諸君子

見坏土荒涼時捐金修葺築土爲垣佳城一新越數載風雨侵蝕碑殘垣圮雖祭埽有時而祠宇之薦馨香之報蔑如也按公年譜都門遭變後遣僕持書歸告尊人乃從容盡節以死烏乎臣子一也公之大義炳然無愧於君卽無負於親偕二十一人竝光史冊宜矣公沒後福王贈太僕卿諡恭節順治十二年賜諡忠潔乾隆四十一年　賜諡節愍公之心蹟昭然若日月光石琢堂學使視學湖南時公裔孫濤賢補弟子員呈公年譜學使題樂府八章聲情激越摹繪忠義之氣凜凜如生公所經樹癸亥秋爲大風所拔堂中神像皆離坐若出位相送者館側東園隙地數畝或卽昔年瘞公處今擬爲公特建祠堂每歲春秋暨公誕辰修祀石榴莊墓砌石培冢高五六尺立碑覆亭週圍繚以甎牆設墓門表墓道庶忠魂於茲妥侑焉夫人聞一奇節偉行未嘗不紀其姓氏詳其出處且有停車式廬醊連墟墓慨然思古人可作者今公宦於斯沒且葬於斯吾鄉人之領京職計偕而謁選於斯者莫不躬拜墓下憮然興悲肅然起敬卽鄉人之未至京者亦莫不知公大節詢問其卬墓何似祀事奚若則建祠修墓之舉又烏可緩乎哉

瞿吾山詩集序

何淩漢

與吾山兄交三十餘年矣。夙聞其能詩，未數數覯也。壯盛促郄，揮手雲散，自吾山歸爲校官，復出爲縣令，公私奔走，蹤迹無定所，或數年不獲一相見。然名山水之游，物理人事之涉歷，爲學日益，識與境會，固知其詩之日進也。去年吾山以需次至都，時時過從，談藝甚樂。旋出爲館陶令，不數月政聲卓然，聞其日坐堂皇，案無留牘，又精力健勝，不減少壯。噫，人生年逾六十，則齒搖髮脫，耄將及之，若吾山者，非有得於中而無所動於外，其能然歟。存詩不多，千里郵示，余迫官事鞅掌，又歲莫風雪，促促短晷，綽略讀過，未及往復。然而忠孝之性，師友之誼，感時紀事，弔古述懷，名篇雋句，絡繹滂沛，如窒源之波，挹之而愈深也；如幽谷之蘭，采之而逾遐也；如布帛菽粟，至樸至澹而日用不可厭也。世之言詩者，尙馳騁者昧指歸，宗古澹者窘篇幅，大抵不得其本，肥瘠淺深，都非佳境。若吾山之爲詩，固有深於詩之外者，而其詩遂能如是也，然乎否乎。春風已來，衙齋晝靜，訟庭花落，甘雨滿缶，想見微雨春草堂中吟聲出於戶外也。因寄歸其詩卷，輒書此以爲之序。

重修上湖南會館小引

何淩漢

自有明神宗時曾文恪公始建上湖南四郡會館，洎　皇朝而踵修之，至於再，至於三，非喜事也，溯厥初也。顧嘗思之，衡山以南，若永若郴若桂，皆距京五千餘里，惟時領京秩者指可勝屈。然其剏也，一人倡之，而鄉之人欣欣然遙而和之；其修也，數人倡之，而鄉之人亦欣欣然遙而和之。無他，動於樂善之誠，而更激於公義之不容已，故有舉莫廢，有成必速，宜乎嗣是以來，譽髦倍出，賢俊彙征，於以見天之果其報，地之效其靈，而益信吾鄉人之誼之厚也。今距雍正乙巳之修幾百年矣，每鄉會屆期，多士雲集，轔駖騈艘，其他計偕而謁選者，尤歲無虛月，自來人文之懋，殆未有盛於斯時者也。然仰屋而籌，廬室之下幾不容坐，有庯庩者，有庳囪者，有庛者，有庮者，榱桷有頲顚者，植突有埃圿者，連簃有廂者，垣墉有撕者，有垝者，階除有磜礣者。豈剏之易而守之難歟，抑守之於前而聽其廢於後歟。莊子曰：與物且者，其身不容。言君子所處之不可苟也。故叔孫昭子所到，雖一日必葺其牆屋，況會館之建，歷二百餘年，以萃仁賢，以聯桑梓，有基勿壞，尤非可以傳舍視者乎。茲擬明歲癸酉涓吉興修，將堂除之，補㧾之，堇塗之，其不獲已者改而張之，偈拱木於林衡，授全模於梓匠，器用周而長務物，背瓴而就攻，抑亦昌黎所云無侈前人，無廢後觀，要以不忘厥初而已。惟是綆短者不可以汲潨褚小者不可以懷大吾鄉俗故厚知必有欣欣然遙而和之者將自今以往所以食天之報鍾地之靈以蔚爲國家杞梓楩柟之盛者又於是乎在矣捐有成數請悉書之嘉慶十七年歲次壬申季秋月穀旦

易堂十三子文選序

王泉之

客有問於余曰易堂曷昉乎余曰昉於甯都十三子讀書時所額客曰十三子伊誰余曰於魏氏得六人焉曰善伯際瑞凝叔禧和公禮學者稱三魏先生善伯之子曰興士世傑和公之子曰昭士世儆敬士世儼三魏之師曰楊一水文彩凝叔所從學古文者曰邱邦士維屏若彭躬庵士望李咸齋騰蛟林確齋時謚曾青藜燦彭中叔任則皆魏氏之友也然則何爲以易名其堂余曰易有不易之名有變易之義十三子父子兄弟師友肥遯邱園高尚其志砥礪名節確乎不拔則不易之義也然人各有集成一家言不肯勦襲雷同則變易之義也客曰以諸子之

進德如此修業又如此若本其忠信修辭立誠之學出而售之當時有攸往无不利而乃作爲文章遯世無悶與屈平宋玉之騷賦等夫亦潛而不見與余曰文章與氣運相終始顯晦不與彼日月星辰風雨露雷霜雪天之文章也山川草木飛走動潛以迄化化生生地之文章也人惟得天地正氣以生其扶輿清淑蘊釀涵蓄所積發之於言皆爲有物信足以合其德合其明合其序合其吉凶是十三子者微易堂其誰與歸余自通籍後官江西郎慕其流風餘韻今幸牧斯土閒嘗過金精翠微訪其別墅遺業薦紳先生猶指數其處樂道不置因援羅各集讀之愈以知堂之所由名也夫易上經首乾坤而次以屯下經首咸

恆而次以遯皆陷險退避之象諸子適丁其際于郊于野幸獲同人之占以相應相求詎非正義立而德不孤哉余於是大懼其文之有傳有不傳而不能使人人讀而傳之也因擇其尤雅者與及門陳子元煒孝廉郭君儀霄明經李君楨朝夕校讎又得國學生甯子雲沛雲灝兄弟力成其事以鋟棃棗弁釋易堂之義以謝客而弁其端十三子其將神游斯堂以余爲知言也夫

李青崖小像圖序　王泉之

吳道子畫地獄變相人皆恐怖所謂通畫中禪說無上法也韓非子謂畫鬼易畫物難余竊謂寫眞爲尤難自寫其眞而通最上禪令人皆恐怖無異地獄變相則難乎其難矣人身六根六塵三業皆地獄也眼耳鼻舌心意色聲香味觸法與貪嗔癡卽世所稱十八重者是也人日入地獄中而不覺無形之桎梏更甚於有形此禪家所以靜坐澄慮存想自身血肉腐壞惟存白骨得大解脫斯神與形離超然無所往而不可矣又安見大塊之載我以形而勞我以生哉髑髏是以有南面之樂而辭蒙莊之請復生也夫生浮也此身畢竟無體髑髏卽可作羅刹形

觀一切善惡有爲無爲皆如夢幻奚用此擾擾者爲也會稽李青崖先生以繪事周行天下通畫中禪說無上法見種種相圖小像五開覺路指迷途引入極樂世界不至墮羅刹鬼國是闢眞如妙諦者也菩提無樹明鏡非臺得其圜中游乎象外肘可生柳髻可巢鳥此寄寄圖之說也羣陰既剝一陽來復數點梅花天心獨見如來拈迦葉笑此萬樹梅花一老僧圖之說也聚石爲徒講涅槃經如我所說悉契佛心此石上談經圖之說也自性不歸無所歸處西方美人懷我好音其氣紫其牛青道德五千元可通禪此歸山圖之說也誰勞爾神誰搖爾精息爾之死棄爾之生罔象食肝弗迷食腦哀我殘軀死猶不免何若刳

形去皮蠠心去欲無四時之事以天地爲春秋此髑髏圖之說也嗟乎先生其眞伐毛洗髓返樸歸眞泥不能封雲不能礙空諸所有幻諸所無仙也佛也渾而一也彼徒以地獄變相作恐怖者猶畫工之末技耳若先生之屢變而不失其眞直拔生死三途之苦而悟化工乘除之妙烏得以繪事忽之哉

重刊農政全書序代

文舒燿

國之本計在農明徐文定公農政全書所由著也書爲天下之民言尤爲天下之長民者言黔地瘠磽又不通舟楫無商賈之利舍農更何以爲治夫黔非不重農也然而耰鋤錢鎛之器不完則草其宅矣火化土蒸之法不悉則糞無多矣桑麻吉貝之種有遺則利未溥矣乃不曰貧難以措也則曰土有未宜於是終年鹵莽緦鰓然徒仰救於不可知之天時上莫之先勞下亦莫之奮興游惰之民職是饑寒之民職是訟獄攘竊之民悉職是矣道光丙申秋中丞善化賀公來撫黔董屬吏勤聽斷嚴緝捕實倉儲興學校仕風駸駸丕變數月出此書示僚佐曰急則

治標今訟獄稍息攘竊稍戢是不可不圖其本也是書盡之矣森受而讀之作而歎曰何獨富民也卽教亦詎外是夫使天下之民皆終歲勤勞於畎畝尚暇訟獄乎使天下之民皆衣食充足於家室尚樂攘竊乎卽云貧難以措也然器不完法不悉種不備不謂之貧乎卽云土有未宜也然器果完法果悉種果備豈概弗宜乎文定此書大抵於民之營治耕勞器具作用樹畜種植則詳焉晰焉纖悉不遺於長民者之興除利弊開墾屯田水利荒政則諄焉復焉再三不倦烏乎小富由勤豈難能難知之事也而黔之民胡爲聽其游惰而饑寒而訟獄而攘竊邪且民非不農也未若是書之言農也長民者非不重農也未若是

書之言重農也愚民耳目囿於方隅因之而已士君子幼而佔畢長而學製或未嘗躬親農事目覩農書率之無方亦安之而已誠人人取是書講明而切究之器有必完也法有必悉也種有必備也民生其有不阜民俗其有不醇者與善乎禹修之序曰儆而準之天下無石田穰凶無艱食矣又何貧無以措土有未宜之爲慮也哉貴陽守馬田侯以是書爲可捄黔之瘠也請付剞劂予曰中丞之出是書非徒供僚屬省覽也其各究心以教吾民焉則是書之刻不虛矣

勸奉楊邑侯歸貲引

文舒燿

守土者父母也父母急子民之急子民忍不急父母之急乎前邑侯楊養田父母以丙戌蒞攸時攸民急矣蛟水爲災城鄉蕩析乃百數十年非常之患而攸民若過而忘焉者則以侯能急民之急耳民無居矣侯請撥開而修之民無食矣侯請計口而哺之民杼軸空矣侯請緩其征民土地坍矣侯請蠲其賦篸身洪流己饑己溺侯亦不自知何以如是其急也曰父母之道然耳自是民似不急矣而侯乃愈急民之急瘡痍甫定問何以休息之則稅薄而刑尤宜省風俗未定問何以整齊之則害去而利尤宜興若黌宮之葺膏火之增建育嬰之堂捌賓興之局間何一非民之急又何一非侯之急自是而民乃不見其急矣自是而侯乃身受其急矣夫心事勞則政事拙古人所以受下考也新雨來則舊雨去四時所以退成功也侯養痌此土三年矣瓜代業已二人風清猶然兩袖言還無旣報稱誰能今逢孫老父臺福星照臨於侯有鄉誼又值淸釐夏間災案七十餘起方欲急民之急也又急同鄉人之急同鄉人有朝廷倉庫之急或可急其急也同鄉人有家室舟車之急而亦惟欲一人之急其急則下車未久淸俸無多吾邑人縱不爲舊令尹謀其獨不一爲新令尹計乎且舊令尹曾急民之急者也以父母也而子忘之吾攸人當不若是是舉也非新令尹所强而行也亦非舊令

尹所重有耆願於其間也皆子民也其皆思急父母之急而毋徒望父母之急其急則舊令尹既感子民之報而新令尹亦以覘子民之忱焉是爲引

敝帚集序

石承藻

戊辰夏余入詞垣晤聶蓉峯前輩極稱吾鄉張謙庵詩有王孟風且出其詩話所錄指示余曰此謙庵碎金也余自愧熟其名而未識其人也今夏乞假南旋社友郭雲麓楊春臺亦譽之不釋口余丐二君爲介見於茸香精舍由是朝夕過從得以杯茗言懽謙庵性沈默遠聲華家貧授徒以詩自遣學富才贍下筆洋洋灑灑千言立就因讀其敝帚全集蘊藉安閒不見煅煉之迹間有感觸亦無激烈音格調諧暢意興自然殆所謂穆如清風者歟夫騷壇倡和於今爲盛然逞才華者氣太縱主性靈者味不深兹集其無遺憾者乎且謙庵年方壯盛已卓然自成一

家此後揚風扢雅歌詠昇平余又烏能測其所至見贈有云倚馬聲名翥鳳才余謂君實自爲寫照也謙庵顧二君而笑今將北上把袂畱連爰弁數語於簡以誌相知之雅且手錄近作以質蓉峯其傾倒者又當何如也嘉慶己巳重九前一日

微雨春草書屋詩草自序

瞿家鏊

僕少貧無力購書空呼負負從鄉先生游專習舉子業閒作五七律以與試帖近故也偶春夜雨時誦韋蘇州微雨夜來過不知春草生之句而好之嗣後履綦所至每聞夜雨聲輒憶斯境抑不自知此心何以感微雨之滋生而舉念春暉之在目也是豈不重可思乎庚申秋賦倖而售計偕北上始稍稍學爲各體詩北歸赴黔中學使平泉師幕雖親承指示竊自愧未工然亦不敢懈亦越於今聽春雨者又越數十年矣一燈如豆顧影依然不可與言詩安可與道古顧自念道途屺岵之望友朋風雨之思水陸舟車羈客勞人之寤歎前塵夢影彷彿如誦微雨春

草句時日凡幾過眞有不堪回首而又不敢不回首之情鬱於中而不能自已也因顏其所居曰微雨春草山房集名小草以誌吾過且警將來嘉慶壬申歲長至節道吾山人自序

洪寅齋先生文序

鍾道賡

衡陽洪寅齋先生德行素優文特其緒餘耳然某之受知於先生實自文始憶乾隆壬子冬邑令君錦堂王公試童子軍時先生以宿望爲兩公子經師襄定甲乙拔某於稠人中目以國士越明年某以郡試冠軍入縣校先生喜曰子之文決其遠到今賞識已有人信予言之不謬也子其益自愛蘄進於是以慰予之親心發舒其生平未遇之氣是戔戔者猶不足爲子賀也其後爲先君子作文序亦諄諄以是爲言一篇之中三致意焉烏乎生我者父母知我者先生平時期許之深教督之至往往出尋常意計之外乃至丁卯鄉闈某登乙榜先生見報錄輒爲之

嗚咽流涕惜其遇之不盡謂挫其騫舉騰達之機計自有生來以文字受知於當世者莫始於先生亦莫深於先生即先生之偉視某者其後固不必盡以文而其先則實以文始先生之論文也其大指謂言爲心聲文辭之於言又其精也自來文人甚多要其足傳而可貴者皆本於德歷觀古作者流有嚴毅方正之德則其文必儁傑廉悍勁氣直達令人讀之心肅容敬有中和純粹之德則其文必優游安雅元氣渾淪令人讀之心凝形釋有廣大精微之德則其文必渾灝流轉大氣盤旋令人讀之心領神會有篤實輝光之德則其文必精采煥發英氣勃勃令人讀之心曠神怡其他纖仄之音靡曼之色剽竊近似競響爭

妍苟其人本跅弛悟有偏至亦或足以悅一時庸妄之耳目自有識者觀之其人可知其文亦無足取葢先生之論之有本源也如此讀先生文者卽亦可想見先生之生平矣先是每屆鄉舉輒得謁先生於會城戊辰以後先生主其邑蓮湖書院講席不復至惟時就世兄輩敬問起居丙子芸臺世兄舉孝廉先生書來謂不令上公車欲待某偕行顧其時某已絕意進取又二年戊寅先生自龍山學博任送諸生秋試再履省門某趨見之先生命同邸舍侍杖履者匝月論文講藝如昔日然自是成永別矣先生所爲文綜計不下數千多散佚頃王公子煦庵明府篤師誼謀刻其遺稾玉洲世兄以評序屬某某自慨功名偃蹇

不足以發先生之光顧念自昔以文辱先生非常之知又獲聞先生之緒論雖土壤無補泰山細流無諡河海而盥讀之下儼若先生之謦欬親炙當年其可無一言以達其追感景慕之意此某所以連夜書之而以爲先生之論文卽先生之自道也烏乎卽以文論如先生之文豈易言哉

遵義府志序

賀長齡

今之府州志卽周官小史所掌邦國之志也後鄭稱如周志鄭書之屬者皆亾矣自班氏始著地理志而志特史中之一地理又志中之一耳江文通云作史莫難於志余謂志府州則尤難葢史志取一朝掌故事具大指卽稱完善府州志雖一地理而天文五行食貨職官藝文及紀表列傳靡不較史加詳則志也而全史矣分門別部上下數千年使相貫屬則志也且通史矣又史志取材者一朝之實錄起居注會典檔案紛羅於前僅待裁翦府州志則零搜碎采事事鉤稽訪古或故老無聞摭今或譜狀難恃潛光隱德歷久愈湮金石遺文在遠日晦甚卽六曹

陳牘非滅裂於胥吏或灰蕩於水火文獻不足作者慨諸至志邊遠之府州則尤難之難者欲雅則古籍無徵欲贍則名流鮮及偶有剳錄率是俗簿而一二賢牧守思文澤吏治輒以無足論述置之置之既久則卽其時可言者亦且墜失無傳以故陋諡陋缺諡缺此志之大較也遵義之有志刱於前明孫太守敏政後平播僅十年書雖不及稽古而事詳見在簡核可觀今無傳本僅有舊鈔前半存在民間　國朝康熙二十四年遵義令陳君瑄奉　詔天下各修府州縣志以備一統志采擇迫於奏部三月纂成其書率盡鈔孫志略爲增減明末　國初數十年紛紛兵燹爭據在當時能考者概略不道令後人無自求詳

實淡可惜此志之後至今日一百六十年無紀載矣其舊聞之放失爲何如耶道光戊戌冬山陰平太守翰始議重加纂輯繼順德黃給事樂之來作守因踵之焉前後閱三載書乃勒成而是役實余門人鄭生珍屬稾莫孝廉友芝佐焉鄭生嘗以采箸顛末告余曰議之始蓋芒然無剌手處留心一年乃始知有孫志陳志及各州縣草志而蒐得之又一年乃悉發荒碑仆碣及各家所遺舊記事狀知不可復有得乃始具稾稾蓋數月閒事耳噫志邊遠府州之難有如是哉是志也於黔中足謂雅贍耳矣昔竇德元不能對帝卬之問到今談者陋之今郡人有是書其可以不德元乎然而余復有說凡一府數百里中風化之盛

衰民心之醇醨政教之得失美惡一一皆本乎長吏如遵義者可不謂貴州之大郡也乎經我　國家　聖聖相承休養理極故其郡閭閻之殷賑物力之豐阜風土人文之秀澤一切與中州等富庶之國誠曰易治而自昔沃土往往不材守令者承流宣化又可漫無維繫也乎然則按疆域當思何以撫綏稽戶口當思何以保聚詢風俗當思何以補救奉祠廟當思何以致祥農桑思何以勸課學校思何以振興與夫城池津梁及榷賦倉儲諸大政思何以利民而盡職如是則夙夜勤勤業業日求無負　聖天子委畀一方至意庶此志非區區空言乎余願與諸君子共勗之道光辛丑仲秋

浯溪存稾序　黃本騏

騏幼孤失學寄讀外家南坡先生以母黨親爲舅父行嘗過從塾中繩牀若盌硜硜說經騏隅侍而竊聽之及長幸不失鄉曲之譽者爰先生之謚居多辛未自京師歸適先生以乾州校官報滿來省時年七十有六文字之好老而彌篤出示生平所箸古近體詩萬餘首古文辭近千首校讎之役心竊志之今歲應姚觀察香南先生之聘主講來乾風雨篝燈稍償夙願爲校其詩集十分之一慫恿付梓古文辭卷帙繁重不能盡刻選茌官迓作若干首附存詩後乾當乙卯苗燹以來文籍無徵碑版金石多出先生之手先生又勤督後進乞言者趾錯於門即此七

八年中隨手散佚者不知凡幾夫今古文人濟以官職聲名其所爲流連光景抒寫胸臆者節一宴游之費皆可表襮於時先生抱不世才一片寒氈坐坐以老復儉於紫標黃楊不能傾笥流傳亦觖憾事也然嘗鼎一臠知味者當想見豹胎燕腸之珍矣

式相好齋初稾序　黃本騏

虎癡少余四歲文字之外無他嗜好其性然也兒時偕余就外傅母氏督之嚴非數浹日不許歸歸值薄暮一鐙熒熒遮几弄筆札母氏訶止之因匿鄰媼家土銼篝火之旁置硯伸紙書所欲言夜恆盡十餘幅思之所至字或不隨輒以音韻近似者當之見塾中課藝有所謂點句句股者亦以意句之股之其實迴環佶屈不可以句且股也嘗見余篋衍中貯佳紙百番心喜之而未敢言一夕竊去手裝冊子數十本塗抹殆盡母氏恚甚扶之余亦以收藏不謹受薄責焉凡此瑣瑣雖爲陳迹迄今思之如昨日事而余與虎癡齒且加長矣東坡別潁濱詩云豈獨爲

吾弟要是賢友生潁濱題東坡像則云人曰吾兄我曰吾師昔人於兄弟閒互相師友如此余自束髮後飢驅四出往返數千里學殖荒落遠愧坡公然未嘗不以潁濱爲虎癡望每當歲盡歸家瀏風振窗紙獵獵有聲余與虎癡方圍爐談藝爭執不休家人苦其絮聒輒以他語亂之而余兩人者方齗齗自若也今夏余主講濂溪虎癡以所爲式相好齋刪存詩文寄正題曰初稾言未定也篇各爲斷時以就正四方朋好而進退之且以志其願好之心未已也豹之一斑狐之一腋他日所至殆未可量因即虎癡童年獨嗜覼縷紀存冀其有終勿懈且書以爲是稾序云嘉慶壬申中秋

何衡白先生覺思編序　曹德贊

吾鄉諸先達之著書者郡志所載不下數十種予俱未之得見大抵書成之後未經付梓久而散佚者爲多壬午之秋何星台司訓梓其先景昭先生覺思录行世予受而讀之歎其上下千年縱橫萬里有學有識足與何文簡餘冬敘錄互相頡頏今年冬司訓又以衡白先生覺思編付梓且屬予序之先生景昭先生曾祖也隆慶閒以明經爲鹽亭主簿攝瀘州篆有惠政瀘之人皆尸祝焉此編自天地人物以及經史子籍獨抒己見多所發明其古今體詩亦皆陶寫性情歸於忠厚與風雲月露之辭不同讀督徵督木及賑饑憂旱看印諸作愷悌慈祥之意油油

然溢於言表昔朱子謂致知是夢覺關誠意是人鬼關蓋覺則人夢則鬼危微之界判若天淵世之逐逐於名利者雞鳴而起非不覺也朋從往來非不思也而嗜慾日深天機日淺其究也與不覺不思者等求一言之幾於是而不可得先生仕學兼優揆討精而閱歷久入之者書味塡胸出之者名理脫口於以羽翼經傳維持名教非淺鮮也當隆萬時州刺史羅君大奎續修州志於是先生沒有年矣哲嗣少瀛少洛以先生手鈔本進刺史稱其紀表志傳皆祖遷體且謂先生韞奇負特落寞一官歸殫其生平之力編摹彙集發抒怫鬱宣洩性靈使扶持世道之意不得竟諸行而猶寄之言焉予每讀刺史序想見先生雞窗

蟲席矻矻窮年其考據之詳持論之正所以信當時而傳後世者固宜永坐不朽乃舊志已無傳本先生舊作僅存是編其爲吉光片羽珍重愛惜當何如也夫先世有手澤其子孫表而彰之壽諸棗梨用廣流傳固仁人孝子之用心也子嘉司訓之意且先生門壻也不敢以不文辭並以志高山景仰之私焉

學案後序

唐鑑

道不變而學未嘗不變也學未嘗不變而道終未嘗變也千古一孔子而已矣千古一顏子曾子而已矣千古一子思子孟子而已矣千古一程子朱子而已矣此數聖人數賢人者天以之成其天地以之成其地人以之成其人天地不變此數聖人數賢人不變也數聖人數賢人不變天地終古不變也道不變也其閒學之變者有矣所聞異詞所見異詞所授異詞所師承異詞典章制度各有所據名物象數各有所宗自秦至漢至魏晉至唐以至於今變者數矣變之數而屢變不一矣然乃道之外迹也道之末節也譬之天雲霧過而日月之明星辰之燦自在也譬之地城郭移而山川之淑物產之精自在也非道之眞非道之本也彼之所謂學也非道學也其關於道之本道之眞者則不可以變孔子之於異端孟子之於楊墨程子之於釋老朱子之於橫浦象山何如其嚴也蓋恐其變而道乃終不至於變也然而天之生民也一治一亂大抵閱數百年而變一見明之有陽明橫浦象山之流也而其焰熾於橫浦象山以朱子爲洪水猛獸以孔子爲九千鎰是竟欲變朱子之道而上及於孔子者也而及其後也龍溪泰州山農海門諸人尊師說而諠肆無所忌憚數十年閒若傎若醉不知何者爲洛閩並不知何者爲洙泗惝怳迷離任其心之所至而已而甚者遂至於犯法亂紀

而不知顧入　國朝其流波餘燼尚未息也平湖陸子起而闢之而桐鄉太倉儀封三先生先後其閒與陸子同夫而後天下之學者上之則相與爲輔翼次之亦不失所持循即一名一物之長一字一句之是或以明故訓或以徵博聞消其意見去乃誕詧亦何不可進於道哉而且正學日昌狂瀾自倒閒有二三言新建者知之未眞奉之亦苟隨聲附和如蚓吹蟬吟既無所宗主亦復何所提唱而後知平湖諸先生闢之之功歷百數十年而更著也道之不變夫復何疑雖然孔子遠矣顏子曾子遠矣子思子孟子遠矣程子朱子亦遠矣即陸子亦不可復見矣學者回思故明正嘉而後學術大乖人心胥溺至有痛定思痛

者則余輯是編而以心學附其後雖不免過慮之誚而亦無非仰承平湖陸子之遺意也夫道者天之所以高地之所以厚人之所以生也非道則氣而已矣則質而已矣氣與質萬物共之者也人而可以物乎故非道不可以爲人知其不可爲人而學可得矣學以完其爲人亦完其道而已學以完其道亦完其所以爲人者於天地而已一有不可以對夫天地者則道自我變矣安得謂道必不變哉顧變者在人而必不變者亦在人也人能持此道於必不變則可以與天地立矣然而自孔子以後又有幾人哉余因平湖諸先生而重念之未嘗不有望於天下之學者也此是編所由作也

贈嚴樂園太守歸所治序

唐鑑

嘉慶元年　朝廷開孝廉方正科天下之應是選者不下數千餘人獨吾鄉嚴樂園先生以從軍苗疆有功膺大府特薦　天子給筆札親試方略授陝西知縣當是時川陝教匪出入山谷先生所至通民情備險要約數里爲立一寨浚溝高壘置礟以通號令於是遠近相應緩急相助賊至出而殲之退則各歸本寨肆耕其中無巡邏守望之苦而賊日就芟薙一時賴之主將遂下其法於各郡縣各郡縣亦得以安及賊既平擢守漢中日跨騾入南山老林與山民習險阻要害歷歷在心目閒而以其餘課耕織作農具及紡車等物以爲式凡山川林麓之利皆

爲之指授方法使之得以生息而又於閭里族黨之閒設立義學講求孝弟忠信之道一郡之民咸遂其生而深林密箐不至爲患先生曰未也自華陽北至盩厔自甯陜西至留壩中閒遼闊幾六七百里非於其中分置官吏以時訪察而撫綏之則洞迹者多巉巖邃谷句稽必不能周吾守斯土安得不爲是慮也因上其議於大吏二十一年先生以資滿入覲　天子知其勦賊有功又知其善撫斯民又知其於山川悉得其險要而爲民所依賴故以民之所以禦賊問先生甚悉而先生一一以實聞夫天下之守土者多矣亦莫不欲順民之性情使之無不得所而往往於廣谷大川之異制寒煖燥溼之異宜不能得其本末

卽或親履阡陌而舉措不當不失之縱卽失之猛今先生爲縣令則治一縣爲郡守則治一郡經畫所及無不合乎古使盡用其言其利又非一二世已也方今 天子求賢若渴不拘資格不限幽隱旁搜博采朝登之則朝用之夕舉之則夕用之學識才猷如先生者必有其人而先生則又功業之巳焯焯表見者也於其歸也同人各賦詩送之而余爲之序

贈賀耦耕太史提學山西序 幷九條

唐鑑

師道不立則教化不宣教化不宣則人材日少學政者士子之所趨向人材之所由成就者也而非道德充於己誠敬符於人講之甚明而施之皆當者則不能稱是職賀耦耕太史余講習切磋之友也自余與之交未嘗見其有過言而不悔有過行而不改也未嘗見其硜硜然不能容物而自以爲信果也未嘗見其亟亟焉求名於外而少有一豪之驕吝以接於人也是足以立師道而宣教化明矣今者提學山西山西之士聞之其何如欣喜而跂望也余於其行也謹擬九條以備采知無益於大方之一二抑亦愚者之千慮云爾

一曰治身夫子曰其身正不令而行身者所以出令人所瞻仰者也故欲正人必自身始身何以正則在治之力與不力耳治之之功有四窮理主敬克治擴充是也執事卽事講求凡遇一事未嘗不問於人未嘗不舉其至纖至悉者而剖析之以求其當則可謂窮理矣然非涵泳於六經浸灌於義理得聖賢之指歸爲吾心之指歸將求理於外又不如求理於心之爲切至也執事不矜才不使氣未嘗以輕侮加人未嘗以疏狂任事則可謂主敬矣然而幾微之間不可放過倦怠之際尤宜提撕張子所謂瞬有養息有存其是之謂歟執事澹泊之志堅毅之操徒步不以爲勞粗糲不以爲苦則可謂能克治矣然而一言之失

終身悔之有餘一念之差百病因之而起古人所謂訟過改過者幾甚微而功甚密也執事有所不忍未嘗不爲之周全而曲護之有所不安未嘗不爲之奮興而決處之聞一善言見一善行欣欣然稱道之不已也不自爲是不自爲非斷斷焉辨論之必明也則可謂能擴充矣然而曲之致不如誠之通性之存不如道之貫以忠守之以恕施之庶幾和順積中者自能推行盡利也此四者治身之要執事之所已能而不難進而求之者也故首述之

二曰取友友所以輔仁所以善事者也而非直則無以懲吾過無以懲吾過則吾之氣驕矣施之於己必不免於盈溢施之於

人必不免於縱肆過而惡矣非諒則無以孚吾心無以孚吾心則吾之志疑矣置之左右而以攜貳待之必不免於乖戾委之負荷而以防閑處之必不免於欺罔乖戾欺罔腹心而寇讎矣非多聞則無以致吾知解吾惑無以致吾知解吾惑是吾之於事窒而不能通矣疑似於取與之閒未能定其廉惠則因循者多迷離於聞見之中未能酌其輕重則將就者多因循將就知日淺而惑日滋矣是取友以直諒多聞爲主而取之之道則必自治身始故以取友次之

三曰立教小學之教備於弟子入則孝一章而朱子小學一書足以發明此章之義他如周子太極圖說通書程明道先生定性書張橫渠先生東西銘皆可以輔翼六經而爲弟子所當致力者也提學倡之於上士子應之於下程朱之教立孔孟之學傳矣至於先事爲後事之師前賢爲後賢之表地方有名儒哲士孝子忠臣淹沒未彰顯揚有待表而出之崇而祀之亦足以挽頹波而勵流俗矣而尤望於執事者言足爲典型行足爲法則衣冠瞻視足起人畏敬之心舉措云爲足示人趨向之道則無往而非敎矣然非親賢取友使其身無絲豪悔吝何以致此故立教又次之

四曰毓才士未嘗無才在所以養之何如耳養之之地莫重於書院誠使書院山長守白鹿洞學規以爲教守程氏讀書分年

日程以爲功課則賢者不過數年而底於大成不賢者亦不過數年而進於賢書院之士皆賢天下之人才將不可勝用矣執事以提學之重興起而樂成之其誰不從然非以身立教則無源之泉易竭無本之木易僵欲教澤之無窮其可得乎故毓才又次之

五曰端士習詩書禮樂之文孝弟忠信之行此士之所當習者而乃立心則囿於浮澆讀書則工於剽竊與之言聖賢之道則以爲高遠而難行與之言心性之學則以爲迂緩而非急視得失利害之計較爲要圖以好惡取舍之揣摩爲捷徑知有文詞而不知有道德知有機巧而不知有廉恥淑慝有所不辨高下

有所不分往往互相標榜共推名宿而麗薄之行所在流傳亦或貌爲誠樸號稱正人而欺罔之心隨時敗露他若武斷鄉曲把持官府則又甚之又甚者也此數者皆習之過也執事素以敎育人材爲心必於此加意焉乃可故端士習又次之

六曰作士氣士子讀書考道涵濡聖澤未嘗無興起之心而鼓之舞之則提學之責也平生攻苦克治思得一知己者以取其長而救其過而乃一黜再黜則此士之氣沮矣一邑之中所仰望者不過一三人此一二人者衆所延頸而冀其見賞於有司者也而乃鬱而抑之則一邑之士氣沮矣知其不可沮而爲之振興焉則有精於義理者卽義理以發其蘊有長於經濟者卽

經濟以大其成有講求於河防邊略者卽河防邊略以策其用有用力於考據訓詁者卽考據訓詁以示之本文以宣之策論以證之而尤必與之討究以吐其平生之學加之砥礪以助其切磋之功親之若子弟重之若手足以通其愛敬之誠成其向往之志其有文詞不甚著而孝弟忠信稱於一鄉者則特舉之以出於衆優待之以勸於人於是相觀而善前此之薄者將由此而進於厚前此之僞者將由此而歸於誠尙何習之不端乎而士之蒸蒸日上有不可遏之勢矣故作士氣又次之

七曰愼采訪知人最難而采訪亦一事也然吾之所可信者不過數人此數人之以欺待我不足慮而此數人之不見欺於人不失其分寸正未可知也意在沈潛則庸腐者或逡巡而藉其推引意在高明則放縱者或慷慨以資其介紹喜之而溢於情則私好所加卽將登之上坐憎之而過其實則微瑕可拾卽將墜之深淵此數人雖誠以待我而或限於不知或拘於意見亦所不免也故吾之所未深信者察之不可不密吾之所深信者擇之亦不可不精能於此致謹焉則采訪亦知人之一事未必非鼓舞作興者之所賴以進退者也故愼采訪又次之

八曰審取舍提學之職在敎化而敎化之權在取舍舍其僞而取其眞舍其淺而取其深舍其庸惡而取其超出之才此取舍之大略也而談名理者非徒取其辨論之詳必體認以得之而

後不失爲眞學談經術者非徒取其援據之博必融會以出之而後不失爲通儒以爲孝子則求其所以孝者何如以爲悌弟則求其所以悌者何如以爲端人正士則求其所以治己者何如所以接物者何如取舍之道果能審之又審斯明眼獨具正非特寄之於采訪而已也故審取舍又次之

九曰窮弊竇考試之弊如山而自外入者曰傳遞曰頂替曰搶鑱一蟻之穴消息以之而通一雀之鳴號召因之而起此傳遞之最譎者也以牛易馬問之則祖考無稽爲鬼爲蜮察之則情形畢露此頂替之最顯者也藏頭露尾皇皇然不知所之妝啞妝聾冒冒焉若有所失此搶鑱之易見者也其自內出者曰漏

洩命題曰偷打紅號曰指官撞騙此則鼠竊狗偷左右近習之人最爲捷足彼來我往偶然疏略之處或起波瀾考試之弊大概如此而防之於未然者貴約而明治之於巳然者貴嚴而恕所謂約而明者究其源委制其要害使其無隙可乘而巳所謂嚴而恕以懲創之意行其仁以惻怛之心治其罪使之知所改勉而巳然非主敬則不能約非窮理則不能明非克治則嚴非所當嚴非擴充則恕非所當恕治己而後可以治人故治身始而窮弊竇終之

朱愼甫布衣遺書序

唐鑑

理天下萬世人心之所同具者也其致知主敬存省克治諸課程亦天下萬世學者之所共由也人病不之求耳求之於周程張朱以前難求之於周程張朱以後易暴秦焚經坑儒孟子之緒幾不續矣天不欲理之不復明於天下也千有餘載而寄其傳於濂溪明道伊川橫渠諸大賢朱子承之而格知誠正之功永昭著於天下天下有求是理者循朱子平生講論之次序未有不見之明而致之極者也然至今日異端惑其聰俗學奪其志故訓詞章紛其趨旨爻兒沮之師友嗤之僕從去之膠庠學校屏而棄之初固不欲求即求而未能遽得而仍反其故常理

於是乎不可見矣天下人皆謂理不易見將並敝廬窮巷中闇修眞積實見此理者亦且等閒視之謂爲枯槁人爲寒酸子而理遂爲天下裂於戲愼甫朱先生之不見知於天下豈足怪哉先生年十六卽爲求理之學非有師授也皆於宋諸賢遺書得之其窮之也切其辨之也明其守之也堅其存之也密見之於行以此見之於言亦以此凡所著書以及與人問答隨事紀錄無非此也事親孝交友信爲人課讀必端必正理足故無不敬也余以此理望天下之學者久矣得毋有愼甫其人者或藏於山或隱於石猶有待而出邪是未可知也

區田種法序　　唐鑑

區田伊尹教民救旱之法也區方一尺五寸旁空如之凡山陵原隰以及荒畦廢壤屋角牆邊但稍近水者皆可田焉沃糞壅以培土膏之不足倍灌溉以補雨露之不齊勤民所以裕民也觀其以少勝廣以約得豐變瘠爲肥轉薄爲厚舉墝埆之地而化爲良田策怠惰之民而勉於力作則於黔爲尤宜黔之民知耕種矣而實未盡其法有告之用人功者則曰無柰土薄何有勸之窮地力者則曰無柰石多何水田之利不豐而山坂之所收尤薄中人之家食包穀紅稗以爲常稍旱則饔飧不繼而山居窮乏者更不勝其飢餓矣夫天之愛人不以山谿之隘而異

其量不以邊徼之荒而薄其施黔之少豐多匱少樂多苦其甚有以取之歟抑亦臨民者無以起其惰而導之勤歟中丞殷殷然講求農政既以農政全書付之梓人又檢區田種法命爲之序考種田之法隔年掘下八九寸墊以底糞使之經凍酥融通接地脈來年清明後撒種密者疏之蕪者耨之冷者覆之以灰薄者培之以土一日一灌或閒日一灌用力專勤獲效孔厚天下事苟不專不勤則所廢必多所以爲計必不周所以用功必不至由是積而爲瘠因之就荒大抵皆然而農事尤其最著者也余願黔民之不安於瘠也因體中丞之意而序以告之

集文選壽序　　楊丕復

夫椒桂信芳璿玉致美運之所隆發彩流潤矧家道以正婦德尚柔慶藹迎祥宜享遐紀故曰翼翼矜矜福所以興理則然矣自古迄今既稱萊婦亦曰鴻妻孰長年之能執保不虧而永固有一於此赫矣煥乎矧乃今日世載淑美重光相襲昭哉世族何以加茲恭惟太夫人在堂壼政穆宣坤則順成克柔克令四教罔忒年躋八十耳目猶聰明歲時伏臘敘骨肉之歡恩悅親戚之情話肅肅焉穆穆焉莫不優游以自得依依哲母允迪前徽爰自待年承慶雲之光覆憲女史之典戒亦既有行爰奉嬪於高族實佐君子和如琴瑟奉榮維約承慈以遜敎先種稑以

供朝夕之膳亦兆後昆光昭茂緒第二弟以妙年之秀明經拾青紫志未可量憯其齡促無祿早終今之存者天骨疎朗器識純素通而能固和而不同子子孫孫雋譽清劭竝一時秀士也爰宅我居築室穿池樹以嘉木植以芳草刻木蘭以爲榱飾文杏以爲梁豈惟盤樂而崇侈靡以燕翼子者孟母所以三徙也貲巨程羅倉盈庾億仁以厚下施人不倦睦親之行以親九族使夫少長咸安懷之於鄉黨則恂恂焉彬彬焉人有不及內恕諸己君子以爲美談及違郗下色養而所天又殞提孤孩於坐側復逝殁之相尋爾乃恤養幼孤以保乂夫家時年已七十常膳載加舊痾有痊思媚諸姑婉嫕淑愼敬亦既篤孌亦既滚太

夫人乃御版輿升輕軒左對孺人顧弄稚子何歡如之於時青鳥司開景風扇物新萍泛沚蕚桐發岫空爾孫子蓧佾陳階金匏在席授几肆筵惠肴芳醴賓儀式序羽觴無算上陳景福之賜下獻南山之壽瞻星比婺方斯蔑如也尚想重暉篤猶子之愛誘掖恂恂降以顏色比心螽斯靡不畢䞉今月令辰壽觴舉慈顏和區區之心形於文墨榮顯所期長保天秩自茲以往百秊上壽固可翹足而待之

之五堂儲書目錄序　楊丕復

人不可以無書聖詎聖賢詎賢智詎智愚者不使終於愚不肖者不使終於不肖皆書之用也不知乎古藉書以知古不知乎今藉書以知今不知乎性命之精微統緒之授受藉書以循其流而溯其源甚矣書之爲詎大也家尤不可無書凡家之子弟不皆士也士者知書農者工者賈者不皆知書也士以書而秀農亦以書而化其鄙野工亦以書而安其術業賈亦以書而泯其機詐則不必深於書而皆不可不讀書至於不士不農不工不賈此子弟之莠也爲父兄者日畀之以書使開其聰明閑其邪僻則黃稗之熟何必不如五穀三代而上書以版簡爲者難

矣遭秦之火書詎難得降及兩漢書以紙而必賴鈔胥得之亦不易也五季始刻板以傳而書乃多矣得之難則惜之彌甚得之易則視之轉輕此人之情也故古人得一卷卽得一卷之用後人得數十百卷反不如得一卷之熟且精子曰雖多亦奚以爲今之所謂讀書者吾惑矣其上者汎濫於百家比較乎異同炫以爲閎富而不知統紀不識正宗其下者爲時文汩沒日呻吟於腐爛篇帙老死牖下而不悟二者有淺深之別其失則均也夫書豈有失亦讀者之失耳昔朱子於宋甯宗承重之服但以禮律人情爲言心常不安考之鄭氏始得無疑乃謂學之不講其害如此朱子且然況不如朱子者乎書者所以詎人之神

智者也善讀之則書皆有用矣先君子取中庸博學之審問之愼思之明辨之篤行之之義以之五名其堂所以示我後人讀書之法也自先大父漸次儲書以至於今其分存諸從兄弟者不著著其存於之五堂者總爲書二百九種凡得卷八千五百九十有三列其目錄以貽後人而序之以發其指要賢子弟準此則既知讀書之法卽知書之不可不惜也

重校儀禮經傳通解序　楊丕復

禮之起殽渺矣其本皆出於天命之自然而其爲教又有使人優游饜飫日遷善而不知者此先王之所謂以善養人也自秦焚書經籍散亾漢興購獻易書詩春秋稍稍完葺而禮無全書所存者周官六篇儀禮十七篇大小戴記八十五篇而已其時康成鄭氏皆爲之注唐賈公彥孔穎達又爲之疏注疏旣行學者咸取衷焉然其爲說實有未盡當者故後儒或不能無異議而欲覩先王禮教之全究未有成書也至宋朱子始有儀禮經傳之編取三書而釐定之兼採他書補其所未備洵讀禮者所必攷矣柰王禮一編尙未脫稾喪祭二禮又出勉齋先生之手

未經是正是亦非朱子之成書也復淺學陋識未獲與聞當時編輯之微意不免蓄疑於心因取王朝及喪祭三禮更從而彙次之務使經傳義旨各得所安又凡注疏之有待商者皆爲刪正以期會非趨昰自知肅妄獲戾先賢亦晞以續成朱子之書庶幾攷論古禮得有所據以稽其全云

春秋經傳合編序　楊丕復

春秋一書聖人因史而爲經也左氏採輯國史佮爲一傳紀事頗詳而於經義甚疏公穀後起各述所聞以例求經滯而鮮通又雜以荒誕之說去聖人之義愈遠漢魏以來三傳竝立學者謹守師承幾不知聖經爲何物何范杜氏優於三傳者也亦每屈經就傳以伸其說蓋無傳而經義猶存有傳而經旨謚晦故曰三傳作而春秋散非過論也唐啖趙輩始知據經駁傳指摘疵謬劉氏權衡因之謚暢其支然春秋所書舉其大綱而已其爲是非褒貶必當卽事蹟以考其顛末究其曲折然後有以測聖人之微意而三傳之中有紀載詳備實讀經之所不廢若使

竝東高閣而獨抱遺經恐千百載憑虛臆揣終未必盡得聖人之奧此啖趙輩之所以不無遺憾也胡文定淵源伊洛發抒奧旨卓然自成一家然本爲進御之言意存納約不免激焉而偏而心有所見不惜強經就己而穿鑿之獘以生則亦由不能據事而斷以理而但以己意立論之過也程子有言春秋傳爲案經爲斷以傳考經之事蹟以經別傳之眞僞然公穀二傳不詳於事可觀者少左氏於事詳矣而傳之體例與經不合讀者究病其難昝朱子作通鑑綱目綱倣春秋目倣左氏學者不病其難讀以據目可以求綱卽事之端委可以測筆削之精微又有舊史轉相參考故褒貶深意未嘗不瞭然千百載下春秋既不得見魯史舊文無以知聖人孰爲筆孰爲削又但有綱而無目無由核其行事之是非杜氏註左分經之年與傳之年相附而經傳仍不相統蓋左氏或先經以始事或後經以終義一事之始末相距數年或數十年又或經有而傳無經無而傳有先後懸隔有無淆雜故學者不獲如綱目之易讀也愚以爲綱目取法春秋而讀春秋者仍當取法綱目不揣麤淺取經傳合而編之以經爲綱以左氏傳纂爲目隨經分附無傳則但列經無經而有傳者或足備參攷之資則亦隨類附之要使綱目分明庶幾案斷簡易其有先儒解說確當不易者則又倣讀綱目之例別爲書法附於傳後閒亦參以愚見務求不悖筆削之旨共爲

書三十卷倘有疑義未盡者更爲辨疑二卷以存於末又以春秋本比事屬辭之書雖不可以例求未嘗不可互爲考證故又爲書法彙表三卷以冠於首書成序其梗概於此

輿地沿革表序　楊丕復

郡邑沿革，名儒每不惜捜攷，以究今昔之異同，而其證據必以正史爲斷。顧讀史亦不易矣。尚書禹貢，史家地理之祖也。落落數言，宇內悉賅，而解釋者聚訟紛如，幾爲千古疑案。左傳述春秋事，都邑藉以流傳，杜氏注之核矣，然亦有疏而舛者。史記書表，百氏圭臬，而不志地理，無可依據。班書則簡而詳，范書亦明以龐。然其時郡縣改易者尠，故紀錄不必費辭。遞至三國，已多增置，陳壽徒爲紀傳，其無可考者，豈惟郡邑。晉書成於唐代，相隔遐遠，不無殘缺，又有南渡之事，參互錯雜，難於縷晰條分。劉后諸國，竝無紀載，無憑述列，其不能詳整，亦其勢使然也。南北

朝制作無章，十羊九牧，徒誇疆理之廣，不憚劃別之繁，以僑治而亂實土，騁虛名而薄吏治，郡縣之改革由是紛淆。宋書稍見眉目，且有補晉史之缺。齊書則毫無分晰。梁陳齊又病同陳壽，僅於帝紀中偶見分劃。魏書雖列地形，而以東魏人作志，既削西魏不書，乃竝元魏之先而略之，又苦於重複參錯，讀之殊不能了了。惟隋書能合南北而匯其總，於是梁陳齊周之無考者，藉此有頭緒可尋，自兩漢以後，斯爲善矣。微有舛誤，恐亦後人鈔刊之咎也。唐書詳核，而其時改革甚繁，述之棼如亂絲。五代史又不免太略，且與唐書或相牴牾。遼史溯源唐漢，紀述之舛尤甚於斯，其所指實，多捕風捉影之談。金宋二史尚無大謬，元史亦然。明史爲諸史之最，於近代郡縣如指諸掌。然欲綜累代而條其沿革，非合諸史以互相參校，不能審其是，正其非。有明統志草率成書，譌謬不堪枚舉，馮智舒本之以作綱目質實，於是貽誤無窮。無錫顧景范方輿紀要最稱詳博，亦多沿統志之誤。甚矣纂述之難也。後如胡朏明禹貢錐指、顧復初春秋大事表，其指摘先儒，自誇精核，嘻亦甚矣。然謂其書全無錯誤，則吾有不敢信也。予聞見寡陋，何敢侈然成書，惟是讀史之餘，每即郡縣考其沿革，輒見後儒不無踵譌襲謬之病，因竭四載之力，立爲沿革一表，置之案頭，得以便於檢閱。又以山水附列於後，是亦史家志地理之定法。其開廣捜博採，固不敢爲無稽之言，

然事非予所親見而言之鑿鑿，豈即可信，則且姑爲一說，不敢執爲定論。竝以告凡箸書者，愼勿自矜精核，訾斥他人，至使有親見之笑其芻也。書成凡四十卷，爲總綱者四卷，爲分紀者三十六卷，其梗概序之於此。

朱子四書纂要序

楊丕復

四子之書聖賢相授之微言也即其言可以得聖賢之心而自秦漢以來大學中庸既雜於傳記之中而鮮有知其意者論語孟子雖知爲聖賢之言而說者亦徒得其訓詁而莫能測其精微蓋聖學之失其傳也久矣迄於有宋河南二程夫子得不傳之緒於遺經於是表章四書以嘉惠來學而大闡聖賢之微旨所謂斯文復振之時也以其講解未有成書故一再傳而其道幾晦至於朱子即未墜之遺言而精思力行積數十年之功乃能直紹程子之傳而上契乎孔曾思孟之心於是即此四書而仳爲章句集註以發揮其義理推說其指趣而凡先儒之說之

是非純駁皆有所折衷而不至於淆雜而無所統紀其所謂或問者則朱子於章句集註之外而設爲問答以詳衍其說而兼釋其所以取舍羣言之意者也其文集則又朱子與其朋友門人往復辨論之書而語類則其門人所錄函丈問答之言但此三書雖爲朱子之緒言而其閒不無中年晚年已定未定之分以及記錄偶誤論說相複之處是必讀者精擇而慎取之而後於章句集註不相悖而有以相足相參復自幼誦習思維迄於今將四十年矣於先賢之精意未能少窺一二而竊以爲讀四書者必宗朱子讀朱子書者必宗章句集註其或問語類文集之宜棄宜取一準以章句集註而得失自瞭然可辨因是不揣愚妄將章句集註分劃段落而以三書之切要精當者隨意而次第附之使三書所言既如客得歸而章句集註之義蘊亦因以闡發無遺雖於三書原本不無裁截之咎而汰其冗雜則精要益彰是殆亦先賢之所不深罪者也其自朱子以後說四書者不勝數矣然以或問之取舍羣言觀之每有愚見以爲是而一經朱子剖晰乃眞有所差在毫釐而非淺識之所能判者然則未經朱子論定之言雖未必盡非而恐其淺深疏密離合之辨有未克決則博觀泛取將不免以瑉而混玉也是不若儉爲收之猶愈於博而實雜者矣至有閒附愚見之處則亦其數十年來覃思研究稍有所得不欲遺忘而竊誌於此非敢謂信有

合於聖賢之心而不謬於朱子之說也書成顏之曰朱子四書纂要凡以見在朱子之前與後者雖所錄亦不少而總之以朱子爲斷而已矣書計四十卷外序說一卷此序其所以纂之之大略云

湖湘後學集編

序二十二

贈李賓門序

周樹槐

堪輿之說茁於晉之東蕃於宋之南蔓延迄今日愚氓下走揾掔而談風水矣其書代有增諡源遠而流諡分支離附會歧之中又有歧而世之魁閎特達卓然不惑之士未有分別其得失而論之者誕妄置之不知其爲禍烈也李君賓門以醫名於時又好堪輿家言賓門爲醫氣韻容寂若呼人肺腑視其色聽其語應手霍然然未嘗言醫語及之欿然也賓門爲堪輿不隨人

俯仰所至覽其山川審其會歸其行數百里窮巖荒谷樵徑所絕披灌莽衝豺虎狂奔盡氣慬而後免不爲悛止登尖山（山在湘水之西）絕頂目眩不能起立猱升而尻下卒得其要領以歸與人言手畫口講津津然色欲飛不合斷斷以爭爭不得捉人襟袖不肎已面熱氣急頷下筋暴起退而懣不自勝吾衰不能從賓門游無以爲賓門決之雖然猶願賓門愼取之也蓋自古族葬之法不可以行於南方多山而少原土薄而水淺泉之浸螻蟻之侵怵人心目於此有術焉可以違其害而卽於安此仁人孝子之所汲汲求以自盡也爲堪輿者無端刱爲鬼蔭之說以張其術鬼蔭之說行仁孝或幾乎息傳曰富貴在天又曰吉凶由人堪輿奪天與人之權悉舉而歸之咫尺之地斯已妄矣而其說遂流而不可止於是有以地故淹不葬者有徙葬者其極也乃至逆天道滅人理而以乞靈於地蓋啖人重金發人墓以營兆者有矣甚則糜其親之骨爲盜葬者有矣實鬼蔭之說啓之求蔭之不已於其例得其蔭之人又自妄分畛域堪輿之說曰是利於甲是利於乙是利於丙明示以私而顯導之競毒流心術釁啓辰參烏乎使其果有是非所宜言況必無此理物之不兩大物理之固然而不足怪也必從而求其故吾終無以易夫天與人之說地所同也天與人所獨也人而人之足以勸善天而天之亦足以息爭堪輿惟不知有人竝不知有天顓顓焉求之

地是以其說屢變而術屢分一木也自根而榦而枝而枯菀異以其枝之枯菀一一求之根彼惡知之一肢也由臂而掌而指而短長異以其指之短長一一求之臂彼惡知之孟子曰所惡於智者爲其鑿也又曰盡信書則不如無書彼所謂楊曾廖賴者其書於書何如哉而況乎譌傳臆說之紛紛者哉今有人以堪輿名老且死矣爲人卜兆不知其幾矣蓋少而喪其父母淹殯至今爲地故晚乃悉資營兆不以葬父母以葬其妻余大駭巳而從其所與游得其隱曰是地也利於仲不利於伯其人伯也惡之曰夫獨不有伯乎曰是憯其伯子以及其孫棄之云爾余聞喟然今著其事不欲斥其人其人賓門之所知也蓋嘗與

言而痛之以彼所爲質之父母兄弟及其子孫而無怍色既憾其悖又憫其愚猶恐世之讀堪輿書惑溺至此者不少也作俑者可勝誅邪原其立說之始徒以强不知爲知及其說之行亦幸挾此游人伯仲間以市重而射利而不意其爲害之酷烏乎邪說之誣民至於如此使有若孟子韓子者生於今宜何如大聲疾呼以救之也賓門好余古文余文無足爲賓門道於其歸也請以平昔之論堪輿者爲贈賓門與人言堪輿移其佗佗之爭於此一返諸仁孝之本然而盡去其鬼蔭之謬說以醫重民命而以堪輿正人心其不河漢余言也夫

閻追甫詩集序

周樹槐

余甥閻追甫既卒之明年其友人丁君雲梧鄧君彌之將爲梓其詩集而追甫之弟禹鄰以序請烏乎余乃序追甫追甫死矣不死者其詩耳梓追甫詩者不死追甫者也余又奚辭追甫蚤慧自其五歲時從母來省先大人坐之厀上使誦離騷鏗鏘可聽十三歲能爲古近體詩既蚤餼於庠慨不快意益感憤讀書爲詩古文余每慨時文之陋四百餘年莫之能去非不欲去也誠未有以易之也追甫困諸生授徒自給不得不與時文爲緣然其厭薄之又甚於余余閒以語追甫追甫艴然退而作書千餘言抵余有莫知之怨余欲摧其盛氣勉其思也荅書痛裁之然余益以是奇追甫而追甫與余益親其詩則又益工追甫性篤孝居喪足不及寢門爲人清介絕俗人之所爲翕翕熱追甫氣陵之用是得狂名家貧而守愈堅同居之親爲利疚者至以白刃相讎集中木門樓諸詩是已烏乎追甫誠不知時變可不謂志士追甫卒年三十有九使更假之年其詩當不止於此然追甫頗自憂其疾手編詩集將悉錄以正余疾病不果每爲余誦其詩低徊沈吟未嘗不自信其可傳也世之老壽者何限足爲追甫願之邪余雖不爲詩然雅好追甫古詩追甫長紀事悲憫之意見於詩者累牘連篇烏乎追甫屈首黌門而心憂天下天下後世必有讀其詩悲其志者余之言不足以壽追甫也已

張南軒先生文集序

賀熙齡

湘潭張生德林梓南軒先生文集成而問序於余余以前人敘之已詳辭弗爲生請謚堅迺爲之言曰先生之文徵言大義炳若日星固無待乎余言而人知讀先生之文者鮮讀先生之文而能得其意以切體於身心者則尤鮮是亦不可以無言也先生之講學也主於涵養持敬其謀國也主於致君讐敵其居官也主於恤民練軍而其本則一以論語孟子爲歸孔門教人惟以仁仁者天地之心物之所以生人皆有之而未能盡者則有我之私汩之也至孟子復申之以義義至而仁乃可行而人之趨利而亾義者亦有我之私汩之也切切焉惟我之私欲是圖則一身之行詣可不顧而萬物之痌痛不相關於是天命爲之不流而人與己扞格而不能通矣今之學非有異於古之學也而其汲汲於詞章以趨鶩於科舉者惟欲榮華其身已耳非有天下國家之慮也其僥倖一得則亦惟官資崇卑祿廩厚薄是計如陸子靜之所歎焉理義不足灌其心胸文章愈以滋其浮薄學術不明而民物謚無所賴豈不重可歎哉先生屢以爲仁開示學者而尤兢兢於義利之辨詞旨懇到剖析無閒今取其書而沈潛反復如立嚴師之側而擿余之疵如膏粱芻豢之悅吾口也而如以馳騖駮雜之胸而讀先生之言則宜乎枘鑿之不相入矣又安能警醒奮發而撲聖賢成己成物之旨哉

袁中郎集序

賀熙齡

人必有特立不拔之操舉人世毀譽榮辱無一豪動於中乃足窮天地照日月亙萬古而不變此立身與爲文無二道也韓文公爲古文於舉世不爲之日不知非笑之爲非笑遂以起八代之衰五代之季文質掃地殆盡歐陽文忠公起而振之而文學粲然復興是二公者豈其有意與世俗牴牾而苟以要後世之名哉學足以充其所見力足以貞其所守而毀譽榮辱之私不得而奪之也有明一代作者林立自李獻吉何仲默倡爲復古之說李于鱗王元美嗣起謂文必秦漢詩必盛唐雄詞壯氣淩厲無前其弊也模擬過甚眞意漸漓而一時靡然獨公安袁中郎先生不相阿奉而矯之以清新淡逸之辭雖其後亦時有勝有不勝而先生之洸識定力不苟隨俗波靡以取悅當世可不謂豪傑之士與余往時讀先生詩文憾未睹其全也兹其後裔菘圃明經將以全集覆梓余得受而讀之一埽塵垢空所依傍務達其意而止是先生之自信不疑不苟附古人以自重而況當吾世而生者哉顧余竊思當王李燄熾之時歸震川亦昌言排之而矯之以歐曾之文與先生殆有同志乃迄於今震川之學傳之者眾而公安之緒漸微豈有幸有不幸與抑將有待而然與

王漢槎增補草木鳥獸蟲魚疏序

賀熙齡

晉陸璣撰毛詩草木鳥獸蟲魚疏二卷。嗣是元陶宗儀有陸疏本。明毛晉有陸疏廣要。本至　國朝趙氏佑訂陶毛二本之失。重加校正。今王君漢槎復以其編次淆亂而義有未洽。疏有未詳也。蒐輯羣書。廣爲增補。而於解釋末附以己見。折衷經傳序說疏通證明。王君之志可謂勤矣。夫聖人論學詩於興觀羣怨事父事君之後。繼以多識。非謂其務記覽矜博洽已也。一名一物之細。而天地之化。性命精微之理寓焉。詩人感物起興。義有所附。而志有所歸。不明於萬物之故。則不足以通詩人比興之微。以自得夫性情倫紀之助。故學詩者必於倫理治其大。而於

名物治其細。則顯微同原。精粗一貫。此大學始於格物致知。而誠正修齊治平乃可循序而暨焉者也。陸璣所疏。據崇文館目。謂其但附詩釋義。窘於採獲。似非通儒所爲。然考其書精核典要。於今昔異名者實能得所依據。今王君復取趙本比次而補正之。則是書更爲完善。無疏略之譏。而學者因名考義。因物識情。以馴至於通材。則是書之裨益爲不少矣。

沅湘耆舊集序

賀熙齡

湘皋學博輯湖南詩爲二百卷。既成。以示余。湘皋資產也。先是與陶文毅公有資江耆舊集之刻。文毅亦資產也。既乃湘皋更推而廣之。爲沅湘耆舊集。富於前數倍。湘皋之志抑亦文毅與湘皋相往復之志。而未就者也。溯湖南之水入洞庭者雖曰九江。而東則湘水爲宗。西則沅水爲長。舉沅湘而湖南之水盡之。四方之人知有沅湘。不知有資。今文毅既已輝煌　天聽。渥邀　宸翰光耀宇內矣。四方之人因資江以思沅湘。其神往於澧蘭沅芷之間者。當不知何如。昔太史公南浮沅湘。而其文疏宕多奇。張燕公柳子厚入岳永。而後文章悽惋激發。得江山

之助。況乎生長其間。涵泳於山川鍾毓之靈者哉。顧前明至今五百年來。湖湘之間名流著述不知凡幾。而遐湖前徵。風雅之道闃焉未彰。豈其時沅湘蘭芷之芬鬱積而未發與。抑亦修實者不求聞。又乏表章之人。而零落於故紙陳篋之不知收拾者多與。其事鉅則任之者難。文毅公盡一生之功名才知。一發其奇於山水之間。湘皋盡垂老之精力。一發其奇於文字之勝。其功足與山水相敵。而湘皋一官落拓。宦橐蕭然。掇剔零縑碎錦於數百年後。荒江寂寞之濱。其力爲尤難也。吁。此吾楚之詩所以歷數百年而未有表見於世與。是集之成。上自公卿。下及閨壼方外。多者百餘篇。少者數韻。可謂發幽鬱於千秋。振楚騷之

逸響矣至於才藝區分流品攸別則又因詩以考其人論其世觀其出處師友之故得其性情心術之微而於孝子忠臣高人逸士尤惓惓三致意焉回憶昔時寓居京邸與文毅篝鐙旅館每爲余詩賁水之勝文毅既善談山水而吾鄉之山水又適足動羈居旅客文人墨士之思於是溯洄於梅峒萸峽芳風藻川閒思一往讀其地之人之詩以遇其人於山水之外今乃合沅湘數百年之孝子忠臣高人逸士於茲集中遇之又有非前日意料所及者序此以志吾楚之盛抑爲四方之士讀吾鄉耆舊集者幸也此集斷自明初聞湘皋一往情深又將由明而上溯之以寄其桑梓之情於不已然則吾鄉孝子忠臣高人逸士之

幸又豈有涯量乎哉

春秋經義序

張學尹

春秋經也傳經者經師也左氏公羊穀梁經師之發蒙者也後之經師二百餘家無不從三傳入從三傳出乃入其室操其戈以出而還而攻之毋乃背本而傷義哉曰否是非天下之公匪一二人所得私之也惟聖人之心至公故經義止於至是自非聖人則其所見自有淺深廣狹之殊三傳以賢人而傳聖人之心其不能悉是而無非者勢也而況後起者又各以意見與於其閒且數十百家也子曰三人行必有我師焉擇其善者而從之其不善者而改之書曰德無常師主善爲師能擇能改之謂也夫能擇能改則三傳可合爲師豈惟三傳雖數十百家之言

皆可合而師之也三傳依經以立義亦有時違經以生義其依其違在三子亦各殫其識力之所及以爲之而不敢自斷其有是而無非故其或依或違三子初未嘗自匿特各據其所見所聞而著之以聽萬世之去取使爲三傳者能主經以折衷之擇其是以辨其非而經義不晦則三傳皆得有功於經是大有功於三傳也而何背本傷義之與有乃自爲三傳者各立門戶私相袒護互相攻擊而三傳不可合併嗟乎以一聖人之經而分爲三家豈復有當於聖人之心哉而況後起者且分爲數十百家也然而各有所是各有所非則其理不可以偏廢擇其是即可以辨其非去其非即可以得其是聚而辨之節而取之匯而

通之雖未必遂足以規聖心之全而苟有以發明於經義則無往而非師也學尹總角時初授左傳即有疑謂其理忽而醇正忽而奇詭其氣忽而收斂忽而放縱其文忽而簡質忽而浮夸殊不似一人言先君子曰此本雜取列國之史而裁翦成之其藍本不一無足怪也既而讀公穀有解有不解乃從注疏求之而是非同異益紛如莫知所適先君子哀之曰姑舍是且細讀四書及易詩書三經以身體之必有所得然後可以讀春秋夫未能養其大中至正之心而能於流失敗壞之世見聖人之心者未之有也學尹蓋嘗受四書三經矣於是反復溫習之雖未能以身體之而朝夕黽勉積累覺此心漸有義理充實而益覺

經蘊之不可涯涘也先君子曰朱陸之學不可歧視也朱重窮理陸重養心天下豈有不能養心而能窮理者哉朱子亦言存養矣凡左朱右陸者皆粗豪客氣不足取也吾見子之心方爲義理窒塞又惡能以理養心哉學尹竦然從知所以涵養此心使不役於記誦雖手不釋卷而務提掇此心使湛然有主泰然無事於是者有年適有詢以公羊九世復讐之義者學尹以意論之曰九世復讐孝義之至然非齊襄之事也齊襄鳥獸也烏足以知孝義且夫商道嚴肅其末造爲操切故紂有醢鬼侯脯鄂侯之事周道仁厚其末造爲寬縱馴至春秋諸侯不朝而王臣屢聘惡有信讒烹諸侯之事哉紀侯之譖哀公之烹無稽之談也春秋書齊紀之事自桓三年書齊侯鄭伯如紀至莊四年書紀侯大去其國十餘年閒屢書特書以著齊人逞彊噬弱之惡聖人情見乎辭公羊何足信也然置齊紀之事勿論而於經外樹一復讐之義則亦足以伸義嗣之志而寒凶人之膽何則祖宗蒙冤其孝子慈孫未能急爲之雪雖忍之百世期於必報彼凶人雖怙其彊橫斷無久而不衰之勢故惡積於平生而禍發於身後固天道好還不爽之理也公羊蓋憤於世之有子孫而忘其祖宗之讐者故假經以立義其所言者齊紀其意不係乎齊紀也先君子曰噫可以讀春秋矣因誨之曰春秋非治一時之書治萬世之書也書成於獲麟之歲其時華督趙盾許止

蔡般之輩骨朽已久彼焉知懼而齊之田氏晉之三家方相繼爲亂賊何謂懼哉所謂懼者謂萬世不謂當時也春秋臚列二百四十二年禍變之由使萬世懍然於君君臣臣父父子子之義蓋懼在天命不在人事也聖人義精仁熟動協天則而以襃貶求之麤矣且夫聖人尚德不尚刑尚義不尚利而猥曰斧鉞也華袞也是直以利害刦制天下也是故以經師二百餘家善師之皆經之羽翼也不善師之皆經之蟊賊也小子戒之學尹敬請曰何謂善師曰夫子言之矣擇其善者而從之其不善者而改之學尹述

潘辰章先生遺稾序代　葛樹蕃

爲人得扶輿旁薄之氣蓄之而爲才彪之而爲文快已又能贊其文售諸有司通籍都門亦足已然猶往往有大不幸者豈文之未能信而知己之難遇歟惟是運遘百六時事大壞常困阸鬱塞其才而不得抒此古今每有同慨也宗先輩辰章先生生勝國之季憤權璫之禍接踵悼黨社之禁錮羅織寇盜充斥讜詔蔽明積漸壅塞先生以崇禎丙子鄉榜成癸未進士明年遂有南宮之變乃反初服隱武岡之白石山偕二三素心跌宕林泉奇勝風雨論文屋梁著書弔屈潭而憂思過賈井而痛哭流涕滿腔不平之隱悉假文以鳴之今所見惟史評補一帙其四

世孫時列編刻弁以鄉墨三首及會試薦卷行卷各三首志所自餘散佚不復存道光某年江埽墓至武訪本宗父老子弟因得是編以歸伏而讀之然後知史評補之爲書其抗懷者遠而其所寄慨者淺也先生以有爲之才涉世憾晚既不及草檄奮義以敵王愾復不獲書思獻策以資補闕萬目時艱託列史運會之興衰人事之得失吾道之消長知人論世要厥指歸彰其所諱所謂定哀之際多微詞者意在斯乎不然原序載上自三皇下及勝國而評絕無一語及明何也若軼之豈獨在近者邪抑不忍直斥之故已乃自刪之邪江嘗論明季事未嘗不歎息痛憾於嚴魏羣小之用者安能起先生而質之哉且又常繹其制蓺矣覃思孤詣卓乎名家然其氣黯雲沈霧其色秋樹寒濤其味濁醪諫果其音節哀絃變徵慢聲側調俯仰二三十年既別於西江諸子之奧衍宏深尤與黃岡鍾陵博大昌明之象不侔益言爲心聲嘽緩噍殺則其遇使然邪江偉其才悲其志不敢私其文約族之人更刻之弁署小言以自感覩昔紹威之希昭諫陽冰之慕太白也將毋同

夢史序　葛樹蕃

初青洋受知姚雪門太史才名蹶張服騎閒雅由邦國漸次達都下何其壯也既而上書不行博散職復其族抑又多故蘭摧蕙折枯槀江潭傳客所知家以自知又何憊也因嘗與余論當世人物以自託於古燕趙感慨悲歌之士其英銳之氣雜於疾躄而散著於詩古文辭乃始丁巳上溯己酉至於今中閒悲愉離合死生慶弔登游宴會之樂花卉蟲魚之纖悉而爲夢匯而爲史於是境凡三變焉始帽影鞭絲者一青洋也繼落葉哀蟬者一青洋也既名山石室者一青洋也而青洋卽安得不歪歪老矣客曰方今登明選公超除越投卽躓科目行就徵辟怪物

得水變化風雨不難子且烏乎知然而无望之福顧豈不蘄而固無庸也幸而淸則掌故太常秘書行在沒復謚曰文而已幸而要則專制一方樞筦六府而明良際會綱紀畢張又無所事建白倥傯乎簿書爛漫乎朝報蓋天子索茂陵遺槀蔑如也安能風嘯水鳴霜飛木落別標一種於八十一家之外使讀者忽坐忽立忽舞忽涕歎青洋之爲文若是閎其中而肆其外哉然則青洋之書必傳乎曰吾又烏乎知吾第知其文百靈秘怪其事布帛菽粟其情君臣父子昆弟夫婦師友賓主大塊之閒聖者作而明者述智者創而拙者守人官有能也物曲有利也日鑿混沌歲新耳目必不變此布帛菽粟君臣父子昆弟夫婦師友賓主之常則自爲其可傳者而已傳則吾輩所投報紙壘錯存其閒如服色然賓朋雜出不無以練淘主人穀者要使世覽是書者指識之曰某姓名見某集中某文詞爲某論列卽亦與俱傳矣豈所謂附青雲之士而顯者邪雖然鶩新者人情也嘗見坊閒一書出輒爭購之其有異愈益購之如是者有年而翻刻出一翻而譌再翻而汰如是者有年而選本出澄滓存液集腋爲裘都作者若文若詩曾不滿數十首其參麗者誰復恤之故雖唐宋諸大家集少者數萬言而入選什百一魏晉又少之秦漢益又少之附而存者總百不一焉此可證大丈夫之不寄人簷下以此今青洋轗軻二毛業立言謝上下知已如蒙者才

十齡以少而才遠不逮知過此何似哉往者屬序未報至是且刱槀乃書此貿之

易圖正旨序

朱文炑

上天幽默運至道於無言人以後起參之蔽於氣拘於質滯於意囿焉不能知知焉不能盡於是天不能不憫之也乃爲生聖人而示之以圖書聖人不能不承天意也乃發至道而寫之以卦象烏乎至哉百家之言論非不繁興也而道之無聲者乃以言論而愈失百家之意見非不雜起也而道之無臭者乃以意見而愈迷百家之奇元奧衍非不日出而日新也而道之沖漠無眹者乃以奇元奧衍而愈謬惟茲九圖不假言詮無俟意見平庸而實奇元簡澹而實奧衍其文自然其趣活潑其味沖永其音寂寥遠焉莫能際其至幽焉莫能盡其藏微焉莫能罄其

思渾焉莫能致其議前無始後無終外無外內無內莫不範圍乎其中而不過消息乎其中而不違烏乎道操其全後聖述焉而不盡理居其極百氏爭焉而不搖是非天降聖作烏能至是乎而說者或以圖書顯於宋後天出自道余疑之夫圖書顯晦先儒論之已詳況繫傳有天一之文康成又有法龜文之象非明明大證乎若以先儒相傳之說爲不足信則古今來固無可信者矣是豈知圖書底蘊者哉且夫圖書之蘊非同淺鮮須有心得方可言詮不然膠於墨中失於象外如或以術數衍之而同於方技以死法說之而病於癡獃更或紛紛改造而蹈於僞妄道之不明又誰之咎予爲此懼於是仰思古聖之正旨推本文公之素衷删除邪說一顯道眞而凡先儒之得者錄焉失者棄焉其有不及則用己意以補焉薈萃衍繹總期完於潔淨精微之旨而止知我罪我其又奚辭雖然言之所及者有盡象之所包者無窮以言盡象象固不盡是在學者由象以得象由象以盡意使胸中自有一活潑圖象者存而無藉於是編則庶乎其可耳嘉慶甲戌正月

凡窺四著序

朱文炑

小子炑性至鄙，弗克文華，故於世無能爲役，獨以性之於道爲近也，乃埽除一切，專事於兹，苦心焉而甘之者有日矣。閒獨念聖賢之言道，非徒迹也，必有其精，而精果何在乎？經傳之垂訓，非徒文也，必有其意，而意果何存乎？不得精與意，而徒切切焉尋行數墨，得語遺心，將聖道謂何，而昧昧若是，豈吾人之所望乎？即不然，僅獲聖賢大用，未極理道一原，抑猶未可謂之有得也。肆心獨往，必求眞儒之所在，蓋其積思也苦，則其入之也微；其研求也力，則其會之也遠。夫乃歎聖賢之精，果有其精也；經傳之意，果有其意也。尋行數墨，得語遺心，果不可謂之學也；粗

獲大用，果不可謂之得也。一理通而萬理悉化，一事得而萬事皆神，而以之流連文字，亦有靡不逢源之樂焉。炑不自揣，輒成四編，曰易圖正旨，曰三傳備說，曰五子見心錄，曰罪迹內外篇。或發揮經傳，或敷述己言，自一而推之萬，由萬而合之一，無一語之敢妄下，無一字之或强安，然不敢自信也。昔邵子有言：吾凡餘暇閒往閒來，凡言太極也，即精與意之所在也。故程子有風流人豪之目，然凡可窺不可弄，故程子又有侮玩天理之譏。今取其義而曰凡窺，總其編而曰四著，質之同人，其亦有以識吾之志也夫。

桃花源志略自序

唐開韶

桃花源權輿於淵明之記，世多豔稱之。或曰淵明寓意劉宋，而託之秦，必求其地以實之，是按圖索驥也。然東坡、梅溪均謂漁郎所見似是秦子孫，持論通脫，必以爲子虛烏有，不又膠柱而鼓瑟邪？武陵彊介巫黔，地鄰蠻徼，當夫榛莽未闢，山阻水深，自足避世。迨滄桑屢變，岸谷多遷，以此日之近囂，遂疑前此非棲隱地，不亦惑與！且唐宋以來，封山表地，而琳宮梵宇，鼎池瑤壇，輝映山麓，高人遺迹，其來甚遠，此又志名勝者所不得略也。楚以南，山有九疑衡嶽，水有瀟湘洞庭，見於前賢紀述甚備，而桃花源往蹟多湮，靈宅奧區，莫由陳奇秀於臥游者之目，詎非缺

陷事哉！考宋史藝文志，道士龔元正有桃花源集二卷，陳振孫直齋書錄解題謂田孶有桃花源集二卷，趙彥琇重編合爲一卷，惜世罕傳本。國朝四庫書目所載，則有宋姚孶明、馮子京等集。天祿石渠之藏，非外閒所能窺測，即儲於江浙之文瀾、文匯諸閣者，窮鄉僻壤亦莫由求觀。開韶不揣固陋，留意搜采，拾遺摭賸，凡事與文有涉桃花源者，輒付鈔胥，久積成帙。知與古人無能爲役，聊爲問津者導先路焉。昌黎不云乎：至今傳者武陵人。余世居漢壽，曾析鄒聞，以鄉人言鄉事，非同越俎，第網羅未周，咫聞有限，姑以是爲志略云。

逸周書廣注序　　黃溥爲

昔孔子序書百篇自古今文五十八篇外惟有汨作九共槀飫帝告釐沃湯征等四十二篇而已無所爲逸周書七十篇也宋李氏燾云書多駁詞宜孔子所不取抑戰國處士私相綴續託周爲名其言亦甚似而幾矣然今試取其書讀之如時訓明堂曲臺具載克殷度邑龍門是援其見諸汪士漢之顯詞姑置弗道若此外典籍略同者柔轡而剛馬能御杜預會引周書害上而明堂不登狠瞫亦識周志荀息所述致謹於破舌破老之徵蘇秦所稱嚴辨於不絕不伐之戒上大夫受縣下大夫受郡作雒之舊典堪稽取榆火維春取楢火維秋月令之遺篇足補佗

如職方一解可參周官官人一篇無殊大戴通志序撰於漁仲以謚法屬後世僞爲博物志著於茂先謂謚法係姬公所造放桀備徵殷祝而拜璽讓位大傳原有其詞文傳弁誌夏箴而外亥兼年路史亦書其語若成王之初嘗麥若戎夫之作史記若芮伯之訓諸臣不獨周公大誥皇門與竹書紀年合無以嬖御固莊后無以小謀敗大作無以御士疾卿士俱出祭公臨終顧命與禮記緇衣符許叔重之著說文馬季長之注論語鄭康成之注官禮班孟堅之作漢志宋太宗之修太平御覽劉舍人之撰文心雕龍皆於是書取證然則周書詎可忽乎哉夫非讀荔挺不生則鄭注本相連雖顏之推猶且議之也不讀佞人在側則杜詩有來歷雖黃魯直無由知之也居恆披讀之餘每怪句多舛略因泝厥源流掇其梗概爲雜述一卷又取盧幾餘先生校正本考訂譌謬增其不備爲圖象五卷自惟玉格未詳譏貽馬氏金根罔達闇等韓生然竊以一物不知君子所恥昔竇攸辨靈台之鼠爾雅以興劉向識上郡之尸山經以顯而且畢方詔問於曼倩重常定名於仲舒士滨審仲師之形元逖究僕囊之號大都垂諸往冊炳然來茲固非若子雲之作太元徒恐後人用覆醬瓿也若夫周書之託始漢以來原有此書不因晉太康中發冢而始得卽不容係以汲冢之名則有王滨甯楊用修之言具在無庸復贅矣

太古粹圖序　李　任

子朱子具制禮作樂之才，訂禮以謹名分崇愛敬爲本，而論樂亦以琴德爲優，慨言琴者徒務布爪取聲，無復知禮樂精微之極，爲箸琴律說、琴操，其於聲數律分徽寸之義，元聲正半雅鄭之辨，固皆有以到乎其極，而言人所未言矣，猶未已也，分律布聲，於吳氏多所咨訪，累萬言不休。夫東周而後南宋一人，而於一藝之微，往復辨難，亦復不遺餘力若是，信乎昌黎韓子曰：聞道有先後，術業有專攻，聖之所以聖者，無常師耳。於戲，朱子之可以爲朱子者，其在斯乎！而琴其小焉者也。任自垂歲即讀朱子之書，尚未窺其藩籬，讀招隱操及琴說，即思援琴以習其器，

亦未之果。邇來補過山林，修理舊業，訖無暇講此矣。今夏沅江彭君養識攜琴來訪，始謀面也，器其人，留連旬日，既而知其可與，從受宮聲兩弄，旋以朱子散按諸圖相叩，養識欣然就案撫絃審音，漸輯方圖十章，余以朱子所論相校，無少差謬，養識深於琴矣。蓋其虛懷勤敏，寢食於茲數十年，故其輕重疾徐音調度數，得心應手如此。然余獨慨夫琴之感人，固有其至者也。養識爲親之故，抱枯桐以來游，未必能擇地而蹈，而其相人酒能作雅俗辨，自言因依偶爾，必以淸雅爲宗。余觀其終日之間，峭厲倔强，勤所事事，風窗月夕，念不忘親，且嘗以塵勞擾擾，不得遂志於學爲憾。嗟乎！何其肫篤而坦白乎！使得專志於學，以求紫陽之道，其所就當未可量。然即其念論如此，亦可謂知禮之本而得琴之意矣。瀕行，持其圖問序，書以歸之。

譚友夏先生集序 代　　蔡用錫

有明之季言辭章者鍾譚幷稱謂伯敬友夏兩先生也予每以不得其遺集爲憾乙酉冬由金陵還湘展墓居數月有攜譚先生集來者詢之則其裔孫惺漁少府謀梓舊刻詩文若干卷及未刻若干卷屬序於予受而卒業既喜得先生集並生平大略亦幸可睹已先生身丁衰變不爲世用者也自來辭章家往往因時與遇有盛衰通塞之不同而其詩與文或如星雲之麗彩或如鼓角之含悲或英奇如劒佩冠裳或偃蹇如巖松霜栢無不肖乎盛衰通塞以出之光熹莊烈之閒國是日非其時東林顧李趙王高曹湯沈諸人率皆抱屈子之窮愁懷賈生之激烈

卽鄭翰卿朱兆隆徐惟和輩亦忼慨有燕趙風者也而先生常羊衡湘吳越閒攬川嶽清淑之氣豁風月登眺之情塵壒軒冕自適其適其發之於詩則思清以孤藻樸以雅其發之於文則曠懷而不禁奇逸以自喜使讀者莫辨其時之或盛或衰遇之或通或塞豈世運人事之說獨於先生有異乎雖然先生之心旣澹於盛衰通塞則欲執盛衰通塞以求先生之詩與文固失先生矣譬之宇宙閒推遷而爲古今升降而爲氣運浸淫而爲風俗生其中者不能不受其轉移若夫別有天地如所稱桃源仙洞者闃靈曠之境敦渾樸之風山峙川流草華木秀世界塵表光景常新彼不知有世運之升降古今之推遷風俗之浸淫而理亂榮枯復何所與先生之志行如是先生之詩文亦如是而已第先生以天啟七年舉於鄉是時鍾先生巳早卒更十餘年而先生沒時在崇禎乙卯年方五十有奇其名輩於鍾爲後學者何以並稱及考明史所載兩先生嘗選唐詩歸一編復選隋以前詩歸一編由是名滿海內號竟陵體並稱鍾譚茲先生有賢裔足以傳先生予幸而見名山之業於先生也儻他日並得鍾先生集讀之則更幸甚

送石門袁大令解組序

蔡用錫

菘畦袁先生居嚴州之桐廬。漢嚴子陵隸籍其邑。距先生僅數十里。予壯歲游浙。未獲親至其地。嘗慨慕不能忘。咸豐三年。先生以名孝廉來宰石門。適予司是邑鐸。觀其風度。在官不改儒素。與俗吏殊。知得於桐廬山水者多也。公餘之暇。與語子陵遺蹟。令人若置身富春七里灘間。乃未幾而先生有去志。其殆子陵之高風乎。夫士君子通經致用。苟得所藉手。則民物非異人任。而況在需材孔亟時邪。當光武中興。鄧禹吳漢寇恂耿弇諸人。虓闞風驅。熊羆霧集。清天步而歸舊物。取神器以還漢家。固各能跨騰風雲。致身通顯矣。子陵縱立功名。亦不過同繪雲臺像耳。乃遺名逃世。再徵不起。峻貞白之軌。以與諸豪傑異。俾後之習奔競熟趨附者。稍稍知自顧惜焉。斯畱爲世教之箴砭者多矣。豈區區一時之功名哉。若先生之所遭。視子陵何如邪。且夫天下治亂之機。係夫縣令者也。方今戎馬四起。蹂躪幾徧天下。卽得戡亂才而上下已受其困。惟得良有司洞察其故。養民氣。順民情。則亂不生而民自治。先生宰石門。頌聲徧於邑。大吏皆重其賢。而乃決計引去。亦恝然忍哉。雖然。人苟自愛。則出與處皆有濟於時。富貴利達之陷溺人心甚矣。先生急流勇退。恬澹無求。儻亦子陵之徒歟。顧予年七十。行遂初服。而望治甚殷。苟先生更爲斯民一出。不亦大幸也哉。

送何廣文吟梅歸銀塘序

何慶元

吟梅先生鐸桂陽。甚得士心。居三年。以事去。諸生咸戀惜焉。謁予爲序以壯其行。予與先生同受姓。講學論文。時相過從。又有友朋之雅。微諸生請。固不能以無言矣。先生學老文鉅。友敎其鄉數十年。多所成就。今茲去桂歸潭。以桂士之惜其去。知潭士之望其歸也。去桂而桂之士懷之。歸潭而潭之士趨之。其亦足以娛暮齒矣。先生又何憾。古之時仕學合。今之時仕學分。非學與仕果分也。古之人學與道一。道與身一。身與世一。故其學曰爲己。其道曰一以貫之。今之人言學者不知道。言道者不知身。言身者不知世。言世者不知身。亦不知道。故其學破碎決裂。處無以爲處。出無以爲出。予嘗謂古之異端在聖人門牆之外。今之異端在聖人門牆之中。凡近世學士大夫滔滔不反者。皆知尊孔孟。崇仁義。說禮樂。敦詩書者也。豈不甚可憂哉。敎士之官。介乎學仕之閒者也。歸而爲鄉先生。則一鄉之士皆宗仰焉。況以數十年友敎之勤。庠序之徒之所歸心。三年弗見。快覩一日。苟以斯言進之。知必有憬然悟勃然興者。先生行矣。耄期稱道不亂。善敎者使人繼其志。舍是無以贈先生矣。若夫先生孝友之誠。愼終追遠。敦宗睦族之誼。約己利物。積善餘慶之德。此潭之人士親炙而日儀刑之者。尙何俟予言哉。

金剛經因果實錄序　何慶元

地獄果報之說仿於楞嚴經大旨以十因六交發明地獄諸趣非從天降非從地出亦非人與自妄所招還自來受其言深切著明悲憫之心溢於言外世間號稱業儒者類多以爲異端而忽之書曰作善降之百祥作不善降之百殃易曰原始反終故知死生之說精氣爲物游魂爲變故知鬼神之情狀是豈非聖人之經乎何其與異端之說若符契也嗟乎末世衆生利欲交訌幾希斲喪幻如魑魅毒甚虺蜴機械日深殺風日熾刀山劍樹寒冰猛火諸可怖畏之象充塞人心徧滿宇宙而操尺寸之柄者又多顛倒其是非舛錯其刑賞冥冥中若復無神焉爲之

考善惡於生前判苦樂於死後使之自作自受莫解莫逃則彼作不善之人復何所懲而作善之人又復何所勸乎然則佛氏之說固將以補聖賢所未發亦可以助王法所不及有世道人心之憂者方且闡其言而表章之不暇更何暇拾韓朱之唾餘泥幽明之閒隔而疑之而闢之也哉姻丈胡君琴堂重刻金剛經因果實錄弁繪十王殿暨歷代果報諸圖欲人觸目警心有所憚而不敢爲惡屬元曰子爲我記之烏乎天道循環感應不差其見於正史所載者代不絕書而此篇尤其近且明者觀乎此而猶漠然無所動悍然無所顧藹瑀有言地獄之設正爲斯人矣

送劍樵楊典史歸浙江序　何慶元

劍樵楊君尉吾邑不三年以內艱解任搢紳之士莫不惜其去相率爲歌詩以送之公慷慨有大節義形於色往歲小醜震驚公奮不顧身詰姦除暴有功德於吾邑余紀以詩臨歧贈言無待贅陳也則更以爲吏之道告焉方今天下患在民與官遠官與民隔胥役舞玩於外僕從浸潤於內姦邪盤結於僕從盜賊根柢於胥役事倚以辦公取以足知之而不可爲爲之而不可變一旦有急則官無可恃之民民無可恃之官此其見病之端也而非其本也其本在於官之嗜利而無意於民嗜利則僕從有所潛窺而爲之浸潤無意於民則胥役無所忌憚而恣其舞

玩秦越異體肥瘠弗問燕雀處堂焚燎莫知至於寇賊公行姦邪潰決向之錙銖取之膏血奉之者適足以爲大盜積而已夫盜有外有內外至者可備內出者不盡其積不止盡其積猶弗止嗚呼何其愚也治遠者自近始治外者自內始治疏者自親始治人者自身始治身者自心始不正其本而從事其末末不可得而治矣昔者孟子三見齊王而不言事門人疑之孟子曰我先攻其邪心其告梁惠王曰後義先利不奪不饜吾鄉朱都憲之爲吏也妻子不之官陳白沙先生稱之曰節用愛人嗚呼苟能節用可以不嗜利矣苟能愛人則胥役僕從俱無所施其蠱惑矣物必先腐也而後蟲生之牆必先隙也而後蟻窟之不

計乎千秋萬世者不可以永日不敷其心腹腎腸者不可以感人無功德於蒼生社稷者不可以長子孫取非其有而莫敢誰何者必悖出而受天下之奇禍嗚呼今之以巧宦震耀一時者吾見亦多矣原其始未嘗不忸怩其心也遏於勢狃於習同利相挺同波相激則是心或幾乎息而亦將聚而殲旃矣吾不敢斥其名也公久宦湖南而浙江又稱仕國歸而以吾言示之或者其有補於世教乎

湘中耆英圖序　陳本欽

湘中人備官中外先後解組者不約而同過從談讌極林下之樂也昔宋興國中諸公倣香山九老餘韻歷會於樂天故第圖形於普明僧舍及元豐中文潞公留守西都因富韓公致仕里居就其第集賢士大夫之年高者相與觴詠得十二人首韓公年七十九溫公年六十四居末坐潞公令其作序於是繪圖藏之妙覺僧舍時人謂之洛陽耆英會道光甲辰秋坦齋師主講麓山邀諸君子集於城南之妙高名剏尙齒不尙官循唐宋成式也以本欽末坐宜序其事本欽愧甚且辭不獲命時藕畊賀公方撫黔南聞之以書致雙圃曰君始歸長沙遂開公讌僕湘

西人位與年不在數客後願寓名其閒如王宣猷故事行將歸隱同賦遂初諸君子當不我遐棄會起於甲辰故以甲辰計其年洎丁未繪圖成藕畊亦返里下矣湘帆及其弟雙圃星堂師企園莘田及其姪嶽心星叔本欽長沙得八人受堂鏡海育庵岱靑藕畊蔗農昆仲善化得六人鏡海改籍山東暫居舊里少衡入大興籍湘陰人坦齋師衡州安仁人伊輔淸泉人夢蓮沅州黔陽人皆寄寓省垣道光二十四年歲次甲辰冬十月

贈舒白巖秀才序　嚴正基

古者寓兵於農入則公孤卿尹出則方伯連帥士大夫罕有不知兵者兵或百年輟用未嘗一日弛備亦鮮有諱言兵者雖然兵凶器也戰危事也用詎聖人得已哉故慎言之舒子白巖吾潋聰明特達之士也少工詩文凡星卜堪輿之奧靡不默參神契而於治兵家言尤究心焉以此得狂名爲有司羅織幾不免旋得解以歸隱於邑北之大潭鏑戸讀書迹不涉城市余數相過從敦樸有裕若器焉儼然大矣賢者固不可測如斯耶夫龍神物也其騰踔風霆噓滄溟而翔霄漢極震盪變化之奇觀者㤉目咋舌蔑敢偪而狎視焉然當夫蟄淡淵蹲靈湫窈然而莫

闚其倪黝然而弗炫其曜與常鱗凡介無殊焉則眞不可測矣是故善言兵者不必有知兵之名陰翕陽闢運造化於一心郎其儕伍里巷徵逐末由進窺其淡者意亦猶是也昔橫渠張子以言兵干范希文敎以名敎中自有樂地先子少習兵事游羅愼齋先生門亦以毋易言兵相誡卒之橫渠潛心正學爲北宋大儒先子雖以武略建勛渠諡而晚年涵養淵粹海內翕以名德相推白巖知兵者也抑將有進於斯焉顧吾聞之兵禍至東周烈矣故宣尼不荅戰陣之問戰國則禍尤烈矣孟子直以善戰服上刑爲儆夫兵凶器也戰危事也言之不可以不愼也況用之乎白巖知兵者也曉然於古今得失之林家國天下成敗利鈍之數亦在審其所趨毋或倖以相圖則勢不殆愼其所與毋令輕以相附則機不危蛟之蟠江而飛鯨之跋海而立非不哆誕瀛之恢奇殊絕也然能伸而不能詘也能顯而不能藏也其惟龍乎在淵在田潛見各以其時天下莫能馴而擾之也吾又烏乎測之哉

湖南文徵卷七十八

序二十三

山西鄉試錄序

龍瑛

道光十有二年歲紀壬辰·直省鄉試屆期·禮部以山西考官請
奉　旨以臣龍瑛偕臣張延閎往典試事·伏念臣湘南下士
知識庸愚·由嘉慶二十二年二甲進士改庶吉士·散館授職編
修·道光五年充順天鄉試同考官·涓埃未效·悚惕方深·茲復榮
膺　寵命·畀以掄材重任·撫躬循省·益矢冰兢·謹偕臣延閎
駪征就道·屆期入闈·時監臨則某·協同點名官則某某·提調官

則某·監試官則某·內簾監試官則某等·皆恪恭將事·乃進云云
率同考官某某等·矢公矢慎·得士如額·擇其文尤雅者·恭呈
御覽·臣謹拜手稽首颺言簡端曰·臣惟文運之隆·關乎世運·
我　皇上右文稽古·緝熙日新·海宇承學之士·莫不爭自濯
磨·烝烝向化·昨歲特開　萬壽恩榜·嘉惠蓺林·竊見夫和聲
鳴盛·鼓吹休明·於爍哉同文之盛軌也·本年補行正科·士之懷
鉛握槧·思所以待席珍之聘者·又復一載於茲·先期　聖諭
特頒·飭各直省典司試事者·逈較遺卷·悉心甄拔·仰見　皇
上興賢育才·惟恐有遺之至意·臣何人斯·膺茲巨任·謹偕臣延
閎恪遵　訓諭·以爲取士之程·竊念言爲心聲·因其言以考
其學與識·而其心術之所嚮·與夫品詣之所成·亦從可知·彼逐
新趨異·夸目尙奢·專事揣摩剽竊之術者·所藴不深·所發必不
厚·易曰修辭立誠·書曰辭尙體要·斯固別裁之準的也·山右爲
禹貢冀州之域·平陽蒲阪·風敎固殊·大河瀠其西·太行峙其東·
靈淑鬱積之氣·鍾毓獨盛·若漢之郭泰·王烈·唐之狄仁傑·裴度·
宋之司馬光·文彥博輩·文章事功·彪炳史冊·知必有後先輝映
者·臣竊勉矢愚忱·耳目所及·不敢稍有遺漏·精神所副·不敢稍
有愛惜·是則區區持擇之私·冀收得人之效·以無負　皇上
訓諭周詳之盛心焉耳·維時官斯土者·分守河東兵備道某·分
守雁平兵備道某·分守歸綏兵備道某·太原鎮總兵官某·大同鎮

總兵官某·太原城守營參將某·例得備書·

重修明星池引

趙先雅

益之有明星池舊矣曩者文登陶公宰斯土實新之甃其旁屋其外且摘朱子及杜牧之句識之今其額與聯是也陶公故有德於吾邑其治益也大指在宏奬士類懲姦慝安善良而其才又有過人者事無大小不勞餘力而往往與人情物理相協應聽政餘暇則帥其僚友賓客與邑中搢紳先生游憩歌詠於池開遽今數十年邑之人咸樂道之以爲當時韻事乙亥之春爲我邑侯延川李公下車之始公甲戌名進士以英偉材辭奉天子命來治斯邑凡所以養民教士意欲追陶公而從之期月間綱舉目張人民樂愷城之諸父老合辭請曰明星池自陶

公建後歲久不治日就頹敗願葺之公曰諾卽諭捐廉爲邑人倡於是諸父老鳩工於役將復請於公而丐余一言余謂陶公由百里晉位方伯其在江南也常睠顧益邑不忘而邑人士慕其德覽其遺迹與古甘棠無以異今公春秋方富政治日新蜚英聲騰茂實歛歷遷擢將爲封疆大吏流惠無窮安知異日去後之思不猶之慕陶公邪吾將以明星池卜之

續修長沙郡館題名錄序

胡達源

郡館題名錄嘉慶丙寅吳東麓先生所手編也公車至會館者類皆英奇卓犖之士往往景慕前賢謂某也功名事業彪炳寰區某也道德文章光耀史籍乃至豔稱其甲第津津焉不絕於口及展覽是編益肅然起敬以爲此名經之所在也辛未春達源以優貢試禮部幸得列名其間攜一冊以告於鄉之父老子弟令人興起癸酉以後惟題名於匾而此編闕焉何舉之難而廢之易與夫以長沙一郡凡十二州縣士生其間者莫不涵濡教澤爭自濯磨鄉會試預題名者濟濟然稱爲最盛乃或閱十數年同榜年家至詢其姓字問其里居有隱約而難舉者況其

非同榜者乎然則此編之所繫豈不重哉爰續輯嘉慶癸酉以迄道光乙未悉循舊刻程式分類編之惟辛未以前官階間有增改其餘概依題名匾所書從其朔也顧吾思之凡事之舉必經其久遠而後可以不廢方東麓先生之輯是編也慮其匾字剝落幾經考覈乃託諸梨棗廣爲傳布且冀每科增刻以相續於無窮曾不數年至求其藏板而不可得何者費無所出遂至推諉心存推諉遂至廢事此必然之理也因與郡館值年夏一卿羅蘇溪諸君子悉心酌議每科題名目於捐寫歲修公費外每人各出制錢五百彙交值年將題名續刻並刷印館志一部裒潰分給如此則題名者不患其費之多而經理者亦不得以

無費籍口庶幾行之可久而不至於廢弛乎且使有題名錄者益有館志將合郡之人家藏其書互相證據不較勝於鐫之金石也哉後之題名者念東麓先生編輯之心與達源等續修之意皆能觀感奮發振雲翼於鵬溟翩風徽於雁塔將見功名事業道德文章爛然與前賢媲美則是錄也千載有光矣道光十有五年歲次乙未夏六月庚寅

桃花源志略後序

劉夢蘭

嘉慶元年余與竹谷同游高東府夫子門時余年未成童竹谷已冠有聲黌序貌頎而長吐屬風雅性好客日接四方知名士如恐不及越二年余始補弟子員竹谷益肆力古學每作詩動輒數百首或數百韻望之莫測其涯涘也中歲闢湘上園搆紅樹詩樓以居翁鳳西方伯耳其名聘修湖南通志自後屢開選局銳意輯湖南詩徵蒐羅唐宋以來至　國朝古今體詩堆積几案間山林隱逸采摭殆徧道光元年舉孝廉方正辭不赴復薄游白下索交當代鉅卿暨大江南北淵雅之士資其討論見聞益廣旅懷詩江山掩映三千里詩酒淋漓四十年蓋自爲寫照也余通籍後供職京師歷官嶺海忽忽二十餘年與竹谷蹤蹟稍疏逮罷官歸余已華顛而竹谷益白髮鬑鬑詢其所輯以貧不能付梓道光十一年大水壞屋所存舊稾盡行漂沒僅能以身免耳因易紅樹詩樓名逃生樓郡人曾儀堂嘗爲演傳奇紀其事幸所輯桃花源志略十八卷尚存經胡光伯太史商訂爲十三卷太守葛禮山黃惺齋慶雲岡三先生先後作序余商之桃源景曜垣明府暨同志諸君爲集貲開雕嗟嗟半生箸述概付波臣守缺抱殘何時滿志其他選輯及自箸俠野草堂諸稾任其散佚其用心良苦而其所處之境亦大可哀已書成志其梗概如此至其書之所以善前序詳矣

竹裏蔬廚序

鍾昌言

丙戌春葛民讀書於虛谷之有斐書屋齋之南松峯峙焉林木葱鬱怪石嵯峨閒雲時出入於几硯閒其東爲洗心泉泉之出不可窮汩汩然泠泠然環谷左迤而南也谷中修竹數十竿清風徐來拂人衣袖余始居而悅焉久而忘焉其初遣僕傳餐既而覺其趨走之擾也乃相其齋之北而廚焉廚廣不盈丈甑釜罌盎匕筯刀砧之屬畢具葛民讀書暇輒拾葉數米以自炊擷畦蔬以自佐其食無輪轅輻輳之喧無僮僕嗔喝之擾廚煙山翠與靜氣相迎讀而炊炊而自奉晏如也夫侈珍物於羊羹窮烹調於炙鴞日費萬錢侍從競諸秀項小腰者曼聲緩步行觴

於左右頤豐而體厚智過而機應不知其來安知其去嗟乎此富貴者然殆有命也然或樂極悲生矣味濃反厭矣若蔬種植之所獲雨露之所長其來也機巧所不施其食也造物所不忌味淡而彌永物微而反眞取之不禁用之不竭優焉游焉與雲山之滄靄泉石水竹之幽潔若兩忘焉又安知歲月之推遷也哉如謂恥世味之炎涼以離世而獨立余何敢焉因顏其名於左

陶靖節先生生辰序

鍾昌言

士生古人後讀古人書慕其人之高風亮節恨不獲生是時與其人輸肝膽抒情愫執經請業以副其生平所向不然則必風雨晦明之夕往往通夢交魄得睹其顏色於羹牆之閒此講道勵節之士異世相慕有同志也而余於陶靖節先生爲最當永和升平閒穆帝幼沖晉祚將移桓溫威權日盛內萌不軌司徒如謝安寬仁大德中外信服猶不能傾否濟屯先生職卑權輕雖欲救榱崩棟折之危副恢復中原之志勢必不能然其憫時憂世之心與夫堅潔不污之大節雖歷數千百年讀其書猶可想見且夫士之志合則益堅鬱則激而易變先生爲晉微臣受

朝廷恩未深假使應劉裕之徵峩峩焉纓其冠出爲著作郎斯亦足以著其奇偉瑰傑非常之抱矣乃始則以五斗不屑折腰而竟賦歸去既則堅節不屈而義熙以後之文僅書甲子烏乎進退之道君臣之義若先生者足千古矣若夫寄晚節於黃花引壺觴以自酌安命樂天雖無懷葛天之民豈是過乎余窮居寂寥蘺菊方發與二三同志抗論兩晉人物其他或少有低昂至先生則莫不曠然心感肅然起敬曰其殆百世之師吾儕所尚友而寤寐思之者也余曰其以先生所嗜之菊歲稱觴以祝衆應曰諾遂舉其事同志者朱君綬卿柳君春皐鄭君夔堂吳君素夫暨家青田蘭蓀弟熙人

李氏蒙求詳註序　　黃本驥

箸書難註書更難非徧讀世閒書不能箸書即徧讀世閒書猶不能註書世閒書無盡而古書之流傳至今者有盡註古人書無一字無來處目中不盡見古人讀本必欲察及淵魚辨窮河豕曰某事出某書某事出某書條舉件繫如數家珍難矣至於排比典故較之伏鄭註經裴應註史爲更難經主義理事可從略史雖隸事其源易尋若夫攟摭四部之芳腴薈萃百家之玉屑易牙知味難分釀蜜之華師曠審音莫別纖絃之繭自歐陽氏蓺文類聚虞氏北堂書鈔以下無慮數十百家類皆作者自註尙不能銖兩無遺況以秦灰久泠魯壁重湮昔人所見求之

今本往往闕如否則一事數說又復彼此騎駁註家命意原欲開導後學考核不精折衷未當適足以滋疑誤而已舊註之精當者以劉峻世說李善文選爲最然其詳略去取已不無可議若近時坊本多以贋鼎求售全憑淺陋之見聞不顧本事之當否前人既以譌傳譌後人復將錯就錯心思耳食相習成風無怪夫古書日註而日亾也閒有鑒彼前車自居博雅者雖涉獵稍富而體例未嚴芟薙原文斷鶴脛以省紙板竄易字句添蛇足以欺愚蒙欲使疑皆可信轉教信亦成疑錄其纂述之功不償妄作之過矣蒙求之名昉於周易箸者數家以唐李瀚氏爲之祖包舉百代約以四言裁對既工音韻亦叶誠爲學者隸事之津梁我　朝採入全唐詩內后渠祕笈久已傳布蓺林塾中惜無註本其引徵之博抉擇之精老師宿儒不能盡知所出將何以應童蒙之求乎是固非註不可而註之正不易易也閬中陳楓階先生以名孝廉出宰湘中繁區歷治所至有聲服政之餘輒與鉛槧從事箸書等身而蒙求註本尤爲精贍不獨爲前哲功臣後生良傳亦即劉子駿所謂知蓄積善布施者也其書凡若干條總爲若干卷註中引書悉從原本檢出不以前後類書爲憑事雖習見甯詳無略不肎增減一字欲使學者因註而見全文是以一書而備羣書之用也又恐原帙繁重難於覆校必詳載篇目使開卷了然體例之嚴可爲後來註書楷法非徧

讀世閒書者能如是乎先生宰永明鳩工付梓於二千里外郵書索序余主講五溪不克親與校讐之列挂名簡末固所甚願因述其註書之難如此抑余重有感焉太元得平子而方顯論衡遇中郎而始傳書有顯晦自古已然今值　御定全唐文告成而先生適爲是註其亦唐賢箸作光昌之會也乎

芙蓉樓唱和詩序　黃本驥

柳子厚謂邑有觀游卽爲政之具蓋以袪煩滌壅非有高明游息之所不能理達而事成況前事者後事之師其人已遠其蹟猶存不爲修葺而詠歌之非獨山川失潤抑且取法無由雖鞅掌簿書其視以玩替政者奚異唐詩人王少伯由江甯丞謫龍標尉小說家載其以琴書自隨命蒼頭拾敗葉供爨及洞蠻長跪乞詩數事僅與旗亭畫壁同爲風雅之宗若無意於政事者然以琴書自隨其嗜好可知拾葉供爨其清操可知洞蠻乞詩則邑中文秀之士其翕然向化又可知蓋子厚所謂淸甯平夷恆若有餘亂慮滯志無所容入吾於少白徵之矣豈僅以詩人

目之哉黔邑西關外舊有芙蓉樓相傳爲少伯送辛漸處其地原在唐潤州今鎭江府治也蓋少伯丞江甯時事後人因其謫宦來此建樓存蹟嘉慶乙亥曾石友刺史鈺知是邑由城東徙今地有詩文紀其事地據雄潕二水之交有石屹立有樹森陳曠如奧如二者咸備誠觀游之勝境也見田明府宰黔三載邑中祠廨橋道煥然一新理事之勤近日罕有因見斯樓之榱棟傾欹丹漆駁陊慨然修復憑欄遠眺適足以袪煩滌壅爲高明游息之所自爲七律四首以落其成又於重陽日招集幕僚子姪及邑人仕隱而文秀者爲登高之會亦自爲五律四首邑中鈔稾傳和者凡數十人得詩若干首彙爲一帙將付諸梓以志一時唱和之盛而屬序於余余謂少伯詩意冰心玉壺明府誠足以當之其不以勤政而廢觀游尤得子厚所謂理達事成爲邑民之福者豈獨靑山明月寄意篇章足與古人爭能而爲時髦所宗仰已哉

詩傳識名録序

黃本驥

多識爲學詩之緒餘，然夫子之詔小子，必於興觀羣怨事父事君之後而後及此，葢未易爲初學道也。古之以博雅名者，如張茂先、郭景純，類能留心於名物訓故之學，究未敢從事於葩經，以動植飛潛，厥族有萬，種類各別，今昔異名，稍有未審，輒貽爾雅不熟之譏，非若山海經、博物志所載，多恢奇瑰異，未經人見者，人亦無從質正其是否，是以難之也。自陸璣詩疏、陸佃埤雅出，始爲考據之濫觴。踵而爲之者，宋有蔡卞毛詩名物解，元有許謙詩傳名物鈔，明有毛晉陸疏廣要、馮京六家詩名物疏，國朝則有毛奇齡續詩傳鳥名、姚炳詩識名解、陳大章詩傳名

物集覽，其書具在，於鳥獸草木之名固已箋釋大備，即一鱗一介、一蟲一豸之細微瑣屑，亦無不搜討靡遺。後之學者，但當涵詠乎貞淫正變之原，細繹乎溫柔敦厚之旨，至其緒餘之足以資多識者，似無庸致力於螢窗蠹簡中矣。然而經義無窮，名物亦豈有盡，安見前人之書不有譌且漏者，必待後人之正而補之乎？是在善讀書者不爲古人囿，而後能爲後學倡。黔士丁生友愛，家多藏書，又好讀書，嘗以所著疑問就質於余，於經史之可疑者，幾於一字不肯放過，余已心識其用力之勤矣。今又取詩傳中鳥獸草木蟲魚，彙爲一編，詳加考訂，雖未能於二陸、兩毛、蔡、許、姚、陳諸書外別出新義，而其徵引各說，博而不煩，閒附己見，質而不俚，洵足爲發蒙之善本、廣雅之新編，急宜付之剞劂，以爲吾黨學詩之一助云。

羅金淑碧芙蓉館詩序　黃本驥

余近歲序閨閣詩三一前室陳梅仙梅影集一兒女葆儀茶香閣集一今室錢之妹衡齡霜月吟之三人者皆秀外慧中詩有時譽而梅仙又善篆書葆儀善琴皆早夭錢亦少寡人謂女子能詩爲不祥其言似非無據今閱善化羅麗笙女史碧芙蓉館詩草則又以前言爲不然麗笙之外氏胡與余族爲戚前在長沙曾見其詩弁聞其通星卜諸技其時尙待字深閨未及一見及余遠宦龍標又三年矣一日有湘陰鄒君子香赴館晃山停舟見訪子香丁酉拔萃知名士也詢知麗笙得爲其儷深以淑女得所歸爲喜子香年少多才必爲一時偉器則麗笙唱隨偕

老之樂有非梅仙等所能及者子香去後以是集郵致索序檢其中有與子香論詩句云句貴性靈還忌滑派無唐宋祇求工知其志趣不凡不屑以香匲自許也又書小倉山集後云卻恨阿儂生已晚春風吹不上湖樓知其瓣香欲爇而歎目下之無師承也誠能求工唐宋何患今無隨園余遂不辭而爲之序且以解女子能詩爲不祥之惑而梅仙等早夭而少寡者旣能以一卷長畱儆肅肅而福壽之男子若麗笙之唱隨偕老遠而梁孟近而趙管不足羨也人閒清福更未可量則女子能詩祥莫大焉卽以此說弁諸卷端質之子香當亦以余言爲信

集字音訓序　黃本驥

丙午孟春門人蔣鵠臣抱其鄉先生段君所著遺書二十有四冊來謁曰君名廷謨以歲貢生閉戶著書卒於去年四月得年六十有六其子不能讀恐致遺失鵠臣搜得是稾求爲製序以存其人余閱其書皆蠅頭小楷約數十萬言名曰集字音訓蓋取坊刻十三經集字逐次詮疏一字數音一音數義或數音一義博引旁徵條分縷析卽如大學之道四字所釋已不下六千言可謂博矣所引經史子集又復綱舉目張有條不紊其用力可謂勤矣學者誠能如此用心使所讀之書一字不肯輕易放過何患不爲通人則其造就後學之功豈有旣乎第其書以四

書五經及周儀二禮左公穀三傳爲次而爾雅孝經闕焉蓋爲山九仞一簣未成猶爲不完本也余司鐸龍標今已十稔有如此讀書之人終老鄉曲而不及一見心竊憾之蓋其生平立品甚高足蹟不入城市其鄉人又無達其姓名於余者故無由面質其體例之得失使之由博返約歸於至當爲讀經者必不可少之書是則段君之不幸亦此地讀書者之大不幸也余猶幸獲見此稾鵠臣其寶而藏之以待後來之善讀書者踵而輯之以成完書刊板行世余將濡筆以俟特先敘其大略如此

梧珓新編序

黃本驥

周易爲冒道之書自來術數家談占候者無不從易義中推測而出如楊子雲之太元經東方曼倩之靈棊經皆言之鑿鑿確有應驗故歷數千百傳而其書卒不可廢近世有所謂打大篓者其人皆游方丐食之流其言多鄙野鄙瑣之說彼本不知易爲何物道爲何名故稍語經術者賤其人并薄其術其實合而爲一分而爲兩參而爲三變而爲千化而爲萬易中之理數精縕何嘗不該括於陰陽奇偶之中況杯珓之製其來已久古用玉字爲珓今用竹字爲篓又荆楚歲時記作敎朝野僉載作角宋魏野詩作校皆謂今之竹篓也其術以二篓投空擲地眡其俯仰以斷吉凶昌黎韓子大儒也亦云手持杯珓導我擲云此最吉餘難同後之學道君子顧可賤其人薄其術邪吾友廖君桐川精於易義研究玩索之餘即物窮理出其緒論演爲杯珓新編是書既出當與太元靈棊并傳不朽豈僅以小道可觀多能鄙事爲無愧通明之自號也哉

篆經圖序

黃本驥

梅仙陳氏武陵將種也年三十歸虎癡爲第三娶婦在室時女紅鍼繡之餘喜研朱橅秦漢璽印於歸後以縑扇相索者甚眾虎癡時自關中歸得金石碑版數百種爲三長物齋長物之一謂梅仙曰摹印雖工於書法無當也盍棄之而專攻篆學夫六書之法在古人爲小學在今人爲絕學矣閨人弱腕彷彿冰斯當不爲識者所誚因檢行篋所藏自琅琊繹山以下凡三十餘種盡以付之梅仙性既篤好用力頗勤居恆埽一室蘆簾土銼開或作擘窠大字或箋頭小書日恆盡數紙無倦色虎癡既久困不能達其相助之志然好與當代名公之流寓湖湘者以文相接故索梅仙書者益眾梅仙嘗謂昔人學書多寫梵筴以書者可以養心而觀者不致褻視非特求福田利已而已爰取心經手書一過而以唐刻佛像及貝多葉各一置於前復取唐人楷書心經用代釋文而縱陽闕雯山翁名畫手也適作篆經圖見贈命工裝潢合爲一冊虎癡素簡易入寺不禮佛而梅仙亦藉此學書非佞佛也又作雪香閣遺篆序曰梅仙在室女紅之暇能作丹青花卉及歸余家始學爲篆見余與四方朋好以詩文相投贈又欲學詩見余兒女葆儀善琴復欲學琴余皆止之人生絕藝博不如專詩畫琴書兼工盡善雖偉男子不能也況篆學既精幹架筆力猶其餘事貫通六書之學方識制字本原

老師宿儒皓首不能窮其底蘊多奚爲也梅仙從此專力於篆惜年壽太促四閱寒暑遽爾夭折所書楹聯齋額不下數百十紙脫手輒爲友人索去梅仙亦不甚惜檢點遺篋裡筆如束筍而篆書之存者止此裝潢成冊顏曰雪香閣遺篆俟達兒長以付之

李籟生閨訓序

陳洪道

倫備於五家居其三父子兄弟其愛敬成於天性達於至情若夫與婦非合以天實合以人必惟情之和者乃終衷於性之正但性本生初情緣後起儻情役於欲則徇情而不見性家人一卦所以言利女貞也李君籟生自幼穎悟過人年二十入泮是年迎娶余氏女閱三載餘遂棄世生既沒婦誓節守自明不背所天人皆知其發於至情也逾年忽出籟生所以爲伊訓者呈諸翁姑翁大慟諸戚友勸付梓以彰隱德因商可否於予予取而備觀之見其成詩四章以淫爲戒以貞爲勉服食起居言之詳悉無非欲其孝敬翁姑和順妯娌俾厥配以端其情者終底

於性之正也夫自來一家之善敗由於內佐壞於有迹尤壞於無迹有迹者淫縱越度與夫大相謬戾無迹者長舌厲階隱誘其夫常以僞爲儉嗇者致其夫之失孝僞爲惜家者致其夫之不悌情之所用大卽於偏則男之失情由女之失情如此而欲其克淑厥情以淑其性也其可得乎今按籟生之囑訓如此可以齊家即可以治國則德也而才寓焉予故勸其付梓俾世之爲夫者皆知所取法則淑之於情者如成之於天性焉閒嘗讀史至冀缺耨夫妻相敬如賓當事者即舉而加之上位今之籟生即今之冀缺也雖享年不永憂樂不同而籟生有至性因有至情余氏有至情因有至性君子固於是乎有取焉

文稾自序　高崧

席山既以制義辱棗梨·陳生泰來請曰·昔者珠泉書院肄業時·不以生爲不肖前後論文五篇亦既詳哉其言之矣·幷命鈔錄序記若干卷盍續刊以公諸世余不允生固請再三爰刪五之二以授諸梓而繫之言六經之文各有師承三代以後遞相祖述王半山易論策以經義有明因之忠孝節義畢出其中至本朝文運蒸蒸益上崧嘗謂古文之必變而爲八股者亦猶夏忠商質之必變而爲周文也時爲之也自周萊峯歸震川以古文爲時文而八股之道益尊蓋體雖異而原則一也韓退之文起八代之衰試觀原毁一篇卽退之八股文字也·使退之生於

今日其八股亦猶是也·而謂時文顧不古文若者·人自不浹於古耳·浹於古則時文名家·古文又何嘗不名家也·雖然難言之矣·古人學與年進·卽如震川先生以嘉靖庚子登賢書越二十五年乙丑始成進士而所傳之文又皆宦稾學老識老法老氣老格老眞所謂浹於古者其傳也宜矣崧何足以語此旣以制義辱棗梨又敢以序記等勞剞劂乎抑人亦有言曰山雞自愛其羽今之諸生之請者其猶山雞之愛也歟

巫山重修會仙橋序　孫幹

巫邑城西有橋曰會仙不知其何昉也·城南張君兼善重建之·或曰山勢自夔州層疊蜿蜒而下靈鍾巫邑左文峯右陽臺羅列八景以此橋爲山水之脈絡經此地者如游員嶠登瀛洲故肇錫以嘉名焉乾隆五十三年戊申大水漲起數十丈七月中橋圮會仙之名遂歸烏有三十年來未之能復有封君余翁建文慨然以續修爲己任戊寅之春予館於埃峯距城八十里友人朱君某以序屬予予辭之越數月復以書寄意予因問門人謝子振華余翁若何謝子曰其家隆師重道少長有禮遷不忘本置義學田於梓里以惠族中貧而艱於送讀者置義塚田於

巫邑以葬同鄉歿而無地安厝者富不驕貧貴不凌賤其待僕佃悉以寬恕仁厚予聞其言景仰而私志之其後謝子佰兄延予爲重九之游路經橋所則見攻石攻土之工持畚操揭趨事赴功日百有餘人未幾橋成豎若干丈廣若干丈袤若干丈費若干金僉謂翁或刱立新名以爲己功也乃但蒙其舊號仍曰會仙於是知余君之非爲名也出於其心之誠然行乎其事之當然出於心之誠然仁也行乎事之當然義也仁與義具於斯橋徵之而益信謝子所言余翁生平爲不誣也余翁楚北某縣人寄籍巫邑某年某月以令終遺命以橋事囑其子若孫其樂善不倦蓋所謂一息尚存此志不容稍懈者矣·予故樂得而敘其顚末云

鈞圃先生八袠晉一序　常大湻

丁亥之春湻請假在籍謁大兄瀛臺夫子絳帷於瞻嶽門外維時徒從祁祁薰之以道德砥之以節行切劘之以文章益於吾郡推都講焉越初夏六日爲伯父鈞圃太老夫子八十覽揆之辰及門諸君躋堂介觥僉以湻之地邇而誼親也屬譔文以繕諸幃湻謂伯父道風秀世碩望冠時固宜有雲霞絢爛之詞作淵懿麗鴻之氣湻媿不文渠足爲伯父重第念懽聚一堂師承兩世此而用吾言或庶幾乎眞且摯者夫河流九曲發源崑崙泰山出雲不崇朝而徧雨天下飲於河者忘崑崙之大雲行雨施而不見太山九千二百仞之高未可謂之知本也我大兄夫

子對詩禮於過庭闇儒修於一室搴林酌海騰躍百家文誠鴻矣然而屢歎拙目窈無閎容則本諸伯父之恬以適也按遺采隱志兼三長抱誠偉矣然而妍媸在鑑口無臧否則本諸伯父之謹以厚也化畦夷町頫納羣流度誠汪矣然而初終堅絜豪無磷緇則本諸伯父之簡以栗直以廉也孟子曰觀水有術必觀其瀾抱樸子曰雲出於山而雨其山其伯父之敎之謂乎伯父爲伯祖秀峩公次子出後伯祖吉三公祖母李太孺人靑年矢志伯父事之綦孝謹髫韓工屬文淸和妍麗不減玉茗風流連試未能靑一衿迺援例入雍非夙志也居常靜憩精舍懇懇課犮夫子書習其句讀稽其根歷辨析其異同離合而挨極於理要鄉之人爭師事焉顧家道亦稍窘而多贍矣外則社猾里魁機譎相嘗內則風落轂飛畨迣轟轟雖道南諸阮弁席溫脂未始不足分梧勺潤而伯父介介不與通嘗曰吾儕立身自有本原豐約聽諸時命隨人作計終後人烏用伈伈睍睍下趨勤拜邪時湻從伯父受書竊聆格論嗣從大兄夫子游數數舉此言相誡勉益耳熟焉不敢忘歲辛巳　恩科大兄夫子以學老文鉅得儁湻亦厠名榜額逾年捷南宮倖叨淸秩因思曩日伯父之所以誨湻與湻之受誨於大兄夫子者以遞溯高深於我伯父不誠爲崑源之沸濇而泰山之瞻仰也哉今伯父年躋大耋神明聰強飴弄之餘猶流覽子史星卜家言挑鐙至二三鼓

不倦昔湯孺懷八十作蠅頭楷五千言與諸孫商品時義傳諸通志沈仲貧春秋逾八十而其子九疇以六十成進士居隆稷邱先生張之以詩序伯父其與沈湯兩君子媲德而光儷冊乎抑湻進同學諸君而更有說焉夫子春風風人夏雨雨人凡著錄稱弟子者旦晚掇巍科不足侈而攷其德行道藝固已源而濬之本而滋之矣異日我伯父旄期壽居　綸錫躬膺大兄夫子以皓首舞萊斑諸君子青紫駢羅升拜成禮知必有掞藻摛華以侑康爵者則湻今日謏謰所陳其亦壽言之乘韋也夫

繕部集序　李象昺

士君子立德立功立言彪炳宇宙尙矣卽不然砥行礪名處爲醇儒出爲良吏雖未竟其用後之人覩其遺文慨然想其爲人良足重已鄉賢蕭度山先生以名進士宰遂甯遷水部有詩文集一册昺嘗受而讀之蓋於王陽明先生致良知之學深有所得而於當日同門諸公不無微詞學之不講久矣先生嚮往姚江往往紆道數千里𨑳心絕學且豫防其流獘所及其識見有大過人者作宰之善政營繕之稱職無非此良知之一念擴而充之吁可傳矣其詩沖和恬澹發抒性情視靡麗者何如邪先生與先恭懿公同官都中相友善其嗣劍州別駕則昺七世祖子壻也昺與先生嗣孫之秉復聯姻好其嗣孫將重梓其遺集爲跋數語於篇末道光二十三年癸卯夏

送聶蓉峯太守之官浙江序　湯鵬

法吏以刑禁治其民才吏以政事治其民儒吏以文學治其民刑禁整而苛政事繁而末文學醇而古是故法吏不如才吏才吏不如儒吏今之所謂吏者我知之矣其最者才吏其次法吏又其下則汙醜之吏悲夫今之汙醜之吏其害淺及於事情今之法吏才吏其害深中於風氣何則法吏以其急切刻峭之心形而爲條敎號令是故其法足以患苦天下之人而騷然其不樂才吏以其機械變詐之術粉飾時事而竊能名側媚上官而得津要是故其才足以自爲而無所裨益於天下國家得百法吏才吏鵬則以爲不如得一儒吏焉蓉峯先生以名翰林居京師彈琴詠詩自足於懷抱之中泊然若無求也頃膺新命出守浙江吾慶先生之遭吾知先生之志矣且夫儒吏之效蓋可想矣其自處也優柔嫺雅而有以自得而丰采自蔚然於衣冠瞻視之閒其及於士與民也湻實切深而有以相入而化天下乖氣浮薄鄙吝之習於型仁講義之中夫先生之所以自處與其所以及於士與民則必如此矣何也其平日迴翔馳擾於文學之林者深且久也悲夫今之一切世俗之吏則有時而敢於笑儒吏者矣今之儒吏則有一變而爲一切世俗之吏者矣以吾文學之肩而挽吏治於古微先生吾誰望哉

宜雁軒詩序　湯鵬

王翰城舍人工畫雁余以宜雁名其軒舍人因以宜雁軒名其詩集而思避囂守寂還其山林行有日矣以其詩集請序於余余思雁之於瀟湘也其天乎舍人之於雁也其人而物物而天乎是何說也雁不蘆葦不息不瀟湘不游嬉水而肥盤雲而高故曰雁之於瀟湘天也舍人生於瀟湘洞庭之閒時有淸遠閑曠之概其與物無爭也有類雁之鳴不易聲行不越序其與時爲消息而無所沾戀於其胸杌棿於其境也有類雁之春暖而北秋寒而南其進不趨便利退不厭枯守而飄飄乎與斯代斯人之用心迥別也有類雁之順風而飛以燮氣力銜蘆而翔以

防矰繳且夫今之君子其邀虛譽而柄國是則託之乎鳳凰麒麟吾惡知夫鳳凰麒麟之果爲鳳凰麒麟也耶古之君子其放志乎山之巔水之涯則曰鶴吾巢也鷗吾家也吾惡知乎古之君子之所謂鶴所謂鷗不化而爲舍人之所謂雁也耶吾烏知乎舍人時有雁於其心目中夢寐中不忽焉而化爲鶴化爲鷗也耶故曰舍人之於雁人而物物而天也舍人畫雁無慮數千百本國之人鄉之人莫不寶而蓄之舍人於詩則極淸遠閒曠稱其爲人而或爲高亮之響有類雁之嘹唳雲中或爲嗷楚之音有類雁之悲鳴塞上惜其焚於火者十之九而其補而爲之繕而存之者亾過十之三四然而足以傳矣且夫劉累擾龍以龍傳伯樂相馬以馬傳今吾評舍人之畫雁亦旣已竆雁之態畫雁之神矣讀舍人之詩則又與雁同其韻攷舍人之出處本末則又與雁同其意然則舍人以畫傳乎以詩傳乎曰以人傳也以人傳乎曰以雁傳也人以雁傳畫以雁傳詩以雁傳奇乎逸乎其孰能測之乎

送賀柘農侍御提學湖北序　湯鵬

有見乎書而其心愀然不樂焉·非富貴利達之薰其心則飲食醉飽之溺其志也·樂乎彼不樂乎此也·有見乎士而其心愀然不樂焉·非有猜嫌疑忌之伏其中則與夫一切便辟柔佞貪鄙齷齪之輩羣連交固結而不自羞其顏者也·樂乎彼不樂乎此也·且夫古之賢人君子惟其眞能讀書然後能夔士·惟其眞能夔士然後能造士·今之樂乎彼不樂乎此者而赫然畀之以造士之權·其不爲道之阨而吾之憂者蓋幾希矣·然而今乃有不樂乎彼而樂乎此者·柘農侍御其人也乎·其於書也兀兀乎其讀之而抑抑乎其思之也·取其精不逐其蹟·會其通不拘其墟·其於士也·旨見之而油然以和·習處之而泊以靜也·標其長而不失之諛·規其短而不失之躁·供其有無緩急之需而不以爲德·事有疑難·雜以爭詾·兩頰發赤而不以爲意·且夫鵬特瀆陽之薄植·儀曹之冷吏·目然而不肎低首苟同流俗·而又好爲文章·犯忌者忌者之口·獨侍御闓誠吐眞·樂與鵬往復曲折而未嘗見其爲兩人·今衙　天子命提學湖北·則鵬爲侍御之遭逢慶·尤爲湖北之士子慶·是何也·如侍御之能讀書然後能夔士·如侍御之能夔士然後能造士·是足以慶矣·

送鄭芝泉出守襄陽序　湯鵬

官不必文學侍從·地不必山陬海徼·人不必衰且老·今之所難·而古之所榮也·今夫吏治之緩急·民生之甘苦·文學侍從之官不知也·習謦偶·修禮容·試之以事而焦然其不能終日也·故抗懷匡濟之士·與爲優閒清燕之臣·甯勞苦煩劇·皇皇無已·皦之乎心與力而達之乎官·雖然·皦之乎心與力而達之乎宦·其所自盡云爾·古之仕者自比閭族黨之長以至於公卿大夫·皆不出乎其鄉邦而違乎其親·今之仕者奉檄而馳·晝土而守·遠者萬里·近者數千里·而所至往往多羈旅蕭瑟慨慷綿邈之思·雖其盡心與力於官·而歲時州里之俗·父老骨肉之音·未嘗不犄首瞻望於山陬海徼之闊而不得達也·而況其鬱於資格·既衰且老·然後得一命之寄·一郡之長·頹唐於齒髮之間·而勉强於簿書期會之際·自我上者將心輕其無能爲而棄之·而自我下者將受其苟且緣飾之敝·其甚者則嗜利無恥而不顧其民物之瀕於危矣·故官不必文學侍從·地不必山陬海徼·人不必衰且老·今之所難·而古之所榮也·鄭君芝泉甫弱冠擧進士·旋由翰林改官比部·僉曰惜哉·其不得爲文學侍從之臣也·而君岸然自立於有司之班·推原律令之精·而惻然識其爲仁人君子之事·大有以別於俗吏傷肌膚者之所爲·其用心與力日以勞·其聲聞日以遠矣·今由比部擢官襄陽太守·僉曰幸哉·其拔於

有司之班也而余尤憂襄陽可一葦而杭之長沙君之庭闈媚好可往來上下於其間而不厭內有桑梓之歡外有人民之樂而君復少季氣銳併心壹力以修以葺以懲以勸豈非今之難而古之榮耶或曰子謂官不必文學侍從無乃自況耶余曰唯唯甯爲其勞苦煩劇毋爲其優閒清爽鄭君然余何爲不然

古愚詩草序

彭洋中

古愚詩草邵陽諸生黃孝子則有作古愚其自號也古愚四歲而孤家故貧節母孫氏茹蘖撫字得成立未弱冠督就外傅鄰嫗或謂母若俟一子以養卽長手一卷庸有濟乎母曰此吾所俟以養也古愚聞之益自感憤詩文日創進屆其曹踰冠教授鄉里資奉母然不肎踰二十里外得時歸省不雖重聘不往有主者日豐饌古愚每食舉筯輒已頗訝異以古愚嚴重未敢請迨冬嚴寒奉綈袍固卻不受其友或知之以責古愚矯廉[illegible]然曰吾母未得奇溫吾何忍獨挾纊於是聞者莫不歎服古愚年三十始附縣學籍遠近慕其文行爭延館家塾古愚以母就老杜門謝請日侍左右生徒多就其家受業自爲諸生僅兩赴行臺省試試已輒芟屩馳日夜歸懇久累倚閭望同旅夜中往往聞古愚囈語呼阿娘阿娘不已今節母年八十有五古愚踰六十孺慕之忱老而彌篤蓋其孝行如此古愚少時從家故篋中得宋人詩殘編讀而嗜之輒效其體課暇獨自吟哦不絕既乃益肆力於詩故其詩一主性靈仁孝之懷時時流露行間而清空一氣境新而味永置之北宋人集中多不能辨者蓋其所得力然也道光甲辰河曲黃惺齋先生宅中權守寶慶見古愚詩愛其佳句手錄之時爲人道余因言古愚篤孝卓行不僅以詩名時方奉 恩詔有察舉孝子順孫之條先生欲以其名應

余謂黃生故謙抑，曾卻道光初元孝廉方正之舉，今得毋復爾邪。先生謂此吾輩事，但弗令生知。既申請入 奏，得 旨襃美，旌其門。先是余采舉邵陽節婦彙請 旌表者六百餘人，古愚節母在焉。至是 詔旨先後及門，是母是子，鄉人莫不誇耀相敬重，油然生其孝弟之感。夫聞孝子之名，未有不肅容起敬者。殘縑斷簡，後世猶將寶之，況古愚集之詩之固可傳邪。古愚屬余定其詩，因序而歸之，且臚列古愚孝行，欲使他日有所考。

雨湖聯吟集序

秦闓

輞川，晉陽勝境也，李唐前未之聞。自王右丞與裴迪攬欹湖、華子岡諸勝，賦詩相酬為樂，遂傳為千古韻事。鏡湖、秦望，會稽奇山水也，得元微之與竇鞏為蘭陵絕唱，而其奇益傳。由此觀之，山川之靈秀，騷雅之唱酬，大都有其地必有其人，有其人而後其詩與地乃并傳。吾湘潭有雨湖，為詩人淵藪久矣。鄉先達王山長、大令張湘門、少廷尉偕鳳竹寺僧緯雲，朋簪往來，賡岸花之吟、曩石漁之唱，至今芳踪遺蹟猶有存者。嗣後聚散盛衰，代不乏人，豈地以人傳邪，抑人以地傳邪。顧予棲息雨湖，嘯山嘯水，於茲有年矣。曩與吾遊者老成凋謝，吟侶各天，今其人十無四五焉。流水琴孤，名山屐冷，不勝八表停雲之感。歲戊寅，舊雨重逢，素交新締，桐魚之應，不約而同者數輩，爰集同人續詩課於雨湖，自春徂秋，聯詠之期幾無虛日。視輞川韻事、蘭陵絕唱，雖不可同日而語，然撫江山之勝概，假觴詠以留連，可曰古今人不相逮，遂並其地與詩而莫之紀歟。綜計同課前後得詩若干首，同人囑序於予，顏其篇曰雨湖聯吟集，亦一時盛舉也。為弁數語於簡端。時嘉慶戊寅七夕。

周易義疏序

楊邦儁

吾楚言易之書宋以後無慮數十家其著者彭宗義易解當時置之學官易祓周易總義　四庫爲之箸錄其次則丁易東之周易象義曾朝節之易測王命宣之周易訓義王介之之周易本義質類皆各爲祖述惟王氏夫之所箸周易內傳外傳大象解稗疏考異各種具有獨得與先儒相表裏而不苟同乎先儒人咸稱其言必徵實義必切理亘不虛也衡山趙子保亭濡染耆舊之風於六經靡不研覃而尤邃於易以余一日之長出所撰周易義疏屬爲校定受而讀之意在伸攷亭之本義汰諸儒之瑕疵如飛鳥遺之音不宜上宜下混乎象占不及其君遇其

臣未指實象歸妹之澤上有雷拘守者誤於雷動澤隨易簡之善配至德同護者訛以德得於天方以類聚物以羣分錯讀本義則以人事言致上下之文勢懸絕變惡相攻情僞相感執滯本義則主德應言致卦爻之義例不明凡此類融會貫通詮釋大義直而有要簡而不遺無毗於數亦無背於理悉乎哉趙子之善言易也閒嘗思南宋紹興以降四方經進易義必敕三省劄下所司給筆札繕寫所爲除直館閣者壓一官者差充文學教授者項背相望乃往往編殘簡缺遽已湮滅與骨毛爪齒同澌化無餘其故何哉殆亦立言者不免空疏蕪雜勦說雷同而第希世以求知班孟堅所謂利祿之路然也趙子窮居箸書數十年雖當世未識子雲其人而持此向學之心思容以寬閒之歲月益進求斯道之絜淨精微譬之於舟固其檝張其帆其具備矣於是以行江湖之閒順流而遇風吾能竟其所至也哉余素以泛覽而疏於思問於易學未遑深求初讀坊刻本義雜卦傳咸速也恆久也但註云咸速恆久心固疑之及見吾邑石給諫所藏咸淳中吳氏刊本知爲感速常久坊本連譌兩字遂使本義如贅旒然至經文字句異同經今阮太傅芸臺先生校勘者不一而足蓋未嘗不歎僻處方隅所見不廣不得以偶有所疑而遂疑於前人也趙子試參之道光戊申歲八月

湖南文徵卷七十九

湖湘後學集編

序二十四

衡筠廬山右人物詩序　　羅繞典

唐書稱杜少陵爲詩史此以詩爲史者也晉袁宏宋周曇之詠史則以史爲詩尙論古人卽以自攄懷抱者也夫史必才學識三擅其長而詩人之詩每多流連光景難言直筆乃欲定古人軒輊於一二韻語中不其難哉唐劉知幾作史通凡史臣之論贊品藻輒詆爲失當況據史以爲詩卽借詩以正史其評隲古人又與自攄懷抱者不同未許操觚率爾也余於筠廬同年山

右人物詩特心折焉夫晉乘散亡久矣虞夏之歌詠唐魏之風詩有佚其詞莫詳其旨者矣登高而望表裏山河之勝其地二千餘里閱世數千百年古人遺迹約略難稽又未易詳其里居姓字矣筠廬對三晉之雲山考千秋之文獻凡聖帝賢王忠臣孝子名臣鉅儒皆臚舉焉而繫以詩抑所謂撰揣古意廣足新言者歟雖以詠史名編而以是爲山右人物表卽謂繼武詩史可已余與筠廬交二十年其人有眞性情其議論有眞是非不可假借於是編尤服膺不置云

陽曲縣志序　　羅繞典

陽曲之名始於漢而建置沿革代異其地地異其名漢之前爲盂縣爲狼孟漢以後爲陽直爲汾陽爲羅陰按其版圖皆不與今所隸之地合宋羅泌路史曰太原陽曲舊晉陽城也元豐九域志亦列陽曲於太原首邑繫以次赤而其移置郭下則自金天會中始地附省垣爲文人都會其文獻之足徵自應較他邑爲勝然明以前無志乘可考卽崇文總目所載陽曲見聞錄四庫目錄所載太原事蹟雜記及王松年三晉記諸書於邑之典章文物皆不甚詳於此而欲從千百年後綜覈事實遠紹旁搜不其難哉夫志特史家一體而釐職方之圖廣外史之掌實原

本於周官茲邑人士本康熙朝戴汝兆先生陽曲舊志廣爲剬輯復仿順天永清志例於圖表傳略外方隸以六官非心殷汲古不及此昔儲六雅先生輯山西通志嘗自爲敘曰以例約史以史釋經其辭之玉卮無當言之河漢無極者胥在所不取又仿會稽施志四明袁志之例特立經籍一門是志也依經史以樹義殆亦遵先正爲圭臬者歟余以案牘紛繁未暇細心勘校惟觀作者命意務在根柢經史取法昔賢足補晉乘四十二篇所未備固未始非博雅君子訂正輿記之一助也是爲序

周易史證序　　羅繞典

易之興當殷之末世周之盛德當文王與紂之事故其辭多危其要无咎如帝乙歸妹高宗伐鬼方箕子文王之明夷經也而史緯之而包犧神農皇帝堯舜之制作又特詳於繫傳蓋推天道明人事至精至深至繁至賾於道無所不賅而六十四卦之大象三百八十四爻之吉凶悔吝則隱括數千百年得失善敗以垂爲炯戒即以作史觀可也自漢及宋讀易者主象主數主理派分爲三漢學中惟鄭康成閒引古事以證爻象迄宋李光作讀易詳說卦爻之辭悉就君臣立言證以史事惟時光以論和議被謫嶺南故以當世之治亂一身之進退三致意焉觀其

所上疏云淮甸咫尺了不經營長江千里不爲限制未聞專主避敵如今日者然則其退而箸書非隱以綱維宇宙爲己任能深切著明若是哉而或且以牽合病之謬矣其後與光同書例者則惟楊文節公易傳亦依程氏本旨雜引史傳爲證文節於開禧閒聞北伐起釁憂憤以終雖書之徵引不同而其綱維宇宙之心則一也後世講易諸家非雜入讖祥則務窮造化卒於治平之要鮮所發明其與佛氏傳心道家丹訣亦何以異視李與楊之綜覈人事以求實用其得失爲奚若哉今讀荷村先生所撰周易史證一書於觀象玩辭之中寓以古爲鏡之意大有裨於世道人心使讀是編者隨時觀省各存綱維宇宙之心吾知其遠勝於高談元渺無裨時事者非可道里計矣先生遭逢

聖世歸老林泉扶世翼教所遇與李楊異然辭多危而其要无咎古聖人當周之盛德猶時深兢惕之思則隱括數千百年得失善敗以垂炯戒此其意未可一日廢也先生是編以之闡明經學也可以之驅遣史才也可即以之潤色我　國家億萬年隆平之鴻業也亦無不可讀竟綴數言歸之以志欽慕云

教孝編序

羅繞典

嘗謂爲民上者使不能盡父母斯民之責則不能爲慈父母而亦不敢望有賢子孫何也子吾子與子吾民無二理也子吾子而欲俾之爲孝子子吾民而欲俾之爲順民無二道也今之坐堂皇披案牘羣稱爲父母官者何事乎亦惟舉吾民之好勇鬭很博弈飲酒與夫情四肢好貨財私妻子縱耳目之欲者日懲之而日訓之俾之知有父母而已然或導以教孝之科而民不從繩以不孝之律而民不畏可遂曰吾已盡吾父母之責乎哉語有之物之感也以誠而化之行也自近吾有子而姑息焉縱容焉使日蹈於聲色貨利之場而自外於禮樂詩書之教是所

謂繩以不孝之律者先不能繩吾子焉則所以子吾民者可知矣吾有子而顯防焉默化焉亦旣日示以禮樂詩書之敎必不使偶蹈於聲色貨利之場是所謂導以教孝之科者惟恐不行於吾子焉則所以子吾民者又可知矣故不能以愛子之心防民則世教衰不能以愛民之心防子則家教廢杜君宰醴泉於公餘之暇取論語中言孝之文反覆推究旁通曲暢以著於編則杜君之所以子其子者其用意爲獨深卽其平日之所以子吾民者必大異乎俗吏之爲又彰彰矣吾知一時之父召父而母杜母者將日以子孫之賢爲慈父母視也

陝西武鄉試錄後序

羅繞典

道光十九年已亥孟冬月陝西舉行武闈鄉試臣繞典供職提調謹隨同撫臣 校閱滿漢武生騎射技勇局默武經畢取中如額 刊次姓名恭呈 御覽臣例得颺言簡末竊惟自武科取士實始於關中而武科得人之盛亦於關中爲最著夫以豐鎬盛地水深土厚其人勇於攻戰修習武備班史特稱之然才能禦侮備著於成周之世而和容與舞主皮之射謹詳於鄉大夫彼時文武無分途也自炎漢定鼎關中特舉六郡良家子弟給羽林期門之選勇猛知兵法則舉之剛毅有謀謨則舉之才堪將帥能明戰陣則舉之若李息公孫賀李廣趙充國

甘延壽諸人勛業皆在人耳目唐長安二年始置武舉每歲孟冬亦與計偕其科分爲二而試用有七長垛馬射步射平射筒射之法馬槍翹關負重身材之目皆後世騎射技勇所由昉也其時關中豪傑濟濟翼翼卽大勛盛德身任安危如郭汾陽輩悉由武舉起家致身通顯則武科之盛孰有如關中者哉

聖天子揆文奮武治化遠邁成周曩時所稱秦雍川原 壯足天下之吭者今僅以之拱衛神京扃鑰西徼又復 申諭疆臣精心衡鞫要使角其藝則爲披堅執銳之英材覲其德則爲說禮敦詩之儒將宜乎鷹揚隼戾者莫不奮興鼓舞於三峯八水閒騈出而備腹心干城之用也臣 昔備員史館曡承

恩命於甲午科分校順天鄉試乙未科典試四川本年復奉特旨擢任監司得於文闈後復襄武試亦慨恪共厥事因念古之儒臣如長楊羽獵上林諸作凡振威靈而講武事者皆得鋪鴻藻揚景烈傳之無窮臣躬逢　盛世親見騶虞兔罝之庥風迴異駟鐵車轔之舊俗而河嶽鍾英蒸蒸日上實爲自有制科以來所未有多士沐浴膏澤則他日勳書麟閣績奏豹韜必非漢唐諸臣所能企及也其慶幸又當奚若邪爰備述武科所自始與夫人材所由盛謹拜手軒蘘而爲之序

山西武鄉試錄前序　羅繞典

臣惟取士之方貴求其實用才之法宜盡所長晉省爲唐虞舊都距京畿千里而近揆文教奮武衛雄傑之氣萃於冀方固帝世所稱才藪也三代而降文武分途選舉亦異漢拔良家子於六郡凡兩河俠少爲帶水所限不得給選羽林唐起晉陽其兵部武選課試亦如舉人之制維時勛臣宿將若尉遲恭薛仁貴李光顏等風興雲會於河汾歷代間他若金宋元明識洞韜略之科武藝超衆之目或舉由郡縣或薦自廷臣衡校失眞人才多不逮古惟　聖朝保大定功首崇騎射　世祖御宇之始專設武鄉會科海內魁奇碩彥幸列賢書由是入備宿衛出鎮封圻類多偉績我　皇上布昭聖武簡練材良屢諭臣工杜倖進拔眞才尤嚴校於命中挽强之技宜乎勾般懿鑠度越古今士之感激思奮者咸願樂官備於騶虞而識干城腹心於罝兔也臣渥承　聖訓春初簡閱軍實竊幸山河表裏士氣奮揚茲屆鄉闈考其技藝之優長再三決擇矢愼矢勤揭曉後復教以尊尊親親長長之道務期士皆好義勇必知方說禮樂敦詩書希蹤乎古之將才而儒行者俾三晉英髦皆得各出所長收爲實用以無負　聖天子與賢育才之意他日甄敘勛伐翊贊　隆平庶臣爲國儲才之微悃亦得稍酬萬一焉爾

黃孝子遺集序

楊太瀾

余初不識古愚道光乙巳郡志局開邑博彭曉杭先生徵古愚入局余亦與焉遂與古愚定交與其硯席者三年又三年而古愚死古愚好吟河曲黃惺齋先生權郡篆時見其詩奇之手錄十數紙去古愚之詩曉杭嘗爲之序古愚因盡錄其生平所作屬曉杭與新化鄧湘皋先生點定未幾古愚丁其母夫人憂曉杭聞之曰噫古愚死矣已而果死蓋已毀也未死前二日顧其子喃喃語若欲收藏其詩稾者曉杭聞之急遣人許俟點定付梓以行古愚遂瞑誠可哀也已頃曉杭出其稾屬余編次余受而讀之覺字裏行間觸處皆有吾古愚在焉呼之欲出也古愚

於書無不窺而所遇特窮惡狷性狹中冷面隔俗非其力不食人亦或從而非笑之其邅迴屯蹭剛介不屈之氣一寓於詩而橫口而出類多憂時嫉俗之作其高者沈雄激宕纏綿悱惻湘皋嘗病其氣質略粗而曉杭則以南宋詩人許之言固各有當也古愚詩其遂顯於世乎古愚少孤事母孫夫人孝謹垂老如嬰兒家貧資館穀以養然日必歸省在志局時孫年八十五古愚亦六十餘矣嘗一夕寒甚已就枕忽披衣起問之曰思吾老母耳遂冒風雪馳三十里歸比至叩之曰適老母念我甚耳此與古之母嚙指而心痛何異爲感泣者久之喜濟人急在局三年節省其薪水之資每冬必購絮衣棉被各數事以貽戚族之貧者其至性過人如此先是惺齋先生欲以古愚孝行　上聞以屬曉杭其母亦以苦節著曉杭先後爲之詳請已而　詔旨相繼下旌其門其卒也與湘皋經理其喪表其墓且爲致主於節婦孝子祠所以顧恤其孥者甚至今又亟亟焉踐其諸刻其遺稾以傳此其用意之厚獎善之周豈兢兢私一古愚乎哉而古愚窮老一諸生晚逢知遇生荷　褒嘉之命沒有俎豆之馨青山之骨不朽草堂之名益著其亦可以慰長逝之魂而灑千秋之涕矣而古愚傳矣余無以序古愚詩惟是古愚之行爲余所親見而未嘗爲他人道者若復不言恐遂湮沒且曉杭始之終之所以風勵斯世之意亦不可以無言也於是乎書

孫莘老年譜序　左仁

高郵地當南北要衝，有宋一代尤爲重鎭，魏公贍袞之堂，忠武駐兵之所，蘄王復築之城，至今赫然在人耳目，而其間人才亦鼎鼎輩出，最著者莫如孫龍圖莘老、秦學士少游。學士有淮海集，盛傳於世，龍圖則春秋傳十五卷猶存，所稱文集奏議六十卷今已不可得見，而始終出處略見於宋史而已。夫君子爲善於鄉，宜力於國，後之人得其遺聞軼事於斷簡殘編之餘，猶慨慕焉弗能置，矧先生德量淵涵，樹立閎遠，爲一代偉人哉。文學葄君雩水，郵之後進也，垂老一衿，家徒四壁，中年迭遭困頓，遂日以著述爲樂，嘗輯十種古遺書，儀徵相國序而行之。曩余續

修郵志，得君襞社餘聞，備采擇焉。茲編莘老先生年譜，旁徵博引，辨析詳明，於先生出處大節、立朝風軌，以至一交際、一游歷，視史傳加詳，俾覽者按年可稽也。葄君年近七十，閉戶研書，不求聞達，獨倦倦於鄉之賢人君子，其景行可知矣。秦郵文獻之邦，代有傳人，如葄君者，固當世不可多得哉。余故亟爲梓之，以示世之淡心好古者。

昭代叢書序　左仁

箸書立說之士，無代不有，其書之可傳不可傳，得失寸心，箸書者知之。然而有傳有不傳，或傳之未久而仍不傳，此其中有天幸焉，箸書者不知也。至於合一代可傳之書而盡傳之，則非特箸書者無由知，亦曠古罕聞焉。唐陸魯望居笠澤之濱，始箸笠澤書，宋元以來代有集他人之書爲叢書者，益散者聚之，亦欲其傳而使之久也。余客震澤之明年，吳江沈君翠嶺所集昭代叢書成，以問序，余受而讀之，其事自兵農禮樂以至名物術數之學，其人自公卿大夫以暨山林隱逸之士，其書或傳或不傳。二百年中，搜羅之廣，無美不收，選擇之精，一善必錄，洋洋乎昭

代之人文萃於是矣。夫士君子生典章明備之世，苟不獲致身通顯，有所建白，則退而任箸述之責，古之賢人大抵如是。沈君述而不作，是編獨能傳一代可傳之書，又豈笠澤之自成一家言者所可同日語哉。太湖三萬六千頃，水美魚肥，稻香蓴滑，江湖散人、烟波釣徒之所詠游，菰蘆中大有人在也。是書始於山來張氏，續於慧樓楊氏，沈君增輯之以底於成，則諸序及凡例中言之詳矣，余不復贅。

葛筠橋詩序

左仁

吾鄉山水幽邃，踞長沙上游，冠蓋罕至，從古多隱君子。然山奇而峭，水清而冽，其於人也，類皆賦性挺特，志行高潔，故發爲文章，則峻拔千尋而上，激泓一往而深，無柔靡之音、塗飾之容，此地氣然也。筠橋葛先生詩書世胄，蹭名場三十年，遂棄舉子業，以詩古文名於時。壯歲涉洞庭，歷武陵，訪五溪之故蹟，探六詔之奇僻，馳驅草木，揮灑烟雲，雅意騷情，睥睨一世，是其得力於古書者深，而借助於南中山水不少也。余少居里閈，足不踰戶限，及長奔走公車，宦游江海，於先生蹤蹟稍疏，顧與哲嗣鄺梧同游泮水，得聞先生緒論。歲癸卯，鄺梧橐筆來，主余爲課兩兒子，今行且歸，出是集索序。余私淑先生久矣，不敢以不文謝，因略述故鄉山水，竊謂論先生詩，或如是也，願以質吾鄉人之讀是集者。

陳集堂先生壽序

夏恆

古來畸人傑士，能以其壽壽人，而自以十世百世爲壽，曰大壽。得志澤加於時，功垂後裔，竹帛之榮，河山永之；不得志居德善俗，使一鄉一邑，聞老者樂生，幼孤遂長，無虞饑饉，無慮盜賊，無害疾病夭札，是眞右助太平，偕斯民登之仁壽，豈尋常獨行君子飧霞餌芝、保性延年可同日語歟？恆家攸於郴鄰，聞郴陳氏世有隱德，集堂先生尤體承先志，爲善鄉閭。己丑通籍，於先生爲年家子，迺更獲聞其詳。先是郴州牧朱右企先生，湖南所謂循吏者，與先生尊甫劍溪公善，諮治州要，公具言郴地毗連兩粵，山多田少，必豐盈有備，然後緩急可恃，迺清理社倉之爲民

侵蝕者，得穀數千石，又籌助賓興諸士，得錢若干，分寄質庫，歲權子母，事粗舉。値先生早歲舉於鄉，再上春官不第，歸慨然曰：窮達有命，吾日侍膝下，承二人歡足矣。且吾親耄，安息梓里，吾得使吾郴老者樂生，幼孤遂長，無虞饑饉，無慮盜賊，無害疾病夭札，卽奚啻綰符膺綬，爲 國家潤澤生民。以故數十年中所興舉祠祀、書院、橋梁、道路、米穀、藥餌、衣被、棺歛、拯溺、救焚之具，指弗勝屈。道光辛卯，江華猺變，蔓常甯，旁邑震，風鶴皆警，當事者欲假從營去，先生趨進曰：明公守斯土，柰何去？恐左足舉，卽百姓騷動矣。曰：柰何？曰：行賑糶，安反側，練鄉勇，嚴關卡，爲守禦計。問費安出？曰：社倉穀及賓興資本可權用。迺相城內外設邏

卒禁民訛言惑煽闗廂外分道堵截而以勇士數百十人指西鄉西鄉近常甯據險拒寇有乘機剽竊刺史親往捉立重懲先聲奪賊氣無敢犯郴境者趙逆平刺史以從征八排猺受賞而郴堵禦功不與他郡並敘先生固曰以民衞民何力之有事既訖先生復慨然曰民饑無以生乃恐不畏死耳朱子立社倉爾時人心渾樸借悉償故可行其後逋負多累及社長人視爲畏途倉遂寖廢故社倉之借不如常平之糶然常平司諸官或不便於民又必待報始能發至義倉之在民有爲賑濟爲預備者然發賑不能猝辦亦烏可常施合義倉常平倉社倉法而用之莫若平糶因倡爲平糶倉一舉得錢五千緡穀六千石又推諸鄉里使各立倉穀至萬餘石錢稱是繇是郴屹屹然爲吾湖南上流重鎭恆壯游四方頗能言天下大勢　國家承平日久續愚習於便安不知遠慮閭閻鮮盖藏保伍鮮訓練地方倘遠忽不爲意或拘文義多忌諱無先事豫防者有司視官廨如傳舍民小利害民自主之獨恃一二鄉先生睦婣任卹爲足以厚風俗然或有其心無其力有其力無其才誠信不足服衆規畫不足垂久一當緩急瞻顧駭愕莫知爲計非有大志願有精神如先生烏能使比閭族黨間老者樂生幼孤遂長無虞饑饉無慮盜賊無害疾病夭札以共臻仁壽之宇乎哉吾故曰小壽不如大壽今年秋先生七旬開一作書誡其子起詩曰吾承先志行所安不近利不沽名不望報汝恪共厥職卽所以壽親者在是毋使友儕知盖先生上德若谷固以其壽壽人而自以十世百世爲壽者也是之謂大壽恆不敏爰拜手爲之序

唐詩選序　陳起詩

唐人七律中晚傳者故多鈔亦較多於初盛情韻或不甚厚語意亦或率略要其鬱勃於中激昂於外有合於古詩人之意則前後一也工部以降痛干戈之搶攘憂君國之從違撫時切事根柢變風當時業無忌諱今亦靡得略焉談格律者輒謂聲近蹙促語無含茹不知生自婦人投畀豺虎憂深言直固亦其宜但使意罔戾乎古人不拘拘尋摘章句論也若夫歎老嗟卑希恩望寵識者或陋養有未涵然情之所至意乃獨深不致汙於俗流未甚傷於大體北門諸詩聖人不廢至如游覽之作雕刻之工句不純於篇言不衷於情求之三百已無其例名章割愛

庶諒微忱竊以風什之興言必有物苟無本事何啻虛車所以末流汎濫笨伯賈豎亦擬坫壇叩之其中情乖風雅雖復託言忠孝而矯情僞態覩旨可知無源之水無根之木終不能以彼易此也其他香匳綺靡體亦原於古初自揆寡德陷溺多年夙戒未忘前車可鑒恐啟輕薄未敢揚湯此則似失古意未昧聖心別裁之見頗區區云

案吏部有唐詩選其意以大家名篇人所共見特刺取中晚之作著之吾邑周子堅詒樸就全唐詩本照所選標識嘗於金陵節署出以見示則吏部當有編輯定本此序專言七律一體意其選係分體論列此其論七律之序歟汝懷附記

道南淵源錄序　李星沅

東林講學之盛垂六百年爲先賢壇席最始予陳臬閒蕃往來錫山思一瞻拜未遑也道光丙午巡撫吳中會鄒鍾泉觀察以憂居里偕同志修復講舍增諸生課額具膳局試規制甫定予因道左謁肅躬詣展謁俯仰閒廣大靜深氣象清穆僾然有見乎位愾然有聞其聲也敬書道南祠額及書院楹帖識之於時紳佩衿纓雍容莊雅益歎想流風餘澤沐浴詠歌陶成未有艾矣丁未移督兩江越歲汪寫園工部以所輯道南淵源錄郵書屬序余受而讀焉溯自宋楊文靖公傳道伊洛歸主東林程純公目送之曰吾道南矣此道南所由昉厥後喻尤李蔣四先生

繼之顧端文高忠憲二公又繼之中閒剝復興替黨禍酷烈而斯道遺緒歷久未墜昭昭乎日月之經天江河之行地也我國家正學昌明道脈一宗朱子由朱子而上之爲李延平又上之爲羅豫章又由豫章上之實惟文靖紹純公靜觀自得之傳十八載梁谿上下身體力行口講指畫以廣儒宗津逮是編於性天闓奧推闡淵源而四代薪傳守先待後宗旨粲焉賅備其與鍾泉之揚世德誦清芬皆卓然吾道功臣矣豈特講院之式廓賢才之炳蔚爲東林中興也哉抑又思之勸教興學責在疆吏予不敏三至江南錄錄無所表見教學之大端尤所俛焉如不及者輒不禁喟行太息云

湘潭郭氏閨秀集序　李星沅

内子笙愉錄郭氏閨秀集既成將付剞劂而屬予爲序予惟風雅之彥萃於閨閫遞傳三世揚芳襲采近時湘楚必推郭氏爲女宗當笙愉來歸出示贈匳諸作自其祖姑母姑母諸姊妹皆以性靈抒才藻莊雅淸麗方之班左殆無以過外舅雲麓先生數爲予言擬彙刻成集以志一門韻事忽忽鮮暇嗣又命婦兄南屛錄之而皆不果笙愉居常慨然銳以此事自任日月荏苒思不去懷比偕來嶺南內政淸暇始郵書故里得諸家全稾手定去留各繫弁語哀爲上下卷笙愉於是克成父兄之志乃欣然自慰予亦爲笙愉稱慰也因念己卯正月予偕笙愉歸湘潭時

兩姑母方同居南屛兄弟亦皆年少氣盛以予初至相約賦詩索和將㬪出奇兵以能事迫予也予故遲不應瀕行前一夕始爲長歌彙荅衆頗色沮外舅顧而笑曰李郎能應敵少許勝多許矣既而南屛領鄉薦捷禮闈十年之間甲科接武吟事日盛曾幾何時而南屛兄弟先後夭折外舅令鄠縣以憂解組旋即溘逝楹書零落遺孤煢然至今閨秀集一編卒賴笙愉成之語云衰門之女其信然耶展誦未終又不禁掩卷三歎也

錄方望溪先生示兄子書序　易棠

余讀方望溪先生集序記書銘爲體不一無慮數十萬言其大旨要以篤彝倫敦氣誼爲本未嘗不歎其立言之醇且壹爲儒者所罕覯也及讀示兄子諸書而後知先生之學其所從來遠矣葢其世承家學其治家也一以禮法爲宗禮法定而後子若孫及宗族之人胥曉然於父子兄弟夫婦之誼尊卑長幼內外疏戚之分而秩然無敢干譪然以相接而悖禮傷化者鮮矣末俗之偷也鄉曲小民罔知禮義婦姑妯娌動相勃谿父子兄弟或析財異居其視骨肉汎汎然如路人甚者或相賊殺卽簪纓累世之族其長幼之序內外之别非不麤有可觀而行誼不修

所謂禮法者徒以文貌相將侈汰出於固然驕淫由於習慣其弊也與鄉曲小民等無他實意不存所謂禮法者非其法耳今觀先生所述自其上祖御史歸祭於桐軼馬先從兄祭畢兄呼而杖之御史受之無難色宗之人亦不以爲異卒盡歡而散匪特御史之賢卽其從兄及宗之人猶不可及也葢不敢以貴富驕於父兄宗族宗法之行非一日矣至其論大功同財異宮復祭產則睦族之誼也祭必齋則追遠之誠也喪必異居食定復寢之制則薄於欲而厚於哀也兄弟祔葬大功相爲服期則禮緣義起厚之至也凡此皆末俗之所難而先生一一力行之且爲書以戒其子弟此其所以久而不渝爲世式法也其曰家之

乖常起於婦人則尤齊家之要義也故於婦功婦德及內外之辨諄諄致意焉夫先生之母年已老矣乃　皇上命醫視疾猶以見醫爲恥則其內教之嚴固非一日凡先生之所以檢約諸婦者在他人視之以爲難而先生固行之易易也大學之教修身而外首重齊家身不修而欲家之齊不可得也家不齊而欲身之修亦不可得也治家者禮法定而修身以力行之然後恩明誼美敬宗收族以保世而滋大庶民由之可保家而寡過士大夫由之可以型於鄉里治於編氓身修家齊而治國平天下之道舉而措之裕如矣余服膺先生之行誼而喜是書之爲有家法也故錄之而序其大旨如此

蘭山課藝序

易棠

兩河居秦雍上游僻在西徼輶軒之采率多不及論人文之盛者每豔稱東南以余觀之殆不盡然閒嘗瀏覽史策自漢晉以降專征授鉞隸籍隴右者代不乏人武烈忠貞彪炳寰宇卽文章之士亦皆廉直勁正不屑苟隨流俗若李習之之詞意敦厚李獻吉之力振古學尤其卓卓著者蓋南山祁連之險縣亙萬里襟帶河渭俯踞梁華山川之所鍾毓大塊之所蓄積必有所洩以成其奇非偶然也歲辛亥余以陝臬權篆來甘明年復拜藩司之　命公暇校試蘭山書院肄業諸生閱其文藝皆彬彬可觀時王舜臣農部實主講席擇諸生課藝尤雅者若干首

將付剞劂問序於余余一再覽之大抵議論馳騁磊落權奇不屑屑爲鍊色揣聲之技蓋其得於天者厚矣其性質故其氣雄其志慤故其詞篤剛毅木訥近仁於斯見之矣余嘉斯人之可進於道欲其因文勵行不徒爲弋名譽取靑紫之具也於是乎書

甘肅武鄉試録序

易棠

皇上御極之五年歲乙卯，甘肅武鄉試届期，臣易棠備員陝甘總督，例充監臨主考官，爰進學政臣沈桂芬所錄士，率同布政使臣常績、按察使臣明緒、提調官蘭州道臣祥裕、監試官平慶涇道臣費蔭章，悉心校閱，併加額，得士五十九人，恭繕題名錄進呈　御覽。臣例得颺言簡端，竊惟漢時選六郡良家子，給羽林期門，以材力授官，武科之設，蓋師其意。唐臣郭子儀，豐功盛德，身佩安危，亦自武舉異科中出，武舉不綦重哉。甘肅古雍涼地，史稱民俗修習戰備，高上勇力，鞍馬騎射，風聲氣俗，自古而然，故歷朝名將，自辛武賢、趙充國後，代不乏人。迨乎我　朝

勛名尤盛，今之纓冠箙矢而來者，安知不繼美於前所云耶。臣校閱之次，見夫耦進耦退，從容決拾，發軏中的，彬彬乎藝矣。挽强負重，勇若翹關，好整以暇，洸洸乎力矣。夫摛辭贍而不足致諸用者，浮士也；陳義高而不能體諸躬者，僞儒也。方之於武，詎獨無之。故技藝弗嫻非武，勇力弗勝非武，技藝嫻，勇力勝，而韜鈐不熟，亦非武。然非澤之以詩書禮樂之懿，本之以忠貞果毅之誠，則赳赳桓桓，其與文士之浮僞無實者，相去其有幾歟。諸葛亮之論將曰：高節可以厲俗，孝悌可以揚名，信義可以交友，沈慮可以容眾，力行可以建功。又曰：誠信寬大，閑於理亂，四海之內，視如家室。由此言之，武之爲義，顧不大哉。故四鏃之樹，三爵之升，非獨程其藝，將使之陶淑其性情，涵養其血氣，以比於禮樂也。五石之弓，數鈞之石，非徒程其力，將以作其克敵致果之氣，夙興夜寐之勤，以整軍而經武也。是技也，而道寓焉矣。夫如是，則行義修整，器資嚴定，入而宿衛，增禁旅之雄；出而建牙，資干城之重，折衝厭難，勝於無形。即有緩急，詰爾戎兵，是討是震，威克靡亢。其或退休田野，跧伏不試，猶將率其尊　君報國之忱，以勵後進型風俗。是惟　聖朝造士之意，止戈爲武，其是之謂夫。

桃核集殘稾序　陳起書

彭子菊村家貧無妻子性耿介工於文爲塾師以自活每自館歸必談飲數日漸自道其寄懷之作余性懶而善忘今菊村死矣稾遂失其弟於朋友處捜羅得數十首余嘗讀書蘇仙之雲中庵菊村至相與登仙桃嶺見一石如桃色如土而堅外有紋而中空搖之有聲僧曰此仙桃也中有蝦者有魚者有生於水中明如水晶者有水而無魚蝦者其水不竭其外嘗潤吾嘗得其一置之書一日夜而浸其半凡吾所見於土人者六矣余曰猶存乎僧曰碎之矣菊村曰請碎之乃核焉昔李後主得靑石硯墨池中有黃石如彈丸水常滿陶穀碎之石破中有小魚自

是硯無復潤澤則仙桃養硯物也去歲家人病目或告曰仙桃石中水點之立愈有貴人市之千金余因索之數十絕無有水者夫養硯物之雅者也明目益人之大者也乃皆得於土人及索之而反無而其名又以生於窮鄉僻壤而不傳菊村之詩其佳者多碎於俗人之手而余僅見其核焉天下以其生於窮鄉僻壤也誰從而知之徒令病目者索之不得而已矣

四十自序　張聲玠

人生居閒則得歲月多浪游則得歲月少同此歲月豈有多少之異哉勞瘁奔走消磨於車塵馬蹟中回首而若失也余生於故鄕二歲從先大父之安徽三歲餘從先君子之閩之松溪六歲至福州十歲之建甯十二歲又至福州童也嬉戲不珍日游與閒皆無所繫於心十四歲之福淸知識初啟以習舉子業成思藉科第爲建白髫齡有四方志於是極以奔走爲樂偏於此者背乎彼不得古人所謂閒趣適以事阻於行十六歲仍至福州乃肆力於詩與閩之學士大夫文人墨士嵩酒淋漓騷壇樹旗鼓其或離羣索居則經史花月相應接如是者四年其爲時

也靜而永然非素志不重也年二十先君子權泉州蚶江通判二十一之蚶江二十二先君子權興化通判之興化二十三乃輸貲爲監生北應京兆行五千一百里而長安之游從此始矣既落第留京師一年年二十五歸於閩是年從先君子之永安二十六先君子見背扶父喪復歸福州服闋就婚於外父李瀾恬公建陽官舍年二十九矣以游故娶妻甚遲而其心固未以游悔者則以勢有所必出而時則方有可爲也婿未兩月復從建陽赴京師秋捷兩罷禮部試三十一仍歸於閩止四月遂旋湖南年又三十二維時家既貧甚而慈親在堂朝夕望子貴實偪處此乃更不能已於游故冬仍北行三十三歸里妻李氏卒

聘同邑辰山周氏又北行三十四歸贅辰山三十五春游於衡州冬北行三十六歸三十七春游於瀏陽冬北行三十八留京師三十九歸自三十四至三十九每歸里由辰山省親於星沙歲輒五六次計生平六游京師鄉試一落第會試七落第合京師往返之游共得五萬數千餘里參以閩皖江南湖湘之游亦共得五萬餘里蓋三十九年來共行十萬數千餘里懸車束馬者中不得數年焉年華如流水等閒拋擲風馳電掣一轉瞬閒幾不知老之將至而今年二月朔日遂以四十設使向之所遇不以游而以閒平居閉戶左圖右史以自珍於分寸之閒其所得似有足多者然余始也樂於游而不自疲繼也苦於游而不

獲止不獲止則余之不能以閒而自寶其歲月也殆有天焉非人之所能强也悲夫余長余妻十三歲妻兄汝充小余十歲汝光小余十一歲而二君不爲遠游居家閒甚所得歲月余轉覺幼之因其置酒爲壽書此以代一醻噫後之視今亦猶今之視昔爲閒爲游余又惡能自主

送李花潭之官湖北序　張聲玠

同邑李君花潭與予同應禮部試榜發予黜而李售以知縣即用湖北偕其出京師途中唱和四十餘日至漢口予將買舟南歸花潭由是之官乃置別酒於尊而謂之曰君之人品與君之學問則吾知之矣君之能爲吏則吾未之知也以君固未嘗爲吏也然君之人品吾知之君之學問吾知之則君雖未嘗爲吏而君之能爲吏亦即於是知之而論者曰否花潭之爲人性仁厚雖不失爲長者而乏於肆應觀其與人談其言吶吶然如不出諸口又生於田閒生平目不覩簿書文章雖工無裨於治吾未見其能吏也或又曰是可以臨簡而不可以治煩也得山城

小邑而宰之地當僻靜無差務往來之繁民不刁悍無訟獄疑難之事庶幾可以藏拙乎予曰是非特不知花潭抑亦不知吏之所以爲能者也雖然無怪焉今夫世之所謂能吏者以苛爲察以刻爲明以輕爲德以重爲威小民方以此攖心大府反以之報最嗚乎陰陽之和所以傷也屠伯之酷謂之曰能誰肎爲臥治之仁乎催科之巧謂之曰能誰肎爲下考之拙乎合浦之貪謂之曰能誰肎爲還珠之廉乎蓋循良之吏之不數見於天下也久矣惟仁者爲能愛民而花潭之性情多慈祥非通經無以致用而花潭之文章本經籍持此以往雖宰天下可也況一邑乎然花潭粥粥焉若無能焉豈惟人疑已亦未敢自信則吾

又嘗見人之好大喜功者矣。經濟自足不求於人。抵掌而談。快於一試。卒之以急躁致紛更。以堅僻見決裂。而經畫裕如者。乃多出於絕口不言之人。誠能生明。靜可制動。其信然哉。其信然哉。雖仕途初入。吏事未諳。專心學之。何患不到。立其體而兼善其用。有其德而益擴其才。守其一而毋惑於紛。葆其眞而不流於僞。他日過漢水入竟問俗。聞有頌神君者。吾知必在斯人也夫。

張書田成人要略序

李傳敏

乾坤爲父母。六子倚之以成象。而六子艮坎爲中少男。故上艮下坎。合之則爲蒙。蒙與屯皆象草木。屯則物之初生。至蒙則如物之陰翳。皆有生機而不穉。其於人也。八歲入小學。十五入大學。皆此象也。自虞書教胄子直溫寬栗寥寥數語。後至管子有弟子職一篇。漢書采入藝文志。其教成人者則尤詳且備矣。然部冊繁浩。三家村塾不能見全書。遂不知諸大儒成就後學之苦心。故往往有聰穎子弟。不能端所志。而名遂難底於成。即名成矣。而孝弟忠信禮義廉恥之大閑。有因成名而愈踰其閑者。此蒙象所以於刑人桎梏三致意也。豈其人皆不古若與。蓋由父兄所以發其蒙者不早耳。瀏東書田張君。力學重器。根守先人家誡。輯先儒所以成就中材而使之寡過語。粲然具駭顏之曰成人要略。令嗣某請序於余。余讀之。皆蒙亨養正之旨。果行育德。卽恃此山下一泉。由是而匯之爲川。爲河。爲海。以馴至於我夫子所謂學易寡過者。亦舍是無他道也。亟趣之付剞劂。使天下童蒙皆有所趨向。乾吾父也。坤吾母也。無父母貽羅。斯謂之人。斯謂之大成。砭頑訂愚。張子初說極精也。何事易爲東西銘哉。是書爲成人示涂軌。濂洛家必有能辨之者。

養雲書屋遺詩序　李傳敏

擴湖姪少及吾門與羣從兄弟互切劘者數年經學文章古今體皆卓然大成予嘗以大器期之已酉姪舉拔萃科南轅北轍吟咏愈多予宦春陽時姪嘗郵寄北游諸篇乞正予謂古人讀萬卷書行萬里路下筆自有奇氣斯言不我欺也自壬子粤逆蹂躪東南諸子皆以中原多故有聞雞起舞之志予以謂君父義憤本男兒應任之事故皆聽其請纓從戎獨念古今詩派自六朝以來大江以南多從容閒暇之作故風雲月露諸篇多腴於詞大江以北干戈擾攘若王仲宣劉越石之徒其詩多激於氣竊恐姪等磨盾鼻墨作從軍行其壯烈近大江以北或遂失

溫柔敦厚之旨故嘗寄書箴之不幸乙卯冬十月姪竟殉通城之難而與同懷兄弟三人爭相死是大可哀也門下生鍾亦臯茂才輯其遺詩請序於予詩皆淡思渾厚從容閒暇之作至其北游及從軍諸詩鮮有存者其散軼可知也酒痕燈光之下朗吟一徧彷彿二十年前桃李園中羣季俊秀謦欬一堂時景象今則詩猶是也而人安在哉曩昔以大器相期姪雖死而名終不朽未必非吾宗之光特以有志之士方欲措之爲事業鋒穎甫露遽夭閼以死爲可悲耳黃文節云景回年未二十文章絕不類少年書生語方行萬里出門而車折軸可爲隕涕余閱姪詩亦抱此恨故揮淚書之如此

趙午橋吳越吟草序　李傳敏

吳越山水甲天下生是邦者皆習而相忘而海內詞人騷客往往慕而悅之又苦無濟勝具其至者又胸次齷齪不足以發其旁薄之氣否則靡鹽行役精力消磨於簿書奔走間而無暇於吟咏皆與好山水無緣者也僕游蹤半天下獨於吳越未一至嘗自恨半生跋涉名利場無息肩所他日擬買舟吳越擕筆硯聽一葉之所之遇佳山水則畫之有餘興則又歌咏之爲天地閒一散人即終身菟裘計也然苦於有志未逮焉今年秋午橋應京兆試隨侍武林旋里手出吳越吟草一集示余天氣初秋展閱一徧奇偉鬱勃之氣皆與山水相發明令人臥游於虎邱

茗雪閒詩境眞故能引人入勝也余與午橋小別年餘而詩思之進如此豈功力哉山水之助也又豈山水哉天趣之淡也午橋能吟之而不能自知其所至也今午橋筮名仕版雨雪征衣簡書可畏儻于役重游吳越必不能如今日之天趣曠逸詩人胸中所以著不得一物而後有可傳之作也集中吳山曉眺等作俟梅花開時當以數幅生綃圖而詠之午橋爲我指點當買山買屋之處將來至其地見午橋鴻爪墨蹟當一一以碧紗籠之又訂一段山水因緣也

竹林問答自序

方大湜

慷慨而談天下事，輒不難自擬古人，曰教曰養，曰興仁興讓，雖使古人復生，何以易此。一旦身膺民社，撫字催科，聽訟判牘，用人理財，送迎酬應，公私交集，如理亂絲，如剝蕉然，如春蠶作繭，束縛其身，兼以上官之督責日繁，胥吏之蒙蔽愈甚，防患則耳目有所不及，防弊則思慮有所不周，跋前躓後，動輒得咎，覩宦海之茫茫，亦隨波上下而已矣。而生平所慷慨自負者，至此悉無所施，則又未嘗不歎古人之誤我。噫，是豈古人之誤我哉，不識時務故耳。竹生叔負經濟才，幕游四方，多歷年所，大江南北翕然爭引重之，顧乃辱於抱關，不獲展其大用，致足慨矣。古今

來才人畸士屈抑下僚者，豈少也哉。雖然，官無論大小，秩無論崇卑，亦視夫稱職而已。又況司京東之鎖鑰，掌絕塞之關鍵，分防者幾二百里，隸屬者幾萬家，雖曰長材短馭，而規模亦宏遠矣哉。迴憶叔捧檄北上時，距今七八年矣。當是時，湜以年未弱冠，領鄉薦，翩翩少年，傲岸不凡，亦欲馳騁文墨，睥睨一時。今則公車三上，屢挫其鋒，或匹馬而度燕山，或扁舟而走吳越，或夜雨殘燈，蕭條旅館，或衝風冒雪，惆悵征途，今又栖遲塞上矣。回首鄉關何處是，烟波江上使人愁，覺昔年英思銳氣，半消磨於風塵勞攘中矣，況敢振襟而談天下事邪。叔曰：不然，剝者復之機也，屈者伸之漸也，藏器於身，待時而動，奚自委靡爲。公餘之暇，閒與湜論及政事，如湜迂謬，烏足語此。爰舉生平所積疑未釋者，條舉以問，叔爲之剖析利弊，指陳得失，如聚米畫沙，形勝了然，如以灰灑地，動中窾要，不禁躊躇滿志者久之。蓋惟閱歷深，故議論確；才識卓，故區畫精；提綱挈領，故其立法也簡而明；慮遠思深，故其防弊也周而密。要其歸，則不越夫因時制宜一語。以洞悉世務爲實學，以體貼人情爲至治，不戾古亦不泥古，不徇俗亦不違俗，通達治體者不當如是邪。爰執筆錄之，得數十條，顏曰竹林問答錄，以志韋弦之佩，即附於州縣到任要約後，作方氏治譜可也。客有見而笑之曰：揣摩時勢之說，泄於權宜者多矣，是編之錄奚爲者。予曰：子亦見聖賢之揣摩時勢乎。

孔子必聞其政，揣摩時勢也；孟子入境問禁，揣摩時勢也；誾誾侃侃之言，好色好貨之論，亦揣摩時勢也。損益盈虛，與時消息，隨時之義大矣哉。苟矜言復古，不達時務，是新莽之行井田也，是蘇綽之誦五教也，是王荊公之以青苗新法禍天下也，其弊可勝道哉。客曰：是編詳於州縣，奚爲者。予曰：天下之治亂係宰相，天下之治亂亦係州縣。宰相總其成者也，州縣專其責者也。官雖卑，職則重矣；祿雖薄，權則重矣。故曰州縣爲親民之官，故曰州縣得人則天下治。客曰：立一法，生一弊，是編所議章程，毋乃傷於繁乎。予曰：法也者，猶權衡之於輕重，繩墨之於曲直，規矩之於方圓也。權衡誠平，不可欺以輕重；繩墨誠陳，不可欺以

曲直規矩誠設不可欺以方圓法顧可少乎哉況夫章程既定握其樞機則至約可該至廣至簡可御至繁至常可統至變不然徒高清淨淡泊之名吾恐獘端百出矣客曰然則古法顧可置而不講乎予曰道與時爲變通法亦與時爲變通昔人論明季之獘重墾闢而田益荒行保甲而民益擾講鄉約而不孝不弟者益衆舉俊秀而子弟益棄詩書行鄉飲禮而父老益卑賤議蠲徵則吏受其實民受其名議常平則官增其肥民重其瘠是豈法之不善哉有治法無治人故也故曰無治人則良法美意皆足病民有治人則獘習陋規皆成善政客曰然則杜獘之法盡於問答錄中乎予曰書不盡言言不盡意善用法者當深

明法中之理當旁通法外之意必用法而不爲法用乃可以言法故曰變而通之以盡利故曰神而明之存乎人不然是又膠柱鼓瑟刻舟求劍矣又況有不可易之法有不可執之法不可易者經也不可執者權也經權互用與時推移是即君子時中之旨也客曰教養仁讓之說是編未登及之何也予曰先儒言之詳矣無容再贅一辭矣且天下斷未有不能除獘而能興利者即未有不能立法而能除獘者獘苟叢生於教養仁讓也何有故必法制詳明內外整肅而後可言教可言養可言仁讓客乃欣然笑曰阮氏竹林問答徒供清談也方氏竹林問答求濟實用也果孰得而孰失邪予謝不敏客既退遂挑燈書之

毛詩墨守自序

方大湜

一經而羣言淆亂者詩爲甚讀詩者將安所折衷乎夫亦曰折衷孔孟而已矣孔子曰詩三百一言以蔽之曰思無邪是詩本無邪也曰詩三百統全詩言之非專爲讀詩者言也孟子曰不以文害辭不以辭害志以意逆志是爲得之又曰誦其詩不知其人可乎是以論其世也是讀詩貴論世知人也是讀詩不可專求之字句中也竊嘗持此意以論詩而知古序獨得經意毛傳獨得序意故離傳以說序而序意晦離序以說經而經意晦離序傳以說經而孔孟解經之旨亦不明且夫序何自昉哉考孔子刪詩授卜商商爲之序以授魯人曾申申授魏人李克

授魯人孟仲子孟仲子授根牟子根牟子授趙人荀卿荀卿授魯人毛亨亨作訓詁傳授趙人毛萇其源流也遠矣其師承也眞矣其訓詁也確矣說詩旨趣於是在焉自宋儒以己意說詩淫邪之辭藉藉多有毋乃非孔子思無邪之訓乎專主玩索經文求詩意於文辭之內毋乃非孟子害辭害志之戒乎刪除序傳埽去世譜謂古序所謂某王某公某大夫爲必不可信孟子論世知人之學固如是乎夫舍序傳以說詩猶可言也離孔孟以說詩不可言也欲求孔孟之說舍序傳曷由乎慨自古義云亾非一日矣非特宋儒也鄭氏好改經文自立新說往往與序傳異逮至宋儒而歐陽章義或駁斥傳箋鄭樵辨妄撥棄古序

集傳因之去序言詩三傳而魯齋王柏竟至刪削經文自伸己見自召南以下十三國風凡朱子所定爲淫邪者悉刪去之凡三十有二篇夫以孔子所手定者而魯齋毅然刪之孔子不敢削者魯齋公然削之其放言無忌有自來矣其始猶止於與序傳異也漸至駁斥序傳矣漸且盡棄古序矣而其甚者又妄逞臆見刪訂經文以窮經者荒經以解經者蠹經於是而詩之不燬於秦人者竟燬於王氏解經之弊至於如此可勝慨哉余學毛詩有年矣不揣固陋竊欲爲毛氏作墨守用是博采諸家之說合於傳義者存之不合者去之總求合於毛傳之意而止非祖毛也宗古序也非宗古序也宗孔孟也敢云發明孔孟之微意哉亦以序傳之說淵源有自固不可得而廢焉爾

常德府貢舉題名録序

胡焯

常德府會館在都城南凡貢舉至京師者以版書名而揭諸庭蓋猶唐舉進士題名之意今取所題復據湖南志所載校其同異補其缺遺輯而録之俾覽者易於稽考將以傳之永久而不諗也常德漢之武陵郡唐曰朗州宋曰鼎州後以孝宗潛藩之地置常德府猶漢刺史唐節度使所駐謂之府元爲常德路明爲常德府明所謂府蓋舉秦漢所謂郡而通名之故今修辭者仍謂之郡云會館者漢郡國邸舍之遺制吾郡諸先達萃力爲之俾後來者有所託處自明逮今遞有增構相沿弗替者也凡鄉試諸生各試於布政使司所治或以貢生監生附順天鄉試

鄉試中式者爲舉人會試於京師成者爲進士常德隸湖南布政使司湖南鄉試舊合試於湖北雍正二年始分設湖南鄉闈優貢生三年一試湖南試取二人拔貢生舊以六年爲期乾隆六年始定十二年一試凡府學二人州縣學一人皆由學政會巡撫試取送京師俟禮部請期合天下所貢試之又或　特旨選舉不在常例茲統之以貢舉者貢士舉士沿於周漢唐以後主試者爲知貢舉今進士始中式亦稱貢士也常德會館始構於前明之世京師建都起於元代茲録不以書版爲限並溯及趙宋時者據國史地志可考而知者悉著之也編所舉之年標所隸縣舉其所官不及詳述者懸版所題存其大凡比史家年

表之例其當許者史志具在也常德所屬四縣之境枕洞庭青草重湖之西夾沅水南北西當五谿之匯流山水縈帶原野遼曠風氣淯厚文儒蔚起聖賢之前矩忠孝之遺烈仰止景行黽勉砥礪凡在貢舉仕宦之途者歸居則以學行表式鄉里入仕則以才德輔翼　聖世乂安海宇與古聖賢忠孝之倫同不朽焉後之覽者覩姓名而企慕之奮發興起先後彪映豈非徒以策名筮仕爲榮也巳輯斯錄者同年陳竹伯既成繇翰林出爲廣西分巡左江兵備道以橐付焯刊木而印爲帙凡七卷云

湖南文徵卷八十

序二十五

湖湘後學集編

書古微例言上

魏　源

東晉晚出之孔安國古文尚書僞經僞傳僞序三者竝發端於朱子語錄中嘗疑孔書所增大禹謨仲虺之誥咸有一德伊訓太甲說命泰誓武成君陳周書畢命等十六篇皆伏生所無不應伏生耄年所記皆其難者而易者反不記且西漢以前經與傳皆別行至馬融始以注附經豈得西漢已有附經之傳其孔序庸沓不似西漢文蒼古之體甚屬可疑言之鑿鑿乃其徒蔡沈奉命作傳不知引申師說以刊正僞遂仍舊轍貽誤後學惟宋末吳氏澄著書經纂言專註今文而古文則但云嗣出蓋託詞以斡旋功令也明人梅鷟始力攻古文而義多武斷考證尚疏人多不信其昌言排擊盡發癥結者則始於　本朝閻若璩之古文尚書疏證閻書巳收入四庫全書而惠棟江聲孫星衍王鳴盛段玉裁亦皆有疏證惟孫氏知伏生今文書大傳說之勝於馬鄭古文予則更廓其曈蔀窮其闔奧以盡發馬鄭之覆而闢西漢伏孔歐陽夏侯之幽使絕學復大光於世夫毛傳尚可與三家詩竝存若僞古文之虍造經傳上誣三代下欺千載今既罪惡貫盈閱實詞服即當黜之學校不許以僞經出題考

試不許文章稱引且燬僞孔傳僞孔疏及蔡沈集傳別須新傳新疏而後不至於惑世誣民至馬鄭傳注之故背今文肊造古文說者亦不足以相代則欲立學宮舍西漢今文家專門之學其將誰歸夫黜東晉梅賾之僞以返於馬鄭古文本此齊一變至魯也知竝辨馬鄭古文說之肊造無師授以返於伏生歐陽夏侯及太史孔安國問故之學此魯一變至道也自非我　國家經學昌明轢唐淩宋何以有是爰附書其端末於目錄後以告承學治古今文之士

書古微例言中

魏源

嘗誦伏生口授今文尚書傳自七十子微言大誼炳若日星歐陽大小夏侯祖述之各不離其宗西漢上自人主下自公卿無不以今文博士爲師者故漢書言自歐陽生傳伏書至歙八世皆爲博士他儒之傳歐陽書者亦往往入傳太子如桓榮以稽古之學勸其徒疏廣疏受以黃金之賜娛老鄉里門人弟子會萃輒數千人經學之盛未有過此者何以一至東漢教輒㫄歧劉杜衞賈馬不足道鄭康成以親注大傳之人其服膺伏生不爲不至何以一旦改歸贋古自甘矛盾而不顧且令天下靡然從之不及百年今文書及齊魯詩竝歸亾佚惟韓詩序二卷歷

唐及北宋而亦亾於南渡何哉及讀蓺文志曰古之學者耕且養三年而通一經故用力少而畜德多三十而五經立也後世經傳既已乖離說者不思多聞闕疑之誼而務碎逃難便辭巧說破壞形體說堯典二字之文至十餘萬言說若稽古三萬餘言後進彌以馳逐故幼童守一蓺白首而後能言安其所習毀所不見此學者大患也而後知今文之敝非盡東漢古文家敝之乃今文家先自敝也夫堯典若稽古有何奧難而漫衍至是三萬言十萬言之多蓋猶後世之制蓺講章也宋儒表章四子書教士望其學聖有途轍不歧於異端俗學豈知功令既頒之後至明而蒙引從疑淺說達說之講章鄉會之程墨鄉社之房

豪定待閑枉之遻本皆至於汗牛充棟而不可極其敝於利祿亦何異漢士說堯典稽古者乎故以馬融之貪肆而公詆歐陽生爲俗儒猶今之淹博詞章者詆業科舉之士爲俗儒也以彼今文家皆利祿之徒而古文家爲高材博學之徒矣夫歐陽夏侯不敝而諸生習其支葉甘爲利祿者敝之馬鄭斥利祿之輩謂俗儒可也並斥歐陽大小夏侯之師授淵源於七十子者亦爲俗儒可乎並畔伏生大傳而不問而肊造矯誣使微言大誼盡變爲膚淺可乎斯則又東漢馬鄭古文家之失也即僞孔傳亦乘馬鄭支離臆說之極弊而乘虛以入者使今古文兩敗俱

傷誰之咎歟烏乎古學之廢興關乎世教之隆替主持師道者固不可有豪髮之弊苟忘其本教而稗販聖經以博衣食未有不累及先師者可勝歎哉故因論今古文而慨喟再三也

書古微例言下

魏源

西漢今古文既阨於東漢馬鄭之肊說矣至今存什一於千百而微言大誼緜緜延延竟能回千鈞於一髮使古誼復還者何哉則全賴有史記漢書及伏生大傳殘本汲冢周書佚本三者爲之命脈也璣衡之說史記與大傳符淮南天文訓周髀算經與史記符故銅儀玉管機巧之說終西漢世不能惑荆州九江即九穴在巴陵西不在巴陵南有班志所引桑欽古文說可憑揚州九江有太史登廬山觀潯陽九江可憑其自荆至揚江漢分流有鸚鵡洲及尋陽桑落州分九派可憑江行各洲之南漢行各洲之北始知彭蠡之在江北而不在江南爲今太湖望江

等縣之諸湖蕩以至皖江上游爲漢水之大螺旋故有彭蠡之名又音轉爲大雷池之名及其三江歸宿則又有漢志毗陵北江入海揚州川丹陽中江入海揚州川之語至黑水則地理志西海有黑水祠西海即青海自雍州東望之爲西海自合黎言之爲南海自黑水言之爲青海今乃並知此水不勝鴻毛不通舟楫中有二島惟冬日冰合番僧裏一歲糧入定其中是知天然弱水弱黑並爲一川皆潛源重發於此豬而不流此皆漢書地里志西海黑水祠之力也況地里於他山水亦皆於其下注明禹貢作某古文以爲某與桑欽禹貢山水澤地相符其有功經義甚大不然盡以後世之江漢爲禹貢之江漢如蘇氏蔡氏

胡氏之一江三名者以黑水爲滇黔之水者其錯謬尚可問乎至北條之水則史記河渠書禹釃二渠一爲冀州高地之河一爲漯川入濟之河後世冀州九河盡沒而漯川千乘之河自東漢至唐末五代千年無患非史記何由知爲禹迹乎此又史記河渠書之力也惟是天文輿地皆必須圖而璇璣之不用北斗而用維斗其玉衡北斗又止用其建北方而定子位故初昏夜半平旦杓魁衡三建而皆非建寅建丑建卯之建且建有所窮則濟之以中星中有所窮則助之以斗建此自來圖天文者所未有鄒君漢勛曾爲余代繪唐虞天象總圖次璇璣內外之圖次玉衡三建皆建北方定子位分平旦夜半初昏及中星用事

分繪各圖於金陵付梓而江陵告變圖板皆燬於兵燹鄒君又殉節於廬州有天喪斯文之痛謹泫然默記之

詩古微序

魏源

詩古微凡二十有二卷上編六卷并卷首一卷通語全經大誼中編十卷答問逐章疑難下編五卷其一輯古序其二演外傳詩古微何以名曰所以發揮齊魯韓三家詩之微言大誼補苴其罅漏張皇其幽渺以豁除毛詩美刺正變之滯例而揭周公孔子制禮正樂之用心於來世也蓋自四始之例明而后周公制禮作樂之情得明乎禮樂而后可以讀雅頌自迹熄詩亾之誼明而后夫子春秋繼詩之誼章明乎春秋而后可以讀國風正變之例不破則雅頌之得所不著而禮樂爲無用也美刺之例不破則國風之無邪不章而春秋可不作也禮樂者治平防

亂自質而之文春秋者撥亂返治由文而返質故詩之道必上明乎禮樂下明乎春秋而後古聖憂患天下來世之心不絕於天下學問之道不憤不啟不悱不發不以一隅反三隅則不復余初治詩於齊魯韓毛之說初無所賓主顧入之既久礙於此者通於彼勢不得不趨於三家始於礙者卒於通三家實則一家積久豁然全經一貫朋亾蔀祛若牖若告憤悱啟發之功也舉一反三之功也學問之道固不可淺遇而可深逢者也雖然詩教止於斯而已乎韓詩外傳再言昔者子夏彈琴以詠先王之風有人亦樂之無人亦樂之至於發憤忘食然夫子猶造然變容曰子已見其表未見其裏闚其門不入於中安知其奧藏

之所在乎耶嘗冥心以入其中前有高岸後有深谷塡缺正立而已此所謂深微者也深微者何無聲之禮樂志氣塞乎天地此所謂興觀羣怨可以義起之詩而非徒章句之詩也故夫溯流韻則涵泳少矣鼓絃急則適志微矣詩之道豈盡於是乎烏乎以俟假年以待來哲

此敘末段已軼其稾望小舫代查刊本改正之自注

詩比興箋序

魏源

詩比興箋何爲而作也蘄水陳太初修撰以箋古詩三百篇之法箋漢魏之詩使讀者知比興之所起即知志之所之也昔夫子去魯回望龜山有斧柯柰何之歌又有違山十里蟪蛄在耳之歌又作猗蘭之操甚至聞孺子滄浪濯纓起興與賜商言詩切磋繪事告往知來皆見許可是則魚躍鳶飛天地間形形色色莫非詩也由漢以降變爲五言古詩十九章多枚叔之詞樂府鼓吹曲十餘章皆騷雅之旨張衡四愁陳思七哀曹公蒼莽對酒當歌有風雲之氣嗣後阮籍傅奕陶淵明鮑明遠江文通陳子昂李太白韓昌黎皆以比興爲樂府琴操上規正始視中

唐以下純乎賦體者固古今升降之殊哉自昭明文選專取藻翰李善選注專詁名象不問詩人所言何志而詩教一蔽自鍾嶸司空圖嚴滄浪有詩品詩話之學專揣於音節風調不問詩人所言何志而詩教再蔽而欲其興會蕭瑟嵯峨有古詩之意其可得哉離騷之文依詩取興詞不可以徑也則有曲而達焉情不可以激也則有譬而喻焉善鳥香草以配忠貞惡禽臭物以比讒佞靈修美人以媲君王宓妃佚女以譬賢臣虬龍鸞鳳以託君子飄風雷電以爲小人以珍寶爲仁義以水深雪雰爲讒構荀卿賦蠶非賦蠶也賦雲非賦雲也誦詩論世知人闡幽以意逆志始知三百篇皆仁聖賢人發憤之所作焉豈第藻繪

虛車已哉。蘄水太初修撰。蘭蕙其心。泉月其性。卽其比興一端。能使漢魏六朝初唐騷人墨客。勃鬱幽芬於情文繚繞之閒。古今詩境之奧阼。固有深微於可解不可解者乎。至於因比興而論世知人。如古詩十九首爲口口口吳漢樂府皆漢初朝政所係。以及阮公陶令郭景純傅休奕鮑明遠庾子山江文通杜韓之憂世。而陳伯玉李太白儲光羲之大節口口。此箋皆表章出之。如浴日星出滄海。而懸之中天之際。時予所治詩古微方成。於齊魯韓之比興。旁推曲鬯。復從君長子小舫太史獲讀此箋。以漢魏六朝三唐之比興。補余所未及。葢不期而相會焉。我思古人。實獲我心。質之小舫以爲何如也。咸豐四年書於吳門舟

中

子思子章句自序　　魏源

中庸之爲子思尙已。而坊表緇衣與焉。有徵乎。曰有。隋書音樂志載沈約之言曰。禮記月令取呂氏春秋。緇衣中庸坊記表記取子思子。樂記取公孫尼子。一也。御覽引子思子曰。天下有道則行有枝葉。天下無道則言有枝葉。今見表記。二也。文選注引子思子曰。昔吾有先正。其言明且清。國家以甯。都邑以成。今見緇衣。三也。且坊表言必稱子。而引論語之文。閒一。又數引春秋。閒二。且獨稱子云子言之。與他書記聖言體例不倫。閒三。三徵既明。三閒俱釋。於是敘曰。聖人憂患天下來世。其至矣。刪詩經。正禮樂。皆述而不作。有大義無微言。豈預知有論語爲後世入

道門哉。假年絕韋。來天人性命之理。進修聚辨之方。无咎寡過之要。胥於易乎在。子思本祖訓發揮之。故中庸一易道也。表記言正而合道。見稱伊川程氏。則論語輔也。易之誠。論語之仁。皆古聖未發而夫子發之。不讀中庸。不知誠爲盡性之要。不讀表記。不知敬爲求仁之方。而望易論語精微。猶入室不由戶也。坊緇之文。其閎深誠與庸表有閒。然禮坊德。刑坊淫。命坊欲。綱萬事於三端。聖人既以敘彝倫建皇極。而緇衣數理化得失。爲百世君民臣主師。尼門五尺所言。要非百世所得聞者。葢易論語明成德。歸詩書禮春秋。備經世法。故坊記以春秋律禮。緇衣以詩書明治體。用顯微同源。其貫於道之大而能博者。其亦具體

而微矣世人惟知史記子思作中庸故著蔡之而此三篇之爲弟子述所聞者則自唐後二十篇原書不存亦遂如瀆迷濟海淪碣矣予悼斯道之湮微乃別而出之各爲紬繹而中庸則專以易道發之用補其先哲其軼言時時見他說亦輯成篇而後祖孔師曾迪孟之學大略明且備剛矣誠矣高矣明矣宋汪晫編子思子妄攟孔鮒贗書而顧昧四篇之正經棄天球寶康瓠儇莫甚焉今遂擯弗道也

曾子章句自序

魏源

夫子歿斯文未墜於地則惟曾氏以至誠紹其宗授子思孟子爲萬世極漢藝文志曾子十八篇隋唐志及北宋御覽咸有之迄南宋而亾今惟存大戴禮者十篇各冠以曾子與小戴曾子問皆夫子語者不同蓋洙泗大義微言武城畢生踐履於是乎在凡孟子彼富我仁彼爵我義之文董仲舒尊聞行知高明光大之義皆見其中而小戴祭義則全取大孝篇文事父母坐尸立齋之云則小戴刪取大戴明證也子思樂正子門人述之齊魯秦漢儒者罔不誦法稱道之絜小學大學樞要旦夕奉師保臨父母者也柰何小戴去取不倫而鄭康成氏又不注大戴禮

旣以此不列於經又不獲與大學中庸同表章後世徒相沿緯書行在孝經語以爲眞夫子授曾氏書曾氏書顧若明若滅斷簡中千載莫過問焉曾子得聖道宗孝盡性誠立孝敬存誠萬倫萬理一反躬自省出之初罔一言內乎渶微外乎閎侈惟爲己爲人進退義利際諄諄提撕而辟珥之百世下如見其心焉暨天圓篇原聖人制禮作樂之由以明人性之最貴日用則神化也庸德則大經也不越戶庭明天察地體用費隱貫於一不遺不禦也少習孤經懿好攸在茫茫絕緒問津不聞講而互諸塞而榛諸微言未窺大義誰揭不揣狂簡綱之紀之仰鑽旣竭如聞告語而其軼時時見他說者亦網羅部彙之爲五篇於其

後。嗚乎。曾氏之以書傳。非曾氏意也。曾子固以身教而不以言教者也。其志蓋將以夏道之忠。捄周文之敝也。姬公制作之精意。謬然以清。泬然以純。惟曾氏爲得之。儒行鈌。世教漓。視人生之初。幾若茹毛飲血之不可復見於世。嘗試與之陳尼嶧之遺文。稽龜麟之舊冊。則亦歷歷然若朦誦之熟諸口也。皋比之習於耳也。忽忽焉若來若去之無戚於懷也。逃空谷者聞足音而喜。厭稻粱者易以黍稷而或樂。則茲編之晚顯於世也。其亦天之有意於世乎。其亦末學之有幸於迷途乎。知小任重。言僭行癒。是以戰戰兢兢。若履薄冰云爾。

老子本義序

魏源

有黃老之學。有老莊之學。黃老之學出於上古。故五千言中動稱經言及太上有言。又多引禮家之言。兵家之言。其宗旨見於莊子天下篇。其旁出者見於靈樞經黃帝之言及淮南精神訓。其於六經也近於易。其末意欲得小國寡民而治之。又言以身治身。以家國天下治家國天下。則其輒言天下無爲者。非枯坐拱手而化行若馳也。靜制動。牝勝牡。先自勝而後能制天下之勝。其言三寶。一慈。二儉。三不敢爲天下先。故含德之厚。比於赤子。致柔之極。有若嬰兒。乃混沌初開之無爲也。及世運日新。如赤子嬰兒日長。則其教導涵育有簡易繁難之不同。惟至人能

因而應之。與民宜之。故堯稱無名。舜稱無爲。夫子以仲弓居敬行簡。可使南面。其贊易惟以乾坤易簡爲言。此中世之無爲也。天下之生久矣。一治一亂。如遇大寒暑大病苦之後。則惟診治調息以養復其元。而未可施以肥濃朘削之劑。如西漢承周末文勝。七國嬴秦湯火之後。當天下生民大災患大痌瘝之時。故畱侯師黃石。佐高祖約法三章。盡革苛政酷刑。曹相師蓋公。輔齊漢不擾獄市。不更法令。致文景刑措之治。亦不啻重覩太古焉。此黃老無爲可治天下。後世如東漢光武孝明。元魏孝文。五代唐明宗。宋仁宗。金世宗。皆得其遺意。是古無爲之治。非不可用於世明矣。至魏晉之世。則不言黃老。而言莊老。其言莊也。又

不師其無欲而專排禮法以濟其欲故不勇於不敢而勇於敢動行一切之法使天下屏息待命而已得以清淨自狃遂至萬事蠱廢而後王衍之流始自悔其弊與黃老慈儉不敢先天下之旨若冰炭霄壤之相反而後人不分動以黃老相詬厲豈不誣哉後世之述老子者如韓非有喻老解老則是以刑名爲道德王雱呂惠卿諸家皆以莊解老蘇子由焦竑李贄諸家又動以釋家之意解老無一人得其眞其實開佛之先者莫如列子故張湛列子注敘曰禦寇宗旨與佛經爲近不獨西方至人皆不言而自化無爲而自治一章而已要之列子注莫善於張湛莊子注莫善於向郭而老子注則無善本焉源念先聖猶龍之

歎與孟子闢楊朱不闢老子之故因念經曰言有宗事有君爰專取諸家之說不離無爲無欲與無名之樸者以爲養心治事之助視治參同陰符者或較有益焉其五千言章句以河上公所分及傅休奕古本爲最疵而淮南所引爲最善其開元御注所加與韓非所述者皆所可取也嘉慶二十五年奉母東下錄於舟中道光之初補敘於此

孫子集注序

魏源

易其言兵之書乎亢之爲言也知進而不知退知存而不知亡知得而不知喪所以動而有悔也吾於斯見兵之情老子其言兵之書乎天下莫柔弱於水而攻堅強者莫之能先吾於斯見兵之形孫武其言道之書乎百戰百勝非善之善者也不戰而屈人之兵善之善者也故善用兵者無智名無勇功吾於斯見兵之精故夫經之易也子之老也兵家之孫也其道皆冒萬有其心皆照宇宙其術皆合天人綜常變者也而蘇洵曰挍言以責行孫武不能辭三失久暴師而越躡乘縱鞭墓而荊怒激失秦交而包救至言兵則吳劣於孫用兵則孫劣於吳剏祖其餘論故智者乎嗚呼吳澤國文身封豕之蠻耳一朝滅郢氣溢於

頂主驁臣驕據宮而寢子胥之智不能爭季札之親且賢不能禁一羈旅臣能已之乎故越絕書稱巫門外有吳王客孫武冢是則客卿將兵功成不受官以不盡行其說故也或又謂將才非人力運用存一心括讀父書徒取秦禽是又不然兵列五禮學禮宜及有文事者必有武備好謀而成我戰則克學矛夫子獲甲三百特兵危事而括易言之正與兵書相背故也弩生於弓弓生於彈彈生於古之孝子殺人以生人匪謀曷成謀定而後戰斯常夫可制變上謀之天下謀之地中謀之人人謀敵謀乃通於神非神之力也心之變化所極也變化者仁術也上古

聖人以其至仁之心撓水火而勝之撓龍蛇虎豹犀象而勝之恩生於害害生於恩微觀於五行相生相克之原天地閒無往而非兵也無兵而非道也無道而非情也精之又精習與性成造父得之以御名羿得之以弓名稷得之以稼名宜僚以丸秋以弈越女以劍雖得諸心口不能云口即能云不能宣其所以云若夫由其云以通其所以云微乎微乎湥乎湥乎夫非知易與老之旨者孰與言乎

說文儗雅序

魏源

金壇段若膺先生說文解字注曰小學家六書綱領不出形聲詁三端說文形書也爾雅詁書也玉篇廣韻音書也而說文一書櫽括有條例注說該六藝今世學者苟能取其得聲之字照十七部兼用四聲分爲韻譜則其部之界畫勝廣韻遠矣苟再有其人取其專訓本詁之篆注分類部居則其條理之精密過爾雅遠矣源考說文古音分十七部僅段君一家之言與顧氏十部江氏十三部孔氏十八部王氏二十二部劉氏二十六部互有詳略出入且吳江鈕氏元和江氏均已依其部分著書刊勒行世惟以詁分類合說文爾雅爲一者世閒尚無成書爰以

治經之餘力爲之三月而告成以天地人物事五大類括五百二十三部而于各部之中有不得異於爾雅者爾雅有釋親無釋人故五官四肢五事五倫五性最廣之字皆無類可歸盡入之釋詁而釋詁一門遂擁腫雜沓不便稽檢此書別立釋人綱舉目張與天地事物方聚族分此其善於爾雅者一也爾雅不盡用字之本詁專取段借故六書之本義不明今專以部首分類而以其虛文語助爲釋言別輯其專行借詁反廢古詁者爲釋訓並將說文分部之失如丩句之以亦聲立部首笑與哭不同入犬部告不入牛部家不入宀部后呞司不入口部珏不入玉部亭不入邑部之類今並更正此其善於爾雅者二也別爲

轉注釋例叚借釋例意聲事形釋例三篇以冠於首與段君之注亦多相仿故各類中止載原篆原注而不采諸家之注意主告蒙且便自檢閱而不敢當董理此三例之任至於發明而擴大之以俟後之君子咸豐元年序於高郵州署

兩漢經師今古文家灋攷序　魏　源

魏源曰余讀後漢書儒林傳衛杜馬賈諸君子承劉歆之緒論創立費孔毛左古文之宗土苴西京十四博士今文之學謂之俗儒廢書而喟夫西漢經師承七十子微言大誼易則施孟梁邱皆能以占變知來書則大小夏侯歐陽兒寬皆能以洪範匡世主詩則申公轅固生韓嬰王吉韋孟匡衡皆以三百五篇當諫書春秋則董仲舒雋不疑之決獄禮則魯諸生賈誼韋元成之議制度而蕭望之等皆以孝經論語保傅輔道求之東京未或有聞焉其文章述作則陸賈新語以詩書說高祖賈誼新書爲漢定制作春秋繁露尚書大傳韓詩外傳劉向五行楊雄太

元皆以其自得之學範陰陽矩聖學規皇極斐然與三代同風而東京亦未有聞焉今世言學則必曰東漢之學勝西漢東漢許鄭之學綜六經嗚呼二君惟六書三禮并視諸經爲閎深故多用今文家法及鄭氏旁釋易詩書春秋皆創異門戶左今右古其後鄭學大行浸淫遂至易亾施孟梁邱書亾夏侯歐陽詩亾齊魯韓春秋鄒夾公羊穀梁半亾半存亦成絕學讖緯盛經術卑儒用絀晏弼肅預謐瓚之徒始得以清言名理并起持其後東晉梅賾僞古文書遂乘機竄入并馬鄭亦歸於淪佚西京微言大義之學墜於東京東京典章制度之學絕於隋唐兩漢故訓聲音之學熄於魏晉其道果孰隆替哉且夫文質再世而

必復天道三徵而成一著今日復古之要由詁訓聲音以進於東京典章制度此齊一變至魯也由典章制度以進於西漢微言大義貫經術政事文章於一此魯一變至道也道光商橫攝提格之歲源既敘錄武進禮曹劉申甫先生遺書略陳羣經家灋茲乃推廣徧集兩漢儒林傳蓺文志之文凡得周易今文家施氏學第一梁邱學第二孟喜氏學第三孟氏學旁出京氏焦氏第四周易古文家費氏學第五其流爲荀氏卦氣之學鄭元爻辰之學此外又有虞翻消息卦變之學斯爲易學今古文傳授大概也尚書今文列於博士者有伏生歐陽大小夏侯二十餘篇之學有孔安國古文四十餘篇之學至東漢初劉歆杜林

衞宏賈逵馬融鄭康成又別創古文之學其篇次與今文同而孔安國佚十六篇仍無師說此皆不列於博士者及東晉僞古文及僞孔傳出唐代列於學校而伏歐之今文馬鄭之古文同時竝亾予據大傳殘編加以史記漢書諸子所徵引其成書古徵斯尚書今古文傳授大概也詩則漢初皆習齊轅固生魯申公韓嬰三家惟毛詩別爲古文鄭康成初年習韓詩及箋詩改從毛於是齊魯韓次第佚亾今惟存毛傳及宋朱子王應麟始略采三家詩殘文而未得條緒明何楷　本朝范家相桐城徐璈次第蒐輯始獲三家詩十之七八而余發揮之成詩古微此詩今古文大概也小學以說文爲宗歷代罕見　國朝顧炎武

始明音學而段王二氏發明說文廣雅惟轉注之說尚有疏抉予特爲發明之此小學家之大概也禮經則禘祫之義王肅與鄭元抗衡鄭主緯書感生五帝之說肅主人帝爲始祖所自出之帝輸攻墨秦固失之楚亦未得而鄭元周禮注計口出泉至宋遂啟王安石新法之禍惟宋朱子纂儀禮經傳通解分家禮邦國禮王朝禮喪祭禮合三禮爲一書集三代古禮之大成又頒采後世制度因革損益以擇其可行　國朝讀禮通考五禮通考實成其志此則古今三禮之大概也今采史志所載各家立案於前而後隨人疏證略施斷制於後俾承學之士法古今者一披覽而羣經羣儒粲然如處一堂識大識小學無常師以

爲後之君子亦將有樂於斯乎

元史大理傳序　魏　源

顧祖禹方輿紀要謂歷代行軍地利皆有格式惟蒙古之兵任臆出奇出沒不測爲從古所未有蓋指大理之役言也元憲宗頓兵合州之釣魚山一載不下乃思繞出西蜀上游遂令皇弟忽必烈繞烏斯藏穿蠶叢數千里而至大理士馬死者十餘萬然皇弟兩次皆由大理反以未能遂夾攻之效雖留烏良合台在後繞至湖南而已屬長弩之末此其卽位後卽遣國信使郝經渡江往聘者亦誠見其難也遇賈似道幽信使于儀徵經年不報於是世祖怒用劉整之謀舍蜀而攻襄陽圖奪其咽喉呂文煥固守力戰三載賈似道不遺一旅之援文煥力竭始降使

似道親赴襄陽內外援應不知世祖又將何以制之吾以爲憲宗之攻蜀東川西川已皆爲元有區區一合州釣魚山不下何阻於大事曷不斂內江外江之船乘春水直出巫峽攻鄂攻金陵直走吳越則不待師抵錢唐而杭州失矣烏用合州之蚌蟜相持哉襄陽之城不下何不舍之而赴上游漢中造船直下過襄陽不攻直出漢陽順長江而下則亦破竹之勢勝襄陽之頓兵老師其巧拙勞佚天淵矣更有奇於是者日本瓜哇之役均爲孟浪自取顚沛至元兵攻襄陽時宋人金履祥曾上書獻海道圖竝策請以重兵由四明出海直抵天津擣燕雲則襄樊之圍自解似道不報及伯顏下臨安收圖籍得此圖及策乃奏籌海運招海盜張淸朱瑄封以二侯專主其事由海運歷年益增益多運漕至三百萬是天津之至吳越海道直捷苟當其未破襄陽之前聞執使之信卽以其征日本瓜哇之力移海艘數十艦由天津直抵江東一由揚子江直取江陵一由錢唐江直擣臨安豈非天降之師事半而功百哉此之謂奇師視大理日本之役何如邪故顧祖禹所謂元人用兵之奇不知乃拙謀下策也

章教諭强恕齋書序

魏　源

醉一石之醪量石而止矣·引十石之弓量十石而止矣·以受萬石之舟爲芥葦之用·量沛乎有餘力·盅乎若無·是其塵垢穅粃猶將陶鑄萬有者乎·道光四年秋·總兵官陳公階平自江蘇崇明移湖南鎭筸鎭·過常德訪余楊將軍署中·酒半論當世鉅人長者·慨然曰·余從東海中來·來時江南大潦·偪海邑曰寶山·澤國之民將爲魚鼈·則有銅陵章叟以教諭而呼集十餘萬金·以教諭而部勒十餘萬戶·畢賑八閲月·無譁無餒·大吏發帑金數萬至·不受·將奏其冣於朝·復不受·可謂當大事者哉·顧不得立朝佐　天子任元元·憂徙窮老東海角·相與喟然太息·越

七載·省親寶山·遂識叟海上·則絕口不語世事·斗室環以萬卷·坐其中兀然如山耳·毌過面·聲中黃鍾之宮·指案上尙書·爲言召誥洛誥四篇·次第四年時事·二邑營建緣由·明堂位置·各有時日起訖·審其往來蹤蹟·以察知周召二公陳誥納誨心事·於詰曲聱牙中而如聞其告語·寶山城東北角斗入大海·是日天風鼓潮·殷几席·與譚經聲應和如雷·語罷出城·循海塘東西廠臺眺望·一角海劃然長嘯·水天寥泬·前不見古人·後不見來者·悵悵而歸·烏乎·伏生申公非經生也·太邨林宗非一鄉之士也·龎士元元德秀非一邑之吏也·君子得時則駕·不得時則蓬累而行·虎洸而尸默者也·鷹揚而龜息者也·方　仁廟親政之初·徵天下孝廉方正之士·叟以大興朱文正公薦入都·時廷對百餘人·翼日　召詣軍機處·詢川楚平賊方略者·獨湖南漵浦嚴如熤暨叟二人·嚴君奉　命從軍·官至兩司·尙未竟其用·天下至今惜之·叟則以老親年八十辭·遂改所擬保甲摺子爲上軍機大臣書而歸·終身不出·浮沈東海上二十餘年·時時出其聲謦·歌嘯先王之道·羽翼羣生之命·弟子錄其書爲經賸文賸筆賸各如干卷·讀者或震而矜之·以爲叟所學在是·烏乎·挹一蠡於大洋而謂海盡在是·抑豈得謂海必不在是邪·叟名謙存·銅陵人·今年七十有九·自號强恕老人

聖武記自序　　魏源

荆楚以南有積感之民焉。生於乾隆征楚苗之前一歲。中更嘉慶征教匪征海寇之歲。迄十八載畿輔靖賊之歲。始貢京師。又迄道光征回疆之歲。始筮仕京師。京師掌故海也。得借觀史館秘閣官書。及士大夫私家著述故老傳說。於是我生以後數大事。及我生以前上及 國初數大事。磊落乎耳目。旁薄乎胸臆。或涉兵事或不盡涉兵事。有得即書。未遑著作。晚寓江淮。海警沓至。忽然觸其中之所積。乃盡發其櫝藏。排比經緯。切劘紬繹。先取其專涉兵事者四十有七篇。及嘗所議論若干篇。爲十有四卷。統三十餘萬言。告成於海夷就款江甯之月。乃敬敘其端

曰。天地以五行戰陰陽。聖人以五官則戰勝於廟堂。戰勝廟堂者如之何。曰。 聖清尚矣。請言 聖清以前之事。今夫財用不足國非貧。人材不競之謂貧。令不行海內國非羸。令不行於境內之謂羸。故先王不患財用而惟亟人材。不憂不逞志於四夷而憂不逞志於四境。官無不材則國楨富。境無廢令則國柄強。楨富柄強則以之詰奸奸不處。以之治財財不蠹。以之蒐器器不窳。以之練士士無虛伍。如是何患於四夷。何憂乎禦侮。斯之謂折衝於尊俎。嘗觀周漢唐宋金元明之中葉矣。瞻其闕。夫豈無懸令。詢其庭。夫豈無充位。人但見其令雷行於九服。而不知其令未出階闥也。人但見其材雲布乎九州十二牧。而不知其槖伏於灌莽也。無一政能申軍法則佚民玩。無一材堪充軍吏則敖民狂。無一事非耗軍實則四民皆荒。佚民玩則畫筆不能令一羊。敖民玩則蟄雷不能破一牆。四民皆荒。然且今日揖於堂。明日餳於隍。後日胠於藏。以節制輕桓文。以富強歸管商。以火烈金肅議成湯。奚必更問其勝負於疆埸矣。記曰。物恥足以振之。國恥足以興之。故昔帝王處蒙業久安之世。當渙汗大號之日。必虩然以軍令飭天下之人心。皇然以軍事軍食延天下之人材。人材進則軍政修。人心肅則國威遒。一喜四海春。一怒四海秋。五官強。五兵昌。禁止令行。四夷來王。是之謂戰勝於廟堂。是以後聖師前聖。後王師前王。師前聖前王。莫近於我 烈祖 神宗矣。書曰。其克詰爾戎兵。以繼禹之迹。方行天下。至於海表。以覲文王之耿光。以揚武王之大烈。用敢拜手稽首作聖武記。

海國圖志序　魏源

海國圖志六十卷何所據一據前兩廣總督林尙書所譯西夷之四洲志再據歷代史志及明以來島志及近日夷圖夷語鉤稽貫串創榛闢莽前驅先路大都東南洋西南洋增於原書者十之八大小西洋北洋外大西洋增於原書者十之六又圖以經之表以緯之博參羣議以發揮之何以異於昔人海圖之書曰彼皆以中土人譚西洋此則以西洋人譚西洋也是書何以作曰爲以夷攻夷而作爲師夷長技以制夷而作易曰愛惡相攻而吉凶生遠近相取而悔吝生情僞相感而利害生故同一禦敵而知其形與不知其形利害相百焉同一款敵而知其情

與不知其情利害相百焉古之馭外夷者諏以敵形形同几席諏以敵情情同寢饋然則執此書卽可馭外夷乎曰唯唯否否此兵機也非兵本也有形之兵也非無形之兵也明臣有言欲平海上之倭患先平人心之積患人心之積患如之何非水非火非刃非金非沿海之奸民非吸煙販煙之莠民故君子讀雲漢車攻先於常武江漢而知二雅詩人之所發憤玩卦爻內外消息而知大易作者之所憂患憤與憂天道所以傾否而之泰也人心所以違寐而之覺也人才所以革虛而之實也昔準噶爾跳踉於康熙雍正之兩朝而電埽於乾隆之中葉夷煙流毒罪萬準夷吾　皇仁勤上符　列祖天時人事倚伏相乘何患攘剔之無期何患奮武之無會此凡有血氣者所宜憤悱凡有耳目心知者所宜講畫也去僞去飾去畏難去養癰去營窟則人心之寐患袪其一以實事程實功以實功程實事艾三年而蓄之網臨淵而結之毋馮河毋畫餅則人材之虛患袪其二寐患去而天日昌虛患去而風雷行傳曰孰荒於門孰治於田四海旣均越裳是臣敍海國圖志

以守爲攻以守爲款用夷制夷疇司厥楗述籌海篇第一

縱三千年圜九萬里經之緯之左圖右史述各國沿革圖第二

夷教夷煙毋能入界嗟我屬藩尙堪敵愾志東南洋海岸各國第三

呂宋瓜哇嶼埒日本或噬或駾前車不遠志東南洋各島第四

教閱三更地割五竺鵲巢鳩居爲震且毒述西南洋五印度第五

維晳與黔地遼疆闊役使前驅疇諏海客述小西洋利未亞第六

大秦海西諸戎所巢維利維威實懷泮鴞述大西洋歐羅巴各國第七

尾東首西北盡冰溟近交遠攻陸戰之鄰述北洋俄羅斯國第八

勁悍英寇恪拱中原遠交近攻水戰之援述外大洋彌利堅第

九
人各本天教綱於聖離合紛紜有條不紊述西洋各國教門表
第十
萬里一朔莫如中華不聯之聯大食歐巴述中國西洋紀年表
第十一
中厤資西西厤異中民時所授我握其宗述中國西厤異同表
第十二
兵先地利豈問遐荒聚米畫沙戰勝廟堂述國地總論第十三
雖有地利不如人和奇正正奇力少謀多述籌夷章條第十四
知己知彼可款可戰匪證奚方鞏醫瞑眩述夷情備采第十五

水國恃舟猶陸恃堞長技不師風濤誰讋述戰艦條議第十六
五行相克金火斯烈雷奮地中攻守一轍述火器火攻條議第
十七
軌文匪同貨幣斯同神奇利用盍殫明聰述器藝貨幣第十八
道光二十有二載歲在壬寅嘉平月內閣中書邵陽魏源敘於
揚州

原刻僅五十卷嗣增補為六十卷道光二十七載增為百卷
重刻於揚州仍其原序不復追改

明代食兵二政錄序

魏　源

以三代之盛而殷因於夏禮周因於殷禮是以論語監二代荀卿法後王而王者必敬前代二王之後豈非以法制因革損益因前事之師哉我　朝之勝國曰明代凡中外官制律例賦額兵額大都因明制而損益之故其流極變遷得失切劘之故莫近於明明中葉以後之主德無足論論其祖宗朝之制度異今日者則莫如大兵大役之派民加賦末年遂以是亾國而方其盛時則亦以此不致別籌國用舉天下仕進一出於科目無他途雜乎其閒無色目人分占其閒無論甲乙一第未有終身不沾一祿者內而部曹外而守令未有需次數年十數年始補一

缺者遇銓選之人則輒起廢田閒旋踵錄用士之得官也易復官也易則其視去官也不難又士自成進士釋褐以後則不復以聲律點畫為重士得以講求有用之學故中材之士往往磨厲奮發危言危行無所瞻顧凡本兵吏部文武之任往往有非常豪傑出乎其閒雖佚君亂政屢作相與維持匡捄而不遽亾使非四方稅榷太監擾其下主兵太監掣其外司禮太監神叢阿柄倒其上則雖偶有大兵大役之加派民不致亂也雖有北韃南倭之侵軼兵不致亾也是明代之得在於淸仕途培士氣其失在於大權旁落而加派練餉門戶黨援則其變證也無一歲不虞河患無一歲不籌河費前代未之聞焉江海惟防倭防

盜不防西洋夷煙蔓宇內貨幣漏海外病漕病鹾病吏病民之患前代未之聞焉內外既無兩漏卮仕途又無兩濫竽無漏卮則國儲財無濫竽則士儲才故雖以宗祿土木神僊之耗蠹中璫廷杖之摧折而司農柄兵諸臣得以隨獘隨治病患迭出人材亦迭出不至有仰屋呼庚之虞不至有拊髀乏材之歎烏乎治有餘之證易於治不足之證明中葉以前之證其尚有餘乎有下而無上厥象水有上而無下厥象火明中葉以後之證其猶水歟 皇清立國之初閔民生之困監勝國之失首申閹宦重賦之禁乾隆嘉慶以來黃河大工一切發帑永免力役之征而且 賜復蠲租之 詔史不絕書其重民食也如是北

韃南倭爟燧不驚土司改流萬里不警其靖邊患也如是民生其閒耳不聞苛政目不見鋒鏑而又 乾綱親攬日見羣臣日日咨萬幾優禮言官從不知有廷杖詔獄爲何事其政本肅清豈獨高出明代萬萬然而東南之漕運困於輸將中外之仕途困於需滯沿邊之軍餉詘於度支者何哉黃河無事歲修數百萬有事塞決千百萬無一歲不虞河患無一歲不籌河費此前代所無也夷煙蔓宇內貨幣漏海外漕鹾以此日敝官民以此日困此前代所無也士之窮而在下者科舉則以聲音詁訓相高達而在上者翰林則以書蓺工敏部曹則以胥吏案例爲才舉天下人才盡出於無用之一途此前代所無也其他宗祿之繁養兵之費亦與前世相出入是以節用愛民同符三代而天下事患常出於所備之外立乎今日以指往昔異同黑白病藥相發亦一代得失之林哉少游京師好咨掌故曾以道光五載爲江蘇賀方伯輯 皇朝經世文編繼又念今昔病藥之相沿常以對治而益著爰復仿宋臣鑑唐漢臣過秦之誼故集有明三百年文章論議言食政之類十有二曰理財曰養民曰賦役曰稅課曰屯政曰倉儲曰荒政曰鹽法曰宗祿曰水利曰運河曰河防兵政之類十有四曰兵制曰京營曰 軍召募曰戰車曰屯餉曰茶馬曰防守九邊形勢曰薊鎮宣大邊防曰遼東邊防曰西番曰西南土司曰朝鮮禦倭曰款貢曰盜賊凡爲

卷七十有八勞臣藎士蒿憂瑰畫粲矣具矣若夫議禮之聚訟刑獄之匡救於今無涉概不旁錄其遼東邊防事關敵忌可酌改而不必諱言則有 欽定明史舊例在有 純皇帝襃熊廷弼及贈謚殉節諸臣之 詔書在

淮南鹽法輕本敵私議自序

魏源

從來鹽法有緝場私之法無緝鄰私之法鄰法惟有減價敵之而已減價之要先減輕其成本而已議者動曰減之又減安能敵無課之私此混鄰私於場私不知場私無課而鄰私有課也議者又曰淮鹽引地受浙潞川粵四面之侵灌其課皆不及淮南四分之一減之又減安能敵輕課之私此又不知私鹽課輕而費重關津規例多於課本故遇官鹽減價之年鄰私立阻而不行提價之年鄰私雖緝而無益此已事之明效也或又謂道光十載以來力裁浮費綱課減存四兩加以場價壩費改捆費岸費每引成本十二兩略符乾隆中阿文成公所奏成本之原

數安能再減不知乾隆中銀價每兩兌錢千文今每兩兌錢千七八百餘文是昔時十二兩未抵今日八兩之價詎徇名而昧實也天下無數百年不敝之法亦無窮極不變之法亦無不易簡而能變通之法求諸末者煩而難反其本者順而易利出於三孔者民貧利出於二孔者國貧利出於一孔者國與民交利必欲盡收中飽蒭蠹之利權以歸於上下必輕成本以減岸價減岸價以敵鄰私鹺務終無大邑之時計臣終無報功之日故推其本原核其贏絀切其事證著爲四議事期可行不取乎迂高效責目前毋徵乎往古用備秉鈞當軸之君子采擇焉

地理綱目序

魏源

形家陰陽之用其大者建都立邑其次立宮室其次營兆域見於經者公劉楚邱之詩孝經卜其宅兆而安厝之文其大較也周禮墓大夫之職凡邦墓之地域爲之圖令國民族葬而掌其政令冢人以昭穆定位次而爲圖死者則授之兆其於孝經卜地之誼若不相符焉蓋古者卿大夫之始祖其兆域已卜於先世而西北土厚水深高燥平曠可容數世十數世故必其土滿無以容而後改卜焉又或異國始遷別子爲祖而後新卜焉此西北族葬之法非所語於水土淺薄之區而形家之學獨盛於東南亦其勢然哉且夫葬者藏也鬼者歸藏之義主於全體魄

妥先靈非圖以利後嗣自術士禍福之說興始見擯於儒術第不知其嗣昌者其體魄果不甯乎其嗣悴者其體魄反甯乎抑株荄枝葉菀必同菀枯必同枯而未必二之乎文王葬王季於楚山之尾欒水嚙其墓見棺之前和乃改葬於畢宋賢周子以先墓患水改葬朱文公母墓再遷而後定王文成公葬父地不善亦卒遷之黃石齋先生葬親負土成塋穴高右臂受風夢先靈不安上書唐王求歸改葬　國朝桐城方靈皋侍郎山東閻懷庭工部皆醇篤之儒力斥形家之說後方公葬兄百川冢罹大禍夢兄躍大水而沈始啟棺見水而改厝閻公父墓洿下每雨潦繞墓而號其友韓夢周爲書力爭以爲必遷始則執一隅

之臆見卒不能易道方之大塗也周公制禮有改葬服緦之文與孝經卜兆安厝同義而程子論葬地則必形勢環繞土潤草茂五患不侵豈非以喪禮慎終莫大之事附於棺者必誠必信勿之有悔焉苟奉先人之體魄委之螻蟻溝壑五患六害之區揆諸親病不嘗藥之誼得毋有皇然愀然其不安者乎古者舉大事必謀諸卜筮後世卜筮之學儒者既皆不習而相陰陽觀流泉則又執山川不能語之說以排之豈知易曰俯以察於地理記曰毋絕地之理地理卽地脈也邱原高下向背人人可察而知也土色之枯潤燥溼堅散人人可察而知也而又瘞帛窖粟以驗之卜筮夢寐以符之必誠求之不中不遠故吉地之得

可必於仁人孝子之心而不藉夫葬師術士之說也近世葬師言地理者往往好奇而不軌於經索隱而不求之近其書雖一時盛行不免貽誤後人故語道不可以覺童蒙者非至道立德不可以明徵驗者非至德此新化羅子地理綱目所爲作也羅子嘗爲地理乘氣論四卷以抒一家之心得懼未足以啟初學故復輯爲是編云

支隴承氣論序

魏源

形家之要陰陽而已陰陽之要乘生氣而已老子曰萬物負陰而抱陽沖氣以爲和詩傳山南曰陽山北曰陰是則生氣者陽氣也背陰而向陽去殺而就生也易曰地勢坤凡高山大隴平原廣隰盡大地一純陰之象惟天陽之氣流行於大地之中而人物以生是地之有生氣者爲陽無生氣者爲陰後人之言陰陽也則異於是楊氏以岡隴凸起者爲陰平原凹仰者爲陽夫乾靜專而動直是凸起不可獨爲陰也夫坤靜翕而動闢是凹仰不可概爲陽也卽反之而謂凸起爲陽凹仰爲陰其偏亦從是卽互之而謂陰中求陽陽中求陰其支亦從是是皆知言形

而不知言氣者也語地而至於乘氣則但有陰中求陽之一法又安有陽中求陰之法哉山隴者陰之奔峙其勢動動近殺則以靜爲陽原隰者陰之漫衍其勢靜靜近死則以動爲陽山宅其靜是避殺氣而取生原宅其動是舍死氣而取生生氣者陽氣也人之生魂陽而魄陰陽氣附之則生陽氣去之則死道家修命煉純陽以銷陰翳故長生不死形家造命返生氣以蔭根荄則死者仍生造化之所樞機鬼神之所緘秘道家形家皆言之而不盡言之言其當然以諭下學也不言其所以然以待飲淡契微之子也而羅子著形家書不惟言形且言氣且察察焉以盡洩造化之藏不已鑿歟羅子曰夫何鑿哉人身一小天地

也天地一人身也地氣有枝幹脈絡者不猶人身之有脈理經絡乎地氣有起伏斂放不猶人身之有呼吸乎地氣有環拱向背止聚不猶人身之有氣海孔竅乎地有生氣者驗以土之外暈冷煖枯潤美惡灼然可目驗而指示不猶人身之有肌血華色乎民生天地之閒廣谷大川異勢剛柔燥溼風氣異宜歌於斯哭於斯聚國族於斯得山氣者崛以特得澤氣者圓以折得平原氣者疏以達氣大聚則建都立邑生人以託命焉氣小聚則卜兆歸藏死人以復命焉呴之吹之篤之薄之醲之粹之衰之盛之皆一氣所埏埴而已蝨處髮而黑處汗而腴生長老死於人身而莫知所以然也號萬物之靈者當不若是於是著形家言不專言形而言氣氣乎氣乎其形之所以形乎

湖南文徵卷八十一

湖湘後學集編

序二十六

易義原則自序

張瓚昭

易爲卜筮而作所以決疑易因卜筮未燔更無可疑而子之經筍質疑反自易始豈猶是漫憑胸臆有所異同哉抑由歷代說易諸家信彖象文言傳者比比信繫辭說卦傳者寥寥蓋自費氏名家以後此傳彼受爰有輔嗣王氏弼者合經傳而詳爲之注其於彖象文言較之釋經更加意獨於繫辭說卦闕如迨至流傳及宋伊川程子猶遵輔嗣之舊豪無更張安望復有其人從而硏究之哉予嘗於左傳考占驗得互卦之卦兩端求之彖傳象爻傳殊隱約求之文言絕無之求之繫辭傳乃實有之予因於文言猜焉及詳左傳純離爲牛經實有之說卦無有予不能不於說卦詫矣然皆未置議也旣而自傷荏苒倏居無聞於是全拋俗慮愁置陳言襲迹於至過漸浮加意於屈伸俯仰舉從前所覽天文地理陰陽醫卜子史百家紬繹焉綜核焉推類焉竊有窺於高下散殊之迹圖書象數之眞以溯揆乎造化之根源衍生之蘊奧怡然渙然心境洞然夫然後返而求證於經義乃實見夫僞妄諸作淺陋粗疏誠不足道卽枉眞經確傳亦有短長大略言之書雖殘缺關係猶勝於詩詩得與書竝者依

永和聲之所在教化資也禮記雖繁而雜其中實多遺言春秋事情資左傳而左傳兼有資於羣經要其會歸統在周易易之爲羣經首誠廣大悉備哉然非繫辭說卦傳爲之發明人尚不知分掛揲歸之筮儀何論卦人尙不知作卦出自包犧之觀取通類重卦本於三才兩之誰與知彖言象爻言變誰與知易興殷周閒事當文與紂邪而於此乃益歎易之廣大悉備非可漫焉爲解也蓋必準形容物宜以求象象始不謬於言彖必準會通典禮以求爻爻始不謬於言變必準尙書詩禮左國論孟以徵事事始不謬於殷紂與周文而彖象文言等傳何知有此惟不知有此乃覺彖象文言等傳全與繫辭說卦相左相左而或

可相資猶可言也相左而竟不相入詎容已乎雖鄙意惟在質疑非敢於前人致刻然私心總期核實又豈甘爲古人所愚是以業經推本繫辭說卦以釋經尤必辯論彖象文言以見意自知僭踰無所逃罪然爲斯文起見既敢以質疑之故出其原則諸編斯不敢不并出其凡例祈於共質知我者誠見夫疑義之當晰與我其晰焉非特鄙人之幸實亦斯文之幸也云爾

送舒玉峯先生重遊施南序

巢邦光

吾師舒玉峯先生有道人重然諾輕財予而能以氣節自高家無擔石晏如也然每放情於山水中乾隆戊戌舉其家而至施南其知者曰先生因窮愁而遠遊也不知者曰先生之溺於性而輕去其鄉也癸卯夏先生歸心壯志達耳目豁然軒朗倍前日其神安以舒而樂愉愉其殆中有所得歟越五月乃復治裝謀所以西行門人巢邦光感先生舊遊義高爲具布袍冠履贈先生行且杯酒而言於道曰先生抱其忠信品誼文章以爲法於吾里中人也久矣里中人方且坐擁其酒食魚肉重違先生之忠信品誼文章不知所以謀留先生而先生自嗜山水之奇

又非里中人之所以謀留者之所可留於是抱其忠信品誼文章以重遊於施南之西吾不知施南之西何所修能何所結於先生者淡而以吾里中人之不可留者彼且不期而得先生之一再至其地也先生行乎哉吾聞施南西接巴蜀南阻黔粤北連三楚其山多鹵莽穹雲壁立數千丈其水多雪濤飛流往往伏行十數里不見沙石經萬派乃一合猶有雷聲從天半落馬伏波之所稅駕李青蓮之所遨遊墨客詩人爭先赴焉先生其誠有以樂乎此也又況其地久廢新向　熙朝化其中必多渾渾太古慕義强仁之士相與愛羨先生之忠信品誼文章欣欣然舉酒登棧以望先生之來也先生行矣

律音彙考自序

邱之稑

念自古樂失傳。先儒之論樂者。迄無成書。聲音之道。蓋難言矣。宋蔡西山先生著律呂新書二卷。法度精詳。言樂者皆得據以爲說。然於旁搜遠引之意詳。審音協律之事略。後更欲均調節族。被之管絃。別爲樂書。而不克竟其志。以故六律五音之義。終無由著見。此律音之不容已於考也。稑十歲受毛詩。先君子淮川公教以韻學。凡宮商角徵羽之字母。見溪郡疑之標射。開口撮口之分。喉舌脣齒牙之辨。一一指示。稍長學審蓤叉。曉之曰。聲字之譜。殆即五聲二變之源流。如時曲北調出凡一。無異五聲之兼二變。安知今樂不猶古樂也。稑識之不敢忘。已得朱子

儀禮經傳通解讀之。見所存詩樂。皆注律呂。竊欲按字譜之。恆苦齟齬不合。此固數十年所常耿耿於心者。嘉慶戊寅。與修邑乘。獲讀　頒定　文廟樂章。載春丁夾鐘主宮。倍應鍾起調。秋丁南呂主宮。仲呂起調。二祭皆清音爲之還轉。而未嘗收一濁音。乃恍然於清濁之判若兩途。而律呂之不可混雜有如是者。道光九年。明府杜曉平先生因邑素無樂舞。徵稑教習。爰遵奉　頒圖冊。恭製樂器。率俊秀子弟講明肄習。每當二仲。敬謹陳奏。七載於茲。未敢稍懈。肄習日久。會悟漸深。乃以餘力兼譜風雅。取精旣廣。有得輒書。積久成帙。分列八卷。顏曰律音彙考。首律呂。溯源也。次樂器。審音也。次儀禮。遵經也。次詩樂。存古也。於戲。西山先生以明敏之姿。加意考證。其書何敢輕議。惜未還候氣製律。別成樂書。以證千古言樂之誤。稑益不能無感焉。彙考成。因紀顚末於簡端。知音君子。苟不鄙稑愚昧。相與正其誤失。而補其缺漏。是則私衷之所深望者歟。道光乙未冬月朔日

王遠湄先生錢文紀略序

劉基定

湘潭王遠湄先生以名諸生游幕閩粵垂三十年所至皆爲諸侯上客今且年躋大耋猶精神强健日事著述以所輯錢文紀略四卷先謀鋟木郵書走山中問序於余命弁諸首余謭陋尠識何能重先生之請因憶嘉慶庚辛之際僑寓省垣於張蓉裳學博所晤先生見其意度舒舒神氣薆薆相與縱談史漢及先朝掌故靡不辨晰詳確知爲有道儒者乃忽忽四十年始得披覽紀略歷敘古今興衰之故綱舉目張洞若觀火足徵淹通該博曩閱雲閒張崇懿錢志所編及華亭奚布衣遐泉齋筆記咸據

熙朝西清古鑑錢錄經緯參錯推委窮源罔有遺漏惟江

都程午橋太史篠園文集載康熙中葉西域賈人持古銅器求售中有布泉千餘枚云山左鄉民掘土而出者檢睇得四十餘種惟平陽安陽二布可辨餘皆無徵春秋時有平陽漢書謂之東平陽史記王子侯表安陽傑濟北貞王子類皆漢時物諸家譜牒布泉十品外載異布不過十餘種未若四十餘種之多觀先生所著紀元稱珍大小輕重等論辨銅色之青赤彤製之錯落列朝字體之篆楷分隸原原本本實事求是余因詳攷漢時鼓鑄一刀兩柱五銖半兩皆以龜龍羽貝爲別非若天鳳以來所創十布外又有十四種及四十餘種此皆新莽鑄造未及盡行與紀略中稍有異同不足爲先生累余家藏莒刀一啇布一古錢范一五銖鐵錢一字體形質亦與紀略中徵引有異良以嗜古之篤各具精心薈萃成書用資證據以此益信珍藏之無窮綜覈之難盡也循覽斯編歡喜無量關河迢阻良覿維艱何日得共發篋探囊按文審製開口笑談焉耳

送鄒叔績北上應禮部試序　劉基定

今天子咸豐元年詔天下舉行恩科鄉會試踰額甄錄一時魁傑之士霦霦蔚起充牣宇內吾友新化鄒君叔績以湖南鄉試經策淵博選錄進呈學者以爲得人慶新化據資水上游沅湘絡其外衡嶽當其中川原轇轕元氣胎息以故熙朝經師大儒恆產其地螢照堂車氏父祖三世皆以通經顯名所著皆錄入四庫存目其明徵也叔績生有慧業自其少時讀書不樂章句之習年二十餘已有著述三四種秘不示人同邑鄧湘皋先生司鐸甯鄉招至學署余得與訂交湘翁膺一代才負人倫之鑒少所延譽至是發其家藏數萬卷資其攷

据證其訛脫遂成專門名家之業居三年告歸余贈以詩云經學有人推駬臂文章益代比揚雄蓋紀實也明年湘翁促之試補諸生第一旋餼於庠自是之吳會之越之滇黔所至皆爲諸侯上客舟車往返惟以經史自隨握槧懷鉛迄無虛日今年春自黔中歸值貴筑周公權臬湖南諗知叔績爲高材生延入幕府益以羣經古義星歷句股九章算學律呂諸書資其講肄以俟他日國史儒林編目是歲秋闈榜出竟以科場選錄夫以叔績之才之學平日厭薄制舉浸淫於古一時儕列鮮不以爲迂遠今一旦膏車秣馬將之京師行四千里渡孟津瞻岱華芑乎負乎更有以盪其胸臆發爲文章疏其經術進而應承明著作之選黼黻虞廷爲國家宣猷贊化退而居人海龐淆之地友朋麕至輻輳於門宜少蘊斂才氣韜晦光燄毋使儕輩意忌憎其名稱吾固知叔績之才之學敦美篤實珞珞如玉與名相副於其行也竊比古人贈言之意貢於車中質之經師將益有得此所謂合乎道幾乎道

一鶴山房詩序　劉基定

余與振卿趙君以詩文交十餘稔。每歲必以沅湘之感物興懷京洛之追尋倡和。郵寄山中互相質證。君家距余居僅隔二十里。屢約不果來。余亦未嘗一至君家所謂一鶴山房者。其形蹟之疏如此。咸豐癸丑。君以部選得靖州學正。未赴官。遘瘵病遽歸道山。余時避寇土室。聞計驚悼不已。即爲君纂志墓文以當哀些。今乙卯夏。君弟吟篁茂才裒集君遺詩八卷。訪余山中。屬詮次並乞序言。余繙閱旬日。迺竟其業。緊惟宋人梅聖俞呂居仁楊廷秀輩皆云以能變能悟爲主。振卿之詩則屢變屢悟。包舉衆體。尤重於人倫。事親以孝。待兄弟以友。交朋友以道。謐乎

時古心篤行方嚴。醞雅。絕無險詖之詞夸誕之習。所謂得詩人溫厚和平之教者矣。惜其以掮雅之才值休明之運。好學淡思不以釋褐爲究竟。發之爲詩超然觔獨。極詩人變悟之旨。使天假之年其變悟曷可限量哉。今雖未竟其志。其氣象自可頡頏梅呂楊諸老。不能不爲之三歎也已。諸弟斐卿吟篁君靖皆有才名工詩。校栞君遺集者。茲仿蘇長公詩例並附名於後。

鄧湘皋學博六十壽序　梅鍾澍

今使挾重器操巨舟楫浮海。颶風駭浪洸心浮魄。日暮冥冥迴不得泊。當此之時。望有俯魚磯而釣者。則大慕之而已無及矣。然試執釣者語之曰。航海者不汝若。則色色然疑。色色然疑則是航海之心未忘也。特窮而即於釣。而非其中之有所得於此也。中有所得者釣亦寄耳。欲强之航海必不能。湘皋先生有航海之力而寄於釣者也。以先生種學積文。抱宏偉之略。通達當世事故。又氣盛足以任幹濟。使藉手以自效。必有所表見於世。顧不競功利而就冷官。官吾邑十載而箸述益富。夫勢位聲華移瞬磨滅。而惟文章之無窮。其精神與後世之人心相感發。使

後世誦其言穆然想見其人。遇則幸其言之見諸施行者信而有徵。不遇則得其悲愉歌泣之性情。信其言有可以施行之理。太息其不遇而淡幸其不朽。是故賢人君子之能自立於世者。亨屯窮達之遇。亦任造物之所以置之。而惟是爲汲汲也。先生領鄉薦游京師。連不得志。乃放游齊魯吳越。收山川奇傑之氣胥發之於詩。所至賢豪皆折服。遂以詩名海內。不獨張吾大國楚也。自海內詩老大半凋謝。而詭譎自肆之輩。執筆吟詠不根性情。朝爲之而夕告成。自謂不在古人後。其陋者則終日習試律已耳。故或讀南邨艸堂詩而不能知噫先生之盛業其能爲詭與陋者所知邪。其於古文無不工。博稽掌故。蒐訪遺佚。慨然

欲以信今而傳後今年六十矣口唫手披汲汲不少衰晤對古人援之夢寐俯仰天地坦然神夷其所得於中者何如哉 國家重師儒久矣自太學及郡縣皆置廣文官所以崇儒術重士習而人心風俗胥於是繫焉世之人慕崇高而希厚實者皆以此爲不足爲而爲之者又多猥瑣不自振立之人其諸窮而郎於釣者邪苟且頽弛略無益於學校抑所學之不足以教也又安望其信今而傳後乎先生官吾邑弟子翕從之每賓從雜遝辨古今事滔滔若河決東注聽者動容與人交尤肫摯有古誼澍與先生先後出咸陽許先生門自先生官吾邑乃得以文章請益先生顧不陋視余而以遠且大者相期許則所爲汲汲於

文章之信今而傳後者又未嘗以自私也先生篤於物和於神明固宜壽繼自今而老而髦而期頤著述未有窮澍官太學行將就州縣廣文尋故國之山川風物追先生高躅以求古之所謂文章當此而有少年航海者以進取相勸勉是納圜枘於方鑿也先生儻以其可釣而進之邪十一月廿有二日爲先生誕辰邑之人咸思壽先生而屬澍爲之文故略述先生之梗概而竝志嚮往之意郵寄之侑觴焉

陶雲汀宮保六十壽序　梅鍾澍

天下之勢居西北足以控東南而東南出貢賦財貨以供 天子百官及商賈負販之所利故理東南得人則天下治金陵東南一大都會也總制理之南昌又吳楚閒一都會也弁隸總制地廣袤役繁賦重有大政三曰河曰漕曰鹽三者一不治則天下受其困故總制難於他省非智勇深沈能經緯天地者當之則往往不治道光庚寅 天子擢安化陶公任是職始至會東南大水江淮汎溢轉漕艱焉水連歲爲患民轉徙流離道殣相望是時鹽販無虛日鹽課遂支絀不可理初鹽課專隸鹽政自公來江南 朝廷以其事併歸總制耗蠹積歲月驟與改

革人情疑沮又當東南凋耗民力不支雖有智勇莫措其手而公慨然爲之嘗觀古大臣以身任天下之重臨危險而不驚遭疑謗而不懼能使功施社稷澤潤生民顯當時而傳後世者豈遭時得位以僥倖其或成者哉天爲事會而生人則必權其人之器識與其精神力量足任如是之事而生之而使治之千鈞之器賁育舉之則全匪是則顛矣千里之程騏驥行之則達匪是則蹶矣故天下常人所能爲之事無待於豪傑豪傑生而事起而事治公負偉略好諮詢當世事故自詞臣歷臺諫出官於蜀於晉於吳皆功德浹物精誠且動鬼神若禱冰若弭蝗婦孺類能道其事及督兩江位益高責益重事勢棘塞天下觀望不

知所爲而公不動聲色措之裕如卒以膺　天子洞鑒幽隱之知極君臣千載一時之遇揆之古大臣之樹豐功偉烈者孰有以過於公哉乙未冬公自江南來朝　召對浹旬語及嘉慶閒舊臣獨公以腹心可倚　記注在簡冊而後知公之受知　睿廟久矣　天子初嗣位覽公奏手詔褒之謂爲幹國之臣至是來朝信公益篤禮公益優垂詢家世里居且允公歸省邱墓之請　賜書印心石屋齋額以寵其行當是時　天文巍煥流照宇宙旌節還里海內榮之咸謂公之遭遇獨隆而不知其精白之心果敢之氣足任非常之事者早自結於聖明天下未及知而朝廷知之天下未能信而朝廷深信之也公少耽吟詠在詞垣爲詩歌窮海人慕焉既爲政於外以時立言所著蜀輶日記及奏議數千萬言皆經世之書有裨政治而爲詩歌以被管絃勒金石者又其餘也公固不待是以顯而又豈獨功業之在天壤哉今公年六十行將入贊綸扉秉樞軸顧朝廷未遽召公者則東南半壁方以倚公求如公者以代而未有屬也公之才不世出公之遭遇未有倫比公之功業文章利賴傾注在天下然則公之神明彼蒼佑之　天子倚之蒼生祝之澍等樂以天下之稱願於公者而私致之也乃敬爲之序

叔舅朱澤區六十壽序

歐陽泳

凡物之生皆足於用而必藉人以成人亦或藉以名故古來技能之士往往殫智巧疲精力憔悴專一計較豪釐分刌以名天下而又必老其識豐其遇優游以俟之然後爲之勤且繼以極於至精故凡業之成就恆與福命相倚叔舅澤翁先生少得外祖華訓公歡長隨伯兄秀章公學善騎射通武略中年補國子生性伉爽有巧思環村皆山山故樹茶多節目斑駁拳曲晨夕睨視因其肎綮神似劖刻爲禽魚花卉山川人物率逼眞俗燈節各出百戲博里巷歡則肖獅象龍鳳古今仙佛故事消息動盪目瞬耳傾手持足行如生年幾五十偶省泳母太孺人泳與游附郭諸舊家舊家故蒔盤花所在多有悅之過數家盡得其術歸治圃署其品陵澗谷絕險人迹罕到之處搜剔無遺踰月得數十本踰年且百本植之無不活屈曲中尺度且早蓄舊家者莫及焉護持等性命晨夕風雨對之俗客至禁弗與觀然與泳善及爲所心許卽奪其尤弗吝邇年植益多術益工移接布置更天然妙遠舊家者神其技皆願公一過爲第其優劣然非其人終不一至也迹其智能所極雖有天授然苟非子若孫克其家又烏能解牽繫優遊歲月窮日夜之力以底於成若此邪於是叔舅年六十有一矣神叔舅技者咸徵泳言爲壽泳不敏竊以爲菊花之隱者也叔舅則隱於花者也爲序而書之

韻梅閣詩序

胡堯戴

吾姊幼慧，堂上愛之甚，以體孱不令讀書。稍長，從女兄弟識字者鉤得之，遂旁通形聲文字之奧，然未能詩也。道光歲戊戌，家君官浙江，姊定省暇，偶爲詩，語天機清妙，長老見而奇之。夫古今來以閨秀稱者多富於才，然或嗇於德，未有若姊之才德兼者。姊事親善委曲承順，母孺人好操作，姊輒身先之，母憐其勞爲少休。母病肝易恚，他人侍疾或不酬母意，姊纖細不假婢媼手，若母稍不快，姊笑噱如小兒慱母歡，母輒莞然。憶在諸暨時，母病危，姊習聞刲肱療親事，忽偕小婢至別室，顧倉卒無利器，乃援劙刀，小婢自以右手引袂袒左肱，刀鋒頓急不得入肉，姊

怒婢怯弱，乃奪刀自劙之，肉片落，血涔涔然，小婢手顫口噤無人色，而姊自若，乃掇肉雜藥進，祕不使母聞。母病良已，後小婢洩之，乃得其詳。夫刲肱事，先儒以其毀肌膚傷中道，不甚與之，然爲人子者救親之誠迫於中，而苦莫得其方，幸有術焉可徼倖於萬一，自甘爲之不暇，何暇權義理之當否，而精誠之至，天亦感焉，猶謂非義理之正邪，必斷斷然持中庸之說議其後，亦傎甚矣。予因序姊詩而發其內行，益見姊之才之所自來非苟然也。

韻梅閣詩後序

胡堯戴

烏乎，姊死矣，何以詩爲？雖然，姊之詩，姊之心存焉，吾悲姊之心不能自解，而欲存姊詩以存姊之心，姊之心存，吾悲亦少解乎。然則姊詩所以存，與吾所以存姊詩，其皆出於不得已乎。吾幼侍堂上，愛好弄，塾師皆中表，亦縱之不加訶，姊顧時督教之。至十歲學詩，於聲律正變懵然未得要領，姊穎悟善入，有所得輒授之。及吾年稍長，詩亦稍工，奉侍之暇，與唱和甚懽也。憶甲辰冬，家君奉諱歸里，由杭州乘舳艫下大江，須臾光景忽變，噩浪騰涌，船掀簸江心，如游龍出沒，莫躡其蹤，時舟子號江神求救，家人亦反側不得安，嘔者仆者伏枕者，皆慘凜無人色，而吾獨

與姊意氣彌奮，急起賦詩，詩成又相與謌之，聲嗚嗚然與風浪相吞吐，固自謂一時快意事哉。庚戌秋，姊擷錄其未屬予序，未及爲而姊徂，今始取詩付梓，爲識數語於後。前序姊所喜，故不忍易，仍弁諸首。烏乎，吾今而復序姊詩也，悲夫。

止園尺牘序　　鍾顯震

尺牘之弊有二庸手苟簡應酬塞覑瑣屑奬頌失實塗澤爲能旣索索無眞氣才士矯之又率多纖仄其體詼諧諸語流於科諢而不自知是二者皆非也求其不佻不俗亦雅亦莊者什伯中罕得一二家止園山人因病得閒縱情林壑視富貴泊如然好古力學鶯花風月中往往手一編不置又嘗走燕趙吳越閒得山川風物之助故發而爲文緜麗蒼涼言有物而力足達其所見著有自警編止園文集止園詩草性脫略不樂與要人接而當世知名士願與之游文酒無虛日簡札往來獲其片紙莫不舂而珍之如漢人之於陳孟公也山人顧謂此文章緒餘視

爲廢紙其壻易梧蓀請梓而行於世彙次得六卷問序於余余惟此六卷者狀四時難狀之景發胸中隱奧之情序轇轕淩雜難序之事而一出以不佻不俗亦雅亦莊之筆辭旨氣格駸駸入古人堂奧一時才士猶或難之庸手無論已抑又聞之文之無關義要者雖工弗貴山人發潛闡幽規親諷友短箋長啟其言多裨益乎世道人心讀者窺其一斑所獲已不尠也徒賞其無尺牘之弊已哉

梅隱詞序　　鍾顯震

文有韻曰詩詩餘曰詞以善詩者詞無弗工猶能文則必工詩也然體製各別古鮮兼長求兼長於古人吾得東坡焉文詩詞書畫皆足名家爲李杜韓柳歐陽所不及論者猶謂其詞如教坊雷大使舞雖極天下之工要非本色他人可知魏勺庭曰人積攻苦之力文與詩皆足窺作者堂奧詞則才情苟弗善雖學之而難工故古今擅場者不多見南昌萬君叔陶優於詩者也余旣題辭簡末歎服其絕工及讀其梅隱詞纏緜幽豔如綠窗季女喁喁愁歎情致一往而深足與詩相爲勝何叔陶之有兼長歟閒嘗論之詩備三體而婉而善入獨歸之風世常稱詩人

爲風人叔陶詩溫厚悱惻深得風人旨詩餘之工也固宜余不能詞詩幼所篤嗜荒棄久舊作皆隨手散佚妄意學古文而豪髮未始有得秋深擅冷握筆敘梅隱詞不覺背汗之霑衣也

者園尺牘序　周兕祥

聞之湯睡庵云。古未有以書相往來者。自子產寓書子西。以告范宣子而後。魯仲連遺書燕相以一矢射聊城。自是而書牘山盈不可勝載。然春秋文公時鄭子家嘗與趙宣子書昭公時叔向亦遺子產書。則以書傳者不自子產仲連。而有梁任彥升文章緣始。以爲始於漢太史令司馬遷報任少卿書尤謬矣。若牋。任昉云始自漢護軍班固說東平王牋。尺牘則欒李陳無功云。自漢文帝遺匈奴尺一牘起。然古皆以鴻鱗寄書不知何昉。按漢書匈奴留蘇武於海上牧羊十九年。漢使求之詭言武死常惠私敎使者謂單于。言天子射上林得雁足繫帛書。知武等在某澤中。單于驚謝。遣武等還。則稱雁書者常惠託言。非如九齡飛奴。士衡黃耳。眞可傳書也。至梁昭明文選詩。客從遠方來遺我雙鯉魚。呼童烹鯉魚中有尺素書。五臣及劉履注皆謂古人多於魚腹傳書。及讀楊升庵外集古樂府詩。尺素如殘雪結成雙鯉魚。要知心裏事看取腹中書。始知古人尺素緘爲鯉形而烹魚得書亦寓言耳。先兄調臣先生淡於情。凡於尊長朋輩類以書札通悃悰。黃心泉學博謂其情致纏綿。羅蘇溪太史謂惜別念舊之情流溢楮墨閒。良不誣也。惟性頗聰慧。屢擬王子安腹稾。輒索紙疾書便緘寄不自存稾。余閒錄得如干首投諸篋。今兄已下世五年矣。偶檢手迹。不忍擲。爲唾餘掇而存之。

是亦園詩草序　劉應祥

瓊仙女史族兄應貞茂才之女也。生穎慧。失恃後依其祖母。輒得祖母歡。茂才以唐詩課其子姪。瓊仙從旁竊記之朝夕雒誦。卽呵禁之不止也。長歸陳國子今望花癡。朝夕唱隨。其時舅姑方耄瓊仙恭執婦道。一切家政多出其手。故於吟詠之事雖甚好之。而未嘗數數爲之。久之無子。妾生子又殤。乃取舊時所記唐詩。與花癡摘句尋章用慰岑寂。其繼姑李氏亦知詩。往復切劘覃精研思。而所爲詩遂裒然成集矣。花癡痛其死出其稾以示。年來送春消夏卽物寫懷之作。緜芊清麗獨抒性靈。輒歎造物既授以才又促其年。不獲竟其業爲可惜也。時道光二十三年癸卯秋杪。

附瓊仙自序

余七歲失恃依先大母居。家君以唐詩課子姪。余從旁默記數十篇。女紅之暇徒愛其音節鏗鏘。而於格律則未有聞也。長歸花癡主人陳今望。家不中貲。而篤實醇謹頗爲鄉鄰推重。年逾四旬猶抱鄧攸之慼。遠小星卜。吉生男鍾瑞甫四歲而又殤。三人對坐一室蕭然。古云何事可爲消遣法。惟詩確是解愁方。追憶幼時所記唐詩歷歷在目。信口偶拈短章。花癡子以爲可。遂乃摺紙肆書抽黃媲白。經史諸子閒亦留意。頻年月下唱酬鐙前吟嘯。憂鬱之氣發爲詠歌。思欲正諸名流而吟詠非巾幗事念吾邑吳鄒諸夫人皆閨閣才生雖同時居不同地見聞孤陋絕少師承何敢出而問世而夫兄子解庵能甲與族子柳塘能璋見過偶談及此堅求訂彙義難演匿勉授敗簏出以相示遂於余與外子所種花處掇拾成帖題曰是亦園詩艸余惟藏諸妝匣時閱時改聊驗功候之淺深略識詩中之難易耳若謂付諸剞劂則候蟲之吟非所敢望編成因書顛末存諸卷首云時道光二十年庚子冬月劉瓊仙題於是亦園之左廂

送鄭小山出守登州序　陳源兗

國家仿虞廷考績之法每三載大計羣吏而黜陟之在內曰京察優等得授道府　今皇帝嗣位　命羣臣各舉所知章上以次　召對畢踰月山東巡撫以登州府不得人　上遂命刑部郎中鄭君敦謹往蒞其任登州故海邦也南有成山之固北有蓬萊沙門鼉磯之險沿絡萬里天下有事倚之為津要前明備倭稱巨鎮焉　聖清肇迹遼左統一區夏凡日月之所出入莫不候風修貢又時舉海運由溟渤以達直沽先是登州有陸路總兵之設其部將習海事者僅二人重洋闊遠聲勢常阻絕至是巡撫陳公請易為水師且更營制朝廷可其奏余

嘗謂太守之職在於明教化美風俗而孟子告齊宣王發政施仁必欲使行旅皆出其塗則海道有不虞抑亦司牧者所有事也鄭君自翰林改官刑部治爰書勤敏而斷又嘗奉使豫蜀餽遺數千於職事無私豪假其從兄芝泉守襄陽有惠政嘗為隄捍江水民思之立祠以祀　今皇帝將破格以待非常君首被榮遇且以重海隅之寄其所施必有大於襄陽者矣曩余官京師與君好邇來依密踰疇昔君顧先余出然余少時嘗夢登泰山盤道屈曲宛然在目將遂從君游乎未可知也君行矣書此以贈

五經地名今攷序

童廷燿

天之高也星辰之遠也璿璣玉衡之所測馮相保章之所詳極元會運世而日月之會次星辰之躔度雲漢之昭回以及紫微太微天市諸垣實以天官家書無不一仰觀而得地於天卑且邇矣九州之地域廣輪耳目易周也舟車可至也人力可通也歷代典籍傳記圖說稱名尤詳且悉乃詢其名或茫無以應豈高遠可測卑邇反難知與在天成象者古今有定名在地成形者古今無定稱也吾友飽子公階博於學雄於文工於詞賦秋風匹馬曾歷兗冀青徐及諸名勝慨然念通都大邑載在五經者箋釋不下數十百家而時代既遠遷徙無常往往所見異詞

所聞異詞所傳聞又異詞蓋嗜古之士憾焉於是舉所經歷詳加搜輯手訂五經地名今攷閱十餘寒暑而書成攷据精引證確如登泰岱羣山赴矣如觀滄海眾流匯矣昔之某州某國今之某省在焉昔之某郡某邑今之某府縣在焉循是而推又豈獨五經地名可攷而知也哉又豈獨千歲日至可坐而致也哉

使黔草序

楊季鸞

甲辰九月余秋闈報罷將回永州鄧湘皐丈走謂予曰鼎州山水清曠君所舊游予適講授朗江不可不窮其勝且鼎爲滇黔門戶往來之所必經今歲何子貞編修典黔試度此時必歸歸必訪余而君與子貞投分甚至曷往游山水友朋之樂將於是乎在余固繫念子貞聞言念愈切其時旋永舟已具遂改南而北挂帆數日至鼎州至則書院諸生相與扶掖行李埽東齋爲下榻湘丈蓋後至未幾而鄒叔績來流連數日然遲子貞久不至叔績有事他往余亦興盡思歸湘丈謂余此閒某山某寺不可不游卽日趣命駕蓋欲遲余行俄而慶太守遣人詣院報子

貞至湘丈大喜旣而子貞來話舊後出示使黔草且屬題記余與湘丈皆有詩會黃海華司馬移樽至院楊性農胡蒓石並在座與子貞同出使爲萬耦舲學士學士忘分速交譚讌竟日山水友朋之樂其信然歟使黔草別無副本余與湘丈讀未竟怱怱遂別後聞有刻本子貞曾郵以見寄爲他人所得祕不與今始得而卒讀之余觀其報稱之心一皇華之咨諏也得人之盛一旱麓之棫樸也陟屺興嗟眘令致歎於懷母憶弟之篇見之友朋燕會酬唱往來見伐木魚麗之情焉思深哉其有三百篇之遺意乎夫詩以道性情無性情卽無詩不待言也事父事君興觀羣怨一寓之於詩非學而能然乎故惟專於詩始可與言

詩抑惟不獨專於詩乃可與言詩也專於詩斯有得於詩之內矣不獨專於詩斯有餘於詩之外矣要皆性情爲之也學問爲之也是則子貞之詩一子貞之性情學問而已眞氣充溢而精華外著有不知其然而然者必一一舉似古人尋條而失幹豈知子貞者哉顧自與子貞朗江一別後凡七載今春旋里始相晤於永州余適主講濂溪書院爲余留十日徧覽泉陵諸勝繼相晤於道州余又爲子貞留數日晨夕坐東洲草堂望九疑山色於烟嵐杳靄中後相晤於潭州爲最久子貞寓季眉待石園園內竹木蕭森奇石羣立而余寓竹林精舍亦脩然有塵外致往還過從殆無虛日山水友朋之樂蓋未有如此會者而重陽

後邵中來信湘文竟不起子貞復將北行因今日之會溯曩日之游低徊鼎水如在目前存亡離合人事變遷又不禁感慨係之矣余取子貞詩加以墨圍歸示書院諸生中有見懷之作依韻奉和因序吾兩人蹤蹟如此至於性情學問充擴無窮又烏可不共勉哉咸豐辛亥十月朔

別彌高祝上人序

魏承柷

余生平方外交二人一陳觀我子一彌高祝上人與余齊年生而皆能於詩觀我之詩清徵淡遠如其爲人彌高磊落英多雕鐫造物生氣迴出猶憶二十年前余三人者登岣嶁絕頂終日聯吟興之所至前不知有古人彌高慨然曰宇內有名之山衡其五之一也爲峯七十有二莫尊貴於岣嶁岣嶁上當南極老人與北斗衡星平故山經云衡山一名岣嶁自祝融襲衡山之爵而岣嶁退休者幾三千年然猶幸禹碑憖遺嗜古之士得以據圖經復其故號昔吾先祖黃門君讀書此山有志表章而未之逮子他日盍別成岣嶁志爲山靈生色可乎余曰若然豈惟

山靈之幸亦吾輩不朽盛事也因相與卜築聚雲山房約春秋佳日偕同志吟詠其中凡茲山一泉一石一草一木皆將爬羅剔搜以發其精華使不鬱湮抑閼潦倒無聞以終古顧念人生歲月易得聚散無常會幾何時倏歷二紀今觀我永別且十餘年矣余亦南北奔馳迄無暇歲惟彌高以閒身處勝地宜若可慰山靈之望而又以磊落英多者徹其名於公卿間遂爲所敦迫出而總一郡僧綱事然則聚雲之約當何時踐乎雖然余兩人者今年甫逾四十苟倦飛知還後此之日月方長耳且又烏知夫山靈之不默誘其衷使不碌碌於風塵中邪故於將之官黔中之日書此別彌高示不寒前盟也

字藏序

成毅

近世士人多舉惜字之會以甎石爲屋空其中字之徹者斂而投之謂之字鑪或謂藏王生某旣與友人爲此屋而徵其説夫字始於結繩而科斗而古文而篆而隸而眞書行書草書爲用備矣上世之古文而載之者爲竹木之簡作之以刀與漆於時字甚難成而最可久後世易以縑帛又易以楮寫之以筆以石墨或鋟之木石而摹脫之字之爲用遂益便利至易成至易得亦至易徹人且視之不甚愛惜而或底於褻越汚穢其勢然矣君子於此惕然而懼豈無謂乎蓋自有字而人心之言語日用之耳目聰明皆有所寄故天地之閒苟無五穀則盡饑死天地

之閒苟無文字則人不將以盲死乎今人幸不盲而不知文字之貴是猶人幸不饑而遂賤視乎稻粱也況六書八體形聲所合往往尺寸之牘積數十字而吾人生平之所尊親而敬畏者姓氏名字雜見其中假令委而棄之而弗爲之收拾不幾侮其所甚尊而棄其所甚親邪是故君子不敢褻也語曰冠雖敝不以苴履爲其曾加於吾首耳雖偶人焉敝則瘞之而必不敢施以刀鋸知斯意也藏之爲其能已乎書此俾鐫諸屋之壁

武昌紀事序

江忠源

陳君炯齋困居危城身遭變亂事後撮舉始末勒爲此編其中論賊情狀不啻然犀照水物無遁形如及早扼要斷其接濟迎頭攔擊遏其凶鋒沿途設伏撓其氣勢寬宥脅從散其黨羽云云頗爲切中窾要與余近在武昌條陳事宜一疏多所符合非崎嶇戎馬留心兵事者無繇知也憶余曩隨烏帥勦賊粵西見公旦晝督戰指授諸將方略凡所舉動夜必秉燭一一書之歷時既久篇帙繁富余嘗手爲校訂諸朋好見之輒歎公臨事綽有餘裕用心縝密爲不可及是時賊初啟釁衆皆倚公爲長城謂邊圉烽燧可旦夕定無何公中礮殁後來踵事無復有如公

者賊遂罕所顧忌猖獗日甚流毒至今益腫決潰爛四出矣暇閱此卷感觸舊懷豈獨使我有西州之慟哉

贈左介夫序

黃星平

介夫長子八歲予兄事之其為人頗有奇氣性情與予略相近故交最篤少習制舉業共相切劘介夫既不售而予忝竊賢書介夫雖不我忌而視之若不屑也已予學為古文鄉居寡與商搉每豪脫輒袖質介夫介夫則指摘而塗乙之惟恐其不盡予或時與爭論甚至面發赬已各知其所屈而輸服焉乃大喜益介夫之業於是視予猶早也而介夫有所作亦必以示予予以介夫之所以待予者待之而兩人卒未嘗有所嫌忌且若甚相倚賴舍無他屬者固宜其交之篤也介夫少時縱橫跌宕不可一世邇來更歷世故稍自矜斂而遇同輩把臂談心披露肺肝

時或雜以諧謔令一座皆為傾倒其天性然也而其為文也亦然故予以緊鍊規介夫而介夫亦以不能豪縱少予也兩人之短長互見如此昨介夫過我談次歎曰惜哉老矣五十矣禿管一枝伴我半生此後尚望有進境邪予曰昔高常侍年五十始學為詩其後遂工君之學為文也不以此始詎以此止勉之行當與年俱進矣介夫笑而頷之予遂書此為贈

江上雲林閣藏書目錄序

舒燾

天下美好之物大力者皆可一日致之惟藏書之家雖勢力不能與之爭自宋元以來上而宮府下而卿士豪富之族無不捜羅載籍以為觀美間有不足補以鈔胥然不數傳而有蕩然殆盡者豈藏書之甚難哉亦以祖若父不甚愛惜之物後人視之漠然且其來也易欲其久存烏可得乎惟一二力學嗜古之士歷數十年之辛苦由斷簡零編而至於庋牀架屋丹黃粉墨手自編摩而子弟朝夕耳濡目染於其間親見吾先人之勤苦如是則有傳之屢世而不失者其所由來者漸也丁未春倪君少宗以其伯父迂存公雲林閣藏書目錄出示經史子集條目井

然問其書具在也閣濱大江日覽煙雲之勝其子姪皆能讀書心竊異之以不得一至其地為恨今年與少宗同客吳門迂存公之孫人仕亦來復出是書乞予弁首且曰吾祖自弱冠游歷以及薄宦所餘皆入於書晚年退休尤樂此不疲某不能有所增益以繼先人願勿失而已予嘉人仕克守先志不容以不文辭嗟夫世莫不知書之為貴至於遺後嗣則惟田宅貨利是務卽聞有達者又幷此而略之今迂存公歿且二十年而縹緗卷帙宛然如故吾知寂寞荒江之間必有誦遺書而蔚然興起者矣

綠猗軒書目序　舒燾

予家僻處楚西，先世無遺書。自吾父涖官江南購始稍備，然多坊閒習見本。十餘年東西遷播，鼠嚙魚蠹，幾無完者。予十歲後卒五經，始知取覽，稍爲補綴，一如舊觀。乙巳游京師，見藏書家多倘宋元明舊板，每一書出，不及問値，輒爲有力者攜去。予苟遇之，雖典衣不惜。居二年，得二百餘種。丁未出都，貲二騾車輦歸皖。是秋客吳中，吳多舊族，中落，輒先出售藏書。予於尋常本則擇其板之原者，於原板則擇其印之初者，於初印則擇其紙之長廣堅緻者，以備裒潰。積數月，又得數百種，明刊較多，國初次之，宋刊乃十不一二。以後遇舊書必購之，計歲所入不下數

十種。年來歷綠道途，非惟不能讀，欲次第而條理之，亦卒卒無暇。今秋由京師復來皖上，風雨累日，朋侶絕迹，乃取所得書汰其複而補其缺，稍排比之，合前其六萬餘卷，暇日手繕其目於左。嗟夫，購書不難，藏之爲難；藏之亦不難，讀之爲難。是書也，吾數年得之，吾能數年讀之哉？且夫侈其心以游於汗漫無涯之區，而卒不能一得者，此高才之失，而學者之通患也。而予以中人之資蹈之，宜其茫茫然益無所之也。然則書者固喪志之一端，予敢以自多乎哉？惟念搜羅之艱，而懼散佚之易，因爲述之如此，俾吾家子弟知專精者有得，而馳騖者無功，庶不效予之泛濫無歸也。

貽薄仲默序　舒燾

予自未冠即求友當世，多恢奇磊犖之士，與之議論古今，譏彈人物，見者輒以爲狂，予愈自喜。而繩趨矩步、外謹內飭者，多惜其放誕，不樂近，而予亦未嘗屈就之也。及閱歷世變，迭經摧挫，始悔昔見之膠執，急思得其人以爲益。蓋人非上聖，性情不能無所偏，術業不能無所駁，必同乎己者而始與之，將偏者益偏，駁者益駁，何由裁其過、捄其不及，而底厥中乎？因歎宋室諸賢以意見而致相水火者，皆未泯乎己之見者也。己酉予來京師，寓梅伯言先生宅，薄君仲默官主事，亦居於此，沈靜寡言，即之溫然以和，雖予之躁，移時不覺爲之消，而君亦知予非負氣不

可近。久之乃益親，居數月，予始知君非今之人也。君常有規於予者，欲言輒止，予固請之，乃曰：君才多而氣傲，非惟有病於人，兼恐有傷於德，宜少斂抑涵養之以出也。予聞而瞿然，思年來與世齟齬，常自求其端不可得，今君言不啻發其覆，甚矣君之有益於予也。憶予生二十四年矣，足蹟所至，所交賢士大夫不爲不多，自父師而外，其能得如君者幾人哉？而後知文章聲氣之交，所在皆有，若君之救其偏私，而以德行相勖，誠不多覯也。然則予雖以師事君可也，友云乎哉？顧予之性不樂拘束，雖心知其善，恐不能終行之，然苟得長與君處，知獲戾於世者蓋寡矣。今予試畢出都，君亦投牒吏部，將省親去，予又恨良友之聚

晤為難而自此以後聞盡言之日少也予嘗為詩贈君不能達意乃復為文以貽之且以誌予之獲交於君為深幸也

漆室吟詩序

孫鼎臣

道光之季年子壽在京師余時相從飲酒賦詩泛言天下之務是時　宣宗在位久法度具備務以安靜休養元元暎夷就撫之後益重用兵中外晏然僉謂無事子壽嘗深矉太息抱無窮之憂人皆迂之以是特文人之習云爾子壽久以文章名海內及解褐以主事候補刑部而年逾四十二親篤老刑名又非所樂年餘即謝歸居監利之螺山已而賊出廣西蹂躪東南洞庭京口之閒賊屢出沒購子壽甚急走山中乃免螺山去岳州僅一舍隔江彌望皆湖南山也方賊披猖時江湖騷然遠近雲擾予亦伏身窮谷與子壽絕不相聞居閒處獨念曩在京師

游讌時誠不意遽至此兩人之聚散離合益未敢知已今年入都過螺山訪子壽之居故無恙相見大喜遂留縱談劇飲至夜分酒閒出詩曰桼室唫者謂余此壬子以來感時述事之作也用兵之方略與夫政理之要皆見於是前人無此體也君於詩雄麗深博源出漢魏要歸於杜甫奄有明李夢陽何景明之長余最所愛慕及觀於是又非徒筆墨馳騁極文辭之能世以君為文人儇也以君之材內而與廟堂之謀議外而使從軍旅之事其所建樹必震耀當世君既磊落自重其遇晚而官又不高不得行其志乃遂絕意進取寂寞於荒江曠野之中狎麋鹿而侶魚蝦遭時多虞流離兵革然而忠愛悱惻之意須臾未嘗忘

身處荒遠不能自致獨時感激哀吟舒其堙鬱自比於魯漆室之女重可悲矣漢唐以來未有治平二百餘年民物康阜如本朝者戶孳而寖貧兵銷而寖弱民俗薄吏道媮而封疆由此多故雖盈虛消息理數之自然抑豈不關人事與天下之病當其責者不憂憂者不當其責子壽前日之憂既不幸而驗矣今之所憂亦徒垂之空文天下之患何時弭君之憂何時釋乎子壽之髮日白其殆將以是老也夫既別舟至天門書而寄之以爲序咸豐七年五月

盾墨自序　湯彝

嶺南自壬辰迄甲午三年中凡五用兵蓋始於平崗猺繼則征臺灣收海盜防越南邊境禦西蕃兵船徵發絡繹飛文橫草之餘輒疏其厓略而官司作文書羣吏抱牘進每一事必撿一舊籍以比麗之因仿其例每記一近事復進而證之於昔以具其本末迨本末具而得失顯焉吾以是知猺難起於宋熙崇閒之開邊拓地撤其捍蔽也吾以是知排猺頑梗必防之如猛獸撫之如嬰兒也吾以是知臺灣天險昔之亂以富而無教者多今之亂又以貧而無業者衆也雇商船匿官軍知爲捕盜之要策捐外洋守內洋知爲防海之勝算也兩存以弱其勢則自守嚴

而內附堅知制夷之計審玩則懲而貳則絕操縱自我知馭蕃之道得也書所謂鑒於成憲其罔有愆則舊籍之所繫亦云重矣然有時而輕之則以不用故夫事無窮而知無涯博其知以應其事亦惟取諸豫焉是故吏之籍猶國之兵可不用而不可不備則終欲輕之其可得邪方今嶽瀆海安四裔賓服文武重臣愼固封守儆誡不怠以宣布　朝廷德威使邊疆民庶永享太平可謂盛矣而羈旅顑頷之士贏糧道路隱括見聞猶於防邊制夷鰓鰓然引以爲慮豈言之有足重歟亦聊備之而不必期於用也因其事同文類爲若干卷皆行閒所作題曰盾墨云爾

詩草自序

湯彝

廣陵濤者余所蓄琴也制樸音淡見遺於世故余得而有之偶錄詩草以起自彈琴之作卽以名琴者名焉客有見而疑者對曰琴者眾樂之所祖而古之詩多可被之筦弦故陳詩觀民風而頒之樂官樂師辨乎聲詩北面而弦是琴也詩也固名異而實同也雖然尤有說今夫廣陵之濤噴薄日月轔轢山川天下之至奇者也然而贏縮有常不愆晷刻本二氣之自然以出之雖至奇若無奇今夫詩亦有然矣原於性情達其哀樂足以動鬼神變風俗亦天下之至奇者也然必性情和而後聲音諧被之筦弦和神感人本人心之自然以出之雖至奇若無奇且眾

樂同出於虛琴獨致靜而多感言乃心聲詩必主於溫柔敦厚是故以言教人者忿詞訶讓不如怡顏款語之油然善入也善爲詩者意欲斂詞欲婉韻欲遠節欲緩與琴殊無二致𡚁由疏越之響無取繁弦天成之句豈容力搆此昔之能言者所以擅古今妙天下猶濤之獨以廣陵稱也若夫揚瀇瀁之波鬭噍殺之韻昧自然之旨違性情之正羣逐流而莫返是爲詩教之大病也已嘻惟其然宜茲琴以樸淡見遺又何疑余以名琴者名詩也客退遂次其語於卷端

蠶桑譜序

黃誠

蠶桑之爲用大矣其爲利亦溥矣故樹桑與樹穀幷重謀衣與謀食功同洵爲政者厚生利用之不可緩者也余前游浙西見附郭數十里皆樹桑其土鬆厚其樹成林其葉光潤高與身等大不盈尺其種植之精經營之善他省弗及故繭絲之利甲於天下嗣游黔中見有所謂㮓繭者其蠶生於野而不飼於家其養蠶之樹或以㮓或以橡或以槲而不以桑其繭絲雖稍粗不及浙西之精且美然可爲閭閻生計則一也湘湖閒平陽地廣固以樹穀爲本而山多田少之區不知蠶桑者不可枚舉是地利有未盡生計有未周也烏乎可俞太守以所輯蠶桑譜見示

葢其任桂陽牧時所梓行者桂陽邊地山多於田民雖知勤督務稼穡而不知蠶桑此編言種桑養蠶之法至周且備欲其盡地利而廣生計者切矣今權守茁郡利者興之害者除之廢者舉之並欲以是編廣布各邑俾家喻戶曉得與農政偕修儻能實力奉行安在不可與浙西等處其收利用之效也哉

幼學口語序

黃誠

謹按前輩多有蒙求之編大約摘取經史中義理事實之精要者提綱挈領出以韻語便於童子誦讀類皆名儒先導之苦心也余舅氏鏡海唐公廉訪黔中時爲倡置義學並手撰此編授之首言德性之旨次言力學之實而終之以立志希爲聖賢反覆詳明體用畢貫蓋綜論語孟子大學中庸而約舉之先儒論學大旨備具於此顯曰幼學口語體本蒙求而於正學之外不泛及一字爲特異焉夫童子束髮入塾授以四書茫茫然不知所謂學爲何事得此編爲先導於以使之知所趨向則於四子之言皆能有以識其指歸相與印證將可逐漸引伸油然自得

於心口矣況由是而進之下學上達之功固有終身用之而不窮者又豈徒便於童子之誦讀耶板存黔中不易得爰重梓之易曰蒙以養正聖功也願以公諸世之爲賢父兄者

重刻大學日程序

徐鼒

大學日程者明太倉陳先生諱瑚字言夏號確菴之所著也夫進於小學而曰大學古之人特本其性之自然循乎理之當然而當然之理固無一不具於性分之內天下貌言視聽之官率以肅乂哲謀之則而其則實天之因物而賦君臣父子之倫立以仁敬孝慈之道而其道盡人之反己而求帝王之事業聖賢之學問不外體之於身心性命以措之於家國天下天下無異性卽無二道也然而人各有修齊治平之責不能各殫乎格致誠正之功聖與愚之分途賢不肖之異趨者豈不曰得失存乎所學而入門之始不可不急講乎先生爲是初讀之布帛菽粟

若非有微辭奧旨之可繹者然切而按之卽日用飲食之常寓耳提面命之旨令人滋衾影之慙湙毛骨之悚奮然有以興起其好善惡惡之心先生自序云大學者初學入德之門而此日程者又入大學之門不信然歟其有裨於後學豈淺鮮哉是書寒山汪氏集錄於先正遺規諸城李方赤先生以授子厚少尉子厚嘗置案頭以奉圭臬因付剞劂氏冀廣其傳噫先生經濟博通於河渠漕運農田水利兵法陣圖無不研貫王鳳喈光祿會爲之傳錄於耕養齋文集頗能詳其本末惜生當明季挾策陳書不能見用於當事其著述甚多今皆不傳此吉光片羽也先生之澡身浴德卓然已造乎正大光明之域猶恍惚見之於

簡牘中而子厚之日手是編非惟服膺之又重梓之其志節自厲克勤於入德之門吾知其必有獲也時道光二十七年丁未冬至之前三日序於嶺南臬署之東軒

岳忠武文鈔序

唐祖价

岳忠武集一卷見四庫全書目錄余求之三四年不獲也庚子夏迺與王子佩蒐忠武詩文彙鈔之各藏一本名曰岳忠武文鈔夫忠武將略頗類淮陰精誠後先諸葛直與宋祚相關徒沾沾文字閒豈所以觀忠武與然亦可傳也已顧余嘗怪紛紜之論或曰忠武之班師未知權變將在外君命有所不受苟利社稷專焉可矣或曰宜解兵以退杜門不出絕口不言世事則檜可以釋之或曰昧於進退之故噫是豈通論哉不受命者細柳之校尉所謂軍中聞將軍令不聞天子詔是也非天子召將還也召之還蓋所以奪之奪之而不受命是懷恩之流也叛也叛以征叛誰實與之而謂利社稷必不能矣若謂解兵柄則當班師至鄂力請而不許矣謂絕口不談世事是欲忠武為韓世忠也幸而忠武死後人不盡世忠猶至誓表稱臣偏安而已使當日人人世忠宋室山河落誰之手故必如大夫蠡留侯良功業既成乃可奉身以退耳國難未靖但私其一身一家可乎謂昧於進退抑又非也忠武既抱絕人之智勇豈不冀君心悔悟思雪二聖之恥復下平金之詔已亦傚郭令公不顧魚李忌譖而埽靖中原殄滅讎敵何忍因檜俊而遽韜置朝廷乎且夫上皇出金人入變亂之極而旦夕之勢也排和議主征戰艱難之秋而存亡之判也觀於斥檜之言曰君臣大倫根於天性大臣而

忍面欺其主耶此其不畏彊禦非趨利避害而偷以全軀也至於還自鄧城而救濠州而拜副樞密而與張俊如楚州閱兵則恢復自任之初心尤大彰明較著已巳而三字獄成上意也忠武得正以死春秋之義也夫何議與忠武之詩少於文故先文而後詩詩餘又後之然未能無遺漏者午夜焚香整襟莊誦爲之肅然改容因具論所見者以質之王子

九日倡和詩敘

稍　璘

咸豐元季九月九日無錫嵇君檝生召飲於古羅城吳氏之大觀樓與於會者郭君仁先其從兄浚海季弟志城顏君半山蔡君菽民與余而七酒罷嵇君誦白香山一季季覺惱重陽句謂其流連景光慨歎身世一篇大旨檃括七字中古今人重九詩意之感傷殆無逾此矣余因議以律詩續白句仿謝無逸廣潘邠老滿城風雨近重陽之例仁先則謂白句七字今會者七人盍各拈一韻以志斯會之盛旣而仁先詩先成七韻各繫一詩仍賦二首以踵前議綜計之爲數九自是六人者咸繼賡其間多寡損益不一無不出其蓺以相質焉夫詩之道難言矣昌黎

韓愈氏有云懽愉之辭難工愁苦之言易好又云文章之伾悏發於羈旅艸野今諸君子皆伏閑隱陜而余方以濩落假館是邦不能謂之不窮苦卽其言之工拙未暇以詳而所爲抽思騁辭一吐其抑鬱無聊不平之氣者孰非遭遇之屯蹇志意之讟索有以摩盪而激發之也則信乎韓子之言有徵與方是時粵西山寇橫甚湘以南戒嚴　天子有詩趣諸大帥討賊而湘陰賓水陸衝要軍書絡繹如環緪於是卷中詩多觸目及之覽者將有以見一時感慨所系而不徒佳節登臨從容文酒之樂矣

序二十七

說文諧聲譜例言

鄒漢勳

許氏愼曰倉頡之初作書蓋依類象形故謂之文其後形聲相益卽謂之字字者言孳乳而浸多也勳謂許氏斯言文與字異故其名書曰說文解字字卽諧聲會意者文卽指事象形者是書以指事象形會意之文字領諧聲之字其無諧聲者亦得爲部首雜廁其閒故雖名曰諧聲譜實具六書之文字　是書本爲古音而作勢不得從唐韻分類古音自鄭氏庠分六部顧氏

炎武分十部江氏永分十三部戴氏震分十六部入聲顧氏分四部江氏分八部戴氏分九部勳竊以己意分五部每部三類凡十五類入聲分十類其五類無入去聲祭泰等音從入凡無入者非果無入以其字可展轉流變因亾之耳十五類曰宮上宮中宮下商上商中商下角上角中角下徵上徵中徵下羽上羽中羽下文字各從其類以爲部首　分文歸類悉從詩三百篇之音協故每篇之首冠以詩協音表又類之爲目錄三百篇不足者雜取易繇老子楚詞羣經及漢詩賦協音爲一徵羣經訓故及漢訓故爲一徵如晉進離麗坎陷富幅福備鬼歸鏡景男任南任之類皆以同音訓故謰語爲一徵如窈窕綢繆之類皆疊韻直音爲一徵如高誘呂覽鴻列注中音及說文解字本音鄭元禮注趙岐孟子注中音通借爲一徵如尿㲻經史借溺砅經史借厲之類又說文解字重文轉從它文得聲亦是五徵不足則從唐韻之音歸之於其類　談古音者有三途陸氏德明曰古人韻緩不煩改字此一途也吳氏棫韻補隨音改協又一途也陳氏第毛詩古音考謂古人之音與今異凡今所稱協韻皆古人之本音又一途也勳謂陳氏之說顧江戴諸君迭相祖奉確不可移然詩中亦閒有一字兩協者則吳氏之說時有可用至韻緩之說罕有知者勳謂詩人用韻亦切惟章首如抑三章今協政章尾采唐每章末三句皆中宮協上閒句如白駒

三章駒矦游賓莚二章樂爵仇是巳始用緩韻亦必宮協宮商協商不越限以去入頌亦用緩韻由斯以言則三途皆不可廢要以陳氏爲正爾是書本詩協音以分類其諧聲同而分協二類者如聿從一得聲而律協弗卒爲徵類寽從一得聲而捋協掇爲角類之類則兩類分載而互注其下如聿部載一部又見角下寽部寽部亦同之類其一部有一二字闌出者如字從今者今矜芩琴金欽錦皆在商類獨矜一字在角部之類則從其本部而於別類亦載之如矜亦載於角類下注曰詳商類今部其一字兩協者如母皆韻徵上而蝃蝀又韻雨之類亦如闌出之例凡斯三者皆流轉之音也其詩協所無之部則不具　取

字則說文解字之外雖徐氏鉉新附字亦擯置之惟所增十九文則取之以本說文解字序注中文也 說文未言諧聲而考其聲類大同者卽備之如俎說文不言且聲之類說文言諧聲而其聲類大異者卽雜之如農不宜從囟聲之類而各附其所以雜備之說 音切悉本徐氏鉉觀徐氏所上表又本孫氏愐也所以本之者非以其音合於古以是書本說文而徐氏附說文也其有戾於諧聲者如辥從𡴁得聲徐氏音莫交反駔從且得聲徐氏音子朗反之類悉取唐以前之音切正之如辥取郭氏璞山海經傳顏氏師古漢書注之音駔取曹氏憲廣雅音之類而亦存其原音如無可正者亦擿其謬以俟博識如疃字之類

廣韻表序

鄒漢勳

音學不傳久矣晉李登作聲類宮商角徵羽各爲一篇予暇日采詩易楚詞漢賦之音分別爲十五部每三部爲一類以合李登之旨廣韻以等分韻有內外四等爲八等予綜校諸韻以反切下一字定其界限而二百六韻之等可知沈約作四聲以宮商爲平聲是本有五聲也後人不悟謂秖四聲誤矣勝代方以智謂陰平爲空聲陽平爲堂聲理雖當而名創若欲從省謂爲陰陽上去入可也三十六母本神珙守溫所作戴震考其人在元和以後其字母穜複邵雍取二十五方以智取二十戴震亦取二十予以廣韻校之取二十二具茲四變而韻之道於是乎備近世言音韻者歧而爲三一曰古音二曰唐韻三曰等韻夫稽其理則一尋其迹則三等韻之攝卽古音之聲類也等韻之字母卽唐韻之字紐也等韻之開闔齊撮卽唐韻之八等也唐韻之八等卽古人之內言外言也唐韻之字紐卽古人之雙聲亦卽未然之反語也唐韻之四聲卽古人之長言短言也此其理之一而同也若字隨時而異讀音與世而俱亾此其迹之三而異也嘫十六攝不如五類之該開闔齊撮不如八等之詳四聲不如五聲之明三十六母不如字紐之當則今人不及古人也

防海輯要序 代

鄒漢勳

吝因在中國之極西北自吝因繞俄羅斯而東其海皆爲北海水海也自吝因而南其海皆曰大西洋西海也黃旗荷蘭佛蘭皆近吝因英吉利之爲國又在四國之西西海之中凡爲島三舊無所謂英吉利殆卽英圭黎譯語異耳自廈門出洋往英吉利初用未針後轉乾戌大凡水程八百八十更歷崑崙茶盤萬古屢山噶喇吧始至其國凡西北諸番中國悉呼之爲紅毛英吉利亦紅毛也紅毛之爲人高準碧眸身長大薙鬚髮披赭毛戴青氈笠短衣束韈皮屨于諸夷中最爲狡悍好巧思能製精善火礮閒有究勘天象筭法坤輿道里者然其言多夸誕不可

盡信也曩時役屬于荷蘭後漸與黃旗荷蘭小西洋諸國爭戰皆爲所敗恃其兵力権諸小夷市舶掠烏鬼爲奴遂雄長于諸夷而舊柔佛沙羅俄之新埠徹裏耕明雅鎛曼打拉沙阿英假打拉者望買蘇拉莽姑盧俺門散低里皆爲所役屬國益以富強矣其所役屬之國多在南海中近閩廣廈門澳門之西南皆置戍有夷目管領多以細厠阿片誘內地無賴奸民潛蓄窺伺之意殆非一日自其本國至廈門無慮五萬二千餘里皆浮大海以往來故其人習于舟居水戰不惜厚貲爲戰舶火輪船一船費數十萬緡可載數百人船材以堅木而外傅吧嗎油厚寸許有八面桅隨風轉桅故無逆風之患兩旁載礮十餘具礮以銅爲之各有機輪可轉運又有辨方視遠之器遠準不差故常能中的然畏潑與火曩時仁夷有觸禁梗法者溯鬱水至番禺城下大吏以船載石欲沈而塞其出路且將縱火焉始畏伏故自來破紅夷者未有不用火與潑者也然與之乘巨舶浮游大海洋面彼畏火吾亦畏火吾少弱而不能制彼之火且施于我矣而巨洋之中亦無所施其潑故火與潑惟用之于入海口岸廣川之時則可以制彼之死命而巨洋或有不能也往時粵中大吏用火潑之術以制彼可謂當矣而去歲逆夷之舶復至番禺是其授死之日也曩時之故智無一人論及者曾幾何時而遂忘之邪然北鄉義勇僅數百人耳出死力以犇擊馘其巨目

而渠魁幾就擒是則內地之民未爲怯逆英之兵未爲勇抑又可以驗其易破矣乃于逆夷坐死之日而我方且上損 國家之威下屈義勇之氣與彼小夷議通商彼蓄謀已久豈僅欲通商者邪不過藉此以脫其死耳而我適墮其計中何彼之智而我之不智若此也通商議成不旋踵卽犯廈門陷定海鎭海而踞甯波通商之議竟安在哉夫彼逆夷之來船不過數十其眾不過一萬又皆習水而不能陸戰能陸戰者不過一二千而遠涉五萬里之重洋載糧糒火藥馳騁于粵于閩于浙又復歷三四年之久視明之倭寇爲尤劇是固承平日久戰守之略疏毋亦海禁弛奸網繁以內地之米磺私易其網厠阿片者多與又

或無業愁苦之民。失職無恥之士。不知順逆有爲其所用者與。不然何以能若斯也。然我失守之城。或孤懸海外。或迫近海岸。雖宿重兵置守將而適以展彼巨舶銅礮之長。故我之大吏大將皆爲所殲。而人情震懾是又何足懼邪。夫開洋戰鬬所爭者在船與礮。沿海置守所爭者又僅在礮矣。堅壁清野誘之深入。則船礮之利皆失。以一兵五勇殺一夷卒我尚有餘力也。嚴米礦之禁。賞罰無失。于沿海之士民。孰肯甘爲漢奸。以從遠來之逆夷是又翦其羽翼。不戰而勝之術也。內地之舟閩大于粵。粵大于浙。然皆遠遜于夷船。開洋戰鬬不敵之勢懸殊。挂網張革。亦僅避礮而已。豈能制勝。是則不可與之鬬巨舶也。何若竟用

小舟多槳便捷。礮不及擊而已迫近其身。雖未可仰攻。而乘機縱火必能以小破大。或募敢死士。輕舠夜襲。火具交攻。勝之故足以策奇功。即或無害于彼。而彼亦終夕不安。不敢晏然于近岸矣。此亦巨洋中用火之術也。夫沿海置守所爭誠在于礮。或曰彼以銅鑄礮體薄中寬。受藥多。故能致遠。又質輕易以轉移。故能常勝。夫能致遠者在于受藥多。受藥多在于中寬。非在于銅也。彼海島中產銅多而產鐵少。故用銅耳。我誠能鍊鑄純鐵爲大礮。使中寬受藥。更多于彼之銅礮。又何不能致遠邪。我居岸上。又何不可爲機輪轉運。以指彼之船邪。況銅質凝柔。鐵性堅剛。銅久用則軟。鐵愈用愈堅。是又銅不勝于鐵也。或又謂其火藥特良。亦惟杵製如法。得其專力前攻之益。無橫炸退後之患已耳。是皆在人之以實力精心與之鬬巧。而非彼果獨擅其長。而我不得分也。或彼船既堅。我礮不利。即中其身未能必損。又不若用噴藥瓜以代子。輕可致遠。中則粘以焚之。亦火攻之一術也。或謂夷船傅吧嗎油若漆。礮擊不能損。此不然也。凡物之堅者無不畏礮。而柔者不畏也。凡物之澀者無不畏礮。而滑者不畏。然柔者眞不畏礮。而滑者終畏礮。使吧嗎若脂膏若生漆若塗泥。則以柔而禦礮。乃柔者必沾溼置之水即解。必不然也。使吧嗎油若內地之油與漆。亦必乾而後可入水。則非以柔勝而以滑勝也。內地之油漆不畏礮邪。此亦狡虜之虛傳。以紿

我內地者也。彼工以人之不見聞爲詭語以欺我人民。而將吏妄聽。或先志懾則氣衰。氣衰則不戰而先敗。是又不可不辨也。若彼棄水而陸戰。則不能載巨礮以隨。且日處舟中。陸行脛軟。又昧于路徑。我兵果能奮勇赴敵。出奇制勝。其必克更不待卜而知矣。至于漢奸與合易于閒離。夷情多疑不難入彀。或名以動之利以誘之。誠能以毒攻毒。奏功尤速。徐海之相併。即其已事也。征兵遠赴水陸未宜。且畏礮倉皇易于潰散。又不若近募義勇。志合情聯之爲得也。惟兵與勇未可兼用。蓋兵恃名糧以輕勇。而勇見怯敵以輕兵。故未收相助之功。或致相仇之患。是又在當事者之體貼調度耳。由今日之事言之。英夷之害似勝

于倭矣·然實有不及倭者·倭能登陸且掠且前·而英夷不能也·蓋倭國近内洋·閩浙之舟皆可濟·故能進退可自如·而英夷遠處西洋·非彼之舶不能得歸·未敢跬步暫離·恐焚其舟也·如蛽蛣之蝌·是又不足深爲患耳·某少長東粤·夙有見聞·今兹逆夷擾攘東南·據城掠地·凡有血氣·能毋憤乎·顧未能荷戈以從甲士之後·因就嚴樂園先生洋防之書·擇其攻守之適于今者·更增輯之·曰防海輯要·俾談兵海上者·庶幾佐其指掌云爾·

送方子白序

鄒漢勳

勳處於貧水之隈·受先人詩書之業·更涉文史·貧而且賤·鄉閭之士·厭詩書之可以貧賤人也·非毀詬厲痛以爲戒·不齒於倫類·幸一二先生長者愛而護之·且謬譽之·于是武昌有方子白者·過聽先生長者之言·謂勳頗有斆涉·不慕榮利·而過信之·又或謂勳樊冠垢服·亦過信焉·而相放效之·吁·勳直貧而無帛·不能製冠而冠其樊者耳·勳直貧而無常具·薪水不克澣濯煩擱·而衣其垢者耳·勳直日與田夫野老相對·而無須乎黼黻文繡·而安其樊冠垢服者耳·謂勳必樊冠而屏其花·必垢服而屏其麗·勳又何暇而爲此·而子白遂相放效·噫·子白過矣·抑子白何

慕勳至如是哉·雖然·勳初特聞子白此事·而未見子白其人也·謂天下未必遂有愛勳如是其甚者·及勳之至於新康也·子白見勳稍後·則自怨·見勳文稍後·則又自怨·嗚乎·子白果何見而重愛勳若是哉·勳感子白·且有愧於子白矣·居無幾·子白又將别勳而去·欲得勳言以爲重·烏乎·勳上不能及　聖明之世·自致於高爵崇祿·以建立於天下·使後世之言我　朝名臣盛悳者·必首舉其人·其次不能闡揚先聖之絶業·發其微·表其奥·絶俗儒拘牽淺陋·而自造於深明暢達·如古所云立言者也·冣下又不能恂恂重厚·守膚淺之見·作波靡之人·斆務其博而不求其精·識隨於俗而不求其當·取容於天下·使天下共稱爲碩

士徒日與傖荒爲等伍勳且不能自重於天下孑白又安能因勳以爲重哉抑又有言孑白不能自表著於天下後世使後世之人檢國史中無孑白之姓名傳記中無孑白之名姓下及稗官方志亦皆無孑白之姓名勳卽能自重於天下後世後世之人必以單詞片證不敢遽信勳之言方且謂勳之言不過爲一時好事交游強勉應酬之作耳不然何以此人屢見於勳之言而諸人皆不言也孑白其無徒恃勳之言以爲重哉然以孑白天姿之敏春秋之富而又能知流俗之非以思自振於一時其必不闒茸於山椒水澨汨沒於宦游名利可知矣則孑白之自振也易而勳以庸瑣求自重於天下後世其亦難矣雖然願與孑白同勉之

月塘詩存序

周湘黼

月塘詩存者楊昭節年三十後作也昭節清才超越年二十掄於鄉梓其詩曰月塘樵唱有爲誦其詩者昭節尙嗛嗛也又七年成進士爲趙城令善政洽於民且躬親教育時與邑人士論明經術示風厲文學蒸蒸焉餘事作詩情之所至輒於懷人感物詠古紀游中一寓之得蘇李之高妙兼陶阮之沖澹其雅雋近放翁其豪邁近太白而其沈鬱悲壯之氣則又近少陵蓋其音節較樵唱已進於古道光己丑余試禮部畢詣趙城得竟其詩讀之昭節亦自謂詩無盡境輒歎少年所作之未足傳也復悉心研慮以求工於是趙城之士莫不愛其詩見則手錄成帙

於是昭節之詩不傳於家而傳於晉洎乙未昭節殉難於官存其詩者至於精金純璧光澤不可磨滅邑張孝廉名樹人者率同輩爲梓而行之郵寄於楚嗣君澤萬謁余序之余謂人之於詩有終身爲之而不暇外慕者欲其傳於後也故有因其詩以傳其人亦有因其人以傳其詩人之果遂以詩傳與詩之果遂以人傳皆未可知以昭節堅忠抗節其不朽於千百世後者不必於詩而卽詩之激昂慷慨一意孤行亦以見昭節之志甚大而其識過人遠矣彼邑人士涵濡於昭節之教澤者深而痛於昭節之所以死因以不死其人者不死其詩於虖是足尙矣因不禁感歎欷歔而爲之序

孝經注疏序

黃鶴

夫孝廣矣大矣親在之時以先意承志爲懽親沒之後以繼志述事爲善自孩提以至老耄終其身而後已焉甯邑唐生方樫能以孝終其身幷能以孝世其家者也其先君子志悠公之事親也菽水承歡不以家貧而歛其養母病肢體卷曲志悠入母臥寢朝夕侍側歷十二年如一日此尤人所難能者居恆常訓諸子云未葬讀喪禮既葬讀祭禮總不如平居讀孝經生親見其父所行如彼所言如此於是采集孝典四卷刊以勸世方明府梅丞製序嘉之而其心猶以爲未足也復卽孝經十八章沈潛其義參考折衷其疏解詳明引證精確固有目所共見至文章之照應脈絡之貫通亦無不瞭如指掌焉孔子曰吾志在春秋行在孝經春秋嚴弒父之誅而孝經則詳言事父之道是聖人雖刪訂六經而孝者尤其精神所專注也今生於是經通其全旨守以終身不惟繼先人之志於弗替抑且廣先聖之心於無窮可不謂務本者與生久困名場常以不獲顯揚爲憾然不以祿養而以善養以視世之濫叨科第妄騁才華者相去何啻天淵也昔劉盛敏不好讀書惟讀孝經論語曰誦此能行足矣何用多誦而不行乎吾以其言爲至當今生能誦能行其亦有盛敏之風也夫

重刻屺思堂集序

鄧瑤

國初楚之以詩古文辭負一時盛名者首推黃岡杜先生茶村茶村絕意仕進寓居江南雞鳴山屛謝交游甘心窮餓以死海內士大夫識與不識重其文章志節皆稱曰茶村先生時同縣劉稚川先生亦以文名海內海內所稱爲劉黃岡者也先生以順治六年己丑成進士　廷對擢第一授　國史院修撰請乞歸踰年疾卒先生喜撰著其覃心竭力爲之者尤在制舉之文卒後門人陸君鳴時梓以行閱數十年哲嗣孫茂重刻之而以古文及古近體詩合刊體制非古識者病之頃黃岡令俞君鴻甫書至告以近刊先生集將竣屬爲序茲刻以古文詩爲一集別錄時蓺爲一集體制方雅較勝原刻先生制舉文卓然爲本朝大家海內久有定論矣古作以雄直之氣發爲文章其事理之通達議論之疏鬯筆力之老健近昌黎及廬陵南豐諸家詩非先生專習原刻兼存一時酬應之什宜從刪汰俞君仍之意以爲去取姑聽諸後世云方先生之伏處窮鄉也里中有文昌閣終歲閉處其中博綜六經左氏公穀史漢與唐宋大家之文旁及諸子百家無不縱覽時時招致里中俊髦上下議論每有論撰諸人皆咋舌卻步自以爲弗及而尤用力於省身之學旦晝所爲夜必焚香以告盇隱然以理學名儒自勵匪第求勝於語言文字之間者迨對策　大廷洋洋萬餘言所陳皆軍國

大計而於修齊治平之道尤反復詳明言之策既上所言次第舉行如　御經筵講讀設滿漢學教習併屯蘦諸大政皆策中所條奏也嗚乎先生抱負非常遭遇　聖世當定鼎之初能以聖賢治平之道侃侃陳說皆得見諸施行用佐成　國家億萬年有道之基然則先生之出與杜先生之隱固各行其道議者烏得有所軒輊鄉令天假以年登第勛業爛然其著作必駸駸乎日進無已惜乎年逾四十遽爾夭逝後之讀其文者則又烏能不掩卷三歎傷悼於不容已邪先生天性孝友太夫人棄養最早言及淚隨其以祀思名堂者志永慟也諸父伯兄早卒撫弟姪輩五六人迄於成立婚娶如禮雖亂離弗稍苟嗚乎

先生於本原之地敦篤如是其爲文也固宜眞氣洋溢實有不可磨滅之道歟余不敏無以序先生且有金會公及張石虹諸君子原序在亦無庸贅獨於先生平生本末詳言之著於篇以復俞君俾刻諸簡末

從兄病終都門紀略序　鄧瑤

道光丁酉余與從弟仲權同舉拔萃科明年春赴都廷試叔父以仲權善病余亦非健者命孟華兄偕行試後仲權與所親南旋余與兄肄業大學兩人居京師二載艱苦與共性命相依羈旅窮愁之苦庶幾相與共忘之矣兄固強健今年秋偶患時疫日益劇醫藥罔效遂以不起實爲己亥之重九日也嗚乎天下難得者兄弟余從父晜弟六人今遂弱一个矣多病者固無恙而無病者遽溘然長往邪且夙非彊健者猶孑然支撐人海困頓於窮戹顚蹈侘傺鬱塞之境而幸保其生而諸兄弟中之體最强氣最勇者乃竟以一病遂隕邪禮爲從父晜弟服大功余

兄弟幼時家君與叔父嘗引方氏苞示兄子書異日諸子其服之相爲宜從期之語爲勖小子謹識之不敢忘不意今日遽執吾兄之喪也其哀痛豈尋常大功兄弟可同日語哉矧兄之來都余與仲權實牽率以至於此俾作異鄉之鬼也慟哉既卒之十日瑤謹奉旅櫬由潞河旋里一棺獨對痛定思痛已念兄捐館數千里外疾亟顚末叔父母及寡嫂無由詳知侍疾者咎也因於舟次散志其病之緣起卒之日月與病時之醫藥飲食殁後之衣衾紟絞記載成冊寄陳叔父母冀稍紓苦痛且將俟其孤之成而謹付焉其孤長者八齡幼者才四齡耳異日泣覽斯冊庶幾兄弟交勖明發不寐勉爲鄧氏肖子是又余今日含淚

濡豪鄭重詳書之至意也至旅櫬言旋賻之行者為道州何仙槎尚書丈淩漢長白子明孝廉長啟而助余部署身後諸事者長沙陳堯農水部本欽會稽宗滌樓舍人績辰道州何子敬孝廉紹祺武陵胡光伯孝廉焯湘鄉黃正齋儀部楷盛長沙周韓城玉麒邵陽黃柳潭達道武岡張南階經贊諸拔貢及同縣王麓屏銓部家勳曾鐵峯上舍毓春陳子卓明經能超晏巨藩參軍貽翼羅碧川主簿世瑤諸君子也附志於此用示諸孤有僕李二者景州人事兄病甚勤嗚乎死者長已矣其亦念人閒有白髮衰親黃口弱息乎且幷念天涯萬里有斷行之孤雁急難之脊令悲鳴迫切不能成聲乎悲夫道光十九年九月二十四

日舟次天津西沽從弟瑤謹記

潞河紀程自序

鄧瑤

道光十有九年己亥秋孟華兄以病終於都門余時子身旅舍肝腸寸折幸賴同郡大學諸生及京朝官之雅故者奔捄治喪含殮如禮顧以歸櫬無貲擬暫寄厝僧舍俟來秋乃扶匶歸里計已定矣會道州何仙槎尚書丈從京兆試院出急促余歸幷資其行同年生長白他塔喇孝廉長啟亦厚賻之於是遂得買舸挂帆謹護兄櫬從潞河歸由燕而魯而吳以達於楚之資江地名小洋者而止凡歷程五千餘里為期百有二十日舟中無事迺將經過郡縣建置沿革道里山川與夫景物風土隨時筆記彙成一帙途次偶遇一人或偶受一惠亦紀冊中俾異時重

加繙閱庶幾今日脊令之慟行旅之艱與師友故舊悃款恤愛之厚觸目追思永矢勿諼至於文辭未免繁蕪記載亦虞抨盭舟次草草未暇滾求斷雁悲鳴要亦不能成聲也時霜月滿而蛩聲酸楚握管書此不知涕淚之橫貫矣

送江岷樵同年歸新甯序

鄧瑤

道光乙巳夏吾友江岷樵同年送其師鄧君鐵松喪歸湘鄉已從湘鄉過邵訪余叔父濂溪講院信宿卽歸新甯省親瑤乃再拜敬送而復申之以辭曰方今友道不講久矣平日申盟涖誓肝膽披露貞若可以患難與共死生相託及有故背棄不復顧如秦越人之相視者比比朋友之倫旣喪推之父子兄弟之閒皆可從薄又推之君臣之義望其忠貞靡懈能以身許國臨大節而不可奪者吾益未之敢信嗚乎薄之至矣江君篤於友朋之誼如此其入而能孝於父母友於兄弟出而能忠於吾君不可信其能必然乎始鄧君主講新甯書院岷樵從之游鄧

君察其志意獨異之其後鄧君應禮部試居都岷樵亦留京師已鄧君病岷樵侍疾至謹而其友關中鄒孝廉興愚亦卧病京邸岷樵往來治湯藥日夜無暇晷鄒君尋死鄧君病益篤思歸岷樵乃以一車載鄒君喪屬其同宗溥霖送歸陝而自護其師返楚行八日鄧君死輿中僕言不宜以尸入旅舍恐主人有違言岷樵叱之曰曠野烏可殮急驅之入主人卽亦無如何乃從容市櫬殮畢復載之行備歷艱險始至漢舍陸登舟以達連道之濱而歸於其家經四千里之程積六十日之久斧資匱乏僕夫瘏瘁而君無絲毫德色可云難矣兩漢獨行之士其於師友之喪用意獨至往往不憚數千里躬送之歸蓋其時風氣渟厚道義充衍故士君子皆知以學行相淬厲死生患難之際尤不忍恝然相置捄之惟恐弗力而其時史臣之採至行者於此特詳著之於篇以風示後世顧此道不講久矣江君其有古之遺風乎雖然猶有說後漢濟北戴封詣太學師事東海申君申君卒送喪至東海道當經其家父母豫爲娶妻封暫過拜親不宿而去還京師卒業瑤嘗讀其傳而疑之以謂薄父母之恩虧夫婦之禮雖勤學竊未之取君無子有父母年衰老旣久居京師曠定省茲之歸宜久留膝下卽以其時益講求經世之務俟有子慰老人含飴願始再出因大發抒其所蘊蓄爲世用則江君於倫常之際無毫髮遺憾而他日君之名位勛業余又烏能測其所至哉

丁果臣送友喪歸浙江序

鄧瑤

往籍所稱獨行之士，送師友喪歸里，不干譽，不市德，惟以行其心之所安者，史嘗不絕書。顧其時扶服遠送，亦第弗辭跋涉之瘁已耳，未聞值寇賊縱横之日，備歷艱險，忘其身以歸友喪於數千里外也。若吾友丁君果臣送其故友王君喪歸浙，其風義殆非今世之所謂友朋也。先是王君佐寶慶守魁聯公幕府，果臣與同居，交最篤。已王君死郡廨，權厝東郊外。閱四年，咸豐丁巳春，果臣從長沙來郡，以書告余，將啟王君殯返浙。旋以一舟載之行，沿資水過小洋。小洋距余居五里，余亟攜從子光黼往，以炙雞絮酒拜酹王君靈前。君伏匍若人子之喪其親者。余握

手悲泣，不自知其哀之不能已。蓋既痛王君，又感吾果臣至性之篤之過人遠矣。果臣患咯血疾且困，而其時寇氛四塞，鄂境及江皖皆有賊，舳艫蓮江，烽煙蔽野，行人久絕蹟。君獨以匶往，羣爲君危，沮其行。余亦從容語君，行宜緩，無以生者死者陷於險。君潸然曰：吾不忍死友終爲異鄉鬼，矢心久矣，不可負。且吾病久不瘥，旦夕或不測，我死，恐無有歸吾友之喪者，死且目不瞑，故決計爲此行，子毋我畱。遂命楫人鼓枻行。斯時也，朝暾初升，溼煙未散，漁謳發聲，山谷響應。余立岸目送，君亦倚檣遙望。岸轉帆隱，余乃循故徑返。江淹所云黯然魂銷者，今日始悟其言之至痛也。已聞果臣由長沙岳州至武昌，乃展轉迂道，躬歷諸險，幸免於賊，以達王君之故里而葬焉。且以賻贈所餘資其老母妻孥。部署既畢，獨攜一僕返楚，病亦瘥。嗚乎！是殆有神明相助之，非偶然也。年來余館邵州濂溪講席，去年寒食，約彭曉杭大令往省王君墓，以雨未果。相隔咫尺，乃艱一行，而果臣以羸弱之軀，冒鋒鏑之險，歸君喪於數千里外，余與彭君得毋疚於厥心而抱慚於死友乎？王君名治模，字麗生，浙之龍泉人，優貢生。生有夙慧，讀書目數行下，縱覽羣籍，下逮醫卜日者言，悉研究罔弗通。少孤，事母至孝。以貧故，習法家言，資修脯養親。游於楚，楚之大吏甚慕君，守令爭欲延爲上客，而君顧與魁公厚，魁公亦腹心任之。公守寶慶，值李沅發亂甫定，宵小多潛伏，君

語魁公治尚嚴，凡郡中奸民蠹役盜賊主藏之爲民害者悉鋤去，而利必興，良淑必保植，賢人君子必敬禮而擇任之。最後以余叔父湘臯府君言，宜急儲義穀備凶災，君卽日言於太守行之，改通守舊署爲義倉，於是郡乃有備。洪秀全之竄湖南，郡戒嚴，君籌戰守策，軍書旁午，口授指畫，夜恆至四鼓未休，積勞成瘵，遂以不起。果臣與魁公哭之慟，而果臣卒以喪歸。昔昌黎祭子厚文云：凡今之交，觀勢厚薄，余豈可保能承子託。今觀果臣之於王君，蓋不以勢爲厚薄而能承其託者。余既甚服君之高行，欲以風示斯世，遂不能已於言而序之如此。嗚乎！余愧王君多矣。咸豐七年季春月

郡城義倉貯穀二萬餘石。咸豐己未夏。粵逆石大開率衆十數萬來犯寶慶。長圍九十餘日。雖援兵麕集。而內外聲息不通。太守邵公與郡人王潤生刺史承澤竭力固守。然非義倉積穀。城中人先自潰亂。必不能固守如是之久。及賊退。郡人追思保城之力。謂魁太守功不可忘。議請入祀名宦祠。而以王君祔食。余謂魁公與王君固宜食報於吾土。茲舉宜急成。無受食言之咎。雖然。徙薪曲突之謀。余叔父所以綢繆桑梓者。意至厚矣。邦人庶其永體此意。以慰地下之靈邪。己未孟冬月瑤謹識。

代螺舟太守壽張幼于觀察序　楊鏡清

思樂之頌僖公也。首章曰無小無大。從公于邁。次章曰載色載笑。匪怒伊教。三章曰屈此羣醜。永錫難老。至於克廣德心。鴞音懷好。益嘗反復其義。而知我觀察幼于先生。允文允武。自求伊祜。其爲敬明其德。效固有如此者。歲甲辰夏五之吉。爲公周甲屆慶。時以耒陽莠民作慝。言觀其旂。于彼郊矣。越秋仲。時乃大明服。薄言旋歸。僚屬請以菊酒爲壽。公遜未遑也。是月也。書大有年。民畢棄咎。衡嶽松秀。庾嶺梅開。於是合詞請推受福之原而張之屛。以某較爲親炙。或者敷揚錫羨。闡繹延洪。庸有當乎。攷崧高一詩。尹吉甫以鄉士而誦申伯。其不以分齊也。遂不辭固陋。謹拜手以序。自張仲孝友紀於六月之篇。而推文昌尊宿。十七世爲士大夫。身莫或先之。故氏族之蕃。簪纓之盛。累代史不勝書。而隸籍南者尤著。我　朝登崇俊良。治宗經術。方通議公之起家進士也。南宮眉目。羣推簡要淸通。出守巖關。督儲秦嶺。萬里陳臬。而民自不寃。人人頭上有一京兆尹。非所謂發文章之輝光。宣忠敬之積累者與。公以綺歲歌鹿鳴而來。翺翔鳳凰池上。飛未息。夫六月。爵已命爲大夫。蓋百粵之交。久徧五馬之迹矣。洎乎參旂廾鉞。迎來有脚陽春。敷歷冠夫雄封。更著憲臣丰采。上治行第一。　詔前席陳謨。　帝嘉世篤忠貞。擢畀巡方之節。山甫出祖。式是南邦。其在江漢之詩曰。召公是似。

用錫爾祉桑扈之詩曰百辟爲憲受福不那惟其有之是以似之夫錫茲祉福原於祗承厥緒而彌光尤必徵諸繼序其皇而乃備某溯成進士於壬辰凡五試禮部猶憶己丑報罷塗抹東西側聞餠宴以得其南皮張君爲幸時已心識菊潭農部迨甲午京兆分校揭曉羣賀同人羅君蘇溪得人益菊潭介弟雨帆出其房薦亦越丙申捷南宮觀政雲司菊潭公冢嗣也雨帆公季嗣也玉昆金友先後以文名噪京師其不負家學而重報國恩當復何如今菊潭且擢侍御矣雨帆正香閣趍蹌紹宗風而未艾聿平位業軾轍聲華中外屬耳目焉又況桐枝悉屬琴材早向芹宮發響昔周徵不以相位爲喜喜壽而有曾孫在目前

公才公望不更將累世而同揆乎若夫天保言壽則實指之曰如南山而南山之壽君子則始之以邦家之光而終之以保艾爾後夫南嶽本名壽而作鎭而公又鎭之詩人不啻爲我公詠也至於天錫公純嘏宜大夫庶士則又將歌鳳皇于飛翽翽其羽以美茀祿爾康且以信馮翼孝德允爲元臣平格之符也虎拜稽首　天子萬年尙將仰圭瓚秬鬯而一頌之

送介休師還都供職序

楊球光

古之君子修之於身見之於行事發之爲言語文章一而已矣後世綴文之士惟欲以此自見然亦必力敦其從出之原需之歲月以俟其中之自得而毋炫於俗毋急於其名得與失若不與己事幸而得之已無喜焉不幸而失之亦未足爲病也自科舉之學興羣一世皆趨於苟且以倖一日之遇而爲有司者又拘程度以求之其中倖獲者十嘗五六焉乃不復審量其愚以爲是嘗勝於人而取於人矣及他日在勢則又操是以爲衡而詭以求遇者往往强求合其尺度且務爲新特以勝之以爲是非不足以爭時也其流失所趨蓋幾於不可復反然其能者若

有明歸熙甫暨　國朝方望溪諸公皆能精研經傳之義以抉發古聖賢人之旨卽其制舉之文亦皆道之所存與其學之所寄至今猶盛推之則謂科舉之業爲不足語於古者其然與否與然昔人謂文風隨運會爲轉移率數十年一變今　天子傷文之敝惕然有生心害政之憂用黔西黎大令言將仍復經義之舊殆變而之盛之時也而我介休師視學吾楚亦早釐正文體其襞績故事與琱繪語句爲工者皆擯不之取若力崇大雅不爲世俗之文者則見錄焉雖以球光之無似亦辱拔取而奬藉之一時湘人士皆勃勃然爭相濯磨以復於古會　天子促公還　朝將大任公衆聞其行無不相聚太息而無計以

畱之無已則願與二三子共勉焉卒守公之教毋少貶以徇夫時是公之經淑我二三子者無所閒於去畱也既以語諸子並書之以贈公之行

湖南文徵卷八十三

湖湘後學集編

序二十八 駢體

劉蘆渡南隱草堂詩序

陳鵬年

茂苑春殘開閣惟聞風雨薇堂日永散衙但馴禽魚懷白傅之閒情悵句畱而未已弔左司之往事徒惱亂以何堪卽或拈座上之四聲奚辯徵商刻羽其柰聽階前之一部何知戛玉敲金王茂宏輒欲笑人陳仲舉空懷愛客乃有人歌春水（謂成子瀾也）比問字之侯芭爲言家近青溪得能詩之劉尹一編郵寄遠希藉定於推敲千里函來更欲增華於弁冕嗟乎詩之爲藝至今日

似盛也而實衰詩之爲聲較古人惟情矣而非性雖曰江河日下皆緣風氣漸殊人盡操觚謬謂騷壇狎主家推拔幟誰稱藝苑宗工甚至牛鬼蛇神侈誇昌谷無非虎皮羊質自託少陵何其妄歟良可慨也又或矜夫億見拾彼唾餘崇貞觀而薄元和尊李唐而卑趙宋究竟落於窠臼已非忠厚之遺音抑且遠有徑庭絕少精微之妙旨雕蟲致傷乎大雅窺豹僅見其一斑誠未足爲效顰徒貽譏於借面者矣今劉子殫其學力出乎性靈不事穠華自擅清新之趣偏饒瀟永頗多眞摯之情託山水以抒懷藉交游而寄興花香鳥語句可寫生茶熟酒酣筆皆入化斯則後來之秀將爲繼起之光者昔公榦顯著於建安鍾嶸起

升堂之譽。彥度隱棲於鍾阜。孝標有超俗之稱。予惟望遠以傾心。聊贈相期數語。子如登高而送目。直須更上一層爾。

雨石齋詩集自序

車萬期

蛙居水淵。夜至能呼。蟬梟秋天。露凝愈聒。暘懷欲吐。漫云言志和聲。觸景情生。不過行吟澤畔。雕蟲小技。壯夫弗爲。殘月曉風女郎佳致。才非長吉。涵內可以勿投。寒似孟郊。瀨上悠然有得。三百後多作者。代述傳人。五十始效爲之。唐稱高氏。六朝華過於實。漢魏質浮於文。取法固當上宗。論詩愼勿輕道。第俗見易偏。或父兄善詠。輒謂擩管者似倩人來。抑元賞云亾。儻師友嫺吟。遂詆染翰者罔從已出。以性情之眞境。致猜忌之鉤途。余也貧秉椎魯。學本高曾。承淸白之遺。蕭條四壁。恪行素之守。羞澀一囊。屢困棘闈。生慚霧隱。久淹膠序。難待雲翔。郡居流漏。聽松

風之晚奏。可代鳴琴。樹影參差。挹桐露之晨流。足供洗硯。興思暫託。偶沈韻貯於筒。開題贈率成。致杜撰舒於井底。以陰以雨。一詠一觴。或訶家君不第。咸稱窮枉聲詩。詎知大父求名。早已吟歎吳越。紹聞靡遠。怙恃似嚴。蒲輪貞晩節之香。關心風雅。比賦竟無虛日。鴒書邀國士之知。遁迹煙霞。誦讀自饒寒歲。敢詡衣盍相承。僅冀弓裘勿替。篇章閒有。筐篋多瑶。小巫著辭。大乘肎悟。醉來潑墨。聊當鐙下蟲鳴。樂此忘疲。尙俟渠成水到。曲終江上。昔人神助偏工。雪和郢中。吾儕趣庭偶爾。空山淸寂。樵歌陌隴時聞。小子窮愁。里句離邊拾得。如鑒之牝牡驪黃之馭。進於王楊盧駱之儔。喜斯陶兮。瞠乎後矣。康熙壬子重九

恭擬御製千叟宴詩序　黃秀

蓋聞世際昇平首重引年之典時當交泰恆坙復旦之歌爲酒醴以介眉風崇齒讓授几杖而憲老誼篤養恬故禮制貳膳與嘗珍而詩誦酌斗以祈耉況卷阿誌游覽老臣矢鳳梧之音在鎬室詠那居列侯上魚藻之頌八十米九十衣曾聞漢代殊恩博士中博士下幾見唐宗雅化君民偕樂設大酺于興慶宮前中外同心張瓊筵于蓬萊殿側凡以甯人息事夙夜既凜幾康因之飲酒賦詩暇豫用傳嘉會朕統馭千八百國撫綏六十一年仰承
祖功宗德之隆久際河清海晏之盛常體健行於不息恆期謚進以无疆運值甲子甫周元屆壬寅再紀春光爛漫瞻旭日之方妍瑞雪繽紛兆豐年之有慶適逢歲首爰集臣工且因政餘特頒御讌分滿漢爲先後從龍與附鳳齊登合文武之班聯心膂同股肱一體既式飲而式食復載笑以載言位至九品而還三爵油油勿論崇卑於爵秩齒及六十以上千官濟濟秖辨序次於耆年耄耋期頤錦茵坐列簪纓紱黼玉斝觴傳由是犨冠鳩杖之倫咸望闕廷而獻頌皓首龐眉之輩皆裁篇什以成章千叟宴名綺席既陳於桂殿百僚詩萃體製何殊於柏梁曠舉行自今茲芳徽流諸奕禩予倡而汝和奚啻抃雅揚風君都則臣俞可追賡歌喜起惟我堂廉式讌熙熙共樂春臺冀此億兆誠和皞皞胥臻壽域

史略補序　韓樂

粵若甲辰啓歷紀載漸詳乙丙題籤源流斯浩歷觀文囿千家洩雨粟之奇汎覽書倉四庫擅藏芸之富年經月緯篇溢縹囊派別支分卷盈緗帙然或華而不實亦即博而不精承舛承譌疑信常參夫往製失誣失俗是非每謬於聖人縱使篇連月露之形案積風雲之氣而傳來市上老兵或製以補袍韞在匱中里媼徒供其覆醬著述之難由來久矣若夫元元本本炳炳麟麟上原植璧之心旁及獲麟之說闢檀弓之誕妄辨列國之貞淫掩博議於東萊馳驅三傳高奇書於南國擁據百城起例發凡斷自漢魏六朝而下旁搜遠紹爰暨宋唐五季以還惟杼軸於予懷詎蔡著夫舊說或精微簡約情片語而已該或浩博淹通義千言而靡盡發皇萬態風雷踸踔於行間籠罩千秋衮鉞秤衡於字裏固未有如南邨萬先生史略補一書者也溯吾友之生平增達人之歎息幼而失恃盼萱草以何依生即工愁攬江花而自惜況復遭家不造來日大難恆多傷逝之吟不盡悼亡之作春花礦罷思繡褓以何堪玉樹埋來撫煙樓而永歎張壯武之心疾羊南城之淚流哀何如乎怨可知矣於是刮磨豪氣消遣幽憂玉軸連雲閉戶老龍鱗之樹牙籤映日揮豪薰螺甲之香箏中葉之詞林知人百世酌前修之筆海成言一家於以問彼棗梨流諸金石豈小補哉

殷烈婦詩序

韓樂

殷烈婦者，前明文學簡彬淑先生之女，而大生先生之賢毋也。畫雉名閨，嗚鳩早歲，恪遵內則，鏘雅韻於珩璜，恭相外庭，擅奇芬於筐筥，黽勉枌榆之暇，曲號姑恩，焦勞繹絡之餘，箴修女史，寢門人老，薦蒲助棗栗之歡，負郭田荒，杼柚供朝家之課，此著著中外，咸推女宗，而躋躋姬姜，羣欽母範也。慨勝國之鼎移，遂中原之板蕩，烽搖萬里，蛾飛白馬之兵，霧捲千邨，豕突黑山之賊，盧循戰艦，直上湘瀆，張角妖軍，分馳楚嶺，而夫人則倉皇夜出，閔嘿宵奔，燕幕驚焚，牛衣泣別，靑燐一路，依鬼物以何堪，白月三更，照刀環而不見，彼蒼何極，我命不猶，三族乖離，生兮匪

幸，一朝遭劫，死也奚辭，惟取義以成仁，遂割慈而忍愛，手抱崔家之樹，痛甚刳腸，血膏封氏之刀，悲逾斷臂，宋王臺畔，略可儷其堅貞，董相車邊，差足彤其芳潔者也。維時大生公年方髫髮，旣搶地以呼天，維時羣賊奴畏若神明，敬封尸而掩骼，然紅顏赴節，忍抛三尺之孤，而黃口無知，莫記一坏之土，誰云痛定，只益悲來，佳兒潸隕涕之心，畢世抱彌天之憾。僕與賢孫夙叨惠好，閒談往事，飫悉懿行，扶正氣於兩閒，留完名於萬古，眞烈士忠臣之猶多退讓，惜螢編蠹簡之絕少留傳，當年未號女貞，信葳蕤之自愛，他日榮埀彤管，知華袞之無窮，是用作歌，聊爲紀實。

送潁州先生詩序

韓樂

潁州先生，欽寄歷落人也，早時文譽執牛耳者三十年，最後乃不得意以去，遂名山老焉。予枉潁州，時相遇於山館，談及箸述甚富，賦此以贈之。

才高繡虎，望重飛鳧，看花題雁塔之名，捧檄降鵷班之羽，分符百里，操苦節於懸魚，謫宦三年，託深情於賦鵩，楚雲似墨，偏傷羈客之心，湘草若煙，盡入騷人之目，臨北渚而橫涕，愁帝子於秋風木葉之閒，入南方以招魂，下巫陽於黑齒雕題之外，怨入關之偷合，壯不如人，懷三徑之定居，老能奉母，潘安仁園內好花，栽自河陽，陶元亮徑中修竹，移來彭澤，一瓢日月，十笏山河，

薰鑪與茶具徜徉，酒賦並琴歌浩蕩，洵哉翰墨主人，煙霞高士也。某以菲葑叨隨杖履，登龍門而長價，竊式楷模，入馬帳以傳經，閒聽絲竹，花閒問字，依錦瑟以和聲，竹裏行廚，扣玉盤而學響，詩成四韻，體號七言，非云咀蓺苑之英華，聊以誌香山之梗概云爾。

徵選　國朝詩的引　陶　煊

蓋自騷壇執耳莫盛於　當代之詞宗而吾楚偃旗誰信謂雄風之大國誠知山川不限得肆力於志言況生屈宋之鄉應共引爲家事翼六經而苗裔古樂義繫存亾閱屢變而收拾遺音時關聚散玉池近望慨考功之佚句何多選閣遙披郎水部之名篇未錄從來藝苑未易主盟故唐百家謂顯然在人者不待選乃竟置李杜王孟之儔至曾大府諸綴之以傳者多率書遂滋議論鑒裁之訴雖曰魏門而兩漢奧氣象實拔起於曹劉雖曰晉激而六朝舒超然孰比擬夫陶謝非博求多識何所折衷必遠致藏書庶資皇覽因不揣固陋謬與二三同志商推聲情

網羅放失顏名詩的聊依北海虞山之規洗發郢春兼雪公安竟陵之屏請自漢魏而下訖於熙朝集雅奏於一堂珠聯璧合將循江山以往徧夫海嶽合詞英之畢會霞起雲蒸若夫擅賦銅山最增文尼未敢侈標軒過詭譽形馨或征人行旱之詩曾併收於圖畫或刺史篋中之集肎弗墜其風流或疏越朱絃張於魯壁或吉光片羽秘在陶瓻或阮步兵之百篇倘存全本或張公子之千首未喪隱居或拾穗高歌陳君自晦或卯橋傑作則籍猶收亦有季莺英華絕同才子不妨林閒物外竟擬風人凡諸白璧之遺願輟絳雲而賜伏惟詞章宗匠蔚積龍文海寓同人新裁鴻寶璨珠璣於字裏跨左淩曹吐星月於行閒驅元隸白彬彬之盛大備於時非惟藉文棟以黼我　國華直欲接卿雲而規夫風始統虛羣札企溫百朋謹啟

附凡例

一是選接求　本朝詩篇分省而編次之蓋倣三百篇遺意列國之詩各自爲什故始自長白訖於滇黔爰以昭同風之盛焉

一本朝選本殆不乏人如陳伯璣魏惟度鄧孝威諸先生所選行世巳久然詩慰止載　國初之人而詩觀詩持鈌略殆甚海寓甚寬傳人無幾茲特廣爲捜輯雖漏萬猶譏較諸選略備

一詩自漢魏六朝歷於唐宋元明其所傳者自出機杼各臻其妙迨瑯琊出一變而爲工麗矣竟陵出又一變而爲清癯矣矯者過偏學者日下東施之顰效而吠聲者不止矣近日競譚宋人幾於祖大蘇而宗范陸學唐者又從而排擊之各豎旌幢如水火之不相入可怪也不知蘇陸諸公亦俎豆三唐特才分不同風氣各別耳使學者各就其性之所近以神明乎古人則皆可以登作者之堂如必執一格以繩之則漢魏而下不必有六朝矣三唐而下不必有宋金元明矣此豈詩之定論哉是選要於中的故濃奇平澹無不兼收

一集內所載有一人而連篇累牘多至數十首有一人而片羽

吉光僅存一二篇者盡以全槀所得美不勝收亦或口耳流傳愛不忍棄多寡各異非有阿私

一茲選始於　國朝定鼎之初雖山林遺老歿於順治甲申以後者皆　盛世之人文槪收入集所以重　昭代也

一姓名之下系以小傳古今選本類多有之茲選所重在詩不全關乎人也況生長各鄉聞見不確一有謬誤所係非小故於姓氏鄉里之外不敢輕綴一辭

一海內新詩惠教者頗多然登汰必愼不敢冒昧槪付棃棗蓋欲力還大雅雖獲罪何辭要於必傳故甯嚴毋濫

一凡選有借刻代刻之謬或因好友囑致欲附啣名或因解惠

頻施藉以塞報然而風雅何事乃竟等於情求作述攸關更欲因爲利孔余滋懼焉顏以詩的固以張射者之鵠亦以挽既頹之波

一唐人選唐詩如河嶽英靈中興閒氣諸集槪不用圈點評語欲使讀者自有會心斯集一遵前式毋事點污

一集中詩人以得詩之先後爲次第前後參差未免倒置讀者諒之

一方外閨秀詩之可傳者亦復不少茲特另爲分編不致紊淆庶成大雅

一是編校正者皆海內名流而張子昰石費子滋衡商訂尤多至邀欣賞而首倡剞劂者則於同亮明府暨諸同人之力不敢泯也

一本朝詩敎最盛幅員甚廣如滇黔西粵尤遠不易致竊歎積三十年苦心而所傳者猶止於此荒煙蔓草何地無才滄海遺珠愁焉永歎儻有枕中鴻寶或先世遺集不吝惠教表揚續刻猶有竢焉

吳雲巖學使游南嶽詩序　劉元燮

有美宗工獨操彩筆笙簧六藝叶鳴鳳之和聲鼓吹三唐播大鈞之元氣三千士裏蚤覘作賦摩空十二樓中共羨登瀛首選郢斤玉尺疊　命程材炎海蒼梧隨車攬勝然且輿酣五嶽撲奇磬朱陵紫蓋之藏錦製七襄著詠出岣嶁祝融而上天門舒其眺聽雲海盪其胸襟手摘星辰直欲鐫鑱造化眼收衡霍時來拱揖神仙采芝寶露壇邊香生九竅湫石曉霞峯側秀發七情擲地盡金聲吐詞成玉液長歌短什睥睨曹劉古體今裁頡頏韋柳攜尊命侶依稀漢上題襟即景懷人髣髴蘭陵絕唱渢渢乎鈞天九奏煌煌乎朱鷺三終以沐日浴月之才逞運海

摶風之力百靈奔赴重闢吏部之雲半芋新分更續鄴侯之案看此日石欄點筆爭傳南斗避文星待他時仙韻籠紗共祝北風隨爽氣變才慚吐鳳技愧雕蟲幸生正則之鄉竊慕茝蘭紉佩忻附延陵之雅依然縞紵相懽雜誦瑤篇允配赤文綠字流連縹帙如游絳闕丹崖騷壇之祭酒斯存儒苑之流風未沬一縑一字應禹碑竝壽莫遣六丁雷電下取將八詠八叉倩石鼓淡鐫定知十洞雲霞同護惜非阿所好用志不刊

秋室唱和詩序　朱景英

授衣時節恰值殊方落帽風流已成往事娑娑洋外氣候別紀天涯昆邪國中風雨難禁秋晚摧殘木葉拉颯驚心翻倒滄溟喧豗震耳既撞搪以連夕颶母如狂乃氾濩於崇朝天公失笑方際三秋暮景適當九日先期不有高吟曷排積悶維時厲門觀察公履約安善幕府清閒杜少陵寄興孤吟玲瓏疊韻潘邠老發端七字次第連篇繚戾清淡詩成近體泓峥蕭瑟境託遐情對搖落以揮毫雜才調而振響悲哉秋之爲氣甚矣詩之感人當夫東閣微吟居然絕唱乃有南皮高會作者同聲合孝山孝穆以題襟進羣季羣賢而授簡芙蓉汎而休暇茱萸把以窯

歎不必藍水玉山共傾尊酒無鄰疏風冷雨競擘明箋而景英猥厠迹於龍門謬發聲於蚓竅役征途以刺促亦泝流風伏旅舍而滯淫可來今雨句聯石鼎早已氣懾劉侯音觸金繭敢爾駕攀屈宋青雲願附白雪誰賡徒濫吹竽雅欣綴玉問幾人能歌古調冀來者有感斯文嗟夫極目山川同度他鄉素節滿城風雨還看明日黃花

愼餘齋唱和詩序

朱景英

愼餘齋唱和詩者，吾友雲閒邵西齋先生湘游病足，賦詩遣懷，併錄諸同人賡韻疊酬之作也。先生裔本青門，人如白傅，故侯遺澤，業寄五茸；居士閒身，吟耽半格。庚子山小園有賦，常此安巢；杜少陵舊雨興懷，於焉鼓櫂。湘江綠淨，波通圓迦迢迢；嶽麓青環，峯憶橫雲歷歷。樂蕭閒於鶴署，依然梧竹雙清；敘契闊於雞壇，正爾苔岑一合。長沙卑溼，永日炎熇。風土原殊，呻吟忽起。眞人想絕，北窗企腳奚娛；病客愁侵，南郭攢眉艮苦。跏趺枯坐，頗類禪棲；踡曲欹眠，彌增旅思。爰抒短律，用遣長懷。瘣木聊復寓言，瑤花因之廣拾。斐然作者，富有成章，詩凡若干，都爲一集。

且夫楚太子臥病，徒聞謝客；維摩詰現疾，只解參禪。飯顆相逢，緣苦吟而人瘦；敝廬歸去，爲多病而交疏。況夫司馬游梁，仍嬰消渴；卽彼季鷹入洛，惟歎羈孤。爾乃伏枕有吟，忽覺題襟成集。唱先擁漆，傳鈔播掿之辭。響接同聲，穩押玲瓏之韻。萃張爲之主客，得句如仙；通吳賈之情懷，連篇起璧。家辭苕上，季子鬱有悲謠；夢遠禾中，少孫儘多愁什。天台賦手，藉甚興公；大復詩家，蔚然茂宰。交申慰藉，雅知蚿亦夔憐；願視清高，詎謂鳧將鶴續。借酒杯而澆壘塊，豪氣雖未盡除；檢藥裹而卻刀圭，神方故自有在。豈非騷壇勝事，病榻新聞也哉！僕也自笑支離，每傷卻曲。薄游銅渚，言訂后交；小住僧廬，近在落颿橋畔。揭來官閣，相於病橘洲前。習鑿齒舉動蹣跚，偏工論史；崔晦叔經行躄躠，不廢談元。矯秋鶴以風標，詫夏蟲而冰語。劇譚餘暇，獲覩斯編，學步爲難，弁言有屬。噫嘻！君眞善病，須珍重藥爐經卷之閒；我亦欲愁，但振觸禪榻茶煙之側。

西園消夏印賞集　朱景英

願家印藪侈道古爲濫觴周氏印人矜挍奇於本事文則鸞迴蝸扁摹自鼎彝式則龜紐螭蟠規從斗檢翻沙撥蠟聿成金玉之章倒薤偃波厥有蚴虯之勢夫巧智寓於一蓺而神明運乎寸心繆篆得八體之餘分私印具六書之精蘊漢京騎從姓名系虞道園之詩吳國阿蒙流傳有軍司馬之製永存珍秘唐相遺文寶繪明昌金源名蹟若夫平津黃土居然柳葉坌坌洎乎羽士丹書奇絕棗心篆纂凡茲古物載紀囊緗偶爾鑒藏每資辨證於是鐫鑱善手必推畾落英流煮石山農試銛鋒於花雨松雪居士精鐵畫於鷗波吾子行學古成書自鳴得意米元章

清翫有史別寄賞心何雪漁既結構稱工文壽承亦紆餘有致練川震澤坌奕世之風流穆倩畹臣擅一時之妙技蓋靡弗討源許慎析豪芒於一亥之閒因之爭勝姜夔極變化於工篆之內者已無如俗士惟輕心是掉動云古體浮雲舉世眞好手難逢莫埽文房毒霧附偏旁於茲昧以斷爛爲瑰奇豈非繆種盡出師心末流將成蔑古者乎吾友李君耕雲斯冰苗裔榕海門闌姽雅奇姿畢視三千角牘刻琅妙腕頻揮一寸千將頃爲東島之游遂税西園之駕消磨九夏巓來片片芙蓉剔抉三倉繪就行行蟲鳥不煩繩削動合自然少選經營蔚爲作者同人道暑方動色於發硎旅客懷冰乃匠心於游刃室有琳琅之觸芝函郎目流丹門無褦襶之來棐几如聽霏屑睹茲清課想像於般若臺前散我羈愁消受在婆娑洋外欲公同好略綴巵詞爰弁冊端仍珍篋衍

阮裴園先生湘中詩草序　張九鐔

裴園先生淮海魁儒蓬瀛碩彥建安才子譽早播於應劉竹林賢人望更欽夫咸籍高架珊瑚之筆香滿禁中長題鳳凰之樓名標天上爾乃星懸南極鑑別洞庭布雨露於清時採瓊瑰於近地掌文珍重三代依楚戶之砧奉使殷勤萬里送衡陽之雁閒中得句拂華署以蕭疏靜裏達觀坐清齋而跌宕埽除世味批風抹月之場搰搐宦情啜茗焚香之境低徊春色偏插祇梅冷澹秋容常尋籬菊憶陔蘭而獻壽惟對南山引桐鳳以生音曾傳丹穴宛邱舍內箋荅卯君稽山宅中筒移居士莫不伴短檠而興起寫入烏絲揮長柄以神來裁成黃絹至於水程歷歷

時報郵籤驛路迢迢幾迷行蓋輕波倚枕聽山鷓而眠遲薄霧沾衣聞邨雞而夢曉綠潭紅樹吟殘漁笛之傷青箬黃茅響徹蠻歌之畔重巖絕壑悉快登臨野草閒花盡供驅使倘補柳州之記目送非虛如披少文之圖臥游可得似若訪元顏之遺碣題壁琳琅弔屈賈之荒祠感懷悽惻湘陵招帝子淚染蒼梧山阮拜名賢韻拈白社望神京而漠漠每戀斜曛憐蔀屋以淒淒恆悲霖雨此又先憂後樂不乏江湖廊廟之思而適性陶情兼有道學風流之概者也九鐔幸接餘輝仰懷佳製麈陸家之積玉席上皆珍拾謝傳之碎金帳中竊秘遂承謦欬獲與校讎賡和陶廿首黃花滿泛清樽讀次杜八篇紅豆競傳新譜澧蘭沅芷輶軒采下國之風嶽色湖光歲月紀皇華之蹟昔燕公擅臺閣之盛尚假助乎江山若吾師入騷雅之林自分章於天漢敢謂能歌白雪用略綴夫里言庶幾得附青雲聊敬陳乎末簡乙丑正月

歌籌唱和詩序　鄧枝麟

石五愼夫與其姪湘筠以歌籌兩韻唱和數十首彙爲一帙屬余序之

江山攬勝曾傳互唱蘭陵花月栽芬共羨題襟漢上寒日播旗亭之曲雙鬟低按小秦王春明賡輞川之篇摩詰眞成老居士然而偏師共奮豔說秦劉險韻尋鬮交推韓孟未有一家詞賦謝晦不亞於謝琨兩地賡酬阮咸亦儕乎阮籍如我愼夫湘筠兩先生者也蕊蒂家聲於萬石駿烈猶馨應國瑞於雙蓮先芬未墜眉山待問驚奇思於黃茅白葦之場渤海簡夫寄高吟於躪柳蒔花之圃專風騷之管領代有聞人推煙月之總持誰非

作者迺鬱輪未甘奏獻一任頭腦冬烘陰符舊得揣摩大有心情利濟是以紅蓮綠水長爲王儉之賓北轍南轅每作仲宣之賦時則愼夫參謀潕水湘筠安硎朗江此擅開府之淸新彼侔參軍之俊逸銜杯興念難忘北道阿宜卽景懷人恆在東牀名士倩靑翎繫至滿目琳瑯命黃耳銜來稱心錦綺昉皮陸松陵之什往復何止再三倣元白蘇臺之吟重疊且逾八九再接再厲乃思以出而愈奇一噴一醒然態則整而彌暇莫不推敲盡致競病諧聲臭合如蘭直同心數晨夕聲眞似畫何翅牀對雨風斯誠翠羽連箱珠璣趁手比六朝聯珠之格異曲同工成七襄報錦之章錭璃鏤玉者矣走也舊與愼夫敦兩世之摯好名在金蘭近與湘筠契十載之神交情深麗澤何意相逢萍水許老嫗以知吟屢接茵輿謂周郎能顧誤展量花雨偶陪古洞之游讌集龍鸞共醉蕭晨之酒珠旣探乎驪項猶命續貂璜已釣於狐津尚煩投蚓披襟得侶深慙鮑叔知我之言握手抒情遂受敬禮定文之託操鉛槧而自哂報媿瓊瑤褒玭瑁以何慚珍逾金玉嘉慶丙寅秋日題於乾州廳學舍

師經樓八景詩序　黃賢寶

龍圖而後代有篇章鳥迹以還聖多述作訪詩書陳迹編摩在東魯儒生問墳典遺文雒誦徧南荊左史一字三字石刻昉諸鴻都二家四家博士隆於漢代故經者徑也匪風雲月露之奇抑經者常也豈篆刻蟲魚之業我　盛朝右文稽古而多士茂實蜚聲握照乘之珠世盡京房弟子拱輝山之璧人推伏勝門生客笑邊韶腹亦名笥時稱皇甫帶且能耕固已枕經者六籍笙簧稽經者千秋金石誦經者南面坐擁執經者北面人宗矣乃有正則高徒才雄九辯延清逸品名冠三唐采湘水之杜蘅續遺徵於風雅闢藍田之精舍羅聖籍於心胸聞登百尺高樓

直欲學元龍湖海志在諸經精蘊非徒摘供奉星辰惟儒雅其可師遂嘉名之肇錫聞嘗見夫拾翠齊雲非無吟詠棲霞銷暑各愛景光流連邛鄧之閒物華天寶跌宕琴尊之會心曠神怡古誠有之今其應爾淺思好學觸境多情或芳草萋萋送君南浦或秋光皎皎照我西堂或疏雨一簾綠天如畫或幽香半畝碧水微涼或山聳雲端晴雪映右軍之帖或僧歸煙外疏鐘響摩詰之廬或竹樹濃陰山翠生半亭野色或牙籤倚壘芸香繞層閣遺經美景良辰固其所也賞心樂事又何疑乎維時高定國之德門好鄭莊之雅客敞西園之公讌延東閣之名賢培錦砌之芝英灑華隧之蘭藻則有孔賈通儒陸韓碩彥陋鄒枚之騈儷薄徐庾之浮夸詩學匡衡禮探戴聖易師輔嗣書訪夏侯豈不授經諄諄窮經矻矻談經嶽嶽說經鏗鏗也乎且夫飛躍有化機行生皆妙諦平臺之草不除則鄭康成書帶也方塘之月可鑑則李延平道心也雪在山而未殘則程門之立淡尺也鐘出寺而盈耳則周庠之叩大鳴也蕉倚檻其欲抽則張橫渠養新德也荷淩波而始出則周茂叔絕淤泥也亭藹藹兮如環則揚子雲問奇字也閣巍巍兮直上則劉中壘校秘文也而於是乎謝家之樹淩雲居然瓊圃陸氏之文詠德無異珠光而於是乎燕許鴻章英詞紀勝陰何健筆逸韻鏗金莫不把酒論文臨風振響思其泉湧氣則雲蒸極文囿之大觀煥名園之盛藻

豈但如盧氏抱經之堂卓氏傳經之樓也哉僕也鼓愧三通學疏六藝值江花之將落五色無聞悵潘鬢之欲彫二毛早見忝園徒擁何能潤色雲煙靈笥空陳未易發揮典籍顧念太原公子曾責諸於八九年前張氏彌甥復郵札於一百里外彼一時也拙欲其藏今無意乎梟還自起我朱霞好友應哂此學殖荒蕪而濃豔名流胥恕其語言唐突

募修稠泉庵山門及焚字鑪引

張世準

蓋聞七十二福地。皆鴿王養靜之區。三十六洞天。多鹿女修眞之所。門闢甘露惠水普濟夫羣生。園布黃金解囊端望於長者。宜壽之金身湧出淨果推萄。永興之塔頂飛來勝因傳許。本邑稠泉庵者。中湘勝蹟衡麓名區。貞覺之岫聳其前。龍安之峯峙其後。雲鬟霧髻伴佛髻以偕青。翠竹黃花共天花而競秀。洵哉淨域展矣仙都。雖寶刹莊嚴。游人來金界之訪。而山門冷落。高僧停月下之敲。使非善信勤布施。孰爲山林增氣色。傾囊而層樓立就。難豈移山。捐金而雙闕俄成。易同鞭石。庶幾晨關啟處。凡閒聞上界之鐘。暮戶扃時徧徑眠吠花之犬。柴扉輕掩禪心惟有白雲知。岫幌重關俗客不隨流水入。此山門之宜建也。又聞儒釋雖異門。而詩文本同調。黃龍負字蟲書開梵唄先聲。白馬馱經貝葉寫斯邑近體。縱殘編與斷簡。皆佛法與聖言。故棄字罪浮於棄灰。而惜字功同於惜福。茍非洪鑪鼓鑄。鎔銀鉤鐵畫以皆金。行見覆瓿模糊。等碧落黃庭於敗葉。廣勸戒則皈依力大。將劫火永消蝴蝶灰中。勤檢點則懺悔功深。藉慈航可到鳳凰池上。此焚字鑪之宜並建也。斯二者皆莫大之因緣。悉無量之功德。凡茲居士孰非喜捨蘭陀。屬在搢紳盡是再來摩詰。鳩工告竣期速觀於厥成。立草唱緣願以告諸同志。所有捐貲悉勒豐碑。則陰德永被於無疆。而芳名亦藉以不朽矣。

柳絮吟序

張再英

一百五日榆煙又逢寒食。二十四番花信首問餘春。欣看埀柳千絲正値豔陽三月。曲江對酒文闈則汁滌丁年。灞上題襟武庫亦營開甲帳。步蘅皋而騁望。飛肩如緜。游漢南以攀條。落英似雪。麴塵風起紛旖旎之向人。膚寸雨霽觸流蘇兮胷物。爰有畫眉才子眉黛輕描。遂致瘦腰詞人腰支細檢。陽關三疊鬧情苕徑三三。羌笛一聲好句珠穿一一。此諸君子柳絮吟之所由作也。夫其百韻羅胸千靈孕質。淮南秋雨招隱士以無從。江東暮雲思美人而不見。風花過眼頻邀阮籍之靑。好月當頭輒念文君之白。景與情會影送鞦韆。情與詞宣墨淋湘管。隨暮鴉而低度弱態離披。倚殘照以無言落痕清淺。半和紅雨傞傞點水蜻蜓。偶戲綠陰款款穿林蛺蝶。尹邢避面各任西東。茵溷無心倏分上下。固已盡體物之瀏亮。窮緣情之綺靡焉。惟是託根有異寄興斯殊。彼夫手種十圍搔短髮而星星非故。宅邊五樹餞長亭而渺渺愁余。悔遠塞之封侯妾爲思婦。寄妝樓之織錦郎是萍蹤。燕子銜來烏衣巷隔。兒童捉罷白紵郎迷。殘月曉風何殊謝眺范雲之日。黃蘆苦竹半同江淹庾信之年。記烏鵲之南飛。憾大江之東去。所云春蠶欲盡不足喻其纏緜。芳草無言難以媲其斐惻者矣。亦有張緒風流王恭蘊藉。山光暮紫吹氣如蘭。水態朝澄凝姿若玉。言尋板渚靜看積翠溼衣裾。更上蘇隄時有香泥粘屐齒。游鳳城而晴煙晚度。金線飄搖。過龍池而細雨春陰。游絲蕩曳。鶯梭擲下。正寶馬之縱橫。蛛網粘來。見杏衫之雜沓。搔頭弄影。獨坐黃昏。清夢留香。恍游碧落。誰謂愁苦之言易好。而歡娛之調難工耶。載繹情文。兼資美善。蹋青南陌雲階月地之品流。翦燭西窗騷客詞壇之宗主。靈和舊事古香並露葉齊芳。扶荔新開飛絮雜墨花共舞。爰疏小引以附鴻章。庶幾拂幌窺簾。記勝情於清夜。渭城之曲淺斟低唱。續韻事於瑤宮花史之編云爾。

勸捐滄浪書院膏火引代

張再英

蓋聞名山講學。皋皮佐木鐸之徵。義塾傳經。日月比星軺之校。事莫難於刱始。惟藉眾擎。功乃樂與觀成。實由壤積。若龍邑滄浪書院者。嘉名肇錫。當在咸湻寶祐之年。傑搆鼎新。正值累洽重熙之會。滄山毓秀。浪水鍾靈。星分翼軫之墟。奎樓在望。地援澧沅之勝。塔影淩空。原夫清可濯纓。童稚歌謠已動聖賢之聽。自應聲堪刻羽。國中屬和常緜騷雅之遺。而乃高彼閈閎。曠茲絃誦者。良以芡膏莫繼。原無負郭之田疇。遂致鼓篋徒殷。久缺齋居之廩餼也。本府褰帷問俗。露冕循邊。撫石壇精舍之阯基。僅付溪流庭草。眺閣右講壇之建置。與懷霽月春風。爰有邑紳

捐職道銜黎君名學錦首捐書院田一百石。義同指囷。淑桑梓於桃李。清陰。業可連阡。上區甲於魚鱗冊籍。從此一犂春雨。普為萬卷青燈。惟費廣功繁。事必圖其可久。唱予和女。人豈不欲從同。累黍為鐘。積絲成絹。共培佳子弟之材。士食舊德。農服先疇。各有賢父兄之責。相觀而善。罔俾專美於前。大道為公。不過稱家之有。較諸邀福梵宮。布緣蕭寺者。豈可同年而語哉。特申曉諭。用致丁甯。仍屬黎君勸捐各戶。譬則匯支流於學海。海遂騰蛟。種菽粟於書田。田還產璧。追白鹿鵞湖之勝事。翰墨香生。步愛蓮立雪之章程。文光斗射。因疏小引。用代弁言。

祁陽伍山臞落花詩序

陳士杜

樓頭飛絮花無計以畱春。柳眼窺人樹有情而惜別。望武陵之古洞絳雪離披。眺金谷之名園赤瑛蹋碎。嬌枝泫露黃鶯語怨於芳叢。嫩蘂梳風紫蝶招魂於綺榭。崔元微牖圖列曜。卉植恆春。王武仲門掩斜曛。英殘半夏。悵芳苞之易謝。信冶葉之難畱。是以翠羽沈階。騷客之憐香倍切。紅衣貼地。高人之護粉維殷。夜挑燈而照海棠。詩吟白紵。晨倚檻而攀芍藥。句寫烏絲。至若我友伍君。浯溪貴胄。安定名家。壯歲雕華。早擅青錢之譽。頻年作客。悉推黃絹之才。悵煙花於珠母海邊。珊瑚架筆。拾春草於莫愁湖上。瑇瑁盈箱。已而蓮幕停雲。鳳紙寫蘭荃之韻。花田話

雨。鶯簧愴玉蘂之神。引虹線而釣滄鼇。才傾八斗。織龍梭而翩海燕。錦製七襄。維時僕本憖人。君居梵室。雞窗對月。每親玉麈於雄風。龍藏披雲漫援琴絃於雌霓。馬伏波書嗤刻鵠。檢藥無方。揚子雲技薄雕蟲。嗜痂有癖。文慚疥駱。聊爲矢負馬卿。紙貴銅駝。定爾名追左賦。

謙庵詩鈔序

張慧田

自昔詩人達少才士數奇。披青史以盱衡。問蒼天而搔首。然張仲蔚廬依蓬藋。可知譽動公卿。許丁卯身廁漁樵。不讓名懸日月。則夫學窮雞蹠。目渺百城。詩束牛腰。心輕萬戶。何必碎伯玉之綠綺。擊王敦之唾壺。以自鳴其不平也哉。吾宗謙庵先生。天懷雋朗。氣宇深沈。幼即岐嶷。早辯瑯琊之稻。長而涉獵。能採宛委之編。然而沈約愁多。牽常攬帶。仲宣體弱。如不勝衣。雖夢咽靈龜。自有神明通北斗。而運逢磨蝎。空將文字哭秋風。遂乃怡志煙蘿。謝情軒冕。囊惟貯錦。不談鄧氏之錢。甑每生塵。羞乞陶奴之米。蒔花賦詩。意泊如也。今夫山林癯客。里巷窮儒。爭一字

之奇。競一韻之巧。閉門索句。或難免於詆訶。擁被枯吟。究亦嫌其遲。澀儉同韓浦不過繩樞草舍之風。寒類孟郊惟傳種稻負薪之什。而先生揚華振采。奮藻含章。摩曹陸之藩籬。坐陰何於廊廡。峽閒瀉水。共驚玉局之高吟。雲外偷春。時雜金荃之豔體。每當雨湖闌韻。月館分牋。重疊尖叉。險諧競病。花甎之晷未度。立試千言。銅鉢之聲初韽。頓占數首。非夫賦才贍逸。績學淵深。烏能若是之工且速邪。去歲驅車陝洛。覽勝秦川。雲開華嶽千尋。日射潼關四扇。章臺杜曲。動成懷古之篇。紫閣藍田。不少紀游之作。此又張公西返。江山助其性靈。董生北征。燕趙增其慷慨者矣。先生不設畦封。不矜崖岸。孫子荊情敦伉儷。錦衾角枕

之懷杜少陵誼篤友朋春樹暮雲之感與僕少曾相識未共論心老更同游常邀把臂邇來裒集詩章屬余讎校參之管見綴以騈言數十年握月擔風如聆謦欬千萬里模山範水半落雲煙弁非安石之碎金多是崑岡之積玉爲抒梗概愧無元晏之先聲略攄生平聊擬龍門之小傳云爾道光九年季冬月

張兼山詩序

秦闓

計甫草曰人言王西樵阮亭兄弟友愛似眉山二蘇予以語顧茂倫茂倫曰此二王詩之源也夫詩必有源詩乃不朽然必知之淡方能言之切予與兼山知交有素其詩之源可得而言焉兼山蠨室居貧忘懷得失蟫編求富矢志鑽研無力從師殫金心而獨造有懷抗雅奮霜翼以孤騫借觀鄴架之書晨鈔積案聞誦吳江之句默識羅胸曾責字而樂燃穅幾誦經而忘漂麥談啟蒙之帳坐破青氈賣諛墓之文題殘黃絹俸錢所入少飾衣冠潤筆之資多供甘旨壯日抱安仁之憾不續鸞膠中年興田廣之嗟頻聯雁序數椽風雨三徑蓬蒿骨肉相依有無共濟

糴桃花之米養孤嫂而足饔飧賒柿蒂之綾贈阿宜而成婚娶且其春風在抱明月盈懷好人共樂提提吉士咸欣藹藹言凜金緘之失守口如瓶行妨玉壘之危奉身若璧壇坫而逢鳴鶴恥攀隔座之談風塵而遇伯鸞甘下當筵之拜數十年來混迹囂塵潛蹤闤市山磨水淬雪虐風饕經七陶八冶之迍邅歷五角六張之鬱勃宜其發爲詩也多窮鳥之吟枯魚之泣乃和聲鳴豫華藻騰英舒鸞錦于風前落鯨鐘于雲外緣情旖旎閒吟三影之詞弔古蒼茫獨發四愁之詠若非源淡陸海安能響激韓潮乎或曰兼山之詩多成枚速恐涉元輕雖云子建才多未免仲宣體弱豈知宜僚弄丸熟能生巧由基善射精乃入神憶

狂甲申之春夏與予每夕聯吟鬮韻角奇鬮題賭勝莫不滿心而發衝口而成排兕象而還三驅舉鯨鵬而使一噉昌黎所謂我常試之艱勇往無不敢也彼徒驚其千篇才捷者猶未識其五際功淺耳放翁詩云六十餘年妄學詩功夫淺處獨心知夜來一笑寒燈下始是金丹換骨時夫古人云爲詩如煉金丹必當換骨之時獲賞心之樂詩豈易言哉詩豈易刻哉去歲尹吉生代刻張雲池詩於死後今兼山自刻其詩於生前予既得跋雲池之詩復得序兼山之詩一死一生乃見交情惟惜才慚皇甫未能名重太沖耳然而君已不朽矣道光己丑臘月下浣

張蘿山吹蘆吟草序　秦闓

昔王侍中懷鄉念國五詠從軍杜陵老惜別傷離重吟出塞三秋齧蘗悲涼生羈客之心十部琵琶慷慨動英雄之色蓋河嶽覽寰中之勝每嫌平視無奇而海山馳局外之觀始足乘酣騁怪所謂山川詩人兩相暎發者也張君春農司馬南軒華冑東郡英襟學古入官製錦沈犀浦上從今爲政鳴琴抱珥河邊曾驅鵞鸛之軍痛飲鯨鯢之血雀翎錫寵換頳秩之頭銜犀角戴恩耀圓光於頂上無何命逢磨蝎翼折盤雕萬里投荒瓜時而往五年卜吉穀旦于差然而男兒作健快橫槊於龍沙壯士從戎樂荷戈於狐塞聽月明之鐃吹飛騰午夜雄心披雪窖之征

袍凍徹一腔熱血幸賁雞竿之詔許還鱸膾之鄉虎帳橫刀長揖謝將軍而出龍堆判袂贈詩別良友而行霍嫖姚笑辭鐵嶺班定遠生入玉門霜月疲驢馱殘鄉夢雪風班馬嘶斷離魂以故驛路懷人郵亭紀興收天山之浩氣寫入悲歌攄瀚海之豪懷唱成揭調此吹蘆吟所由作也闓投老青山棲遲白屋雖登山臨水好爲吳楚高吟而支月給風憾少幽燕豪氣覩此奇侅之作如披敕勒之圖采柳塞之異聞驚沙舞雪述榆關之譎見激月飛霜燦爛百篇縱橫一代君如李白能吐喝月之氣以成詩予亦秦青聊唱遏雲之歌而當序戊子臘月

蔡乃庵先生醫書序

鍾昌澍

粤自赭鞭宣法，庶草咸甄，赤箭兼收，長桑援訣，明堂啟素女之秘，内經傳黄帝之書，變極萬端，養區三等，其利溥，其理精，此乃庵先生醫要之輯，所爲至於再至於三也。向使憂絶負薪，喜占勿藥，則形不鍊於五石，方何貴乎千金？東陽無苦吟之聲，谿茅自白；南史缺善噓之氣，禽柳長青。凡雀何來，莫識茅蒐於帝問；河魚奚病，誰詳麥鞠於軍謠？無如六氣易淫，四魔難攝，裴合公不無小惡，州支父適有幽憂，脉下牛聲，杯中蛇影，病君子所以爲瘧，大將軍乃反有疝。檄讀數行，魏武之頭風頓愈；酒傾一盞，相如之消渴難捐。匪刲盾所能驅，有桃弧而莫射，自非方懸肘

後，藥出懷中，仲子視豪，長兒察色，未精六徵之技，難詡九候之調。縱云湊入膏肓，銀凡莫達，未必先攻腠理，玉札無功。三部經神，脈占風雨；一囊無暖，癖療煙霞。是以疾醫時隸周官，尚藥弁坐唐典，南征采藥，爰解世子之綦；瑜西上求方，特降刑臣之綸玉。然而彭巫既邈，俞跗云遥，解顱之妙術無傳，湔胃之奇方莫覓。桐君何在，浪說青囊；葛氏難逢，空談赤餅。尺寸適符樞闔，愧彼巧良；分銖不假權衡，非其能事。而乃迷虛實，混陰陽，輕重莫審乎君臣，配合更淆其子母，貽譏人費，遑論國工。此則診脈之難精，投劑之易失耳。且夫醫者在意，郭玉歎其難言也；醫家尚溫，煬泉知其有要也。土薄水淺，原重腿所由來；秋肅春溫，恃靈心爲妙用。而或五雀六燕，罔識平衡；二鹿三熊，徒矜陳迹。玉容可駐，何從分得刀圭；金匱空留，總莫神其鍼石。壁離升坎，缺徵加宮，虎以握而翻舒，難以循而轉急。以視指傳三點，垣見一方，非九折而難良，必十全乃爲上，優細分劣，得失判焉。先生軌甲通儒，推寅邃學，援紅休而畢貫，弱水遥窮；拔赤幟以先登，强山獨據。纂錄者八千紙，化識庚魚；校訂者數萬言，謫祛亥豕。柔毛盡禿，到處傳鈔，衆目爭看，新編待梓。（著有四書彙纂等書待梓行世）胸自塡乎丹篆，頭未點於朱衣，日抽中秘之精，藏山業富；露挹上池之潤，飲水眞傳。范文正良醫願爲，陸忠宣活人念切，遂摅心得，彙箸手編，薈萃羣書，折衷一理，傳丹經不傳之秘，發紫書未發之奇。

秘隱全鈞，不惜金鍼畫度；沈疑旁晰，直同玉版重鐫。蓋彼眼底無花，胸中有竹，乃克振蒙蝸井，抉秘龍宫也。某材賸桐焦，質慚蒲弱，煙浮橘井，曾分一勺之泉；日暖杏林，擬植五株之樹。感同續命，契叹忘年，惠我春風，照人霽月。惟是書成宗野，夫子羣推；爭柰音賞鍾期，知己自愧。濡豪製序，妄持豹管之窺；削柿贈言，聊當蛇珠之報。

楊秋笛醉芸窗詩序　楊延亮

樓中玉笛方聽羽客之吹。海上瑤琴忽斷水仙之操。正萬花之吐萼丹桂先凋。當百卉之含芳紅蘭遽萎。此張融所以歎風流之頓謝。江淹所以悲天道之難論也。予讀秋笛同年詩有淒痛焉。秋笛一代清才三生哲匠。梅原骨秀竹本心虛。劉孝綽久號神童。李北海羣推偉器。文接綠帙口進者五百篇。學積青箱手鈔者八千紙。襟懷雪澹咳唾風生。持鐵板以高歌都無俗韻。撫銅絃而低唱慣譜新聲。當夫月送秋來。水流春去。看山畫裏聽雨鐙前。往往詠崔珏之鴛鴦。賦禰衡之鸚鵡。松青弄管苔碧橫箋。動筆而珠玉齊飛。摛詞而煙雲亂落。蓋彼胸中有竹眼底無

花。李太白本是長庚錢仲文不慚才子。入眾香之國盡擷芬芳。登羣玉之山全收瓌費。宜其聲高洛紙價重曹倉。讀李諲之歌詞一篇競取。愛申徵之手迹萬本爭鈔也。既而白舫辭家青袍作客。擬陸機之入洛。等樂毅之游燕。烏笠衝風慣過荆卿之市。貂裘犯雪閒登郭隗之臺。聽鶯督亢之陂吟鞭半鞾。立馬桑乾之渡短笛橫吹。其眼界日益寬。胸懷日益壯矣。所惜朱衣未遇白紵難拋。挂百尺之颿羅隱仍吟歸去。住一分之屋安仁且賦閒居。惟是種處士之七松。栽先生之五柳。邀月入坐呼雲當衣。林和靖之門前常教鶴守。朱處宗之窗外祇有雞談。是其屣脫紅塵懷澄白水。庾詵以山池作宅。米芾以書畫名船。直若有終焉之志者。然而古樹斜陽難限淩雲之鵠。小溪新漲庸藏縱壑之魚。所以杜牧文章終逢崔郾。太沖著作卒遇張華。使秋笛他日奏賦金門敷言玉署。搜奇書於福地荅逸響於鈞天。將見墨灑黃麻吟添紅葉。夜撤蓮花之炬。朝馳杏葉之驄。以視夫薇紫分香藜青照讀。蘇子瞻爲眞學士。袁士禮是佳舍人。又何多讓焉。不意酒乏延齡草難卻病。月當空而雲掩。劍出匣以沙埋。天上逍遙通明已稱仙監。人間游戲方朔原是歲星。子晉之白鶴無歸。曼卿之青騾不返。淒涼身世空歎人琴。夭折天年不關風燭。豈不哀哉。且夫向秀聞笛而生悲。傷知心之難再也。伯牙按絃以寄慨。歎賞音之已稀也。憶甲戌冬與秋笛計偕北上。維時

半空戰雪萬樹號風。日薄生寒天低欲雨。相與按紅牙之曲。浮藍尾之杯。弔古帝之遺陵。訪詩人之故宅。落花雙屐酒旗歌扇之間。涼月一鞭水郭山邨之外。荒塘雁語似荅吟聲。野店雞鳴頻催旅夢。洎夫仲游返斾季子歸家。誰憐下第之劉蕡。共作閒門之程曉。花無俗態琴有同聲。士宗與彥度爲神交。海淵是定公之益友。每至山容曉淨水氣秋涼。或乘舟而訪戴逵。或下榻而留徐穉。采溪頭之蓮葉笑著吟鞵。尋洞口之桃花狂欹醉帽。紀曲而箱拋紅豆。題詩而石埽蒼苔。方期夜燭晨燈長茲宴集。豈料停雲落月遽斷音塵。雖黃壤之埋君。實蒼天之孤我。嗚乎。寒煙葬碧書榻空懸。宿草鋪青酒鑪如故。鵑啼五夜鶴化千年。

古壁塵封尚挂裁詩之板空堂雨暗誰尋記事之珠縱教朗月清風常思元度未必高山流水再結鍾期所可幸者秋笛於卒之前一月以所著醉芸窗草四卷寄予元伯臨終知己獨推范式微之既逝遺文盡付香山是非與予相契者微相通者密不及此也予每值鳥啼花發之晨酒盡燈殘之會取其詩而讀之覺謝客吟魂如來紙上杜陵別淚半落行間是用彙長吉之篇章倣康成之箋註庶幾劉郎樂府唱徧武陵杜氏新書遠傳高麗贈君小序敢忘張堪把臂之年寫我荒詞聊當宋玉招魂之句

獨立圖序

易文萱

戴君近唐以旭歷閱銀之學加殷勤鍊玉之功往昔黃童無雙傳於萬口於今柳惲分才足了十人黯伯堪嫌久疵羊曼可人難得未許王敦用是仲蔚杜門蓬蒿沒膝正平懷刺名紙生毛曳杖孤行疏襟獨唱酒腸芒角吐英氣以成虹詩骨槎丫和冷節而倚雪濡豪作畫名曰獨立圖紀實也人疑其傲我賞其賢說者謂君士衡才多賈生年少盧前王後盡是同僚濟略艾繁尤當尙友方將攀嵇鳳舉交呂鴻軒取彼碎金成我完璧何以梅花愛冷桐樹稱孤勢必至於獨學寡聞理有乖乎唱予和汝不知詩貴別裁文宜獨步創千秋之業成一家之言何妨智水

異流孤山特峙跳少陵之窠臼方能別豎韓碑皴孫綽之秕糠然後自精盧米彼夫師亮作字肩愈爲名江東之集終偷永叔之文暫竊得皮毛於先覺失面目於今吾風骨之卑何足算也說者又謂君懷玉求沽懸藜待照方將飛才蓬苑摛藻木天合皋夔以作歌聯鄒枚而獻頌如斯高潔只合幽棲但宜置邱壑之中未可升雲霓之上而不知又非也古帝好賢非無七友先王授職首重三孤但令分道以揚鑣不許攀蘿而附蔦所以過庭中立道君稱賢張昇孤寒仁宗致敬膺湯聚議申徒因而見幾蜀洛紛爭田晝於焉謝病古來賢達所見略同彼夫自矜八顧或謂四瞳陳號三更董稱半夜一龍夭矯二狗崖柴雖邪正

之有分均黨同之難謝假使彼君子者孤標獨立一意首公何至召當宁之嫌蹈清流之禍戴君稽古凡茲商鑑業已周知或又謂君十雙未買六一難全往往曲突烟稀三隅煁冷維桑與梓不乏相知和光同塵何嫌小屈奚必離人而立謂我獨醒不知君心似蕉舒節如竹勁敵來瘦骨總作銅聲吟罷新詩常騰劍氣周妻何肉俱勿相關任鈞嵇琴逌然自得其視和家錢癖漢代隸王既涇渭之有殊自淄澠之莫合誰爲笨伯孰是清卿譬之飛鼯甘烟走貘美鐵所居隔絕嗜好不同汝張汝弓吾愛吾鼎謂能烟視媚行以爲呰訾乎是以昂昂自異落落不羣偶影獨游小扇單衫之候支頤竚立斷霞殘雪之天人言此子若

癡自覺如僧入定嗚乎清矣僕也昨年訪戴曾掉扁舟此日睎顏載瞻圖畫悔鑄金之已晚悵倚玉之非倫因索弁言勉爲儷語所願君子不黨晚節彌堅張仲父之四維避黃鸝之三請攢眉而去終辭蓮社之招駐足勿移莫學邯鄲之步

史略便蒙序

易文萱

昔聞人老思傳始託空言而自見物孤求伴每期舊雨之能來敬禮小文既待評於子建白公敎主必索序於徵之蓋以印印常通心心相印故也紀官先生江夏之黃丹山老鳳乘軒無夢銜書之鶴難飛挂角行吟識字之牛亦雅窮愁有著笑罵皆文欲引後學於鄉嬛先向陳編而漁獵年經國緯因練綴而彌鮮范豔班香得搓挪而愈馥運三長之筆築五字之城爲史略便蒙一書兼總萬端上觀千古將效何凝鏤版遂敎皇甫題詞余受而讀之復慨其歎矣夫儒生居同角鼠識窘蹏涔無惠子之五車守韓王之半部雞因醯甕何物爲天雌伏桃源不知有漢

幾謂古來至樂常屬爽鳩自昔安居無殊邯谿豈知衣冠頓異陵谷頻遷黃魚踴而大哉王羣烏呼而柰何帝金天普頌海水羣飛無端而粉米華蟲倏然而金戈鐵馬廂桐殿莢剛聽堯杳轂璧蒲輪旋趨禹會一番瓜代幾局棋新其閒分鼇命厲之仁格獸推犧之皋指鹿東蒲之詐回天捧日之誠刪書雖斷自周通鑑不終於宋儒林循吏都蒙廣採獨行宦者伶人亦復彰闡穢德書之竹簡秦火難焚載以瑤輪吳牛欲汗他若呼延外地甌脫窮邊三代以前未能混一四瀛而外猶有大千繡脚呼蠻飛頭喚獠犂靬吐火狠臘鼿金國號無雷城名不夜廣輪遠矣族類紛如匪夷所思其人宛在然而奇肱長臂無非父母所生

象浦龜沙要亦舟車可至·此又史家附錄王會全圖·所患士少書淫性無傳癖·十年悔不鑄錯·難成兩字之無識丁巳·足初窺豹管·自許鴻儒·等賜也之肩膺·如達摩之面壁·孰爲績學其猶夜行·比紅伊誰·外黃何處·黍言扈從·詢帝邱而罔聞·湠愧侍中問栘監而不荅·其覗陸澄之詳·服匿斛斯之識·錞于張籛之辨黃初寶儀之知乾德·自甘蠖屈·能不騂羞·先生士衡多才·正平強記·滅明所言三十六國·指上分螺·帝堯以來四千二年·掌中數果·加以龍梭善織·燕翦工裁·集錦爲文·不比兔園之冊·戲金作篆·自揮蝌扁之書·數載編摩·一篇跳出·以杜家之史略·當李氏之蒙求·匪惟饋貧之糧·實是梯愚之具·郵筒問序·謂我知言·

猶憶昨年曾蒙小屈·荒廬設帳·閉戶紬書·一燭如椽·雙甌翦水·膺歆羹冷·如見古人·葉落花開·忽來好句·時或相邀讀若代作推敲·樂旨潘詞·小助虞松思竭·鷗絃象板·怕教李翰文枯·曾蟣磨之幾周·巳牛腰之大束·金樓鑄就·君誠鑪火純青·雪刺生來余也頭顱半白·羊胛無心·而忽熟·皆歐公垂暮之年·鴻文有志而竟成·是巢父長留之卷·

梅伯言先生壽序

舒燾

蓋聞登山不至華嵩·無以知天宇之崇高也·觀水不溯滄海·無以見波瀾之壯闊也·是以道繼三王·功推尼父·衰起八代·名重韓公·斯人不出·統系無歸·舍我其誰·仔肩獨任·砥柱中流麾旄前路·毳負海山之重·人仰日月之明·破其藩籬·示以道路·歷觀古近代有其人·我伯言先生·道大於身·識踞其頂·家遺萬卷·手罝一編·搖筆則驅走山嶽·沈思則號泣精靈·包孕鴻荒·點塗讀誥·造物悔其雕刻·元氣助以淋漓·然猶少年角勝之作·非近日向道之文也·當其時異之逞雄於鍾阜·石甫表異於龍眠·孟塗晚出天馬空行·植之獨居潛蚪幽伏·同出大匠之門·各抱荆山

之璞·靈淑所鍾·人文炳蔚·江左英賢·於斯爲盛·然而陽明老去道術流分·楊子歸來·門人蓬散·或奔走於風塵·或消磨於簡牘·吏隱分途·升沈有命·而況天忌才多·地難載厚·青山埋骨·白屋藏身·溪山無恙·風徽頓邈·惆悵山陽之笛·徘徊處士之廬·斯又問昊天而無語·誦遺文而生哀者矣·惟先生早登甲籍·恰值丁年·未入蓬山·旋分花縣·人謂世少能吏·望報績於龔黃·先生以史多闕文·欲效功於班馬·於是絕迹簪纓·棲身林樾·寒暑一鐙·是非千古·涇渭之水·必分清濁·淄澠有味·必辨酸鹹·修綆汲古長墨磨人·面壁廿年·閉門十稔·由是悔從前之箸作·闢未有之町畦·文以載道·詞貴舉理·闡揚幽晦·激發性天·使方姚見之必

謂突出頭地。餘子紛紛。其能窺測於萬一乎。而京師作者海內後生。莫不聞風嚮慕。欲託龍門矣。且夫斗南數星。精芒不散。靈光一殿。巍然獨存。凡壽世之休徵。皆荏天之默佑。回首同學。半已飄零。言念舊游。都非老健。而先生年近古稀。名滿大夏。豈一人之幸哉。蓋碩果僅存。蒙泉所荏。斯文絕續之攸關。海內典型之維繫也。是知大隱半居城市。絕業不獨名山。長安寄迹。爲近日光。農部分曹。緣窺中秘。故公卿問字。車馬頻來。蠻服聞聲。束脩遙寄。不然北地春寒。南天氣暖。而必眷戀末秩。棲遲京國哉。肅以通家之子。隨弟子之後。孔李屢世。江漢各天。去春遨游。輦轂獲列門牆。壯山川之形色。欣瞻泰嶽。覩金石之文字。幸遇歐

陽。而先生不棄童子。何知賜可言詩。商能習禮。謂一貫以相傳庶千秋其有託。吾斯未信。向往彌殷。今年某月日。爲先生生辰。門人稱觴爲慶。各有所言。而肅適有出都之役。驪歌已唱。難禁老淚闌干。鳳德未衰。應爲斯人珍重。今日者高山首仰。絳帳天遙。曾參侍父。未克摳衣。泗水侯芭。遠游空思載酒。元亭是以。因心致祝。比事屬詞。一詞莫贊。願安游夏之無文。百世可知。不藉龜蓍之有頌。

陳玉泉七十壽序　馬敬之

昔者少伯韓隋。迺濡迹於徙郗。中書鬱律。兼託辭於化居。余每憬其人。未嘗不奮袂攘衽。企竦舞忭。何者。用有綴屨之辨。才非鍥舟之喻。是以牆臣帷妾。望而神恧者此也。余友玉泉陳先生。毓秀素族。振奇弁歲。蟠屈江介。鷹隣楚澨。緒業纘其道廣。息姓映其悳精。憶荏疇曩。陪奉末議。愸臚已得之趣。時忌申旦之埶。其文采亮拔。壇宇清劭。九州固博。靡芥乎胸臆。千禩詎遼。畢鶩於謦欬。聿訂杼臼。閎閾几榻。輒私幸竊歎。以謂韋韋之過安定。竝稱放逸。周舉之睽叔度。頓增鄙吝。提挈之恉。豈凡所喻。既而筆磬暫住。軨蓋互騁。夏臈奄忽。川原修阻。積霖夜坐。振唱於鳳

炬。停靄秋陰。執訊於雁帛。而涉歷所逮。若潛龍浮蹤。踆烏爽曙。耳熟心儀。具可覼縷。西蜀形勝。禹甸雄服。嶓岷敞其紀。江漢蔘其鞠。岬崍帶其膂。灩澦襟其足。柏濩開明之所翕習。長卿太仲之所編錄。殷豐則纖及鈲攪。谿險則綜核水陸。交廣之會。厥與蜀殊。芉城睥睨。象郡崎嶇。通闤比闠。接隊連衢。鮫鯔鯽鰐。鷁瑀鷄鶋。金華銀樸。琦瑁珊瑚。碧凝榕蠹。丹炳荔腴。翕呷閒游。而袓服姸路。倏眒集讌。而珍羞錯廚。侮食之莤。注韋之裔。稱秀才而號勃荷者。魋顏彫敨。綶夠乎其區。若乃湖光北瀉。嶽色南延。駭限荊地。奇峯棘天。喉矜嶺嶠。鞅轡潼縣。疆齊秦而爭霸。循翼軫而上躔。檣颿疊影乎洲渚。黍稷敷芬乎陌阡。騷經亦麗。庸䬚乎

戊申中秋萬樓觴月詩引　馬敬之

入秋霖潦傷我稼穡。里井紛鹿駭之狀。冠蓋鮮經過之便。開戶視天潋爲長嘯。退而展卷輒復慦圖。旬日以往稍獲晴霽。適江右陳子懿叔廣甹兄弟。返棹嶽游。軐訊湘介佳覿。藉展積痗。頓譎颸爽之景介紹乎奇懷。汎月之游。耆蔡於遙夕。僮來申約賓翻代主。薄暮登舟。則徐君后泉暨湘陰郭君意城先在焉。於時澄江疋練。皓魄初上。嬉彼動機。散茲靜采。回瀾直波。又蕩潏之。晃如祥金沸躍鑪冶。爾乃移隨岸之蓬。緩中流之枻。迫視所屆。咫尺仍杳。嚮諸吾才既竭。時髣髴於卓爾。方策具在。倏變妙於當局。萬樓者。高不數仞。基以積石。棐備牧豎之所褻。處野鼠鼪

鼯之所竄伏。然其平臺前敞。危亭旁綴。圜嶹遼曠。臚於寸眸。市聲遠隔。盪作虛籟。登陟次第。始歎殊致。殆欲魯衛昔陽莒郲滕閣。是知嬋娟之姿。屏鉛華而獨麗。焦尾之桐。匪中郎而焉別。尋討聿徧。肴核羅列。藉桂蔭以代幄。招素娥而侑觴。廣甹劇談時雜嘲謔。郭子卻坐精冥神邈。徐君善飲。動輒學醽。酬酢之隙。老懿屢起。偃蹇盤桓。手問心對。幻搆御風之想。烱立塵世之表。酒酣言旋。殆逾丙夜。涼颸巳厲。濡露漸謍。余時沈醉。但詑衣薄。夫趣舍萬品。其揆則一。俯仰古今之詠。專於修禊。後先憂樂之感。振於臨眺。二三君子。究究居居。或措意寰宇之大。或娛神典冊之富。遐攬旁訊。互盈所欲。約訂六人。曉岑歐陽君遲待弗至。亂臣十人。乃非周才之盛。史家載筆。遂在闕文之例。人事缺陷。大較類是。然斯夕之景。繼武髤誰。斯樓之遭。亦可兼賀。請爲歌詩。各言其志。豈直掞張文藻。標舉名氏而已。

孫太宜人沈氏六十壽序　代　羅萱

蓋聞斑麟七色·天邊駕王母之車·黃玉九華·雲裏祕安妃之籙·是以樹北堂之草護亦忘憂·採南澗之濱蘋還表潔而況才因德顯慶以善延介鶴而柏葉飛瓊侍膳則荊枝列玉·又何必紫虛宮畔紀桃實以三千·太華峯頭開蓮花於十丈·恭維　誥封宜人例晉恭人孫母沈太宜人·爲我　誥授奉政大夫例晉朝議大夫熙臺太先生之德配·而司馬賢昆仲之令母也·嵇山華胄·浙水名家·紫泥燦乎五花·素望標於七葉·太宜人殊資夙稟·至性天成·侍母疾則帶圍自寬·居親喪則勺飲不入·曹娥聖善·堪表其門閭·盧氏女宗·其聞於州里·蓋懿行甚諸此矣·今

夫幽嫻之美·即寓於弋鳫之麻·風也·肅穆之操·具徵於和熊之盛軌也·當其柔嘉習禮·燕婉明詩·心自範乎郝鍾·人皆稱爲尹姞·洎夫卜盈門於百兩·占在戶以三星·鏡拭菱花·錡湘蘋葉·語樊則下牀交拜·規何則上酒親酬·奏房中而克盡婦儀·入廚下而愴無姑食·男臧女獲·綜理咸宜·輦曰鞾車·辛勤弗避·洵所謂虔其中饋者已·維時太先生一麾出守·五馬前驅·仁歌徧百穀山前·治平第一·惠政布三巘嶺外·才氣無雙·太宜人以晉日之高風·佐班春之美政·無田非玉·有縣皆花·恤獄則諸囚禮佛·賜衣而犴狴無寒·興甿則萬眾稱神·至郡秖傳犹一·擘凡斯懿範多出中闈·以故幨幪萬廈·平分繡閣之安·經緯二儀·半出機絲之緒·且夫探驪頷之五色·必尋赤水之源·睇鳳翼之九苞·不外丹山之路·是以旗鈴表瑞·有婦德斯有賢兒·印綬呈祥·非此母不生此子·太宜人一勗較課·八索分程·坐胡牀而躬察賢愚·隔紗幔而口傳章句·用能璠璵作器·匠石成材·若乃挺謝家之玉樹·荊或夯榮·入積石之璚林·荔爰側出·爾其嚴還代父·義則兼師·織匹絹而義方無閒·人言作大被而恩勤有逾·己出至於鴿原急難·烏屋推恩·嫁韓康之弱女·玉鏡新開·憐劉向之佳兒·銅盤別貯·求之壺德·軼比前閻·答丁氏婦之集文·作大家讚·徐賢妃之論著·擬小山篇·太宜人夙嗜丹鉛·蚤耽青簡·學夫人之格花不勝·簪蘊謝女之才·絮還入詠·然而偶親翰墨·仍戒浮華·女

紅無廢·顧閨中何以文爲·儒素須安·庶兒輩知吾意耳·是以家傳七遙·黃口同稱·門萃五常·白眉更顯·如司馬者·學成荻畫·政愼蒲鞭·喜及身而玉汝於成·已遇事而銀手如斷·雖異地方思夫親舍·而高堂但勉以官箴·蓋小民造福·視夫長官·長官施惠稟於壽母者矣·然且慈雲遠蔭·愛日分暉·樂菽水之爲娛·卻板輿而弗御·葉瞻海屋·悵隔天涯·會逢周甲之辰·適邁重陽之月·斑爛一色·綵豔宮袍·璀璨千重·芳塡錦軸·　九天綸綍·衍第祿於元年·百里絃歌·慶篔疇於　盛世·固宜酌靑霞而滕爵·譜白雪以調鵠·此日兕觥介壽·敢抒側理之藤·他時　鸞誥重頒·更進長生之棗·

湖南文徵卷八十四

湖湘後學集編

小序上

王岱

重刻金剛六譯七譯序　三藏十二部皆如來隨地說法法不一法法本無法執法求佛不見如來故金剛一經爲須菩提所說得三心破四相苟經旨不明經皆黃葉婆子以三心難上座金剛一鈔立地焚燒矣雖然凡夫四相膠固三心相續非藉經力無有入處是經又世間不可少者程子穆倩早年遇異人授記有六譯七譯之晉王語其後益康且壽無寒暑災殄干戈水火之侵連舉六子其得是經之力因購金剛石刻二部果符六譯七譯之讖穆倩念佛滾恩無以爲報乃思重翻是刻廣爲流布然貧無其資乃效浮圖法而爲持鉢或者曰穆倩既遇異人佛已授記經原無裨安用流布然穆倩苟私經一已不作流布則所稱破四相了三心者何在是失經旨竝背佛恩矣矧刻經文法施之首務乎必有信奉法施如穆倩者起而應之矣

楊中丞聽湘集序　京山楊公又如大節炳炳天壤已無俟詩文爲傳茲其嗣君撰持公聽湘遺集索同志序之不覺讀竟而重有傷何也楊公之言卽楊公之行也公蚤歲名重藝林諸生時受知德清蔡公正菴及蔡公分守芝城公因讀書幕中而芝城則瀟湘合源地故公於湘三致意遂顏其集曰聽湘夫湘者騷人之所託迹屈平行吟澤畔以憂天憫人懷宗國而畏讒譏於是有離騷之作今公之集其殆類是獨怪公之客芝城在國步未傾之日而所以命名者若此豈非忠義由於性成而聲詩關乎志氣哉公起家癸未當烈皇帝蒙塵之日卽能奮不顧身倡義盡節其視屈平又何愧焉然則是集也當與離騷竝著所南心史不足多矣

燕臺唱和詩序　古人譔集必各賦詩其所賦者不過歌誦三百篇之舊什以相酬酢非自拈韻爲贈荅也至漢人始有贈荅然亦各述其情事無同韻疊聲之例卽唐人唱和仍和其意不

疊其韻宋以後閒有之至今始盛益疊和以己意爲叶彼韻多作傷氣每足爲性情之累求其韻同仍不傷氣不礙格者難矣宜興蔣子京少年在終賈才思橫發無所不可其於塡詞則擅黃柳之長詩歌則踞錢劉之勝而道廣識周風華四映其於知名之士無不氣求聲應當花晨月夕山合水洄茗戰酒酣鉛提槧挾刻燭鬮韻角能較技而風生雲合聚毫彙茹極一時之盛本朝以來自合淝龔耳而宣城濬南繼軌九陌之車馬風塵轉爲藝林之藻麗淵藪斯風一綫天壤尙存今又得京少起而振之吾道不孤矣

蔡鶴舫詩序　惟楚有才其沈雄博奧足以俯視天下天下爭

趨而效之不獨其才也其氣其骨皆足以輔之而行才非氣不充氣充始不爲指繞爲波靡才非骨不老骨老始不爲偃仰爲依傍楚之山拔而水淼其生人也氣足而骨堅識卓而慧異其爲古業也卓然自命不窮極要妙不止其立言持論皆足以籠罩一世名聞一時者固足徵楚才之大即不甚求名晦迹塵市愈足徵楚才之大也齊安蔡子在楚稱知詩清堅藻韻有三唐之風賦在三都二京之閒足蹟所至人皆知之然負至性不爲世俯仰落落少合故時顯時晦視公卿若儕偶等千金於一芥朝輕肥而暮藜藿岸然自得無少挫抑其氣骨與才何如乎眞所謂氣充骨堅足以輔其才正不必悉數楚才即舉一蔡子足徵其才之多彼區區於帖括遇合中論楚才之盛衰者誠子陽井底之見彼烏足以知之

秋旅詠懷詩序

秋冬之際最難爲懷故詩人因秋而多感自屈平賦騷宋玉有悲杜甫有興無非秋者世多謂楚人善於悲秋而實未盡然夫世人之心遇合欲其富貴福澤其寄託又欲其寂寞窮愁以寂寞境清而言易韻也唐之儲王於山水田園逸事則清逸及作應制則又濃麗何也是知言因境變非境因言易也吳子巢薇通籍後一行作吏入居郎署其家世閥閱皆富貴福澤及賦秋懷諸詩一則曰事與心違垂老羈棲再則曰窮愁萬端潦倒生涯單寒緼袍何其窮愁寂寞至是吾知巢薇亦如儲王之因境爲喧寂也然則楚人善於悲秋爲臆說矣

黃赤子古文序

吾楚古稱南服然世治必始於楚其亂亦始於楚明之叔世襄鄖寇氛已極衣冠之徒罹難者亦最烈其能不攖逆命不蹊戈戟全身嘉遯者孝昌黃赤子先生最著也赤子抱異才僅獲丙子一雋不復大用於世而運厄陽九龍戰亢悔懷文山疊山之志憫人悲天及滄桑既改遯蹟名山著書以老猶不失所南鐵崖之節故其立言汪洋奔放如千將鏌鋣鋒芒不可迫視玩其言者賞其華藻窺其意者悲其志節不僅以文章命世也赤子沒數年其子惟一持其所著古文若干卷徵余序余低回未敢執筆者正不敢以文章位置一時知其炳麟百世者自有在也

南雲和尚遺詩引

南雲一號拾殘法諱輔元俗姓陳諱五盤字逸子長沙攸縣人少補弟子員因其先人開之先生靖寇難闢之故丁卯孝廉與洞門趙公同譜者也南雲慟親沒兼値國變遂祝髮爲僧行腳四方四方鉅公名流皆重視之與之結方外交南雲工詩好書畫古玩人亦爭致之然其意不在是也負至性傲物意所不可雖貴必面折已付報恩法然不作善知識行徑行笈一肩瓶鉢外皆儒書意氣慨慷有古俠風志士皈依之俗士駭異之甚且忌之詬之然其胸中或無端磊落嬉笑怒罵皆別有故非知己者不能測也甲辰至都門謁洞門趙公値

公病篤卽爲付饍嘗藥越旬不寢不倦公竟不起雲亦踉蹌無恃而八年友芝麓龔先生爲海內學者所仰爲泰山北斗者也雲甚慕之欲見無繇作詩三章付余傳之余亦以屢躓媿於投謁詩遂沈笥中今雲已圓寂西泠偶撿得原卷不勝存沒之感余負雲矣因裝潢成軸或異日得便投龔公庶幾此詩可表於後以存雲不磨至性余雖負雲俾世知雲其汲汲求公者不與尋常世俗等也雲貌魁梧奇偉五十白髯鬖鬖氣岸眞有道者惜不壽耳

衲子德衡引　衲子德衡吾潭人原姓周名翁其家歷世簪纓衲子以祖廕之餘家甚豐更以文學名家其幼卽補子衿試前

矛露頭角復抱性耿介不痌然諾族雖巨皆不敢以年少忽之方且期以繩武未幾甲乙之際湖以南寇踞潭城已屠無孑遺衲隱山中妻子得無恙一日學使者至須逐隊入試衲撫膺自悲老大無成不樂復就子衿又値家有綠林劫掠衲幾身罹不測卽發憤出家私走南嶽後山家人族婣皆驚羣追之至山勸慰至再不顧久之行出家苦行搬柴運水以習其力時二子尙幼內人潛遣僮僕赴山代力衲拒不收待以客禮且曰汝等來何事吾旣出家若輩卽同路人無再來溷吾淸淨也然每月之內家猶齎糧糗菜茗以往衲之姊適衡山諸生甚相得初諫以涕泣久之堅持不已出家幾十餘年始有金陵之行住江甯之半壁菴而菴主卽大司馬王公玉銘也於是衲安之一日郵書索余募疏余謂衲旣舍豐就嗇乃復波波吒吒如是是與出家之意相遠矣因爲敍其本末以代一棒枘當猛然省矣

李吉三畫小引　虎林李吉三初學畫藍田叔子次公其工人物則其匠心獨出者也辛丑閒游京師最著名然其人馴雅有素心非世味汨沒者比獨傾倒於予筆墨遂多時余落魄無力盡其技嘗許其衣食麤足卽楚游當竭生平長爲余寫古今人物甲辰余再至都門吉三長逝矣惜哉廣陵散從此失傳因撿笥中片紙寸楮皆裝潢之以志懷感不獨畫也

陳園公尺牘序　海之大無所不藏故曰海藏所謂藏者非特

珍錯已也卽一草一石一蟲一介皆所希見見者必詫異彼造物者苟物物而賦之纖細而別之亦不勝其緐然物物各具一形一形各具其奇呈其巧總以氣化之大包蓄之廣不期而然非有呈奇炫巧之意卽造物亦不自覺也今東海園公陳先生年且髦耋其精神銳發文戰酒會角勝爭奇倘倍三八少年其生平箸述富等身猗久已傳誦四方茲又撿其尺牘若干刻以行世命余弁首余與先生交數十年諸詩文無不悉味獨未見其尺牘今閱之光怪萬狀淋漓滿志亦如初至海岸見其一草一石一蟲一介無不驚異得未曾有以此知園公氣魄之大蘊籍之廣故能奧然沛然無不異也然非海無以見先生之異非

先生無以見海之異也、

趙而忭

虎鼠齋集自序　丙戌之秋、會以肩輿行南嶽下、孤村人斷時見斑斑虎蹟、是何等悲涼歲月、甲午放歸淮泗、天時峭寒、舟行冰上、攜中酒吟一帙、竟爲鼠齧幾盡、生平詩境、舍此無可名者、少陵詩云、猛虎立我前、蒼崖吼時裂、夜溪經戰場、野鼠拱亂穴、浣花老人半生心事、全寫於北征一篇、夫固先我而出悲吟矣、

譚友夏先生子硯歌序　先生寶一硯、製甚工、曾自作銘曰、墨易生、如蓄水、自出如瀑、大人書之金如玉、野人書之石如木、銘久載文集中、研已數易主、癸巳秋、有友持以贈予、曰、此楚人失

之楚人應得之也、因作歌、

尹惟日

雜詩引　北上至星沙、復淹留而歸、避暑山中、作古風十首、意固無著筆亦澀矣、

赤松壇引　壇在雲陽山之下、祀赤松子、黃石公考、雲陽爲神農之封、赤松時爲雨師、壇於雲陽、由來舊矣、黃石則後人附也、

貝墩詩序　和平志溫泉五、而貝墩居其勝、余怪其名、跋涉往觀焉、至則萬山相攢、騰空而下、勢稍夷、突出一石、白如磁、圓如鼓、上可坐數十人、石上有小竅百餘、溫水從中仰噴而流、焉積而成瀑布、下入於江、其水若沸湯、而至清、朝暮有氣蒸蒸然、而不之他、泉之觸人也、不知幾日月矣、而石之受流者未嘗少損、斯貝墩之勝乎、貝墩之名終不能甚解、瘴嶺蠻煙中遊迹罕至、竟無一可與語者、問其由來也、紀以詩、

鄂渚寄愁五章序　余至鄂渚、聞賊陷長寶、羽書急馳、欲歸無路、回首湘雲、有淚如雨、方寸亂矣、急不能擇、口占五章、聊以寄愁、

同陳特生作詩序　余十年前交特生於都石驛、豪客王君家、曲水觴流矣、姬袖舞、曾紀以詩、今蔓草矣、過其地、有興亾之感焉、

陶之典

酬劉澹山詩序　邵陵劉澹山聞修嶽麓志、寄新詩、竝前代明作簡予、志告成、擬報之、會漢陽王子孟穀來客麓山寺、特製詩三十韻見貽、因用韻述懷、奉酬兼寄澹山、

斷磬歌序　石質艮、徑長可數尺、瑩如溫玉、懸高廟、閒往者拊之、聲鏗然、聞數里、己丑裂於兵、亦南國物數中遭逢之大可慟者也、憔悴客懷、弔之堙鬱、

曹耀珩

餓說序　沔陽譚慕鄰以所作餓說示余、噫、天卽困慕鄰、何至餓、天困以餓、慕鄰必屑屑然說之、毋乃有怨尤不平之意、而非樂道者流與、旣取其說讀之、非說餓也、餓而有說也、夫人而餓

則事迫而患切氣餒而志靡苟不狂呼大叫必委頓偃蹇而不能發一語慕鄴獨奮其筆舌發蒙啟憒浩浩蕩蕩洩其所有然則說餓者與餓而無說者皆不善處餓而天亦不樂餓其人也夫慕鄴好古湥思卽不餓宜自有說然惟餓則其性堅以忍其神清而明而說乃益肆慕鄴獨餓於腹耳其心饜飫義理茹咀英華固未嘗餓也慕鄴其益堅志懋修厚承上天玉汝之意則千古之餓人獨一慕鄴矣

乙卯夏五後自序　余以二月鐸春陵長日無事既得詩一百六十有奇夏日奉學使者檄至欲以博學鴻詞薦余之長沙辭之自五月發舟至十一月返署復爲詩三百首凡懷古贈人覽

景詠物山川行役之什皆在客館江船其中似不無感憤語生逢　聖明之主且以一秩受　恩於朝復何怨懟蓋回思十一歲補諸生後百無一就十年來多病長貧今倘以微官遠役困抑未改因不禁津津然喁喁然宣於口而筆諸簡也上官自中丞下皆謂余麤知文辭有加禮卒無一言相呈自攄窮愁之音不足溷清聽性又不工爲頌諛拙詩云無句上公卿有以也經曰詩言志讀吾詩者亦可略見吾志之苦也夫

余子錦

鑑谿二洞詩引　洞無名以其地名之地之洞不一以庵與亭別之二洞皆列大道旁竟不得一顯於時然則物之裕於中而歉於外以孤高自尙者甯第茲洞歟爲作鑑谿二洞詩

石鯨

洞庭秋和詩三十首序　長安人有持些庵此詩問余洞庭之氣何如余曰洞庭有伯氣而無王氣有仙氣而無富貴氣人謂知言一夜引燭和此卻寄洞庭人

和楊大客堂詩序　僕以壬寅十二月歸洞庭矣未至洞庭前一日因念柴荆安在十口焉歸欲作書向楊大楊二分蘇公溪上草堂安置老弱未審得否時姬人霜紅在旁知狀余命執燭遂和楊大客堂詩韻二首先寄之求寓公禮也

唐鵠彩

開利寺詩序　吾族居潭不知始自何年祖佑官唐銀青光祿大夫今其墓世代爲唐氏子孫拜埽誌石班班然其久於潭可知也墓相隔數里卽有開利寺亦不知剏自何年但譜傳唐仁鄉所建而重修在唐貞觀十五年則仁鄉又爲唐人以前無疑也其佛像高九丈巍然如新四面叩之響應閣高十丈欞楹礎石無苔蘚氣唐黃巢之亂吾祖率子衆避佛身中以茶水從佛目滴下賊以爲佛淚收兵避者得免嗚乎國代屢更兵燹遞劫此寺獨存仍存於一姓佛力邪祖德邪吾何以名之記而作詩

唐世徵

哭陳伯璣詩引　予與伯璣遙遙隔江楚己亥予頌玉山過南

昌値伯璣他往無緣一見今忽忽踰三載矣伯璣從蔣同野索予新舊詩選若干首梓入國雅嘗語同野謂予詩觭澹幽秀足冠諸家今伯璣死誰復定予詩者感念知己能無惘然邪

張文炳

文松篇引　秦松出成山諸島士人劃石移之百一二活者此乞自林生植薰家荅邑賽先輩故物得之三十年賽以上難更僕述矣呈之司馬聽事大加歎賞易文松名賦五言古寵之余讀司馬詩得其用情之正有不能已於言者遂忘其譾劣爲悲喜二章和之

靈蕉詩引　縣北二里許有招提曰最勝植蕉二本垂八十年

今夏始花遊人山集以其不常見也感而賦詩

麓江讌詩引　春日麓江讌集謀搆杜陵草堂於嶽麓寺右時同事者爲徐彌明趙念昔蔣幼李王孔嘉沈介山夏仙李淇瞻禹書陶奉長天石陳獻元程衡若徐半霞曹鳴珮暨吾邑劉五原會虹受馬自超張錫田豈石蔚石昆石寺僧阿諾二十三人

劉宏勛

洞庭秋引　南詔犯順洞庭久爲賊藪康熙庚申　王師恢復時予年二十矣初至岳州和同里諸君作

劉授易

得家仰山消息詩序　仰山令行唐以內艱歸里己卯秋與余聚首南海其時爲權香山令某甲以縣產豐饒利其脂膏少不愜意輒以海地新生誅求無藝謏聞大吏民怨滋甚會眞令至仰山故人也以情實言有司具告請豁凡六上大吏惡其瘠己也不報令頗贛遵新例訐於部朝議以令去官大吏亦稍稍左遷矣推究言事者罪仰山下獄拷掠備至仰山門人四人頗有力可訟仰山冤大吏聞卽日斃之獄中非法也嗚乎劊下以行私罔上而殺士尙可言哉仰山居鄉謹厚檢身靜默非諜諜妄男子而賈禍若此尙可言哉予聞之嗚咽作哭仰山詩癸未三月十六日

陳鵬年

詩十章引　余性畏暑兼患卑溼觸之輒病都下無力僦居惟依棲郡之公館甲午冬計偕者畢集無置足地因移寓其旁邑舍舍僅廢圃一區破屋數閒而已屋既頹塌不能蔽風雨盛夏溼熱交蒸尤所難堪賴　聖慈命直武英日在凉堂廣厦之閒每帶星而入昏黑而返至則如坐冰壺炎暑消除樂而忘倦見者謬謂勤於所事不知余以負罪餘生心力損耗詎能矢報萬一亦聊以適吾志爾初伏五日爲詩十章索同人屬和焉

陳養元

宣城夜行詩序　甯國山邑民食半資外郡承乏以來常平義社貯穀萬二千餘石己丑宣建告凶移七千有奇常平一罄王

辰二月又撥五千餘石濟合肥將復罄義社而縣之士民以窮巖絕巘素苦鹻磨環庭呼籲連紙詳請走訴郡伯焦濡半旬未就寢處同人於萬斯感而賦之勉和一章以紀事也

徐昌支

荷亭歌引　亭爲鎮平將軍建極木石之都麗在武陵稱巨觀不一載將軍病亟歿信青烏家言毀之爲作此歌

彭維新

輯古逸詩歌謠箴銘諸辭序　上古至三代歌謠箴繇諸辭散見於載籍明北海馮氏彙萃爲編稽覽誠便而蒐采未富遺佚頗多且其序注緣起標揭事始數典忘祖亦時所不免余弟謦

三爲廣輯而訂正之其無所麗者閒以類附焉古人文辭樸奧高迥使讀之者厚志氣廓心目晨夕几案相對一如彝鼎法物之雜陳於前而歷世寖遠後世好事儗作亦往往參錯其閒如孔叢子及漢魏諸家所引與夫琴操所載未必不謬於古人之意好學深思者比竝而觀之其世次之久近辭意之淺深亦無不可揣而得之雖然要非陳隋以後詞人所能襲其似矣

重刻華陽國志序　晉常璩采華陽國事蹟人物爲十四志原委條析敘述簡括深得史家法自云得之陳壽所爲耆舊傳今觀其文氣體徵遜於壽然漢晉閒軼事史不盡載者賴此以傳書中所紀華陽人物自薦紳達官至於編民里婦一善可稱悉筆於書推其意惟懼或有漏遺可謂好善汲汲者矣按壽嘗爲中正故於其一方之公卿民庶能知之詳悉若此璩能述其意踵而成之以傳於後世兩人用心之厚曷可沒哉蜀人李岷麓以舊版漶漫覓得善本校勘譌闕而重刻於金陵屬余爲之序

贈陳侶伯詩序　侶伯自號橘中叟性剛直博學彊記工詩旁及篆刻繪事先世黃州人明末值流寇避金陵後入秦幕歸隱譙北茲游京師與余寓鄰相酬唱天寒索飲酒半見余古劍作長歌有奇氣因次其韻和贈

木石居端硯詩序　攸縣劉嵋翁所藏硯名木石居榕瘦索絡端石隨石屈曲窪突相赴體製天然奇古翁云元至正閒發自

番船明末得自民閒席閒出以示予

雁蕩五首引　山有東西二谷崖壑奇麗謝康樂守永嘉伐木開道自崖而返至南宋此山始顯從前未有知者大龍湫在西谷中

次安東詩引　庚戌七月江北淮陽邳徐大水民聞草根樹皮都盡奉　命同侍郎馬公督賑務行次安東感而有作

游峽山飛來寺六首引　寺居山半舊傳神化方士運自舒州自寺上里許更深蔚有亭及靜室後峯極高卽寺後山也

張璨

張南麓先生辛酉後詩序　此南麓先生未遇時作也出處之

際思之爛熟如魏鄭公書懷劉靑田放歌坎坷骯髒關情身世奇思從至情流出不泛作英雄欺人語故音響則雅健道逸波折則渾灝流轉雜之少陵中亦稱上駟焉余嘗謂人當富貴則恣情逸樂處貧賤則失志侘傺皆不暇留心風雅出一好語驚人今觀先生丁旁午之秋流離播遷而獨能勵志不墮錚錚自豎興會所至動合自然信乎士貧乃見節義而虞卿非窮愁不能著書也人言其氣度似曲江又言其出入風雅儼參王孟之席豈知其抱郄高吟崢嶸嵂屼他日之出身加民終不異此草堂襟懷故無論先生在山詩斷以少陵歸之雖然此其嘗鼎一臠耳欲攬其大全有鄰嶽堂全集在余異時當更有論述云

曾用瓚

送芥庵尊宿之白下詩引　芥庵湘中華族喪亂逃禪遂通十偈數十年閒往來吳楚城郭人民之悼久矣丁卯秋卜居道院謂碧山投老不負故吾乃破衲無歸煙波難繫復鬱鬱去斯土念其垂白飄零贈以長句

楊升

洞庭秋引　讀郭些菴先生洞庭秋若煙波在我几席湖白秋淡愁縷百結非有心人不能作亦不能讀固知先生有先生之洞庭秋猥云續貂聊追索湖秋卽寄懷先生

彭廷梅

木龍歌序　木龍用以治河見於宋史曾鞏爲陳堯佐作傳誌其事然制度不得其傳漢陽李昞雙士匠心獨運刻意講求與古吻合遂上其議於相國高公適淸口　御壩工險高公用其法試之遂慶安瀾工以永固河東完司空仿行其法大效蓋木龍之功能挑水護此岸之隄而水挑又卽可刷彼岸之沙一舉而數善備焉較之下埽開河不啻事半功倍誠防河良法不可復至失傳爰作歌以紀之附詩　伏羲一畫開鴻濛萬類迭運五行中飛潛動植各有屬天用功大無如龍水火土金各分羣龍以木稱未之聞木之爲物性則直龍之爲德變不測宋時防河議造作曾鞏傳載陳堯佐前人制度今無存不傳其法傳其

文李昞讀文因得法陳之相公　天聽納楩柟杞梓松杉構鳩材聚工在淸口篾篠簹篠筌箭筏編纜惟急束惟密非橢非銳非圓方或伸或屈或短長盤踞上游護　御壩木兮木兮龍力大我聞黃河九曲曲曲灣東灣西灘灣對灘灘長一尺沙灣淤一尺窪議者遇灣必下埽遇灘開河引水道開河下埽年復年卬以二說之外心茫然乍聞木龍皆詫異紛紛猜忌生非議不見河東完司空用有成效奏膚功安瀾入告　天顏喜木龍功用可知矣良法誰得其要領前有堯佐後李昞刳木爲舟自軒皇編木爲龍豈荒唐龍邪木邪請溪論象形按義取諸震始信錬石可補天以木爲龍五行全雖欲勿用何能舍作歌徧

告防河者。

瘞鶴銘詩序　瘞鶴碑銘久沈鎭江。或云王右軍顏魯公王瓚顧況遺蹟。舅氏陳滄洲先生守鎭江。一日游焦山。從水中挽置亭上。考訂舊本。知爲陶貞白筆也。寄詩命和。

王爲垣

洞庭秋引　海內受水地八千里。洞庭爲長。自導江以來。注之者曰九支。曰九十九支。曰七百。曰八百。步亥猶歧邉。問所產。壬辰旅湖上。大兄青原取舊和些庵前後二冊。念年來所見爲秋者。向湖中諸族質之。每念嶽有志。而湖無志。輒思采輯與霍志表裏。爲人間事所窘。未遑也。戊戌過甯川陳子芷濱與弟方山

繙閱青原故集。手蹟如新。殘秋猶碟碟紙上。追感旣往。復訂將來。匪躡酈元之蹤。聊述單鍔之意云爾。

尹士玟

張貢五省覲齊越紀程詩集序　省覲紀程二編。余庚友貢五張君之所作也。當南麓老伯宦游時。貢五率羣子弟肄業家居。未隨冰署助理。是以十數載前後有仙居文登之役。時雖志在覲親。而閒關千里。山川風土人物。意有所觸。輒形諸詩。至之日升琴鶴之堂。披闈上壽。色笑融怡。樂莫如也。迨南麓公還里。承歡未幾。隨赴道山。高堂永感。貢五於舊詩中檢出此編。時移事去。感慨天懷。寄諸棃棗。以誌永言之思。可謂孝矣。乃屬余序之。豈以余與君齊齒。其失怙也早。緬想趨庭。明發不寐。彼此同情耶。而余益用是皇然矣。旣輟筆。更憶昔事。贈詩二絕。附正記得君來避地時。與君丱角共書帷。兩家嚴父憑拘管。猶帶些兒竹馬癡。趨庭光景比肩時。二老花尊竹下棊。今日詩思都似夢。十分珍重覲游詩。

王生荃

寄朱十兒詩序　乙卯元日。過洪山堂。省朱丈。歸讀先子遺稾有元夕過翠濤先生洪山堂六首。翠濤先生。先大父船山集中所稱翠濤王孫也。瞻屋之悲。依稀碩果。集中三致意焉。故先子句云。詠鳥柴桑會伴醉。多情宋玉自悲秋。感今追昔。敬賡原韻。

李名颭

觀音巖作引　先職方公從西涯李先生游。與崆峒陽明燕泉諸公頡頏。詩壇海內稱之。以忤劉瑾。歸築精舍於石屏峯下。花朝月夕。艤舟登巖。呼朋唱和。詩篇盈篋。見諸邑乘者其一斑也。經今百有餘年。山光水色。寂寂天壤。康熙己酉秋。偶涉其地。觸目興感。詩以紀之。

陶士僙

古體十二章詩引　臣士僙菲材守漢四載。濩愧虛縻。惟是士民稍安其愚直。上官亦謬相期許。遂爾因循。逐隊噉進。不止。今年春忽以蜚語陷誣被劾。皇帝震怒。下中丞唐公於獄籍

其家褫漢陽武昌守及宜昌郡丞職。命制府內大臣推鞫之。株累者數十家。 上怒且不測。士俱羈守僧樓三閱月。屢經對簿。爾時鉗綱布散。會城附炎趨利。直如黑氣滿船。安得婁公可藉檣蔭。無何搆釁者自以賄敗。士俱得伸辯枉屈。迺分別奏陳其事。 上釋中丞罪。還所籍財產。同患之人或遂廢棄。或置重典。士俱獨以無罪復職。纍臣聞 命。感與泣交。因歷歷記前事。漫成俚語。音噍而節促。非獨痛定思痛。兼以寓目懲頑。當座右之箴云。辛未又五月小暑後三日

李都藩

繡帕詞序　李玉蓉新化上渡村人。工吟詠。適吳氏三年而寡。

玉蓉終喪三年。從容賦絕命詞而死。每誦其一笑尋夫去之句而悲之。蹟其平時嘗繡吳門李氏於帕。死則佩之。因爲之作繡帕詞

劉元燮

碑市靈石十二景詩序　維嶽匪巖。維湘清泚。中有邨壑特妙村莊。偉雲麓之屏垣。丁靳江之渚漵。爰產靈石。怪怪奇奇。駢羅水濱。磊磊落落。眠立互嵌。肥瘦殊形。肖物維工。取象絕類。儼八陣兮魚浦。爛五色兮蟎潭。絕勝坡老作供。宜令米顛下拜。燮也世居湘湄。宅枕石首。漱乎漱。常以礪齒。賁而齎。或且代糧。未敢矜言介如。忍把此心頓轉。祥詎希夫剖印鍊。奚禪於補天。釣處雙趺仍尋舊辭。谿邊十笏便置新亭。磐固既如冠鼇。參錯恍同游島。攜琴坐以目醉。披牖玩而情怡。思得點頭小小。綴景睠懷報玖。聊爾聯吟。體弗拘焉。韻從換者。

孫起棟

表哀詩序　乾隆己丑三月十六日。聞先妣歐陽孺人之喪。哀痛擗踊。至於肝摧肺裂。兒既不幸自干憲罔。囚繫海外。生既不獲奉甘旨。死又不親衣衾。爲辜已極。乃復偷生至於今日。祥禫倏過。悲號一章。以攄罔極。

題秋山陶明府讀書圖二首序　曩昔東坡先生於古人雅好陶詩。以爲質而實綺。癯而實腴。求之於曹劉鮑謝李杜諸人皆

莫及。故謫海南時。日夕追和其詩殆盡。其得鄭靖老海舶載書見借。則次陶集中贈羊長史之韻以贈之。今余十年淪落。學殖荒蕪。秋山明府至。而書胸詩味。貺我良多。其所爲詩亦綺而兼腴。殆不愧其宗風。要非十年讀書無此超詣也。頃過訪。出其從姑山讀書圖索題。輒有觸於坡公追和陶詩上賴古人書之作。次其韻。且以爲贈云。秋山名淑。字作人。乾隆丁丑進士。江西人。

送別東坡先生墨蹟詩序　余篋中有所藏東坡先生行書一軸。雖墨氣紙素在有無中。而精神骨朵七百年如見其人。予什襲珍之。日一展卷披玩。洵至寶也。頃爲榷使阿雲帆攜去。云欲將以 上獻。去我之日。實難爲懷。因賦此詩話別。時乾隆三

十二年七月十有二日也。

塞上卮言　乾隆二十年丁亥春。戶部郎中阿敏達字雲帆。榷山海關時。延予訓其子額樂春額爾金。朝夕劇談殊相得也。一日予出所藏蘇文忠公行書一軸示之。從容謂余曰天下之寶當與天下共之。擕以　上獻可乎。如果獻後當寄酬千金耳。余率爾可之。初不意其食言亦不意其遽歿也。自還京師卽出使西垂卒於途。次而此物成烏有矣。嗣余姨弟佩璁報余云。頃於燕市見有人以千金售其物去。知為大兒物。然無如彼何也。余至今以為恨云。

贈塔少司空序　維時鎮守山海關副都統塔彰阿公。康熙雍正間相國松　公之子也。由尚書郎累官御史給事中閣學士。遷擢至今官。年已七十矣。而好學不輟。性耽史。與言款款不倦。如家人父子。雅知余延為子師。一日諗余曰余知先生已二十許年矣。君鄉柯君昔與余同為給事中同僚。數數為語余而太息焉。謂君才俊也。吾欲言又恐有涉於私嫌。蓋時有同鄉胡太史事。柯曾言之於　上。是時胡太史之子聘富室女以胡大考被黜而家又貧富室猝遽絕婚柯君薄其人　上聞奉　旨得諸其事而胡太史亦得復原官今故人已成千載。而余亦老且耄。與君邂逅相遇於此。言之憫然。為援筆記之以贈。柯名瑾。湖北大冶人。

海上卽事一首序　時在五月二十八日。居停主人招同南北幕府諸君出游至海上趙石渠在焉。是日冷風颯爽。殊滌煩襟。轟飲無算。頗愜意。石渠出都時。其師褚學士賦詩贈別有見及鄙生語。爰次其韻成一詩示趙兼寄懷學士。時學士方家居宅憂。扶太夫人櫬南下石湖營窀穸。尚未還都也。

孫良貴

楚風雜興自序　三歲適秦過是用長。賴先後明公匪怒伊教。備員全身。緒趣棼俗自分楮墨疏緣矣。今歲復月初度四十。舊時同學寓書索近詩。有云夏聲則大崆峒劍鳴。言者心之聲也。將以徵諸生所行行所學學所授焉。夫烏知夫西京寂寂誰緬雅南。北地硜硜久咽汴水。侯方域春興詩云多時詞賦屬三韓。高山近可仰哉。終言熏德宜艮高美莫及。土音天限初服難忘。感事懷人百端滿目。得詩八十首名曰楚風雜興。洵不知興之所至而為此也烏乎詩。

張家榘　案作者世次在嘉慶初應歸下卷

王明府詩　淡澤王明府公培奉檄承辦征苗軍需。凱還後作戎馬書生八圖。自題長歌寄意。又十年卒於城步任所。其子鍾翰請予作詩。

酬王中之明府　中之名金策山東諸城人。由庶常出宰黔陽。嘉慶庚辰冬予與金陵陳子言同校沅州試卷。既竣事中之以公至郡。與予纔一謀面。予卽先子言歸。後於子言處見予詩。作

詩見贈及贈子言書之子言扇上子言歸道長沙以扇示予未及荅又得其手書因酬以長句竝寄子言金陵

贈陳大雲　陳大雲濡嘉慶辛未與予別於湘陰舟次其時猶諸生也越歲壬午以編修典廣西試歸道長沙省其尊人金門刺史相見於飛虎砦行館臨行索詩贈別爲賦長句竝簡令兄秋舫修撰芝眉編修

篆經圖爲香雪女士題　香雪姓陳氏黃仲良孝廉繼室仲良有嗜古癖自顔居室曰三長物齋金石文字其一也香雪幼習古篆既歸仲良盡出所藏臨之益工嘗謂昔人多書佛經以書者可以養性而藏者不致褻視因手書心經一過仲良敘之其

末云仲良入寺不禮佛香雪亦藉此學書非佞佛者樅陽闞丈嵐豔其事爲作圖而以所書心經及菩提葉附其後

籲天煮藥圖　奉新張孝女名淑先衡陽令草堂啟庚女弟年十九許字陳未行值父病喘殆甚淑先於嚴寒中煮藥檐際衣不解帶者百餘日醫議投寒劑淑先默揆氣息力主附桂得愈既愈而淑先致疾死母檢其遺篋得代父疏草堂慟之爲畫圖索題

田家詩六首　予行年五十託無一椽食無半畝往歲得縣令官恐吏事牽率不得買田歸耕既改就閒秩又貧未卽歸老病侵人未知此生遂有田可歸耕否顧孺仲之念一日未忘輒作爲田家詩非以虛儗儲王亦猶淵明歸去來意爾

再題子振子立秋鐙聽雨小照　戊子秋爲子振昆仲題聽雨山房冊子閱今五年子立漸有歸興復屬題闞丈嵐所畫秋鐙聽雨小照極道歸與之樂益僕與子立老困冷曹宦況都可想見云

譚光鼎

過大花灘詩　灘在黃楊堡之上半江皆伏石蹲踞激水成輪寬廣數百步中空如滎阱聲同雷吼舟筏少縱卽漩入阱中無得出者舟人恆憚之水滿則無水落卽見

鄧勝逵

哭城中屋詩序　邑城東門內有屋一區傍學宮側爲先人發迹之所雖兵燹後焚其楹棟而遺阯尚存無知族少盜售於人歷年所矣今年春學師李先生招飲酒酣次其旁舍瞻顧振觸不勝愴痛作此哭之

宿吟道觀偶述　自總角時卽知小洋資水東厰名道塘有眞慶觀今老矣徒以癖蠹守愚未一涉其地今年正月以避喧爲游春計閒行至止得挹羽流一清四聰濬安等邀入精治色笑紓和陶陶然與春光相明媚已而置煉餐設小酌歡譙永日不揣方外之結契有如是因頽然大醉宿道院次晨披衣徧覽觀內外洞壑林麓逶迤幽邃心詫者久之都人士何以久淹不傳

也其斯地之有幸有不幸耶始歎宇宙開所稱洞天福地不遭有心人蕪沒於空山寂歷中者多矣因爲詩以志之是歲將游學貴陽擬命及門龔淸賦之以祈騷人韻士和冀斯地之有聞於世也觀原名眞慶余以其地爲道塘也因易之曰吟道云時乾隆甲子孟春上浣日也

賀國華

嫁愁集自序　維余系出鑑湖幼生湘渚性耽琴史雅好師資敢窺二酉之藏漫撰五車之富詎料囊空司馬思買賦而求金飢迫淵明每叩門而索米十年浪迹八口鞭心聊寄歌吟略抒悲憤情同落雁哀聲時和湘絃性類卷葹解恨難逢萱草歲華

云邁卷帙寖繁爰憶昌黎失意會以送窮爲文小子效顰亦擬嫁愁名集柏梁制禮沈約爲媒繭紙鸞箋暗傳庚柬筆牀墨几聊代香匳曲譜催妝詞翻織錦自此綫添金縷時壓垂柳千條莫令酒入迴腸如灌武夷九曲敲燈擊鉢誰云恨海難塡短調長吟勿令眉峯易鎖用標駢語共證同人

郭熿

曠峋嶁太史文序　峋嶁與余皆不幸年少竊文名由童子而諸生而貢於雍試則皆俸首其偶又少都不自量心雄膽放妄謂事無足爲我難者然皆貢雍又十年而始傾解額乾隆乙丑同客鄂渚有合刻時蓺之訂未果既余自刻於都中而峋嶁亦擬自刻於家皆各汰其少小崢嶸之作得如干首而余屬峋嶁仍登少作一二俾知坡老舊時文字原非一味平淡顧峋嶁自貢雍後方日從當世鉅儒講求經濟務雖不欲以制義名自謂伏案功淺談理之作弗如余然峋嶁自少以饑驅周覽名山川磨鍊世故又肎肆力於史籍論事之篇雅極淹博讀峋嶁文者略其猶而采其精可也然而文之佳惡峋嶁曰吾自得之余亦不復贅云

劉元熙

晬盤詩會序　歲在攝提月逢姑洗風名明庶溫應候於東皇星號老人朗垂芒於南極則有佳兒挺特誕生江夏之門好景

芳甤正値竹秋之節今年係長年初度遲杯流水曲之一旬前夕爲望夕良辰次月滿珠圓之二日屛開錦繡門閒弧矢森陳地藉氍毹席上俎戈燦列集嘉賓於藜閣履如曳春申三千出英物於蘭階氣可呑雲夢八九早知跨竈之異何俟著鞭且試晬盤之祥果先挈印岱宗之松雖小已具干霄礙日之姿丹穴之鳳方雛便有巢閣儀庭之致羨權奇之有種父匪牛醫信炳蔚之多文母占虎夢文疆再見還推行誼無雙曾直重來又擅文章第一乃有南陽才子北海詞人雅會墨莊千日之春醪共倒同揮繭紙七枝之香草爭吟謂盛事當以圖傳而佳篇必須臚列駢羅百寶堆來瑪瑙之盤秀發三珠寫入琳琅之什昨歲

到處降旂爭出奔、獨抱孤城心慷慨城亾與亾存與存、大呼殺賊賊魄褫衆寡莫敵勢不支崇禎癸未秋九月城陷不屈公死之是時蜀都更苦賊紛紛豺虎交驅逼錦官城外嘯杜鵑萬里忠魂歸不得二三遺老時嗚咽眼見當年頸濺血街談未竟淚先流罵賊獨聞常山舌滄桑變後原野空鳳凰山下土花紅裹屍無人尋馬革至今夜夜生悲風嗚乎公生愛民如愛子城亾與亾得其死輶軒未上英氣存遺民數語當青史

劉　烜

上陳忠潔公墓詩引　甲申之變內外戒嚴詔天下勤王公以御史視學北直時行部至易州聞警卽戎服入京比至城破則

已三日矣按此據公家傳與明史異考公家書致命在十九日公縞衣哭君血書訣父遂自經於上湖南試館之椿樹上三僕倉卒市棺瘞於館之菀圃越順治十年京山秦嘉系始捐金購地遷葬公於永定門外石檣莊公無守城責易州距京三百里離賊尙遠卽不死當無以大義責公者知必危然且至此豈處危城邀專謚二十一君子所可同日語也當時敵騎充斥殺人如刈麻而公以書生衝鋒直前以視擁重兵不進者爲何如吾不難公之從容就義難乎公之勇也公謚忠潔贈太僕寺卿　本朝謚恭節

朱景英

募修銅鏡嶺憩亭引　蹣跚躪足劇苦雙纏、犖确孱顏難堪一金錢玉果請散筵前、他時驥足龍文看徵軸裏、盤以將頌眞符多富多壽之云、詩可作聲試聽大珠小珠之落

王立楷

徵刻曾二見先生遺文小引　玉韞溪山價因藏而彌重、珠生滄海光以瘞而常輝、汲冢書自古難窺廣陵散於今未絕吾邑曾二見先生士林圭臬翰苑鳳龍振聲於寡和之場嗣音屈宋、鞠旅於無前之敵對壘熊劉先民矩矱猶存餘子幺麿不數、乃才人多尼文運終屯長吉錦囊空有嘔心之字子雲白屋不無覆瓿之書雖賸爪餘鱗異采自他有耀而殘篇斷簡再傳豈復能留僕論古常先拾遺恐後摩挲剝蝕之句曾惜琳瑯網羅灰

燼之文思登棃棗誰非嗜學家家寶有鴻篇悉是同心處處私爲絕作故欲沾丐多士垂涎鼎肉之臠抑使衣被經生翹首枕中之秘嗚乎綮邕載籍之富付與何人次山著述之傳責歸來者惠予一蔬錫我百朋

羅萬卷

弔忠烈毋公詩序　公名崇正四川拔貢、崇禎末令桂東十六年張獻忠陷衡郴遣賊徇桂東衆皆逃公曰吾爲朝廷守土敢愛死乎賊至執之不屈罵賊死焉民皆爲涕泣萬卷先世公部民也與聞遺事作詩弔之附詩　峩眉山頭萬古雪中有偉人英且烈、作宰滬江値明季滿地烟氛愁欲絕賊烽壓城日欲昏

聰暮煙七五傷心不在勞勞塵路三千行脚何妨止止乃有嶺橫銅鏡古遺海右孤亭渡俯金埏高接城南二曲畢椒複麓幾切雲根密樹叢篁半頹雨檻瓦松暗霤椽竟生花礎蘚平浸柱還吐菌層岡依而虧駛危泉落以砰訇行者畏出乎其塗棲者白絕於其側在予也行車偶過輒用徬徨諒善士倚杖頻來應生惘惘際此打包萬嶺當知行路之難於焉弛擔移時便有息肩之樂蒙茸盡翦山面新開欄楯重扶湖心遠豁功成不日奚大費乎金錢德報有時勝廣修夫琳梵不過粟分一粒望我同心卽茲廈坐千人鑒予寸意

讀沅州董太守詩題後引　乾隆十二年董公禱雨於廟立應

夢神屬題世篤忠貞四字初不解已讀宋饒端學昭烈王廟記始知神爲唐義士張公扞死睢陽難者也遂書夢四字製爲扁懸之竝題句於兩楹爲文鑱諸石附詩　昌黎三歎中丞公謂有藩蔽江淮功中丞以功不以死新舊唐書本諸此史傳偶見雷萬春死事最詳南霽雲淋漓寫盡乞師痛獨不一及張將軍兵間傳聞多疑竇往往耳食成實錄不然撮舉遺姓名新鬼舊鬼同聲哭將軍生與南八偷載在別乘甯非眞生得光岳之閒氣死爲郡國之明神惟魄有九蜡有八誰其尸之誰肅殺蚜蚄貓虎皆有靈要爲四民回夭札沅州太守董壽光精誠實與神相羊夢中見神神與語一屬大筆題琳瑯依稀記得忠貞字占夢無心閱遺志始知神是將軍身揮豪遂作靈異記將軍之死由賀蘭如何人罵阿犖山一師不出生鬱怒卻憶浮圖著箭處男兒死耳復何云二十四郡乃有人記成字字增悲壯似有英風來紙上中丞不死將軍生賴此一與昌黎抗自古忠義士非奇掐井之黿每疑之莫謂此文惟述夢昌黎亦有羅池碑

張九鉞

靈石山詩序　利水戍下里許有石巖濱江高側不如觀音巖彈子磯而奇秀過之水經注載利水經靈石下一名逃石高三十丈廣圓五百丈耆舊傳言石本桂陽迅雷一夜遷此故名逃石又名靈石臨江壁立霞駁若潰利水又南注東江以地理考

之疑卽此地自來吟詠不及紀以一詩用俟來者

羊報行序　羊報者黃河報汛水卒也河在臯蘭城西有鐵索船橋橫亙兩岸立鐵柱刻痕尺寸以測水河水高鐵痕一寸則中州水高一丈例用羊報先傳警汛其法以大羊空其腹密縫之浸以蔴油令水不透選卒勇壯者縛羊背食不飢孔腰繫水籤數十至河南境緣溜擲之流如飛瞬息千里汛警時河卒操急舟於大溜俟之拾籤知水尺寸得豫備搶護至江南營弁以舟飛邀報卒登岸解其縛人尚無恙賞白金五十兩酒食無算令乘車從容歸三月始達余聞而壯之作羊報行按此卽元世祖革囊遺法

張鍋魁歌序　張鍋魁秦人鬻麪鍋魁於成都市以業爲名年三十許爲征金川兵卒負糧赴軍營釐酋四十餘從箐中突出劫糧縛眾卒將刃之鍋魁奪賊刀斫賊殆盡解眾縛裨將聞其事報大將軍呼至帳中詢殺賊狀甚悉將官以官不肎子之金不受仍歸賣鍋魁成都市中崇甯米生同客樂安述其事余壯之泰州仲松嵐官蜀時曾作詩社廣陵以示余余乃作張鍋魁歌

郴州曾孝女祠詩序　孝女山東宗聖後裔父尚增官郴州刺史州署夜被火孝女起掖父出復入負母母病癱負之不得動擲州印出竟抱母焚死畏干焚署處分未請　旌郴人傷其孝烈建祠蘇仙嶺下一夕而就余聞之爲賦詩

道州女沈將軍祠行序　將軍名雲英蕭山人明道州游擊沈至緒女獻賊寇州至緒戰死女率十餘騎斫賊營奪父屍還獻賊駭走武岡道州人德之建祠廡灘以祀　國朝猶著靈驅山賊愼菴任州司訓來都門爲余言且曰非子長句不足表奇事乃賦是詩

郊勞臺歌序　郊勞臺成方桐山宮保建東西二坊鉞代撰四字東坊曰六幕歸仁西坊曰萬方迭喜書之於坊　皇上駐蹕新莊至行禮日由艮鄉縣穿城行鉞爲城中民居賈店作凱旋新聯幾千餘路一日夕揮就以都中進　賀冊內無尚賦郊勞臺者歸作柏梁體百韻紀其實焉

大湊山歌序　大湊山在桂陽州城西鉛錫銅廠在焉又名寶山廠爲州刺史所司官是者皆緣爲利家大人以丙戌司州鐸戒士子凡營謀廠利者勿以一呈一牒聞宮牆肅然暇即與州人士尋訪古蹟著桂源草以竹枝體作桂陽見聞詩及寶山詩桂陽人皆能誦之寄示九鉞命作大湊山歌

贈藥師院複亭上人詩序　師傳爲吾楚永州人某別駕公子習武事出入蜀中邊塞嘗揮金救友於獄能挽强弩射十數虎一日棄妻子落髮袠眉伏虎寺飛錫來豫章見藥師院爲馬祖道場傾圮殆盡乃入居之闢荒田十餘畝躬耕自給不入城市大修精舍一木一石皆出其手堆阜種竹號萬竹亭今年八十

餘猶能車水灌田又能濟人困急鄉民皆德之余以勘災散賑數宿院中見其所吟詩皆瀟洒有致尤工擘窠草書贈以七言二律師大喜書之於壁

拾棉曲二首引　三川棉花之利贏於粟麥拾棉日四野如雲儼入圖畫洛俗許河北貧婦女拾其零星遺棄者近來頗成爭訟官府設法逐之余因用張王樂府體作拾棉曲述土風焉

潘相

贈陳童子額序　陳童子書紳濮之東許村人年十二從淸豐秀才尙含章學四子三經皆成誦循循雅飭眾謂陳氏有子癸

巳季春湖九日見途有遺槖一布一法錢四千六百一者拾而伺之無還覓者則攜以入館請於師書帖招之明日有輓車人男女八口揭帖以來則莘人王姓赴河南者也問所失相符遂盡與之其人拜謝去噫嘻童子其易之蒙亭者邪余從衆請錫之額曰蒙亭作聖童子其益靜而清作養正功勿以爲名而市之卽古大儒名臣事業皆於是乎在

龔大萬

書還石軒詩序　黔陽署東軒有石高八尺許蒼翠如筆格玉古色可愛詢知爲北郭邱氏月湳園中物爲前尹舁致者邱名士琳字玉瑲明崇禎時貢生需次縣令園臨煙溪庵有金粟寒

山諸勝其仲子諸生式耔抗節　國初爲鎭帥械送武昌畢命時撰文自祭有以汨羅之水首陽之薇致祭於邱君之神云云今園亭之勝子孫尙世守之余曰官署猶傳舍園距城甚近公暇攜尊往眺奚爲不可愼亭同年賢尹也因卽還之遂以軒名還石亦佳話也

和吳建軒詩序　都下好事者作燕蘭小譜吾友新化吳建軒思樹極菲薄之嘗爲詩有靡調忽閙無故事一時囉嗊和巴人及箏阮無端催蹋急不宜點點太平風之句作此和之

周錫渭

荅半帆兄寄示詩序　半帆兄寄示甯夏采風詩八章蓋德與言兼之顧其地苦貧瘠頗以逋欠爲憂敬獻一章以廣其意且志數年來離別之感

悶坐賦詩序　五月十九日病懷遠縣李邨家坪回思去年五月從半帆兄赴蘭州是夜宿中衞之勝金關家兄買勇置酒爲壽蓋以次日余生辰也今又一年矣歲月如流忽焉至四十名埸得失何與素懷從此躬耕甯非至樂邪顧竝不可得而客路崎嶇世情齟齬半生辛苦何日息肩孤館悶坐遂賦一首

和楊蓉裳詩序　去年楊蓉裳刺史以横城登高詩見示悤悤未及屬和頃閒見其幕客石午橋和章遂追作一首仍次蓉裳原韻

湘中覽古詩序　時歲在甲寅授徒長沙衡皋司鐸善化晨夕過從無閒曩衡皋負笈嶽麓距今二十餘年不謂乃復棲遲嘯傲於此白髮誦論語豈其夢邪顧念予與衡皋蹤蹟非一由前準後此情此景可多得邪耦耕舊約五嶽前期悠悠千載之心永以爲好臨風悵望情見乎詞

吳　標

酬孫蘅皋詩序　乾隆辛卯之秋余從蘅皋得交胡樸園及周箵漁兄弟彼此情好甚密戊戌北上樸園麓樵會都下日夕過從無閒而箵漁蘅皋皆在武昌幕中每談及未嘗不娓娓難釋也余既放歸蘅皋亦去武昌南返示余寄胡樸園詩章幷索次

韻效顰之噱，信枉大方。而回憶潭州之游，歡會邈不可得，此豈當時所料邪。雲散風流，徒增悵惘而已。況乎身世之交，蘅皋寄情禪悅，時命之感淡矣，毋轉念又牽於塵鞅也。

盧溝橋詩序　予來京師，素芳先予來五年，風雨聯牀，命酒必醉，醉必爲詩。余尤喜其「黃金臺上多青草，魚藻池邊半夕陽」之句，妙入初唐，欲仿其意作一首，未能也。頃素芳謁選得建水，余適同車南歸，過盧溝橋上，梧葉隨波，黃流乍漲，時七月十二日也，故作此追和素芳。

秦文超 案作者世次在康熙中，茲以採錄稍後，故附於卷末

壬申歲暮寄憤詩十五首序　憤之所生，無所寄則憤激而呼天，憂愁以終老。太史公云：其計畫無復之耳。余懷古感今，憤不一端，各有所寄，援筆成詩，不拘音律，知我心者良云不易。

紀夢詩序　丙子仲夏朔四夜，夢與李敬庵會，共策馬登山，途中所見佳景難以盡述。日暮抵一邑，有主人畱宿，云城南陶公試劍石名勝也。詰旦游其處，果怪石臨江，巉峯峭立，急流環繞。中一石五色燦然，約三丈許，即陶公試劍石也。有樓閣倚城上，俯視長江，雲樹蒼茫，題詩滿壁。流連既久，日暮言旋，忽鐘鳴山寺，乃驚斯夢。但不知陶公果係何人，斯景果在何地。余按淵明、宏景掛冠而隱，必無試劍之事，或士行爲八州督，有此遺蹟乎，而輿圖又不載，亦奇矣哉，因紀以詩。

前哀虎行　乙亥仲冬望六日，潭邑有虎入市，經三宿爲居民殺。余哀斯虎之未傷人與物也，因作哀虎行。

贈楊漢瞻兄弟詩序　漢瞻尊人參戎公報國之志未伸，漢瞻與兄漢依復從軍繼父業。余知其弓馬嫻熟，恐韜略未精，勸其讀書，酒酣吟三章以贈之。

畱別選山樓五首序　環衡邑皆山，署中一樓若與山接也。甲申春，余省夫子，命其孫承諏從游，講習樓內。余愛茲樓可以憑眺，煙巒雲岫，朝夕變態，而山之秀濁美惡亦有異者，因顏曰選山。見山之不同，亦若文之待選。淹畱彌月，秋風颯颯，游子思歸，頗戀戀斯樓不置，酒酣漫成五律，與樓誌別，書貽承諏，以見名

山勝地，師友相聚，皆有宿緣，畱此俚言，作他年一段佳話云。

燕中吟序　昔白太傅秦中吟，其序云：余居長安，聞見之間有足悲者，略舉其事，因命爲秦中吟。余下第授徒京師，其聞見之事亦有類於太傅者，聊倣其體作燕中吟八首。

題王艮甫先生靖難錄後二十韻序　先生陝西涇陽縣人，天啟進士，初任廣平推官，繼任揚州司李，不附魏黨，救釋無辜，後陞山東副使，罷官居鄉。流賊寇關中，先生練習鄉壯以捍一方。聞闖賊陷京，烈宗殉社稷，先生七日不食死。

刈菊序　菊應秋令而開，以傲霜得名，黃爲上，白次之。今圃內開者悉粉紅，如以小人冒君子之名，失其質矣。恐畱之佳種亦

因而變刈之快

東征　東征者秦子游齊魯歷吳越由豫章歸楚述途中所見之友朋相與之情弔古興懷及歸家感時觸事而作非敢擬古聊以自紀云

贈紹能上人序　上人粵藩尚王孫已爵總戎將兵在外因安達公之變逃入匡廬削髮棲賢事平入京諸貴人皈依建三乘寺於西華門居焉今年近八旬忽游峩嵋來衡嶽遇於張子齋感富貴何常滄桑易變贈以詩

輓式庵上人九首序　式庵諱元理詩僧也住南嶽福嚴寺被讒蒙難僑居長沙與余交最久後仍歸嶽圓寂今已數載因來

衡邑雨窗追憶敍其始末輓以九絕聊代小傳

閒居百詠序　庚子夏夕露坐庭中見姪輩詢詩法因及一歲之中閒居所有事皆日用人情之常輒舉百餘題筆之於紙當讀書既倦小飲微酡偶拈一題或數題吟成示兒姪以爲初學詩之法噫鬢毛將白髀裏肉生尚沾沾以吟詠自娛抑又悲矣

意愜篇序　詩貴乎意尤貴乎愜已之意有意則寄託高遠含蓄蘊藉能愜已之意則融洽貫通時而九天九淵時而一嚬一笑若遠若近不卽不離之閒已得題之神矣杜老云意愜關飛動是也否則模擬刻畫若優孟衣冠縱求工於聲調字句而神氣索然非尫羸之狀卽癡肥之物亦何益於性情哉因以意愜名篇聊自勵云爾

嶽麓八詠序　歲壬寅重陽後二日同僧溪隱游嶽麓見書院荒蕪二寺頹敗想三十年前風景如昨不禁慨然久之然名山眞蹟興廢有時而一段靈光常往來於胸臆固不能湮滅也賦詩八首俟風雅君子常加護持云爾

同人讌集詩序　雍正二年上元後一日張檢討雪汀招同涂少司寇燮庵楊龍泉幼邛張睢州伊平王龍門希洪王廣文子述孝廉彭述庵胡景康暨余九人團拜余思壬午同榜八十三人二十年來半登鬼錄其存者或宦游或家食在京師得與斯會者祇此九人不勝感慨係之賦詩二首以見盛衰不一聚散無常云

過苧蘿村西子廟十首序　西子適吳原奉越王之命感范蠡一顧之知亡吳正所以報越其功不在文種下非同失身亡國者可比因過苧蘿村見鄉人尚有廟祀者知公論自在身後敬題十絕以表其心知西子有靈當必有以報我也

題小照十二幅序　天下山水不能盡游游亦不能盡記然其要者輒往來於心終不能忘余自讀書麓山至今龍邛思欲歸休以全初志此一生游歷之大略也適周子學山爲余寫小照十二幅余因誌之以見光陰荏苒風景不殊自幼至老行藏遇合皆寓於中又不徒以游爲事矣

李北海碑詩注　吳門勞澂字在茲·詩人也·工書·寓嶽麓寺時·李碑周圍茀草·夜值山火延燒·在茲全僧彌嵩率人運水救熄·而碑已焚燬·落石三片·上有十七字·在茲以錦囊盛之·視爲至寶·後遇吳逆兵變逃避·千金行李一無所顧·祇負石囊出走·人皆笑其癡癖·桐城姚先生贈以句云·十七字留三片石·二千年遇再來人·眞藝林佳話也·自在茲逝後·此三石不知落於何處·故及之·

案李北海麓山寺碑·係二十五行·行二十五字·合銜名年月贊詞爲二十八行·舊翻木本首尾完善者·一千四百十三字·其中僅泐六字·其不全者或一千二百三十一字·今原石僅

存九百九十六字·湖南通志載嘉慶七年此碑斷裂左角·長沙知府沈廷瑛收殘石嵌立小碑於舊碑之左·凡九十四字·而未載勞君錦囊十七字一事·蓋未見此詩·大氐此碑自康熙初至嘉慶初爲兩大劫·而皆火　使然·聞嘉慶初亦以寒天椎搨用火熇炙·故致泐也·然除兩次泐字外·失字尙及三百·不可推求·殆兩次之泐·不止十七字與九十四字·但各據所收得之數耳·近擬覓舊本重摹立石·別有碑攷志其詳焉·

汝懷附記

湖南文徵卷八十五

湖湘後學集編

小序下

賀代伯

贈謝立山太史詩序　太史謝立山先生·粵東高要人也·爲諸生者四年·進列上舍者七十有三年·乾隆丙午·舉於鄉·時年九十有八矣·明年春集試南宮·　天子聞而嘉焉·特賜翰林院編修·歸里·時人榮之·余與同舟南旋·索詩爲贈·作此應之·

賀畯上

基村詩序　余少居嵇茄之陽·戊午冬·自桂陽旋里·築屋長沙

河西·都有山曰基嶺·以基與嵇同音·居游之暇·發爲詠歌·命題曰基村·存舊蹟也·

謝最濬

三台塔詩引　益治東水口·舊有閣曰三台·前明崇禎戊寅秋·邑宗伯羅文介公與中丞郭公些菴經始重新·賦詩讌集·極一時盛·逾四載·辛巳·圮於水·旋兵燹·燬無存·荒沙白水·垂百五十餘年矣·乾隆甲辰冬·邑諸君子慨然·共謀興復·易閣爲塔·甫鳩工·値歲祲·輟·越十有二年·乙卯冬·同志奮興·請於大尹三山郭公·諏吉舉工·次第就緒·將觀厥成焉·爰卽宗伯中丞兩公經始倡和原韻·不揣譾陋·敬步後塵·謬附二律·

張九鐔

易草目錄原序　余所爲易解說論辨十餘篇益以今易鈔考定十則雜撰若干條題曰十翼餘聞集平生發憤獨往說卦傳一篇因悟重卦序卦名卦所由如參兩逆數諸說悉斷以己意無所依傍其於圖書之論夏殷易之辨歸於闕疑而已雖前後繆誤不能自保要其大略取合於經旨焉爾嗚乎玩辭玩占寡過立德十無一二騰其口說君子弗尙也摭前人以自是其愚非立於不敗之地則不可勝也徒棄人作樂事不如庋置勿道也雖然與其隨聲守形擿埴索塗而漫無所用心也無甯過而存之辛未春三月上巳日。

陳宏亮

陳烈婦詩引　烈婦繆重道季女也年十七適陳陳故貧越十二載夫亾氏瀕死者再舅姑憫其少欲令改醮氏執義不可回後產遺腹子撫乳之又時託其姑餌以粉蓋將預爲死計故先誘其兒與祖母親也一日攜酒漿奠夫墓訖仆地大哭慟血淋漓被塚草盡赤見者泫然歸縊於家以救甦卒刎頸而死時嘉慶二年五月某日也初氏夫沒歸甯父隱風以改適意悄然曰婦女雖非男子固儼然具人身聞古有蔡文姬眞才而獸者耳兒詎忍效之父知其志不可奪及聞其死也歎曰吾早知有今日矣吾兒死義何悲焉予聞而喟然者久因述而歌其事

鍾氏小石山詩引　鍾子艮賓偉然負仙質家畜珍玩所寶小山石尤奇石高起有咫闊七八寸色慘綠四峯相次其一突起下狹上廣空中瘠外巖磴煙岐之狀宛然少折而西屈曲作凹甚幽邃脈隆隆隱起衍爲平岡岡之上稍鋭而夷度可容數指爲次峯焉其二峯一出平岡後斗削巉巇如不可攀一亙延平岡之西倏低倏高左轉而右回與所謂下狹上廣者其勢若顧盼余覽而異之因鍾子索詩題其壁云。

游梧桐山及觀二首詩引　客昌江三年。豔聞茲山之勝今始游焉會秋初碧桃可餐林棗半熟余旣徧閱巖谷而同游五人弄笛撞鐘飄然有出塵想因述其事而各係以詩五人者彭子景頤黃生止岡楨三乙照暨余弟鐵農子也乾隆丁未中元後

一日筆於梧桐觀。

贈李鑒亭詩引　頻年契闊我切班荊屢日綢繆君殷投轄遂旁參夫塾課適謬託以文衡日午香銷甲乙諸郎之作更闌燭炧寒暄我友之情爰成七字之吟無妨疥壁兼補四旬之祝敢望揮斤。

平江謝公薯歌引　薯本音庶甘蔗也無平聲今所食薯土音呼殊古無紀載大約產甌粵有赤白二種皆蔓生藤紫葉靑根肥大者或如瓴甕種於夏收於秋冬生熟皆可啖味甘美煨食尤佳今吾楚處處種之而濫源平江粵東陽山孝廉謝公仲沅

之賜也。

平江訪杜少陵墓詩引　墓在邑治東小田近墓杜氏皆其裔。明宏治間小田杜昂獻誥敕二通一載宋紹興三十二年十一月二十日敕承節郎杜邦傑一載唐至德二載五月十六日敕杜甫敕云敕襄陽杜甫爾之才德朕深知之今特命爾爲宣議郎行在左拾遺授職之後宜勤是職毋怠命中書侍郎平章事張鎬齎符告諭故敕後一行載年月日年月有御寶今其家世寥落墳墓隱然或疑其裔之是而墓之非余曰皆可弗泥也詩以誌之

和侯生憶昔句引　侯生名本江南江浦縣人戊申學於余作

憶昔詩云憶昔孤帆帶月行莫愁湖畔最留情風光似與瀟湘近御少君山入眼明余因和之

和毛華谷蝴蝶會詩引　昌江掌院蔡橘村中湘人值盛暑與華谷等八九人約以一壺二碟飲文昌閣暮而往倦而歸名其會曰蝴蝶蝴隱壺蝶隱碟也時乾鳳方用兵華谷作序作詩頗及之余因和八十字

彭孚

讀邑志有懷蕭止庵先生詩引　先生名士熙明季兩中副榜不第鼎革後隱居湘東烏塘足蹟不出城市其送曹易庵謁選詩云自笑張侯從白首一生曾未夢長安介然之志略見於此工詩不多見方志所傳南嶽別巖清涼寺古松二篇皆極清邁邑先輩言詩者殆不能過嘗借觀二十一史期年而畢論斷皆有根據聘修邑志半月卽脫稾理學經濟具見於篇世尠知者可慨也

高臺寺有懷羅念庵先生詩引　戊午九月二十五日從祝融絕頂下望會仙橋同人徑往入羅漢洞皆石路尺許下臨萬仞余雖未去爲之股栗心寒轉行峯半觀音巖略平坦石屋廣可一丈中有大士像頂禮者鳴鐘不絕一巨石長十丈許蓋之中斷裂二三尺若墜在須臾者余不敢入也遂憩高臺寺羅念庵先生寓此數月手植七松其一今枯若龍爪餘皆銅鱗石根云

楊輿植

贈周二如詩序　周子二如與余論詩者累月七言近體甚佳余欲其兼致力於古選也作是詩勖之卽以誌別

分韻詩序　春日李松圃比部招同朱小岑布衣胡雒君徵君及歐陽磵東孝廉壺山看桃花至普陀巖小集以花塢夕陽遲分韻得陽字

周錫瑜

陳艮祠詩序　荆山易翁號眉川者搆別業於其里之陳子山一夕夢陳艮來室遂以其堂設栗主而祀之令余作陳艮祠詩

贈門人張大令詩序　大令名學尹字子任余主講湘陰時曾

從游門下．別十餘年．幾不復記憶其人矣．去秋．郵寄尺書幷試卷．兼貺詩五章．適余病瘧劇．未暇啟閱．今春展視之．始知其占籍順天．成進士．以縣令分發福建．未往而居艱．其拳拳不忘老夫之意．流溢於楮墨閒．可不謂篤於師友之誼者哉．今秋服闋．將之閩矣．詩以代書．卽贈其行．

陳宏典

中元感賦詩引　時苗匪猖獗．州縣索夫．去者還者．疾病者．存歿者．軍營火爐者．金蚵者．鷹鸇猨猱豺虎飼者．乃知李華弔戰場不虛也．僕本恨人．何心佳節．遙聞野哭．用著茲篇．

再贈汪世縉詩引　乾隆戊申春莫．余館曉翠軒．汪子來．値雨．

不能去．留連數日．且贈之詩．不復記憶．昨來．具言幼子乳臭．卽愛予詩．因誦之．而乞贈予．喜舊詩復得．書以贈之．時嘉慶元年秋七月既望．

戴澤三

踏雪詩序　富民於滇南諸州縣．幅員爲最狹．計其村三百有六．稽其烟戶八千餘耳．高山蕎．平地稻．園廛梨栗之盛．與大州縣相埒．而晚發．則宜豆麥．是年夏．民望甘霖甚急．余率士民竭誠祈禱．果得沛澤優渥．歲以大熟．入冬以來．豆麥滋長．正深滋潤之望．忽而同雲密布．甲申雨．乙酉雪．勸農來報．以爲於豆麥大宜．余不禁躍然也．迺率同人踏諸郊外．登南橋．臨北陌．玉線紛霏．銀沙旋舞．山則瑤笋千尋也．野則瓊氍萬壘也．三白兆豐．塗開抃舞．彼百姓之樂．其樂也固其所也．吾儕樂人之樂．觸景興懷．能無吟咏．灞橋驢背之興．吾與諸君同之矣．

賀德澍

哭陳漁恬詩序　陳子漁恬．負雋才．早知名．與德澍交最篤．性情學識．直追古人．今年秋．以病夭．名士之戹．未有如漁恬者也．以漁恬知我之深．待我之誠．我不哭漁恬．誰哭漁恬者．隨所記憶．拉雜成篇．且期與天下後世惜才者．同哭之．終不知地下人許爲知心否也．

舒正載

哀劉參將詩引　劉名錫麟．漢軍人．德安營參將．孝感胡家寨賊起．劉帶兵前往．時湖南苗疆用兵．德安營皆在調．參將兵新募．入伍又軍械多新製．不中用．援兵後時．不至．遂陷．時丙辰五月十七日．

舟發溳水詩序　時賊匪竄鄖．鄖閒各軍鎭進兵勦捕．德安郡守至漢東界防堵．且督糧糈．余奉檄勸事．由水路往．感而有作．

途中卽事詩序　丙辰秋仲．賊於鍾祥地方被官兵圍．因夜遁西竄．凡前所焚掠．復被蹂躪．官兵追及之處．斬首無數．正載時由此路返．老營將徹．糧臺輒有是作．

孝犬詩引　余世居竹坳．邇來人安生業．風俗復古．族子台居貧食力其從父某貧而瞽以傭舂爲業老更衰憊台曰吾幼不能事父母今一同堂叔父而不能養人其謂我何於是招與同居甘苦與共先是鄰舍姪泗家畜牝犬生數子台從泗乞其一旣長大猶識所生數歲牝犬老且病臥牆下台每食飼犬犬食將竟必大嚙而奔初不覺也村中諸兒嬉戲穽見犬奔而至病犬食其唾皆拊掌笑曰是犬又送飯來也以問台始知其爲母子狗鄉人來述其事作孝犬詩

周有聲

獲鹿石人歌引　石人距獲鹿四十里面淡黑如漆輿人謂其怪好竊人車上膏故過者爭以是沃之此齊東語也然其理可

以鑿遂賦此詩

顯倪文貞公小像引　文貞公宏光時原謚文正像爲閩人顧鯨波臣所作有董華亭題玉汝學士四十小像八字趙味辛舍人懷玉屬題

固原新樂府引　傳心吳縣人爲固原吏目有惠政後移迪化卒於官其弟塤乙酉孝廉官內閣中書爲製新樂府五章記其事之可採者以代志狀予亦爲歌詠之申哀誄焉

有感詩引　余辛巳計偕北上過信陽曾有句云人家多半依流水山色猶能似故鄉忽忽二十六年風景不殊而余已頹然將老對之淒然不禁有感

張九錝

襄樊懷古詩序　聚族襄源依於漢皋之曲移家潭上遠在洞庭之南客自晉陽道經峴首人情念祖勝地停驂剔碑老寒烟悵風流兮異代城餘落日傷耆舊之無人漢陽可許相才諸葛是眞名士闌街拍手何妨競唱銅鞮臨水濯纓敢效高吟梁父

移居詩序　庚申臘月予復自城北遷居稍西草屋二間愈遠而愈隘位置家具悤悤兩日餘偶吟先大父蒼皇杜甫攜家似之句因歷所見成詩九章竝邀同志者其和焉

吳鯨

盂蘭盆歌序　七月十五盂蘭盆之說皆主佛經目連救母事

釋氏要覽云盂蘭華言解倒懸也歲華紀麗亦以是日爲地官考校之元日荆楚歲時記謂是日僧尼道俗悉營盆供佛千金月令謂是日營盆供寺爲盂蘭會此皆以佛教言也老學庵筆記則謂俗以是日具素饌享先織竹作盆貯紙錢焚之視盆倒所向以占冬之寒溫夢華錄亦云以竹斫成三腳買素食搽米飯享先以告報秋成多買目連經搬演雜劇七修續稾謂當是焚籃盆三字則盂蘭盆實起於風俗與目連事適同是日耳余謂佛教風俗雖殊其爲享先則一也金風初來氣機慘澹人閒發穀擣衣泉下甯無凍餒此亦霜露悽愴意也邵子論焚楮錢事云冥器之義也脫有益非孝子順孫之心乎詩以詠之

羅登選

江慶璜妻詩序　長沙庠生黃道賢女也。少聰慧通書史。年十五適平江江慶璜。慶璜以苦學致疾卒。氏不食四日。氣幾絕。其姑欲以不食同死。乃強食。越五年爲乾隆甲申九月十六日。先夜黃感夫入夢。又微聞舅姑有他志。遂於是日別二親。詭言祭埽。懷匕首攜婢詣墓哭盡哀。麾婢他之。自刎死。家中發篋中有白綾書絕命詩二首云。黃花冒雨淚涓涓。泣別分離已五年。一劍不如從地下。孤鸞到此又團圓。秋風無處不悽酸。垂白雙親要自寬。爲報黃泉成樂土。何妨白日到人間。事聞京師。時公卿人夫士賦詩成帙。同里余存吾太史作傳。傳之。余見其傳最後。

爲擬賦此

節義歌序　乾隆丙午冬。臺灣賊林爽文聚眾抗官。彰化令劉亨基爲賊殺。亨子利劍格賊。賊又殺之。女滿姑年十八。隨母張氏奔投署後池水。賊援之出。女罵不絕口。賊以刃加頸。罵愈烈。賊割去其鼻及脣。截出其兩乳。女嚙賊手流血過腕。賊怒。以刀剜其腹而死。賊既平。福康安公以其事上聞。　詔曰。劉亨基之女滿姑抗節捐軀。不忍令其淹沒。可照例旌表。祔入該處烈女祠。以昭示獎忠不遺微末之意。爲作歌以紀其事。

金釵行引　明崇禎癸未。獻賊犯衡山。時曾王父以事遠出。王父年十四。曾王母與以金釵。俾爲避兵舟車之費。遂免於難。追作金釵行。

黃崇寶

壽樂詩序　梅嶼翁工詩。性豪放善飲。一日來余家。沈醉。劇談數日始去。自言生平無此樂。今秋訪益陽某友。轟飲亦如此。是一歲得兩樂矣。昔東坡作百步洪詩。遺王定國。以謂李太白死。世間無此樂三百年矣。今翁一歲而得兩。豈直坡翁比哉。乃爲詩以壽之。名曰壽樂詩。

鎮龍寺詩序　寺先指揮遺蹟也。丁丑重葺而小之。諸像以漸裒飾。即其東開爲公祠。環以田園爲伊蒲計。無竹樹陰蔽外。則壘石四周。不盈三尺。空闊可坐覽焉。詩以誌之。

黃崇賁

柳林後山種樹歌序　柳林爲我十四世祖子里公故里。西偏鎮龍庵爲公所建。公仕有明。以軍功授提督總理軍兵指揮使。奉職中朝。闢斯阯者。公嗣仕源仕誠二公。是爲洪武七年。居地平原。且敞其後。嶔然累而下者爲斯阯。來山絕頂曰廡陽山。山上有庵。曰普福。亦公遺蹟。代禁樵採。中閒稍弛。族人重謀種植。不忘先也。歌以誌之。

裴　垚

古洗歌序　辛酉秋。舟過洞庭。漁網中得古銅器。青翠斑駁。索而視之。高五寸有奇。口徑尺。腹可容三數升許。旁作兩獸耳。口

齧環環已失中有雙魚形隆起銘曰宜侯王制作樸拙字兼分篆博古圖所傳漢雙魚洗類也亟購以萬錢爰爲作歌

王敬禧

繡竹詞序　雍正癸丑聞先君子曾游灃陽見於筆記者有孟氏家山繡竹葉皆縷解云是杞梁妻鍼黹時念遠所爲至今蕃茂今年晤蘭江楊翁爲予云昔曾親訪其地前所爲姜女祠祠僧云屋後徧山竹皆是然當以無意覯之若預爲期恐不獲見爾時登山延眺果與常竹無異因凝神注睇良久葉漸有散者旣而彌望竹葉皆散多分爲五縷者當風策策亦不復見其合矣予重感其異爰仿樂府體賦之

青陵別墅詩序　陳惕齋學博有世業在白馬湖上即曾南豐歸老橋記所云青陵之田也嘗考得記中之柳侯乃筠州牧柳平字子儀令孟冬朔邀同人游賞其地且謀作亭以明舊蹟因次潁濱寄題柳氏天眞堂康樂樓元韻

吳烱

西園感舊詩序　烱少好奇計開以示人往往成笑每欲得一解嘲者久之難其人硏北老人湖以南名宿也尤善於風塵中識奇士烱自幼即心嚮往之然是時老人官閩中雖欲見末由也及老人解綬歸會余有邵陵役遂不果見及烱歸可見時而老人已謝世矣烱與老人竝世同里相隔一牛鳴地而終不得一見豈非天哉一夜夢游西園西園者老人官臺灣時所築休憩處也有感於瓦破垣頹花殘柳瘦而成七絕十五首用悲老人不再至醒時墮澀范者過半錄其存者足成之以見烱之於老人神交如此或不爲老人所唾也

陳纁祖

食筍呈吳興太守詩序　吳興紫筍詠紀唐賢顧渚雲魂名推岕櫝今則茶事云湮農夫罷役空餘故院莫覯春園然露葉雲芽山川未改陽崖陰嶺風韻猶存顧旅人無津逮之資茶戶有鱗皴之患山前瑞草方試旗槍火後紅封誰勤選納自非風流太守不足起廢尋幽庶幾孤悶寒生亦得除痟去癘儻蒙擷秀

幸稍分珍

張力行

還遺金詩序　僕守甯郡一載有餘土瘠民澆相與安之今年春量移汾水得署守李司馬書幷詩見寄盛稱張姓還金事索余詠且歸功於余夫旌善以勵俗守土之責也若詡詡以德化是貪功也則吾豈敢因附詩冊末以荅之

徐其相

隨游小草自序　古體最忌龐雜十九首非一人之詩而手筆如出一人有所承也故古於古而期與古合古於今而必與古分分之正所以合也若近體則直從古體中來者也木蘭連建

五律山齋差類五排沉河全是七排春情漸開七律六朝固唐之先鞭何遽以近獨分也譬之樹然深紅淺白皆春所爲豈有元氣薄而發其華滋哉故變者體也變而不變者體之所從出也風會趨而有不得不更之勢支派別而有不得不歸之源案沅湘集云其論如此知其於此事用功深矣茲專選其集陶諸作陶園集中題倬湖律陶所云非誇硬語古能盤自有良工心獨苦者也

趙愼畛

歐陽竹園泌溪垂釣圖詩序　濱水源出武岡泌溪其支派也枉邵陽西逆流注濱其上游則泌龍巖巖之東小水行原野閒

西折爲山阻流入巖罅里許復穿巖而出巖之中奧窈幽邃水清淡多儵魚竹園翁結廬其側終日把釣供母膳母歿非祭不釣釣亦不復在得魚矣其子儁繪圖徵詩愼畛爲賦五古一章

蔣雲寬

近游雜綴自序　永明楚徼小邑故事之見於紀傳者甚少余釣游之暇頗有志搜討凡得之父老傳聞及躬所覩見者隨筆錄記久而成帙瑣屑拉雜不足當一邑掌故也雖然昔人云不出戶知天下若居其方不辨其山川道里又有居室不知牖戶之譏方語里謠苟足徵信又烏可盡廢哉今冬歸自嶺南將擬北上而有待也里居餘閒因取舊所錄者稍加詮次其有圖經已載者汰之計存九十餘則釐爲三卷題曰近游雜綴他日宦游四方置之行篋時一省覽故鄉風物宛然在目卽以當家山臥游可也

何淩漢

傳書序　甲戌冬歐陽坦齋侍御重輯會館全書甫付剞劂旋已請假歸覲瀕行乃諈余爲校勘余手是書而閱之體例明晰增刪有法誠盛舉也顧其閒捐項一門人數無幾竊意楚水燕雲鱗鴻渺隔因權需時日以待之今忽忽幾三十年矣賢俊彙征計偕而至者雲集且喜寄捐項者之接踵而來也爰亟命梓人卒其事旣手訂之乃裝池之要期於復舊觀以信今傳後而

已鄉之善士或見是書而益踴躍焉則不惟舊館旣葺而新之而新館之建有日矣行將勒名豐碑以竝垂於不朽當亦好義者所同志也夫嘉慶丁丑四月朔

蔣湘垣

孤柞歎序　督傭闢牆隙地爲圃有柞當路落而爲薪傷其材雖大而不能適於用乃竟斧斤以死古人云以不材終其天年斯語豈其然與感歎之餘倏然有作

晏貽琮

贈羅金門明府詩序　余抱病都門兩月瀕於危者數矣衆醫皆謝去適吾鄉羅金門明府入都慨爲診視服藥數劑而愈作

詩以謝君名澤應號金門湘潭人官河南新蔡縣

八駿圖　嘉慶間西域每歲上貢名馬高可八尺風鬃霧鬣世所未曾覩也　上特拔其尤者爲八駿仟各　錫以嘉名敕上駟院卿繪圖以進畫工徐呈祥　上平日所賞識者也因令先屬草焉圖既進震庵遂謹畱其原草將寶而藏之出以示余敬繫以詩

渡江詩引　天分南北限人動古今愁此余幼時和友人作也嘉慶甲戌秋隨筍溪尚衣過此偶憶前句因足成之亦以見事皆前定云

秦　闗

片颿艸小引　夫詩以境生興因人發境能悅目流觀極雲水之娛人盡同心合唱得壎箎之助奚必揚風騷於屈宋山水方滋恣嘯傲於阮嵇煙波始闢癸酉春仲余與黃花耘虎癡昆仲同赴辰江以舟作屋滿裹琴篋書囊即舫爲家半貯詩瓢酒榼青山繞榻漸引吟機白浪打篷頓添壯藻始則揬珠角勝翻龍窟以狂歌既則畫壁爭雄擘鸞牋而浩唱戛舷喬口花飛杜老之舟釃酒天心風撼岳家之壘過瑣湖而訪舊芳艸畱人入古洞以尋春桃花送客江淹筆埽開司馬江山李賀囊貯滿元龍湖海莫不寄遙情於千里寫離恨於三春雖範水模山未免湘靈竊笑而飛風嘲月直敎河伯詫奇篷窗彙稾得古近體詩五十首敢謂旌功旗聊爲記里鼓可也嗟嗟鴻泥蹤蹟良會難逢魚水生涯同羣莫必幸一舟之偶聚快二仲之偕行抗蹟孟韓旗鼓眞成勁敵希蹤李郭神仙自詡風流此時江上豪吟雅合竹枝之調他日蠻中傳唱應諧銅鼓之聲

羅新瀛

水竹居士壽藏序　水竹居士者湘潭之東鄉人也尙氣節敦恥介與古爲期讀書務實得幼習制蓺不遇遂置勿論性疏放不治生產通諸子百家言凡陰陽蓺數遂一周知而未盡其術浪游肆志涉洞庭泛彭蠡搜吳山之勝攬浙水之奇爽然有會心焉中年索落棲息草舍若無不可終日者即景興懷因時感

事賦詩約千篇此豈不得志於時者之所爲歟亦從吾所好耳戊午季夏七日年已六旬矣乃卜壽藏於居之左刻石以誌之且繫之詞曰山之靈水之淸懷沆瀣氣嶙峋山乎水乎曷知曷仁又何閒乎居者之精魂

康増城

采豆行序　去歲之旱吾村中除一二足穀翁皆不能足食聞有不舉火者今年多種麥黃豆爲屑煮之人皆黃瘦康子哀之作采豆行以侯觀風者時丁未五月下旬也

劉振翥

賣詩翁詩序　賣詩翁予鄉奇逸士也姓楊名興樹號茎圃晚

號山樵不求仕祿不矜小節縱情詩酒開類放廢者人皆以顛呼之年六十日事大窘嘗挾其小詩以賣價甚廉里兒爭買之遂自號曰賣詩翁箸有山樵外史一名載鬼一車皆荒怪不經之事然規戒褒貶於神道設教之意似有寓焉

游花山詩序　縣城西梅樹村三里許爲鳥山鳥山半里爲花山山高不盈二丈地闊不廣二畝亂石參差嶙峋奇峭如花蘂亂攢因以得名余世居此村偶訪養拙山人因題其壁

牛家店四首序　牛家店古屬十六峒猺山今隸邵陽隆回余縣轉徙者居之百有餘年墾土爲田家多饒裕俗醇知義猺人僅五十分之一其昏祭諸禮悉用吾鄉舊俗但地冷風高豐歉

與都邑異耳

聶汝康

里有賀翁詩序　賀翁夫婦者嘗戲言死必同時勿以殘骸累子孫果以今年二月初吉同逝亦一奇也詩以紀之

潘其炯

豔火行序　演劇非淫樸風也至鄙陋如所謂目蓮則更惑人心矣顧曲非閨閣事也至相逐而極於曠野則益乖風化矣楚俗昔既信鬼湘人今復善謳合鬼與謳而一之於是目蓮觀音之雜劇出焉此其老少奔波男女雜遝傷風敗俗舉國欲狂者數十年於茲矣已巳秋演目蓮於城東之石牛鋪綵樓高結俯臨人海粉白黛綠垂簾而聚觀者不下千人因不戒於火燬焉當是時閨幃弱質盡顛倒於濃煙烈焰之中市井狂童竟狎侮於白日青天之下其折肢體焦髮膚棄其釵釧裂其衣裳不知凡幾有慙而自經者焉嗚乎樂不可極樂極生哀欲不可縱縱欲成災豈獨爲有天下者之規箴也乎友人有作詩紀其事者而題不雅馴余以爲佳人會沐名曰香溪狂客所燒呼爲妖燭是火也得不謂之豔火與因作豔火行和之以爲閨秀觀場者之鑑

葛樹蕃

冶春殘夢錄序　香山白傅曾傳長恨之歌宋筆江郎爰賦銷

魂之句蘭香別去消息全無燕子歸來淒涼太甚芳辰猶昔旅館式微淚本無聲滴斷經宵之雨夢來何處燒殘照影之鐙譜幽怨於哀絃懊儂成曲託悲歌於擊筑變徵爲聲雖風日清和共浮綠蟻湖山跌宕同跨青驄柰絳雪難逢彩雲易散鵑空啼血未博雙飛花是斷腸不開並蔕甯復詩傳畫稾解學校書之箋格號簪花看摹內史之帖也哉迺者花縣才人悼亡多句瑯琊公子情死有言傷心紫陌紅塵回首美人香草因題寫照卽事抒懷字字相思悶殺秦淮客子聲聲入破愁絕燕趙佳人會當萬里橋邊一逢蹤蹟遮莫三生石上重話因緣君本恨人劇傷綺語僕亦情種爲續招魂

醵修挂榜文塔小引　治東北二十里許有山瀕江而石質壁立數仞望之若幅然俗因名之挂榜然質脆常塊落村人每以石落之多寡覘歲賓與貢士之數閒亦驗初形家謂其頂平處宜建塔主二十年內玉堂之選邑先進鄭某某乃糾捐面勢如其言嗣是筆山九峯薌泉三太史果相繼以起位皆班臺省銜者神之則乾隆間事也顧地處閒敞樵夫牧豎之所摧擊雨雪冰霜之所剝蝕就圮者蓋五六十年矣道光三四年吳墨卿學博再倡建之而程課爲費工所賣費數百金請將復圮某念閭邑風水有舉莫廢尤慮計博而勢不壹擬集同志三十八人均醵成千金甎者易石堅者易陶五級易七級既視前規稍宏抑計

或永圖也樂善君子於是其有意乎道光癸巳長至日雪窗呵硯稾

聞舒青洋計書所贈墨竹詩引　此幅爲青洋丁巳年所贈相隨十有六稔矣今日覩此雖近邈若河山小春念一日聞計哭於晉州寓齋詰朝書諸幰

楊明上

詩傳問答韻語小序

采蘋　此敎成之祭也序以爲大夫妻能共祭祀而朱傳從之誤矣昏義婦人先嫁三月祖廟未毀敎於宗宮祖廟既毀敎於宗室敎成祭之牲用魚芼以蘋藻此詩言季女主祭湘蘋藻而奠於宗室是爲敎成之祭明矣內則觀於祭祀納酒漿籩豆菹醢禮相助奠敎助祭也此詩于以奠之宗室屬下敎主祭也

何彼穠矣　此傷配非其耦也當在東遷之後而錯簡於此傳謂齊襄公結昏於王而周人恥之是也序以爲美王姬實因錯簡而誤說者因此乃以平王爲平正之王齊侯爲齊一之侯豈復成語乎碩人之美莊姜也曰齊侯之子衛侯之妻韓奕之美韓姞也曰汾王之甥蹶父之子閟公之美僖公也曰周公之孫莊公之子詩如此類多矣而乃鑿爲異說妄孰甚焉且詩亦並非美詞也何彼曷不明係反興若曰王姬之容何其美而載王姬之車曷不肅雝也詳玩經文自見矣

日月　此莊姜不見荅於莊公而呼日月以訴之也朱傳謂此篇與終風篇俱在燕燕之前以燕燕固莊公薨後詩也其說是已序以爲莊姜遭州吁之亂而傷己之不見荅於先君是以此詩屬州吁時矣然謂傷己之不見荅於先君則此詩仍主莊公言非主州吁言也後儒因序遭州吁之亂一語遂以此詩俱主州吁言之倘復成語乎小序固多妄而亦有成於後人之附會者此類是也

將仲子　此女子拒狂且也里杞牆桑明係民家風景畏父母畏諸兄明係女子心情序以爲祭仲請圖叔段而莊公拒之非也朱傳從鄭樵之說而以爲淫奔亦非也

遵大路　此棄婦留其去夫也𨓆故𨓆好豈所語於君臣大路大道抑豈淫奔所出序以爲君子去莊公而國人思望之非也朱傳改爲淫婦爲人所棄而於其去留之亦非也傳曰鄶人夫婦相棄是也鄭詩而曰鄶人者鄭滅虢鄶而詩得於鄶地也

有女同車　此見同車之女而思慕之也有女同車言有女同車而來而已適與之遇也佩玉將將言其車已過而但聞佩玉之聲也熟玩詩詞宛見道路相逢流連懷想之象乃詩人自慕其彼美而彼美之翩若驚鴻者意中固未嘗有詩人也反覆經文自見矣

風雨　此詩語意與召南草蟲相類蓋亦婦人喜見其夫之詞

也風雨雞鳴永夜獨處懷思之況猶召南之言草蟲阜螽也既見而夷瘳喜猶召南之言降說夷也序謂亂世思君子朱傳改爲淫女見所期之人皆不當也不夷不瘳豈可施於碩彥君子又豈可以稱淫人乎

野有蔓草　此行野者相與懷人也不可知其何所指然就經文按之清揚婉兮語與齊風猗嗟篇同乃欣其容儀而非慕其才德也則以爲思遇賢者過也與子偕臧乃同行者相與語而非指所思之人豈有男女相期而與人共往者乎則以爲淫奔者亦過也大抵鄉邑中有儀容美性情和爲人所欣慕者是以行其野而相與懷思耳

何慶元

震省堂遺文序　希濂先生少負清才壯希絕學志修運促德裕門衰蓋知故朋徒泫然於天道難諶而沒身之餘之無復可恃也業爲表墓紀歲祀酒遂雜蒐遺草招梓人鐫布之傳不傳聽諸天下後世要於吾黨自致之心爲無憾焉嗚乎榮衰赫寂生死同命餒慊悖修實虛完玷宜纍聲畫誠弗能自掩也予未敢幾斯文之必章而願與並世能言之士察其才思其學推其志之皎然靡可誣知必有太息流涕於數理乖反德業成墜昭闕之弗能無待者則先生存殁蹇鬱猶將一日獲伸於地下矣夫先生家世質行具詳予表茲不著震省乃先生署以自儆者故采命其編云

陳　期

家塾古歡齋詩序　歲丙寅先君子捐館舍侍慈顏左右遂暌函丈自念半生辛苦不欲遽就荒落擇此室闢中有靜足以重理舊業佔畢於茲閱十餘寒暑安其樸陋不假緣飾嗣因諸兒輩年當就傅遂延師課讀骨肉一堂互相氐厲亦仍其舊是秋兩弟咸集商易舊館予允其說遂鳩工勠壄工竣入此室處覺室之光明與心境相映掩卷靜對若夙契焉爰攝筆以紀其事生平無嗜好所好惟堅白揚輝月正秋舍輝玉藴后白生虛室中四壁增潤澤舊汙已胥捐清光來几席此心苟無瑕可以永

朝夕不磷而不淄聖訓昭於箴於戲學聖不至尙爲賢學賢不成徒自惜惟懷淸守潔占素履之無愆亦寶璞完眞冀學古而有獲因不競事乎繁華又豈或守夫雌墨

蔡雲逵

張楚材詩序　楚材幼工詩其大父詹事公常目爲後來之秀顧楚材不徒以詩見也自詹事公沒甇甇當戶每撫手澤慨然流涕思出其瑰瑋卓犖之才光大門閭顧壯不得志爲文章常見黜於有司舉半生慷慨鬱積之氣不得已而姑託於詩是豈其志哉予與楚材齊年一吟一詠閒受鍼砭獨予困阨閭里日咀古人糟粕而發言爲詩終不能登作者之堂以嚌其胾豈窮

而後工楚材可至於成與抑天之所限人力不能强齊與屈子曰善不外來名不虛作孰無施而有報孰不實而有穫方今聖天子在上一藝皆庸願與楚材益肆力於古和聲鳴國家之盛將來信今傳後當不徒以詩見也是詹事公九原所厚望也夫

贈朱寶仙詩引　寶仙先世山東歷城人以從龍隸漢軍曾祖琬次君出守沅州歷官貴西道時　詔許漢軍子孫遠官不能回旗者聽所在落籍因隸湖南芷江縣其尊人心池先生詩人也宰粵西上林十載有惠政與臨桂朱小岑布衣依眞臨川李松甫比部秉禮交好袁簡齋嘗亟稱之寶仙以名家子爲諸侯上客與余善一日索贈爲賦一詩

募修滴水埠石路序　葢聞雨畢除道行李無草茀之嗟水涸成梁車馬有康莊之適際　聖朝重熙之會正賢侯湔治之初井里樂耕鑿而三登往來恃梯航而四達凡茲廢墜之修俱是睦婣之敎吾鄉某都某甲有滴水埠者巖懸數仞老弱之攀援難登石磴千層風雨之消磨易壞況大江漲滿春夏淤擁泥沙曲岸碕高雪霜頹餘碣砑某等目擊而情殷無如囊羸而力絀竊思捐修道路盛世樂廣其仁任恤鄉閭諸君好行其德苟解囊而襄義舉將書美以壽貞珉凡收貲多寡用數若干皆一一登記以垂永久而示來茲尙蘄無吝夫朱提庶幾流芳於百

世是爲引

方聯甲

塞上吟序　昔人謂晉傅咸毛詩韻語爲集句之始宋初遂有集唐人句者猶未盛也至石曼卿以文詞爲游戲然後大著元豐閒王介甫尤工此調而坡翁則有天邊鴻鵠之譏然其辭意對偶之工正如無縫天衣欲求其掇拾之蹟而不可得近時爲此者亦夥余壯歲隨先君子宦游秦晉往來邊塞垂二十年其地風土人情與夫山川形勢知之頗悉因集唐成三百首名曰塞上吟每一披閱似悲歌慷慨之氣流溢行閒塞草邊雲猶歷歷心目閒也

賀光徽

題子然上人所藏手卷引　子珍宋治平中人。手卷長可三丈餘。首題大波若波羅密多經卷三百一十五。想不止此也。卷尾云皇宋治平四年歲次丁未閏三月初六日起手寫。勾當寫大藏經幷建造經樓首座沙門子珍。七百餘載。紙光如新。眞緇林珍玩。上人藏已數世。不輕視人。然考之諸書。名俱不載。爲可惜也。自宋至今。皆有題名。

龔立海

讀曾祖遺詩感賦序　先曾祖外臣公著作宏富。久皆散佚。立海於楚風補上得讀遺詩感泣沾襟序。稱天與樓詩甚富。有中

晚之風。所選止近體二十首。足見遺亾者之多也。

張星煥

三華次韻小引　賓緣主集。地以人靈。酬唱一時。流傳千載。惟三華之勝地。結靈石之幽林。雙桂風香。九蓮雲湧。有高軒之客至躡蠟屐以朋來。爰分韻以賦詩。並作圖而紀勝。惜也浮雲已散。妙墨難藏。竊豈穿廚。飛同破壁。慨畫圖之羽化。空塵壁以紗籠。所惜樹拂珊瑚。有長留之詩卷。庭堆錦繡。珍什襲於家藏。景山斗以傾心。向邯鄲而學步。抛甎浸引。推敲求一字之師。佩玖頻貽。著作證千秋之想。

郭祖翼

謁周節愍公祠詩序　公諱二南。字汝爲。雲南蒙化人。明季由選貢爲長沙府通判。張獻忠陷長沙。公恢復疆土。撫集流亾。仁惠大著。乙酉擢岳州守。士民乞留。改守長沙。其年五月二十七日。李自成焚劫。劉陽公馳兵往援。大有斬獲。六月八日。接戰於瀏之官渡。又大克捷。公亦被創。賊乞撫。公罵之。會有他賊晝計潛師下流逆渡。出公陣後擊之。公裹創血戰中流。矢遇害。時六月十一也。事聞。贈太僕寺卿。國朝追謚節愍。

毛貴銘 原名文翰

黔苗竹枝詞百首引　古樂府有竹枝詞。其音激訐清越。寫風土人情兒女瑣事。俚而古。質而豔。婉轉而含思。吹笛擊鼓揚袂

舞蹈以赴節。雖其詞不傳。然斷句如巴東三峽巫峽長。猿鳴三聲淚霑裳。節奏猶可譜。唐劉夢得謂竹枝音中黃鐘之羽。其所作最得神理。有變風意。宋惟黃涪翁上峽入黔二首。自謂可入陽關小秦王調歌之。及碗歌羅驛。復得三首。乃云李白謫夜郎舊作。夢中授之。其實固涪翁語也。元虞伯生和袁伯長有古音而未極韻致。至楊鐵崖西湖竹枝。節拍入妙。遂與夢得爭長。揭曼碩女兒浦歌。妙亦差類之。後人既失其音。遂流爲穠靡嘽緩之體。無足取焉。道光丁未秋。余旅寓黔省東門外之水口寺。門臨大道。羣苗男女往來如織。皆通曉漢語。因誘與談。問跳月跳年事至悉。復雜考黔中書志。侏儒怪奇。劇可愕笑。因列其類凡

八十二種以竹枝譜之得百首雖未能嗣響諸家抑亦巴歈之亞也

周燮祥

打虎行詩序　有客言壬戌夏村民鄭氏兄弟薅於畦有虎自林中來㖘其兄將超籬去弟揮鋤奪兄屍還卒殺是虎嘉其義勇作打虎行

周鉦歌序　鉦鐘形而扁兩欒棱然欒徑舞高七寸有半欒圍二尺三寸有半參分欒圍去一爲舞圍鼓閒凸起作鷹隼蚍䖵狀質鏤文如篆籒甬其端長五寸圍六寸空中上下通甬近舞約寸許豐如鼓腰者寸腰有乳四厚五分重四十有二斤質諸

博古圖知是周物藏易瓊圖家云土人於洞庭之青山掘得之

迎神詩序　周子感時事作也沅湘好祀信鬼神村巫塗面作神語指陳休咎若有物憑之者凡疾病災異輒禱禱必應眾頗惑之

吳瑩

贈容光上人詩序　容光甫弱齡能詩五古尤得晉魏人風力豈有夙因邪然黯淡之情見諸詞色似於如如之旨未盡了然者拈此勖之

歐陽棻

磨刀行序　梯榔溪血石屹立先民云補天之石久而墮焉其說頗不稽姑因之此石常以須磨勵者感而有詩

伏波廟詩序　橫州貴縣之交有將軍灘漢伏波廟屹立其上游泊舟入謁感而有詩

海鯨歌序　夜泊潯州水次聞舟人談海事甚稱鯨最巨且怪然亦有獲而食者乃歎神物之難保其身尚如此

彭洋中

小綠石齋雜箸序　筠僑先生詩洋中既編次爲之序翽梧丈忽以雜箸謹諉憶歲庚寅洋中以所作吳墨卿先生墓銘就正先生先生喜顧謂洋中子近是矣雖然此未易事也千秋之業望吾子勉之今忽忽十八年矣駑鈍之質自顧無成而先生不

可復見三復遺編不禁愴感交集愴然傷懷於不能已也先生之文理懿而境峭趣曠而體奧集中論潘威溪先生文所謂其色秋樹寒濤其味濁醪諫果者庶幾似之蓋先生雅有潔癖家世多藏書淨几明窗手自丹青皆一一有部署無少污損雖其子必稟命乃敢取讀生平不輕許可不妄言笑見者肅然而於師友風義扶掖後進纏緜悱惻情溢乎詞故其酒壚鄰笛之感時時見於集中而無狀如洋中顧愛之篤望之深亦如此此可以知先生之爲人卽可以讀先生之文矣

劉際泰

定州試院題壁詩序　乙巳季秋就順天學使王夔堂幕襄校

至定州試院。院後有樓高三丈餘。三面臨空。足備眺望。江右顧君晋題七律。後人步韻者踵相接也。登覽之餘。次韻十首。藉以述懷。工拙非所計耳。

凌玉垣

遣四愁詩引　平子四愁。體無複擬。孟陽後作。竟之神致。暇日思爲蚷足。因倣其體。上希先聖各言爾志之意。近慕士衡襲故彌新之論。發情屬翰。譔言述古。題之曰遣四愁云。

牡丹詩引　姊聟張藹郎昭燡乞予家牡丹孫枝。植於心逸亭畔。蔚然成叢。而家園先植萎謝已久。覯茲蕃蕪。彌感零落。爲賦一詩。

紅梅行　小園一樹。瑰形麗質。爲諏從植之所貰自朱家之第。述茲孤豔。用戒豪侈。

復題畫蘭卷子　戊子嘉平。將有遠行。畫蘭題詩。與金三子善淦。留別今年復覩此卷。已更三載。聚散之勤。生事可慨。復題二詩還之。

寒江風雨夜詩引　泊舟新塘。風雨竟夕。羈旅之懷。浩然難已。作寒江風雨夜。

飲西涯詩序　夏一鄉吏部恆招同羅研生藕史樓同游極樂寺。薄暮復飲西涯水樓。風蕩郊野。緑蔚成幄。作詩紀之。

張玉夫孝廉聲玠新樂府題詞八首小引　玉夫暇日爲玉田春水軒雜曲若干首。貞雅俶詭。事不一致。類情擒稱。務極偞麗。清容先生之續也。爲各題一截句其後。

鄒漢勛

讀書偶識自序　余結髮就傅。讀一書輒置書盈案。資其左驗。必旁通曲徵。有得於心。然後釋。乃復性多遺忘。昔日所得。有尋思數日而始復悟者。於是識之以篇簡。裒然成卷。非敢云箸述。亦匪藉以求知於人。但記此心之得失耳。然見必出諸己。理不阿諸人。雖見書未廣。容有闇同者。交士未多。容有遥合者。亦惟自信無勦襲焉。至於破前人之訓故。必求唐前之訓故。方敢用。逮箋傳之事證。必求漢前之事證。方敢從。此私心自告無過也。

恆願天下藏書之家。好學深思之士。教之誨之。賫之書。使紬繹之。則此生之大幸也。

顓頊憲考自序　余幼讀史記漢書。苦其日子稠濁。無從是正。後習憲術。始知以今之密術上推其至朔日閏。而不合者多。久之乃悟當時各有所行之憲。因以差池耳。考始皇二十又七年下訖漢太初元年。共一百又十七年。施用顓頊憲。而憲書憲志皆不著其術。故自來學者無從考校。余是以發憤檢羣史憲論。及史漢中至朔日閏。編成一書。蓋倣春秋長憲例也。又別摘漢史譌謬顯然者數十事。以爲符驗。亦以明吾言之不謬耳。

言友恂

夜登空靈岸詩序　俛瞰湘江秀拔奇峭已丑嶽游返棹夜泊巖下東炬而登石磴陡絕曲折數重上庋木爲閣繚以闌巖谽谺如張口上下石壁色如鐵上穹然如覆下平如砌中鑿一井涌泉清冽飲之云能卻病深可五丈廣三丈高丈許入後漸低窄猶容十數人盡處兩旁有小洞如人咽喉燭之深不可測時夜黑風起江水洶涌有聲髣髴震盪肅然而恐不能周覽遂躡出履大石森然欲動循塗歸舟足力幾盡知聆僧語若在空際是夜宿巖下天未明舟人搖櫓北發比醒已抵岸矣

自題觀心圖偈引　六塵之生惟眼最先眼既受塵而意隨之意既受塵而心隨之耳鼻舌身不待言已故欲見心貴無有眼

無眼無意而後見心求見心者又須用眼眼不他用而注乎心而後見心無住著齋居士作圖命曰觀心爾時居士眼無所見心無所得而說偈言

舫園雜詠小序　舫園居士歸自都門臥病逾月貧償日甚醫者以爲勞損抑塞之疾乃學爲歌詞以自排遣詞多倚聲調笑令取其聲調圓適且易就也作舫園雜詠十首客至擊節歌之病若失云道光甲辰展重陽前二日

周詒樸

花朝詩序　丙申花朝同沈玉士茂才攜詩訪理安寺主僧謙谷飯罷步至江頭登六和塔絕頂至大慈庵酌虎跑泉而歸得詩二章

題尚友圖序　丙申秋小住吳門定慧寺風日清美几榻翛然日與坡公相晤對毛叔美茂才慶善以尚友圖索題戲成此章

投梅江詩序　浪走江湖十餘年每歲必至淮至必飯於梅江家自乙秋滯蹟浙東不復過存三年矣將作雲臺之游投詩以訊故人因乞食焉菊酒初熟霜螯正肥握手一笑必將飫我老饕也道光丙申季秋月望前一日寶應舟中

鹽生日詩序　俗以正月六日爲鹽生日不知何典東海之利不待熬波自然成質謂爲有生日也亦宜余爲鹽吏生生不已尤所禱祝因成短詩以博諸寅好一笑

牡丹詩序　藺坡朗軒賃謝氏破屋葺爲差舍瓦礫堆中得牡丹二本數十年前佳種也壬子春莫招飲花下詩以紀之

瞿少尉詩序　武進瞿菊坪少尉濬忠宣公式耜裔孫甲寅春粵賊分擾山左菊坪時尉冠縣夫婦殉節甚烈其從兄雋徵詩歎喟紀之

巽白吟序　丙辰秋日晝寢夢中作巽白吟前六語拉雜不可詮次眞夢囈語末句頗有翛然塵表之致因錄存之

瑞麥詩序　丁巳五月有獻瑞麥者一穗五岐下灘潘氏田所產穗長寸許餘半之枝出如五指然誠異觀也爰示同人各爲詩紀之

貽謙老詩序　六月既望與謙老坐月陶文毅祠圓滿皎潔謙老樂甚爲後夜之約次夕雨後爲薄陰所翳清輝頓減不欲赴約口占一偈以貽謙老

天朝士子歌　新安吳幼蘭國學游幕朐陽眷口寓揚州咸豐癸丑春粵寇破城妻子俱被擄子爌年十三賊愛之甘食美衣誘作義子爌不從罵曰我雖幼　天朝士子也肎辱於賊乎有死而已遂遇害鄰人張承舒親見之爲幼蘭述其異甚詳余友瞿必谷先有詩余亦作歌以哀之時戊午六月也

女專諸行爲朱九姑作　九姑江夏奇女子也咸豐壬子秋粵寇擾武昌擄至金陵逆首楊秀青選女侍九姑與焉九姑性警

敏能書知文義秀青以爲記室頗昵之九姑懷藥裾閒日夜伺隙思毒飲食以殺秀青久之謀泄竟被磔予友黃季剛在金陵親見其死甚烈嗚乎事雖不成亦足以震驚千古矣予悲其志爲作女專諸行

挑月詩序　己未春吳君澄伯贈余前明何雪漁刻印刀法廉勁可喜文曰杖頭挑月過瀟湘余湘產也今老矣倦游思鄉久矣因自號挑月老人幷紀以詩

謝氏牡丹詩序　壬子春朐陽謝氏老屋牡丹盛開同人嘗結詩酒之社十年以來人事不齊花亦悴矣蘭坡頗抱今昔之感戲作以慰之

宿城山生壙詩　宿城山者雲臺之西麓也咸豐庚申六月繼室余宜人病歿於朐浦鹺署謀藏形魄得地四畝葬焉山勢幽靜而不險僻繚以石垣種以檜松幷留左方爲日後合窆計堪輿家頗有佳城之目亂後不至其地又三年矣詩以慨之時同治二年癸亥夏

案作者以同治三年六月八日卒於板浦場官廨年六十有六先是君買僧地築生壙題曰周瓠翁之墓既葬繼室余宜人以殤孫大駿祔至是兒子錫祉奉君遺令葬焉今君之親屬多欲遷歸湘潭又以君性灑落隨葬爲達未決也念君父司農督學江蘇淸介多惠彼中請祀名宦君足蹟半天下所

至賢豪風雅皆傾倒之無不知有周子堅者向爲陶文毅公門壻久居江表又官朐浦多年頗留遺愛樵蘇之禁想有同情遷與不遷所不必計也同治戊辰長至汝懷坿記

王菉君女史詩序　雲衢李大使側室王菉君黔南奇女子也淡通易數撰奇門遁甲成書豐於才而嗇於年雲衢圖像徵詩以志悼痛予既書其卷首又係短詩以輓之

陳將軍歌引　粵逆跳梁吳楚騷動捻匪逆練乘閒弄兵齊豫之閒蒼生塗炭慶雲陳將軍奉　命勦辦旌麾所指立解倒懸歌功誦烈者方千餘里將軍性情超逸好古愛士軍政之暇卽延淮海知名之士博論今古治亂講求文埶而虛衷謙抑願

聞已過遇人必殷懃下問惟恐弗盡古之名將帥何以過之同治三年過淮浦初識荆州幸接譚讌情好篤摯誌感弗忘君子之於知己必輔之以德而大其成是以芻蕘之獻不獲已也竊以將軍惡惡太嚴嗔怒易動恐失之偏喜怒哀樂是爲客氣皆能使人失其性而遠於中和將軍殺賊救民殺也而生道寓焉矣傳曰以生道殺人雖死不怨又曰如得其情則哀矜而勿喜以嗔怒殺人謂之暴以大公矜憫行之則謂之仁殺者同而所以殺之之心不同君子愼之良有以也易曰天地之大德曰生將軍爲　國長城安危所係能以天地之心爲心則斯民幸甚矣不揣譾陋敢貢狂瞽敬獻以詩

兪理枝

書自書冊頁後　丙辰初夏少薇四兄以此冊屬書此冊生澀異常恐如行氐礫塲動輒顚躓未敢落筆也邇來漏永愁多苦不能寐披衣待旦默誦四書數章因以異夜管窺漫書於冊或者書不足觀言尙不爲無本也歟

閻其相

追甫詩集自序　閻子居父喪不爲詩三年矣道光二年閻子年十三始從饒先生游學爲詩厥後所遭所見所聞所傳聞皆有詩成則索紙窸窣書之旁註其年月日而篋之閱一二年積五年十年至二十許年蒐而覽觀之所肝膽之人所居游之地所苦樂之境天時之正變人事之得失歷歷在目前也閻子曰子十三歲以前事蓋茫不省憶矣十九年中中間讀書課文皆無暇爲詩所遭所見所聞亦忘十四五至於讀禮以來冥吾心而坐而憶之裁三年之閒惟恍惟惚嗚乎再數年後是豈不爲十三歲前事邪饒先生曰夫人自其老時溫其少壯時事恆苦不能記憶閒有能强記者亦十得一二事亦無以定其年若月若日又其甚者去歲所喜怒哀樂至今歲而忘之今日至明日而忘之昏昏醉夢之場其亦可悲也已是故小子不可不學詩也道光二十三年春二月閻子禫迺出篋中詩編次而自序之

追甫詩集後序　道光二十六年秋九月丁亥閻子出其篋中

詩得若干首則泫然流涕曰此三年前免喪後作也曩六年父在小子適郡歸見聞必告父喪服除猶時時狀所聞見起作老萊舞爲吾母壽今篋中詩大抵其事也二十三年春二月免父喪是歲也閏五月後一歲夏四月遭母喪相去裁十有五閱月之半凡四百六十日不足於是閻子免母喪三十有七日矣迺哀其中閒所得詩爲一卷而譜其除喪遭喪之年月日嗚虖非存吾詩識吾遇與吾親之歲月日也

嚴咸

章池六詠序　余家章池之上游憩少所閒有一二都非雅境嘗味晉簡文言會心處正不在遠何許不可作濠濮閒觀因恍

然景隨情變本無定致一邱一壑便足娛懷必待后門始營所注輞川然後可圖亦刻舟膠柱之見耳秋夜無事輒將數處卽景成詩貴且快肌非欲刻畫無鹽也夫中園淸曠徑開蔣生鹿柴返照和有裴廸鄙人欣羨實在乎斯同聲相應頗有望於朋親

案編中列小序類者以作者文不可得故從詩中擷其題下小引以見一斑兼備掌故而鈔撮時或幷序文攙入又以序已編刻遂將續采者聊附卷中固非從篇幅之長短論也駢體無多不復附後但隨世次編入云汝懷坿記

吳淮

六月七日詩序　六月七日爲予三十初度與鍾濩堂孝廉家楓江布衣司馬洛少茂才載酒飲於移園主人宅外湖上卽坐釣竟日

庚子春訪友序　庚子春訪友岳陽暇日登樓望遠時春漲未生島嶼俱出漕艘羅列高檣如林覺承平光景在人心目而樓下委土累石鍤畚雲集又見守是邦者之政通人和百廢具興也有作

磊石詩序　磊石遇風夜宿田家曉起聞各處舟覆湖北難民死者九十六人感賦卽寄南屏時辛丑十月晦日也

板輿二首小引　此壬寅除母喪後作也重複雜沓語無倫次以誌吾恨而已悠悠蒼天曷其有極淮識

咏物二首小引　信天號寒殆亦行之似廉潔者邪然不可爲修士訓矣作此自勵

與巴陵家退庵舍人詩序　退庵南屏孝廉從弟也南屏家世好善其尊甫焚穀券一萬數千餘石鄉人德之退庵復力自修飭置義山社穀暨洞庭救生船所費不次殆亦好行其德者歟淮作此以堅其志

寒燈吟小引　寒燈熒熒兮我有所思愛而不見兮風雨淒其其在山陽秋水之間乎作寒燈吟

酬曹三茂才詩序　湘潭曹三茂才珂會投我以詩云九州尙有留題處萬古曾經幾度來推許過當久未作答茲成長古秆

寄歐陽四二孝廉曹十三茂才

寄醉碧詩序　澧陽多君子其二三英特瓌偉之士無不與余好拙齋屢爲余言醉碧余未之款也甲辰秋雨還澧津成短古相寄用報吾故人疇昔說項之意云

七律音序　月之望日過保定直督訥宮保近堂先生餽以百金買酒賦詩頗有征途之樂致可感也投宿邯鄲與黃寶琴孝廉夜話追賦七律二首

徐　受

春秋佳日圖序　乙未夏日星翁寓中菊發一花去秋故本也春開文無盛開至是復與菊齋發翁笑菊爲壽徵文無則歸兆也顏曰春秋佳日圖索題

郭貞婦詩引　長沙李大令仁山之女字吾邑郭司馬蓮舫之子方待年男女未相見也無何郭子殤女聞計遂絕食飲母慰之則曰兒將奔喪而奉舅姑以老也止之不可強之以死矣從之歸於郭

懷長沙六子詩小序　客長沙九年交頗富最善者亦可數十人何獨懷夫六子六子者盍相聚於數月之久無時無地不與之偕而其志趣行誼皆有所裨諡於余非苟爲酒食徵逐之戲此其所以懷也夏六月道友虛竹割其所住持之地以主余而朱筠坡扶廉泉蘇寄峯湯子鎭李二木無日不造於余至則或奏一技或啇一游或即憩於虛竹之所虛竹嗜飲善烹飪日治庖以款客客無不醉亦樂爲之醉也越四月余之澧陽六子者先後作餞獻酬雜還必酕醄而後已已復牽率以行欹斜道左市人見慣半能擧醉者姓名謂是酒中仙也過澧以來喧寂迴異追念疇昔泫然以悲乃各懷以一詩

後秋懷詩引　前詩作於丁酉時方報罷輒爲噍殺之音頃復陰雨彌旬積憂成病嘵嘵予口藉以鳴秋顏曰後秋懷續前吟也嗟乎動而得謗敢望龍藹寺之紗謂可與言竊願比韓陵之石知我罪我或不眥爲無病之呻云

羅　萱

武岡雲山題壁詩序　戊午四月二十八日偕彌之保之蔡杏城攜閏生少洪竝轡遊雲山山在州南三十里有七十一峯道書以爲弟六十九福地峯巒巖洞奇勝不一自麓至巓盤回石磴幾二十里夜宿蓮峯寺雨聲泉響風葉淒涼五客聚談樓上清寒徹骨竟不成寐枕上口占一絕起書壁上

用李太白韻詩序　佛熏生歲有半不肎離襁褓余別家才五日書來言能行步矣耒陽舟中偶閱太白寄東魯二子詩感而有作即用其韻

墳上土四章章四句序　自注章下瀧水味腥澀胸腹塊塞益癉厲蒸溽胃不相習目曾記童時家大人北上先大父爲手和泥丸數十顆置行縢中詫爲老人戲也久之知爲遠行不習水土之用余別家前一日埽先妣宜人墓偶掬墳上土歸而和水爲丸攜之舟中試一煎服塊遂若失感而作此

湖南文徵卷八十六

湖湘後學集編

跋一

題葉桐初白雲圖

王岱

葉子桐初甥於杜茶村遂以詩名於時人皆嘖嘖以名士稱之及來都門晤予余見其容瘁其眉蹙其語蹇鬱鬱若有重憂者意疑其孤潔不屑一切又疑其困於客喪家計方以爲桐初超然名利之外何不適然若此及讀諸君子爲桐初所題白雲圖然後知桐初之耿耿於中者有在此古之孝子無足以解憂者固已如此桐初終其身無能解其鬱鬱初不關其顯晦不獨白雲之說不似卽諸君子之言亦爲膜外語是豈桐初之心哉雖然桐初之若翁以忠義炌而其母以節操終世間好事惟忠孝節義盡萃於桐初之一門卽有五倏七貴皆無以逾之則其父若母含笑地下桐初亦當無愧無怍恬然以安似亦可以無事慼慼終身矣過此以往桐初可顯可晦俱無礙其身名正不必守硜硜之節以一邱一壑老矣

題馮子畫册

王岱

馮子沚鑑畫師藍田叔實青出於藍小幅尤精妙入神此時輩中不多得者往年與田叔子次公相頡頏今次公謝世不能不讓馮子出一頭地也

題沚鑑倣田叔卷　王　岱

沚鑑畫師田叔田叔主蒼勁沚鑑主蒼秀晚年筆墨蕭疏自成機杼可謂青出於藍矣此卷摹倣后田尤能化后田之筆煙雲浩瀚點染倏忽幾成化工之巧永爲世珍無疑

題畫寄劉仲遜　王　岱

關中劉子仲遜高懷爽氣有漢晉人風與馮子沚鑑邂逅於天津旅次而予姪孝思亦偶游其地相與定交及仲遜來都門因交及余併及晉中楓仲戴子談古學詩藝兼獵書畫骨董遂爲忘形之誼仲遜囑沚鑑爲寫屏幛欲予序數言後一年沚鑑畫成而楓仲以先歲設鐸閩喜予又適有粵東之移天南地北聚

散不常追憶杵臼歡集如在夢寐中展畫素不覺慨然因題絹端以寄使仲遜知別後之意如此

顏魯公多寶塔帖跋　王　岱

書法推晉人爲正法眼藏以其鋒穎不露如緜裹鍼至唐以後皆露多側鋒無正鋒矣然魯公方正氣象巖巖忠臣之筆不僅以字重也多寶塔尤爲魯公生平得意筆唐至今幾千年贗本實多眞跡日少魚目混珠實未易辨聞孫北海家藏泥金書多寶塔　世祖章皇帝以三千金購之則此本豈當日魯公試筆耶既已爲識者所寶自是舊物姑存之以俟後之賞鑒家或有能道其故者

題吳孟堅讀史　王　岱

史者文勝質胥人以左氏爲濫觴爲其失實也然古今事無不由史苟無史則譣無所據惟讀之而考訂其得失有裨於見聞然讀史者人各一見其持論多偏貴池吳次尾先生生平留心史學既已有書其子孟堅又能繼其徽音亦有讀史一書其持論一歸於正班氏世爲史官乃固書未竟而曹大家續之此一門之內學有本源也孟堅之家學淵源不媿古人矣

題胡存人藏卷　王　岱

南宮書畫在當日壓子瞻下日後盛行然書則遒媚畫則蒼遠若出兩手且皴用豆點實爲刱法苟不得其神理遂爲初學藏

拙此卷費子倣吳仲圭亦非仲圭本色仲圭則又倣南宮其源流遠矣大約名家多摹舊人卽后田徵仲彝亭其摹前人每勝己仫費子此卷瀟疏澹遠如若耶溪頭人鬅頭亂服自然風致非粉白黛綠者所能擬也

題焦中丞手蹟　王　岱

語云有德者必有言有言者不必有德此文章節義之難兼也彝歆陶穀空有才名睢陽武穆音韻金石其能兼者已可槪見今閱焦中丞手蹟譣驗其言中丞秦中人諱源溥字涵一罵闖逆至支解死何其烈也是豈欲以文章成名哉茲讀諷言老辣朴茂剳子典奧頓挫絕無寄人籬下語而仫字點畫詰曲亦自

渾古。宜乎臨大節而不可奪也。公之精靈亘古不磨。其手蹟久而彌光。當與座位一帖相頡頏焉

題臧喟亭梅花卷　王岱

喟亭臧君愛梅。作詩紀其生平看梅時地。更命畫工作圖寫照於中。諸同志賦詩其上。是從前愛梅者未有如臧君之篤者也。余閱圖竟。補畫於冊以成一段佳話。欲使後之傳者識其一時輿會。畫之工拙所不計也。

題蕭樹白畫　王岱

余生平愛畫。至忘寢食。然不喜爲人作畫。遇不知己者雖片紙亦難作。亦不佳。其巨幅則從未輕涉筆。丁未冬。冷穜漢東。鬱抑

無所發。青蓮所謂五嶽起方寸。隱然詎可平者。而白門周吳昉同諸適至。吳昉亦涉趣。是中有年。今復索余筆墨。遂盡發吾覆。而中州蕭君樹白以巨紙窮余技。乃扶病爲此。宣城施愚山容贈余詩云。看君拔膽大如斗。看君用筆如用帚。狂吟潑墨勢離奇。豎儒大笑驚且吞。是余生平不合時宜。畫其一也。願樹白無以示不知己者。爲大笑驚吞。當與吳昉同作題品可也

題古詩二十首圖像　王岱

古詩十九首。文選以東城高且長與燕趙多佳人分爲二首。爲二十首。余愛其詩。自少至老吟諷不置。因按境作圖以繫詩後。古詩之有圖。則自余始。異日傳好事者作爲口實。

倣畫卷偶題　王岱

沚鑑以所倣畫卷見示。余觀其樹木叢密。邱壑迢遞。思作一粉本。值以他事廢。忝戊午暑中彷彿涉筆。多有闕略。然意之所在。不必其似。不必其工也

自題畫冊　王岱

余冷穜漢東。於學宮後闢地爲園。名且取其苟且棲息之意。搆庭名愚。取其愚無所用之意。每日長無事。即讀書賦詩。餘且潑墨爲煙雲人物花鳥以及仙佛鬼神市井里巷。皆入其中。興到即揮。絕無倫次。觀者作如是觀。予之不遇牢騷。其愚苟且之意庶幾得之

又題畫　王岱

余以困頓無聊。志氣衰倦。入夏以來。十二時中睡居其十。因設祛魔法。磨墨滿缶。信意所之。作山巖怪石。黑墨汙染。遂不知爲今古。如摶翁混沌圖七日鑿竅不得。夙所謂祛一黑甜。得一黑甜。如是大笑而醒

高霞堂集跋

唐懋載

余髮未燥，卽知心儀孝思先生。先生所作詩歌、今古文詞，時雖不甚解，見輒攫去。然先生亦嘗摩頂歎異兒。今先生年七十，而予亦將髮種種矣，不克決起奮飛，用副名賢之知譽，而猶及以私淑之忱，附於編緝跋言之末，不可謂非筆墨之榮遇也。竊以先生詩集，名公鉅篇言之詳矣，而余特不能忘情於淡公任先生起圜之一敘也。其己卯之弁先生集也，曰：君之於詩，豪髮無遺恨矣，更欲至何所者？意者欲如尼父之過此以往，未之或知者耶？嘗心服其人，以爲言之不誣。卽先生亦謂譚子友夏之知我，不如任子之知我爲更深。嗟乎！自己卯距今將三十年，其閒

天時人事，遷嬗密移，魚躍星出，谷長陵頹，袁安王室之涕，傅燮身世之悲，凡躬之所歷，足之所經，耳目之所炫駭，中懷之所崩摧，一一達之於詩，所謂未知眞有莫知其所以然而然者。夫龍虵之神用也，一日而五化成，而易之言盛德大業也，必歸之日新富有。先生性謔賞識，結攬奇秀，於古今書無不讀，故其爲詩，時而秀月白瓊，時而崩雲湧雪，時而極元遙之想，則緱山之鳳笙，而九皋之鶴唳；時而寫蒼鬱之懷，則大蘇海外之奇觀，而子美夔州之諸什也。要以振筆疾書，風雨交發，不論鐘鼎大文、款錄小識，人所百思而不獲者，先生旁礴應之，卽數小史將苦赫蹏不繼也。往別山、雪堂兩先生嘗與之擊鉢鬭捷，每歎服曰：其敏可及也，其敏而工不可及也；其敏而工可及也，其深而且遠不可及也。嗚呼！盡之矣。蘇子由曰：凡物之異於常物者，其聚天地之氣常多。先生年雖七十，而神用淸審，操管弄槧，常如征鳥之使翼，刺刺不休，將數百年扶輿之秀，恣先生奢取之，而所云龍虵五化、日新富有，夫豈有幅焉其蕲之也？然則是集也，足以盡先生之奇乎？國門之懸夥頤，名山之藏仍秘，其閒拉雜於兵燹者十之七，腐潰於風雨者十之五，今暫搜其零璣斷壁，以充饑渴耳。紓天地之大文，完絕代之共寶，不能不深望於後之爲桓山君者。

蘭亭十種跋　　陳鵬年

右蘭亭十種，癸巳五月余將北行，以事至金陵，寓及門許子學灝齋中，於壁閒亂書堆見此，蟲鼠剝蝕而精采爛然，頗爲心賞。時許子先期以需次赴京，不欲徑攫之去。未幾，許子以疾卒於津門，不得一執手。越丙申，其孤子芳書來問訊，因訪及之。又二年戊戌夏，芳特郵至都門，而剝落益甚，又二種失去，止存其八。重加裝潢，覓得別本以足其數。久之，見紙色粗黯，神氣索然，遠遜諸帖，適吳見山庶常見之，以其尊人總憲公所藏蘭亭各種，令擇其略相近者，一定武肥本，一褚臨本，重爲裝入以易之，始稱全璧。至前八種臨摹姓名及年月先後，皆不能考索，以俟之

博雅君子。裝完付兒芝萱等寶藏，不敢忘其所自，爲特書之。

讀公孫龍子　　彭維新

六經如天地古今，人習視爲無奇，究之奇不可過。諸子則各以奇勝，或以意奇，或以事奇，或以議論奇，或以字句奇，益非奇則莫能自樹也。至好事者爲贋子，實不能奇，而惟奇是騖，奇已備於前人，縱苦思覃精，祇能稍變其面貌聲吻而已。故凡所依託行世之書，一覽即可得而知。六國時有趙人公孫龍子十四篇，班氏蓺文志列之於名家，今所存者篇數不滿十四，洵能拔奇於諸子之外。白馬堅白，意止一意，事止一事，議論無歧貳，字句無艱僻，反復引申，曲鬯其指，應變不窮，如環無端，非老非列非莊，非管非韓，孤豕獨鳴，覺非指喻指，非馬喻馬，諸語未足爲奇

已。其懸河之辨，幾於鏤空析塵，詰難分解，時有與楞嚴似者。舊本既無可徵矣，竟不能臆斷作者之爲秦漢前後何時人也，書此以俟知者。

書呂氏春秋

彭維新

呂氏春秋舉十二紀八覽六論爲綱以所進諸篇各繫於後故自秦至今無參錯改竄篇段總百六十有二篇秦氏之書惟此爲盛此書爲戰國諸子之終實爲歷代類書之始但其所類殊不覺其爲類此秦人之文所以異於後世之分門隸事使人一望卽可指目其爲類書者其成於眾賓客之手勦集舊說而成書與淮南鴻烈解同爲之者旣非一人所采之書又復不一鎔裁曷能盡滿人意當時文信以相國仲父之尊淮南以帝室名藩之貴無敢論議其得失後人之論謂不韋爲書時秦尙未行藏書之禁其成也較易劉安値秦焚書之後蒐羅稽覈爲書甚難以此優劣兩家之賓客然鴻烈多雕繪字句無有謀篇之善如呂氏之任地辨土審時之可誦者又鴻烈諸篇其所援引往往複出疊見而呂氏差少且其文爲秦爲漢判然若白黑淮南八公大小山之徒未之能及也余意呂氏春秋及淮南鴻烈解當仍其舊名不應列之於子使漢魏後之不若二書而亦僭附於子者得以藉口度大賈豪王有知亦必以爲宜然矣

趙恭毅公自治官書跋

張璨

自書契肇興而斯世之不可結繩理也後之言政事者豈不以文詞爲功哉三代以還漢治最爲近古蕭曹開西京之首而下逮於建武以降吏治蒸蒸幾臻於考言底績之盛及揆厥所由一時奮庸熙載者多起於椽史而終爲公卿非盡於賈董公孫輩以文學賢良爲初階也　國家稽古爲治立賢無方而選用之途尤以甲科爲舉首葢亦襲前代之規而以經術經世望斯人與然吾觀於漢世公卿練達於吏能而緣飾以經術者自其爲椽史之日而已然非貴而後學也今之由科舉而進者筮仕之日類必資人以爲理而所謂幕僚者非佗傑之書生卽桀黠之胥吏率闕　國計民生無所關於其慮而惟視脩脯之豐嗇以爲去就之圖人情之大較如是耳　朝廷有選舉之勤而當官卒未收儒術之效其所學與所用者固有不能同條而共貫與乃今得讀何子岱菴所編恭毅趙公自治官書而慨然三歎也公以甲科起家初任商邱縣知縣用行取爲刑部主事陞員外告病家居者七季　聖祖仁皇帝特旨召見授浙江布政使陞浙江巡撫由浙調巡撫湖南至之日宣揚上諭以禁重耗革加派整躬率屬三令五申今其見於編輯者皆公一手所自爲擯著歷官八年表裏洞然始終一節在在皆此物此志也璨爲諸生佩公德教鄉貢後嘗以請業侍函席

側聞公緒論不爲不久公嘗語璨以童試時艱於進取而見學道一官多以賄成其府縣之有事於提調者率以綫索沾膏潤公令商邱日不忍負初心謝不爲公又謂此匪獨學道之罪也其銜係僉事隸於按察使其報滿投部例由按察使出結而督撫大吏爲之保題胥欲從而取盈焉雖賢者有不得行其志者矣公在部日有提學道缺計資當推乃力引疾求歸里蓋嘆是官之掣肘而難爲之而有負其初心則不如避之之爲安也舊例惟直隸學政以院體行事其餘外省皆以部員與郡守陞授自　聖祖仁皇帝中葉閒用詞臣各省亦得有學院然猶有道員參錯其閒今　上定制詞臣照舊簡用而閒有以部

員出者亦與詞臣一例行院事既杜其牽制而專責以端廉宜文治之煥然而日新也則　聖主賢臣之所見豈不先後一揆而公所語璨者乃其審顧於念慮之微何圖於今日而親見之哉公居官守職孤立行一意養交要譽匪獨心不欲抑亦力所不能故每有設施中外多齮齕之迨其後譸𧬈横生謠諑紛起公屹立不移惟知以是非付公論以威福歸　朝廷顧賴　聖祖仁皇帝英明鑒公悃愊每　優詔矜容保全備至會公解任聽勘事上奏　特旨復公任公益勵匪躬思盡瘁以報殊遇凡八年來所爲大自章奏之詞瑣及庶司批駁之務伸紙操翰金石貫而風霆馳者惟其有之是以似之之概匪惟他人之所不敢代實亦他人之所不能代也猶記辛酉之春　上擢公總憲璨謁公於撫署公揮涕謂璨曰　皇上不負臣臣負　皇上璨聞之悚慄不曉公意公徐曰子湖南人不佞自此去湖南矣正欲得子爲證盟因指座前門扉曰不佞居此署八年子試念此八年中曾有持一金之餽入此門者乎璨唯唯既而公出署率同城官司道以下咸在列詣　御碑亭行叩頭禮自陳曰臣申喬受命撫湖南日　皇上親誡臣以禁重耗革加派臣八年中惟此兢兢以稱塞　皇上愛養烝黎之意臣解任數月禁防漸弛罪不在臣然知而不言臣則有罪今臣乃得蒙超遷以去此臣負　皇上　皇上未嘗負

臣也亭公撫湖南日鐫　訓諭於后以布告南人且以儆飭在位者也蓋公此時欲以和平靜鎮入掌中臺不復當捃拾微瑕同小臣之風采而負　聖主之陶鎔公之自處爲已審矣公天性疾惡而虛中樂善未嘗概以嚴急待人初屬吏中有才堪任使者公無不注向以佐明聰然承公指使者往往負公公廉得其狀則輒行檢劾無所徇忌公者或以是訾嗷公夫知人則哲自古難之觀過知仁豈足以爲公咎哉公自部郎假歸後已忘懷進取　聖祖仁皇帝召公田閒俾以大用敭歷中外又二十年　聖主隆恩施及存沒今　皇上御極之初又屢沐　温綸褒揚遺直烏乎　二聖人繼踵當陽所以

施恩於老臣者生前身後有如一日觀　國家風厲臣節若此人臣何憚不勉爲廉吏哉我　皇上知人官人惟以撫養元元爲急務使有能以公是編上徹　宸旒俾如宋胡瑗經義治事之比頒其法於諸路令百爾有所觀型則是編也豈不爲振刷吏治之一助哉璨身在田間聊志之以俟君子

書大元經後　胡作傳

元之爲書其擬易則主中孚其經由中而分爲天地人三才由三才而分爲九州由九州而分爲二十七部由二十七部而分爲八十一首由八十一首而分爲二百四十三表由二百四十三表而分爲七百二十九贊中者準易之太極也三才者準易之兩儀也九州者準易之四象也二十七部者準易之八卦也八十一首者準易之六十四卦也二百四十三表者準易之象也七百二十九贊者準易之三百八十四爻也其易之生法兩地之數其元之生法參天之數元之體法易而其贊又法洛書也元經自中至增十三首則配冬至小寒大寒立春自銳至事

十四首則配雨水驚蟄春分清明自更至應十三首則配穀雨立夏小滿芒種自迎至昆十四首則配夏至小暑大暑立秋自減至晦十三首則配處暑白露秋分寒露自瞢至養十四首則配霜降立冬小雪大雪每一贊管三日也百二十贊則管三百六十日餘九贊卽四分度一日也此又總以法爲準也其旨總以明陰陽進退消長言君子小人德則吉逆則凶其後元摛元瑩元文元挩四篇總申明元經之義爾卽知元文罔直蒙酋冥猶冬春夏秋之義故其文曰罔者有之會也直者文之素也蒙者亾之主也酋者生之府也冥者明之藏也其文法字句雖險奧艱賾讀是經者須通其大旨亦不必拘拘字句可也

六先生從祀鄉賢錄跋　車无咎

國家典祀以報有功崇有德自先賢先儒從祀聖廟天下郡縣碩德懿行苟有其實者皆得援典禮以各舉於其鄉而祔食於先賢先儒之後典斯重矣故夫鄉人之舉之可以觀公義子孫之爲之可以觀孝思然輓近以來得與斯典者率多由子孫之有勢有力者蓋仁賢之後多昌隆潛德之光有際會此所以可尊可歆而往往難之也然君子猶不以爲難乃若爲子孫者初非有得爲之勢與力鄉邦之人亦初無所爲而共發於懿德之好之同然請乎上斯獲乎上視積歲累月竭力往復纔幾幾一成者獨不煩營措而得之豈非天哉非實盛德其能然乎余莊

誦五家六先生從祀鄉賢錄不覺身爲悚起矣先伯父廉孝至性矢志君父一第早終欽其德者固不獨在余一家餘五先生或仕學優優度越當世或抱貞守素高蹈衡門或乃心故國遁迹自甘雖先後不同時凡皆有必發必顯不可泯沒之至行乃今一旦齊舉而俎豆聖人之門何其盛哉使六先生碩德懿行有非其實必不能風行響應如此也然則昌隆赫奕以大發先德之光又可爲五家子若孫必矣詩云孝子不匱永錫爾類錫類之仁余將踵在上者之門而稱謝矣嗟乎人苦不自立觀於六先生可以興夫可以勉夫

王后谷畫跋　常琬

余家藏畫甚多而王后谷畫尤奇絕每一展玩峯環泉瀉煙嵐萬狀草木蓬蓬有生氣神注久之恍覺身遊山峰林樹閒非通神之筆何以怡情若是乎考后谷名翬字子羽別號烏目山人善山水人物畫家有南北二宗南宗起自唐王摩詰而荆關繼之北宗大小李將軍爲之祖師其技者則爲夏圭馬遠二宗各相傳而不相法歷數朝代判然歧途維后谷獨運意匠合而一之以成一家所以擅絕一時今閱其蹟殊覺丹青中之大成獨爲此公所據然非天資超邁其能閱數代名人奇士而標然開一生面也乎

書粵遊詩後　羅源漢

粵西山水奇絕天下曩余星軺所歷遇景成吟每不欲以風塵僕僕辜負名山水歸　朝後日事簿書回首壯遊已成夢想陳君松山粵人也偶與談三江五嶺之勝如數家珍不禁神馳天外舉當年情景恍惚重經心低徊不能釋因檢舊詠二章書以遺之以志不忘焉爾時乾隆甲申長至

書刻帖後　羅源漢

晉人書取韻唐人書取法法可形求韻須神似此難易之分也漢少時學書從事顏柳長游詞苑竝嗜歐虞露骨逞鋒謬爲同人稱許晚得晉人佳本日事展玩又忽忽若有所得覺大匠運

斤有不規規於繩墨者流光荏苒字凡幾變小兒　檢得篋中舊楷二紙請付石審視互觀如出兩手究不知後之爲是而前之爲非耶鐫以質之高明家論定辛卯自記

書自書蘇詩後　羅源漢

東坡書法名重有宋余嘗得其眞蹟數帙反覆觀之終不知所稱綿裏藏鍼者何在及讀其詩如所云端莊雜流麗剛健含婀娜與短長肥瘦各有態玉環飛燕誰敢憎者其持論實爲至當雖鍾王復起不易其言信乎知之非艱能之爲艱前賢不免古今來學中能事大率類此又非止書也長夏公退偶與子姪輩課字錄此二詩示之

書律體後詩　羅源漢

詩文一理而情思各別每不相爲用余視學畿輔年來詳於論文詩思半減閒有抒寫亦隨卽委擲不以示人吾甥天驥喜吟詠復嗜書法茲在署勷校閱索余近作偶檢得律體十數首書以予之時乾隆丙申暮春

題周忠介公詩扇冊　羅源漢

周忠介公當明季權璫竊柄持正就義風骨凜凜閒嘗讀史而想見其爲人至其書不概見族姪孫碧泉於坊肆市得寒月篇數行裒漢而什襲之啟視詞嚴筆正尚餘生氣又不覺重其人益珍其字撫摩歎賞久之因綴以小詩付之時己亥仲冬

案尚書刻帖數種有曰凝暉書屋試腕曰親雅堂墨刻曰輶存檢刻眞行草皆有之右錄前四則皆帖中跋尾後題周忠介公順昌楷書寒月篇扇面者則汝懷近年并忠介書鈎摹上石行世尚書之先雖與吾宗同出吉水而吾宗於明初徑至湘潭彼族先至茶陵後徙長沙兩宗世次殆無可攷其呼先學士從父爲族姪孫者當緣先伯曾大父諱升爲雍正乙卯選貢尙書之弟官雲南糧道諱源浩者舉於是科而愼齋鴻臚亦與諱源渭者同舉遂相與敦親親之誼歟亦可見先輩稱謂之質直不似後來之一出於虛文虛意也戊辰長至後附記

跋終天録　夏逢夔

右遺編共五卷馴園遺蹟居士一生苦心高致具見於斯居平以友朋爲性命尺牘一帙手自存稾閒情草焚後搜得者居士雅不樂以文章垂世然即其偶爾弄翰亦可因以考其志之所存殿以終天録存順沒甯備是矣夔謭陋未足以測居士於萬一莆田姚明府曾以放翁詩況之曰養成林下無窮嬾占盡人閒徹底癡又居士句云骨肉一身多缺陷死生兩字甚分明四語可以蔽斯編矣夔於居士猶父子而有師友之誼九歲受經於二與草堂十歲從先君子學制舉業書義問難得益於居士指授者良多鄙性落拓狂諸子姪中迂闊遲鈍特甚居士獨愛

惜之有加無已當時亦不知其何以然自居士沒後倀倀何之數十年來交游雖廣屈指愛憐之深如居士者殆未可多得然後知夔與居士非獨骨肉淵源之雅蓋亦有知己之感焉居士論文最精看書最細然不苟下筆故所作時文絕少詩古文亦不輕作嘗語夔曰此談何容易東塗西抹徒供秦火燒不盡耳今從弟逢芝兄弟不忍沒其先人平生心跡輯次遺編授梓良足爲居士有子之幸獨是居士沒已二十六年先君子捐棄亦十有二載今老母又以天年下世風木永悲典型云謝而夔學殖荒落如閏楊名場淹滯如鼯鼠鷇然一身頹唐就老則又不禁撫遺編而泫然流涕也

書纂録傷寒集後　曾紹孔

余纂録傷寒全書有客坐於傍問曰世皆謂蓡芪能殺人而吾又見服芩連梔誤而斃者衆矣藥必何如而後可也余曰子未見夏葛而冬裘乎赤日流金揮汗如雨而覆以重裘其不病熱亾者未有也白雪嚙骨滴水皆冰而護以薄絺其不病凍死者未有也然於裘葛何罪哉亦服之者違其時耳夫造化性命之爐冶也聖人其調燮者也醫藥其贊育也故融日薰風霜夜皎月萬類生妍百蟄塞穴剝復循環各歸於正者造化之時也變絺而繻易裘而袷春冬奧析夏秋因夷藏冰改火罔有踰期禮制其淫樂節其悲使天下之人頑遠不祥者聖治之時也導和

宣滯去枯即榮龍虎水火一升一降默默冥冥鬼謀神工若出死力爭護其萌使委者振弱者強槁者澤瘠者肥危者安殤者壽其惟醫之時者乎嘻醫之難厥惟時哉吾觀今之治病者若耘草竝去其禾若築室罔固其基鮮不曠其田而墮所搆也故蓡芪能生人亦有時而殺人芩連梔蘗能殺人亦有時而生人苟非審呼吸於豪芒察浮沈於影響辨草木金石之陰陽窺氣血精力之贏虧何以剛柔之互劑也何以甘苦之同調也何以精一不雜而惡其牽制獨力難成而藉其佐使其不生人而殺人多矣又豈獨蓡芪梔蘗如子所云者猶夏裘而冬葛也歟客唯唯謝去因筆而記之

書李亦菴録方止後　曾紹孔

方止醫書也吾友亦菴李君偶從戚舍得此闕編煙煤敗楮微有字跡展讀狂喜欲絕爲其了達夫陰陽闔闢之原精察夫剛柔燥溼之宜金鍼度人匪刀圭家常談也因捐貲徧覓全本卒無應者疑世少知音售者寂寂書坊版毀未可知也恐再遲之以歲月幷斯編難免汨滅遂不遺餘力朝夕鈔録冀共賞於同好與有識之專家焉蓋龎有莘呼羣而共倉之意也昔華元化著青囊書臨命授之獄卒卒疑畏火之是青囊書之不傳傳非其人耳方止既授梓又因有禍胎而亦不傳者何也余嘗怪醫道之不講雖博通之士未免夏蟲語冰況其下者無惑乎郗夫

市兒一無所識皆得懸壺草菅人命深可歎惜今覩是編而益愴然烏乎士生天地間抱倜儻特達之才不得志於時假洞垣窺臟之技以示存心利物之一端其用意亦良苦矣乃其嘔心之所著述亦不獲貽後來者之一目其爲悲痛可勝道哉亦菴於岐黃家未甚究心一見是書奉爲希世之璧復思有美必合徧索遺編冀得緝成全集以行於世及不可必得而手録之蓋旣悲前人之著作放佚不完又庶幾後之人嘗一臠而思全鼎搜羅採訪庶不致此書之終於不傳也眞可謂仁人之用心矣其書不知凡幾卷姓氏年月皆莫詳今所録者僅幼科一本損者闕之可考者補之細字密行共八十七篇

二女復讎案牘題詞　曾紹孔

士有急君父之難致身竭力以期克濟而不爲靦顏苟活者羣知其爲賢者也況女子耶況其所以爲此者業有前車之覆而不戒明知克敵之艱而不悚此尢丈夫之所難彼獨何人女子也而賢之者顧當何如耶此余於王氏頭貞王阿羅氏而不禁反覆三歎也蓋桂逆之亂小醜乘隙邑舊湖嵩故有寇賀繩祖首惡也白晝劫掠勢漸披猖所至輒殘破然無如吾鄉王氏罹禍獨烈賡明庠生被磔姒女良貞姒於火其他妻妾僕婢數十口無老穉虜之惟子有章亦庠生偶出媳羅氏歸省女頭貞鞠外家乃免凶聞頭貞痛絕外氏持之不姒有章控郡請纓未獲

越三載賊復殺之意此後莫敢復仇者時頭貞羅氏目擊晝夜對泣謂安用生爲旣忍淚誓之曰姒易道也讎不去未晚寇可除焉濟其志苦其情悲用自縣府達撫軍呼號跋涉覗刀鋸斧鉞弗爲挫故祖受擒之日去賡被害之年凡八稔而二女出囚五載始得其元兇而誅之烏乎難矣方二女矢誓時羣相顧失色豈知賊可殺其父兄掠其妻孥廬舍焚蕩藏傾斷無敢正視兩女子垢面囚首殘形毀性以戴天爲大恥而不欲片刻同土壤悆日月失寒暑卒至冤白憤泄乃已此何如其義勇也惜不見之耳閱其前後狀牘風霆相騰百怒千號無以踰之當是時寡婦孤兒情深氣短緬彼曩昔卒與禍俱惟以一姒從先隗於

九京志士猶或悲焉。而況南舟北轅，衡羅避穽，泥首雲霄，貔虎兕於榛莽閒，益邑由是無害，山郵草澤，馬牛狂野，禾黍狂田，士女慶於室，豈不甚盛？第雪一家之恥已哉。獨怪王氏家乘無聞，吾邑志不載，不惟無所遇於今，又將無以傳諸後。僅吾內姪厥道賡，四世從孫也，從八十餘年搜敝篋廢紙，得卷案殘稾成帙示余。余慨古烈女不多覯，以若所爲，雖古烈女何以加茲。然古烈女多傳，今二女不傳，其爲幸不幸也，大有閒矣。悲夫！余故敬誌之，將以告諸來世。

讀趙恭毅公自治官書　曾紹文

經濟不本諸學問，必非經術；才猷不根於德義，必非性天。讀古循良治績及名臣奏議，漢之龔黃卓魯，唐之陸宣公，宋之蘇文忠，道德學問，足爲世之師表，故其立言眞摯懇切，惓惓以斯世斯民爲念，勒爲成書，炳炳麟麟，事雖既往，後之人尙遙想其際，慨慕如不足，況親遇厥事，觀厥人哉。楚南自滇黔猖獗，民氣未復，繼以無藝之征求，瘡痍徧野。　聖天子憫茲凋瘵，簡武進趙公節鉞斯土。銜命以來，視榮利淡若無意，臨禍福弗爲喜懼，自益清刻，飲食起居，極人所不堪，惟察民閒疾苦，狀如治已潰之疽，調蔆朮，進饘粥，復補以糜肉，尤恐病加於小愈，必使勿風

勿勞，滋培元氣，以善其後。苦志焦思，節節整頓，歷九載，星輝雲潔，無飄風急雨之暴，以迄於今。烏乎！好所好而惡所惡，豈惟古人，此與詩稱樂只君子，民之父母，奚以異焉。所製疏奏文告，載公集者，無慮數百篇，罔不沈摯周詳，忠懇流溢，羣烏中忽聞鸞鳳音。吁，詎文章觀耶？宜其精神融徹，上動　宸衷之慰勞，下破官吏之錮蔽，所樹益宏，所沛益大。海內之士，百世而下，讀其書，益想見公悲歌歎息，未必不有感於斯集矣。故是編之刻，湖湘之人心，不第湖湘人之心也。獨念撫是邦者，疇非旬宣之職，不當紓　九重南顧之憂，偏留此嘉謨碩畫以待公。此跋知人臣事君，不問位之大小，若非立意較然，不欺其志，而矯以爲

趙恭毅公自治官書後序　文柱芳

恭毅趙公之撫我楚南也子小子方就外傳罔知理亂烏有鑒衡第於家塾誦讀之暇側聞先君先師及諸前輩每聞舉一政輒欣欣然喜相告曰所聞者若此若此每下一令亦欣欣然喜相告曰所聞者又若此若此烏乎距今三四十年矣緬懷往日告語狀宛然心目而要非驩虞小補之謂也楚自吳逆變後民不堪命先蒙總制李公釐里甲興踹平特疏題請誠有踰於監門之入告者幸蒙　俞允楚民始有樂生之心然湖湘遠隔洞庭而公去亦不旋踵陽奉陰違積習難改雖湯火甫離而瘡痍未起特　聖祖仁皇帝念楚之切知公之深乃　特簡公

以撫循之是拯湖湘之民出之湯火之中登之袵席之上而更被之以和風惠之以甘雨故其民互相傳誦油油然而遂不知其手之舞之足之蹈之於不可已也友人何君岱菴殫八年之勞瘁舉公之所以撫楚南者編輯成書且傾貲授梓議者謂何子之勤勤於此者殆欲附日月之末光而不知其非然也蓋由公之盛德至善民之不能忘若此也書成矣諸先達大人皆揚頌於簡端又烏容小子之喋喋爲然盛德所感召靈爽所發皇有爲世所罕見者亦公之芳徽軼事他日可以補史氏之闕未可祕而不述也何君居攸之深谷紙入書出費甚艱芳居近河且爲何君出入必由之路藏官書之版於芳舍往來購買稱便廉果以爲義偏愛爲仁血氣爲勇瑣屑苛察爲蓺與智如是而欲爲朝廷倚重寮屬視傚士民瞻望難哉今得公不易因歎讀公書者愛公戴公羨公之經濟才猷而莫察其學問精湛義理純熟與古龔黃諸君子皆有得於聖賢大道也烏足知公之大乎又說者謂公之道德固足濟世藉非得君專行政久未若斯之偉者夫君子之學出處而已出處之道自爲爲人而已萬一時不可必抑或出而所歷多艱則夫修身濟世之事與古忠臣烈士之浩氣孤行不可磨滅者孰非公之所優爲故公自居鄉迄宰商邱爲兩浙開府凡幽貞奇節之典無日不以表章爲已任卽楚南若屈賈祠若忠烈蔡公江門周公二南及忠節李公

忠毅劉公與夫道鄉臺衡陽之忠定公祠其有關名教者早已萎諸榛莽公必爲之按冊清釐捐貲建立又爲文勒諸石以垂不朽煌煌數萬言磊落崢嶸何莫非其性天之地久裕夫經術之原而以斯道覺斯民之素志也哉集公書者不以弁爲簡端而綴於尾均未爲知道者故余既讀而歎歎已復讀不自休益欲識公之先立其大也有如此

無何歲値丙辰馮夷爲災居廬去其半而茲版無恙壬戌災倍乎前芳廬舍盡爲衝塌家資什物衣服器皿孳牲禾稼古今書籍數千卷無一存者惟存一樓而斯板貯樓中竟得無恙此邑矦段公及前守今陞觀察馬公所目覩者竊異斯板原藏於東隅之書舍恐其近潮溼而易於朽蠹也目前乃移置斯樓得不壞豈非公之事業文章實精神之所貫注可以質鬼神而俟百世有非水火災傷所能消沈而磨滅者哉乃知士必有眞學問而後有眞經濟有眞精神而後有眞道德於以傳之百世而無窮苟非然者未必可傳卽傳之未必能久也因述所見以補史氏之闕而並論之如謂贊揚高深宣導盛美是以兩手抔土益泰山矣是亦不可以已乎乾隆八年

環溪草堂文集跋　　徐世佐

丙辰乾隆元季予在京邸動止必就正於環溪越已未再至京病甚與環溪同舟而南揖別於金陵遂不復見又十季而環溪宰商之鎭安縣明季庚午予在上黨欲一見環溪知其途之遠且險然不憚險顧亦不知其險之遂至於不可以人意想也循中條渡河而南崎嶇萬山中布鞋脫底斷小藤結之繫于脛日凡數易蒲帽破補以松毛行十有五日過商州山愈峻崖石巉巉至不能成步淩層峰度懸棧下重泉老樹妖藤蒙密晦冥又淡鬼嘯於前魂魄俱喪不自知爲猨耶鳥耶卽造物者亦不知我爲何物也七月十八日行山陽屬內可四五十里有人驅馬

馳樸被來問此誰者曰鎭安爺爺之云山中民稱其邑宰云爾父之也問何之曰之商州又前有溪望溪南一人蒲帽布袍騎馬來從騎一人是環溪耶殊不似官至則環溪也環溪不知爲予也渡而熟視駭而下握予手曰子固未死耶何乃自北來予告之來處他語不能竟環溪曰山中多虎豹日且西子速往卽宿處此去署中尚二百里到可少住其待某歸予遂行再踰嶺有茅屋南向一室主人臥榻一竈一炊器略具北向一室客榻一馬棧一馬矢積榻前皆滿中間相去丈許爲庭庭兩頭削竹樹插爲籬高二丈餘尖其杪防虎入也予至有頃皁衣者來除公館則山陽宰且至除之云掃馬矢積西偏而已山陽宰張公

從者四人皆乘馬帶鳥鎗至則繫馬室中西偏飼于棧臥張公東偏榻上予與從人臥于庭夢中語曰張公與馬一室予乃得與皁隸聯牀因大笑破聲明日予先行又明日至鎭安署入其門無人焉再入無人焉再入自報名環溪仲子出迎客問其兄則山陽從騎者是也客則周子其甥也黃子辰臣予至其三人貧署蕭然市無屠户民皆茹蔬環溪則開署後荒土蒔蔬自給以環溪之學固宜入詞垣登膴仕佐　聖天子御宇宸臣股肱之風正在吾輩顧蹭蹬於窮山萬里狐鼠豺狼之中僬僥瑣尾有傭人豎子所不能堪者天之力但能窮賢者耶抑以賢者爲能窮而窮之耶予謂環溪鬱鬱無聊不平有動於中矣居數

日環溪已至西安予寄書慨其勞環溪報云遠方下邑待治如飢渴某無以爲飲食吾民者君來何以教我乎予讀之面赤發汗自拊其腦曰咄咄役夫鄙哉士果行其所學卽一邑猶天下也不盤根錯節不別利器而予乃以爲窮而慨之何其謬也辰臣曰然叱歲祲環溪率民入山取橡栗不自知爲官民亦忘其官也某亟稱之環溪蹙然曰治世以大德僕視事日淺未能弭天災盡地力使斯民家給人足顧此苟以救一時之急僕誠赧然而子以爲美耶由是觀之環溪之志可知矣嗟乎世之巨儒偉人抗手揭日月而來誠非小夫所及知然士或讀書數十年其自命亦不凡矣平居侈談仁義旰衡時事予奪前人娓娓很娓眞若可信及其需次銓曹旦暮丞吏胥之門口稽手算某省某缺歲獲若干月終截數第其貧富某某上某次之某某下百計買籤所求必得當事者或亂其籤以持之怏怏不已既已無可爲計則詭以病歸歸而病痊復計得上缺　朝廷知其然以坐補原缺持之終無可以爲計者或遂肆其爪牙之利剝民脂膏而恕其瘠也且夫古之人吾聞之矣叟婺裾擁大蓋臥笏盈牀晝戟在門廣厦細旃纖眉長袖者恆舞酣歌而不以民事爲事若斯之類無誅焉士有懷才抱志沈淪下邑顛踣骯髒而或窮陬遠徼巨澤深山皓首何涯靑陽易老則往往幕天席地洸瀁恣睢叫嘯讙呼典衣買酒掀髯箕踞卷袂揮毫星斗在空風

雷滿手時則登高望遠鳴雁送秋目光如炬橫睇宇宙悲弔古今慷慨悲歌其意氣之盛豈不壯哉然而君子無取焉語有之孝友施於家是亦爲政夫一家之中而可爲政也豈一邑之中而不可爲政也夫一邑雖小富之教之王道備焉窮荒下邑需治尤急環溪所謂渴飢之於飲食者豈不然哉何居乎以是爲山貘野魅疾病夭亡之區蓋恬而安之者吾未見其人又孰能夙興夜寐皇皇然以吾道爲未行斯民爲未治者然則環溪遠矣當是時予年未四十方自刻厲卽亦未知環溪之遂迥乎不可及也居且彌月環溪爲同考官方在闈中予不能久待所欲正於環溪者雜而失其統得環溪之用心以正吾心政事文章

皆從此出所得多矣遂南下漢江而歸自時厥後大抵索居無師友相激發惘惘然落魄都門阽危于海上流離塞外歸而杜門卻埽頽然自放葢與環溪音問不通者又二十九季聞其治鎮安報績爲天下最調鳳翔以憂歸遂不復出亦不知伭何近況獨常於夢中見其道氣充然粹面盎背覺而神往亦不復有就正之心曩日溪山險惡徒步數千里不以爲難今家居無事得復與環溪聚首如京邸時豈不甚樂湘帆三百里挂風便到反若在萬里外不能一往聞其已下世南向長號林谷皆動愁腸易斷輒收淚而止邇者窮廬宋宋殘霾在庭客有以環溪文集至者掃地焚香茁坐而讀之不是已而非人不見小而欲速

不震盪於喜怒不馳逞於才氣不激烈於廉恥不揚厲於功名忠孝仁義之旨油然於中撥懷而出觸手而成同歸而殊途百慮而一致其與造化者俱亦久矣觀其所設施修已治人體用畢具本末粲然可以治一邑可以治天下崇正學闢異論興敎化厚風俗亦可以治後世葢環溪之用心固不在文也卽曩者予與晨臣之論環溪亦不在文也然而有德者必有言夫有德者之言今之人不及者多矣卽古之人亦不及者多矣德不及故文不及也夫古之人猶不及也而何有于予予老矣雖然讀其文如見其人庶幾猶有以相勖也

岣嶁碑跋

曠敏本

禹碑顯晦有時三千餘年中一見于劉夢得詩一見于韓退之詩歐公云韓公好古必不我欺則衡山之實有此碑可以韓劉爲斷然劉詩曰傳聞韓詩曰何處葢均未見此碑者朱子往來衡山尙謂實無此碑卽鄭漁仲亦以不見此碑爲憾明張季文得墨本於楚特以授楊愼愼號稱博古其釋註必有所本而沈鎰夢中授受應亦非誣蝌斗書雖廢已久而篆法奇古眞有如韓劉所云龍虎鸞鳳者噫異哉萬丈峰尖石柱鐵瓦半就朽裂而此碑歷劫常存元氣寶光麟麟炳炳神物之撝訶豈偶也哉抑予讀此碑最愛昊歎遲眠之句謂可想見當年克勤心法然

則此碑之不磨其姒氏明德之遠乎其亦大聖人之精神直貫於數千年之永乎

南嶽圖跋　曠敏本

高子近亭自河間任邱陸行五千里省尊甫瀛海公於衡山公恐其因遊疏學也葺署齋列圖史俾之下帷攻苦以所作詩若文質余又命畫手寫南嶽圖裹潢置几俾之攻餘披玩資吟詠焉併屬爲跋其後余展視之自嶽麓上遡迴雁中歷長沙善化湘潭衡山淸泉衡陽六邑靈淑之氣蜿蟺紙上七十二峰㽞略具矣蘇子由謂太史公周覽天下名山大川故其文疏宕有奇氣宗少文遊衡山歸圖形於壁以當臥游茲近亭年正壯五嶽之游此爲發軔固非少文臥遊時所見詩若文深華秀傑得山水助其諸子由所云疏宕有奇氣者歟則願有勖者葢自有衡

嶽以來帝王卿相幽人韻士下至緇流羽客何可勝紀乃其以講學游者則自宋儒始宋儒中以公子而遊嶽講學者則自張南軒先生始當魏公守永時南軒來省侍便道游衡因受業胡五峯先生門牆後又與朱子𨔵連方廣風雪滿山研究不倦以彼喬木故家高明宏博而能折節於良師益友間以詣乎學問精實之地此豈尋常遊屐中人後之君子想其山川披其圖畫尙有躍然興者何況近亭兩載隨官耳濡目染哉夫可圖者象也不可圖者理也由象推理超然圖畫之外非好學深思者不能也近亭身趨詩禮之庭神游山水之窟得昔之賢喆而景行之俾後作流寓傳者謂魏公之後復有魏公南軒之後復有南軒也

湖南文徵卷八十七　湖湘後學集編

跋二

書鹽鐵論後　張九思

余讀鹽鐵論旣終篇喟然而嘆曰烏乎此猶近古之流風而孔孟之家法也王道缺微周室旣衰陵夷至於戰國管商申韓儀秦孫吳狙詐之徒雜然竝起言仁義者旣黜焉惑誤時君基禍蒼生非一世也故桑大夫襲功利之餘智高亾秦之陋轍逢先主之廣欲亦各持之有故言之成理非心實知其非而強辯葢也葢漢興以來闇於道術能不惑者儒者董生一人而已秦用

其私而不變幸乃濟其併兼之謀適會諸侯之愚也漢武踵焉而終悔然及身不見土崩之敗尙承文景之澤也昧者終已不寤見小利而忘大害馳於末流不師古始與亂同事而欲長世豈不悲哉吾攷賢良文學鹽鐵之議塞末利以防淫侈之原崇仁義以興敎化之端內制修則遠人自服務在乂安元元輔翩主以救弊扶微修潤洪業之道終始數十萬言上下古今得失粲然可見言曰爲君者法三王爲相者法周公爲術者法孔子百世不易之道也至哉言乎昔孔子栖栖卒老於行孟氏所如不合不枉尺而直尋公卿丞相史不遍大道而小辨賢良文學不肯曲學以阿世其志一也桓生旣爲此書然頗惜當時儆廢

不盡見之施行，予惟廟堂之間，雍容諷諭，舒六藝之風，究太平之原，至於指切時事，面詆闕失，悉意極論，而終無所忤，猶有古者信道信度，昭德塞違之遺風焉。自時厥后，漢世議郎博士，每國有大政，時得以經生與公卿上下其議論，而天子公卿往往亦進經術之士，以決疑斷獄，由此其選也。故兩漢之風俗人心，到今可想，烏乎，此又後世一切權謀法術者之所不及也。

書范增論後　張九思

范增戰國之餘習，策士中之錚然者耳，而蘇子乃欲以大丈夫去就之義責之，過矣。曰高祖言之矣，漢得天下，用三傑，項羽有一范增不能用，故蘇子曰增高帝之所畏也。曰鴻門之會，滎陽之圍，漢扼也，羽之得志於漢易耳，而增力贊之，幸而不用增言，再得脫，故高祖深忌之者，不如布越周殷之屬，可誘之反而反，招之來而來也。增之初立義帝也，為項氏謀也，已而羽殺卿子冠軍以救趙也，救趙不勝，則楚固俱為靡耳，安知義帝哉。且沛公先羽入關，獨非義帝所遣扶義而西者乎，而增勸羽急擊方沛公是藐，何戒於卿子冠軍，故嘗謂天之假手項羽也，所以收強秦之酷也，羽之威懾天下也，所以為漢室之敺也，蓋孔孟所稱仁暴興亾之旨，至是可驗，烏乎，風塵澒洞，羣雄角起，士生於時，自用其才亦慎矣。然非深於天人之故者，未必能知所擇，非誠知所擇，抑烏能善厥終始，而卓然於去就之分哉。

書陳忠潔公殉難録後　黃道慤

甲申之變公之節著於史乘載在祀典與二十二人者流芳百世夫人知之顧古人之傳不傳傳之顯與晦其間殆有天焉余讀殉難録終篇參攷軼事景仰前修知公爲天地間一完人而公之得天獨厚也公以寒士困棘闈三十餘年學彌篤行彌厲老其才而艱其遇毋亦天之玉成非偶迨後以文章經濟獲於君以信義骨鯁諒於友凡所設施皆本其素所蓄積如筐篋中物取而予之裕如也當流氛日熾公以文士巡按山右協力扞圉親履行間及校士易州聞都城戒嚴輒戎服馳騎入援國亾與亾從容就義曾無幾微震撼之色眞子輿氏所謂浩然之氣

集義而生者要亦存順沒甯奉若不違之素履云爾至於録中載公之學說曰學以變化氣質爲先氣質必歸於甯靜厚重他日所以建樹者視此又謂古今人何不相及吾輩當厚自醞釀他日或可報朝廷一二事不變初心又未第時與社友談及死難友有抵掌以誓者公曰不在此顧臨事何如然則公畢生大節自爲諸生時其天已素定矣余反覆是録竊窺公之志行淵源具在故揭而臚列之俾讀者了然於公爲天地間一完人而天之篤生不偶也抑余於兹重有感焉按公生於永城之掄魁坊其先世則長沙甯鄉人余甯人也聚族於甯謝英里衡宇咫尺閒一廟顏之曰宗師宗師者卽録中所謂巡按御史劉公熙祚也劉公以崇正十六年癸未八月值獻賊之亂殉難於此鄉人爲之祠以時祭至今不替計劉公殉日猶公提督北直學政之日乃逾年三月而公亦殉距劉公僅七越月耳烏乎公殉於燕劉公殉於楚等殉也且二十二人中吾楚殉者惟公是湘南空絕前後一人仰瞻羣玉巍然雲表宜無遠近靡不爲刮目瞳潙乃今惟零陵一隅知有公而吾里中耳而目之者止一宗師廟二公之或傳或不傳傳之若顯若晦其亦有天歟此帖重訂於乾隆辛巳歲主其事者不惜捐清俸以一身維繫於文獻不絕如縷之日則吾東郊年丈之力也今帙中詳略之適宜及敘列體例規倣史乘折衷諸作者姑不具論惟是仰維先世生同

井里大潙在望如奉典型如親几席益令人敬恭桑梓於無旣爾

跋松齋先生自敘　郭焌

余嘗讀太史公自敘夔其文然考其用意特詳其家世學術之源流及其遭禍而作史記以自比於孔子之作春秋其言葢失之夸今松齋先生致謹於君父人倫之閒懇懇款款皭然不欺其志而猶以未嘗學問爲歉然則遷之自比孔子未必及孔子之萬一而先生之所謂未嘗學問乃其所以深於學問歟余獲交於先生之子咸一其爲人純明敦厚猶歉歉然常若不足可謂善繼先生之志者也出先生自敘俾余跋其尾余爲慨然嚮往者久之使先生之言行流傳於後世而人自循省焉其爲功於天下豈淺小哉

書周禮後一　朱景英

周官一書自漢武帝以爲末世瀆亂不經之書林孝存遂作十論七難以排棄之嗣是謂爲六國陰謀之書者何休也謂周官三百六十而員數之多如六卿七萬五千家自比長以上卿大夫士萬八千餘人爲大可怪者李覯也謂脅者不禁示天下無禮復讐而義示天下無君率天下爲亂非周公之心者王開祖也謂其閒必有末世增入如盟詛之類必非周公之意者張子也謂五官之屬合大夫士亾慮三千而以爲設官太多者歐陽修也謂其不合之處勿强爲之說者徐積也謂周禮不全是周公禮法亦有後世隨時添入與漢儒撰入者程伯子也謂周禮

王畿之大四方相距千里甸稍郊都相距皆百里實無所容之爲一不可信諸公之地方五百里矦四百里伯三百里子二百里男百里與孟子班爵異爲二不可信井田之制自一井至於一同方百里通水利者溝洫澮三溝洫之制萬夫方三十二里有半通水利者遂溝洫澮川五利害同而法制異爲地少而用力博爲三不可信且言凡周禮之詭異遠於人情皆不足信者蘇轍也謂周禮不盡爲古書蟈氏掌去鼃黽牡鞠焚灰類狡獪戲術司關凡貨不出於關者舉其貨罰其人乃如末世設爲避稅者范浚也謂周禮一書詳周之制度而不及道化嚴於職守而闊略人主之身者鄭樵也謂太宰之屬小宰司會司書職內

職歲職幣六官所掌皆簿書期會之末俗吏掊克所爲又宰夫於臣用長財者有賞是使百官有司不守三尺以椎剝其民又甸師喪事代王受眚開後王忌諱之端又宮正比宮中之官府次舍之衆寡是妃嬪宦吏內外雜處又宮伯掌王宮之士庶子是宿衞王宮示人不廣又內宰凡建國左右立市非王后之職又內小臣掌王后之命閽人掌守王宮中門之禁二官爲奄者墨者是以隱宮刑餘近日月之側開亂亡之端又內祝掌宮中禱祠禳禬之事此始如漢世女巫執左道入宮爲厭勝之事又九嬪之婦法世婦之宮具女御之功事女史之內政典婦之女功乃后夫人之職不當統於冢宰又大府乃有式貢餘財玉府

乃有王之金玉兵貨賄之藏內府乃有四方金玉齒革兵貨賄之獻皆如後世漢唐無道所爲又司裘之外又有縫人屨人等九官掌衣服膳夫酒正之外又有腊人鹽人等十六官掌飲食醫師之外又有獸醫等五官掌醫事帷幕次舍之事亦置五官旣不應冗濫如是且以爲冢宰之屬是太宰之屬六十有二考之未有一官完善則五卿之屬可知者胡宏也謂周室班爵祿之法孟子言諸侯惡其害己而去其籍則孟子時已無周禮者晁公武也謂周禮六典與書周官不同周官司徒掌邦教司空掌邦土今地官於教事殊略而田野井牧鄉遂稼穡之事殆皆司空之職周官初無邦事之名今謂事典未知定爲何事者陳振孫也謂周官晚出而劉歆遂行之大壞蘇綽又壞王安石又壞千四百年更三大壞而是書所存無幾者葉適也謂周禮疑秦漢初人所作因聖賢禮法附會之者魏了翁也謂司門司關之設周公於民之意類不若是之察者劉炎也謂周禮作於劉歆者司馬光蘇轍晁以道洪邁胡寅胡宏也其他或以爲文王治岐之政或以爲成周理財之書議者殆難殫述矣而明陳仁錫又謂周官全經有可疑者四墨辠五百劓辠五百刖辠五百宮辠五百太平之世殘形剠膚赭衣屝屨交臂歷指而塞路一疑也泉府之職官與民市民不能皆愿吏橫則欺民民猾則欺吏疑二也周家祭祀具詳於頌昊天之詩郊祀無分祭之文般

之詩望祀四岳河海四望與山川無異祭之文旣右烈考亦右文母妣與祖無各祭之文其作樂亦未聞有歷代之奏以分祀之禮疑三也周以千八百國計之公五百里侯四百里伯三百里子二百里男百里而海內之地方千里者九何以封疑四也其說更辯可以備參

書周禮後二　朱景英

周官九職貢物之外。別無所取於民。而載師職。則曰近郊十一。遠郊二十而三。甸稍縣都皆無過十二。市官所掌。惟廛布與罰布。而廛人之絘布總布質布則增其三。非苛斂而何。夏秋二官毆疫。禬蠱。攻貍蠹。去妖鳥。毆水蟲。所以除民害安物生。肅禮事也。而方相氏以戈擊壙。庭氏以矢射神。硩蔟氏以方書十日十二辰十二月十二歲二十八星之號。縣鳥壺涿氏以牡橭午貫象齒殺神。非怪變而何。乃經有是文。何也。則王莽與劉歆竄入之也。蓋莽誦六藝以文姦言。而朘民之政。皆託於周官。其未篡也。既以公田井口布令。故既篡。下書不能遠變十一之說。而謂

漢法名三十稅一。實十稅五。其意居可知也。故歆承其意而增竄載師之文。以示周官之田賦。本不止於十一也。莽立山澤六筦。榷酒鑄器。稅眾物。以窮工商。故歆增竄廛人之文。以示周官征布之目本如是其多也。莽好妖妄。厭勝愚誣。爲天下訕笑。故歆增竄方相壺涿硩蔟庭氏之文。以示聖人之法。固如是其多怪變也。夫歆頌莽之功。既曰發得周禮。以明殷監。而公孫祿數歆之罪。又曰顛倒五經。學士惑亂。則此數事者。顯屬莽與歆所竄入矣。

書儀禮後　朱景英

儀禮自昔鮮疑之者。韓子曰。余嘗苦儀禮之難讀。又其行於今者蓋寡。然文王周公之法制粗在於是。昌黎故倔強。卽以是觀其服膺儀禮深矣。惟宋樂史獨謂儀禮有可疑者五。大意以漢儒傳授曲臺雜記。後馬融鄭眾始傳周官。而儀禮未嘗教授。爲一可疑。班固七略。劉歆九種。竝不注儀禮。魏晉梁陳之閒。是書始行。爲二可疑。聘禮篇所記賓行饔餼之物。禾米芻薪之數。籩豆簠簋之實。鉶壺鼎甕之例。與周官掌客之說不同。爲三可疑。喪服一篇。蓋講師設問難以相解釋之辭。非周公之書。爲四可疑。周公所載自王以下至公侯伯子男皆有其禮。而儀禮公食

大夫及燕禮。皆公與卿大夫之事。不及於王。其他篇所言。曰主人曰賓而已。似侯國之書。豈周公當時不設天子禮。爲五可疑。而章如愚又謂其書猶有可疑者。以爲吉凶賓嘉皆有其禮。而軍禮獨闕焉。自天子至士皆有冠禮。而大夫獨無焉。鄉飲酒之禮有黨正以正齒位。而今獨不載焉。賓禮之別有八。燕禮之等有四。冠昏之篇皆冠以士。大射之禮獨名曰儀。朝遇之禮不錄。而獨存覲禮。其他禮食不載。而獨有公食大夫禮。爲均可疑也。噫。難詰紛如。故以爲盡當也哉。姑存其說可已。

書大戴記後

朱景英

大戴記十三卷。總四十篇。卽戴德所刪八十五篇。經戴聖刪取四十六篇爲小戴禮記。而大戴記僅存三十九篇。今篇目自第三十九篇始。至第八十一篇止。中閒無四十三四十四四十五六十一四篇。有兩七十四。故合爲四十篇。意其闕者或卽聖所刪耶。然朱子曰。大戴禮篇目缺處皆是元無。非小戴去取。又曰。大戴禮冗雜。其好處已被小戴采摘。議者又謂大戴禮哀公投壺二篇與小戴無異。禮祭篇與經解亦同。曾子大孝篇與祭義相似。勸學禮三本見於荀子。至取舍之說及保傅則見於賈誼疏。公符篇至錄漢昭帝冠辭。是此書之子史雜出。始後人好事所爲。似非戴德之本書矣。惟秀水朱氏有言。大戴禮記本無甚踳駁。自小戴之書單行。而大戴記遂束之高閣。世儒明知月令爲呂不韋作。乃甘棄夏小正篇不用。殊不可解。學齋史氏謂大戴記一書。雖列之十四經云云。其論說亦不取大戴。然由其說推之。則大戴記在宋日曾列之於經。故有十四經之目。此亦學者所當知也。

書國語後

朱景英

太史公曰。左丘失明。厥有國語。漢書藝文志有國語二十一篇。自注曰。左丘明著。隋經籍志二十二卷。唐藝文志二十一卷。今篇次與漢志同。吳韋昭參引鄭眾賈逵虞翻唐固合五家爲注。疑之者自唐趙氏陸氏。謂左傳國語文體不倫。敘事多乖。定非一人所爲。然柳子厚師陸氏者。其自序非國語一書。則云左氏國語。其文深閎傑異。而其說多誣淫。則仍以爲左氏所作矣。至若宋石林葉氏曰。古有左氏左丘明。今春秋傳作左氏。而國語出左丘氏。則不得爲一家。文體亦自不同。其非一家書明甚。直齋陳氏亦曰。國語與春秋傳並行。號爲外傳。今攷二書。雖相出入。而事辭或多同異。文體亦不類。意必非出乎一人之手。然昭德晁氏曰。范甯云。左氏富而豔。韓愈云。左氏浮夸。今觀此書。信乎其富豔且浮夸矣。非左氏而誰。而眉山李氏論之更詳。其言曰。左丘明將傳春秋。乃先采集列國之史。國別爲語。旋獵其英華。作春秋傳。而先所采之語草稾具存。時人共傳習之。號曰國語。殆非丘明本志。故其辭多枝葉。甚者駁雜不類。如出他手。蓋由當時列國之史材有厚薄。學有淺深。故不能醇一耳。先儒或謂春秋先成。國語繼作。誤矣。此定論也。若夫朱子又有國語委靡繁絮。眞衰世之文。宜乎周之不振之說。蓋以譏其文也。究何嘗疑其人耶。

摹舜廟碑漢隸跋

朱景英

九疑山碑，自歐陽洪适以下，志金石文者罕及。顧南原碑攷，載舜廟碑名，而碑字不收。隸辨，益亦未見碑本也。獨鼎帖中摹勒八十八字，方整流麗，頗類延熹華山碑。攷水經注，九疑山之東北，洽道縣界有舜廟，縣南有舜碑，碑卽零陵太守徐儉立，意卽是碑與。然鼎帖直指爲中郎書，則誤矣。栽之明府，精於鑒古者，出亘牋命作分書，因摘仿碑字凡六十有四，規求形似，小大異體，手腕滯鈍，筆與心違，恐虛負井水一斗磨隃麋耳。

族譜跋

羅典

先子秀川公卒一歲有奇，譜之旣成，先子之志也。典少時始受學，先子持前譜手示之，且曰：而勉自樹立，而族所有託以蕃茂昌爍者遠矣。而知之乎？潭之定吾族，起我始祖政齋公也，由一世而下，分四堂，再分房凡十，今且十七世矣。我當世之十二，而十三。雖然，吾族之有譜，徵前之人爲之，則屬吾祖父以上，或凋落不可追詢；前人爲之，而後不繼，則屬而孫子以下，必復渙漫不可收攝。兩者異世而同患也。吾計今之與吾祖父齒者，十得一焉，其少壯又不及老耄三之一也，吾大半能辨而謹事之。與吾齒者頗多，其老與壯，壯與少，約三者如一焉，吾不盡辨，約合得三之一而辨之，相友敬之。與而齒者爲最盛，其老耄又不敵少壯三之一焉，其辨難，有得辨者，皆得獎勵而護愛之。若其竝不與而齒，而吾之辨之，則又難矣，況其推而愈遠也。而識之當吾之身，度必有始其事者。後數季，典及冠，以次食廩郡庠。於時未議譜，先議祠，爲其竭虔而妥靈也，先子與力焉。丁酉領鄉薦，適宗祠落成之明季也。乃北游，獲覩京邑之壯，與當世名公游，訪其世家舊族，其里居姓氏，卓卓可紀，所由來非無以致之。辛未成進士，選入庶常，復以時觀圖冊之富，侶文學珥筆之臣，見其所纂修撰述，若實錄、記注、經、史、志、考之屬，乃信知夫一切所爲昭示後來者，雖族之於譜，宜亦然。嗟乎，此正吾先子所原始慮終，不能已於言者也。今季秋譜成，距前刱新祠之歲未久也。議始事者，如先子所期，而不獲及身董其刊校典，既欲彰吾族之仁孝賢能勇於任事者，以式後之人也，又以存先子之志，於是乎書。

李文正公法書跋　車萬育

吾楚勝國時，大湖南北以書名家者不一人，鼎革來皆散失，無可購求。文正公文章事業，照耀千秋，書特其緒餘耳。今觀楷法嚴正，入古行草，峭拔有神，篆書人稱獨步，惜不多見也。公以神童擢巍科，累官館閣，歷事四朝，予告居家，購請詩文書篆者塡塞戶限，頗資以給朝夕。一日，夫人方展紙砥墨，公有倦色，夫人笑曰：今日方設客，可使案無魚菜乎？遂忻然命筆。其風操如此，此亦可以想見公之生平矣。壬戌秋中，同里後學車萬育記。

先祖法書跋　車萬育

余家世學書，先君猶善章草，兵燹後一無存者。今於敝簏殘帖

中得先祖父遺墨數行，亟摹入石，儻獲附以行遠，豈非厚幸乎！祖硯尚存，父書堪讀，爲吾後者可以觀矣。萬育百拜。

案此二則從螢照堂明代法帖中錄出，未得全本，故所錄止此。先君者名泌書，康熙元年貢，授常德教授，不仕。先祖父者名大敬，貢於崇禎己卯年，巳七十又十二年卒，與泌書並祀鄉賢。汝懷附記

楚風補題辭　陳益

洪荒以前不可攷矣·其時人物棲泊無茫·且文敎未興故多不著·楚自神農氏葬於茶鄉·聲敎早通·而世所傳政典及八蜡圖說·學者多稱之·黃帝張樂洞庭之野·崩荆山之陽·其咸池樂章雖亾·而巾机銘具在·高陽氏實楚先祖·而周太師所陳丹書敬勝義勝之語·以爲出於黃帝顓頊·茲竝采而列之·以論世焉·大抵中古以前文字簡畧·其本末有繫於楚者則錄之·所錄者不必皆韻語·其人亦不皆楚人·且亦不必其人之當時果有是語也·惟以百家載籍所稱引者爲準而已·今自唐虞以上統之曰前古·自唐虞以下別爲世代云·

校刊楚風補題詞　譚之綱

大隱先生之輯是書也·上遡農黃·下迄明季·凡詩歌辭賦箴頌及諺謠之類·言之有韻者·纖悉畢備·可以稱吾楚之大觀矣·其說以爲十五國有風而楚無風·因爲網羅搜輯以補之·夫楚詩之不列於經·是當時適無·非夫子刪之也·藉謂僭王猾夏以故不採於輶軒·此特周之末造耳·武成康穆之世·列國有詩而楚獨無·又何也·風之補不補無事深求也·第觀先生所輯·博收旁採·雖片語隻詞·兢兢罔敢失墜·亦足以明其敬恭桑梓而鼓吹風騷·其精勤有不可泯滅者·今先生往矣·是書之淹沒已四十餘年·適吾郡太守河南呂公修輯郡志·搜羅及之·命綱等偕孫

君鄰初校其篇次·竝所輯　國朝詩紀·自著息機園諸稿付之剞劂·使好古之士·上下吾楚數千百年運會之遷移·文章之盛衰·洞若觀火·謂非闡發幽隱·嘉惠來學之盛心也哉·但卷帙浩繁·綱等不敏·頗有所未盡精核·斷疑正謬·願以俟博雅君子焉·

校刊楚風補凡例　譚之綱

凡例十則

一是編人以地·著言以韻·比除前編以外·人皆楚產·而其言則首二三卷中假借者多不皆韻語也·原本欲因言以紀人·節采傳記問荅之語·未免割裂補湊·茲不沒裒集苦心·各於卷末附存·其或爲有韻之篇而詞欠雅馴者·亦概從附存之

例・一謠諺之類原不論名氏有無茲竝編入坿存一例・其鄙倍不經者注之亦略按世次前後以察時變・其一切鬼怪傳疑之句類所不廢然不敢以亂正亦槪從附存・一名次先後原本未經較定茲按年代編序其閨秀方外類紀各朝卷尾惟明詩卷帙繁多不能總彙卽於各帝年號之末因時紀入而凡附存之類亦按世次錄焉・一人物小傳原本雜採彙纂未免舛沓茲竝改正務歸簡要訛者訂之略者補之其本末著見者不詳其履歷無考者仍闕又或其人醕疵不一則取其醕而略其疵亦善善長惡惡短之意云爾・一古歌之類各書標題不同如黃帝兵法爲巾机銘之類又或有

一辭而所隸之人不同如神農蜡辭爲堯蜡辭之類傳聞者異各得一書爲據而已要不獨上世爲然辨之不勝辨也自唐以下古體近體竝從其敘次則先古體後近體一倣全唐詩法・一此編獨力蒐求固多遺漏而中閒稿本又爲人攘去廖氏追而錄之存者什七故或有同時同地猶未及編入者遑問其他且亦有忠孝節義之夫餘韻銷歇不能臆而附之夫古今賢達其文章德業彪炳天壤而不爲有韻之言者何限豈以此重輕耶既去之無庸去亦增之不勝增其各種體裁俟有志者別彙輯之以補楚紀楚寶三楚文獻之遺不必強爲徵取・一明代之詩其名次先後除藩封外一以鄉會科目爲準次明經次諸生次廕襲各途宦籍次有里無爵・悉改原本次第庶考世知人者便焉・其彙輯之詳惟嘉靖萬歷崇禎三朝爲最・一勝國末造狼烟滿地龍宮覆天忠憤之徒曉音竝激大抵皆麥秀黍離者類也雖多海島之情莫抑頑民之痛昔比干有墓封自甯王韓通不生褒榮藝祖編常之例所不廢也謹次其詩以爲千古勁忠者勸・一是書舊序諸名家爲山陰何天寵爲毘陵嶽宏譽梁溪季麟光花源羅人琮廣濟金德嘉漢陽江蘩共六首今止錄何公岳公金公三序葢大隱原有刪存之意云・一自廖氏手輯成書閱今多載塵封櫝笥雖經同志者數番徵費刊布而道旁議

築三年不成今得賢太守表彰文獻大張楚風二三同學編次酌取一一皆稟敎令閒有臆附緒論者則以按字及參訂字樣別之其鏤板之貲均出自湛開文奉・憲檄飭存照原書四十四卷今析爲四十八卷末附拾遺一編其・國朝詩紀原本草創收輯今竝改訂前後重謬一倣序明詩次第區爲二十二卷如左云茶陵譚之綱履常善化孫艮貴鄰初益陽陳益謙甫茶陵高翔紫庭謹識

書墨香閣古文後　陳夢元

後生未及瞻先正之典型從傳文亦可想見風矩矧得及身升陛堂戶乎與言則對服之無斁所請事矣自今庶免擿埴索塗乎然少日時光未惜能無勤苦伭輟耶一則數典有祖經傳者祖也不宗經傳而雜以越小過六二所象過其祖而遇其妣也一則彌綸天下之事惟史楊子曰記久明遠著古昔之昬昬傳千里之忞忞者莫如書也夫此二事彌其季何伭輟之有焉慟乎洣江彭餘山先師不可復見其發明經史之文章未肎傳於後二三流布應人求者非其深至之所傾歎先生嘗誨元曰經史學識未富且堅設一辭使一事人曰誤多設辭多使事人

曰俱誤不見人開充几堆案刻本乎楊以法應韓以經約人開譊譊不知此爲何等箸伭而在今日瀏洞從古不知二子當季幾費榰範鑪鎔且在今日求無疵語叜難注疏詮精筆削詮懔剔抉加核有謬之伭一目呈露他時子學少進愼毋紛紛爲嘻典型不可復瞻請事不可復聞其發明經史之文章閒有存元篋中然先生箸伭如林泉甚富元安得徧窺也就所存者欲別刊布懼未追慰先生生前之志不敢也不敢也元又記先生嘗曰文章如鑄金然金與錫黑濁之氣竭然後可鑄如鍾氏湅羽帨氏湅絲帛然湆而漬之沃而盝之積晝夜三五七入之不一其滹楊雄之甘泉司馬相如之子虛上林是也賦也古人所稱爲文章也嘻文章之難先生爲人言其苦輒不肎爲人甘言之恐人以其所自爲文刊而傳而未經先生應時改定者元別先生三十又七季矣壬子首夏檢篋中存稾盥手敬題其後媿負伭輟勤苦無成茲茲有夔惜時光之痛矣自不禁涕落溼紙上也題曰墨香閣古文墨香閣者先生舊時讀書處也冀後來者之紹而發聞也

書陳桃文先生四書文稾後　　陳夢元

廝音嘈切。律呂乖次。腹白色陳。腕枯花闇。叵由研討古經。汨溺宋註。讚誦叵叓。滑澤五代漢魏之步驟。節奏泯泯矣。攸江桃文先生圭璋精理。稟受異常。記功百倍。平生酷嗜三傳及先秦兩漢魏晉書六朝𦒱贍。釆擷雜佩。靡有賸殘。佀爲古文詩騷。清思呦呦。經緯冥冥。破除障翳。洗滌格調。元讀先生嘅遇懷古諸詩。憑高弔遠。惻愴曷極焉。時文者固先生嗌餘。而泥滓之中有珠玉光。大小樹義。己說獨斷。不依倚前儒。軟語柔辭。故字皆汲古。氣爲播芳。尋繹吟翫。往往在蘭臺南皮閒。得其徐疾揚抑。沉鬱頓挫之致。今去先生六七十季矣。回首壯盛。不曉讀書。私心雯

先生文章。秇筆摹擬。一彈再鼓。空腔棘舌。輒笑而罷。往在京師會文賦。哫與諸名士條舉制義家。嘗論正希性靈可學。大士天才百倍不可學。持先生文相視。亦云。諸名士撫覽曰。諾。嗟吁。先生舍咀坔老。傲兀試席。屯蹇一第。文稾紛厖。於選者巵言埋沒於故人。元也晚進。欣對未足。涕洟繼之。閒先生多藝能。熟字書。工楷則。雜詠謝游大吏幕府。徧窺鄴架。末學膚受。乞靈霑溉。俱騰踏去。先生視之泊如。其人有古名賢風烈。先生名之駈者季貢入太學。嘗讀書司空山。蚤有神助云。

書漢平帝紀後　　陳夢元

漢元始五季。徵天下逸經古記及以五經論語孝經爾雅敎授者。當是時。諸儒生敎授之籍。未盡出於一。或私有竄入於籍中。又其時已置寫書之官。寫者不知其爲竄入。校書之官恐又加竄入焉。覩燔滅文章以愚黔首者。罪叓甚也。劉所云逸經不知即五經內逸文與。抑別有經文與。至云古記有注紀雜記季紀大季紀諸記。毋論即記禮之文。竄入者什居三四矣。是時劉歆總羣書而奏七略。以卒向業。所謂輯六藝諸子詩賦兵書術數方技。因諸儒生竄入有不善者。歆輒加文焉。又按時事。誑耀王莽。得以固其奸言。愚惑天下後世。致使後之肆誦經文諸君子遂有改字易文。叓置篇第。分晝章句節段之事。

書元后傳後

漢統之隳。非隳於哀平短祚。實由孝成昏庸而流於殘忍也。漢臣之不忠。非及王莽始大著其惡。寔由王鳳顓擅用事。而敢於誅王章也。然自絳緣諸子丙殿御幸。而甲館畫堂遂釀禍水。牝雞入宮六十餘季。其時忠藎隕耗。姦回煽熾。不識此時何爲使漢祚遂移於婦人女子之手。竊謂劉向在元成兩世。屢進正言。卒不能以宗室老成協衆。叵謀國發憤。匡維徒校書觀象。悲嘆痛切。奚賴乎。況孝成數欲用向爲九卿。輒爲王氏居位者及丞相御叓所持。訖終不遷。已知外家危劉氏之漸。乃上封事。僅欲

指圖陳狀。漫無智略。何異經生說事理。鏗鏗動聽。不可見之施行。然向著洪範五行論奏之天子。爲王鳳兄弟起此論。蚤卜機已萌。而勢居難挽。卽殺身何謚。自向卒後十三歲。而王氏代漢矣。班史載外戚傳後。繫以元后。詳著政君初獻掖庭。及崩於新室歲月。家凡十矦五大司馬。如鬼魅怪物。逢之卽爲不祥。是孰詔諸後葉。果孰令彼鮮終。從古覆人家邦若此類。狂耀愚罔。莫非天意爲之。而又誰懟。

書謚部耆舊雜記後

陳承祚於蜀志後。終之以楊戲季漢輔臣贊。明著蜀之所以繼漢。無忝乎史臣之載筆也。至末又綴王嗣常播衛繼三人。書曰

謚部耆舊。嗟乎承祚胸羅蜀室人才。上者述德揚忠。語規典則。次亦微勞不遺。又其次稍裨風節。錄以警俗。如嗣能使羌胡愛信。播能爲縣長忘身。繼雖遇害而爲衆所敬。烏虖耆舊中甯第此三人。念蜀國記注寡少。文彩不耀。一二沾洽出茇戎行。輶所記者。不過據見聞。樸人亦闇於發攄。承祚曷嘗不慼焉。又重念其時之人。漸被王風。服丞相之明敎。屋有存者。敢忍爲剗棄不錄於篇乎。風詩曰。云誰之思。西方美人。君子知史臣寓無盡之意也夫。

書季漢輔臣贊後

烏虖此蜀臣楊戲之所著也。其贊輔臣。必先以昭烈皇帝。非史臣陳壽帝之而楊戲帝之也。史臣本帝魏國。於劉氏曰先主。焉肎帝魏。胡爲主劉。有所不敢不然也。乃楊戲帝之。不概削其稱者。又劉氏帝之所自存。冠乎漢臣。陰寓以存漢也。立乎人之本朝而欲存漢。以赫赫存之者之有楊戲。壽止可據其承高祖之始。兆復皇漢之宗祀。以存其辭者存帝號而存漢也。有所不敢存。可以謝當世之人。又欲陰寓存之之實。俾可使後世之人見其心。烏虖陳氏之史之所以可讀也。

書阮籍傳後

才不足以濟世。言不足以行遠。乎世固無所用之。亂世人亦不記憶之而相及也。若夫有可用之材於此。權奸側目。小人匈匈。

爲其所用。非吾之志也。不爲其所用。又無能以自存。是時有迫而用之者。又豈得逃之山谷河海哉。無已則以其人知我可以用。姑爲試我可用者而爲彼用焉。一用之後。遂可以已也。故籍之仕也。病歸者一。病免者一。旬日還者一。至其免禍。往往值其酣醉焉。所云麴糵之託而昏迷之逃者耶。不此之逃。而惡乎逃耶。然余誦阮籍詠懷詩。其天性忠孝。比興可思。隨所觸而勃發。不容遏。人莫能喻其幽隱也。要之其人亦聖賢所閔歎也哉。

跋習是齋詩稾　鄧正琮

湖上舫齋其先人咫園公精於詩故舫齋之詩根柢家訓同時爲詩者葛廬徐公豪於詩曹公暘庵富於詩沖放先生逸於詩其後所庵李公適於詩我山曾公研於詩碧津温公刻於詩作者日新霞爛雲蔚傑然數公而外正軌按轡抨強弓而獵猛獸矢不輕發發必洞胸達臆如所欲赴不面傷不髀骼則舫齋之造思與掇筆也其先意大半如此旣成而視之懦若嗄孺孑若巖木樸若禍父寥乎若古廟莣屯俞乎若斷潢絕澗含桒孕英香沈味慘結根歸實斂息凝神噫異矣刻追如彼淸舉如此爲之之心與得之之境原無兩時亦無兩情而究有兩到舫齋且

不自知而何能出以告人哉昔咫園公爲葛廬公評閱其詩筆光墨漬宛然紙幅余少於覺非徐子處得原稾熟玩之大旨無問魏晉漢唐宗主一歸於能眞與淡此則舫齋之根柢家訓者也今夫玉生於山寶於人其最者歷塵劫而不變眞之至也方諸崎於庭受日精月液相淪浹㢸以玉敦通幽合漠淡之至也

書浯溪新志後　代　余廷燦

右浯溪新志十四卷宋君懷山薈萃翦截鎔冶成書浯溪幽遐邃邈怪特瓌富之勝是書搜抉駢羅軒豁豪楮非篤嗜古者能勤懇至到綢密典實若茲乎初懷山與予同隸西蜀兩人蹤跡頗闊疏不相聞丙戌同宦遊湖湘始訂交旣而懷山令祁陽予令零陵百里毗連因緣尤近然懷山負幹局旣涖祁陽感激奮悱汲汲與民梳痒剔蠹興廢舉墜予陰折懷山才吏也時時希慕風味專心壹力汲汲角逐懷山惟恐後以故兩人會合仍稀庚寅鄉舉同懷山分校文字迺得過從彌月接席促膝商推平生宦燭風簾相視莫逆兩人投契是役益深無何懷山旋以吏

議罷官去明年相遇長沙懷山屯蹇拓落出是書草本珍重屬予予迴環撫覽作而嘆曰文吏非可學而至也予於文事亦結習難忘者然作吏零陵管領黃溪愚溪鈷鉧石渠諸勝數私自幸喜謂當爲柳子一一收拾潤澤用識嚮往而簿書塡委愛我者至動色相戒謂妨政治予初尙不謂然然予亦至竟不暇及懷山獨從容考古仰止顏元蒐證文獻整齊一書又何其博綜爾雅恢恢有餘裕也因梓是書於淸泉官舍以成懷山之用心以志予之不逮又以見抱才績文如懷山而轇轕齟齬不得行其意者古今來何可勝道哉

書澧州志後　張九鉞

澧州志載奉天和尚墖云．明季李自成削髮爲僧．死後其徒瘞其骨尊號曰奉天考闖賊兵敗．爲羅公山邨民共擊其腦．血肉狼藉．見袞衣懷璽．左顱傷鏃．始知爲自成．湖撫何騰蛟函其頭以祭莊烈帝．見之明史及豫變紀略．後鑒錄等書．鑿鑿可據．不辨而知爲妄．而曲爲之說者．復稱羅公山被擊爲自成之弟自申．自成竄逃爲僧．殊可怪異．闖逆以走卒嘯聚揭竿斬木之徒．荼毒海宇．蕩覆宗社．其屠城慘戮．合計不下數千百萬．爲人子孫者當切萬世不共戴之仇．挫其魄．磔其魂．卽以佛法論之．亦應墮無間地獄．受萬劫刀鋸舂磨之罰．不足蔽其辜．豈有反令

逃亾誅．免冥戮．怡然以方袍圓相壽終．而復祟奉天尊號．此事之所必無．而理之斷不足信者．作志者不操三尺筆鋒削除其事．以正綱常名義．反以訛傳訛．巧爲傅會．是誠何心哉．吾意必逆黨逋誅者．造爲其魁不死．如黃巢爲僧之說．或不知何髡瘞胃墖．妖僧祟以奉天之名．假元兇以實之．其逆天理．壞世教．煽人心．爲禍害不小．官茲土者．當立毀其墖．縱牛豕踐踏其骨．如康熙年間允御史張瑗之請．鏟平魏閹忠賢之假墓．仆其碑．而後快於人心也．

書茅氏八家文鈔後　彭坊

唐宋八家之名．至鹿門茅氏始定．歷今將三百年．人無異稱．本朝桂陸儲氏增爲十家．然八家之名．人且相傳以熟．卒未能易也．余家舊藏茅氏文鈔．乃先祖遺書．其原刻圈點特矜愼．每篇圈不數語．或有全無者．惜其書殘缺不全．後從友人假得歐陽史鈔．則滿篇密圈．與文鈔殊不類．意其爲後人增謚．然亦別無他善本相校．庚寅夏．余寓杭州之鳳山門．一日偶遊吳山．見書肆中有文鈔舊本．急購歸．先抽史鈔讀之．其圈點鉤勒無一不與文鈔同．然後知向所見者之爲庸妄人增謚無疑也．大凡古書之傳於今者類如此．不獨文鈔爲然．而余又考石門呂氏

謂鹿門八家之本．得之荊川．荊川得之晏山迂齋．其淵源遠有端緒如此．嗟乎．當嘉靖之時．王李之學盛行．而荊川鹿門及同時遵巖諸君子．獨能揆尋唐宋八家之文．儻所謂豪傑之士．爲於舉世不爲之時耶．而余又聞荊川初亦爲王李之學．其後遵巖敎之讀曾王兩家．始翻然改轍．則又可謂不遠復者矣．余獨怪鹿門自負得太史公歐陽公之逸氣．又與荊川爲同年友．然每稱荊川爲吾師．其必有得於荊川之深．可知．而其虛懷善下．尤足令人起敬．抑同時有歸熙甫者．亦不爲王李之學．其於荊川鹿門遵巖之文．較深醇矣．要其門逕無不同．而卒不聞與諸君子有一字往還．何也．余然後歎熙甫之耽幽尋微．爲不可及．

其於人世若潬然者而精神意氣獨與古人往來於數千百載之上視當時王李之把持壇坫交遊聲氣喧赫一時直不堪一噱耳雖然王李往矣其雄才霸氣足以自傳於後固亦人豪也要之學者讀文必自茅氏八家文鈔始

書練子甯先生金川玉屑集後

彭坊

烏乎此新淦練子甯先生之遺文而臨川郡丞王佐輯之以行者也集凡六卷余得之吳山書肆中亟攜歸讀之既終卷作而歎曰甚矣先生之文之似方正學先生也先生之大節既與方先生同震風霆而光日月矣顧其文亦復相似益先生之文學韓正學先生之文則純乎韓者也當時人稱小韓子獨是先生初不以文名後遭成祖厲禁又無門人有氣誼者冒死爲之藏弆故所存無幾今集中僅得文三十三首詩七十八首而方先生自其少時即以文名天下又開門授徒人爭爲之藏弆迨厲禁開而文亦稍稍出矣故遜志齋集多至千二百篇今人皆知方先生之文而不知先生之文職是故耳方先生之文原本六經嘗得作文之法於朱文憲公文憲得之柳文肅吳立夫諸人其師承所自上溯考亭而先生則不學而暗與合其資稟殆有過人者矣當先生與方正學同朝時正學亦亟稱其多學而有文嗟乎成祖能糜爛諸臣血肉於一時赤其族而殄滅之無遺種而卒不能使其文不傳於後世而當時之人既爲之冒禁以存之復爲之咨嗟歎息以傳之此以見忠臣義士之氣常浩然流行於天地之間而天理之在人心有不可一日而泯者嗟乎先生之族也坐死者五百有十一人遣戍者復數百人正學之族也坐死者八百餘人其刑也七月乃止嗟乎古甯有是哉竊

嘗論成祖以篡得位其後致治幾與古英主比隆而當其斬戮
建文諸臣殘虐慘毒殆百倍於桀紂他日榆木川之崩野史有
異詞焉雖其說荒唐不足信亦足以見人心之抑鬱不平而故
爲譎詞以厚誣之耶亦洩其憤悶之氣耳他日成祖又曰使練
子甯而在朕亦當用之此則其本心之明於事過氣平之後有
流露於不覺者歟余又聞先生父伯高先生當洪武時以起居
注直言忤旨謫廣德州同知則先生忠義蓋亦本家教而然而
先生幼與金幼孜相善嘗謂幼孜曰子他日必爲良臣我其爲
忠臣乎其謁余忠宣公祠詩也有曰我亦有懷追國士爲君感
慨奠椒漿豈古所謂志士不忘在溝壑而先生又別有默見於

先者歟至若臣林外記謂先生有後在長樂天啟時敘忠臣後
裔官其孫夜夢先生來譙讓無何其孫死此其說頗詭異余不
敢信

華嚴經卷後書　張世法

華嚴經共四萬五千頌始妙嚴終入法界品第三十九卷分第
八十其梵本在于闐國中益晉義熙十四年北天竺三藏佛度
跋陀羅翻之唐證聖元年于闐三藏實叉難陀補譯之者也余
購求一部窮手目力凡三晝夜而卷訖每卷眞言字母不下數
十字不可曉除去牽順易無甚棘句生字處不敢穿鑿亦不敢
褻謀終其卷篋而藏之如故難之者曰夫語音亦安所得而爲
梵唄按六經無仙佛字惟詩言佛時仔肩曲禮言獻鳥者佛其
首皆不作是解魯論有佛肸其人亦其姓氏竝非以其人佛之
也列子曰西方之國有化人焉無西方聖人名佛之說今所云

譌譯豈盡其國西域梵本之自爲是抑東土遷流變易數傳而
使有是是與否吾不敢知也解之者又曰西方之有唄猶東國
之有讚讚者從文以結章唄者短偈以流頌比其事義名異實
同經之譌譯無不可知也則將大其聲疾其呼而應之曰難與
解誠然矣然獨不聞有眞籟乎天地間竅穴噓吸鏗鍧宮徵洪
者纖者叱咤者嗚咽吟呻者雷霆相激風水相摩火嘯於薪犨
撓於林皆其聲也金石無聲擊之亦鳴從其不容已之聲獸言
曰嗥蟲言曰嚶燕言曰呢喃牛言而知之介葛盧鳥言而知之
公治長蟻無言而耳聰有患其爲牛鬬者不獨在人聲音喉吻
閒是也又從其不容已之言而有文楚人呼豬爲都齊人呼燕

爲乙方言侏儒皆可見於辭而成文聖人重譯九夷八蠻而因
以其言爲書是故積聲音因有語言積語言因有文字積文字
因有義理若所云梵唄亦彼國語言文字之自爲一種耳吾非
爲其道吾又何暇深求之耶楊子雲好奇字作順纂篇易蒼頡
中字共八十九章韓吏部書科斗文後謂碑銘薦道功德凡思
爲文辭宜略識字彼所習六藝者如是蘇子瞻稱子厚南遷始
究佛法作曹溪南嶽諸碑妙絕古今而其所自作十八像贊亦
未必不解佛經文義華嚴經惜其梵本吾不及見之

題孫臏墓辨後　張世法

余讀前邑侯羅公所載孫臏墓而不禁慨然言之也夫墓碣爲

美唐將軍孫茂卿而作其中有系出孫臏語而土人不甚解遂
卽指爲其墓是信目而訛也修邑志者隨據土人而載之至廣
輿記又據縣志而載之是信耳而訛也吁以訛傳訛而訛者竟
不復知有訛矣曩令有能文嗜古之士納西山太行渾河蘆水
之勝以拓其胸懷而又不憚歷怪石嵯峨相與探幽鑿險披覽
於無窮則坫壇行自我振矣冒復使斷碣荒銘委翳於壟墟荆
棘之中黯然銷沈而不識乎哉今一編舊已零落而余又公事
倥傯非乘閒不得至此所以覽邑乘而卹若有亾也昔蘇子瞻
之作鐘山記末云以是歎酈元之簡而笑李渤之陋簡與陋失
不甚遠也今余於墓之訛與辨訛者之仍未詳葢亦云爾

書小摘編首別靜齋　羅健亨

詩文者人所爲爲詩文非卽所以爲人也然人各有性長短自
裁往往於詩文恆苦不能自已者豈盡爲獵取功名起見哉誠
以人壽有限得詩文而身後可延人跡罕至得詩文而遠方可
及是故千百世而上不知幾何人也見詩文如見其人南北海
而遙不知幾何人也見詩文而如見其人詩文顧不重哉雖然
人藉詩文傳抑詩文藉人傳耶庸詎知夫詩文自詩文而人自
人也傳不傳不在詩文而在爲詩文之人也人苟可傳卽不必
詩文而亦顯苟有詩文其人不足傳也則亦同歸烏有而已矣
詩文果足重哉宋君靜齋痂嗜拙集時予同在陽城三四載將

南歸無以爲別因於新舊稾中擇其體製聲律近似者得若干
首以遺之顏之曰小摘以予蓺圃人也敢曰詩文杜老云小摘
爲情親此物此志也傳不傳愈可想

題陳無波岳陽黃鶴二樓集唐詩後　方應和

吾楚名勝繁多而擅奇宇宙者則以岳陽黃鶴二樓爲最自有少陵吴楚東南之句崔顥晴川芳草之吟他若長卿白浪浮元氣中流没太陽雖佳不傳而曠才如青蓮學士亦有題詩在上頭之嘆烏乎劉李尚然今人卽嘔盡心血撚斷髭鬚曾何加於二樓之豪末哉雖然以今人與古人抗則不勝以古人與古人抗則必勝且以百十古人與一古人抗則未有不更勝者其故維何曰集唐詩是也傾諸家之瀝液寫登眺之襟懷四時咸備萬象皆呈而其中憑今弔往俯仰情深機杼自然宛同己出絕無飣餖糟粕之習縫紉穿鑿之痕每讀一過不啻與朗吟羽士跨鶴仙翁共翱翔於洞庭漢水閒也今而後請於少陵崔顥之外置一席焉曰霽堂先生願與登樓者瓣香而祝之

跋清明上河圖後　方應和

曩余客滇南遇石屛陳姓攜此圖求售筆墨工細縑素古潤當是宋元閒物因索値甚昂囊澀不能辦遂舍去而惓惓愛慕之情未嘗不頻縈寤想也歲甲申滇人有官京師者以此圖相貽展玩再四卽向所見物乃後幅失去僅存前半惋嘆者移時然雖非完璧夙昔愛慕之私藉以少慰惋嘆之餘欣然以喜謹什襲藏之留爲世玩適讀清河書畫舫載是圖源委甚詳走筆記之以誌物理聚散之感云乾隆三十一年二月花朝前三日廬泉野客書於五原官舍之東廂

讀西銘　　　　　　　　　　　　　　　　王紳

橫渠作西銘明理一也未及於用故與墨氏之兼愛殊科然天下之道有體有用無體則用不行無用則體亦不彰體可以兼統乎用而用不必盡依於體推而行之存乎其人非膠柱而鼓瑟也茲篇以大道之行爲喻主天下一家中國一人爲正鵠闡以人情出之比興可謂宏而肆矣而不及於用者不能及也天地生人之理未嘗不同而緣其同而同之必有不可盡同者磨頂放踵日不暇給勢爲之也禹之泣囚與舜之象刑未嘗不合堯舜禪受與禹啟傳襲亦未嘗不合其所以合者理也所以合而異者亦理也聖人言其同不能言其異言其異將有不可勝言者已張子之言猶是也而以爲及於用者何邪龜山楊氏曰西銘發明聖人之微意至深然而言體而不及用恐其流遂至於兼愛非也不及於用何以至於兼愛乎又曰西銘理一而分殊理一體也分殊用也說又變乎前矣然西銘不見有分殊之意朱子曰以乾爲父以坤爲母有生之類無不皆然所謂理一也而人物之生血脈之屬各親其親各子其子則其分亦安得而不殊哉此推而言之者也其義應出於橫渠之外程叔子云西銘明理一而分殊墨氏則二本而無分亦非也西銘明理一墨氏則二本分既殊矣何以爲理一乎此於無可言中不得已而言之非聖人之正意也雖然抑有疑焉文章之事代變者也

之體世殊三代尚體要秦漢論氣息唐體不純而氣厚宋力多弱而理真要之義不巧文句不戾意篇中旨酒四句微傷於巧而惡旨崇伯子之事也育英非穎封人之事也其言當亦不類不弛勞以下第述孝行未會闔合天地與上似不相承意欲於匪懈之下直接富貴福澤不知其有合焉否也

湖南文徵卷八十八

湖湘後學集編

跋三

張筆石先生年譜跋　羅國俊

文章之運有開必先。唐初文尙駢儷。至昌黎而一變。宋初詩尙西崑。至永叔而一變。起衰之功。非其人莫任也。吾鄉之文。務揣摩時好者多矣。吾師筆石先生出而矯之。磨鍊古學。刪落醲辭。一時翕然宗之。皆知步趨先民。一歸正則。至今詞壇執牛耳樹赤幟。及攝衣作都講者。皆先生門下士也。烏乎盛矣。然先生匪第文章馳聲實。以清修勵俗。其敎人也。先立品。邑有楮河南洗筆池。相傳以墨水出爲科名之瑞。乾隆己卯。俊侍先生於東皋書院。其年墨水見者七日。而俊與謝我懷、鄧筆山及先生令嗣紫宇。皆以是科舉於鄉。俊與筆山又先後成進士入詞垣。先生寓書京師。大旨謂當立勳業。樹氣節。以古名臣自期。如是者之謂國瑞。若乃脂韋渫涊。以尸祿爲智。此蠛蠓耳。何瑞之足云。俊書之於紳。不敢忘。自釋褐以來。垂四十年。中間白衣蒼狗。無慮萬變。而俊守拙窮巷。落落不諧於俗。是以受　今上特達之知。由翰詹閣學。洊歷春卿。而紫宇亦以粤東循吏。晉牧儋耳。急流勇退。旋賦歸來。幸皆不辱先生敎。而先生不及見矣。可勝惜哉。其年譜梓行已久。郵寄未至。今夏始得而讀之。敬跋其末。烏

乎。成連海濱。琴音久寂。康成宅畔。書帶猶存。然畏壘之民。尸祝庚桑者。猶夫昔也。爲語邑明府及賢士大夫。其俎豆先生於賢人之閒焉。

秦廉訪辨誣論書後　周錫溥

廉訪秦小峴先生爲前明中丞公作辨誣論以正楚志之誤廉訪之於中丞公裔孫也其知公自深於楚人又附王百穀先生所爲公本傳與郭文毅全楚奏議序於後以明其言之不私而公之誣乃白於二百載以後公神宗朝侍從臣數歷封疆釐奸剔弊政績卓著其撫楚救荒奏議文毅實親見而序之所立如此竟以贓被劾是履伯夷晏嬰之潔而疑其有竊疾也顧公有德於楚甚大不桐鄉於楚反奉其讐而推崇之而入其疏於志幾於助之虐矣由此觀之謠諑之蔽明而紀載之失實可勝嘆哉按本傳載沈鈇劾公事起於取贖鍰爲公費一節蓋前明時士大夫雅重通財位望通顯分甘貸潤遠近屬目而中葉以後疆事尤劇公秉鉞重臣不以時撫接文武開示恩信則一方之澤壅而不流豈天子付任公之意哉故以贖鍰爲不仰於大農而可以行其意竟兩載中邊境和輯則公調護之力居多小人巧乘其敝耳夫公者之疑於私與者之疑於取銖兩之疑於鈞石羡息之疑於庫藏猶以墨點繪雜粟於稗雖至明者不能一見決之是以其言易售嗟乎新息侯之於光武其君臣相與之分豈不深哉三夫搆煽一朝爵絕薏苡珠犀果有絲毫之似否耶就使取貨交趾如讒者所云初非有關國計況以國計動人主乎此公所以不免城旦之辱也今卽鈇疏觀之其險計某府

應如干數某州縣應如干數者捕風繫景不足深辨惟衡永二府差票乃鈇近屬似非無據意公任內所行未及裁撤者耶官所恃爲信者符印耳有符印乃有差票公解職矣果何券之操乎印不能假諸人而票又非可尺素行也其所指殊謬至稱經過岳常武昌等處假餽爲名皆有徵索此道聽塗說之見卽有之亦公任內之隨時檄取者耳不然三日京兆威不行一掾吏矧退休之上官而能響應如此哉且又安得此胥徒數十輩蹴百城而輕千里也然鈇不指任內劾公者何也交際者君子之常儀和衷者大臣之盛節國雖示儉無老死不相往來之太古也劾公適所以自儆惟一切指爲解任後之所盜取則斂𨡎之費盡出無名而囊橐之謀萬無可解杼不容以不投矣故曰以國計動人主巧之巧者也愚又竊計是時下石者不獨一鈇考本傳云公先時黜墨吏一人曰吾所黜官而盜者也此其府怨之由乎黜一人則類是者懼不免又激而怒之是故目語肘接而成是獄知此可以斷公之誣矣鈇旣暴著直聲於楚旋擢右遷烏乎爝火方熾公且不能同太陽之光以與之爭又何怪楚志去取之謬乎然觀傳與序之所述則當時正人名宿敬公之德而悲其遇至今撫卷有生氣而獨未有以論於楚人天之牖民固會有時耶故推原公用財之正被謗之由與鈇疏之險譖易見者附於廉訪辨誣之末使吾人知之他日將進請於廉訪

以犠志乘而傳公是其必權輿於此．抑更有爲吾楚幸者．廉訪下車之初深心念祖．必能倣中丞公之治楚者以生楚人．江漢之詩曰召公是似．讀是篇可以知其志矣．

李北海嶽麓寺碑跋

張世浣

李北海風流散金石．碑版之文照四裔．天下寺觀所在．龍宮塔廟無不徧布．工部八哀詩直躋之於崔蘇張李之間．今觀其麓山寺碑世號爲三絕者．其文尙沿唐初舊體．且稱揚佛乘．泛作彼法中人語．未爲奇絕．而書法獨冠古今．湘江片石．遂爲名山作鎭．千載下光氣至今勃發矣．昔唐之世嶽麓道林兩寺並傳．而道林有四絕堂．所謂沈裴筆力鬬雄壯．宋杜詞源兩風雅者也．其後復以歐書易裴書．韓詩易宋詩．今沈歐裴三家之書皆不可得見．而李氏之書亦僅於斷碑拾其一二．且摧殘剝落于荒煙蔓草中．而未有寶貴而愛惜之者也．惜夫．

書左氏筮法後

張九鐔

左傳筮法凡一爻變占爻辭爻雜動占卦辭皆兼貞悔占之傳于爻皆不稱九六觀六四稱遇觀之否屯初九稱遇屯之比明其以變者占故可兼占遇爻之爻如大有去睽而復歸妹睽孤等類可證也得八之說頗爲難明泰之八以不變艮之八以五爻變屯豫皆八以三爻變惟以三卦參觀之而知其皆占卦辭爲无疑耳傳于艮之八下復言艮之隨所以別於艮不變之八也于屯之豫言貞悔皆八所以別於屯不變之八也如但言艮之隨屯之豫與占一爻之變者同詞亦無以明其爲八也艮之隨亦可稱貞艮悔隨皆八傳立文變耳卦辭皆兼貞悔葢在兩

卦皆無主爻故司空季子于屯之豫引兩卦辭斷之穆姜之筮亦應兼占艮隨卦辭史以行庭不見人爲死而弗出之兆故諱之而專言隨姜心知之而斥其非與崔武子筮困之大過史皆曰吉而陳文子引繇詞折之正相類以三爻變五爻變推之則二爻四爻六爻之變俱應兼占貞悔卦辭惜左國皆無其占不可考矣柳子厚稱劉夢得之非元凱兼三易又言其出入筮數考校左氏甚悉此亦非易事偶檢舊草論左氏筮法但多不合前人處然中引孔疏及國語二條頗無謬誤輒牽連書之如此

跋參同契

張九鐔

怪哉參同契之爲是名也其與三語掾之將無同何以異哉夫以丹經之伏食合諸黃老之清淨相去懸絕也況以爲與大易之性情相類耶宋景文謂佛書爲華人之譎誕者攘莊列之說佐其高吾知伯陽於神仙之術亦猶是爾其書龐雜無統後儒多爲之校定解釋然詞意鄙陋荒忽不經視靈均遠遊之詞南華廣成之訓不及萬分之一後之儒者特以言涉於易取之耳所言五行生成葢與漢儒說同虞翻謂易字從日下月關朗以七六八九爲河圖實出於此又六卦月候本納甲之法自一陽至三陽一陰至三陰先天小圓圖用之十二辟卦主歲本卦氣

之法起復終乾起姤終坤先天大圓圖用之考其指歸皆與易本義無所附著適足相亂而諸家根據以爲譚易源流牢不可破譬如問人之譜系者不求諸祖父之嫡傳而得之異姓之纂宗者反以僞爲眞以眞爲僞葢可怪矣余讀其書而有感輒書此以志之

書方氏周官辨後

張九鐔

周官之書大綱非聖人不能作其中瑣細繁密實爲周末衰世之法者約有數端獨劉歆稱爲周公致太平之迹而後儒卽疑爲劉歆僞作然自文景時其書已出而武帝以爲末世黷亂不經之書則非歆所僞作矣盡疑其僞而排詆之不可也節取其文而薙芟之尤不可也方氏取周官經文若載師媒氏廛人泉府女巫方相條狼菭蔟壺涿庭氏十職皆指爲歆所增竄而節删其辭於文義既不完備上下亦不相屬雖以班史王莽傳爲具得其徵而其說不盡合也莽誦六藝以文姦言歆復爲之顚倒五經使學士疑惑凡居攝受禪金縢大誥莫不附會經典造

爲文書世豈有以尙書爲莽口實而疑其僞者哉若其斂財聚貨竇祀煩民皆衰世亂政覩周官所載何啻加什百焉又不必專取數職增竄其文而始以欺天下後世也明矣鄭氏始篤信周官排逐衆難爲之注釋而後儒卽謂以漢法莽政詁周官爲其罪若九賦之口率出泉明非載師地征之制而司市司門司關之以舉爲官沒其貨國服爲息之貸以泉息以泉鄭氏蓋謂門關之財以養老孤國事之財用取具泉府而不知商於門已征其貨賈於闤市已征其廛而復益以他稅宜無藉於是也如方氏以舉爲登諸籍以罰爲出布則是犯禁之貨仍以還其人亦無是理且司門有舉無罰謂使受罰於質人鑿矣又謂質人本職無布宜統於罰布並紋布總布質布而删之取其實而去其名可乎征布賒斂以同貨便民而貸息以同貨通商今從陳氏還本服國事亦止徵貸泉取息之弊而姑爲之說云爾而遂謂司市有斂有賒而無貸並此貸息三語而删之是本欲以注破注而翻以經滅經徒屢變其說以求勝而已使起劉鄭於今日豈足以服其心哉至其本魏氏以膳夫日舉太牢共醓醢百二十甕及王后世子不會爲優尊者遂開安石備物之說尤不足辨熙甯新法多襲莽政而京與貫黼繼之凡所以剝下奉上者靡所不至究與膳夫何與而以區區之訓釋責之是放飯流歠而問無齒決也方氏之意謂去此竄入之文易此訓釋之誤

而周官之法更無可疑然其於門關市肆之征則信之山澤之禁則信之刑獄之束矢鈞金盟詛之地牲軍誓之車轘則信之此皆傳記所譏而先儒固以爲禁防衰世之法無所不備又奚獨於此十職而議去爲也孟子言井地班爵祿其詳不可得聞蓋非周公孔子復出無以得其眞者方氏黜劉鄭而尊信程張朱三子之言夫三子存其大綱而闕其疑焉耳今之删定周官者其眞耶抑猶未免於疑之耶

書儀禮經傳通解後

張九鐔

三禮惟周官儀禮爲成書周官亾冬官而補以考工記儀禮喪服亦有子夏傳要皆謂之全經可也后蒼著曲臺記數萬言劉向校定二百十四篇而大戴刪爲八十五小戴刪爲四十六仲長統云禮記作於漢儒雖名爲經其實傳也自唐以來始有病其雜亂而以類次之者若魏徵之次禮記二十卷亦曰類禮其書已不傳孝明復命李林甫移月令於曲禮上而增易其文獨張說嘗以爲禮記不刊之書去聖久遠不可改易蓋恐以後世之事附益其閒而舊文亦有不可刪倂者誠哉難其人也然古經十七篇外亾者有增多三十九篇而其逸見於他書者非合

二戴之文不足以備二禮之遺闕至宋朱子通解一書始以儀禮爲經禮記爲傳又采大戴及傳記以坿益之而周官之略則於王朝禮王制中備載焉其別有九類所謂家禮鄉禮邦國禮王朝禮喪禮祭禮大傳外傳是也蓋其體大思精兼綜條貫自成一書視漢唐專經注疏之學事半而功倍之俾學者由是可以觀三禮之會通而求之有其端緒耳後之人雖欲損益而更定之終何能有補於朱子之萬一哉元吳幼清序次禮記纂言三十六篇分爲通禮喪禮祭禮通論亦知記之不可坿於經矣皆就本篇中移易章句頗多違易又輯儀禮逸經有投壺奔喪公冠諸侯遷廟諸侯釁廟中霤禘於太廟王居明堂八篇傳則有冠義昏義士相見義鄉飲酒義鄉射義燕義大射義聘義公食大夫義朝士義十篇其所謂經皆大戴小戴之文而十傳中之士相見義公食大夫義則宋劉敞補亾本非戴記所錄孰是數篇而別標經傳之名非朱子總括三禮以成書之本意矣明初沅州劉有年嘗上儀禮逸經十八篇當時疑爲唐初所亾書惜復湮沒有謂其卽幼清本者大抵卽朱子通解採錄之餘又何嘗有異聞耶近代好古之士不分辨三禮之體裁輒以增損合倂爲能事自謂修明千餘年未竟之緒不知其支離變亂而卒無益於聖經也烏乎此自朱子以後之書所以日多而未有已也歟

書梁氏儀禮經傳通解補注後　張九鐔

余始見方氏周官析疑以經文載師媒氏廛人泉府女巫方相條狼哲蔟壺涿庭氏十職皆爲劉歆所增竄而刪削之議論與宋元諸儒究未有異也乙亥春至絳州梁氏家得其先人儀禮通解補注一書篤信方氏備列其說推爲今古卓識梁氏亦自取大司徒小司徒及載師遂人大司馬司勳職方氏指爲劉歆增竄者八條或刪其全文或節去字句凡周官與武城孟子王制分土封國授田里數畝數之不合者皆直舉而剟去之噫以是爲周官之學則經文之可刪者尚不止此矣昔宋末俞廷椿謂冬官不亾雜出五官中著復古編考之胡仁仲程泰之實始

爲此論其後王次點邱吉甫吳幼清皆因之明何氏柯氏復遞加易置之而五官割裂幾無完膚竊恐今日效尤之如俞氏者不少也梁氏於歷數因事之祭二篇下獨主殷周不改時月之說作七大證按之無一與經傳合者余昔曾讀澤州陳文正公家氏鉉翁原夏正辨文幾萬餘言立論最爲明確梁氏晉人乃不知考此而自序謂是書嘗與金陵翁止園共討論又嘗就正方氏信口說而是末師則亦好名之過矣刪削聖經尤非戔戔訓釋之誤可比因閱其卷書此正之

讀大戴禮　張九鐔

大戴禮記今存四十篇哀公問投壺已見小戴記曾子大孝篇入祭義中諸侯釁廟入雜記下實止三十六篇家語所載與主言五義衞將軍文子五帝德入官盛德公冠本命易本命同者九篇逸周書載文王官人篇略同然皆不及小戴所錄之粹惟踐阼篇與詩書相表裏曾子九篇尚有微言可采者他如朝事義皆錄周官聘義之文而禮三本勸學取荀卿保傅禮察取誼疏武遜本篇遠甚然則小戴之去取亦不爲無見也馬氏所益月令明堂位本不在大戴記中顧舍夏小正明堂不錄豈以小正簡略故舉此以該彼歟月令明堂有堂个之别與考工五室

本同視大戴記九室十二堂之說爲近古矣樂經已亾獨劉向校錄樂記二十三篇僅存十一篇二戴皆不之及至馬氏始取以與禮記並傳則馬氏之功又豈小補哉

沈約言漢初典章滅絕諸儒捃拾溝渠牆壁之閒得片簡遺文與禮事相關者卽編次以爲禮皆非聖人之言檀弓殘雜又非方幅典誥之文也惡是何言與禮記惟曲禮內則少儀玉藻雜述先聖典禮精言餘皆成體之文約知月令取呂氏春秋中庸表記坊記緇衣取子思子樂記取公孫尼子是非大賢君子之徒而傳君子之遺言者歟檀弓旨遠詞文或紀事或紀言各以其意求之則體完而義亦備如讀論語孟子之書或問學或問政章分節解何待類次而後成文歟譬之錯八寶之飾以成器績五色之絲以成錦其名與物終可辨也有人焉割裂之而整

齊之復求其爲器爲錦也豈可得哉後之大儒如臨川吳氏者吾益惑焉其謂記爲雜亂無章猶約之言耳典誥如古文尙書亦以爲采集傳記補綴逸篇不類先漢以前之文而從而刪錄之不知吳氏能取傳記逸篇而自爲一書否也禮記之文則已捨其舊而自爲之矣其能如古文尙書之采集補綴者耶其又能勝於漢儒捃拾之舊記耶夫約所云不過妄言之至吳氏始自爲之而愈知古之不可輕變焉天下事言之易而爲之難類如此夫

或曰吳氏之言書言禮也非變古也吳氏承朱子之意而爲之爾子何議乎爾曰是非朱子之意也朱子疑古今文難易不同東晉以前諸儒未見古文然於書序孔傳則議之而尊信古文無異詞以爲采集傳記逸篇而補綴之平緩卑弱體製如出一手者吳氏也自是論出而詆古文爲僞書者起矣以儀禮爲經禮記爲傳朱子之意也晚年作通解條例又自不同益雜取二戴及諸傳記以類相次故甯刪本篇而補以他篇此類書之體則然吳氏必於本篇中遷易以求合乃其所以舛也曲禮有坐如尸立如齊之文與大戴曾子事父母篇同朱子依劉原父刪

若夫二字而類次於玉藻九容之下吳氏則移置於博文強識三句之後是開卷之顯然者已與朱子違異矣他如檀弓刪舞斯愠三字月令刪律中黃鐘之宮六字王制置冡宰於百官質成之末移養老於巡狩朝聘之上而喪祭大禮反係之篇終序次舛謬如此又可勝辨乎禮記漢儒刪定之書固不若古文尙書之全體相稱也然自千餘年來諸儒抱殘守缺莫敢異議獨盧植嘗言其囘穴欲正其得失至孫炎馬伷葉遵魏徵元行沖遞加整次訓注卒不可用雖朱子亦未能正其全文而吳氏獨爲其難所謂旦暮遇之者惜乎智不足及之而自信太過也學深思之士方發憤增嘆之不暇而豈以意爲譏議哉

讀論語孔注

張九鐔

西漢儒者之學最醇者董仲舒毛萇而外必推孔安國氏於尚書有傳於論語孝經有注余獨取其注論語五十以學易云以知命之年讀至命之書最爲確疏又注仁者靜云無欲則靜尤微言也其後惟諸葛武侯得其意云靜以修身有澹泊甯靜之旨至周子圖說本之著其言於定之以仁義而主靜之下又通書云無欲則靜虛動直斯言也信乎爲聖賢之眞傳而程朱講學之淵源亦不出乎此矣朱子注論語曰眞積日久本之荀況未達一間本之揚雄注中庸則首列董子之言序孟子則備載韓子之論凡言之不可易者皆朱子所不棄孔氏無欲故靜之

言朱子於圖說既發明之而論語注特偶未及之者耳自宋末元明講學者知以程朱爲宗或執語錄講義之緒餘㧑立宗指自闢門戶於董韓則以爲依稀數語近之於漢唐注疏則以爲博而未精亦置焉弗講已矣由孔子以後微言既絕二千餘年而獨孔氏斯言得其傳至周子而後著其說然則孔氏之功顧在周子下歟余故表而出之以詔後之讀論語者

書禮記大學正義後

張九鐔

禮記大學篇宋兩程子始表章之而各更定其文朱子分經傳補格物致知章其後董氏槐葉氏夢鼎王氏柏復以格物致知之義爲未亾欲移知止二節於聽訟之上明儒宗其說者甚衆至於王伯安則遵古本而說義異於程朱要之大學本文自相證明無經傳亦無錯簡闕文衍文也余惟孔氏正義之言曰大學明德所由先從誠意爲始葢一篇之體要也知至而後意誠故其言知至也曰知本而已知止能得物有本末知所先後卽致知在格物之義也大學與中庸皆子思作大學之知至意誠卽中庸之明善誠身與易之窮理盡性書之惟精惟一論語之博

文約禮孟子之知言養氣其理一也知本之學其尤合於孔曾之一以貫之者乎是故其文則依正義其理則宗程朱雖聖人復起不能復易矣

讀論衡　張九鐔

王充論衡有言著作者爲文儒說經者爲世儒然乎哉文章體源莫不祖述五經劉勰顏介且知之離乎經而宗尚浮華詭譎之文謂之著作可乎西漢文儒各守一經家法以旁通五經賈生說禮董生說春秋其文則六疏三策其書則新書繁露總不離乎經說其他儒者類是充亦東漢能文士也將以當世著作家皆文中烏獲而章句訓詁家盡等之博士驢券乎哉然充之言曰孔子之門講習五經五經皆習庶幾之材也聖人作其經賢者造其傳述作者之意采聖人之志故經須傳也又云儒者說五經多失其實前儒不見本末空生虛說後儒信前師之言

隨舊述故滑習辭語苟名一師之學趨爲師教授及時蚤仕汲汲競進不暇亶精用心考實根核故虛說傳而不絕實事沒而不見由前之言爲經傳之實學可以法由後之言爲說經之流弊可以戒此千古著作盛衰之原也說經於文儒又豈有害焉自宋大儒中興作述粲然章句訓詁至於漢唐分茅設蕝而其後專以講義經義塗坿而蔓衍之鈲裂大道疣贅聖謨其他著作大抵以虛說相掩襲抑未免於隨舊述故滑習辭語苟名一師之學故經學疏而文章敝亦其勢然也後之爲經義者暖暖姝姝一唱百和冀以譁眾取寵曰必無以易是及至馳騁古文漁畋子史雜家始舉所爲隨舊述故滑習辭語而小異之然其思力不及古人萬分之一而以此見噪於經義家者已十八九矣是故天下無文儒無文儒而瞀瞀然以著作自名此則充所謂世儒也夫

跋唐類函　張九鐔

唐類函二百卷明俞安期輯歐陽詢藝文類聚虞世南北堂書鈔徐堅初學記白居易六帖而成一書者也類書自齊梁君臣喜徵事以覘學問淺深之候始有之而隋唐繼之流傳者甚少至唐以後踵起無慮數十百家要之分門別目大同小異盡其書不過數十卷稍加部署竄易首尾顚倒次序卽可別成一書故著錄標題毛目猥雜余嘗與校四庫書見經史籤軸眉列指數凡盈箱疊架汗牛馬充棟宇不可辨識者皆類書也竊以爲類書亦有必不可廢者如杜氏通典鄭氏通志馬氏通考以及會要太平御覽等書皆紀國家典章制度之事可爲作述之助

所謂賢者識其大者也如歐虞徐白等書皆紀字句新奇駢麗之語可供詞章之用所謂不賢者識其小者也然類書之體當以事實爲主而文詞次之唐人類事雜取傳記史集而要皆唐以前事實初唐以後闕焉此事實之有待於續采者也至於文詞則唐以前徵實尙多而宋以後衍說居半其構合偶對點綴景物又襲唐人所承用字句而變易之譬之造酒者舍麴糵不用取他人之糟醨以爲汁漿其味益薄矣又如居室者遷徙他處其主數易門牆堂室相似而子孫姓氏全非矣故凡文詞之可略者當擇其尤雅刪煩去複以之賡續唐人定爲一書一書旣成則諸書可廢無取乎毛目之猥雜也宋元類書分散經史配合事類可也或取經說語錄割裂條件而對策者寶爲枕秘刪倂韻部證佐出處可也或取詩詞隻字坿會典故而押韻者珍若錦囊故有拾兔園之冊代獺祭之編詡詡然自命博雅而不知爲剽竊之學究之能者不必盡用而用者未必盡善則亦歸於徒勞而已古之學者言由心得詞必己出博觀而約取厚積而薄發夫是之謂知類通達亦安用是戔戔者爲哉李德裕言其祖登第自後家不置文選蓋惡其不根蓺實後世之重類書其卽置文選之意歟余家藏古書旣鮮而類書獨存此編以此固類書之根源亦由唐人舊物而近世之佳刻也故釐爲四部而識之

跋庾開府集　張九鐔

庾子山南朝一文士耳而杜少陵稱之曰清新庾開府又曰庾信文章老更成淩雲健筆意縱橫何至傾倒若是余觀徐庾齊名孝穆惟玉臺一序綺豔差足比肩而子山暮年所作枯樹哀江南賦感時撫事激昂頓挫上薄騷雅殆非六朝中人生平博極羣書尤專左癖驅使運化如出天成宋人依倣排比事實如綱領蒙求連璧要類駢語儷句工力相去懸絕至樂府歌辭元本康成折中官禮典博閎麗遂爲北周一代制作鉅觀豈直燕許之手筆氣象僅存溫李之書記精采不匱云爾乎集本余所見者三此出錢塘倪魯玉注釋頗稱精核而複漏不少如言志

詩託情忻六學出漢書儒林傳春秋繁露而云疑六經又疑六藝竹杖賦中國明於禮義闇於知人出莊子田子方篇溫伯雪子語而誤以中國爲國中是知注釋之難雖愛者不盡解也世多不悅學之徒未嘗寓目全集輒援令狐之言詆爲淫放輕險詞賦罪人不知嗤點流傳前賢畏後生少陵固已嘆之子山千載得一人知己可以不恨然使世無少陵如令狐後生輩亦可畏矣哉

又書杜集後　張九鐔

杜詩昔號千家注惟近世季氏所傳箋本較他注爲精審嘗舉西天采玉門求七祖二條以示不輕言注杜之意比於李善注頭陀寺碑三藏十二部如瓶瀉水然殊無關體要伊素稱精於彼法者特藉此以明宗門嫡派不知少陵自紀蹤迹寄託深遠詩人之言豈有實哉又言箋於元元廟洗兵馬二篇洗鑿鴻濛特開日月元元廟誠有微辭至洗兵馬未免文致過甚以故學者翻然反之考肅宗卽位靈武寢門一詔意亦無他然張李煽惑斥逐舊臣詔收甲仗移居西內卽玉樓下制已知其不免於後代之議矣山谷磨厓碑詩云撫軍監國太子事何乃趣取大

物爲事有至難天幸爾上皇蹕還京師蓋據碑文直書卽位之義欲正其爲太子之名也少陵詩則不必然收京篇云依然七廟略更與萬方初又云羽翼懷襄老文思憶帝堯意以復國禪位皆主上皇立言尤正大得體矣至洗兵馬一篇則只欣幸中興屬望太平之詞然歸功將相而斥靈武諸臣亦不必明言肅宗之失子職也紛紛之論出彼入此愚均無取焉

書歐陽子請刪去九經正義中讖緯劄子後　張九鐔

孔子曰攻乎異端斯害也已三代以後人知老佛爲異端而不知讖緯之害經視老佛尤甚蓋老佛顯背乎經儒者所弗道而讖緯則附經以行儒者尊信聖人明古帝王受天命之意而亦假託於神怪以爲證驗此非經之難明而漸積增加之說日失其本眞也余昔於易傳之圖書洪範之九疇及生民元鳥之詩周官六天五帝春秋之獲麟皆埽除讖緯之說據經文以得本義竊謂數千載惟歐陽子一人能發其端而後世轉以是爲歐陽子病可異也公嘗請刪去九經正義中纖緯一劄其議不行

然自張衡桓譚之徒知其出於成哀之世而斥其虛僞久矣卒之未能禁絕以爲不存其非無以明其是亦在乎人之愼擇而已夫鄭孔諸儒凡正音讀通訓詁考制度辨名物發明章句悉與經傳相表裏而百家異說不免雜出乎其閒然則六經之書豈一人一世所能定者哉自歐陽子後作者又百餘年如三正五行舊說莫不取而變易之而以爲必不可刪者獨在讖緯也烏乎此豈非孔子所謂害者耶

書程子請修學校尊師儒取士劄子後　張九鐔

至哉程子之爲是議也雖使周孔復生言興學育材之法無以易此矣惜當時未之用而後世遂謂終不可行是烏知其斟酌古今用意之深而立法之當哉蓋本周官鄉舉里選之法與漢初郡國貢士之制參互而出之而亦不廢夫唐宋以來試經之大體要使不至於偏重而已故示以行義之端而不爲設科立名以求之則僥濫者清而人有實行矣考以經訓之業而不爲定限嚴禁以拘之則揣摩者窮而人有實學矣吏師之責任既專而論薦之賞罰必明則上下不至視爲具文而人有實效矣然其法亦惟在師儒之教與守令之賢而久於其任者始能行

之且非可期之數年閒也當宋慶歷初范文正疏言天下興學取士先德行不專文詞與唐楊綰奏貢舉悉依古制相類然事方行而復罷歐蘇司馬諸賢深患近世士人矯僞干利請託朋黨之習一切禁防務守舊法其勢有所不暇及雖以朱子私議亦只懲熙甯經義之弊而隨時補救於其閒蓋自是而科舉之變積重一偏而不可復返矣如程子所議固非一時一人之文而萬世之文也可以其不行而廢哉

書陸象山文集後　張九鐸

象山文集若干卷，余弱冠後頗盡心於宋儒之學，凡元明人至今言朱陸異同之書無不觀覽，而發其卷者又十數年矣。世之論陸氏者，持以異於朱者則攻之，同於朱者則取之。攻之未已也，復從而調停會合之；調停會合之而終有異同也，則必且黜朱而宗陸。此其勢則然，皆非所謂曲盡其姿而周知其非者也。朱陸異同，見於往復諸書及門人記錄之詞，不待辨而自明。朱之斥陸爲禪，亦非其所心服。然余獨以謂陸氏之學，其所從來者遠矣。自南宋初程學盛行，講學者先後相望，往往竊其緒餘，而稍以心性之言參之，則人自謂得其眞傳。不知程氏當門人

記錄語言，已嘆其不得其心而徒爲彼意矣。蓋其言論終不免過高之譏，故自揭謝諸賢，朱子病其信師說而淫於老佛者有之。陸氏凡所稱說，固無不本於程氏，而每持一大端以自明其歸趣而已，此亦何異同之可言？與朱子之宗程氏也，固未嘗不有同有異，而或取或去之，於其門人方且嘵嘵而髮櫛之，豈獨於陸氏一人斷斷哉？然其學卒以無歸爲道，大宗陸氏，自以爲接孟氏之傳，振俗儒之習，遂舉一切而盡空之，甚者謂六經爲注腳，謂讀書爲支離，謂佛老爲非異端，而講學非聖人之徒，是何異乎以反人爲實，而欲以勝人爲名也。朱子當時固已盡發其覆，而亦逆睹其流害於數十百年之後。後之學者倘偏執於元明二人之言，而欲以彼易此，豈非大惑者歟？雖朱陸兩家之學，其書並行不廢，至今五百有餘年矣，然其是非同異之故，猶可剖白而知也。而元明之爲朱學者既附陸氏以爲高，即信程朱之言論而反之；近世之爲陸學者復引元明以爲重，並決陸氏之藩籬而去之。吾不知其何說也。此道術之所以愈爲天下裂也夫。

跋徐偉長中論

張九鐔

徐偉長中論二十篇南豐曾氏序其文學行誼詳矣余既取其治學法象二篇坿於先儒文學中又究觀其全書敷散道教詞義典雅足傳於後作而嘆曰是直探孟荀董賈諸作者立言之根源豈止建武以還著書綴文之士所不及哉偉長不得已而仕魏爲太子文學掾及除上艾令卒以疾辭其視子雲伯喈之心迹不犇而自明當時魏文亦稱其懷文抱質恬淡寡欲有箕山之志可謂彬彬君子者矣此可見文人能以名節自立者雖姦雄之朝昏濁之俗未嘗不心焉敬之使過自貶屈倖獲寵用未嘗不心焉鄙之也烏乎偉長文學行誼置之兩漢儒家可云

無愧顧僅以詞賦列於建安七子之林自晉宋至隋唐視其書曾不得與曹王應劉輩竝重豈好華惡實棄常嗜異自昔而已然乎非南豐其孰能與知人論世於千百載以上也哉

書中說後

張九鐔

余讀王通中說之書怪其言近正而無疵紀其言行無豪髮遺憾讀其積經與六經同功烏乎何其似聖人之至也曰此乃通之所以獲罪於聖人也昔者孔子之言行皆其門弟子載於論語既沒而後成之其晚年删詩書定禮樂贊易修春秋皆述而不作隨時論次而後人總其成以爲六經今通也自表其言行而自爲經以配聖人其誰信之而誰尊之哉余嘗考檀弓載曾子數子夏之罪謂吾與女事夫子於洙泗之閒退而老於西河之上使西河之民疑女於夫子爲罪之首若通之授業河汾自擬爲夫子以欺西河之民其不容於聖人之門也明矣孟子載

孔子沒門人以有若似夫子欲以事夫子者事有若曾子不可通之子弟至以擬夫子者擬通又何其不知自量也然而後之君子因其言考其人論其時世從而疑之者有矣或不免因而惜之譏之者無所逃罪矣其褒之則反過其實焉豈惟其摹擬僭竊之罪不可泯而或有取於其言與毋乃竝不免爲其言所欺而忘其獲罪於聖人之大者與通之言曰佛聖人也西方之教中國則泥又曰子讀洪範讜義曰三教於是乎可一矣又以晉亾非老莊之罪梁亾非釋迦之罪此三言者皆儒者莫之言也而通昌言之自晉梁以至於隋其時佛老之禍烈於天下矣顧儼然以聖人自居而爲之揚其波助其瀾如此亦旣悖矣至

於元經之存晉宋帝元魏尊中國以斷南北之疑而不知其統之愈亂而無紀也比於春秋之作罪莫有大於此者其他復何足深辿哉宋晁氏辨其見關朗李德林薛道衡三事之姿前後皆與史不合而以房魏等爲門人及徵修隋書不爲通立傳序稱杜淹見抑於長孫無忌而續經不傳又載徵自敘與唐太宗論事通早知其必愧禮樂皆子弟事後增飾而成中說爲門人對問之書亦非其所自作也然則其書之傳者僞而已矣

書震川集經序論後　張九鐔

有明一代古文論者以震川爲第一余竊以爲過論先生文之高者比於歐曾其體而微敍事亦頗見史法其餘皆世俗應用之文弗類也後取易圖洪範等論及論學諸序反覆觀之始嘆先生爲好學深思之士其生平於古人之學非雷同苟得而已也蓋自嘉靖以前宋元儒者之書盛行科舉經義奉爲律令然皆習其辭而不復深求其至是至於湛王之徒以講道號召天下而不免於好異立名之習先生獨能力矯俗學謝絕聲華其言曰漢儒謂之講經而今世謂之講道夫能明於聖人之經斯道明矣道亦何容講哉凡今之紛然多異說者皆起於講道也是可謂卓然不惑於流俗而篤於自信者矣嘗考明史所載儒林文苑頗不乏人然議論著述實不及前賢遠甚說者云經學非漢唐之精專性理襲宋元之糟粕益科舉盛而儒術微故其所爲古文者亦適至是而止與由先生所言進而求之庶幾超然有得於古人之學惜乎僅於宋元發其端緒而世之心知其意者已寡也莊子謂高言不止於眾人之心噫吾焉得如先生之人而與之同其祈嚮也哉

書舊本金文後　張九鐔

率天下爲時文之學摹擬聖賢之語氣敷衍先儒之解說而且限以邊幅強以排比以求稍合乎經義天下之爲文者亦難矣其文必以命題爲主孤章絕句承虛接響或牽連上下或竄伏首尾㪺會揣合趨避影射以求一二言之近似者此豈聖人之意使然哉經生傳之爲秘訣有司守之爲定式塾師據之爲戒例偶一差謬豪釐千里雖有莊周鄒衍之辨不敢騁司馬相如揚雄之詞不得施而天下之爲時文者愈窮然而千萬人爲之必有其一能者焉六七百年爲之必有其最能者焉最能者無過正希先生先生以前時文已號爲極盛然或困於理或束於

法或累於才或醨而未肆或大而不能小或正而未盡其變至先生神明變化規矩在手其言未嘗非時文也亦未嘗襲經史古文儒書之迹而一以心思筆力運之超然遂與古作者竝雖雄渾如熙甫豪邁如大士猶不能不讓出一頭地況其散焉者乎昔孫可之自言得文章眞訣於韓吏部進學解一篇拔天倚地句句欲活山谷每見學者必告以原道命意曲折譬之帝室廳堂甲第無不具備正希文如大孝一篇命意曲折句句欲活豈復第二人思議可到其他根極理要指事類情大者可以回薄元氣撐拄日月小亦縋幽鑿險飛行絕迹如痀瘻之承蜩如梓慶之削鐻如伯昏無人之揖登高山履危石臨百仞之淵足二分垂在外天巧至矣人工不足以盡之韓吏部謂聖人之道用文必尙其能若先生則眞可謂能者矣乃有貪常嗜瑣擿埴索塗之徒見先生之文目眩心駭不能自主復取其所謂語氣解說秘訣禁例定式者以繩先生之文而先生乃愈使人窮思幽討詠嘆淫液而不可置此猶棘林螢燿之與樽木龍燭帝之懸解而與桎梏疏屬共議而同語也悲夫

書史記儒林傳後　張九鐔

余讀史記儒林傳載漢初郡國貢士太常試選之法而知西京人材之盛治業之興有自來矣蓋當時儒者皆察舉於鄉閭而試之以曹掾通明經術曉習時務教之則爲士而官之則爲吏是猶成周黨庠術序府史胥徒之遺制也隋唐以後一出於科舉惟以文詞資格相尙於是治經者多無實之譚治事者寡通時之用其去漢法也日遠矣說者迺以爲公孫宏所奏請史傳譏之謂儒術自是而變是惡識法意乎漢承秦禁學聖道中絕故因羣儒殷勤傳述之緒以大啟六經而廣諭之本先王詩書禮樂造士之旨使之興道諷誦言語以盡其材而厲世磨鈍論

官治吏之典具焉且其取之也兼行蓺故人無悖行其用之也通儒吏故官無廢事此正所稱詔書明天人分際通古今之義者也史公嘆興復六蓺之難嘉與廣厲學官之意乃褒之不暇而又何譏焉蘇文忠有云士者莫不譚王道述禮樂終於不可行而世務因以不舉學者莫不論天人推性命終於不可究而世敎因以不明噫此正後世好名之過而其獘卒至未有能救者也由隋唐科舉之舊而變通之貢舉宋楊綰之議學校守胡瑗之敎則可以漸復漢初之法而進於成周雖古之儒術何以易此哉

漢書蓺文志書後　張九鐔

班志載劉歆七略以六蓺冠羣書以儒家冠九流卽祖述董生尊六經黜百家之旨意而區別之胡致堂眞西山乃譏其弁不知歆所總輯者羣書也故尊六蓺而諸子百家亦附載焉儒者所以修六蓺然周漢以來儒家之書未必盡合於六蓺也諸子九家亦六經之支余流裔其書固不得以儒家廢也而要歸於修六蓺以觀九家之言則儒家之惑與辟者可辨而諸子之去短取長亦定矣此其用意嚴而持論平豈後儒所及知哉自漢以後若荀勖四部王儉七志阮孝緒七錄及唐復分爲四類隨時損益卒不能出歆之上蓋其義例卓乎不可易已抑嘗觀兩

漢經學各有淵源而詞章訓詁遂以判爲兩途故其後以儒林別文苑復以道學別儒林卽所謂儒家者分門立戶黨同伐異視諸子百家之不該不徧不合不公抑又甚焉至於宋元以來自爲之書沿襲日多而其文益下雖有傳者其是非紛然尙未有以定也近世士大夫名藏書家如晁氏陳氏志錄旣嘗聞其大略矣有班劉歐曾其人出而任之於以折中六蓺釐定羣言歸於至是亦偉矣哉

湖南文徵卷八十九

湖湘後學集編

跋四

書徐節母李氏傳後

張宗耀

己巳之春陳生某持其外姻家乘索文於余開之則吾鄉諸列甲乙科者所作徐節母李氏傳也長篇疊幅要不過守貞勤家事舅姑教育其子以終夫子事數言畢耳不必贅以余文也旣而思之聖人之盡人道惟庸行力致焉其在女教無非無儀惟酒食是議此爲君子偕老者言之庸也未壯之嫠不棄其夫之孤而職夫子之事亦庸也庸行修則綱常立綱常立則人道尊夫夫婦之義等於君臣忠臣於其君之難曰喪君有君而國鮌延賢女於其夫之亾曰夫歿從子而門祚篤嗚呼殷季之三仁亦曰罔爲臣僕耳三代而下事二姓者何多也以臣道之不竟從一視妻道之克代有終如徐節母者豈樂道人善者所遺歟抑觀國史郡縣志之紀列女事可詳則詳其事於其人姓名下事不可詳則總挈美行字於上下繫某氏某氏而已諸君子旣於徐與李爲通家第舉節母之大凡而性行事實如古人所云載采采者不一見焉則愚猶意傳之有當補者也

梭山農譜跋

唐仲冕

農事通於學卽通於政然非精於物理則有懷抱者不能道也商書謂服田力穡乃亦有秋周任謂芟荑蘊崇則善者伸孟子謂美穀不熟不如荑稗舍己芸人自任者輕皆可通於學者也管子曰一農之事必有一耜一鎌一耨一銚一銍戴記曰修禮以耕陳義以種講學以耨本仁以蓺淮南子曰莉先稻熟耨之者不以小利害大穫朱虛矦曰深田溉種芸苗欲疏非其種者鋤而去之此可通於政者也他若呂氏春秋氾勝之書大抵時其節物辨其種類稽其功緒沈博精確爲農家者言自梭山劉又許先生抱其夙蘊躬畊巖谷鄭子眞涪于蒸之流也乃箸農譜曰耕耘穫三卷各有綱目以耕字從井發論慨井田廢而耒僅存古制難復若耕之浸莖鎰餇耘之拔稗梳蟲穫之藏種報賽諸篇禮樂刑政意在言表尤三致意於牛宮亦足見忠國愛民之懷而以其尊甫怡齋公風車詞終焉本厥菑之肎播服先疇而無荒志念深矣攷梭山前序在康熙甲寅後序在康熙丁酉相距四十餘年用功最勤卒得采進　四庫全書館以傳於世夫梭山豈果農家者流哉余讀是書而竊自歎也傳曰是穮是蔉必有豐年爲壯者言之也余老矣巽丈人之植杖類宋人之守株旣無見於事功復有傷於素抱富與惰農自安同譏承萬念亭司馬見屬泚顏而爲之跋

高唐宗人孝義先生傳書後

唐仲冕

國家以孝治天下漸民以仁摩民以義所以維持風化敎忠敎孝之典至優且渥也蓋自一道同風以來比戶可封而其行誼之尤著者雖在布衣韋帶之士必自鄉縣達於臺省登之顯疏俾得從祀鄉賢以爲民俗勸又凡子若孫之入仕籍者無論爵秩之崇卑皆得推恩封贈以爲義方之榮野無善而不揚　朝無澤而不沛士生斯世而有不躬爲善爲祖父而不敎子若孫以善爲子若孫而不報祖父以善於心安乎於理得乎然而存沒秉被其榮者蓋亦尠矣宗人某字子厚山東高唐州人少時讀書穎悟甚得親心事母閔太孺人季未冠侍疾衣不解帶後

事繼母亦先意承順幾於八十而慕居喪皆哀毀盡禮悌於兄友於弟內外無閒言鄉黨稱孝焉性樂施予濟人之急如己急乾隆丙辰水患則倡修橋道丁酉歲祲則斸米助賑里中子弟貧不能就塾者佐之束脩他鄉之流寓者治其疾病佽以資斧鄉黨稱義焉享季大耋子孫蕃昌考終之後合學公舉孝義咨部修入會典進祠從祀其子某字履青爲文學博士請　敕贈修職郎並贈其母張生母王兩孺人其於　朝廷勸俗敎忠之隆施子厚且兼得之何其榮哉棍之固者其枝茂源之遠者其流長觀子厚之積累與夫履青水木之思諸孫之蒸蒸蔚起將益培之而至於參天濬之而廣爲江河其獲報殆未有艾也

程明道先生墨迹跋

唐仲冕

傳稱明道先生靜坐如泥塑一般及其接人渾是一團和氣今觀其書嚴凝中含溫厚稱其爲人書法至宋時化方整爲流宕猶賴有此種端人正士搢笏垂紳存顏柳剛正之風先生固不以能書名卽以書論亦足起衰式靡此冊墨本眞希世寶也武功襄亭明府得之洛中游宦所至輒取以自隨爰勒諸貞石以廣其傳昔人見伊川先生作字云卽此是敬敬爲道統眞傳此書正敬之見端使生七百餘季後之學者人置一通隨事主敬蓺也而進於道矣則襄亭刊布之功爲不可沒也

跋伊墨卿戊午科湖南鄉試草槅後　唐仲冕

湖廣舊額九十一名。自雍正癸丣分闈南北。各得四十五名。餘一名一科南一科北。戊午科　恩廣至六十一名之多。可謂極盛矣。而得人亦最盛。余時官江南。鄉里人來傳誦其所錄文。皆端雅有則。非獨解首爲宿儒也。故其後登甲第。班聯者袞袞。皆如其文。是科墨卿爲比部郎。副錢編修福胙來典試。余竊慕墨卿爲人。而墨卿一麾出守由粵東。而江南相見。握手如平生歡。及觀其爲政。如檢菑鞫獄。備極勞辛。守揚州。清亮照一時。尋以憂去。蔽芾彌滚。今服闋過揚。余適有校刊唐文之役。因獲重逢。親其襟度言論。翰墨亶可知已。墨卿迺出畣秊草槅屬題。益從廢紙簏中檢得裝成冊者。夫古之君子。治一事。必竆一事之蘊。非苟爲榮而已。夫事之過而輒忘者。必其時之漫不經心者也。觀此冊而知墨卿之典試。猶之乎典郡矣。有不知墨卿之校士者。請觀於揚州之政可知矣。有不知墨卿之爲政者。請觀於此冊可知也。墨卿行矣。由此而監司而節鉞。其必力追古大臣用心精詳周至。有如此冊也。時乙亥夏五月跋

題陸朗夫中丞手書後　唐仲冕

湖南多賢中丞。近以朗夫先生爲最。先生嘗爲山東布政。仲冕客岱下。守令幕中見先生所頒敎令。清風惠政。溢於言表。有以稱視餽者。立還之。且戒曰。某性孤介。豈尚不知。而以是相瀆邪。嗣後永以爲戒。時承某撫軍之弊。吏尙嚴酷。先生敕諸郡守務率牧令善拊循其民。毋令激而生變。某斷不敢徇庇僚屬。輕殺百姓也。及赴楚任。岱守任公溥言親見先生點檢行李。惟布被一襲。衣兩篋。半實圖書。行必以構從。以禱雨致疾。卒於長沙。斂以布襪。其身無長物如此。仲冕長沙人也。乾隆乙丣秋。宰吳江。吳江先生故里。因得接公子直之。讀先生手書冊子。洞目駴心。令人一字一汗浹。此冊豈但爲大吏言哉。時郡人方爲先生請祀鄉賢。烏乎若先生之清操亮節。視彼圖利便於身家者。其榮辱相去爲何如邪。直之曰。君宜跋。因敬志其私淑艾云

為玉齋從孫題揭鉢圖

朱聲亨

天地之大德曰生。生者仁也。仁者人也。是故能仁之謂佛。能仁者能人而已。生理既滅。失其人理。乃墮鬼趣。孔子曰。衆生必死。死必歸土。此之謂鬼。然則鬼之與人。幽明異途。生死殊形。出此入彼。其相去殆幾希耳。吾獨怪夫人受天地之中以生。五常五行之理。固已及身皆備。超超然爲萬物之靈矣。乃其旦氣不足以近。夜氣不足以存。渾敦窮奇檮杌饕餮。日殺不辜。肝人之肉。倏忽風波。隨地戈矛。其變態已不可究詰。小則禍及家國。大則毒流天下後世。有鬼之所不忍爲。而人闖然爲之者。萁芙於人。萁惡於鬼。豈其美惡之故。冥然罔覺哉。利欲餌於前。飢寒迫於

後。不能不捐其所得於天地父母之生理。以從事鬼之眼耳鼻舌身意耳。豈不痛哉。佛爲鬼子母說法。使其子賓迦羅洗心皈依。既往之惡。如昨日死。將來之善。如今日生。賓迦羅母子言下有悟。繞佛三匝。無復退悔。佛於一切衆生。披毛戴角。胎卵溼化。山精野魅。悉以能仁爲之度脫。何況賓迦羅尚具人形。佛能置之膜外邪。此事之無可疑者。或曰。天文鬼四星。形如木櫃。中有積尸之氣。氣明則積尸多。此天運也。鬼之分野爲鶉首。屬雍州。不聞羯肌國爲鬼分野。何至賓迦羅以人爲糧。白骨如山。上帝豈能一日容之。此可疑。或曰。西北有國曰鬼方。商時常出爲中國患。武丁伐之。三年有賞於大國。此荒服之民人有鬼狀。與穿胸貫耳反面歧頭錯出。不能以其國名目爲鬼窟。且武丁可以人力勝之。亦似佛以鉢攝之矣。此可疑。或曰。顓頊氏生三子。一居江水爲瘧鬼。一居若水爲罔兩蟚鬼。一居人宮室區隅。善驚人爲小鬼。故於十二月儺而毆之。月令命有司大儺。周官旁招以茅是也。四時之内。生殺予奪。陰陽相勝之氣。薄於四季。振子曰。甲作食殃。胇胃食虎。雄伯食魅。騰簡食不祥。攬諸食咎。伯奇食夢。強梁祖明共食磔死寄生。委隨食觀。錯斷食巨。窮奇騰根共食蠱。凡使十二神追惡凶。赫汝軀。拉汝幹。節解汝肉。抽汝肺腸。汝不急去。後者爲糧。此以大儺變其厲氣而已。今之出土牛。是其遺也。非謂天壤之大。出生鬼之鬼。較多於生人之人。人之

倉人。反遜於鬼之倉人也。此可疑。或曰。西南諸島夷。重譯偕來。無慮十數種。萃於南粤。中國之賈。挾貲以懋遷化尻其閒。百貨既集。香味觸法。一一爲其所移。交易之際。忿其猙獰。習而安焉。彼呼粤唐人。粤呼彼鬼子。面目毛髮。器皿衣服。千詭萬怪。數之不能終其物。至其倉物之譎。若煙若酒。往往迷人。鬼子之名。洵哉當之而不媿。然方言相沿之稱。非謂海外大荒。別有鬼母載生載育。新鬼故鬼。蕃衍盈升。與中國相爲終始也。此可疑。吾獨以爲無可疑者。據其理而已矣。孔子曰。鬼神之爲德。其盛矣乎。又曰。氣也者。神之盛也。魄也者。鬼之盛也。合鬼與神。教之至也。子產曰。人生始化曰魄。既生魄。陽曰魂。用物精多。則魂魄強。神

之爲言伸也。鬼之爲言歸也。鬼雖處於至陰之地。而其氣發揚於上。爲昭明焄蒿悽愴。此卽鬼之所以爲理。其於人無以異也。精氣爲物。游魂爲變。聖人知其情狀而寫之。是爲神道設教。知此則無鬼之論。搜神之記。俱可不作矣。晉侯夢大厲被髮及地。搏膺而踊曰。殺余孫不義。是鬼惡人之殺其孫矣。鄭人夢伯有介而行曰。壬子余將殺帶也。明年壬寅。余又將殺段也。及子產適晉。趙景子問焉曰。伯有猶能爲鬼乎。子產曰能。是鬼嗜殺人矣。漢制伏日萬鬼行。故盡日不干他事。萬盈數也。鬼旣號萬之又萬。無可勝窮。若羯肌之女。皆生萬鬼。人將安所措足乎。若羯肌之女之所生之鬼。皆賓迦羅大千世界。尚復有噍類乎。佛就

鬼子母愛子一念。當頭一棒。語語酸鼻。字字刺骨。生理勃發。血淚交迸。鬼有所歸。乃不爲厲。欲不皈依。其可得邪。然則非佛生之。仍鬼子之母自生之耳。吾所謂理之無可疑者如此。假令滯於溺愛之私。止知殺人以取快。不知鬻子之可閔。生理滅而人理無所傳。甘雨不起斷根之木。長風豈行折舵之舟。佛卽不攝之鉢中。鬼子母終無望於賓迦羅之生還也。故曰能仁者能人而已矣。舜舉圖之余繫辭焉。雖曰鬼語。豈非妙諦哉。楚靈王云余殺人子多矣。能無及此乎。仲尼曰。古也有志。克己復禮。仁也。楚靈王若能如是。豈其辱於乾谿。夫靈王之惡。不及賓迦羅。而其食報不及鬼子母。此則事之有幸有不幸。固不可以常理論

矣。若乃雍巫殺其子以媚伯主。樂羊殺其子以倖戰功。此其人理滅絕。又般若迦之所唾也。是故鑄禹鼎使民不逢。圖山經使民不惑。然後令魏徵尉遲捍門。温嶠燃犀。終葵負劍。要二豎而殲焉。使人理復燦然於天地。是之謂能仁。是之謂能人。

蓉裳詩鈔跋

歐陽紹洛

右蓉裳詩鈔凡八卷都計若干首始蓉裳病肺累歲舊業都不復料理其散佚殆十之七八矣余素聞其能詩及相識於吾邑每索觀則謝曰某憊甚子更相煎爍邪今夏稍清適忽笑語余曰子吾郢人也矧游處近三載許今且質子矣乃就其篋中所僅存者略編次之手以相示其詩緜密清雅眞氣洋溢饒於風趣而不墮市儈詭隨之習富於包孕而不效鄙儒砌疊之能所謂風人之旨雅人之致蓋髣香眉公而得其神者吁何蓉裳匿不自明之久也矢詩不多茲其可貴矣因慫恿付梓以爲初集將俟其痊可蒐蘿全豹更爲之佐簪云道光壬辰夏四月

題趙遂樓太史綴緝文尾手卷

向曾賢

吾友遂樓自束髮受讀卽事其舅氏春埜先生爲專門師風雨晦明晝夜寒暑無虛刻凡食息寢處語默動履謳吟歌嘯疏解抉剔往復嬉笑嗔怒甘苦徐疾疊爲情狀及出而宴遊觀玩宣通湮滯或登場角藝旅寓他所無不惟先生口授祇敬之不怠巳而入庠序巳而選貢成均甲寅又踵登鄉薦皆先生所目覩稱快逮通籍翰苑則去先生之沒數載矣每談及輒欷歔不止一日檢篋中少時所爲文摩挲先生披閱手蹟感激涕零如噎如醉忽發遠思因割取其文尾綴緝之裝爲是卷曾嘗思夫古之學者必有所承孔子之後源遠末分漢世以傳經爲重如董

劉馬鄭其子弟各守師法寶若珪璧堅若金湯更立數代源流鑿鑿可辨也其後以習詞章者起而經學衰唐世沿習無專門師雖以昌黎爲之說而卒莫興起至有宋中葉濂洛關閩諸子篤實踐履統緒始貫至今讀游楊尹謝黃蔡諸君子所紀其師之緒論令人毛髮悚豎使由其道不廢亦何患無師法可守也者其後又以習時藝者起而道學又熄今之曰師曰弟子云者何謂哉每一念之輒爲三嘆夫所謂經學者經師也道學者人師也二者廣狹各殊而其造就人士與佩服誠悅則一也今所學者爲時藝苟其抉經之心求道之緒如先正法程亦自各有矜式自夫舍本趨末剽襲游詞角鬭章句提鉛操槧塗飾藻澤

聰儁之士不過旬月之閒便謂睥睨一切・是故不數月而更一師者有之・不數年而更一師者有之・至於得意以去則舉前之所爲漫不省記烏虖・鑿其址而冀墉之高・劚其根而冀幹之茂・斷港絕潢而曰吾將以斳至於海・其然乎其不然乎・周子曰・師道立則善人多・師道之不立・而學者又無所爲師・欲學術之進於古蓋其難矣・今蓬樓蓋進道若渴者也・曾居都數年・於蓬樓相倚如左右手・謀面較他人爲多・旅廬蕭然・每當雨旋風去雲開月來・掃室布榻・兩人者促膝而坐・相對歡然・其或偶舉一善則曰吾舅氏之所常勖也・偶舉一咎・則曰吾舅氏之所常箴而懲也・至於歌詠詩章・掇摘佳句・則曰吾舅氏之常流連而三復

者也・殆無一飯一寢忘之者・水流旋源・葉落糞本・以此揆諸古人服勤至𣦸之義・蓋庶幾焉・今所裒是卷・固不足罄先生之蘊與蓬樓之所以事先生者・然其緜緜懇懇・敦復不厭・纖悉不苟教者之誠與受教者之誠交相貫・引則心之精微逼焉・是則雖詞章時藝之末・而經師人師之大旨・與夫流風餘思所存・又於是可以觀焉・曾故樂爲廣其說而推之・抑先生冢嗣靑陵・自少與蓬樓同學・曾己酉鄉試同年友也・曾旣不獲事先生・而靑陵淹忽下世・屈指又及數年・今讀是卷・竦然生敬・巳復黯然增感・然則曾亦惟體蓬樓之意・共勉以期進於道・求不媿於先生・用附於私淑之意云爾・噫・

恩綸錄書後

張再英

昔魯僖公勸學與賢・時齊桓爲方伯・請於王・命史克作頌以嘉小大從公之盛・故泮水芹藻・至今猶有芳馨焉・吾楚龍陽舊有書院・久廢不修・邑觀察黎雲屏先生出貲刱建・並捐膏火田千畝・姜大中丞高其義・封章入告・　天子嘉之・特賞鹽運使銜・一時名公卿大夫歌詠其事・斐然有述・英讀竟作而歎曰・盛矣哉・抑亦雅頌之義也・夫江漢常武・美王旅之濯征・而終之以矢其文德・洽此四國・今川陝楚餘氛悉靖・而觀察適承　天子命・旬宣於文翁舊治之邦・吾知助流德教・懋美風俗・使益州人士相與賣刀買犢・路不拾遺・所謂食桑椹而懷好音・雖文德不

外是矣・則今日淑於梓里者・非卽他日所以對揚　休命哉・不揣固陋・敬書其後・以坿於西河卜氏東海魏氏之詩小序焉・

題陳忠潔公殉難録後

蔣雲寬

陳忠潔澹元先生殉難錄四卷。乾隆間清江楊方來漕帥訂定。同里周東郊參軍梓於揚州。歲久板壞。家厚山師札商於余。因爲勸資重鐫。並補入先生官巡按提學時勸民訓士教條。及石殿撰劉明經諸君詩歌。剞劂工竣。付先生後裔濤賢等珍藏之。烏乎。死生亦大矣。有明養士三百年。崇禎甲申之變。食祿者何止數千百計。而從莊烈帝於地下者。先生與馬倪諸賢二十有二人而已。先生時爲北畿提學。聞警馳入。授命京邸。其從容就義。尤人所難。今讀是篇。英風浩氣。凜凜猶存。先生其不死矣。先生葬於京都永定門外石榴莊。余與郡人何仙槎庶子歲時謁墓。叮嚀守者毋使踐蹋侵損。更謀於封樹之旁購地立祠以祀先生。而籌費無出。徒結虛願。因坿識於此。以諗後來之好義者。

書軍政紀略後

張晉本

丙辰春。匪教齊二寡婦等滋事。陷竹山。劉令自盡。上虞范公昌號泝谷。由安康縣丞隨恒將軍來。殺賊首翁明遠、曹海揚等。遂奏請補授。著勞績膺懋賞。首尾十二年。陞授鶴峰州牧。其一切堵禦撫綏諸實蹟。具詳接任唐君春墅方耀暨竹士民序記。范爲桂森表眷。持以示余。

治亂興衰之故。豈不以人哉。然運事者人。而濟人者時。故六十四卦時爲大。天下之生。一治一亂。蓋治久必生亂。而大治必因於大亂。人爲之。實時爲之也。從來開創之君。類衝鋒陷陣。親冒矢石。於行兵之道。既皆得之閱歷。與一時將卒同甘苦。故用舍當。賞罰明。凡從事行閒者。均無枉無濫。是以能得其死力。而所向克捷。與之敵者反是。至於中葉。其君既未嘗親兵事。兵力又不能如往時。其用舍賞罰。皆得之聞報。然祖宗之遺澤未湮。服疇食德之人心未散。亦不至天變人禍之交訌。故雖有跳梁跋扈之徒。亦漸次就撲滅。而不至於汎濫不可收拾。此又一時也。若夫承平既久。内恬外熙。不思櫛風沐雨創業艱難。惟知安富尊榮。居高養重。怠荒政事。膜視民隱。苟幸無事。厝火積薪。養癰貽患。因循既久。習慣爲常。一切敗國亾家之事。雜然並興。棄斯世禮義廉恥之心。靡然盡喪。且夫正人者。國之元氣也。從古衰亂之朝。無不醜正惡直。究且夷滅摧殘。惟恐其不速盡。至於天怒人怨。土崩瓦解。雖有忠臣義士。譬之元氣已絶。縱服靈丹不能救也。聖人知其然也。故處蒙業之時。如開創之時。是以久安

而長沙范公汧谷以縣丞參軍事補竹山善於其職而遭逢明聖懋賞懋官吾喜范公之適遇其時而又不負厥時也於是乎書

名山墨寶題詞　張晉本

余既和前詩雪梅復以此冊進愛其書法秀淨家湘門先生爲之跋後起者有家橘州先生及花源羅某和作盋碧公主講嶽麓時所得和尚稱碧公性揮霍喜交遊平生善逋所與友皆一國天下士乾隆初兩觀察偕寓省垣與同人置一穀會謂人各具一穀也迄今思之其雅度高尚必非尋常飮食遊戲相徵逐者比宜諸先達交相引重而以爲座無此公不樂一如大顛之于韓東坡之于佛印若有相得益彰者汪爲湘門老友其人可揣而知昔董元宰書金剛經奉有

純皇帝香光墨蹟永

鎭雲栖

御筆未嘗不歎異代儒臣至榮極幸今此冊雖不及香光之萬一然墨花印色八十餘年猶奕奕射人卽又安知不如山林癯逸野服葛巾而不必以先耀爲榮則當日之善逋正其善傳衣鉢也抑余因是而進溯曉露而彌嵩而殘山皆先碧公住嶽麓者及高念東鄧元昭李錫山諸先輩其藏弆之翰墨必有如優鉢曇花應時出見者且拭目俟之

蜀碧題後　張晉本

右蜀碧一帙爲彭遵泗磬泉所綴輯起崇禎戊辰迄　本朝順治癸巳年經月緯首尾貫穿而於楊總兵展劉孝廉道貞陳登皞余飛以義勇俠烈著聞者不計成敗專爲立傳蓋兼史家之二體且以蜀人言蜀事年代近而耳目親不比見聞異詞傳聞異詞也雖首尾獻賊然發幽光而闡節烈之意居多以今考之文武自侯巨柱以下凡四十八人紳士自楊於鼎以下凡八十餘人尚有不著姓名者婦女自魏氏以下凡七十餘人洵足以補正史之缺至於全蜀山水地形之阨塞寇兵出入往來之要害用間出奇之所以得玩寇覆軍之所以失令讀書者一目瞭

然蓋欲使後之有天下者能以人和維地利則衆志可以成城否則鬼哭龍淵直蟻春蹄跡耳地險豈可恃乎且天下事最懼爲人所窺測虎豹在深山不見其形也而百獸恐焉潛龍在淵不必作雲雨也而望氣者恐其有排山倒海之勢何者以其威力猛而變化神也蓋黔驢之踶井蛙之怒則三尺童子方且目笑存之以爲其技止此耳治天下者何獨不然古帝王之有天下也其精神力量實足以籠罩宇宙而其所指使者又皆千人之後萬人之傑記曰動而爲道行而爲法言而爲則豈止震耀一時云爾哉我必實有可尊而人乃尊之實有可貴而人乃貴之故曰首出作覩運極德元蓋言實也若徒擁虛名戴假面曰我繼天立極也我尊無二上也是猶挾驢蛙之能事而欲致風雲之從龍虎也明季亡國之君臣會逢其適朝廷之舉動其爲有心者洞見底裏久矣無論失監軍之鑑撤各隘之兵當夫賜劍傳觴正欲救民水火乃逗留一月戎服講經豈復有人心者三錢之賞心直以爲不値一文耳嗟乎此驢蛙龍虎之說也讀是書者宜通觀一代興亡所以然之故而無徒太息痛憾於獻賊之兇殘與斯民之無辜受其慘毒則一省之事蹟卽爲千秋之龜鑑庶不負作者之用心也抑嘗聞之劫數之說儒者不言然以治亂之言推之則又似一定不易者假令斯時國家委任正人羅綱蜀中智謀忠勇之士如楊劉陳余等畀假之名位與

以事權必能收其大用雖無救於明之亡亦可保全天險更異者秦氏以一女子乃能統兵臨陣觀其與陸邵所云幾乎瞻言百里爾時肉食者流直欲望其爲腰裙閒物不可得豈非古今來巾幗中所僅見乎安得謂蜀無人耶然此必不可得之數也是劫數眞是難逃不獨鎭江石碣埋武侯讖巳六月初十日揮汗書

區田觀稼圖跋　陶澍

區田之法，葢卽甽田遺意。漢志謂之代田，趙過能爲之。田一畮三甽，歲代處，故曰代田是也。志言后稷始甽田，廣尺深尺曰甽，長終畮。一畮三甽，播種於甽中。苗生葉以上，稍耨隴草，因隤其土以附苗根。比盛暑，隴盡而根深，耐風與旱。一歲之收，常過縵田畮一斛以上。漢武時，河東、三輔、太常民皆便代田，爲其用力少而得穀多也。嘗歎漢藝文志農家者流，書凡數十種，必多后稷以來傳授遺言，而今皆無考，獨賴班志此篇，言深耕易耨之法頗詳。惜自搜粟都尉以後，無復舉而行之者矣。門潘子功甫以名父之子，精心緝古，既慨然捐其田二千五百畮爲義莊，以贍鄉里，復舉區田法，口講手畫，於義莊試行之，輒效。余得其米，嘗爲詩以謝。今歲吳民做其法者漸多，當常田刈麥蒔秧時，其苗已蓬勃高二三尺許，雖有水旱，不叓憂，由此廣之，將使盡地力，協天時，菽粟如水火，以惠我農人，粒食無窮，卽以襄鄙人敦耕所未逮。簡便易行，孰謂古法不可復哉。功甫有說甚晰，崑山王椒畦孝廉爲作區田觀稼圖，因書前詩其上，而綴其緣起如此，以質諸留心民事者。

尚書辨僞跋　陶澍

古文尙書之僞，自吳才老、朱晦翁發之，其後論者益衆。若吳澄書纂言及吾鄉羅喩義是正一編，皆止注今文，削古文不錄，雖各自有見，然爰書不立，無以斷獄。梅鷟尙書考異、閻若璩尙書疏證，則又專攻古文，於今文鮮所發明。陳第、毛奇齡之屬，復起而持其長短，迄今談者無以別黑白而衷一是也。石嶺唐先生是編，於今文亦加疏釋，特意在古文，句梳字篦，審音叩節，以排之，故以辨僞爲名。其中精義層出，能使讀者渙然相說以解。如辨虞書不宜稱古，舜夏書不宜稱古禹，伊訓於嗣王之前不宜有暨湯之語，旅獒在武王之世不宜有太保之目，皆直捷了當。南山可移，此判不移。而其有功名敎者，尤在辨虺誥、泰誓之文，以爲湯方口實是懼，而虺懼于非辜畀禍，報君口實甚矣。聿求元聖與之勠力，幾疑五就桀時計出反閒。誓師稱王，儼然吳楚之僭號，時哉弗可失，豈慮紂改圖耶。葢自僞書行，而湯武之心迹不明久矣。雖學如蘇軾，猶不免有非聖之論。毛氏但爲古文辨寃，而不知湯武之寃誰爲之，而誰辨之也哉。先生惟以今文與古文對較，而眞僞之跡自見。其所摘發，不外本書，無考據家支離牽強之習，以視梅、閻諸人，不啻過之。至若危微精一，爲帝王心法之要，京山郝氏始創異議，謂古聖賢口中無此。竊謂僞書多取古語足成之，人心道心二語見於荀子解蔽篇，既明云道經之言矣。精一執中二語，亦見馬融忠經。安知非出古書，而偶遺逸。正不必以目見所未及，遂竝其義理可通者而亦訾之也。先生諱煥，善化人。力學敦行，爲吾鄉宿儒。其子仲冕、孫鑑，皆以學行名於時，能世其業云。

東祝堂遺詩跋　　陶澍

勝國末季，楚南當兵燹之衝，一時文章之士，率以節義自持，埋沒不彰者多矣。如馮根公、陶仲調、郭些庵、王而農、周仲聲、郭幼隗，皆名賢大手筆也。如吳道行、見可、子愉、古度、楊會英、嘉生、彭日浴、孺子、陶顯功、膚仲、張聖型、子疇、車以遵、孝思、潘應斗、章辰、嚴首昇、平子、瞿龍躍、天門、石之琨、元美、季嗣先、栅礽、劉瑄、他山、廖國遴、孟符、周星九、煙、朱慈祚、愷郎、楊啟甹、禹心、王三南、放叜、陳來學、開之、夏光洛、梅巢、周聖楷、伯孔，皆焯有才名。此內惟平子議論不能悉淯，伯孔以迫脅歿於亂，識者惜之。其餘則皆節義文章也。二百季來，吉光片羽，所存無幾，甚至有不能舉其姓名者，可慨也夫。茲乃復見迺錫陳先生之詩。先生諱宏範，長沙諸生，慷慨負奇氣。入國朝，洪經略嘗倚以招撫黃州各寨。先生志在靖亂，事訖，洪以偏沅副將薦，不受。飲酒賦詩，游詠江湖閒以老。此卷爲先生自書東祝堂五言律，稾氣格蒼老，拔出於同時竟陵諸子外，自成一家。書法亦沈著，亦俊快，超然入古，不落宋以後窠臼，想見其志趣不凡也。詩凡四十二首。其六世孫廣吉士本欽，懼手澤之湮也，重裝爲二軸。太原祁學士寯藻爲之傳，而相國吳縣潘公、尚書蕭山湯公記之，道州大司空何公、歙縣閣學程公爲之賦詩，是亦足以傳矣。本欽復攜以見示，因敬識數語，以廣吾鄉文獻之徵云。

惠氏四世傳經遺像書後　陶澍

東吳惠氏以經學世其家。乾隆中葉。海內之士。知鑽研古義由漢儒小學訓詁以上溯七十子六蓺之傳者。定宇先生爲之導也。乃其先樸庵先生已有左氏春秋補注。研谿先生有易傳春秋問禮問詩說。半農先生有易說禮說春秋說大學古本說。皆足以引伸墜緒。扶翼雅言。而半農先生爲粵東學政。用五經試士。士習丕變。彬彬然多通經。至今粵人思之。以配倉韓子云。余撫吳六年。於名賢碩德。未嘗不訪求其遺蹟。嘗取元龍仲孺定宇三先生像。刻入滄浪亭。今其裔世昭。復以三先生及樸庵四世遺像乞題。夫畫像之興。肇於成都禮殿。所以圖寫先賢。志其嚮往。至子孫之摹繪祖父。不過一家之私而已。苟其人無可存。將姓名且付子虛。而像於何有。若惠氏諸先生。經師人師。士林瞻仰。所謂先睹爲快者。非歟。展挹之餘。德輝如對。聞其家紅豆樹已枯。復茁。君子之澤。於世昭兄弟望之矣。

書趙孟頫傳後　王泉之

至元十九年。元世祖遷瀛國公及宋宗室於上都。殺文天祥。二十三年。遣侍御史程文海訪求人才。文海薦宋宗室趙孟頫等二十餘人。帝皆擢用之。論者以孟頫忘親事讎。無恥孰甚。不知孟頫之仕元。與微子之歸周無異也。微子之歸周。存殷祀也。孟頫之仕元。全宗室也。帝既遷之於上都。而天祥已見殺矣。其時宗室危如纍卵。使匿名書與狂人所言。不在丞相而在宗室。覆巢之下。尚望其有遺卵乎。孟頫因程鉅夫之薦而委身仕元。實有莫可名言之苦衷。而不求諒於人也。律以春秋大義。父兄之讎。不共戴天。孟頫似無所藉口者。是守經之言。而非論世以知人也。武王封微子於宋。未聞有非之者。微論孟頫不能爲殷祿父。即能爲之。亦必就殄滅。而宗室無遺類矣。楊璉眞伽發宋諸陵。不治其罪。而還其所籍。帝惟恐宋宗室中有中興者。微孟頫之委蛇受命。而求其父子兄弟夫婦祖孫。以文翰名於後世。何可得歟。初孟頫之入見世祖也。帝命之坐。右丞葉李言宋宗室子不宜使近左右。未有不爲孟頫危者。及其草詔合帝心。而羣疑始釋。至於議至元鈔。以絹計贓論。王虎臣之訴趙全不法。而遣他使。勸阿魯渾薩奏蠲未徵錢糧。以蘇民困。諭奉御徹里發桑哥之罪而伏誅。非惟宗室受其庇廕。亦且謂斯人不出如蒼生何。仁宗稱其操履純正。文詞高古。書畫絕倫。比之唐李白宋蘇軾非過譽也。而楊載云孟頫之才頗爲書畫所掩。知其書畫者不知其文章。知其文章者不知其經濟。人以爲知言。吾以爲仍未識孟頫仕元之心爲全宗室計也。不略迹而原心。烏以稱尚友哉。

書倪元璐題元祐黨碑後　王泉之

徽宗崇寧元年。蔡京籍元祐元符末宰執司馬光。侍從蘇軾。文臣程頤。武臣王獻可。宦者張士良等百二十人爲姦黨。請帝書之刻石於端禮門。二年。京又自書爲大碑。頒於郡縣。長安石工安民泣不肎鐫姓氏。三年重定黨人及上書邪者合爲一籍。通三百九人刻石明堂。越五年以星變用劉逵言。夜半遣黃門毀

之畏蔡京也。倪文正稱涑水眉山諸賢外。凡二百餘人。碑毀於靖國五年。不無承襲之誤。而其嫉小人之惡。彰君子之善。明禍福以別賢奸。則昭若發蒙矣。故其言曰。擇禍之道莫大於與君子同禍。小人之謀無往不禍君子也。實足快千古之人心。而使爲鬼爲蜮貝錦萋菲之小人。對之愧死無地矣。當毀碑時。蔡京厲聲曰。碑可毀。名不可滅。京以爲不可滅者。留其惡名。詎知不可滅者。愈以著其賢名。是其所以福君子也。余讀文文山跋彭和甫族譜後。載甫中有二蔡。其一派君謨。其一派京。京子孫慚京所爲。每自詭爲君謨後。嗟乎。蔡京立碑時何嘗計後世子孫不認其爲祖宗哉。羞惡之心人皆有之。京何靦然面目甘爲小人而不愧乎。所謂君子落得爲君子也。呂伯恭云。小人之害君子多端。遇人之介者辱之。廉者污之。剛者折之。直者誣之。介者不愛辱。廉者不受污。剛者不受折。直者不受誣。皆君子之所忌也。小人知君子之所忌而直犯之。君子不知而墮其計。在小人以爲君子眞罹其禍矣。而不知正天之巧於福君子也。不然。元祐黨人自涑水諸賢外。彼百二十人者何由盡知姓氏。則亦草腐物化而已。致令宦者張士良石工安民等與碑竝傳。非天之巧於福君子乎。

書王守仁象祠記後

王泉之

書曰象傲孟子曰象日以殺舜爲事是人性之至不善者莫象若也而有庳之人祠之何哉宜乎柳子厚毀其廟也毀於唐而仍祠於明靈博山復有祠焉王文成公記之子厚之毀其廟據象之始文成之記其祠承象之終舜之愛象也喜則同喜憂則同憂其感也深其化也神克諧以孝故能烝烝乂不格姦瞽瞍亦允若父旣感而爲慈父象焉得不化而爲悌弟乎有庳之封舜之所以待象者罔象亦能使賢任能身安於位澤及於民常常而見源源而來其愛兄爲何如哉宜其旣歿而人懷之祠之所由來矣厥後舜遜位於禹依象以養餘年非南巡而征有苗

王逸之言未足信也舜之南巡在卽位之初五月南巡狩至於南嶽如岱禮其明徵也舜葬於蒼梧之野蓋二妃未之從也古無合葬之禮二妃未從合葬非不從舜至蒼梧也舜至蒼梧斷未有舍二妃而不顧其從而去也有必然者山海經曰洞庭之山帝之二女居焉山海經作於伯益其言帝也蓋謂堯也郭璞以爲天帝之女妄矣劉向列女傳舜陟方歿於蒼梧二妃歿於江湘之閒俗謂之湘君禮記言二妃註云離騷所歌湘夫人舜妃也退之黃陵廟碑云湘旁有廟曰黃陵自前古立以祠堯之二女舜二妃者秦博士對始皇帝云湘君者堯之二女舜二妃也劉向鄭元皆以二妃爲湘君而離騷九歌旣有湘君又有湘夫人王逸以爲湘君自其水神而謂湘夫人乃二妃也洪興祖謂郭璞王逸之言均失堯之長女娥皇爲舜正妃故曰君女英以下自宜降於夫人其言得之二妃之歿於江湘閒者以舜崩蒼梧痛之深而思之切感於物而血淚形於竹故居於洞庭之山焉世有未識二妃未從合葬之義而以舜之依象爲南狩者故因象祠而並紀之以釋南巡征苗之疑迄今過九嶷而憑弔焉想見仁人之於弟親之欲其貴愛之欲其富及其卒也舜陵在焉象祠亦在焉兄及弟兮仍式好而無尤益知人性非眞不善而天下無不可化之人矣蒼梧之野卽今湖南道州古有庳地也

湖南文徵卷九十

跋五

然非子倪卮題詞　湖湘後學集編　聶銑敏

天理在人渾然無虧受生以後人與天離離之既遠眞性斯漓聖人復初下愚不移符子慨然迺著倪卮上探天根下究地維中驗民極靜證秉彝因端竟委由本及枝降天於人道尊弗卑升人於天道公匪私即天即人一以貫之（其書首有天人一貫圖）如響斯應如影斯隨是有自然不假強爲因物而付以人相治曰天之心惟人是賚曰心之心惟中是師喜怒哀樂應以四時水火金

木視聽分司踐形求肖神戒外馳覘指知歸諱疾莫醫爾執爾權柄勿倒持爾敬爾官有位勿尸八常遞運四府交推（其書以天之春夏秋冬爲四工木火金水爲四府人之喜怒哀樂爲四權貌言視聽爲四官爲天人八常）生生之始化化之基大易宣秘洪範演辭象參河洛理悟庖犧罕譬而喩不蔓不支諸子萃精羣儒釋疑正蒙之奥太極之規鴻烈之淵法言之奇翼道啟蒙信不我欺願廣心傳昭示來茲

嘉慶庚午夏余奉命典試貴州道出河南淇縣適符筆堂同年宰淇因過訪促膝署中見案頭有倪卮槀一部取而觀之居然子書也因攜歸行館披閱竟夕實宋五子後僅見之書爲吾楚紹濂溪之學者其此乎筆堂言此未嘗輕以示人然此必傳因題而還之并識

書受祜堂集後　賀念曾

陽城張洎谷中丞受祜堂集十二卷余偶得之中湘市上蓋自哀其生平由邑宰而臺垣而乘軺而開府行事所施設者爛然有第堪爲楷模眞不愧政事文學法理之士不獨紀其遭遇之隆而已兒子熙齡幸獲一第有入仕之階余大懼其分文析字得假寸柄將蒙目張口幽冥而無所措也亟授而讀之豈曰文章經濟遂能媲美陽城乎太史公有言高山仰止景行行止雖不能至然心鄉往之是余之志也夫

書錢公輔義田記後　文舒燿

余讀范氏義田記而慨然想見文正公當日母子之苦衷焉夫文正公賢矣其母太夫人亦必賢無疑也豈與之齊終身不改賢者豈不知乎然而死者長已矣家貧子幼族之人有心而不能有義田之力有力亦未能有義田之心故不免使此孤兒寡婦一適於朱氏之門而後爲范氏光也吁可哀也哉且夫義田千畝爲族之聚者九十口日有食歲有衣嫁娶凶葬皆有贍計也乃觀其條目曰嫁女者五十千又曰再嫁者三十千曰娶婦者三十千又曰再娶者十五千且申之曰葬者如再嫁之數文正大賢而再嫁再娶之言乃不絕於口乎此必太夫人後來常

舉前事爲文正公涕泣而道而公未貴顯亦惟有心無力公旣貴顯乃心與力之交盡自有此舉而范氏之孤兒寡婦其必託於繼父而後免溝中瘠者吾知其鮮矣萬一有之亦無人撓之此仁之至而義之盡宜乎公之功德滿朝廷事業滿邊隅而其子純佑純仁純禮純粹又皆能修其業成其志至於今千數百年而義田猶存而不壞也吁難矣哉昔錢氏之爲記也旣痛寫夫世之公卿大夫士多爲公之罪人矣吾不復贅而特恐公與太夫人之苦衷未能畢露則世猶有援李令伯之母周茂叔之母相提而並論者是雖不爲文正公之罪人也然而聖人復起吾知其必有取於義田之說矣吁人亦何爲而惟知有已哉

書跋先君子小照後　楊丕復

予旣作斯跋或有謂當稱府君不當稱公者蓋因近人行述中以府君稱其父故疑予稱公之謬且竊以古人稱謂斟酌不苟如姪猶子之辨雖程朱大儒猶往復辨證不已記曰疑事毋質直而勿有予且廣爲考稽歷述於此以待智者之擇焉夫有爵稱公泛相謂亦稱公固已劉子黃帝篇家公執席注謂父爲公顏氏家訓矦霸子孫稱其祖父曰家公宋何偃呼顏延之爲顏公延之曰身非三公又非田舍公又非君家阿公何見呼爲公偃慚則知古人於祖父固稱公而非祖非父不當稱公矣司馬遷史記稱其父爲太史公如淳曰漢儀注太史公武帝置位丞

相上宣帝以其官爲令晉灼曰百官表無太史公在丞相上衞宏所說多不實未可以爲正師古曰談爲太史令且遷尊其父故謂之爲公如說非也按史記自序後云太史公卒三歲遷爲太史令信乎公爲尊稱令爲官名此又古人稱其父爲公之最先者矣程子稱其父爲大中公朱子稱其父爲先公歐陽永叔瀧岡阡表亦稱先公此又儒先之可法者也要徧考之如曰先君子先大人先公先君先子皆稱其父之辭予之稱公固蒙上文先君子龍崖公而稱之亦如稱先公云爾似非自我作古也且先公先大夫固稱其父矣然古人於對鄰國時亦有稱其君爲先公稱其大夫爲先大夫者義各有取不必以其字同而疑

其無別也公之爲稱奚不然至於府君之謂在唐以上皆有爵者之尊稱吳孫策稱豫章太守華歆爲府君焦仲卿妻詩稱廬江縣令爲府君胡母班稱泰山神爲泰山府君又金石錄載漢故益州太守楊府君諱宗字德仲墓闕凡十六大字在夾江又隸釋載漢故趙國相雍府君之闕十隸字在梓潼此皆漢世稱府君之明證或稱人或稱神或稱生者或謂死者皆未嘗謂其父爲府君也晉追祭其遠祖稱豫章府君潁川府君京兆府君以及宋齊梁陳凡祖廟皆以府君統稱之亦不專屬於父也唐金石文字有朱賓澤王府主簿梁府君墓誌銘秦貫滎陽鄭府君墓誌銘此又其泛稱者也韓昌黎田沂公先廟碑曾祖都水

使者府君祭初室祖安東司馬府君祭二室兵部府君祭東室此又稱他人祖父爲府君也柳子厚有故叔父殿中侍御史府君墓版此又不必稱其父也大抵府君如使君之謂惟尊者始克當之如謂父爲君律以易嚴君之義可矣然易且兼父母言之不專屬父也況自謂其家爲府顧不嫌於僭乎乃迄宋以後則有稱父爲府君者然考伊川神主式說陷中書故某官某公諱某字某第幾神主粉面則書屬稱屬謂高曾祖考稱謂官或號行號如處士秀才行如幾郎幾公固稱公不稱府君矣司馬氏書儀言晉安昌公荀氏祠版皆書某祖考某封之神座今不能盡如荀氏制題云某官府君之神座無官則題處士府君之神座朱子家禮於祠版亦題府君然三代祖考皆可稱非專屬於父也且皆對神而尊稱之非對人而謙稱之也朱子語類有云府君夫人漢人碑已有只是尊神之辭府君如官府之君或謂之明府今人亦謂父爲家府君觀此知稱父爲府君蓋始自南宋時其云府君是尊神之辭說尤明白可據呂坤四禮疑則謂府君爵也生爲庶人死而爵之誣也僭也孝子不誣親聖人不誨僭庶人止宜稱顯考某字行幾爲是何必竊名器以自重哉此又似太泥然如近人行述皆對他人之辭而自稱其父爲府君是以古之稱他人者轉稱其父又以尊稱其父者對他人亦尊其父均於義未安也擇而處之神主祠版稱府君臨文撰

述有爵稱先大夫先公無爵稱先君子或先嚴於義爲允若子斯辨則上對先人下示子孫允宜專稱公而不必稱先習者以爲何如予更有怪者近人行述末必借顯者姓名填諱夫行述者述其行請誌於人即史之類也司馬遷史記班固漢書於序傳皆稱其父名不聞書他人填諱也班固傳末稱叔皮又中庸稱仲尼之義也古公亶父周公作詩更已先然古人立言必有所據何後人之不考於古乎

讀蘇文忠公策別　瞿家鏊

東坡蘇氏曰欲勸親睦當復小宗似也水心葉氏駮之曰五世之服已遷百年之家未散必預儲其四使迭進無窮將不勝其宗而乖爭淩犯之患起亦似也然則小宗不可復乎復小宗不可勸親睦乎葉氏又曰宗者必貴而賢富而義者也是也而未盡也自井田壞而比閭族黨之制墮齊一變而爲軌里連鄉秦再變而爲什伍連坐後世因以編保甲置義倉而以其時讀法最爲近古竊以爲保甲義倉讀法之事可行於一族而不可行於一鄉一鄉之人較衆地較廣其心志耳目較渙散而不相屬故不若一族情親而地近人易遵約也然而一鄉之聚族而居

者或數十戶數百戶千餘戶戶愈多人愈雜其殷實老成者類皆畏累遠刑而日求無事其游閒無賴者惟日伺鄰里之釁隙呼朋引黨百計搆難而相率爲奸而二三小戶畏其徒衆而莫敢誰何即伊族中殷實老成亦畏其反噬而莫敢攖其鋒且謂敗迹未彰獄訟滋累相與坐視保姦而莫敢首於是貧民失業尤而效之不善者日以多善者日以少鄉民難化莫此爲尤而世之所謂保正里長者率多此輩苟非其人則有牽制而已矣蕩家而已矣受辱而已矣有司亦明知其無賴而僕隸之鞭箠之尚欲以之勸善乎是以不善教善也而善不可勸以之除盜乎是以盜治盜也而盜愈不可治以之賙恤貧孤乎是又使管庫者挾囊也勢必嫁名賠墊有貸無收而不可究詰者審如是則謂不可行於鄉而可行於族何也族之中有貴而賢者也有富而義者也則舉族宗之可矣舉一族而宗一人凡有事必以告事相及則情相通情相通則善相勸過相規而無所畏避設有一二不肖子弟率族人同聲攻之則彼無所容亦將相化而爲善此保甲讀法所以可行也嗟乎是嗷嗷者不先之以恩而遽責以從善恐嚴父且不能教其子矣況族人乎故必有義倉之設而後保甲讀法可行其倉始於豐歲秋成勸族人之富者捐輸穀石族無富人則按其稍有餘者醵錢糴之俟來歲五六月閒必須耕田之家納物爲質每貸一石秋收息三升常時存

一貸二儲或晴雨愆期則再加斟酌抑或蓄積日盈則於其族之不耕作者向時平糶之而不可濫貸非獨防收斂難亦所以驅民於農而寓士物心臧之勸也或曰世之大族建私祠積公費立族長以督之而鄉鄰風俗之美不概見何哉曰有司無所責成則其人勸懲不立而所有之物適足以供飲食爭訟無訌之費且或有所恃而族訌強悍恣行不法是訌之疾也然使有司爲之立其法而不必與其事且可免胥索差擾之煩其族人或不得已有事理於官則必於其所宗者優待之其平居有公事謁見則賓之或更設法以獎厲之如此則由族而鄉而邑而國與天下各親其親各長其長也而風化可成矣

讀柳冕與權德輿書　瞿家鏊

柳冕曰三代尙德尊其教化故其人賢西漢尙儒明其理亂故其人智後漢尙章句師其傳習故其人守名節魏晉尙氏族故其人矜伐隋氏尙吏道貴其官位故其人寡廉恥唐承隋弊不改其理進士以詩賦取人不先理道明經以墨藝考試不本儒意選人以書判殿最不尊人物故天下奔競而寡廉恥其說似也余考唐士子之不第者多以其文干謁顯官謂之温卷其詩賦駢四儷六裁紅暈碧之詞淫靡成習且多干進詭遇之風雖以韓文公之傑出猶三上光範書識者譏其不免富貴利達之求則夫習俗移人賢者不免況下此乎其末流之弊如黃巢敬

翔李振王仙芝之徒皆士之不得志者一變而為奸宄盜賊至於馮道王仁裕之無恥士習壞而世變亟矣然其來亦有漸三代後唐太宗最稱英主其口分世業及府兵諸制略有三代遺風至於興禮制樂以辭收不逮為恨則當時諸臣輔治者亦概可知夫士子氣習縱之則狂束縛之則靡狂則爭馳奔競有上逼之嫌靡則苟且頹惰卑污詭隨有下流之累宋藝祖受禪晚好讀書歷太宗眞宗仁宗崇師重學德教涵濡故其時名儒輩出東漢明帝臨雍拜老又有嚴陵為之倡故人多重氣節惟漢高祖輕士謾罵淩辱大臣及武帝好儒不過專門訓詁之學雖其時經學盛行然不如宋儒之講求義理有踐履篤實之功故張禹孔光卒皆阿附求容不獨楊雄劉歆臣事新莽耳彼無識者乃欲崇漢學以詆宋儒陋矣夫宋之末造理學儒宗至元代而私淑者有人烏乎偉哉善夫范祖禹之言曰漢之黨尙風節故政亂於上而俗淸於下及其亾也人猶畏義而有不為唐之黨趨勢利勢窮利盡而止故其衰季士無操行然則讀古人書者可以惕然省矣

題汪容甫先生書諸葛武侯誡子書　唐鑑

道光九年冬起赴銓部居旅舍汪孟慈同年以其尊人容甫先生書見示鑑生晚不得見先生見此手蹟而景仰之心詎淺矣易繫辭傳曰天地之動貞夫一者也一者何太極也太極至靜者也理也天地之所以恆久不已者以有此至靜者也人心之所以瞬息無間者以有此至靜者也程子曰靜亦定動亦定定於理而已定主性言靜主心言心無欲則靜性不遷則定未有靜而不定者程子之定卽周子之靜周子之靜卽子思子之中和曾子之誠正孔顏之仁也視聽言動動也而復禮則靜矣喜怒哀樂動也而中節則靜矣用人理財動也而絜矩則靜矣夫

子之從心不踰靜之功候顏子之三月不違靜之課程大學之公好惡辨義利中庸之位天地育萬物靜之全量也乃後世之言主靜者往往遁入於禪寂閉室跏坐以求此心之空不知儒者之心非可存諸空者也孟子曰勿正勿忘勿助長也卽不動心之所由來也若存諸空而已則事物之來安能以空應之恐靜不至而忿與慾先至矣求靜者當知有忿必懲有慾必窒懲之又懲以至於無忿窒之又窒以至於無慾而後理明性復吾心之矩昭然若揭喜怒哀樂之節不期中而自中視聽言動之禮不期復而自復矣此其爲靜則誠靜矣誡子書所云學欲靜也其是之謂乎孟慈深於學而有得於庭訓者也謹以質之

書解文毅公集後　周樹槐

吉水解文毅公詩文天順初金城黃諫始集錄而刻之廣西凡三十卷其後邑人羅洪先稍剔其僞存十卷再刻之江西皆不傳今集十六卷文毅裔孫悅補輯乾隆中悅從子韶重刻也文毅遇知高皇蚤擅時譽庸夫豎子皆知解學士之爲才也然自負其敏數千言立就取給一時而已晚遭禍家徙邊遺文掇拾於零落之餘眞僞相雜無足言者獨其中一事頗與正史牴牾文毅集初不顯史官或未之見今箸錄四庫使其文傳則讀史一疑也翰林修撰王艮者與胡廣並吉水人並建文二年進士艮對策第一以貌寢易廣艮次之並授修撰並入文史館預纂

修文毅時官翰林待詔並與其鄉人吳溥寓邸相鄰四年六月燕師渡江城陷之前一日並集溥舍溥曰三子受恩最深事急矣文毅爲陳說大義廣亦奮激慷慨艮獨流涕不言三子出溥子與弼進曰胡叔能死是大佳事溥曰不然獨王叔死耳隔牆聞廣呼家人謹視豚顧與弼曰一豚不舍能舍生耶須臾艮舍哭艮飲鴆死矣語在艮傳今文毅集乃有艮墓表稱艮以辛巳九月七日病卒辛巳者建文之三年也余讀而疑之斯表也出於假託者耶子孫欲揚其父祖籍顯者爲重有之矣必無有改移忌日反沒其節行之美者則非出於假託也艮廣之事至今人樂道之廣不足道也或者以爲文毅病將文毅諱之耶文毅

爲人表墓必不容以所不欲書改移人之忌日以欺其子孫則非文毅諱之也然則文毅誤耶文毅與艮同里同官翰林表稱連世有交其卒也親往視之則非文毅誤也然則史誤耶艮之死當時必非止一人知之雖其事由溥而傳溥與艮廣同鄉同官柰何傅會前死之艮厚誣未死之廣則非史誤也然則文毅何以有此蓋余論其世反覆於文毅之文見文毅之心且艮死之時何時也篡也謂之靖難不屈者待以族誅瓜蔓之鈔濫及里黨至如殉難諸臣效忠故主未嘗有忤於新朝乃有若陳瑛者槪欲處以叛逆請加追戮文毅日直內閣心塞口噤爲艮門戶計諱莫如深不然爲之誌且不敢況表之哉然表稱其於生

死之際從容安泰無豪髮可憐之色預與母訣斂手待終信平生所蘊非淺智能度又云歿之日識者歎息推服卽未與接者亦聞而失聲此足見人心之公文毅於此其詞微其痛深矣艮非不遇於世而以窮死者劉蕡賈誼多爲枝葉以貼之又云天子使治其喪者其妻之姑夫顏子明也攷明代郵綬之典或遣行人護喪子明亦吉水人以薦官訓導其爲行人與否無攷然艮安得有此豈以當時於革除事迹刊削殆盡不妨矯稱以明艮之前死歟烏乎艮死何惡於當時使文毅出此成祖之威亦暴矣文毅之心亦苦矣雖然偷德避難者一時之權逮夫易世之後虐焰已熄公論已伸艮之死不可沒則文毅之表不當存則編文毅集者之過也烏乎仁人志士不幸身遭大變獨行其意皎皎之節不見錄於朝廷幸而名氏未泯出於私家之載記則其傳之或異後之爲史者莫能明也可勝道哉如艮者已與日月爭光文毅集乃有此表余是以論之告後之讀史讀文毅集者

書耦耕兄手書後

賀熙齡

黃惺齋司馬裒集家耦耕兄所書聯爲長卷而屬余爲記諦觀之則或論學或論文或論書或論政事或隨手所書卽詩文題紙片楮零箋無不收弆珍藏裝褙完好余於是歎惺齋用心之密好學之勤而信守其師說者篤也惺齋爲吾兄視學山西時所取士時惺齋少年英俊潛心好學吾兄器之因招至署讀書隨事指授後惺齋由庶常改知縣令閩中以治行高等擢司馬庚子服闋至都揀發湖南余始晤於都門同行至長沙與之吟詠唱酬上下其議論考論古今得失而返之於治心約性守身涖事之宜其積之也有原其發之也有序而惺齋猶欿然不足

以爲不能盡其師之敎也夫師之道亦至不一矣有道德之師有文章之師有利祿之師顏曾思孟以逮程朱一堂講授聖學賴之以明道德之師也其次韓李歐蘇起衰振靡其復古道文章之師也今之時獲一第晉一秩則終其身奉以師之名而不敢易爲之師者非有道德文章足以讋伏一世也其從而師之者亦非有意於道德文章而奉以爲則也下則趨崇之以爲扳援之資上則獎借之以爲取償之地卽卑污齷齪所不顧焉此則利祿之師而已雖有道德如顏曾文章如韓歐而伏於下寮沈於巖穴不鄙夷之詆諆之足矣其誰是奉以爲師者乎我朝湯文正由潼商道歸受業孫夏峯先生之門遂傳其學夫以監司大員而執贄於布衣老儒退處弟子之列豈以爲名高哉輕名位而崇道德以求聖賢之歸故也今惺齋出所藏吾兄之書無非以道德文章相砥礪則惺齋之珍重而祕惜之者其嚮往必自有在以視世俗之所稱師弟子者其相去爲何如也

書易麟洲詩集後　羅鑒龜

易子麟洲之詩以眞學問發攄眞性情者也麟洲聰明絕特足迹半天下性孤介蕭然高寄其尊甫芝田先生負館閣重望歸然大耋人仰山斗羣季亦多掇高科乃應鄉舉不遇試京兆又不遇年未强仕卽慨然舍去而謚肆志於學爲詩鍊字宅句安章必規必矩字字求歸宿絲豪不肎假借法雖嚴密灝氣流轉一歸自然而風致不減可謂能自用其才說者謂雅頌揚厲鋪張如後世應舉言之必文故學不可廢若靜女桃花征人楊柳情至之什似可無藉於學然觀周秦閒蘇張諸人脫市籍以干人主文素沈雄博麗知黨庠未涖卽婦孺廝養無不涵育薰陶出入風雅安得曰不從學來乎麟洲嚴氣正性古道自持雖公私轇轕夏簟冬釭嚮學不倦故卽偶爾寄託聲近正始得古人之遺麟洲與予爲總角交領契披襟謬叨弟畜駑駘天驥都馬臨車遭遇同而成就異植薄而學荒也散體駢體文俱極奇古所長不獨詩也爲其不輕作故見者尠焉

龔孝子傳書後　黃德濂

道光辛丑冬予權武定州事下車之始訪其鄉之賢者僉以龔氏弟兄對及以公事接見皆謹厚老成無時俗浮靡習明年春州試其子弟恂恂有法度爲文皆有可觀名發長者詩文輒冠其曹一日奉其祖龔孝子傳示予予觀孝子之事親生則致其養死則致其哀能事其繼母能撫其弱弟以至睦媚任卹無非本愛親之心擴而充之推而廣之者也夫人於家庭父子之閒苟無愛敬之實則其接人待物能隨所値而處之各當者未之有也若龔孝子者儻所謂孝子不匱永錫爾類者乎宜其子孫甡甡蔚起爲一鄉之望孝子之子若孫能謹守家法久而勿失將緜延而未有艾也已

書熊金甌梅墩詩存後　羅鑒龜

見門熊先生少從予先君子遊。乾隆戊子敦請訓其叔子桃江茳原。予時年五歲。餘從焉。屬對聲律。閒貌明人程度學為時文。金甌其家督也。枕葄墳典。著能詩聲。嘗題予稾本曰。人閒玉界尺天上石麒麟。念之猶昨日事也。侘傺含蹙。中年失怙。又二年家不戒於火。書策灰燼。零丁孤露。蓊蓊拘拘。不與金甌通問訊者垂十年。後金甌偕諸仲千峯輩。咸出先從兄雲巖師門下。龜皆披襟領契。復與其季名原結大義。居趾相距俱不二里而近。而金甌則徙予里衡宇相望。予又館其比鄰任桐亭宅者六年。金甌戇直而予木彊。取赤心素性相見。鞭心古處。非性情中語不相款曲。藏書共讀。奇疑參決。資所開導。不知凡幾。葢覘其金

昆玉友為倍暱者四十餘矣。金甌好吟詠。綺歲會集白雲洞詩其記悟之優。問學之博。才手之銛利。今古文之豐贍。備見於雲巖師序及予徵壽詩啟中。然集成復燬。燬而復憶。憶而復燬。燬而復存。自學書計至古稀有奇。此六十年來。日月環緪。時物變遷。身之所值。意之所注。耳目之所聽睹。有會斯作。其瀝膽嘔肝斷須刓慮以求應手而適道者。凡詩境之恬愉慘澹。軋茐杪忽。心城血路。靡不閱歷摩挲。較離合於分刌豪氂。無閒明晦。縱疾痛呻吟。不惜為詩傷命。雖天倫豫順。履綦席豐。徒以簉書未獻夙願堙鬱。窮而得工。亦可謂自用其才。極詩之能事者矣。乃虛懷善下。猶辱謂劖緝之責須委下走。金甌之詩。予能記憶者甚夥。重新展讀。錄其擺脫時下語言意思。不傷前人牆壁。矯矯乎排蟲入細。節古聲高闢闔張橫者登甲選。閒有一二字句不愜蓬心者。標明之。其編入乙集者。亦能觹澹樸老。鋪排穠至。在他人猶為傑搆焉。龜不知詩者也。敢鐙下可否乎。詩之道。龜聞之金甌者也。敢入室操戈乎。等時鳥之自鳴。譬飛蟲於弋獲。安知其見為怪者非昌黎之大得意者乎。然師友淵源。傳衣任重。先君子先從兄暨見門諸老輩墓木拱矣。千峯亦墓草宿矣。存者莫酬壯志。思託空文。他日不脛而走。雖境過情遷。讀者猶見其仰屋循階。同儕齗齗。是交未散而人宛在者。斤斤然寄此片菡

未可忽也。穮秾前導。龜敢辭乎。桃江茳原名原。皆深於詩者。恕吾狂而庀吾妄。更匡所不逮焉。龜之望亦金甌之望也。

丁氏姑詩跋　葛樹蕃

先大父癖圖書，購奇鈔秘千餘種，以故諸姑皆學書能韻語。表弟蕙崖姑淑媛中子也，少與游其世父蘭畹先生之門，問嘗進謁姑，聽說史事，詩槀故未聞。今姑沒且四十年，始於蕙崖齋頭見此二首，蓋當日課吟程作，蕙崖錄之，問全槀散佚無存者。慨乎惜哉！然自古名媛赫赫如惠姬、昭容、兩鮑、五宋，篇什僅一二微，獨姑，則謂此蘇機碎錦、謝庭殘雪也可。道光八年三月既望樹蕃謹跋

跋亡友舒青洋畫屏　葛樹蕃

畫本八幅，青洋爲竹軒作，既成，以污壞棄其一，諾補作，竟不果。青洋才，故不羈，自北闈報罷，重之悼亡，詎侘傺無聊，日與余輩跌宕文酒，喧闐譎態，類張顛、顧癡所爲，販夫市儈皆得倖其書畫，志足悲矣。既沒，雅俗珍若拱璧，或請價所當，易片紙不可得。蘭竹行書尤最，初余每向索，輒緩卻曰：爾我即百幅不難，何急爲？豈謂黃壚長據，抑欲俟秣肥應客耶？今家藏惟商定古今體脫槀及問答尺牘褎演堪成冊，畫則蘭竹一小幀，上有題贈，翻不及他人什一，悔向不堅索耳。天下事常失之交臂，可勝歎哉。當之滇幕日，青洋且病，兩無臨別作，余攜所贈畫以行，如相晤對。明年訃音至，會客中吉事，題五古一章於軸空，以當哭，不備錄。嘉慶十七年事也。至是竹軒令嗣敬亭乞一言，以足八幅，書此遺之。道光十年上巳

孝女瓊姿詩文彙冊題後　　陶澧

鄉賢萸江公孫女瓊姿，從弟雲汀中丞第二女也。至性過人，幼嫻禮教。其母黃夫人嘗病篤，瓊姿侍湯藥，刲其左腕肉，皇遽墮雪中不可得。呼鐙照索，雲汀聞聲呵之，遂重刲一臠煮藥物進之，淚猶涔涔也。雲汀異而詰之，跪曰：兒急，復刲此腕和羹耳。闔室皆驚。時年十三也。嘉慶二十一年，邑士聞其事上之大府，得旨旌爲孝女，給銀建坊。蘭山王訪作記，時以詩文紀者甚多。余閱之，因敬題其後。

書張蓉湖太史檀弓出母辨後　　劉基定

湘潭張蓉湖先生笙雅堂文集檀弓出母辨，攷据精覈，卓有確據，是已。然猶有未盡者，余因徧稽載籍，證以經義。按孔門三世，聖裔皆由庶出，說非創也。於禮徵之，古者父在爲母服期，則嫡母與父在，爲生母不過數月之喪，是欲終之而不可得者。伯魚之期而猶哭，宜夫子歎其爲甚也。子思固嘗仕魏矣，或有返魯適值母死而赴，至亦事之常。庶氏死何爲哭於孔氏之廟，明乎庶氏卽庶母，禮生母不祔廟，哭於廟非禮也。子上之母死而不喪，致門人有喪出母之問，則出母者猶云康公我之所自出，曰爲伋也妻者，是爲白也母，明乎白母非子思嫡妻，乃其妾也。檀弓原無錯文，特集說因一出字誤解，不明出母卽生母，至謂聖門三世出妻，唏何誣罔之甚也。故詳攷書之，以俟後之訓禮經者參觀焉。

書王阮亭先生古詩選劉因詩後

劉基定

容城劉因字夢吉宋史雖未列傳已著名隱逸入理學類國朝王阮亭先生古詩選鈔錄九首觀題宋徽宗宮扇及理宗熙明殿古墨詩有傷心莫問靖康前吳山又到繁華年君王弄墨熙明殿不覺江頭渡白雁之句其感懷故國眷戀舊君悲憤之音溢於楮墨與謝疊山謝皐羽輩潔身高蹈孤標遠韻足堪比倫復按元史稱至元五年徵拜因右贊善大夫以母病請歸後復召爲集賢學士卒謚文靖著有靜修集若干卷嘗伯顏南侵時因作渡江賦以獻娓娓千言盛偉其功烈若淡幸宋祚之必亾惟恐江南之不下噬嗑宗國病喪發狂一至於此眞可謂無

忌憚之小人也夫贊善非卑官隱逸乃顯節前後牴牾迴不相侔史官何汶汶若是復又稱因終歲聚徒講學力行實踐師表人倫吾不知所講者何學所仕者何代以視姚樞許衡之應召仕元則賢於因遠矣歷數百年後人莫能覺其奸僞始康熙戊午　仁廟有大科之命謚都相國首以陽曲傅山薦敦促全京山以死拒得免歸旣而曰使後世以劉因目我且死不瞑目聞者皆爲咋舌至哉言乎一言可爲百世法士大夫當易代之際尤宜謹守出處大節毋爲淸議所指摘斯可矣阮亭祇取其詞華之卓越不顧行誼之犒詐登之集中亦太寛矣故漫識之以竢後之知因者噫史豈可盡信哉

歐陽礀東莫言牛無知詩書後

鄧顯鶴

屠牛與屠豕有異乎曰有異也豕以肉養人牛以力養人以肉養人者屠之而利其肉宜也以力養人者不宜利其力而復利其肉也屠牛與屠民有異乎曰有異也牛死於屠不過一身受烹剝之苦民死於屠㔟將鬻田宅離鄉井是一民屠而全家受屠矣屠有罪之民與無罪之民有異乎曰事異而屠之之心則一也屠有罪者或變異情事遷就爰書以期免議而固位屠無罪者明知誤入法網當解而縱之生然無以飽吾囊也於是鍛鍊文致桎梏箠楚務竭其資盈其橐而始縱之去其毒更甚於變異遷就者之所爲然一以固己位一以飽己囊其用心則一

也然則欲求無罪之免於屠必官之仁而後可官不論尊卑官而仁牛且得免於屠何況於民官而不仁民且不免於屠何有於牛余偶至城吾友歐陽礀東示余莫言牛無知詩言市有屠戶某買牛將屠牛忽脫縶狂奔縣尉衙驟瞿悲號驅之弗去其時郎霍汀少府異而廉得其實爲懲屠戶擇一善所使錮牧之以待死余讀其詩婉而風剛而不怒所謂言者無罪聞者足以戒也然余竊有疑焉牛畏死能知屠之殺我未必知官之能庇我知官之庇我而官衙與屠肆相距里許曲巷紆迴牛非識途之馬何遽能達蓋造物者之有與否雖知者不得而察也今以萬里之內一日之間不知其屠幾千百牛不盡得奔官衙而救

其生也故孟子祇就觳觫以充不忍人之心而釋氏因果之說聖賢弗道然此千百牛中偶有此地此牛此事吾又烏知非造物者之有心如蘇明允明論中雷霆之說者顧皆棄而弗道祇藉此以風有位以無戾吾孟子保民之旨可謂淡於詩而能得其大者矣抑余又聞少府捕盜以法治獄以平人未嘗敢干以私謚知歐陽子非苟於頌者若官而屠者曾不足當其一哂苟充此全牛以全民將吾邑胥受其福矣獨一牛也哉故樂書其後以為有位者勸

跋褚田唐氏三房行次約

羅新瀛

潭與善接壤區也善之褚田唐氏與吾族相距二三十里許重之以姻婭唐之聚族繁衍傳家忠厚子弟說禮樂而敦詩書古所稱巨族者不過是余耳熟數十年又所目及者皆兩世三世人物均儒儒雅雅卓有古人風不類習俗所尙也歲之庚午集族以譜帙修衍派立法悉倣先哲遺規唐子某有見於本房之行次舊有成約歷久而漸忘乃依舊次而演之立約成帙示余請一言以廣其義余惟名分不正則紀綱日弛序次不明則倫常日亂世道之盛衰人心之隆替總根乎六逆六順相習成風以致此耳今按唐子約井井不紊登其堂卽知其兄若某弟若

某也且後進蹌蹌亦不失禮於諸父伯叔立法嚴而寓意遠夫以一支不敢紊由一支而廣之以及一族莫不循循然一世不可誣由一世而遠之以及數世數十世無敢踰分焉此足以挽世道人心關係乎風教者大也吁吾嘗於倫紀之際竊有感焉讀詩至葛藟之篇不獨掩卷而悲古人也勢利競趨恩誼日淪於薄甚至相視如秦越相對若參商者大可惜也儻獲登唐子之庭窺其雍雍睦睦渾堅退約居不躐位行不先長其敦本篤倫顧何如乎非惟族之人一見而起敬起愛卽鄉里之素不檢身者可觀感而化焉少陵云承家節操尙不泯唐子無媿斯語矣

跋六

書鄧湘皋學博臨川李公生祖母戴太夫人墓誌後　黃本驥

爲父後者爲生祖母持服。禮無明文。惟喪服小記云。爲慈母後者爲庶母可也。爲祖庶母可也。所謂祖庶母者。謂祖妾有子而子死。父命己妾之子爲之後。服齊衰三年。與慈母及後庶母者同也。非指父所生庶母而言。爲父所生庶母服。齊斬不杖朞。始於宋開寶禮。而朱子家禮。亦有庶子之子爲父之母服一條。卽指此也。明集禮明會典皆無其文。至大清會典始復宋制。大清通禮因之。夫孫爲祖庶母服。議見於杜氏通典者。有昔王廙宋庾蔚之之說。見於魏書禮制者。有張普惠之議。見於宋史禮制者。有王洙之狀。見於文集雜著者。有王廷相荅左衛夫書。姚翼家規通俗編柴紹炳庶孫不爲生祖母承重說。剖析羣言殆無遺議。其大旨皆謂庶孫無重可承。斷不得以鞠育私恩。制爲匹嫡之服。故明南京車駕主事臧應奎以祖庶母喪求去。格於例。猶執私喪三年。識者韙之。臨川侍郎李公以嫡子之子爲生祖母後。於嘉慶二十一年丙子。奏請在籍終養。至道光元年辛巳。禮臣議改生祖母服爲斬衰三年。越二年癸未。而中丞之

養終。遂遵制成服。朝廷若爲侍郎破古今成例。而特遂其烏烏之願者。明年甲申。禮臣覺前議過重。仍奏請改從朞服。中丞三年之喪。雖未終。而其報本之心則已達矣。豈非孝思純篤有以慰人心而膺天眷哉。侍郎嘗任湖南學政。與本驥有師弟之誼。今歸道山已逾年。因讀湘皋學博所撰戴太夫人墓誌。爲申其說如此。或謂服已奉改。學博此文可以不存。本驥謂學博之文。作於未經改定之前。其時侍郎赴告。且及天下。銘幽之石。早已深埋。存此文正足以傳信於後。且以見服制升降之原。悉本於我朝孝治之精意云爾。

書晬盤圖幷詩詞後　黃本驥

石晬盤圖幷詩詞一軸。乾隆四十七年壬寅三月十七日。余周歲之期。外家戚長咸集於湘潭之碑市時先君子寄孥其地因會於外祖劉寅門太史名元熙之靳江書屋。分體聯吟者凡十人。二鄧一名枝麟一名枝鶴。二李一名家聚一名家耿。皆先君子兩姨兄弟。四劉一名亨臺一名亨埜一名亨埏一名亨墺。皆太史之子。先君子之內兄弟也。幷屬族祖名鼇者取提戈挈印故事爲繪是圖。圖畫白玉盤一。盤中貯金印大極圖各一。仙桃二佛手一。其右貯寶瓶一。內置戈磬如意各一。又書一函金一錠。分列瓶之左右。其左貯古藤筆筒一。內置丏芴寶劍朱墨筆

各一。又天然硯一金錢二。分列筆筒之左右。十人之作分題各物。及盤之舁趾。都徧太史撰駢文序之。先君子有啟謝焉。迄今六十有三年。當年吟侶余兒時皆及見。稍長已先後凋謝。惟頑軀健在。德業不修。名位不顯。有負先德期許。余五歲而孤。每讀先君子大溈山房遺集。有舉第二子詩云。潦倒儒冠已誤身。生男聊復慰長貧。敢言丹穴無凡鳥。溪望靑箱有後人。跨竈可堪他日遂。懸弧正値好花新。嘕聲試罷稱英物。鑒賞何緣遇太眞。卽先君子亦未嘗不以充閭相望。今寒氈投老。寄隱邊隅。每閱斯圖。輒增嗚咽。彙鈔成帖。置之案頭。不啻長侍先君子坐隅。而在會戚長之流風餘韻。亦得親炙於垂暮之年。是則煢煢在疚之隱念也。時在道光二十四年甲辰仲冬。鮮民本驥謹識

書徐少渠范增論後　左輝石

范增之去髯蘇以爲當在殺卿子冠軍時至我朝徐少渠駮之以爲當在坑秦降卒時皆非也夫增之罪在同謀不在去也古之君子行一不義殺一不辜而得天下皆不爲也所輔非其人奉身而退天下高之故曰道合則留不合則去若增也特智巧之士戰國縱横之習耳羽固剽疾增又貪之譬諸行劫項王明火執仗而增爲之呼風坐嘯者非一日矣無論不早去卽使早去亦豈足以謝其責哉且蘇徐二子之言亦更有可摘者蘇子曰殺卿子冠軍弒義帝之兆也弒義帝疑增之本也夫入關後羽親放逐其君弒諸江南增且不去奚其兆夫義帝牧羊子耳

特假其名以起事事成輒當殺之增與羽又實有同心焉奚其疑而蘇子乃猶爲之說曰當時增必力爭而不聽試問增之意果爲義帝乎爲項羽乎如曰爲義帝則自卽位迄於放弒何不聞爲之畫一策也此蘇子之謬也少渠曰卿子冠軍罪當殺羽得引兵渡河破强秦威諸侯其功基於殺卿子冠軍按是時宋義特欲兩鬭其軍而已收其敝亦不爲無見卽云有罪既奉義帝而君之亦非羽所得擅殺也信如少渠凡上將有罪爲部曲者卽得斬其頭於帳中壞朝廷法不可爲訓且夫羽特匹夫之勇破釜沈船僥倖於一勝耳向使章邯能謹持其軍深溝固壘更三日不出而羽軍且餓乘其餓而覆之進退失據而羽軍且殲吾不知少渠於此將猶以殺卿子冠軍爲功乎抑轉憐其無辜被戮而深罪羽乎蓋古今來徒以成敗論人之不可如此至以項莊舞劍爲非計乃欲伏萬弩於酈山芒碭閒則其說尤無謂矣毋論沛公王者不死沛公死當更有沛公其人卽使僅一沛公而死彼沛公能終令一喑嗚叱咤之項羽據南面而稱尊乎是欲笑亞夫而不知已之更爲亞父續也此少渠之謬也

書孝子楊太祿傳後

楊太灝

志曰楊太祿邵陽人謹愿有至性母戴體羸多病太祿朝夕齋素爲母祈壽乾隆壬子六月母太病垂危太祿嘗糞味變割股肉和藥以進未幾母卒廬墓三月事父如事母父年八十餘卒哀毁骨立亦廬墓三月夫孝庸行也孝而割股則庸而奇矣人遂以爲人之爲此將以求此名也余檢郡邑志孝有以割股著者不下數十人類皆可歌可泣而光忠孝之編者矣大抵人子於親病垂危之時治療之術既窮呼籲之途又絶計無復之而出於割股調藥以冀其親之萬一或愈當其引刀忍痛號泣請命鬼神爲之感泣猛士爲之變色蓋氣盛情至之所爲所謂其

愚不可及者也故謂其過中失正不可以爲典要則可而以爲近名將古之志士仁人遭君父之變赴湯蹈火冒白刃而不顧者亦以爲近名而少之哉韓五泉志朝邑有云賢者長者懿德美行湮没多矣而孝子之名獨彰蓋實至名歸理所必至而非孝子之心也夫有名非孝子之心其肎割股毁形以求名乎哉故錄志中原傳而論之如此余稔公之爲人樸直少文志稱其謹愿有至性乃其實錄其人固非知好名者也

題胡隨季書陸梭山先生居家正本制用篇後

張聲玠

子嘗以爲講學不廢則人心之節義日生然世或病其迂而笑之惑於笑而以爲不宜遂舍本而逐末雖其才足以肆應而本實已撥也於此有人焉硜硜然不自以爲迂而固守之則其所全者大矣又嘗以爲財力易竭而俗尚浮華雖在鄉里衣服居室務求美麗歲時燕會婚嫁慶祝之舉貧富徵逐爭爲繁侈以飾觀聽而富者日貧貧者日落可坐待於數年之閒向之所與親洽而往來者弗之顧也於此又有人焉不囿於俗度德量力於處豐處嗇之際皆能留其有餘則其所詣者亦多矣夫違俗

以嚮道者篤信之人也矯時以節用者有恥之士也胡大令隨季見及此書陸梭山先生居家正本制用篇裒潰成卷以爲座右銘蓋津津乎有味乎其言矣篇中賅括體用理足語粹豈惟居家治平皆然擴而充之內聖外王之學也韓子曰沿河而下苟不止雖有遲疾必至於海烏乎隨季其可量也哉

書盾墨後　　成毅

偶於諸君虎臣案頭得此編意爲幕府文檄展而讀之則湯子幼尊從事之暇劄記近事搜討前聞鑒往蹟而謀善後之所作也體例本史家紀事附以論說其事核其辭文其意婉約而深厚歸於安全之本在邑有司偉哉湯子具史才矣所舉爲谿峒爲海疆旁及越南外夷皆東南重防近或蠢蠢稍作不靖封疆大吏羣起埽除而湯子相與講求利鈍於其閒者夫 國家承平二百年法制禁防周詳盡善文恬武嬉相安無事習之旣久往往奉行文書疏節闊目譬如一身血氣充實欬嚏不作則凡暑雨祁寒所以衛吾毛髮膚革之具幾如都非所急方夏而遺

裘經秋而忘葛中智以下大抵然矣編中論峒猺之變起於平時之積忿成於倉猝之無兵其用師也貴銳卒不貴多調山谷不利眾入其善後也曰彈壓曰撫綏論海盜之作由於奸猾罷民內地勾結其勦捕利於不動聲色而詭圖之防商漁接濟謹守內洋而帶逐之外洋論鴉片之肆毒也曰專絕暎夷互市練水師嚴哨巡以待其來重創之使自熸凡此皆成法要領深中竅會者矣每事備考史乘雜錄及近時文檄足裨聞見而資檢核語曰前事者後事之師多讀書而諳時務則不疑於古不昧於今書生之言豈其無補如是編者可爲裘葛預備而並無煩盾鼻之磨墨也湯子諸君之友也聞其年方壯盛負箸書之才而有當世之志又轍迹半天下多識時事則所以講求之劄記之論說之如是編者必未有已用書此歸之諸君願因得盡觀其所著焉

書明史稾一　魏源

嘗聞楊椿之言曰明史成於國初遺老之手而萬季野功尤多紀傳長於表志而萬歷以後各傳又長於中葉以前袁崇煥左良玉李自成傳原稾皆二巨冊刪述融汰結搆宏肅遠在宋元諸史上是則是矣以上楊氏原文然宋史以來人人立傳之弊仍不能革即如太祖功臣十八侯人各一傳或同一事而既見於此復見於彼使以此例施之史記漢書則列傳當多數倍有是史例乎如平雲南一事止宜見於沐英傳其從征諸將附於沐英傳後足矣平夏平朔漠以李文忠藍玉爲主其從征諸將附二人傳末足矣至於外國傳止宜擇其二三島夷之大者立傳其餘

止附見國名彙書本傳之後乃島不過數十里人不過數百家漁村蜑戶動列蕃國何與芺球僅據三寶太監下西洋歸奏鋪張之詞豪無翦擇史法安存以此例之則列傳可刪去十分之三至於食貨兵政諸志隨文鈔錄全不貫串或一事有前無後或一事有後無前其疏略更非列傳之比且列傳雖詳而於明末諸臣尚多疏略即黃得功李定國二人予所見野史述其戰功事蹟數倍本傳此略所不當略與前之詳所不當詳均失之焉

書明史稾二　魏源

嘗讀故禮親王嘯亭雜錄曰康熙中王鴻緒揆敘輩黨於廉親王而力陷故理邸故其所撰明史稾於建文君臣指摘無完膚而於永樂及靖難諸臣每多恕辭蓋心所陰蓄不覺流於筆端從古僉壬不可修史王司徒言未可非也又聞安化陶文毅公之言曰王鴻緒史稾於吳人每得佳傳於太倉人尤甚而於他省人輒多否少可張居正一傳盡沒其功績且誣以權奸叛逆尤幾無是非之心幸乾隆中重修明史略爲平反善哉二公之言或謂明史稾出萬季野名儒之手其是非不應舛戾折之曰史稾於王之寀列傳後附采夏允彝幸存錄數百言以折衷東

林魏黨之曲直夫幸存錄黃南雷詆爲不幸存錄又作汰存錄以駁之故其前錄則巢氏序謂出夏公身後冒託其名後錄稱夏湣古撰全謝山駁其中先人備位小宰一語其時小宰乃呂大器而湣古父允彝僅官考功豈有子誣其父之理湣古十五從戎十七授命孝烈貫金石視匪黨如糞壤豈有堪掛其齒之理蓋馬阮邪黨所僞撰而竄允彝父子之名以求信於世其書專以扶邪抑正爲事雖以孫承宗熊廷弼之功業忠烈皆曲加污衊一則曰聞其不能無欲一則曰惟知善罵以避封疆之責而於邪黨楊維垣張捷馬阮皆曲爲解脫乃南雷所深惡豈有季野爲南雷高弟反采錄其言以入正史其爲王鴻緒之增竄

無疑。且明太祖平張士誠。惡蘇民爲士誠守城不下。命蘇松田畝悉照私租起賦。凡準張文武親戚及後日籍沒富民之田。悉爲官田。建文二年降詔減免。每畝止輸一斗。可謂幹蠱之仁政。乃成祖篡立。仍復洪武舊額。至今流毒數百年未已。此事建文是而永樂非。比戶皆知。今史稾止載成祖殺齊泰黃子澄方孝孺夷其族。執鐵鉉於山東。至京殺之。其餘屠戮忠臣數百人。株連夷滅親戚十餘家。妻女發象奴及教坊爲娼。皆諱不書。卹蘇松浮糧復額殃民之政。亦爲之諱。考宋時蘇州田租三十萬。水田每畝租六升。至洪武中而蘇田十六分僅分一分爲民田。餘十五分皆官田。所以蘇松浮糧至三百七十餘萬。宣德中況鍾

爲知府。正統中周忱爲巡撫。先後奏減十分之三。尚存一百七十萬。而歲歲逋負不能足額。萬歷中始有歲納至八分之令。我朝康熙雍正又豁免其半。改折其半。始定今額。鴻緒身爲吳人。豈有不知。而曲筆深諱。若非禮親王誅心之論。烏能洞史臣之肺腑哉。鴻緒身後。其子孫鏤板進呈。以板心雕橫雲山人史稾。遂礙頒發。攘善而不遂其攘。盜名而適阻其名。豈非天哉。

幸存錄處處以東林與攻東林者對勘。夫攻東林者何人。何以豪無稱謂。蓋去攻東林者四字。則必稱閹黨。將如何下筆。故爲此蒙頭蓋面掩耳盜鈴之計。不言何人。可謂心勞日拙。欲蓋彌張矣。其先謂馬士英是小人中君子。阮大鋮是小人中小人。其後又謂某某等不如阮大鋮。尚有伉爽之氣。可與言大誼。明出馬阮餘黨。於國亾之後。尙懷餘毒。含沙陰射。不得已嫁名於忠烈之夏。烏乎。麟豸而爲桀犬之吠乎。

書趙校水經注後　魏源

近世趙一清水經注爲戴氏所勦而其徒金壇段氏反覆力辯爲趙之勦戴謂趙氏成書在前刊書在其身後凡分經分注之例趙氏未嘗一言至戴氏始發明之及聚珍板官爲刊行而後人校刊趙書或采取戴說故二書經文無異是不以爲戴之勦趙而反以爲趙之勦戴且怪梁耀北昆仲刊趙書時何不明著其參取戴校之故謂以攘美成疑案其說陬陬千餘言詿誤後學靡所折衷請詳闢其妄考趙氏書未刊以前先收入四庫全書今四庫書分貯在揚州文匯閣金山文宗閣者與刊本無二是戴氏在四庫館時先覩預竊之明證其後聚珍官板刊行又

在其後若謂趙氏後人刊本采取於戴則當與四庫箸錄之本判然不符而後可豈四庫書亦爲趙氏後人所追改乎若謂趙氏序例中未言經文不重舉某水注必重舉某水之例則不知趙本第二卷河水篇下首言之矣江水又東逕永安下爲注之混經則附錄中歐陽元水經序又言之矣皆戴氏所本何謂趙氏不言且一清與全氏祖望同時治水經全氏水經未刊予曾見其鈔本凡例一卷於經注分晰尤詳凡戴氏所舉三例皆在其中故趙書不復重述凡例戴氏不當侈爲創獲也四庫提要水經一門卽係戴氏所纂於趙書首闢其注中有疏之說謂同於豐坊之僞本及戴氏所校水經則又於第一卷河水篇爾雅河出崑崙墟下引物理論十六字爲註中之小注故襍在所引爾雅之閒山海經下引括地圖十三字亦同此例其餘不一而足是則註中小注之說戴氏既竊之而又斥之盜憎主人不顧矛盾一至是乎戴氏臆改經注字句輒稱永樂大典本而大典現貯翰林院源曾從友人親往翻校卽係明朱謀㙔等所見之本不過多一酈序其餘刪改字句皆係僞託大典而大典實無其事殆以秘閣官書海內無從窺見歟至趙氏畿輔水利書百六十卷爲戴氏就館方制府時刪成八十卷則段氏亦謂戴就方敏恪館僅半載何能成此鉅帙知其必有底稾非出戴一人之手戴旣據趙爲藍本何以凡例中不一字及於原書深沒其

文若同創造宜其書至嘉慶中又爲吳江通判王履泰所竊刪改爲畿輔安瀾志進呈被賞可爲郭象之報也戴爲婺源江永門人凡六書三禮九數之學無一不受諸江氏有同門方晞原作羣經補義序稱曰同門戴震可證及戴名既盛凡己書中稱引師說但稱爲同里老儒江愼修而不稱師說亦不稱先生則攘他氏之書猶其事之小者也

守拙齋跋　　蕭禮容

人間世巧者不時露其拙拙者不自以爲巧淺人哉老子所謂知其巧者守其拙尙矣然不過退一步說法耳漣西殆有見於濂溪先生拙賦乎尙尊所知而無失所守

案心莊蕭叟湘鄉士族中年棄諸生巾服隱居東臺山中廣搨碑搨日臨池作行草書邑中後起皆從問筆法邑令咸企高致而叟不輕與接惟鎮海胡君鈞以金石文字投契焉汝懷以道光辛卯莫春入山訪叟寂境逸情草具款客心焉敬之冬閒再晤於旅舍後不復見不知何時遂已歿矣叟無子以姪行智甲爲嗣亦入縣庠能篆刻善承叟志爲刻書諧序

臨本行世今甲久亡遺文無從采獲魏廣文萬傑以東臺山布景序及此跋語見示爲錄此則以存其人布景序者叟所意造山中勝境亭館湖澗各繫以名而集同人銘之者也文繁故未及錄戊辰嘉平上澣附記

題王翰城繼賢蘆雁圖後　　黎吉雲

畫蘆雁者漢唐以來無傳人鄧氏椿著畫繼始稱宋景王宗漢作蘆雁有佳思米元章盛推之又載長安胡奇工此何丞相文縝所藏四幅是也至釋惠崇蘆雁則並見於東坡山谷之詩勝朝嵊人叟旦長樂人張士逵林輔亦以此名於時余皆未之見也所見者則近代惲南田作筆墨老到不類院體吾友黔陽王君翰城博學嗜古能文工書暇輒致力於繪事雖仕朝著而縉紳中鮮能道其姓字者日入署了公事外閉戶卻埽出門則之廠肆披覽古今人名迹倘不鄙棄予而許與之游一日出所作蘆雁見示天機鼓盪蒼蒼涼涼信非凡玩因謂君自視較南田

何如翰城曰南田蘆葉誠佳惟畫雁略瑣屑與蘆不稱吾事此有季矣懷抱鬱鬱無處告訴輒寄之於此每吮豪覺秋風颯颯生腕底頗能道我胸臆間事谷文湖州謂意有所不適則一發於墨竹猶子志也豈與人較工拙哉嗟乎士大夫負輪囷磊落之才不見施用卽用矣而不竟其用又不胥忍與終古沈淪放廢猶復濡迹隨時偶有感觸無所於遺惟託之乎筆墨此小雅詩人之意也悲已猶憶劉口義嘗題李化光畫云崎巇坎壈雲舒川疾是心中畫非筆端物其斯之謂乎因本翰城所言者跋之幀左并繫以詩俾世之覩翰城畫者毋徒於畫求爾

書集古錄目序後　陳源豫

道充於宇宙而散於萬物古之學者不外物以謀道凡呈形戴質之倫必推究其所由然以濬吾之神知矧其爲古聖賢人推性淪情著之爲文章被之乎金石歷世變而不能磨滅者而顧可忽乎哉嘗讀六一居士傳見其集錄三代以來金石遺文至一千卷竊謂公非徒文字之好必其中上契夫古聖賢人之心而樂其道故能好之篤至於此洎讀公之所爲集古錄目序乃獨較量夫物之得失聚散與夫正闕謬訛多聞玩而老焉而已苟如是其與象犀金玉之好相去幾何哉吾固知公之爲此必有以見夫世之巨公先生懷才雅望類耽耽於聲色貨賄各出

其材力以相角孜孜焉惟日不足故爲是諧訕之辭以深致其慨歎非公好古之本懷也然則公之好若何曰公學聖人之道者也聖人之道詩書禮樂易象春秋而散見於諸古文辭求之乎六籍之篇以識其大求之乎殘章逸韻以識其小博以辨之約以通之然後道聚於厥心以之立德立功立言無施而不可故武王之受丹書也曰踏聖敬孔子見金人垂愼言之訓述鼎銘昭臣道之恭曾子於湯盤究新民之旨韓子見石鼓文欲致之太學與諸生講解切磋古來金石遺文類多至德要道豈以公之抗志聖賢反遺其精而摭其麤務博雅之名爲玩好之名具哉必不然矣書曰玩物喪志易曰君子所樂而玩者爻之辭公之玩葢類此不類彼矣吾懼學者讀公之文以辭害意特揭其旨以告後之好古者

跋樓山堂集　　陳源豫

樓山堂集若干卷，貴池吳忠節公次尾先生著。先生以邑諸生丁明末造，蒿目時事，憂憤慨激，一寓之於文。其策時務諸篇，規畫都中時弊，使其見諸行事，非無補者。乃羣小譸張，幾陷之死地，何哉。先生既不用於時，未幾而明亾，而先生卒與金公海洋同起事，就捡死。夫以先生之才智，豈不知天時人事之不可爲，而計必出此，且以死殉。由此觀之，則其平日之開口議論，觸忤忌諱，固非徒逞氣矜快口舌以取重於一時，黨人雖近名好議論，然於先生者亦何負於天下哉。雖然，余嘗考之明季以諸生死者，死於水，死於兵，死於明倫堂者，肩相比，亦踵相接也。至於提一旅之師，明知其不可爲，而甘以頸血濺鋒刃，如先生者，所在多有。士氣之盛，偉絕前代。語曰：國士遇我，則以國士報之。毋亦朝廷所以遇之者優，而所以自待者乃益重與。此余所以有慨於斯編也。

跋懷素草書自敘後　　湯昭弼

古今高僧，在道行，不在詩文。詩文乃禪障也。荆公學問偷理於道，爲所知愚。蔣山元目爲般若三障之一，卽此意耳。然吾家惠休雖懺除綺語，而考其生平，言論正覺寺寺皆文，必欲將文字結習一切刪除，彼如來當日胡不取三藏大乘概付焚如耶。昔昌黎送高閑上人序，言謂閑書於旭，爲象之然，何其言之過耶乎。今觀懷素所敘法帖，及當時士大夫所稱美其書者，浮屠氏又何嘗不善書耶。昌黎所言，所謂惜其人者，惜其儲胥與夫閑書於旭，象與非象，吾不得知。若懷素者，其書具在，其評書之語亦具在，人雖僧而書固可傳矣。

張長人雪堂墨品宋牧仲漫堂墨品書後　湯昭弼

筆墨硯皆文人之要物而爲文房所必需然指爪可以代毛錐瓦石可以當鳳咮是筆與硯可假借也無墨則硯無所資筆無可使故墨爲尤貴墨之德五而體元守黑之道不與焉膏液秀流仁也稜角四起義也端方正直禮也文明內蘊知也樸屬微至信也要其卓卓可紀者尤莫如美在中而無言香歷久而不散精神滿腹而光彩黯然其諸古君子之蓄道德而能文章砥名礪節而傳後世者乎昔東坡居黄取四方友生所贈之墨三十六種名曰雪堂義墨其後歙人吳叔大仿其舊規肖形取象造雪堂墨匣而次第製之雖非東坡本意而因心作則物料精

工眞所謂匠心獨運元著超超者與叔大墨匣爲張長人所得然其所著雪堂墨品長人蓋搜宋牧仲所藏並己所有適符義墨六六之數其貯墨匣以贈牧仲者第仿雪堂遺意非眞正坡公墨叔大墨也牧仲亦有漫堂墨品之作於長人所贈外得墨復二十四丸甚矣張宋兩公蓄墨之多也予性嗜墨讀兩公墨品不勝啜墨奪墨之興篋中所藏多雖不及兩公然亦儘有十年以前之物予嘗取而試之同一字號也及出十年後與十年前者兩相較而高下判然矣蓋墨愈久則精光愈盛此物固以歷年多者爲最上也溫公有言茶貴白墨貴黑蓋墨至於黑本色始出雖然豈易得哉

跋錢南園楷書心經後　何鈺麟

南園先生督學楚南清廉正直寡言笑絕逢迎居恆教士以端品爲首務文藝次焉每於公退暇輒五更起炳燭爇香習顔魯公書法一筆不苟人謂其字能辟邪蓋正氣使然也乾隆己酉先君子求得楷書心經一部什襲藏之嘗訓麟等曰此正人君子筆也吾嘗見其齋中聯云大懼與衆人同類須知保晚節尤難人能體此二語則終身寡過矣兒輩後習其書尤當思其語時麟猶幼謹誌之不敢忘越嘉慶戊午冬先君棄世此帙爲執友劉丈所得秘不肎與夫先人遺物不克自守二十餘年恨也何如今歲夏始告以情而婉求之乃得珠還如獲異寶烏乎其

艱難也綜計三十六年閒得而失失而復得其中殆有天焉每一披閱慨然想見南園先生之生平更淒然念先君子之遺訓

讀禮小事記跋

黃誠

讀禮小事記一書、爲余舅氏唐鏡海先生居喪時著也、舅官粤西、乞養歸里、尋兩次丁艱、先後廬墓凡六年、念今之喪祭多背禮從俗、因裒集古儀以自檢、前編專紀喪儀、奠虞皆喪祭、後編記饋食乃吉祭禮、而冠祭婚祭類及之、於喪則力挽頹風、而一歸哀素、於祭則參酌古今、而旁采書儀、蓋以家居儀節事不若郊廟燕饗之大、而愼終追遠、實愛敬所自立、古人處喪祭事、其周詳繁重、敬愼誠愨類若是、今則情文兩失之、讀是編可求至於古矣、因謹付梓人、廣爲傳布、非獨奉爲家禮、望斯世其敦古處云爾、

書家西亭受氏辨後

賀齡柄

莫陋於爲世本之學者、目未睹世本之書、世本紀春秋諸侯世系其書久亾舉天下姓氏牽引附會於左傳所有之人、以爲得姓受氏之始、不知周重世祿、世本之書特詳列國卿大夫之系、其時民間亦有姓氏、今見左傳如懷姓九宗殷民七族是、推此則先民遺肄散處列國不勝紀者、所在多有、豈盡無祚於世、而今皆爲傳中卿大夫紀名者之後乎、前明正希譜金氏不祖日磾、斷爲古姓不詳所出、以其先有金王孫也、此自千古特識、竊謂譜賀氏者、上溯東漢純公避諱改慶爲賀、得姓自以此始、若慶之所自出、固已渺不能詳、而乃從數千載後指左傳之名慶氏慶者、紛紛然

以爲出姬出姜、辨證不已、宋賀鑄言初出吳慶忌姬姓顧亭林又云慶忌名也不得爲氏以爲出齊之慶封居吳朱方是又姜姓出也見日知錄此皆牽引附會、肊爲之說者也、西亭氏所辨闗姬猶頗信姜、不如兩舉而竝置之、斷以爲慶自有此姓、以春秋之名慶氏慶者、不止慶父慶忌慶封若而人、烏容專指一人以爲祖、譜又有遠引豳之慶節者、尤無當也、況漢初傳禮之慶普、沛人、建武時慶鴻爲琅琊會稽二郡太守、洛陽人、可見漢世慶姓散處四方者、亦所在多有、其因純公居吳中、而附會於居吳朱方之慶封、其說不誠大謬乎、至賀氏舊望廣平、廣平隸冀州、賀若氏北人、或望此、與江南之賀無涉、但易以鏡湖、亦非郡望地也、賀之得姓由東漢純公、李固黃瓊傳一則曰會稽

賀純再則曰會稽賀純是會稽固屬純公矣似當以會稽郡爲望書此備考

書家西亭排行說後

賀齡柄

排行與字輩異排行以羣從服屬爲次第自唐巳然若王維十三李白十二高適二十五之類是也字輩則一族逐輩定字冠名宋元猶無之明太祖作皇牒製二十字名其孫曾以昭世次後遂著爲令式故自明後世家巨族莫不以二十字爲班輩此乃國典原非沿襲前世兄弟命名偶同一字而爲之也譜家說此多誤然字輩實可補前世禮制之闕夫親親尙齒自古爲昭而命名無次知其爲同姓不知爲同宗雖服屬相遇亦難驟辨淵明所以遇其同四世祖兄而不識也至尙齒有以秊論者有以列爲義者左傳不敢與諸任齒杜注齒列也記曰秊長一倍則父事之十秊以長則兄事之此葢與異姓泛論秊者其曰父之齒隨行兄之齒雁行似就同姓父輩兄輩而言豈有不論世次推之燕毛序齒亦是如此以時無字輩故有待於序巨若字輩有定郎官游異地一顧名而思可立辨其爲同姓同宗而父之齒兄之齒俱較若列眉親親尙齒之禮有不油然自生者乎第明初製牒猶未顯著後始盛行如我族字輩無異者應班下十世前五世多不備又前五世則失攷觀前之所以失則知後之行此不可替也夫自宗法不明旁治兄弟者惟排行與字輩而排行屬有親疏字輩族無異同原譜更製二十字爲輩後世遵而行之族雖渙名分不淆矣向見有不用字輩而獨爲異名者是自以其身爲歧指肆枝也可勿戒與

自跋受園詩草尾

吳英樾

右詩三百五十餘首板既成魯魚謬差韻語假借多不暇校翻然若有所悔客有海蓉生者問於受園子曰中年刻集晚年多悔君刻集毋乃太早乎受園子起曰然是知其必悔而爲之蓋自霞城之役始客詢所以受園子曰霞城之役瀕死而不死他物蕩然無存而詩稾獨完是以云也庚戌之年　朝廷方清查未竣余以大府檄往盤台之仙居太平温之樂清三縣倉儲中秋前五日自錢塘東渡浮鏡湖泛曹娥泝剡溪登陸方其泝溪流而上也水淺舟不得上船腹摩石齒稜稜有聲逮登岸岸高於水二丈逆旅之居累石爲臺高於岸者又一丈有奇自有山

漲以來從無及其堂階者也坐甫定從者方治具掃眠榻山水暴至自溪而岸而階而堂而房而榻余方飯大雨如注亦不知水之已沒髀也從人擁抱登樓樓高於堂者又一丈有奇以梯級測消長又沒其六七級焉烏乎危矣而是時同避於樓者爲江右程君遼東郭君鐵嶺達君以及僕從胥吏十餘人樓之右門闕庖湢皆陷諸君面色如土有泣者强解之曰此前定也夫世不有不水死者衆乎然而摧牆捲屋之聲女哭男號之狀自人獸至凡竹木可浮之器順流而下迅不旋瞬焉又烏乎其能無動也漏五鼓水漸殺樓亦瀕圯見牕隙微明窺之可以梯而達於城洊緣而登於山慨然曰生路也於是破牕櫺毁城堞以雙竹竿承之覆以巨板懸空而飛渡焉由是而逆旅之主人及吾徒數十人者皆得緣而達於城而城之中避水者男婦錯雜皆已先在科頭赤足蹲泥中如伏雛有吏胥識某者羣譁曰此前山陰吳公也相與引而進於縣之堂而程君郭君達君及其胥吏數十人者亦踵而大至塞廳事幾滿有頃高君出命易衣履具酒食兩日之中始得一飽餐焉烏乎生矣居四日水定乃啟行或曰城南有老蛟前數日聲如雷迄是乃破牆而出橋亦隨陷然則非山漲乃蛟水也自是檢其殘稾而舟中而輿中一改其所爲詩九月中倉卒竣事旋杭又有黄巖之役黄巖險獷之邑夙稱難治者也下車後日有事於鄉其催科向設十三廠

官親至按冊而追呼春夏之交居野寺中朝標朱符夕事敲撲廠之又僻者借民舍爲行廨室宇湫隘偪近厨竈村民斫生樹以炊煙薰兩眼淚涔涔不止無聊之極於是又一改其所爲詩烏乎一蓺之成極數十年譬如搆屋輦木瓦石躬自營運久之而規模始具又久而門戶堂室始分蓋非一朝一夕之故矣余於詩未遑致力猥以途路淒涼之故與一時患難之情遂改而成之烏乎及此故曰詩稾之刻自霞城之役始客唯唯而退受園子遂援筆而記之

書呂給事封章後　馬敬之

始予讀　先皇帝遺詔不自知其何以涕泗交頤而中之若湯涫也頃復從郵遞中得見給事呂君所上封章輒又大喜過望手其稾歸而錄之迮於人事頻竊取視以爲怏慰鄉者固意人臣以嘉謨嘉猷入告蓋非一途其必情不悁識不撓神不驚悠然於治亂安危得失之大綱衡其緩急重輕毋令偏伸偏絀以導天下之聾擊明知目前無成效之可覩而斷不冒競聲捉影與懟諫震動者矜手稜於一時書曰辭尙體要易曰修辭立其誠此不易之理矣　今皇帝聖神文武臨御之始　論旨極言大小臣工皆宜有所敷陳以奉　明詔顧或氣豪意

健而不必有得於內耳營目瞀而不能無徇於外正使蓋愊塡於膺鬲而毛吹積斃皮傳故常不求事會時變之宜斥督日苛扞格日甚適以堅其骫骳欺蒙之錮習其後雖有良法美意亦且閃姦打訛委爲空譚迄無所濟今觀呂君所言條其大凡曰懋聖學正人心育人才邮民隱則固天下所恆言而若以爲不足言者四者之中以　懋聖學爲本而推原於大學之明德新民尤若其言之潚瀁灝瀚不可涯涘及觀其以朱子章句爲足發明其旨而取眞氏之衍義邱氏之衍義補相表裏焉然後歎其所操者約而所及者廣循之有方而舉之有序自非其平時講於正學而與聞乎先聖昔賢之盛德至善安在言權中體要若此至其上援　祖訓躬及朱子奏劄則正不待以已見偏伸偏絀其閒而其所以杜漸而防微者可於言外得之或者不察交口而病其迂以爲天下之務即不勝言而於銓選積貯河防軍實諸大政亦宜明著其端示天下以振厲矯革之所在是又惡知夫呂君之於此守之定慮之周發之審日月中天未嘗驅雲霧以自照而固已無遺於明於虖出所學以事主非夫强諫之臣如櫪馬轥鷹遡涼飈而颺奰走者之可儔匹久矣乃若所云用人行政灼然洞見其是非臧否而不惑於世俗功利之言與所云度務揆幾凡事之所難決者宜以先王之道權之更爲篇中之粹語故其於正人心育人才者亦多理有

未瑩法有未備而大本既得任其從容反復而舉不離乎其宗此予於呂君之修已持人概未之習而決其爲耿介敦謐之士而不由於窺覘想像無疑也抑予聞伊傅周召之爲臣所以尊主庇民立隆於曠代者先覺先知德博而化而不徒區區稱述之言也今呂君能言之矣則其於明德之功新民之具探討服習以庶幾於義精仁熟爲他日沃心造都之地必有不容已者擇之欲其精也執之欲其固也涵而養之欲其靜以密也擴而充之欲其夷以通也而後自身而家而國以達之天下莫不止於至善而時措之咸宜苟惟不然將不惟無以塞天下之望且使世俗功利之言愈諠無所忌憚騰其口而恣其心而吾所謂

權先王之道者大率牽補支架了無以異於在彼之爲甚或反出其下是則重負　今皇帝宣示天下之意而於朱子所譏進不得爲君子退不得爲小人者有時而忽似之豈不亦大可惜哉夫自秦漢以降正學無傳幸有宋鉅儒先生跫空谷之音抉異同存眞僞而志多未逮英君綮相不過誦其言以爲高我

聖祖仁皇帝聰明天亶獨紹淵源於以議禮制度考文統壹函夏巍巍蕩蕩建天地以質鬼神士大夫果期待不誣斯亦規模塗徑既已無復豪釐千里之處由是以經緯乎天下固猶布帛菽粟之必裨於用而前定不窮也予於呂君卜之呂君名賢基安徽人戊子進士現任吏科掌印給事中

松堂詩存書後　鄒漢勛

松蔭堂者松堂先生授經之舍雲渠湘皋兩先生所增葺也圖凡四幀一李芸甫水部作一沈粟仲明府作一邵香伯博士作一顧竹碕文學作記則廖復堂都轉贊則唐陶山方伯而耆老之歌詩名流之篇什盈二冊焉柔兆涒灘之歲漢勛得詳觀敬繫以文曰夫東南廣澤莫大洞庭荊揚巨鎭實稱后虞然出沒鳥菟必討源於羊膊作配朱鳥亦基始於熊蒼艮由水之瀁演積而始深山之蹈騰遠乃益峻湘皋先生弟昆競爽風騷迭擅繫江湘之重望已如山居屈賈之鄉人咸有集鼉聲蟬噪既鄙齊梁鬼語優冠亦嗤末近唐有初盛中晚宋之眉涪范陸美非

一律善實兼收我朝之興六葉詩教昌矣大雅之材三十斯其著歟譬之山川何異衡嶽之峙江湖之渟溯其代系詎無羊膊之源熊蒼之冢也乎維松堂先生者乃湘皋先生之大父實有懿德亦號通人誦詩歙律妙達音和讀易絕韋甄刊爻繫撫圖書於緜代語霏玉屑就史功於柔日書粲鉛黃識尙希夷詩情淡雅含少生聲孕淵微於葭琯明堂昭儉苞壯麗於嵩宮詩維斐斐筆亦翩翩邁迹時流方蹤曩哲經義甲於湖湘門人起爲令守惜階閒之贇燭託意脂膏賦泉畔之蟄龍結情孤絜經儲篋衍既號祖師士奉贇腒盡施疏族償吉字之僞金謝舞文之小狹令長念其清芬族閭化其醇懿嚴氣在躬哲謀照物遂令

淫娃斂迹暴客弛魂·非徒有行抑亦知權·迹其操持宜書獨行·綜其出處無媿隱淪篇韻特工能文之儁·抱經以老守道之儒·徒以箋疏近鑿語錄近迂·而名山著傳述作終之不貪爲寶·愛書如命·而福地更種雲礽·漢勛寄於瀉水之隈學官之舍·久近騷壇時譚舊德故事百年徒聞梗概·蓺林一老此實椎輪·感其纏繼借用鉛槧·若夫肎搆之初命名之意·則廖都轉之記詳焉·

春秋目論跋

鄒漢勛

今之讀經者·尚考据則薄議論·崇議論則非考据·兩者相成也而以相毀·平心而言·不考据無以喻古人之文章·不議論無以達古人之神恉·考据者初學之基·議論者大成之候·其始終淺深居可知也·如其絕口不議論·遇傳記所載·人倫之變·事關君父·難可猝處者·亦漠然而不問·其可哉·夫學也者·學之於古而欲行之於身者也·世儒徒屑屑於篇章字句·而大義屢乖·假使其身不幸而當難處之會·其隨時俯仰而自陷於不忠不孝乎·抑亦思善處之方乎·苟思善處之方·則平時之議論宜豫矣·曾子曰其少不諷誦·其壯不議論·亦可謂無業之人矣·吾甯舍世

儒從曾子也·

九章書後　　鄒漢勛

郢未拔也。而可曰東門蕪而夏爲丘乎。陳未遷也。而可定其行以仲春甲日乎。由是言之。屈子及見白起之事明矣。但史傳不言。數者不敢質也。蓋屈子當懷王之世而放矣。放而又仕。當頃襄之世又放矣。放既三年。猶吟於澤畔。則屈子非懟君而死明矣。非懟君而死。曷爲而死哉。敎者求之而不得。于是有屈子外傳王賜之死之說。噫。爲此說者不讀九章者也。秦既拔郢。江南亦爲秦。屈子放於江南。安可不死哉。屈子之死。蓋以此也。予悼世人之不悟也。而以狹猥與懟被屈子。故發憤以明之。

題包愼伯世臣節臨書譜後　　周詒樸

此倦翁六十歲後書。其時致力過庭。無間日夕。是以頓宕流麗。有弓燥手柔之妙。翁往矣。其高足如季子修存諸人。亦多就凋喪。余頗心通其意。又病腕僵。不能使轉無礙。晳人難得。老大徒悲。覩物思人。祗增慨喟云耳。咸豐甲寅重午

書徐海宗遺墨後　鎦璘

余年二十與湘陰徐海宗讀書麓山朝夕相接心異其爲魏晉間人嗣是與之游城南則情好愈篤然余性孤冷而海宗豪曠其所常相與游者或非余之所與游也既而聞其病瞀卒窮以死屢欲爲詩哭之未果今年邑子劉春禧投所刻海宗黃鄀岬堂詩冊讀其九歌及前後秋懷諸作則愀然以思愴然以悲益歎海宗負才不遇而其所爲浪迹省門落拓顛頓而不悔者誠有大不得已於中者與李君季眉掇拾海宗遺詩若干竝尺牘十五紙裝池之頭以屬題其詩率窮愁語已見黃鄀集中其尺牘大半告急於季眉者也管鮑之交舉世莫覯於此見海宗之

能取信於友而季眉與人交始終不渝高誼爲不可及矣

劉氏族譜跋代　羅萱

皇帝御極之元年家乘告成於臘月披圖按籍朗若列眉沿波討源易由反手溯始遷以降歷世十餘徵效治之繁紀數千計賚　龍章以寵錫泉壤於焉有光沐　鳳誥爲表揚綽楔因之生色攷禮儀以隆祀事錄律法而凜　王章爰徵壽考海籌增絳老之年兼紀外家衣錦美齊侯之子是蓋涵濡　聖澤游詠　熙朝含哺乎　湊仁延蔓於奕世於虖盛矣夫千尋之榦植材者實由本以及柯萬里之源導川者必先河而後海旨以近爲至切而遠所必追或乃葛藟不庇其根瓜瓞幾忘於蔕阮分南北眷別東西臭味而有差池本實而縱尋斧緦小功之

弗察鄉伯兄之無分不亦誣乎何其僨也茲者切念宗支重修家牒義例博稽於古法損益少變乎舊章傳其所信而非繁闕其所疑而非略援枘生於前代繼紹權輿聯合族之新歡敬恭桑梓所冀謹以閑家守萬石君之訓忍以睦族如陳義門之風庶幾篤敬宗之心維歸厚之德者乎

書一

擬文信國答王炎午書 炎午字鼎翁作文生祭信國語多不諒因擬報書

王 岱

大宋少保信國公廬陵文天祥致書於鼎翁足下自祥興元年僕不幸淪師於五坡嶺爲張宏範弟宏正所執擁之北行道經梓里自贛至洪驛途水步山牆店壁頻見足下祭僕文慷慨激烈義形於色可謂愛人以德意誠厚矣非故人戀戀不及此然其中竊有未盡者語曰擬人必於其倫今擬之不倫矣爲長者

行而使人疑古人不受也足下之意總責僕以不速死且恐不死轉念於不可知斯言何爲至於我哉何其自居之高而視人之下也人之相知貴相知心足下自負與僕心知而僕未嘗不以足下爲心知乃今觀足下之論是疑漆室女之欲嫁欲被褻翁之拾遺金也其不知僕甚矣僕平生行事心迹見信於天下久矣而足下生同里事同志宜其知之深反有此不必然之疑可異也孔子曰遯世不見知而不悔易曰不見是而無悶自古忠孝節義出於天性刀鋸鼎鑊而不動其心者皆不知其然而然初非顧名惜義有所爲而爲之也苟有所爲則不誠矣此匹夫匹婦之所不學而能者初不求知於世也茲僕之不爲足下

知又何俟曉曉求白乎其不能嘿嘿必致一喙者恐百世下不得其故以爲僕非足下不成其節豈知僕之不卽死其操心致慮務期國運之絕而復續亾而復存委曲周旋千屈萬折以求得當此可爲聖哲會難與淺士言也故不得不一一剖白之如足下云大丞相可死矣文章周魯科名郊祁皆不朽可死夫必文章科名始死則是愚不必死賤不必死古之愚賤節義何多也又云喪父受公卿祖奠之榮奉母極東西迎養之樂爲孝已盡可死則是生無以爲養者不必死死無以爲葬者不必死古之割恩就義者又何多也如謂二十魏科四十將相功名事業可死尤有不然者僕早膺將相大業未終不容遽死如謂仗義勤

王使命不辱不負所學可死夫勤王雖盡臣心而鐘簴未奠使命雖盡臣職而築舍未成愈不容遽死至云華元踉蹌子胥逃脫僕棄甲正思復來亾吳正思雪恥又何容遽死如謂國勢已定臣節既明僕興復既託孤忠豈論國勢之定盡瘁尚餘駑力難言臣節之明若夫伏橋廁舍矚目擊筑僕位在臺垣身係社稷生奠國危死存國體任俠小節亦所不出最可愕者謂識時務爲俊傑時務固識意欲何爲足下豈望僕爲彥回乎謂昔以東南全勢不能解襄圍今以亾國一夫而欲抗天下僕雖負全勢利鈍在天雖屬一夫存亾在理正思轉敗爲功以圖萬一謂趙孤蹈海楚懷入關愚意豈無嬰臼之存尙冀包胥之哭謂禹

非昔日之頑周無未獻之地豈知頑仍如商不徒首陽之餓地非周比甯無三戶之興謂南北之勢既合天人之際可知僕尙以天人之際甚徵南北之勢無定謂彼兩國相對大臣無恙今事勢無可爲諸臣皆被執僕以爲兩國相對大臣無恙尙可優游觀變至事勢無可爲諸臣皆被執無可爲者正不忍其絕皆被執者正不忍俱死耳若夫杲卿張巡云云彼國勢未去惟一死明節今趙孤既沒諸臣皆亾而僕猶悻悻一死不委曲全身以圖其存是父母彌留之際爲人子者以爲不可起遂置藥不一投而坐視其斃乎足下當此時應勉僕以不宜輕死從容就義以有爲何至以時無可爲遂應速死結局以斷葛藤惟恐一

刻復留人世者此何心哉抑足下轉念反欲爲勝國游說乎不然何其言之無緒邪至引李陵尤爲乖謬夫李陵當漢武全盛之日有死法無降法死則忠降則逆以陵一身不足爲社稷輕重也陵死更可遣欒單于者即不更遣金湯固無恙也非俟陵興復也是陵應一死了臣節而不死爲無謂僕何時乎僕當國勢瓦解之日更無天祥其人僕死誰復有社稷故主之思即擬之蘇武亦若不倫武無興復之責十九年之不屈不過完一身之名節可以死可以無死尙不遽死矧僕之萬萬無容死而欲草草一死塞責乎若以李光弼納劍韡中朱友貞命皇甫麟置刃俱不欲受屈辱僕無論百煉不爲繞指萬無屈辱即忍隱屈辱苟利社稷亦所不辭安可與朱李同日語哉至謂僕不死當有死僕者嗟嗟是何言歟僕開關流離一生瀕死不可勝紀僕使北爲呂師孟賈餘慶搆惡羈縻幾死及逃難眞州饑寒險阻幾死詆大酋幾死罵逆賊幾死與貴酋爭曲直幾死去京口幾自剄死經北艦幾爲所獲幾從魚腹死爲眞州逐幾彷徨死揚子橋遇哨幾死桂公塘土圍中爲巡徼陵迫幾死夜迷道高郵幾死避哨及捕繫幾死自被執服腦幾死餓八日幾死僕豈畏死者哉至云豈無李昇之疑或進景升之計恐累舊主夫不忍舊主正宜含垢委蛇無容激烈使之不疑反欲一死決絕乎或足下與僕同里曾一持牘叫軍門今恐致累託此以遠嫌乎足

下昔年持牘軍門勸僕毀家產供軍倡義僕早年厚自奉養人已克勵自損傾貲起義雖不因足下忠告一言然比聞足下語喜其有合即進之幕府以爲肝膽氣節足以共濟時艱先鞭起舞以期興復乃事甫舉而足下遽以父殁未葬母病無養爲辭夫足下早計此身未可許人宜即廬墓終養以成孝隱乃復持牘軍門者何心乎既持牘軍門自宜移孝作忠若翁劉翁必能含笑地下太夫人必能如滂母割愛以成足下之志乃足下進退無據出處兩虛是持牘軍門之意忠憤未必由衷不過收幕義之名以炫鄉里小兒之聽其首尾交畏不堪問矣僕當知之而不言且恐其鼠首兩端敗乃公事因聽足下之歸然已卜足

下二三其德不足以有為矣茲僕蒙難北行國家數百年不絕如綫之運繫於一身足下果抱忠憤能急君急友宜結死士號召天下以圖興復成僕未了之志上也卽不獲就亦宜如豫讓漸離矐目擊筑以思報仇雪恥乃區區效鄙夫喋喋鼓其脣吻弄其文墨巧言飾詞招搖道路以小人之心度君子之腹自揣不能死且以是溯僕而速之豈知僕之死誠易而不死誠難語曰慷慨赴死易從容就義難僕豈匹夫自經者比哉僕自童時觀鄉祠前賢歐胡楊周輩卽慨然有沒不俎豆非夫之歎及年二十荷先帝殊恩拔冠南宮而座主王公應麟方有賀帝得人之語許僕古誼若龜鑑忠肝如鐵石嗣後歷仕中外皆卓然不

苟而似道見抑宜中見忌屢躓屢譎肘掣未舒及國勢漸非傾產起義斥奸防患頻疏血誠雖師孟之奸未除分鎮之義不報其心則已竭矣乃議和突起伯顏拘留賈慶餘輩奉降賣國詔天下附元盡散僕勤王之兵西歸僕與杜滸等十二人夜亾眞州方謀聚眾而苗再成之盟初立李庭芝之害密傳於是閒關流離出萬死一生之中始達益王行在召僕觀文殿學士又阻樞臣不合安置劍南收兵福州旋陷僕生還將母誓死報君義師復集豪傑更起而端宗凶聞衞王改元詔獎有慚臣心愈苦成敗利鈍逆睹之語險阻艱難備嘗之詞洞見臣腹金百煉而益堅水萬折而必東王言溢美之褒僕則捫心愈勵豈其大事旣去身被囚執誓死萬計吞腦不靈絕粒不斃廬陵首邱而不遂燕臺抗節而久羈及今繫獄一死未容回憶足下以死事相促且不諒而引五日不汗瓜蒂噴鼻排牆盜賊毒蛇猛獸諸死為勖其不知僕甚矣雖然僕不死者思留身於萬一得歸故鄉仍集大義以圖興復耳今人心瓦解若此卽一王鼎翁不見諒又安望見諒於天下人心乎卽一王鼎翁之心今昔各殊矧悠悠陌路素無肝膈者乎僕所以迴腸飲血心灰而念絕者此也事已至此無復望矣會當致命遂志以如足下之說成足下之名但當時從僕起事者俱先後赴義而死其不死者亦獨鼎翁一人耳鼎翁旣以大義成人必能以大義自成田橫五百之客

能同日死以成橫義今僕止一鼎翁必能成僕之義更無俟同志生祭以相促足下卽不能倡義天下不能如豫讓漸離輩豈并不能如田橫客乎

王鼎翁之祭信國其文為千古稱賞以其能成信國之死然信國忠義性成豈待人促稱鼎翁是晦信國心矣故特表而出之實揣信國心事非借題作翻弄也信國有靈自必首肎鼎翁有知亦必心折山長自記

報虞院佟公書　　尹惟日

職湘之白面書生也幼讀父書長歷戎馬明公學問經濟名天下存全閩於養虎爲患之日控四省於伏莽未靖之時遠而方召中而韓范近而王文成之道德韓父朱母之恩威幾於全之職也何幸乃附屬吏之末且得附風雲受方略賜札惓惓而以九連下詢於芻蕘此爲　國爲民之至慮職愧不才何敢與此大議乎雖然職守土官也涖任近二載其閒兵賊之情形民心之向背九連之要害險阻職籌之熟矣職不言誰當言者言之不當不敢避斧鉞言之而稍有當焉則有望於不棄菲葑力爲革而力爲興也請得以今日兵賊之情形民心之向背及九連

之地利臚列於左而復有三策之陳惟明公垂覽而采之今之九連非古之九連乎今之設兵非卽因王文成之舊制乎而兵之虛伍冒餉更倍於明末之衞所殺士戮民辱官蔑法其害更甚於賊而綠林之嘯聚終莫之止其故何也蓋自文成破三浰平七巢設縣於和平以治之借官府爲柔服而未嘗不詳於守禦如岑岡横岡爲和平龍定之隘口上下坪中村爲連平之隘口上下藍洲車𡌴爲翁源始興之隘口分兵數千俱設把總領之而於張坑古坑各處復設哨長領兵互相掎角各有巢田屯田之類以食之而俱聽節制於縣官文成寓武於文寓兵於農化頑馴暴其意可深長思也今各縣易把總而爲防將矣各防將虎踞城中棄汛地而不守矣屯田無可稽覈矣巢田盡爲荒土矣張坑李田中村各隘盡棄之以資賊巢矣兵之或有或無或多或少縣官不敢問之矣不惟不敢問且往往甘爲其奴隸矣且更有不可言者防將皆出自鎭標一將分住一縣漸蟠固而不可動皆欲畱賊以資富貴養賊以塞調徵又有甚可恨者或九連無賊而上有調檄則使其散兵數十人默行劫掠而又以賊報上上聞有賊卽畱之防守如所謂通大馬路之說習行以爲固然百姓不敢言縣官不敢言上卽有知之者亦因循掩耳而莫發其奸謀如此九連安能一日而無賊粤贑閩餘之地安能一日而無虞哉夫文成之設兵以安民也今乃因其制而

紛更焉賊至而縱賊賊去而自爲賊徒益深益熱於百姓勢不至盡激爲賊不止是文成所以安民者今反以殃民也誰爲當事而漫不加意也夫今之爲賊者十三營四營之人也今之爲兵者亦十三營四營之人也倐而爲兵倐而爲賊此中之鬼幻秘奸公然無忌究竟兵與賊爲一將與賊爲一而與縣官爲水火與百姓爲仇讐裝成一局以愚上臺耳　國法凜然王章具在而養癰以自病將來之變可不爲之寒心哉卽如昨日職以一介而張空拳尙能率烏合之鄉民與賊百餘戰置之死地而可生置之亾地而可存賊竟束手無如何豈職之智勇過人哉但能得民心而用之權歸於一而謀不漏於奸細也向使防兵

未調內外相通不惟不能取勝和連龍定竟不知作何光景若職一人正其所必欲借此以死職而甘心者也昨招出之都總感職之至誠盡以此情露之職矣然則職之不死於兵不死於賊者實明公之力也亦幸有大鵬之役也若防兵回縣而仍無所興革焉職掛冠而去耳其如九連之終不可治何哉此兵賊之情形行道之人知之而職於今日方敢冒死言之也若夫民心之向背龍南定南尚可言也和平不可言也和平在今日尚可言也連平翁源以及龍川河源長甯之界尚忍言哉龍定之民近於法而知畏近有賈祝二良牧治之數年民已奉法矣若和平古賊藪也三浰踞其西六方枕其東而彭鎭楊尚濁溪之

民皆包藏禍心動輒生變已往往告諸前事矣鼎革以來凡三殺縣官自前令吳思穆時賴上威靈方漸受約束今職至教之育之無所不用其極昨黃鄉亂作南雄寇起而和之人未從事焉則和猶可言也若翁源之上下藍洲十八牌一路盡通賊矣連平之青草洲蒲塘半通賊矣龍川七約各處無非通賊之地矣夫民也孰無身家孰無性命而樂爲此通賊之謀冒不赦之法乎揆厥由來皆因防兵養賊齒賊貽患地方而賊之攻掠無有已時將棄先人之廬墓而情不忍盡一時之死命而力不能其以糧科接應互相交易者非其本心以　朝廷之赤子保抱攜持徇恐弗遂其生乃棄之與賊誰之過歟而粵之有司催科暴斂敲骨入髓更有痛哭無從者八年九年十年十一年十二年十三年十四年之本折幷七年而徵之此猶曰正供也如馬船水手月餉一歲凡數派矣槽鍛稻草大師草大兵穀歲凡一派矣城工衙宇柴炭歲凡一派矣採買官穀犒櫬鵝鴿歲凡數派矣貼補潮州用過船夫今又一派矣而過往之夫役爲一派防將之買辦爲一派三鎭之進勦糧科爲一派派徵之名色不可數計而出票比併不勝其煩傷哉民也何以堪此夫此數縣之民皆切近九連田少人稀當日之設縣皆取別縣之糧寄徵於此今別縣俱爲兵賊所阻而縣官有鞭長不及之憂即正供之積逋無計可追至雜派不得不取之煙丁而一塊荒殘地甯

有幾箇圍寨幾箇百姓而一歲應數十票之誅求賣女鬻兒棄產掉臂目擊此景爲之父母者但捧檄痛哭而已而今歲之連寇竊發殺人如麻民將坐而待斃惟有通賊可以須臾無死然則民之通賊無怪其然也夫以此日之兵賊而遇此日之民心而和民猶惑於職之空言三浰爲職守六方爲職戰十三寨爲職且戰且守則和之民未始不可養以和平之福也一和已然彼各縣何弗然也其故可知也嗟嗟民當窮苦時易德耳上之人稍加拊循減得一分未有不知恩者而況剜盡和平一年之肉不供粵中一飧之費何苦徒傷民心徒增盜賊而調兵征勦其費過數十倍積和平數載之正供雜派而不償也此民心之

向背甚彰明較著矣至於九連之要害險阻其煩調議者正多也九連綿亙數郡代爲四省之患自宏治八年設立虔撫爲九連也後王文成自請提督軍務爲九連三洌也而九連之隘口屈指數十處其最要緊者在定和則岑岡其門戶也在龍南則横岡其門戶也在始興翁源則藍洲車𡌂其門戶也在連平長甯河源龍川則上下坪青草洲其門戶也外如洌頭張坑熱水澄坑新同中管皆其出入之路然岑岡各處門戶設有專兵守其要領餘俱可以無慮在昔九連之中有田數十頃及山林之利盡捐以與兵屯種故餉足而兵不叛把總受縣官之節制俱有顧忌一隘賊發數隘得而指揭之各自爲守此賊之所以不

得入也今兵在城而田已荒田已荒而月餉難足復益以驕悍之將法遠勢重毋敢觸其兇鋒賊一入山便成負嵎之勢及奉上進勦則坐視不進皆以天險爲辭夫險固險矣仰攻固難爲力矣但問九連荒山原無賊也賊之踞九連者皆從外入也賊之來也何以得進九連又從何路得進九連則防兵之住城實開門而揖之也卽如昨日黃鄉肆叛明公神機妙算已破之鐵龍其餘黨逃過六方界者皆亾魂喪膽之餘燼向使岑岡有兵可朝發而朝至六方扼險可盡殲也此岑岡無兵而賊遂由六方走青草進九連之明驗也如昨日南雄叛兵不過千餘人向使藍洲車𡌂各處有兵不戰而守賊亦坐視而不得進也此又藍洲無兵而賊竟由翁源入九連之明驗也賊既入九連則張公營曾公壇爲其巢穴洌頭熱水上下坪中管爲其出掠之路而青草洲尤當其衝非職堅守洌頭熱水各處屢挫其鋒賊遂日往來於青草洲葢青草洲爲連平所轄與連平相去甚遠而左可以掠和平右可以掠連平中可以掠河源彼各隘雖破尙別有拒之之地青草一破下皆平地縱横可惟其意雖直至惠廣竄入羅浮大鵬各處亦無所不可故職伏兵於青草邀其歸路果大敗之後請於連平吳防將乞兵守之而吳防將不應不得已大合鄉勇越境代守更番迭休守七日而賊果坐困矣故賊之未入則在守岑岡横岡藍洲各處賊之既入則所守之路

甚多而青草洲爲要此又非其明驗也邪且也黃鄉之賊老賊也南雄之賊亦老賊也九連之地形彼知之甚悉其合營於張公營曾公壇志亦不小自八月十二以來始而結茅旣而築屋矣始而斬竹爲竿旣而開鑪打造軍械矣始而擄人索贖尙圖金銀布帛之屬既而索及火藥矣且發人往府縣採買火藥矣所掠之牛盡留以爲耕種之資矣天誘其衷賴明公迅發神斷及其未成而勦撫之不然者日甚一日至來春開墾巢田屯糧積草一人守險萬夫辟易動煩大師其柰之何哉卽曰投之以機示以必克而糧科供給之費已不可支且未必不亾矢遺鏃也傳曰蠆蜂有毒又曰爲虺弗摧爲蛇若何明公實見及此矣

此九連之要害險阻職尙言之未詳謹按圖以進而職之三策可得而陳焉職聞之醫者矣醫之言曰急則治其標緩則治其本今九連之緩急所時有也相其緩急而醫之則有明公之國手在抑聞之弈者矣弈之言曰數子立要地可以攻可以守今九連之攻守所急講也相其攻守而立於要地則有明公之國手在夫庸人因陋而就簡智者慮始而圖終庸人讓能於昔人而不能確守其法智者不謀能於昔人而可以神明其意職請得而策之自文成之立和平也無所謂連平也幅幀甚廣錢糧甚多冠蓋衣裳甚楚楚也迨陳萬之亂崇禎初年復分建一連平州而權不歸一矣以一縣分爲二郡地小而糧少縉紳商賈

皆不得聚而稱盛而界上之民得互相推匿其黠者肆志而終莫之究是連平之建已失文成之意矣況建治於和平文成猶屬草創之規模其意亦欲得後之君子神明之也爲今之計當大爲創之合連平和平爲一州而竟遷城於九連之腹內凡翁源龍南定南河源龍川長甯之近九連者盡割以附設州同於連平之故城設州判於和平之故城設巡司於六方分設兩驛丞於岑岡忠信二處設兵二百人於岑岡一把總領之設兵二百人於上下藍洲一把總領之設兵二百人於横岡一把總領之設守城兵百人而復於張坑各處添設哨長員弁各帶鄉勇守之盡聽州官節制合數縣之地而其爲一州糧可得二萬餘

其養兵之餉但取十之二三足矣而於向之巢田盡責令各監屯種兵餉猶可汰其半也由是城在九連之腹內其故家大族盡驅入城起造士者士農者農工者工商者商晝然歸一漸而有科目有仕宦益煥然改觀矣且和平之東水岑岡尤爲商賈聚集之所衣冠相望於道而復設兩驛尤可以分梅嶺大路之勞行之數年而有不如外郡之治平者乎而猶慮滇池之弄則斷斷無是理也卽有竊發者亦斷斷不能踞險而流毒也夫分和平連平而二之是首尾不相捄也是分晉而爲韓魏趙而以禦彊秦之說也力分則散也文成之設縣於和平是一時之權宜也是建都於汴而仰禦河北之說也失險則弱也今之建州

於九連而割數郡之近地多設把總權歸於州是治安之長謀也是都燕都長安都冀拔本塞源之說也此職之所謂上策也伏乞主張力行或以數日之暇單騎過數邑一審觀之而後以此策入告於　廷則捐和平一歲之正供可以修城而盡改防將爲把總半食月餉半食屯糧一歲尙可省數千金也足食足兵　國課仍無損於舊額而可以彌四省之盜源安數十郡之殘黎卽起王文成於九原當含笑而以明公爲神明也使後之人立王佟二公之祠作王佟二公之傳百世之俎豆不祧峴山之碑淚可墮明公其有意乎然議者曰非常之原黎民懼焉頻年用兵巨寇孫李鄭三逆未盡殄滅何暇及此此亦姑爲寬解

而其實九連一山爲三省心腹之疾甯可坐偷一時之安而養無窮之害哉而況其未必安也必如議者之姑爲寬解則職之中策猶彷彿文成之經營也仍州於連平而設把總於上下藍洲設把總於中村聽州節制取其軍實而討之巢田必令之墾也仍縣於和平割青草洲忠信圖以附之而仍設把總於岑岡復添設把總於青草洲兩把俱聽縣節制取其軍實而討之荒田必令之墾也橫岡仍隸龍南亦改設把總仍聽節制於縣取其軍實而討之荒田必令之墾也如此則土著之兵不敢害土著之民而土著之賊不敢犯土著之兵守土之將不敢抗守土之官而守土之官不敢懈守土之責然後稍減雜派以養民嚴

課屯種以養兵一方失事則責此一方之把總把總生事則責此一縣之縣官而復寓以保甲之法諭行團練使守望相助家闘戶戰庶有多乎此惟盡合十三營四營而猖獗爲亂則事不可知若如黃鄉南雄之餘孽雖附之以翼安能飛度九連乎今夫置一物於此置之安則安置之危則危將易其所置之物邪抑易其所置之地邪是職之中策易其地而可安也然議者曰今之防將已定經制欲直疏易之恐有投鼠之嫌且部覆下議曠日持久又有河清難俟之辭則防將萬不可易也夫防將之官固不可易防將所守之隘獨不可責令使歸汛地乎如連平之防將當移守中村也和平之防將當移守岑岡也橫岡之防

將當移守橫岡也而青草洲上下藍洲之設兵亦萬不可少夫防兵在外軍餉難繼未免有脫巾之虞搶奪之害然此猶不失爲下策也若夫防將仍紮城中是撤其藩籬不守於門庭而守於堂也且自壞其堂也不嚴查其虛伍冒餉不嚴申其紀律是一歲棄數千金錢而養虎也且養虎以食人也青草洲上下藍洲不設添哨兵是闕其前後而開其左右也且棄險以資賊也不嚴禁其養賊通賊是內外之賊終無休息而民不堪命必打成一片爲黃巾爲赤眉爲黃巢爲闖爲獻爲孫爲李爲鄭事固未可知也蓋不特向之池大鬢李文彪江月照劉鸞劉鳳馮高明賴清規陳萬酋袞今之十三營四營亞婆營飄營而已也一

旦有變南可以通孫李東可以通鄭其爲害可勝道哉是謂無策矣以職之妄自揣摩而有三策之獻以明公之名重一世德重一世位重一世虛懷採擇必有斟酌之定議而救此一方民爲三省之功臣爲文成之後身也職年少才疏一書生焉耳有言必言有言必盡言也語曰士爲知己者用女爲說己者容今用則不敢望也或以此言爲之先容可乎若俯採其言而實見諸行事焉則王文成之於伍文定職之志也職之願也萬一棄其人而用其言職雖賦一篇歸去辭言行道亦行也明公忠孝名家也學問經濟名臣也職之狂瞽妄言不知其有當與否或不以職之言爲多言而躁也謹百拜上書

辯者或亦樂爲奔命而不言疲不則仍循遷報民之有力者頑儒而守法望承舍之鞭影神悸魄驚無異餧肉用投猛虎彼亦不能自克仍是輸金以倩城中之黠辯者代爲之與其長遷報而使民爲倩募害多而怨深曷若稍增派而以官爲倩募其損小而利久世至今日民之窮者非爲兵卽作賊作賊而征勦之事興爲兵而糗芻之派增是二者均國之殘也均能與我語難者也夫多其方走民於險以費都邑以損威命與多其方息民於休以蕃生聚以資擁護孰不利也年父臺洞鑒古今未審能以弟言爲然否承召卽當趨議偶然冒暑不能出戶輒以愚衷布之左右祈與諸大夫國人僉議其可耳漕米請蠲補牘亦望上

請灑血以控伏冀崇鑒

與邑侯論馬政書

劉友光

馬政之苦敝邑數十年來不可救之禍盡人而得言諸父母而不能得長策以垂永利弟嘗私揣一事之設未有專害而無一利爲政之要不恃有治法而恃有治人敝邑界楚末額馬十疋草料銀額派二百四十兩往値神廟淸晏冠蓋之塵經年不見嘉興錢明府思爲養馬者之累乃捐差銀二百四十兩以補其不足其時上無結軌之客畜有滋息之蕃而地方之黠辯者且以養馬爲利矣遷報之說前此未聞其後法無百年不弊人亦應運不古而踰年一遷報之說行矣是時草料猶全給而差銀則扣損一半無如胥役爲奸聚斂希旨始而扣損差銀繼則幷

草料亦染兩袖之風而逐季遷報之說行矣當踰歲一報止及客民之富者而不及於土著蓋以土著自有差徭以急公及按季說行前者止知竭澤後者不能保其無魚而城鄉之土著稍能食有脫粟衣具完布者悉爲之一空自寇變以來地方之殘毁千變而百姓之賦役曾不聞一減如茲馬站是必不能不議復者但沿遷報之弊終爲種怨之尤年父臺飢溺猶已慈惠入人草料額派也全結毋容上請差銀義舉也亦望續錢明府之德音每疋仍捐二十四兩此外再於額糧五萬每石議增六釐又可得三百金合之是以八十金而走一疋仍招黠辯者承役此中不惟無賠補之苦幷令之可以高下稍潤而從前之黠

與鍾秋芳書　名山桂　米元侗

秋芳足下記僕髫時共讀書風乎夏鑪乎冬無衣食之累公私之縈筆硏爲緣當此之時襲父祖餘蔭奮志進取嘻嘻不知何如世也稍長僕以父任從黔當此之時齒短學禮寡故臨岐不能諄諄爲别至今憾甚丁亥王兵創我邑僕在黔聞之卽與老母閒道歸親戚故舊或逃六都或亾黃溪或泝流奔錦水或肩輿趨義陵或泛舟至郡而復返乎舒楊渭黛之閒當此之時雖倉卒流離亦皆各保家室而未聞死亾然猶以數百年之承平而廢於一旦未有不傷心隕涕者及戊子家兄罹奇禍遭嶮巇傾橐篋不足則盡綺帛盡綺帛不足則空簪珥空簪珥不足則

鬻田業田業無人售也於是廣借貸其冬雪深數尺飛鳥不鳴老母沿門危行哽咽泣訴僵仆之餘肌膚破壞而僕與家人輩中疫羣臥米薪不續當此之時號楚聲與號寃聲瞠沓沓左右數十里更迭決裂竟以旦暮憂恐飢癘無計以自脫故僕所從處居者行者知與不知聞之莫不肝摧腸轉也嗟乎先大父以來世以忠厚相貽辰溪三尺之童無相逆者而家兄乃有奸讒之胥隸卒之欺彼蒼何心使至此極也己丑張南甯拔辰州不果遂旋火我邑庚寅辛卯遂以我邑爲徼郵下戍而上攻相持不已當此之時富子弟日以貧文子弟日以弱耕人失業而賈人遷流死飢者死寒者死疾戹者死兵者死老羸者以故村落墟烟斷絕百里蕭條於淒風苦雨中也自是之後滄桑不一閒有城居者如日中之市聚而復散不足述也親戚故舊殁者累纍存者晨星不可枚舉己丑十月初四夜抵黃溪口邂逅田二備悉足下置身釋子游衍醫林挺立乎異鄉羈旅之閒不競不求無所繫縻良可慕矣若僕忍飢巖谷束志寒山曷膏庭檻邪然以十餘年窮愁幽憤貞脆恬刻之情莫不盡燭一草一木一邱一壑莫不奔趨而親領之感中而發外意至而辭溢以是爲詩爲文不下三四萬言家貧紙筆稀故不能錄寄姑成得足下信二律奉覽然足下睹二詩亦可以知僕之森森於渾濁之俗倣聖賢謹出處非蟪蛄之榮所可嘗以苟且者也異地風霜

嚴勁瘟寒伏惟自重令弟前至縣以僕惡塵囂少向城郭故未面并聞

上征南將軍進取方略書　羅士彝

竊惟天下之大勢重於西北而輕於東南若滇黔蜀粵則又南方之最偏隅者雖有劍閣棧道之險鐵鎖關索之限與夫熊羆鹽關之固然而次第攻取悉天下之兵力以攻一方一方不足取也今者關陝閩浙幸已戡定嶺南江右復見雷驅電掃荼攸安酃悉荷撲焚拯溺誠所謂補天浴日之功再造於今足見我皇上聰明神武荷天眷祐之所致也加以將軍恭承天討肅將天威雄師所指如石壓卵撻伐橫張望風宵遁全收之盛豈待言哉但長沙尚擁孤城湘潭相爲犄角勢必分據首尾以斷率然松滋岳諸更加牽制則彼兵不得專聚衡郡當在指顧

開矣衡郡之守利在一河河之上游則有茅葉灘白臘橋白沙浦等處河之下流則有雷家堡樟木市等處度賊之情必沿河設篺據口護津以防我師飛渡若耒河口新城街則又迤邐於耒陽界爲河外之河三春水漲瀰漫四澤其安塘置伏以扼來路料所必然擊此之道須以三路進發庶有以殺其勢而分其形一軍出潭湖進驅洪山廟愁思嶺爲東路一軍由耒陽取桂陽州暨常甯爲南路一軍趨草市越帽嶺或從吳集往高橋由間道逕抵衡城塔腳下爲北路如此賊戰不及戰而守無固志矣更檄廣東之師以襲廣西進逼乎永祁則西路絕而四面受敵且邀截糧運桂陽零陵之艘不得下衡山湘潭之航不得上區區取給於寶慶武岡之肩挑背負豈能久乎孫武所云出其不意攻其無備者此也李衛公所云數軍爲正一軍爲奇者此也審賊之情我衆而彼寡我強而彼弱我實而彼虛我銳而彼挫向之鴟張梟顧者今已膽落魄喪矣自古先聲奪人之氣固無俟再計而決矧今河之東岸如郴州桂陽州一帶吳逆委如敝屣非其志不欲守力固有所不逮也將軍文武兼資定有長策以折衝於萬里甯必借箸一介之微爲千慮一得之助哉特不能已於言者忠君愛國之心油然而生故不揣愚罔敢披肝以獻

上征南將軍撫勦機宜書　羅士鋒

側聞賞罰者經邦之大典也撫勦者戡亂之大權也故賞與罰竝用而國可長治撫與勦幷行而亂不終亂乃今日者吳逆倡亂而潢池弄兵所有山寇揭竿嘯聚吳楚之閒被其蹂躪者凡十餘郡縣百姓如游釜底思去湯沸以冀一日之甦者無非欲殄滅此而朝食也將軍以全師壓境荼陵攸安定於呼吸惟酃以萬山深處負嵎伏莽者尚衆須撫勦得宜而後山賊格命語云根荄不翦終敗嘉禾彼狡竄甚多而出沒無常非有以制之則無以迫其軀而脅其歸降之心故置虎狼於山澤而耽逐之欲不止援羈縻於陷阱而搖尾之乞旋生今　皇上專意招

撫無非以不殺爲恩將軍復推誠置腹於人無非欲覃敷乎　皇上之仁乃依山阻險嘯聚如故非其心不欲生無亦天厭其德而速其報也所恃者郴州各屬倘有退步出此入彼莫可控制爲撫勦計莫若先定郴州五縣則前後免脫無由謹按郴州之兵不過桂陽宜章兩防守皆係　本朝舊將揣其心迹未嘗不樂歸順欲借功以贖罪者也如桂陽防守王尚有馬步千人居賊後路素厭山寇爲患近與徭峒結連儻得將軍片紙見諭必能納款通誠以扼背路然後遣師進取則退據無地以之爲撫則見撫以之爲勦則見勦郴州五屬不於此而席捲乎軍國大事非儒生所敢知聊以是爲芻蕘之一獻焉

寄李伯蘋先生書　陳紫繩

洞庭以南文章品行自終泰雲夢緣蘿瀨園數老外千里一人百里一人耳先生崛起其閒追前啟後主持一時眞命世之雄也曩見法門集與晞齋吳先生對案共讀以爲簡潔醇暢近今得未曾有相與歎慕恨不卽時把袂今晞翁已不可復得而墨樵兄擔簦過訪無恙外郎訊幕阜先生近祉亟探行笈得布帆集暨諸雜文且鈔且讀其得意處如入寶山衣袂所拂無不奪目駭神不暇愛翫而持擇也吾鄉數年來作者數公皆後先凋謝而弟則獨處窮邨轉傷固陋況年逾六十衰相種種撩衣從游此願都虛每誦大作强半紀游且夙具濟勝經途鳥道祇知

跬步康莊卽此一端便十倍庸劣同陟參嶺漢江衣帶湖洄上下敝廬近在瀟濱一停棹便可到門追憶爾時徒令人望雲氣而興思耳然在已無御李之誠而望君速訪戴之興無乃言太恕而願過奢與敬撰俚句一章小札數行上達幸不以未同拒儻黃鵠一舉千里亦未可知弟撥脉頭之雲埽簡內之蠹焚香煑茗尚可爲旬月淹也不揣疏賤妄埒靑雲臨楮可勝悚仄

先高祖喜涉獵藏書甚富手鈔亦數百卷游歷西江隴蜀者十餘年歸而篤老手稾多佚勳生晚僅拾賸紙存之不勝悵惋裔孫應勳謹識

與甯遠諸生書　曹耀珩

今　聖天子在上德化翔洽比戸可封乃一邑一鄉之中則亦有積習相沿行之者安於固然雖明知其流弊而亦有積重難返之勢此在乎官斯土與生斯地而秀良之子爲之毅然振舉於其閒庶足挽頹瀾而鄉鄰風俗之美爲不可紀極也甯爲邑土沃人醇淸明則合族展墓有報本追遠之情焉糧餉則本年全輸有急上奉公之義焉茲二者俗之最良也其不甚良則在婚嫁一節聞兩家訂盟之始便須儀物踰年行聘用冠簪庭實牲腥菓餡芻及伯叔舅姑筐篚鼓吹百人數十人載路迨夫雁奠復將以多儀或索百金爲壽名曰催妝糜費已甚然猶謂

納徵納采古人必六禮之成方得歸妻也至女父母之家乃必冠飾釵釧上者數百金次亦白金數十戸戸皆然以致士夫之族莫不拮据支撐當鬻稱貸歷歲時營辦之有力者不足惜中人之產至於剜肉醫瘡百計甚補逮完向平之債而室如懸磬元氣全喪矣吾觀甯邑頗有唐魏之俗而富人少益藏有限此未必非耗散之一大端也更有編氓不讀書之家力不給遂將姻事懸擱數十年女老不字安心忍意恬不爲怪且有速於訟者昔文王之化男女正婚姻時有室有家之願誰獨無之而柰何出此夫女子之嫁母命之曰必敬必戒以是爲愛其女未聞愛以金釧也故古之賢婦荆釵裹布又曰井臼曰糟糠安有簪琚在首環珮在身而可操井臼治糟糠者且夫禮辨等威天子后妃諸侯大夫之妻命服亦各不同鳳冠豈宜僭越而甯邑婦女侈然爲之孟氏曰不得不可爲悅無財不可爲悅甯邑士民則旣不得而又多無財者有爲之說者曰多貽金釵爲其女終身計吾又聞夫家覛婦所有亦不甚惜動輒銷燬使用計其製造工價成色十去其五六矣就令藏之妝匣亦復何益以難久無益之玩賄徒失女子迨吉之青春可不謂愚甚耶目今省郡俱有育嬰堂甯邑以嫁女須費多生女便溺不育傷好生之心孳息不廣此又可慘惻之尤者夫移風易俗爲上者之責也士爲四民之首則化始於章縫也巨室者又一鄉一邑之所仰慕

也不佞今與諸同人及父老約限女子二十必嫁以家產之盈虛計妝飾之多寡議若干兩爲率遞減無增無已容貽之金粟卜期於九月望日齊集明倫堂以老成齋長爲倡妥議規條士夫家先行之令一邑則而效之一爲天地廣大生之德一爲男女定以時之婚一爲閭閻留不盡之藏一爲愚賤息分爭之訟一舉而四善以備庶幾數百里之內風淸俗美是不佞之所厚望也夫

上張方伯書　曹耀珩

某啟夫方伯夫子閣下書院月課中丞高公定爲三課矣執事者云三課不免於疏宜倍之且教之曰多讀則胸中有本多作則筆下生花此誠造就人才諄切無已之至心也昔賢云業精於勤荒於嬉請每月一遵六課之令三八命題永爲程限諸生皆仰體德意無敢有一期舍會課以嬉者閣下又以近來文體宜何如釐正諸生中氣質好尙之同異宜何如振舉下詢愚請得據管窺之見陳之乞閣下一指南焉愚嘗謂文運與國運相表裏文心與人心相出入治國之運必平康底定端人之心必坦易正直則文字之不宜偏陂矯激與放蕩無歸明矣子輿氏

謂詖淫邪遁之言生心害事生事害政豈可以文爲無輕重之數而矜奇任誕爲乎古人文字之不朽如日月經天江河行地行所無事人人得而見之非是雖傳述於一時而歷久必歛漢唐以來文體遞變要其必歸於正大曉暢則先後一揆也八股莫踰於有明有明三百年尤以正嘉隆萬爲鵠至啟禎漸衰本朝文氣一盛於熊劉再盛於韓翁三盛於汪何方儲中閒升降不一迨雍正甲辰後頹靡已極士之操觚括試於兩闈者率取先長俳儷中主司之繩尺遂至有文無題有皮膚無神氣非吉祥冠冕之語不書壓羹土苴令人白日欲睡近深知此種文字之非也藥之以啟禎啟禎中又藥之以章羅謂如是方可以救熟爛之獘無如主持風氣者又復矯枉過正聞近科一二總裁於鎖院校文同考呈薦上卷皆不可曰第持若所不能解識之文則入彀矣聞其言者絕倒闈墨出士論譁然其一種依稀元渺生澀險艱直是文中之魔名爲救獘實益其獘耳一時士子見此種文之獲雋也皆不顧義理之安不思矩度之合佶倔聱牙務爲依稀元渺生澀艱險之文以矜奇示誕見文字之正大曉暢者反詆笑之謂卑之無高論雖有聰明拔挺之流率沈溺汨沒於其中而冥然不悟悍然不返噫其亦可哀也已夫此種文字勢必不可久主司必將惡其劣而痛去之就令終可以獲雋問之此心已不能安試清夜取古人經世之文默自考證其

又不面憪耳熱而無如何邪文體之不正中於人心風俗遂如此吁可畏也已有爲之說者曰此種文卽不賞於當時可誇示於後世謬又甚矣昔揚子雲草太元經學問邃深豈不高於今人萬萬而後之議之者嗤子雲以艱深之辭文固陋之旨後人而可欺邪且子雲曰後世復有如子雲者必能知我雖子雲自度其文之不正未必能述後也且若輩以爲吾學章羅章羅之文何嘗不可解說今不能如章羅根柢之厚涵養之深而徒掠取其集中一二依稀元渺生澀艱險之言以爲圭臬未得章羅之瑜先得章羅之疵而侈然曰吾章羅誣章羅實甚矣李杜爲一代詩人豈無膚率之句黃金之至精也而或閒以沙礫棄黃

金而取沙礫宜乎白粲之至美也而或雜以粃糠舍白粲而飯粃糠然乎夫學啟禎之文何不學金陳宗有明先正之文則又何不宗王唐口瞿歸胡湯許必以不可解說者爲至文金陳有一字之不可解乎等而上之王唐口瞿歸胡湯許有一字之不可解乎又上而唐宋八大家兩漢晉魏之文有一字之不可解乎又上而孔孟顏曾之書有一字之不可解乎又上而典謨訓誥易象雅頌之書有一字之不可解乎夫八股至金陳與王唐諸先正之篇止矣立言若唐宋大家兩漢晉魏之文孔孟顏曾易象雅頌之經止矣而必欲以不可解說者求勝於王唐金陳諸先正與唐宋大家兩漢晉魏孔孟顏曾易象詩書則何其惑

也夫八股之秘鑰在於理筆法三字其大要以發明聖賢之精蘊脗合聖賢之神氣而止諸生氣質或中材或上哲爲文或膚淺則令深潛或蒙晦則令透露因材而篤未可拘方然而依稀元渺生澀險艱之文則反在高明一流愚所以大聲疾呼惟懼其入於膏肓而必加以藥石也顧此非愚之私言也 上諭之正文體則以淸眞雅正爲率中丞高公之教諸生亦曰文貴求其是而神骨氣格則取其淸必以嘉隆爲軌矱愚宗其大指切切言之信從者衆矣疑者亦閒有恐鄙人之言未足令靡然從風也閤下爲文章之司命其集諸生一振聾瞶砥柱迴瀾士林幸甚文風幸甚

與沈爲久書

曹耀珩

耀珩之生四十有六年矣材質譾劣不及中人又生長鄉曲未獲從當世名公卿游目復不覩奇書得少開拓其知識自分懶性夙成遂不克振拔以終老及晤足下於潺陵得一炙其光耀而竊聞其緒言私心幸甚所貽集句詩對仗工巧在在有水到渠成之致若三唐人預造此絕妙句子供足下之採擇讀者但見其意象之渾融法律之穩合而不知其爲集句也此技至足下已空前絕後第不識足下所自爲其閎窔奧而接混茫復何似也耀珩楚人也產西涯湘洲之鄉自放巴音嘗以謂百餘年來南風不競近代又極詆竟陵然庸庸如耀珩者能爲楚聲足

矣而來書云以子美爲周行何敢何敢顧其心亦有不敢自恕者學不欲安於卑近質不欲狃於風土所向往之一人則未嘗不在杜陵一老也書中數百言既備誘之復縷縷摘其瑕疵捧領之下如撥霧而見天如久夢而忽覺嘗謂今世不復有多聞直諒其人者於足下而忽遇之所論韻其一細不連用特見笠翁云云未遑考證於少陵又云一三五七句上去入必隔用他人不爾惟少陵爲然想亦不必過泥雖然足下之所云云猶言韻耳皮毛耳詩之爲道廣大精微作者嘔心鏤骨數十年不能臻其妙近體何以格律謹嚴風骨遒上古風何以音節頓挫波瀾老成拙集之爲當世所唾者何在足下其必有深見於此將

客之而不言乎抑以侯耀珩之誠求而始盡言乎費瞿如集句侯向攸邑人求之嚴平子集昔一讀之未卒業此翁處叔季之積瀾克張楚軍足下之持論毋亦有太刻者尊集句已流布同學都爲絶倒其一二篤志之士又怪足下之才之學如此則何不深造孤詣而徒驅策古人用心於無益之地耀珩無以相難幷以聞之足下足下以爲何如也

與王教授書　曹耀珩

前七月告僕云向與衡陽唐進士議搜湖南窮𡸣以終之遺文梓行唐死遂不果今欲再成是願願吾子之相之也其後晤張大理湘門感歎於亾友之素心不得志者思一表彰之言與足下同但謂既舉於鄉勿論僕曰未盡然也其舉於鄉而得膴仕者無庸吾表彰矣近若茶陵之劉子洪桂陽之郭子遠長沙之榮子銓吾邑之徐子日宏大本雖一薦能無鬱鬱之苦乎湘門然之嗟乎士子羼下數十年鉥心鏤骨求所爲名世之文不遇則又汲汲皇皇以求行世之文行世之文不過風味稍新聲調稍變實則皆可名世其品最高學最邃者尤獨行吾心之是而絶無與於人世之取舍愛憎不幸文益高身益躓白首抱殘中年齎志遂幷其所爲文詆毀之豈復有哀其窮而傳之者甚或其子孫淩夷散軼殆盡什一千百僅存於故舊門生之家久之吹爲冷燼飄爲晨風此千古有志之士所以抱憤於九京而無如何者也明之季□□□□□□□皆困抑於諸生不得其人以表彰其文今日安知有二子二子長逝之魄私恨無窮矣大約海內磊落奇偉之才得志而傳者半不得志而遂絶不傳者亦半如得志而傳不得志而猶傳則亦其僅者也然而表彰之權則恆在積學高文之大儒而又爲當世有力者斯言出而信從益衆僕曩者誠有此志而埶不重於士林名不出於鄉曲足下

與湘門所謂積學高文而又有力者也足下戚進士非備員禁林則當爲令牧湘門據要津有年今足下不屈就廣文湘門未予告寬閒寂寞之濱無二君在焉卽欲得其人而表彰之而奚望邪茲役也須每邑一有聲稱者首事近小兩邑一人文不務多拔其精者詩篇亦務搜求勿令風雅歇絕也伏惟足下河汾一席倡學東南闡微發潛端在有心人矣某曰

與張大理書　曹耀珩

某白張君閣下僕與閣下齊齒而月在仲春忝一飯之先邑中祝我者僉欲乞閣下一言介觴僕曰某而不受祝也某而受祝也徵張君言無以祝我也有狂客掀髯笑於側曰子嘗謂贈遺之文不以貴人重張君承　天子命歷中外累官廷尉不爲不貴矣子曰微若言無以祝其猶有名位之見存者邪僕曰客何言也夫苟慕名位之人以爲光榮與必卻名位之人以示高峻皆其有名位之見存於心者也吾而苟有名位之見吾鄉中某某祝張君加貴也於吾非無縞紵之雅也而未嘗樂其言而乞之客可以觀矣客微頷去蓋僕之與客言微示其端而未詳申其旨也今得敬陳於左右瀆閣下之明聽焉夫山林窮約之士獨修於家冀有聞於沒世惟得大賢之一言斯足貴耳所謂大賢非必盡無名位果其蓄道德能文章如韓昌黎歐陽永叔一流將以其名位之高而反不尊重其言乎吾湘中蓄道德而能文章如閣下者豈以名位重乎令閣下仍阨窮如曩者一諸生其爲大賢之言不有同然者乎且夫人而素不相知非有意毀之也而或失其公非有意譽之也而未當其實如其相知之深其不爲一言譽我旨微而情切也其千百言譽我予之非諛當之無慚也其訾我規我之中節取一二端譽我而亦足以風也閣下蓄道德能文章又知僕之深其爲僕言必有出俗情

與唐太史書　　曹耀珩

某頓首白太史唐君閣下昌黎云高才多戚戚之窮盛位無赫赫之光僕嘗以斯二言為士之不遇與遇而猶未遇者惜如閣下其一人爾閣下幼隨兄任試徐州童子以一日十四蓺受知學使許時菴支離南北久未一薦此其為戚戚之窮何如也逮癸巳捷兩闈為侍從文臣旋遭黜斥授徒都門更旅食姑蘇淮揚間漂泊十餘載此其為赫赫之光何有也今三復昌黎二言而謂其義有不盡然者夫戚戚之窮不必其長貧賤赫赫之光不必其在富貴也惟其懷貪得徇利之私則戚戚者吾心惟其有事功文章之著則赫赫者在當世故士而得志亦有戚戚之

窮其不得志未必無赫赫之光也閣下自窮居至通籍泊然無求篤學嗜古與當世名公卿講求著述此豈有絲豪之戚戚而亦豈為尋常之赫赫邪頃者以東平之薦拔膺北闕之徵求黼黻休明此尤不世之耿光僕區區之心所翹首而瞻跂者也趙君環莊從邗江歸言閣下甚詳又述閣下云洞庭之南齒齊而意豁者僕與張湘門二人湘門已顯獨僕坎坷久未識近者奚似懼其以抑塞自苦此誠閣下綈袍惓念之盛心僕宜何如感激顧竊自維久病積衰恆饑終窶則誠有無可如何者至於功名升沈之際固未嘗幾微不平近且結茆臨水攜兒子讀書輿會所至看雲賦詩赫赫之光艮不敢期戚戚之窮庶幾知免此

萬萬者僕而誠可祝也無藉閣下言得閣下言益傳僕而猶未可祝也將耄年孳孳修身寡過三復閣下之言以庶幾能傳故曰微閣下言無以祝僕也雖然閣下立朝居鄉不妄交接不輕許與微僕者冒瀆為一言乎哉不宣

亦差足慰故人矣.伏惟閣下遭遇明時振舉末路榮聞休暢達於鄉國幸甚某白

湖南文徵卷九十三

湖湘後學集編

書二

與馮糧道書

彭維新

恩命撫蘇深切悚懼百端交集無術澄清而目前害民秕政莫甚於收漕收漕積弊多端其弊之最甚者尤在捐勒浮收夫粒粒辛苦民間稼穡艱難舉目即見者漕糧白糧也乃貪殘之府州縣待以寶橐刁僕蠹書猾役資以飽欲院司道府吏役據以分肥劣衿地棍藉以挾制耽耽此項當秋期未至早羣焉摩厲以須矣明知其弊不一為刷滌仁人君子之用心奚忍出此哉

州縣貯帑收餉皆在堂署左右者以其近民也而耳目猶有不到之時糧倉取便兌運故距署遠近不一而所繫最鉅州縣多不身親其事僅委之佐雜家僕胥役其身自赴倉不過月再至旬一至名為查察而已心切漁利而故授家僕胥役以柄如之何不弊竇百出也一有發覺希冀以失察未減此固墨吏故智民則何辜歲受其毒今飭令州縣標示樣米俾糧戶於辰刻運集倉外該州縣每晨赴倉將運到戶名隨到隨注印冊面驗米樣相符即印記米石令交收給串收米先後以注到印冊為次同日論時同時論刻其不符者登注另期換交凡此一一目擊家僕吏役有藉口阻滯以遲需索之技者可即得其人即治其

罪矣．捐勒諸獘庶乎可杜．至於浮收．其獘根在斛．其枝葉蔽翳則在斗級庫夫人等．頃提閱舊斛．形製實爲浮收．作地面闊．底狹板疏隅裂．闊勝積狹．善搖疏裂．多容又內簇窪痕．底外凸出置諸不平之地．不待踢觸．已恆有動勢．故較時均有溢出．且斛口旣闊．四面畔板片更太厚．層積可意爲多寡．甚者可累斗餘．所稱用概者．大率概諸斗餘之上焉耳．業咨取漕院部頒鐵斛．飭府縣以椒實再四較準．復自行較定所容實數．現捐養廉銀二百兩．令長吳元三縣照造部斛二百四十隻．以曝乾堅木爲質．五分其底爲斛脣．脣方四寸．邊陡削劣受半口．斜殺遞下．裏以平滑光晶鐵片．與木附．更慮榫寬鏟薄．其隅稜底縫．亦徧嵌

鐵葉．俾無鐵罅．斛身外內四周．烙記巡撫銜火印．其概用輕桐木鐵絡之．約其推移分寸．與斛口適平．米少溢概．不相借矣．屢集文武各員．置平地量試．浮勻撮則頹而速下．走而不居．與部頒鐵斛所容顆若畫一．俟兒至復面集府縣細較．無少差．然後分發州縣．各三斛．其二收漕白．一令發里保具領．鄉城糧戶悉聽照造．高卑從便．惟斛口分寸．斛腹容貯．不得稍一增損．斛外各書姓名．遞送糧道．較明彙呈．烙記火印．示期認領．民間有此準的．輸糧斗石．多寡可自預知．交倉一有浮收．卽知分數．持斛申訴．殃民州縣．無可置喙．浮收諸獘．庶乎可杜．夫粟米之徵．上供

天庾．州縣官身親地丁．而迹疏漕白．一近一遠．殊乖敬

恭借曰審鞫事件．倉堂難與兼辦．在廉幹之員．固能幷行不悖．卽中材以下．朝夕尙有餘暇．可以勉爲．試問日坐衙署．排班審鞫諸案．自信果無不允當乎．則非地爲之．人爲之也．況自開倉訖於開兌．其期可以月計．祇特恐身在倉中．家僕書役．仍復爲政．捐勒浮收．仍復不免．蠹國害民之罪．更不可追耳．東南漕獘積重難返．昔賢所謂甚者更張之．此正其時．惟是時日已迫．奏請懼或稽時．咨部亦必踰月．急治其標．先除捐勒浮收二獘．其餘漸次釐清．至結濟不治．則必事　題達．方克澈底廓淸．從前州縣頗以運弁運丁强索無狀爲言．不自責己．何以責人．果其潔清無瑕．而彼復逞猙獰咆哮故態．當卽通詳．盡法以痛處之．

爲民生吐氣．是亦仁人君子之用心也．告示稾所列獘款甚多．尙必晤商．以補所未備．卹民知有同心．挑燈屬筆．不覺辭費．幸迅發遣來．計刻以竢．

寄楊賓實前輩書　彭維新

頃徐壇長太史言先生春初入覲時，於其案頭見新所作蓮葉田田賦，讚賞不容口，許以麗則之中涌淩雲之氣，鎔長卿孟堅爲一手云云。奬藉太甚，深用惶恧。甫還署，又辱手書，有云：詞藻之學，未足立身經世，惟沈潛遺經，研味程朱緒論，方有實際。又以節飲不但保體，實以蓄德爲言。捧誦迴環，媿悔感激，并於一時。先生平昔以正自處，以正待人，於心所期許之人，尤懃懇篤摯，冀偕入於道，聞有過舉，卽昌言糾正，此古君子之用心也。顧新愚憒後學，方且擿埴索途，何期而得此於先生也哉。新自通籍至今十二年矣，當代所稱有道德文章者，均辱忘分忘年相

接遇，揄揚過實則有之，指其失而肫切警戒者，曾未一覯。至於同儕寮友，恆與共編纂，偕出入，非不日相周旋，正昌黎所謂相熟相同，不敎不學，悶然不見已闕者。藥石之益，始獲自今，抑何所遭之幸邪。新於詞藻之學，初亦未嘗專攻也，特以旣厠詞垣，筆墨策勳，其所有事，人爲之，己亦爲之，始而嘗焉，繼而嗜焉，未已也，久而思飫焉。於是貪多務廣，競長角勝之念，渟然雜起，窮漁獵，役心思，以冀得當，閒一快意，而勞瘁已多。雖未敢效爲綺語，然質樸古淡之風，去之漸遠矣。卽以文章論，已非其至者，徐庾之體，何若賈董，賈董所著，甯望六經，而毌於習尙，幾至溺而不返。乍聞提撕，如久寐之方覺，宿酲之倏醒也。夫人之心有所檢則存，少縱卽放，好賦之與好飲，事雖有閒，而心之易流於放均也。自今以始，當悉蠲宿嗜，日以治經自程督，不惟沈潛於其義也，必以踐諸事爲驗。未敢馳騖經世，先期飭厲其身。至文酒之會，久已厭其頻數，此後獨飲，亦嚴立限制，善後圖以蓋前愆，勉副長者之勸戒，亦所以自愛其身也。揚子雲其人不足道，尙以賦爲壯夫不爲；陶士行東晉第二流人物，猶能懲酒失，復痛戒將佐。新素頗不甘暴棄，鄙旣不能爲不遠之復，玆承古誼相勗，若復以繆迷沈湎爲小疵，而閒蹈舊轍，自待居何等乎。深惟厚意，知期望甚切，故亟佈悔改之悰，以報左右。此外闕失，必更有不自覺者，相隔郵程匪遠，先生一有所聞，務卽直爲指示，是

尤朝夕所禱祀而求之者。

與張慕莘漕院書　彭維新

收漕叢弊久矣。府州縣知之。糧戶知之。經過士大夫游客知之。往來商旅氓庶皆知之。而督撫苦不盡知。至漕院則未敢定其知不知也。何者。府州縣舞弊者。糧戶受弊者。士大夫行旅諸人飫聞其弊者。督撫職務繁冗。漕務特其一端。欲察弊患不精詳。故苦於不能盡知。漕院專司漕政。漕弊宜無不知。而或不知。或知亦若弗知。故其知不知。不敢以意定之。新七月十八日始接到撫蘇　恩命。二十二日始涖任。各屬收漕期屆。極知癰不宜養。然欲奏告咨請。恐均稽時日。且開兌有常期。卽民間挑載輸納亦不宜屢疲往返。急則治標。去其太甚。應先杜其浮收。因

提驗各州縣舊斛。率面闊底狹。板疏隅裂。斛唇四旁板厚及寸。適誨以淋尖踢斗而已。是以咨取部頒鐵斛。親率職漕各員。以勻淨椒實再四較準。所容確數。貯之小口斛。緣以鐵片。陡薄斜殺。不能溢積。闊底平穩。無能撼搖。不過縮舊式之闊以補舊式之狹。底面小異而腹之容受則一。謂之釐弊則可。謂之更制則不可。夫遵制違制。惟視其實之異同與否。形貌其膚末者。堯舜禹湯貌不同而均爲聖。耳目口鼻形相類而心難知。必惟形貌是求。則是陽虎可以定禮樂。優孟可以相楚國。虎賁可以續漢史。失實踰甚矣。較斛爲漕院專責。今執事每年較發。較其腹貯之實乎。抑較其外具之形乎。較其實而實未可盡信無爽也。聞鐵斛雖貯郡庫。而司其事者別有其人。恆以鹽醋沃其裏。瞬刻鐵繡磊積。各省糧道較斛時。司此者視意誼之厚薄。酌爲熾燒剷刷之等差。而制其鐵繡去留之有無多寡。所謂實者如此。其運兌不至闕少者。以此斛歲經燒刷。不免如泰山之霤。且各省收漕不盡平概故也。至核其形。徧閱各屬舊斛。或高或卑。或庣或堅。是悉經漕政衙門較發者。而形製已不畫一。若此惟闊口狹底寬邊則無弗同焉者。玆小口斛方者仍方。未嘗規方而爲圓也。實固脗合。形亦大同。執事昨較山陽桃流小口斛。曾有圭撮之增損乎哉。更制之說。可以息矣。頃有來告者曰。漕院恐此處摺奏。又改斛未經會商。故未釋然。新卻之曰。吾從不爲含沙

射影之事。人所共知。矧執事稔悉素行。甯或疑此。至未經會商。非改也。焉用商。且處公事惟問是與否耳。意氣小激。致貽民害。小丈夫猶且顧慮。度執事必不然。至是。又有來告者曰。漕院疑終未釋。已將改斛事具奏矣。新曰。誠有是。謹預辨明白。同奏槀相待而已。吾輩共受　朝廷厚恩。剔弊諒有同心。悠悠之口。原不介懷。玆揚州守楊繼椿傳執事語云。小口斛誠便民。但恐以更制滋口實。此必殃民之府州縣詭爲此說。以淆清聽。願勿代爲過慮。此釐弊也。幷未更制也。　聖明在上。新不敢爲畏首畏尾之行矣。瑣瑣累牘。伏望照察。

復方靈皋書　彭維新

夏五人還接手書意誼勤懇期以前哲校文待士之道弟雖拙鈍敢不勉奮以副知己之望承云先刻熊劉等稾示學者以爲文之鵠此時固不暇然亦可不必此邦士子非無穎拔之才磊落雄杰之氣而析義不精儒先闡發理要之書未嘗研繹六經左國成誦者尠至三史諸子及秦漢唐宋傳文即素號淹洽者亦祇就坊刻庸選摘記三數篇而已根柢淺薄文字杜撰剿割股法章法卒無謀篇之善者正由平日專讀時文益多益蔽而於舉子業終無裨補視事初曾飭示以應讀之書而於左國及子史歷代古文慮生童日力不給第擇舉篇目百五十餘刊布

俾之錄誦塾師以時程督其英分敏慧者聽讀其全不在此限邇者按試東兗覺文體已變俟之歲月必更有可觀蓋近日文字敝在於枵腹空拳是以疵病百出譬疾者雜證迭攻總由元氣虛秏而生非通經學古以實其內不足以療之果能沈浸鉤貫於古人之書臨文手眼自別其於前人文稾自能判分白黑不煩專示以僅讀某某稾也矧熊劉二先生文各有偏勝勝國諸名家之文亦然竊謂徇末而遺本未若窮源以及流之爲得也有便幸更轉示至弟考規雖嚴而等第最寬取錄不一格亦不求備援遇諸生以禮有文行者更體卹周至惟於訟魁長鎗則痛懲不少寬假此二種皆獲罪名教敗壞風俗而長鎗尤甚學使者汲汲欲擢眞才而鬼蜮輩處處售以贋鼎其人或廪生或增附生或曾中鄉會試每十數人隨棚流轉賃大屋聚書羣居城市無賴游手爲之奔走偵伺考規疏密引鄉曲桀傭子弟議封多金重賄廪保倩代冒名入試或胥緣遞稾與人最工於規撫風氣弋獲則朋分封金案發時生童各已散歸學使又按臨他郡故發露者少夫以掄才之地視爲鬻貨之場爲天壤間至不平之事此類若不盡除根株是植稂莠以害良苗也學臣不得辭其咎矣故於察出數案嚴示懲處必待三年試竣然後酌爲開釋非苛也彼既甘自外於士斯不復仍以士待之庶狃而扞罔者不至接迹而起所全實多於理於法於事勢均不宜

於姑息者也尊教云斥責已足戒後似未爲局中者審計耳吾以救弊也兄甯以他規我次東阿驛館齋冊役入都恩迫殘暑揮汗率佈不宣備

與蘇州太守徐正峯書　彭維新

積欠至一十六年欠數至千餘萬兩在案之眾至數百萬人清查方始自必羣疑滿腹惟應示之以誠處之以靜行之以簡斯鉅案可漸次廓清昨聞司道府州縣分協查各員咸集滄浪亭公議深慮人稠口眾意見不一片語失檢伺聽者誤爲傳聞狡黠者謬其辭說煽惑沮格由此而起故遣巡捕官熊國壽宣言於眾諭以此案查察要在清釐勿用訊杖而諸君中或有河漢其言者此爲大惑　皇上如天之仁許侵蝕者自首免罪刑布　恩旨城鄉共曉夫自首云者感激　殊恩省悟改悔不忍不敢之心幷集一時發於本心之誠然吐首而不諱也若

刑以威之勢以挾之則是強之以不得不首而不得謂之自首矣如此自首首必不實且預伏異日翻騰之根案亦易搖三年爲限不滿千日若惟杖是恃日亦不足安有餘力核查矧十六年之欠千餘萬兩之數數百萬人之眾罄南山之竹亦不足以給杖矣故訊杖可置勿用也豈惟此時將來州縣官協員下鄉挨查尤宜屛去此物業已　恩給養廉飲食日用例應自備絲毫詎復累民一主一僕一胥一役迴環往來使鄉民幷不知有官長下鄉方爲克稱職業盍鄉民耳目善驚見挾杖之狀聞受杖之聲已心神不安查欠情形易擾一有被杖之人羣切濫杖之懼必迎合圖免苟且卒事何名清查故訊杖斷可勿用也惟宜宣示　皇恩設法開導諭以據實自首原不強迫儻本無而代人擔承本有而巧爲推卸轉瞬核查敗露徒然自取咎殃人有天良詎難感格彼蒙　寬貰深仁又見根查得法何所苦而不獻其情何所樂而必逞其詐乎則所首之有無多寡其不實不盡者度亦鮮矣夫仰奉　恩綸奉行不善身膺查察辦理無方徒藉威勢以僥倖成功似此州縣官協員無其實甚不列糾參則是總理大臣負　恩誤國也蘇爲首郡幸卽錄此札徧及各屬

與朱參議　　彭維新

名鴻緒河南人庚辰進士歷汀漳道簡隨清查素刻苦有操守然性迂怪如奏求戴翎及在江南以完欠糧冊檄廟神試訴訟者餂土吞紙石磨金山寺僧頂之類皆可笑此勘丈詳內徵引不倫沾沾自喜旣駁其詳恐其護前故復致此書以諧語抑之

閱來詳有各屬告訐隱漏田地六千九百餘畝姦詭田戶百四十餘人請單騎親行勘丈兩旬可竣等語又遽將銀數米數造冊甫見彈卵遽求鴞炙太覺早計查鎭屬三縣舊額田賦二十七萬六千二百四十餘兩入　國朝來近百年歷報坍荒無幾

經壘勘壘核未曾概予豁除何有隱匿如此之多豈從前守令盡屬夢夢抑里巷小忿宿讐借題揑告是皆未可懸揣但自來淸賦之法甚多何至遽議勘丈勘丈不善非惟不能淸賦適以擾民而已矣夫淸賦之法以鎭靜爲本以精到爲用以符合爲程而勘丈則一一反是以監司而自欲履畝彌滋糾紛苟冒然一舉弊有不可勝言者蓋用獨墮用衆亂證難憑多難徧散難稽時難待暑雨難廢供用難給事緒難終必使一人之身百役具備而後可不則需人不得不衆必使禹皐爲官伊周司書算楊震吳隱之諸賢充弓手各役而後可不則朦混賄賂必不免必使王烈陳寔之流爲族長鄉保里鄰田鄰而後可不則互相朋比售其欺謾更必與地謀必使田戶地畝無多舉目易竟而後可不則阡陌交錯識察不周又必使田地片段止一二處別無畸零而後可不則假借影射顧此失彼更必與天謀必使勘丈之時常如秋杪冬初而後可不則阻泥淖而躪損禾稼又必使勘丈之時霆霖大霽炎敲遠遁而後可不則雨立汗浹不能卒事又必使中田欵有廬舍飲食器物自然具足而後可不則晝餐夜宿非苦田戶則累附近居民數者備矣又必與己謀必使監司之身別無他事移其耳目紛其心志而後可不則或斷或續或疎或密積旬累月終無結束凡此者爽其一能鎭靜乎能精到乎能符合乎恐未必能也故知勘丈之事之不可冒然

而一舉也然則柰何夫旣爲訐告者揚波敢遽信田戶之不匿垢善其所發惟有與人謀而已應飭各該縣先令被訐田戶自行丈量寬以時日俾反覆壘丈將所坐地名田畝分數縱橫弓數幷四至八到與田鄰姓名一一具實造冊具結呈報幷取族鄉里田鄰各甘結令田戶以小片竹籤照冊淸寫釘插該田四畔密飭該縣於他事下鄉時出其不意悉心抽丈倘與冊籤不符更細加訪察詳悉質審欺隱果實依律定擬通詳以憑奏請另案查辦虛則反坐告者如此辦理似頗熨貼然自田戶而外民之被擾者已不少矣特此善於彼云爾記不云乎言必慮其所終而行必稽其所敝恐膠執成見聲張勘丈姦胥地棍必有

乘機嚇詐之事可無愼乎緣批詳尙未暘悉聊復引伸其說惟
熟思之

與馬虞樽少司空書　彭維新

某月日承示書旋具印咨奉復未及荅書者以所言悉具咨中
復書亦無所異同也今晨江甯李守面稟奉到密函各屬有輸
納者卽另櫃暫收登註所造冊糧名下俟弟還蘇再奪聞之驚
愕此舉誤矣我輩奉　命總理清查江南康熙五十一年至雍
正四年又雍正五六兩年積欠錢糧千餘萬兩惟在悉心查察
一一得實俾官侵不混入吏蝕吏蝕不混入民欠民欠不混入
官侵吏蝕始不負澈底清釐　聖意然清查不混譚何容易
一有所開則清查之實離一有所雜則清查之緒亂一有所擾
則清查之弊滋而事必稽三年期限業已過半略涉紆折紛紜

不但自致逾違抑且自蹈欺罔殊可悚懼夫清查所務者查也
上諭肫摯許自首免罪卽我輩屢次面奉　聖諭諄切
詳明惟期根柢明晰未嘗偶及輸納是　聖明於此案辦理
之法已燭照無遺矣迨事後曉示城鄉檄飭司道府州縣惟以
首欠注欠挨查核查務須確實反復丁甯並未隻字及於輸納
各屬遵行年餘漸次廓清卽爲厲階倡此異說致名實乖離煽
惑遠近非巧於用開貽清查垂成之局而何其核實查法面議
敷四始定章程章程畫一始飭遵守前據官吏民遞次輸誠吐
首又遞次飭委各員迴環調換確查又遞次嚴飭絲豪不符務
細核改正草冊底本積累已多清冊攢造繕寫及半此後惟應

示續首續改者以停止月日至誠開諭多方訪查人非異類未必昧天良而抒法綱若復有不實不盡之人懲一二以儆其餘要通行核正斯清冊壘證堪憑不須屢易清查一綫到底無有紛煩今正在冊籍首數忽令登注納數猶治絲而棼之也總理受　命率大小各員清查而自欲代州縣有司催科查不成查催亦不能盡催兩俱無當紕繆極已況爲侵爲蝕爲欠數各有定而輸納之或多或少或遲或速或無或有事難預期數月來覆查覆核面對互證草冊定始造清冊前功可念忽以輸納擾之輸納者絡繹則現成之冊不時改要輸納者寂寥則籍冊之胥遷延停待非淆卽誤勢所必至且紙筆飯食之費日增日

延出之於官究必巧取於民而且清冊頻要吏易舞弊強弩之末磨對爲難以不可信之冊累無可訴之民民未受清查之益先受清查之擾仁人奚忍出此至於徵收之例從無竝集一時夫帶徵之項猶必分季兩稅之徵尙有定限　朝廷所以紓民力也秋杪地丁漕白均迫正糧戶供輸拮据之時而欲竝徵十五六季之積欠應者其誰尊札云州縣多言願輸者鼓舞姝不足信度各州縣富家大戶少者十數人多者數十人而止此十數人數十人或見歷查弊根盡露恍於浮言勉強輸納少許冀破滅其累萬盈千之欠數自非眞好義樂輸者也果其好義樂輸必不俟至今日矣其餘卽心欲輸納而力難勉強今雖檄有

司聽民自願不得追迫然東南有司利於徵輸多項旣喜積零捲尾可實私囊兼揣摩總理大人勸諭多多益善之意曲爲迎合胥役慫慂早已礪刃身以備攫噬追呼四出蔽扑徵比勢將不遺餘力猾書荐民乘機恐怖鄉愚飄蟲核明確之首項增告訐延案之訟端冊成復改改冊復造造改相尋何時鼓局又況畸零小戶旦日易欺賺收包納私票贋票等弊因此復熾洗痼之疾甫除腹心之疾續起後卽三令五申不足示信於下弊滋勢棲居然可知矣故惟宜鎭之以靜持之以約導之以不欺恤之以不煩費官侵吏蝕民欠核查截冊者無一游移清冊報竣其有自願輸納者聽赴各州縣印官交收另櫃仍用連三串給

與執照另編一冊於某某糧戶總欠數下登注已完若干將來於黃冊尾後結一完欠總數是則查自還查納自還納兩相關而不兩相混淸晰簡要限期可副辦理無淆庶可仰慰　聖衷不然者漫無定見猝爲要張使弟不奉而言中以上所陳各弊迭起循生三季之限固不免於逾違兩可之行要草辭夫欺因清查不查以致不清總理之臣其何以自逭於辜戾哉言念至此渙爲寒心夫流水不鑑而鑑於澄水秋豪可數而迷於飛蠓者動靜之勢異也清查之道實與相類武闈事畢卽星夜返蘇亟商救正檄飭未久猶可及止身在事中不敢不盡言語涉戇激原之幸甚

與唐宗舜一　李文炤

思慮紛擾而晰理茫如此。吾人之通患。然我日斯邁而月斯征。期相與不負斯言耳。儀禮經傳之書。如大禹之治百川。不必盡符洪荒之迹也。然而九州攸同之功。終必賴之。但明時洪武閒劉有年嘗進逸儀禮十九篇。乃唐時所亾者。今不可得而見。是亦千古之恨事也。昏禮必告於廟。此人情之至當。左氏所譏先配後祖。恐正指此而言。文公於儀禮傳記雖有存疑之辭。而於家禮已定爲告祠堂之制。闕疑之心。折衷之義。固幷行而不相悖乎。廟見非必以盈三月爲期也。因時祭而告於祖考耳。天子諸侯之時祭。嘗因卒獻之時而策命其臣。此可以類推矣。注疏

所列制度文物。固不可廢。但不無支蕪迂悖之處。朱子猶未暇一一修改。儻踵事增華。不無待於後之人邪。喪祭之禮。雖竭力以考究之。而苦於勉齋舊編失其體要。而祭禮爲尤甚。不揣固陋。欲稍加增損。以合文公所修五禮之轍。聊以此意相商焉。家禮之書。大經大法。固足以更化而宜民。然其制度文爲之閒。所未安者亦多有之。因輒率然爲論。殆近百篇。名之曰拾遺。而鄉禮則取鄉約一則。學禮則取揭示釋菜儀二則。別爲二卷。名之曰附錄。異日成書。當以相質也。

與唐宗舜二　李文炤

昔承德音。而以俗冗往城。未及奉答。所問皆聖學大端。而淺陋何足以盡知之。敢攄臆見。以俟高明之裁擇焉。誠之爲說。莫詳於中庸。然大約不過實理實心二義。若通書之所言。皆以理言者也。（第四章以心言）中之爲說。亦莫備於中庸。而未發之旨。推極性原。通書雖專就已發言。亦舉用以該其體耳。神之爲說。則易屢言之矣。如曰觀天之神道。而四時不忒。又曰神也者。妙萬物而爲言者也。則非天命而何哉。葢誠者理之原。卽太極也。中者性之藴。卽五行之各具也。神者命之機。卽陰陽之不測也。以是推之。而圖書之相爲表裏也明矣。小學之辭。誠便於誦讀。然吾輩於

詩學不甚精工。翻覺堆垛成文。無復風以動之之意。異日俟玉友張先生相聚。與之商搉。當必刷出機杼耳。明史是非。大須討論。如所疑數事。亦其要者。洪武事不師古。不可勝紀。不使建文終喪者。彼實不深知周公漢文之優劣耳。然而爲建文者。恐當以聖制爲重。祖命爲輕。庶幾權而不戾於經乎。永樂之篡。彰彰千古。作明史者。當每歲書建文帝在某處。而分注永樂之年號。至仁宗卽位。彼之興復絕望。而此之善政方新。然後略建文而正洪熙之統。差可以得其平耳。景泰之立。亦與唐肅宗宋高宗無異。雖于少保之才節。不能有所匡正。毋乃未聞道之過邪。李鄴侯力辭相位。其識殆加於人一等矣。大禮之議。聚訟紛然。張

楊諸公各執偏見而未深察乎撫育推擇之不同則是秦固失之而楚亦未爲得也葢君臣之義父子之恩二者并行而不悖乃各得其安當是時苟能列正德於七廟之內而祀與獻於別祠則公義與私恩交盡矣安得以宋仁宗之子英宗爲比哉舜受堯之天下而未聞廢瞽瞍之祀光武雖中興漢室而亦必承元成之統（光武又似太過）古人之權衡審矣至若兄終弟及禮之變也然旣嘗爲君臣則兄弟一倫又在所輕觀展禽逆祀之論可見其槪矣是卽兄弟數人相繼而立如吳子壽夢之類恐不得不以一人爲一代也但於昭穆之次又不相合此非率然所可決更思之可也儀禮二本謹以相付通書後序一篇亦并呈教

與唐宗舜三

李文炤

違教甚久晦明風雨無日不往來於心也伏讀尊諭足見切問近思之至顧淺陋何足以知之聊據鄙意縷陳而待明者之擇焉嘗謂儀禮之分經傳固朱子特刱之例而推之太密則亦未能悉協也今試觀於中庸之篇非學禮內所收乎其閒或論理或敘事錯出竝見而後成文若以例分之則如亂絲之不可理矣如所諭保傅篇文完字足渾然天成又何可以割裂邪故愚所訂祭禮有經有傳者還之以經傳之舊（特牲少牢等篇是也）有經無傳者存其經而不必湊他書以紀之（如遷廟釁廟篇是也）有傳無經者存其傳而不必割他經以綱之（郊社蜡祭之類是也）庶幾簡而易曉後世如有作者存此藍本自能因舊以爲新豈必斷鶴續鳧而后爲備哉莊子之書少時甚好之自庚午見王能愚先生之後則不敢專心於此矣然其學大抵爲我之學耳以其精者治身以其麤者治世故體用兩橛而卒不可行逍遙游言所見貴於無待也齊物論言成心不可以不忘也養生主則其入手處人閒世則其應物處德充符充實之驗也大宗師歸宿之地也而應帝王之意則猶釋氏之所謂周徧耳觀其末篇自敘置孔子於不言而以關尹老聃另爲一家之學與己不同其諸佛學之胚胎歟索隱行怪後必有述寔其然乎世途甚隘吾黨甚孤斯征斯邁惟賢者是望餘不宣

與黃上珍　李文炤

山居孤陋．忽聞榮捷南宮．且授任銓部．內此本積學所應得者．亦不足爲吾兄驚喜也．近接手書．拳拳舊好．又得聞方靈皋先生之緒綸．令人神馳．鄉遂都鄙無異法．拙傳已如此立說．觀孫子云．興師十萬．不得操作者七十餘萬家．則吳越之區亦用成周田賦之法矣．葢朱子之於聖學．譬諸李沆韓琦．安社稷則有餘．拓邊境則未暇．故四子之精蘊．闡發無遺．而六經之名物度數．則未免於闊略也．邇來作春秋集傳．而成周之典制益明．不知胡康侯何以不信周禮．而乃欲解春秋也．然弟亦非勇於苟作者．因前年冬月．漢陽有傅愼全者．乃陝西李二曲之門人也．

年已七十矣．因其師遺囑．易經不得眞解．令徧求四方．渠乃篋之．以爲在西南湖岳之閒．遂策杖至衡．諸友引之來舍．留止數月．以董蘿石自擬．攜拙作易說以歸．而留其鄉人楊恥菴所箸春秋說經寫本於齋中．其書亢爽徑直．盡去諸儒牽合附會之陋習．但過於屛棄傳說．未免有扶醉漢之譏．又得吳宥函春秋臆．亦多所發明．而惜未盡也．以此起興．勒成一書．俟脫稾日．然後可郵寄耳．少讀方靈皋先生之文．以爲有震川之廣淵．而加之以潔．有荆川之精卓．而加之以腴．不意吾兄得與之訂交也．今有羣書序文數首．欲求斤削．未審可否．亦更有囑焉．年齡混到垂暮．而友生鮮同方合志之人．吾兄交游甚廣．若遇有一箇半箇灰頭土面之士．可指引到山齋．相與資麗澤之益．庶免孤陋之慨乎．榮吳二老友．必嘗聚首．當於經濟之方．互相講究．使他日入循吏之列．亦桑梓之光也．王徵海．蔡秀水．陳滄洲．至今猶爲美談．況進於此者乎．周思皇館弟家塾．唐宗舜館團頭市．相去五里．家實菴館張仙菴．相去十里．故常得晤．已將尊札徧呈閱矣．

與黃上珍　李文炤

客冬一晤·倏爾暌違·續聞尊居失火·不覺心悸·未審所失幾何·且旋卽營繕否邪·邇來家食所事何務·所讀何書·因風諭及·是所望也·弟則壁宄雖少而離索無聊·只得取故書而溫習之耳·偶因避暑啚意楚辭·然覺前賢之遺議者亦多矣·如離騷之篇·高邱指京師也·春宮指山東諸國也·西皇指嬴秦也·高邱無女·旣不必求·春宮諸女又不易求·西皇則仇敵之國·義不可往·是誠我瞻四方蹙蹙靡所騁者矣·又如九歌之篇·東皇太乙思皇也·雲中君思帝也·河伯東君思王也·河北指禹 東君指湯武 湘君湘夫人思賢后妃也·大司命少司命思賢卿佐也·山鬼思遺賢也·國殤

思良將也·禮魂思太平之民也·皆不可得見·則萬品失序之景況不已宛然在目乎·其他妙義甚多·茲不能悉呈也·又閒取老氏之書觀之·葢亦未可忽視·致虛極守靜篤·非邵子之淵源乎·見素抱樸·少私寡欲·非漢文帝之矩度乎·其引聖人云·我無爲而民自化·我無事而民自富·我好靜而民自正·我無欲而民自樸·又云·受國之垢·是謂社稷主·受國之不祥·是謂天下王·意非上古之聖人不能爲此言·而老氏傳述之耳·鄙見如此·明者以爲如何·

與黃上珍　李文炤

辱承手札·籽想良殷·但以禫服期迫·不能如命·所諭婚禮·弟亦何知·但蠡曉守壘本耳·古之六禮·文公已裁其二矣·此聖人之因革隨時·非末學所敢議也·其納采納幣親迎·儀節亦甚簡便·但廟見一節·微有可商·古者三月廟見·家禮改爲三日·已有定說矣·但家有祠堂者此則甚宜·今吾鄉無祠堂之制·祖宗之靈皆在寢室·豈有合巹之後·舅姑尊長皆揖讓於一堂之內·而獨於堂上之祖宗乃遲之三月之久乎·然則不得已而次日告神·然後拜見諸人·或亦庶乎其可也·至於鄉俗皆有拜見天地·望空行禮之說·此則惑之甚者·萬不可從·士庶人之家敢輕見於

天乎·其餘則亦無可議者·況令祖之淹博·又何待於後生之贊襄也·下問所及·聊盡其愚耳·抑此猶其文也·正倫理·篤恩義·使修家之業積厚而流光·是則吾兄所素自任者·而安可以不勉也哉·雪窗螢案之下·溢爲詞章·有繕寫者否·期見示數首·亦欲以覩吾兄所存之一二也·試期不過來春·面晤非遠·辭不盡意·臨楮神馳·

與張再超　李文炤

圖書配易範之說古今諸儒所論皆未有愜意者昨因以學院發策而精思之爲論相付未知當否惟高明裁之河圖十數對待聖人則之以作易洛書九數流行聖人則之以作範易所以道陰陽也範所以道五行也葢一陰一陽之謂道圖有生成之相合故易以奇偶像之圖有方面之相敵故易以老少像之圖有內外之相重故易以畫卦像之圖之中邊層級渾之則爲三所謂沖氣以爲和也故易以三畫小成像之析之則爲六所謂兼三才而兩之也故易以六畫大成像之至於大衍之所則則聖人固已詳言之矣若夫書之九宮乃五行之位也天有五氣

地有五質人稟之而三德分焉沈潛水也高明火也彊弗友金也變友木也平康土也聖人參贊之業因是而生此所以一居下之中而六八貳之也八政卽六官也食貨司徒皆地官之屬祀掌於宗伯乃春官之屬師掌於司馬乃夏官之屬司寇掌刑而行人掌賓附焉皆秋官之屬司空乃冬官之屬五卜固分五行之兆二占亦各具八卦之體皇極立而本諸身徵諸庶民質諸鬼神此所以五居中而三七輔之也五紀之中歲如元月如會日如運星辰如世歷數則運行其閒是卽生長收藏之蘊也五福六極之內富焉而壽反是則疾通焉而康甯反是則憂遂焉而富反是則貧困焉而考終命反是則凶短折攸好德則善全其美反是則惡且弱是卽元亨利貞之用也聖人恭己敬天而威福萬民此所以九居上之中而二四匡之也由是觀之盈天地之閒莫非陰陽五行之變化特易出於上古故但寫其渾淪之狀範呈於天中故幷列其條目之詳嗣是以後惟濂溪周子深知之而太極通書遂合二者而益推廣其義耳必欲舍此而於方隅子目之閒屑屑比擬之是亦徒勞而已矣

上玉友張先生　李文炤

相別數月鄙吝盈襟近況未審何似也山閒寂寞左右觴編雖或有一得而無與質正者每念函丈而輿慨耳數月以來將勉齋所編禮書去其重複正其顚倒卒妄之罪所不能辭然子儀光弼亦豈各成一軍但注疏尙仍漢唐之舊意欲更訂焉而苦於力之未逮也蔡氏範數其義似皆推而得之已略爲之說矣他日相見當以面質耳近讀周禮爾雅始知前此易注其於名物度數多所未察如小貞吉大貞凶宗伯太卜之職皆有大貞之文謂封國立君之大事求正於神也他若祭祀田獵皆爲小貞可知矣屯之九五坎體也坎爲鬼爲禽化坤爲田役故小貞

則吉然其性本陷無君長之才故大貞則凶咸函古字通用春官大祭祀則老成之杖皆以器貯之名曰杖咸夫山澤通氣男女搆精皆虛受之象也莊子釜底之黑謂之鹹則易之命名審矣豐之蔀旆與斗皆以車中所有言之蓋考工記輪人章謂車蓋之上承者爲斗植立者爲部此卦下離爲車上震爲馬爲塗中複坎爲弓輪乃其象也至若沬者隱晦之義也楚辭憑心未沬檀弓瓦不成沬亦其明證舊說何故而以小星訓之耶爾雅牖戶之閒謂之扆其內謂之家蓋古者戶在東南設黼扆以蔽之家人之卦外巽扆象也內離牖象也且巽下斷而爲資斧則扆之質與文皆象之矣考工記又謂治皮革之柔者爲需夫至堅之物遇水未有不濡者需卦之所由名也儒字從需儒亦有取於雍容和緩之義歟節亦兼取節候之意故傳謂天地節而四時成又以卦序考之三十卦備而坎離會以象日月之交也六十卦具而節體成以象甲子之週也不亦曲而中乎司市大市日中爲期離象也其下有廛次艮象也火山爲旅殆以此耳凡若斯者不能盡述以是而益歎讀經之難也昨於熊世兄宅偶得李謙菴易說其書固多偏駁然其精詣處亦有迥出先儒者如云乾尙質而崇德行坤尙文而多辭采以故華芭不出於松柏纂組恆由於女工此尤學人所當銘心之語不知班若先生何以竝不寓目也學欲約不欲陋豈非吾人之深戒乎

與劉匪石　李文炤

京國聯鑣，漢江異楫，本擬星沙繫纜，草堂盡歡，不料泊舟之時，聞兄已帆隨湘轉，望衡九面矣。續得手畢，捧讀愧無實以當之。雖然，厚意不敢以不報，則略陳其愚以請質焉。葢吾輩之所以不及古人者，自入蒙館之初，卽專以文辭爲事，而於明體達用之學，槪未之講，故成已成物兩皆無具。仁兄旣任教督之責，自今以往，宜先取小學之書，令其講習，在成人可以爲桑榆之收，在小子可以爲後車之戒。然後涵泳四書之旨，將集註或問語類細玩，以求聖人之意。六經之中，惟詩書禮最切於日用，不可不兼通而熟復之。觀近思錄以究諸儒之精微，觀淵源錄以考

諸儒之踐履。次乃及於綱目，則古今成敗得失之迹可得而推也。次乃及於律令，則異日臨民出政之方可得而嫻也。至若詩賦之類，本無關於輕重之數，何必深留意乎。居家之法，一以家禮爲準，庶可寡過。吾輩旣忝附衣冠人士之末，則爲鄉黨之倡率，有不得辭其責者。葢儒者之學，體用兼該，或出或處，隨宜而施，文辭乃其餘事耳。卽掇巍科躋膴仕，而人之賢否初不係此也。胡康侯及第而歸，與客弈棊，其母責之曰：汝謂得一第遂足了終身耶。鄒智十六發解，鄉人聚觀，智以詩諭之曰：龍泉寺裏苦書生，偶竊三巴第一名。世上許多難了事，鄉人何用太相驚。彼以婦人童子之識，而且猶若是，明者宜知所自處矣。

與陶倫宰　李文炤

黃甲列名，中秘讀書，此士人之榮遇也。然詩文應酬之類雖不可廢，而性命經濟之學則尤當汲汲焉。老冉冉其將至，恐修名之不立，每誦此言，不勝感慨，願吾兄之及時也。弟養拙林泉，俗冗紛集，客歲修葺宗祠，舉行祭奠，是以徒作壁上之觀。今歲又與鄉人議社學社倉之制，若未能速成，則北上之期又未可必矣。易象之說，近得吳草廬、朱楓林、汪鈍菴、吳宥函諸說，又覺詳備勝於往時。惟序卦則合諸家之論而皆覺未安，不知作何究竟耳。三禮蒐輯愈密，惟周禮集傳諸友求者甚多，而家無副本，不能應之。然欲刊行，所費不過百金，不知吾兄能爲有力者一

吹噓否耶。王庚兄漢階，辛丑歲會於寄儲六雅書中，詢其近況。張兄百川，壬寅歲會於宜黃，晤羅勍公，問其起居，皆未知得達否也。旣同在中秘，必常相見，契闊之感，煩吾兄一轉致之。黃子上珍北上肄業，諒必聚首，此責善輔仁之友，不可作泛泛鄉親視也。

與兒章逢　李文炤

賀壽非古也。今之君子多有行之者。大抵皆行成而名立。可以無忝於所生者爾。若我則少而有志。壯而自怠。不覺蹉跎以至於半百而迄無所成。每誦杜子美多少浮生事飄零付轉蓬之句。不勝愧恨。此汝曹之所當以爲戒者。而反以爲賀邪。況五兒棄世。哀痛方慇。乃欲釋凶服而受慶祝。則是壞法亂紀自身而始矣。尚能率子弟以古處乎。且人生蓋棺事定。故虎尾春冰。日愼一日。猶恐名浮於實。此人心之所以惟危也。儻能兢兢自守以終其身。則百世之下自有公論耳。豈在乎屛帳之夸張也。千萬力辭族姻諸友莫作是念。不然則不得不遠行以避之。然以酷暑之時而勒人遠行。於汝心亦必有戚戚焉者矣。

與邵陽進士敬宏烈書　黃秀

吾輩道義文章。有諸己必資於人。其氣誼所孚。自平昔師友而外。於同譜最爲親切者。以其人素不相知。一旦同登賢書。或選成均。將合千百里之才人文士。相聚如兄弟。洵人生一快意事也。抑亦有捷南宮者。又聚四海九州之才人文士於京師。久則數年。暫亦屢月。雖離合無常。然在數千里外。視平昔師友遠莫能致。而見同譜不啻同胞。其愉快更當何如也。憶癸巳鄉闈。南北獲雋者百有一十三人。列副車者十九人。所云君子多乎哉。其時或鄂渚一晤。燕臺再晤。未及會者不過數人。惟足下以博雅之才。與少泉赤子遜公七人聯翼先登。會於胡宗伯居京兆

所。一公會後。距今二十年。弗獲把臂快談。每一念及。未嘗不廑諸懷。且當時舉進士者例教習三年。聞足下卽以終養乞歸。此亦道義自持。不欲以文章干利祿之素志也。迨服闋後。雖不屑爲富貴謀。然　聖天子在上。亦應出東山爲蒼生計矣。猶然家居授徒。作文自娛。以訓來學。且迹不履市城。郡邑亦罕識面。往寓都門時。貴鄉人至者必詢近況。與前所聞無異詞。始信足下人品之高。若弟自癸巳秋禮闈罷歸。三上公車。至辛丑獲遇知己。出數名賢門牆。亦謂作時文始念稍可自償。富貴非吾願也。幸遭逢　先帝聖明。憐某年老。拔置庶常。　今上登極。御試留館六年。復授臺中兩載。迨戊申秋。年已七十。不欲虛

蘗好爵遂力乞歸田屛迹山林杜門著述今已四稔於玆矣地
異心同此予兩人不謀而合者但未審足下讀書談道之餘亦
曾念及不佞否猶記丁未冬在臺班時適有各舉所知例某意
中未始無人第不敢輕以　上聞不意聞風奔競者多且欲
以私干營悉堅以拒之此雖時倘使然然自思位望不逮王文
正公遠甚而如張師德之三及門者竟不乏人可勝浩歎因念
恬退如君高潔如君而不列諸薦剡不幾謂楚南虛無人而貽
笑於孔北海乎遂以君名入告時又奉　諭不得爲溢美詞
故奏摺云敬藿湖南邵陽縣人癸巳進士恬澹自甘旣爲奉親
而乞養狷介有守必能移孝以作忠因循例呈進此時固不敢

必銓選之因臣言而即取用也然亦知君未必遂因余言而遽
冒往也但君旣不知予亦無言在予心則已鮮所愧矣且予之
爲此舉也似亦異乎人矣人以求而不應者君以不求而致人
以兩有所爲而舉者予以一無所爲而進今於數千里外不相
聞問二十年來未嘗謀面之友一朝陳諸　黼座前豈有他
哉不過因其道義足以自持文章可以報國揆諸以人事君之
義固應如是又非徒爲同譜之氣誼相孚已也豈若世之私其
所愛私其所親並私其所欲而思以內交要譽之紛紛然妄爲
干進也哉況其人果有道義而能文章就令不與我同譜初未
謀厥面倘聞其果然必亟爲稱揚謂國家得一恬靜有守之士
異日必能有爲不敢知而不舉蹈竊位之誚也至於或用或不
用或出或不出則非意所及料予所能預定者矣今其時已久
其事已往向未與人言而瑣瑣以言亦惟予言之惟君聽之可
不必爲外人道也外附拙刻就正聞有佳槀行世祈致一冊惠
我好音臨風懷想曷勝依依

與吳曉邨論詩書

陳一揆

近時爲詩作者壘相望談者鋒相交也弟以遭逢屣去制舉業頗究心於此每覺人是我非人亦有是有非我則昔是今非今是後非未敢遽挑勁敵特道兄才氣膽識足稱雄吾邑者竊願奉牛耳夫風雅變而離騷離騷變而樂府樂府變而行歌古律久矣杜陵不與制科而詩聖千古其涵蓋宏以遠也文雖散佚讀存本賦記舌不撟者幾希然蚍蜉撼樹之譏翡翠蘭苕之戲識者又深歎之昌黎東坡得其神髓相與鼎足故詩須熟看韓蘇方知杜陵之大又須先看杜陵方知韓蘇脫化處苟舍韓蘇而求杜是不筏而津不戶而壺耳四唐以降明詩稱北地信陽

瑯琊歷下公安竟陵紛紛聚訟殊有閒焉夫以東坡之仙品集中用事採詞直令瓦礫皆金而友夏以爲文蠹詩窒海內誚之大抵明代作家靑田靑邱之後巋然靈光則西涯樂府遍供奉諸體範正亦不致詭遇次如獻吉大復霜後碩果楚人當祧竟陵而祖長沙也武陵才藪前則有陳尙書宗禹之臺閣蔣提學道林之理學龍太常君御之邊塞唐侍郎愚園之忠憤詩皆各肖其人以出次則楊太傅文弱唐翰林汲菴繼有石横海羅欠一瞿天門唐松渚數君皆風規表表爾來人物如林未易更僕貴知徐鴻軒崑流兄弟其選也惟二酉魏錯菴箸述等身與欠一南溟天放頻相唱和直是詩壇宿將與厥居山莊邇甚惜我輩堅壁莫降耳滄浪古澤乏則行吟之後應有傳人我輩値後起之會相與鼓吹求爲可傳寔不求盡傳使求盡傳恐天壤閒幾無棃棗可容刊矣嘗三復杜陵有曰語不驚人死不休明好詩之苦也曰晚節漸於詩律細明作詩之難也又曰將詩不必外人傳明知詩之少也今天下好詩作詩與知詩何如哉杜陵生平浮家遭亂詩益老於夔州韓之潮陽蘇之儋耳均歷窮愁激發弟之境窮矣愁矣特詩未能工也近所酬和恐效西子捧心里人不出走則閉戶耳何時推破甕牖得與佳山水人士一游以爝未灰之心遂圖賈勇向詩壇裏甲邪道兄其策之

答吳曉鄀書　陳一揆

得諄教累牘自首至尾如神龍夭矯雲中莫測端倪眞是奇絕文章一道代有作者依樣古人允宜推倒古人方是作手邇來風氣頹於時藝時藝限於科名艮由平之一字主司懸的而士爭趨之也古人論文之法不一未聞專主於平是天但有祥雲霽月而無電爍雷轟也地但有曠野平湖而無峯攢濤湧也天地間平人多奇人少扶輿磅礴之氣鍾於人發爲文章千古傳誦光景常新者大抵皆奇作也縱姿稟不一奇者不肎爲平卽平者豈能強爲奇但根據理道融鑄典籍神明於規矩之中平也一奇也豈必如牛鬼蛇神至不可句讀爲世詬病然後爲奇

哉若規規焉矩矩焉守一師說千手雷同斯黃茅白葦彌望皆然耳宋人章甫入越越人斷髮文身無所用之齊王好竽至數百人有客鼓瑟其門弗聽也今日言奇章甫而已瑟而已士志科名屈首時藝惟平是尙主司衡鑑遇稍奇者雖雋必殿選家又不肎特拔以維風氣無怪乎其日下也詩古文詞較時藝特甚或兼長或專擅自在天下楚南洞庭浴日之波衡嶽插雲之勢山水奇人物亦奇無論倜儻作史屈宋著騷卽濂溪開理學於宋圭齋擅史學於元西涯正詩體於明其最著者乃今鄉會兩場科目寥落遂令天下薄楚楚又薄楚也豈地運之寖衰歟我輩慨然起衰爲任懷古抗今就君之言行君之意則必如周公制禮作樂句踐之臥薪嘗膽而後可以植基乎如少伯之提鼓棧枹淮陰之拔幟立幟而後可以制勝乎抑如孫登之蘇門長嘯秦青之撫節悲歌而後可以聳聽如西施之善嚬陽阿之善舞而後可以競妍乎昔人不恨臣無二王法恨二王無臣法直是鬪手段李十二娘舞劍器來如雷霆震怒罷如江海凝光如公孫大娘見之亦當斂容卻步技也進乎道矣區區沿襲藍本老死蠹魚日趨於庸淺熟滑吳郎實助我張目也昌黎小得意則人必小怪之大得意則人必大怪之明時好之難徇也其曰陳言之務去則奇之謂也人才不擇地而生君之眼光胄力可千古不可一世數萬里窮星宿之源登崑崙之巔俯視中

原所謂秦中劍閣吳會金陵舉皆可腕下收之矣惟君之所處焉

上兩學師書　夏光洛

生賦質脆薄受命坎坷早歲得疾根荄已深邇年來事境屢更憂悔疊見感心勞形摧枯拉朽今年夏五病發支離月餘稍就痊可八月縣試勉攜兒子赴城入侍左右我夫子温語嘘噢固知生之形神俱憊也生復不能自愛食少事繁沈痾遂篤自菊秋迄今日朘月削二豎之虐焰寖熾百骸之精髓潛銷支撐起臥備極辛楚禾黍之腸改充參朮近且并參朮亦將絕咽矣今歲試在卽欲扶病赴郡無論舟行旅寓皆增病戹卽風簷寸晷間陰晦不時飢寒迫切種種事端罔非危道是以試場更漏促大限行期也欲具呈告病而臨場乞假甚干禁條幸蒙兩夫子

格外請詳上憲亦洞情報允向後必須補考注冊而生已氣息奄奄必不能如家夔姪故事裹糧遠赴以邀功令終成不了公案若倩代爲之則罔上行私又僥倖而不可爲也且生志氣衰微功名膽怯濫名竊餼二十四年未嘗敢一踏棘闈自知才短緣慳分應食貧居賤今末路窮途反爲此一副衣頂瞻戀徬徨致成狼狽更無謂矣反覆事理計無復之靜聽除名病懷較穩但弃不聲明逕行已意我夫子視生猶子痌瘝不入告臨事不稟命非疑規避必嫌傲上獲罪且益重故伏枕稽首命兒子依口具稟惟夫子鑒之生或福薄災纏黜微名延微命他日以白衣進見我夫子滿座春風披拂有素必不吝席前有除名門下士如旦晚遂長辭左右則比年教育之恩圖報無門亦長鏤之僵骨而已惟夫子憐而鑒之

附荅書 節錄

昨接手書云負沈痾甘心退黜尋味其中禮節樂和繩趨尺步藹藹嶽嶽温潤而栗眞有德者之言雖紫綬紅綾黃閣朱幡猶不足邀其一顧何有於靑靑之衿哉但以躬逢　聖朝掛冠神武浩然不才明主棄之詩深可痛惜弟輩職在司鐸屢奉憲檄搜求遺逸嘗語同輩曰惟夏子禹書克充其選方欲臚陳行實上之當事以俟入告俾知南楚熊湘閒尚有盛世逸民堪與浮邱子並垂不朽者而坐聽其句斥余滋赧

焉聞足下搆有岵亭旦夕坐臥其中然陟岵之辭曰猶來無棄棄其身與棄其名等棄也均非吾親之所樂聞也足下甯不念之且今之疾不過偶失寒暑勿藥之喜自在吉人豈眞有月犯少微之感哉待科試補考亦不須裹糧遠赴如令姪故事也要知烏衫朱履無損淸高但將赤米白鹽好爲調攝耳臨穎不勝眷戀之至

復袁庭緒　夏光洛

昔人有言貧也非病則病之可痛甚於貧之可憂而心病之危又甚於身病之毒竊謂足下以遠游療貧不若以臥游御病硯凹筆塚名勝山川也經史圖書繁華都會也昔賢往哲到處逢迎之知己也故事名言隨地流連之景物也以心思目力爲資斧丹鉛膏火爲舟車茗椀香鑪爲僮僕可計程而往捆載而歸無關津風雨之稽遲仰面纏騣之煩苦而夙疾以忘元神以復不誠大快事哉雖然史遷以周行流覽恣肆其文章安在足下不以閱歷紛囂堅定其德性但或馳情靡麗瀏迹風塵駕言出游不思其反是厚其毒而益之疾也則大不可至於楓林窮愁

落拓作消遣法爲汗漫游固可不告於家人不謀於朋友第思炎涼世態難容疏散高人惟足下左右之毋使失意耳徐氏成名南橋瞑目稽古之力信不虛矣曹氏昆季儲靑雲材料吾家兄姪守黃卷生涯其幾幾乎得之而惴惴乎失之者誠如手教所云若夫洛也樗櫟之材坎坷之命久灰心於名路敢託足於畏途不辱鑒原猶蒙奬厲足下姑例言之洛豈得而濫受之邪遠行在卽餞別無期客路風霜千萬珍重

湖南文徵卷九十四　湖湘後學集編

書三

與匠門論淸河歷代名人書　張埴

埴白三兄大人足下往披方輿載吳郡甲族名人咸推吾宗與辟疆顧氏冠蓋之盛一時所稱高節行能文章者舍兩氏而外亦莫有先焉蓋自漢唐宋來後先相望歷歷可指數也埴三至姑蘇與文人學士追隨長洲之苑滄浪之亭儼然在望也然求其人之嗣續與其法物圖書則銷亾者久不可復識矣而一二陳迹荒郊名在實亾若辟疆之園思光之宅雖莫得其處而流

風餘韻猶可想見焉則豈非以其子孫之賢節行文章之不泯而然歟烏乎吾是以知世家大族之久且遠不繫乎區區富貴功名之末也本朝以科名顯者兩氏不乏人然皆迭起而雋雋亦不著惟庚午之役足下與有常以名士掇巍科時人豔之有張顧之目是足下爲能大振其家聲也其後　天子南巡問吳中能詩家誰爲杰出山掄吳太史以張顧對則顧子俠君與足下皆得召見一時翕然稱兩氏者又以俠君日容竝舉不亦偉哉余自習制舉獲見汪何選本卽知重足下之文章比至吳中交汪何與顧氏竝及足下而足下考淸河通譜謂埴本輩行足下加長固余兄也因是骨月之好踰於諸君子第其時文酒

畱連賓朋襍遝風雲月露繁其詞妙聲清歌永其日名都行樂意思紛紜雖復朝夕過從而伯仲塤篪對牀接膝之譚亦已鮮焉未嘗不事後而思心焉如痗也今者家居寡事歲暮懷人追維契闊纂輯通譜名人因縷書倩便以傾倒其所由然足下其爲我聽焉吾家兩朝變革始徙湘南蓽路藍縷益時懷失業之憂焉先人墳闔舊在襄樊累世而上名卿鉅人不可殫數其最著者東之事業盛於有唐載在輿史可考而知後有子容其人者亦盛唐時人與鄉先生孟浩然爲友詩家雋流也宋後散處齊魯卽墨閒不著在楚者江陵爲盛太岳文忠公明時相業綽有可觀孫同敞以閣部死滇難尤爲卓卓國朝少司馬可前公

固其裔也家君在都曾加聯屬焉曩者流冠之亂譜牒散於兵戈倉黃奔走先祖幾莫保其性命熊湘播流夷陵火燼楚祀之不絕如綫今足下乃欲列之繼別之末此固收族盛心第恐南風不競有點於吳毋乃玉帛衣冠之會有草野而倨侮者乎又或世俗忘本不念軒黃後裔異代同源張仲孝友詩人所稱而與拜汾陽冒令狐者同類而譏不亦陋哉惟是金蘭結契異姓猶聯臭味之私況天屬近親數代指屈而秦肥越瘠有若途人可乎至吾兄勝地名流節行文章之裔必爲天朝特起之士京雒交遊內廷纂輯於通譜名賢諒能晰其分合寒宗欣戴與有榮施私竊幸甚若埴年來固陋迂疏窮而日甚自倦遊旋里江潭憔悴猿猱處而本后與徒淺陋非邦固周室之不成子也而又何賴焉外事尙有別簡竝賜覩覽當有以知其所向埴頓首

白

與汪武曹先生書　張　埴

埴白。持衡者求出羣之材於嶔崎。不必其中正厎平也。但得參差歷落嶔嶔可喜者。軒軒焉數輩羅於前。斯亦難能可貴。不虛所往矣。雖然。持衡者原以取材。蘄其得而不蘄其不得也。能防其不得而不能防其誤得也。卽人之論之。亦祇欲於不得而繩其得。不欲因誤得而嗤其不能得也。譬諸寶焉。波斯胡剖肌而藏之。果寶也。而所剖非虛矣。有珊瑚焉。沒人沈網而羅之。果珊瑚也。而所沈亦不枉矣。必曰此赤水之璧。奚爲而在汚池。黃帝之珠。何故而探近沼。嗟乎。斯索之冥冥者。一往茲然矣。夫孰從而辨之而知之。先生操選政於斯數十年矣。於先正文網羅滿

家。浩如煙海。然初從金陳選。繼有啟禎錄。正味集。再有文選讀本。正希先生文所載夥矣。曾不及煥乎其有文章篇。而此篇之參差歷落嶔嶔可喜。亦洵可稱出羣也。無疑要實不知爲正希文也。卽正希平日文多不類是。先生得之。以爲解首明矣。先生而不得之黯矣。以先生之明而反謂其闇。而先生亦自忘其明也。而深以人之詆爲黯也。而自慚其不明。皆不達之甚者也。前晤先生。而曰此文固正考所拔也。人而爲副考也。實不幸。既而又曰吾秉選時。於正考顏淵季路侍墨評具深心。豈閱文而遜之。尤爲不達也。正考於先君同鄉科。辛未春官。元旦占吉夢。有持刺者爲顏淵拜。預以語人。豈無宿搆而俟人爲粵西之役。正考位先生上而甘居其下。同考評爲罕有。猶謂是不幸乎。總之衡才試院。昔人紅紗罩目。曾有是言。而永叔子瞻於此等嘗多遺憾。先生操鑑而不得佳文也。其黯也。操鑑不惟得佳文。而兼得正希佳文以爲解首也。此剖肌之波斯。沈網之沒人。固明之最至也。又誰以誤得也而爲先生尤乎。先生廿載以來。於某爲忘年之好。都門寓遠。徒步數數過從。商搉文史。豈敢曲說以阿所好。且聞新榜首歲科常列前矛。非鈍才可知。竝悉。埴頓首

與方靈皋先生書　張　埴

埴曰：埴自少讀書，稍有識知，卽好爲文章以自憙，下筆不休，常纚纚千餘言，溢於尺幅。當其爲之，志得氣滿，謂天下之美盡在己也；而同事之人又過譽而存之，每篇密贊，雖古作者亦若無以過焉。旣而究心經史，沈潛反覆於古聖賢人之藴奥，始知文者道之端倪，未有文士而專職於文者，亦未有職於文而不求夫文之根柢者，乃始旋其面目，皤然改圖。學之旣久，自覺大異疇昔，然持以示人，人反不以爲工，然者半，非者半，或非者多於然者，或有大謬不然，指其辭句以爲姍笑者。退而自思，文無定論乃至此乎？用是不敢以此質人，孤行落落，環堵寤歌，晨興夙

寐，仍取虞夏商周易象詩書之篇，端拜雒誦，循環反覆者十有餘年，徒欲希古風於千載，尋徵緒於餘言。私心自揣，天苟不絕斯文，吾道豈終墜地，一綫猶存，流風未歇，不有獲於前，定可俟諸後。當今之世，則誠無人焉爲余質疑發覆、開導其狂惑者矣。居久之，而聞有龍眠數子者起於江左，若足下弟兄與某君是也。因購其文視之，流連往復，根源派別出於經子，迥非時徑，信因文以見道，非背道而行文者。私語同人，謂是人也，吾求之廿年不可得，終吾世而無望矣，乃今不圖有之，質吾疑而發吾覆，曩者之志，其可以不孤也夫！寤寐之閒，時欲援面譚以爲歡。去冬取道江左，舟過皖城，訪而不遇；嗣至金陵，則足下遇余於滄洲太守署，執手道平生，如素識面者。出文相質，足下延譽大好，爲佳許爲遠方同志，宜弁以敘。且告余曰：「余兄百川不幸早世，今墓草宿而遺文零落，未能鋟板，嘗用爲憂。某君家貧，旅食賣文姑蘇，子有意乎其爲人，獻歲二日，吾必詣之，當偕行丹陽以至也。」時余以事滯，不卽行，比行後至，則足下由江陰歸白下，留手書於某君案頭。從此煙水茫茫，遂長爲吳楚之別矣。至今迴憶秦淮接膝時，抵掌歷歷，慨大雅之不作，感文訞之迭興，思古昔以攀援，爲中流之搘拄，心目中炯炯有一靈皋在，靈皋亦嘗記憶其語否也？區區之文，本不足齒，然辱加獎借而不辭者，蓋欲藉以抒曩日之恍惘，通遼遠之話言，非直標榜號召，爲時俗

之陋態也。儻序已脫稾，可書寄來。某君寓楚芳濱，往來浹旬，承爲之敘，不以諛而以規，古人之道則然，雖吾亦以望於某君，宜某君之以是望余也。旣又引與吳下諸君子宴遊，弔古攬勝，吳王故國，蘇子遺亭，傷霸業而招騷魂，愴然感懷，頗多新搆。匠門三兄、闆亚顧十一酬唱留連，雖多激賞，亦有序見貽，闊離後俱當呈覽。令兄古文稾暨足下新篇，願寄讀以開愚蒙。張某白。

與楊胄遠庶常書

張埴

詞林淸望也・讀金匱石室之書・掌衡文典試之職・精其業峻其品廿年之內有登臺輔佐天子於明堂之上者・否卽浮沈養望循例轉遷・亦不失爲宮詹與部侍・天下士聞而豔之・閭巷之中小夫婦孺傳其姓氏・得其片蹏隻字・相與震且重之・士君子懷鉛握槧・昂首伸眉・如是亦幸矣・吾恆見夫佔畢小生・一卷燈窗多槁項黃馘・不得一遇者・聞有二三稍稍決起飛搶榆枋・州縣耳・許博耳・安望夫偉望淸華・宮詹與部侍乎・又安望夫登臺輔佐天子於明堂之上乎・如是者則某又以爲難・乃足下則不然・以少年舉子・馳驟滇黔・拍馬登場・提三寸柔翰・踏兩闈之門・不

踰年舉人世貴顯之遇・驟有而悉致之・前之所稱・不以爲異・後之所舉・不以爲難・若操左劵探奚囊而取諸寄也・若挽勁弓穿楊葉・連射而連中也・豈非天所生出類超羣之材・爲當世所豔羡而鄭重者歟・嗟乎・如足下者其人奇・其時與數亦不可不謂奇矣・雖然有不能爲足下寬者・今夫翰林先生・古者太史之官柱下之藏也・高人朗士秀出天外・昔以爲譽蓬萊道山玉堂金馬・時以爲榮・居其位・軒軒如也・偕其侶・齗齗如也・高其聲重其價・必非默默已也・毋亦有搜典籍・箸鴻文・經國大業・相傳於不朽者乎・毋亦有謀王體・斷國論・立朝侃侃・不阿時論者乎・毋亦有扶綱維・立節義・持危定傾・俾正氣長亙於天壤者乎・吾於世無責耳矣・而不能不爲足下言之・尊高祖當明季時・以總制轄秦邊・蹙衆論主撫議・誘招流寇渠魁以下數萬餘人・厥後拘牽掣肘・未盡其用・天下惜之・逮閣部公歷官戎尚・遇知莊烈・如裴晉公故事・特起督師・臨遣之日・勞之以歌詩・隆之以燕享・賜斗牛之服・給蟒緋之儀・把鉞桓桓・遙臨三楚・左崑山輩帥帶甲百萬・任其節制・謂可藉以破巾裂眉・滅此朝食矣・夫何襄陽失守親王殞命・喪師辱國・而失長城之倚・然後感慨淋漓・殞身見志斯時也・豪傑爲之短氣・士卒爲之不平・某嘗聞其言・思其事・未嘗不拍案而興・拂袖而起・爲之三太息也・則知明事終始・君家亦與有故・足下發揚蹈厲・胚胎前光・滄桑改易・今則已矣・宜益

有以豎立名望・糞除先人之志・而葢乃前愆・於以垂竹帛・勒鐘鼎・庶無忝焉・古人有言曰・公侯之家・必復其始・足下微特復始兼用・榦蠱不可不勉・某湘南下士・釣水樵山・雖嘗賣文爲活・獻策當途・承足下昆仲惠而好我・有投縞贈紵之歡・無瓊玉南金之報・覺奎光紫氣・雅協頌歌之贈・只增愧無能相當耳・文弱公傳顧天錄・玟孫爲言・足下致身通顯・當假靈館閣・鉅公之筆・揚厲祖烈・求徵信史・後生寒素・何當謀野則獲之義乎・然既承直道見推・當別爲一論・昭雪千載・公論是非・瞭然明白・不敢矯誣況先祖身在危城・知之甚悉・愚小子能以國人忘舊德邪・此不但死媿董狐・抑何面目見祖宗於泉壤・至秋壑益讒・尚當別白・

要不如孫承宗盧象昇二公烈烈耳。綱維正氣，總在足下。若使溺於博塞飲酒蹴踘走馬無實劍襪之戲，則有玷清望，竝隳家聲矣。辨誣雪枉何日？此尤在足下自忖。謹再白，觴末恕之。

與陳滄洲先生書

張塤

塤白滄洲先生閣下：今之始登仕籍者，莫不以州郡為樂，詞林為苦；其反是者，則謂詞林雖苦，聲華頗不寂寞也，州郡雖樂，卑瑣也。似皆以登仕為利與名，而用意以邀之者，此其志已有限，而成就可知矣。塤觀先生則不然。當其少時，習制舉，掇魏科，亦嘗有志於詞翰矣；已而出官外地，繼守金陵，人莫不羨其榮，先生則飲冰茹蘗，洗手授事，不樂而苦也，視垂涎利祿者何如？逮於善政得民，欣欣感戴，大吏顛倒，道路號呼，當宁豁然，拔之眾沸之中，躋之內廷之列，珥筆侍從，纂輯文史，先生則不肩肩於聲華，不敝敝於卑瑣也，視純盜虛聲者何如？益一出處

閒而仕學兩優，豈今世營利與名者所可苟同乎？雖然，先生之道高而責滋重，先生之望隆而憂滋深，塤之期先生，殆在榮辱得失之外，而不繫夫區區富貴功名之末矣。先生其以為然而有意聽之乎？古者三公出牧，太守入為三公，黃霸之在潁川，郭賀之守荊州是也。唐以刺史為宰相，宋以郡牧入觀文，李德裕之鎮廣陵，王安石之知江甯是也。今則知其才可大用，而閒曹冷局，未滿人意，得失繫懷，未免有之；大吏顛倒，暫令退處，士民號呼，仍留故地可也。今則丹黃油素，依然捽筆之書生，不名何官也；飛章密奏，猶然待罪之孤臣，不解何事也。榮辱攖心，又未免有之。此時而功名念熱，躁進營情，指摘起而非議加，天下萬

世責備於先生者豈少哉．願堅持素志．勿信人言．古志有曰．行百里半九十．不可不省也．十年以來．淸官名士．末路改節者不一其人．舉世觀望．惟先生與李梅崖中丞耳．埴皆忝知愛．故敢矢口而譚．向過豫章．都人士曰．子善李公．寄語健飯．以慰吾人．嗣過金陵．都人士曰．子善陳公．寄語善飰．以報吾君．蓄懷久矣．有不能默者．敢獻芻蕘．晚進冒昧．不知所云．希納不宣．

與謝梅莊先生書　張埴

某僻處荒郵．見聞固陋．辱當道諸公顧問．不以不文見遺．闇公方伯．淩雲觀察．與吾梅莊先生．執事．皆早年通籍．顧望中朝．儀臨南楚．虛聲謬聽．損威重下交．而闇公淩雲．世講師門．淵源．晚進謙謙．君子卑以自牧．令鄙人抱愧久矣．自時厥後．淩雲作屛山右．闇公被議．酉濟同學．同寅往來．親密．某每語執事．闇公北方學者．質直近道．至文字商量．自吾輩事．不當一例苛繩．故十載過從．未見其片紙尺牘．不以爲怪．昨者漕糧糾察．本執事職分宜然．上官牴牾．致成大獄．鍵門守署．拘母繫屬．開告密之門四張羅織．其間一二三小輩．希風奔走者．乘閒抵隙．索垢求瘢．譬獵家鷹犬．人畜相馳騁爲樂．亦無怪其然也．獨怪闇公平素契好．當始事之時．能於當局前苦口藥石．尙可消惡未萌．保全無恙．迨彈章已挂．造搆恨輕．猶爲改詳易冊．密札潛投．期以補苴罅漏．上欺君父．下負友朋．平居所指陳者若何．所矢誓者若何．一旦殺人媚人．全無顧忌．眞忍心害理之尤者也．倉公揭奏．正氣凜然．稍知愧悔．決不更置一詞．迺忿忿語某曰．從來損人者利己．倉無利於己．徒損於人．何苦爲之．嗟乎嗟乎．誠如若言．藉矛搯胸．甯非自首其惡．堂堂張也．難與爲仁．質直近道者固如是乎．夫子曰．以貌取人．失之子羽．以言取人．失之宰予．吾曩者言過矣．言過矣．三學之閧．公正之憤．勢所必致．迺又入白當局諭令廣文兩庠文武禁止貼白岳麓諸生不許渡河嗾牟修株孟博以囊頭之酷伸破柱之讐直欲一綱打盡抵排於清流白馬而後已焉何其戾也某嘗言凡人舉事須念子孫毋快一已須爭千古毋貪目前閹公媕婀側媚大改素行不過博中丞頃刻之歡代奏銷題考成爲善脫星沙計耳甯慮身後名若千古目前之論則勵執事非爲若人夫伯夷角哀寒餓周楚而骨香奕禩子魚師羼溫飽魏宋而濁流汗青曩年執事劾田文鏡直言無忌致拘三木繫犴狴備受挫黜矣苟使今日者末路改節順上官殘差戶易剛直爲善柔由此富貴利達階三臺而列八座其與羊頭闒內斗酒梁州飲黃龍由狗竇者曾無以異甯堪

面目復見魯衞之士乎故曰爭千古不爭一時所重在此不在彼也執事其以爲然而信之堅守之定否如若人者某嘗恨之旣又憐之恨其巧而愚也憐其老而穉也身爲大吏事同兒嬉要之皆由不學耳使好學而稔筆札則不爲此一封書矣一嘅

張埴頓首

辭修邑志復尹如耕書　張埴

春漸濃矣韶華可愛日月不居足下德與年進富有日新名山大業自垂不朽如僕碌碌聰明減而道術無成俯仰此生百感交集徒致歎於隙駒逝川而已昨披芳訊慰望良殷兼傳人兄推轂命輯邑乘當此承平有道之世廟堂稽古列國采風賢有司涖潭已來絃歌雅化政通人和禮樂文章助流德教又有吾子與人兄晨夕追陪左提右挈如是役者固宜振藻摛華發凡起例擷山川之菁秀闡潛德之幽光爲吾鄉一新耳目使四方知所瞻矚堂哉皇哉伊超羣之絕軌也僕何人斯敢與於是至同里諸公自不惜踵門傳告以勷盛美但昔年從事邑乘者今

皆凋謝淪亡而目中所見諸公可與圖成難與更始二三輕薄又好造端生事媒糵短長聞有能稱是職者非疑駭卽姍笑輕其年少妒其同里雖挾燕許如椽之筆華國經世不難一槩抹煞之又況見見聞聞事質理恆材不逮作者邪其爲疑駭姍笑又可知也總之修乘一事與作史相表裏褒譏失實卽屬鄙書增減憑胸亦成穢史若沿襲舊文如生人之戴鬼面而牽扯別志亦東婦之說西鄰貧子數寶棻傭求益雖多亦奚以爲往在盛明大宗伯湘洲李公秩宗典禮肅衣登壇包侯儀甫上下其議論筆則筆削則削馳騁千年實稱職志其學業盛其名位高比於項王鉅鹿之戰小國諸侯皆匍匐蛇行莫敢仰視彼不曲

徇於人人亦不敢望其徇也其後先達郭公復踵是輯略參己見逃而不作猶有先民之遺風焉嗣是以來兵火之餘世家大族流離播遷法物圖書汗牛馬而藉金革問其事則遺文盡矣考其世則子孫茲如由是亾是司佩子虛設席黎丘之鬼爭長桓文恆思之叢憑藉壇坫苞苴與傳狀交馳禰酒偕請託兼至匪翅沽名之具實爲牟利之資開卷目眯數行飮噴或以六朝馮道猶曰知幾或以九寡夏姬而云達節或魔民梵刹多於釘頭磷磷或武卒行營密如貫珠纍纍掛枝打棗之曲糊籠覆醬之文張打油歟胡釘鉸歟揚厲鋪張大書密贊彼豈獨無人心邪爲是者有本有原曰生斯世也爲斯世也善斯可矣必拘拘

然言自古言在昔何先民之可作迂遠而闊於事情邪其居心立意如此又何怪其謬戾叢出略無可觀乎此僕所以有鑒於斯而聞命震掉終不敢命筆也不然兩君子過愛張吾軍而大之僕又何爲伈伈睍睍袖手不前乎夫惟是舉興廢所係實宏甫一下筆觀者如堵賢父母必欲旁搜遠紹開館布席繼包李之盛軌希史乘之宏規則請甄懸此座以待三長之士其命意也甯刻毋濫甯樸毋華甯落落寡取毋役役徇人則庶幾卒業可致而授簡無慚矣如僕者又何賴焉又何賴焉惟俟高明旣至步諸君子之後塵證訂商推以供龍門侍史卜醫之役而已今不敏敢固以辭

與譚一步論懷素草書

陳其揚

春仲於小齋同觀懷素自敘帖未竟別後從敝笥檢得楷字釋文一紙今送上以備考據然此亦有不足據者如許御史名以草法按之似當作瑾此釋爲瑤朱處士逵詩字成只畏盤龍去見全唐詩今釋去爲走釋逵爲遙則此不多臆度之類乎因君留意古帖好學之深故就商此數語抑學古有術焉貴在模楷古人而仍以己意爲從違而已如學懷素則學其迅疾之神橫逸之致所謂得其技於意言之外者若夫詭怪莫辨及忽遽舛謬一切乖於古法之字皆宜存焉而不之論昌黎送高閑序譏以未見能旭亦破彼解外膠之一見耳書亦豈浮屠人遂不能

學而精之者邪然而銜枚夜赴鷹隼振風皆部伍整飭尾翮相應於條欻之中苕李翊書云其皆醇也而後肆焉昌黎以是論文今不揣愚劣移此二語以律懷上人之書亦足以發一噱而已矣

答劉次歐書　陳其揚

與君神交久矣、爲其人之異於衆也、偶有謠詠、得之耳聞、輒謂此君特無朋友藥言以相告語、故去冬見委序言、卽於文中有所陳說、然終不敢必聞言者之果見許予否也、昨讀來書、不我嫌厭、然後乃今大愜所願矣、吾人於朋友、難必我聽、必盡我言、至言與聽兩有所獲、樂孰有大於斯者乎、既蒙采錄、自今以始、但有鄙懷未饜之處、當頻頻以告、抑又思之、得者失之階也、短者長之伏也、有六言者必有六蔽、此固然矣、而又人之積習、既深則根荄難以遽拔、雖其已改、往往應時觸緒而生、此又不可以不念於是、僕本過人、以已有過規朋友之過、此之謂同病相

語以方、同憂相恤、以嫗者也、僕之少年、則亦不自檢飭之人、而已其於有失、或偶聞人之言而改、或讀前經、內怵所疚、今不盡記憶、所記憶者數大端耳、中年以後、因讀損卦象辭、而有所悟、邇來得力獨在於此、蓋徒求之人規而改之、其與有幾、曷若取之身心、其道不爲約而盡邪、幼小之習、其積之至於漸壯、又遲而待之中年、不至於自省覺、不能變迨其變之、或又根荄之難遽拔、以至於篤老而有餘恨、可唶惜已、且凡今之道涉世之故、尤莫要於朕舌之捫、祇此一事、則又不才少小剽易之攖患所爲談虎而色變焉者也、顧其端亦根於忿慾之不時而懲窒之、有未至其心、敬言焉得而不訥、其心不敬、强抑之於此、妄發之又於彼矣、有問於余者曰、子平居訥訥、於人鮮所規切、而獨於若人然何哉、余曰、若人賢也、吾安得而不然、

與夏秀長論琴律書　　陳其揚

夏子秀長所箸琴譜正音一書，內有十二律呂旋宮於七絃圖說，云本之張子南尊，余始疑其未善，既爲之序矣，細思之而後知其誤也，乃爲書告秀長曰：樂之有五音，猶天之有五星，地之有五嶽，人之有五官也，姑洗之不盡一數者，天然之五音至此而數已備，若可更推一音，則非天然之五音矣，五音既立，更收近宮近徵二音以佐五音所不能盡，然後可以循環旋宮而無窮，而皆統於五音，若夫一琴之絃數雖有七，但有五音而無二變，二變寓於十三徵之中，而不寓於七絃之中，何也，二變慘而不和，無定之指可以棄取於十三徵而不患其慘，一定之絃而二變寓焉，則散彈不合律矣，此七絃之所以無二變也，無二變而七絃何以旋宮，蓋昔者聖人作樂，準之五音而備矣，故虞帝操五絃，更增二絃，厲一二絃而上之，則已極，若今之十番厲五音而竝上之，至於吹笛欲裂，則不和之甚者矣，又況琴師操陽關悲調，急二五絃而用之，近者伶人唱北曲，笙管一凡竝用，則雜二變於五正之中，此尤不和之甚者也，荆軻提三尺之劍入不測之秦，乃爲變徵之音，若無故而作是音，古者謂之大不祥，聖人之作樂，一稟太和，故音準於五而備矣，音準於五，二變復慘而不和，聖人又奚爲收之，曰此聖人所以神也，蓋本調入變音則不和，旋宮無變音則不備，如黃鐘爲宮矣，林太南姑隨之

而叶應蕤二變不可以入律，及還宮而林太南姑，則必配以應蕤二變而五音始備，二變亦有時爲宮，其旋復居於他律，而五音以備，變復爲正，正復爲變，此二音之收，古者所以妙音聲之用也，本以六律正五音，五音既正，因推五音以旋於十二之宮，而聲音之道如是而全，故曰聖人所以神也，今之笙管不知準何律之宮，然其於爲五音則一也，凡管七音，舍二用五，舍二者變音，用五者卽琴之一絃至五絃，疾吹二音卽琴之六七絃厲一二絃而上之者也，唐虞三代之不作，其樂亾，非五音亾也，更有作者，準二帝三王之樂以爲樂，但當擇候正管，非能更作五音也，五音而可使後世更作，聖人之作樂顧如是乎哉，吾聞南尊高士，惜其已沒，無能質證，謹錄所見，進而質之秀長。

答石北起書　　張九鍵

客夏舟過武陵落帆風歇偶披襟著椈人笠子乘便入城赤日靑衢下足下竝諸學士之輿於稠衆叉手一别各無片言及迴舟脫帽解襟自顧慙赧汗淋漓下者踰刻不止因念余於足下雖近十年以長而於學問一道養氣功深不求行止少便致類不羈足下於余道不啻十倍當居湘日俊士英流賦詩賭酒浮必大白灑必連篇余與其閒因風振發雄心殆未免也値足下于于然來不吳不敖有若玉焉卽之而温則豪氣令人除卻者一半迨於詩罷酒闌焚香對榻徐聆足下言深情曲緒透入心脾有若泉焉吸之而沁則豪氣令人除卻者又一半今則學益

邃道益高氣復日益斂雖赤日靑衢中嘗然接面靜穆之氣藹氛爲之頓豁況其坐對終日哉坐對終日之移人況其絳帳列徒挹武陵山水之勝樂且忘年有不春風徧被令人薰德而善良也哉然適聞足下選期已近將出宰他方是武陵人士固有不及數從公遊者武陵蹤迹漸遠則此後音問漸恐日稀昨惠辱手翰諄諄有命曰授經之餘頻冀珍重起居爲斯文自愛捧閱至再益增慚赧伏又念珍重自愛豈直作廣文然其出宰他方潔己治民無敢玩易余與足下此行實應共之書來旣用話昔且申近懷昨有復汪碧九書一篇於文章品行亦推足下爲重非好諛言古人於道氣之交所拳拳者想竝如是

示向生履道論范增晁錯書　　張九鍵

六月二日后園居士寓書以示向生曰予聞之成敗非以論英雄也況以事後論成敗哉於事後衡事古來光明倜儻不世俗之人出其榦材撐扶人國則皆成矣何有於不成乎其適不幸有之言疑於君幷以殺其身則旣已疑於其君殺其身矣他又何說乎我必嘵嘵然從摭拾唾餘後憾之恨之我策其所以有大不足是猶起中鴆而死之人捫其腹而藥以方方非不善然其人固已死且安知今之藥之非昔所藥之而嘗不效者邪凡今人之斷古人有科墨者之與刻者核者是已一疑事到前鵠面老儒涉筆如吏餘執成案比例如書椽其墨者曰若罪固當

疑亦無貸不疑亦無貸也請無疑核者在旁曰是太易不然不如仍從疑最後刻者曰是均不然不疑則不詳疑則不斷諸公曷窮極其意以不疑疑之若夫所言核者誠優於墨者夫其刻者又似有優於核者矣然自吾察之斷而不核與爲刻又不如墨何則刻者信心墨者信法信法止於無寬信心則又揭揭乎從而甚也近見爾生案頭手之所編與筆之所譏獨好以一切深文意爲斷制據此爰書豈惟漢唐以來諸臣因謀獲罪心迹難明卽忠智如伊尹周公亦且倉皇狼狽由其後之放太甲誅管叔旣不免於駭衆行之由其前之所以立太甲使管叔反不免有意成之矣尙得謂聖人乎然而兩聖人卒且斷然行之不

疑者彼誠有所不得已於中而知天下後世之將我諒也不諒忠智之心且至持聖人所難槩律以下雖有爰書安得作如此斷制夫以范增之老於扶楚與晁錯之敢於削七國令其時蚤有如增如錯者合陳其謀而大彰明以破其間使陳平之計無所施袁盎之隙無由中楚事未必不可爲七國未必不可伏而顧一疑之一竟殺之是特陳平袁盎輩兩主者之倖際其成而非范增晁錯所以劫漢王與制七國之謀狂疏謬戾而萬未有一當也察增之過在於不知人錯之過在於不知言所謂有不足者是已其卒以疑與殺雖若相因明主本意或不出此覩景帝於盎之上書始而默然既曰吾亦憾之則知彼項羽者豎子

眞誠不足與謀耳范增之言豈特甚哉今爾生既不以爲然而於增則幷疑其有意全身於錯幷疑其有意避禍是其於鴆人不惟空藥以方又妄從而剖其腹也已死矣可猶受餘誅焉若此乎且非獨於斯也凡爾生之學爲文章手編筆讚尤專於宋自謂當從老蘇入從大蘇出兩者亦未全是老蘇信意失之太堅大蘇持論失之太快今人有馭馬者不問岡原夷險高下意在必往則勢難挽而又馳之使疾則其勢將不可收收挽惟我莫如安道爾生其尙約而返本哉由唐宋人以上進求六經醇厚之旨而紬繹之當自爽然失矣

答張再超書　李芳華

承詢及林西仲所學錄其荅鄭羽人林名一兩札相質夫西仲之學淺陋謬妄本不足辯然其爲說詭遁支離亦能惑人之聽姑即其二札詳論之孟子良知之云蓋謂孩提知愛稍長知敬即仁義之見端所以明仁義本於天性具於生初而非由外鑠無人不有無時或息正欲使人知性之本善而加察識擴充之功謂爲不慮而知者特言其率性自然不假思慮云爾豈最初一念之謂哉心統性情性即理也無有不善發而爲情則有善有不善最初一念正周子所謂幾善惡者也彼能自保其皆道心之正而無人心之邪乎且夫人之於事或有初思未得其理

必待反覆熟慮而後獲者或有倉皇迷誤處之失當事後追念而始悔其非者惡得謂初念之爲是第二念之爲非乎若夫平旦之好惡則以良心雖放而夜之所息其氣稍澄故平旦之際物交未至而惺惺者自呈露耳然曰近人已非復性之本然完具矣乍見之怵惕則又以卒然之投而惻隱之心自動仁即於此見端也然曰仁之端謂於此可以驗仁爲人皆有之云爾是二者豈不慮之謂抑豈初念之謂哉格物窮理者外究事物之理內即致吾心之知程子所謂物我一理纔明彼即曉此朱子所謂因其已知之理而益窮之至於豁然貫通則衆物之表裏精粗無不到而吾心之全體大用無不明豈但復孩提之本然

已哉蓋孩提之心渾然不識不知之無僞也大人則明物察倫通權達變但其宅心應務之際一循天理無少僞妄爲能有以不失其爲赤子時之本心焉爾道著用便已不是況作用乎致良知而煉出作用正其本心之宗旨佛氏所謂作用是性告子所謂生之謂性莊子所謂猖狂妄行蹈於大方是也彼其生平無所忌憚而慘刻不仁皆原此一念而出豈聖賢格物致知明理制義之道乎至於易之何思何慮舜禹之無爲無事文王之不識不知孔子之無意無必則聖氣質清純生知安行不思不勉之事是乃學者終身所嚮望以爲歸宿而不可必其能至者不但如孟子之所謂良知良能又豈佛氏冥然罔覺悍然不顧

者之所敢竊擬哉乃若子思不見不動之云則言存養之功貫乎動靜而舉靜以該動也周子無靜無動之說則謂沖漠無朕而萬象森然已具酬酢紛紜而直行其所無事中庸所謂大本達道也程子所云心普萬物而無心則造化自然之妙也情順萬事而無情則聖人大公之用也之數說者牽引以證良知殊覺不類之甚矣他如引佛氏能見大千世界雨點衆生周身毛孔以爲格物窮理儒者無以加此殊不知儒者之格物致知所以究身心倫常之理窮天地古今之蘊以言其體則萬理昭融而非寂滅此心也以言其用則彌綸宇宙而非寂滅天地也朱子曰爲格物之學而不窮天理明人倫講聖言通世故乃兀然於一草木一器物之閒是何學問然則雨點毛孔之屬縱能悉數而不差其於盡性至命何關於平地成天安用顧乃悍然據之以揶揄儒術得非病狂喪心邪矩者爲方之器也惟其居方之至定方之式是以以之度物而長短廣狹截然方正略無豪髮假借於其閒聖人之心存天則以義制事亦猶是耳故曰義以方外又曰不踰矩也若謂言規亦可則是圓融渾活凡事只弄機關便是大作用此佛氏心無住而能應變所以爲無忌憚之甚悖理而得罪於天也至謂方卽方內方外長生攝生與易中庸合則支離愈甚淺陋愈彰蓋不足辨也大抵林氏心術不正務爲弔詭以炫於世無論其牾於聖道卽良知之學彼亦未

嘗見其底裏而辯才又不足以自文故雖自以爲至元極妙可以陵駕程朱而不知其不足當有識者之一瞬可謂作僞心勞日拙矣吾子擬諸魏延之師不過見其議論之多偏殊未究其詖淫之害道也

答兄元朗論淵源錄書　李芳華

淵源之錄關系道脈、正宜修明以示來學、先生用意深遠、於此可見、然孔門弟子莵遠難稽、大抵惟見於論孟者爲確足信耳、禮記所載、已多與其平日言行不符矣、他如左氏多誣、如載闕止之叛及亾吳霸越之類是也、家語孔叢子晚出、亦難盡信、史記尤爲不經、如孔子世家不幾於侮聖乎、韓詩說苑未嘗細究、恐亦沿襲於傳聞者多也、竊謂聖門身通六藝者七十二人、姓字雖存而言行無徵者過半、惟是實有證據者列敘之可也、否則甯可從闕疑之例、若捃拾無稽之言以補綴之、恐不足取信將來而反滋其惑也、江都之正誼明道、武侯之謹愼、深得聖門

大旨、庶幾於道、夫復何疑、敬輿退之、值聖學晦明之秋、而能陳謨一本經術、衞道深排佛老、雖其造詣行藏未盡純粹從容、然有功於世道人心、亦董葛之亞也、文中子見則高矣、論亦美矣、然太平獻策以干篡君、續經中說以擬聖作、似汲汲於自見者、毋乃立名之士而非篤行之儒乎、道統之屬竊有疑焉、西山曾爲濟王東宮侍講、彌遠廢儲理宗殺兄、天下大惡孰加於此、乃與了翁應召赴闕、比肩事讎之、二子者謂其能承考亭之緒、則所不敢信也、魯齋草廬皆宋鄉貢而屈節臣元、他何足道、又況學多偏駁、失洛閩眞傳哉、則四子恐皆不足錄也、楓林深於大易、侯城詳於周禮、一則啟沃之功著、一則靖獻之節昭、其殆程朱之支裔乎、敬齋敬軒、生靖難誅鋤之後、乃能默契聖賢心源、而以主敬存省致知篤行、遠紹考亭之傳、一綫道脈賴之以續、厥功豈不偉哉、若夫孟子之後有孔斌子順者、議論醇正、行藏合道、見於史筴、似有足取、朱子之後、文山之忠、疊山之節、無愧侯城、亦嘗講求洛閩學問、不識亦可附載否、管見如斯、其不當處望賜辨正示教、幸甚、

與唐中實論小學注書　李芳華

正月廿七啟館宗祠・獲讀先生所箸小學補注・不勝欽服・但據鄙見・陳注似有可疑可議者・往歲亦曾爲朋友說過・今經條筆釐訂・自應允當・然昨於燈下細閱數條・似猶有可商者・而先生補注亦略有當酌者・如立教篇首章・自寢不側以下・蓋養其形體・生子所以形容端正也・目不視邪色以下・蓋養其神志・生子所以才過人也・陳注固未之及・而補說亦似欠分明・又如明父子之親篇・明以居則致其敬五句爲綱・次第井然・中閒所引婢子妻妾及宗子之屬・蓋以齊家正所以悅親・故於養則致其樂內旁及之・補說或言或未及言・亦似闕略・至若嚴威者以上臨

下之敬・儼恪者以臣承君之敬・陳氏未及體察・槪以居上臨下釋之・殊欠精細・子不宜其妻・或是私情・父母曰是善事我・必孝婦也・子安可不抑其私情以順父母之命・沒身不衰・則愛敬交篤・不但行禮之文而已・應氏謂子情雖替而夫婦之禮亦不可不行・如其說則純是矯彊以從父母・而私情終未釋然・又安能沒身不衰乎・凡此亦宜爲改訂者也・其他筆墨不能盡述・俟全閱過・粘浮籤於本書之上・呈覽・伏候教命可也・大抵箸書立說・將以覺悟來學・甯爲詳細・毋或疏略・甯爲遲緩・毋或急遽・期於盡善斯已耳・昔朱子詩傳早付刊刻・厥後門人疑居東非東征・始悟鴟鴞詩柄之非是・而以板本旣成不能改正爲憾・是固聖賢無我之心・亦足以見箸述之宜審慎也・故愚反覆思維・商搉古今公理・亦和而不同之義・苟非有所參差於其閒・亦或無嫌於過戇者・此其所以敢爲瀆陳而不自病於無所忌憚也・惟先生諒之・

答唐中寶論綱目書　李芳華

睽違四載山川閒阻末由側席承教雲樹之思何日忘之承示所修族譜序文凡例縝密精確足見仁人孝子之用心矣弟數年之中兩遭大故哀思拮据苦不勝言又以蝸居逼窄兄弟家口甚夥食指難敷買田遷徙左右支撑阮囊空竭今秋甫畢喪又娶兒婦襄人扯曳勞神損力筆硯久荒學問止有退步遑言精進昔年曾讀朱子綱目厭集覽質實繁冗蕪雜卽考異考證書法發明亦多不得考亭意旨妄欲少加筆削編爲集義一書顧爲俗累牽引三年未克有成大抵紫陽之作綱目也雖以凡例爲的然其閒亦有因事褒貶變文見義不規規於凡例者而

汪氏概執凡例以議之則未免於拘矣且大書提要命意深遠者有之刊本錯誤者有之因舊史成文未及詳訂者亦有之而劉氏尹氏不細加研究往往曲爲之說所以多悖理傷教之辭也鄙見惟據綱以考目而窮其旨趣因目以審綱而察其異同如漢武時匈奴書入不書寇之類則咎在中國變文見義者也淖齒弑齊湣王見凡例注而書殺之類則刊本之誤也若光武時書匈奴救劉文伯之類則或因舊史之失也此正編所爲竊取者也其他訓詁文義惟難解者注之於格上地名則概不錄焉至若續編書法多謬於凡例則以商公等見既淺陋存心又欠公平故耳意欲本朱子凡例少爲刪訂然宋金遼元四史不可必得恐渠或有遺漏未敢下手俟明年正編集義了局後煩合力呈請郡伯借嶽麓藏書同爲商訂似亦未晚也杜詩選注昔年見識麤鄙瑯據唐史及諸家注釋編輯之未必可傳且爲柳氏借去扣留原本而將覓人所鈔者見還字多錯落今不能記憶亦無暇日改正未便卽寄上也

與劉夫彝內史書　曾紹孔

足下鳴琴山邑僅四載，特恩內召，自此監司牧伯臺輔卿寺未可量也。僕以詩文締交肺腑，天南地北，左右無由，頁用惘然。所喜協恭和衷以撫民社，賴有知己，僕卽老死溝壑，而力所不能爲者，可藉以少慰，又奚戀戀效兒女子態邪。獨是足下昔宰南偏，深以人鮮湻樸、俗尙侈靡爲患，時僕卽有急欲白足下者，而未嘗言也；偶一言之，而未詳也。非不欲言且詳，謂猶可待耳。今足下行矣，舍足下更無可言之人，故不能少緩也。蓋足下疇曩所患止於一隅，若僕所閱歷雖未徧楚南，約略計之，率不甚相遠。卽賓筵一飾，髫齡時所見飲食供具皆樸茂古拙，鮮雕飾

戒綺靡，主人不以藜韭麤糲爲靳，佳客則以芹羹土酥稱快，道猶古也。今也盤盂必晶瑛，杯箸必牙玉，案榻必縷彩雕文，非花燭輝煌、屛障燦爛與歌音之遏雲繞梁，通座皆爲不樂。鱠鰈侯鯖、粔籹麴部，直餘事耳。雖富家闤財、貴人爭款，勢所必然，然亦何以端表率、長子孫乎？此僕所目擊者，未三十年，殊迴乃爾，愈趨愈下，若彼流泉，奚所底止，況不悉此哉。是誠足爲風俗人心患也。天地生財，止有此數，念祖父勤劬，當惜其不足；思子孫艱難，貴留其有餘。以若所爲，豈謂無不足無不餘，恐家人早夜拮据，尙不克灌漏巵，矧不儉者不勤，自昔及今未之能易乎。故鄰省諸郡若豫章、若兩粵，卽大湖以北，田一歲兩種，土物取諸其

家而用之，紡織之聲與雞鳴響答，僕聞於人者如是。今吾邑一歲一種，尙鹵莽滅裂，矧再種而再穫邪？麥豆布花適諸市，岸空土曠，甯與荊棘狐鼠作緣，禾熟盡出子粒以償積逋，且猶不給。樂歲若此，其在凶年可知。孟子曰：易其田疇，薄其稅斂，民可使富；食之以時，用之以禮，財可使足。今民閒以閒嬾惰廢荒人工，薄地利，又漫不知節省，至舉八口之家甘爲盛世餓莩，甚且世裔大族精悍强有力之夫行乞途閒，若固然者，可勝歎哉！可勝歎哉！原其獘，誠如足下所云遠湻樸、好侈靡者爲之也。夫百畞之田，非祖父困苦中所留遺者乎？及吾之身，非有戶口之繁、嫁娶之叢與夫姻亞友朋往來之眾，守先人舊廬，主伯亞旅晦明

作息，不爲紛華靡麗而悅，雖欲不富不可得已，孰與之不足邪？顧乃狹視前人，以恂謹爲迂，惡言小利，以夸大爲高，而不知洗波靡之俗、還渾噩之氣與去敦龐之習、趨佻達之風，孰難孰易也？啟蕭瑟之況、成富有之藏與喪殷實之區、變荒瘠之壤，又孰難孰易也？由是食指日眾，酬應益廣，老稚具人，豐歉異歲，將孰與以足乎？卽欲富者長富，貧者不愈貧，何可得哉！足下早洞晰病源，窺見流獘，故以去侈靡、返湻樸爲急務，而於夫彝人心風俗勞勤百端，業有成理，彼都人士咸惜其未久而去也。然方且以宰一邑者宰天下，豈一邑所能罄其敷施，留爲棠蔭哉。所望異日秉鈞軸，開誠布公，進捧檄受郡之司牧，責令務本節用，知

農之艱難而嚴其勸課。察財之盈縮而示以均制。不爲苟且之俗。勝勿使因循之習仍。其運在心。其仁足以及天下。其政行於一時。其法足以傳後世。上無負省刑薄賦之朝。下無媿補袞作霖之臣。皆不出足下所患中。足以致此而無難。詎不幸歟。詎不幸歟。明月在天。兩心如對。萬里秋風。加餐自厚。

荅李亦庵書　　曾紹孔

前在齋中偶論文體未旣厥旨。繼承教示壽敘非古。遲遲未荅。不審以古人集中無壽文。謂之不古。抑以今之爲壽敘者。與古之文相剌謬。爲不古耶。唐宋以來大家之文汗牛充棟。獨不以壽序傳。意古人德業聞望。不假文重。非如誌銘辭表。子孫懼世德之沈淪。急欲表彰焉。而爲之者亦以蓋棺論定。其文傳而其人傳耳。是以壽文不傳也。乃今之以文壽人者十倍於誌銘辭表。匪第文不古。若並不得以文謂之矣。夫壽之多寡。數之適然耳。世之賢士君子。果能自壽者。詎直是哉。必其德業品望。足爲模楷。見諸行功業。卓卓被生民。而光史冊。窮而獨善。亦且著書

滿家。爲聖賢留道脈於未墜。爲古今明治統所由隆。一其聲百響。皆息豐其詞。羣情畢露。要皆分其緒餘。建宇內非常之行。勒名山不朽之業。可以一日。可以百世。豈嘗計人之我壽耶。即壽之者。不過有道之士。無能已於祝願之私。而其爲文也。亦第舉天地古今一日不可少。百世不多見者。一寫之云爾。又曷嘗計其傳不傳哉。縱其文傳。傳以其人。其文不傳。非其人不傳。若其人傳而文亦傳。文又安得而不古乎。吾楚杜于皇稱吉水羅念菴爲毗陵唐太公壽通篇講道晰義。以荆川爲之子而不之及。其超脫若此。嘉定名士婁子柔壽申文定少師首輔文僅三百餘字。且謂文定秉政。不如前人任勞任怨。前人者江陵張文忠

也其簡直若此以此爲文不謂之古不可得矣今則不然道德事功難言矣治古文者未悉其源流若何譬以馬韓則喜攻詩律者未察其體裁若何譬以李杜則喜非是弗樂甚且墨吏皆卓魯野人悉巢許田夫老嫗無不伯鸞德曜豆羹簞食孰非平原信陵以致富商大賈食牛屠狗之輩苟可永年皆得以文壽且欲擇能如吾意者爲之操觚家利若直靦顏泚筆如馬首之絡不擇馬而施而旁觀者早已腥羶滿案一嗅便嘔也尙得謂之文哉吾故曰今之壽文非文也足下云云其必有感於斯矣然使今之壽人以文者得如羅婁兩先生又必謹擇其人如唐太公文定公兩君子而後投之雖謂文章家莫古於壽文可也足下又安得以壽文爲必不古哉儻有相長幸賜回教

與劉采其書

曾紹孔

酷暑作數日晤時有人對冰壺之樂別後大地如爐旱氣轉甚田種所失覩丙戌過之炎威灼人不必言矣吾地十室九空其何以堪抑聞黔中苗民梗化大兵雲集禍更不僅旱魃已也抑鬱之餘作退步想足下然吾言否高堣師六痛毋苦節矢志誓報乃天弗永年且以無子悲已臨絕告伯兄又尹曰不終事毋惟兄弟是賴幸兄與三弟皆有子我獨亾今與兄約請先舉子者於吾繼旣曰儻此可已又何以云勢迫時窮致丁寧之意如此更可悲矣旣葬三月尹舉次男不忍不以之繼也師之有後若有期會焉而預爲之地人皆以是喜聞有私爲尹喜者吁何其悖也誰有子不愛其次祇以吾弟乏息金后可消永訣之辭難泯且方痛吾弟短凶復有違心使長抱不孝之恨莫或瞑目於九京也可乎微弟故尹雖不敢知曰二難茲始決不至入夢之能羆甘作螟負之螟蛉矣而況生者固不媿其言烏乎存亾遽異此明彼幽無知有知不復相識尹獨何心而回哀作喜邪惟彼化者回首蒭樓道路渺絕傷心永宅遺言不再遲一夕佳亂卽一夕不安於地下此非他事不以置悲歡得喪於其心也卽二三同人撫膺太息咸曰仁者有後蒼蒼其無意乎顧潛靈宛在冥臺倘温將絕之續若日夕無光倏返三舍而明者弗失其明也以存推往向之所悲今之所喜夫甯有二心邪矧亦旣

箕裘有紹不得之身者必得之於後矣嘗觀孔子稱周泰伯曰可謂至德又稱殷有三仁微子其一夫泰伯微子均無嗣而傳祚百世固仲雍微仲子孫爲之後也由是觀之古人曷嘗不悲墜緒於當躬而享靈長於奕世乎孟子云不孝無後爲大非謂無子也子有無不可必惟得人爲之後斯足慰耳而豈而昌而熾獨古人然哉是故人爲尹喜不過曰師有宮室田園書策琴瑟爲尹之子有烏乎是與嬰兒之嗜弄具何異且考之經質之律稽之國家之典凡立爲後與爲人後者豈黷貨財揀金帛歟又奚以處夫赤貧無家之人苟無苗裔不將聽其爲若敖之鬼邪此以見世道涼薄雖父子大倫不免見利忘義貪得患失滔

滔皆是也獨師六爲人寬厚與物無忤善事母讀書爲文以專故得血證年甫三十而天速之亾理不可解今幸孚亂有託顧暹之十數年令吾輩一見歎曰是故高師六兒邪師死能以其精神形氣徜恍變化而爲一子師何嘗死邪喜且不什伯於今日乎足下高氏世好也必然吾言矣

與孫席珍書

曾紹孔

年來抗志遺俗弋獵羣書懌愉憂悲見諸文字思得足下過我提衡古今彼此交益未獲也近有相商者僕於時文非所好至四子書未嘗敢輕心讀之每思聖賢一言一語純是元氣渾淪與天地同流無不包舉紫陽夫子續孔孟道統之傳懼愚不肖無從企而及賢智者不能俯而就精思曲暢絕後空前爲之注疏蓋有不得已焉然亦至明至簡而不可易譬之目力既竭繼以規矩後之人由而熟之自足爲工之良也今復求諸講說我有心思我有才力不能以吾之精微與聖賢之精微相遭相得而必盡假他人之喉舌爲探索是亦曰斤則斤曰斧則斧雖有

離婁喪其明雖有公輸失其巧已吁何其陋哉矧四書之有講說吾不敢知曰一展卷而義理燎如指掌即其教者學者亦不過揣摩蒐列爲弋取科第梯航耳嗟夫有志作者之林根六經之旨探奇於莊屈取法於史漢摹神於唐宋大家他若諸子百氏盡可披也盡可覽也得其精意觀其會通皆與聖賢理道有相資發明之益以此爲文釀花爲蜜不見花釀稻爲酒不見稻月異歲殊甯必屑屑於講說也苟能是豈惟弗礪於科名萬一科名不可必而以我之心思才力追聖賢於千載之上隱相印合足以信今而傳後以視科名之得失輕重何如邪而況畱心講說其制藝盡工於科名若拾芥否又未敢知也奈何爲父兄

師友者奉爲不刊之令雖有聰明才傑之子弟驅而老死於其閒文與道無一之有成也悲夫足下明眼人能無慨歎今私以相質諒弗以僕言爲不然也

湖南文徵卷九十五

湖湘後學集編

書四

與鳳翔公子書

徐世佐

寄來尊公著作二種斂容危坐而讀之學問之腴有味焉曩在京邸所見尊公古文一準唐宋八家今其存者又自從朱子全書中來岣嶁太史序時蓺引程朱序古文引韓蘇愚謂此一而二之二而一之韓蘇之雄偉灝瀚程朱之質實純粹醞釀既久其眞精妙合而凝焉者也古稱不朽有三尊公之德他日當從祀聖廟非徒附諸鄉賢也其功在生民又當廟食彼地非但列諸名宦也其文章嘉惠來學與時無極合茲三者不朽何疑雖然莫爲之後雖盛弗傳又在諸嗣君勉之而已計僕與尊公游處止乾隆元年七閱月曁四年八閱月耳然其契合在生平其精神在千古此非他人所知也揖別金陵卽四年秋杪期以明年遊嶽尊公曰來子固可與遊各僧寺頗知我可一二日不齎糧但須春夏之交嶽色方滿寒暑不侵其後竟以病故不果來迄今四十年惟赴鎭安時在山陽道中瞥爾一遇其形容猶在兩目中而公往矣不可復見矣到鎭安之明日尊公在途寄書與黃展臣云昔人所謂窮巷閉着苫寒燈靜深屋北風吹微雪抱被冒同宿者予與徐年友之交也一別踰十年聞其已死心

常怛悼昨在包河鋪猛地逢之不覺大駭如從天降顧不能隨之而返貧署荒涼伊又多病可語內人飲食必親手調理不可以吾窮故慢吾窮友斯言也至今猶在肺腑中而公往矣不可復見矣仁者必有後賢昆仲皆卓然儒林之望於公何恨顧僕私心不能無感也瞻望弗及涕零如雨生別死別是皆有之相去三百里邈若天涯尊公箸作到敝廬在乾隆四十三年十二月看緘上封題發日在四十二年正月何其難也郵筒不及抑又無怪環溪草堂文集刻於何時中間各篇往往鈎截太多似失作者之旨此固於作者無害恐未必於讀者無害狗尾續貂昔人所戒顧僕胸中又自有勃勃不能已於言者作環溪草堂

文集跋一篇高明可無哂否岣嶁太史無恙否可一塵之否捕虎說一篇附寄嶽雲在望延企爲勞布此區區言不盡意

與毗陵明府書　徐世佐

佐再拜獻書毗陵閤下佐聞之君子惡不聞其過耳非惡不聞其善也不聞其善常自以爲不足不聞其過常自以爲有餘自以爲不足則德日進自以爲有餘則過日積而不知夫善易聞也過不可得而聞也人之稱吾善也常有餘而其稱吾過也常不足以不足之稱當不可得聞之時而爲吾過之所由積故君子聞過則喜聞譽則懼君侯撫臨下邑於今八年德亦盛矣其操守之廉潔爲治之勤不遑早夜其方嚴正直强立不倚不營進取不爲貢諛以善于上官盡心于民事以期無負所學者不可謂不至矣佐不敏辱君侯愛深於其去無所爲贈知歌頌者

多敢效箴規以備所缺夫士者有司之所賓而禮之者也民者有司之赤子也皁隸者有司之厮役也士疏而民遠疏者難通遠者情格故其勢皁隸常不可以縱縱則士與民受其害士與民受其害則有司之政教壞佐聞善爲治者在因其勢之所傾而救之天下之勢常不能平積重積輕害若循環善爲治者觀其勢之所重而輕之其勢之所輕而重之則其勢稍平而其害不至於已甚往者明祖優禮儒生日積而張其弊至於淸議執朝廷之柄而賞罰無權士氣日强而風俗政事亦因之以壞延暨　國初士或虐轢吏史平睨官長干亂時政當此之時在抑而制之使就繩尺其後　朝廷深知其弊約束之條日以加嚴

士皆凜凜就法度矣有司繩之太過官之廝養虐而使之士皆懦恐不敢一語相校向之爲我奴隸者今皆奴隸夫我矣天道循環無往不復理或然與雖然吾懼其廉恥之敗而澌滅以盡也夫士而廝養之徒奴隸視之而不以爲恥此何士也夫君子之所惜者廉恥也且夫今日之有司前日之士也今日之士他日之有司也士則不敢一語相校矣有司何可使士畏奴隸也有司忘其前日之爲士乎夫士者吾輩也物各惜其類使吾之士畏吾之奴隸不敢與校而有司乃逌然怏其莫予違也以是爲威命之行與有心者或猶未免抱風俗之痛也夫士者天下所由以適於治之具也使天下之士甘心奴隸此　聖天子

賢宰相所不忍聞天子不忍以奴隸待天下之士而有司以奴隸使士且使吾奴隸以奴隸使士烏乎其亦不思其本也夫士之甚可愛者氣也氣者振之則起沮之則喪摧殘磨滅畏葸頹潰精英之氣不復集於身當此之時在扶而植之使其氣不至於盡喪不當復抑之也今士之貧者不能具饘粥敝衣徒跣形容枯槁皁隸衣裘帛朱纓華冠持粱齒肥飲酒賭博肩輿出門行李步擔士遇之途側立而避之君侯爲治務在立威不恤大體君侯以爲威不立則民無所畏而不可以治然君侯之所治者一而其所壞者十妻雖惡不使奴笞之恤廉恥也君侯之所治者不過威令之行而其所壞數世之事也夫俗之漸人若魚之漬於水河之魚淡海之魚鹹非魚不同其所漬異也俗者難成而易敗十人扶之不足一人敗之有餘子曰安上治民莫善於禮禮者別尊卑明貴賤辨等列也冠雖敝不以苴履履雖新不加於冠今使皁隸廝養奴視諸生羊麾而狗叱之無所顧忌此不可之甚者夫廝養雖賢不使加於士士雖不肖不使辱於廝役存大體也今之廝役吾未見其賢也君侯之所爲治士之罪者咸其所自取誠不爲過然君侯曷不一爲吾輩恤大體也君侯以爲賞善罰惡激濁揚清其所鋤者榛蕪非有害於嘉植也然而風俗一敗賢愚共之不可不愼也夫民者國之本也往歲郡縣買騾馬入蜀此不過官民買賣君侯號令大嚴皁隸憑

之縱暴侵掠所至騷然馬不中選者出錢無馬者呵以藏匿得錢乃止馬經去賣者勒令贖回得錢乃止見馬則騎之去不問其主見騎馬者叱之下呵以逃匿得錢乃止敢出一語者呵以阻撓公事仇者匿名相告無馬者馬已入官者咸云隱匿鎖之皁隸家中或一二日至四五日得錢乃釋吏不見官至於貢士至於進士或經爲官者皆令鎖拏耳目怪駭遠近惶惑人人自恐一日數驚至於愚夫小婦見行道之人皆走匿畏避十二月民間訛言取猪不知所自來風聲所及家無留畜數日乃定何則威令之餘雖空中無鬼不能不動於中也夫民豈不知告於官害民者亦豈不畏民之告於官彼誠有以自信耳士民之言

百不中一皁隸之言其應如響彼誠知勢之不敵故隱忍不敢其強者亦嘗發憤思一言矣卒輾轉而終以自止誠積威之所致也賢者居高聽卑然卒下情壅於上聞火發於牀下而寢處者不知此君子之所懼也　朝廷未有他事才一買馬民之受害如蹈湯火脫有他事何以聊生是故厮養之輩常不可縱非細故也夫人各有類其強弱之勢必有所歸州縣之勢不可歸於胥徒猶朝廷之勢不可歸於奄寺也或者以爲胥徒細故夫大者細之積也天下者一鄉一邑之積也往者明季差役繁重然賴士之氣雖貪有司朋比奸胥悍隸卒不敢以逞不可謂非小民之幸也夫今之士或萬萬不如古矣然亦未必盡無廉恥

之心其顧名節畏清議者亦往往有之此皆萬分之一不敢望於厮養之徒者也然則勢歸於此輩不若歸於吾黨夫聽訟斷獄君子所慎民之多訟非智力所能禁也今皁隸之家未有貧者一事經手以百緡計皆往日所無君侯明察英斷不當寄耳目於羣小此尤草野愚夫所爲惓惓者矣催科獄訟皁隸入小民之家食必兼味飲必醇釀輿馬僕從之費不後於時君侯其亦聞之乎若猶未也耳目之前如隔千里以是知治天下之難也泰山在前一指蔽之非指之大於山蓋近者之足以蔽遠也故去其蔽則眇者可見千里不去其蔽雖離朱不能見一物今之扳輪而詈記者皁隸也製綺紈書姓字稱萬民衣者皁隸也刻木爲主內之所在廟中祝長生者又皁隸也鼓吹之聲不絕於君侯之前者皆皁隸也君侯不知而誤以爲民則蔽於近習若其知之亦可以察今之人情矣令者民之父母非獨皁隸之父母也獨感恩戴德斯之甚哉皁隸之害小民怨之切骨君侯受其面諛人心愈不能平今道路之言豈堪盡入君侯之耳乎所不怨者獨城中民彼以酒食遊嬉相徵逐而寢處夫鄉之愚人其他罔不受其害三里之外非愚所敢知也士有諍友則身不失於令名讒諂面諛之人非誠有愛敬之心也君侯物望方隆暫爲一縣而令厮養之徒侮弄衣冠侵暴小民貨賂無埶士民嫉憤君侯方受其承奉懼議者不察謂君侯與其私人名利

相比損傷盛德竊爲君侯惜之昔人有言譬諸飲食肥甘多矣請備藥石佐豈敢云然而不能自已者以君侯之賢　國家之盛方將入爲宰輔出任封疆區區之心誠激於中懼君侯不知自以爲至爲累滋甚故敢發其狂迂惟裁察之夫逆耳之言人所難受君侯不以爲恨則君侯有古人之量而佐亦比於遺直不然是佐之罪也臨楮震栗不知所云

答友人書　劉暐澤

數千里外得足下見復一札具悉母夫人安好並足下近履清勝甚慰甚慰至迎娶一事云占者謂推合年時歲內未有佳期足下遂以是因循焉澤竊以爲過矣夫定天下之吉凶成天下之亹亹者莫大乎蓍龜龜爲卜蓍爲筮卜筮者先王所以使人敬法令畏鬼神信時日也其事誠不可廢然不過決嫌疑定猶與耳足下垂白在堂中饋井臼之司於是乎急單傳如綫鼎盛春秋又何嫌疑猶與之有且吾聞之書曰官占惟先蔽志昆命於元龜又曰汝則有大疑謀及乃心謀及卿士謀及庶人謀及卜筮是始其事者人也詩曰考卜維王宅是鎬京維龜正之武

王成之是終其事者人也從未聞有廢人謀而專聽於卜筮者況近世陰陽家者流亦豈眞有裨竈梓愼之識京房焦贛郭璞輩之聰明也哉昔漢武帝聚會占家問之某日可取婦乎五行家曰可堪輿家曰不可建除家曰不吉叢辰家曰大凶歷家曰小凶天文家曰小吉辨訟不決以狀聞制曰避諸死忌以五行爲主張衡思元賦曰愼竈顯以言天兮占水火而妄訊前古術數之學已極紛紜而謬戾矣矧時俗之占測可盡信乎伏惟足下念祖宗之緒圖高堂之養法虞書之蔽志效周詩以成之推以五行顯然可指蓋天地設位而必聖人成能也人謀鬼謀究之百姓與能也歲內爲日方長夫必有得天時者矣

答朱伯纁書　張九思

九思頓首夏初得伯纁書幷示令祖母太夫人事實太夫人之賢旣僕所素稔今者壽登百齡爲世罕有復値　覃恩得膺曠典福遇幷隆實乃太夫人淑德所自致九思雖不文夙叨不棄況忝從戚末又何可辭顧恐弇陋之詞無以光　朝典而賁家乘有負老弟殷殷相屬之意是則爲慙耳今錄一通塵覽惟伯纁裁其當否而施之幸甚來書兼及近況僕幸託相知久請得爲老弟一言竊謂此時此境正天所以成就吾伯纁不可不有以善承之也乃如伯纁平日自負俠腸揮霍之間多因義舉不可勝數然浮侈不節習氣使然殆復不免自今觀之其是者

自當無用爲悔其誤者似亦未宜漫不加察也如伯纁之才終當自致科名區區有無殆不足道然造物者予奪之意默寓其閒非靜慧之士未足深領予嘗近疑曰以驗吾用意之誠奪嘗近疾曰將豫吾謹身之地耳孔門賢豪衆矣論語一書處境順逆閒每每致意僕少時意氣方盛亦且讀而疑之今經歷之久始知聖賢於此正有當境實學非自欺欺人之語也故曰正己而不求居易俟命此之謂也又嘗謂士人事讀書自宋以後盛亦自宋以後衰何者有宋大儒當其始幷挾命世之志又得師友淵源流風漸漬其所發明義旨所至可謂卓然然方其崎嶇艱險之中已蹶復興將伸復亂今人不及見也張皇徵緒旁搜

遠紹戛戛難哉豈謂今日乃成爛熟以今人之坐獲宜優前輩之苦尋而文章事業轉無一足以及之者用功深者所取厚致力輕者收效薄有由然也九思癸亥甲子間辱昆甫兄一見如舊於時授我鈍之一言僕謹至今佩之未嘗敢失伯纁資材穎敏勝九思十倍然非可喜也若能收斂才華一意根柢之學則望佩僕所嘗佩者無以已明已悉而不究其眞無以習見習聞而謂中無可味如此銖積寸累待得三年後德業不幾有成氣質不且大變吾不信也伯纁勉之僕不幸聞道遲今衰且老矣如伯纁尙英年近又所處艱乏從前一切外好且不戢自除況早日周旋昆甫亭榦諸賢非他人概未有聞者比繼起之傑當

讓何人其孜孜嚮善之意亦人皆見之特未肎實用其力耳愚故以謂天今所以成就伯纁不可不有以善承之也政遠惟力學自愛比日侍奉佳慶有所會意便中不惜寄示以當面晤區區傾竭恃相知之厚不以爲僭則僕又大幸矣

與楊景翱書

郭焌

焌白景翱足下頃者辱見過留三數日尙不能盡意旣別去心怦怦然僕與俗人居或不能須臾與之談或失嚮荅人或嘵嘵不肎已則心煩若焦不能待其詞之畢足未離而神已去矣以此取詬病於世至有欲殺者嗟乎其何以解於足下父子間哉自始合至於今十二年矣踰時而一會會則相與言笑款洽竟日夜不一息猶以爲未足雖僕亦不知其何以至此足下於今之成秀才者皆可以無愧然不以僕爲不肖愛重之前在庭言僕所爲近於古文之傳於後世無疑願委身以聽此何敢當若僕所謂天下之罔人芸己之田而猶病者曾何足以補足下之

萬一雖然僕嘗念之足下於取科與名之術則得矣將求比於古之立言者則古之人方且閉置之門外不得聞堂上人語況欲望其肩背哉足下年少而氣淸勇爲之古人不難到而僕易言之若是者僕自知有僕不知乃同足下於非僕忘所以待足下者也僕始孩時質性過於人五歲至八歲餘四書五經讀已畢不幸怙恃無所在曾大父已老寄養外氏歲不過二三親外祖父母以其孤故憐之甚延童子師塾中日親送之時或來几案旁視誦讀章句遇師怒且撻急曳之去嚴冬盛夏誡童僕善與之戲防顚撲是兒體弱不令讀書也十歲從外祖父宦吳中益不復事事踰二年歸趨曾大父所曾大父叩得所記誦頃又

問兒操筆否僕實始學爲破題對恐曾大父輕之且久離隔遠歎曾大父不素知可大言乃詭云爲文章已就曾大父初時雅不意兒能爲文也心喜迫欲觀其能據案叱左右具筆硯坐之旁坐發策而試之僕已詭云能爲文度不可中變乃就平日所誦明朝人文貌程度而爲之竟就篇徐移紙曾大父前卻立睨視惶愧不知云何曾大父手筆批且點且頷之婢子告飯熟擲筆起立笑而入爲家人言兒能文矣已而捋其須顰蹙曰是不及見兒之成立也顧之而歎曾大父於前輩之知名者號爲魁僕初把筆見許可遂搔癢不自禁謂是不難僕之爲文自此始後三年曾大父沒其明年僕之十六歲時也外祖父以其長

恐無成縱之使負笈遠方從經師同學之士歲益多僕較其分寸究亦無甚過者試有司輒得其前軍頗自喜退而取生平思之雖學無苦心所得於師友非有高論恥旨又見稱賞者其自爲文皆卑庸腐敗不類於古人者之詞今之學者必非是自疑年十九爲諸生始盡焚其舊所習時文讀唐宋書世所號八大家者是也每一篇積誦至百數乃罷時時有所見猶未敢自信又二年以選貢例遊京師隸國子監乃得事司業胡公知古文之道廾其至與不至焉者皆知之居數年盡得與四方之賢者相結縱辨難徧致周秦以來之書經古人之評論標錄伏讀而思始有得注於手者皆汩汩然來益自堅其信乃肎歸今復自

悲僕年二十七矣古之人大率五十六十始有所成就蘇明允時過而學胸中稍儉於卷軸其爲文亦僅如是而止不得與左史比僕先祖與父皆早世僕失學多假設不幸而得其年不逮於古則至死之日皆虛生之年可不爲痛恨長歎息哉早之不知及其知而爲之已遲兀兀孜孜得不償失既以自誤又因以誤足下不謂之不仁而何也往年謁宗伯方公公切切爲僕言士君子爲文當本六經要其行終身不問時之利不利凡聲名利祿泱然舍去此人之有腹心疾害不小僕始聞之若大藥之解沈痾脫然汗出病良已自是不復求進絕意而爲之雖爲之窮困之事蟻增非笑之言蜂集顧僕不可變也楊子雲之爲文

當世無好者子雲曰後世復有楊子雲必好之矣退之以子雲死近千載竟未有楊子雲退之悲子雲然獨不知已之悲子雲乃所以爲子雲之好而子雲之能待於後世以自解也故曰其用功深者其收名也遠孔子疾沒世而名不稱焉又曰不知命無以爲君子也古之人與其所爲言也已傳矣後之人亦皆有言宜亦皆可傳而卒不傳者何歟蓋以爲有立與不立耳立則其言傳其人傳不立則其言雖存不傳卽其人傳亦必不以言傳人或謂爲文以取世榮僕所爲者皆過自命太高就令是從事早僕年猶有待降格趨之可得志於時始復事此亦未有害且古之爲此率敝秏精力其傳者異久與暫是皆有命不可强

妄自惜恐損壽僕曰惡是何言豪傑以命故自强愚不肖之夫以命故自廢其傳之者不久其爲之者不至始以不遇稍見待待之而又不遇則又待則老且死與其爲愚不肖之人而死不如爲豪傑之人而死死一也則有傳者有不傳者死與死不一也然皆生焉然皆死焉死與生不一也而亦一或且生或且死或且其生猶死或且其死猶生或且其生之時不若死或且無時不死無時不生死死生生以游無窮此昔人之志也今足下之志其毋乃惑於此邪抑有惑於人之說者邪夫惑之者非也知其惑而不爲解者是抑亦有罪焉故敢自疏其所以緣乎昔之相與交好以進於足下足下其亦垂察之近所爲文凡七首

僕手自寫以此中人無可語者輒不揣度細批注竊效韓子送孟東野序急於自解者之爲幷以進足下試取而詳之視今人之自贊若某某集者何如也僕性不起草繕此書成追思致之足下不耐更莊寫多脫誤厚於義而簡於禮足下亦亮矣𤍠甚惟節欲自愛不宣

與楊景翱書

郭焌

僕平日見君之爲人亦嘗有志於學特不免爲因循所中辱在至好故不敢不盡其狂瞽之言於今乃毅然發憤若有痛悔痛懲之思可謂豪傑矣但圖始易持久難昌黎所謂行之以不息要之以至死古人有此種堅忍情性所以能傳願更相與勉之也來札云僕爲文盡本天授斷非學古之力此或戲談然不可以不辨僕於時文一途一字不入目者七年矣至把筆爲之則又似皆老死於此者不能道其中好醜亦惟僕知之而人不能與以見世之學古而心知其意者之少爲此道之難也僕以學自二十後進此數年中明窗淨几何如往昔而僕之爲文日益工

僕之用心益非夫人所知凡有几案之處無不有書伏枕行路無時不繼之以思艱難辛苦未嘗少輟君亦曾見僕在人叢中鼓掌喧笑不移時而出文一篇或詩數首此從何處得來者乎又嘗見人有如此者乎魏叔子云必待有暇然後讀書斷無讀書之時僕知有此意而已僕知所以勝人在志氣凝定襟懷洒落外物不以紛其心其得力於古人兩言耳曰以意貫以氣行僕之自效曰以悟入以思進竊謂四書文之道無他妙巧平時沈酣於古書中至得題時又將古人一切埽卻惟於語氣上參求消息一意追之眞種子一得其文自無不可傳嘗以爲得古今不傳之秘天下名人反多爲古人所累以未能見及此耳

上宮保相國桂海陳公書　孫艮貴

執事開府南國、親受湔沐、如貴者未嘗遣一介陳書、非直以分屬部民、懼左右不察、含仁被義之枕、而以為陳說失得也、抑謂五世以來、從未履長吏之庭、矧執事南面百城、皆撫而有之、以至微極陋之地、質而欲裨益喬嶽滄海之高深、縱大賢明恕不責倨侮之行、而引分自裁、實怵於中、制於義、所不敢也、故雖如歲如父母之望、百倍於國人、而保惠敎誨於南土者、惟曰中心藏之、懷允不忘而已矣、然於經野則清泉之有分、烝髦則鄉校之為貳、倉廩溢而通其變、鄰國溺而拯司仁、畜履亨貞、蒙困疏達、凡諸良法美意、前此武進趙公、香山陳公、景州魏公、羣公先

正、莫我聞也、執事毅然行之、不俟終日、蓋學術醇、夫醇而後政事惟醇者、至今日而亦不能默而息也、而猶莫難於鋤蔓生之杞、汰狂衍之波、焉聞諸自道、好惡無有作耳、而惟公生明、惟明克斷、非達此三德者、其孰能與於斯、所鬱陶於猥懷者、福星照翼軫之路、惟期月耳、浸假三年、又當何似、然而守典奉法、不愆不忘、他日九嶷三湘之野、登風俗良書者、必推本於過化之自也、雖十世嘉賴之矣、又況九郡文獻、逮執事而始足徵乎哉、今也於秦則四至矣、入關而有師命、　聖人之睿、西顧如此、其至也、抑亦容民畜眾、端歸丈人、靖西極而暢威狄域、易象所讚、懷萬邦也、末屬乃欲私我邦族、焉不亦陋乎、

答湯洛九　陳　益

禮者緣情而起者也、情之不及、則禮以節之、如所謂廬墓者、則情之太過者也、漢明帝永平元年春正月、率公卿以下朝原陵、史家非之、胡致堂曰、送死之禮、至於墓則終事盡矣、人子孝思不忍、則專精乎廟享已耳、蓋墓藏體魄、而致生之、是不智也、廟以宅神、而致死之、是不仁也、朱子曰、墓廬封殿、皆近世好名者之所為、如以是為禮之所必有、情之所固然、胡不以是垂訓也、來書引門人築室孔墓之義、則又有說、門人四方之人也、聖人沒而勢將離、故室於場以畢其誠、況門人非子孫、比無承祀廟主之責、室於場以心其喪如是而已、未聞子思輩亦舍其廟祀

而從諸賢廬墓也、若蘇子記韓公廟碑、以為公之神無所不在、則尤非此類、君孝思肫篤、不忍一日舍其親、益前見君欲舉此、亦不忍決然言之、意俟遲來廬次陳說大義、今來書正及此、則有不得不言者、君非好名者、益所云云、亦大懼世俗人以是稱君孝耳、世俗之人、以為孝、而識禮君子則以為不仁不智矣、君家子姓甚繁、誠不忍舍其親、往來假處、間毋使廬次偶絕人蹤、其亦可耳、

復曹郡尊書　陳長鎭

竊某十餘年來聞大賢之風者熟矣．常以麒麟鳳凰未得先覩爲憾．客歲欣聆恩綸辱典敝郡．望故山而起舞．逐綵雲以俱飛．重爲朱邸所淹．不得趨侍閣下．東人之慕．到今轉深．然寄吾廬於化雨之中．坐春風於萬里之外．向南引領．魂夢安之．雖日侍左右不翅也．本年春杪．鄉人北來．傳言仲春之吉．肇舉先人升祔盛典．五馬高驤．小大於邁．某將信忽疑．竊意傳聞異辭．或臥治之餘．命有司者將之耳．非敢望於刺史之重也．即令賢者有貞志存風勵．亦賢子孫居通顯者當之耳．非可冀倖於某等不肖輩也．頃得舍弟鈞書．敬頌公祖推錫類之仁．樹風聲之

美．旌旗蔭乎泮宮．賓從交乎衢路．禮儀隆盛．近無與儔．祀事既竣．躬率僚屬．枉臨先人敝廬．獻酬飲福．歡讌以歸．充閭祥光．浹旬不散．某始大驚．出於非望．不以某平時疏略不通請候爲罪．復不待某摅誠泥首．肅函陳謝．先惠手札．奬借踰量．弟姪頑劣．橫被羽毛．噓枯吹生．溢乎副墨之外．又中閒備述肇稱殷禮時．連雨忽霽．風日暄和．士民萬口．同歡歸美．先人德行之孚．並云不肖輩感格之致．與虞山少宰札亦復云然．某捧而三復．喜極涕零．感深慚集．喜者先人之幽光．得大賢而論定．慚者天時協應．本公祖善善之誠．相爲默召．顧乃推與後人．以成其美．至德不德．斯之謂矣．此在行道聞之．尚知歎息泣下．縉紳學士於千百世後得之簡策．猶且掩卷而起．神儀其盛．況爲子孫者哉．況爲子孫而親炙之．身被之者哉．昔人下車封徐穉之墓．燕昭好賢．自郭隗始．先人之德之於徐穉．公祖知之．若某之不肖．正不自知於郭隗相遠幾千萬里．而假之榮寵．踰於碣石．將來感激圖報．豈有涯際．百年悠邈．我不敢知．惟時存此心．期有辭於路人而已．時當炎暑．伏惟公餘爲國家自愛．爲蒼生自愛．

與翁道州蓼野書

陳長鎭

前月朔十日知明府有道州之擢某始驩然繼悄然已復喟然何則覩大公之未泯信吾道之可行從此歲遷月異澤可廣施故喜武邑凋敝極矣甫得仁人與爲休息今將有失乳之痛郎吾廬亦難免風雨之飄故悲從來久道化成近期之七年遠期之必世明府下車未三年舉其綱未詳其目後來者能因而成之與其更張之也故終乃深歎之痛惜之方寸之中一人之情頃刻變態某弱而善病幸得置身局外轉爲斯道斯人抱無涯之憂喜亦自知其多事而不能自已如何如何越數日接手札不以鄙人爲淹蹇荒廢而勤勤悻悻往復商搉其謙沖之度惻

怛之懷數千里外如聞其聲如挹其容乃益信賢者之有眞而吾道之未孤也雖然譾劣如某亦復有何萬一禆補高深惟是尙有一二宜致辨者箇中得失間不容髮伏惟仁人垂聽焉來札云古人才不可學而心可學又云古人之過人者不惟其心惟其才此明府勉焉未逮之盛心也竊以聖賢爲學不外一仁仁人心也心外無學學外無才特慮心不盡耳盡一分心便有一分才盡至十分則才不可勝用而又非有形迹意象之可求日計不足歲計有餘此則吾儒之才耳若於心外別尋一新奇可喜之才或且流入申韓而不覺豪釐之間不可不察也至云武人淳厚無過求長吏之心有一善則欣喜之且從而揄揚流播之此實錄也有不善則推原之且從而掩覆曲文之此則自虛懷若谷厚待斯民者得之然時時存一掩覆曲文之形則事事皆有可揚揄流播之實矣竊嘗謂三代而後民俗視古日薄而民心視古益公何則公從私得也慈祥愷悌民所冀倖而不可必得者而有一人能髣髴焉則愛戴之矣故古之民不可欺今之民可欺古之民不可市今之民可市飢易食渴易飲惟斯人爲最可念也明府仁心爲質洵大遠於俗吏者之爲惟冀勿畏其難設誠而致行之耳若夫日爲所不欲爲之事此眞仁人萬不得已之言嗟乎欲不爲所不爲難矣若於爲之之時時存一不爲之意斯民其亦厚幸矣　彤廷入對計在冬暮道州榮

上當在春杪依先墓以課循良以孝子而作慈父漫郎而後復有漫郎第攀轅臥轍我武人正難爲情也如何如何諸惟自愛道遠不罄欲宣

上彭尚書書　聶燾

君子之愛人也。非能以富貴利祿之也。其所急欲致乎其人。如饑之於食。渴之於飲。惟恐其得之不蚤者。有一事焉。則讀書是也。君子之教人以讀書也。非私乎其人以云贈也。家有子弟焉。能讀書。吾敬之重之。非以爲吾子吾弟故敬之重之也。以爲是祖宗之培植。家門之祥瑞。吾不敢以其爲吾之子弟而狎且忽焉。夫是以敬之重之也。其於里黨也亦然。里黨之樸者安椎魯。秀者尚紛華。有能卓然自立。不隨流俗爲轉移。孳孳汲汲以讀書爲嗜慾者。吾敬之重之。若吾家之有良子弟也。由是而推之國也亦然。由是而推之天下也亦然。吾不以國與天下故而有

二乎其心。唯能讀書。則吾敬之重之。自夫是以遭周而詒晉澤沃而膏流。朝有棫樸作人之慶。野有菁莪既見之思。古之賢人君子。在高位者。皆如是。求之近世。則閣下者眞乃其人矣。某之宗慕閣下以讀書也。自爲兒時已然。其得親炙於閣下也。則在京師之邸舍。當是時。閣下以浮議解組。某以進士未得與詞垣。以某之心度閣下之心。其爲侘傺無聊。必有什伯千萬於某者。而閣下乃閉戶讀書。陶然有以自得。見某所爲詩若文。深加歎賞。謂是能奮自樹立。可與進於古者。羅之門牆。奬慰之。勸勉之。其奬慰之者。去其頹惰之氣也。其勸勉之者。堅其讀書之壘也。某以是重慨於心矣。某之初入京也。丙辰會卷。即爲本房所薦。明年丁巳　恩科登禮部。榜文出。頗有聲。使當時遂照定例殿試　朝考。進可以讀中秘書。退可以讀名山書。豈不出處咸宜。行所無事哉。而乃誤信人言。遲迴不果。己未補試。所列不過二甲。　朝考卷竟被收卷吏所污。雖有　親王監試。目擊垂憐。進呈發養心殿收拾。而墨漬已深。收拾無術。閱卷大臣礙難付之。浩歎此。固閣下住京時所稔知者。由人乎哉。不由人乎哉。夫居易俟命。君子之所以素位也。從事失時。智士之所爲竊笑也。豔中秘之名。荒名山之業。軟紅塵中。忽忽三載。眞讀書者顧如是乎哉。古稱藏書之富。莫如我楚。岣嶁金簡。發造化之藴。所不待言。而二酉之山。鄴侯之架。終身中秘中者。或莫由津逮。唯

閣下好讀書。好藏書。過石礶而問之。墨香閣上。牙籤萬軸。此即目前之酉山鄴架也。某矢歸而肆力焉。前年春。閣下自京師取道江西。歸林下。吾友周庶常廸蓟。亦請假歸覲。閣下嘗語庶常。聶生必來讀書吾家樓中。某時實未知閣下已歸。不及赴。至今以爲憾。去年閣下以侍郎起。泊舟衡山。遣人呼某飲舟中。拈所鈔樊紹述文集。命某讀。雖極佶屈聱牙之句。亦頗能鏗鏘齒頰。閣下喜助之聲。嶽雲湘波。聞至今遺韻存焉。今年州中諸生遵閣下咸命。延某主洣江書院講席。地本靈區。山城寂歷。某與其子弟之秀者。俯仰揖讓其中。習禮節。抉經心。古史成敗得失。旁及詩賦文詞與夫先民制藝淵源宗派之所自。歲時伏臘。掉舟

答楊子安書　　　　晶　燾

六月二十八日讀吾兄手書弟偶侵暑氣不及伻覆使者再至又適外出未審吾兄近來行蹤何似恐後會之難卜也謹此上答夫讀書悔晚志士所同弟邇者正抱此憾疇曩師友存者無幾學徒時蓺又耗目力計以明歲辭謝館席攜兒子輩侍老父於山莊取生平所未讀及已讀未深究之書而讀之昔人所謂求一言之幾於道或者其尚未晚乎但言之固難行之尤難近讀呂子呻吟語高子困學記覺前賢用力切實如此後來者欲無負讀書之稱也將何道之從鎮安縣志倉卒脫稾隨脫隨刊未及檢校帶至鳳翔正擬裁定隨丁內艱踉蹌歸里家君誡子

書蒙陝撫軍陳榕門先生命載入蓺文更命列流寓類中嗣家君見之深以為非宜茲得賢者篤論可以上告高堂矣感謝感謝志中鄙論失之繁宂可存者宜入蓺文其餘閒情剩語直須刪去詳文套語宜加節省稟札無庸樸入八景詩竟可不必自署宜稱官職不應呼邑宰諸如此類皆丁艱時欲改正而無及者坿及以識吾歉也曹玉珂先輩本非鎮安人順治康熙時鎮安隸西安不隸商州冒籍入試者第於縣冊載名徑赴府試故有終身倉鎮安廩餼而絕未至其地者有取科第後遂改回原籍者其生平本末俱不得其詳承示玉珂孝友而文所箸緩齋集大河志大藝仙叟等書為王澳洋劉公敵諸公所稱述可勝

歸省以所得館飧潔滫瀡請鄉老洗腆為父母壽父母悅忘乎其身之老也忘乎其家之貧兒子需次銓曹之遙遙難卜也嗚呼是皆其得於讀書之效也夫齊人有蓺游而東馳者鞭其馬恐到之不速不知愈速而愈遠也則萬一者就其東而東焉淩泰岱覽滄溟登孔氏之廟堂聽絲竹之遺音地不過掇壤目可小天下其為鉅觀何如哉而又何羨乎西蓺哉夫讀書不必定中秘入中秘者恐不暇讀書歸而求之名山大業自足千古此卽教齊人蓺游者轉而淩泰山之說也閣下其不以為然乎屢欲修稟苦無由達茲乘便略佈所欲言者如右用以答閣下教某讀書之望併呈近箸數篇惟進而裁誨之幸甚

鄉往想此類必詳載富平縣志及府省志鎮安從略者正所以著其非本籍旨不然山僻小邑得曹公大有人物在矣大書特書之不暇而敢或略歟弟在鎮安極嚴冒籍之禁誠以山民窮苦無力讀書入學入名若被冒籍占奪則此間人文永無興起之日矣譚開九天資高明幼負大志朱子之書貫穿胸中其他詩文楷篆種種過人尤精琴理不知何故得有心病向在都門曾言於雷翠庭先生之前先生曰朱子之學正心為主豈有心正而得心病者屬其致意益思有以藥之也然其病時愈時發與弟居址相隔百有餘里自出仕後至今十餘年來未得相見計其年今近五旬矣此病未瘳尚何言哉吾兄宰楚惠政多端

甘棠之愛尤在培植人材醴陵湯孝廉天煥鄢明經正芴二君子者既邀賞識定非凡品異時儻得相見當述此一段盛心為好學者勸為司民社者風也至札云天下無不可為之事但恐未能用功此即呂高集中最警切之言一番說起一番精神敢不共凜又云名根未盡客氣猶存竊謂名不宜務根不可除君子疾沒世而名不稱欲培此根旨此根一去未免走入知希我貴一流併所謂消磨客氣者祇到老莊清淨曠達地位未審見之以為然邪否邪邀雲岫佳處盡於王嘯雪一序其中用情或有太過處頗近廣平梅花賦節閒情偶及以識曾諷誦過旨不足為諸詩人道也弟年過尊齒家君又近九旬不唯仕宦非宜即授徒亦不忍遠出還山後當取尊札中警切之言時復諷誦以希晚進將來鴻便尚乞教我再者貴鄉人之愛弟不減儆鄉人之愛兄鎮安稍盡心力鳳翔未罄厥施記別鳳時生童父老垂淚遠送途中結幢張席有匾書仁心善政四字又有聯云心切愛民合四鄉而士歡農樂才能理事未三月而弊絕風清蓋摘陳撫軍題本語用八字以為聯首每一念及輒增感愧耶歲有湘潭庠生石君鳳翥自乃兄莘亭任所歸道經彼地述鳳人念我不置足徵風俗之厚恨未能促字遠謝也吾兄歸秦或遇有二邑人士幸為布此區區先慈行述一篇呈教正得藉贈言以光泉壤感且不朽束裝何時惠音可載聞否如戒途在即則

廿載譜誼數月傾忱盡此一書矣臨池東望可勝慨然蕭辰易感旅館善珍不宣

上桂林陳公書　聶燾

蒙賜重刻杜雲川讀史論略一書其中竊有可疑者在宋高宗孝宗兩朝按史載宋高宗三十一季九月金主亮大舉入寇吳璘等敗之遂復秦隴洮三州十一月虞允文大敗金師於采石三十二季二月以虞允文爲川陝宣諭使閏月吳璘復大散關云云是用允文吳璘敗金師者高宗也又載三十二季五月太建王瑋爲皇太子六月帝傳位於太子自稱太上皇太子卽位云云所謂太子卽孝宗也所紀卽位卽高宗三十二季之六月也是孝宗雖於次季改元隆興而其卽位實在是季之六月凡六月以後用人行政或得或失功過應歸之孝宗不得以尙未

改元而歸之退居德壽宮之太上皇也攷是季六月以後史載八月以史浩參知政事罷川陝宣諭使虞允文允文入朝言今日有八可戰帝曰此史浩誤朕云云是孝宗爲史浩所誤孝宗已自任其咎未嘗委之高宗故周德恭之論曰孝宗嗣位之初先斥正人而悅佞士何以望其中興則以孝宗信史浩而罷允文咎人已鑿鑿言之矣又攷是季六月以後史載十二月詔吳璘班師隆興元季吳璘還河北金人遂陷十三州軍璘之賓屬諫璘不宜退師璘曰主上初政有詔何敢違遂退師於是秦鳳熙河永興新復十三州三軍復爲金取云云則三路十三州之失由於孝宗信史浩而詔吳璘班師卽案之璘言又其彰彰可據者矣今如杜雲川讀史論略所敘竟以罷允文宣諭詔吳璘班師二事坐入高宗身上而以三路十三州之復爲金取槪爲高宗罪然後另敘孝宗於其下其敘孝宗亦但責其不用張浚而不及此二事是孝宗本以子襲父季而高宗反代子受過矣豈其別有所據乎抑有諸史所載有不可盡信者乎又攷諸史及論略所載皆云高宗在位三十六季今逐季按之又祇得三十二季其三十二季之六月卽禪位孝宗明季孝宗改元隆興與三十六季之說不符此皆有宜攷者敢附及以求指示至論略篇尾以悠然物外之管甯孫登林逋倪瓚一流伍結似於總論無甚關係查杜江南無錫舉人以詩受知於　聖祖康熙

壬辰會試不第賜進士入詞垣以養親歸不復出與方外結九龍三逸社則此或其借以寓意歟并及

高宗非能恢復者其於史浩不能去則其於虞吳二帥亦豈能任之勿貳哉但其罷允文川陝宣諭詔吳璘班師則在高宗已居德壽之時咎在孝宗不在高宗也雲川論列一時失於檢閱篇中能細覈其誤可謂讀書具眼至高宗在位之季祇據其居位行政之季而論其餘原不必論卽如外丙仲壬之季說者終無定論行文者亦不拘定也（陳榕門先生）

論略於明代君臣時有承訛之說此則諸史原未訛伍者特因高孝傳嗣一季兩君未及攷而混之耳上此書時家君已

告養在籍陳公批示訖帶在行笥於過衡時面致可見公之寓意於屬吏者不徒在簿書期會而已也　肇基謹記

案讀吏論略坊間盛行取其簡易耳其於論吏則蹈襲常聞未加攷覈如謂李荼陵爲伴食中書是以無名子鵂鶹嘅罷子規嘅一詩據爲典要然則匿名揭帖皆可爲吏論乎至以楊武陵與溫體仁周延儒并論則固二百年來未明之是非又無怪其率爾矣　汝懷附記

復錢南園學使書　羅典

六載周旋不爲邂逅及別後迴思亦未覺其果久湘月滇雲馳懷何極八月杪由尊紀接到手書伏悉長途安穩抵里後値太翁以耋老悼亾情事與少壯多來日者不同又執事宦遊久一旦以內艱歸不錦衣而衰絰對之已當涕淚不禁至其感觸詞章委懷拙作索觀前與大母誄言不惟見而必諷諷已必淚心矢毋忘此其傳淑儷之失爲極痛經苦次以豪素縷示令某亦哽咽不能卒讀也辱幷指悉營葬一切內寢啟送已擬定長至節後祔祖塋安厝大事已了當八九矣不然搢紳家踏覓他姓一吉穴當布金滿數尺土而後有之究亦恍惚不能必信安得用力省而問心安若此前當五日目送歸帆旣閱月得見張學臺忍齋先生其言論丰采坦白露眞課書院學子文律細御不多否少可尋與蘇亭浦撫軍會定選拔一榜亦虛公無人我見各處皆如前鑒衡所首列擬正者惟岳州府郡庠稍有轉移其第一被黜外論薄其素行亦譁爲應然是後鄉舉及優貢取士皆如額其間舊經品題者亦多有幷令秦生光倬另摺開呈以備省覽凡憐才遇當盼其有用者此意私而實公虔注屬早爲懸切也

復王南泉少寇書　　羅　典

昨秋艮晤奇緣也。爾時會執事自滇入都。忽得繞道至長沙。又信邁悤悤。越宿而行。別裹晨發。尚獲遮扳湘岸。爲嶽麓講院之行。水亭坐語。駸駸日斜。此樂豈可數得。縈別無已。尋別後手書說詩寸長。深慚奬許。伏念執事好學多聞。覽自視若無若虛。逢人樂取。海以爲量。侍將不妨以細流添之。惟是案頭檢點。究多逞臆。恐爲不知己者詬厲。終事篋藏。容他日更資斧政也。縈晉秩卿以來。穆少司寇日與搢茵侍先在兩衙門。隨逐日久。早叨另眼注屬。不以時流例之。値去臘以差南來。正當賤辰七十。乃得寵邀　欽命老人星挹袖升座。同抄麪綫一盂。其緣實竊詡天假。欣感至今。愼積晤時。希爲代宣私悃。貴本家艮齋藩臺本丁卯同人。又都中舊相契洽。夏間握手懽甚。尋北上。及秋闈揭曉前一日回任。帶至謙柬。荷詢近況。計前番報書未申。復勞眷顧。山館夜坐。淸光上衣襟。使人念卿月英輝。每每委照若此。曷勝瞻企也。今歲院中學徒得舉明經三十六人。孝廉十二人。僉稱極盛。當有以示後來。侍因製題名兩匾。作金字朱漆地。諏吉以鼓樂執事導迎至院。夾懸講堂。演劇三終。沿俗尙好名目。兆先加官。次封相。榮歸殿之。筵新貴者一簇列坐。酣飲乃罷。計此舉殊樂。又今年侍初得有孫。迴憶戊子冬由蜀使還守京職。便從事毛詩。其先後詮釋貽厥及芾督等語。輒醞連不置。遲之

歷二紀有贏。書既卒業。其鐫板又經校讎。馬齒曰老而傳矣。適適見小兒輩丈夫子。當懸弧作湯餅會。對之開口大噱。亦百年身所不可多得者。見今拊畜累數月。每還家使人抱至。挑之笑語。似乎麤解人意。正足使老眼忘倦也。捧衲知復幾時。託心豪素。卽可覼縷。聊寄省覽。時一觸前豫章札示。雖懷便可略當二老往來一談耳。附白者。秦生光倬從遊久。其所作衆芳詩序。前於齋壁得叨鑒賞。未幾又辱念其入轂與否。問訊殷殷。文緣結締。不假先容。知愛才此爲獨眞。頌生以列名選拔赴京。囑令趨階以鳴知己之感。庋槐廷公望。不吝委懷容接也。

擬上制臺求禁酒書　朱色

湖南天下沃壤也自乾隆戊戌旱後如今已三十餘年中間雖間有小眚不爲災古言湖南熟天下足今以屢熟之年而嗁飢號寒民間時或不免何邪此蓋有所以害農之故而相習者不知也生竊謂害民之深莫如蔫與酒夫燒鍋之禁自來官府有示近歲曉示尤嚴究之各處槽坊愈禁愈增大抵槽坊非獨燒鍋自衡州以上率飲水酒田多種糯燒鍋絕少長沙而下則水酒少而燒鍋多其害穀則一蓋今日槽坊之多雖窮鄉僻壤縱橫一里之中可得五六七家多者至十餘家詢其用穀大者三四百石小者二三百石則一里之中已酒去千有餘石矣此猶

鄉里小作也市言以槽坊大者名大作小者名小作若城市如衡州城內外之數千家寶慶之每村必十餘家湘潭城總之七八百家其大作日必四五六石不等是其傷穀殆不可以數計也夫地止一里之寬人止一里之眾而槽坊若是多何邪湖南舊俗鄉無槽坊耕者自種糯秫於重陽前後造酒以待昏喪栽插餘無多釀故每歲春杪酒盡三四五六月間罕有以酒飲客者惟農值栽插日必勸酒二頓名曰報腰謂插者屈腰爲難故酬之插者飲輒酣歌歌之雅者有云紅日一輪飛上天點心放在柳塘邊報腰喫得重陽酒醉插　皇家快活田苔歌云大哥一緯二哥來共藉桐花醉一杯打箇葫蘆同絕倒聲聲布穀又相催以酒不易得故樂也當是時估客至銀十兩買穀至二十餘石貴亦十五六石及近四十年槽坊入鄉並將蒸造粘米法授之鄉民於是到處榷酒溺人以易溺之物而溺者遂眾椎魯者樂其便逸輕猥者藉以放誕賓友之交務求沈湎昏喪之大相尚傲傞下至工技之流僧巫之賤非暢飲則指使不應彼夫秋穫烈日之中是前民所禁飲者今則必以大桶大缸貯酒塍間隨意吸飲穫乃踴躍酒不足則不復至至於游惰之眾倚酒成狂放蕩之流藉酒肆惡其遺禍豈有量邪自此酒盛穀貴乾隆三十二三年後銀十兩買穀不到十石昨因偶旱十兩竟至四五石此則鄉民八十九十者之所初見故地止一里而費穀巳不貲也夫米一

斗五人五日之糧也今以造酒釀不過二十斤五人豪飲不過一頓夫以五日之糧而一頓消之則槽坊日夕之所銷未易計矣況自　國初至乾隆初年生齒雖多不敵今日之半而當時山澤又各有餘地蔀屋之民尚以過飲爲戒今顧以有用之穀供無益之醉而使昇平之野頻聞庚癸之呼邪生竊謂鄉中不宜用槽坊若仍如乾隆初年村民各自種糯造酒多則田疇種自有節如是富室不至奢飲而無力蒸造者必食力乃得沽其餘瀝則游民亦將自勉惟城市可用槽坊然亦須如牙戶領帖方可起竈且一帖只許一竈而甑製又須有官定尺寸並令拌用粱麥不得一概用稻如是則食力之民各有實積矣蓋禁

一日里可留穀二三石禁十日里可留穀二三十石故禁必有濟則奈何以天地養人之寶蚩蚩者徒以造饑饉之媒此酒器所藏之家古人罪之未爲過也抑生嘗聞造酒藥者斗米藥可化穀三十石則百石藥可化穀三萬石今湖南製藥之家何止千萬戶則湖南之穀何啻歲酒去萬萬億億而不可數計矣古者都鄙有委積以待凶荒今都鄙以糟坊而致凶荒異於古矣至於菸則湖南舊種於山菸宜生土凡山之將以菽豆麥植竹木者必先鋤而種菸菸成而土鬆於他種俱宜故菸無正土而山民之餘利也又湖南嵐瘴地少人非辟處辰沅暨遠出外省則菸不輕用故舊時子弟吸煙者父兄必禁之近年以來長幼

男女率以銜管佩囊爲美吸者日多菸價日昂乃至佃作之家嘗有十畝廢其三四爲菸田所以然者畝田出穀四石雖大貴賣不過十餘兩畝田收菸亦四石雖極賤可賣銀二十餘兩此愚民所以甘去彼取此不知廢田種菸是棄穀而卽餓也夫至田菸日增雖雨暘協時尚將相尋於鮮飽之嗟矧糟坊既銷豐稔之藏而有限之蓄尙容每每者之舍舊圖新耶前此南嶽山覓菸眾故衡州有煙堂煙堂者煙估叢集之堂也近因田菸日多湘潭城中亦連建兩堂幸頓敗於火亦可知害民之利天所忌也所幸田菸之興未久禁之良易而酒則稔惡久矣酒誥曰祀茲酒否則叢飲有禁周禮萍人稽酒同於虣禁生用考春秋二百四十二年其間書螟書蟲書螽與麋與蝝者不一而足無麥苗麥禾者不一而足無雨及連月不雨不一而足大水不一而足而大雩則至二十餘書加以兵爭盟會無虛日宜其饑不勝紀矣而終春秋書饑二而大饑僅一則當時藏富於民必實有餘三餘九而不敢褻用者蕭何律三人飲罰金四兩則秦漢猶爲近古是故有賜大酺之典以非賜不妄飲也無何景帝以旱禁酤酒未幾又令民得酤酒至武帝榷酤而酒禁全弛矣自是累朝旋禁旋弛朱子皆特書於綱目所以見禁是而開非也至宋之張樂集妓以來小民則國體全傷謂之與民同樂實與民同趨於餓矣彼唐宋季年食樹皮煮木酪春竹實爲秦漢以

前未聞之變謂非酒實消其所藏耶前年釋鎌銀一兩買穀不到五斗去歲湖南稍旱未幾秋雨連緜旱禾抽孫晚熟幾補旱歉若無浪費則田間正有餘穀不謂糟坊復舊遂使小有之年竟比大饑之歲生年七十餘家無錐土長子隻身遠宦清苦不可名言一家二十口往歲尙偕次子授徒以養去春二子以多年睽隔省兄西行生年老目盲不能教讀拮据之苦度日如年萬不得已縷陳穀貴緣由儻蒙大人將愈禁愈增之糟坊倣酒誥執拘之例竝厲禁制藥之家與田菸將湖南歲增穀萬萬億億而不可數計則拯溺蘇枯雖有堯水湯旱其奚累於洞庭以南而如生赤貧無計之民得守詩書世業行將與作息艮農生

佛氶奉豈惟口碑一時而已若夫諸葛治蜀路無醉人遂以富國楊惠元禁軍吏飲因而克敵則生本草茅乞蘇之民　朝廷大政非所敢及生頓首頓首

案禁酒爲救荒第一要著亦爲養生易俗要著蓋沈湎之風徧及閭閻酩酊之習起於童稚故逞性釀禍攖疾廢業往往然也同治二年夏穀鈹價翔而農工索酒無厭因與同里議停燒鍋用酒者罰傭工加償以錢兩三月閒省穀數百比秋熟而說不行矣曾陳之當道謂酒中秏穀每邑每歲不下二十萬石損其什一即足備荒民閒自祀事賓筵養老治疾外宜受之節以挽頹俗雖經大吏示諭而州縣莫之奉行不暝

眩厥疾弗瘳豈必積重之難返乎得此文乃知先民有作不獨戔戔之見爲迂矣汝懷附記

湖南文徵卷九十六

湖湘後學集編

書五

復劉經雪書

余廷燦

廷燦敬復經雪先生足下仰足下名自庚辰至今辛卯凡十有二年喜所聞之已多憾相見之未得正宜早自貢獻踴躍躋攀而隻字未通訊問者自愧一落名場如中鉤之魚隨竿俯仰雖后火電光偶復激發亦不過沿延潢潦搜索皮毛正未知百年軀幹與蜉蝣木菫有何同異昔歲晤陳體齋聞足下捐去科舉究窮本原自六經子史至天文樂律句股靡不鑽仰窺尋務其自得又聞喪次三年廡衣絰帶未嘗一日去身去孔孟數千年

後乃於此有人鞭策古心壁立萬仞所爲者居天下之至常而所任者乃古今之至重廷燦雖欲吐胸中所有遙相就證而霖潦無根誇河伯以涓滴其不立露蝦蛭枯泥淖者幾何是以安心逃遁託於影響昧昧黑白懵懵若不知吾楚有足下其人者庶幾他日歸來十年學道然後訪足下於衡嶽峯顛考較精麤諒不至嘿嘿無所自見今足下遽貶損手教欲廷燦自獻其愚以助高深且手教中問及朱子示兒從學帖是帖綱領宏大節目詳盡足下既服膺自得之又得茶陵公爲圭臬諸君子相夾輔苟有所見亦何冐蓋覆黯黮第責婁人說珠玉婁人本目不

識珠玉也而巧摹圓潤不啻自狀家珍設遇倚頓陶朱有不齒冷乎且足下有取於廷燦者文也責廷燦所言者則非徒文之謂也挽燕趙偶一夢舟之人而驅檣櫓檝之用足下亦聊相嘲耳不則矜其徒爲名累耳不則欲誘之進於道耳凡此皆廷燦甘築受降城者是以迴惶擱筆甯學金人之三緘或以能訥其言尙不見棄於有道耳如復飾無爲有諵諵侈口以誑知己何敢何敢吁嗟大道綿邈坦夷足下矯翼厲翮希高慕遠勤懇師友鼎鼎擔負敬愛無已然行百里者半九十後此責備正大惟足下以不息要之珍重珍重承索文字二件京師酬應之作無可寄覽性不喜書手指如杵又非倉卒可能辨者遲或有以相

報也幽討羣書尙渡黃河走京師一縱游否當熟計之

復陳體齋書

余廷燦

使者來承遠惠手書論及學術祈嚮辨析宜精此誠第一關鍵識力俱躋臻絕頂者不爭於室而噪於門學雖勤必不繇其統言雖多必不要其中也然就目中所見卑近者膚末雷同稍稍殊異者又多陰挾王氏宗旨以自高妙若曩昔蔡元鳳輩漢上京師一再相逢其言之有故其持之有理爾時昧道懵學弇淺浮游亦自喜其說之雋約明使不覺弁爲一談且以爲從善服義其道固應如是則皆王氏之言易中於人心而未有止也更有目未見王氏宗旨議論何在而徒依聲附響推波助瀾銳意止在求異於朱程之學之言是二者其支離不同其爲航舟擯

港終日沿延浦溆杈枒葭葦而止則無不同者是以畸材佼民往往不概於道不要於成熟湘中惟濂谿先生獨覽昭曠之原閎通簡易後來竟未有替人湖嶽英靈如此靳惜老前輩日讀古人書公聽幷觀旁搜遠紹志在講去其非而趨於一是定於一尊道德之歸有日矣況其外之文乎若廷燦者早不學而時既逾邁稍有知而業不加修常惴惴焉恐昧昧焉思大懼不肎爲其異又不能爲其同將一無所就無以出乎常人者其何能自淑哉其何能自補哉惟老前輩不遺時有以教之爲慰至別有云云此閒從未之前聞又自今年來當關頻頻見拒數月尙未謀面竟無從代置一辭者

復紀大宗伯書　余廷燦

前者廷燦以撰輯戴東原事略就正大宗伯前輩閣下隨辱賜
書謂宜刊去聲韻考一條而括東原所論古音者補入前輩學
識之淵博精嚴心胷之公平廣大津津流溢行墨閒不禁一日
三服膺者即當從友人處再借前書捜采就東原所論古音者
翦截成片段仍俟繕完再請鑒定夫東原意在抑梵書之三十
六字母於後因諱言隋書經籍志之十四字於前此自東原所
見之偏誠不足以據堅城而成信讞況問官不遺鄭子考字不
遺於蒐今之推測步筭亦不聞尊堯典周髀而屈西法是以聖
人公聽並收即鳥迹蟲書皆可師可學又何必有疑有諱於西

域之字母抑廷燦更有請焉今論聲韻者隔數百里即別爲方
音隔數百年即別爲流變即不方言不流變亦必審聽於脣齶
喉舌之界嚴析於陰陽清濁之微所爭者僅在豪芒秒忽即曹
劉部分幾若鄰封敵壘之各不可犯況梵書梵音遠局昧谷代
憑大鴻臚譯經潤文揣聲測響甚至有累數譯而莫能通歷數
十傳且莫能定者其爲方言流變萬萬矣而當日就其書索其
音謂即可同中國之書等中國之音其亦果有合於中國聲韻
之元乎抑又聞晁公武之論曰齊梁以前此學未傳至沈約依
定四聲始以之爲文章是則六經諸子騷賦中古音之寬緩淇
厚一變而爲今韻之尖利輕儇者其潛移暗換似皆自字母入
中國始之亦自沈約定四聲乃成之也後人有增損字母者有
欲埽除字母廓而清之者此不獨字母有所罣漏不足以該括
恐亦因字母實有所戾於古人之諷誦而不足以厭後人之聽
聽乎宜前輩亦獨有取於東原之論古音者也若夫蒺藜爲茨
終葵爲椎不聿爲筆奈何爲那又似前乎華嚴十四字六經中
已具反切之端倪者然則中國之有反切與西域之有反切其
孰先孰後固不必如東原之執爭而切音之同不同則正不可
不辨夫前輩之學天下後世之學人人思得聞一言以爲歸者
也今是正東原聲韻考一編誠大有關於東原著述之純駁堅
脆而字母相傳亦似幾成千古疑案近更紛如聚訟不可究詰

亦望一言指南俾後學有所統壹誠嘉惠無窮者

附紀宗伯札

昀啟存吾太史閣下承示戴東原事略具見表章古學之深
心所舉著書大旨亦具得作者本意惟中有一條略須商推
東原與昀交二十餘年主昀家前後幾十年凡所撰錄不以
昀爲弁陋頗相證質無不犂然有當於心者獨聲韻考一編
東原計昀必異論竟不謀而付刻刻成昀乃見之遂爲平生
之遺憾蓋東原研究古義務求精核於諸家無所偏主其堅
持成見者則在不使西國之學勝中國不使後人之學勝古
人故於等韻之學以孫炎反切爲鼻祖而排斥神珙反紐爲

元和以後之說夫神珙爲元和中人固無疑義然隋書經籍志明載梵書以十四字貫一切音漢明帝時與佛經同入中國實在孫炎以前百餘年且志爲唐人所撰遠有端緒非宋以後臆揣者比安得以等韻之學歸諸神珙反謂爲孫炎之末派旁支哉在東原博極羣書此條不應不見昀嘗舉此條詰東原東原亦不應不記而刻是書時仍諱而不言務伸己說遂類西河毛氏之所爲是亦通人之一蔽也若姑置此書不言而括其與江愼修論古音者爲一條則東原平生著作遂粹然無瑕似亦愛人以德之一端昀於東原交不薄嘗自憾當時不能與爭失朋友規過之義故今日特布心腹於左

右祈刊改此條勿彰其短以盡平生相與之情芻蕘之言是否可采惟高明詳裁之

案隋書經籍志載華嚴經每卷後附以三字母母下縱列十三字其第一卷第一行則阿佒鞥翁烏爊哀翳因安音諳謳阿十四字也所謂以十四字貫一切音者則凡舉一字長言而咏歎之其音必歸於此十四字中也當漢明帝時已與佛經同入中國其爲反切濫觴在孫叔然之前固顯白無疑者曉嵐先生據史以辨證等韻之孰先孰後卽有斷斷好同異者諒亦百喙莫破堅城廷燦初輯東原事略時祇就東原聲韻考一書蒐采櫽括方喜其說之搠獲不磨及先生折觴見示乃知讀書必公聽并觀凡學識論斷總宜平宜確匪在取新取奇然以東原之折衷羣言左右采獲亦未嘗好騁鋒辨翻駮前人以自炫而獨於此書固執成見不移者則先生之言曰不欲使西域之學勝中國不欲使後人之學勝古人耳此亦何嘗非篤信稽古用心於補苴攘斥者之一端然意嚮稍有偏涉卽平生著述不能不留此一段餘憾此先生所以回環懇款切切欲成東原之美而至於今東原已死猶必伸理前說以告天下後世見公論自在當時不可罔者也廷燦卽欲取東原事略刊去此條而另采其與江愼修所論古音者補入歷城周太史永年見之曰何如兩存其說一以見東

原之博學淹通未必不有武斷一以見先生之好古精核至不肎背負死生尙論尙友者不可省括而知所從違乎因仍存事略舊本並附先生札於右而詳記其顚末如此然華嚴字母與釋神珙字母又無論孰先孰後而總皆可疑則廷燦又嘗以書質之先生者

案原本此文及紀文達書皆附於戴東原事略之後今移附於復書之後以便尋討玩文中唯阿之處殆不欲與文達立異以滋口舌之爭而終不欲奪其本意也所引周太史之說則亦似以戴說爲可存矣汝懷坿記

荅陳體齋論小功爲位　余廷燦

來教謂申詳之哭言思爲位哭與倡踊一如子思禮文及鄭元注俱未以申詳爲不可廷燦謂言各有當也按曾子文意語勢以哭小功不爲位之不可耳其引子思之哭嫂爲位申詳之哭言思也亦然以言子思於無服之喪且爲位非直子思也申詳哭妻之昆弟之喪亦且爲位如子思之哭嫂所以甚小功不爲位之不可也鄭元注過此以往獨哭不爲位亦依文順勢以言過此則不爲位未過此則無不爲位者亦所以甚小功不爲位之不可而申詳之可不可固未暇縷析而亦不必析而自明也禮曰妻之昆弟爲父後者死哭之適室子爲主袒免哭踊夫入

門右則申詳於言思固有所以自處矣鄭氏侯讀禮經者於空文交會處自得之似未嘗齰疑義以待後來疏之也字子思者有兩人固也或又云孔氏一子相承至九世其又敢據其一說而斷然以子思爲原憲與言思爲申詳妻之昆弟既據說者云云則已確指其親戚之所屬似不得而廢也經義缺絕不講葢久承問苍如師心妄忖知必無一得亦不肎黯黜葢覆而不是正伏惟裁定

復余習園書　余廷燦

廷燦曩歲角逐名場拘綴館職徒涉獵羣書字句掠取載籍皮毛供爲詞章聲律之學思以順時取譽於經義絕少窺尋正韓子所謂游從之類相熟相同不叙不學閎然不見己闕日失月忘以至於老者昨者逢吾宗習園先生於蒸湘二水閒一日啟篋發函得讀其連編細冊於詩於書於易禮歷歷分章析段以經證經解結釋疑鉤元提要於蓬心不覺洞然開朗於時既自賀得師喜所聞之已多憾相見之已晚因更悔曩日閒有一二論說妄思躋攀作者眞如壽陵學步邯鄲徒無益費精神有似黃金擲虛牝耳卽欲拉雜摧燒思圖揮戈返日補塞桑榆不意

別歸柴門後乃蒙貶損手敎多方推許初以爲君子與人爲善之深心或不惜誘掖不倦然已不能不顧影自疑至中閒舉持正南紀之擬韓子語以相比況則不覺愧生顏變爲之踧踖不甯者累日人苦不自知至於候蟲時鳥自鳴自止必不能與黃鐘大呂媲響抗聲未有不自知者既自知之而且隱忍受之不明辨而蔽覆之有識者幾何不掩耳疾走而笑其妄益之妄乎承示六書東原之說誠未免支離然當時弁不置抑揚與奪於行閒而一字一句輒采入不遺者亦以題爲事略則其體在紀實不在摘瑕若曰此東原之論六書也若曰此東原之論明堂也亦所謂據事直書而疵與醇自并見而不可掩者是以殿後

引歷城周太史語徵示斷置而全篇之議論橫出鑱起者統此矣今來札摘其四體二用之說多窒礙而有取於王昭明之六義相關各圖摘其數字其一義者爲注確實而轉落空而有取於假借之兼義與聲爲補前人所未發折衷同異斟酌去取不獨鷇截東原之枝駢兼別白六書之指要乃懸權衡以較輕重奉正朔以批閏位者夫讀經莫先於考文而三代六經之文廢失眞傳久矣於今千百世下尚可窺見制作文字所本始則僅僅賴有六書之說存如鑄金有模焉使模之不存金安得不躍又如摶埴爲器焉使摶埴失傳則器胡能不窳此六書之誠宜辨定也然且言人人殊而轉注假借二門則尤易涉影響不能

不待剖析者如以轉聲爲轉注則必先定一字之本聲而後轉注有依託而起然竊意未有四聲反切以前安知正之讀平中之讀去者不且渾爲一音而轉無可轉又安見注有可注乎如以依聲託事爲假借則必先定一字之本音本義而後假借有可引伸然竊意凡字皆有本音本義而何獨風主風氣者可借風俗夷主東夷者既可借平又可借傷於此等字卽不嫌牽連移徙不嫌數傳失本而外此又不盡然其然者又不必有確然者可引證何也且許氏說文序既以令長爲假借則與以轉聲爲轉注者又何以別乎凡此皆不能不費今日之反覆揣測無憑得造字之本始而不必如象形指事會意諧聲之實實可據依者廷燦非必爲東原四體二用之說作回互也先生以爲然否廷燦歸柴門後子姪輩俱以縣府試淹留會垣攜來大箸各本予尙未得人鈔寫纔上稍暇則讀數紙以洗心其他一切閣東蟄臥昏昏如夢如疑幾欲百事皆廢然又有不敢自廢不忍自廢者在曾爲亾兒邵賢作一聯云宗室依光六年徒結干霄願儒林共惜一死難磨向道心旁注兒自壬子冬日以公車赴京其明年落第又明年考補覺羅宗學敎習越丁巳將報滿卽畢命於敎習館先後六年益向道而行有惟日不足之志者承示手敎祝我家南北兩宗繼繼承承經術詞翰幷致其力庶幾振興光大廷燦敢不勉力樸學以副宗老耆彥植本培遠之至

德至敎而竊恐離羣索居日滋疚悔終不能不投杖而拜方自愧謝過之不暇又何敢言亢宗之有光於詩有之高山仰止景行行止雖不能至心嚮往之焉

復陳體齋書

余廷燦

吾輩囘籍、如駢拇枝指、徒形冗長、身不得逐四民之隊、業未得登古人之堂、錢財又不足佐父母兄弟妻子親族之急、柴立中央、無所可用、若廷燦者、乾坐困頓、宜也、宜也、足下讀書著文、聲施奕奕、又適當 朝廷徵文考獻、山林隱逸、輻輳奔赴、如恐不及之時、於是時而不踴躍貢獻、又抱璞而南、持是欲將安歸也、豈有所病而求息乎、抑所以自待者遠、而玉固未嘗獻乎、以足下之甘心遁逃而不悔、廷燦自念自卜、又可知也已、年來精華銷耗、節行頹惰、舊侶朋儔、一切書訊畫斷、所皇皇鑽營者、冀歲歲得些些館穀、具甘旨、供裘葛、所謂視其缶而吾蛇尚存、則怡

怡而臥、臥而起、起而嬉、以食以飽、嬾與慢俱、澹與泊遭者也、足下其謂我何哉、其謂我何哉、前教急稱姚君爲通儒、其卽桐城之姚姬傳邪、抑別有其人邪、耳聾目瞶、願一聞之、承示古文入妙處、天覆其上、地載其下、古文妙處、日在中閒、而遇之者葢少、此自有數存焉、韓退之具帝臣王佐福命、天使之制文章之命、操文章之權、當其遇妙處、前無古、後無今、直待此公拈出、遂埒五經、揭日月而不刊、然此種亦不可多得、不過十數篇而止、以此律之諸大家、大數如是如是、而其人其文、亦藉此十數篇、遂炳炳不可磨滅天壤、此豈非有數存邪、其他無此十數篇者、雖著作等身、如歸震川輩、直自鄶無譏耳、古文妙處、何可多得也、若斤斤求之章幅迴環、錯綜神氣、呑吐縹緲、離合字句、損益進退、以爲古文入妙處、恐古文之妙不如是已也、前書引而不發、率談求教、何如、何如、新來許大令、忠厚直諒、友朋中古君子、不可多得、亦不可少有之人也、足下如不赴朗江、此公亦必有所以位置之者、廷燦家累近四百餘指、日食米四斗、月食米十二石、而酒肉不與焉、去歲秋粗買薄田、以充饘粥、幷得山房數十椽、補葺可庇風雨、卽日當歸長沙、移書徙宅、無由至貴縣一領教益、仍祈示復、不宣、

復王九溪先生書　劉工詢

日者趨候輿居叨陪講席醉酒飽德至於永朝復辱手書謙光下逮感愧交幷詢自束髮受書卽竊聞先生名而向慕之矣稍長受業孫麓門表兄先生常舉鄉前輩之有名望者以相勖勉語及先生則斂容曰王公君子儒今世賢豪未易與軒輊也詢謹識其言有介然不得出門下是憾之意焉而先生自成進士後望益高名益重待　詔金馬之門修書玉堂之署末學遙企如隔雲泥每私念生同時居非遠此身遂不獲一近大賢之側邪逮先生蒙　聖恩予告南歸詢亦遷處甯治枌榆在望又不幸斬然在疚有願莫遂丙子春詢偶抵省寓息機園廖氏至

則昏暮矣廖氏先生之邑人也主人雅意重詢質其子之文而侑以酒因言先生亦主其家驚喜欲絕然不敢造次以邁禮見時先生燈下擁書密詠微吟祇數仞牆隔也晨起急執贄修容介主人晉謁而臬司夔迎先生至其署矣懷丰采者二十餘年而咫尺閒不得一見低徊旅次遙望行旌蓋惘然如有所失者久也豈料己丑至今三年之閒親承教訓者再舉前此未償之願而一旦大暢厥懷也哉人生聚會不足道身得與大君子交爲可幸耳抑詢尤有說焉世之有道而能文者非不樂與人卽也人自離之惡從合之卽稍知向慕而其誠不至亦終無以合也詢於先生詎敢言誠顧所恃以介紹於先生之前者維茲寸心可白耳詢以自白而弁欲以告夫後生晚進之託於思溪室遠而不堅其志以從先生游者庶亦爲師道立而善人多之一助乎承賜序想已製就其稍爲需遲者欲拙集久留案頭邀興至多發其瑕疵之爲望云爾至詢擬作述懷古風一篇入嚶鳴集緣經營北上推敲未就未審可卽以是札附光集後聊以誌愛敬之忱於萬一否十月十八日工詢頓首

上朱竹君先生書　吳思樹

某家居日聞先生爲安徽學政·未嘗不歎江南人士之多幸也·以先生之賢且明博學而愛士·士所成就當何如·有自北歸者言先生曾兩寄書令某至江南助校文蓺·某未見先生書·又已選岳州教授·不得來望顔色·私心怦怦爲憾·某之爲此官·實於先生·而先生亟勸之者也·先生愛某之譾陋·乃稱爲畏友·而惜其不遇·故使就職閒冷·以遂生平所論次·某何人哉·其敢望先生而蘄至於古之人乎·顧荷蒙厚惠·不敢不勉·某他書皆不足道·獨史事稍有端緒·請決之先生·如以爲可·將遂上之·某之意謂今世所傳史·一代之史耳·當合之爲千古之史·昔梁武帝欲

爲史通而未遂·杜佑鄭馬三通之作·皆聯其表·未併其紀傳·非不能也·其書之勢不得相及也·惟太史公史記不斷年代·惜於上古之事少所搜羅·特近詳於漢耳·然其引申韓以附老莊·降屈原而從賈誼·此春秋左氏未有之例·後之史官皆用其意·賞罰褒貶全在於是·何者·所與同類之賢不肖可知也·獨所爲屈賈合傳·則凡史例皆無之·斷代故耳·今某此書則起自史記·一稟此例以從事·又某書之義有二大端·一曰審源·一曰審勢·源者言治亂之始於是人也·茲且言其亂·漢之始亂·不於王莽·於孔光張禹·唐之始亂·不於武韋·於許敬宗李義甫·宋之始亂·不於章惇蔡京·於王安石·明之始亂·不於周延儒溫體仁·於申時行王錫爵·凡諸人者·皆其一代所爲經術勳業炫煒絕軼之人也·然某請審其源也·蕭何張良鄧禹之於漢·劉文靜李泌之於唐·趙普之於宋·李善長劉基之於明·皆其所以得天下者·而唐之劉·明之李·則附於各傳之後·惜其不終也·諸如此類·不可殫述·勢者重而不可返也·得勢者昌·失勢者亾·韓信之收齊趙·耿弇吳漢之會於邯鄲·李孝恭李靖之破江陵丹陽·曹彬潘仁美之下江南·徐達常遇春之取武昌潼關·爲各代興之始·何也·興勢重也·何進之多召外兵·張濬之主伐太原·陳宜中入海之議·楊嗣昌溢地之說·爲各代亾之終·何也·亾勢亦重也·凡此二義·言之似過·顧某常反復於易之卦矣·復姤治亂之始也·剝夬治

亂之終也·爲人君而不通乎始之義·不能防其漸·爲人臣而不通乎始之義·不能見其微·然則丁其終者柰何·曰人有重病·非必死也·醫之謬也·劉向可以藥漢·張九齡可以藥唐·李綱宗澤文天祥汪立信可以藥宋·劉宗周黃道周范文景李邦華之輩可以藥明·夫自一代之後而論之·未有不知其故者也·而其時之君臣多有不悟·何哉·興亾異勢而同實·君子小人異名而同情·故某之書欲嚴而辨之·刊除其人之他事以從簡·而專取其繫於治亂之大者·屬比而書之·使後之人得以觀·而凡人之有心者得以戒也·他凡所立例·緣合爲一史·故概不同於諸史·蓋班氏人物志强分九等·某則第聯其人之相近者而定其等·司

馬溫公通鑑詳於治亂之事而某則但列其治亂之人竊謂指其事事可巧變也指其人人不可巧變也王安石新法之陰用桑孔張璁桂萼大禮議之明附韓琦歐陽修然終成其爲王安石張璁桂萼也故妄不自量謂可助通鑑之萬一而特恐兢兢庶幾猶未當於朱子綱目之意祈先生於此進而敎之計爲書除帝紀不敢以人臣議千古之君故不述外或其時之人不足繫治亂且無大特異故不錄外其合爲表忠若干列傳若干妾嬖宦官佞倖方士之患厲階所生屢朝同病列爲一類卷帙不當廿一史之半然某數十年編蔓之心亦勤且苦矣旣恐乖忤不足傳又因淪落不遇益倦於求名故所積冊皆風剝雨漬塗

鼠累復如齊人轍亂旗靡無復次第又如米襄陽堆墨雨山幾不可辨承獎勵後始更整理儻書有成先生之賜也家貧泉薄望積俸益多購書廣所見僻地雖少質證幸特居索處不亂其思且寡所牽累再數年編次成帖獻先生外更得以質之辛卯丑分薦學士鍾公冀淵源門下當必皆憐其志盡力指正然後總裁大定劉公都御史觀公學士莊公壬申主試學士汪公丁丑分薦學士鍾公冀淵源門下當必皆憐其志盡力指正然後求以獻之　當宁懸示春秋之筆明明揭日月而行是則讕陋如某淪落不遇如某反得附一時之　聖主賢臣而垂之百代豈非不世之遇哉受恩愧無所報或亦報之一也考校辛苦伏惟萬福寡言節飮不宣

與同宗鴻圖書

張世法

楚之南爲進士者歲寥寥其最知名而踸踔者吾潭得三人焉足下之與樊田黃君其一則余也黃君後余凡十三年足下又後黃君六年此三人者其時之先後不同其遇之蹇屯則無不同其人之性情氣骨亦無不同守其道故莫能或易也賢者會合最難遭際亦艮非偶然余之知足下名不出童子梓里而其得與足下交乃克於庚子之京師是歲余名在吏部黃君爲國子官學正而足下則始舉於其鄉而來也三人相得甚懽方足下久困而舉舉而再捷捷而終不能奮足環顧無非烜奕者足下之色恬然竊其意似微有憾及足下栖皇歸里余亦到官未

久以終喪故仍得道舊與縱談得失事環顧無可與語者足下辭蹙然竊其意又未嘗不竊喜夫數百人吹竽於門內一人廁之吾未見其濫也庸詎知前之憾者非即其所爲有餘者耶一人高歌於國中數千人不能屬和之吾未見其寡也庸詎知今之喜者非即其所爲不足者耶方今重牧民官今之百里卽古諸侯也黃君行且入部曹事業自當有別論余與足下仍當作吏得毋齟齬否滄溟萬里寥廓何極其尚培風哉吾將見公之背矣樂在同道故爲書以廣足下兼以自勖焉

案鴻圖名廷儀官獲鹿令黃君名昌禔號桐亭初官國子監助敎後官雲貴通判鴻圖著述尤多今皆不傳汝懷埘記

時而傳後世無疑矣。僕何敢自愛。以誌知己之感。與懷情默默不能自已。書以報命。外寄陶山補箋周禮序一首。亦附覽焉。以見其志。

寄竹湖太史先生書　　張世法

法頓首謝太史先生館下。前在京師。遠企清華。無因緣相厚。乃自入夏以來。蕞枉顧詢。併邀禮餼。眷注懇懃。眞誠倍篤。不惟光寵之而又饜飫之。先生之於僕。可謂至矣。但僕不自知何以得此交遇於館下也。僕自顧稟性迂疏。無名譽以聳朝夕之聽。無餽遺以結左右之歡。而獨有愛於僕。先生之於僕。諒非偶然者。泛泛不以相嘗。將愛其文乎。抑愛其行乎。若僕之文行。其不足取重於人也久矣。凡言行不詭於正之謂道。少異焉則已非道矣。僕嚮不知道。久而漸明。今則非三代六經之書不敢觀。以爲根柢不厚。則雖有所言。皆其糟粕也。非冉閔柴憲之守不敢學。以爲防檢不正。則雖有所爲。皆其疣贅也。是以一設筆而語必求其宗。一舉步而事必求其理。惴惴焉以不得望先生之堂階而窺其閫奧爲憾。而人或目之以爲怪矣。僕年五十。進退無所成就。爲鄉人且不可。夫亦何敢於怪者。不謂先生乃能相諒之深。相信之確也。入五都之市。不問珠玉玩好。而岣嶁嶧山之文是求。知者希矣。於時何用焉。粲然華軒文駟。而甘與戴笠徒行者相下。毋乃不足以成先生之名。而適足以損先生之望乎。僕是以恧焉滋懼也。雖然。人固有厭粱肉而甘藜藿者。僕不見好於衆人。而見好於賢人君子。或者僕之文行其庶幾焉。先生不爲衆人之好。而獨有好於守道之士。則先生之文行。有以名當

前上執事書　張世法

法頓首上書仁明閣下。竊惟施德者之視僚屬也未嘗不恤其身家而其人之時命不偶則亦難曲示以偏私要其矜全之意自在也受恩者之奉上也未嘗不溪其感戴而其肩之荷任莫辭則固難顯告以況瘁要其仰望之心無已也此道默默久矣。碌碌風塵閒復棖觸職請但言長途之事今夫御者之於馬磬控之馳驟之前有銜橛之施後有鞭策之警非是則無以爲役使之方者。然饑則飼之以芻豆渴則飲之以水泉乏則引之以腹訛傷則治之以針灸剔其跲蹶齊其鬉鬣撫摩爬搔有若慈母之於嬰兒無不極盡周詳而後止曰吾巳用其力矣而可不

酬其勞耶故雖有千里之材困服鹽車登太行上隴坂終不敢仰首伸吭向天而長號者豢養之澤難忘而勤劬之分爲自甘。馬之報效於人亦若是焉巳矣使其卽安佚焉將日食槀秸數束耳縱欲求一飽之娱豈可得哉是以當伏櫪而志常懷千里此其情誠可憫也職嚮者亦常聽奔走於下執事矣粟足以及其一身而餘或不足以周其僕隸閣下亦時憐而問之以爲行歸無事但得疏食歿齒豈敢復存希冀所以然者家貧無負郭之田數十畝省垣蹴屋而居入室則嘑號滿耳出門則意緒惘惘。而又難圖新徙業魚鹽興販逐什一之利求爲小人之務早夜思維故卒不能捨升斗之需依違纉眷以復至於斯惟閣下惜其未衰之年。寬以負擔之使。給以秣餇之資。職當勉竭駑駘盡殘喘以圖報執事若夫偷安卻步無能戀棧則亦非職之所敢出也閣下幸俯察焉。干瀆尊嚴不勝戰栗悚仄之至謹上書以聞。

復楊硯農書　張世法

蒙賜言不當爲毛氏女子傳者此陰陽之癥瘕漢史著爲災異非經生所宜言觀聖人不語怪其意可見吾應之曰足下之論嚴而正請繼之以隱而諧可乎昔昌黎韓氏之有是說曰夫人之所以畏鬼者以其不見也鬼如可見則人將不畏之矣今吾必正告斯人曰天下無鬼則人復與吾矯辨之曰天下有鬼嘵嘵者究如何取正邪何也鬼之伎倆常在暗暗則使人生疑疑則鬼之情狀可以意造造則人之議論可以僞惑若夫赤日青天之下而豈使有是邪就令其使有是彼揶揄者應亦自笑其不應爲是矣而惡乎怪且足下之以吾爲是云云者將以惑世乎抑以覺世乎夫毛氏子之非女子固斷斷可信其無有是者然則焉知非其母與其姻婭故舊詭言以聳動其夫之父母使藉以是以悔親者之故邪而又焉知非當日其父以其子詭以許其人之子利財帛而後乃以是卻之者之故邪不然則聽之者之熒而傳之者之妄也彼爲女子爲男子之隱私夫亦誰與證之而又誰與辨之故吾且不以鄰人之語爲非是而但以爲其事不足置辨則鬼之有無何關輕重而一切疑鬼之說竟可廢然返矣吾之語者乃同於不語者也而又惡乎怪雖然足下之論嚴而正也亦日青天天下萬世孰敢以爲不然因來言之深於責備焉故復爲之書以補作傳者之本意

與楊硯農商訂贈荅文體書　張世法

某竊有言凡書官爵里居之必遵用　今制者此撰修紀注碑銘墓志述狀傳記之體則爾所以徵實而行遠也至於往來贈荅接上與下之言似不應專以此爲限夫官爵里居之書用制非獨今日始然也故由方伯連帥易而爲守宰侯、王易而爲節度觀察使易而爲督撫監司推而至於內外大小之班聯官爵有懸迴各別者焉由列國易而爲郡縣由郡縣易而爲道路由道路易而爲省府推而至於疆域山川之形勝里居有變遷歧出者焉此秦漢之不復能爲三代唐宋之不復能爲秦漢金元明之不復能爲唐宋至　本朝而又有沿革異同之名亦存乎其時勢之遞爲參差焉於此而遵用　制以爲徵信行遠之文編之史冊勒之金石不惟成一代之典憲抑且使天下後世之讀是文者曉然於某某之爲何等官也某某之爲何地居也某某之爲何時相沿忽革某某之爲何時雖異實同也事隔千年瞭如指掌則通今之卽所以爲博古而豈謂往來贈荅之必沾沾乎是哉往來贈荅之言有書有序有啟有札不一其類或專而與之於其人或兼而與之於其人有名位最尊顯而我恭而奉之者矣有位不甚尊名不甚顯而我當文而美之者矣如上大學士吏部尚書以下諸書啟而稱其人有曰相國大冢宰大司農諸名號者矣荅丞倅州佐以下諸書札而稱其人有曰孝廉明經博士弟子員者矣．或亦恭而奉之文而美之參用古制以爲變通．而非卽沾沾牽引名義之謂也．必對其人必直名其官與地連銜疊寫．溢於尺幅累牘之中．是何異於搢紳鈔報手本．令人望而熟習耶．且亦冗塞文氣．於體有不合．不知足下以爲何如．近見朱竹垞先生集中．其送人序與其荅人書類多如此．論者皆以遵用時制之爲．然竊恐其有傷於文氣之眞也．某愚昧可否．當以見示謹白

復同宗顧堂書　張世法

吾鄉不喜爲諛墓文字．非有所靳也．以當今力能爲之者衆．而無所藉重於吾文也．區區之私實用自愛．然於吾宗賢母后太恭人之墓表．則義不忍辭．信之深．故言之著．諛於何有．昨人自甯武來．得足下手覆．太恭人墓表奉某大人爲之．已勒於后．考金石文．但請改爲家傳．更可藉以永傳不朽．若深有感泣愧憾於斯文者．夫吾亦何靳也．因念體已成矣．姑以異日．恐足下不察未得所以遲遲之意．故爲書以自白．且以見爲文之道焉．凡人子孫之欲表揚其父母與其祖父母先世．而求一代之能爲志銘表狀者．將以重其人之文．兼以重視乎其人之賢．所謂著

道德而能文章之士．非盡在聲勢赫奕名位有氣力者之爲也．秦漢以前無庸述已．夫古今之能爲志銘表狀者．莫如唐之韓退之．柳子厚．李習之．皇甫持正．宋之歐陽永叔．王介甫數人．此外曾子固．三蘇則力有不逮．而不恃乎其聞望之日隆焉．幸而韓爲侍郎．歐陽爲樞密副使．王再爲相．李後亦爲節度使．若柳與皇甫者．其爵位究不甚顯．而所爲志銘表狀．皆聲稱於當時．傳誦於後世．若此．豈非以其人之文與其人之賢哉．然而文與賢之遇合．或爲其親戚朋友．或爲其門生故吏．又適有數存乎其閒．而恆若縣不一得．故得其人則非韓無以志柳．非李皇甫無以狀銘韓．非歐陽無以志文安主簿蘇明允．非王亦無以志

太常博士曾不疑而不得其人則孤豕州司馬卽可自爲其侍御府君神道表與其河東縣太君先夫人歸祔志男推誠保德崇仁翊戴功臣卽可自爲瀧岡阡表以追頌其皇考之志兼以述其太夫人之言行豈同其時弁無聲勢赫奕名位有氣力者之人而必待此數子與自及其身而爲之誠以文章一道炳如日星允如河漢質諸鬼神而無疑百世以俟聖人而不惑雖金可蝕石可泐而文之載其人之集中者終不可磨滅無他膾炙甘在人口先後相與爲餉遺之事者遠也此又何繫乎區區碑之有與無耶今吾之文佳否亦何必置喙竊自以爲表太恭人賢則固信且著卒之得力有能爲之者於先而仍無所藉重於

吾文也雖然礙於例而使斯文之不得復勒於碑焉可也礙於例而使斯文之弁不入吾集焉不可也他日或更易爲足下家傳而斯文猶載爲墓表讀吾集者當亦曉然於互出之故其來有自某預復

復廉使秦小峴先生書　周錫溥

日昨兩奉手書盛德謙光如仰如挹弁以所陳管見一若可與於知言者竊以妄論利害正東坡所謂制科人習氣閣下不教督以所不及而加之奬藉愈非所當寄示大著二本除莊長始末一本俱經收入除莊長者盛德事也讀之可見吏治之壞而獨爲君子者之難閱大箸雖未一一卒業然如黃夏孫序之綿邈華烈婦傳之潔峭上浙撫兩書之淸嚴所謂在在皆有神物護持者也僧野蠶碎琴合傳敘次亦高簡中所述碎琴與袁簡亝秪悟事尤可傳殆亦閣下之微詞歟古所稱蛙聲紫色竊據壇坫然蛙聲猶聲也紫色猶色也自聖人不能以朱廢紫以鍾

律廢蛙而朱有不常鮮鍾律有不常治則蛙紫亦相代爲用而聖人又不能凝悅朱者之目而駐知鍾律者之耳故其相從而靡宜也而爲此者必其有跅弛之才偏至之悟議論斬斬摧陷一時之力使人之視紫也豔於朱而其聽蛙也反淸於鍾律如明季竟陵公安兩派程孟陽一派此眞蛙紫耳虞山極詆鍾譚而其贈徐波詩云天寶貞元詞客盡江東留得一徐波波非學竟陵者歟孟陽孅靡極爲破體而瓜步江空秣陵天遠二語爲王新城所賞由是言之蛙紫之盛聲色之衰而君子有時節取者以猶聲其聲而色其色也吳下詩壇梅郡堯峯以下風流繼踵近獨盛推簡亝傳主盟社簡亝粗能四六駢體耳其所爲詩

直是一李笠翁此則爲蛙紫者之所不屑而紛紛標置殆類逐臭因閣下集中已有微言故推論之如此伏讀前書以詩許孫司訓而於古文亦次及下走司訓詩格淸遒足當賞拔至於下走文體靡弱祇增愧唶耳錫溥沈頓舉業者二十餘年既壯以後始學詩古文詞家貧不能聚書每從人借觀過後多不省記而平生蹤迹宦游外則傭書以食終日披援不離講章八股未嘗得揮絃送目以適吟情埽地焚香而專靜業也今年犬馬齒五十有七雖非篤老而鬚鬢顥白已過其半體中舊有肺疾觸寒則發藥物不去手百憂搖撼性根非故自分衰緒幾何何由收縚放紛從古人馳騁也且夫古人者豈嘗有意爲如是之言

哉風水相泊而文成心手相習而法立故其造極之處後無來者譬之峯高海冥百怪變現風雲之氣通依傍之路絕觀者怛精駭魄搔首靑蒼而已其强有力者則嘗鐫循崖之級挐藏壑之舟俯仰以求之梯航具矣至不至有數焉有明一代北地信陽弇州歷下之豪於詩而不能復古熙甫荊川遵巖之溪於文而難入八家數子者學非不贍爲之非不專且久也而猶有不至若以至啇之學爲之弇其專且久而又不得焉如是而遂衰則何所恃以爲至之之具哉錫溥自謂於此已矣辱閣下一言之重而又若不能自已於此夫不能已者豈遂謂可至哉則亦隨所至以至之而已矣若其媮效一切以苟狥聲逐色者之好

錫溥亦不爲也又前書云體氣欠佳右臂甚疼頗難舉腕蓋暮景如此閣下年齒長於錫溥勤官而嗜學公私裁答不以假人似非救敝之道鄙意謂宜略仿晉黃門張湛醫方損讀書減思慮早眠晚起以資頤養爲上也天氣早寒伏惟珍重

復靜齋宋明府書　羅健亨

承手諭滿紙衷腸怳如面晤但多過情獎藉處媿不敢當又云邇來竭蹷倍甚事多拂意幾欲棄此自全猥以不易之策商之弟此誠問道於盲也庖人雖不治庖尸祝不越樽俎以代非不能代也誠以不在其位則不得其詳代之不無錯誤然忿形汝我又何忌焉似不妨借箸以籌也聞之鳥以山爲埤而增巢其上魚以淵爲淺而穿穴其中卒可以得者餌也夫官惰於坐成事衰於末路豈理勢之必然乎誠亦有迫不得已耳大抵今之搢紳家富者多貧者亦不少得一官則平日之負累與所識之窮乏皆不能無所希冀於其間甚且有煩而不可省費而不自

由者膏脂自潤幾何哉故古人激而有言曰大丈夫生當封侯否則閉戶讀書以自娛州縣之職徒勞人耳夫既任其職烏可辭其勞惟是素位而行不失尺寸可矣前在署相伴三四載知吾兄之正大本之天性不假強爲循是而往夫復何慮雖然不可不加謹人情患在拂意則生厭厭生倦倦生悔悔則將欲有所投我者皆得乘隙而入焉不觀盆水乎澄之終日而難清擾之須臾而卽濁人神易濁而難清亦猶是也此矇誦瞍賦所不容已於朝夕者欲其時有警覺耳兄之澹泊明志有素矣孝養而外別無調度故一官十載艱窘如故人所共知者昔欒武子身爲晉卿無一卒之田其官不備其宗器諸葛武侯爲丞相不使廩有餘粟庫有餘財如此輩人眞有超越千古之卓見不易得策又孰有過於此者願吾兄固持常德不必別有尋思拌一世窮而已得爲者爲不得爲者悉以聽騎虎之勢來書中語究何必棄此爲哉弟自南歸杜門臥疾雖含生氣其實枯朽辱承下問謹述所聞以對亦聊當矇瞍之賦誦以備一息之聽聞從未見有盲人而能指人以道者語云交之深者其言過愛之至者其求詳兄必有以諒我矣姑妄聽之

與楊鷹揚書　王夢揚

日者僕於柏庭得小阮開璉出足下所錄制藝就商僕於課功之暇再三讀之清新俊逸恍覺神志爽然心目頓開也僕雖未接見足下之言論丰采然誦其文如見其人矣僕才疏學淺徒能爲俗下文字下筆令人慙赧安可藉爲冰鑑乃謬憑風聞欲引爲文字知交僕雖至愚何敢自外不揆檮昧妄施蠡測恐終無以當於萬一耳雖然文章之道亦難言之矣僕年十二初學股法多涉怪誕質之前修亦時有異才之目厥後學爲飲酒每適志於風詩頗有所得乃高歌長吟優游閒眺柬制藝弗講如是者數年父兄非不約束之也無如不聽何及既冠復念　朝

廷取士必由制藝人生天地間苟無所樹立徒對酒慷慨究何爲邪由是頗知自奮始沈酣於矩範旋見錄於宗工然其於道終未有得也蓋文章者代聖賢以立言欲其取之精而語之詳也本之五經六藝以著其芳華參之諸子百家以求其古潔當其取於心而注於手也譬之日用所需不可缺一而惟舉其所最珍愛者以爲几席之觀數百年間作者多矣而豈苟爲炳炳烺烺者哉僕自去歲居柏庭以來日夜思維雜觀廣覽用力於生平之所嗜好者與諸門徒共坐講求靳其有得欲共登作者之堂而又以諸門徒年少識見不遠僕所謂可彼亦曰可僕所謂否彼亦曰否方憾乏人以文字相往還爲質證也不意足下有志揣摩異地馳情僕誠所深羨耳詩曰中心藏之何日忘之足下之文未窺全豹然卽其所見辭雅而氣鋭循是以造操數寸之管書盈尺之紙惡能測其境之所至邪茲雖未卽以制藝受知於時固亦奮翮將飛之候矣他日者僕如得相過從當攜拙作相示與足下樽酒言歡連牀共話親接言論丰采與爲切劘談論之餘閒亦詩歌贈荅雖僕才疏學淺亦所弗計則其契合當復何如也

上王中堂書　陳聖清

某銜某云云清自乾隆壬午受知於閣下惟時實不知文之切於身心祇稍識記誦涉獵微能施藻采以耀人耳目耳及癸未赴南宮試蒙閣下與錢師諭誨諄諄嗣是歸而求之切近因思文之至者道理透闢而語自平易其出奇即在是文之僞者詞語炫爛而理實昏蒙其陋劣亦即在是古今文固無異也八股以四書命題非獨修文章菁華實即爲聖賢階梯嘗竊思小學爲人心風俗之原然制藝不以命題則講求者希孝經性理場中出論題而人究不肎講熟惟四書文爲　功令所在士子自束髮受書卽講究其義理所謂遵路會極俾天下得學術之正

者具在於斯自周末文勝諸子百家紛紜岐出學者視四子書與百家等漢廷之儒賈生以孔墨並稱韓文公之賢亦以孟荀並列蘇氏父子才藝冠世然東坡詆斥道學至指伊川先生爲奸承學之士雖博通經傳子史曾無所折衷以爲依據今士子於四書則固童而習之矣程子謂進學先在致知今人取朱子四書集註精析理會則知無不至經傳子史更何所不賅清幸生　昌明之世又以職司課讀得遍取　欽定五經三禮性理近思錄涑水通鑑及紫陽綱目等書日夕編摩常謂經傳子史之蘊自生民以來未有闡明詳當詳悉折衷如今日之盡善盡美者而惟四書義理足以貫串而發明之卽以研究古文識別眞僞以之知人論世克灼見其根柢皆在於斯則古今文之無異者亦不異於斯耳閣下利澤在當時聲名滿天下以盡心而知性知天本盛德而立功立言舉業鈞衡文章司命中正之行善乎一世而尊榮之勢無所介於其懷當世學者無不仰慕宗風企想儀型而清幸得列於門下更親承教誨得歸而求治其身心且數十年然自癸未以後自揣庸劣未嘗馳驛都門無由瞻仰丰采切領陶甄自庚子辛丑清住京師又值閣下督學浙水未能趨侍左右時有所作攜至京率皆遺失嗣是以恩挑二等列教職且二十年綜計生平自爲童子時蒙邑令賞識至列弟子員歷叨宗匠器許迨登賢書則教職又荷各學憲

刮目相待而躬承知己深領教誨固無有親切於貢舉座師者值錢夫子退老家居遠莫能致獨閣下道德文章炳燿京師更復輔佐　天子總宅百揆又幸子姪輩獲私淑於門牆瞻雲漢之休而切淵源之自其何日不流連於中心也哉昔李生感慕於昌黎蘇氏輸情於六一彥和雕龍甫就深企休文之知孔顗詞藻麤成愧折元暉之筋古人所謂欲一經品題聲價十倍也顧嘗竊思人苟非一己之精力所畢萃聖賢之義蘊所待宣則亦不過隨時俯仰固不必求繩墨於宗匠希斲輪於大雅而如其欲揭古人之心而從之以盡抒其洗酣勃窣之功而又恐其或未一當者誠不可以專己守殘甘受聾闇而不思就正於

大雅宗匠也又況其爲親受知己切領教誨而淵源所自有不能一日忘者哉謹呈已刻四書文百首未刻五十首古文四十首詩百首裝潢成帙伏祈閣下錫之弁言以叜引而教之則不徒畢生切夫鈞陶而千秋耀於竹冊矣臨稟無任翹切依戀之至某謹稟

湖南文徵卷九十七

湖湘後學集編

書六

與唐陶山書 謝振定

振定頓首陶山六兄閣下元旦煦齋面奉手書想新祉迪吉福逮蒼生弁審聽聽撝謙大有昌言荅拜之雅能勿令人欽服至改圖之說再四思維斷乎不可竊謂安命與立命二者迥殊安命之學中人以下皆能之若夫豪傑之士大有過人之才之識其必有所以立命者而成敗利鈍固不足以擾其中也居恆讀古人書動以天下爲己任一介之士苟存心愛物於人必有所濟況縣令親民之官誠易達而惠易周試經綸之才者宜莫先乎此柰何欲舍而他適乎如云舍難取易舍險就夷慕清貴之名辭利濟之柄天下國家曷賴焉天之所以生賢者之意又何取焉素位而行無入而不自得立命之要其在是矣江左大吏頗多清正三代直道之公其不能盡泯也 恩綸新沛獨無鴻博之科殆天之所以宏陶山之大業而不欲其安於暇逸也省前來書云不要一錢卽不喫不著豪無補於負累此似有一廉了事之意振定記王朗川先生有云淸者官箴之始猶貞乃女德之基婦人無淫行而欲詈翁姑壓夫子詬誶妯娌閒殆於不可又聞湯文正任潼關時荅同列云無所取於下亦無所應

於上交際之禮，不過尋常帛物。四事合而思之，一介不與，然後可一介不取。清去其刻，民用以和；清畏人知，同寮不忌；豁達如陶山，其當不河漢余言。振定邇來巡城，初亦浪得廉名，人望而畏，非任重致遠之道。今且盡吾力所得爲者，不急赫赫之功，不博矯矯之譽，以息謗忌，於此中歷練一番，殆亦仕學一貫之旨。惜同志者不同方，不能朝夕與居，相與講明而實踐之也。吳江陸朗甫中丞刊有切問齋文鈔，近始得讀之，大有裨於修己治人之道。陶山其能速覓而細讀之邪？中丞儻有他文集，亦望覓寄。他如金文通公之俊之息齋集、沈冠雲先生彤之果堂集、計甫草孝廉東之改亭集、王寅旭先生錫闡之困亨齋集，皆近在

貴轄，搜羅較易，陶山固不能辭其責，幸勿以爲不急之務，膜外置之也。餘願爲民社自愛。不宣。

與段若膺書　　謝振定

僕耳熟先生名久矣。昨過黃蕘圃，知先生僑居於此，倉卒得一見，略聆緒論，意先生非今之人也。僕少讀書，矜强記，不求甚解，乃至目無古人；後稍稍自悔，又復貶抑，而其中實無所得也。溷迹緇塵十有餘載，學問日益倒退，惟愛才之念日益摯。見人之賢於我者，無不敬也；聞人之篤於古者，惟恐其交臂失之，而無不心焉藏之也。先生之好古也深矣，而性情之眞，於覿面焉得之，其亦有天幸邪？僕竊謂古人之所流傳於終古者，其心理同也。有同乎其同者，有同乎其不同者。文以載道，此同乎其同者也；文生乎情，此同乎其不同者也。六經爲載道之文，亦秉情酌

理之文也。三代以還，言文者推左、莊、騷、史，而不相爲襲。秦漢唐宋以迄於今，代有名家，而衷於道者傳焉，情之至者亦傳焉。然道或可假託，而情不可以僞爲。左、莊、騷、史以及歷代名家之文，其亦言情而已矣。情達而道在是焉。僕嘗以此相天下人，觀天下立言可久可大之故，多賸合者。易言修辭立其誠，拾古人之糟粕而自以爲得，殆叩槃捫燭之見者邪？其外乎道以言情者，抑又不足道也。先生貌晬而學邃，意遠而論醇，僕意其必有進乎此者，願先生之幸教以豁厥蒙也。古文釆詢之任，亦深望之於先生。儻有所見聞，並祈繕小冊見示，僕竭螢照以衍緒餘，諒先生或矜之也。

與徐鳳輝書

謝振定

月杪扁舟拜訪未遂所懷發篷中促管數行藉達鄙意回首小長蘆如海上三山可望而不可即悵企奚似頃奉到手書及什一偶存二冊披誦再三不忍釋手把卷懷人與聞聲相慕者為倍切矧先生學行兼優其生平嗜古之篤又如玉斲馬麓石穿山霤宜乎其沈浸醲郁以成此不朽之盛業也僕弁拙性成承六代先芬之後少從先兄元亭學為古文辭心竊好之而苦於法之太密後入都獲出程魚門先生門下與當世士大夫游略聞緒論一二與先兄所授有合有不合蓋先兄專心此道者四十餘年薄有名於日下自以為知希我貴屈縣令以終僕近彙

其所存稾若干篇將刊以問世因思天下之大人才之眾其好學深思心知其意如吾先兄者當不可勝數竊不自揣欲廣為發潛闡幽之計采訪一時遺佚好古之士之文編為一帙以存

昭代化成人文之備稍稍求之日積日富時隨園主人亦有采選古文之舉偶相見邗江聞僕有志於此遂舉其家手鈔名人文集二百餘篇悉以見贈曰余老矣想不能竟厥事今以此為託顧君之無欲速成也僕年來益不敢少懈其志計現獲名人已未刊之文約三四百家更期十數年成此書其有專集大集盛行於時者從約取焉蓋鈔文非選文也盡吾心與力之所能為以與先後文人相質於冥冥漠漠之中如是焉而已至斯文之傳與否又何必私度之而預計之哉且夫文章者天下之公器也彼亦一是非此亦一是非其間同與不同之故則在乎心得默識無庸以口舌爭以俟千秋之論定此亦息謗止怨之一端也僕嘗謂文以載道實文生乎情而又行之以渾浩之氣佐之以奇偉之才從古作者不出乎此先生其以為然乎否乎先生斲輪老手僅存稾卓然可傳其今文偶見一書急欲得而讀之恐先生之以僕為操選政而不顧忌乎珠玉之在前也故略為述其區區始事終事之意如此辱示書目僕所未得者十之五六若架上所見存者願借鈔之為禱人還悤悤不盡

與竹溪論李璀書

鄧枝麟

世之處人倫之變者，非平時達於天人性命之理，臨事權乎三綱五常之正，未有能得其當者也。君父之尊一也，以爲君而陷於不孝，以爲父而陷於不忠，無是理也。庸人往往而然，聖賢則斷不出此。吾觀於李璀之事，而不禁瞿然而深慨焉。初璀父懷光之解奉天圍也，德宗因其父功而予璀以官。及盧杞譖懷光而不得見天子，懷光遂有異志，屯兵咸陽而不進。璀乃密言於上曰：臣父必負陛下，願早爲之備。陛下未能誅臣父，臣父實足以危陛下，故不忍不言。上曰：然則卿何策以自免？對曰：臣父敗則臣與之俱死耳。使臣賣父求生，陛下亦安用之？至懷光以反

敗，璀亦自殺。後人爲璀惜之，而咎德宗不爲璀地而宥其死，是誠德宗之咎乎？吾以爲璀之自取，不足惜也。當懷光萌異志時，璀宜先以死諫其父，與其死於反敗之後，不若死於諫父之時，或父因諫而止，未可知也。夫攘羊證父，聖人非之，此何如事，密言於上以殺其父乎？是殺之者德宗，由璀而殺之，即謂璀殺其父亦可。生我者父也，成我者君也，薄於所生而厚於所成，亦可謂忠乎？孟子之論大舜也，竊負而逃，遵海濱而處，則所以處變爲至當矣。吾故曰聖賢則斷不出此，知此者鮮矣。彼楚康王之殺子南，蔡仲之殺雍糾，同一不善處人倫之變者也。

答黃花耘山長論周亞夫書

鄧枝麟

人主不能行法於天下，能容臣子之守法，而後人主之勢尊；人臣奉法於天子，能不容人主之撓法，而後人主之法信。顧其中亦自有權宜耳。周亞夫之爲將軍也，文帝初未能如古者之推轂曰：閫以內寡人制之，閫以外將軍制之。然至其軍，天子之先驅不得入，天子至又不得入，可謂軍法嚴明矣。既至，亞夫持兵揖見曰：介冑之士不拜。文帝式車勞謝而去，豈非能容臣子之守法而不容天子之撓法乎？然非文帝不能有此將軍也，亦昔者聞馮唐之言，故於亞夫無所疑忌，乃以成君臣之美遇耳。若在亞夫，則大有虧於臣節也。帝已至灞上、棘門矣，人君舉動天

下屬耳目焉，豈有不知其來細柳乎？縱不敢輕離軍次越境恭迎，斷未有將至其營而絕無偵探者。且天子警蹕儀仗，一望而知，斷未有已至其營而不知爲文帝者。卽將軍約軍中不得馳驅，此第可約束軍吏，豈天子而必遵其約束，按轡徐行乎？卽亞夫請以軍禮見，軍禮既成，不當改容以臣禮見乎？雖曰不慢君，吾不信也。唐太宗朝段志元夜中不信敕書，太宗亦歎爲眞將軍。然或有緊急夜至，必待明而辨手敕，不已貽誤哉？此亦同於亞夫之失於矯情也。

答香畬李司馬詢潭帖書

鄧枝麟

旬日來麟以微恙未獲趨謁承坐問殷殷統容躬謝昨手書下示敬悉所詢請迷其崖略焉湻化閣帖用銀錠鑲棗木板刻而以澄心堂紙李珪墨印之精妙無匹故陶仲穀云眞本可辨者三墨色一也他本刊卷數在上版數在下眞本皆相聯屬二也他本行數比帖字小而瘦眞本行數比帖字大而濃三也則有爲後人臨摹而總名閣帖可見矣閣帖旣頒行潭州卽摹刻二本謂之潭帖至慶歷中劉丞相沆帥潭州因石刻殘落命僧慧照摹刻逐卷有僧希白重摹字潭帖之別則有劉丞相私第本長沙碑匠新刻之山木本蜀本蜀肅等類也絳帖者宋尚書郎

潘師旦以官帖摹刻於家爲石本世稱潘駙馬帖凡二十卷單炳文曰湻化官帖今不多見其次絳帖最佳而舊本亦已難得潘氏子析居法帖分而爲二其後絳州公庫乃得其一於是補刻餘帖名東庫本又有新絳本北方別本武岡新舊本福清烏鎭彭州資州本木刻本皆絳帖之別名也武岡帖據法帖譜系云武岡舊本二十卷不知刻於何時而日月光天德字號閒見於行閒字畫亦淸勁可愛第一卷衞夫人宋儋殊無枯筆第九卷大令帖諸字皆誤信乎出於新絳也又有武岡新帖石二十卷失眞遠矣其大略如此惜不得竹垞日下舊聞考之乃得其詳也

再復李司馬書

鄧枝麟

復奉來書以麟前覆中有未盡悉者諄諄下詢何其虛衷以集益也顧麟淺識寡聞豈能爲留心考古者之助敢據所知再陳其說宋人最工摹刻禹碣李碑巍然峙嶽麓閒者皆宋時重刻而北海碑摹手尤佳其摹刻閣帖二本謂之潭帖者歐陽率更令父子也潭人無知之者趙希鵠見之謂當與絳帖雁行慶歷八年劉丞相沆因石已殘缺命永州僧希白重摹東坡猶嘉其有晉人風度建炎虜騎至長沙城守者碎之以爲礮石無一存者紹興初第三次重摹則失眞遠矣蜀本蜀人秦子明所摹也蕭本則不知何指至武岡新帖之失眞也尼於庸謬之子厭其

字畫淸瘦稍加修補其最可笑者第二卷鍾繇帖內再世榮名以名字誤爲谷而不知其謬凡損剝處鑿痕宛然呈露而字畫模糊則不可辨帖之謬者莫甚於此劉後邨謂武岡佳者可亂絳蓋指舊本而言之今不得見矣若考亭夫子眞迹大約無可疑者如白鹿松陽兩書院多有題刻而大小字體若一今嶽麓忠孝節廉四字固出其手卽善化學明倫堂三字亦其眞迹也麟之所知如此敢以副閣下明問焉

案二篇所論潭絳諸帖皆本前載大氏出法帖譜系爲多李碑爲宋時重刻說見楚寶亦未引據歐陽父子刻集古帖謂之潭帖在宋人摹刻閣帖爲潭帖之先文混爲一事殊誤

答子壻李漱園論詩法書　鄧枝麟

涼秋小雨坐手殘編興往情來百感交集方得句云知己闊心同骨月老年窮理得皮毛之句適飛到長箋備詢詩家奪胎換骨翻案伐材諸法其用心何勤也余老而健忘展卷沈思猶能追述大略用以奉荅所謂奪胎者如杜云五日畫一水十日畫一石山谷作一句云五日十日一水石許用晦云溪雲初起日沈閣山雨欲來風滿樓放翁作一句云一片溪雲雨欲來僧處默云到江吳地盡隔岸越山多陳后山作一句云吳越到江分皆極鑪錘之妙又有一句衍為兩句者如顏延年春江壯波濤杜工部則云春江不可渡二月已風濤古樂府云郎今欲渡畏

風波李供奉則云郎今欲渡緣何事如此風波不可行亦見奪胎之法所謂換骨者如無名氏野雞羽毛好不如家雞能報曉新人雖如花不如舊人能績麻此本舊樂府新人能織縑故人能織素將縑來比素新人不如故而推衍之也至若翻案則翻用前人故實耳如杜詩雲雨荒臺豈夢思翻高唐神女事焉知李廣不封侯翻李廣難封語不可枚舉也惟伐材之法大約昔人有此材料自我伐而用之即成我之所造而昔人運用之妙因此益顯也古樂府楊叛兒曲云歡作沈水香儂作博山爐二語頗隱難喻其意自李太白衍之云博山爐中沈香火雙煙一縷淩紫霞是伐材而用也

與王生書　嚴如熤

熤白王君足下師道極難而童子師尤甚凡士行之不齒與蕩子之破家莫不見端於少時少而習焉其心安焉欲其後之知悔而改也難矣孔子曰少成若天性習慣成自然易曰蒙以養正聖功也可不愼歟夫人莫不欲子弟之賢而敗德卒比比豈盡弟子之下愚不移哉則以古人之教法不明而村師俗儒以己意為傳授又其甚者以子弟之傲慢為有性機械為有智習焉而不以為怪也烏乎如是而欲子弟之賢烏乎其能賢古者童子出就外傅教以詩書習以禮樂詔以灑埽應對務為開導其聰明涵養其德性而尤重於行大約論語弟子一章盡之矣

今雖不能盡如古人之所為教亦宜仿其意而用之語言要其實舉止要其端衣服食物要其愛惜父兄尊長要其敬禮讀書時句讀要其淸覆誦時口齒要其朗作字要其端楷書中易明者隨時教以句解字義有餘暇則取唐人絕句有情致者令之誦習如此則規模得矣雖然此其中又有微權焉人情惡勞而喜逸非予以情之樂而乘以其機之動即成人亦倦況童子乎僕嘗於考亭誘掖獎勸四字有味乎言之也平居教子弟皆然而用以聞於足下其始未知讀書之趣也而百計以誘之不啻有至甘者在焉而彼之情巳樂彼之機巳動旣樂矣旣動矣則從事於誦習之途矣然其外誘之端內難之情猶存也於是乎

掖之如醉者踹跚道中須藉人扶持而後能履道坦坦也誘而掖則彼之心已專當小有得矣亟取而奬之雖或天資頑鈍亦必擇其略有得者曲爲奬以引之則彼之情益樂而彼之機益動雖然巳能者奬之而其所未能者尙多也於是又有勸之法時時提撕警覺謂如是則爲佳子弟不如是則爲愚子弟則彼之心相引而無窮而其氣亦日奮而不衰日以此四字記諸心隨其機而互用之而師之能事盡矣倘憂子弟之無成哉夏楚固不可廢若專以鞭扑從事又安能致其情之樂而俾其機之動也邪足下幸有採於僕言則得矣

復劉雲房太宰書

嚴如熤

頃承下問近日軍情仰見閣下公忠丕著詢及芻蕘不揣冒昧敢陳其略洵邑自去年八月拏獲賊帥殷全以後賊匪不輕竄入今春以來漢江南北均有零匪游奕而仰託福庇環洵八百里尙幸烟烽稍息如熤於結寨團勇之餘勸農興學冀此邦人士少有以蘇中澤之哀鳴也惟是四境而外壁壘未平則聞風鶴之時驚能無憂從中來刻下賊勢較往時實減十分之八願通計三省著名首逆數千人爲隊者雖只數處而百十分股三五成羣晝伏夜出時聚時散竄匿於數千里老林深箐之中者尙自實繁有徒也凡此竄伏殘匪皆百戰之餘不攜婦女不雜

老弱有曾當過鄉勇者有曾降充新兵仍復逃走者狡獪異常勦則東擊而西奔守則防此而突彼三省邊境人煙稀少大股賊至民閒尙知隄防至小股零匪馳驟於鳥道羊腸閒者卽偵探一信亦不可得而或假官弁或冒兵勇百出以眩我稍不戒便受其害故在今日之收拾餘匪較撲勦大股爲更難如熤往時亦持勦撫并施之說而審度現在情形則撫字決不可復議往時賊勢甚大不得不權行招撫爲解散黨羽之計今旣屢蒙寬大之恩而仍執迷不悟殺人放火不改故轍詎可枉法故縱令肝腦塗地之良民含怨地下乎如熤伏查凡習教到營者雖經釋回賊至輒復跟去至降而收爲新兵者平日經過地方掠

衣糧擄牲畜難以軍法律本與賊匪無異而我強則附我弱則復折而從賊徒令知我虛實墮其奸謀且以　皇仁之如天而此輩之敢於反覆者原自有故此輩本係游民素無恆產數年中以搶掠爲生活不耕而飽不織而衣所操者殺人放火之業獷悍自由無人管束一旦禁其擄掠予以有限之口糧且加之箝制俾手足不得展布安能鬱鬱居也故脅從之衆歸則安業而老教慣賊招之不降卽降之亦復叛實情事所必至安得再持招撫之說俾賊得以計緩我而養癰貽患哉夫自來立大功者必用志不紛而後精神之所注貫足以運量其事現在領兵大帥若經略之公忠體　國參贊之英謀偉略楊提軍穆鎭

軍之勇敢無前雖古之名將無以踰之非其力之不足辦賊也非其心之不急平賊也而游魂尚得稽誅其端在糧餉之不繼糧餉不繼不得已而議撤兵撤勇近日之兵勇不過往時三分之一矣夫賊少而賊所據之地險依然也以一分之兵勇分布於往時全力經營之地以防以勦均形不足防勦不足而冀招撫者之倖其解散安得不曠日持久也且卽令賊悉聽我招撫而賞予需費安插需費亦決無可以空詞籠致者在事各大僚誰弗曉此特以小醜跳梁已糜　國帑鉅萬難於再爲上請諺曰長疼不如短疼巧遲不如拙速願　廟堂之上有以熟籌之也至於近日大計以搜捕餘匪責成地方守令洵拔本塞源之謀抑其中有難者今之州縣非五年前之州縣矣五年前之州縣上憲惟恐其以不領餉遺誤五年後之州縣則一應軍需無不飭令墊辦而餉項有請無給凡有賊州縣誰非千瘡萬孔無復生人之趣者旣無正項以養鄉勇又無他款以勵義民而令赤手空拳除大帥不能防勦之猾賊詎不徒託空言今誠於各州縣寬其文法分別緩急令揀抽本地勇健各練六七百四五百人不缺其餉凡賊在三百名以內責以勦捕有功則重賞不力則嚴譴庶可收實效乎如燈伏思　國家深仁厚澤靈長之景運方當億萬斯年而賊久不平遲之又久亦懼元氣有所耗損賊本無他伎倆各大帥游刃有餘爲今之計但在勿議招

撫以振軍氣發帑項以裕勦費以勦大股屬大帥以捕餘匪屬守令而責守令以搜捕之任必予州縣以操練之費鼓羣策羣力以期善始善終餘氛不難埽靖矣再安插鄉勇爲第一要務而章程未定　聖心甚爲焦勞如燈去歲有上楊柏溪道長書附呈鈞覽迂拘之見詎能有裨緣蒙垂詢用敢臚陳以備採擇

與易屏山書　嚴如熤

秋仲得接手書、知涖盧三月、新猷煥發、頌作輿人、甚幸、儒術之非虛、卽擬作書以覆、適　大行哀詔、心中震悼、提筆不能成字、昨又接手書、治盧之政益詳、昔孔子論從政、首取端木之達、三代後孔明爲第一流人物、長於治國、而麗德公稱之曰識時務、則亦達而已、淸則智無所昏、而達之源濬、達而敬以將事、則愼、達而敏以趨公、則勤、士誠能達經經緯緯、四達不悖、大用小用、措之裕如矣、足下天資剛毅、志事卓卓、其素所懷抱、非第百里材也、曩時以賢者之過、恐畸於一偏、則將滯而不達、是以以意必固我相規勸、不謂足下痛自箴砭、竟能心追而力踐之也、

謝上蔡與伊川別數年、謂只能去一矜字、矜與意必固我、異病同源、治事爲易、治心最難、足下而致力於此、蓋有所得矣、願卒勉之、孔子曰無欲速、又曰無倦、盤銘曰又日新、來函所言治盧五難、其根株誠非易去、但五難亦山民通弊、凡治去太甚、其積久而弊未至大害、亦無事遽爲更張、信義符於民矣、更要諭告勤懇、凡收呈審事、因公下鄉、與父老子弟皆有以訓迪之、若來函所云、治盧將如父兄之治子弟、如是久之、必有成效、彼恃令行禁止、沽一時風力之名、無益也、自來武健吏、意亦在除奸禁暴、而相與除奸之人、乃卽爲奸之人、欲行禁暴之法、或卽作暴之法、漢趙廣漢守潁川、患大姓橫恣不法、教吏爲缿筩、得相告訐、雖豪傑解散、而互相仇害、風俗因之大壞、龔遂守渤海、嘗言治亂民如治亂繩、不可急、躬自勞來循行、教以禮讓、而訟獄衰息、盜賊賣刀買犢、能吏循吏之功效、其所成竟何如也、凡到三四月、心思須要攝提、大加警省、門丁書役、俱要訓飭一番、鄉約保正、在官之人、俱要整頓一番、否則窺測我者、以爲漸次放鬆、巳去之匪復來、巳改之惡復萌、以無倦又新者行之、數年則舊染之污、自可移易矣、待鄰封僚友、總在行之以恕、關提不到、或忌我聲名之出彼上、或疑關提之爲累害、或因逃匿之難拘喚、皆情事之常、未可遽生怨怒、而先施之道、必自我行之、往在洵定時、拏獲川楚鄰封要犯、訊明輒專丁函送、令其自報、不以爲

功、送糧堵賊、不分畛域、久之而隔省鄰封、聯成一氣、雖未嘗謀面、皆成知好、不相齟齬也、足下此時旣巳力制意必固我、則通達治體、必能因時因地以制其宜、下令如流水之源也、來函舉前在明山時、志希文之志、爲言尤見器識之遠、大楚中先達如夏李劉朱張熊諸君子、百餘年來無其人矣、無他、浸淫於富貴利達、而實求於明體達用者鮮也、諸君子擔當世宇、有定見、有定守、周知天下之務、而有包容天下之量、涵蓋天下之氣、故能憂樂天下、而與希文上下古今、僕以陰相天下士、而志乎此、殊落落焉、茲者盧氏小試、巳見一斑、足下勉乎哉、正基質雖笨、而氣頗沈厚、近令其熟史事、流覽自漢來名臣奏疏、顧亭林日知

錄爲近世大儒明體達用實可見諸布敷合其潛玩焉而不必以科舉之業爲汲汲也異時或可與足下共應世用

上那制府書　嚴如熤

初十日奉到鈞函示以馭民之道必先有以奠其居而後可以定其志必先有以去其害而後可以防其奸漢南山內誠能使撤勇裁兵及棚民人等俱有歸著得以安居樂業不至漂流四出久乃繫之以室家約之以保甲庶幾奸匪無從躥入而地方亦可以永遠謐甯飭如熤一籌之捧誦之下欽佩良深我　國家揆文奮武無四夷外國之虞惟蜀秦楚三省相連邊界坤輿奧區棚民聚處稽防維艱爲心腹隱患戡定之後當局者苟安旦夕胥以曲突徙薪爲迂談從未有如吾師公忠體國計深慮遠持拔塞本原之議者也熤兩載劇郡黽勉補苴求目前之綏

靖而未遑實非有長久輯甯之策未嘗不私憂過計而才識疏闊出一言而疑忌紛生不能不緘默自守竊以天地之道一陰一陽人之受氣以生剛柔異稟良莠不齊聖帝明王非不欲盡安全保乂之也而勢有不能承平日久生齒繁盛東南數省處處人滿扶老攜幼墾老林謀生絡繹途闐棚民多而撤勇裁兵之爲匪者究百不一二棚民安則自衛身家其力足以相制雖閒有攘竊於大局無足慮也可虞者山內窮巖幽谷鮮不誅茅架椽再數十年老林亦且闢盡無可種之土耳地難加闢何由奠其居人不贍生詎能去其害將仿文成公新疆屯田立不拔之基限於地勢不能宏此遠猷也本年關中添設新鎭其議閩

發自文成公名臣老謀、三輔屏藩、必終賴之、三省邊事之難籌、患在各固其圉、人自爲政、即有守令辦理妥善、而犬牙相錯、一隅不靖、則全局擾動、必得易散爲整、有爲挈綱提要於上、庶次第得以就理、往抒愚見、以宜仿唐山南節度明鄖撫之制、劃毗連邊地於適中之地、設重臣開府、以一事權、唐之節度駐漢中、不能下顧鄖房、明之鄖撫駐鄖陽、不能上控漢沔、其規畫尙未盡善、興安古金州、距漢沔鄖房上下均爲千里、以內當邊徼之中、又查川東北匪多於秦者、非人盡好亂、亦由防範難周、漢興本一郡、所分巳設兩鎭、川東北八郡、亦只兩鎭、營汛不能聯絡、匪徒自易伏藏、設山南撫治開府興安、隸以漢中陜安兩鎭、劃

川東北山內州縣來隸、而於川東北山內移設一鎭、劃楚之鄖郡弁割宜郡近房竹州縣來隸、移設一鎭、陜安移商州、轄甯陜各營、而舊設各營歸入標中、山內錢糧無多、仿直隸舊制、以兩道兼攝藩臬、考試仍歸原省學政、計其經費、歲增不逾十萬、而於三省邊徼之中、總以重臣訓兵練將、事權既一、稽防自周、不獨山內奸匪無敢竊發、肘腋即豫省西邊甘省東邊、亦可藉資聲威、此百年之規也、事體重大、通盤合計、章奏不能盡言、必得樞府鉅公主持於聖明之前、面爲敷陳、昔原傑吳宏道鄖撫之設、值李賢當國、力主其策、合三省撫按會議、親歷險阻、妙選賢能、安輯流民、樂業安居、始能奏績、異時執事入掌絲綸、膺李賢之任、庶此議可舉也、明春陛見、或略露端倪、於巡邊之時、由商雒入山、歷興安、沿川楚邊境、出漢中、親覩形勢、全局在握、加以虛公爲懷、周諮博訪、自當奏長久輯甯之功、如燈本固陋、敬陳以應邇言之察、惟乞秘之、勿宣、免致多言取忌、則下懷之所切禱也、

與許石華孝廉書　唐仲冕

頃辱手書幷令弟覆椷情詞斐亹如覩蘭亥令弟江陰之行想過淮時得圖把晤也紀年集證一書承見贈幷索鄙論僕於是書所見與集證迥別然非集證不足發僕之臆見其縏引博通致足尚也韓文公云識古書之正僞與雖正而不至焉者昭昭然黑白分矣夫正者固無可議卽僞亦當求其所以僞之隱非無病而呻吟庶不爲九原作者所竊笑且千古作書之人自上聖大賢而下莫不有憤時嫉俗鬱抑無聊不平之辭迂折而歸於大道史公所謂非好學深思心知其意難爲淺見寡聞道也如左傳史記之爲書大近道矣而左氏以周鄭爲二國先軫虋

拳爲忠怪力亂神爲可信史公以項羽爲本紀陳涉爲世家刺客游俠貨殖爲列傳夫豈不知遺後人訾摘而津津樂道者如水之有激宕而後歸大壑也有力若淺水無波反散漫而無所歸故其書不可磨滅或謂書之傳不傳有數存焉僕則以爲理也而非數也秦燔經而經卒存隋焚緯而緯遂絕古聖賢微言大義維持名教人心如日月經天豈水火兵革所能殘蝕者哉苟其不然無論奇譎平衍皆不待焚而自燬矣造物之於文字鑒衡最精其悖理而傷道者禍不旋踵也其庸庸者候蟲時鳥聽其自鳴自止若有不能直達反言以伸其義使人凜然於名教慼然於人心則必存之而不廢此竹書紀年之所以傳也集證意在尊紀年迺曲爲傅會求其非之無舉而其眞轉沒說詳論中今往一通幸規其失又東海父老荅問篇亦希正之球陽璅語一則已補入手復不宣

與荊溪志局紳士書　唐仲冕

仲冕爲邑長於斯者旬有九月矣・不善爲政無所裨益邑中賢士大夫憐其刻苦過爲獎許良用自媿・又恩遽赴調未獲臨歧話別悵也何如・伏惟時和氣洽眠食安熙無任徧祝・吳江殷繁頗稱難治・辭不獲已・受印省會十日始赴任・纔兩日又鼓棹迎送・席不暇煖・飭廚傳勸置郵・幾無臨政視事之閒・安望雅歌投壺之樂・蓋無時不惓惓於銅官罨畫閒也・陽羨爲文雅之藪名山水皆隸荊溪自分治以來七十餘載未有志乘・諸君子咸以修纂爲急務屬仲冕同阮明府主持其事既有成局而仲冕遷去夫事難成而易敗時難得而易失人或謂事方權輿而吏遞更替恐其有潰於成然巨室所慕衆志成城・考獻徵文大有人在・豈係於仲冕一人之去留哉・志本古史之流體例當嚴武功靈壽諸志所以傳者得班范之遺意今縱不能效其簡括亦未可沿襲繁縟有乖史裁・區圖賦役宜詳記載詞章宜慎褒善從長而不宜濫・考古貴切而不宜拘・如鄉區必圖其邨落里居以覘民俗・田賦必悉其沿革數目以立限制・此宜詳者也・文之具見本末者載之列傳・詞之足徵風雅者麗之山川・此宜慎者也・安邱志立佛德傳不可學・志惟稱美而已・然庸俗弁載即賢哲亦不光・又分縣以前地名雖可按圖而索人物究難刻舟以求・且其人爲兩邑所爭因而弁紀亦足勸人爲善・凡此數者皆諸

君子所悉・仲冕不在其位猶瑣瑣言之・冀效一得之愚以備裁擇・阮明府風流儒雅・兩學博文行兼修・與諸君子蒐討裁訂・此書之精當可必也・仲冕治行既疏・文詞亦淺薄不足采・別後數詩容暇中錄寄以示遠懷・不悉

上業師愼齋夫子書　　向曾賢

曾頓首謹啟老師閣下前日李同門白橋至獲悉吾師近來精神尤矍鑠如五六十時慶幸之至且又備述垒注獎進之旨曾一時聞命喜與慙幷益覺感深到骨念曾以下邑菲材抱愚守迷行能無一可使不獲游大賢之門雖有微明必早自消滅自甲辰得侍函丈委曲成就至於今頗知強立兢兢不敢墜皆於吾師爲不報之恩也雖然豈曾所敢私哉從來大君子之扶世翼教必求其遠者大者假令身立於朝當揆衡之任其以進退賢否爲先事無疑也要亦不過有及於物有補於世而止今不必爾而其有及於物有補於世者自若也造士而未嘗私其用進賢而未嘗居其名夫子之成就卓卓其利不亦溥乎今歲吾省捷南宮者七人而同門凡六與館選者二與部用者二曾嘗以此譁於儕人中以爲極盛且謂同人宜彌益自重亦思有及於物有補於世以副數十年爲　國養士之盛心則誠有不偶然也然而斯特其所樂也而非其所性若夫所性則述古修文具有天命傳千百世聖賢不言之精神使吾言立而默者顯滯者宣疑者解他日垒諸名山則又不特九郡四州之士承其緒其幸而輝映於海隅涵濡於奕葉其爲遠且大視一鄉一時必大有間矣然而性命之業教育之旨爲學行道之志素其位焉耳在夫子又何暇沾沾逆睹也哉曾瞶瞶處此不獲及時質問

僅自保其螢尾之光時明時晦恐遂汩沒終隨腐草私自愧厲脫非至於力不可强而何遂苟止此意未嘗與人言人亦無與言者彌益思吾夫子垒注獎進之情至無已也聞諸經正在印刷懇乞鴻慈爲曾各留一部俟他日歸埽除一切閑雜思慮當得專精而讀之也曾於時藝近來尙未敢掉以輕心必求不謬於聖旨或稍稍爲外人所稱終未敢自信容當謹繕寫數十首呈講席幷誨定之非欲藉以要名譽亦以誌不忘師承所自幷曾夙昔所偶有會心處也臨書無任瞻企依戀之至曾賢白

覆羅麓西書　胡光北

自違顏範屈指便十餘年引睇雖殷終以未獲修函致候爲歉
惟於廣揚晤江左人士泛論官箴政績無不舉羅潤洲嘖嘖頌
揚弟實默幸其能爲郡邑光在座或更指予謂是其至交則又
不禁與有榮而深爲欣幸叨光不既多多乎復月七日晴川合
弟至敝齋云自貴署旋承辱致遙函曷勝暘遂然又於茲竊有
感焉麓西誠多情數千里外尚念鄉里有一胡學山還憶當年
麓山共學騰達不下數十人既顯榮矣類多以學山爲烏有先
生過門弁不投一刺縱偶有投刺者其价大聲疾呼曰某某親
拜俗所謂親拜者示非拜會不欲見耳安望在官時問且緘遙

致耶準此是不惟久渴惘抑感激深深矣不意更出所謂伴函
者則非弟所敢知曾聞函須乎伴有不便明言美其中而伴之
究其中固隱有所謂弟反覆思維竟求所謂不得誠不敢以無
謂受尤不欲麓西以無謂與或者謂淸俸積餘固鄰里鄉黨所
得與當日孔子豈詔原思以漫與要必有所謂不然律冉有何
厚律原思何薄且萬二千五百家爲鄰九百之粟安能徧給耶
麓西素性和平曩日交好頗衆卽擇至契者與之别久途遙兼
以政煩心瘁安能悉憶無遺儻以無謂爲周旋吾恐偶遺者反
恃爲怨端奔競者將恃爲門徑矣是故弟不謂麓西不當與似
宜以有謂二字節之斯理行而言順義盡而情周至於弟方且

愧無以與人伸有謂之義顧敢受無謂之與增顏厚之譏今年
雖六十有五猶能訓蒙以給饔飧耳雖稍聾猶能聽童子誦讀
齒缺其二菜根尚能齩斷目則在需鏡不需鏡之閒其好談也
如舊惟是恨己無能恆願人光彩以爲光彩伏冀廉聲愈振淸
政彌敷不孤江左頌揚益倍湘南氣象斯欣幸篤感激深叨光
無旣矣肅復寸椷順候升祺原璧轉呈統維鈞照

與楊生書　　陳士杜

士杜謹白楊君足下．僕少喜爲古文詞．輒不當意．歲終敗紙盈篚．悉棄去．近復爲之．粗得其面貌．氣勢終不古若．伏而思之．非特才分學力於古人無能爲役．卽俯仰一室．亦安能曠觀乎九州四嶽之大．河海之深．萬物奇詭紛賾之怪．且變以自廣其聞見哉．昔太史公嘗東漸於海．南浮江淮．西歷崆峒．北過涿鹿．故其文獨雄視百代．少陵入蜀．詩益奇峭．讀之如巉巖插天．驚濤動地．奇變不可方物．張說出守岳州．詩益淒惋．由是觀之．彼數子者．天質雄傑偉岸．猶不能不借助山水以吐其奇．況才分遠不逮諸子．胸膈閒又無名山水以助其氣勢．欲鍵戶箸述．成一

家言．不亦謬乎．士杜雖有志於古．居郴僻長．習處里巷．日呶呶向郴童訓迪以求活．無高山大川蔚㟥浩渺．可喜可愕之境．警發其神智．故平居誦左思振衣千仞．濯足萬里之句．輒神往．客歲抵郡邸．有客雨窗與余論邑中山水．余首舉隱珠玉池及嶽麓羅洋橘洲諸勝．客笑曰．子得無滄海遺珠乎．叩所以．荅曰．嶠頭尖也．乘興登之．中一徑極狹．由山麓上．曲折若蛇蟠．巖閒古昔來自尊陽里．經途有峯突出．四面嶄絕如削．土人告余曰．龍石殷黑．若屋若牛馬若熊虎．蹲踞磨牙張爪之狀．行四五里．乃到．到則憑石而坐．修篁戛擊．清風颯然．幾不知身之在人世也．躋其顚以望．則嶽麓煙雲之縹緲．隱珠玉池諸峯．出沒隱現．奠

測高深．東望瀏邑洞陽．孫思邈煉丹所也．龍窟石肺．其猶存乎．至於水光接天．有峯翹然於洞庭者．則君山也．嚮所謂酒泉橘社．龍女寄書．樵臺吹笛之事．彼閒父老．尚有能道之否．時日就暮．僅僕欲還．憾不攜謝朓驚人詩一觴一叫也．余起曰．有是哉．惜未之見也．退繹其言．渺然思．終益自憾．僕以窮愁落魄之故．逐逐爲衣食謀．旣不能如古人鑿山導險．裹糧蹻屐．肆意以游．又弗獲東道主人一供行李之困乏．亦烏覩所謂龍頭尖之勝者．雖然．吾子之居是鄉久矣．親戚交游．必有卓然於流俗外者．儻得一二依之．杯酒慇懃．共相吟詠．豈不快甚．夫以僕之好游．又得賢主人．使得於課讀之暇．摩挲乎蒼崖．躑躅乎雲煙．倚巨石．聽流泉．窺衡湘．眄洞庭．前此客所言者．必將一一遇之．其或慷慨興懷．浩歌憑弔．有以發爲詩古文章．抑亦茲山之助也．已吾子其啚意．若夫遇物而不能名．登高而不能賦．或有所作．概不足以𨼩至於古之立言者．此則士杜之羞也．吾子何辱．士杜頓首．

寄馬放亭書　柳廷方

硯農弟柳廷方敬奉放亭先生足下．弟少讀書頗尊慕宗匠．古昔名宿不具論．即近世著聲鄉邑如陳桃文張聿修郭昆甫王湖郙諸前輩．愛其能自樹立不牽於流俗．讀其文．心嚮往之．顧獨以生晚不及親見為憾．而委蛇科歲試十七年．碌碌無狀．閒居俛仰．心煩氣悶．大懼放廢．陰求所謂瓌岸奇傑不世出之士．以廣自劘切．因於輩行中竊偉視先生．先生寂思屏處．不喜為世俗之文．淺者或相顧駭愕．既又嘗儽儽從科歲試後數接見先生．先生略一拱揖．即噤不發語．語亦一堂雜哄．不終晷告別退．乃詢之諸朋好．竊聞先生發篋陳書．一往抗浪．沈酣經史．旁

及天崇諸大家制藝．往復顛倒．終日不厭．以弟之駑駘無似．未足辱先生．而弟之知先生則深矣．今歲祠義塾明歲將敦請名師課族子弟．弟以素知先生．剡薦之麓門族祖處．顧念身將北游．未及朝夕聚首．既又慮脯資不厚．聘金僅百兩有奇．而弟姪輩才質鈍下．初習四子書藝．族後起雖頗有美儁．學貭尚淺．舉望範之先正進退規矩．復使略作世俗之文．以博取時譽．未知有當先生否．先生如不棄．族祖且具書幣以敬俟後命．某月某日方頓首．

上張度西先生書　柳廷方

方生晚．束髮愛書．頗思自樹立．稍長從鄉塾師學四子書藝．讀金陳章羅及當代鍾陵牆東望溪百川諸先生文．心輒喜．自以僻處陬隅．退乃訪邑里名宿可繼前輩風流者．得郭昆甫張聿修王亭幹及先生數人．喜益甚．時昆甫先生歿矣．獨居深念．因復自懼恐遂不得執贄見諸先生．顧自維無具．不敢也．厥後諸先生後先凋逝．惟先生巋然健在．而宦游天末．日月曠遠．不可合并．益心儀之不及見者．垂三十餘年．方今年四十有五矣．少苦鈍．授書過兩行澀不得上口．顧有僻嗜．經書文外．喜旁獵於史．喜國策史記．於子喜莊．於集喜昌黎柳州半山永叔老泉．於

詩喜蘇李．喜陶．喜太白子美．於賦則無喜焉．然皆目涉未竟．竟即棄去．重以貧不自存．授徒里巷．兄弟妻子衣食之累．寒暑之災．人事得失憂虞之遷變．紛紜轇轕．動多謬戾．年二十六始博一衿．為諸生十有七年．春秋朋試．戰輒拔幟．不得食廩餼．八入棘闈．薦不見售．自分嗜好酸鹹．與世殊絕．一室俯仰．屏絕時藝．取曩所喜者循誦及之．伸紙搖筆．興至輒作．歲時檢閱．聊自娛耳．日月既久．寖不自量．閒出問世．喜心傾倒．惟余存吾夫子一人耳．食之徒．震為怪物．非駭則笑．用是竊有疑焉．向之欲見先生而自維無具者．將遂取正焉．而卒亦不果．益深懼吾業之不精．為世詬病．非敢自愛．即復重望來世知己如揚子雲也．顧又

獨念古今怪偉奇傑非常之士·其始寂處營營見不及遠方之古人色奪魂悸久之而豁然以解·亦遂翹乎其有亢心矣·方其一往抗浪追古人而從之·恤乎如有亾也·蕭蕭乎如不可卽也·天地之大古今之遠飢寒飽暖之節皆將遺焉·而以從吾事也·蓋其立心之憔悴專一率如此·近世顧維晛嘗之語云·蚊負山叢折軸·譬猶露橐旅行·而持白梃者環其後·強者猶立而弱者反走矣·其識之不堅·而一人不勝衆人之患歟·抑毋乃子處中野·無賢主人焉助之·呼號散衆而翼其行以脫之於難歟·烏乎此余之慨焉發奮而重有望於先生也·往者歐陽公好士·士以故多聞於世·不遠千里求之·老泉出其門下·其上公書亦云·非

敢自譽以求知己·蓋知公有愛才之心·而又知公能知其十年用心之勤·故汲汲也·近世劉耕南前輩亦得力望溪先生·故小稱一集·奪胎龍門·昌黎遠出魏叔子侯朝宗上·余頻年春戰失利·南北飢驅·失學從嬾·顧惟區區數十年傾慕之誠·與馬齒日力之費·恐遂暴棄·不自韜晦·謹出近作各體數首·陳之門下·伏惟區擇·老泉遠矣·余後耕南·復不可道里計·先生有意爲望溪之續·以繼歐陽乎·駭吾者吾安之·笑吾者吾受之·吾文而不足辱先生·則非先生之重以棄余·而吾業之果無用也·吾滋懼矣·

湖南文徵卷九十八

湖湘後學集編

書七

覆黃花耘孝廉書

陶澍

頃接手書·知與虎癡同在志局·湘東三管·君家兄弟竟秉其二·多少潛德幽光·賴茲闡發·此事重大·既以爲幸·又以爲悚也·翁方伯前函言志書體例·一切多係閣下之筆·良工辛苦·具見一班·諒非從前孟浪者比·所論名宦諸公列傳·卽當託人鈔錄·但館例巡撫以上·乃得立傳·所鈔恐亦無多·仍當於外間訪之·大約衆口俱同·卽可秉公載入·亦不必盡以見諸簡策者爲憑據·

蓋續纂近事與往事不同·往事必徵諸前人之記載·近事必參諸輿人之采訪·據輿論而纂入省志·卽他日統志與史稾之憑據也·此時館中正在纂輯儒林文苑列傳·湖湘自王夫之先生而外·得入者寥寥·弟雖極言之·而亦未能多收·正因無憑據之故·是省志不可不早成·送館以備采擇也·至統志弟曾分任編輯·其後經歷多手·每有刪改·茲將敝縣已載者另錄一分·寄呈方伯處·吾兄可就近取閱·此後有當補載者·容續寄·至令祖昆仲與劉理堂前輩父子昆仲·皆有政績·闖於人口·何不縷一二事實·趁統志尚未竣工·當持示館史·采入·此亦爲子孫者所當留意也·

覆翁鳳西方伯書　陶澍

承示敝省通志凡例體大思精文簡事核以此接迹馬班上規筆削洵足啟筆路之荒而爛湖湘之邑矣欽佩欽佩湖南舊志始於陳桂林相國今觀其書舛漏不一而足似相國固未嘗寓目者卽如兩漢時楚湘人物本屬無幾惟蔣琬公忠體國人所共知蜀志已明載零陵湘鄉人而長沙府人物志內竟無其名漏略至此其他可知又如敝縣人數尤少明史有傳二篇一爲張驥一爲李禎俱載安化人未分別省分然山東通志名宦總部載驥湖廣安化人至禎傳則有禎家洮河之語其爲甘肅之安化無疑而舊志顧遺驥而錄禎且於禎傳刪去家洮河一語

志以傳信又何必如此遷就相借以爲重耶他如鄭崇儉一傳亦恐是山西之甯鄉而誤入者當更考之目至於益陽劉侍郎憲之戹於逆瑾羅侍郎喻義之黜於溫體仁湘潭李宗伯騰芳之戹於魏忠賢皆忠義皎皎在人耳目羅李傳在明史本末甚具劉雖附傳而益志特詳乃劉李僅寥寥數語羅則竝姓名無之此豈文獻不足耶若明陳甯之名在姦臣行同酷吏而誤信楚紀之言比諸汲黯則又采擇未精難以爲據矣凡此皆長沙一郡之事就澍所知者言之恐別郡類此者正復不少也前承示網羅放逸已得二三百人又徧徵之江浙藏書家則此數條當已在校正之列惟新增事蹟勢不能不取材於縣府志而縣府志又未必悉善不皆可憑且非熟悉彼閒掌故者其去取亦未必盡當也竊謂修志一事與史不同史善惡竝書志則錄其善者而已故與其取之寬而或失之濫毋甯取之嚴而其後猶可增敝縣舊志修於康熙三十季以前　先君子嘗手輯續稾娗後爲修志者率行塗改全乖體製擬再爲刪擇以備采取遲容奉教其趙靈伯陳滄洲楊蒙班陳可齋彭石壘王而農諸公傳謹以呈覽至羅方城九鋒諸公尙未有秉筆者名宦諸公俟采訪得後當錄送不宣

與百菊溪制府書　陶澍

昨午接到除邪紀略一卷敬悉英謀碩畫除患未形所謂不動聲色而措磐石之安者令人想見陶桓公韓魏公一輩人觀於籌略之精布置之善足昭　朝廷委用得人之嬓　恩褒曡被超格膺封有自來矣至孫文定公南遊記一篇首尾一氣如黃河落天直走東海其閒又復千里大曲百里小曲洋洋乎淵淵乎近古之奇作也惟中閒亦小有未檢處如曼倩公明古平原人在今之武定而誤以德州之平原當之岷山爲南幹之祖禹貢明言岷山之陽至于衡山而誤以爲中幹且末後總束一段言天下大勢水歸二漕山分三幹是已而又言大河以北水

皆南流大江以南水皆北注此則以指喩海倘非天下之全也蓋地脈以山爲脊而水從兩邊界之南幹龍縱行以五嶺爲脊嶺以北江廣之水固皆北流若粵閩在嶺脊之南仍係東南流非北注也北幹龍橫行以太行爲脊太行之右如汾涑皆西南流太行之左如漳衞滹沱亘馬易白諸水皆東北流無南流者惟沁在太行南麓故順流而下又邳宿南流則疏鑿而成非其本南來也至若三幹之說昉於僧一行千餘年來莫之或易然澍竊有棩論以爲仍止兩幹岷山之脈曼衍東南此南幹也其中幹北幹本係一脈從隴西來爲嶓冢經太白至終南始分支一出華潼渡砥柱起太行爲北幹直走醫巫閭入海至高麗南轉浮登萊而結聚於泰山一由終南趨商雒爲中幹經南汝光陳至徐州渡河經呂梁下邳鄒嶧而亦聚於泰山故終南爲中幹北幹分龍之所而泰山爲中幹北幹合龍之所首尾一龍耳其閒元氣包裹條理精密此中原人物所以極盛而孔孟生於氣聚之處遂以砥柱萬世也澍嘗出使西川途中細觀山勢見太行之脈從壽陽之黃土嶺出脈僅如一線終南之脈從寶雞之煎茶坪出脈亦僅如一線計此兩大山行經數千里每過一峽必出一脈似此者數矣蜿蜒磅礴其大如彼而其細又如此造化之妙非身歷其境者不知僅從紙上談兵終隔一塵然非胸有全局亦熟視之無睹也文定此文獨有千古高處在識其

小未檢點亦無損毫末大抵其生平剛毅之氣練達之識皆於此可想見一斑合三習一弊疏觀之眞我　朝第一流人物也謹質蠡測之私伏惟治事之暇加以誨正爲幸

復魏制府詢海運書　賀長齡

海運之事其所利者有三國計也民生也海商也所不利之人有三海關稅儈也天津倉胥也屯弁運丁也而此三者之人所挾海爲難使人不敢行者亦有三曰風濤也盜賊也霉溼也所離海爲難使人不能行者亦有三曰商船雇價也倉胥勒索也漕丁安置也必洞悉夫海之情形與人之情僞且權衡時勢之緩急而後知無難行無不可行且不得不行某自二月中旬蒙示　廷寄命籌海運以來宵旦討論寢食籌度徵之屬吏質之濱洋人士諏之海客疇民衆難解駮愈推愈審萬舉萬全更無疑義敢以貢之大人執事元代刱行海運十年而道三變明王

宗沐亦以海道不熟失風鶩遊門而罷今則海禁大開百三十餘年遼海東吳若咫尺朝洋暮島如內地則道不待訪也元初造平底海船六十艘運四萬六十石其後船歲增造費且無算今上海沙船及浙江蜑船三不像船并天津衞船自千石以至三千石者不下二千號皆堅完可用通算每船載米千餘石一運卽可二百餘萬石兩運而全漕可畢若止運蘇松常鎮之糧更綽有餘裕則船不待造也元初以閘河衞軍及水手數萬供海運幷招海盜以長其羣若今江浙船商皆上海崇明等處土著富民出入重洋無由侵漏每歲關貨往來曾無估客監載從未欺爽何況漕糧各效子來之忱無煩監運之吏則丁不別募也本年二月始議海運其時公私津貼已給旗丁不能不出於動帑明年海運卽以旗丁領項移爲沙船雇值則費不別籌也或謂其不可行者則曰盜賊不知海盜皆閩浙南洋水深多島易以出沒船銳底深謂之鳥船北洋水淺多礁非船平底熟沙綫者不能行故南洋之盜不敢越吳淞而北今南洋尚無盜賊何況北洋此無可疑一矣或又謂其不可行則曰風濤不知大洋風颶率在秋冬若春夏東南風有順利無艱險商賈以財爲命既不難蹈不測出萬全豈有海若效靈獨厚於商船而險於糧船且遭風擱淺斫桅鬆艙卽秋冬亦僅千百之一二何況春夏其無可疑又一矣或又謂其不可行者則曰霉溼夫運河經

數月抵通積久蒸熱米或黯壞而沙船抵津則不過旬日若謂鹽風易霉變鹽水易潮溼則最畏鹽風宜莫如茉莉珠蘭柔脆之花見水立脹者宜莫如豆麥皆歲由沙船載之而北運之而南鹽風鹽水不壞花豆而獨壞米庸有是理蓋北洋風寒非似南洋風煖而海船艙底有夾板艕旁有水槽其下有水孔水從槽入卽從孔出艙中從無潮溼此無可疑又一矣然使運道暢通糧艘無阻固可不行今則運河淤塞日深淸口倒灌已甚河身淤墊已高舍海由河萬難飛渡此不可不行者也然使太倉充裕陳陳相因尚可不行今則輦轂仰食孔亟天庾正供有常一歲停運勢所難支此不可不行者也然使別有他策舍水可

陸亦可不行今則駁運之弊公私騷然國病於費帑漕病於耗糧官病於督催丁病於易舟卸載民病於派車派船舍逸卽勞利害相萬此不可不行者也 國家建都西北仰給東南惟資咽喉一綫豈惟河梗可慮抑亦人事難齊忠國者貴未雨綢繆之防遠識者存別開旁門之論機會適逢發端自上因勢乘便天人僉同夫集事固在於謀而成事必在於斷此時切要關鍵以兩言蔽之曰上海天津兩地得其人則能行不得其人則不能行海船南載於吳淞而北卸於天津兩地爲出口入口之總匯實海運成始成終之樞要苟上海關不得其人則船數可以多報少商情可使樂轉畏雇値可使省反昂天津收兌不得其

人則米之乾淨者可潮溼石之贏餘者可不足船之回空者可延滯蓋上海牙行以貨稅爲莊佃天津倉胥以運丁爲奇貨海運行則關必免稅丁不交米兩處之利藪皆空其肎甘心故創議之始出全力以顯難之者必上海關之人既行之後陰撓之使棄前功畏再試者必天津通倉之人也此外尚有屯弁運軍亦以行海廢漕爲不利然此時弁丁卽欲運而不能將來河道通行卽漕運復舊而暫停一年尚有漕項銀米可以安置不致十分爲難卽天津通倉亦屬既行以後之事慮尚可緩且原奏有臨時別簡大臣駐津彈壓稽察之議自可無慮惟海關係總雇沙船之地首宜覈實卽如二月閒委員查勘據稅牙朦混之詞以關石大於漕石一倍有半者變爲僅倍以一兩四錢之爲六三串折實漕石銀三錢六釐者變爲每石實銀七錢較民閒時價不止加倍故今議海運不詢之商船而詢之上海關所謂欲爲千金之裘而與狐謀其皮也使當時照定時價動帑無多際此南風司令江浙漕米業已抵津矣辱承垂詢義無緘默其中條件尙多膠轕統俟議定錄狀呈覽伏望隨時疏示不宜

擬荅呂相書

李象鶤

昔我穆公求繫大國。獻公不棄遐逖。以伯姬歸。匪仇讎而昏姻也。穆公不敢忘德。獻公薨。國內不靖。穆公會齊侯納惠公。以典晉祀。惠公亟於得國。不愛土地。重賂求入。穆公以是薄其爲人。既與齊有約言。又惟興滅繼絕之義。懼爲德不卒。以貽獻公羞。是以卒置之。惠公歸焦瑕。設版敝邑。非不足於土地。何愛焉。賈君。君夫人之嫡。中大夫。我君所命以綏靖晉國者也。若之何其背之。會晉薦饑。使來乞糴。吾怨其君而矜其民。自雍及絳。輸粟不絕。無何秦亦饑。晉利其災而閉之糴。我是以有韓原之師。若以秦之強。因天之怒。乘晉之敝。逞鬥士之忿。亦拔舍之請。晉不

國矣。猶赦罪於惠公。脫之纍囚。延之客館。惠公亦疚於厥心。送其質子。穆公悉反侵地。續以昏姻。則是我有重世之德於晉也。惠既背好。懷亦辜恩。不忍不寘。間關歸國。背鄰不信。逃歸不武。棄好不義。不義不暱。人孰與之。天未絕晉。獻無異親。適文公自楚來歸。吾又將不遑安處矣。乃者廬柳屯公宮火。穆公心悸焉。幸而獲濟。君之靈也。其敢自爲功。昔我先世以犬戎之難。沒於王事。平王東遷。襄公以兵護衛。用至郟鄏。太叔之亂。使左鄢父來告。亦使簡師父告於晉。穆公感泣。誓衆待文公於河上。公不念六月之賦。佐天子以定王國。迺聽命卜筮。覬覦天澤。遂辭我師而獨啟南陽。夫遇難致命。我則行之。成功受賞。我則逃之。侯國之義也。吾置晉君。何爲苟獎王室以紓吾憂。吾又奚求。鄭無禮於晉。穆公畏君之威。軍汜南以爲之援。貳而伐之。服而舍之。酉杞子卒戍而還。亦欲以覺悟文公。俾輯睦其兄弟。不然。族桓莊之後。嗣斬虞虢之宗。盟余何害焉。鄭爲不道。以怨報德。逐我戍兵。我是以命羣帥問諸鄭。會杞子潰圍出。知滑人實間之。謂我將潛師北門。會獵原圃。我是以釋鄭而移師於滑。以懲讒慝。聞諸道路。文公即世。鄭召羣帥。毋及晉郊。以驚其喪而弱其孤。二三子陷君於惡。衰絰從戎。截我歸路。俘我將帥。我是以有彭衙之役。穆公痛殽尸之未封。濟河決戰。茅津致死。師老於曲。主制於賓。晉用不敢抗禦。穆襄即世。康靈即位。靈公我之自出。其

爲太子也。無大失德。晉大夫改蒐易帥。舍君求君。我康公繫惟穆公之事。是爲冀晉得長君以鎮撫其社稷。是以送子雍歸國。中道翻覆。距我令狐。追我刳首。我是以有河曲之役。康公無祿。共公嗣位。晉乘其初立。擾我同盟。崇小而孱。與我接壤。以事我爲崇。罪帥大師侵之。己則無禮。而討於有禮者之行禮。我是以有圍焦之役。且夫主盟者。固將糾合諸侯。驅戎狄。安中夏。是爲白狄君之昏姻。非我族類也。成公棄同即異。轢兄弟之國。潰中外之防。是犯先王之教也。寡人忝服二十七年。集疆埸以待命。終景之世。不聞辱一介。光輔秦國。君之嗣也。以好會命余。聞君先至令狐。使史顆請命。君又不祥。不辱舉玉趾。僅以御大夫來

盟。始之不從焉能質信。今合九國之師深涉吾地。吾度德量力其猶足以辱師惟懼君弱齡嗣位德澤未洽外患方殷內憂浸起。重貽寡人慮。君若念累世之樹德。捐近世之小嫌。綏輯諸侯以退則寡人之願也。豈敢以至君若不施大惠。惟力是逞。惟飾詞是修以致吾罪。西人勁直不能文惟有戰耳。

答賀耦庚觀察書　李象鵾

昨誦復椷過蒙獎藉愧甚。書中以水利差徭為此間切要近事。足見閣下之積願無遠弗照。水利一節大是遠圖。在敝郡或非急務。山多而峻。平地亦高。三日一雨不澇。五日不雨則旱。其近水之產值百倍旱田。就中引渠灌溉。闔村蒙利。此明驗也。然此無待官修者也。若於平原廣野。鑿為池塘。土燥而鬆。朝注夕裂。若使民自為修。其因利乘便者。破家蕩產而為之。常不可禁。抑何待勸。否則刀鋸加頸。亦不肯為。勸亦何益。若官代為修。糜費甚鉅。為之不即成。成而不免滲漏。安能以無數錢糧作此倖舉。竊謂今日之勢。害不能盡去。利亦不敢驟興。其不敢驟興者水利是也。其不能盡去者徭役是也。不聞調濟。祇引成案。派差者所以無顧忌也。不權貧富。惟分士民。應差者所以不均平也。若州縣官平日殷勤開導。誠足以感。整齊嚴毅。威足以懾。使紳衿無抗糧健訟之風。已是大幸。免差其分內事。夫復何言。是故應差之人不必力能辦差之人。而控差之人不必分宜應差之人。況宣郡情形又與關南異。關南之差民困而官不困。宣郡之差官民兩困。民困於差而官無羨餘。官困於差而民少津貼也。（官最苦瞻差歲累數千金至萬餘金不等）然則欲蘇民困。莫如均徭賦。徭賦均而紳衿失其所恃。則州縣之權尊。州縣不敢顯背夫章程。則吏治肅而士習亦端矣。然此豈太守所得為哉。又豈某所敢言哉。至於勸明廉翰之說勸之一字差可自問廉亦未能裁革常規但此外介介耳所稱明幹當之實難若欲現身說法絜長較短某自顧未知何等邉作月旦之評以愚意度之直隸官方較難整飭需才之地太多見才之門不一其中可以集事而斷非拘謹者所能爲亦必以立賢無方之說廣爲收攬矣宣郡數月來士氣大作讀書子既感其飲食敎誨之恩二三好訟同時斂戢慙與畏俱現在文廟坍損而考棚棹凳向時以士累成某乘此機會倡捐修理或亦維持風化之一端更望敎以所不逮伏惟鑒之

止邑漕加價上當事書

李象鵾

長邑漕務自蒙任內經先大夫商之衆紳革除情米每石加銀一兩以資辦公其後逐年遞加至二兩七錢官民相約永不更張及謝澧州在邑藉采買以求益一時奉柬會議之人觀望者半趨附者半遂令杯酒之歡俄頃間猝加八錢先大夫弗善也而亦不能禁謝去而後人援以爲式此見在津貼二兩五錢之原委也近聞邑侯以硝磺燬於火議於漕務另加三錢六分邑侯廉介勤明足饜人望當不至別生事端而害於民以益於官竊爲良有司惜頃過省垣爲邑侯歷言之一則以謝令卓有能聲而於漕務議加至今齒冷卽伊自澧赴省每言前事輒疚於

厥心至有自我作俑之憾一則以邑侯世好舊交其弟登之子鶴咸善視我若知而不言負此良友一則以某在邑中自諸生來歷四十餘年用一緩二恩沛自朝廷累萬盈千惠分於族黨是以居家知官之苦履任知民之艱今就所加之數於某但增四十金耳豈有挈重貲不甚惜而惜數十金以開罪於縣令者哉賴邑侯聞善而拜告過而喜深知愛人以德之義翻然改圖惟歷今旬日是否仍舊或竟議加外間未聞定局將毋邑侯善其言而不能割愛耶抑一時迫於義俟進言者一去復受人慫恿耶益於官者無過數千金害於民者大且久如之何其可然而有爲某難者謂好官宜佽助也謂修倉增加不成式也謂登

郎胡諸任交案有虧，力不能接例不能揭，思所以彌補也，則請爲分晰言之，邑侯聲譽超軼羣倫，將來由守牧而司道，功名事業正未可量，衆紳若愛好官，當保全官之令名，且邑中如常如鄭如周如余如寄籍之黃，皆非不足於財者，如肎解囊，自堪集腋，某不敏，曷敢後，而必牽引窮簷小戶以佐吾輩之納交，非計也，謂十六年修理倉廒，每石加銀一錢七分，次年裁汰，已有明徵，不知邑侯在任，能發能收，一人之身耳，今能保邑侯之不升遷乎，邑侯之升猶謝之升，諺所謂一年情下年例也，若前任虧缺，某不必知，亦非某所應言，如果代人受累，當事自有權衡，取百姓之膏血，注前任之漏卮，亦諸君子所不忍也，某瞻依桑梓，

拜謁松楸，義不及公事，而適聞橫征之弊，偏於良有司發其端，且來自姑蘇，元和之漕歲累五萬，自十三年後，三次各減二錢，一次減一錢，武進折錢五千二百文，十六年減一千，十七年又減四百，常熟自規至萬有八千，吳江震澤有取一石祇加一斗五升者，當塗地丁八萬兩，每征銀起解，按一兩賠一錢七分，以某所聞證之所見，固不能不怦然動惻然傷，直諸言以請命也，惟諸君子鑒之，

答歐陽山長書　周樹槐

十月十七日，樹槐頓首坦齋先生名山壇席，才俊滿前，索居之人，遠辱書問，藻飾逾分，感與愧俱，承示尊作家廟記，墨刻，又以泉山墓表屬書其後，樹槐雖不文，曷敢辭，樹槐始就外傳，離經之暇，從受古文詞，則聞尊文忠公名，與昌黎竝，欲知公家世本末，則已能誦其瀧岡阡表，爲縣於吉水，適邇公故里，攷所謂瀧岡者，方崇公卜吉及太夫人始祔時，地在縣境，祔之明年，至和元年，始割吉水之報恩鎮，置永豐縣，至立表時，沙溪改隸永豐十餘年矣，嘗以會勘過沙溪，信宿瀧岡書院，拜文忠公木主，諸生導入西陽宮，瀧岡之表巋然宮內，碑側餘石，多宋以來名人

題刻，因念幼而知誦其文，今乃得手摹其碑，徘徊碑下，喟然興感，誰無父母，而崇公及太夫人之德，昭示無極，以有文忠公之文也，今之求爲父母銘志者，必得顯者爲光寵，雖有文如韓歐，足傳於後世，而其官不足以稱，求者不屑也，苟其官之足以震耀一時，則不復問其能文與否，彼顯者亦知其所重在彼，其文率假手門下依草附木之輩，貿貿然爲之，方其脫稾時，已如敗肉餒魚之不可近，而爲人子者方恃以不朽其親，亦可哀已，文章之盛，莫盛於文忠之時，近世號八家者，宋得六焉，若王氏曾氏三蘇氏與文忠生竝世，又皆從公遊，公欲爲顯親計，惟所謚誘得一人，皆足以不朽，推公顯親之心，不必其出於己也明矣，

然會諫議之碑蘇文安之志皆公爲之而瀧岡之表公一不以他屬後之讀其表者亦以爲使五冢爲之不能有加於此文忠之嚴其親之終重其所託如此文忠之心有千古篤於自信如此今先生所遭所稱道先德與文忠略同告養十餘年安祔事終汲汲焉圖其不朽先生之心文忠之心也先生其亦有以自信耶同時竝未有如王曾三蘇氏之可託者耶若然則文忠之事先生雖不欲自任之烏得不自任之也抑樹槐嘗檢文忠外集有先君墓表蓋作於留守南京丁太夫人憂明年奉喪歸祔時卽瀧岡表之初槀當時既已作之傳之遲之又十餘年晚乃益加刪潤然後其文斐然豪髮無憾文忠之嗜學晚而益進顯

親之志老而不衰又如此先生此表遲回不卽刻石先生亦猶有不自慊者耶然則今所示者猶是先生之初槀樹槐終將援瀧岡題刻之例願假碑側方寸之石附名其上敢問先生此表何時遂成之請執筆以竢所欲商搉一一具別牘狂率不罪樹槐再拜

與永豐令論閉糴書　周樹槐

樹槐頓首下車之始競傳新政河澤九里亦鄰邑之望也曩辱虛懷下詢久未有以報今聞足下刱爲米禁嚴拘舟子責以環保載米出境者罪之丁江援壤敝邑邏者如雲絕流而守足下躬至江干大申約束蒙也惑之南昌以下災亦重矣會城地大人眾就食者日不絕於道贛吉之米方舟而下猶不足救濟大府軫念民瘼方　奏停關稅以來遠商分遣多官齎持庫金乞糴鄰省永豐在邦域之中而足下坐擁賤米自豐省商已糴之米悉閉不出怨聲訛言騰於遠近會城來者言自大府已下皆怒足下聞有以告足下者足下毅然不爲動持之益堅足下不

屈於勢可也不察於理不可也穀之在天下猶血之在人身也商者氣之行血者也氣壅血滯於是有攖而爲瘻歷而爲癧其不到者爲偏枯以天下之穀養天下之人豐不見多歉不見少流而不憂其竭故古之戒遏糴者非獨救災分患亦物之理然也且自封建之世巳然況郡縣一統者乎足下若私其縣民將各私其村村之不均有食浮於人有人浮於食吉菀城也米無肆日仰給鄉米僕至之明年春米之來忽少數日價騰貴適閱受民詞有鄉人請禁遠糴者僕曰此姦民也立械以徇米大至卽日價平行鄉至一村以乏食告問之鄰村穀多不得糴僕躬往詰讓皆曰甚欲之爲村人阻囂囂焉始禁遠販其後雖近村

而亦不可曰留食本村實無一錢以糴逮其魁餘皆竄伏徧諭各村皆解此僕數年前已試者永豐地相錯俗相近假而有此不審足下何以處之豈當身帥先之也足下誠私其縣乎孟子曰聖人治天下使有菽粟如水火其在今日必也使銀如菽粟何也古之取民以粟粟足則民富而國亦富今之取民大都以銀銀荒則民困而官亦困　國初天下始平遠僻之縣商賈未通年豐而穀無所渫穀益賤銀益貴一兩之供至或費六石之糴而尚不可得積逋不可勝計有司日以箠筆從事然而坐被議者相屬也其時志古之士任源祥顧炎武之徒欲爲民請命者未嘗不疾首於唐之兩稅明之一條鞭皆欲變其取民之制

以復於古若岌岌不可以終日然自　國初逮今百有八十年民相安於輸銀雖欲使復於古之布縷粟米力役唐之租庸調而民不願者銀雖非其有特有穀焉坐而致之雖貴有以敵之而賦不覺其重則通商之效也今欲節穀之流而適以塞銀之源非計之得也足下卽不爲催科計得不爲撫字計人之言曰穀賤傷農穀貴傷貧民今倉穀以常平爲名其實有減價之糶而無增價之糴意主䘏貧民農之傷未有過而問者愚以農者天下之大命農傷則無不傷也農有三有田而耕之者農也不耕而以田傭人者富民也亦農也傭田以耕者農也卽貧民也彼貿金而受田田之獲輸其十之四而私其六計其口食工直牛種器用之需糞田之費貿金稱貸之息較其耕之所得與糴而得者相去蓋無幾耳而穀甚賤或幾於過之由是罄其所得不足以更費而水旱之災不與焉故貧民有以農而益貧者矣若夫貧民之不農者穀雖甚賤不可得食也率仰食富民與有田之民穀貴則有田者富富者益富富以興事必有所資其力卽富以養欲必有所給其求則其緣而食焉者亦衆矣使富民以穀賤無餘財而有田者或不免於貧必不能以時詘舉贏則其得緣而食焉者或寡矣是故穀愈賤則貧民愈窘今足下爲豐人謀至於閉糴鰓鰓焉惟恐穀之賤而或貴也又僕所未喻也惟足下本重農貴穀之意攷古今之變察物之理毋私其縣

而忘其害下以廣豐人之利上以分大府之憂而不徒以强介自喜則於僕所陳或不以其盡言也而罪之樹槐再拜

荅李子雲論鹽法書　周樹槐

樹槐頓首遠辱記存故人無恙足下講求鹽法博采時議將審厥衷寄示曹黃門鹽法論孫閣督鹽法隅說鄭方伯更鹽法議包愼伯淮鹽三策使僕悉究其利病僕嘗箸鹽法論孫鄭二公之議有所是正請就黃門愼伯二篇率臆縷陳惟足下擇焉黃門當乾隆初鹽法未甚敝之時故以近制計口定引征課於商商糴之竈糴之民爲良法獨以私鹽之行緣竈有餘鹽莫爲收之而徒禁之則民不服議使竈具數告買官給價如商之糴而倣劉晏爲常平鹽遠鹽之地設倉置守如積穀法遇歲霖潦鹽或不登商乏鹽貴則運司減價糶之以利民且以裕國愚以黃

門之議收之猶賢於徒禁之爾然黃門亦知夫商糴官收之價不如其私售之價也故曰豈惟收之仍將禁之則愚以收之必不能盡將禁之必不能止也且使收之而盡固不當以爲常平竈之餘鹽吾不知其有幾也以　國家重熙累洽食鹽之民當不啻倍於計口定引之初然而引常苦滯則私之行可知也則鹽之餘可知也且鹽餘歲之常霖潦鹽不登商乏而貴者事之偶歲歲收之一歲糶之吾見鹽之露積也歲歲收之歲歲糶之是官與商爭也所爲禁私者豈爲其病民哉爲其病商也官糶私販其於商也奚以異雖遠鹽之地亦商之引地也使商得藉口引滯課逋國何利之有焉昔之與商爭利者謂商私也今商

亦官也官與官爭孰與增引欲爲常平盍亦反其本誠變今之法使鹽如穀則愚以常平之積鹽愈於積穀穀隨地有鹽非隨地有也劉晏之爲此也鬻之商人官也糶之常平亦官也無運商也無引地也奈何欲以今之法行之愼伯以緝私爲下策是也民苦之官苦之雖商亦苦之雖謂之無策可也其中策二僕取一焉稽察火伏未必足以清私之源烙驗官船量其所勝載以九分爲率以杜商私船私有餘矣雖然杜之必有以卹之多其載革其浮費速其囘空卹船也至矣商不得船以夾私又竈之餘鹽責以盡收則勒之增引而已卽商不告乏其浮費無償一取償於鹽若梟私遂絕則鹽貴病民不絕則引滯而利獨歸

梟矣且今孰不知商之借引行私也哉誠未有以卹之也若其上策裁撤鹽官罷運司主錢糧場大使凭竈戶不立商垣不分畛域均課於鹽斤若干商販各自其州縣請照糴於場計鹽輸課州縣給照則以報運司以謂如此則場官不能乾沒鹽課必倍入鹽價必半減鹽照以資州縣又以溢課普增京官養廉外官繁費愚謂鹽禁旣開轉鬻同於百貨遠鹽者不必能自達於場則請照不必徧州縣也課猶是請照於州縣不徒請也驗照於場何必不然則鹽價無半減也運司恃以察場官者州縣給照之報也有如照一而糴二或無照而糴彼場官將固拒之邪抑陰利之也場官誠不爲此商與竈爲之彼場官能盡察之邪

抑猶未能也如此得無虧課幸矣而愼伯決其倍入將取以供他費又僕所未喻也抑愚觀諸家之議大都以溢課爲言愚謂天地生財有數國家經費有常計口食鹽則日見其多計財養人則日見其少見定之課斷不能議減斷不可求增附呈鹽法論議二篇庶備采擇之一樹槐再拜

上齊觀察論巡鹽書　周樹槐

月日具官周樹槐再拜上觀察閣下伏承公牒下縣淮峽江縣議令具兵役七十人按旬定期會哨取峽江結狀申報者竊以峽江龍母設卡有專官有專兵有專費專職堵緝爲下游保障今以私鹽之有漏議使吉水逐旬下哨與事委責罔上病鄰樹槐請得以書陳之夫州縣百責之叢固不能屏他事以治一事況於事無補者乎縣各有封固不能舍己而芸人況於人無益者乎粵私之入吉水葢有兩途陸路自興國歷泰和廬陵界入縣東南節經緝獲私梟論報獲鹽不獲人及鹽少由縣論結者多有惟山徑叢雜常恐未能屏絕水路越芙蓉門卡經泰和廬陵至大小洲入境下至峽江百有十里河道旣長而縣營額設兵役無多是以水陸兩路歷係輪値分巡今使縣營置陸路不問併力巡江亦當從上游廬吉之交悉心拒守人有備盜者盜之來無入門焉曰吾將索之後戶則以其室委盜巳矣今之會哨何以異此且定期數日之前屆期雖明知江干無私祇得赴約往返數日之久其時雖風聞陸路有私又不遑兼顧則何如仍舊分巡之爲得也然峽江不爲吉水計也竊以峽江之爲計巧於卸過拙於爲鹽芙蓉門置卡矣龍母再置者顧江至龍母兩山夾之天設險隘便於守禦由龍母而上江面闊七八里不等傾卡兵上哨不過數舟數星之江非數舟所塞方其逆挽而

上遙見梟舟揚帆徑下亂流追截勢必不相及而卡兵既出反無以禦是乃自撤其守縱之過險竊以龍母地形宜守不宜巡而峽江兵力以守則有餘以巡則不足若徒以累吉水何為者耶方今緝私之費一取諸鹽論者以為適益鹽之貴而厚私之利如峽江議縣城至峽江九十里縣兵不足由吉安營益兵以往百有三十里往返動四五日一旬之內而有四五日兵役七十人在江餱舟具食為費不貲縣款既無可籌捐廉亦難為繼得無上塵憲慮伏冀兼聽竝觀急寢前命縣營幸甚若夫鹽法之敝匪止一端正本清源當必有道非閣下職事所及固不敢以聞也樹槐再拜

與河東道論鹽務書

魏瀚 原名焯

夏閒省垣晉謁仰見大人德度淵深包涵眾有旋退之餘已為河東一路商民額首稱慶維時瀚於儔人廣眾中有懷欲陳而未得閒又恐以未及而言貽彼躁妄緘默而退非敢隱也辱承賜書猥推襟於桑梓復聽誦於芻蕘謙德雖懷萬逾恆品如再結舌茹詞便私藏拙不思就正於先生長者之前此所謂駑駘伏櫪望鞭卻步者也昔歲攝官安邑其於鹺政非所專司而旁睨情形頗悉弊源所在夫包商與私販俱為鹽務大弊端而去包商易去私販難蓋包商未有不私販而私販不必盡包商包商多則私販愈盛私販除則包商自革河東鹽浮於引商人僅銷額引則為利甚微而不足於營私必至於虧公故雖正商總商未有不私販者聞私販所費亦幾埒於正供而商人甘心冒法網而斷不肯加一引者陶唐遺民思深慮遠誠恐一歲鹽池歉收則必於別省配引運綱往返腳經約及百倍積數十年而傾於一朝故弗為也又以鹽井既開論者謂地力漸竭國帑一增不可復改以漸竭之地力供永增之國課常額不充賠累無極將來逃亡流徙勢所必至故尤弗為也因是二者而私販之弊至於不可除凡環池十一村戶口皆販夫也運城五十六家商人皆販主也安夏平及河南接壤州縣人民皆販客也各衙門家丁書役皆販翼也橫推禁牆大車以載輪蹄之聲聞於十

餘里終夕之燎不下千餘炬甚至持竿護衞官不敢呵別村兒徒豔其利者往往攘臂而爭洶洶鬬很不恤糜軀甚至於十四五年閒而勢已極矣少山先生下車之始慨然欲革其弊而孤掌難鳴坐視燎原而莫救嘗謂瀚曰吾始至是衆人觀望徘徊莫敢先動自地主首發難端而日甚一日將若之何適瀚奉檄攝邑務出會垣同僚曉事者交誡以鹽池弊端積重難返苟能潔己自好處脂不潤已屬上策其他可勿與知如或逞其臆見衆怒難回將成奇變比聞輿論私心亦竊以爲然至謁見少山先生首以查禁私販相委瀚心知其難未敢遽任屬有知己之言因感激發憤思欲力挽頹波而心事孤危將伯無助我之肘

腋皆人之耳目我之羽翼卽人之心腹隱忍六旬當機一發身探虎穴幸而獲濟半年之內宵小莫敢竊發積載宿弊劃然而止此皆少山先生教誨鼓舞之功豈瀚庸懦下才所能奏效哉然而瀚自是爲怨府矣何者商人之額引其鹽不足以供民之食其利不足以當私銷之半價則怨環池而居者每歲居奇視爲常業一旦貨棄於地力不出於身數萬窮黎餬口無資則又怨自東都鎮茅津渡以至於陝州客店巡役皆有常規忽而裁減則又怨各衙門吏役窺伺官府之消息捍禦他族之覬覦以能之大小爲俸之厚薄乃既奪其利而又迫之與夙昔聲應氣求者爲難則又怨然而衆怨可任也一己之成見不可執也前事勿忽也後日之深患尤當慮也蓋鹽禁之難莫難於禁私販而尤莫難於私販之不可禁夫謂私販爲病國病商病民者皆膚論也河東之私販有利於國有利於商有利於民而獨不利於官何言之私鹽可以暢銷而於額引不滯則總散諸商俱獲厚利矣商人獲利既重則歲課莫不踴躍輸將矣貧民食力有所則環池居民皆有生涯矣至於失察私梟則官受其處分利所在必爭衆所集必鬬聚不可紀極之窮民爭取之不竭之重利呼吸之閒動成巨患皆地方有司之責其能當重咎乎故官不私其利則禁之可也民不能棄其利則禁之不可矣蓋河東篛銷額引則鹽池歲多積鹽一歲之積可計也歲歲之積不可

計也可棄之於無用乎池南之民一啟戶則重寶耀目使其忍飢號寒而坐視不敢染指可塞之而不潰乎晉民重利商人尤析其錙銖怵之以法使奉公可也禁之以勢使不便其私不可也衆謗交集勢傾山岳而揆之情理卽商人亦有不得不出於私販者可控之而不騁乎故昔年之禁私販以勢極禍迫民不知有專司不得不爲中流之砥柱如以爲經久之長策非惟庸懦如瀚不能卽大才槃槃如少山先生亦不能也然則縱之則有立至之憂禁之亦非不易之計故治河東之鹽無全策於無全策之中而補偏救弊一張一弛操縱惟我此則惟大人深思遠謀凜馭朽之民嵒法張弓之天道不競不絿惟懷永圖則商

民仰戴福星，永永無極矣。瀚管窺眇論，知無與於清聽，而不敢不畢其詞者，以鄉黨後生於鄉先生前義不得有所隱也。

答王藍江論磊石古蹟書

周嘉細

得來書，知兄以廟中工作，留滯重湖，暇日復以編輯磊石山志爲事，劇費心神，而僕以硯耕依人，新病初起，未獲叨陪襄事，愧與感幷。承諭以磊石古蹟相商，具見審慎。近日郡邑莫不有志，而善本恆少，或苦於見聞之不博，而挂漏貽譏，或病於考据之失眞，而附會致誚。誠如昔人所謂作史之難，莫難於志歟。至若古蹟之志，則非特志其地也，志其人也，益以先古之所寄託，時代之所流傳，雖世遠物故，而創之必有其人，記之必有其時，名之必在其地，懷古之士撫卷流覽，輒心嚮往焉。僕家居與磊石接壤，又博極載籍，異同頗好出管見，以相爲辨。茲檢舊篋中，僅

有磊石山青草湖考二篇。聞命後，又成磊石山懷古七言律詩六章，所述古蹟六人，俱遵來書之旨，取其實在係於本山，因幷旁搜參互，各爲論次，爲記者一，爲辨者一，爲議爲書後爲論爲說者各一，共文八篇，詩六首，錄呈行臺，以備采擇。夫以磊石山一隅之地，而上古則有軒皇，中古則有羅侯，三代則有三閭大夫，逮唐宋明元，則又有柳秀才、岳少保、劉先生，若而人地不以人重歟？特以僻處湖濱，村夫俗子恆習焉而不察，即間有騷人遷客偶爾登臨，未嘗不望古憑弔，而一時感激，境過輒忘，誰復於荒煙蔓草中摩挲勝蹟？又以舊爲營寨，洊經兵戍，蹂躪斷碣，鮮存。迄今過此山者，訪黃帝陟方之區，問湘君隨刊之烈，求屈

子宴遊之所．雖文人學士猶且病於文獻之無徵．惟勝國劉文成鑿脈之處．故老或有能言之者．郎岳忠武侯屯營舊地．今已謌傳爲棋盤峯祭風臺．設更數十百年．疇復有以傳信．僅有柳侯靈蹟．里黨競相誦述．然試以疑義叩之．皆茫然無以應也．然則茲志之成．謂非不朽之明驗哉．第六人之以蹟傳者．惟洞庭神廟近亦寖就凋敝．湖自乾隆四十六年．僕爲請諸大吏．始謀修復．今且閱十有餘載．幸賴與湘城好義之士．經營積累．以蕆厥鉅功．而涉暑冒霜．獨肩其任．則固兄之大有造於茲山也．方今

聖世昌明．治登隆古．正百廢具興之時．更得茲志一出．而好古之士．當必有聞風而興起者．行見廟工告成之後．而諸

蹟皆可徐圖興復．吾兄尚將珥筆以俟．庶幾書之名山．以傳諸其人也．山靈幸甚．里黨幸甚．湖陬湖風正寒．眠食亦宜自愼．伏惟珍重．不宣．

周芸軒立妾答　何鈺麟

周子芸軒嫡室沒．欲立其妾爲正．訪於何子．何子曰不可．聘則爲妻．奔則爲妾．妻妾之閒．名分凜然．春秋正名分之書．非夫人不書．隱公元年．宰咺來歸惠公仲子之賵．故譏之．風有綠衣．雅有白華．著亂之階也．子夏序燕燕之詩．所以特表之曰送歸妾也．亦春秋正名分之義也．齊桓公霸者也．葵邱之會．初命曰無以妾爲妻．嫡庶之閒．葢綦嚴哉．昔司馬子期欲立其妾爲內子．訪於左史倚相．左史倚相以爲違道．止之．今子之意．非猶是司馬子期之意乎．吾亦以爲與其行不如已．公羊傳曰．夫已多乎道．

又按春秋傳．哀二十四年．欲立公子荆之母爲夫人．使宗人釁夏獻其禮．釁夏曰．周公及武公娶乎薛．孝惠娶乎商．自桓以下娶乎齊．此禮也則有之．若以妾爲夫人．則固無其禮也．夫非禮之舉．君且不能得之於臣．而況士庶乎．故君子制事必以禮爲斷．

致李松甫太翁書　黃本驥

松甫太夫子閣下驥自爲童子時於陶季壽姻丈處得讀韋廬鈔稾其時雖不知詩然已心識其境之超味之濬非近人集中所有及春湖夫子視學湘中得以弟子員雜試於席棚鋪舍閒擢置優等錄入門牆竊冀安輿就養時或能搴帷一謁少慰夙昔之思及集讀浮湘驥以授徒外出此願遂不及償然韋廬詩初集二集經夫子手授者藏之行篋未嘗一日廢也此後以遠方後學不敢輒以所業文字妄自郵致故私淑雖殷而尺素未達者近二十年矣昨歲家弟[illegible]齡自粵歸蒙以續刊各集見賜尤覺殷倕之門不遺寸朽本年夏秋閒又於家雲谿季父手諭

中屢致諄念幷有議修見招之說竊念驥一介寒士伏處湘中行年四十有六而名譽無成然乃自少至長所至輒爲大人長者辱收奬進既榮之以人倫之鑒又任之以翰墨之責如曾賓谷翁鳳西唐陶山諸先生既得見而師事之矣若太夫子則猶未及一見也不識何人謬爲陳說得使疲驥之名亦入孫陽之耳此則驥之且幸且慚而不能自解者耳驥少與先兄本騏同事筆硯同鄉文字之好季壽姻丈雲濤龔君外不過數人先兄中年下世所遺有三十六灣草廬詩草十卷詞草一卷爲平生心血所在頗有直到古人處暫以力薄不及刊行季壽木拱雲濤草宿皆遺著無聞恐就湮沒不知惜才傷逝之餘尙有所收輯否驥壬午秋客關中爲陶山先生編訂文集本年客五筸爲蔣春巖觀察校刊書禮春秋各經自信校讎參訂頗有微長至詩古文辭雖性所篤好而存者近尠近編三長物齋詩文稾各二冊敝帚之享僅此而已力既不能付刊又復嬾於錄副故無以爲就正之資惟癡學八卷及先兄所著賢母錄四卷見已付刊俟刊竣卽寄呈也前得季父家諭時方就春巖觀察之館賓主三年情逾骨肉雖欲赴粵應招而去舊趨新誼有不可恝今七月初觀察棄世經紀喪事後趨謁之緣似將可遂顧念家慈老病日增門閭望切家無代養之丁勢難絕裾以出請謁緣慳彌深悵惘夫以不能一日安處之身而値萬難外出之境辱荷

遠招徒呼負負故敢敬陳下悃伏乞鑒原俟家慈稍健可以遠行不必寄致關聘亦不必拘議修金湘灘伊邇定當荷笈登庭有可稍效心力者無不勉竭微長藉副詢注而巴人下里亦得以效章高唱執策自撾或不終於駑鈍至聆緒論而接風采得以償童年仰慕之願猶其餘幸也謹具寸箋恭候頤履安和冒瀆之愆竝乞宥鑒本驥頓首

湖南文徵卷九十九　湖湘後學集編

書八

與人論春秋書　張學尹

承詢春秋之義蒙治此經有年矣謹述所聞惟吾子自擇焉

春秋有筆有削二百四十二年之事而所筆僅一千七百餘條或條紀一事或數條紀一事或數十條紀一事通計不過數百事則所削者多矣今其所削雖不可盡知而就傳考之大約其類有五曖昧不明則削之荒誕不經則削之無關勸懲則削之傳失其眞則削之有名無實則削之曖昧不明若傳所載諸淫

媟之事是也經嚴男女之別而淫通烝報四字不見於經荒誕不經若傳所載諸神怪之事是也經紀災異甚詳而如神降於莘諜蘇於絳之類皆屏絕不錄無關勸懲若傳所載凡諸猥瑣之事是也有以爲非公命不書者非也定哀之世事事皆非公命而未嘗不書或謂常事不書不知常事而有關勸懲者未嘗不書傳失其眞若魯隱桓閔三公之薨而傳皆以爲弒魯子般鄭伯髠頑楚子麇之卒經皆書卒而傳皆以爲弒又若晉厲宋昭經皆書弒而不得其賊則懸案以待徵蓋慎之也而傳以爲欒書荀偃弒晉厲宋襄夫人弒宋昭然則作傳者之所聞所見翻能確於聖人所聞所見乎又若趙盾弒君許止弒君陳乞弒君經皆大書特書而傳皆以爲不弒若此之類誣罔違經雖其見於周秦諸子書者往往與傳合要之皆當時傳聞之訛耳惟聖人爲能考信故削其訛而傳其信也有名無實若吳楚僭號桓文錫命是也王者有天下之號吳楚未嘗有天下而僭王虛號也實則子爵也故削其虛而紀其實齊桓旣盟於召陵晉文旣捷於城濮固已攬其大權以去矣當時卽不命之爲侯伯亦不能禁其不自爲侯伯也因而錫之命虛文也故錫命不書而召陵葵丘河陽城濮則書之亦削其虛而紀其實也

春秋無例例皆傳說非經義也諸儒互相糾駁益亦明知其非經義也然而諸家各自爲例視傳例變本而加厲何也藉例爲

說乃得各逞其意見而文飾其私也殊不知一設爲例則其勢必有所窮而物情萬變必不可窮聖經隨物肖形惟變所適尤不可執一例以窮例有所窮則必爲變例例而變則進退出入無所不可此朱子所謂猾吏舞文之技耳而何以說經子曰從心所欲不踰矩矩者天之則也因物賦形例者人所設也先物設形夫先物設形而能適肖其物之形者鮮矣就令肖焉亦可偶而不可常耳故必盡去例說而經義乃明

春秋無諱公穀爲親者諱爲尊者諱猶可言也乃至爲賢者諱夫賢者之過如日月之食又焉諱諱之者文之也惟小人過必文耳焉有賢者而諱過乎乃至爲中國諱夫聖人之心如天地

豈有中外之限爲中國諱何其見之小也且夫自有中國其閒是非善惡得失成敗判然如黑白之在人耳目又烏得而諱之乃至爲齊桓諱爲晉文諱甚至爲宋襄諱爲齊襄諱則春秋一諱惡之書耳而何以爲春秋嘗考上古無諱二典三謨無諱字無若丹朱傲禹不爲堯之子諱嚚訟可乎堯不爲其子諱今失厥道亂其紀綱五子不爲太康諱周人以諱祀神乃以諡易名然諡有幽厲諱其名不諱其惡也諡必稱天雖孝子慈孫不能爲君父諱其惡以天固不可欺也豈惟天不可欺夫惡之實播於人聞天下人共見之雖欲掩之而不可得也左傳云諱國惡禮也與公穀爲尊親諱同意而諸儒主之今考其文若內奔書

孫內殺公子書刺滅國書取遜其辭未嘗諱其事若會於稷以成宋亂取郜大鼎於宋會伐衞齊人來歸衞寶夫人姜氏薨於夷齊人以歸皆逆天鉅惡又若僭郊逆祀不視朔觀魚觀社築囿築臺之非禮及征伐會盟之無王稅畝丘甲田賦作軍毀軍之非制陵虐侵小之貪暴事齊事晉事楚事吳之卑辱甚至夫人會齊侯享齊侯如齊師之無恥惡無鉅細畢書於冊惡覩所謂諱國惡哉自諱國惡之說行而後世奸佞之臣藉此爲辭以獻諛貢媚長君逢君反嘗犯顏直諫之臣爲彰君之惡激怒其君逐之殺之以自趨於敗亾則諱國惡之說之流毒遠也夫聖人甯不欲爲君父隱其惡哉顧所以憂天下來世者深而不忍以一言之諱啟萬世無窮之禍故春秋於國惡未嘗不直書之以此爲忠則忠之至以此爲恭則恭之至也說者見不及此而務爲之諱甚至反其道而用之不爲君父諱偏爲亂賊諱夫君父失道惡在君父也既不爲之諱君父見弒惡在亂賊也而偏爲之諱其害義傷教孰甚焉

春秋有是非而無褒貶是非者天下之公褒貶者一人之私也子曰吾之於人也誰毀誰譽此無褒貶之說也書其是而天下之公是自著固無所庸其褒書其非而天下之公非自著又何所庸其貶且夫是非之變千態萬狀或大是小非或小是大非或非而雜是或是而雜非惡可一例爲褒貶也夫化工之造物

何嘗物物而雕鏤之正惟不物物而雕鏤之而物乃無遯形春秋化工也奚以褒貶爲哉然正惟無褒貶而乃擅褒貶之至

春秋有好惡而無賞罰好惡者天命之性賞罰者天子之權也子曰爲下不倍又曰雖有其德苟無其位不敢作禮樂焉不敢作禮樂而敢專賞罰乎春秋於桓文未嘗賞罰其功罪亦直書其事而功罪自著耳豈惟未嘗賞罰桓文凡諸侯大夫之悖理害義乃至於弒逆大惡亦祇直書其事如州吁無知里克甯喜之得討則書其見殺華督趙盾崔杼輩之無討則直書其事以聽萬世之公論而夫子未嘗自討之也

春秋謹闕文子曰吾猶及史之闕文也不啻爲春秋之言也闕

文何關重大而夫子特揭其義哉閒嘗思之斷獄者一時之事修史者萬世之事斷獄者偶有出入之誤少時尙得平反修史者偶有出入之誤則善人蒙寃惡人漏網萬世莫得白故聖人謹之莫嚴於亂賊之書而有時稱國以弑稱國人以弑不指名其賊者蓋不得其賊則姑闕其文以待徵焉然稱國以弑則賊在其國稱國人以弑則賊在其國人網雖疏而不漏也稱是以推凡事介疑似者皆當闕之後世史官好逞臆斷往往是非倒置則未知史闕文之義也

春秋有經之闕文又有成經後鈔傳訛脫之文經之原文不可見今所謂經文皆從三傳中錄出耳嘗綜而考之則三子作傳

之時固已未見全經矣夫闕文者闕其疑也如甲戌己丑郭公夏五之屬明是訛脫了無可疑若是史之原文而夫子因而不革則何謂筆削哉此可斷爲成經以後之訛脫者也又如春或闕王闕正年或闕時事或闕日闕地薨卒或闕地闕葬或闕在經前無憑添補或闕在經後不可臆斷而傳皆爲之說諸儒增之彌益支離矣又若子頹之亂王出入皆不書子帶之亂王書出不書狄伐高渠彌弑鄭昭傳瑕弑子儀納鄭厲皆不見於經皆當闕之闕之則雖不得其義猶無害於義子曰多聞闕疑不啻爲說春秋者頂門一鍼也

春秋不可泥一字生義若書爵書人書名書字書公子書弟皆非義之所在又若以書救爲善辭而有時又以爲惡以書遂爲惡辭有時又以爲善以書及爲內爲志而又有外爲主者以書會爲外爲主而又有內爲志者不知經之紀事恆具首尾其事每自微而著自輕而重或善而變爲惡或功而變爲罪垂戒之意極其深切著明要必綜全經考之其義乃見若季孫專魯書季子來歸已具履霜之戒其後寖盛寖不可制又若仲孫叔孫臧孫及鄭七穆宋六卿晉諸卿齊國高崔慶欒鮑田氏輩其初皆有功德其後惡積罪大皆有始終脈絡可尋比事觀之而其所以善而變爲惡功而變爲罪者昭若列眉使後世人君鑒此而知所以馭臣之義臣鑒此而知所以事君之義則富貴福澤

皆有怵惕危厲之心是上下相保維持鞏固此豈戔戔一字褒貶云爾也又若齊宋晉楚之圖霸迭爲強弱或成霸或不成霸又若列國之邦交乍合乍離及小國之或存或亾通而考之其閒心之善惡謀之臧否事之成敗得失皆足爲萬古蓍蔡又若內夫人如文姜哀姜之昏禮書之甚詳內女如紀伯姬叔姬宋共姬杞伯姬皆屢書不一皆有終始可考其餘或一人之終始或一事之終始或數百年閒累數十餘條少者數十年閒數年閒累十數條甚者一年之閒數月之內連書十餘條首尾甚明有不待傳說而自明者其義皆麗於事鑿然可據說者第弗通考往往割裂一字一句以求義說一條更不記有前後條如桓

元年鄭伯以璧假許田左傳云爲周公祊故也說者皆謂經不書易祊爲國惡諱而不記隱八年經固已明書鄭伯使宛來歸祊庚寅我入祊矣何諱焉僖閔之元年不書卽位皆言繼故不言卽位而不記隱元年不言卽位也如莊十一年夏公敗宋師於鄑左傳云宋師未陳而薄之敗諸鄑凡師敵未陳曰敗某師而不記十年公敗齊師於長勺傳云齊人三鼓劌曰可矣遂敗齊師豈齊師未陳而三鼓乎又如僖二十二年杞子卒左傳云不書名未同盟也說者用之而不記杞魯婚媾自莊二十五年伯姬歸於杞其閒伯姬往來屢見於經此條書卒不書葬明杞以婣誼來赴而魯不會其葬爲薄於婣誼也然此或事隔數年

或數十年遠而忘之如隱十一年夏公會鄭伯於時來左傳云謀伐許也秋七月壬午公及齊侯鄭伯入許二條連書本一事也說者曰書公及自公主之也蓋用穀梁及內爲志會外爲主之說耳而不記時來書公會矣豈謀伐許外爲主而入許獨內爲主乎又文公二年三月及晉處父盟說者曰及者公也沒公諱與大夫盟殺恥也而下條連書公孫敖會宋公陳侯鄭伯晉士縠盟於垂隴左傳云書士縠堪其事也士縠獨非大夫乎而得主諸侯之盟也且齊桓率諸侯及屈完盟何以不恥而盛稱齊桓之功也然此猶各爲一條也如晉侯執曹伯執天子之懿親也說者曰伯討也晉侯書爵予晉也而不知曹伯亦書爵是五字成文而上下不相顧也僖二十六年公追齊師至酅弗及說者曰冦至而不知冦去而後追譏內無儆戒酅齊地至酅遠也譏窮追也弗及畏而不敢前也譏怯也然則緩追譏也遠追又譏也弗及又譏也是八字成文而三截不相顧也莊十八年夏公追戎於濟西說者曰不覺其來已去而追譏無備也二十六年春公伐戎夏公至自伐戎說者以爲報濟西也莊公國家多闕而勞師於戎雖能報怨何益於治案此戎近魯隱二年會戎於潛秋盟於唐桓二年亦盟於唐蓋以德懷之歷二世無嫌衅至莊十八年乃有濟西之役不言其來蓋戎以潛師襲我無端造衅曲在戎也襲而不能入則魯之守備豫也冦猝至而能追

戎政修也追止濟西不窮追兵有節也戎心豺狼不痛而去其心不懲不有以創之終必爲寇伐戎之役必不可已者也伐戎以後此戎不復見於經終春秋二百年魯無戎患則莊公之力也春秋無義戰若魯莊伐戎亦可謂此善於彼矣說者不通考全經狃於一字褒貶橫生議論割裂經文不成文理無怪乎心麤氣浮者乃目以爲斷爛朝報也

春秋有特筆書會多矣而稷之會特書以成宋亂澶淵之會特書宋災故書滅國多矣而特書梁亡書國君出奔多矣而特書紀侯大去其國書伐國多矣而晉陽處父伐楚特書以救江書伐國取邑多矣而公伐莒取向特書公及齊侯平莒及郯莒人

不胥內大夫出聘書如外大夫不書卒葬而公子友如陳特書葬原仲內殺公子書刺而刺公子買特書戍衞不卒戍皆同事以異其文以示義此類尚多舉此數條他可隅反也如書子同生他不書以魯十二君僅此一嫡也書肆大眚不再見魯十二公止此一舉也書鄭棄其師不他見列國止此一事也此類亦不一而皆特筆立文不涉褒貶而情見乎辭

春秋有省文王必稱天而從王伐鄭王使榮叔之類不稱天省文也王者天所命稱王卽天也若必以不稱天爲貶則春王正月豈謂貶哉尚書稱帝稱王皆不稱天豈謂貶哉春秋稱天王者爲王道之徵特加天以警覺之其偶不稱天而稱王固亦古

今之尊稱也奚貶焉又諸侯列序而前目後凡則不序亦省文也至三會於扈諸侯皆不序則前有闕文耳長勺之戰不書齊師伐我以長勺魯地書長勺則知魯爲應兵齊爲戎首也韓之戰不書秦師伐晉以韓晉地書韓則知爲秦伐晉也鄭伯以璧假許田不書易祊以先年有歸祊入祊之書也讀經不細而臆爲之說是誣經也

春秋大意盡在論語天下有道一章禮樂征伐自天子出言三王之事也其曰天下有道自天子言之也禮樂征伐自諸侯出言五霸之事也其曰天下無道自諸侯言之也故天下有王則天下無霸天下有霸則霸必假王何也王者有道自能以有道一天下而禮樂征伐之政權在上自無所容霸霸者無道焉不能以無道一天下則必假爲尊王而竊其禮樂征伐之政權以作威福於天下故曰天下無道自諸侯言之也自古天子有道則王無道則亡故禹湯以有道而王桀紂以無道而亡周文武成康世世有道成康以後閒有辟王亦未至於桀紂惟厲王無道遂流於彘賴有共和二相維持而未亡宣王內修外攘道光宇宙克復文武之舊乃幽王一日無道而西周遽亡王亡之機閒不容髮而東周歷數十王而不亡則非天子無道也非天子無道而東周不再興則諸侯無道爲之也春秋作於平王之四十九年驪山之難平王不能嘗膽枕戈以殄犬戎而僇申侯乃

捐棄豐鎬而卽安於東大本亡矣而禮樂征伐之權猶未喪蓋有賢諸侯焉秦襄公力戰於外晉文侯鄭武公夾輔於內無衣之詩曰王如興師修我甲兵匪風之詩曰誰將西歸懷之好音蓋數天之憤猶新薄海之望未絕故四十九年以前春秋猶可不作也平王以後自桓莊以至於景敬皆無大失德惟仁厚之過積爲柔弱不克奮揚威武以震曡天下然如桓王伐鄭莊王救衞襄王拒晉之請隧定王折楚之問鼎翟朝獻齊捷甘人爭閻田王猶能執義以詰之靈王生而神聖敬王有子朝之亂而能任單劉之忠賢以靖之是皆非亡國之君且未嘗不可匡輔以有爲也假令齊桓晉文有忠貞之節無姦宄之心能如西周

之樊侯申伯韓侯帥其伯叔甥舅以股肱王室則嵩高蒸民韓奕之雅未必不可復作乃逞其機謀陽奉天子以名號陰盜天子之政權其於大小之國力能滅者則滅之力未能滅者則脅之令其貢賦受其朝聘責其慶弔之貨賄有拂其意則摟而伐之削奪其土地生殺其大臣甚者出納其君而莫之敢抗是故命之曰霸霸者無道之名也而其勢均力敵者又各挾其智謀兵力以攘臂而爭霸是以二百四十年閒齊勝則政由齊出楚勝則政由楚出晉勝則政由晉出而十二王中雖有聰明慈惠之主皆爲霸權所制僅得尸其虛位而不復有所爲於天下是以天下無道而周猶不亾也諸侯擅權既久其用事之大夫乃

相與竊而弄之其始列國之大夫各擅其國之政久之而小侯有干犯霸主而莫測其喜怒者則賄賂霸國之大夫以左右之而大夫遂得干天下之政又久之而列國大夫有干犯其君者亦賄賂霸國之大夫以脅制其君如孫林父季孫意如皆有所恃以爲藏身之固雖英如晉悼亦懵然聽其指揮而不悟而齊將爲陳氏齊景且明知之而無如何也夫天下事有其爲之卽必有其效之故諸侯伉天子其大夫必效之大夫伉諸侯其陪臣必效之者勢也其或十世或五世三世而失者其分愈卑其勢愈促也吾觀春秋之初大夫無專政召陵之役屈完及諸侯盟或以爲大夫專盟者非也楚無專政之大夫屈完實奉其君

命以來是時齊師次陘楚人持重不出而遣使乞盟所以驕之也此與邲之戰楚使求成於晉同意晉人不覺故敗齊桓覺之故全師以退而苟與大夫盟所謂掩耳盜鈴也而已爲天下之大夫作之俑矣垂隴之盟大夫始張溴梁以後大夫橫極乃各收其國之智勇姦俠待以心腹布其爪牙而陪臣亦張彼所以蓄養陪臣者且將以自圖其跋扈之長計也而不知其陪臣已踵而效之也易曰小人而乘君子之器盜思奪之矣夫大夫者諸侯之盜陪臣者大夫之盜也然而陪臣之名終不見於經者聖人推其無道之由罪在諸侯也然大夫之名錯見於經者聖人爲天子正諸侯亦卽正諸侯之大夫蓋諸侯命於天子其大

夫亦命於天子者也諸侯大夫受正而陪臣無能爲矣是以不復治陪臣陪臣賤也且夫陪臣執國其勢不可以終日其曰三世失之葢極言之耳春秋終而處士橫議楊墨縱橫亂在庶人矣橫議之禍極於坑儒聖人葢先見之故曰天下有道則庶人不議以上各條辱承下問故具陳之伏惟明教不宣

與林少穆同季書　張學尹

少穆同季報事古人久別不言別而恆相質以學今四季之別想足下進修之盛必有不可幾者何敢與足下言學然弟頗季讀易頗有足質者夫易者知命之書也然而佔易者皆有憂患何哉自庖羲畫卦盈虛消息之象立而吉凶悔吝之機著焉其憂之深遠何如也由是遇文王於明夷遇周公於謙遇孔子於大畜於賁於旅艱貞用晦玉門之心也勞謙有終復子明辟之志也剛健篤實煇光日新其德其孔子之業乎觀乎人文以化成天下其孔子之功乎旅之時義大矣哉其孔子之迹乎然而文王於大畜不取乾之元亨於賁曰小利於旅曰小亨豈非爲

後聖人不得志於時者憂之也哉子曰不見是而无悶无悶者有所悶而能无之者也於困曰亨於否曰亨於蠱曰元亨於蹇曰利曰得志學所以通天地之窮者其在斯乎是故言學者不可以不言易顧易難言修之吉悖之凶天道之常也修之而未必吉悖之而未必凶人事之變也而易特尚變變則天道隱而人事可疑故難言學尹讀易三十季益嘗觀象於天觀法於地觀性於人觀情於物彰矣而動而之事則晦非晦也變也變而不得其說則曰聖人欺我然而聖人豈我欺哉靜而觀之密而察之疑而闕之益歷有季所往者行事舛誤習坎志窮修悖之理幾於不自据乃還而求之於易時而驗之積時而驗之乃至通古今治亂之時而驗之而盈虛消息之理豁如也事而證之積事而證之乃至合天地鬼神之事而證之而盈虛消息之理確如也然則乾坤剝復來無不往往無不來變之利也天之道也而聖人顧憂之何也今歲主講宛南舊例書院每月二課專務時蓺今特删去經課與諸生十日會講一次先從事於易諸生敏者每課能授二卦次者一卦鈍者亦得講一卦諸生方習時蓺視經學幾成兩途不得已因卽用制義法說經爲之提頓跌宕以豁其意爲之虛實分合以疏其義爲之援引證据以究其用爲之引伸旁通以盡其變爲之咏歎淫液以暢其神益欲因其技而進之以道也而諸生好事者每於說一卦終輒錄而

授之剞劂禁之則嘖嘖有言又不得不聽之大約七八月當有成帙便當寄呈教誨諒不以遐遠而棄之也學尹頓首

與戴孟和中翰書　張學尹

前辱賜書，適病暴下，醫者誤投峻劑，瞑眩幾不能起，輾轉牀簀者四十餘日，門人匿不以告。今病小愈，乃得發書讀之。學尹前譔說文淺釋、劄記二書，皆十數季來舟車中隨時鈔錄，偶有所見，輒手識之，積久成帙。客中旣無書可資攷證，手鈔又不能無筆誤，故其譌舛脫漏㝡多，前上書已具言之。執事哀其謭陋，遂條披覽，爲之糾正辨駁，其攷覈之精，比例之確，援引之宏博，議論之明通，眞令我驚喜感激，不可名狀。通計籤出九十三條，其中七十一條本係鈔寫譌脫，悉已更正。至攷訂疑義凡二十二條，內有十五條亦如所論改註，並將原籤摘錄卷中，以志廣益

之助。惟餚字一條，尊意旣以㕡鬻飿酏義同字異，而又力破內則稻米爲㕡之說，蒙謂竟指酏字爲後人所改，誠不免武斷。然从酉之字自合在六飲中，證以註說，不爲無據。至於鬻或以術會聲，明是本文如此，初無別本岐異，何所見而遽疑爲徐氏妄增邪。䜟字一條，原文詩有䜟其聲，註家引毛詩有嘒其星，以此爲三家詩者，本係懸擬之辭，非確有所本也。來示歷引秦漢碑文，反覆推廣，以證爲齊魯之學者皆作嘒字，博則博矣，然據此遂欲坐實䜟聲爲韓詩，且疑外傳原有其文而簡策失之，似覺太無憑據。迒字一條，尊意旣用已忘記其迒五字通用之說，並謂之止只以音相从，而又言往近王身不應改近爲迒，其說甚正。惟所引未央宮銘旣稱搨藏本，似載籍所不經見，恐難援用。笑字一條，从天則於文非古，从犬則於義難通，所論與吾意略同。然必欲以咲爲正文，以笑爲叚借，且推衍哭爲吠之對文，說雖新奇，終不可爲典要。巽字一條，巽顨巺同體之字，本無異義，江段諸家謂伏羲文王佀顨，孔子佀巽，許特存周易㝡初之字，其說本無確據，又以褋卦傳姤佀遘例之，亦覺不類，足下辨之是也。然遂謂巽巺字宜刪其一，亦覺太徑。也字一條，蒙謂古今文字通訓語辭，本無難解之義，許氏㣺爲象形之訓，實屬委巷不經之談。足下堅執以爲非是，推衍也字之形，援引雖多，終難免猥褻之誚，乃至謂乃可訓筋，其可訓骨，之可訓髮，而可訓鬚

者可訓頭，以可訓手，矣可訓胷，身可訓足，凡屬語辭皆訓形體，斯近怪矣。古音一條，足下笑亭林之牽強，嘲若膺之支離，極爲精刻，旣箸有成書，當俟寄到後細讀一過，乃敢致辭。今就尊示所稱字母分部之說，則仍未能脫諸家窠臼。總之以後代之韻學攷古人之方音，其勢萬不能一一吻合，就令強爲遷就，亦安得起古人於九原之下，而與之攷驗喉舌脣牙齒哉。以上七條，心所未安，未敢隨聲附和，仍以質之左右，尚乞始終教誨之。大抵古人字少而韻緩，故經典文字往往通用，六書假借轉注二義皆是省字之法，諧聲之義並無所庸其通韻叶韻轉韻，純以天然之音諧之成聲，不必如後人之精詳，亦不屑如後人之繁

瑣也。又如敦字音義至四十餘解，而不別去異文，亦可見古人簡質處。惟蝌籀篆隸遞變，文體日新而月異，偏傍所加，以類相從。儒者守其師說，各以己意為損益。揚、劉之徒，又刱為奇字，以竄誣經傳。此文字之所以愈多而愈謬也。叔重生於東漢之季，其時六書之義漸湮，而四聲之韻未起，故字體雖繁，而古音尚近。許氏合形聲義訓之，具有體要。後世談小學者，舍說文無根據。三千季來，訓詁之學至今不墜，則許氏之功在斯文為不祧也。惟其所見之書極博，後世亦多不傳。叔重繁稱博引，裨采箸錄，卽本書中已時有重複岐出之弊。其改易經傳，穿鑿坿會之處，亦不一而足。雖資以廣異聞，備多識，究竟臆造無據，有斷

不可以訓者，卽不必强為之說。漢人此種習氣，康成之注經，孟堅之修史，皆不能免。學古者要當擇其善者而從之耳。宋代自鍇、鉉以來，既漸有增益，李仁父五音韻譜，盡改原書次第。明人如升菴、敬甫、同人、凡夫、歸雲、光甫諸家，又多以臆說攻擊許氏，入室操戈，識者病之。至於字彙、正字通、篇海諸書，譌謬俚俗，變本加厲，古法已蕩然無存。迨於　國朝顧、潘、毛、程、杭、戴、江、段諸儒，力追古學，博攷深思，遞相闡述，六書之學至今日而大明。鄙人攟拾緒論，隨筆記錄，以備遺忘，藏之家塾，俾門人子姪粗知古人六書源流，於文體音聲不至相沿譌俗，原非敢自侈箸作，
欲與先儒爭勝，故卷中所采多近代經師之說，從未嘗自出私
意以標新穎，想足下早有以亮之也。秋風漸寒，伏維珍衛，不宣。

復陳雲心書　　李克鈿

雲心仁弟足下：別後屢欲寄書，視其事重且急，情緒雜遝，言之無序，心之不一也。既得足下書，逾增惶悚，而隱忍至今，可見牽纏寡斷之人，其無用竟至於此。適聞有郴州人回，遂悤遽為之。蓋克鈿自九月十三日別吾弟於永興，有不能已於朋友之情，有不敢寬於身心之志，在道五日，念之所起，純雜參半，惟志氣激發時頗多警省處。抵家後便有人事紛乘，謂以有主之心應之，雖動亦定也，乃入乎其中，於父母勤勞不能代其萬一，兄弟顓蒙不能開其萬一，親戚應酬不能省其萬一，徒覺此身勞苦，無益於事。知之不明，則處之不當也，而燕昵之私，强制復萌，雖

不介於形，鮮不動於念，吾誰欺乎？亟思讀書，二十八日始得赴館，去訖在館凡一月。及門先後呈改文字及詩以百數，其應酬詩啟等項，亦不下數十篇之，輒以為驕且吝，不得已而應之。一月中遂只半月講讀，半月應事，每日以亭午分界，亦無甯晷。曉枕夜窗，有所感發，亦劄記之，今付上僅三頁有奇，吾弟摘其罅漏，可知其工夫之疏密也。十一月以舍弟克鏐婚事歸家料理，甫畢，舍弟克鎡又挈其孥自湖北歸，二役者凡費時月餘，債負至四百餘金，家用既竭，食指復繁，以至骨月之閒感格不能，不得已而出調停之下策，門面所在，搘擋不及，只有稱貸之一途，擾擾至今為患未已。人生不可不歷此境，困心衡慮之餘，始歎

立身苦不早也而亦自不能已矣伏念質本愚柔性復寬緩比年來幸得良師益友喚醒於大夢中豈無感發知覺而電光石火時過不存三時振拔不敵一時放散即今三十無藝轉盼四十無聞而藐躬之屬門戶之寄一髮千鈞亦綦危矣惟是本恐懼之懷鼓不及之志哀痛眞切積時既久放心略收往日面目頗得改其什一而讀書甚少於道德之懿仍茫乎未之有聞也默深既遠舍吾弟誰教之吾弟書到在十一月初二日豫則兒恰至其閱書及劄記畢因相與歎吾弟用功之勤自省之密以爲不可及克鈿因述舟中之約且曰雲心不愧我我殊愧雲心豫則兒因取劄記愜於其心者加圈焉克鈿退而再讀思吾弟

以此相遺匪惟教我益下問之忱欲愚人效千慮之一得也夫事非身體理非心得而剽竊緒論以相規繩者言雖美而不免於妄也妄即不誠克鈿何敢出此若其病之有同相與其證而求醫則關切所在不能默然觀吾弟所記於朱陸王三書知見有進然其爲眞知而實歷乎抑暫知而暫記乎於身心之咎推勘入細然其爲知過即改乎抑不能未嘗復行乎往日身中所言一剽字克鈿至今去之未能又志氣奮發之時亦云知恥近勇而其中往往有浮氣雜乎其閒此所以不能有恆而有時爲外物牽引以去究其根多從名心起今欲埽除一切莫如用戢山先生人譜訟過一法切實自訟良知既見恭敬葆任我輩今日於失足禽獸之恐此心不可謂不實十目十手實所共證恐懼生則近於敬庶幾時時收斂此心不容一物以漸底於誠乎克鈿有志未逮而不敢不勉但耿耿小明不知於吾弟有當否也默深於人譜自訟後本先生靜坐繼以讀書之旨補云云克鈿以謂可去讀書處事輕剽之病吾弟以爲何如乎

復何積之書　李克鈿

六月中得書未報鱗羽不便至今耿耿卜以明日遣使奉復曆噩伸紙竊慨然有感曰嗟乎積之去年此月正我兩人及默溪京邸過從昕夕無間會也魚水投心藥石在耳春秋彈指離索蕭然柰之何哉柰之何哉然形骸隔幽隱通發積之書今夕將兩人對語焉抃發積之與默溪書且將三人對語焉積之曰近日學力當必大進謹對曰猶是吳下阿蒙也四月間改定常功遲明莊誦儒門法語一二則大全或問數條藉以檢束心源開豁理路辰後看經一二篇史一通卓午講書餘晷則古文時藝參閱之程業似矣而紛之以家計僨之以應酬間之以疾病雖

復竭力而精魄秏弱遺亾寖多及更展卷顧鶩外隙駒已冄冄墮去可歎也積之知吾僨否也默溪曰家人父子之間正親切考驗之地當奉其教以自凜邇來擬言不皆有物議動不皆有恆蹉跌失見矣尤悔叢矣應時檢察如埽落葉想盡倫盡制正復難言不爾又何以強顏稱人類也立身苦不早每中夜徬徨至不能寐而思慮所發偶不照管又逐朋從去矣此等情況往往夢魂見告望積之與默溪教其不及也積之曰輕躁浮淺故我猶存不知何年何月此心方得安定又曰志事具於寄默溪書中細觀之謹對曰積之進矣夫日見不足者日有餘易曰震无咎者存乎悔又曰懼以終始其要无咎震卽懼之謂也而道近乎敬苟能震懼何悔不吉積之之自責深矣鈿以此卜其必有進也抑又有說焉夫變化氣質大是要著本心之明未有知而不悔悔而不震震而不改者惟旣改之後病根未除如抽刀斷水爲可惡耳力而剷之勉而繼之不遠之復我輩難言矣頻復而厲一厲字大有益近頗用力於此積之以爲當乎否乎與默溪書中有曰精進必本有恆是矣鈿又請進一解曰夫非有恆不能精進而非立志則斷不能有恆志氣之帥也往閱姚江立志說未嘗不毛骨爲之俱悚亦嘗爲之鼓舞於不自知由此鼓行而前剛大之氣宜其充塞矣而往往中於私而餒者所立之志非眞能立卽所鼓之氣非眞氣也子曰棖也慾焉得剛又何

恆之與有大抵我輩受病或在氣銳銳則剽而難留積之及默溪是已或在氣弱弱則寖入因循鈿是已今當著誠去僞立志責志以求伸於萬物之上使銳者固而存弱者振而起庶有恆其可企哉然不得聚處互相指點互相觀摩互相鍼砭往往有認人欲爲天理之弊恨一過疚已形自己不覺恨二此心未發時不明了已發時多不及管照恨三今二郭與鈿亦數月始一見矣此所以每念積之及默溪不勝離索之歎也默溪遠矣使人回積之必有以復我也用是慨然有感者復靦然而望克鈿再拜不宣

復賀耦耕中丞書　　嚴正基

春初接閱邸鈔欣聞鈞閣開府黔中恐郵筒馳函相左尙未勦詞肅賀頃奉由宛陵遞到手敎猥以黔中利弊及用人行政之大者慇慇垂問某才識駑下何能上贊高深但蠡測所及亦不敢不略陳梗槪備大君子邇言之察查黔省寸趾皆山地瘠民貧往時之爲地方大害者莫如與楚粵毗連之苗民屢經大兵勘定設立廳縣營汛控制撫馭業極措置精詳黎平古州各屬綏靖已踰百年松桃銅仁一帶亦三十餘年無事但慮生齒日繁生計日絀加以漢奸之盤剝不肖兵役之𧧑詐偶値年穀不登一二奸苗煽亂控馭稍失機宜遂至釀成巨患葢苗性愚而

很其黠狡者則又悍而詐蓄怨旣深則報復更烈鄙意以爲此等地方牧令宜飭治辦民苗交涉案件聽斷務得其平究出重利盤剝情節立予重辦幷嚴禁差役勒索至分駐要隘之營弁亦飭實力稽查奸匪毋許稍形疏懈不準縱兵藉訛生釁自可銷患未萌此治苗匪之大略也又查黔省各州縣山中兩湖及江西各省客民墾荒貿易流寓其地者衆此輩良莠不一拜盟結會以抗官禦侮爲名推刁劣紳衿爲首或書差中之有氣力者暗相聯絡爲之包庇卽擁有厚貲之土著民人亦相率入其會中爲保護身家計迨黨羽旣衆遂有誘賄勒贖奸拐搶劫之事此村旣實繁有徒彼村亦糾衆爲敵互相仇殺莫敢誰何地方官慮及拒捕傷差不敢嚴拏及獲犯到案又慮長途招解糜費不貲或竟將就完案以致匪徒無所懲創其風更熾鄙意以爲查辦會匪州縣似宜寬其銜轡於緝獲會匪最多之處稍加津貼經費其辦理妥速地方安堵如常者優予升遷以獎其勞地方官勇於緝捕其黨自不難於解散此治會匪之大略也又查黔省雖有教匪伏匿不至如西北各省之多但教匪之惑人較會匪爲尤甚會匪止於男丁之附從教匪則挾禍福因果之說幷能使婦女爲其所煽堅其信從之心互相傳習而莫之敢貳故猝欲破其錮習而不能然教匪致亂之由亦有二一則緣入教之人旣衆或慫慂出於夥黨而首倡邪謀或脅誘由於渠

魁而漸圖非分因而甘心爲匪者有之一則因州縣之緝拏太嚴旣不免於奸胥猾吏恣行魚肉於前復不免於劣保刁棍橫相朘削於後因而進退維谷不得已而變計爲匪者有之鄙意以爲邪教之旣流爲匪緝拏不得不嚴而窮治亦復有弊似宜網開一面予以自新之路且有教化以行乎其間其根株乃可得而盡夫經正民興邪慝自無州縣於所屬四鄉倡建義館延師訓廸童蒙除諷誦四書五經外兼講肄　聖諭廣訓幷犯法重大科條使之轉相傳播怵目警心多一讀書明理之愿民卽少一作奸犯科之敗類庶於化導邪教之法有合此治教匪之大略也然某嘗合天下之大局計之不獨結會習教及奸苗之

敢於犯法者爲足慮尤在於奸民之藐法而亾等以欺淩侵漁爲得計以訐控挾制爲良圖固由不肖州縣先有以啟其侮馴至惡焰已熾卽遇賢能之吏別無贓私可指亦每藉相沿辦公陋規刷詞上控以張其把持壟斷之威倖而得勝則勢愈凶橫而不可制益犯法而法尙存藐法則法益窮而遂亾非有峻法以力防其變將法且亾於所窮其奚以爲治乎昔國僑治鄭相時勢而糾之以猛豪貴如子南子晳誅之逐之不少貸鄭以大治者數十年漢代如黃霸之治潁川以儒術飾吏治非趙廣漢所及然其先大姓結爲朋黨持吏長短橫行郡邑藉非廣漢用鉤距之法以摧破其黨遽以霸寬大之政行之正恐綱解紐弛

而爲奸不止自廣漢之法旣行其魁傑者俱已伏辜朋黨解散韓延壽繼典斯邦牛酒存問長老講明禮讓又爲釋其仇殺之風霸蒙其迹而修明之始能成神雀鳳凰之治武侯之治蜀王景略之治秦皆用法嚴峻肅然稱治夫法者所以禁奸止暴用法而適當其可則可以轉弱而爲強易危而爲安姚亮甫中丞撫豫以淸介馭屬吏奢侈貪婪之風爲之一變然諸事過於姑息遇控告州縣之案無分是非曲直一槪批準提訊維時奸民藐抗州縣有告官如送忤逆之謠程梓庭制府繼之遇案嚴加懲辦此風稍爲衰熄而至今猶未盡除鄙意以爲部民控告州縣如實有贓證可據自當爲之申理其秦刷相沿陋規訐控亦宜嚴繩以法庶稍知自愛之員旣獲藉資辦公又不爲人掣肘俾之無所瞻顧得以自行其志民知畏法而吏益守法斯法立而恩亦行於公事始有裨益至於用人之法其先在於知人而知人必自察言始然察人以言儘有其言可采而其人之居心行事竟大相剌謬者益信知人則哲惟帝其難之不誣故虞書於敷奏以言之後必繼之以明試以功而後車服以庸誠愼之也而今之所爲用人尤更有難焉大吏於州縣繁要大缺可以擇能而使其中簡之缺非在省應補卽在部應選不必人盡可靠且係其人本缺幷不能扣留不遣州縣之不能得人往往以此惟得賢明郡守爲之表率於上善則勸之過則規之屬在中

才或可勉爲良吏但郡守亦難得人此用人之所以稱難也鄙意以爲激厲人才之道在使之有所勸懲自郡守以及牧令其賢能著聲爲輿論推重者特薦一二以示獎勵其聲名狼藉廉有贓款實據者亦嚴參一二以儆其餘復用蔣襄平相國缺爲人累人爲缺累之議分別降補量移寓造就於體恤以策其人之後效開誠布公以激其良信賞必罰以厲其節所部鼓舞奮興吏治當更蒸蒸日上矣又黔省兵丁耐勞習戰甲於他省往時調征苗疆及三省教匪迭著勤勞但有勇必須知方使爲節制之師近日川陝一帶兵丁久歷行陣勁勇可用而恃功驕蹇屢滋事端頗爲地方隱憂鄙意以爲操練兵勇責成該管營弁

惟當用其所長精益求精至約束營伍之法尤在申飭各將弁潔己率屬不輕尅扣考補額缺嚴禁行賄鑽營取技藝優長者充選分隸各營兵丁飭令該管營弁立簿登載功過著有勞績者記功考缺時比較拔補犯事則分別輕重記過遇考缺時扣送銷過後方準與考紀律嚴明壁壘自更一新再察看將弁之諳練營務及曾歷戎行驍勇能戰者分晰開具清冊以備臨時調用至忠勇勤幹之員尤當刮目相視他日方得其力練兵馭將之方計無踰於此者若夫　國家之大計尤在藏富於民方今承平日久人滿之患不僅黔省爲然而黔民刀耕火種山盡開墾地利既已無遺生財之法別無善策而所在民鮮蓋藏不足待一日之急歲一不登必至盡呼庚癸鄙意以爲黔產宜穀惟有乘秋稔之時飭令地方有司勸諭殷實紳民捐輸義穀作本遴簡公正董事擇四鄉適中地方置倉權息安立章程以備凶荒賑貸之需亦一時救急良法其捐戶踴躍急公照例分別甄敘以勸捐所入穀數之多寡定爲州縣殿最一二年內通省以次舉行歉歲有備無患官民有不幷受其福者乎某伏願大人公忠體　國嚴整飭吏治之方裕曲盡人情之意經權互用寬猛兼施使屬吏之情得以上達小民之隱無不周知勿墮成功勿規速效黔省吏治之盛軍政之修積貯之豐風俗人心之厚可旦夕竢矣

致烏都統書　嚴正基

遠芳都護大人麾下客臘得江岷樵來書敘有簧鼓蜚語之事繼又諗知其事已解是以未經泐箋布慰竊念自逆賊攻陷永安以來南北不相通者五閱月於茲矣都護以新正三日統兵由南來北與撫帥相會大營振旅而回賊不敢犯某聞而壯之岷樵書至又似是日有隱憾也者旋接晤姚大令始悉其詳夫人忠於其事而橫被詆誣之言使其心迹無由自明此情誠難容忍然是非自有公論虛實斷難終掩歷來忠臣義士即遭際聖君察相在上未嘗無倉卒相疑之失究亦有積久相諒之時忍之須與保全千古令名所關匪細都護大臣也但當以　國家之事爲重盡其心力之所能爲毀我者何能貶損忌我者徒自消沮務恢廓大度處之且逆賊佔據州城四路援軍未至都護率數千疲憊之師禦數萬方張之賊保障東南二面俾賊不敢越水竇一步北路前此頻頻失利而亦不敢長驅而往者實懼都護之襲其後某常以都護轉戰潯柳功固甚偉而尤以偏師綴賊永城制其豨突狼奔之勢成爲釜魚檻獸之形推粵西討賊第一奇勳今賊雖困守不敢迎敵其精銳尚有二三千人慮衆不敵潛行句引外來匪徒遙爲援應波山艇又見告矣正如一家之中外侮已集門庭允宜激厲同懷釋嫌捍禦庶幾可銷他族偏處之虞設使不忍悁悁之忿南北水火將卒解體

朝廷一有風鬨慮及戎行不睦或有更易將帥之舉賊凶而狡其志叵測新舊替代之際彼此不相策應竄而南猶可言也若竄而北桂林會城不守由此浮湘直下荊湖以東豫晉以西必從風而靡黃巢竄據廣南其時荊南鎭將不能先事設防永桂遂至蔓延江淮危及關輔往事可爲殷鑒此天下安危大計之不可不熟慮者幸都護留意焉抑某更有請者自古得將才易得大將才難都護大將才也向提軍雖號稱敢戰宿將至於兼賚文武則都護尤爲超軼等倫　國家可百年無薄伐之師不可一日無元戎之備賢如揆帥宜留侍　天子左右不能長總師干出外都護勛望冠時將來定膺閫寄昔衞青爲大將軍敬

禮士大夫以汲長孺爲揖客曹參相齊嘗師事蓋公國政諮而後行武侯佐蜀於法孝直輩每事不憚十反郭子儀與李光弼不協洎受命爲副元帥光弼懼禍請死子儀引爲同列卒平安史之亂蓋有經文緯武之才斯事無不舉有抒包兼容之量斯人樂爲之用都護禮賢下士又能用人之長何減古人鄙意以揆帥雖將略稍遜而公忠慈惠休休有容兼又素重都護浮雲之蔽無礙日月之明終見相得益彰向提軍左右之賢不能鬭陳匡救以致動與人忤而其才尙屬可用惟子儀能容光弼斯所望於都護之棄嫌錄長同心破賊上紓　朝廷南顧之憂下解邊圍倒懸之厄萬代瞻仰在此一舉某老矣疆埸之事無能爲役叨蒙賜教推獎用敢陳其狂瞽之言仰助高深小疾旬日今漸痊復中丞致揆帥書飭某仍回省局襄辦中和朔五六日以後卽當北旋併以附聞肅泐縷達祇頌勛安諸希節勞保衞不備

答李春湖侍郎書　鄧顯鶴

春湖先生侍郎閣下．顯鶴南楚之鄙人也．德行文章無足齒錄．葢爲鄉人所厭棄久矣．而閣下聞其甘澹泊習勤苦．謂爲尙有志節之士．屢書楹聯素箋見貺．頃復以書下交．中有儲有用之學．不爲科名講無逸之篇．先知稼穡．語矜寵獎．借幸甚過望．雖然．謂某能爲有用之學．愧懼實甚．謂其頗知稼穡．則知我之言也．自井田之制廢．士無恆產．能固窮者鮮矣．然漢時士尙氣節．故獨行之士．多刻苦自食其力．宋明存講學之風．士猶不敢偭棄規矩．懼見絕清議．至今日而士習殆不可言矣．博士弟子員．一縣無慮數十百人．或數百人．旣不能盡得科第以去．其中大

抵多窶人子．又不知治生．勢不得不出而求食．韓子所謂奔走於形勢之途．伺候公卿之門．足將進而趦趄．口將言而囁嚅者．形態葢有不忍言．其最鄙劣者．則稱雄鄉曲．蠅營狗苟．靡所不至．然其初豈樂爲此寡廉喪恥之行哉．葢旣無代耕之祿．又昧謀生之道．累於妻子．迫於飢寒．靦然遂至於此也．竊以爲負耒躬耕．儒者之事．古人恆親勞苦．故士氣敦厖．澆樸日趨於厚．末俗自耽呰窳．故士習澆漓詭薄．漸以不古．勢使然也．往者下邑有諸生曾玉藻．鄉里所稱獨行君子也．性質樸．讀書甚勤．以先儒學者當知治生語爲要．常以誦讀之暇．躬親撥垡．初著學籍．學使錢南園先生見其手胼．極嘉獎之．曰．治生刻苦．當如是也．顯鶴家世寒素．秉性迂拙．而舍弟湘臯．負氣傲岸．與物多迕．尤不欲其久涉仕途．近買得薄田數畝於資江之上．將偕之躬耕．長爲農夫以沒世．庶幾得葆固窮之節．閣下不斥其爲細人之謀．從而歆許贊歎之．此大君子愛人以德之盛意也．頃南城曾賓谷侍郎題賤兄弟南村耦耕圖詩云．井田法久廢．均田又難之．士生三季後．不免寒與飢．飢寒旣不免．志節亦漸墮．所以特立人．頗欲親數畝．詩意與鄙見正合．讀之不禁神志俱王．兩先生之所以寵異勖厲之者如此．其至鯫生．敢不終勉之哉．曩日舍弟嘗述閣下言．某視學湖南三年．不能識耘渠於場屋中．乃其所著書．亦因我而燬．思之時一悚然．顯鶴聞之．惶愧汗下．以

顯鶴譾劣．無狀蹭蹬名場．固宜．就令執事疇昔拔我於場屋中．亦不過置之優等．廩二十人中．循例得爲歲貢而已．昔日之不遇．非詘．今日之所以寵異勖厲之者如此．其至乃眞伸於知己也．古人有云．士得一知己．可以無憾．顯鶴窮老空谷．得執事知我．其亦可以無憾矣．尊居前有譆出之厄．所燬五經胥及四書鈔．二書係某爲塾師時手所輯錄．以示諸學子．原示託名鈔胥．不敢以箸經自任之意．燬之無足深惜．惟舍弟四十以前所箸詩文及諸撰錄．均付一炬．近所記錄．不過十之二三．深可惋歎耳．顯鶴他日屛絕人事．儻得稍有餱述．當令寫官謄繕．塵穢視聽．相隔千里．無緣修謁．謹奉牋記．伏惟垂鑒．

與舍弟湘皋改就教職書　　鄧顯鶴

自與吾弟別後，心中鞅鞅如有所失，十一早臨岸送行，見船小載重水淺，彼時心即焦灼，然勢已如此，惟有默祝祖宗及諸神前籲祈庇佑，突於五月初一夜接閱手書，不勝驚駭，舉家惶恐無措。來札云偶過他船，坐未定而前舟即沈，不知此時何以促吾弟而使之過別舟也，豈非吾祖宗累世仁厚，吾弟一生孝友，有以默感神明而庇佑之邪，此一厄也，我兄弟當如何恐懼，如何修省，何以報荅祖宗默佑之靈，何以仰酬明神呵護之力，所失衣物賫斧，尚何足道，惟詩槀文集一生心血所注，必不可失，今既無遺，豈非厚幸。念吾弟此行以謁選入都，臨行之先，吾兩

人愼商出處，老兄迂腐之見，誠恐吾弟或得縣令，既以遠宦鞅掌不獲時聚，且徒以浮侈溺子弟心，故諄諄勸誡，至於涕泣俱下，欲勉抑吾弟進取之志，而吾弟亦遂曲體兄意，唯唯從命，可謂恭矣，茲行如遂平安抵京，即當向吏部遞呈改教官，海風波即可作今日觀，安知非神靈有以先示其機，而成吾兄弟偕隱之初志乎，爲今之計，我兄弟即住一間茅屋，喫一椀麤飯，教子弄孫，其樂靡涯，尚貪爵慕祿，羨人世之富貴顯榮乎，此志必要鐵穩主意，鐵穩識見，萬勿到京聽人從臾，又起微波也，萬一改教未必即挑二等，則歸籍靜候銓除，淸茶澹飯，儘可度日，豈必得官始可度活乎，況我兄弟今日之偃蹇，是子孫將來之福命，若今日一發洩，子孫必受屯困，天地自然之運如此，且汝負盛名，名者造物之忌，自古文人多阨，惟容容乃多厚福，我兄弟量不容人，不肎受半點委屈，立身太峻，矢志太潔，負性過急，口易出忿言，好斥人短，種種皆非福相，此病我兄弟俱犯之，然我較甚於汝者，我之性急於汝也，汝亦有甚於余者，汝之才高於我也，然以非受福之人，而有廬可居，有田可耕，有書可讀，有子可教，伯兄雖往，尚有兩兄弟處，則對牀風雨，出則筆札往來，此非厚福乎，此皆吾祖宗父母積德累仁，有以貽我兄弟也，可不思所以敬承之歟，汝慣於出門，我身不能隨汝出，我心則刻刻縈係汝身，惟期多寄家書，以紓予懷，至家中一切，我振起精神，知

明處當，兒輩讀書，我勵起志氣，斅學相長，是好光景，我不能時寄汝書，汝可無繫念也，乙酉五月初二日仲兄顯鶴手泐，

與湘皋勸就教職第二書　鄧顯鶴

接手書知吾弟到皖江布帆無恙第云彼中諸友頗勸弟作縣官而省覽書意亦似忻然有動於中者斯非老兄之所願也吾弟自束髮受書卽激昂慷慨思有所建白於世不似阿兄碌碌老死蓬蒿而不之悔此吾兩人材分優劣所由分也此行謁選假如果得一令操尺寸之柄以行其志亦可稍紓抱負此吾弟之本志亦諸君相勸出山之厚意也我豈不願弟策勳清時顯揚先祖而必引之同老蓬蒿長爲農夫以沒世乎且卽以世情論人亦孰不欲富貴我豈不願弟之高騫遠翥而必强之棲於卑邪又豈不願弟之席豐履厚而必俾之集於枯邪然我之所

以必不欲汝之爲縣令者以汝幼卽羸病十五以下四十以上日日有可危之勢其得存活至於今日者實非始願所敢必也今弟年已屆五十矣精力漸衰鬢髮亦白實不忍更以吏事勞汝形且汝負氣傲岸秉性戇直豈能如今世之脅肩諂笑委曲將順如妾婦之事其上官乎淵明有云性剛才拙與世多忤弟固嘗諷以自喩矣驅吾弟於宦塲崎嶮之途尤非阿兄之所忍況當吾父吾母存時不能謀薄祿以養樹欲靜而風不甯子欲養而親不逮我兄弟每誦斯語泫然泣下今日豈忍以高爵美稰豢養兒女輩乎汝之兄久甘澹泊固不望汝之纍纍多金分甘自潤汝之婦荆布素安糟糠弗厭老萊妻北郭婦之流亞也亦不望汝之結駟列騎而竊自享副笄六珈之榮汝之子若姪生長寒素正宜使之習勞苦知艱難豈可以肥甘溺其心思墮其志氣然則全家久絕奢望各安貧賤吾弟又何必獨以其身試於宦海而嬰世網必至遭颶風駭浪心悸膽碎魄逝魂散而後思返歟必至於束縛羈紲跼天蹐地如桎梏之在身而後知悔歟噫亦何不熟審之於先也先叔父鉅野君以令起家守大父不貪爲寶之訓居官淸潔自持靑齊間頗以廉吏稱卒以耿介忤上官獲重譴久戍伊犁始歸身後至無以庇其子孫然則廉吏果不可爲歟夫前車既已覆矣而後之步塵者方且膏吾車秣吾馬以思馳騁於崎嶇絕險之地誠爲失計此老兄臨別

時所以諄諄誥誡至於涕泣以道也昔老坡與潁濱拳拳於疇昔挑鐙聽雨之約故其詩曰君知此意不可忘愼勿苦愛高官職今爲弟築小室於宅左倣老坡潁濱意顏之曰聽雨山房老友歐陽磵東跋云今湘皋方有四方之事其久暫艮不可知老兄須矣故山無恙愼毋忘此意哉語絕沈痛今附錄書尾吾弟讀老兄書與老友磵東之語必不誤信他言而勉堅初志也書不盡言諸惟鑒之

復張蓉裳學師辭舉優行書　　鄧顯鶴

某白昨月二十八日接奉明示知學中循例薦舉優行學使者疊詢可舉之人於先生而先生遂以顯鶴與黃生忠懋同舉某竊維優行之舉實古者里選鄉舉與太學三舍之遺意周禮以鄉三物教萬民一曰六德知仁聖義忠和二曰六行孝友睦婣任恤三曰六藝禮樂射御書數州長於正月之吉各屬其民而讀法以考其德行道藝而勸之黨正屬民讀法而書其德行道藝以歲時涖校比族師屬民讀法書其孝弟睦婣有學者蓋古人造育人材鄭重選舉如此其詳且慎也秦漢以還人材盛於太學而三舍之選則必取夫學行卓異者而錄之其浮華不務

道本者皆罷退之蓋猶有先王振興學校之風焉今　朝廷設優貢一途用意不可謂不善矣三年大比之外郡縣校官各以所知薦之學臣學臣會而試之於行臺省必其人實有德行道藝之可書而後校官乃敢薦之學臣學臣始敢貢之太學假令爲校官者果能實力奉行秉公甄錄安見人材之盛不能繼美三代之治乃今之爲校官者則不然或虛采其聲稱而舉或因緣其門蔭而舉或以其私暱於己也而舉甚或貪其執贄之豐厚而舉舉之者旣怡然不以爲非受舉者復靦然不以爲愧卽旁觀者亦恬然不以爲怪而學校乃大不可爲矣先生慨學校之不修思有異乎世俗校官之所爲以顯鶴稍知自愛也而特舉以薦聞命之下悚惶無措淸夜自思匪特古之所謂六行不克稍盡於萬一至六藝之末聖門三尺童子所能講會而某以華髮槁馘之齒未嘗肄習然則碌碌庸材先生又何所取而必欲衣之以文繡貢之於廟堂耶今夫美利所在人之所必爭也美名所在尤人之所樂居也自國家以科目貢舉取士旣不免爲束縛英豪之具卽轉而行鄉舉里選又恐長欺世盜名之弊善乎蘇軾之論曰上以孝取人則勇者割股怯者廬墓上以廉取人則敝車羸馬惡衣菲食可以靡所不至德行之弊一至於此顯鶴孤陋闒茸無片長寸善足任采錄然捫心自問平生不敢作僞率其戇直之本性安其椎魯之愚質有嚮善之志無作

惡之才此則東方生之可贊者雖然十室之邑必有忠信新化雖僻在邊鄙然士尙氣節俗敦淳厚先生秉鐸吾邑三載以文章道義與多士相切劘亦已久矣環視及門豈無德行道藝之可書必采及於窮老困踣爲世所不齒之人哉伏承明命亟不敢應如再敦迫則惟有學閔子騫逃之汶上而已某豈敢自高聲價僭盜虛聲實以資秉淺薄學殖荒落道德不足以服衆文采不足以庇身優之一字萬不敢居良心不死尙有自知之明實不敢自欺以欺師長且不敢予先生以阿好之名濫舉之誚區區私衷幸惟原諒若黃生者則漢書所謂獨行君子也顯鶴與之同學三年見其事親極孝愛弟至篤與人交恂恂若處子

而外柔內剛和而能介所居在闤闠之閒終歲不履市市人罕有識其面者迹其苦行精修篤志勵學洵足以矜式黨序表率人倫先生若遂首登薦剡而別擇一敦品嚮學之士副之則吾黨幸甚斯文幸甚顒鵠謹白

上齊邑侯書　劉基定

慎菴先生閣下基定草野愚蒙性耽邱壑年過八十庸陋寡聞而先生不察誤采虛名昨者因襄祀家祠始一出戶三宿旅邸竟辱枉顧面敘衷曲惶愧無地基定庶人也庶人無進謁長官之禮邇來寂處土室讀書自守迂戇之質絕不干人惟與周葯鄰學博時通簡牘學博屢言先生入官服古敦行力學每以經術緣飾吏治爲務又聞邑人士謁見時先生所言者官事也民隱也其他則未之聞夫力行好古者蒞事也宰官又非專言蒞事之人且邑人士又皆部民均非久故故不得縷晰知覺所可知者自涖敝邑以來廉以律身勤以供職當蟻賊方張四郊鼎

沸軍旅倉卒之際猶能身任守土調護善類殲滅匪黨整飭團練鋤除雜派使獄無逸囚庭無擢陷以此益見經術之功學道之力深得古人循良治法如西漢朱邑龔遂之詳密勝國陽明少墟之審愼罔不相符益信學博之言足徵實驗今先生引假暫退寓居頹垣日事箸述毅然又以學術爲己任蓋天下惟賢者能以賢望人亦惟能退者必將進而大有爲於時非猶夫當世之所謂賢宰官也至是基定積四五年之久而後能深知先生故不敢兢兢自外戚除往例敬謁崇階瞻仰道範乃先生位高而心下隅坐之際以文成公講學篇見示批點稠疊朱墨粲然白云生平篤好孟子尊信陽明此眞實衞道本領的是聖門

一路與宋學無異後人以爲雜入竺乾者妄也陽明當軍戎倥偬之日庶政殷繁莫非鍊心養民少墟閒退三年除卻人情事變別無工夫可做學問大進今先生居官恤民如此安身立命復如彼與近今晉中澤州陽曲二老後先繼美將來文苑儒林不可限量惟望葆攝神理努力著書文章政事原非兩途文成之理學文章未必不從會計簿書中而出愼勿以爲餘事耳嚴寒伏惟起居珍重不盡欲言州民基定頓首

與周星叔大令書　劉基定

月日基定奉書星叔先生侍史向讀所譔六世祖陶奤公家傳中言明季板蕩公首倡謀議慷慨激烈忠憤凜凜卒至身殉國難以爲今世韓歐復出直接文章之統者惟先生足以任之後又讀周安愚及閻歲貢兩詩序及堪輿法言則理富而格峻氣清而詞雅空所依傍自成一家當其操筆向紙氣盛志厲淩出古人之上歸熙甫所謂文人之慧業先生能發其秘矣昨晤左虎臣文學云先生詢問基定甚悉是殆先生遠絕流俗之見別具心眼而基定茫無知識反不見棄於大君子之懷豈非幸哉獨念遠隔百餘里無緣一見顏色久欲奉書左右忽忽不能爲

甚罪甚罪基定生而頑鈍落落寡合又身處荒僻之地不獲與當世名賢聚首藉是廣購熙朝名人專集至五六十種朝夕披閱如與晤言溯自刻厲豪無加益至世所稱方抗希姚惜抱劉海峯三家爲文皆有體製法度亦未知所仿而此三家又往往爲人攻擊其弊益鶩漸摩先生胷有智珠手握椽筆便中祈有以惠我近時湘陰周氏安愚堂文集向於鄧湘皐學博案頭見其鈔本約二百首體格盡合於古絕似蘇長公一派昨得刊集詫其短少且集中編次紊亂未能畫一鋟板惡劣工不中程深爲惋惜聞此老後人爲先生高足急望勸其收回原刻重加編校仿大家之例以張吾楚雄風尊箸壯學齋集何日開雕願得

襄校讎之役·如宋袁桷之敘溟甯·厠名卷末·是有厚幸·謹將近年所為文十數首·封投閣下·伏懇賜閲·施其塗抹·不惜墨污區區之忱·禱望無盡·基定昔年曾一宿橋頭驛·聞先生家居不遠·極慕其山水之勝·儻得重經其地·一修士相見之禮·瞻仰光儀·則大快餘生·未審垂白之年·能遂此願否也·臨楮神馳·萬望著述自愛·不盡欲言·

再與周星叔論文書　　劉基定

十月二十五日·從左虎臣文學處接到鈞覆·及大箸文集二冊·盥誦一過·如獲天球河圖·莫名其寶·令人駭汗·益見基定前所為文百獘叢出·憫然自失者累日·大慙大慙·先生振古起衰·繼韓歐正統·每所纂述立言不苟·皆經世切用之語·集中鹽法錢幣二論·語悉利病·娓娓千言·使今世行之·三代之治可得復見·所謂規仿周秦者·今益信矣·惜與閣下邑壤隔絕·艱於一面·不克直陳左右·猶幸藉此奉教·尚非偶合·德之不孤·全藉相長·而先生謙抑太過·稱謂乖錯·使人難任·豈以基定不能奉摯·故爾逆施耶·尊論云·梨洲亭林不欲以文名·蓋兩先生在明季·始為

黨錮·終為遺逸·中間陵谷崎嶇·不廢箸述·方孩未先生稱其的是古文種子·梨洲箸書三十餘種·詩文集若干卷·統曰南雷文定·亭林文集若干卷·雜箸經史論辨郡國利病音韻等書·亦復十數種·而日知錄為世甚傳·是不欲以文名而名益箸者也·侯魏兩家·閣下稱其淩厲無前·允矣·而匀庭才氣·則與閣下為近·諸所評騭·無不安協·惟小倉山房集·蔣心餘趙雲松·乃奉若斗山·彭尺木王德甫秦小峴·則視同奴隸·或以為麤知駢儷·或以為文字之妖·皆嫉之已甚·未免刻覈過情·獨陳句山太僕·謂隨園才大學博·不自檢拾·此派切不可學·猶是調停門戶之語·卽尊箸壯學齋集·海涵地負·籠罩一代·竊恐近日經生家工時文

八比者撼搖眩掉、窳窳呰呰、不知寶貴、深爲惘惜、基定少時疏
於制舉業、蕩廢自棄、迄於無成、退而學爲韻語、自道光辛卯以
前、悉皆燬爐、近又得五六百首、閒亦仿作志狀表傳、又復汰去
大半、家貧無力傭鈔、俟稍暇當寫呈閣下、乞正有道、崦嵫殘喘
思欲盡其所爲、不自愧赧、惟閣下教憐之、明春虎臣來、族孫處
更祈有以覆我、天寒葆衞神理、加餐著述、珍重珍重、伏惟存察、

與鄧湘臯先生書　劉基定

湘臯先生閣下、自庚子冬十月先生解印歸資江後、基定竄處
山中、避絕囂俗、不復通於當世大人長者、非敢慢也、誠以名德
如先生、虛衷接物、無能有加、今又觖然失望、故不願再與近日
之稱賢明碩士相接耳、曩者陽司業去道州太學、何蕃舉旗闕
下、集諸生三百餘人、乞留司業、以昔之視今、今之視昔、當如何
媿死也、去臘家姪受之、自縣垣寓中得晤伯楓明經、逆旅高談、
歸述先生繫念寒賤、不遺衰朽、極增感喟、奈便羽稀逢、遲至於
今、久不報、未克稍申候謝之情、死罪、伏念閣下道高德厚、忘其
隆貴、與基定交二十餘年、懃懃懇懇、情逾骨肉、當流俗波靡之
時、先生卓然不貳、獨與寢饋、此其氣誼、眞當於古人中求之、顧
基定卑鄙凡猥、不知有所報稱、至廑誨語、音問時通、兩蒙惠寄
資江耆舊及沅湘耆舊詩選二巨編、南邨詩文集若干冊、有不
能相忘之言、登諸簡牘、此又求之古人中之所難矣、近於秋芸
遞中、得悉數年以來、諸大吏敦聘主講濂溪、朗江兩書院、與高
材生推衍著述、以通今復古爲切要、一時學者皆從之遊、又聞
纂輯寶慶府志若干卷、與韓康二老朝邑武功兩志繁簡不同、
此書一出、定爲四庫史類采擇、必傳無疑、定前歲購得山地一
區、竹樹蒙密、中有清泉可煮、其地爲宋胡五峯書堂故趾、載在
邑志、近且積土爲屋、編蓬爲戶、鋸木爲架、可度臧書萬卷、藉以

娛老・惜今歲兒子賦閒不能有所俸入・閣下廣蔭八百孤寒・逾於置驛・儻得代謀一地免致荒廢爲幸甚大茲因秋芸有書郵致閣下・肅此布悃伏惟諒察・

湖南文徵卷一百・

湖湘後學集編

書九

論鳳仙女史詩稾書　葛樹蕃

竊惟佳稾既經張謝兩明府鑒定且綴序言科第官階竝堪主持風雅・至弟荒江蓬蓽無足重輕・即素有吟癖亦祇春鳥秋蟲自適其意・究於詩律未細也・乃鍾呂之夷更及焦桐・體裁是屬弁索宜樓詩序・姊氏故性耽文史安用是嘔啞啁哳者爲哉・然刁調于喁有觸則鳴・姑慨乎言之耳・至若體裁自當以梅花詠爲主・且多至二百首・極是出色事・他若宜樓各詩萬不及梅花詠之工・姊氏欲併刻之・不免貪多務得之見・冀以富贍博詩名也・自古詩名之傳不貴多而貴工・詩莫盛於唐・而閨秀如杜羔妻寇坦母鮑君徽李季蘭輩篇什僅一二・是其明徵・況一題至二百首・垂英結蘩・足蔽前古・序故決其必傳・若漫興諸作・祇宜節存附刻・中俱收竝蓄・不但無裨詩名・反累詩名・何者・瑕瑜不掩・妍媸相形故也・又中多幽怨之辭・非閨閤體例・姊氏賢德素著・必不炫己之優・暴夫之絀・理固然矣・且獨不爲諸郎君地乎・郎君爲姊氏刻詩・合善則歸親之義・併刻全詩・則違爲尊親諱之義・承慈指於闈前・無以慰英靈於泉下・人子之道・得不爲君子所譏邪・故漫興各體・宜概付附刻中・題目仍書明三十韻下

乃旁注存幾首以著其實原原委委庶兩得之編中有賦序各體何但曰宜樓詩稾故序以宜樓小草易之名義始愜清江梅一首後兩句欠貼切非當日所見原本此等作一題有一題實際囫圇語便豪釐千里璧玉微瑕致足惜也改正爲是序稾另葉錄呈不宣

再論三房支譜書　葛樹蕃

樹蕃頓首某某族尊足下前聞貴房譜稾付刻有故中止因作書趣成之究不解所爲何事姑揣三說冀或一遇最後至聽命於神此亦不得已之下策今乃知龍鳳二公裔爲純所公配先後之序家祀錄與老譜互異二比各執一爲據堅論不決此不失爲君子之爭然明明有義理可辨惟是局中人反覆推詳行其心之所安蕃前二說尚可行而後說直無所用之矣竊以公等所爭各有所優亦各有所絀何者龍公裔執老譜爲據譜今經七八十年族約數十冊生卒邱墓之所憑是文之足徵者然名字干功令所避甲子與紀年不合違闕之處未加詳考其文

盡足徵乎鳳公裔執家祀錄爲據錄爲吉甫公編去始祖未遠所紀必實是文之足徵者然而公當亂離之際救死不暇序中於廬墓散失之感致慨淡長錄曰家祀祇便春秋時事使家人知先世有某公某母而已在當日苟全性命月計歲計冀後之人出萬死一生得延宗祀藉茲錄略具源流是卽先人之靈他非所慮故其閒脫簡錯出之處頗多其文盡足徵乎文之足徵者卽公等所優其不足徵者卽公等所絀舊文皆不足恃也不足恃奚謂公等執一不下譜必至於分修分修譜勢必至於終訟蕃見其弊而未見其利矣夫譜訟旣搆龍公裔必呈老譜爲蔣氏則得而其中違誤之處一經挑出爲親者諱之謂何公等

必爽然自失矣鳳公裔必呈家祀錄爲郭氏據則得而其中疏漏之處一經指出爲尊者諱之謂何公等必索然無味矣故曰見其弊而未見其利者此耳且家祀錄之爲書主質不主文書男無字書女曰孃且無配妣等字安論嫡繼庶故老譜亦因便就簡概曰配某氏不敢擅加嫡繼庶字樣是先輩極得大體特識何必於今日爭論如謂名分攸關不可不辨則郭氏生沒葬阯俱無實際僅爭此嫡配虛名於氏何益於公等何益鳳公裔固可不必已龍公裔謂先輩所定斷不容易引里名勝母曾子不入之義以證抑非定評也理有變通事有權宜孝弟力田以遵往訓忠厚教家以承世澤此必不可易者至若筆墨之常紀

載之偶則龍門作史記有不盡守太史公之說者矧在家譜如謂譜不可易豈現在史策可稽志乘可按者亦不得據而政之邪率祖攸行爲孝幹父之蠱亦爲孝不得拘勝母不入之義以例之況婦道以有子爲貴卽分實居嫡生而無子又未嘗子衆子則死後之主不得祔入祠廟禮也今二公裔不下千餘丁旣繁且才爲宗族光寵者果誰氏之出乎然則蔣姚二妣不爭嫡庶同一尊且貴矣譜以存信非以存疑徵於顯不徵於晦吉甫公家祀錄語焉不詳所見異辭老譜與家祀錄不合所聞異辭公等各執一見久而不決所傳聞異辭旣生數世之後尙論一二百年以前之事書無明文捕風捉影自信爲確此雖上智不能然而貴房之譜禮以義起文以情生最易定局公等又讀書明理正言易入請進二說焉或依老譜所載而於郭氏表下另立論辨以昭其愼緣老譜相沿已久未便遽更因言以見事核實以正名此一說也或循二公伯仲列敘蔣姚二妣於前其餘諸妣遞次臚書皆不加嫡繼庶稱謂合母以子貴之義識者不得議之此又一說也二說於家祀錄老譜兩不相悖而後說較長惟高明酌而用之總之譜不可不修而支譜更不可分修此不易之理也蓄謹白

復陳艮瑜書　蔡雲逵

癸丑冬肅箋具覆遞入典籤否耶頃接手書知舊臘曾郵函見寄艮友不常聚已深足惜矧雙鯉沈淪數行莫達悶瞀奚如來教滔滔汨汨眞氣盤旋楮裏足徵轉徙紅塵猶完太璞不獨簿書之暇涉獵功深古來大人物往往拔起幕僚就中歷練時務本足爲格物致知之助近世習熟時俗工語言識形勢善伺居停意莊子云小夫之知不離苞苴竿牘敝精神乎蹇淺求如足下若汪君其人者杳不可覯竊思高才博識不得志之士屈抑此中者諒不乏人囿於耳目莫獲上下求之亟標以爲當世勸今得汪君已足窺見一斑矣鴻去歲師事羅愼齋夫子嶽麓淡

荷垂靑聞於朋儕中見存吾先生著作欣然神往徒以七十指之養迫歸故里卽愼齋門牆尙不能窺萬一恐負笈從師此願難償惟日與故紙古人周旋以遙寄嚮往云爾今歲訓蒙近地攜小兒往塾授四書小學暨詩書易三經閒弄筆學時藝亦可助我掀髯私念人生地上寄也窮達有命不可以智力爭若潦倒侘傺輒與世浮沈不自樹立將來草木同腐此憾甯有終窮祇恐馬齒加長伏櫪鳴號途窮致嘅竊欲以此未竟之志植厥詒謀又慮中年多故身世悤悤詩書之澤不能爲飢寒而罷柰何柰何足下旅食頻年緣不得已尋潭近況鴻時關心第朋友不在非有大故不入其門想家人懸企何日能忘望買棹言旋再圖刷翮幸無淹滯於佳水名山邇來唐三羊四暨家力哉俱就物故每聞鄰笛感切五中想足下多情聞此亦復爾爾鞍馬風霜無人調護隨時謹攝以保不虞爲我致意汪君千里神交情過數面倘磨礪利器以待盤錯飢寒非所懼也後會有期努力自愛

與雲衢族叔論湘川李氏易註書　易慎楢

前過絳帷獲聆清誨承授以湘川李先生（名文炤字元朗）易註鈔本命將所見簽批商酌姪何人斯敢於議論前賢然仰承尊命又不敢以不敏自謝歸家細閱覺有不能不與私心刺謬者敢攄戹言錄塵鈞鑒姪竊謂聖人之言從廣大平正胸中流出非淺見私智固持一說可以自謂有得者況易之爲書潔淨精微尤難窺測學者讀經要當放開心胸高著眼孔先將胸中習見埽得潔潔淨淨不使昔人成說滯我靈源然後虛與委蛇沈潛觀玩自然貫通融會意味淡長至爲初學示入門之方則先儒之說有旁義有正義取裁不可以不慎以旁義爲正義猶爲誤入門

戶若執旁義之支流爲正義之要旨是走入曲徑歧途何由窺聖經堂奧乎此李先生易註一書所以不無可議也何言之夫易義有三理象數而已理其本也象數其末也互體變卦不無象數之支流錯綜（來知德說）推移（毛奇齡說）則纖巧之謬說也蓋自漢魏諸儒專泥象數以談經易義晦蝕者數百年迨王韓作註闡發義理孔顏等疏之學者始有門徑可尋然王註稍雜元虛疏義隨註衍說未爲盡美程子作傳易義始大明於世然惟務明理而概埽象數亦未免得本遺末至朱子本義出而理數兼綜本末具備廣大精微不啻日之中天矣然於象有略焉者非略也誠以學者讀書惟在涵養德性通達事理以爲淑世淑身之本而入德之方非理莫由故不惜殫心極力以發明之象則聖言悠遠失其傳授未可意爲推測故不必强求所自來耳學者熟讀其書能於剛柔中正吉凶消長等處揆求四聖心源看出隨時變通道理則凡窮通得喪隨處一境遇一事莫不各有當然之則性命所以順過咎所以寡也其益於身心不已多乎來知德毛奇齡輩不知此義沾沾惟象是求象不可得則捌爲錯綜推移等說以附合之是昔賢所訾互體變卦爲附會穿鑿者反又於其中生出許多巧說矣不知象既失傳非若義理之可以苦索而得者乃於此不得則求之彼於彼不得則求之此逐卦逐爻言錯綜言推移一爻之中錯又綜綜又錯錯綜又變變又

錯綜一卦之中移上一爻則象來自某卦移下一爻象又來自某卦六十四卦隨我意爲推遷恰是聖人作經左顧右盼東支西扯如一件襤褸之衣補補衲衲零零碎碎全無自然渾成氣象不惟推之義理殊多窒礙即使說得天花亂墜於身心性命有何裨益乎且易之所以包含無盡者由其假託虛象以明實理如鳶飛戾天上察者不必不指是鳶亦不必實指是鳶也魚躍於淵下察者不必不指是魚亦不必實指是魚也不過借有形之物象明無形之道體耳即誦詩而賛黃鳥之于止在川而歎逝者之如斯亦猶是也易之取象何以異此今試參而考之說卦有爲布釜嬴蚌等象而彖爻不及之彖爻所取諸象說卦

所不及者尤難指數。則說卦之作。聖人亦偶舉一隅以爲類推之準。初何嘗刻舟求劍。以爲某卦之象。必取自某物也。且如乾爲馬。而爻辭則爲龍。坤爲牛。而彖辭則爲馬。屯有馬而無乾。離有牛而無坤。乾之六龍。非震也。坤之牝馬。非乾也。玄黃之龍。坤上無震。十朋之龜。益二無離。乾爲寒冰。而堅冰之至。則取陰凝坤爲大輿。而大輿之輹。反取剛壯。坤土黃也。而爲黑。坎不可以爲黑乎。坎水黑也。而爲赤。離不可以爲赤乎。離爲戈兵。兌金在西。不可爲戈兵乎。乾爲寒冰。坎水在北。不可爲寒冰乎。要之看得圓融活潑。則依類以推。取象正自無窮。死板看了。則說卦之中。尙須增象數十。方與彖爻之辭可以印合。象可泥看乎。昔朱

子門人有疑本義太略者。朱子曰。譬如燭籠添一骨子。則障了一路明。是說也。或者疑之。謂經待註明。豈註之而反障其明。說卦末章。全不之註。豈經不必註乎。不知此未窺朱子之微旨也。蓋彖爻之辭。若作實象泥看。則乾之初爻。止作聖人隱遯解。二爻止作出潛離隱解。則三百八十四爻之辭。止可作三百八十四事之用。何以包萬事萬物之理。周萬事萬物之用乎。惟作假託看。作虛象看。則一卦六爻。便可包無數事物。即以目前言之。時雲衢設帳株洲市其門人方應縣試如童生應試。得初爻者。只宜閉戶潛修。得二爻者。文明顯著。上進可望。商賈貿易。得初爻者。暫宜收手。得二爻者。遠近爭趨。漸當茂盛。推之上而天子。下而庶民。隨其所處之境。所遇之事。莫不各得其用。聖人所以開物成務。冒天下之道者。全在於此。惟其象係假託。要在使人活看。故說卦之辭。不必下死板註腳。印定後人眼目也。今之學者。以身心性命爲虛談。以炫博矜奇爲實學。搜求隱僻。無所不至。取經文穿鑿而附會之。而於是互體變卦諸說。遂以爲解經不易之旨矣。夫謂卦有互變。雖不若錯綜推移之纖巧。然與經文有合者。有不合者。未可按爻責卦。字字推求也。若執爲全經之通例。泥定索解。謂可揆四聖之心源。補昔賢之缺略。是猶航斷港絕潢。以望至於海也。豈可得乎。茲李先生解釋翼傳。證理既多醇正。說數亦不支離。即先天後天蓍策等說。亦不無可取者。獨其註釋經文。

惑於來氏之說。泥象求經。專以互變錯綜爲要義。舍康莊而尋曲徑。全失潔淨精微之旨。其尤謬者。於每卦之下。增入互某卦上互某卦下等字。印定後生眼目。使專於互體索解。已爲鄙倍。乃復於三百八十四爻。各增變卦於經文之上。不惟增經之妄。罪無可逭。而一切支離牽附詭僻穿鑿等病。均有難爲先生解者矣。夫解經自有定法。微論互變均屬餘義。即使爲解經正旨。亦必經有此義。而後以此義解之。未有經所未及。而先安排豫設。以待經文之符合者。今每卦增一互體。則一卦之明障矣。每爻增一變卦。則一爻之明障矣。以己意爲主。而牽經文以附之。是經來註我。非我註經矣。試問千百年來。有此註經之法乎。況

乎持瑣碎纖巧之偏見解廣大平正之遺經逐爻逐卦節節推求附會牽合無所不至必其實不可通而後另進別解拾前人之唾餘矜私心之創獲卽使所推盡合吾猶謂其祇宜標明註中不宜增冠經首況經之所解合經者不過十之二三不合者十之六七而與經顯背必不可通者且有所不免乎他不暇論卽以乾坤二卦各舉一爻言之如乾之初爻變姤若作變看當有小人相遇或戒勿用小人或戒勿見用於小人理均可通然文言有龍德而隱之贊合乎否乎坤之初爻變復若作變看震雷潛動陽有來復之機元吉無疑然爻有堅冰馴至之戒合乎否乎霜之取象不知來自何卦以爲來自本卦之坤則有云地

爲霜者卽成笑柄以爲來自變卦之震則雷乃解霜之物顯然相反若依錯卦之說指爲自乾天固有下霜之理然如此牽合則凡相反者皆可取象支離不太甚乎冰之取象據說卦則來自乾然不惟卦中並弃無乾象將謂堅冰之至卽乾陽之馴長有是理乎霜冰二象既均不能推所自來則象之不可泥明矣豈履之一字必有所自來乎乃因變震之故嵌入大塗二字如此穿鑿支離妄可勝計乎至文言云由辨之不早辨責其不能辨也與繫傳復小而辨於物語正相反而乃引以爲解非牽合而何也舉此二爻以見其概其餘欲辨更僕難終如此解經經意愈晦矣何足以傳世行遠乎此吾所以重爲先生惜也雖然

謂互體變卦必不可以解經則又非通方之論夫聖人之經大含細入何所不包隨舉一說祇要義理平正無不可通況互變二說出自漢儒未必全無傳授前儒如王註程傳及胡安定王介甫諸家一概闢而不取要亦未免太過雖解經正旨全不在此要皆自卦內推出並非無中生有求之諸卦亦或有相合者誠能旁推交通圓融活看合者取之不合者置之未始非讀經之一助非若毛氏推移來氏錯綜之纖巧乖謬也特逐卦逐爻板板看煞於不合者亦必支離牽强以求其合使後生讀之穿鑿傳會慣了心地日趨於纖巧識見日流於頗僻不見聖經廣大平正之旨則於經無益而反有損耳余因李先生翼傳諸註

詮理釋數多能發明微旨而惜其泥象求經之難免謬誤也意欲重爲訂正刊其增入經首卦下者以復潔淨精微之舊辨其顯然謬誤者以免後學之疑而病體衰殘難於繕錄未克卒成其志錄呈鄙論以待高明折衷儻有不合尙祈有以辱教之則受益良多矣愔謹白

復賀耦耕先生書　陳起詩

耦耕先生閣下。辛階處奉到手書。深感大君子誘掖後進之意。又悔不能親執業以證趨向定異同。先生出京已十餘年矣。今所見有欲請於左右。未審前在京時與今同不。近來世運正是盛時。人心之故頗似晚景。一則願體急迫。二則知體細碎。三則識體遺忘。惟其急迫。是以苟且。惟其細碎。是以沾滯。惟其遺忘是以決裂。觀人觀我有見之物。鬼趣皆同。惟垂濟拔。急迫之相不特利害有所趨避。尋常日用利害無關。念所取處亦復如是。讀書窮理亦復如是。趨避日甚。境勢所迫。尋常習念心趨熟徑。讀書窮理。以爲勇往其實淩亂。以爲警動其實怭迫。火急頭然

鍋熱蟻奔未足爲喻。理欲事異。厥體均失。心如大運。天地道浸健則不息。密則無閒。今乃反是。麤而不密。驟而不浸。風刀喘絲如將斷絕。非外灼爍。乃心本體。有如歲差。初差不覺。改節易氣久乃覺之。今差數大。當改易時。前或不然。今乃如是。敢以請教。細碎之相不特功業道德文章以至事物以至語默工巧之處是爲細碎。挑剔摘抉指點搜括開拓翻變亦是細碎。稽古景賢亦復如是。忠孝天性。觸不自禁。察厥發處亦復如是。是則非特用處細碎。體之端倪。蓋可知已。謂用處差猶可解。曰彼自見小不先立大。何乃天性弗能已時。不自知時亦復如是。讀書尙友整處不理。乃理零碎。大處不見。乃見支節。完處不治。乃治破碎心與道體無中邊際。亦小莫破。弗以小墮。如瀑布水一落千丈。渾渾淪淪。徹上徹下。望若不動。非可湊泊。豈有珠沫得迎面觀今乃反是。跳而不渾。分而不徹。段而可湊。柔而可泊。以爲細密其實瑣委。以爲周到其實矛盾。留心檢點。愈檢愈裂。故用意推求方求已非。失在細故。如畫鱗爪。沒頭沒腦。石火電光。光火到處隨卽斷滅。是澌絕相。是枯萎相。非外支解。乃心本體。有羅計蝕全景闇虛危光四閃。今當蝕盡未復元時。其有知者見大黑影。其無知者見罅隙光。十年前人如是否耶。敢以請教。遺忘之相不特記性言人人差。乃至此言與彼言刺。此念之動與彼念乖。一事之善不稱平生。一事或惡亦出意外。一見之的不貫全

脈。一見有差。如面反背。心主身世萬物同體。但凡一念卽數十年中之一念。凡有一見卽數十年中之一見。自生迄死弁無二人。亦無二心。自然貫注。自然照應。昭昭之多。卽日月光。手持足行。左右爲用。舌昧咽喉。彼此相成。不相賜也。不相捨也。不相待也。今乃反是。今年明年今日昨日。倏忽天淵。乃至瞬頃。但凡一念隨起隨無。起已前殊。無則忘起。起與起扞。無與無忘。起無二機。彼此斷絕。如小兒戲。抓彼弄此。墮此顧彼。忽號而笑。笑時無號。如坐老病。前後瞢闇。後不援前。以手代舌。弁手不運。血肉猶是。死期尅徵。無惑乎外是父母譽堯毀舜。自亦罵自。昨舌咋口有可笑咤。有可悲歎。數十年前豈亦然耶。敢以請教。謂心本體

如是縱浪大化自然聽之卽此本體卽是工夫無所揀擇豈有今昔敢以請教謂心體差執口之持如海落漈牢把韁繂但用工夫勿驚本體旋天轉地握樞運機敢以請教謂二皆失謬殊體用本無本體亦無工夫口頭瀾翻二三一律敢以請教道遠溽暑珍重道體伏惟不宜

覆楊侯書　　陳起詩

誠郵先生閣下拜手書讀大集平平錄通天地人之道敢明目張膽言之與宋元來談道諸子藏頭露尾氣象大小懸絕祇此氣象便是道之所以爲道銖銖而稱之至石必謬寸寸而度之至丈必差石稱丈量徑而寡失且夫石丈銖寸計較而出差謬寡失有所取舍而爲之仍是銖銖稱寸寸度之見知道者不然言天下之至賾而不可惡也極天下之至變而不可亂也故曰孟子於問浩然之氣曰難言也象山先生云吾所知之理罄南山之竹不能書旨哉言乎道本非罄南山之竹所能書非象山先生所知之大且多也知其不以大小多少殊則知近之矣此

知不在學問不在心思自有生以來能知則知不知則不知讀盡古人書嘔盡心頭血求一隙之知不可得故曰難也揣量摩擬之工口耳思慮之所一指可以障泰山兩鼠鬭於隙中焉能辨其是非韓文公云非天小也詩謂此四字驚心動魄起膏肓發痼疾之藥石讀平平者當理會此氣象若理會某章某句學我者拙似我者死混沌鑿竅韓盧逐塊可以一笑詩所見如此大君子許贊一詞否

與羅璧堂書　何炳煌

別後三易星霜離索之感曷能已已今歲從子逑誠立雪門下忻寀賢昆仲近履勝常慰甚昨聞令弟某昆仲因家細故頓啟訟端殊深駭異貴府門楣家法夙爲鄉井宗仰憶乾隆乙卯弟負笈高齋得親尊大人伯叔諸前輩道範竊見太和之氣聚於一堂歸述之先君先君欽慕不已述之敝鄉至今傳爲美談厥後友愛之風老而彌篤二十年中迭相探望不閒多日每當分袂輒相涕泣此種光景依依如昨後人即有極大拂意之事念及前徽亦當渙然冰釋聞兄暨衆昆仲曾多方勸導因其固執己見遂憤而袖手但弟竊有進焉者五倫之中不越天合人合

以人合者勸善規過不可則止免招疏辱若夫操戈同室釁起鬩牆忘前人之友愛開後裔之爭端如某某昆仲者諸先輩靚此情形知必相對號泣於泉下何可以人合一例視也伏願兄臺體先輩之心糾合衆昆仲勿厭煩苦再三解釋務使各悟不至終訟況某等素稱敏慧醇謹兄臺能體先輩之心以勸某某必知體兄臺昆仲之心而遂順從者在諸先輩可破涕爲笑而兄臺昆仲之孝可質諸在天無慚矣以兄臺昆仲之高明原不應贅具蕪詞上瀆淸聽因昔在尊府蒙諸先輩諄諄教誨如子姪然故不揣芻蕘直陳左右云

與人論格致書　方大湉

昨接手札蒙示格致一條辨析豪釐閣下有功傳註不小矣又復諄諄下詢芻蕘兼采雖古之虛心好學者何以加茲湉雖愚昧敢不盡言觀歷來諸儒辨論格致何啻千餘言湉何人敢復饒舌哉雖然閒嘗折衷經文渾諸家之論而一之今之論者多以格致之傳爲亾愚以爲格致之傳雖亾而未盡亾也曰此謂知本此謂知之至格致之義了然矣曰知本即王氏致良知之說尊德性之旨也曰知之至即朱子窮至事物之說道問學之旨也爲尊德性之說者曰物即物有本末之物知即知所先後之知葢通量物之本末事之終始而爲用力之先後耳夫物豈

有出於身心家國天下之外者哉夫謂物不出於身心家國天下之外是即孔子成身不過乎物之說也非異說也爲道問學之說者曰用力之功或考之事物之著或察之念慮之微或求之文字之中或得之講論之際凡夫身心性情之德人倫日用之常以至鬼神天地之變鳥獸草木之宜自其一物之中莫不有以見其所當然而不容已與其所以然而不可易此即孟子萬物皆備於我之說也皆篤論也夫天生蒸民有物有則自其大本而言之凡經文所謂身心家國天下者皆吾良知中所固有也即知本之要務也自其極功而言之朱子推之天地鬼神草木鳥獸皆所以擴吾心之良知也皆知至所包涵也知本者

格致之始事知至者格致之終事知本知至則格致之道備吾故曰格致之傳雖亾而未盡亾也至若傳古本大學者謂格致無傳以此謂知本二句繫經文末之有也之下是頓悟之學也是禪所謂一了百了者也豈足以語聖學哉是朱子之定固不可易也然而補傳則竊有所未安者也以知本知至之言還之格致之傳則格致之傳雖闕而格致之義更不必補守鈌抱殘其亦可矣何必以此謂知本爲衍文而別求其說歟略陳管見幸高明有以教我也又考艮知家言謂格物爲格去物欲若如此說則八目只說得行一邊少知一邊且去欲一層已包於誠意中則此說亦未可從也補記於此或曰朱子謂一草一木皆

當格不幾玩物喪志歟曰吾固言之矣此孟子萬物皆備於我之說也萬物體統一太極物物各具一太極與我非有二也夫草木之發榮滋長乾之元也暢茂條達乾之亨也收斂藏固乾之利貞也四德原於天具於心而散著於一草一木其分雖殊其理則一卽此可以知性卽此可以知天卽此可以見至誠盡性參贊之學格物顧不重哉如徒訂爾雅之經考山海之注是博物也非格物也是眞玩物喪志也

與陳芝楣書

湯鵬

芝楣足下與子相識雖復頻年倚賴楮墨吐殷勤致往復已耳頃以旌麾展覲於都握鵬手道契闊望見虎頭燕頷之奇芙蓉杜若之美論事忼慷如九河之懸波瀾與人露崖獄如光風霽月之皎然而不可掩然後果得芝楣之眞也凡愛鵬者徒曰讀書談道之人已耳直言骨鯁之人已耳芝楣獨亹亹相告戒曰欲蓄德莫如劇客氣欲止謗莫如匿才辨欲救時濟事莫如且循分塞職然後果歎芝楣之不外彼於鵬也天涯聚散不可以常與子綢繆忽忽又別懷哉懷哉江西襟江而帶湖控荆淮而蔽閩廣奧區也重任也想聞芝楣始到奔走伺候之吏張棨戟

擊鼓鐘咨嗟震怖不敢仰視而芝楣藹乎其言悅乎其容下馬拱揖珮何擬擬又見戴白之叟垂髫之童駢肩躡足譁然來從而芝楣具述　天子惠愛遠方元元之意與已之所以鼓雷霆而潤風雨之權其敕而子弟告而鄉井農則勸匪則懲率則同不率則以聞大丈夫官至開府宣德威於人指揮則匡廬爲之動搖談笑則九江彭蠡爲之澄淸不其偉哉與子別後書告誡之詞於紳愼言語寡交游然而至於鵬之門者紛紛然求一言以覲芝楣之援繫其黠者乃曰汝姻好也一言重於彝鼎鵬作色而告曰子知乎山乎直嶺曲嶺孰勝子知乎水乎淸流濁流孰勝子知乎姻好乎以門第氣燄以文章風義孰勝今芝楣

則巍然時棟矣然固以吾之文章風義爲古之人信道篤而處心夷且代國不問仁人子休矣吾安能爲子求援繫以溷吾眞悠悠頹俗良可羞耳惟禮闈摧挫四寒儒一建甯張亨輔一婺源吳廷森一永豐郭羽可一瀘溪林以成願得山中講席以棲厥身寒儒可念也講席可分也區區薦士之心於道又無損也儻賜之輝光而噓植之乎四子幸矣否則其困也甚矣伏惟矜察不宣鵬再拜

與陶制府書

湯鵬

去臘月下以蜆旋入覲得親大君子於言論咳唾之末舌如奔電目如耀星義如秋陽仁如春風敻乎邁哉弗可及已鵬於其時獨以毛羽摧挫志氣乖沮賜一日而九迴昧出處之所宜公來教以素位而行之學且援古今譬天人以洗其澎湃慷慨無聊不平之概鵬固已嘿嘿乎其若有所悟而坦坦乎其無所失也可歎者天下士大夫靡然成風久矣以因循爲性情以模棱爲事業以勇往直前爲繆戾以文采風流爲漫誕方公來時不知者競執公之短長顛倒公之黑白以號於眾迫公去都遂有掎摭公之疑似自謂足困公於彈擊之下說雖不中其心見矣夫鵬本以激濁揚清爲志而改官後杜門息影不與戴縰坐纓而談者相往來不能爲大君子辯疑白謗又不能狃天門嗽得失埽浮雲之翳現明月之光鵬自顧已矣而欲恢張大君子之本末以作天下委靡之氣而塞天下謠諑之口亦不可得屈原曰鷙鳥之不羣兮自前世而固然何方圜之能周兮夫孰異道而相安旨哉言乎鵬既以此頌公又自徵矣夫遭逢晦塞者勵躬之具也年華消耗者傷心之故也人生不過數十寒暑鵬今巳三十五矣以前之歲月付之富貴聲華如醉如夢不可省視以後之歲月要當付之文章用其所長追古人而從之破今人之藩籬而出之孟朱吾師也馬班吾友也其他吾所不敢知也

或曰子經摧挫之後。正宜矯翼勵翮。馳驅恐後。抑志修顏。屈曲取姸。若復閉門守道。詠歌先王。豈不使匈匈者笑迂腐之無能乎。悲夫屈原之所謂哫訾栗斯突梯滑稽。韓愈之所謂伺候奔走趑趄囁嚅。蓋深著其罪而筆之於書。而我爲之乎。且我不爲之於安常處順之時。而爲之於羽毛摧挫志氣乖沮之後。不重爲有道者所呰笑乎。君子不以盛衰改圖。志士不以夷險異節。物之所長。我之所短。我之所是。物之所非。苟文章之逮乎古而傳乎後。此外得失。又何校焉。古者富貴而名磨滅不可勝紀。惟倜儻非常之人稱焉。以鵬觀今之世。宅心醇粹。植體堅剛。指揮呼吸。左讋右慄。破羣枉之門。冒衆疑之竇。投之以艱難百折。報

之以俎豆千秋。富貴而不磨滅者。公一人而已。至於丹鉛點勘。提要鉤元。發爲文章。浩蕩無際。澹如江海。雄如山岳。健如驥騄。肅如鷹隼。森如珊瑚碧樹。相駢羅谽。如夜光明月。相燭耀。或不富貴。而亦不與當時之人同腐者。則不肖鵬微有一日之長。然公功業特起。儒雅幷包。奏疏敵乎陸贄。詩什方於杜甫。蓋恢恢乎兼鵬之所有矣。而鵬單庸蹇拙。仰天悲呼。爲汲魏尙不成。豈管葛之可儗。則惟倂心壹志。追古聖人賢人之文。斐然自成一家之言已耳。夫鵬非不奮思步公之後。佐紀綱而扶傾屯。然事已迂舛。志趣中更。尙何望哉。尙何望哉。塊然獨坐。念公爲勞。臨風綿邈。不盡所云。

與陶雲汀中丞書

湯鵬

鵬白。曩爲諸生。游於瀟湘衡嶽之閒。以爲未若窮吾所至也。時欲裹糧而走燕趙之都。而又側聞吾楚之君子。若唐君鏡海。劉君春臺。賀君柘農。易君午亭。黃君惺溪。鄭君芝泉。咸與先生砣砣然用力於德行道學文章事業之途。先後唱和於京師。鵬於其時。竊自念其庸下而不勝其頡頏賢豪之志。而鵬之想望先生。又較勝於諸君子。何也。先生居於梅山之陽。鵬居於資水之曲。相去百餘里。自其讀書談道之士。以迄於兒童走卒里巷鄉曲之人。靡不嘖嘖然稱述先生。夫自古迄今所稱功德材藝之人。指不勝屈。而其取悅於讀書談道之士也。則或以受恩之私而爲之。張皇聲譽。否則實有以見其功德材藝之不可及。而

交相引重焉。至於兒童走卒里巷鄉曲之人。非有受恩之私也。又非能實見其功德材藝之不可及也。而嘖嘖稱述如此。此必其人之生也。有關於一國一鄉之氣運。而又其嘉言美節。洋溢於耳目之所共聞。目之所共見。而後能之。故大人先生之賢。使讀書談道之士知之易。而使兒童走卒里巷鄉曲之人知之難也。然則先生得此於梅山資水之人。其所由來遠矣。鵬愚無知。自其總角時。側聞先生之名而敬記之。稍長則鵬之父老之師友。見鵬之才能器識。尙不至於不肖之甚也。輒舉先生以爲期望之歸。曰。苟得汝如陶公。其亦可以無憾矣。故鵬之生。於今二十

四季其自十三四歲以迄於今喜文章而重風義然而質之所限則自小矣學之所阻則自疑矣志之所歧則自誤矣氣之所怯則自退矣嘗竊痛恨以爲未得古人而師之也既而思之士大夫之爲學也徒嘐嘐然曰古之人古之人而於當代賢人君子近在目之前遠亦不過在千里百里之外而尙不克收其誘掖奬勸激厲裁抑之益於吾之身與心非失之過高則漫不加察耳此鵬所以想望先生暨諸君子不衰也癸未鵬始通籍於朝當是時劉公易公卒唐公分守於粵西先生開府於皖江其在京師而得睹其言論丰采者惟黃君惺溪鄭君芝泉其明季賀君柘農服闋始入都鵬自恨向者聲名未立未由早逢於

京師今來矣而十數季以來想望之人分散四出不睹其全而以未得與先生朝夕萃處爲憾也丙戌先生以三季秩滿展覲於都士大夫莫不登先生之堂而通其殷勤顧問之好而鵬也則欲進而復止者三世之伺候奔走於王公大人之門不必其素所嘗識面而一見而盛道其功德才藝之不可及者此其人非諂則佞鵬所不爲而先生所不取也此鵬所以欲進而復止者三也而先生就鵬而見之揖鵬而坐之謂諸君子有稱鵬於先生之耳者而先生不勝其歡然喜也且曰子其勉於進德修業以副吾之所以望子而鵬也生而孱弱長而多病往時之病在肝燥近今之病在心悸夫聖賢無心病鵬之所以病於心則不能屛其無益之思慮專致力於存心養性之學也居京師四季此病日益甚減少我飲食瘦削我皮毛閉塞我耳目撓阻我志氣故嘗凜然以思惶然以恐苟吾病以終其身而欲畢力於進德修業之言以副先生所以望鵬之意則難矣然而鵬之所以自處則亦有可得而言者矣杜絕浮泛之交屛去紛華之逐則可以十季而養病矣淡思六義之經博觀子史之文則可以十季而讀書矣內之或由郎官而擢風憲之司外之或分符守而佐州邑之長則可以十季而服官矣大之而文武經權變化從心次之而忠義挺挺不蹈媕阿則可以十季而報主矣十季養病可以保身矣十季讀書可以明心矣十季服官可以觀政

矣十季報主可以觀運矣夫鵬之所以自處則如此矣雖然患未能持之於定要之於久也定且久則不至東西馳騁迄其終身而無所成就也已伏惟先生諒其十數季想望之私心而毋悋其誘掖奬勸激厲裁抑之方時賜訓誨示其所以能定且久之故俾得本其所以自處而合於先生之言以行之鵬無任引領切禱之至謹再拜

上陝甘總督論撫回事　黃輔辰

竊本司道等於四月十八日由撫憲出示憲臺於十六日所發手書內有雷軍門招降固原逆回業經受撫一節仰見德威廣播莫不畏懷本司道等亦知非憲臺平日大張撻伐不輕議撫之本懷不過欲東路暫事羈縻得以專意蘭城根本勝算在握始出於斯惟逆回之投誠斷難憑信而陝省之可慮更復多端有不得不詳悉縷陳者大凡賊之乞降勢先窮蹙去年回竄平固以來尚未開仗今且陷我靖甯隆德橫亙東北窺伺汧隴邠鄜較前猖獗卽使懾於軍威之盛亦非網張圍合無可遁逃忽然搖尾乞憐豈眞甘心帖服況自滇回滋事屢撫屢叛習為故常彼聞憲臺方謀大舉帖耳來歸將來督師西馳勢仍復叛若非苟且緩兵之計卽是圖入腹地逞其詭謀犬羊之性貪而無親貪則其亂易成無親則其眾難一目今乞降之頭目阿渾卽係眞心及事定解散不復能統其眾既不能與該回一一要盟則一人倡亂羣吠復興謂可永遠革心誠恐必無其事所謂斷難憑信者此也至於陝省自遭回亂或全家屠殺或十存二三廬舍盡焚田園荒廢蕭條千里斷絕人煙去年憲臺過陝時目擊情形曾為浩歎民間受害既廣怨隙難解卽使臨之以威強之以法令挾不共之仇權為同居之侶而人懷前忿如火易然未可相安時虞生變可慮一逆回就撫豈能裹糧入秦秦中荒

蕪數年迄今土不備墾得糧無幾豢此殘黎旣供陝省各軍又籌甘肅兵食亦望早殲醜類長享太平誰肎齧餬口之餘糧養百年之仇敵回民無從得食勢必劫奪相仍納飢虎於室中難以禁其不噬可慮二回禍數年陝西幸未陸沈貽　聖主以西顧之憂者以省城幸完也省城所以克保者以內外不相應也省回五千餘戶現無外援尚屬安靖萬一就撫之後歸鄉之回潛相句煽肘腋禍生滇省前車可為殷鑒且省中回漢猜疑全賴官為彈壓至回民出城一步卽有性命之虞是鄉民之積憾甚深將來斷難安插日昨藥局灰燼災由雷火紳民惶懼巳以外回句結內回暗穴地道為疑互相驚擾若聞歸陝之謀先有瓦解之勢可慮三陝西以凋殘之區籌辦接濟甘糧倉儲不足繼以采買采買不足兼行勸捐以及車騾之屬無在不借資民閒而民閒驟聞陝回就撫懼其歸巢新集之民易聚難散驚逃之後辦理轉運亦覺艱難是不惟於陝局攸關亦於甘事大有妨礙可慮四逆回之難信如彼民情之可慮如此蓋陝回與甘回情形不同辦理陝回亦與甘回有別陝回少而民多甘回多而民少陝回旣以離巢甘回尚在本境陝回倡亂在先甘回煽動在後論其情罪度其事勢甘回尚可勸撫兼施陝回則斷難言撫非不知盡誅之難也旣撫之後無可安置故除勦之外無可設施也考古人徙戎之策原有遷置關外之條現在玉門

內外警報時聞亦未能遽議及此而陝省廓清之後總不宜更召禍端苟貪目前之暫安必貽無窮之隱患況暫安並不可得而隱患則可立呈憲臺前於恩護院主撫失策洞燭無遺豈合陝覆蹈其故轍萬不得已或如撫院所籌該回久在平固卽令暫就該處呈繳軍械權宜安置令圖生理俟數年後如果陝民疑慮漸釋再行開導徐令陸續東歸若此時遽許入秦既非所以保漢亦非所以全回陝境如果重遭糜爛甘肅亦難望其肅清西北大局何堪設想本司道等職司地方公同商酌既見後來之弊不敢不爲先事之防惟有仰懇憲臺俯采芻言通籌全局豈惟陝民之幸　國家實利賴焉

上山西巡撫書　黃輔辰

竊輔辰於六月二十日仰蒙遣弁專函命輔辰秋間赴晉切勿遯情退隱訓辭淡篤示以時事之艱責以古人之義體　國之誠愛賢之切眞有古純臣所不能逮者輔辰誠不自知何以獲乎上者如此此而猶不感激圖報乃決然引去尙得爲有人心乎顧翔而後集量而後入者乃聖人之訓也竊維仕宦之道約有兩端上焉者負異懷奇急思發攄建功立名足以自信則皇皇三月棲棲一生不但待賈求沽勢將枉尺取直而輔辰老驥壯心已墮於伏櫪飛鳶遠舉動色於張羅此其不可者一也下焉者席父兄之餘資挾中朝之貴勢牢籠僚屬把持上官炫蜉蝣之衣裳以蝦蟆爲賓客乞憐昏夜取快一朝而輔辰起家寒素先世無一命之榮賦性迂疏朝右無一刺之納此其不可者二也往者浮沈郎署歸返鄉閭適當烽柝之交嚴頓忽林壑之騰笑三年治守百里幸完　聖恩有加馳驅自許到晉以來亦知三晉完善之區關　國家根本之計是以於兵制鹽政之源流山川形勢之要隘人才之得失民力之凋完夙夜考訂芻蕘屢陳卽今年乞假投牒已爲局外之人而辦團定章猶殷合尹之告籌防委員奉差出省但使勤於一問無不竭其兩端輔辰於　國事艱難民生休戚何嘗一日去諸懷哉又豈矯情高尚哉輔辰雖不肖竊嘗奉教於君子矣有濟於時自見於世者

志士之心也見幾而作知難而退者達人之節也爲 國家之事計多一人未爲有益爲輔辰之身謀多一出即已有損數年來不獨知遇逾恆即晉中士夫亦相視不薄若使更爲馮婦誠恐獻嘲續之是平日之重視輔辰者輔辰反自輕也愧滋甚矣自獲侍左右讒言之入明足鑒其愚匿名之書智足知其詐慰勞之勤奬藉之盛今者既去猶復遣使招邀於輔辰爲已至矣顧晉中可行者輔辰已言之言之而行無異於仕若徒空言而已輔辰其何以自處哉自奉召書屢縈懷抱而硜硜之忱未能自解者則以籌思往事過慮未然何如上成大君子好賢之名而下全輔辰潔身之義之爲得也敢布腹心仍交來弁齎呈伏

乞諒其誠宥其愚而莞納之幸甚感甚

與黎樾喬編修書

成毅

別來久未奉書匪惟疏慵亦以數載之間都無進益不堪告語某自去年秋仲棲身此地冷況如冰每念古人爲貧而仕轉以自慰既不能以精神才力出膺世務便合如此安頓豈復有他望也心既無營氣亦自靖端居無事惟取往時所嘗思議而有得者時自反復私心辨正頗覺少時亦有所得惜當時未獲遂與明師益友一一質證以堅所見坐此悠忽不能有所成也近頗欲以其心之所自得者舉而達之於言然條緒已多心中往復頗自了了及欲遂成一說則伸紙執筆便爾中輟此亦祇爲從前尚未蹋著實地故至今膽氣不能壯王益信此事有本有

末入之深養之久而後可以發之而莫禦也竊見一切文章並資根柢以此求之饜心者少大率根柢非可以强致也自來此閒亦有二三學者執業相問某意欲就時文一事引而至於道義之域每令沈潛反復於聖賢言語著實體認務有心得若人果肯於此致力久久爲之自然確有見界確有把柄則時文一事固即可以當講學也然學者固謂此事祇爲獵取科名之計如某所言鮮不以爲悠謬而無當矣足下近司分校得士已多當其取之自不能不稍徇時尚且場屋之文俯就繩尺暗中摸索不過如此惟竊以爲從此及門已多提唱後學最宜著力晨鐘暮鼓時與警惕中間必有英儁之才聞言而相信也竊謂衡

文相士一時之榮。成就人才全在平日。近來學校廢弛。都無所謂師友之誼。惟知遇之際。尙相浹洽。彼旣奉吾爲師。則固可舉生平得力。誠誠懇懇。爲相告語。是其所及爲甚遠且大也。某聞歐陽文忠公好與學者言吏事。李文正公門生滿朝。下直之時。引與講論文藝。竊謂性情嗜好。各有所主。然專論文藝。不如切究實用之爲得也。范文正公是千古第一秀才。然亦惟公肎向世務上著實理會耳。若果肎理會。卽中才必獲實用。此事全恃玉堂諸公極力提挈。庶爲天下儲幾許有用才耳。嘗謂天下名山得數掌教。直省按臨得數學政。館閣教習得數學士。如此而人才不興。未之有也。蓋惟此數公者。其力可以轉移。而根本尤

在館閣。其勢然也。足下往時見貽之作。時用展玩。輒窺深意。彼時悤悤奉酬數語。然某至今尙猶慼慼。以謂吾生內無益於己。外無益於人。坐廢歲月。爲可浩歎。故聞同輩交好。一有得意之處。卽爲心喜。非爲通顯足厲聲援。幸吾友有可爲。則亦足以引領而自慰也。某前所云經濟一言。此非腐語。書生通病。視名位爲希奇。視世務爲平常。究竟希奇之物。有時而至。平常之事。束手無能。昔人謂富貴如亭臺。名德如樹木。某猶以爲才具優絀。半由資質。半由學力。若使聞見廣博。細心諳練。從容無事之時。精神閒暇。便如置身當事。具有經緯。古人所謂事豫則立。蓋此道也。古來經濟名臣。多於閒暇之日。發爲文章。此非徒欲以文自見。蓋其操筆爲文。卽若經理世務。反復曲折。精詳審愼。其心始使用心旣久。於以取而試之。臨事卽安有不裕如者也。近時仕途。惟館職最優。一受　知遇。卽膺重任。足下已列上考。藏器待時。知必有以自矢者矣。暇時幸舉所得以示。附詩草二紙。因意有未竟。輒申言之。久無人便寄上。爲艱臨楮不盡懷想。

予同年友在都中往還久者。惟樾喬性伉爽自喜。戊戌予出都門。樾喬贈詩。有世事如棋局。國手子空握之句。庚子冬始追和此作。因憶都中如樾喬、滌生、岱雲及勞辛階、陳筠心諸人。皆將大有爲於時者。又數常厚密。故時以書相問。甲辰春初。樾喬丁內艱歸。過岳陽。示以詩集。因謂集中所存追和各

詩。竝未寄到。是此書竟如殷羨浮沈久矣。樾喬比索鈔寄各詩。而此書覓稾未獲。今檢笥中幸在也。樾喬已官侍御。惜無便郵。仍寄去耳。丙午春日檢視偶識。

岳陽書院會課示諸生書　成　毅

學者非徒以爲文章已也。然自國家以經藝取士。習舉業者必務講明切究。於聖賢所示修己治人之術。內外精粗遠近大小縷析條貫。有以自得於心。而後可以操筆爲文。言之有物。自來經義之最精者。卽未有不與聖賢之學相浹洽也。然則今之時文。固卽所以爲學者也。雖其支分派別。不盡於此。而志士可以知所尙矣。大約其人義理昭晰。心胸光明。則發之於文。隨其淺深厚薄。皆能確然有以自見。否則偃蹇焉。晦塞焉。支離焉。此固操筆之時所可自驗也。其入之也深。則出之也精。其求之也速。則應之也淺。是有各以其候至者。故學者但宜因其材質。知所

致力。勉勉循循。以求所謂自得。則得之矣。工夫甚多。綽有次第。患在苟且自安。與急遽躁進而無序耳。故躁動者常不得而安靜者得之。浮僞者常不得而篤實者得之。粗淺者常不得而深細者得之。蓋文者言之華。精神之所發露。而學問爲之根柢者也。根柢茂則發露必盛。而所以茂此根柢者。則又精神之所蘊結。學者而欲從事於斯。所以持其志養其氣者。不可不急講也。師友之益。大抵惟能導之以先路耳。故願學者先自靜驗。確然有求必得之志。而後師友之言。爲有入處。蓋卽時文一道。而所以檢攝身心。涵養德性。具堅固之操。裕練達之才。竝在於此。此卽所謂明體達用者也。此意亦惟諸生自喻之耳。今太守於書院造就之意甚爲切至。謂某於此道差爲不謬。俾領此席。而某亦竊聞同人往往以爲可資前途之問。某方自懼無所益於諸君子。然不敢不力也。諸君子知必不負太守之意。期共勉之。

寄黃虎癡書　李任

奉到手書諫讀往復精彩充盈因知眠食安好闔署平安定如心祝慰慰然獨不解異地相感其所縷縷相示如有以見其心而然者居恆誦索近思錄中世間萬事須臾變滅皆不足置胸中惟有窮理修身爲究竟法等語竊謂此竟難到又嘗欲有修復及別搆幽靜書齋亦未能果今何幸先生皆先我而至之復迎其懷而告之也先生所以冒險而夷境逆能順此由積學養福所致要卽爲天職之存卽爲通途之兆而其興學立教起廢扶衰爲人所不爲者任固早於立說著書端本善則中有以識其坐言起行之概昔宋世君子謂自忠定入朝整頓一番方成

一箇模樣能無感慨乎斯語若夫收效之速不但書聲嚦鳥交籟鼓吹卽槐柳梨楙亦皆吾與化榛莽爲茂林以自敷榮掩映於詩書禮樂之蒴而若其性夫乃知德有本而學有要若此者未可漫然爲之也維念昔之人登車忩發策之言自謂不知何以怭怭過了今先生涖任纔數月省郡多稽留晨炊未及謀而所爲立名教之坊者悉於怭中就緒來書縷縷所謂不知其言之瑣屑者瑣屑卽皆奇特也所謂固窮盡職者卽本要之所在也以任所覯瓌百數事於尺幅而讀之當作一氣非得暇之趣者莫辨（先生癡學以暇字論史公文眞閒後人讀書法門）而其見諸行事焉則尤遠也至於題聯云云則士君子讀書修身治己治人之道盡括其中可爲官箴卽可爲士範而任之受益也爲無窮矣英才敎樂歷游山河必多著作或遇名賢均祈便中賜示多多益我小癡一哥子年曾當來省當有夙緣可圖良覿任昆弟鍵戶鄉居讀書做人猶然故我男姪輩問學未竟尙理故業兩姪歲試謬附前第次姪補廩暫亦未定所幸家口淸平鄉無荒旱辱承眷眷弁附以聞肅函祇候體履佳安

湖湘後學集編

書十

答喻儂晞書　朱文炑

承問三年之喪月數見於經傳者皆以二十五月爲文特閒月而禫一閒字不明故後人遂有二十六月二十七月之說先儒以禮宜從厚於是遂以二十七月爲定其實初非有確據也二十五月跨及三年之喪蓋古人所言三年皆舉成數原不必定指三十六月亦不獨此一事爲有然也後人因漢文有三十六日之制於是有三十六月之說今考漢文當日遺詔云殿中當

臨者皆以旦夕各十五舉聲已下服大紅十五日小紅十四日纖七日釋服大紅小紅大功小功布也纖細布也繹此詔并無以日易月之文詳其儀亦不似以日易月之制故顏師古云此文帝自率己意刱而爲之非有取於周禮在漢文既非以日易月則後人因此而謂三年之喪是三十六月者其說恐不足以據也或者又援春秋新宮災以爲證佐不知以新宮爲未遷主亦出注家之說若公羊傳則言云新宮而不舉謚者恭也其義今亦未有以見其不然然則此說又奚足以爲證佐邪總之二十七月之期自是先王中制若必以人子無窮之心言之則不特二十七月不足以盡人子之心卽三十六月亦豈足以盡人子之心哉故徐健庵先生云世有疑三年喪何止二十七月者是未於喪禮細考而體驗之也但稽今制則必滿足二十七月日數固當以二十八月之第一日質明行禫禮爲宜此則朱可亭先生嘗言之矣弟書籍不多加以目疾不能詳檢少呈所見未審當否尙祈裁定爲幸炑頓首

復彭曉航學博書 ・江忠源

月前胡潤芝參軍光祺到營・奉手敎云云・近日軍情有不堪形諸楮墨・不圖川楚之事再見今日・昨吳甄甫制軍自滇中專差來・以手書問賊事・痛切指陳・經忠源率復一函・合錄寄呈・先生閱之・可想見時事之艱與忠源之無能為役矣・今日之事在我行者・舍四面合圍・斷其接濟・使賊食盡自潰・別無善策・司民牧者・舍堅壁清野・專心團練・使賊無所掠取・亦別無良圖・無如諸帥各懷意見・急於求功・殊不知求急而反緩也・大吏徒恃文告・不能講求吏治・殆不知無其人則議必不行也・道州失守一月・既無委員接印任事・又無一兵一勇出境會合堵勦・而制軍方

聞賊至永州・卽返長沙・後聞賊竄道州・始歸衡郡・若賊再竄甯遠・不知此老又作何計較矣・悠悠我里・何所遭・不幸一至此也・太尊為我郡長城・又得先生相助為理・德威所播・使賊聞風膽落・不敢窺我疆界・枌榆受福・銘感實多・忠源不才・若得追隨鞭鐙・奉以周旋・實愜生平之願・柰此間經手事多・萬難脫身・事與願違・柰何柰何・承示大府有調太尊至衡之信・竊以為必不可往・往則進退失據・雖得賢者百輩・亦何足用・徒令吾郡父老皇皇焉如嬰兒之失慈父母・忍耶否耶・伏乞婉言代致・臥轍攀轅之意・是所至禱・潤芝兄已留敝營當差・并以奉聞・

又書箋來・以愚見揣之・該逆不竄江華永明・卽竄甯遠藍山嘉禾一帶・去吾郡日遠・父老似可安堵無恐・東安土匪經三舍弟帶領守隘之勇會同勦捕・亦可漸就蕩平・四舍弟現帶勇五百餘名防守甯遠・甚為單弱・日內當設法調令來營・差至適有感冒・數日未能搦管・今小愈矣・請勿默念・

答劉霞仙茂才書

江忠源

霞仙仁兄左右伻來接奉手書驚悉太夫人於夏間棄養忠源遠在戎行未及稍致生芻歉甚歉甚弁悉五月初旬曾承賜書至今弁未奉到筠仙亦無音信想道遠均浮沈也忠源冒大不韙墨絰從戎又復戰陣無勇致賊擾及桑梓遂攻會垣深愧進退失據乃承垂詢賊情不棄諸不可與言之列聞命之下悚惶萬端竊惟逆匪自滋事以來蔓延兩省展轉兩年非賊眾而我寡賊强而我弱也其弊在兵不用命將不知兵兵與將不相習將與將又各不相下遂至潰爛不可收拾至於如此今年六月賊至桂平新墟時忠源方在烏都護幕中力舉圍賊之議都護

深韙其言因諸將各懷意見其後遂有官邨之敗自賊據永安以東路空虛為都護作書請兵十上而說不行遂有古東之敗至自桂林竄出致陷全州忠源先軍橋頭堵其西竄新甯之陸路并釘塞河道斷其北竄零陵之水路請於河東紮營以為合力攻勦之計時都護因傷不起向軍門臥病未來諸將無所統紀互相推諉賊來從河東小路竄出鏖戰兩晝夜奪獲賊船三百餘隻賊之精悍若無幾矣斯時吾楚若稍有防堵前後夾攻何難聚而殲旃乃自入永州境土匪之迎降會匪之入黨日以千計而地方之文武又皆望風先逃一至道州勢遂復熾惟時和鎮軍初統諸軍忠源與之熟商冀其可以集事因諸將不用

命以致江華永明相繼失守迨賊至七里江竄走定議以萬一千人攔頭九千人追尾無奈攔頭之師遲延不進而所過州縣又皆開門揖盜無能守住一二刻以待追兵之至者自嘉禾以至桂陽郴州賊皆入無人之境賊又知我兵之不能攔頭也而以後隊敵追兵以前隊攻城池由是而永興安仁攸醴一帶遂不保且漸漸逼近省垣矣然其首逆大隊尚在郴州也忠源以前無堵禦恐省城有失則為禍愈烈遂請和鎮軍於九千人內挑選千餘人并自帶楚勇五百名於初四日自郴起程是夜行至油榨墟接省中來信始知賊之前隊已於二十八日逼攻省垣遂兼程前進於十三日申刻抵省軍於小烏門外次早縋城

而入周歷各城防堵雖不盡如法然賊勢尚單逼攻不甚緊急十五日督兵進勦小挫兇鋒十六日賊遂不敢復出惟於周圍高築牆壘我兵進攻賊從牆眼施放鎗礮不能得手十七日移軍蔡公墳一帶逼攻賊壘晝夜用礮轟擊賊船鳳皇廳土兵移紮河西以堵賊匪西渡十九日向軍門自桂林起病來省父老留住城中省垣想無顧慮二十日我軍奮力進攻殲賊數十百人二十二日探報郴州賊匪竄到我軍迎擊於仰天湖時賊眾我寡黔兵稍卻勢甚危險忠源帶勇向前衝擊短兵相接骽受矛傷落馬軍士殊死戰將賊擊退扶救回營日來創口漸合惟尚不能行動耳見在賊之後隊一萬餘人已陸續到齊屯聚南

門城外湘水在其西會垣在其北忠源與和統領軍其東閩後路追兵日內卽可趕到再單其南而該逆四面受敵可以一鼓成擒惟各路鎭將除和統帥外實無可靠之人未必能如願以償也忠源嘗料賊之詭計總思北竄貴邑旣有湘水之隔對河又有重兵似可無慮但恐擊敗之後四處分竄急何能擇耳然賊亦無他伎倆不過未到之先遣奸細以虛詞恐嚇之將到之際遣前隊以甘言籠絡之旣到則殺戮淫掠無所不至愚民至此始知被紿而已悔不可追也至於賊衆雖稱萬人敵其實能打仗者不過二三千人且此二三千人亦非異常驍勇我前彼仍卻我卻彼乃前惜各營將備不能忍此須臾耳忠源身經數

十陣所歷驗不爽者務望宣示鄉勇俾臨陣須有把握又駐紮地方必須先築營盤深溝高壘賊初來時但在營中用鎗礮轟擊俟賊勢威旣竭然後出而擊之靡不勝矣屬選擇曉喝軍務熟悉地形刻下實難其人但於賊勢緩急必當隨時奉聞也伏惟原鑒不盡欲言忠源頓首

致曾侍郎書　魏承柷

滌生仁兄閣下五月初二拜別水陸行兩月餘以七月十五平抵黔省閱邸報欣悉吾兄大考列前茅此事固在弟意中然聞之不勝雀喜者鳳鸞飛翔於九霄則羣鳥皆爲鼓翼爭先睹之爲快也出都後獨行無侶兼久旱少雨荒涼滿目常忽忽不樂途中前後皆無詩惟過輝縣覽百泉勝境清風直沁入心脾俗塵不知消歸何處泉約二里許深四五尺發源處便可汎舟清澈見底藻荇交流混混不舍晝夜周圍甃以白石樓臺亭閣金碧輝煌奇花異草高低掩映泉上山卽蘇門山孫登長嘯臺在焉山左有邵康節行窩故阯山右有行宮　純皇駐蹕之

所碑碣甚多字皆蒼遒可愛壯麗不如　圓明園活潑則過之矣率成四十韻贈陳穀堂刺史幷寄呈以攬兄一臥游也自沙陽至沙市舟行三四百里水淺而平兩岸楊柳婀娜蘆葦靑葱港漬縱橫處處可通舟楫如行瓜蔓中莫辨經緯出小港忽有湖約廣百里卽靑草湖也四時皆止水四面九十九水入焉水漲則北流順風揚颿半日而過過湖復入小港水益綠蘆葦益深將至沙市三四里萍茵厚數寸至礙舟仰視濃陰蔽日惜不覩楊柳飛絮時也由沙市橫過常德澧蘭沅芷香風馥郁想見靈均當日入桃源以上峭壁插天危峯障日怪石橫亙江心如城垣如樓檮如龍蛇如虎豹如筍如牙如劍戟駭浪驚濤劇心

怵目每上一灘舟與湍爭篙與石鬬長年挽百尺縴延崖窟閒匍匐郭索背負青天昌黎云躋攀分寸不可上失勢一落千丈強人閒到處多險境豈獨瞿唐灎澦堆哉上水行二十九日至鎮遠陸行七站一綫羊腸尋雲切漢忽而騰天忽而墜淵膠膈迫促漫無條理獨貴陽省會形勢沖和峯巒拱揖周遭如荷蓋約五六十里中閒平坦二十餘里城郭若連環約十三里許南明河繞其外玉帶河貫其中虹橋起伏佳木陰翳闤闠喧闐人物秀麗山谷老人謂風景大似長沙艮信初到謁見各上憲如老女新嫁舉止終覺羞澀月內可望代庖而缺出頗少過此旬則在省度歲矣黔中局面甚小向無虧累近漸入繁華各縣皆

有瞎墊衝繁之缺尤難弟拙訥成性書生習氣當官非宜榮枯得喪聽之於命而已貴高足洗秋颿大令恬靜醇正一再晤面性情便覺相得現丁憂將歸路費尙形支絀其居官清況可知矣專泐布臆惟希心照不宣

復雲貴總制羅蘇溪先生書　　魏承柷

仲冬朔十日接奉手諭廑念邊防焦勞時事并詢及近日桑梓情形仰見一片血誠貫徹天壤軍興以來於今五載堵勦之事茫如捕風當賊困踞永安時尙有堅壁清野之法爲對證良藥其時惟一張石翁言之旋卽爲衆論所排擊雖經 奏準通行未有肎實心力辦者自賊潰圍而出屠全州攻長沙陷武昌蹂安慶據金陵火燎於原愈撲愈熾近則江淮南北太行左右皆爲賊藪拯救之法不惟無藥而且無方天下事至此已不忍言矣國家二百年涵濡之澤盤石之基何遽至此推原其故皆由於例利兩字誤之而言例者未有不言利究竟是一利字而已

矣利一中於人心雖有康莊正路莫之由雖有陷阱當前莫之避奔競成風粉飾成習以持祿位保妻子爲事小臣曰憲意如此大臣曰聖意如此浸淫漸漬以至於斯極雖有善者無如之何凡作天下事業須從根本上作起救天下禍患亦須從根本上救起何謂根本士民而已明之末造失民心今之時政失士心士心失則民心亦失欲得民心先培士氣士氣奮則民心自回今籌餉之術已盡調兵之計已窮捐無可捐勸不能勸伏處草茅之士有一技一能者皆不肎爲國家出死力無以激厲之故也今於無可籌畫之中姑爲一策行之稍遲亦終歸無濟雲貴每歲須各省接濟餉銀二百四十萬現各省皆用兵籌餉自

顧不暇爲能及人·轉盼之間倉穀一空·餉項不濟·兵無口糧·禍將立至·未審大人有何術以弭之·祺僭爲之說·以雲貴之才守雲貴之封疆而有餘·卽以雲貴之財養雲貴之兵·民而亦無不足·大人居韓范之地位·自能建韓范功勳·急須擴開手眼·平易心胸·毅然以保全邊疆爲己任·痛切上陳·大開幕府·廣羅人才·不吝爵賞·幸蒙

俞允·國之靈也·滇黔之福也·若復拘泥尋常·遷延歲月·外寇蔓入·內禍四出·坐以待斃·不可救藥矣·狂瞽之言·知無當於聽聞·爰承教日久·故自忘其卑賤耳·茘波密邇慶遠·盜寇侵逼·殊有岌岌不可終日之勢·祺自四月接篆以來·卽延請得力紳士數十人·徧歷四鄉·辦理保甲團練·匪徒斂迹·

境內粗安·又添築關隘兩重·續募練丁二百·并鼓勵十六里士民·尚肎出力同守·若十分緊急·可調集鄉勇二三萬人分守隘口·惟經費支絀·獎勸無具·徒以空言鼓勵·竊恐易聚易散耳·惟大人諒其愚而察之·

致黃惺溪先生書　何紹祺

惺溪先生閣下·前奉鈞函·因俗冗未敢率復·官場儀注·禮不可廢·而企慕之殷·傾佩之切·則固非文貝所得罄也·近聞榮擢順郡·且喜且歡·滇省司牧·若皆效先生之制行臨民·則何事不理·然積勞如此之久·始得漸復前階·何遲而又遲·若是耤丈荆州迴旆·自是兩省之福·兼以夢白先生之精細醇和·相得益善·但滇省情形·有未易與黔省例者·寬猛張弛之間·甚難適當·現在元氣日衰·僅存虛鞹·正似醫家驟補驟瀉·皆不能治·而又不能優柔聽之·此所以深可慮也·節目闊疏·則日玩·條理煩瑣·則立窮·稍與更張·則新害輒發·仍其舊貫·則痼疾益深·官憊於上·民

横於下·祺深惕焉·幸先生才與學識兼長·得與大君子從容振作·庶其有濟·要之俗敝而後激之·非訓俗之方也·盜集而後擒之·非弭盜之術也·至於銅務丁胥·固相緣爲奸·山川亦各愛其寶·以德召福·其兩大府來時乎·祺自知疏拙·不合時宜·且家慈自去夏抱恙·至今急欲歸去·無能爲役·藏拙稍佳·雖以耤丈之關垂·亦不敢爲久留計·今冬苦無資斧·意者其在明春乎·州縣造福不足·作孽有餘·年四十五而無子·而作吏福不勝孽·是亦不可以已乎·保山浮言未息·各官晉省·久候者多·各要地無人鎮撫·甚矣·習氣之累民也·祺擬候各官歸後·到省一行·數日而返·未知得一相見奉教言否·人生聚散·動輒十餘年·及相見則

依然耳。且有失其故步者。能無慨然。惟冀及時宣力。厚自珍重

不宣

致督幕梁篠房書　何紹祺

弟憊甚矣。民之憊更甚於弟。直是目不忍覩。後任未來。且宜少待。日後到省。或可將息耳。心血來潮。復以迂謬之見。另單呈教

一現在大路無回。又歸猛右分出搶劫。似可四路兜捕。擬請提憲自枯蘇魯阿魯史一帶乘筏渡河而東。威遠兵自東南入漾鼻。兵自西北入。彌渡兵自東北入。兵不在多。移營漸進。匪徒知入釜中。或可就撫。不戰不撫。恐非了局。

一回匪現雖號稱四千。游匪居其大半。若示令宥眞回而誅假回。黨羽可散。蓋眞回雖屬可恨。亦屬可憐。去歲殺戮大慘。曲實在我。再云痛勦。愈激愈烈。而外來游匪無仇。同搶最堪痛恨。擬請剴切曉諭。凡

係眞回。冐繳軍器。或領田。或回籍者。均從寬宥。其游匪同來會犯搶竊者。立誅梟示要路。經行之處。或可不戰自潰。

一調集各路精兵。指日痛勦之說。回民未必震懾。上年兩提憲小松寨之役。已見一斑。彼所以逃匿者。立意不抗拒官兵。而自立巢穴。為可進可退之計。究之本省回民助逆者少。不得不勾結游匪。近聞陸游擊在大丫口獲十七人。只一眞回。若即宥眞誅偽。傳聞解散。亦意中事。

一回產尚未清查。虛言招復。雖五尺之童不信。現在除有契領業無契領價外。如　學憲所云。飭各掌教領撥為本省各屬淸眞寺公項。不準漢人佔據尺土。官只收糧。似亦公允。

一游匪既誅。眞回無業者。願就近則分撥近處掌

教編入保甲願回籍則按站領牌給與口糧由行營實發沿途州縣押送到籍查報似亦一法若令官爲安插似難妥速　一此事始終官不能不認錯九月初二內變之說甚屬恍惚謂有五六觔重鉛子其礮現在何處且男婦老幼將及八千何以困獸不鬬兵練未傷竟夜開刀老幼婦女皆在牀席牽出赤體受戮卽內變罪不至此至謂下鬬有赴　督轅呈控會送丞回銀兩卽指爲內變之據丞城回民多富且貴通財不干例禁並非軍器火藥等件可比其控者未蒙申理此時伊弟復往滋事情理宜然要之無論內變與否殺戮總覺過慘九月十六日　制憲到捨貪時已稟悉殺戮太甚怨氣難伸情形竊料至丞時必

思更正破格施恩　旨下尙可據情奏請注銷想彼時倉猝間必有以將錯就錯之說誤我　制憲者而屢次出示虛言招復春耕豪無布置亦不出照契給價之示試思去價得租費豈無著當時耗費名實兼收此時耗費官民交困卽令如此彼且不平況並此無之邪六湖觀察前摺發時欲請免敍此次發摺制憲有引咎之意眞大君子且令回服漢愧將官用命請處而處悔也不請而處亦悔也同一悔也而於　制憲生平人品學問心田所關甚大義利公私之辨爭一念耳祺出省後不知此摺如何又以心血甚虧不敢復與滇事竊願　先生愼爲贊助同我　制憲爲一代完人至禱至禱

復吳荷屋中丞書

徐燾

端州得手諭聞遂初春晚館啟筠清魚鳥圖書怡然自樂幸甚慰甚憶昔閣下開府南楚講藝質經務崇樸學儒林發藻風氣聿新蒸蒸然析鄭賈之義殫精博之功竊謂長沙之域洞庭匯其清祝融峙其秀人文薈蔚固山川清淑之所鍾而其得力於騷人遷客之棲遲賢士大夫之樂育優柔而饜飫之濯磨而愧勵之奬成羽翼其所由來者漸焉離騷爲風雅之宗香草美人楚之詞賦所由昉也厥後賈誼傅長沙投書弔屈下逮李唐如子美之轉徙湘上昌黎之流寓郴州地以人傳代有賢哲學者藉爲師資而文章益盛理學之闢始自濂溪既而朱子帥潭南

軒講學兩賢相遇千載一時而嶽麓三千之徒擬於鄒魯迄今朱張名渡涉湘水者猶留連慨歎稱頌不衰蓋其澤之入人深也且夫孤臣之放逐名賢之暫臨事經屢朝年逾百世而流風餘韻照耀山河讀其書者思其人思其人者愛其樹時代雖異嚮往彌慇況巍巍中丞久涖茲土以經天緯地之才宏稽古右文之化勤勤懇懇耳提面命不啻父戒其子師勉其弟甄陶鼓鑄雷勵風行然則公之所望於楚士也固無窮而楚人之惓念於公也其能已乎湘中諸生有謀拓校經堂舊址留公像其中增埔啟宇以奉生祠千載下當如過襄陽者流涕於峴山至河中者瞻仰於層觀焉夫以吾楚文章之盛自屈賈而開理學之

與自朱張而粹經術之闡實自夫子而愈明，然則斯堂之作，將使拜公之像者，思有以澡身浴德，孜孜汲汲，而知六經之在天地，與日月弁行，固不可須臾離也，則此堂也公不可以不記，長沙聽松上人精於刻石，如蒙賜巨製，當卽鐫之堂右，庶幾寶墨流馨，與嶽麓名山弁壽矣，不勝引企待命之至。

致湘皋先生書

鄒漢勳

月之十七始到會城，卽奉讀手論，於校刊事宜，惓惓啟誨，惶感交弁，一昨巳盡出半溪所藏鈔栞諸種，徧爲尋討，知而農先生書，於先生卒後未十年，虎止先生巳栞行十餘種，於湘西草堂，後迺有匯江書室之刻，卽往歲衡陽馬頭坡學博詒先生之本，此刻似有十餘種，而此處惟有春秋世論及四書稗疏，四書稗疏尚在先生行篋，聞卷耑有船山箸述總目，多至七八十種，不知是何等名號，懇爲擲下，以便勘閱，總校行述及家傳所列書目，僅三十六種，而此處所收者又止十八種，今別紙錄呈，至若板片大小短長，字體肥瘠寬扁，行數字數多寡，悉依新刻日知錄，巳交樣與刻工，惟款式尙有當議者數事，莊子楚詞舊刻皆有評語，而而農先生之書，評與注原是兩本，今刻宜刪評，一也，春秋家說上有評語，玩其語趣，似是石厓（郎先生見石子介之），否則艮厓治仲，雖爲妥洽，於例宜刪，二也，老子有虎止之纂注，莊子有虎止之增注，理宜弁存，似當從舊式，而農之注大字別行，低格，虎止之注小字雙行，分注正文之下，若是則周易之注，禮記之注，正蒙之注，宜一例用大字，三也，稗疏每則有標題，舊刻標題與正文不別行，但開一字，或致眉目不爽，宜依日知錄別行寫標題，四也，書中若不新坿案語，則於小疵處不曾捄正，未成全璧，若參酌加案語，則書義愈明矣，但曠日持久，須書頗多，實爲繁重如何定奪至案語悉列吾丈名循古人修書但舉事首之例如唐人正義之標孔穎達隋書之標魏徵耳五也四書訓義當依虎止先生原本先列經文次朱注次訓義決不如高頭講章樣但訓義既大字低格而朱注亦大字低格恐致不分擬於朱注上每節加集句章句字亦不用墨圈訓義上并不標訓義字殊爲瞭辯可否六也前題撰人名舊頗參差今一例題明衡陽王某而農著但低二字其有虎止先生注者則下題男某虎止纂注增注餘無者則空下半行新校人書卷末如此方大雅可否七也字體點畫悉依說文亦頗不宜當依廣韻玉篇惟訓義及說文廣義則用說文字耳八也廣韻玉篇動未曾有此書吾

丈冒借否又此書總名當曰船山遺書或以爲疑於張船山然此船山在其前百餘年不可避後而改前九也其最前一行之題似當做古書小題在上大題在下之例上曰某書幾卷下曰船山遺書幾此式合否十也初夏寒氣乍除伏冀順時珍練爲道自愛不盡區區道光二十年四月

與朱魯岑先生書　　舒燾

自丁未道出桐城不見吾師又三年矣中閒曾兩奉書後以羈游吳越碌碌無狀去年就京兆試五月之閒往返四千餘里世俗之所期望既不能得學問之事又無所進故其來皖也距桐僅百餘里欲問訊起居執筆輒罷者再誠以讀書爲學期許之厚如吾師而無豪末以酬可愧也然嘗謂人生不過百年窮達有命若讀書豈可緩哉必待有暇日而始讀書則百年之內恐無讀書之日矣此燾所以奔走風塵而舟車之閒未嘗一日忘也前在吳下曾以千金購舊家藏書數百卷三年之中涉獵殆盡然皆如飄風疾雨一過即忘既而悔其馳騖泛濫無濟於學

問而徒耗其精神欲擇其精者若毛詩易傳史漢五代等書而專治之徒以人事牽迫游移未決若夫詩歌則燾自童時已好爲之人亦以此稱譽故搦管不慚而鏤木者數焉及至京師見所爲游大人乞聲名而求衣食者無不有此矯俗太甚者至比之卑污苟賤無識者又從而引重之推挽之而其人亦以此甚自矜詡燾偶見之面輒爲赤因以向所爲詩棄之不復示人然欲不爲詩亦不可得乃取篋中山谷集讀之始猶格格繼乃大適而一月或成一二詩數月或竟不能成一詩欲如向之一日而成數詩乃不可得夫就詩而論山谷僅得杜之一體超妙脫化去子瞻尤遠甚然援引證據無一句無來歷彼世俗所爲

恍惚假借者多矣。吾輩欲異於俗。當以此爲疆界。不然江湖游士挾一冊。皆足成名。何古來詩家落落可屈指數。而當世詩人若是之多耶。然後知詩之超者稍有性靈。皆可至。詩之堅者非讀書博古。雖歷劫不能也。駢文首卷刻於吳門。曾寄呈覽。二三卷爲朋輩所迫。復刻於都下。多爲人之作。了不足觀。然已誓不復更作。梅先生伯言。今之昌黎。永叔也。勸燾擯置一切。專治古文。夫古文何事。豈燾之淺薄所敢輕言。然私念國朝自方姚以後。久無其人。固心嚮往之。而有待也。夫撰述皆出於讀書之士。而讀書固非徒爲撰述也。嘗見今之學者。一日讀書。則思一日撰述。以傳世。卒之書不能讀。而撰述亦不可成。因歎夫天之生

才不偶。而古今之負高才。悠悠白頭不克成其業者。皆此一念近名之心所誤爲不少也。燾嘗以之自悲。凡遇鐙火几席。一以誦習爲事。絕不復有撰述。若羈旅道途。則時得一篇以寄興。故年來書頭劄記較詩文爲多者。職是之故。曩侍吾師時。與言讀書爲文之道甚詳。彼時范然莫辨。及今追憶之。乃深憾侍吾師之不久也。唐魯泉明府來。詢知近況甚窘。於其歸也。託致箋箋想爲代達。燾初意欲於去冬今春往桐一視吾師。兼揆龍眠浮邱之勝。今魯泉已去。代者素不相識。又以家事紛集。卒卒未能。如願得見吾師。不知何日。故述近年所見。惟吾師正其刺謬焉。臨風悵惘。他事莫及。

與陳風書

李紹蓮

向者蒙寄書云。於舍姪塾中見僕所作素論。若花開夜氣。談易諸章。有前賢所未到處。此足下之過譽也。夫僕於作論。非若豪傑之窮愁著書。又非若賢哲之以言垂教也。特以偶得於心。恐其久而復失。又或朋友師弟有所辨難。既已略陳鄙見矣。未知一人之是。適爲衆人之非。書之簡編。以待參考。是故晴川素論非李氏之書。乃李氏記言之籍也。今足下儼然稱美。至以古之立言者相待。僕安敢任受哉。且僕嘗考古今深識著書之難。而退然辟易久矣。凡諸拙者固不具論。其勝者又約有數弊焉。蓋凡人之專成一書。其精神氣燄必有以自振拔。然才至而學不

至則理不醇。學至而才不至則詞不達。才與學兼至而或取辯於語言。不衷於理要。則事實少而藻繪多。適足以形其腐也。今觀往代遺編。自六經語孟學庸宋五子明四知以外。作者非不甚衆。然求其精義。或連篇而僅得數言。或一人而僅得數作。何則文之至者。大抵非其人爲之。乃其道爲之。德爲之也。頃亦有人問僕。六經之文何以造乎極至。僕應之曰。元氣充積則萬物化生。聖德充積則至文發露。六經皆載道之文。自聖人爲之。亦如天地生長萬物而無心耳。儒者淺陋。雕鏤辭章以人作文。風斯下矣。僕之所見如此。足下但能教督以所不及。則幸矣。稱之過實。適所以愧僕而增之恥也。

與徐公可論治寇書　胡堯戴

公可三兄足下人還得手畢並承惠書書四種謝謝弟近好爲古文竊以爲尊乎文者厚明理以致用不爾上者高談心性其次矜考據攻詞章雖詣各有所極要皆得謂之空言已故慨然有經世之志側聞寇氛日張幾莫能支夫承平且二百餘年賊數不滿萬而橫行而前所當輒靡無有折其銳者抑何勢之暴歟天下之亂未有不始於州縣若今日州縣責重而權又輕而所簡吏率循文法時務漫不之訾省以無用之學而居甚重且輕之任養癰決疽毒極而發其發必自州縣始縣亂且及府府亂且及省省亂則流毒蔓延勢所必至侯朝宗有言必察知致

盜之源然後可收弭盜之效治盜在兵而不專繫兵果所在得賢守令行堅壁清野之法區區賊不足平也今當事不知責成地方官又兵不窮實效徒施施然尾賊後賊常爲主我常爲客勞逸異形我不能用兵而反爲賊用矣言之令人氣塞憶客山陰縣時與足下同游小雲栖舟中縱論天下事慷慨泣下頃尊公駐海昌高車枉過皇恐報謁長者前格格不敢吐而喉輒茹鯁胷中宿物須盡泄之乃使走筆書所見以質足下有心人幸不以爲狂且謬書生喜談兵固是通病然就使言而中徒言何益烏乎大地茫茫可與言此者幾人也願與足下勉之

與羅秋浦丈論詩書　歐陽勳

讀寄示梅花百詠格奇而正意悲而和體會微而不纖運用多而不滯佩服佩服漁洋一代詩人然古體獺祭似義山無雄才眞氣以運之惟絕句允推正宗憶昔年陳懿叔先生論詩及漁洋謂其筆下所出不及心中所知所選古詩盡古今詩人之妙他選家莫及也來教謂於漁洋止隔一塵者漁洋豈足以盡先生之詩乎又先生不棄拙作教以路陌所辨生熟眞爲至論勳何敢言詩哉不過朋友往來之酬和平日讀書之感發偶傾寫以適己意而已今之以詩文辭名天下者江南梅伯言郎中也其論學詩之法初從荊公山谷入則庸熟繁蔓無從擾其筆端

俟其才氣充沛法律精熟然後上薄諸大家而融洽變化以自成其面目此中先後等級不可淩躐勳自服膺此論不敢如從前之率爾操觚矣然由是搆思愈覺其遲鈍窒塞正如先生所云趨生避熟者徐而養之循漸而爲之以趨於寬博馳騁之域此勳之志也乾隆末袁蔣趙諸公才力甚富不屑鍊以就法故其詩多淺直俚諢之病不能及古而見喜於流俗獨姬傳姚氏確守矩矱由摹擬以成眞詣爲七子所未有千載之名當在此而不在彼也愚妄之見謬以上陳先生以爲何如

與劉幼蟠太守論團練書

歐陽勳

勳白太守執事自月之朔日衰門罹禍狼狽棄徙違教多矣天下事吉少而凶悔吝多好動者輒遇之某君是也其詳諒已知之聞執事處此舉重若輕靜鎮之功佩服佩服鄙人於此竊有論焉此次風鶴之驚賊未蹂躪至鄉而無賴之徒蠭起蝟聚殺越劫奪所在皆有此皆平日之良民也爲惡之機變於俄頃其喪心病狂至此夫果何恃不恐哉毋亦由州縣官長平日無實心善政固結民心而多事之秋又不諄曉鄉里徧行團練以爲外禦賊匪內消土匪之大計致吾民猝然乘亂譸張爲幻陷於奇凶極惡而不覺雖事後不得不據刑亂國用重典之說以懲

之而已未救矣然此州縣不盡任過也而過尤有所歸何則今之州縣古侯國也官必久於其職而後無曠於其事今雖不能如古之世守亦宜限以終任人地相宜者則保舉奏留職事有罣者卽除免闕缺無所容其倖得亦無所容其詭避如此則州縣得以周知民情興利除害敎化何患不行風俗何患不美一旦有變止亂之法裕如定亂之才綽如也今也不然黜陟予奪藩伯董之而總其成於督撫任意頜之以耳爲目罔攸稽覈卽如吾邑六七年來缺猶屬李君而權之者已經四五矣久者或一年少或數月事務繁雜供給絡繹彼方斤斤拘守其故事緣飾其虛文而已或有以破格請者非有所窒礙卽不免有所觀望於其閒又或有志君子慨然欲以事自任而歷任未久不特鄉民未能深信卽一二士夫可與共事者亦且慮其易於圖始而難與樂成如是則一邑安得有賢宰天下安得有善政哉敎化日缺而風俗日媮職此之由團練特其一端耳然則就今日論之團練不行伊誰之咎也夫團練者三代後寓兵於農之遺意也嘉慶初三省敎匪之事老師數載卒奉　旨舉行團練寇以蕩平其前效蓋可覩已昨聞邑中一二練團之鄉賊不敢犯境地方居民帖然此尤其近效彰彰者也僕因論事故及之執事熱忱救世如遇當事有氣力者可爲痛陳也賊已竄還北省想與黃州股合滁帥因三月岳州之敗勇潰過半自請部

議今水師盡以屬之陳總兵更欲從近屬募勇近萬始能成行石曼卿主籍鄉兵之說前人猶有譏其失者而況收之烏合得之俄頃又倍不及鄉兵者乎此蒙前年所爲言近日之棄兵用勇而不免私有所疑也執事以爲何如天津獨流之賊掃除否金陵潰圍而出確否老成凋謝命將無奇　廟算雖勞籌餉艱繼蔓延若此澄清何日執事江蘇之行何時啟程如在蒲節後猶可一圖良覿耳無緣面論聊布區區臨楮神馳伏乞鑒察不具

上曾相國書　嚴咸

前於長沙將赴漵水．寄上尺書．并先君行述．求譔墓表以光泉壤．想已邀達．道出章門．因病小住．欣聞閣下將士恢復江甯．積年巨猾．一旦摧破．好音甫懷．曲踊三百．昔范老圖夏．莫復橫山．贊皇作相．未定河朔．閣下指縱羣英．翦此鯨鯢．未踰句踐生聚之年．遽成裴度淮蔡之功．眞曠世奇勛也．兼之入蔡李愬．相公介弟．鎭蜀吳玠．安撫難兄．忠義萃於一門．尤古今所僅見．李郭興唐．耿鄧佐漢．方之閣下．何多讓焉．竊念粵匪初起．陸梁小醜耳．將帥失律．縱其豕奔．遂成燎原之勢．東南金湯．相繼覆沒．文物之邦．胥成盜藪．智者焦慮．勇者控拳．莫不謂滄海橫流．談何容易．閣下摧剛爲柔．轉敗爲功．建旆湘中．屢蹟屢奮．拔奇傑於草澤．擢名將於行閒．三數年閒．大勛竟集．固智愚所不料．卽閣下始願亦未必及此也．方今妖氛初敉．神州新復．民歌來蘇．士詠破斧．幕府詞人．解譔河清之頌．行軍司馬．會成平蔡之碑．金石輝耀．千載一時．昔羊祜言平吳之後．尙勞聖慮．范文於戰鄖之役．願遺外懼．大臣用心．自古如斯．閣下今日諒已從同．則不才如咸．將有一得之獻．夫功成身退．天道之常．薦賢自代．古人所尙．閣下焦勞十年．手足胼胝．耿耿此心．足報　君國．矧建大功．無負天下．若於此時投簪．遂初．薦杜預爲替人．尋洛中之故事．　朝廷大政．動咨山中．衡湘林泉．常供清翫．遠勢辭榮．息交

絕游．課耕教子．以樂天年．身名俱泰．世莫與京矣．然此爲閣下一身謀耳．若爲天下謀．則不忍出此．天之生材不偶．賢如閣下近世有幾．公歸不復．是　朝廷少一可倚之人．草野少一造命之人．大江南北．瘡痍未復．誰與拊集．兵勇誰與安插．官吏誰與黜陟．惠養招商．興屯結堡．鋤除疾苦．翦滅豪強．凡此庶政．誰與經營．且豫章漏網．尙肆跳梁．關中游魂．近窺英霍．臥榻之下．尙有鼾聲．丈夫雄心．能無奮發．耿弇妙齡．不以賊遺君父．馬援暮年．尙自躍馬．遄征．自古英雄．類多如是．咸知閣下今日雖欲蹈謝傅之高節．勢必不能．且充國平羌．克善厥後．原傑定鄖．安插得宜．區區一隅．料量何詳．矧茲神州．豈容疏忽．所望開誠布公集思廣益．勞謙終日．視民如傷．蘇常租稅．弊流公田．降及有明徵收不減．　國家龍飛之初．因循勝朝之舊．小民敲髓．坐困千年．豪衿包漕．遂成積習．眞東南之巨蠹也．若能形之奏牘．予以蕩滌．省煩減重．以蘇閭閻．再擇有司．破除文法．勤加拊循．時行阡陌．問民疾苦．招撫流亡．隨宜安置．量給牛種．專事農桑．暇習拳勇．守望相助．姦宄自弭．一年之後．加以考績．民人眾．田野闢城郭修．政事理．治行爲最．庶事未修．民心尙輿者．次之．否則登之白簡．又大兵之後．絕業必多．功成之日．游兵難制．似宜興屯編集．此輩文饒屯兵川中．得勁旅二十萬．鄧艾屯田淮上．收野穀十萬鍾．興屯之效．彰彰如是．責成有司．必收大功．若漫無安

頓此輩本非孝子順孫一旦篝火狐鳴有陳敏李特者流倡亂其中禍尙忍言此江皖今日之急務也自古言富强者無不從事山海淮揚魚鹽之藪大利所在可委幹員詳議榷稅章程遠遵管仲計算之法近參劉晏變通之術庶其有濟又羊祜刈穀酬以金帛祖逖鎭豫不廢互市收利無算裕國實多方今島夷宜事羈縻榷其貨貝充我軍資幕府濟濟多才凡此數事洪纖巨細早已策之裕如矣抑咸竊有慮焉湖州襟江帶湖爲江浙要害狡賊死守倉猝未能遽下近聞江甯餘燼頗竄入夥此郡賊勢必至更張比來杭城兵勇分擊江西巨股餘兵不多難期旦夕奏效閣下動計大局全無畛域之分若能迅派水師截駐

太湖以夾擊殄港汊賊船大軍四面雲集因㮣而攻必能得手湖州既克江甯亦無後顧之憂矣又皖南一區爲江皖浙三省通衢實東南衝要故桓彝以死守之鄙意宜於此處屯設勁兵如老羆之當道隔絕賊勢卽湖州克復江西肅清後亦宜予巡道以重權倣臺灣故事令其屯田練兵用人理財以備非常而南陽光信一帶山林奇險冥阨大隧直轅形勝猶昔易於控禦春秋吳楚搆難六朝南北相伐往往爭之此間巡道亦宜倣照皖南事權既屬措施自易自能靖內攘外鞏固疆場秦豫皖楚有此鎖鑰不虞捻匪之衝突矣但必須龔遂張綱度尙龐參之流當此重寄始能勝任耳此又江皖今日之急務也至若天下之大計數十百年根本之謀則在寅天命崇聖學練禁旅重邊陲數事自來聖帝賢王莫不兢業自持每當國家多事卧薪嘗膽固其常也卽海宇清晏亦不敢稍自逸豫每當祥瑞紛出之時不敢以爲祥而曰余德何堪卽災異偶見惟返躬自責禳之以善此宋景一言而熒惑爲之退舍也今江甯雖復而海內尙未全安如能上下憂勤以達天庥中興之業不難致矣天下能益人神智者實惟典籍安人家國首在學問虞廷都吁周家訓誥傳美於無窮下及漢肅魏文妙齡踐祚莫不孜孜墳典臨雍養老北面親執醬醯問業請益卒之方隅向化天下乂安我

聖祖仁皇帝八齡御極專精問學厥後學貫天人臣下莫

及甚亂修政比隆成康爲三代下第一明辟　皇上龍飛伊始春秋鼎盛於視朝之暇尤宜專心經史擇端愨通儒以爲師保貞亮英彥以爲左右　聖敬日躋不難繩武　仁皇矣昔鼂錯爲太子家令而漢景以嚴刻著李泌爲肅宗賓客終能再興唐室墨子所以悲染絲也賈誼曰左右罔非正人則太子正矣今日之事正當效之又漢宮后妃師事班昭晉代宮嬪尙有左芬女史彤管湲宮不可闕也又矇叟誦詩易感人心更生作傳大關世教竊以　皇太后政事之暇如資治通鑑大學衍義列女傳本朝　聖祖神宗實錄等書亦宜時加披覽或令矇叟女史講誦一過曉然古今成敗及　祖宗

創業之艱臨朝決事行見德邁明德功高宣仁他如王公大臣亦宜於政事之暇披討經籍詳擇師友以充擴其識見涵養其性情應事援物必能遠邁古賢矣我　朝禁旅驍健素聞入關以來猶自龍驤延及中葉承平日久因循不振遂成今日之勢目下戡定捻匪全資蒙古驍騎蒙古外甥之國馴服日久兼之單于臣僕無異家人固可常藉其助但根本之地終資同姓之親使禁兵胥練則益收內重之勢絕無尾大之患矣回紇之佐唐何如周召之輔周又前事之師也竊以此時旗丁老弱者可令自謀生理不必拘以限制挑選精壯成丁胥令練兵器責成八旗都統按期操練我　皇上於春秋農暇躬御戎輅大閱

師徒以整情定功罪既足以鼓勵士氣又足以懾服四方行之期年可期得力各省駐防亦宜嚴責將領勤加訓練老弱者準其出外謀生則籍無廢丁矣至於甯古塔黑龍江爲我　朝發祥之地伊犁西藏等處爲我　朝新啟之疆創業匪易守成爲難宜簡忠亮重臣鎮撫其地相宜開墾勤加訓練長城以外胥成星羅之勢既可弭外來之覬覦兼能備中原之緩急不可不早謀也此四者實天下之大計然不敢自以爲是敬質左右以定是否昔賈誼弱冠上書宣室仲淹居喪言事政府咸何人也敢希古賢竊慕義方贈箴之義謹抒末人獻曝之忱儻以滄浪之歌孔子有取芻蕘之詢聖人不廢願加採擇施諸行事尙乞賜敎俾知奮勉不勝拳拳之忱抑咸聞之是我不當爲之賊敎人以善謂之忠辱在雅愛再陳狂瞽天下之事固敗於小人亦未嘗不敗於君子固難於圖始亦未嘗不難於圖成故張趙闒茸宋祚不競角巢殄滅國勢隨弱當此之時膺大任者非具休休之懷斷難光贊中興也閣下謙抑素著寵辱不驚成此不世之勛若其固有之事今日者厝天下于磐石爲　國家開大業薄海內外誰不傒望於閣下伏惟遠追劉宏近法韓琦審愼於功名之際閣下安而天下安矣妄發不罪乞鑒區區秋燥千萬爲　國自愛咸謹上

昔垓下成功重賚蕭何石頭新收先褒卞壼蓋以功莫大於

得人節莫重於殉難是故朝廷沛非常之澤載籍流無窮之芳竊思逆氛初張天下莫遏既傾鄂城之堅已得長江之勢是時故兩江總督陸公提兵上援黃蓋艨艟一艘未造傳庭士卒萬人不滿九江無控扼之資金陵乃根本之地扁舟獨下孤城力攖棄洛都而不守謀傚臨淮退睢陽以阨要計效中丞未爲失計也天未厭亂盜竟大張未逾旬日遽報殘破而陸公竟死城郭無忝君國雖未如邵續之完城究能效洗勁之殺身大節無虧微瑕可掩矣乃萇宏之血甫碧而薏苢之謗復興臺莠賊中痛甚焉援籍沒家產請同李紱天心甫回薄寵方施賞還職銜未極恩榮昔平原不守眞卿反蒙嘉

許許遠後死唐室亦加重褒蓋善善從長君子用心賞疑惟重聖王令典今陸公罪在可原忠實堪欽金陵既復死狀易稽如有隱德伏乞疏聞日月復旦惠澤必溥俾得從祀袁槃庶幾足勵將來又荆吳既没大旆初舉兵單餉乏屢蹶江湘謠詠紛起貝錦將成郎散周玘之兵難保庾亮之貶前湖南巡撫駱公軫念大局保全善類增兵輸餉略無倦意懃懇之懷不減太眞謙抑之度遠邁士行以是閣下得率湘中諸君子奮厲壯猷復武漢定江西馴至今日成此不世之勛使無駱公不知伊於胡底今日閣下又復收功東南則駱公維持之力益不可泯駱公鎮撫湘中遺烈在民視師入蜀妖氛克

殄雖韓滉之鎮吳劉虞之牧冀仁心善政不能過之乃李綱撫湘遽罶去思張詠定蜀未蒙殊錫海內喁喁無不以懋賞未極未足以酬藎臣也昔子產聽政實賴罕虎陳平受賞不忘無知今駱公實閣下之罕虎也往年克復安慶胡文忠薨閣下功成不居歸美死友凡在有識罔有不服今日之事咸知閣下必有以處之如駱公蒙非常之褒閣下收陳平之美曲突徙薪乃蒙恩澤後世君子誰不願爲子皮矣區區微忱識察爲幸咸再上

上羅丈書

張起毅

起毅頓首奉書硏生姨丈左右毅生二十年矣從事於學亦有歲月矣先人之至交近在數十里內未克執贄登門一親撰範又未克遣一介通寸牘於隸人進所業而求教焉不敏之罪誠無可解亦所學太陋未敢自達於先生故耳起毅自受書以來即志於古之立言者而塾師見訶以爲非所宜學顧乃學爲時文夫時文之卑亦已甚矣無學問經濟之可言無性情之可見當世君子輒奉爲性命以弋取科第一旦得志於國於民罔有寸補則昂然自命爲文章士夫古所謂文章者豈今之制義比邪起毅性崛强旣爲所束縛則欲踰越規矩一吐胸中之所蓄

而亦不可得於是所作乃卑之卑者以此數年愧不能禁復取古人之文章伏讀而學之無師友之益索途冥冥不敢自信故成輒棄去間有存者亦罕出以問人今先生乃赦其不敏之罪而賜以將來之益起毅可終事揜匿違裁成之心邪謹上近所爲時文若干首其他古詩歌容俟改定以獻

上左季高丈書　張起毅

起毅上書姨丈閣下違侍三月訓誨之言在耳不忘日月悠邁此情曷已前承姨丈欲以勖弟與起毅共學曾具以下情瀆陳聽覽頃復奉書不蒙許允雖然起毅亦知先生之必不見許也先生所以命起毅者欲令朝夕侍側得親教誨講求文章之利病取資師友之考訂意甚善也而起毅所以不敢奉命之本心猶未盡悉敢復陳於高明之前起毅託庇宇下非一日矣又就業先生之館飲食之教誨之資其養焉廣其業焉爲幸厚矣然自起毅思之年逾十五不爲少讀書求聞達數試有司不能靑一衿不爲幸而母老家貧寂寂以屈切切以憂無由絜粢視膳

盡人子一日之養而苟以安其身習其業誠有食焉不能甘寢焉不能適者斯亦仁人君子之所矜也先生之訓起毅曰鄉里之中無賢師友無以爲德行之資學問之益起毅思人患無心不患無友苟其自立六經皆我趨步史傳皆我師友若夫文章之事取古今人作而效法之固非大難事也先生少日發憤若神此非起毅之事也然能無慕哉昔孔門聞臯魚言辭師而歸養者數十人起毅獨屈滾念及吾親之存少營甘旨每欷歔感歎無以自禁幸猶可數年閒晨昏膝下少伸孝養之願鄉之民其性樸其力勤其執業苦農夫野老惡衣惡食相與酬接亦可以識艱難長筋力此起毅所以不敢奉命之私意也夫飲食之恩小教誨之恩大起毅自獲侍先生銘心刻骨常中夜起坐提牀太息冀發奮有所成就以無負大賢之期望忽忽數年志願未遂而仍欲使素餐先生之門先生善矣起毅一丈夫似此碌碌曾何日已抑豈先生之所許哉夫瀆尊長之命至於一再非卑賤之禮也違玉成之心而傲然自遂尤非心之所敢安也然區區之情不當緘默敬陳之左右幸先生垂諒焉

禽孳尾，由卵將雛。羈旅之懷，想同斯慨。執訊遠慰，略悉所云，輒爲小詩，冀博嗢噱。

答歐陽子書

馬敬之

二月某日，奴子奉手書來。僕時劇病，餌藥貽誤，自分溝壑，枕上省覽。旋卽交付，不能裁荅。頃雖小愈，臣精亾矣。靑天共戴，白日坐凋，含哽告誰，惋憤焉極。伏念足下斐然狂簡，識趣旣洞，晷景未迫，盪浩氣於長征，收奇書於昔遁，過江披褐，具有微忱。涉嶠著書，餘爲新語。此之所得，眡僕何如？足下之行，僕敦促之。鄙哉硜硜，猥多稱引。五尺童子，具曉其說，必若鞠豚闈房之內，徼劉袵席之側，乖尊親之義，而不㾮狃賤儒之陋，以自好，則是墨允高蹈可訾，其拂命曾參侍側，豈慮其殺人？眷茲劬勞，奚取祿養之報？陟彼瞻望，終謬仁賢之恉。其信然乎？大孝不匱，游必有方，振古之通矩耳。僕與足下誼屬婚姻，實踰昆季，苟有遺謂，敢矜單慧？昔鄉愿負宗黨之謷，聖人惡之；韓先生爲李賀申名諱之辯。到今蹍之，蓋愚者迂迹以浮沈，而明者貞志以消息。機栝未呈，巧歷亦輟其算；規矱旣定，良工斯飭其材。嗟乎嗟乎！九州大矣，事會繁矣，章句之士，旣傷鋻倮，䜀笏之侶，難可深論。區黑水爲南流，導黃河使東注，吾聞其語，未見其人。此足下所爲奮袂而興，益晉於自試也。僕聞理有并存，譽勢輕重，情無均感，隨時異同。是故玉韞於石，而草木流輝；珠藏於淵，而波瀾效媚。涼風初動，而櫪馬悲鳴；春霆鬱律，而龍鯉倒躍。況人倫之俊，道德之儔哉！足下行未半萬里，別甫匝三月，而庭柯漸苞，繼華坐實，林

獄中上黃海華太守書　鄒漢勳

夫入地化蟲詎得醪而能解仰天歎馬端有角以潛生五木纏身生人之大辱一精貫凡下士所常矜是以勝詭陽遭書陳梁邸惠昭衍際律暖燕山咄咄我先恆逢此厄曾曾小子亦遘斯殃嗟嗟靈均好潔非因諫而致纍孟博揚清乃無言而被逮楚漁坐誨原許餔糟魯史立言亦珍含垢有何儒暨尚能六行自矜況彼此徒早巳一文不值哭聲振野失父母之歡心四服盈門逞奸凶之至願如斯顛倒能勿怨乎誰論重輕烏乎巳矣間嘗博考前聞詳稽往載叔譽緣親而坐患起豺聲叔孫爲國而羈情殷雀顧條侯對語莫識所書蔡伯史功於何能乞怨溪蠶

室司馬成麟止之篇氣結柏臺長公笑松蟠之句要逢巨慝或遇時屯動也世値　聖明臣多夔稷所評匪　國家之治體所傷廛閭里之民情不爲姑嘬之蠅甘作惡譁之蟈而亦遽遭斯辱誰歟爲表此心況復黃絹卌年守身如處女綈緗千帙著作等前賢終日書堆長是訂譌糾繆半生筆冢頻經撰要發凡云何至道無聞一情弗識第是期功痛切孤潔癖深信長吏之一言慰安子姪具至親之五服招聚魄魂端期狐死首鄉鳥飛還故誰謂經原非雉血何爲而更暈齒牙觸巳無羊心何因而不傷骨肉冤含莫訴冤復重於桁楊死本無辜死又遭其桎梏盡傷巳極呼籲何從且也索瘢爲疾指纇成瑕縲絏之長非尼山曷辨株連之肸必祁氏始明欣逢執事隼旗初臨歡騰道右虎符新握慶溢閭中雉化如文翁仁風逮召父甘棠多愛羣歌召伯之鼠牙列棘無冤無事談天之鳥首謹瀝情以短箋望施照於寒儒不勝懇切冒昧之至

上譚鐵簫郡伯書　鄒漢勳

搦管爲文於今八載陳書受業迨是廿年每至夜分誰則然藜以照亦常漏盡猶然據几而吟發一己之深情時成短諷覩五經之異義恆好折衷第妍媸不可自知終待秦人之鏡美惡原須人定詎無郢客之斤伏惟郡伯大人旣稱學府亦號文宗齠歲俊名差似桓驎苕容綺年華譽更同揚信著書魯壁魏墳世叔五行俱下九流七略仲任一見而知綈囊先祖之書素卷老人之記悉能鑽究無復遺忘八分升蔡氏之堂邪有潮乎可羨五字入宣城之室且兼白也之風磊落雄辭信韓陵之可語繽紛麗藻皆思道之不知開府入關中無煩示賦舍人來輦下何必鬻書名早達於　帝聰聲遂盈於宇內夙懷壯志别耽伍子簫聲雅好文章兼解逢門射法景鍾之志寫英雄兒女之圖蘭室之傳成水道詳明之說是以楷模士類師表人倫更足思者昔年巴蜀題輿民致百錢之送近歲湖湘剖竹人懷匹絹之清奕奕宣條優優布政旣德刑之兼濟亦寬猛而竝施吏不敢欺民由此化釣則放其魚卵早同巫馬之風嬉則避彼雉雛無異中牟之政因之民無佩犢界有逃蝗張君巳致誦於雙歧廉叔復興歌於五袴循聲遠布令譽遙聞應知河內無寇恂哉誒河東察王霸勳身是郡民早霑慈惠心馳文囿更仰高風今歲以來所箸詩數十首文十餘篇旣繕之於寒窗敬呈之於暖閣

自慚駑劣未識津途若賜燕閒爰加敎誨得比程門之士子或同楊氏之女流庶幾適太行者不至南轅航大海者能登彼岸

與劉梅心書　歐陽泳

梅心仁兄同年足下．寥廓空山抗顏一榻．風雨孤燈下簾危坐．苟其世夷遇泰曾不係懷俯仰之閒皆爲適境則溫香瀹茗晤對囊賢烹字調詩開茲覺路致足樂也乃泳也門地闒塵運祚乖舛頻抱脊令之痛旋嬰枯樹之憂性命司於參苓文章等於鹽米塵幾生乎甑釜鄰竟乞諸屠沽伏櫪之志空懷假柯之期莫必風辰月夕感與時增酒後花前悲生歡際梅在望而臆酸藥未茹而心苦命也如此夫復何言伏念足下地臨椉潤性極寬蔼屋繞樹以彌幽階流泉而自潔翶翔倫劬融洩滋於庭除弄姿帷房琴瑟和於御內婢亦解詩德堪食舊事無謀而不合

願有卒以能伸天工手補私淑之黨祁祁奇字朐羅問難之徒濟濟猶復得有餘閒常親書策龍睇大野視逼古人虎在深山氣暗羣喙業循時以繼長德撫序而恆修以泳視之眞如天上然而尤人無志怨天不祥良農不爲水旱不耕良賈不爲折閱不市窮塞墮道君子弗取焉夫坐耳病驥終整蘭筋戢翼悲鴻猶揮勁翮泳雖駑下敢自棄哉所願不惜砭鍼時貽鯉素庶巳頓之刃硎發其光在璞之璧石攻其瑕苟全顚沛之操永無離索之感幸甚幸甚厲風綿雨動浹旬時寒暖靡常伏惟珍攝臨書惓惓不盡所云

與李竹吾書　舒燾

萬花鋪野別我城隅．一葉辭柯憶君江上．芳草隨馬蹏俱歇．斷雲與鴻影偕翔．昔聽鵑聲杜陵歸矣今思鱸味張翰淒然撫時積歎望遠增勞緬彼同心當多遐想足下目高於漢心深於淵守老氏多欲之戒有莊叟死灰之容固巳謝迹闤塵追蹤曩軌文史足用山澤堪娛乃以室多黃口庚癸頻呼堂有白頭靑紫縈望赧顏入世強志依人驅歲華於道途悴精力於奔走而舉足慚多併心事寡菽水承歡莫捧毛生之檄風霜砭骨誰憐范叔之袍家在夢中三年作客雪盈頭上四十成翁阮籍窮途楊朱歧路豈貧原非病而憂能傷人乎五上春官仍鑽故紙一天

秋水宜整歸驂蓋富貴非可以冷取而聲聞不能以熱全峻其崖岸則無以近人納彼污穢又何以成己君相無造命之權山水有養素之地勞勞者若此坦坦者若彼亦何不可擺脫名韁逍遙塵外哉況乎事毋心長窮巷原多愛日嗜古力厚先人尙有藏書慈烏反哺倦鳥歸林言念羈人能無抑鬱往在都門不無朋好昚言契洽乃在旨愚一鼓山水之操遂成沆瀣之役出同車馬入共樽罍交引忘年誓同刎頸猶憶古刹讀書荒齋把酒夜深月色白化爲霜戶外松聲寒淒似雨野狐笑人時幻形迹頑僕酣夜但聞鼻聲而吾二人聞越石之雞中宵起舞拔王郎之劍異地悲歌良以古之傷心別有懷抱世有知我共此襟

復王博泉治溥刺史書　徐　鼒

仵至奉到賜題家大人課孫圖謙謙芳衔琅琅辭筆正人之品因山公而始定方軌之譽藉仲寶而彌劭點綴自古篋衍愈珍晉康分自端州基於武德靈溪帶水三洲建巖陸賈所經茂叔曾至文物之地山澤弁癯近聞慓悍之氓爭搆雀角萑苻之盜游繹舠舸跳盪陸梁嘯聚江介閣下百里下車三月受篆迎郭汲以竹馬議孟堅於寒帷課經夜闌論蒙星駕挽頹拔薤敷化賣刀神明既傳愷悌彌著花閒雞繞棠舍風高見利器於盤根奏循良於錦石翕然輿論無閒郊圻然而閣下大才槃槃合聞卓卓履展之任方特賞於謝公令僕之選豈久辱於州吏固宜

進貞艮於執政溪倚伏於上游夫梯航颿沓瑰璩畢萃山海富庶莫如廣州襟帶裨瀛毗連祿國素稱難治迥異華風求之古人莪莪標伏波之柱勤勤運士行之甓庶幾畏懷五管震懾百蠻粵乎尙矣我　朝忻暘垓埏覆育中外方休嘉之弁逗如雨露之均霑乃有玢身黥面之倫屈紒横幅之族煽氛海角梗化京師擁戰艦以周羅伺風潮而出沒輪工火縱礮慣銅轟閣下羽負雞翘衣縫袴褶裝整戎而顧盼墨磨盾以淋漓氣感風雲韜藏龍豹聲久馳乎禦侮功宜懋於折衝方今游魂遠竄雖祟瘴海之勳餘孽尙存未雪　朝廷之恥況復縱横甬上蹂躪浙中陣鵞之壓未決於一朝蠹鼠之搬且虞其再至閣下素推亮期今日者交州天際長安日邊每思耦聚之歡始識索居之苦寒獲失侶憔悴山林旅鴈離羣淒其潊浦然而途爭夷險心判安危苟無愧於古人亮可喻夫知己咫尺胡越百多面朋千里庭階何慚心契際此金風厲節玉露凝晨春暉苦短歎游子之遠去秋草更綠怨王孫之不歸波渺渺以何涘山黯黯而將夕洞庭木脫衡浦秋高能無覩落日而念先塋望白雲而思親舍哉僕與足下榮悴殊途感傷一致讀仲宣之賦目斷高樓吟東野之詩魂飛寸草用是鐫吾意版速爾心旌遠志當歸應自量其去住江湖魏闕誰能測以升沈努力加餐勉旃自愛意隨楮盡心逐雲飛

直夙抱公忠，儻能績贊元戎，籌襄幕府，駛楊僕之樓船，瀾迴海隩，森臨淮之壁壘，令重山安，鶴唳風聲，不驚黃浦，刀耕火種，永靖花田，磨崖之碑十丈，名紀太常，平海之策萬年，光增史冊，豈但治縣之譜，山陰世其傳，著作之林，襄城被其澤乎，弟羈游百粵，空啖荔枝，無乘邊一障之能，虛萬里封侯之願，從戎可羨，方聽鼓於軍中，寄硯終慙，試觀兵於壁上，攻心最要，鞅掌維勞，頫暑漸臻，珍攝宜備，海雲在望，翹企曷勝，

與鄧彌之昆仲書　羅萱

彌之仁兄昆仲足下，去歲會垣小住，屢辱過從，握手故歡，晴言新好，蓬廬歸臥，思不去心，迺復先枉瑤芳，注存敦摯，緘乍開而喜溢，讀未竟而悲生，往復纏緜，情餘於紙，輒擬郎貢鄙忱，要於永好，而塵思澗集，吮墨中止，嗟乎，寓聲豪翰，尚爾藉滯疏拙之性，槩可知已，新秋逐隊，重來亟圖，良晤邐積鬱之悃，釋久稽之咎，輕颿甫卸，淫雨浹旬，潭府匪未便，笠屐何期，泥濘復謝軒車，既疏爾室，反履我闥，相視內報，不熱而汗，促膝半晌，絮談薄暝，旋以同儔牽率，歸櫂告促，於時苦霧屯岸，繁霖接天，懸緒之雨千絲，刮愁之風一片，棹歷魚鼈，枕蟠蛟螭，波濤駛奔，檣櫓震

盪，曾城迴望，迴隔雲霄矣，嗣是杜迹山樊，塗塞目，沈吟未已，白露為霜，蒹葭一方，陽桑萬徧，緬惟足下昆季，雋邁時髦，研精蒐箸，彈豪賓溢，噴墨馨流，無肩不隨，有唱必和，曾覽篇什，敦厚其旨，略窺管斑，未能測其所至，然威鳳一羽，足驗五德，要裏一顧，可知絕羣，而來教眷眷，亦復賞其語言，是猶身衣蓺袞，反取桓褐之溫，鼎列奇珍，不遺山肴之味乎，僕齒逾二旬，曾無一得，徒以師友期許，勝流漸漬，遂乃畫虎不顧，微蟲學雕，自顧每以覥然，同志輒為假借，不圖昆季之復爾也，自維經濟，豈解匡時，文章詎能報國，爝火無耀，樕材失繩，是以未登廊廟，而山林志堅，未拯溺飢，而煙霞疾痼，寒蟲蟄藏，勁翮鶴起，可同日語乎，

獻歲發祥之後正採風泚止之時賢昆季拔萃茅茹聯芳桑梓何怏如之然後獻策　天廷展抒夙抱德業聞望無後古人它日懸車旣遂初服不忘蝬鶴同卜煙蘿裴附王舟求過蔣徑有淚顧焉無遐棄矣朔風加厲寒梅欲花遠想故人時用翹跂奉懷五言律詩四章辭雖不文藉致思慕荅如昆之愛希歲寒之盟還佇德音伏維葆護

與歐陽仲和書　羅蕃

湘干爲別倏忽浹旬揆諸昔人蕭艾之懷初何止一日三秋也僕自浮湘泝漣捐舟易轎懸流十仞篙櫓爭馳寒籟一聲風飄交閧蘇髯逸性險中之樂非誇嗣宗孤行窮途之哭猛憶一夕登岸百里款門梟鴂寫其歸心蘆葭動其秋思輕舟西指目向東移斷雁南飛心猶北跂加以秋風慄骨時事愴神黃菊迎人候蟲警客膠瀝千斛未足澆其愁腸詩狂萬言不能發其雄思是則明月不死幽懷與之長終蒼穹有知私衷於焉欲問初不待撫吳鉤而始激聽秦茄而觸哀者矣時復尋幽駐目耽癖搜賜幽琴壁棲古硯瀑滌高引巖榦誤墮雀巢幽尋徑蘿迷入猨穴寒山在戶雲同意頑涼蔭滿庭花憐影瘦游釣任所酒脯閒儲葵藿根淸差可勝筴橙橘香脆多不論錢子山小園安仁長圃信足寫幽居之勝概結簡牘之古歡矣然而梁閒秋燕雖戀舊巢柳上暮鴉亦懷新葉加以藩鹽紛其歲月藜藿待其饑餐慨匏繫之爲煩將枳棲而奚託如不忘下車重與推轂則燕駿得地千里之志非虛滄鵬乘風萬仞之游可卜從父星沙遠客琴傳久違亦望先寄郵書示知旅況回憶曩時汲古同燈聯吟一榻秋蓬欲沒則蔣徑從游春水方生而王舟屢赴阮家竹塢曾侍山公韋曲花陰閒來子美良會不再流光幾何家居依依欲申悃素輒以空江無波不便雙鯉寒燈疾草不盡拳拳

湖南文徵卷一百二

湖湘後學集編

啟上

蔣大年

上邵陽知縣楊演啟 甲午正月

伏惟老父母師台以名宿巍科屈長材以綏殘邑本至誠以篤煢黎涖任甫踰旬時疲敝咸有起色窮邑癯黎無不仰體仁心急公好義輸米穀轉運軍糧望父母之孔邇惟趨事而恐後蓋上德下孚衆志從王也忽十二月初二大營移駐上賢一都地名高梘八工塘田心花街堡等處百姓揣度謂不過養馬就糧若此無罪無辜未必一槩殺掠棄其穀稻牛畜孳生等物攜妻

挈子盡奔高山峻嶺爲目前免死之計不意十二月初八日圍守山口馬步大索雖深邨僻塢悉被繫纍而出丁壯能負及有手藝者少婦之有姿色者概擄上營其餘老幼不能負擔走者一例殺死又大雪大寒凍餓而死及炮烙而死者不可勝數積屍成林流血成溪號冤慘痛聲震天地恨無一綫之路哭告召杜之前也幸而得脫無從遠遁只得奔還本鄉土洞藏匿又被火攻烟薰而死覆門絕戶不知幾千百家矣生員如呂之璉蔣天澤蔣天配蔣大煥劉有長鍾元奎等十餘輩皆閉戶讀書之吉人青年有志之名彥身首異處暴骸原野烏啄腸肝骨埋糞草師臺憐愛子弟貞誠怛惻一問此苦未有不刺心酸鼻者也今通鄉止有四五洞未破大年與生員蔣大偉蔣大鉉彭年嶽劉一奇鍾國璉呂維屏等苟活其間雖大帥以正月初八移營而餘兵數百騎此時尚往來花街堡聯騎成羣洞中人民畏不敢出幽閉日久土瘟盛發死屍狼藉其中臭穢難堪資糧又盡惟旦夕待斃而已近聞仁臺哀痛歎惜之言行查被難之事莫不頓顙至地流血被面強年一出陳情其如干戈滿道匍匐難趨敬修拙啟使達塵聽伏乞轉懇上臺大展慈力撤回游騎此一二孑遺俾出沈獄而履平郊卽沐深仁而佩厚澤再遲十日則上賢一鄉無民矣至於牛無遺毛穀無遺種此時尚未暇憂及耳竊惟伐賊之舉原以救民拓土之謀濟人爲本大帥深機

遠算誠非草莽所能測而焚林竭澤鳥盡魚枯不能不望拯於好生之天地也正月十八恩貢生蔣大年悚惶泣懼謹上

上茶陵彭太老師啓　陳夢元

夢元啓戊子冬十月在長沙寓齋友人錄示閣下所製茶陵修學記一篇茶陵修城記一篇誦數倍常典要如經夢元伏惟文章家記體精於唐代韓柳兩公柳記製式富言豐美踰韓北宋子固介甫酣暢演迤理語糾結按切寡尠閣下學記發揮未膚脫落神采濯濯記修茶城紀核撮約堅贍工實辭事稱適夢元又伏惟兩漢魏晉至唐箸作巨手大抵鎔裁杼柚逐字用意逐句用意非如宋派居簡支拄空架踵襲淸虛禁用造語取其自然明代王李矯揉飣餖牽傳義理湮沈論者推起衰能事屬熙甫然摹擬氣息反距安家萬里而邃閣下懸衡陳墨進退規矩

雅麗躋班淩博軼柳後生晚進學治古文奉閣下爲圭臬矣夢元性貧淺劣兼乏記功季來心路驚悸成疾及其伏潛尙知礲鎔罔敢荒棄違離杖履十載有餘牆宇重峻私淑懋勉劉生林靑詭塵密友常述緒言爲玉爲金風雨雞鳴毋斁服膺瞻望慙懼神魂飛越謹啓

與陶侍御商定洞庭湖志稾啟　萬年淯

前月僕在大人處偶言及沈太守洞庭湖志一書屬僕校讐僕尙不知此書爲何書也次日始得見之乃歎此書爲吾家故物久失之而復得之也僕遙憶敝邑前輩有綦鼇柱名世基者博學能文素留心洞庭故實每學使臨岳古學無出其右自成選貢後隨棄提學閎視試牘每到一棚凡臨近洞庭府州縣志學使所檄至者乙夜展閱一切有關洞庭事蹟巨細必錄三年之勤纂集初就名曰洞庭湖志逮鼇柱物故其子孫不能讀父書此志稾本爲僕先叔禹山所收蓋禹山爲鼇柱門生意欲成鼇柱之志而力有所不能越數年禹山病革以此書囑僕藏其成

時僕方輯古禮拾遺不暇及此又屢念此稾爲鼇柱草剏體例未明挂漏尙多凡山水淵港隄垸古蹟廟祠皆據州縣志書云在縣某方去縣幾里幾十里此州縣志體例則爾若作洞庭湖志宜以湖爲主宜改云在湖某方去湖幾里幾十里乃是然如此變例非買舟沿湖上下一年半載訪問明白不能猝辦至增補缺畧猶易爲力耳僕以此故艱於遊歷藏此稾於家將十有餘年蓋有志焉而未逮也癸丑秋仲忽接敝邑侯湯二樓書索鼇柱志稾蓋二樓承沈太守命而太守得聞於夏學博者學博官岳久久聞鼇柱有此書不能得見故託太守書屬二樓訪覓徵求適二樓詢於僕同年嚴斗南而斗南以僕所藏者告緣僕

督以此稾懇斗南兒半農爲宣城令者經理剞劂而未能故斗南知之僕不欲違邑侯意冀龍柱此稾或有能修改以行之者以故授邑侯使者而轉致之夏學博今太守此志原本多出於夏學博而學博原本又多出於龍柱雖其閒增損不一體例各異而濫觴之源實龍柱導之夫龍柱草剏之稾僕固不甚浹意而夏學博底本僕又未見今觀太守此書雖規模體製鴻衍周足而其中不浹意者尚多竊依其門類而覼縷陳之蓋志爲洞庭而作宜以輿圖爲首此書列洞庭四圖分東西南北甚好但必先立一總圖將沿湖四旁各府州縣地域畺界山川形勢及各水道入湖之處歷歷詳繪令觀者一目了然然後以四圖繼

之君山岳陽樓者乃湖上絕境而洞庭秋月又湖南八景之第一景也此三圖亦不可不補今此書以 皇言爲第一竊謂 皇言無幾所錄遺官致祭祭文宜謹入廟祠至修築舵桿洲石臺及修築隄垸等項宜入隄垸已毀隄垸照稀密蘆課處宜入賦稅則此一門宜損若星野乃作志舊例宜列輿圖之後而洞庭分星又不比一州一縣可以大畧存之宜依水道提綱分經布度橫斜湖面而詳註之今此書仍舊又所引星度但据晉唐等書舊度不及明史天文志與 本朝萬年書新度豈可謂善言天耶僕竊考各省府州縣志俱有沿革一門而洞庭湖之沿革則通省之沿革俱係焉此斷不可損也如漢晉以來各

州縣之分轄東西南北歷代異勢建置名號屢有改易此一大要革事也 本朝雍正二年湖南北分闈繼又岳澧分隸皆因洞庭險難之故此又一大要革事也嘉慶四年改洞庭協爲洞庭營移駐鼎州此又一大要革事也其餘官制城郭廟祠隄垸小小沿革甚多俱不可略者如此大故實此書皆無之其何以志爲耶僕竊謂輿圖星野之後宜增沿革一門此全書最要之項也且此書湖山之後方及水道未免源流倒置諸湖皆九江之下流九江卽洞庭須先將九江一一清出然後次及瀕湖諸小湖小港與夫潭灣磯嘴池灘夾渡此皆水道血脈所周處不可淩亂者則輿圖分星後次水道次湖港方有源委而此書所

載九江混無頭緒無主從分流合流處不詳里數而川江之經流支流全然不明三江五渚雲夢豪無考證僕竊謂全書精神在水道一門此處不精不詳便不可以成志又此書以湖山爲一類洲港爲一類亦不甚分曉按瀕湖各小水河港宜次諸湖後不宜次洲後宜分湖港爲一類山洲爲一類山外皆洲洲上有隄有垸然後次及隄垸庶次第可觀而所謂某山某湖某州某港某隄某垸依然州縣志舊例宜以湖爲主改正者也況各州縣志體例不一卽隄垸一門諸縣皆云在縣某方幾里周圍幾里而益陽縣志獨載長幾百丈長幾十丈某年建置總由鈔寫縣志依樣葫蘆未經裁改故耳再者稅課一門宜改名賦稅

此門均照賦役全書分蘆課漁課額徵銀兩多少至更改變易之處全然無之且旣載隄垸則隄垸之額徵更大於洲港柰何略多而詳寡舍重而言輕耶又賦稅之後次以舟筏按舟有二大項糧船之制度數目水次歲修工程宜附入賦稅之後而姜侍郎奏定水次之案此又斷不可略者戰船之制度數目歲修工程分泊處宜附入兵防之後而各塘汛兵弁差船官私渡舩與救生船隻皆志兵防者所必及也至　皇筏但經過而已無關故典此一門亦在所可損又此書兵防之後又有戰守未免字複兵防所載甚略一切戰具戰器俱無且戰守所載皆逃往事宜改云事紀所以紀實事也此一門事最多宜据正史及

諸書之不謬者爲主而又以小字詳其所出若小說演義不足爲據者悉汰之分例綱目一倣通鑑之舊方有可觀至風俗一門全無意味風俗乃州縣志所必及志洞庭者可略也況所載佚事均宜附入摭拒則此一門亦可損物產之類當在賦稅之後諸志物產雷同者多宜詳其大而略其細詳其獨而略其同如湖爲出魚之藪不但詳載魚類凡湖中漁戶船隻俱宜詳登圖湖蘆葦爲州縣炊爨所資君山茶有歲貢自唐以來爲然名目最多而東陵瀕湖諸山洞所產亦不少其香色臭味採摘蒸焙之法俱宜分辨而肥皂惟東陵最多最良京師所謂南肥皂者皆巴產也君山後湖近年淤澱日高自華容南山至富家磯

至龍陽沅江縣界縣亙數百里水落則居民撒種菜子不費人力而收利甚大蘇杭之舟蟻集而載之所謂西湖菜子是也此書魚不詳漁戶網罾蘆筍之美蘆葦之利俱略茶不入木而入草君山茶與肥皂兩者俱無而益陽之冬筍竹器澧陽之蕙蘭龍陽湖岸之菸葉皆船載四方人所珍惜者此豈可一概抹之耶若夫古蹟宜分州縣所略尙多廟祠亦宜分州縣俱宜云在湖某方幾里仙釋一門宜入雜摭況有仙無釋而所謂仙者皆回道人事泛徵謬引無關輕重此一門又宜損遊覽一門宜分三項內而人物外而名宦次及經過流寓庶有賓主今並混而一之何也碑記皆藝文不可分作兩項此一門又宜損雜摭但

分摭事摭地摭典摭異四項太略事典二字不分明何者非事與典也宜分作摭人摭詩摭異摭物摭仙摭釋釋一類尙多可採不可沒也碑記旣入藝文而藝文之宜補者尤多僕嘗謂天下州縣莫大於巴陵州縣志之藝文亦莫多於巴陵蓋巴陵有三絕焉一洞庭二君山三岳陽樓古今名公鉅卿賢士大夫之著作幾可以盈案而沿湖諸縣之藝文亦復不少有收之不能盡者今此書所收不過十之三四又宜收者未收不宜收者反收之九江之說宜一以曾彥和朱子所定爲是縱有互異不過一二小水其全與曾朱背者可勿論也岳陽樓別賞司直詩乃韓昌黎作今乃誤係李賀不但陸放翁誤序在歐黃之前已也

又明人程伊川洞庭張樂詩未知是何人此人竟是陳鶖座詩亦不佳不如去之況藝文一門宜分體製一則便於檢閱一則見洞庭佳作色色俱備正不減萬千氣象也且洞庭之勝全在詩文上發洩其奇不比州縣志可以從略亦不比他州縣志詩文無多不能備體也僕竊總計此書共二十門竊謂　皇言弁筏風俗仙釋碑記五門宜損沿革一門宜增損五增一共十六門一輿圖二星野三沿革四水道五湖港六山洲七隄垸八賦稅九物產十兵防十一事紀十二古蹟十三廟祠十四遊覽十五雜摭十六藝文源本該浹中邊俱備洞庭大觀庶無遺憾竊不自揣直陳愚戇惟大人一遊目焉至於字句之譌謬惟多徧

校讐之而已僕又嘗謂洞庭一志乃南楚不可少之書也西湖麗矣不及洞庭之奇南嶽奇矣不及洞庭之大西湖南嶽及凡名勝地皆有志如何俾洞庭大觀僅附載郡縣志中耶賢哉太守政餘之暇留心及此此不朽之盛舉惜乎但見夏學博之底本不見綦鼇柱鑿空之功又未得大有識力學問鴻博者從而經紀之如僕所陳管見太守如肯宏海涵之量收納眾流必有能勸成之者此楚南通省一部大文章視岳陽風土記荆楚歲時記等書相去萬萬矣

與宣城令求刻洞庭志啟　萬年淯

書啟半農三兄先生足下弟於兄未及趨承色笑俛領風規亦未嘗以一紙投門下然素企慕若渴恨不朝夕見弟非欲邀榮於足下也弟性拙祗知讀書筆墨外頗留心世故物色人豪年自二十外便聞足下官聲噪甚詢問其所以然每苦傳者淺陋不能悉知委曲最後聞足下為綦鼇柱先生刻所著述弟心甚異之以為此眞非俗吏所能為也鼇柱足下師也簿書之暇留心學術以此倡導一邑風化不小且不忘師教厚甚則一事而三善備焉數年以來欲見所刻本詢諸近習者而又云未也弟心又異之豈傳者之謬與抑有志而未逮與將鼇柱之書尚有

未釋然者與弟於鼇柱里居遠甚即聞見其所作亦未悉其蘊著何如近於家叔禹山處得見鼇柱所著洞庭志稾本考据詳覈採擇精當雖觖略頗多經紀未備然其規橅已次第可觀又鼇柱為人詳不可知以弟所聞亦甚顚躑大抵學有餘而養不足識過人而才不逮也然其所著作亦足以表見於世矣而足下欲為剞劂而不決豈所見者鼇柱制藝之文尚未見有此與弟心甚怪之夫時文一途在近日誠無可著腳弟嘗謂　本朝作家難於有明近時作家又難於　國初非胸中別有一山河大地自具邊圍雖有所作亦隨風靡耳焉能為有無哉時下居官者多以刻稾為希世事駕名號高聲價美雕篆善紙章以炫

耀俗人耳目。弟嘗於遊歷處見所云本衙藏板者不少。弟亦不知作文是何事。然心甚詫異之。豈妙道之行。固多孟浪之言耶。大抵自謂以此出身。知名於世。遂謂文章如是云云。而同官者互相侈靡之。往來遊食者又從而呵之。以爲古人不是過。以故信以爲實。能之而不知媿也。足下出牧十餘年矣。未嘗遽事於此。足以知其所蓄者大。所見者卓。不汲汲欲邀一時之譽也。夫鼇柱之文。固非時下庸手所及。然其一生精力。大約在洞庭一湖。足下眞有志表揚巖穴之藏。弟謂此書其宜首務也。弟於壬子與令弟斗南同栩風塵。倉猝相見日少。加以未見鼇柱此書。故未曾商此。今既見此。不敢不言。古人謂聞一善若驚。弟差有

焉。而弟獨眷眷於足下者。以足下本有此志也。且情不切不能也。識不到不能也。力不贍不能也。如足下俱不慮此。鄙人固陋竊謦一得之愚。亦足爲足下一助。官聲也。書辭冒凟。獲罪良多。如不見遺。當覆一紙。毋使此書遂從此流亡也。

上業師張紫峴先生啟　蔡雲逵

受業門人某頓首載拜上老夫子函丈。文旌涖省。甫及信宿。比鴻得知將走謁江干。問訊居停。云已揚帆旋里。依戀之私。莫由少愬。自知疏忽。負罪良深。旋聞舟抵易家灣。絕流而渡。幾陷不測。幸雲岑世講捐身救護。得出險中。鴻驚喜交集。數日坐臥不甯。恨不插翅遙飛。一瞻光霽。道遠莫致。感念奚涯。竊夫子抉漢分章。追逐李杜。馳名海內。仰若斗山。解組歸田。蕭然琴鶴。今壽躋大耋。尙事筆耕。造物忌才。莫斯爲甚。猶復以風波之險。震撼白頭。豈夫子奪兩大之菁華。天故遣風伯揭塵。馮夷鼓浪。俾正則遮道。清流接手。一談風騷與旣思。昭潭之滨。下臨無地。行舟

覆溺。雖善沒者不得出焉。況皤然八十老翁。平地尙艱步履。中流不濟。俟命奚疑。豈意斯文未喪。履險如夷。霎時閒貝闕珠宮。羣仙走集。或負之以出。或掖之以登。轉以不虞之遭。暴揚盛德。然後知賢者固不可測。而造物之憐才。於斯諠信。其所以厄夫子者。皆所以顯夫子。雲岑雖孝。恐不能貪天功以爲己力也。區區管見。夫子尙進而教之。鴻受訓一載。戴德終身。祇以飢驅百里。睽隔門牆。洪鐘在前。僅爲過莛之撞。輿言及此。悵望何窮。惟是引伸緒論。日就月將。庶幾致身青雲。闡揚風雅。以上副我夫子拳拳屬望之殷。無任瞻依激切之至。

復賀制憲詢回事稟　何紹祺

查此次永昌回匪滋事，其始原不過械鬬，而回匪心懷叵測，漸肆猖狂。其與漢民結仇之根，伏於道光二十一年回民馬四阿寶在各村武斷橫行，漢民聚衆圍拏，已將互鬬官吏將馬四阿寶誘出具結，仍行治罪，漢民始安。回民深恨本年五月二十五日，忽有回民在板橋哨一帶學習武藝，口稱爲馬四阿寶復仇。漢民報官，該府縣派撥兵役往緝未獲，而回民遂開鎗礮，將板橋一帶村莊燒燬，約傷漢民男婦數百人。漢民憤極，聚衆報復，遇回即殺，計傷回民二千餘人。於是回民眷口有逃入永城者，有逃往順蒙者。初鬬則回先擾漢，繼鬬則漢實勝回，此啟衅互

鬬之大概情形也。該府縣立發通稟，西道羅適因核算銅務調赴省城，即委鄧川牧恆文前往永城商辦。曁次奉　前憲吳批飭，總以解散免廢軍需爲要。永城漢民以該回先擾漢民，各處回民亦以受傷過多，均不肯遵示解散。八月望後，恆牧因永城人心惶恐稟請　署提憲王調派騰越景蒙龍陵兵一千三百五十員名，又招募鄉練一千六百餘名爲守禦，貲奉委卸署鶴麗鎭李能臣前往督辦。　時回民初次官犯馬大雖已格殺，而續行倡首之張朝金、大白象、馬四銅錘等已設興回滅漢旗幟，招集蒙順思茅各處回民，屯聚右甸二千餘人。該府派委卸任典史郭貞廉帶練四百名、兵一百名駐守藤橋河西山口，以防回民赴永之路。回民卽由右甸出至三十餘里之猛廷寨，與兵練隔河抵敵，屢經各放鎗礮，互有損傷。兵練將藤橋砍斷，回民難渡，遂將附近之枯柯河街佔據，芟割田壩禾苗，搶掠郡民錢穀。張朝金之戚馬殿圖家貲四五萬金，取充戰費。永城漢民聞風畏懼，凡回民在城者不準賣給米穀，幾成內變。府縣出示曉諭，始行給米。　上憲意在鎭撫，委太和翁署令祖烈前往解散。漢民以回民抗拒情眞，非僅與民爲仇，心皆不服，幾將翁令謀害，翁令只得馳回。戰守和尚無定策，此由互鬬而成抗拒之大概情形也。現在永城兵不爲少，民心主於勦辦，官心主於和解。各練日需銀一錢，各兵日需銀三分、米一升、服役夫一名，武弁

每日自銀三錢及二錢四分、米二三升不等。該府始墊繼借，力不能給，乃至百數十金不能辦出。武弁因無勦辦明文，不肯出戰，且大小將弁無人統轄，皆以坐食俟令爲宜。金守恐涉張皇，屢次減少稟報。順甯係進退要路，彼處亦無兵無餉，省中未得實信，難以多發錢糧。西道雖已馳回，不能自出意見給餉三千兩，緩不濟急。兵練三千人，有實若無，事雖在大小之閒，患恐在旬月之內，此現在上下阻隔、文武焦急之大概情形也。幸遇大人德威久著，　節鉞初臨，此案似不值遽言征勦，無庸多派弁兵，而要犯似宜迅速緝拏，或免添邀黨羽。現在　撫憲得以面商司道首府縣，亦得仰承　鈞示，實爲全滇之福。

湖南文徵卷一百三

啟下

湖湘後學集編

請編修楊朗溪啟　龍佳蔭

北斗名高瞻氣識眞人之至南山望重執鞭思御李之榮奉尊俎於春風願聽九霄玉屑修藻蘋於漣水敢淹五夜珠繩霓旌肅迓綺席騰光恭惟執事身負奇才世傳奧學考汾隅周氏之譜世德有承擅關西夫子之名家風固在紫宸夾香案躬依五朵之雲承明有直廬足步八甎之日故詞垣爲文士之極任而翰苑稱天子之私人行將晉調商鼎會見權柄周衡佳古貌古心而

讀古書自忘其拙愿言愿行而稱愿士要非所長志與時違文憎命達雖通盟自昔分隔雲泥而披霞今朝許談風月筮艮辰而治具候清燕以開樽庶幾聆金玉之誨匪直揄俎豆之輝俾桑戶繩樞試聽藹藹鳴馬而衡門陋巷得聞噦噦和鸞佇看鳳翥肅藉鴻儀

謝暐盤詩會啟　黃湘南

除是龍文方號渥洼之駿若非鳳羽敢誇香水之雛湘南寄廡無家牽衣有子才殊謝遏詎擬芝蘭質類劉琮應嗤豚犬乃者桐花正放柳絮初飛值三月之中旬爲次兒之初度俎戈列處影動紅氍襁褓攜來歡騰翠閣猥蒙太史重荷同人繪出盤盂形不摹乎五嶽光生瑪瑙寶豈遜乎三珠理洩瑤樞丹圖畫就書編瓊笈錦贉裝成管城子脫帽而來豪鋒穎利好時侯披襟而至墨瀋淋漓琱戈其寶劍齊輝牙笏與金章並燦赤仄則五銖錯落朱提則三品晶瑩且也雅什敲來新詞譜就聲隨擊鉢盡翦紅刻翠之篇體效雕瓊皆滴粉搓酥之句瑤環瑜珥祝以

佳兒虎豹麒麟呼爲英物字分大小儼集腋以成裘寫徧中邊恍聚沙而爲塔遂使懸來堂上徹几席以生輝貯向篋中偕琳瑯而共寶此日嗁聲乍試爭來溫嶠之稱他時名譽無奇恐負黃童之號慚惶莫罄感泐何窮

上傳觀察請修乾州廳書院啟　鄧枝麟

枝麟謹啟重蓁先生閣下枝麟到官以來竊見乾州生童僻在邊隅鄰於蠻徼既見聞之淺陋限以昏蒙復榛狉之陸梁肆其煨燼幾兔脫之無日喘息難甦幸鶚集之有期咿唔久廢恭逢先生身兼文武之才志切安懷之願聞戎而倅五餌屬彍騎以無生肆楚而儆三師出兇渠之不意別選四鄉之勁旅先聲大振於前茅旋申六月之雄師要害咸摧於破竹穹廬落燼西賊膽寒元惡膏磓南人心服邇復銷鋒鑄鐻陰戢其不軌之謀薙髮袒肩潛予以用夏之變不唳淮山之鶴撫慰華離未驚紫陌之烏安全梟散繩橋石屋咸買犢以耕屯負襁扶髫盡葺墉而

湖南文徵　卷一百三　啟下　三

安枕葢自檠弧遺種以來苗民逆命者屢未有若斯之蠢滕全消根株盡刈者也伏惟先生大雅扶輪文章司命武功既蒇咸欽譬服之無方文治必彰又仰裁成之伊始漢文翁之化俗必事詩書叔孫通之制儀且施綿蕝凡茲奇才茂學盡陶甄於春誦夏絃豈有辨志離經不模範於黨庠州序稽諸城南嶽麓皆就省垣一隅卽彼石鼓濂溪不出郡城三里故振興學校必依闤闠之中斯鼓勵宮牆原屬官司之責乾州講學之地大可相其陰陽諸生肄業之場究非誇夫輪奐所願齋成經義治事倣胡瑗而立規模庶幾士得茹古涵今延楊時而闢壇坫觀成有待惟期不日之經營良法先行敢冀及時之作育

議修長郡會館啟

京師海岱門外東草廠十條衚衕內吾郡新老會館建立於此歷有年矣比值計偕赴選駢轃北來分兩館以居而居老館者尤旺其東南巽方空缺多隙地青烏家謂宜恭建　文昌帝君閣以培文運竊添列構以張之公議捐貲襄茲盛舉葢聞禮記宿列奎祥有耀符吉夢於眉山騾影騰青策神騎於棧道靈巳司中詩歌友仲筐戴璿魁之六北極躔高階調玉燭之三上台徵夫唐代蹟復顯於宋年夙標孝友之名聿柄文章之衮方今
　聖天子雲章丕爛星祀攸崇宮闕三垓典隆九獻璧水圜橋之地昭俎豆以告虔車服禮器之堂格馨香而配饗昌明

湖南文徵　卷一百三　啟下　四

文運嘉惠蓺林非徒玉局新班鏤懺心之寶籙豈僅梓潼舊縣頒冊號之徽文吾郡首隸楚南會館近依辰北野分軫轄輝騰朱鳥之躔星朗長沙芒耀炎鶉之紀惟天文之垂象斯地產乎多材秀異靈鍾蔚仙芬於蘭芳芷翠神休默相託景曜於璧采奎華況茲人海一區　京畿片壤星因德聚藉以聯歡苔自岑同於焉假館冠裳促膝依然槐棘之邦籌茗談心卽是枌榆之社庇數椽於風雨莫壯觀瞻巽十笏以樓臺迺增赫盻議崇傑閣恭祀文星規空缺於巽方斡昭回於離照森依鳳闕旁迎日月之光髣髴虹梁上湧雲霞之氣降金仙於爾室杖爇青藜來山丈於隱居書傳丹篆璿垣曲處定知紫蓋高擎銀燭闇中誼

見朱衣暗點袁四千里之鄉誼共煥文明詎十七世之化身侈談陰騭然而奐輪匪易鳩庀維難功緣合力以程事賴眾擎而舉譬爲山於平地一簣能施斯造塔於諸天合尖有日不比莊嚴供佛指陁樹以布金直教肸蠁通靈萃儒林而合璧從此華鐫北斗頓增新入之光輝藻曜南天詎振當前之氣燄爰疏短引附繫例言同郡劉權之周系英袁名曜羅琦余正煥劉若璿陶澍唐業謙賀長齡劉敎五唐鑑公啟嘉慶十五年歲次庚午孟春月

重議修理長郡會館啟

嘉慶庚午歲同郡諸君子議於會館東南隙地恭建　文昌帝君閣一座并增置左右房屋若干楹地當巽位宿應離光培闔郡之人文拓旅居于廣廈意至善計至周也迺者眾力劻勷數千金共期腋集流光荏苒十五載未克鳩工書版羅珍徒成畫餠馳箋索幣屢滯郵籤雖頻年積寸累銖不足補苴之費恐此後牽蘿緝椎更無完繕之期是豈諸君子建議之初心亦非業謙等贊成之本意也竊念乘風載響雖遠而易周隨地取材雖約而彌廣今請省致數啟專領一人呼吸可以相通徵求卽能立至眾擎易舉鶴俸同分一氣呵成鴻規早蕆將見文星遠耀共依極北之光從此夏屋宏開彌萃湘南之秀原議例言條列于左

徵選楚南歷朝詩徵啟　唐開詔

南楚英騰赤嶽耀鶉宿之光華濤湧重湖壯熊湘之氣象銅碑勒篆勝紀九疑石穴藏書蹟遺二酉照浯溪之石鏡岸若朝霞泛沅水之桃花湍如委練萃地靈而彰物彩瑞靄山川儲天寶而煥人文代開壇坫甘棠留蔭南國肇啟風詩香艸流馨楚澤聿崇騷雅仲敬播雲和之曲漢有遺音戴侯興廟謁之吟世傳雅奏彩禽入夢湘中競目琳瑯煙渚窮經囊底猶飛螢火葉譚負江海之秀大貝明珠潘京擷經史之腴精金美玉卓哉兩晉盛矣三唐李文山聲騰鳳閣不獨吹善琵笙歐陽詢名播雞林何止書工犀管請旌劉蛻而表直無愧壯頭欲淩曹植以矜才

偏工五步辭多詠史胡曾不倚郊寒官領校書曹松專摩島瘦湖夫五代兩宋尤工臺韻雙聲天策既廣聚英奇雲壑亦深藏耆舊鑾溪一柱銘早鐫銅宮栭百篇寵還賜額爰有莎亭竹閣播兩句之璆琳漫謂日城霞宮媚一時之樽俎升卿篤颷車而竝驂南仲明略飲雲龍而擊節東坡蓮花比君子之身每吟風而弄月芍藥開菩薩之面亦刻翠而裁紅元則或賦擅蒲輪或集傳雞肋圭齋之文章勳業聲冠一朝儆軒之博雅宏通吟孏七歲迄乎有明或斗山望重開何李之先聲或雲夢名高抒沈楊之直論何文簡既橐東牛腰黎文僖復聲馳龍首葡萄滿幅共說八崖九芝翡翠聯箱奚僅二南三石他若巴陵道上坐碧艸以閒吟野鶴灘頭愴迴雁而鼓櫂道士能聯石鼎山僧雅號詩囊凡茲逸流都嫺風雅某也可某也可舉既有徵古之人古之人數難更僕至我　國朝被月管之休沐風絃之化潤龍纖者和卿雲於廊廟歌鳳德者賡寶露於衡湘擷紅蘭白芷之芳弔青艸黃陵之古人多逸興搖毫而慣賦雄風士盡知聲審韻而解呼雌霓分七澤之含葩奮藻不少名篇合三湘之潤古雕今必多傑構然而一生造詣名山之講業多藏百代蒼茫沒世之稱名莫必東壁菁華未聚西堂散逸誰求杜征西之碑空說一山一谷庾開府之集或至五存五亾花萼編成揚雄則醬瓿徒覆錦囊心苦劉蛻亦蒿塚長埋沈砥柱之波或且刼遭蛟蜃

飽羽陵之蠹甚至食盡神仙遺稾空存寺冷而塵埋佛龕幽光待發月黑而鬼唱秋墳文人固感懷於心香孝子亦傷情於手澤不加揚扢何以流傳冕等夙契一言微窺五際慕古時深乎佩服愛今未盡乎題襟畫壁亭中曾賭黃河之唱摩碑江上忍拋黃絹之辭願把碧紗籠壁間之麗什思將白璧易篋內之陳編無如管見無多尺聞有限不揣山凡水俗貿爲羅致網收伏冀雅人共襄韻事披雲撥霧同搜蟫餉奇珍掇玉采珠各覓龍華威寶或鄉先生掞驪舊作或名下士造鳳新聲務期總劄以投撮鈔相寄拔雅尤而付剞劂加頌美以寓表揚名流盡作傳人詞客也應識我每臨風而望美因其月以懷芳雖聽八絃之

禮樂謳歌尤覺洋洋盈耳・而揚一國之休明鼓吹定知渢渢驚
心・燦爛百家縱橫千古・惟是夏鑄九鼎必聚鐵於六州・漢起千
門甯恃材於一木・以充棟汗牛之製爲刊棃鑄棗之謀費既不
貲力難獨任・郭家無穴安能板鋟麻沙・姹女數錢庶克裘成狐
腋・所願稍分潤筆如助買山・酬字數之縑慨慷足式・醵博場之
箭假借何妨・令汲冢又出新書・在吟魂都無遺恨・九原可作冠
裳定拜於門・七字堪傳風雨將數其典・未免因人得熱要亦於
我何求・應願同聲助呼將伯・愧乏許家衡鑑獨操月旦之評・漫
將蕭氏選樓竊附風騷之末・庶幾千秋著述同雷池風穴以爭
奇・歷代英華偕舜樟禹碑而竝壽・揭玆衡月昭鄉賢椽筆之靈・

補作楚風備太史輶軒之采・唐仲冕袁名曜陳圭佘世清王洪
龔立海蔣濂謝鴻音歐陽紹洛李延芳張琳文艮策秦關蔣廷
昺胡澤匯戴南昆謝隆治聶銑敏黃本騏張履信張家榘黃本
驥嚴正基王友恭張正綱龍寶善周倬唐開詔

案嘉慶中設局星沙徵采湖外詩集唐宴賓尸其事故列名
簡末・經三十餘年迄未成書而叢稾遂爲大水漂沒其後猶
扶病會垣訪舊汝懷得一見之其肌如腊・未幾下世亦足悲
已・故篋中得此文蓋童時寿藏者・時已習聞其事也慨歎登
之・

呈湯學使詩文啟　陳士杜

爲遵呈詩文懇祈擇採・以闡寒微・以昭　盛典事・謹將夙撰
詩賦古文四六錄爲二卷・暨故胞兄某已刻遜膺詩草一部竝
事實一通恭呈　台前・伏以　珠囊朗耀　丹墀賡復旦
之休　金鏡澄輝綠野頌
興・　彤廷焜藻火之章麟遊苑囿・赤縣洽笙鏞之奏鳳舞簫韶・　重華之化八埏風動四嶽雲
軫水景星瑞紀　堯天七政衡山寶露祥徵　舜陛三台
是以精光下毓乎璆琳　天階鼎爾淑氣廣鍾乎鸑鷟王路
羽儀虎觀談經軼宋豔班香而耀采・鑾坡奏技駕陸龍荀鶴以
飛花欽逢　聖澤無涯　皇慈莫罄採羣賢之鉅製館闢

儒林萃衆士之微長辭徵草野・寸珠已無遺乎滄海尺璧猶慮
隱乎崑岡　旨下黃扉徧訪藏編於各省　璽封丹詔旁
搜逸韻於名山・爾迺宣　鳳紙於三湘竊麟慶抃誦　龍
章於七澤短羽歡翔恭值大人節駐湖湘望崇山斗紹清風於
玉茗譽溢　龍樓候曉日於花甎聲高　鵠禁捧　王綸於
北極播　恩綍於南天某翹首旌麾・撫心氈席・生居蓬戶丁
年已習縑緗・長託毛錐乙夜惟勤鐙火・屈靈均著騷之地俗頗
嫻吟・賈長沙濯錦之鄉人多學製・詎意青梯百丈每失足於龍
門・黃絹千箱徒究心於蠹簡・渡虎灘而登樓作賦歲歲依劉・憩
牛渚而泛月吟詩年年憶謝・銀鎗譏集誰知馬廐之王尼金楞

無名慣作錢塘之羅隱。李元忠素爭濁酒。競笑狂生。任少卿剉草秣騶。呑聲家監。至若雞窗擱管。論文第爾。塗鴉蝸舍。揮箋學賦。難幾吐鳳。晉郝隆詩題蠻語。應知見哂桓公。楚鍾儀樂操土風。或幸垂憐范子。年華半百。於今瘦盡沈腰。雲路三千。此日凋殘潘鬢。恭惟大人春融桃李。香挹蘅蘭。持玉尺於熊湘。握金鉞於馬帳。楩柟杞梓。胥歸匠慶之門。芝朮參苓。盡入梁公之籠。體憐才於　黼座。造多士於星沙。澤國雲屯。爭傳市駿。潭城日暮。喜值登龍。洵　盛世之隆儀。實　熙朝之異數。某不圖捫籥妄呈燕石。於車前謬學吹竽。聊奏巴謳。於廡下慨雁行之久折。斂篋猶存。撫駒隙之如流。殘篇倘在。幸邀巖電。共戴春暉。俾孟

東野之蛩吟。獲辭蒿徑。羊叔子之鶴舞。遠歷蓬山。則是銜黃雀之環。無由報德。鑄白龜之印。未足鳴私者矣。伏賜淵涵。統惟芻采。

胡茂才拙存醵金啟

楊昌光

辰州胡拙存先生。黌舍名儒。騷壇健將。曾著有眉仙詩集行世。詞堪泣鬼。語必驚人。敲疏雨於梧桐。唱曉風之楊柳。其情逸。其氣豪。已所惜人局於知。天厄其遇。蒼松貌古。翠柏寒多。十上蘇季之書。三彈馮諼之鋏。酒家春老。無阮修錢。硯畝秋寒。有蔡洪筆。青袍作客。白首無家。遇甚口靡。懷眞寂漠。遂乃說星市口。賣卜街頭。祇覩黃帝之書。不數紫姑之技。金錢三箇。西風古寺之門。鐵笛一聲。落葉長亭之外。往往獨閉寠貧之室。易醒簷鐵之魂。憂本煢煢。行常僕僕。蓬憐短鬢。殘雪難消。米乏長腰。炊煙不起。懷空抱犬。身只懸鶉。致足悲耳。況復孤兒行役。病婦無依。季

女嘅飢寒。食黎花之節。故人歎逝。斜陽宿草之墳。誰爲啜粥承歡。誰與班荆話舊。夢未秋而境冷。心不風而旌搖。天若有情。天亦老矣。人生到此。人何堪乎。某等載酒元亭。曾問楊君之字。停鞭卜肆。每供嚴子之錢。杂僅助微貲。終非長策。所望靑蓮居士紅豆詞人。共念勞薪。競培枯木。剖崑山片玉。分安石碎金。使得免釜裏之魚生。消車中之鮒涸。則幸甚矣。爲善最樂。周急宜殷。彼將感德河濱。戴恩山重。箱置楊家之黃雀。敢忘此日生成。笥盤馮氏之赤蛇。請卜他年官貴。

謝餅梨啟　高崧

華山玉屑上苑金柯名差同於牢丸置不鄰於酸棗英粉千層層層起折元光百顆顆顆含清玲瓏映宇既有色而有香錯落盈盤復如菱而如蜜曾聞齊主饔來座中分爲四片疑是張公種出海內惟此一株奚以畫爲豈堪楂比梁甫之泥灼灼青田之產離離蓮花十五隔其運術也精矣斗實一千年所從來者遠乎徐陵重其迎新莊周稱其可口儻逢王老易明珠而不惜若遇孔融取小者以何嫌爰心迷而口悶亦解煩而釋悁映月若銀光堪照席剖瓤如素食欲成仙洵糾饌之所需實採山之爲美將以袍包莫嗤劉晏豈宜蒸食有負哀家恭惟先生負趙

岐非常之才賣之必售同崔遠飣座之品希者爲珍撫此薄持文如束晳珍茲河上表跨王宏鹿鳴高會即看宴賜紅綾（現應鄉試）鳳閣揚聲且喜頌成元圃領君雅意爾我支辭爰伸紙而疾書敢濡豪而再賦

重勸捐輸賑濟啟　鄧仁堃

竊聞事之接踵而至者惟菑害爲不堪政之胥匡以生者雖艱難其何恤恃此視切如傷之隱與夫力行無倦之心以維繫夫傾危而彌縫其闕陷有重輕之審別無今昔之懸殊也江省去年被災雖洪水之猝遭賴往歲之頻稔譬夫一家夙稱饒裕而突逢困乏即羅掘尚可撐持又如一身素秉康强而偶患痿痺即調息不難充復然謀事者獨恐瘡痍之莫起致慮杼軸之多空散撫卹而月有資糧議賑貸而冬輸緡鎛黎元子惠　國家之仁澤渥霑乞糴庚呼鄉黨之樂輸敦勸廑予辜而一夫不獲共此盟心就民食而一餔權宜急如援手謂極盛之下難爲繼

非智者孰能測於未形況倒懸之急莫圖拯即知之亦不容坐視然則昔時之匡救固不能豫計今日而故靳其施今日之經營亦惟有規倣昔時而擴充其量據各路勘報災狀漲痕則四尺增高爾時之版築棲留在今日盡成澤國穡事則三春告歉昔日之蕪菁覓食在此時罄竭餘糧其不爲溝壑之塡者亦宛轉道路而僅此孑遺也其猶有郊原之集者亦瀕即死亡而不勝胥溺也聚千百族之流離瑣尾無三五羣之攘奪乘機未始非疇昔之使由而姑忍須臾之就緩是所望於存亡接續亦安計其艱鉅遺投耶蒙上台念切痌瘝體　當宁勤思宵旰發帑藏於億萬蠲畝稅以耦千分金捐鶴俸之廉沓水切鴻嗸

之警江右簪紳矜式會城闤闠多藏·枉敬梓之殷懷·已發棠而願請果二簋之權輿得繼不讓當仁·郎一杯之轡勺差分所生集義總之解推視昔斷無朝投餐而夕任嘑飢·矧其拖注從今亦復先受　賞而後還延譽被　恩榮於　芝檢食德報於椒蕃聞風者解傾倒之囊·是端藉眾擎而舉鼎·守土者借頻煩之筋又不啻涕淚而陳書也·

寄歐陽赤城札　魏承柷

陳蕃一去·臥榻塵封·賀監長辭·鏡湖月冷·（陳觀我賀奎人都於今夏辭世）感生平之舊雨·屈指無多·哭夙友之新墳·知心者少·人間買笑·魂銷紫紫之花·地下埋憂·腸斷青青之草·往日風流雲散·杜陵翁春樹暮雲·今年燕去鴻來·歐陽子秋聲蕭瑟·黃華時節·對菊影以增愁·紅葉詩篇·向桐陰而隕涕·天乎命也·謂之何哉·況復重陽兩度·一日三秋·海角天涯·魚沈雁杳·公猶健者·傾倒馬邑之豪·想見張緒當年·趁春雨以栽桃·盡是劉郎去後·白雲藹藹·懷君（時赤城館金蘭聶氏）僕本恨人·淒涼鳳亭之客·（僕連年橐筆未水）臨秋風而析柳·薄暮之時·翠柏森森·憶我曾遊之處·嗟乎浮生若夢·金谷園荒

對酒當歌·銅臺瓦解·怕羊曇之沈醉·慟哭州門·學阮籍之猖狂·流連岐路·今晨覽鏡·重添兩鬢之霜·何日開樽·齊誦傷心之句·所幸蓬門不遠·竹徑多閒·埽落葉以烹茶·攜輕鋤而覘筍·燒殘恨蒂·流燭淚以無心·剗斷愁根·憑鐙花而送喜·報道先生歸也·能復從我遊乎·借問夫子何為此間之人·老矣·

徵節孝鄒母楊孺人壽詩啟 代　鄒漢勳

蓋聞水歷百泉，澄波濟骨。石標九派，介節驚心。懿好誰同，讀烏鵲之歌而泣下。芳踪共仰，續雪霜之操而神清。從未有覩松翠於寒凝而不聳形躨。志靚筠青於歲晚而尚慳永歎。長言者也。懿惟我同里。旌表節孝婦儒士鄒鼎玉先生元配楊孺人者。女則克嫺閨儀。可數蘋言賓順南邦之婦。順無違藻訓絜清邵國之風。清不沬心銘姆教。雖以摯而聲和。願愜女師鳩無能而孝著。何須三月已知奠牖之敎。成適望廿齡遂爾升階之代。箸於是時也。萱居孀室。砧廁孤羣。廚下調羹無小姑與共。進堂前抱襁偕夫子以同心。過雉翳而多能。由來欣笑卧牛衣而勸學。

儘許激昂。矮屋鐙寒。侍敬姜之夜績。空庭月曉。績樂媛之初機。方期協趣可長。不墜陶家素業。無方共養頻吟周室白華。詎知歲逼庚除。融風梓讖。律方冬盡。譌火栭徵。煙滿漢臺。偏為方朔作歌之地。烏鳴宋社。不在伯姬待傅之區。非佞佛而荼毗。四人同盡。或失明而水沴。一室攄忱。倓焮中宵。迥異厚藏之可貿。櫛熠五夜。詎同油積之必然。罔不盡傷撥遺灰而萃骨。尤堪悲悼顧虛植而無兒。緬茲痛甚。介推抱枯枝而莫其宛。溪精衛欲倒海而無從。情豈吝於一生。竿原可刺身。不難夫九死帶亦堪經。惟是責有難逃。事無容激。父豈苟家之爽。何必書扉地非東國之臭。原容弄杍。姑年待養。叔齒方童。淮陽之敬不衰。任自今而

志局謝林辛山師啟　鄒漢勳

古來簪逃雖多流傳者少。故平章耆舊。亦與耆舊俱湮。品藻山川難與山川並壽。我師擅能文之譽。挺不世之才。費彼丹鉛。成斯圖志。七十餘年掌故詳贍以該。百廿九郡風土纖豪罔漏。洵堪同歲時風土共播寰區。溆水武功長留奕祺。故是一時盛事。豈徒閭邑榮名。勳幸預末流。忝虞濫職。勤搜博采。細證詳參。意欲此書不與數百年花縣圖經同歸散佚。而竟隨七萬卷蘭臺秘典恆炳日星。誰知勳之祖曾父母外氏伯兄咸見搜羅。悉歸紀載。澤溪溟海。豈偃鼠之未饜。恩重蓬壺。非互黿所克戴。儻不湮隨草木。終當報效雀軀。爾時風景須臾俱屬起草之字。同人

彷彿僅成叢錄之文。譌謬恐多。校讎宜急。聞之謝譚會云。師所著叢錄數條。典核名通。精詳博雅。願檢之几席。擲示門生。雒誦奇文。深窺雅意。

獨重沛國之孤應續志有待而彌艱謚夫子以康暫紓哀願哭國殤於路愈彌悲情抑又考其閲歷綜厥生平雁負蒲榮鸞分荔挻紀加冕之日歲未再周緬降鶴之期齡纔廿始菸菸恨結渺渺愁深喪偶燕來恆繞梁而悽切驚心鸐去空望冢以悲涼自是天幹半羸慶添丁於小叔星枝已徧紹嗣子於比兒屬本天親蛉惟我似庶人之孝畜音容渺而追思母子之道慈似續成而致養是則蓼名高行窆收絜白於陔南姑在重幃其覯順貞於堂北也迨乎青龍止於癸亞雌斗集乎仲春節婦之姑章孺人者年臻大耋身遘沈痾進止不離行無乖於內則凊溫常在道有合於天經葡非哭而恆供橘不懷而屢進呼之中夜兒在側而長依患已踰時婦居前而莫遠率之以孝不覺其勤運有盡而莫回心無窮而徧禱姑終不起毀際難生此又節婦送死之苦懷慎終之茂軌也粵又五年既請於　朝如例而賜之楔綽亦編之乘稱情而紀以篇章益至是五子適周已届涑黎之齒四方咸仰欲攄獻棗之忱某等是以略紀清芬其邀偉製南國實維風始無妨其賦蘋蘩瀟川夙號騷鄉豈復難招瑳玉我知隨珠在握無須忽此雕蟲咼璧置懷自不輕斯鏤蚯儻能賜之謦欬加以抗揚庶幾清操箸於管彤其壯山川之色芳蹤臚於竹素永坐閨闥之型

上林明府辛山師啟　　鄒漢勳

家本貧鄉久飡藜藿人如老圃好聚蘋蘩資多識於學詩菜堪成部記分門於本草蔬亦多名伏見圖經舊例蔬菰分條是土物則咸登雖溪毛而必錄訪名稱於野老證形狀於遺書窮彼根株別其臭味譜七二種之菜犨十五日之功蓋猶耳鷄腸悉煩鉛槧雞冠馬尾皆錄綈緗雖芹無事於獻君荼無須於盈室而問上計吏實有揚子之苦心成野菜譜亦具周藩之雅意文如可錄佇俟殺青詞或有枝懇祈斲堊復有鳥獸蟲魚草木藥果現在編訂即將續呈

與珪上人　　鄒漢勳

黃雀風中綠蒲叢裏麂眼護瓌花異卉爵頭成紫蓋青煙饒有閒情漾芳菲於庭院彌多逸興恣賞玩於昕宵參服之情非其分也林泉之趣自謂過之但白水盟長素心人遠征烏駛秋記一纂於彌年顧兔依輪轉十周於彈指疇能無感未免有情昔歲窮冬蓬蹤旅邸踏北門之外屐齒泥平泛東郭之池舫頭冰壯市闤城塩曾霑法相之衣林鳥川禽似識聲聞之迹訪非盡興會遂愆期我想首東忒多幽怨君瞻直北能勿傷懷作奏盈牋寫其愁苦詒詩滿篋領彼清腴

勸捐軍餉啟代　瞿元鈞

公啟者自來軍行屢捷奮揚端賴飽騰庫藏不充餉饋必需輸委值萑苻之未靖合桑梓以同仇分鶴俸爲捍禦之貲事原易集蘇鮒涸於鈞游之地義豈容辭緊自咸豐二年赤巾賊犯道州由郴桂下趨省城被圍者三閱月去年復由岳郡直撲長沙且分竄從間道襲湘潭以困我省今年粤西匪久踞東安粤東匪由郴桂竄踞茶陵而下游逆黨屢侵巴陵臨湘等境勢欲上竄邊烽鶴警狂寇鴟張以此都爲擅强之區故尋讐而不已合諸省爲扼要之地故竊據有必爭煽彼妖氛利吾樂土困而猶鬬張牙爪以横行患不勝防致腹背之受敵而要皆成師以出

所向有功雖瀕累卵之危終決攻心之勝四郊多壘衆志成城練千郎壯歲之丁守望者皆嫺步伐聚六郡良家之子召募者半屬魁雄水戰檣連有横海伏波之勇火攻礮擊具摧鋒陷陣之能固已貔虎同驅鷹鸇迅逐矣然而籌防之計未有已時儲峙之方曾無遺策軍需乏絀民力艱辛欲乞糴以補苴則鄰封無可挹注欲催科以資助則地方尤患瘠貧於是事例頻開俾士庶輸其金帛抽分竝舉與商賈競及錐刀不憚煩苛以期接濟無如城工未蔵雉堞之畚挶猶勤團練方般雁戶之甲兵須繕洪鑪鼓鑄礮局則力作如雲巨艦駢聯船廠則督修刻日縱徵求之多術柰供給之分途又況飛到羽書漢上告軍糧之匱傳來手札章江促戰艦之貽至火器之精良尤各省所需用取攜有限支應無窮雪見晛而易消泉奚源而不涸乃至糗糧不繼士卒投戈傭值莫償役夫舍業在中流力爭夫楫拄豈大厦坐視其傾頹某等日與諸當事百計焦思萬難設法念同鄉之碩彥多遊宦之良朋回首家山定悵干戈之未息關心時局同嗟杼軸之頻空是用縷述情形以冀共匡災患閣下公忠體國義問照人必將輟官裏之餐錢助軍中之脯餼紓難者家猶可毀端推楚國之賢乞援者書不盡言幾效秦廷之哭尚修蕪啟敬請台安統希融照

募修漢龍編侯士府君墓啟　徐熹

昔在運替・劉漢健稱・董公區宇沸揚・割據鼎峙・莽莽龍蛇之混・紛紛猰貐之逞・士投足而無地・民竄身其安歸矣則有漢士威彥・諱燮者・始自巫令・遷守交州・膏肓挾左氏之精・渾灝析尙書之義・稟經出治・在宥爲綏・湛水鏡以鳴謙・汪江海以擴量・避難之士・繼踵相依・讀袁徽致荀彧之書・方竇融撫河西之衆・保全一郡・彈壓百蠻・紀功於六十五篇之中・懷德於二十餘年之內・洎乎名字屢盜於邊徼・板蕩重慨於建安・津戕區景・袁遺賴恭朝廷加燮爲綏南中郎將・都督七郡・領交阯太守如故・卒能航琛輦贐・歲貢時修・詔拜安遠將軍・封龍度亭侯・建安十五年・孫

權遣步騭爲交州刺史・燮承節度・以來王遣侍子而受職・奔走歸命・謹率南郊・倡導輸誠・遠偕西蜀・遷衞將軍・封龍編侯・長者之治・儔於黃霸・在郡之久・擬於國僑・可謂拯斯民於塗炭・完善類於搶攘者矣・今夫過董相之墳・不忘下馬・適喬公之墓・猶惓隻雞・凡功德之在民・宜樵蘇之必禁・然而時易滄桑・運經劫火・煙霾夙晨・雨蝕祁連・側聞蒼梧夏郢之墟・爲廣信府君之冢・倏靈鳥之代謝・俄石馬之摧殘・拾蘚爛之遺甎・沒苔黏之古碣・蓬飛荒徑・憑弔斜陽・魂戀舊鄉・興嗟故隴・用是率先宏願・敬告同官・載煥佳城・量捐淸俸・華表更隆於立柱・拜臺新復於層階・守冢置人・犂馬蠶牛・眠於世世・載嘗孔肅・奠椒漿桂酒於年年・

上易明府呈遺卷啟　瞿元鈞

日前趨謁欣觀慈輝・未修弟子之儀・轉賜先生之饌・茲蒙諭賸送闈文・將付棗棃・登之齒錄・逾恆寵飾・曷罄感私・謹將原卷繕呈・仰希裁削・伏惟夫子大人・朗抱如月・高情屬雲・鑠闈徵校士之精・金披沙而細揀・公論推得人之盛・玉束筍以成班・猶復愛惜落花・刻雕朽木・欲使游鱗濈濈・與化鯉而齊觀・短翮几几・尾文禽而絢采・比坡老之於方叔・恩豈加茲・如潁濱之見歐陽・喜還過望矣・某靑衿久困・紅勒長嗟・刻楮葉以三年・踏槐花者九度・金入冶而仍躍・木引繩而頓乖・迺蒙溢分之品題・終致貽譏於[illegible][illegible]・峻阪登而屢蹶・有類駑駘・春風吹而不開・自慚桃李・然

神山返棹・風引無端・爨下憐材・琴焦何恨・雖未同遷鶯谷・依然喜託龍門・羽毛經翦拂而彌佳・飛鳴有待・樗櫟得栽培而自變聲價・豈增敢效子昂感遇之詩・但擬劉蕡知己之賦・此後幸鍼車有藉・囊食字以期仙・私衷豈楮墨能宣・鼇戴山而知重・

湖南文徵卷一百四　湖湘後學集編

尺牘

東施愚山　王岱

客歲承枉顧慰安深感知己然舍愚山外更無人矣王陽在位貢禹彈冠言取舍同也今取舍不同又安望見收哉獨朝廷意在掄才諸用事者用爲植黨朝廷意在成公道之史用事者意在無拂意之人世道尙可言哉更可駭者詞館中舊者忌新進之入新進者又忌後來之入如此則非錢不行非勢不入非奴顔婢膝不喜在貧賤負氣者斷不爲矣岱老矣制藝不售古學

又不售是眞不才爲時所棄豈宂逐逐少年車馬後塵不止乎其未能卽決者故園初平凶烖壘見歸之山中恐仍不能安旣不能見辱有司又豈可俯仰井里勢必削髮空王置身天地之外而後可以灑脫自如又須離家千里深山窮谷不見不聞之地無人物邑姓字庶得免其是非訕謗疾忌排擯此志也未能卽決也如此志遂則欲效文中子著元經是是非非以存一代公論不爲意見淺陋是非倒置者所掩千百世後有賢者出而採之至於詩文已約顧杜二子同刻楚三戶詩然亦不求知於今之人也

寄蔣虎臣　王岱

學道幾三十載自分久絕塵世不意偶逐公車遂墜冷鐔苦海風塵奔走僅存皮骨而賦性不圓不能苟合取容職之所在必求盡誠此目擊諸生困辱不得不作秦庭之哭其於岱本色盡忘故步都失郢中數日心傷體疲無復生趣忽得晤至人道氣深厚眞菩薩再來使我而喜吾道不孤天壤之閒斯風不墜然後一片淸明世不爲溫舒延年輩橫塞充滿矇蔽朋結矣還漢東敬爲先生作一序並二詩一畫及拙集搜葺呈閱以踐前約岱不文以少抱遠志苦僻處湖南歷兵革三十年以及今日十上公車不第百無一成卽著書立言皆從辛酸中捉筆是以言

多雜或至放誕不盡莊語然其意未嘗不繩趨尺步皆望先生取其長略其短贈我數言以永其業便不虛此一番奇遇矣至於末路窮途處十九人之中誰復有脫穎之望惟仕途險阻小吏不免況以易按劍之老生則不能不望知己之噓呵此又越石父行古之道諒先生决不厭薄也別緒另筆統惟俯鑒雲外老僧係蜀人破山之裔嗣近住漢東雙泉以杖子付岱不敢承當語錄一冊並附呈惟先生作一轉語臨風不一

復許生洲　王岱

某生平慶弔文最少・非不爲實不能也・葢文生於情・一時情不屬則文不成・禮云知生而不知死弔而不傷・知死而不知生傷而不弔・生死俱不知・弔與傷無自而生・似乎不飾詞逐套者猶行古之道也・且聖如孔子而魯君之誄數言・子貢議之以爲生不能用・死而誄之非禮也・今人知與不知動行哀詞・於禮未合是欲厚而反薄也・延陵季子之墓・孔子誄之止加嗚乎二字而不溢一詞・孔子豈拙於言吝於言哉・必其不可溢而不溢也・後人學不如孔子・動千百言不休・何其過耶・弟性拙而泥古・生平不合時宜・此其一也・意久見諒於諸君子・今承嚴命・其何敢自

外・但閱諸誄・姓名尊者貴者賢者已盡矣・其輓詞之頌揚・太夫人者亦備矣・似無容再增・卽欲另作・不過增減文法・此昔人所謂增字法減字法・究不能外諸誄中之意・何也・哀弔無情以行乎中・一味飾詞逐套・如京中庖廚・卽欲超脫而無由耳・不如俟弟遲遲心靜・或另作一傳・或一詩・存之拙集中・更覺妥當・若依樣葫蘆一誄・便爲東家之顰・至於附名・尤其不可・以卑末冷職列於尊貴者之後・殊爲不倫・非年翁所以知我・非某之所以自待也・萬惟諒之・

寄曾青藜　王岱

記丁未庚戌兩度春明・皆與令兄相周旋・其後音問遂斷・丁巳弟待罪於京衞・武學六年・都門名流畢至・惟不得令兄音耗・不意其有通州之計也・至魏叔子於丙午春客新城・相與最善・及博學宏詞之薦・爲六科物色主持者・敝鄉余佺廬所薦九人・楚則弟與顧赤方・秦中則孫豹人・晉中則傅青主・王山史・浙中則朱錫鬯・章含可・與魏叔子然九人中・祇錫鬯得遇・又係別徑・餘皆不錄・惟叔子不至・益見其高・亦不意其又赴玉樓・可傷也・年來老成彫謝・愚山去世・此道晨星・眞與時俱變・昨讀佳選・可稱極盛・然吾楚存沒詩家・除竟陵外・如王子雲・曹石霞・吳旣閒・舒

康伯・夏人叔・夏振叔・程青溪・胡石江・高處厚・趙簡如・張讀鶴・湖南如周伯孔・車孝思・王而農・馮棖公・楊九嶷・過無過・龍季霞・龍孔然・徐蔚子・楊如斯・郭幼隗・易康侯・易無畫・周士儀・嚴平子・羅月江・羅紫蘿・指不勝屈・卽浙之詩人・如海鹽之陳則梁・尤大雅博學・亦未得入・今弟集中凡有姓名者皆能詩之人・亦多未得附入・以此知遇合有數・卽詩且然・不獨功名也・近國雅高言詩觀・皆然・又不獨佳選・弟十年前與石淙・秋楊・又仁商選事未遂後・遂與金會公・舒康伯訂商・又忽外轉・澄令此事頓廢・今無暇矣・先生年力勝弟・當於二集中極力搜羅・方爲大成也・弟有了庵集・在吉安爲愚山所刻・前在都門刪去其詩・翻板矣・其文正

荏翻刻未畢仍以原本同上其燕邸集未刻詩文亦荏補刻未竟先以詩呈黃茅白葦不應塵左右亦一生心血知者少也弟自束髮工制藝十上書不售詩文充牆壁仍不入博學選吏治不愧萊蕪仍不遇薦拔所遇皆窮尙復何望卽著書一念從此止矣半生奉佛頗覺得力一切皆以空花目之所謂詩文皆理障綺語至人所不道也其僕僕獻醜不已者亦以逢場之戲耳惟先生敎之本宜上郡作晤因簿書正忙不得暇刻遣舍姪楚書代謁竝附口物引笑想太守公誕辰不遠駕定留郡尙得握手如其先行竝示其期定當專候前扇舊詩反勞佳詠今屬和讀佳刻凡例甚戒和詩然弟生平最喜和詩想當吐棄耳

答家阮亭

王岱

日荏西應酬竟不知台恙未及捄望歉然秋來痢證最甚先瀉後痢者便不同若初起卽便紅白照前刻方服之百無一失其方中亦言之甚悉以世醫專主行藥行之太過元氣便損病旣淹纏惟初起卽用其方不作疑心一二服愈矣兹台恙旣用此方醫家便不宜切脈旣用醫家方又用丸下萬無卽止者此世醫之害也世醫欲持己見又恐不見己功是以牽制今後大兄以方施人祇敎照方去服不用醫參爲妙屢試屢驗決不爽耳佳詩領入容轉致晞齋可以不朽矣岱有小像遲遲容數言贊之容具册上特此先聞赤方亦吾鄉作者其集甚多未有刻本

大約七律排體全是七子濃麗古文亦娓娓不盡祇議論偏矯各體詩皆然以勝心而兼廣交應酬充塞便不精細至於不能直入古人堂奧則近日名流之病不獨此公然亦表表有本源者非操觚入幕輩技倆耳今案頭無有隻字謹此率復

東鄧孝威

楚詩幾於汗牛多務實而不務名故流傳東南者少弟尤不樂示俗人宜少見而多怪也蒙道兄採近體數首亦空谷足音矣本欲一樽相約因寓居相遠而僕病未能聊具炭貲以供旅用幸勿叱耳

與嚴平子　李嘗之

丈論先朝人文、謂獻吉塑像、義仍解徹、確矣、用修博而小、亦確、今觀其集中、惟楊貴梅傳、倉庚傳、四賢祠記、與歐陽子重書、猶有可觀、餘文及詩、皆無足取、義仍詩可療飢、郊島一派、尺牘亦佳、其賦頌則覆瓿可也、弇州騷賦樂府、臨摩古人、殊失故步、其他古文、了不異人意、古體及律、未出唐人窠臼、惟論史有慧眼、四部可行世、賴有此耳、石公七言絕、與廣莊、皆堪把玩、不槪以長慶忽之、不可大三字、恐不足以服青藤、文不足傳四字、亦未足以服新建也、若夫等溫陵於暴客、無乃相馬以皮乎、溫陵藏書、於魏晉六朝篡弒之際、種毒發毒、因果報應、一篇之中、三致

意焉、其垂誡深矣、而米公乃云卓吾以福善禍淫為誑人語、此豈夢見卓吾者哉、又云卓吾書行一世、而醜態畢露、丈亦云李贄狂而不直、丈與米公、皆好學人、而輕詆如此、其去淺見寡聞者幾何哉、

與李峯山　陳鵬年

劄到、適因制府抱恙、赴省問安、於途次展閱、種種已悉、兼聞夫子起居甚慰、江南連年水旱、民不聊生、自冬徂春、十室九空、鳩形鵠面、見者惻然、賴奉　旨設粥券、江蘇松常鎮五府二十七州縣三衞、其被災三十處、止撥白糧春秏八萬有奇、並江北雜糧七萬、折實不滿二三萬、又半已虧空、未能如期解赴、其柴薪器廠諸費、俱係捐辦、又具　題內自十二月初一日始、至二月終止、共煮賑三箇月、計每縣米數、不足三千石、每縣每日饑民各廠凡三四萬人、為期三月之久、實難周徧、除他郡不能悉知外、蘇屬八州縣衞、各設廠八九處、幸無侵冒、亦少遺漏、自十

二月初一起、未至正月半、米即告竭、因設法勸捐、賴各紳衿義民踴躍爭先、煮賑至二月終、方完三箇月之局、又設法煮至五月初三、天氣太炎、饑民擁擠致病、始令饑民各尋生理、種田者種田、貿易傭工者、各令趁食、量給大口米五升、小口米三升、而散粥廠遂停、計自三月初一日起、至五月初三日止、又多煮兩月零三日、又人各給三五升不等、又給嘉湖流民船七百餘隻、計流民男婦三千六百餘人、人各米五升、令其回籍、親送至界而返、凡皆紳衿義助之力也、不料陰雨連綿、二麥朽壞、疫病流行、奉憲設立藥局、府城內圓妙觀及六門、共七處、自五月初一日起、至六月終止、以兩月為期、每日計費四五十金、共需費三

千金止據各憲協捐銀八百兩餘俱士民捐助中間全活者不少又恐鄉村貧病之民無力插蒔分遣幕僚教職雜員攜帶藥餌錢米沿村查察其眞正窮民未經種蒔者量力賑助仍押令插完計不下二千餘金各州縣勢難徧及亦令設法多方救援今蘇屬麥雖歉收稻已布插十分八九未種者亦漸次告完柰疫病甚重死者十之二三又設法掩埋今疫疾亦漸痊可矣前因米價騰貴詳請給批令商民自販行咨鄰省免其阻勒輕其關鈔蘇州發批壹百八十餘張陸續販來米三十餘萬石令其流通浙省照價買賣毫無阻滯是以米商雲集目下楚米在楓橋者止價一兩三錢五六分較之從前似覺稍平又稟憲將蘇

屬修河未發之帑金五萬兩松屬一萬兩其銀六萬兩奏明委官赴楚買米平糶不意奉　旨留漕平糶之十萬石內忽奉部撥去作兵糧三萬六千有奇是以三十處之平糶止米六萬餘石一處不過千餘石又皆欠在民顆粒未徵其撥各標營兵糧亦係留漕民欠旣不能問之盌甕之民而春夏二季兵米全缺勢將岌岌只得將買囘楚米多半抵給兵糧是五府三十州縣衛奉　旨平糶之六萬餘石旣係民欠顆粒全無而蘇松河銀所買之米又抵作兵糧三萬餘石止存一萬八千餘石以之平糶爲數幾何幸目前米價稍平不若暫停發糶留至七八月之交米價如叓騰貴方行減價似爲有益也前因重運未完漕米血比難堪詳請具題緩至四十八年搭運又各年漕項民欠奏期嚴切催檄如雨詳請帶征俱蒙具題今漕米尾欠已奉暫停而漕項帶征向未兪允亦民困之大端也今自五月半後雨澤稀少目下望雨甚殷若數日內得雨則秋成可望猶可緩死須臾否則江南事勢有大不可知者蒙夫子軫念殷切實因終日憂勞形神交瘁不及縷陳不佞身在地方罹此奇災豈忍膜視然一切不過爲苟且目前之計不能有所裨益且兩姑之閒嫌隙日滋疑忌愈甚卽前項設法數端小心奉行原不欲居功而愚民無知偶相稱道遂觸犯忌諱於他事廷謁時聲色俱厲不佞已有一刻不自安之勢是以一月來亦結舌不敢再吐一

詞矣金陵遠隔鞭長不及彼此猜嫌意見迥別地方情形互相袖手無可如何前二麥失收據長吳二縣痛切具詳大加訶叱今幸大勢人心稍定但由六月以至秋成遙遙數月乏食窮民尚覺度日如年萬一再加亢旱則江南數百萬生靈盡塡溝壑爲民牧者卽一死何足以塞責耶爲今之計惟急急講求積貯積貯之法止有開事例可行事例亦不必多開條類只如浙江往年常平倉例暨淮揚往年被水災所開事例不數月閒每州縣可積米各數萬石卽可以無虞矣若請停征則本年地丁已奉全蠲請動帑賑濟則旣經留漕煮粥留漕平糶夏災已過秋災未來恐亦難措詞聞前月此閒曾有密摺奏請開事例以備

積貯尚不知　旨意若何不佞目前惟有虔誠祈禱雨澤若甘雨一降卽有起色萬一涼德不能感召天和秋成失望亦卽竭盡血誠詳請具題並遣力星夜赴都另行稟聞一切也江南數郡下江之江松常鎮災疫情形俱皆略同而江甯一府尤甚上江亦然而甯太尤甚今歲夏災淮揚俱成巨浸二麥全淹秋成大半無望鳳屬亦然浙江杭嘉湖災疫情形較江南爲甚紹興一府去秋未甚被災因紹屬之米仰給杭城杭城價旣騰貴米商渡江者少遂至米價日增數錢四五月之交遂有饑民千百爲羣郵落搶奪處州開礦亦有聚衆之變聞今俱已平定矣其插蒔情形亦大略與江南同但嘉湖一帶蠶桑歉收使民困

耳至鄰省撥賑之策止山左開例原奉有沿河貯倉備荒鄰省之　旨今年山左荒歉亦甚且倉廒大半空虛前聞已經移商不便題請闕東海運恐迂遠難行今江省倉庫皆虛實屬一籌莫展而二麥被淹及饑疫情形又未繪圖入告今業已愆期無及惟待秋成若得將四十八年漕糧再酌量緩徵一年或緩其半卽奇策亦奇恩也途次悤悤不能具稟夫子可一一轉稟代候福安己丑分房所得士便中幸開單見示不及其餘

誡子書　聶繼模

衡山聶太翁樂山先生繼模作誡子書今相國桂林陳公撫陝時亟稱之吾輩晉謁每舉以示法蓋已人錄一通銘之座右矣仲子令鎮安纂邑志遵公命刻入余謂仍宜照蓺文例載名書下俾後有所考云粵東順德後學梁善長識

爾在官不宜數問家事道遠鴻稀徒亂人意正以無家信爲平安耳爾向家居本少二老習爲固然歲時伏臘不甚思念今遣爾妻子赴任未免增一番帳戀想亦不過一時情緒久後漸就平坦無爲過慮山僻知縣事簡責輕最足鈍人志氣須時時將

此心提醒激發無事尋出有事有事終歸無事今服官黍餘民情熟悉正好興利除害若因地方偏小上司或存寬恕偷安藏拙日成痿痺是爲世界木偶人無論將來不克大有所爲卽何以對此山谷愚民且何以無負師門指授此乃爾下半生事與父母豪無干涉兒孫更勿論也見荅黃孝廉札有爲報先生春睡熟道人輕撞五更鐘句此大不可詩曰夙興夜寐無忝爾所生居官者宜晚眠早起頭梆頮嗽二梆視事雖無事亦然庶幾習慣成性後來猝任繁劇不覺其勞翻爲受用長公負文章遭時不偶憤激而談何必拾其唾餘耶山路崎嶇歷多虎患涉水尤險因公出門須多帶壯役持鳥鎗夾護不可省錢減從自輕

民社之身又不可於途中旅次過行須責此輩跟隨亦有可憫御之以禮撫之以恩二者相需偏倚則害流民在衙供役者亦然楊五毆死四十七待浚周三謀殺王三兒增福立斬合計除去五患人咸爲爾慶我每思及翻覺豎然李忠定公譬此輩猶痿乘虛火而生火降水升仍化爲精痿與精豈二物而頃刻變化如此天下無德精而譬痿者皆自吾身生在反身而已此後須設法置處無使數千里外老人魂夢伈惡也爾家書屢言辦過軍需幷未賠墊此殊可疑湖南州縣無不賠墊者況爾初任幾戶窮民額糧不滿二里又適逢荒歉之歲肎於此時加一分恩全活實多兼可不誤大件人笑爾迂我心彌喜若云全不賠

墊則將取之誰耶爾本曲爲此言冀寬我心猶爲有說後閒寄爾母舅書內言賠墊多端恐貽父母憂囑其婉爲開勸爾視我爲何如人好消息惡消息以善養不以祿養彼閨閣中人能分晰言之況年躋八旬鬢眉老翁哉此後凡遇上司公文關係地方興除須設法行之至萬不能爲而後已大抵自己節省正圖爲民閒興事非以節省爲身家計同一節省其中殊有義利之分如此俸薪須寄回爲歲時祭祖用儻有參罰卽不必如數寄毋致上欺祖宗且可爲辦事疏忽戒養廉銀兩聽爾爲地方使用通邑僅得二社目前卽須謀增建窮戚友亦不宜恝然江西祠堂族譜告成應幫助梓費族老向受陳大中丞厚恩求得數

言弁簡我知萬不能致已將戊辰年批爾稟語莊錄付去欲其刻入編端爾其念哉若將來有負期望無面目入祠堂矣京師鄉老重修會館此是義舉旣有札通知須量力應荅年誼中曾有以詩句送贈者須有以報之如一時不能不妨遲致切不可以空札告窮苦此最是習氣惹人厭罵且非誠心待人之道往省見上司有必需衣服須如式製就矯情示儉實非中道知州去知府尙遠然旣屬直隸州卽當以知府相待須小心敬奉又不可違道干求盡所當爲而已凡人見得盡所當爲四字則無處不可行官廳聚會更屬是非之場大縣遇小縣未免驕氣彼自器小與我何預然切不可以小縣傲之又不可存鄙薄心須

如弟之待兄如庶子之待嫡子如鄉裏人上街事事請教街上人可否在我斟酌誠能感人謙則受益古今不易之理也官廳子內不可自立崖岸與人不和又不可隨人嬉笑須澄心靜坐思著地方事務若有要件更須記淸原委以便傳呼對荅山城不得良幕自辦未爲不可但須事事留心功過有所考驗更須將做錯處觸類旁通漸覺過少乃有進步偶有微功益須加勉不可懷歡喜心阻人志氣瓦雀雖小肝膽周全此雖俗語殊爲親切鎭安向來囹圄空虛爾到任後頗多禁犯但須如法處治不可懷怒恨心寒暑病痛亦宜加恤我雖非官醫每入禁視囚病痛給以藥物十餘年來父母官因爾通籍不復延我入禁視

病然我自樂爲之爾母亦親手作凡藥近來竟以此爲事爾體此意自立於牢獄盡心山中地廣人稀責令墾荒原屬要著但須不時獎勸切不可差役巡查如屬已業不可强喚遂行報官有願領執照者卽時給付不可使書吏揹索銀錢日積月累以圖功效秀才文理晦塞耐煩開導略可取卽加獎勸又當出以誠心莊語不可雜一豪戲嫚此二事皆難一時見功須從容爲之不可始勤終倦我最愛雷先生與爾書云種子播地自有發生爾在鎭安正播種子時但須播一嘉種俟將來發生耳知縣是親民官小邑知縣更好親民做得一事民閒就沾一事之惠尤易感恩古有小邑知縣實心爲民造福一兩件事竟血食千

百年士人或呼爲某郎某官人某相公視彼高位顯秩去來若途人者何如哉蒲城羅明府名文思者查鄉會年譜都無其人在省契合且多勸勉此最難得宜相處在師友閒然不可以此望之人人爾性狷介吾不慮其不親賢慮過以賢望人也州縣中間亦有曾係中丞公加意者卒罣白簡可見大人愛憎至公無私爾蒙格外勉望吾既喜復憂爾能自憂卽吾之喜也曾子云涖官不敬非孝我老矣因爾作官竟信此言爾母步艱斷難遠涉彼雖繼母育爾如生見爾妻子赴任强爲歡送又時以好語慰我然枕席有涕泣處糟糠之婦布帬荊釵安之若素不致累爾萬水千山來此窮鄉情殊可念爾當相待以禮凡有不及須以情恕官場面孔豪不宜施鎭安僻陋爾子不致染公子習氣吾無他慮公餘宜課以讀書爾亦藉此得與典籍相近二希堂文集寄閱張龍湖集暫不寄律文精奧須字字硏究中庸所謂憲章卽此也詎得以法家者言忽過護送人等囑令到卽回家勿聽久留署閒爾士民時時念我足見風俗淳古我身健尚能復來得睹地方起色爲樂餘言爾妻自悉不暇談

復喬山書　陳一揆

楚風補一編是美舉亦是難局蘭亭不錄許渾多收物議伊可畏也卷帙浩繁廷借盡費苦心有彼選而此刪者有彼刪而此選者然岐途豈必合轍同室或且操戈能禁選而刪刪而選者之不復易手乎此非心通六藝至公無我者烏足以與於斯去春祇詣貞開宅檢閱大概意欲移載全簡爲之宗臺而貞開以爲未便故遷延至今所梓序目並工費已成廢閣廷借作古旣難出其徵啟告人而又不可泯沒愚因有申明家刻楚詩小引俗境困縛末由呈覽弟與宗臺濱沅一派少陵所謂詩是吾家事者倘慎教我哉榮補狂卽指顧霖雨蒼生以慰羣望幸甚

與正求弟書

前歲因楚風補一案牽赴星沙覓訪喬山祈大家挽回夫當日公呈內有補亾訂譌及贈膏火等語大隱子旣抱恨又棗梨不歸宜其控索底本也迨奉提追成孺昆仲委之老軀惟挺質還金是屬潭湘人士多慫恿之費亦有備愚曲盡調解沸議始平已而兩謁撫臺鈞諭一如所料至刪選錯綜又遺失數家詩行查往返總成拂意廖欲抱書來吳另謀精梓抹郤廷借參訂且以爲口實波及於愚愚稱待弟選任尙當復圖勷事廖亦微動今信杳然儻渠至仕途必有聞見喬山遠矣咫尺姑蘇竟藉五馬名重主持楚風兼爲穎川生色如何如何

與家素五　夏光洛

科試揭曉爲三哥喜更爲二哥憂雖然得失命也要當於得失中求無愧而已不患莫知求爲可知二語正今日應試者頂門一鍼切勿妄生怨尤以阻精進之路讀書作文心要死又要活不死則思不入不活則理不出氣須靜又須動不靜則浮而無得不動則滯而不行死裏覷活靜中求動自有其道矣巧生於熟熟出於久久由於專未有不專而久不久而熟不熟而巧者今且嚴選制義之入情入理爲我所賞心快目者一百首朝夕熟讀而精思之使其意如發于我之心其詞如出于我之口譬服藥然君臣佐使補泄劑量借草木之精液調骨肉之榮衞藥

力旣到自然耳聰目明神完氣足不自知其得效所由來更須多做繩趨尺步心追手摹久之下筆油然自有不規而圓不矩而方之妙先明錢吉士晨起梳洗畢卽搆時藝一篇杯茶之久衝口而就無論寒暑閒靜家居客邸馬上舟中未嘗一日廢故其文能成一家言此不可不取以爲法者至於四子書義爲讀書做文根本尤宜熟讀精思反覆玩味晰其理解會其神吻注疏講說凝神靜慮以意逆之平心易氣定其是非旣不以耳目隨人亦不以私智穿鑿四書讀透經史可漸旁通矣而古文大家實爲筆墨本領如笙簧鼓膽不得則聲無韻而不宏又如人胃氣肉多勝食倘足傷人終日絕粒雖珍羞果腹且有腐臭反

嘔而不可聞者博學詳說論世知人以求之庶可綜古今之變登作者之堂矣如是而後出其文以應試盡人聽天得非倖邀失無慚邑正所謂藏器於身待時而動者惟素五勉之而已愚早孤先大兄一經相授猶愚不克受教後稍有知識先大兄又無祿遂爾墮廢至今凡所云云皆數年來所竊取友朋之緒餘或得諸簡編之陳迹者亦先儒所謂見道之言非體道之言也不揣固陋布之左右以供好學深思者之采擇惟我素五勉之

復甯鄉陶天石　夏光洛

日者意外株連倉卒踵謁過蒙照拂洛竊以世交媚好諒不相恖不嫌擾累先生復作一番形迹語洛不幾先以唐突開罪耶星沙歸後攜六姪肄童子業館所去家兄舍僅里許晨夕間得數數與亥君周旋見其讀書作文沈潛刻厲爲之心折評尾註名誌僭固行其意之所安非敢以世情相待也季君就贅家姊丈宅周旋又幸有日而覿面伊始其英邁不羣之氣於言論丰采中已見一斑象賢濟美不易多得先生蓋固有焉而若恖也規勸之義友道尙然骨肉至親洛敢自外第愚鈍絕倫此中悃愊兼以遭遇坎坷自乙酉迄今紛擾荒廢幾不知帖括爲何物

前見亥君佳作妄有所談深懼狂瞽獲罪先生謬加許可卽欲以師道見推洛初聞而駭旣而恧然愧矣何敢當何敢當抑謂土壤細流爲泰山河海所不擇使得出管窺之見時與少年英妙入印證斯固洛之厚幸耳

與家素五　　夏光洛

放勳命契之辭卽千古敎書之金科玉律知我素五必有以嘉惠後進也嘗謂訓蒙固世間第一件苦事然而逸志倦情可假以拘束振興卽句讀訓詁之閒字畫形聲之類亦正多相長處特心畏其苦則失之矣今以質之會心人當不河漢予言

復家素五　　夏光洛

近聞君患鼻衄或偶一見不過血熱所致當無足怪如作止必以時而又有他證雜見則固不可易視之矣雖然人身之有疾也如國之有寇當於未來之先勿開其端既去之後務彌其隙若不虞而致其來來而且未卽去也則定以逸待勞以靜制動

人心旣固國勢自張彼虜且宵遁不然而丐生憂於倉皇狼狽我以疑懼多風鶴病卽借愁思爲聲援敵氣既驕我軍益困縱方書藥石扞禦補苴如奉天下罪己之詔澶淵出孤注之軍亦可轉敗制勝於一時究竟君志不清明則靖難無長策終相尋於禍亂而已愚比年據危城驚烽燧猶幸未至坐斃者特此禦寇之方今同患相恤聊爲君借箸以驅强寇可乎若夫邦家再造河海安瀾遂能使斯民老死不聞戎馬之警所謂永彌其隙而勿復開其端者則必有憂盛危明之思久安長治之道愚固未敢自信焉而願與君共勉之也

復曹亦夏　　夏光洛

憶自戊寅爲門下壻與君家兄弟往還屈指無一月暫別今且終歲不三四見矣春秋分袂音問都稀兀坐無聊時骨肉之傷今昔之感每每倍增亦夏有同情其知我且念我也接手敎悉近狀憂喜交集醫藥負債售產以償境斯苦矣產售而債未必盡償又顚者半生覆轍也疏放如我亦夏將毋同惟讀書兩字是遣愁良藥記亾母常述老父之言策勵不孝曰汝父有云俗事紛擾心胸聞兒子讀書聲不覺頓然爽快惟我亦然今洛永感風木案前窗下一卷伊唔已不得慰泉下老人之聽亦夏就養高堂以讀書聲承色笑何樂如之八股一道洛夢夢無所見

特以孤姪勉爲課讀敢謂有溫故知新之益耶亦夏刻意爲文不肎輕易落筆筆一落紙語必驚人如洛者直不敢伸手拈筆耳縣有司將有事於童子試彼時攜孤姪入城過高齋細讀近藝茅塞心胸可漸開也

與郭景蘧　夏光洛

世以讀書爲文字以文字爲科名其閒得失憂喜紛紜顚倒自不能免要貴有愼持於其際者夫不自患業之弗精行之弗成而徒咎有司之不公不明者非也不得志於有司而以憤悶之故不堅自信致神耆而氣餒者亦非也竊謂文字雖小道必以全副力量精神赴之書不可一日不讀義理不可一字不體認志氣不可一時不增長機趣不可一息不活潑得不加喜失不加憂憂不自沮喜不自恃讀書之受用方有實際文字之發皇烏有窮期科名其餘事也某性僻命迍墮頽荒廢終於斯已凡所知識求可以語此者惟吾弟固不欲吾弟規規於小得意又

濱慮吾弟之怏怏於小失意也郡行在卽幸努力自愛

又

廿三日得椷信失望怏怏家兄前科下第寄友人詩有三年疾似箭頭飛之句於功名路上著此語警策中有豪邁之氣湘潭張崑石已亜下第與某書有僥倖之罪小怨尤之罪大二語於學問中存此想則藏修內有惕厲之心矣說向吾弟慧心人必能靜味之也

與郭禮尙

君抱至性忽丁大艱親喪自盡仁孝之心豈有所瞻顧吝惜然而無財爲悅或未免重貽泉下之憂則又當少加劑量昔賢以送死當大事益謂於附身附棺者必誠必信不使貽後日之悔耳非必如世俗所爲專以飾道路之觀聽也安善體太夫人之心卽所以安太夫人之靈蔦蘿之私妄有進說惟大孝加察

與郭景蘧

荒齋孤寂荷兩弟辱臨信宿長談心口俱爽歸去無他囑淨意讀書平心處事內以順家庭之常外以慰師友之望昔人告君者有曰爲治不在多言顧力行何如耳愚以爲讀書作人之道皆不外此可書紳也更有念者人情積疑成猜積猜成怒積怒成讐天下國家親疏遠邇皆一致也目前事勢漸有參差將長將大能無危慮惟吾弟以無嫌無疑之身盡親之愛之之道時

出不激不徐之語以消其相尤相好之機這纔是讀書實際作人根本李鄴侯處人骨肉之閒必思盡善況吾身之骨肉乎兩弟不外我我敢自外切切爲吾弟效一得之愚也故披衣捉筆疏雨鳴雞灘水潺湲纏綣之懷何能已已

復尹聘三

鄙性幼不善喜十齡失怙以還每値年除歲首輒用愴然往常家門熱鬧時雖亦循例稱慶而向隅之情無能自解況邇年來事境屢變憂悔疊見舉目無好光景屬耳無好消息流光如駛益增忉怛較足下之抱痾自惜者不爭分寸矣堪輿楊氏閒於溫譚兩宅覩其面卻不與之深談其手眼高下愚本不識地理

何敢妄評·則亦何敢遽爲介紹耶·石井頭墳尚未掞·䙆待之塞食節亦可·但於葬者藏也一語未免多出一層理解耳·狂談見笑竝恕·

復陳仙掌

笞兵走萬里·勒石銘千秋·功名兩字中精神氣魄自有勃勃不可遏者·無怪乎先生之顧盼自雄也·雖然馬伏波少負大志·及經營交趾時·又不禁追味其從弟之言·則何以故·洛廢久矣·山園布置·特駒隙草塵閒游戲具耳·何足供先生一妒·偶手書窗槅紙有曰越認眞越不認眞越不認眞越認眞好放著好難放著好難放著好放著·此便是邇來路程本子也·石磬無意得之

又似有定數·前緣者·計得大筆爲銘·庶兩無負·擬泥首敦請·辱齒及·敢預以告·明知此又是一段癡公案也·然其閒認眞不認眞放著不放著·洛自主張之·則妒不妒亦惟先生發付之而已·清味分嘗·心脾皆潔·山癯得之·叨忝非小矣·謝何能旣·

與郭禮尙

羸軀不勝病·卻冐戀病狠狽支離已經一月·道路傳語·屢驚聽聞·關切如君家兄弟·眞此生所不易得者·念之不禁潸然·鄙性少喜多悲·自十齡失怙以來·二三十年閒憂愁憤恨日有增加·馬齒空添·幾無生趣·病中憑几伏枕·聞兒女輩道及生日兩字·心頭便如錐刺·大爲之行·以病阻遠鄉寺院·亦困於雨濇無聊·極思裹粗糲一盂·驀然入貫山菴·與山僧枯坐·過卻母難一日·卽妻孥雞黍之餉亦不願嘗之·以重傷此知疼識苦心也·知舊有反弔爲賀者·甚非鄙人所能堪·禮尙知我諒我·望以此迂愚鬱結苦衷·白之令五兄·萬勿費一毫心情作一番周折·益愛其人·勿傷其心·必以世情相迫·卽不啻鞭笞及之矣·惟禮尙鑒而憐之·

與潘班墀

某素性冷淡·受用荒涼·區區傴骨·豈多冀倖·藏身之具·意以得十二合者爲安·縱冐叨十合·但須無鍥補無圻縫·便足自隨·餘可不計·今聞清齋廡下有制就數具·故託董子致懇·囑代爲相

視·儻得如所願·含笑歸泉·爲天壤惜物力·爲孤幼省負累·且以自罰尤素心也·若如尊諭所云·枉費病朽坐盡之心髓·又自失安分忘情之夙志·且與自裁附身服物亦殊不稱·甚無謂矣·某與董子交近二十年·凡某之心迹·董子頗能知之·老世臺試坐訊問·亦必有憐而鑒之也·力疾縷陳·伏惟鑒照·

與星沙侯瑞長

去臘喜得手書·開緘往復·意殊惘惘·比年離索·中憶足下以敏妙之才·値方壯之歲·又蒙當道先達品題·增重竊揣·丰裁迥不猶昔·不謂猶以窮字塞口·塡胸令人氣短也·貧也非病·前之賢立有格言·庸玉於成·後之賢更發警語·足下甯習聞之而習忘

之士君子讀書立品多半假竆字鑪錘熬鍊出一副堅剛骨性竆亦何負於足下哉如洛自問無益人世放廢終身而天亦終以病尼成就之去冬夢夢作入郡想矚覘旅寓今病日劇已不復能逐隊鄰廟上人旣出吾鄉又有慷慨好士之雅惜不得踐約以親道範然已心銘高誼矣病中口占俚偈力疾書寄聊代一刻元談足下其爲我轉致且道鄙意

再復呂郡伯　王文清

來諭修志事會兩勒寸衷奉辭竟不獲命今聘幣到門與夫整駕諄切之命不令留難敢煩來使預以六事爲約惟執事圖之清以終養歸豈忍遠離膝下今雖入志館從事仍聽不時歸省儻高堂寒暑小恙即聽歸侍湯藥一也事關千古直道惟從公是公非一切左右旁言未可偏聽二也士民可與觀成難與慮始必毅然自爲主張物議悠悠決無搖動三也世俗好名爭思入志以欺後世往往夤緣請託或以權勢相臨此必斷之以義制之以猛不以千金易一字始得成千秋信史四也志中千頭萬緒總以忠孝節廉爲主然後有補名教舍此四字便無下筆處五也此書必從容詳慎博采竆搜字字尋其根據人人得獻芻蕘勿相迫促勿爲粉飾勿執已見勿憚訪察六也六約可依清將攬轡登車不復上拂來意否則南山之南北山之北使者僕僕亦無從而將命矣

與古綏侯　曾紹孔

上世不葬不封·然盛德者必百世祀·公卿之家至世其官·不知主何風水也·乃今之術家吾惑焉·不顧化者體魄·動輒曰其龍主貴·其星主富·若者久·若者暫·大都爲生人說法耳·凡爲人子者亦竟忘所事爲何·惴惴乎恐吾子若孫不得富貴也·嗚乎·豈天地生山生水時·預設此富貴之某龍某星·將以供天下榮名厚實之具·遂使今之人如取如攜耶·未必然矣·足下精形勢家言·何以解僕之惑·且以解人之惑·

復劉釆其　曾紹孔

僕豈知醫者哉·憶昔奉兩大人前後委頓沈疴·亾室亦苦傷寒·

百計求醫藥·日見其促·僕惑焉·越十餘年·亾女病篤·眾醫坐視·至數朝口噤·足手拘攣而絕·惑滋甚·然皆無敢咎醫者·惟思病者求醫若贅疣·然此惑何由解也·因購岐黃家言讀之·其文簡質而古奧·其義博大而幽深·非經箋釋鮮克通曉·驚歎久之·反覆探索·再更裘葛·始知醫之爲道固若斯之難也·竊怪今之爲醫者·何以舉百鈞如一羽·豪無瞻顧·豈誠有力者耶·還而叩焉·求諸臟腑經絡·問知其說者·蓋亦寡矣·大都徉爲診候·欺所不知·枯守數方·儌倖偶中·其致之死者則命也·滋可浩歎·足見醫道之難·難於知醫者·惑與怪何庸·不禁回首往事·淚涔涔下·嗟何及哉·然卒莫能恣意肆力於醫·蓋其書上自軒岐下及諸家充棟盈篋·非閉戶數年鮮克竟其業·人壽幾何·堪幾數年耶·況既不敢舉疇曩所揣摩攻苦者一旦廢棄弗顧·而又以百口之家奔走於衣食嫁娶·糾紛賓朋·履錯·強欲如少時風晨雨夕·夜月幃鐙·咿唔達旦·萬萬不能·僕何自知醫哉·屢辱華翰·以良相爲喻·竊不自安·謹布寸悃·欲足下知僕本非知醫者·

與孫浴溪　曾紹孔

救窮無他策·惟發憤讀書·此語近腐·然卽不爲窮計·書豈可不讀·張無垢昧爽抱書窗下·楊龜山肘不離案·此豈以稽古邀榮·然卒獲窮經之益·畢竟讀書可恃也·足下妙年一堅本願·如射之有彀·技微剔奧·斬到古人·則齋淡中之精·進不愈於豪華耶·

僕雖垂老牖下·然每從書本中得昔人心源印合處·便百慮俱消·其他一切可喜事皆索然無味也·客有嘲僕以聯者·終日老蠹魚·尋行數墨·雖戲語乃實錄也·至愛·淡苦不禁嘵嘵·

復孫浴溪　曾紹孔

生平交好·握手不覺其歡·判袂愈增其感·惟足下暨可齋兩人耳·可齋千里外遇合不常·卽足下相去數十里·非館敝地·亦未能數見顏色·則數十里與千里等·嗚呼·朋友之道豈不難歟·足下一生特爲貧累·僕自客歲小有營造·苦各匠支給嘵嘵·新春賓客會聚·又朝晨不暇·老來人亦不蒙一日清福·易地以觀·愈念足下也·郎君遠顧·並惠·極感·何時握手停杯·一領別後大教·

復曹禮西　曾紹孔

詩文乃載道之器．古來小品雜說．一二詭筆．皆關世教．後人尖佻濫蔓．不足問也．每思一二同志講求琢摩．道不可言．性情逼眞於此．春風馬上之氣．不以易五七字之靈．長亦快舉．顧僻處荒村．日馳榛莽中．求片石一語不可得．惟宵犬候蟲．藉以自遣．未足語詩也．展讀名章．過爲獎藉．不禁汗之淫淫下矣．謹拜宗工．用益自勉．

復曹暢庵　曾紹孔

貴體違和．每切懸注．得聞近祉．喜慰無極．正遙憶間．重勞遠念．錫以佳製．披讀三四．豪宕之氣．疏爽之姿．似從瀚腸滌臟得來．

豈眞遇愈跗其人耶．曩方欲足下絕吟咏．以靜攝．當中醫．乃足下詩益工．病益已．視古人瘋可愈．瘧可痊．何如耶．視杜老藥裏關心．詩總廢．又何如耶．則又惟恐其不吟．吟而不多矣．勉強效顰．本欲加飧自愛．儻因之噴飯．毋乃非所以愛足下乎．

與湯洛九　陳詵

足下斬然在疚．三年中不飲酒．不食肉．不入內寢．自虞祔以至祥禫．兢兢如禮．母喪初畢．父喪繼之．愈求所以自盡者．顧以余爲素講於此．一再詢之．卽此卜足下之果於自立也．雖然．喪禮之廢久矣．有舉行者．衆輒咻之．南之雪．蜀之日．少所見者不多所怪乎．曏昔之年．益遘先母凶變．稍求合禮．卽紛紛見慍於世．夫慍於無知之民．可言也．慍於稱文之士．不可言也．人於父母．各求自盡已矣．亦何與人世得失．而非之笑之如此哉．足下勉矣．

與李經原　張九思

余與經原交垂二十年中間疾病死喪人事錯迕讒譏畏辱兩人者亦略相似經原性醇而密余志狹而疏弱而喜靜則同故兩人者意識不齊而其謹身悅學肆意於典墳擇交遊恬淡勢利相愛勉以魁人長者之事則自始以至今日彼我之懷交孚無間言比年以來交知零落謙甫妥翁皆康强早世經原年近五十而余亦壯心頹廢各非復昔時又惟造物忌才往往頓跌以死而余與經原雖偃蹇無所遇猶幸其委靡無濟甘心凡近不爲造物之所忌則自今儻復得三二十年飲酒論文訓子育孫東阡北陌杖屨往來其於人世得喪毀譽誠何足道是亦吾

兩人者之獲全於天也偶憶得近詩數首輒書以來頻年荒蕪豈足言詩然區區幽悰猶自可見亦幸有以教之爾

與姜中丞　羅典

春始值軍麾肯發未遂趨送巖疆小醜劇借經營詢悉執事調度軍機勤勞自矢每念寢食治弟屬弄筆書生不諳大事無可借爲裨補者際此鄧騎星馳空輸安東亦還以內恐而止至大捷消息會城亦小有所聞適由畢制軍札至益得堅信　聖懷欣慰十全賢勞定膺三錫頃弟忽憶昝季假致壽聯借崧高巾伯爲詞文武是憲今爲信然在元臣當立此崇勳矣謹乘制軍差員先劄稱賀即問省韓燕喜當在月內幾日瀟洄道左謹肅衣冠以俟

與畢制軍　羅典

新正時晴雪降綿延匝四五昏旦南楚使占秋稔仰惟大公祖大人心塵屢豐冀宏春澤彤雲彌漫度北省亦復優霑首祚承禧莫踰於此可勝忭賀立春前二日由永州徐司馬齎至椽筆墨刻一方盥潔啟視隸書融合古法自成一家其鐫手亦非吳中不辨石質堅瑩而厚長廣如手卷式極便摹搨實足光耀名山永資後學程式承示開春詰武尋當重涖星沙每懷西歲趨瞻皆粹然大儒氣象極思德腴數沐借之除客氣以見本來又爾時山齋歡敘行廚特供兼念馬齒既歷老傳手製長聯款注補祝其用意皆軼越尋常亦節節令人往復今歲節候稍遲計比年植桃積數百株三月初旬當爛漫可人謹先期埽門拂路

俯待麾旌。將憑茲一曠山花友于沖度也。肅佈私悃。恭請台安。惟伏案不能作楷字。大懼輶褻。統希鑒原。臨楮馳念之至。

復畢制軍　羅典

擬恭逢詰武。鄉鸞信到。急從道左趨迎。用慰積忱。忽邁格苗被誘。軍務倥偬。私意孰事。寥養浩然。聲色不動。此事當之裕如睨以學究硜硜一籌莫贊。故節鉞伊邇。往來吏人如織。候東兼不得漫通。荷福光徧燭。不遺山館舊人。捧讀瑤章。感泐奚罄。聞大捷剋期。即得十全紀績。仰成　歸政盛典。雖先時頗得傳聞。頃由鈞示。乃增加忭舞也。承齒及研經一節。春間讀汪武曹先生黃河考。久之得閒。遂究心禹貢。筆之既卒。續以二典。渴欲

將質大儒。鍼砭狂瞽。自是昏昕祈禱。總期小駐星沙。重尋嶽麓。兩言指顧。得我心實獲為快。謹埽除山路。竚待旌蓋賁臨也。

書示兒輩　張家榘

余生平篤嗜惟琴與詩。琴受之吳興沈素生。國工也。余傳其操十有一。嘗許為獨得神理。詩雖力希古大家。而氣味理趣。輒不逮遠甚。故存者絕少。然質之當代名公。亦頗為同調。今老矣。心思氣力日退無進。若盡屏棄。再過數年且與人琴同杳。聊存八卷。以見梗概。且以遺諸男。所憾長者最不肖。幼者尚未可知。醬瓿之覆。即吾家已不免。黃金虛牝。為之慨然。

荅邵香伯　張家榘

別來春暮。彈指又已小暑。正思念不得閣下消息。潘芝亭來。忽奉手書。如在長沙廣座間。聽先生指麾竹如意。談笑風生時也。

別後灘行遲滯。於四月朔日方抵任所。此間頹屋數椽。衙齋屋漏。門子或數日不一面。冷𩜾粗糲。苦況固不待言。皆由自取。煩惱悔之無及。所喜礀東翁日逐過從。短衣手鐙。日以二更為率。此公天馬不羈。高尙有過我輩。詩境在大湖以南。當執牛耳主盟壇坫。而嬾性成癖。從不握管。得先生所贈荷花稱為蒼秀有仙氣。欣然命筆。渠亦備述吾先生之高雅。渠神往久之。云右臂作痛。不能作札致候也。渠承贈畫。喜極難言。山城岑寂。會面維艱。目懸座右。如逢舊雨。即以當麓山眞面目。何快如之。

與方咸亭先生書集褉帖字　痔李杜

日者信至知遷至會間因永地風殊感抱時氣暫爲間寄相期隨時取樂無以在外爲懷致生倦遊之感也每寄清言當以在山有年作爲無自坐稽歲時感激不盡夫事有可得爲者有不可得爲者於可得爲者不爲是倦也於不可得爲者爲之是躁也山內山外地殊事同在當事大人亦視其人之長短爲取舍一有所能欣然錄敘遇不遇聽諸時會可也然會合在天契託在人咸亭可能向昔日故人作事外之激引不仰之仰之若得遷之山外同事咸長會晤當有日也此陳清聽仰期俯察爲欣

致曾節帥　俞理枝

春初節鉞來省理時一意往興祇謂僻壤窮山可以避亂悤悤挂席是以不及奉謁不謂私見之竟謬也七月廿一日卽聞賊信文武官半日洋煙半日食息掉頭弗聽廿六日酉刻滌口司草字飛報印官城守倉皇無計但令雇夫搬運一面出城寓居城外半里許四達之衢至廿七日午正賊匪入城大尹與城守早已遠舉無蹤是夜兒子及下人均被細縛勒錢贖放兒子頭受刃傷銀錢衣物悉盡幸事在酉刻係賊首下令封刃之時均免喪命而此番莫大之幸則由如來活佛先派王璞山軍在郴桂一帶防堵璞山廿九日聞信趕到立時殺賊大半理城內各署并居民鋪屋得免焚燒是時邑侯尚無音耗初一二日亦竟杳然居民疑爲被賊誤殺不料初三辰刻鳴鑼放礮而歸不亦怪耶理既衣物被掠邑中無可措辦祇得向本州請假兩月回籍張羅璞山諄囑見閣下時催請添勇並急發子藥等項理舟十六日午刻至衡山乃知旌節暫旋珂里惆悵久之數日回至省垣得悉移節緣由不禁拍案頓足直欲爲長沙十萬生靈痛哭流涕竊謂今日之禍實成於當事上下相蒙各持門戶惟上下相蒙故粉飾愈工是非愈紊無論事之大小詐僞與闒茸相與敷衍而已惟各持門戶故妒賢嫉能黨同伐異無論事之貽害私心與意氣膠固不解而已約而言之則喪心無恥四字賅

括淨盡．而或乃謂洪逆及各小醜皆劫數實然．不知諸喪心無恥者乃眞釀劫數之巨靈手也．且如洪逆不過地方一莠民．一衙役足制其死命．有不管公事之州縣．洪逆乃得安據巢穴．有諱藏大盜之上司．洪逆乃得肆無顧忌．邇來賊匪連陷桂東、興甯兩處城池．猶然相與諱莫如深．而今而後州縣誰不以逃匿爲得計乎．誰復有所警懼而殫力忘身保全地方者乎．然則前之洪逆是旣經養成之大癰．今之幺麽是又將次養成之洪逆也．理教職微員．無錢糧案牘羈挂．擬面稟藩憲．籲請病免．雖梓里亦難望保全．較免旅魂漂蕩之苦．惟念古來絕大經濟．雖載之史冊．究無從目覩．若江東尙有需人分理之件．或以老牛尙

可驅策．札調來衡．理雖年力就衰．無心進取．而幸得遂觀海之願．卽藉抒一節之長．勞逸所不敢計矣

[清]罗汝怀 编纂

湖南文征

（一）

湖湘文库编辑出版委员会
岳麓书社

湖湘文库

出版说明

湖湘文化源远流长，博大精深，是中华文化中独具地域特色的重要一脉。特别是近代以来，一批又一批三湘英杰，以其文韬武略，叱咤风云，谱写了辉煌灿烂的历史篇章，使湖湘文化更为绚丽多彩，影响深远。为弘扬湖湘文化、砥砺湖湘后人，中共湖南省委、湖南省人民政府决定编纂出版《湖湘文库》大型丛书。

《湖湘文库》编辑出版以『整理、传承、研究、创新』为基本方针，分甲、乙两编，其内容涵盖古今，编纂工作繁难复杂，兹将有关事宜略述如次：

一、甲编为湖湘文献，系前人著述。主要为湘籍人士著作和湖南地区的出土文献，同时酌收历代寓湘人物在湘作品，以及晚清至民国时期的部分报刊。

二、乙编为湖湘研究，系今人撰编。包括研究、介绍湖湘人物、历史、风物的学术著作和资料汇编等。

三、乙编中的通史、专题史，下限断至一九四九年。

四、甲编文献以点校后排印或据原本影印两种方式出版。

五、除少数图书以外，一律采用简体汉字横排。

六、每种图书均由今人撰写前言一篇。甲编图书前言，主要简述原作者生平、该书主要内容、学术文化价值及版本源流、所用底本、参校本等。乙编图书前言，则重在阐释该研究课题的研究视角和主要学术观点等。

七、对文献的整理，只据底本与参校本、参校资料等进行校勘标点，对底本文字的讹、夺、衍、倒作正、补、删、乙，有需要说明的问题，则作出校记，一般不作注释。

八、甲编民国文献中的用语、数字、标点等，除特殊情况外，一般不作改动。乙编图书中的标点、数字用法、参考文献著录规则等均按现行出版有关规定使用和处理。

《湖湘文库》卷帙浩繁，难免出现缺失疏漏，热望社会各界批评指正。

《湖湘文库》编辑出版委员会

前言

湖南地域古屬荆、楚。周楚時期，以江漢平原及洞庭湖區域爲中心的楚地文化高度發達且風格獨特，《楚辭》也成爲中國文學史上不可逾越的一座高峰。此後，湖南一度被視爲『風俗夷僚』、『蠻越雜處』荒僻之地。直到宋代，道州營道縣（今湖南道縣）人周敦頤成爲理學的開山之祖，旅居湖南的胡安國、胡宏、張栻等人更是開創了湖湘學派，乃至『方今學術源流之盛，未有出湖南之右者』（真德秀語）。其流風所被，到明、清特别是晚清時，湖南已是名家輩出，形成了具有濃鬱特色的地方文化。

明末清初，湖南士子如周聖楷、廖元度等已開始搜集整理本土文獻，清代前期出現了一批與湖南有密切關係的詩文集，如《楚寶》、《楚風補》、《楚詩紀》，但却没有一部嚴格意義上的湖南本土詩文總集，且往往『意主誇多，冗雜特甚，又疏於考證，舛漏尤多』（《四庫全書總目提要·楚風補》）。道光時期，湖南學者鄧顯鶴爲補正廖氏《楚風補》、《楚詩紀》之闕失，在搜訪濱資郡縣名流佳什，編輯地方詩歌總集《資江耆舊集》的同時，復『念全楚之大，非一道所能賅。自湖外諸郡，分隷湖南布政，其間巨儒碩彦，通人誼士，斷璧零璣，湮霾何限！文采不曜，幽光永沉，此亦闕于采録之罪也』，乃矢志編輯《湖南詩徵》。『因發憤推廣，展轉搜索……起自洪（武）永（樂），至自近日，凡得一千六百九十九人，詩一萬五千六百八十一首，厘爲二百卷』。加上他兒子鄧琮所輯晉宋至元代沅湘一帶詩人作品二千餘首，作爲《前編》四十卷，共二百四十卷。前後歷時二十餘載，最終刊成，定名爲《沅湘耆舊集》。至此，才有了嚴格意義上的湖南詩歌總集。但該書『存詩而不及文，猶爲得半之道』，而『湖以南作者林立，獨未有專書』，『遺文逸藻，往往散蝕於蛛絲蠹窟中』。直到同治十年（一八七一），由羅汝懷編輯的《湖南文徵》刊成，這才填補了湖南地方文章總集的空缺。

清咸同年間，曾國藩統領湘軍時，聯絡了一大批文人，如吴敏樹、郭嵩燾、李元度、王闓運、唐訓方、郭崑燾、鄧輔綸、丁果臣、歐陽兆熊等，互相切磋、唱和，被稱爲湘鄉派，羅汝懷就是其中一員。

羅汝懷（一八〇四—一八八〇），初名汝槐，字研生，晚號梅根居士，湘潭縣人。少時就讀於長沙城南書院，好音韵訓詁之學。道光十七年（一八三七）拔貢。次年去北京，沿途考察山川險要、風土利弊，將所見聞及與前人記載不合者，輯爲《北遊記里録》四册。在京期間，與湘籍文人湯鵬、何紹基等交往甚密。廷試落第返湘，主講醴陵渌江書院兩年，以親老辭歸，就近設館授徒，絶意科舉，專治經學。

曾國藩視羅汝懷爲『心中佩仰之人』，認爲『其學問俱有本原』，是『吾鄉通經學古之士』。曾氏『視師江西』時，曾召見羅汝懷，欲委以官職。羅汝懷説：『吾任爲賓，不受事。』選授他爲芷江縣學訓導，改選龍山縣學訓導，他都堅決辭去。

羅汝懷在治學方面，反對近世漢學、理學之争，對六藝訓詁、地理沿革、古今水道源流分合、歷代法制、氏族、金石篆隸等，必窮源究本，崇尚實學，著述甚多。有《周易訓詁大誼》、《禹貢義案》、《毛詩古音疏證》、《漢書溝洫志補注》、《古今水道表》、《十三經字原》、《六書統考》、《緑漪草堂文集》、《緑漪草堂詩集》、《研華館詞》等刊行於世。他曾參與纂修《湖南通志》，編輯有《湖南褒忠録》、《湖南文徵》，被人推許爲繼鄧顯鶴之後，對湖南文獻的收集整理有重大貢獻的人。

咸同年間，江南各省先後設立忠義局、褒忠局，由文員供職，到各地州縣訪查死難的將士，以上報朝廷，旌表撫恤。羅汝懷即曾在湖南褒忠局任職。同治七年（一八六八），湖南巡撫劉崑謀求修撰《湖南通志》，成立了專門的通志局，並邀請郭嵩燾、羅汝懷、李元度、曾國荃等人主理修撰。羅汝懷分管《湖南通志》的藝文類。在褒忠局和通志局的任職，使羅汝懷能較方便地搜集湖南地方文獻。他决心繼鄧氏之志，編輯《湖南文徵》，『冀詩古文辭兼行，庶六詩三筆不至偏廢，而一方耆舊之專攻兼攻者得以並傳』。但搜採相關的文章，乃是一項艱巨的工作。嘉慶二十五年（一八二〇）成書的《湖南通志》，其《藝文志》的目録列書尚有三千七十餘種，到同治年間，羅汝懷所見便已『無百一之存』，如邵陽車孝思《高霞堂集》曾經六刻，却已片楮無存。有的則已殘缺、佚失，須從他書採輯，往往有搜求多日，竟不可得者。經過長期的搜求和不下十番的『更端覆審』，並得到衆多湘籍官員的『醵金助梓』，到同治十年（一八七一）《湖南文徵》終於刊成。

《湖南文徵》，清同治八至十年（一八六九—一八七一）刊刻，共二百卷，其中首一卷，目録六卷，姓氏傳四卷，元明文五十四卷，國朝文一百三十五卷，補編一卷。正文分元明文、國朝文兩大部分，收輯自元明至同治六百餘年間『名臣魁儒，才人節士』之文，共四千零六十八篇，其中元明文一千一百八十九篇，清文二千八百七十九篇（含附文）。作者計元代七人（有文無傳一人），明代一百九十三人（有文無傳十一人），清代五百八十九人（有文無傳三人，闕名未計）。全書所收文章均按體裁類别分卷排列，分别有疏、策、議、解、説、論、記、序、跋、書、傳、碑記、神道碑、墓志銘、祭文、禊文、尺牘、公牘、賦、表、頌、銘贊、釋、考、辨、小序、啟、行狀、誄、祭文等。還特别列出駢體，如疏、頌、表、箴、銘、贊、啟、序、引、記等。

《湖南文徵》收文以『湖南』爲範圍，上起元代，下迄清同治年間（限已故者）。這避免了以往輯文以楚地爲範圍、上溯年代久遠而易流於蕪雜的弊病，而使地域特色更加明顯。爲什麽不收元代以前之文，羅汝懷作了説明：《楚辭》騷賦已『炳焕千古，流被寰區』；唐代歐陽詢、李群玉諸家，『《唐文粹》、《全唐文》皆鴻編巨帙，裒録無遺』；宋代『濂溪理學大儒，闡道之書世所傳習，是皆無庸援入新編。』前人編地方文獻，曾有『流寓』一項，收入活動於該地的外鄉人的有關文獻。但《湖南文徵》却不涉及『流寓』文士，因此，像胡安國、胡宏、張栻等非湘籍的名家，自然不在收録之列。

羅汝懷强調，他編的是『文徵』而非『文選』，目的是『網羅放佚』、『搜集散亡』，不敢『妄言鑒别』。因此，收文的標準較爲寬泛，『不以文論，即義法稍疏，意味稍薄，亦不免過而存之』。這樣，使該書能避開關於選文標準的争論，而盡可能多地保存衆多湖南士子的各類文章，達到『以文存人，以人存文』的目的。其實，他對收入的文章，還是很下了一番甄别的功夫。他定下『發明經史，敷陳政術，考見風俗，能説山川，可備掌故』的主旨，尚實而不尚虚，『題取故實，文取典重』，選録『有意義可取、有故實可徵』、『作者與所爲作者有可考見』之文；對那些『空衍議論之文』，則『未遑多及』；對那些『有意揄揚，非由衷而發』歌功頌德的文字，亦摒而不取。如曾國藩所説：『兹編所録，精於理者蓋十之六，善言情者約十之四』，『不言法而法未始或紊』。羅汝懷的這個收文標準，與當時湖南文壇的主流有着密切的關係。當時『清儒考證之學，盛起於吴皖，而流行於全國，獨湖湘之間被其風最稀』（錢穆《中國近三百年學術史》），湖湘學者認爲，『苟通義理之學，而經濟該乎其中』（曾國藩），『以經術爲治術』（魏源），主張經世致用。盡管羅汝懷本人『亦深明考據家之説』，但他『論文但崇體要，不尚繁稱博引，取其長而不溺其偏』（曾國藩語），因此，《湖南文徵》中『考據之文搜集極少』，而對清儒不甚重視的一些文人，却給以特别的重視。如元代史學大家歐陽玄（書中避康熙諱改歐陽元），在清代考據學家眼裏是『此公學本空疏，手筆庸庸……福位壽考無一不備，又享大名，世所共推，聊存以備一家可耳』（王鳴盛《圭齋文集跋》），頗受冷遇。羅汝懷却認爲歐陽玄『作文必詢其實事而書，未嘗代世俗誇誕』，堪稱一代宗師，從『傳世已稀』的《圭齋文集》中採文二十二篇，『使鄉邦後學者嘗臠探驪，以資景仰』。

地方志中一些非名家所作的『山水祠廟廨舍津梁紀事』之文，往往不爲人所重視，《湖南文徵》則一鱗半甲地從舊志中輯得，『故編中記文最多』，亦以文存人之意。這些『考見風俗，能説山川』的文章，在今天看來，其史料價值將不遜於其文學價值。

羅汝懷選文還有一個原則：『新刻方在流傳，無妨寡取；舊帙已經散落，所貴多收』，以達到『網羅放佚』、『搜集散亡』的目的。對於早就流寓外省的湘人之文，也予以收録，意在存文存人。至於一些作者片羽僅存的文字，則更爲珍視。

他還特别注意爲有些文章總集所忽視的『單詞片語』：『以詩見者，則徵諸題下之小引；以書稱者，則徵諸帖中之跋尾』，以保存地方掌故。這類文字往往短小精辟，能見真性情，編者雖説收入這些文字是『不以文論』，實則其中頗多佳什，以文而論也是手眼獨具。

《湖南文徵》還將辭賦視爲『以有韵者爲文』，列爲一類。同時，還收録古文家所輕視的駢體文，置於散體之後。羅汝懷説明，『此在文之命意修辭求之，不在體之單行與比偶』，認爲『二體並出經傳』，『與爲填砌之偶，則不如簡質之單；而但爲淺俚之單，則不如典麗之偶』，『若其適用，則各有所宜』。

《湖南文徵》收文直到其同時代人，但祇限於已故者，如鄒漢勳、羅澤南等人。其子羅萱同治八年死於貴州征苗之役，亦録其文九篇，置於書末。尚健在者之文，則不予收録。當時許多大家如曾國藩、吴敏樹、郭嵩燾、李元度、王闓運等人，皆因此一篇未收。

爲『誦讀貴知其人，知人貴知其世』，羅氏將所有作者的小傳編爲《姓氏傳》四卷，置於正文之前。各傳大致按傳主生年先後排列，簡介作者『里貫仕履』、本書收文及《沅湘耆舊集》存詩篇數，並附録其『已見前載』的事蹟。其叙事論人，力求平實。對於近人，『未經志乘品藻』者，皆不『妄爲揚詡』。但字裏行間，仍往往可見編者借他人之酒杯，澆自己之塊壘。如明末邱式籽反清被捕，寧死不屈。羅汝懷録入邱氏表示殉明決心的《自祭文》，並於小傳中引前人詩句：『捐軀東海羞秦帝，全髮南冠笑楚囚』，借以表示自己的景仰之情。

由於搜求困難，許多曾見於藝文志目録的文集，羅氏雖遍求省内外，而竟不可得。此外，也還有因各種原因，而留下的遺珠之憾。如元代馮子振僅收文二篇，所著《居庸賦》、《十八公賦》，均洋洋數千言，世稱傑作，皆未及收録。

總體而言，《湖南文徵》是湖南歷史上一部十分重要的文章總集。無論存文存人，或是保存湖南地方歷史資料，都堪與湖南另一部重要文獻《沅湘耆舊集》並駕齊驅，相得益彰。李瀚章稱：『得此與《沅湘詩集》並垂天壤間，以無墜鬻熊、倚相、屈子、濂溪之流風遺韵。』應該不是溢美之辭。

這次重印《湖南文徵》，即以湖南圖書館藏的清同治八至十年刻本爲底本。因爲是影印，對原書一般不作任何改動。衹是爲便於查找，將原書目録各篇題下加注了新的頁碼，重新排版，置于正文之前；原目録則不再影印，以省篇幅。此外，還新編製了按作者人名排列的《人名篇名索引》，附於書末，爲讀者檢索提供更多的方便。對於原書中個别作者名的錯刊或誤植，則在新排版的目録與索引中予以改正，並於該作者名前加注『*』號標示，不再另作説明。

湖南文徵目錄

說明：加★號者據姓氏傳及書中另文改

第一冊

幼殊　龍應濱　三一
陳一能　周之屏　鄒廷望　蔡繼芳　陳尚伊　曾朝節　三二
蔡承賚　周之龍　三三
蒲秉權　羅其綸　徐興詩　賀嘉震　江禹疏　郭都賢　三四
石萬程　文士昂　周堪賡　三五
米助國　謝肇元　馮一第　三六
黃學謙　陶汝鼐　米元僩　江有溶　闕士琦　劉培泰　三七
謝錫賢　羅其鼎　陳純德　劉象賢　唐訪　三八
鄒統魯　潘應斗　王夫之　何文照　三九
夏九賡　唐之正　瞿龍躍　米肇頤　米肇灝　潘
亮淵　吳道行　吳愉　四〇
吳㪺　邱式籽　周聖楷　四一
郭金臺　謝璜　謝璠　周星　四二
車以遵　楊山松　程本　嚴首昇　四三
孫穀　陳所聞　夏汝弼　龍孔然　四四
龍吟　鄧祥麟　簡而廉　杜維耀　邢祚允　田英
產　羅時昇　李晉興　潘應星　四五

国朝

趙開心　江有溶　劉友光　胡爾愷　王岱　喻國
人　米元僩　四六
趙而忭　尹惟日　向文煥　劉昌臣　彭之鳳　石鯨　四七
楊柱朝　羅人琮　唐世徵　蔣大年　唐懋載　劉
應祁　余子錦　唐良璽　羅賢胄　四八
譚紹琬　何文麃　陶之典　車萬含　李嘗之　康
應瑚　鄒定周　唐鶴彩　龍宏戴　易貞言　四九
楊升　車萬育　劉恂　簡能　郭金門　張明先
張文炳　五〇
熊超　王祚對　陳鵬年　陳養元　黃中理　五一
王之錡　陳雅琛　周郘生　楊緒　徐昌支　秦文
超　彭維新　五二
段巘生　張璨　曾世琮　五三
張玢　楊縉　郭遠　*敬藿　丁之翥　胡興銓　李
文炤　王爲垣　徐大本　五四
楊超曾　胡虞繼　陳方愷　韓楷　張埰　韓樂
黃秀　*彭士商　游乾　五五
劉起光　諶會基　羅士彝　石崙森　劉授易　曹
之璜　五六
陳一揆　夏寖大　*龍佳蔭　劉之蕙　廖元度　廖
志灝　彭思眷　陳之駜　曹耀珩　五七
王敔　龍之潢　劉宏勳　尹士玫　易宗洛　謝天
墀　夏光洛　曹逢通　車萬期　李名甌　五八
車无咎　王元復　王之鈇　羅作士　唐待徵　劉

元明文

卷一　疏一

卷四 疏四

卷五 疏五

卷二十一　記五

卷二十二　記六

卷二十五　序一

卷二十六　序二

卷二十七　序三

卷三十一 序七

卷三十二 序八

卷三十五 書上

卷三十六 書下

卷三十九　碑記上

卷四十　碑記下

卷四十三　墓志銘上

卷四十四　墓志銘下

卷四十五　行狀誄　事略

卷四十六　祭文上哀辭　告文

卷四十七　祭文下

卷五十三　賦上

卷五十四　賦下

第三册

國朝文

卷一 疏一

卷二 疏二

卷三　疏三

卷四　疏四

卷五　疏五

卷五十二 記十

卷五十三 記十二

卷五十四　記十三

卷五十七　序二

卷五十八　序三

第五册

卷七十一　序十六

卷七十二　序十七

卷七十七 序二十二

卷七十八 序二十三

卷八十五　小序下

卷八十九　跋四

卷一百四 尺牘

第六册

卷一百五　公牘上

卷一百十　傳四

卷一百十一　傳五

卷一百十六 神道碑下墓表

卷一百十七 墓志銘上

卷一百十八 墓志銘下 駢體坿

卷一百二十二　祭文二

卷一百二十三 祭文三

卷一百二十四 祭文四

湖南文徵補編　國朝文

附錄

湖南文徵一百九十卷

同治八年重九

道州何紹基書

湖南文徵序

吾友湘潭羅君研生以所編纂湖南文徵百九十卷示余而屬爲序其端國藩陋甚齒又益衰奚足以語文事竊聞古之文初無所謂法也易書詩儀禮春秋諸經其體勢聲色曾無一字相襲即周秦諸子亦各自成體持此衡彼畫然若金玉與卉木之不同類是烏有所謂法者後人本不能文彊取古人所造而摹擬之於是有合有離而法不法名焉若其不俟摹擬人心各具自然之文約有二端曰理曰情二者人人之所固有就吾所知之理而筆諸書而傳諸世稱吾愛惡悲愉之情而綴辭以達之若剖肺肝而陳諸簡策斯皆自然之文性情敦厚者類能爲之

而淺深工拙遂相去什百千萬而未始有極自羣經而外百家著述率有偏勝以理勝者多闡幽造極之語而其弊或激宕失中以情勝者多悱惻感人之言而其弊常豐縟而寡實自東漢至隋文人秀士大氐義不孤行辭多儷語即議大政考大禮亦每綴以排比之句閒以婀娜之聲歷唐代而不改雖韓李銳志復古而不能革舉世駢體之風此皆習於情韻者類也宋興既久歐蘇曾王之徒崇奉韓公以爲不遷之宗適會其時大儒迭起相與上探鄒魯研討微言羣士慕效類皆法韓氏之氣體以闡明性道自元明至

聖朝康雍之閒風會略同非是不足與於斯文之末此皆習於

大湖以南地廣袤二千五百餘里爲郡九廳三直隸州四轄州縣六十有六其星翼軫其山衡嶽九疑其嶺都龐騎田越城萌渚其水沅湘資澧納衆流以入洞庭其物産白金丹砂水銀石英鍾乳橘柚之包竹箭之美楩枏杞梓之名材其文章則自鬻熊爲文王師著書言忠敬和嚴之旨爲子家所自始倚相能讀三墳五典八索九邱叓學肇焉屈左徒作離騷後世尊之爲經而濂谿周子作通書太極圖說上闢苞符下開洛閩之學凡皆自我作祖垂光後來斯文之統蓋莫先於楚矣自唐廣德中置湖南觀察使湖南得名始此

國朝康熙三年置湖南布政使司而楚南北遂分兩行省近歲

軍興楚之南尤以忠義戰績名天下非夫山川雄厚淸淑之氣所鍾毓哉先是道光中新化鄧湘皐學博輯沅湘耆舊集以存文獻前總督長白裕公序之推爲鸑鷟以後不可少之書顧其書存詩而不及文猶爲得半之道攷文章家總集有合一朝爲一集者若唐文粹宋文鑑元文類明文衡文海文徵文在之屬是也亦有合一州一邑爲一集者若宋有成都文類吳都文粹及會稽巖陵赤城諸集元有宛陵羣彥集明有中州名賢文表新安文獻志全蜀蓺文志三台文獻錄吳興蓺文補及金華文統婺賢文軌古虞文錄郴州文志黎川文緒嶺南文獻海虞文苑諸集 國朝有粵西文載金華文略栝蒼文鈔垂棘續編諸

義理者類也乾隆以來鴻生碩彥稍厭舊聞別啟涂軌遠接漢儒之學因有所謂考據之文一字之音訓一物之制度辨論動至數千言曩所稱義理之文淡遠簡樸者或屏棄之以爲空疏不足道此又習俗趨嚮之一變已湖南之爲邦北枕大江南薄五嶺西接黔蜀羣苗所萃蓋亦山國荒僻之亞然周之末屈原出於其間離騷諸篇爲後世言情韻者所祖逮乎宋世周子復生於斯作太極圖說通書爲後世言義理者所祖兩賢者皆前無師承刱立高文上與詩經周易同風下而百代逸才舉莫能越其範圍而況湖湘後進沾被流風者乎茲編所錄精於理者蓋十之六善言情者約十之四而駢體亦頗有甄采不言法而

法未始或紊惟考據之文蒐集極少前哲之倡導不宏後生之歆慕亦寡硏生之學稽說文以究達詁箋禹貢以晰地志固亦深明考據家之說而論文但崇體要不尙繁稱博引取其長而不溺其偏其猶君子慎于擇術之道歟同治十年歲次辛未秋

誥授光祿大夫太子太保武英殿大學士總督江南江西等處地方一等毅勇侯湘鄉曾國藩敘于金陵節署

集是也其書竝錄在　四庫藏之名山而湖以南作者林立獨未有專書非闕典歟同治乙丑瀚章恭膺簡命巡撫是邦時方設褒忠局表章死事者湘潭羅研生中翰實綜其事又以其暇輯湖南文徵二百卷自元明迄今六百餘季名臣魁儒才人節士之文采摭略備計文四千有奇作者八百人仿中州集例人爲之傳誠楚南文獻一巨觀也余時見而善之爲告邦人官中外者各醵金助梓及余再任楚督書巳告成邦人士徵序其簡首余惟專集之外有總集所以綱羅放失薈萃精華爲文家之淵藪蓋作者不必人皆有集有集矣不必能盡傳合爲一編斯其傳爲可久若綜郡國爲一書藉以攷見

山川風俗掌故暨學術政理之源流得失尤爲經國之大業湖外諸君子尙闇修不自翊襮遺文逸藻往往散蝕於蛛絲蠹窟中幸及今表而彰之而河嶽英靈之氣悉萃是矣得此與沅湘詩集竝垂天壤閒以無墜鬻熊倚相屈子濂谿之流風遺韻俾讀者想見衡嶽之高洞庭之深其光焰所發如金如玉如珠如珊瑚木難火齊雖霾蝕土壤望氣者皆能得之豈俾成都文類諸書專美於前哉爲序其緣起所以志斯文之幸也

誥授光祿大夫

賞戴花翎頭品頂戴兵部尙書兼都察院右都御史總督湖廣等處地方軍務兼理糧餉合肥李瀚章序

湖南文徵例言

昔君章從事於耒陽湘中作記汝南求珍於明季楚寶成書是皆欲補遺於采風冀無忘於數典而典午之作則久佚不傳明季書經重雕則廣羅全楚瀟湘江漢異川通流且所紀爲人與事不及著作近新化鄧氏刊行沅湘耆舊集以補正廖氏楚風補楚詩紀之闕失足以芳風藻川而未及古文非意不及此以有待也是篇之作蓋繼鄧氏之志亦冀詩古文辭兼行庶六詩三筆不至偏廢而一方耆舊之專攻兼攻者得以竝傳焉

四庫總目敘曰文籍日興散無統紀於是總集作焉一則網羅

放佚使零章殘什竝有所歸一則刪汰繁蕪使莠稗咸除菁華畢出是固文章之衡鑒著作之淵藪矣是編出於纂錄忠義之餘不過掇集散亾豈得妄言鑒別惟大旨以發明經史敷陳政術攷見風俗能說山川可備掌故數者爲主尙實而不尙虛故空衍議論之文未遑多及且名爲文徵而實不以文論卽義法稍疏意味稍薄亦不免過而存之以徵文非選文也如必別擇精嚴可供誦習則固有昔賢曰正宗曰軌範之諸本在矣

雅頌而後騷賦代興周楚之閒文章卓著然已炳燠千古流被寰區矣若歐陽率更李文山劉復愚諸家則唐文粹全唐文

皆鴻編鉅帙裒錄無遺至於濂谿理學大儒闡道之書世所傳習是皆無庸援入新編故采緝託始元代且圭齋雲陽兩集雖經屢刻傳世已稀固宜使鄉邦後學嘗鼎挨臠以資景仰也

總集之作始於晉摯虞文章流別而分體編錄之法亦肇於是書昭明選樓益仿其製是編初次鈔錄人各爲帙或謂可即成編然少或一篇多則數十繁簡既屬不齊而多者諸體樸出亦復難爲倫序不似詩之先古體次今體先五言次七言也且是編自奏議論說序跋記傳箴銘詞賦以及詞臣擬進之文外吏公牘之稾無體不備亦欲使後進略識前規臨文有所橅仿則分體尤便檢尋

編錄非難搜採爲難攷嘉慶末年重修通志其藝文之目列三千七十餘種而今無百一之存至有集經屢刻片楮無覩則如邵陽之車（高霞堂集有六刻序）獲之他省佚在巨編則如華容之劉·孤本久闕出則已殘則如湘潭之周·（劉忠宣大夏其家祠藏板有詩無文而滇南文略中有十餘篇周之龍熊南文集久佚今始採得殘本二公幷有文存皇明經世文編中）或難而後獲或竟不可得以俟將來其緣由略具各篇之後·

乾嘉以前志乘於藝文門多載詩文後來志家或悉刪除以班書所志但存其目未嘗錄文仿其法也然古人文少其顯著數藝皆錄入本傳故無庸別編而茲之徵文則一鱗半甲時於舊志得之其爲益於闕文者多矣惟志書所錄率皆山水祠廟廨舍津梁紀事之作故編中記文最多其於以文存人以人存文之義皆所不免然以未能悉中度程尚多遺棄各家稾草視此後之見者勿輒所未載以爲漏略也

登錄多寡初無成見惟以新刻方在流傳無妨寡取舊帙已經散落所貴多收抑視其文與題之有無關涉也或謂人爲楚產言必楚事則又不能盡拘若其蚤離蜀土僅傳海外文辭少入洛中不及雲閒風土若是者不與斯文甯非谿刻故廬陵作者或記環滁之山襄陽詩老兼存出峽之什意在包舉義取通融其爲片羽僅存更無論矣

累牘連篇文之盛也單詞片語豈謂非文其不以文著而以詩見者則徵諸題下之小引不以文著而以書稱者則徵諸帖中之跋尾縱波瀾之未沛亦掌故之晞存故曰不以文論也若楊文襄之制府樸錄載於說郛一書桃源江進之之雪濤詩評亦有專刻旣非零章殘什於此編無類可歸終從割愛

文家每輕視駢體以謂徒工藻繪難語於高古精深然此在文之命意修辭求之不在體之單行與比偶也失諸意辭豈散體之皆可尚乎原夫二體竝出經傳其後流極不鮮互出相勝亦風會轉變使然平心論之與爲塡砌之偶則不如簡質之單而但爲淺俚之單又不如典麗之偶若其適用則各有

宐故韓歐大家集中竝存不廢是編以二體分錄亦昝人以偶體爲外集之義卽坿散體各類之後

班孟堅謂賦者古詩之流夫賦之與詩其體迥殊而其詞比句協鏗鏘可誦猶古詩之可被管絃故謂同流當時無古文之名而詞賦詩歌統謂之文至六朝時昭明太子以文選標目而首之以賦繼之以詩然後及文近有謂古人以有韻者爲文亦一說也故編中列詞賦一類

古賦尙矣其純用排比不襍單行及古奧字句而音節諧適者謂之律賦名家集中多竝列之明海鹽胡氏唐音癸籤譏宋姚鉉唐文粹一書選唐賦遺律賦選唐詩遺律詩以古繩今未爲通鑒故茲兼收律體惟顯取故實文取典重其倅色景物角力試場之作雖具見巧力未暇悉登

壽祓之辭譜牒之敘時蓺之弁言三者皆不免有意揄揚非盡由衷而發且多僧名又其文冣繁不勝採錄故是編意在不收閒登一二則其中或有意義可取亦或有故實可徵又或作者與所爲作者有可攷見也

誦讀貴知其人知人貴論其世唐姚合編極元集於名字爵里及登科之年一一詳載後來編集之有小傳實仿於此其較詳者則元好問中州集而新化鄧氏近刻沅湘耆舊集尤爲過之是編文旣類分小傳別爲部帙正文略紀里貫仕履其事蹟之已見前載者坿錄於後用存軼事舊聞若近時鉅公碩德未經志乘品藻者不欲妄爲揚詡故但紀里貫仕履而已

鐫刻讎校自昔云難譬諸埽葉而是編尤有難者無論趁鈔小本率多潦艸模糊難於察識卽專家刻本亦復譌舛紛如是編更端覆審不下十番而文義仍有難通之處則亦存疑而已至於字體初擬一準形聲少洒坊本俗書之陋無如沿習已久難盡變更不過去其太甚而如燕泉等集紬用古字師爲改從今文以便省覽不欲貽泥古之譏

昝人爲書多稱編輯輯體從車而義爲和於纂書不甚相涉緣漢書蓺文志敘稱七略有輯略此沿用所由然實集之借字集而後編故稱集編是書原始要終羣策羣力主名非一誰其尸之故統以湖湘後學惟剞劂之資實資集腋旣雅詒之不容沒亦成數之所當稽別簡具之綴於編末

同治十年歲在辛未重九湘潭羅汝懷謹書於長沙荷花池館

湖南文徵姓氏傳卷一

元七人

歐陽元字原功瀏陽人父龍生命從鄉先生張貫之學年十四益從宋故老學爲文延祐元年以尚書與貢明年成進士授岳州路平江州同知調太平路蕪湖縣尹改武岡縣尹召爲國子博士升國子監丞致和元年遷翰林待制兼國史院編修官明年初置奎章閣學士院又置藝文監隸焉文宗親署元爲藝文少監奉詔撰修經世大典檢校書籍事元統元年改遷太常禮儀院事拜翰林直學士編修四朝實錄俄兼國子祭酒召赴中都議事升侍講學士復兼國子祭酒重紀至元五年以足患風痺乞歸不允拜翰林學士復懇辭去位不允免其行朝賀禮至正改元更張朝政有不便者元極言無隱科目之復沮者尤衆元力爭之未幾南歸復起爲翰林學士以病未行詔修遼金宋三史召爲總裁官發凡舉例論贊表奏皆元屬筆五年擬超拜翰林學士承旨已而乞致政不允御史臺奏除福建廉訪使行次浙西疾復作乃休歸南山隱居復拜翰林學士承旨元累力辭不獲命乃起奉敕定國律尋乞致仕陳情懇切乃特授湖南行中書省右丞致仕給俸終身臨行復降旨不允仍前官進階光祿大夫十四年汝潁盜起元獻招捕之策千餘言時不能用十七年乞致仕不允是年十二月戊戌卒年八十五贈崇仁昭

德推忠守正功臣大司徒柱國追封楚國公謚曰文公事蹟見元史本傳有圭齋集沅湘耆舊集前編錄詩一百六首今錄文二十二篇

四庫全書總目提要圭齋集一十六卷凡高文典冊多出其手孔齊至正直記曰歐陽元作文必詢其實事而書未嘗代世俗誇誕時人謂文法不及虞集揭奚斯黃溍而事實不妄則過之然宋濂稱其文如雷電恍惚雨雹交下可怖可愕及乎雲散雨止長空萬里一碧如洗寳亦未減於三人也虞集有送元謁告還瀏陽詩曰憶昔先君蚤識賢手封製作動成編交游有道眞三益翰墨同朝又十年蓋集父教授於潭州見元文大驚手封一帙寄集曰他日當與汝竝駕齊驅故集詩云然則元發軔之初聲價已與集相亞矣 顧嗣立元詩選傳略原功生十歲有黃冠者見之曰是兒神氣凝遠目光射人當以文章冠世延祐乙卯以鄉貢首薦登進士第累官翰林學士承旨乞休不允竟以中原道梗卒於大都寓舍

羅辰龍衡山人採文一篇凡有本集者曰錄無集者曰採後倣此

案據所作書瀘谿儒學碑陰稱延祐丁巳衡山羅辰龍敬書知爲衡山人而衡山縣志不載其名玩文意似官瀘谿儒學或縣令也

李祁字一初別號希蘧茶陵人元元統元年進士除應奉翰林文字以母老就養江南改授婺源州同知遷江浙儒學副提舉

母憂解職，遂歸隱雲陽山中。後復避地永新。明兵入永新，儒衣冠僵仆道左。總制新安俞茂遣人舁歸，辟正舍禮之。自號危行翁、不二心老人，又稱望八老人。洪武初，詔徵舊儒，不起。年七十三卒。有雲陽集。沅湘集存詩七十五首，今從府志錄文一篇，本集十八篇

四庫書目提要：元制以漢人、南人為左榜，蒙古、色目人為右榜。祁為左榜第二人，其右榜第二人余闕也。後闕死節，而祁獨轉側兵戈間，嘗為闕序青陽集，以不得乘一障效死為憾。蓋與闕雖出處稍殊，死生各異，而大節如一。昔宋理宗寶祐四年榜得文天祥為狀元，又得陸秀夫、謝枋得二人，是榜得李黼為狀元，而又得祁與闕二人。黼不愧文天祥，闕不愧陸

秀夫，而祁亦不愧謝枋得。是二榜者後先輝映，亦可云科第之盛事矣。 案湖南通志作泰定四年進士，殆本諸四庫提要。而劉公三吾跋詩後云：公登元統癸酉李齊榜進士第，始考官讀其廷試策擬甲，是科啟緘，乃南士，遂改次李齊。公宴會，齊病，上表謝恩則先生也。又先生詩中小序及序青陽集皆云：元統初元賜第一甲進士，廷心得右榜，余忝左榜云云。廷心謂余闕也。文正公東陽為先生五世從孫，所作戊七府君墓表亦言公元統初進士。則先生所同登第者為元統癸酉榜之李齊，非泰定辛卯榜之李黼也。說見沅湘耆舊傳

馮子振，攸州人，一作湘鄉人。自號海粟老人。事元，為承事郎、集賢待制。有海粟集，未見。沅湘耆舊集前編錄詩八十一首，今採文一篇

元史陳孚傳：子振於天下之書無所不記。當其為文，酒酣耳熱，命侍史二三人潤筆以俟，據案疾書，隨紙多少，頃刻輒盡。嘗著居庸關賦，首尾幾五千言，閎衍鉅麗，時爭購而寶之。陳孚於子振極畏敬之，嘗以為不可及。 案陳孚字剛中，天台人。又案十八公賦四千餘言，今見沅湘耆舊集前編坿錄，因採獲稍後，不及補錄。又詩題小序數則，亦不及錄。

黃師鄭，字闕，興甯人。父雷孫，元至治辛酉進士，永州府教授。師鄭幼穎異，以神童稱。至正辛巳領湖廣鄉薦第一，甲午舉禮部，復冠多士。年三十一，未仕卒。方志存賦二篇，今錄一篇

蕭元益，字楚材，攸人。元統二年舉鄉薦。著四書演義、洙泗大成、字訓、八志諸集，未見。今採文一篇

案安仁縣志：元益，邑之坊廂人。舊志稱其好古博學，著書行世。 國朝舉人周惠錞遇著錄內引詹氏道傳論語注一條，稱元益編洙泗大成集，倣史記例，升孔子於本紀，自沂國述聖公至衍聖公以下作世家，自兗國復聖公顏子至元儒許文正公衡皆為列傳並贊。又以六經孔子之言作字訓，又作八志，典核詳明，為從前所未有云云。則是集世猶有傳本，其四書衍義編已佚。據此，則元益為安仁人，攸志但據郡志而未察其譌也。

劉性侯考、（採記一篇）

明一百八十七人

甘鏞字以聲湘陰人、洪武初以學行薦入國子監、授休甯縣丞、以隄堰事去官父老四十餘人詣闕申訴太祖賞勞除西平知縣、尋拜北京監察御史永樂初巡按廣東招撫諸峒黎人有威績卒於官有愼獨齋集未見（沅湘集存詩二首今採文六篇）

彭友信字以實攸人洪武初以歲貢廷試至京都、奏對稱旨命爲北平布政使、（沅湘集存詩三十首今採小序一篇）

攸志洪武二十四年秋七月上徵行口占虹霓詩云誰把青

紅線兩條和雲和雨繫天腰、友信應聲曰玉皇昨夜鑾輿出萬里長空駕彩橋上大悅命翌辰候於竹橋同入朝、信候久不至遂失朝上召問故具以實對上曰此秀才有學有行命爲北平布政使亦見姓譜、

劉三吾名如孫以字行茶陵人、仕元爲廣西儒學副提舉、洪武十八年召爲左贊善遷翰林學士著有坦齋集、（沅湘集存詩五十一首今錄文十九篇）

明史本傳三吾遷官時年七十三矣、博學善屬文、所撰箸皆稱帝意、與汪叡朱善稱三老爲人慷慨不立城府自號坦坦翁至臨大節屹乎不可奪三十年主考會試、榜發太和宋琮第一北士無預者、諸生上言三吾南人私其鄉、帝怒三吾及琮皆遣戍建文初召還、永樂中奉詔修春秋大全未幾卒、

耆舊傳所箸有璚署春坊北園知非化鶴正氣等集、桐江余盡知茶陵合爲坦齋集今刊行本十五卷坦翁兄弟子姪一門死元難者凡五人翁獨以文學顯於明然諸家紀載有謂其以罪死於洪武者有謂洪武時舉會試以多中南人坐罪戍邊、 四庫全書目錄謂集中有敕下御製大明一統賦在建文時撰可爲諸說傳之證今案詩集中得告致仕過長沙詩結語云八十還家能有幾當時晝錦亦堪誇知其以老壽終、諸家所記皆不確矣

彭九思字　人洪武二十六年任興甯教諭、（採記一篇）

夏原吉字惟喆湘陰人洪武二十三年鄉薦累官戶部尚書加少保太子少傅贈太師謚忠靖明史有傳著有謙謙齋集（沅湘集存詩二十六首今錄文九篇）

耆舊傳忠靖蚤孤力學、初以鄉薦游太學選入禁中書制誥、諸生或喧笑公危坐儼然太祖詗而異之擢戶部主事建文初升戶部右侍郎靖難後晉尚書以諫北征繫獄、仁宗卽位復戶部尚書公歷事四朝功在社稷澤被生民史稱其雅量寬洪、今讀其詩和平愷悌可以覘所蘊矣 四庫全書提要原吉詩文集六卷載明史藝文志後坿遺事一卷、前有楊溥

序稱其詩文平實雅淡不事華靡攷原吉以政事著不以文章著然致用之言疏通暢達猶有渻賓之遺風　金德嘉忠靖遺集序略自來蹇夏竝稱蹇善謀夏公善斷兩公事詳國史今就夏公言其大者永樂十九年議遷都利害得公一言言官大臣盡釋不問宣德九年漢庶人反公力贊親征罪人斯得夫一言壽主怒而國體以存一謀定帷幄而國威以振其功如此卽古大臣何以加焉

李思聰字仲謀桂陽州人洪武二十七年進士授行人晉江西右參議食二品俸卒於官沅湘集存詩一首今採文一篇

耆舊傳緬甸遣使來訴百蠻侵其境太祖命行人齎詔往諭

百酋思倫發與蠻等恐懼謝罪願各罷兵適部酋刀幹孟叛行人以朝廷威德諭其部眾叛者咸服思倫發欲倚使者威制服其下強留行人多致象馬金寶爲賂行人作詩諭卻之且謂中國不以金玉爲寶所寶者惟忠臣烈士宜速送使者還以明爾國忠順之志思倫發大喜設宴爲樂率所部衞之出境還朝具奏其事幷紀所見山川人物風俗道路之詳以進賜衣一襲晉右參議

鄺埜字孟質號樸齋宜章人永樂九年進士授監察御史擢陝西按察副使累官兵部尙書死土木之難謚忠肅贈少保明史有傳沅湘集存詩一首今採碑記一篇

耆舊傳忠肅性至孝父子輔爲句容教官教公甚嚴公在陝思一見父乃謀聘爲鄉試同考官太公怒曰子爲憲司父爲考官何以防閑馳書責之又常市一楬寄至句容太公封還責之曰何從得此乃以汚我公跪誦泣受教也先入犯王振主親征公上書力爭旣扈駕力請回鑾墜馬幾殆或勸留懷來城就醫公曰至尊在行敢託疾自便乎遂及於難其果毅如此

賀宗字敬祖湘鄉人宣德五年進士官大理評事採疏一篇

楚紀湘鄉稅重而田多被水民苦役輸宗疏請減十之一正統間浙寇葉宗留叛宗畫策討之上命同尙書石璞往涖其

事寇遂平

朱英字時傑號誠庵桂陽人正統十年進士授兵部主事擢浙江道監察御史以爭易儲出爲廣東參議久之晉右參政遭母憂成化初補原官歷陝西布政使旋以右副都御史巡撫甘肅已遷兩廣總督會交廣侵老撾朝議致討英言兵不可輕用交廣人皆德之居十年召爲左都御史加太子少保卒贈太子太保謚恭簡明史有傳箸有澹庵遺稾誠貞子集沅湘集存詩六首今錄文四篇

耆舊傳公少孤力學器量宏暢才識通敏文武兼資初授御史時卽撫定浙閩羣盜葉宗留黨官廣東參議十年屢破滅羣盜羅劉甯等巡撫甘肅先後陳安邊二十八事皆切時務

兩廣自韓雍大征以來·諸將張功邀賞自奉恢廓·公至攜一老蒼頭鎮以甯靜·戒將士毋輕動·招撫猺獞·定爲編戶給復三年·由是歸附日衆·凡增戶四萬三千有奇·口十五萬有奇·性廉慎·初官廣東時過家省母·囊中惟賜金十兩·在甘肅積軍儲三十萬兩·兩廣四十餘萬兩·皆不以聞·或問之·荅曰·此邊臣常分·人服其知大體·所至敬禮賢士·其薦起陳白沙先生·尤爲得人云·　案恭簡弟海·進士·官僉事·子守孚·進士·官郎中·海子守恕·進士·官御史·終僉事·

劉顯字揚之·新化人·景泰五年進士·累官戶部郎中·長蘆都轉運使·箸有獨山草堂集·未見·沅湘集存詩一首今採文一篇

黎淯字太樸·別號樸庵·華容人·天順元年進士第一·授修撰·預修大明一統志·純皇帝即位·充經筵講官·成化丙戌升左春坊左諭德·修睿皇帝實錄成·升左庶子·修資治通鑑綱目成·升詹事·戊戌升吏部左侍郎·佐銓選九載·改南京吏部侍郎·宏治丁未·升南京工部尙書·已改禮部·辛亥以疾乞致仕歸·詔進一品階榮祿大夫·尋卒·賜祭葬如禮·謚文僖·箸有龍峯集·沅湘集存詩三首今錄文八篇

華容志·淯佐銓選·請屬不行·惡選人稱貸恣貪黷·間輒手錄郎廢黜之·性耿介端毅·重倫紀·尙節儉·兄濬蚤沒·撫其孤民獻及女如己出·居吏部時·有鄉人官華亭令·遺以紅雲布·淯卻之·題其緘曰·古之爲令·植桑種麻·今之爲令·織錦添花·子民安·幼就外塾·吏以閩扇贈之·淯立呼吏持牒領去·子民牧·成化丁酉進士·南康知府·民表·庚子進士·廣西左布政使·咸介潔·遵其訓·淯甲午主順天試·得一卷奇之·置首選·及閱後二場大不稱·亟下所司稽覈·果得謄錄轉換狀·窮治之·遂改正·及榜出·則名士馬申錫也·其精覈又如此·

程萬里字致遠·號素軒·華容人·天順八年進士·授吏科給事中·遷左給事·進都給事中·通政使右參議·進左通政·陞戶部右侍郎·轉左侍郎·致仕歸·卒·箸有閒山集·未見·採文一篇

案華容志萬里先世本江州義門之陳·洪武初自荆徙華·更

今姓·成化四年議慈懿皇太后葬所·萬里密啟大學士彭時·禮部尙書姚夔力主梓宮當合葬裕陵·神主當祔廟·同伏文華殿號哭不起·聲聞於內·上感動·周后亦悟·得如議·萬里身長八尺·面如滿月·上奇其狀貌·一時有聲·洪十里貌壓兩京之譽云·

洪性字萬善·號澧谿·攸人·天順八年進士·由刑部累官山西道監察御史·福建巡按·江西按察使副使·採文一篇

案攸志載有李文正公東陽撰傳·

夏瑄字韞輝·湘陰人·忠靖公原吉子·以父蔭歷官尙寶司司丞·南太常寺少卿·沅湘集存詩二首今採文三篇

耆舊傳仁宗嘗顧問忠靖欲以近侍官其子忠靖對曰臣子幼穉非食祿時宣德五年忠靖薨宣廟震悼卽日遣中書致命於家拜瑄尙寶司司丞時年方十三入謝進退有度特賜冠帶衣服正統初滇夷逆命上疏乞立功自效不得八年命視尙寶司事以母老乞侍養還鄉母愈乃就職時四方多故上疏呈七事詔亟行之土木之變憂憤陳四事又陳三事當事卒不能用久之以母老乞就養金陵命掌南京尙寶司事成化初晉南京太常寺卿卒前五日猶力疾上疏請諭皇太子預知民事艱難命其子崇文上之 案崇文成化甲戌進士授南京吏部主事有異材多建白累官至通政使見楚寶

李東陽字賓之茶陵人天順八年進士改庶吉士授編修累遷侍讀學士充東宮講讀官憲宗實錄成由左庶子遷侍講學士遷太常少卿擢禮部右侍郎兼侍讀學士入內閣專典誥敕尋以本官直文淵閣參與機務久之進太子少保禮部尙書兼文淵閣大學士屢加少傅兼太子太傅乞休四年卒年七十贈太師謚文正明史有傳箸有懷麓堂全集一百卷 沅湘集存詩二百九十七首今錄文一百三十九篇

耆舊傳文正以戍籍生長燕京四歲能作徑尺書景帝召試之甚喜抱置厀上賜果鈔後兩召講尙書大義稱旨命入京學成進士時年未十八也公慧悟夙成風神娟秀立朝五十年歷相兩朝受顧命當八黨煽亂羣賢去國之時獨以一身周旋始終扶危定傾保全善類誅鋤大憝有補天浴日之功天下陰受其庇而不知詩文流播四夷照耀天壤文章相業竝垂不朽有明一代宰輔中一人而已小人好議論不諒其心不求其本末轉以不忤瑾不同劉謝竝去爲隱忍遷就且併其詩文與所取之門下士詆之至李臨川彭茶陵諸公出反復辯論近日法式善祭酒以居近西涯修復畏吾邨祠墓作公年譜四卷歲以公生日同京朝展謁修祀事而大興朱文正公實倡首至於上徹 天聽權衡 聖心公道大彰萬世論定乃猶有撼樹之蚍蜉襲陳說以曲護其先世者亦徒

可笑不自量而已

劉大夏字時雍華容人年二十舉鄉試第一天順八年進士選庶吉士成化初自請試吏乃除職方主事再遷郎中累官兵部尙書正德初加太子太保致仕旋戍肅州赦歸復官致仕卒年八十一贈太保謚忠宣明史有傳 沅湘集存詩七首今採文十八篇

耆舊傳忠宣剛方鯁亮練習時事而恬素沖退如寒士宏治中曾三疏移疾歸築草堂東山下天下稱爲東山先生逆瑾竊柄惡公劉宇與焦芳譖之欲籍其家三年九月假田州岑猛事逮繫詔獄欲坐以激變律死都御史屠滽持不可李東陽爲婉解瑾亦詗大夏家實貧乃坐戍肅州年已七十三布

衣徒步過大明門下叩頭而去觀者歎息泣下其被逮也方鋤菜園中入室攜數百錢跨小驢就道赦歸有門下生爲顯官者枉百里謁之道遇扶犂者引之登堂卽公也事載本傳其孤介如此昔人稱公明識治體如賈太傅通達國事如陸敬輿質直不阿如汲長孺廉潔不枉如包希仁忠誠懇切如司馬君實數語足以盡公矣 案公文僅方志存記二篇茲從皇明經世文編中錄奏疏十六篇皇明文編罕見之書也

謝文祥字元吉耒陽人成化二年進士改庶吉士授御史謫南陵縣丞採疏二篇

一統志文祥以數上封事指斥時政被謫李東陽劉大夏陳

獻章俱壯其節贈以詩年三十七卽掛冠歸

楊一清字應甯號邃庵本雲南安甯人父景以化州同知致仕攜之居巴陵遂爲巴陵人八歲岳州守吳節以奇童薦爲翰林秀才憲宗命內閣擇師敎之年十四舉鄉試登成化八年進士授中書舍人久之遷山西按察僉事以副使督學陝西入爲太常寺卿宏治十五年擢左副都御史督理陝西馬政十七年河套告急命巡撫陝西總制三鎭軍務尋進右都御史歷戶部尚書入直內閣晉少師兼太子太師吏部尚書華蓋殿大學士卒贈太保諡文襄箸有石淙集未見明史有傳沅湘集存詩三十首今從皇明經世文編中採文二十三篇

耆舊傳公生而隱宮貌寢性警敏博學善權變好談經濟大略在陝西久邊事甚悉以建修邊議忤劉瑾下錦衣獄涯翁力救得免本傳云大學士李東陽王鏊力救得免致仕歸安化王寘鐇反詔起公總制軍務內結監軍張永因爲晝策誅瑾遂賴其力以除大憝性闊大愛樂賢士大夫凡爲瑾所搆陷者率見甄錄會搆之者因公陳災異譏切近倖遂使優人於帝前爲蜚語刺公乃力請乞骸骨歸世宗爲世子時獻王嘗曰楚有三傑謂公與涯翁及劉東山也心識之及卽位起復總制三邊軍務晚爲張璁桂蕚所軋落職閒居大憾曰老矣乃爲孺子所賣疽發背卒遺疏言身被汚衊死且不瞑尋復故官

鄧庠字宗周宜章人成化八年進士授行人擢御史巡按陝西遷河南副使歷升都察院右副都御史巡撫河南晉戶部右侍郎乞歸再起左都御史巡撫蘇松終南戶部尚書箸有東谿草堂集未見沅湘集存詩五十一首今採疏傳二篇

耆舊傳公立身清簡居官有風節爲行人時屢使諸藩饋遺一無所受初官御史上勤聖學正紀綱容直言明賞罰親大臣遠姦佞察民隱節財用八事皆見嘉納巡按陝西錄囚多所平反貴州都勻苗爲患命公往勘廉得苗人爭地讎殺狀單騎詣賊巢招其酋長長腳別豹等宣布德意諭以禍福盡降其衆巡撫河南疏糾鎭守監廖堂廖鵬兄弟交結逆瑾糾

合姦民朱文宲董鎰作諸不法事爲民害。逮捕文宲等伏法。流賊攻刦曹縣梁靖口。公督軍三路攻勦。生擒賊首朱杜奪回被擄難民。巡視汴城。見西關單薄。乃輟祥符修河夫二萬名。卽汴西挑塹添築外城。淺廣各二丈。延袤十五里。分爲三門。踰月工完。賊不敢近。楊文襄得公汴中封事。歎服不已。旣而遺書戒公。謂自古衣冠之禍。皆每成於激。前事之鑒甚明。公不爲動也。公文章經濟。同符恭簡。接武忠肅。與文襄同年交好。明史未爲立傳。今從東谿集中採輯公詩。而幷摭拾公門人石少保瑤所爲傳。述其梗槩如此。

嚴永濬字宗哲。華容人。成化十四年進士。授戶部主事。擢郎中。出守西安府。升浙江右參政。卒於官。箸有兩山集。未見。沅湘集存詩一

首。今採序一篇。

一統志。永濬督餉宣大。陝西大饑。奏蠲稅四十萬。接濟邊儲。全活數萬人。守西安。以禮化導。俗漸循謹。文案立剖。庭無宿牘。先是西安歲織絨服進用。中官橫取。百姓苦之。永濬疏論其害。不報。　耆舊傳。參政性伉直。三原王端毅公薦守本郡。在郡久。嘗萃三學生講論。拓書院居之。秉對山王九思之徒。皆由此出。故參政名。當宏治時甚著。元裕之中州集其所刊訂序行也。參政蚤有詩名。與李文正楊文襄並稱。

羅鑒字緝熙。號湘川。茶陵人。成化十四年進士。授南京刑科給事中。轉戶科。擢廣東參議。歷四川布政。遷左副都御史。督蘇松糧儲。忤劉瑾。罷歸。瑾敗起。巡撫蘇松。尋致政。里居三十餘年始卒。沅湘集存詩一首。今採記序二篇。

耆舊傳。茶陵羅氏自斷事汶以慈惠著稱。一傳爲素履翁懋再傳爲戶部郎中琥。三傳至湘川。世以文學政事顯。湘川居諫垣有直聲。所上封事皆切時弊。晚歲家居。結願樂亭。作左右銘以自警。年九十猶能鐙下寫細字。與人處。雖童賤必禮下之。薀溫溫抑戒之君子也。　案張文毅公治有願樂亭序。今載編中。

羅安字時泰。號南洲。益陽人。成化十四年進士。授戶部主事。累官山東僉事。四川副使。江西按察使。改貴州參政。沅湘集存詩一首。今採疏

記二篇。

耆舊傳。公威望素著。蠻酋安鼇者虐使其下。懼公。賂以金。公怒弗受。卒誅之。邊境以靖。又疏罷中使採玉蜀地。瀘人爲立生祠。嘗謂宸濠曰。敧器圖殿下宜時時觀之。乃享國長久之道。甯藩校尉虐民。公痛懲以法。改貴州參政。以普安用兵。督餉功賜金幣。詳見楚紀。子允凱。嘉靖改元舉人。累官鬱林州知州。少以聖賢自期許。性篤孝。父愛畜二鶴。沒後聞鶴唳則仰天而哭。初令饒平。饒人立祠祀之。後寇陷饒。見凱祠泣拜戒勿犯。其感人如此。

彭瀛。溆浦人。成化十六年歲貢。官會同知縣。調巫山知縣。採記一篇

黃寶字廷用。號東岡。長沙人。成化十七年進士。授吏部郎。典選事。歷太常卿。擢都御史。巡撫陝西。以忤劉瑾罷歸。瑾敗。復起。巡撫雲南。移疾歸。有東岡集。未見。沅湘集存詩一首。今採文三篇

一統志。寶撫陝時。潼關大饑。城堡多圮。寶肅紀律。清壁壘。儲餽餉。謹烽燧。秦地以甯。

曹佺字存之。永興人。大理少卿漣子。成化十七年進士。授南京大理評事。擢雲南僉事。以疾致仕。採疏一篇

袁經字大倫。甯鄉人。宏治三年進士。授西安府推官。擢御史。巡按兩淮。歷山東僉事。陝西副使。巡撫遼東。卒於官。採記一篇

舊志。經以不阿劉瑾。罰米十石。瑾敗。始升陝西副使。經氣和貌莊。終始廉介。宦游三十年。人無閒言。

彭澤字濟物。湘陰人。明史作蘭州人。題名碑作蘭州籍長沙人宏治三年進士。授工部主事。歷刑部郎中。出知徽州府。父喪歸。正德初。起知眞定。遷浙江副使。歷河南按察使。擢右僉都御史。巡撫遼。右進副都御史。改保定。未赴。討河南賊平。錄功。進右都御史。太子少保。尋總督川陝諸軍。討四川賊。進左都御史。太子太保。土魯番叛。澤往經略。旋督三邊軍務。兵罷。乞骸骨歸。馳驛給夫廩如制。以追論嘉峪之敗。斥爲民。世宗入繼。卽家起爲兵部尚書。太子太保。以劾御史史道。衆交章劾之。復奪官爲民。卒於家。隆慶初。復官。謚襄毅。沅湘集存詩一首。今採文十篇

明史。澤官刑部。勢豪殺人。澤寘之辟。中貴爲祈免。不聽。知眞定。閹人數撓禁。澤治一棺於廳事。以死怵之。其人不敢逞。所至以威猛稱。卒後。總制尚書唐龍上言。澤孝友廉直。先後討平羣盜。功在盟府。陛下起之田閒。俾掌邦政。澤仔仔奉國。復爲讒言搆罷。今沒已五年。所遺二妾衣食不給。請覈澤往勞。復官加卹。以作忠臣之氣。不報。　耆舊傳。公體幹修偉。腰帶十二圍。大聲音。與人語若叱咤。久歷戎行。雖嘉峪之敗。爲言者所劾。然討平羣盜之功。不可沒也。

何孟春字子元。郴州人。雲南提學僉事俊之孫。刑部郎中說之

子。俊說皆舉進士。舊志有傳。孟春少游李東陽之門。舉宏治六年進士。東陽異其才。擬入史館。以父憂罷。服闋。授兵部主事。歷郎中。出補河南參政。入爲太僕卿。以僉都御史巡撫雲南。世宗卽位。召爲吏部右侍郎。進左侍郎。署尚書事。以議大禮。左遷南京工部左侍郎。屢疏引疾。至六年春。始得請。及明倫大典成。削其籍。久之。卒於家。隆慶初。贈禮部尚書。謚文簡。沅湘集存詩七十三首。今錄文四十三篇

明史。詔修萬歲山毓秀亭乾淸宮西室。役軍九千人。計費百餘萬。孟春抗疏極諫。淸甯宮災。陳八事。疏萬餘言。出理陝西馬政。條目畢張。還上釐弊五事。並劾撫臣不職。正德初。駕幸

宣府馳疏諫．撫雲南討平十八寨叛蠻阿復阿等．奏設永昌府增五土司五守禦所．錄功廕一子辭不受．蘇松諸府旱潦相繼．而江南北河水大溢．孟春效漢魏相條奏八事．帝嘉納焉．先是大禮議起．孟春在雲南上疏論．及官吏部三上疏．皆不省．孟春偕九卿秦金等上疏．發十三難以辨折張璁桂萼疏入留中．會朝方罷．孟春倡言憲宗朝百官哭文華門爭慈懿皇太后葬禮．此國朝故事也．於是九卿等俱跪伏左順門．自辰至午．凡再傳諭不起．帝大怒．遣錦衣執爲首者下詔獄．修撰楊慎王元正乃撼門大哭．衆皆哭．聲震闕廷．帝益怒．命收繫四品以下官若干人．而令孟春等待罪．翼日責孟春倡

衆逞忿．非大臣事君之道．法宜從重．姑從輕奪俸一月．旋出爲南京工部左侍郎．孟春所居有泉．用燕去來時盈涸．得名遂稱燕泉先生云． 耆舊傳公形貌淸癯．風采巖峻．學識宏深．居恆鞠鞠若無能．臨事奮不顧身．昔人謂公忠亮出自天性．

李永敷字貽教．永興人．宏治九年進士．歷官兵部郎中．有鶴山集石屛文稾未見．沅湘集存詩四首今採記一篇

舊志永敷幼稱奇童．與王守仁李夢陽友善．以忤劉瑾罷歸．置義田課子弟．著書終老． 耆舊傳陽明有同貽教對菊聯句序．稱其鬱然憂深．峭然情隱．飄然有煙霞林壑之想．

李如圭字國寶．澧州人．宏治十二年進士．授江西安福知縣．調建昌．行取御史．巡按福建．遷廣西兵備參議．擢僉都御史．巡撫延綏．總理河道．入爲戶部侍郎．總督倉場．進工部尚書．改戶部．致仕歸．沅湘集存詩二首今採文一篇

舊志如圭祖通．永樂庚子鄉舉．授俢甯訓導．改成都．舊例內外官年四十以下．得以才望補臺省．通以學優行潔．書上考．而牒內齒數正與例符．將以應選．通曰．吾年實過於牒．縱得美官．實滋媿．卽赴部自陳．尙書嘉歎之．遂以常格歷慶都上高教諭．年七十．擬赴京乞休．或勸其移疾免赴．通曰．柰何無疾而欺君．卒赴焉．以如圭貴．贈右都御史． 耆舊傳尙書學

期用世．所至釐剔姦獘．撫延綏時值大饑．用夏文愍薦陳荒政十餘條．得便宜行事．全活數十萬人．在河道時．易置閘座．引諸湖水益河流．糧運乃便．有懷古集未見

謝訥字尙敏．耒陽人．御史文祥子．宏治十八年進士．授戶科給事中．遷刑科給事中．採疏二篇

舊志訥奉敕稽兩廣糧儲．人不敢干以私．值逆瑾專恣．糾合言路首發大奸．武宗嘉其直．瑾誅．擢工科都給事．道卒．

胥文相字士衡．巴陵人．宏治十八年進士．授章浦知縣．遷南京戶部郎中．出爲汀州知府．再補柳州．有品泉稾未見．沅湘集存詩一首今採記一篇

甯欽字宗堯衡陽人正德二年舉人累官御史採疏一篇
一統志武宗南巡抗疏力請回鑾又奏革吉府魚稅定遞馬
之制減帶徵之數郡人德之
龍誥字孔錫攸人正德三年進士授臨川知縣遷戶部主事歷
郎中出守廬州累遷廣西參政以病歸有東洲文集未見沅湘集存詩一首今採疏三篇
一統志誥初知臨川縣值東鄉多盜詣賊壘諭降之督賦江
西疏免逋累出守廬州歲饑出賑疏罷馬價茶芽諸稅著常
平濟糶諸法著爲令　攸輿詩鈔引江南通志名宦傳云嘉
靖癸酉大旱誥開廩設粥平糶營建惠民倉鎮淮樓藉力役
以給食所活數萬人道死者設義冢瘞之明史世宗本紀嘉
靖四年夏五月甲戌賜廬州知府龍誥官秩詔天下倣誥備
荒賑濟法殆即江南通志所言者是已
楊文明耒陽人正德五年舉人官直隸大名府別駕採記一篇
范永鑾字汝和號蘇山桂陽人布政使輅從子正德九年進士
授江西貴谿知縣擢浙江道御史巡視長蘆鹽政巡按四川遷
福建按察副使改陝西兵備副使河南按察使四川右布政使
沅湘集存詩一首今採記一篇
舊志永鑾知貴谿浚北鄉河築南鄉陂民免水旱憂劉瑾歲
派雜徵宸濠歲取茶芽永鑾皆裁抑之以桂陽僻邑書賈罕

至購春秋諸傳兩漢書朱子大全大事記等書二十種儲學
以備諸生觀覽　耆舊傳桂陽范氏自君山按察淵以載布
政輅同時并起皆以忤逆瑾叛濠被逮左遷天下賢之蘇山
所至有聲著有燕射古禮仁愛錄律例解諸書邊廷實有寄
范蘇山詩云君山久歸地下燕泉更狂天南落落故人如此
蕭蕭短髮何堪廊廟江湖身世後先憂樂心情本是仲淹孫
子往來中外知名其見重於時如此
徐一鳴醴陵人員外郎廷用子正德十二年進士授禮部主事
遷吏部驗封司郎中出爲江西提學謫松江同知旋乞歸擢刑
部郎中不起有淥江集沅湘集存詩十二首今採序記二篇
案舊志一鳴與爭大禮峻拒權要請託在江西以毀淫祠忤
璫故屢有遷謫尚有奏疏一篇以後獲不及錄
熊宇字元性善化人正德十二年進士授行人嘉靖八年以御
史出知松江府採記一篇
舊志引江南通志宇去煩剔蠹與民休息直指至鄰郡約宇
不堂參他守多不從宇獨如約直指嗔之遂被劾歸
劉黻字伯繡衡陽人正德十二年進士授行人改南京國子監
學正復以御史按蜀未幾疏請終養採序一篇
案舊志武宗南巡黻上疏切諫受杖改學正世宗繼統復授
御史按蜀以終養歸

張治字文邦茶陵人正德十五年會試第一明年嘉靖改元改庶吉士五年授編修歷左右春坊左諭德翰林學士擢南吏部右侍郎召改吏部左侍郎兼學士掌院事拜南吏部尚書改禮部尚書兼文淵閣大學士入閣與機務加太子少保諡文毅著有龍湖集沅湘集存詩一百十首今錄文二十九篇

耆舊傳公通籍後値張桂用事不樂就職家居十三年而後起既登朝銳然以辨邪正明黜陟爲大務汲引善類如不及尋典台旌預機務時承平日久中外恬熙會三邊有警公憤言於朝曰今師老民棘禍且夕及肺腑諸公不歷算周思爲窗謀而釀成疽根其可乎又云今天下之弊患在士風瀾倒

如水波防天下乾耗經費無紀士習靡則元氣漓民財耗則精血罄將何所底止言甚切至卒蔽於方士權輔訖無所濟及敵騎充斥一鏃莫施始服公言非過慮而公已病革矣猶伏枕惋泣力疾草疏欲堰北河水以遏敵騎會憊不支而卒初公入閣時廷推六人世廟持之十日乃下蓋特簡也初諡文隱隆慶改元更諡誥曰惟爾太子太保禮部尚書文淵閣大學士事我先皇帝三十餘年隆恩厚詗君臣之義有終始矣間於媢嫉之臣易名未當頃有言者朕下禮官考論其世以爾詞尙理要制伾渾雄心存世務議論慷慨考文章以知人如陸贄之識韓愈因公正而發憤若汲黯之斥張湯引以同聲悉爲今日之宰輔與之異趣實乃當時之大姦是以朝廷服其節概天下想其風采昔我先正夏用懷思不有嘉名曷稱輿論是用諡爾文毅爾其不昧尙克享此此則公之行誼已大白於當時而明史乃未爲之立傳世第稱其自劾及籌邊定會典數事其餘僅傳及於鄉里故老之口彭贈公思眷爲重刊龍湖集稱其孤忠亮節無媿古大臣洵不誣也

尹尙賓茶陵人嘉靖五年舉人授戶部主事遷郎中以淸節著聞採記序二篇

夏寶字楚善益陽人嘉靖八年進士任戶部主事累官福建參議採記一篇

舊志羅洪先爲譔墓碑稱其公忠明敏

孫宓字仲可一作用可華容人提學副使繼芳子嘉靖七年舉人著有洞庭漁人集五十卷未見沅湘集存詩十九首今採記一篇

舊志宓爲文千言立就以父喪哭泣損目遂不復會試自號洞庭漁人搆亭著書所爲詩奇逸飛動凡三四百卷 耆舊傳華容孫氏世有聞人著述甚富自世其副使至子醇遺撫凡五世皆以文學起家致通顯用可詩多至三千八百餘首顧元言稱其新聲奇調在李唐二孟之間王元美謂其得力於杜錢氏列朝詩選朱氏靜志居詩話幷論列之

王世隆沅陵人省志作辰州衛人年十七領鄉薦嘉靖五年進士授刑

部主事。擢貴州副使。採文三篇

舊志。世隆讞獄詳慎。爲副使有風裁。告歸。搆妙華書院於大西山。日集諸生講學。

劉欽薦。字少東。攸人。嘉靖十年舉人。官北直邢臺令。採記一篇

攸志。薦治邢臺。分解盤錯。抑騷遏爽。有富民抱冤獄。薦得其情。直之。涖任四載。邑以大理。嘉靖癸丑課最。自京回任。有積盜爲巨璫所窩。薦立出盜於璫。正以典刑。璫怒。嗾北直巡按鄢懋卿中以法。鄢廉其治行無可議。又以增建邢城有功。例應紀錄。不得已。中以浮躁。鐫級。邢民遮道攀留。歸田。與門人參政衡州劉穩講學甚歡。家居數十年。以介節著。

蔣信。字卿實。一字道林。武陵人。嘉靖十一年進士。授戶部主事。轉兵部員外郎。歷官貴州提學副使。著有道林文粹九卷。未見。沅湘集存詩七首。今採文六篇

案信年十四。居喪毀瘠。與同邑冀元亨善。王守仁謫龍場。過其地。偕元亨事焉。嘉靖初。貢入京師。復師湛若水。成進士。累官四川水利僉事。卻播州土官賄。寘妖道士於法。於貴州建書院二。廩羣髦士其中。龍場故有守仁祠。爲置祀田。坐擅離職守。除名。其學踐履篤實。得於湛氏爲多。湖南學者宗其教。稱爲正學先生。語見明史湛若水傳。又明儒學案。信少而端嚴。盛暑未嘗袒裼。不信形家術。母沒。自擇高爽之地以葬。湖廣濤涯五衞諸生。鄉試去省險遠。多不能達。乃增貴州解額。使之附試。尋告病歸。御史以擅離職守劾之。削籍。後奉恩例冠帶。閒居築精舍於桃花岡。危坐其中。絃歌不輟。惟家祭始一入城。閒或出游。則所至迎請開講。年七十三卒。三十二三時病肺。至道林寺靜坐久之。忽覺洞然。宇宙渾然一身。乃信明道廓然大公無內外是如此。自身與萬物一體是如此。

廖希顏。字叔愚。茶陵人。嘉靖十一年進士。由高安知縣。工部主事。扈駕承天。遷郎中。擢山東提學。進浙江按察使。著有東雩集思復堂遺稾。未見。沅湘集存詩五十一首。今採傳一篇

一統志。希顏講學河汾書院。時海氛甚熾。希顏奉檄勦捕殲之。耆舊傳。叔愚學問淹博。才識精敏。提學三省。時作三關志。以爲全晉之安危視三關。而畿輔以西。大河以北。安危視全晉。爰自雲代達延綏。按地圖。考沿革。飭武備。覈軍儲。明署置。爲圖四。爲卷十。識者稱之。善古文。唐荊川嘗遺書。謂其氣骨甚勝。書載荊川集。

李棠。字石塘。長沙人。嘉靖十一年進士。授禮部主事。歷僉都御史。宣大總督。巡撫南贛。終南京吏部右侍郎。天啟初。追謚恭懿。採文三篇

一統志。王崇古以俺荅就撫。條封貢八事。廷議紛紜。獨棠極言當許。帝從之。在南贛。討平韶州山賊。仕宦三十年。不營生

羅奎臨湘人嘉靖十九年舉人官漢中府推官。採記一篇

孫斯億字兆儒華容人立子諸生。沅湘集存詩一首今採記一篇

一統志斯億七歲能詩年十四爲諸生事祖母及母以孝聞以著述自任隱元石山中誅茅蔬食充然自得學使董其昌稱之曰德範如太邱豪俠如朱游云　耆舊傳斯億自號雲夢山人著有雲夢園居鳴鋏浮湘北游等集棄巾服徧游名勝所至交其賢豪無所屈撓分立秉國著賈直言對貪財論以洩憤江陵居首輔又貽書艾和甫有田錄事責鄒志完意其風槩類如此

賀鳳梧益陽人任陝州判官。採文二篇

舊志鳳梧蚤從武陵蔣信游聞求仁之學後入太學以上崇正還樸疏授陝州判官謝歸搆城南山房講學其子知上虞縣鳳梧教之力行常平倉法

劉宦字士晉衡陽人嘉靖二十一年進士官莆田知縣擢武選司主事卒。採記一篇

舊志宦性嚴峻請賂不行歲饑代民輸賦

蕭禹臣字子益號度山長沙人嘉靖二十六年進士任遂甯知縣擢工部員外郎卒於官有度山集。錄文十篇

舊志禹臣作息訟辨民俗爲之還醇督殿工特著勤勞世宗每膳必徹以賜

齎以介節稱

袁鳳鳴字時瑞沅陵人嘉靖十七年進士擢御史巡視居庸再巡四川。採記一篇

一統志鳳鳴申飭邊防劾將帥弗戢兵者巡四川建議征白草苗平之以戇直爲時所忌出知潮州尋謫思州潮民立祠祀之

周南字化行郴州人嘉靖十三年舉人授甯國知縣調商邱。採記一篇

郴州志南九歲能文在官政績炳著年四十致仕安貧樂道有古人風　案周南有三此郴人外有嘉靖十年舉人善化人有正德甲戌歲貢新化人此爲何文簡孟春之弟伦記當是郴人

李槃字新甫澧州人兵部尚書克嗣子嘉靖十七年進士授中書舍人擢工科給事中出知臨江府。採記一篇

舊志槃以戇直出知臨江府廉得郡大豪尤氏不法事置諸理爲金幼孜傳瀚建黃閣元僚坊清其沒產以供祀事

李樂字和仲號鹿泉瀘谿人嘉靖十四年進士授南京刑部主事歷雲南金騰副使轉河南參議陝西行太僕卿卒於官。採記一篇

滇爨樂爲副使執法不撓劾將吏四人除阿坡巨盜軍民稱快

朱炳如字稚文衡陽人孝廉希賢子嘉靖三十八年進士官行人進御史出守泉州歷兩浙運使陝西布政使採疏一篇

一統志炳如奉使藩府饋遺無所受按鹺兩淮積贖鍰三萬金牒漕司以佐邊備賑涖泉州單騎入境與一老蒼頭相臥處好獎拔士類泉士比之眞德秀王十朋云

劉堯誨字君納號凝齋臨武人嘉靖三十二年進士授新喻知縣擢南京刑部郎轉給事中引疾歸起僉都御史巡撫福建陞兩廣總制晉兵部尚書參贊機務致仕歸卒贈太子少保著有歷官奏議嶺南議閩園吟槖虛籟集等書未見沅湘集存詩十三首今採文八篇

三楚文獻錄時東南倭寇肆橫浙江統制故宗憲師久無功堯誨抗疏論其失策且言功罪不明賞罰惟貨天下事大可憂疏入嚴嵩銜之又浙直以備倭故凡均徭俱先三年薙名提編法民困甚堯誨疏論巧取民不若撙省費因請罷興伇汰冗兵裁覈內外供應及尚衣寺人冒破權貴側目引疾歸粵寇犯縣親率子弟禦之復募兵爲外援從間道奪賊所豎幟賊驚引去撫福建平巨寇林鳳禽倭朵麻里奏設總兵扼南澳一島移撫江西疏蠲積逋二十九萬總制兩廣平鬱林木頭等二十九砦東粵遂甯積羨餘至三十八萬以佐軍興費 耆舊傳公幼有大志沈毅寡言弱冠讀書白雲山間秦州王艮之學朝夕體驗慫然有得抗疏後有陰中之者公力請歸益力於學既禦粵寇而南中大寮以前疏銜諫職起補上海丞累遷僉都御史巡撫八閩勦巨寇林鳳有東番魍港呂宋玳瑁港之捷晉副都御史尋以浮議聽勘卒無驗粵中八寨猺獞爲梗經王陽明屢勦叛服不常公調土兵定之酌善後七策遂不復反摩崖紀功又條畫粵西鹽法使湖以南民不苦鹽嶺以東兵不苦餉晉尚書會有謂公與江陵有婭者遂乞歸卽衡陽賓日門家焉公學有本原體用明備兩粵之績尤偉明史未爲立傳

劉淑龍醴陵人嘉靖三十一年舉人授中書舍人陞大理寺副

直中祕預修國史玉牒改南京戶部員外郎轉正郎出知鎭遠府採序一篇

舊志水兌抽分羨餘淑龍悉歸諸公知鎭遠軫念民瘼興學校化苗俗致仕歸囊橐蕭然

楊廷相長沙人嘉靖三十一年舉人採文七篇

舊志廷相少力學博通經史世居靑山卽以其地爲號結廬晦迹足不履市廛

劉應峯字少衡茶陵人嘉靖三十五年進士除南昌縣知縣擢吏部主事歷江西參議疏乞終養採記二篇

豫章書湖廣通志南昌坿郭號難治應峯處以鎭靜均糧省

役民用不擾。究心理學。建旌忠書院著述自娛。

艾穆字和甫。一字熙亭。平江人。嘉靖四十年舉人。署阜城敎諭。入爲國子監助敎。萬歷初遷刑部主事。進員外郎。戍涼州。起補光祿寺少卿。轉鴻臚寺卿。再轉太僕寺卿。以都察院右僉都御史巡撫四川。有終太山人集。沅湘集存詩八首今錄文三十七篇

明史穆爲助敎。張居正知穆名。欲用爲誥敕房中書舍人。不應。錄囚陝西時。居正法嚴。浚囚有不如額者罪。穆止浚二人。曰我終不以人命博官也。及居正遭喪奪情。穆抗疏切諫。廷杖戍涼州。居正語人曰。昔嚴分宜時。未有同鄉攻擊者。我不得比分宜矣。　秀水朱氏明詩綜曰。公與其鄉沈純甫先生

同論江陵奪情。其謫戍一西一南。艾詩云。青山到處皆吾土。何必湘南是故鄉。是亦達人之言。西竄之後。詩律頗效空同云。

何銳字恆之。桂陽州人。由貢任鹽亭主簿。多惠政。縣人立石頌之。致仕歸。屢舉鄉飲大賓。卒年八十。採文二篇

譚希思字恆之。茶陵人。萬歷二年進士。授萬安知縣。改永豐。擢南京御史。謫外任。尋進僉都御史。巡撫四川。採文一篇

舊志希思抗疏六事。事關戚畹內臣。而援引祖制。抵觸忌諱。皆人所不敢言者。上怒。故謫外。播州逆節未露。廷議主勦。希思獨主撫。云不忍枯萬骨以邀上賞。懸車後徜徉山水。與同志以理學相切劘。

車大任字子仁。邵陽人。萬歷八年進士。授南豐知縣。謫平谷尉。復由遵化知縣入爲南評事。歷禮部郎中。出爲福州知府。外憂起。復補嘉興府。擢嘉湖兵備副使。分守溫處參政。以請養歸里。居二十載。沒祀鄉賢祠。有囊螢閣正續集四十卷未見。沅湘集存詩二十四首今採文五篇

一統志南豐自嘉靖寇災後。戶多棄田。大任力請召民傭買。以紓賠累。疏入報可。且檄各縣仿行之。知福州時。日本弗靖。乃練軍實。繕城隍。首行常平社倉法。歷溫處參政六載。海氛盡息。　耆舊傳子仁幼有神童之目。十歲均縣學籍。官南京

時。問學於鄧文潔。羅近谿。耿子健諸公。邵陽車氏以文學世其家。幾於人人有集。然皆自子仁發之。

劉應龍字文見。一字在田。邵陽人。萬歷八年進士。授昆山知縣。行取御史。巡按山西福建北直隸。遷南太常少卿。甫一載。即乞歸。屢推巡撫不起。沅湘集存詩二首今採文三篇

舊志應龍奏減蘇州糧米數萬石。蘇人立祠祀之。除獘省刑。捐俸助賑。置義田。施藥餌。戚里貧乏者月給廩肉。終其身不輟。　耆舊傳太常有清望。居臺三十載。風采肅然。尤淡於性命之學。著有一得編。蓋心學之獘。明季士大夫皆然。不獨先生也。

龍膺字君御武陵人萬歷八年進士除徽州府推官擢禮部祠祭司主事左遷國子博士謫倅邊州入爲戶部郎中久之出爲山西按察司僉事轉甘肅參政入爲太常寺正卿乞休卒著有九芝集未見沅湘集存詩五十七首今採文十八篇

常德志膺以弱冠鄉舉爲主事數上書陳時政遷國子博士上疏諫選宮女帝大怒將逮治甚危賴首揆申時行力救得免謫倅邊州從大司馬田氏督軍青海有鎮海邊榨松山之捷其在湟中飯酪眠雪與士卒同甘苦馳騎沙漠礫礫閒氣揚揚不懾任按察僉事上請兩臺轉題災異疏轉甘肅參政復持節張掖酒泉甫馳入境內有暖泉之捷越年又有廠山

之捷先後撻伐擴地數千里以太常歸休沐逃禪蔬布自甘倅入盡散諸親友　耆舊傳太常屛迹漁仙自署漁仙長又卜築灊園號灊公汲引後進如不及　案傳稱以推官言事謫溫州府學教授稍遷國子監博士升禮部主事復謫兩淮運判輔肇昌通判歷同知遷南戶部郎中與郡志稍殊省志亢略今從郡志其諫選宮女及請轉題災異二疏皆載郡志以前未得書故不及錄入

石珮字子鳴瀘谿人萬歷元年舉人任儀封教諭陞鎭遠令未任丁內艱起補四川樂至令致仕歸採文一篇

辰州志珮清約儉素敎士以敦行爲先爲令廉明不苟輿論翕然

陳元旦字明甫號賓暘興甯人萬歷三十二年由恩貢進書授善化訓導陞贛榆知縣轉潘府長史致仕歸採劄子一篇

舊志元旦以所撰孝經章句敬一箴注撫世皇猷闡道臆解理學管窺五書進呈奉旨留覽天啟閒赴青原仁文書院講學歸佁徹性悟言孔門正學宗旨等書

蔡思穆字熙垣攸人萬歷十四年進士歷官四川梁山江西臨川知縣廣東道監察御史浙江巡按御史採文二篇

攸志雜識類思穆巡城時夜遇少年子於西四牌樓氣張甚將加以法詰之則某宗室也事聞於上賜以殿中執法四字

明年獻賊所過焚燬此額獨存灰燼中　案省志無傳

莊天合字德全一字沖虛長沙衞人萬歷十七年進士改庶吉士授編修累進少詹事艱歸卒贈禮部右侍郎賜祭葬有莊學士集未見沅湘集存詩十八首今採文四篇

舊志天合侍講筵晉宮僚以端謹受知於光宗庚子主試南都甲辰分校禮闈所拔多知名士

孫羽侯字鵬初華容人斯億子萬歷十七年進士選庶吉士歷禮科刑科給事中有遂初堂集未見沅湘集存詩四首今採文三篇

舊志神宗詰責臺省罷科道四十人羽侯與焉里居閉戶著書鄉里稱其賢子穀字子穡萬歷丁未進士由杭州推官累

遷副都御史巡撫遼東以病歸・穀殼亦並有文名・

江盈科字進之桃源人萬歷二十年進士除長洲知縣擢吏部主事歷四川提學僉事有雪濤閣集未見（沅湘集存詩四十五首今採文十二篇）一統志盈科操行純篤推遺田以與兄弟授徒自給　耆舊傳雪濤在當時有盛名隆萬以後談詩者頗宗之袁中郎推尊尤至雪濤者其地有白馬江懸水數仞衝擊之勢變態萬狀士人呼曰雪濤故以名其集・

姜性字幼蒙巴陵人兵部侍郎廷頤子萬歷二十五年進士授鉅鹿知縣擢戶部主事歷刑科給事中以冊封趙藩請假歸里卒・（沅湘集存詩一首今採文一篇）

耆舊傳幼蒙性骨鯁刻苦如寒素九齡時當得父廕推以與弟年十二箸下帷賦皋於鄉不第閉戶軍山十年令鉅野設保赤倉十二義塾七大修教養之政居諫垣兩載當神廟靜攝時疏凡八上力言內臣取旨之弊語皆沈痛又請定湖南運漕水次至今便之・

湖南文徵姓氏傳卷二

明

李騰芳字子實號湘洲湘潭人萬歷二十年進士選庶吉士授檢討累遷左諭德以擅去貶太常博士又以京察謫江西理問光宗立起行人司正擢少詹事旋拜禮部右侍郎御史王安舜劾其驟遷騰芳辭避不允天啟初以故官協理詹事府尋改吏部左侍郎丁內艱加禮部尚書歸又以被察驟遷丁憂進官皆非制削奪崇禎初再起禮部尚書卒官贈太子太保諡文莊箸有湘洲全集（沅湘集存詩十四首今錄文六十五篇）明史本傳三王並封詔下騰芳爲書投大學士王錫爵言封

王既定冊立愈遲他日公去而事壞不獨宗社憂亦公子孫禍也錫爵憮然淚下遂反並封之詔魏忠賢惡騰芳與楊漣同鄉遂奪職崇禎初再以禮部尚書協理詹事府京師戒嚴籌畫守禦多稱旨　案史傳不及備錄邑人謝璠纂傳見卷三十八・

蔡承向攸人萬歷二十六年進士・（採策一篇）

案攸志承向無所紀載

何太謙字子益邵陽人萬歷二十六年進士授臨江推官擢兵部主事改監察御史・（採文一篇）

袁子讓字子肩郴州人萬歷二十九年進士知嘉定州・（四庫書目作眉）

州擢兵部員外郎。有香海棠集。沅湘集存詩二首今採文一篇

耆舊傳子肩知嘉定有惠政。嘉人攀轅泣留。後祀之名宦祠。子肩少日以香海棠賦得名。嘉定州南有香海棠亭碑刻子肩海棠賦。其思慕如此。

陳宗契字禖生。一字景元。衡陽人。萬歷二十九年進士。選庶吉士。改御史。巡按浙江。因父疾假歸。尋補畿輔提學。不赴。天啟初晉通政司參議。遷太常寺卿。以逆璫擅政。三疏乞歸。崇禎三年詔起兵部右侍郎。未聞命卒。年九十餘。有文集二十卷。未見。沅湘集存詩五首今採文六篇

一統志陝西稅璫梁永蠱害。按臣徐懋恆宗契專疏請誅永

以伸國法。又糾遼左稅監高淮擅預兵機。乞正其罪。直聲震輦下。魏忠賢諷使附己。即日三疏乞歸。 耆舊傳太常性至孝。其辭督學北直。在里居侍母時。最後以忤璫三疏乞終養。家居奉母。絕口不談天下事。所箸詩文名醒目吹。未見。

羅調陽安鄉人。萬歷三十一年舉人。採碑記一篇

康元積。衡山人。與兄元和同舉鄉試。元積萬歷二十九年進士。授太常博士。擢吏曹。固辭。旋奉欽取擬注吏科。遽卒。採疏書二篇

湖廣通志元積上保泰疏。侃侃數千言。尚書趙煥稱爲當代第一人。嘗以黃堡驛馬病民。條議改罷。又倣條鞭例。調停邑賦。歲減若干緡。鄉里賴之。

劉宏化字貳公。一字衡麓。湘潭人。一作攸人。萬歷三十八年進士。雨令山西。擢刑科給事中。以劾魏璫下獄。烈皇即位。起兵科給事中。晉光祿卿。轉南大理寺卿。以疾歸。有衡麓祕錄後樂集未見。沅湘集存詩二首今採碑記一篇

一統志宏化首糾輔臣附權貴。內臣借批荅。有直聲。議移宮紅丸之案。侃侃不阿。會熊廷弼論死。宏化力爭之。坐受熊賄罷官。削籍入獄。崇禎初起復。進階。 攸輿詩鈔衡麓居諫垣錚錚有聲。明史不爲立傳。而事蹟散見周宗建張鶴鳴曹欽程各傳中。 案宏化長沙衞人。衞地屬湘潭。其墓在湘潭飛來橋。乾隆初。邑諸生羅仙夢古衣冠人以墓見託。亟往省視。果被掘毀。爲鳴諸官修復之。潭攸湘鄉各縣志幷載其事。

楊鶴字修齡。武陵人。萬歷三十二年進士。授陝西雒南知縣。擢御史。巡鹽兩浙。轉按黔中。丁外艱歸。起大理寺丞。轉翰林院提督四裔館。陞南贛巡撫。忤魏璫削籍。崇禎改元。起左副都御史。拜兵部侍郎。總督陝西三邊軍務。加太子少傅。御史吳甡奏鶴主撫誤國。下廷尉。子嗣昌請以身代。得減死。謫戍袁州卒。沅湘集存詩八首今採序一篇

案文見李文莊騰芳所刻陽明文集。殆其手書。其集爲僅存孤本。世所不見也。明史鶴爲御史。上疏請東宮講學。又言爲治之道在培元氣。國家兵役繁興。奄官煽亂。元氣已傷。譬如

重病初起百脈未調風邪易入道在培養時以爲名言

楊嗣昌字文弱武陵人萬歷三十八年進士除黃州教授歷戶部郎中以病歸崇禎初起爲河南汝州副使尋擢兵部右侍郎兼右僉都御史總督宣大山西軍務晉兵部尚書東閣大學士參機務仍掌兵部事被劾落職視事未幾以敘功復職已特旨仍命督師賜上方劍以便宜誅賞十四年二月襄陽陷憂憤不食卒初以勦賊功晉太子少傅沒後論臨藍平寇功進太子太傅有地官集奏藁諸書沅湘集存詩三十六首今錄文四十五篇

明史崇禎七年時中原饑羣盜蜂起嗣昌請開金銀銅錫礦以解散其黨又六疏陳邊事多所規畫帝異其才以父喪去

復遭繼母喪九年秋兵部尚書張鳳翼卒帝顧廷臣無可任者即家起嗣昌三疏辭不許明年三月抵京召對嗣昌通籍積歲林居博涉文籍多識先朝故事工筆札有口辯帝與語大信愛之鳳翼固柔靡兵事無所區畫嗣昌銳意振厲帝益以爲能每對必移時所奏請無不聽曰恨用卿晚嗣昌乃議大舉平賊分四正六隅張十面之網請增兵十二萬增餉二百八十萬刻今年十二月至明年二月爲滅賊之期明年三月嗣昌以滅賊踰期疏引罪薦人自代帝不許而命察行間功罪初帝以嗣昌才而用之非廷臣意知其必有言言者輒斥中外益不平嗣昌不自安屢疏引罪乃落職冠帶視事未幾以敘功復之嗣昌薦四川巡撫傅宗龍自代十二年五月熊文燦所撫賊張獻忠反穀城羅汝才等九營皆反八月傅宗龍抵京嗣昌解部務還內閣未幾羅猴山敗書聞詔逮文燦特旨命嗣昌督師賜上方劍以便宜誅賞九月朔召見平臺嗣昌曰君言不宿於家臣朝受命夕啟行帝悅嗣昌條七事以獻悉報可四日召見賜宴手觴三爵御製贈行詩一章嗣昌跪誦拜且泣越二日陛辭賜膳二十九日抵襄陽十月朔大誓三軍副將刁明忠張琮率京軍踰山行九十里敗賊賀一龍等斬首千七百五十嗣昌稱詔頒賜當是時李自成潛伏陝右賀一龍等跳梁漢東嗣昌專勦獻忠獻忠屢敗於

興安求撫不許其黨託天王等來降獻忠走入川左良玉追之二月七日與賀人龍李國奇等夾擊於瑪瑙山大破之斬馘三千六百二十其黨埽地王曹威等授首十反王楊友賢率眾降而湖廣將敗賊於水石壩獲其軍師四川將敗之千江河又敗之寒谿寺鹽井川陝湖廣諸將畢集復連敗之黃垻木瓜谿軍聲大振汝才登相求撫獻忠持之斂兵南漳遠安閒殺安撫官姚宗中走大甯大昌犯巫山爲川中害獻忠遁興安平利山中良玉圍而不攻賊得收散亾由興安房縣走白羊山而西與汝才等合嗣昌以羣賊合其勢復張乃由襄陽赴夷陵扼其要害帝念嗣昌行間勞苦賜敕發賞功銀

萬·賜犇馬二·復大破賊商城賀一龍五大部降而復叛·又大
破汝才登相開縣·汝才偕小秦王東奔登相越開縣而西自
是二賊始分·當是時諸部士馬居山谷·罹炎暑瘴毒物故十
二三·京兵之在荊門·雲南兵之在簡坪·湖廣兵之在馬蝗坡
者·久屯思歸·夜亡多·鬭河大旱·人相食·土寇蠭起·饑民從之
所在告警·嗣昌以聞·帝發帑金五萬·營醫藥·令諸將進兵·而
陝之長武·川之新甯·大竹·湖廣之羅田·又相繼報陷·嗣昌乃
下招撫令·爲諭帖萬紙散之·賊中七月·監軍孔貞會等大破
汝才豐邑坪·其黨混世王·小秦王率其下降·賊魁整十萬·及
登相·王光恩亦相繼降·於是羣賊盡萃於蜀中·嗣昌遂入川

以八月泛舟上·謂川地阨塞·諸軍合而蹙之·可盡殄·而人龍
以秦師自開縣譟而西歸·應元等敗績·夔之土地嶺·獻忠勢
復張·汝才與之合·聞督師西·遂急趨大昌·犯觀音巖·守將邵
仲光不能禦·嗣昌斬仲光·劾逮四川巡撫邵捷春·賊遂渡河
至通江·嗣昌至萬縣·賊攻巴州不下·嗣昌至梁山·檄諸將分
擊·賊已陷劍州·趨保甯·將由閬道入漢中·趙光遠·賀人龍拒
之·賊乃轉掠·陷梓潼·昭化·抵緜竹·將趨成都·十一月·嗣昌至
重慶·賊攻羅江不克·走緜竹·嗣昌至順慶·諸將不會師·賊轉
掠至漢州·去中江百里·守將方國安避之去·賊遂縱掠什邡
緜竹·安縣·德陽·金堂·閒所至空城而遁·全蜀大震·賊遂由水

道下簡州·資陽·嗣昌徵諸將合擊·皆逗縮·屢徵良玉兵不至
賊遂陷榮昌永川·十二月陷瀘州·自賊再入川·諸將無一邀
擊者·先是嗣昌以諸將進止不一·納幕下評事萬元吉言·用
猛如虎爲總統·張應元副之·比賊入瀘州·如虎及賀人龍·趙
光遠軍至·賊復渡南谿·越成都·走漢州·德陽·緜竹·劍州·昭化
至廣元·又走巴州·達州·諸軍疲極·惟如虎軍躡其後·十四年
正月·嗣昌知賊必出川·遂統舟師下雲陽·檄諸軍陸行追賊
人龍軍旣譟而西·頓兵廣元不進·所恃惟如虎·比與賊戰開
縣黃陵·大敗·如虎突圍免·賊遂下夔門·抵興山·攻當陽·犯荊
門·嗣昌至夷陵·良玉撤興房兵若相避然·賊所至燒驛舍·殺

塘卒·東西消息中斷·鄖陽撫治袁繼咸聞賊至當陽·急謀發
兵·獻忠令汝材與相持·而自以輕騎一日夜馳三百里·殺督
師使者於道·取軍符·以二月十一日抵襄陽近郊·用二十八
騎持軍符·先馳呼城門·督師調兵·守者合符而信·入之·夜半
從中起·城遂陷·執襄王·謂欲借王頭·俾嗣昌以陷藩伏法·遂
害之·嗣昌初以襄陽重鎭·仞淡溝方洫而三環之·造飛梁·設
橫柜·陳利兵而譏訶·非符要合者不得渡·江漢閒列城數十
倚襄陽爲天險·賊乃出不意而破之·嗣昌在夷陵·驚悸上疏
請死·下至荊州之沙市·聞洛陽已於正月被陷·福王被害·益
憂懼·遂不食·以三月朔日卒·年五十四·廷臣交章論列·帝甚

傷悼之命丁啟睿代督師傳諭廷臣輔臣二載辛勞一朝畢命然功不掩過其議罪以聞徐元禎等請以失陷城寨律擬斬上傳制曰故輔嗣昌奉命督勦無城守專責乃詆城夜襲之檄嚴飭再三地方若罔聞知及違制陷城專罪督輔非通論且臨戎二載屢著捷功盡瘁隕身勤勞難泯乃昭雪嗣昌罪賜祭歸其喪於武陵廷臣猶追論不已帝終念之贊曰明季士大夫問錢穀不知問甲兵不知於是嗣昌得以才顯然迄無成功者得非功罪淆於愛憎機宜失於遙制故耶 案武陵太傅當明運將終國事靡敝之時於崇禎十年以邊臣入筦中樞者二載督兵征勦者二載鞠躬盡瘁略擬武鄉而

當時交劾者曰誤國後世追論者亦曰誤國豈謂明亾獨在崇禎十年以後乎至變擄媒孽誣罔之辭輕相詆毀歷二百餘年猶然衆喙一聲則道聽而未加考察之故今編中錄疏稾二卷其事蹟約略可見茲節錄明史本傳行軍節次具在何嘗有驅賊入川之說論世者其共參之

洪雲蒸字化卿攸人萬歷三十八年進士累官嶺南道副使擢按察使著有紫雲文集沅湘集存詩十四首今錄文九篇

一統志崇禎六年粵寇張文斌等憑險肆掠雲蒸誘禽之平九連山題建連平州七年海寇劉香老圍海豐屢挫其衆香老懼乞撫雲蒸單騎按其部壘賊詈之雲蒸陰檄閩將進勦兵至以雲蒸在不即攻雲蒸方在賊船急揮手曰毋以我爲念滅此以報朝廷可也香老怒殺之沉屍海中越五日浮屍沙口有鶴張翼覆之舟人特祀焉 耆舊傳先是鍾淩秀既降復叛爲鄭芝龍所禽而福建有紅夷之患海盜劉香老乘之連犯閩廣沿海邑帝以責熊文燦文燦議招撫賊佯許之乃令公與副使康承祖參將夏之本張一傑入賊舟宣諭俱被執八年芝龍合廣東兵擊香於田尾遠洋香脅公止兵公大呼曰我矢死報國急擊勿失遂遇害香勢蹙自焚溺死承祖等脫還賊黨千餘人詣浙江歸款海盜盡平事具明史熊文燦傳 案編中有楊太傅嗣昌所爲傳最詳與舊志亦稍

有異傳稱余與公同第同鄉於崇禎十年曾具疏題請贈卹十二年始贈右副都御史後又云權貴內沮不獲敘績易名上諸史館論世者有餘慨焉中又云公素議山寇海寇須大用兵芟夷不勦而撫爲害滋大督院不從督院謂熊文燦也後又云向使督臣熊文燦蚤用公議以靖海氛何至促迫往撫單車見詈哉然則世傳武陵信任文燦主撫而始終右之者未得其實矣

滿朝薦字震東一字震寰麻陽人萬歷三十二年進士授咸甯知縣下詔獄長繫釋歸起南京刑部郎中再遷尚寶卿進太僕寺少卿旋落職崇禎二年薦起故官未上卒沅湘集存詩一首今採疏一篇

明史本傳稅監梁永縱其下劫諸生橐朝薦捕治之永怒劾其擅刑稅役詔鐫一官大學士沈鯉等論救不聽會巡撫顧其志極論永貪殘狀乃復朝薦官無何永遣人蠱巡按御史余懋衡事覺朝薦捕獲其人永懼卒衆擐甲入縣庭吏卒丞爲備無所掠而去城中數夜驚言永反永下敎自白不反狀然蓄甲者數百而朝薦助懋衡操之急諸惡黨多亾去朝薦追之渭南頗有所格傷永懼使使繫書髮中入都訟朝薦劫上供諸物殺傷數人投尸河中帝震怒立遣使逮治下詔獄梏掠遂長繫自三十五年七月至四十一年秋乃釋歸光宗立起南刑部郎中遷尙寶卿天啟二年遼東地盡失海內多

湖南文徵 卷二 姓氏傳 十

故而廷臣方植黨逞浮議朝薦淺慮之疏陳時事十可憂七可怪語極危切尋晉太僕少卿復上疏痛陳時弊末言成於陛下什之一二成於當事大臣者什之八九臣誠不忍見神州陸沈祈陛下終覽臣疏與閣部大臣改絃易轍悉軌祖宗舊章臣卽從逢干於地下猶生之年旣奏魏忠賢激帝怒降旨切責褫職爲民大學士葉向高申救甚力帝不納已忠賢黨撰東林同志錄朝薦與焉竟不復用　案沅州府志載軼事已坿疏後

李馭芳字翀雲禮部尙書騰芳弟萬歷四十年舉人。採序一篇

省志馭芳性澹篤不以聲華自耀舉鄉薦二十餘年　國朝順治六年殉城亾遺孤一歲人皆傷之

羅喻義字湘中一字禹鍾號苐江益陽人萬歷四十一年進士選庶吉士授檢討假歸天啟初還朝歷官諭德直經筵擢南京國子監祭酒崇禎初召拜禮部右侍郎協理詹事府充日講官教習庶吉士尋罷歸家居十年卒諡文介。沅湘集存詩五首今採文六篇

明史國子諸生欲爲魏忠賢立祠喻義懲其倡者乃已忠賢黨輯東林籍貫湖廣二十人喻義居首遂削籍莊烈帝卽位起用尋充日講官喻義性嚴冷閉戶讀書不輕接一客後見中外多故將吏不習兵銳意講武事推演陣圖獻之帝爲褒納明年進講尙書撰布昭聖武講義中及時事語頗傷執政

湖南文徵 卷二 姓氏傳 十一

溫體仁不懌互相奏辨吏部希體仁指議革職閒住可之喻義雖負時望爲體仁所傾士論交惜　耆舊傳注益陽志稱公沒贈尙書諡文介不著贈諡朝代考明史本傳公晉秩尙書後始爲溫體仁所傾其予諡蓋在南都旣立之後也　案明史顧錫疇言羅喻義宜與諡從之是福王時事惟史無晉秩尙書之文或晉講尙書之譌耳

譚麟應字道徵號仁山茶陵人徵授翰林院侍講。採文一篇

陳論四川志作陳倫字思魯攸人天順中官巴州訓導卒於官。採文一篇

舊志引四川通志倫邃於易學遠方來者雲集教誨不倦士爲立主於學祀之　攸志論師事湛甘泉潛心理學提學陳

鳳梧聘爲嶽麓山長。郡守孫存聘修長沙府志。郡守李日章舉爲鄉飲大賓。終母喪追服父喪三年。所著有忠節補遺日勤九省錄。

文澍字汝霖。桃源人。成化二年進士。授南京刑部主事。轉郎中。出知重慶府。調恩州。尋致仕。採賦一篇

舊志汝霖政尚寬平。歲饑請賑全活甚衆。劇盜嘯聚山澤。親往諭之。皆解散。以與監司忤。左遷。卽致仕歸。富於問學。年至耄耋手不釋卷。居鄉動以禮法自律。

印偉桃源人。宏治十七年舉人。任成都府通判。沅湘集存詩一首今採記一篇

桃源志印偉有治劇才。工詩翰。歸老林下。沒引後進時論高

之。子寀嘉靖貢生。工詩賦。任南通州判。以征倭寇功陞鳳陽府判。兩郡立碑祀之。案省志有寀無偉名

隺巖字民瞻。郴州人。成化十七年進士。由戶部主事累擢江西河南左右布政司。巡撫大同。進工部侍郎。採記一篇

一統志巖練達勤慎。卓有清操。撫大同。獎率士卒。奏捷者再。正德中羣璫用事。國用奢泰不經。巖抗疏力爭。卒以此忤權倖。兩繫詔獄。劉瑾敗。乃得釋。

陳洪謨字宗禹。武陵人。宏治九年進士。授刑部主事。出守漳州。累擢雲南按察使。嘉靖初以都察院副都御史巡撫江西。入爲兵部侍郎。卒贈兵部尚書。沅湘集存詩四首今採墓表一篇

耆舊傳公官都憲時。備陳張原毛玉胡瓊等妻子流離狀。請卹於朝。諸人皆以爭大禮死者。事見明史張原傳。歸後居高吾山下。築亭曰靜芳。著書自娛。所著有靜芳亭集。治世餘聞繼世餘聞各四卷。見明史藝文志。國朝四庫全書存目治世紀孝廟時事。繼世則紀武宗時事也。又有革除編年見明詩綜。案洪謨撫江西。新成滕王閣。兼祀文文山謝疊山二公。泰和羅欽順爲之記。以爲觀於是役而君子之政可知。又特疏表戶部宋以方之忠。詔贈光祿寺卿。謚忠節。以方靖州人。死宸濠之難者也。又爲詩弔靑尉祠。靑名文勝。夔州人。爲龍陽典史。三疏請寬逋賦不報。自刎於登聞鼓下。帝聞大驚。

詔寬龍陽租二萬四千餘石。定爲額。縣人建祠祀之。後謚惠烈者也。其亟亟於表揚節義如此。

楊褫字介福。武陵人。成化十九年鄉試第一。宏治九年進士。選庶吉士。歷禮兵刑三科給事中。終太僕寺卿。沅湘集存詩二首今採書一篇

一統志時外藩以方士進。褫上言羽流幻術不宜蠱惑聖心。不報。忤劉瑾。歸搆間山精舍。講明正學。瑾敗。起復故官。耆舊傳偕蔣道林冀闇齋諸人講學。起吏科給事中。轉通政司晉南太僕。

易舒誥字欽之。號西泉。攸人。宏治十八年進士。選庶吉士。授檢討。改南戶部主事。復入翰林。乞養歸。有浯池集。沅湘集存詩五十七首今採文

五篇

一統志劉瑾擅權人爭趨附舒誥獨不屈改南主事瑾敗復入翰林以親老乞歸家居十四年卒　茶陵張文毅治涪池集序先生天才也在詞館八年梁文正公稱其文重當時筆驚風雨洵不虛也　案西泉集原本久佚康熙甲午續刊八卷薄學使序之見攸輿詩鈔今亦未見

孫繼芳字世其華容人正德六年進士授刑部主事改兵部員外郎終雲南提學副使　採序一篇

一統志東廠獲數人誣為盜下刑部論法繼芳白其冤武宗將南巡繼芳偕武選郎黃鞏率諸部寺屬百餘人力諫捕繫廷杖武庫郎陸震皆死繼芳裹創力治震喪

范輅字以載桂陽人正德六年進士授行人除南京御史歷福建僉事轉江西副使密雲兵備副使江西福建左右布政使卒官　沅湘集存詩七首今採小序

明史武宗久無子輅偕同官請擇宗室賢者育宮中不報先後劾中官黎安劉瑯及衞官簡文王忠罪又論馬姬有娠不當入宮語皆切直尋命清軍江西甯王宸濠令諸司以朝服見輅奏言高帝定制王府僚屬稱官後乃稱臣其餘文武及京官出使者皆稱官朝使相見以便服今天下王府儀注制未畫一臣以為尊無二上凡不稱臣者皆不宜具朝服以嚴大防宸濠馳疏爭之廷臣請如輅言又劾治濠伶秦榮僭侈又劾鎮守太監畢眞貪虐十五事疏留不下眞乃摭他事誣之遂逮下詔獄值帝巡幸淹繫經年十四年四月始謫龍州宣撫司經歷未幾宸濠及眞謀逆誅御史謝源等交章薦輅未及召世宗立復故官遷福建僉事轉江西副使致仕歸又用胡世甯薦起密雲兵備副使討礦賊有功遷布政使　耆舊傳所居有三峯因以自號詩有三峯二京宦游等集清夷委宛不媿有道之言

方鈍字仲敏巴陵人正德十五年進士知華亭縣改內黃入為監察御史巡視山東累官戶部尙書卒贈太子少保謚簡肅　採記

一篇

案鈍巡視時舉劾不避恩怨嘉靖中掌部七年廉慎無過嚴嵩陰中之詔改南京遂乞歸隆慶萬歷閒兩賜存問明史附見劉訒傳

魏煥字原德長沙衞人嘉靖八年進士授嘉興府推官歷兵部員外郎擢四川僉事　採議一篇

府志煥司理嘉興有青天之目在兵部作九邊圖考試選條例皇明拱衞錄在四川化宣慰教子之頑平土官奏記之獄猺苗咸服以疾歸一日卒遺有宗會堂圖說父棠歲貢令彭水子時用令大甯三世仕蜀俱有賢聲

李徵字誠之．桃源人．嘉靖十七年進士．任行人．遷刑科給事中．歷禮吏二部．出爲江西按察司副使．分巡瑞州．轉江西布政使．有元光詩文稾．閒閒亭錄．未見．採銘一篇

案徵在浙江禁迎春觀潮陋習．時緝海賊．出無辜者數百人．江西有時相父子奪民居爲塋．院司俱左袒．獨徵持不可．時相銜之．嗾言官論罷歸．捐俸置義田三百畝以贍鄉族．建潭江書院．造就邑人．卒之日囊無遺金．徵父冕歲貢．官江甯主簿．有政績．徵從子相．辛卯同榜舉人．能文．皆見舊志．元光漫稾五卷．見四庫全書存目．

李珊衡陽人．嘉靖十七年進士．歷官應天府尹．採記一篇

案衡陽志無傳．惟選舉下注云珊任戶科日值京師淫雨．有請修省一疏．至嘉靖三十四年尹應天．以囚犯吳伯恭等越獄逮訊．下巡按御史覈查．開釋．祀鄉賢．

周采字亮臣．甯鄉人．廣西貴縣知縣策之子．嘉靖十一年進士．授中書舍人．擢禮科給事中．出爲福建參議．陝西參政．歷陝西左布政使．雲南巡撫．假歸卒．賜祭葬．沅湘集存詩一首．採碑記一篇

李廷東字文達．號作山．興甯人．知府端之孫．解元邦憲之子．嘉靖十九年舉人．沅湘集存詩一首．今採序一篇

興甯舊志．廷東資性敏達．博極羣書．奉母羅氏曲得歡心．鄉人稱其孝．著作甚富．惜未刊刻．　案廷東耆舊集作廷簡．誤．其祖端天順丁丑進士．知灤州．父邦憲弱冠領鄉薦第一．皆見一統志．廷東附見省志邦憲傳中．

張繼志字希孝．武岡人．沅湘集存詩一首．今採賦一篇

耆舊傳．繼志篤學厲行．能爲詩．隆慶中以邊事需才．詔徵天下山林隱逸之士．有司敦迫．固辭．湖廣通志作萬歷．改元詔徵云云　大吏以儒官徵．敦請鄉飲大賓．亦不赴．布衣終身．

陳薦字君庸．號楚石．祁陽人．隆慶五年進士．累官吏部尚書．採疏二篇

一統志．薦初官御史．忤中官馮保．稱病歸．萬歷間起按陝西．時三秦荒旱．延慶爲甚．薦理贖鍰得四萬餘金．上疏請賑．全

活甚眾．　永州志．薦父良能爲府吏．公事多所匡弼．太守錢芹重之．薦時七歲．讀書公廨．守去任．盡出所遺以犒諸曹．良能一無所受．獨請守所輯書經解以訓子．守驚異．授之．薦後以書經冠楚闈．

賀幼殊．湘鄉人．四川蓬州知州表之子．嘉靖三十一年舉人．歷官雲南副使．晉階三品．採記一篇

龍應濱字思庭．湘鄉人．嘉靖三十四年舉人．授廣東長甯知縣．沅湘集存詩一首．今採記一篇

舊志．長甯多逋賦．奸民以之累貧民．里胥呼迫甚．遂匿山谷爲盜．應濱悉代償．奸民感其義．咸改轍．樂輸．貧民亦無復爲

盜者　耆舊傳縣有橋通汀贛孔道圮・應濱出私財千金修復之・人呼龍公橋・建祠其上祀之・

陳一能字洞衡・武陵人・兵侍洪謨從子・嘉靖三十七年舉人・授江津縣知縣・沅湘集存詩一首今採文一篇

常德志 一能年十一補弟子員・會饑・屢試冠軍・任江津・清操廉潔・久而厭仕・求歸・囊無一物・

周之屏字鶴皋・湘潭人・嘉靖三十八年進士・授溧水令・由南京吏部考功郎出守吉安・遷貴州山東河南提學副使・廣東參政・按察使・浙江江西左右布政使・致仕十餘年卒・有集未見・採記一篇

一統志 吉安有譁卒入府門・僚吏散走・之屏卽嚴鼓升堂・語

之曰・若輩有所訴・守能爲若白・若爲亂・則守不懼死・汝曹罪不貸矣・皆釋戈拜・一郡獲安・　湘潭舊志 在南粵時・江陵欲行丈量・有司以猺獞田不可間比入覲言於朝・江陵厲聲曰只管丈・之屏悟其意・揖而出・江陵笑曰・去者解事人也・衆出問云何・曰・相君方欲一法度齊天下・胄明言有田不可丈耶・伸縮尙在吾輩・衆方豁然・少有文譽・與新鄭江陵及蘭谿新建俱有交・及其柄政・務自嫌遠・故十餘仕皆平進・終不究其用・

鄒廷望字見嶽・新化人・嘉靖四十一年進士・授河南新蔡縣知縣・行取戶部主事・出爲陝西鳳陽府知府・擢甘肅莊浪兵備道僉事・兼行太僕寺少卿・乞歸・家居三十載始卒・沅湘集存詩一首今採文四篇

一統志 廷望催稅臨淸・秋豪無所私・知鳳陽・捐俸賑饑・致仕歸・惟圖書數篋・　耆舊傳 先生以名德淸望重於鄉里・居官有惠政・河西士民懷之・王進才剽掠新化・過洋谿・望其廬曰此鄒僉事宅也・戒其部無敢譁而過者・其威惠及人如此・

蔡繼芳字竹屛・益陽人・由歲貢任壽州同知・轉南雄通判・採序一篇

舊志 繼芳父任滇南判官・卒於任・繼芳擗踊扶櫬歸・終喪・遂不復出・居竹漪洞講學・年八十終・

陳尙伊字汝聘・桂陽州人・隆慶二年進士・歷官江西左參政・採文四篇

一統志 桂陽以十八灘險・免漕運・徵改折銀七百餘兩・解德安倉・萬歷十八年・復改漢川南糧二千餘石・官民苦之・尙伊白於當路・獲免解・

曾朝節字直卿・臨武人・萬歷五年進士一甲第三人・授編修・歷侍講・諭德・進侍讀學士・少詹事・歷南禮部右侍郎・掌翰林院・歷禮部尙書・贈太子太保・謚文恪・沅湘集存詩八首今採文四篇

舊志 朝節父銳・充郡吏・攜其子讀書公廨中・郡守蔡汝楠晨起・聞書聲・呼試以藝・大賞之・目銳曰・是子將大若門・猶區區逐刀筆耶・銳遂延師以敎・年十七・餼郡庠・旋鄉舉・及第・嘗上疏請肇修人紀・軌兩端以用中・爲民極・上嘉納之・充東宮侍

講每因事納誨旁引曲喻必歸於道上眷注方殷而朝節五疏乞歸尋卒於京邸年七十無子以弟朝符之子廷棟嗣贍上林監丞朝節廉靜不苟取家無餘貲嘗捐建城北來雁塔又置義田贍子姓之不給者　耆舊傳公學初亦從王心齋入以近裏著己爲功困公車二十年始達所著紫園草二十二卷載明史藝文志詩亦入明詩綜

蔡承賫字傳嚴攸人萬歷十三年歲貢選浙江台州通判（採碑記一篇）

攸志承賫負才宏博四中副榜萬歷甲午房考薦元主試欲置第二固爭而罷平生好周急施粥施絮歲出穀千石以貸

不給建隨緣橋爲賑濟之處

周之龍字左卿又字孺東湘潭人萬歷二十九年進士由刑曹累官工部虞衡司郎中有熊南集（錄文十六篇）

案前明嘉靖萬歷閒周氏六子竝科第貴顯今考志乘惟典平知縣之禮布政使之屏苑馬寺少卿之翰瑞州知府之基著錄而之龍無閒緣所著熊南集亾佚不傳無從得其事迹故付闕如今稍得殘本覈之則初官刑曹勤求庶獄著西曹具草一卷有升散出入駁下敬事恤獄五議又議督獄切要復要以督獄五言曰恭寬信敏惠謂坐旋馬之廳入斗室之叜而不以斯五者旁皇周浹於靈府設誠致行於目前而猥談仁體奚爲故於五者各賦七言律詩書之壁閒以自警惕如云圜司漫說微生事夙夜冰兢甚刻閒縱有賓朋來細論敢銜樽酒效游山只戒圜中嚴柙兕安知釜底察枯魚薄書自矢甯躬倦瓦狀何辜聽陸沈寒衣飢食猶沿格拔滯宣淹實好生春意不緣幽谷減秋波偏向覆盆明皆可誦法旣匝月遷工部虞衡司郎中明年于役清江專董舟師樓櫓之政職兼津梁得稽覈歲課之龍謂百萬轉輸動關國計纖豪膏血繫命蒼黔復揭寬信敏恭四言各繫以詩以資策勵如西曹時又謂防河所以治漕作漕河說凡六千餘言凖酌古今利弊釐然幷及海運當復宜由膠萊之廡灣海倉二口徑達

天津直沽可勝元人海運險遠言之鑿鑿有據見所著西曹具草亦載皇明經世文編中（案是書爲明人陳氏子龍徐氏孚遠同輯傳本甚少故　皇朝經世文編中未嘗援引此書而道光初刱行海運亦未嘗援引是說若先得是說則成法具在亦可稍免疑難龐駮之紛繁矣）煌煌經世之文宇內莫之傳邑里亦莫之見至霾蘊三百餘年幷其人姓氏亦歸泯沒不重可惜哉其與計部陳生洲論漕艘書稱拮据以來寬在權嚴在身急在官旗覈在支放往例歲造二百餘船多亦不逾三百僕督造兩運成千四百餘艘復代計部造成河西務剝船三百小刻詳文可以覆按以此心血頓嘔頭顱盡白葢其服官勤敏察事精覈長才碩畫無媿名臣乃以內顧多憂遽反初服未盡其用著述不知

梓於何時。今僅得四冊。而無首尾。據其標籤有申部字。則十二冊而亾其八矣。就四冊中論事書牘可採尙多。而編帙已成。難於補入。又案李文莊騰芳祭周孺東先生文云。事先生三十年。受恩最深。又云。孰謂先生言和行備。交滿天下。而猶有求全之毀。神滀意鮮。萬應不乏。而年僅六十以止。諸語可見㮣槪。

蒲秉權字度之。號平若。永明人。萬歷四十一年進士。任建昌令。陞吏科給事中。再起西甯兵備道。轉肅州副使。謝病卒。採疏二篇

永州志。權令建昌。生聚敎訓。宛若家人父子。士民專祠尸祝。舉卓異。居諫垣時。魏璫有襲封之命。力請停止。言甚切至。復

劾吏繼偕貪位固寵。上怒。欲予廷杖。輔臣救得免。璫敗。始起兵備副使。謝病卒於家。　案所箸碩邁園集久佚。只縣志存疏二篇。及獲全集殘本。尙有可採。而茲編已成矣。其集詩多於文。沅湘集失採。未見其書也。

羅其綸字彝伯。沅湘集云以彝伯之字宐作其倫一字洪山。別號凡谷。茶陵人。萬歷四十三年舉人。授太康敎諭。遷瓊州推官。累擢戶部郎中。乞養歸。卒年八十四。有海上吟北歸錄。未見。沅湘集存詩一首今採記一篇

一統志。其綸會徵修熹宗實錄。黎人騷動十餘年。其綸單騎宣諭。殲其渠魁。入其地爲水會所。建置學宮。璽書褒獎。讞嶺北獄。釋冤繫八十三人。卒後笥篋蕭然。僅存餘稾。

徐興詩字克成。平江人。由選拔授郟縣訓導。採議一篇

舊志。興詩以德行文學稱於鄉。敎諸生務爲古學。士風大變。當路交薦之。

賀嘉震字元咆。益陽人。歲貢。採序一篇

案嘉震才情富豔。尢工偶儷之文。豪宕詩酒。與羅太史何省元齊名。九試不遇。以明經終。見府志。何省元名守初。以萬歷四十三年領解。羅太史名喻義。鄉舉先何一科。歷官禮侍。三人同里。爲文字密交。皆刻有社稾。而嘉震卒不遇。省志亦未列其名。

江禹疏字伯通。桃源人。國學生。提學盃科子。採說序二篇

案龍太常膺漁仙雜箸。伯通與武陵龍膺建陵徐謙公安袁中道數覽桃花源之勝。爲謙序桃花源紀游。箸膺灊公買山說。文思古澹。邑競傳之。又案禹疏未列省志。

郭都賢字天門。號些庵。益陽人。父讜官開縣知縣。都賢天啟二年進士。授行人。歷官驗封稽封司主事。文選司員外郎。出爲四川參議。江西督學。分守嶺北道。巡撫江西。歸隱於僧。箸述甚富。沅湘集存詩二百餘首今採小序十二傳一雜文二

耆舊傳。先生博學强記。工詩文書法。瘦硬兼善。繪事寫竹尤妙。撫江時。賊騎充斥。左良玉屯兵九江。先生惡其淫掠。檄歸之。而自募土兵。爲成語見明史良玉傳。會江撫易人。遂棄官

入廬山尋北都陷，已南都建，閣部史忠正公開閫揚州，先生
分校會試所得士也，薦授南京操江，辭不受。桂王立肇慶，以
兵部尚書召，而先生落髮爲僧矣。先是洪承疇方革職，先生
奏懇起用，至是承疇入　本朝經略西南，以故舊謁先生於
山中，餽以金不受，奏擕其子監軍，亦辭不允。初披薙入浮邱
山，號頑石，茹苦行腳，無定所，依熊魚山開元、尹洞庭氏輿於
嘉魚，寓梅熟庵，巳流寓沔陽，築補山堂，前後十有九載，歸結
草廬桃花江，復以詩累，客死江陵承天寺。其出處本末灼然
可攷者如此。甯都魏叔子禧亦先生校士時所得士也，有文
推重先生甚至，見其集中。　王船山南窗漫記云：丙戌屯兵

湖上，未能前進一尺，而賦斂之重十倍。少司馬天門郭公都
賢詠雪詩云：四望郊寒連島瘦，一天白起柰蕭何。督師聞之
怒甚，嗾悍帥害之，會潰敗不果。公卒以文字取禍，卒於江陵。
倪文正公贈公詩云：愛他風骨耐他癡，善於言公者也。

石萬程，字仲升，一字軫餘，湘潭人。天啟二年進士，歷官戸部郞
中，出爲徽州知府。崇禎元年起用常州知府，以病免。辛未復起
杭州知府，擢溫處副使，乞病歸，卒於途。採序一篇
湘潭舊志：萬程知徽州，値魏璫辜榷黃山開採，萬程力爭不
得，即挂冠去，遂致削奪。明史：主事呂下問治徽州吳養春獄，株連者數百家，萬程不能堪，遂棄官去，李魯生反劾罷之。常州有額稅約三千金，故事沒於守吏，以例告，叱

之曰：謂之稅，不貢於朝，即還百姓，何例爲？海甯巨憝吳中彥
殺人論死，屬猾吏暗投萬金，萬程笑曰：是故智也，不伸法不
已。嚴文申請按罪，杭人爲梓卻金頌、亟豕安民錄。海寇張宏
銘沿海騷動，聞萬程至，開誠投款，受降萬餘，海上以甯。嘗置
義田義穀，以贍親族之不能婚葬者。尤精內典，著書惜多不
傳。明亡百餘年，三吳兩浙閒有浮湘者，猶問石氏淸白吏子
孫今無恙乎，可謂古之遺愛矣。

文士昂，字台仙，攸人。天啟二年進士，授華陽知縣，遷工科給事
中，出爲威茂道，陞雲南布政使，晉太常寺卿。採疏一篇
舊志：華陽地苦燥，士昂敎民築陂、作筒車轉水，歲大熟。河陜

大饑，疏飭撫臣發賑，無拘常例。時邊警屢告，力陳中官監軍
之弊，不見用。崇禎中假居鄉里，臨藍賊起，請建甎城。張李之
亂，士昂佯狂山谷，卒能全節。

周堪賡，字仲聲，一字元應，甯鄉人。天啟二年進士，授永春知縣，
行取陜西道御史，歷太僕寺丞、光祿少卿、順天府尹，擢工部右
侍郞，晉戸部尚書。有治河奏疏、黃河紀、五峯文集，未見。沅湘集存詩三首，今採文二十篇
耆舊傳：公倜儻多大略，初官永春，治行爲八閩冠，歷臺諫，直
聲震中外。尹順天時，流賊方熾，特擢工部右侍郞兼副都御
史，往塞賊所決河，勞瘁萬狀，卒奠狂瀾，還故道。是時闖賊已

據荊北河南將由滎澤渡河長驅以公狂汴乃從上游偸渡窺潼關公聞變嘔血數升急陳六大弊疏及昵宦雲閣隘指陳時病語甚激烈不報尚書命下連疏乞骸骨過酉都謁孝陵痛哭歸里未一月而京師陷矣南都立仍起爲戸部尚書公乃先密致函吏閣部奏誅馬阮行次吳城得報知不可乃返變姓名轉側嶺表閩海間旣歸結庵邑西四十里之董家郵焚香禮佛鄉人罕識其面　國初經略洪承疇徇滇黔道出溈西命驛卒前導直造其廬請見公辭以疾不獲旣見相對而泣爲言地方疾苦甚悉洪感之疏免湖南荒糧百十餘萬卒年六十三公治河諸疏其元孫碩勳守潮州刻行之年

月事蹟條繫甚悉明史未爲立傳僅見河渠志爲識其槪如此

米助國字民和號順齋辰谿人甕安令萬鍾子天啟四年鄉舉聯捷進士授江西龍泉知縣調南昌擢福建道監察御史放歸十餘載卒年六十七　採碑記一篇

辰州志南昌賦煩重稱巖劇助國齋志理之平反大辟五六人黔配十餘人息累年莫治之獄數十人嬖璫魏忠賢方建生祠撫按檄下助國堅執不可忠賢敗朝廷徵立祠罪江右獨無擢御史出尚書畢自嚴給事章正宸於獄出巡宣大究民利害及邊防守禦成七疏上之七日敵至掠野去遂落職蓋王應熊中執也先是上卜應熊相正宸持不可下獄助國援之獲解及正宸典試楚闈聞助國寓鄂三謁誠而三謝之甲申後避亂東山減飲食以自損已而卒

謝肇元字石騤號秉侯湘潭人天啟五年進士除嘉定州知州崇禎初遷戸部郎出爲兗西副使濟南參政尋以按察使鎭潁壽卒於官年五十二贈太僕寺卿　採序一篇

舊志肇元知嘉定請裁溢額稅箸祥刑錄息訟孝廉李先聘以仇坐褫爲雪其誣復之分校蜀闈典試滇南皆稱得人於濟南屢捍危城平土寇獻賊寇鳳潁肇元單騎視師守禦悉備賊卻去未幾復犯潁壽乘障戮力躬親矢石著守城機務

要略郡邑獲安朝議謂宣力巖疆當時無出肇元右者會闖陝需才將命肇元往而已嬰疾以丁丑正月卒於官所

馮一第字椳公善化人天啟七年舉人殉難從祀忠烈祠箸述甚富　沅湘集存詩二十首今採文二篇

耆舊傳一第本姓熊祖某贅於馮遂冒其姓自幼以詩文雄湖湘間同湘潭郭幼隗交擘同受知於蔡忠烈公溪相推重獻賊陷長沙先生走湘鄉將乞師他所賊下僞檄徵求甚急先生佹書卻之又佹自弔文避亂改姓文以自悼賊檄再下復繫其母與兒招之不得已就縛反復誘降不屈將斬之一老僧從旁伏地哭請免乃斫其兩手置營中一夕亦母兒乃

獲免時年四十著有史發二十卷代古詩一卷賁閣吟譜二卷學者私謚曰介烈坿見明史忠義傳　案茲編有郭金臺纂傳

黃學謙字又謙一字天益善化人天啟間拔貢中辛酉副榜生父洽萬歷癸未進士知太原南安二府有政聲學謙官韶州教授擢陝西興平知縣有紫巖集照杯亭遺草（沅湘集存詩八十一首今採文六篇）舊志學謙致仕歸里授業里士多出其門獻賊脅以僞官逃之溪山壽九十餘卒　耆舊傳先生著述甚富兼精書法晚病痺右手廢以左手作小楷行草更遒逸有致所著書目見吳綺園次所作傳

湖南文徵　卷二　姓氏傳　三十八

陶汝鼐字仲調一字燮友號密庵甯鄉人崇禎元年選貢六年舉於鄉兩中會試副榜官廣東教諭南渡後由翰林待詔改授兵部職方郎中五省監軍復授檢討旋歸薙髮溈山號忍頭陀有榮木堂集（沅湘集存詩一百六十二首今錄文二十八篇）耆舊傳汝鼐少奇慧甫齔應童子試督學徐亮生驚喜得異才取冠湖南數郡崇禎中上幸太學廷臣請復高皇積分之法祭酒顧錫疇奏先生文甚佳特賜第一詔題名勒石以五品官秩留監肄業詩文書法名動海內有楚陶三絕之目著有廣西涯樂府嚏古集寄雲橋集榻玉堂集全集刊本些翁序之　朱竹垞明詩綜詩話先生壯歲好游自吳入越與先人訂僑札之分留檇李度歲晚際仳離出監軍事捍禦鄉邦著力暨章堵兩公盡瘁略同讀哀湖南賦悽戾過於蘭成矣　案哀湖南賦今榮木堂集未載故失於編錄

米元偶字吉人肇頤子崇禎七年舉人（沅湘集存詩十三首今採文五篇）辰州志元偶好爲詩古文詞有羅峯文集三卷詩集十卷詩餘二卷晚年悉棄去究心性學嘗曰學不見性其學誣矣人不見性其人虛矣著性辨一篇學者稱羅峯先生

江有溶字匯伯一字谷尙長沙人崇禎八年拔貢十五年順天副榜授推官不就有勿躁齋集未見（採文二篇）湖廣通志云有溶値獻賊之亂絕意仕進授徒里中專意著

湖南文徵　卷二　姓氏傳　三十九

述尤工於詩縣故無志知縣胡壯生屬有溶刱之遂爲成書　耆舊傳云谷尙入　國朝爲湘鄉教諭晚忽薙髮爲本易和尙觀其詩語多悽惋知一官去就殆非得已　案舊志無湘鄉教諭之文未知耆舊集所本今仍列入明代

闞士琦字榻公桃源人崇禎七年進士官南安知縣數月以內艱歸遂絕意仕進南渡後授編修不出卒（沅湘集存詩十首今採文十一篇）耆舊傳榻公有蟛蜞館文蝌蚪詩餘仙草闕也草郎當草等集狂當時有盛名

劉培泰字篤生湘潭人崇禎三年舉人（採傳一篇）　案縣志有培泰記文一篇以中多譌字未錄

謝錫賢字德光。號愚齋。新甯人。崇禎十年進士。官海鹽知縣。有杭游草未見。沅湘集存詩一首今採記一篇

耆舊傳愚齋鄉試之年。爲天啟甲子。嘗以策語忤璫停科。其風概可想。

羅其鼎字𦣱臣。桃源人。崇禎十三年進士。官行人。有月江仙掌草等集未見。沅湘集存詩六首今採序書二篇

耆舊傳𦣱臣性篤孝。母喪值鄉試。不預含斂。終身不食甘衣帛。初試舉人時。不爲學使者所錄。唐餉部暉杜方伯詩聞其名。薦之入闈。號舍滿。𦣱臣伏地終卷。遂中式。唐杜二公爲序其事。鼎革後隱居不出。居鄉歲荒。募粟施粥。全活甚眾。卒門人私諡貞易先生。

陳純德字靜生。號澹元。零陵人。崇禎十三年進士。授福建道御史。巡按山西。還朝督畿輔學。殉難京城。贈太僕寺卿。諡恭節。國朝加諡忠潔。採公牘二篇

明史時帝銳意求治。召諸進士咨以時事。純德奏對稱旨。立擢御史。巡按山西。七月部內嚴霜。民凍餒。純德上疏請卹。因陳抽練之弊。帝不能用。還朝督畿輔學政。將出按部。都城陷。賊下令百官入見。眾擒純德入。還邸痛哭。遂自經。京山人秦嘉系買地葬之永定門外。立石表墓焉。永州志公巡撫山西值賊警河上。與巡按蔡懋德協力戰守。賊乃卻。督學順天方孜易州。聞都城警。戎裝入援。未幾都城陷。得帝凶聞。走謁德馬世奇寓相持痛哭。遂偕書令家僮持報二親。家僮泣沮。公不顧。秉筆作蠅頭小楷書畢。投繯。神色安定如平時。年五十有一。案將出按部與聞警入援不同。當時別有紀載。與志合。或史所傳聞未確也。

劉象賢字若啟。湘鄉人。崇禎十五年舉人。沅湘集存詩六首今採記一篇

舊志鼎革後隱居滨山。著書以終。與船山先生交好。詩格高老。可匹敵漩濤園諸作。惜不見全集。

唐訪字周之。號汲庵。武陵人。戶部侍郎紹堯次子。崇禎十五年以桂林籍舉鄉試第一。有寂堂集。沅湘集存詩十四首今採文四篇

舊志訪寄籍廣西。巡按黃錫袞吏部瞿式耜見其五策。歎爲奇才。特疏入告。授庶吉士。知制誥。備顧問。上六代中興法戒。奉命歸楚。聯絡勳鎮何騰蛟等。值父喪。遂痛哭祝髮以終。

耆舊傳唐氏一門忠義。汲庵知時不可爲。茹痛祝髮。棄食苦庵以終。於諸唐中尤爲奇偉。詩亦嶔嵜歷落。不可繩以常格。訪父紹堯字二華。天啟壬戌進士。知高陽縣。禁祀魏忠賢生祠。中官爭產相厝籍其貲充餉。忠賢積憾。逮下獄。搒掠幾斃。崇禎初起用。子訟年十四。侍父難中。人稱孝子。桂王時奉母保辰龍關。鎮將馬蛟麟襲執殺之。其弟誠癸未進士。官少詹募兵勤王。復郴沅等州。駐桂林。晉文淵閣大學士。命督五省

義師及辰常陷詆从母被縶遂上印綬自囚贖母兵主禮之請死不屈併縶之詆誠皆訪兄所謂一門忠義也

鄒統魯字大系鄒籍衡陽人崇禎八年拔貢廷試第一壬午舉人沅湘集存詩十三首今採文二篇

耆舊傳統魯一字近野號艮崖獻賊陷衡州迫紳士受僞職先生之父承芬餉之曰百口小計百袁閎土室黃巾不入勿我憂勉爲秦庭之哭可旦乃單騎走之粵上書總督沈猶龍謂保粵莫如保楚猶龍疑之適羅定牧包爾庚在坐曰此楚奇士尙氣節負經濟才在南雍同硏席知之最悉乃從其請卒導總兵宋紀出楚疆復郴衡各郡桂王稱號授中書舍人

後隱居祁邵山中所在常載書簏數十以從舊志云以親喪還里子孫皆以孝友文章克紹世德

潘應斗字章辰武岡人崇禎十六年進士累官太常寺卿有允孚堂詩文集未見沅湘集存詩十七首今採記二篇

舊志應斗舉進士擬館選値國變倉皇南奔上書言時政言甚激切爲時相馬阮所抑授萬州知州桂王時累遷卿寺會劉承允劫遷王於武岡應斗乃告終養歸敝衣垢履灌園自給 耆舊傳先生性剛介簡澹好讀書與弟應星友愛最篤誅茅威谿之麓日相倡和饔飧不給晏如也

王夫之字而農號薑齋衡陽人崇禎十五年舉人沅湘集存詩二百十九首今採文十四篇

舊志夫之以文章志節重於時精硏六經尤神契橫渠正蒙之說桂藩在肇慶瞿式耜薦爲行人旋以母病歸 國朝康熙間吳逆踞衡湘夫之逃入深山吳逆平巡撫餽粟帛請見夫之病辭帛受粟未幾卒子敔敔皆績學有文名 耆舊傳先生與兄介之同舉於鄉張獻忠以僞命汚諸名士先生走匿雙髻峯下賊縶其父以質先生引刀刺其肢體舁往易父賊見其徧創也免之父子俱得脫南渡後走桂林依瞿忠宣薦授行人司行人崎嶇楚粵滇黔閒備歷艱險後以母病閒道歸遂不復出緬甸旣覆沒益自韜晦嘗匿常甯猺峒變姓

名爲猺人巳築土室於石船山名曰觀生居敗葉廬又曰湘西草堂杜門著書其學淹博無涯涘原本淵源尤在正蒙注一書往復辨論所以歸咎於上蔡象山姚江者甚峻所著書七十餘種 四庫全書著錄者六種存目二種 國史儒林有專傳 案船山遺書道光末經湘潭王氏刊行若干種旋燬於兵近年湘鄉曾氏重刊增若干種所遺不多矣

何文照字三台桂陽州人歲貢生授桃源訓導採傳一篇

州志崇禎中臨武賊劉新宇犯州文照佐知州陳佳士籌策守禦援兵繼至圍乃解後巡撫陳睿謨督兵進勦賊恃險負固官兵未諳路徑文照參謀行閒指畫地形兵不失利論功

當官。會提學按試，遂以廩生膺歲貢授官。

夏九賡，字虞颺，桂陽州人。崇禎初由恩貢知羅平州，遷知南陽府致仕。採論一篇

唐之正，字先誠，號廢庵，沅陵人，御史愈賢之子，歲貢生。沅湘集存詩四首，今採記二、小序諸篇

辰州志：之正善詩文，讀書營盤山中，結雲在亭以自怡。桃源闕士琦每過訪之，爲序其稾。崇禎末，父母妻子俱沒於賊，孑身寓北溶，孤苦之感，淒涼之思，特發於詩歌。甲申後盡去其髮如僧，獨與沈汝霖游。所著枯筇集、負暄集、雲在亭集俱亾。鄉人憐之，爲築室山頂，曰南憩堂以終。

瞿龍躍，字天門，武陵人。崇禎中拔貢。沅湘集存詩三首，今採記一篇

省志：龍躍性傲岸，徧歷名山大川，所至有題詠。有司欲官之，以計謝絕，堅臥山中不復出。　耆舊傳：鼎革後，常出亾不歸，題詠自鐫石壁，納橐瓢中，自號一杓行腳道人，詩有奇氣，多棘塞之句。　案省志稱貢生，次在萬歷中；耆舊傳云崇禎拔貢。當必有據，且云鼎革後出亾，則定在崇禎時矣。

米肇頤，字觀甫，助國次子，崇禎末歲貢，官銅仁知府，擢安順道。採記一篇

辰州志：肇頤官銅仁，遭流寇攻城，城中兵不及千人，賊兵數萬，肇頤身先士卒，斬殺無算，賊敗走不復敢近。以功遷擢，自以家世祿仕，欲盡瘁報國，而事卒不可爲，遂掛冠歸。

米肇灝，字粲若，一字大程，助國第三子，崇禎末歲貢。沅湘集存詩一首，採狀一篇

辰州志：肇灝生當萬歷時，承祖父科甲之後，攻苦欲繼先業，有爲於天下。遭時不偶，遯居城東五十里之椒谿，蔬食菜羹，行吟不輟。米氏能詩者多，自灝發之。逮老，與兄肇頤、潘亮淵、趙謙相過從。所著有踞松吟。年七十餘卒。

潘亮淵，字敬公，號月山，沅陵人，諸生。著有月山堂集，未見。採序一篇

辰州志：亮淵生於萬歷丁巳，年十八爲諸生，得唐九官爲師，探討淵邃。兄弟二人，其季幼爲兵擄，亮淵訪於蜀，得之。年四

十七矣，乃娶妻產子。亮淵亦至四十後始產子。先居黔陽，後移居舒谿，年八十，居潘谿，九十有一而終。

吳道行，字見可，善化人，諸生。著有嶁山集、易說、讀史闕疑、嶽麓志諸書，未見。採記序二、小序諸篇

耆舊傳：道行方七歲，聞長老談嶽麓先賢講學，便肅然傾聽。稍長爲諸生，有聲。張陽和元忭主講嶽麓，時從之游，陳發良知孝弟之旨。時新建惜陰書院，當事聘爲山長，人稱嶁山先生。獻賊犯長沙，先生遁之萬山中。甲申國變，鬱鬱不自得。一日趨吉藩故邸，望闕痛哭，展拜輿歸，山中不食卒。

吳愉，字去彿，所居在城南古渡，故號古渡，善化人。道行子，崇禎

末歲貢著有春雪堂㕘屺樓諸集未見・採賦一篇
耆舊傳愉與弟𢤱俱以文行顯獻賊陷長沙匿巖谷中免乙酉闖賊餘黨犯瀏陽長沙通守周公二南率眾禦去㳅以參謀從行與賊戰於官渡被縶不屈死坿祀二忠祠

吴𢤱字去慵號損庵道行季子縣學生著有古今日錄擬古樂府三異筆餘存園應草素履草停雲錄懷霜錄諸書・採小引二
耆舊傳𢤱與兄愉齊名明季以明經薦未就鼎革後棄諸生率妻子躬耕長松里屢聘不起高彙旃學使所云其志矯然不愧謝皋羽黃東發一流者也

邱式耔字祁年黔陽人諸生・採祭文一

耆舊傳式耔沅人所稱月沵園主人玉璁隱君之子也抱負奇偉獻賊陷常德辰州震恐式耔聚族而謀辰之豪傑倡義聚眾守禦賊卒不敢窺辰沅以西式耔之力爲多鼎革後湖南諸郡尚未內坿桂藩稱號於粵式耔徒步行在上書授翰林院待詔持節招諸賊會李闖部若符駐黔陽式耔檄下黔陽褒衣大帶見　本朝總鎮徐某長揖語國事徐怒其不遜縶送武昌俄大兵取黔陽闖部不屈死并以式耔事上聞　世祖命宥之而式耔不欲以一息偷生爲文自祭竟罝重典・　旨下已無及矣事詳武陵楊農峻所佺傳・　荼陵布衣譚雅岑止弔邱祈年秀才詩曰三百年來養士優得君聿布少相酬捐軀東海羞秦帝全髮南冠殉楚囚血化漢江千頃碧氣蒸夢澤一天秋遺骸應伴禰衡冢萬古同香鸚鵡洲

周聖楷字伯孔湘潭人貢生著有湖嶽堂集沅湘集存詩六十首今採論序賦諸篇
湘潭舊志聖楷弱冠游京師與竟陵鍾伯敬惺善見有一夕爲竹枝詞三十首者少之鍾曰能過此乎周曰兒女子語耳何足煩長者乃局戶翦燈漏三下得詩百首示鍾皆穎脫妙麗明日百詩滿都中久之伯敬趣令南還就舉子業乃繩經切傳出入諸大家恥與時流競以是沈頓者十餘年將四十築湖嶽堂於邑之東偏而讀書帆園接待天下名流敘說古

今傳人勝事論詩學興衰老師宿儒無敢抵捂者聖楷才激宕而性專穆掩關展卷含豪凝覗闃然如靜女枯禪所纂著楚寶凡匹十五卷爲備楚事也著生氣錄集明三百年舉子業因文以徵其行也著湘水元夷爲晰湘江也著中庸贊爲闡學也晚梓湖嶽堂全集其書皆已付梓兵燹後惟楚寶存餘俱散佚　案此傳乃康熙初郭遺民金臺屬稾去伯孔之沒纔二三十年無貶辭也後乾隆中劉太史得池北偶談而大聲疾呼辨之及道光末鄧氏沅湘耆舊集中又辨之後得同邑陳長瑞澧民輓周伯孔師之詩引云先生棄家入嶽賊必欲得之移文將族其家始以病見以此歎才士處亂世趑

能自全。然其詩云儒冠不諒生辭漢碧血堪憐夜化燐語不驚人禍不烈千秋正氣只孤臣則知其死賊之實未嘗謂其失節也自康熙初縣志泉乾隆初府志省志皆入人物列傳至嘉慶末續修省志則據池北偶談常德府志以爲鐵案而削其名不知皆道聽塗說並無實據即孤兒籲天錄中小注內亦載有僞守掘墓之說然獻賊陷常時楊公子未必親見其事其書作於康熙初殆亦得於傳聞也　近得周少宰系英筆記云聞諸先世長老言獻賊索名士作禱辭掠伯孔置幕下明晨祭江索文甚急先生兩手持空紙宣讀語多醜詆賊覺怒而殺之家乘所載亦同案此與陳詩碧血化燐之說相合

郭金臺字幼隗湘潭人本姓陳氏年十二遭家難匿中表郭氏遂冒郭姓崇禎己卯壬辰兩中副榜隆武稱號登鄉舉著有石邨詩文集沅湘集存詩五十五首今錄文二十四篇

舊志金臺生而狀貌奇偉見者咸目爲異人弱冠有聲黌序居家孝友淵默至慷慨談天下事議論風生諸監司郡守旌幣踵至吉藩延致邸館置醴賦詩會舉行積分法朝士屢以名薦不起例授官亦不就隆武南渡督師何騰蛟巡撫堵允錫先後論薦授職方郎中再起監司僉事皆以母老辭是時獻賊既陷湖湘闖賊潰卒復蹂躪縣百里無人煙乃請於督師令偏裨團練鄉勇爲守禦全活者以萬計晚歸隱衡山著書授徒絕口不談世事惟論當時殉難諸人輒欷歔流涕及卒自題其阡曰遺民郭金臺之墓　耆舊傳先生有石邨詩文集代古詩旅園舊詩行吟草遇獄堂諸集代古詩六卷見傳是樓書目詩仿古樂府體與根公作同授梓諸詩體擅騷雅義兼正變蓋遭遇壞坎家國之際有難以顯言者奇情偉抱一於詩洩之我　朝陳恪勤文章經濟一代名臣於先生爲家孫蓋其貽謀遠矣　案幼隗初撫從弟元鼎之子式穀爲嗣亦沿郭姓後得子式典而式穀仍爲元鼎子復陳姓即恪勤父也

謝璜字仲玉號蟠谿湘潭人歲貢生有此園益楚獒餘諸集沅湘集存詩一首今採序一篇

謝璠字孺玉號雲麓又號洞初湘潭人崇禎三年舉人採傳一篇

案璜璠皆萬歷己酉舉人衢州同知所舉之子若順治六年殉城之謝璵亦崇禎九年舉人當於璜璠爲從昆弟也

周星字景虞一字九煙湘潭人崇禎十三年進士除戶科給事中不就有詩文集沅湘集存詩十三首今錄文十六篇

耆舊傳景虞父逢泰官江南生星於金陵爲上元黃氏所養遂冒其姓或曰本上元人育於湘潭周氏疑不能明也生有異稟六歲能文七歲工書十二歲入南監積分登鄉舉成進

士曾上書復姓歸湘潭葬父畢復反上元晚寓湖州醉沈南潯河而死所著書多散佚惟所選唐詩悽尚存近昭代叢書中猶見一二種詩文奇偉慷慨激昂略似其人 朱竹垞靜志居詩話九煙晚變名曰黃人字曰略似又號圃庵又曰笑蒼道人布衣素冠寒暑不易人有一言不合輒慢罵嘗賦詩云高山流水詩千軸明月清風酒一船借問阿誰能作伴美人才子與神仙年七十餘感愴於懷仰天歎曰嘻而今不可以死乎自撰墓志作解脫吟十二章與妻孥訣取酒縱飲盡一斗大醉自沈於水時五月五日也 案九煙集經族裔詒樸子堅重刻於揚州後本邑又有重刻本其八九歲所刻小

楷各種後有董尚書其昌跋尾者今摹入昭潭法帖中矣

車以遵字孝則徙字孝思號劬園邵陽人參議大任子有高霞堂集未見 沅湘集存詩七十五首今採文三十八篇

省志以遵貢生工詩與湘潭周聖楷竟陵譚元春嘉魚任宏震名相埒凡三修府縣志卒年八十有三子萬合舉天啟辛酉鄉試第一 耆舊傳孝思有異才屢躓場屋崇禎中餼滿當貢輒政以其名應薦辟不出嘗取諸史論著將獻諸朝書未成而國變遠引矰繳之外以布衣終先生交最廣負名甚重明季言詩者必歸鍾譚先生初與之抗繼乃迥出其上高霞堂集譚友夏陶密庵王山長諸君均有序 案是編有陶序竝唐懋載跋其集已經六刻而今無存矣

楊山松字長蒼一字龍髯別號忍古頭陀武陵人太傅嗣昌長子以祖廕襲錦衣衞指揮軍監紀同知 沅湘集存詩十四首今採序例若干篇

湖廣通志山松才略明敏從父嗣昌督師贊畫軍務每至達旦嗣昌卒山松哀毀幾不得生而廷臣摭嗣昌病國事章疏相繼山松作孤兒籲天錄上之事多得雪 耆舊傳長蒼幼在軍中有楊家小飛將之號入 國朝撰孤兒籲天錄雪父冤購求祖父文集裒錄不遺餘力吳逆之變欲訪求楊氏子孫授僞職乃遁之江南得免 案孤兒籲天錄久佚故耆舊傳注云徧訪不得汝懷近得之長沙彭氏家擬集合羣書爲

楊武陵事實考惟長蒼之弟山梓仲冉所作辨謗錄不可得見錄爲華容嚴首昇平子有上某相公書而作也

程本字子源一字或委號權齋華容人有柿葉園集未見 沅湘集存詩六十八首今採小序

耆舊傳權齋事蹟無可考楚風補稱爲華容明經檢通志岳州志選舉門竝不載華容志僅云其性好潔雖在逆旅地絕纖埃門無雜賓與嚴瀨園交嚴詩以清悽勝程詩以蒼鬱勝今以兩家詩較之嚴非程匹遠矣

嚴首昇字平子一名頤字解人華容人諸生 省志作歲貢 有瀨園集 沅湘集存詩二十二首今錄文四十四篇

舊志・首昇刻意詩古文辭・下筆灑灑數千言・能於諸名家外自出新義・遠近無不推重之・　耆舊傳・平子嘗自名其居曰岸上船・枘衣凳頂・督學郜浚玉呼就試・不應・與同邑孫穀兄弟伲漢唐宋三代吏書・不傳・

孫穀字子雙・華容人・給事中羽侯子・有盤譜藜牀諸集・未見・沅湘集存詩一首今採文二篇

舊志・孫羽侯傳・坿載諸子・穀字子嗇・萬歷丁未進士・累官副都御史・巡撫遼東・穀・嶅・蒞・有文名・　耆舊傳・子雙嘗襍採舊文・分爲四部・名古徵書・又箸唐紀七十卷・以新舊唐書踳駁多・其所指摘・皆當體例・今僅存刪徵一種・凡三十六卷・孫氏

世以學行師表湖湘・閱其所箸錄・見明史藝文志傳是樓書目・　四庫全書目錄・不一而足・今問之鄉人・無能舉其目者矣・

陳所聞字印水・茶陵人・崇禎閒拔貢・官崇陽知縣・升署固原州・國變・罷・甲申後・起知江夏縣・行取御史・有集未見・沅湘集存詩一首今採小序

舊志・固原近邊・又爲巡撫駐節地・號稱難治・所聞絹强綏弱・兵民安堵・　耆舊傳・戊己以後・天下大定・棄官歸隱山居二十年・不與人事接・

夏汝弼字叔直・號蓮峯・一號蓮冠道人・衡陽人・諸生・沅湘集存詩一首今採記一篇

湘鄉舊志・流寓類・稱汝弼蚤有文譽・舉於鄉・丁亥歲・湘衡亂潰・忽有稱蓮冠道人者・攜一童子・囊琴至梓田之車駕山・僦僧樓而止焉・日就古木鳴泉閒・藉危石以彈琴吟嘯・以終日・巳登白石峯・銅梁觀瀑布・輒數日不返・問其姓字・不對・邑士蕭常賡見而識之・邀至家・或歌或哭・與語世事・則閉目兀坐不荅・居月餘・辭去・後聞其在九疑山絕食以死・　案衡陽舊志稱汝弼少倜儻・負勁氣・爲名諸生・未嘗言其鄉舉・湘鄉志或傳聞之譌・

龍孔然字簡卿・湘鄉人・沅湘集存詩二首今採傳序記三篇

耆舊傳・孔然兄弟自相師友・明末領鄉薦・旋棄去・鼎革後・閉門授徒・經略洪公欲延之幕府・不就・與彭禹峯副使而述論詩甚洽・湘人傳有拯湘錄・墮糧逸案・皆其所手纂也・年九十二始卒・孔然鄉薦不見紀載・惟其弟孔蒸字季霞・崇禎十五年舉人・流寇欲授以僞職・誓死不屈・尋扶母避寇山中・卒・反於難見一統志・船山南窗漫紀・云季霞欲與湖上伲者矯竟陵纖弱之習・追軼大雅・有志無時・與洪伯修業嘉同時遇害・悲夫・又稱伯修與季霞以吟詠相尚・擺脫凡近・非經生心膂中所能有・船山之推挹如此・而楚風補中存詩僅一二首・文獻不得隻字・良可浩歎・

龍吟字非聲。湘鄉人。崇禎朝以貢生中副榜。官湘潭甯鄉教諭。
有瞻雲館稾。沅湘集存詩一首。今採議一篇
耆舊傳引湘鄉志稱其詩文典麗。有西涯龍湖之遺。
鄧祥麟字玉書。一字子與。號鹿崖。武岡人。一作新甯人。官岷藩
長史。或曰官審理。沅湘集存詩七首。今採小序
耆舊傳子與工詩。善畫。書法絕類二王。鼎革後結廬新甯之
石田鷺峯山下。日夕吟詠其中。弟祥鳳字子威。亦善畫。能詩。
案祥麟兄弟舊志不載。蓋其蹟甚晦。故無知之者。自新化
歐陽氏紹洛於新甯獅蹲閣見其輓一念和向詩手蹟。鄧氏
顯鶴往求得之。裒池成軸。徧索海內名流題跋。如善化唐方

伯仲冕。歙程侍郎恩澤等。坿載沅湘詩集中者。凡十五六家。
又掇其餘詩編入集中。其姓名始顯於世。故亟錄其吉光片
羽云。
簡而廉邵陽人。舉孝行。貢太學。授監利訓導。以母老歸養。採說一傳
一
滿能施麻陽人。朝薦子。崇禎十七年歲貢。採文一篇
案舊志朝薦因忤梁永下詔獄。能施年十五。詣闕上疏請代。
後以大學士葉向高疏救釋歸。武陵楊鶴送朝薦詩云。黃童
今古歎無雙。謂能施也。
杜維耀字汝晦。桃源人。採文一篇

邢祚允桃源人。採文五篇
桃源志祚允博學工文。明季高蹈不仕。與闕禍公詹一男爲
煙霞之交。著有桃源拾遺。
羅時昇武陵人。崇禎中歲貢。官涙穹縣知縣。採文一篇
田英產麻陽人。崇禎中諸生。採文一篇
案佺者所爲傳司馬佺霖傳。稱督師何騰蛟收兵星沙。制使
堵允錫建旗召募余兩人定計從之。晨征則談兵馬上。夕偃
則畫計帳中。余留幕先生奉使云云。留幕者堵允錫公之幕。
奉使者往迎隆武至楚也。一篇中情事歷歷。固亦當時豪傑
之士。而方志未爲紀載。亦未坿入佺霖傳中。明叓則佺霖坿

見騰蛟傳耳。
李晉興臨武人。官辰州府教授。採文一篇
潘應星字夢白。應斗弟。南渡後以恩貢官禮部主事。沅湘集存詩五首。今
採賦一篇
耆舊傳應星性孝友。父病篤。刲股和藥進。創重幾危。嗜學強
記。晚年益耽禪悅。兄弟皆隱輿車。孝思王稚潛輩友善。皆前
明遺老也。名所居曰儔影堂。作賦以見志。

湖南文徵姓氏傳卷三

國朝六百二人

趙開心字靈伯一字洞門長沙人明崇禎七年進士　國朝起授陝西道御史累官至倉場總督戶部右侍郎加工部尚書銜卒 沅湘集存詩十四首今採疏四序二傳一

耆舊傳尚書素有直聲當　世祖定鼎初卽疏言立政之始一事之得失關係天下萬事之利害言甚切至又因朝臣跪迎睿親王請敕禮部官詳定儀注舉朝憚之尚書曾寄居揚州江南通志稱其流寓江都三爲御史大夫直戇敢言屢挫不屈

江有溶字匯伯一字谷尚長沙人明崇禎八年拔貢十五年順天副榜授推官不就入　國朝爲湘鄉教諭晚薙髮號本易和尚箸有勿躁齋集 沅湘集存詩十七首今採賦一篇

耆舊傳谷尚有寄武燦文詩云書發心如擣胡爲舉國狂火飛文廟桷血涂子衿裳巢卵無完理池魚恐被殃堅冰猶未至相與愼微霜詩見善化志拾遺編稱明末郡中紳士搆訟爲長沙倡亂之始此詩感時憂亂有小雅繁霜之旨 已見明代複出

劉友光字杜三原名自煜字魚計別號鸞傭晚歲爲沙庵居士攸人明崇禎九年舉人入　國朝爲沙河知縣陞行人未赴卒所箸甚富未見 沅湘集存詩一百三十首今採文五篇

耆舊傳杜三名重一時詩文書法所至羣推服與同郡郭幼隗陶密庵寶郡車孝思潘章辰諸先生友尤篤其稾多佚其見於漁洋感舊集廖氏楚詩紀陶氏詩的鄧太初瓣香詩選及方志等書者篇什寥寥近辰谿賀學博德宗所輯攸輿詩鈔中有香山草堂集一卷捃拾略富而佳篇又往往見遺

胡爾愷字石江長沙人明崇禎十年進士授太平府推官　國朝用山林隱逸薦授吏科給事中終禮部左侍郎箸有且耕堂集未見 沅湘集存詩六首今採疏二碑記一

王岱字山長一字了庵湘潭人明崇禎十二年舉人入　國朝官隨州學正京學教授廣東澄海知縣薦舉博學鴻詞科箸有

了庵全集 沅湘集存詩七十四首今採文六十九篇

耆舊傳山長工詩兼善書畫少客金陵卽有時稱及與王阮亭施愚山高念東諸老交其名尤箸康熙己未大科之徵吾楚得與於辟者山長一人而已

喻國人字大受號春山郴州人明崇禎十五年舉人箸述甚富 採論一篇

案乾隆中郴州志有謝惟盛撰喻國人傳稱先生倜儻負大志自甲申變後隱居三十餘年箸書三十五種刊行者十之八郴前兩修志未爲立傳因箸其梗概云今其書皆未之見

米元佪字同人辰谿人明末與兄吉人同舉於鄉入　國朝官

東安教諭・有滿竹園集・沅湘集存詩一首今採書一篇

耆舊傳・長谿米氏自誹我長吏萬鍾順齋侍御助國父子相繼通顯・皆著淸節・椒谿處士肇灝繼之・兄弟皆以詩鳴・同人則肇頤子也・與兄偶自相師友・生長亂離中・未嘗廢學・詩集不見・

趙而忭・字友沂・長沙人・尚書開心長子・以父廕授中書舍人・詔入明史館纂修・未四十卒・著有孝廉船・虎鼠齋集・沅湘集存詩三十首今採文三篇

耆舊傳・友沂遭時多故・旣登隆武丙戌進士・入　國朝・格於例不得試・又貴公子・無緣以前代遺民自重・觀其以孝廉船

虎鼠齋名集・其侘傺不平之氣・隱隱可以想見・今撥其集不得・

尹惟日・字冬如・一字賡塢・茶陵人・順治九年進士・官和平知縣・以勞卒・著有行吟三卷・和言一卷・沅湘集錄詩三十三首今錄書一篇

一統志・惟日才識敏練・九連山寇猖獗・四省會剿不克・惟日單騎深入招降之・請設官駐守岑岡・以安反側・以勞瘁卒於官・耆舊傳・冬如負奇才・其祖一第・字二酉・雲陽儒碩也・於星象輿地之學・無不究悉・遭世亂・隱居教二子・士翰・士朝・皆有名・冬如・士翰子也・年十一應童子試・卽見賞於蔡江門・堵允錫・高彙旃諸公・慷慨自負・好談兵・崎嶇戎馬間・不廢吟詠・入　本朝・成進士・年甫弱冠・卒年二十有八・和平設縣・始王文成・和人感冬如・威惠・設主於文成祠祀之・案・行吟刊本久佚・和言初無刻本・至嘉慶初・其從孫映靑・易名和平・政績刊之・

向文煥・字天章・號亦庵・黔陽人・順治十一年舉人・官貴州湄潭縣知縣・著有孤雲亭集・沅湘集存詩二十六首今採記二篇

耆舊傳・亦庵仕履未詳・沅州府志稱爲名孝廉・而不著科分・黔陽縣志稱爲甲午科・而不著年號・今檢孤雲亭集前有張扶翼序・稱亦庵投閒之日・在翼視黔之前二年・按扶翼以康熙元年令黔陽・前二年則順治十六年・其時黔蜀初內坿・則

亦庵鄕舉・作令皆在滇黔未入版圖之先・殆殘明永歷時也・作志者不敢明言・故約略其詞歟・孤雲亭集・經張容園評注・刊行・容園卽扶翼・令黔八載・蓋詩人而循吏者也・

劉昌臣・字又昌・一字山臞・武陵人・順治十二年進士・歷官按察僉事・提學山東・轉浙江糧儲參議・有思補堂集・未見・沅湘集存詩二首今採序一篇

彭之鳳・字北海・龍陽人・順治十五年進士・選庶吉士・歷戶禮刑三科給事中・遷光祿寺少卿・沅湘集存詩一首今採疏一篇

石鯨・字湨秋・一字橫海・武陵人・順治十五年進士・官灤州知州・著有鷹來草堂集・沅湘集存詩二十七首今採小序二則

耆舊傳橫海性奇偉．七歲能詩．官灤州．以剛直罷．嘗條陳灤賦役疾苦．上觀察使度支尙書．允而未行．有辛丑放歸留別兼投館閣諸公七言長律五十韻．歷敘牧灤及去官之由．嵚嵜歷落．可想見其爲人．與尹冬如皆少年喜事．詩筆亦差近洵楚材之奇特者．惜皆未竟其用也．

楊柱朝．字石林．號媧宮．巴陵人．順治十六年進士．官平武知縣．著有筆秋堂集．沅湘集存詩四首今採記二篇

羅人琮．字宗玉．桃源人．順治十八年進士．授甯波府推官．改朝邑知縣．行取四川道御史．著紫蘿山人集．沅湘集存詩十四首今採文五篇

唐世徵．字魏子．湘潭人．順治十八年進士．授司理．改玉山知縣．

湞逆變．伲棄官遠遁．悲憤卒於廣陵．著有數峯詩．爲郿小草．燕游草．碧泉詩鈔諸集．沅湘集錄詩四十六首今採文二篇

耆舊傳魏子天性肫摯．事親篤孝．明末隨父崑嶽避亂山中．力學不輟．以壬午鄉試．曾受知吳孳受先生．終身事之．治玉山有惠政．時以比之元次山．

蔣大年．字彌少．邵陽人．順治朝選貢．沅湘集存詩一首今採文二篇

耆舊傳明季之亂．里魁多以意生死人．彌少力爲救護．國朝壬辰癸巳間．郡初隸版圖．瘡痍滿眼．麻沸無常．彌少請於袁中丞廓宇．脫鄉里於難．且爲力懇免連年荒稅．以紓殘黎疲喘．葢有功於鄉里者也．

唐懋載．字柚石．邵陽人．順治朝貢生．著有絲聲園集．沅湘集存詩三首今採跋一篇

耆舊傳柚石幼奇警．博洽工詩．惜不見全集．父與賢．明末貢生．爲一時儒碩．兄懋恩．以貢官公安訓導．亦能詩．其集久佚．

劉應祁．字澹山．邵陽人．順治朝貢生．父孔暉．號默庵．明崇禎時官新鄭知縣．流賊犯鄭．殉城死．最烈．見明史忠義傳．澹山博學能文．沅湘集存詩三首今採記二篇

耆舊傳澹山痛父殉難．母王蚤沒．終身哀痛．言及必流涕．宗族有貧不能活者．割產以贍．嫁內外親孤女四人．嘗與車孝思蔣彌少王稚潛唐柚石舒若訥諸君．同修郡志．博雅簡潔．

非後人所及．若訥殉父難．澹山與稚潛經紀其身後甚至．

余子錦．字陶石．辰谿人．順治朝貢生．有敬志堂集．沅湘集存詩二首今採小序一則

辰州志陶石與米元偶劉恂劉澤長稱辰谿四才子．好吟詠．善草書．喜自放於山水．其古文清峭．略近柳州．惜不盡傳．

唐見璽．字崑伯．平江人．順治朝拔貢．官廣東布政司經歷．權番禺．從化知縣．擢思恩同知．左遷河南府經歷．權閿鄉知縣．康熙十六年．以督餉勞瘁卒．沅湘集存詩一首今採記一篇

羅賢胄．字直夫．益陽人．順治朝貢生．著有楓香亭草．沅湘集存詩三首今採記二篇

耆舊傳直夫父見義明萬歷中舉人。蚤卒。其母蔡撫之成立。蔡江門先生以純節二字表其廬。直夫爲文介公兄子。啻心文獻好談節義。其紀明末賊陷長沙始末甚詳。

譚紹琬字琰卿。茶陵人。明季貢生。有涉園詩文集。沅湘集存詩九首今錄文十五篇

湖南通志紹琬博極羣書。期爲有用之學。未幾明亡。遁迹巖壑以逸民終。當事推重。湘陰令受誣被黜。罪且不測。紹琬言於上臺得釋。令攜金謝。卻弗受。家貧。著書自適。康熙甲子修郡志。紹琬與焉。

何文應字景昭。桂陽州人。諸生。著有覺思毳。錄文十四篇

桂陽州志文應七歲生母卒。事嫡母甚謹。母顏有拂。卽偕婦劉氏長跪於前。俟母稍解始退。時值亂離。惟負母逃匿。他物一無所戀。及卒。哀毀盡禮。遷居茹素者三年。本學以優行申詳。獲旌。郡守田贈句云。言行無慚端士。孝友直配古人。年八十餘終。

陶之典一名大雲。字五徽。甯鄉人。汝鼐長子。順治間爲安親王府教習。授內閣中書。不就。有冠松巖集。沅湘集錄詩五十一首今採文五篇

車萬含字長發。邵陽人。諸生。採文一篇

寶慶府志萬含十一齡補弟子員。屢試高等。督學無錫高世泰彙旃建濂谿書院於鄂渚。遴選三楚英茂讀書其中。萬含與焉。萬含負奇姿。一目十行下。有名於時矣。以潰兵之變。悒鬱猝山卒。其父以遵孝思有過含殯詩。見高霞堂集。

李嘗之字伯艱。平江人。年十五。隸於學官。旋棄去。徧游名勝。自號五覗居士。著有布颿夢綠陽臺等集。沅湘集存詩七首今採文九篇

耆舊傳伯艱性慷慨。有謀略。兼善屬文。康熙初。綏遠將軍蔡毓榮聞其名。延至幕府。滇平。其功居多。凱旋。不受官。將軍厚贈之。歸與所知貧乏者。以老病終於家。

康應瑚字　慈利人。順治朝歲貢。官長谿教諭。採文二篇

鄒定周字元翰。號耆庵。酃人。統魯長子。順治朝貢生。官東安訓導。沅湘集存詩二首今採議一篇

耆舊傳耆庵性至孝。艮翁亂後居無常所。倉無宿儲。耆庵崎嶇間道。與弟蒿庵峴生負米供膳。雖極飢餓勞苦。無倦容。子世任宰秦之眞甯。手書戒之曰。吾憐眞民。勝於憐爾。就養途中。作西征賦以見志。年八十卒。

唐鶴彩字賔生。湘潭人。順治朝貢生。沅湘集存詩一首今採小序一則

龍宏戴字駿工。湘鄉人。諸生。採記一篇

案龍氏譜宏戴爲順治戊子拔貢。際飛之子。弱冠入學。鼎革後徧游名山。隱居南直棲霞寺。自號楚雲上人。與魏石生張素存王覺斯黎博庵諸公交善。著有旃檀集西江游草。

易貞言字內美。號訒軒。湘鄉人。著有愛日堂集。沅湘集存詩四首今採賦一篇

耆舊傳先生七歲失怙哀毀如成人葬父畢家人皆歸獨號泣冢側百計誘之不去家人乃築室墓旁居之服闋如初督學黃仲霖先生亟賞異之弱冠即遭國變嘗棄兩歲兒出其祖父於賊中入 國朝棄巾服號湖湘野叟歷六十年以終事母曲盡色養以孝旌子五人皆知名兩舉鴻博

楊升字系雲湘潭人順治朝諸生沅湘集存詩四首今採小序一則

耆舊傳系雲湘中老宿所居曰花橋又號松莊其絕筆詩云從今肎念松莊老分韻何妨到草元是也會虹受耕雪堂集有訪松莊楊系雲先生故里詩推爲邑中祭酒彭秋水有贈系雲詩其見重於時如此 湘潭舊志升安貧樂道其長子

吟雪含飴於庠屢躓場屋遂父子偕隱其家庭唱和之作多爲學者所傳誦

車萬育字與三號鶴田邵陽人康熙三年進士改庶吉士散館授兵科給事中轉兵科掌印掌登聞鼓事滇逆變作南北道梗請假隨 王師南下急謀省親不得及邵陽開復則其父教授泌書已前卒矣痛不欲生老四親王憐之曰此孝子也因奉繼母及兄弟百餘口同遷江甯名其居曰懷園 仁廟南巡閱河 召見行在問治河方略假後復 召其子編修鼎晉問病卒狀 諭令即葬江甯天下榮之所著有歷代君臣交警錄一百卷奏疏四卷集唐詩十六卷所藏明代墨蹟最富刻有螢照堂法帖十卷耆舊集錄詩二十首今採文七篇

孝感熊文端公賜履車都諫墓志銘略云君念報國以言當務其大者急者首具河工一勞永逸之疏逾月復上運道機宜六事 特旨差同各大臣督理河工事務行有日以逆藩蠢動中止旋具疏論漕運冗費論督撫遷轉激勸之法論招撫論關課侵欺皴額皆人所難言者尋丁外艱服除補兵科陞掌印於時 中宮虛位六年皇太子春秋十一矣君上疏請冊立 中宮及 皇太子出閣讀書舉朝驩然又有肅朝儀一疏撫臣規避一疏又直陳時政得失十疏累六七千言

劉愐字讓子號酉石辰谿人康熙三年進士沅湘集存詩二首今採序一篇

簡能字坤若湘鄉人康熙二十三年舉人官徐溝縣知縣著有

帶江堂集沅湘集存詩五首今採記一篇

坤若官徐溝時以才見忌坐是罷黜其子自彬徒步數千里白父冤人多稱之坤若時有奇氣嘗作長沙怪氣篇紀吳逆之變洋洋數千言悉滇亂本末可補史志之未備

郭金門字黃瞻善化人康熙二十三年舉人官滎河縣知縣嘗爲嶽麓書院山長沅湘集存詩一首今採序一篇

張明先字雪書安鄉人康熙二十五年進士改庶吉士授檢討累官左右春坊中允終少詹事著有後樂堂宦稾洞庭文集沅湘集存詩一首今錄文七篇

張文炳字質夫號南麓湘潭人康熙二十六年舉人歷任仙居

文登知縣。著有鄰嶽堂集。沅湘集存詩五十二首今錄文七篇
耆舊傳南麓先世居襄陽其世父熹宦從何文烈公騰蛟軍。積功至都督同知。文烈殉難湘潭乃散遣部曲獨守墓側無子以南麓爲子。遂占籍爲湘潭人。潭人呼之爲新張

熊超字班若善化人康熙二十九年舉人著有三樂堂文集。沅湘集存詩一首今採賦一篇
耆舊傳班若與同縣李文炤朗軒。邵陽王元復能愚。甯鄉張鳴珂玉友以講學鳴皆一時儒碩也

王祚對字山長華容人康熙二十九年舉人官武義縣知縣著有見山艸堂集。沅湘集存詩四首今採記一篇

陳鵬年字北溟號滄洲湘潭人康熙三十年進士。由浙江西安縣知縣調山陽擢海州知州晉知江甯府以忤總督阿山下獄。獄解奉　詔修書旋出知蘇州府署江蘇布政使又以忤總督噶禮被職拘禁於鎮江久之仍奉　詔入武英殿修書出署霸昌道奉　命辦理河工即署河道總督兼總漕事雍正元年實授河道總督卒於工所　予祭葬　謚恪勤　詔祀賢良祠著有道榮堂全集。沅湘集錄詩五十二首今錄文五十二篇
耆舊傳公性介特秉正嫉邪愛民如子屢忤上官再起再蹶。幾蹈不測。賴　仁廟始終保全遭際之隆古未嘗有也公一意孤行百折不回而與人交坦懷樂易好汲引後進孜孜如不及。博學工詩善書法。詩和平大雅原本忠孝根柢性情。雖偶爾游覽之作皆藹然不欺其志吾楚前哲風徽未泯求其志節風義勛業文章照耀宇宙不朽如公者西涯以後一人而已

陳養元字鹿山號芷濱武陵人。康熙三十二年舉人官甯國知縣行取主事未任卒著有鹿山詩文集。沅湘集存詩三十首今採文三篇
耆舊傳鹿山官甯國有異政甯人爲建生祠於邑之西津奔走號泣日數千人引見　仁廟咨訪周至隨　命繕奏所治民情土俗山川形勢稱　旨以五部主事用旋丁父憂回籍雍正改元　憲廟以賢良　特召而鹿山前歿矣

鹿山爲鐵香封翁思虞之子宗五鴻博長鎮之父文而又儒循蹟炳然不僅以詩人目之也

黃中理字文在號碧邨世爲湘潭人隸籍善化康熙三十三年進士選庶吉士授編修以父老乞養歸採文二篇
舊志中理生而善嘅育於其族父席聘因以嗣三歲始能言授孝經論語默識不忘纔毀齒即工制藝聯捷入翰林　國朝長郡進士館選者自中理始居館時王尚書士禎演器之歸築觀稼樓足不入城市者二十餘年趙申喬撫偏沅嘗訪以時事中理言長郡田賦太重民力未堪趙納之竟減其半其實中理家無中人之產也

王之錡字孔嘉湘陰人康熙三十五年舉人累官汝安十府糧儲道有集沅湘集存詩三首今採文二篇

陳雅琛字獻元號喬山益陽人康熙三十九年進士司理有光之孫沅湘集存詩十七首今採文三篇

耆舊傳司理殉難死雅琛作蔡忠烈別傳論中坿及之以古文名詩不多見　案文亦不多見湖南志未載其集

周部生字自稷一字西畇邵陽人康熙四十一年舉人任德安知縣被劾事白引見以刑部主事用歷試江南貴州司補授左現審司尋乞養歸一採序

寶慶志部生潛心宋五子書卓然以古賢豪自期許至性純

篤事父先意承志官部曹時以文行見重方侍郎苞謂其能扶植正學善化郭焌嘗致書云束髮受書即知西畇先生爲當今學行第一焌與子思仁友善部生從弟邠生亦有名

楊緒字肯遠號朗谿武陵人太傅嗣昌之孫康熙四十一年進士官編修沅湘集存詩十首今採序一篇

耆舊傳朗谿名家子緣事削職回籍拘禁久之以潛往桑植事覺下獄尋赦免卒於揚州所存詩語殊和平無悽惋激烈之氣

徐昌支字崑流武陵人康熙四十四年舉人著有偎山草堂集沅湘集存詩十六首今採小序一則

常德府志徐昌支累上公車輒報罷歷黔楚齊魯所至名公卿相引重先後入提鎮高其位巡撫李發甲幕湖南北分闈之議昌支實贊成之

秦文超字偉士一字麓山湘潭人善化籍康熙四十一年舉人官浙江浦江龍游知縣著有存人錄涵邨集沅湘集存詩二十首今採小序十八則

耆舊傳涵邨在蘇州太湖中包山之麓偉士先世居此其後游楚僑居長沙遂占籍善化而實居湘潭湘潭縣志以其居官有惠政入政績傳

彭維新字石原號餘山茶陵人康熙四十五年進士由編修累

遷贊善諭德授山東學政雍正改元充　日講起居注官授浙江學政遷少詹事出爲直隸按察使遷河南布政使擢禮部右侍郎充　經筵講官調吏部右侍郎尋奉　命往江南會同巡撫尹繼善清理積欠錢糧事竣轉吏部左侍郎遷都察院左都御史署刑部尚書調戶部尚書協辦大學士總理戶部爲果親王所劾部議擬以重典　純廟登極釋其罪　令署左都御史尋丁父憂回籍服闋即家授左都御史爲御史王峻所劾革職未幾復授戶部侍郎擢兵部尚書充　三禮館副總裁會試副考官尋充　經筵講官以議處總兵高奇案違例革職久之始卒著有墨香閣集沅湘集存詩七十七首今採文六十篇

耆舊傳尙書博聞强記居官綜覈名實清操毅然屢起屢蹶不少貶抑詩宗法甚正古體尤多沈博瓌麗之作入 國朝來吾楚館閣諸老恪勤而外殆未有踰於尙書者矣 案尙書之論古文甚嚴而其集不甚流布故所伭不傳其奥衍廉悍與恪勤之博大昌明亦各臻其勝也

段巘生字相山號柱湖常甯人康熙四十五年進士考授中書出爲福建上杭知縣改廣東新安以艱歸再起以言事放歸有茱竹園文集柱湖詩草沅湘集存詩二十首今採文四篇

閩人鄭方坤 國朝詩人小傳先生負天人姿過目成誦於當世知名士罕所許可嶽嶽懐方嫉惡過嚴坐是不能久於

其位涖上杭未十月而遽受交代之難作解任質審時適交者爲汀州吳守故以婪賄聞又廣交游盛黨援吹影吠聲流言四布上游意不能無少動先生卽伭書上撫軍直陳其事云就使卑縣賤不敢言而敢怒大人得無內媿於心而況卑縣倔强成性固非不敢言者也時大吏爲粤西清端陳公固大賢壯其言亟予昭雪起復原官補廣東新安令不數月丁內艱服闋再補縣坐條陳言事削籍歸里十餘年卒將所謂鸞翮不鎩龍性難馴者耶先生之宰上杭也陳滄洲先生送之以詩有曰事當盤錯難何避功在澄清志弗違又曰車經九折途原險口記三緘道自眞讀者歎爲如神之照 案鄭君鄉舉出柱湖門爲所激賞又見聞親切故能道其詳又空陽詩選載釋緒庵作偈四句端坐而逝其夕柱湖適生後柱湖游法雲山見緒庵偈伭詩曰我於乙卯來塵世君脫塵寰乙卯年爾我去來渾不解月明依舊滿前川耆舊傳所紀尢詳亦微有未確處

張瓌字豈石號湘門湘潭人康熙四十七年舉人官無錫知縣陞河閒府知府加道銜赴陝西軍未行改長蘆鹽運使加按察使銜查辦營田水利功程旋擢大理寺少卿著有石漁詩鈔沅湘集存詩二十首今採文十篇

耆舊傳大理紫髯偉貌丕負盛名與江夏魯之裕亮儕均以

倜儻權奇稱能隻手禽巨盜初康熙中有揀選江南緊要之命大臣以其名上入覲 仁廟給札上方使條件生平授無錫令方數月丁母憂歸雍正改元奉 憲廟特旨赴京引見授河閒知府入謝懐被災圖以獻口講指畫 上爲動色嗟歎其遭遇如此惜未竟其用也

曾世琮字虹受原名用璜字蟠巖湘潭人康熙四十八年進士官刑部主事著有耕雪堂集沅湘集存詩四十三首今採文二篇

耆舊傳蟠巖父啓先明末從戎爲何文烈騰蛟所拔識獻賊陷武昌文烈灑血書令啓先上變烈皇召對手賜詔書奬以金帛入 國朝嘗應經略洪承疇聘單騎諭降羅部鐵谿諸

城不受官吳逆脅受僞職負母遠遁得免虹受詩集中有讀父訓十章所云元禮高門親嶽瀆何蕃孤節壯星辰者也虹受有至性父歿值茶寇亂賊見其哀毁獨守柩側舍之

張玢字蔚石號雲汀湘潭人康熙四十八年進士改庶吉士授編修出爲汝甯府知府沅湘集存詩六首今採碑記一篇

楊縉字雲紀武陵人康熙五十年舉人官龍巖州判採公牘一篇

常德府志縉選閩省州佐歷汀州之武平旋授龍巖佐邑俗尙桀驁迪以禮義設社倉周窘急申請藩司特建書院捐膏火延師課士立三舍校文自定甲乙龍士興起總督德以知府保薦引　見候陞旋謝病養痾林泉足不履林市者凡十

九年

郭遠字來倩一字青來桂陽人康熙五十年舉人有青來文集六卷沅湘集存詩七首今採公牘一篇

耆舊傳青來爲諸生時受知於潘學使宗洛與王能愚車補旃王虎止諸君齊名性剛而嗜義嘗以縣學名額稍隘力請儒學申學使者間諸朝改中學又請寬徭役於縣令鹿君湖北分闈呈出其手尤其有功於鄉里之大者偶以事忤縣令文致諸獄吟嘯自若曰揆諸天理可自信無罪也事卒得白青來得名甚蚤成名甚遲舉鄉試後三年客死涿州宏興儲大文六雅志其墓復序其集今青來集不甚行於世

敬簠字子簠一字宏烈邵陽人康熙五十二年進士沅湘集存詩一首今採碑記二篇

耆舊傳雍正丁未　詔各舉所知巴陵貢編修秀以先生名應稱其恬澹自甘狷介有守卒辭不赴以終養家居授徒自給郡邑罕識其面

丁之翥字桐鳳武陵人康熙五十二年舉人採行狀一篇

常德府志之翥善詩文時稱其筆有仙才

胡興秷字俶南衡陽人康熙五十二年舉人官攸縣教諭採記一篇

衡陽縣志興秷言範行舉所譔周禮注疏刪翼剖析奧義士子奉爲圭臬

李文炤字元朗號朗軒善化人康熙五十二年舉人選穀城教諭嘗爲嶽麓山長著有恆齋文集沅湘集存詩六首今採文三十五篇

耆舊傳朗軒與邵陽王元復能愚甯鄉張鳴珂玉友切劘講學於六經傳注程朱緒言旁及輿圖象緯內經參同契諸書晰疑辨難多所發明所著諸書多採入　四庫館　史館儒林議立傳鄉先生經學之濬船山而後朗軒其最著矣

王爲垣字東注龍陽人康熙五十三年舉人與兄爲壤齊名時稱二王著有浪山集感秋艸六瀾堂集沅湘集存詩十七首今採小序一則

徐大本字泉長益陽人康熙五十三年舉人採序一篇

長沙府志大本與其叔日宏同登賢書幼警敏試輒冠其曹

倜儻有才略能詩古文書法亦佳。中道而卒。人爭惜之。

楊超曾字孟班武陵人太傅嗣昌元孫康熙五十四年進士。改庶吉士授編修雍正初入值　南書房授陝西學政晉司經局洗馬陞左春坊左庶子調順天學政晉侍講學士陞順天府尹。總督倉場旋授刑部侍郎乾隆初出爲廣西巡撫陞兵部尚書。總督兩江。入爲吏部尚書。父艱回里以毀卒。　予謚文敏有集十六卷未見。沅湘集存詩十六首今採文三篇

耆舊傳文敏父綬有賢行教五子皆登科甲公生有異稟爲文伸紙疾書不假琱飾通籍後益勤學問迴翔禁籞清約自守砥行礪節風采隱然自以先世在明季勞而得謗衆口鑠

金呈進其從祖山松孤兒籲天錄疏請昭雪語極沈痛識者謂其於　本朝不失爲名臣於楊氏不媿爲孝子

胡虞繼字祈緒號芝廬湘潭人康熙五十四年進士官安黃知縣著有芝廬集。沅湘集存詩六首今採序二篇

耆舊傳祈緒令安黃有善政以他縣事去官復因他事謫戍榆林。　案芝廬集爲總名中分癸戍編榆林詩艸南還詩艸甲子重編諸集集久不傳閒有存者鄧氏未見原集故存詩甚少

陳方愷字際虞衡山人康熙五十六年舉人官四川威遠知縣。沅湘集存詩一首今採序一篇

韓楷字皆木善化人康熙五十七年進士。採文二篇

張琛字中五號湘漁湘潭人康熙五十九年舉人官浙江慈谿知縣。沅湘集存詩一首今採序一篇

耆舊傳中五有四子皆以事罹法故其集不傳今從通志採入一首可以哀其遇矣。

韓樂字適齋長沙人康熙五十九年副貢著有尋樂堂集沅湘集存詩二首今採序三篇

黃秀字君實巴陵人康熙六十年進士。選庶吉士散館充治河方略政治典訓兩館纂修改山東道御史以老乞歸年九十卒。著有道山文集。沅湘集存詩三首今錄文十八篇

耆舊傳實庵操履樸實通籍時年已六十矣官御史時上推廣皇仁一疏條陳振卹隄防諸大政皆切時務　世廟宴羣臣六十以上者於乾淸宮實庵與焉

彭仕商字衡陬衡山人諸生齡之子康熙六十年進士。官黃州府教授著有恆農堂文集曉松吟。沅湘集存詩五十六首今錄序四篇

游乾善化人。採記一篇

案善化縣志未列乾名惟貞女類載游淸姑年十五時弟乾方四歲父母旣沒淸姑矢志撫弟以延游氏宗祀是編張汝治所爲游女淸姑傳云女生於隆慶初則乾實前明人而乾所作廖大隱息機園記當在康熙時何以時代懸隔如此俟

叓攷也。

劉起光字質先攸人康熙初諸生。沅湘集存詩一首今採賦一篇

耆舊傳吳逆之變起光父被執索重金不得將害之起光號泣求代兩釋之詩見廖氏楚詩紀有水中雁字題六首偶爾游戲之作吐屬雅飭亦可得其大凡矣

諶會基字　溆浦人康熙初歲貢。採記一篇

羅士彝字鼎鋐鄢人康熙初歲貢任本縣教諭兼署縣事調鄖陽竹山縣教諭。採文四篇

石畚森字天際湘潭人康熙初歲貢。箸有驅虎錄陳情紀事。採文二篇

案天際與弟嵋森天半齊名天半陳恪勤鵬年婦翁也箸有桐廬詩鈔沅湘集存詩五首耆舊傳嵋森號迂寥有兒日畚森古之振奇人也當康熙中吳逆初平奉　詔蠲免丁糧而州縣徵斂如故詣　闕上書力陳湖南疾苦　仁廟改容動聽給勘合護送回卒得直民困遂蘇爲患者所中卒死於市。

劉授易字五原號損齋湘潭人附貢生。箸有損齋詩集中分燕臺過嶺渡江浮海迎鑾靈渠茱萸樓等集。沅湘集存詩十六首今採文三篇

案損齋與同縣陳滄洲張湘門曾虹受諸公交好滄洲成進士時損齋亦客都門同游西山賦詩作記記今採入文徵康熙四十四年　仁皇帝南巡授易與武陵王爲壤天門唐建中各獻詩冊迎謁　行在蒙　天語垂詢來意　諭令候試試畢　欽取一等三十人授易爲壤皆與而建中居第二奉　諭至京分別授官授易不樂仕進浪游四方嘗問詩於王新城尚書又與嶺南三詩家交陳恭尹元孝爲作詩序詩集久佚邑人罕見故無由知其生平也又案損齋之父名赤字符九號鍘堂前明諸生鼎革後於郭外築樓曰千仞岡坐臥其中其節槩可想同邑張大理瓚詩云先生好古今所無上窺羲燧談黃虞鳳雛驥子森庭阯洪鐘隨叩鳴笙竽又云共知兩世飽經術詎合藏之名山與嶺南陳恭尹序省

齋詩集云憶己亥春與老友郭幼隗同飲於劉隱君符九家室惟易象一卷香鑪筆格而已屈指已四十年云云己亥葢順治十六年符九已成耆宿矣而今無知之者其子七人皆有才學授易居長授麟字宣筆授　字恭人皆見各家詩集中而所作不傳惜哉。

曹之璜字中玉醴陵人康熙初貢生。箸有栁舫紀行燕游日記石齋舊詩栁舫齋艸諸集。沅湘集存詩三首今採記二篇

耆舊傳中玉好游間人談名勝卽襆被往所至交其豪傑晚逃於禪年逾九十卒　案燕游乃因覡子入都談次定計詰朝郎行長洲尢侗展成白下沈甫凡民皆爲序其詩

陳一揆字宅衡一字孟巖龍陽人康熙中拔貢著有鄗餘文集沅湘集存詩四首今採文六篇

耆舊傳孟巖有時名嘗闢墅城南以著述自娛康熙初當事修湖廣通志長沙廖大隱因志局遺稾纂楚風補一書未刊以屬武陵陳應元借庭借庭卒其子長鈞任其事求孟巖校刊甫開雕爲大隱之子犖控時武陵趙恭毅公申喬撫楚親按其事大隱子登堂泣陳公慰遣之仍以原稾歸廖氏孟巖有解嘲詩云忝忝吾門先列齒致增公案竟吞聲又云中郎枕祕隨聞見任昉知交係死生蓋猶以故人子望之也校刊之役因是遂罷又閱數十年呂太守肅高始竟其事

夏寖大字昌一益陽人康熙初貢生官武昌府訓導卒於官沅湘集存詩一首今採碑記二篇

案寖大子光白康熙中歲貢光斐雍正初恩貢斐子逢夔舉人官教諭夔弟蕚舉人皆有著述

龍佳豫字允襲號作山湘鄉人增生宏栽之子康熙中歲貢生年九十卒子光葵亦諸生採文三篇

劉之蕙字馥夏益陽人歲貢生採文一篇

廖元度字大隱長沙人諸生所著有雪蕉堂集嶽游艸奧吟稾秋思百韻覆巢餘艸息機園艸諸集沅湘集存詩十二首今採引一篇

耆舊傳大隱值世變隱居僧寺以著述自娛晚築息機園輯全楚詩起皇初至明季爲四十八卷曰楚風補又輯國朝詩起順治乙酉至康熙癸酉爲二十二卷曰楚詩紀

廖志灝字伯湘號湘門醴陵人康熙中歲貢著有燕日堂錄文十一篇

長沙府志志灝有至性母歿廬墓側以毀瘠未禫而卒嘗作天山精舍欲延同人講求正學有志未就

彭思眷字鶴田茶陵人以子維新官累贈光祿大夫採論一篇

茶陵州志思眷十歲能屬文不應試事親存沒盡禮性耽吟咏手訂張龍湖集又訂許氏說文吾邱衍學古編行世

陳之駓字桃文攸人康熙中貢生著有㠀孫詩文鈔沅湘集存詩二十八首今錄文十九篇

楚詩紀桃文爲文如江濤洶湧皆原本經籍徐司寇乾學韓宗伯菼致書勸赴北雍大旨謂君出則爲名士居則終爲山人桃文得書一笑而已皆不報晚悉焚其著作曰無爲世俗口議　攸輿詩鈔桃文著作甚富乾隆間同邑陳杰嘗裒輯其殘稾十二卷刻之名曰㠀孫集仁和李寶憧學使序之

案是編中羅鴻臚典張陶園九鉞皆有桃文傳

曹耀珩本姓張字鳴佩號暘庵益陽人康熙中貢生官甯遠縣教諭著有聽濤園集沅湘集錄詩三十首今錄文十七篇

耆舊傳暘庵幼有神童之目官甯遠時嘗應聘爲嶽麓山長

薦舉鴻博未就以古文名·詩亦朗爽無局促態·

王敔字虎止衡陽人夫之之子康熙朝貢生著有蕉畦存稾·沅湘集存詩七十五首今採記一篇

耆舊傳虎止稟承庭訓學問淵博·時蓺尤有盛名與邵陽車无咎補旃王元復能愚攸縣陳之駓桃文稱楚南四家又有稱楚中三王者·謂虎止與能愚及漢陽王戩孟穀也潘書原先生宗洛視學吾楚時延之入幕·與宜興儲大文六雅友善·船山遺書得入史館立傳儒林者皆潘儲左右之力也　案船山長子攽字曷功與虎止齊名著有詩經釋略沅湘集存詩四首而文未見

龍之瀆字　武陵人康熙朝布衣·採序一篇

劉宏勛字小唐安鄉人康熙朝貢生著有南游艸吾亭龕艸·沅湘集存詩二首今採小序一篇

耆舊傳小唐少孤遭亂·倚兄宏德恂侯以生·恂侯固詩人有兼六園艸·小唐因得沈酣於古兄弟皆以詩名惜其集均未見

尹士玫字如玫號懷園湘潭人康熙時貢生·沅湘集存詩二首今採序一篇

耆舊傳懷園三十未知名自潘書原先生宗洛督學湖南拔置第一刊其文爲多士程式名遂大著

易宗洛字公錫湘鄉人康熙時歲貢·採賦一篇

長沙府志宗洛好學植品·縣令延修縣志·與季自相師友子姪多以文名

謝天墀字帝颺號薌泉湘鄉人康熙間貢生·著有夢艸亭集百卷·沅湘集存詩三首今採文一篇

夏光洛字禹書一字雲臥又號梅巢居士益陽人著有遺編五卷·沅湘集存詩二首今錄文十四篇

耆舊傳居士性高潔癖嗜林泉宅後有大梅樹·居士庋木其上居之因以自號生平不應試不用世俗衣冠年四十卒自志其墓命其兒子典虞斂以古禮服陶文毅公云雲臥有託而逃古之傷心人非可於今世求之工詞善書偶爲飛白體

時人盛稱之有益陽書法推三絕·李眞郭艸夏飛白之語

曹逢通字利涉興甯人康熙中歲貢官湘鄉訓導·採序一篇

車萬期字朋百邵陽人康熙時歲貢著有兩石齋稾·採序一篇

寶慶府志萬期性坦率胸無畛域而好吟詩家貧甚嘅飢號寒吟嘯自若·

李名颽永興人諸生鶴山比部永敷之裔·以孝子旌·沅湘集存詩一首今採小序一則

耆舊傳孝子七齡喪母哀毀如成人·奉繼母避亂巖洞多蛇患名颽作文禱之患遂息又嘗爲母覓藥夜歸遇虎泣以告虎遁去·

車无咎字補旃邵陽人康熙中歲貢箸有承雅堂文集沅湘集存詩一首今採文二篇

耆舊傳補旃爲理中先生鼎黃之子遭亂生活谿小字浯生資稟純粹自其幼時卽以聖賢自待湛深經術不以詩名箸書甚富 四庫存目所收皇極經世諸書則與能愚先生同訂定者也

王元復字能愚號醒齋寶慶志作惺齋邵陽人康熙中歲貢箸有棲園集沅湘集存詩三首今採文二篇

耆舊傳醒齋爲稚潛先生子邃深經術尤長於易以理學箸李朗軒先生與人書云莊列之書初亦留意自庚午見王能

愚先生後乃不敢涉目其爲時賢所信服如此所考訂皇極經世洪範內篇律呂新義諸書見 四庫全書存目 寶慶志元復之學於六經傳注程朱緒言旁及輿圖象緯內經參同契諸書無不析疑辨難一歸於正與同縣車无咎善化李文炤甯鄉張鳴珂案鳴珂字玉友號后攻本姓余幼知嗜學性最鈍塾師授解必牢記之由是穎睿大啟一日數行初治舉業忽見濂洛諸書曰道在是矣時與邵陽王元復倡正學於湖湘善化李文炤所刻詩易三禮皆其所參定也事親極順壯猶跪受笞杖家四世不析居與小功服弟鳴琴共舉家政內外翕然諸見舊志學行如此而箸述不傳片紙不獲卿坿於此以存其人友善同倡正學箸書散佚四庫館所採棲園管測五卷皆隨手記錄門人會集而成非定本也 案近年採獲鈔稾有廣道鬼神生死蠡測四論後坿車无咎所譔行狀一篇因文已編刻未及補入又一鈔稾有河圖洛書釋略六則先後天八卦釋略二則橫圖圓圖方圖釋略四則筮卦釋略三則變卦釋略一則周易釋略一則太極圖釋略二則後云節錄棲園集又云集經歐陽傷刊行而刪其大半於每卷後坿以自箸管測云云卽採入四庫館也今亦未見又案是編中有李文炤譔傳與車氏所譔行狀互有詳略

王之鈇字朗川湘陰人康熙末諸生採序一篇

湖廣通志之鈇積學篤行舉動必依禮法授徒玉笥山先課以小學近思錄始及五經百家子史一時游其門者皆彬彬可觀

羅作士字明允自號克齋湘潭人康熙中處士石門教諭升之從父採文一篇

案編中有劉香纂傳

唐待徵字季遠號曉邨武陵人康熙末歲貢生官湘陰教諭箸有梯霞堂集未見採賦一篇

武陵縣志待徵動止不苟以古賢行誼自勵

劉紀廉字 漵浦人康熙朝貢生採碑記一篇

徐昌夏字鴻軒武陵人康熙朝貢生沅湘集存詩十二首今採序一篇

耆舊傳鴻軒與弟昌支昌運昌 皆有詩名時稱四徐

龍德懋字其人安化人康熙中歲貢生採碑記一篇

長沙府志德懋與邑人郭洪起同修邑志家裕好施迄家窘無悔・

胡作傳字昆左號止齋攸縣人諸生著有獨秀軒詩文集二十二卷未見・採跋一篇

舊志作傳父遭亂離家業蕭索臨終囑以祭田宗祠家譜三事作傳旣成家次第舉行族中流亾者數十人悉招徠之仲兄客死扶櫬營葬撫數歲孤子女給産匳如己出力護長兄於難幾至捐軀晚悟文王卦變作九圖解其詩選入陶氏詩的兼工山水學者私謚爲文端先生・

陶烜字奉長號松門甯鄉人之典子以廩生入太學考授州同

充安勤王府教習與弟端齊名著有石谿稾・沅湘集存詩十七首今採序一篇

者舊傳奉長嘗選 國朝詩的與鍾譚詩歸竝稱獨其石谿詩稾散佚徧索不得僅詩的中掛存三十首而已

郭宏碧字石美益陽人康熙朝布衣・採行狀一篇

彭廷梅字湘南攸人康熙朝國子監生官河内縣丞著有擊空吟・沅湘集存詩二十五首今採小序二則

者舊傳湘南爲陳恪勤公之甥嘗客愼郡王府輯 國朝詩選又刻蔡忠烈悔後集篤嗜風雅不失舅氏門風故當日壇坫諸君子亦交推之袁簡齋隨園詩話盛稱其一閣銜夕陽半江紅不定及落日紅不盡遥山青欲來之句茲從攸輿詩鈔及鄧太初 國朝擷香詩選擇其近方雅者存之・

文在芳字 醴陵人康熙末歲貢・採跋一篇

陳紫繩字登朝號曉人巴陵人康熙朝布衣・採文二篇

彭之壘字非瞿湘潭人康熙末廩貢官鄠縣教諭陞福建仙游知縣・採文三篇

鄠志之壘爲教諭律身端嚴訓士敦篤建天河書院以課士置田鬻膏火復念諸生艱於資斧赴闈者稀詳請學院潘特加優助每課必先自作一藝徧示同人互相切劘詞賦詩歌多表微闡幽語關風教所著天河集炎陵志至今膾炙人口

案湘潭舊志僅載之壘官仙游而不知其鐸鄠凡十五年

大有造就其文亦載鄠志本邑無傳惜仙游政績無攷・

田祿字懋廉號恥齋辰谿人康熙末貢生・採傳一篇

米云蕤字季馨辰谿人元侗子康熙朝布衣・採賦一篇

潘勝鵬沅陵人康熙朝歲貢・採記一篇

王生荃字信芳衡陽人敔子康熙末諸生著有芸者韻語芸者古文・沅湘集存詩六首今採小序一則

李觀正字端友自號雲壑山人湘潭人・沅湘集存詩三首今採賦二篇

者舊傳山人博雅工書嗜酒醉卽作字頃刻百幅不輕予人頗好神仙鬼怪之術所言多奇中爲怨家所訐羈長沙獄中久之得解其卒也或見之衡山道中以爲尸解云潭人張禮

謙庵爲余誦二詩亦見攸縣志子幹字歸巖亦有詩名有半截松歌盛傳於時未見。攸志流寓傳端友敦履樸素所與游皆質直闢卷必求古人心志性情下逮名物象數得確義乃已攸人爭相款延或流連朔旬主客未嘗交語。案字爲端友名當作正他本作晸作昰字偶異耳相傳先生通術數謝觀察濟世嘗訪之相對竟日無語嘗謂其子姓城西煙栖隄人戶若滿便當他徙道光中人戶已滿或述此言以爲慮至咸豐四年粵賊入城傷人近千逃徙一空矣少時曾見先生正書自作天馬賦八幅近昭潭法帖中刻有眞草數種所傳文字如是而已至沅湘集所稱被訐入獄一事向未之聞

集載其獄中口號示乞書者詩云龍蛇滿幅醉揮豪十日長沙酒價高莫待先生歸去也先生門戶固於牢其學問胸次概可想見而省志無傳

陶士偰字倫宰號稽山甯鄉人雍正元年進士累官湖北漢陽府河南南陽府知府著有運甓軒集。沅湘集存詩九十五首今採小序一篇

耆舊傳稽山爲密庵先生曾孫補倉明經熇之子由翰林改官與弟毅齋方伯士僙齊名爲諸陶之冠

張汝治字台三善化人雍正元年舉人官長陽教諭。採傳一篇

善化縣志汝治官長陽教諭時長陽士習囂陵汝治嚴訓飭委曲開諭士習一變爲學使所器重以爲眞人師也

張埴字貢五號香泉湘潭人雍正元年拔貢著有帆湘閣志千之萬吳行越行齊行楚鄉郵居等集 沅湘集存詩十六首今錄文二十篇

耆舊傳越行齊行者省覲其父南麓君文炳於仙居文登之作志千之萬則就養其子比部九鈞編修九鎰京寓作也帆湘閣文集方侍郎苞張文敏照謝梅莊濟世皆有序蓋其喜游覽負盛名於時如此

王文清字廷鑑號九谿甯鄉人雍正二年進士舉博學鴻詞充三禮館纂修以貧授寶慶府教授大學士朱軾奏請留館改中書科中書兼律呂正義館纂修遷宗人府主事調經史館校勘考取御史旋乞假終養回籍乾隆七年薦舉經學以父喪未赴

服闋遂不仕年九十二終於家著述甚富。沅湘集存詩四十首今錄文二十四篇

耆舊傳先生博學强記在三禮館久書成功第一同館諸公咸斂手推服雍正閒鴻博經學兩制科中外鉅公交章推轂無異詞初官九谿衞學正故九谿之號最著所著書已刊行者周禮會要儀禮分節句讀攷古略補攷古原始讀書紀略鋤經餘艸續艸等集其攷古源流五百八十卷典制大文二百餘卷皆寫本 案陳文恭公宏謀撫楚時爲勒碑於所居日經學之鄉近年碑裂而攷古源流全部皆燼於回祿矣

彭心鑑字士衡湘鄉人雍正二年進士官廣西宣化知縣改補桃源教諭有集 沅湘集存詩一首今採記一篇

李繼聖字希天，一字振南，常甯人。雍正二年舉人，官廣豐知縣。有尋古齋集續集、省志作振南詩文前後集四十卷。沅湘集存詩十四首，今錄文十七篇

耆舊傳：振南家常甯之洋泉市，居宅宏敞堅固，中有樓藏書甚富，且多宋刻善本。其孫岳泉秀才文昊世守之。道光壬辰，江華猺匪趙金隴稱逆，據其宅，爲守以抗大軍。官兵四面火攻，久乃得破，藏書盡燼，亦一劫也。宕陽詩選：振南好古成癖，無奇弗搜，簿書鞅掌之餘，按書發篋，丹黃無間，浹日新製盈把。嘗登太行，踰函谷，泛揚子西湖，觀潮海上，教授河洛齊楚間，所枉與名流會集，走筆章成。

李都藩字先价，益陽人。雍正四年舉人，江西上猶知縣，改新化教諭。沅湘集存詩二首，今採小序一篇

陳其揚字禹封，號航齋，益陽人。雍正四年武舉人。著有習是齋集、古本參同契注。沅湘集存詩五十二首，今錄文十八篇

耆舊傳：禹封爲洞庭協千總仙掌詩伯載華之子，通經史百家言，兼工書法，歷百歲始卒。益陽陳氏自明末筠甫詩老至禹封蓋百餘年矣，世有名人，皆起武科，異哉。

曾鈞字天民，號萬樓，湘潭人。刑部用璜子，縣學生，舉孝廉方正，入一統志館，修五路志，多羅愉郡王事以師禮，議敘涼州府經歷。箸有宗藩寶鑑、河西艸、蓺餘偶存、雜箸。沅湘集存詩一首，今採序一篇

黃炎字匆磷，號淵亭，善化人。雍正五年進士，選庶吉士，散館改吏部文選司郎中，終雲南永北廳同知。採文三篇

善化縣志：炎童子時從父受經，問晦翁何人，遂欣然有向往之意。讀書目數行下，背誦周禮、儀禮盡卷不遺一字。通籍後游京師，與方望谿先生交契。罷官歸扃戶安硜，惟太守呂南邨叩門，始一出見之。

張坊字和五，埴弟。雍正六年拔貢，官陽朔知縣，調陽曲，再調曲沃，遷保德州牧。箸有湘帆、觀海、學山諸集。沅湘集存詩八首，今採文七篇

耆舊傳：和五居官有慈惠聲，去曲沃日，縣人爲建三不朽坊。

張邦杜字芷鄉，一字蔚齋，醴陵人。雍正六年拔貢，官永明教諭，遷贛州信豐知縣，擢刑部郎，出爲思州府知府。箸有嘯松樓集未見。沅湘集存詩五首，今採碑記一篇

耆舊傳：其集前有洪素人璞序，謂生平友湖南三人，羅鴻臚陳體齋，其一則芷鄉也。

曾紹孔字泗英，益陽人。雍正七年拔貢，官桑植訓導。著有我山文集。沅湘集存詩一首，今錄文三十七篇

李芳華字賓庵，善化人。雍正七年舉人。有澹園文稾。錄文二十篇

湖南通志：芳華事親孝，嘗以束修供甘旨，務得歡心。爲學得宋儒精蘊，箸述甚富。　案：文稾僅存殘本，所箸各種未見

戴烱字鶴山，湘潭人。雍正七年舉人，官湖北黃安知縣。採記一篇

杜要字朋若，一字去貪，新化人。雍正七年舉人，乾隆元年欽

賜國子監學正・著有觀瀾文集未見・采記一篇

寶慶府志要屢困場屋俛得復失年六十四與同縣楊琨楊振鐸同舉於鄉・已而琨與振鐸相繼登明通榜・要年輩先於二楊恥居其後・乾隆改元年七十矣・徒步赴京與會試・高宗以登極恩命授年老舉人殊墨卷進呈・　欽賜國子監學正蓋異數也要有至性刻苦自勵矜尚名義負氣不下朋輩多憚之

李湧字鯨來瀘谿人雍正七年拔貢官永定教諭・采賦一篇

劉暐澤字芳玖一字茗柯號芋田長沙人雍正八年進士乾隆元年舉博學鴻詞科官四川興文宜賓江南奉賢鎮洋知縣松江海防同知・著有斯馨堂文集・沅湘集存詩五首今錄文十篇

耆舊傳茗柯與兄暐潭同年成進士有盛名於時嘗輯其祖父及外家彭氏詩為江左流風集詩本未見　案暐潭即文恪公權之之父文不可得

王邦光字覲龍湘陰人雍正八年進士授城固知縣調山西馬邑擢雲南阿迷知州・采傳一篇

湘陰舊志邦光兩任縣令興建學校士習文風為之丕變・知阿迷州亦有循聲・解組後年至耄猶手一編建聽虛齋授徒講學從者益眾・

劉元燮字孟調一字理齋湘潭人・雍正八年進士・選庶吉士・授

編修・改山西道御史・出為蒼梧道・旋謫南丹州吏目・四庫存目作廣西布經歷復以事被劾・謫戍黔州安置子亨地入翰林援例陳情釋歸・著有寒香艸堂集・四庫提要云所著有髯學齋稾梅坨吟篇什頗多是編古今詩僅二百餘首乃其晚年所自訂也沅湘集存詩四首今采文三篇

耆舊傳孟調性剛不容於眾・都人相戒避劉御史・嘗請增劍閣防戍弁兵之守廣傳學鴻詞薦舉之途申直隸佃田滋弊之禁復常平減價平糶之例俱蒙　俞允謫南丹時義甯苗不靖浚策盡殲其眾芙蓉九寨煽動復親詣苗寨諭降逆酋感泣刻日歸命卒以伉直忤眾被劾安置黔州老始放歸可謂百折不回者矣寒香集有刊本徧索不得

常琬字英懷號樓山長沙人雍正八年進士・官河南淯川縣知縣・調南陽・丁艱起復補江南儀徵金山等縣・告歸卒・采文四篇

唐效堯字衢尊辰谿人雍正八年進士官陝西白河知縣・有于喁集・耆舊集存詩一首今采序一篇

方桂字友蘭巴陵人雍正十年舉人・由軍功授英德知縣・遷昆陽知州・擢臨安知府・再補鞏昌・調蘭州・升甯紹台兵備道・兼管海關・以估勘定海營年滿被議・謫戍伊犁戍滿歸卒於家・沅湘集存詩二首今采記一篇

耆舊傳兵備為廣西巡撫顯之子・隨父効力苗疆・積功得官・性伉直善聽斷長於擿伏・其被議獲譴亦以耿直為忌者所

中·

羅源漢字方城一字南川長沙人雍正十一年進士改庶吉士·乾隆改元散館授編修·歷右春坊右贊善左諭德轉侍讀授廣西學政遷侍讀學士·順天府尹大理寺卿·旋授倉場侍郎因事調用再補順天府尹陞都察院副都御史擢禮部右侍郎兩任順天學政歷都察院左都御史晉工部尚書仍以事革留原品休致卒·箸有南川詩文集·沅湘集存詩六十七首今採文十四篇

耆舊傳公初入館故事須同鄉官保任時茶陵彭先生協揆清嚴高簡門館無私識特重公品學與陳文肅同保薦一等·又大教習爲桐城方先生二公時喜與公講論經術治體識者謂公學於茶陵得其正大於桐城得其精純遂爲乾隆朝名臣云公詩文雍容莊雅尤喜臨池書法爲一時所重聲望赫奕今去世未久流風邈然可慨也·

陳大受字占咸號可齋祁陽人雍正十一年進士改庶吉士授編修乾隆丁巳大考第一超遷侍讀充日講起居注官遷左庶子侍讀學士晉少詹事遷內閣學士·擢吏部右侍郎充經筵講官·三禮館總裁·尋授安徽巡撫調江蘇福建巡撫·陞兵部尚書轉吏部尚書協辦大學士·軍機處行走晉太子太傅署直隸總督·終兩廣總督· 予謚文肅 特旨入祀賢良祠·沅湘集存詩二首今採文六篇

耆舊傳公才望素優·敭歷中外·精明勤慎風采隱然· 案嘉慶省志文肅傳甚詳·用大興朱文正公珪所譔稾也·

張九鈞字陶萬號甄齋湘潭人埴子年十三補弟子員·雍正十一年進士授刑部主事轉郎中出爲江南驛鹽直隸天津清河浙江溫處兵備諸道有甄齋集·採序一篇

陳樹芝字瓊田湘潭人恪勤公鵬年長子·康熙五十七年以諸生 召見 命隨其父鵬年入武英殿修書 特授廣東揭揚知縣擢貴州平越府知府未至任卒·採賦一篇

湘潭舊志樹芝在揭揚·善政最多·卒年止三十九·人多惜之·

徐世佐字輔卿號石亭湘陰人雍正十三年舉人官天津鹽大使以事謫戍伊犂·晚放歸自號遁翁·乾隆乙卯重赴鹿鳴箸有遁齋全集·沅湘集存詩三十二首今錄文十四篇

耆舊傳大使在塞垣日阿文成公時爲伊犂將軍嘗題主桐華書院余見其所作古文甚有義法詩不多見比復得其古今體詩數百首語多名雋古體奔放有奇氣或拉雜不自休今仍擇其近體之雅飭者存之· 案大使詩文前皆寫本其後裔於近日以活字印行其文甚富亦奔放若不可止蓋老壽而精力強固故乘酣以逞雄怪其議論宏肆處亦略與船山爲近矣·

鍾靈字仙吟平江人雍正十三年舉人·官南河知縣·擢泰州同

知。採賦一篇

湖南通志盧知南河縣乾隆十六年　聖駕南巡獻詩百韻擢泰州同知所在多善政

夏逢夔字典虞益陽人雍正十三年舉人官桃源教諭著有聽齋文集。沅湘集存詩三首今採文二篇

耆舊傳典虞通經術善古文爲一時儒碩　案典虞爲梅巢居士光洛之姪今止錄其文之坿見居士者其聽齋集未之見也。

龔自舒字陶庵慈利人雍正十三年舉人官沅陵教諭。採記一篇

羅升字聚上號橤洲湘潭人雍正十三年拔貢官澧州石門教諭以孫修源貴累贈中憲大夫。採文三篇

湘潭舊志渲行傳升初充覺羅官學教習訓課規條如鄉居授徒法後鐸石門訓士亦如之學宮傾圮祭器不備升捐積俸新之石士悅服以艱歸送者數百人性和而介竭誠相與爲謀必忠尤殷殷奬勵後進歸田貧不自存指兩孫示人曰此余之宦囊也晚補江華教諭不赴自課孫修渭修源連掇科第。

黃空載字靜涵號安齋湘鄉人雍正十三年拔貢以直州判借補浙江歸安縣丞陞溫州府平陽縣知縣曾孫正楷道光中拔貢鄉舉官銅仁知府。沅湘集存詩二首今採賦一篇

饒夢燕字放殷號翼堂城步人雍正十三年拔貢官山東金鄉魚臺知縣。採記一篇

湖南通志夢燕選貢時值苗猺不靖當事延之協議設法捕治以次奏功尋由教習歷任山東知縣所至有廉惠聲

陳履謙字大涉一字訒庵攸人諸生。沅湘集存詩一首今採傳四篇

耆舊傳訒庵爲史占監軍五聚子史占遯居好客游道日廣訒庵繼之有田二頃日典質以供賓客自稱天放山人亦一時之小平原也有集百二十卷今佚。

聶繼模字璞芳衡山人以子燾貴封鎮安知縣。沅湘集存詩二首今錄尺牘一篇

耆舊傳封翁性至孝好山水喜博覽隱居以醫術濟人不受值鎮安居官廉愼翁伻書教以行社倉義學懇懇數千言桂林陳文恭公撫陝時以其書檄行所屬奉爲令翁壽至百歲

案誡子書今編入尺牘其行實具見鎮安所作行狀

曾紹文字　益陽人雍正朝布衣。採跋一篇

方宣試字躍四巴陵人雍正朝歲貢選常德訓導。採序二篇

孫邦英字浴谿巴陵人諸生。採文二篇

陳樹苹字鹿田湘潭人恪勤公鵬年之六子雍正朝貢生著有勞勞集未見。採賦一篇

陳葵字向父攸人諸生著有蘭洲樸編湘潭陳樹菁學田爲刊

行於浙西道署集未見。採文二篇

案葵之祖五聚叓占父履謙天放葵之子其埱泰初及葵四世刻有淇園世帙檢討陳夢元序之今未之見

鄒致肅字怡先號謙山鄠人雍正朝歲貢官桂東訓導。採墓志一篇

鄠志致肅工詩文父病衣不解帶與兄同居七十載無閒言

簡自采字　湘鄉人。採賦一篇

易祖榆字添有湘鄉人官太平府松門巡檢。採賦一篇

耆舊傳易祖栻字張有湘鄉人官江南青浦主簿工書善畫流傳　禁中。純廟在藩邸時有題易祖栻墨竹詩見樂善堂集易祖榆亦能詩愼郡王有送易祖榆之官詩見太平縣志皆一門才也

孫起字　龍陽人。採賦一篇

羅智燭字　邵陽人。採傳一篇

車閑字存齋邵陽人雍正朝例貢。採序一篇

湖南文徵姓氏傳卷四

國朝

曠敏本字魯之衡山人乾隆元年進士選庶吉士主講嶽麓書院學者稱岣嶁先生有岣嶁文集。沅湘集存詩十首今錄文十六篇

耆舊傳岣嶁弟敷本字遜之丁巳進士官寶慶教授與兄齊名有集未見

黃空中字揆一號拙齋又號鵠亭湘鄉人乾隆元年舉人官安鄉教諭升湖北襄陽教授有蕉軒集未見。採論一篇

易宗涒字公申號賓庵湘鄉人國子監生乾隆元年與兄宗瀛公仙同舉博學鴻詞充愼郡王府教習有半霞樓集未見。沅湘集存詩七首今採文三篇

耆舊傳公申有至性居喪廬墓三年哀毀過禮客愼邸七年甚見禮遇歸贈世孝二字與其父貞言同以孝旌

聶燾字亙有號環谿衡山人乾隆二年進士官陝西鎮安知縣卓異調鳳翔外艱歸有環谿文集。沅湘集存詩三首今錄文十八篇

耆舊傳環谿在鎮安最久力行社倉設義學教民飼蠶種棉縣大治陳文恭公宏謀方撫陝稱其學有實用造福地方治行為關中第一祀鎮安鳳翔名宦

張九鎰字權萬號橘洲湘潭人埴子乾隆二年進士選庶吉士授編修洊歷少詹事出為河南南汝光道再任四川川東道有

退谷集。沅湘集存詩五十首今採序二篇

耆舊傳退谷性伉直分巡川東時嘗發所屬知府某侵蝕夔關姦狀未幾卽以疾乞歸不復出

潘世曉字宥亮號晴皋湘潭人乾隆二年進士官江西東鄉知縣以病呈改教職補衡州府教授主講石鼓書院。採記一篇

湘潭舊志世曉耄而好學尤喜培植後進倡修昭潭書院請於蔣中丞溥撥回膏火田畝士林德之

楊河字伏圖新化人乾隆三年舉人歷官茶陵州學正宜章縣教諭湖北武昌山東范縣知縣。沅湘集存詩三首今採文二篇

耆舊傳先生爲又西經師之子蓀甫詩伯之父三世皆以文

學顯白沙集中有贈蓀甫詩所云君之大父固名士名父之子有若翁是也

湯天煥字石岑醴陵人乾隆三年舉人有石岑遺集。錄記二篇

醴陵縣志天煥學問優贍截取知縣以母老乞養終制後奉文催不就蓬蓽蕭然讀書自樂嘉慶戊午重宴鹿鳴不赴壽近期頤箸作多散佚

張九鍵字天門一字莞侯號石園湘潭人九鈞弟乾隆三年舉人由明通官麻陽瀘谿教諭遷直隸隆平知縣有漱石園詩文集。沅湘集錄詩二十五首今錄文十篇

耆舊傳石園於諸張中名位不顯而詩境能獨造沇文繫贈句云浣花以後久無作漱石於今大有人甚爲名流所推服

謝才字吳望號扆山安仁人乾隆四年進士官寶慶府教授憂歸服闋銓辰州教授年七十三卒有念劬堂集未見。採文二篇

蔡揚宗字賡堂號筠叢湘潭人乾隆四年進士選庶吉士散館越資補贊善旋以侍讀學士督山西學政晉詹事府少詹事以內艱歸遂不出。沅湘集存詩四首今採文二篇

黃澍綸字　善化人乾隆四年進士選庶吉士改安徽繁昌知縣。採序一篇

黃玉衡字象斗善化人乾隆四年進士歷官江蘇宜興山西和順知縣。採文五篇

孫良貴字鄰初號麓門善化人乾隆四年進士歷官常德府教授甘肅安化知縣有麓門詩文集。沅湘集存詩八十二首今採文九篇

耆舊傳鄰初博聞强記箸述甚富有邃古質疑四十九篇其論歲差考定三湘九河黃河源諸說多有根據

周熹字迪循號桐圃茶陵人乾隆四年進士選庶吉士授檢討轉御史稽察大通橋倉場遷刑科給事中改吏科乞養歸掌教嶽麓書院有愛蓮堂集。沅湘集存詩十七首今採文四篇

耆舊傳長沙陳編修士雅云先生居諫垣風節侃侃一日挂彈章者十餘輩要人側目先生不安其位遂乞假歸

劉恩寵字綏四號蓮池益陽人乾隆六年舉人壬戌明通進士

歷官安福臨湘教諭寶慶教授。沅湘集存詩五首今採賦一篇

耆舊傳先生爲先大父高足弟子。性穎敏好學大父甚器之嘗呼爲劉九而不名年未五十卒於官詩文多散佚余幼時猶及見其浮邱山蟄龍泉諸賦不愧沈博絕麗之稱

鄧世讓字遜齋攸人乾隆六年拔貢官桂東教諭陞授河南新鄭知縣調江南陽湖以年老改瀘谿教諭有集未見。採記一篇

彭儀鳳字棲梧城步人乾隆六年舉人官綏甯教諭。採記一篇

禹煥字堯章號石嶺善化人乾隆六年舉人歷官山東平陰昌邑知縣以子仲晃官贈通奉大夫。採記一篇

通志煥知平陰縣雲門山產石堅緻上官檄采以助泰山

廟工煥慮擾民力爭之事遂寢修學校繕城隍明慎折獄逾年邑大治調知昌邑築王可隄遏濰水之衝又設土牛植欅柳爲久固計民利賴焉罷官後家四壁立杜門箸書發明聖賢之旨

胡澤潢字中咸號星岡甯鄉人乾隆七年進士選庶吉士授檢討歷官戶科給事中。沅湘集存詩六首今採疏一篇

耆舊傳星岡有敬陳保甲疏見　皇朝奏議今貴州巡撫賀公採入經世文編其家乃不知有此疏以無專集故也

張增字典五號栲南湘潭人埴弟乾隆七年明通進士官漵浦教諭遷福建邵武知縣。採文二篇

許伯政字惠棠巴陵人拔貢乾隆元年舉博學鴻詞七年成進士由知縣歷官山東道御史著有事三堂文集益青閣詩集。沅湘集存詩一首今採文十五篇

張九思字聿修善化人所居名洞井又號洞井山人乾隆八年優貢官甯遠訓導有蒙泉文集枏芝詩集。沅湘集存詩五首今錄文十篇

耆舊傳山人與羅洋山人交好在當日亦有盛名嘗以蒙泉草堂記見賞於夏醴谷學使稱爲古之揚子雲不之過云

案山人時蓺曰火餘集與郭助教羅洋草竝傳而詩古文辭則鄉邦後進多未之見蓋羅洋刻本未甚流布而山人之蒙泉枏芝二集近始刊行也山人哭助教詩云惟君好我獨奇

絕焉知鬼瞰與人非燕臺聚首歡無比願得生死相扶擕龍眠老子亦好事相與曠古睎心期就使餓死塡溝壑不效時俗同脂韋龍眠謂劉耕南大槐也身居人海屛絕譽華獨與二三知己以道義文章相切劘品詣可想矣

郭焌字昆甫善化人羅洋山在縣北故以自號由雍正十三年拔貢舉乾隆九年鄉試第一以薦舉學行授國子監學錄遷助教有羅洋文草。沅湘集存詩五十首今錄文十五篇

耆舊傳山人好學淡思矜尚名義文章氣節動以古人自期所作時蓺尤盛行於時羅洋文草詩草二集則其弟燦仲甫所刊存者也　案先生弟燦羅洋文集序略云吾兄以乾隆

乙亥春卒於國子官署遺命不及家事惟日夜刪定所箸時文趣拊剞劂至詩古文之作隨手散去其有存者則云俟桐城劉耕南先生淩擇之後始可問世往年以兄命繕其稾郵寄京師原稾遂浮沈不返其存者僅十之五六今二十餘年每觸及殘編廢什耿耿不能釋據此則羅洋時蓺亦身後始經刊行而詩與古文越廿年而後付刊而又非全稾也

張垣字前五號潭邨湘潭人乾隆九年舉人官桂陽州學正遷雲南河西知縣未赴有潭上草堂集沅湘集存詩三首今採文四篇

耆舊傳河西之父文炳爲詩壇名宿其子則世所稱陶園詩老也名父之子名子之父同懷兄弟昆龍季虎皆箸作才潭

上草堂集獨未見

彭坊字禮崇一字儀岳衡山人教授任商之子乾隆九年舉人官浙江浦江知縣有瓦缶集沅湘集存詩十一首今錄文七篇

耆舊傳浦江績學篤行力承家學初官長興爲歸震川所治地求歸所作夢鼎堂記碑石無存即購石重刻其儒雅撫字一如熙甫浦江之治最爲近古甫二歲而罷年僅中壽瓦缶集今有刊本古文最有義法

黃道謦字敬之號藏山甯鄉人乾隆九年舉人官福建永春同知沅湘集存詩三十九首今採文二篇

耆舊傳藏山與兄道懋同榜箸有南六堂詩草桐城葉書山酉序之稱其工詩善畫得王孟之遺

劉元熙字賓門湘潭人乾隆十年進士選庶吉士授編修有四香閣集未見沅湘集存詩十八首今採文二篇

耆舊傳湘潭劉氏門才之盛與諸張埒賓門先生殫見洽聞文章爾雅爲乾隆朝名宿以乞養歸不復出晚搆別業與四方名流觴詠其中卒後箸作散佚其孫芑汀大令貽孫與余同舉甲子鄉試官咸甯知縣嘗欲編輯先生言行纂箸見示俾得拊載楚寶未果而芑汀卒四香閣集不可復得

歐陽正煥字堯章號瑤岡又號竹洤衡山人舉乾隆六年鄉試第一十年成進士選庶吉士授編修擢江南道御史歸主嶽麓

講席沅湘集存詩二首今採文二篇

耆舊傳先生居諫垣有直聲以親老乞養歸即不復出生平講學自任治躬甚嚴苦主講嶽麓時書整齊嚴肅四大字嵌於堂壁爲韻語以示諸生可作古箴銘讀也

鍾聖芳字　平江人乾隆十二年舉人採記一篇

熊光琛字獻來益陽人乾隆十二年舉人以明通任新甯教諭內艱起復改興甯教諭陞永州府教授卒年七十八採表一篇

王昭熙字樸齋湘潭人乾隆十三年進士官廣東封川知縣採記

湘潭舊志封川地瘠民貧昭熙政尙培養性慈惠每聽訟得其情涕泣箸之撫軍某移節他省謂昭熙曰汝儒吏也我去

誰知爾者卒以公事被議歸

陳長鎮字宗五號延谿武陵人乾隆十三年進士選庶吉士有白雲山房集沅湘集存詩五十二首今錄文十七篇

耆舊傳先生幼好學有篤行雍正初舉孝廉方正郡縣以其名應不就以優行薦入都多羅平郡王慕其學行以母老固辭乾隆元年舉博學鴻詞報罷王因致其母諭以要之甚見敬禮及與館選乞假省親歸途聞母喪大慟嘔血數升未幾卒　案延谿之試鴻博吾邑陳少司農樹萱實爲舉主時或以同姓爲嫌因致擯落其詩文皆瑰奇博奥湖外先輩中所不多見惜無刊本僅從常德文徵及方志采錄而已

朱景英字幼芝一字梅冶晚號研北翁武陵人乾隆十五年舉鄉試第一官福建甯德侯官知縣擢臺灣鹿耳海防同知調北路理番同知以病歸有畬經堂集沅湘集存詩七十一首今錄文五十七篇

耆舊傳研北先生幼慧弱冠即有文譽世傳其前身爲閩中一宿儒官福甯時曾親至其家見所遺手蹟封識宛然詩集極富近日吾鄉先輩以詩雄者度西研北兩先生不數覯也先生曾修沅州府志所爲詩有借刻他氏入蓺文者其不自愛惜類如此聞其家未刊本倘多

羅典字徽五號愼齋湘潭人舉乾隆十二年鄉試第一十六年成進士選庶吉士授編修轉江南道監察御史工科給事中吏科掌印給事中陞鴻臚寺少卿以母老乞養歸主講嶽麓書院二十七年嘉慶丁卯重赴鹿鳴宴明年卒壽九十祀鄉賢有凝園讀易管見讀書管見讀詩管見讀春秋管見沅湘集存詩六首今採文十六篇

耆舊傳先生性嚴重其勇退與瑤岡侍御略同於六經皆有纂述韻語非所留意偶存一二酬應之作亦清婉可誦　案先生詩文無刊本年久散佚近從其家得古今體詩手稾一帙數十首皆在沅湘集所錄之外已摩刻近體六首於昭潭法帖中矣其立朝風節作育人材具見潄浦嚴氏如熤長沙周氏鍔周氏樹槐諸君所爲傳序

王立槐字蔭庭號南湖湘陰人乾隆十七年舉人官江西萬年知縣有南湖文集沅湘集存詩二首今採文二篇

耆舊傳南湖有吏才與其兄勿齋秀才立楷與修湖南通志陳文恭公甚重之

張正笏字書思號筆石湘鄉人乾隆十七年舉人官武陵教諭有經學備纂擲虛叢語說書唾餘自種編文集等書沅湘集存詩四首今採文二篇

耆舊傳筆石先生兩中副車始舉於鄉積學力行爲連道儒碩嘗評選攸縣陳桃文衡陽王虎止邵陽王能愚車補旃文爲楚南四家湖湘之士翕然從之　案先生嘗主講漣濱而

洗筆池有墨雲之瑞·是年門下中雋者四人羅侍郎國俊鄧鴻臚文泮謝教諭佑瑾暨先生子五渚刺史眉大也五渚箸有海南日鈔而文不可得·

陳益字謙甫益陽人乾隆十七年舉人有損齋集·沅湘集存詩三首今錄文十九篇

胡師亮字益三號南耕湘潭人乾隆十七年舉人歷知浙江西安平湖遂昌慈谿仁和德清諸縣以疾歸·採文一篇

湘潭舊志遂昌有巨案師亮止懲其首惡全活數百人在仁和築長隄捍禦錢塘海口潮不爲患民呼胡公隄四十五年承辦南巡大差悉心籌畫民不知擾·

陳汝霖字熹亭號樂堂武陵人乾隆十七年副貢·採序一篇

文承寵字象屛攸人乾隆十八年舉人官衡山教諭遷辰州教授·採記一篇

劉烺字音昭號石峯零陵人乾隆十八年拔貢·沅湘集存詩五首今採小序

耆舊傳石峯內行肫摯治躬嚴苦蓋篤行君子也子方瑚方璿皆相繼拔貢亦以學行爲時所稱·

黃立隆字定之號靜齋甯鄉人進士道恩子乾隆十八年拔貢累官直隸天津大名知府再攝兵備道以目疾歸·採序一篇

孫起棟字天擎號白沙新化人乾隆十八年拔貢考取正紅旗官學教習有遂西草湘南草·沅湘集存詩一百九十二首今採小序

耆舊傳先生以己卯科場事謫戍臨榆·居邊西四十年嘉慶初始放歸歸後無以爲家久之往依其中表戚於粵西未半載怏怏歸中途遇盜詩稾同行李攫去憤甚竟客死東安旅店詩人之窮殆未有如先生之甚者矣性剛介負氣不爲人下己卯之役當事方憐其才不欲竟對簿時詞氣傲岸不少屈坐是獲重譴既困法網益發憤無聊使酒罵坐不樂近人生平抑塞奇詭之氣一洩於詩·倔強生硬如其爲人

譚之綱字履常號雩山茶陵人乾隆初以貢生官甯遠教諭十八年舉人官江蘇溧陽湖北蘄水知縣有雩山集·沅湘集存詩五首今採跋二篇

耆舊傳雩山與弟之紀齊名嘗同孫鄰初陳謙甫佐呂公肅高校刊楚風補楚詩紀子定元立齋聲元希齋皆有名

羅萬卷字凝亭桂東人乾隆十八年拔貢有桂谿集·沅湘集存詩一首今採小序

盧世昌字絅齋桂陽州人乾隆十九年進士官江蘇豐縣知縣·採賦一篇

陳夢元字體齋號春江攸人乾隆十九年進士選庶吉士授檢討充三通館纂修有杓稾雙江別稾春江文集詩集·沅湘集存詩三首今錄文二十六篇

耆舊傳先生性恬退早乞休林居二十年箸述自娛·以古文

名詩集未見。案沅湘集未得春江全稾汝懷近始見之。

鄧正琮字宗玉益陽人乾隆十九年進士官河南密縣知縣有古山文集。沅湘集存詩一首今採跋一篇

林學易字象占號半霞衡山人乾隆十九年進士選庶吉士授檢討歸主石鼓昭潭羣玉各書院講席。沅湘集存詩一首今採序一篇

丁宗懋字勖齋醴陵人乾隆二十一年舉人官山西臨縣知縣。沅湘集存詩五首今採記二篇

劉紹濂字景周溆浦人乾隆二十一年副貢官廣西知州。採文四篇

劉亨地字載人號寅橋湘潭人乾隆二十二年進士選庶吉士授編修遷國子監司業尋以中允擢侍講。採序一篇

湘潭舊志亨地以父元燮遠謫黔州閉關力學午夜輒涕泣禮斗祝父生還旋由選拔聯捷入翰林爲父陳情蒙　恩放歸父艱服闋需次無期奉　旨以中允贊善等官借補詞臣變通成例自亨地始子利鈺純篤有儁才十七歲殀亨地悼之甚明年典試廣東歸途感疾卒於江西年四十八　案侍講會爲利鈺刻時藝一帙自爲之序中言曉嵐紀公輓利鈺云早逝最憐王輔嗣重來定作顧非熊紀公與先生薿至好也。

翁燿字明遠號誠軒湘潭人乾隆二十二年進士歷官直隸大名元城知縣旋知滄州擢陝西漢中府知府調西安晉驛鹽道轉督糧道以母九旬乞養歸。採序一篇

湘潭舊志元城多水患歲己卯潭衞幷溢飢寒載道燿於賑卹外多施棉衣生全無算辛巳漳河漫口漲益甚鳩工堵築兼增倍衞河隄工以資捍禦燿氣體渾厚精明內蘊三攝臬篆多平反服官二十餘年曾未一罣吏議卒年六十五

李光甲字東曉號石浦湘潭人乾隆二十二年明通進士以敎職官四川黔江知縣署忠州知州以病歸。沅湘集存詩一首今採記一篇

湖南通志光甲知黔江偶以事至壩場見一履浮谿水中下流復得斷足一肢覘諸石巖得其尸首廉知民費某爲陳朋者所戕禽得一訊具服署秀山篆縣苗人因趁墟與江西賈人鬨勢大訌光甲單騎諭之遂定

張甯大字紫宇號五渚湘鄉人正笏子乾隆二十四年舉人官廣東開建縣知縣擢儋州知州有海南日鈔滇南紀行詩鈔。沅湘集存詩四十九首今採記二篇

耆舊傳先生有七十自述百韻中有除妖項羽廟之句自注云開建縣署多凶前令五官相繼而歿白日見大石從空而墜莫知何來歷年假書院治事余爲文祭之卽於署側一路隆石而去自此居之無虞故以吳興項羽據廳爲比

何光晟字東曉號曙亭湘潭人乾隆二十五年舉人以敎習得縣令歷署湖北咸甯南漳補蒲圻署荊州漢陽通判興國知州

以詿誤歸有愛吾堂詩文集山火集等書。採序一篇
湘潭舊志光晟父泰庵陰行善事夢老嫗泛葦席抱嬰兒授之遂生光晟任咸甯清釐積獄囹圄一空令蒲圻鞫獄父老環聽至宵分歲戊戌旱刺血書文禱於神雨立沛全楚歲歉惟蒲慶有年重建育嬰堂殫心矜恤民肖光晟像於堂祀之四與鄉闈分校所得士多居卿貳翰詹科道者　案愛吾堂諸集未見惟見諸餘錄鈔本故止錄序一篇又案縣志何光昺字旭亭甫弱冠登乾隆甲戌武進士官東昌備守備調泗洲衞遷甘肅碾伯營都司工書畫著有疏星草二卷亦未見

朱廷模字朝範號遠峯湘潭人乾隆二十五年舉人歷知陝西

安川韓城三水諸縣內艱起復補朝邑調署三陽鄜州。採記一篇
湘潭舊志廷模署山陽時朝邑士民籲大府乞留調鄜州亦如之倡修黌宮移建義學縣學額止十五廷模作育有方人文蔚起遂得增額四之一城爲河衝申請捐修易土而甎復建長隄以資保障在朝邑二十餘年省中同僚皆以前輩呼之去之日士民送至關外多泣下者

劉永華字正西益陽人乾隆二十五年舉人官湖北羅田知縣施南府通判。沅湘集存詩五首今採文二篇

劉權之字德輿號雲房長沙人乾隆二十五年進士選庶吉士授編修歷官禮部兵部尙書協辦大學士以事謫編修洊至禮部尙書協辦大學士晉太子少保經筵講官體仁閣大學士予告在籍食半俸卒諡文恪祀鄉賢。沅湘集存詩五首今採文三篇

蔡璨字蘊之益陽人乾隆二十六年進士官常德衡州府教授內遷翰林院典簿不就。沅湘集存詩一首今採序一篇

劉校之字中壘號書臺長沙人權之兄乾隆二十六年進士選庶吉士授檢討典浙江鄉試督學貴州由贊善轉中允侍講改戶部員外郎陞郎中卒年六十七。採序一篇

余廷燦字卿雯號存吾長沙人乾隆二十六年進士選庶吉士授檢討充三通館纂修以母老陳請歸養遂不復出有存吾文集。沅湘集存詩二十六首今錄文二十七篇

耆舊傳先生學有本原其論天文律歷句股徑圍之學與休甯戴氏東原往復辨難具見存吾文集主寶慶東山書院最久與吳蘭柴翁善唱酬極富

陳聖淸字振頑常甯人乾隆二十七年舉人官湖北漢陽府教授有匯江文集。採文五篇

喩世欽字敬廷號悔庵長沙人乾隆二十七年舉人官湖北黃州府教授。採碑記一篇

張九鉞字度西號紫峴湘潭人乾隆二十八年明通進士歷官江西南豐峽江南昌廣東始興保昌海陽知縣有陶園詩文集。沅湘集存詩二百三十七首今錄文三十六篇

耆舊傳先生生有異稟七歲能詩九歲通十三經及史鑑大略十二歲補博士弟子員充乾隆六年拔貢廷試第一留監肄業考補正紅旗官學教習既舉京兆久之始得縣令所至有治聲以海陽案牽連落職徧游嵩洛偃鞏閒晚歸里主昭潭講席卒年七十八先生才名震海內年十三登采石磯賦長歌人呼爲太白後身乾隆中西師奏捷　朝廷行郊勞禮先生爲賦樂歌復爲良鄉居民賈戶作凱旋楔帖千餘幅一夕立就詩文宏博浩瀚縱其力之所至而一軌於正當世誦其詩者推爲乾隆朝一大宗相傳先生爲南嶽毗盧洞僧僧圓寂時以心通白藕留待對者先生七歲見僧徒示偈卽

應聲曰舌湧青蓮僧眾膜拜曰眞吾師也沒時子世津嘗見其父出懷中僧帽戴之飄然而去亟入省視其父伏枕如故惟口吟云擔柴運米百無能自讀楞嚴自剪鐙夜半萬緣鐘打盡前身南嶽一枯僧遂卒

潘相字潤章號經峯安鄉人乾隆二十八年進士歷官山東福山曲阜壽張知縣濮州知州終雲南昆陽知州有彎雲書屋集沅湘集存詩三十七首今錄文二十二篇

耆舊傳先生爲吾楚儒碩以乾隆辛酉拔貢充　武英殿校錄琉球官學教習其治福山日以經藝課士如嚴師然福山王氏爲顯族通經績古之士多自先生發之再成大令餘英官甯鄉時言之如此子其焯撰俎豆集亦有學行

張世法字平度號鶴泉湘潭人九鍵子乾隆二十八年進士授直隸房山知縣以病歸起知甘肅甯夏縣外艱服闋再任靈臺華亭歸里卒有瞻麓堂文集沅湘集存詩三十三首今錄文二十六篇

湘潭舊志世法在房山孔道差繁事理而民不擾金川凱旋承辦　郊勞大典　恩賚有加邑旗圈地密莊頭某倚勢爲梗悉繩以法僵服無敢動知甯夏時郡多漢唐舊渠溉田百萬官吏爲奸世法奉檄董理豪右斂迹嘗言甯從胥吏罵無羅鬼神誅清操可想

李光曉字鷺谿長沙人乾隆三十年舉人官耒陽教諭廣西來

賓知縣採記一篇

龍驤字我瞻號三峯湘鄉人乾隆三十年舉人官河南汝陽嵩縣郾城知縣以子某官封奉直大夫孫顯巽舉鄉試第一採記二篇

夏大觀字繼臨號楓江湘潭人乾隆三十年拔貢歷官衡州訓導岳州教授箸述甚富沅湘集存詩四首今採文二篇

湘潭舊志大觀訓導衡州勖諸生曰士苟廉隅不飭雖才如班馬學富淵雲不尚也在衡十六年士風爲之丕振教授岳陽一如在衡時殫心箸述編摩辨證多發前人所未發所箸左傳分類賦說左約箋十三經質疑識小類編洞庭湖志治生廣錄異文類摭文集詩集詩餘詞餘凡九十二卷　案敎

授初以才顯最有時名後益劬心實學而志載九十二卷者惟洞庭湖志經華容萬年湋彈峯刊行於道光初年今說左約箋左傳類對賦二種尚有傳本其餘未見或言教授任岳州時悉以稾本交郡中李姓而忘其名無可蹤迹矣

歐陽基文字同周號斗南新化人乾隆三十年拔貢有蝸窩文集詩草詩餘史辨諸書沅湘集存詩十一首今採序一篇

耆舊傳先生爲吾友礀東之父天才挺拔詩文操筆立就性方潔不諧於世丙戌朝試名次二銓就州判以親老固辭不復出授徒自給人罕見其面卒後家徒壁立礀東少孤全集遺失不復可蹤迹桐城方君世仁哭以詩云早驚元伯重泉夢欲續中郎有道碑錢塘黃君九敍亦云品望滄臺存古道文章六一紹前徽二君先後令新化歲時訊問存恤諸孤備至其爲時所重如此

鄧文泮字聖澤號筆山湘鄉人乾隆三十一年進士選庶吉士授檢討轉御史給事中洊陞鴻臚寺卿沅湘集存詩一首今採記一篇

尹篤任字莘田湘潭人乾隆三十三年舉人官綏甯教諭採序一篇

劉工詢字次歐號書堂長沙人乾隆三十三年舉鄉試第一官郴州學正有書堂古文沅湘集存詩一首今錄文五篇

羅國俊字賓初號九峯湘鄉人乾隆三十四年進士選庶吉士授編修歷春坊贊善中允陞侍講侍讀學士詹事府詹事補內

閣學士終禮部左侍郎有館課存餘集沅湘集存詩九首今錄連珠九則跋一篇

耆舊傳先生幼偕諸兄讀書九峯山故以自號性剛淩遇事無所依回充　國史館纂修時執政有欲改易起居注舊例者上書爭之累數百言事雖止而終銜之　睿廟親政始由詹事遷內閣學士旋授禮部右侍郎轉左侍郎嚮用方隆遽以疾卒

首永清字壽庵郴州人乾隆三十五年舉人官江西進賢廣豐知縣採記一篇

周大澍字雨林長沙人乾隆三十五年舉人歷官武陵教諭甘肅知縣改新化教諭擢衡州教授有雨林文鈔沅湘集存詩五首今錄文二篇

耆舊傳先生官新化時年已篤老獨喜同余兄弟談文先生善古文曾見其所爲家傳紀國變時事甚悉今訪其家已不可得矣

吳思樹字尚松一字建軒新化人乾隆三十六年進士官岳州教授山東新泰知縣沅湘集存詩七首今採文六篇

耆舊傳先生生有異稟少時其世父授以習靜法枯坐如禪律久之於書過目不忘經史外泛衍百家傳記旁及道藏佛經天官星算推步之法而退然不自有其會試出朱學士筠之門學士陰察之乃自以爲不及嘗箸通史千卷見所上學士書蘄求學士上諸朝未果而稾遂失矣性迂緩官新泰甫

三月望吏議賠累鉅萬窮老以終著作散佚
龔大萬字體六號荻浦武陵人乾隆三十六年進士選庶吉士
授檢討充武英殿三通　國史館纂修典試廣西大考休致
純廟東巡　召試行在授中書補內閣典籍沅湘集存詩三十一首今採小序
耆舊傳檢討少孤家貧力學矜尚氣節初充乙酉拔貢官永
順訓導即有盛名暨入翰林浮沈玉署二十年未展所蓄人
咸惜之所著散佚僅存賜扇樓草再游粵西草二卷
郭立巖字馭南桂東人乾隆三十六年恩貢採記一篇
王坦修字正亭甯鄉人乾隆三十七年進士選庶吉士授檢討
歷贊善洗馬侍講侍讀至侍講學士値　上書房以艱歸主嶽

麓書院講席卒沅湘集存詩二首今採傳一篇
羅修源字星來號碧泉湘潭人乾隆三十九年進士選庶吉士
授編修屢充　日講起居注官文淵閣校理　國史館纂修四
庫館提調游擢詹事府少詹事尋改侍讀學士沅湘集存詩七首今採文三篇
湘潭舊志修源母張夢五色鳳集於肩而誕故又號夢羽山
人幼穎慧書未經解讀者輒先領悟年十四入縣學盧學使
文弨奇其文許為大器十八領鄉薦明年壬辰捷南宮以憂
歸乙未補行　廷試入翰林由贊善一歲四遷至少詹未幾
左遷復由編修游歷侍讀學士前後七司文柄門下士躋顯
秩驗歷內外者肩背相望性嗜學見古書法帖不惜典衣購

之愛才如命於寒畯尤加意推解惜未竟其用卒年四十四
耆舊傳學士博學多通雅尚氣節　睿廟在潛邸時陰
識其人及即位將大用而先生遽卒湘潭有碧泉胡文定故
居也故先生因以自號　案雅尚氣節謂不附和相也當時
傳有和相遣人諷以學政之任輒對使詈之故坐是不遷云
夏大鼎字調臣號紫芝湘潭人乾隆三十九年優貢官新甯訓
導有淡窩集未見沅湘集存詩七首今採文二篇
耆舊傳訓導與兄大觀齊名子儀常曾權新化教諭與弟尙
忠均有時稱今相繼淪謝求其隻字不可得矣
周錫渭字湜甫號默耕湘陰人乾隆三十九年舉人沅湘集存詩六十四首今採小序

耆舊傳默耕為半帆大令同懷弟與兄齊名交吾邑吳蘭柴
孫石溪兩詩老尤篤其詩才力亦相敵
周錫溥字文淵號半帆湘陰人乾隆四十年進士官甘肅甯朔
知縣以憂歸有安愚齋集沅湘集存詩七十六首今錄文七篇
耆舊傳半帆官甯朔有善政嘗奉檄至鄂爾多斯阿蘭鄯國
王諸部窮邊異俗都入歌詠得失詩告哀之旨尤善古文有
安愚齋詩文集沒於水遂失全本秦小峴司寇瀛按察湖南
時嘗求其殘稾序之其論甯夏漢唐二渠水利書尤可傳
賀代伯字西廷號湘屛常甯人乾隆四十二年舉人沅湘集存詩一首今

採小序
耆舊傳湘屏古文有義法客閩久閩中老於文章者多推之
賀晙上字昉汀甯鄉人乾隆四十二年舉人歷官安章桂陽教諭湖北漢陽教授著有稽麓草沅湘集存詩十六首今採小序
耆舊傳昉汀年近九十主講玉潭書院余來甯鄉猶時過余縱談不倦又數年始卒
張世浣字新之號硯泉湘潭人乾隆四十二年舉人官山西翼城曲沃知縣再補廣西柳城知縣擢安徽泗州知州以熟悉水利奏請以知府簡發南河總辦五營減壩權知海州補揚州府知府有文集鈔稾沅湘集存詩六首今錄文五篇

吳樘字香文號蘭柴新化人乾隆四十二年拔貢沅湘集存詩七十四首今採小序
耆舊傳先生爲建軒進士思樹母弟時稱二吳又與同縣孫石谿學博齊名稱孫吳才氣不可一世褚學士廷璋稱其近體爲七字長城性簡傲多所淩忽晚應鄉舉爲監司某所辱發憤卒詩稾散佚
蕭智湖字柱南湘鄉人乾隆四十二年副貢官慈利教諭採文二篇
鄧枝麟字翰伯號南坡甯鄉人乾隆四十二年拔貢官乾州廳教諭有漁谿存稾沅湘集存詩六首今錄文九篇
舒正載字酉樵漵浦人乾隆四十二年拔貢以四庫館議敘官湖北荆門州隨州州同沔陽州州判沅湘集存詩十七首今採小序
余世本字立齋攸人乾隆四十二年拔貢採序一篇
攸志世本父麓泉爲宋儒之學本承庭訓兼師同里劉南郜博通經史生平篤於倫理手繪父母眞容出告反面終身如事生題所居曰事守山房
王紳字彥卿常甯人乾隆四十二年拔貢官永明教諭有珍盉堂文集錄文九篇
謝最滄字東暘號雲槎益陽人乾隆四十三年進士官浙江西安廣東封川知縣沅湘集存詩二首今採小序
張九鐔字竹南號吾溪一號蓉湖湘潭人坊子初官郴州訓導

乾隆二十四年舉於鄉官內閣中書四十三年成進士選庶吉士授編修有笙雅堂集沅湘集存詩八十八首今錄文五十三篇
耆舊傳蓉湖入翰林時六十矣館中以耆宿推之內行醕篤四十喪偶不復娶居京師二十年旁無姬侍蕭然一身應官外閉戶著書而已　湘潭舊志子世浣令曲沃迎養九鐔喜曰吾父昔官曲沃縣人爲建三不朽祠當往祇謁先靈也後卒於河津
陳宏亮字臥南號雪坪長沙人乾隆四十四年舉人官臨湘教諭採文九篇
魏晉字椒園衡陽人乾隆四十四年舉人官河南鎭平知縣有

文集。錄文九篇

彭孕宇迴麓，衡山人。乾隆四十四年副貢。有白雲編。沅湘集存詩四首，今錄文四篇。

謝振定，字一之，號薌泉，湘鄉人。乾隆四十五年進士。選庶吉士，授編修，改京畿道監察御史，終禮部員外郎。有知恥齋文集。沅湘集存詩七十七首，今錄文十一篇。

耆舊傳：先生負經世才，矜尚氣節。官御史時，巡東城，有乘違制車譁於道者，捡訊，爲和珅妾弟，勢橫甚，立杖之，焚其車於通衢。時和方秉鈞軸，竟被議罷職。嘉慶四年，起用主事，卽條陳數大政。其負氣敢言如此，惜未竟其用而卒。

張宗耀，字德臣，號遠亭，長沙人。乾隆四十五年副貢。官辰谿教諭。卒年六十八。有止止堂集。錄文三篇

張經田，字壺山，湘潭人，汾州知府力行子。乾隆四十六年進士。歷官內閣中書、浙江海防同知、貴州思州鎭遠府知府、分巡貴東兵備道。有無所住齋隨筆、二筆、三筆。沅湘集存詩三十四首，今錄文五篇。

耆舊傳：壺山精內典，自號黃須道人。所爲詩時闌入禪語。要其性靈標致，自不可沒。

黃賢寶，字心泉，長沙人。乾隆四十八年舉人。官零陵教諭。採文三篇

陳昭謀，字劍溪，郴州人。拔貢。乾隆四十八年舉人。官湘陰、湘鄉訓導，乾州廳教諭，桂陽州學正，陞山東昌邑知縣，未赴。有劍溪

文集。錄文七篇

周系蔚，字文芑，號篛堂，湘潭人。乾隆四十八年副貢。官永綏廳訓導。沅湘集存詩十二首，今採文二篇。

耆舊傳：篛堂爲石芳侍郎母兄，性恬澹，鄉居絕跡不入城市。家無儋石儲，索逋者日不絕，或得侍郎寄金，又以分遺知故，不計家之有無也。

胡澤滙，字謙六，號玉潭，甯鄉人。乾隆四十八年副貢。官城步教諭。沅湘集存詩三首，今採文二篇。

楊興植，字世滋，號蓀甫，新化人，范縣知縣河子。乾隆四十八年舉人。沅湘集存詩四十七首，今採小序。

耆舊傳：先生幼隨侍范縣，學於齊魯閒。弱冠歸，應童子試，赫然驚其邑人。旣屢屈禮部試，乃徧游吳越秦隴，居秦最久。晚復家粵，謁選得教職，歸，卒於途次。家貧子幼，槀遂散佚。

張世濂，字景之，號露巖，湘潭人，九鐔子。乾隆四十九年進士。官靈寶、淮甯等縣知縣，擢同知，陞潼川府知府，題補川北道。採文二篇

胡光璜，字壽泉，號竹塘，甯鄉人。乾隆五十一年舉人。歷任四川崇甯、仁壽知縣，擢通判，加同知銜，署劍、合、資三州，代理保甯、嘉定二府。年七十餘乞歸，卒年八十四。採文一篇

陳士雅，字汝清，號每田，長沙人。乾隆五十二年進士。選庶吉士，授編修，乞養歸，主朗江、石鼓、城南講席。沅湘集存詩一首，今採文四篇。

周鍔字蓮若號春田長沙人乾隆五十二年進士改戶部主事歷員外郎提督貴州學政出爲揚州府知府調蘇州府以事謫戍伊犁旋赦歸卒於河西旅次（沅湘集存詩二十五首今採文三篇）

耆舊傳春田爲諸生時與潊浦嚴樂園廉訪如熤讀書嶽麓講求時務爲經世學守蘇州甚有政聲以獄情出入獲重譴致嚴譴或云當道與有隙故文致之不能明也春田能書畫善寫風竹尤自負其書法嘗援古今名人手蹟自范文正文信國方正學于忠肅以下數十家各繫以跋鐫諸貞珉名曰人帖今藏吳閶某市

周錫璵字采庭甯鄉人乾隆五十四年拔貢（沅湘集存詩一首今採小序）

陳宏典字鐵農長沙人乾隆五十四年舉鄉試第一選安鄉教諭（採文四篇）

戴澤三字益甫號畏齋長沙人乾隆五十四年舉人歷官雲南恩安富民永平河曲定邑知縣年七十致仕歸有禮耕堂集（錄文六篇）

賀德澍字尺霖號洋泉甯鄉人乾隆五十四年舉人（沅湘集存詩二首今採小序）

劉豹字蔚子號南巖鳳凰廳人乾隆五十四年拔貢（沅湘集存詩四首今採考一篇）

羅廷彥字湘洲衡山人登選子乾隆五十五年進士選庶吉士未授職歸主講城南書院（沅湘集存詩十一首今採傳一篇）

周系英字孟才號石芳湘潭人乾隆五十五年會試中式以病歸癸丑補　殿試成二甲進士選庶吉士授編修累遷侍讀學士入直南書房　上書房歷太常光祿大理寺卿　內閣學士兼禮部侍郎再直　上書房內艱起復補吏部右侍郎以事降編修旋落職道光改元以四品京堂起用授翰林院侍講學士特派實錄館總纂授工部右侍郎督學江西調江蘇學政在任調戶部左侍郎卒於任祀名宦（沅湘集存詩十首今採文十五篇）

耆舊傳公操履畏愼沈毅寡言其獲譴也以湘潭士民與江西客民鬩鬭牽連被議人皆爲不平公處之怡然其謫編修

後自題畫像云人尙樸實學問亦可人也何尤　天實知我清華之秩豈曰左遷翰墨之林不爲冗瑣置汝於仙境之寬閒勵汝以名教之擔荷髮雖白而心丹骨不媚而行果庶幾哉不負君不負民以不負所學而勿怵於世路之險巇與仕途之轗軻其語如此亦可得其本末矣　案人尙樸實學問亦可此　睿廟諭旨也又　廷寄稟中　丹毫添注平素鯁直四字皆湘潭案內事

李元祿字涵萬號虛亭興甯人乾隆五十五年恩貢候選直隸州州判文有鈔稾（錄議一篇）

興甯縣志元祿喜讀宋儒書名其室曰敬修學者稱敬修先

生。晚年著朱子年譜綱目十四卷行世。

郭誠世字葵臣，一字效臻，湘陰人。乾隆五十七年舉人，官內閣中書兼典籍協辦侍讀。採碑記一篇

張力卓字湘漁，湘潭人。乾隆五十七年舉人，歷官山西平遙襄垣知縣，陞同知。採文二篇

陶潯霍字春田，瀏陽人。乾隆五十七年舉人。採碑記一篇

萬年淯字彈峯，華容人。乾隆五十七年舉人，官安徽六安州州同。有彈峯文集。沅湘集存詩二首，今錄文三篇

賀之理字涵山，醴陵人。乾隆五十七年舉人。採文三篇

張懿田字希宗，號蘿山，湘潭人，力行子，經田弟。乾隆五十七年

舉人，官雲南麗江府同知。以事謫戍伊犁，道光戊子與平回逆功放還。有吹蘆吟草。沅湘集存詩十首，今採序一篇

唐仲冕字六枳，號陶山，善化人。乾隆五十八年進士，授江蘇荊谿知縣，調吳江、吳縣，擢海州知州，調通州，權松江府、蘇州府知府，推陞福建福甯府知府，以道員晉兩江勘河海淤灘地畝，督濬吳淞江，三權江蘇按察使。道光初授福建按察使，尋遷陝西布政使，三權陝西巡撫。以老病乞休，僑居金陵，卒年七十五。有陶山詩錄文錄。沅湘集存詩二百一首，今錄文七十三篇

耆舊傳：先生幼承庭訓，學有本原，明體達用，有古儒碩名臣風。所至勤求民瘼，振興士氣，興大利，除大害。赤緊繁劇，措理裕如。性孝友，自以其父官平陰，貧甚，母卒不能歸櫬，營葬肥城縣鵾夷山，山故陶山之麓也，因以爲號。嘗結廬墓側，教授岱下，撰岱覽三十二卷，以寄哀思。事伯兄如父，弟喪，哭踰時，令原之感，風木之悲，時形歌詠。孜孜著述，無日不親翰墨。晚歲擬作衡疏，以配岱覽，生平欲緝湖南詩徵，未就而卒。

朱聲亨字子衎，號甑山，湘潭人。乾隆五十八年進士，官廣東英德知縣，以病歸，起補雲南靖邊知縣，擢甘肅安西直隸州知州，卒於官。著有文稾。沅湘集存詩七首，今錄文十篇

蔣湘培字篤因，湘鄉人。乾隆五十九年舉人。沅湘集存詩五十四首，今採文二篇

耆舊傳：篤因才氣雄驁，與其弟壎、城、垣俱以文鳴，時稱四蔣。

著有莫如樓集。莫如樓者，其兄弟讀書處也。 案莫如樓合刻未見，似無古文，故文不可多得。

張世準號畫山，湘潭人，增之孫。乾隆五十九年舉人。採序一篇

吳元觀字盟亭，湘潭人。乾隆五十九年舉人。採雜文一篇

歐陽紹洛字礀東，晚改名輅，新化人，拔貢甚文子。乾隆五十九年舉人。沅湘集存詩三百六十二首，今採文七篇

耆舊傳：礀東家貧甚，賫傭力以養。所遇窮惡，轗迹落寞，雅負氣，不能從俗。日事大紬，久之挾所業出，與天下士大夫接，所至咸折服，一時名流少能頡頏。性野逸，不修威儀，敝衣垢履，岸然公卿大夫間，劇談豪飲，旁若無人，人亦多嘔就之無與

忤者稍稍能買田宅免寒餓卽閉門不復出躬耕奉母非力不啻於人世一切升沈寵辱泊如也

周有聲字希甫號東岡長沙人乾隆三十五年舉人官內閣中書六十年成進士仍留中書兼文淵閣檢校俸滿以同知用貴州南籠狆苗之變奏請揀發借挑知州赴黔借補鎭遠府清江通判擢大定府知府以失察小錢落職入鍰復官總督百齡保奏請發南河委用歷署松江蘇州二府奉檄總理下河工務以勞得疾卒於興化工次有東岡詩賸沅湘集存詩七十二首今採小序

耆舊傳先生幼承庭訓鄉試出姚姬傳先生之門又嘗從蔣清容太史游學有本原詞尙體要無錫秦侍郎瀛序其詩曰

希甫伉爽有知略累典大郡能於其職邅迍困踣未究厥用

向會賢字魯齋平江人乾隆六十年進士授國子監學正有愛古堂集沅湘集存詩二十九首今錄文十篇

耆舊傳魯齋潛心理學與趙文恪愼畛交好以學行相砥礪

葢亦慕平江九君子之風而起者

吳鯨字東湄桂陽州人乾隆六十年舉人官醴陵訓導有竹埤樓詩集沅湘集存詩十五今錄小序

耆舊傳東湄性曠爽與余同官冷曹遇試事輒會於省門談詩娓娓不倦同官姍笑之不顧也自東湄亾後無復談此事者矣

劉香字九蘭號補庵湘潭人乾隆初國子監生箸有禹貢圖考音韻心傳水竹山房詩草補庵筆記採傳一篇

湘潭舊志香幼失怙事母篤孝母沒廬墓三年從羅嵐邨作祈李雲登觀正學顏其堂曰履實爲學以變化氣質爲先務以存心養性爲讀書明道之根訓子弟以小學近思錄故及門皆崇實行　羅處士天闇詩曰海陽友補庵中年求大道堅苦自成性憤樂不知老舉世少知音咸謂桐枯槁誰知松柏貧歲寒轉妍好大書履實字終身以爲寶雅語教後生甯拙幸毋巧我本猶子行自幼供灑埽苟不上岱宗焉知眾山小案此詩載沅湘集中可爲補庵小傳然又有一詩云補庵

有難兄南方學人師昔與我先君中表生同時同學叓同志十歲稱鴻詞喜得兩神童郡侯曾賦詩顏短孟不遇天道誠可疑兩家遺經在歎息共讀之案先君者名作元縣志列孝友門謂十歲有神童之目年未壯罹父艱過哀而卒詩所謂顏短也而補庵之兄不傳郡侯何人所賦何詩皆無可考補庵有孫中澤字悅堂自號鐵山居士善行草書能詩有稾未梓

曾貞慶字萬邦號卉谷湘潭人乾隆初例貢採文二篇

劉映蔾字汝輝號石谿茶陵人乾隆初諸生採序一篇

胡世安字懷湄永定人布衣採記一篇

劉文確字堅泰辰谿人乾隆初貢生官江西奉新知縣・採賦一篇

鄧勝逵字達九原名之樑字庭維新化人以子長信官贈鉅野知縣有松堂詩集・沅湘集存詩二十三首今採文三篇

案贈君爲湘皋詩老顯鶴之祖雍乾朝名諸生教授資益閒居益陽最久門下多通經績古之士其行實見於鄒漢勳叔績所作松堂詩存跋厥後孫曾仍世舉貢登仕版而文章行誼皆卓然可傳從刻稾錄入茲編者凡數家卽贈君之雷貽可知矣・

王立楷字庭式號勿齋湘陰人諸生・沅湘集存詩十四首今採文二篇

耆舊傳勿齋性方正治躬甚苦嘗作克復格每日言動必謹

湖南文徵　卷四　姓氏傳

記之著有勿齋隨筆存古堂集・

羅登選字升之號謙齋衡山人乾隆朝歲貢以子廷彥官贈翰林院編修有敦本堂集・沅湘集存詩十八首今採文六篇

耆舊傳贈君之學自經史外旁及天文律歷句股釋老醫卜之書罔不硏究以攻苦得心疾年二十九屛棄一切閉門靜攝年八十五卒所箸律呂新書箋義二卷八音考略一卷見四庫全書存目夏小正直解大戴禮記訓詁春秋三傳辨異皆有刊本・案刊本皆不得見其曾孫亨斐官岳州校官詢以贈君遺文荅言無存故所採僅此云

吳雲際字從庵攸人諸生撥入醴陵學・採賦一篇

羅天闓字開九一字雲皋湘潭人箸有周易補注學古初稾西塘草諸書・沅湘集存詩二十七首今採議一篇

耆舊傳處士性篤孝髫齡失父・母授以父遺書涕泣不能卒讀母沒廬墓三年朝夕哭・貧里人有羅孝子之稱性恬澹不樂仕進晚居西塘精舍講性道之學學者稱西塘先生・羅鴻臚典四修族譜序略其司彙編之總則爲吾族弟雲皋此實與所愛敬・心以今之古人相推奉者少好讀書垂老不釋手初未嘗於科舉營營性篤孝母沒廬墓側三年倉産蠹足家無儲待晏如也居常束身如對客與所知共談累晷夕不襟一流俗語・夙長於詩近猶次書院八景韻合古今體多至

湖南文徵　卷四　姓氏傳

二百五十首有奇積之成帙・通觀之誠吾宗學行之圭臬也譜之講明書法酌新舊所待增刪皆出其手訂義例秩然

段國相字　沅陵人乾隆朝貢生・採賦一篇

朱克靖字　桂陽州人諸生・採記一篇

侯忠陛字丹亭安仁人布衣・採記一篇

龔之茗字　澧州人・採記一篇

潘其炯字曦亭湘潭人乾隆朝歲貢有曦亭草・沅湘集存詩五首今採小序

耆舊傳曦亭集中有篇黃石櫓和劉梅垞及過林磬安不値詩其得貢當在乾隆中也

陳士元字龍卿桂陽州人乾隆朝諸生・採文二篇

譚宗衍字延遠號萬川茶陵人諸生。採襍文一篇
方應和字柳谿巴陵人甯紹台道桂之子官布政司理問。採文四篇
方應清字秋鑑號澄湖巴陵人應和之弟乾隆朝歲貢歷官陝西榆林知縣朔平知府雁平道。採記一篇
吳學健字巽亭湘潭人諸生。採襍文一篇
裴垚字酌堂武陵人諸生。沅湘集存詩三首今採小序
賀國華字用賓善化人以孫長齡官贈光祿大夫有嫁愁集。沅湘集存詩十八首今採小序
耆舊傳贈公先世居浙江鎭海縣祖宏聲雍正間官湖南按察使司獄引疾後僑居長沙遂占籍爲善化人以貧故急於治生遂習法家言已念刑法關繫人命出入恐以冤抑獲戾因專爲人司書札事已念先世二喪未葬因佐桂陽縣令某治獄一年以其脩入營宅兆畢仍理故業其介如此
陳中騏字軼羣湘潭人諸生援例爲江蘇按察司司獄。採賦一篇
案中騏舊載湘潭志亦載醴陵志考其里居在淥口旁近乃兩邑毗連之地相傳淥口舊屬潭邑醴邑因收漕對換故其籍隸兩邑歟其天山賦乃緣事遣戍時所作也
譚兆發字　攸人。採賦一篇
羅健亨字沄谷湘潭人有樂郊園詩文摘錄。錄文五篇
湘潭舊志健亨以親老多病潛心醫理精會仲景之書宋太守本敬令陽城時延之署中值邑大疫精製丸散施給病者全活甚眾　案健亨文士詩文皆有稾本縣志以醫列方技未見其書也武陵胡蔚少霞有和沄谷拜墓詩見耆舊集卷九十
張九綜字平圃湘潭人。沅湘集存詩二十七首今採小序
李大鵬字　華容人。採記一篇
陳洪儀字象九武陵人乾隆朝歲貢官安徽繁昌教諭。採記一篇
張力行字顧堂湘潭人由浙江樂安丞歷海鹽平湖知縣東海防同知擢山西武甯府知府調汾州府。沅湘集存詩五首今採小序
案汾州雖由貲選而文翰甚美爲其時東南老宿所推重相傳浙藩某與有嫌藉漏補庫款陷置重典事在嘉慶元年時以爲冤子經田甲科任貴州兵備道懿田慧田皆乙科任府丞教授悉有時名
王敬禧字孝承號春墅先世居浙江錢塘客游於楚占籍爲武陵人乾隆中貢生有詩教堂集。沅湘集存詩二十九首今採小序
耆舊傳詩教堂集紀文達公序之其甥趙文恪公爲之鋟版以行文恪致身通顯刻苦如寒素蓋得力於舅氏者多也
王霍霖名萬澍以字行號勉亭常甯人乾隆中諸生有衡湘稽古湖南陽秋諸書。沅湘集存頌一篇今採入
耆舊傳勉亭喜博覽善古文沒後值　朝廷開四庫館　詔

求遺書其家以其書上詩不多見僅從㝊陽詩選錄頌一篇

案衡湘稽古五卷見四庫全書存目湖南陽秋十六卷舊志引江昱序云霍霖少爲名諸生年三十棄舉業游山水間攷訂湘楚古蹟極有根據文筆峭潔惜多病年四十八而卒

陳繩祖字孝祜號緝橋祁陽人文肅公大受次子官內閣中書歷戶部山西司主事軍機處行走本部郎中出爲山東運河道甘肅西甯道廣東肇羅兵備道有若溪游草素園詩集沅湘集存詩四十三首今採小序

耆舊傳緝橋性退讓家世華膴時以盛滿爲虞及其兄開府楚中卽求析產別居且謝病歸寓蘇州之水仙庵左旣遭家

禍奉母南還遂抑鬱以卒其詩有宋越梯雲序之王侍郎湖海詩傳亦盛稱之今素園集不可得見比從書肆中得其若溪游草一冊卽宋越所序行者亟錄存若干首以明文肅自有令子武子之賢非膴所能累也

文楷字琴臺衡山人諸生以孫嶽英官貤贈朝議大夫採記一篇

鄢正笏字方廷醴陵人所居有畫郡故自號畫郡乾隆中貢生有澹雲亭集岸花騰笑草沅湘集存詩二十八首今錄文四篇

耆舊傳方廷爲醴陵名宿與吾邑孫石溪吳蘭柴湘陰周半帆默耕兄弟及甯鄉之鄧南坡永綏之胡樸園友善時稱七子諸君皆兄事之稱之曰鄢五丈澹雲亭集自言爲潼關楊玉谷攜去未還今所存者岸花草鈔本而已

張汝大字小淮湘鄉人正笏子乾隆中貢生官武陵訓導沅湘集存詩四首今採考一篇

朱色字石湖湘潭人孝子世繪子以子聲亨官封淸潤縣知縣有以俟堂文槀沅湘集存詩四首今錄文十篇

湘潭舊志嘉慶元年邑人舉色孝廉方正不就曰有其實不必有其名況難副乎著有四書偶舉朱陸平論諸書皆可傳

陳炯字範哲號淡軒攸人諸生有凸亭書屋文集未見採序一篇

攸志炯時藝規橅明人兼工詩古文詞子啟疇肆業麓山羅鴻臚見炯文歎爲名作後輓以聯語云龍谿道脈嗟流輩華嶠仙蹤悵斷雲可髣髴其梗槩矣

段起玲字百朋號松廬新化人乾隆中歲貢有松廬文集沅湘集存詩一首今採文二篇

耆舊傳松廬剛介狷狹其學以堅苦樸實爲主躬耕授徒養母非其力不食非其人不交嘗由衷言內外篇自道所得亦心齋二曲剛主諸先生之流也嘗衆中面訐人過爲怨家所忌陰結其徒挾所著內外篇以誹謗上告時書禁甚嚴幾蹈文網當事有知先生者案其書實無狂悖語乃坐其徒誣告罪而先生亦褫貢生同縣吳思樹序松廬文集云先生漢書所謂獨行君子也陳錫周贈句云淸修有髮頭陀寺直節無

官御史臺皆可佐小傳讀先生佚事甚多里中婦孺能言之隨舉一則皆足以廉頑立懦近時修志乘者乃曲諱其事豈足以知先生哉

楊明上本名林翰字旭初號漁臯甯遠人諸生（沅湘集存詩四十三首今採小序）

黎明獻　邵陽人（採序一篇）

陶必銓字士升號萸江安化人諸生以子澍官累贈兵部尚書兩江總督祀鄉賢著有萸江文存（沅湘集存詩六十八首今錄文五篇）

耆舊傳先生性奇偉刻苦自厲嘗拾薪擷茗芽自給而好學不倦見義必爲近郁有虎患爲文牒土神七日而虎遯鄰有

屋祟或乞文咒之竟無患獨力募建石塔於邑城南以培學宮塔成而安化科名繼起詩稾爲人竊去子文毅公官給事中時巡視南漕掇拾鋟版即今所行萸江詩存也

李煥字松華醴陵人乾隆中貢生官華容訓導（採記一篇）

黃湘南字一吾號石櫓甯鄉人諸生有大溈山房詩集（沅湘集存詩二十二首今採敓一篇）

耆舊傳贈君爲虎癡學博本驥之父自幼隨其父太守公官天津才名播南北年未壯客死杭州遺詩三千餘首詞七百餘首甯鄉黃氏代有聞人幾於人人有集而先生抱才蚤殞尤爲可惋云

孫起鵬字翼雲武陵人乾隆朝貢生有識均堂集（採墓志銘一篇）

黃崇貴字綺含號白庵安化人乾隆朝諸生嘉慶改元舉孝廉方正不就（沅湘集存詩九首今採小序）

黃崇寶字郁亭號篤庵安化人乾隆朝貢生選郴州訓導（沅湘集存詩二十九首今採小序）

賀念曾字省吾善化人以子熙齡官贈朝議大夫（採跋一篇）

文自炳字虎章攸人乾隆朝貢生有東洲文稾（採傳一篇）

攸志自炳讀書主析理不喜摭拾馳騁繼其師易蛟門教授城東介庵垂三十年生平言動不苟子舒璣舒理俱舉人

丁世璟字赤雯醴陵人宗懋子乾隆朝廩貢歷署桂東武陵石

門教諭補武岡安章訓導年七十告歸（採記一篇）

王夢揚字旭初改名啟絢常甯人諸生有學古編（錄文九篇）

魏瓊字予石號磻湖衡陽人乾隆中歲貢卒年七十三（採記一篇）

羅新瀛字仙洲號雲橋湘潭人乾隆朝布衣有雲橋文稾（錄文四篇）

朱蓀字芝堂邵陽人乾隆朝諸生（沅湘集存詩六首今採小序）

寶慶府志蓀幼聰穎有奇氣於書無不讀出語輒驚其長者稍長受業攸縣陳夢元夢元絕器之與兄英杰弟蘅齊名時稱四朱學使姚頤張姚成皆待以國士

陳期字翔九號頤庵巴陵人乾隆朝諸生（採小序）

王夢勳字旭定常甯人夢揚弟諸生（採序一篇）

彭勝桂字芳圃長沙人國子監生以子永思官封奉政大夫壽八十五五世同堂道光初　賜七葉衍祥額旌閭採樸文一篇

鄧奇逢字稼軒邵陽人鴻博獻章之子以優貢充正藍旗官學教習歷官長沙府學訓導遷江西南城縣丞沅湘集存詩四首今採序二篇

耆舊傳稼軒名父之子官訓導時秦小峴侍郎方按察湖南善化訓導則孫石谿也嘗同游嶽麓題名北海碑陰

陳士杜字鶴皋長沙人有文集鈔稾沅湘集存詩三十五首今錄文十篇

耆舊傳鶴皋爲蒼山明經士松之弟有雨花山房詩文鈔終其身困阸童子試中未青一衿嘗僦僧舍以居困踣窮乏視其兄而又過之以古文名詩有性靈古體尤多可存

丁士鋐字　醴陵人諸生採記一篇

王運匯字匯木甯鄉人乾隆朝貢生沅湘集存詩二首今採樸文二篇

舒東字芬照一字青洋湘鄉人諸生有青芬山房文集沅湘集存詩八首今錄文三篇

耆舊傳芬照少有文譽工吟善畫屢舉不第以諸生終　案作者受知姚雪門學使時負盛名今惟存青芬山房文一卷三十二篇係道光己酉其孫翰刻行據集中荅潘李二生書云除舊經宿遷沈舟湮失外尚得詩千餘首古文百餘篇不知何以僅存三之一鄧氏僅錄詩八首亦由未見全稾也

吳登鴻字笠樵湘潭人諸生道光二年舉人禹甲之父有原上草沅湘集存詩十五首今採序一篇

吳炯字秋陽號睡庵武陵人沅湘集存詩十二首今採小序

李文昊字星三一字嶽泉常甯人諸生嘉慶元年舉孝廉方正不就有聽嚶堂剩餘文存沅湘集存詩四首今錄文二篇

吳元復字白橋湘潭人舉人元觀弟諸生採樸文一篇

趙慎畛字遵路號笛樓晚號蓼生武陵人嘉慶元年進士選庶吉士授編修考取御史第一補山東道監察御史轉福建道掌京畿道事巡視北城通州漕轉刑科給事中憂歸起補禮科給事中出爲廣東潮嘉道遷廣西按察使再遷廣東布政使升廣東巡撫擢閩浙總督調雲貴卒贈太子少保　予謚文恪有省諐室續筆讀書日記惜日筆記未見沅湘集存詩五首今採文五篇

耆舊傳公少孤敦敏好學有異資七歲太公以屬其舅氏王春埜明經薇禧爲時儒碩言笑不苟有詩教堂集公從受學終身未之易師事之如父母王夫人朝夕策勵言行必端謹故能厚重淵默刻苦如寒素性篤孝少奉王夫人教有怒責必跪受王夫人見背後語及則泫然嘗顏其室曰省諐每日言行夜必記之門人姚瑩嘗言公立身行己居官大節不媿理學名臣之目

張再英字書田長沙人嘉慶元年進士官廣東海豐知縣署潮州通判十七年以疾歸子　沄進士官御史啟鵬舉人孫祖同百

熙皆舉人。採文四篇

嚴如熤字炳文號樂園一號蘇亭漵浦人。乾隆五十四年優貢。嘉慶元年薦舉孝廉方正 廷試第一以知縣發陝西効力歷官洵陽知縣定遠廳潼關廳同知漢中府知府。道光改元擢陝安兵備道。加按察使銜授貴州按察使調陝西按察使卒贈布政使祀名宦鄉賢有樂園文集。沅湘集存詩六十七首今錄文十一篇

耆舊傳先生性豪俠自爲諸生時即好談兵慨然懷傳介子班定遠之略嘉慶元二間黔楚用兵上平苗議十二策陰結大小章犵狫頭目質子十九人與同臥起卒賴其力復乾州通黔楚路苗疆底定其力居多在陝二十餘年平定南山教

匪因與戎事相終始遂以其閒繕城垣立堡砦浚濠溝築隄堰教耕織崇學校教養兼施恩威並著邊境肅然至條陳屯田水利建置邊疆文武營廳熟思審處規畫詳盡厥功尤偉生平慕范文正公之爲人取先憂後樂語自號樂園所箸有苗防洋防三省邊防備覽蘇亭集漢南感舊集漢臺詠史蘇亭樂府樂園文集諸書

蔣湘城字　湘鄉人嘉慶三年舉人。沅湘集存詩十一首今採賦一篇

彭昌運字　巴陵人嘉慶四年進士。採文二篇

蔣雲寬字牧叔號錦橋永明人嘉慶四年進士。選庶吉士改刑部主事。轉山西道監察御史戶科掌印給事中有瑞萼堂集。錄文十篇

歐陽厚均字福田號坦齋安仁人。嘉慶四年進士由戶部主事歷貴州司員外郎陝西司郎中轉浙江道監察御史以母老陳請歸養主講嶽麓書院有文稾。錄文十篇

陳振玉字集堂郴州人昭謀子嘉慶五年舉人揀選知縣以子起詩官封奉直大夫。採記一篇

魏瀚原名焯字光瀠號南厓衡陽人瓊子。乾隆五十四年拔貢嘉慶五年舉人。歷官山西浮山安邑武鄉知縣。有文稾。錄文十篇

柳廷方字坦田長沙人嘉慶三年舉人有來青堂文集。沅湘集存詩九首今錄文十二篇

耆舊傳坦田屢試禮部不第窮阨以終有來青堂詩集沒後其門人淩工部玉垣荻舟始謀刊行。

余正煥字星堂長沙人。嘉慶六年進士選庶吉士授編修。京察一等授陝西陝安兵備道軍功 賞戴花翎調雲南迤西兵備道內艱起復 簡放江西鹽法道三署按察使以疾乞歸。採序二篇

袁名曜字道南號峴岡甯鄉人嘉慶六年進士選庶吉士授編修歷官翰林院侍讀充 日講起居注官以目疾乞假歸屢主嶽麓昭潭諸講席八之卒有吾吾廬集。沅湘集存詩九首今錄文十六篇

聶鎬敏字京圃衡山人。燾孫嘉慶六年進士選庶吉士授編修。擢司經局洗馬改部郎。出爲浙江嚴州府知府有松心居士全

集。沅湘集存詩二首今錄文六篇
張履信字復言號雲池湘潭人嘉慶六年舉人借補邵陽訓導。有二雲書屋詩鈔沅湘集存詩二十九首今採序一篇
陳楷字輯五號卷山武陵人嘉慶六年舉人官安章教諭有卷山文集。沅湘集存詩十七首今採辨一篇
者舊傳卷山銳意箸述留心文獻嘗輯常德文徵又有洞庭湖志稾未及刊行而卒。
張家槼字靜安號蓉裳湘潭人嘉慶六年舉人官新化教諭有蓉裳詩鈔。沅湘集存詩一百十五首今採尺牘小序
張晉本字浣山善化人嘉慶六年順天舉人有文稾。錄文六篇

張慧田字定生號臺山湘潭人經田懿田弟嘉慶六年舉人官會同教諭。歷寶慶常德教授告歸。卒年八十餘。文稾未見。採序一篇
陳人倬字　新甯人。嘉慶六年拔貢。採議一篇
陶澍字子霖一字雲汀安化人嘉慶七年進士選庶吉士授編修改御史歷掌陝西道江西道監察御史吏科掌印給事中巡視中城東城南漕察院出為川東兵備道福建山西按察使遷安徽布政使。升安徽巡撫調江蘇巡撫加太子少保兵部尚書都察院右都御史總督江南江西等處地方提督軍務糧儲操江兼轄江南河道管理兩淮鹽政。賞戴花翎以病乞假解任。終於金陵節署。特旨入賢良祠　予謚文毅有奏疏詩文全集。沅湘集存詩一百九十一首今錄文六十三篇
者舊傳公抱負奇偉自官翰林即以擔當天下為己任居諫垣所言多軍國大計總制兩江力任艱鉅不避疑謗在吳偉績不一而籌海運浚吳淞江改行淮北票鹽尤能力排羣議以成厥功性坦率喜博覽篤嗜風雅留心文獻於地形水利尤所切究俯仰今古盱衡時事隱然以一身為江淮保障
歐陽僑字鍾廬邵陽人嘉慶七年進士官廣西羅城知縣。採序一篇
鄧顯鶴字子立一字湘皋新化人嘉慶九年舉人官甯鄉訓導。歸主講寶慶濂溪書院卒年七十六箸有寶慶府志增輯楚寶沅湘耆舊集南邨草堂詩鈔文鈔諸書。錄文二十九篇

案編中有劉基定纂墓表。
曾傳薪字謙山衡山人。嘉慶九年舉人官山東滋陽知縣。呈改教職選鳳凰廳教諭內艱起復補湘潭教諭年八十致仕箸有守身堂文草。採文二篇
案守身堂文草寫本一冊近始得之不及補錄
何淩漢字雲門一字仙槎道州人嘉慶十年進士。廷試一甲第三名授編修歷國子監司業左春坊左中允　日講起居注官擢司經局洗馬轉翰林院侍講侍讀升右庶子國子監祭酒出為山東學政在任轉侍讀學士晉通政司副使擢順天府尹授大理寺卿署兵部右侍郎授都察院左副都御史晉工部右

侍郎浙江學政。調吏部右侍郎。兼管順天府尹。補授都察院左都御史。工部尙書。署吏部尙書。調戶部尙書。終於任。予謚文安。沅湘集存詩六首今採文六篇

耆舊傳公以辛酉拔貢官吏部。甲子舉京兆試。立朝四十年。屢操文柄。未履外臺。而京尹一任最久。理煩治劇。不動聲色。畿輔肅然。名德清望。一時罕比。

彭浚字寶臣。衡山人。嘉慶十年進士。廷試一甲第一名。授修撰。歷官侍講。改員外郎。終奉天府丞。兼提督學政。有賜硯堂文集。沅湘集存詩一首今錄文四篇

聶銑敏字蓉峯。衡山人。鎬敏弟。嘉慶十年進士。選庶吉士。授編

修。改兵部主事。睿廟五旬萬壽。恭進詩冊。賞還編修。出爲四川學政。浙江紹興知府。沅湘集存詩六首今採文二篇

王泉之字星海。一字漢槎。淸泉人。嘉慶十年進士。歷官江西鉛山進賢知縣。甯都知州。署贛州知府。有政餘書屋文鈔。錄文十二篇

蔣湘垣字師大。湘鄉人。嘉慶十年進士。沅湘集存詩一百三十首今採文六篇

耆舊傳師大與其叔兄城同舉於鄉。皆以伯子爲師。詩文奇肆。在諸兄中尢推後勁。

符鴻字又超。益陽人。嘉慶十年進士。官河南淇縣知縣。採記一篇

文舒曜字定齋。攸人。嘉慶十二年舉人。官安福敎諭。著有衡輿仙隱文存。錄文四篇

晏貽琮字幼瑰。號湘門。新化人。嘉慶十二年舉人。沅湘集存詩一百十首今採小序

耆舊傳湘門與余居京師最久。後余流寓維揚。湘門亦客金閶。因偕之歸。歸後踰月而卒。年二十有九。有過且過齋詩集。其爲詩最刻苦。存詩最矜愼。唐陶山方伯爲刻行之。

楊丕復字愚齋。武陵人。嘉慶十二年舉人。借補石門訓導。以子彝珍官。贈奉政大夫。有文稾。沅湘集存詩二首今錄文十一篇

鍾道贩字南山。湘陰人。嘉慶十二年副貢。候選教職。採序一篇

石承藻字蘭溪。一字黼庭。湘潭人。嘉慶十三年進士。廷試第三。授編修。充文穎館協修。治河方略館纂修。典山西鄉試。改御

史。歷工科給事中。刑科掌印給事中。稽查戶部銀庫。以母憂歸。緣事左遷光祿寺署正。有桐葉山房詩草。子廷文。拔貢。官知縣。沅湘集存詩三十九首今採文二篇

瞿家鏊字吾山。瀏陽人。嘉慶十三年進士。歷官常德敎授。江南興化山東館陶知縣。沅湘集存詩六十首今採文三篇

蔣舒惠字東里。邵陽人。嘉慶十三年進士。歷官浙江義烏鄞縣知縣。有柳庵文集。採記二篇

賀長齡字耦庚。號耐庵。善化人。嘉慶十三年進士。選庶吉士。授編修。轉左春坊左贊善。出爲江西南昌知府。擢山東兗沂曹濟道。署山東按察使。擢廣西按察使。調江蘇。擢布政使。復調山東。

護理巡撫·再調江甯布政使·內艱起復授福建布政使·調直隸·擢貴州巡撫·在任九年·擢雲貴總督·左遷河南布政使·病免歸里·卒年六十三·有耐庵文存·錄文四十一篇

唐業謙·字濟之·號受堂·善化人·嘉慶十三年進士·選庶吉士·改禮部主事·歷祠祭司員外郎·郎中·出爲河南南陽知府·調安徽太平府·江西瑞州府·以病歸·有宛南政考·錄記三篇

方堃·字冉亭·巴陵人·嘉慶十三年副貢·候選教諭·採辨二篇

秦關·字百二·號錦江·湘潭人·嘉慶十三年副貢·候選教諭·沅湘集存詩三首·今採文五篇

黃本騏·字伯良·一字花耘·甯鄉人·嘉慶十三年舉人·官城步訓

湖南文徵　卷四　姓氏傳　哭

導·沅湘集存詩八十一首·今採序二篇

耆舊傳·伯良少孤·與弟仲良本驥齊名·嘉言詩不主一格·所作瓌奇豔麗·以才氣勝·丞歲嘗與余同客京邸·後聞其官城步·不久旋卒·無子·二女均能詩工琴

唐鑑·字鏡海·善化人·仲冕子·嘉慶十四年進士·選庶吉士·授檢討·轉御史·出知廣西平樂府·遷江安糧道·歷貴州按察使·江甯布政使·內用太常寺卿·加二品銜·特旨予謚確愼·有紅葉山房文稾·錄文二十篇

曹德贊·字仲襄·號翊庭·桂陽州人·嘉慶十四年進士·選庶吉士·改安徽繁昌知縣·採序一篇

彭永思·字位存·號雨峯·長沙人·嘉慶十四年進士·以知縣發雲南·署嵩明州·補楚雄縣·歷署大姚·廣通·南安·姚州知州·援例入爲戶部員外郎·外艱歸·以母老終養·採文三篇

周樹槐·字星叔·長沙人·嘉慶十四年進士·歷官山西沁源·江西吉水知縣·年未五十致仕歸·有壯學齋文集·錄文二十篇

李象鵾·字雲皋·號雙圃·長沙人·嘉慶十六年進士·選庶吉士·授檢討·京察一等·出爲直隸宣化府知府·歷遷河南糧鹽道·江西贛南道·江甯按察使·布政使·貴州布政使·引疾歸·有棣懷堂隨筆·錄文五篇

譚光鼎·字槐郵·零陵人·嘉慶六年拔貢·充八旗官學教習·十五

湖南文徵　卷四　姓氏傳　晃

年舉人·沅湘集存詩一首·今採小序

黃崇光·字暉若·號謙山·安化人·嘉慶十六年進士·選庶吉士·改寶慶教授·採文二篇

張學尹·字子任·湘陰人·嘉慶十六年進士·官福建莆田·侯官知縣·鹿仔港同知·以子自牧官·贈榮祿大夫·有師白山房集·錄文七篇

李克鈿·字冠湖·號希濂·桂東人·嘉慶十八年拔貢·候選直隸州州判·有震省堂遺文·錄書二篇

胡嵩齡·原名大魁·字貫斗·號月坡·保靖人·嘉慶十八年拔貢·本科舉人·借補晃州直隸廳訓導·以子興仁官·贈通奉大夫·沅湘集存詩七首·今採說四篇

楊昌光字秋蓬號花塢湘陰人。嘉慶十八年舉人。沅湘集存詩八首今採文四篇

嚴正基字仲甫號仙舫漵浦人。如熤子。嘉慶十八年副貢出敎習出爲河南武安孟縣息縣知縣鄭禹二州知州洊陞淮海兵備道署 按察使湖北布政使內轉通政使有文稾一。錄文十篇

蔡用錫字雲帆益陽人。嘉慶十八年拔貢官石門敎諭。採文四篇

賀熙齡字光甫號蔗農善化人。嘉慶十九年進士選庶吉士授編修轉河南道監察御史署吏科給事中工科給事中提督湖北學政內艱起復歷山東四川道監察御史署戶科給事中授浙江台州知府以疾歸掌敎城南書院有寒香館文鈔。錄文九篇

鄭敦允字止川號芝泉長沙人。嘉慶十九年進士選庶吉士改刑部主事轉員外郎郎中出爲湖北襄陽府知府調署武昌府兼權督糧道祀襄陽名宦。沅湘集存詩十七首今採記一篇

耆舊傳芝泉官刑部最有聲在襄陽修復鹿門書院建樊城石隄子岸以捍田廬建夾底漏梘渡航以禦風浪詳請 奏借帑項生息以充緝捕襄固盜藪先後捦獲大盜百餘名凡莠民里魁爲民厲者除之立盡襄民至今德之

郭汪燦字雲麓湘潭人。嘉慶十九年進士官陝西鄠縣知縣。沅湘集存詩六首今採墓志銘一篇

曾興仁字受恬善化人。嘉慶二十一年舉人官江西宜春知縣。

有樂山堂文鈔。錄文五篇

龍瑛字白華一字雲東湘潭人。嘉慶二十二年進士選庶吉士授編修充 國史館纂修提調分校鄉會試典山西試轉左春坊左贊善主嶽麓城南朗江昭潭講席卒年七十四。採序一篇

趙先雅字鹿潭益陽人。嘉慶二十二年進士選庶吉士改主事累官御史。沅湘集存詩四首今採文四篇

黃德濂字劭懷號惺谿安化人。嘉慶二十二年進士選庶吉士授檢討改御史出爲山西朔平蒲州知府署河東道降級外艱起復以直隸州發雲南權開化府借補霑益州知州歷署昭通臨安知府擢順寗府知府署永昌府軍功 賞戴花翎擢陝西

西乾鄜糧儲道以疾歸卒年六十三。子立鈐拔貢官敎諭孫自元一甲第二人官編修。採文五篇

胡達源字清甫號雲閣益陽人。嘉慶二十四年進士。 廷試一甲第三人授編修晉國子監司業轉侍講侍讀左庶子升學士大考擢詹事府少詹事 日講起居注官武會試總裁失察降侍講內艱歸服闋復丁外艱卒年六十餘有問妙香室文集弟子箴言諸書。沅湘集存詩十四首今採序一篇

耆舊傳公以文字受 主知初充 睿廟實錄館纂修
天子嘉其書有法特賜 召對命爲提調官晝領館事書成典試雲南視學貴州公恂恂書生臨事善斷大定武舉

舉吳甲父子橫踞一鄉，徒黨徧郡縣，以攻詰考試至侵辱學官踏之地，大吏莫敢詰。公至，盡發其姦狀，奏置於理。一郡稱快。任滿還朝，值畿輔饑，朝廷設粥廠於靑白口，公以學士領廠事，仿鄭公靑州法，人給五日糧，男女異日異路，升斗籌票親爲驗發。同官以非成例不便，公引喻古義，兼察近情，奏聞，上嘉納之。

張家栻，字小珣，湘潭人，世濂子。嘉慶二十四年進士，官江西峽江萬年武甯知縣，改四川鹽大使，降縣丞。有文稾。錄記二篇

劉夢蘭，字覺香，武陵人。嘉慶二十四年進士，選庶吉士，改戶部主事，轉員外郎，擢山西道監察御史，出知廣西南甯府，升福建糧儲道。採序一篇

陳洪道，字二陔，湘陰人。嘉慶二十四年舉人，官保靖訓導，升永順教授。文有鈔稾。錄序一篇

鍾昌澍，字雨曜，一字護堂，湘陰人。嘉慶二十四年舉人，官安仁訓導。有吹香堂文集，未見。採文四篇

楊延亮，字菊泉，號月塘，長沙人。嘉慶二十五年進士，官山西趙城知縣。道光十五年，教匪林淸餘黨曹順等作亂，殉難，贈知府，敕建專祠，賞騎都尉世職，予謚昭節。沅湘集存詩二十六首，今採序一篇

張星煥，字厚培，一字掖垣，善化人。嘉慶二十五年進士，選庶吉士，改知縣，歷安徽繁昌太和二縣。沅湘集存詩十二首，今採小序

徐其相，字倬湖，湘潭人，諸生。沅湘集存詩四十二首，今採小序

羅光奕，號省庵，安化人，以子繞典官，封榮祿大夫。採記一篇

葛樹蕃，字鍇僑，自號莞花居士，湘鄉人。嘉慶初貢生。有綠石齋文集。沅湘集存詩五十八首，今錄文十四篇

耆舊傳：鍇僑少有才譽，與同縣舒東靑洋交篤，時稱舒葛。性狷介，言笑不苟，嘗客昆明，授刊錢南園先生遺集，年近九十，猶喜吟詠。

吳瑩，字玉叔，一字瓊仙，長沙人，諸生。沅湘集存詩八首，今採文三篇

耆舊傳：玉叔負才不偶，又遭家難，侘傺以終。後同人釀金梓其瓊仙遺稾四卷。

陳圭，字繭莊，攸人，廩貢，官華容零陵訓導。沅湘集存詩二十首，今採文二篇

邸之稑，字穀士，瀏陽人，國子監生，議敘八品，年六十九卒。有律吾彙攷。子慶誥、慶籥，孫景崙，皆舉人。錄文十三篇

陶章潙，字季壽，甯鄉人，官山西鳳臺知縣。沅湘集存詩一百六首，今採記四篇

耆舊傳：季壽天才橫溢，交滿海內，善古文，工書法，詩凡三變。今所存多奇峭警拔之作，出入蘇黃，爲多充其所至，豈直陶氏才子耶。惜屈於貲郎，又不永年，未見其止也。

王人定，字靜存，號彥農，甯鄉人，文淸孫，國子監生。沅湘集存詩五十二首，今採樸文三篇

鄧顯鶴，字子振，一字秈渠，新化人，顯鶴兄，諸生。有聽雨山房文

鈔沅湘集存詩十首今採文十一篇

聶汝康字迺福號乃塢湘鄉人嘉慶朝貢生沅湘集存詩十五首今採小序

龔立海字柱君號雲濤巴陵人嘉慶朝貢生有垂雲山房集沅湘集存詩二十五首今採小序

耆舊傳雲濤詩多效前後七子及　國初諸老以才氣自喜

蔡雲逵字儀甫湘潭人諸生沅湘集存詩六首今採文六篇

李任字一理號儔我平江人國子監生有文稾錄文三篇

方宣維字　巴陵人採說一篇

鄒文蘇字望之號景山新化人嘉慶朝貢生沅湘集存詩六首今採記一篇

耆舊傳景山幼穎異博學强記治經長於三禮嘗以鄭賈古

學教授里中吳蘭柴翁一見奇之妻以女諸子皆稟承家學叔子漢勳叔績尤有聲景山韻語不多殊不媿儒碩之言

案明經六子漢紀伯申漢瀆仲辰漢勳叔績漢嘉叔申漢章叔明漢池季深皆勤學好古各有著述兵燹後廑有存者矣

毛國翰字靑垣長沙人諸生著有麋園詩集採文四篇

李中涵字　平江人諸生採文二篇

陶澧字秀掄號蘭江安化人諸生沅湘集存詩五首今採跋一篇

胡振圭字鏡塘衡山人嘉慶中歲貢採記二篇

孫幹字經國號固軒巴陵人嘉慶朝歲貢採記一篇

羅鑒龜字鶴齡長沙人諸生有思貽堂文稾錄文六篇

康增城字夢關衡山人嘉慶朝貢生沅湘集存詩十二首今採小序

黃溥爲字彼園又字韓城長沙人嘉慶中諸生文集未見採序一篇

黃開運原名淥爲字澹齋又字蓉坡長沙人嘉慶中諸生採文二篇

文詔臨字荻堂衡山人嘉慶中貢生以子嶽英官封朝議大夫採論一篇

周嘉緗字書城號梔褐湘陰人嘉慶中諸生有宅心齋稾採文八篇

唐開韶字竹谷武陵人嘉慶中諸生有桃源志略諸書採文二篇

郭家彪字春坊湘陰人議敘八品以子嵩燾官贈光祿大夫採墓碣一篇

郭家聲字蓮舫湘陰人浙江候補通判歷署杭州紹興同知建德知縣採記一篇

方聯甲字鼎翰號木橋巴陵人嘉慶朝附貢議敘同知沅湘集存詩四十首今採小序

耆舊傳鼎翰有唐詩韻彙六十四卷塞上吟集唐三百首入各塞上酷愛唐詩故集句最多

李紹蓮字明熙一字晴川瀏陽人採文四篇

劉振翥字西岡新化人諸生沅湘集存詩四十首今採小序

朱文炑字愼甫瀏陽人著有愼甫文存錄文四篇

蕭寅顯字仲虎善化人諸生採傳一篇

胡光北字學山瀏陽人嘉慶朝歲貢採文三篇

羅江字秋浦原名世棻湘潭人諸生著有桂笠齋詩文集卒年七十九錄文四篇

李德鑄字闇壇一字補堂常甯人文昊子諸生道光中以平猺功加六品銜咸豐乙卯　旌表孝行著有闇壇文稾錄文三篇

唐純字秉德一字仙樵常甯人嘉慶朝歲貢著有炳燭草採論二篇

黃浩爲字然圃又字廣齋長沙人嘉慶中諸生文集未見採文三篇

何炳煌字春堂邵陽人諸生以子濬年官贈奉直大夫採書一篇

趙世景字子芳號介亭甯鄉人諸生以子鏻官贈修職郎沅湘集存詩十首今採贊一篇

湯昭弼字夢巖益陽人國子監生年八十卒有南湖集錄文七篇

蕭禮容字心莊湘鄉人嘉慶朝諸生採跋一篇

巢邦光字魯庵湘陰人嘉慶朝貢生採文二篇

鍾昌言字葛民湘陰人有止園文集未見採文四篇

劉基定字子復甯鄉人例貢年八十六卒文有鈔稾採文十三篇

陳起艮字竹心郴州人諸生採記一篇

賀齡柄字旦堂常甯人諸生有悛於是齋遺稾錄跋二篇

易愼愔字心鑒號杜谿湘潭人採書一篇

李時沛字　新甯人採賦一篇

彭定本字　湘陰人採祭文一篇

周詒樸字子堅晚號瓠翁湘潭人系英季子官兩淮板浦場鹽庫大使加同知銜有寄東居士集錄小序十六則跋一篇

彭紹封字漢池益陽人諸生有漢池文集錄論六篇

黃本驥字仲良號虎癡甯鄉人本驍弟嘉慶十三年副貢道光元年舉人官黔陽教諭著有三長物齋全集錄文二十七篇

常大湘字馭七號瀛臺衡陽人道光元年舉人以從弟大淳官貤封奉政大夫有學古堂文稾錄文三篇

高崧字席山巴陵人道光元年舉人歷官嘉禾訓導貴州開泰知縣有席山文稾錄文五篇

廖宗湘字春泉郴州人道光二年舉人採墓碑銘一篇

周湘黼字月船長沙人道光二年舉人借補芷江訓導加鹽提

舉銜有文稾錄文三篇

常大淳字正夫號南陔衡陽人道光三年進士選庶吉士授編修改山東道監察御史進工科給事中吏科掌印給事中出爲福建巡道署按察使升兩淮鹽運使留閩總理軍需局務兼攝臬篆二十二年赴浙蒞任署浙江布政使杭嘉湖兵備道浙江按察使遷安徽按察使乞養歸內艱起復歷湖北按察使陝西布政使湖北布政使擢浙江巡撫咸豐二年調湖北巡撫督辦防堵八月調山西巡撫仍留湖北任　賞戴花翎城陷殉難　贈總督照例賜卹　予謚文節採文三篇

舒夢齡字錫晉號蘇橋溆浦人道光三年進士選庶吉士改知

縣。歷安徽鳳陽安慶知府。擢廬鳳潁道山東登萊青道。採文四篇

湯鵬字海秋益陽人道光三年進士授禮部主事遷戶部員外郎。轉御史仍回戶部遷郎中有浮邱閣文稾。錄文十四篇

李象昺字曉郁長沙人道光五年拔貢官浙江海甯四川崇慶知州。採序一篇

鄧仁堃字厚甫武岡人道光五年拔貢歷官四川綦江富順知縣加知州銜。　賞戴藍翎捐升知府補江西南安府調南昌軍功　賞換花翎擢糧儲道晉按察使兼署布政使。採文四篇

楊太灝字蕙軒新化人道光五年舉人官長沙教諭。採文五篇

易光倬字闇齋醴陵人道光五年拔貢。採傳一篇

黃鶴字漢臯新化人道光五年拔貢官甯鄉教諭。採序一篇

楊邦儁字壽巖一字花巖湘潭人道光六年進士歷官常德衡州永州教授重游泮宮卒年八十。採序一篇

左仁原名輝春字青士號淸石湘鄉人道光八年舉人歷官安徽睢甯桃源震澤南匯銅山碭遷知縣高郵知州升知府署銅沛廳同知徐州府知府淮徐海兵備道有芭蕉山館稾。錄文八篇

彭洋中字彥溪號曉杭湘鄉人道光八年舉人任邵陽教諭保升知府署四川潼川府知府卒於任有詩文稾。錄文三篇

俞理枝字密垣善化人道光八年舉人任興甯教諭。採文二篇

羅繞典字蘭陔號蘇谿安化人道光九年進士選庶吉士授編修。　簡放山西平陽府知府。擢陝西糧道山西按察使貴州布政使遷湖北巡撫憂歸起復奉　命辦理湖南防務擢雲貴總督卒於遵義軍中　贈太子少保　予諡文僖有文稾。錄文十七篇

易棠字念園善化人道光九年進士由刑部主事歷員外郎郎中授廣東廣州府知府擢兵備道陝西按察使布政使山東巡撫陝甘總督以病歸卒年七十有貽芬書屋詩文集。錄文十一篇

夏恆字一卿攸人道光九年進士選庶吉士改吏部考功司主事轉本部員外郎。沅湘集存詩二十七首今採序一篇

耆舊傳一卿多才好學講求經濟時譽翕然未竟其用而卒

陳起詩字雲心郴州人振玉子道光九年進士授吏部主事升

本部員外郎記名御史。沅湘集存詩六十五首今採文四篇

耆舊傳雲心少負才譽官吏部尤有聲未竟其用可惜也。

伍澤景字　邵陽人道光十一年舉鄉試第一有文稾未見採記一篇

張聲玠字奉茲一字玉夫湘潭人世涗孫道光十一年舉人署直隸元氏知縣著有蘅芷莊詩文集。錄文六篇

李星沅字子湘號石梧湘陰人道光十二年進士選庶吉士授編修典試四川督學廣東出爲陝西漢中府知府遷河南糧鹽道歷陝西四川江蘇按察使除江西布政使調江蘇擢陝西巡撫調江蘇升雲貴總督兼署雲南巡撫　賞戴花翎加太子太

保調兩江總督以病歸起爲　欽差大臣辦理廣西軍務卒於軍　予諡文恭有文稾錄文十篇

陳本欽字堯農長沙人道光十二年進士選庶吉士改工部主事充軍機章京升營繕司員外郎以憂歸主講城南書院軍功加四品卿銜卒年七十採文二篇

李傳敏字慧超一字遜吾平江人道光五年拔貢十二年舉人借補新田訓導以子元嘉官贈中憲大夫有課雲樓詩文集採文四篇

張紳字書堂善化人道光十二年舉人子家槐進士官知縣採文二篇

黎吉雲原名光曙字月喬湘潭人道光十三年進士選庶吉士授編修轉御史歷江南山東四川道監察御史署吏科兵科給事中有黛方山莊詩集採文五篇

方大湢字澹生號稼軒巴陵人道光十三年進士官兵部車駕司主事軍機章京有稼軒文稾錄文五篇

言友恂字雲笙湘潭人道光十二年舉人大挑候選教諭有琴源山房遺集採小序

何紹祺字子敬號勛潛道州人凌漢子道光十四年舉人授雲南廣通知縣改江蘇同知內艱起復歷浙江杭州台州知府以道員升用　賞戴花翎署糧儲道有滇浙牘存錄文九篇

首煥彪字班臣郴州人道光十四年舉人採文二篇

劉際泰字盛堂長沙人道光十五年舉人景山官學教習採文四篇

何慶元字積之號漱石桂陽人嘉慶十八年拔貢道光十一年舉人十五年進士選庶吉士有新知閣自訂稾錄文十八篇

張瓚昭字斗峯平江人嘉慶六年優貢道光十五年舉人官東安教諭以子岳齡官贈榮祿大夫箸有經箋質疑錄文五篇

李隆蕚字棣春一字劭靑甯鄉人道光五年拔貢　廷試二等以州判改甯遠教諭軍功除國子監典籍舉十五年順天鄉試改選華容教諭秩滿升知縣歷署貴州清鎮施秉安南知縣擢台拱同知權興義府事以疾歸卒年六十九採文二篇

黃輔辰字琴塢貴州籍醴陵人道光十五年進士由吏部文選司主事升驗封司員外郎考功司掌印郎中京察以繁缺知府發山西乞假歸　特旨以道員仍發山西　賞戴花翎署冀甯道　簡放陝西鳳邠道加鹽運使銜有小酉山房集採文三篇

胡林翼字貺生號潤芝益陽人達源子道光十六年進士選庶吉士授編修以事降一級調用援例爲內閣中書捐升知府發貴州歷署安順鎮遠思南府事補黎平府擢貴東道四川按察使遷湖北布政使擢湖北巡撫　賞頭品頂戴加太子少保卒　贈總督　予諡文忠祀賢良祠有文集錄文十篇

唐李杜字詩輔祁陽人道光十六年進士歷官至知府採文一篇

江忠源字常孺號岷樵新甯人．道光十七年拔貢本科舉人．軍功　賞戴藍翎．以知縣發浙江權秀水補麗水知縣．外艱起復以同知直隸州升用　賞換花翎加道銜署湖北按察使兼鹽道．旋授湖北按察使奉　旨飭赴江南大營幫辦軍務　賞加二品頂戴鑴四級留任擢安徽巡撫　賞霍隆武巴圖魯勇號殉難廬州　贈總督　敕建專祠　予諡忠烈有遺集．錄文四篇

歐陽泜字子季號松洲桂東人．道光十七年拔貢有寬閒堂遺文．錄文三篇

魏承柷字將侯原名槐字黃生衡陽人瀚子．道光十七年拔貢本科舉人歷任貴州普定天柱開泰荔波知縣．殉難　賜卹有．

文稾．錄文七篇

鄧琛字伯昭一字小耘新化人顯鶴子．道光十七年拔貢．官麻陽教諭保敘知縣加鹽運司運同銜有雙梧山館文鈔．錄文十一篇

趙璘字振卿甯鄉人世景子．道光十七年舉人考取　國史館謄錄敘知縣改靖州學正早卒．採文三篇

梅鍾澍字霖生甯鄉人．道光十八年進士．選庶吉士改禮部儀制司主事．沅湘集存詩二十四首今採文二篇

耆舊傳霖生弱冠即舉於鄉文名赫然困公車二十載始就試學正官國子監至成進士入翰林年四十矣館中翕然以詞壇老宿相推散館改部未久即歸道山矣．

成榖字忍齋湘鄉人．道光十八年進士．官岳州教授．有求在我齋文集．錄文十五篇

陳源兗字岱孔一字岱雲茶陵人．道光十八年進士．選庶吉士授編修　簡放江西吉安知府調廣信府內艱起復補安徽安慶知府改池州．參廬州軍事殉難　賜卹．採文三篇

毛貴銘原名文翰字西垣巴陵人．道光十七年拔貢二十年順天舉人有西垣詩鈔．採序一篇

淩玉垣字荻舟善化人．道光十七年拔貢二十年舉人七品小京官工部屯田司主事．有蘭芬山館詩集．採小序

袁棫森字子誠號省齋長沙人．道光二十年舉人．採記一篇

胡焯字光伯武陵人．道光五年拔貢十九年舉人二十一年進士選庶吉士授編修擢侍讀典試廣東視學廣西未按試卒．採文二篇

吳英樾字子略號西橋湘陰人．道光二十四年進士．官浙江昌化山陰黃巖知縣．有西橋集．採文二篇

黃星平字　湘鄉人．道光二十三年舉人．採序一篇

魏源字默深邵陽人．嘉慶十八年拔貢．兩中副榜道光二年舉順天鄉試第二官內閣中書　武英殿行走二十四年捷禮闈以磨勘稾草模糊停　殿試二十五年成進士以知州分發江蘇署東臺興化知縣補授高郵知州兼署海州鹽運判敘升同

知直隸州知州落職開復原官。卒年六十四。有古微堂集。錄文五十篇

劉應祥字雲臯。新化人。道光二十四年進士。官陝西城固安康知縣擢甯羌知州。採序一篇

李杭字梅生。湘陰人。星沅子。道光二十四年進士。選庶吉士。授編修。有小芋香館遺集。錄賦二篇

蕭錦忠字史樓。茶陵人。道光二十五年進士。殿試一甲第一名。授修撰。採賦二篇

袁芳瑛字漱六。湘潭人。道光二十五年進士。選庶吉士。授編修。簡放江蘇松江府知府。採傳一篇

孫鼎臣字子餘。一字芝房。善化人。道光二十五年進士。選庶吉士。授編修。擢侍讀。有蒼筤初集。錄文九篇

吳淮字檽臺。湘陰人。道光二十六年舉人。有愚郁詩鈔。採小序

童廷燿字青舫。長沙人。以歲貢中道光二十六年副榜。採序一篇

李得春字東垣。湘陰人。道光二十七年進士。官永州教授。有敏學齋文稾。錄文二篇

陳星煥字文泉。長沙人。道光二十七年進士。官江蘇奉賢知縣。採祭文一篇

孫頤臣字仲嘉。一字鼇洲。善化人。鼎臣弟。道光二十七年進士。兵部職方司主事。採說四篇

翁普恩字少崑。湘潭人。以優貢中道光二十九年順天舉人。署廣東東安知縣。採公牘一篇

楊季鸞字紫卿。甯遠人。國子監生。咸豐元年舉孝廉方正。主講永州濂谿書院。有春星閣詩集。採序一篇

何鈺麟字梅閣。長沙人。道光初諸生。有吟梅閣文稾。錄文九篇

黃誠字月巖。善化人。以弟倬官　貤封光祿大夫。有晚香書屋稾。錄文五篇

陳必甯字　　巴陵人。採說一篇

湯彝字幼尊。號柚郁。善化人。有盾墨及文稾。錄文四篇

戴醕字和生。湘潭人。道光中歲貢。有榆窩蘸考。錄考五篇

左輝石字介夫。湘鄉人。採文三篇

陳起書字通甫。一字松心。郴州人。起詩弟。附貢。候選訓導。咸豐乙卯八月。鄉團殉難。照訓導陣亾例　賜邺。祀忠孝祠。有撼山艸堂遺稾。錄文八篇

賀光黼字香畬。益陽人。道光中諸生。採小序

何俊字千人。一字素民。桂陽人。道光中諸生。採文二篇

馬敬之字悔初。湘潭人。道光中歲貢。有四待軒文稾。錄文八篇

歐陽棻字迪來。新化人。紹洛子。諸生。沅湘集存詩五十首。今採小序

耆舊傳迪來跅弛不羈。其父磵東性卞急。教子嚴。痛懲之不能改。積失親歡。漸不見容。余兄弟每從容調解。或時其乏而

周之𥗼東必怒迪來亦不感也未幾卒其詩奇情幽思躍躍豪端不媿名父之子。案迪來之詩乃其同邑晏啟林號筠塘者私藏以授鄧君始得錄存其文則不可知惟其邑李長蕃宣伯出示一冊凡數十篇名理混混而無名目似欲自成一子。難於割取故姑置之竊歎負未易才而阨於生世以沒為可哀也

周燮祥字叔和一字調臣湘陰人諸生。沅湘集存詩四十六首今採文五篇

郭祖翼字芑泉善化人助教竣之曾孫諸生有雨福山房草。沅湘集存詩六十三首今採小序

羅文謙字撝庵醴陵人諸生。採文一篇

周炾祥字惠臣湘陰人諸生。採文八篇

周韞祥字輝玖號石帆湘陰人諸生。沅湘集存詩三十一首今採辨一篇

鍾顯震字守謙一字青田湘陰人諸生選用訓導有誦芬書屋文集採文四篇

馮芳蒸字還心湘潭人道光朝歲貢子植仁舉人。採祭文一篇

徐受字海宗湘陰人諸生。採小序

周倬祥字卿伯一字卓人湘陰人。沅湘集存詩一首今採文二篇

鄒漢紀字伯申新化人文蘇子諸生。沅湘集存詩十六首今採記一篇

羅澤南字仲嶽號羅山湘鄉人道光朝諸生咸豐元年舉孝廉方正保敘訓導洊升至知府 賞戴花翎。授浙江甯紹台道加按察使銜 賞普鏗額巴圖魯勇號再加布政使銜殉難照巡撫陣亡例 賜卹 予謚忠節有羅山遺集。錄文七篇

鄒漢勳字叔績一字績父新化人咸豐元年舉人。軍功保敘知縣加同知直隸州銜 賞戴花翎廬州守城殉難 賜卹 贈道銜有學藪齋文集。錄文二十八篇

闓其相字石可一字追甫長沙人諸生有追甫詩集。採小序

楊源漢字桐江新化人諸生有就正齋古文。錄文九篇

羅正維字　衡山人諸生。採樸文一篇

陳源豫字季木茶陵人源兗弟諸生任福建光澤知縣龍巖知州有文稾。錄文五篇

周耀焜字　湘陰人諸生。採文二篇

易文萱字籾白湘陰人道光朝歲貢候選教職。採序二篇

劉嶽軒字錫莊新化人諸生。採說二篇

徐燾字蕘農長沙人諸生有南州別墅詩文鈔。錄文五篇

楊鏡清字竹師長沙人諸生。採序一篇

唐祖价字介人湘潭人國子監生。採文四篇

胡堯戴字蓡廷武陵人援例為通判改知縣署浙江餘杭知縣補上虞捐升知府殉難照知府例 賜卹。採文二篇

舒燾字伯魯溆浦人夢齡子援例為戶部廣東司郎中有緜猗軒文鈔。錄文八篇

瞿元鈞字伯陶號石雲善化人咸豐七年舉人議敘訓導轉敎諭加五品銜。採文三篇

嚴咸字秋農漵浦人如熤之孫正基之子咸豐七年舉人。採文二篇

歐陽勳字功甫湘潭人四品卿銜兆熊子諸生有秋聲館遺稿錄文三篇

羅德焜字伯光湘潭人。採論一篇

羅蕃字幼崧湘潭人郡廩生世枀之子弱冠早逝。採書二篇

楊球光字子鳴武陵人庶吉士改兵部車駕司主事彝珍之子諸生早逝。採序一篇

張起毅字叔容湘潭人聲玠之子未冠早逝。採書二篇

湖南文徵　卷四　姓氏傳　六

羅萱字伯宜一字蓼草湘潭人道光年諸生軍功保敍由訓導洊升江西補用知府貴州勦苗擬保道員殉難從優照按察使陣亾例　賜卹襲騎都尉世職　加贈太常寺卿年四十三有蓼花齋詩文稾錄文九篇

案是編甄錄不欲徇私如黎御史吉雲陳池州源兖皆曾作先嚴九十壽言詞意幷美嫌於藉自表襮故悉未登若萱爲家兒文不足稱豈宜廁名編內而同人憫其殉難囑入數蓺此亦過而存之之列矣

湖南文徵卷一

湖湘後學集編

疏一

治水疏　夏原吉

永樂元年秋八月遣都察院僉都御史俞士吉齎水利集賜戶部尚書夏原吉使講求疏治之法原吉上言江南諸郡蘇松最居下流常嘉湖三郡土田高多下少環以太湖亙綿五百里納杭湖宣歙諸山水注澱山諸湖入三泖頃浦港湮塞匯流漲溢傷害苗稼拯治之法宜浚吳淞諸浦港洩其壅淤以入於海吳淞江袤二百餘里廣五百餘丈北接太湖東通海前代屢疏以

當潮汐沙泥淤積旋疏旋塞自吳江長橋至下界浦約百二十餘里雖稍通流多有淺窄又自下界浦抵上海南倉浦口可百三十餘里潮汐壅障葑蘆叢生已成平陸欲卽開浚工費浩大臣相視得嘉定劉家港卽古婁江徑通大海常熟白茆港徑入大江皆廣川浚流宜疏吳淞江南北兩岸安平等浦港引太湖諸水入劉家白茆二港使直注海淞江大黃浦乃通吳淞要道下流壅塞難卽疏浚傍有范家濱至南倉浦口可徑達海宜浚令深闊上接大黃浦以達泖湖之水此卽禹貢三江入海之迹俟旣開通相度地勢各置石閘以時啟閉每歲水涸時修圩岸以禦暴流疏上命行之水患以洩農田大利

征浙方略疏　賀宗

大理寺右寺右評事臣賀宗題臣宗伏聞三省用兵未見捷效時廑聖慮臣愚竊以奉天討伐天威固宗社無疆之休而彼賊實神人之所共怒第事關重大有不容不爲之處者臣聞近日將帥皆云先征福建若以爲賊之巢穴不可緩也殊不知福建浙江江西三省地方形如品字福建在邊東而居內浙江江西在兩邊而居外大軍糧草必由江浙而後得達福建賊徒將倚山谿陡峻嶺頻肆劫掠返遭荼毒焉望成功此先征福建之不可也以京師大勢言之浙江江西路近而居內福建路遠而居外用兵當自近而及遠腹裏旣地闢民安邊陲自靜此後征福

建之不可不知也爲今之計所謂驅市人而使戰者豈知此義乎況其不聞有梟斬之軍令惟少示鞭撲之輕罰孰肯捐生赴敵以成捍禦之功耶此民快之所以不可用也且賊俱非惜身守法之人皆強暴兇惡之輩自分魚游釜中臨陣一可當百官軍民快何以當其鋒也況賊之渠魁固不可不殲之矣而脅從之衆多畏其虐而強從一概勦除不惟失好生之德將誅之不可勝誅矣龔遂曰治民如治亂繩誠能招諭使歸農畝亦可以孤賊徒之勢今或以不必調同勦征福建之兵令其且守且圍先將湖廣河南山東南北直隸操練下班之軍選其精壯以備換班而以能幹智勇指揮頭目領之聽號令申軍法於浙江江

西協濟，則戰必勝，攻必取，而蕩平不勞餘力矣。臣備員棘寺，兵事原非分內，幸際太平之盛，叨蒙作養之恩，日夜拊心，慚無寸補。況今中國，家詩書而戶禮樂，父父子子，坐享唐虞雍熙之福。東西南北，罔不傾心，使三省腹裏之地，乃敢背負洪恩，跳梁疆場，豈勝切齒。是以已發征福建之兵，除留守建甯等處城池及各要隘地方，或一二萬，令其轉回，先勦浙江，次勦江西，塞其津要，使不得暗通福建，互相救援。賊門既破，然後會合大軍，進攻福建。一省之地，不過片土，一方之賊，勢猶狐鼠，時易易耳。仍須敕令廣東塞其通福建路，毋使奔逸，謹守建甯等地，以爲大兵屯駐牧馬之所，謹守要害津梁，以爲大軍搬運糧餉之路。今議

者有曰：散漫用兵，隨處征勦，亦易爲力。不知官軍勢散，賊黨嘯聚，何以抵當？況其生奸設伏，難以意度，或但少挫，未卽殲蕩，須仍調兵，徒滋煩擾。譬如野火，撲滅此處，彼處復燃，何以取勝？今宜率聚大兵，了此一處，方到一處，賊衆奔竄，勢如破竹，大功可必。此散漫浪戰之不可也。又聞江浙既調官兵，復取民兵快手，雖曰養軍備用，不知四方官軍止居屯田，惟事耕作，民快生長市廛，竝不聞操練擊刺之方，坐作進退之法。孔子曰：以不教民戰，是謂棄之。不教之民，而可以壯國威，非臣之所知也。謹披愚衷，冒干天聽，儻不以卑鄙棄擲，臣萬死萬幸。臣不勝戰慄之至。

乞恩給假祭埽疏　　朱英

臣原籍湖廣郴州桂陽縣人，自幼孤苦，孝養無由，烏鳥之私，不勝朝夕。㸔自成化五年由陝西參政陞福建右布政使，時得便一過原籍，二十餘日，悤悤祭埽之後，陞回陝西巡撫甘肅，以至於今一十四年，不得再回祭埽。嘗因老疾，屢陳情懇，未蒙俞允。此心惻然。臣思廣東韶州府屬仁化等縣，與臣原籍密邇，往來一日可到，鄉園咫尺，自難忘情。以朝廷託重一方，日夜盡瘁，不敢言私。今已七年，仰賴皇上德威遠被，兩廣地方視昔頗甯。況有總鎮、總兵爲之節制，又有副參、巡按爲之分理，脫有緊急邊報，旬日可到。臣竊自念，釋褐筮仕以來，將四十年，短拙所在，雖

無裨益，亦嘗盡心。但於所親存殁養祭，愧負無限。雖幸錄臣年勞，屢蒙恩及先世，然而改題告祭，不得躬行。又經三年滿過，量蒙恩典，禮當告祭，須得躬行，庶爲不負。且念先塋所在，荊榛荒落，寸土未加，烏鳥心情，鬱結已甚。若再因循歲月，不回祭埽，非但不孝之罪終難自贖，將來泉下何顏面親。伏望聖恩廣大，念臣孤苦，赦臣干冒，給假定限，與臣候今冬來春出巡韶雄府縣地方，順便一回原籍，躬行祭埽，畢日卽回總府辦事，使臣少遂烏鳥之私，再竭犬馬之力，庶於臣子之分兩不偏廢。謹具奏聞。

災異陳言疏　朱英

竊照去年陝西山西河南大旱饑民相食而殘冬迄今正月元旦災異迭見伏蒙皇上順承天意克謹天戒敕諭文武百官茲者上天垂戒災異迭見去歲暮并今正旦星變有聲如雷朕甚驚懼惟天道與人事相為流通必人事乖違斯天道不順文武百官皆與朕共天職者而五府六部都察院大理寺通政司堂上官六科十三道官付託尤重凡一應弊政及有益於國家生民之事俱各指實陳奏無或顧忌朕當采而行之用回天意臣莊誦所降綸音大開言路此實宗廟社稷之福寰宇生靈之幸伏思皇上臨御大寶二十餘年敬天如父愛民如子政貴平易

刑尚仁恤雖堯舜三王之聖不過於此宜召休祥以彰盛治而災異洊臻致使人民流離賊寇竊發府庫幾虛餉餽莫繼武備未振刑獄未清皆由臣等瘝官曠職之所致也謹遵敕旨條陳利所當興弊所當革者八事請自聖裁一解白糧禁倍加尖二抑國戚御納獻地三革總參夾帶私馬四嚴總鎮侵屯置莊五斥左道煽術惑衆六革中官采辦樹黨七起言官量才器使八裁倉房冗寺省費　奉旨內府衙門白糧不必委官監收只照例一平一尖收納皇親國戚不得受納投獻地土并倉場等處內官以處置了量留管事各處副參等官不許進土產止許鎮守一人進今後齋香帛內官不差其餘準議

預計安邊疏　成化十年　朱英

臣以凡庸遭逢明聖冒茲重寄愧懼交加已嘗具本差人親齎謝恩及將地方一應大小合行事務欽遵敕諭內事理另行從宜處置逐漸修舉務在裨益地方仰副朝廷付託之重惟茲犬馬欲竭涓埃尚有當言不容緘默伏乞聖明俯垂矜察臣不勝感恩思報之至臣惟論備邊長久之策雖非一端要之在戰與守內修外攘先事而為之慮且備耳然欲戰必須將勇兵強欲守必須糧多食足苟或糧儲不積士馬未習雖智如良平勇如衛霍亦將無以施其力欲其戰勝守固得乎臣熟觀甘肅地方實陝西三邊重地蓋自蘭縣渡河而西諸番據路南雪山之險

胡虜當路北沙漠之衝而我境於中一線之路綿亙二千餘里而甘涼諸城孤懸絕域自古及今未嘗不選將練兵飛芻輓粟務為戰守之略惓惓加意於此者蓋有以也今之總兵參將皆荷國厚恩茂膺重託必能悉心殫慮共思所以作興士氣振揚朝廷付託之重忍敢不務遠圖因循苟且以誤將來但士馬雖操而騎射有未精糧草雖徵而倉場有未積平居無事皆可將就度日即今西番哈密多事而虜酋乩加思蘭之衆既已渡河而西犬馬之志必有所在一有緊急我軍雖欲出戰而士馬或有未習雖欲固守而糧草或有未積求援雖迫而驛路已阻儹運雖勤而糧道不通未免又似往年堅壁自全聽其從容剽掠

自在去留而已儻再久困邊城南侵洮鞏其為邊患何可勝言且如延慶甯夏雖係重邊緩急之際諸軍一面戰守百姓一面輓輸邊患雖久而糧草不乏非若甘肅孤懸險遠之地遇緊而彼此聲援不通再難相顧者此區區犬馬之誠自不能不惓惓於今日者也伏望皇上俯念邊方察臣愚見乞勑廷臣從長會議如果臣言有益邊方通行責成遵守非但臣一言之幸邊方軍民之大幸也臣干冒天威不勝戰慄恐懼待罪之至今將合言十事開坐具本請旨一嚴賞罰以精武藝二預徵發以備軍餉三補官長以統眾心四寬禁例以革避難五均水利以興屯種六專委任以革奸弊七申禁例以儆奸貪八嚴禁約以柔遠人九定名數以革濫占十謹防閑以弭邊患

普濟流移疏　朱英

臣惟天地生物必雨露均沾而不擇所施帝王養民必仁德覃敷而不偏所愛照得山西陝西河南等處地方不幸連年災荒軍民告急既蒙專命大臣領齎內帑分投設法大為賑濟民饑所在料亦生活況蒙皇上敬天勤民推誠澤物求言肆赦感動幽明以致天意日回雨澤時降人物蘇息秋種必收民生遠邇公私仰給皆有可望但見近日京城內外街市往來流移男婦老稚沿街乞食者多是皆朝廷赤子在所哀矜饑困流移幸而不死者匍匐至此如覩天日如投父母而趨飽煖之鄉仁壽之域私相慶幸何可名言卽今暑雨炎熱衣食狼狽叫乞沿街見者雖矜豈能周給仰惟皇上大德好生至仁一視間見及此惻惻為宜乞勑戶部合無行令順天府五城兵馬司各出告示曉諭京城內外各該地方更甲將近日流來缺食軍民老稚人口盡數引送以近就近順天府縣並各城兵馬等衙門投見著令各聚一二處空閑寺廟聽候官為審見鄉貫姓名人口數目在官每月行文造冊每一大口量給糧米三斗小口一斗五升以濟其飢安其所仍令巡視各城御史巡察以禁妄冒侵尅之弊候今秋成聽其自回復業庶慰饑人遠來求濟之心益彰皇上大德同仁之盛

救荒疏

朱英

竊照陝西地方災重民饑，視他處尤甚，民業久廢，倉廩盡虛，東北鄰境山西河南皆無可仰之地，所可求活者，惟南山漢中與四川湖廣邊境耳，民之有識有力者，挈家先往探山求食，或幸過活，其他老弱無力，坐仰本土者，官糧既盡，民倉復窮，未免困苦，或骨肉相殘，或嘯聚劫奪，饑寒逼迫，皆非得已，雖煩聖慮，簡命大臣，將帶內帑往爲督屬，多方求濟，民生之幸，感亦多矣，但彼中糧無可糴，遠運難來，非但一時無措，坐視死亡，方春農業牛具種子百無一二，必須官爲措置，庶幾拯濟一方，不然，燃眉之急非但眼前，將來之患亦難逆料，臣先任陝西巡撫甘肅之

時，提督甘涼衛所收積預備倉糧本折二色，約有二十萬石，爲因本處田地皆有水利灌溉，穀麥常豐，軍民足食，不用支借，巡撫等官雖常以陳易新，借與軍民，歲收還官，每石照例半尖斛面之外加息一斗，積今年久，數必倍前，那移救急，有何不可，且聞河西甘涼，卽今米價每銀一錢可糴四斗，饑者聞之，多欲渡河就食，第因邊守拘常阻當，不容渡河，使彼糧積偏多，民不受惠，豈知軍民彼此皆我同胞，饑飽東西皆我一體，在仁人君子自有不忍偏向坐視者，又照西甯洮河等處，地接西番，時相互市，畜產所在多有，耕牛彼中所急者，在茶布羅段之類耳，官若不拘常例，早爲收買，散給民耕，但得秋成，民生可保，況陝西相去河西甘涼等處，名雖邊方，路已平闊，每四十里設有驛遞，卽令聲息頗甯，運用往來，月餘可到，所謂移粟給民，此亦策也，伏望皇上軫念陝西民患尤甚，乞敕戶部計議，合無差人馳驛，行令先差侍郎李衍與今差侍中等官，到彼查照會議，如果相因，一面坐委司府堂上老成公當官員，量帶委官人等，星馳前去甘肅，公同巡撫都御史魯能幷分巡監收等官，量於河西各該衛所預備倉借支米麥，內涼州一萬五千石，莊浪一萬石，先發運送西安鳳翔二府，西甯五千石運送臨鞏二府，甘州二萬石運送平涼慶陽二府，合用人夫牛車，先儘各該驛遞在官之數，外或量起倩衛所屯田軍餘牛車程遞，或支給官銀雇倩，各該

衛所亦令委官一同運送，陸續前到所指官倉收貯，給濟饑民，及分爲種子，候原定遠運至日，大爲接濟，若謂邊方錢糧不宜運回腹裏，則是膠柱鼓瑟，非通變之宜，況彼常稔之地，倉糧尚積用之有餘者耶，仍在委官一面支領帶去官銀，或庫收見在各項銀兩，收買布疋羅段，或查支在官食茶等項，前去洮河西甯等處地方，著落所在軍衛有司，分投召商，廣爲易買耕牛驢匹，陸續分送各該被災十分艱難地方，行令守巡官員督同府州縣官審實饑貧缺牛耕種之家，量爲分散，督令趁時耕種，共望西成，戒令委官官吏人等，務在買散公平，民受實惠，不許徇私偏向，給散不平，訪察事發，坐以枉法激變重罪，如此則目前

饑困或可救濟。將來耕種或可收成。業可漸復。民可漸安。公私仰給漸可望矣。是雖千里救濟迂拙非宜。亦拯溺救焚一時急務。苟有所知不忍默然。謹題

覆金洪陳邊務疏　劉大夏

臣等看得陝西巡按金洪所奏。後開十事。俱係邊方要務。本官親歷其地。奉敕閱實。聞見必眞。擬合逐一對款議擬。伏乞聖明裁處。一嚴燒荒以安邊也。查得每年秋深草木枯乾之時。本部請敕各鎭守臣。竝獨守一方內外官員。先行差人哨無敵情。然後行令副參等官。各照地方出境燒荒。已有常行定例。但將官實心奉行者少。欲於燒荒畢日。重復出境查驗。勢恐難行。今詳本官所奏之意。則是套內敵情有無。可以驗燒荒虛實。合無通行各邊。今後每年燒荒官軍回日。巡撫務要盤檢有無牲口帶來。日後如有外夷在套。或近邊住牧。就遣夜不收哨探在何地方。離邊遠近。查與原報燒過里數若干。就將原日領軍出境燒荒將官。指實參奏拏問。本處查有入邊失事緣由。依擬降謫。一修城堡以固邊也。查得近該延綏守臣奏稱本鎭甯夏至定邊營一帶地方衝要。應行修築邊牆等。因已經題行總制衙門。公同守臣勘議具奏外。今本官又奏前因。大意在於選用巡山官員。修理各該險阻。事在彼處。難以遙制。合無備行總制秦紘公同二鎭守臣。一竝查勘備由具奏。一揀將才以鎭邊也。看得本官閱視地方。開奏各官賢否。應當參酌所言處置。但延甯一帶爲事將官。近該本部奏稱。敵衆過河。要人隄備。已經奉有欽依。姑令記罪前去。領兵隄備。候敵情甯日。照舊問結。所舉王戩魏

鎮藍海案候聽用外所據開奏馬隆姜漢亦各稱有將官器度宜當俟其後效傅釗張翼既稱其怯敵圖利無才貪殘合無行令總制幷各該巡撫再加詢訪的確候各官間結之日另行具奏定奪一放土軍以信邊也查得先爲急募土兵以禦敵人事招募過延甯二鎮土軍共二萬一千三百七十六名編成隊伍關與軍器各隨衛所營堡食糧就令原招人員管習武藝情願常操者補作游兵之數其餘分作兩班每年十月起至開年三月止每班備禦三箇月該管官員敢有科擾及擅勾非時公私役使者參奏究治等因題奉聖旨是欽此欽遵通行去後續該彼處守臣奏稱各軍情願留操及將沿邊增設衛分就將各軍

編發補伍行令勘處間今金洪親歷其地據告眞情稱比先招募之濫近日拘留之苦供貼之難甚至願將原賞銀兩送官疏放中間難保其無捏作願留及科擾役使之弊合無將金洪所言備行總制秦紘候邊情甯日選委二司能幹著實官員各赴二鎮將原招軍士逐一清審明白仍查照欽依事理除著實甘心願留補作游兵其餘俱責令里老及該管人員保領照例冬春輪班操備夏秋放免歸農遇有重大敵情一面行移巡撫巡按會同拘集一面奏聞拘操之日照例支糧中間查有死亾告相明白即與開除願補者聽詭名捏報逃走者就拘原報之人正身及父兄子弟頂當仍將審過實數幷處置過緣由咨部知會若查有科擾等弊應拏問者拏問應參奏者指實參奏一教騎射以禦邊也看得操練官軍騎射係是將官本等職業今金洪親歷其地比驗軍士如此不堪該管將官所幹何事巡撫因何扶同不言況事在人行兵難中制合無不必本部立法差官止將金洪所言通行各邊總兵今後務要嚴督副參等官用心設法教習騎射巡撫不時比驗將把總管隊等官量行賞罰若將官果有中間不肎嚴督操練虛應故事卽便具實奏聞御史按律去處比驗軍士若果騎射不熟及詢訪將官止知掊尅私役者指實具奏本部將巡撫總兵一幷參奏取自上裁一節工役以逸邊也查得先該甯夏守臣各奏稱勘議過本邊原有古

渠三道東渠中渠現通水利可遏敵路惟山邊一渠內地方似爲敵境欲將舊渠挑成河塹以限戎馬多得地利以資邊儲本部議得工程浩大難便輕舉仍行各官會同巡按再行計議迄今三年未據奏報今本官奏稱所開之渠地高於水不能灌溉山口多石功亦難成竝據甯夏久疲未蘇之人何以堪此合無仍行總制秦紘移文該鎮守臣從長計議如果此渠難於施工徒勞無益卽便停止咨報知會一用精銳以助邊也查得各邊遇有敵中走回人口審有的確鄉貫者送發甯夏完聚免其雜差係現行事例今本官奏要將前項在敵年久走回之人俱令就彼便所收入隊伍槩與糧賞是亦選用精銳用防邊鄙之意

但此輩被擄日久自意骨枯草野不復與父母妻子面見幸而脫死生還情難一槩强配合無行移彼處鎭巡官員今後被擄走回審有鄉貫之人若果精銳情願在邊殺敵者量給賞勞與邊軍一體收伍食糧不願者仍照舊例施行一分地方以理邊也看得二司官員巡守必須地方便利方可責成今關西河西二道既地里遠近懸絕難於徧巡則一方庶務何以督理而貪官汚吏安知警懼金洪所奏亦爲有見合無仍行陝西巡撫再行參酌奏內事理如果前項所定地方均須從宜更改行令二司官員遵守施行一卹死事以勸邊也查得孔鏞溝死事官軍近該總制秦紘具奏本部議擬具題節該奉聖旨是朱鼎妙齡

武臣許慶湯璽各贈官二級仍查他子孫照例襲陞其餘陣亡官軍便著查明來說定奪欽此欽遵通行去後及又查得本部題準事例凡夜不收公差人役被敵殺死者賞銀五兩擄去者亦賞銀二兩以恤其家今本官又奏前因緣各查有前項題行事理難再別議合咨都察院轉行本官將前項奏行陣亡官軍事情作急勘報及今後有公差夜不收被敵殺擄者照例具奏施行一分賠補以恤邊也查得官軍騎操馬匹除追敵燒荒等項公差倒死免追其餘槽下倒死告相明白官軍朋合出銀馬主出備椿頭官爲通融買補此係奏行事例其朋合之例每年終止令六箇月按月每月都指揮出銀一錢千百戶鎭撫出銀七分旗軍出銀五分椿頭之例倒死馬主都指揮出銀三兩指揮出銀二兩五錢千百戶鎭撫出銀二兩旗軍出銀一兩五錢走失者各加銀五錢今金洪因見各邊騎操馬匹追補不均要得查究倒死緣由分別免追一節最爲有見既查有前例相應通行遵守合無本部移咨各該巡撫及咨都察院轉行本官各仰所屬衞所官軍務要各將騎操馬匹自心愛惜餵養膘壯以聽調用內有因公追敵等項致死者免其賠補官給馬匹醫治不效者卽係槽下倒死之數照例追徵椿頭銀兩貼補朋合銀兩買補其有爲因私事走死及諸般作踐倒死者查勘的實卽追奸馬一匹還官或追銀十兩在官買馬各邊一體通行不許

偏執致有彼此不同則馬政不致廢弛矣

議疏黃河築決口狀

劉大夏

議得河南山東兩直隸地方西南高阜東北低下黃河大勢日漸東注究其下流俱妨運道雖該上源分殺終是勢力浩大較之漕渠數十餘倍縱有隄防豈能容受若不早圖恐難善後其河所決孫家口楊家口等處勢若建瓴皆無築塞之理欲於下流修治緣水勢已逼尤難為力惟看得山東河南與直隸大名府交界地方黃陵岡南北古隄十存七八賈魯舊河尚未泄水必須修整前項隄防築塞東注河口盡將河流疏道南去使下徐沛由淮入海水經州縣禦患隄防俱令隨處整理庶幾漕河可保無虞民患足為有備仍於朝神明南北各造滾水石壩一

條俱長三四十丈中砌石塊一條擬長十四五里雖有小費可圖經久若黃陵岡等處隄防委任得人可以長遠仍照舊疏導汶水接濟運河萬一河流東決壩可以泄河流之漲隄可以禦河流之衝倘或夏秋水漲之時南邊石壩逼近上流河口船隻不便往來則於賈魯河或雙河口徑達張秋北上以免濟甯一帶閘河尤為利便臣等仰知皇上洞見黃河遷徙之害深為國計民生之憂凡智力所及不敢不盡但徵興舉此等工役未免勞民傷財今山東等處荒歉之餘公私匱乏人夫倘可起財用無從取辦況好逸惡勞者怨謗易興聽聲躡影者議論難據如蒙乞敕戶兵二部會同在廷羣臣斟酌前項工程於理應否興止儻以臣言可采則其事宜速舉其買辦木石等項銀兩應於何處取用應用匠作等項口糧該於何處支給或此外別有治河長策可以不費財力逐一處分明白定奪行令臣等遵守施行

河防運糧疏

劉大夏

一漕河水利全藉泰山諸泉每年夏秋瀦蓄南旺等湖至旱乾時以濟糧舟近豪強軍民或決隄泄水以圖栽蒔或阻遏泉源以資灌溉乞照先年侍郎白昂奏行事例禁治一南北運河止是汶水分流接濟春夏旱乾水源微細必藉各閘積水以時啟閉庶可行船往往官員隨到隨開以致糧運阻滯乞申明列聖詔旨嚴加榜示一管河官員責任太輕事多掣肘乞敕河南管河副使張鼐大名府帶管隄防參政李瓚俱照管河管屯官事例常川巡視聽其便宜行事巡撫等衙門不得有所沮撓一安平鎮黃陵岡荆隆口及新築于家店以下隄防俱用人守視水

涸則積土備用水漲則防護修築若有重大功程臨時調附近丁夫協同修理一大名府所築長隄必須遞年增修庶保經久乞行參政李瓚以所屬隄北人戶編定班次每年農隙之時調發若干增修一月疏放隄北軍屯與寄居人戶亦一體從輕編定輪流調發庶免起夫科擾之弊一濟甯迤北南旺開河戴家廟一帶比之他處最要而安平鎮地方土脈疏薄新築決口尤須提調官員不時檢點今自濟甯直抵通州相去一千八百餘里而天津北上逆水尤難若止責與一人提調恐致誤事乞敕該部依臣等前奏仍分而爲三南北各該工部郎中一員中開增設通政一員提調

陝西馬政疏

劉大夏

看得徐蕃夏璲等所言皆詳備切要深裨本部原擬之文不足大意俱欲加重本官之任以成公家之事緣都御史楊一清受命於馬政廢墜之後委的事體艱大責任難爲況其所行俱於巡撫巡按及都布按三司事相涉若使人得沮撓事或掣肘縱有才能亦難濟事合無恐準科道所擬備行本官令其查照本部原行及各官所言參酌施行仍敕將撫按衙門不得干撓馬政都布按三司以下悉聽節制委用等情增入敕內以便行事其論茶易馬匹委係馬政一事若併付本官管理委的事體相須易責成效況茶馬自先年停止大臣之後止是行人撫諭巡

禁成化年間因是行人輕職難以革弊該巡撫奏準暫差御史整理今既有都御史兼理若又差御史在彼不無事權不一合無將巡茶御史行取回京一應首尾悉皆責成於楊一清其原擬禁約處置事宜亦皆增入本官敕內待彼至日或行茶地方遙遠應該另添何等巡禁官員及茶法利弊中間有應處應奏事情俱聽本官奏請定奪

議行武舉疏

劉大夏

武舉之設將以延攬英雄廣儲將帥招徠韜略之士收拾跅弛之才葢以古今治天下之具惟文武二道天之生材以供世用惟文武二埶凡國家求相於文求將於武亦惟文武二科我朝設文舉以求士誠足以備一代之彝典而其網羅之周密自閫閾以及草澤不以遠而遺不以賤而棄故得人以備任使其用武臣也甄別軍功之大小以爲陞擢之階級內或陞督撫之崇班外或膺邊方之重寄或處以方面之長貳或列於行伍之師帥世享簪纓家足餼廩獎勵武臣作興士氣意甚善矣但求釆止於武弁一途凡投鉞推轂非出於貴寵之子弟卽拔自行伍

之粗材近歲雖有保舉將材之例又但據其見有官職之人而推薦之其閒往往徇名而不責實挽强引重者目爲勇敢談說縱橫者號爲謀略及委以重兵臨以大敵僨事者多而成功者少葢由求將之意雖勞而選將之路太狹也宋臣范仲淹有言議者不知取將之無術但云當今之無將今日之弊殆亦坐此且天之賦人以材拙於文者或優於武亦不以遠而嗇不以賤而限如穰苴生於寒微吳起困於羈旅樂毅出於疏賤黥布雜於輿臺衛青辱於人奴去病辱於假子若當時非有知識之人爲之汲引豈能自致通顯建功於世而垂稱於後邪今四海之大生聚之繁甯無若斯者在於側陋之閒乎夫武以用將爲先亦猶文以求相爲先孫武曰將者人之司命國家安危之主也司馬曰將不能設無以應卒昔唐知求將之爲重觀進士科而增置武舉遂得郭子儀卒成再造之功宋知求將之爲重觀制科而詳定武舉遂得高志甯令狐挺卒能制元昊之背叛破智高之猖獗葢異人傑士感奮而興飲氣挾行以赴功名之會此前代故事有足徵也宋臣蘇洵言於仁宗曰文有制科武有武舉陛下欲得將相於此乎取之十人之中豈無一二此名儒之格言爲足徵也茲者適當武舉再開之時臣等見得法制未備禮儀未隆上未足以承陛下旁求之心下不足以副豪傑登進之望宋臣富弼請置武舉嘗曰法度齟齬未能致將起之士臣

等切與之異世而同懷也葢事既當重則品式宜加詳備恩禮宜從優厚今欲依倣唐宋故事參酌會脈二試事例少加損益每遇文舉鄉試之年亦將武舉預期行移兩京各省令其轉行曉諭如有究極韜畧精通武埶者或隱於山林或育於學校或羈於戎卒或係於仕籍許各赴所在官司投報禮送赴試果可取者禮送兵部會萃數月請於次年四月開科初較騎射人發九矢中三矢以上爲合式二較其步射亦發三矢中一矢以上爲合式三試策二道論一道優者列職論官以示崇異其非全材黜之以俟後舉此制一定庶法式昭宣足以備彝憲禮遇崇重足以激人心凡海內智勇之士莫不仗劍而起各售其術期

以效用於世，是驅天下之英雄而入於吾之彀中。陛下屈羣策而用之，何慮之不可敵，何侮之不可禦，雖鞭笞四夷，伸威萬里，將無不如吾意者，又何假拊髀而歎，思借才於異代也哉。

論宣府屯田疏　　劉大夏

宣府地險積寡，已於東城置倉數十間，未有以實之。而神明川地肥饒，屯田園種之外，尚多私占。請令巡撫、巡按等官清查歸官。其軍餘原額屯田園種者，每分額外量與餘田，勿令過二十畝。清出歸官者，或原人領種，或別召承佃，每畝起科納糧三升、草一斤。與東西二城幷蔚州衞屯田糧料，俱令運赴新修東倉及附近草場上納。倘宣府不足，於農隙時運去備預。其他地方及西城、蔚州二處不足，宜發銀就彼糴買，不得那借。至若懷來城，尤爲要害，亦須增置倉廒，糴蓄糧料，以備倉卒之用。

論寺監牧馬事宜疏　　劉大夏

近年各卿佐員缺，多用謫遷官及有過累者。府衞下寮，多易視之，故各官自待亦輕，政務因以廢弛。謂宜稍更其制，今後各行太僕、苑馬寺官員缺少卿，則於布按二司參議、僉事內推補。如職務修舉，則視太僕寺卿佐陞任。其監苑庶官，亦請於北人素嫻牧馬者任之，則官皆得人，而政可舉矣。

災異陳三事疏　劉大夏

一杜倖門。近年乞恩陞職者三百有餘。乞將在京各衛所凡不由軍功陞職者悉查奏裁革。應存留者減支半俸。有由軍功相參授職者。止存軍功職事。如有似前貪緣請乞。照例問罪降調。二恤人言。大同宣府薊州三鎮添設內臣過多。私役虐害軍馬。日漸消耗。近該廷臣集議。請三鎮守備內臣十六員盡行裁革。薊州一鎮止留二員。改爲分守。與中東二路參將同居一城。未蒙俞允。乞仍照原擬裁革。以解邊人之困。三杜雜進。各邊及腹裏地方多有無藉之徒。投充勢要官下旗舍官餘等役。奏稱報效。其各邊鎮守等官亦於額外朦朧奏帶。支費甚多。一遇勦賊。冒報功次。今後俱聽臣等考驗。果有諳曉兵法熟嫻弓馬者。方許其去。其餘幷額外人員俱各發回原籍原衛。各供職役。

覆鄒文盛疏　劉大夏

文盛以朵顏三衛夷人背恩。欲出師征之。守臣則欲先以守備爲本。俟邊城築完。兵備充實。然後因其來犯。刻日出兵。直擣巢穴。或殘賊復舉。我軍三面而守。一面而戰。庶有全功。守臣之言宜從。文盛又欲弛撲殺襲殺之禁。以倡我軍敢勇之氣。守臣則以爲恐啟邀功生事之心。請移文守臣。當夷人互市之日。遣通事傳諭其衆。令今後宜遠邊牆百里之外住牧。如欲來市。須先期三日令二三人傳箭荅話。欲傳報夷情。亦先期一日。若非荅話而擅入百里之內者。許官軍襲蹤撲殺。我軍仍及時於百里之外築立封堆。或挑壕塹爲界。俟功畢。然後弛掩殺之禁。其撲襲掩殺者。仍不許以首級報功。妄圖陞賞。文盛又欲罷絕馬市互易。守臣則恐罷絕之後。夷情嗟怨。或搆結爲患。今宜不必禁約夷人。止嚴督我邊方軍民監市官。如遇開市之日。止許以布帛米鹽等物入市交易。不許私帶鍋鏵銕器。俟各夷後此有求買鍋鏵者。然後定爲年限。許令三年一買。文盛又欲於東西二路添設憲臣。整飭兵備。修治邊牆。守臣則以爲遼東連遭兵荒。請俟年豐再議。文盛又欲請差御史清理軍伍屯田。幷措置糧餉。共給軍糧。每年照豐歉平準定價。不得拘以二錢五分之數。守臣議其言宜從。但清軍免差御史。令巡按帶領。

會議救荒弭盜疏　劉大夏

一權乞陞授文武官幷匠官·除見任管事外·其餘月俸暫爲停止·待年豐定奪一內府各監局及光祿寺·招收幼匠廚役多至萬人·乞命科道及該部官揀選堪用者存留·每名止許月支米五斗·其餘發回原籍原衞·一自宏治十四年以前江西欠苧布浙江欠絹絲白綿數十萬計·宜減半折價類觧·一光祿寺供應猪羊等料·比舊加至數倍·貽累鋪戶·內臣湯飯日傳增·各監匠作月糧已增至一石·又重支直米·以歲計之·至千餘萬石·宜盡裁革·一應天幷江北府州·自十五年以前倒失馬價及草場子粒未徵完者·宜悉蠲除·一皇城各門·京通二倉·水次諸倉壩上

各馬牛房·幷甲字等庫·及上林苑管事內臣·俱有額員·近來增至數倍·至於內府各衙門亦然·宜量爲釐革·一騰驤等四衞軍人勇士·多有冒名及投充者·宜嚴加清覈·一各處輪操官軍·困於工役·逃亾數多·今後有大工役不得已暫撥·亦宜止令出力·不許科出財物·一齋醮無益之費·幷各處送香掛袍·俱暫停免·一各處歲例該派軍需·宜會計一年合用之數·均派·不許設法濫取·一內外監局庫廠等衙門·凡遇解納物料·多加倍折收·宜嚴禁之·其巾帽局歲例成造內官內使鞾帽皮張·仍照例折價·一外夷進貢·宜令鎭巡官差官伴送赴京·事畢·仍令伴送出境·免致差人在途生事·一南京蘇浙等處差官織造·幷帶去人匠·宜悉取回·如供應不敷·止行鎭巡官督令所司織辦·一司苑局宜復設嘉蔬所·專理種菜·選官任之·庶軍民不至蒙害·一惜薪司擡柴夫·每名出銀十兩·亦足僱役·不宜加取·一太醫院額辦藥材·多有本地不產·買辦於京者·或至堆積成腐·徒費民財·今後缺用者仍舊解納·其餘宜暫停止·

弭災革弊疏　劉大夏

一畿內百姓之害凡壇場合用純黑馬贏例行太僕寺於寄養孳牧馬內揀選送御馬監交收鄉戸非因土產皆役託積年攬戸每馬一匹用銀七八十兩贏用四五十兩人戸遇派此役無不傾蕩家業鬻及男女今宜預備實數每馬一匹定與價銀十五兩贏十兩于太僕寺原貯馬價支給送本監自行收買一裏河軍名之害南京每年運送各項物料幷竹馬板枋馬槽篩簸等物赴京及回南京內臣帶回空箱包袱幷運去內官衣帽等項多者帶船至二三十隻以一船計之自儀徵至京換夫地方十九處雇夫銀無慮五六十兩而官要幫錢甲夫自給不在其

內若齋有軍衛有司關文則大小衙門皆受其害宜行南京兵部查勘每年來京船所載某物可以從權減省某物可以在京自造其回南京內臣每人止撥與船一隻若官物數多驗物撥與不許泛濫奏討及奏內擅開軍衛有司字樣

乞休疏　劉大夏

伏蒙溫詔謂臣職司兵政方切委任未蒙俞允然臣衰劣多病凡百弊政不能具舉心非不欲委身蹟恐終於誤國姑以臣所司兵政論之如京師官軍在衛者苦於出錢在營者困於私役逼令逃亡江南軍士多因漕運破家江北軍士多以京操失業竭軍民之力以運糧儲而濫失者不知馨生民之財以買戰馬而私用者罔顧鎮守者或害一方守備者或害一城邊軍最苦而陞賞恆施於勢要禁衛最嚴而苞苴公行於肘腋其他尤難言者不敢僭論凡此皆聖諭所謂臣職所司者而臣才不能爲朝廷分憂力不能爲軍民除害以致人怨上升天怒不解乞放

歸田里別選賢能以救茲弊

論思恩岑氏疏　劉大夏

知州岑豹乃叛臣餘孽與其子應相沿襲職既而呑幷鄰壤與恩城知州岑清同謀侵占田州地土自取滅絕今岑接者人皆傳稱爲梁接非岑應親支不知岑九仙又是何等逋逃冒爲奏擾臣大夏先在兩廣見岑氏譜系云始祖木納罕於元至正年間與田州知府之祖伯顏一時受官今岑九仙妄援漢岑彭世次塵瀆聖聰請治其罪其岑接應襲職與否前已行令鎮巡等官勘報奏處其岑九仙雖曰夷人難以深究亦當誦發以破其奸

條列軍伍利弊疏　劉大夏

在衞官軍苦於出錢，其事不止一端。如包辦秋青草價，給與勇士養馬，比較逃亾軍匠，責令包工雇役，或幫貼錦衣衞夷人馬匹，或加貼司苑局種菜軍人，内外官人造墳皆用夫價採應公差，車輛俱費租錢，其他使用尚不止此。又管營内外官員，率於軍伴額數之外，摘撥在營操軍役使，上下相襲，視爲當然。又江南軍士漕運，有修船盤剥之費，有監收斛面之加，其他掊克難以枚舉，以致逃亾日多，則撥及全戶，使富者日貧，而貧者終至於絕。江南官軍每遇京操，雖給行糧，而往返之費皆自營辦，況至京即撥做工，雇車運料，而雜撥納辦，有難以盡言者。又運糧運初，徵之里胥，納於官府，轉兌運舟，及到京倉，耗折之費，率五石而致一石。今京師投充勇士軍人，收充幼匠廚役，每月坐支一石，是一人坐費軍名五石矣。又官馬出於民間牧養，或湊合買補，公私草料之費，一馬或至數十金，而私撥借人，略無忌憚。又鎮守守備等官，恃勢貪婪，無所不至，勢要者則冒功以獲陞賞，而邊軍不敢與爭，請謁者多懷賂以入權豪，而守衞不敢加詰。凡此，俱乞俯賜施行，嚴加釐革。

處置軍伍疏　劉大夏

有司清查，獘非一端，姑以近歲言之，事姑息者，圖了故事，恃刑罰者，逼足三分，或將老稚之人起解，或買無籍之徒充數，雇妻易戶，逃移相繼。且律例窩藏逃軍者充軍，今未聞有充發之人；鄰里不首者問罪，今未見行連坐之法，以故清解雖多，不獲實用。及到營衞，其獘尤多。姑以在京論之，監局軍匠類多需錢，各營軍每多私役，官撥營作，負累尤甚，衞所差遣，需索百端，軍不聊生，何以自存？且律例，逃軍十名以上，該管官遞減俸級，而今逃亾之軍何止於十名；私役五名以上，該管官遞減降一級，而今降級之例，惟行於屬職，輦轂之下且如此，況四方乎？今欲實天下之軍伍，必須推究利獘之源流，本院今請行原委屬官，及各清軍御史、嚴督司府縣清軍官將前獘盡革，其充軍減俸并降級等項事例，俱照律例舉行。京營該管官員委任不同，難拘職事，宜將管隊官比照百戶，把總官比照千戶，擬議若能以上下私役軍數實報者，罪止坐私役之人，免其降級，仍榜諭中外官吏軍民人等，俾各知遵守。且臣所云，止緣軍伍而言，窮究其本，又在於民。今四方民窮財竭，逃亾過半，版籍所載，十去四五。爲今之計，必須痛減徵斂之繁，愼重守令之選，使逃民復業，人戶充實，庶幾軍士可清，營伍可實。不然，則民衣食不足，未免逃移，雖欲清查，不可得矣。

論用韋興疏　劉大夏

韋興一人之用似乎未足深惜但朝廷治體之得失皇上大孝之隆替胥此焉係非尋常人比也臣請爲陛下言之夫添設守備內官非舊額者一體取回此近日明詔本部奏革齊元又近日所奉旨也方革復用徒使新令不信於天下況興於成化年間引用憸邪進獻奇巧大壞朝廷之法先帝嗣統之初斥興不用臣民痛快天下共聞今泰陵之土未乾而憸黨之徒遽進恐於聖孝不能無損其事似小所虧實大乞從科道論列罷興勿用庶幾聖孝隆治體得而地方亦可望其安矣

案忠宣文之見方志者惟記二篇省志藝文目載有西行稾亦無其書訪索久之得其家祠藏版二冊其一爲詩其一爲年譜與宣召錄而已此奏疏十六篇出皇明經世文編中乙丑八月朔得自何編修紹基許以其僅存而罕見故備錄之

汝懷附記

申明謚法疏　謝文祥

竊惟天道至公聖人奉天亦至公公者所以平賞罰而昭勸戒也故公賞則賞一人而千萬人勸公罰則罰一人而千萬人戒檢士行扶世道固國本無不於是乎在然則刑罰嚴也可警於一時賞罰重矣難及於後世聖人於是復制之謚法以善善惡惡所謂是非百年而後定也竊照太子少保禮部尚書兼文淵閣大學士陳文猥以陋儒遭逢盛世直經筵則學術空疏而無以格君心秉史筆則是非顛倒而無以信後世論思不根於仁義代言未協乎典謨營營趨利默默尸位上豆鹽五萬餘引而黷貨之無厭施棺木三千多副而市恩之罔嫌張岐貪虐小人也納賄賂而引置憲府既又爲之起復賈銓老懦庸人也連婚姻而保陞都副尋復私之美謚贓官罷職律有明條也孫瓊畏罪在逃受其賂而仍復前官詞臣論思官有常職也章懋上疏納忠忤其意而遂改見任異端正學之蠹也妾死而建佛事者累旬太學賢士之關也子入而縱其畜淫妓者成隊囑託公事陳俊之足蹟徧於有司貪圖財利藺斌之泉布通於私室一恩詔之頒也則銜於衆而歸功於己一嚴法之省也則辭其責而歸怨於上其餘不法不公作威作福之類雖擢髮不能數也使其生一日則貽朝廷一日之憂生一年則延生靈一年之禍幸而祖宗在天之靈稔其極惡大罪而降罰厥躬乃陰相陛下除

此奸蠹以綿億萬年太平之業也陛下正當蹟其行實之惡加以應得之謚曰醜可也曰繆可也曰幽曰荒無不可也豈期議謚者意欲預爲己地不思夏竦雖謚以文正其於竦之奸佞何掩秦檜雖謚以忠獻其於檜之傾邪何益乃敢朦朧妄擬謚曰莊靖兼以陳文在日深情厚貌足以匿其非秘計奸謀足以蓋其蹟陛下聖明偶不及此輒從其議夫睿通克服曰莊愼以處位曰靖益謚之美者也陳文之爲人天下臣民之所共知何者可謂之莊何者可謂之靖以此謚之非惟不稱其情俾繼之者必曰立心之不臧如文制行之不檢如文貪墨之不比如文極天下之醜惡莫如文也而猶獲此美謚一或慕而效之敢於肆

行無忌則天下國家之大尙於誰乎賴哉

案此文載衡州耒陽等志書攷明史陳文傳末云禮部主事陸淵之御史謝文祥皆疏論文不當得美謚帝以事已施行不許云汝懷附記

培養君德疏

謝文祥

成化三年十一月二十九日內閣遣郎中韓定持小揭帖到東閣及史館分與太常卿兼侍讀學士吳節等令各賦詩臣等各授一帖內開花果烟火等項面貼詩贊題目仍令依舊格擬進及觀舊格俱是玩好之物鄙褻之詞臣謂陛下卽位之初下溫詔放田租絕貢獻停不急之務與民息肩天下欣然承望太平久矣及觀去年以來如遣人造楮國家舊制也一聞大臣之疏而遂罷且因災異勸諭羣臣同加修省凡此數事臣等未嘗不誦陛下從諫如流今日之舉或兩宮在上陛下欲極孝養以奉其懽耳然大孝養志不在玩好母后恭儉德著天下不在烟火

況兩廣弗靖四川未甯遼東擾亂江西湖廣大旱數千里正宵旰焦勞不遑暇食兩宮母后同憂之日臣知陛下決不暇爲此也且翰林以論思代言爲職雖供奉文字而鄙俚不經之詞豈宜撰進伏讀宣德翰林箴曰啟沃之言惟義與仁堯舜之道鄒孟以陳烟火之舉恐非堯舜之道臣是以不敢妄陳

案此文亦出志書原注與羅倫莊昶會稟疏入倫謫福建市舶司提舉昶謫桂陽州州判文祥謫南陵縣縣丞人稱三剛云云而明史章懋傳稱懋與黃仲昭莊昶同諫張燈不及文祥所載疏詞與此文亦有同異或當時稾出謝公而有增改歟若一峯之謫在前則志譌也汝懷附記

西北備邊事宜狀 閣試　　李東陽

右臣伏以比歲逆戎嘯聚部黨并合羣類據我河曲擾我延綏甯夏深入我韋泰固原諸處近又闖我大同過我萬全朝廷命將出師天威所至雖伏鼠竄無有遺者然其擄掠丁口驅逐牲畜所喪已多況惡草難去而易生奇疾難攻而易動今草枯河凍風高馬健賊北無所獲計當復西西必復度河曲縱今不度明年必來歲復一歲爲患滋甚所宜深防曲慮以消未然之釁爲永久之圖也議者恆以邊方警報亦是常事故以計未然者爲喜事圖永久者爲迂談沿襲因仍莫知底極蓋三邊去京師凡數千里國家承平富庶已越百年居中夏之豐而論遠疆之

僻處冠裳之樂而謀兵革之難者無怪乎其然也臣竊觀秦并天下而長城所築近在洮延宋之盛時不收幽朔而靈夏之域旋亦棄去漢唐疆宇雖廣而和親歲幣所費不貲益盛衰情形不常多至數十萬少者亦不減其半逮至於元遂混一統自我太祖太宗親御六師敵始北遁踰時累月振旅而還迄今敵衆離亂交雠互噬其數不滿數萬不能當我一鎮自漢唐以來未有衰於今日者也夫以全盛之師馭極衰之賊雖草薙禽獮亦不爲難惟陛下本懷以武功妨文德有所不暇以中國困小醜有所不屑而職兵事者乃或不加之意使其窺覘糾結爲國大患至於民罷兵弊而不解者此臣所以夙夜而不能忘也臣聞之書曰制治於未亂安邦於未危兵法曰毋恃其不來恃吾有以待之毋恃其不攻恃吾之不可攻國有所恃而盛民有所恃而安士有所恃而力故餽餉屯種豫其富也弓甲鞍馬豫其利也城郭溝塹豫其固也斥堠間諜豫其明也號令賞罰豫其行也故曰以治待亂以靜待譁者治其心也以近待遠以飽待饑以逸待勞者治其力也如是以戰戰則必克如是以守守則不危不能待人而顧爲人所待其不顛倒錯亂者寡矣今國家經理區畫可謂甚精體統節目可謂甚備然轉輸之地方數千里而士屢告饑廄寺繁列而馬無蓄良武庫充牣而用輒失措城堡碁布墩堠相望賊至而不知其期賊去

而莫窮其處是豈法之過哉奉法者之弊也天下之弊起於因循而成於蒙蔽今堡伍所聞者方鎮莫得而什一也方鎮所聞者部曹莫得而什一也如是則安不如是則危如是則榮不如是則辱如是則留不如是則去夫人之情豈不知所擇哉故臣嘗夙夜反覆以求當今之弊或者其專在乎此也古之論將者曰委任曰賞罰故屯軍細柳御轡不馳授劍江南副將失色其委任之專如此愛能遁陣誅及裨官曹彬成功尙惜使相其賞罰之審如此今綰章而拜秉鉞而行委任可謂不輕然責其得失則曰我不得專也捷獲有擢失機有律賞罰可謂不闕然考其勸懲則曰意不在令也夫國之安危民之休戚皆繫之將而

其言如此復何望哉臣願陛下嚴簡擢之法省參督之制覈功賞之實奮威刑之斷舉一將則眾議必同任一人則羣疑莫奪賞一功則疏遠不棄罰一罪則貴近不疑如是則人革其心官奉其職繇是而糧芻可充器馬可利城塹可固練習可閑斥諜可明號令可信雖廣而八荒之表遠而億萬年之後可以高枕而無虞矣況區區者惡足爲西北患哉故臣嘗夙夜反覆以求當今之宜或者其無出乎此也敢摭其大端爲陛下獻至於形勢名數之細亦條具一二於後興利除慝則有司存惟在陛下斷而行之耳臣誠愚闇不識大計臣不勝犬馬惓惓惟陛下俯賜覽觀幸甚

議邊軍入衛疏 正德七年　李東陽

臣聞有獻密計者託言京軍不習戰陣欲調宣府邊軍三千入衛京師而以京軍屯戍邊陲每歲春秋番換臣惟京邊官軍各有分地必有急事乃可互相應援今無事而動一不便也京軍備邊不習戰陣難保必勝恐損國威二不便也京軍出京駭人耳目傳聞各處未免驚疑三不便也京軍出外倚恃強勢占住房屋索要錢物需索酒食將官護短而不肯禁邊方受害而不敢言四不便也邊軍在內傲睨軍民蔑視官府小則怠玩大則違法治之則或不能堪縱之則愈不可制五不便也遠違鄉井拋棄骨肉或風氣寒煖之不相宜或盤費供給之不相續六不便也糧草之外必用行糧布花之外必須賞賚非緊急不得已之時爲糜費無紀極之計七不便也往來交替無有甯息倉猝之際或變起于道途厭倦之餘或患生于肘腋八不便也示京營之空虛見國中之單弱九不便也西北諸邊脣齒之地正須策應脫有疏失咎將誰歸十不便也凡此一事不便者有此數端伏望博采人言務求至當實宗社之福也

應詔陳言疏　李東陽

宏治六年四月二十七日節該欽奉敕諭。天道弗順。亢旱踰時。民庶驚惶。朕甚憂懼。凡軍民利病。時政得失。爾文武羣臣條奏來聞。欽此。臣等俱於午門外跪聽宣讀。聞命驚惕。罔知攸措。臣伏見去冬少雪。今春缺雨。風霾時作。井泉多涸。自都邑畿甸。東接齊魯。南抵淮濟。西連襄隴。赤日坼地。黃塵蔽空。冬麥不收。秋穀未種。或餓死道途。或典賣兒女。或流徙他鄉。爭程競渡。以苟旦夕之命。蘇松嘉湖諸府。霖雨經年。大水橫溢。財賦所出。莽爲荒區。瘟疫流行。賊盜交作。河南甯夏遼東等處。地震有聲。半年之間。奏牘累至。誠有如聖慮所及者。臣退自修省。以爲災異之

來。皆臣等諸司不職所致。仰蒙陛下不卽譴責。曲加戒諭。蠲滌舊過。勉圖後功。而又引歸聖躬。博采羣議。以共荅天意。此古帝王遇災而懼之盛心也。臣被擢先朝。纔塵侍從。禁署清銜。華衣美食。皆朝廷之恩渥。生民之膏血。三十年來。略無寸補。撫心知愧。內不自安。而職在講筵。不關政務。惟君心爲化理之源。經傳乃致治之法。其勢似緩而實急。其功似淺而實深。顧講讀有時。章句有限。宏辭奧義。未易悉陳。嘗慕宋范祖禹講月令而深論誠於奉天之道。林機講禹貢而極言勤儉爲治之理。又聞唐崔鄲半歲不問經義。則謝以無功。李絳踰月不訪理道。則自慚飽食。臣之瘝曠。實又過之。近臣於五月二十二日經筵輪講孟子。兩年之內。輪侍日講。亦用此書。今不敢遠引。謹摘孟子中格言要論。切於君心治道。臣與二三講官已徹聖聽而未悉愚見者。析爲數條。極論其理。而軍民利病。時政得失。如陛下所欲聞者。以類附焉。陛下儻不棄其愚腐。一賜覽觀。則雖輟講之際。如對聖賢燕居之時。若臨臣庶。於以見諸實政。施及羣生。庶幾天意可回。災異可弭。民生可安。國祚可永也。臣不勝懇悃激切。夙夜圖維。聊效犬馬之忱。少蘇曠官之責。敢一一開具進陳。聖鑒。伏冀陛下俯垂采擇。無任歡欣之至。

再求休致疏 正德五年　　李東陽

奏為陳情乞恩再求休致事。臣於本月十八日奏乞休致。仰塵德音曲加慰諭。未賜俞允。臣拊心內省。實不自安。竊惟人臣事君。固當竭死生之力。尤當謹進退之節。臣見今六十四歲。歷事列聖四十七年。參預機務一十六年。才疏力薄。當退一也。多病早衰。當退二也。久玷班行。多竊俸祿。當退三也。但顧命之重。責任方殷。大義所關。亦非得已。蓋聖質方沖。庶事未定。則不敢言退。藩臣倡亂。邊境未甯。則不敢言退。大姦未除。弊政未革。則不敢言退。用是懷憂抱愧。含垢納汙。雖因事累辭。終不獲果。於自遂。幸遇陛下聰明日進。政令一新。天下之人延頸望治。太平之

幾。正在今日。臣若貪位戀祿。玩歲愒時。及此不圖。更復何待。比聞南京監察御史張芹奏臣當劉瑾專權亂政之時。不能力爭。及陛下任用得人。潛消禍變。卻又攘以為功。冒膺恩廕。緣甯夏事平。伏承陛下遣司禮監官傳示聖意。欲加恩典。臣極力苦辭。幾至垂涕。及手敕既下。加臣特進左柱國。廕臣男為尚寶司丞。臣隨即具本懇辭。竟不獲命。黽勉拜受。本非素心。但寵祿之頒。過踰涯分。傳聞遠外。實駭羣情。其言禮貌之屈。否衆所見聞。壞功之有無。已蒙聖鑒。若不能早退。又不力辭。此二端者。切中臣病。況臣揣己量力。見可知難。盛滿之懼。已非一日。安敢以衰老之身。蒙叨冒之罪。上以玷陛下知人之明。下以貽士林求備之議哉。伏望聖慈察臣愚悃。許臣致仕。將臣男兆蕃收回成命。令其照舊以監生聽選出身。徐圖補報。則優禮舊臣之恩。曲成萬物之德。臣舉家父子。咸知感佩無窮矣。臣無任悚息激切之至。

案。張芹劾大學士李東陽謹厚有餘。而正直不足。儒雅可觀而節義無聞。先帝誤以為賢。臨崩以陛下託之。劉瑾專權亂政。東陽為顧命大臣。不能防微杜漸。惡迹既著。不能出力與爭。使瑾得以荼毒天下。卽能誅瑾。僅可贖罪。又安得攘功冒賞。乞將東陽卽賜罷黜云云。帝曰。芹久居言路。瑾亂政時。畏避緘默。今旣明示典法。乃掇拾沽名。東陽學行。海內推重。輔導朕躬。忠勤茂著。比來甯夏旣平。大臣特進階廕。子如何謂

攘取誅瑾之功。恣意妄說。卽令具實以聞。旣而芹請罪。奪俸三月。夫以張芹身居朝官。而不知朝政。乃以甯夏之賞為誅瑾之功。其不加考察若是。又何論無名子所為伴食中書之詩乎。而杜詔氏作讀史論略。乃據其詩以為西涯爰書。豈得為一言之智。諒哉。武宗恣意妄說四字。實足發古今言事論人者之覆矣。汝懷附記

祭告闕里還言事疏 弘治七年　李東陽

臣奉使道行適遇亢旱天津一路夏麥已枯秋禾未種輓舟者無完衣荷鋤者有菜色盜賊縱橫青州尤甚南來人言江南浙東流亡載道戶口消耗軍伍空虛庫無旬日之儲官缺屢歲之俸東南財賦所出一歲之饑已至於此北地皆鹻素無積聚今秋再歉何以堪之事變之生恐不可測臣自非經過其地則雖久處官曹日理章疏猶不得其詳況陛下高居九重之上耶臣訪之道路皆言冗食太眾國用無經差役頻煩科派重疊京城土木繁興供役軍士財力交殫每遇班操寧死不赴勢家鉅族田連郡縣猶請乞不已親王之藩供億至二三十萬游手之徒

託名皇親僕從每於關津都會大張市肆網羅商稅國家建都於北仰給東南商賈驚散大非細故更有織造內官縱羣小掊擊閘河官吏莫不奔駭鬻販窮民所在騷然此又臣所目擊者夫閭閻之情郡縣不得而知也郡縣之情廟堂不得而知也廟堂之情九重亦不得而知也始於容隱成於蒙蔽容隱之端甚小蒙蔽之禍甚深臣在山東伏聞陛下以災異屢見敕羣臣盡言無諱然詔旨頻降章疏畢陳而事關內庭貴戚者動為掣肘屢歲經時俱見遏罷誠恐今日所言又為虛文乞取從前內外條奏詳加采擇斷在必行

案懷麓堂集未載此疏茲從明史錄出汝懷附記

懇乞休致疏 正德七年十二月　李東陽

竊念臣體質羸弱本自天生幼小之時不敢自期壯長中年以後衰病相仍年月益增病日加甚腰膝疼痛眼目眩昏家居入夜則步不能行班行遇風則立不能定縱使朝參公座不過勉強支持每當具奏乞休實是哀鳴懇訴未蒙聖察曲荷涵容顧今年連閏之月一十有三而在告之辰已過其半雖卑官薄祿猶為曠職素餐況臣叨登一品之階兼給兩官之俸非但難於報稱亦將累積愆尤況今歲暮祫享不能陪列正旦朝賀不能隨班郊壇大祀不能看牲分獻而深居飽飯偃仰在牀用是寤寐不寧食不下咽再三籌度展轉思維臣之狼狽實不知所以

自處也仰惟陛下天地之量於人無所不容日月之明於物無所不照伏望宥其既往而矜其所不能特降綸音許臣休致則進退之際全晚節於始終俯仰之間託餘生於覆載臣之感恩荷德與齒髮而無窮矣臣不勝懇迫激切之至

案疏上奉旨卿累朝名德學行才猷中外推重受先帝顧命輔導朕躬竭誠盡忠功在社稷比年節次引疾乞休朕未能舍卿屢遣官敦勸暫起視事茲乃固申前請情詞懇切勉從所請賞銀五十兩紵絲四表裏以表眷懷著有司時常存問月給米八石歲撥人夫十名應用仍廕子姪一人做中書舍人

辭蔭子恩典疏 宏治七年九月　李東陽

昨奉手敕直隸山東河南江西等處賊平內閣官運籌定議致有成功李東陽楊廷和梁儲費宏各賞銀五十兩紵絲四表裏蔭子姪一人爲錦衣衛世襲正千戶臣等聞命之餘不勝惶汗竊惟論功行賞者朝廷之大典佐令代言者儒臣之常職比年以來各處地方盜賊蠭起上廑宵旰命將出師寒暑再更兵食俱困臣等職居禁近責在匡持不能制亂於先幾又不克收功於一旦曠瘝之咎實所難辭幸遇陛下聖武神謨天人協相將臣效力逆黨就誅臣等厚祿高官安居飽食甲兵未被筆舌何功況武職之官必由軍功除授豈有徒操文墨輒可蔭及子孫

援公議以難容撫私心而自愧除銀幣臣等仰體聖心所不敢辭已望闕祗領其蔭子恩典斷不敢受

臣等一再具疏辭免恩蔭未蒙俞允臣等任非督戰職異典兵禁近從容未嘗親與驅馳之苦文墨議論安敢冒承矢石之功皇上雖曲賜寵嘉臣子宜自知分限在已既知不可物議其將謂何義實未安事非虛讓設若堅辭而未允則將引避以自明伏望俯鑒悃誠收回綸命庶少全退讓之節抑以長廉靜之風

伏蒙聖恩錄臣等子姪一人改蔭文職竊惟羣盜肆惡徧歷諸方出入四五年閒荼毒數千萬衆主憂臣辱安敢辭勞天佑人歸僅成克捷奸兇甫定凋瘵未蘇雖同率土之歡豈免向隅之泣若燕齊河洛之安靖以爲臣等之功則川陝湖廣之縱橫復是誰歟之過推恩蔭子誠所未安且以六品之華階何可一朝而驟致懇乞天恩並收成命感德受恩實過於受蔭萬萬矣

臣等再承恩蔭累具辭章曲荷綸音不蒙賜允若心無所愧豈敢固違但理有未安終當懇訴竊事有常職故任事者無侵官恩有常格故受恩者無愧色臣等所居之官論思輔導之職也目不識兵馬之數耳不聞金鼓之音足不履行陣之地身不冒矢石之險若文書之經由議論之關涉與戰法攻擊坐作進止者同功而例論推恩以及家是以平居本分之勞冒格外非常之賞況臣等或以蔭錄不可重沾或方歷歲年未經久試捫心

揣分實不能堪所有前項恩蔭臣等終不敢受伏望聖明俯從愚請并收成命以慰憂惶

辭免兼俸疏　李東陽

伏奉手敕連年兵燹卿等指顧籌畫勞勣實多廕子一官以伸朕念今又懇辭特允所請遂各加進階一職李東陽兼支尙書俸餘具仍舊欽此臣仰荷聖慈許辭廕祿轉承親命益切憂惶竊惟官不量才固不可以輕與祿必稱事亦不可以濫給臣叨居重地積有歲年才劣功微官高祿厚向以纂修實錄陞支正一品俸繼以九年考滿兼支正五品俸揆之常制蓋已增多爾者羣盜勦平聖恩覃布臣旣乏謀猷之益又無戰伐之勞廕子酬功旣非其分推恩加祿亦豈能安況臣自今年五月以來一向患病在家調理移兵過省不聞進止之言奏捷還師不預班

行之末例當住俸未奉綸音累乞歸田不沾允命加以僩曾恩重朝賀禮殷玆方勉效馳驅何意復蒙光寵又況臣已兼二俸而使之日益增加是臣出徼幸之期自取貪饕之罪又況兵荒之後帑藏空虛饑民之待哺方深武職之折銀屢缺雖未能損下而益上亦當益寡以裒多每欲辭免兼支少遺尸素但會衰病已極亦將不久於官勉強因循不敢數煩天聽今乃以一官而兼三職之俸以百口而食千人之力則求退而反進辭少而就多非徒自失於初心亦且倍深於往咎尤望聖明下燭洞察懇誠准免兼俸令臣仍舊供職使臣得以少淹旦夕猶或能圖報於分毫

乞休疏　李東陽

膺至重之任者必有非常之才而又濟之以有餘之力二者不可缺一今臣以章句腐儒甲科常格兼之子女夭喪哭泣傷多眼目昏暗咫尺之間莫辨文字且朝廷之典年老有疾例不入壇臣之一身兼是二者使之居具瞻之地爲百僚之首雖欲求職之不曠不可得也仰祈矜察放歸田里俾大臣無固祿之譏國家無妨賢之病

自屢告請以來病日深而憂日至老而無嗣隻影自隨宗祀之責惟臣是任然此一身一家之私猶不足言陛下紹統有年前星未耀乃祖宗億萬載社稷之所係甚重昔孝宗皇帝親憑玉

几發綸音早定大婚永圖至計臣面承顧命夙夜於衷比之尋常情實倍蓰責任之重無過於臣臣之所當言亦無急於此若復因循隱默苟利目前臣恐一旦溘先朝露無以見先帝誤國之罪萬死莫贖伏冀上念承傳之重俯懷翊戴之勤高拱淸穆深居禁密朝奏以時飲膳以節以保聖躬以延嗣續尤望憫衰朽之質理難久長察忠懇之言止於如此俾之休致以盡餘生每當具疏乞休實是哀鳴懇訴未蒙覽察曲荷涵容顧在告之辰歲過其半素餐曠職累積愆尤況今歲暮臘享不能陪列正旦朝賀不能隨班郊壇大祀不能看牲分獻而深居飽飯偃仰在牀痞痳不當臣之狼狽實不知所自處也

請停工程疏 館閣漫錄 正德六年　李東陽

今早發下工部所奏京城內外工役浩繁州邑坐派無遺民財剝削殆盡在處災傷四方盜起況京營軍士議發做工終歲不操相率逃避軍民俱困誠可痛心乞將不急工程暫且停止臣等惟工部所言固爲激切內添蓋豹房一事尤爲緊要謹昧死爲陛下言之蓋自去年夏秋以來外聞傳說豹房內添蓋房屋又聞豎立旛竿似有剏建寺宇之意臣等竊念寺觀乃異端之教聖王之所必禁國朝之所姑存其間義理不暇深論但宮禁之體比與城市不同自古及今幷無禁中剏造寺觀事例傳之史冊非徒上累聖德亦無以垂法將來況番僧人等往來混雜

又恐無賴之徒因爲詐冒萬一變生不測難以關防其於事體所關不細而財用之費耗軍民之困苦又不足言矣竊見成化閒欲於內府建玉皇閣憲宗皇帝因內閣之言而止宏治欲於近城造延壽塔孝宗皇帝因內閣之言而止天下傳之史冊書之以爲聖朝美事伏望聖明仰體二聖之謨俯垂鑒納將前項工程卽賜停止其於不急之務大加減節以正國體以慰民生

災異陳言疏　李東陽

伏見去冬以來京師地震有聲霸州及山陝福建雲南等處相繼地震竊聞天人相應理有必然上下交修道須兩盡孤卿之任非諸司比故周官燮理不備惟人漢庭策免亦有故事臣等或親承顧命或特被簡存職在論思憂惶無地且如講筵聖學所關也臣等不能盡啓沃之功早朝政令所出也臣等不能預陪從之列宗廟社稷神靈之所在至尊嚴也臣等不能執奔走之事而歲時鎮獻但遣公侯宮殿門禁天子之所居至深密也臣等不知動止之詳而晨昏出入未聞警蹕凡如此類不敢盡言卽今帑藏空虛軍民窮困流移不已盜賊肆行江西四川累

歲用兵山東河南南北直隸所至殘害將領荼毒生靈侵擾京畿略無畏忌蓋自剏業靖難以來未嘗有此臣等適當其責罪無所逃仰瀆威嚴伏俟罷黜尤望淵衷朗悟如日中天溫習舊聞日親經史視朝饗獻一復舊規親信必慕謹之人委任必忠良之士嚴內外出入之防正堂陛崇卑之分動息有恆飲食有節頤養聖躬茂隆國本以上回天意下結民心則列聖開剏之難先皇付託之重可以永保於無疆之休惟在聖心一轉移之開耳

湖南文徵卷二

湖湘後學集編

疏二

請修邊疏　楊一清

陝西各邊延綏據險甯夏甘肅挍河山惟花馬池至靈州地寬延城堡復疏寇毀牆入則固原慶陽平涼鞏昌皆受患成化初甯夏巡撫徐廷璋築邊牆綿亙二百餘里在延綏者余子俊修之甚固由是寇不入套二十餘年後邊備疏牆塹日夷宏治末至今寇連歲侵掠都御史史琳請於花馬池韋州設營衛總制尚書秦紘僅修四五小堡及靖虜至環慶治塹七百里謂可無

患不一二年寇復深入是紘所修不足捍敵臣久官陝西頗諳形勢寇動稱數萬往來倏忽未至徵兵多擾費既至召援輒後時欲戰則彼不來持久則我師坐老臣以爲防邊之策大要有四修濬牆塹以固邊防增設衛所以壯邊兵經理甯夏以安內附整飭韋州以遏外援今河套卽周朔方漢定襄赫連勃勃統萬城也唐張仁愿築三受降城置烽堠千八百所突厥不敢踰山牧馬古之舉大事者未嘗不勞於先逸於後夫受降據三面險當千里之蔽國初舍受降而衛東勝已失一面之險其後又輟東勝以就延綏則以一面而遮千餘里之衝遂使河套沃壤爲寇巢穴深山大河勢乃在彼而甯夏外險反南備河故邊患所以相尋而不可解也誠宜復守東勝因河爲固東接大同西屬甯夏使河套方千里之地歸我耕牧屯田數百萬畝省內地轉輸策之上也如或不能及今增築防邊敵來有以待之猶愈無策

豫處兵機疏　楊一清

臣愚以爲敵人自宏治十三年延綏大同官軍失利之後横行無忌宏治十四年深入陝西腹裏殘害生靈動以萬計宏治十八年宣大游兵全軍覆没又河凍之後連年窺伺陝西既未遭挫必無懲戒今冬踏冰入套之舉難保必無既入河套必不安静臣方部署將士振揚威武已將沿邊直抵腹裏分爲四路布置主客官軍相機邀截但兵少敵多未免一以當十出奇制變事不得已臣愚以今冬深河凍敵果入套宜徵調宣大二鎭游奇官兵於延綏中東二路住劄竝聽張安節制若止在套住牧未嘗擁衆内侵則嚴兵自守決不輕敵自起邊釁如仍前深入

固慶等處搶掠行令延綏鎭巡官選人分投出境哨探敵營遠近衆少會合主客官兵豫先分布逼近敵營城堡如在一二百里之間有機可乘則原擬沿邊中路邀截之兵依舊不動以延綏東路參將時源所領本鎭三路軍馬與臣近日挑選先鋒奇兵官軍三千名以爲馬戰總兵官張安領本鎭選定頭撥等官軍三千名次之以爲中軍大同游奇兵馬左右二哨及宣府游奇兵又次之以爲外援太監劉保都御史文貴領本鎭兵馬竝本隊官軍於牆外二三十里列車爲陣分布得宜晝伏夜行各相去二三十里擇形勢利便之地爲營以待務使聲勢連絡前後相望我兵既近敵壘奮勇疾進衝其腹心敵既潰亂舍其羸老而戮其壯健奪其鎧馬而縱其牛羊大同之兵堅整嚴備不許貪利輕動前鋒勝負未決恐無聲援必待其旣回以爲羽翼敵若糾衆尙集我軍張安合大同之兵專爲殿後如此布置較之先年出境分布疏遠孤兵無繼訖難成功者不同敵人千里趨利日久疲獘聞我傾其巢穴必自遁歸我腹裏之兵躡之中路之兵劫之沿邊之兵又夾而邀之敵戀巢之心既勝欲戰之志不堅必然潰敗安邊制敵之計莫快於此疏入得旨是閫外之寄卿等所專出奇制勝事難遥度務要計出萬全以除邊患無致疏虞

器使將才以修戎務疏　楊一清

臣惟三軍之命實繫於將、而戰守之將其用亦各不同、今之叅將分疆畫地、各守一隅、所謂守將、遇警固未嘗廢戰、而其用則先於守、今之游擊、隨敵聲勢往來策應、所謂戰將、所至固未嘗無守、而其用則專於戰、守將之務、修車馬、備器械、據要害、固封守、明斥堠、謹禁防、敵至而先爲之備、不必求取戰功、求無所失而已、若游擊之官、披歷荊榛、眠宿霜露、非身先士卒不足以鼓勇齊力、非躬冒矢石則不能解圍潰堅、雖謀勇貴乎兼濟、而常以勇爲主、是二者固未有不相通、而目前之用、則先其所急、竊見分守延綏東路右叅將都指揮僉事時源、性資果敢、膽氣猛

厲、慣經戰陣、驍勇著聞、今分守一方、雖亦未嘗廢事、使當游擊之任、衝鋒破敵、是其所長、延綏游擊將軍都指揮同知戴欽、性資明爽、才識疏通、曉暢邊情、熟嫺戎務、今爲游擊、非無可取、若居分守、其所建立必有過人、且人才難得、用違其長、雖能者無以自見、隨才器使、則天下無不可用之人、況延綏慣戰精銳之兵、東西應援、必得驍將領之、而神木孤山一帶營堡、密邇河套、敵人遇冬、首先窺伺、分守得人、有不戰自屈之勢、乞將時源改充游擊將軍、戴欽改任分守叅將、此二人者易地而居、各當其才、戰守之寄、兩有所託、待其勞效顯著、主副將官之基、未必不由於此、

修舉馬政疏　楊一清

臣嘗考之載籍、唐初鳩括殘騎、僅得牝牡三千匹、肇自貞觀、訖於麟德、四十年間至七十萬餘匹、垂拱以後、馬耗大半、開元初稍稍修復、始二十四萬、至十三年乃四十三萬、議者謂監牧之置得其地、監牧之官得其人、而牧養之有其法也、今其地固陝西之地、當時領牧事者、張萬歲王毛仲之流耳、竊意生當熙洽全盛之朝、名爲儒者、其所建立、豈宜出張萬歲王毛仲之下、然稽之事勢、實有不同、唐都關中、所置八坊四十八監、初在岐豳涇甯間、後分析列布河西豐曠之野、縣京度隴、跨隴西金城平涼天水數郡、即今西安鳳翔平涼鞏昌臨洮諸府之地、員廣數

千里、其間善水草腴田、皆隸之、故其馬蕃盛如此、我朝定都北京、永樂四年、以陝西地宜畜牧、乃詔開設監苑、其始規畫亦甚宏遠、與唐制無大相異、苑馬寺所轄六監、每監轄四苑、威武監所轄武安隆陽保川泰和四苑、在平涼府開城隆德二縣地方、同川監所轄天興永康嘉靖安勝四苑、在開城縣及慶陽府安化縣地方、熙春監所轄康樂鳳林香泉會甯四苑、在臨鞏二府隴西會甯狄道金縣地方、順甯監所轄雲驥昇平延甯永昌四苑、在延安府保安縣及慶陽府安化縣地方、葢亦跨陝西數郡二千餘里之地、後皆革去、止存長樂臨武二監、又革去彌隆慶陽安邊三苑、今見存牧地、在開城通渭二縣地方者、不過環數

百里又有衛所屯田及王府功臣草場參雜其間況原設牧軍數少臣故謂事勢不同者此也然不以供京師以供陝西各邊戰士之用宜無不足惟監牧非人牧養無法坐是頹廢上厪宵旰之憂臣竊謂西安鳳翔諸內郡編戶日繁版籍已定固難別議臨鞏二府土曠人稀原設監苑處所必有空閑不耕之地宜修復者謹當深察利害徐議可否及馬政一切事宜應施行者徑自施行應具奏者具奏定奪外今將切要二事先行條具上請乞敕兵部覆奏行之臣不勝幸甚

一增種馬以廣孳息查得永樂四年開設監苑衛門兵部節奉欽依事例上苑牧馬一萬匹中苑七千匹下苑四千匹當時種

馬及後來孳生數目雖不可考而原擬養馬定規卻是如此臣今徧歷兩監六苑酌量草場廣狹軍額多寡戶口盈縮事勢難易議處得開城苑原額恩隊軍人四百四名安定苑原額恩隊軍人二百六十五名俱草場寬闊水泉便利地宜畜牧堪爲上苑使官得其人政令修舉各牧養萬馬誠不爲難廣甯苑原額恩隊軍人二百一十八名後因添設固原州衛草場地方各占修城郭及撥爲屯地萬安苑原額恩隊軍人雖止九十四名草場亦頗寬闊俱堪爲中苑黑水苑繫甘肅苑馬寺遷撥恩軍一百六名草場逼窄清平苑原額恩隊軍人一百三十三名地狹土瘠人無生業俱止可爲下苑前項苑分恐不能遽如原定養馬之數大要開城安定二苑俱可牧馬一萬匹萬安苑可牧馬五千匹廣甯苑可牧馬四千匹清平苑可牧馬二千匹黑水苑止可牧馬一千五百匹通計六苑除每歲給軍騎操外可常牧馬三萬二千五百匹足够陝西三邊之用國初之盛諒無以逾此然欲廣孳息必先多畜種馬種馬既少則孳生遽難收效查得各苑見在馬二千二百八十匹堪作種者止有一千三百餘匹臣今將倒失虧折馬匹隨宜追補及宏治十六年分茶易種馬通止可够三千匹必須增置七千匹共種馬萬匹以兩年一駒計之五年之內可够前數將來孳息牝復生牝駒復生駒源源不絕數十萬匹之數可計歲而得矣及看得西甯洮河等衛

茶易番馬以之給軍騎操固濟邊用以之作種則風土異宜孳牧多損養馬軍人甚以爲累必須收買內地馬匹易於牧養成效可圖緣西人以畜牧爲生要在不虧其值自然樂售考之周官馬質掌質馬量三物蓋三代盛時民有餘畜者官以價值易之養之閑廄之中以備不時之用意正如此臣欽奉敕旨雖許其設法增添但陝西地方軍民邇年以來困於虜變困於歲飢困於轉輸困於修築公私匱竭帑藏空虛別難措置查得宏治二年爲因種馬數少兵部奏准將太僕寺收貯馬價銀一萬二千兩送發陝西收買種馬二千匹發寺牧養合無比照前例支取太僕寺馬價銀四萬二千兩差官於平慶臨鞏等府衛地方

官員軍民之家收買堪以作種好馬七千匹派發各苑孳牧如有倒失虧欠隨卽追補前項太僕寺儲蓄銀兩本爲濟邊之用且如各邊奏討銀四萬兩不過收買戰馬四千匹較之孳牧之利何如暫費而大獨惟陛下裁之

一增牧軍以便畜養切照陝西苑馬寺兩監六苑原額養馬恩隊軍人共一千二百二十名見在七百四十五名在逃事故等項四百七十五名縱使彀補完足數亦不多若不增置牧軍則畜養乏人難收蕃息之效查得養馬恩軍係先年將各處有罪人犯發充隊軍例於各衛丁多有力軍人內選撥緣陝西各該衛所行伍空虛征操備禦尚且缺人似難額外增補況各苑天

氣高寒地土磽燥生理數少又鮮有居室多在崖窰堡洞住坐腹裏軍人解補者隨到隨逃不安其業馬政廢弛亦多由此訪得各府衛州縣百姓軍餘多有逃來各苑地方潛住年久不當差役又無官司管束查考往往別生事端及至被人告發卻行調縣因無戶籍無憑挨捉歲復一歲爲數漸繁夫物聚則必爭爭則易於生亂今不爲之所將來恐貽他患此等流民論法俱該問罪發遣回還原籍當差但念其故鄉生計已失無可復之業而此地依棲既久有可戀之資必盡法處之非死則散而爲盜耳若編爲養馬軍人給撥草場土地使之住牧則官有畜養之役民無驅逐之苦且其耐貧寒習畜牧比與新撥隊軍萬萬不同公法私情似爲兩便欲通行杳拘編發誠恐愚民無知畏懼罪責驚擾藏匿急難濟事臣已經遵奉敕諭便宜處置事理出給告示曉諭但有逃來潛住人民許其赴官投首與免治罪量其人丁多寡給與草場地土領養官馬依例科駒就近編入該苑籍冊內帶管及行守備固原都指揮僉事苗英固原州知州岳思忠查訪招諭去後續據逃民赴臣投首情願養馬者已及百名之上俱暫收發各苑聽候給地領馬外近訪得前項逃民節年多有投在平涼各郡王將軍中尉等府及儀賓之家跟隨使用娶妻生子出入府第生事害人官司莫能禁治有告發者各府輒稱先年收買家人不肯歸斷緣王府招集外人明有

禁例乞敕該部查議宗室收買家人有無事例果於體法有礙通查平涼各郡王將軍中尉等府及儀賓之家并楚肅二府馬營草場莊所家人除例應得者不動外但有收集各處逃來軍人投託作爲家人者俱照例問發邊衛充軍如此既以增公家畜牧之人又以杜私門招集之釁仍乞查照永樂年間發充恩軍事例今後北直隸山東河南山西陝西法司問擬人犯有例該邊衛永遠充軍者俱發各苑永遠牧馬連原額及新收發軍人共及三千名之數具奏停止以三千之軍人牧三萬之種馬孳息既廣戶丁亦增不出十年數十萬匹之盛不難致矣

遵成命重卿寺官員以修馬政疏　楊一清

竊惟修政於廢墜之餘者當求變通之術救弊於積習之久者必有作新之機故曰琴瑟不調甚者必解而更張之乃可鼓也若徒安於故常則未免因陋就簡其何以成天下之大務哉陝西馬政其弊極矣大抵人存而後政舉任法不若任人此古聖哲之明言而歷千萬世莫之能違也照得各處行太僕寺苑馬寺卿少卿等官比與兩京太僕寺事體相同在祖宗朝其選至重故官得其人馬政修舉數十年來士大夫重內輕外又見兩寺衙門無權多不樂爲用人者因而俯就之凡遇缺員苟取充數積習既久遂爲遷人謫官之地人人得而輕之成化年間又

令巡撫提督巡撫不得親理其事徒委之布按二司巡守兵備官員文移所及每以督同該寺爲詞遂使卿寺之官若爲二司統屬纔得與府衛爲偶勢分既輕職任愈廢雖有才能一就是職終身莫展垂首奮志坐待罷黜夫事勢至此中人之性欲其奮發有爲斯亦難矣邇者皇上重念邊方多事用馬爲急采納該部建議講求孳牧事宜以陝西苑馬之利獨優簡命愚臣前來督理肅清弊政布置成規愚臣事也顧法立非難行之爲難今天下良法美意動爲有司所遏令出於上而隳於下者以爲[illegible]患使卿寺任非其人臣雖罄竭駑鈍一法立一弊生事事而求之時時而驗之亦不勝其繁瑣苛察之病矣爲今之計愼擇

卿寺官員最爲急務該本部題稱今後凡遇各行太僕寺苑馬寺缺少卿於各省參議僉事內缺卿於各省參政副使及本寺少卿內各推舉有才力者陞任如果牧養有方馬政興舉照依太僕寺卿并少卿事例推舉在京相應堂上官或巡撫都御史其餘各該監苑亦要於北方少壯素知養馬者選任臣到陝以來聞二司之於兩寺輕忽如故臣嘗行委二司官會同行太僕寺少卿李宗彝查處官軍騎操馬匹事務其二司恥與之同事不容並列習俗之弊至於如此彼見先年亦嘗奉有成命而卿寺之選格不加嚴體勢不加重耳目相襲以爲宜然未能遽革今前項卿少卿員缺若不遵奉明旨照在京太僕寺官例推用

及照依兵部題奉欽依於二司參政副使參議僉事內推選陞任則無以轉移人心將來馬政難望修舉及照兩京太僕寺卿員缺多於在外按察使內推補然則行太僕寺苑馬寺官於參政副使等官內推任亦正相應且使二司之於兩寺視如一體不至輕侮阻撓則府衛以下官僚素所服屬於二司者自然嚴憚奉行之不暇矣論者或以爲今之行太僕寺苑馬寺卿求爲參政而不可得若將參政等官推任恐於人情不堪殊不知低昂輕重之機正在用之何如耳昔以遷謫視之則其勢自輕今以推擢視之則其勢自重正名分以作其氣懸祿秩以待其成人臣之分隨所位任豈敢有所擇亦豈可徇人之情而聽其擇

哉。伏乞敕吏部將陝西苑馬寺卿員缺。於陝西及山西河南附近布按二司年淺素有才望參政副使或年深曾經旌異參議僉事內推陞。其兩寺少卿員缺。亦於前布按二司年淺素有才望參議僉事內推陞。令其到任管事。待有成效。聽臣奏保旌異。吏部查照在京太僕寺官事例。不次擢用。如此則耳目一新。士氣自倍。勢分繇此而尊。職任繇此而重。使人人得自展布。馬政不日可復國初之盛矣。

處置馬營城堡疏

楊一清

看得陝西苑馬寺各苑。多不曾修建衙門城堡。及雖有城堡年久坍塌。又皆無營房馬廄。苑官多僦屋而居。或宿窰洞。所養官馬。晝夜在野。且春夏之時。趁水草牧放。固可適其騰游之性。至於冬寒時月。若不蓄積草莖。攢槽餧養。山野之中。草枯水凍。加以風雪侵淩。凍餓損傷。寗不致死。臣謹按周官圉師。掌教圉人養馬。必順四時。冬則燠之以廄。夏則涼之以廡。藉蓐以禦其寒。塗釁以除其穢。先王畜牧之善如此。查得永樂四年兵部為關設衙門事。行工部轉行陝西都行二司幷布政司。令軍衛有司差撥軍夫。於附近各苑去處。量其馬數。起蓋馬廄。以備冬月牧養。題奉欽依通行外。此係國初牧馬成法。年久廢弛。一向不曾申明舉行。及照宏治十四年。閒達賊大舉侵犯。官馬因無處收避。被搶去三千九百餘匹。況各苑地方。木植難得。土人以窰洞為家。乃其素習。各該衞所解來隊軍。因無棲止。隨到隨逃。廢弛之故。亦多由此。今朝廷大修馬政。所宜深慮卻顧。用圖久遠。又恐數年之後。我馬蕃息。為虜人所窺。或貽前年之禍。處置馬營城堡。誠為急務。臣已委布按二司等官。勘得長樂監廣寗開城黑水三苑。俱在平涼府固原州地方。廣寗苑原設肇昌臨洮青州平涼四營。肇昌臨洮青州三營。安定苑坐落鞏昌府通渭縣地方。原設中營原川稠泥河衙門石硤口雙井共六營。靈武監清平苑坐落平涼府固原州地方萬安苑坐落固原州及慶陽府環縣地方前項城堡量其大小各修城門一二座城上修垜牆更鋪以備瞭望四圍各濬城壕於內隨其地勢廣狹各修營房馬廄多者數百間少者百十餘間開立街市以通貿易種植樹株以供蔭息各存留隙地堆積草束以備支用春夏時月如無聲息官馬聽其在野牧放一有烽火傳報即便收掣回營及冬春寒凍時月俱收入城堡餧養黑水安定清平萬安四苑相離本寺地遠仍各建立官廳一所每年輪令少卿寺丞一員分管不時下營點閘在此居住夫築城堡則人馬有所保障置馬廄則馬不至橫傷修營房則貧軍有所依棲建公衙則牧官可

修職業揆之事理皆所宜爲誠非浪說且清平萬安二苑地方與各該軍衛有司軍民雜處相離邊堡窎遠前年達賊四散抄掠如入無人之境殺戮人民如殺狐兔驅逐丁口如驅犬羊臣巡視所過血痕漬地凋落之狀難以模寫呻吟之聲所不忍聞前項彭陽板井川諸城堡既立非惟監苑人馬可保或遇虜患附近軍民丁口頭畜亦可收避況西人素勇敢善鬬待馬政就緒將各苑軍餘挑選壯丁設爲操夫各一二百名給與盔甲授之弓矢令其不妨牧馬遇閒暇之時操習武藝就令寺監官員督視比較不許調遣專一防守本營城堡是雖爲牧馬而設亦可壯邊域之聲勢賁緊急之應援古者寓兵於農今藏兵於馬

無不可者彼虜覘知我保障有地防守有人縱然馬匹蕃盛不敢生垂涎之意矣但經營造作所費不貲合用工力必須計處除因舊展拓修理用工不多者就令本營正軍餘丁自行修築外其刱置城堡工程浩大必須量起附近軍衛有司軍民人夫與本營軍夫相兼修理至於建立城門衙門起蓋營房馬廄合用工料等價數多其木植俱於平涼府華亭縣及鞏昌府漳縣采打緣各處人民節年因乞運修邊等項負累貧困臣實不忍重勞必得官錢雇人采打輸運則公私兩便況今歲地方薄收來年人民必然缺食若有官錢雇募趨者自倍官事易集昔人有以凶年興大役成大功者意正如此查得陝西在官庫藏別

無蓄積官錢堪以動支合無通行陝西司府衛州縣大小問刑衙門將宏治十七年正月起至本年十二月終止一應經問囚犯該納贖罪折收銀錢者連贓罰銀物各衙門追完俱發各府貯庫按季類送平涼府收貯聽臣督委布按二司官陸續查取雇人采打木植燒造甎瓦及輸運等項支用但所問囚犯有力者少以一省一年計之數亦不多惟復再將太僕寺收貯馬價銀多支一二萬兩通前買種馬之數共送發銀六萬兩則事事可辦成功不難臣又竊見世之好議論者見人有所舉動輒以勞民費財爲辭殊不知不一勞者不永佚不暫費者不大錮要在擇可勞者而勞之不爲無益之費而已古者問國君之富數

稽考官軍騎操馬匹疏　楊一淸

臣經過各衞所地方看得各處官軍騎操馬匹膘壯者十無二三瘦損者恆居其半或皮破脊穿或骨高毛脫或瘡瘸可驗而捏故遮瞞或行動欲仆而借人扶策平居騎坐且或不堪況望其追風逐電於沙漠之區陷陣摧堅於矢石之下哉前年醜虜深入搶掠我軍退縮不聞截殺之功大率由此至於倒死拐欠之數月積歲增行伍之間始無完隊詢其所以多因管軍官員不能嚴督軍人用心餧養所致又有一等無知官員將各軍應給草料剋減或扣除在官而應答上司或指稱公用而私賣覓利訪得各邊營堡其弊尤甚其鎭守分守副參游擊把總等官

奉公守法者固有假公營私者實多非因公務輒差旗牌官舍人等及容令弟姪子男買賣營運濫給官馬應付多者二三十匹少者五六匹馱載私物重至百十餘觔程送前途遠至七八十里往來相繼馳驟無休馬匹因而損傷軍士莫敢聲說及至追補之際又被官豪勢要之人將矮小瘦損不堪馬匹威壓勢逼高價領買有交手未幾而旋即倒死者臣爲提學之時蓋已熟知其弊乃今聞之道路此風猶不能無近年朝廷軫念邊方多事或發太僕寺馬價或支陝西布政司官庫銀兩收買戰馬給與出境追賊截殺燒荒等項官軍亦或見侵於狐鼠漁獵之徒不得實用眾口嗷嗷可爲切齒查得洪武三十年右軍都督

馬以對矧今堂堂天朝據全陝畜牧之地而馬政廢弛至此各邊缺馬動輒來京奏討數十年間送發馬價銀多至數十萬兩是皆百姓膏血之餘率是以往何以紀極夫七年之病三年之艾苟爲不畜終身不得及今圖之五年之後可以給陝西三邊之用十年之後可以備京師不時之需將來所省不知幾何且以壯中國富彊之勢而潛消外夷輕侮窺伺之心其所關係良非小補若憚勞惜費徇流俗之浮言襲目前之故迹則是爲一身之謀而非所以爲國家深長久大之圖者也

府官早於奉天門欽奉聖旨如今陝西等都司開設行太僕寺職專提調馬匹比較孳生但有作弊虧欠馬匹許令本寺舉問品職雖小所掌事重如同御史出巡按治該管指揮千百戶衛所鎮撫首領官吏務要將所養一應馬匹盡數開報聽從點視提督敢有非理抗拒許本寺官奏聞拏問臣仰惟我太祖高皇帝欽制設官體統甚嚴防範甚密又有節年題準通行事例陝西都司衛所及延綏甯夏各邊營堡官軍騎操馬匹比較瘦損倒失訪察奸弊皆行太僕寺官職業今馬政廢弛乃至此極該寺明知前弊不能舉正緣各該把總領班管隊等官俱係軍職又有鎮巡分守協守游擊兵備守備爲之統領各官憑藉威寵

倚仗聲勢因見行太僕寺職冷權輕往往抗違不服柔者猶相阻撓剛者動生欺侮該寺官員進不得展退無所訴輒墮其志徒有比較之名全無比較之實甚至歲報馬數亦多不行造冊雖嘗參奏玩慢如故該寺畏懼違例被參只得止憑先年舊冊塡寫上下因循應行故事其所由來已非一歲之積矣夫銀買茶易浪費公家之財物朋合地畝重剝軍人之脂膏而其弊至此及今不爲之處將來爲弊益甚軍國大計爲之柰何查得在京各營坐營多係公侯伯都督掌號頭把總多係都指揮等官又有內外重臣提督尙有太僕寺官一員每年奉敕不時親詣各營及牧馬草場點閘比較其馬匹瘦損倒失各有定擬住俸遞加則例況外省衛所各邊營堡去京師數千里日月之明或有遺照若非仰遵祖宗之舊典崇重卿寺之事權雖使孳牧政舉給領歲加彼失養之禁令如常私乘之故轍不改所得不能償其所亾所利不能藥其所傷徒俾公私之力何補邊疆之事臣以職業不得不言乞敕兵部議擬上請合無行令堂上官二次分投前去該管衛所營堡將官軍騎操馬匹點閘比較亦照京營定擬則例參罰施行

防禁虜寇保障官馬疏　楊一清

看得陝西監苑之設相離邊境不遠常年以虜寇爲憂虜人所利者馬馬之羣聚益蕃則虜之窺伺益急縱有城堡若無軍兵安能捍禦臣於舉事之初固慮及此近自去年十一月以來傳報聲息無日無之馬匹拘收日久各營星散遠近不一固原等衞備冬官軍其數不多不能分布防禦如萬安一苑尤爲孤懸虜賊在螺山駐劄一晝夜可到節被搶殺竝無一軍一馬前來策應況各營堡但憑高據險不堪鑿井馬匹未免下飲溪河彼賊暗伏草莽窺瞰侵掠勢難周防查得先年亦曾設有操夫正爲防護官馬但數少不敷近年止是黑水苑遇冬操備其餘苑

分俱各廢而不講今據副使王寅會同該寺分管官查驗揀選新舊相兼廣甯安定二苑各一百名開城黑水清平萬安四苑各二百名六苑共操丁一千名平時不妨牧馬遇警足資保障各軍委皆生長邊方耳目所習鬭虜不懼然須有盔甲軍器披執庶幾緩急可倚及照監苑文官不諳軍務須委能幹知兵武臣一員遇冬提督操練及又查得各處招募民壯義勇舍餘備冬之時俱有行糧前選操丁既繫身於官不得營辦衣食亦合比例給與行糧養其鋒銳乞敕該部計議合無將各苑操丁一千名除舊領有盔甲軍器外今次增選者俱照數給與每名盔甲弓箭腰刀各一副每營堡仍各量給與火車銃礮圓牌旂幟等項以壯聲勢俱行令陝西所屬各衞所查取給發聽臣選委平涼固原等衞諳曉操練指揮一員往來各苑會同該監院官提督操練務令武藝精熟不許虛應故事每年二月至九月疏放照舊牧馬自十月初一日爲始收操照例給與行糧於附近州縣關支若大虜在套雖夏秋時月一體收操支糧有警則與概營軍人協力捍禦賊必不敢逼城堡而攻前項操丁雖爲守護官馬而設練之既久未必不爲克敵之兵是於牧馬之中而得千軍之用有備如此非惟官馬有所保障彼見我城堡碁布旗幟羅列軍器鋒利或少弭其邪心區區小虜不敢窺伺深入其於平涼鎮原一帶地方軍民不爲無補至於大虜侵犯勢須

動調官軍截殺此守臣之事非臣所敢與聞緣係防禦虜寇保障官馬事理謹題請旨

議增鹽池中馬則例疏　楊一清

查得先該總制尚書秦紘奏準宏治十九年以後·陝西布政司印刷十餘萬引·送發監理通判處開放·每引收銀四錢五分·準令裝鹽五石或六石·今陝西苑馬寺卿車霆奏稱自宏治十八年爲始·量爲增添五六萬引·不必招商·聽令臨邊腹裏有牛車軍民人等以近就便·於固慶兵備官處每引弁臥引錢共納銀六錢·止許中軍下池裝載鹽一十五石爲則·舊例此鹽止通平慶二府·今邊馬急缺·欲暫通漢鳳等府地方發賣·待至各邊馬不告乏·庫有餘貲之日·照舊施行·查得靈州鹽課司大小二鹽池·大池原額鹽課一萬一千二百三十二引·小池三千一百四

引有零·共該額課一萬四千三百三十七引·計今二池所產鹽斤·委有餘饒·常課之外·雖增十倍·似亦可辦·而原額止於如此·蓋因行鹽之地·止是平涼慶陽二府及甯夏等衛·榆林甯塞營遒西城堡·又地臨邊境·事變難測·立法之初·良有深意·近年總制尚書秦紘要增鹽利·及以便益處置·出給小票·許令前往西鳳延安漢中等府發賣·故鹽商雲滃·鹽廠山積·固原荒涼之地·變爲繁華·議者徒見其然·遂謂二池鹽課·可增十萬至二十萬·然河東鹽法·未免被其阻壞·所司已經奏行禁止·若遵照舊例·拘定前項地方·則鹽生者多·民食者少·鹽商何從售賣·原額一萬四千餘引之課·尙恐不敷辦給·安能復增五六萬至十萬引

課額·且陝西各府之人·利於靈州食鹽·先年課額雖未嘗增·而私鹽實不能禁·利之所在·人必趨之·又商民兩便·雖日加刑戮·末如之何·夫以鹽池所產本有此數·卻爲地方所拘·自棄其利·以爲姦人私販之地·深爲可惜·欲增鹽引·而不稍廣行鹽之路·徒生厲階·以貽後議·非計之得也·該納引錢·舊例每引止是銀一錢五分·今欲增至銀五六錢·訪得商人賣與腳戶·所得不過銀四錢有餘·彼無利息·安肯中納·若盡如車霆所奏·不必招商·就池賣與附近有牛車軍民·臣謂榷鹽招商·自是正理·專使公家紛紛與細人貿易·非爲政之體·將來恐滋別弊·至於所載鹽斤·例該每引二百斤·帶耗五斤·今若許載至一十五石·不無太

濫·但二池邊遠險阻·腳價艱苦·比之淮浙河東·事體不同·秦紘所擬·似爲得中·及照大池原額課多·然坐臨極邊·而行鹽之途艱·小池原額課少·然地近腹裏·而食鹽之人廣·近年小池每季放支鹽斤·反多大池數倍·合無大池增鹽一萬五千引·幷舊課共二萬六千二百三十二引·小池增鹽三萬引·幷舊課共三萬三千一百零五引·通共二池新舊課鹽幷五萬九千三百三十七引·照例招商·每引止可納銀二錢五分·照鹽一車·以六石爲則·外有多餘·依律掣墊追問·運至固原慶陽二鹽廠卸所·每引仍照舊收臥引銀一錢·通共每引該得銀三錢五分·每年得銀二萬七百六十餘兩·此外若有餘鹽·卻依車霆所奏·就池招人

納銀給與引目・聽其發賣・儻遇旱澇・鹽生不及・或邊報緊急・鹽路不通・除舊額鹽課外・新增鹽課・明白除豁・不可膠於一定・歲歲取盈・行鹽地方・西安延慶二府・密邇河東・地廣人稠・照例嚴加禁約・不許靈州鹽斤私通販賣・阻壞彼處鹽法・止許於鳳翔漢中二府通行・與河東之鹽相兼發賣・兩不礙阻・其宏治八九年以前・中馬鹽引・年久弊多・莫可查考・所宜一切革罷・宏治十三年以前・陝西布政司招中商人・彼皆奉例納銀輸官・後因甯夏借課・躭遲數年・虧折資本・怨聲載道・合準相兼放支・新引七分・舊引三分・宏治十四年以後・甯夏所借・若有未支未中之數年分已滿・中間勢豪姦頑之人・展轉影射・冒支盜賣・等弊不可

枚舉・難再復支・未中引目・陝西截取開中・庶幾物論稱平・所收鹽引銀兩・俱送慶陽固原各官庫寄放・聽慶陽兵備・兼理鹽法副使及固原兵備副使・提督稽察姦弊・每季監理通判・督同鹽課司・將給過引目・放過鹽數・造冊開報・臣并布政司查考・如遇各邊鈌馬・各該巡撫・移文前來・聽臣斟酌通融・給發買馬支用・不必拘定間年之例・如此所處・似爲停當・而於馬政大有裨益矣・

修復茶馬舊制以撫馭番夷安靖地方疏　楊一清

臣受命督理茶馬・親詣西甯洮州等衛地方・選差撫夷官員・帶領通事・分投撫調各族番夷中納茶馬・各族番官・偕其國師・禪師・各齎捧原降金牌信符而至・臣得拜觀焉・其額上篆文曰・皇帝聖旨・其下左曰・合當差發・右曰・不信者死・臣奉宣皇上恩威・撫且諭之・責其近年不肎輸納茶馬之罪・彼皆北上稽首云・這是我西番認定的差發・合當辦納・近年並不曾齎金牌來調・止是一年一次・著我每將馬來換茶・今後來調時・天皇帝大法度在・我西番每怎敢違了・臣於是乃知我聖祖神宗睿謀英略・度越前代遠矣・考之前代・自唐世回紇入貢・已以馬易茶・至宋熙

甯開・乃有以茶易虜馬之制・所謂以摘山之利・而易充廄之良・戎人得茶・不能爲我害・中國得馬・足以爲我利・計之得者・宜無出此・至我朝納馬・謂之差發・如田之有賦・身之有庸・必不可少・彼既納馬・而酬以茶斤・我體既尊・彼欲亦遂・較之前代・曰互市・曰交易・輕重得失・較然可知・夫王者不治夷狄・今責番夷以差發・非若秦漢喜功好大・勤遠略者之所爲也・亦非中國果無良馬・而必有待乎番夷也・葢西番之爲中國藩籬久矣・漢武帝圖制匈奴・乃表河曲・列肆郡・開玉門・通西域・以斷匈奴右臂・而幕南無王庭・今金城之西・綿亘數千里・北有狄・南有番・狄終不敢越番而南・以番人爲之世讎・恐議其後・此天所以限別區域・絕

內外者也不然則犬羊長驅當河岷隴之區鮮不爲其蹂躪欲晏然無事得乎國初散處降夷各分部落隨所指撥地方安置住劄授之官秩聯絡相承以馬爲科差以茶爲價使知雖遠外小夷皆王官王民志向中國不敢背叛且如一背中國則不得茶無茶則病且死以是羈縻之賢於數萬甲兵矣此制西番以控北虜之上策前代略之而我朝獨得之者也頃自金牌制廢私販盛行雖有撫諭巡察之官卒莫之能禁坐失茶馬之利垂六十年豈徒邊方缺馬騎征將來遠夷既不仰給我茶敢謂與中國不相干涉意外之憂或從此生藩籬之固何所於託其所關係誠非細故臣始至陝西行據守備河州指揮蔣昂呈稱河

州衛每年招番易馬止是臨近川卜陸族乞台撒刺并歸德中左所西番達子二十七站及腹裏老鴉乩藏等族熟番調來中馬給茶其黑章咂上下哈如阿剳爾朵工遠竹等族番人遞年累撫老番俱故後生不知法度强梗生拗不肎前來中馬黑章咂朵工等族番人糾引番賊專一伏路搶殺過往官軍糧賞財物雖經呈稟上司差官量帶軍馬通事出境不過追撫止照番俗事理發落因循年久未蒙天威加兵各番輕視國法愈加恣肆爲惡搶擾地方以爲得計若不早爲處置慮恐餘族番夷一概倣傚不惟廢弛馬政抑且有損國威合無具奏差委謀略公廉官員動調軍馬通事統領前去務將前項累撫不來中馬爲惡黑章咂朵工遠竹等族番人量勦一二族庶使餘族番夷寒心知懼等因到臣看得本官父祖以來守備河州熟知番情必有所見但興師動衆勞費不貲前項事情難以輕議況禦戎上策莫如自治各番雖不中馬未嘗一日無茶彼既坐得之何求於我且中國之人明知禁例肆行無忌於番夷乎何誅臣乃申嚴禁令嚴督所司緝捕私販根究株引不少假借茶徒稍稍斂迹茶價頓增已而招調番人遠近畢集稔惡如朵工黑章咂者亦如期而至乃知中國之茶眞足以繫番人之心而制其命誠使私茶商販一切禁絕不得通番不一二年番族無茶不撫亦將自來調之甯敢不至臣仰承任使惕懼無補以速罪尤

深慮卻顧輒罄一得之愚如此至於興廢補敝之宜謹條陳五事於後伏惟聖明省覽

一復金牌之制切照洪武年間欽降金牌數目各衛典籍磨滅多無的據查得河州地方原設必里衛二州七站西番二十九族原額金牌二十一面認納差發馬七千七百五匹西甯衛地方曲先阿端罕東安定四衛巴哇申沖藏等族金牌一十六面該納差發馬三千二百九十六匹洮州衛地方火把哈藏思囊日等族金牌四面該納差發馬三千五十匹上號在於內府收貯每三年一次欽遣近臣齎捧前來公同鎮守三司等官統領官軍深入番境劄營調聚番夷比對金牌字號收納差發馬匹

給與茶價如有拖欠之數次年催收後因邊方多事陝西軍民轉輸軍餉無暇運茶腹裏衛分官軍又各調去甘涼寗夏等處征操別無官軍可調茶馬因是停止歷年滋久如曲先阿端諸衛邈不相通誠恐數十年之後雖近番亦不復知有茶馬矣今欲照舊例調軍入番征收非惟病於供億且恐激擾番夷乞敕該衛門將金牌舊額查出申明昭示各衛預先行令應納差發馬匹番族使知朝廷修復舊制各當本等差發不許生拗違背然招番必先運茶不然調來番馬無價可償失番人之望虧中國之體合無嚴禁私販廣積官茶其番官指揮千百戶鎮撫驛丞等官久不襲替亦合兵備守備官查出奏請就彼各襲原職

以為統領以宏治二十年為招番之期乞遣廷臣齎捧上號金牌前來會同臣及陝西甘肅二處巡撫官不須動官軍深入番族止在三衛住劄差委撫夷官員通事分投調取各番各齎原降下號金牌牽趕馬匹前來上納分別上中下三等給與價茶厚加賞勞遣回本族如不敷原數聽次年徵收補還以後三年一次舉行中間二年仍照常差官齎番字文書前去各族曉諭有情願者聽其自來將馬換茶不願者不拘敢有不受約束招調不來者再三撫諭量調漢番官兵問罪誅勦以警其餘

一專巡禁之官查得先準兵部咨為一事權以修邦政事該本部題稱茶馬自先年停止大臣之後止是行人撫諭巡禁成化年間因是行人職輕難以革弊該巡撫奏準暫差御史前去整理今既有都御史兼理若又差御史在彼不無事權不一合無將巡茶御史行取回京一應首尾悉皆責成於今去都御史楊一清臣本闒劣猥承任使分當奔走職業不敢辭勞但陝西禁茶地方東自潼關西極甘肅南抵漢中綿亙數千里伏奸廋慝無處無之臣始至陝城拏獲積年交通進貢經過番夷代買私茶犯人三十餘名比至鞏昌節次拏獲百餘名然惡草難去而易生奇疾難攻而易動且茶禁愈嚴則茶利愈厚利之所在趨者瀾倒伺便而發乘隙而動者難保必無其間多干礙官豪勢要之人非軍衛有司之力所能鈐制禁防稍疏則紘轍如故臣

之職業重在孳牧一歲之間大半住劄平涼固原等處又有提調三邊騎操馬匹之任前項行茶地方實難徧歷雖例該提督都布按三司官及督令守巡官行事各官俱有本等職務委任不專難以責其成效臣到平涼已及一年未嘗一見分守官在隴西數月未嘗一見分巡官此事勢使然亦不足異所據巡禁私茶必得按察司官一員專理乃能濟事但陝西按察司額設添設副使僉事等官已多合無自宏治十八年為始聽臣於各官內自擇有風力才幹一員常川於臨洮府住劄不許別項差占專一往來巡視嚴禁私茶痛革通番積弊一年滿日仍擇委一員交代

一嚴私販之禁·查得律內凡犯私茶者·同私鹽法論罪·及查見行事例·私茶有興販五百斤的·照見行私鹽例·押發充軍·陝西等處但有漢人結交夷人·互相買賣借貸誆騙財物·引惹邊釁者·問發邊衞永遠充軍·近準兵部咨爲從宜處置邊務事·該巡按陝西監察御史李璣奏前事內一件止通番·訪得西甯河州洮州地方土民·切鄰番族·多會番語·各省軍民流聚鉅萬·通番買馬·雇倩土民傳譯導引·羣附黨援·深入番境·潛住不出·不特軍民而已·軍職自將官以下·少有不令家人伴當通番·番人受其恐嚇·馬牛任其計取·變詐漸萌·含憤未發·誠恐一旦不受約束·患可勝言·且通番之人·明知事例犯該充軍·乃互相嚚謂·無

故亦要投軍·有甚打緊·似此欺玩·若不重加法典·則通番起釁·茲其漸也·又一件禁約私茶·查得洪武永樂年間·興販私茶者處死·以故當時少有蹈之者·間有一二私販者·包藏裹挾·不過四五斤十斤而止·行則狼顧鼠探·畏人訐捕·豈如今之販者·橫行恣肆·略不知憚·沿邊鎮店·積聚如丘·外境夷方·載行如蟻·明知禁輕·相謂興販私茶·與興販私鹽同律·事發止理見在·不許攀指·例則五百斤以上·方纔充軍·計使一人出本·百人爲夥·每人止負五十斤·百人總負五千斤·各執兵器·晝止夜行·遇捕併力·萬一捉去一人·只是一人認罪·數不及五百斤以上·不過充徒·餘茶總收其利·以此得計·羣聚勢兇·莫之敢捕·乞將興販私

茶者·合無照永樂年間舊例處死·通番并把隘賣放之人亦如之·如聖慈不忍寘之重典·合無將私茶十斤以上·與一應通番并把隘縱放之人·俱發兩廣煙瘴地面充軍等因·臣參詳御史李璣所言·曲盡陝西官舍軍民販茶通番情狀·非身履其地·職任其責者·不能及此·查得洪武三十年·戶部節該欽奉太祖皇帝聖旨·近年以來·茶賤馬貴·不止國課有虧·致使戎羌放肆·蓋是守邊者不以防禦爲重·出榜以後·守把人員若不嚴守·縱放私茶出境·處以極刑·家遷化外·說事人同罪·販茶人處斬·妻小入官·欽此·永樂六年十二月十九日·節該欽奉太宗皇帝聖旨·陝西四川地方·多有通接生番·經行關隘·與偏僻小路·洪武年

間十分把守嚴謹·不許放過段疋布絹私茶青紙出境·違者處死·恁戶部再出榜曉諭禁約·各關上省會把關頭目軍士·用心守把·若有私販出境·拏獲到官·定將犯人與本處不用心把關頭目·俱各淩遲處死·家遷化外·貨物入官·欽此·仰惟我祖宗不嗜殺人·獨於販茶通番之禁·致嚴如此·承平之餘·政玩法弛·已非一日·充軍下死罪一等·而販茶之人·其覷充軍·甘於飯食·罪至於徒·已非輕典·而陝西軍民·甯從三年之徒·不肎出杖罪之贖·蓋各處充發軍人·及擺站哨瞭四徒·隨到隨逃·以爲常事·上司亦嘗立法查考·卒莫能革·其逃回者·又復販茶·屢犯不悛·玩法至此·可謂極矣·死刑至重·非人臣所敢輕議·然例以輔律·因

預處邊儲以備緊急供餉疏　楊一清

臣聞昔者尙書周忱巡撫江南十有八年・一應錢糧任其通融區畫・致有紅陳貫朽之積・百姓賴之・至今以爲美談・彼固多才・非當時委任之專且久・何以至此・使周忱官於近時・以若所爲・不三二年・非被排而去・則循次而升矣・臣竊恐議者因見延甯小捷・地方稍靖・遂置邊儲於度外・萬一有警・又將貽後時之悔・深慮卻顧・不得不極言之・查得先年戶部擬奏充實邊儲事件・非止一端・雖出一時權宜・中間有益無損・經久可行者亦多・至於開仕途濫進之門・爲罪人幸免之地・所益者小・所傷者大・茍非門庭之寇・亦正不須如此・若發京師帑藏之財・雖失居重馭

輕之宜・終成損上益下之美・但京師儲蓄有限・各邊仰給無窮・恐非可繼之道・求其獲利多而取效速者・莫如開中引鹽爲便・蓋榷鹽之利・本爲助邊・果能絕私販之阻滯・杜權貴之請求・則生生無窮・何憂不給・伏望皇上俯念陝西關中重地・邊儲缺乏太甚・所宜急時預處・合無於陝西關中兩淮等運司常股存積等課鹽百餘萬引・及今招商・於夏秋收成之後・糴買糧料草束・查撥固靖蘭州環慶各該邊堡屯駐軍馬缺乏去處上納・仍要斟酌賊情緩急・如果虜賊在套・盡收本色・量寬斗頭・使人樂趨・不許嫌避誤事・若無緊急賊情・又當酌量年歲豐歉・年豐有收・則廣爲招糴・不厭其多・如歲歉收薄・則量收一半本色・以防目時救弊・似宜加嚴以整齊之・但腹裏之與各邊事體有異・而販茶之與通番情罪或殊・合無今後但有將私茶潛往邊境興販交易・及在腹裏販賣與進貢回還夷人者・不拘斤數・事發幷知情歇家牙保・俱問發南方煙瘴地方衛分永遠充軍・其在西甯甘肅河州洮州販賣者・雖不入番・卽有通番之漸・一百斤以上問發附近衛分充軍・三百斤以上發邊衛永遠充軍・若在腹裏各府衛州縣興販者・照見行事例・五百斤以上押發附近衛分充軍・止終本身・不及前數者・俱依律擬斷・腹裏仍枷號一箇月・在邊方者枷號兩箇月・有力納米贖罪・如果無力・解五百里之外擺站守哨・但有逃回・仍前興販・事發不拘多寡・問發附近衛

分充軍・及照近年各邊販茶通番・多係將官軍官子弟・見今甘肅總兵劉勝事發・其他未發者不止劉勝一人・以此守備把關巡捕官員不能禁治・合無今後軍官將官知情縱容弟男子姪伴當興販・及守備把關巡捕官知而故縱・事發參問降一級・原衛帶俸差操・有贓者從重論・失於不知者照常發落・若守備把關巡捕官自出資本興販私茶・但通番者問發邊衛充軍・在西甯洮河甘肅地方發賣者・三百斤以上發附近衛分充軍・不及數及在腹裏發賣者・降一級調邊衛帶俸差操・如此則法令一新・積習之弊可祛・不然將來貽患・臣不知何所紀極也・

前之急。仍存一半銀兩以爲來歲之圖。免以不貲之財。坐爲營利者所得其他充實邊儲事宜。擇其有益地方無損治體者爲之大要使邊倉各有二三年之儲則遇警不至於告乏布政司常有數十萬兩之積則臨期尚可以有爲此愚臣迂腐爲兵事謀兼爲民事謀爲治體謀之惓惓也巡撫本股肱之臣又得假便宜之柄何事不可爲亦存乎其人耳苟非其人當易其位既授之任當責其成任者不疑疑者不任居其位弗事其事則將焉用彼相矣

湖南文徵卷三

湖湘後學　輯編

疏三　明

愼固地方以遏虜寇疏

楊一淸

甯夏花馬池興武營淸水營直抵高橋兒等處地方乃套賊入寇之門戶然賊之所入雖經於甯夏而其所利則在於腹裏甯夏如能捍禦使賊不敢拆牆而入則腹裏可以無患但恐地方散漫墩堡稀疏士馬單弱不能遏其方張之勢彼既拆牆進入必將抄我環慶犯我固原深入我安會靜甯隆德諸處內有監牧馬匹尤爲賊所窺伺加之土漢雜處易於生變一失保障則根本動搖故延甯爲手足之疾其禍速而小環固乃腹心之疾其禍遲而大尙書秦紘原擬推選宿將充游擊將軍操練軍士用防不虞深爲有見但當時委任非人致招物議又因邊事稍甯議者遂謂官多人擾奏行革罷未及兩月大虜竊發分抄邊鄙無處無賊守備等官各有信地彼衆我寡徒閉壘以自全分疆畫界至相望而不救於是衆論囂然益謂游擊不當革游兵不當散方議奏復而賊情已甯矣臣謂兵無常形事有萬變因時制宜固難執一奏設游擊者乃安內攘外之圖奏革游擊者亦省事惜費之意今北虜得志而驕冬間難保不入河套萬一拆牆深入數必不少陝西游擊將軍似當復設隨處應援截遏

預防虜患以保固地方疏　楊一清

切詳此虜去年侵掠陜西今當皇上龍飛御極之初乃敢寇我宣府擾我大同罪惡貫盈天怒已極若再擁衆內侵鼓我積憤之兵乘彼既驕之勢何戰不克顧我邊地里寬漫分兵而守無所不寡以十當百似難急嬰其鋒惟在嚴封疆守要害明斥堠謹禁防以逸待勞俟機而動延甯二鎮邊備各該守臣必能先事經理陜西固靖環慶地方先該總制尚書秦紘修築邊塹一道甚於保障有益所患墩堡稀疏聲援隔絕故副總兵曹雄有固原之牆不如無牆之論臣今近牆設墩傍險增堡聲勢相接塡塞溝塹坍塌邊牆次第修補粗皆就緒至於分布人馬使守

要害招集土人使自爲戰不敢慢易以速罪尤但當久玩極弊之餘人馬寡少又復不精語及戰功臣實不敢自保然而形勢戰守得失利害之機亦嘗籌度甯夏花馬池興武營直抵高橋三百餘里地方在北爲虜賊寇我邊境之門戶陜西環慶固原直抵靖虜七百餘里地方在南爲虜賊寇我腹裏之門戶其中有山城萌城石溝鹽池韋州等處乃虜賊出沒經由之道路然賊之所入甯夏邊牆如能捍禦則腹裏可安枕而臥稽今事勢恐未必能但一旦坼牆而入必以精騎守所入之路綴我官兵使不敢南則腹裏安危所繫至重其故不可不講也賊既深入剽掠方張之勢恐非陜西官軍所能當藉諸邊鎮游兵協力捍

以安人心且諸鎮一體如大同游兵應援宣府延綏游兵應援大同甯夏游兵應援延綏則陜西設有游兵既可保障內地亦可爲延綏甯夏緊急之援不爲無益但添官非難得人爲難任非其人平時恣剝削臨事安可倚仗非惟來議者之口抑且壞地方之事博采得守備固原署都指揮僉事陳善老成歷練慣戰知兵平時撫士有方遇敵當先不怯且歷官年久山川道路險易熟諳使當折衝禦侮之任則兵將相知地利人心兩得可責成功矣

禦庶免生民荼毒然欲成克捷之功必在乘其旣獘而於中路擊之爲便查得延甯莊涼游兵兵部題準聽臣調用但甯夏游兵僅能自守莊涼游兵彼處四時有賊恐難擿調緩急所倚惟延綏游奇兵參將王戟土兵應援之力若不早爲擊取直待寇至門庭方纔移文往來之閒動經旬月緩不及事合無鋪馬齎文行令延綏副總兵曹雄游擊將軍姜漢參將王戟作急將所領官軍擊回曹雄奇兵暫於定邊營住劄以便延甯兩邊策應姜漢游兵王戟土兵於花馬池興武營等處按伏如果達賊入套擁衆近邊與甯夏副總兵衛勇參將霍忠協同保勦靈州守備焦洪幷都指揮韓斌等人馬倂力捍禦保固邊牆不令入境

甯夏總兵官李祥統領人馬過河暫於靈州駐劄以便河南北調度陝西亦選游兵三千員名暫於韋州按伏以爲聲援且以防山後賊寇乘凍渡河侵犯之謀若是賊勢重大力不能支斥牆入境勢必侵犯腹裏陝西游兵卽當擊回豫旺城防禦延綏游兵土兵聽臣臨期相機調取應援亦在保固邊牆不令斥入彼進不得逞居無所獲久將自退若賊衆不能阻遏長驅而入勢必分散我軍堅壁淸野據險以乘之伺便以圖之縱無大得亦無大失仍先以曹雄李祥衛勇姜漢等各枝精兵分布中路山城萌城石溝鹽池紅寺兒韋州一帶城堡按伏秣馬藏鋒蓄銳多遣乖覺夜不收遠爲哨探彼旣深入日久人馬疲敝計其歸途必出前路陝西將官統領官軍徐躡其後毋逼而追待入我彀諸路之兵倂起而夾擊之陝西官軍奮而逐之或邀其中或截其尾腹背受敵必敗之道此臣一得之愚敢用預陳以備采擇

經理要害邊防保固疆場疏

楊一清

臣本菲才．謬膺重託．夙夜兢惕．不遑甯處．切見陝西各邊．延綏城堡據險．甯夏甘肅．河山阻隔．賊雖侵犯．止在本境．爲患猶淺．惟甯夏花馬池至靈州一帶．地里寬漫．城堡稀疏．兵力單弱．一或失守．虜衆拆牆而入．其所利不在甯夏．而在腹裏．必將犯我環慶．寇我固原．深入我平鳳臨鞏等府州縣．其間土漢雜處．儻兵連禍結．內變或因之而作．根本動搖．誠非細故．此所謂膏肓之疾．腹心之害也．成化初年．北虜在套．彼時未有邊牆．恣肆出入．後該巡撫甯夏都御史徐廷章等．奏修今邊牆二百餘里．開濬溝塹一道．延綏地方邊牆壕塹．又該巡撫延綏都御史余子

俊修濬完固．北虜知不能犯．遂不復入套者二十餘年．世平人玩．邊備稍疏．牆既日薄．溝又日淺．宏治十四年．大虜由花馬池拆牆入寇內郡．戕敗我士卒．魚肉我生民．虜人得志．始蔑我邊牆爲不足畏．連年擁衆．拆入．我軍動輒失利．先該甯夏鎮巡等官．節經議奏．要將舊邊牆幫築高厚．邊塹挑濬深闊．又節該提督軍務都御史史琳等建言．要於花馬池韋州設立營衞．摘撥腹裏官軍防守．兵部奏行總制尙書秦紘勘處．本官泥於所見．止添修四五小堡．及於靖虜至環慶地方．挑空邊塹一道．七百餘里．自謂可以阻遏保障．工完回奏．訖宏治十七十八二年．冬間虜復大舉．仍自花馬池清水營拆牆深入．搶掠前項邊塹營堡．不能捍禦阻遏．及又將淸水營城堡攻陷．花馬池官軍殘害．上厪宵旰之憂．特命愚臣整飭經理．臣雖闇劣．歷官陝西有年．虜情邊事．頗嘗究心．但腹裏頻年荒旱．倉廩空虛．饋餉不繼．虜賊動號數萬．倏聚忽散．出沒不常．未至而廣徵士馬．則徒費芻糧．既至而調兵應援．則緩不及事．縱使大兵既集．務速則彼或不來．持久則我師先老．恐終無以伐其深入之謀．沮其方張之勢．嘗聞防邊之計．莫危於戰．莫安於守．前人經畫具在．已經選委各官將勘過處所．應該幫築邊牆．添設衞所等事．前來．臣恐坐談不如親見．本年五月間．自慶陽環縣歷延綏．定邊．甯夏．花馬池．興武．淸水營．直抵靈州一帶邊牆城堡墩臺．逐一躬親閱視．

臣廣集衆思．兼收羣策．參酌損益．始有定論．其大要有四．修濬牆塹．以固邊防．增設衞所．以壯邊兵．經理靈夏．以安內地．整飭韋州．以遏外侵．當務之急．莫先於此．但修邊一節．陝西各該地方．財匱民勞．興此大役．必多異議．然利害有重輕．關係有大小．土木之害．較之搶殺．爲小．動搖之患．比之勞費．爲大．大事可成．則小費不足計．遠效可圖．則近怨不足惜．且今河套卽古朔方之地．唐張仁愿築三受降城．置烽堠千八百所．自是突厥不敢踰山牧馬．朔方無寇．歲省費億計．減鎭兵數萬．受降遠在河外．古之舉大事者．未嘗不一勞而後永佚．類如此．受降據三面之險．當千里之蔽．國初舍受降而衞東勝．已失一面之險．其後又

撤東勝以就延綏則以一面之地遮千餘里之衝遂使河套沃壤棄爲虜巢深山大沙勢顧在彼而甯夏外險反南備河此陝西北虜之患所以相尋而莫之能解也茲欲復守東勝因河爲固東援大同西援甯夏使河套方千里之地歸我耕牧開屯田數百萬用省內郡轉輸斯爲上策顧今之力有未能未敢議及使虜不恆入套或如近年入而遄出猶可支持萬一擁眾在套經年不出則陝西用兵始無虛日八郡之人疲於奔命民窮盜起雖有智者不能善其後矣及今將延綏甯夏一帶邊防設法整飭賊來有以待之雖不得爲上計猶愈於無策然邊防既固雖中人可守醜虜聞知或數十年未敢輕犯饋餉可省休養生

息於十數年之後東勝之議未必終不可復天祚皇明其將有待於他日乎世之論邊事者或專主於戰伐臣亦非敢忘戰者方將蒐選官軍策勵將士修車馬備器械儲糗糧明斥堠今冬虜賊若復侵犯仰仗神武之威謹當督率諸將恭行天罰雪恥除兇臣之志也今首以築牆挑塹爲言宜必慉茲多口但受恩深重自當爲國遠圖今年套內無賊腹裏有秋人民稍安正可以有爲之日失此不爲縱令目前無事後患有所不免臣何敢幸一時之安而委患於他人哉所有應合經理邊防事宜條具於後伏望聖明俯垂省覽

一查得應築邊牆自延綏定邊營迤東石澇池地界起至甯夏地方橫城止共三百里沿邊舊有墩臺七十一座舊築邊牆高一丈連垛牆三尺共一丈三尺底闊一丈收頂三尺五寸內除垛牆根塹一尺五寸止賸二尺官軍難以擺列拒敵牆外墩塹一道深八尺口闊一丈底闊四尺中間多有塡塞平漫止存形迹牆裏除興武營清水營毛卜剌紅山兒四堡切近邊牆易於護守其餘大小城堡俱各離邊地遠聲勢隔越切緣前項邊防委的壕塹窄淺牆垣低薄墩臺稀疏節被大勢達賊入套近邊窺伺牆裏既無大兵阻遏牆上又無官軍拒敵賊眾塡溝而進掏空邊牆一日可開二三十處本處官兵自保不暇安能截勦墩軍懼其攻空往往棄墩而逃烽火不接縱使徵調客兵前來

應援牆內牆外俱平漫廣衍黃沙白草彌望無際賊眾動稱數萬我軍眾寡不敵無險可據難以阻其初來之鋒賊既入境馳驟長驅一日夜可至固原地方無復邀阻連年失利職此之由爲今之計合無查照甯夏先今鎮巡等官王珣等擬奏量爲斟酌損益將舊牆內外幫築高厚各二丈收頂一丈二尺兩面俱築垛牆高五尺連牆共高二丈五尺除垛牆根塹兩面其四尺尙餘八尺之地每牆一丈開垛口一處安置轉關遮板牆外每里添築敵臺三座每座相離一百二十步底闊周圍四丈五尺收頂周圍二丈二尺上蓋煖鋪一間傍牆於空闊要害有水頭去處增添小堡高厚丈尺略與邊牆相等墩空去處仍酌量添

築墩臺牆外壕塹挑濬深二丈口闊二丈二尺底闊一丈五尺前項敵臺九百座暖鋪九百間每間用五人守之該用軍四千五百名無事之時止守舊墩每冬月河凍不拘達賊曾否入套卽便調撥鋪軍上牆防護仍添撥軍人於新墩守哨河開無事疏放回營牆上設置籌牌梆鈴晝夜往來巡警廣張旂幟聯絡相應分委的當官員各定鋪分護守參將協同守備官各照所管地方提調虜賊若果入套必似前窺伺侵犯原擬徵調延綏游奇土兵及甯夏副總兵等人馬各於定邊花馬池興武營淸水營靈州等處駐劄仍各分兵於新舊小堡內按伏策應其閒應分應合事宜又在臨期調度如此則邊備嚴密威武振揚足

以伐其邪謀不敢輕易近牆若是仍前塡壕近牆攻笆官軍出列牆上敵臺兩邊鎗礮矢石攻擊賊徒愈衆則所傷愈多步兵擊之於牆上騎兵待之於牆內其鋒必沮其氣必喪虜賊遠來利於速戰人旣無策勢必遁歸縱使犬狠不肎悔禍結聚攻圍邊牆受敵不支然相持之閒未免少延時日烽火傳接環慶固原一帶人畜旣斂兵備旣嚴可保無失事不得已則我邊兵姑斂入大小城堡以避其鋒賊果深入速將原坼牆口補塞壘留官軍堅壁固守各挑精兵襲蹤而入陝西官軍撓之於內俟其將遁躡蹤而出延甯精兵邀之於中沿邊官軍拒之於外賊雖梟雄豈有善歸之理就令小有侵掠比至官牆我軍仍於牆上裏面垛口用鎗礮矢石攻擊勢必潰亂諸軍乘之縱不能使其匹馬不旋亦必大遭挫衂可保數十年不敢入套犯邊經略之計宜無出此但興此大役未免勞人費財行委沿邊守臣各將邊牆壕塹城堡墩臺丈量估計折算定擬除延綏一鎭延安一府軍民人夫修理延綏邊牆外計算得甯夏五衞東西二路應起人夫一萬五千名固靖環慶西安漢中甯羌鳳翔秦鞏臨平洮岷河蘭等衞所幷各護衞量起軍夫共二萬五千名其有馬頭挨次撥軍人俱免起用各令蓄銳待敵西安鳳翔平涼慶陽臨洮鞏昌等府共起民夫五萬名漢中府在棧道之外道途險阻服役不便各令量徵夫價解送工所以備賞勞人夫鹽菜之

用俱聽陝西甯夏二處巡撫衙門酌量派發應役每夫一名日支糧米一升五合計算做工四箇月該用口糧米一十六萬餘石欲於各該邊倉闗支查得見在倉糧所積不多恐誤主客官兵支用必須趁今年成有收時月另爲招商上納夫糧爲便但腳價高貴每糧一石須用價銀一兩有餘方肎上納計糧十六萬餘石該銀十六萬餘兩陝西司府庫藏空虛別無相應官銀支用查得先爲急處救荒事該戶部奏送賑濟官銀二十萬兩緣各該被災州縣地方該徵稅銀旣已蠲免二麥又皆成收不須賑濟近準該部明文暫收陝西布政司官庫以備各邊緊急糴買糧草合無於內動支十萬兩專聽修邊項下招商糴糧支

用外十萬兩仍收布政司官庫以備緊急糴買糧草不敷之數行管糧參政量將各起運存畱糧米通融改撥及聽陝西巡撫官再查別項無礙官錢支用前項人夫錢糧須在今年處置料理停當明年春正二月哨探套內無賊三四月內興工務在八月以裏完備合用防護官軍并提調工程大小官員應支廩給口糧馬匹料草於該邊官倉內支給其餘一應事情應該自處者徑自從宜施行

一行據委官西安左衛指揮僉事楊宏平涼府同知岳思忠呈稱親詣花馬池興武營靈州等處會議得甯夏一鎮西有河山之險東無溝巖之阻西路設立甯夏中衛東路止是新設花馬

池守禦千戶所似爲偏重況虜賊大舉必從東路拆牆而入非惟無險可恃實因兵力單寡賊至境上每仰客兵應援近年徵調官兵失時後期迄無成功合無將花馬池守禦千戶所改設一衛除本所外再添四所共五所其興武營相離花馬池一百二十里孤懸急難應援止是備禦客兵戰守不足合無添設守禦千戶所照依延綏事例委把總官一員提調防守新設衛所合用官於陝西都司官多衛分摘調旗軍於甯夏并靈州及東西二路新舊招募額外土兵內摘撥有警之時專一守城守牆守墩無事之際邊裏閑田聽其開墾以近就近且耕且守如此則勢不偏重而邊牆可久兵皆土著而人情可安等因各呈到臣參詳所擬花馬池一帶地方委的無險難守花馬池止是新設守禦千戶所軍數尚未補足一千之額其餘俱是各處分班備禦軍人興武營止有備禦官軍七百餘員名係備禦客兵往來更代不一終無固志今若比照甯夏中衛事例花馬池改立一衛增添四所興武營設守禦千戶所各添撥旗軍與備禦官軍相兼防守兵力强盛足堪保障且衛所常備之兵既有定居各思保其血屬守其業產比之客兵計日思歸者不同合用旗軍五千名要於新舊招募額外土兵內摘撥查得甯夏一鎮舊招募甲軍三千名宏治十五年間該大理寺左寺丞劉憲招募土兵一萬一千名近已挑選三千員名給與官馬委都指揮韓

斌管領於清水營按伏及中間或有事故紀錄之數大約見在新舊招募土兵尚有一萬餘名中間多係精壯勇健之人堪以挑選撥用所據前議設添衛所摘撥招募土軍防守人情事體委俱相應近該臣巡邊到於靈州各招募軍高海等自行投狀情願起調改撥河東衛所查選丁力相應旗軍共四千名造冊案候合無將花馬池守禦千戶所改設甯夏後衛與武營添設守禦千戶所將選定新舊招募土兵起調前去入伍食糧永遠操備撥與地基蓋造營房住坐附近閑田任其開墾耕種不收子粒有警則操戈以戰無事則執耒而耕守墩守牆分番撥用待安插已定擇其驍銳量給馬匹領養騎征五年之外方將所

種田地照輕則起科量收子粒以助邊儲合用衞所指揮千百戶鎭撫先查甯夏招軍相應官員及行陝西延甯甘肅四鎭查新陞空閒官各具奏改調銓註管事但旗軍合用五千名今止挑選得四千名尚欠一千名及查得花馬池守禦千戶所額設軍人舊欠三百六十四名俱應撥補合無照依榆林靖虜等衞幷陝西苑馬寺事例將陝西西安等八府正德元年以前清出該解南方衞所軍人免其發解各該編前項新設衞所應當軍役待軍伍數足具奏停止議者以爲事編事例未免損此益彼緣北人應當南軍畏其煙瘴炎熱終是不肎應役隨到隨逃州縣清解雖勤衞所空虛如故徒爲里書官旗漁獵之資今若改

編本省地方人心樂從官多實用

一靈州千戶所北臨廣套西控大河實甯夏之喉襟中原之門戶原額土漢馬步官軍四千八百餘員名備禦西安右護衞官軍七百五十一員名所管地方東至萌城北至興武營方數百餘里大小城堡二十餘座誠爲達賊出沒要害重地靈州不守則甯夏隔爲外境環固勢孤無援無環固則無陝西矣內有土民四里幷土達軍餘六百戶俱係洪武年間山後節次歸附人數我祖宗嘉其誠款收而羈縻之給與田地草場使其任意耕牧後因有警土人自備鞍馬出力報效累有斬獲北虜畏之近年以來所司不知存恤草場被人侵奪莫爲理斷馬匹一槪走站死則追賠虜賊外侵科差內擾人畜凋耗死徙居半臣頃者巡邊閱視得彼處地方城池壕塹一切兵政因守備非人悉皆廢弛節據土民土達馬俊郭斌等連名具狀訴稱科差重繁生理蕭索乞爲分豁情詞十分激切臣觀甯夏地方如此邊務如此人情上無有備之形下有可畏之勢今不爲之所將來懼有內變不止虜情當慮而已傳曰不見是圖況機緘外見已非一日之故耶又據漢土舍餘軍民劉澄等各具狀告稱靈州相離甯夏動經百里隔越黃河本所月報循環糧草軍務等項俱該甯夏衞提督或聲息河渡有阻該役官吏經月不回公務有失又兼本衞不時差人來所騷擾不過告乞復設守禦千戶所衙門便益等情查得靈州洪武年間原設守禦所徑屬陝西都司

管轄後因拜進表箋官員數多不敷差用奏革守禦名目隸甯夏衞帶管原遺肅字號夜巡銅牌六面尚存土民亦屬甯夏衞經歷司帶管路阻黃河科差拘擾委多不便先該巡撫衙門奏設州治建學立師訓誨土官土人子弟用夏變夷似亦有見但甯夏軍餘改設編氓未免損此益彼近又革去州治仍隸甯夏衞管轄夫州治固不可設緣本所軍非不足官有賸員復守禦之舊嘗無不可且今之管軍官員多一層則受一層之害靈州軍民甚以爲害而甯夏之人則因以爲利貪豪恣肆上下交征眾暴強淩無所控訴必須復設守禦千戶所專設憲臣一員在

彼常川駐劄庶幾夙弊可革土人獲安查得環慶兵備副使止管慶陽一衛事務甚簡況又兼理靈州鹽法慶陽相離大小鹽池各數日之程實難遙制靈州相離鹽池不遠易於提調合無將靈州千戶所改設守禦千戶所換鑄印信用使徑隸陝西都司所割土民聽本所吏目帶管將環慶兵備改作整飭環慶靈州等處兵備自環慶迤西甯夏花馬池興武營清水營直抵靈州一帶地方俱聽提調約束常川在於靈州駐劄操練軍馬問理詞訟撫安土人禁革奸弊兼理靈州鹽課司大小鹽池鹽法仍聽陝西甯夏巡撫官員節制如此而又委任得人則軍民免十羊九牧之擾土人有趨利避害之望而一帶地方邊備錢糧

有所稽考不爲無益

一行據平涼衛把總指揮趙文呈蒙臣委勘過韋州四面城垣敵臺更鋪坍塌損毀數多城上各有通人行走道路門無鐵葉不堪保障及查得本城羣牧千戶所官軍盔甲軍器火器事事不堪等因具呈到臣看得韋州地方廣衍平漫四通八達乃虜寇出沒經由要衝處所正宜高城深池戒嚴武備潛消虜賊窺伺之患今乃坍塌廢弛至此守既不嚴戰又無兵儻虜賊窺知擁衆攻圍則城內生靈憑何保障腹裏人民必致驚擾況密邇螺山慶府墳塋所在宏治十四十七年間大虜入寇多在螺山駐宿近日被人將慶恭王墳掘發開棺看守人員通不知覺慶王父子至情豈不痛心所據韋州重地若不將城垣壕塹上緊修理添設常備之兵日後貽患恐不止此查得本城羣牧千戶所官軍數目不多實難倚託甯夏一鎮城堡墩臺通賊要路甚多官軍數少亦難摘撥行據甯夏領軍陝西都司都指揮使劉端查得甯夏中護衛旗軍除選調廣武營鳴沙州操備外見在官軍舍餘五千三百三十二名儀衛司旗校舍餘一千一百九十七名俱在本府別無差占比之秦肅二府大有不同若將前項軍校餘丁摘撥韋州設官操守保障地方衛護墳塋最爲長便且秦肅二府官軍旗校千里赴邊備禦今以慶府擁衛之人保其先王託體之地慶王體國之忠奉先之孝大義兩繫決難

他辭除修理城垣壕塹另行外合無請敕甯夏鎮巡等官啟王知會督委廉幹官員將甯夏中護衛儀衛司軍校舍餘照冊清查明白挑選家道殷實丁力有餘者一千名選擇本衛能幹千百戶等官管領前去韋州常川駐劄給撥空閒田地耕種王府差役盡行蠲免專令在彼操習武藝與羣牧千戶所官軍相兼防禦仍於甯夏等衛中選委有謀勇有行止指揮一員提督操守振揚威武保障城池衛護王墳遇警相機戰守遏截則虜騎經行有所忌憚不敢恣肆腹裏人心有所繫屬不至動搖

一行據委官陝西布按二司參政安惟學呈稱靈州橫城以北西抵黑山營鎮遠關係甯夏通賊緊關要路虜賊見我邊防嚴

備既不能入花馬池必將從此而入踏冰過河東西任意寇掠河西城堡雖有官軍數亦不多不能阻遏合無將橫城以北直抵鎮遠關邊牆壕塹一體幫築挑濬及稱黑山營先年屯有人馬後因路遠難援廢而不守今河東邊防既嚴虜必從此入境宜於黑山營仍屯兵按伏等因案查先該臣看得原擬甯夏邊牆至黃河東岸今築橫城而止恐虜賊見我河東邊牆高厚不能掏空冬深河凍於牆盡頭處踏冰過西岸自西而東仍謀入寇未審河西城堡兵力堪否捍禦今據各官俱呈前因臣按圖考冊廣詢博訪甯夏橫城北黃河東岸舊有邊牆一百八十五里壕塹一道高厚深闊悉如花馬池一帶城塹之數自南而北

有長城十八墩後守臣恐稀疏每墩空內添設一墩共見在墩臺三十六座牆裏套內地方又設石觜暖泉二墩瞭守其第十八墩與河西黑山營鎮遠關相對每年於黑山營屯聚人馬阻過虜騎以為甯夏北門鎖鑰前人綜理周密深有所見節因甯夏守臣怯懦士馬削弱河東墩軍屢被套賊撲捉既將石觜暖泉二墩廢棄遂將新舊三十六墩俱廢而不守謂之備夏不備冬卻止於河西築立墩臺一十五座守瞭由是套賊多寡遠近消息通不知覺又因黑山營曾被虜賊攻圍遂將官軍掣入平虜城操備由是平虜城為極邊要害居人往往不得耕牧殊不知撲捉墩軍窺伺城堡乃虜寇常事顧吾所以待之者何如耳

吾能往彼亦能往我退一尺則彼進一尺河東墩臺既不可守使賊乘凍渡河則西岸之墩獨不可掏空乎黑山營有備則平虜為腹裏今廢黑山營而不守使賊近窺平虜亦將並廢之乎是皆不通之論也今花馬池一帶邊牆既欲幫築高厚又於牆盡頭橫城之南添築一堡量屯兵馬防禦河開之後縱有套賊不能為患但恐冬深河凍踏冰而西仍謀入寇容或有之意外之防不可不謹所據河東三十六墩邊牆壕塹誠宜幫築修濬河西黑山營誠宜屯宿重兵但明年既修延綏花馬池一帶邊牆工程浩大力不能及合無行令甯夏守臣明年將河東新舊三十六墩坍塌損壞者量為修補照依舊規撥軍守瞭與河東

墩臺烽火相接不至失誤官軍應援稍俟一二年仍將前項橫城以北三十六墩牆塹悉照花馬池一帶邊防幫築高厚挑濬深闊敵臺暖鋪護守官軍一體處置整理仍挑選精銳人馬於黑山營按伏以為平虜城聲援如此則封守慎固而地方可保無虞矣

分布邊兵預防虜患疏　　楊一清

臣切詳此虜頻年犯順其氣方張不曾遭挫必無懲戒今歲若
復不肎悔禍決當重遭殛罰臣受命總制各路兵馬謹當申嚴
號令分布主客官軍揚兵耀武以伐其謀於未入之先出奇設
伏以乘其敝於將歸之際然須脫略常法隨事達變乃克有功
且善戰者必知分合善守者必審常變我邊兵患於備多將病
於權分各據利便自分彼此機可乘而不乘兵當合而不合其
輕率寡謀者則又知常而不知變往往墮賊計中以致我武不
揚狂胡日肆職此之由今將沿邊至腹裏分為四路以定邊營
花馬池興武營靈州一帶為藩籬以石溝鹽池韋州萌城山城

一帶為門戶以固原黑水口鎮戎所西安州海剌都一帶為庭
除以安定會甯靜甯隆德平涼一帶為堂室行令延綏副總兵
姜漢統領奇兵游擊將軍戴欽統領游兵及暫委綏德衞指揮
藍海管領土兵各限十一月初一日起程游兵於花馬池營駐
劄奇兵暫於定邊營駐劄土兵暫於甯塞營駐劄甯夏副總兵
衞勇統領奇兵官軍於興武營都指揮韓斌統領土兵於清水
營亦限於十一月初一日到彼駐劄賊果入套西行延綏奇兵
即至花馬池量分於安定柳楊二堡土兵即至定邊營量分於
鹽場三山等各聯絡駐劄與分守參將葉椿閻綱協同都指揮
保勳等振揚威武併力防禦以壯藩籬甯夏總兵官李祥統領

戰鋒奇正官軍先期於靈州駐劄有警即至石溝分守甯夏西
路參將馮禎統領甯夏中衞廣武營選鋒奇兵官軍前來鳴沙
州陝西游擊將軍陳善領兵於韋州環慶守備都指揮姚震領
兵於山城各駐劄以嚴門戶鎮守陝西署都督僉事曹雄統兵
於鎮戎所調度固原靖虜蘭州一帶主客官軍以保庭除仍預
行甘肅游擊將軍徐謙統領甘涼游兵并千戶魯經土兵各於
莊浪操候河套有警調至安定會甯與甘涼備禦下班官軍併
力以守堂室前項分布既定沿邊守將嚴謹斥堠多差夜
不收遠為哨探沿邊多設塘馬但有套賊煙塵消息或走回人
口供說即便傳塘走報鄰近官軍隄備賊果近邊各該主客官

兵分據要害占守水頭[illegible]阻遏寇小至則擊之不可輕進遠
追仍要互相應援不許自分彼此如賊大至切勿與之爭鋒各
取便斂入城堡以避之待其擁眾深入延綏游奇土兵甯夏副
總兵都指揮韓斌等枝人馬各躡蹤而進若犯固原陝西游兵
即便掣回應援李祥衞勇馮禎韓斌等各領兵於紅寺兒堡按
伏姜漢戴欽藍海等兵各於韋州鹽池石溝按伏環慶官軍移
至萌城各休兵秣馬以逸待勞曹雄相機調遣腹裏官軍據險
以扼其衝張疑以分其勢一面馳報安會靜隆官軍堅壁清野
勿露形迹多用鄉導指引藏兵於崖窖堡洞險要隄塞之處伺
賊分散搶掠出其不意發兵擊之賊既不得逞必將遁去曹雄

達賊出沒計處用兵機宜疏　楊一淸

照得前項達賊自正德三四年閒被小王子人馬讐殺殘敗遁往河西莊浪涼州速罕禿斬石峽明水湖扒沙一帶潛藏住牧時出剽掠阻截道路敵傷官軍臣起廢西征復總制陝西軍務之時建議欲調集大兵痛加誅勦彼時規畫已定惟候成命不意旋卽奉敕取回兵部題奉欽依行令甘肅鎭巡官整理緣茲事重大豈甘肅一鎭所能了辦因循養患十有餘年賊旣那營竊伏西海逼脅曲先阿端各種番夷烏合爲巢歲復一歲醜類漸繁乃敢寇我洮河深入松潘地界自是虎踞靑海蠶食屬番遂釀成甘肅陝西腹心肘腋之患去年冬閒被回賊驚散一半

越往官路之北被各鎭官軍相遇斬殺數多其大營仍在西海刺刺山江零口住牧雖未見侵犯而禍貽實深除督令各該守臣哨探尋襲計處方略另行具奏外其在北者多不過一二千俱係精兵十可當百因無老小棲止不定自今春以來多則五六百騎少則二三百騎或在莊浪五方寺尖山蘆溝或在涼州松山蘆塘等處聲東擊西或出或入河西衞所官軍防禦三種寇賊無所不備無所不寡經年累月不得解甲若不先其所急早爲祛除緣前賊切近腹裏恐其尋搶月久野無所掠冰橋結凍之後將有窺伺蘭州靖虜之謀彼處軍馬數少不能支持乘虛而入則會甯安定狄道金縣地方難保不遺虜掠臣愚欲趁

陳善重兵銜其腹心又與徐謙游兵俱襲蹤而出比至紅杏兒后溝鹽池等處延甯環慶官軍分據營盤待其前鋒稍遠先後犄角夾而攻之陝西主將游兵出其後背奮而逐之晝則選鋒以截其路夜則銜枚以劫其營賊深入疲敝又腹背受敵必然大遭挫衂若犯環慶則延綏游奇官軍掣至紅德堡山城會合陝西游兵尋襲截殺儻或事情緊急都督曹雄領兵自三角城沙井溝而出甯夏主副將官兵馬掣至萌城甜水堡以遏其破喪西走之勢賊旣敗走其氣已奪諸軍仍躡其後併力追勦至邊牆而止沿邊主兵將官閻綱保勛等以逸待勞或邀其中或截其尾以我四路應敵之兵當彼千里趨利之賊豈有善歸之

理如此庶可振中國之威褫外夷之魄爲今之計似不出此然兵無常形敵有萬變隨機運用難以預度因時制宜又在各官再照延綏游奇士兵旣皆掣至西路其中東二路城堡空虛儻賊乘隙而入爲患非輕已行延綏鎭巡官照例徵調大同游奇官軍先期於交界去處駐劄賊果入套調來中東二路應援截遏如是賊衆俱在迤東近邊拆牆謀犯延綏地方卽將本鎭游奇兵掣回若賊情緊急甯夏陝西游兵俱應調去策應臨期斟酌定奪凡客兵所至之處在陝西地方悉聽署都督曹雄節制在甯夏地方聽總兵官李祥節制在延綏地方聽總兵官張安節制俱不許偏執違拗致誤事機臣往來環縣韋州居中調度

今與西海賊寇離析之時量調陝西延綏精銳兵馬五六千名與莊浪涼州副總兵游擊等官會合尋襲痛加誅勦以除門庭之害則西海達賊聞之亦將褫魂破膽有不戰而走之勢區區回賊又不足憂也但今河套虜情未定沿邊腹裏俱未敢掣兵又莊浪一帶倉場糧草處處空虛方爲逐旋經理須待套賊無警糧草有積方可舉事然兵貴神速機難預定必待臨期奏請非惟緩不及期且恐事機先泄乞敕兵部計議儻此言可采乞早行臣密會各該守臣不拘何月日相機取便行事俟大兵既集詢謀僉同因而撲勦西海之賊至期計處定奪務在計出萬全若無可乘之機或軍馬錢糧未備照常戰守不敢輕舉妄動以貽後艱

諮訪羣策以裨邊務疏 楊一清

臣惟固原爲防胡重鎮乃陝西根本之地地里寬漫通賊隘口數多分兵而守則無所不寡賊至發兵則有所不及數十年來大虜竊伏河套甯夏邊牆不能捍禦必從固原深入平鳳臨鞏地方搶掠生意蕭索戶口凋耗實由於此但防邊之要據險爲先設險之策必資城守成化年間都御史余子俊建議於預望城葫蘆硤口二處添設鎭戎平虜二所甚爲得策後止設鎭戎所其平虜所因循未舉宏治十四年大虜侵犯固原總制尚書秦紘查奏舉行旋卽去任臣接管總制始奏銓官降印召募軍人設倉積糧又於舊紅古城修蓋營房募軍積糧委官操守於是兩城遂爲扼虜要地虜賊畏避不敢由此而入御從東路騍子川毛居士井一帶在於白馬井趁水草劄營分散搶掠固原平涼村寨城堡直抵涇邠地方所以固原兵備副使成文守備都指揮劉文俱要於舊撒都城卽白馬池地方修築城堡添設官軍幷展築白馬墩堡占據水頭斷賊出入之路似爲有見臣親詣閱視及行委布按二司官參政韓士奇等照例召募願投本城軍人及又委令將應給軍人耕種地土丈量四至分撥外但有城有軍必須得官管束固原衞見任官員數少委的不敷差用及照召募軍人止可尋常備禦若大虜入寇必須分調官軍在此接伏供應糧草亦當預備再照前項地方係在靈武監

清平苑草場之內與萬安苑草場相鄰因地土荒遠自來無有官馬在此牧放蓋係虜賊出沒之衝牧軍亦不敢來此牧馬及又查得臨武監清平苑原額實有草場地共一萬九千七百九十四頃二十六畝二分見養馬軍人止是二百八十三名見養馬幷駒四百三十七匹萬安苑原額實有草場地一萬七千四百五十二頃三十八畝養馬軍人三百二十三名見養馬幷駒一千四百八十八匹地土甚廣牧馬不多不至顧此失彼但恐牧軍因見築有城池足堪保障事定之後或起爭端況前項城堡之設不止保障地方亦欲防護官馬乞敕該部計議合無行延綏甯夏二鎮查取新任空閑官員每鎮各五員改調塡註固

原衞所分分撥白馬城紅古城二處每城五員管隊領軍幷行陝西布政司將原坐附近城堡該徵民糧量撥白馬城修蓋倉廒收貯以備兵馬支用再乞行陝西苑馬寺禁約該苑牧軍草場地土在今分撥給軍耕種界至之內者向後不許混爭告擾及行總兵參將兵備操守等官禁約本城軍人不許於界至之外侵越耕種如違各依法究治待安插既定軍强食足之日與紅古城應該設立所分俱聽後來總制等官奏請定奪

災異修省疏　楊一清

近觀禮部所奏今年災異如遼東山陝江浙湖廣地震不下二十餘次各處雹災傷稼殪人南北直隸江浙諸處亢旱爲虐山東豐沛洪水泛濫遼東有雷雨之變貴州有山崩之警至於江南之人病江西之虎怪酉陽之牛禍層見疊出尤爲奇怪豈惟近歲未有抑亦載籍罕聞稽諸傳記考其證驗皆陰陽失常陰盛陽衰所致請推理論之以上下言則君道爲陽臣道爲陰豈乾綱下移而威柄或不自上出歟以人品言則君子爲陽小人爲陰豈直道難容而君子在野邪佞易親而小人在列歟以天下言則中國爲陽四夷爲陰豈兵政廢弛而內治不修夷狄侵

淩而外攘無方歟以治道言則德教爲陽刑法爲陰豈恩澤壅於下流而民無實惠法令沮於倖門而人無懲戒歟臣伏覩陛下有虞舜之聰明而視聽不能無壅蔽有成湯之勇智而用舍不能無二三有覆載含宏之量而未翕受於衆情有視民如傷之心而未淪洽於天下靡文盛而實事微上下暌而情意窒九卿之執奏多聞報罷臺諫之進言或遭譴斥竊恐日積月累蒙蔽漸深陰凝冰堅寖不可長此臣所以終夜靜思竊歎而深惜者也陛下端拱九重委任臣下將以爲百僚供職庶績咸熙然諦視之則因循玩愒之弊多精明振勵之功少故所用者未必才才者未必用所聞未必實實者未必聞所見未必眞眞者未

必見所行未必當當者未必行是朝廷且未必正況百官乎萬民乎今禮部所奏荷蒙聖明采納竊覩朕心驚惕之語仰見陛下畏天之誠會官議擬之文欲啟臣下進言之志化災爲祥轉禍爲福端在此舉臣願陛下益嚴敬畏常存此心總攬乾綱以防欺蔽之奸延接大臣以資輔導之益覽諸司之章奏則天下之事得以周知辨臣下之忠邪則斷聽之間不爲所惑仍戒飭諸司官守修職言責納忠凡朝廷政事之缺失當汲汲修改者幾事天下生民之疾苦亦當汲汲救援者幾事至於遺賢之未甄舉忠直之未收錄讒慝之未殄除幽滯之未昭雪明白開陳悉心敷對勿事因循勿懷顧忌陛下廓納善如流之量宏改過

不吝之勇慨然聽受毅然施行大要以恤民固本爲主民心悅則天道和豈惟災變可消抑且禎祥可致此老臣垂盡之年感恩圖報之愚悃也第輔導之官論道爲職公孤之任宏化所關古之人君多因災異策免公卿今在廷大臣無如臣老憊亦無如臣不職者遇災策免實在所宜伏望皇上賜臣罷斥以警庶官然後委任忠良協心匡濟庶幾天意可回而災變可弭

王府疏　楊一清

王府婚姻不得除授京職我祖宗初無此例惟宣德間有旨漢府親戚不許選京官然亦止爲漢府而言天順以後始有倡議以漢府爲例者然布政雍泰得以秦府之親歷巡撫都御史至宏治十三年三法司遂以入問刑條例中沿襲至今遂爲定例以故詩禮故家衣冠世胄俱不願與王府結親惟閭井白丁投援宗戚轉相誘引奸宄不禁獘實坐此且百年以來宗室搆逆如寘鐇宸濠者亦何嘗借親戚京官之力哉今乃因一子女之故幷其族屬俱不通籍京朝疑忌不已深乎又今王府官僚任滿不得考績株守終身故銓司取庸瑣衰憊之人充之而人亦

甘心自棄臣伏覩皇明祖訓有云凡王國文官朝廷精選任用蓋聖祖惇宗睦族之意拳拳如此至於考第殿最轉移無常如楊士奇以審理副選任翰林院編修周忱亦自長史累陞至尚書臣愚謂略如國初之制今後長史紀善等官務選有學行者任之每九年一考績如例黜陟有差庶人知自重以圖進取而王國可保無事矣

條處雲南土夷疏

楊一清

近者雲南土夷安銓等搆亂仰廑聖懷兼設總制督儲大臣且責鎮巡失馭命御史紀功集四鎮之兵以勦一隅之寇廟謨神算已無遺策顧兵凶戰危事變難測撲之不早則有兵連禍結之憂竊以雲南荒服前代不入版籍太祖高皇帝始命西平侯沐英克服之又以諸夷雜處易動難馴故因其酋長有功者設立爲土官各令統其所部夷人子孫世襲而命西平侯子孫今襲黔國公者世鎮其地以控制之如身之使臂臂之使指凡所調遣莫敢不服盜賊生發責在土官遣一介之使臨之即時奏功此以夷制夷之術漢兵不過壯聲勢以固根本焉耳數十年

來土官病故子孫應承襲者官司不肯保結上司往覆駁勘有二三十年不得襲職者止令土舍管事下人不畏强淩衆暴無所不爲黔國公雖有總兵之名不得自專凡事必與大監撫按三司會議然後得行積之既久土官以上官爲不足憑恃亦復慢令玩法無所忌憚待其罪大惡極然後動兵征勦以致軍民日困地方日壞誰之過歟臣等切思雲南各處土官夷兵人馬衆多麗江景東之外如沅江鄧川北勝姚安鶴慶甯州羅次亦佐蒙化姚州之類俱有官兵若肯聽調用命殄滅二賊不難不煩他省兵力但中間多係不得承襲之人亦有緣事見在提問之數者懷怨畏罪難保必無彼聞大兵壓境致生疑懼陰助黨逆恐二患未平又生他患故今日急務宜先收土官之心陰破從逆之黨提督大臣二三月方到雲南調取各鎮兵馬必數月方能聚集使其疑心不釋賊黨益堅我勢自弱宜先差在京官强幹有精力諳曉夷情者請敕一道并齎執聖旨榜文令其星馳前去限其四十日到彼令鎮巡官差能言知事者分投傳諭各該土官人等宣示朝廷恩威曉以二賊自作凶孽法不可赦爾等土人皆世受國恩享有土地人民宜殫忠攄誠天兵到日各出兵馬協心討賊一體先行厚賞有應承襲而不得起送者有功聽提督官具奏就彼襲職免令赴京有罪未結者除謀逆外悉從赦宥若大軍未到之先有能勦殺二項逆賊加倍賞勞

其捦拏首惡者賞銀千兩於本職級外加陞二級其餘官軍人等捦斬首惡并餘賊功次依兵部所擬陞賞條格施行二賊部下有能自相解散或赴官投首者悉宥其罪若將二賊捦獻照常人例給賞如此行之賢於用數萬兵矣夫兵固有先聲後實者若無動調大兵之聲以先之則此策行之無益今大臣既遣大兵既調先奪其氣後懾其心用力少而成功多矣其差去官員仍留在彼與巡按御史協同紀功仍請敕鎮守大監杜唐總兵官沐紹勛責其既往之失勉立將來之功并撫按官申嚴號令將調到土漢馬兵分布防禦相機撫勦不可倚稱提督大臣將至遷延推委其合行事宜謹條列上請乞敕兵部查議奏覆

弁行差去大臣遵照施行．

一夷民雖悍．最重者信．近年官司處之．往往失信．有事則招之使來．事畢則繩之以法．土人所以自生疑沮．不爲我用也．宜待賊平之時．差去大臣仍畱一員．與鎭巡三司等官．將該襲土官土舍催勘應襲．具結呈繳吏部．照例襲職．任事不必展轉駁勘．

一省城倉廩所積．歲入不足歲用．加以動調客兵．將何支給．附近迤西州縣．賊亦經行．軍民逃避．無糧可買．其迤東州縣．未經殘燬．可以糴買者．宜令督餉大臣委官分投買運．仍設官領兵巡邏道路．護送車腳．其價比之時估量增數分．使積穀者有利．糴運者無虞．然險阻艱難之秋．官買終難收效．宜照尙書王驥

征南事例．榜示各都司衞所．官有納糧百石者．陞一級．襲一輩．多者遞加陞級．許襲至三輩而止．定擬規格．仍給劄付千餘道．交付督儲大臣收掌．塡給．送部銓授．此外如承差吏農散官等例．亦宜查照舉行．

一近訪得雲南都司止有都指揮一員．宜令鎭巡官訪舉都指揮數員．擇其尤者以備軍政．奏請銓註．

一雲南附近州縣．多被殘害．迤西人民皆逃入省城．棄其室廬．即令城郭邱墟．傳聞夷方．益長其輕侮桀驁之氣．宜量發官兵居守．令各民復業．仍驗其被傷輕重．量爲周濟．

一省城迤東．如霑益州土官安慰一族．貴州鎭雄四川東州等處．地方要害．且與安銓連姻．今安慰已死．未襲．提督官至曲靖．即宜召其酋長．量加賞勞．令所司早爲保勘襲替．使可統攝土人．仍戒諭不許通賊．指引自取罪責．曲靖宜宿重兵．斷賊奔路．

一貴州威淸等處兵備所統轄．皆三省蠻夷出沒之地．宜諭吏部推用老成愼重精力強幹者爲之．庶援境地方有所倚賴．

團營疏

楊一清

國初京城立五軍神機三千三大營于謙因正統己巳之變選其精銳分立十營團操是爲團營成化間又增營爲十二分布益嚴今久不蒐選戎政大壞陛下之念及此社稷之福也謹陳六事於後一曰愼簡提督文臣兵部尚書職重事繁不應兼掌營務已專設都御史爲提督令大臣舉素負才望諳曉兵政試有成績者充之二曰擇將領將非其人兵雖衆不足恃今所任多膏粱紈袴苦不閑軍旅宜推舉各邊空閒將官曾經戰陣者或令坐府或令坐營無缺則令充協贊付以蒐選教練之任庶克有濟三曰愼選戰鋒官軍孫子云兵無選鋒曰北蓋出兵禦

敵必使鋒銳者當先任其衝突堅立不動俟其少卻奮以乘之今每營所轄萬人少者不下七八千人宜大簡閱分爲等第選其勇健者三千人爲第一等就中又選其膽力過人武藝精熟者一千人以爲戰鋒專備征調稍次者爲第二等以備防守其羸弱者退更之四曰嚴訓練以求實用軍士操練相襲舊規雖有可觀然其所謂號令不過把總等官知之而已其餘軍士逐羣聚散全不能知徒應故事操演何益營中軍務令熟知號令目熟旌旗之色耳熟金鼓之節足熟進退之度手熟擊刺之法與之講解通曉號令既熟則節奏不差又宜簡其熟於刀箭鎗牌及銃者各一二人爲師聽其教習責以成效吳起所謂一人學戰教成十人十人學戰教成百人益廣教成三軍者也五曰禁科刻以作士氣今營軍强壯殷實者多出錢辦或營求走除又聞各官多占而私役之在營操練多係貧乏之者及有征發包辦走役者不與焉貧軍安得不生懟怨況朝廷養軍月給米一石歲杪又賜衣布非不優厚而管隊等官科斂多端所存無幾軍士安得不貧乏明降德音將已往者俱從寬貸自後各官占役者悉退出營操諸首領不許假借科索違者以軍法痛懲之六曰查處京營馬匹今馬政之弊極矣民間養馬非壯大者太僕寺不以之給軍軍士亦不之領然給過數月旋即羸弱死者後先相繼取之民者甚難而給之軍者不卹以故軍民俱困宜

立法稽其倒失之數嚴其樁朋之銀縱不能追其既往猶可責之將來然營馬多瘠固係失養亦由軍士貧難人食不足而暇顧其馬乎訪得各軍一年全支草料者凡三月餘月折銀所折不足以供立以待斃宜諭戶部量增其數以恤貧軍而重懲其失養者則被罰者無解矣

祭禮議　楊一淸

陛下一身乃天地宗廟社稷百神萬姓之主誠宜重惜以養天和以綏多福竊聞每日而起行禮於奉先奉慈崇先三殿之前出入門棖上下階級已不勝其勞旋卽視朝聽講退而親覽章奏一日萬幾向非聖聰天啓睿體神護何以堪此切惟三殿之建本以義起非廟也卽如爲廟亦惟淸靜斯神有依周頌淸廟魯頌閟宮未聞有每日瞻拜之禮太宗文皇帝正以太廟在外凡朔望薦新忌日行禮未便故建奉先殿於宮內本以節勞而今反致勞是未得初建之意矣祭不欲數數則煩煩則不敬祭不欲疏疏則怠怠則忘此固言在廟之禮也今太廟世廟已備

四時之祭三殿豈得復爲繁縟之禮乎臣等參酌禮儀自今第宜每日令內侍焚香朔望及四時節候聖躬親往各殿行一拜三叩頭禮如常朝臣子見君父之儀則不疏以怠不數以煩起居有節而煩勞可省矣至於忌辰古禮遷主祭每止於其所當忌而不他及如有事皇祖考但宜及皇祖妣有事皇祖妣則不宜及皇祖考禮曰尊可及卑卑不可援尊也臣等所見如此惟聖明采擇

論綏德衞遷改楡林城事宜狀　楊一淸

謹按綏德州秦漢以來號稱上郡多遣重兵屯戍名將拒守宋時經略西夏尤爲要害觀趙卨所奏綏實形勝宜增廣邊障乃無窮之利可見矣我國朝酌古定制開設州衞統理軍民表裏相參犬牙相制成規井然萬世無可議矣今天下一家華夷賓服固無容慮然陝西旣舍受降又撤東勝延綏諸郡遂與北虜爲鄰加以河曲內地棄爲虜巢深山大沙勢顧在彼綏德獨以一面之險遮千餘里之衝昔人謂之可守不可棄者此也正統年間虜數入寇西鄙靡甯乃設楡林東西二路營堡將綏德官兵調發沿邊諸堡分布操練以備非常尋又將戶內夫丁拔其

壯健者於邊與舊操官兵相兼肄習調用成化以來邊患益劇朝廷從守臣議增置楡林衞鎭臣節鉞諸臣居中以臨涖之外控胡虜內撫延綏疆土開拓藩籬益固於是延綏之地始免搶攘勢同腹裏然武備解嚴而衞制不廢非直以舊規未可率易更改抑亦有思患預防之意焉比因守臣建白欲將綏德衞改就楡林以便邊務事下兵部移文陝西延綏兩鎭巡僉議可否以聞已而綏德之人復有論奏極陳遷衞非便欲仍舊貫以安人心兵部亦下其議甲乙可否莫之適從竊惟事體當較重輕謀慮當審久近事關重大則匹夫之言亦當博納慮在久遠則目前利害不足深計顧非其職不敢妄議然食祿茲藩親歷其

地畝嘗酌輕重之宜，審遠近之處，體人之情，揆諸事勢，有不可遷者七，不必遷者二。何則？西安以北七百二十里而有延安，又四百三十里而有綏德，又二百六十里而有榆林，以千四百餘里要害之地，中界兩衛，已不爲贅。初本設榆林以捍綏德，今顧撤綏德以附榆林，不惟損外援內應之勢，抑且蹈虛中實外之譏，其不可一也。綏德前擁雕陰之岫，後繞大理之角，依山爲城，阻溝爲池，居高瞰卑，山谷迫隘，百夫據險，則鐵騎千羣不能飛度。榆林界在沙漠，土脈不堅，以戰則綏德不如榆林之利，以守則榆林不如綏德之險。故榆林者綏德之藩籬也，綏德者榆林之根柢也。脫黠酋勁虜有如天順、成化年間擁衆深入，分鈔邊

鄙，則綏德尤宜增兵防守，以壯聲勢，以固根本，以繫人心。今邊事稍緩，遂視爲腹裏，欲撤根柢以附藩籬，萬一事變不測，榆林動搖，則延綏殆矣。南衛之勢仗誰阻遏？必有執其咎者，其不可二也。往年虜勢猖獗，榆林以東神木、府谷山谷間皆可入寇，不必取道榆林，亦能遥趨綏德，直擣環慶。設復有此，必仗綏德之兵以遏其深入，榆林遠在二百里外，安能舍彼顧此？其不可三也。綏德軍民屯所多在清澗、延川地方，相離二百餘里，芻糧輸納尚以爲艱，今復移就榆林，使之越五百里之程，畜馱車輓，所費不貲，人心怨嗟，邊儲愈負，其不可四也。綏德官兵自戍邊之外，其在本城內外居住文武見任致仕官僚、士儒、卒伍之家，無慮千百，世業已久。今欲塡實榆林，決無祇移空衛之理，必將盡驅此輩以去，以安常樂業之人，無故而驅之，使之棄田廬，拋塋墓，扶老攜幼，轉徙邊城，生者失其餘止，死者無所憑依，謗讟蝟興，怨聲騰沸，怨極生變，難保必無，其不可五也。綏德編氓多散居鄉落，城中居民不數十戶，比屋連巷，俱是衛所丁籍，此輩盡去，遂爲空城，是亦不能州矣，其不可六也。榆林邊操官兵，皆出大戰創傷之餘，頻年飢饉之後，重以誅求毆削，疾痛未瘳，生意未完，所謂强弩之末不能穿魯縞。況今失穴之虜，近邊鈔掠甯夏、甘凉諸處，警報日至，虜掠我丁畜，戕敗我官兵，外無所獲，草枯河凍之時，必將內窺河套，榆林、延綏之患恐自此始。正當畜

養士氣，固結人心，今欲改移衛所，築城建衙，勞費不免，內鼓人怨，外疲兵力，以逸待勞，以靜制動之策，固如是乎？其不可者七也。且建斯議者，迹其始謀，本因綏德官旗比年借貸倉庫錢糧，侵剋軍士花布，事多發露，故欲移置會府，易於關防，是固然矣。利之所在，奸弊易生，要在典守得人，禁防有術，自然無患。不然，則狐鼠漁獵之奸何處不有？以官旗侵剋糧餉之故，遂欲胥一衛而遷之，是何異於因噎而廢食，見肘而廢屨也，亦過矣。假令禁防不嚴，則今沿邊衛所營堡倉庫芻糧銀布廚耗侵剋之弊，往往有之，又將移置何地？此其不必遷者一也。又謂榆林地大事殷，所當增兵防守，然兵貴精不貴多，綏德官兵精悍者俱在

邊戍所存無幾借曰遷之彼纍纍者非羸餘之老稚則隨行之眷屬戰守無能補助遇警先爲動搖所謂貪虛名而受實禍將安用之此其不必遷者二也夫揆之人情度之事勢其大要不過如此此理甚明人所易見必欲違衆情逆事勢而爲是得已不已之舉亦獨何哉或曰舉大事者不恤細怨夫所謂不恤於此者爲其有益於彼也小損而大益君子固甘心焉無大損益徒爲煩擾亦所不爲也況無益而有損者乎或又曰古城綏德未有榆林今守榆林安用綏德易有之重門擊柝以待暴客千金之子其祖若父爲之重垣複壁亦將有以自保也無事之時而厭之而撤之其可乎爲今之計衞治決不可遷人言決所當恤衆怨決不宜斂但將邊官革去行麋俱於邊倉止關本等俸給至於倉庫出納之際朝廷成法具在稽牒按籍之不遺其力歲省月課之不憚其勞所任勿私其人所犯勿貸其法則積弊可袪浮費可省人心不搖邦本自固長久利便之策宜無出此

案文襄文未見傳本惟皇明經世文編中載文六卷各卷標首曰楊石淙文集曰石淙奏議曰石淙綸扉奏略所刻不止一本可知除記議書牘分入各類外存疏二十篇其器使將才一疏則見 國朝所刊明臣奏議又文編所未錄也汝懷附記

湖南文徵卷四

湖湘後學集編

疏四　明

上河南疾苦疏

鄧庠

臣自入河南境界居民生理蕭條顏色憔悴傾家蕩產十室九空又經劇賊劉六等劫掠人財殺死官吏燒毀房屋淫蠛婦女生民荼毒不可殫述見今分委都指揮徐節馬振趙玉等統領官軍民壯勦捕未平查得布政司巨盈庫節年所積官銀止有四十萬兩其王府祿米及官庫俸糧已半年或一年支放自冬徂春雨雪不降麥苗漸枯天地晦冥風霾屢作詢其所自蓋因鎮守太監廖堂及弟廖鵬交結逆瑾倚仗權勢朋黨害民糾合幫虎董鎰尹文會邱永朱文宋吳聰袁鳳福壽張衡王運等擅作威福非法用刑陵虐官民嚇詐財物誣攀賊情起滅詞訟提解人犯甚於鈔劄鐲鎖杻梏嚴如檻車或一人而勒銀千兩或一事而要錢百貫搜求土產物貨買辦木植顏料蓋造私宅盛於王府所積金銀不知幾千萬兩剝民膏血剜民心髓富室蕩然一空貧家鬻賣兒女見者寒心聞者墮淚冤聲滿路怨氣塞天盜賊災異未必不由於此臣聞豺狼當道安問狐狸姦黨未除民害何已是以昧死言之乞將廖鵬明正典刑及查提董鎰朱文宋等從重懲治並將私宅入官變賣銀數萬餘兩以補祿

米之費稍蘇民困且以雪死者之冤伸生者之憤庶幾天意可回盜賊可除矣

諫采玉疏　　羅　安

為謹好尚以保治體事臣伏覩大明律一款凡國家政治得失軍民利病一切興利除害之事聽監察御史按察司官各陳所見直言無隱欽此欽遵臣職攝兵備濫竽憲司亦有所見不容緘默披露肝膽冒干聖聽仰維皇上卽位以來每御經筵惟欲講明聖學屢降德音惟在仁愛黎元宮闈以正未聞有聲色之荒百度以貞未聞有貨利之殖昔仲虺之誥成湯有曰惟王不邇聲色不殖貨利傳者則曰然此本原之地非純乎天德而無一毫人欲之私者不能也蓋人之一心有曰人心有曰道心堯舜禹授受心法則曰惟精惟一允執厥中正欲擇守此中以養其心不使為外物之所誘也且物之誘人豈物能誘人哉因視聽而入目悅色耳悅聲苟非心有所主未有不反為耳目所役者故必使耳目聽命於心而後可也伏查十一年五月十八日有四川布政司承差楊應廣齎執紙牌一道赴臣司內開四川承宣布政使司為進用事案照近據本司承差楊應廣齎執欽差鎮守四川並行都司地方司設監太監房懋揭帖到司內開近訪得瀘州小市廂商賈收有白玉四塊大一塊重四十斤一塊重三十五斤次一塊重二十六斤又次一塊重二十斤布政司差人前去著落本府掌印官根要解送前來辨驗估價給領毋容本府推故稽遲有誤進用等因奉此查照先鈔奉欽差鎮

守四川竝行都司地方司設監太監房懋欽差巡撫四川地方兼提督松潘軍務都察院右副都御史通行遵依尋訪及行催去後今照前因誠恐本州官視爲泛常誤事未便合再差人守催爲此差本役前去仰瀘州官吏鈔牌查照原行竝令牌內事理卽將本州小市廂商賈收有前項白玉務要用心訪取到官著令識玉人辨驗堪中估計明白同玉主差人與同差來人役一併星夜隨牌伴送赴司以憑轉報支給官錢收買施行毋容推故致誤進用自取罪戾不便等因臣竊聞白玉之美者有如截肪價越萬金而色碧者亦難得也但其爲物寒不可爲衣飢不可爲食將以爲郊廟之用邪古之聖人祭天享帝器用陶匏

酌用明水於是郊則天神格廟則人鬼享未聞以玉爲尚也抑以爲宮闈之飾邪古之明王綈衣不擞革踏不穿大廈不居木器無文於是後宮賤瑇瑁而疏珠璣亦未聞以玉爲尚也如或珠璇環佩圭瓚之屬有所當用宜命下該部采取於素產之地付玉工造作成器置之奉御之所陛下何用留神於心目之閒尋訪於四方閭閻小民之家且如瀘州商賈多是鄰縣富順永川榮昌等處小民往來貿易無非布帛米穀鉛錫之類去歲荒歉民多缺食今年又旱米價翔貴臣憂心如焚慮或饑饉洊臻盜賊滋熾以致地方不靖今又采取玉石於民臣反復思之必以爲玉石微物取之未至於大害也臣查原奉旨意不過采取

堪中二三十斤以上不拘多少今之牌面限以大一塊數觔兩誠所謂王言如絲其出如綸王言如綸其出如綍是以一命之下有司奉行急如星火惟恐取之或後罪戾難逭臣未知所取止於四川一省復行取於他處取於一省則一省爲之騷動若取於天下則天下爲之騷動然此猶之可也今又采訪於譯使往來之地使一聞陛下所好尚者在此傳之四裔奚可乎哉所獲者小所害者大誠爲聖治之慮也況又給府庫之財償之府庫之財實民之脂膏乃有用之物也玉之爲物不過玩好之具乃無益之物也書曰不作無益害有益功乃成不貴異物賤用物民乃足又曰不寶遠物則遠人格所寶惟賢則邇人安是以

齊不寶徑寸之珠而寶檀子敵以之而畏楚不寶白珩而寶觀射父國以之而强齊楚何君哉而猶知寶不在於是而在於賢今陛下聰明天縱媲美堯舜雖萬乘之尊奚必茅茨不翦大路不書越席不緣乎其必不寶此金銀珠玉錦繡文綺奇怪異物也明矣且魯哀好文服舉國著儒衣齊桓好衣紫四境被異綵楚靈好細腰臣妾甘自餓句踐好刀劍國人喜兵死田子與隰子登臺南望不言隰子知其意在伐木曹丞相雞肋之令三軍莫喻楊修知其意在退師上之舉目搖足天下之人承其風指何所不至要知此采玉一事豈陛下之意哉抑亦奉行者之未善耳臣不揣冒昧惟陛下一加察焉

參內臣公疏　　　曹佺

竊惟國家之事有輕有重有緩有急事輕而緩言不敢急事重而急言不敢緩臣等嘗讀前史見諫諍之臣有碎首流血引裾折檻甚至捐軀殞命者皆不遇明君言之不聽忠臣感激以至憤發不能自已也今聖天子在上言之必聽聽之必行而事尤至重至急居言路者若再畏首畏尾瞻前顧後當言不言則是苟祿偷生欺君誤國此臣等所以切齒而痛心也今據二事上瀆宸聰惟陛下孰思而審之非臣等苟容納之恩實乃宗社之福天下之幸也臣等冒干天威不勝戰慄恐懼之至具本差舍人王倫齎捧謹具奏聞

一曰明刑賞以正朝綱臣等切惟人君之治天下在明號令修紀綱號令行紀綱正人主操賞罰之柄也苟賞罰不明紀綱不正欲求天下之治非臣等所知也伏惟皇上嗣登大寶仰遵先帝遺命冊立皇后蓋以繼承宗嗣為重豈意賊臣牛玉大肆奸欺橫貪賄賂將先帝選退吳氏朦朧立為皇后其意正欲固寵於內擅權於外包藏禍心深不可測幸賴陛下聖明將吳氏廢退皆出於不得已之故也然而遇此大變處此非常朝野騰喧中外駭聽非陛下天縱聖德神授英謀見之早行之決若猶豫日久使吳氏圖報牛玉之恩牛玉倚仗吳氏之勢表裏固結其禍安可測哉天下之人以為吳氏既廢則牛玉之罪必萬死無疑矣今不意牛玉放置南京得全首領臣等初聞未肯遽信夫牛玉既違先帝之命其罪當死一也謀立皇后其罪當死二也欺侮陛下其罪當死三也使陛下負廢后之名其罪當死四也此四不韙者人臣之大惡而牛玉兼有之誠古今罕見天地不容閨幃婦女莫不寒心市井兒童亦皆切齒臣等讀書悃憤此輩不意今日親覩斯人正當將牛玉拏送法司明正典刑梟首街市以明號令以振紀綱可也今乃將牛玉輕放者臣等知陛下仁慈不忍加刑也夫不忍加刑則仁矣其於明刑以振紀綱則未盡善也書曰刑期無刑辟以止辟此古今聖帝明王之所以為仁今陛下不忍殺一牛玉誠恐日後效尤者衆將不勝其

誅則反害陛下之仁不少矣且如舜非不仁而誅四凶仲尼非不仁而誅少正卯況陛下新援寶位正號令大行之初紀綱大振之始遇此奸臣若不追戮則使今後伏侍陛下左右者從此恣肆無所勸懲天下之人以為陛下好行姑息誠恐號令自此不行紀綱自此不振伏望陛下挾帝堯濬哲之德體仲尼天縱之明天討有罪朝綱斯正然奸臣之惡法所當誅而內閣大臣不能無罪且如用一賢才居內閣者便當用心訪察其人果賢與否如其不賢便要壞事況冊立皇后繼承宗祀表正六宮輔助君德母儀天下豈有居內閣者如越人視秦人之肥瘠而恝然不加之意耶牛玉肆奸之初婚禮尚未成也其掌禮之官畏

其權而阿附及牛玉事發之後理無可恕也其執法之官念其舊情而苟容大學士李賢等但坐視成敗不出一言當初肎言陛下未必肎將吳氏正位中宮使其後肎言則陛下未必肎將牛玉輕放也其初不言者是黨牛玉也其後不言者是不知牛玉之後復有如牛玉而禍無已也夫身居內閣職任非輕天下安危皆係於己須自揣摩量力如何自知才力優爲便當委身徇國自知才力不堪便當奉身求退庶得免誤國家大事也今李賢既不能委身又不肎求退圖保祿位不顧朝廷黨惡欺君莫此爲甚伏望陛下剛毅明斷卽將牛玉拏送法司明正典刑梟首示衆仍將李賢等明其罪以警方來如此則號令斯行紀

綱斯正中國服義外夷畏威

二曰鑒往事以防後患臣等切惟人主之治天下不貴於能處患而貴於能防患夫患已成而後處置之雖善亦未免煩擾朝廷驚駭中外虧損國體貽笑後世患之未萌而先防之惟謹則災害無由生禍亂自然不作矣朝廷無事君臣同休書曰制治於未亂保邦於未危正此謂也仰惟皇上嗣登大寶精意圖治屢頒詔書大開言路臣等已於今年四月內陳言五事有爲保全內官事正欲陛下防患於未萌也奏本旣進臣等日夜拳拳仰望是必有處置之道然處置之道未聞而牛玉之禍果作若使當時果能采用臣等之言今日陛下豈有廢后之名牛玉豈有覆敗之禍哉今禍患既成追悔何及雖然旣往者不可諫方來者尤當謹陛下無謂牛玉之後再無牛玉也臣不敢遠引漢唐故事請以目擊之事爲陛下言之正統末年王振專權先帝遠播宗社幾危其禍已慘天順年間曹吉祥專權舉兵焚闕欲篡天位其禍尤烈今年牛玉謀立皇后欺侮陛下其禍尤爲非常是皆貽笑四夷取譏萬世者也當時朝廷以爲王振之後再無有如王振者矣豈意曹吉祥復興曹吉祥之後再無有如曹吉祥者矣豈意牛玉復作自兹以往若再不以牛玉爲鑒而思患以預防之安知後日之禍不尤有甚於牛玉者哉然於預防之道非欲使之遠去也不過此三事而已一不許內官與聞國

政二不許內官與外官私相交結三不許內官弟姪等受職任事並置立產業然此三事非臣等一己之見實太祖高皇帝之成法也詩曰不愆不忘率由舊章陛下果能行之非惟國家之福亦內官之福也臣等請披瀝肝膽爲陛下明言之大抵自古內官賢良者萬無一人無事之時以爲謹慎一聞國政便作欺奸彼如聞陛下將行某事也必先泄之以張己勢聞陛下將用某人也必先賣之以爲己功是以人望日歸威權日盛而內官之禍起矣此臣等所以勸陛下不許內官與聞國政者以此故也至若內官伏侍陛下未免朝夕在於左右其有文武大臣不知廉恥者便去與之交結有餽以金寶珠玉加以卑昵笑顔者

內官便謂之賢·朝夕在陛下左右稱美之·有正大不阿不行私謁者·內官便謂之不賢·朝夕在陛下左右讒謗之·陛下天縱聰明·固不爲惑·奈日加浸潤未免致疑·稱美者驟躋顯位·讒謗者久屈下僚·屈下僚者怨不歸於內官而歸於朝廷·居顯位者恩不歸於朝廷而歸於內官·是以賄賂日行·威權日盛·而內官之禍起矣·此臣等所以勸陛下不許內官與外官相交接者以此故也·且內官弟姪人等受職任事·倚勢非爲·聚奸養惡·家人百數·貲貨萬餘·田連千頃·馬繫千駟·自恃有此家產·所以貪婪無厭·奸弊多端·身雖在內·心實在外·內外相通而禍因茲以起矣·此臣等所以勸陛下不許內官弟姪人等受職任事·並置立產

業者以此故也·皇上能鑒此三人於既往·行此三事於今日·則災害不生·禍亂不作矣·儻或不然·則禍起蕭牆·變生肘腋·深爲不可測者矣·然臣等之所言·實乃眾人之所諱·臣等雖愚·亦知避禍·今累其事以爲言·知內官必切齒而痛恨也·臣等不知死所矣·但以臣等受恩朝廷·各有所執·官居言路·不可苟容·若陛下能行而無疑·則臣等雖死而無悔·沽名衒直·犬彘之所不爲也·惟陛下聰察之·

論流賊疏

彭澤

盜兵敗於參將宋振·奔聚林縣山中·復出掠衛輝懷慶·臣意賊計有三·或面縛來降·變名潛避·上也·北有戴儀兵·南有宋振兵·惟中路衛輝大名兵寡·若暫時假息·乘隙出山·仍循故道·長驅剽刦·徐爲逃散之計·中也·若倚恃林輝濟源河內以西·壺關陽城陵川高平以東·地方險遠·栅爲家計·以圖久駐·下也·然此賊自揣不赦·必出其下·憑山谿之險·糾合土賊·招聚亡命·迫脅善良·則環百數十里之境·民畜錢穀·皆爲所有·時遣數十百騎劫掠·彰德衛輝懷慶三府·使我軍不得休息·錢糧日費·彼合而逸·我散而勞·將來未可猝定也·爲今之計·必須山西河南兩鎮官

軍協同宋振·表裏夾攻·使其寢食不遑·進退無所·不數日閒殄滅無遺矣·若但移文山西鎮巡官截殺·動調官軍關領軍器·往返動以月計·機會既失於因循·士氣亦沮於牽制·繼有後謀·難以濟事·

論宜允諸大臣辭免恩蔭疏　彭澤

近覩敕諭錄定策之功·封拜恩蔭多至五十三員·官爵太濫·今大學士楊廷和等懇辭之疏至四至五·尚書毛澄與太監蕭敬等具辭亦至於再·內楊廷和蔣冕毛紀·雖俱準辭伯爵改蔭指揮·費宏雖已準辭指揮改蔭千戶·俱經日久不敢拜受·而毛澄與蕭敬等屢蒙溫旨未見賜允·臣等竊見諸臣之疏皆出由衷·況節經言官論建·咸以為言·伏望皇上體念內外諸臣辭免之懇切·俯從科道等官論奏之頻仍·痛鍘錦衣衞所官員冒濫之積弊·將前項敕內有名·如大學士楊廷和等量加別項恩典·以為大臣忠誠之勸·其費宏毛澄以下分別等第·係文職者量蔭應

得文職·係內臣者量賜優賞·皇親已受封爵者·子孫弟姪俱不必襲受武職·並令世襲·其前項內臣中間如有當時同心協力平定禍難者·量蔭一官·止終本身·以旌勤勞·庶於朝廷崇德推恩之盛典·諸臣秉忠戒滿之本心·言官隨事納言之專職·咸兼盡而兩全矣·

論待歸正人疏　彭澤

比年北虜為患·俱因擄去邊民及負罪投入者·教以用兵節制·以故所向無前·今各邊走回人口在虜營住久·其於虜情動止·關隘險夷·及我邊人為彼鄉導者·無不熟知·乞敕各邊鎮巡官·凡有走回人口·如幼男婦女並虜去年淺者·量給衣糧護回原籍·其在虜日久·語曉虜情者·務加研審·若果忠實有才略·即留邊效用·厚加慰勞·以備咨訪·因而資為間諜·誘我漢人使漸逃歸·以孤虜勢·其無他技者·仍護還·若有留難需索者·加治不宥·庶來歸日眾·而虜情可得·戰守有賴·

論鎮守內臣換易疏　彭澤

頃者司禮監傳奉聖旨·敕諭馬監右監丞鄭斌鎮守廣西地方守備·倒馬關傳倫牛榮取回南京閑住·臣等竊謂中官出鎮·已為民害·至於數易·其害尤甚·夫楊金鄭斌安川行事廉靜與否·臣等雖不得豫知·但傳倫牛榮在鎮年久·所欲滿已·又榮嘗被劾·或知警畏·若新任者·飢虎之欲甚於飽虎·況交代之際·迎送供應·為害實多·今無故驟傳更替·此非各官夤緣鑽刺·焉有是乎·乞將楊金鄭斌安川拏送法司·明正其罪·仍將倫榮各加戒飭·再乞以後各處鎮守等項內臣·不得頻數傳奉更易·庶舊任者得安心辦事·未差者亦免奔競無恥之態

覆巡撫延綏都御史疏　彭澤

一嚴禁例以除宿獘今後各鎮守太監總參等官有犯役占科斂等事者太監取回宜照文職犯贓事例不許推用將官革任降級者挐問其奏帶撥置之人發極邊衞充軍一聯邊堡以壯軍勢請新安邊營分守參將並千戶所查帶原該兵馬仍於舊安邊營住劄於十字澗築城將把都永清二堡官軍移調操守於甎井築城將石澇新興二堡官軍移調操守於花馬池鹽池鎮城亦量增築添設守備官移調三山饒陽二堡官軍操守又營堡旁地膏腴千頃均給官軍聽其開種四五年後乃可徵租又於鎮城至波羅堡適中之地增築平夷舊城撥軍操守以遏

虜衝一止濫刑以重人命各將領於所轄官軍除臨陣退縮許用軍法外其餘有犯止用常刑其情罪稍重者行撫按參治如有酷用非刑致損人命者聽各該撫按糾舉論罪一明軍功以勸武勇凡各邊官軍功斬獲首級先行兵備官研審的確開載明白送巡撫再審奏報一面行巡按御史照例覆勘以候陞賞若兵備官審報不公坐以徇私罪名一減繁瑣以便節制請今後軍職有犯除徒流以上照舊奏請外其餘笞杖罪名乞照雲貴事例聽巡撫官照舊問治年終類奏以備查考一利器械以供戰陣請行四川廣西雲貴福建等處但有一應器械可以破虜殺賊如强弩紙甲神鎗藤牌等項俱照須式樣製造或撥委工匠及善於用使之人赴各邊演習

軍職貼黃　彭澤

舊例京外衞所軍職貼黃文册每年一造送部查考又軍職賢否在外聽撫按在京親軍等衞聽科道並本部主事等官府屬衞所從本府堂上官各訪實填註考語揭帖送部以憑斟酌推用夫錦衣衞官近侍之職尤須得人近楊玉錢甯輩招權納賄蠹政害人盎緣册籍莫稽優劣而去留不由廷議也今不嚴稽精覈獘必復滋乞命該衞將所屬審取各文祖從軍陞襲來歷開具貼黃文册如例造送仍行掌印官將各官賢否從公查註送部以備襲替推用有所查據

江防六事疏　彭澤

一專委任言新江口原設都御史管理而事多闒白守備參贊掣肘難行宜令小者專決大者會議庶使責成一明約束言新江口及九江揚州儀徵原設官軍守把聲勢聯絡今承平玩愒江洋劫掠了不相干宜各照所轄緝捕應援違者參究一實行伍言新江口官軍舍餘原額一萬一千六百餘名今役占老弱秏減過半請清查撥補以備操練其各衞所官舍旗軍立功者不得改回原衞一示激賞言官軍所以營求改差者憚其勞也恤其勞而優厚之則人勸宜查指揮等官勤能懋著者超起擢用軍士賞賜布疋全與本色優免二丁幫貼軍裝增修窩鋪計

處月試賞犒之費一處船隻言江船原額三百四十多不堪用戰船闊大不利風湨宜令南京兵工二部會同操江驗看修補一時操練言新江口專習水戰宜將各船官軍編定不許差使更換召募習水者百十名分教各船有風則習巡哨小船無風則習大船庶人船相得緩急有賴

議大禮疏　何孟春

臣閱邸報見進士屈儒奏中請尊聖父爲皇叔考興獻大王聖母爲皇叔母興獻大王妃得旨下部知猶未奉俞命也臣惟前世帝王自旁支入奉大統推尊本生得失之迹具載史冊漢宣帝不敢加號於史皇孫光武不敢加號於南頓君晉元帝不敢加號於恭王抑情守禮宋司馬光所謂當時歸美後世頌聖者也哀安桓靈乃追尊其父祖犯義侵禮司馬光所謂取譏當時見非後世者也儀禮喪服爲人後者傳曰何以三年也受重者必以尊服服之爲人後者爲其父母報傳曰何以期也不二斬也重大宗者降其小宗也夫父母天下莫隆焉至繼大宗則殺

其服而移於所後之親蓋名之不可以二也爲人後者爲之子不敢復顧私親聖人制禮尊無二上若恭敬之心分於彼則不得專於此故也今者廷臣詳議事猶未決豈非皇叔考之稱有未當者乎抑臣愚亦不能無疑禮有世父母叔父母之文而無世叔考世叔妣之說今欲稱興獻王爲皇叔考古典何據宋英宗時有請加濮王皇伯考者宋敏求力斥其謬然則皇叔考之稱其可加於興獻王乎既不稱皇叔考必且稱皇叔父於義亦未安也經書稱伯父叔父皆生時之稱及其既沒未有稱伯叔父者然則皇叔父之稱其可復加先朝已謚之親王乎臣伏覩前詔陛下稱先皇帝爲皇兄誠於獻王稱皇叔如宋王珪司馬

光所云亦已愜矣。而議者或不然何也。天下者太祖之天下也。自太祖傳至孝宗。孝宗傳先皇帝。特簡陛下。授之大業。獻王雖陛下天性至親。然而所以光臨九重。富有四海。子子孫孫萬世南面者。皆先皇帝之德。孝宗之所詒也。臣故願以漢宣光武晉元三帝爲法。若非古之名不正之號。非臣所願於陛下也。

請誅劉瑾疏

謝詡

臣惟五刑所以奉天討。遏惡所以順休命。此古昔帝王治天下之大經大法也。竊照見監劉瑾。本以奸邪。誤蒙簡用。置之重地。託以心腹。顧乃專權自恣。惟務朦蔽。家藏甲兵。將謀不軌。窮聚斂以毒天下之民。峻刑罰以鉗天下之口。變亂成憲。公行賄賂。使天下裹足屛息。敢怒而不敢言。近該御用太監張永歸自甯夏。備將本犯罪狀。實瀆上陳。荷蒙皇上明竝日月。斷自乾剛。赫然斯怒。去邪不疑。已將本犯下獄。中外臣民。踴躍稱快。所據本犯罪惡滔天。不能盡數。姑舉其重者大者。開具於後。伏望皇上大張天討。卽加誅戮。庶有以慰宗祖在天之靈。泄天下民臣之憤。

請設兵憲疏　謝訥

惟天下之釁皆起於微．而銷天下之變貴圖於蚤．臣原籍衡州府耒陽縣人．與郴桂一帶俱在湖廣南陬．接境廣東連州乳源樂昌仁化等處．深山大谷．爲逋逃淵藪．爲盜賊巢穴．草竊奸宄乃其性也．先該巡撫衙門具奏添設副使一員．擬爲衡永兵備以致各官取便．遂於衡州府城住劄．每遇有警．雖緩不及事．而盜賊出沒．猶知畏憚．不似今日之猖獗也．後因副使某貪殘害人．該監察御史何天衢奏行裁革．邇年以來．盜賊全無忌憚．大則攻劫縣治．小則剽掠鄉邨．以故都御史王綸奏調土漢官軍征勦．奈何賊勢方窘．我師遂班．巢穴未經掃蕩．渠魁亦未授首．

良由某親喪．既聞懷歸甚切．而藩臣之在軍旅間者．又從而附會以贊其決也．燕喜甫聞．聲息沓至．不但若罔聞知．而又嚴刑以鉗其口．夫興師動衆．所費不貲．然竟不能成廓清之功．綸之死殆天伏其辜也．自是而後．賊之醜類．凶燄日熾．千萬成羣．公行無忌．殺人放火．率以爲常．藍山臨武．連遭荼毒．甯遠鄢縣．俱被戕殘．正德六年八月十四日．各賊前到耒陽縣．攻劫縣治．殺害人民客商等約有二百餘人．溺水擄去者不可勝計．分巡衙門雖曾調遣府衛官員領兵援救．然逗遛不進．畏賊如虎．賞罰不行．殆同兒戲．大抵事無專任故也．近該巡按湖廣監察御史張璉奏欲復設御史一員．整飭兵備．兵部又行巡撫衙門查勘．且民之待救．如在水火．而移文往還．動以年歲．失今復不早爲之處．臣恐賊之勢益橫．而荼毒之民益苦．轉相誘脅．或至蔓滋．縱後撲滅．費力亦多矣．伏望皇上軫念地方之盜賊盈野．生靈之肝腦塗地．灼先事之幾．爲早圖之計．敕吏兵二部推選素有材幹練達軍旅年資相應．擬授整飭郴桂兵備憲職．查照各處兵備行事．賜之璽書．著令於郴州住劄．無事則練軍務．修武備．倡勇敢．守要害．黜貪旌廉．以保障地方．有警則從事．敏應變．速嚴號令．信賞罰．相機決策．而直擣巢穴．如有不用命者．許以軍法從事．廣東連州等縣賊巢去處．例山東憲臣在徐州整飭兵備．地方悉聽節制．儻或失事．則國法具存．不少假借．如此則職

有專任．折禍本於將萌．銷變故於未發．而事功可成．用力亦易矣．

請回鑾疏　　甯　欽

題爲力寢西幸以安地方事臣正德十三年六月十二日據山西布政司經歷司呈爲欽奉事奉使司劄付今年六月初五日鈔蒙欽差鎭守山西地方兼提督雁門等關印綬監太監吳經案驗本年六月初四日該錦衣衛冠帶舍人吳玘齎捧司禮監揭帖內開本年五月十四日本監太監蕭敬等於武英殿傳奉聖旨恁司禮監寫帖子去說與山西鎭巡竝三司等官太監吳經等知道今著你每公同措辦合用一應錢糧物件竝多打造過河船隻務要寬平深倉一渡不下三五千人馬二三時中可渡萬數儻或窄小不多未免遲誤軍務其軍中糧料草束多行

預備一應臨時之用本地方官軍人馬不時操習專待有警聽調及織造各色改機等紬絨氈等件不許糙毛稀鬆務要如法其餘各項事情便都上緊處置毋得稽遲怠誤如違責有所歸欽此欽遵本監今將奉到欽依事理備文前去山西鎭巡竝三司等官太監吳經等欽遵施行等因奉此擬合通行爲此仰布政司鈔案回司著落當該官吏卽行淸軍監察御史一體欽遵施行等因奉此臣竊聞昔者太宗文皇帝北幸北征先詔諭天下諸司及各處鎭守總兵官知會祭告天地社稷太廟又冊立皇太子皇太孫南北兩京監國凡在京文武衙門遇有內外軍機及王府切要事務悉奏請處分仍奏聞行在所凡遇享大廟

祭社稷等神敕皇太子攝祭是故朝廷有攝政之主行在無內顧之憂人心以繫宗社以安此蓋出於不得已者而非無事慢行今陛下行幸山陜地方誠爲事出無名臣捧誦之餘非特臣等愕然驚惶落魄而軍民男女老少聞之無不恟恟焉者且臣奉命淸戎於此民情土俗備訪周知姑以民言之地瘠民窮賦役繁重節年逋稅動計百萬天下疲困莫甚於此以軍言之地切邊關輪番守備壯者差操弱者守城各該衛所名位多是空缺以錢糧言之流賊屢寇邊關缺食節經那借接濟而司府倉庫悉爲空虛以道路言之羊腸千里懸巖百尺人從地竇中往來正古人謂車不得方軌騎不得成列者是也至於黃河波涌

如沸水急如箭深不可測險不可濟中國恃此以杜外釁今欲多造船隻二三時中可渡萬數此非特決不可爲抑或啟釁而貽他日之禍也陛下於此獨不思周昭王巡狩返於漢濟而遭溺舟之禍乎陛下何爲者哉而亟幸此地方以冒此險也臣伏讀皇明祖訓曰凡每歲自春至秋此數月猶當深憂憂常在心則民安國固蓋所憂者惟望風雨以時田禾豐稔使民得遂其生如風雨不時則民不聊生盜賊竊發豪傑或乘隙而起國勢危矣欽此今陛下當此時節四方水旱相仍災異疊見正當宸居九重深憂以望時和年豐安民固國可也夫何無事慢遊以厲地方也邪又祖訓曰凡古帝王以天下爲憂者惟創業之君

中興之主其守成賢君能之其尋常之君將以天下爲樂則亾國自此始何也帝王得國之初天必授以有德者若守成之君常存敬畏以法祖宗憂天下爲心則能永受天之眷顧若生怠慢禍必加焉可不畏哉欽此今陛下爲守成之主當此疲病之時正當法祖敬宗不以天下爲樂而以天下爲憂正位凝命以修聖德以膺天眷可也顧乃淫於遊畋肆無敬畏如此則禍或不測也臣爲此竊爲寒心者屢矣又祖訓曰凡帝王居安常懷警備日夜時刻不敢怠慢則身不被人所窺國必不失若恃安忘備則姦人得計身國不可保矣欽此今陛下春秋鼎盛前星未耀儲位尚虛內無監國者以繫屬人心顧乃恃安忘備遊幸

無度出入無時而漫無內顧之心已爲痛慮茲又欲孤身長驅萬里臣恐聖躬爲姦人所窺而或變生肘腋是非特兩宮孤處深宮拭淚悵悵而已而九廟在天亦未必不爲震驚而痛哭也又況太皇太后大事未舉小祥未及餘哀未釋陛下以孝治天下而顧若是歟夫臣於此蓋有以仰窺聖心之微矣夫陛下以爲臣民在下恆謂南海子不可幸然幸遊數次無虞也恆謂宣府不可幸然幸居數月無虞也恆謂密雲等處不可幸然幸觀殆遍無虞也雖然臣愚以爲昔之所幸者近今之所幸者遠近則可以遄往遄復況上賴兩宮鎭定之福內賴中貴防衞之嚴外賴文武大臣百官協心保護之周大抵固無虞也抑或偶爾

倖爾茲以孤立當萬乘之尊又欲單騎幸萬里之遠往返動經半載一年非但慮禍或起於蕭牆又恐四方或有睥睨神器者乘隙而起或距要津或扼咽喉雖祖宗在天之靈默加護庇國家平日畜養人心固結斷不可奪而金甌或可幸無事然天下自此多事矣臣等萬死固不足恤其如天下蒼生何陛下於此獨不思夏之太康一犯祖訓禽荒之戒而竟以失國者乎夫今祖訓昭然若在面語陛下漫不庸心而所以亟欲巡幸焉者臣又有以仰窺其微矣蓋天下之事其本在於一人而一人之身其主在於一心故人主之心正則事莫不正否則放心邪氣皆得以溺焉而不知返是故孟子曰人有雞犬放則知求之有放

心而不知求者然則陛下於此當何如孟子又曰存其心養其性所以事天也夫事天則敬天敬天則法祖法祖則天命永凝而天祿永終伏望皇上上體祖宗神器之重下恤地方軍民之苦俯納臣芻蕘之言擴離照以燭未萌之禍奮乾剛以寢西幸之旨御經筵講學以正此心臨朝聽政以嚴此心又寵御雞鳴之聖后卷耳之賢妃警戒相成以養此心則此心將自斂於一掬而萬僞千邪自不可誘是即敬天法祖克承天命克享天祿於悠久矣夫然則豈特山陝地方軍民安堵及臣等幸甚而已而天下幸甚祖宗幸甚

奏置倉田疏　龍誥

直隸廬州府知府今陞四川按察司副使臣龍誥謹奏爲廣儲蓄以裨荒政事臣竊惟救荒之政本無上策備荒之素方有全功與其勞心焦思捍災於已然孰若長顧卻慮防患於未然成周都鄙委積之政尚矣此外惟常平義倉社倉之法爲可行耳世之從事者孰不知其爲必可行耶但以土木之役怨讟所歸錢穀之司嫌疑攸係其間固有畏謗而不敢行亦有憚勞而不肎行又或有陞遷事故歷任未久而不暇卽行此諸法之所以不行也今本府所屬八州縣地方雖廣田土磽薄東南無爲廬巢鄰於水多圩田西北六舒英霍依於山多岡田合肥附郭界

於山水之閒而岡圩之田相半故雨小則岡田易於旱雨多則圩田苦於淹比之七屬尤爲困苦每遇災傷申呈上司請乞賑濟文移往來動經旬月及至批允方下餓死已多未免緩不及事況府城縱有該縣預備一倉儲積有限仰給無窮及至放支日久守候入糶未免得不償費因念當今之時誠使古人常平義倉社倉諸法素行縱遇災傷未必至此極也且查得前代備荒之法漢人常平倉穀賤增價而糴使不病民唐之義倉立於州縣王公以下墾田一畝稅六升至宋則於夏秋正稅之外每二斛納一斗後有增至石收一斗又崇安社倉立於鄉社用官米爲本賑貸貧民每石收息二斗小歉則蠲其息之半大歉則盡蠲之若年久米多則將原本還官存留息米斂散石收耗米二升此皆法之善者也臣欲酌古準今法常平以相時糴糶法義倉以置田增租法社倉以從宜斂散將以立經常可久之規爲備禦不虞之計先臣遵奉合干上司明文修舉各項廢墜頗有次第及於嘉靖二年三月內朝覲回任思欲舉行前事稟請撫按衙門俱蒙準擬遵依查得該縣民壯先已照例俱送廬州衛教場會操遺下舊民教場一所坐落小東門內切近城稍便搬運相應增蓋倉廒以廣儲積臣夙夜憂思多方籌畫因量情措處吏農竝勸諭尚義富戶等銀竝發該縣收貯附簿立卷明白銷算其情重律輕或有力應贖輕則搬運土木重則措辦木

料本府止是委官監督凡其出納竝不經手合用人工俱是銀米僱覓實欲假此稍濟貧民是雖備荒之圖實寓救荒之意其於所屬州縣竝未嘗擅役一夫擅科一錢亦不與本府官庫錢糧毫髮相干然倉必有所儲則備荒非有名而無實儲必有所繼則立法非有始而無終於是措處銀兩以爲糴本置買田畝以增租利糴則因穀之貴賤而低昂其值租則量畝之肥瘠而輕重其入與夫城濠城壩之魚價官房官店之賃錢逐年積累逐項查收久當益充施乃不匱於是酌量豐歉與時偕行時而糴以絕豪商坐索高價之計時而貸以塞富民勒收重息之謀如遇重大災傷固當盡發所有普濟時艱然須少存十之二三

用爲儲之母本務俾此倉此糧命脈不絕其各項雜糧及蔬菜種子遇賤亦兼收竝蓄遇貴則減價利民區畫多方庶幾少補又恐時移人易法久弊生必須置立循環文簿年終倒換稽查務使出納惟允奸弊不滋嘉靖三年四月內臣將築完本倉牆垣蓋過厫數竝買到田畝用過價銀及計處條件緣由先行申報蒙巡撫鳳陽等處地方都察院右副都御史胡批稱看得知府龍誥所立倉田經制有常而積必不匱區處有方而下必不擾誠有司之良古人之意也仰速如擬施行又蒙巡按直隸監察御史劉批稱據呈看得該府建立義倉置買義田足見本官稽古養民爲政務本之意且各款事宜又計慮周詳設法停當

可垂久遠俱依擬行臣又遵依將本倉東西北三向厫房以漸起造本年七月十五日奉巡撫都御史胡劄付爲嚴飭預備倉糧以防歉歲事準戶部咨內開各該撫按官員嚴行所屬府州縣著落掌印正官照依先年奏行事例逐一查處預備倉廒坍塌者另行起蓋損壞者量加修葺自嘉靖三年爲始務要多方區畫設法措置凡於上司及本衙門逐日問過詞訟贓罰紙價及稅契給領等項一應無礙官錢俱令盡數糴穀或雜糧上倉收貯仍以里分多寡爲率務在充足原數管糧官監收殷實戶領糴僉撥斗級看守委官查盤俱要著實舉行如遇地方水旱度知歲事歉收不必檢勘先申合干上司就將此糧賑貸然後

次第奏聞造冊備照待豐年抵斗還官等因題奉欽依特敕都御史胡轉行到府誠有以仰見我皇上仁民愛物思患預防恩至渥也生靈何幸臣欽遵查得自正德十六年四月初一日到任以來設法嚴督所屬無爲合肥等八州縣隨宜區畫糴買處措見在各該預備倉貯通共一十九萬九百餘石矣今仍通行各屬竝廬六二衛查勘各倉如有坍塌損壞或應另蓋量修俱令著實舉行措積外緣臣所立新倉惟在預備舊額之外然於新奉敕諭事例蓋倉厫以廣儲蓄遇歉賑貸之意亦正相合行間備由呈稟巡按直隸監察御史李蒙批據呈足見知府誥留心民事深爲可嘉但要審度時勢相宜方爲經久之計仰候按

諒酌處隨蒙按臨詣倉驗看規制采訪輿情議擬開臣因稽首記誦嘉靖二年正月二十八日應朝事畢欽奉敕諭有云上下勸率慕爲循良毋飾虛僞之名務盡撫綏之實使羣黎百姓安於田里而無歎息愁恨之聲薰爲太和底於皡熙斯稱朕奉天惠民之意欽此欽遵本官卽仰天歎曰大哉王言眞萬世保民之主也敢不祗奉遂摘用惠民二字示令本府上請以爲倉名士民咸悅本府又將所議條件開呈本院蒙批依擬及蒙巡撫右都御史李按臨淮安臣又備由具揭帖稟知竝依蒙將本倉前後房屋通共百有六間俱各蓋完器皿什物等件亦置辦齊備及思備價買到竝先經查出絕民地田共八萬千一百七十

九畝五分一豪，其所買田地，蓋因去歲民遭凶荒，急欲賣田救
命，緣無買主，勢將流亾。臣竊慮人心惶駭，田地荒蕪，只得照依
豐年時價給與一色官銀，俾得實用以延彼朝夕不保之命。且
如一人有田百畝，盡欲告賣本府，止買二三十畝，餘皆存留，使
無失業，仍借給牛種，就令賣主並原估之人領種納租，民頗稱
便。臣既屢差有行耆民人等預立界址，封堆爲記，仍呈巡按衙
門批委無爲州同知魏光嗣督同該縣主簿尹顯正等分頭踏
勘明白，造冊畫圖在官存照。其所買田內，一應糧草，將本倉之
名爲戶，遇大造之年推收扣租輸官，更不累民。計自建倉至今
收過田租並賑貸還倉糴買勸處贓罰正耗稻，共一萬二千三

百八十八石二斗二升，已委知州等官歐陽德等查盤明白，貯
倉聽賑。臣又思得宋儒朱熹行社倉法，當時曾下其法於諸州，
臣今所擬議者未必便可通行，然行之廬州一府，亦頗合於人
情，宜於土俗。候今歲收成之後，奏乞行令所屬無爲、舒城等七
州縣俱要倣此通行。開偶於嘉靖四年三月初十日蒙吏部差
人順齎文憑到府，仰荷聖恩陞臣四川按察司副使，寵生望外，
慚與懼並。夫去其位者不謀其政，然啟其端者宜竟其功。今臣
舉事弗終，憂民徒切，倉田之規模雖已纚布，中間之條理尚欠
精詳。此臣所以惓惓有望於後賢，而尤仰賴我皇上誠德以始
終成全之也。況臣立倉初意，蓋取常平、義倉、社倉之義以行賑
糴賑貸賑濟之法，率百姓愚冥，惟以臣蒙惠爲善，遂自呼倉曰
義倉，呼田曰義田，復蒙撫按衙門批示，亦遂因之。繼而巡按御
史李摘用敕諭惠民二字爲名，但倉田本一時之權宜，而可爲
兵荒不虞之備，事宜出一得之愚慮，而欲爲八屬永遠可常之
規，未經奏請，俱未敢擅。疏上，蒙乞敕戶部從長計議，如果於民
有益，經久可行，合將倉名事宜伏望聖裁欽定，惟復準照巡按
御史李摘用惠民二字，及臣所議，均乞明旨示下本府，將事宜
各件轉行各屬，永爲遵守。若臣所處未當，亦乞斟酌取自裁定。
如此，非愚臣之幸，誠廬郡生民永賴無疆矣。

奏折馬價疏　　　龍誥

直隸廬州府知府龍誥奏爲懇乞天恩俯從折徵馬價以存活災民事據所屬合肥縣申稱郡長李會生等稟呈本縣連年災傷餓病死者大半幸蒙朝廷出內帑分糧米多方設法賑濟又將一應稅糧科派停免如嘉靖二年以來備用馬匹俱各準徵折色民得少安卽令本縣奉南京太僕寺明文出給告示要將今年本色徵馬折色徵銀切思在官種馬倒死數多在民私畜變賣殆盡且本地方又不係產馬之處近因凶荒人家騎坐蹇驢便爲上等牲口今欲徵解本色未免四出買補馬價高貴出辦愈難若追併太嚴各該貧民又復逃竄不但本色難完而折

色亦無從徵收矣若不告乞上請分豁深爲未便等因到縣具申到府及據無爲舒城等州縣亦申相同臣切照所屬州縣有田人戶額係實徵者納糧係免徵者養馬而養馬之家遇倒死則朋出價銀買補如割膏脂遇孳生則費盡心力餵養如保嬰孺然其所謂買補而孳生者自前至今曾未聞有一馬一駒堪以解俵而供國用其故何哉蓋自古良馬多產燕冀本府地界僻處淮西水土卑溼不產好馬其種馬孳生者若非細頸或是薄蹄以致慣家馬販前去河南等處收買回家倍用藥餌草料調養肥壯羣長馬戶比併緊急只得任其增價每匹索銀二十五六兩至三十餘兩者若官府今年禁革則明年無賣鄉民旣不能外處收買又不識馬美惡徒勞比較公事難完其所買馬匹又因地方水草不調馬戶飼養無法或在家倒失或中途瘐死及至到京交俵不過就彼變買每匹止得價銀四五兩仍又另行借銀買俵有一馬連草料盤纏等項累銀至四五十兩者百姓近來消乏官吏常被參提馬政漸墮率皆由此嘉靖元年蒙兵部題準事例內開南直隸解到本色馬匹身量矮小不堪充軍用每馬一匹折銀二十兩折色每匹一十八兩此法一行民皆歡騰稱便由是困苦少蘇完納亦易嘉靖二年分馬匹又蒙太僕寺少卿劉麟題稱南直隸兵興水患地方靡甯況種馬新買騾駒未成本色尤爲難辦若欲令其買運必多矮小瘦弱

虛費財力不堪充用乞須照前俱徵銀兩再準一年蒙兵部題奉欽依劄付到府轉令各屬通徵折色小民何幸但前項明文又稱不爲常例而新奉故牒仍要派徵本色文移督幷非敢不遵緣本府實非出產良馬地方而積年委係朋價買馬解俵是其解俵者竝不出於孳生孳養者實無補於解俵所以小民日窮一日宿弊年復一年習爲常規積爲大蠹徒損於民無益於國誠可爲長太息者也方今西北多事邸報日傳正緊急調用兵馬之際凡有耳目者皆所聞見臣蒙國恩叨膺重寄儻力能齏粉此虜縱捐軀授命亦分所當然乃若本府應出馬匹又復不能給其供應前項苦情殆非臣之所敢言也奈連年以來天

下災傷莫踰於江北狼狽莫踰於廬州十室九空逃亾過半雖加以十倍撫綏十年生息尚不足以補復其半今以催徵本色馬匹因而驚疑被災人民俾旣逃者去而不來復業者來而復去有關地方又非微臣之所忍言者也況事宜審勢政在便民苟勢有難行民有弗便忠愛所激譴斥敢辭則又有不容已於言者矣如蒙準將見派本色馬五百九十九匹亦照前折銀各二十兩完解部寺轉發產馬地方買補則其馬之高大膘壯視淮馬必勝數倍是在民固可省煩費而在官又可獲實用豈不一舉而兩得哉伏望皇上憫念災傷之慘普施曠蕩之恩乞敕兵部竝太僕寺將本府今年備用本色馬匹照依上年事例準

令折色銀完解庶地方不貽重困殘民不至流移而戎馬調發之需或亦緩急可以少濟其萬一矣

乞休請代疏　龍誥

奏爲不德召災乞休請代以保地方事臣忝茲重寄夙夜憂惶誓欲圖報天恩惟在勤恤民隱奈何才不逮志事與願違上德壅而未宣下情蔽而未達利非不興也所興者曾不足以召和害非不除也所除者曾不足以弭變形神徒憊治效未臻切見所屬州縣地方去歲一冬無雪今年春夏無雨風霾屢作田地久枯五穀無秋三農失望加之巢湖乾斷商販不通流離奔竄餓莩盈途覩此悽慘痛可哀憐除備由申呈撫按衙門給糧賑恤且捐俸倡率僚屬設粥暫濟及委官踏勘災傷分數明白另案奏請分豁錢糧外凡此災歉安敢委之於氣數之偶然實臣

不德不職之所感召也臣聞古之循吏蝗不入境虎北渡河旱不爲災祟不爲厲臣自到郡以來治民事神未嘗敢有一念不誠一時少懈然而年不順成民不堪命閭閻疲困一至於此夫人臣之體國當如賢子之克家今受一方之託尙厪九重南顧之憂歷三載之艱曾無一度西成之望仰覩古人治行莫能企其萬一若不乞休請代臣亦何顏居其位以臨其民哉矧盜賊決發於飢寒撫綏必資於錢穀本府倉庫在在空虛各屬兇頑紛紛劫奪是目前之計固所深憂而意外之虞尤宜先備切念臣生平報國之心雖捐軀而不悔其臨時應變之策實束手而無爲人豈不自知耶昔人有言陳力就列不能者止臣既知官

守無狀因以召今日之災若復戀祿不去則未免貽他日之患伏望皇上軫念地方早爲計處憐憫衰病俯賜投閒乞敕吏部另選年力强壯才識老成謀猷宏遠者以代臣則救荒之政弭盜之方能一一修舉而地方可保無虞矣

請改官以便迎養疏

張治

近因兵部主事霍韜奏稱兩京堂上正官及翰林臺諫官履任半年各於舉人歲貢府縣藩臬內薦舉一人自代者臣聞知人之事聖哲所難蓋天下之人心不同觀其外者不能信其中之不蠹徇其華者不能揆其實之必孚故聽其言焉則奸言似忠亂德躁言似辨亂眞夸言似大亂度邪言似直亂政是以巧言鮮仁而利口惡其覆邦也求其迹焉則尙浮薄者似精銳喜更張者似有爲斤斤似明喋喋似智術疏者似宏大行矯者似廉退是以清談禍晉而新法適足以亂宋也欲考之於博訪與則人類不一愛憎殊情君子以愛才爲心小人以傷善爲利愛而引之則近黨傷而沮之則似公近黨則不辨而遽疑似公則不覈而先信是以大道每陷於橫議而良才常戹於中傷也欲稽之以全德與則天之生物不齊輪桷異材駑驥殊品曲成則品物不遺求備則觸類皆棄是以夷惠之聖猶爲一偏稷契之才亦專一職才難之歎從古爲然也故孔子曰視其所以觀其所由察其所安孟子曰國君進賢如不得已夫由視而觀而察則知人非朝夕所可能賢必求之左右求之諸大夫求之國人則用人非一己所得私也況夫育材之道必假之積久而變化之機惟存乎舉錯故堯之於舜猶歷試諸艱臣不敢輕舉以自墮於不智也然臣雖愚於知人而實明於自知緣臣本以章句腐

辭階職以就親封疏　張　治

臣伏讀詔書內一款，兩京文武官員未及三年考滿，但到任歷俸一年之上無過者，俱與應得誥敕封贈父母，欽此。臣由正德十六年進士改翰林院庶吉士，嘉靖五年授本院編修，六年正月內奉敕纂修大典，七年六月書成，陞左春坊左贊善，今照前例以編修則歷俸二年，父母可得推封，以今職則拜官兩月，似與詔例不合。臣竊惟人君之孝，以錫類爲大，人子之心，以顯親爲榮。臣家世素貧，幼而知學，父母傭績以供衣食，劬瘁百苶，致有今日，臣父不幸不逮養者已十有三年，然九原之下待此瞑目。臣所以思報劬勞於無窮，以少慰終天之恨者，亦惟此耳。臣母在堂，年逾八十，風燭之期，歲月是懼，臣所以思致愉婉於無已，少舒愛日之誠者，亦惟此耳。仰惟皇上仁孝之化，洽於天下，浩蕩之恩，覃及四海，臣愚無似，儲之詞林，列之侍從，今且數載，執勤史館，效事編摩，亦有寸勞，既不敢上覬殊典，如黃館之輩，又不得下援恩賚，如庶官之列，徒以陞秩所限，遂使父母不得均被天寵，幽明之中，有遺恨焉。區區人子之心，尚可以一日自安於祿位也耶。昔趙槩會郊祀當進階封，乞以封母史冊書之，臣愚不足附於先賢，而愛親之誠，根於民彝，初無今古之異。伏望皇上下憫臣微衷，容臣辭免陞職，仍令以舊官供事，俾臣父母得階一命之榮，則臣受賜實逾九錫之重矣。

儒謬叨科甲，庸譾之才，未足鞭策，而又不通世務，與時齟齬，無班馬之長，濫竽史館，乏鄒枚之技，空厠詞林，瓦礫不可以爲圭璋，樗櫟不可以爲梁棟，循省生懼，訟愧弗遑，此臣所以夙夜汲汲，思去其位也。況臣家世貧寒，幼稍知學，父傭母績，以供衣食，及至成立，而父不逮養，終天之痛，更何可言。獨幸有母，然以八十之齡，遠離萬里之外，悲來日之無多，嘅甘旨之莫繼，人子之情，其曷能已。夫非其才而冒位，以孤負於君者，非忠也，竊其祿以自養，而不及於親者，非孝也。伏望皇上敕下吏部，將臣量改一職，使臣得以隨尺寸之能，而效駑駘之力，便升斗之祿，以伸烏鳥之私，臣子大閑，儻致弗悖，則臣之幸當何如哉。抑臣聞之，君子之仕也，行其義也，入而論思，出而經濟，或遠或近，或崇或卑，位雖不同，歸事於道而已矣。故仁者不擇地而安，忠者不擇事而事，道苟可行，則乘田委吏，不爲約，道苟不行，則高官大爵不爲豐，若徒計輕重於內外，崇下之閒，則凡喜內而惡外，愛崇而憎下者，將巧於進取，無所不至矣。斯小人好利之見也。故以道爲訓，則士心正而王化成，以利爲計，則邪慝作而道理失，道與利之分，治與亂之由也。臣雖不肖，然嘗讀書窮理，義利之途，頗能知之，亦安敢容心於擇取之便，以自棄於道義之外，負國家作養之恩哉。伏惟聖明察臣之愚，而俯從所言，則陛下用人之公益昭，而孝治之化益廣矣。

再辭陞職以就親封疏　張　治

臣謬以纂修微勞躐陞前職第爲拜官未久父母不得隨例封贈烏鳥私情已經具疏上陳蒙勅該部至今未見覆請豈以爵賞爲朝廷所命未可輕變抑以臣爲有所沽激而然邪臣竊惟爵賞者人君所以勸天下於忠也推恩者人君所以教天下於孝也臣子所處不同其情各有所重有不得而兼焉者臣父母平生貧苦居無完室體無完衣臣知向學傭績以資供億其所以成臣之身至艱也及臣叨有祿位父不逮養終天之恨已無可言母年八十有一尺寸之晷又不可期斯則臣所思致微誠於二親者葢不容一日緩者也幸惟皇上廣錫類之孝以及天

下臣自謂千載一時之遭遇乃復爲陞職所限遂使人子之情鬱而莫伸幽明之中悵望如故則臣所以汲汲然乞辭至於再三者豈得已哉況臣之陞職以大典成也皇上之推恩以大禮成也臣嘗從事編摩之後得觀大禮顛末仰窺聖孝純至感化興起宜莫如臣今乃獨冒官爵之榮至忘二親之重自棄於孝治之外得罪聖明莫此爲甚皇上尚忍成之邪且臣年未卽死犬馬之力尚可勉圖而臣母垂盡之年萬有不逮何以自贖後雖有重命累錫之榮終爲虛設已矣伏望皇上憫臣所懇特敕吏部容臣辭免陞秩仍令以舊官供事俾臣父母得以隨例封贈則臣之感戴天恩實萬倍於恆情矣

經略邊務以圖久安長治疏　李　棠

近該總督宣大王崇古題稽古酌議北虜乞封通貢緣由條列八事該兵部題奉欽依刊刻成冊分送應議諸臣會議重覈斟酌詳議上請奉聖旨這事情你們既酌處停當都依擬行還著王崇古悉心經畫務要穩妥仍督率鎭巡等官比常倍加防守毋得因而懈弛以致疏虞欽此臣有以仰見陛下制禦夷狄之道安不忘危之心所以責成任事重臣而叮嚀之者至矣崇古復何所辭敢不竭心殫智以求無負陛下委任之重乎夫已成之勢易圖而未然之情難覩故不敢苟安於目前而必思豫防之事後事無常形而必使在我有常勝之勢所恃者以有備耳

難成者機也易失者時也乘其機及其時急爲之備經略不可緩矣經略既定臂指隨使恩可施威可加羈縻可久可撫可拒可戰可守執其樞而應之無不可者不然曝肉以飼鷹空拳以搏虎恩流於納幣威由於搆怨而曰任事曰久任其誤事豈小小哉今有隱憂者不在奄荅夷酋之多詐而在板升生齒之日蕃不謂其將來之爲患而深患板升之未歸今日之舉非盟非和叛服難料不可恃也就其事情事勢處之耳若以爲卽可相安於無事之天不敢保也若非乘時及機急求其可恃大爲整頓有以待之爲可久之圖則經畫未必其穩安防守未免於疏虞適以墮詐謀而滋禍端矣臣不避嫌謹議其急於經略者有

六爲陛下陳之一曰修邊古稱天子有道守在四夷王公設險以守其國故增兵莫若增險國初設大甯城於山後設東勝城於三降城之東東直抵於遼陽西直抵於甘肅東西聯絡列鎮屯戍通爲一邊山川限隔虜人不敢跨山踰河而南牧雖時侵擾亦易以禦中國之人亦不敢逃虜去亦卽思歸以無可以生也日後棄大甯而守東勝宣遼之勢始分又失東勝而河套之虜始入又失河套而形勢弱矣然猶賴都御史余子俊秦紘楊一清王瓊馬文升劉大夏等經略諸臣修築崖牆深廣壕塹審擇要害增減墩堡置敵臺謹斥堠有外邊之險有內邊之險來亦可拒也逃亦可復也因循極壞於嚴嵩父子二十餘年間

權門一開用匪其人撫臣日望遷轉將領惟知饋賂內外之險不備牆塹之迹徒存虜騎得以縱橫東西任其出入生靈極其慘毒財物悉歸氊幙日惟媚虜通虜之術是用可忍言哉今復苟延歲月偷安自保虜氣日驕板升日衆以中國之人爲虜之用日移日棄愈退愈近不知將來所失又何如也爲臣者受恩深重忍漫然目覩而心安乎陛下甯忍坐待其困斃而不知救乎修邊以設險求其遺迹而變通之其議不容已矣　一曰足兵夫城堡堅要害固斥堠謹則來可禦去可守而屯戍卒伍豈可少哉國初沿邊戍守各有定數有操兵有調兵兵非不足也傷殘於搶殺戰歿之多流移於飢餓刑役之苦有其名不足其

數實其數不足其用練習未豫而優恤之恩寡也故練兵必先實兵實兵必須息兵方可揀擇强壯稽查逃倩嚴以閑私役土著之民查照先年李綱余子俊王瓊楊一清戴全等題行事例審而行之而後軍伍可充戍守有具及今修邊開屯一應役使之人悉於召募內選領用工工完卽罷不復爲例其原設屯戍操調軍伍悉仍舊差而愛養之萬勿役使並那減糧食致生怨尤今旣禁止搗巢趕馬媚虜私易而將官家丁又不得冒功陞賞則必藉此鼓惑以起事端工未就而內變作如之何其可也以召募輪番用工以原額選揀習技乃爲可恃所謂效死勿去地利不如人和勇敢之氣自倡率作之功可期此足兵之議不

容已矣　一曰足食古者寓兵於農食足而後兵可用也養軍之費不以煩官則用自裕軍之自養悉出於田則家自給今各邊地土皆古之邊郡也趙充國以全取勝先陳屯田之利國家有屯政之官故有屯軍有操軍有守城軍有調遣軍率四人食一人焉其制固存也今或以荒蕪或以典賣或以占種而屯田之法壞矣邊地雖未必皆可墾而可墾者必多以其可墾者以召募之官給其貧民盡其力或令軍民自種無事則耕有警則守清查其畝額而量徵科稅就近轉輸爲力則易乃查照先年劉大夏楊一清等開種召納事例便宜行事務使蓄積有餘邊儲不匱不惟糧食足而內帑可省軍民樂於有養而逃移亦少

此足食之議也　一曰理財國之大計財用為急今欲修邊則有用工之費足兵則有召募之費足食則有屯墾之費在虜則又有入貢之費有撫賞之費有補市之費必皆支動於官而不可取辦於軍仰給於內而未能遽行於外則戶工二部於茲不可不講也天之生財止有此數國之所入亦止有此數而請發無窮一或告乏何以繼之臣請戶部會計開納事例銀兩若干前後鈔沒財產銀兩若干及天下各項徵解錢糧銀兩若干以若干存留京用以若干專候邊用工部會計開河修河並各項營繕錢糧已支若干未支若干以若干相應存留以備邊用不急之工一切暫停南京兵部收積地租草場各項銀兩若干俱

應查存不許冒濫支借以備邊用太僕寺馬價不許借支以備召軍買馬之需仍將各處查盤錢糧已未解到數目通行查催各省供邊錢糧已未支完數目通行查明請差各該科臣會同該部實心體國一一料理的確應期裕用務求邊費可繼二三年後事有成功以漸而舒先勞後逸伏望陛下節用惜財以儉德先天下留有限之財濟邊務之急固祖宗之疆宇保生民於熙皞是大慶也此理財之議也　一曰用人夫邊鎮之才雖殊腹裏秉賦剛柔雖分南北大要以通方忠謀廉勤强幹為用總督總兵文武大臣固皆極其選者尤莫重於巡撫邊防巡撫其任最重往以希望遷轉之速殊無經遠之圖是以不奉總督之

令巧為規避之術坐致邊事之廢積弊至今今若詢舉未稱依違苟簡而獨責成總督難矣自今邊防巡撫務求實心幹理經濟雄才非兩考不遷總督總兵兵備將領凡係邊臣俱要久任者超遷超遷者久任人有固志事有遠圖然兵備分巡分守副參遊擊指揮而下皆有地方之責府州縣官亦有委任之事合無通行查揀一番不堪者邊方改調腹裏堪用者腹裏附著邊方各舉所知各隨器使或可以修邊或可以練兵或可以屯田各盡其才各成其用邊事庶有濟矣此用人之議也　一曰重任古者藩鎮節度之臣專制一方錢糧兵馬調遣給發偏裨將領參贊官僚俱得自處攻守應援隨機自便人堪任使動無牽

制是以權重而法行任專而事易今者事必待奏奏多遲疑持奏者之議論不同同事者之意見相左是以節制下移於抗違督率每撓於欺玩號令不獲自由兵餉忩乎急應精神秏困於文劄之煩冗志氣消沮於展布之艱難欲運籌帷幄之中決勝千里之外其可得乎臣請自今假以便宜之權獲專閫外之寄事關大計必須奏請可以自處徑自施行言官不必苛細過求少寬文法俾可自效巡撫將領以下悉聽節制至於追論一節人所深畏是以欲言復寢欲為未敢必須朋姦黨惡誤國亂政方可追論若心誠為國事涉差錯亦當秉公原情豈容挾私傾陷播弄胸臆致傷國體臣請毋得槪及庶乎人無顧忌而經略

可見事有責成而委託無負此重任之議也臣之未議何敢自是一念惓惓實懷隱憂先帝每恨邊疆無任事之臣以致邊政廢弛之久每一思先朝經略諸臣為謀之忠痛連歲生靈搶殺之慘未嘗不長歎太息思欲為久安長治之策而未得今聖德格天大開太平之治故使從古所未服之虜酋倏然款順又如王崇古等毅然自是且才謀周慎足以當之此所謂機與時也伏望陛下以繼志為大孝日與大臣謀畫修攘銳然講求法祖宗之心以成先帝之志必欲安天下靖疆圉保太平有道之長敕下吏兵二部慎邊疆之選嚴久任之法不拘常格不惑浮議激勸有方務求實用其在武職惟以安邊受賞不以小勝為功

考選之期一例超遷不分文武實盡懷柔處置得宜勿啟釁端大昭朝廷覆育之仁務求所以招徠板升之術以此為功特加顯擢偷惰僨事重行論罪敕下戶工二部經理錢糧務備邊用選差廉明邊官管理仍差風力御史稽查毋惜暫費毋使破冒以便二三年接濟期於成功為止毋分彼此共圖實效合行事宜通行邊鎮督撫鎮巡等作速遵奉勉圖安攘毋徒空言玩愒更祈申敕大小臣工各秉公忠宮府相為一體中外不宜異同轉相協和文武兼濟惟以國事為重保邦防患是急深為遠計永底咸甯久安長治之策無出此矣

嘉慶年間象鵬奉　敕纂輯明鑒因得備閱明史恭讀御批通鑒輯覽於王崇古控馭諳達撫綏巴噶之方論之詳矣隆慶元年諳達寇山西其年冬以崇古總督三邊是時邱富死趙全益用事是日板升尊諳達為帝亦自治第擬王者署其門曰開化府言大同亭障稀可以逞遂率衆入井坪破石州大掠介休太谷諸州縣死者數萬蓋自嘉靖二十一年諳達與濟農分道入犯南下汾沁北屯祁縣跳梁邊圉閱二十有八年矣諳達之子錫林阿其三子塔本台吉之子巴噶奈濟少育於諳達妻伊克哈敦所娶鄂爾多斯女諳達見其美奪之巴噶恚率屬來歸崇古上言宜給官爵豐館餼飾輿馬以示諳達會諳達使至令巴噶服緋袍玉帶以見之諳達

遂歸叛人且乞封請互市崇古條其事朝議以為不可許或言封貢便互市不便於時我石塘公官僉都御史極言當許狀爰疏六事以上其曰修邊王公設險之義也曰足食足兵聖賢論政之旨也曰理財用人絜矩均平之道也至於權重任專運籌決勝於有明時政直抉弊源矣是舉也非崇古不能制諳達祖孫之命以靖邊陲非公不能闢張溶朱衡之議以堅主聽其後二十年烽火不驚宣大歸款迄於明季烏乎誰之力也史稱公仕宦三十年以介潔著撫南贛討平韶州山賊公能使閩臣辨賊而不牽制於羣議公之所以能辨賊也乎象鵬謹跋

摘陳初政疏　朱炳如

題爲摘陳初政關係治理之漸以備采擇以隆聖業事竊聞忠臣之愛君必防其漸漸者其幾隱其端微其事若不足介意而深足爲隱憂苟因循玩愒阿比雷同則始之一綫終於滔天後將有不可捄正之虞矣易曰履霜堅冰至蓋言漸也又況君心之敬怠行政之得失用人之當否皆因之而國家理亂實於此乎繫也臣可終默而無一言爲皇上獻乎臣先蒙世宗皇帝差往巡按廣西地方一年又踰六月於此夙夜兢惕圖惟稱塞協同都布按三司各守巡參備府州縣等官隨時調停每事振刷然不過一方興革耳而無關於四海生靈之休戚一時利害耳

而無與於萬世社稷之安危臣固不敢冒以塞責而自諉其庸庸保祿之罪也但廣西去天萬里每差齎奏官承動經數月故於邇來朝政重大皆未有聞雖擬列款敷陳少效犬馬之忠緣一時內閣部院大臣及省臺諸臣凡有切於皇上初政如定志保位畏天法祖愛民從儉攬權用人接下聽言先該輔臣陳以勤言之備矣而其疏具在也臣何言哉如重延納廣聰明勤初政御便殿議典禮愼工作舉遺逸振賢科定額貢紹心學務受言重命令廣親親除近例定經制裁冗費汰冗食去宿弊禁擾民實邊餉預儲畜愼舉動親賢輔遠近倖講明聖學諮詢時政省覽章奏信任耆舊又皆省臣胡應嘉魏時亮王治馮成能張鹵曹當勉何起鳴周世選孫枝張齊先後言之備矣而其疏具在也臣何言哉如宏獻納愼治體資輔弼務從諫重詔令愼爵賞復報奏重選舉沃聖心重聖孝愼舉動止行幸體解納出宮女去妒政弭災傷又皆臺臣龐尚鵬陳聯芳耿定向王好問成守節張櫝王原相先後言之備矣而其疏具在也臣復何言哉諸臣荷聖德謙虛各賜嘉納多奉俞旨無非擴虛受廣忠益以裨初政遭際盛明之朝眞千載一時也臣誠舉手加額欣躍無任然亦未免有私憂過計不能自已於言者謹爲陛下陳之大學士高拱在先帝朝中外莫不知其陰險奸貪既經南北言官十三奏疏論列具有指摘實蹟蓋非偶一風聞者比而左都御

史王廷又備言其恣肆無恥之狀尤爲可據去邪勿疑此陛下當斷然行之矣顧屢勤溫旨特加諭留若戀戀不忍舍者夫言出一人或未可據以爲然今南北交章至十三疏矣而總臺如王廷素稱鯁直之臣縷縷備言之尙非公惡公論邪陛下乃猶豫未決不卽罷斥偶因御史王嘉言設論之詞譏中聖意專差行人護送馳驛回籍更優以銀幣豐腆之賜臣恐大臣罔上行私不復顧忌揣度聖心不忍擯斥而益加優厚凡可以自遂其私何不爲也幸今講讀諸大臣如郭樸陳以勤殷士儋皆素稱忠亮使皆高拱其人陛下之恩可常繼乎此大臣奸欺無忌之漸不可不防也大學士徐階在先帝朝中外莫不稱爲忠勤廉

愼在昔嚴嵩柄政多年搢紳皆貪婪公行鑽刺無恥宇宙幾不可撐持矣及階一代首輔躬率百僚以禮義廉恥之行中外之臣雖欲望門多投一刺恐爲階所鄙薄況敢以故套輕瀆乎一時海內莫不鼓舞稱慶以正人柄用社稷蒼生之福乃有異常憸邪不顧公道如齊康者朋奸助惡橫肆詆毁忍以納賄誣階階冰玉淸操京師五尺之童皆知之固不待辯而自明此皆高拱手授齊康康欲取悅於拱以爲他日之地故不度常理依樣謄寫一字不移有臣如此黨邪害正關係治道匪輕不卽重究固陛下天地之量然止薄示降用而復冒甯遠縣丞之官甯遠之民奚罪焉且非所以安元輔之心也今閱邸報四乞歸休矣

苟蒙陛下眷留懇至但恐心旣不安終不能從容密勿如昔之處大事決大疑而直以天下事爲己任也夫君子小人志向不同拱被論先後二十一疏而後決小人沈迷富貴絕無羞惡之心也若君子偶蒙求全之毁反己自修固不敢自恕抑豈能盡釋然而無介於懷耶萬一階決於去而陛下嗣服之初誰與其理乎康之罪眞不可一日姑息亟當罷斥以從中外臣民共惡之心此言官黨惡無忌之漸不可不防也臣又閱邸報御史成守節疏乞聖明愼舉動以重宗社以全大孝事奉聖旨這本全無影響成守節本當重處姑從寬罰俸二箇月該部知道欽此臣惟言官之進諫於君也必先自盟其心出自忠懇無一豪身家顧戀之私然後敢觸冒忌諱以干雷霆之威稍有意念猶豫雖藁十易而未敢上也雖公論激發之而亦未敢上也此無他保祿之念十之二保身之念十之八九均非純心以事主者也成守節懷忠懇之心而有愼舉動之疏中間詞涉過激事未的確偶出於傳聞之誤陛下當亮其無他而姑假溫詞以優容之啟其源源進言之心作其蹇蹇匪躬之志陛下顧示以罰恐諸臣聞之而解體也在純心報主之臣固不以此而爲之進止若素非眞志而偶遇明主優容各攄所見以塞責者皆藉口縮舌而不復言矣乃若戶部主事李齊芳於陛下登極之日有重名器愼初政以圖極治之請今覽其疏一念忠懇言多可采未

幾部院考察偶在降調外任之列臣素不識齊芳一面亦未悉其平日爲何如人誠如巡按河南監察御史李文續所論則可概知輕率矣據其平日而公擬之未爲不可但四海之遠萬民之衆先聞齊芳首有此疏矣俄報齊芳降調外任皆不知爲部院考察其平日而止疑其進言之迹皆曰李齊芳因昔疏而被斥矣非惟庸夫俗子未之知雖少知章句者亦未必盡亮焉此亦當曲處以釋羣疑以全大體者也此又言路阻抑之漸不可不防也凡此三漸皆於邸報摘其最要者條列以備聖覽如果臣言不妄乞於高拱明示擯斥勿更猶豫以生權奸窺伺再進之端於齊康仍加罷革勿更姑息以滋憸邪播惡生靈之禍於

成守節稍易其嚴切罰戒之旨以安言官恐懼退縮之心於李齊芳乞敕下吏部或召還原職或量賜遷轉以釋遐方淺見之疑至於陳以勤未入內閣而先陳十事此皆有裨君德關繫政體陛下當命中書官大書一帙置諸座右時復細閱而紬繹之有一事未當聖意卽召以勤而問之使之敷陳詳細務得肯綮至於臺省諸臣先後章疏則命輔臣徐階李春芳郭樸陳以勤會同商確摘其最關君德政體者總若干條刪去浮詞提出緊要事實大書一帙置之座右時亦細閱而紬繹之令事事句句字字與有一事未當聖意則召臺省諸臣而問之使之攄吐悃誠務令盡言庶陛下之樂取羣言可爲初政之大助而諸臣之

條列忠款不爲無補之空言矣臣不勝隕越仰祈之至

湖南文徵卷五

疏五　明

建言綱常疏　艾　穆

刑部山西司員外郎臣艾穆雲南司主事臣沈思孝謹奏爲懇乞聖明俯容輔臣奔喪回籍守制以植萬古綱常事頃大學士張居正有父之喪朝廷援楊溥李賢金幼孜事例奪情勉留曾不移時而彗星突見光亙數丈漸逼中天臣等仰觀星變俯察物議相與拊膺對泣廢寢罷飧意在廷之臣必有能指陳綱常大義以感悟聖衷者詎期附炎鄙夫如御史曾士楚都給事中

陳三謨甘犯清議望風保留致使人心長死舉國若狂紀綱風俗將大壞而不可支矣矧今星變未弭火災隨繼天地祖宗之靈所以儆聖心者益惓切焉臣又安得以無言責而緘默苟祿哉臣非不知陛下雷霆之威不可測也顧思平生所學何事而又愛君憂國天植其性與其徒泣無益不若昧死進言卽進言以死而萬古之綱常或賴以明則臣雖死猶生也於是臣不敢愛其死瀝血爲陛下陳之陛下之留居正也一則曰朕爲社稷留二則曰朕爲社稷留是矣然而大學傳曰所謂平天下在治其國者上老老而民興孝上長長而民興弟孟子曰人人親其親長其長而天下平夫語治國平天下之道而首之以老老與

孝語天下之平而係於長長親親則知社稷之命脈在綱常而羽翼綱常者在輔相君天下者爲命脈而重羽翼則可爲羽翼而傷命脈則不可故先王制禮嚴上天下澤之辨而三年之喪天子與庶人一焉夫以尊如天子而所以下同於庶人者獨以此況下此而輔相乎可託言權變而目之爲匹夫小節儒生腐談乎經曰愛己之親者未有不愛他人之親者也往陛下有先帝之喪擗踊顧天煢煢在疚特以天地臣民不可一日無主雖抑情臨朝而其慘怛之容宛然可掬中外臣工仰窺大聖人之孝通神明而塞天地今陛下舉天下以聽於居正固將以居正爲心腹臣也所宜推愛親之心及其父推爲人子之心置之腹

是謂君相相視一體而其孝豈不稱錫類也哉夫明王以三綱五常定天下而元輔大臣者綱常之表也居正儼然在衰絰之中柴骨灰心形影相弔而顧乃强所不安使之衰冠茹哀於巖廊之上大非朝廷禮體昔柳若謂子思曰子聖人之後也四方於子乎觀禮夫禮由元輔大臣出也謂非天下四方之所觀者哉陛下以孝治天下而經筵日講莫非講以此也可舍先王之制不言而言近代之例邪當此承平治朝可論理之變而不論理之常邪居正今以例留而厚顔就列矣如異時國家有大慶賀有大祭祀爲元輔大臣者若云避之則於君臣大義有不可欲出則於父子至情有不安臣不知斯時陛下何以處居正居正何以自處邪徐庶爲母之故而辭劉曰臣方寸亂矣居正獨非人子而方寸不亂邪能復坐朝堂從容論道如常時邪且居正躋人臣之極資荷不世之殊遇者果身從何來乎必先有居正之父而後有居正之身陛下始得而有居正也可令其執親之喪而鳴玉曳組於朝不得修匹夫尋常大都之節邪夫天下事非一相可辦陛下毋謂在朝諸臣皆不居正若也昔人謂人皆含靈惟所誘致故君好精明則果鋭喜事者進君好渾厚則敦龐鎮俗者進陛下但當審所好尚而何患於有君無臣乎如以居正爲賢矣宜令居正公天下以爲心而舉賢自代可也又或令其居憂之暇反躬省過以斯民三代爲不可欺以草野輿

論爲有足采易其果於自用之心而虛以受人悔刑名慘刻之非而回思乎伊傅周召未必非社稷之福也俟其二十七月服闋起復於時居正精力正堪付託斯則君相舉動光明昭示萬代又何必强所不安使之衰冠茹哀於巖廊之上以傷國體而廢先王之制邪臣又聞之古之聖帝明王以仁孝之情予之臣而未聞其奪之也爲人臣者亦各以其仁孝之情求遂於君而未聞其爲所奪也夫情而謂之曰奪豈盛世事哉奪之一字豈所以教天下後世以孝者哉然亦有不得已而奪而借之以爲孝者此又非有兵事使之不可也如魯公伯禽之哭而征戎是也方今陛下茂齡已登十五而又有天縱神聖非主少國疑時

比矣威靈暢於四遐而南北戢戈櫜矢矣宮府一體而臣工烝烝嚮治矣此正元輔大臣可以守道秉禮之時而乃援是爲不獲已之例使不能有三年之愛於其父而得稱爲人子天下後世其謂居正何舅犯曰亾人無以爲寶仁親以爲寶父死之謂何又因以爲利而天下其孰能說之仁人孝子之重仁親而畏公議如此在居正宜有同然者陛下重忍違之乎陛下以禮義廉恥風天下而不知風之自可乎無論漢唐諸臣如宋仁宗起復富弼詔援故事切責且命中人督弼起弼抗章言天下無事宰相奉行常制豈可與太宗時比仁宗知其不可奪乃已國朝輔臣李賢等亦奔喪回籍守制然後奪情起復當時諸臣尙且

因之以奪爲榮以匿爲巧不復知禮義廉恥爲何物而況居正今不奔喪又竝奪情起復之例而廢之者乎語曰作法於涼其敝猶貪作法於貪敝將何極由是天下之爲子者皆不知有其父爲臣者皆不知有其君爲弟者皆不知有其兄而天常人紀墜矣當斯時也欲以法術整齊天下而使之不亂何可得邪伏望陛下憂居正以德毋愛以姑息速令奔喪回籍守制以全忠孝大節則綱常植而朝廷正朝廷正百官萬民莫不一於正而何星變之不可弭哉干冒天威臣無任隕越待罪之至

愼獄緩刑疏　　艾穆

刑部山西淸吏司員外郎臣艾穆謹題爲懇乞聖明愼獄緩刑以恤民命以固邦本事臣備員刑部四年矣每讀重犯爰書情罪似的然有據及細察初情每與爰書矛盾詞多支致以是知獄情曖昧隱僻伏枉覆盆者固刑部之所不能訊而大理寺之所不能評者也書曰與其殺不辜甯失不經易曰君子以議獄緩死豈聖王故務爲是姑息哉以民命至重匹夫匹婦結憤含冤飛霜召旱者誠重爲太平之累也我太祖高皇帝懲元胡之亂刑用重典及見老氏書曰民不畏死奈何以死懼之遂憮然曰朕朝殺若干人暮仍有若干人犯者信哉老氏聖人之言

君人致理之上術也大哉聖言豈非萬世聖子神孫所當誦法者哉頃者詔旨屢頒限額多決決少者至奪俸奪官臣以爲決囚但當論其罪之當否不當論其數之多寡如當其罪決千百人不爲多如不當其罪一人不決不爲少而可限之額乎夫人孰無好生之心哉而明詔之嚴若此則好生之心將不勝其爲官之心此正昔人所謂自安之道在人之死而雖欲不濫決以取盈不可得也夫惟其決之取盈也目今尙有累年故殺未決者可以應之矣將來故殺者而不足必將決及於鬬毆殺人者鬬毆殺人者而不足必將決及於非殺人而死者非殺人而死者而不足必將決及於可矜可疑者而民之冤甯有旣哉此其

法有必行，勢有必至者也。又奸徒賣法走空者，律止徒罪耳。今謂情重律輕，引例用三百斤大枷，不移時就斃。夫律也者，定法也；例也者，偶一行之者也。以律律天下之人，則自踵至顛而犯法者什九矣。以例佐律，則爲法外之法，而人將無所措手足矣。如強盜止據五分贓便擬斬，由此推之，而以律律人者何可勝原也。律不能行，而況於例乎。況其人斃於枷木之下者，必經廠衞衙門相視，經旬日而後收其屍，多上爲烏鳶之所攫，下爲犬豕之所啖，比之斬絞重犯，慘尤甚焉。方今聖母建塔齋僧，希心杳冥，荒唐爲陛下祈萬壽無疆之福，何不禁用此大枷，豈不愈於造萬塔齋萬僧也哉。夫陛下好生一念，固天下萬生之命脈

本根也。時當沖齡，培而養之，可與爲堯舜禹湯文武，而乃輔之以刑名之慘，可乎。夫楩柟豫章之始芽也，而戕其柯葉，則參天蔽日之勢無由見矣。靈鳳之始卵也，而戕其羽毛，則千仞之輝無由攬矣。況今不但戕其柯葉羽毛，又并其本根命脈而戕之乎。虧損聖德，上干天和，如是而望太平之洽也，難矣。臣在刑部目擊其冤，寢不安席，食不下咽，不得已而仰塵天聽，伏乞陛下念民命之重，鑑用刑之冤，殺人不論其多，務寬決囚之罰，擬罪惟比諸律，禁用法外之枷，則刑措之效庶幾可臻，而聖壽國脈綿於億萬年者，端在是矣。

鴻臚乞休疏　　艾穆

南京鴻臚寺卿臣艾穆謹奏：爲臥病曠官，懇乞天恩俯容休致事。臣昔官刑部員外，爲建言故相張居正奪情，是時居正陰結馮保，掩蔽聰明，矯詔將臣廷笞遠戍，撻之朝堂，死竄絕域。臣謫居五年，浪迹山水，無復玉門生入之望，乃荷聖明一旦起臣自流沙萬里，徙官蜀臬，而旋復詔之還朝，拔擢光祿少卿。臣丁母憂，服闋之後，已臥病三年矣。不自意聖恩又起臣原官。夫以臣之殘骸餘魄，懸寄游釜，幸得不身膏斧土，白草此身，固陛下再生之身矣。矧優敘狂愚，躋之九列，又前疏請復恩典，蒙以誥命破格給臣，聖恩之隆，天重地宜，何如爲報。雖以臣之譾劣，猶加

乘厲於渤海之濱，而捐此陛下再生之身，以報陛下，固臣之分，亦臣之心也。第臣蜀歸時，有一男生員艾而廣，曾隨臣遠戍者，觸石敗舟，身葬江魚之腹，令臣萬念俱灰。歸丁母憂，苦塊受溼，右足患腳氣刺疼，又痰火上攻，頭痛如破，頃忽於前月內舊證並發，醫藥罔功。且鴻臚雖稱閒曹，原非養病之地，臣心雖常戀主，尤切首邱之情，以故不得不哀鳴於君父之前。或謂臣官冷局，若非始願者，不知臣昔官國子，繼官刑部，又繼之戍極邊，前後二十年，閒不以爲苦也，而今薄卿寺不爲耶。又或謂近時諸臣中有往往因告得遷者，臣誠私心醜之，而以退爲進也。不知臣歷觀本朝先年諸臣率多年四十以上致仕者，臣今行年五

十有七目擊前此以言蒙譴者多矣鮮有如皇上留臣萬死之身而又親見國是之定旋蒙顯拔之榮者臣今官京堂四品視御史劉臺之身斃戍所者已遭遇倍萬矣如是而不自知止足昔日奮不顧身之謂何而今爲得隴望蜀計耶且明主之遇臣也在於體其志而不在於昌其官蓋臣之報主也進固可以展采宣猷而退亦可以視身善俗臣雖非其人可謂巖棲川游遂無所以爲效忠報主者哉又況方今賢俊布滿中外甯獨少臣一擁病尸位之人哉伏乞皇上俯憐臣餘生多病敕下吏部題覆準令休致臣不勝激切懇祈之至

進書劄子　陳元旦

萬歷三十三年十二月十二日湖廣郴州興甯縣聽選就教恩貢臣陳元旦爲懇乞聖明表章孝經等書以裨聖治以惠後學事臣旦竊以自古聖帝明王所以享令譽煕鴻號爲萬世之所瞻仰者凡以加意制作興起斯文大有作爲超於尋常萬萬也試稽前代如虞之帝舜命秩宗以敦典庸禮而芳名振古周之成王命周公以制禮作樂而聲施到今唐之太宗命儒臣以表章六經無窮令聞我朝成祖文皇帝命儒臣纂輯四書五經大全永有休光歷代之君不知凡幾而此獨彰章不泯者正以有此制作也恭惟我皇上至孝天植聖敬日躋援虞廷齊栗之心

源紹肅皇敬一之道統握進退百家之柄操羽翼五經之權撫世三十三年惟皇已建四方之極修齡百千萬歲嘉模尤栩億代之規猶且重道右文而治臻上理況復好書勤學而德粹聖明率土具瞻普天同頌臣旦幸際明時躬逢上聖抱區區獻曝之忱久矣茲敢以所譔孝經章句敬一箴註撫世皇猷闢道龎解理學管窺錄成五冊猥附古道進呈睿覽葢非堯舜之道不敢陳惟仁義之言然後進皇上試垂聽焉夫孝經孔門遺訓也唐明皇雖分爲十八章而經傳混淆至宋儒朱熹始分經傳名曰孝經刊誤郴人舊已鍥行其規模宏遠似宜與大學竝行今之儒生多有未及一目者柰何有孝行也則求忠臣於孝子之

門難矣臣乞皇上敕令刊行天下庶人人誦習知天經地義之理而皇上以孝治天下之道超越古今矣此臣之所懇乞者一也至於敬一之箴乃我世宗肅皇帝建用皇極之功聖學傳心之要也今雖勒石於學宮而後進諸生不及一閱者多矣甚非肅皇帝嘉惠後學之盛心也臣乞皇上敕令刊爲書籍頒行各學諸生人給一册不特爲後君子親親賢賢之地而我皇上振揚先德之美端在此矣此臣之所懇乞者二也至於臣所譔撫世皇猷皆發明大學格致誠正修齊治平之理所譔闡道臆解皆發明道不遠人下學上達之義所譔理學管窺皆不外經書性鑑之旨亦格致窮理之一助也此三書者雖末學猥瑣之談

然其意亦欲維正道嗣正學以正人心俾異端曲學不得肆邪說以簧鼓天下也皇上儻以爲有益於世教頒行各學則明道淑人之念與維持道學之功卓越百王矣此臣之所懇乞者三也夫草木至微也亦能吐一葩以顯天地生成之妙蟬蟋至小也亦能效一鳴以宣天地聲籟之和臣在黌序中濫竊廩膳者二十有三年又戰於棘闈者凡六科其受我皇上教養之恩至渥也今又復承恩典拔之貢例恩德又何高厚也敢不攄其一得效草木之吐蟬蟋之鳴以報答我皇上恩德之萬一哉俾天下儒生覩孝經等書莫不起而頌曰大哉我皇其作養人材之至意也有如此俾後世儒生覩孝經等書亦莫不起而頌曰至哉我皇其興起斯文之盛心也有如此則我皇上其永有令譽哉詩曰明明天子令聞不已此則臣所以感恩圖報之微忱也儻不以土壤細流是棄而以泰山河海之量優容則天下幸甚萬世幸甚臣不勝悚惶俟命之至

改復祖制疏　　譚希思

臣竊惟皇上臨御以來從善如圜納諫如流凡諸臣之有志匡時者莫不爭攄愚悃冀效一得卽譾陋如臣曩以內庫節愼之說進雖未俞允亦荷包容近者中外私計僉謂朝廷有大不可者三事其一謂高祖之制非軍功不侯而世宗爲中興聖主查革冒濫今五十餘年無有犯者一旦李文全復伯爵是皇祖防閑戚畹之制自皇上而更矣其一謂祖制提督大和山原係郎中參議等官近以內臣兼分守已非合甲之舊今又削藩臬之協守者而專任內臣是皇祖設官守土之制自皇上而改矣其一謂祖制京師有營有衞司馬掌之疆場有戰有守督撫主之

今言者謂選兵二千操練內廷是祖宗環衞闕廷巡防輦轂之初制自皇上而又易矣夫高祖起自民間情狀周知其憂深慮遠類爲聖子神孫千萬世計以天縱聰明如皇上卽使祖制未盡尙當潤色而光大之況以必不可不遵之法而牽於必不可徇之情縱其必不可開之竇則所謂鑒於先王成憲其永無愆者陛下或未之熟審矣故一時科道部臣皆謂已往之成法不可撓將來之隱憂所當防故敢冒死陳言冀回天聽乃奉明旨不曰已有旨處分則曰如何又來瀆擾臣惡伯爵復而倖門開矣督守專而橫虐恣矣禁地操而禍階萌矣其爲宗社生靈之累將來有不可勝言者故吏部尙書楊巍懼戚里之驕縱踰制而莫由禮終也故直指周瑛王橋之革例不可復都察院都御史趙錦懼三省之逋逃嘯聚蘖芽易生也故直指劉千斤廖麻子之故事以寓諷兵部尙書張學顏懼禁地之兵難於制也故又舉武廟之練兵西城因而私置干戈者以建言此三臣者受知特深感恩特隆何爲進逆耳之言爲弼違之說哉蓋有大不得已者以嬰其情也皇上試取三疏而再一觀之則其危言讜論自無能逃洞鑒矣臣伏讀聖旨於李文全之請則曰仰體慈衷於內庭操演則曰爲聖母謁陵扈駕計至於田玉之在大和山推皇上之心得毋曰爲祝釐聖母萬壽計乎信若是皇上仁孝之心昭如日月天下臣民亦諒之矣然與其順文全之請而

快聖母於一時孰若舉章皇后之爲外戚慮者諷聖母爲女中堯舜之尤爲孝乎與其奉聖母謁山陵而不免櫛風沐雨勞民殷憂也孰若奉慈幃日頤養於深宮而問安視膳不傷財不履險之尤爲善乎與其專田玉以攝守之權而不免鑒前顧後分志明禋也孰若仍以藩臣代其憂而使玉得虔恭明畏一意奉神之尤爲得乎皇上誠爲懿親謀則乘方張之勢示盛滿之戒潛消其覬覦之念使無爲造物所忌而保其福澤綿延可也伯爵未可復也誠爲武備謀則宜於講學聽政之餘以簡閱敕本兵以憂恤敕邊臣使三軍之士勇氣百倍卽萬一有警而折衝禦侮之足恃可也內庭未可操也又誠爲奸宄慮則委內臣以

山場責文臣以控馭地方不靖司道檢舉司道不檢撫按糾彈使橫恣之端無自而施潛伏之患無自而發可也分守之數未可易也且陛下以今日爲何如時哉滇南以方捷而報警宣大以互市而懈備遼左甘肅孤懸可虞水旱災異歲且屢見閭閻蕭條邊儲告匱此正主憂臣危臥薪嘗膽之秋而此三事者乃竝發於期月之閒是果當務之急乎抑亦蠹治之機乎語曰未見其形願察其影又曰萌芽不折將尋斧柯誠善喻也陛下獨不念祖宗防微之意乎臣請以祖宗朝故事之最宜急復者陳之陛下試垂聽焉其一曰絲綸之簿宜復臣聞高祖時凡中外奏疏命左右粘之壁閒甲乙治之裁決如流壁粘有一日數易

者每斷大事決大疑臣下惟面奏取旨有所可否則命儒臣折衷古今而後行之批荅皆御前傳旨直筆所書天語尙溫也永樂洪熙閒大都仍高祖之舊而倚毗尤專宣德時令內閣楊士奇尙書蹇義夏元吉等凡章奏書用小票墨書貼各疏面以進謂之條旨旨稿留閣中號曰絲綸簿御批易之以紅其大事命大臣面議既定傳旨處分視祖制潤色焉迨正統初中官王振擅恣矯旨特奏收簿於內由是忠言不行而土木之難及矣宏治鑒正統之失朝綱親攬嘉靖懲正德之弊權無旁落此國脈之所以靈長者有自也皇上光撫鴻圖嘉納大臣同符列祖然所以通下情而弭奸弊一政體而杜壅蔽臣以爲內閣絲綸之簿所當議復亦愛禮存羊之大端也其二曰實封之舊宜復夫通政司所以出納王命爲朝廷之喉舌宣達下情廣主上之聰明於政體關繫最重也洪武永樂閒奏題實封皆在御前開拆故凡蠹國害民幾微隱伏者有奏卽行未嘗倖免至天順中有投匿名言朝廷事者於是始有關防然但拘留進本人在官候旨下卽縱之未嘗窺見所奏事也不知始於何年乃有拆封彙奏及副本備照由是有干權勢宦戚等項未進而幾已泄被奏者往往經營得免奏者多以虛言受禍夫南北科道義同一體今在北者得徑奏而在南者通政司拆其封且有備照副本焉是祖宗防奸慮患之意蕩然無復存矣或曰此成化閒汪直專

柄恐人議己始有是舉非朝廷本意此又當復用實封也其三曰鐵牌之置宜復臣讀皇明策要記我太祖鑒漢唐宦官之失嘗置鐵牌於宮門高三尺許上鑄內臣不得干預政事八字宣德中此牌尙存英廟時王振專恣因失所在按祖宗朝深思遠慮凡重大關節必置牌示儆今午門所豎紅牌亦書官員人等說謊者斬其戒內臣牌卽此意也然內臣預政之戒視官員說謊所繫尤重故不以木刻而以鐵鑄不設午門而設宮門其微意可想矣蓋宦官之權與公卿相盛衰主君憂惕日勤召問則公卿之權勝稍涉疑貳旨多內批則閹宦之權勝其機甚微而勢甚可懼也今聖明御極內臣多謹固無足慮然皇上以祖宗

之心爲萬世久遠計．臣以爲此牌宜復置．庶觸目儆心．而專恣之權有所憚而不敢萌矣．臣狂瞽之見．不識忌諱．芹曝之獻．實出忠悃．惟皇上俯察愚衷．收回成命．停武淸之爵．仍守臣之敕．止內操之兵．而又將臣所請議復祖制三事．下內閣部院大臣計議．如於治理有裨．亟賜采納施行．則聖德益光．聖治益隆．所以鞏皇圖於苞桑之固者．端在是矣．

乞釋逮臣疏　龍膺

爲西事告捷．讞獄屆期．懇乞聖明慈惠．大赦天下．仍首釋一二無罪大臣．以暘皇仁．以快輿論事．蓋自西賊倡亂以來．甯夏生靈．半遭屠戮．金帛子女．盡入敵酋．以至全陝人民．諸鎭士伍．死於鋒鏑．死於轉輸．死於徵調者．不知幾千萬人．腥穢鬱烝．血肉膏野．流離載道．部屋無煙．皇上惻然下賑恤之詔．惠至渥已．然而宇內徵兵．四方騷動．湖湘告饑饉．江南苦徵求．淮水有汎濫之災．漕河多覆溺之變．西蜀大梁．鼛聞鼓譟．山東遼左．告急禦防．民不聊生．疲於奔命．饑寒迫切．罹法者滋．疾首痛心．幾無生人之樂矣．今幸仰仗皇威．文武宣力．罪人斯得．四塞蕩平．越迺

薦功祖廟．告類上帝．元惡旣除．人神共泰．此社稷無疆之休．黎庶更生之日也．況中外讞獄．適際其時．臣謂陛下宜亟發詔大赦天下．觀象雷雨．取類澤風．布宥罪之恩．申肆眚之令．安其反側．憫其顚連．與之更始．得薄海內外．遂樂生之願．興太平之歌．則浩蕩皇恩．與古帝王下車泣罪．解網之仁．無以異矣．而臣又以爲所當赦者有二大臣．馬魏學曾．李材是也．學曾之被逮．以逆賊之未平也．而今亦旣奏捷矣．彼其時令敵酋之不得入援．而逆賊之不敢狂逞者．誰之力也．在廷諸臣．咸力爲學曾白其功矣．至同事諸臣．連章而訴矣．陛下復何疑而不蚤釋其械繫耶．且夕獻俘．諸效力之臣．俱得蒙上賞．而學曾尤功之首也．反

以爲罪乎。臣謂學曾宜首赦也。材之被逮。以按臣之妄奏也。而今亦既勘明矣。彼其時令緬酋之喪膽而奔。與遠夷之稽首而款者。誰之力也。在廷諸臣咸力爲材白其冤矣。至地方士民伏闕而請矣。陛下復何所疑而不蚤釋其桎梏耶。日者朝審諸含冤之民俱得蒙疏釋。而材尤冤之盛也。反不足矜乎。臣謂材亦宜赦也。古者刑不上大夫。而乃束縛之。縶絏之。令慷慨忠義之士腐心於棘林肺石之下。老成耆舊之人喪氣於徒隸宮校之手。非所以勵臣節勸有功也。且臣聞學曾招安之議。實知城不可攻。業以計誘土文秀內變。許以爵賞。土文秀任之幾於成功而不幸文秀遂病。無能爲耳。及攻城而喪師八千。則知學曾之

持重緩攻。原非失策。即今逆賊授首。亦由哱氏內變中學曾之謀。而非盡攻城克敵者之效也。況本兵石星屢辭求去。亦以學曾被逮。功罪未明。必無顏以握樞之任。使學曾一日不釋。則星一日不可留。陛下必欲留星。何不蚤釋學曾。以安其心耶。臣又聞材任嶺西之時。適値倭犯電白。材驅烏合之兵。給以衝鋒銀兩。奮勇追勦。斬獲倭級千餘。則知材之贊畫運籌。業有勝算方西賊雖平。尤慮倭寇深入。正急材之時。而非彼嘗試漫爲者之能也。況材年未衰。心懷裹革。儻蒙推恩赦過。感激必深。甯不致命以報再生之德。脫材之出也不效。後置之罪也何辭。陛下卽欲罪材。何不試令禦倭以贖其罪耶。昔漢劉向谷永訟陳湯功罪曰。論大功不錄小過。舉大美不疵細瑕。司馬法曰。軍賞不踰時。蓋急武功重任人也。夫犬馬有勞。人尙加帷蓋之報。況國之功臣哉。漢帝從其言。遂出湯死罪。奪爵爲士伍。後西域有急。仍召湯以策大事。夫陛下何不以漢之待陳湯者待二臣哉。書有之。罪疑惟輕。功疑惟重。二臣功罪。夫復何疑。乃臺省諸臣救之。九卿大臣救之。而聖怒猶然未釋。欲甚其罪。不必恤其功。道路流言。謂有陰中二臣以快私忿者。而臣不敢知也。獨陛下不惟大臣是聽。不惟滿朝公論是聽。復誰聽乎。豈滿朝之人皆敢於私二臣。而忍於欺陛下耶。臣小臣也。不避忌諱。冒爲再三之瀆。側聞學曾衰憊不支。材亦殷憂成病。脫使身先朝露。一旦斃

於囹圄。死於道路。俾聖朝之世有殺功臣之名。咎將誰諉。故臣謂二臣之當首赦也。陛下猶以學曾爲玩師乎。然亦有卑辭媚敵者辱國體於金繒。彼其人視學曾何如也。而長保富貴。陛下猶以材爲欺罔乎。然亦有妄殺徼功者屠黔首爲斬馘。彼其人視材何如也。而濫蒙賞爵。說者謂諸臣之遭際有幸有不幸。而皇上之威靈有用與不用耳。顧以布宣威德。戮力邊陲如材如學曾者。曾不得功過相準。卒從吏議。不令將來任事之臣解體乎。誰更肯以不訾之軀觸冒矢石耶。櫛沐風霜而復一中讒邪。遂關木索嬰金鐵。屈體易服而蒙大辱。非所以勵臣節勸有功也。故臣謂二臣之當首赦也。伏乞皇上渙發德音大赦天下。暫

賜停刑仍敕下該部將學曾與材速議開釋以優勛舊且令立功邊塞之士曉然知聖天子軫恤任事老成不狃成心不惑偏聽則未有不人人感奮爭捐糜以報答皇恩者此亦鼓舞人心之一機也臣禮官也書曰伯夷降典折民惟刑禮之輔也臣因獻祥刑之說以佐禮治云伏惟聖明裁奪赦臣狂瞽之罪臣不勝懇切戰栗之至

乞信詔旨疏　龍膺

為乞信詔旨永惠宗社生靈以介聖壽萬萬年事臣等按邸報見二月十五日禮部等衙門一本問安事伏聞聖體未平臣等皇皇羈守留京未敢趨闕候問區區犬馬眷戀不勝除具奏問安外又伏覩聖諭開礦抽稅為因三殿兩宮未完帑藏空虛權宜采用著傳諭各處礦稅織造燒造俱著停止其南京供應機房係舊制並蘇杭織造內官有御用婚禮袍服俱著照舊已采徵在官金銀等物並織造緞疋燒完磁器還著原差內官押進用如有奸惡截阻及驛遞應付遲漫者指名參處鎮撫司及刑部干連紀人都著釋放各官還職諫言諸臣都著復職行取科道俱著補用兵部尚書田樂戶部尚書陳渠俱著即出供職工部尚書楊一魁失塞黃瑀口衝我祖陵著革職為民部院知道欽此陪京大小臣工以暨東南黔黎士女無不舉手加額歡呼狂走曰此天保佑聖躬使發此德音也蓋自礦稅之使馳傳四出而羣奸蟻附百計狼貪誅求竭其膏髓榜箠糜於炮烙下民莫必其命而狡健有力者逃竄綠林嘯聚竊發綱紀大壞災沴迭興巖谷多禁錮之賢臺省虛簪華之選閭閻急倒懸之阨圄犴滯覆盆之冤中外人心洶洶思亂陛下乃於疾痛困憊之時夜氣清甯之候惕然自悟思與海內更始朝發德諭夕播八紘罷榷稅之徵停坑冶之役釋株連之罪錄批鱗之忠急侍從耳

目之補。遂使三辰重朗。萬象再春。此一舉也。不惟上以廣聖母好生之仁。中以昭聖躬改過之勇。下以貽聖子神孫燕翼之安。而亦可以回皇穹悔禍之眷。默慰九廟陰佑之靈。福萃一人。壽延萬紀。卽聖體旦夕之恙。勿藥自平。夫何足慮。茲乃數日漸聞道路流傳之口。若謂聖心似以傳諭爲悔。貂璫之使。將去而忽留。狐假之兒。既散而忽聚。萬姓之怨杳愁歎。乍釋而更叢。是何睿智開明。倏然晦蝕。善端萌蘖。遽爾斧斤而之寰區。何以示衆庶。法守著之史冊。何以垂萬禩。法程竊恐奉行羣小。縱虐怙終。徒以積萬億生靈之憤。干上天之和。其爲聖德累不小也。況榷稅之利不盡歸於上。而怨讟之口不專積於下。陛下亦何利而

爲之。臣謂三殿雖未落成。內帑或可取給。九邊久已告匱。大農難以支持。礦稅不停。則正賦豈能並急。詔令不一。則愚民易於干紀。將見法愈繁。民愈困。財愈詘。亂愈滋。萬一揭竿盜賊蠭起。則寸矛尺鐵。悉無所需。斗餉束芻。亦不能辦。公私失恃。緩急可憂。而國尤稱根本重地。邦本一搖。勢將瓦解。不能不益廑九重宵旰之慮。而爲葆和調攝之妨也。雖日餌參朮。其何裨於國脈乎。伏乞急布皇恩。再申前諭。速停榷冶。諸蠹國虐民之令。此不過以既開之睿智。擴其已兆之善端。恩自衷流。諭從宸斷。而可以培養元氣於將斂。保釐聖壽於無疆。此非臣等之獻諛也。昔景公有至德之言三。而熒惑退舍。漢帝烹聞利之臣桑宏羊而

天乃雨。儻皇上毅然罷榷。罷稅。罷織造。燒造。則陰隲下民。不啻至德三語。而盡撤諸道路監造之遺。則奸蠹鼠竄。又不啻去宏羊一人。有不足以昭格上帝。而綿萬萬之算者乎。易曰。渙汗其大號。言令之不可悔。猶汗之不可反也。書曰。皇天無親。惟德是輔。民心無常。惟惠之懷。言布德惠民。卽以祈天永命也。伏惟皇上留神垂鑒焉。宗社幸甚。天下臣民幸甚。

題請東宮講學疏　　蔡思穆

題爲大典必當舉行講學不宜再緩懇乞聖明俯允部覆早定吉期以綿萬世丕基以慰中外人心事頃該十三道監察御史高舉等題爲聖心因言卽悟大典肇舉宜亟懇乞聖明特敕冊立以便講學以定宗祉大計事奉聖旨禮部知道欽此綸音一下凡茲大小臣工靡不舉手加額歡忭舞躍頌皇上貽謀燕翼之仁從諫轉圜之美臣等惟日夕翹跂以俟大典之舉行爾更何容置喙乃者該部旣遵明旨具覆迄今未蒙敕下大小臣工靡不憮然震駭以爲明旨旣下而柰何留中聖心方悟而柰何未決也大易有云主器者莫若長子言神器之有攸歸不可易

也又云蒙以養正聖功也言聖功必先蒙養不可緩也漢儒賈誼亦曰天下之本繫於太子太子之善在於早諭教古者人生八歲自王公以下至於庶人之子皆入小學以收其放心及其十有五歲皆入大學以養其德性賤尺璧而重寸陰懼其時之過也矧皇長子十有二齡已逾入小學之年而近大學之時乎雖睿哲之資未有不教而能成者儻再徐徐姑待則茂齡日甚情竇日開不親正人不習正事其何以養正而端聖功哉似非皇上所以愛皇長子之本心也且皇上一言信於四海曩十八年之旨則謂元子質體尚弱及十九年則謂改於二十一年行今成命迭更綸綍謂何臣願皇上無食前言而示大信於天下也祖宗以來並未有懸儲位以待中宮之出者歷聖相承玉牒班班具在檢可考見臣願皇上紹隆前緒而無斁祖宗之家法也皇長子龍犀日角天挺岐嶷且九廟神靈擁持有日兩宮慈渥欣望多時臣願皇上貽則來葉而成格祖承歡之大孝也元輔王錫爵累徵而出數千里而來其意未嘗不欲擔當國事而在廷諸臣亦惟望其蚤定大典今人言紛紛率歸咎元輔之荅諭失詳而元輔復勞苦焦灼引咎自勵以希冀聖意之可回皇上欲元輔安其位柰何使之不行其志邪且皇長子一日不冊立則位號未隆一日不得出講則天性聰睿一日不得開發年年待嫡年年無冊立之期年年無出講之日竊恐道路訛言妄

肆窺測外廷浮議益見沸騰大小臣工之連章累牘煩瀆天聽未有已時而國體人心亦大可虞矣皇上不爲今日慮獨不爲萬世慮乎不爲一時儲位計獨不爲宗廟社稷計乎臣猥以駑鈍待罪言官惟是此事關國家大計不忍緘口結舌不敢避斧鉞披瀝肝膽再申前請伏乞皇上深維國體恪遵成規思建儲之必不可稍待念諭教之必不可再遲早渙德音敕下禮部速定吉期舉冊立之上儀修出閣之故事并皇第三子第五子冊封之典一時舉行則國本以預建爲重聖功以蒙養而端本支百世宜君宜王億萬年有道之長端在是矣臣干冒宸聰無任隕越俟命之至

請冊立東宮疏

蔡思穆

題爲國本未正聖意難回懇乞亟定大計以安人心以杜隱憂事臣惟方今國家重務莫大於冊立臣子之效忠亦莫大於冊立而聖意之堅執難回亦無如冊立臣等待罪言官若卷舌不言則事關宗社豈容嘿嘿無論尸素之誚如負朝廷何頃因禮部接出聖諭有三皇子竝封之旨一時大小臣工相顧錯愕諸臣之疏不知其幾上矣其間祖制之必不可違前旨之必不可易冊立之必不可遲釁端之必不可啟與夫列聖冊立之年人心危疑之狀言之甚悉臣等竊以爲可以感動聖心乃不蒙皇上采納一則曰激聒一則曰訕訐皇上之意果以祖訓有立嫡

之條爲人繼大統者而言非爲建儲者而言也謂有嫡者不可棄嫡非謂無嫡者必待生嫡也臣以爲皇上既援祖訓以稽冊立之典則臣等當解明祖訓以釋皇上之疑曩見諸臣各解明祖訓立嫡之說而皇上又留中矣臣等反覆思之誠不知皇上爲何心也卽及今冊立已遲況可再遲邪方十四年之旨謂元子之弱少也而今則既長矣卽及今冊立已遲況可再遲邪及十九年更改之旨以張有德之激擾也而自舊年以迄今春諸臣各禁口無言矣激亦改不激亦改皇上何以辭於天下邪臣等聞天下之人有以黃貴妃阻撓之說疑者臣等則謂皇上英明超邁安肯以宗社之大計而惑於衽席之私情蓋萬萬無此理也又有以皇上惑於世宗不冊立之說疑者臣則謂世宗十八年曾以冊立與封王竝行其享位之長久非由於儲位之不立也臣仰窺陛下之心不過曰長幼次序原有諭旨卽遲立數年本無他意然而左右近習讒佞者多陛下卽無他意能保左右之不以他意窺陛下邪一併封王名位莫辨宮闈之內能保嫌隙之不生邪臣昨見聖旨謂立嫡之訓乃祖宗垂示子孫永誡獨不反而思曰祖訓既有立嫡之條垂示子孫而何列聖之冊儲近不過四五年遠不過十年竝無立嫡之說者此何故也則立嫡之條果可借此箝衆口邪否邪臣等恐陛下之子孫有溺於私愛者皆援祖訓以藉口其無窮之隱憂殆有不可勝言

者矣今舉朝之人誰不爲宗社懼爲陛下懼而陛下置之若罔聞有談及冊儲者卽留中不發以致人心危疑議論蜂起臣等知朝臣甯死必不敢主持禮臣甯死必不敢奉詔以貽千古之譏也此豈聖明之世所宜有哉今聖意堅執人言難動而臣等復不避斧鉞之誅冒瀆宸聽者尙冀皇上虛心而深思之庶幾一感悟也伏乞敕下九卿科道公同會議亟舉大典則上可以慰九廟在天之靈下可以副四海臣民之望宗社幸甚臣愚幸甚臣不識忌諱冒干天威不勝激切待命之至

論宦寺疏　江盈科

成周之制閹人統於冢宰黜陟惟命天子不得私焉迨其衰也猶有干政越紀之弊故其詩曰匪教匪誨時惟婦寺然但陰與宮妾造讒媚亂不至明白擅權如後世之甚也漢之治也文帝不庇寵愛之鄧通聽丞相檄召議斬待其既辱然後救及於末造曹節王甫口銜天憲屠戮搢紳而其禍遂以亾漢唐之治也代宗不庇出獵之宦者聽縣令擢抑其黨曰爾知此獠猶何故犯他百姓及於叔季王守澄田令孜公行廢立門生天子而其禍遂以亾唐歷觀前代大都一轍然則國家之治亂宦寺盛衰之候也宦寺之盛衰又國家興廢之徵也洪惟我太祖高皇帝

鼎闢兩儀維新百度宦官止供埽除不許讀書識字所謂防範履霜者何其凜也內侍一人稍與外事隨即處置不貸所爲決齒項癭者何其勇也聖心慮及萬事蓋宏遠哉承平漸久綱維少弛乃至特命翰林教習內書堂宦者而祖制一變矣分遣宦官出使外國出鎮外省而祖制又一變矣王振之擅也挾主威合百辟究使六飛渡漠萬乘蒙塵汪直劉瑾之擅也黜陟朝臣裁革制撫卒使人主馬迹幾徧中外自三懿外其他爲狐爲鼠列聖亦時時懲創若宣廟制馬騏英廟處獵官憲廟罪李廣代多勝舉求其極盛惟世宗肅皇帝爲稱最焉登極以後追回中貴盡還禁闥天下之民如出湯火蓋垂統四十六年昔人所謂抑洪水驅猛獸兼夷狄懲亂臣賊子莫與較烈駿命罔極鴻業中興實由於此皇上臨御之初繩祖武禁貂璫民生禔福中外謳頌乃十餘年來靡靡然始不克終智璫於利藉口營繕徧遣閹豎蟒玉交映於州郡旌旄鱗遝於道路而民以供億而窮百里一稅千里一關魚蝦無飛渡之計錙銖有中分之困而民以課斂而窮古冢必剖巨材必伐山川精髓枯於鏤鑿黎民膏脂竭於包賠而民以鬭采而窮公孤非不進箴心之談臺省非不獻逆耳之規若曹盤據大內詭謀易達而外廷望九閽虞虎豹以疏逖者與親近者爭數不勝也一問安一上壽黃白焜燿珍寶充牣而外廷持片紙貢藥言以酷好者與痛惡者爭數不勝

也若曹疏曰某處積金百萬鎰往勘之不相應又疏曰某處餘銀百萬往勘之又不相應上不怒其不相應而曰是故然耳臺省疏曰某處必且嘯聚未幾而果嘯聚疏曰某處必且揭竿未久而果揭竿上不賞其先見而曰是適然耳以所甚疑者與所深信者爭數又不勝也此貂璫之害皆眾人所共見共聞顯而易見者然臣愚以爲貂璫之禍有眾人所不見不聞而難窺者恐此曹直以貨賄餌皇上耳久之目爲易與龍可撓虎可馴必將漸移其大權大權漸移久之而爲所欲爲龍爲魚虎變鼠必敢將窺其大物夫我皇上聰明靈爽自以吾前奴輩臣何人遂敢過慮及此不知自鄖適燕者驅車北向日行一日回瞻衡嶽

不覺萬里而漸遙也挾重寶者委諸所親之人久假不歸一旦索之而應曰烏有積漸所移也今皇上雖獨攬大權然攬大權而不與外廷操之雖欲歸於內廷勢不能也皇上於大權雖云親攬然不明與左右以不可見之權不能不明與左右議可行之事事屬左右乃欲禁權不歸於左右勢又不能也有如吾意陰有所注左右逆探其意曰吾將使上意出於此已而果然而下乃疑上之意盡出左右之意上事顯有所出左右預覘其事曰吾將使上事出於此已而果然而下乃疑上之事盡出於左右之事左右探上意將而迎之不顧理之是非使其意之必遂也上乃悅左右能適我意謂舍此莫可喻意者左右探上事曲

而投之不論義之可否使其事之必就也上乃悅左右能成我事謂舍此莫可計事者上與左右同意意拂於理廷臣乃據理爭之上甯從意不從理曰夫夫欲以己意奪朕意也而意益暱於左右與左右同事事忤於道廷臣乃據道爭之上甯從事不從道曰夫夫欲以己事撓上事也而事益比於左右上雖甚嚴毅必有悅豫之時左右伺悅豫以伸其說雖拂亦投彼外廷者安所得悅豫之時而使其說之必伸也上雖甚機密必有寬綽之時左右乘寬綽以行己之言雖逆亦順彼外廷者安所得寬綽之時而使其言之必行也上心有所喜怒也左右不與上同喜當其喜時徐出一言激之喜者可變而為怒左右或不與上同怒當其怒時徐出一言銷之怒者可轉而為喜至上之喜怒陰制於左右之喜怒而賞罰之致變機有所緩急也外廷欲出於急左右從中持之當急者而力能使之緩外廷欲從其緩左右從中迫之當緩者而力能使之急至於左右之緩急能移上之緩急而舒促之致變日積月累權乃從積累而移積權之極富貴恩寵彌天亙地而莫可量積勢之極恣淫慆縱家咨人怨而莫可救積怨之極天下必有何進之徒興兵犯順以誅錯為名者此曹乃求容其身而不可得矣積畏之極左右必有曹節之徒劫遷乘輿以倖免為計者至尊乃欲求容於若曹而不可得矣秦二世之寵趙高英廟之任王振其事已可覩也蓋小人

未得富貴則巧於附君及富貴已極禍不旋踵則忍於叛君自古迄今如出一轍我皇上何可不急收其權為善後之策靈長之計哉誠欲收權不必求收之之術但顯執其權於外廷而權收公操其權於外廷之臣而權收三孤六卿吾所與論道熙載者日聽其造膝剖心而泯其堂廉之迹夕郎柱史吾所託以補闕拾遺者日容其獻規貢箴而忘其忌諱之私制撫監司吾所倚以彈壓重地節制下僚者有疏必下有請必從俾令行如流無司馬門三日之待郡守縣令吾所使以牧養黎庶輯安閭閻者舉劾歸諸撫按黜陟歸諸銓衡俾安心展布無十常侍旁螫之憂則一事專屬一官一官專任一責上之權散為庶僚之權

而總攬則屬於上朝廷於大僚若身使臂大僚於小吏若臂使指此所謂顯執其權於外廷而權乃收公操其權於外廷之臣而權乃收矣否則不顯執則陰握陰握必潛失焉否則不公操則私帑私帑必旁落焉待夫權去而不可知之事出悔庸可已乎漢唐之末路我朝三宗之覆轍可鑒也謂天聰明如皇上而不慮及此臣愚不敢信也

請定楚省運漕水次疏　姜性

臣惟當今軍國之需仰給各省之漕運而交兌必有水次水次必有定所蓋酌於道里之宜適於軍民之便權於利害之交斷然不易乃可永久遵行臣生長於楚目擊楚民爲此一役謀牽築舍患切剝膚久矣安得不爲皇上請命定楚南永久無虞之計臣查湖省水次會典所載曰漢口曰蘄州曰城陵磯曰陳公套謂原止掛口而漢口陳公套其續者誤也靑泥灣卽城陵磯地方亦猶掛口卽蘄州地方議請在會典之後謂靑泥灣兌糧而總巡漕院未之知者亦誤也夫掛口各次無論已惟靑泥灣分兌衡荆岳長四府之糧則原從漢口議改者實自嘉靖十二

年始漢口果便何爲改哉乃行之四十載爲萬歷元年仍歸漢口至十九年便歸泥灣矣行又十二年爲萬歷二十一年仍歸漢口至三十二年復歸泥灣矣行又三年爲萬歷三十五年仍歸漢口至三十六年復歸泥灣矣漢口果便何爲屢改哉又何爲議改以來八十年閒而兌於泥灣者凡六十年兌於漢口者僅二十年哉臣竊以爲議法當順民情舉事當從民便以靑泥灣兌四府之糧其便有四道里適中且近一也免涉長江風波之險二也鄰壤之民和睦不生事三也省減水腳四也然而屢告屢改何也則亦有故臣聞省次之保歇[illegible]同各衙門之吏胥利兌運爲奇貨而魚肉無所不至往往假冒糧里之名誑準上

司輒又百計朦朧不行查勘或查勘矣而地方官慮以水次所駐夫馬供應爲苦輒又朦朧回覆於是甲可乙否朝三暮四不難聽熒惑之言拂百姓之欲蔑欽定之制作兒戲之舉臣查漢口幾番改兌惟萬歷元年題準而餘皆未奉詔旨也以如此關係軍儲大事而可輕率專擅也耶夫告改者不過謂青泥灣淤塞耳風波不便泊舟漂沒糧石耳漕軍逆水輓舟爲苦耳官旗以地遠法疏時有縱橫耳不知架空船以就兌米漕軍之苦幾何卽楚船歲有撥運江省之糧者獨不輓舟千里遠赴彭蠡乎苦姑無論而留心地方者或未可遂謂人已而人失之應否不爲之議處也青泥灣中段雖淤而其下爲城陵磯其上爲南津

港鯿山等處埠口迂環沙洲新出皆在咫尺一望之中向來商舟艤集如鱗而獨不可泊漕艘乎楚澤國也卽漢口諸流湍急尤甚而獨不虞有風浪乎萬歷二十年間陳公套不一夜風起打破糧船五十餘隻漂沒米三萬石有奇乎且泥灣一帶岸次逼臨岳陽門外而慮不可問以三尺將岳郡之防道所駐府縣衛衙門皆無資彈壓矣而專敕臨督之官安在耶馭衆之法亦惟恃有威令行處置當耳往年旗軍不於省河毆劉通判以斃乎安見彼近之易繩而此遠之難制也凡茲利害豈不較然甚明哉然非臣一人臆說也臣查先年撫臣李正之疏略曰兌糧到省總部通判吏書每石勒銀三分名派船錢儻運夫如數與之則票撥與軍船逐一交兌否則零星撥兌而民受書吏之害也總部隨有長行皂快而江夏又送積年民壯一人常帶五七人沿河巡邏通大小歇家指以開逼爲名向運夫索銀五六兩少不如意則大火逼枯有每石折二三斗而民受逼米之害也旗甲於兌米之時先索運夫綵紅三牲酒醴名曰祭江灑倉仍又置酒請舵公攔頭綱司椽房府役人等各有銀兩米色不等方與交兌而又有無籌逼折出風順風外耗等米畫會完倉等銀而民受旗甲之害也腳夫營幹碌票名曰官腳夫立於船頭見兌兌完一會要米一隻再會再要通完又邀集多人上船除正腳錢外每石勒米二三斗少則擁衆行兇往往有毆運夫成

篤疾者而民受腳夫之害也丐食花子聚集百十餘人又有市棍通同腳夫裒成花子上船丐米因而強搶行李或將一人佯死尤賴又或小船五七隻夜半挨糧船抽幫江中搬搶一空無憑告訴而民受花子之害也大歇家見運夫掛欠勒令部運寫約假稱王府每百兩九折連信錢止八十七兩保頭錢扣四兩說事錢扣三兩止得八十兩與運夫議還二百兩及至歇家來縣討錢官派每里每日供給貼錢而民受借貸之害也以上諸害青泥灣不盡有也卽有之未必若是甚也又云衡永長岳等府自宏治間經洞庭風波之險由洞庭至漢口又經長江風波之險往往有漂流糧船有滲漏腐爛糧者因題請於岳州交兌

至今公署現存至嘉靖末始改漢口復經洞庭長江之險而漂流諸患仍前隆慶中岳州知府劉自化具申兩院題請仍舊城陵磯蛇鱗洲水次濬通河道數里以便冬月交兌後本官去任而在城商賈積棍利此數十州縣之來得以因緣爲利百計阻撓是以未及竟行今試行文各運糧地方查訪陳公套交兌比城陵磯孰便及查先年劉知府建議或於城陵磯相近地方南津港青泥灣二處又或去城陵磯四十里臨湘縣地方卽冬月水涸亦可泊舟交兌庶有便於民而無損於國矣此十九年題準者也按臣吳楷疏略曰荆岳所屬北糧向在城陵磯青泥灣水次交兌蓋適兩府交會之區漕艘必由之路又水勢緩而民

質樸既免覆溺之患又無漁獵之弊以近就近軍民稱便迨三十一年改至漢口者爲因武漢假借告改以肆恣睢故岳屬糧之完兌者不能十一而貽累者八九運官每有掣肘之虞糧里亦多璗額之苦又云青泥灣水次自三十一年改併漢口僅一年所而羣稱不便事勢人情有不得不復舊者此三十二年題準者也戶部疏略曰城陵磯原兌衡長荆岳四府之糧若改於陳公套相距遠甚緣是荆岳二府告改於青泥灣去城陵磯止五里就此交兌卽謂還其舊日之城陵可也且運四府之糧原定以荆岳之船不獨民便而軍亦便特未經移會漕司全單尙開在陳公套及今不爲移定恐後來省會之積猾汲利鑽改更

不便於民耳此三十七年戶部尙書趙世卿據主事洪良範之疏題準者也按臣史弼疏略曰交兌之水次他郡無論矣若衡長荆岳四府便於青泥灣不便於陳公套明甚此職巡歷四郡父老合詞控訴而職與府道諸臣勘之至確者正欲爲地方乞命隨因監兌主事洪良範題請部臣題覆節奉欽依準青泥灣四郡生靈讙呼不啻更生而省會衙奸積棍欲遂其魚肉之計輒妄生流言當事猶惑其說職誠不知其故矣此三十八年題請者合而觀之四郡之水次果青泥灣便邪抑漢口陳公套便邪然就四郡而言又不無區別者臣聞衡長之運夫多係攬戶利於涉遠取事其船又多載土產便於赴省發賣又岳郡鮮有

富姓稱貸者惟省有之是以青泥灣之兌願與不願各半荆岳則原係一道軍民有婚姻之好兌次在門房之近資斧省費備辦無難臣稔知之卽居細詢兩郡士民之寓長安者罔不以青泥灣爲便可無煩再計者且查往案十九年三十二年遷改青泥灣惟荆與岳耳衡長未之改也三十一年四十年告歸漢口者惟耒陽與衡山之民耳荆岳未有辭也據彼二縣一面之情失此二郡久便之計當其事者曷不審思而熟計之邪今日楚中又議改矣且不行道府通查而望風懸斷迄何時而甯哉臣獨有說焉兌部旣裁加敕糧道則糧道一如兌部可也乃部臣每臨水次必親督兌完彌月始按他次糧道則僅驗烤炕不數

日去而委之判簿等官，彼其秩卑權輕，自好者固多，而闒茸者亦不少，安能約束軍民，且糧道又多有帶管別道之時，責其專精糧務，不亦難乎。今後宜一申飭，毋委判簿，以滋他弊，毋攝別務，以妨本職。此又不獨楚省爲然也，臣又聞江西一省漕糧用官兌之法，設倉水次，令民輸於官，官兌於軍，歲省民間費用不貲，而所以優恤軍旗亦甚悉，其法最善，彼中事規，儻亦可倣而行之乎。臣深計桑梓，謬獻芻蕘，伏乞敕下戶部，采擇臣言，將荆岳漕糧定於青泥灣水次交兌，永著爲令，不得再因別府告改，紛更其衡長二府另行彼處再議，至於申飭糧道，奉行官兌之法，一併覆議，以聽聖裁，民生幸甚，國計幸甚。時萬歷三十六年疏入，事下戶部，移咨楚省巡撫勘議，安確俱如姓議，遂定青泥灣水次，即於皇華亭建立倉厫，至今永爲定制。

謝復官疏

李騰芳

爲草土餘生，備極冤苦，蒙天恩昭雪，賜還官誥，謹瀝血恭陳謝悃事。臣繇萬歷壬辰科進士，讀書詞館，逮事三帝，更際興朝，於今三十七年。所矣株守史局一十七年，而覩院篆纔兩月又半，在山陵佐銓政僅十旬，已出供講讀，其餘春秋，匿迹邱樊。此臣升沈本末，蓋坎軻萬狀，將遵江潭以終，非敢汨情於利祿也。天啟二年，節奉聖旨，皇考陵工告成，李某相度有勞，加正二品服俸。天啟四年，節奉聖旨，李某講筵啟沃，山陵著勞，向止敘加服俸，茲仍加秩示優，并伊母卹典，及部覆再奉聖旨，李某加陞禮部尚書，資深日講，兼以山陵優敘，後不爲例。此冒恩本末，蓋拮

据一生，幸竊空銜以老，而非敢妄意於遐躐也。臣奉母喪還，值臣鄉人楊漣劾魏忠賢二十四罪，忠賢怙勢恨漣，并切齒楚人，而恚臣尤甚。明年臣方襄母事，又值父歿，正於其日，聞削奪嚴旨，驚怛慘惻，且傳忠賢尚有後命，只得身擔父棺，厝置淺土，而哀號不勝，遂至羣仆嗣後。鄉里之訛益甚，有云詗伺在門者，有云緹騎在道者，臣念係大臣，無可逃死，奄奄苦塊，以待何幸。上帝誕生我皇上大聖人，授命握符，克纘令緒，以堯舜之至德，負湯武之大勇，巨逆既剪，羣陰盡廓，而臣之罪纍亦得與於恩波，再齒冠裳，重宣綸綍，臣身與闔宅男女性命，無異斷脰再續，天地生成，父母養育，豈足爲喻。臣聞解澤，當即具疏呈謝，而驚魂

未復病痼難蘇展轉纏綿今始得占詞上控伏維皇上憐之臣無任感激戰惕之至

辭起補禮部尚書疏　李騰芳

為草土餘生不堪擢拔仰乞天恩俯容辭免以安愚分事臣於崇禎二年二月內接吏部咨文起臣禮部尚書兼翰林院學士協理詹事府事奉聖旨是欽此竊念臣繇萬歷壬辰科進士讀書詞館逮事四朝於今三十八年矣自省此身起自童幘至於衰殘隱處之日多致身之日少雖塵守史局一十七載而無所事事及視院篆纔兩月半在山陵佐銓政踰十旬遂丁母戚朝廷屢世豢養臣而詢事考功臣無尺寸可言豈不慙乎至於逆璫扇焰削奪臣職事有必然無足怪者何幸上帝之神靈早誕皇上之大聖握符纘緒盡剪羣奸而臣之罪釁亦得與於恩波

向既還其冠裳今又進之隆秩遭逢如此感激何勝切聞皇上晨夕焦勞求言諮畫直欲驅玁狁於天外而威同二祖席生民於掌上而治比三王人才莫不進矣廢墜莫不舉矣使臣得從詞臣之後望見天表側聆玉音豈不慶快顧自度材識庸愚筋力疲怯既寸長之無取又百病以交攻使空玷清峻之班而無益於梟雁之數此臣之所大懼也懇乞察臣之言原無欺隱收回成命許臣以原官致仕則聖朝帷蓋之恩不遺而微臣首邱之願已足臣無任戰慄企望之至

請冊立太子疏　李騰芳

題爲建儲大本所關春月明綸已布懇乞即頒聖諭諏定吉期以凝天眷以順人心事崇禎二年十一月初七日該司禮監太監王永祚等傳出聖諭朕荷天地祖宗之靈誕生元子近因文武臣民之請蚤建儲宮有旨允行吉期既定但祭告發冊等項典禮殷繁偶值疆事戒嚴未宜急遽粤稽皇祖宣宏二朝皆以春月冊立茲暫停止俟來春擇吉舉行遵我列祖之成規慰爾萬方之仰望特諭欽此該臣等看得建儲爲宗社大計元嫡尤四海繫心若堯舜垂衣在上何憂弗率之三苗而朝廷盛治方新立見兩階之干羽況今烽煙永熄民物咸欣乘履端之吉月

定主器之永圖順後應之人心信昭垂之天語固不俟再計者且千秋令節適將屆期景命天時正與典禮浩繁凡應行事宜業已就緒內府恭製冊寶等項當亦備完即祭告大臣已奉欽遣但明綸一霈擇有吉期盛典立可告成矣臣愚受事之始緣與會逢慶幸既深跂瞻尤切查冊立儀注已經前部臣與司屬訂定恭進御覽祭告各官奉有欽遣但懇皇上俯允臣等所請令欽天監速諏吉期俾完大典將天地祖宗靡不悅豫而默加佑助億兆生民相與呼頌而共慶太平矣臣等不勝踴躍仰望之至

進戚繼光兵略疏　李騰芳

奏爲特進舊鎮臣戚繼光登壇口訣一書以破諸將之錮習以明制敵之長策事臣見皇上勵精圖治凡刑名錢穀諸司從來之欺玩無不立刻整飭眞如日月之明雷霆之斷而自有疆事以來更切焦勞然非皇上之焦勞諸將豈能用命敵豈得退顧敵雖退而聖心猶兢惕未已必須有大戰大守之功然後可副皇上之委任臣竊以爲古事何必縷陳求之近代名將則未有踰於萬歷初年總理薊鎮之戚繼光者其戰守之地卽昔日三屯遵永之地其所統之兵卽昔十一路主客之兵其所製之臺堡尖哨卽今之臺堡尖哨臣常細細批鈔其書其法不過依古

人之什伍而加一火兵隊長以十二人爲一隊一隊之長於隊內十一人一呼則起一見則識由此以至百隊千隊萬隊莫不然故可以臂指相使僇力戰場其實只是一隊其陣只一鴛鴦小法一伍則五人二伍則十人而變之爲三才五花自一陣以至千陣萬陣莫不然其實只是一陣其制妙在於以操爲戰以戰爲操而深慨夫今之操者卽操之十年無裨於一日之用故其書在南則有選兵一篇於選之日卽定爲營伍有下營大戰兩篇以一營具五營而五營又各具五營皆有左右前後奇正守伏而敵之所値卽爲正兵故其言曰無所不爲頭無所不爲尾而以萬耳爲一耳萬目爲一目萬心爲一心萬手爲一手萬

人爲一人萬營爲一營萬戰爲一戰則宛然古人復出矣然南方只用步兵破倭而至其總理薊鎮則增馬兵車兵並步兵爲三而深惡夫西北將官專靠家丁以自衛剳手下三千官軍之養以養家丁打零賊割平民首級及死兵頭以爲功而敵勢既盛則騎馬先走故其爲說不用家丁須教練三千官軍使之制敵而身欲合十一鎮主客兵十一萬與敵堂堂一戰殺眞正賊二三千衆然後可以遏絶不得復滋繼光以此報國其法不過要萬人一心萬力一齊一聲鼓則萬人齊進就往水裏火裏也要進一聲金則萬人齊退就前而有金銀出也要退其馬只是駝軍器盔甲到場臨陣必須下馬步戰以連坐之法節節管定

某色旗到便知是某營兵與將到某色旗走便知是某營兵與將走要每營三千人箇箇如刀在頸上如繩子縛定脚跟不敢動而直謂敵不足畏敵或只有弓矢一種我以火器五種對他弓矢或只有短刀一種我以鈀棍五種對他短刀或只有衝馬我以車營對他衝馬件件算著勝敵敵之弓矢短刀不能及我身而我已先傷敵及馬矣由此論之假有如繼光者生於今日皇上何憂兵事而焦勞若此夫以今人較古人則輒以爲不可及或比之天神然繼光豈天神而諸將所不能及耶只是沿習虛套走慣熟路不肎練兵不肎講戰不能合萬人一心於死裏求生一一都是繼光說過病痛今之大帥功名既成意願已滿不肎斬新改換而皇上以大聖人首出豈無少年俊乂乘時奮勇者古人所謂虎嘯而冽風龍吟而致雲決非謬也但士之名位貧賤者或未見古人之書未聞古人之事所知不過眼前之人所習不過教師時藝且繼光兵書實無苦本其所編亦頗無倫次使人人得其書讀之必有應運而起者且其法原不難而選兵之日卽寓行伍既有統領雖生兵烏合今日入彀卽可鈐束卽成軍容選得一人就有一人實用下手便有五分工夫豈若今人費了多少錢糧召募經年累月竟無一人是實在破敵之兵則其難易虛實相去何如也又其選中卽操操卽操戰凡陣上用不得者便不操所操之手伎器械就要于陣上對敵搏

擊貼肉分鎗今人費了多少火藥走了多少花法操了十年五年無一件是實用得者其難易虛實相去又何如也臣老書生豈足知兵然蒙皇上豢養鴻恩常在病中無一可報國故不恥一言之微以當芹曝謹先繕寫登壇口訣一篇以備皇上乙夜之覽蓋將士不肎用命慣習欺詐虛套其說甚透而欲合十鎮兵與敵堂堂一戰其要只在萬人一心並做一箇氣力以報國恩其於戰勝守固之道思過半矣儻其言有契聖心謹候命下容臣陸續將所鈔緊要繕寫次第進呈以畢狗馬一念臣無任戰慄惶恐之至

遵旨續進戚繼光臺墩烽堠等書疏　李騰芳

爲遵旨續進戚繼光臺墩烽堠尖哨戰器火器等書,仰祈聖覽事。臣生長南偏,筋骨柔脆,又識腐於陳編,精衰於多病,辜負聖恩,虛糜廩祿,不勝慙愧。因皇上自去歲至今,焦勞疆事,竊有憶於戚繼光登壇口訣一書,言將士治習虛套等語,切中今病,大膽繕寫恭進御覽,奉聖旨:戚繼光屢建軍功,著書必有確見,可裨實用。口訣一篇,留覽。其餘不妨續進,卿留心邊計,具見忠悃。知道了。該部知道。欽此欽遵。臣目今病勢沈篤,氣息奄奄,有何知見,不過鈔謄舊說,虛奉天褒,益加懍懍,不敢不力疾披搜繼光諸書,若臺墩,若烽堠,若尖哨,若戰器火器五種,似今日要務。

謹遵書之,可以爲國也。臣言及此,竭其筆舌,豈能殫盡?但願憂世者急反其端,救時者慎防其漸。目今天下大勢,處處有事:楚蜀以木滇貴以夷,中州三輔齊魯以礦,徐淮以河,西南東北各以兵,小民困苦愁怨之極,又各以盜賊蕭牆之事,豈必在倭?不可不熟計而速圖之也。臣言可采,伏乞敕下兵部作速酌議施行,天下幸甚。

董其昌曰:按論兵事者衆矣,此疏條分縷悉,燭照數計,而末復重於知人,又推其失人之根在於用虛有用文字也,所謂頗牧在禁廷者。

再剖科場事理疏　李騰芳

恭捧明綸,不勝震越,謹將科場事理,再申剖晰,仰祈昭鑒事。本年二月二十七日,該臣部題爲奉旨分別確議主考等官等事,奉聖旨:取士大典,以儒臣裁中不通試卷,明係關節情弊,比於貢舉非人,詢察不確者,迴別豈得薄罰,導玩。況士舉於鄉,爲登朝發始,今日既以倖進,將來安望事功?廉恥道喪,人才鮮少,皆繇於此。不有重懲,何以儆後?至試錄有叛經離道詭詞邪說等項,該部舉奏罪黜,明載會典,如何竟不遵行,僅將文義疵累及已經劣處的塞責?是否此外別無可議,還著從公盡行摘發,併各考官嚴加分別酌處具奏。卿職司典禮,飭弊維風,豈異人任?不必瞻徇疑畏,輒思陳請。該科會否會同磨勘,如何寂無一言?

職守安在?著回將話來。欽此。臣等跽讀未終,相對惴惴不已。夫人臣奉命掄材,而文字不通,何緣充貢?此皇上責以關節,而臣等但引貢舉非人之律論之,信乎其無當也。但從來關節文字,分爲兩端:關節繇考官黷貨,不顧名義,甘以隋珠彈鵲,然當時彼此交關,必有賄買之人,有過付之人,有往來走綫提索之人,事非一手,欲秘愈彰,洎於榜出而下第諸生,憤其錢神汙塞,聲若蚊集,卽去輦轂甚遠,而語已先傳矣。外有監臨之御史,內有磨勘之科部,其誰敢爲?若夫文字向當體式平正之日,舉天下才氣之士皆趨於一路,故美者自美,劣者自劣,望之可知,而今則風尚盡趨於詭譎矣。愈詭譎愈以為高奇，不至於不可解不止。試官見者初亦目駴神眩，迨閱至數百數千無不如此，則駴者以為常，而眩者不覺其相習矣。遞加爾訂，但落平格，恐其失士，只得就其可解不可解處深相鉤索，此詭譎者所以入彀之繇，而實非關節也。關節者人與賄歷歷有據，而此則未之有聞也。但考官識迷眼亂，魚珠相冒，而豈知為誰氏之子耶？昨兩闈臣疏亦云：闈中佳卷難遇，偏鋒露穎之致多，冠裳大雅之意少。夫南宮盡天下之士矣，尚猶患難，況一鄉之臨乎？然則律以明白正大之義，詭譎即為不通；而以詭譎觀詭譎，彼亦自謂各極其情思伎能之所至，而實則時習誤之耳。臣等亦痛憤時習之

非，不無矯枉過正之論，故前磨勘疏中不憚極力指摘，而皇上一片輓回世道人心之精神，直欲上對祖宗，下對羣臣百姓，如日月之不可蔽，而風雷之不可慢也，故每詔臣等以薄罰不足，必欲重懲，皇上豈有一豪作意於其閒哉？蓋繇臣等智慮之短，畏懼之過，意不詳明，類於回互，語不深切，近於模稜，臣等之罪萬死何贖。但以心忖心，天日在上，不敢虛說一字。即如近科被參罰科舉人往往改就平夷，輒得高第。更以古人明之：昔宋臣歐陽修深惡舉人劉幾險怪，得一論讀之，有曰「天地軋，萬物茁，聖人發」，修曰：「此必劉幾也。」以硃筆橫抹之。其後修又為考官，試堯舜性仁賦，有曰「靜而延年，獨高五帝之壽；動而有勇，形為四罪之誅」，修大稱賞，擢為第一，而不知即劉幾改名為劉煇也。夫修之力幾何，能陶冶劉幾如此，況皇上首出之大聖，制度考文以同天下，一日而黜詭譎者不少，士風豈有不赫然丕變，而天下豈無劉幾其人乎？無是理也。此一節臣部司官與科臣在嚴威之下所不敢言，而臣等備位大臣，受國重恩，竊見皇上宅心之厚，用法之平，垂慮之審，一私不存，一罰必當，伏願以文字還文字，以關節還關節。若必欲以關節處文字，則勢必鞫其贓私，核其蹤迹，一有不實，未必足以蔽考官之罪，服多士之心。而臣部忝曰春官，為皇上長養人材，宣明教化，不宜使諸士與考官悲愁黯黮，以盛典為戕及也，是臣等負皇上，而皇上輿賢育材

之心或亦有未盡暘者矣。至於會典所載離經叛道、詭辭邪說，定將監臨考試官罪黜，此嘉靖十六年事，因廣東策問引列子寓言，設為黃郊紫微二君碧虛子問荅，詭異尤甚，故十七年部題著為功令，令各直省試錄分各司及科臣磨勘。若所犯有比於紫微碧虛等說，諸臣豈敢隱瞞？脫不至此，豈得無辯？此一節臣部司官及科臣向未及言，今又不敢言，而臣等言之。臣等亦何敢以為當輕，但明主之前剖其事理如此：若事理本重，皇上決不容言輕；若事理本輕，皇上決不忍過重。伏惟聖裁，詔下臣部，使臣屬與科臣知所遵守。若臣等奉職無狀，謹席槀待罪，並祈矜察。

請廣制額精用舍疏 崇禎四年　李騰芳

題爲升儲大慶鄉舉旣已加恩會試更當推廣況吏治日窳人才日匱選法日窘民生日困請暫增進士之額以裕銓除俾得精用舍以新至治事臣等不才濫竽禮席去秋奉皇上隆恩加省直鄉舉之額四方輿㵒皆得拜國本萬年之慶猗與休哉今又際會試之期臣等復濫竽貢舉思皇多士莫不快南征利見之辰願一當君命四方之使皇上自有盛心臣等何敢强聒乃思維天下大計有不得不以上告者夫皇上千古之一聖也頃以徵兵括餉鳩民察吏躬覽章奏考究利弊終日不遑至於夜艾可謂勤矣將振起廢弛鏟削貪欺鼓天下之動以爲一代成

功文章眞大有爲之日矣宜乎內外文武之材投鞭惟命左窺左應右窺右應而何以未之見也臣不敢深言且以吏治論之自有邊警秦盜之患以來向所稱樂郊廣甸民俗熙穰者莫不矜捉肘見而有城無守有倉無糈有田無歲有人無家比比皆然若古人化俗字卹和歲調饑完疆走盜之事不獨庸吏不逮而循卓亦茫如矣臣所謂吏治日窳人才日匱者此其略也以科目論之科貢之員或十或二十始列一進士焉故僻遠阻深之地有郡邑接連東西數百里其民自祖及孫先後數世不見有一進士官者而科貢所涖之州邑有數十年不見一治狀稱善考遷去者臣非謂科貢之必不肖也齒壯意旺者尙可加策而暮氣則難奮矣舉人尙有豸史節鉞之望而明經則不及矣又近年貢人甚多而以貲準改及非法所得者更不可問辟如堆塵積葉非荒州下邑何處安置其地荒其官之人更荒其邑下其官之人更下但以得錢之多少爲欣嗔何曾以百姓之苦樂爲關繫而民之生於斯者甯復有見天青日白之頃乎又有一種預考候選之吏十年五年旅食京師朋游浪費流連聲妓百兩千緡今日之子錢皆他日百姓之賣兒貼婦錢也旣不能裁其人以散之又不能挈其缺以授之日復一日臣所謂選法日窘民生日困者此其略也漸積旣已如此則不得不更以青年甲科稍稍新地方之耳目而臣又非謂甲科之必賢也但物

之少者常貴珠少於粟則珠貴粟少於珠則粟貴貴以重相收賤以輕相捐故撫按劾官銓部計吏進士之完者十之八舉貢之敗者亦十之八其勢然也欲寬舉貢則不勝其多欲嚴進士則不勝其少也然愈處舉貢而舉貢知其然故愈棼以爲官雖敗而尙堪溫飽耳愈惜進士而進士知其然故愈放以爲品雖汙不失華秩耳此豈帝王治吏之良法乎假令吏十而四其進士六其科貢進士之不良者多芟之何害不敢以黃榜爲身首之鎧冑而放者懼矣處科貢嚴於處進士而法之行必速不獲以淹久計一家之溫飽而貪者懼矣或謂近年進士僅三百五十而科貢不下萬餘又安得四其進士六其科貢乎則臣所謂

請加進士之額。裕銓除。精用舍以新至治。似亦目前捄時之急著也。頃奉功令。兵荒邊地必用甲科。而艮涿遵汞要害之區。決不可以科貢。則吏部當一盤打算。斟酌其入地多少之數。抽配進退責成之法。仰稟聖斷。若臣部止可查祖宗舊例。其事之近者。若嘉靖二年以登極取進士姚淶等四百名。三十二年新制策問進士陳謹等四百名。四十四年以臺臣疏稱科目不足布列州縣。策進士范應期等四百名。而隆慶戊辰辛未進士皆四百名。至神祖在位。承平最久。而癸未丙戌己丑癸丑丙辰己未凡六科。皆進士三百五十名。想四百亦有所不足於任使也。昨皇上戊辰首科之額三百五十。固符神祖。但目今吏治既敝。州邑乏才。而兵荒邊鄙。向爲科貢缺者。皆欲改用甲科。則三百五十恐亦任使不足矣。夫國家之於人材。其羅而收之也宜廣。其擇而用之也宜精。其汰而去之也宜嚴。擇之不精。則僨事。汰之不嚴。則留蠹。然不開收羅之門。則亦無以爲精擇嚴汰之地。此臣等區區愚見。惟聖明裁其可否。

湖南文徵卷六

湖湘後學集編

疏六　明

陳情疏　陳宗契

題爲思親成病。勢極阽危。懇恩允放。以慰子情。以沛皇仁事。臣通籍二十六年。林居一十七載。自丁未還里。至天啟四年。始以左通政就列。纔七閱月。又以思母乞差歸矣。今春例復命。臣以母年八十有餘。泣留不肎行。母以大義責之。乃逡巡就道。雖勉爾綿褫。纔離一舍。已寸腸百結矣。四月內幸逐鵷行陛見。爾時仰而加額。三覩聖人之多福。退而心折。又未嘗不睠念小人之有母也。況形影孤單。已無感而自慨。夢魂飄泊。又併日以多驚。先是王恭廠之災。臣寓就傾。不委泥沙者倖耳。繼而地震雨霆之患。臣屋如注。處漏舟者久焉。夫憂患已自傷神。驚怖又能奪魄。重以溼鬱益之炎蒸。金石猶爾自銷。蒲栁何能不萎。故近伏以來。不思飲啖者一月。雞骨猶在。不廢朝參。乃自閏六月初六日。再接臣母家音。有興嗟於遲暮。寄慨於遠遊等語。夫萬里白雲。不斷倚閭之想。數行尺素。又急嚙指之情。臣展讀未竟。涕泗交流。寸念狂飛。五體墮地。連日以來。沈綿益甚。滴漿入口不納。兩足腫浮難移。家僮扶掖相向。失聲自顧。面孔都無人理。延醫楊家祚等診視。皆謂積思所傷。非旦夕能瘳也。臣竊惟一介豎儒遭逢明聖擢置三品已二年餘矣陛下未嘗棄臣家臣亦欲用臣無柰禍過災生而臣病矣不能旦夕支矣惟皇上以堯舜治天下都城災變皆有重賑聖主之不遺顛連困苦若此況臣以祝史祼將相陛下稱禮樂之臣而忍令轗死輦轂臣不足惜如臣黃髮之母何亦皇仁所必軫也用是直攄病苦泣血上請伏乞皇上敕下該部準臣致仕萬一僥殊幸獲保餘生以歌康衢臣母子之榮也陛下錫類之恩也不然即一得母面而塡溝壑有餘光矣臣無任屛營待命之至

稅璫蠹毒憲臣疏

陳宗契

爲稅璫暴虐非常蠹毒憲臣有據懇乞亟逮正法以申主威以振國紀事臣聞御天下之術有二權與法而已一人能遙制四海權在故也四海而不敢不聽制於一人法在故也法借權而後行國家有不必收之權則柄落而法愈玩權借法而後伸而天子有不必行之法則法絀而權不尊故國家相生相養承平二百餘年獨恃權法二字互以爲重乃今接邸報見有陝西巡按御史余懋衡所參梁永樂剛蠹害一事滿朝臣工莫不錯愕咋舌而亦未嘗不歎虐璫之流禍小人之無極國家之法紀蕩佚澌沒一至此也蓋梁永之虎噬鯨吞吸脂敲髓其爲秦民荼毒已非一日所見於諸臣參劾者亦非一疏矣在梁永恨不欲剝盡秦民在三秦亦恨不欲即收梁永所恃御史余懋衡入關以來持斧斷猾疏膏賜澤秦民所爲傷心欲動者亦庶幾謂控訴之有路遷延旦夕以不即及於亂耳然三秦各爲慮懋衡不可一日無梁永自爲慮懋衡不可一日有遂以樂剛爲腹心又以張永禎李可利爲牙爪賄毒布置乘間連發雖其覺路適有天幸而懋衡之就死地者危乎間不容髮矣夫奉尺一之詔巡行郡國爲天子賞善罰惡揚淸激濁者御史也御史代天省方號爲命吏而永等敢以炰烋之勢取天子之命吏而毒殺之夫目中無天子之吏是無天子之漸也禍莫大於殺使罪莫大於

無君梁永樂剛宜加以何刑也臣嘗讀律文曰凡造畜蠱毒堪以殺人及教令者斬釋文曰堪以殺人則已殺未殺皆坐此律今懋衡雖未死乎而殺機具矣殺形成矣毒物見在招證確然樂剛之爲教令也明矣然教令李可利等者樂剛也而教令樂剛者又誰耶樂剛飛而食人事事皆聽命於永而成此大謀謂非永所指使焉剛必不敢也剛不敢而永頑可利又誰敢乎故今日誅永頑誅可利誅樂剛而不誅永天下必不服也其爲可利諸人亦必不服也陛下乃留中未即行事者豈未聞漢文帝之誅薄昭耶薄昭殺漢使者文帝終不以母后故廢法而漢治之美到今爛焉夫同一殺使者也文帝不庇一親母弟而陛下

獨遲疑一强奴悍僕其何以訓天下後世乎且御史孑身事主萬里間關所恃者一已之意氣天子之靈爽耳此璫不去則益長後來竊伏之禍而法官之意氣必衰益摧使臣任事之心而國家之靈爽愈弱何也御史所行之法陛下之法也陛下之法既不能衛一執法之御史則御史有不敢執之法敢執而御史病不敢執而國病矣陛下之法又祖宗之法也祖宗之法而不行於骫法之虐璫則祖宗有不可信之條法不可信是謂無法無法之國國非其國矣陛下何如主陛下之御史何如官陛下之梁永何如人而以彼其重若此其輕若此哉語云嚴家無格僕整飭之勢使然也事在必誅斷而弗疑陛下亦何愛一埽除賤隸以壞祖宗二百餘年所自立之制度邪伏願皇上燭照狐貍豺狼之奸分別造謀假手之律將梁永樂剛一體正法或馳緹騎系於京師或遣法司勘於彼地庶巨奸無不糾之愿國律無倖脫之條天子明見萬里之外普天率土加額頌歌而我皇上磐石之業永永無極矣

省災撤稅疏　　陳宗契

題爲省災撤稅以隆盛治以光萬壽事臣荷蒙皇上不次之恩置臣庶常稱說詩書幾年矣更拔置言路巡視漕運又六月矣然庶常五年皆依依闕下每於嵩呼之節常厠獸舞之班一銜主命遂爲四方之身矣血氣皆識尊親犬馬豈忘戀主謹於庶常章句之所聞與今日四牡馳驅之所見掇拾塵覽明知諸臣所常談主上所厭聞然而壽國綿祚實不出此雖不足廣耳目於金鏡亦聊以薦服食於昌陽伏惟皇上垂聽焉臣聞周臣之以福壽頌禱也曰如月之恒如日之升夫日月君德也月恒日升皆言始就明也惟其在天也君德之臨涖也惟其當陽也故

舜之對堯曰天德出甯日月照四時行夫日月照而後四時行臣未見皇上不臨朝而百官能就理也臣常備員侍從望見乘輿於上徽號之時爾時百官初見晬穆不覺歡呼動地皆稽首言曰禹禹卬卬眞是萬年天子然卽以詢十年前視朝之典各詑爲異事於情似拂靜攝世宗晚政也當鼎盛而取効晚年舉動於名欠佳矧萬歷之祚緜緜無疆從今日計之不知幾十世甯有歷幾十世不以延見羣臣天下又甯有歷幾十世不一望見天子此之爲情理可思也臣願此聖節朁一御朝受賀嗣後每月或間舉數次至於先朝便殿召對之典則斷斷乎不可已焉蓋大明當空羣魑自屏正人造膝讒慝自消煬竈者無所售其上下指點之私貪緣者無所試其旁蹊窺伺之計此商宗之不敢怠遑而虞舜之正南面皆是道也臣聞召公之告成王曰爾受命長矣茀祿爾康矣卽繼之曰有馮有翼有孝有德雅詩曰濟濟多士文王以甯又曰周王壽考遐不作人由是觀之陛下以弱齡握眞人之籙而必世治王者之仁卜年卜歷不知底極受命不啻長矣壽毋正位於中聖子問膳於側神孫羅列於前天下嬉嬉號爲三十四年太平天子茀祿不可不謂康矣乃求所謂馮翼孝德者果翽翽其羽濟濟於廷乎不爾則皇上毋乃吝作人之化而不自求厥甯也夫庶人之壽亦欲手足強健耳目聰明乃陛下所謂手足者何在部院半空其曹老成不得

其職被言者未必去聽去者未必言其去其留總拂人心手足幾成痿痺此子輿有空虛之譏郭泰有殄瘁之感若論耳目則益可蹙眉矣十年剝蝕存者如晨星也而一鳴之斥何易十年壅滯待者如積薪也而半通之詔何難況行取候旨之臣皆以卓異之望英邁之年果銳之氣烝烝向用於時陛下乃以愼重之故過爲磨礲磨礲之過陰爲摧折臣以爲人生只此歲時耳自少而壯自壯而老人生只此意氣耳一鼓則倍再鼓則衰今不從其壯且倍者用之如使之落落閒曹悠悠卒歲以致勞者太勞逸者太逸未用者不用已用者不聽不惟不聽而且徒隸御之泥沙棄之萬有緩急誰相告報臣願皇上自爲社稷計重

枚卜簡大寮下行取充臺諫庶使雝雝喈喈以成蓁蓁萋萋之盛不然冠佩之臣稱觴於列朝貢之使稽顙於廷而糾儀導駕之無人大寮庶班之落寞亦豈所以壯太平之觀也臣又讀史至唐之太宗曰朕生日不爲樂解者曰太宗思其所自生故不樂臣以爲非也彼以爲我爲樂人必有逢我者我樂而民則憂奈何言樂此太宗意也故晁錯曰人情莫不欲壽三王生之而不傷鬻子之告成王曰聖王在上使民盡其四生今陛下於民生果生之邪壽之邪無疆履始之時果爲樂邪不爲樂邪臣頃督漕歷吳楚之墟經徐邳之界達齊魯之境徧三輔之郊足蹟幾半天下矣但見莽蒼千里家家告空豺虎關梁處處告急而

所謂稅使亾命之徒獢虔如故也磨牙如故也剝膚見髓敲吸未休復又斂民怨以嵩呼假孝順而獻寵術籠勢劫攫取既極其恣橫雲擁蜂屯驛遞又極其騷擾故筐篚庭實金山都是肉山而蟒玉褒嘉罪首反爲功首幾何不以一生戕萬生而以百憂博一樂乎臣聞萇宏之血三年化而爲碧今充牣殿階者皆民血也臣恐其有所化也此一喻也臣又聞饕餮者之過食也不盡吐則胃爲梗盡吐則胃爲傷今如崇如墉者皆饕餮之餘物也臣恐其欲吐也臣恐其吐之而傷也此又一喻也而不止此也臣聞春秋曰聖王在上無雹而今冰雹降於新秋王者德至天郎風雨順而今迅雷轟於朝日德至地則嘉禾生而今螟蝗飛於畿輔兼之京商殘而根本撥太倉埽而腹胃虛京兵空而榮衞弱物物見祟種種皆憂獨是黃白山封瓊林露積自以爲措之不涸之倉不竭之庫而不知外虛則人有易心內實則人有覬心擣虛垂涎事在眉火臣前所稱兩喻要未可晏然已也臣願皇上急御諸稅使孝順穢物勿使點染休明而後掣稅使之詔發府庫之令旦夕下焉庶乎財散民聚災去福生名與天壤並壽與喬松期萬歷之祀永永無窮萬年之觴永永長進矣

保泰疏萬曆三十六年正月　康元積

奏爲履端伊始聖治宜新謹陳保泰之謨以贊隆平事臣聞古者每歲孟春遒人以木鐸徇於路官師相規工執藝事以諫以此知聖王之世雖百工賤役皆得畢獻其悉其在孟春正月則體元居正始象方懸故聞言尤亟亟焉臣考正月之卦其名爲泰臣常取易泰卦反覆玩味未嘗不歎聖人於保泰持盈之際何其惓切而著明也臣不敢妄有所陳謹以泰卦彖象六義謬繹其旨而推以今日之事敬爲皇上詳陳之泰之卦辭曰泰小往大來吉亨臣考易書貴陽而賤陰故陰爲小陽爲大此卦陰往居外陽來居内陰慝消而陽淑長鼓鬯休明爲吉祥善事之

符有吉亨之象焉臣以是推之陰之小也其於人也爲小人其於事也爲誤主爲蠹國爲禍社稷病蒼生凡公行敗類陰賊忮害作不善施不恕者皆小也皆泰道之世所當往者也陽之大也其於人也爲君子其於事也爲匡贊爲容賢爲庇國爲福社稷利蒼生凡正直忠厚勁氣亮節攄肝膽而同肺腑者皆大也皆泰道之世所當來者也故往而不往不可言泰來而不來不可言泰自古雖唐虞之盛亦有小人雖夏商之季亦有君子顧往來之機謂何耳皇上試以泰卦之旨别小大之品審往來之用則所謂吉亨者可坐收矣此泰卦之大較也泰之彖曰泰小往大來吉亨則是天地交而萬物通也上下交而其志同也内陽而外陰内健而外順内君子而外小人君子道長小人道消也臣考泰卦天道下際地道上升有相交之義焉在造化則天地既交而乾坤之氣欣洽敷榮萬物之所以通也在世道則君臣上下有魚水之歡無釜鬵之間志之所以同也天地既交則内陽外陰内健外順矣上下既交君子必内而其道長小人必外而其道消矣臣以是推之上下之間不交則異異則離睽壅塞其勢必鬱而爲否交則同同則融結孚達其勢必開而成泰否泰之機係於上下之交與不交同與不同耳今日廟廊之上以爲不交不同邪則皇上十數年來於二三元老所禮貌其隆所賚予甚厚所信任倚重者甚專且久卽偶被指摘立罪名者

亦曲爲解免所慰藉彌縫者甚婉切而篤至此千古所未有也以爲交而同邪自皇上靜攝二十餘年朝講不御召對無聞辰入酉出以爲盡瘁傳發票擬以爲筆札安危利病之故上何嘗咨一疑發一難閔閔焉以久安長治者熟計於元老下何嘗矢一謨陳一畫皇皇焉以守成保盛者熟陳於皇上使天下之大悠悠泛泛如無舵之舟大小之政日趨於頹靡而寖失其初大小之官日趨於苟且而盡忘其故臣竊爲盛世惜之臣請自今獻歲發新之時願皇上慨然更始進二三輔臣而問以今日之國計民生其登秏休戚者若何官方吏治其通塞虛實者若何務求所謂繫苞桑而鞏磐石者斯下交之道也亦願二三輔臣

時以憂危苦詞進於皇上而告以國計之日詘也民生之日蹙也官方之塞極而宜通也吏治之廢弛偷窳相襲相蒙而不可不覈也反覆諄切務求所爲回天聽而固金甌者斯上交之道也泰之象曰天地交泰后以裁成天地之道輔相天地之宜以左右民蓋言交泰之世天地之道固以渾淪后于是爲之裁成以妙其用天地之宜方以宣序后于是爲之輔相以順其施裁成輔相而民生之休養安全者若聖人左提而右挈之故曰以左右民臣以是知元后者天地之心生民之命也皇上爲天地生民之主則所爲裁成輔相以左右民者可漫不置意乎況今日之事又大有可言者古者以六曹之官擬於天地四時則哉

成輔相計未有大於此者臣不敢泛濫廣陳試以六官之事宜於今日略陳於前以天官言之在位之累資而不得遷者凡幾去位之空缺而不得補者凡幾郞署之馮唐已老郡邑之龔黃久湮孝廉明經歎桂玉於都門每踰歲而無官吏胥雜流倚錢神爲巷伯輒旦夕而得選則吏部之當裁成輔相者宜急也以地官言之太倉無二年之貯邊軍缺半歲之供稅使橫征之入既朽蠹而不得用有司惟正之常又困罷而弗能支則戶部之所當裁成輔相者宜急也以春官言之自郊廟習儀代之常而享帝享親僅同於歲事自臨御奉傳免之常而鹵簿儀衛不及於綿蕞以至俗流失世敗壞民競於偸士競於躁縉紳競於門戶文章競於纖靡奉釋奉老之徒競於供養莊嚴則禮部之所當裁成輔相者宜亟也以夏官言之京營之戎伍濫冒而不可校錦衣之緹騎冗蠹而不可汰武弁世胄施韎韐於白丁不過一方之土偶邊徼債帥累崇級於靑蚨奚望千里之折衝苟安者或剝軍以養寇幸無事而已掠而爲功校懨者或弄兵以修隙卒有患而已不任其禍則兵部之所當裁成輔相者宜急也以秋官言之橫璫釀三秦之怨毒惡貫已盈而三尺不加奚啻呑舟之漏網茂宰作百里之保障艱危已甚而縶囚不釋可謂戴盆之無天加以累年沈滯論奏已明先登鬼錄者永號長夜之寃見在囚籍者尙抱圜扉之痛臣惟頃歲皇上恩詔矜赦已

又慮繫囚久淹卹刑之使分道四出乃今輦轂之下皇仁未暢則刑部之所當裁成輔相者宜急也以冬官言之王門工程尙無完局福王公主府第方新內供之額辦卻屋無策而不能實漏卮河渠之開塞經費無算而不足塡逝波頃者奉旨報商明禁甚嚴乃報者幾經審論會焦唇而得之被報者一經請託遂緩頰而免之譬之子勤穡事父匿耰鉏此何以示後世乎則工部之所當裁成輔相者宜急也諸如此類更僕未數臣姑舉近事以發其槪皇上試於此月以往嘉與中外臣工維新庶政次第舉行將民獲左右之福而元后之責塞矣泰之初九曰拔茅茹以其彙征吉象曰拔茅征吉志在外也蓋言陽德方亨天下

之賢萃於朝廷如拔茅之茹連彙以起其致太平吉孰大焉何者羣賢彙征則志在天下不在一身故以其征爲吉也皇上今日開泰之治所當拔茹而進朝征夕吉計無有先於考選諸臣者彼其取於民譽採於人望閱歷既久籌策素具耳目楨榦於是乎在皇上何不以三陽之時渙發德音令之布列在位於以資繩糾而重彈壓師師濟濟各攄所長其能贊裁成輔相之業者必此輩也皇上何靳而久不發臣之所未解也泰之九二曰包荒用馮河不遐遺朋亾得尙於中行象曰包荒得尙於中行以光大也蓋言泰甯之時所患者刻覈故宜包荒所忌者猶豫故用馮河所貴者周悉故遐不遺所戒者偏比故朋宜亾四者

各適宇宙之內清和咸理故曰得尙於中行要知四者之中惟包荒最難何者爲於可爲之時得之精明失之渾厚苟其包荒合於中行光大之業端在是矣臣以是四者推於今日不能不有望於皇上焉頃者江西參政姜士昌一疏彰往察來反覆數千言慷慨叩閽詞雖繁費意實忠懇未幾御史宋燾痛士昌之被譎感慨憤激攄爲迫切無諱之談義形於色至欲與忠魂同遊語雖太過肝膽甚烈乃皇上盛怒切責既於姜士昌宋燾先後咸加顯斥甚矣復因燾之疏再斥士昌抑又甚矣咸甯知縣滿朝薦出萬死不顧一生之計爲秦民捍禦橫璫垂餌虎口可謂鐵漢梁永殺人劫貢之語其計畫無聊之狀亦可想見皇上

明知永之不法奮然取囘乃又介介於強項令而械繫幽囚此何爲也頃者李禎國所具情詞其順逆昭然而朝薦至今不蒙釋放又何爲也則泰之所謂包荒意者其當講乎古人謂決爲事之成需爲事之害今皇上之所當決而需者有三事焉如礦稅之斂怨而當亟罷也亦既明知之矣乃一則曰自有停止之時再則曰自有停止之日今爲時凡幾爲日又凡幾而卒不見其停止也如省署半空臺署九空考選諸臣已論定則當亟下也亦既明知之矣乃一則曰少俟檢發再則曰少俟檢發俟而又俟累少爲多而卒不見其檢發也如九卿大僚皆心膂股肱之寄毋論綱紀所繫抑亦國體攸尊今堂堂盛世而九列不備

有如晨星其當補也亦既明知之矣乃一則曰再推幾員再則曰併原推寫來今推者屢矣請者屢矣而卒不見其點用也據此三者當斷不斷則泰之所謂馮河意者其當用乎自諸臣以論事觸忤先後擯斥者若而人今淪落有日彼其江湖魏闕之思豈常須臾忘哉皇上竟置之若遺遂使賜環無日傾葵莫效則泰之所謂不遐遺意者其當念乎自二相既去之後南北競求爲勝意見各殊曹偶既分偏執之極角距橫生得勢而附華膴如寄失勢而爭推抑隨之三季之戒可爲寒心夫天下一家大小臣工共惟帝臣請自今開泰之始渙小羣成大羣銷落成心咸布公道以成蕩平之休是在廟廊之上建中和以倡之耳

則泰之所謂朋亡意者其當講乎泰之九三曰无平不陂无往不復艱貞无咎勿恤其孚於食有福象曰无平不復天地際也蓋言天運循環世無常泰不可恃也吾恃其平而平易陂矣計所爲安其平者爲何如吾恃其往而往易復矣計所爲保其往者宜何如惟艱惟貞庶幾免於咎乎如是則數之孚者可勿憂而交泰之福可長享矣何者往復消息爲天地之際圖之則可輓誘之則遂成際之爲言間不容髮蓋可忽乎哉臣以是推之今日則平陂往復適當其際矣自皇上踐祚以來何福不臻何威不暢何令不行何所摧而不磨滅何所求而不輻輳盛矣極矣然造化無常泰之運今乃狃久安之勢而帖然不虞其後臣

竊以爲過矣不及今關泰之時聖君賢相合殷鑒夏以平陂往復之必至者動色相戒以艱貞食福之可爲者焦心共理一旦數極勢成卒有不可言者乃始駭而圖之其將有及乎泰之六四曰翩翩不富以其鄰不戒以孚象曰翩翩不富皆失實也不戒以孚中心願也蓋言泰已過矣陰且乘矣羣小欲進之勢無翼而飛者翩翩起矣莫或富之而相爲鄰矣莫或戒之而相爲孚矣彼其翩翩而鄰者安歸乎歸於富厚也而曰不富則失實矣彼其鄰之不戒者孰迫之乎迫於中之所同欲耳而曰以孚則中心願矣今日廟廊之上休容在列羣賢畢集矢志效忠固萬萬無六四之儔萬一有之則所謂翩翩者臣懼其附之翼也所爲鄰者臣懼其得富而益親也所爲孚者臣虞其黨同伐異而爲善類戕也所願皇上別陰陽分邪正毋惑於左右之口將正朝廷以正百官何憂乎驩兜何畏乎巧言令色孔壬譬之雨雪瀌而見晛消矣泰之六五曰帝乙歸妹以祉元吉象曰以祉元吉中以行願也蓋言五爲保泰之主降其尊以順陽德之君子有帝乙歸妹之象焉則羣策畢而理道昌是以爲祉元吉然非執中獨運素願不移則讒慝所間羣枉所淆能必行乎故曰中以行願也頃皇上褎立之詔一日而置四輔僉謀之外思及耆舊蓋穆然有秦誓黃髮之詢焉天下之人引領拭目瞻仰此舉今二輔先後入閣辦事遠者踰再時近者踰一時尚未見皇

上召見延訪所商推者何事所爲更化善治者道將安出令二輔何以攄所懷來而愜天下之望意者皇上之所謂中者或非由衷而所行者徒虛願乎以祉元吉臣竊望之矣泰之上六曰城復於隍勿用師自邑告命貞吝象曰城復於隍其命亂也蓋言泰極成否積累之基還爲崩隤城且爲隍矣斯尚可以力爭乎卽告命徒勤名義雖正而補苴無及亦以吝矣蓋臣讀易至是而不覺撫卷太息也嘗試思之隍以成城也而何以復爲隍夫善建不拔有基勿壞意者版築之弗良而俾城斯壞乎百足之蟲至死不仆扶之者衆矣意者夾輔之無其人如累棊之不可居乎居安思危有備無患意者戶牖之綢繆不具而侵剝於

陰雨乎。城狐不灌。社鼠不熏。意者依附窟穴。勢極莫返乎。今者金甌磐石之業。有過歷而無不及。本萬萬無虞。惟是思亾則恆存。思亂則恆治。念及於師之不可用。告命之徒勞。則二三輔臣所爲圖固豫防以副皇上維城之倚者。信無然泄泄矣。臣反覆泰卦。以君相之交爲綱。以君子小人之内外爲紀。以裁成輔相爲事。泰之始由於君子。故拔茅於初。志喜也。泰之否由於小人。故翩翩於四。志憂也。泰將極則曰艱貞。言人定能勝天也。泰之極而否則曰貞吝。言天定能勝人也。要之有帝乙歸妹之六五。則必有包荒光大之九二。何者。天道下際。地道自當上行。此九五之相應而泰交之象也。則今日之輔臣有不得辭其責者矣。

臣觀皇上於諸臣之言無所不疑。獨於輔臣多委曲以示信。於諸臣之言無所不輕。獨於輔臣多改容以示重。如是而猶曰非歸妹之主乎。輔臣居九二之位。遭尙主之遇。所爲股肱忠貞以應皇上宜何如者。如臣所稱包荒諸事。惓惓望於皇上者。自非輔臣將順其美。多方開導。必不能得而正己物正。惟繫於輔臣之身。蓋輔臣休休有容。則所稱包荒也。以此靖獻而皇上之量自廣矣。何忠直之不容。輔臣斷斷無他。則所稱馮河也。以此靖獻而皇上之行自決矣。何弊政之不更。輔臣集思廣益。則所稱不遐遺也。以此靖獻而皇上之慮自周矣。何幽隱之不徹。輔臣開誠布公。則所稱朋亾也。以此靖獻而皇上之念自平矣。何偏黨之不化。輔臣無作好。無作惡。則所稱中行也。以此靖獻而皇上之尙自端矣。何先入之爲累。夫使遇巷無時。自牖無機。猶不得諉於無如何。況今遭皇上之隆遇。其爲巷也大矣。遭皇上之英察。其爲牖也多矣。我實納約無術。遂以無可如何委之皇上。而號於人曰。吾以去就爭之不得。以死生爭之不得。臣聞輔臣言去就有之矣。未聞其以去就爭何事也。言死生有之矣。未聞其以死生爭何事也。斯不亦虛翹主過以愚天下乎。故臣嘗謬論皇上有總攬之名而無其實。輔臣有誤國之實而無其名。冡臣有統均之權而無其用。此皆世事之大可慮。而保泰之時所不可有者。故臣敬闡繹此卦。以爲皇上履端要始之助。而未復

於輔臣三致意焉。誠見皇上年來所倚任者在此。天下所跂望者在此。後世史冊所公評者在此。且夫天下之大。自皇上而下提綱挈領。更屬何人。不於輔臣之望而誰望耶。伏惟皇上鑒臣之衷。憐臣之愚。深維交泰之義。嘉與輔臣志同道合。除舊布新。計所爲裁成輔相而左右斯民者。萬歷之運與天無極矣。

漕運改折疏　陳　薦

爲漕運改折敬承德意議恤遠方以仰裨國計事昨該吏戶二部接出聖諭鈔傳到臣恭誦之餘仰見我皇上加意元元培植邦本不惟精覈吏治蠲逋免糧而又於萬歷五年漕運糧米漸行改折恩至渥也顧臣有桑梓之慮欲邀恩於援例之餘懷永久之憂欲推廣其漸行之惠亦曰漕糧改折是已臣原籍湖廣祁陽縣人祁陽爲永州府屬界在衡州之上與廣西接壤乃湖廣極遠縣分舊時未有漕糧有之在正德年間始比緣長沙瀏陽縣偶當荒年徵納不及該部議借運於祁陽欲待瀏陽豐稔仍歸彼處照舊徵納臣所聞於父老者如此顧惟正賦之供分義所在臣今不敢具論第祁陽雖易辦而舟船常苦其難縣治雖則臨江而所在多高灘峻石之險即自本縣至衡州僅二百里而紆迴礙阻不可以一解徑達其灘洲處所春夏尚水深數尺而秋冬則涸竭見底輕舟不免費力而重載往往多虞先年水次在城陵磯今改漢口俱皆經涉洞庭各府之慮在洞庭而祁陽之慮又先在洞庭之上領運糧長每於開幫之後行不數日輒撞石著淺船破糧漂在江北江南薄近總漕趲運衙門尚得以失風漂流瀆陳天聽達其難苦若本縣相去甚遠誰有能知之以上聞者糧長只得回縣又復派徵又復賠還兼以艘行之費用雜沓官司之需索無厭有兌軍糧一石換民間六七石

者年復一年率爲常例其甚則人船胥溺如先年臣之族兄陳讓竟以是不保其身言之可爲痛心矣况今起運限期比先年又早先年起運在春夏水深之際今日起運在秋冬水涸之時其患尤不可測臣查得萬歷二年間該總漕王都御史已將洞庭以南衡州永州長沙三府屬縣兌軍請乞坐準改折會本具題旋以部復未允而罷夫改折之議每每不爲該部所與誠慮夫京倉之積漸寡而四百萬之額不可使虧也乃漕臣顧猶拳拳乎三府若必以改折爲便而不改則未便者豈遂慮不及此哉蓋本官曾官於廣西經由三府水道孰知艱危可虞故欲爲保全糧運永底民生計耳今以臣私計之漕糧四百萬石而三府止該九萬一千四百八十七石耳不足當年數內四十分之一若祁陽止該一千五百零七石六斗是亦僅四百分之一而已入之非太倉之盈也不入非太倉之虧也况山東河南兩省俱荷朝廷坐折七萬以示優恤是四百萬之數亦不必盡入太倉以爲積矣七萬可折何有一千五百餘哉夫莫小於祁陽則通融而區處之爲甚易莫苦於祁陽則矜恤而休養之所當先莫遠於祁陽則奔走而疲困之又未可以恝然視也當事者爲朝廷計一石之儲矣不爲朝廷憫一隅之泣欲斯民受一分之賜矣不爲斯民賜一分之寬今長沙衡州二府屬縣度其勢民情諒無或異乃祁陽則誠切已之慮目擊之艱斷斷所當折而

亦臣之所不容默者。適今幸蒙皇上加惠各省。漸行改折於十分之三。臣是以更望皇上軫念遐方。特允改折。以垂萬年之恩。是又皇上如天之覆也。伏乞敕下該部再加查議。如臣議不謬。卽與題復。除今運期將迫。暫行照舊徵納本色。自萬歷五年爲始。前項兌糧。合盡行改折。徵納折色。卽從該部議定每正糧一石折銀若干。兌軍二糧每石折銀若干。每石外加扛銀若干。務使上不負國。下不負民。立爲畫一之規。永作不刊之制。仍移咨總漕衙門。轉咨湖廣巡撫督糧道。轉行該府縣官。每年先期將前折銀兩照數徵定。查依原漕規例限。僉差正身糧長。竟赴水次交明監兌衙門。隨同本道解京。如山東河南坐折之例。則窮谷父老將拊手胝足而安輸納之便。且子子孫孫皆鼓腹含哺以樂太平之盛矣。

陳奏排山驛苦累疏　陳薦

爲驛馬原議公平。流弊偏累。懇乞敕部檢閱舊卷。申飭遵守。以服民情。以垂久安事。臣在昔隆慶五年。以經生肄業。不知門戶差徭驛站夫馬等事。五年以後。馳驅仕路。知有各直省事。而不知原籍事。各直省差徭夫馬。所以一定而無爭者。惟其平也。不平而爭。亦閒嘗有之。終得其平而止。至昨萬歷三十年。臣守制在籍。自當門戶差徭。與聞驛站夫馬。乃知排山新建驛界衡陽祁陽二縣之中。法初是而今非。民累訴告而未復。所以見擯於當道。禍及於其家。亦旣略見乞罷前疏矣。君父之前。敢引其端不竟其說乎。臣籍祁陽。與衡陽相去一百九十里。中爲排山。上

去祁陽一百里。下去衡陽九十里。國初以來。兩縣夫馬。逕遞中無替接。至嘉靖十八年。守巡二道會議設驛於此。呈詳按臣題允。名爲新建驛。每縣出夫四十五名。馬八匹。廩糧鋪陳等項。稱是。各發該驛官吏支應差撥。奉行無異。至二十三年。該驛爲請買馬匹。增補走遞。以蘇差苦事。申道。於時守道潘參議批兩府會議。止知驛屬祁陽。輒加祁馬六匹。祁民苦不肎承。守道堅不認錯。於是本府曲從。派所屬道零等州縣協濟。而衡陽無焉。衡陽幸此六匹不與加派。遂連前八匹不來。而祁陽竝當二十四匹矣。蚩蚩愚民。敢怨而不敢言。故上下衙門。盡去其籍。亦莫稽考。至萬歷二十一二年閒。撫臣委衡州府同知沈鈇。編本省全

書於該驛夫廩糧等項兩縣仍同而馬盡載於祁陽雖卷籍無稽亦胡不於夫馬廩糧有無同異之故而窮其所由來也各府官各爲其民只靠本道公平體恤有如本道置之度外或更有意偏私民何望焉遠方貧民欲赴訴撫臣衙門則去省半月程途而力不能故常於按臣出巡屢有控訴其準批道查者已不止五六次年復一年視爲故紙至二十六七年間衡州府知府鄧以誥纔於羣議紛糾之時忽破從前昧心之論令衡陽徵銀二百四十兩解祁陽發驛以合初派八匹馬數七十年來曾無一平心如本官者不可謂不賢矣然猶改名爲協濟而非衡永平等均出之初意亦且不可久也鄧知府去未幾而衡陽知縣

瞿溥又將發解前銀者追究以示必不出銀而故爲衡民作主於是祁陽知縣熊維卿亦爲祁民作主不發馬於驛而求復逕遞之規瞿以此倖獲於下而熊以此不獲乎上臣在山中聞而太息則與諸父老云此各父母爲其民者無怪其然到本道自平耳一日本道僉事鄧雲霄貽書本府通判陳文進問臣臣爲其心虛可語具以前故荅之而詎意本道之語判者更大不然其大意爲衡陽糧多差繁已協濟辰州驛馬又有兊糧南糧等運而祁無所運如以排出驛馬應祁陽獨當然者則是糧多縣分百當減恤糧少縣分百當加累乎此其不可解者一也又謂衡陽地衡通於兩廣祁陽僻在一隅夫永之東安永明等縣誠僻祁則與衡陽一路由祁而下必衡由衡而上必祁均通兩廣祁更通寶慶貴州何爲僻在一隅此其不可解者二也又謂巡按恤刑常駐衡陽而祁不與夫巡按恤刑不到永州是邇年間有之事從來未有止於衡州者況是衡永郴三府州縣共荅應柰何獨卸馬於一縣以爲償乎此其不可解者三也又謂衡陽宜買馬發祁陽領養馬死令祁陽擡至衡陽驗明另買夫兩縣比肩耳卽府縣相臨亦豈有馬死擡驗之事擡死馬一百九十里以道威脅之或其庶幾乎此其不可解者四也又貽書與臣云奉諭欲兩縣銀皆解驛官有餘則衡銀歸衡祁銀歸祁不足則一請衡一請祁各自增給此至當之論然湖南之驛與北方

不同昔日之例又與近例不同殆有非驛官所能任者若縣則體尊而權重自有以消强梁之心而無額外之索是以驛官爲必不可任而天下不附郭之驛皆虛設矣縣驛相去百里客使强梁且倉卒鬧事而欲得縣官於百里之外聽消息之急緩須往返二日縣官不幾勞而僨乎此其不可解者五也及見祁民有情願逕遞之告則又謂逕遞便祁可順流到衡不必由驛衡陽必須由驛不如祁便夫祁之下衡雖曰順流而曲折甚多無風須四五日阻風便難計期而食費日增公事日悞祁民果以此爲便乎此其不可解者六也及見沈鈇全書則大張告示於驛衡陽有夫而無馬祁陽有馬而無夫自昔已然夫衡陽夫廩

等項如故，而馬獨不來，非有題旨明文可驗，何謂有夫而無馬。祁陽馬不必言，而夫皁等項亦如故，何謂有馬而無夫。臣初不信，而驛官揭告示來看，則大圈大點，爲得意之文，此其不可解者七也。又謂兩縣平等均當，原無此法，不知何人搠起，意謂搠自臣耳。臣不甘受，則趨求縣官倒架番卷，尙有一宗，雖非初建時事，而中有衡永各馬八匹之說，前後兩見，乃猶以搠起欺人乎。此其不可解者八也。本道既以陳通判來問，臣自應回荅，卻又謂臣不出斡天下事國家事，而規規於此，葢以大義責臣耳。夫在朝言朝，在家言家，天下亦一縣一驛積也。而驛馬之所自出，又臣之家也，祖宗子孫門戶，欲臣置之不理，既來問而又恐

聽之，此其不可解者九也。道後臣來准矣，則又作一說，謂有馬戶趙姓舒姓者，每年折馬二匹送臣。夫舒姓臣不知，乃趙姓者，則臣三十年前一轎夫趙興受，今爲該驛包攬馬戶，臣每過排山，迎送與衆獨異，似爲不忘其故者，卽以是生謗端乎。包攬棍徒，不自營侵扣，而反折送於出馬人戶，有是事乎。祁衡壤接，忘大體而偏有所護者，亦有道路之言入臣之耳，臣不肎信，而彼獨於謗臣者信之，公然與各屬颺言，快心污衊，何人情之相去遠近若此邪。此其不可解者十也。然猶人之識量心性，秉自天來，宜無足怪，而驛馬則有不可不爲永久計者。驛建於會題覆於該部，必有卷案在架，試一檢查自明。衡陽先有馬而後無馬，曾否題裁，有無咨劄，撫臣是否驛傳道轉行該府，必有憑據，亦易見明白。如謂年久無卷，則今不難以事理揆度。一百九十里兩縣中分，孰當有馬，孰當無馬。未有驛先兩縣遞運，既有驛後，孰當坐視，孰當併勞。驛官領銀，既幾年矣，馬不敷而後請增，今改稱協濟，不發驛而解縣，孰問有餘，孰補不足。當時兩縣各八匹，今一縣二十二匹，乃猶以八匹爲額，解銀以籠絡愚民，通乎否乎。此源頭緊要所在，不必舊卷案而可一言定者。如捨此源頭，而第於末流弊上遷就掩飾，曰如何增減，曰如何編號，如何計差，如何禁客需索，不顧公平正大之體，稚襲朝三暮四之術，減當年兩道會議之同心，而固執一已剛愎之異性，私忿可洩，

將祁之人奚罪焉。若曰時移勢改，難於膠執，則除非別項活動事情，調停於增損多寡之閒，可以時勢改易，而此地之疆界，馬之應有應無，斷乎不可易者。若曰混亂已數十年，難復淸理，則亦必事止數十年，不復有後日者，或可甯耐不理。乃國家億萬年輿圖，此驛亦億萬年不變，官則因循二三年而去，民之子子孫孫可柰何。及今淸理，猶然更始之日也。曾於四年前見巡按御史批道詳云：原編排山驛夫馬，業有成議，何衡陽推諉而偏累祁陽乎。又牌云：該驛之設，亦既有年，但不知以前無驛，兩縣夫馬何以走遞，建驛之後，原議作何分派，以前不聞有祁民包當與衡陽解銀協濟之說，何至今日有之，且欲幷裁道零等處

協濟之馬。不將獨累郴民乎。凡人情相安。百世不易。亦可。人情未安。朝更夕改。亦可。總之求一當耳。嗟夫。論政者不當如是耶。臣常與衡陽一二士夫談及於此。亦皆謂聞之父母。果如此說。臣惟以事在鄉土。嫌於專疏。而驛站既設。朝廷之官吏也。兩縣人民。朝廷之赤子也。臣叨荷漕撫。亦有事於其地。而百凡願朝廷率由舊章。臣今不言。誰復言者。伏乞敕下該部。查卷有則申飭。無則公派。雖排山有驛無驛之異同。明兩縣有馬無馬之憑據。定出馬均當協濟之名目。審站銀解驛解縣之便否。察郴民願復遲遞。得已不得已之情狀。復議歸一。而後以如何增減。如何編號。如何計差。如何禁客使需索。聽該道府縣以爲酌處。則

前數十年之苦樂姑不必計。而以後億萬年之均平。始爰永永無詞矣。爲此具題。萬歷四十二年十一月題。

言時事疏　　　滿朝薦

太僕少卿復上疏曰。比者風霾晝晦。星月晝見。太白經天。四月雹。六月冰。山東地震。畿內霾潦。天地之變極矣。四川則奢崇明叛。貴州則安邦彥叛。山東則徐鴻儒叛。民人之變極矣。而朝廷政令乃顛倒日甚。一乞骸耳。周嘉謨劉一燝顧命之元老。以中讒去。孫慎行守禮之宗伯。以封典去。王紀執法如山之司寇。以平反去。皆漠不顧惜。獨惓惓三十疏劾之沈漼。卽去而猶加異數焉。祖宗朝有是顛倒乎。一建言耳。倪思輝朱欽相等之削籍已重。鉗口之嗟。周朝瑞惠世揚等之拂衣。又中一網之計。祖宗朝有是顛倒乎。一邊筴耳。西部索百萬之貲。邊臣猶慮其未飽。

健兒乞錙銖之餉。度支尚謂其過奢。祖宗朝有是顛倒乎。一棄城耳。多年議確之犯。或以庇厚而緩求。旬日矜疑之輩。反以奸深而苛督。祖宗朝有是顛倒乎。一緝奸耳。丑罪自有常律。平反原無濫條。遼陽之禍。起於袁應泰之大納降人。降人盡占居民婦女。故遼民發憤招敵。攻城事發倉卒。未聞有何人獻送之說也。廣寧之變。起於王化貞之誤信西部。取餉金以啖插。而不給卒伍。以故人心離散。敵兵過河。又不聞西部策應。遂至手足無措。抱頭鼠竄。亦事發倉卒。未聞有何人獻送之說也。探得奸細不過爲化貞卸罪地耳。王紀不欲殺人媚人。反致削籍。祖宗朝廷有是顛倒乎。若夫閣臣之職。在主持淸議。今章疏有妒才壞

政者非惟不斥也輕則兩可重則竟行其言矣有殛奸報國者非惟不納也輕則見讓重則遽加黜罰矣尤有恨者沈淮賄盧受得進及受敗又交通跋扈之奄以樹威振瑾僨裂之禍皆淮作俑而放流不加他若戚畹豈不當檢何至以閹寺之讒甕其三僕三宮分有常尊何至以傾國之眠僭逼母儀此皆顛倒之甚者也顧成於陛下者十之一二成於當事大臣者十之八九臣誠不忍見神州陸沈所望陛下終覽臣疏與閣部大臣更絃易轍悉軌祖宗舊章臣卽從逢干於地下猶生之年

案沅州府志滿太僕逸事世傳公之將生也大公延素夢宣聖攜一童子立長虹橋上呼其名而屬之曰好將此子寄付

爾家應龍乃出逢蛇則歸覺而異之明旦公生見太僕自記後以萬歷甲辰捷南宮崇禎己巳終於里夢兆皆驗云公以忤璫繫請室凡七越歲其初就獄秦撫顧公其志斂貲得金千九百有奇屬公僕名連城者納橐饘時萬歷三十五年也明年十月二十七日公忽夢見一人衣冠甚偉手一編揖而言曰生平所著文集數卷煩君筆削言訖去明晨獄卒持書至啟視乃蔣太守所寄楊忠愍椒山集也因憶夢言丹黃之是夕復夢忠愍持短槍入謝公異之遂作序賦其事又五年秋七月二十四夜公將就寢見火光自空墮離地尺許盤旋不已照徹如晝乃作流火賦明年季春有白鶴來止獄中與公伴寢食者久之又作來鶴賦是歲葉相國向高因聖壽節疏救公獄中案頭鎮紙龜甲忽躍起公意朽甲具生象是生還機也方構靈龜賦而赦詔至遂出獄萬歷間龐陽戍兵大噪主將撫之不聽邑令槁之不受公方持服廬丙舍中聞之以衰杖往諭且述巳翦璫得罪狀謂若等謀逆禍且不測曲為開導衆咸感服

班師陳情疏　　洪雲蒸

崇正三年七月廣東監軍道副使臣洪雲蒸謹題爲奉旨班師陳情省親更抒愚忱伏祈聖鑒事國家聲盛二百餘年厥初八荒懷德西鄙諸國且藉聲靈以爲羽翼未聞畿內有儆反徵兵於五服實惟太祖太宗先內順治而後外威嚴耳嗣是諸廟丕振威福外有不庭亦多乞師都門以張撻伐即天順蒙塵嗣還聖輦威德如故也惟自嘉靖庚戌之變事乃日非迄今爲甚臣二月內聞儆不禁太息爲皇上遠慮也皇上徵兵於四方臣不敢以爲非然所謂援必先能自救自古未有內不能自救而能受外之援者即有艮將勁兵鞭長不及馬腹況其難得者乎則

臣竟不敢以爲是今敵之退則其幸耳然猶有稱功頌德慶皇上無疆之休者何也而臣則謂敵騎之至爲國家儆未必非福乃敵騎之自去下以此而冒功上以此而弛備未必不爲無疆之恤且思今日之患不在邊庭而在腹裏不在無兵而在無臣夫輕徭薄賦賑飢勸農息訟禁奢無非弭亂於腹裏者雖曰正朝廷以正百官行此數端全恃君心之寡欲然承宣在臣伏乞聖明慎銓衡之寄先擇賢有司撫字元元以固國本次則簡拔仁廉勇智之才以充邊庭腹裏之需矯世廟以來之積弊復仁宣諸廟之偉績則天下幸甚宗社幸甚粵東正月乃聞儆二月議監軍臣則亟欲同壯士而北柰督臣議將議餉遷延今乃得抵南都負罪誠多蒙皇上寬宥異時報德當何如者但臣有八旬之母前教光國茲靡倚閭竊思親膝下日短而酬聖恩日長便途而乞歸省實屬至性皇上以孝治天下亦必求忠孝門無不報親而能報君者知高厚之德必原而許之也數月之內即趨就職酬聖恩者益無窮焉至所抒愚忱言之過激伏祈皇上虛懷而熟計之

題建廣東惠州府連平州疏

洪雲蒸

崇正七年五月廣東監軍道按察使洪雲蒸爲粤寇已平建州善後謹敘始末仰祈設官定賦屯兵以垂久安事臣惟九連山以盜藪之名甲天下然其廣邃崎嶇所生草木禽獸非能生盜也惟環山中外平原沃衍錯壤而居之民遠於有司政令遂憑山爲巢莫之敢問實驅民於盜之原此建治爲要著不可易也然王守仁已設和平今復設連平者何試以四面籌之所稱朝天馬崖鷹十二旋滴水巖桃子坪等處其中區也上下坪溂頭抵龍南之橫岡其北鄙也樟坑中村熱水岑岡營抵贑州定南界其東鄙也青草州字子區忠信巡司摘頭猴子額直達周陂

其南鄙也自廡陂歷陂頭東桃銀瓶等隘其西鄙也九連居中四面環之和平最近當日設和平亦謂就近控馭然桃子坪等處皆屬別縣或距河源二百餘里或距翁源三百餘里或距長甯百八十里溂頭巡司尋廢岑岡二哨之設只云固其東鄙而九連付之誰何之鄉是設一和平不能爲九連控馭者以三面籌之未周耳且各自爲邑無聯絡之勢盜乃狂逞是往事之明鑒今連平之設旣割翁源之東桃銀瓶二隘長甯之長吉二圖則翁長西鄙轄爲右掖以惠化圖建治則九連中區轄爲左掖忠信二圖至連平四十里而近豈復有籌之未周者哉又建置爲州將河源和平爲屬邑則環九連之前後左右統於一州實以補前人防九連之所未及是豈王守仁不能見及此爲不若後人乃天運人事有所待今得繼其間以相成耳周陂之地山聚水合其形勝足建也木石可近採甎灰可近造是材料亦裕也士民急欲得城以爲棲而安輯之甚不容緩也建城建署之費不以剝凋敝之百姓亦不動支錢糧設處惟賴院司郡邑及諸參遊衞所之捐助今臣一倡百和不兩月至二萬餘金又不苦於策費之維艱長甯知縣陳國正委以建城建署永安知縣牟應受委以丈勘賊田召佃耕之以養營兵以定兵制割賦諸邑以定糧制更委推官吳希哲督理之則不患於任事之無人但官中興作上滋冒而下滋擾往往然也九連民素悍使建置

稍擾何以服其心管兵之委以候缺官趨之彼卽騖以冒利愈冒則愈無成功臣乃與廳縣計之廳縣必一段眞心爲之又必擇董事者亦一段眞心爲之費用無涉錢糧收支不經吏役則杜冒杜擾之關鍵故前往開基九連之民囂然莫之聽及土城之築臣鼓長甯翁源夫役因工負食一毫不爽夫役躍踴土城旋告竣嗣見不擾如此羣而懽趨砌甎城給諸匠以民家工例無畱難無旁索百工亦競勸自冬徂春雨雪不輟甎城亦旋告竣惟御之得其道也計門有四南曰來驍北曰起鳳東曰鎮連西曰望英周六百二十三丈計費八千兩僅九閱月而城成視昔修和平城以三載河源新城以五載則似費約成速莫逾於

今豈有他謬巧勝於前人惟役效其實無冒工惰工之弊廪稱其事無溢給捐給之嫌故耳雖然所營無不如意且不冒不擾而費約成速夫豈偶然又孰非天運人事適値其隆之一徵哉今院司叙臣等功次臣竊思前此埽平惠潮諸寇與今久安長治之規皆聖明之福臣何力之有伏祈俯鑒顚末設官定賦屯兵如臣等議則三省受賜職等幸甚臣例不合複疏但以總督巡按謂臣籌畫提督始末事理貫徹言之精確故令瀆奏實出冒昧不勝惶恐之至

題舉賢員疏

文士昂

巡視大倉銀庫工科給事中臣文士昂謹題爲薦舉省直司道官員事臣等以巡視兼督餉查參舉劾奉有明旨日夕冰兢餉綜新舊敢不詳劾完欠而臧最之案查先經戶部都察院會題疏開將省直完欠司府州縣等官一體查參舉劾又該臣題爲餉務至重等事文移一款內開藩司糧道並守巡二道嚴行催趲又以賢否異詳臣與身親地方者不同業經部覆官詳撫按移會奉欽依在案竊照大倉舊餉四百萬新餉幾九百萬賦額之多無踰此時然以則壤成賦兵饋急需而轉輸稍遲遂虞庚癸之呼則督責州縣完餉與臣同心協力者惟監司諸臣是賴往日新餉薦例止及藩道今舊餉兼該而守巡各道皆催督舊餉者也新舊分催責既重心亦良苦激勸之典誠不可無但監司中負望者未始乏人惟就餉之盈縮以爲提衡卽水旱蝗災湊辦不應手之處臣亦未敢徇舉此外何容濫及今據撫按報輸運敏速兩餉全解勞勤素聞者臣亦安能泯沒而不一表暴之也查舊餉惟福建廣西徵解全完新餉惟湖廣廣東徵解全完尚有四川地遠兵阻原無分派舊餉守巡職名撫按揭開未能猝至又山西陝西雲南貴州四省舊餉解赴近邊鎭幷留本地完餉原不解赴大倉未入查參不敢列薦其新餉額完如原任廣西左布政鄭茂華等國賦借以早完已經歷任其分守海

北海南下荆南淮海各兵備督催正賦轉輸不匱可謂拮据倍極苦心但以五六兩年折算見壓約十分五分爲率致格毫釐臣祇遵功令亦俱不敢概敘謹錄其先解足額賢聲懋著者臚列上聞伏乞敕下吏部破格甄收擢用施行謹具奏聞

請停魏瑺襲封疏　蒲秉權

題爲世及之恩命太隆中瑺之膺寵太過仰乞聖明愛惜名器以防濫觴以杜倖門事竊照朝廷爵賞凡文臣武臣子廕子襲皆必有殊猷偉績表著封疆裨益宗社者迺得食其報不則必議裁焉其典綦重且嚴也卽如曩時國本建言諸臣近因覃恩公議贈卹皇上猶倍加愼重雖以直節表表若薛蕙司官循例疏請職賓應爾而尚觸雷霆之怒赫然降處無非欲以懲冒濫肅官常耳彼閹宦何官世襲何典而可輕於錫予乎哉頃臣等辦事科中見兵部捧出聖諭謂皇上念司禮監太監魏忠賢從事青宮贊勤勞特將原廕錦衣衛指揮僉事魏良弼等俱準加世襲仍給應得誥命臣等恭繹王言因歎忠賢蒙此非望之福踰涯滋甚而轉慮皇上施此異數之恩恐濫端易開也夫自有祖制以來內外百官所恪遵者不過大明會典已耳查會典內一款嘉靖九年奏準宣德年後武職逐一查驗功冊凡巧立名色以軍功爲名而實無軍功者文武內臣子弟人等非征進軍功以技藝勤勞傳乞陞職世襲者俱查革此其著爲令甲班班可考則世襲一途原爲實實有軍功者酬勞地耳皇上試思遼左陷沒川黔蒙難諸死事大小將官開關百戰甘以要領與敵魄落黃沙血化青燐者不知幾許人廟堂之上憫其忠而錄其後自劉綎數臣外猶多齎志以滅未聞賞延於世焉何物忠

賢等祗日供便僻使令之役於禁掖，身厭文繡，口厭膏粱，曾未見效一橫草功、汗馬勞也，而昆弟子姪輒一旦纍纍若若，闔門席刑餘之芘，奕世享組綬之榮，不幾令錦衣堂上武科人人無色，而功臣咄咄解體也哉！且聞爵人於朝，與眾共之，則皇上一家之官爵乃天下之官爵也。今皇上取非其官，官非其人，惟辟作福，亦孰敢重違皇上命？第恐書之史冊，謂天啟三年七月內中官某某俱蒙傳旨准令世襲，則天下後世視皇上爲何如主？其於以風示四方、垂訓萬世計亦甚左矣。況諸璫中賢者最少，萬一寵溢而驕，浸驕浸橫，將恐有乘驪龍之睡而竊之珠者，漢董賢、唐魚朝恩輩之覆轍具在，不可不監也。臣又記洪武四年

中書省有言宦官俸宜月給三石者，高皇帝曰：「內使輩衣食於內，自有定額，彼得俸將焉用之？但月給一石足矣。」夫月俸爲數曾幾何，而高帝猶裁抑之，況世襲之典，所關係國家名器最鉅，胡可假借若曹，令其虛縻大官俸無已時哉？臣等職司駁正，義不容默，因罔避鼠器之嫌，合辭以瀆。伏乞皇上稍加節制，勿輕開恩倖之門，以啟冒濫之竇，庶近習清而主權重，雖罪臣等以不識忌諱，亦甘之矣。

請允放閣臣史繼偕疏　蒲秉權

題爲閣臣斷無可留之義，溫旨亦無太褻之體，仰乞聖明慨發德音，亟爲允放，以息羣議，以清揆席事。竊惟人臣立朝，有勳猷掀天揭地，聲望冠古鑠今，上下相得，輿論交孚者，上也；亦有愛身名之念甚於愛君父，義不受辱，而入山入林惟恐不深不密者，次也。從未聞羣矢攢胸，瘡痏遍體，猶肯依依蔗境，戀戀雞肋者，是必其頑鈍無恥之人則然。夫頑鈍無恥，在稍知自好者且不屑爲，況鼎鉉大臣能甘此哉？而不謂有屢被抨彈，更番稱病稱苦，欲避賢者路如繼偕者，皇上乃不體卹其私，曲完其名，而堅執不放，數數強其復出若此，將毋謂繼偕卽被人言，終無可

去理乎？抑人言盡屬風聞，可不必去乎？夫用舍兩端，君權所繫；廉恥二字，臣品攸關。輔臣半生行徑，臣固不敢傍人口吻，過爲吹索，第詳察伊子史八舍主盟倡亂一事，千眞萬眞，向微南北科臣交章指摘，則爲虺不摧，爲蛇若何？平章好家居，不幾爲纖兒撞壞乎？然則輔臣應下拜言者爲諍友，而藉他山之攻以作藥石之助，想虛心平氣時，自有此段循省功夫矣。惟是通國方厭輔臣如眼丁，而輔臣亦自厭一官如贅瘤，臣等每設身處地，爲之低回以思，眞是水窮山盡處也。將欲鎧顏甲面以希就列，義既有所不可；將長杜門席藁以供彈射，情復有所難堪。則斷斷乎惟懇皇上允其去之一著，而萬事畢矣。況輔臣一出國門

而海濱之無賴惡少必且聞風獸散不敢以相門爲窟穴恃八舍爲泰岱山有猛虎而藜藿不採其所全者一也輔臣一獲晝錦而趨庭之野心狠子亦或洗滌胃腸斬南山白額爲北海善士其所全者二也輔臣一返初服而知止不殆知足不辱六六磯邊可以漱流三三峯頭可以枕石正如雲鶴霧豹繒繳安施其所全者三也夫以一去而三者具皇上亦何苦介介焉令其陰與言官爲難不一爲之恤其私完其名哉且語不云乎王言如絲其出如綸蓋言天語綦貴綦重不可不愼耳乃今日一旨慰藉明日一旨勉留至再至三以至於輔臣之頭禿矣舌敝矣而尚未已也施之者不顧其所安受之者轉覺其無味褻國體

而羞綸扉莫此爲甚頃外廷嘖嘖有輔臣顧瞻破甑覆收覆水唾駡由人好官自我者是皇上屢以恩加輔臣而反以累輔臣也又有謂元輔香火關情票擬礙手明知其應去而不忍啟皇上予之去者是輔臣終不能以決去得之元輔而轉以累元輔也當斷不斷反受其亂無一而可然則輔臣今日自處百進不如一退百退不如一速豈煩再計哉臣在吏言吏而大吏用舍所關無過繼偕去就一節因敢附於昔人勸駕之誼而直陳其不應留者如此惟皇上裁察而亟放之輔臣幸甚揆席幸甚臣無任惶悚待命之至

湖南文徵卷七

湖湘後學集編

疏七上　明

聽邊臣相機行事疏崇禎十一年三月

楊嗣昌

邊烽發難二十年國家用兵二十年雄邊健兒盡膏烽刃中原赤子盡化潢池亦二十年於茲上自宮府帑藏有司積貯下至億萬生靈一錢半粒付之逝水亦二十年不過耗累鉅萬萬財屠累鉅萬萬命而已嗚呼二十年之前不可贖矣有二十年後長如此而不變者乎易曰何以守位曰人長如此其屠人不可也何以聚人曰財長如此其耗財不可也而從無有一人言之

者臣子以爲吾之此身居一日官塞一日責而已國之大事豈吾一身能擔敢擔吾之此名求一日榮免一日辱而已擔國之事不能求榮而反求辱是以人人知之而不言也今臣竊不自量以爲苟有益於軍國雖殺臣之身辱臣之名而臣不敢避臣之愚計以爲用兵踰二十年無不變之理古神聖莫如舜談至治莫如禹命禹征苗三旬逆命遂班師舞羽度二旬以外屠人耗財聖神不爲也況二十年而忍爲乎後世而下歷觀漢唐宋所以制邊要未有能尊體統正名號如本朝之撫賞焉者成祖首和甯之封穆宗終順義之貢損益百王權衡千古遠者不具論只如俺荅彊盛在肅宗時犯搶垂數十年蓋與今日邊烽無

巽。款貢而後。蓟門宣大一切解嚴。男耕女織。老終幼養。牛歸馬放者垂六十年。說者以爲恃款怠備。而不知以六十年之俘人掠畜陷郡攻城與六十年之男耕女織老終幼養牛歸馬放者較之。孰得孰失。孰危孰安。孰利孰害。況乎款貢而後。所謂俺苔者。化爲荒淫之一夫。控弦數十萬。化爲臥舐之守狗。而今六十年後。問俺苔之子孫。一綫僅存。信乎我朝撫賞。實實爲弱虜之策也。今若不顧民窮財盡。盜賊蜂起。中原南服根本動搖。而必以勦殺爲事。今日增兵。明日增餉。耗累鉅萬。萬財不已。又以新財續舊財。屠累萬萬命不已。又以後命塡前命。眼前不見。必有駟至之時。當身不任。必有接手之禍。而爲臣子敷衍此日。待其

駟至付之接手何人。此乃萬世罪魁。狗彘不食。臣不敢爲。不忍爲也。是以直剖愚忠。仰祈聖鑒。撫賞機權。灼然不容偏廢。通此一路。俾邊臣得假便宜。暫弭大患。待數年之後。效同俺苔。而我中原盜賊止息。氓庶安生。錢糧不苦於沃焦。甲士不憂於曳癸。然後奉將天威。大張撻伐。未晚也。

再祈聖鑒廣收羣策疏 崇禎十一年九月

楊嗣昌

竊臣前於烽入之初。卽請敕廷臣公舉戰守之才。羅而致之闕下。其後督臣盧象昇召見。臣乞皇上專任責成。勿容多指亂視。此臣之愚慮。以倉卒應變。如得眞才。自徵實效。而求言不如舉人之要也。且軍機呼吸異宜。卽臣部亦難遙制。儻議論紛紜。致督臣熠管分心。則首鼠將無適從。而脫兔豈能如意。是臣之苦心。尤爲督臣任事地。非故阻抑羣言也。柰軍機奉旨嚴密。條奏蒙諭留中。陰陽疑揣之端。自是而起。異同搆鬬之嫌。不卜其終。臣不得已。將一二題稾密傳臣部坐門司官。質之九卿科道。同坐門者代臣請益。蓋欲同舟之人。略知篙楫。邪許之事。以息捕

風捉影之談。而臣心如是之苦。譌言如彼其興。必祈皇上俯採芻言。廣收羣策。將前此留中者。俱下臣部。看詳。後此欲言者。開導諸臣速奏。於以佐督臣倘任成援勦膚功。臣雖譴死。所甘心矣。

案。疏云。軍機呼吸異宜。卽臣部亦難遙制。儻議論紛紜。則首鼠將無適從。而脫兔豈能如意。又有覆少卿趙光抃恭報援師一疏云。烽勢倏忽轉移。有前奏到京。而後局已異者。節節具題。事事需覆。萬非軍中所宜。光抃之言。雖有揣合。未免轉瞬卽非。臣部難爲膠執擬議云云。所見甚明。何至如野史所云。嗣昌用兵必自裁進止。稽延時日。坐失機宜乎。汝懷附記

軍務正般譌言可駭疏崇禎十一年九月　楊嗣昌

邊烽入口臣夙夜嘔心惟念陵京之地與他方瓦注不同其與督監商求謂彼兵利於野戰我兵不宜浪戰惟審機鬬智用閒出奇募死砍營埋兵翦撥使彼進不得逞退不得安勢將自遁然後多方設伏盡銳邀殲此在兵法以形格勢禁保障陵京以避銳擊歸驅除羣醜大都局面已定而後行閒方略聽其自出爲奇臣屢疏百餘歷歷可稽何曾有專主不戰二字掣人之肘無柰人心不同難端遂作始而加之督臣盧象昇旣而加之高起潛今又復舉而加之於臣臣思揑造此言搆思此計欲殺臣等數人之身芥子鴻毛何關輕重惟恐彼中打細探聽風聞因

行反閒不止殺臣數人之身實欲僨我國家之事則其禍曷忍言伏乞聖明將臣前後諸疏敕下兵科會同六科十三道摘出專主不戰等字以定臣罪案然後請黜臣官戮臣身以明示天下臣民爲不忠不孝遺臭萬年之戒若野戰浪戰通國之人皆知不宜而臣又無專主不戰之說亦望聖明昭雪黜臣之官繫臣之身以俟事甯處分總之臣官不黜臣身不死怨嫌誣謗日異月新不知紀極雖孤忠一點聖明或垂鑒憐而圈套已成國人皆曰可殺彼時僨國事而負主知不如及今猶堪斷之於早也

案當時以楊公主款不主戰與盧公大詬未知論者曾見此疏否又案盧公亦具有一疏云軍機秘密初非局外所可揣摩流言法當嚴禁頃接樞輔臣咨爲軍務方殷譌言可駭等事疏請禁戢造譌爲師中要務況微臣原無浪戰之意樞臣亦無不戰之言前此會晤閒卽有危言切論彼此商求總之肝膽無私共濟朝廷封疆之事而已自來忠臣謀國取其異不必取其同信之心不必信之眾究竟亦何嫌何疑也據此二疏則盧楊二公當日情事可見非如野史所云也汝壞附記

鉅鹿屢報未詳疏崇禎十一年十二月二十二日　楊嗣昌

賈莊之失於本月十八日先接首臣劉宇亮寄到劉光祚數字中言盧督師虎總鎮皆未卜下落至十九日再接奏稾則言督臣致命虎楊二鎮衝破當武田將官尚存又次二十日三接奏稾則言宣山二帥俱得潰圍督臣扶掖上馬者再竟致命焉又次二十一日接侍郎孫傳庭手書有守備何鳴陛稟稱楊國柱與虎大威今俱見在等語又接分監陳鎮彝奏揭言盧督師兵馬十一日與彼對敵得勝十二日彼句大兵來將盧督師兵馬傷損太多逃竄等因又言十二日敵四面圍困卯時惡攻大礮打死許多不退至午時將兵馬自西衝入舉火驚亂盧督師虎

楊二將未知存否等因是其前後情形與臣部差官張國瑞董光裕言亦有合而陽和宣山將領尚多某某見在何處某某畢竟無存終未確然也但據報存之中如楊國柱虎大威乃堂堂兩大鎮帥而李重鎮則節制中營副總兵爲該督標營貼身之將此三人者夫非應與該督進退存亾而不失其正者乎胡爲一戰而潰東走西飛置該督於萬衆之中而竟以子身殉難也平時之指臂不靈臨敵之心腸各別鎮將不忠於總督則又何以令偏裨潰逃先見於元戎則又何以先士卒今而後不能行法則必不能治軍不能治軍則必不能剋敵臣職掌所在據法請袞無他說也若首臣之議從烽入口以來將士率多恇避僅虎大威楊國柱二三人較覺敢前似與吳國俊差異欲懇聖恩暫寬重創姑責圖功是又一道抑今新督臣已經奉命其用將亦必有方某能收後效以蓋前愆某益罔後功而重前罪與首臣不時奏聞朝廷之誅賞仍在是皆皇上恩威非臣部所敢干也

案國權及崇禎朝紀略諸書皆謂盧象昇之死部將張國棟趨報嗣昌嗣昌欲增飾象昇退怯之狀國棟不肎承搒掠倍至終不易口又言嗣昌遣帳下卒三人往驗死狀二人皆模棱獨俞姓言實戰沒竟斃杖下又云象昇以嗣昌高起潛奴之起潛遂諱象昇死今考盧公殉難以臘月十二高監時在

雞澤賛畫楊廷麟乞援在彼視師首輔劉宇亮亦將至軍前廷麟宇亮皆可立時奏聞何坐聽起潛之諱匿此何等事不飛報朝廷而僅一無名之部將張國棟私報嗣昌乎觀於此疏則自十八日至二十一日已五接軍書首輔已於十九具奏距盧公死事數日耳何責高監之諱亦安用部將之報乎小說家非惟不察肴訛抑亦不諳體制又此疏稱差官張國瑞董光裕而無俞姓直參罪弁疏中有差官朱國樑疑張國棟之名亦出揣擬者之杜撰也汝懷附記

覆豫撫困苦情急疏 崇禎十二年二月十二日 楊嗣昌

看得豫省自南陽達汴渡河爲滇黔粵楚蜀秦要道近値流土交訌民逃站倒援兵數至印官剜肉吮血以應之而協濟之鄰邑立視其死而莫之救也臣部惻然於豫民胡應選困苦情急一疏爲設一便計請以無驛遞之協濟抵解有驛遞之京邊而又借互調之法以警之使人人交奮於功名卽人人交援於水火也業蒙皇上軫念下臣議於該撫按詳查確酌去後今據河南一省司府如開封歸德衞輝河南南陽詳覆已無不稱便者各將屬邑抵兌倉口文冊造送矣而懷慶汝甯之申稱未便者止上蔡濟源息縣與汝州一州驛傳道臣朱明時所云不過通

省十二州九十六縣中之一二耳乃主議者猶瞻顧於積逋之結習難破姑爲請將協濟銀兩附入考成一語以銷之臣部猶意其於確酌之旨未暢也夫事關郡邑利病惟權其分數之多者從之彼各縣所稱完解者特一時支吾之詞而司府所稱抵兌者乃永久相宜之術卽不必强不便者以就便抑何容抑便者而同歸於不便乎況驛遞一節見在議裁則協濟之銀終作正解此時而不亟行釐正則有驛遞者彌見供億之苦而無驛遞者仍毋協濟之逋法之行也何常之有今蒙皇上發下確議臣不敢增設一字惟據該省司道所開列稱便者聽其抵兌卽以十二年爲始應抵解州縣各正其簿冊刻限報部轉具奏聞而府官傅崇中李奇玉所稱必不便抵兌四處亦暫聽其不抵仍入考成項下本部於年終計分參罰庶幾利害之分數清去取之機宜當而不致以含糊謝天下之痛癢矣

乞查紅本發給科鈔疏崇禎十二年二月二十二日　楊嗣昌

竊照臣部章奏向來奉有明旨兵科一面鈔傳仍具錄本存案爲垂信將來計也頃自邊烽內訌凡關密切軍機皆蒙御前封發臣部該科不盡聞知直待臣部奉行已完具本繳進或者仍發該科間亦重將旨意鈔送臣部而時日先後件數有無不免紛然錯亂無復次第矣臣恐該科錄本先後有無亦復如此無以垂信將來所關匪細而此一時羣懷猜忖衆口淆訛不惟未見本章抑並未聞旨意乃謂二十九審機宜傳爲笑柄不知臣部與兵科俱未發鈔果何自而傳笑也夫臣部章奏祗堪傳笑固無足言然每調一兵請行一令孰不繇聖裁之審定甚或一

奏未安至再至三孰不經聖慮之周詳姑無論五月以來晝漏百刻本章上下絡繹不停只如夜漏亥子丑刻乃人間宴息酣睡自恣之時而臣部猶然上本皇上猶然下本此等焦勞至極惟閣中直票與臣及職方三四人通宵草奏達旦行文者知之而餘人固不知也乃欲以偃息之人操風議之口詆盡瘁之事爲傳笑之資豈不傷哉今邊烽遒矣臣部奏牘當自刊行而御前紅本未知曾否發科旨意繁多應敕鈔傳錄案但得該科先將旨意查清次序編發鈔傳而行閒文武將吏堵截戰援之不力腹裏守土諸臣練修儲備之罔聞仰負皇上之憂勤俯貽厥躬之罪戾亦可見其大都程其殿最無容遁飾矣此又緊關目下之先圖也。山松曰案二十九審機宜一疏錄見前卷乃招致難民設伏口外二說何以傳笑傷心哉

案疏人閒宴息酣睡之時臣部猶然上本皇上猶然下本此其君咨臣儆何等艱劬而迄無解於國步之移則項王所謂非戰之罪乃論者執成敗之迹爲不諒之辭疏所云以偃息之人操風議之口者今猶然也讀此疏爲之傷歎汝懷附記

敬陳賞罰等事疏崇禎十二年二月二十三日　楊嗣昌

看得軍機莫要於賞罰，而賞罰必決於陣前，然後用命者爭先，不用命者殺無赦，斯無不克敵成功之理。司禮監臣曹化淳檳烽颺之在即，傷事會之屢蹉，特申立行賞罰之請，而設部印勘合之方。凡夫將領軍兵，戰哨時地，斬馘搴俘，深入迂避，帶傷先退，一一公同面註，隨報奏聞，似可破欺朦之積習，免查報之游移。臣部即日照原奏之詳，創新行之體，刊刻印發，力行不難。然臣查九邊尋常遇敵獲捷，先口報，次塘報，皆不載搴斬姓名，久之乃查明敘捷，而姓名始一一開列。其倖冒稍遲若此，番烽入

督監軍前，但有微捷，口報之後，即開搴斬姓名赴部，報驗其倖冒尤捷，何也？督監多攜幕弁，鎮將各有私人，爲子弟開願陞名字，謂之安功。將廢弁、掩行伍、健兒希圖贖罪，此等機關，在未會戰陣之先，安排已定，纔一獲捷，而某夾安某人功，某夾贖某人罪，停停妥妥，不待推敲，早成一本敘功文冊，送臣部矣。科臣沈迅前在部時，臣指示冊中破綻，益與將領同姓者多，而撫道亦時不免。昨有專疏，容臣另題。今印發勘合，若使督監不存至公，將領仍踵前弊，彼中小弁、行伍、健兒誰敢攘臂而前抗論功績？且軍中識字者少，誰知填註有無？一經奏聞，即爲成案，他日雖有言者，諉之部司遺漏，小弁健兒何從申雪？此臣閱歷諸邊，熟知情態，爲之勘合以稽之，未必不並勘合而竊之，總之立法者

備極苦心，而奉法者藐同故紙，天下凡事皆坐此病，而軍前尤甚。武功不成，臣部惟有浩歎與俱墮落而已。抑賞罰二字，雖並用並稱，而軍興以來，皇上之頒發銀幣，臣部之即擬加陞，原未嘗不立行也，惟有罰之一字，未聞小試其端，今日不轉此關，到底誤盡軍事。《書》稱「威克厥愛，允濟；愛克厥威，允罔功」，古聖格言，萬世垂鑒，無踰於此。除臣另疏請旨外，所有印發勘合事宜，伏候聖裁定奪施行。

謹因驗功直參罪弁疏崇禎十二年二月二十三日　楊嗣昌

竊照賈莊失利，督臣盧象昇予身效死，一時鎭將無不潰逃，臣部據法直糾，俱當立斬。時則輔臣劉宇亮有虎大威、楊國柱較覺敢前，重加降削，姑責戴罪圖功之請；督臣孫傳庭有兩鎭殺出重圍，似宜原情末減，姑削官階，戴罪立功自贖之請；宣督陳新甲有楊國柱、虎大威、李重鎭、劉欽皆平昔敢戰之士，尚可期桑榆之收，乞賜處分，仍責圖功自贖之請。臣部題奉欽依：姑念用人之際，削職充爲事官，而潰逃倖免，法合首誅，與再逮立寘重典不宥。旨嚴斧鉞自在也。祇今又閱三月，虎大威、楊國柱各率所部領哨衝鋒，時有斬馘，猶候事甯之日，仰聽朝廷處分，未

敢訟言贖罪。惟昨宣督陳新甲解驗功級，咨開二月初六日一件，題爲圍城數日受困被攻等事，係在香河斬級八顆，內副將李重鎭下斬級二顆，一顆爲首千總楊進朝，一顆爲首材官恰班的，俱係西人，情愿贖罪，已經題奏訖等因。臣甚訝之，問差官朱國樑爲誰贖罪，對曰：爲李重鎭贖罪。臣當叱之曰：重鎭何罪？夫非督師陣亡、親將不能同死之罪邪？乃以西人二級値銀百兩爲求贖罪，是朝廷遣一督師不過値銀百兩而已；督師陣亡，爲親將者欲得不死，不過拌捨百兩之銀而已。驗至後段二月初九日香河獲功，李重鎭部下七顆，內東人二顆各賞銀一百兩，西人四顆各賞銀五十兩，又東人一顆爲首梁珝贖罪。臣不知梁珝何人，且別有何罪，而重鎭之所以自贖者，確確乎止前二級，而其餘皆受賞矣。卽其所以酬督師者，確確乎止百兩之銀，而自分必不死矣。痛哉痛哉！臣另疏言賞罰二字雖弁用弁稱，而軍興以來，賞原未嘗不立行，惟罰竟未聞小試。究論行罰之次第，莫先乎重鎭一人。重鎭而猶在也，已無以示儆於餘人；重鎭而以部斬之二級了贖罪之局，以百金之細事償督師之亾也，將見從今而後，凡爲將者拌買兩級爲功，卽更無功可立，無法可加，無陣不可潰逃，而無人不當原宥矣。痛哉痛哉！臣故因驗功而思烽已將遁無可圖之功，又因贖罪而思誅已久逋無更貸之罪，敢循職糾參，請祈皇上亟敕總督孫傳庭登時綁

拏李重鎭，立斬行間，取五月高攔之尙方，試一日軍前之利用，庶人心少懼，軍紀稍明也。

案崇禎朝紀略云：十二月十一日，總督盧象昇沒於陣。至十五日，副將劉欽始獲其屍，贊畫楊廷麟迎至眞定東關。新年二月二十八日始克大斂，距死之日已八十日矣。明史云：順德知府于潁上狀，嗣昌故靳之，八十日而後殮。宜興儲欣作盧忠烈傳，則云五十日。大抵皆屬傳聞。然觀鉅鹿屢報未詳，疏中深責督標貼身之將一戰而潰，令該督孑身殉難，則未嘗不信盧公之死，又何爲故靳之至八十日乎？或因兵戈擾攘，久之始備殮具，而議者藉以歸咎武陵耳。汝懷附記

防敵當防之於邊疏崇禎十二年二月二十五日　楊嗣昌

看得行間冒功一節最爲相沿錮習牢不可破兵士血戰斬馘拚命以圖功賞而主將以其弟男子姪之名開列爲首甚有方在襁褓卽爲奏名纍級相及未及弱冠已橫犀腰玉躋躐崇階實實當年血戰之人不知伶俜何所而將官世世赫奕功名無窮有志之夫咸爲短氣此所以率多解體而不樂爲用也科臣沈迅去冬在職方司因慶都解功文冊到部臣爲一一指點如大同鎭則首開樊御樊衍肩卽與大同巡道樊師孔同姓聶仍炤卽與大同左衞道聶明楷同姓而郝崇英郝騰霄則郝肩之同姓藺芳韓之琦則藺應魁韓斗之同姓李重鎭所開爲首李

九標劉欽所開爲首劉大成劉光祚所開爲首劉旻劉晥劉畯劉巽劉顯祚劉紹漢劉紹古劉廷傑則皆其同姓而願壓願賞微有不同凡願壓者多假冒其願賞者稍次之一冊之中難以盡舉推而至於各鎭之陋弊似此者不知凡幾也又推而至於每處之斬獲似此者又不知凡幾也其間或姓氏偶同未必盡爲混冒開亦有之要之承流揚波已非一日臣欲稍俟事平逐加勘駁得其情弊據實奏聞乃科臣輒先入告甚憤課功之不明而受爵者之不足勸也仰煩天語詰查行間各當徧飭而慶都一冊凡願壓者首宜嚴查要見與該道將同姓報功是否弟男子姪有無親在行間其人年貌技勇果否眞能殺賊有之則爲材武之士不當埋沒其功無之是爲假冒扶同本人與冒功之人俱當究擬正法其慶都一冊而外臣部逐一清查總期奸弊必破法令必行假冒之弊既除埋沒之人自顯矣若此時而尋埋沒者恐又因而冒報轉售其欺臣不敢不爲道破懇祈聖鑒嚴飭施行

遵旨摘議司屬儲材之法疏崇禎十二年二月二十七日　楊嗣昌

該臣看得臣部司官嚮蒙聖明加意欲儲邊道督撫之選臣亦兢兢諮訪務求其濟得人而每苦於不盡如願者何也時俗相尙以翰林科道吏部四衙門爲淸要華貴之選諸曹望之有若雲霄之不可及而四衙門亦自處雲霄下視諸曹幾不挂眼是以才智之士意不樂爲在二甲初選部屬歷俸三年猶有改授一著而三甲推知行取考選誰肎舍四衙門而到臣部者是以臣部向來司屬多取之於推知左遷躓而再起無復考選之望之人自臣受事則又取之南北戸工刑部之屬而戸工刑部比肩事主誰肎爲兵部試官聽其頻頻諸調則此法將窮而司屬

幾無所出臣以旦夕待罪之身雖憂其窮無所出而未敢深言之也今科臣建議倣吏部司官之例分省直以定員公保舉以選材借其周知山川地理兵馬芻糧之用而銓臣亦言於敭歷邊方曾辦邊寇英敏甲科功績顯著者取之以爲節鉞之儲果能如此行之不但臣屬得人而節鉞從此無不得人亦可計日俟矣查臣部四司新定職官二十五員內職方一司專儲節鉞之用而選駕庫三司則又轉儲職方之用是必三司盡皆得人次第拔補職方乃能得人今議兩直十三省分選材傑職方一司亦無如許員缺必盡用三司員缺以爲缺是則三司與職方不得分低昂而異用者也然分省之說可行而保舉之例難執恐人情終視臣部不若彼四衙門舉之者未必肎拔其尤以與臣部爲所舉者决不願爲其拔與臣部之尤儻稍有私意於其閒是又一頓挫之法而猜謗之門也臣思欲破世俗之弊實講邊材之儲則莫如推我皇上近日考選改授之法而永行之臣部昨年司屬如朱天麟則選翰林矣夏尙絅沈迅余必泓郭景昌則改科道矣惟吏部額定省員聽該部推擇而臣部之屬見在才品堪以特拔者固不止於前數人第欲從此繩繩相繼咸得眞才眞品而用之則非定考選改授之格懸淸要華貴之招必不能使才智之士欣然樂就而不爲世俗雲霄之所抑也定格若何凡進士初選部屬實歷三年改授已奉明例遵行若推

知等官取到臣部實歷三年亦卽可謂滿期矣此二年內或自三司而歷職方繇主事而歷正郎料理軍書奏牘果能諳熟邊情釐剔奸弊確有實績成勞之可紀者遇選翰林科道堂官卽爲具題準送吏部選授仰聽皇上親裁其或資俸有過不及不遇選授之期則照近年題準實歷職方正郎一年加陞太僕少卿成例如此永永行之庶幾才智之士可以羅致臣部繇郎曹而翰林而科道雖館閣將出其中又何止於節鉞也儻或備員臣部而才品不稱職業曠瘝身心瑕玷不堪遠大者雖使譽滿長安堂官必加參處輕則改調重則投閒卽匪人不得濫充而邦政深爲有濟其見今缺官數員尙未推補臣查會經辦過邊

寇地方有已經敘準減俸行取者即當行取來京照缺先補臣部用之雖不必保舉而邊材自集此固六卿分職各率其屬所當盡心盡言而用人終屬吏部請祈皇上鑒裁如果臣與科臣銓臣之言不至大謬乞敕吏部覆議舉行蓋當今時事艱難邊腹重擔未有踰於臣部者即捌格選授亦不爲奇況我皇上新裁實係祖宗成法而科臣言之銓臣又言之則知非臣部之私言也

申明二帥罪狀疏 崇禎十二年三月初二日

楊嗣昌

竊照邊烽不戢屢入長驅我以堂堂中國不能收一戰之勝者無他皆繇師不武臣不力人人習於欺詐逗怯而法不行焉故也然如己巳之張鴻功丙子之李國樑輩皇上何嘗不付之司敗懸之槀街以示國法之必不容武功之必圖覈而特其時去邊警已久兩軍旣罷萬目無覩雖國法未嘗不行而人心不爲之振彼於臨敵之時且奉頭鼠竄且卻步潛藏茍倖一日之不死則尙有囹圄福堂遷延審問延一月活一月遷一年活一年而誰肎爲我皇上決機兩陣之死靡他以力爭一戰之勝哉此臣前疏所謂有國法而無軍法欲以懲前毖後轉敗爲功萬萬不能者也蓋國法專主一定之法軍法參用一時之機當機立斷則刑一人以懼千萬人而氣立振功立成錯過時機雖刑千萬人亦無及矣頃者劉光祚被劾皇上立正軍法之令一申眞有刑一人以懼千萬人而氣立振功立成之望乃行間譊鉏竟不奉行而時機錯過以致奉再三之旨解京究問且陳鎭彝方正化相繼救援彼一光祚幸不立死而軍前之爲光祚者何窮大家觀望知軍法已萬萬不行國法可多方求救而敵據豐灤又將一月之久衝鋒陷陣拚命急攻者誰運謀設策救出親藩者誰祇聞終日坐食內待餉糧之淨盡外待援應之俱來鬨然縱逸以爲散場而已矣嗚呼痛哉今光祚解到矣倪寵亦到矣

臣不申明罪狀·恐法司究問之無憑·而立正軍法於何日·用敢指實言之·倪寵山東總兵也·其在登州以貪受沈志祥李逢春人參銀兩·爲監視陳應祥所參·事未勘結·而皇上權宜調用防河者也·及臣部題令統兵勦賊·則託聞警入衛·疾趨德州·乃十一月初六日已奉臣部·敵苗東指·還顧山東之文·而返回徐宿何爲者·其時敵逼任邱·距德州不遠·恇怯而逃·寵有微臣候旨入援一疏·於二十四日紅本下部·臣部駁奉欽依·可據也·既回徐宿·臣部差官往調·於十二月初七日報稱奉劄起行·又逗遛不進·迨該撫文岳自臨淸回鎭·然後遇之於東昌·該撫聞敵攻濟南·遣將陳三捷往援·而寵不惟不援·且徑同該撫回登萊去

此何爲者·其時臣部差官東加榮·於新泰縣取回登撫吝文於二十七日題知在案·可據也·此倪寵之罪狀·以其自具候旨入援之一疏·及臣覆行取回登撫吝文等疏參之·而法當立斬者無疑也·劉光祚保定總兵也·其初任之時·哆口建言·申明下手實戰之勢·預杜藉口不戰之名等事·內稱關外之躊躇瞻顧·而不敢毅然於一決·藉口持重輕率二端·乞皇上敕部著令敵人內地·必以奮身截戰課實·但有握兵不動遲疑不戰·藉口全軍保地者·必當寘之逗遛之典·仰懇巽命明白重申一番·亟早提醒懦夫·破其疑阻·臣請即拌此·皇上生榮之七尺爲前驅·務使隻輪不返·金湯永固等因·於去年七月二十九日奉旨下部·臣部引軍律三條·覆準通行·可據也·曾幾何時·而欺詐逗怯·無所不至·鼓勸調度·無法可行·他人猶有愧憤圖贖之心·光祚竟無一詞可答·所謂握兵不動遲疑不戰·當寘重典者若何·所謂巽命重申·提醒懦夫·破其疑阻者若何·所謂奮身截殺·拌此七尺者若何·而光祚果是拙訥無言之夫否·此光祚之罪狀·以督察劉宇亮原參之疏·與其自具申明實戰一疏參之·而法當立斬無疑也·今邊烽徘徊未遁·我兵觀望不前·皇上取前數件紅本重經御覽·少留聖心·即將倪寵劉光祚與吳國俊立行梟斬傳首行間·猶可申久頓之威·收未著之效·若欲究問·則倪寵之返徐州·距濟南東昌各僅六百餘里·十二月初七日奉調·距正月

初二日陷濟·遲二十五日而不前·合已承調遣及託故違期律已二斬·劉光祚前在容城失高陽·蠡慶而不援·後在東安并對面敵壘而不見·合失陷城寨與失誤軍機律亦二斬·而說謊欺天·尤有出於軍律之上者·臣職司邦政·憤誤軍機·調度不靈·已有罪·隱忍不言·更有罪·用是不敢不補牘請命·伏祈聖明立賜裁斷施行·

山松曰·先人之詞嚴義正如此·而光祚錢可通神·力多·乃門戶諸公以淸議主持自任者·竟以此事爲先人借端以逐綿竹相公之說·其袒光祚無恥懦夫·已屬可笑·且更袒羣閹自干淸議·又當何如邪·

欽奉聖諭疏崇禎十二年三月初七日　楊嗣昌

看得今番烽犯內地，死難節烈誠多，仰廑聖心，親灑宸翰，令臣等查明贈卹速奏，不許遺漏，誠幽慰忠魂、顯維風教之第一義也。第以死難言之，有弛備疏防，烽至即陷，昏窘無聊而死者，律以守備不設，生存尚當一斬，贈卹何可輕加。有督師臨陣，與彼奔馳，才力不支而死者，似乎功罪難掩，憫忠應候聖裁，臣等未敢輕議。惟夫守令登陴，裹瘡飲血，大敵圍久，力屈無援，如文安之知縣王鑰、靈壽之知縣馮登龍等；武夫臨敵陷陣，衝鋒人皆潰，存我獨盡命，如山海之副將李孟陽、遼東之副將屠朝相、旗鼓朱之鎮、京營之副將王世爵等，城亾與亾，死綏死鼓，轟轟烈

烈，贈卹宜先。又有泉石磐紳，廖岸禮樂，臨難不屈，殺身成仁，如高陽之原任閣臣孫承宗、靈壽之原任巡撫馬從聘、吏部耿肩樓、文安之訓導郭養性、靈壽之教諭時躋舜、訓導賈于廷、深州之教官任尹、王夢夏、侯度昭等，報國忠肝，不移家食，身先士範，不媿明倫。凡有見存之身屍，確然之題案，即宜速奏，以體皇仁。但原任者須咨吏部，查其是否以理去官，有無別項罪案，否則即可具題。其餘文武官紳士子死難尚多，或原報姓名不詳，或身屍未見所在，與夫婦女之節烈，須各該撫按確採輿評，次第條奏，臣部方得而擬議之。其奏到已詳已確者，臣部不敢稽遲；聞有未詳未確者，猶恐被擄偷生，玷辱名教，有司不能明辨，誤徇面情，不得不駁回再奏，所以愼重恩綸，光昭史冊，在此一舉矣。山松曰：觀督師臨陣與彼奔馳才力不支而死者，似乎功罪難掩，憫忠應候聖裁等語，明明爲盧公伏一請卹之案。

案：盧公誤聽雲鎭王朴之報，謂敵從龍固出口，於是發諸路兵尾追，而敵陷獲鹿，再攻酸棗、眞定之屬，所存無幾。盧公革職聽勘，及賈莊殉難，莊烈帝曰：大臣陣亾，豈不可憫？恨其調度乖錯，不準予卹。而野史以爲入楊嗣昌之譖，不知盧公奉命出師，朝廷方恃以無恐，不幸而兩次挫衂，以至身殉師潰，即在常人能無憂憤，何況人主？而其先又有撫監御史某疏揭南宮之陷，象昇擁兵不救，已奉調度無方嚴旨，喪師失地，目覩艱危，乃必入他人之譖而後發怒乎？亦比附影射之不

度情事矣。汝懷附記

邊烽報逼臣罪當誅疏 崇禎十二年二月十三日　楊嗣昌

竊惟邊烽入犯半載於茲邊腹文武內外守援諸臣莫不有罪·而分之爲諸臣之罪合之則皆臣罪也臣知臣罪甚明請臣罪甚力而以烽在內地臣未敢離部署廢軍書頻欲詣闕叩頭闔門俟死而不可得今則烽逼矣兵解矣是臣頓顙玉階力終前請之日矣臣亦無他可言惟舉邊腹文武內外守援諸臣之罪·盡加於臣之一身是臣誼不敢辭志不忍辭抑猶懼無益於報恩僅同於塞責前疏言之已切無有二三者也夫不能報恩而僅同塞責臣死有餘憾死有餘辜然負恩負責臣自省與尋常不同俯惟暗室屋漏之心仰惟天地祖宗之鑒有一息苟安而

千秋共凜者用敢齋心請命靜俟斧鉞之誅臣之分也臣之命也臣事皇上十二年所願盡者君臣之一倫而不皇顧父子夫婦昆弟朋友之四倫皇上使臣十二年所願行者富貴之一素而臣則隱行貧賤患難夷狄之三素今以口口之患勉盡君臣之倫是臣心怡而目瞑者也

痛感天言泣領臣罪疏 崇禎十二年三月十六日　楊嗣昌

本月十五日準吏部咨該臣嗣昌奏爲邊烽報逼臣罪當誅等事奉聖旨邊氛方逼樞務急當從頭料理歸還部出視事該部知道欽此欽遵移咨到臣臣恭設香案望闕叩頭正在徬徨循省間忽聞聖諭閣臣傳示禮部有朕與大小臣工均屬有罪等語臣不覺倉皇號慟碎裂心脾念邊烽不逼踰二十年闌入薊宣合三五次而今番之禍較昔尤深雖一鼓殲盡隻輪不返猶不足以贖藩封生齒之痛而況乎其不能也嗚呼吾皇何罪罪在臣工臣工皆罪臣吏居首吾皇虛席中樞驛召微臣者何事微臣哭辭淺土迫起應命者何心極知內寇外邊勢難兼禦圖

欲緩外先內以漸驅除何期天不悔禍入鮮臧謀內患未淸外憂旋逼簸賣整援飭邊而邊不固修練儲備飭腹而腹罔聞嘔二載之血心盡銷歸於紙上奉一人之威令徒叫號於師中夫夫羣望之攸歸而推轂則名實不副糾糾諸邊之選鋭而援鼓則恇詐不前索餉則沿門持鉢一飽之難求加刑則刀下罟人寸轡之莫訊臣乃今而後搥心頓足自悔之晚也始不能堅請出督以代盧象昇繼不能堅請輿疾以先劉宇亮終不能堅請馳通以易陳新甲豈臣之能有加於三臣哉幸一至行閒望敵塵而死知彼果如何難敵我兵果如何不前軍法果如何莫試而臣死亦瞑目耳

天恩未正臣罪疏 崇禎十二年二月十九日　楊嗣昌

本月十八日準吏部咨該臣奏爲痛感天言泣領臣罪事奉聖旨昨已有旨諭卿何乃復有此請著卽恪遵毋得稽誤部務該部知道欽此臣伏地跪讀流涕霑襟隨慕設香案望闕叩頭千萬外竊念微臣罪狀自知無逭天誅仰荷殊恩未忍卽賜臣死或以部務殷繁急須從頭料理姑責祗遵勿容稽誤亦臣誼所不容辭者也臣愚躊躇累夕自決於心部務拮据二年已無尺寸之效豈數日所能補葺罪案權衡千古儻有毫釐之差卽異世猶蒙訾議且也此番邊烽犯搶較之連年爲禍更深我皇上猶引咎責躬遣官告廟而臣忝中樞不首先治罪則何以昭示

其餘微臣仰事皇上繇道而撫而督而樞歷中外十餘年體焦勞如一日本之以聰明神武加之以惕厲憂勤而何以昇平之未覩將謂文臣不足恃則亦兼優武臣矣將謂外臣不足恃則亦分遣內臣矣而何以飭備之仍疏夫豈中邊之兵馬不增於前日歲費之錢糧不倍於往日歟而何以戰守之失據此無他一言以蔽之曰法不行耳事前有虛文玩法之人無實心奉法之人事後有強口脫法之人無俛首受法之人事中有其謀破法之人無一體甘法之人事外有偏見倚法之人無公道平法之人噫法盡而天下事不可爲矣皇上枉費焦勞圖慰太平之望臣部徒然料理終無補救之門故臣竊願以不才之身爲皇上行法之首而凜然於不可逃尤毅然其不敢後也法莫大於生殺非皇上不用權莫尊於生殺非皇上不專然而臣部職掌封疆非力請皇上尊權大法專斷立行則一誤再誤將終至於不可救而臣不正己之罪何以正人法不首加於臣何以明法伏覩兵垣公疏旨下部院議奏而臣具疏聞亦奉旨公同議擬夫臣卽應議之人豈得爲議人之人且此何等事此何等時未有應議之人猶然襲冠帶坐衙門治文書一切如常日者也他人姑不具論卽如同官劉宇亮慷慨請纓督察不效奉旨革職爲民猶俟事平另議矣豈臣之罪輕於宇亮烽之逼猶非事平而臣不當先請革職仍俟議擬乎噫臣言至是而愈不容自已

也臣本庸人才不能負重遠而分不敢避艱危臣實苦人心不忍負主恩而力不能副臣志至於今日則毋問其庸不庸苦不苦而總之爲罪人矣至於後日更毋問其庸不庸苦不苦但將迹其罪不罪而以爲奸人矣臣實以庸人誤皇上皇上或猶以苦人鑒臣心第大法所在不容不以罪人正臣辜而結臣案若終不免於罪而少輕之少緩之恐天下萬世以奸人目臣而謂皇上聖明竟爲奸人所誤則臣有餘憾餘辜終不瞑目於泉壤之內矣臣言出至誠無敢矯飾拜慶大典不敢隨班統祈聖明垂察

遵旨酌議裁練疏崇禎十二年三月二十八日　楊嗣昌

崇禎十二年三月二十五日，該兵科鈔出該臣部題爲遵旨酌議裁練等事，奉聖旨：裁練直省俱應通行，不必又分衝緩，若各地方有未盡事宜，著該撫監按依限議妥速奏。武職雖先科世，行伍有堪用識字者亦准參用，俱責成撫監按道精選，不許濫徇取罪。行移節制練備，視府同練總，視州同縣丞，功罪一體，務要協衷恪遵，其臻成效。違者拏問重處，即通加嚴飭行。欽此欽遵。鈔出到部，該臣擬行直省通飭遵奉間，細思今天下東西南北，固無往而非有事之地，即無地可弛先事之防。然以時勢度之，宸居輔弼，飭備必先，則河北山東爲急，而大河以南較爲稍

次，其大江以南則又次也。夫裁一官，設一官，豈爲難事，而設一官必須設一官之兵，設一兵必須設一兵之餉，其兵其餉不可以虛應故事，要必爲眞堪禦侮之圖，則地方一番設處，殊費商量。總此有數之財，不在官則在民者，於中那移補濟，彼有餘則此不足，決無官私兩給、皮毛兼顧之理也。論至於此，則今日之南方直省，當留餘力以爲供贍京邊、灌輸西北之地，而不可令處處裁官設官，至令設兵設餉，必不得不爲彼有餘、此不足之事，以使財力愈竭，灌輸愈難，亦明白易見之理也。臣積罪深憂，眼前缺餉至急，日與宣督陳新甲、薊督洪承疇講求抽練邊兵之著，尚苦祛難應手，則此件裁練不容不請聖裁，次第行之，先以河北山東爲主，待行之有效，再推之大河以南，或非過計，而大江以南則似乎其不必行也。以臣先有南方盜賊漸起，及兵壯虛有其名二奏，皆奉欽依，果責成實實行之，江南亦略有濟，故敢不避煩聒，再祈聖明采酌施行。

恭承召問補陳勦撫情形疏崇禎十二年四月初四日 楊嗣昌

竊臣嗣昌頃承宣召隨同官蔣國觀等恭請平臺蒙我皇上於賜茶點心之後再召面商設總督遣兵馬勦撫流賊事宜除臣祗對明白次第遵行外竊見年來流賊荷我皇上天地至仁念係中原赤子不忍盡加誅戮爰命行閒文武恩威幷用勦撫兼行是以秦中大股漸次蕩平鄖襄之閒招納有緒而今餘黨未盡在秦蜀豫楚之閒責成各該撫鎮道將仍用前法誅其不服宥其來歸或可不難定也惟是總理熊文燦近有遵旨同奏之疏反覆於張獻忠受撫之詳謂已實未聞於前科臣張縉彥有疏摘之備矣惓切於給餉給關防之說謂此則能善其後臣愚

不敢不明言之古稱惟名與器不可以假人然有名分之名此斷不可假者也有功名之名朝廷以此奔走豪傑卽以此獎率庸愚予奪進退無所不可與名分之名不同若夫器則一而已聞有不以示人者未聞以之假人者也故夫降衆歸心朝廷受撫察其中爲豪傑則奔走而試用之爲庸愚則獎率而散遣之副參都守可以開功名之門予奪進退從而覈試用之實此可假之名非假也所以爲卽眞之漸假之以名非名也所以登實用之階卽如劉國能張獻忠同時受撫而該理亦同加之以副將名色豈非奔走而試用之意哉乃國能受撫以後所至立功渡河入衛恪著勤勞安插家口葉縣關廂自尋生理此奔走而試用之眞實有效者也獻忠受撫以後未離穀城一步未散脅從一人勤勞安在與民共城而居甚乃分麥而食生理何存此與劉國能行徑相去不啻懸遠而何怪乎旁人疑駭訛言繁興致有紛紛不戢之慮哉乃理臣爲懇請給餉臣斷以兩言曰分兵隨營調遣殺賊則自然給餉若安坐而食朝廷予餉無名百姓出餉不甘無此理也又爲請給關防臣亦斷以兩言曰南方各營將領未給關防豈有該營獨給關防之理又況義武左營乃海上叛人遺棄之物尚有中前後右等營遺失一處用之將他處冒用安辨眞假此斷不可給者也臣部近請天恩頒發敕書內載張獻忠首倡歸誠方欲特加褒美以爲餘人榜樣今安

坐而食餉與討要關防二事可爲餘人榜樣否乎一股給餉則股股比例請給一人給與關防則人人比例請給該理將許之乎不許之乎爲之轉請乎不爲轉請乎甚矣其非政體非撫權也夫降民之乞撫也爲棄邪歸正當漸去其邪以全歸於正爲棄暗投明當盡破其暗以立覩於明未有撫納踰年而猶在邪正明暗之閒不可方物如張獻忠者朝廷本欲以首倡歸誠特拔獻忠爲餘人榜樣而獻忠之情實如此今不得不特拔餘人反爲獻忠榜樣矣拔之伊何恭照敕書內劉國能劉士傑衝鋒陷陣馬進忠馬士秀等乘機內應俱各革心立功準與加銜示異久當欽遵舉行今查劉國能原加副總兵名色請乞天恩特

加實授以示優旌。劉士傑前實授守備。今銜鋒第一。擬特陞游擊將軍。馬進忠先欵歸降。原未給劄。今再加反正。擬特授加銜游擊。馬士秀前實授守備。今亦知反正。擬再加都司僉書。此敕內已開姓名者也。又有杜應金亦係馬士秀一起歸正者。劉喜才另係汝甯道報殺順義王劉國榐來降。又立戰功者。原未給劄。今各擬實授守備。雖敕內無名。而奉旨在案。臣部合請欽依以昭激勸。凡此諸人。如能實心報效。則功名一路。不妨破格再陞。仍照白廣恩例。推與邊方實缺。其張獻忠能奮發與其部眾情願立功。效有實蹟者。亦照此例施行。朝廷原未有靳。但該總理撫鎮等官。當引之盡棄邪暗。歸於正明。不容一味姑息驕縱。

惟其所欲而莫之禁也。至於入山採礦。生路宏開。墾荒授官。敕恩新布。鄖襄九股之眾。當散之於河南川陝諸方。各該撫道務要刻期安插。多方解散。不時奏報前來。實實奉行吾皇德意。如或虛文塗塞。支撐延捱。致失操縱機宜。別長釁訛枝節。臣部指名參處。決不姑徇。蓋未有地方之官。不實奏勦撫之事。而徒終日呼籲於朝堂者也。奉聖旨。是。降眾果能隨營殺賊。準給與餉。關防殊滋冒僞。不必給。劉國能等既各革心立功。著分別陞授。用昭激勸。張獻忠能率眾圖功。仍照前例行。勦撫事宜。理撫鎮道等官務遵屢旨。從實速定。不得輒勸呼籲養寇慣財。該部馳飭行。

酌議裁練輿屯疏崇禎十二年四月二十八日

楊嗣昌

看得裁練一事。臣部屢經條奏。奉有明綸。亦既通行省直矣。科臣沈迅恐慮始之難。人情未免疑駭。再加詳細申明。即當廣為播告。而拈出六款。猶命臣部從長酌議者。蓋聖意誠慎重之也。查僉補責成正官移送。武臣不許徑自句報。及練備練總各自練兵守城。不許干預詞訟民事三款。已在臣部前議行移節制功罪責成之中。第取科臣之說。互相發揮。而足其責成。捕盜自是職掌攸關。然止可責之拴拏。不當付之審問。一行審問。則弔拷株連。轉生多事。勢所不免。必拴拏之後。仍付有司審理。斯為得理。此一款當慎防者也。又考取武生。公試技力。固為可行。而

鄉兵之中。未必盡長弓馬。兼通策論。惟是有則取之。無不强求充數。此一款當從便者也。至於府縣同城。或省練備。或省練總。又有一府城中原設兩縣者。執存執省。當聽府道酌行。臣部不必膠執。惟是府城練兵取之附郭。斷不派外州縣。與府州縣各守各城。斷不調去他方。則當勒石刊榜。永為遵守。毋致游移驚沮。兼誤本城之事耳。若夫既設鄉兵。不容不為議餉。臣部前番條奏。聖諭駁之。今觀科臣疏內。前曰但於農隙之時演練火器。練日量給犒賞。後則曰流賊震鄰。土賊伏莽。訓練隄防。不可刻弛。未免自相矛盾。若無常川之餉。仍是枵腹之徒。有名無實。難禆守禦。臣之愚見。終未敢以為可行也。議餉不得。則思及衛所

屯田臺臣張肎堂卽練興屯以屯實練之說豈不眞切痛快但二百餘年屯政久廢糧畝多淆欲與之則必淸之欲淸之則必奪之或得其人而治不得其人則亂前蒙皇上面諭未覩其利先受其害者比比是也而何以處之惟有舊撫余應桂於臣鄉條奏按其見在酌議加租不必奪此與彼而可增餉養兵似爲長便臣昨與計臣李侍問商措餉之法計臣言是法皆可行但患有司不得人有借法以爲利者有奉法而不能者此兩種人最害事每行一法秖害百姓打一場官司而無濟朝廷實用臣最服其言今日諸般政令詳審而行惟毋害百姓打官司者爲善則淸屯奪屯之說於此可思矣

功罪關封疆之重疏 崇禎十二年四月二十八日

楊嗣昌

一議得烽分兩股前後自東省折回其第一可擊在獨流楊村等處墮落水套之時彼股正以未合可乘而我兵亦以未合自阻機會深可惜也第二可擊在玉田豐潤等處週遭泥濘之時彼營以不動待我而我復以不動誰待機會更可惜也就其中豈無零級小捷要之無損於彼之大勢焉得遽詫爲我之奇功卽其認某也抄前某也截後總未見我之眞切同心焉能致彼之疾驅喪膽至於出口一節彼已過玉豐趨灤永明明向冷口無疑旣而諜知九窰坡千戶亭等處新建礮臺埋伏火藥確有二三十層之寬且厚因此不敢闖出折回青山此一將出未出

之閒塘報紛紛了了於人耳目者也總督孫傳庭執著抄前二字始終認定建冷不知何爲至三月初五日太平一戰之後而仍調曹變蛟同建冷更不知何爲至十一日烽出青山已盡而我兵是晚止於榆木嶺去青山尙二十里乃云連戰三日該按以爲是日實未有戰則謂之何明旨躲閃虛恢全無調度誠不能爲傳庭解追憶從前德州屢催而不動平原暫往而復回亦不能爲傳庭解第其受事在賈莊大潰之後提各鎭重整之兵苦於殘局勉支不能大有建樹殆亦非其本心而輒廠歸河川西山亂柴溝等處將士力戰難以盡泯此傳庭及所部之槩也總監高起潛執著促後二字持久專在玉豐二月二十五日八

里莊報捷之後直至三月初九初十兩日方至太平西北一再交鋒而斬一斗大渠魁之外所報五十七級解部確驗該按猶以爲疑至十一日烽出青山各兵止於榆木嶺誘之提調不放出關一參御責明旨裹糧躡促以收實效殊不敢爲起潛許憶從前援勦兩戰而退回顧濟有心而無著亦不敢爲起潛許第自邊烽進口以來奉調入援始終其事者起潛一人轉戰數千里之遠閱時五六月之多亦已不遺餘力行間將士戰高陽戰故城戰韓家樹戰八里莊與守臨清勞甚著其餘零捷未可同稱而所至騷然憎茲多口此起潛及所部之梟也宣督陳新甲始而護陵信山陰之訛報旣而協勦虛水套之便宜密奏單

機專居後勁意已可窺再奏爭出青山而虛詞詭飾不能逃明旨之切責矣八日轉戰該按摘其塘報誠有不符與敵隔埠而營薊督稱其危險亦非謬借且其督屬利兵精卒始則全歸盧象昇繼則半屬孫傳庭而新甲乃收拾奇零勉圖遮障責以督監之全功亦豈平衡之篤論姑就捡斬百餘級論之香河解圍較爲眞切餘亦寥寥點綴而已此新甲及所部之梟也夫出口何地非中協之分信乎一入米谷直趨青山蓋兩山中一線道彼之輜重從此通行而游騎夾護山頭爲不可攻之勢故扼烽必於米谷之衝衝烽必於米谷之外一失其衝而彼入谷遂不可爲矣邊烽折牆出口各援兵何無追擊該地方何無預備奉旨行查而該撫楊繩武杳稱青山之烽乃輕騎三千自薊達邊一晝夜馳三百餘里其大營輜重俱紮香河口州之間各鎭援兵尙在通州遠不相及此無追擊之故也至地方預備職慮青山爲躪入舊徑蚤撥南兵前營崔秉德統兵一千二百五十專防茲口又慮米谷爲入青之路復撥協守韓文獻統兵駐太平扼斷米谷山梁谿徑以遏其前數月於茲設備頗稱周到不意二月初九日彼已馳伏山中先扮青衣十數人假充查邊員役直抵關口而大隊隨卽擁至雖擊打移時彼亦有所殲斃然大勢已失總是脚亂手忙兵將退保烽臺而關口遂爲彼據等因此前闖青山一段罪在韓文獻崔秉德之確據也至其後役則

在該按劉呈瑞疏中開稱三月初一日敵抵紅門鏊子嶺棄馬騰山我兵不能支初二日寺兒峪遂告潰陳國威棄關不守自鏊子嶺退歸青山營尋又退歸董口撫臣嚴拒之弗從堅意渡水以遠避敵鋒致彼踞有絕巘我兵遂不敢仰視夫以儼然大帥而踉蹌遁走棄險予敵安得借零級爲追死地也專防游擊崔秉德堵禦無能部勒無法隨衆披靡避敵樓臺其罪恐不在國威下副將韓文獻以協守爲名游擊茍有才以專信爲責而地方失守罪亦奚辭若撫標之劉遷郭均監標之李棟素鎭標之孫獻捷營將之楊邦澤等自初二以至十一等日自蓮花池十號烽以至紅門板橋等處冒險截抄頗奏小捷則微勞亦未

容盡泯等因此後關青山一毀在陳國威翟秉德之確據也而韓文獻苗有才次之餘諸將無預該撫楊繩武雖分信董口有全協之責該道李鑑雖分信太平而有二路之責爲法受過丙子建冷之例所不得辭該監孫茂霖此番未確分信前案業已嚴糾無容再議者也若烽勢已趨建冷乃折回仍關青山於此見東協之能守其密撫先回本信而監視俱在行閒亦猶見西協之能援守將爲陳可立確遵部檄伏火多方有畫圖梟逆在案援將爲唐通獨踞山頭遮障董口雖零級斬獲無多與山撫朱國棟密監邊永清皆當紀勢以別之者外此則督察之劉宇亮矣前未領成師以出後未覩終局而歸行閒得失本難苛責

第其一腔憂鬱感慨迫陳帷幄無勝之能圖文武殃民之不共是以帝鑒忠憤立允督師一切機宜聽令面授蓋從其請而望之殷也孰意一出春明賈莊先潰徐往臨德濟郡隨危機宜忽爾全非面授亦復何在至參劉光祚逗怯在軍前爲立死之法且既不如王樸等有後效之可圖又不比和應詔等聽督臣之覈奏則除卻死法何以處之孰意奉旨行刑而又條參條救以爲或斥或逮而已將謂臨敵之懦帥與全城之傲守同罪而并罰可乎此其舉措失宜之大者若論孫傳庭躲閃虛恢奉有嚴旨而傳庭亦復交譏有類細人誶語臣等難盡詰也下此則贊畫之楊廷麟矣本慷慨憂時之士憑揣摩失實之談行閒利害

豈會諳習忽承贊畫之命勉效奔走之勞不踰月而有賈莊之役矣總督輿尸甚慘贊畫左次無聞奉旨回奏已蒙欽降處分戴罪適征亦覺困衡日久若必責書生以退敵課入幕以膚功則兵柄非其所專節有奇亦難自出臣等勿容苛也因是而論盧象昇始焉鞠旅陵京猶有一往之鋭氣至孫埃而已覺其輕疏既焉提師眞保無救諸城之破殘至獲鹿而彌傷其慘慟然以聞憂候代之人忽作卷甲勤王之事輿櫬感慨直受命而不辭攜力艱難卒捐軀而矢報較之吳阿衡有不同者一則失火之人一則救火之人臣等平心而論無敢偏輕重也至於所部諸將大者在濟南一案分信失陷則都司馮錧身死不明旗鼓

徐頤鵬入山逃走調遣赴援則中軍李績逗潰居先副將祖寬郭進道王鳴喜違期不進雖各支飾他詞焉能輕逃大法而楊振徐成友唐朝相儻非異地效死亦與寬等同科其劉伯祿李得威該監查稱二敵策援周祜程繼儒張鳳翔高桂則又查稱分途犄角姑各革去職級再查有無戰功與登撫所遣之陳三捷亦先革去職級確覈會否用命夫一時兵將雲集東方而臣等查據奏報專重其責於李績祖寬等者以東兵實是主兵而總監專任此路有如臣部調吳襄等兵五千與孫傳庭而留之守臨又題劉復戎回守天津本信而亦留之守臨他如登撫回青萊總河回濟甯通鎮趨兖州皆彼中僉議應時發遣之事而

非臣部所能知及濟南旣陷猶欲督察總督先至臨淸換出總監恢濟則當時臨敵倉皇顧此失彼茲無確畫可知臣等舍奏報的名別無從而正其罪非有私去取也次則賈莊一案總督盧象昇親將二員倚之如左右手而劉欽先日出戰竟未歸營李重鎭臨陣緊隨獨以身免且兩營小弁中千把總曾無有一如養馬官楊陸凱之同死者焉是明明相率棄督而逃一鬨盡散其將柰之何也誅之不可勝誅必拏劉欽李重鎭究擬正法而其餘小弁責該督查驗陣傷分別懲處至一時罪弁如尤世威茅元儀曹九還等先附該督以立功旋復見機而引去討差告病臨難無人雖法無可加而功甯足錄乎其時大將則有虎

大威亦潰圍出而查其所部陣亾有中軍孫演旗鼓姜興游擊李可用常祁千把總藍廷芳劉景明趙昌祚楊友明趙進倪舉雒英才李茂春王國甫范登朝王貴王應選若而人則闔營苦戰比之望風而靡者不同又有楊國柱亦潰圍出而查其所部有游擊李有功劉世爵領千餘騎闖救順德又有守備李勝蛟領六百餘駐防定州皆未合營勢殊單弱然而偏裨以下無一陣亾則較之虎大威有逕庭矣二將本當拏問以正厥辜但蒙恩餇職以後國柱每陣必先大威獨往求敵行間萬口稱其敢戰英風猶爲可用或者恩饒一死仍革總兵事任降充督標練戰之官可以嚴程後效而兩陣偏裨如張明禮尹從聘何鳴陛田秉德崔邦杜李可養俱革去職級行該撫按確覈帶傷堪戰者或降或畱無傷不堪者永行斥革而柴溝路之李國輔亦隨該督入援帶兵雖僅百人顯係潰囘之數所當革任查覈者也其加銜都守及中千把總等官徑聽該撫按懲處不能盡贅次則總兵王樸提兵滿萬獨爲諸鎭之雄巧避出關深恨設謀之狡獲鹿可援而坐視曲陽承調而不囘誅心實有餘辜按法遽難專坐姑仍降削管事黜其前後之功畫賞不敘而偏裨以下仍酌旌之又次則總兵侯拱極潞河拒守徒爲庸碌因人靳莊突圍遂至蒼黃失印以勇自試糾之殆若褎之及查大敵當前全軍過半先勝後敗縣報分明似乎降削之外更無可加罪者

援臨先至每戰齊驅主將偏裨猶多足錄此二將者才望雖若不侔心蹟較之有辨者也若劉澤淸防景防臨防兗非不自噴徵勞若劉復戎守通守津守臨亦各奉有明旨雖或虛恢鄙拙要之未見瑕疵惟至出口之日兩將同在行閒竟無寸樹泯泯而歸均可恥矣又若唐通則崎嶇捍董而該按以爲不急之地置有用之兵若王修仁則奔走護關而該監以爲城守之資非戰援之將不知西協殘兵驟整詎稱堪用甯前衞鎭團練豈專駐防似唐通可策前驅而修仁尙當易置通較劉澤淸近實修仁與劉復戎比庸也若王承胤護陵是其專責烽訌半載松楸甯謐著有微勞而密城夜潰膽怯心虛不能爲之諱臣等前擬

降調益以懲前失尤要愼後來居守之人若祖大壽入援未奏膚功津門一路控扼宴然頗資聲勢而中後孤撐邊烽挫遁斯克壯其猶使非有此一著則安得再閱數月畢擧全力而驅內地之烽也此著在五案之外當特酬大壽之庸而太平連戰勇略獨推曹變蛟問大壽語人云今日衆將中顯了一人諸將皆服則以其懿好之公質之當場之衆而變蛟有功可錄爲陝西諸將之先其左光先馬科到口在後斬獲頗微柴時華路遠行遲竟不相及是諸鎭將之槩也其副參以下在邊鎭則有若張鑑吳永祿于永綬祖大樂王定一吳三桂竇濬閻思明王建明劉成功丁志祥王天麟崔士傑高勳那木氣胡進祖澤沛柏永

𡎖等在關門則有若張惟忠張光祖劉肇基鄧林奇王之貴柏永鎭任得功張汝行劉登科余自新張天麟徐于躍饒化龍王天寵吳東善等在遵化則有若劉遷郭均李葆素楊邦澤陳國棟孫獻捷王三樂陳獻策等在宣府則有若李有功劉世爵楊捷班卜世等在大同則有若何其明韓斗方天祿等在山西則有若孟如虎薛敏忠等在陽和則有若馮擧朱尚義甘良臣趙完璧等在陝西則有若王根子李國政趙大肩張文耀鄭嘉棟魯文彬等在三邊則有若白廣恩賀人龍高傑和應詔杭棟葛邦安牛沖漢等在鞏固則有若孔希貴郝之潤等在保鎭則有若傅朝紀劉永濬等在津鎭則有若李志耀杜繩武等在通鎭

則有若李國祥徐啟等皆領兵援勦塘報部斬之人當查功級爲殿最冊未備者仍行該鎭詳列另行覈奏此科疏所謂零級小捷不可不錄聽兵部酌量折贖者也外若遼鎭之祖寬郭進道王鳴喜亦有斬功而方行解問程繼儒劉伯祿高桂張鳳翔周祜李得威亦有斬功而正擬革查徐成友楊振朱之鎭祖克勇亦有斬功而已報陣亡與宣鎭之張明禮尹從聘何鳴陛李國輔山西之田秉德亦有斬功而亦行革奪陽和之李重鎭劉欽亦有斬功而首當拏問者臣等皋正其罪亦不得不拈出其名又若山海之唐朝彝新莊之戰該監參其殉難何禕而至今見在山東之吳慶光趙堡之役該撫題其亂刀砍死而近報逃

回在朝彝亦應革職與該監先參之蒯尙佳崔成才幷行提問有功折準在慶光潰逃詐死沿途遺棄礮藥兼行劫搶津撫奏聞卽是其兵而將領則卽前援濟之陳三捷當一併革職提問而遼將張韜貪淫第一遼撫報獲逃兵贓私種種遼撫謂其娶妓私帶軍中亦當拏解來京究問以肅軍令而快人心者也又有督察隨行周遇吉等斬級纍纍原係提標官兵當入京營彙敘其餘斬級尙多或係城守或係哨探者不能盡載此案之中卽同係戰援而功未解驗亦難懸定與夫守城防口著有忠勤必須另行覈奏方免遺漏其廢將調到行間惟王忠戰援最力應與閒伍自新吳襄亦效奔馳或可量加紀賚而張時傑止在

東協爲該撫一臂之資未可同日而語至於前後闖出皆在喜峯所屬之靑山協將韓文獻貼防崔秉德俱已解京未有該路之苗有才獨能脫然者革職行該撫按提問庶爲持法之平又查按疏有初十日我兵衝敵水峪不意車左營張邦謨爲敵所掩兵遂傷衂一段據關撫咨辯張邦謨不係車營初十日戰在亂柴溝不係水峪幷無爲敵所掩之事等因查此日原係大戰卽傷兵亦有可原況營伍地名不同顯有錯誤應姑免議惟恐職官尙多奏報有漏併各鎭之加銜都守中千把總等官應行通查懲處非此案所能盡也　一議得職方職在看詳猶兵垣職在封駁歷來封疆得失敘功則有之論罪咸不及卽近而已

巳甲戌丙子成案可稽也今科臣言受事各有久暫禦侮未見折衝查久者爲趙光抃撫密已有另案難再苛求暫者爲孫嘉績按管正値倉皇倍嘗甘苦祈恩量罰以免漏遺葢未有軍國大事禦侮折衝堂官不能而責之一司屬者此甚非尋常分過可比而矧無歷來成案可稽也若夫御史劉呈瑞張懋熺有巡方之責無治兵之權或按部之猶未周或入境之猶未久均之失事責亦奚辭臣等前疏言之矣己巳有陞敘而無降罰丙子有降罰而止調用惟甲戌處分較重今議擬曷敢從寬第思近奉明旨御史改差二年則向來地方之事苦於飄風過樹驟馬奔程欲將修練儲備一一覈實爲之心力實有未暇似乎丙子降調較爲酌中而非臣等所敢必也至薊督洪承疇科疏無名而按臣劉呈瑞疏有一段云其提兵至董時烽颺已五日矣當旣殘之局而驟責以後勁之效未免猝難措手其偕來二鎭左光先馬科所統皆馬兵而山徑勢險節短馬兵無用武之地後雖改馬爲步薄奏斬馘終鮮虜功或亦限於時也三臣應否卽從姑宥應候聖裁此足補科疏之漏查承疇宣力歲久原非怯敵之人簡命方新應作登壇之氣幷所部左光先馬科二員課以馬到成功則不足責以從新練戰則堪責按臣之請姑宥亦臣等之有同然者也　一議得監臣則鄧希詔孫茂霖已經提問幷中西二協把牌已經查奏今應議者總監高起潛受命專

征行軍最久勞不掩過力不從心與總督提衡而論亦應在用舍之間合請聖裁定奪盧維甯則額軍未補占弱不堪先奉嚴旨而修練四事河間之五屬東昌之五屬俱稱完備皆中軍齊九臯把牌劉爵張進所查方正化則躬親查過順天之文安保定之四屬眞定之十七屬四事俱責備不堪頗無飾說而閱時旣久仍未督完總監原比總督腹裏亦比巡撫罪本同科但二監不專典兵似應減免提問姑從降處分監則陳鎭彝亦有查閱行唐深州南宮新河甯晉欒城柏鄉高邑元氏贊皇四事俱報如式强半屬之中軍苗三省把牌李之茂張進德而失陷已多其武俊止報文安一縣城臺得法儲練相當而失陷爲少分

監比之巡撫各有新兵厚餉不啻倍之鎭彝失陷雖多而兵馬堪用奔走行閒亦有微功另案已降五級再加量降似堪備調京邊武俊失陷雖少而兵不堪戰勦敵空回僅守涿城餘無整練此臣等審酌時勢俯陳愚悃仰請聖裁其總分監及中軍把牌原應請命司禮監議奏因奉撫監鎭道府等官同出日一案另議奏奪及總監亦兼確看之旨臣愚不敢不議仍祈聖命司禮監覆議者也再照五案罪狀雖會諸臣議擬而封疆之事例該臣兵部主稾其閒內外文武多人戰守行援始末又以臣嗣昌聞見爲詳臣以負罪之人而議他人之罪其不敢失之輕者恐輕之以爲己地也其不敢失之重者恐重之以爲己分也況

仰遵勿枉勿縱之明旨曷敢容故輕故縱之私心而識力有所未周議擬有所未當則是臣一人之罪與諸臣無與前已面陳天聽此案重大非特請聖裁臣等無敢專擬亦蒙聖鑒洞明矣除會諸臣畫題外臣敢再一申明祇遵乾斷施行山松曰此疏亦無科疏而幷遺疏頭僅錄看語惜哉

案此疏所議五案功罪於當時情事歷歷如繪其鉤稽精細其措辭正大其用情平恕可以補正史之闕可以證野史之誣論古者試細玩之乃知莊烈帝之倚任不疑者誠非昏闇也汝懷附記

請罪微臣以謝革撫事疏 崇禎十二年六月初二日

楊嗣昌

臣聞前車覆後車誡近歲邊疆之事覆前車者多矣而最切近最慘毒無如西協屬裔窩隱邊烽一事該協四路偵哨無一確音文武各官無一覺悟以致一朝禍發竟莫遮攔天地神人共深痛憤此其爲後車之誡當何如猛省深思急圖改轍而孰知經今半載仍用覆車之人特作偵哨之眼目行荅部之報猶然醉夢之詞此非該撫劉曰俊之責而誰責臣部不惟劉曰俊之參而誰參然一參之以懲前毖後冀其知悔猶可圖也乃曰俊具疏懵然不知邊情不易偵哨如故臣是以再疏參劾徑請處分曰俊催拏康廷甫到京而其餘報彝部東西往來僅一丫頭

一小廝又稱要往東去盤纏短少此等誕謬語言不可欺三尺童子而曰俊依然報部臣謂舉一隅不以三隅反將柰之何是以又有往探邊情一事奏請通行嚴飭此危疆之第一緊關前車已誤萬萬不容再誤者而曰俊疏辨再三一則曰不知何以獲罪於閣部再則曰閣部借端吹索定有積怨深恨於臣三則曰恨臣逐臣無可借口只爲一巡哨官四則曰自此以後人人將畏禍不遑惟奔走權門而已噫曰俊作事昏妄發言挑激抑至是乎巡撫封疆大吏用舍出自朝廷權之一字誰人敢居若夫有過當規非才當罷臣部職當糾舉無容諉卸且臣之參曰俊雖僅摘哨探一節而亦非敢輕發也曰俊受事之初舉動可

駭臣傳其提塘警誡曰俊始媿於心已而在鎮數月寂寂無所見長臣諮訪其人乃一纛穢之夫同鄉素所不齒他不具論督臣洪承疇與臣面商早憂其不安科臣張縉彥與臣語次亦醜其生平此皆仕於曰俊之鄉深知底裏而爲有封疆之責者臣是以因事有觸任怨直糾第舉緊關一節而尚未暇及其他也曰俊積怨深恨奔走權門等語果何指實願即指實言之參一不堪衝撫爲不奔走之懼舉一堪任之人必蒙奔走之譏且臣子招權必然納賄未有御賄而招權者曰俊於此一一指而言之無容含吐不盡也噫嘻曰俊昔爲給事轉一年例而咆哮不已屢疏拖人今以巡撫革職爲民其憤恨咆哮甯有紀極臣本

罪臣無暇與之爭論惟願皇上斥逐徽臣以謝曰俊前疏已言之矣伏祈乾斷施行奉聖旨卿爲公糾舉朕所鑒知劉曰俊已經薄處姑免再究該部知道

湖南文徵卷八

疏七下　明　湖湘後學集編

楊嗣昌

請禁奢僭疏 崇禎十二年六月二十日

冒昧附陳者竊見海內士大夫自神皇末年相習奢侈於凡宮室車馬衣服器用之屬無不崇飾華麗邁越等倫即或淸高自命宦橐無多而亦稱貸母錢締搆園亭卉木耽娛山水詩文以是優游卒歲爲快如其親串朋好偶逢吉慶生辰相率斂錢造杯製帳更迭酬贈以爲固然臣等身在流俗之中沿染至今皆不能免而以今觀金曰耀用銀五兩造杯一隻鐫屈可伸姓名

可伸竟至畢命則亦可爲炯戒矣夫以一杯之重不過數金而能使人畢命緣雕刻姓名與者受者森然同列果屬貪緣請託自作之孽死亦何辭萬一奸徒揑造以奇禍中人雖不與不受亦何繇自白此之不可不慮也然使士大夫向來不爲奢侈本無酬贈則亦何從而揑之孔子曰奢則不遜繇此觀之凡自作之孽與奇禍之來皆奢與不遜之故也臣以庸愚列名政地屢叨恩賚又見城頭欽頒賞功皆係局作銀錠不從外解而來詢知御前器用傾瀉爲此驚歎吾皇富有四海猶不忍以有用之銀作無用之器而爲臣子者誰非草茅賤士齏鹽腐儒一旦倖儌榮進遽爾廣侈其心飲啜器具無金銀不樂且終日攢眉蒿

目咸言財盡民窮，而此等金銀何莫非財，造成器具居之不化，舉一杯而例其餘有不可勝言者，皆以私家之不動尊，竊耗海內之泉貨府，夫何莫非財所繇盡民所繇窮，而可不深長思也。臣故敢瀆聖聽，乞嚴禁金銀器物，自一杯始，今後品官有私用者，依服舍違式律罷職不敘，有彼此贈遺者，依官吏受財律計贓科斷，其未禁之前已成器物，聽行銷毀，姑免追求，庶免奢僭之風，亦省身家之禍矣。

案此文上脫一葉，不知開端云何，以其論正且可考見當時風尚，故取疏末語意為揭一題存之。汝懷附記

感戴天恩再申微悃疏 崇禎十二年六月初八日　楊嗣昌

本月初七日準吏部咨，該臣奏為臣罪籲陳未已，天恩滿沐逾涯等事，奉聖旨，卿運籌中樞，策勳禁旅，復官用示眷酬，已經免敘，不必又辭，該部知道，欽此欽遵，移咨到臣，臣焚香恭叩，俯伏深思，臣子之望君恩，不啻農夫之望歲，恩所未及，猶將陳乞仰儌，恩所已加，甯敢託辭虛讓，此臣犬馬樸衷，前聞寵命，即已不勝欣躍，竊願祇承，非敢為臣一身計也，念臣祖臣父及臣三輩單傳，無兄弟姊妹之屬，家庭一脈，恩愛迥異尋常，至於教臣讀書，看臣成立，期以遠大，勉以忠良，臣所不能盡言，祇恐人間無此，父祖而不幸，沒之日，臣皆留滯在官，不獲躬親視含，雖復徒跣奔歸，祇抱終身莫贖之恨而已矣。至臣父十齡而祖母背，臣十四齡而臣母亡，兩世偏罰，俱在慈親童幼無知，苦荼尤甚，頃逢聖母大慶，薄海覃恩，臣以負罪之身，未敢請給誥命，含淚向隅，恨不遂死，而臣妻則又先臣死矣，嗚呼痛哉，臣天倫哀樂，實有不同於人，非特荷聖慈，何能儌得一命，此臣承不必又辭之旨，躊躇日久，心竊兩難，而不敢不以真情至情上聞者也。若夫臣之一身，灼有萬罪，必俟傳宗龍到日，臣乃得辭部署，赴闕廷，泣申斧鉞之請，伏乞天恩俯容，仍以革銜辦事，存臣不安之志，待臣得請之時也。臣偶苦腹疾，容臣擇日報名廷謝外，謹先申鄙悃，伏惟聖明垂察，臣不勝惶恐隕越之至。

清驛原以裕國疏 崇禎十二年七月初二日 楊嗣昌

看得清驛一事臣部奉有明旨嚴禁私增擅用之法作何責成
一併確議業將釐正各款參定成書另疏請命矣科臣張縉彥
細詢時弊條禁八款與臣部互相發明臣查私票當禁一款今
已刪設塘票須發通行公務不致妨廢則私票當盡禁矣擅用
勘合火牌塘票逐一釐正須行總除部發之外不許別用私牌
當禁一款濫用當禁一款借送當禁一款濫塡當禁一款今將
一紙而部發諸款又有昭然數目難踰限制則擅用濫用借送
濫塡盡禁矣若夫私幫當禁一款則在前之五款著實遵行額
內似可省差省銀額外豈容幫地幫馬合查果係衝疲前此已

經題準者免議如非題準即釐毫不許增也越站當禁一款則
在各該驛站實有馬匹前途之應付如流後程之牽擒自息合
查官養馬匹向來果不病民者免議儻遺厲階即參處不容貸
也至於裁解當飭一款查驛遞衝僻額銀厚薄於中調停均節
總不失裁解之額而又合盈縮之宜是在撫按司府專任其責
臣部不能遙揣行之科臣此疏當附刻於臣部疏後請旨通行
嚴飭遵守而臣更有說焉朝廷嘉惠驛遞明旨不啻屢頒臣部
之立法科道之建言非不甚詳且覈而地方終未盡行者何也
如擅用一款用長差馬匹幫貼回籍進京在甲科司府州縣爲
多撫按專責此事參一甲科輕者降調重者革職則其餘不敢
犯矣借送一款或預封數金雇覓包攬等項在出京科道銓翰
爲多部科能摘此事參四衙門輕者降調重者革職則其餘不
敢犯矣至於擾驛橫行騎馬一匹私勒六七匹每馬折價銀至
二三兩則各巡按御史之承差爲其境內第一之大害而無可
柰何每一巡按承差多者數百人少亦不下數十人上班下班
差來差往驛遞望風屛息斂錢博懽惟恐其不如意此事非他
人所能摘發惟有就責巡按御史自行覈奏實從承差若干名
其非實役或發回兩司或汰逐回籍若干名如前勒索馬錢恣
擾境內者會否拏究若干名一一具報都察院在都察院亦必
以此爲回道考覈之一事而加意行之庶天下驛遞各除一坐

地盤根之大害而勞人病馬於是乎少蘇巡按御史亦必首行
此一事而後參劾私增擅用種種之爲驛病者人無有不服矣

申明節制疏崇禎十二年七月初八日　楊嗣昌

看得軍中首重節制自五人爲伍十人爲什以漸推至百夫長千夫長等而上之有自然之分數而不可紊卽有自然之等倫而不可踰此古來之定制也本朝設立總兵名曰鎭守次之副將名曰協守又次參將名曰分守以下至於守備而官止矣繇鎭而協而分而備皆帶守字則以信地繫之信地之廣狹官秩之崇卑繫之而文移體統於是乎辨若游擊將軍則往來策應與參將分馳得節制守備而受節制於鎭協者也若都司畱守則統領衞所與布按分職惟鎭守得節制之而副參游守彼此不相統轄者也近歲用兵官階錯亂以副參游都守爲流官之序以中千把百總爲營伍之序雖稍稍與舊制不同而行間出令次第稟承罔敢逾越卽不係同鎭共營而官階旣別體統攸分未有分庭抗禮傲慢自恣如河南巡撫李仙風之所奏者良繇中原腹心向非用兵之所一旦有事調集烏合之師東西南北心意旣不相聯聚散往來紀律亦無有定是以如是其悖耳臣愚前奉面命將連刑節制再一申明幷功罪賞罰著爲定本因秋防期迫羽檄倥傯未能草就今該撫題請申飭前來合照近例總兵通行節制副參以下各官無不聽令參將游擊則受副總兵節制都司僉書則受參游節制守備則受參游及都司節制其一營之內則有中軍受將官節制千總受中軍節制把

總受千總節制百總受把總節制隊總受百總節制什長受隊總節制伍長受什長節制伍兵受伍長節制其自上行下則節節遵依如自下行上則節節轉達平時之號令如是臨陣之殺賊下缺一頁總兵應受督理節制矣乃奏揭稱準總理行文又是平行之準此名不正無惑乎通省各弁尤而效之相應一體申飭以後奏報文移之中如見此等字樣臣部卽行參處如是而後節制之法無敢不遵行者矣

楚報不一疏 崇禎十二年七月十二日 楊嗣昌

竊照穀城蠢動自五月初八日至今越兩月餘臣部日望捷勳信息自鄖撫飛來而不可得本月初六日接新撫王鼇永一報五月二十八日賊破房縣有曹操小秦王一丈青一條龍攻南門東北門等語竊謂另撫九股已動其四餘五股多在均州豈不可慮之甚凜奉明旨九股動四其餘作何防戢鄉部不得僅以叮嚀數語塞責欽此臣伏讀徬徨戰慄日夜靡甯然未得詳確情形未敢妄有條奏茲於十二日再接總理熊文燦塘報賊情一揭較該撫前報稍詳然而情形又不一矣據報曹操之外不顯小秦王等項名色而九股之中見有三股在鄖縣三股在

均州歃血盟誓不甘與張獻忠作奴甚且認路分堵似乎確確可信乃該道周夢尹既信之以轉報矣又自疑之曰洹水之上季子能始之而不能終之總理熊文燦既稱夢尹擔當撫事不避勢怨用心獨苦且慮眾人成之不足一人敗之有餘就參知府萬菁華挑激新撫借端思逐矣又自言曰不以兵威大勦斷不能收蕩平繳使九營反覆亦不難於併埽何其前後矛盾若誇若玩亦至是耶至其目前著數不過曰兵單難進深山糧運難充枵腹與此進彼奔種種隍伏種種未便而已不思古人用兵如雪夜入蔡元夜奪崑崙皆於難入難奪之時獨奮必入必奪之勇令敵人忽於醉夢之中破其所恃然後奇功立成何嘗枯坐而待可入可奪之時耶又問他日著數不過曰禁旅邊兵秦督川撫轉眄秋涼諸事湊手而所謂湊手者意尤專在我之馬多於賊之馬多一馬多一馬之功而已不思古人用兵如龐扎刀砍馬竹筒豆啗馬皆以刀斧犯敵步戰爲奇即在深山窮谷而兩鼠鬬穴中將勇者勝安在膠固而求不可多得之馬耶噫論至此而防戢諸股爲後誅捉首叛爲先急商制勝爲緊守候諸事爲慢但使我能制勝不慮首叛不捉眼見首叛必捉何憂餘股不戢若不於先者緊者而圖之惟於後者慢者而待之臣見繳賊爲患貽不可追之悔也夫賊之虛聲或走漢興或趨川蜀或犯均襄或窺荊鄖或奔兩淅乘高下射必有一路突出

於莫可知而我聞風多備兵寡力分曠日相持疏薄立見賊得乘閒抵隙縱轡而馳又是東莽西顧之故態所過城邑保障難期再假歲時收拾難料行閒諸臣能任此禍償此罪耶不能任禍償罪則盡智出謀殫力效勇未有堂堂文武智勇俱困於一逋誅之賊者噫緊尤在總理熊文燦虛懷以收羣策果斷以克後艱毋始而遠眾以師心既而參人以卸責且計一師期而游移兩可明開泄漏之端信一誑稟而往復數番頻售狡脫之詐此臣歷稽往失不憚鍼砭膏肓非今日始爲此說而至於今日理極數窮舍責成該理而外別無把柄過此以往惟有朝廷賞功罰罪之大典理臣與諸臣共之而臣部請行賞罰直當自理

遵旨酌議裁練疏崇禎十二年七月十三日　楊嗣昌

看得裁練之議，屢廑聖慮，反覆周詳，期於事必可行，行必可久。臣部竭其款愚，再三斟酌條例上請，業奉俞旨，已經通行去後。而畿南、河北、山東各該撫按監諸臣遲遲報命，臣部凛奉德意，疏催及時舉行，誠以警報頻聞，而前車當鑒也。今據保撫黎玉田先將保定府屬二十州縣裁文增武、選才措餉之大都，詳覈奏請。臣等細加酌議，如保定府判、易州判官、清苑主簿、慶都訓導，各以煩衝免裁。其議裁者，祁安二州判官，唐完蠡三縣主簿，安肅、定興、雄縣、東鹿、淶水、滿城、新城、容城、博野、深澤、高陽、新安訓導各一員。其練備練總等官，既經地方之公舉，司道撫按之

參詳，或以武科世職，或以青衿將材，或易地非宜，或本方素習，果堪干城之選，自難拘滯故常，俱當一一如其所請。除練備郭雄斌原係題推，其餘各官俱先給以練備練總劄付，一年之後，果有實效，撫按將行過事實開列奏聞，容臣部再加詳覈，方准實授。但各縣民兵數目參差不齊，畢竟未開城垣闊狹、垛口多寡以為設兵之數，仍是遙揣虛文。今云先設專官，漸議增補，安知設官之後，有司不竟膜外視之、腦後拋之？此仍當責該撫次第奏報者也。至於議餉一節，明旨屢禁昭然，該撫道有司僉議，若謂必不可已，欲於絕溢屯租而外，倣捐助之法，酌富民之等斂錢行之，大約三五家養兵一名，似不為厲等因。臣部遲疑未

臣始無敢毫髮私徇者也。奉聖旨：熊文燦已有旨了。穀城賊叛，戴東旻撫洽何事？該部不行糾舉，殊屬玩縱，著即從重議處。

敢郎覆第思兵無常食·俟其練而給之·誠恐人不樂趨難以强之就練·倏有倏無之練餉以之治生旣不贍·倏練倏否之鄉兵以之習藝必不精·此在平居無事可以官法牢籠·一旦事急憑城未免離心掉臂·徒增一番練備練總之名目·究竟未有眞鎗實棒之强兵·欲令地方士民盡以身家性命託之·而不謀轉徙·督撫監鎭遂以家戰人守期之·而不呼調援·恐萬萬必無此事·然則朝廷之上欲以民人社稷憑之·而不分兵遣將東顧西瞻·亦萬萬乎無此理·則今日之裁練何爲然也·夫不忍派民·誠皇上撫綏之德意·而養兵自衞·乃士民切緊之深圖·或者聽撫按之斟酌·責道府以巡查·有司行之而善者從之·其不善者而改

之·必使城城有保障之兵·兵有固結之志·眞正遇有警急可以不煩調援而守固·斯其爲裁練之穩著乎·此事河北山東最爲緊急·一處覆擬妥當·處處規倣而行·方不難於速就也

案武陵楊文弱太傅疏槀·常德文中僅載數篇·苦不見其全集·方擬從颺天錄中采入斷章以存事實·而楊駕部彝珍來攜有刊本一冊·謂所得十三冊中之一·卷端題楊文弱先生集·攷弱翁官戶部時刻地官集·及總戎機刻中樞集·此集未知合二集與否·而十三冊者駕部云無卷首序目·固非完帙·此冊係卷三十一至三十三·則此前尚有三十卷·惜其未併攜十二冊以資考校也·諸疏多涉勝朝掌故·固後人考鏡之資·惜此編卷帙已定·難以多增·僅登二十餘首·而忠言讜論已可槪見·實足證稗官野史之誣·夫以二百餘年騰謗不息者·以自昔譌傳之故·自昔譌傳·以有妄爲紀載者之故·而妄爲紀載者·又以徒信道塗之言·而不見朝報之故·蓋當時軍務倥偬·或以事宜嚴密·或以所司懈弛·故內廷斷制·外廷已不盡知·何況草野·於是好事之徒騰其口說·識者雖疑其不然·亦無以正之·此集中乞查紅本發給科鈔之疏所由作也·而亦預知後來之必吠聲吠影矣·當 興朝之初·謫書竝作·多出東南·而亭林顧氏獨不惑於流俗之說·其督師公子一詩推挹甚至·詩云督師公子竟頭陀·詩律縱橫浩氣多·兩世心情知未遂·更誰待奮魯陽戈·又詩云赫怒我

先帝·親遣元戎行·北落開和門·三台動光芒·一旦霄大命·蕃后殘荊襄·遂令三楚間·哀哉久戰場·案議者羣以武陵爲誤國之臣·而亭林則以爲人亾國殄·將謂爲耳無聞目無見而謾爲此言歟·其故何歟·則以諳悉邸鈔而深知委曲也·觀其與甥徐健菴尙書兄弟書云·所集邸鈔凡二千餘本·泰昌以來頗窺嚴略云云·則無遺議於武陵者·其不以此歟·若石齋之劾奪情·自是正論·然其時烈皇環顧廷臣無可倚託·業已委任·豈因一劾而遽罷之·伸楊抑黃·勢所必至·而東林之人愈不能平矣·然漳浦固無意見也·其被謫道出鼎州時·登楊氏之堂·與山松山梓兩公子甚相款洽·彿銜怨焉·或謂其門徒護師樹黨·推助波瀾·則又不然·有彭士望躬菴之冬心詩可證·華陰王山史山志云·彭躬菴作冬心詩二十七首·刻本行世·其

六章云吾少從黨人大言誅楚相謂其忍奪情虛功縻國餉亂後逢闖徒訪以當時狀始悉武陵才謀猷頗能壯謂吏一二載賊軍盡摧喪後復逢楚友鄉評益公諒謂獻挾往讐取屍棄江漲緋衣浮不沈月餘還舊葬自檮遂吠聲發詞何徧宕隆萬相江陵國威甫退暘秖以峻狹致萬口相排擠吾黨三折肱今更以身謫魏善伯評之曰公道極尤妙在黃漳浦門人口中說出案善伯名際瑞冰叔兄也躬菴乃甯都三魏至交而漳浦門下士也其詩具道先迷後得之致豈非日久論定公道自在人心哉即謂其子籲天之錄其曾孫文敏公超曾灑陳先世冤誣之疏不無迴護然皆確鑿有據豈盡荒唐縱起張湯窮鼠之能按爰書反覆鉤稽而莫能加之罪也雖其始召侮搆讒未必不由楚人啟釁而嚴平子始謗終悔與躬菴詩意略同茲編錄其與楊長蒼書及密菴籲天錄序尤為生世相接見聞親切之人較之畿外以窺宮庭隔世而談天寶之影響支離者相去不已遠乎丁卯長至汝懷附記

陳言兵餉疏　楊嗣昌

臣庸懦書生備員戶部竊見遼東覆軍殺將已事堪憐感激於中久矣近接邸報新經略臣熊廷弼業已交代行事臣伏思之此光弼登壇旗幟精采皆為一變之時也軍機進止臣雖未敢與聞然而有一兵必責一餉兵一日不止餉一日不停臣餉部之屬竊願一言俯效愚忠臣聞召客者卜日肆筵設席必問中廚饔飱之資救火者滿座爛額焦頭必計主人牛酒之費若中廚毫未有辦客到何以應之牛酒費至傾家則主人之火救與不救等耳兩者田里細民不為況社稷封疆之大付之公忠才識之臣顧肯為之乎然而今日之兵徵調召募乃至二十餘萬餉從何出未嘗過而問焉豈諸臣漫為之哉蓋皆有所不得已耳夫遼東者皇上之遼東非經撫二臣之遼東也邊烽發難恣為啟疆非今經撫二臣在事之日也皇上以摧殘狼狽一壞再壞之遼東挐而畀之二臣試觀今日身在事中獨肩苦難無二臣若也而二臣之請兵為皇上保此遼東甯得已乎二臣請兵舉朝大小臣工皆言請兵且勞心借箸某兵當調某兵當募不謀同詞皆為皇上保此遼東又得已乎凡此不得已者戶部雖殊苦之非為皇上保此遼東非得已也而皆責望於兵部亦無實心諒之然至兵已調募矣戶部之苦乃有呼天搶地之聲所不能告訴擘水移山之力所不能撐持者雖使經臣撫臣舉朝

大小諸臣盡諒戶部奇窮照見戶部心膽亦何益於勝負之數就使皇上長流戶部之官齏粉戶部之骨亦何補於社稷封疆之大計哉臣愚若不妥言後恐圖之無及然非以臣之臆敢望諸臣萬一也願與諸臣平心和氣仔細斟量斯事關重大瞬眼安危若臣言之透徹料想諸臣亦不參商臣所欲言者何也經臣中府會議開口說兵必須一十二萬及上河東諸城潰陷一疏內只議增新兵七萬先調一萬隨之入遼比其到關調兵至者不過數千與俱度遼只八百耳是豈經臣不欲足數而該部掣之肘乎徵發期會事勢艮難雖欲如取如攜而不得也今已出關渡遼交代受事觀其奏報疏中徐李賀陳帥所統外城中

見兵及川兵只有赤身徒步二三萬人勢固不容不調且募而調且募亦應以經臣之言度之乃前則求一萬而不足今則至二十萬而有餘臣滋惑焉夫經臣於遼事先見有年使其必須二三十萬諸臣會議之時何憚不說而顧損益於十二萬與七萬間必有故矣臣思其故有眾二三十萬不惟戶部無如許新餉遼東亦難容如許客兵且措餉都是金錢養士必須米穀遼東城堡失陷既多則有團聚附著之人有荒蕪不耕之地使盡力所生或難自給而況援兵四集數倍居民本色止恃海運海運止恃登萊寄命風濤之中出入姦盜之藪危事也絕地也至於糴買徵收又值東方大旱則出人事意料之外督餉大臣嘔心晝策請帑截漕疏報咨行動淹歲月臣恐遼東他日強敵在外飢軍在內居民苦其驛騷客子憤其踏藉患有不可測者此猶以兵到遼東言也若夫募兵就道拚命辭鄉所過之處民間豫愁搶掠罷市閉門此輩市買無從翻成搶掠小民泣訴令長只得隱忍容之一處兵來如是別處又然今日兵過如是明日又然臣恐所在農商不得安然作業然猶州縣民兵結隊不滿千百為害有涯至於土兵四萬取足六司計程凡數月之遙安家無一錢之例此則數千為隊到處凶殘向無紀律卽不他有搶掠但求遂其饑食渴飲之常而擾不可勝計較之州縣民兵何啻什伯焉者使此兵盡數到遼猶或得其一臂之用當忍小

痛以來之若永順前調三千到關止有八百逃回斬首足者又只十四人其續補二千則抵逃兵之數而此逃兵二千餘人進既不能到遼退復不能歸穴將安之乎惟有化為盜賊出沒於彝漢兩界之閒而兩處俱不得問耳今之四萬保無前日之事為地方憂者乎猶曰害止逃兵而已土司忠順固多桀驁亦復不少富饒固多貧薄亦自不少今遠調沙場非其本願設有抗令趑趄請糧齎發者朝廷將運糧以給之乎抑舉兵而加誅也兩者不可不算猶曰罪在承調者耳川湖貴三省除土司外別有無主苗民如所稱紅苗犵獠仲家者頻出圍城劫寨近歲驅除官兵數少大半調用土兵今各處土兵俱調赴遼此苗仲得

意之秋橫出攻圍之日必報怨貴州以梗塞雲南西南從此多事設有臨城逼印如阿克者朝廷忍而不問乎是又生一遼東也猶曰遠在千里外也土司仇殺自古迄今日以爲常戢之猶虞其動動之安望其戢鼠鬬穴中無論已今之調發俱往遼東合之川兵幾五六萬誰爲大將諸苗素所懾服者而統之可使兵知將意將識士情奮勇齊驅無事調和豫附者乎將難其人狠心烏合有萬不可知者且如播之役安彭二氏互殺冤莫解也今以安之一萬彭之前後一萬八千同調可乎水藺之役黔蜀二省相爭訟未平也今以水之一萬藺之五千同調可乎以莫解之冤與不平之訟使之居同地出同塗勝同功敗同罪臣

雖至愚知其不可夫使土司無故而窺左足於我內地必且猜而拒之按而討之今以邊烽之故盡引而入中國之中熟我山川道里窺我版籍人民過我五雲雙闕之下此何等大事豈可嘗試爲之哉古人之用此輩者皆在中國之外牛羊之力水草之性一切皆同而又有利可爭有交可攜有仇可結我則行謀伐謀挑釁激怒使之追奔流血小㹀大傷乃卞莊刺虎之喻耳今土司之與邊烽何利可爭何交可攜何仇可結而能激其怒心挑其困鬬我所以用之者不過朝廷之名分足以維持中國之威力足以驅遣耳嗟呼名分何物土司何人可真恃以維持若我之威力業無如邊烽何而用彼矣彼亦何所復憚而招之必來驅之必死爲我戮力同心必如子弟手足之捍衛乎今瓊林大盈之積頗有鏹名引萬里非類之兵一一經過堂奧毋論姚令言朱泚之變突起當防卽令班爛胡跪厥角稽首坐索一飧犒賞金錢不知當用何項錢糧臨時作何慰遣此須有備而無患不可有患而無備也臣自閩調兵朝思暮算從大至細從細至大利害亦略分明心肝亦幾嘔出然不敢斷斷曰一切不當調兵也但思兵部調兵除州縣二萬安插通津昌平等處守衞陵京外其餘必皆遼東應用者耳遼東應用之兵必先問之遼東用兵之人攻守剿平應出何策歲月日時須得幾年兵數若干見有若干應增若干某處應調若干某處應募若干用餉

若干本色若干折色若干衣甲器械若干馬騾駝牛若干一年之費若干三年五年之費若干以至軍中一切事宜經撫二臣與其文武將吏悉心咨度定局如何變局如何急著如何緩著如何末後之著如何以至咨疏札中所不能了所不得泄所不得通者戶兵兩部迭遣司官絡繹往來虛心面議期於血脈貫通指臂靈應而後邊烽可算遼東經撫可爲戶兵緩急可應在兵部則知某兵果屬有用果不可緩而已調募者急催之某兵未必有用倘屬可已而方調募者亟止之在戶部則知本色一年應用多少數年應備多少而不足者設法運之折色一年應用多少數年應備多少而不足者設法請之如此絕不須兵二

三十萬之多決不須餉五百餘萬之外所省海內徵調騷擾加派催科亦決不至如此之忷亂而爲社稷消隱憂爲封疆弭異患保我子孫黎民尚亦有利臣之愚慮以爲遼東一年之內患在兵少一年之外患在兵多今日兵部當調有用之兵不當調無用之兵當調禦暴之兵不當調爲暴之兵當於近兵增調以求速當於遠兵減調以求精當以各處召募漸補增調之缺不當以各處安插永堅不動之根此臣日夜私憂終難隱忍者敢昧死爲皇上忠言伏望少垂省覽

請立兵冊淸查遼餉確數疏　楊嗣昌

竊惟遼東一年之間費餉三百餘萬無損邊烽秋毫而加徵撥括徧於海內臣部疾首痛心極矣除前請旨行查外臣朝夕考求其冒破之故亦有灼然大數尚容易疏聲明以資經略閱視諸臣覆覈然亦不過遺契之僅存墮甑之徒顧未必使散盡之金復還故吾也惟是前事不忘後事之師則於經略交代之始臣不能無厚望焉所望於經臣者何也前日遼東之餉一索則急如星火而使人不敢遲一發則用如泥沙而使人不敢問此無他兵分於各道而所取者餉司之銀各道不問其有無餉總於餉司而所養者各道之兵餉司不知其虛實譬如兵其一城餉分兩項新餉給新兵何以知非舊兵之易名而冒也舊餉給舊兵何以知非新兵之卽名而兼也又如新兵原食一兩二錢今遞加至一兩八錢則以舊而溷新者有之舊兵原食四錢今遞加至一兩二錢則以舊而溷舊者有之又如新兵遞加往闢原者一兩八錢鐵嶺者一兩六錢而此兵以何日到闢原何日到鐵嶺未嘗問也舊兵遞加其上等者一兩二錢中等者八錢而此兵之原食雙糧原食單糧未嘗問也以至年終之奏報季倒之循環對卷茫然了不可問而不問已耳卽大地盡作金錢難塡此無底淵海必欲問之不惟掣肘之嫌予人口實抑且脫巾之禍立取身殃此其道將安出哉臣以爲有問之之人有問

之之法有問之之時人者何餉司各道皆有錢糧之責初無互覈之權其惟經略乎蓋餉司所據於各道者紙上花名耳而各道豈卽據花名乎畫地駐防者以紙上防相機策應者以紙上應乎彼多索餉則不得少載兵彼多載兵則不敢頻失事此可以功罪按者也彼須調募則不敢諱逃亾彼見逃亾則不能昧存省此可以情形揣者也以此問各道能不吐實乎卽不吐實於他人能不吐實於經略乎而前此所患經略先不責實耳覆車伊邇換局方新有實心做事之人則自有開口告人之事臣謂今日問餉之人不得不屬經略一也法者何遼兵雖眾惟有新舊兩端遼地雖寛惟有河東河西兩界河東分遼陽海蓋開

原三道河西分廣甯甯前兩道而道盡矣某道之屬分城堡若干而地盡矣某城某堡之內分舊兵新兵若干而兵盡矣某兵之內分食幾錢餉銀者若干幾兩餉銀者若干而餉盡矣如是種種之數斷自經略交代一日為止責令各道盡將所屬城堡見在之兵見食之餉編造總數散數冊報經略其冊務要直截簡明先開一道所屬幾城幾堡幾兵幾餉合為一道之總則總數也外分城堡某城幾兵幾餉為一城之總某堡幾兵幾餉為一堡之總卽散數也其城堡內不許又開某標下某門下某將官下某南京某浙江某四川等營以致紛紛名色猶如說鬼捕風漫難稽考所當痛革此冊造就備申經略覈實掛號印發餉

司餉司照塡底冊一本存案仍將道冊轉申到部卽將冊內各道分調城堡兵餉總數另具一揭發鈔其交代後兵馬或有更置錢糧或有增損定為各道每月二次冊移餉司餉司冊揭報部發鈔之制一如前式使朝野內外曉然皆知遼東幾道幾城幾堡幾兵幾餉一一燭照數計如在目前而後呼吸可以相聞緩急可以相赴從前關膈不通之病至此都除若道冊不經經略仍是前此花名揭鈔不徧長安又與舊套循環無異臣謂今日問餉之法不得不關經略二也時者何見在遼兵前法已備新舊月餉可算無遺矣援軍在途又有行糧比其到遼必須著伍因而問之於山海關曰某月某日某處援兵若干出關問之

於三岔河關曰某月某日某處援兵若干過河問之於遼陽餉司曰某月某日某處援兵若干到遼分撥某道屬下某城某堡管內應食某項餉銀問之於各道曰某月某日某處援兵分撥若干已到某城某堡管內開食某項餉銀除餉司各道收造入冊一月二次彙報外其山海三岔二處守將隨到零星具揭驛報鈔傳不過出片紙附便郵而糧可算著伍有期亦不至如前此汶汶夫出關過河到遼著伍皆有時不及經臣受事之初刱立此法日復一日恐又因循臣謂今日問餉之時不得不乘經略三也行此三者朝廷不煩動色當事不嫌掣肘將卒不勞脫巾而餉自可節兵自可淸但責經略而已辦臣所望於經略者

不綦厚乎然臣非漫言之也經臣昔按遼時正有召兵添餉之事讀其奏繳新餉疏內有云營不成營與無將同將不成將與無兵同其何救於寡弱而新餉又不專為新兵支用是新兵有增之名無增之實新餉有為新兵而增之名無為新兵而食之實恐虛糜此餉者不在老弱之充數邊兵之影冒而在營旅之不成分散之不合也嗟乎此十年前因病下藥之言不意今日膏肓之痼殆復過之又讀其屯田修邊一疏有云內地千零萬落北盡南空詾詾皇皇只欠一反漢以出塞千里轉餉而天下困唐以藩鎮秏竭國用而人心離宋以西北用兵括盡民財而社稷屋古今敗亾之禍未有不始於邊鄙而終於腹裏者嗟乎

此十年前剜肉醫瘡之喻豈料他日板蕩之憂究竟不能外是哉夫經臣於十年前籌邊憂國蚤見及此今日之事兵須實兵餉須實餉一切剔蠹釐奸豈俟臣詞之畢而臣所長歎者今日之內地又非十年以前之內地今日之新餉新兵又非十年以前之新餉新兵經臣前日言之則蚤今日圖之則著矣宋儒有言必用體國之人而後可以獲治兵之效臣望經臣今日治兵之中不忘前日體國之慮此社稷生靈之福豈臣一人之私幸哉臣言至此惟有飲泣除臣一面劄行餉司外事關經略者伏乞天語丁甯同心共濟依臣此法設誠行之遼事尚猶可為臣部尚猶可幸不然臣力竭矣其如國家何其如遼事何

請帑疏

楊嗣昌

日聞東邊消息北關已陷瀋陽一空遼陽軍民無一關心固志臣等拊心頓足嗚呼危矣成大事必以人心為本人心一離大事去矣經略一人雖責各將將不能責軍雖責各道道不能責民欲戰而戰無人欲守而守無人且又無甲無馬無弓矢器械豈經略道將諸臣能以兩手兩足戰守遼陽乎而非獨遼陽人心然也使遼陽失則廣甯人心亦然廣甯失則山海永平薊鎮人心亦然所在各省直人心亦然皇上深居大內不知近年邊腹地方人人憔悴處處偷安敵騎數萬誰敢上前抵敵此海內太平日久積安積弛積畏之勢不是遼陽一鎮人心單怕邊烽

到極處也今別無一法可以鼓舞惟有多將金錢買其死命兵法曰軍無財士不來軍無賞士不往又曰重賞之下必有勇夫今日軍民窮到極處若使多得幾文見錢到眼到手可以養活父母妻子則伊必然出力捨命報效朝廷萬死不辭若無見錢只以軍法斬之亦斷不肯出力捨命且恐激成他變此其事理洞然明白皇上自然肯信肯從者也但今日見錢戶部無有工部無有太僕寺無有各處省直地方無有自有遼事以來戶部一議那借而那借盡矣一議加派而加派盡矣一議搜括而搜括盡矣有法不設有路不尋則是戶部之罪至於法已設盡路已尋盡再無銀兩則是戶部無可柰何千難萬苦臣等只得相

率懇請皇上將內帑多年蓄積銀兩，即日發出億萬，存貯太倉，聽戶部差官星夜齎發遼東，急救遼陽；如遼陽已失，急救廣甯；廣甯有失，急救山海等處。除此見錢急著，再無他項取法。今日臣等不請，是臣等負皇上；皇上不聽臣等，是皇上負祖宗。皇上今日不聽，遼陽明日危亾，京師後日禍亂，臣等惟有相率焚香拜謝九廟之靈，以皇上參養七尺之軀，盡死闕下而已，尚有何策可救旦夕之急也哉。伏乞皇上千思萬想，轉意回心，即日先發帑金十百萬，齎赴遼陽軍前，聽經略諸臣鼓舞軍士，然後陸續盡發百萬，聽臣等陸續齎去，充軍馬糧料等項之用，則今日轉禍為福，在此一舉。皇上即在大內，與聖子神孫日稱萬歲之

觴，臣等不敢再來激聒。若請帑不發，發之不多，臣等前言已畢，惟誓一死闕下矣。

南直催餉疏

楊嗣昌

臣接邸報，戶部一本，為患病不能供職等事，奉聖旨：是楊嗣昌著陞郎中，專理新餉，吏部知道。欽此。臣小臣也，伏蒙聖恩，徑將本部開坐職名批允下部，顯是異數，揣分不敢承當。伏念新餉事大，臣蒙本部誤題，於義不容規避。竊照臣於萬歷四十七年九月內蒙本部題奉欽依，管解密雲鎮年例銀三萬五千兩，事竣回籍，訖本年十二月內接得本部劄付，覆奉欽依，差臣南直等處催餉。臣時在籍助臣父鶴褰臣祖父葬事，隨於四十八年二月起程，前往南直地方。臣惟聖諭差官，一則曰屢有明旨，著各該撫按等官設法徵解，如何不行盡心料理，以致部庫匱乏；

再則曰顯是各該撫按等官坐視不理，漫不經心；而終之曰其各省直拖欠民屯邊餉等項銀兩，便差官立限守催解部應用。欽此。仰見聖心於臣部匱乏，孜孜鑒憐，躊躇四顧，若將謂差官一出，當有勝於撫按等官者。不知直省地方法令素行，吏民素習，其實不如撫按等官。各省府州縣錢糧有布政司統會，差官到彼，稍便守催，然非撫按彈壓其間，呼之未必能應。況在南直一十四府四州錢糧各自為政，原無統會藩司，不得撫按，將有寸步難行者。臣入境初，撮定催餉三事，移會撫按衙門：新餉款目為一事，舊欠京邊為一事，內庫本折為一事，詳其完欠名數，第其緩急重輕，耑聽撫按自行所屬地方。一時撫按諸臣幸同

心力檄下催徵刻期完解蓋有不俟臣詞之畢者臣幸藉手報命不欲別生一事旁擾一民矣然江南江北巡撫分二巡撫按分二臣水陸往來撫按間而各府之地幾徧由此親見守令行催比出蘇松境後仍遣本部隨差兩吏分投二撫院處候完解回文臣以身離地方所持止於播告且無滋擾之嫌復於吳山驛陸續分發各府州催趲文書七十餘件最後單行查取新舊已完數目順挨年月日時另造簡冊揭帖以備回部之日進呈御覽甫行未報驚聞理部坐題理餉不敢淹留所有前件已完臣即親齎冊揭到部其餘未完仍聽撫按嚴督施行蓋臣始事終事大約如此不過奉宣一紙王言稍醒闤闠耳目使知朝廷

之上有此不得已之催科地方之官有此不敢後之功令耳顧自三月至八月爲時已久江南則歷應天徽池蘇松常鎮等府江北則歷安廬淮陽等府爲地已周審聽徐觀殷憂滿腹有非職所當言而不敢不言者臣在應天聞淮北居民食草根樹皮至盡甚至數家村舍闔門婦子併命於豆萁麥稈一束之間比渡江後竈戶之搶倉稻飢民之搶漕糧所在紛然猶曰去年荒歉致爾也至於江南本未嘗有赤地之災滔天之浸不知何故洶洶嗷嗷一入鎮江斗米百錢漸至蘇松增長百三四十而猶未已商船盼不到關米肆幾於罷市小民垂橐往返偶語徘徊大都妄意某里某家共圖一逞爲快甚至明明議事榜貼路衢暗約堆柴封燒第宅幸賴當事齊之以法一時撲滅無餘不然遼左凶殘近在腹心矣臣爲催餉之官敢代地方稱告致緩輸將但念東南素稱財賦之區國家緩急所恃只謂蓋藏頗厚催取如攜眞可算作朝廷外府豈意公私蓄積大抵蕭條習俗無改於奇淫物力實趨於凋薄臣見三衢九市非不滿目豪華按之饑食寒衣知許多用不著所以男子疾耕女子苦績不足了官稅而實私家蓋東南一大病痛而海內漸染餘波轉相倣效其不化而爲東南幾希矣臣謂今日不獨有事遼東師行糧食當思結局抑且瞻顧閭左民窮財盡當講開源物極必反閭閻有敦本尙實之思而不能以匹夫之微丕振風氣道窮則變臣

部有提綱挈領之務而不能以一切之法偏合時宜是在省直撫按諸臣隨地講求當身斡辦以足食者足兵裕民者裕國或庶乎其有濟也不然遼烽一日未滅折餉一日難停遼東索之臣部臣部索之地方地方索之百姓百姓無所從索緩則無濟急則生變豈可不爲料理但恃催科哉目今百姓尙知討賊尙可催科將來只恐百姓已自作賊誰爲用我催科者今日理財二字臣部不能獨任海內不宜諱言君相決當猛轉而後民生可厚祖宗福祚可永臣謹因催餉及其大端伏乞聖明少賜裁擇

再陳兵餉疏

楊嗣昌

臣於萬歷四十七年八月二十一日具疏條陳遼東兵餉先皇祖朝未蒙簡發會兵部以爲越餉談兵旁掣其肘隨值臣先祖之變乞差解銀事竣回籍不獲竟其說而止今臣受命專理新餉已經謝恩到任略窺遼餉一二顛末蓋有惕然大懼深憂必不容不仰告皇上者臣本理餉非理兵而言餉則必言兵譬言飲食則必言飲食之人非有越也言飲食之人則必思爲之飲食非有掣也明於此而臣乃敢深言蓋向者撫臣周永春以征播三十萬人爲例經臣熊廷弼以用兵十八萬人爲請臣私計之要靖邊烽固非多兵不可但在今日腹裏邊方實無如許好

兵就令調募恐必不能如數若但取其充數則又不皆堪戰之兵而堪戰與不堪戰雖殊用餉則一而已其用折色之餉容或不一用本色之餉又一而已故臣始憂遼地不耕而今則以赤地千里告憂海運多虞而今則以屢次遭風告以至請兵十八萬人至今成數雖充見在十二三萬就中堪戰良少兵之概大略難充將必充之而是乎抑不必充之而是乎餉之概大略難繼將必繼之而是乎抑不必繼之而是乎以封疆之臣言之則必充之必繼之而是矣而其所以充所以繼不問也以廟堂之臣言之則不必充之不必繼之而是矣而其所以不必充不必繼不問也本一家之事而操之以百家之言本同體之心而間之以異體之痛以故同異日相角中外日相攜此其病安在哉蓋如此軍國大事本非一士之略一將之功擇一人而畀之便可一了百當者也其大本根所在在吾君吾相有毅然安攘之志有凝然安攘之謀有斬然安攘之斷而又集思廣益和之於朝推轂制閫專之於外然後有濟若本根之地初無定志成謀峻斷但擇一人畀之而曰軍機戰守不從中制已也不知古者何以謂之戰勝廟堂何以謂之運籌幃幄豈皆中制之謂乎且古有中制而非者漢討先零羌趙充國計不欲戰宣帝以書敕讓是也有中制而是者魏禦諸葛亮司馬懿欲戰辛毗杖劍立軍門是也有根本之地志在討賊而謀斷胥得之者唐河北用

兵憲宗之與裴度是也有本根之地志不在討賊而謀斷胥失之者宋南渡以後高宗之與秦檜是也惟憲宗有志於討賊故裴度敢自請行而盜殺宰相反足資其決惟高宗無志於討賊故岳飛不免於死而書生叩馬蚤已識其微嗟乎此非千古得失之鑒哉夫區區邊烽皇祖遺之皇考皇考遺之聖躬數百年全盛之天下數十世安堵之人心經此一番擾亂則亦不可不深念矣以毅然安攘爲志皇上必有此志以凝然安攘爲謀皇上必有此謀以斬然安攘爲斷皇上必有此斷而密勿大臣所以贊廟謨尊主斷雪國恥靖邊氛者必有明見以決之定力以襄之故在今日則始事之宜乘也乘皇上之始事可以盡宰相

之忠計、乘宰相之始事、可以盡兵部之忠計、乘兵部之始事、可以盡經略巡撫之忠計、乘經略巡撫之始事、可以盡戶部之忠計、精神方始而未倦、意見方始而未爭、形迹方始而未嫌、職業方始而未畛、而後可以效同心之言、收同心之德、救同心之失、而所願同心者何、憂餉之不繼而已矣、憂餉之不繼、在皇上則自有未發之宏恩、在宰臣則自有轉移之密用、而在兵部則無務以無實之名數、淆之在經略巡撫、則無務以無已之增加、耗之而未也、憤然致兵之一決、以了一局、局未了而一決之潰、不可陧然引兵之一支以殺一勢、勢未殺而一支之流、乃橫裂、是皆若無與於餉、而不知彼其時兵之禍、乃愈奇餉之禍、乃彌

烈、夫以兵之禍禍餉、不可言也、以兵餉之禍禍國家、尤不可言也、蓋臣之愚慮、以爲理餉非理兵、而言餉則必言兵者如此、且言兵則必言其本根所在、決策於廟堂、提衡於君相者如此、而後以其始事同心、先憂後患之意、條爲五篇、伏惟聖明俯鑒、微忠如堪、采擇乞敕當事裁奪施行、

案常德文中載楊公疏八篇、茲錄其五、其言皆請帑籌餉、殆地官集中文也、雖不無過激之辭、亦彌見忠直之槪、具此懷抱、方憂勤之不暇、而暇時作忮害於人之計乎、野史乃至摹寫醜態、傳述讕言、不揣之於陰險小人、不止、則東林之爲黨也厲矣、

湖南文徵卷九　　湖湘後學集編

疏八　明

治河疏　周堪賡

題爲治河欽蒙特遣、事權悉屬、冊行、謹陳要務、恭請聖裁、以便遵行事、本年十二月十四日酉刻、蒙皇上面諭、汴決河徙、陵運攸關、著臣前去料理、臣祇遵欽命、當尅期就道、不敢稍稽時刻、除河上情形與濬築方略、容臣至地方、相度形勢、另行具奏外、謹就目前要務、逐條臚列、仰候聖裁、

一、治河諸務、全賴地方官分任共理、總河官有統轄、手臂自

靈、臣乃部員、非奉明綸、勢難節制、乞敕沿河道府有司、悉照總河例、聽臣調度、果能留心國事、於事竣之日、優敘超擢、若庸謭誤事、則不時糾參、或有要地需才、亦容臣坐名奏請、庶提挈有權、而人心無敢玩愒、今流賊猖獗、於用工之地、尤慮烽火致梗大工、是提兵防護、實爲要著、乞照總河例、俾臣得以調度沿河鎮將、相機應變、庶有備無患、而工易成、

一、帑銀十萬兩、已蒙發部、應飭該部、遴選敏幹司官一員、領運前去、一切錢糧、悉歸專管、遇有支放、臣令道府出具印信領狀、該司官照數給發、事完之日、道府造報細數、亦令

黃流怒勢宜疏工費須裕疏　周堪賡

題爲黃流怒勢宜疏治河工費須裕仰祈聖明敕部預籌款項竝諭河臣分疏淮鳳一帶以護陵運事頃者汴河決從水勢南奔淮鳳之閒悉爲澤國河之故道千里皆淤矣叢皇上以汴工屬臣數日閒廣詢博訪聞汴河決口寬廣且深而故道則水涸沙壅欲以木石之力砥柱狂瀾收工旦夕或非所能臣再四籌度亦惟深濬故道引水東流庶幾怒濤可殺畚鍤之役可漸而施鳩工濬淺爲力甚奢計日修事需費不少昔在萬曆年閒河決流絶方百二十里朝廷費帑八十萬民閒之幫貼亦二百萬始得竣工以今視昔工浩不啻數倍而舊河臣以三十萬計非

臣所敢知也今帑金十萬之外著部措辦三十萬臣今何敢置喙倘三十萬一朝告匱而大工萬難歇手其將何以爲策乎臣愚以爲非搜之淮庫資之勸餉厚爲儲備必不可以爲善後計也皇上賑饑勦寇不惜鉅萬縻費豈河決重務肎視泛常且河工一興饑民悉爲河用養一饑民即減一窮寇治河之役其於賑饑勦寇適相資焉臣才識庸陋漫無寸長獨此不敢苟且之一念衾影尚可自信今所發錢糧已有專官管理臣係欽差一到河上諸凡相度經營稽查董率庶務甚多其於錢糧本無暇兼顧是以錢糧不必假臣之手臣一腔愚忱已在聖明洞照今日惓惓經費者以國事在身不得不縷縷過慮耳抑臣更有請該司官察明奏銷俾互相稽覈毫髮畢清查得郎中劉學聖饒有幹才堪勝此任若撥兵護送事在兵部難以刻緩臣奉命先馳料理不能與帑同行兵火叢中尚須多兵護送始無留滯亦飭兵部於京兵中撥遣也

一工作物料全賴錢糧應手往者萬曆年閒河決公私繁費不貲今中州一片荒土物力消耗已盡仰祈敕部豫爲籌畫以應急需若錢糧呼應不靈公事必誤似非微臣之力所能及也

一敕書關防奉有不必候領之旨敢不祇遵但臣於地方原無統屬非捧敕書前去誰與奉行伏乞迅賜降發臣親赴

闕跪領庶欽命傳宣人心知肅即文移往來特有關防可辨奸僞今新鑄未能速就察臣右侍郎員下原有關防一顆攜之前去亦可適用應否另鑄統候部議

一齎奏本章乞照內部於會極門呈進以免時日稽延至大小勘合應照例頒給以爲齎奏之用

一臣係新設之官一切人役餼廩俱無舊額應用吏書數名供寫文移承差數名齎捧章奏一應工食俱無措辦不得不於正項支給此雖小節然錢糧所關亦應預行奏明以上六款統祈聖明裁鑒敕部速覆施行

者黄流南徙水勢漫延運道堪虞祖陵更重臣拮据汴務晷刻靡甯南北千里安能遠顧宜飭河臣黄希憲就近相度設法分疏以殺其勢臣與河臣同爲皇上之臣子護運護陵均屬國家之重務南北協力共濟時艱正臣子捐軀報效之日諒無敢歧視也再河務首在得人河道一官尤屬緊要聞河南河道僉事方大猷久未履任應行嚴察更換查得淮海道副使徐標久歷河干昔年建義長山兩次河決皆著勞績以該員輕車熟路如得借才可收臂指之益乞以本官改調河南河道而淮海一缺另行銓補該員資深望重屢推節鉞此席或非所樂爲然功懋懋賞皇上自有殊擢又潞安府同知殷啟賢先任歸德治河有法乞宜改調衞輝府同知賫臣調遣以上二官乞敕吏部即日具覆嚴檄速任以襄厥功臣爲河務重大起見用敢冒昧瑣瀆伏祈聖明鑒臣血誠俯賜裁奪施行

河工情形疏　周堪賡

題爲恭陳河工情形濬築規略仰祈聖鑒嚴敕道府實力實心以勸大工事臣奉命築汴於上年十二月十七日自京起程星馳而南於本年正月初二日入河南彰德境初八日辰刻到汴隨躬歷河干虔祭河神相度決口旋至封邱縣與河南撫臣□□面商一切撫臣赤膽熱腸慷慨國事令人起敬於是採集羣議籌算夫料即日差官分道購取矣謹以管見爲皇上陳之臣泛小艇上下周流探看得河之決口有二一爲朱家寨寬二里許居河下流水面寬而水勢緩一爲馬家口寬一里餘居河上流水勢猛屬深不可測上下兩口相距三四里至汴堤之外合爲一流決一大口直衝汴城以去而河之故道則涸爲平地矣怒濤千頃工力難施必廣濬舊渠遠數十里分殺水勢然後畚鍤可施築濬竝舉需夫三萬河北荒旱兗西兵火竭力徵調不滿萬人河南萬死一生之餘又相聚守險聲教久隔撫臣推誠招徠以義動之以利誘之未審能應募否此外則不得不借助於撫鎮標兵矣至於應辦埽料其類亦多如杉椿則購之淮安檾麻則購之徐兗穀草榆橛則購之懷慶柳梢葛桿則取之本地從所產也然其大綱全在用得其人察得淮海道副使徐標南陽府知府李芳藴衞輝府知府文運衡皆久歷河工屢著成績以此三臣專司築決而分理其下者則開封府同知牛光斗

歸德府通判朱以霈也。挑濬舊河則開封府知府李巖、彰德府同知趙允光，而提調於其間者分巡河北僉事楊千古也。河北夫料責之副使張宏道、僉事楊千古，兗西夫料責之僉事張若獬。以上各官皆一時才望之選，臣行牌分任責成，復以手書申囑，動以榦國之忠義，悚以功令之森嚴，而其能實力實心與否，尚未敢信。然責任既定，功罪攸關，各官卽欲稍有推諉，亦弗可得。倘心存玩愒，或呼應不靈，致誤工作，則有皇上之三尺在，臣斷不敢代爲諸員回護也。伏乞皇上嚴敕責成，懸刑賞以待功罪，庶人心儆惕，而大工可計日告成矣。瀝誠上聞，伏惟聖明鑒察施行。

碩勳謹按：明史稱朱家寨與馬家口兩口相距三十里，而先高祖奏疏暨趙少司農洞門前輩原序俱云相距四里，恐誤，應以明史爲定。

密奏疏

周堪賡

題爲密奏事：臣惟河決自古有之，瓠子爲甚，然未嘗舉千百年汴城淪爲巨浸如今日之慘者也。臣奉命後，廷臣靡弗爲臣危，臣彼時已置此身於度外矣。及馳至河北，詢之道府，胥言河不可治，客冬督臣侯恂經營兩月，未有寸效也。臣躬歷河上，相察形勢，馬家口水深勢猛，事果難言。臣竭智盡忠，力圖必勝之策，次第修舉，以報嚴命，何敢言難。惟是臣祗一調度之人耳，地方事全在地方官分理之，茍戮力同心，何堅不克。乃一時道府談及河事，則人人變色，人人推諉，上下無一勇往任事之官。總之臣部臣也，非若總河相臨，素有威令，而人心慴服也。雖蒙皇上

加臣憲銜，諸員仍以部臣相視，臂指弗靈，人情如此，不但無竣工之日，並無起工之期，旬日以來，寢食俱廢。臣已將分任各官列名具奏，伏望皇上迅賜嚴諭：以築塞決口責之副使徐標、知府李芳蘊、文運衡，以開濬舊河責之僉事楊千古、知府李巖、同知趙允光，而以督催丁夫物料責之副使張宏道、僉事楊千古、張若獬、楊毓楫。如有玩誤，法不容寬，庶人心震悚，奮勵圖功，河事雖難，未有不濟。再照工大費繁，錢糧必須應手，帑金十萬之外，部臣所議折絹料價二十萬，尚欠在民，徵解無期，正如畫餅充饑，部臣特以此了局，不顧其事之濟與否也。錢糧一朝告匱，數萬之衆必散，一散豈容易聚，大工報竣何時？以此加罪，臣死

無足惜費無益於國事矣。諸凡事宜容臣另疏酌請外，統祈皇上斷自宸衷，而後大工可濟。理合恭疏密奏，伏乞聖明矜察施行。臣不勝惶悚待命之至。

河工需夫疏　周堪賡

題爲河工需夫孔亟，徵夫甚艱，謹請聖裁就近調取以襄大舉事。照得塞決之役，丁夫其先務也。臣之初心，妄擬兩河饑民鱗集，持錢而呼，百千萬億可以立應。迺馳至河北，而一望蓬蒿，罕見人迹；大河以南，則鋒鏑餘生，純頑異向，不可問矣。今築濬並舉，需夫甚多。臣屬淮徐，距河頗遠，趨役甚艱，未便派取。兗西河北，僅足萬人；撫鎮之兵，亦止萬計。此外則必需召募，而應募寥寥。臣憂心如焚，無可設法。今察得北直隸大名一府，皆濱河近地，與河北三郡錯壤而居。客冬北直督臣侯恂，亦以大名兗西河北五郡之夫，供濬河之役矣，不自今日始也。第今大名一郡

敕書內未入臣轄，臣未敢自便。伏乞皇上敕下畿南撫按，飛檄該道府徵解壯夫二千名，給以口糧，委官沿路催督，限二月中旬到工，庶應役有人，而報績有期矣。至以後就近行提，則大名應歸臣轄，如有應需夫料之處，便可徑檄該道府隨時酌辦，毋庸屢瀆聖聽。合並奏明，統惟皇上睿鑒裁奪施行。

報開工日期疏　周堪賡

題爲恭報開工日期仰祈睿裁事臣初至河上察勘情形徵取夫料竝遴選道府廳各員分任責成已於正月十五日恭疏奏聞知叨聖鑒矣今旣匝月而徐兗兩道之夫料全未見到卽河北三郡近在咫尺賴按臣蘇京嚴檄督催而後武安一邑之丁夫始至餘仍未能湊手臣差役迭催往來如織大聲疾呼舌敝潁禿不謂時事艱難人情玩愒至於此極河上近狀最苦夫少臣出示招徠約以每人日給銀一錢且懸賞格以鼓好義從無一人應募復令開封守李巖及標下材官設法搜羅纔得千人桃汛卽屆萬難久待謹就現在之人夫現到之埽料擇吉於二

月初七日開工訖倘三郡丁夫旦夕相繼竝至則畚鍤之役可漸而施臣與在事諸臣各乘小艇往徧河干督察工作不敢刻懈但以極鉅極難之局而僅仰給於河北三郡人役又不能依限而來臣竊爲河事慮也蓋河北當凶荒之後死徙十去其七八數百里閒蓬蒿滿目城內城外鮮見烟火今徵夫六千已覺竭澤而漁大河以南先死於鋒刃繼死於洪水今僅存之哀鴻止可羈縻難於嚴督臣初料不及此近取郡邑煮粥名冊檢核報數寥寥戶口之耗已可概見大名丁夫尚近可資一臂之力伏惟皇上諭該撫按勒限到工庶幾有濟治河之法先濬後築此一定之理也臣商之諸臣朱家寨水勢較緩可以先築且先塞下流決口然後開濬舊河庶東歸之水不得復折而南於事甚穩今已從事於玆俟樞臣檄至則調集鎭兵上緊開濬舊河先後繼舉也正在興工閒忽接部咨見科臣高翔漢疏稱傳言新決之河漸次沙壅黃流將歸故道等語臣閱之不勝駭異竊如是則河事易甚國家之福臣之慶也又安借力於兵民哉夫河上情形臺臣黃澍以須賑之役經歷河干皆所目擊故道之通塞可召而問也科臣得之風聞原未身履其地無怪其然特懼皇上因科臣言而謂臣言不確則臣罪大矣擬合一併奏明伏惟睿照垂察施行

報隄工將竣疏　周堪賡

題爲恭報朱家寨口築塞已完隄工將竣仰祈聖明垂察事汴河於本年二月初七日開工築決臣已將開工日期繕疏奏聞訖嗣是三郡丁夫奉按臣檄催亦旬日齊集臣與南陽府知府李芳蘊衞輝府知府文運衡朝夕董率開封府知府李巖同知牛光斗彰德府同知趙允光歸德府通判朱以霈或督辦物料或稽察工作自朱家寨北岸起至馬家口東岸止築長隄一道綿亙凡四百餘丈工已完三分之二而朱家寨築決之工則已於二月二十七日告竣矣開工之時河水淺涸故道不通自二月十六日以後連日水長積增數尺舊河瀰漫無際今水落河

涸而中流一溝滔滔不絕臣以小舟躬行察閱深可五六尺淺亦三四尺此河勢東還一大機括也馬家口自水長後益深益猛下手甚難約算工料如柳稍以數百萬計麻穀草以數十萬計人夫以萬計杉榆樁橛以數千計此數種尙無一備第物料猶可漸次購備所慮惟錢糧告罄人夫無措仰懇皇上裁斷俯允臣節次疏請而後事無掣肘頃因寇逼彰磁道路梗塞以致奏報稽遲臣蒿目時艱寢不安枕食不下咽尙祈敕下閫外諸臣迅掃寇氛地方幸甚生民幸甚統祈聖明垂察施行

再題爲錢糧不繼工作必停仰請聖明速賜裁示事本年二月初六日臣部主事王介慶解到帑金十萬兩開工之後夫糧料價費用不貲俟朱家寨隄工告成後恐所餘無幾矣臣因舊河臣張國維有請動淮庫鹽課之議遂冒昧以此上請詎戶臣傅淑訓爭執不可近準漕臣史可法同各內稱淮庫如洗絕無存留乃知舊河臣亦懸揣無著而戶臣亦空爭無益也萬不得已則新河臣黃希憲截留邳餉一項可佐臣急需乃工臣議留而戶臣弗應夫戶臣第知愼重錢糧以圖自便耳遑計運道與陵園乎殊不知運道亦隸戶部要務而陵園重大凡爲臣子者尤當同抱剝膚之慟臣不料其秦越視之也今事已急或截留邳餉或再發內帑惟望皇上斷自宸衷立賜接濟若仍下部議覆則終屬空談無裨實用矣舍此二者而俟折絹料價之解納恐

今歲尙難望到臣株守河干無所事事則須暫停工作俟錢糧解到而後可另議興舉統惟聖明裁奪敕示施行

需夫濟急工疏　周堪賡

題爲河工需夫甚急措處之法已窮懇乞聖明俯允前請以濟急工事臣惟河上之役徵夫於近河郡邑此舊例也卽臣所領勅書亦載合用人夫照常於河道項下附近有司軍衛衙門調取今汴河附近惟彰德衛輝懷慶兗州大名五郡耳河北三郡已役隄工兗州人夫亦將鱗集臣咨行畿南撫按徵夫大名其勢實不容已所以奏請者以大名非臣原奉勅書所載不敢擅便也近接邸報見該部覆臣前疏奉有興舉工役正可就近救饑招流若鳩募有方人夫自當漸集何必遠徵大名之諭旨臣敬繹聖意淵微欲以河役惠窮黎且省天雄騷動耳臣知識短

淺何敢再申前說夫地方有大工大役卽可救饑招流臣當陛辭時卽以此條奏矣及到汴梁而後知前言之不能行也河北人迹寥寥無流可招河南之人半爲異類撫臣設法招徠仍無應募臣豈能强之使來哉大名古澶淵地與河北兗西錯壤而居如東明長垣皆臨河邑誰非皇上赤子魯衛之民于役河干而澶淵獨安枕而臥豈繁魯衛不服卽澶淵官民亦內顧不安也今議塞馬家決口計工須數月用夫須數萬兗大之外尙當借助於遠方若並大名之夫不用以臣庸愚實無良策臣爲工料人夫措辦實艱中夜徬徨常坐以待旦數月內心血已枯皇上課工欲速而令臣不得展布手足智盡能索勢必貽誤臣雖

爲皇上之鈇鉞無補陵運之阽危伏乞聖慈鑒臣苦衷允臣所請河事幸甚陵運幸甚臣無任悚仄企懇之至

汰冗官疏　周堪賡

題爲水利必須便民冗官亟宜裁汰仰懇聖鑒以蘇疾苦事臣惟衞河之水發源於輝縣之蘇門山合淇沁諸水東北至臨清入會通河濟運以入渤海國初設臣部司官一員專以繕治漕艘非治水也至嘉靖三年甲申以衞河漕船改造清江浦而部員遂裁自崇禎十三四年庚辰辛巳之間因河北亢旱衞源亦竭乃復設司員疏濬水利不過一時權宜非必不可少之官也臣伏查輝邑地勢窪下不宜菽麥土人因窪引水營田種稻爲活由來已久先年知縣郭湑建閘以資蓄洩院道因之又增四閘潴水灌溉遂成沃壤民甚賴焉萬歷七年戊寅知縣聶良杞

慮五閘啟閉失宜有妨漕運於是條議運船過臨清方許閉閘蓄水官民兩便爲法頗良自分司設而水盡歸於官以後夤緣作奸不問運河之需水與否一概官爲禁阻令民不得稍沾餘潤而恆產悉荒生計日促矣臣愚以爲官多擾民役多害民誠萬世不易之格言如臣部監督衞河都水司郎中李茂松劣迹昭著民怨沸騰經臣廉訪列款糾參在案此其明驗仰惟皇上勤求民隱宵旰焦勞無遠弗屆無微不燭臣等凡有見聞俱宜入告竊以輝縣衞源之水卽輝縣萬民之命漕運固宜重而民瘼尤宜䘏何至竭民生計以助運哉臣與按臣商確莫若仍照舊例以因時啟閉歸之有司責令河道統轄知府稽查而衞河監督一缺竟可永裁則國計民生兩無妨礙俾輝人棠樂利之澤皆出皇上再造之恩矣臣謹會同巡按河南兼管監軍監察御史臣蘇京合詞上請伏乞皇上裁奪敕下工部議覆施行

請寬限以奏成功疏　周堪賡

題爲彙報已完之工兼陳未竟之局仰請寬限以奏成功事臣惟治河之役自古稱難愚昧如臣材力駑下謬蒙皇上特遣畀以重任臣何敢辭受事以來夙夜匪懈冀圖報稱以副簡書初春至汴梁催辦夫料二月董役開工仰藉宸嚴諸員協力朱家寨口業於二月二十七日塞完隨於三月初三日具疏奏聞矣嗣是董築隄工自朱家寨之北抵馬家口之東築隄一道長三百七十五丈頂廣三丈趾廣八丈岸地高一丈窪地高一丈五尺水工則捲埽爲基層累而上高三丈矣三者高下弗一總與頂齊也自馬家口西岸南接舊隄築隄一道長一百零九丈又於新隄之旁西接舊隄築隄一道長八十三丈頂趾之廣悉與前同高俱一丈皆岸地也以上三段共隄五百六十七丈皆全完矣所未就緒者特馬家決口耳決口寬一百二十丈西岸水深流緩已築三十丈督工者河道僉事方大猷也東岸水深流急築而潰者凡數次今又改築十六丈督工者南陽府知府李芳蘊也中流七十餘丈水勢浩瀚不敢前進常令掃手以輕舟橫渡探驗淺深有深三丈五尺者有不得底裏者臨流拭目眾兵夫毛骨竦然日與諸員細心商度終無下手之策若貪功妄進衝激怒濤恐已築之壩亦不能保有限金錢輕付一擲無益於事不如待時之爲愈也今議暫停矣土人言夏秋水漲用工

非時霜降以後河流漸涸水勢亦弱始能下埽知府李芳蘊等廣諮博訪胥以爲然土人生長水濱各官亦久歷河務其言不謬也目下伏水秋水相繼泛漫惟多用人夫朝夕防護能令兩岸壩工安穩無恙則秋深水落因時加工此數十丈決口可計日告成矣決口未塞水勢宜疏臣委歸德府通判朱以霈於故道北岸相度地形挑濬一渠長四百丈闊十五丈深一丈今已完工通流矣兩岸有壩決口自約且有分水之渠夏日水盛河流自爾東分運道不患無水也臣屢奉恩綸捐軀遑惜豈不願尅期竣事仰慰聖懷不謂河上情形實有難於勉强之處雖瀝血嘔心何能與水爲敵今欽限已踰工猶未竣臣罪奚辭伏乞皇上俯賜嚴察罷斥施行

當守已成以待時疏　周堪賡

題爲河流漸次東分決口再築復潰當守已成而待時無圖難進以糜帑謹集衆議審河勢訪運道仰祈寬限以副簡命事臣惟治河之役所塞朱家寨口併築堤五百六十餘丈續工至馬家口潰埽數次俱經疏報訖憶臣初至河干汪洋無際茫無措手幸塞口築堤後河雖湍急駭人所噕止一百二十丈之口未塞耳兩岸齊埽又四十六丈矣忽於本月初五日水漲五六尺河之正道半折而東半趨於南問諸邳徐來役俱云水歸故道者十分之四漕艘可行臣與有事諸臣咸手額稱慶頌皇上如天之福致陽侯效順百靈呵護迥異尋常但決口刷衝已深舊

河淤久急難盡返也又於本月十五日水漲如前怒濤洶湧聲吼如雷馬家口東埽復潰水竟繇地而出勢如奔馬埽底泥滑下卽滾去所釘三四丈杉樁皆隨埽而走莫克牽挽此尙可以底裏測人事勝哉臣此役也値兵荒之後百物彫耗所購埽料價皆數倍往昔求之甚艱得之不易亦安肎嘗試於洪波而不爲朝廷惜物力耶前舊河臣張國維請用銀三十萬諸臣皆以爲未足又增至五十萬今臣築塞工已過半所用視前請止三分之一臣不經手錢糧空空洞洞所以仰報皇上者此方寸地耳目今權宜緩急隄工與塞口皆新土新埽伏秋在卽危如累卵日夜嚴防尙恐疏虞是以再築則請待秋冬如用兵之壘敵而進守護則無分曉夜如用兵之堅壘待時臣揮汗赤日中寢食兩廢心血幾枯惟與在工諸臣飧風宿露不車不蓋何敢言勞總期不負簡命以報君恩於萬一耳伏祈聖明鑒察施行

報河還故道疏　周堪賡

題爲恭報河還故道仰慰聖懷懇踸襄事之官以竣大工事臣惟築汴之役自朱家寨口既塞隄工築完河之東注者不得復折而南矣馬家口東壩雖潰而西埽安穩決口既約河勢亦不得不東此自然之理也臣與各官朝夕河干護守隄壩以防南溢疏濬東流導之攸往自五月二十八日竝六月十五等日伏水大漲故道沙灘壅涸之處漸漸疏刷深至數丈而河之大勢盡歸於東其分行於決口者不過十分之三耳數日內客販之船從淮西而來者舳艫相望商民色喜此亦年來僅見之光景也今工雖未能卽竣而運道大通陵園無慮聖衷可紓南顧憂

矣惟是轉瞬秋深興築在邇鳩工辦料全在得人臣初疏所請分任責成者人非不多旨非不嚴然皆巧託規卸無濟國事其能鞠躬盡瘁與臣同心者止河道僉事方大猷南陽府知府李芳蘊兩人耳大猷身爲河道職掌本專彼旣肎自罄其血誠人亦不得牽制其手足若知府李芳蘊自臣題允來工後該守能悉心經理卽風雨晦冥未嘗一刻離臣左右臣亦倚之如左右手如河工需糴數十萬皆購之數千里外臣蚤夜圖維欲求一可託之人而不得本官慨然自任率其子姓姻婭北走廣順南走徐淮錢糧纖悉畢清買運及時接濟臣之得措手於河事者本官之力也近聞分守汝南道參議郭載騋以地方需員於撫按前催之赴任令本官徬徨瞻顧不能盡其心力其意葢欲阻撓河事與臣爲忤而借南陽爲題目也夫載騋非南陽道應駐劄南陽者乎知府奉調道員豈不能料理地方之事乃該道安坐河北足不涉南陽之境而必將現在供事河工者促之使行彼豈眞爲地方耶今數十萬之糴糶買運方新深秋水落鳩工伊邇河上諸務舍芳蘊萬萬不能臣奉璽書司道以下均聽節制而中州之道府有司遇事怠玩非明爲推卸卽暗事排擠如參議郭載騋者流腔子旣無良心眼底豈有功令求其以身任事而竝挈姻族子弟均爲國用如知府李芳蘊者實難其人也伏望皇上垂念河工重務人才難得俯允臣請將知府李芳蘊

隨臣治河俟大工告成始理郡事如南陽需人不能久待則請出缺另補庶本官得專心河務而臣亦不致受制於僉壬矣伏惟聖裁敕部議覆施行臣不勝激切懇請之至

防隄防寇疏　周堪賡

題爲黃流泛漲異常賊鋒披猖愈熾敬陳防隄更須防寇用夫兼寓用兵謹瀝誠上聞仰冀睿慮事查汴工自朱家寨口已塞捍以重隄河還故道今漕運將竣陵園無虞仰賴皇上如天之福臣更何敢自怠仍日駐河干與道府等官或疏或築期於冬月報完詎自七月陰雨連旬至八月閒秋水大發高至丈許一望瀰漫自荆隆口抵陳橋一帶陸地水深數尺居民負木憑舟徙之高阜水勢甚猛近日新堤又有蟄陷正在調撥工料剋期搶築忽報闖賊全隊而來有奪船紮筏眈眈虎渡之勢自汴徂雒風鶴時驚沿河船隻皆去防盜運料已暫停矣茲察烽火叢

中人心未免惶懼幸臣自五六月抱病後今身體幸已全愈每念賊燄滔天眥裂髮豎誓不願與此賊同生現飭鎮道簡練兵夫選備器械曉夜戒嚴未敢稍懈凡在工文武兵民自祖父食毛踐土以來沐朝庭數百年培養之澤豈無同仇敵愾之心臣鼓以忠義動以天良人皆感泣無不以十當百倘不用命有皇上之三尺在又飛札撫臣互相犄角臣以河上爲生死防禦謹嚴賊無敢有從滎澤汜水渡河者近聞總督孫傳庭兵已出關一月三捷當在此時倘賊鋒挫而施工便天人相乘歲杪固可完工即或蕩平有待轉盼秋深水亦漸落而奏績之期亦可計日待也臣恐皇上眷念河務重煩九重宵旰之憂臣罪滋大合

將工上防賊機宜現在聲援大壯無虞窺伺緣由據實奏明伏乞睿鑒臣不勝悚仄待命之至

河悉東還大工將竣疏　周堪賡

題爲馬家泱口築塞已完河悉東還大工將竣謹恭疏報聞仰慰聖懷事臣奉命往汴自春徂冬昕夕水次此身此心寤寐惟河也盛夏之時水勢漸東臣不勝喜適臣一病幾危乍聞賊警畚鍤之徒幾至鳥驚獸散彼時亦不知賊之去來身之安危幸死而不死猶留殘喘以報皇上數日後臣病漸瘳哀鴻復集仍分段力作秋月又值陰雨連旬河水大漲南流甚猛堤日坍而口日闊詎寇孽復來窺瞯先張聲勢沿河料積如山有放火燒料殺官劫餉之語臣先辦一死申明號令嚴搜姦細一夕之間壁壘已成賊亦宵遁節經奏明訖第憂勞之餘舊病復發骨立

形銷臣自分餘生得之意外何敢再有愛惜終夜繞榻而行欲乘時用衆爲速成計爰相度河勢春夏所築之基漸逼衝齧恐不足恃復另勘一區於南數百步外擇吉以九月十一日開工臣力疾董率委僉事方大猷督運柳梢同知牛光斗催辦工料同知趙允光給散夫糧臣與知府李芳蘊東西竝築水之淺者捲柳爲基層累而築凡二百五十丈水深四五丈泥沙深丈餘捲丈高大埽疊至八層始出水面者凡四十餘丈第水深沙漾流湍椿埽虛懸危如累卵至合尖之際口愈約而濤愈怒用工益艱塞而復衝者數次至十月杪臣與道府用數千人更番供役宵旦竝作目不交睫者十晝夜十一月朔臣虔誠祈禱仰賴皇上聖德格天神人協應於初四日丑刻向時漾沙壅聚之處忽漸東徙水勢驟平臣與知府李芳蘊晝夜分立東西壩臺督令椿埽齊下於十一月初六日戌刻合龍門矣今南流斷絕河悉東還惟椿埽尚須密護隄工修築方殷耳謹恭疏馳奏仰慰聖明南顧之憂修過工段統俟工完彙報伏祈聖鑒施行

特參玩誤有司疏　周堪賡

題爲特參玩誤有司仰請敕部嚴加議處並責成道員董率完工事照得治河之役事艱任鉅經年夫料臣與工員竭力區畫未敢望助於人今決口塞而河東還矣隄工包護須密用夫更多臣誠信招徠人情踴躍自願領築者不下萬人然工大人少不能不借力於近河郡邑也數月之前行文徵調又手書分致各道員殷殷囑託冀屆期雲集可一氣呵成豫中州縣尚如約而來總繇該道督催有力人無敢玩詎大名道副使朱廷煥所轄之元城大名魏縣三邑則舌敝頴秃全不著心迄今各工將完而三縣之隄撮土未動伊誰之咎哉該縣知縣張延徐夢好

劉惟仁殆不能爲之寬也又山東單縣知縣鄭一岳解到徭夫二百五十名分隄二十五丈領過工銀二百五十二兩矣工未及十分之二而夫遂逃竄其領夫之官則徭官悉爲情面留而以名色委官充數也董率非人夫安得不散工焉得不誤今千丈之隄將次告成祇此四縣懸擱尚無頭緒轉盼土膏已凍補築又在明春稽誤大工不得早竣皆此四縣及大名道藐玩之故伏乞皇上敕部將知縣張延徐夢好劉惟仁鄭一岳副使朱廷煥等從重議處而未築隄工仍責該道督修尅日告竣猶可寬後至之誅庶人知畏肅而河工可一勞永逸矣臣無任悚仄仰請之至

請復舊制疏　周堪賡

題爲汴工築塞已完歲修防守宜豫請復舊制嚴責成以垂久遠事黃河發源西域建瓴而下其勢甚猛孟津以西兩岸皆山不能旁越故秦晉有河而無患東入大梁一望平衍土性舒疏歷來河患胥魯魏受之我朝南防陵寢北防運道導之使東兩岸無山倚隄爲固隄復倚埽爲固兩河歲修錢糧額派八萬各府解貯開封河道隔年預估詳明辦料沿河設廠堆積工料如山方里一堡列卒碁布自正月至九月南北管河同知各照汛地督率堡夫住宿河干晝夜防守遇有衝塌立刻捲埽塡塞責成河道不時察覈如邊防然此舊例也邇來兵火殘破歲額空

虛堡夫死徙河防廢弛日甚一日今決口初塞腳根猶虛隄工新築土膏亦嫩有修無防豈能經久請敕總河臣嚴督南河同知多辦埽料修復墩堡仍照舊例自春徂秋駐宿河上無分晝夜率夫防守遇坍則運土塡塞遇衝則下埽抵禦刻刻戒嚴始無後患惟是兩河白骨璘璘歲修錢糧多係虛款並無實在今臣堵塞決口銀兩加意節省尚有餘賸請先留一萬兩發總河臣爲預備防守工料之需餘仍飭部從長計議統候事竣銷算又河南同知桑開第饒有幹才亦諳工程特一味躲閃不肎實心任事如上冬河決屬其信地該同知竟借差而去遷延不來繼聞河事將竣始徐徐赴任此蓋撫按諸臣爲彼欺過耳律以

誅心之義、豈可姑容、此一官者、伏乞皇上棄瑕錄用、寬其已往、責令盡職防守、如夏秋水漲、防護無虞、用贖前愆、苟有疏誤、從重並論、河道一官、全省河工、皆其職掌、擔荷尤重、僉事方大猷眼明手敏、倚賴方殷、今以監軍調去、繼之者副使夏雨金也、本官遠在八閩、相距六七千里、受事何時、保無遲誤、轉瞬春深水發、所係非小、宜就近改用、刻期到任、乃克有濟、伏思汴梁決口、生靈化爲魚鼈、名城淪入洪波、爲亙古未見之慘禍、聖衷焦勞、鳩工集料、繁費集貲、纔得堵塞、前車之鑑、豈不寒心、此臣所以不得不鰓鰓過慮也、再大梁沃壤千里、自遭闖賊殘破後、已不成世界、今河事雖竣、特紓目前之急、惟祝立奏蕩平、將來勞來

安集、尚煩睿慮、臣繕疏至此、聲淚俱俯、用是據實奏明、伏乞皇上俯賜裁奪施行、

乞賜骸骨疏

劉堪賡

題爲恭謝天恩、乞賜骸骨事、本年十二月十六日、臣接準部咨文、欽奉聖旨、陞授南京戶部尚書、除望闕叩頭恭疏謝恩外、竊念臣體氣素弱、抱病日多、服官二十餘年、嗜好澹泊、自安庸愚、仰蒙皇上覆載宏慈、由縣令拔至卿貳、逾分之榮、捐糜難報、況值國家多難之秋、何敢貪生引退、緣本年五六月間、一病幾危、彼時大工未完、死不瞑目、幸而痊可、決口已塞、陵運無虞、然一年內驚心於戎馬蹂躪之際、瘁形於物力艱難之時、以病軀而遘盤錯、自非金石、豈不銷磨、九月舊病復發、甚以痰喘、臣力疾辦事、在工諸官與左右近侍、其驚老瘦、而臣不覺也、迨十一月

初六日馬家口既築、稍解衣而臥、初九日履勘各工、忽爾頭暈目眩、一跌幾至不起、此文武員弁兵夫千萬所目擊者、是日舁回、以就牀褥、夜半始甦、今奉恩旨、授以司農、伏念留都重地、計部事繁、難以臥理、臣非不欲勉竭心力、仰荅生成、而福薄災生、何敢戀職、伏乞皇上哀臣餘生、賜臣骸骨、倘得專意調養、緩就帷蓋、則有生之日、皆再造之年、望闕涕零、衣襟盡溼、臣不勝哀懇悚仄之至、

陳言時務疏　周堪賡

題爲蛇豕猖狂神人共憤處臥薪嘗膽之時圖撥亂反正之策謹瀝血上陳仰惟乾斷事流賊之禍起於饑荒彼時殲厥渠魁賑卹餘黨直一長吏事耳顧守令膜不關心大吏視爲癬疥一壞於陳奇瑜再壞於熊文燦養癰十五年而爝火之細竟至燎原今潰關之虯尙忍言哉臣所日夜憤懣於胸者大弊有六倘此時猶不痛革則患不獨在陵寢不獨在藩王而在社稷矣臣執役畚鍤嫌越位以妄言但知而不言終淒切而不忍敢昧死言之竊聞克敵之道在將相和衷相得其人則將亦必得其人閫內閫外聯爲一體何堅不破自用兵以來如洪承疇盧象昇

汪喬年輩皆親提枹鼓樹勳戎馬之場柰何秉國成者異同報復各存私見雖有國士誰不解體嘗攷唐世睢陽之圍許遠位本張巡上遠自以材不及巡授之柄而處其下若楊國忠數激祿山之反而幸其言之中君子小人之用心何相反哉臣願內外大僚痛改積弊化去畛域效許遠之與張巡彼此齊心合力效順除殘庶有轉禍爲功之日科道風聞言事固也邇來臺省言兵事者章疏日數十上第懸算與臨事殊異如曹文詔前後血戰殺賊功居第一而反以驕倨被劾如曹變蛟猛如虎等捐軀爲國賞不酬勞此功名之士所爲拊膺太息也臣愚以爲軍旅重寄惟當局者擔其利害所謂將在外君命有所不受若廷議紛紛求全責備在識力未定者必因人以自餒卽忠勇素著者亦避忌而灰心臣願言官痛改積弊則是非公綱紀正庶無毀譽雜糅賢奸混淆之弊宦者典兵自魚朝恩始而唐世卒以不振如癸酉十月諸將已扼賊於河北矣乃監軍楊朝進偏代爲乞憐致毛家寨之徑渡誰之咎耶皇上以外臣不可信而委用內監然外臣倚內監爲奧援而先懷貳心內監以外臣爲口實而巧避文法從前侵尅兵餉臨陣先逃皆內監導之也臣願中官痛改積弊則邪竇塞士氣伸而無跋前疐尾之患將不能用兵國不能馭將此大患也今則法不足以懾武弁而柔其剽悍令不足以行軍士而養其兇頑威不足以服梟雄而任其跋

扈從古戡亂之法必大示挫衂以褫其魄因不忍濫殺然後從而撫之而亂乃定未有立意主撫者此蓋庸夫巧於調停以自文其怯懦墮軍實而長寇讎罪難擢髮臣願將帥痛改積弊以後申明號令凡朘虐軍士逗遛恇怯及鼠首兩端者俱按軍法從事俾將能效忠兵自樂戰毋以招撫再墮賊計至於積弱之勢由於賞罰不明臣訪諸自賊中來者其立法或一人逃出卽殺其管隊一陣退縮卽處以極刑獲一壯丁卽予以良馬美妻故人皆盡力死鬭柰何官軍漫無紀律以致望風瓦解遇賊披靡自撫按至郡守皆大吏也乃賄賂公行廢弛成習振作者反訾爲紛更闒茸者咸稱爲安靜上下相蒙牢不可破甚至賜劍

大臣不能使一縣令師出無功職此之故吏闒庸劣有司寇來則避寇去復旋言之嗚咽臣願大小臣工痛改積弊惟大吏勵精圖治庶百僚奉法急公而有震動恪恭之氣唐臣陸贄有言曰民者邦之本財者民之心其心傷則其本傷其本傷則枝幹凋瘁而根柢亦拔矣自萬歷開礦稅徧天下已竭澤而漁矣崇禎四年有按畝增賦之議新舊所增六百八十餘萬有奇十一年又增勦餉二百三十三萬五千有奇海內之財止有此數蒙皇上有暫累吾民一年之恩旨非不念切如傷聞者感泣詎水旱頻仍撫按以賑濟不可屢求軍需不可置詘故災傷之報無聞催科之嚴如故且貪婪州縣乘機漁利猾胥蠹役黃緣作奸

全不以民命爲念皇上端居九重無由得見使目擊其狀未有不痛恨流涕者今則丁壯死於瘡痍老弱困於貧斂凡此蜂屯蟻附之賊皆窮民也凡此敲骨吸髓之民皆賊兵也夫以怨民鬬怨民誰與同心以赤子攻赤子誰肯效死臣願自撫按至牧令痛改積弊一洗貪污庶大法小廉然後可收旣去之人心培國家之命脈臣聞天人感召之幾捷如影響人事修於下則天道應於上誠能急袪此六大弊則人知悔罪天亦悔禍將見和氣致祥災祲自少而蕩平可期此如療病然先除客感然後可扶正氣未有客感不除而正氣能扶者總賴皇上宏天地之度昭日月之明進忠良遠奸佞愼喜怒寬賦役夫殷憂啟聖多難興邦在一念轉移閒耳臣謂疆事決裂至此皆撫之一字誤之潼關旣破秦都百二河山資以予寇竊恐三晉亦不能保大有脣亡齒寒之懼臣輾轉思維救急之策目今河北宜置重鎭簡宿將如劉肇基金國鳳者領之令分兵屯田且耕且戰爲持久計以壯畿輔聲援宣雲兩鎭乃精兵健馬所聚三關綿長九百八十餘里此金湯之險也應速遣才望如史可法張國維張肯堂者畀以三關重寄練兵措餉固根本以爲後圖舍此不務而欲急已潰之中原失可阨之險隘臣不忍言也臣數月以來慟哭嘔血徬徨莫知所措疏稾旣繕秘不敢以示人伏乞皇上哀臣之愚俯賜密察如有可採出自皇靈之震濯皆由廟算之淵

深非臣一介書生所能窺測萬一者語無忌諱干冒天威不勝席稾待罪之至

案原刻簡率諸疏僅列二題曰治河疏曰陳言時務疏其餘皆用一又字別之而已玆沐去短篇二首其無題者悉摘篇首語意以補爲之汝懷附記

請代父罪疏　滿能施

臣父滿朝薦受陛下陶鑄登甲辰榜進士本年冬授陝西咸甯
縣知縣乙巳之冬摧使以誹語進旋降旋復丁未之歲摧使再
以誹語進檻下北鎮撫司獄歲且五易焉禮不敢齒君之路馬
臣父不能屈節於摧使誠有罪矣市虎成於三人慈杼投於三
至自昔固然陛下不卽賜鐲鏤幽室之寢亦諒臣父赤誠聊責
其戇但惠蘇三秦禍延一吏王道清明似不如此三年撫字六
載沉幽王道蕩平似不如此蕭蕭孤質淹淹九閽王道甄別似
不如此父老赴愬不信搢紳清議不信告病陳情之司寇一字
一血視若罔聞臣父鐵石也則可臣父爾非鐵石也忍令畢世

無見天之日乎臣父路橋也則可臣父而非路橋也忍令悲夜
月之魄乎臣祖父滿廷素祖母鄭氏年俱越八旬景逼西山舐
犢悲深倚門目斷且愁且病如燭當風臣曩自秦承父之丁甯
歸侍於祖而祖不得安臣今自里承祖之丁甯赴問於父而父
不可見羊敬其乳鴉還其哺豈異臣也垣外想親標如嶽之峻
別來追驕愛如淇之深呼天無路籲日無光若緹縈以父下蠶
室詣闕乞哀彼猶閨質也臣則孺子矣吉翂以父被吏誣詣闕
請代彼年十五臣亦十五矣彼所遇中主耳臣則躬逢堯舜之
君中主尙俯從所請況堯舜之君乎陛下推其事聖母者俾臣
得以事父倘疏一入而縱之使得歸侍於垂白之祖父母前何
惜微軀以代父死所冀微臣遂緹縈吉翂之請陛下成蕩平正
直之治超越邃古於萬萬矣

案武陵楊少傅鶴有餞滿太僕赦歸詩二首次首云黃童今
古歎無雙（原注公子方十五歲鳴籲時追隨左右）萬里尋親向帝邦身傍圜
扉眠虎穴手撾院鼓觸蠅窗秦庭痛哭腸千斷漢女哀鳴血
一腔贏得人稱眞父子歸鴻目送渡湘江攷滿太僕以萬歷
三十五年七月被逮下詔獄時中外論救自大學士朱賡以
下百十疏不允至四十一年秋萬壽節將屆用大學士葉向
高請乃釋歸公子上疏史未之載而以楊少傅之詩證之則
誠有其事矣太僕之釋未必非此疏所感動特假手廷臣之
請不欲開草野呼籲之門耳疏舊載沅州府志而沅湘耆舊
集附錄於太僕事蹟後向使志書不載蓺文此稾安所得哉
汝懷坿記

乙酉上宏光疏　嚴首昇

臣書生不敢預聞國事顧得知古人事竊惟今日國事殆類晉宋時事者非謂是外憂則然而內之不暇憂外適符節也晉自渡江已後王敦發難於武昌蘇峻繼起於歷陽祖約桓溫旦平夕擾江南正復可虞遑恤江北此雖亂臣賊子寔繁有徒哉抑亦朝廷不善駕馭自撤藩籬使然也宋自南渡已後奸檜侂胄踵接於朝繼以彌遠重以似道最後復有宜中夢炎結趙氏之局當時潰在腹心何問肢體宋之憂深於晉矣今國家秉國之鈞實維無競非有宋代覆轍可慮然內外新舊不盡釋然於嫌疑之間臣以爲今日君臣上下所宜如何如何者獨有二事不

應置此不言更言其它分門別戶報德修怨辟之盜已到門火且厝薪而室家之壼倘爭論牀褥閒事可爲笑歎又吏兵遷除槪行賄賂名雖三途實皆貲郎辟之舟小且漏涉大川遭巨浪而舟中人各以艙口不滿私自爲營何愚甚也臣不識忌諱竊以爲腹心之憂乃在今日至若自撤藩籬則衆目咸睹不待臣言矣夫天下方以二事爲病則旣以將帥爲醫士卒爲藥延醫買藥而適爲蠱毒可乎夫廉頗雖憾責在相如陶侃雖疑決在溫嶠自古國家所貴有近臣以用遠臣有大臣以用小臣有文臣以用武臣者安在而人各有心誰之咎歟臣以爲開誠布腹如舟共濟及今正有可爲不然以竢後日積疑成嫌積嫌成忿漢七國唐藩鎭不察可知國家之憂洵不在病而在醫已夫唐之弱弱於藩鎭之强唐之亡亡於藩鎭之弱凡今所以爲諸鎭地者乃其所以爲朝廷也乃諸臣所以自爲地者乎臣楚人也竊見楚鎭左良玉謹身奉公無它可疑但制兵克敵非其所任故翱翔河上所在搜牢卽臣數口之家在水在陸果爲所破而至誣以不軌不已過乎壬午冬臣在楚見良玉以宰相禮謁見閣臣賀逢聖髣髴涼公之於晉公屈謹已甚以彼無功受封朝廷待之正典非有怨望而過疑爲此或致彼果爲此者必居中握揆有不釋然於良玉者也此乾坤何等時而不釋然乃爾乎又原任禮部祠祭司郎中周仲璉以宜興同宗株連逮繫臣攷

仲璉爲太倉澧州廉能吏德稱父母威號神君執熱以濯今日正須此才且宜興當國之日解職方就祠司實處不競之地豈有待貲之罪旣經先帝聞豁不應今日苛求王事多艱此一案似非所急久禁不剖作無益害有益臣深爲國家惜之臣於良玉姓名未通於仲璉應求有日臣言實公非私聊舉二端以明內外新舊門戶恩怨之嫌臣以崇禎十一年拔貢迄今尙未赴部沽譽干祿久非臣心辛苦賊中麻鞵來見亦各言其所知也臣草鄙疏賤動觸忌諱無任惴栗待罪之至謹具奏以聞

定制疏崇禎十三年　嚴首昇

臣聞自古明王不易術而天下治是故秦變周禮而亂漢仍秦法而治唐文皇有言法令不可數變臣每讀春秋內史至國將亡必多制竊心悸不敢出口也夫有治人無治法一愚人得而言之乃朝令夕改輒自英主然者謂非此不足改易觀聽與天下更始也雖然有可變之法有不可變之法視其法有可變法之時有不可變法之時視其時處非其時而變不可變之法鮮不大亂至於亾者自昔鄭僑齊敬仲秦鞅宋安石皆救時才也皆變法者也而有可有不可故得失懸絕焉可誣也臣愚以為自古天下非極亂與極治則法不可變當其治也國富民安中

外無虞惟所為而不忌周自后稷至武成得地之利旋復遷都屢遷益盛平王失利而遷一衰不振譬之富人年豐無故則新門第置帑產非貧家時詘多艱所能則傚也且夫事積日而利繁則害伏人安坐而無為則氣暮乘其暮而震之周官所以加意於張皇也及其伏而圖之大易所以不憂剝而憂姤也若乃變法於極亂者以言乎王者受命改玉易姓更正朔易服色俾天下改觀不然則亦一姓再興如東京之於西京然當是時人失業官失職一切自我更始靡不如意耳陛下承二祖列宗之緒值多難拮据之會不大治亦不大亂忽無故而盡移其舊不啻耳視目聽之不便以臣之愚竊謂今日非變法之時也封建而郡縣井田而阡陌肉刑而杖笞辟之席地而几案麻冕而純冕古人不如後人也法之可變者也學則三代共之萬古一日也法之不可變者也陛下懲貪勸清礪庸獎異破資格去成見拔用貢舉旁及徵辟三途並獲其用此可變之法也必欲輕棄科目進匹夫利口之人此不可變之法也不得已而苛賦於民自是有遼餉有練餉有勦餉種種誅求有何方策曰不得已也此不可變而可變者也易漕運而海運易官兌而民兌是亦不可已乎此可變而不可變者也陛下若曰吾法祖耳則有祖宗行之今不復行者屯田是也又有祖宗垂戒勿行今乃行者遣用司禮監是也屯田有利無害司禮監有害無利古今一揆豈

在可變不可變之例又豈有或變或不變之時哉伏惟陛下求治毋急聽言毋廣姑靜以養天下之安而斷以行祖宗之是或變或不變其法安在一愚人得而言之毋庸臣言為也

重督學

嚴首昇

臣反覆科目之制思國家以五經四書舉進士法盡善也而不必得人則夫未舉已前既舉已後有可言者臣請言夫未舉以前者周官之盛諸侯貢士於天子漢以後二千石刺史所在得舉孝廉拔文學凡此皆古制之善而不可復者也正統以來實始設學臣督其事使天下士子三年再試於學臣然後大試於鄉臨試又有主考有房考明年會試京師亦然凡此數臣皆所謂人文司命也臣請為陛下萬全此數臣之制可乎國家內外建官文武十萬餘員無慮皆理財治賦聽訟折獄為職也其特任以文學者內惟詞館可三十人外惟兩京十三省提學計十

五人止耳詞館在內非必為國家議禮攷制纂修實錄也終日以唐詩正聲文章正宗為課何裨勝負所實實模楷天下轉移風尚者僅僅提學十五人以天下之大求十五文人才雖難不難至此也此十五人者何應草草聽彼素無聞望久疏經史之人循資承乏而得此官彼自揣不勝厥任也各募雇四五人假吏役尾其後其所親自拮据者往來文移與地方監司守令無異而知人得士概聽四五人之手豈有幸乎以臣所聞見於吾楚者三十年間獨葛寅亮一人得人最盛楚人至今有餘思此外不聞有得人者或幸而得一人要未流連欣賞盡所懷來使其人動知己之感者何也彼未嘗自得於心實知此士如何佳也頃者若水佳脩王志堅督吾楚每較士臣郡甫竣輒去名為移文發案一日路過臣邑邑中諸生拔列前茅者皆色然郊迎自以為特達知遇歡若平生至則閉門免揖莫望顏色索然而返嗚呼天下豈有如此知人得士之人哉以臣之愚請特重選此十五人此十五人者必負真才必擅盛名必假重權而後勝任為今夫士庶人之家有聰慧穎敏善屬文詞之子則父母以為愛子國家而有文臣天子亦應加異漢選博學切問之士侍左右法駕出用多識者一人參乘唐制乘輿所在必有文詞經學之士稱為天子私人自昔武帝之於相如元宗之於李白飲食燕笑相得甚歡禮數與它人殊又如文皇之於宏文館學士

更日宿直聽朝之隙引入內殿講論前言往行商推政事夜分乃罷如此然後克盡其才亦將以此鼓勵人士耳臣請每科進士出身之日許令自陳生平所讀何書所著何書料三百人中不過三五人止耳可以細細面質問難終日果其具足懷來也然後拔入詞館課以十三經二十一史之學試以古今文詞天子與宰相時時往復而測其胸中之不窮察其言語動止而信其心事之至正然後出而授以提學之任夫既拔進士之尤為詞館拔詞館之尤為提學矣又於提學中拔其尤得老厥職周歷十五京省雖加級加銜至於宮保而不改其任自昔楊文襄督關中學政八年歲一試士其所進士五十餘年用不盡若乃

方正學以鄉官受聘為主司今可略倣此意從事矣抑臣又思之臣卽以吾楚權之每三年一大比學臣在任實不過兩年耳兩試諸生童子其文可四十餘萬兩年內周歷道路所至又有謁廟拜客發落諸務實不過五百日閱文今以一人之心眼五百日內閱文四十餘萬首雖目下十行萬不能逮也以萬不能逮之勢責令不得雇倩四五人豈事之可行者哉臣請每一省內特簡一大僚為提學聽其察舉本省及天下空閒官員素有文名者十餘人考選可得三四人取以衡文而但以己為總裁其隨行如御史之有司理其共事如鄉會試主考之有分房一切彌縫監臨與大比場屋不殊但省謄對耳如此而不能得士

未之有也以臣之愚耳目所及聊舉大略以為必採眾望則十年之內科目所得惟戊辰金聲甲戌陳際泰為最欲簡學臣先自此二臣始其餘若張采張溥楊廷麟等輩槪堪特簡不則聽學臣取用隨行可也若所稱葛寅亮其人者雖至今為提學可也今此諸臣皆安在哉必如臣言而後歲科兩試可十九得也

重房考立後場考官　嚴首昇

乃若春秋兩闈大比臣又有說矣國家每遴官必考試仍試以八比之文殊無謂也在令言令在守言守在監司言監司司獄司寇務須著實條陳地方利病及居官興革事迹發撫按核實略行國初里老考成遺意然後論定此齊桓公令官長期而書伐之故事庶幾虞廷詢事考言乃言曰載采采之旨乎若其仍試以八比文字者獨衡文官應然耳今三年大比特差詞臣主試而所在新進縣令得分房為試官夫新進則其氣方驕為令則其心既雜而委以司命人物聽其妄為去取其去者不知遺珠凡幾僅以其所取呈之主考主考但據各房頭卷稱量高下

以為榜首至二名以後一任房考有力者爭相奪據而主考不能為主無惑乎潦草乃爾也臣意諸房考官宜令主考考選一過然後分房如此乃無房考失人之虞抑臣更有說焉祖宗以三場取士初場用經義所以觀其心髣髴漢代德行之旨二三場以論則博學宏詞之遺意以表則音韻對偶不異唐人詩賦其五策則直言極諫之故事也臣反覆科目所從來未嘗不歎息我國家立制之善也合三場以傾一士而眞才實學其生平盡此矣隆萬以後獨重初場輕後場於是有舉進士不知通鑑綱目為何物者從此冥冥以往不可問已臣請二三場一如初場分經為房之例更立房考官每省另分十餘房額衡後場與

汰科舉彙考舉人　　嚴首昇

主考之有房考猶吏部之有司選也得人失人攸係焉今旣令主考官考選房考矣乃臣并爲房考官慮之士子三場之文每人十九首積百人則千九百首千人則萬九千首以吾楚爲準一房可三四百人文可七千六百首考官入簾纔二十日實閱文止十五日一人之身限以十五日之勞閱文七千六百首而責其不差毫釐萬不得一也臣請以汰省科舉彙考舉人之說進萬歷已來各省場屋號房逐年增加臨期又置蓆屋取竹輿皆提學官濫收混進所至臣愚以爲歲科兩試皆所以進賢黜不肖也然歲考以黜不肖科考以進賢歲考宜寬非甚不肖不

必黜所以安眾人之心科考宜嚴非甚賢不必進所以得眞才之用今歲試諸生一二三四五六等一如故事無足異同請於科考特頒新旨止許以一等六等從事非眞才實學卓乎自信者不得應試課以多篇難題拔其最爲一等其次概擯之無差等其下乃爲六等凡鄉官地方官除眞正薦舉所知外雖親子弟不錄也如此則原額十分存二以吾楚爲準約計一省裁得八百人入闈用房考官十人每人十五日閱八十卷臣有以保其無失也夫旣薄責其勞而乃厚責其誣考之宋代有覆試下第一法用意最善今每房落卷宜取入禮部磨勘其或遺才以敵賢論房考官敢有不盡厥心者乎至於舉人計偕入京亦宜初場房考官竝司去取其三場俱佳者爲最其次取其二路其一如此而眞才實學之士始出何易言哉

以秀才科考之法行事拔十得二它日授官亦必核其會經入闈會試一次者方許考職庶幾舉子不至廢業亦以裁國費亦以汰冗員也凡此皆言夫未舉進士以前者以臣之愚謂必如是而後眞才可得惟陛下裁決焉

禁報疏　嚴首昇

臣請言旣舉進士已後矣臣乃卽其初舉進士時言之士子幸而舉進士則不必入官不至於貧不貴一攴可以得官位極人臣非可涯涘宜其人人自玉也然而一舉進士無問畜之盛衰品之邪正莫不皇皇有求於世不啻塗窮歲暮計無可復者陛下亦聞此風乎亦嘗推原從來實有大不得已者乎自嘉靖初實始有報客每鄉會兩試放榜星夜飛騎走士子家名爲報喜初不過一二人索賞十數金止耳浸淫萬歷之末結黨百人責貲千鎰騁馬横刀毀垣裂瓦妻奴逃竄香火震盪凡古人載酒刲羊之日實乃今日救焚拯溺之時鄉里親舊輾轉稱貸將取

囷與意在倍徙於是士子胸中各各有數千金必償之逋以入官此劉御史所疏爲欠不得不借之償作不得不貪之官風俗傷敗仕路混淆皆繇此始若乃入官以後終日到門官不必實授加級加銜都作佳報事不必快意遷左遷右同索喜錢廉吏甯復可爲乎臣念此熟矣此等實皆流寇假名行劫累奉明旨革除終無善法今宜責令所在縣令同捕官哨官郡守同指揮千百戶每報客至如盜入境務督兵壯集保甲備器械勦戮無遺又此等馬必雇於驛站路必問乎居停井里無賴咸居奇貨其令驛站不得擺馬馬戸不得引路法且棄市與盜同律庶幾風俗可正仕路可淸而進士之廉恥可得養也

擬上流寇事宜請因地設險疏 庚辰　嚴首昇

年月日臣某上書二十一篇論理財用人諸要務爲國家慮久遠至深切也乃今更有迫於剝膚爲旦夕計者自古天下理勢所存何常之有有時重本亦有時重末譬之人身斷臂刖足其勢亦將殺身不必膏上肓下然後爲患也今以皇上明察勤敏於其上朝臣無有巨奸大惡爲腹心憂者然手足之痛亦殊亟矣自昔有天下者莫强於秦莫富於隋莫大於元然皆以流民亾國天下之患在土崩非細故也臣攷本朝流寇若黃蕭養劉裂李牛輩曾一再見然未有若今日浸滿天下遲久至十年不止者臣聞久病之餘良醫收功於單方眾見爲難中有至易天

下事往往然也臣審情察形準古酌今有一容易穩全爲今日便宜下手之著不募兵不加餉不擇將而坐而困賊者其詳不可勝言其略可一二言盡大約流寇惟使之不能流乃不能爲寇耳寇之流繇於督臣總戎逐賊而不肯禦賊郡守縣令守城而不肯守險凡此皆可一二言盡者也夫自昔爲流民策者眾論不同大要有二曰撫曰剿已耳臣今獨言守非無見也臣見夫今之賊非可以古法從事也古之用撫者則莫如龔遂之於渤海張綱之於廣陵賈琮之於交阯矣彼皆有室家聚井里魚游釜中一旦有司結以恩信動以利害朝發一令夕而投誠耳今賊眾以萬計其散走天下以數千里計彼非有妻子繫累其

心又非聽一人爲統領也吾安得每人而悅之今日者屢降屢叛此降彼叛前車既覆賊之不受吾撫明甚矣抑吾所恃以撫者安在哉自昔招降者必使之困而後降故待以不死而賊志已盈也若賊未困而招之必且誘以利其首亂者必且授以官若唐季之待諸鎭宋元之末之處流民是也其徒眾必且予以田宅妻子之樂若渤海廣陵之因其地安其家是也今日者爲賊得官則勝國之殷鑒不遠買牛買犢則天下之閒田安在而議者以爲收而守邊夫漢有赤眉黃巾之患則單于適當款塞唐有仙芝黃巢之變則沙陀反代驅除盇未有外訌內潰如今日者今日之邊圉其堪容有二心之人乎此等果厭枕戈既不

爲賊肯復爲兵乎而況攻城屠邑驚動園陵賊之罪在不赦久矣秦觀有云患莫大於招降卽今日事若乃撫不可而議剿抑又難矣自古用兵決勝必有定壘熟知敵情諳其虛實察其主謀然後一戰非可嘗試也今敵無定形我乃以犬逐兔萬無成功之理且今之兵豈皆虞詡之壯士數百皇甫嵩朱儁之精勇四萬者乎今之將有能如段熲之窮山深谷處處攻破王式之三日八十三戰高仁厚之六日而五賊皆平者乎以臣之愚揣今之勢賊不易剿也夫不可撫而動言撫不可剿而動言剿無怪乎愈久益無成功焉此其罪在督臣者十七在守令者十三何以明其然也昔者漢宣之末渤海膠東賊並起張敞爲山陽

守以久處閒郡願得盡力天子徵敞拜膠東相以臣觀今之守令皆百計以膠東改調山陽者未見有一人肎以山陽易膠東者也新莽時五原代郡賊起田況力請出界擊賊得罷去吳元濟擅立李吉甫請自往天子不許固請至流涕帝慰免之昔之人固有願以其身當賊而不可得者以臣觀今之督臣皆不願當賊而强令從事者也夫然故其智不皆可謀其勇不皆可爲其心亦初未嘗有滅此朝食之志夫然故爲督臣者終日惟覘賊所向則尾其後而已耳凡賊所必來之路不能防於先且竟不知賊來何路凡賊所必歸之路不能斷於後且竟不知賊歸何路聽其因糧轉徙與日無窮而已其爲守令者嬰閉一城城

以外聽其燔掠甚且有暗私行賂巧通賊路使之一過而去以爲吾城在則吾無罪已耳迨賊退而督臣與守令合計而欺朝廷寶百言十寶千言百朝廷闊略遂至延蔓若此極也皇上亦但思靳黃襄郢之閒經賊未幾何以又復賊至是賊馳騁之路有限而當路諸臣之疏於防禦舉可知矣臣攷兵法有通有挂有支有隘有險是故古來帝王未有不重地利者有天下之地利有一方之地利有一鄉一邑之地利天下之地利若漢唐之關中是也一方之地利若三國之荆州六國之韓魏是也一鄉一邑之地利或濠或塹隘巷渡口往來必繇之衝皆是也臣觀天下自名山大川以外其小河小阜非皆天地之故也皆古用

兵者歷代增損以有今日也且夫東南之地不比西北未有日行百里不渡一舟者而寇皆步騎雖沼沚之水橋斷輒止不能馳驅此第一便宜事今宜責令所在大臣將各省地形通盤打算某處易野某處險野某處爲賊所不到之地某處爲賊所必經之路除賊現在地方以外務須因地設險其未經賊者不令猝至其已經賊者不令復至大約未有數百里內不得一關隘者萬一不可得則合此數百里內郡縣人力成溝成塹雖高深十丈廣長百里旦暮可就古人用兵土山地道計日而竣疑城假樓數百里一夕而成獨非人力乎夫海防之患患在擺海邊防之患患在擺邊無所不備故無所不寡臣所謂設險者惟覘

賊所在通天下扼要不過一二方夫合天下之力以設一二方之險雖高如山深如江延袤千里如長城可計日竣也況其有地可因者乎此一二方者所當令經略大臣鎭守其地其它每郡每邑輒以扼塞之處建置監司守令衙門不得仍守舊城令一切以軍法從事惟以累甗石冶火藥遠斥候詰奸細爲要務關以內復禁小路歧路略倣古溝洫爲網地之制攷異服異言兼行近代十家牌法如此則寇不能進退困處一方即不死於刀兵當亦死於饑寒夫然後以購賞告捕之法布爲號令使之自相疑猜容足無地或勦或降惟吾所爲了此不過朞年耳自古攻流寇未有用官兵者官兵終日尾賊所謂以犬逐兔無有

成功賊去兵來古今一歎兵之害較甚於賊避賊未幾又復避兵尤不可言也大約攻流寇只合用鄉兵而兵法諸侯自戰其地爲散地則鄉安能兵哉鄉之兵不可以戰僅可以守自古至今未有不設險而可以守者臣所爲斤斤以設險爲上策也夫守流寇與守敵國不同彼非能娶妻生子世代爲患終無已時也且今所爲寇者所過如屠焚掠無遺非有大志識者知其無能爲也守今之寇如防虎狼所在陷穽待其自斃以守爲攻者也今若任其走壙豈有斃虎哉臣見今之守令寇至則嬰城自守者辟如市中失火然人各自走屋上手持水注俟火既逼而後滅之彼其心惟冀反風及它鄰以倖免耳假使合他鄰數百

家之力及火闕節之處斷絕之豈不較易爲力哉近見朝臣箕籌兵餉無可枝梧選擇督理難於得人如臣所策不傷財不害民老稚皆可爲兵井里皆有餘餉尋常才辦之監司皆可使當關無爲而坐鎭一隅宋末趙綰已行之矣臣持此一說確見其是然皆老生常談所謂遼東豕耳逢人言之罕有爲臣置意者陛下幸爲臣思之昔者魏徵之議擊王世充也謂宜深溝高壘不戰以拒之鄭頲曰此老生之常談耳徵曰此乃奇策何謂常談然則深溝高壘固古人所謂奇策也臣今所策將無同歟抑臣更有微慮焉今國家多法制喜更變其爲民患者不一而最甚者無如民運與換授此二者臣所痛哭太息於聖明之日者也夫民兒之官官兒之京雖什一千百然此不可盡之情不可除之弊也今欲使生長井里蚩蚩之氓而負重貲涉萬里崎嶇盜賊戎馬之間經長安市井無賴之手以輸納內帑此民財民力兩不堪命者臣懼其變生不測也親郡王以下國家俸祿十倍前代而宗室貧乏亦反倍於前代今自開科應試宗生以外其百計保舉對職換授者非皆德高蒼虞懷忠思效者也彼或困於貧而思官一官之費益重其貧此等谿壑之欲當飢渴之積挾親臣之勢以處於爲所得爲之地象得有爲於其國有庳之人奚罪焉之二者不測之變可旦夕俟也已然之賊將艾未然之賊可虞陛下其并爲臣思之語曰愛其家者全其國臣何

但爲公亦或爲私不然位卑而言罪也況無位乎草鄙書生愚賤疏遠不識忌諱無所不至謹具奏條陳便宜于左以聞

一設險

兵法以動擾靜以靜制動不易之理也而自古名將動少靜多今賊之利在動我惟制之使不得動則上策矣柰何與之競走也制賊之動要在設險兵法有通有隘有險臣所謂設險卽在通與隘與險之閒往來必繇之謂通車不方軌之謂隘懸巖峭壁長江大河之謂險夷歸夔巫之閒必有可因之利焉竹房興平賊可鑿而通我獨不可扼而塞乎臣攷長城三千里每人日治三尺不過百萬人三十餘日而竣設險於中原料不過長城

十之一也。兵法不知山林險阻沮澤之形者不能行軍。此臣所謂合天下通盤打算。不過一二處者便當令經略大臣鎮守。倘險不止一二處則經略亦不止一二人。豈得賊滿天下兵坐一處乎。鄖襄如此以斷賊之來路。夔關如此以斷賊之去路。四面維絡與之持久。賊乃實處陷穽中。即不死於刀兵。當亦死於饑寒。即不死於無米。當亦死於無鹽。月計不足。歲計有餘矣。

二建官

臣反覆流寇之議。惟不能流則不能寇。今既覘賊所在。設險以守矣。其餘天下郡縣。無問賊近賊遠能至不能至。皆於關隘通要十字路口之處建置官府衙門。郡險監司太守守之。縣險縣

令守之。其郡佐縣佐亦各條分諸要路。結營壘治戰具而居之。不得仍守舊城。遷城中富戶隨郡縣主佐官員所在結寨為市。蓋合一郡一縣之全為一大城。非復區區掌大城也。漢制山中小城曰障。置吏守險扞寇。謂之候城。如此則寇未至奸細可詰。既至馳驛無路。一倣古關津之制。使天下如一身。咽喉經絡節節傳送。近可支目前之急。遠可貽百世之安。誠善之善者也。臣丙子夏親見賊過荊州城下。僅七十餘騎。居民持火藥弓箭在城上。羣思殺賊。而監司郡守禁止不得生事。聽其焚掠沙市而去。此守城之過也。蘄黃襄鄖之間賊往來數四。如無人里。此不沿路設兵之過也。

三禁路

臣竊笑今日當事者。凡賊所定在。苦不能知。忽然而至。一日數驚。風鶴所加處處皆是。不但禦無可禦。避亦無可避。何也。以賊之來路甚多也。臣反覆計之。兵法以虞攻不虞。賊每來必出吾不虞。而吾恃此區區斥候以為預備。三軍之命豈可縣於一夫之口哉。夫賊雖神。不至於飛來。吾所恃獨有其必繇之路。可以耑吾防守已耳。臣考三代井田之制。大路一而已。無小路也。請責令天下無論賊至賊不至。皆斷絕小路歧路。而後賊來之路可得一也。路一則防守可耑。此亦制賊之要矣。頃見袁御史有言官兵所走之路賊必不走。賊所走之路官兵必不走。斯言誠

可笑歎。今使路可得一也。不但賊路一。兵路亦一。將寓有背水焚舟之意焉。亦用兵之要矣。

四用諜

自昔用兵之神稱唐文皇。臣觀文皇生平長技。往往用伏耳。古未有用伏而敗者。老泉云百戰百勝誠不誣矣。然用兵者不皆為此何也。兵之伏不難於伏。難於伏兵於此而敵適至此也。此有二要焉。必諳敵情。必熟地形。熟地形則知何通正路何通旁路。諳敵情則知何路偽來何路真來。又知敵來何日。敵來何狀。然後適中機宜。此伏之難也。臣思地形易知。敵情不易知。自古兩敵相對。惟悉其生平。察其主謀。乃可揣摩得其情。自餘未有

不用間而億中者賊之所以處處如意者惟其處處用諜也吾惟是禁彼不得諜我而我得諜彼則萬全矣兵法五間之中僅生間可用生間者以子房孔明之智爲弦高厮養不堪之事則在當事者知足以鑒仁足以結後可以得人一旦之力自古用諜一人可省兵十萬而國家求得良將相尙易求得一間諜之人爲難何可苟也臣竊謂今日敗乃公事者全敗於不能用人不但不能用文臣并不能用武臣並不能得敢死士數百人并不能得雞鳴狗盜一二人也

五減派

臣更有說焉闊情迂遠實爲救時急務莫如減派一事矣夫不

知亂源者亂不可得止陛下亦知民亂所從來乎自萬歷戊午來餉日益加初四百萬至六百八百今乃二千餘萬皆一切取之民閒天下乃無不貴之物無不窮之民而益之以無不貪之官無不荒之歲人心從此思亂亂之初生亂之日甚皆本此也今幸而賊無大志所過如屠以故民皆畏而惡之假使秋毫無犯賑貧恤困以招徠天下氓之蚩蚩何知乎自古聖人處必不得已則去兵去食後世乃於必不得已召募加餉亦舛甚矣夫戰國時人主憂在兵之不精孟氏獨謂不嗜殺人者能一之憂在餉之不足孟氏請以薄稅斂撻楚秦此非迂遠闊於事情者也實救時上策也觀夫厚斂如秦嗜殺如楚漢祖乃徐徐約法禁去煩苛坐而得之孟氏之言不啻蓍蔡矣爲今日計旣令天下沿路設兵各自爲守則一切徵調俱可量減以寬民生以安衆心臣思之孰矣國家今日雖云艱難尙未若前此己巳庚戌之甚祇是劉六劉七故事耳而天下事覺不可爲者繇於不得其人又繇於天下人之心不定而氣不振夫三代已後仁言卽爲仁政臣生長聖世三十四年自總丱已來未見有一紙自京師來議凶荒恤民隱者所見無非徵調之文耳假使一日恩詔下頒量減租稅父老皆喜過望而天下之心一日而定其神氣一日而振於以朞年止盜太平可影響得也至於所在錢糧近賊者撥應討賊近邊者撥應防邊不應有官運民運萬里轉輸

之苦臣爲理財計言此頗詳而今再及之伏乞聖明擇萬一焉

直陳安攘至計疏萬歷二十五年九月初三日　李騰芳

爲直陳安攘至計以仰裨封采事臣見邸報倭分三道頭巳衆逼南原國王將欲出走傳聞又云朝鮮暗與倭合若果實事眞是緊急事勢危如纍卵臣實有胸豈能緘默臣深惟今事皆因前後迂謬之人因循敗壞豈可復執前局專爲鎭靜夫知而決之與臆而決之者不同狀貌而出之與事而出之者不同情今兵倉重大朝廷內外一無備禦雖云任事之難不若議事之易但臣觀古人立國未必皆云有備而其臨事濟變倉卒規畫靡弗當機若其否者決至困敗況于用兵爭利出奇未有不先得敵情要領可以制勝此兵法所謂知彼弈者所謂先著今我與

倭相持五季矣彼中情形一毫不得其言戰者皆是浪戰況又未必敢戰其言守者亦是虛守況又未必可守往過旣不及追後事又不可靠如近日閒山一島督臣以爲此我與朝鮮之地向檄彼國君臣令其謹守彼之不聽以是喪陷臣復思之恐其不然若果如此卽是敗局昔孔明與司馬懿共爭街亭馬謖一失孔明遂敗孔明猶然況其下者若在今人決不知街亭所係如此之重以臣之愚豈足料事但惟心切于曝日是以妄至于憂天臣有可喜可愕之言不敢載之于書謹次其切實可行者爲八事皇上淸讌之暇試垂覽焉

一曰定戰守夫戰守二事也能守者然後能戰可戰者然後可守知己知彼然後知戰知守今督撫憑經理經理憑大將大將憑偏裨偏裨憑朝鮮朝鮮之人憑游徼瞭望其爲渡河兵船若千若百者如望林數果目就中彼我强弱勝負之數如猜謎子及其巳至某處始曰彼處可備巳失某處方曰某處可惜皆敗道也且今日倭奴用兵頗有巧思其夜襲閒山一鼓而得彼旣得之而我始失之險要之地恐不止此一如前著何以料敵是倭步步有法而我無法倭事事有算而我無算卽使徵兵如林積粟如山臣未見其必不敗也又今日人情甚不可以慮敗無事則怠有事則亂如前聲息甯靜人人嬉戲頃一報再報大小鼎沸矣有如異日更報倭與朝鮮交得失云何巳與我交得失

云何臣不識朝廷作何狀臣計此時必有建議朝鮮當棄而追咎渡江之爲非者此等主議害事不細苟一信之使我盡失其本謀過江兵資皆至喪棄而遼左山東一無所恃何也自古中國不患島夷者以其國于我遠今使狡倭略定朝鮮則彼與我共一江耳彼無不犯我無不戰與董裕所言哈密甚不相同考之哈密舊伊州地東接甘肅彼時阿里麻滿速兒不過得陝幾稇城池無大志雖時跳時伏與今諸虜等一都御史能任之又遠在西陲眞若疥癬何關于中國大勢而裕以相比謬矣如裕之說不過謂我兵不足不强只可退守庶幾安穩此慮是也然臣觀往昔如唐代宗當土蕃之亂倉皇出幸召郭子儀止得二

十七騎以行何曾有兵屢經安史朱泚李懷光之變滿地逃竄百官皆拾馬矢何曾有食彼且東撐西攩光復故物如又宋之宗澤岳飛劉錡韓世忠在南渡時何日不戰我朝于謙郭登楊洪石彪在土木時亦何人不戰今人但一舉事便告消乏不知當此金甌全盛大小合力苟有本末尚彀支持譬如故舊人家與鈔化一文不可若遇災難只得費用無疾之人久坐亦苦癱潰疽痛又復何如大約人之氣力不極不用人之策計不窮不生無兵之極乃反有兵至乏之時乃反有食此其常也但忠計之士貴于早圖事緩尚可以有爲事急必至于困辱卽如裕之言守固是老成之見然必守之不失始爲謀之有用只恐我雖

不去彼實欲來苟非力出于有餘勢亦決難以自固彼且豕突我將烏散矣守全羅不得而守王京守王京不得而守平攘守平攘不得而守寬奠過此而後臣未知其所守也我守一處彼攻一處彼進一步我退一步此明是宋人法又見當今主守者懷守之意恐人相攻不肯明說其所以守主戰者懷戰之意恐事反覆不敢明言其所以戰首尾觀望不過欲俟臨時僥倖夫爲人臣者柰何以人之國僥倖也臣愚以爲今日亟宜明昭大小羣臣各出所見毋持兩端其曰退守當是云何且有何計可保無事其曰進戰又是云何亦有何計可保無事毋以詐忠有誤大計

一曰重內地倭自得閒山以後其于大同鴨綠登萊天津皆盈盈一水自倭自揚帆而來則我兵反在其後我之內地如齊魯吳松閩浙皆其震驚目今負擔東事者不過邢玠楊鎬麻貴三四人倭如無意則已苟有意豈此三四人能了乎卽以爲綽然優裕然大屈羣策廣集衆思明良不廢唐有一郭子儀何妨有李光弼宋有一韓琦何妨有范仲淹儻此三四人者及匏難涉絜甁易假則異時朝廷又當更任其人一番會推一番倒亂能消受幾箇歲月一付生腳手何以應卒臣愚以爲今日亟宜別設提督大臣一員開府天津使之管轄山東直隸浙江閩廣專治水兵晝夜講求其法無論文武雜流鹽徒劍客皆得博收其

類舵師舟工必用三吳習熟之人雜北人訓之務使人與水習水與舟習南至淮揚北至京師東至遼東鴨綠飛揚縱橫聲氣大振外援邢玠內護畿甸此一奇也又必論令浙直閩廣巡撫同舟共濟毋各爲其地荅今日之倭必不南犯諸處若果南行倭志甚小倭勢已分豈肯如此但議者必謂事體草創財用殫屈舟無所從得糧無所從給以是論之將使河伯造船天公雨粟鬼戰神攻然後可目

一曰明賞罰臣不敢遠引竊聞往日平壤之役南兵縋城蟻附手指盡落而以帥臣故不得敘怏怏屠死殺之者渼文無害聽之者覆盆不炤矣其雨朝陽可爲泪墮卽今所差召募南人皆

不肯應其故以此又聞浙直之兵名在行間者妻子親戚牽踵痛哭悽慘憂愁無一毫踊躍慷慨之意夫兵者氣也其氣如此其事可知臣愚以為今日亟宜申明大信破格立法與之更始如閩廣漳泉其人皆數通番市舶來往熟知其中要領可以重賞購之以備謀畫三吳之人技術精巧其中父老子弟廢閒將士有曾經倭事耳目習熟智勇相當者可以重賞購之以備行伍草澤之間有桀驁沈悍足智多謀者有精曉風角占候地理陣法者亟宜開設韜略武健異才術數等科無論埋殺屠博劍俠黥徒白衣執士苟有實用特與簡錄朝廷不宜更拘其往舊議其跅弛解綱更弦使狙使盜千金萬戶無所愛焉則天下未

有不窺左足而應者惟是羣情初議在于惜費不知後來十百千萬未可量也昔李嗣元兵變宮中擲粧具銀盆以贍軍宰相惶懼其後雖出金帛軍士負物而去是可鑑已至于軍興之法自有國典亂國之罰亦有重典要非貴于深文但願期于必罰文深則遁罰必則止若能以言責事以事責功既有通侯之賞豈無失道之戮

一曰假將權夫今之論將者皆曰本朝無將其任卽督撫大臣此不可謂將臣愚以為非也唐之節度使半是文臣當時卽以為將如臨淮汾陽豈能有過之者但是時將權極重不至如今之輕考之肅宗實錄史思明渡河陽李光弼命諸將戰及期不決召諸將問曰向來賊陣何方最堅曰西北隅光弼命郝廷玉當之廷玉請騎兵五百與之三百又問其次堅曰東南隅命論惟貞請鐵騎三百與之二百已令諸將曰爾曹望吾旗而戰吾颭旗緩任爾擇利若急颭三至地萬眾齊入死生以之少退者斬又以短刀置鞾中曰戰危事吾國之三公不可死賊手萬一不利諸君前死吾刎于此不令諸君獨也頃之援戰廷玉奔還光弼望之驚曰吾事危矣命左右取廷玉首廷玉曰馬中箭非敢退也使者馳報令易馬遣之僕固懷恩及其子小郤光弼又命取其首懷恩父子因見使者提刀來更前決戰光弼連颭旗三諸將齊進致死呼聲動天賊眾大潰斬首萬級夫史乘載古

今戰陣自鉅鹿昆陽而後未有勇猛如此者也而光弼當時殺大將如殺彘其摧敵當堅之兵多者三百少者二百目今之將臣其臨陣嚴整號令堅決有如光弼者乎易一千百夫長割一士耳亦必三覆五請何以望光弼之萬一臣愚以為今日朝廷之事惟在于擇將既得其人則免其中制假以兵權將無掣肘事可成功蓋治兵之道辟如治刃而前則殺人後則自殺一則殺人二則自殺故任將者不可使有反顧而用兵者不可使操兩端且如孫子之斬美人難行也然意可師也冒頓之鳴鏑非人也然法可師也否者郤克之分謗子文不僇一人無法矣今日不患無光弼而患無法

一曰練京兵先是抵掌而談者憂其無用矣已又掩口而憂其譟臣請無言汰但先言練夫一軍譁非老弱譁也軍必有鋒吾不知之彼難自必眾得嗾焉於是譁矣吾若揀上卒勞之上上揀中卒榮之中上簡下者遣之彼中上者樂爲我用定不肯譁則此下者又安所與譁焉然後補以驍勇如此千人則有千人之用萬人則有萬人之用至于簡將之法又在簡兵之中才過十人者爲十長過五十者爲伍長遞而上之過一隊者卽爲隊將過一營者卽爲營將然後大加訓練不獨練兵亦且練將庶緩急有可恃曰此在戎政及司馬大臣能以此事爲第一義特簡謀勇奇異忠實大臣爲之提督又擇季漢有風力科道爲巡

視不如令者劾如法其科道有能實心任事旬月之閒壁壘改變卽酬以邊鎮巡撫此皆賴朝廷鼓舞濯磨當今視一大臣便如拱璧不肯輕與既與之後不敢輕奪此惟平世則可耳天下有事官之大小有才皆得自取拜大將如呼小兒此儒者以爲非而臣以爲正英主所以鼓舞豪傑也自京兵外其次無如薊鎮自庚戌增廣以來有南兵班兵正兵遊兵車營等兵額二十萬今亦烏有矣諸將領當秋防時有冷補預召游食以備稽查當戰時有續補壘募文吾以應倉睫大閱巡關時有募補招集鄉夫候一日五分點一日一錢此不可不覈也其次沿邊衞所其次腹裏單乏虛謬無處弗然臣愚以爲今日亟宜分遣清軍御史巡行天下稽查冊籍參補軍伍其逃亡者不必遠勾卽以所缺之糧徵入官帑見餉厚餼召收武猛大行閱練務使改觀則人心振而神氣強矣

一曰積芻餉夫食者萬眾之司命也一日無食則亂假令倭以一枝兵犯我天津京師三輔之地必至閉門而守不過三月卽可坐困又今黃河全身南徙呂梁洄瀾一帶今歲皆涸雖開小浮橋恐蒙安支流明年必竭自小浮橋以上數百里南高北低束手無策甚爲可憂異時一有梗塞或不幸與倭合大有一番荒亂臣愚以爲今日亟宜積粟畿輔郡縣盡數徵收本色酌量彀支三年存留外其餘盡數解京便河者水運陸者車運至于

京師軍馬官吏人民月食米三十五萬石見在積粟僅支四年若復軍興又當數倍今亟宜多方糴買或出帑或召民納粟拜官贖罪務要彀支十年別設一部臣往來畿輔京師專一料理糧糈其一切利害措置聽其悉心謀畫庶免臨渴之憂

一曰破文法夫今之所以治者此法度議論其大小栢維左右顧盼而不敢動然在平世幸可無事一有緩急此相維者皆以相軋相議者皆以相害蓋今世但論法不論人但論名不論實法者中士之所趨也而豪傑則否名者贋士之所競也而眞士則否昔陳平以黃金千斤爲楚反間史不載其費金多少在于今日平豈爲人夫士不智不勇人不沈不雄今取智勇之士但

責其曲謹虎不噬不猛狠不貪不很今求狠虎之將又拘其小廉卽使靜好若女子狷潔如夷繇以之當倭臣不知其可臣愚請與羣臣約平有我之口口口口口之見先國事而後身名先職守而後氣節先幹略而後輭熟先肩任而後言䛐國家但期成事毋以一切碎密困之則能臣競勸異才輩出矣至于論將一節更爲喫緊其爲將者但取其謀勇不必論其是何等人舉將者但欲其眞知不必論其何等官而又寬之以文假之以柄其假之也不獨假文臣又假將臣不獨假大將又假裨將其寬之也不獨寬禮數又寬費用不獨寬費用又寬功責如此則庶幾得人而無上鼓下檝之病

一曰祛宿蠹臣不敢言其大者言大則必不可行人不見信徒以招禍請言其細如前日打埽三殿焦木日饗士二百金人一僅瓦礫數件如此者萬人若非朝廷之事豈得任意冒功全無無督責連年兩番山陵糜費何限大工浩煩尚未知所稅駕前日見工部管工官爲修一小廟報工一千八百實計之得七百日點匠作每百人毁之二三十耳如此之類何可悉數如今大小衙門不過自立品格一身清白之外狠虎蛇蝎皆可弗顧縱有乾沒至千金者以爲細不問亦不必問紈綺廚役樂舞譯字之類其間狐媚鑀扳蠅營鼠食令有司敲扑以供而日不給也是亦不可以已乎至若宣大虜市金繒貨物俱于蘇松織買彼處巡撫歲僉通判一員往來于蘇其人多好賄無賴三吳及京師富商大賈監口公子皆各持刺游塞上與通判猫鼠牽一物而利十倍與之虛濫若枯塵又何怪諸酋之欲生心也不知異日有事歸之朝廷歸之此輩又聞往歲東征諸士有荷戈徒步饑無半菽者其他卜算巫覡謌妓游手之人狐裘肥馬日饞雙廩夫單行師出不限謀勇若其有用入幕何妨惟其徒食是以可恨在于今日亦宜告戒臣又見督臣于各處取船造船天津往時亦曾造有戰船今雖云不㲉用然亦不宜遂失所在朝廷但一舉動每每事前惜費事後忘失一切不問凡若此者毋以爲小積小則大毋以爲少積少則多臣愚以爲宜一大搜剔之

推廣其餘去其宂者取其食以養軍士

以上八者區區極慮一端一得但恐柄鑿實非拾瀋總臣所憂則以今日任事難于得人今日任人難于先知同一衙門朝夕相臨聚散相視不能相知又何論他人矣同一通顯名位相埒出處相同不能相知又何論隱逸下僚矣清謹之士可以無過未必有用遠大之人可以有用未必無過不知其實惟取其虛虛文相靡虛事相冒虛名相扇虛貌相當虛意相許臣未見用虛之可以爲國也臣言及此竭其筆舌豈能殫盡但願憂世者急反其端救時者愼防其漸目今天下大勢處處有事楚蜀以木滇黔以夷中州三輔齊魯以礦徐淮以河西南東北各以兵

小民困苦嗟怨之極。又各以盜賊蕭牆之事。豈必在倭。不可不熟計而速圖之也。臣言可採。伏乞敕下兵部作速酌議施行。天下幸甚。

臣董其昌曰。按論兵事者衆矣。此疏條分縷悉。燭照數計。而未復重于知人。又推其失人之根在于用虛有用文字也。所謂頗牧在禁廷者。

相擇山陵疏

李騰芳

題爲奉旨相擇山陵事。先該禮部題爲喪禮事。奉聖旨。山陵事重。先著禮工二部堂上官率欽天監。幷訪舉精通地理人員一同前去相擇。欽此。十一日恭遇頒詔。臣等不敢陛辭。具本題知前去。臣永光宿于工部木廠。臣騰芳宿于昌平州廨。是夜欽天監官八人來見臣。問之皆久住京師。非慣習走山之人。隨該祠祭司主事周爾發以護印官戴圓來見。謂其頗知地理。臣心竊疑戴圓既爲護印官。則與專門之學亦異矣。臣本無眼。人又無導者。何以自措。次日早同臣爾發從州廨起身。前至石牌樓下緩步審視內外山形勢。洎入紅門叩頭畢。接監正楊汝常稱有

美地六處。邀臣決之。臣告以此山乃成祖文皇帝龍昇之地。萬秊王氣所鍾。專在長陵。必當先察其行龍絡脈結穴之眞精神。取以爲法。始可以周視諸山。乃循神路東行至祾恩門。則臣永光與其屬馬諫在焉。率諸臣同登寶城。周遭四眺。見後三臺星落脈一跌至地。始起寶城。臣謂必須更詣三臺山看其後脈。時內監高壽遣鄉導引臣等遶寶城北行。抵其處。登其左山。蓋康家山也。前望三山竝立如品字。至此始見中一山落脈而左右垂手護之。似走馬勢。更爲活動。臣等從山而下。復北行至山後。則一石澗截然跌斷。視其中兩山竝聳。脈自澗中過起康家山。臣等復從澗出。循山左畔而行。見連珠金星者六。其後又一石

澗截然跌斷。視其中兩山崔巍插天。蓋樓子峪也。過脈渡澗更爲微妙。臣與永光至老君堂稍憩。會諸臣議曰。明旨山陵重大。今日既無熟知地理之人。但以臣二書生爲政。如何敢以臆斷。只得將長陵後山跌脈三斷三起之式奉爲楷模。蓋山勢翻業。龍氣壯盛。必層層剝換。重重褪卸。如鎔金必銷盡礦氣。如煉藥必煅盡毒性。此自然之理也。雖東西諸山皆長陵侍衛。難以膠柱而論。然辟如大家子孫從始祖遞分者。亦須各開門戶。別立基業。如大宗之有小宗。則其行龍亦必有主有從。有起有伏。有跌有抱。方成眞結。于是循東山而下。過景陵永陵。見脥一山奔騰踊躍。亟遣戴圓相之臣等隨至。則潭峪嶺也。視其右爲永陵

來山。視其左靑龍逆上關內堂水。視其外案外堂皆可取用。但主山金星峻猛。未開水陽。恐其煞重。臣不敢專。自潭峪嶺下爲東井。自東井下爲平岡地。則孝靖皇太后駐鳳之所也。諸臣喜其局勢寬展。臣細視之。左山東井勢重。右臂空缺無護。脈從東井盡頭一山落下。一片平氈。既無跌起。又無束隘。脈之右乃長山嶺。此嶺與東井兩山之中。裂成深澗一道。陰風鼓橐。令人不敢久立。自平岡下爲雙泉峪。則水逐砂飛。無情甚矣。自雙泉峪下爲行龍山。楊汝常指祖宗豎旗之地以示臣。蓋一小金星也。雖頭面圓淨。而體勢卑微。似非可以藏弓劍者。其上僅一草坪。不成星格。而主山則舊名蟒山。羣峯相牽。山頭皆斜。胸腹剖破。瀉水成槽。尤爲不祥。時已黃昏。諸臣告散。臣私念長陵明堂之水。從西繞東。委蛇向東山口而出。則東邊諸山乃水所抱。吉地宜在于此。今皆無所得。何以報命。終夜恐懼不寐。次早同臣永光過昭陵定陵。西上到牆子嶺。則其山行未住。中無落脈。左右無城郭。但拖一長腳斜走向下。循牆子嶺西上。過康陵茂陵裕陵。到皇山嶺。其外高阜四周。松楸映翳。入其中。地勢窩坦。似另是一境。登高視之。見左右諸山皆列峙其前。而外洋明堂周正。前朝拱揖。臣永光曰。此必吉地。與臣步行攀緣而上。直至其巔。則後山列帳。有十二峯頭。峯有垂絲。而中峯一帶下垂。起小星數點。跌斷作勢。其星則逐節變換。其行則隨步轉折。高下頓挫。

東西蜿蜒。穿峽結咽。各有其趣。重山環拱。兩獸低眠。水流石竇。屈曲回顧。觀者皆豎手以指。交口以贊。而臣不敢著一語。但令該監官依山畫圖。以俟參酌。不得增損毫末。致失眞形。隨閱尙有寶山果山二處。更往按索。則寶山在茂陵右。是一水窪。而果山極西南隅。不過一孤露頑金耳。臣永光謂臣相擇事畢。當具本回奏。屬筆于臣。臣以未見東山水口。復騎馬沿河而行。至其盡處。得覩所謂小天壽山。左右敵樓諸山繞方山一轉。覷田中小山。妙不容述。歸時業已丙夜。明早追憶看過諸山情形。理合詳細登奏。乃此心已若滅若沒。只得與臣爾發再往各處覆視一徧。件件明確。方敢削牘。總之二臣皆書生也。非相山者流。一

辭院務教習疏　李騰芳

爲欽奉嚴綸不勝戰栗謹束身待罪再瀝微誠容臣辭免院務教習少逭曠瘝事·該臣三疏求放奉聖旨人臣進退何得自由·李某已有屢旨如何又來瀆奏·著照舊供職不準辭該部知道欽此除臣照常設案叩頭謝恩外·伏念當皇祖神宗皇帝在宥之時·羣臣之上章求去而不得者·往往冒譴出城·如微臣昔年亦蒙欽降三級·雖天地之量極其優容·然揆之國家刑賞之章人臣進退之義·亦不無損矣·今皇上英資睿覽·一日萬幾·批荅如流·如臣不肖·何叨屢旨慰留·則數十年未有之事·而臣子非常之遭也·豈不榮幸·臣再四𦂳繹聖旨人臣進退何得自由·大

哉王言·若慮臣之復蹈前軌·而先爲敕戒者·臣敢不凜凜·顧夫進退者·聖主御羣下之大柄也·皇上操此二柄·斟酌舉指·敷求治理·進一人焉·既惟恐其進之不亟·退一人焉·又若恐其退之亟·雖旁求之哲·與宥過之仁·竝行不悖·而臣之一身·前顛後疐·臣子之義·既不可進·君父之命·又不容退·展轉困頓·螻蟻之生決無幸矣·非皇上憐之·而誰望邪·茲當聖壽届期·臣受恩最隆·自當隨諸臣之後·舞蹈嵩呼·祝萬年無疆之慶·豈敢更迭陳瀆致犯天威·但臣之所理者翰林院·篆所職者教習庶常·夫庶常乃一時髦髦·皇上儲之以待異日之用·爲之師者·責任誠重·課習宐勤·自臣杜門·賴有同官仔肩·今以偉既入禮部·則館署闃旦奉有嚴旨·操心安得不危·臨事安得不慎·所以告皇上者安敢有一字不實·甘蹈欺罔·但恐其言多不合于堪輿家言·則二臣平日既無仰觀俯察之學·而諸臣一時又無披砂撥草之人·心力止此·伏望皇上鑒臣等之愚·立敕該部備舉羣臣中旁通形家說者·同科道三四員專主其事·定其可否·聽閣臣裁決·時下合朝臣工送神宗皇帝梓宮至當一日而集·其下不知若干人·匪但十目所視·十手所指之嚴而已·伏惟聖斷·臣無任踧踖俟命之至·

附周念昔閣老書　昔歲山陵之役·道登實從韓象老之後·疇人子弟捧羅盤而上曰穴也·部吏戴圓捧盤而下曰穴也·

兩議無能定·起部宋清宇經上下而中之曰此眞穴也·象老遂從之·道登不知堪輿·竊疑上則上·下則下·中則中·無經上下而取中者·見祠司羣胥與司官私語·呼而問之·曰·上者熊思誠議也·下者老先生議也·開至七丈而四臺中之·闋起視之果石也·時盡議改卜·郎同僚亦與臺中合矣·道登一口安能勝羣喙·獨念時事迫促·再三細閲·南去三丈餘而五色之土見·梓宮龍鳳板應一丈二尺·遂改下四丈九尺·則正戴圓所主·老先生議也·道登每仰神識·實心佩服焉·五色土堅如石·而切之如肪·挼之如丸·生平所未睹也·追憶舊事·心猶怦怦·欲痛因老先生念及·遂不覺饒舌·幸鑒諒不既·

其無人矣至于院印自內閣及諸司文移皆憑之以行今亦停廢誠非事體伏乞聖慈憐臣進退狼狽容臣辭免前項職任立敕內閣將教習庶吉士并掌翰林院印信員缺同時除補庶臣得少追曠瘝專心醫藥然而臣之沈痾難起自審實明容于拜舞聖壽之後另疏申乞臣無任激切待命之至

辭纂修實錄第一疏 天啟元年

李騰芳

爲臣親日衰臣病日苦懇乞天慈俯允休致以保殘喘以延親命事該臣去年十一月內欽蒙聖恩憐臣累乞情詞准暫給假省親同籍渡河以南風雪異常至碓山中途輿隸盡散臣騎馬而行墮溪雪中展轉子夜得典史鄒紹光扶救燔薪沃湯始克甦蘇而明辰報僵死于雪中者數人矣今年三月臣方抵家下體已苦痲木夏間炎溼相搏上嗽下痢骨肉如劖而臣母年已望八衰病臥牀方喜臣得歸來抱頭相慰復見臣病狼狽痛楚攢心朝夕呻吟飲食益減口口囑臣不宜辜負聖恩使出處不明忠孝兩失臣聞母言心如爇火擬具疏乞休近復蒙皇上允閣臣題請纂修兩朝實錄以臣充副總裁官自惟受二帝祓濯大恩起自田間致位三品天高地厚虀粉難報今得執筆從諸臣之後揄揚兩朝深仁盛治豈非至願但母病困頓如此勢必不能就列而徒稽隆命瘝曠歲時爲罪益大只得謹以實情上控伏乞天慈憐臣語非矯飾容臣辭免前命準臣休致或轉令寬假侍養庶臣母因臣身在傍朝夕調理猶可望生而臣身與母相依儻得苟活從今母子之年皆皇上之賜也矢當世世爲狗馬以報聖恩于萬一臣無任激切祈望之至

辭山陵加恩疏　李騰芳

爲隆恩誤被自忖難承謹瀝愚誠懇乞聖慈俯容辭免以安愚分事頃二月閒臣接得邸報奉聖旨皇考陵工告成各官効有勤勞宜行序賞臣某蒙恩加太子賓客正二品服俸廕一子入監讀書賞銀四十兩紵絲二表裏臣捧讀不勝面恧心悸措身無地先是臣奉相擇之命而先往也同事諸臣皆以潭峪嶺諸處爲不可用相與攀高極幽得皇山二嶺而以爲美是諸臣之明也臣實無勞之可言有臣原疏在可考也其後諸臣又奉覆視之命而再往也又皆以潭峪嶺諸處爲果不可用相與審察比勘而仍以皇山爲盡美是諸臣之決也臣又無勞之可言有

禮部及內閣疏在可考也至于定穴之頃有欲舍天生自然之微窩而上取天穴者諸臣多勸臣爭而臣愧有懷而不能盡未幾臣去國矣又有勸臣一申前言者而臣媿有憚而不敢發昨季忽聞移鑿金頂見山底后臣時刻惴惴以謂上驚聖心下駭羣聽皆臣之罪也但束身以待嚴譴而已何期天地効靈諸臣畢慮移穴向前遂得吉土此則先皇帝盛德宏仁之報皇上聖子神孫萬季無疆之福臣此時求之于心倘若㤀然而又何勞之有乎惟皇上因先帝而發念時宏雨露之仁而臣子抱分義以興懷甯無斧鉞之懼況臣積釁負垢蒙先帝及皇上拂拭擢拔洊登三品卽蠢首斷脰不足塞責而乃以此爲勞不但須以朱提錫以華紵而且服俸等于正卿廕任延于再世人間僥倖之事未有過于臣者揆之寸心如何得安爲此瀝血上請言出至心每欲淚下惟願聖慈收回成命俾臣不致違分戾義有干咎罰臣無任激切待命之至

給假到部辭俸薪疏　李騰芳

奏爲微臣給假去國義不敢冒受俸薪謹具疏奏知封還戶部作正支銷事臣以泰昌元年冬日蒙恩予假省親至天啓元年內閣題奉欽依以臣爲纂修實錄副總裁官天啓二年又蒙以相擇慶陵推恩加臣太子賓客正二品服俸天啓三年又蒙恩起臣禮部左侍郎尋改吏部左侍郎該臣五次控辭五奉温綸不見矜允只得趨赴于天啓四年正月十六七日等日朝見謝恩到任訖昨因翰林院當該吏吳邦秀陳應魁呈將天啓元年春季至二年夏季陸續代臣收過俸銀一百六十二兩五錢四分四釐三毫柴薪銀三百一十兩俸米三十一石俸錢四萬三

千一百三十五文欲臣接受臣不勝驚悚臣家食三年曠官日久揆之陳力敬事之義尚無所逃罪何敢復貪有朝廷之隻錢粒粟此自然之義無待臣辭但向來詞林各官俸薪俱院吏一槩關支分給而臣雖去國臣姓名尚掛仕籍故院吏不欲去臣之俸以視臣之自處耳臣不得不具疏奏知封還戶部作支銷雖未必有裨于國計之萬一而自臣視之則毫釐升合非臣之所當得且其數出胥吏之手亦非臣之所敢私交于計吏而不以上聞者也臣無任戰慄待命之至

湖南文徵卷十

湖湘後學集編

策元明

貢舉策　歐陽元

問今天下之事有可言者多矣姑舉其大者言之宂官之未汰銓選之未精殿最之未明法律之未定此四者方今之急務朝廷之所欲聞士君子所當講者其參酌古今以對毋泛毋略

對恭惟盛時設茂科策多士而闢其直述之門執事典文衡詢承學而試以承務之大夫天下之事誠多矣至於大而可言者

亦今世之所囁嚅者也自士大夫閒以道故常爲練事以言要切爲干時是以至論罕聞今執事不尋故常不貴泛略舉急務以詢諸人豈非盛時開直述之門而得爲不諱之問然而所謂直述者非以其文樸野而以其言之切直也既以不諱問宜以直述對昔夫子以林放爲大哉問非大其問以其知本也事不知本多言何裨愚請言事之本矣明問有曰云云是四者方今之急務也愚謂非特方今之所欲聞乃方今之已行者也其閒行之弗竟守之弗一或者未究其本乎如宂官之汰大德之初嘗舉行之中書以打減置局而董之以平章某公或議某司當併某司則㓷某司以兼領之議者或㓷而能者尋復矣辛亥更

化漢發德音減遥授之官改陞栅設者日議併罷乃併通政於兵部武備等院皆復舊制京畿寺監罷者非一是則宂官汰矣然而輿圖之廣郡邑之衆旁蹊曲徑之捷出者未悉汰也銓選之精則自混一以來立省選部選之法爲二別子弟承襲承繼承廕之例爲三設吏員譯學儒業軍功出身之科爲四是則銓選精矣然而氏族貴賤之未別歲月賢否之同淹或未暇精也殿最之明則自大德皇慶以來定十三條之章法或遣宣撫巡觀或命御史徧歷是則非不明也然而各處廉能五人之薦未見卽用也三考黜陟之法未見可久也法律之定則非無至元新格也非無省部之編例也然而掾史一時之議擬而通行者

盡合於至元之法意乎廣平何相之撰擬而未進者竟能爲大德之成書乎由是觀之四者非不知也非不行也愚請論其本爲其一曰汰宂官之本在於減閒散之俸以厚正官塞僥倖之路以清正選今正官之俸甚薄而散秩之祿倘多者劉景升有大牛芻豆數倍而負任不及常畜曹操以之享士戒宂食也況方以歷俸爲出身減祿俸之無名則出身有限矣若僥倖之門則又在正選之大患也古者判行使之置損外同之設未必非有所循而爲是名以處之而漢之爛胃晉之續貂實濫觴於茲誠能如漢文欲用嗇夫而張釋之終以爲不可家人濫求郎官而明帝終不以爲私恩則宂者可汰矣其二曰精銓選之本在於嚴族屬之分以尊吾國人略歲月之考以拔其才用今之女眞河西明有著令而自混色目北庭族屬鄰於近似而均視蒙古乘堅驅良並列通顯蓋我國人天性渾厚不自標榜愚恐數百年之後求麟趾之公姓不可復別異矣欲還湻古之風去棊倣之習則必如貞觀之於崔盧氏族命近臣編之使其派系分明不得揉進可也至於歲月之考賢否同滯此可畜常調不可以待賢才誠能核名實以甄異能使碌碌庸吏不得含餬澳忍苟貪歷求序遷則當如崔祐甫除官八百而不拘常資寇萊公御例用新進而號得士則銓選可精矣其三曰明殿最之本在於擇才明之監司絕殿序之污吏夫貨來之徒玩法而殘民者

也豈可復爲民之父母乎三年之殿邊遠之任未足悛也孟子曰不祥之實蔽賢者當之身爲方岳而見善不舉豈得復爲人之耳目乎絕污吏則願如唐太宗之於黨仁宏苟犯贓賄雖至親幸難以減公責監司則願如齊宣王之封卽墨而烹阿大夫晉文公之誅曹而數其不用僖負羈則監司必舉污吏必除最者非假請託殿者不可僥倖矣其四曰定法律之本在於酌古今以成法書優祿秩以選法吏法書無一定法吏無優選推讞混於常流條令裒於書肆官不徧覩法無定科輕重高下逢其喜怒出入比附係其愛憎無成書則近於罔民無優秩則昧於勸善昔者子產鑄刑書雖曰叔向笑之而鄭以治以能止辟也

于定國爲廷尉以民無冤而至三公近若錢若水以同州推官清直而擢樞副所以示勸也如是則法書必作法吏必優刑自平允律自精熟矣四者之平愚旣以略言之其目之備更未可終也雖然四者之本所以行之者一也一者何也信而已方今天下急務所可言者孰有大於信之一字乎書曰令出惟行商鞅之伯術亦以示信爲先令而不信則究官何由去銓選何由精殿最何由明法律何由定乎愚故曰所以行之者信而已明問有曰宜參酌古今以對毋泛毋略嗟夫執事以急務爲問愚敢以泛略爲對乎然四者之有信猶水木之本源也故敢以爲終篇獻執事其思之

大廷策　歐陽元

制曰朕聞賢聖之君之治天下也或恭己無爲或不遑暇食或寬仁恭儉或力於爲善其所以致治雖殊及其民安物阜風淳俗美刑辟措而尟用頌聲作於田里制禮作樂翕然太和而麟鳳龜龍嘉禾朱草甘露醴泉諸福之物莫不畢至雖帝王之美不徒在是亦其氣之應也舜文之德化尚矣若漢之文帝唐之太宗猶能致治如彼況薄漢唐而不居者乎今天下雖久甯謐戶口雖甚蕃滋而稼穡或傷於水旱細民或致於阻饑未能家給人足時猶仰濟縣官豈行仁義有未盡效邪子大夫明古以識今知常而通變毋迂闊於事情毋乖

戾於典則明以對朕朕將親覽焉

臣對臣聞有志者事竟成人主之致治莫先於立志故善觀人主之治者先觀其志夫人主以能致之資操可致之勢所圖無不獲所欲無不成以求乎天而天應之以求乎人而人從之所以然者以其志之先定也其或治理之效偶有未備天人之閒偶有未和尤當守之以專達之以彊以俟夫悠久之效不可以疑貳阻之也臣草茅賤士何敢上揆淵衷然以臣竊窺陛下之所爲眞近古以來大有爲之君也陛下曩在東宮仁孝之資英敏之略聞於天下也久矣旣而徵四方書以考古今飛龍之初大召宿儒詢問要道臨御之後不邇聲色不事遊畋凡耳目之

娛營繕之事秋毫不經於心惟經籍史傳目接於前於是大興儒科黼黻至治祖宗以來百餘年之曠典一旦舉而行之遂使臣之淺陋亦獲叨奉大對於明時雖然臣之望陛下者以陛下爲有大志而陛下之策臣者亦適有以發臣之愚臣伏讀聖策曰朕聞賢聖之君之治天下也或恭己無爲或不遑暇食或寬仁恭儉或力於爲善其所以致治雖殊及乎民安物阜風俗淳美刑辟措而尟用頌聲作於田里制禮作樂翕然太和而麟鳳龜龍嘉禾朱草甘露醴泉諸福之物莫不畢至雖帝王之美不徒在是亦其氣之應也舜文之德化尚矣若漢之文帝唐之太宗猶能致治如彼況薄漢唐而不居者乎嗟夫薄漢唐一語此

乃聖志之發見也陛下此志可與四三王可與六五帝矣其曰或恭己無爲或不遑暇食或寬仁恭儉或力於爲善臣愚以謂此未可以觀致治之殊當有以驗立志之同也古人有言曰始於憂勤終於逸樂若以恭己無爲異乎不遑暇食則隆古之恭己無爲者莫舜若也然而一日二日萬幾舜何不少自逸豫乎若以恭儉寬仁異乎力於爲善則近代之恭儉寬仁者莫漢文若也然而拊髀思賢夜半前席漢文何不爲是元默乎由是觀之未有不自憂勤始者自憂勤始志之同也陛下旣薄漢唐臣不復膚引漢唐之事請以舜文終焉舜文之事布在典策陛下旣慕舜文亦法其所爲而已矣如欲民安而物阜風淳而俗美則當思夫利用厚生之何急也惇典敷教之何先也由庚魚麗何自而多也關雎麟趾何從而厚也陛下能法舜文卽舜文矣如欲刑辟措而尟用頌聲作於田里則當求如皐陶者命之明刑有如虞芮者俾之息訟九歌可使勿壞也大雅可使無廢也陛下能法舜文卽舜文矣如欲制禮作樂翕然太和則當求如伯夷后夔周公者命之制作於其閒六典之制或尙可講也九韶之音或尙可學也陛下能法舜文亦舜文矣至其如麟鳳龜龍諸福之物莫不畢至聖策有曰亦其氣之應也臣愚以爲知氣則知志矣聖人志氣清明若神一動則天地隨之諸福之物則自聖人方寸中來非自外至也中庸曰天地位焉萬物育焉

蓋吾之氣順則天地萬物之氣亦順吾之氣和則天地萬物之氣亦和天地之氣見於萬物同一和順則百獸自舞於舜之庭鳳皇自鳴於文之岐矣又何祥瑞之足羨哉臣伏讀聖策有曰今天下雖久甯謐戶口雖甚蕃滋而稼穡或傷於水旱細民或致於阻饑未能家給人足時猶仰瀦縣官豈行仁義猶未盡效耶臣愚以謂此天以堅陛下之志也古人有言曰天心仁愛人君若曰稼穡或傷於水旱則舜之所謂洚水警予者猶有甚於今之傷稼者也若曰黎民或致於阻饑則文王所謂怨汝詈汝者猶有危於今日之阻饑者矣顧二聖人之所以弭災恤患者罔游罔淫皇自敬德之外無聞焉陛下旣法舜文詎知天之所

以啟舜文者不以啟今日邪陛下以敬天爲志則水旱可變爲豐穰陛下以恤民爲志則阻饑可變爲足食在方寸一轉移之間耳若諉之曰豈行仁義而未盡效邪臣愚切以爲未然夫仁義之效如炊之必熟種之必生行仁義而未至者有矣未有行仁義不效者也陛下惟以悠久待之或曰聖問如此而臣輒以爲可四三王可六五帝者何自而知之蓋因其已行者知之矣其未行者擴而充之斯無難蓋仁義之積禮樂必興彼漢唐之治如身衣弋綈一臺惜費六年致海內殷富與夫斗米三錢外戶不閉自三代以下亦可謂盛矣然賈生勸漢文以禮樂而辭曰未遑祖孝孫杜淹勸太宗以禮樂而曰治之隆替不繫於此

臣以爲是知二君於仁義之效若有所不知也今陛下銳情儒科日議禮樂而拳拳於仁義之二字視漢唐何啻相千萬邪此志所充宜其儷美於五三盛時也大槩國家之治當先論其根本不可責效於目前古之賢聖之君未嘗不憂勤於其始逸樂於其終災異於其先祥瑞於其後今日之不遑暇食力於爲善他日之恭己無爲恭儉寬仁也今日之水旱傷稼黎民阻饑他日之麟鳳龜龍嘉禾朱草也若夫備禦之不可無術救荒之不可無政求帑之不可不擇一賢相事耳奚以多言爲臣又讀聖策曰子大夫明古以識今知常而通變毋迂闊於事情毋乖戾於典則明以對朕朕將親覽焉臣愚以謂事有古今志無古今事有通變志無通變聖人之志與天地之正氣相通志定於此氣應於彼有理之必然者儻論水旱而牽合於夏侯生輩洪範五事之說則鄰於迂闊矣論民饑用之而附會於權萬紀等建利之謀則流於乖戾矣臣非不知實所不敢臣之拳拳者惟日有志者事竟成陛下留意焉國家幸甚天下幸甚臣謹對

策一

李騰芳

自古豪傑負非常人之奇而欲以成非常之業其於君臣之閒未有不相知而可相與以共成功者也所謂相知者非徒相賢而已必能相盡如以相賢則一語之當一事之合皆可言也如以相盡則所言皆當所爲皆合尤不可言也所以相盡必彼此之才皆竭而無餘而後得焉然必先求其才之同君有所能而臣不能不可與成事臣有所能而君不能不可與成事才不同也才不同不相盡也所以相盡必彼此之見皆竭而無餘而後得焉然必先求其見之同君知一端臣知一端不可與計事君望九十里臣望百里不可與計事見不同也見不同不相盡也

所以相盡必彼此之心皆竭而無餘而後得焉然必先求其心之同俱在危難雖急不貳臨急忽貳不與同禍俱在安樂雖嫌不猜見嫌則猜不與同福心不同也心不同不相盡也夫天之生賢臣不數也其生賢君又不數也有其臣有其君同鍾乎百代之精得應乎一代之運同出乎一時之閒同處乎一堂之上其心之同則如蘭之同馨也南山之蘭此馨北山之蘭亦此馨其見之同則如燈之同光也此光之照滿室彼光之照亦滿室其才之同則如兵之同利也劍之鋒斷物刀之鋒亦斷物由是決得失於毫釐之閒一人立謀一人坐斷衆方昧昧而我已了了也定勝負於呼吸之頃一人方言一人已解外方皇皇而內已帖帖也則見之同也內畫規矩不令人知而與外爲外之所爲卽內之所畫外爲方員不令人知而與內畫內之所畫卽外之所爲則才之同也臣有所取君愈明其潔臣有所擅君愈明其共臣有所比君愈明其貞臣有所矜君愈明其讓君賞臣而臣不喜君罰臣而臣不怒君欲官臣而臣不以爲恩君欲殺臣而臣不以爲怨則心之同也心同未有不盡其心者也盡其心而疑情不難破矣見同未有不盡其見者也盡其見而疑事不難覩矣才同未有不盡其才者也盡其才而危事不難以爲安亾事不難以爲存矣此之謂相知而能相與以成功者也而可易得哉古之人有其心則是其才則否者矣有其心無其才則

雖上下之情懽然相得而乖於設施勢必難濟有其才則是其見則否者矣有其才無其智則雖雄駿邁異捷出一世而微機密計對面冥冥必至喪敗有其智則是其心則否者矣有其智無其心則雖謀略相資安危相任而讒起變作君臣之交必至睽裂宋神宗王安石有其心無其才者也神宗欲爲堯舜安石欲爲臯夔相與立法度變風俗而天下紛紛十不能行一焉此謂乖於設施者也項羽范增有其才無其智者也項羽百戰百勝輔之以增漢不可當也而增每以策干羽羽輒不聽卒失天下此謂冥冥喪敗者也景帝晁錯有其智無其心者也七國之反錯方與帝調畫兵食袁盎入說而晁遂衣朝衣斬於東市此

謂讒起變作君臣睽裂者也必也齊桓公管仲乎桓公霸者之君管仲霸者之佐其能同也管仲之謀以為必尊天子然後能合諸侯明信義然後能服天下而桓公亦欲假天子以令人仗信義以自立其見同也桓公有高國之貴有豎刁易牙開方三子者之嬖而獨任管仲一則曰仲父二則曰仲父管仲亦以其一身專制齊國之政而無所讓有三歸反坫之僭而不亂富過於公室而不淫其心同也是以能相盡以共成其功而曰伯也必也秦孝公商鞅乎孝公彊國之君商鞅彊國之臣其能同也鞅之謀以為必變法而後可治法必痛而後能行而孝公亦欲朘削而治其見同也民言令之便不便於公者商鞅盡遷之於

邊城公不以為擅太子犯法刑其傅公子虔黥其師公孫賈公不以為無禮而鞅亦以其身殉國之法畜怨積禍而不懼車裂而不悔其心同也是以能相盡以共成其功而曰彊也必也先主孔明乎先主濟時之君孔明匡時之佐其能同也孔明之謀以為當先結孫權借其力以拒曹操取荊州定巴蜀以為根本而先主亦欲結孫權拒曹操圖蜀取荊州其見同也先主言得孔明如魚之得水關張之親不能間也身死之日付以劉禪囑其可輔則輔之不可輔則自取而孔明亦言鞠躬盡瘁死而後已英雄相與一片血誠可哭可泣其心同也是以能相盡以共成其功而興漢也嗟乎天之生賢臣不數也其生賢君又不數也而三君者遇是三臣三臣者遇是三君其才同其見同其心又同兩相盡以相成而稱於千古曰相知豈不快哉而還觀項籍范增之徒則此三臣三君者千古未有也又豈不難哉或者曰商鞅刑名之徒耳挾其術以亾秦國不足道也曰不然世之論鞅者多矣無過於蘇子其言曰秦天下之强國而孝公有志之君也孝公修其政刑十年不為聲色畋游之所敗雖微商鞅有不富强乎秦之所以富强者蓋孝公務本力穡之效而非鞅刻骨流血之功也秦之所以見疾於民如豺狼毒藥一夫作難而子孫無遺種則鞅實使之嗚呼其言美則美矣獨不曰始皇能修其政刑不坑儒不焚書不銷兵不作阿房不築長城不去

蒙恬不疏扶蘇不用趙高二世而秦有不治者乎鞅之為政實能使秦民家給人足山無盜賊實能使秦民勇於公戰怯於私鬬秦之彊非鞅之為而誰為之也而至於其亾則又自有亾之人焉今柰何舍其人而幷責乎鞅乎然則蘇子蓋已甚之論耳奚獨蘇子史之說亦有不足信者也史言商君亾至關下欲舍客舍舍人不知其為商君也曰商君之法舍人無驗者坐之商君喟然嘆息曰嗟乎為法之獘一至此哉夫商君之嘆何嘆也謂不知其法之若是而嘆乎則鞅豈自為之而不知者謂嘆其身之不免乎夫商君者豈必至於如此而始知其不免也商君自與孝公變法之時已當知必死於此法特以秦之為國非此

法不足以强而細觀孝公之爲人非此不足以佐之苟其法行可以强秦可以酬孝公之知而身之死何惜焉不然鞅智者也聞公叔痤與魏惠王之言而知其不能殺已豈有睹公子虔杜門八年不出而不知其能殺已也曰若是則鞅可無非乎曰何可無非也鞅假帝王之説以欺孝公假徙木之信以欺秦民假斬敵之賞以欺告奸者假會盟虜公子卬以欺敵國鞅特巧於欺人者耳豪傑之士遇知己之主外託堂廉之義内結腹心之恩言聽計從道同德合將正正焉堂堂焉卽使管子再生孔明復出尤將抑遜而過之安事乎欺人如商鞅者乎然則何取於商鞅曰吾烏取乎商鞅吾悲夫王安石也安石以聖人自負初

見神宗便言唐太宗魏徵孔明爲不足法自是其學幾至亂宋迨於天下囂然始知其不能而爲詩以詠鞅曰今人未可非商鞅惟鞅能令政必行嗚呼安石之情亦可哀已今觀鞅之法難行於安石而鞅能行之安石之法易行於鞅而安石不能行鞅之所曰繩者秦之貴公子也所刑殺者秦師傅之大臣也而當孝公之時人未有非鞅者安石欲行一事逐一人則天下未嘗不曉曉焉夫安石之經術文章果能精究古人安石慨宋之因循矯然欲立法變俗果是賢豪不世出之士考其生平於人情聲色富貴之欲果一無所好立志發憤欲大有爲於世在仁宗朝上言事書滿萬餘言其學術本末果非漢唐以來宰相所能

及而又遇神宗如是之主君臣之遭如此而算計見效不如商鞅何也吾故曰吾悲夫王安石也然則天下事豈易言哉

策二

李騰芳

古之才多乎今之才多乎何古之人所可指名爲賢者一代不過數人而後世名滿天下者不可勝數也才多者優乎才少者優乎何古人之治以一人經理之而有餘而後世以衆人馳騖之而不足也昔者三代人才之隆莫比於唐虞矣今考之經傳所載其所著名如禹皋稷契者蓋亦無有幾人豈若後世賢人君子名字滿天下若是之多者乎然禹所治之水皋所明之刑稷所播之穀契所敷之教使在後世彼一人之事卽千百人爲之不能濟也是獨何與或者曰曩皆聖人也不可得而律夫人也然若春秋之時管仲子產亦各以一人而治一國六國之時

蘇秦張儀以一人縱天下一人橫天下此亦豈聖人與良庖歲更刀割也族庖月更刀折也庖丁之十九年而一刀也族庖不如良庖良庖不如庖丁坐而思之豈有異説哉爲技有精有不精也昔者韓信用兵舉燕擊齊虜魏覆項其法易知也至於破趙其法不易知也觀史所記趙軍空壁逐信信先所遺奇兵二千人者見趙空壁遂入趙壁拔趙幟立漢赤幟趙軍見漢幟大驚遂潰當是之時趙之敗全在於此若使趙先以一半人逐信以一半人守壁則信計爲無用矣信算趙所以必空壁逐我者陣背水也趙軍見信軍背水以爲可立得信故空壁逐之趙壁空故信軍得入壁拔幟趙軍反見漢幟故驚驚故亂亂而擊之若勁風之卷散葉耳是信之妙蓋在背水一法而背水非古兵法也信語諸將以爲卽古兵法信之用兵變化古人以至於無窮精之極也精之之極古無此法今無此法則卽爲古法則卽爲今法嗚呼信豈聖人也哉謂之精不必聖人而後有也人各就其資之所能學之所會磨光刮垢洞堅達曲如是而久卽愚者亦必能得其一物之理一機之竅心手相應而精出焉精之所至於其機理之徵必至明至白至纖至備其了然而不滯於懷也若水之於雷雪之於火其叩之而響然也若數一二之數以至於十其自得於心觸物而動忽然自喜而不容已於技癢也若良馬聞風而鳴快鷹見草而奮雖其一能之細一智之小

逼而窺之亦必有異於人者而苟其無有稚視世之所貴者而效之所趨者而比之所指爲名高者而標榜之衆人紛紛我亦紛紛衆人逐逐我亦逐逐則雖號爲君子大賢而求一言之幾於徵不可也嗚呼此兩漢而下人材之所以日靡而可嘆也夫古人之精且遠者今不可得而論姑論西漢夫漢之大計未有過於定太子者也乃張良招至四皓而惠帝遂安其大亂未有過於呂氏之變七國之反也乃周勃一入北軍而產祿遂敗亞夫堅壁滎陽而吳楚遂散難處之事莫大於竇太后梁王也乃田叔燒梁獄詞而梁事遂已難爭之役莫大於開西南夷也乃公孫宏請專事朔方而西南夷遂罷難成之功莫大於異域也

乃傳介子陳湯入樓蘭郅支之國而悉斬其王夫是數者爲之而不得其道卽以禍天下可也而數子者處此或開口而決或舉足而定未見其難爲也至於東漢之患不過宦官而合天下賢人君子之力以誅之豈惟不能得而反駢首受僇於其手而漢祚亦移何也西漢之人才得其精而東漢之君子則不免於粗也夫所謂精者天下之至微至微者也我之所屏不能持之與人人之所能不可告之與我故張良之用難以語周昌陳平周勃難以語王陵亞夫難以語梁孝王田叔難以語漢公卿公孫宏難以語汲黯陳湯難以語甘延壽而東漢諸君子聚則如雷鼓則如飈醜穢天子天子畏之臧否公卿公卿徙履吁其不

可以語於微明矣不能知微是以不免於粗也蓋常反覆論之人臣之事主如手足之衞頭未聞以一手與一手敵各相齕齧而可以衞頭者東漢之天下一則宦官一則諸君子宦官張彌天徧地之網而已之所不容者必逐而殺之諸君子握噓枯吹生之勢而已之所不容者亦必逐而殺之當是之時天下之人不歸諸君子則歸宦官濁者盡歸宦官清者盡歸諸君子而漢之天子宰相不得而有其一人矣如此之勢辟如風之與濤風愈烈則濤愈怒濤愈濆則風愈張非諸君子盡殺宦官則宦官盡殺諸君子漢之天子宰相殺諸君子以從宦官則天下亂殺宦官以從諸君子則天下亦亂然宦官亦常自言省內有放縱者自可誅之我曹豈盡作惡然則得一善藏其用之豪傑內有其術外乘其會分別而裁之其禍或猶可撲而滅也而諸君子憤急峻刻相熏相扇一心之中其高如陵其堅如壁其隘如鍼孔非有世外之大人微之又微飲之以至道之藥而消其錮疾則其習必不可化然世安得遽有大人乎賈彪何顒夏馥亦皆有一得之見然未可以語大人又且不在其位若橋元者身在大位當天下已亂棲遲不去窺其意似欲有所爲者焉元之微史所不能得但讀其所載逼致姜岐一事於諸君子自來好名之習幾於一擊盡碎是可以有爲者乎然一見曹操知天下之事已有所屬而不復能爲矣吁可嘆哉夫名可得而矯也節可

得而勉也微不可得而見也見微則雖一卒之賤智過於聖賢若趙廝養之歸趙王是也不然則雖百君子不如庸人若漢唐宋之季世諸賢是也夫君子者國之所恃以治也而可少乎哉然而漢唐宋之季世又何君子之多也彼惟視世之所貴者而效之所趨者而比之所指爲名高者而標榜之安知非僞附於君子者乎若張儉一人逃死禍及萬家而尤靦然於世必僞附於李杜者矣僞附者君子何以受之曰藉以爲氣與聲也君子而藉僞附者以爲氣與聲宜乎其粗與

策三　李騰芳

天下之事未有皆得者也得之中有失存焉亦未有皆失者也失之中有得存焉善取者常因人之所失而取之以爲己之得善守者常防己之所失而守之以毋爲人之所得蓋嘗觀之弈者矣雖有國手未嘗無敗著也特所遇者皆庸人故不能乘其閒而取之使之得有所暇以自完而此庸人者亦未嘗無勝著也特其智術寡昧不能閒敵之隙而已之有隙又常爲國手所得是以形見勢屈而至於敗若使庸人能細觀國手之勢遇其閒而卽取之使之不得從容以自布則國手亦未必遽勝而又能謹持己之閒毋爲國手所得則亦可以不敗嗚乎庸人者而

無閒國手不可得而敗也國手而有閒庸手亦可得而取也然則天下亦何常有難爲之事哉視其閒而已矣閒者何也事之機也閒何以謂之機也得失在於毫釐之閒所以曰機也得失在於毫釐之閒何以辨之辨之於先後緩急而已何以則先何以則後宜先而先宜後而後而反之則失何以則急何以則緩宜急而急宜緩而緩而反之則失古之人機之未至不敢先也符堅敗於淮南以千餘騎投慕容垂垂子寶勸垂殺之垂不之聽赫連勃勃厲兵秣馬既據安定以關中讓劉裕而不之取是機之未至不敢先也及其既至不敢後也慕容垂一入鄴中遂斬吏燒亭而去劉裕一出長安勃勃遂斷青泥之路是機之既至不敢後也機有當急不敢緩也曹操與袁紹相持於官渡問計於賈詡詡曰公所以半年不決者顧萬全故也若決其機須臾可定孟達與申儀有隙諸將勸司馬懿觀望而動懿曰此相疑之時也宜及其未定攻之倍道兼行八日至其城下是機之當急不敢緩也及其當緩不敢急也袁尚兄弟奔於遼東或說操遂往征之操曰吾方使公孫康斬送其首已而果然諸將問操操曰康素畏尚等吾急之則倂力緩之則相圖也司馬懿圍公孫淵於襄平淵恃水樵採自若諸將咸欲取之懿曰自發京師不憂賊攻但憂賊走今圍落未合取小利以驚之非計也當示無能以安之是機之當緩不敢急也古之人見機之明而先

後緩急之閒尺寸不爽如此是以能無敵於天下也或曰此後世攻劫矯詐之事耳三代之得天下以仁亦有是乎對曰夫仁者有所不忍之名也醫者不忍人之病而投之以藥仁者之事也然其法有當攻者有當補者有當先補後攻後補先攻者有當急攻緩補緩攻急補者不明其法而倒用之則實足以殺其人而已矣然則仁者之爲仁亦何可以無機者昔者武王聖人也武王伐紂觀兵於孟津諸侯之會者八百武王還師而歸居二年而後動夫其還也必以爲機之未可也其動也必以爲機之可也然則聖人舉事亦未必不審於先後緩急者也特聖人之大不若後世之小聖人之正不若後世之詐耳而以爲無機

則無是理也或曰是用之於亂世也非用之於治世也則又不然夫所謂治世者非能寂然而一無所事事之世也不能寂然而一無所事事則何可頑然聽其事之自成自敗而謂之無機也夫四夷之不賓盜賊之不戢堂廉之不親法令之不擧君子之不進小人之不退皆事也皆事則皆有機也皆有機則爲之皆有先後緩急者也然丹之見楚靈王也靈王曰吾使人於周求鼎以爲分王其與我乎對曰與君王哉又曰鄭人貪賴其田而不與我我若求之其與我乎對曰與君王哉當是之時丹與王言如響及見左史倚相而始稱祈招之詩也是然丹之言固自有先後也子晳橐甲以見子南欲殺之而取其妻子南執戈

湖南文徵 卷十 策 三二

逐之子産曰罪在楚也執子南而放之於吳薰隧之盟子晳强與子産又弗討及子晳疾作子産在鄙聞之忽乘遽而至使吏數之縊於周氏之衢而加木焉是子産之事固自有緩急也夫子産子革之所爲其小者也而尤不能違於先後緩急之機如此則其大者可知已古之天下今人有之今人之事古人有之宜其能爲而莫之爲者豈皆無機之可爲乎抑有之而不見乎抑見之而先後緩急之間錯愕而不能決乎夫見機難決機又難今有二人焉一人方靜一人無故而動無故而動必見其有故者也忽然無故而見其有故則動者豈不難然一人動矣而一人靜者方晏然而以爲無患其晏然以爲無患者又必有見

其無患者也則靜者豈不亦難嗚呼此非天下之至明不能見也又有三人焉一人言靜一人言動此一人者聽此一人言靜者之言則靜者是也聽此一人言動者之言則動者又是也欲從其動則失夫靜欲從其靜則失夫動而此一人者斷然動而不靜斷然靜而不動又豈不甚難嗚呼此非天下之至勇不能決也以其至勇而運之以至明以其至明而將之以至勇其於先後緩急之機庶其不失矣乎雖然先後緩急分而言之則爲機者萬也合而言之則爲機者一也今謂之先又謂之後謂之緩又謂之急而先復有後後復有先急復有緩緩復有急其爲機豈不有萬然從其先則棄其後者矣從其急則棄其緩者矣

湖南文徵 卷十 策 三三

其爲機豈不至一昔者司馬懿預爲三策以料文懿然未嘗有三策以應之也但攻襄平而已侯嬴爲二策以送公子曰使如姬竊符使朱亥擊晉鄙然擊鄙者卽以成其爲竊符也非二策也嗚呼此又天下之至明至勇者所當知也

第四　李騰芳

本朝之興二百餘年矣．祖宗之紀綱法度．上下相承內外相維．絲牽繩聯無一不貫而又加之以列聖寬大恭儉之德浸灌於人心故其民無不務本好義竭蹶以供租稅而重犯法其士大夫無不忠信守道潔己奉公而憚於清議．內無盜賊之變外無夷狄之憂而又無彊臣猛將大家世鎮之禍四海之大九州之遠一紙之詔三尺之童子馳傳而往．而天下莫不奔走而響應．蓋所謂太平之盛二百年於茲矣考之三代而後漢唐宋以來．其治安未有若是之長久者而惟其久安而長治也故政教日以凌夷風俗日以放失人心日以刓敝雖曰上下相承大小相

維．而其實朝廷欲行一事建一令．則設施措置之閒常有蹶蹩不舉之處雖曰民生竭力以供賦役而其實饑寒困苦比屋竊歎常有疾視思亂之心雖曰士大夫忠信守官而畏清議而其實騖於遊譚養交莫肎舉其職守雖曰無盜賊夷狄彊臣猛將世家大鎮之患而其實帑藏不足於積貯兵力不足於戰守公卿大夫文武吏士莫不苟且以塗歲月而無一決然可以自彊之圖不幸而有山林小民之英雄一朝崛起則天下之大不知所措然則本朝所以長治久安之術固有不足恃而遠憂近患將有不可知者矣辟之操徹舟以遊於江海時有震風怪浪之變則必至於胥溺而不可捄而幸而無事其勢亦不過可以支持旦夕而止而震風怪浪之變亦何常之有哉．然則如之何而後可夫舟之徹也更置其舟而已法之敝也更置其法而已．而還以觀於今之法度未常不具．祖宗之所刱建曲折纖悉未嘗不可考而行之．而其所以蠹壞刓落莫之捄正者何也．夫更制議法矯世拂俗以求合於治非眾人之任也修之朝廷授之有司推而行之於天下非一人之智也今之人才喜靜而惡動喜譽而惡誹喜敗而惡成喜坐談而惡實事法之所患者苟且也而彼樂於苟且法之所患者因循也而彼樂於因循然則朝廷之上雖欲大有為於世更制議法矯世拂俗以求合於治而誰有與之慮其始而共其成者豈惟無有與之慮其始而共其成

而僥倖偷惰好為議論之人又將紛起而持之由是而言則今之敝不在法度而在人材也而人才之所以敝其日久矣愚請條為六說以荅明問其一曰古者公卿大夫有公卿大夫之職士有士之職士之材未必可以為公卿大夫而公卿大夫未嘗不可以為士公卿大夫而為士則必俛然盡士之職而士進而為公卿大夫則亦終其身踴躍於功名而不勸今之吏自一命而上見公卿大夫之所為莫不相與咨嗟歎息以為非是幾欲攘臂而取之而已之職守則肎越而不顧故典兵者未嘗以不知兵為憂明刑者未嘗以不知刑為媿夫其攘臂也莫不以為賢而肎越其職守也則莫以為不肖今日而遷一官明日而改

一職漸進而爲公卿大夫官高而意得則其人莫不倦而前日之心息矣故今之人官小者未嘗不矜奮而官大者未嘗不遜謹其故何也彼其矜奮者或非其衷情而假以爲名也至於尊膴而重失之矣今朝廷之法未能有以激發大臣之心使之踴躍於終身而不懈則雖欲以杜小臣之議而不可得而又無以變易小臣出位之慮使人各兢其職則人材無由而得矣其二曰譽望者士大夫之所貴也功實者朝廷之所貴也譽望可以襲取故士大夫貴之功實不可以倖有故朝廷貴之今夫煦煦然而名爲仁孑孑然而名爲義此雖庸人可以襲取矣而明法制以尊天子本學術以安天下從容談笑而繁劇紛擾有所不

能亂謀定神閒而死生利害有所不能恐在朝廷而百僚肅在邊鄙而四夷懼此雖賢者不可以倖能矣而世之用人乃好以譽望加於功實之上以其所襲取而易能者而奪其所不可倖能者故夫好名之士嗜進之徒往往趫宕挑達造作名譽以自標榜而士之不得志者藉其題拂以爲聲光如是人情莫不翕然宗之其譽望可以立成高官厚祿可以坐得時方無事高議廟廊之上而人主黜陟之柄士大夫臧否之權皆得竊之以爲己私一有重大之責非常之虞則莫不嚬蹙嘔噦顚倒而莫知所出而流俗之議尤終不悟其非所謂賢者未能知其何事以爲賢所謂能者未能知其何事以爲能而虛譽混淆人材無由

而得矣其三曰古者進一人而人皆以爲勸退一人而人皆以爲媿今之用人專以年資積日持久則其人莫不以爲當得鄙使增秩拜官動以千計而未嘗以上爲恩一或留滯則遂至於怨懟而不自禁安坐以待遷而未嘗以其職爲事今之留滯者多矣故賢者益束縛於其故而無以自異而不賢者則亦得以年勞之久取憐於人而僥倖以自免主爵者苟倖其可以自得於朝廷則次第而進之而至於任使之不當其材不暇計也故一官之缺牽復扳引以求之者不啻數十人而至於文武大吏內外要職高出乎公卿之所舉者宜乎其無議矣而亦有大謬不然者蓋近世專以彌縫姑息爲政舉得其人既無薦賢之賞

不得其人又無連坐之罰故今日舉之明日而敗不以爲怪而在位之臣無復有留意於人材緣多者先軒緣寡者後輊而人材無由而得矣其四曰古者因民設官因官擇人因人責事故事治而官簡官簡而民安今之事有限而士之當爲官者無窮有一署數人共治之事而不足於一人之爲者有一人一歲所爲之事而不足於一日之爲者舉世皆明知其然而苦於士之當得官者衆因仍積聚不能損減故士益多於下而官益多於上彼此相窒辟之羣千百人而相與出於一徑肩相摩也足相躡也前者未去後者復來而猶欲責之以禮讓禁其奔走矜踔爭先而求進也其可得乎故今之爲吏者雖一資半級之間紛

紛營營不能自已而朝廷既無以精之於始又無以嚴之於終天下之吏犯法者衆而以罪免者少是以吏之舞手而害民者益莫之憚雖有考課之法而其實惟詳於小吏而略於大吏夫大者詳則雖有不詳而天下之懲者必多大者略則雖有不略而天下之懲者必少不肖者不懲賢者不勸而人材無由而得矣其五曰古之爲士無一不貴於學而所以治天下國家之道亦無一不出於學故學者其在堂戶之上而四海九州之業萬世之策皆得其出而履百官之任治天下之事則隨所施爲無不可者其素所學問然也今之學取科舉課試文章而已其所誦習者無一有當於天下國家之用而其爲文章也則又人摹

家襲無一語能道其胸中之所得者而近日慮其詞之詭也則又嚴爲之禁使士不得讀它書而專致力於傳註夫其爲傳註者皆已善矣不過一章一句訓詁之學而茍其止於章句也則士雖至愚亦可以朝夕讀之而了然矣又何事窮年之矻矻乎夫惟士之愚者可以朝夕從事於此而高明之徒則其精神愈無所寄所以日趣於怪誕而不能已今曷不誘之以多讀古人之書凡聖人之經百氏之言前代之事當世之掌故天文地理樂律工技器數之博皆得分門而試之士之能兼通者列爲異等待以不次非常之用而其不能者則亦隨其所得而錄之如此則士雖欲騖於怪誕而力有所不暇及而國家亦可以開得博洽有聞之人而爲之用今不知出此徒慮其放逸也而謹束之又不教以古人爲文之法使之自知其邪正美惡之實而徒較量於一字一句行之十年將使士人盡不讀古人之書盡不知文章之正而人材無由而得矣其六曰古之取士或於庠序學校或於府史胥徒或於布衣草野或取其德藝或取其文詞或取其智計或取其口辯或取其拳勇非一端也今之取人惟有科舉之學雖曰三途竝用而其實惟進士之一途至於明經之士則皆耳目昏塞筋力疲倦之人朝廷養之以廩餼升之以吏祿率一歲天下數千人而無所得其一絲一毫之用若府史胥徒之屬則又皆才行無賴不復有高人之意而朝廷亦擯之

於流品廉恥之外然亦歲費在官代耕之祿養之以爲簿書法律之奸舉天下數十萬人而無所得其用自是而外則有武舉然求之不過以弓馬策試而其以弓馬得者多山野市井之麤材以策試中者則記錄士人牒括之殘餘已耳是亦未必可用然則豪傑異常之士跅弛泛駕之材茍不幸而不得爲進士則朝廷不復有以網羅之而人材無由而得矣凡是六者皆足以爲人材之害則人材之衰亦何足怪而人材既以不足則朝廷之上欲以一手一足措置天下之務而其勢必有所不能吾故曰雖欲大有爲於世更制議法矯世拂俗以求合於治而不可也豈惟不可以更制議法矯世拂俗以致於治而一旦有社稷

封疆之事有四夷盜賊之變則又將何以待之蓋昔者唐之元宗以身定天下致太平者凡四十年而祿山之亂則自河以北二十四郡無一可仗之人嗚乎國無人才其禍如此而處今之勢安危治亂之象固可得而見也而朝廷上下方泄泄焉不亟以人才爲意何哉苟以人材爲意則愚所云六者亦當深思而亟圖之此其時矣

法祖策

蔡承向

履鴻圖昭燕翼者先世之宏模也豈蹟是務託將神實奇之紹前休繩祖武者後王之令圖也豈蹟是務循將神實通之蹟之弗循而妄意紛更縱制作跨軼千古匪以慰啟佑之思矣神之弗通而藉口由舊縱規矩不失尺寸匪以稱繼述之善矣故書曰有典有則貽厥子孫語善繼也曰視乃烈祖無時豫怠語善述也總之法其勤思其謹神而明之心源意緒奕世相通庶有以紹承先德於無窮矣高皇帝英武開基神明肇統一時著爲令甲蓋已殫精竭神備法盡制後世無以加焉列聖相承守爲憲章雖寬嚴不同功德各異而要其敬天勤民治政則固祖孫

合轍先後一心者其足爲嗣世法程至明也皇上纘基御歷仁明在宥兢兢嗣服前烈載光蓋二十六年於茲矣頃者天災頻仍四郊多故乃皇上復尚精內攝百司庶府不得望穆穆之容至山陬海隅執固陋之心謂皇上獨法肅皇夫肅皇諸所悏居未易縷數乃敬一一箴精神命脈眞有足以上通烈祖下啟嗣服者儻郎今事質之其能一一無抵牾乎故爲居高拱雖恭默之思如是而垂旒凝裳亦臨涖之道宜然今以希清淨甯一之象則得矣以語憂勤惕厲之心恐未也況皇嗣建矣而位號未宣賜環夥矣而廷推尚閣邊餉急矣而礦店之使紛然四出讞決詳矣而草菅之怨愴然動心有一於此其於敬一之義何居

恐亦非肅皇家法也・故彼居簡而我得其所以爲敬・彼居逸而我得其所以爲勤・則法一祖・卽所以法諸祖・如徒任一己之情而縱其欲・借先人之軌以行其私・雖云法祖・而聖祖神宗之貽謀所望於後人纘承者・豈僅僅若是・孝子慈孫之緒業・所以紹述前人者・又豈僅僅若是・皇上試內度諸隱微幽獨之地・外度諸見聞耳目之間・務使其心常如祖宗啟之・其事常如祖宗鑒之・則世德之垂在是・而九廟之靈・萬夫之望・胥用以慰矣・

兵農策 崇禎癸酉第二問　陶汝鼐

古今有兩大事・不得不合・而亦不得不分者・兵與農也・古人以蒐苗獮狩講武・而兵農合・其必井田舉矣・其後以戰勝攻取爲術・而兵農分・亦必其阡陌興矣・然則周之所以興・秦之所以亾也・王霸非不共圖富強・而所爲富強者異耳・不然・彼車攻旣槃玁狁・薄伐亦豈能驅市人而戰・摶泥沙而食乎・漢所以用積儲之議・而屯田實塞下也・其最著者・趙充國以河西之地備諸羌擊先零・罷騎兵・屯田以待其敝・然其實卽孔明圖中原之策也而其地如祇棗許下・雲中・漢屯終不過數郡耳・唐沿其制・變爲府兵・以世祿贍民業・錯犬牙於畿輔・獨郭子儀躬耕河中以爲

士卒先・兵始不乏食・而當時唐屯九百七十二所・不可謂不廣而無如鮮實效・何也・矧宋之屯止於數路者哉・澤潞之兵・其不得食於此審矣・卓哉國朝之議兵農也・自九邊而外・郡縣散置衞所・以處世職・而制田爲屯・以蓄軍需・是處處有兵・處處有餉也・而一視京營操七屯三之法・卒不耗業・粟不廢輓・酌古今全勝之算・莫踰於此・而今天下東西交訌・萑苻四起・兵使者按籍而求・驚恐牒矣・執事欲合屯田以課而專練衞軍・誠盛慮也・夫召募誠萬萬不可行矣・無淮陰之謀而思其浪戰也・非金城之績而責其墾屯也・神廟時數萬錢不委於市・猶乎則卽所言備軍一事而策之・練衞軍先宜練衞員也・兜鍪之子・世食其糈・而

弭盜策　陶汝鼐

君子之佩劍也，不能必吾器之不割，而恃吾有以藏之；其張瑟也，不能必吾指之皆和，而恃吾有以調之；其治天下也，不能必吾民之不亂，而恃吾有以防之。三代而後，民脊脊焉易與爲亂，斬木揭竿，先自負其魚亂鹿駭之性，以待走險之鋌，如茶之綱爲誠難爲哉。執事乃於策士終篇，詢所爲弭盜安民之計，舍邊揷而憂內召之變，是發心腹之劑也。夫揷之來有情形，而盜之來無情形。揷之化東，東之化虜，僚卒之化爲敵，有疆域；而民之化爲盜賊，無疆域也。故曰：天子有道，守在四裔。今不幸而蠢賊其中，萑苻乘其變矣。滇南一酋，特撫臣彈壓之不力，可以尺組

而繫者，亦糜如許金錢，其實疥癬也。而獨登萊亂卒，應青海之鯨氛；關陝饑民，燹苕華之牂首，以至漫衍山谷，禍延晉中，使梗黃河則斷東南之臂，據洛陽則當天地之中，九連闔廣，好徒呼吸以爲聲息，將調庸何路，撫剿何策乎？然總恃皇上威靈，此輩皆屠狗無賴之人，如狂猘捉吭，游魚投釜，智勇不及此耳。倘能定之，亦僅一撫臣力可耳。而今日非不示撫綏、言安輯，而民不聽監司守令，聽盜賊者，知此皆平日鞭笞我、追呼我、離散轉徙我之人，所謂爲盜死，不爲盜亦死，所以陷於亂而不返也。彼龔遂、崔鄲之術不尙在乎？獨不得武穆之平洞庭，赤心英武，斬羣盜而痛飲黃龍爲快耳。今明問所云監司守令未盡得人，誠然

弓馬不精，韜略不講，而何以簡士卒也？則比試之宜嚴；練衞軍先宜汰衞伍也。羸弱之夫，影占之籍，而桃李代殭，牛馬代呼，而何以實行伍也？則選鋒之當備。此猶易易也。數十年開屯田，子粒雖係於軍，而實半爲豪右之産矣。軍固爲子虛，而屯亦爲畫餅。其必清屯還軍，而不激變於民可乎？詰戎徵餉，主於兵使者，實不禁武弁之饞矣。餉固以折色而不果軍之腹，兵又以當操而無力田之心，其必勒兵還屯，而不求折入於官可乎？數者舉，而軍政肅，軍旅整，晝則面相識，夜則聲相和，不出閭井而帶甲數百萬，無勞牛酒犒矣，事不亦簡而易就乎？愚竊復有謬論，欲表輸金鬻爵者，以開屯若干授若職；欲寬吏應城旦軍戍者，以

開屯若干抵若辠，有不走塞如騖者哉？未知可當芻蕘之採否也，姑引其端以俟司計者審焉。

矣謂文綱拘攣得人未盡用誠然矣而第所爲根本之圖可以意斷何也生楚人即以楚事斷之楚地遼闊千里山藪阻深五溪八蠻土司之搆釁未已江黃臨藍剽悍之嘯聚方雄一守令而日事敲撲而上官日復責之逢迎司農復糾其賦額衡湘民疲不足挹其衝矣而全楚新餉已至五十二萬八千楚其竭澤之國乎則請廉幹吏以與民休息繕城池備賑粟一也練壯阜簡訟獄二也抽選民閒技勇如才官散騎者統之量爲授糈漸消其叫嘷亾賴之氣爲精銳三也百官述職在指日願皇上久任廉幹守令責以此數事其不在楚者可類鏡矣化豺虎爲日月別鸞鳳於鷹鸇何須問黃巾赤眉哉

湖南文徵卷十一

湖湘後學集編

議　明

治河議上　劉堯誨

國初宋公禮開會通河沿元人舊渠自安山以北入於天津渠道尚可循所有功力不貲禮之功在漕河者惟南旺湖及濟甯天井閘以南而達於淮其利益國家而功倍於故元者初元人止導汶水而障堰之西南行耳禮引沂水洸水入於泗以會於漕又引鄒縣之淵源泉九引泗水之下莊泉三十入於泗引蒙陰之官橋泉四引曲阜之柳青泉十八入於沂達於泗同匯天

井閘以成漕渠又開濬南旺湖周迴百五十里匯平陰泰安東平等泉百而設南北閘以分流之北入安山舊道南過濟甯會天井閘諸水下徐呂同爲淮河入於海故我朝漕運止藉山東諸泉而不敢引大河以爲利也山東諸泉亦自足以潤徐呂而成漕渠可以不求濟於河也至正統戊辰黃河決張秋害及運道以後漸宏河入徐沛宏治六年河徙黃陵岡決張秋奪汶泗之水東行而運道阻絕當時議者主於上流分殺河勢既鑿孫家渡口導河南入於淮又開趙皮寨口導河入亳泗歸宿以會於淮又疏賈魯舊河由曹縣梁靖口出徐沛入運河過二洪以會於淮於是二洪藉河勢而爲厲也第上流既分大勢自弱徐

沛之閒雖有河患不甚以後治運河者漸失國初作者之意導口既塞而支流未分會全河之水以入於徐泗而議者乃曰治運河亦過矣夫運河何憂不治也我成祖亦未嘗以其憂貽後人也導河入徐呂而數蓬其害此是後人失策今唯求其所以害運河者而遠之固所以全運河也又何治焉近者工部朱尚書以黃河侵囓沛縣切近運河乃徙運河而東五十里以上接於濟而下通於徐其意主於遠黃河也可不謂知耶然愚以爲當以黃河遠運河不當以運河遠黃河以運河遠黃河則凡黃河之所能至者皆當遠而避之此不東走海南走山耳故以起膠萊之議而有泇口之役也矧所避者止沛縣數十里耳而徐

邳四百里之河患固在也以黃河遠運河則上流歸德蘭陽趙皮寨口原係河流入渦淮故道去其淤積排決之耳無有泇口之斬山焚石也順其去勢利道之耳無有膠萊之穿渠亂海也計不出此而亟亟壘隄以障河愚以爲黃河至於徐邳如大軍既敗而潰雖有善將勢不能制約雖有銛鋒淬刃勢不能使之就行伍也故令之築隄以防河無以異於銜木以塡海盡徐淮之土亦無益於河且所築之隄基廣二丈崇七尺勢不能加矣徐邳每至伏秋之時白浪如山拔地數仞則仗隄土寶以決其怒而恣其暴也昔師丹有言按經義治水有決河浚川而無隄防壅塞之文是得禹貢遺意而於今尤爲對病要語

治河議中

劉堯誨

今議開趙皮寨口將尋亳泗歸宿故道以分殺河勢難之者曰河入趙皮寨經歸宿出宿遷會於淮而同入於海恐河勢趨南之便而東流入徐濟之路艱將來二洪淺涸則運道爲梗又曰將不免爲鳳泗諸陵寢憂此皆臆說也夫鳳陽卽古塗山荊山地形勢最高而府北鳳凰山一帶皆阻山爲險自有淮水以來所經歷鳳陽境至今陵谷不稍變遷此其彰彰者也況皇陵在府城南又二十里當洪武二十四年河決孫家渡由中牟項城入鳳陽界過潁州潁上至壽州合淮水歷懷遠以達於泗是以全河灌鳳陽背城而下當時未聞波及爲害以危動陵寢矧今

分流入歸德過宿州符離集出宿遷口遠者二百里近亦不下百餘里此事之必無恙者而以勤當事者之憂豈我聖祖之念皇陵也不若後人之異甚耶乃若泗州去宿遷止四十里黃河由淮以入泗與夫由泗水以會淮一也所慮寨口既開大河南下歸宿遷有二洪淺閣之虞是以二洪待河而轉漕故愚以爲失作者之意也先時總理河道劉公天和有云漕河本不用黃河之水自淮達濟一路隄防正恐黃河衝入爲害今徐呂二洪以下一向反用黃河之水而忘其故及水不來則用工挑濬以引之來此卽所謂以病爲藥也如酒本傷人之物而耽酒者一向沈溺於酒反以酒爲生一不飲酒如欲斃矣此剴切善喻是

究極宋公本意者·豈近時治河諸公未之聞耶·乃若所以為二洪盈竭者·責在山左諸泉·而宣節泉流者又責在理漕諸吏·國初浚會通河而開拓南旺馬腸諸湖·正欲廣受深貯以待旱乾不時之變·故南旺湖周迴一百五十里·濬深者丈餘·淺亦不下五七尺·內築長隄者三·漕渠貫其中·西隄開斗門以時蓄洩·號曰水櫃·每二年一大浚·役夫萬餘名·而以為常·此不特為迺竭之備·雖伏秋淫潦·諸泉暴發·得湖以為壑·則不泛溢四出以為東土之災·厚積而徐出之·又自足以平二洪之勢·計亦周矣·百年以來·既浚不時·湖勢日蹙·高者為坡阜·下者長洲渚·不復有所謂昔日之全湖矣·抑且徂徠諸山厲禁漸弛·各泉溝道率皆

填壅不治·每遇水潦·則平地盡湖·而無專受之壑·稍亢陽愆期·則湖底飛黃埃也·議者不原其始·而遽以山東諸泉謂不足以潤二洪·而必藉黃河以為利·人之識度·豈不大相遠哉·且運河設閘壩·各有淺夫若干名·以淺名夫何也·近時有事漕河者皆利於築隄·而不利於浚淺·蓋高可以偽增·而深不可以偽·及故隄日高則湖日淺·水無所受·勢必潰隄而出·隄潰而委之於湖·則築隄固所以填湖也·且非獨此也·凡漕渠皆然·今高郵寶應諸湖隄內高於水者不滿五尺·而外高於平田者則八九尺·三百里大湖·如支閣在地上·稍一搖涚·則崩瀉而不可禦·所以淮揚多水患·而說者以為天數·豈非妄哉·愚嘗周歷於淮梁宋之閒·而以中原之地勢測之·大抵河之南岸高於北岸·歸德蘭陽之閒·又漕單徐沛之上遊也·宏治閒河決張秋·奪汶泗以東行·當時諸臣議築塞·唯荊隆口隨築隨潰·於是開孫家渡口開趙皮寨口·又鑿賈魯河·皆導河使東南行也·如此則河勢分殺而安流矣·明年秋水漲發·河仍趨北·而勢將復犯張秋·故都御史徐恪以為言·乃從荊隆口至黃陵岡之北築隄二重·各長二百里·以護決口·而劉公大夏等得以成安平鎮河功·而全運道·豈非河地南高之驗耶·嘉靖甲午年閒黃河徙蘭陽寨口·直趨亳泗歸宿·不復入於徐·以致二洪淺迺不可漕·後之理漕諸臣乃一意開梁靖等口·導河而東·並出於徐沛之閒·又鑴廣二洪

隘石而平之·以便漕·故河勢東下之利·合流傾注於徐沛·而趙皮寨等口以漸湮塞·河不分流·而亳泗歸宿之故道失矣·嘉靖壬子閒都御史詹翰復請開趙皮寨口·不果行·明年又申前請·遣使視河·上而以工費鉅大為辭·陵夷至於今日·其計無復之矣·夫河性至湍悍·必有以瀦之·則緩其性而不為暴·有以分之·則殺其勢而不為暴·古今治河無出此二者·故漢人有言·河南岸強則攻北岸·北岸強則攻南岸·南北俱強則下流受傷·今日之治河·正犯此戒·宏治閒以黃河之北犯張秋也·故強北岸而障河使南·嘉靖閒以黃河之南徙歸宿也·故塞南岸而障河使東·今南北俱強矣·所以淮邳上下毒遭全河之害·而為運道憂

也夫漕單鄆濟之閒如鉅野梁山泊等處汙澤窪下昔人於此以瀦河也自荆隆等口重隄以障之則河水不得上溢於鉅野梁山之閒而有所瀦矣孫家渡及蘭陽趙皮寨昔人於此以分河也自決口塡閼棄而不治則河水不得南入於渦淮而有所分矣旣無以瀦又無所分洪河萬里又會番漢川澤之流而迫束於二洪之閒以激其怒此不盡吞邳淮化而爲溟渤者未已也故今日議治河不開趙皮寨口不濬亳泗歸宿舊渠雖使大禹臨河亦不能救徐邳之害而賈讓谷永諸公但祟空語耳亦何爲耶

治河議下

劉堯誨

夫河北數十水而沁爲最大河之南數十水而汴爲最大汴水出大周山會須水索水京水鄭水入祥符東南會蔡河以入於泗宋人於此開渠以通淮泗曰通津渠亦曰會民河是宋以前河東北流而不受汴水也沁水出綿山合大原蘭水白水丹水蘆水出懷慶濟源元人郭守敬於此開渠引沁過新鄉歷胙城至汲縣入衞河以達於臨清曰御河是元以前黃河東南流而不受沁水也今汴沁皆入河矣宋自熙甯河始分爲二其南入淮水者受少半耳今考黃河入淮之路一自中牟過項城入鳳陽而下卽洪武閒河決孫家渡口之路也一自開封蘭陽至虞城經徐州而下卽今河出徐沛閒之路也一自歸德過宿州符離集出宿遷而下卽今趙皮寨上下之路也自宋以來五百年黃河入淮雖轉徙不常總之不出此三路而欲分殺河勢者亦不出此三路乃若合全河之水又會山東諸泉而盡輸於徐呂以會於淮此則從古未有事也孫家渡口自正統以來凡十餘浚矣隨復淤塞故今議分導河流計無便於開趙皮寨而寨口所從之路唯宿州符離集爲正道且自宿遷出口入海不復過鳳陽泗州矣汴沁故道可以講求而復汴沁復故道是斷黃河之內應也而沁水去河止四五十里萬一徐邳道梗則由江之淮由淮之汴由汴入河過沁放流而下達於衞會於臨清此亦

轉漕一奇策也淮水由泗州導之南過盱眙經天長界至六合出瓜步口會大江尤徑易在昔隋開皇開引汴入淮通邗溝及唐人魏景倩開直河引淮至黃土岡通揚州今埠岸道里皆可訪求得淮入江則中原徐鳳千里之閒永無水患而因山川自然之勢於運道尤可久也且省淮揚高郵寶應一切閘垻湖坊官民之費而以二湖給民田多穿渠道南北分流之則淮揚亦永無水患也此皆按地形指畫據所嘗陟歷以考證今古豈以窈然決事亦豈以疑事嘗國家也耶冥悉又有慮焉國事以民爲本今所治在運河是不免以中原徐淮之地爲壑而諸臣之有事於漕運者一隄之外皆鄰國矣此非唯不足以慰民志尤

非所以上荅天心水之爲災也固宜昔漢武塞宣防躬自沈璧而諸臣親負薪者凡以爲民也今即使運道通利而徐淮萬姓之墊溺中州千里之汙萊將聽之耶況運道原不煩治能疏導河流使民得宅土處業則運道自安流也第緣近者膠萊河之議泇口之役初或未審諦言出而竟阻抑不行恐後之抒謀任事者不敢自必也蓋土著之民多不利於其鄉有此功而守土之官尤憚以其身而受此役其餘徼天幸以待遷者概今之人而不鄰視國家者幾希孟氏有言及是時修其刑政夫政之大者孰有過於漕事乃若其時則無復有暇於此者失今不亟圖之一旦不偶則轉餉艱危徵發旁午雖欲定計舉事可得耶

征丁議

李騰芳

爲備條征丁末議以求采擇事考之三代司徒之職鄉大夫以歲登其夫家之眾寡辨其可任者國中自七尺以至六十野自六尺以及六十有五皆征之此丁之所自始也漢初爲算賦人年十五至五十六出錢百二十爲一算唐初民年二十爲一丁六十爲老宋法如之而征丁者論戶口不及土田徵糧者論土田不及戶口此一定之制也今以爲老生常談不必論已若本朝賦役之法極詳而專重黃冊黃冊之設專爲審丁若田糧則只計其推收而賦之多寡已定於初不必十年一審矣今載在會典者各項差役有銀力均徭等件近歲始通融爲一條編而

有丁無糧者仍納丁銀有糧有丁及糧多丁少丁糧俱多一切照丁糧辦納此今天下同軌同文之制豈亦可以老生常談吐之乎本縣官民恪遵已二百餘年而忽自丈糧之後有攸縣令董某者來查丈糧冊遂欲改派每糧五石兼出一丁之銀而盡銷舊迹以爲可以市恩於無田者矣邑人不肯奉行東閣洎今幾五十年所但徵糧銀置丁不問所以得不問者以條編內有楚蘇京布二項自來徵解不完故即以丁銀充作虛數而苟且塗塞耳凡民但見目前無徵丁之利故相與以爲便安而豈知今之楚蘇以作木價致老父母且不得考滿而繰動循良之心有如是乎此生等所以前日合詞奉白而求癸未年老冊以爲

根抵加之潤澤庶幾有利無弊可爲永式不謂老書閑冊竟不可得今尙紛紛無定論也其說大約有二皆不察其始終利害而狃於一得者一則細人之說一則君子之論夫所謂細人之說者以爲邑糧每歲而三限之每一開限不過旬日遂告竣事明年初限今冬竣矣則何不以丁銀加之於糧咄嗟可辦而諄諄考圖冊索戶口問逃亡偵隱匿何時而定乎此其說便於里遞中平戶胥庫役而非所以爲邑計長久也何以明之夫本邑之田猶之今長善之田其瘠一也本邑之民其初亦猶之今長善之民其不完糧一也自癸巳後更何本江姚渥源包儀甫三四父母苦心均較生等人人獻其贅說盡去吏書龍頭鱔尾過

海買比等法及歇戶包攬解官乾沒等弊開花戶自納之實數疏遠年墮徵之積苦竄深山密箐鄰邑極遠之民以一人而頂一族一年而兼帶十年之徵勢不能完之狀而爲之備細調停又身自重價買田先期完糧以爲之倡始有今日今計田一畝酌七八九納之衷而加以水旱拋荒所收不過五斗爲糧一石則徵糧已盈一兩穀賤則所糶不足當完糧之半而幸遇穀貴之年農夫終歲盼盼曾幾何而上司禁革搬運之條下矣苦哉曾記當何父母在事每石徵銀不過三錢五分至姚渥源增至五錢今遞加之數尙未有艾脫黠事息肩無日而我楚剝膚竝深則異時潭之有田者不至如今之長善一望數百里而盡棄之素封大家化爲逃人不止也且何論異日現在某年某里某人今已積欠至幾百金久監無措則謂今之糧易完而可以丁銀加入之何傷此所謂細人之說不維其始終利害而狃於一得者也夫所謂君子之說者以謂我有田一畝不過加銀三釐而丁額具矣今之有田者皆巨室富人稍損其毫釐以卹貧寡何不可而爲寡丁者或嫠婦或黃口或疲癃殘疾衣食無聊之人至於賣兒貼婦不勝流離若其絕戶逃亡則又何從賠代此其事亦或有之事其心亦惻隱之心而其言固爲君子之言然於事之實理心之仁愛則亦尙未盡也何以言之今之有田阡陌爲糧百數十石矣然豈無有薄田數畝爲糧升斗而爲嫠婦

爲黃口爲疲癃殘疾衣食無聊者乎巨室納糧者其正徵上庫及南兌各倉解運幫貼皆有定數已而彼之有糧升斗其爲嫠婦黃口輩者其所費亦豈有定數乎一收之不足而再收一科之不已而重科豈無賣兒貼婦痛苦無告有同於寡丁者乎此所謂事之實理而仁者之心何以不忍於彼而忍於此若曰此實有田則將盡鬻其田而後可乎亦未免於不仁矣況乎窮鄉極壑有田不與大戶鄰而鬻之不得者有墳墓親戚在此而去之不能者則計安所之此所謂君子之言不維始終利害而狃於一得者也至於丁之出錢實與糧異糧以石論此石之所當出不得濫於彼石丁以人論則一丁之錢可以一戶通出而十

人之眾可朋爲一丁。凡丁之最下者雖無田而其工伎手作營僱貿易種藝諸法可以自活。卽賣菜傭力一日有一日之生涯。不致如薄田歲僅一收。服鋳之勤甫畢而其人已枵腹矣。其上於此者則有積鏹堆囷權子母而出之。而其家無田不名一差。有操艇江湖轉鹽積幣而其家無田不名一差。有專買屯種肥膏至數千畝而其家無民田不名一差。有四方逋逃作過犯科。而第宅連雲輿馬豪侈借貪冠蓋出入榮寵其家無田不名一差。此其人或子孫鼎盛或奴僕擁翼而謂之無丁可乎。謂之寡丁可乎。以是而論則丁之不可不歸於人而攷核其實以處之亦足以佐民之困而濟田之窮誠一良法也。但至於逃亡絕戶

則不可不議而曰一切論丁。此所以來細人之說見其不便動君子之心見其可憐耳。夫十年審編此議逃亡之法也。今不及矣。則姑令里遞覈開其名甲眞正逃亡之數而卽以派之本甲之不逃亡者。然則本甲之不逃亡者不幾以桃代李僵乎。此有深意不可以顯言也。明許里長以開逃亡而詭爲逃亡者託焉。則是徒爲里長開賂門耳。故姑以派之本甲而詭託者必爲本甲所攻而不容於是。眞逃亡者見矣。得眞逃亡之數而後爲之計此無難者。但不可以先爲之說。夫絕戶逃亡旣已有所處之矣。其餘所徵之丁亦乞大張告示開載某都某甲某戶某人或數丁或一丁或半丁使人人自曉不至爲里遞誑騙如近者收人徵銀甚多而故爲賠賦蠹蠹。若某手本開稱某勒其一丁爲三丁索銀四兩且掠碎其家雞犬什物。然則如某者又豈可以一二指乎。敢幷及之。雖然此猶其說之小者耳。畢竟從古帝王所立之天下至於今數千年而戶口土田兩者未嘗肎銷其一以倂於一。聖賢之論豪傑之見多矣。未聞以爲徵糧則便而徵丁則不可者。何也。專徵糧則四海之內但有土田而無戶口。而試問國無戶口何以爲國。本邑祗爲四十年不徵丁而人心之蔽國法之壞已如此矣。脫長此無窮本邑豈得更有戶口乎。使地方有急公之役如往歲征播近日援黔須抽丁遠行將可以糧往乎。又使本地有守禦征發之役事棘於黔播亦將可以糧

守乎。若以爲有糧則有丁。假令一富人者有糧百十而其人只一二丁。又將安得多指而驅之乎。若以爲有糧有銀可以募人。不知彼時田糧之所出者供餉收兵餉倘恐不足而奈何不深思而熟慮也。某等芻蕘之愚如此。專望老父母抒其長材遠略。爲地方絕丁逃亡曲施拔濟永利之策。不以一二近小之利反貽田糧之害。某等惟有拱聽鴻裁。匪敢計其私圖以掣賢良之肘。幷乞台鑒。

增遼餉呈議　李騰芳

爲官有一成之法反汗固難民有不平之鳴撰音何暇謹因遼餉派糧之議曲陳闔邑偏苦之情懇乞大賜斡旋以救一方焚溺事查得湖廣之糧獨重於天下而長沙一郡之糧又獨重於湖廣十七州郡此人人所知也先該遼餉加派部議原題每畝起自七釐增至九釐未幾武漢黃等各府以畝派爲重求議派糧未幾長沙府以派糧則重求議派畝數年閒曲費當道展轉苦心遂定派畝之議已兩年於茲矣頃奉部文仍通派糧考其原由蓋以承天荊州鄖陽鄉官劉謝三道長及鄖陽治院題議夫三道長爲其桑梓而治院爲其身所駐節之地言苦乞甦

自其至情柰長沙一郡冠裳寥落旣無有抗疏於口朝者而去治院甚遠又無能以尺一具奏能鳴其苦之萬一也今事體已定某等何人敢能相適但反覆部文及本司條議其言合省十七州府共糧二百萬而長沙一府卽居五十八萬每石起銀三錢五分則長沙一府數至二十餘萬比陝西一省止少五萬比福建一省尙多八萬則亦明知長沙之偏重而言之不置口矣又爲裒益之議將漢承六府代派及本府抽扣柴馬各項抵補若干則亦極憐長沙之苦而卹之不遺餘力矣如此德意某等又何忍辜負而不再以微情上控乎大抵今日言民窮財盡言水旱則各郡亦能作此言何必贅言糧重則部文已詳何必贅

獨是查各郡糧起科每畝有輕自一合重至一升者止而長沙糧每畝則重至一斗輕亦五升矣各郡糧一石有田百畝至數百畝者而長沙糧一石其爲田多者二十畝少者十畝矣各郡有山土有水田有旱田有塘其起派輕重不等而長沙則無論塘土山水鄉之田共囫圇派爲一則矣各郡之爲農者種黍種麥種雜豆綿花或二熟或三熟此誠則彼贏長沙之田止堪一種遇水旱則千里無粒米之入矣各郡穀價雖貴賤不一然未有銀一兩糴穀五石者而長沙穀賤至十石十二石遇荒月比較火急則鄉民指田作當貸新穀銀納糧有銀一兩至十八石二十石者矣每田一畝卽遇豐年亦僅可收穀七斗而貸銀一

兩至穀二十石則去田三十畝之入故窮民鬻身鬻兒女不足往往棄田而逃矣今爲各郡之言者曰長沙糧每石派銀一錢三分而渠糧每石派銀三兩有奇驟而聽之豈不駭人然未嘗較其畝之多少而但狃此以立論則孟子所謂取食之重者與禮之輕者而比之奚翅食重之說也今試呼長沙之百姓數人與各郡之百姓數人相與班荊共話而曰各郡之田或百畝或數百畝加銀三錢五分而長沙田十畝亦加銀如之則其均不均又何也夫長沙去省會千里其人有自祖及孫未曾見撫治院及兩司旌蓋作何狀者老公祖巡狩今亦七年始得一望其淸塵有苦而不得訴者多矣若使得訴其苦冐一垂聽誰謂羊

之觳觫不如牛之觳觫，當不至如孟子所謂見牛未見羊而取長沙以益諸郡也。今糧一石業已徵銀二錢一分，而部文止曰一錢三分，則多此八分者又不知何故。且長沙非無事之國，其地多盜賊偕竊之區，今百姓之心莫不蠢動，朝廷及當道以其爲遠不蒙軫恤，如馬已敗矣而鞭之不休，激而爲變又何難焉。伏乞垂念地方七年之苦，今日始得見老公祖出一言之訴，如暗者久而始得有覩，瘖者久而始得有言，亟下道府會議，其徵銀仍照舊額但二錢一分而止，其所少者或本府十二州邑設法抽扣抵補，抵補之不足，或仍令各道再議通融改派，幷諭各道公祖及各郡士夫無執我見，普共發念，爲朝廷救此長沙一

片瘠土，不獨於朝廷有益，而安輯上流，以爲捍蔽，則於十七州郡亦未必無益也。臨楮無任迫切之至。

絕軍糧議

李騰芳

爲因絕軍加派之議，敬陳菲葑一得之愚，乞賜下採，以蘇重困事。頃因遼軍增餉，普地加徵，百姓莫不急公。屯弁豈容獨厚。年來已派每糧一石加銀八分，昨又奉衞票絕軍糧一石加銀五錢，其來文原委某等皆未得見，但以臆度，或謂祖宗法制軍田不得比民田私相賣買，今軍既絕矣，姑聽其賣買而以此五錢爲田價耶？則承平日久，軍田係軍屯種者十無一二，而私相賣買者非一朝夕矣。既賣之田又許重賣，何異蛇足，而令百姓重出一番田價，人情似亦有不甘。或謂買絕軍田者雖曾出價，必小於軍未絕之田價，而姑以此爲償耶？今則查本縣屯田盡是

流水接買，其契多係先朝年月及買賣主高曾姓名，其田皆曰屯田，並無絕軍字樣，其價皆是平價，並無絲粟便宜。如此而偏重之，人情又似不甘。且名曰絕軍田者，必載有從來冊籍某軍於某年月絕，某人具申某官審實，將本田付與某旗甲管，無主受價，其後本田係何軍賣與何人，或得價或仍未得價，必須從此處查報。今歲月湮漫，即云該衞未必無冊，然亦難盡以爲確據矣，只憑旗甲之開報，知因之質證，則何文不可舞，而絕曰不絕，不絕曰絕乎？如是而混徵之，人情又似不甘。竊有一得之見，以謂若部文原無定議，不過聽有司設法措置，則當此軍民俱罄之時，但省一事即是一事之利，寬一分即受一分之賜。想至

仁在上定有破格寬恤之洪恩因事轉移之妙用若部有成議派有定額必不可已則何如通灑一衞之田每糧一石加銀幾分如額而止豈不簡便若曰如此則不絶者何辜則應之曰素封之家有不絶之軍糧亦必有絶軍糧牽扯計算其得失亦不甚遠若又曰彼非素封其人貧甚而但有不絶軍糧一石者其情何苦則又應之曰彼非素封其人貧甚而但有絶軍糧一石者其情何苦聖王之政莫要於公平且因此而杜官吏旗甲百姓之互爲貪緣奸利其益多矣芻見可否伏維立批道府從公酌議務在旦夕施行以便依期收納爲此具呈須至呈者

青靛總行立厰議

李騰芳

昨承臺教以總靛立厰一法別後賤目愈昏因閉門獨坐細思孟子物之不齊什百千萬之理不覺心口欲吐聊占付墨入以當借箸本邑馬百疋計賣靛行八十人每人各派馬一疋一瓜山靛之至每一百包則每一人一包有奇積至千包萬包皆然所得牙銀或千或百亦以此分之以攤走馬豈不均平無肥瘠之累然此一定之矩也規而圓之煩亦艱難今開列數議於後

一議立厰須中分八十區每區各挂買靛經紀某人一牌又八十區各挂賣靛經紀某人一牌每靛授受鱗次無譁而其飲食坐立皆爲之處風雨霜雪皆有其庇此誰爲之區畫哉一難也

一議艤舟山客船到或大或小其靛或多或少或美或惡其人或强或弱或衆或寡不爲之編定甲乙投收有法則船客爭於下賣買經紀賈人爭於上必立亂矣此二難也

一議分靛多寡如買靛行八十家每靛一百包可分爲八十餘包而賣靛行不可也其家或十餘客或一兩客其客或萬金或千金或數百十金則將以何法分之使其貼然各得無裹足而去者此三難也

一議分靛美惡美靛則人爭之惡靛則棄之如每舟有靛一百包止十包美九十包惡則八十家以何法分往時美靛客自買去棄其惡者或自裝往荆州或各客小顆私市今皆不可行矣必至以美爲惡以惡爲美鬬擊不休此四難也

一議客買先後

客有挾貲萬餘者，有不及千金者，每家同寓之人，自爲親戚朋友，以義相讓，貲多者多買，先買少者少買，後買其載滿開帆而去，時日不甚遠，今此法既立，則無有相讓之禮，買少者一二日可完，買多者留滯明夏，亦不得歸，豈肯甘心坐待，不別爲計哉，此五難也。一議客流品皆賈人也，有本多家富身有禮義者，有無賴借貲爲客不齒者，同處一廠之內，勢必難諧，且不但客也，經紀亦然，當爭競之時，敝衣惡貌，戟手突頭，發難橫行，誰能與之論强弱曲直者，此六難也。一議客情往時經紀有身家者，各以本鋪山而山客靛熟悉，投其家經紀與買客向相熟識者，或先時借貸所貯之靛，即以與其所熟之客，皆人情也，今以爲作

奸，必盡削除之，使客無借經紀之貲，經紀無鋪山之貲，山靛棲泊之家，彼此皆路人，有無不相通，飲食不相聽，言語不相假，而事權盡歸輪直之人，或以賤作貴，或以惡作美，低昂乾沒，但有閧而已，此七難也。此外尚有司稱之難，平司機之難，覈司理之難，聽不可枚舉，今告狀爲頭之人，以總行爲利者，恐是無家無行之輩，未可憑以立事也。語云太上因之，其次利導之，其次整齊之，老父母試喚諸客及諸經紀有身家體貌者，令其自陳利害，而老父母竭其心思而計之，事必有便於此法，必有妙於此者。

甯鎮討逆敘功請慎加封爵議

李騰芳

功伐者，人臣之所有也，人臣出萬死不顧一生之計以求成功，功成以易人主之富貴，人主亦足以富貴易其死命，當其有時也，人主招之曰爾來爾爲我成其功，有某功者賞某爵，既而驗其功而難其爵，天下之人見其嚮如此急，而今也如此之難也，則曰人主欺我，夫戰死功也，人主所以奪天下之生而予之以死者，獨有富貴耳，富貴之說不信於天下，則死生之說將出而勝之，死生之說勝，而人主之權去矣，然則今日爲慎加爵之議，非乎，曰非也，是乎，曰亦是也，夫人主操富貴之權以號天下，言脫於口，即爲無窮，然以之與人易，而處所與則難，與之中則

恩當而見重，與之失則分溢而見輕，與之薄則鄙而少之，與之猥則泛而昵之，獨與則難其人，廣推則易其典，與之無等則多嗜而需，不已與之有所相踰，則不平而起爭，故夫與非難也，處與難也，今日之與，其當敘者有三，而其當議者亦有三，方賊之始變也，一鼓而下河西四十餘堡，緜緜炎炎，爲蝪弗摧，平虜之守屹乎如山，而後角之掎之，使之不得越靈武一步，是誰力也，則當敘遏賊之功，賊以利啗虜，虜以賊自啗，賊恃虜，虜因賊，虜與賊合，則我勢必背腹受敵，而賊且得夾溝以瘞我，以故虜退而後我安，受其燼，賊無有命矣，則當敘退虜之功，姑晝隄以南而分守之，攻堅則我瑕，擊主則我客，天舍其衷，我間得入，自相嗜

殺而後擊之迺可掊也則當敘用閒之功然敘遏賊是矣人臣爲天子捍一城城存與存城亾與亾進而死賊退而死法等死耳歃血以誓士攖城以拒敵此子臣分安所矜功敘退虜似矣張亮堡之役我介馬而馳之犯其中堅我師幾覆幸而兩拒繼合乃逸虜酋是時虜意未嘗與我絕耳使者旁午舌儆耳聾以惟幸其不來安所言功敘用閒是已當賊之始事也實藉手力者以爲名事之不捷以爲可以謝我此自賊愚何與於閒且是數者謀非一人事出多手銖銖而稱之寸寸而量之吾未見肘後之印固當付之誰與朝廷舉事磊磊落落何吝何嫌向已許之今以靳之凡以求當焉而已昔曹彬下江南藝祖既許以使

相而卒也酬之金帛唐肅宗播遷之後爵賞濫行至大將軍告身止博一醉嗚呼孰謂夫與者之爲得而慎者之爲非哉然愚竊有異於此夫終而慎之孰若始而慎慎之於今而使國家無濫加之典孰若慎之於始而使朝廷無失信之名也往者賊本野心乘勢煽禍爲謀雖惡然以天下全盛之勢臨之其名號舉動固未足以惑人卽手殺一二大臣其威力斷不足以遂得一方之心而制其死命勢不得不措一城以自守朝出城而暮非其有矣兵聚食竭師暴變生此所謂釜中魚耳固自與唐之祿山宋之元昊不等而當時中外洶洶纔一聞變遂爲奪魄至守者惶惶於閫中謀者岌岌於幾輔日夜持箸而算拊髀而歎恨時未有能當其鋒者若苟有之大者公小者侯伯於何有迺至今日功成而後議慎惜哉昔曾子之妻出市其子牽之而啼毋曰無歸爲爾殺彘其妻歸曾子捕彘殺之曰戲也噫吾未見國家之不以爵戲也今倭比不遠曩者倉皇不減於賊幸平壤一戰人心始定不然吾又未見夫國家之不以倭戲也

湘潭戍兵議　李騰芳

安民必先除盜除盜必先設備設備必先扼要謹摅一得以資封釆事查得湖南僻在一徼去都會窵遠境聯桂管虔贛地尤深衍奥阻此五代馬氏之所據以亂而本朝湖桶諸賊結連四省爲禍百年陽明先生始克殲之若先生集中所謂諸廣寨者在桂陽界內所謂賊首龔福李斌者皆臨桂人其本末蓋班班可考也頃歲藍臨之盜首尾相接辟如平原戶可爲黨陸走以馬水行以舟蜂集鳥散無日無警而試問湖南諸郡其爲水陸之會上下走集之門戶誰如湘潭大盜之作必有小盜以爲之耳目故四方作奸犯科之人其以手作工伎丐食僑居者雖未

必皆盜而盜在焉然是人也非百貨輻湊之地不居而試問湖南諸郡其泉幣之所集流移之所聚者誰如湘潭典當鋪盜之轉輪藏也彼攫而此售矣遊妓館盜之外家室也酉入而寅出矣試問湖南諸郡二者之多又誰如湘潭然則湘潭之有盜也在于太平之日亦所不免又況四方有事草動風搖則此地必爲紅巾綠林嘯聚之區而湖南無甯日矣雖有一城僅如斗大不足以守雖有典史一官民卑若干而冠蓋之過者如織不足以供奔走猶欲望其干掫豈可得耶然則爲之柰何坐而視之恐後日之禍變益大急而圖之恐目前之事力難措思之百回偶有一法幸可集事亦不生事竊照長沙十二州邑其地大而路僻者惟茶陵然蓋前代兵燹之所不到而設有單衞爲指揮千百夫長者數十員爲兵數千餘名抑亦贅疣矣歲月遞遷豈無虛冒但考萬歷十年清丈屯田冊則本縣田地塘一千九百二十九頃八十二畝有奇子粒米一萬一千五百一十三石有奇比別邑獨多則潭之民所以奉茶兵者亦既渥矣請比照粵西武陵之例借兵一二百名移戍于潭而統以千百戶一員使專典巡捕緝盜城守之事可乎凡壤地之接連湘鄉甯鄉衡山醴陵者其市鎮山澤向爲盜出沒之處皆宜畫以爲信地沿江上下如之聽其得制焉但以兵銳盜靖爲課而府道行其賞罰殿最尤恐其跋扈騷擾也使本縣得監節之官廩兵糧有定則

即取之本縣子粒米其事不費而辦而盜之自藍臨而出自江漢而上者皆可以扼其吭而制之散藏于合郡諸邑者皆可以室其穴而芟之不獨一邑靜而所由以靜者將不少矣設備扼要之方眞無踰此即使異日有風塵之警可以漸增其兵而團練之擇一健將子以重權此地可屹然爲一大鎮當是時也必知愚言之不謬云

編審議　李騰芳

糧丁二差益古今賦役兩法各不相貸而本邑以議者異同致停閣五十年不徵丁頃承陳大夫留意更始又奉新詔旦夕審編無庸築舍已乃大夫復以事體人情見詢予竊對以爲古人做世間事只有兩字蘇子所謂惟公則剛而惟剛者能以公服天下是也大夫又孜孜以里遞受賄報輒不實爲憂予笑曰漢書有言趙廣漢守京兆吏受取請求銖兩之奸皆知之長安少年數人會窮里空舍謀共劫人坐語未訖廣漢使吏捕治具服以大夫之强力精敏豈不及廣漢廣漢之發奸擿伏但以鉤距故欲問馬價則先問狗又先問羊問牛參伍其賈以類相準而

易傳有曰參伍以變錯綜其數廣漢之言參伍蓋本于此然易曰通其變遂成天下之文極其數遂定天下之象非天下之至精不足以與于此至精之妙在大夫之心廣漢豈足以知之予又豈能言而姑疏其可知可言者以備采擇之萬一

一曰均圖甲之數查得會典凡天下府州縣編賦役黄冊以一百一十戸爲里推丁多者一人爲長餘百戸爲十甲凡十人歲役里長一人管攝一里之事城中曰坊近城曰廂十年一週每年一冊冊首一圖鰥寡孤獨不任役者則帶于百一十戸之外而列於圖後曰畸零又曰田地等項買者從其增添賣者准令過割務不失原額此蓋丁糧竝論之法也又曰設有消乏許于一百戸內選一糧近上者充補圖內有事故戸絕者于畸零內湊補如無畸零許于鄰圖人戸內撥補此均圖之法也本邑爲丁者七千有奇爲糧者三萬五千有奇爲都廂者二十計一里當得糧若干石丁若干人今都糧之贏者數千石縮者不及數百漸積之勢不知何以至此而丁亦因之以爲饒乏如以爲法須一切一切始一則當依田糧全數磨平分受二十都廂各無低昂而繫之以丁此一說也如以爲里有大小地有遠近難以一槩則姑以一里之糧均攤十甲百則皆百十則皆十使無衆寡亦足稱平而丁之附糧碎如裙之附衣此又一說也度今之人情多從後說容有齟齬其意不過兩端一則以每都第十甲

應造黄冊多一里長書算造冊之費故買十甲糧者必設法盡數推出以至此甲僅僅有糧數石或數斗必無力告推無可柰何者已糧去而丁可知故每遇審編之年欲將別甲多糧撥補則誓死不可徒增賄買之弊前已面告大夫不若先爲之制遇大造年分但令各甲造各甲冊不得偏累十甲則衆擎易舉而人人樂從矣一則殷實之家有糧百餘石者遇本家糧數已溢則決不肯割爲兩股而以一股塡他甲已今宜稍爲通融凡糧多都分每甲該二百石或一百五十石者則以其人一百石作不動之樁而取他甲畸零足之如糧少都分只該一百石者其家之糧脇合前數只以一人頂一甲彼亦安辭若帶有尾數不

及一百與過一百者遇七則收逢三則擲此亦自然之理矣若士大夫糧多踰數百石則當許其擇便甲可以安居者或合或分賢者同心爲一邑百世之利又何難焉

一曰定丁糧之則每糧五石派丁一丁明是芟去戶口而但論土田改三代至今賦役之法豈得爲通論乎且假如趙甲原只一身旣鮮兄弟又無弱息而有糧百石派以二十丁彼將何人承頂若曰彼田多矣則田有田賦糧有糧差如近日桂藩膳田一節先旣派湘潭田九十七頃七十一畝後又欲援括一萬頃分派計且倍前數矣將過丁之門而問焉可乎至于無田之人豈無身口口則古有口算身則古有身庸彼有田者除稅糧外

倘有遞年里甲解運諸差則卽爲丁身之役矣況夫有丁者可以無糧而有糧者未有無丁也如趙甲糧一百石而無一丁則當糧者何人審丁時趙甲糧下豈有不載丁者此理甚明蓋原只是一件事而無故割作兩截只不許審丁但欲于趙甲糧一百石下硬派以二十丁此何說也今當再披此心相質世界富漢實有田連阡陌而生齒消索人丁單少者世界窮漢實有無升合田糧而子姓昆弟族指之衆各自食其力者孔子曰執其兩端用其中于民此非兩端乎執此兩端豈無中之可用乎如其家糧一百石而孑然一身無枝葉者然旣有多糧矣則審其戶下注以二三丁彼豈得以無丁爲解如其家糧無一撮而壯口纍纍則審其戶下注以二三丁彼又安得以無糧爲辭又或有糧自一石以至五石七石十石而通族數十人分管者則注以數丁亦非畸重有糧自十石以至百石而父子只一人則注以少丁亦非畸輕合而論之大抵糧居四分丁居六分前頂糧少而注丁多者是卽丁居六之推也糧多而注丁少者是卽糧居四之推也此心公而且虛無先見据之則自然明晃晃活潑潑圓陀陀而何中之不可用乎

一曰剔奸民假軍卸丁之弊考之祖制每軍種田五十畝爲一分或一百畝或二十畝有正丁有餘丁正丁守城操備餘丁耕田或餘丁守城正丁下耕大約軍士三分守城七分耕田或老

弱守城壯丁耕田夫屯田多之則一百畝少之則二十畝止矣未聞今之軍有占田數千畝或萬畝又國初置內外衛凡一衛統五千戶一千戶統十百戶一百戶領總旗二一總旗領小旗五大約以五千六百人爲一衛以一千一百二十人爲一千戶所以一百一十二人爲一百戶會典載天下之爲衛者四百九十三處而湖廣衛二十五應有兵一十四萬爲千戶者三十應有兵三萬三千六百八合之得一十七萬三千六百八而長沙茶陵二衛應有兵一萬一千二百八千百戶所不與焉今實識兩衛之兵幾何人哉夫朝廷所賦之土則有軍民兩田所涖之人則有軍民兩差今民業已髓枯骨削賣妻鬻子不足以餓公

家之給復，而軍何以逍遙里社，坐享厚糈，無絲毫之徭役乎。以爲軍，不當民差，是已然，軍不成軍，不守城，不操備，不出征，則其差安在？此所謂借民爲軍而實非軍者也。且其人所居者，潭民之壤土，所市易者，潭民之貨物，所婚姻者，潭民之男女，所役使者，潭民之僕婢，所束矢以求成者，潭之官司，所執經以遊處者，潭之宮序，由此所食之稟餼，應舉之盤纏，明經中式之公車，續食及平日考試卷資花紅，無一件不出于民，而藉口屯軍，不名一差，此何說也？今乞明白諭以其家田多丁衆，亮出子錢之餘，稍爲潭代丁錢若干，以少紓貧民之急。如强悍不服，則請通詳院道，以此輩既爲軍而田多丁衆，則當明其爲兵，如湘潭水陸

之衝，盜賊充斥，見有堡兵，皆無用者，乞改用本縣實實屯丁，如某某家照田編定，二十畝出一丁，爲堡兵，各自備真正器械，付以督察盜賊，扞禦城池之事，毋爲兒戲。如又不可，則本縣京朝官應具一疏，請旨定奪，不妨更深其說，而現在入學科舉明經中式等費，宜盡革除，取之軍糧。若本是民家，爲避差故，盡將民田轉賣而改買軍田，亦藉口爲軍，此則當依律從重究問，不待詞之畢矣。

一曰通人情事勢，執碍之變。如本縣有田糧三萬五千八百餘石，只以三萬派丁，而以其餘比照優免例，爲之權宜，則有沮令畱令者乎。

一曰核詭託隱匿丁口之弊。大約如女戶豈無子，男如寄莊豈真客戶，如朋名何不分開頂役，如祖上遠年冊頭子孫繩繩分煙別爨，何不更換孫丁？此皆隱丁之法，皆當禁絕。而又有許冒優免者，據會典云，戶內丁糧不及數者，止免實在之數，不許以丁準糧，以糧準丁；又云但以本官自己丁糧照數優免，有分門別戶，疏遠房族，不得概混，則其嚴可知已。今有姓族皆不同，而借言親戚故舊，一概受其囑託，具呈認爲丁糧者，宜一幷杜之。

一曰參先後審編之冊。今議者必欲仿令董公之本，以爲舊丁籍，然年遠不可得矣，徒爲此膠柱之見。何盍近代有楊泰宇包儀甫二父母本，曷不一取之，以相考證？或以爲此二冊但依稀

照糧，不足憑，則先年老戶盡屬逃亾，而新戶糧下，安得不載丁口？但當細討逃亾不實者，審實增損之，而新戶糧丁，或多或少，不得一以五石爲例，則二冊未嘗不可參也。若楊實先父母以十八幫一丁，初意甚善，以爲湘潭之額丁七千，而如此大邑，戶口豈無七八萬，得盡疏而出之，則一邑之黎庶如列雛甯，但可以濟一審丁之事，不謂執議異同，有必不令增報一人者，有必令多報而至錄妳籍以爲生齒者，間有依實開報，則各里遞下鄉，如虎啖羊豕，自一至十八人，索呼邑之所徵者一，而里遞橐中爲一者九，又三年幷派爲九者三，故百姓視如烈火，不可嚮邇，而此輩猾賊不自以爲非，方且歸過縣官，橫誹士紳，通同吏

書以爲徵丁不可倡言派糧坐櫃執戥必先收丁糧後兌條編且有公出呈詞以爲民情公論值劉衡麓給諫偶過邑歎曰里遞乃平日飛詭作奸與胥吏呼應之人其言豈得爲民情之公哉乃極論古法及近代河南山西舊事娓娓千言而終以我無升合寄莊在湘潭但身在言路遇事不得不直說耳邑之里遞聞者乃稍自戢今計楊父母之冊具在但須辨其前項得失爲之互參可也

右上諸說皆土苴耳進而求之則有陽明先生十家牌法在先生自言曰其法甚約其治甚廣有司果能著實舉行不但盜賊可息詞訟可簡因是而修之補其偏而救其弊則賦役可均因

是而修之連其伍而制其什則外侮可禦因是而修之警其薄而勸其厚則風俗可淳因是而修之導以德而訓以學則禮樂可興凡有司之有高才遠識者不必更立法制其于民情土俗或有未備但循此而潤色修舉之則一邑之治眞可不勞而致惟大夫實留意焉而後知先生之不欺我也

擬遼左經略倭寇事宜議　館課

李騰芳

兵有聲有形有情聚衆若干兵甲器械若干舟車若干於某日攻某處某日至某地聲也教戰守申軍法秣馬蓐食堅甲利兵形也有所攻而不攻有所取而不取能來而不來不欲來而來以緩爲急轉急爲緩情也夫有敵之情有我之情知敵之情者可與戰知我之情者可與守知敵與我之情者可與守而戰戰而守法曰知己知彼百戰百勝言知情也又曰不知己不知彼百戰百敗言不知情也大約情者常寓於形與聲之間而弗礙於形與聲之內彼顯有所出其形與聲而吾以爲情也如是者敗彼陰匿其情而弗察其所匿之事以與情反如是者敗能知

其情而吾不能以吾情當之如是者敗是不可不審也若今之議倭者愚竊以爲於情不然夫欲知倭情之同異當察兵事之緩急欲知兵事之緩急當察前後之得失情有定在有中變謀之堅定不可亂也變之用行不可執也范蠡之取吳驕之而已秦之取六國散其從而已是一成而不可亂者也劉備之取蜀入蜀而又變者也金之取宋入宋而又變者也是日異而不可執者也此其大略也今之倭情亦既變矣而議者弗察何也夫關白中國之匹夫耳乃奪倭奴之吭服六十六島之夷而從事於朝鮮聲言選衆十萬治舟十萬直犯中國其欲犯中國者非其情也假以服朝鮮也謂中國之大吾且欲與爲難而何有於

蕞爾也其欲服朝鮮者亦非其情也假以侵中國謂朝鮮可脅而有之得其君執其大臣以矜力於我也乃今入朝鮮而王與其大臣南走入平壤而王與其大臣又南走夫倭豈不能越平壤而有義州哉誠計以爲吾出平壤而王與其大臣必不可得則又南走而入中國耳是時吾進則不能敵中國退則不能制朝鮮且中國得王與其大臣吾失王與其大臣吾失其王與大臣則失朝鮮是舉朝鮮之人而與我敵也而況中國與朝鮮之人必悔王與大臣之不復而王與大臣亦悔朝鮮之不復中國又悔其藩籬之不復如是而後共起而謀我我其殆矣故退然而處于平壤而日與其酋布德懷攜不焚不掠破人之國而不

取覆人之眾而不怒而諸道興復之兵且纍纍然起也然後修好東書甘詞厚誘其四方散游之卒聽其孅而不檢此其情亦略可睹矣蓋倭自陷沒高麗以來凡幾閱月而其國玉帛子女宗廟墳墓俱報稱無恙其意欲得王與其國人之心耳而又以爲急不可得故緩之倭之始計出于急而今出于緩其徧讐諸夷傳檄朝鮮如風雨雷電無不振落其急所得也薦食其國使其剪然傾覆而不得其首領其君臣日夜赴告于大邦而其干戈日夜環起于四境則非倭之所能得也故倭之情巧在于能以急爲緩而策倭者乃以緩爲緩倭之情巧在于始急中緩而策倭者乃時急時緩以爲急者謂倭爲必來而以爲緩者謂倭爲必不來倭倏然言來倏然言不來而策倭者亦倏然言來倏然言不來言來者旦暮且至而情形未見則不能不伸不來者之說而黜其議以爲張皇言不來者處堂自如而人情叵測則不能不兩存來者之說而參其中以爲觀望吁亦過矣當其倭之始有事于朝鮮也眾以爲卽來乃今一年而未見倭則在當日誰能知今日之緩也今倭之蹯踞於朝鮮也眾以爲可以來而一旦告急則在今日又誰能知後日之急也大約倭之緩也有說其急也有說伐其國而厚結之使其君臣不至辛苦墊隘深怨疾痛於我而我可以坐收其心而陰得其眾此緩之利也不言來不言不來而使中國莫測其所以來而不得不自守朝

鮮莫測其所以去而不得不坐困困者日夜望中國而中國不至守者日夜候朝鮮而朝鮮已疲此緩之利也朝鮮疲勢不得不俯入於倭俯於倭勢不得不怨中國怨中國勢不得不附倭而爲倭用此緩之利朝鮮既爲倭用而後分其眾以南寇閩寇廣寇浙以牽吾南方之兵而使吾奔命於南又分其眾由鴨綠江寇遼左以牽吾漁陽上谷之兵而使吾奔命於北而後統大眾由海洋順風揚帆直走登萊之地上窺天津下包淮泗以爲三窟而進則蹂躪畿輔退則扼把咽喉此倭之急也夫倭之始計出于急而中出于緩其中計出于緩而後將復出于急卽或不然而吾懼其然也蓋由後觀之則倭誠可謂有謀由前觀之

則倭猶未必有謀·而由今策之則倭在有謀無謀之閒·晉之伐虢·必假道於虞以孤虢·范雎𢾅秦遠交·必散山東之諸侯而後從韓魏·未有言我欲幷朝鮮以及中國而不堅二國之合者·故曰由前之說可謂無謀·虢亡而虞不救·而虞從之·韓魏亡而山東之諸侯不救·而六國從之·未有我不救朝鮮·而朝鮮不潰以及於我者·故曰由後之說可謂有謀·然倭陷朝鮮而中國不敢救也·已又救之也·救而敗也·敗而不測其復救不復救也·不救而朝鮮可亡也·不即亡而其心可誘也·坐而誘之·而不必中國之能聽其誘否也·故曰由今之說·倭在有無之閒·夫有與無之閒·倭之變也·而我之所可乘也·今誠欲破倭之謀·竊以爲救之

便·救之利有十·救則我可以爲義·彼可以爲德·救則我可以因彼·可以加我之軍士·食其粟馬·參其芻則吾不饑·以朝鮮之所守守之·以朝鮮之所攻攻之·則吾不竭·朝鮮勁其南·吾擣其北·朝鮮勁其西·吾擣其東·倭散處而吾與朝鮮合·則不得虞少·我走千里而救人·我本勞也·而出扞其藏·入用其資·則我反逸·而又能反敵之逸以爲勞·敵據朝鮮以臨我·敵本主也·而進不敢離平壤·退不能有朝鮮·則敵反客·又能反我之客以爲主·倭性喜攻而好堡處·則不耐守·而以攻爲守·則不免蹶其所長·倭性喜躁而好暴掠·則不耐久·而以城自嬰·則不免用其所短·倭性喜水而利舟楫·則不便陸·而騎步相閒·則不免犯其所忌·彼定

朝鮮而來犯我·爲其所困也·不勝則朝鮮亦其有也·彼有朝鮮即爲利·而我無朝鮮即爲害·我救朝鮮而攻·勝則我可以殲彼也·不勝則彼亦不能不牽制於朝鮮·而有我也·我殲彼即爲彼害·而使彼牽制於朝鮮亦即爲我利·故曰救之利有十·而今之憚而不舉·疑而莫發者·毋亦因懲前事之敗·而因噎廢食也·殽之役·孟明乃以婦人免·而穆公三用之·卒至於伯·秦伐楚·李信以萬人敗·王翦曰臣得六十萬人可用也·以六十萬人復伐之而楚折·假令始皇懲於信·必不能有王翦之功·而穆公懲於殽則亦不得復晉矣·事無全利·亦無全害·堂堂大國·小衄何嫌·若苟處敗而自完·勢必失時而坐困·今夫匹夫匹婦得一金·惟恐

失之·盜入鄰·閉門自守·不敢出救·少閒·鄰刼而吾金不知其所措矣·今之策倭·不幸類此·愚讀史·昔烏孫與大月氏俱在祁連敦煌閒·大月氏攻殺難兜靡·奪其地·張騫曰·單于新困·而昆吾地空·蠻夷戀故地·又貪漢物·誠以此時厚賂烏孫·招以東居故地·其勢宜聽·則是斷匈奴右臂也·旣連烏孫·自其西大夏之屬皆可招來·天子以爲然·拜騫爲中郎將·二三百人往·致賜烏孫於是西北國盡通於漢·況今關白以一人奴·詐奪人國·強役諸夷·豈無有心·實不服·而欲爲昆吾所爲者·今誠得一如騫者·使之則諸夷可通·而倭奴可擒而取也·且今議者尙欲連二省之兵·直擣倭穴·吾懼其去而不可復敗·而不可繼·若使者潛出·必

無恙卽亾之不過亾漢之一使者耳何憚而不爲用間之議是也說者曰如子之言得矣然國家武備單弱在在空缺議招兵而兵不可用議增餉而餉不可得議增官而官不增當事者旣以防倭又以防虜旣以防兵又以防民朝議而夕更暮說而旦罷甲可乙否此時彼且自守之不暇而何暇爲援又安得博望若人而遣之也噫若是則金人所爲稱女家議定吾已渡河矣吾安能知就使如今之議而所謂守者愚以爲亦未必得策也

均圖謀野議

龍吟

語云琴瑟不調必解而更張之乃可鼓也今日均圖之說是也先儒云治道去其太甚者而已去其甚而爲之加甚焉固守成之一說使舊章圮壞人情騷動勢不能不更思以善之則均圖而善所以均之說是也頃者上臺愴心湖南數郡久罹干戈荒里絕戶派差重累請旨均圖軫恤窮黎可謂至矣尤慮豪右積猾把持鑽營盡謀築室之議歸權於賢明父母其設誠而致斷者又何決也然愚以爲斷之誠是也惜乎斷之太驟耳然則圖不宜均乎曰安得不宜圖宜均而圖之遠近不可不察甲宜均而甲糧之多寡不可不辨圖甲宜均而圖中正圖甲首丁糧之

去留不可不愼此非按籍所可稽也非詢訪所得實也在當事者虛心博採不廢耳目又不徇耳目盡得其實得其竅要而後鎖院獨均盡謝眾論以致其斷斯民宜事理至協而無獘矣夫湘山邑也除邑治二三十里外重岡複嶺枕郘跨潭肘衡臆甯至有相距三百餘里者必欲上下參伍越境管轄人不相習戶不相知徒使之疲道路耳則徵收難又當事徵比除折色外如兒漕草料派運上下或長或寶參差難一則撥運難故曰遠近宜察也今所據以均者止實徵煙火赤歷冊耳然而冊上多寡之數非眞數也有合族之人而其作一戶者有一家之父子兄弟童僕而各爲一戶者又有名是而實非者又糧已賣散而原

主之名倘未更者。𨌺事能盡悉乎。卽悉之能盡除此弊乎。若止據册上之多寡而均之曰。龍頭鼠尾。多者充役少者畸零。聽其言非不公也。然而𨚫富墮貧。豪強脫籍。浮弱重累者。鮮克免矣。故曰多寡宜辨也。先代正圖甲首遞年之法。犬牙相制。本支相維至美也。歷久變更。重遭兵火。其倒絕轉徙。極貧弱孤單者。什不無二三。若其素封。則或有田連阡陌。字蕃成行者矣。亦有家累千烟。互相頡頏者矣。其餘式微浸薄。而鄉都之間。主臣素定倘多里服。一族之中。此衰彼盛。尙足自立。況乎糧差熟諳。則報荒派熟。必有餘土。縱或攤派有偏。而畸零附納。不敢比例。故有糧一二石而足抵客戶之十數石。有一二丁而足抵客戶之十

數丁者有之矣。且丁糧各自爲賦。糧卽唐之租。從田畝派者也。丁卽唐之庸。從戶口派者也。今隨糧派丁。已失先代古意矣。若夫老戶寡丁。亦有不獨之差。此自有說。今或千丁大戶。水陸舟車。商販爲業。卽有倉糧。寄佃他里。第有孤丁。繫於本圖戶下者。得此一徵。必盡蠲除。何也。册上無糧故也。其勿論抑本扶末非先王重農之意。勢必羣丁脫籍。坐擁豐腴。而新充之里役。以糧石稍多。代充苦役。有㧞徙荒蕪而已。故曰正圖甲首丁糧之去留不可不愼也。然則均圖竟無善法乎。曰有。議論之不公。以其不參伍也。公矣而無成。以其不勇斷也。請于均之半月。先置一總簿。將熟糧各甲正圖甲首及花戶開載明白。召各里新舊册

書至而詢之曰。爾里之正圖甲首現供役者幾何。現絕戶者幾何。現多烟而殷實。孤貧而無力。及糧多而丁少。丁多而糧少者幾何。卽登之册。又召各里十遞戶首而隔詢之。看其辭相合否。人地之無訛者。又登之册。又詢之里內之樸誠素著及旁里之稍有可信者。一一登對。而各里之情形瞭如列眉矣。然後絕賓客謝文刺。召糧書總書。將塡註之册。封鎖倉均。大里熟多則折分爲數里。卽折至四五里。而戶首正圖不必外求也。小里熟少則撮合數里爲一里。縱荒絕之極。合至四五里。而戶首正圖亦無弗給矣。大約卽以圖甲了圖甲。或折圖甲補圖甲。融通其間。斷不以畸零客戶浮民生手充補其缺。則不致移遠補近。而徵

派之害除矣。得多寡之實。而散總支離。不得售其欺矣。各里正圖甲首。分析公平。塡補實落。而老戶不得詭隱。客戶不致滋累矣。旣可布上臺均役之仁。而通湘上下。主客無不相安。帖服懽呼樂從。計無便於此者。今不是之圖。而但雜均各里。不分遠近。不別多寡。不辨主客。曰吾以遵上檄也。夫以一人之命。尙當宁之怒。張釋之猶力爭之。況乎捐全湘千百年赤子之命。博一日公斷之聲。卽仁父母萬無此心。已不幸有其事有其勢矣。可乎哉。可乎哉。茲者案議已定。誰犯先聖遂事之戒。謅譊罔恤。甯開國僑鄉校之門。但知多岐之亡羊。不顧守株之失兔。祇存此理於淸湘鳳麓間。庶仁人君子見之而動色也。謹議

豐糴議　徐興詩

豐糴非聖王制也後世有聖王作焉亦不可得而易也三代盛時田閒興修水道則年無凶豐授田有數貧富未甚相遠則穀無糴糴其三年九年之耕一年三年之積非直國計爲然雖閭閻習之矣堯湯之旱潦使在後世其捐瘠以塡溝壑者將無孑遺矣而聖人何以自立而爲千萬世盛治首稱當時但云阻飢其氣象可想也若夫後世則不然田不井授而溝洫廢則凶多豐少民不稱田而貧富懸殊則更相糶糴豐糴之法後世帝王知井田之不易復長顧卻慮爲此不得已之計所以補井田所不及而可以參乎三年九年之積者也田不可爲均也而均之

以穀穀不可平也而平之以糴制不同而意相師名不同而實不謬今貧人有善治生者必收於多產廣蓄之家而頓藏於牢固可久之地計口計日而爲之調劑庶幾乎事有繼而可待也人臣謀國於有無不均之世何異於處貧人之家而謀家者則善矣謀國之道庸有所未盡者亦以痛癢之未關故推廣未至身任之不力故思慮未週先儒斟酌乎救荒之政有取於常平一倉豐年糴之使不至賤價以傷農凶年糴之以摧富民閉廩騰價之計且折糴爲二存其一以備歉歲社倉之置此長久之策象山陸氏不可謂無見也但當時行之其弊有二而收支不與焉其初也上有所糴之價而奉行之者得以低而減之則富人待價者有恡色其貧人之仰於價者副其急幸矣低減之苦抑鬱而不敢言夫將以通之而反阻之將以益之而反損之視常平當年平價宜時之政固有閒矣其後也以不能謹於蓋藏則溼爛之費雀鼠之秏勢所不免在主之者搬翻無數亦責其賠償而莫究其所自故其人樂有凶年之散而不樂有豐年之收且將以救千萬人之命而先有以破數人之家良法美意使人視爲傷人之具吾觀聖王之政於酒醯之職亦有所處而不遺者況於倉氏庾氏者乎必也平價以稱時善藏以防弊而後其利可長此二者與詩所目覩而莫之能救而能救者又莫肎委曲以盡其情烏乎常情以凶年爲苦而顧有樂之者焉常情

以救荒爲慰而顧有怨之者焉豈時世之不古哉亦處置乖方去古意遠耳若夫收糴而藏伸縮之閒支散而懷侵漁之計號召而致展轉之擾則當代廉訪之密督責之嚴蓋防之有其術矣然則當豐糴而使人人安糶糴之便則古人常平調劑之意於我心先得其同然而根本節目從此措施自無不善夫豈徒具文也哉故曰有關睢麟趾之意然後可以行周官之法

平苗議上督師楊閣部　田英產

古今譚邊事者莫不以安攘效籌而三楚邊城唯麻爲極其疊受嵩苗之患久矣籌邊君子竟無久安長治之猷何歟蓋苗之種類乃槃瓠遺孽其巢穴卽古之崇山居楚蜀黔三省之中東接楚之五寨長官司北接楚之永保二宣慰司南接黔之銅仁府及平烏二長官司西接蜀之酉陽宣撫司及平茶長官司然於酉陽姻嫁相通其初隸於楚之筸子司國爲四十八寨始猶賦役不缺後漸梗化横行抗拒勾攝陰相煽動出劫地方不啻五銅以密邇供其魚肉而麻盧二縣皆頻遭出沒劫殺無休苗劫而民外奔農桑曠業民奔而戶內減賦役無期此麻陽以國

初三十九里全設之區因田地拋荒移推六衞領種而編爲七里有由也宣德年之亂蕭總兵征之直搗其巢兵屯池河撲滅幾盡卒乃寬其山林逃匿者設立崇山衞以戍之迨後疆域稍安而衞遂撤苗漸驕恣矣景泰己亥年之亂焚燬縣治延及學宮成化十六年之亂再燬縣治虐燄彌張迄宏治後横行州縣各地方昔太公有云熒熒不救炎炎柰何此之謂也正德七年之亂奉三道憲令協同本府戴撫出苗首百餘禁之崇正書院然後深入攻其餘黨雖頗有數十年之安靖惜當時任事鉅卿去留靡定竟未能成平底績此本縣所以復有嘉靖二十年攻城三日之患也節年議征議撫俱無定算調取漢土官兵防守迄無成功二十七年以地方失事參論官員隨奉旨敕兵部左侍郎兼都察院副御史張總督湖川貴軍務駐劄沅州居中調度酌處兵糧先頒撫諭之條後布勦除之令柰何邊方當事各職以地方安靖沽名輒曰湖苗聽撫虛文誑上豈知陽稱聽撫陰實黨貴苗出劫然苗原不分湖貴特以苗長倉糧湖貴各哨因以別其名二十八年陸續殘害銅仁府及思州府地方二十九年攻陷印江縣石阡府並省溪司擄官奪印劫庫縱囚而征勦大舉之命下矣於是督令沈總兵征之三省夾攻楚兵入自麻陽縣五寨司黔兵入自銅仁府蜀兵入自地蠶蠟爾山同日竝進於本年九月初三日僅四月餘十日已擒斬一半其逃匿

山箐餘兇不過蕨食草根度命更値連旬雨雪多凍餓身殂卽有穿山走脫竄入各土司衙門數亦不多正蕩平一大機括也孰意總督大臣以半撫爲請次年正月十四日旋卽班師將一應生擒放歸巢穴諭令聽撫設參將二員分鎭兩省一駐銅仁府一駐麻陽縣置哨堡十三星列防守領以督備統以參戎限以邊牆若謂工於籌畫豈知竄入土司餘孽聞生擒已縱遂竊朝廷姑息之仁相率還巢告乞招撫上官亦未深思遠計而概納之烏乎鴟梟不鳴終非祥也豺狼不噬終非仁也未及半年攻陷思州府治擄官奪印劫庫焚倉復奉旨切責總督未能盡除苗患此時班師頗久糧餉停催更欲請餉徵兵再圖大舉豈

不難乎。不得已而根究窩苗誘叛之酉陽宣撫冉元嚴誅濟惡女壻鎭溪所之土指揮田應朝其兇叛羣苗止殄其一二渠魁。餘黨仍稱招撫檄報上聞禍萌隱伏釁孽未除亦非總督之過只緣附近土司以窩苗爲利藪從征將領以存苗爲生涯。撫之不滅其心討之不盡其力且豢養四方光棍往來京城賄賂央求諂書騰駕陰惑上聽掩沒功臣旋中撤兵之謀卒撓平定之績莫終全局詎不深可惜與嗣是大征兵散總督官遷苗滋猖獗難支撫之無益弱將計安旦夕復羈縻之苗糧官帶所以歷今八十餘年生息繁衍養虎遺患有若今時夫昔之苗患或經年一見今則四時每月連期繼見矣昔猶邊僻孤村鼠竊狠遁

即期還巢今且逼臨縣治深入腹心傷殘幾盡視鎭守哨防如無有矣守之一說竟何益哉正擬聖明有知頃刻揮戈急解倒懸之困不虞三載兇殘疊出萬狀含寃豈八十年來漏刃餘兇獨不可傾巢殲類奏千萬世蕩平之奇績耶邇因糧餉愆期主將久缺兵譁之後流寇潛通苗遂假冠帶而僭稱王挾乞保而索納貢地方困於救援之緩計投苗穴偷安麻邑空城尙得爲聖天子有乎夫本縣設處萬山勢雖蕞爾實關辰沅藩衞黔楚咽喉一失麻陽漸無辰沅郡邑咽喉一掣安有滇黔吞噬荆襄終將叵測況淪世界顧不深可虞哉爲今日計招撫之說萬不可行之術也先經大舉計擒斬及凍餓身死者已洗除過半其先擒後縱竝脫逃復業之苗不過十之二三枉前名曰招撫矣。何休兵未幾旋見流毒無窮況今生息多年加以各處奸民流移其地爲之嚮導虎而翼之其勢愈甚其欲彌奢尙仍曰撫之乎以有限之撫賞較無涯之抄劫所謂孰多孰寡誰肎安心聽撫而永無渝盟乎崇禎九年冬守戎鄒復極力撫苗矣可結其心焉十年正月旋出廂治殺擄依然是資寇糧以揖寇兵也今猶然以撫之說進者此必近苗各土司各衞所武職官利於窩苗存留且關通左右員役朝夕共探訪者多方賄惑上聽而陰實攬兵權也夫市好生之德而失有罪之誅雖唐虞無以治天下此司馬有云殺人安人殺之可也果得諱言勦乎況進勦機

宜較昔年尤多便諠凡議兵議餉無如昔年調運之艱蓋昔年三省之兵除各關隘把截之兵三萬六千外進勦之兵九萬三千六百係調永保二司施州衞及鎭谿所竝州縣漢土官兵而今日之兵三省僅可共備五萬楚兵酌備二萬卽以七千八百之數爲前茅但就其中汰去老弱以防誤事臨期退去苗兵以防異心卽以其糧餉另招蓺精勇熟者補足成數而輔以一州六縣五寨司鎭溪所各屬鄉兵爲羽翼兵自稱饒昔之糧米數十萬石取給於閩省轉輸餉銀數十萬兩取資於各處解助而今之糧餉惟先催完歷過額餉口糧進兵之日依期給發若夫鄉兵行糧各屬鄉保無論士宦軍民自願均平出辦餉自稱足

蓋被苗蹂躪地方破傾家業人人恨不食肉寢皮所以勇往樂輸即捐軀赴敵捐貲充餉無難色也若夫大小官員供億之需行師犒賞之費比照先年開各項援納之例儘可充用亦公私兩便者故曰無調運之艱至於命將行師尤勝昔年處置之易蓋三省參將衙門各哨把截督備已經分設周匝無煩再議且幸大經略部台駐劄黔藩彈壓眾省仰祈題請或移會於三省兩台權宜行事就便推選諳曉夷情知勇過人主將舉興大眾及秋高氣爽之候刻期並進直搗其巢窟不勢同破竹歟故曰處置之易所謂較昔尤多便宜者此也且彼苗烏合無統孤軍嘗之則虎突鴟張重兵臨之則冰渙瓦解窮追馨討其何難乎

然猶不無隱慮焉語曰伐大木者必先翦其荊棘近日之苗大都不滿一萬其出劫千餘每每邀串酉陽土兵助黨充數而酉陽所轄地方遼遠照管弗周或陷不知所宜急加移會諭以大義俾嚴行約束共圖滅賊庶苗之右臂斷而大舉可行矣至於永保二司嘉靖年間曾具甘結孰承永無犯順朝廷是以寢兵今之猖獗愈甚獨不與聞乎移檄通知俾協力共勦毋爲容匿後戶尤爲緊關第一著焉此三司者若非駕馭之早恐師老財匱終罔成功也未事之先預取各哨畫圖貼說以審進退次止之方但此時爲目前湯火計者暫合鄰哨之兵以塞鳳凰洞口等處咽喉俟其兵集安劄邊牆方遣牌曉諭各苗退獻生靈聽候招撫庶免勦殺必戶口全活纔相時行事又嘉靖年間被苗擄去男婦率多賣與各土司官輕價收買厥後調征之時土官割取首級湊作功數以邀上賞其慘毒更所靡極乎今須先行禁諭將各土司進兵奪回被擄戶口分別老幼貴賤立爲賞格責令戶口之家出銀充賞分別老幼貴賤定以數目入官聽其支給如土官有能送出人口存活數多者奏聞陞賞如此則生全之澤造福地方萬無一失矣且也蕩平之後有三便焉疆土開擴可州可縣即以效忠敷勇之輩納價營繕之家任土墾田承丁編戶輸賦役以報公家其便一也地方奉甯掣哨去兵歲額軍需糧餉可省三萬六千以還公帑其便二也夷氛靖埽要

荒即爲腹裏自辰陽取道瀘溪直抵銅仁平溪裁馬驛數站可省夫馬錢糧萬餘以儲國計其便三也若夫久安長治之計不過仍設崇山衞以戍守兼制之愼勿以土地循各强司之請爲充賞之貲是終以諡其爪牙而反以資其跋扈之勢也苦心時務者敢輕言行師哉恭遇執事受命秉鉞值皇天厭亂之日聖主憫窮之時儻不徒撫諭是頒而惟征誅旋舉嚴攻固守埽穴犁庭收百年全勝之功轉萬姓頓生之運端在旦夕間矣愚生憂懸桑梓患切流離不揣章句之儒謬參軍旅之畫伏乞俯收末議獨秉鈞裁則地方幸甚

車戰議　魏煥

言車戰之不善者曰利於守而不利於攻利於平原而不利於險阻進難追奔不得大捷退難回轉必致大敗此其概也然古言兵車爲陣鱗甲一可治力二則前拒三束部伍行以載兵不勞擔負止則爲營免掘溝塹乘便出可歸有所依與人長驅而爭天下者遇險難行固不必用此若今禦敵所患者我軍怯懦而彼騎衝突外無遮拒士卒倉惶弓弩火銃不暇施發而輒奔潰今欲致人而不致於人先爲不可勝以待敵之可勝宜莫如車不可廢也顧在教之熟而用之當耳昔古馳驅之善今不可復欲得一軍萬二千五百人而教之爲車三百乘乘用卒三十

五人五人在車一人御二人射二人助或兼勾擊步騎各十五人分爲三五二五隨車步一爲樵汲騎一爲遊兵不長在營餘卒二千人以備閒諜巡警守衛大將等項雜役車制比今騾車而小駕以三馬或四馬人披重鎧馬施捍衞車有廂廂有穴前發銃弩後載戈矛中峙糗糧凡車所宜百物皆備樵汲另用小車一乘或引以驢上施二桶或箱或櫃可以汲水可以載糧可以藏人或細載牲畜芻蕘或欄塞隘口險要遊兵護送常與往來營中另置巢車三二乘以備偵望戰車三百乘分爲六陣陣五十乘內名二十五乘爲一偏六陣之布地狹則前一後一左右各二爲直陣地廣則前二後二左右各一爲橫陣左一右一前後二陣各轉一偏勾曲斜連昆之謂圓引而直之即爲方陣爲銳爲曲隨意消息亦無不可凡車相去各容一車出路有餘屯營結陣車皆內向行則反之壓敵而屯遊兵時出以嘗寇或擾其畜牧或截其寇抄敗則歸營敵來則前車背射後車出代步士夾出刀斧雜施銃弩交發槍牌援鬭更休不倦疊出無窮相持少頃則騎分兩翼而出或擣其脇或遶其背急則歸營下馬助戰有死無退欲少休或被圍則下鹿角或推小車塞其空隙專發銃弩更番迭上以次續食使無困斃勝則騎士追奔車方軌而進遇險則止另調遊兵或伏強弩截其歸路失利欲還則步騎力戰以待車轉成列步騎復入車內然後徐行前車治

力整兵後車當敵背戰後或前進前或後代迭爲前後番上更休敵懈則車止仍出步士以突其胸退則車旋先遣騎士以躡其後勝獲則同車共賞喪敗不救則連罪奇材異功方擬陞職或爭首級而縱敵不追及傷同類者必誅無赦如此教習既嫻約束已定而後試之得是三軍與敵周旋相爲掎角彼將進無所獲退難善歸我軍縱無大勝亦無大敗矣待後幾年我軍慣戰彼乃寇擾選我精銳乘其利便舍車用騎長追遠襲直擣敵巢亦無不可輒以己見參以古法作車戰議

案作者嘉靖時進士此文見所著明九邊圖考之末刊本久佚頃從鈔本錄出刊附卷尾目錄則載編末已巳長至記

湖南文徵卷十二

講義明

湖湘後學集編

經筵講章

李東陽

大哉聖人之道洋洋乎發育萬物峻極於天優優大哉禮儀三百威儀三千待其人而後行

這是中庸第二十七章說聖道至大惟聖人能行之的意思洋洋是流動充滿之貌峻是高大優優是充足有餘的意思禮儀是經禮禮之大處威儀是曲禮禮之小處其人是指聖人說道是日用事物當然之理天下之所共由惟聖人能盡之所以嘆

做聖人之道子思說聖人之道先說過大哉二字以贊美之如何見得大處看他洋洋乎在天地閒流動而不凝滯充滿而不欠缺以言其功用則凡洪纖高下飛潛動植之物春生夏長秋收冬藏都是此道之發育蕃物之所以爲物不過陰陽五行之氣此氣之所以流行卽此理之所以流行也以言其體段則天下之物至高莫過於天至大亦莫過於天此道之高大極至於天而與之無閒蓋天地之閒不過陰陽五行之氣此氣之所充塞卽此理之所充塞也這是聖道之極於至大而無外所以說洋洋乎發育萬物峻極於天子思又說這道理優優然大矣哉凡天下之事禮儀大處如冠婚喪祭朝覲會同之類有三百條之多無非此道之所存威儀小處如俯仰進退揖讓升降之類有三千條之細無非此道之所在這是道之入於至小而無內而益可以見其大也所以說優優大哉禮儀三百威儀三千這箇道理雖是流行在天地賦予在萬民散殊在萬物然物得其偏而不得其全人得其粗而不得其精惟聖人盡此道於身故能行此道於天下所以說待其人而後行待之一字可見上天之道必有所付託而使之行而其生聖人者亦不爲無意矣臣嘗論之聖人之道雖至高至大而其條目品節卻至精至密聖人將那高大的收拾向細密處著實做將去外有以極其範圍之大而內有以盡其節目之詳故此道流行於天下無一豪欠

缺使其自己有一事之不盡則於天下必有一事之不行矣豈足以爲聖人哉若佛氏說空寂老氏說虛無皆窮高極遠自以爲聖人之道若究其實則至於絕人倫廢飲食茫然無所用於天下天下徒慕其名不辨其失沈溺迷誤愈久而不自知此吾道所以不能行而求其行之者必待於聖人也然道雖常存而聖人不常出故道之在天下行者常少而塞者常多自堯舜以來大率數百年而聖人出出則行不出則塞孔子以聖人而不得位於是以此道傳之後世雖存而不行者久矣伏惟皇上以聖人之資傳聖人之道居行道之位而操參天地贊化育之權復隆古之太平除異端之末學正有望於今日之盛也

惟天下至誠爲能盡其性、能盡其性、則能盡人之性、能盡人之性、則能盡物之性、能盡物之性、則可以贊天地之化育、可以贊天地之化育、則可以與天地參矣　李東陽

這是中庸第二十二章書、說聖人至誠的妙用、直與天地一般、至是至極、誠是眞實無妄、盡是無欠缺的意思、性是天賦與人的道理、贊是相助、化育是造化生育處、參是相參的意思、子思說惟聖人之德極其眞實、無有虛假、天下不能加尙、他旣無虛假、便自無有私欲、當初上天賦與我的道理、都能盡得、如性中有箇仁、便眞箇盡得這仁的道理、性中有箇義、便眞箇盡得這義的道理、性中有箇禮智、便眞箇盡得禮智的道理、内外精粗、

始終遠近、一件件察得都無有昏蔽、一件件行得都無有欠缺、若是有一些虛假、如何盡得如此、這是惟天下至誠爲能盡其性、在人的性、也是同受於天的、只是稟得氣質有不同處、聖人能盡自己的性、故能眞見那人的性與我一般、使他亦能盡其性、如不仁的、教他盡得仁、不義的、教他盡得義、無禮無智的、教他盡得禮智、都無有不能知不能行處、這是能盡其性、則能盡人之性、在物的性、也是受於天的、只是稟得形氣全不同了、聖人既能盡人的性、故能眞見得那物之性、也是一般、使他也能盡其性、如牛便教他耕墾、馬便教他馱載、仲夏便斬陽木、仲冬便斬陰木、獺祭魚然後捕魚、豺祭獸然後田獵、與凡生尅制化

飛潛動植之物、一件件都處得停當、無有不得其用、不得其所的、這是能盡人之性、則能盡物之性、天地造化生育之功雖是自大無外、然亦自有分限、天能賦與人道理、不能使他盡這道理、必待聖人教化他、然後能盡、天地發萬物、不能使他自然成用、必待聖人制度他、然後用得、是天地的化育、也是聖人贊助他、這便是能盡物之性、則可以贊天地之化育、至高莫如天、至厚莫如地、聖人在中間、也只是一箇人、因他有這贊助化育的功、故能上配天、下配地、將一身參在中間、與天地竝立爲三、少一箇不得、這是可以贊天地之化育、則可以與天地參矣、蓋天地開只是一箇實理、升而爲天、降而爲地、鍾而爲人、散而爲物、

故人稟天地之氣、體即是天地之體、心即是天地之心、本都眞實無妄、只爲氣稟所拘、物欲所蔽、纔有不實、便與天地萬物不相干涉了、聖人出而爲天下民物之主、以天地之心行天地之事、故其功用效驗直至參天地贊化育而後巳、若使天下有一箇不善的人、有一箇不得其所的物、便不叫做參天地贊化育、求其所以能如此者、不是先盡了自己的性、如何做得、故子思論參贊天地、必本於至誠、其旨深矣、這等德行、這等事業、只是堯舜能之、如欽明文思、濬哲文明、便是盡性、平章百姓、而於變時雍、愼徽五典、而五典克從、便是盡人之性、山川水土、則大禹成其績、草木鳥獸、則伯益順其生、便是盡物之性、故堯舜之功

直與天地相爲無窮．洪惟皇上以堯舜之資．居堯舜之位．可以運樞機於四表．可以溥化育於羣生．使無一民一物不得其所．以成參天地之功者只在皇上一心之誠．何如耳．伏惟聖明常加體驗．一件政事如何是誠．如何是不誠．一件道理．如何是盡．如何是不盡．民已化矣．惟恐有一人之不化．物已安矣．惟恐有一物之不安．擴而充之．以求至乎其極．則堯舜之治．復見於今日矣．

聖人有憂之．使契爲司徒．教以人倫．父子有親．君臣有義．夫婦有別．長幼有序．朋友有信　李東陽

這章書是孟子荅陳相說．帝堯治天下．教民復其常性．意思．聖人指帝堯．說契是舜臣名．司徒是舜時官名．專管教民的事．人倫是人之彝倫．固有的道理．卽下文五件便是．孟子因陳相說許行之道．要與民竝耕而食．因曉敎他．說聖人治天下．只是教養二字．帝舜聖人．因帝堯舉用．使禹治洪水．益治山澤．民得其養．又恐民飽食煖衣．逸居而無教．則近於禽獸．深以爲憂．乃使契做司徒之官．以教天下．且說契把甚麼教他．只是將民原稟受於天的五件彝倫．人性中固有的道理．是那五件．父子有親．

君臣有義．夫婦有別．長幼有序．朋友有信．人之有生．至親的莫如父子．有父子．便自然有箇親愛的道理．爲父的自然慈愛他的兒子．爲子的自然孝順他的父母．都是親愛上發出來．這便是父子有親．有天下．便有君臣．有君臣．自然有箇義合的道理．爲君的以義使臣．事不合義．則不可使他．爲臣的以義事君．義有不合．則不可苟祿．都從義上發出來．這便是君臣有義．有夫婦．便自然有箇分別的道理．夫婦相處．恩義親密．中閒卻有分限．夫是夫．婦是婦．不相瀆亂．這便是夫婦有別．有長幼．便自有箇次序的道理．長幼相接．等級不同．中閒卻有箇次第．不相淩犯．這便是長幼有序．有朋友．便自然有箇信實的道理．朋友相

交彼此來往誠信交孚不相疑忌不相欺誑這便是朋友有信這五件人倫都是人稟受於天固有的道理只因飽煖安逸爲私欲所遮蔽將本心都喪失了聖人教民提撕警覺引掖開導他使他每各自完復了那本然之性所以風俗醇厚天下治安聖人憂民之心方可以少釋矣使天下有一人不復其性則聖人之憂不止也是固不可與民竝耕而亦何暇於耕乎臣按聖人治天下有君師之責君主養師主教二者治天下之大道也孟子告陳相雖是一時闢邪扶正之辭實乃萬世君天下者之標準也夫以四海之廣兆民之衆雖堯舜盛時猶不免於五品之不遜今國家承平百有餘年民情久而易遷法令久而易玩

豈無一人不復其性者仰惟皇上纘祖宗之洪基膺君師之大任憂民之念每切淵衷伏望以身爲敎以示民之可從以道爲治而化民之弗率唐虞之治將復見於今日矣臣等不勝欣願之至

昔君文武丕平富不務咎底至齊信用昭明于天下則亦有熊羆之士不二心之臣保乂王家用端命于上帝皇天用訓厥道付畀四方

李東陽

這是周書康王之誥說文武有聖德得賢臣故能受天命有天下的意思文武是周文王武王丕是大平是均平富是富足務是專用力的意思咎是咎惡底致至是至極的去處齊是兼備信是誠實周康王初卽位告諸侯說是舊時文王武王爲君之德溥博而不狹隘使天下無有彼此均平而不偏私使天下無有厚薄減薄稅斂使天下都富足無有窮困這是丕平富人有罪惡不得已而後加刑刑又輕損而不深刻謹愼而不差誤不

曾專意去尋人的罪惡這是不務咎這箇心推行將去都到那至極的去處兼盡得來都極誠信無一毫虛假內外充實自然光輝發越明白在天下人耳目所以說昔君文武丕平富不務咎底至齊信用昭明于天下熊與羆都是猛獸名不二心是一心乂是治康王又說昔文武那時節也有熊羆一般的武士與純一忠實不二心的賢臣同心協力輔佐文王武王保護經理我周邦國所以說則亦有熊羆之士不二心之臣保定王家端命是正命訓字改作順字文武有此道當受正命天也順他所以下箇順字付是託畀是與康王又說文王武王旣有這等聖德又有這等賢臣輔佐他以此承受上天的正命上天以此順

文王武王之道把天下交付與他主管故文王時三分有二武王時天下大定所以說用端命于上帝皇天用訓厥道付畀四方康王之意是說文武如此聖德猶委賢臣輔佐況我之德不及文武卽位之初不賴羣臣輔佐如何保這天命求助之意可謂切矣臣嘗論之天命之所付託在人君助人君以共承天命者在大臣人君知此理必能任用賢才不肎自恃聰明人臣知此理必當竭忠盡力不敢曠廢官職君臣一體上下同心然後可以承天命治天下此是一定的道理然一代創業之君必有一時佐命之臣若繼世之君當卽位之初尤不可無舊臣之助故成王告周公說公稱丕顯德以予小子揚文武烈奉荅天命

和恆四方民居師及康王求助諸侯亦是此意後來二君都是保邦致治時有召公畢公在其致天下安甯刑措不用號稱守成賢主豈不是諸舊臣輔佐之功後世守成之君如漢元帝尊蕭望之爲師傅高宗知褚遂良爲顧命之臣不但不肎聽信又將他枉害了這是有賢而不能用漢成帝師法張禹與議大政宋理宗尊寵史彌遠惟言是從這是用臣而非其人所以當時邦家禍患有不可勝言者洪惟我朝列聖相承重熙累洽百有餘年守成大業然功成治定逸豫易生伏惟皇上思上天付託之重念祖宗創業之難體左右臣職之重推廣聖德專任賢才以隆宗社萬萬年無疆之慶則成康之治不足言矣

王人求多聞時惟建事學于古訓乃有獲事不師古以克永世匪說攸聞

李東陽

這是傅說告高宗以法古爲治的意思王是稱高宗建是立獲是得昔商高宗既得傅說爲相訪以爲學之道傅說因稱王以啟其君之聽說道凡人須求聞見廣博於天下的道理無所不聞無所不見這是爲何惟要建立天下的事功蓋有一事必有一理有一件道理不通便有一件事幹不得然不可全資於人又要求之於古前代聖王修身治天下的道理都有訓戒與後人做師法如二典三謨之類件件要學則天下的道理自然有得於心彼之資於人者尤爲親切這便是人求多聞時惟建事

學于古訓乃有獲傅說說人於行事之時若是不以古訓爲師法只將私意小智變亂舊章有一利必有一害利處常少害處常多必至於下失人心上傷國體而欲久安長治永保子孫則非說之所聞言必無此理也這便是事不師古以克永世匪說攸聞臣按經書中言學字起於高宗傅說問荅之詞蓋天下之人皆不可不學而人君之學尤爲緊要君之學與不學天下之治亂係焉顧天下之理難辨而易昏天下之事難成而易敗故必資於人以爲聞見之地考諸古以證聞見之眞然後可以成天下之治保天下之業高宗所以四海仰德爲令主豈非傅說之言有以啟之哉厥後宋臣范祖禹講這一章書畢將事不師

古以克永世匪說攸聞三句重讀兩三徧所以警戒仁宗之意深矣恭惟皇上以睿聖之資傅帝王之學日御經筵講求治道惟在體察斯言推之天下而已臣等無任惓惓仰望之至

案講義意取明顯辭皆淺近宜若不足言文然自昔經筵之設最爲國家大典所爲育君德端主極正治術者胥在於此侍從諸臣借古鑑今隨時獻替得稍盡論思之職者亦在於此故以言其體則不過語錄之流以言其用實文之大且要者也而諸家古文輯本未嘗及之者固謂此種不以文論亦以所見不多之故蓋工於文事者不皆身與講筵其得與講筵者不皆有刻集以傳於世也即今綜攬元明兩朝惟文正

文莊二李公集中乃有此文文雖淺顯然非洞澈理義之奧研求治忽之原者不能道也二公皆著作大手若謂此種無足輕重則不存於集中矣汝懷附記

附講讀錄序

李東陽

翰林講讀之職有經筵有日講有東宮講經筵則摘經書要語爲題先進講章至日陳於御案講官以次對講日講則循序排日上進起止撰成直解默記暗誦如東宮之制尤爲切要雖儀節不同所以敷析義理培養君德則一而已東陽自憲宗朝入翰林歷編修侍講十有餘年成化丙申始入經筵侍班兼撰講章甲辰以侍講學士侍東宮班皆不預講事至孝宗朝屢遷太常少卿仍兼侍講學士宏治壬子始直日講兼經筵講官及進禮部右侍郎兼侍讀學士亦如之今上皇帝嗣統之初東陽實在內閣請以秋

冬先就日講而職在提督正德紀元之春經筵肇啟東陽以例辭講蓋至是而講讀之職始畢仰惟我國朝誕啟文運太祖太宗神聖天縱固無待於問學而能仁宣兩朝皆以長君御極豫教之成其來久矣成化宏治開聖學緝熙文學侍從之臣朝夕誦說各以所學期効分寸之益東陽雖久塵禁近晚充講官不二三年遂參機務其以經義供職事者無幾顧程頤之積誠范祖禹之按講惴惴焉惟恐不及句讀訓詁雖非大義所關然舍此亦無以爲感格之地也謹彙次所撰講章直解若干首爲二卷別有三謨直解內閣所未經聽覽者則不及錄云

孟子直解

孟子曰求也爲季氏宰無能改於其德而賦粟倍他日孔子曰求非我徒也小子鳴鼓而攻之可也　李東陽

求是孔子弟子冉求季氏是魯國之卿當時與孟孫叔孫號爲三家皆魯國之强臣宰是家臣賦是取賦粟倍他日是取民粟米比往日加一倍徒是類小子是衆門人鳴鼓而攻是聲揚他的罪過切責他孟子說季氏爲魯國之卿平昔越禮僭分不守臣節侵漁剝削刻害小民他的富貴已過於周公了冉求做他的家臣不能朝夕規諫更改他的德行已是不能盡職反替他取民米粟比往日又加了一倍横征暴斂日甚一日使小民愈

加困苦無以安生則其罪又甚矣當時孔子聞得此事乃對衆門人說冉求忍心害理附姦黨惡不是我的徒類你衆門人可聲揚他的罪過切責他蓋甚絶之之意也孔子雖切責冉求然其意亦幷警季氏孟氏引之蓋欲使後世阿附權勢者知不爲公論所容皆當以爲戒也

右宏治五年四月初四日講

故善戰者服上刑連諸侯者次之辟草萊任土地者次之　李東陽

善戰是善與人爭戰服是受上刑是上一等最重的刑罰連是結次是次一等稍重的刑罰辟是開墾萊是蒿萊任土地是分土授民使任耕稼之責次是次一等稍輕的刑罰孟子承上文說人君不行仁政爲人臣的卻自恃武勇善與人爭戰殊不知爭戰之時兩軍交至兵刃相接傷殘死亡不可勝紀這等人若以先王之法律之當受上一等最重的刑罰古之人如孫臏吳起之類便是又有一等人臣專一連結諸侯以口舌游說列國如於齊楚則言某國兵弱可取於梁陳則言某國財盡可伐引

誘列國諸侯互相併吞沒有了期這等人若以先王之法律之當受次一等稍重的刑罰如蘇秦張儀便是又有一等人臣志在興利聚斂到處剪除了草萊開墾做田土分與百姓每著他耕種納賦稅年年徵科但知富國全不恤民這等人若以先王之法律之當受又次一等稍輕的刑罰如李悝商鞅便是這一節蓋言當時人君不行仁政人臣專以此三者之事取名於世都是先王的罪人孟子此章亦遏人欲存天理之意有天下者不可不以爲戒

四月初七日講

孟子曰恭者不侮人儉者不奪人侮奪人之君惟恐不順焉惡得爲恭儉恭儉豈可以聲音笑貌爲哉

李東陽

恭是恭敬儉是節儉侮是侮慢奪是侵奪惟恐不順是惟恐天下不順己聲音笑貌是假做於外的模樣孟子說人君能持身恭敬不驕傲的必能禮貌大臣禮接羣下不肎恃其勢位輕易傲慢人君能用財節儉不奢侈的必能取民有制不肎逞其威力分外侵奪人君這不侮不奪便是恭儉之驗於行事著實的若侮奪人之君任情使勢惟恐人不順其意豈能爲恭侮人之

君貪得無厭惟恐人不順其欲豈得爲儉這恭儉二字須是有此實心成此實德積中發外自有不可掩者豈可本無其實而徒以聲音笑貌矯揉妝飾假做於外哉蓋誠僞之關天理人欲判然不同不可不謹當時列國之君或有名爲恭儉其實不恭儉的孟子此言亦必有爲而發然實君人者所當知

四月十六日講

淳于髡曰男女授受不親禮與孟子曰禮也曰嫂溺則援之以手乎曰嫂溺不援是豺狼也男女授受不親禮也嫂溺援之以手者權也

李東陽

淳于髡是齊國的辯士授是以物與人受是接受人物溺是落水援是救豺與狼都是野獸權是稱錘淳于髡問孟子說我聞得男女之間或以物與人或手受人物都不親手交付只寘放地下使各自取去這果是古禮否孟子荅說古者男女不親手授受所以遠別嫌疑此正是禮淳于髡又說假如嫂叔二人嫂是女叔是男嫂或偶然落在水中爲叔的倉卒無有器物若不以手去救他必然渰死以手救他則於禮有礙不知當此時救

的是不救的是孟子又荅他說嫂叔至親若嫂落水而不救則陷於禽獸無復人理與豺狼一般如何不救且男女不親授受是禮之經常人所共守嫂溺將手去救他是禮之權宜一時之事譬如那稱錘一般隨物輕重或往或來務要取箇恰好處若死守常法不通權宜便不是道理惟於權宜之中稱量得合著中道此乃所謂禮也淳于髡之意將欲孟子從權救世故先設爲問難而孟子亦以正荅之其義還在下文

四月二十三日講

公孫丑曰君子之不教子何也至父子相夷則惡矣

李東陽

公孫丑是孟子的弟子．不教子是不親教其子．夷是傷．這夫子是子指父說．公孫丑問於孟子說君子之於其子．未有不愛而教之者．然從來不肎親自爲教．這是何故．孟子答說．父子主恩．若親教之．則事勢或相乖戾．至於不可行．故不教也．如何是不可行處．葢教子必以正道爲主．如教孝弟忠信之類．若教之孝弟而弗從．導之忠信而弗率．則爲父的必謂其子不足教．而以怒責繼之矣．夫既繼之以怒責．則始也愛而教之．今則反將那天性之恩傷了．父既傷其子．那爲子的又責父說．夫子以正道

教我．然我看夫子自身也未必自行正道．如何卻要教我．則是子又重傷其父矣．父子之間．彼此相傷．則爲父的陷於不慈．爲子的陷於不孝．豈不是入於惡了．這便是勢有不行．所以君子之人不親教其子也．教之之法．詳見下文．

右一授傳學士作．五月初八日代講．

曰今天下溺矣．夫子之不援何也．曰天下溺．援之以道．嫂溺援之以手．子欲手援天下乎

李東陽

夫子是尊稱之辭．指孟子．子是男子的通稱．指髠．髠因孟子權字之義．又設問說．禮既有從權處．方今天下大亂．百姓每都遭陷溺．如落水一般．這百姓每都是我的同類也．當從權去救他．如何夫子卻死守正道．不肎將就求仕以救天下．孟子又答他說．天下雖是陷溺．惟道可以救之．不比嫂溺於水．只消以手救援．便可濟事．葢士君子出處．必以正道．不枉己求人．庶幾爲時君所重．有言見聽．有志得行．方可救濟得天下百姓．若是枉己求人．不爲時君所用．諫不行．言不聽．德澤不下究．如何救得天

下百姓．今爾要我救天下．卻教我先枉道以求合於人．則是先棄了救天下的器具．是要我以兩手救天下．豈有此理乎．此章言事之變者．固可從權．若道之正處．決不可不守．聖賢出處之宜．大略如此．

右一授．四月二十九日傳學士瀚講．講例每三授則一溫．爲四日．此以前溫書皆傳講．以後將輪溫而直解．已預辦三日．故以初授屬傳．而東陽講次授．以直溫書．又後凡有事妨．則五日代講．而凡代講及溫講各附載所講直解如此式云．

古者易子而教之父子之閒不責善責善則離離則不祥莫大焉

李東陽

易是交換責善是督責使必要爲善離是情意閒隔的意思孟子既答公孫丑君子不親教子之義又推廣說上古之人既不親自教子又不肎棄而不教於是將兒子與人兩相交換著教他所以全父子之恩又不失子爲教的道理蓋因父子之閒骨月至親不可互相督責務要他必行善道似朋友一般若父責子爲善子又責父爲善當其督責之時言語未免激切情意未免有閒隔處一有閒隔則父雖欲慈而反不得爲慈子雖欲孝而反不得爲孝父不慈子不孝則一家之內乖戾不祥的事無

有大於此者責善本是好意其獘乃做出不祥的事來古人所以不親教子務要交換相教正爲此也然所謂不責善者也不是全然不管如路人一般父之於子當不義則從容訓戒子之於父當不義則從容諫諍只是不可過於激切耳此又是孟子言外之意

五月十二日傅學士代講已上三授三月十六日溫講

孟子曰事孰爲大至守身守之本也

李東陽

事是奉事孰字解作何字守是持守本是根本孟子設爲問荅說大凡人所當奉事的如事君事長之類非止一端中閒何者爲大惟有事父母的道理最大人所當持守的如守國守官之類也非止一端中閒何者爲大惟有守身的道理最大這兩句是分說然就這兩件中又以守身爲要若能尋規蹈矩持守其身不失陷於不義之地便能奉事父母使他歡喜無憂無辱這等事乃理之所必有我也會聞得來若是放縱曠蕩陷其身於不義卻能奉事父母使他歡喜全無憂辱這等事我卻不會聞得是事親者又不可不先守其身也這兩句是總合說且事君

事長那一件不是事然人先有父母而後有君長必事親能孝則推之於君而能忠推之於長而能順此事親所以爲事之根本守國守官那一件不是守然人有身而後可以做官可以治國必能守其身則推之於家而家齊推之於國而國治推之於天下而天下平此守身所以爲守之根本這兩句是反覆申明前兩句之意

五月二十二日講

曾子養曾晳　至　若曾子者可也　李東陽

曾晳名點是曾子的父親徹是收曾元是曾子的兒子孟子既說事親為事之大於此又舉事親的實事說昔者曾子奉養他的父親曾晳每設飲食必有酒肉不缺臨到喫了收將去時曾子必請問父親說這餘賸的物把得誰喫或父再問這物有無曾子必荅應說有蓋恐父親之意再欲與人便得與之也及曾晳死了曾元卻又奉養他的父親曾子每設飲食亦必有酒肉不缺臨到喫時將收拾去曾元遂不問這物與誰或父再問這物有無必荅應說沒有其意將欲再進父不欲別與人也這便是奉養父母口體而已若曾子到能承順父母要與人的好意

而不忍傷了他乃養親之大者也大凡事親的人若能如曾子奉養父母的事不似曾元但養父母的口體則這人養親之道也把做可了夫孝如曾子已無以復加矣而止說箇可字者蓋人子之道雖做到十分極處也只是本分所當為豈以曾子之孝為有餘哉孟子這一章既說守身為事親之大於此一段是見曾子能守身以事親之大的意思

右一授傳學士作傳省墓歸九月二十八日代講

孟子曰人不足與適也　一章　李東陽

人是人君所用的人適是過責閒是非閒大人是有大德的大臣格字解作正字是物之所取正者孟子說大凡人君所用的人豈能人人皆當使有一人不當也不足與相過責所行的政豈能件件都是便有一件不是處也不足與相非閒蓋用人行政都是人君一心若君心有不正則雖人人而去之後復用其人將不勝其去矣事事而更之後復有其事將不勝其更矣此用人之非所以不足過責行政之失所以不足非閒惟有大臣者道全德備精神意氣自有感格譽望丰采自能聳動這等人方能格正君心之非但君心萌動時有一不正便格之以歸於

正如君心有不仁便格之以歸於仁則凡用人行政之類莫不皆仁君心有不義格之以歸於義則凡用人行政之類莫不皆義君心既歸於仁義則凡不正處皆歸於正而凡用人行政莫不皆得其正夫君者國之表率天下之所視傚者一正其君則天下之人觀感興起無有不歸於正這便是國定果能正君而定國則何必人人而去之事事而更之然後足以為治哉孟子此章言輔相之職必先格君心之非而欲格君心之非者非有大人之德則亦莫之能也這是萬世為大臣之法

十月初八日講

十一月初十日溫講

孟子曰有不虞之譽有求全之毁　李東陽

虞是料度，譽是聲譽，毁是非毁。孟子說人必有善纔得人稱譽，然稱譽之言未必皆實，有一等人只是尋常度日所行的事與衆人一般本不足以致名譽，原他的本心初不料名譽之至，卻偶然得人稱贊起來，互相傳誦，衆口一辭，這便是不虞之譽。人必有惡纔被人非毁，然非毁之言也未必皆實，有一等人小心畏慎，所行的事務求全美，惟恐有些差失招人議論，卻無故被人非毁說他不是，這便是求全之毁。夫爲善得好名，爲惡得惡名，本是常理，今乃有出於常理之外的，這等處去須要見得透。修己的不可僥倖得名便歡喜自足了，還要勉强爲善以求稱其名，不可因外人言語便生憂疑，只要自家持守得定，終身不改。觀人的不可徒取虚名便輕易進用人，不可信人讒謗便輕易黜退人，還要仔細詳詢訪實有可用然後用，實有可退然後退他，如此則無實之毁譽不能亂矣。這卻是孟子言外含蓄的意思。

宏治六年八月十三日講。

孟子曰人之易其言也無責耳矣　李東陽

易是輕易，責是怪責。孟子說人之言語若發之不當，必然遭人怪責，既遭過責以後必不肯輕易發言，故凡人之發言時不計是非，不顧利害，只管輕易胡亂說將出去，這等人只是偶然不曾遭人怪責他，以此不知懲戒耳。蓋常人之情，前面無所懲創，則後面不知警省，自是如此，若君子之言則當謹而謹，豈待有差失有過責而後不敢輕易哉。孟子這一章必有爲而發，然亦可以爲言語之戒。

孟子曰人之患在好爲人師　李東陽

患是病患。孟子說凡與人做師傅，必是他學問有餘，人來求教，不得已而應之乃可，若是他心性好勝，不待學問充足，只管好做人的師傅，則自家滿足，再無有進益了，這是人的大病痛處，不可不戒。夫師之道固世之所不可無，然亦不可輕易如此。

右一授，八月十四日程學士敏政講。

樂正子從於子敖之齊　一章　李東陽

樂正子是孟子弟子，子敖是齊大夫王驩的表字，之是往，先生指孟子，昔者是前日，館是客舍，克是樂正子的名。昔日孟子在齊國，樂正子從蓋大夫王子敖往齊國去，孟子意說子敖是小人，不當與他同游，因怪樂正子，及樂正子來見孟子，孟子說你亦來見我乎。樂正子見孟子怪他，不知何故，問說先生如何說這等言語。孟子又問他說你來到齊國幾日了，樂正子荅曰前日來了。孟子說既是前日來了，如何兩日不來見我，我說這等言語，豈不宜乎。樂正子荅說因舍館未定，所以不曾來見。孟子又說你曾聞得人說直待客館定了，方纔求見長者乎。蓋樂正子既已失其身，又不早見長者，其罪多矣，孟子且以不見之罪責之。樂正子既聞得孟子說，即引咎自責，自稱其名，說克自知有罪，不敢辭矣。這一章見孟子教人之嚴，而樂正子勇於受責，亦自可見。凡爲師的，必以孟子爲法，爲弟子的，亦不可文過飾非，爲樂正子之罪人也。

八月十六日講

孟子謂樂正子曰子之從於子敖來徒餔啜也我不意子學古之道而以餔啜也　李東陽

徒字解作但字，餔是食，啜是飲。孟子呼樂正字說，你這一遭跟著王子敖來，更無他事，但只圖些飲食而已，我不意你平日學古人之道，不知所擇從之人，是可與同行的，是不可與同行的，卻專爲飲食，是何道理。蓋學古人之道，則能審於擇人，嚴於處己，遇可從之人，雖無勢利，簞食瓢飲，亦所不辭，遇不可從之人，雖有勢利，千駟萬鍾，亦不爲動。子敖本是齊王倖臣，孟子平日絕之，未嘗與他說話，今樂正子乃失身於此人，宜孟子正其罪而切責之也。

右一　授程學士作

孟子曰不孝有三無後爲大舜不告而娶爲無後也君子以爲猶告也

李東陽

後是後嗣不告是不告父母娶是娶妻孟子說按古禮凡人不孝的事有三件阿意曲從陷親不義是一件不孝家貧親老不爲祿仕是二不孝不娶無子絕先祖祀是三不孝這三件中惟有無後嗣一件是大不孝葢子孫所以報本追遠在於祭祀若是不娶妻不生子絕了祖父的祭祀不孝的事豈有大於此者故虞舜承帝堯的命娶了二女不曾告他父親瞽瞍得知娶妻大事豈有不告父母之理只是瞽瞍爲父大不慈若是告知必然不要他娶不娶必然絕了後嗣得罪反重故不敢告也然舜雖不告君子論他則以爲與告了的一般葢天下之道有正有權正者萬世之常權者一時之用告者禮也不告者權也權而得中則不離於正矣然常道人皆可守權非聖人不能用若父之不慈不至瞽瞍子之大孝不及虞帝卻欲不告而娶則是天下罪人又不可一概而論也

八月二十六日講

孟子曰仁之實事親是也義之實從兄是也

李東陽

這實字解作結實之實孟子說仁義二者是人性固有的然仁主於愛而愛莫切於事親人能孝順父母便是仁之實義主於敬而敬莫先於從兄人能敬事兄長便是義之實仁義之道其用最廣比如一株樹愛民利物都是仁之枝葉其本卻自愛親之一件上推來以此見得愛親便是仁之結實處忠君弟長都是義之枝葉其本卻是從兄一件上推來以此見得從兄便是義之結實處人之良心發見惟此二者最爲切近最爲精實能於此體認躬行而充廣之則仁義之道不可勝用矣

右一授程學士作九月初七日溫講

智之實知斯二者（至）手之舞之　李東陽

這三箇實字從上文兩箇實字說這三箇斯二者都指事親從兄說節文是品節文章生如草木有生意一般惡字解作何字蹈是舉足踏地的模樣孟子既說仁義之實在於事親從兄又推智禮樂之實不在於他只在於事親從兄這兩件道理知得明白又能固守常常不離去了這便是智之實處禮之實只於這兩件爲之品節文章使其次第等級秩然不亂威儀文采粲然可觀這便是禮之實處樂之實只是於這兩件中心悅樂和順從容無所勉强既無勉强則這道理油然自生如草木之有

生意既有生意則自然暢茂條達發將出來如何遏止得住既止不住則盛而又盛形於動容見於四體至於足之蹈之手之舞之有不自知其所以然者矣這一章說事親從兄良心眞切天下之道皆原於此然必知之明而守之固而後節之密而樂之深也

九月十一日講

舜盡事親之道而瞽瞍底豫（至）此之謂大孝　李東陽

瞽瞍是舜父的名底是至豫是悅定是各止其所的意思孟子因說帝舜之孝又推廣說舜能得親之歡又能諭親於道事親的道理已盡到至極處故瞽瞍雖至頑這時節都致到和悅的去處這便是底豫了只因瞽瞍一至底豫凡天下爲人子的知天下無有不可事的親都做傚舜而爲孝及至他爲父的也都底豫無有不慈這便是化瞽瞍一底豫了凡天下爲父的慈爲子的孝子孝父慈各止其所無有不安其位的意思這便是定舜之孝至於如此爲法於天下自可傳於後世非止一身一家

之孝而已所以稱做大孝蓋凡處人倫之常者易處人倫之變者難舜處人倫之變而能盡其孝故孟子舉之爲萬世法也

九月十四日講

離婁章句下

這是孟子離婁篇後一半因簡帙重大分作章句下篇

孟子曰舜生於諸馮遷於負夏卒於鳴條東夷之人也文王生於岐周卒於畢郢西夷之人也　李東陽

諸馮負夏鳴條都是地名岐周是岐山下周舊邑畢郢也是地名孟子說虞舜生於諸馮遷居在負夏沒在鳴條都是東方夷服之地是舜乃東夷之人也周家文王生在岐周沒在畢郢大抵是西方夷服之地是文王乃西夷之人也

地之相去也千有餘里至其揆一也　李東陽

符節是玉做成的篆刻文字從中分開使彼此各藏一半有事則左右相合把做信記揆是度孟子又說舜與文王地土相去有千餘里之遠世代相先後有千餘年之久然舜爲天子文王爲方伯得志行道於中國以及於天下則與符節相合一般無有差錯是聖人之生雖有先後遠近之不同揆度將來其所存所行的道理則一而已非孟子深知二聖之心豈能形容至聖若此哉

宏治七年三月二十一日講

日講章　李騰芳

齊明盛服非禮不動所以修身也去讒遠色賤貨而貴德所以勸賢也尊其位重其祿同其好惡所以勸親親也　天啟甲子四月二十五日

這一段是孔子說九經的實事上文說修身還不曾說身怎麼樣修說尊賢還不曾說賢怎麼樣尊說親親還不曾說親怎麼樣親而今纔一一說箇明白齊明二字指心言齊字解做齊一此心齊一象箇齋戒的一般更沒有第二箇不敬的念頭雜亂所以叫做齊明字即潔字之義言此心乾淨更沒有一毫私欲遮蔽所以明潔這等齊明了則身上穿的衣服使澹薄些何害

如何要盛服盛字不是華麗只要整肅的意思衣服整肅則威儀莊嚴身體自然不苟且了至于視聽言動等事又要依著禮法而行非禮之事不要去幹如此則內外交養動靜如一此身常在規矩之內乃所以修身也讒是讒佞的人能以是爲非傷害君子人主最易信他如何信他只因他說得巧了湊著機會中傷了人人還不知色是女色貨是財貨大凡人主之心信了讒則決不信賢心分于好色好貨則禮賢之意輕今屏去了讒邪不用他疏遠了女色不暱愛他輕賤了財貨不重他專心一意只貴重那有德的人如此則賢者莫不盡心竭力爲朝廷用乃所以勸賢也天子既極天下之貴同姓的家族如何著他賤

須尊其位使他也貴天子既極天下之富同姓的家族如何著他貧須重其祿使他也富天子與諸藩名分隔絕然原是一家的人如何情意不相聯屬須與之同其好惡他心裏喜的與他同喜心裏惡的與他同惡如此則諸父昆弟藹然一團和氣朝廷親他他也親朝廷乃所以勸親親也這三經一字一句都切著皇上修己治人之道皇上只宜依著孔子說的去行然畢竟修身是本修身又以齊明爲本此大學所以說欲修其身先正其心惟皇上垂聽是日中書官傳上諭講得好

官盛任使所以勸大臣也忠信重祿所以勸士也時使薄斂所以勸百姓也 四月二十七日 李騰芳

上文只說敬大臣體羣臣子庶民不曾說大臣怎麼樣敬羣臣怎麼樣體庶民怎麼樣子而今纔說官盛的盛字只作多字看與上文盛服之盛字不同大臣不當親理細務必須多設些官屬分投幹辦使足以任大臣之使令這官原是朝廷的官大臣使他幹辦的事都是朝廷之事不是大臣私事只小事有人幹辦得大臣聚精會神好料理緊要的機務朝廷交付他安危的擔子他定計畫得周全乃所以勸大臣也羣臣官卑不能自結于人主故必待之以至誠使他不生疑畏忠信兩字只是一箇

誠字羣臣俸薄不足以養其父母妻子故必與之以重祿使他俯仰無累如此則羣臣莫不感恩思各盡其職業以圖報矣乃所以勸士也士就是羣臣百姓終歲勤苦不能養生故古人于春夏秋三時都不去役使他只到冬時農事既畢方用其力這叫做時使征斂他的稅糧都是十分取一這叫做薄斂如此則百姓既有餘力又有餘財自然懽欣愛戴以親其上乃所以勸百姓也而今疆埸用兵百姓鎮年月日要運糧草要搬送器械要築城挑濠累得髓枯筋絕如何有箇時使日子除額征之外又要加派如何得薄斂每見一處有事動口要餉幾百萬費了幾百萬又不曾了得事朝廷內帑也發得空了百姓既無積聚

加以水旱不時有司貪酷人人思亂見今盜賊生發輦轂之下禁止不得何況遠方若除了遼東貴州之外中原倘又有別事要兵要餉不知諸大臣有何措置惟願聖明再念眼前閑暇的日子一刻不宜空過嚴諭大臣早思有備無患之計

日省月試旣稟稱事所以勸百工也送往迎來嘉善而矜不能所以柔遠人也繼絕世舉廢國治亂持危朝聘以時厚往而薄來所以懷諸侯也　四月二十八日　李騰芳

上文說來百工柔遠人懷諸侯不曾說百工怎麼樣來遠人怎麼樣柔諸侯怎麼樣懷而今纔說旣字讀作餼餼是牲口稟是米大凡百工伎藝的人執事有勤有惰所作的器物有精有麤須要日日去省視他月月去考試他用工勤的所作又精多與他餼稟用工懶惰的所作又不好少與他餼稟要稱他所做的事不許冒濫了如此賞罰明白則百工勤者愈勤精者愈精而不如者亦知所戒勉矣乃所以勸百工也往是遠人自我國回去的須要送他朱註曰往則為之授節以送之節乃旌節使關津不得阻滯也來是遠人自他國來的須要迎他朱註曰來則豐其委積以迎之委積是預備款待過客的東西即今驛遞下程酒飯等事也其人有善者則嘉美之因能以授之任有不能者則矜恤之不強其所不欲如此委曲周卹那遠人便是桀傲的也調柔了乃所以柔遠人也諸侯沒有子孫的叫做絕世尋其旁枝繼之不要斷了他宗祀諸侯失了土地的叫做廢國舉其子孫封之不要滅了他爵土他國中紀綱法度壞亂者要為他整治勢力微弱不振將傾危者要扶持他使其諸侯五年來一朝見使其卿三年來一大聘使其大夫每年來一小聘聘者

問也各有其時不欲勞其力也遇著來朝來聘之時天子有燕賞之禮要厚諸侯有貢獻之物要薄不欲匱其財也這往來兩字與上文往來字不同上面的指遠人之去者曰往來者曰來此指天子賜諸侯的東西曰往諸侯貢天子的方物曰來如此恩禮優渥那諸侯便強大者也感服了如何得有背畔之心乃所以懷諸侯也這孔子說的件件切當可行若將日省月試既廩稱事的法子查考各項工程自然費省而功倍矣若將送往迎來厚往薄來的法子推之以待各邊貢使如今互市賞夷的段疋都是差官與鋪戶營幹賺錢織下極濫惡的東西只圖哄那夷人夷人拏到手裏便破碎了所以爭多將來只怕有變若

朝廷有令許商賈自家裝貨來邊只依百姓家平等交易一疋好段子不消銀三兩夷人得一疋勝如幾疋好不喜歡我買一疋的價錢買得幾疋好不便宜安得有許多弊竇此最易之事也

湖南文徵卷十三

湖湘後學集編

說　元明

李觀尙賓字說　歐陽元

鈐邑大姓曰西溪之李有名觀而字尙賓者吾宗用綱之甥也間余訪族至其舅家遠來卽余求尙賓說夫觀一字而有二義以觀示言者九五之主一卦也以觀瞻言者一卦之宗九五也六四一爻去九五最近故其繇曰觀國之光利用賓於王謂其以陰柔而近陽剛有仕而覲於上之象今子名觀字尙賓可謂知所尙也已然亦何道而臻茲乎故余嘗謂觀示觀瞻之義猶

未足以盡乎觀九五之觀我生上九之觀其生二爻皆有觀省其己之義爲六四之君子者盍亦退而觀諸己乎利用賓於王賓在我之所自致也周官之法三歲大比考其德行道藝而興其賢者能者鄉老及鄉大夫帥其羣吏與其衆以禮賓之獻其書於王則再拜而受之夫德行道藝之三物者士之可自勉者也今科目復矣子勉於學由是而觀國之光利用賓於王孰禦子哉余聞尙賓家多書又多山水之勝常作亭名曰兩山開予旣扁之矣用功於幽閒淡靚之鄉策勳於昭明正大之地六四之觀之占屬之子矣

彭以恭字說

歐陽元

學者以字從名有內外之辨斯不瀆安成劉仰叟致其表弟彭倘謙字以恭者之請求予說以贈夫謙者恭也皆見乎外者也謙之中有物恭之中亦有所主何爲有物謙之象曰地中有山卑者蘊高者於其中中有屹然不可犯之意特有之而不居則見乎中者自然而謙也何爲有所主主者一而已矣主一之謂敬有確乎不可拔之意能出乎無僞則見乎外者自然而恭也謙也恭也曾謂色取而可乎善乎君之爲字也能求諸乎中則容之著乎外者無以偁也謙之失曰輕恭之失曰足祛此二者之失求之中斯可彭氏多文人吾以恭好學不倦故樂以內外之說告之

齊吾說

歐陽元

族弟巽翁號齊吾因字以爲號者也兄原功甫爲之說曰後天之易巽東南之卦也萬物至是而潔齊焉然東南之爲位以一歲言之則孟夏建巳之月也以一日言之則日至禺中之時也以人之一生言之則二十以至三十之季也物生齊於孟夏之月人事齊於禺中之時大抵然也士爲學弱冠以至壯歲就厥條理則成人之功過半矣宮庭有儀衛焉排比而不亂軍旅有行伍焉整娖而不淆府庫有委積焉屏當而不煩然後爲齊也齊之功豈易集哉昔者聖人自序爲學之功每十歲一進惟十有五志于學至三十而立獨多其季豈非爲學求齊於斯時亦難矣然則齊之道當何先乎曰齊與齋同義又訓一齋主乎敬敬主乎一求之之要無踰敬者或曰巽東南之卦其氣溫厚敬非肅不能何事於巽乎曰不然巽之爲言順也順莫大乎禮莫大乎敬敬則有序而順有序而順則和生焉巽在其中矣巽翁謝曰吾今而後知吾齊之綱領矣請書其說以贈巽翁一名巽亨博洽而聰敏吾宗之英也

樂存說

李祁

吾雲陽譚君悅道自早歲即有志於孔氏之學既長而悅之故其字曰悅道及齒益壯年益强而其悅之也益深故又號樂存悅猶樂也有得於心則悅而樂乃悅之發乎外者也吾夫子之道廣大配天地變動配四時而其樂乃在疏食飲水之中則夫子之樂果何如其樂耶蓋夫子之樂樂其道之在我者也道在是則樂在是矣富貴於我何有哉今悅道以淸材俊氣出而見用於時且將駸駸乎富貴之塲矣而其樂之所存直欲與夫子之道相爲周旋此固未易以世俗之樂擬論也余故爲書樂存二字且爲述其義如此

方寸地說

劉三吾

予以公事至禾栭君友琴見過求其齋扁所謂方寸地說予惟此語本諸古詩但存方寸地留與子孫耕之句雖老儒莫究作者誰氏尙憶故冀公歐陽先生爲如孫王父平埜翁留畊堂留題於廬陵劉公須溪先生記文之後云世以此詩爲馮瀛王道所作非也迺賀水部其人生五季亂離時備歷艱苦故其爲詩皆警世語而須翁記用晉人語有曰此中最是難測地方寸非地也天也自欺欺天大者肆之爲窳坑小者閉之爲偃月今其遺安在哉兩翁所述大概若此後是予兒存吾由瑞州推官較蓺洪省主文李江州子威亦有絕句題其後云寸許神明世業

田初原祖父上承天豪如莽操不能奪郤在君家自保全意懇切矣友琴自今體諸名言私欲之蕪也而鋤之谿山之險也而夷之種之以至仁之穀溉之以道德之原將見穫自其身身安富遺諸其子孫子孫蕃碩何莫不自方寸中來哉

贈翁明遠葬說　劉三吾

藏葬之法。肇自古初。成於後世之聖人。望楚卜洛尚矣。無其書。漢以來始有靑烏經出。叟逸其名。郭景純所引經爲證。最是簡而嚴約。而當誠陰陽家之六經。而狐首錦囊丹篆了難禽星鬼曜洞林天機靑囊等書。實爲表裏。所謂地理之原髓。猶六經之語孟也。至牧堂蔡氏著爲總說。其歸不越山水向背四字大要欲寬平不窄險。欲肥厚不瘦薄。欲遠長不淺近。遂一埽野俗坐向水路星辰之說。其言曰。坐向有法。當取之四位應對。水路有法。當取之三合曲折。詞簡意明。學醇理粹。又豈不猶六經四書。一折衷於吾紫陽夫子也哉。烏乎。胸中無活法。紙上皆陳言。地

理不可無書固也。然山川之妙。必貴得之目而會諸心。得諸簡冊有餘。而入手之功無焉。亦安能得善地也哉。得其人矣。有其地矣。或葬者之家爲善未至。終不能得其地者有之矣。昝鈞松爲太守李唐卿得地處之武岡山。乃數代宰執之地。未與之言。夜夢兩使者按劍叱曰。仙葬錯。李守溢政刻覈太甚。神人共怒。不宜居此福地。我天使也。不十日李當歿於非命。必爲之殃汝。果十日李以罪誅。此地迄今尚存。則以未有其人當之者。他如孫係民之種瓜。陶公之尋牛。往往以無心而得吉地。竊觀近代鄉里諸發福之地。其始皆得之無心。非如後來子孫之巧於窺圖者。迄不得善地何哉。陰功之積未至。而覬求之私太勝。巨道州府判翁明遠氏自閩中來桂。往往爲人得善地。近又爲吾友生徐與二親得壽藏於近之城北關。人皆稱其善。雖未嘗叩其學之所自。大槪原以景純而踵其賢於牧堂者矣。徐生德之。念無以謝。明遠知其意。謂若得三吾一言爲貺。過於所賚矣。生以是丐予。辭弗獲。謂之曰。北關之地。人恒所道也。得之者徐氏。徐氏之求地。計非一日也。發之者明遠。發之以明鑒。得之以無心。異時徐氏緣此發福。萬世子孫毋忘所自可也。文字之謝云乎哉。

原壽　李東陽

壽之道有三說焉曰數曰氣曰理天地以運人以世花木以歲蜉蝣之屬以日數也人能使物不壽而不能以自壽天地能畀人物以壽及其至也雖天地不能以自壽然天地之數有恆而人物之壽無恆於人物之中又百有不齊者於是數之說窮而言氣者勝上古之世其世鴻濛其質敦龎其欲寡而不淫故其民壽中古以下質澆而欲滋及於後世嗟乎極矣雖有壽者猶將戕之矧其未必有邪然方其鴻濛敦龎也固不免乎孩殤夭折之徒而黃髮傴僂兒而鮐者亦閒見乎今之世何哉於是氣之說窮而言理者勝傳曰仁者壽又曰大德必得其壽夫苟植

德則睟面盎背身安而氣和其所醞釀培植自有不可已者媮私稔惡者反是此天下之通理也然顏之殀跖之壽恆不免夫君子之論於是理之說又窮而天下貿貿焉不知其所歸矣夫有理斯有氣有氣斯有數三者固相有而不相無者是何其乖盭錯逆之甚哉意者其各自為用而不能相通邪其或轇轕紛亂乎其閒而莫之辨也然則君子將何居曰理勝洪範九五福曰壽富康甯攸好德考終命德者壽之所以成始而成終者也吾觀夫自古以降其有能植德者不壽其身則壽其名及其子若孫雖其修短盈朒或不能齊而其所享皆所謂睟盎而安和者雖皆謂之壽可也媮私而稔惡者反是雖不謂之壽亦可也及其惑也則求之於醫藥而不得則求之於服食而不得則求之於禳禬巫祝之閒則其說愈繁而愈不可通矣然則如之何曰修身以俟之先其事而後其獲若曰有氣焉有數焉君子不謂也今人以壽祝人人雖知其未必得必喜而受之以德勉人壽雖知其可得壽鮮有悅而受者君子之愛人也以德故祝之壽者必願之德願之德乃所以為愛之至也作原壽

弈說

李東陽

吾嘗觀於弈矣、弈之枋本無情也、卒然而合之、彊分類別、擊取攘劫、若有得失乎其閒者、及其地交意偏主於必勝、其勢莫肎先卻焉、故或役心命志、如蛛游蜩化、而不自知、其勝者施施然若闢土地而朝秦楚、不勝則赬面戟指、無所不至、今之言弈者必以適、以適而反自勞、則不若縮手而旁觀者之爲適也、勞與適相遭、非智者不能卒辨、至於覆圖斂匳、則其所謂勝負者、始茫乎其不可攬、然後勞亾而逸見、其甚者猶或以誇之乎人、或者悵怏鬱結、愈不可釋焉乎、此又何哉、古之不善弈者曰蘇子瞻、其言曰勝固欣然、敗亦可喜、用是知不工於弈者乃得弈之樂、爲深人之達於是者、可與言弈也、世之善喻世者、必以弈、以弈觀世、鮮有不合者也

移樹說

李東陽

予城西舊原久弗樹、比闢地、東鄰有檜百餘株、大者盈拱、高可二三丈、予惜其生不得所、有種樹者曰、我能爲公移之、予曰有是哉、請試、許之、予嘗往觀焉、乃移其三之一、規其根圍數尺、中留宿土、坎及四周及底而止、以繩繞其根、若碇然、然其重雖千人莫能舉也、則陊其坎之稜、縋樹腰而臥之、根之罅實以虛壤、復臥而北、樹爲壤所墊、漸高以起、臥而南亦如之、三臥三起、其高出於坎、柵木爲牀、橫載之、曳以兩牛、翼以十夫、其大者倍其數、行數百武、植於墓後爲三重、閱歲而視之、成者十九、則又移其餘左右翼以及於門、再閱歲而視之、其成者又十而九也、於是條榦交接、行列分布、鬱然改觀、與古墓無異焉、夫規大而坎疏、故根不離、宿土厚、故元氣足、乘虛而起、漸、故出而無所傷、取必於旦夕之近、而巧奪於二十餘季之遠、蓋其治之也有道、而行之也有序爾、予因歎夫世之培植人材、變化氣習者、使皆得其道而治之、幾何不爲君子之歸也哉、族子嘉敬舉鄉貢而來、予愛其質近於義、留居京師、與之考業論道、示之嚮方、俾從賢士大夫游、有所觀法而磨礪、知新而聚博、越三季、志業並進、再詘有司、將歸省其親、予冀其復來以成其學、且見之用也、作移樹說以貽之

南園逸趣說　易舒誥

隱君賀繼明。吾攸名家士也。初修舉子業。父母早亾。故弗就。性孝友。善琴瑟音吟咏。好讀古人書。家於東鄉之南園。奇山秀水。效技庭廡。樂之而忘世。類自埋於民自藏於畔者也。二峯子嘉其爲人。具與予言之。今夫物恒囿於性與分也。適其分故無不足。無不足故四處而莫之競。無不足者性也。莫之競者亦性也。魚龍游泳於淵。故於淵無競焉。麋鹿羣於山林。故於山林無競焉。鴻鳥漸於干。故於干無競焉。君子明於性分。是以無不足也。故大樂不樂。大憂不憂。大勞不勞。矯焉強焉以與世驅。非所以完生養性之道也。夫以百鎰之珠而彈千仞之雀。世必笑之。是何也。所要者輕而所舍者重也。身與世驅而強矯吾性。豈特舍百鎰之珠哉。朱汗漫學屠龍於支離謚。殫千金之家。三秊技成。而無所用於巧。是故巧以無用。何以學爲哉。夫物各自守其分。則無雄白也。夫雄白者。非尙勝自顯者邪。尙勝自顯。非遂知過分以始其生邪。故古人不隨無涯之知。守其分而已。故其性全。性全然後能及天下。及天下然後能成其大智也。是故君子爲大智不爲小智。窮通修短風雨寒暑之序也。

求仁說　張治

譚子孟乾別號曰求仁。志將以自勖也。宮宋氏張子乃爲之說曰。乾天道也。四時之首曰孟。四德之首曰仁。故時首於孟而其運不忒矣。德首於仁而其道不息矣。運不忒。天之所以生人也。道不息。人之所以合天也。子兄弟者四而子長焉。名以孟。其猶四時之首乎。夫四時一氣也。寒暑不齊而流行無閒焉。兄弟一體也。喘息不齊而賦受無閒焉。仁也者所以渾然而無閒者也。有閒則非仁矣。子曰求仁。將思所以合乎天之無閒者與。故無閒者可以勖身。可以治家。可以善俗。可以傳可以書

大方說

劉堯誨

北林焚鵲運巢十數樹而同時燼蒼陽子過而悼之曰嗟嗟吾聞鵲占歲而巢也豈其不能吉而及於災仰問鵲則翩然而舉又行過嵎見一虎入於檻機發而懸門下人爭之虎不能動蒼陽子曰吾聞虎卜而後往也豈其不能吉而取凶往問虎則瞋而視之於是蒼陽子倚杖據石而坐瞑目沈思如將化者有樵者過而扣之蒼陽子瞪然不應少閒曰吾知力不如虎安知前之無機械陷穽耶柰之何其冥行也知靈不如鵲安知其世之無火林焦石邪柰之何其妄投也樵者不逢蒼陽子語以其故樵者曰過矣子何憂之無據也吾日出而往薪日中而返惟吾

力而自引計八口終日之爨而採以供無乏苟有暇則巡溪而步藉苕而息其剝粟舂井之役則責之家人今行秊五十六矣尚不識占卜亦不知世之有機械陰伺也亦不知身之所遭爲何時也子何齷齪卻慮而自苦如是以爲知邪我無高車腰褭而騖則雖欲傾覆之奚自也我無繡裳文綺而服則雖欲褫辱之奚自也我貧無芳膩又何憂乎腊毒我室無妖冶又何警乎伏戎蒼陽子曰唯唯否否吾聞聖人不制於數逢人不役於世陰陽之氣能制有形而不能制無形造化之數能窮有象而不能窮無象動之使者滑其和痾於氣者喪其靈故聖人超然獨歸於元命以銜六氣與萬物游而不同其數是故高而不危安而不倚貴而不與富而不藏廣而不馳尊而不臨忘其身而不以其身受天下故天下萃之能歸外其身而不以其身享天下故天下萃之能悅是故數有所不能囿也氣有所不能役也是之謂大靈是之謂大方若子也者直一物耳其得免於包剝焚爇焉卒也與世之逐逐者賢不肖奚以閒

謁孟母廟說

陳尚伊

隆慶二年夏予奉天子命之官永豐過鄒縣乃孟子故里也城南有斷機堂有三遷坊坊之左有亞聖廟遶廟皆古柏約千餘株廟貌之崇輝映雲漢因停驂恭謁焉廟左爲孟母祠祠之中有孟子小像跪於母像之側蓋石刻之者時有一老人從旁指之曰此孟子生前所自刻者也相傳葬母時不忍與母離故自刻此像藏於墓側久矣後修墓者得之乃移置於此予歎曰此見孟子敬承母訓之心不以存亡易非徒刻石以殉之也其斯以爲聖賢之孝乎考之孔門惟參閔以純孝稱今據孟子之遺像觀之眞若母方斷機兢兢然跪承慈訓而不敢違其孝豈出

參閔下哉予因之惻然有感焉不肖每念母氏聰淑幼聞孝義父尹濬澄訓諸子讀孝經小學輒點識成誦予方孩提時母常語人曰吾兒異日成立卽鬻産以教之惜乎予年纔四歲母已齎憾而逝矣痛哉吾母雖不敢方孟母之賢然教子之心無古今一也獨憾葬母時幼未能竭力深愧古人今明登一第拜一官而九原不可復作矣烏鳥之私未伸風木之恨徒切豈非天地間一大罪人哉今當初仕固不敢遽萌俎豆之念以負淸朝然鵬搏九萬倦則知還異時歸來當結一廬於母墓之前仍以石自刻小像置之廬中遶廬多置松柏不時游息其間以示一舉足而不敢忘母之意則庶乎希孟子之不忍離其親者不遠矣嗟乎予何人斯敢望孟子之萬一哉然思親之心無古今一也雖然教子之心雖同惟孟母爲能成其子爲亞聖之子思親之念雖同惟孟子爲能顯其親爲亞聖之親此則古今聖人之不相及又予之所當自勵者也敢曰乃所願則學孟子哉

從學紀略說

曾朝節

嘉靖乙丑春余與同里王楚陽解元南宮下第辭座主侍御徐巖泉公公授以古太極測一帙途次展玩至陷溺禽獸圖瞿然曰人之不學乃至此乎遂相與矢天而盟必爲聖賢顧茫然莫知所以爲學之方余謂楚陽曰中庸論道不可離其功夫惟曰戒愼恐懼吾人亦勉於敬而已於是相戒飭目不妄視耳不邪聽口不戲言身不媟動如此四十餘日以爲精神歸併庶幾君子戒懼之功時亦覺其束縛勞苦究之於功未熟也及抵家各以人事不相聚者月餘則前功皆弗復記憶之矣居有頃徽州程天津公至衡凝齋先生亟謂余天津公係心齋先生高弟子

余乃約楚陽訪之於后鼓一見問余植齋之義余告曰節之直也不植則不立欲有以自立爾天津公曰固也不見夫植木者乎將以枝葉植之歟抑於根本植之也余曰亦於根本植之耳然則先生之根本安在余未有以應天津公曰吾人此心卽性命靈根也培養者只於靈根培養自然枝葉暢茂開花結實不向根上用力根旣不固而欲其湊活能乎余乃恍然悟爲學之功若此其易簡君子之戒懼初非束縛勞苦於外而束縛勞苦者宜其一放失遂不能記憶也天津公他日示余二絕云一種靈根天上來幾人知向此中培津津生意無窮妙葉自陰濃花自開葉自陰濃花自開枝頭忽見已成梅好將鼎內調羹味毋負當年苦意栽自是吾與楚陽旣宗敬之先贈君遂致之家塾一時同志密齋証齋諸君與易僉憲蒙菴劉冏卿仁山諸公相約爲學會而公之於衡人士多所闡發先贈君曁弟守齋涵齋賴公之教而立尤覺蒸蒸於家庭間始未六七年公卒於嶺南先贈君楚陽涵齋亦先後物故矣盛事不可以久廢九原不可以復作念之其能不雪涕哉今年癸未天津公次郎勉之卒京師訊余余重其別而憶曩者所得於公之教不可以無紀故也故述其略以寓吾慨憶之懷焉

泰人洞說

江盈科

余過辰陽郡太守眉田叔清貞元詣人也洒閒問余曰桃源秦人洞果卽曩者避秦之地乎余曰桃源之標此洞亦若黔中之二酉吳門之姑蘇臺皆燹禮存羊名是而實非也田叔曰淵明此記或者以爲寓言是邪非邪余曰當日漁郎實有此事其所至之境如記稱雞犬相聞阡陌交通實是仙界蓋仙界者不離人世不卽人世有無之閒眞幻之際緣合則不求詣而自詣漁郎之無心而至是也緣盡則求詣而不可詣漁郎之復往而迷是也理固如此豈爲寓言田叔曰洞中亦不見佳處余曰兩山相夾內無奧區似覺未佳但洞裏所稱遇仙橋古色天然非人

力結搆又其地產方竹貴游索之采伐漸盡亦產虎鬚蒲本草所謂九節通靈者也洞水中有龜鉤吻如鸚鵡背有鬐四足與尾比他龜獨長其足尾皆有甲如龍鱗色淡黃如縿金欓此三物者洞中之佳品也且水出洞中至洞前陰消入地不知所往亦是一奇地之得名或以此乎田叔曰余將以竹爲杖以蒲爲餌以龜爲守器要吾子爲采眞之游可乎余曰靈明不滓何物非仙眞元不牿何地非仙奚必竹奚必蒲奚必龜而又奚必出自秦人洞也田叔深以爲然遂記之

買山說

江禹疏

買山說者爲澧公悽也悽澧公之得山與山之得澧公也嘗讀靈岳祕笈洞天三十六福地七十二而吾桃源爲洞天者二爲福地者一其他奇岳幽壑不列笈編者未可縷數宜乎來漁郎之問勤元亮之管近代偉人韻士如石公兄弟君超澧公暨先君子俱流連其閒不啻山陰道九子峯也惜石公君超暨先公往矣巋然如魯靈光獨有澧公亘歲甲寅三月余同伯孔游最賞心者爲穿石倒水一帶漁仙洞居其中而概建置未雅命名不根爲山靈辱是時澧公亦游而樂之因矚此地不憖入郡城方誇其勝而澧公以書復我曰倒水十二峯以作我籬落下物

實以賣賦錢爲買山資君得無妒我否余與伯孔大喜蓋有三悽焉吾邑自漁郎問後一邱一壑皆可名漁譬之嚴郡以子陵名且漁郎蕭然塵外出入異境非仙流乎乃於睢陽改漁爲餘夫世有有餘於仙者乎漁人得復舊名此一悽也功名之士與隱逸之士語嘿不同棲止亦異漁仙名洞洞宜仙居若寺則宜供大士至於文淵當祀於后室塑秀雅美髯不必肖武夫態按援本傳援爲人美鬚髮眉目如畫仍塑袁寄生吹笛其旁令其逸韻清風與武溪並遠此二悽也是山寺宇一飭則上游穿石水心下游倒水者皆有憩之處且得澧公爲茲山主或舒蘇門之嘯或爲東山之游或如子瞻了元之談禪或如靖節遠公之

結社一洗塵腐還於雅道此三快也蓋山川之於人文譬之名
姝國士欲其湊合否則爲辱故加勝地以惡名混仙佛於一室
無甯䪥没於荒煙野草供樵人牧豎之用猶無損也孰如今日
厺山之累標山之勝如紫衣之遇藥師浣紗之得少伯所唐突
於沓時而未能澡濯者一旦沐以蘭膏能無起舞爲快乎蓋灝
公經世之才出世之學什倍文淵而性耽邱壑混蹟仕隱之間
一翩翩濁世之謫仙也宜於山川兩相得哉余與伯孔李睹其
勝異日如寄生之依伏波斯已奇矣因爲之說爲灝公頌焉

漕河說　周之龍

三代而上不聞有漕漕之興封建之廢也考禹貢所稱五百里
甸服百里賦納總二百里納銍三百里納秸服四百里粟五百
里米五百里侯服百里采二百里男邦三百里諸侯則知夏后
氏以來分茅胙土圻自爲漕國各自運即天子轉漕不過五百
里而止春秋時秦輸粟於晉自雍及絳相繼命曰汎舟之役而
漕運所繇開矣秦欲攻匈奴使天下飛芻輓粟起瑯琊負海之
郡轉輸北河北河者即今白河也而海運所繇開矣郡縣而後
議漕日詳漢用張良議河南以東造舟五百艘歲漕東方之粟
於關中不過數十萬擔建元間天子好大用粟多歲漕至四百

萬擔耿壽昌糴粟關內築倉理舩費直百萬萬餘唐劉士安領
漕事乃於楊子置十場造舩每艘給錢千緡即鹽利雇傭分吏
督之江舩達揚州汴舩達河陰河舩達渭口渭口達太倉其間
緣水置倉轉相受給自是每歲運粟至四百餘萬斛無斗升沈
溺者多其勞力焉宋興命溫台婺楚諸州設場歲造運舟共三
千三百餘艘分綱而運先是各州置倉行轉搬法歲漕可得粟
七百萬擔一變直達歷久弊生委積發運實不稱名而漕綱日
壞皇祐中許元議諸路增舟輸米充歲計如故事江淮楚越之（勝）
間騷然煩費久之諸路綱亦不集舩愈壞而漕愈減耗矣勝國
（國時無藉于江南之漕故利害不甚講）
都燕分河海運而猶因便乘利未審於天下之勢也至我國初

高皇帝詔中書省議漕粟於京師·三十秊議海運遼東以給軍餉·此我明漕政伊始·永樂初建都北平·議於淮安臨清建清江衞河二廠·合各衞屬督造運舩·尋令遮洋海舩運糧八十萬擔於京師·嗣後罷海運·遮洋船外·增設淺船·至十三秊用平江伯陳公瑄之議·開清江浦裏河·運船徑達清口·而南北始通矣·列聖相承·漕政大備·總視前代爲尤詳·乃志漕而兼言河者何·防河所以治漕也·河者漕之藉也·古之防河也避其害·今之防河也資其利·漕之藉河·禹貢以來有之·匪自今也·禹畫九州·冀爲都會·河流碣石以入於海·兖浮濟漯·青浮汶·濟·徐浮淮泗·揚浮江漢·豫浮于洛·梁浮潛沔以入于渭·雍浮積石至于龍門·未有

不通于河者也·漢唐皆都關中·漢漕山東粟百萬·叓砥柱之險以達於渭·唐漕江淮之粟由汴入河·由河入洛以達於渭·亦未嘗不藉於河也·我國家發祥淮泗·祖陵峙焉·歲漕四百萬擔於燕都·藉河爲運·河決而南逼我陵寢·抑而北妨我運道·引而東河淮交注·又慮有淸口海口之壅·其爲患可勝道哉·三代以前·河東北入海·未嘗入淮·入淮自漢徙頓丘·隋煬帝引汴·始宋熙甯澶淵之決·實濫觴焉·今則全入淮矣·一自蘭陽東南流由杞縣睢州甯陵歸德符離宿遷小河入·一自甯陵南入渦·經亳州蒙城懷遠荊山口入·一自儀封北折·經黃陵岡蔡家口梁靖口出徐州小浮橋淸河縣入·此河之三道也·蓋嘗按禹蹟而思之河由三門七津而上·有鳴沙嶺甯夏太行諸山夾之·相盤束不爲患·（昰以河至豫州·始決合瓷·引而南則其禍又中于下流矣·）沔池孟津而下·岸無山矣·郎河南有北邙山·河陰有廣武山·亦僅障南岸·北岸殊無山·俱不能相夾·東河至武陟又有伊洛沁氾之水合流·故言汎濫·亦固然之勢也·神禹導河·自積石歷龍門·南至華陰·東至底柱·及孟津汭洛至于大伾·北過洚水至于大陸·播爲九河·同爲逆河入于海·至殷盤庚始五遷都以避河圮·猶未徙也·周定王五秊·河徙矣·猶未決也·漢文帝時決酸棗·自武帝築宣房於瓠子館陶·分爲屯氏·後人千乘德棣之河·又播爲八·水有所洩·而力分·故由東京迄唐·鮮有河患·宋穿六塔開二股·識者病焉·而借河禦虜·抑甚謬矣·國朝洪武二

十四秊·決原武漫安山湖而南·元會通河故蹟遂堙·時都金陵以海運給餉遼東·獨議河無議漕·文皇帝北遷·始由海運實京師·已復會通河·罷海運·是時河歲爲變·平江伯陳公瑄建壩置閘·周慮力圖·至今利賴·正統十三秊·決滎陽·衝張秋·又決孫家渡·全河南徙·治無成績·景泰四秊·徐公有貞乃分流·自蘭陽至徐·與淸河合·而河入漕自此始矣·宏治三秊·決金龍口·趨張秋·出中牟下尉氏·溢蘭陽儀封考城歸德至宿州·瀰漫四出不可禁·少司徒白公昂·司馬叓公性·築隄鑿渠·南北分而主疏·七秊復決金龍口·潰張秋隄·奪汶水入海·東昌臨淸流幾絕·羣議閟閟·謂河不可復·復海運·而朝議弗是也·命平江伯陳銳都御史

劉大夏治之而張秋之決始塞正德中決沛縣飛雲橋入運嘉靖初決單縣衡雞鳴臺飛雲橋北徙魚臺谷亭自行閘面十三年廟道口淤是年河忽由趙皮寨向亳泗奔河口而谷亭之流絕秋冬復決河南夏邑閘數口東北流經蕭縣入徐下二洪而趙皮之決俄塞時都御史劉公天和濬淤修閘厥功偉焉十九年始決野雞岡由渦河入淮於是當事者以河所從來高水湍悍難以行平地數為敗乃開李景高口支河引水出徐濟洪閘二年復淤嗣是歲有淤決而所由無常迨季年徐邳蕭碭之間漂城郭人民為害滋甚都御史朱公衡開新河築西隄障水使之南趨秦溝未幾而沛縣流斷矣隆慶中決雞爪溝陳隆口因

黑羊坡水決壞月隄萬歷初決崔鎮決龍窩圍營分決白河越歸仁集蝕泗州而河勢遂北淮水破高家堰溢山陽高寶興鹽諸州縣清口阻而淮勢遂東河淮分決流沙淤溢雲梯關入海之路大阻淮安墊焉議者欲開支河濬海口督漕都御史潘公季馴巡行相視築堰以捍淮東侵築隄以制河南溢嚴五壩啟閉使河內不得衝閘而蝕漕諸縷隄迫河者畢展築兩岸地窪者各增築原隄短矮防護未周者連接築培薄增卑方以為卸遇異常泛溢縷隄不支至遙隄而極可恃無恐矣然隄堰雖堅而疏濬無法以致流沙日壅清口日淤泗陵水患實基於此十四年決范口十五年決祥符劉獸醫口決蘭陽銅瓦廂決封丘

原武長垣之大社集毛家口茶城又報淤矣十六年諸決口已塞淤者漸疏十七年復決雙溝單家口於是專議塞趙皮寨至李景高口遙隄將軍廟至塔山長隄築羊山至土山橫隄河防年無事至二十一年河復大為患決汶上決魚臺決濟甯鉅野決邳州宿遷高郵泛漲泗州幾成魚鼈之鄉祖陵松柏槁於水過半巡按御史牛公應元上其狀上赫然震怒易河臣遣給事中一人躬往荒度之是年冬水涸時河臣力主分黃開桃源之黃家壩三十里下五港口入海漕臣按臣僉議廣疏入海之途盡闢清口之沙以導淮正流上開周家橋下通金家灣以洩淮積浮固無事過為分黃者而河臣必欲分之也乃黃不之所分

之路而之黃堌數十萬金錢塡溝壑矣夫黃堌不塞必為陵寢憂為運道梗而乘伏落以濬淺塞黃堌節制黃流依然東注此所謂水道也治水者置黃身之高不究黃堌之決不塞乃挑三山台趙家圈旋即告阻數十萬金錢又塡溝壑矣鬱鬱祖陵蛟龍將騁徐邳一帶翦焉斷流河臣劉公東星竟以憂殞上復赫然震怒切責大司空連簡河臣李公頤曾公如春往視事條便宜以聞俱用勞殞平陂安危之機非以一髮哉夫歸仁一隄祖陵所恃以為捍蔽故未嘗不堅且完也今蒙牆沖決黃水漫入五河與淮會合經泗州下洪澤伏秋水發渼為可虞爰議接築汴隄遏絕黃流自歸德至永城築隄二百三十里自宿州界首

鋪至東關築隄三十餘里障水東行俾由符離橋出宿遷白洋河無爲陵寢患又慮徐邳一帶運道淺塞議自鎮口以裏至宿遷縣磨兒莊倣閘河規制建大閘七座中閘二座竝挑濬河身廣蓄汶泗泉流以濟重運此二策者非不可行矣第欲定計於鮮宜遵何策而可議者有謂開潘家樓口接徐家口矣有謂開小股河接孫家灣矣有謂開何家營從趙家圈復賈魯河故道矣有謂開艮河矣有謂水力大不宜與爭姑損東方之地徐觀其勢所迫逼因而利導之爲力少而見功多矣盈庭之議安所折衷而力舉開王家口者總河也按王家口下逵李吉口經唐家口小浮橋入徐邳宿遷其間應挑應築應塞計四百里有奇

夫埽料約賄一百四十餘萬派夫約一十二萬餘或高築隄岸以防南逸或堅築截河隄壩合逼向東流或多築滚水石壩導餘流歸白河以減新河之漲或於王家口一河之外別求支流以殺其勢計以兩朞告成事將使陵運永永無患而中州以南夅不爲負黿旦獨計蒙牆口其奔逸之河也王家口其未成之河也河已南而挽之使東其勢非東方盡下不可今撫臣其疏稱王家口之地視黃河水面高者多至丈餘少亦不下五六尺所開新河闊不過二十丈深不過一丈五尺此與黃河比大絜深其不可同季語也明矣新河高而舊河下則水不奔趨新口小而舊口大則水不吞入引之而流不來刷之而沖不去鑿者

不勝淤築者不勝潰開河而實無河也且所勘者止徐州九里溝以上而徐邳一帶全河門戶運道嚥喉先因黃堌口洩分奪全河之水嗣因蒙牆口洩盡奪全河之水致一望平壤所在膠舟初不聞下一勘焉此何以故即總河議纔兩月王家口已無迎溜勢旋開郭遂莊以逵下劉口果所稱河情叵測哉抑亦治河者之計疏也賈魯一河蒙牆黃堌二洩口之水俱入其中爲下必因川澤事半功倍或者其在斯乎議者又謂復賈魯河不便於河南開王家口便於河南不便於山東噫苟利社稷安問東南第恐水勢難強南隄不能束其溢石壩不能攔其流灌城郭漂人民山東之大澇頻仍河南之阽危轉甚矧其禍不獨在

河南山東且中於陵運矣昔宋熙甯中河洩恩州司馬光請於二股西置上約擗水令東流既深即塞北流拔御河胡盧獨下用紓恩冀深瀛以西之患帝曰東流北流孰輕孰重光曰兩地皆王民無輕重眞仁人之言哉今獨柰何爲一方擇便也矧開河易塞河難塞洩河易塞千百季之黃河難夫新河既成不塞黃河則水勢有所專趨新河終焉淤澱是棄前功也塞之又難爲力也無論全塞即稍壅之其上流銅瓦廂芝蔴莊黃陵岡諸處水洩裂四出若黃陵岡一洩則水滑漕河奪汶濟入海之路以去如永樂景泰間故事是漕舟不通而咽喉盡塞視今日黃河雖南而小股河李吉口涓涓之流猶可下通徐州建閘濟運

其事勢固不侔矣且夫李吉口淤而黃堌口洩黃堌口半塞而蒙牆口洩下洩未通而旁洩復塞愈洩愈上此已事之明鑒固然之河情撫臣疏憂及此矣要在總河者審地勢集眾思從長參酌不待捧土河瀕而成毀利鈍較若數計詎可冥冥洩事哉至泇之役亦自不可廢者按泇河自邳州抵夏鎮凡二百三十里中有微湖北接汶泗諸水南逢沂沭諸河而諸泉夾注源遠流長實爲徐邳橐鑰且岸高土堅又能束其流無令滋漫誠引泉水以逢呂湖引湖水以入泇河由宿遷出口與淮流接可避黃濤之險似於天造地設當與故道並存隆慶中朱公衡建議請其廷臣熟計嗣經言官屢疏下部覆得報可會舒公應龍捌

開韓莊渠分洩湖流繼以劉公東星督率諸臣併力疏闢業有成河矣連年糧艘鱗次多由往來安可詫泇無裨於運秪緣河身所挑尚狹而淺中有微山坟錯未竟畝宜乘此未竟殫力挑通又開黃泥灣支渠節縮湖流築塞舊漕使水專一而不分建豎壩閘使水豬蓄而不洩儻不必借資黃水而運道亦有備乎頃者在廷諸臣多韙其議而或以爲不可葢誠見水衡日虛河勢孔亟未免顧此失彼且慮沙磧巨石湖底版石人力難施是或一道不知開韓莊山疆不過數十里鑿梁城山渠不過十數里費金錢不過十數萬憚此數十里開鑿之艱而日與數千里黃河爲難惜此十數萬之費而歲置千百萬於洪濤洊潘中試

一度之難易自見況設閘必須用石開鑿亦非虛糜俟工有次第或移利國驛於新開閘口設司道官以綜理沿河乘時酌宜經制備用泇之役毋亦運道便計乎人有難於湖不可隄者不知湖濱生地可循也人有難於石不可泐者不知洩水故渠可因也人有難於水不易豬者不知節宣數閘可恃也舊稱六難此捕風躡影之難非實見得難也惟泇一成漕向滕嶧鄒沭而背徐邳桃宿向者日漸紛轇則輾然喜背者日漸零落則穆然嗟以故勘泇者非溺於桑梓之其利即移於編㓷之其熒未臻厥成懼者眾矣竊嘗度之臚爲三策有全棄黃河而捌爲新漕者上也濬泇河是也有半藉黃河而規復舊漕者中也闢正河

是也有從黃河之洩而權爲目前之漕者下也開徐之城南洩水支河是也舍此三者引河挽河無策矣夫今之策漕者無不鰓鰓挽流於新棄之濁河導衡於久棄之小浮橋河若謂故道一日不復黃河一日不治舍故道無河矣當河洩郡縣親罹沮洳之患有不贊美塞洩濬淤者是眯目也其依近祖陵邑見河洩入渦入泡入澮以入淮泗即身在浸中有不借口沈沒寢園者是糊心也議漕者不敢設一奇於河之外議河者不敢設一奇故於道之外曾不知鎮口以下行漕在正統以前原不藉黃惟資汶泗諸泉自足逢淮水原清故名清河後徐有貞公塞滎陽之洩分流殺勢乃自蘭陽東至徐入漕久之黃濤盛衝洗漕之

故道既極廣博水皆至濁故不稱清河而稱黃河後何忘其故
吾（河偶）一徙卽用工挑濬以引其來惟恐其轉徙之他故先輩有
人以酒爲生一不飲卽死之喻由斯以譚河之決者中州百姓
之患也非漕也策漕者復舊藉汶泗之流栅新浮泇沭之波二
者於漕爲得計矣但復舊淸河不必兼濬泇沭栅新泇河不必
兼闢邳徐蓋汶泗上流兩分之泗淺所必有而賄力有限兩用
之罷詘又所必至舉世人心方齟齬舍河而漕闢舊河一有泗
淺闢泇河一有罷詘又安知不以借口廢之半塗焉河決既爲
民患卽踵買讓不與爭地之策比者河遷靡有常歲城民之遷
又靡有定地藉令趨讓再議安知其說不變夫今決河分股爲

兩一自符離集出小河口一自泡河經亳州鎭會淮出泗州策
河者其自符離集一股當濬而浚之兩岸爲隄以約束其流至
出口處又當闢而廣之如是者黃流奔海有路矣其自泡河一
股當堵而塞之卽入賈魯枯河又當疏其下源以會白芊河小
河口焉如是者黃流合淮無地矣復於汴隄以土者高而厚之
引而長之歸隄以石者灰其罅隙瞻其崩陷祖陵民室兩保無
虞庶再覩平成之盛乎或者又曰國家建都當極北之地而財
賦充斥多以東南會通河成似可無虞矣萬一沙滯金龍之口
河浮陽武之涯四百萬擔將焉輓之膠萊海運之策儻亦所宜
講與按海運起元人伯顏用朱清畫以成元都燕故也我朝定

鼎卽元故都北有居庸巫閭以爲城南通大海以爲池而轉輸
之路淮安實當中樞河運爲左翼海運爲右翼海運不通亦太
平遺慮也先是成化中丘文莊公濬讀元史悉海運之利建議
興復而羅文恭公洪先訪求其道里島嶼如風雨雲日之占驗
載在輿地圖中犂然指掌若謂可見之行也然所由屢議屢格
者何不過動色於風濤叵測中耳要以海人行海亦猶陸人行
陸河人行河彼其習知島嶼以爲灣泊審潮迅颶颷之信以爲
避趨計可無患蓋元人海運所繇見賊者以其起太倉嘉定遞
而北淼茫無山則迴避無地近南水淺則蛟龍窟居風濤或叵
測若自淮安而東由登萊泊天津原名北海中多島嶼可以避

風又地高多石蛟龍有往來而無窟宅獨不見登州有海市石
（聞舟行海洋不畏濤而畏淺正恐其險亦以此矣）
氣與水氣相搏映日而成邪石氣浮於水面北海之淺明甚卽
以運艘行於其陰因其曠達以取速而標記島嶼以避風名雖
同於元人利實專其便詎海運之當復誣矣然海運必通膠萊
輿地圖云登萊本海運故道稽之往蹟平度州東南有南北新
河源出密縣至膠州分爲二流北流西河入萊之海倉口以其
自膠抵萊故名膠萊蓋元時所濬可避遶東海運數千里之險
今其壖闢遺趾尙在嘉靖中御史方公遠宜訪求遺蹟爲圖表
之副使王公獻力持其議遂有膠萊之役自南口起麻灣北口
至海倉相距三百三十五里兩口舊皆貯潮水常足不假濬者

二百餘里濬者一百三十餘里中有分水嶺下多礀砢石水微細使極力開鑿止三十里遠亘河成我漕由龐灣海倉二口徑達天津直沽夫舟自淸江浦抵天津凡一千六百里其中由河行者八百里海行旣由小海不由大洋非若元人海運遠又所歷有劉家蓬萊島沙門黑水成山諸險也說者謂稍可得數萬役可借班軍不煩他勞費二季可告成功此功一成當與河運遞用（江西湖廣）（江東之粟二當繇河浙東西與類海二帶皆可繇海也）俾海者海俾河者河亦禹貢供賦遺意且此塞則彼運彼塞則此運仍設重兵屯守膠萊海汊衞漕防倭非屹然北海一巨鎭乎嗟夫海運關爽都重輕膠萊係海運通塞開膠萊復海運此一奇也難者猶謂膠萊河中有分水嶺三十里未鑿力苦不支

不知天下有利必有不利利一害百者當議革害一利百者當議興夫河勢湍悍適逢其怒亦不減大洋閘河中兩舟難並奐貫逆遡一夫大呼萬櫓不進一舟連觸數舟並壞能必盡無恐乎又況膠萊河成有海運之利無海運之不利其中卽有分水嶺未鑿方三十里柰何憂此三十里之費而喪垂成之績哉抑又聞之先臣霍公韜有云古黃河自孟河至懷慶東北入海今衞河自衞輝汲縣至臨淸天津入於海則猶古黃河故道也茸若於河陰原武開審覗形俾導河入衞以達於臨淸天津不惟徐邳之流可殺其半而京師形勝加壯百倍如導河注衞冬春水平漕舟由江入淮泝流至於河陰順流達衞夏秋水迅仍由徐沛次達臨淸是一舉而得兩運道此一奇也先臣黃公綰有云漕河發源皆自山東不資於河南旺馬腸樊郁安山諸湖但求封浚泉源修築隄岸疏湖中積沙以深蓄湖水則湖外長溝馬房南至鈞兒口北至安山卽古所謂巨野宋所謂梁山泊也地形窪下較諸湖水低改漕經焉無虞濟甯高源淺滯之艱此又一奇也夫從霍之議則可免徐沛上流之衝可無鳳泗橫溢之憂而運舟兼濟從黃之議則泰山七十二泉之水可導汶而入南旺五十里之隄可入斗門而固當不至如日者徐邳之阨已顧黃河徙決不常滄桑多變迦黃膠萊海運之策言人人殊自陳平江而後茺度代有類補苴其罅苟且目前無能爲國家經

久遠夫惟有慨然任事之臣毋諉天數毋設城府毋私俾身圖依然過門不入必靳平成而始卽安崇嚴秘密之上又能仰體天心仁憂澳惟締造艱難擇人而任久任責成精格重元膏流萬里則馮夷順命海不揚波陵運生靈億萬季永賴之計不與霄淵俱敝哉

案此篇從皇明經世文編中鈔出原本旁有評語殆選家陳臥子徐孚遠諸公所加以其有關攷證故仍存之汝懷坿記

桃源洞説　　杜維耀

古稱桃源洞又稱秦人洞又稱三十五洞天别爲一天云洞去邑治三十里渡白馬江登嶺下平田逶迤至仙徑亭亭旁有碑曰桃源佳致則撫軍趙公賢述舀劉公禹錫故語去半里許抵山南麓有碑曰桃源洞蓋侍御史公袞善所書者步仄徑攀石磴層級而上至洞前洞壁陡絶北向縱廣丈餘洞上崖石嵒峭上有山凹飛泉直下坐坐而雨濺激佁聲匯爲方塘塘旁小溪僅容足溪中九節菖蒲絡石沿澤青青平沙開下即遇仙橋橋危欲墮橋下若陰寒氣逼人洞閒濺激之水流至橋側遂没其流叜無澤簸葬可窮究橋左右山隴夾泉窋闕似相妒忌隴閒方竹無慮數十萬竿亭亭翠鬱竹下有鏬盡五加黄精異草叢生復産異龜修尾句喙後甲差錯如鋸齒然名曰黄靈龜獲之禱雨輒雨環游出山麓則歸鶴峯迎賓館至仙徑亭又半里許過清風橋橋下清流湍急荇拂魚游循砌道登桃川宮山門微風徐來倦可班荆小憩入萬壽宮軒舉嵬峩左公館諸往來名公所撰詩辭雲蒸霞燦於楹棟閒右道院院側下有瀹鼎池卒曲徑盤旋叜上至瞿童狮與空心杉傳云瘁而復榮者上元茝行宮内則元武殿登前樓山川蜿蜒明白四達東眺潦蘿西望水溪蒼莣哉蒼莣哉左二百餘步爲煉丹臺鼎蹟猶具山背大江爲桃源後洞爲纜船洲爲桃花溪蓋昝漁郎問津而入者山

南北相距二里有奇内形勝景概皆多奇奇怪怪之妙玆洞之造孰謂非天造者邪余桃産也素欲種桃丹邱結社秦人因爲之説以解人之謂荒唐者不則何以有曰漁郎曰黄道眞曰黄洞源曰瞿柏庭曰洛浦師曰大德師之遺蹟在

古微書說緯

孫瑴

緯之興其興於符命乎五德承運遞有感生故首尚書焉符命之替也災異滋多獲麟而經亦孔子之龍與馬也故次春秋有災有異天人之道洽易數幽元乃可證嚮也易緯至博而傳尙存故又次之禮行變化樂動神示皆倚易而滋矣又次之久矣夫樂之不作也蓋後詩而亾也故詩次樂焉正樂刪詩復爲誰孔子也孔子邁九聖而無其遇迄爲素王諸賢悼惜故論語緯又次之語莫大乎孝孝至通天北落爲降紫麟聿來而孔子之元命亦可知矣孝經緯又次之嗟嗟此以悲河不圖也惟河與洛天諄諄命羣聖以闡諸經以祖焉是不可以無述終之以河

洛緯

秦人藏書說

闕士琦

當秦之時天下欲爲亂者十室而五自意爲釜中之魚几上之肉亂亦死不亂亦死背城借一以爲甘心意此時有所爲而不可許身與無所爲而不肎求死者獨書生耳予邑避秦人淵明稱先世率邑人妻子來此遂不復出而世或以爲隱或以爲仙皆非也今觀古今人稱大酉小酉爲秦人藏書之室沅溆之閒蹤蹟無所考疑舟車所至寄託斯存卽予邑避秦人所藏歟丹巖碧巘固野客之天祿石渠也考史松柏客亾鹿馬臣起六國如不燃之灰與秦首爲難者楚陳王涉耳天不喪文先開我楚於時搢紳先生抱禮器往歸之而孔甲亦爲陳博士百城四庫

遂已在楚迨夫假王既誅莊賈肆噬聖賢寄命有如亾子然後汗牛盈車不惜閒關跋涉爲名山之藏則秦火未發固有大力者負之而奔矣故予嘗謂秦坑儒楚歸儒秦焚書楚救焚人知罪秦不知功楚此千古來一段不平公案然則秦人者豈在河內女子濟南伏生之後而漢武漢成所求劉李伊人所校此固爲自有書籍以來金城湯池矣予聞龜負三倉神仙字爲脈望而庾道藝亦曰天上無愚懵仙人則夫丹竈煖寒白雲升降水流花落山中無定之秋父子戲嬉天上無愁之侶豈人閒漢魏事邪謂之仙也亦宜矣

邱峻也金石發微說　郭金臺

辛亥閩奇士邱峻也來自衡山·訪予於普陀精舍談五晝夜不釋·爲鐫晶石章數具見贈報以詩·翌日峻也又出金石發微一編·懇予序·其言頗與雲閒楊子倩推宕出入·剖剎今古·而此編又長康添頰上三毫·予贊峻也曰·凡作文無長短篇遇下筆不大佳都可用刪削·作詩無古今體·必沈思苦吟·鍊字造句·凡屢經竄易取工·鐫章則不然·方含毫捉刀時·心與石只方寸耳·自其注於目而運於手·如枯禪靜女寂而不動也·如神鬼施設感而遂通也·如兔起鶻落繫風捕影·極縱而不敢弛也·莊子所言承蜩如掇·郢子所云泠然御風者·烏乎淡矣·其殆庶幾於道乎·

或曰金玉晶石種種無非器·鐘鼎秦漢種種無非法·道安從生·予曰九方皋相馬至不辨驪黃牝牡·庖丁解數千牛游刃至入於無間·認著汝手與眼·那見是道·離著汝手與眼·那見不是道·峻也發微之論近於是·請以是參之

太和篇　餳而廉

或問曰·易曰保合太和·太和與太極同乎·異乎·餳子曰·太極者·元黃未剖·兩儀未分·沖漠無朕·萬象咸羅·一元混沌之眞宰也·太和者·形生神發·陰陽會合·沖和之氣也·吾人始生時·胎元眞氣·孕藏於中宮·五位絪縕·摩盪一點眞陽·生於人宮·陽氣自然上升·一點眞陰·生於離宮·陰氣自然下降·升者升·降者降·會合於中宮·渾融洽浹·天然妙契·和之至也·從此保之不散·合之不離·薰蒸變化·五行相生·百脈調暢·長生久視之說·從茲肇矣·先儒以老氏之說非·異爲其根於大易也·默觀太極則可與天地合其德·保合太和則可與天地同其久·士希賢·賢希聖·聖希天·一脈相傳·端不外此矣·

湖湘後學集編

辨 明

存心養性辨 館課

李騰芳

嘗謂心與性非二物也。存與養非二事也。儒者二之而爲之說曰。何者爲心。何者爲性。何者存心。何者養性。是支離誕蔓。口耳之學。而非心性之學也。昔者孟子之言曰。存其心。養其性。所以事天也。夫舉心性存養而對言之。若眞有二物有二事。學者欲從事焉。必將交修並進。而不可偏廢爲矣。愚竊以爲聖賢立言意自有在。學者惟當會其意。而不必溺其辭。若孟子之意。直欲

人復其初而已矣。非于心性有所分也。初者何也。天也。蓋天地之心不可見。而于生人乎見之。記曰。人者天地之精。陰陽之會。五行之秀氣也。是故人之初生。忳乎其蒙。渾乎其忽。無將迎。無智故。不識知。純然一赤子而已。然其眞知出焉。天能發焉。靈瑩洞達。充之而可以無不知無不能。若是者何也。天之所予。人之所受。爲性之理。而具于心者本如是也。人能無失其本來。又何存養之有。惟夫智誘物化。欲動情遷。與接爲搆。日以心鬬。于是紛華靡麗。一切世味。淊乎其中。而蕩乎其外。則眞心日喪。眞性日鑿。非復有生之初。而天之所以與我者。其不澌滅以盡者幾希。此君子所以貴存養也。存養者。復其初也。譬之若鏡。塵垢之則昏。去其垢而鏡復明。譬之若水。泥濁之則渾。澄其濁而水復清。所謂存養。亦去其心性之垢濁而已。蓋吾本有心。吾不失之。卽爲存。而非有加于心之初也。蓋吾本有性。吾無害之。卽爲養。而非有益于心之初也。然未有存心而不能養性。養性而不本于存心者。蓋自其兢兢保守。惟恐失墜。若緘縢固篋。然則曰存。而存固所以豫其養也。自其優游漸漬。惟恐戕賊。若栽培灌溉。然則曰養。而養固所以保其存也。何也。人生而靜。天之性也。感于物而動。性之欲也。人生而靜以上不容說。惟自其感而動者求之。則養性之功。舍存心莫可寘力矣。孟子又曰。大人者不失其赤子之心者也。夫不失其心。卽所謂存心。而存其心者。卽所

以養其性乎。要之一無欲盡之矣。夫赤子之初也。與以瓦礫則投而棄之。與以摶黍猶是也。與以金玉猶是也。彼固未知物之有可欲也。所謂不失赤子之心者。惟不失乎此爾。蓋欲之與性不兩存之物也。故曰養心莫善于寡慾。其爲人也寡慾。雖有不存焉者寡矣。人能寡欲以存心。存心以養性。則天全而付之。我全而歸之。吾且爲仁人。吾且爲孝子。記曰。惟仁人爲能享上帝。惟孝子爲能享親。斯孟子之所謂事天者歟。然則學者當柰何。老氏之言曰。爲道日損。儒者之說曰。求日滅。不求日增。愚竊以爲是孟氏存心養性之旨。而學者入道之門。或不外乎是矣。

同僚犯公罪辨　周之龍

凡立法者必差其輕重而法行焉、要於其當不得輢輕重也、凡赦法者必原其所以法而輕重焉、苟當於法不得等輕重也、假如竝官也、竝公錯也、罪有異乎抑無異也、同官中多者以遞減等而四少者如數遞減而止、有故乎抑無故也、治之煩簡異則官之饒乏異、官之饒乏異則罪之輕重異、此所論於罪之公也、而非所論於公之外也、此所論於公罪之同也、而非所論於公罪之異也、夫其多設官者豈爲冗員、必其治劇而政繁也、必其長官者精神不易貫而綜理不易周也、吏典無論矣、佐貳首領官之何名而獨任其公錯邪、不然而無全設者豈其乏員、必其

治僻而政簡也、必其長官者不必長才異能、而耳目可饒爲手足可饒措也、首領無論矣、長官所轄幾何、豈其救過不給而猶然錯邪、官有四等、假令求全於一節之誤、是設官與長官分受事而誤官不與長官分受過也、況戎糧之覈詰捕、詰捕之覈承行一手一足之任也、安得不遞減而上駁寓其稍輕乎、官準見設、假令論減於多官之例、是無罪較多官者厚受德、而有罪又同多官者薄受議也、況彼以簿書旁午猶可原、此以優游尸素無可諉、日愒月愒之積也、安得不次減而止明示其不輕乎、譬之償金者然、四而償之則稍輕、二而償之則稍重、此員多員少之說也、又譬之任重者然、舉萬鎰而不勝可解也、舉一雛而不勝不可解也、此治劇治簡之說也、是故竝官也而公錯之罪異也、有以也、又如同犯而有一曲者犯其開也、亦應與照常減等者同科乎、吾以爲太優也、全出全入照罪犯全抵而可矣、又如同犯而其情坐不知也、亦應與罪犯全抵者同科乎、吾以爲太殘也、失出失入照遞減科斷而可矣、若申上行下之不無失錯也、上下司之有所誤行也、官吏各遞減二等三等、則法而不以吏典爲首非法、夫赦小過猶可言也、獨不曰先有司乎、是故竝官也而公錯之罪異也、有以也、不可以無辨、尤不可無辨之辨、

禹碑辨

吳道行

攷吳越春秋載禹登衡山夢蒼水使者授金簡玉字之書得治水之要刻石山之高處禹碑所從來矣歷千百年無傳者道士偶見之韓文公劉禹錫索之不得致形之詩詞宋嘉定初何子一游南嶽遇樵者導引至碑所始摹其本過長沙轉刻之嶽麓山頂隱秘又四百年至於國朝嘉靖初潘太守搜得之剔土搨傳朝野始獲睹虞夏之書故湛甘泉一見亟稱篆法奇古雖深於古篆者僅能辨一二字不可識其中所云深信爲禹筆獨帝禹刻三字則宋人所題耳顧東橋則謂禹精於水令篆體皆流水形其出禹筆無疑但衡石疏厲碑必剝落或亦宋人流傳搨

本耳蒲陽林巽峯則謂字畫奇古非秦漢一體文字雖石鼓文原父鼎器銘且讓焉然古文自漢知者已稀其義失傳未詳何謂季彭山亦謂別有隱義未可知惟是楊升菴沈靖陽各有譯義乃蔡季二公隨執譯義力辨其非禹筆余嘗細玩碑刻反覆古今詩詞序論益信爲禹筆無疑竊怪譯詞之誤適以開反古者之疑局故辨之者合宜議譯詞之誤不應泥譯詞而疑非禹之碑試即以後人所疑者辨之而猶覺所疑之非也據蔡公以衡嶽志載禹碑二岣嶁雲密子一傳本後稱碧雲此非子一之言乃張光叔代敘耳其非一又以勒石見德禹所深戒古人祭告則有之登封鐫石則未季公亦以周穆王宣王始有石刻攷白虎通載禹與周成王封泰山禪會稽首社勒石蓋王者受命必封山增高也禪者增厚也刻石紀號著功績也又何以必禹之不勒石也其非二蔡又以碑勒自禹嶽麓名自宋徽夫嶽麓之名自宋眞宗時賜額載在綱鑑長篇及南軒諸記而以爲宋徽宗則嶽麓舊志引衡嶽志所傳而未之深攷也其非三且謂韓公索之不得歐趙朱深於博古者皆未見而疑道士之見子一之傳爲誑湛甘泉所云宇宙神物固當天寶地藏久則必復見安知道士樵者非山靈異人而使之見者也况原碑在深山窮谷榛莽沙土迷覆已久搜之人又安肎一一窮心力而必欲得之邪其非四如以此四者而疑非禹筆恐博識者不盡然

至謂岣嶁在衡嶽麓在潭碑勒岣嶁詞稱嶽麓爲謬戾此其說近是總之亦楊沈二公譯義之誤當日止從潘公獲碑嶽麓起見亦不自覺碑勒岣嶁詞稱嶽麓之爲非也則其餘譯義之誤可類推已奈何不譯義之是議而徒偏執以爲非禹碑則亦不情甚矣况李公轉以碑勒之會稽又何過於好奇若此善乎通志有云是書爲蝌蚪其爲禹所遺無疑但其文義缺之可也

桃源避秦考

闞士琦

古避秦人多矣。一見於吳之樵貴谷李白所謂山多靈草木人尙古衣冠是也。一見於豫章之麻姑山圖譜所謂面目黎黑走地如飛是也。一見於熊湘之秦人三洞。邑人所謂石門深鎖鐘磬時聞是也。其他渡河浮湘梯山泛海。聽草木之腐朽。任煙波之汩沒。又不知幾何。要皆裂冕毀冠。變名易姓。望幽巖以息影。託名山以藏書。意其坑儒焚籍之禍兆。必有爲當時英雄所早見夙知者。故有所據而逃。不待其餘波之及也。乃避秦人以桃源特聞何也。則自泉明之記始也。泉明之獨記桃源何也。則桃源之自足避世也。中都大國猶之門庭藩樹也。神皋鬼宮猶之

內笥祕閣也。商瑚夏璉其不列於四通五達之衢明矣。彼偉人俠士孤情特識。機警有鋒。肎徘徊徙倚爲科頭履尾之事乎。入山恐不深。入林恐不密。桃源之所以與世絕。與泉明記中謂其地止有桑麻。無征輸貿易之事。其人止有父子。無君臣恩怨之情。其歲止有秦。無漢魏晉篡奪之日月。固居然人也。至於漁郎入太守迷。子驥病。則似挈一仙眞之居以處秦人矣。韓退之固疑之。遂謂桃源之說何荒唐。蓋退之佛骨一疏。巳劃然於儒釋道作南北黨矣。故其詩曰我甯曲屈自世閒。安能隨爾巢神山。則人邪仙邪。皆非退之齒牙中事。蘇子瞻復泥於殺雞一語。曰世無仙而殺雞者。祇以爲靑城菊水之類。其言殆近於迂。彼長房之鞭百鬼。回道人之精劒術。又非活國中人與。或曰秦人不知有秦。猶泉明不知有宋。故其自爲計曰吾不折腰向鄉里小兒。戒其子則曰雖有五男兒。總不好紙筆。其未肎俯首仕宋決矣。遂託避世之旨以自況歟。然則往者五斗令彭澤又何也。若爾則稱避秦人以仙奚居。豈始而棲隱。繼而登仙邪。豈漁郎所見者固其子孫。未必秦人仍在邪。豈其先世長子孫矣。居然人也而後如瞿童爇山雜以流寓邪。豈其地有空杉方竹神草伏流之屬。如丹井可以長年。石髓可以禦老。竟不知所以仙而仙邪。吾以爲避秦者亾秦者也。擁陳涉以首難者。避秦之孔甲也。操鐵椎以當車者。避秦之子房也。遺鎬池君以夙日者。避秦之

素車白馬客也。余邑避秦人皆此類。一片壯心牢籠不盡。則其深知强魄於身計中必有所旁出。於宇宙內事必有所過取。遂能以其離奇詭譎狡獪變化之人而之仙歟。夫夙有疑冢生有別天。天上未必樂則居人閒。世人不可與語則挾飛仙以游。此亦我輩有心者之能事矣。故曰成佛須慧業文人。況仙哉。建炎初洞中浮一大石。其文曰無爲大道。天知人情。無爲窈冥。神見人形。心言意語。鬼聞人聲。犯禁滿盈。地收人魂。其文簡貴古奧。要是三秦人語。殘慧餘馨。猶足流傳千百世。代使人讀之肉顫髮豎。秦人卽非仙而人者也。亦必人而仙者也。不然桃源卽峽遠與外人絕。彼鞭山赭石之威。回易山海。驅使草木。正不勞一

指臂而能保有茲土耶乃今之桃源青煙不徹白鶴亦忪似無待薰王子以蕭艾歌招隱於荒途者何耶又考邑之北有桃花洞外崎中空五洞相連今疏其二得唐績勒石詩云分明便是桃源洞不見溪頭流落花則所謂桃源洞者在唐人固已疑之矣噫邑岡巒洞壑所在異狀神房石室可為離宮別館者往往而是吾意避秦人所呵護者當不出綠溪青嶂之外矣

九溪分合考

劉鴻泰

水經注謂楚有五溪潕樠雄酉辰也按集韻韻會及九溪志又有龍敘桂武是為九溪皆下注洞庭以達於江考諸溪之水惟潕最上源出鎮遠府由玉屏縣東入楚界經沅州城西下盈口竹寨江是為潕水唐曰沅溪又曰龍標酈道元以潕作武者是也又二百里至黔陽縣合於樠樠一作朗源出黎平府經靖州西南為亮寨江又六十里至會同縣界乃與雄溪合雄之源自城步縣出經關峽下為若水洪江行百八十里與溆浦縣之溆溪合敘源甚淺六十里至辰谿縣與辰水合辰出銅仁府經麻陽縣城南是為錦江越辰谿縣四十里至浦市而桂溪出俗以為浦溪源亦在百里內潕樠雄敘辰桂六溪之水始合流由辰谿縣八十里至瀘溪縣縣之西則武溪出焉源發於武山漢馬援所謂滔滔武溪一何深者是也七溪匯流下六十里至辰州府又與酉溪龍溪合二源同出酉陽州界經辰州府西名曰北江九溪咸注於斯以趨洞庭導江而朝宗於海也其源之遠出於黔者潕樠辰三溪發於蜀者酉龍二溪若雄敘桂武則皆境內之水爾無不可按圖指掌而陳也

湖南文徵卷十五

湖湘後學集編

論上　明

合從連衡論　李東陽

天下之勢輕重於權謀之中君子於此可以觀世變矣夫天下之勢必有所在在德則正在力則偏在謀則變故德者定天下之勢者也力者據天下之勢者也謀者盜天下之勢者也舉天下之大徇於匹夫之口捭闔張弛惟其所命其爲變也不已極乎孟子曰五霸者三王之罪人也今之諸侯五霸之罪人也今之大夫今之諸侯之罪人也烏乎爲從衡之説者何人哉周失

其德天下之勢渙然無所歸旣久而爲秦所據六國之命皆制於秦朝夕惆惴撐拄之不暇故秦與儀也得肆其邪謀詭計於其間大抵爲從者多怵之以利爲衡者多怵之以害利害交亂於天下而莫能辨故合而連連而合莫之適成展轉眩惑載胥及溺而後已固世之變實謀之罪也二者曲直固不暇較然就而論之從之謀在六國猶可言也衡之謀在秦不在六國無可言也秦自孝公之後竝吞之勢已成決非犬馬玉帛之可事則六國之勢不得不合故秦說一行而天下響應然不一二年雖秦也亦無以謀其身矣夫以桓文之才假尊王之義倘不能制一鄭之反覆而秦以區區口舌合異爲同聯疏爲親欲其久而不散豈不難哉儀乘諸侯不勝畏懾之餘故得以劫行其說秦死乃得大肆而又解於武王之隙不然束手就摯授人之勢不待數十年之後天下已爲秦有矣夫勢專則秦以數千里一衡之地而卒竝天下勢分則齊及燕趙皆以二千韓魏以千楚以五千里全從之地而卒竝於秦由此觀之君子不能無遺憾於從約之解也雖然秦嘗以帝業說秦不用而後爲從於六國儀嘗倚秦以爲用見辱而後爲衡於秦不然則秦之爲衡儀之爲從皆未可知也小人盜天下之勢而又傾側骫骳爲其私身計如此彼六國者乃覗之以爲輕重而於其時有孟子者其去其就固超然莫之計也是可委之世變而已乎如孟子之言行王

政而王如湯如文王者雖一國可也彼六國者何足慨哉予獨論儀秦事以著利口覆邦家者之禍爲後世戒

韓信論

李東陽

信之事兩司馬論之詳矣有說者曰信之忠一拒武涉再辭蒯徹言出肺腑容不可以僞且其慮事料敵算不遺策不以全齊叛而以一淮陰不以逐鹿未定之時而以天下一統勢不可動之日亦明矣其所謂逆非有擅兵養士如陽夏部聚候伺如九江者不過以吾方念之之言猶豫不忍倍之意爲陳豨內應之謀悔不用蒯徹之計之語是安知非忌者所媒孽抑或史氏之所傳襲而附會之者邪夫信之獄成於呂后汲汲乎不待高帝之歸臨刑之辭未足深信且彭越再變呂氏實使人告之何有於信信蓋其尤所忌者也然信之請爲假王也陳平張良躡足

附耳之不暇雲夢之執乎實爲之而田肎復以得信爲賀及其死也以出亾夜追之蕭何而亦與其謀豈信之忠不勝智固未免見疑於人人邪方其始說高帝以天下城邑封功臣不旋踵而自爲假王之乞馳壁奪軍易置諸將帝固已疑之失期得楚而不辭納項氏亾將而不輒奏及其失王就侯身不自保而猶以多多益善辯夸於帝蓋非特帝疑之廷之臣莫不疑之矣疑其迹而不知其心悲夫烏乎平以下不足道也彼良與何者宜知之不但無百口之保亦無一言以紓其難坐視其赤族而不惻者何哉蓋高帝之雄心未嘗不耿耿於天下之豪傑非辟穀之請田宅之汙雖良與何亦且不免其勢固無暇於信信之必死於高帝旦暮等耳苟徒摭片語隻字以爲信罪豈君子之所忍哉綱目書后殺淮陰侯韓信夷三族朱子蓋已洞見其曲直矣程子謂讀春秋者必以傳考經之事實以經別傳之眞僞綱目非史類也愚請以經法讀之

曹參論

李東陽

大臣者與人君共治天下者也君豈能獨治哉大臣之於君善則引之不善則諫之以歸於治而已不能引其善諫其不善是後其君者也忘天下之治者也天下之不治豈獨君之責哉漢之惠帝立而遭呂后之慘日飲爲淫樂不聽政曹參相之不能諫且以垂拱告之是長其過也是後其君也忘天下之治也遂使君怠於上臣荒於下日頹月挫以求所謂清淨無爲者爲之古之大臣事君之道如是哉然則惠帝之不聽政非特惠帝之責固亦參之責也參之淸淨出於蓋公老氏之道耳老氏忘天下者也非吾聖賢所以治天下之道也參以老氏之說小用於齊則不擾獄市大用於漢則醉客而不使言聽吏酣歌而不致詰甚者又導其君而忘天下充其心必致於剖斗折衡而後止焉然酣歌淫樂恐亦非蓋公之所謂清淨也參尙能追其責哉蕭何之薨也參奮然治行蓋謂何之後非其身莫可共天下者吾意其縱不能追古之治必有以繼高帝之業使不墜也曾謂其清淨以忘天下而且長君之過如是哉參爲相不過三年而死其時惠帝固在諸呂未王太后未稱制而兆已萌矣藉使諸呂王太后篡而參與惠帝尙存亦將爲淸淨而已乎將爲酣歌淫樂而已乎其不可爲明也夫參之從高帝攻城略地身被七十創而不困固非忘天下者及爲相而不事事豈餘於將而不

足以相邪蓋以天下之民方辭見知之苛安約法之簡固不欲以政令擾之方恐其君之多事也烏乎參之心誠如是其失滋甚矣求民之安乃至於酣歌淫樂以忘天下畜禍養患於宮闈之內而不知戒焉設非平勃諸臣爲之排擊撥正於後則漢之爲漢我不敢知烏在其爲淸淨之效也使參能因呂氏之慘導惠帝以齊家睦親之道必能固其根柢因惠帝之淫樂戒之以憂勤惕厲之義未必無所防遏於將萌天下雖不大治且不大亂奈何淫樂廢事以坐致後囏漢之幸而不墜者如綫一垂拱之言誤之也雖然參之相天下歌之後世賢之平與勃者莫之或過其有益於天下之治殆亦多矣稱漢之大臣固不可歟

原禮贈喬希大宗伯　李東陽

禮之道何始乎自天地以來有之矣禮之名何始乎自經籍以來有之矣蓋天高地下萬物散殊而禮行焉禮之云者配仁義智而爲四德合性而爲五常配吏戶兵刑工而爲六卿配易書詩春秋而爲五經其所自爲名者合天地人而爲三合吉凶軍賓嘉而爲五合冠昏喪祭鄉相見而爲六以經言則有三百以曲言則至於三千極天蟠地行乎陰陽通乎鬼神而行之則在乎人若其所以行者則有恭敬辭讓以爲之本有品節度數等級器物聲容綴兆以爲之文古之治天下者其居則宮室車輿其服則衣裳弁冕其器則尊爵俎豆其樂則金石絲竹其儀則

登降揖遜以之朝覲聘問鄉射燕享井田學校哀樂慶弔皆所以教民成俗養其德性而定其名分使其遷善遠罪而不自知此歐陽氏所謂治出於一者也及禮與政分則所謂節目度數者時殊而代異上古之治邈不得聞夏商之禮孔子時已不足徵矣周禮書雖存而殘缺已甚或者至疑其非聖人所作孟子所謂爵祿亦與王制不同漢唐以降議禮之家與國終始而卒無所定是其官雖設文且不能備而況於本乎叔孫通之儀無暇論已賈誼言之而未遑見用王仲淹謂孔明不死則禮樂可興程子亦以爲然然亦未試也張子之學由禮而入其論禮制多本諸古而不易行朱子於司馬氏所參酌者獨有取焉及自爲儀禮經傳通解未終而卒君子憾之然其論固在也我太祖高皇帝本詩書禮義之化分經以取士列部以置官又製爲大明集禮洪武禮制禮儀定式稽古定制諸書頒示天下是凡學禮者所宜究心而況爲其官者乎太原喬希大氏舉進士爲禮部儀制主事越二十有八年十命而至南京禮部尚書謂予曰昔予爲太常少卿代祀西藩先生嘗作使難以教今之行其將有言乎予惟禮之職重矣昔人謂禮樂必百年而後可興今南京乃皇祖開基之地規制具存百司庶府遵奉罔缺予嘗奉使而南見小官下馬道側市民雖隔門牖亦起立俟過比吳侍講南夫云嘗觀禮部見國初書籍猶有存者然則品節制度之詳

尚可考而知也希大制行端謹博經籍富文藻禮儀之事又其所素悉者卒屬舉職固不俟言顧於國家教民化俗之大尤有深望焉者乃推衍古義作原禮以貽之

人君無所不謹論萬歷辛丑鄉試

周之龍

人主之纘洪圖而迓天休也則言人而不言天矣夫言人者何也卽人主之心也人主無心以天之心爲心天至幽渺不可測冥窈弗可窮而其禎符譴告每見之端俔朕兆之間有如人主視爲固然安坐而委置之則天何賴人主抑如星官歷師抱成筴以定吉凶執於此而泥於彼宴安勝而戒懼微則天之所以示異人主者亦甚狎而人主又何以迓天休夫惟明主貴以其身愛天下者乃可以託天下愛以其心畏天下者乃可以保天下皇皇閔閔不敢卽安惟恐一念肩越致貽天鑒而速之災卒之斡旋元化轉移元穹用以流鴻聲而凝駿祉萬年有道之長

必循此矣善乎先儒陸九淵之言曰人君無所不謹此人君克謹天戒之說也夫人主者天之宗子也天者人主之父母也父母之於子也詎有不撫摩鞠育其子者哉亦詎不欲其子安富壽考世世長無患哉有時而過督之譴責之又甚之以箠楚者則父母之藉以示謹其子也所貴爲人子一處心積慮出言舉足而不敢忘謹則善體父母者也假令爲人子而放縱之習滋儆惕之意愉毋論狎侮怠棄一無所謹卽或單詞細事稍稍矜持以對父母而無故則耗蠹於燕閒衽席之際逸豫於慆心滑和之開彼爲父母者亦非其意矣何況人君父天母地而爲之子者乎吾觀天立君之意矣天之所大奉命曰天子豈其使之恣心肆志處深稱朕於巍巍之上必不其然蓋欲其御宇握中體元經世思大副之矣故或以禎符昭主勤或以怪異振主懈或以岡陵熾昌之運荅明禋或以顯怒譎告之符黜穢德彼其一念不謹卽干天地之和一息不謹卽傷淸甯之氣而災異且紛至沓來更睹迭見甯徒令人主之心按災而禳據異而儆哉夫太上修德其次修政又其次修救最下修禳古記之矣何者華胥沕穆之世太平無象善敗相半之朝理亂遞出則所繇敬肆殊途功効相萬致然也如人主襲敬天之迹闕由衷之誠得修省之一端忘恐懼之實際有減膳徹樂以爲謹者文而已矣齋居避殿以爲謹者疏而已矣封雲禪亭以爲謹者侈而已矣

奈何語人君克謹之心乎吾觀古今之陳謹戒者莫如春秋一書其曰日食曰不雨曰地震曰雨雹曰彗曰蜮必大書特書而卒不明指其事應之符占考之驗吁聖人之意蓋可見矣夫惟獨照之主元解之辟爲能超然遠覽懍然深悟兢兢於天人相與之際幸而天降祥無曰余一人祗承厥命而曰偶然不幸天降災無曰適至而曰余一人實孤寡不穀大廷以及深宮何地弗謹卽獨知弗敢忽也聽政以及燕閒何時弗謹卽夢寐弗敢荒也凝丞以及虎賁何人弗謹卽工瞽弗敢褻也凜兮其若谷儼兮其若客卑兮其若隊抱赤子於春冰之上持瑤璵於萬仞之淵馭朽索於六馬之衝對勍敵於孤壘之日而一念一事有

不敢自暇自逸若不知萬乘之貴九重之尊惟恐示譴於天欲逃之幽障險巖亦不可得者豈爲是私憂過計設不必然之謹哉誠見夫存不越幾微禍福立應於四海九州之遠萌不踰頃刻膠結至於易世而不可解救則安得有所謹有所不謹乎哉自人主謹心仰格山出異丹水浮沈玉屈軼蓂莢在朝靑麟赤鳳在野蕭雲掩闕甘露騰軒用能轉災爲禎化異爲瑞苟天之休若是其顯隆懿鑠也而有一念不克自謹中來乎不然玩媟一起長此安窮卽有一二矯飾之文補苴罅漏辟之治身者病在疥癬日夜走數千里求俞跗以謹之而腹心則不加藥也又辟之治家者病在藩籬不憚修繕隄防以謹之而中央則置不理也卒之元氣病大命隨寢室不支而大廈顚矣豈非人主不謹之明鑑哉古今論治者莫過汙隆之閒以湯也式九圍而七年旱以成也際重熙而風雷變曷嘗無災乃當年所爲動色相儆曾無甯息也者至於桓文之際減食省用以消旱罷臺池恤刑僇以去彗而治狃小康卒不克榮華到今此無異故蓋彼以無所不謹之心承之而此以有所不謹之心參之也又何怪治理之不逮遠甚哉人主誠穆然咨嗟克謹天戒愼無空襲伯者之虛聲實不得與湯成接軌也噫

王者以天下爲家論 萬歷辛丑會試 周之龍

論曰王者之爲天下往也則不容歧天下與家而二之矣夫欲二天下於家舍天下奚所成吾家而欲二吾家於天下舍吾家奚以撫而天下夫其天下而不吾撫也又奚以託天下惟家自家天下自天下於是天下之休戚欣厭與吾纖不相關吾無以聯其家天下亦遂囂然渙散離披而莫可收拾是故明於天下一家之理者非英喆莫與爲也夫家誰之家天下又誰之天下以家爲家而無以天下爲者是家故自公共而我私之也以天下爲天下而無以家爲者是天下故自親切而我疏之也天下一家也家之需我者一而我之需家者不一家需我不得安往而不爲家我需家不得始猶各以心爲心旣則各以身爲身又極則怨我仇我有掉臂去我還以報我耳夫惟王者洞安危之故曙離合之因握元同於樞普燠煦於宇令天下蒙庥仰沫若一家然而天下亦太和元氣烝烝旁皇周浹無壅閼則熙洽之極軌而休嘉之郅隆也今夫士庶人之家上有媚伯姬旅下有子姪雲仍最下有臧獲厮養顧安所不仰給於我假令吾所以爲家者疾痌疴痒之罔與其神精脈命之罔與通漠然舉族黨而膜越之肥瘠之夫我先已不有其家家又何有於我而況王者之家席祖宗之烈纘神明之統擁河山之固主夷夏之尊此其家何似而以衡於士庶人甯翅尋常萬萬邪荒服吾藩籬也

諸夏吾門庭也畿甸吾房闥也羣黎億兆吾所與馭之堂皇以其守其家者也庶明百執事吾所與揖之几席以其理其家者也窮天罄地山梯海航吾所與公之闠闠以其饒其家者也彼其饑需我哺寒需我纊疾首蹙額需我甦金玉穀帛刀布畜產需我分流離困踣需我還定而安集又其滯需我振淹需我拔伏處巘巖沈淪薖軸者需我軒眉而抗志人萬其姓姓萬其欲所羣然歸往者獨一我而我何以爲之耶夫人亦思王者之稱乎能統一人羣之謂王能順適眾欲之謂王又撫我則家督虐我則獨夫之謂王王者一有肝膽䏌越之心始不過徑寸之私旣遂坐萬邪之結竟致獨夫涼德億萬生心而莫可問焉亦大

可畏哉惟曠然捐我形骸而與天下之家相灌注又蕩然並包天下而與吾之一家相維聯高居崇纍不言尊而以谿壑黼湑爲脈絡處深穪朕不言密而以閭閻蔀屋爲奧窔是故天下有牂羊載道萇鴻徧野而王者則若一家之露處宵啼可念也何以爲甯宇厚宅之圖天下有鶉衣百結袒裼誅茅而王者則若一家之肘露脛決可慮也何以爲帡幪夏屋之計天下有荒葛塈塗澤葵依井而王者則若一家之捐親戚棄故業可隱也何以爲推亾固存之謀天下有狠噬鷙擊狐憑鼠蠹而王者則若一家之膏竭髓枯可痌也何以爲回生振急之筴家有向隅主爲不食而天下有奇請他比鍛鍊周內之冤獨驁然不與湔除

乎家有魑魅主爲修攘而天下有陰房火青赭野赤川之慘獨恝然不爲泣下乎家有抑鬱無誰語控訴不獲信者主爲之宣幽理抑而天下有萬不可闕之士路有萬不可塞之人情又有萬不可堪之民瘼獨任其日甚一日晏然不爲之所乎譬之有家者藩籬不固門庭失守徒眾生心帷廧離德主人燕雀處堂自以怡怡無患也不知家之禍萌祟本已蘊隆厚釀於其中則起於有家者無故而自解其維自頓其紐以身爲家而不以家爲家故也彼家不有土崩則有瓦解立自孤而坐自斃耳王者鑒焉視天下爲家而視吾之爲天下者如爲一家由是天下之精神與一家之精神有廣隘而無彼此一家之精神與王者之

精神有堂廉而無遏絕究之忘其爲家忘其爲天下而並令天下且忘我之爲家忘我之爲天下其効至恩從薰風翺德並元化游冠帶之倫咸獲嘉祉睢睢稷稷之眾大被豐美而樂有生則豈非王者一家之司契哉不然者毋論屑越其情扃鐍其有至解眾體而墮家聲郇伯者挾數用術其爲國詎不似理家而眞純不貫一家之中且不勝異意矣又何以爲天下雖然以天下爲家猶二之也天下元氣如人一身自非以吾身合天下則安所關於神情而徹於呼吸故曰王者通天下爲一身又曰王者以天下爲度要以元首腹心股肱手足相得益彰然後噬嗑之閒不中壅賁限之地不外艮榮衞流灌支節康强直輪運而

轂轉之儻君臣先不一家天下事可知已則以天下爲家者其必先以家人一體視其臣哉此所以爲家也卽所以爲天下也夫家與天下奚二焉

水旱責躬論

刑部觀政試 周之龍

天下之無奇策未有變於水旱也者天下之需蚤計未有急於水旱也者天下之責人主未有不嚴於水旱也者人主之還以自責未有不寬於水旱也者惟不以至變者委於天行之數而惟以至急者竦於淵涓之中惟不以至寬者恕於澡雪之間而惟以至嚴者切於拯救之慮於是儆予有懷於是桑林有禱於是方命圮族有虞於是匪彝慆淫有戒其所責躬之內者何懇以摯而所責躬之外者何重以周故雖有九年七年之菑卒不爲患則以至急回其至變以至嚴矯其至寬故足述也夫天菑流行何代蔑有菑於東不於西猶可言也菑於西復於東不可

言也菑於水不於旱猶可言也菑於旱復於水不可言也有一處不菑有一菑不至猶可言也無一處不菑無一菑不至不可言也望救故嚴救菑者上之修德次之修救最下修禳極矣天何降咎實行是𤔡天何降休側身靡虧顯證於庶徵而矯修於一旦則其勢始未嘗不刻責後稍淩夷怠弛也而自待故寬夫始以無策之變繼以望救之嚴乃復以寬假之心當此變異之急則有矜伐之私勝勤儉之意微聽無稽之言庸弗詢之謀也者則有政令不節民生失職崇土木盛女謁肆苞苴之行開讒慝之斁也者夫君人者百責攸萃萬方繫望卽令陰陽調雨暘節方內外不覩有懷襄之憂赤地之異且𢘆𢘆悚仄徬徨之不

給而豈其三不足恤一無可反直以天下戲焉昔者堯萬世聖主也湯湯方割浩浩滔天帝爲咨四嶽俾乃乂湯天下聖王也時方大旱而祭林告虔六事臚責卽當時平成功就允殖化臻一則曰欽哉再則曰欽哉親睦平章以逮明揚師錫堯何嘗斯須忘責焉湯則誥我造邦無從無卽各守爾典以承天休蓋曰吉凶不僭在人天降災祥在德至今讀太甲一篇猶想見終始惟一之意夫豈徒抱空質沾沾課效者哉乃後世遇災而修者何恕也大潦時有赤地頻仍萬口嗷嗷髑髏載道非兆土崩之形則趨瓦解之勢一夫奮臂適足爲賢者驅難耳而上方恬然不知無故屑越於遊畋玩好之私厭縱於龍漦燕尾之寵濫觴

於瓊林左藏之積撟虔於總攬獨操之神耳目躬所自有也奈何釜鬵旣成水火之端已見股肱躬所自倚也奈何斗杓未轉政本之助久虛雲仍奕葉躬所祚允而亢宗也奈何桑叢之媒交搆黃臺之釁漸開賢士大夫註誤廢佚躬所疾痛而痌瘝也奈何犴陛之冤未雪佩環之召無期枕甲藉戈躬所銷萌而厭難也奈何白骨之枯徧野陰房之火蔽天刑餘閹豎躬所頤指而奉灑除也奈何城社之威敢憑太阿之柄旁落乃至南箕北斗憐彼蒼生枵腹露脛誰非赤子一旦離心卽欲躬居民上亦不可得奈何巨憝之璫四遺砥骨之慘無餘秕政煩苛亾徵輻輳如此而天不重譴變不疊興然乎哉誠欲回天彌變莫若就

所極儆者而力反之要以撤懸減膳不言責而言淵微之當惕素車白馬不言責而言九重之當儆蓋沴氣逆數實則不穀之穢彰羣工修事不若一人之修意嘗考覽洪範休咎之徵曰時雨時暘必由肅乂曰恆雨恆暘必由狂僭假設人主處深稱朕聞聲自聖令羣下曾莫得望而渙汗布信且朝更而夕寒焉尚謂能作肅作乂者乎愛憎易移博望之鑒不遠哲豔煽處內孌之蠱不衰其有一事不反道一念不僭差者乎意動變生若執劵取責毫不容爽則水旱之頻仍其何足怪夫天以仁愛奉人主主不以仁愛奉天心人以萬心望人主主不以一心乂萬民上示譴彌重而主戲豫彌深下延頸彌殷而主朘削彌毒主實

有躬誰任其責彼躬實有所闕多遺執瑕者辭猶然怠傲恣睢曾不少省豈其諱多忌護多飾不躬自責而責之誰也責躬維何其耳目宜闢不宜壅安所闢忠讜之門其股肱宜重不宜輕安所收輔弼之益其大禮宜速不宜淹安所邑箕裘之祚其犴陛宜清不宜滯安所布湔除之慈其血刃宜偃不宜黷安所戒妄殺之師其采榷宜罷不宜興安所甦旦夕之命其中豎宜畜不宜任安所絕窺伺之囮至於一切反道狂悖罔念僭差而悉祓濯其精神斧藻其志慮嘉與寓內更始靡一念一息得自寬儻亦堯湯責躬之遺意乎然此責於躬者也非責於所以躬者也昔北山愚公不自量欲移太行王屋二山智叟哈之愚公不

止且合世世子孫平焉帝感其誠命夸娥氏二子負山遂移之也又有遭仙人山中者求不死之術仙人畀一木令穿石石穿乃仙其人受教無日夜寒暑饑寒垂四十年不倦石穿而仙去矣夫山非可移也石非可穿也以愚公輩一匹夫尙得之於山於石豈以天子實心實政躬自刻責不能得之於水於旱乎此精誠之極也志壹則動氣矣故爲之說曰人主之還以自責未有不寬於水旱也者無自寬乃可以寬於天下人主之蚤爲計未有急於水旱之憂也者能先憂乃可以無憂天下吁盡責躬之說矣首頁十二行壁敉故嚴上脫則其勢必還以責人主而十字

魯仲連論

周之龍

嘗讀記戰國秦挈四十萬坑長平目無全趙久矣秦以此赫然恐天下天下亦遂震恐六國中魏綦甚會辛垣衍勸趙帝秦連以一布衣崛起得交平原君大有聲渠趙閒於是坐壇坫之上與客將軍慨慷而力御之語在連傳中聞者吐氣衍則曰吾乃今日知先生爲天下士夫連布衣之賤非有貴介之馮也畫策之雄非有純氣之守也輕世肆志之高又非有駿樹鴻猷之烈也連安所自負奇甚衍遂以天下士知之哉連曰秦無已而帝則且變易諸侯之大臣則且使子女讒妾爲諸侯妃姬梁王不安將軍亦不寵豈連以危言中衍衍卽魂摇心動不敢庸人相

連邪抑連以俶儻奇偉振梁扶趙掩帝秦之口奪强秦之魄遂睥睨一世見謂世無人邪歸而論之夫天下秦之有邪六國之有邪周雖弱猶共帝也六七雖强猶臣妾也奈何當時策士大俠馮軾鼓脣倡從横之說賢豪公子死黨悖公競篡逐之計欲帝者微獨秦欲帝秦者微獨魏卽臨淄之勝方漢之饒比比思朝同列而有天下尙復知有周乎爲連者假令與歎黍離折萌問鼎率六國朝於周明示冠履之不容倒置也如此名號之不容陵夷也如此連曰帝周梁趙曰帝周齊楚亦曰帝周其有擁險負固囊括席卷視其帝若贅旒者且合六國之甲直頓函谷雍州閒彼卽棄禮義尙功首權使士虜使民有頫首而喪氣耳

連豈不毅然天下士卽眞哉夫扣馬一諫凜乎君臣之義若揭日月行中天卽召陵一師至假借矣君子猶曰能維名義於一綫連獨不聞之而徒誓死鮑焦斷斷與客將軍抵掌邯鄲之上竟所嚇垣衍而怖梁王者卒不過曰彼將奪所爭與所愛變易而大臣讒妾而妃姬嗟嗟秦以熊羆之力虎狼之心其垂涎帝一字所從來矣連卽不肎帝衍卽不復言帝安禁秦之不圍趙乎安禁秦之不蠶食大梁乎又安禁秦之不肆然爲帝過爲政於天下乎若連者持節固高大義罔語論讜雖激中謀洵疏恐未得盡以天下士然之矣大抵當時氣習功利炙人朝叩暮遊雕龍炙轂卽如從人掉三寸舌最雄稱無雙矣空取金印如斗

卒不能以尺梃入殽函以抑其席卷蠶食無忌憚之心豈非乃時無人致然哉連直以不帝一言卻秦軍五十里亦是奇矣且迹所自引決與富貴詘於人寧貧賤而輕世肆志連不得爲天下士矣將不得爲介士哉太史公多其在布衣之位折卿相之權而亦短其指意不合大義有以也夫

賈誼論　周之龍

古有王佐才而弗獲竟厥施論者非不嘉其才直惜其未善用才也夫才非難所以用才者則難故以倜儻非常之人新起寒畯目無耆舊欲舉天下事一旦而盡更之卒也齟齬憂傷不克自振則亦不善用才之過矣蓋聞千鈞之弩不爲鼷鼠發機萬石之鍾不爲尺莛成響戒輕試也賈生一洛陽年少耳何以知名漢廷哉薦之者治平第一之吳公也當時在廷諸臣業知有生矣且也博士未幾大中巳擢乎不次積貯甫議賜民盡復乎租田帝非不用生也者其通達國體顧不日有聞哉至於治安一策不下數百千言大較論三代洎秦治亂之故甚美試舉其

槪如教太子尙仁義卽阿衡一德之訓弗哲於此矣如定經制御蠻夷卽內政軍令之作弗詳於此矣如左恩厚右權制卽識時察變之衡弗明於此矣詎待一劉向迺知生通達足用哉夫以茂齡博洽如生以瑰瑋奇特如生以受知君相如生意上得其君下得其臣上不疑下不忌將挈天下事惟吾所欲爲時不負生生或不負時也乃長沙之傳未幾梁傅之命又下始未嘗不相知而後稍牴牾則何以故夫君子所取精者遠則必有所待所成就者大則必有所忍故沈機而察微者通人之獨照也韜鋒而斂鍔者達士之極思也誼獨不聞乎比親握天子璽而授之帝者誰連師數十萬以決劉呂雌雄者誰自渭橋以來皆

所稱代邸舊德焉者生郎通達加人數等奈何一疏逖士遠欲新開舊遠閒親哉又奈何甫立談之頃遽一痛哭二流涕六長太息哉此不待哭泣夭絶而吁鬱憤悶之因業胚胎於纚纚一疏中矣嗟夫立漢制更秦法才非不奇而量則隘試屬國繫單于志非不廣而術則疏人謂生不用文非文不用生諒矣雖然不用者不必求多而非不用者未必無過彼其忠謀至計金石錚錚詎不稱才過湘爲賦以弔汨羅同死生輕去就詎不稱忠假令當時下靡所短上靡所疏誼所陳說略見設施庶幾哉於漢家勳與伊管爭烈矣而夜半前席蒼生不問非其君元默之累哉昔人云哭死非爲哀吾心良不欺生亦未可盡訾也夫明

治亂嫺辭令入與王圖議國事出爲王接遇應對生以前通達國體非乎其誰哉以彼才游諸侯何國不容而自沈若是則讒諂之蔽明而主聽之不聰也彼絳灌等短於帝何殊上官子蘭梁傅一拜帝誡疏之矣負奇多妒識高多沮郎生且奈何哉

論鴻都門學　　周之龍

遞代人主疇不以建學育才爲上務哉或者借虛名寡實效君子曰亂之階也夫學之建育眞才也非以儲不肖也建學育才以崇實效也非以設名高也從古總理人羣而鼓鑄六合者庠序學校異其名登良選公其其制何學蔑有顧所由建者本本原原代有至意以故當時人士率斑斑質有其文哉上之謀王體斷國論稱賢宰執次之亦薰德善良助成風化安所不收實效焉俗流世敗一旦舉門學刱建而恢閎之自以肇百王之曠典樹一代之徽猷立士林之崇標誇史乘之盛事曾不思納垢匿瑕有道所深危也藪惡匯奸士類所極恥也亦奚以學爲哉

漢光和天子詔置鴻都門學患請得論其世究其流可乎黃唐以前渾渾噩噩斯民方遊何有之域不識之鄉烏睹所謂學乃六相九官挺生世躋卒用翊運保大榮華至今還覗置學以降竟何如哉夫當風氣渾博人文惇龐學可無置也學之置自建辟雍始詳學有師儒則聯之上也學有弟子則羣之下也問學之時以春夏秋冬也問學之法以德行道藝也問學之成以鄉舉里選也諸所振起斯文養育人材者靡不悉爲制曲爲防譬髦化成炳烺人耳目而揆其自則以辟雍得之學何可毋置哉此謂名與實兩相符也者後世石渠之作非不詞飛風雲矣其失也侈白虎之講非不唇唾珠璣矣其失也靡而炫名渺實則

均焉彼所稱鴻都門學者菁莪棫樸乎多士核儺乎抑諸儒揖讓乎假令陽託教養之名簧鼓當世而按其實以辟召臯用爲故典以封侯賜秩爲濫觴甚且樹私交妨公道尼豪俊甄惡德眎名器爵予曾弁髦土梗之不啻則所稱學者固奸宄之藪而濫倖之囮耳當建和建甯以來孝靈不君人龍廢錮稷卨伊呂之佐自爲唇齒而奸臣跋扈滋蔓難圖憂國忠公之臣案經披執而貂璫閹寺脅使操戈卽有陳竇李杜輩同心戮力彼中常若節甫又從而陰連朋結毒流搢紳宇內岌岌多故矣呼吸存亾豈以學哉帝智出此儻法高廟之博大希文景之仁明效建元之英略援建武之芳蹤訪儒雅而祟經術表行誼而奬忠良

此數十人者正所藉股肱王室勗勤國步也者乃不置在左右方藉鴻都爲美觀貸門學爲重地羅網之設虺蜴罹之非椒房之族則刀鋸之餘當時顧廚俊及諸君子恥列名以絜之白虎石渠且大有逕庭矣矧可望成周郅隆乎哉或曰都門固睹聽所會太學尤賢士所關此學一置魚貫雁行諸生無南北之迹需次錄用忠良消騈首之憂輦轂下必有釋回而增美者豈其山陬海澨之遠不改觀而易聽焉愚以埒學耳三代其之實勝名而其防益厚後世踵之名喪實而其獘轉滋彼三老五更宏文直宿猶不免塗耳目貽譏慚至若冒名器竊威權貴利達賤行檢端人罹赤族胥小文靑黃鸞鳳棲棘林鷹隼翶雲漢則以

虛名賈實禍斷斷乎不可爲矣嘗反覆建甯朝石經大學之刻託之表章畢圭靈昆之作託之公利宣陵孝子之除託之移忠鴻都門學之置託之教養卒也援內難以外兵而漢祚爲墟矣尙問鴻都門哉

湖南文徵卷十六

湖湘後學集編

論下 明

千載一會論 崇禎己巳試北雍貢舉御覽第一 陶汝鼐

夫天生才以供一代之用必篤生明主以用希世之才光岦之所絪縕靈淑之所蒸蔚風會之所蓄泄不知費造物力幾許也仲尼思唐虞之際豈獨謂才難其際則誠罕覯耳何意喜起而後迺有王褒之頌聖主得賢臣也曰千載一會夫會之說何昉乎文言曰亨者嘉之會也貞元啟而通於亨君臣遘而孚於嘉猶日月行而會於朔也天人臣主之交有眞氣焉不謀而合不

介而投若采元圃而獲輝山之玉探赤水而獲徑寸之珠者旦暮遇之蓋求與應皆精神之至矣非天祚人國豈易得此哉雖然唐虞極盛始謂明良有鯀在下禹皋稷契所與比肩者皆齊聖也豈暇論得失乎若夫商周之君固已求之甚勤而思之至勞矣求於耕而得伊求於釣而得呂皆不易得不妄得而必欲得之必欲得之而竟得也庶幾乎主臣同量者矣商王之言曰簡在帝心武王之言曰吾太公望子久矣不歸之於天則歸之於祖宗事何止饑渴也奈之何白駒空谷徒詠美人滿野蜚鴻不聞夢賚天非不生麟鳳而時當結網之疏者比比焉斯古今所以扼腕也然而非臣賢之難而主聖之難也賢臣者學則千人之英仕則萬人之吏也萬人之吏撰卿相止矣明明我后首出一人億兆之命於是乎繫其仁足以育羣生其智足以周萬物其勇足以攝百靈而但不可以不明目達聰需股肱而共治也則非堯舜不可以得禹皋稷契非湯武不可以得伊呂矣何也聖主一而賢臣百是風雲之元感也賢臣百而大賢二三焉是元會之間氣也夫此二三賢者必庸主之所不能知中主之所不能用則甯抱璞以潛終老於巖穴而已豈能負龜龍之質而鱮鱨鱅之餌乎哉故曰不易得不妄得也昔漢高定天下封諸功臣張良曰臣始與陛下會於留光武起舂陵至河北除莽苛政鄧禹策杖追見之與蕭王會於鄴唐太宗方在潛邸劉文

靖李靖因異人識天子氣與眞人會於太原所謂千載一日非乎褒之言似矣攷其時漢宣起於代邸圖治勵精海內興於禮讓豈得非中興聖主哉然所恃魏相丙吉輔政同心史稱黜陟有序眾職修舉公卿多稱其位高帝而後此為極盛矣子淵以一頌擢諫議若喜起歌接踵也然金馬碧雞之使不聞抗論極詞以唐虞三代之道進勇於誦而怯於規乎覩古禹皋伊呂輩何如哉則尚論者尤不能無主聖臣直之思云

陳蕃竇武論　郭金臺

子曰小不忍則亂大謀陳竇之謂乎方蕃武之圖曹節王甫也不在處節甫太激而在節甫未動之先免節秦小黃門令魏彪以所親小黃門山冰代之又收長樂尚書鄭颯送北寺獄辭連節甫又使侍中劉瑜內奏武遂出宿歸府甚矣武之見小而遺大也自魏彪免山冰代鄭颯囚卽令此時置節甫不問節甫諸人已的的辦料與武蕃作敵國不殺不止矣何故不先圖節甫而先圖魏彪鄭颯使巨憝準備自開隙釁乎內奏出宿又計之疏不知節甫謹防蕃武之密而諸小人爲蕃武之疏更不如爲節甫之用之密也蕃殺矣甫矯制使張奐率五營士討武甫將

千餘人與奐合大呼武軍曰汝皆禁兵何故隨竇武反乎於是武軍盡歸甫吾於是又知竇武之不能治軍而因不能治賊也武爲大將軍先舉大事不能收攝軍心盡爲我用使甫一呼而反可謂將兵乎周勃誅諸呂勃非有主兵乃令紀通持節矯內勃北軍卽令諸軍爲劉氏左袒盡誅諸呂勃眞將軍也使武亦能將諸軍卽提軍與甫對壘甫將僅千餘人又所使矯制率五營士者張奐耳甫兵少而奐心不樂爲節甫所用竇武以義聲召奐而附己以共圖甫計猶未左也甫呼武軍而軍卽歸甫武雖知無能爲矣故武之不能除賊武之不能將兵也非節甫之難制而竇武之材弱也夫誅諸呂難而誅節甫易諸呂主兵而節甫不主兵誅諸呂者能用兵而誅節甫者不能用兵此吾於竇武而益服周勃之能安漢也能將兵也

蘇代論　郭金臺

齊韓魏伐秦入函谷孟嘗欲借兵食于西周蘇代爲西周說孟嘗勿攻秦論者曰代滅西周在此時矣方孟嘗之約韓魏入函谷也在周赧十七年是時六國合從解秦無所狠顧孟嘗奮起一旦合韓魏深入關秦王與公子池謀曰願割河東三城而講於三國池曰割則大王悔失三城不割則三國入函谷咸陽必危當是時也代如爲西周計久遠當勸西周盡捐祭祀饔飱之養以資三國而西入秦且屬孟嘗勿納河東之城而退三國必求盡取豐鎬故業以還其主而興西周度不能王請齊趨兵深入函谷要秦之盟稱臣質子而後納講是齊再霸而周再振萬

世一時也代不出此而務止攻以爲西周非釀禍西周者乎代說孟嘗不過曰君無益彊韓魏請爲君說秦脅楚割東國以與齊而釋懷王耳又曰欲楚德齊而薛世世無慮耳孟嘗貪而昧于計遂從講罷兵夫韓魏雖彊不勝于虎狼秦也吾挾韓魏來攻爲楚懷問故兵直而壯秦人震恐咸陽垂危不直區區利割東國也戹秦而爲楚楚人服韓魏服天下亦服歸而告捷西周主盟合從以威函夏是登齊如泰山而比烈于管晏也獨奈何私計一薛無患哉及罷兵而東國不可得楚懷不可出三國有名之兵僅以易三城而返代誠鄙夫文亦曲士不務制秦而制于秦烏乎秦固應有天下哉其後秦得講而先滅魏次滅韓終滅齊終赧之世既遷西周于𢠸狐又滅東周于陽人聚吾故曰滅西周者蘇代也夫代與蘇秦爲兄弟季合六國擯秦而代爲西周止勿攻秦擯秦者爲六國也止勿攻秦者非爲西周也代既識不逮其兄而蘇秦又不得與田文同時其事烏乎秦固應有天下哉

知性論

王夫之

言性者皆曰吾知性也折之曰性弗然也猶將曰性胡不然也故必正告之曰爾所言性者非性也今吾勿問其性且問其知知實而不知名知名而不知實皆不知也言性者於此而必窮目擊而遇之有其成象而不能爲之名如是者於體非茫然也而不給於用無以名之斯無以用之也習聞而識之謂有名之必有實而究不能得其實如是者執名以起用而茫然於其體雖有用固異體之用非其用也夫二者則有辨矣知實而不知名弗求名焉則用將絀問以審之學以證之思以反求之則實在而終得乎名體定而終伸其用此夫婦之知能所以可成

乎忠孝也知名而不知實以爲旣知之矣則終始於名而惝恍以測其影斯問而益疑學而益僻思而益甚其狂惑以其名加諸迥異之體枝辭日興愈離其本此異同之辨說所以成乎淫邪也夫言性者則皆有名之可執有用之可見而終不知何者之爲性蓋不知何如之爲知而以知名當之名則奚不可施哉謂山雞爲鳳山雞不能辭鳳不能競也謂死鼠爲璞死鼠不知卻玉不能爭也故浮屠老子莊周列禦寇告不害荀卿楊雄荀悅韓愈王守仁各取一物以爲性而自詫曰知彼亦有所挾者存也苟懸其名惟人之罝之矣名之所加亦必有實矣山雞非鳳而非無山雞死鼠非璞而非無死鼠以作用爲性夫人之因應非無作用也以杳冥之精爲性人之於杳冥非無精也以未始有有無爲性無有無無之始非無化機也以惡爲性人固非無惡惡固非無自生也以善惡混爲性欻然而動非無混者也以三品爲性要其終而言之三品者非無所自成也以無善無惡爲性人之昭昭靈靈者非無此不屬善不屬惡者也情有之才有之氣有之質有之心有之執得謂其皆誣然而皆非性也故其不知性也非見有性而不知何以名之也惟與性形影絕夢想不至但聞其名隨取一物而當之也於是浮屠之遁詞曰有三性苟隨取一物以當性之名豈徒三哉世萬其人人萬其口心皆可指射以當性之名不同之極致算數之所窮而皆

性矣故可直折之曰其所云性者非性其所自謂知者非知猶之乎謂雲爲天聞筍蒩而責簣以食也

君相可以造命論　王夫之

聖人贊天地之化則可以造萬物之命而不能自造其命能自造其命則堯舜能得之於子堯舜能得之於子則仲尼能得之於君然而不能也故無有能自造其命者也造萬物之命者非必如萬物之意欲也天之造之聖人爲君相而造之皆規乎其大凡而止雨以潤之而有所淫日以晅之而有所槁謳歌者七怨咨者三穀然造之而無所疑聖人以此可繼天而爲萬物之司命安之危之存之亾之燕越不同地老稚不同時剛柔不同性規乎其大凡而危者以安亾者以存若夫物有因以危亾者固不恤也乃若欲自造其命則必其安而百不一危也存而百

不一亾也榮而百不一辱也利而百不一鈍也各自有其意欲以期乎命之大順則惡乎其可也故皇帝則有蚩尤舜禹則有三苗夏則有扈周則有商奄仲尼則有匡有宋有陳蔡弗能造也然則唐之有郭子儀卽有朱泚有李晟卽有姚令言源休有陸贄卽有盧杞裴延齡弗能造忠賢而使有弗能造姦慝而使無弗能造也受之而已受之以道則雖危而安雖亾而存而君相之道得矣李泌曰君相可以造命一偏之說足以警庸愚要非知命之言也至大而無區畛至簡而無委曲至常而無推移者命也而人惡乎與之天之命草木而爲堇毒自有必不可無堇毒者存而吾惡乎知之天之命蟲魚而爲蛇鱷自有必不可無蛇鱷者存而吾惡乎知之弗能知之則亦惡乎與之天之所有非物之所欲物之所有非己之所欲久矣惟聖人爲能達無窮之化天之通之非以通己也天之塞之非以塞己也通有塞塞有通命圜而不滯以聽人之自盡皆順受也明君以盡其仁無往而不得仁哲相以盡其忠無往而不得忠天無窮聖人不自窮則與天而無窮天不測聖人無所測則物莫能測外不待無彊敵內不待無盜賊廷不待無頑讒野不待無姦宄歲不待無水旱國不待無貧寡身不待無疢疾不造有而使無不造無而使有無者自無而吾自有有者自有而吾自無於物無所覬於天無所求無所覬者無所撓無所求者無所逆是以危而

安亾而存危不造安故不危亾不造存故不亾皆順受也奚造哉造者以遂己之意欲也安而不危存而不亾皆意欲之私也而猜忌紛更之事起矣臣以意造君命者干君之亂臣子以意造父命者脅父之逆子至於天而徒懷干脅之情猶以羽扣鐘以指移山求其濟也必不可得已天命之爲君天命之爲相俾造民物之命己之命己之意欲奚其得與哉

張子正蒙序論　王夫之

謂之正蒙者養蒙以聖功之正也聖功久矣大矣而正之惟其始蒙者知之始也孟子曰始條理者智之事其始不正未有能成章而達者也或疑之曰古之大學造之以詩書禮樂迪之以三德六行皆日用易知簡能之理而正蒙推極夫窮神知化達天德之蘊則疑與大學異子夏曰有始有卒其惟聖人乎今以是養蒙恐未能猝喻而益其疑則請釋之曰大學之教先王所以廣教天下而納之軌物使賢者卽以之上達而中人以之寡過先王不能望天下以皆聖故堯舜之僅有禹皋陶湯之僅有伊尹萊朱文王之僅有太公望散宜生其他則德其成人造其

小子不强之以聖功而俟其自得非有吝也正蒙者以奬大心者而使之希聖所繇不得不異也抑古之爲士者秀而未離乎其樸下之無記誦詞章以取爵祿之科次之無權謀功利苟且以就功名之術其尤正者無狂思陋測蕩天理蔑彝倫而自矜獨悟如老聃浮屠之邪說以誘聰明果毅之士而生其逸獲神聖之心則但習於人倫物理之當然而性命之正自不言而喻至於東周而邪慝作矣故夫子贊易而闡形而上之道以顯諸仁而藏諸用而孟子推生物一本之理以極惻隱羞惡辭讓是非之所繇生大學之道明德以修己新民以治人人道備矣而必申之曰止於至善不知止至善則不定不靜不安而慮非所慮未有能得者也故夫子曰吾十有五而志于學所志者知命耳順不踰之矩也知其然者志不及之則雖聖人未有得之於志外者也故孟子曰大匠不爲拙工改廢繩墨羿不爲拙射變其彀率宜若登天而不可使逸獲於企及也特在孟子之世楊墨雖盈天下而儒者猶不屑曲吾道以證其邪故可引而不發以需其自得而自漢魏以降儒者無所不淫苟不抉其躍如之藏則志之搖搖者差之黍米而已背之霄壤矣此正蒙之所繇不得不異也宋自周子出而始發明聖道之所繇一出於太極陰陽人道生化之終始二程子引而伸之而實之以靜一誠敬之功然游謝之徒且歧出以趨於浮屠之蹊徑故朱子以格物

窮理爲始教而檃括學者於顯道之中乃其一再傳而後流爲雙峯勿軒諸儒逐迹躡影沉溺於訓詁故白沙起而厭棄之然而遂啟姚江王氏陽儒陰釋誣聖之邪說其究也爲刑戮之民爲閹賊之黨皆爭附焉而以充其無善無惡圓融理事之狂妄流害以相激而相成則中道不立矯枉過正有以啟之也人之生也君子而極乎聖小人而極乎禽獸然而吉凶窮達之數於此於彼未有定焉不知所以生不知所以死則爲善爲惡皆非性分之所固有職分之所當爲下焉者何弗蕩棄彝倫以遂其苟且私利之欲其稍有恥之心而厭焉者則見爲寄生兩閒去來無準惡爲贅疣善亦弁髦生無所從而名義皆屬漚瀑兩

滅無餘以求異於逐而不返之頑鄙乃其究也不可以終日則又必佚出猖狂爲無縛無礙之邪說終歸於無忌憚自非究吾之所始與其所終神之所化鬼之所歸效天地之正而不容不懼以終始惡能釋其惑而使信於學故正蒙特揭陰陽之固有屈伸之必然以立中道而至當百順之大經皆率此以成故曰率性之謂道天之外無道氣之外無神神之外無化死不足憂而生不可罔一瞬一息一宵一晝一言一動赫然在出王游衍之中善吾伸者以善吾屈然後知聖人之存神盡性反經精義皆性所必有之良能而爲職分之所當修非可以見聞所及而限爲有不見不聞而疑其無偷用其最然之聰明或窮大而失

居或卑近而自蔽之可以希覬聖域也烏乎張子之學上承孔孟之志下救來茲之失如皎日麗天無幽不燭聖人復起未有能易焉者也學之興於宋也周子得二程子而道著程子之道廣而一時之英才輻輳於其門張子教學於關中其門人未有殆庶者而當時鉅公耆儒如富文司馬諸公張子皆以素位隱居而末繇相爲羽翼是以其道之行曾不得與邵康節之數學相與頡頏而世之信從者寡故道之誠然者不著貞邪相競互爲畸勝是以不百年而陸子靜之異說興又二百年而王伯安之邪說熾其以朱子格物道問學之教爭貞勝者猶水之勝火一盈一虛而莫適有定使張子之學曉然大明以正童蒙之志於始則浮屠生死之狂惑不折而自摧陸子靜王伯安之蕞然者亦惡能傲君子以所獨知而爲浮屠作率獸食人之倀乎周易者天道之顯也性之藏也聖功之牖也陰陽動靜幽明屈伸誠有之而神行焉禮樂之精微存焉鬼神之化裁出焉仁義之大用興焉治亂吉凶生死之數準焉故夫子曰彌綸天下之道以崇德而廣業者也張子之學無非易也卽無非詩之志書之事禮之節樂之和春秋之大法也論孟之要歸也自朱子之慮學者鶩遠而忘邇測微而遺顯其教門人也以易爲占筮之書而不使之學蓋亦矯枉之過幾令伏羲文王周公孔子繼天立極扶正人心之大法下同京房管輅郭璞賈耽壬遁奇禽之小

技而張子言無非易立天立地立人反經研幾精義存神以綱維三才貞生而安死則往聖之傳非張子其孰與歸烏乎孟子之功不在禹下張子之功又豈非疏洚水之歧流引萬派而歸墟使斯人去昏墊而履平康之坦道哉是匠者之繩墨也射者之彀率也雖力之未逮養之未熟見爲登天之難不可企及而志於是則可至焉不志於是未有能至者也養蒙以是爲聖功之所自定而邪說之淫蠱不足以亂之矣故曰正蒙也

老莊申韓論　　王夫之

建之為道術推之為治法內以求心勿損其心出以安天下勿賊天下古之聖人仁及萬世儒者修明之而見諸行事惟此而已求合於此而不能因流於詖者老莊也損其心以任氣賊天下以立權明與聖人之道背馳而毒及萬世者申韓也與聖人之道背馳則峻拒之者儒者之責勿容辭也拒其說必力絕其所為絕其所為必厚戒於其心而後許之為君子儒言治道者吾惑焉於老莊則遠之惟恐不夙於申韓則暗襲其所為而陰挾其心吾是以惑而甚惑其惑之甚也夫師老莊以應天下吾聞之漢文景矣其終遠於聖人之治而不能合者老莊亂之也

然而心猶人之心天下則已異乎食荼臥棘之天下矣下此則何晏王戎以弛天下而使亂然其所為求之聖人之道而不得求之老莊而亦不得虛與誕聖人之所弗尚躁與貪亦老莊之所弗尚則遠之必夙者正也老莊之所弗尚則不得舉何晏王戎之罪罪老莊也夫申韓而豈但此哉韓愈氏曰仁義之言藹如也聖人之欲正天下也亟其論治也詳今讀其書繹其言蔑不藹如也其言藹如也其政油如也患天下之相賊而不以賊懲賊懲天下之賊規乎其大凡而止雖有刀鋸而不損其不忍人之心略其豪毛捨其幽隱以使容於覆載之閒而民氣以靜是故匹夫之蹶然以惡怒非可逆也匹夫之蹶然以愉怏非不可獲譽也然而聖人不忍徇之以致善治之名有人於此匹夫蹶然而怒其可殺邪從而殺之匹夫蹶然而喜喜怒如匹夫之心則明斷之譽蹶然而興而氣茀然而權赫然靜反諸心而心固怵然起覘天下而天下紜然為君子儒者以此為愉怏則抑不得為聖人之徒矣聞之曰惡不仁者不使不仁加於其身未聞惡不仁者不使不仁者之畱遺種於天下也悲夫自宋以來為君子儒者言則聖人而行則申韓也抑以聖人之言文申韓而為言也曹操之雄也申韓術行而毆天下以思媚於司馬氏不勞而奪諸几席諸葛孔明之貞也扶劉氏之裔以申大義申韓術行而不能再世申韓之效亦昭然矣宋之儒者胡憯莫懲

而潛用之以徇匹夫一往之情吾聞以閨房醉飽之過掠治婦人以徵士大夫之罪矣吾聞其閨有赦而急取罪人磨劓之矣非申韓孰與任此而為君子儒者以為愉怏復何望夫袴褶之夫刀筆之吏乎三代以上無尚之者也仲尼之徒無道之者也三苗之所以分北也鄧析之所以服刑也自申韓起而言治者一不審而卽趨於其塗申韓以矯老莊而拒老莊者趨進之夫老莊則固盡然傷心於此矣老莊非也其盡然傷心於此者未嘗非也仲尼以不徇魯衞而老於下位文王以不徇商紂而囚於羑里我知其盡然傷心者倍甚於老莊則以知老莊之賤名法以蘄安天下未能合聖人之道而固不敢背以馳也愈於申

韓遠矣晝之以一定之法申之以繁重之科臨之以憤盈之氣出之以戕削之詞督之以違心之奔走迫之以畏死之憂患如是以使之仁不忿親義不背長不率則毅然以委之霜刃之鋒曰吾以使人履仁而戴義也夫申韓固亦曰吾以使人履仁而戴義也何患乎無名而要豈有不忍人之心者所幸有其名以彈壓羣論乎易動而難戢者氣也往而不易反者惡怒之情也羣起而焚人以逞者匹夫蹶然之恩怨也是以君子貴知擇焉弗擇而聖人之道且以文邪慝而有餘以文老莊而有老莊之儒以文浮屠而有浮屠之儒以文申韓而有申韓之儒下至於申韓之儒而賊天下以賊其心者甚矣後世之天下死於申韓者積焉為君子儒者潛移其心於彼者實致之也

皇甫規論

嚴首昇

漢季黨事大起天下賢士大夫多斷髮變形更匿名姓以逃死皇甫規自以西州豪傑恥不得預乃自請坐朝廷知而不問規為此亦甚不可知矣或曰此卽先時越界迎喪之故智而覆用之其自數者適所以自脫此高允所以願與崔浩同罪也如是者規有餘詐或曰將以感悟人主而出脫李膺王暘等輩也如是者有餘忠予考其生平一陷於梁氏再陷於徐左幾死者數矣未嘗以自懲每每旦出司敗之門夕犯人主之顏此其人豈復惜死者而巧於脫乃爾觀其後日食應詔直書黨人姓名訟之上前蓋亦非他周旋道術行無轍迹者可比二者之論豈其然乎夫規則直臣也而又好名惟直故倖而免有所不安惟好名故以不得預黨人為恥語曰月犯少微吳中高士求死不得人之好名有甚於生者當是時有破家者矣有解綬者矣有爭死者矣推其心莫不以其身得預黨人為幸又何怪乎規之以不得預為恥也哉自古國家開捌之始人臣多喜立功及其末也莫不喜立名喜功者如病方萌而誣投藥焉漢初之賈誼晁錯是也喜名者病已不可起而醫者進而求立效焉適速之亾耳漢末之甘陵二部是也夫朋黨之患足亾人國從來久矣於唐吾無惑焉若漢西之堪猛漢東之李杜元祐之洛蜀朔實皆以君子之盛敗壞人國揆之上天生才之意大不可問矣而要

其病皆始於好虛名而不求濟於實事若規者其又好名之善者哉尤可異者當時朝廷無慮皆中常侍等輩主持乃得以蕭齊處謝朏之法處之知而不問深爲得體耳予觀黨人中有不應避而避者張儉也孼自己作而禍及萬人獨何心歟若規則可以避而不避者然二人者皆賢人也皆無損於令名亦皆以善終君子不幸仕亂國事闇君知所以處變矣

覆楚復楚論

夏九庚

天下有非常之才必有非常之功此足以論士矣而或有詰之者曰箕子不足以興商呂尙遂足興周豈才之美不美歟而論者窮則必將曰有其才而無其功者吾悲其遇也故奚亾而虞亦亾奚顯而君亦顯是故然矣或又有詰之者曰梁甫平居自比管樂後之論者亦以爲王佐才而三顧之慇懃丞相之重任得君如彼其專蘇子曰棄荆州而取巴蜀吾知其無能爲有其才有其遇而無其功此又何說也則必將曰吾以論其世也孔明得其主未得其時有是言矣後世以爲諸葛之才過於淮陰而時至無難於殄項時去不足以酉漢此古今特爲不可易之

鑒衡非區區成敗論英雄者比然則伍員包胥之事要不出此三者而已予試以才論或曰員於楚爲亂臣其才橫胥於楚爲忠臣其才貞愚謂不然孟子曰聞誅一夫紂矣武不以紂爲君員豈以平爲王耶且平之惡浮於紂鴻離之醜紂未聞也殺子之慘紂未有也故曰紂之不善不如是之甚也其亦有所指歟但員以報讎一念耿耿自盟所以不免人之口實者何也君父之間俱不可言讎鯀不殛歟禹不王歟倘奢有罪伏誅而員亦將求報耶惟鯀奢之功過相遠而伍員之心蹟自白是其才之橫者也試以遇論員不幸遇楚平故父兄爲戮幸而遇闔廬故言聽計從胥不幸而遇楚昭故不能保邦於未亂幸而遇秦襄

故能存邦於既覆其遇同也愚謂不然員之破楚君臣一心其勢在我胥之救楚君去臣逋特寄命於萬不可測之强鄰此焉得謂之遇乎試以時論員內乘吳之强外乘子軫之無道胥外乘强之援又因以夫槩之內亂皆其時之值者也愚謂不然始員與胥交員之亾也曰吾必覆楚胥曰吾必存之當是時此兩人者豈逆睹後日有唐蔡秦之好與夫子軫夫槩之變乎言之於前而償之於後雖二子有莫知其然而然者葢士惟以志爲主氣次之才次之遇次之時次之然則不待入楚而員已知楚之必覆而胥亦知楚之必復矣惟胥有必欲復楚之志養其氣於員亾入吳之日秉其氣於昭亾走鄖之日吐其氣於秦擊吳

楚之日然則不待擊楚而胥已知楚之必復即員亦知楚之必復矣不然員勇於前而怯於後胥勇於後而怯於前是二子者之才之遇之時之功何大相逕庭邪亦曰各得其志而已耳成敗利鈍何計夫功罪哉愚又從而申之曰不有伍員無以懼天下之爲君者不有包胥無以勸天下之爲臣者二子誠有功於天下後世者也

楚寶總論　周聖楷

一曰定區域以尊王　尊王之大者莫先於一統一統之大者莫先於括地楚幅員當春秋戰國時兼有陳徐吳越之地延袤六千餘里葢與今之大江南北以暨淮海盡入版圖故蘇秦說楚威王曰楚地西有黔中巫郡東有夏州海陽南有洞庭蒼梧北有陘塞郇陽此亦總其大勢而言矣秦始皇兼幷分天下爲三十六郡楚始裂而爲三司馬遷以淮北沛陳汝南南郡爲西楚彭城以東東海吳廣陵爲東楚衡山九江江南豫章長沙爲南楚是也三楚之後東縈西帶星離豆剖未可爲據惟我明興指僭萬國平定江漢繼而龍飛郊郢翼軫麗天青陽白水之墟

一大開闢而楚復裒然甲於海內雖其地不當戰國之遺而山川靈氣所匯偉人傑士接踵而生葢若天所授焉予故斷自秦漢以上無郡邑沿革者但稱楚人皆係之楚漢魏以後有郡邑沿革者則一以我明所定郡邑係之如今之棗陽即漢蔡陽今之澧州即晉南平是也若夫宦遊而復歸本土如二程子之生於黃陂大小宋之產於安陸流寓而未經著籍如諸葛亮之隆中草廬段柯古之木香村舍又若他國而終於楚甸如趙臺卿自爲壽藏於荊州胡安國父子家南嶽山下此則采風之餘烈昔人之佳話楚豈借重哉

一曰別人物以徵傳　左邱明作春秋內外傳而列國卿佐有

一才一能之表著皆令不朽於後世司馬遷作七十列傳而異代英傑有難明難語之心事皆若自寫其生平雖云戶牖獨開牋豪盬溢抑其時實多奇人奇事筆不勝書略一點綴便堪傳世西京以後操觚纂牒非不代雄故府然而家乘之所載半是官勳實錄之所編率多忌諱寒暑異筆刑禍交胸媿美二氏其可得乎故夫作史者如頰上三毛戲墨成蠅祗能描畫其所本有不能增益其所本無讀史者如張僧繇之畫龍破壁顧虎頭之美女顰心可以精氣相感不可以粉本相貽繇此而上觀千古下觀百世庶幾旦暮遇之乃人亦有言楚國多才自我曠覽抑何寥落豈異感升沈人不能自見其長擇木羈棲國不能盡

收其用歟是則可歎也於是上搜舊聞傍摭遺逸銓敘審正彙別門分求之左氏得十之五求之司馬氏得十之三求之漢唐宋以下得十之五求之我明得十之一大抵一人有一事之可傳傳其一事而其人亦可附見也一事有一人之可傳傳其一人而其事亦可附見也發潛德之幽光致高山之仰止所謂鳳皇芝草賢愚皆以爲美瑞青天白日奴隸亦知其清明豈班金陳米可得而睫目乎

一曰約論注以歸雅　楚自赤帝和聲赫胥耀迹巖下鳥書山尖玉字天下文章亦云盛矣於是檮杌雜次之典酉陽巫峽之藏先賢耆舊之傳荊州湘中之記以至萬潭鉛錙浯溪白兆好奇者無不欲梯探淵索聞所未聞而世卒尠有全書悉其展握則後此箸述又可知也少日檢閱先達楚紀楚史諸書恒不如人意後見華亭董公稱天下郡乘可采者惟徐宗伯所修湖廣總志亟購得殊復憒憒耳因歎古今文人正患無才不患無書第患不雅不患不博以才轉書則可以導河源於腕底規建章於硯北以雅貪博則酌羣言而攻瑕奏新準至理而露文抒性我思古人實獲我心豈掇拾其膏馥便得據虞白上座乎昔王仲任箸論衡閉門潛思牆牖悉置刀筆數十年方就自謂人無一引吾百篇人無一字吾萬言而卒不免拙於用人自守拘陋劉子元歷鳳閣舍人遷祕書監箸作固其官守史通一書又何

其工於訶古拙於用己也然此二書吾所祖法非今人所及又若裴松之揚季漢之芳流劉孝標振江左之藻潤其書具在匪同湮滅望其涯者猶思攬秀焉予是以褰裳而濡足不自知其濟勝之無具矣

一曰考遺勝以闕疑　昔者楚地南卷沅湘北繞潁泗西包巴蜀東裹郯淮潁汝以爲洫江漢以爲池垣之以鄧林緜之以方城山高尋雲谿肆無景以故車轍馬迹之所經煙路留其琬琰歌臺舞榭之所峙翠苔猶拾香鈿而沈碑斷鼓字青石赤可略得而言也若夫少昊沙墟丹陽兆土厲鄉九井渚宮二南赤帝奏翕州之鳥不但湘靈怨瑟元夷勒蝌蚪之文亦有寶露流壇

龍積珠塵竹黛淚傳虞陟畹分玉米芳畦猶重屈田冠蓋宜城宋玉有宅殯宮湘灇杜甫無墳凡此皆帝鄉之白非雲騷客之碧不化黃衣紀載其能既乎又若花落故宮月臨舊郢瓊弁玉纓之臣繡衣袿裳之女諸侯會章華之臺樂乾谿而不返媚子田雲夢之澤望罷塞以消魂無不寄慨興衰念歡嚋昔以爲高聽肆浮之一快雄風暮雨之多端矣惟夫大別天塹中絡雄關洞庭要害之區襄鄧攻守之地西塞斷而長江據險海匱濟而巴蜀無虞然後擇朱絲繫蔡之師修明二廣六卒之法選棧車牝馬之相坐致六王三公之業墳典邱索以充清祕式金式玉以登獻替美人香草日進於御陽阿采菱洋溢宮懸斯亦哲后

之遺軌也哉是用備攷勝蹟遺事附之論注之後庶幾曲終奏雅也

楚寶大臣論次目錄

周聖楷

楚之官制在春秋時爲近古者自令尹而下有左右尹有大司馬有左右司馬有司徒有司敗有太師有太宰有太子保傅有大夫有左右史其百執事亦有稱尹者然皆以其地或以其職單舉之如箴尹宮廄尹連尹是也亦以示隸於令尹也其受邑之大夫有稱公者專政於外入佐令尹皆彷彿三公六卿之遺意故君子謂楚能官人官人國之亟也能官人則民無覦心詩曰嗟我懷人寘彼周行能官人也王及公侯伯子男甸采衞大夫各居其列所謂周行也嘗以此意推之楚雖下國祝融風后參職天子功烈偉矣子文叔敖諸人或毀家以紓國難或薦賢

而霸其君皆有成績載在春秋豈非宰相之才以救時爲大以用人爲亟哉無相才而居相位者楚之得臣嬰齊是也楚令尹即古所謂相也而無相之名秦始置丞相漢因之又曰宰相其入相者或自孤卿或自布衣楚則非大司馬不得爲令尹此合將相而一之爲法最善凡大征伐大司馬將中軍左右司馬將左右軍令尹惟雍容決勝而已邲之戰所以霸也若夫鄢陵之戰大司馬既將中軍矣嬰齊復以令尹將左右尹將右是時轅旆所指繇將乎繇相乎且夫古者宰相事無不統故不以一職名官非謂宰相而可以攝官承乏下同百職事者也唐宋以來此弊尤甚勳賢竝建政事參乘三台四輔如弈棊射覆是安得

宰相才而用之哉作史者譜其門族表其年序以爲當時任用之專否政治之得失可得而言吾未之敢許也我朝初罷中書丞相設立大九卿分理政務列聖相承得人爲盛於是省府之名雖重內閣之體未尊故膺大拜者翰林孤卿尙矣其或擢自臺省主政或拔之縣尹王僚靡不賁飾綵綸媲隆上古又如夏忠靖掌國計四十餘年劉忠宣以本兵受知孝廟雖不入內閣而休休綽綽之風自如烏乎盛矣烏龍雲火甯復有加焉者哉信乎任官惟賢涖事惟能也述大臣第一凡三卷

名臣論次　所謂大臣者固無愧於其名矣然人臣奉職循理名非所邀也不邀名而名始無愧何得以官爵通顯屈我良有

司乎古史於列傳外特設循吏蓋念臣有不必爲其大而可以自名者歟予彷其意述名臣第二凡三卷

大將論次　稽古周官大司馬掌邦政統六師平邦國王于出征大司馬親執桴鼓將中軍初未嘗改置軍將也其擐甲而聽命者卽前日比閭族黨之農士其秉麾而馭衆者卽前日蒐獮講武之卿大夫上下相習耳目不亂赴火蹈冰戰無不克豈獨其將能哉文武之途一而戰守之法預斯稱佳兵矣故周宣用皇父督軍事爲其祖南仲而位大師也晉文用郤穀佐中軍爲其說禮樂而敦詩書也楚國之法破軍殺將者其官爲上柱國封上爵執珪然皆以大司馬或令尹爲之故叔敖之孫蔿掩爲楚司馬子木使庀賦數甲兵而楚是以興楚惠王時將取陳麥問帥于大師子穀與葉公子高子穀曰右領差車與左史老皆相令尹以伐陳其可使也子高曰率賤民慢之懼不用命焉於是以司馬寬帥師滅陳洎乎後世班爵既分文武臨戎又不擇帥或驍騎銳卒加以推轂之重或戚畹嬖人授以專閫之寄或口談兵而拜將或身負逆而統師是以緩帶行閒罔知要害五旗布陣不辨奇正況復凶淫嗜殺貪懦冒貨流血於野傷和致災而欲式靖區宇保我黎民其可得乎昔人謂百萬之衆不如一賢良有慨於此耳豈待聞鼙鼓而後興思歌大風而始知勸哉余故錄屈完以下爲大將其五才十過瑕瑜不相掩者悉次

之爲名將云述大將第三凡二卷

名將論次　蘇洵御將之法有賢將有才將夫才將卽予所稱名將也養騏驥固異於養鷹鸇然使其盡力擊搏不逢知己亦非雀鼠之所能羈也乃謂才小而志小者不先賞必怨此非通論矣張光盡力於劉宏朱伺畢命於陶侃豈爲饑飽哉述名將第四凡二卷

知謀論次　鬻子年九十見文王文王曰噫老矣鬻子曰使臣捕獸逐麋已老矣若使坐策國事臣年尚少文王善之遂以爲師周書曰知與衆人同者非人師也成事必在大知鬻子知計過人多歷歲月故能輔成文武之道功先周召今之策國事者

噂念黃髮哉詩云老夫灌灌小子蹻蹻匪我言耄爾用憂謔盍新進與老成不可同事久矣楚懷王能用昭子之言不入秦何至令屈平痛哭江潭郢秦豈盡知山東豈盡愚從衡諸人皆爲一身取富貴耳其流毒乃至於後世述知謀第五凡二卷

諫諍論次　夫爲人臣而以諫君得名固非其臣之幸矣況復瀝血抽誠披胸見款赴焦爛於危年甘滅亾於昔日者乎大聖人傷之是以有取於諷諫焉非謂直諫之終不可行也自蘇洵設爲機知勇辯之說而後世之以諫沽名以不諫容身者皆得藉口於事君矣古之人臣安有是哉故知術諫易忠諫難以諫事君易以不諫事君爲尤難也述諫諍第六凡二卷

文苑論次　楚自鬻熊發忠敬和嚴之旨而後世始有子書倚相讀墳典邱索之書而歷代始尊史學若夫離騷振南國之風屈平詞賦爭光日月太極抉先天之祕濂溪理學上接羲文靡不自我作祖以待來茲猗與盛哉天下文章莫大於楚豈復有憾焉者乎然予不能無深慨者漢唐迄今江漢英靈鮮有貴仕故史家逸其行事野乘因而失載其一二傳聞者又復流離鄉土生卒難稽豈熊子遲暮之氣湘纍忠憤之感楚才晉用有以開其先乎抑洞庭浩汗沐日浴月九疑二嶽負嶺分天使造物洩而無餘鬼神忌而不惜乎不然靈光一賦妖夢何憑江夏無雙鼎鉉何恡侍中開府何仕非君何葸市之能辱何干將之虞折何黃陵訊而殂澧何鹿門去而入越是皆天問所不能窮而草木金石有同悲也嗟乎後之君子愼毋沾沾文人自命先行其言庶幾免夫茲集雖統文苑專采騷流故翰藻久著者錄其本傳姓字稍僻者間附遺篇以至書畫詩僧亦皆收入使夫杜若江蘺與楩枏齊秀羽毛齒革共珠璧爭輝是亦詞林之雅致文囿之殊觀也其他曰史曰子曰儒曰辭命曰典故雖同經國大異門庭各以其類區而別之箸作之隆斯焉備矣述文苑第七凡四卷

艮史論次　古者典籍國法皆史也蒼頡沮誦皆史臣也自周官設而史之職始重春秋作而史之權始一故周室既東王章

紊亂伯臣强僣猶時從周太史問禪禮焉下逮漢武秦灰既冷書積邺山龍門應運而生三史竝時而箸雖云繼美麟經實則論同目睫嗣是國不一錄代不一手范穢陳誣互有得失揚善貶惡未見其人烏乎難言之矣余生長楚服久淹庠序未讀中祕之書頗負汗青之志日月斯邁愛玩陳編十不得一古人同恨盍離次僅蒙穀所負檮杌乃後人僞作汲冢之竹不出江陵之火再焚亦何從發異聞也惟夫邱明述春秋內傳而倚相作祖紫陽定漢晉正統而鑿齒開先此固博達高明淵源深大合轍千古者矣執簡以往意在斯乎述艮史第八凡一卷

命使論次　使臣者奉一人之命結兩國之好歷聘四方之域

而周知天下之故者也豈徒侈輶軒巡履聲方亥步而已哉故周官設九儀以大其典達六節以授其符成六瑞以昭其信合六幣以致其誠於其使事將畢也又錄爲五書以盡其職爲使臣慮至繁且愼降自春秋此禮漸廢而任責尤重一言之不酬一揖之不中而兩國爲之暴骨甚至私輸國情潛啟外寇玉帛化爲戈矛皇華疲於奔命又若後世埋輪攬轡擊斷成威窮源度祚遠探極欲旌節四出辭令鮮聞於以傳美往賢流芳篆素其可得乎昔葉公子高使齊朝受命而夕飲冰吾夫子語之曰夫傳兩喜兩怒之言天下之難者也兩喜必多溢美之言兩怒必多溢惡之言又曰無遷令無勸成美成在久惡成不及改嗟

乎爲使之道盡此矣述命使第九凡一卷

典故論次　典故者亦史職也史失其官而後一二博雅之士爲之收錄舊聞考稽竹素言必敦古事不泥俗故使馬上雄辟好說詩書春陵哲后修頒月令豈非急務哉是以文王興老成之咨仲尼抱文獻之歎誠重之也楚國當春秋時丹陽肇宅流風未遠朝多故老家有書傾往往得其言如得藏龜焉其後遊談習靡郡縣星離邱索之儒旣盡經術之用不貴如謝文儀之學識李元冑之家誠嚴孝源之陰德柳德廣之禮法皆如祥麟威鳳散在藪澤未有貴仕可深歎息昔司馬温公自言修通鑑成惟王勝之借一讀他人讀未盡一紙已欠伸思睡嗟呼書猶

如此人復何堪余故深願明君良相毋輕棄其人也述典故第十凡一卷

眞儒論次　周子敦頤生於楚之營道倡明絕學史稱其太極通書言約而道大文質而義精得孔孟之本源信矣然考其當年行事以小吏歷江湖郡縣十五年未嘗聚徒講學自謂我得千聖不傳之祕也惟河南程珦覩其氣貌非常知其有道因與爲友使二子受業於南安所謂尋孔顏樂處所樂何事是也其後再與李初平言於桂陽與侯師聖言於廬山亦不過對榻夜談而已若夫趙忭初惑於讒臨之以威敦頤處之超然王安石不可一世獨懷刺候濂溪三及門而三辭焉益可見其光風霽

月人莫得而親疏者矣乃論者謂道學盛於宋宋弗究其用甚至有僞學之禁若深憾焉者烏乎使宋諸君子盡如元公又何憾哉後百餘年有趙復者以其學傳於北方稱江漢先生述眞儒第十一凡一卷

諸子論次　史遷班固敘次諸子不辨陰陽儒墨後世均有譏焉原其初旨洙泗之間儒分大小微言既絕學益多歧商宇鬼瑣溝猶區瞀譬之朱門甲第舍而弗居於市肆中自占一隅而號於人曰我華冑之子也人亦孰從而別識之哉是則儒效之不彰不能與縱橫名法家爭固非一日矣楚自鬻熊子爲文王師始有子書然其語惟賈長沙時時稱述之他亦罕聞其後杜

下之老漆園之莊皆産於楚而子之書始爲經然老與孔子同時莊與孟子同時未聞孔孟攻老莊則老莊之書斷乎其未可廢也若夫鬼谷爲儀秦所竊鶡冠祖黄老用世老萊亢倉各有所託以行其書眞僞相半吾誰與語庶幾陸生可起槖中之裝猶可值千金云述諸子第十二凡一卷

孝友論次　孝庸德也人以其庸而忽之故其孝著焉嗟乎孝又何能奇也吉甫一信其妻而伯奇放楚康三泣其臣而棄疾死后奮不以父廢法莊善不以祿私親其秉志操心蹈禮中節千載而下未有能知其委曲者也至於冒火伏棺捕魚泣筍舐目嘗糞負土成墳往往至情所發通於神明又豈有希覬行善

之心哉乃世殘忍者動以刲股割肝爲苦孝而疑之是使血誠之子不及羊烏飾僞之兒等於曾閔天經地義於斯泯滅可勝歎哉可勝歎哉何怪同氣之相戕而友于之義罕有聞也予傷之痛之述孝友第十三凡一卷

忠義論次　楚之忠義天性哉抑其流風使然也宋李芾潭州之死人以爲難不知熊湘一炬毒焰在衡山廢棄中預辦之矣豈待見敵而後審己哉蓋天不可逃克黄不恤子文之無後奉初以還奮揚惟知事建如事君又若包胥痛哭於秦庭子閭潔行於宗國譙王立義於湘州皆具疾風勁草歲寒松柏之操故爾感激志仁傷懷閔烈而青史相望有繇然矣嗟乎今之視昔亦猶後之視今彼郴陽白兆之墟寧不悲乎述忠義第十四凡二卷

獨行論次　後漢書始立獨行傳其言曰或志剛金石而捍敵於强禦或意嚴冬霜而甘心於小諒亦有結朋協好幽明共心蹈義陵險死生等節雖事非圓通良其風軌有足懷者予觀楚士又何多偏至哉性不偏不獨事不癖不奇荆山痛哭車下佯狂昭王失國乃見屠羊卿士五百市南足當以此掩映方來操行俱絶故爾龔生竟夭天年陸子號泣而不返也述獨行第十五凡一卷

眞隱論次　古之所謂隱者不盡放情江海取逸邱樊已也或

時有所未際姑棄鱗以養角或道有所不屈甘肥遁以幽棲或性有所不可寧孤光而絶俗故朝端振金玉之音而市肆多秀羸之士其迹愈近其心愈遠其隱愈大其道愈光自夫後世慕終南嵩少之風而處士虚聲差側席矣善乎孟少孤之言曰億兆之人無官者十居其九豈皆高士哉執此而循名雲壑朵秀山阿洞庭衡嶽之間當必有隱君子焉述眞隱第十六凡一卷

烈女論次　喬木佩聲始於江漢蒼梧煙色半是瀟湘是以錯薪刈楚游女鮮求蕙帶荷衣美人多怨翠竹何情九點疑雲長是淚暮花欲落一川郴水不成流望鄧墟而思醜誰招荆武之魂念樊塚以求賢莫辨王孫之樹乃有輕生豔質齒劍如歸薄

命紅顏、捐生靡顧、或永巷閉而吳邨頓郤、或漸臺圮而使者不來、或赤烏夾日而踐附社之心、或白璧及門而矢松楸之志、或長沙南畔雙花萎雪、或岳陽樓下五字流香、豈非料敵審天、借箸難再、臨危許死、隔代相望乎、至若負戴相隨、於泉后縞綦、不羨乎雲荼、解毛遺粒之貞風、郤鮓種橘之峻節、何止棲隱偕老、寶有明哲兼劭者矣、又若盛年悔不靑樓、晚烈偏高彤管、草迷靑冢、胡漢何分、烽起黑狼、雌雄遂混、揮金愧馬、誓死殉秦、憐才念舊、代有逸女、斯亦蛾眉之奇績、南國之香荃也、君子痛其遭遇不齊、國史表其徽美、則一、故侜采綴焉、惟夫淫如夏姬、妒若鄭袖、是名妖蠱、汙我佳麗、姑存賤注之末、以爲好色者戒云、撰

烈女第十七、凡一卷、

方伎論夾　埶之至者陰陽而已矣、惟聖人與陰陽通、故能造其至而不泥其敎、發其端而不竟其說、蓋惡夫埶成而下、犯陰陽之患而鮮精神之潔者歟、今之卜筮醫巫天官音律相夢諸書、後世所傳皆其淺淺者耳、然一遇通人輒多元妙、況復宏道以濟時、隱身以利物、非徒用廣異聞、將以明乎勸戒、由此觀之、雖埶亦道也、述方伎第十八、凡一卷、

異人論夾　世豈有異人哉、知之則爲國士、不知則爲衆人而已矣、辟之麟鳳、以時見則爲瑞、不以時見則爲妖、非麟鳳之好異、所遇之不同也、雖然物之異者其性必殊、士之異者其心難測、負人人負、千古同慨、又安所得絕纓噞射之輩而用之哉、述異人第十九、凡一卷、

宦蹟論夾　登高望遠、舜陟還過衡陽、涉澧渡江、禹功半在荒服、是以塗山之會、貢九州而稱荊、太史陳詩、歌二南以首楚、春秋名賢大夫、然丹能誦祈招之什、兩漢著循良績、隆中獨高梁父之吟、又若羊祜之淚、杜預之碑、武昌之柳、南樓之月、嶽麓梅花、無端急雪、西山杯酒、散作湘春、每披往牒、艮懷儀軌、儻執筆而隨長吏之後、其更有進於斯者乎、述宦蹟第二十、凡三卷、

遷寓論夾　今夫百齡蘧廬、萬物逆旅、皆適然耳、乃有懷鄉念重、去國情深、一遭遷斥、輒怨流離、甚則山水名勝之區、無故下

鬼門之淚、日星照臨之地、不悛作四山之賦者矣、樂天知命、安有是哉、楚地山川悠遠、舟車相錯、雪泥鴻爪、那堪再舉、惟夫學士臨臯之宅、乃育奸秦、仙人黃鶴之樓、亦生欽若、又若董千乘之天女安陸輪縑、岳武穆之二子、黃梅改姓、弔古之士往往不勝其感歎焉、豈得與馬融絳帳、鮑照荒阡、同付之斷煙衰草中也、述遷寓第二十一、凡二卷、

山水論夾　山水不生於天地而生於文士之筆、山水之性情位置、不生於文士之筆而生於文士之心、今夫奇巒異瀑、或遠在鱗介、或近在戶牖、衆人弗知好也、卽好之弗能名也、若使文士遇之、鴻辭鐫彩、雋氣搖風、而山水乃另闢一生面也、天地之

積洩何與焉又若岑無一仞競秀巫廬波無一勺瀾翻海碣悲喜化爲霽陰升降化爲煙樹此皆文士之心之所結彼山水又何知楚固山川形勝地也衡嶽命鎮沿湘千里洞庭江漢汪洋無涘九疑荒莫武當元峙其他大山巨壑孕育雨雲以千百計巖泉溪洞星羅電詭仙子迷而不出古帝望而知止向使靈均不放江潭李白不流夜郎元結不守營道宗元不謫泉陵而青青而泚泚其終渾沌乎非此之謂也嘗坐祝融之雲矣寶露壇青峋嶁字赤非不足快也乃一誦太白詩曰衡山蒼蒼入紫冥下看南極老人星飄骨蛻而淩虛嘗泛君山之月矣秦皇焰冷湘靈瑟怨非不足感也乃一誦九歌之三章曰嫋嫋兮秋風洞

庭波兮木葉下輒魂消而欲悟由此觀之大湖以南一水一石得遇次山子厚諸人正復不易且岸谷之氣候屢遷爾我之興會各別與其執山中巳往之迹恨翠色之無多不若迴紙上相續之心恍嵐光之乍吐予故取諸遊記之佳者存之或記有不備則閒補以詩又以衡嶽領湖南湖北諸山水以元嶽領荊南荊西武漢諸山水使夫身之輿之者歷州若縣如身入鏡中雲路與飛鳥爭明一杖偕孤峯以往斯亦具勝情者之最快矣其散見於遺勝諸考者茲不再出述山水第二十二凡三卷

名祀論次　狄仁傑爲江南巡撫使凡毀吳楚淫祠千七百所止畱夏禹吳太伯季札伍員四祠而已予倣其意於楚山川之神存其六於古帝王存其四於古大臣忠於社稷者存其五於仁傑所畱者止夏禹一人仁傑所未及而予獨存之者申包胥一人蓋亦存乎時與地爾述名祀第二十三凡一卷

列仙論次　司馬遷作老子傳首述老子之言旣曰其人與骨皆巳朽矣又曰老子二百餘歲修道而養壽又曰孔子死之後百二十九年周太史儋卽老子也旣曰箸書五千言而去莫知其所終又曰其子若孫累世顯仕因家於齊何其語支離而意洸洋也蓋子長親見秦漢以來方士神仙之言倶祖老子而不能自決於衷故其封禪志雖譏武帝而蓬萊宮闕之幻神君室帷之祕每一描畫不勝褰裳濡足之思焉若夫班固劉歆敘道

家爲諸子又列神仙於方伎其意皆不能無溺且其敘房中郎西鄰素女之術也敘經方卽玉液雲英之法也由此而張道陵上驅鬼之章陶宏景聽松風之夢寇謙之遇玉女於雲中杜光庭接飛仙於海上又孰得而端倪之哉大抵崑崙瑤臺多爲假設之境藥物火候豈有彼我之云秦漢之君不登凡骨喬松之壽未免遺形是在耽虛味道者神而明之則庶幾耳撰列仙第二十四凡一卷

名釋祖燈論次　蓋自七佛授偈而迦文獨以其教傳於中國故爾紫金瑞像殿陛飛行白馬精藍山雲劃秀蓮花貝葉之藏勇行半滿之字頓躋六經而上也然而終漢之代皆賴天竺沙

門薰修器鉢中國之人尚未有披削者洎乎魏晉始依佛戒剃髮爲僧而龍象蹴踏遍區宇矣太和中常山釋道安以梵僧所譯維摩法華未盡深旨精思十年心了神悟乃悉正其乖舛於是分遣弟子各詣諸方宣佛徽妙而安獨與慧遠等四百餘人之襄陽檀溪寺住焉嗣是東方聖往南國衣傳思大振錫於衡嶺忍祖授鉢於黃梅楚之宗風在唐宋時爲最著也予向者欲撰觀音后頭二大師法爲南嶽燈今則稍異規裁專繫之楚凡生於楚而出世於楚者若干人生於楚而出世於他方者若干人生於他方而出世於楚者若干人其或遊方於楚得法於楚雖附於篇姑存梗略原夫置身雲漢坐斷三界混迹市廛心超

萬有非同土著之民可循畛而得也述出世開品第二十五首敍敎律二門與應化聖賢爲名釋次敍直指一宗爲祖燈凡四卷

湖南文徵卷十七

湖湘後學集編

記一　元明

瀏陽縣縣官題名記

歐陽元

元貞元季乙未瀏陽以縣陞中州置建達魯花赤知州各一員正五品同知三員從六品判官從七品常鐫石題名於州治而石非堅良歲久將壞至正四季甲申同知買閭實來其父孛老先居是官顧瞻父名懼湮沒歲滿將代請於監郡長沙郡守孫朶羅及諸同寮官以己貲得貞珉改刻之謁文於元往至順中奉詔修皇朝經世大典戶部以天下版籍來上因考南中州戶

口惟瀏居最瀏之長貳銓衡常慎其選三十餘季之閒賢能常多積官至宰執者有之就任擢監紀者有之至於父子先後來宰是州斯則承平之盛事也兩漢牧守子孫相繼史臣書之以著世祿亦所以敎孝焉孝始於事親中於事君終於立身身立而不辱所以報君親也固願涖斯土者率以是爲心則斯記之作豈不足以詔方來歟

臨溪亭記

歐陽元

安成李君鼎翁好賢而篤義里大夫士樂其善而親其賢而鼎翁又能同其物外之樂固自樂之存諸中者沛乎其有餘裕也家居枕溪水上作亭並溪以醉翁滁亭記語名亭書來畀圖屬予記余少季有山水癖壯乃爲祿仕今老矣未能厺壯之累而時有少之趣聞客談幽居之勝恨不欣然舍己而從之況見吾鼎翁之圖乎何時與臨溪兮坐俯闞清流毛髮可鑒潛鱗游泳不避人影清風舒徐漪漣回旋悟溪之有文也霜瀨激湍石齒玉霽喜溪之能聲也撫琴而歌曰溪之水淡且清兮我濯我纓溪之水清且淡兮我濯我心纓有塵兮倘可心有累兮溪將無以滌我外潔靜兮中明娟我與溪兮各全其天

歐公爲此文時余扈從上都歸則公已謝疾厺明季十月鼎翁之子本禹求予書歐公季未六十欲分臨溪之樂予垂七十而書此可愧矣揭傒斯識

世綵堂記

歐陽元

淥江廖氏自其先代積善於家施惠於鄉世保醇德居多耆季至安山府君子孫衆多蕃祿豐腆晚歲康健身享榮養歲時上壽綵衣成行才俊疊見里人榮之因取宋名臣廖剛用中甫家世綵舊號爲其堂扁余家距淥江數舍雖未獲升世綵之堂而先内翰於安山公友契兩家子弟往來稔甚有名士元字泰福者廖氏之令器也謁余以斯堂之記余惟世綵之得名自老萊子爲嬰兒之狀以娛其親始余嘗評之老萊子愛親之心純一無僞一時感觸發不容遏故忘耄耋之齒服媥㜮之衣追童乳之態以冀其親萬一之歡在其當時已非不知親非不悟二者之天相契淡愛其所爲喜蓋有不期然者不然一時嘻笑之適何能使人千載之下想像而稱道如是其盛耶在禮子事父母之飾剪髮爲鬌親在子雖老不敢去之不敢忘赤子之初也深衣之制具父母大父母衣純以繢然則老萊子之綵容或上古之世有父母者之常服歟戲之爲言將以取轂等事而云耳雖然吾於此有以語廖氏子弟矣孟子曰令聞廣譽施於身不願人之文繡也君家用中甫之爲中執法也守正不阿名震遠邇當紹興時其曾大父母季九十竊意高堂垂白之親見其曾孫負一世之名公遐委蛇偉然羔羊素絲之風志夫南陔白華之養其爲世綵也斯亦大矣古之孝子出而治官入而治家周旋

進退於夫婦昆弟朋友宗族鄉黨之閒如執玉捧盈惴然自持者無往而不爲事親之地也親之可悅與否非敢計也求無忝於已庶無忝於其親矣吾願廖氏世世子孫之升斯堂者推是心以爲立身顯親之道焉雖中執法之事業可能也豈獨踵其美名而已哉國家混一初年安山公以薦受安山縣簿尉壯歲勇退不仕近年振飢募民入粟補官公發數萬進爵不受朝省旌表其門又爲義廩凡宗族親戚及里之貧者婚姻喪葬輒助其不及嫠無殯者爲棺以給之劃田數百畝爲義倉百區以館從學之子弟禮聘名士以敎之余嘗爲之記平居奉已淸約遇人撝謙獨好施予如此子鷹福號玉峯泰福號納庵伯仲皆肖

其父生長蕓腴而被服詩書殊無膏粱之習故所友多名士大夫其他子姓之賢者未能悉數云

聽雨堂記

歐陽元

人生俯仰穹壤間目之所觸心志之所由生士君子仕而慕君則見日而思長安出仕而思親則見雲飛而思親舍索居而思朋友則見明月而思故人兄弟友愛一日而遠別則聽夜雨而思同氣近代眉山蘇長公送弟子由之官有夜雨何時聽蕭瑟之句後世弟昆之在宦游者往往諷詠而致思焉安成大姓周君士能生以遺腹其兄士宏亦六周星而孤幼同艱貞今也競爽皆以儒弁服綵明時士宏今龍南縣大夫士能今南豐州幕官子叔量又辟爲公府掾一門宦業鼎盛而南北相望道遠時時追懷少年況味眞有蘇公之所深思者乃作堂於家扁曰

聽雨以志毣毣焉先是士宏有樓曰歸雲余嘗記之至是叔量致尊公之辭請記斯堂以文嗟夫君也親也弟兄也朋友也人之於綱常一也日也月也雲也雨也人之於見聞一也其感於外而動於中有淺深焉此士君子之所存異乎常人者也雨注於霤其聲鞳鞳滴於階其聲淅瀝馳於竹松其聲屑窣春而聽之有發生之意兄弟之和氣怡愉以之秋而聽之有寂靜之容兄弟之神凝慮遠以之所以然者豈有外至哉予同母兄弟五人今皆黃髮之叟予晚迫召命力疾而至京師因叔量之請益稔知聽雨之狀而能述以言者遂以是記

趙忠簡公祠堂記

歐陽元

臨川王安石以新學誤宋致天下騷然河南程氏兩夫子出而救之卒不勝其說既而蔡京爲相宗王氏說黜程氏學宋遂大壞京客張轡較京亟召程氏門人楊中立用之庶幾救其半及宋中興解人趙忠簡公鼎爲相首罷王安石孔廟配享尊尙二程子書凡其門人之僅存者悉見召用江左乃復振不幸秦檜相忠簡公斥程氏門人斁亾洎中興業衰又不幸韓侂胄相禁建安朱文公熹之徒之爲程氏學者其後禁稍弛宋已日削皇元熠興江漢趙氏復能倍誦程朱書北渡江私筆以授學者許文正公衡神明其書進以所得相世祖興禮樂文太平後是四

十季貢舉法行非程朱學不試於有司於是天下學術凜然一趨於正時相尋定濂洛以下九儒及衡十人祀孔子廟庭天子從之至順二季春趙忠簡公六世孫賁翁請卽解之聞喜縣學爲忠簡祠其辭曰公當宋南渡排王氏邪說崇程子正學以至於今有功於斯世甚大宜祠其鄉胄監集賢是其議中書禮部告晉甯路以符屬其同季歐陽元記之元平居讀孟子至承三聖一章未嘗不掩卷汗下以爲何致是烈也及略攷近世儒學之邪正有關於國家之隆替氣化之盛衰民物之榮悴其可徵者蓋如是烏乎是祠豈細故哉公師邵伯溫友胡寅其閒學原委措諸行事詳見宋史賁翁延祐二季進士

保靚祠堂記

歐陽元

保靚祠堂者安成劉君尙節祠其七世祖考保靚先生者也先生諱佺字賢礪保靚其號居袁吉門地曰秀源在宋乾淳一時聲光熠然起於郡邑初用世賞授將仕郎辟贛之安遠尉母老不赴中歲韞德抱才不屑世用友當時搢紳淸江兩尙書謝公昌國章公茂獻廬陵楊文節公廷秀皆定交筆硯胥鯁如胡忠簡公邦衡亦淡見結納其他名賢不可悉數百餘季以來世代變遷遺韻日遠諸孫尙節幼負志氣讀其遺書慨然慕其生平懼其親盡既久後人無所瞻仰謀卽故居建祠堂以致專祀而

諸賢翰墨存諸碑板者亦復散逸尋得忠簡公保靚記跋及謝公諸書又漁父來告某潭有石狀如碑以手切之有字尙節使沒者羣入助漁舉石出果左宣郞劉君廷直所爲保靚祠堂銘也他日營父葬於白石岡掘地三尺得碑郖勿（原注音碎没）讀之又沆州通判董德中所爲保靚先生祠記也於是尙節誼喜繕祠誼勤至元後庚辰春祠成置龕奉保靚主劉碑其前議割上腴田若干以給常祀擇日率族屬子姓祭以告成竣事而飲族屬舉杯勞尙節曰保靚往矣非君之賢祠事曷興造物者出二碑以相君志也余至鈐南族中族與劉氏世爲婚姻尙節謁予文爲記予以瞽宗祠於學鄉先生祠於社尊有道尙有德也此禮

廢已久保靚祠堂雖成於其後人異時郡國因餼羊以復告朔古道其庶幾乎乃爲迎送神詩遺劉氏子孫使歌以祀先生詞曰吉之禬兮袁之裔介兩郡兮大容礪昝賢居此兮物無厲物無厲兮民有歲道之耕兮德之刈刈德兮耕道湙資兮靚保保靚兮何爲山有碣兮水有碑碑無洗兮碣無瘞曾孫有祠兮傳千世世世幅巾兮湙衣先生來歸兮無我違違我兮焉往從諸賢兮詠歸粵有劉兮俎有肥芳菲兮闔兩扉石韞玉兮山有輝徵先生兮後人疇依

天游齋記

李祁

醴陵周君善翁築圃於北門之外青山遠揚綠水横逗溝塍畦花交錯高下而烟雲草樹之青藹蔓蒨可以馳遠思而寄幽興也於是遂規其圃之中以爲齋齋之外環植花木百卉清芬芙蕖無不可愛暇日攜二三友從市塵中來即解衣脱巾忘棄世慮翛然若塵埃去體灑然如執熱而濯清風也予聞而造焉與君燕坐竟日超然懸解乃請以天游名其齋君曰子名我齋固當盍更爲我陳之予聞天之於人其不相合也久矣其孰得而與之游乎蓋天之生人一體而公喘息呼吸與天爲一而況虚靈之府神明之舍乎人惟嗜欲以昏之憂患以迫之寵辱得喪喜怒哀樂之情戕賊而桎梏之膠膠焉擾擾焉日與事物爭鬬於前而胸中之天已索然無餘地矣夫苟欲游乎是則必啟其昏去其迫除其戕賊桎梏而後得焉其要在於審乎輕重而已古之至人有不以天下累其心者有不以一國累其身者其自視者重也自視者重則雖天下國家不得以易吾之生也而況於瑣瑣者乎噫人之生也有涯而事變之來也無盡予願與君去町畦削崖岸屛其爲人者而求其爲天者從容乎恬淡之場逍遙乎廣漠之野心乎其無心爲乎其無爲行乎自然無所於逆如是者其於天游不其庶乎予既爲君名是齋又從而申之以詞曰環堵之室宇宙入焉方寸之地神明集焉俄頃之閒四

海畢焉游焉息焉吾與子同適焉君欣然喜曰子之言盡矣當與子共之遂爲記

進思堂記

李祁

國家經費之重倚於茶鹽鹽未暇論也茶之有司率略郡置一所提舉甯國等路其司在休甯治之西地平衍廳宇疏敞廳事後有堂堂後有池池方而泉不竭可以爲公餘燕息之所至正五年春楚國武定公之孫翰林學士貫公之子來爲都提舉日與僚佐從容其間慨然相謂曰予與諸君叨上恩德以守職於此其可不思所以盡吾職乎且進思盡忠聖有明訓予與諸君其可不之思乎遂取進思二字以名其堂堂既定名乃走書婺源徵予文以記夫忠盡己之謂也爲人臣而盡乎己則事君之道於是乎在然或昧乎理則有以不忠爲忠者若唐之趙贊張

滂王播王涯之徒爲茶作俑千萬世之下流毒愈甚方其爲是法也夫豈知其不忠而爲之其心曰是可以濟國家之急紓君心之憂焉是以爲之豈非忠之大者曾不知天下之財不在官則在民是以善事君人者甯損上以益下不忍剝民以利國彼其思之熟矣今之病民不言可知而居是官者率乘勢以利己否則以苛細爲察以急切爲能以能盡民利爲職彼豈知忠之爲義顧或者曰彼之爲是者非其本心也課額之嚴可增而不可損使其雖有愛民之心而拘於法程又敢虧其額以便民乎爲是說者是固然矣然吾聞一命之士苟存心於愛物於人必有所濟苟循習故常不恤民隱坐視其弊而曰非我也法也仁

人君子其心果如是乎諸君以勖名世胥萃於一堂講之必精思之必熟必不忍盡民利以竭民力斯乃忠之大者推而行之雖秉鈞持衡其道亦不外此夫如是則斯堂也爲諸君推求民瘼之地爲皇家維持邦本之基豈特公餘燕息而已哉同提舉某某具高懷雅量皆可爲言故敢以是爲之記

吉安路詩人堂記

李祁

詩人之有堂舊矣自杜審言爲吉州司戶參軍及其既歿而後人遂以司戶廳爲詩人堂此堂之所由始也郡志司戶廳在州治西南實今廉訪分司之近地其後又會拜於西原山寺因循且百年湻祐中州學正危志白諸府君得龍岡之地廣袤十餘丈而營爲堂三間又充廣之如其數而詩人始有專席之地世遷事遠屋既不存而地亦湮沒西原寺僧仍以西廊一間爲祠祀會拜之所褊狹卑陋以迄於今至正四年今太守燕山高侯爲政且一期矣滯無不流廢無不舉於是流謙謝縉翁合詞以詩人堂爲請侯遂至寺謁焉愀然歎曰異端之不可加於名教尚矣乃使唐宋詩人歷代忠節名勝之士依於僧廊安乎不正之側予之責也遂博謀於衆得隙宇於郡庠西後依先賢讀書臺不數十步迺與郡之長貳周視詳度議以協同侯獨備中統鈔五百緡寮屬士庶助費有差凡綜理悉以委之縉翁於是擴其舊而增其新大其規而遠其圖越明年二月戊辰侯率郡士行禮於堂衣服有章籩豆有秩少長有序几筵有容此則堂之所以盛於今日也夫以司戶公之高才下視一世而其孫甫遂以忠憤激烈發爲文章爲百代宗至國朝得封文貞孰不知其當祀無疑也然知其當祀而祀之非其所者不智也知祀之非所而不能正之者無勇也今侯之來也智足以辨之勇足以行

之使是邦之士得拜詩人於斯行鄉飲之禮於斯依聖人之宮牆侑明時之禮樂不其盛哉雖然斯堂之建所以祀詩人也而歷代之忠節祀焉是邦之士登斯堂也則思所以慕其人則思所以景其行此又侯之美意盍相與懋成之若其助費之數則其以姓名載之碑陰云

惠民橋記

蕭元言

惠民橋剝圖久矣前代府尉楊公秩嘗一新之日久頹圮溪水時漲搖動涉者滋病至元癸巳保定李公領尉之秋議欲改作適有廣帥經境公方以一己跋履之勞易萬室筦簟之安未遑也已而運米入桂部卒援鄖日不暇給逮次季冬甫就經營公以身先民以悅使越春訖事橋視昔高三尺梁柱壯麗稱焉翼以二亭兩岸相望嘗試與客周游四顧市區鱗集樓觀翬飛客謂予曰盍記諸予惟古者龍角見而雨畢則除道天根見而水涸則成梁非直飾觀美濟往來亦裁成輔相之一也蓋道之不除已非善政而梁不夙成則病涉濟盈如流行滯軌何咎人覘陳議鄙固不越是第仕州縣者類多假途借徑計日及瓜則公而蹈龍尾履鳳池是知津矣而況東南一尉之繁劇乎自公以來坐將二載征衣之塵未浣輿梁之功復營何其韙與公儒者也一命以上必有所濟匹夫不獲若納溝中故不以獨賢勞爲諉也充是以思天下之有溺斯民之有不被其澤孰非吾分乎公之惠固於橋而始不於橋而止也予既喜斯橋之堅實遠大覩儒效之深切著明且慶民也無能相役用不能以淺陋辭公名琮字君璋云至元甲午夏五月記

十賢祠記

劉性

至正三秊秋七月余被旨召復史館就道有日新甯縣尹蕭從周以書來曰先賢有祀於學校尙矣新甯十先生祠則刱始於今所以明道統示後學求文以記之余惟道之大原出於天統之相繼于萬古如日月寒暑之迭運往者過來者續無有時而窮也由孔子而至於今數千百秊道統之傳有自來矣在宋盛時則有若周元公不由師傳默契道體二程夫子受業其門有以接乎孟氏之傳張子精思之功邵子先天之學司馬文正篤學力行皆秦漢以來所未有學雖殊轍道則同歸至乾道湻熙開朱文公集羣儒之大成朝廷方將制作以垂太平之功則宋之諸賢垂光竹帛千萬世不可磨滅者也予何庸記哉惟我國家有若文正許公以大學佐世祖皇帝爲萬世無疆之基日月所照霜露所墜凡有知覺者莫不尊所聞行所知文正之功不可誣而宋諸君子之道益大明矣今祠像之設學者瞻十先生之儀型思其風而興起焉反求諸己致其力以窮其極固知君子之望在焉而祠之所由設者此也是祠也前令李君文淵敎諭張子董淑勸率儒人許元齡者捐己財而刱之迄今令尹蕭文孫優嘉獎勵元齡復欣然獻田百畝歲取租中統鈔一百貫入學以供祀事仍令男許鈞充掌祀事自行出納其規模可謂宏遠矣蕭尹南臺御史方虛先生之子張君南軒先生六世孫也其善政善敎皆守家法云

春暉堂記

甘鏞

上之永樂三秊予奉制巡按嶺南始與春陵周從衡氏會於廣之澄清堂貌甚恭言甚度動履甚嚴密予固一覩而知爲明時令器也既而手具春暉堂大槪屬予爲之文予與從衡託交斯文且同楚產也故不獲以膚淺辭從衡名瓚世居春陵之永明濂溪先生之裔孫也爲邑庠弟子員少失怙惟慈侍敎育以底成立洪武壬午冬有司以從衡學超卓貢於春官而躋乎成均也遂以去親地遠睽違既久不獲朝夕定省惓惓於懷因請於國子先生顏其思親之所曰春暉堂以寓其孝思焉予惟天地萬物父母而品物流行於四時尤莫仁於春是故一元之氣運行亭毒之表句萌折自生自育熙熙皞皞咸宥於春風和氣之中而不自知也此東野游子之吟寸草之心所以興於慈母之念而春暉堂之所由作也與雖然古者求忠臣於孝子之門從衡繼自今以後當移其所以思親者顯親所以孝親者忠君則將見立身勵行發揮乎幼學壯行窮養達施之志登用顯榮敭歷清要重裀列鼎未足以喻其富萬鍾千駟未足以擬其貴然後板輿輕軒從容迎侍以養乎親樹功立勳揚名天下後世以顯其親不尤孝之大者乎思親云乎哉是爲記

番陽令任勉讀書齋記

劉三吾

六經載道之書，四書明理之書。天下無不可學之人，則無不可讀之書。讀聖賢之書，所以學爲聖賢之學者也。易以道陰陽，書以道政事，詩以詠性情，春秋以正名分，禮以謹節文。道無乎不在，則六經無乎不載。蓋未有文字，六經之理在人心；旣有文字以來，六經之奥悉具六經之書。其時人所踐履，卽其所學問。經之外無所謂人也，六經以人爲載道之具，人之外無所謂經也。讀書者可不以六經爲本哉？當六經行世時，天下未有四書也。自漢文帝令博士諸生刊六經之文爲禮筵之書，其時大學中庸固已具在今禮記四十九篇之內。濂洛諸君子者出，如河南程夫子，然後於禮記中摘出大學中庸，以足魯論鄒孟氏之書，謂之四書。總之，大學其入道之戶庭，中庸其入道之閫奥，論語蓋無非教人操存涵養之要，孟子七篇無非教人體驗擴充之功。通乎四書而能通乎六經者有矣，未有四書不通而能通乎六經者也。鄉先輩尹省吾先生之言曰：求道必自六經始，求六經必自四書始。四書旣通，六經可不治而自通矣。讀六經者，可不明四書之理也哉？大概讀書無先於六經四書，而六經之要不出格致誠正修齊治平之道。格物致知，所以窮其理；誠意正心修齊治平，所以踐其事者也。是故臯夔稷契無書可讀，非不讀書也，踐其書之理，卽讀其書之人也。論而至是，則知趙普以

半部論語佐太祖，而李相沆亦謂讀書不能行使民以時一句，道豈遠乎哉？番陽令松江任勉近思，由進士選任今官，有冰檗聲，家學淵源，得諸其祖松鄉先生，其履歷具見趙文獻公墓誌。昔者子產論何之爲邑也，謂大官大邑，身之所庇也，使學者製之，其爲美錦不亦多乎？僑聞學而後入政，未聞以政學者也。近思理民之隙，闢一齋爲游息所，扁以讀書。其於所謂經書刮根本，史書閲興亾，諒已得其讀書之方矣。力學如是，其學而後入政，非以政學者。又聞其在官克敬以持己，必不至於怠忽荒政；恕以臨民，必不至於慢令致期。存心如是，以之製錦，其爲美錦，不亦宜乎？抑予因近思請文其讀書之室，而有所感矣。治生不求富，讀書不求官，蘇長公詩也。以昌黎之賢，而於符讀書城南之詩，未免示以富貴利達，不知古人所謂讀書本爲己，非爲功名富貴。近思知讀古人之書以善其政矣，亦知大誥三編爲今上鉅制，有不徒在於讀，而貴身體力行之者乎？百官之俸猶井泉，正中今仕者膏肓之病，玉音日所誕敷，尤所切切。使居官者誠知是俸其出如井泉之不竭，則必能守己愛民，其福亦如井泉之不已。民其有不安，臨民者之身家其有不永保者乎？本是心讀是書，思過半矣。近思讀書而從政者哉，以是語之。

道州路重建濂溪書院記　劉三吾

春陵濂溪周先生遡原鄒魯倡道伊洛圖書行世日月麗天宋末齊國公於其江州祠堂記直以爲得天所畀不由師傳後有作者如天日之不可以藻繪六經之不可以形容矣惟是表章其學昉自穆陵配享孔廟既躋從祀顓祭其鄉復建書院宸翰奎章昭回雲漢濂溪之勝遂甲天下逮暨皇元益崇其道祀典之隆光軼前代院基故在郡城西偏大江前横天泮其水秀鍾時髦方茲未艾紅巾竝起在所屠發宗國邱墟故祠煨燼十有餘年瓦礫荊榛時在金革里瘖誦絃顧瞻遺址慨我寤歎天惠斯文在人有託鄂省檢校楊脫因不花移文倡新之居無幾何

兩天官國人晉顏公前進士張公奉自南來育才如邑實奬成之其鄉人前歸州倅吳某慕義感發重興復鄉管雉撫伐材度工敞翬延鬐萅隅植疏殿貌聖師祠事先生位序尊嚴規制宏整講肄之地庖庾之所巨計纖攷靡不劃治起某年畢某年於是向之瓦礫者今儼焉其平矣向之荊榛者今甲然其新矣盛哉斯舉也邦人士義之亟書桂林徵文三吾將壽諸石以風來者辭不獲已謹復之曰道之晦明有時院之廢興以人緜穆陵闡顯迄今百二十餘年矣詎意有今日之廢廢矣歷十五六年庸詎知有今日之復揚之倡吳之和咸成美於兩天官之來之日正緣天官是行實係乎斯道晦明之幾亦由其道之在人心有不能泯夫太極本然之理是以倡之斯和奬之斯成不然何其晦之極而復明廢之久而復興烏乎穹壤閒一日非是道則人紀弗立校宮爲墮秦墟矣魯壁之城絃誦野緜蕝自如漢季矣黨錮之人李杜家節義自若人紀不絕天地賴焉教宮不墮人紀賴焉春陵先生桑梓人有光霽家有圖書不虞世經喪亂幾至弗振尚幸遺澤在人不與詩書標悍俱湮一有感發而必濂溪宇是祠卽有其人如吳倅者應焉誰謂先生之教而以理亂存亾哉然則欲觀吳氏所以新是院當原其慕義之心欲原吳氏所以啟是心又當求諸先生之教云

敕建蔣忠烈公廟記　劉三吾

皇上御奉天門詔謂臣三吾曰漢秣陵尉蔣忠烈公朕命工曹鼎新其祠於欽天山之陽今已告成當筆由勒石以傳後世臣三吾奉敕拜手稽首而爲之詞曰蔣忠烈神所膺謚號也據按神記所載神世廣陵人姓蔣名子文自言其骨青本神人東漢末仕至秣陵尉職在緝盜不爲恇怯顧望一日寇至奮勇而前額被鎗以歿歿後人未知其神也逮孫吳有故吏見其介冑而騎謂吏我其爲神血食此土民因相率祠而祭之請禱輒應猶未敢誦言諸官也會有巫傳其言非直民當我祀官亦當祀否者蟲而田火而民居已乃信然事聞諸朝爲廟今蔣山祠之自

是公私禱祈應如肸蠁或者謂事涉不經搢紳士難言之要之忠義在天地間無久鬱弗申之理凡其生而忠義歿而神靈必得陽氣之多者蓋陰主傳骨肉陽主行精神陰陽合而成人之形歿而陽氣獨行而無陰故能爲罔像不能爲形至其抑鬱弗申之甚於是有形於形憑於聲以應之惟子文得陽氣之多故剛健正直其所素蓄可以通天地衞國家福生民而人莫知之驚動禍福之始知而信民知矣信矣官不知信焉縱私祀其時能通祀久遠乎哉若是則子文之事亦理之常無足怪者今代遭聖明皇上受命建都茲土首廟蔣廟而大其規模今其爲廟自如以大駕行幸官民出入告祀弗便並與諸神載爲祠令所堂殿靚深門廡煥奕視舊有加焉欽惟皇上通天下一神明之寓其萃之也以聖心京師會通神人幽顯之所其萃之也以廟貌則夫遠在蔣山與雜處諸闤闠者其容不萃而廟之乎臣民於此宜亦思惟有孚顒若收其放而合其離者矣矧是蔣山王氣攸集是氣所在神明與俱皇上聖子神孫萬億年永符王氣之會則神世是廟食世是翊衞者豈不與同一綿延之祚也哉乃繫以樂神之歌二闋其歌曰

蔣神兮尉秣陵肉而人兮骨青竟殞賊鋒兮忿塡其膺生而忠義兮歿則爲神靈人不知國不諒兮鬱游魂其冥冥紫金山之秀結兮終血食此廟延孫吳逮今千餘祀世彌遠而德彌馨

當代兮聖皇嘉忠烈兮有耿光想神靈如水之在地兮甯獨滯乎一方欽天監兮山之陽載新祠宇兮金碧焜煌穰殽蔬兮厥堂酌桂酒兮椒漿靈繽紛其來下兮感聖眷兮爲民降康世廟食靈感兮全國祚以緜長

筠軒記　劉三吾

庚戌之秋。予忝藪鄂省。彌封則主湘陰簿。丙申鄉貢士吉文吾宗鶴皋。清修玉立。琅玕輝暎。直哉君子人也。旣揭曉。與鶴皋同舟南上。具道故家文獻。知爲前戊午進士書魁諱蒼筤先生從子。相傳一經。原委有自。己而過其棲鳳所。礱礪之在於士論者籍甚。行采之見於政事者卓如也。時出其子通子同。嬋娟美好。禮貌之甚如竹箭之有筠。又見其家清淑之氣。攸萃在是。賢子也。臨別約明季當遣其來請銘先世墓碣。烏乎。別後詎知鶴皋有意外之撓。奴生之契闊乎。太季冬。子同因吾邑掾孫元凱之來。奉書于予。謂通曾祖行平。祖行西伯。祖卽蒼筤。連世皆雅

性嗜竹。通雖不敢希賢先哲之萬一。亦於今羅江寓舍手植修筠成叢。而檻之以軒。因名之曰。筠軒。示不忘本也。先生以吾父故。牽爲文之。予惟植物在天地間。鏗鏘有金玉之聲。凌厲有冰霜之操者。惟竹。筠其竹之小。所謂箭篠是也。惟子三四世諸老皆此君。是尚皆金玉其人。冰霜其節。櫽斯固吉文山川清淑之氣之攸鍾。抑亦所依所託之不俗。故其所資所造就。亦不羣於庸衆爾。答也所依所託在斯竹。今也數世竹君所依所託以不朽在吾子。當風月清夜。篩金戛玉。顧是軒曰。得毋金雄琳琅。有不如先世之金玉爾音者乎。冰霜沍寒。蕣葉不改。顧是軒曰。得毋虛心直節有不如先世之歲寒大耐者乎。若是。是軒所尚不徒以筠而以人。不徒以人而以金玉之文章。冰霜之節操者矣。記禮者謂筠與松柏居天下之大端。則士君子亦惡可以筠而自小哉。吾闔子同克世家學。象賢惟肖。異時與箘簬同貢。登庸天府。振聲琳琅。資用當時。厲操霜雪。則所資所造就有不於子同是勖。勉期望也哉。是爲記。

還牖軒記　劉三吾

都梁生李宣孟昭請於予。以其所名與字見質。予謂宣昭義固人所通知也。宣矣昭矣。不知所納約焉。明無所從入矣。韓昌黎名愈。愈之言勝也。則字退之。以有兼人之能。不可無謙退之志也。朱文公名熹。熹之言火明也。則字晦翁。以旣從火之明。可無

韜藏其明之地哉。人心無不有所蔽。有所通。彼蔽而復語之以所蔽。愈不通矣。必自其所不蔽推而反之。心斯悟矣。在易坎之六四。樽酒簋貳用缶。納約自牖。室之暗牖焉。本非所由之明。乃室之所以受明也。又象坤爲闔戶。坎艮爲穴。穴其戶牖也。九五尊位。六四近之。四用五之所明。而以一樽之酒。貳簋之食。瓦缶之器。自納於君。納之不自戶而自牖者。避其所蔽而就其所通者爲之說也。如漢祖愛戚姬。將易太子。是其所蔽也。羣臣非不爭嫡庶之義。非不明。如其蔽而不察何。四老者上素知其賢而不能致之。此其不蔽之明心也。故因其所明而及其事則悟之如反手。左師觸龍於趙太后所愛少子不令質齊。亦其所蔽於

私褻也觸龍知其所明在使之長久富貴一言而聽之如響教人者可不自其所明而入之哉生知所以宣昭又知所以納約自牖則學得所入而蘊有所通矣故因其見質也爲名其軒還牖益欲其於宣昭之明而得所以納約自牖之地焉或曰茲義也非釋氏所謂壅還牆壁明還戶牖者乎曰彼以通塞之常言此不主塞主其通言語若同而義實異也

倪氏致存堂記　劉三吾

吾里倪氏派自前宋有諱濤字巨濟號若水者爲御史中丞言事忤旨謫茶其子孫遂爲茶陵人以詩書名其家代不乏賢宋元以來繼以經書科目昉自汝玉克成授經予兄諡吾頒至正

丁亥鄉薦中湖廣省第四名授寶慶路儒學正及滿而湖南兵亂矣克成世居鍔溪距吾家不兩里許因自號鍔翁子一人廷望楚雲屬意教之嗣其書香不幸早失怙恃終經喪亂及至昇平克自樹立廷望太祖姑子之曾祖母也由是世爲表分之懿今季予來長沙廷望自攸輿來請於予曰敝族前盛時宗房伯叔兄弟叢立亂離澌滅無幾兄弟僅餘四五人餬口四方祖居莽爲荆棘未能復振追惟二老平昔劬育不逮養矣廷望欲因堂名隨所地寓目恒若見其二親之存願翁教之予惟古人親存盡其孝親没致其思今以致存名其堂想親之存也昏定晨省出告反面左右就養無方及其没也事之如生出入告面其廟祭祀齋戒致思其平時孝子之不忍死其親若此非有深愛者能之乎大概親有存没孝子之心無存没親在終親之身致其孝親没終吾之身致其存昔王裒痛父死非命每誦詩至蓼莪未嘗不爲痛哭門人受詩至廢此篇觀其終身未嘗西向而坐則哀此心曷嘗有時暫可忘其親哉嗟乎吾於表孫廷望幼也及見其鞠育之苦長也及思其教訓之勤今即其形似言語動止猶而翁克成之在也廷望再拜謝曰翁之教我敢不終身行之遂請其說爲斯記

礬山雲記　劉三吾

嘗讀涿郡盧公疎齋先輩記所謂礬陰清礬觀謂礬頫嵸嚨岱山多嵌岩奇峯怪石水多飛瀑駛湍樹多松栝檜杉櫧其草木多靈異方外士可采掇以供啖餌其民好老氏言有漢相何參滷靡遺俗其巔明星玉女諸峯古劉仙之所往來故其下多隱人羽客居峯之麓仰高爲適有雲臺宮則謫仙詩所謂雲伲臺者然後信陵礬眞人取號是山之雲意有在矣夫雲山川之氣凡山皆有也眞人獨礬之取焉何哉蓋以其姓偶同是山而山之境莫勝於雲矧其杰出金天培塿萬山晴空無際萬里一碧但見雲氣如炊觸石而起溶溶漭漭曳曳悠悠淡者濃者矯者下者凝者散者如絲如絮如盧幘如車蓋如樓閣如鳳而騫如馬而馳以境乎二礬三岑之閒者雖有萬態不同其從龍澤雨

則一而已遐想身是山者縱目八極下視渭河馮翊沙苑諸野渺渺無際平地白雲波濤萬頃蒼龍騰空仙掌下招呼吸之氣遙通帝座飄飄然有乘雲御空之想斯皆礬山之雲之勝者也眞人眈悅山藪恬夷樸素居陵志礬鄙俗怡雲夫惟姓同是山情契是雲故隨所寓無境非礬無趣非雲礬於西方爲金行人稟五行之具是身孰非礬乎雲在山川爲元氣人稟元氣之會是身孰非雲乎眞人大其心胸視之攬結秀色礬雲吾衣裳也抱一勿失礬雲吾衿佩也叅就無心礬雲吾行藏也其在京師日覲清光礬雲之郁麗時也將自南來罹患不幸守眞弗移礬雲之晦冥時也遇患而北再被宸恩迄於畢事還朝礬雲之朗

霽時也是則眞人所遇雖有險夷不同其如礬山之雲之終歸於從龍也則一而已矣安得九節杖陪眞人登雲臺攜謝眺詩搔首問靑天眞人其爲我分白雲半間幸毋曰請囘俗士駕

雲陽山人記

劉三吾

予以辛酉春孟來鄜緣吾里友謝明遠西溪賓館邑庠同館焉明遠謂予予四十秊前有志科目事功名庚戌之秋有司勸駕勉就一試不虞貢之魁選計偕以來老病告歸中間亦嘗受聘鄂庠已而復以病告得還遂與兒輩了畢婚娶雖未能如子平之敉斷家事而百念灰冷無一豪進取意矣是故自少壯迄今老叅始終慕老蘇女夫楊泰子之爲人焉泰子也當志强氣盛慕杜紫微之爲人時則字大虛及秊老歸鄉里慕馬少游之爲人時則更字少游子也四十秊前志在進取故自號西溪四十秊後志念灰冷故更號雲陽山人知我者先生願有以文之予惟水之於溪也勢在出山是故明遠不能無出山意山人之於雲陽也隱在是山是故明遠在今時定無出山意矣顧予無后山筆力安能爲明遠發之哉念誼不可以虛辱也是山也在吾雲陽爲峯者七十有一綿亘攸輿鳳岡將數百里仙焉有赤松隱焉有譚子高矗霄漢遠混天碧夫人得而專其勝隱其間惟高人勝士有其堅定之志趣然後得其隱處之眞樂明遠秊垂六袠洞燭世故其爲是山之人也不必如宋譚子之以尊舫自

詭計其泉石膏肓煙霞痼疾必淺爲水北之山人而不爲水南之山人矣周彥倫盧藏用其初豈不願爲山人哉而北山終於見移終南竟爲捷徑者以志趣之弗堅定已明遠其志也堅其趣也定是使吾雲勝處㫖得之乎譚子者今得之乎明遠其爲山人也有不待告之是山之靈是山之靈亦將喜曰子來乎吾將呼猨鶴與子分蕙櫋半席幸毋寒盟令其驚怨

百夷紀略

李思聰

百夷卽麓川也地在雲南之西南東接景東府東南接車里南至八百媳婦西南至緬國西連戞璃西北連西天古剌北接西蕃東接永昌其種類有大百夷小百夷又有蒲人阿昌漂人古剌哈剌緬人結些哈杜怒人等名以其諸夷雜處故曰百夷今俗百或作僰皆非也自漢以來於我中國或服或叛皆有土豪主之不相統攝元祖自番入大理雲南遣將招降其酋長遂分二十六路四十八甸皆設土官管轄以大理金齒都元帥府總之事有所督則委官以往各甸冬去春回至正戊子麓川路土官思可發數有事於鄰境諸路以狀聞乃命荅矢把魯爲帥討

之不克而旋遂乘勝幷吞諸路而有之乃罷土官各甸賞有功者然懼再舉伐之於是遣其子滿散入朝以輸情款遂寢而不問雖納貢賦奉正朔而服飾器用之類皆踰制度元不能制百夷之强始於斯可發卒子昭幷發代爲宣撫八年傳其子臺扁一年昭幷發之弟昭肖發殺臺扁而自立踰年而盜殺之其弟思瓦發代壬戌冬其部屬荅魯方刁思郞刁發郞等殺思瓦發而立其姪卽滿散之子今思倫發也洪武辛酉天兵南下猶負固未服總兵官西平侯沐英遣部校郭均美往復招徠於是不煩兵而納款內附朝廷推懷柔之恩乃授思倫發爲麓川平緬等處軍民宣慰使司洪武丙寅復寇景東明年部屬刁斯郞復犯定邊縣上命西平侯總兵討之夷兵大潰獲刁斯郞而梟其首始懼天朝之威而心服矣上用羈縻之法不加約束聽其自爲聲教故官制禮樂之屬皆與中國不侔其下稱宣慰曰昭猶中國稱主人也其官屬叨孟昭錄昭綱之類總率有差叨孟總統政事兼領軍民多者總統數十萬少者不下數萬昭錄亦萬餘人賞罰皆任其意昭綱千人昭百百人昭哈斯五十人昭準十餘人皆叨孟所屬也又有昭錄令遇有調遣則統數千人以行其近侍名立者亦領人戶數百皆聽其使令食其所賦取之無制用之無節上下僭奢雖微員薄職輒繫花金銀寶帶官民皆以筍殼爲帽以金玉等寶爲高頂如寶塔狀上懸小金鈴遍

插翠花翎毛之類後垂紅纓貴者衣用紵絲綾錦以金花金鈿飾之出入或象或馬從者塞途俗以坐象爲貴以銀鏡十數爲絡銀鈴銀釘爲緣鞍三面以鐵爲闌漆以丹藉以重裀懸以銅鈴鞍後奴一人銅帽花裳執長劍爲疾徐之節招搖於道自以爲貴其相見有合掌之拜屈膝之跪而無端肅拱揖之禮長於己者則跪之有所言則叩頭受之雖貴爲把事叨孟見宣慰莫敢仰視凡有問對則膝行以前三步一拜退亦如之賤見長少見貴皆然侍貴人之側或過其前必躬身而趨筵宴則貴人上坐僚屬廝役列坐於下有客十人則令十人舉杯人行一客之酒酒初行樂作一人大呼一聲衆人和之如是者三既就坐先

進飯後具醪醞有差倉不用筯每客一卒側執一水盆倉畢盥帨凡物必祭而後倉樂有三曰百夷樂緬樂車里樂百夷樂者似中國學中國人所作箏笛胡琴響盞之類而歌中國之曲緬樂者緬人所作排笙琵琶之類作則衆皆拍手而舞車里樂者車里人所作以羊皮三五長鼓以手拍之間以銅鐃銅鼓拍板與中國僧道之樂無異其鄉村飲宴擊大鼓吹蘆笙舞牌爲樂無中國文字小事則刻竹木爲契大事則書緬字爲檄無文案可稽無城池可守惟因高山爲砦而已無倉廪之積無租稅之輸每事於秋冬收成後遣親信往各甸計房屋徵金銀謂之取差發每房一間輸銀一兩或二三兩承行者象馬從人以千百

計恣其所用而輸於公家刑名無定律可守不施鞭扑犯輕者罰重者殺之或縛而置之水中非重刑不係累軍民無定律籍聚則爲軍散則爲民每三人或五人充軍一名正軍謂之錫蠟錫蠟猶中國言壯士也錫蠟持兵器餘則負荷以供所需故軍三十萬則戰者不滿十萬師行無紀律先後進退不一倚象馬聲勢每戰則用繩索自縛於象上悍而敵謀軍器少弓箭多長搖與弩以革爲盔銅鐵雜革爲甲勝則驕墮爭功敗則逃竄山谷驛路無郵亭一里半里許構一小草樓五人坐守雖遠千里報在旦夕公廨與民無異雖宣慰府亦樓分數十而已制甚鄙猥以草覆之無陶瓦之設頭目小民皆以竹爲樓如兒戲狀器皿醜拙尤甚無水桶木甑木盆之類惟陶冶之器是餔其宣慰用金銀玻璃等器其下亦以金銀爲之凡一頭目出行則象馬兵戈及榻凳器皿僕妾之類皆隨以行動輒數百人隨處宴樂小民苦之其俗男貴女賤雖小民視其妻如奴僕耕織貿易差徭之類皆係之非疾病年老不得少息凡生子貴者以冷水浴於家賤者則浴於河三日後以子授其夫耕織自若頭目有妻百數婢亦數百人少者不下數十雖庶民亦有數十妻者無妻妾之分無嫉妒之嫌男子皆衣長寬襦而無裳官民皆髡首黥足有不髡者則酋長殺之不然者衆皆嗤之曰婦人也非百夷種類也婦人則綰髻於腦後以白布裹頭不施脂粉自穿窄袖

白布衫皂布統裙白行纏跣足貴者以錦繡爲統裙其作甚陋有夫而姦夫則殺之不重處女其通媒匹配者甚罕年及笄聽與弱冠男子通而相得者約爲夫婦未婚輒引至男家姑親與濯足數日送至父母家方用媒妁以羊酒財帛之類爲禮而娶之凡子弟有職之名則父兄受之自若父母亡不用僧道祭則用婦人祝於尸前諸親戚鄰人各持酒物於喪家聚少年百數人飲酒作樂歌舞達旦謂之娛尸婦人羣聚擊椎杵爲戲數日而後葬葬則親者一人持火及刀前導送至葬所以板數片如馬槽之狀瘞之其人平生所用器皿盔甲戈盾之類送之以懸於墓側而去絕無祭祀之禮矣又有夙三日後延女巫刴生祭

迻謂遣之遠去不使復還家也民家無奉佛者小百夷風俗頗同蒲人青紅布裹頭項以青綠小珠貫而繫之多者爲貴無則賤也下穿花褻身挂花套衣膝下繫黑漆藤數遭婦人綰髻於腦後項帶青綠珠以花布圍腰爲褻上懸海肌帶數十圍以娑羅布繫肩上爲盛服跣足而行涉水登山其疾如飛阿昌雲南志作莪昌者非男子衣貌類百夷但不髡首黥足及語言爲異婦人以花布繫腰爲褻腰裹青花行纏餘如蒲人婦哈刺男女色如黑漆男子以花布爲套衣亦有爲百夷妝飾者婦人類阿昌以紅黑藤繫腰數十圍古刺男女黑色尤甚男子衣服妝飾類哈刺以白布爲套衣婦人如羅羅之狀漂人男子衣服皆類百夷婦人以白布裹頭衣短衫露其腹以紅藤纏之娑羅布爲褻兩接上短下長男女同耕緬人色異類哈刺男子以白布裹頭衣白大袖衫腰繫以白布爲紋貴者布長二丈賤者不盈丈婦人類阿昌而披花布爲衣也哈社頗類哈刺怒人稍類阿昌蒲人阿昌哈刺哈杜怒人皆歸山巓種苦蕎爲食餘則居平地或水邊而言語皆不通又有結些者以象牙爲大環從耳尖穿至頰以紅花布一尺許裹頭而帶垂於腦後衣半身衫而袒其右肩婦人則未詳也居戞璃境上諸夷風俗雖異然習百夷所爲者多夷人無陰陽醫卜僧道之類事無大小皆以雞骨占吉凶無推日月星辰纏次之書不知四時節序惟望月之出沒以

測時候人病則命師巫於路旁祭鬼地多平川土沃人繁村有巨者戶以千百計然民不勤於務小不用牛耕惟婦人用钁鋤之故不能盡地利春夏多雨秋冬多晴夏濕熱尤甚冬日常如中國仲冬晝暖夜稍寒素無霜雪春秋烟瘴居多人病單熱者必至不起若寒熱交作如瘧可愈草木禽獸皆有異者有草小穗而實地方二三尺許穗自結爲一聚淬之須臾至身有此草處烟瘴俱多路旁大木多二榦竝生高三五丈許結成連理雞鳴無時自更漏鳴至徹曉牝雞亦然魚有鮎魚頭而鯉魚身者羊有綿羊頭而山羊身者牛有黃牛頭而水牛身者又有牛峯如駝者市有熱池一畝許水沸如湯人不敢近饑者多以生肉投池煑而食之物之珍者犀象孔雀鱗蛇雲母琥珀皆產其屬境自金齒過蒲漂將至怒江有屋牀山乃雲南界限也高山狹箐地險馬不可竝行過山三五里許即怒江渡河即百夷地也沿河下數十里上高良弓山即今之通衢也高良弓山路亦頗險上二十餘里下一陡澗復上三十餘里至山巓夷人立柵爲砦過砦復下四十里許平地即蒼劉驛乃麓川江上流過此則無險隘處矣一路從怒江西上二日程至滕衝府七日許到麓川一路從雲南白崖過景東從本通甸至灣甸渡河入菸施約十日程到麓川自怒江上流蒙來渡至景東沿河小渡數十處皆可入境也

漏壺記按壺圍徑一尺高尺餘三足高六寸刻記於上現存庫中錄此以備古制

彭九思

蓋聞漏水制器以分晝夜自黃帝始蓋窺天地循環之理妙陰陽動靜之機而使四方不失其自然之常度則斯器者上觀天象下關人事所係尤重不可以不敬也故帝堯首命羲和造歷制器帝舜在璇璣玉衡以齊七政迨及成周挈壺氏以百刻分晝夜夏至晝漏六十刻冬至夜六十刻春秋二分晝夜各五十刻其理固然降至唐朝晝夜百刻一遵古制其法有四匱一曰夜天池二曰日天池三曰平壺四曰萬分壺又有水海水海浮箭四匱注水始自夜天池以次相及入於水海浮箭而上以爲刻分而定四時晝夜之運行焉宋朝所用之制亦如乎唐其法

以晝夜百刻分十二時尤爲精密我朝酌古準今法制愈備旣立司天臺以觀天象頒玉歷以授人時復令天下郡邑立鐘鼓樓置銅壺以窺天地四時氣候之運轉敬天勤民其謹如是是以術不違天而政不失時也邑侯高公奉明文經營其樓設置銅壺以步天行而施政於民因徵予言以誌之雖然天地運行有盛衰日月往來有盈昃四時循環有消長而晝夜不失其常者是皆至理之所寓而不可易者也余不敏敢摭諸經史而奉觀厥成云時洪武二十六年

重修香明寺記

朱英

桂陽名山古剎惟香明寺爲最蓋其溪山形勝融結於此林木蓊鬱池塘清澈而殿宇樓觀盤鬱飛驚殿中繪塑諸佛羅漢像皆蒼古不凡東樓觀音像繪塑尤巧而金剛外門之像威嚴端重偉觀一方故老相傳初繪像時得異工精巧不知所從來告成日竟不直一文而去人皆以爲神異天順甲申十月廣西寇千餘由宜章抵桂陽擾攘數日問老稚被害者二千餘得元戎都督李公分遣彭倫柴政兩都閫領兵七千餘追賊至宜章又得分巡副使盧公秩追出桂陽城外斬馘五百有奇民雖復安而賊屍積江灘水不流者數月越明年乙酉至丙戌兩夏皆洪

水大作江漲非常積屍始流盡人或謂之洗兵而江漲入寺深丈餘諸佛神像多爲所損兩金剛旣沒無存觀音像幸存而可仰者半之殿宇牆傾圮殆盡數百年名剎佛像一旦狼狽至此雖興廢有數存焉聞見者莫不動心成化十二年丙申寺僧先意之徒進昌者惻然有感乃持疏首謁本宗諸耆舊暨四方名宦好善而樂施者各出所有以爲助鳩工市材殫厥心力先葺門廡鼓樓與西僧舍次修鐘樓佛殿且重整諸佛觀音之像而維新金剛塑像以仍其舊焉功成以予家世檀越乞予爲記予惟香明爲吾鄉之勝殿西齋舍先世建造爲吾人讀書處所蓋世業也於其所興廢固不能忘情況進昌之志有成而多方之

義可尙皆有所當書者邪然予因是而有以慨夫今昔所聞見想像者佛之爲敎初本西方善人修養心性化被番戎所以入而爲中國人所欽信者其初亦未嘗不善也敎雖偏於空寂其亦自修以善而化人使爲善不爲惡旨何福田利益生死輪迴之有哉而好事者穿鑿坿會以誣之流獘一至於此重可歎也予觀於香明其初設像以示人所以成於異人之手者其亦庶幾於善乎觀其中惟設一世尊像巍然無出其右者殆吾儒所謂一心主宰萬事根本者心歟左右阿難伽葉一妍一媸亦吾儒所謂善善惡惡欣戚喜怒者情歟文殊普賢之優游自在庶幾乎操存涵養之訓東湖西漢之明勇果淡彷彿省察克治之

功若夫金剛甲冑當寺門之外者得非所謂義以制外而閑邪存誠者歟凡欲爲善人君子者在存心養性以正其情涵養而省察之亦制外養中之術敎之者所以敎學之者所以學能於此用心體認親切而底於成焉佛亦可以入於儒矣未爲無益於世者而穿鑿坿會以誣之使流獘至此其亦佛之罪人歟因併及之使世之人敬慕而觀感之者於茲或有取焉是爲記

重建湘陰縣署記　　夏　瑄

丙子春湘陰旱甚火伀不常訛言沸湧或因而有所圖邑令尹宣城汪侯讓先期諭衆曰民吾子也逸殆與同而災防不可以不豫又曰災天所降也力人所爲也吾惟盡吾所當爲其降乎天者聽之旨於是俾幕屬之幹者視火之處物無輕重得者卽律以盜人無壯弱力者卽勞以賞故壯者奔淡濁水而殺其熾苦撤竹茅而止其延先風所向而斷其勢弱者扶其耄稚避諸空曠之所而護其產之棲措得其當人情乃安未幾應災而救不迨先民之急故也侯露聽政里父老衆相議曰侯吾父母也子吾甚至災伀有防民訛弗變物完其故老幼咸不失所非侯

之德與夫德其德而無報可乎報而不稱其心非報也且忍侯居煨燼之基而無一椽之庇是何以稱其心而報其德乎衆議定而復於侯曰某山材充而餘某工技專而巧某能而可董其役某勤而可輔其隙某粟盈而願助之公某力衆而願效之上侯以爲學校養賢之地南北壇祀神之所亦經灰燼宜先於彼而後縣治可也由是各任其長不數月而廳堂幕府譙樓吏牘之所及學校二壇俱復其初而宏其制偉然煥發以聳民視時天順改元之二月也落成之日侯命予記之嗟乎侯之待其下者極其慶下之報其上者極其誠上下交孚而以義感是皆可書也昔子產禦災有法而春秋美之若侯也其似乎雖然侯豈

望人揚已之善而頌其休澤之侈邪。蓋將假乎私而欲有所規也。予聞之飾其服者必思盛其容。容不盛則不足以稱其服之藝。故曰新浴者必振衣。況新其堂者而德政可無必其新乎。德政既新而民俗可無必其化乎。夫新不新在我而化與否在彼。故君子勉諸已而不強諸人。設使已能新而彼不能化。吾何尤焉。惟彼有可化之俗而吾無可新之德政。是爲愧乎。或曰以汪侯之賢。暨二尹趙君從。判簿嚴君志廣。幕吏季君昱諸公協相之和而新其德政固不難矣。其如上有所礙何。予曰不然。覩其理之曲直而權其從違之宜。惟理之適。何勞之拘哉。古之人强項不屈於萬乘之尊。況上官乎。彼能不挫於外而伸其內者。是其養之正而守之素有以立乎其中也。又豈徒賈其直而傲其上哉。侯勇於義而急於行。其所言其必知所以處是矣。

湖南文徵卷十八

湖湘後學集編

記二明

武岡州重修廟學記　黎　淳

皇朝文治與天地氣化同其流行。惟武岡建州當湖南僻處。江山清淑。然歷數前代崇儒造士終不克盡者。氣化有豐嗇。師帥有賢否。而士習遂至委靡耳。入有明來。天子崇尙仲尼之道以淑諸人。學者始皆談詩書。履仁義。自相約束於規矩。以建樹勳名。每當大比。士之登賢書偕計而升者。歲率四五人。其游歌辟雍。釋褐筮仕者又數十輩。布列中外。皆知以勵行檢身勤職爲

務。此誠天地氣化逢其盛。孔子之道德於今益顯。而州長博士輔相勞勉之功亦豈少哉。州舊有學在宣恩門外。宋崇甯丙戌建軍治時所刱也。文學括蒼陳沂實主之。逮紹興戊午遷譙門西。湻熙乙未。縣簿范堯譽攝教事。使君吳門王可大撤而一新之。嘉泰辛酉。提刑陸世良重加修葺。元末毀於兵。國初洪武庚戌。因其地重建。迄今又百季矣。歷歲旣久。風雨侵陵。殿廡堂齋復入於敝。景泰丙子。知州事嘉禾伍侯芳始至。以二月上丁釋奠於先聖。環視廡楾。大懼無以安靈布敎。刻意修復。屬邊防告急。事未果行。明季巡撫右僉都御史王公儉。鎮守總兵官平蠻將軍李公震。巡按御史龔公謙按臨是邦。祇謁廟庭。慨然興感

圖爲佮新於是協謀以搆費悉公出不以病民經始於丁丑六月首建明倫堂三閒高二丈九尺堂之下東西相向爲二齋各二閒齋之南爲內門三閒外門一閒其高則次減焉堂之後爲膳堂膳堂之後引溪水爲泮池渡橋則建大成殿三閒高三丈六尺左右十哲六閒東西廡二十閒其高亦以次遞減而戟門則視兩廡高四尺餘聖賢像設皆新繪塑告成來徵予記予惟學校教化所自出其興廢實守令之責然所以爲教化者豈專以堂殿爲觀美哉要之有其本也殿堂不治則無以將事能撤而新之爲政者知修其職矣至於務本則吾黨之事當共勉之夫講學以明善使知詎全修德以誠身使仁嘗備而又徙義遷

善勇以行之此三者所謂本之所當務者也師所教者在此化行俗美被乎四境而及於蠻猺者亦在此武岡諸俊彥聚黌宮朝夕講肄此三者在平時則盡孝竭忠以之爲功名事業之基遭有事則服義履仁以之爲捐軀報國之用流信史之聲彝揭姓名於宇宙豈徒然哉雲山鍾靈金城萃秀將必有魁傑膚敏之才應天地氣化之隆而出禮門由義路以蜚騰於天下者請書此以俟之

湘陰文廟記

黎湻

湘陰爲長沙巨邑有儒學在縣治南宋元祐初建崇甯徙縣治東國朝因之洪武初肇新天下文教歲己酉重建廟堂齋廡及聖賢像予往年嘗一過之見其水灣四九近抱宮牆山據三湘遠森棨戟而文筆卓玉汨羅涵輝黃陵白鶴神鼎玉笥諸峯巒洞庭之波濤又皆爭奇競秀掩映出沒於雲霞烟靄之外朝廷精靈暮薦神彩秀氣翕然皆聚學宮信哉產楩枏之林毓集麟鳳之郊藪也而章甫縫掖之流游歌於茲師道隆而友誼篤長者崇禮法幼者習謙恭詩書講誦之聲無閒昕夕歲時雋科名而登仕版者迹累肩駢蓋自洪武及今越三十餘科而領鄉薦

者自夏忠靖而下凡三十一人升甲榜者自彭謙而下凡四人魯文又以發解登第材俊之多蔚爲楚南稱首其盛矣哉就其閒而論之若忠靖當國四十年屢阸孤卿功存社稷文章道德爲世表儀沈魁之好古博雅恪端師範彭謙之正直剛毅不悔左遷吳昌之有功方岳秦艮之相導親藩艾廉黎英王文彬之牧民甘霖劉文徽之文學政事著迹循良宋敏甘棨之通經勤政有光繼述魯文吳寅之博洽清修古禾昌之公平簡靜范奎之廉介卓立此皆世所稱豪傑士而出於世用於時固宜流芳百世而不朽也天順初文徽以通判楚雄調鎮江考滿最部使者授詔旌異之得推贈其父母寖致顯榮而志敦本始謀勤貞

珉題鄉貢氏名於學爲後來者勸乃上京師屬予記之夫稟二五之精而爲人其得服儒冠游庠序談經史則人之秀者也至於策名科第奮庸邦家則又人之最秀者以湘陰山川之靈異如彼風土之溫醇如此而人之最秀者甲於他郡縣邑不亦宜乎雖然論秀民之盛美有關於山川風土而究其所盛美則不專於此蓋必有本焉誠以天理在人心者不可泯沒而有聖天子在上宗主斯文賢師友在下陶鑄多士其誦學修德之功足以造就發揚之云耳前此羣賢固皆心乎天理流聲譽於不替繼此而來者尚當儲休振烈勿昧厥心務講學以窮天理使其智明修德以踐天理使其仁熟而勇以斷之以立道德以建功

名以守艱貞之節用匡扶世道於悠久上無負聖天子下無辱賢師友而山川風土將亦炳煥其靈異涵煦於溫醇充積之久光輝發越始又有如忠靖公之賢出焉其敬懋哉是用表歲以繫人備著羣姓字歷官之詳而虛其左方以俟來者

文林郎趙愼軒學師墓記　黎　淯

宋祚既祉運改澤存其子孫柯分蔓引散處吳越久而成家諡蕃以鉅吾於黃巖得其一枝最盛者曰南隅永利橋趙氏焉趙氏實宋宗室安康郡王士說之後士說有仲子諱不弱者官黃巖丞因流寓焉今傳有十世代有顯宦吾又於趙氏中得其一人最賢者曰珂字廷器別號愼軒學者皆稱爲愼軒先生卽先師也先生曾祖友諒以子鼎貴贈工部員外郎祖季甯父同伏皆未仕也同伏氣豪行危晚乃遐修括囊遠害且慕龐德公高致自號遺安產四男子先生仲也生而魁梧穎秀內服家敎於親外求麗澤於友志高才邁弱冠補縣學生時翰林檢討陳公璲以詩學鳴於台弟子尊崇者甚衆先生私淑於人得其要領

勤勵刻苦寒暑無閒非節朔不一歸用是大有增益深造閫奧無讓名儒陳公大器重焉灑爲翰墨飄逸潤澤不悖古法而寫景述情之句記物敘事之章論政荅述之作秩然條理當時所推重者非出於先生之筆則不貴時縣令周君旭鑒方虎視黃巖力鋤强戾奮髯一怒羣兇膽落生徒震懾莫敢近獨羨先生忠厚有學加禮待焉或邀致訪理道與飲酒歡洽終日浙藩督學憲臣花公閏生特器先生遠大試冠軍取其經藝稱揚他郡每鄉試之期踵門請敎者塞路揭榜輒弗利歸言自責增修務底於成正統甲子經六試始登名明年舉進士乙榜時已年踰

四十人猶勸其卒業曾子先生曰古者四十強仕吾豈可不安命乎遂謁選天官授吾楚藝容敎諭先是藝容儒官類寡學黷貨以敗人皆蔑視如無黌舍鞠爲蔬園生徒老朽科第久乏先生始至翠竹碧梧之格和風甘雨之情通今博古之學已足動人加以詳言正色寛猛適中隨機應變以動以感未逾月學者翕然歸向先生乃寢處齋舍會饌陞座集子衿且讀且講夜以繼日士風丕振歲丁卯藝容仍乏科先生懼欲別圖改授涓時家居寡昧秊已二十矣先生力薦於督學憲僉韓公暘俾具數縣學全諸生講肄程督愈嚴景泰庚午乃發六人曰董廷圭曰陳伯良曰程萬里曰譙贊曰劉大鵬曰雷時中而廷圭發解焉

癸酉又中二人曰雷浩曰劉希昂涓無學有負逮先生滿任去始僥倖自此藝容多材科第繼盛而劉大夏與兄濬輩素爲先生所期許者又發解擢魁矣先生在學時堂齋制度煥然一新慶祀儀文整然具備憲僉韓公方伯蕭公薦於巡撫李公具疏以聞移谷吏部丙子遂陞山東博興知縣甫下車適歲大祲人相食民多流亾先生力申文巡撫重臣發廩賑濟勸富室出粟佐糜餉之復上疏請蠲税糧以舒民困詔允之仍減明秊田租什之二民賴以甦亾者亦復不期月而安堵如故有冤獄數秊不決者廉得其情反之人咸稱其明決齊俗喜誇訟諸豪右如梁才輩性資狡猾陰伺人過失嗾之訌之陽執其柄以取財賄爲生官民大爲所苦先生訪知擒至以理諭卽翻然改行卒爲善士忠信感化人愈服之水旱必精意禱祀卻緇黃不用虔誠有孚祈無不應自是田野闢僻鄉無惰農盜賊斂迹邑稱富庶乙酉滿九載將行藩臬交薦保留不果士民耆稚扳戀泣送至今思之不置旣來京師吏部覈先生終秩無過並錄前之荒政上陳得援例賜敕贈父同伏如子之官階文林郎博興知縣母胡氏贈孺人妻李氏封孺人蓋殊典也時先生歷過耳順功名之念已微旣獲告歸展墓卽從容山水間日與親族讌集爲樂不復有仕宦心猶拳拳以讀書飭行訓諸子孫又五秊考終正寢其生於永樂癸未二月初二日卒於成化庚寅八月二十七

日享壽六十有八師母李孺人先二月卒子男三人長明徹邑庠生名士次明漢禮部儒士俟誥贈未有極也次明澂縣學生孫男十人入文學者七人冕任廣東陽江訓導本宏治乙卯科舉人癸巳冬奉二柩合葬於羽山東南矣墓側刱建祭祠丙辰春其孫本會試徵余言爲墓祠碑記惟知師者莫如弟子涓侍先生獨久習見先生之性溫厚和平與人晉接春意藹然人樂與游靡不信從先生之才明敏通暢優於治劇事雖叢脞而應酬有餘先生之學雖專詩以決科然若易與書皆精解傳註夫於經旣通傳註則致用必周若使先生當大任而託天下國家之寄其事業必不止此惜乎秊老而終耳彼立傳者淺略乃謂

先生博通一詩至擬諸卓魯而止豈足以知先生哉嗟乎我邑人感先生教澤寶深今已合情申請得俎豆於學宮享祀勿替庶足少報先生於萬一云銘曰泰山巃嵸楚水溶溶先生之政教山水乎何窮

松圖亭記

黎淳

宋臨川有上幕鎮即金谿縣治也淳化間改鎮為縣當時學在縣南明谷里地雖有靈幽草顯焉其後遷繡谷之陽因晁氏九經堂故址而為學與縣治實相表裏然後環水峙山高廣明麗扶輿清淑之氣得鍾於人矣數百年來魁傑膚敏之士發軔於茲以效用天下若宋三陸三曾元劉傑曾堅危素三學士我朝大魁吳伯宗學士王時彥編修徐時庸代有顯宦焉編修暨廷評王稽二君同領景泰庚午鄉薦自其後歷癸酉丙子己卯三科之士居者患之然稽訪學業人猶舊人覽觀地靈多以幾鈹識者於此寗不考厥所由而為之一憾哉於是有庠生王立宇

行乃倡諸俊彥圖維伦新首墾後苑樹木數百本助益靈秀而密邇庠西有地若干前王文安公時彥季子端恆產也庠西卑隘則形勝不備立等踵門求之端即慨然允從遂請於縣尹徐綺繚以周垣百夫丕伦立督董之仍即其間植松萬株為關廷障衞數年皆成望之鬱然而深秀即之邃爾其清幽下凝土脈上涵天光而中適人情由是宮牆自高殿陛自嚴風俗自完美立之功於斯大矣復請於教諭劉景正更新神像縣尹王欽如制樹門以全成終之美天順壬午江西鄉試果四人雋選明年八人應詔上春官果皆中試來者奮發於先有光焉立南還遂述其事請予記之夫卜瀍卜澗書記休命相其陰陽詩人歌之

古之君子未嘗不以趨吉爲務也而況育才養士妥吾夫子神靈之地可使廢闕乎斯圖也非立倡率則美事莫興非椅推遜則嘉謀莫就倡率者義之有爲也推遜者禮之能讓也禮義人之大閑而二君有之非賢而能此哉雖然天下之事皆有本而不可專徇末也所謂挨本者講學以明善則器益宏修德以誠身則質益美斯二者又爲諸生發達根源所在而山川靈秀特其輔翼者耳人材之盛固當推數而卜之氣然豈可不據理而盡其事功哉後之君子游歌斯圖鍾其靈秀益講學修德則又豈不攀陸曾諸公逸駕久而彌盛哉立之行予既贍以修德講學二者因其請記重書以告後人覽者勖之

新甯包砌城垣記　黎淯

新甯爲古夫彝地路當楚粵之衝至宋紹興平峒蠻之亂始即金城村爲縣治元燬於兵國朝洪武初復之正統已巳峒蠻楊文伯復亂總戎左都督李公平之而地榛蕪矣辛未知縣唐榮奏言舊無關隘難守縣西南二里許沙洲原內有松關東連花渡南指金峯西接崑山北據谿洞堪移縣治上敕都指揮使范禎等勘實從之築立土城民賴安集至是奉都憲公之命官給白金三百五十兩令守備都指揮同知劉斌千戶陳綱署縣事邵陽主簿汪玉輦運堅珉重加裹砌官僚協心兵民戮力匠竭智巧材選貞良高者夷之卑者增之疏者實之闕者補之歷兩

月餘向之土垣今變石墉矣夫新甯蠻叛時都察院右僉都御史繁昌吳公以成化庚寅承制巡撫湖廣是季秋出靖南邊宣布威德徧召蠻酋與立信誓俾遵化理惟公諳練夷情區處有術豫檄有司豐具燕犒蠻酋先至者醉飽倍常且加賜賚其或恃險稔惡稽命後來則縛而杖之於是椎髻卉衣凡數百人仰瞻繡斧戰慄悚懼歡喜舞蹈受教而去蓋前此來者率棄其地於荒服不省開有至焉又且憚瘴厲畏險惡茲焉風行草偃威信翕布於南蠻僅此一舉耳公又重修金城百雉爲國遠圖及嚴飭州縣凡舊有城池者今皆增陴峻隍包以堅石夫新甯實寶屬之襟喉也新甯已備則武岡寶慶可保無虞其利後世不

亦遠哉既完知縣辛存適來視事率勵卒徒嚴明鍾鼓守備益固先是帥闔以成間於太守謝公間於分巡郁公二公以聞於都憲公咸謂當有記垂後於是知縣馳書奓价來以記請昔周盛時出車彭彭城彼朔方南仲所以襄玁狁之難申畫郊圻慎固封守畢公所以綏東土之功古之大臣遠猷定國皆如此而況密邇蠻苗之地之尤切者乎惟都憲公為治知其要知要則可以御煩惟文武官僚事上盡其公盡公則可以行法是皆可書之為後人矜式者而重門擊柝暴客弗來凡官屬得安於政士友得安於學兵民商賈得安於業可不知所感勸而益勤於為善歟然則自今凡建戎幕出琴堂有政事於茲者尚當崇仁以厚城之基立義以固城之幹隆禮以謹城之扃鑰明智以通城之門路俾與王化同為無窮斯誠都憲公所以望於官屬之意也亦聖天子建官命將錫福斯民之意也率相與勗焉是為記

石龍山仙鵝寺重修記　程萬里

余薌容居岳陽西北襟大江濱洞庭地土寬廣山川壯麗物產人才之盛侈於他邑一邑之內名山古蹟尤多殊可追賞晉紳縉士大夫每乘時登眺盡興而歸余久仕宦途未獲一游恒以為歉丁酉冬蒙恩放歸田里適粉署鄧朝儀公亦在閒庚子春約期同行徧歷諸山用酬宿懷維時天氣融和萬物發生風晴日暖舉目可觀襟度豁如也以往古神仙蹤蹟言之則寶慈觀當在首稱以目前浮屠戒行評之則仙鵝當為第一禪林也不曰山不在高有仙則名水不在深有龍則靈乎仙鵝東去縣治六七十里在石龍山下傳聞舊有潛龍藏修山中一日雷電轟烈破石騰空而去至今石上鱗甲見存此亦奇事將入山過一小石橋流水潺湲可愛蓋自石龍口出也行二三里許逢寺地僻人稀水繞山環青松翠柏茂林修竹烟霧藹如恍然若非人世既即寺山僧數人驚趨見之延坐款茶質樸貌古恂恂雅飭有問則對渾乎羲皇上人詢其養生居處日惟采蔌茹蔬素齋備塵紛不起叩其所以一老僧名祖宏者進而告云本寺始於大宋紹興二年師祖怡公悅剏立號眞如其山上有井井水甘澤四時不竭每歲中秋仙鵝羣集旋繞飛鳴數日而去後遭

兵燹寺宇焚毁徒存基址宏治甲申歲觀音長老紹陵者因感仙鵝之異重建寺宇於舊址遂以仙鵝名之其遷一也秊遠業隳僧眾零替越數十秊住持宗能者惑乎時人風水之論謀建於福壽橋畔其遷二也至我國朝宣德戊申歲五代進持祖進號無拘任本縣僧會厭橋畔往來塵煩非所宜處翻然辭職歸山謀之於師伯繼珍繼淵暨師弟祖適祖宏輩再遷於今址愬切檀那宏展法門此其遷三也景泰丙子江右善士龍志和周惟源捐財改造大雄寶殿仍塑金身與凡殿堂樓閣之宏敞廊廡內外之齊備蓋有自目顧留一言以記之噫一寺之興廢尚本乎得人況於爲家爲國者乎觀今日本寺之興隆又本於祖

宏也祖宏常膺僧會薦固辭弗就退處山中恪守清規其高於時僧遠矣是宜感化鄉人各發善心而其成此道場使爲弟子若姪輩者皆能明心養性以求無忝所生所學則夫教門之光顯鬱鬱繩繩容有既乎祖宏之爲人戒行備見於今天官亞卿狀元黎先生之雄文矣余不復贅特因述告本寺興廢始末記其歲月云是爲記大明成化十六秊庚子月日識

壽藏記

劉大夏

予家自宋都統制府君由東平來居華容終元之世無仕者至國朝先考松巖府君爲瑞昌令生予於官舍時正統元秊丙辰十二月二十五日也六秊先考進御史先妣嚴恭人攜予來京師楊文定公見之而名之曰大夏遂許配以其姑之曾孫呂氏後呂卒繼以大理少卿傅公之孫景泰初先考出爲廣西按察副使與參政泰和曾翬友善曾公因教予讀尙書習舉子業既還華容從黎文僖公學補邑庠生領天順己卯鄉薦赴禮闈脫癸未風火之變登彭教榜進士與今西涯李學士輩十八人俱改翰林庶吉士讀中秘書成化元秊授兵部職方主事陞車駕

郎中再改職方十九秊冬陞福建右參政奉敕巡視海道宏治二秊春陞廣西右布政使時廣西田州泗城不靖兵部以予名擬奏承命往撫諭之及歸廣東後山寇復作有事於軍旅蓋二役幾歷七月而後竣事五秊轉浙江左布政使事六秊黃河北徙朝廷慮妨運道改陞都察院右副都御史令往治之未幾河決張秋鎮勢悍未可遏惟疏上流以分水力築長隄以捍橫波又明秊朝廷復遣內外臣共疏塞之邇河流循軌功始克告成八秊蒙召還視本院事轉左副都御史又改戶部右侍郎轉左侍郎念病且拙恐誤國計兩上疏自陳不允復起就職滿考獲給誥加贈先祖考皆如今官祖妣周孺人及先妣及呂傅二室

皆爲淑人十秊虜寇大同宣府朝廷議出師禦之命以本官兼左僉都御史往總兵餉明秊春虜款塞遂召還京逾六月病復作三上疏乞歸里聖天子憐而從之將歸作壽藏於東山之陽以待終焉烏乎予嘗見士大夫家子弟愛其父兄者俟其身後必求名儒大筆鋪張其行業以志於其墓作國史者亦或憑而采之予無似承祖宗世澤竊科甲官祿前後四十秊在家在邦無一事可述以傳者萬一後人私其所親謬言以誤名筆縱可欺人獨不自愧於地下也耶用是自述平生履歷而勒諸石歸付兒祖生等藏之以俟他日其詞雖俚其事則核庶予之心安焉三代之詳則特刻於後不敢溷書者懼褻也宏治十一秊戊午秋九月二十一日書於都城寓舍

附　劉忠宣公壽藏後記

宏治戊午秋東山劉公自述壽藏記成西涯李閣老見之戲云天下皆如公翰林文章無用矣公曰先生輩文章宜紀有大功德者予非其人敢以相累哉公爲戶部侍郎章三上乞致仕吏部依奏覆入奉孝宗特旨令馳驛歸養病痊起用廷舉寄公詩此去絲綸非待老將來歲月豈終閒蓋指此也公歸足蹟不出里門入官所得俸貲每賙族人之貧匱者庚申秋進右副都御史總督兩廣軍務兼巡撫初欲以老辭而敕使臨門卽挈二僮以行道衡永上桂林十月抵蒼梧開府辛酉春巡行廣東兩廣人士聞公來如饑兒之得乳母也旌賢才斥貪穢裁冗費更役法上下不便者一切正之廣人駸駸樂生矣是歲冬遷兵部尚書予因問公出處公曰吾老矣勉強造朝焉能有爲予進曰古人疑事必占請以筮決之公曰可明日予以蓍揲之得泰卦之九二其爵象告公曰包荒用馮河不遐遺可能也朋亡不可能也壬戌正月發蒼梧至韶州病作取道郴陽回華容具本辭孝宗優詔荅之且遣人促行五月到京於本兵外知無不言言無不聽國有大政大疑每召公至內殿面與參決所議事雖左右貴近元勳輔相有不與聞者公亦不以告人斯君臣魚水萬世一時也玉帶蟒

衣元寶之賜迥出諸大臣之上甲子春賜誥命有廊廟英姿湖湘閒氣之褒貤贈祖禰皆如公官二代妣與其二配皆夫人乙丑五月孝宗賓天是秊冬丙寅春公三上章辭老今天子優詔勉留三月章四上其詞懇切乃從之進太子太保賜敕及驛還鄉月給祿米四石歲給輿夫六名蓋異數也先是公在兵部議革騰驤四衞勇士議節光祿寺無名供饋歲省宮府數百萬近幸者滋不悅正德丁卯激怒於今上將及禍太監甯瑾知重公者叩首諫曰此先帝意非劉大夏建白遂免時逆瑾用事日誅求臣僚而大臣中有欲中害公者倡言云鈔劄劉司馬家可得金數萬瑾因潘尚書蕃毛總兵銳獄

詞連公姓名戊辰瑾矯制差錦衣衛官校逮公千戶羅至廉知公貧雖以酒器爲賄彼堅卻不受也八月至京繫北鎮撫獄同繫者教公行賂爲求生計公曰如此而死惟累一身稱貸免死則累一生且累子孫矣瑾怒欲寘之辟會官議於朝堂屠左都滽曰檢律劉尙書無死罪瑾曰充軍罪亦無邪法司比附守禦官撫馭無方致所部軍人反畔律充軍十月遣戍肅州當時士大夫以公生獄爲喜也買驢雇車挾二僮以行故人贈送謝絕不受發都城日觀者如堵所在罷市父老涕泣士女攜筐榼進果食亦有焚香密禱曰願公生還者已巳四月到配所卽買地爲墓佀終焉計人問公曰何不挈親

子姓以行公曰吾仕宦日不能爲子孫乞得一官今充軍老願令子孫補伍豈人情所安也庚午夏京師風霾蔽天甯夏寘鐇叛亂肆赦天下公得釋歸八月逆瑾誅朝廷復公原官致仕居鄉值歲祲公鬻玉帶買穀濟之公家東山自仕而老不住城市正德乙亥羣盜入其室家人擁公倉皇出臥於畬北松陰良久歸而病佀諸子固請移居縣市新宅以避再來公乃許之蓋新宅公仲子祖修所刱建也居一季丙子五月二十九日以病終於正寢呂傳二夫人長子祖生先公數季卒次祖修嗣孫如愚等奉治命不請祭葬湖廣巡撫秦公金巡按張君文翰章言於上賜諡忠宣遣官諭祭九壇以一品官禮造葬焉子孫以是季十二月二十六日安厝公於壽藏戊寅秋予來祭公墓祖修以公故爲壽藏記缺庚申以後事使續筆廷皐受公教久知公深遂忘其淺陋書之中無一語溢美亦遵公志也正德十三季戊寅冬十二月朔嘉議大夫都察院右副都御史奉敕總理湖廣賑濟門下士吳廷皐獻臣甫拜譔

案吳公官至南京工部尙書隆慶中追諡清惠其先嘉魚人祖戍梧州遂占籍焉嘗以忠宣薦擢廣東僉事事見明史本傳汝懷附記

鹿角山菴記

劉大夏

彎容自石龍山迤邐而北十餘里有山曰鹿角予未第時嘗過其下望其上有兩峯如髻心竊慕之意其間必有可隱之地恨未獲一登臨而去已歷仕途五十餘年每遇懷鄉思歸之際未嘗不往來於懷正德間羣姦既去予年自肅州生還鄉有號楊齋公者平生鰥居寡欲人頗愛之一日謁予於東山草堂問其所止乃云同二僧結茅菴於鹿角種蔬栽芋以圖衣食將終身焉其言觸予昔時夙興因詰其山之詳告余曰山上有二峯對峙中有平地數武疑昔人隱居遺址遂約二僧結茅菴於其間山後有湖包其三面湖外則羣山聳秀環於東南長江如帶遶於西北每遇天色晴霽山水明麗之時縱目一顧恍然與塵世別此山之景致也余聞之感而歎曰人生多慾則勞寡慾則逸予雖性僻愛山而牽於功名之欲故百年之間奔走四方南越衡嶽歷五嶺北極雲中登恆山而壯時理馬政修漕河三登泰岱之巓晚年西謫又過六盤度秦嶺直抵醴泉望玉門關而還蚤年愛一鹿角山竟爲楊氏子與二僧所擅多欲之累一至於此況敢妄希古人而望聖賢門戶邪今老矣不能登山以償山靈之夙契姑舉其始末令楊氏子歸揭於菴之壁用謝其山靈云耳

茶陵望德祠記

劉大夏

望德祠者祠贈少傅憩庵李先生者也先生本長沙茶陵望族自其祖以尺籍來居京師累世不能歸成化壬辰先生之子今少傅公賓之爲翰林編修賜告省墓時先生已荷封命實奉以行族人無少長皆來會鄉弟子自百里外裹糧而至者無虛日後先生再封爲侍講學士年七十而終葬於都城之西十餘年而族人思之愈久而不能忘諸子天富輩集私財搆屋一區於州城之隙爲堂以祀之凡族之有事於州者必祭焉前知州董君豫聞之曰此有司者之責也乃命工以相其役未成而遽去知府李君綱同知董君璠後知州林君廷玉建綽楔於門名之曰望德謂其以德望也李君以覲事至謂予爲少傅公同年友請爲記按察副使金君獻民爲立石焉今先生累贈至光祿大夫柱國少傅兼太子太傅戶部尚書謹身殿大學士於是凡五命矣予獲接先生厚且久不徒思之抑於是重有感焉夫古有望國有望族其所謂望固以世系之遠名爵之貴然非德焉則莫之重也李氏裔出西平遠不可考茶陵之始祖在宋爲州同知慶遠有惠於民因留居之在元爲翰林應奉雲陽先生祁以文章節義著固一鄉之望也入國朝百有餘年未有顯者先生之祖文祥府君父福永府君皆積德累善晦蹟都邑稱世族者必以南望北曰雲陽李氏先生孝友直諒與物無競積學工書

翰一試弗售卽斂不干進授徒之暇惟以敎子爲事及少傅公得位行志其所樹立施措天下葢皆知之有不俟於予言者竟以顯其親上逮三世二府君皆獲贈命於是以北望於南人知先生之以子望不知其子之望於天下者以父敎也宅有表鄉有社徵之於古葢亦有之而況子孫族姓之於其子若父哉茶陵有鄉賢祠雲陽實預在列先生遠涉而暫歸繼美而接祀凡爲李氏後者必思所以勿替之可也

游西山記

李東陽

西山自太行聯亙起伏數百里東入於海而都城中受其朝靈秀之所會屹爲層峯匯爲西湖湖方十餘里有山址其涯曰甕山其寺曰圓靜寺左田右湖近山之境於是始勝又三里爲功德寺洪波衍其東幽林出其南路盡叢薄始逵於野乃有玉泉出於山噴薄轉激瀦爲谿池池上有亭宣廟巡幸所駐蹕處也又一里爲磐巖寺有洞三其南爲呂公洞一竅深黑投之石有水聲數步不可下竟莫有窮之者又二十里爲香山樓宇臺殿與石高下其絕頂勝甕山其泉勝玉泉又二十里爲平波寺俗所謂大小青龍居之迴絕孤僻其勝始極而山之大觀備矣成

化庚寅四月之望刑部郞中陸君孟昭與客十人游之晨至於功德寺有寇生者亦載酒從勸客數行僧食客蔬食已復上馬南至於玉泉求觴斝不得又不可掬飲相顧爽然良久方別道取餚者且栖還飮之又南至於磐巖有俗客數輩不顧徑去又西南至於香山坐而樂之曰美哉山乎而不得在西湖之旁造物者亦有遺技乎或曰其將靳於是或曰物固然爾造物何容心哉因相與大笑望平坡遠弗至乃循故道歸過甕山登之孟昭復大饗客飯僕餵馬日昃乃返進士奚元啟預號於衆曰至一所須一詩成不者且有罰罰依桃李園故事然竟無罰者孟昭曰維西山實勝都邑不可闕好事者之蹟然官有守士有習

不得巖撳窟到於旬月之頃取適而止無留心於茲蓋有合於弛張之義者不可以不記乃起指客請授簡於執筆者

南巡圖記

李東陽

吾湖南天下巨藩北接河南北東爲南畿東連江西東南爲廣東西抵四川西南爲貴州而西北爲陝西疆境所接半天下地方數千里其間名山大澤如衡嶽武當洞庭雲夢爲形勝之會其上則奇峯峻嶺迴灘激瀨人蹟不能及下則連山洪濤千疊百折其勢若排雲而降遠則平原沃壤蔓延映帶浤然不絕蓋天下之奇觀備矣夫自有山川以來炎黃舜禹之蹟殆無容議他如屈原之忠義龐德公之隱逸羊叔子之惠愛周公瑾陶士行之功烈周濂溪張南軒之道學李太白柳子厚蘇子瞻之詞賦遺宮故治荒臺斷址之所在高可仰深可遡清可挹喜可以

慕而悲可以歎者皆於是乎見焉君子之至於是以廣見聞恢積蓄宣達情抱無乎不可而況握符建節有民人社稷之寄得以施號令樹勳業於其間哉華亭侯公公矩自刑部員外郎出僉湖廣憲事郎中過君太璞奚君時亨壯公茲行摭景之尤勝者繪爲圖釐爲數十題與諸名能詩者賦詩爲贈謂予湖人請記圖左予家湖之東陬而生於京師蓋嘗歷黃州觀武昌望漢陽經岳州以至長沙吾藩之勝已略具於胸中矣感時懷古或有所見而不得與高人奇士傾寫萬一今公往矣其亦有感於茲乎抑古之論巡行者聽謠頌以審其哀樂納市賈以觀其好惡訊簿書以考其爭訟覽車服以等其奢儉省作業以察其趨

舍以公之賢咨諏措置以周我邦邑必有其道聲蹟所及豈徒動山嶽而揚波濤也若遠游之文登高之賦皆公餘事乃求之游觀玩樂之閒亦奚取乎茲圖也哉

重建嶽麓書院記

李東陽

東陽昝省墓長沙嘗渡湘江登嶽麓訪宋人所謂書院者得斷碑遺阯於榛莽閒慨晦翁南軒兩先生之餘風遺澤未有以復也顧有寺存焉且越二十餘季通判陳君捐俸治材爲中門爲左右廡甃石數級上爲講堂又上爲崇道祠以祀兩先生復名之曰嶽麓書院構亭其巔名之曰極高明又買田若干畝以成陳志比王君來知府事帥寮屬師生行舍菜禮諸所未及如開道路備器用廣房舍儲置經史延師領教皆次第舉行而同知某佐其事蓋茲院自宋初郡守朱洞始建眞宗時李允則請藏書國子監簿周式教授其閒乃請賜額遂與應天白鹿石鼓竝稱爲四大書院及南渡燬於兵安撫劉公珙復建孝宗時兩先生實會講焉光宗時晦翁爲安撫更建於茲地學者多至千人田至五十頃廟舍至百餘閒今殿故在遺址廢田爲僧卒勢家所據歷三百餘季而茲院始復其舊於是王君遣使屬記於予亦陳君所嘗請者也惟古者學校徧天下其教與學者皆聖賢之道故能以一德同俗及世衰政弛道晦不明上擇官以教下擇師以學竊什一之力而後得世之少治而多亂矣惑哉今學有恆制師有定員第玩常愒久不能無望乎什一之外如書院者故士或起於鄉塾則於此爲培養之地或籍於郡學則藉游息以廣見聞使斯道之在天下體用一源顯微無閒者隨厥竅

達皆可爲成己成物之用乃可以言學不然雖學於此猶學於彼無益也且南軒得衡山胡氏言仁之旨觀所爲書院記亦惓惓以是爲辭晦翁之學固有大於彼然亦資而有之後之學者曾不逮其萬一而不百倍其功惡可哉由南軒以企晦翁又等而上之以希所謂古之人者庶幾爲茲院重以爲山川之光若其程格條緒則存乎教與學吾於吾大夫士望之矣

重修尼山宣聖廟記

李東陽

尼山在今兖州之鄒縣去曲阜闕里宣聖廟六十餘里峙爲五峯其中峯則宣聖所取以爲字與名者也五代周顯德間魯守趙某始建聖廟宋慶歷間文宣公宗願修而復廢元至順間衍聖公思晦請復之後至元間乃建廟置書院季世兵燹無復存者國朝永樂戊戌衍聖公彥縉以私財修之歲久皆壞宏治已未今衍聖公宏泰復議修之巡撫右副都御史何公鑑曰此有司之事吾徒之責也乃以屬知府龔君宏會財庀工規畫綜治旣精旣密廟大成殿爲間五爲寢殿亦如之增啟聖王後殿修泗水侯沂國公及毓聖侯諸殿又增書院爲後堂及左右廡其爲間各若干以及庖庫井亭之類無弗備凡爲殿與院各爲門垣以相限別而爲大門以通出入總名之曰尼山宣聖廟者從其重也竊惟天地之氣絪緼變化爲人爲物天主生地主成時運歲月屬乎天山川土壤麗乎地時與地各異而所以爲人物者不同人得氣之靈聖人又得其最靈者故於時與地皆不可以常得由堯舜至於湯由湯至於文王皆五百有餘歲而後一見又自文王至於宣聖亦然夫以二帝三王間世迭出道之廢也旋相爲興及周以後天將憫盛治之不復見也宣聖之生於此固宜吾宣聖者雖不得位然修道立教以貽萬世乃古帝王之所不及是固元氣蘊結之深且久亦獨非鍾萃孕育之厚有

以致之然乎魯以周公所封遺風善教爲諸國望其山之大者爲岱宗尼山岱宗之支而秀者也宣聖之出於此亦宜然則顏氏之禱載諸史傳徵諸名字益亦有之而非待此而生也宣聖之道徧天下及後世故凡衣被光澤者皆祀而報之上自朝廷下至州縣著爲恒典而闕里林廟則以嗣衍聖公主其事尼山之廟以二月爲生辰九月爲忌日一歲再祭而山之神亦附祭焉夫魂氣之飛揚固非體魄歸復之比然因生遡原報本反始之舉有之而不敢廢茲廟之制誠不可以或弛也爲孔氏後者覩聖人之音容而不可得則求之廟庭廟庭而不得則求之林墓林墓而不得則又於茲山茲廟求之仰止景行念爾聿修之

意可以油然而生矣聖澤所庇不愈遠而無窮哉況天下之學者仕者或游或遇之此而求焉其爲益不亦大且博哉若謂聖人之道無所不有聖人之神亦無所不在有不專乎此者則論其理之凡而非所以論祭之義也東陽之女實歸於今公之從子聞韶故公以廟事屬爲記以告於來世謹記

楚觀樓記　李東陽

武昌譙樓在楚王府後布政司前數十武黃鵠山之上宋元以來故址尚在負陰面陽得地之勝國朝洪武初既建以藩議弗協未久而廢歷百餘年莫有復者宏治己未布政使徐公源朱公瓚謂鐘鼓無節則無以警衆出令乃請於今王國復其舊規制甚偉及徐公擢去今布政韓公鎬踵而成之撫按諸君實主其議知府某君某以下董其役會工命徒不亟不徐越三年辛酉某月而畢鼖鼓既設厥聲孔揚晨昏蚤暮之候出入作息之節若令於一人會於一庭凭欄而眺南則武昌諸山左右環列藩府雄峙廛闤分布北則大江西來泆野長衺殿庭宮宇隱約

於遙空遠漢間韓公乃名其樓曰楚觀落成而燕客有在坐舉觴而問曰樓之作凡爲鼓設也軍法以金鼓爲耳旌旗爲目彼鐘與鼓者皆耳之事也而以觀名無乃弗類乎公曰古之樓以譙名者取嶕嶢之義以其高也後乃寘鐘鼓以爲警備然其爲制則非特尚耳而目之義存焉蓋耳目之所在必有虛空洞徹四達不蔽而後能發使凡卑汙湫隘之區阨塞掩蔽之處雖鼙鼞鏜鞳日相尋而不絕其有聞焉者寡矣唐虞所謂明目達聰二者蓋不可以偏廢故自漢京置鼓於樓以備警盜齊之李崇宋之張希顏皆以善政載在國史唐之李磎聿慶復爲樓著記詞揚文苑亦侈言之逮今後世自京師以達於天下未有能廢

焉者也且鼓之爲器本樂之類也顧名同而用異用之樓者非直以節出入閑內外所以號令政事皆出於此乎助斯樓也固政之不可闕者乎今夫連山大川曠野空谷禽魚草樹風雲月露百凡之形狀不出几席而得之目睫固荆楚之大觀也督之發於此者必能超塵壒而出烟霄凡有目者皆得之以爲提撕振厲之地葢一舉而二義關焉若任目而棄目非吾輩之所爲計也客乃頷之而去退而詢諸湖人皆稱韓公爲政勤外精內博觀而廣聽葢欲振一方之治以紓九重南顧之憂因指斯樓而謂曰此其一事也客上京師謂予亦湖人則以告予予舊與韓公同朝方喜其爲父兄宗族之福因憶曩時經過而未有見

者壯公所爲記所由始寓而歸之俾近者刻之堅珉寘之樓以告後來若布政按察諸公皆能贊相先後以成嘉績而撫按之風裁並於是徵焉若府縣羣屬有事於斯役者彙而書之碑後

長沙府學尊經閣記　李東陽

金壇錢公自給事中擢守吾長沙數季政修而人悅乃作尊經閣於府學明倫堂之後其制宏邃壯麗廣槩而疏節牖檻相銜甍楹交輝巨嶽當其前長江瀉其旁登此閣而吾郡之形勝可坐而見也吾郡故藏書皆燬於火公置書數千卷其中國朝所頒定者爲六經次之子史又次之百家居茲閣而天下之圖籍可坐而盡也成化壬辰予歸自長沙實與教授梁君恒及諸生登之相與竊歎錢君之功越翼日梁君率其諸生詣予館請曰惟茲閣不可無述今建且二季而石未立此固有待敢以請予曰諾乃諗於衆曰觀治者必觀其所尚而治效從之秦任刑法

國用亾漢習法律其政雜伯兩晉尚黃老卒頹以敗梁武氏好佛氏餓而夘唐工詞賦而士寡實行宋雖富儒術而未能用其治亦不古若惟我朝敦德崇禮以經治天下於茲百季治化休著風俗醇美視今較昔其效甚明豈惟有國家以至於郡縣皆然錢公之治巍乎其知所尚矣今季祠賈誼明季祠李芾又明季祠長沙諸賢修先師廟庭以及儒學茲閣之成葢多於前功於是時政事閒暇教化隆美居師儒招俊髦或瞻以登或息以游講習之暇葢必有感乎其中者矣是故南瞻廟堂之尊思先賢之遺訓若嚴師在前惴焉而不敢肆西望嶽麓之高慨考亭故址懷高山之仰悚焉若有所不及北拱宮闕懷江湖之幽思

仰荅聖天子作養教育之盛意而東望府治則思我公之功無負以能有成功無愧於天下後世則茲閣也豈勸游樂爲觀美而已尤與吾郡之善士共直之衆皆曰諾遂相與刻石於閣中

桂枝嶺塔記

李東陽

湖廣有兩桂陽其屬衡者爲州屬郴者爲縣陽縣去京師不下八千里在羣山之間其嶺最鉅其名最著者三曰大官曰君子曰桂枝桂枝嶺在縣西南境嶺上舊有塔其東南又有嶺曰馬坎崎爲三峯曰西塔影正對其上如筆架之狀不知爲何代人所建歲久堙廢無可攷徵而鄉父老咸能指示其故處以爲縣中諸景所會益奇觀也成化己丑桂陽人朱倘仁輩游於桂嶺之上尋故塔所在得其遺址尚存宛然可識歎曰茲可復也歸而謀諸縣吏及諸鄉士共圖之凡爲費若干其爲高七尋爲廣一丈二尺爲級七重以辛卯季六月十五日成倘仁率衆載酒

登之則見其連山距溪豐草茂木前者擁後者從旁周而中絡一縣之境可坐而見也於是復相顧而歎曰吾徒生長乎此出作入息村行里至不知山川之爲勝也夫茲塔據奇而積富簡居而博應可以宣達鬱積洞開心神息焉游焉君子之所不可廢者雖然其始建也亦豈不侈然大觀哉曾幾何時而其魁傑磊落者已淪蕩於鋤鏟烽燹之餘其僅存者不過爲塵沙爲瓦礫及其至也則雖天造地設左環而右拱者與時俱化窪者或演而爲陵崒者或湮而爲谷矣而況於此乎今吾徒遭世承平居有暇日食有餘力以及斯役亦以驗物極而返人事之不常也乎顧瞻父母之邦拱指天子之都飛揚感慨益有不可已者

吾徒豈不能久處此也。是時聞者慨然壯之。是歲尙仁來京師以告於予。請爲記。予未有暇也。及觀於湖湘。南距桂陽不數百里而葺之至。既還京師。尙仁亦舉進士以歸。其族兄進士中孚。復來求速成之。故爲記其始末如此。桂陽舊多科宦。說者以爲山川所鍾。而謂此塔景爲文筆。晦而復著。予故以爲存乎其人。若朱氏故名德裔也。因併書之以告之後人。

鄧壽椿龜鶴軒記

李東陽

桂陽朱君尙仁爲予談龜鶴石之異。曰縣南之壽江有二石狀類龜鶴。龜石延頸而右。鶴石曳尾而東。鶴石稍高昂首舒翼。以上皆出水趺甲毛羽。皆具若刻劃傅而成者。相與游汎乎江中。攝衣而登其上可容十數人。湙而撲之皆中空。下洩水入其腹者過半。信湖南一異也。而鄧氏之居適當其旁。鄧氏之先平樂敎授立仁築軒數楹。名之曰龜鶴軒。學士解先生嘗爲記。敎授之孫知南溪縣壽椿。尙仁之妻之兄也。因尙仁以請於予。歎夫天地之氣鑿分而類別。固物物相異也。於異之中又或有相似者。人則從而異之。機緘之妙。葺可得而窮也。夫石天地間一物耳。土壤之所凝。漚沫之所聚。初豈有知覺運動哉。及其異也。無所不似。龜與鶴物之靈者也。而似之。是其爲物也尤異。然則其人之異之也奚惑哉。世之好奇慕異者。必躋川渠。開絕險阻。而後致。君子以爲貪。殫智極慮以遺子孫。君子以爲惑。鄧氏之居當天作地成之勝。承父傳子紹之業。變之不爲貪。守之不爲惑。繼是以往。雖百世可也。物之壽者葺如龜與鶴之壽。鮮有過焉者也。江以壽名。地以靈著。其將有徵乎。徵必自鄧氏始。謂其近也。昔牛丞相雒陽之石。如虬如鳳。或跧或伏。柳刺史永州之石如虎豹之首。有口鼻眼肤。皆有文章。以傳於世。予嘗讀而疑之。曰夫石惡能然。徒以文異。故傳之耳。及聞尙仁言。乃知天地

果有奇物不能不有所託以自著柰之何予之文昔能奇也姑爲之記使傳乎鄧氏之家乘

山行記

李東陽

宏治癸亥冬十月予有事於申邸之園園在都城西五十里爲山之麓丙申朏晨出郭沿官河北隄竝西湖至甕山圓靜寺憶昔所登臨菴者停肩輿緣石磴而上則有平甃新構屋前後櫛比層波遠樹平田曠野已不復見慨然感之乃遽去轉湖西入功德寺寺蓋宣德間所建甚宏敞後殿尤極精麗殿柱及藏經筒皆錐金錐金者布鈍金於地髹縩其上以錐畫之爲人物花鳥狀若繪畫然又有刻絲觀音一軸懸於梁際刻絲以絲刻爲畫非繡非織別爲一法殿後有毘盧閣閣兩簷八角高七八丈而已時予壻衍聖公孔聞韶知德聞予茲行乃與偕南至玉泉

亭宣廟所駐蹕處泉寒不可飲勺而漱之又至華嚴寺寺有洞五其下洞鑿爲方室深可二三丈東壁有元耶律楚材詩刻尚存緣厓上數折徑僅容足約半里許至絕頂乃昔與楊都憲應甯所登有一僧結草爲衣出洞指客其西壁有予所題詩已爲人滌去予笑曰予詩固非紗籠中物也因憶予嘗數游實不知有上洞吾子兆先時爲童子從予游復自上趨下云叜有佳處自是始知之而今不可作默然自傷者久之諸君不識也旋降至下洞欲往香山日已昃知德輩還宿功德予獨嚮西南可十五里歷重岡入杏子口至普應寺宿焉丁酉擬登平坡山雨不絕僕隸皆畏葸不敢進予沒策徑往出門而霽乘輿入雲霧左右

顧澗水深不可測數折始及寺寺乃元故剎宣德閒修之故名元通斬石爲址凡爲殿五層最上有小殿極峻險前俯亘壑無涯際僧言每日霽則見都城九門三殿皆隱隱可識眞一方之奇觀予咎所未到幾爲羣議所尼爲之一快寺距申園不數里日復昃不可歸乃循翠微山而北求所謂焚火山者再失道抵暮始至則知德輩已在若相返然因共宿永安寺來青軒軒居山半俯瞰巖樹色青黃相雜僧曰山中授衣候惟視此耳戊戌徧觀寺宇中鑿石爲磴數十級級僅容趾勢甚峻予意嘗徑陟下且半進退不可幾若韓昌黎華山絕歷狀乃巡廊而上見其殿閣崇麗與平坡竝峙出自北門緣厓二里許至洪光寺地益

峻上有碑稱成化閒太監鄭同所建費銀七十萬兩因詢知香山爲正統閒太監范宏所建視此尤倍其費當益多然不可紀也降而東北十餘里由華嚴山後經諸公主園入金山口復過功德不入折而北西登妙應寺凭欄望湖水如圓靜舊址而空闊過之東北行二十餘里又北至靜虛觀登土山山可百步高四三丈有樹數百欽欽有聲髮盡豎不可久駐亟降至畏吾村墓舍少憩而還比抵家日又晡矣噫漢之五陵唐之曲江皆神州名勝地詞人墨客動侈言之西山爲本朝勝槩予實京產顧限於官守不得時至自備員臺閣以來如茲游者僅一見而已孤登獨眺固不若羣游眾樂之爲慊舞雩童冠非仕者所有事

信宿之際爲興已不齊則是行也誠不可以不紀詩五言十首彙錄於後共爲卷

重建福州府學孔子廟記

李東陽

本朝孔子廟徧天下然不特設設必於學蓋自國學以至於州縣皆然若隆替舉廢則存其人視其所爲政而葺有同者焉福州府學舊有廟在學宮之西洪武初改僧寺爲之制頗隘監察御史衞輝陳君玉來按其地旣廟謁帥師生環而瞻之曰是不可以不治乃謀於布按下府若縣發公帑聚財物命工役伐木鑿石冶鐵陶瓦卜而將事殿以閒計者增五之二廣以丈計者增十之二崇增六之一廡爲閒各有十一闢而廣之遷其所謂學舍者戟門欞星門崇廣皆有加易神廚於泮宮門之東其南爲書樓以貯舊籍別置鄉賢名宦祠於戟門之外以其地爲庫

貯俎豆金石諸器又壘甎爲垣覆以瓦墁以赤埴表裏鉅細秩豪非故物也於是廉陛高聳周阿嚴峻髹采煥發蔚爲偉觀凡用金以兩計爲二千八百工以日計爲二萬一千而時以月計者九自壬戌之七月至癸亥之四月朔之七日釋奠於先聖而告成焉敎諭某某輩曰是不可以不紀乃具書遣使以請於予夫孔子之道在人心無遠近古今之閒故自家國達於天下無所往而不可當其講道杏壇轍環天下從之者大抵多鄒魯之士也然天下之人苟暴不至陽虎惡不至桓魋未始不傾心焉蓋閱二千季之久五服九州之遠非獨官署所在法制所當爲凡有血氣有知覺具秉彝好德之心者皆然也顧其訓法在六經者或剽竊以爲文辭或憑藉以取功名而所謂道若判不相涉則雖廟庭以爲尊俎豆以爲富徒以爲具文觀美而止而亦何益哉且自科舉之法行士之用世者不能不假文辭以出然其所爲用者舍其道將奚以哉閩自秦漢以來未見史冊唐常袞爲觀察始用文學敎之乃有登名進士如歐陽詹之徒者嘗考詹之遺文與韓昌黎所爲敍述則詹固以文辭爲功名者而止爾及宋道學之說興若楊龜山李延平諸先生皆能推尊孔子之道至朱子而大發明之後之見於道學傳者甚衆至有海濱鄒魯之稱焉福古閩地爲今藩會每鄉薦多至數十人緜是掇倫魁躋華要者後先相望仁者之謂仁智者之謂智隨所見

而建功立業以是道用於天下者亦有矣聖天子師尊孔道治必由之闕里之廟聿新舊制天下固有徯志而從好者大藩首學適值其時是非興學宏化之幾乎陳君嚮道崇敎志圖任人暨藩臬之所規畫郡縣之所服役可謂善乎其職矣御史宗君懿命工立石因特書之而諸司百執事則備書於石後

東湖書屋記

李東陽

東湖書屋者，都察院右副都御史艾君德潤之所居也。湖在南昌城中，周袤十餘里，衆水所匯，下通於江。每春夏之交，天宇澄霽，鏡光無塵，一碧千頃，而或淸漣細浪，含風而浴日，乃有禽鳧下上，倒景交映，游萍蕩漾，植荷駢列，景象百出，雜然而前陳，撲之而不可窮。民居官舍，緇黃之所栖，隨所據有，各得其勝。而漢徐孺子亭屹於中流，巋然而獨存。德潤少在郡庠時，嘗擇亢爽之地，構屋數楹，儲書數千卷，種竹數百竿，啟扉而眺，則一湖之勝，舉目在睫，棹舫而行，則歷覽旁挹，無所往而不適，因取以名其居，且自號云。古之地以人勝，而人亦或藉地以名，其相顯晦

相輕重，不可以槩論。按郡志云：豫章東湖，猶錢塘西湖，皆一郡之勝也。西湖古未有名，自白樂天始表見於世，至蘇子瞻乃益顯。其在潁州者，亦以蘇及歐陽永叔而名。東湖蓋孺子所居之地，而不以名，張九齡、李紳輩始爲賦詠，亦未有獨擅其名者。向巨原構臨湖閣，非洪景盧爲之記，世鮮知之。然則其輕重顯晦託於文章者又如此。矧德潤之名，蓋以爲藏修游息之地，而未顯也。及登科踐省，歷卿寺以入憲臺，內掌武官銓籍，其天子差贍，外撫畿甸，會財賦之出納，茲方訓兵詰武，除寇孼於江海之際，夙夜勤厲，二十餘年，無暇乎所謂居與游者。顧其勳績所著，名必隨之，安知天下之人不指其名而稱之，如其所自號者乎。東湖之名，將自此顯矣。德潤之南巡也，以其事告予，請記書屋。其子壻周憲副季鳳以予禮部所舉士，故爲速予，請舉景盧故事，而予非其人，其爲輕重可知也。嘗聞李侍郎若虛居東湖，以名其堂，李與德潤同郡而異邑，謂其居近在湖側，若不以相遜者。予未暇深考，意古稱郡望，同姓以之，況號以地舉，不繫於公籍，寧有無嫌於同者。試因以諗之。若屠都憲元勳亦有是號，屠世居嘉興，其謂湖者，殆潁西之比也。天下之湖以東名者，倘止此乎？亦各顯其人而已矣。作艾氏東湖書屋記。

重恩堂記

李東陽

武進殷君重甫既以嚴州通守致政歸時已有台州貳守之命重甫雖不能復赴官而已進秩階當爲奉議大夫乃具五品服望闕謝今天子登極詔以理致仕者進階一級重甫不敢當而郡守縣令皆來致命於是其秩又增階當爲朝列大夫復具四品服望闕謝退而告諸家祠名其所居之堂曰重恩彰上賜也遷秩之恩朝廷所以最功績也未三考而沾不可謂之不蚤進階之恩朝廷所以奬恬退也既再命而預不可謂之不厚而重甫乃竝得之説者歸之虧盈消長之閒似也然亦有道焉重甫之在官也淸愼自律至以家食繼官餼惴惴乎惟人尤官謗是

懼其歸田持志遠利非公事禮際不及於郡縣之庭愈久而不自失焉滄浪有濯纓之理桃李有成蹊之勢雖欲强之有不得而强者今日之命非重甫之宜而誰宜乎抑重甫有弟一人子三人堂構之承繼田畝之疆畎先義官之公業方隆而未艾使其居官就職雖榮且貴然有民社之憂而無天倫之樂校其得失豈不大相遠哉吾於今日之事見之矣重甫之大母與吾之大母爲兄弟而重甫吾兄也湖南之行嘗過其舊宅獲拜其先公時斯堂尚未建忽忽三十六秊而吾秊已踰六十而重甫長三歲茲喜其宦成身退而名亦榮因記其事寓而書其堂之壁則正德丁卯閏正月八日也

羅氏興復磁龜舊業記

李東陽

翰林侍讀南城羅君景鳴既興復磁龜舊業乃自敍其事請記於予其曰磁龜者有石蹲於溪心若龜然其石磁石也在南城南八十里其地多重岡複嶺北阻芙蓉峯又北爲臨川西阸連珠峯又西爲宜黃南連軍都屬於南豐之境東則靈峯北迤中通一境徑以達於南城實四達之會也其產多穀閒出爲赭堊爲石脂雲母爲礦爲蜯或孕而爲珠故其民有以自食且能食四方之來往者唐宋以來戶至千四百屠肆至七十樓觀相望絃誦之聲不絕元季燬於兵灌莽蒙翳鬼嘯於木虎兕豺豕交於野過者憫然傷之國朝永樂閒吾祖畊隱府君始披荆棘立

門戶招集逋徒吾父封編修公諡勤安輯於是土著僑寓者販者游者源源相續而舊基遺蹟猶漫然莫之省也玘既有名籍大夫士道吾地者去郡邑甚遠案牘胥隸不可不爲之所於是爲館於衢之北曰駐驂其南曰寅賓堂室庖湢寢食之具供給之役若驛舍然寅賓之北百十武折而西爲御書樓樓之西二百武爲聚奎橋橋之上爲望遠樓樓之南爲坊於門翰林者吾先世之所居也登於斯樓則連珠諸峯之屬於芙蓉者舉目而盡下極蒼翠爲石嶺峽水東流其中舊鑿壁爲磴緣而爲徑又跨峽爲逍遙樓樓下爲門西出五里之委巷駐驂之西築土爲堂隍上爲迎暉樓當里之會其東爲解元坊坊左右爲鼎新復

古二亭又前爲市區區之外爲橋南折趾山而二百武登坂之上爲義倉爲圭峯書院又東二百武跨溪爲龍門橋橋之上爲屋十七楹中爲濟川樓又折而北二百武兩山復合於是爲迎恩亭亭之西逾於逍遙之東爲門六皆跨於溪爲樓五跨衢及橋者各二凡衢皆甃以甎石凡坊與樓皆塗以丹雘雖稍復其舊而實有舊所未備焉者旣又曰此吾祖若父之志也而玘也繼爲之玘也之子孫又繼爲之則前日之盛可復也然其盛而衰衰而復至於盛者不可不以記而記之者非可以信天下及後世之言猶不記也吾之里不亦有遺乎予聽其言察其意若將以屬予者因爲之歎曰天下之盛衰相尋於無窮此理與數

有不得不然者而亦存乎其人故屯與蠱皆有亨之道而非道焉則亨之亨也昔人以洛陽名園繫天下之盛衰然則一鄉一邑亦有關於世運者國家一統百有餘季休養涵育至淡至厚故凡遐陬僻壤往往與都邑相類建昌東南文獻地其關於天下也固宜若磁龜所自爲盛則處士之孝友封君之勤儉然非刻志厲操以文學鳴世如吾景鳴者亦惡能善繼而肎構之其盛如此哉且蔡邕作魯靈光賦十季不成見王延壽所作而爲之輟翰蘇子瞻欲遂錢塘風物見晁補之所作而爲之閣筆予何以加於景鳴哉然則景之言雖謂其自信於天下可也羅氏之子孫覩今日之盛而思累世興復之勞者必有感於斯矣

學校記

李東陽

茶陵在宋元爲州州有學燬於兵燹洪武間始降州爲縣建學於縣西郭外成化間復升縣爲州知州俞君藎遷學於州治西偏宏治間李君氶珍復遷郭外學屢遷而科目士愈疏闊弗繼丙辰之歲董君豫來知州事考諸圖籍知宋元舊學在西南二里其地曰獅子口與茶衞指揮王侯廷爵往相遺蹟半沒於民家於是白其事於長沙府知府王君璦又白之湖廣布政參議夏公昂按察副使湯公全又白之巡撫都御史沈公暉閻公仲宇巡按御史曾君昂王君恩皆報許且檄府通判李君錫暨董其事則以隙地易諸舊主又募州衞諸義民多效財力籍諸佃

俾得千數百人而役之除其舊基果得甎階賦礎於下盎其岡脈自雲陽山而來洶湧奔放結爲是區左右山水交拱環抱不見其際信吾州勝地也顧舊學堂殿皆狹隘移其故材拓而新之規制閎敞輪奐輝麗亦加於昔經始於丁巳十二月迨戊午七月告成自入國朝百有餘季而州始復其名又二十餘季而學始復其地殆亦非偶然者矣予聞而歎曰人稟天地之性以生其善同也或爲氣質所限又移於習俗之偏則不能以不異惟學者能變其氣質愚可使明柔可使強苟明而強則其性無弗復者矣及得位以行政教則能變其習俗齊可以至魯魯可以至道苟至於道則人之性無弗復者矣若不克變而徒致力

於事物土地之間以求之矣盍哉。吾州文獻之地。其在前朝登巍科躋膴仕樹功立業者相望也。既久而不振。豈非學與教之責哉。今復而州名復。而學地亦振。蒞作厲之機。而明彝倫正風化之義。固於是乎在。士之學於是者。必澡志潔慮。擇善而力行。使德崇業廣。足以濟一世利萬物。則非獨爲一時一鄉之士。雖稱爲天下之英材千古之豪傑可也。使徒挾名邦夸勝地。而不知所以學。非徒無益。又適以損之。固非賢有司教士之心。亦豈吾士之所以自處者哉。予因學正江海輩及諸鄉士之請。特紀陳蹟以告後人。且以期復古之效。不止乎宋元之盛而已。若州佐衞侯義民耆士。凡與執事皆刻諸碑陰。董會稽人。成化戊戌進士。清強多政蹟。記以學故。敷序其事云。

湖南文徵卷十九

記三　明

朱憲副平賊圖記

楊一清

宏治庚戌夏六月。撫治鄖陽都察院左副都御史浮梁戴公珊上言。皇明撫世。普天率土。陶然太和。冰天炎海。雕題左衽。往古聲教所不及之區。皆梯航納琛貢。蠢斯逆賊野王剛者。嘯聚不逞。初起蜀之夔州新甯。往來東鄉大甯大昌諸邑。肆行劫掠。守土者莫能禁。遂入湖廣竹山竹谿。近又擾我漢中金州平利西鄉諸郡縣。皇上宏天地之量。不即加誅。彼昏不知稔惡盍甚。請勅四川湖廣陝西三省守臣調兵討之。帝曰。俞。無養患。無助變。無延及平民。於是大司馬承旨議設方略。移檄三省巡撫憲臣。調兵率屬。刻期進討。維時陝西按察副使高安朱公漢。職在撫民。兼分巡漢中。乃承戴公檄。躬督陝西官兵洎民兵萬餘人。分道並進。賊聞風奔潰。乃約會川湖官兵。深入賊巢麻柳壩。所向克捷。勢如破竹。賊莫能支。是歲十一月元惡授首。餘黨悉平。疏聞。上降勑獎勵。給賞賚有差。朱公獲拜白金文綺之賜。漢中之民相顧而言曰。始聞寇至。吾儕子女幾無生聚之望。寇平亂息。伊誰之功。嗟我朱公。維我父母。其爲吏與士者亦相聚言曰。賊至不早撲滅。民將動搖。豈惟吏之尤。亦士之憂。今居民安堵。吏奉其職士安其業惟茲懋績實戴我公乃屬善繪者貌其平賊之狀繪其圖予得觀焉昝宋眞宗時張詠知益州四郊多壘詠得賊不誅悉令歸農業仁宗至和中蜀人傳言有寇至野無居人京師震驚張方平被簡爲蜀帥至則歸屯軍撤守備蜀竟無事公之平寇不免殺伐若異昰者葢益州之賊初苦於侵苛假息其鄉無他志至和禦變於未然所謂有亂之萌無亂之形者故得以安之而無患若野王剛者自成化乙巳遘亂五六秊有奇蔓延數千里攻我城邑戕傷我兵民其鴟張跋扈非文告所可招而彌天之惡不可以恩結不可以赦原其勢不得不加兵顧兵凶器戰危事將非其人兵雖强不能必勝玩時愒日糜穀

費財借曰勝之所損已不貲矣若公以文臣統師旅不請益兵不重費轉輸笑談樽俎安如平時坐運籌筴指麾諸將月三帀而成功視二張所爲雖有用兵不用兵之殊其止亂安民功則一也圖之以詔後世豈徒繫人之思朝廷遏亂之武勵臣之仁諸大夫宣力之忠並於是可見而謂文儒不諳軍旅其過言哉漢中故秦地倡亂者蜀人古稱蜀人多變習使然也後之治蜀者變之未形當如二張不得已而至於用兵必若公所爲蒼生其不重困已乎予雅知公又嘉漢中之人之義遂爲之記

體國堂記　楊一淸

臣一淸以南京太常寺卿被簡命爲都察院左副都御史督理陝西馬政驛召詣闕授敕以行臣伏讀敕辭有曰夫廢墜旣久之事更新興舉責任實重且艱朝廷以爾才望素優志存體國特茲簡命臣拜稽首自念以虛名承乏重辱溫旨褒嘉省躬增惕如臨淵谷惟上端居穆淸知周萬物欲修邦政用濟時艱乃詔本兵大臣講求牧馬故典粵稽牧馬之政大備於周官監牧之制昉於唐歷代因之有衰有盛而迄無善政顧以爲病焉我祖宗稽古設太僕寺於兩京山陝遼東甘肅又有行太僕寺苑馬寺之設承平之餘任隨勢輕官因人廢頃屬三邊多警戎廄

告乏上煩官帑編戶督課下困民力用厪宵旰之念以陝西監牧之利獨優至遣風憲重臣督理得承制以便宜從事無前之典實自今日始睿謨淵深不獨爲多馬故也初議之興衆皆替其決而秖憂其難及議之定人或任其事而遽虞其弊紛紜喧囂莫之適從然臣於體國之諭得所以自處之道矣大抵鼓不調之瑟必費更張之力而築道傍之舍決無可成之理故凡興廢補弊鎭躁舉劇安常習怠者不能爲瞻前顧後者不敢爲有見於體國之義知有國而不知有家則無不可爲之事矣初督理之任本爲監牧繼而有兼理茶馬及提調三邊戎馬之命其爲役知勞而未知逸其於人多怨而寡惠其爲敵害日去而利

未興然要其成功未始不爲他日一勞永逸惠且利之地也亦姑自目前之所當爲者盡心焉爾矣出位逾分以爲其所不得爲喜功好大而爲其所不必爲皆非臣之志也非體國之義也或者未嘗深究若以馬政與民事爲二道不思朝廷修舉牧事非供馳騁田獵之欲捍外衛內正坐民故夫天下未有無弊之法利害之相乘古今以爲恆患顧輕重緩急之宜何如耳誠重且急則小損而大益可也暫廢而大蠲可也事在得已無大損益而徒爲擾煩則寧止勿爲雖付之無可奈何可也若其心惴焉惟浮議之及己是懼居其位勿事其事因陋就簡以塞厚責又安用是贅員爲哉臣懼德意之弗宣於下且恐任事之心或因以自怠也敢取體國二字揭諸督理之堂書此以爲之記

記演放火器

楊一清

中國制禦夷狄惟火器最長顧今所造鎗礮不能致遠兼不善用不能多中近年虜人不甚畏之惟大將軍二將軍三將軍諸銃力大而猛然邊城久不用予昔在定邊營教場取而試之總兵張安輩皆懼謂恐傷人予曰然則遂爲長物耶詢諸軍中必有能用者西安指揮楊宏應曰某曩在陝城教場見用此器越三日花馬池下操宏請先取二將軍試之乃自裝藥舉火卻立十餘步以俟聲如迅雷遠及三百步營中皆震慴宏神色不動予喜曰破大虜無逾此矣然以欽降者不敢輕用乃市鐵募工於固原鑄造如二將軍式分發邊城營堡各數枝俟賊大舉入寇攻城札營以此擊之當不戰而退後邊城所在肆習用以爲常至是花馬池參將閻綱告予曰前歲達賊擁衆出城下用公所發鐵銃擊之所傷甚多賊遂遁去又此器衆云止可用之守城予謂行營亦不可無乃議令二騾駕一銃凡用八騾可駕四器出禦之時置之中軍遇有危急劫營潰圍不過數壯士之勞而可當千萬夫之力矣因思往年宣府張穆二游擊被虜圍之數重經二三宿使營中有此豈至全軍覆沒哉

記演習營陣　楊一清

靈州邊堡壁間有詩云，堪笑書生無勇略，演習營陣日紛紛。問之，乃總制才尚書所作。後間諸邊將云：才公見予下操軍令及行營陣圖，笑曰：此皆古本子，何足法。邊兵自能殺賊，若得驍勇將官，賊來驅之使戰，有進無退，何功不成，安用營陣爲哉。未幾，閒虜狂邊，檄陝西甯夏兩鎭總兵自興武營出塞，促之使前，直擣賊營，而親率輕騎百餘人徐躡其後。賊數十騎自沙窩突出，百餘騎皆潰散。才中矢墜馬，身被數刃而死，出不兩逾時，竟以厥還輿武。働哉！予誠書生，不諳軍旅，嘗以古人行謹哨探，止修戰備爲法，每諭諸將曰：無事常如有事時隄防，有事還如無事時鎭靜。又念武矦李靖未嘗廢營陣，世無岳武穆，豈可恃野戰以爲能哉。才之死，固出不幸，而後之易其言輕進貪功者，可以鑑矣。

西疇書屋記　羅鑒

學士劉坦翁先生嘗爲羅氏作世家傳，謂自宋以來，始祖由巘下徙茶陵，自茂默兩翁而下，書香宦轍代不乏人，屈指於今數百季矣。先大夫郎中菊亭公嘗憂近宅西城外有田數畝，地一區，面雲嶺而帶洣水，亦隱居之偉觀也。嘗欲作書館以遂所欲，而与官未暇及。予叨甲第，宦游於外，雖嘗往來經故里，而居星沙，亦莫能繼先志。姪孫炳幼習書史，用牒薦爲州醫學官有季矣，乃遵父椿命而力成焉。復以厚貲市其旁地以益，遂構屋其中，名之曰西疇書屋。嘗以公事來郡，請曰：願爲一言記之，使後有所觀法。予曰：西城之地得其所矣，而屋以書名，豈易言哉。夫六經子史，積案盈廂，無非書也。苟書其屋而不書其人，猶不書也。聖賢教人，先博文以窮天下之理，後約禮以盡踐履之功，載諸簡策，先聖後聖，其揆一也。於此有人焉，一言必中乎理，一行必合乎義，宗族稱其孝，鄉黨稱其弟，雖不書，猶書也。又有人焉，班馬馳聲，柳韓名世，人則書矣，而究其存心養性之功，不能如孔顏之非禮勿視聽言動，不遷怒貳過者，則雖書其人而不書其心也，果何益哉。雖然，予於炳亦有試也。少參上海張公豈端人也，嘗曰：炳小心恭愼，餘辦期集，不借勢，不窘急。大參董公瑞曰：炳也文，信乎昭矣，字之曰允昭。由是言之，則炳殆書其人與心者與，固不徒書其屋而已也，是則耄老之望也。

重修蘇仙橋記

崔巖

郴江繞郴山而下今城東北五里許曰馬嶺者漢蘇耽修煉之所耽因羽化江與山遂以蘇仙名郡城東郭瀕江江外爲永豐鄉延袤幾百里近而屬邑興甯桂陽桂東遠而江西吉贛往來必經之地商旅輻輳擔負絡繹實孔道也江源發自秀才鄉黄岑嶺逶迤五十餘里諸溪合流至是始大淋漲則潰潦滅頂沍寒則堅冰侵骨涉者病焉前代橋梁志不可考入我朝來有司琢石甃磴上跨以木雨淋日炙旋復腐敗迄今百五十年未有經營爲恆遠圖者正德庚午冬予奔太淑人喪還已而謝政家居民瘼滿目無可與語癸酉春湖臬憲副祁門程公時昭奉命

督理湖南兵備分司於郴下車矻矻訓兵卹民日事保障是秋九日天朗氣清禾黍蔽野予約爲登高之游於以探仙迹而滌塵襟覽疆域而詢民隱無非事也肩輿涉水頗覺靰[illegible]因請於公曰是橋廢圮多歷年所今公駐臨此地數非有待乎公唯唯薄暮言旋郴人百餘遮道說曰此水湓涸無恆素乏渡艇橋木久腐涉者孔艱間有蹉跌遽至淪溺繫民利病是莫大焉乞易木以石庶克堅久則不刊之蹟遠到之福也公首肎之將召匠料理適邊境騷然戎事旁午且無良有司以勝厥任哉沈吟者久之甲戌八月咸甯盧君鋭時進以進士來守是邦才行過出倫輩視篆半載政通人和於時鄉宦黄署正溫如楊知縣汝和輩相與過予曰蘇仙橋廢墜已久吾人往來病涉茲年方岳重臣賢能太守相踵而至且年穀頗登邊境亦謐誠千載一時也修舉之役復何俟哉予往謀程公公曰可卽以衆意諭時進溫如輩復率衆詣州以請時進慨然以爲己任遂擇日祭告鳩工集石且以事體重大工費不貲州中則遴委謹愿屬邑則移文合佐俾各勸募以助不給間者踴躍葺鼓齟齬曾未旬月遂有魯藩佐長史之擢勢不可留事難中寢乃與予議各捐俸金規助白粲若干以爲衆倡而公於是百凡仰藉程公處分居無何亦以行邊遠出人遂懈弛事亦因循鄉人闐然踵予曰茲者橋磴既墮木無所施公不慫恿成之是無益而有害也吾人復何

望焉拒之弗獲因叩嚮典衛曹均禮徧諭郴人暨肆市商賈復折簡二三有司用申前議率錢穀繼續工役不輟均禮輩惟日督視予亦時往調度匠卒趨事惟謹橋得以漸就緒適時昭右遷江西大參丙子冬上命太谷陳公德如來代先期僉憲濮陽高公德章既而京口王公汝楫相繼分巡此土兼攝戎務諸公莅事精敏發奸摘伏且以是橋爲濟人首務尤率率匡其所不逮謚其所未週維時同知餘姚魯君玘心切民隱共圖成事規助爲多遂臻完美橋峙而爲磴者六拱而爲門者五崇二十餘尺亙二百五十餘尺廣十六尺有奇東西立石以紀捌建搆亭以蔽風雨高甍綿亙望之隱若長虹亦吾郴之勝槩也用石以

塊計者七千六百五十材木以根計者八百六十石灰以擔計者一百三十工費以兩計者四百五十餼廩以斛計者三百七十各有奇其他供役之人不與焉經始於乙亥正月初九日訖工於丁丑五月十有二日募緣則典吏周冕陰陽典術曹均禮義官唐淵高崇文唐仕源張滄耆民張文端道士吳元暘僧人明浩董工役則曹均禮唐淵唐仕源張淳高崇文王琺往來提督則千戶胡勳王福續至而綜理落成則知州嘉定沈君炤文明也於戲徒杠輿梁時成先賢以爲王政修葺橋梁道路國典具載刑書是固藉衆人財力以成抑所以利乎衆也興廢之責則有司存凡宦茲土者遇一木一石之敝卽思有以葺之勿坐

視日圮此橋脫或山川相爲悠久實郴人無窮之利亦有司惠民之心予與二三子究心殫力相與成事者亦得以託名不朽也予不文備述顚末以告若夫施財多寡名第先後則具別石茲不復贅云正德十二年丁丑夏五日記

善化修學記

羅安

善化故有學數百年洪武壬戌肇建南城之外連接市井密邇民居甚非育材地也成化庚子知府周公鈍知縣盛公時叓捌於郡城內之東地位爽塏山川秀麗咸謂得所但經畫之始規模褊小門迂迴而入歷歲滋久禮殿門廡明倫之堂博約之齋悉梁頹棟腐聖賢像設剝落漫漶敎諭三山傅君顯惻然於懷力以是請於按臨提學僉憲歐陽公旦公親謁廟顧瞻咨嗟謂學校興則人才出人才出則治效隆不加之意則有司之職曠矣欲重加葺理知府四明王公瑫通判欽州陶公俊樂從其言公出帑以購鄰園撤蔽墉以直前道若薪若甓若水若植若灰

堊釘鐵丹漆若工之價役之餼皆以方略致之旣具卜日僦工頹者起之腐者新之王公厺繼以天台李公綱又捐俸贊襄像設殿廡門堂庖廩繚以周垣次第完美視舊規皆壯麗見者改觀乃率諸生釋菜以告厥成訓導三山葉君性謂諸公之功宜可託之永久乃具始末走書以屬記予惟學校育賢之地郡大夫刻意作興可謂知所務矣諸士子游其間升而之廟對越聖賢以興其企慕之心退而之學切磨講明以究其體用之學謹義利之辨愼趨向之方毋徇乎名必覈其實庶幾上不負朝廷敎育之恩下不負諸公作養之意哉邦之士願相與勉之經始於宏治庚申九月落成於癸亥八月謹記

湘潭縣遷學記

黃寶

湘潭長沙之屬邑也舊有學建自國初何以遷爲蓋置器者必得其所然後器不壞而人有用況學尤器之大者乎此湘潭儒學之遷固有不可已者矣初學建於縣治東二里許逼瞰江流地形低窳每春水瀑漲殿堂浸漬於洪濤中而垣墉輒修輒頹甚非朝廷所以建學之制正德甲戌內江田君侹由鄉進士來總邑教顧而歎曰是予之責也予不能不任其責也進諸生議之有呂生憲江生湘石生如蘒李生鍾輩僉曰縣治西有廣惠浮屠久欲議遷未有能爲之者乃偕諸生往視之其地勢高爽可居其殿壯麗可因則具其事於提學憲副張公移牒於巡撫

鳳山秦公下其事於湖南道憲僉謝公公慮財力之難田公遂捐俸資借助於弟子員有力之家若干緡白於公以償浮屠市材之費公乃稽公贏發責贖又諠以若干緡屬田君董其事繼而縣僉顧公通判李侯蓺鄭侯晃推官項侯璜縣令張侯鐸亦協意經畫而以義民江環郭太安羅瑤相其勸丙子孟冬工始興凡爲明倫堂爲東西齋爲尊經閣爲庖廚爲師生之舍各若干楹又以學必有廟爲大成殿爲兩廡爲靈星門爲宰牲房又廟若干楹廟像尊嚴儼然聖賢之臨於上也規制宏偉丹堊煌煌凡所剏建舉皆如法又明年己卯夏訖工弟子員歐經易滄陳萬鍾江湘黎時雍輩謂是役甚大其事可久不可以不記傳邑人士永無忘君之休諠興慕學之志請文於余噫今之爲邑者率多急於簿書期會之報詳於追胥督責之事則云舉其職矣視學校之已設者尙不知省有能慨然剏建思所以作興而風厲一方者乎田君以司校職無民社寄乃能留心於此不可不書也昔者龜山楊先生以程門高弟倡明其學於東南而我紫陽朱文公實承道統之傳則先生啟之也今田君涖學以來倡明絕學懲督化誘未嘗少廢卒致敎化大行茲以遷學爲己任審視程督不啻若治家事而民不知其費不與其勞蓋以其才優裕其心公廉故其功大而美夫古人有所營建其大者如衛文公之徙楚邱召公之營洛邑莫不相度其土地之宜若宮

室之美則尤詳於斯干之篇而況天子辟雍諸侯泮宮皆神棲聖止之處養育英才之所可不得其宜而兼美乎田君之心可謂精而盡矣偉人傑士當有作於其閒甯不自激厲而奮起者乎自今而後凡百衿佩昕夕陟降覩茲輪奐匪藉葜闢仰而思思所講者俯而思思所習者終日乾乾尋繹其所誦者游心於正大高明之域置身於平直眞實之地以倡風俗以成賢才爲名臣爲節義士爲眞儒無負國家之敎養司校之良法美意其必自此始姑書之爲記

重修壽星觀記

黃　寶

長沙壽星觀舊在郡城驛步門內，圖經不載其所始。洪武初徙今地。永樂辛丣燬於回祿。天順戊寅道錄司掌書鄧濬哲倡率其徒募緣修葺，少司馬王公偉記其事。謹按大明一統志，長沙古荆州之域，天文翼軫分野，旁有星名長沙，適應其地。然壽星明則人民壽昌，名觀之義蓋如此。逮歲歷寖久，風雨浸漬，垣頹棟橈，瓦焉弗支，暮鼓晨鐘，聲沈響闃，有不堪矚目者。夆際吉王殿下有屏藩之寄，多歷季所，習知地方事情，聞而歎曰：壽星爲觀，迹肇前古，且爲國家祝釐之所，敝而弗修，歲時稱慶習禮，何以愜人之觀視。乃發內帑若干，命承奉李獻總其綱，典寶正江

宏董其役。於是伐材於山，運甓於陶，川匯山積，遂簡材召工，以正德壬申歲俶工。經制施爲，各以其序。中爲殿曰三清，其後殿曰玉皇，其前殿曰四聖，次爲山門及廊廡之屬。或撤去朽腐，易以堅良。至於上帝天神及驅邪辟惡之像設剎落黝黯者，則又加以搏埴繪飾。明季乙亥四月告成。總之爲屋若干楹，宇言言，簷阿翬翬，丹堊鮮冶，金石輝煌，高明靚深，瑰瑋軒豁，雖不改舊名，而勝槪壯觀，視昔百倍。郡人相與歎羨咨嗟，僉曰：賢王睿思所及，厥工實大，蓋工用以萬計，而役徒不以爲勞，貲費以千億，而上下不知所出。使吾郡之大夫士歲時朁合，駢首跂足，瞻望祝頌，以爲一郡偉觀，不有所記，將無以垂後。況余家潮宗門，距觀不一里許，目擊修葺之功，是不可以無傳也。余竊聞之，道家者流，本出於黃帝、老子，其道以淸淨無爲爲宗，以虛明應物爲用，以慈儉不爭爲行。自秦漢以來，爲其徒者相與推演之，乃有飛仙變化之術，黃庭大洞之法，太上天眞木公金母之號，至於丹藥奇技符籙小數，皆歸於道。故自京圻以達於中州通都大邑，靡所不知，下至遠方，雖僻陋荒忽，窮邊側境，山海萬里之外，莫不崇奉之。然黃帝、老子之道，本也；後之推演者，末也。修其本，未自應。仰惟賢王好善忘勢，屈己下賢，寬明以處事，虛靜以應物，茲乃修贏餘，一新是觀，蓋欲壽星煇朗，上以祝天子億萬斯季，下祈一郡黎元災厲不作，洽於康裕。夫爲國保釐，可謂忠也；

欲民壽而且康，可謂仁也。旣忠且仁，此本之所以修也。易曰：天之所助者順也。書曰：作善降之百祥。詩曰：顯顯令德，受祿于天。今觀成之日，民大和會，鼓舞謳歌，聲聞于天，天地歆荅，神其來格，祝史無求，福祿攸同，時萬時億，藩國彌昌，所謂修其本而末自應，豈不然歟。予旣書之以告來世，復系之以銘。銘曰：惟我賢哲，默運化樞，其作飈舉，其助雲輸，圖新去故，厥工翬趨，百廢具舉，在於斯須，儀觀有偉，光彩發舒，上祈懋德，天實鑒之，翌翌維藩，永錫番釐，勒詞貞珉，百世之垂。

鄉賢祠記 明成化十九季

桑悅

人以人名其出羣者隨其所在而名焉巷之人則曰叔于田巷無居人人止二三失之則國空虛得之則天下充實故曰不可謂秦無人又曰朝廷有人或甲有人乙用之則舉其國名故曰楚有材晉實用之是故某地有賢不可以人名之乃名其所自出此鄉賢之名所以立也夫士君子之生其賢有大小擬之以邑以郡以國以天下隨其所能包而歸之名賢於其郡邑則總以鄉名故止稱有國士有天下士茶陵長沙郡之屬邑宋有譚世勣爲校書郎時蔡京秉政媢事者秩多驟遷世勣泊如也宦者梁師成寵幸有與勣鄰者致意勣勣謝絕之乃授司門員外

郎靖康元季爲禮部侍郎金斡離不入寇犯京師京畿提刑秦元集保甲三萬請先出屯自當一面世勣謂宜遣元以所統分四寨直國門使兵勢相屬則金不敢逼僕射孫傅淡然其計而不能用京師尋陷二季張邦昌僭位世勣自金歸邦昌命權學士印世勣堅臥不起邦昌知不可奪乃止紹興初贈延康殿學士封端潔公元有李祁字一初涉獵五經元統壬申發解癸酉中漢人殿元任翰林應奉同知制誥兼修國史轉遷兩浙儒學提舉與時背馳隱永新山中我國初欲起之堅臥不就以疾終國朝有劉如孫字三吾勝國至正丁亥乙榜授靖州路永平縣儒學敎諭洪武十五季授春坊左贊善歷官學士同知制誥參定國朝儀禮命作大誥三篇序宸翰褒勸御筆寶藏至今祁與如孫俱有詩文行世是三人者在當時皆可謂之國士庶幾天下士在千古止可謂郡邑之士故總謂之鄉賢東浙俞君藎字廷臣由進士爲名御史左遷是邑令乃作鄉賢祠以祀之俞後邑改爲州吉之安成劉君時讓發自科甲擢憲職與俞同數以言事忤內貴謫爲茲之澧州節判當道借寇權攝州事顧瞻是祠碑尚未刻以爲欠事乃求予言用垂永久烏乎自靖康以至於今五百有餘歲茶陵之人羣羣而生逐逐而死者何以數計可指以名者曰三人然則千古爲士於郡邑以鄉賢名亦豈易得邪邵子曰有一人之人以至什百千萬億兆之人予謂亦有

一時之人以至百千萬億兆季之人是皆不可以形論也蹴以茶陵三人而論之其骨已朽民到於今思慕之景仰之峙以之爲四山流以之爲八水恆若接於心目者若然其人果眞亾而與鳥獸草木同澌滅者倫哉州之大夫士覩是祠之立宜惕然於心曰不俎豆其閒非夫凡所修爲建立俱不爲一身一時之計則州之人爲益增矣俞劉二君所以望州人者有不在是者歟使天下郡邑各增其人以治天下之事尙何天下之不治邪雖然虞周之時賢才之彙其用爲泛職具臣者皆非後世之人所易及然可指而名者曰五人曰十人大賢亦參其閒然則眞賢之生從古爲難天地氣化愈薄後世生賢愈寡閒有一二生

之人所關係於天下國家甚重世之人尊用而安全之當何如也或高下縣絕而不知之或知之而不能用甚至沮抑之摧折之使不能宣天地之所欲言成天地之所欲爲傷其一身而瘡痍天下害其一時而痛逮一元其人能自立於不朽者終不可以磨滅吾又悲三代以後能人於千古者多不能人於一時也世不貴天之所珍則天亦厭生賢以實世天人相感之際任世道責者吁可畏也亦可憂也自人其身不計於人吾黨之士尚其勛諸庶幾自珍其天

甯鄉養濟院記

袁經

欽惟我太祖高皇帝深慮窮民不獲其所乃詔郡縣各置養濟院以存恤之且著律令官司違者有罰復申明於憲綱律司風憲者常加體察而勸懲之是以百有四十餘年間環海之內顛連無告之民生有養歿有歸而無溝壑之虞皆我聖祖深恩厚澤之所覆庇於戲仁哉甯鄉養濟院在縣治北關外五十步許正德三年秋七月燬邑判簿歷城劉君思明欲建之乃謀於邑侯劉君絢會侍御鄭公宣至即以其事責成之君遂毅然身任乃拓其舊址廣六十有五尺袤視廣之數加二之五東西爲屋各四楹以處孤老中建亭爲官府點視憩息之所外建門爲朝夕啟閉厥初屋覆以茅編爲籬君則易以陶瓦築以垣墻階若渠甃以甎石其財用則隨宜措置其力役則倩覓助傭而里甲一無所與其規制則宏敞完固不奢不陋而回祿之災自是可弭矣工始於是年冬十有二月次年夏五月乃竣邑博士唐君桂屬予記予惟燮養黎元有司所重存恤孤老仁政所先顧今州縣之吏每汲汲於簿書期會間而於此鮮有不忍焉者劉君筮仕之初他務未遑而拳拳是舉可謂知所當重而克所當先者也若侍御公者又可謂克振憲綱而勸懲有道皆不可不書以告後之人

義帝廟碑記

何孟春

吾楚於春秋弗與也然六國之滅言者以楚㝡無罪豈齊晉諸君不足惜亾且若懷王之爲民痛念邪懷王其昏庸過聽輕行固秦所誘弄齊晉所遞笑所宜然者而民特憐之謂不懷王故矣田氏代齊韓趙魏氏分晉非夫舊脈惟楚繇顓頊遡鬻熊而追懷王其統未之奸也齊之田晉之韓趙魏國皆不義嬴秦續呂得天下重無復仁義焉義之名楚可丁旨雖在春秋必將楚與烏乎此六國之滅所以楚㝡亾罪而民特憐之此其亾秦必楚歟此其陳勝不立楚後以敗居鄛人立楚之後之言拳拳爲楚世將勸歟懷王孫心復爲懷王從民所望義所當矣秦亾楚

帝則天下自此有歸項籍知尊名乎義而心出於詐命尊不用江南之逐旋殺於郴羽其時雖猶冒楚之號已和不可姜虔籍斯不可姬統而已奸一夗復仁義天下負羽以不義之名義之名於此乎歸於漢始烏乎漢欲不興楚其欲不滅邪以涉而勢迺不長既帝之又弒之狐埋狐搰長如何也楚之所以帝者楚之義也羽殺義帝是羽自墮其義自以其不義而自滅其楚矣今羽之言以爲吾家所立非有功伐夫何以論功伐爲哉顧此吾家主凡吾奉主行事而已而謂其主之無所服役至忿戕乎主擅主之家則凡同吾奉主行事之人孰肎忍吾俠然而主乎家也烏乎漢欲不興楚其欲不滅邪漢鼓大義之名義不以力董公之說行縞素三軍於是乎得以擊楚之殺義帝者矣谿使其義帝之名以尊大統以定高材疾足得鹿以獻羽其所稱霸猶春秋桓文義俱天下諸侯以朝盱眙之都芊廟世楚吾家其不爲有主乎悲乎居徙上游逆成黥布成以楚滅徙以漢興九江王縱未叛楚與漢而義不義已潛歸於此義與不義其爲興滅要如此哉吾觀楚漢相距之際疑漢敗楚之難雖然吾不能盡許漢也隆準公新城發喪袒哭三日義兵加賊何以向而足誅而燮於彭城置酒高會銷感激流涕之氣遣隋何私約九江王用殺義帝者而擊楚之殺義帝者此不足爲名矣是以睢水滎陽幾臨危絕漢難於楚其義之未甚奮邪烏乎楚之未即滅

漢之未即興其義之未甚奮之過也吾惟滾悲夫義帝故因論義不義爲興滅之機遂有暨劉項之事而反復之悲乎劉項於義帝事等北面義帝生存之時嘗爲帝矣佗史者曾無楚義帝紀楚世家又不綴其事始末不具始云在民閒爲人牧羊不知何人蹤蹟之何地方方立之時不知其季方殺之之時不知其斂葬之禮身嬰利劍冤絲蠻疆冢切空城魂縈蓊蓊方漢正位之時其遺官臨祭分戶奉守之舉不得知其有不也嗟夫悲乎亾秦必楚楚㝡無罪秦亾楚帝帝楚之義涉楚乎懷王之未立羽楚乎義帝之已弒楚而西楚之逆也楚懷王孫心爲懷王之爲義帝楚之義也義楚以首漢可也而史不然首逆楚於本紀

首僞楚於劉傳於義楚不劉之紀傳之閒其稷槩略附注之劉項之事此吾暨劉項之事而反復之所以論義不義爲興滅之機而重致辯乎僞逆烏乎義動人心爲人所憐楚人立廟延祀永秊生存之樂無幾而祈報於郴陽者何緜緜也垂黃旒兮被元服映紘紞兮爽華轂神幪悅兮渺迷倘低回兮儵忽鏜兮伐鼓揚兮合舞神俛虔兮來肆升醪兮薦脯陰旗兮欲舉靈馬兮嘶風何路日暮兮幽扃絲煙兮北渚烏乎悲乎孰究我辭揭之於廟鐫之於碑爲吾楚人堪痛念兮宏治辛亥秋孟春歸自京謁義帝祠環步其冢磬茲久之援筆書

右余十七齒時筆也至今在祠壁閒辭引痕爲批點蝸以沫

爲句讀誰則知之廣南韓先生宗堯仁卿來敎郴迺獨謁陵而目取焉會湖臬僉憲傅公握王度兮按山郡振刷之餘徧訪遺蹟及是祠先生錄以呈公公亦不謂否也命工勒石喉余少作何用垂不朽哉余諠信文之顯晦有時矣

鄉賢祠記　何孟春

宏治甲寅僉憲宜興吳君之案郴也既廣學宮復濂溪書院明秊復至又峙膳材撤館祉而新之爲鄉賢祠折簡謂何孟春曰子於郴鄉人也於郴之鄉先生必素悉我顧古有沒而祉祭之典子試論我賢可祭者幾人春曰吾郴久茲有缺禩矣明公運思復此敢不具名以對於是薰沐緘付使者首劉漢尙書胡騰晉中郎谷儉唐平章事劉瞻宋開國男陳純夫監使朱輅而注之云此其表表汗靑舉代稱賢者不翅於鄉而已次劉唐進士孟琯宋員外郎曹靖縣簿曹肅御史雷應春校官姚宋佐杜唐卿松元孝廉黃觀象記室黃師鄭又注之云此其行誼才藝各

有可稱肆徵郡志亦足賢者惟明公裁擇公得書曰盛矣此皆可祭也雖然異代人爾郴距我朝百餘秊閒人才輩出不有可祭者乎公卽春所閒阜前問春曰儀章鄺大司馬埜升之知幾行也縣今已有祠郡當賑縣此其可合祭再則桂陽歐陽太守復朱都憲英僉憲海子守恕亦興曹少卿璉興甯袁郎中玘職歷中外著聲績視國器輔之流殆不相甲乙其可坿祭於此公領之俄且曰此各縣人也不有州籍者乎春泫然曰郴城先達顯仕邇非乏人余小子不敢漫及公爲之動色曰子先大夫西曹之賢吾知之祠其竟於子先大夫乎春哽咽起言曰人不可無秊公秊熟吾父之爲人吾父當不沒於今矣公辭厺詰旦召

郡守徵於郡諸士夫竝如春言於是以春書所列竝所與言者戒之羅木主如干於其祠端題姓名一任所生先後隱位序凡二十位祀事既修郡守來請春記焉乎是祠之設儀刑存景仰寓世教俾闢有不細者鄉先生之所繇不泯鄉人之所繇勸也鄉先生徵賢而可祭邪祭徵其賢何以示勸祠之所祭不專金紫不後布韋明公之意求諸可祭而已求爲鄉人可勸而已吾儕盍勸焉沒不俎豆其閒非夫也是爲記

燕泉記

何孟春

郴城南之西有燕泉者在桂林坊東而泉仰噴砂石閒寒洌而甘四時不涸傍泉居人取汲焉謂之燕者春燕來時汎濫東流合三川水過游魚案入通陂堰有灌田之利燕去則否南天秋雨多燕之去泉與農無功矣宋折彥質謫郴時所居考郡志殆卽春所居之地折寓郴號葆光居士嘗作引春亭於泉上爲流觴曲水又作春和堂日游宴其閒今遺趾具存春頃就故居之南隙展鑿一塘得青石數段合之則昔人之所爲流觴者其折之遺物歟塘引泉流種荷養魚自春徂秋弗盈弗縮方茲泉之急田利春不敢專乃其賸於農也春獨有之而人不以爲嫌春

故於茲泉號是託焉昔人所有亭堂觴詠之樂宛然在目第欲效其所爲而媿其力之弗能舉且弗暇也家山別後重懷耶首簡諸知己各著文詩庶以名泉有永云爾

圓泉記

何孟春

圓泉水在郴州城南二十里會勝寺側。張又新煎茶記自述於僧室得一書見陸羽與李季卿論水之目二十而此其第十八者也。又新記始云劉伯芻稱水之宜茶有七等。楊子江南零水第一。挹而試之誠如其說。及刺永嘉過桐廬嚴陵瀨家人用水潑陳黑壞茶皆芳香。以煎佳茶鮮馥不可名。愈於楊子南零殊遠。至永嘉取仙巖瀑布用之亦不下南零。今考又新僧室所得書水品次第以廬山康王谷水簾水為冠而桐廬嚴陵瀨水第十九。又在圓泉之後。所謂仙巖瀑布弗與焉。然則吾郡是水者容可以其品目稍下而遽輕視邪。張舜民謫郴時求是水而不

得而以永慶寺泉水當之。是水既出永慶寺雖美不足復稱。後人特緣張變名浮休泉。永慶寺基今入學宮。浮休泉已就湮。圓泉水余親斟其上。信有異脈。茶記不虛著也。獨念盛宏之荊州記云桂陽郡有圓水。一邊冷一邊煖。冷處清且綠。煖處白且濁。吾郡圓泉水外別無圓水。水今無此異。豈水脈今與昔不同邪。意者昔人好奇於耳目。僻遠地得鑿空言之以詫駭常情耳。此等記錄在天下往往而有。事非驗之間見弗信可也。

先聖遺像記

何孟春

吳道子畫　先聖遺像。入石刻者。春嘗見於河南開封及諸府學。而今重獲拜瞻於此。以較他凡墨本大抵相同。豈一皆摹自驛梁者歟。傳稱　先聖生有異質。凡四十九表。事舉甚悉。特未及舌與髮鬢耳。舌內藏不得為表。緯書乃云仲尼舌理七重。餘如鉤文在手。及胸應矩等處。槩之四十九表言亦多異。亦不記及鬢髯也。今世傳遺像。頷頰間鬢髯甚盛。聖人儀觀果誠有之。紀記不應獨遺於戲覆載之德照臨之容。雖親炙高弟善言之士弗能盡。而況繪史意匠依稀髣髴千歲而下類非當時目擊之所擬乎。吾儒欲識聖人。率求之聖人之言。淡體力察而有以

得其心焉。則所謂四十九表之在遺像者。夢寐可覿。印證茲圖庶乎其不差矣。正德庚辰季月吉。巡撫雲南等處地方都察院右副都御史郴陽何孟春百拜謹志

春既跋聖像。嘗以搨本寄故友黃肇伯固。伯固復書云。承聖像見示。疑鬢髯事。偶攷元儒黃四如先生所為記孔聖遺像惟宗廟小影為真。聖冑子思亦云先君生無鬢眉。而天下王侯不以此損其敬。後世偶塑轉異。美髯長髭。未審何據。太史公所謂鈞之未覩容貌者也。得此錄上奉備一說。蓋四如乃生族祖。今家集猶存。春因記孔叢子子思告齊君實有吾先君生無鬢眉之說。取而閱之。信如四如之所指者。蓋吳道子

傳寫既誤後世據爲偶塑遂弗加攷正爾今闕里有行教圖是小影他如凭几乘輅及司寇等像亦畫鬚髯殆亦踵世本傳誤之故無所謂宗廟小影也

方塘草亭記　何孟春

古者邦國都邑之建必土方氏以土地相宅雖無後世地理風氣紛紛之説要之其欲利而安之一也然則人之居處獨容以無擇乎吾楚蓉之爲縣山環水迴據有洞庭之勝而一縣之勝據於學宮學宮之南數武魏氏有世家焉其得勝地可知秉濟郎中問謂余曰吾家有所謂方塘者在吾家之南數武而地誑勝且幽奇泉滮滮而循流石齒齒而錯出松桂梅竹吾先人暨吾手植既長以茂陂陁邐迤接城址蓋坊市一山林也吾家食時日盤桓其閒結茅有亭插架有書課兒子與諸生於此爲羣居講習所而今公之仕於四方不能一日而遂忘也是故吾

於此私號託焉子其爲吾記余聞地靈則人傑地理家之説推之於古未可全誣也魏氏所卜地凡幾世世出偉人大理袞授公郴州守弗究其用而今發之於秉濟將來者固未涯也是非地之勝驗耶昝孟軻氏母三徙而近學宮曰眞可以居吾子矣魏氏居擇自其上世亦既有見哉朱子嘗誨門人云建學宮栅書院須求山水佳處欲藉其英靈以助藏修秉濟方塘之所栅置其亦有得於朱子之所見哉而余何可以不記已迺謂秉濟曰余有先人之敝廬於吾郴學宮之西偏亦數武而近而亦有塘面焉余嘗導莢泉之流而歸吾塘塘之左右有竹有樹而莢泉實余號也願君亦爲吾記之莢泉行有亭矣正德乙亥八月

永興建城記

李永敷

郴屬邑有五永興其一也他邑皆密邇猺洞鎣溪永獨相距稍遠舊無城亦無濠池之虞宏治季閒苗寇竊發桂陽興甯俱被攻勢且逼永興當道始有築城之議然工鉅役繁屢謀屢寢正德戊辰寇復作攻陷興甯城官軍且屢遭敗北猖獗遂日甚己巳長驅永興受禍視興甯尤慘用是當宁勤南顧之憂庚午命巡撫王公綸調兵征勦然班師太速草本未除將士之甲戈甫投而邊陲之烽燧已舉大肆攻掠歲無虛月當道以永興無城垣重念壬申守備指揮周輔特申前議以請於朝詔下可之兵備憲副程公遂命縣侯程君仁規制興役後依山圍以長垣前

倚江築砌泊岸時癸酉春三月也未數月程侯以迷職去繼者舉措頗乖工匠逃者大半州二守魯公白於當道委王千戶福來董役事稍集功稍崇丁丑夏初吾侯周君至既視篆之三日巡視城垣歎曰他務可緩此不可少緩也乃集其民而令之曰築城所以爲爾民保障也古人謂不一勞者不百逸不暫費者不永甯與其避寇無甯日孰若急完此以自固邪又語其羣匠曰爾輩受若值安得怠若事吾今與爾約值不足責任吾事或怠罰不爾貸也既又顧三尹張君曰催督勸相君當任之經量財費某不敢辭也於是人心競勸匠氏爭趨甫半載工役日異而月且殊未幾張君以他事委吾侯遂獨當其任先是譬報方

殷曾募陽山殺手防禦議工食銀千二百兩有奇索債甚急又征師四集戎務匆午省符憲檄酬接不暇而恒以其閒往來提督不以風雨阻會郡守沈公鼎臨諭侯以政要首屬意於城且曰保境安民莫有急於是者其亟成之勿怠既而憲副陳公持節備邊郴桂甫下車即檄縣責報城池工役毋怠事與徂期以取罰朝令夕申惓惓不少置侯皆祗承德意罔敢怠荒綜理周密弗事苟簡基有挖陷者起而實之牆有盬惡者毀而築之甎石有弗堅良者除而易之樓櫓有弗如式者撤而更之務圖經久以爲百逸永甯之計工將訖僉謂是舉也非程侯無以刱其始非周侯無以成其終而其所以警其怠而作其勤非兵備公

與郡守公不能速成至是宜有記予惟易有之曰王公設險以守其國所謂險者城郭溝池是也又曰重門擊柝以待暴客蓋取諸豫所謂豫者先時而爲之防也大抵籌邊之道守備爲上周南仲城朔方以攘玁狁唐韓公築三城以絕天驕皆此道也永興城既建內以堅羣黎依附之心外以絕苗寇覬覦之念轉奔丕之日而爲甯居之時出泥塗之中而奠袵席之上一邑無疆之休實自此基其爲功夫豈小哉雖然有可恃之形者必思所以保其形有可守之勢者必思所以固其勢蓋兵非城莫恃而城非兵莫守必簡勇練精改紀其故轍汰游鼓弱修明其甲兵無樹紙上之桑無掘臨渴之井剷侵牟之弊懲觽代之徒則

險既全而兵又精雖使黃巾綠林復出不足患也已落成之日大夫士率其邑人舉酒相慶酌三尹而前曰賴君贊理以有此尹遜不敢當又酌吳侯而前曰賴侯總理以有此侯亦遜不敢當僉曰功曷歸侯曰此兵備公之功也此郡守公與二守公之功也吾奉其成而已安敢竊其力前兵備公名果祁門人今兵備公名鼐新淦人郡守公名炤嘉定人二守公名玘餘姚人侯名佩廬陵人三尹名輝新喻人徵予文者儒學司訓遂甯彭君相進賢車君斐也正德戊寅秋八月朔八日記

貞節祠記

李如圭

澧治東北二里許有貞節祠祀秦節婦孟姜女也按澧志載秦時州有孟姜女者適范郎因始皇築長城范郎往供役姜女於州嘉山之頂築臺以望久而不歸乃不憚險遠親往長城尋覓今望夫臺遺址尙存臺旁有小竹其葉破碎如線相傳姜女望夫時以針刺劃成條至今遂爲種類山下有江江邊有石四方各尺許光明可照傳爲姜女鏡石自秦歷今千餘季澧人稱誦不衰往往形之歌咏但尋夫之後莫知所終正德閒余以監察都御史養病家居欲表彰之以晚節不知中止每深惜之嘉靖辛丑秋余以副都御史撫賑延綏致仕歸里道經陝西西安府

同官縣始知姜女果至長城獲范郎骸骨負之歸行至延安府宜君縣地方渴甚不得茶泣其地泉爲湧出後人名爲哭泉今現存抵同官而卒同官之人嘉其貞烈鑿石爲祠將其夫婦骸骨各塑爲像祀之歷代詩文碑刻讚稱赫然且閒其石洞隙中金釵時見靈異昭彰邑人敬仰如生然莫識其爲澧人也旣而余抵家卽與澧守汪君倬議建祠宇工將就適巡撫湖廣右副都御史莆田林公大輅臨澧叓囑汪君爲之增修塑像祠中前爲門中爲堂春秋致祭表其祠曰貞烈堂曰百鍊專人守護蓋嘉靖甲午夏也林公以予澧人知姜女行實爲詳囑紀其事丙申春余以總理河道起用道過汴梁命祥符知縣榆林劉九容

遣吏於本祠摹印歷代詩文碑刻觀其文亦有或者以爲楚人之句考其事與澧志所載若合符節但同官所載未詳其始合二處觀之則姜女之始終貞烈備矣余乃行文同官刻石記其事及修理祠垣以時祀享余謂長城之役在范郎義所當往姜女因其久役不歸始則築臺以望旣而親往役所尋獲遺骸死於道路夫澧去上郡數千里程途崎嶇至之甚艱姜女以一婦人乃不畏險阻隻身長往且以嬴政之暴聞者股慄顧略不少挫視如坦途茍非其中卓有定見則一戶之外尚不敢出而況涉千萬里之遠乎孟子所謂威武不能屈貞烈丈夫之事也其所以植倫理裨名教以淑人心以善風俗其功豈小補哉是宜

表彰之汲汲也抑長城之役嬴政之所以取怨當時貽譏後世也自今觀之今之邊牆即昔之長城也乃藉此以禦匈奴何嘗不善使始皇果有公天下之心議興此役俾近者輸其役遠者輸其財先其所急後其所緩次第修舉無急遽之心則民不知勞財不致費何尤之有惟其惑於亾秦在胡之語心出於私是以逞威肆暴不恤民命驅數千里之氓以供其役欲速盡美侈子孫千萬世之計曾不識天視自我民視天聽自我民聽民怨如此國豈能久存也哉是徒重征夫千載之長憾也予以記姜女之事並論邊計如此云築臺以望事本不經夫久不歸何必遠尋且婦人無隻行千萬里之理但其貞專可嘉彼姜其姓邪名邪孟其姓邪序邪抑孟姜乃其父姓名故爲范婦猶以女名邪俱不可考

四忠祠記　周善儁

四境之山數百許惟寶塔山爲第一在邑之南二里嵂然秀麗山之麓水光耀金淨影澄碧山水幽邃之地有禪庵往來游僧居之嘉靖辛丑冬邑侯張公毀佛像將廢焉乃與衆議之曰周文忠陳忠節舊祠且廢宜陽有太保廟祀唐南霽雲雷萬春皆前代忠臣也盍其祀之乃即廢寺合四公爲一祠肖像並列改題其扁曰四忠祠命予記之竊惟天地之正氣鍾於人爲聖賢爲豪傑爲忠臣孝子爲義夫節婦人得是正氣以生發而爲忠義爲名節是故有其同然者若南雷二公當張許擁兵時睢陽之守同一激忠奮義至死而不屈周公大儒也談道邑之清溪

相宋以功顯陳公幕相也與李芾共事死節於潭州南謚忠壯雷謚忠勇周謚文忠陳稱忠節四公之行時之先後地之遠近事之成敗雖有不同其遇一也一者忠也故以四忠名之精忠亮節凜不可犯勁氣英風宛乎可畏是其剛大之體充塞天地貫徹古今故今相去雖遠然尚能照人顏色聞者悚毛髮談者駭音響炳炳如昨日事於戲壯哉乃茲寶塔蒼蒼月潭汪汪水秀山明閒氣中藏天爲四公留佳麗地也合四公爲一祠饗廟食於千古天以張公亟四公之祠也天豈無意於斯哉士君子登賞於斯謀集於斯拜高風於旣往追義氣於當時強柔立懦莫不興起也而況親炙之者乎爲之贊曰

忠義道學。天地楨幹。賢哉四公。古今罕見。作天星辰。在地河漢。仰之凜然。瞻者興歎。竝倉同祠。千載一旦。時嘉靖壬辰夏四月望日

重修桃源萬壽宮記

印　偉

桃川古鼎之上游也。去邑治二十五里。南渡踰崇岡杳長坡。復十里有絕境焉。列壑爭奇。羣峯獻秀。開曠清雅。與人世殊。郎道書所謂三十五洞白馬淥光之天。昉於西晉大康中。有武陵漁人沿溪捕魚。見桃花夾岸。落英繽紛。心異而前行。林盡得山口。遂舍舟入。始纔通人。復行數十步。豁然開朗。土地平曠。屋舍儼然。有良田美池桑竹之屬。阡陌交通。雞犬相聞。其男女衣著悉如外人。黃髮垂髫。怡然自樂。見漁人皆驚。問所從來。具荅之。便要至家。殺雞出酒。相留數日。自謂避秦虐至此。不復出。遂與外人閒隔。不知世歷漢晉。然亦不足為外人道也。漁人出以其事告武陵太守劉歆。即遣人復尋。竟迷其處。後陶淵明慕其事而記之。謂漁郎即黃道眞也。辰人瞿童入山修煉。白日羽化。在唐之時。然未有宮宇也。至宋政和元秊。權發遣廣南西路轉運副使張莊奏聞。始度龔元正為道士。建景命萬秊殿及福壽二星經鍾樓閣齋寮廚庫廊廡方丈。凡一千三百三十楹。明秊賜桃川萬壽宮額。設提點掌之。以便禱祀。湻祐元秊。龍陽富民文必勝施財穀。增葺武當行宮於宮之陰。一時矩度略與太和比。至元末遭兵燹。前盛俱廢。我朝洪武初。道士龔貫卿沿舊葺。始以漸興復。景泰六秊。道士謝習常奉巡撫大中丞李公命。收集制書。立殿宇數楹。為風雨所頹。成化十八秊。道士馮信通奉本府

同知李公命募緣循舊址重立三清龍虎殿各五閒法堂官廳各三閒並裝飾諸神像宏治十四年道士譚常崙建山門一層清風橋一座惟武當行宮荒廢獨久正德十四年道士曾世顯募緣建殿塑像稍復前日之舊行宮前有淪鼎池上有空心杉棍大數圍存之日不知高幾許東去半里爲鍊丹臺北去百步爲天甯書院廢趾初不知誰讀書於此東向爲仙遊亭南若干步爲官道入林麓一里爲遇仙橋橋畔有古木蒼蘿翳蔽天日雖盛夏如秋月兩崖皆方竹石蒲靈藥異草復行數十步爲秦人洞洞有門半闔門上有泉泉有聲淙淙可聽水清冽飲之可以消煩渴簾洞而下匯爲池伏地中行至桃花溪始合流入江

歲旱禱雨皆應溪在行宮後二里許溪北有斷岸千尺名爛船洲世傳漁人舍舟入洞出則舟爛即其地東南爲天尊崖崖下有仙壇下崖西去二里爲水溪渡渡岸有市東北爲來鶴峯縈青繚白與諸峯相聯絡登高望遠此其一也峯麓皆良田約數百畝道士耕種之只供衣鉢且無額稅累心山閒林下又有奇蹤可弔賞唐宋以來諸大家歷其地者各能言其勝而此地之勝亦不負所言眞神仙境也獨惜夫地當八路之衢車馬旌旗日相馳突而隆樓傑閣譬之傳舍然今年道士譚常崙乃礱石屬記於余以垂不朽吁滄海桑田與時變易後之視今猶今之視昔千萬年後安知山林終不爲朝市邪雖然洛陽名園覩世故爲興廢此地之存亡烏知不係於人國也時平世清林谷無恙近者可居遠者可來僑寓者可登眺觴詠否則不爲東海商山者鮮矣余自休致歸亦買田結臺於白馬之濱去洞天甚邇風日清和幅巾杖藜往來宮中與道士對酌松樹下生平之願已遂清泉白石實不相負然亦我聖明之所賜也士大夫歷斯境者不必論其事之有無惟盡力以致其治使吾人得以其享其樂於無盡則亦不負今日之意也斯爲記

君山記

胥文相

夫洞庭爲長江巨浸而君山則洞庭孤絕處也雖三苗據以爲
險而舜賓以是昭文告蛟蜃雜以爲竄而禹賓以是降我凶德
民到於今受其賜秦皇幾以不渡楊幺秖以自翦且聞是山不
受穢惡赤沙湖在洞庭湖西夏秋水泛與洞庭爲一涸時惟見
赤沙舊志云洞庭南連青草西亙赤沙七百里又謂之三湖（一統志）
雲夢湖在郡治西與洞庭青草二湖相連洞庭在北青草在
南雲夢在西合爲一湖孟浩然詩氣蒸雲夢澤波撼岳陽城（郡志）
金沙洲在洞庭湖中與鹿角相對一名龍堆延袤數里杜甫詩
龍堆擁白沙即此宋張孝祥有賦葛長庚詩惟有金沙堆下水

東西南北任風吹（一統志）君山在府城西一十五里洞庭湖中一
名洞庭山又名湘山狀如十二螺髻山海經云洞庭之山帝之
二女居之蓋堯女湘君始居於此故名昔秦始皇南游衡山入
洞庭遇風波大作幾不能渡因問湘君何神博士對曰堯女舜
妃也又曰湘君神游出入則多風始皇怒命伐其樹赭其山上
有楚興寺軒轅臺柳毅井傳書亭飛昇亭響山酒泉山道書以
爲第十二福地古今題詠最多（一統志並郡志）湘江北流至岳陽逢蜀
江夏潦後蜀江漲勢高遏住湘波讓而退溢爲洞庭湖凡數百
里而君山宛在水中秋水歸壑此山復居於陸惟一川湘水而
已（北夢瑣言）酒香山湘川記君山上有美酒飲者不死漢武帝遣欒
巴求得之未進御東方朔竊飲帝怒欲殺之對曰使酒有驗殺
臣亦不死無驗安用酒爲帝笑而釋之相傳每春時往往聞酒
香尋之莫見其處（方輿勝覽並郡志）響山在君山上一名鳴山履之鏗
然有聲柳毅井在君山唐柳毅中宗時下第歸至涇陽見一婦
人牧羊泣曰妾洞庭君小女嫁涇川次子今被毀黜敢寄尺牘
洞庭之陰有大橘樹擊樹三當有應者毅如其言武夫揭水引
入靈虛殿取書以進洞庭君泣曰此老夫之罪使孺弱罹憂頃
之有赤龍飛去俄擁紅妝一人回即寄書女也宴毅碧雲宮洞
庭君弟錢塘君曰涇陽萎女敢託高義爲親毅不敢當辭而去
後再娶盧氏貌美曰予即洞庭君女涇上之辱君能救之茲奉
閨房永以爲好遂與同歸洞庭（郡志）軒轅臺在君山一名鑄鼎臺
黃帝鑄鼎荊山之下鼎成騎龍上昇今臺址尚存（一統志）

湖南文徵卷二十　　湖湘後學集編

記四　明

甯鄉胡侯鼎建縣治記　　易舒誥

胡侯治甯鄉之踰季政化大行百廢皆舉於是歎縣治之傾圮湫隘又廳廨東南面而門則北出欲改而新之適巡按何公分守丁公分巡楊公同按其地遂以白三公乃往臨視之見其頹廢相其地宜慨然曰守故者愚通變者知是役也始不可以已也隨以請於巡撫張公清戎巡按馬公皆從之於是盡撤其舊改而北向爲正廳六楹高二丈六尺廣倍之左爲典吏廳右爲

儀從庫六房則分列於其旁左邊爲佐貳首領宅其前豎之門曰寅恭右偏爲吏人退舍其前豎之門曰吏掾總門而預備倉獄圈又複於後祀土地祠清軍廳則並峙於六房之末前爲儀門又前爲鼓樓又前爲撫綏坊帶以陰陽醫學及申明掛榜諸亭後爲禮賓堂門堂中直而舂沐稽文二樓夾於左右又後爲正衙又折而左爲玉山書院通計爲楹凡二百一十有奇牆垣凡一千九百餘丈規模宏美矣經始於嘉靖癸未三月踰七月而告成焉生員楊思震劉耘至伋屬予記其事予援筆記之庶使後之人知是署爲侯之建則知思侯之政始召伯甘棠之意也傳曰其稱名也小而取類也大其是之謂矣　侯名明善霍邱人進士

貢士題名記　　楊文明

朝廷之制有進士有舉人有貢士進士放榜即令國子監題名於石而舉貢不與焉先是提學憲副陳君鳳梧令府州縣刻碑題舉人貢士名於明倫堂之東西蓋以義起厥曠典也方今聖天子詔敕吏部科貢選舉三途并用時邑令顏君如玉適當是選初詣學見所謂題名石刻者皆科甲流而貢士之名尚未有題尋與諸貢士議迺樹石勒名於堂之西則見碑光對峙科貢聯名耒邑人才之多井然類族可以躋卷阿樸棫之盛登是石也亦既榮矣又有可畏者焉若夫諸貢士指日與三途并顯於時必殫忠攄誠思所以庇民俾豐功偉業與衡之茹忠誠荆之

傅左丞黃之吳大宰蒲之魏司成媲美而不負君上作養之意則有以增斯石不磨之光否則靜言而庸違名浮而實失詎不大可畏哉嘉靖庚寅歲九月既望

連珠巖記

范永鑾

連珠巖舊名洞靈山距縣治十里許相傳歲旱禱於潭下能興雲雨以利於民故以靈得名也環山左右皆平原閒曠突然奇石峥嵘亭亭漸漸負土而出或起或伏蜿蜒相續如貫珠然而今之名亦以此也四山環拱於外一溪屈折於中丹崖翠壁千態萬狀其大略則皆石板平布而其覆於前者尤最膏渟瀉玉林杪生寒計其廣畝許汲其泉可以濯纓瀹茗擊其石佮鐘磬聲古好事者爲佛像環刻上下凡治浮屠者皆得居之其後有石徑可容一人伏入四周皆石壁中有潭潭光澄澄金鱗游泳韜涵太虛又緣壁中通自西北入槎牙清冷瀠瀠洋洋景象奐

然大約與前一狀又進有石牛伏於下若經斧鑿而成循其徑幽冥晦必以火燭之然後可矚過此則人迹少到不可得其詳矣珠巖之勝爲邑之最者此其略也今歲春三月劉侯經以名進士試政五月餘刑簡化洽有和平之漸蘇山子乃與一時賢雋沽酒烹鼓邀侯出游是巖時則吴掌教洲師司訓珠鄉先達朱通府守蒙朱上舍斌鄉進士何君廣歐君紹說朱君瓛皆與焉我侯之至是也設燎舉火無所不到心凝神釋皺輿就席喟然歎曰珠巖異態畢在目中矣諸君懷抱利器其將何所建白嘉斯會之不偶乎既而合席交懽倒囊傾梱雜然並陳或言先憂其憂而後樂其樂或謂滿堂慸笑無使向隅有泣者或以爲大盜蜂起劫掠日滋責刀劍買牛犢責有所歸者或以爲大丈夫得時行道當磊磊落落雖跌挫撼頓無以禍福爲顧慮者或又以爲崇節儉勵廉隅又必慎終如始令名無窮者侯皆不讓醉而歸越三日具其事謁蘇山子於鳳岡别舍索文買石刻之遂序其事以爲記

修復汶漕記

張治

嘉靖甲午、大中丞麻城劉公天和、奉簡命督河事、宮采氏茶陵張治、浮大江而北、踰淮泗、道濟汶之上、遭而問水焉、公曰、古之治河也、以爲民也、今之治河也、以通漕焉已耳、然藉河以濟漕、猶以狠兵止寇也、利害均矣、負沛而下、河之入漕者近、且絕舟、弗得其利、而害獨存焉、漕所倚以濟者、其惟汶乎、書曰、浮于汶、達于濟、則汶入于濟也、濟既伏流、則汶其自達於海、與元輔國於堽城、作斗門、割汶流、註泗漕、以餉宿蘄之衆、復漕江淮之粟以至於燕也、乃遏全汶、合泗水而南、後復分導之、北達於衞、而漕始通、國朝宋司空禮因其舊而導之、下至南旺分流焉、遂成

通川矣、又爲之置閘焉、以節宣之、築湖焉、以豬匯之、國餉自是有永賴也、比歲汶穢弗治、浮沙蕩礫、迴湍激射、雨淫則流漫、旱則易涸、河流所經、魯橋而下、閘廢沒無完址、南旺西湖環三面之隄、復傾圮、民且盜而田之、馬場隄嚙於水者、始絕蓄洩、弗備自沛至濟、有淺澀之患焉、予惟疏厥淤塞、修舉厥廢、以復其舊焉爾矣、治曰、河係其不終爲漕之害乎、公曰、昔人有言、河流已棄之故道、自古難復、言其淤塞既阜、水性避而就下也、由今觀之、河不北流而南徙、亦其驗、與漕渠之外、百里爲陸、力不可施、豈人所能哉、鬼神實相之矣、河繼而復決也、亦惟順道之、使不爲漕害耳、敢利之耶、苟利之而且虞其害焉、雖神禹弗之能善

矣、治曰、漕譬則人之咽也、國之命脈係焉、尋丈之汶、彈丸可塞也、君子將無意外之虞耶、徐呂之洪、懸水千仞、梁靖之下、符離之上、使復若負沛焉、則汶其可倚哉、公曰、此憂世者所以有復海運之議也、然未可易言耳、予嘗沿淮及河、歷沁衞以還、有遺思焉、夫沁水入河則勢張、若導之東下數百里以入於漕、如昔人之導汶而南者、不猶愈於引河乎、河勢且殺矣、或者謂泝淮而河、以及於沁、沁去衞僅百里、可陸而至也、其猶濡有衣袽之戒者與、若夫銷患未形、以昌利萬世、則又出於治汶之外者、非予所謀也、既而公條治漕之宜、疏以聞、得曰俞、乃揚明命、戒羣吏、飭工徒、輿財用、具畚鍤、略遠邇、揣厚薄、陳蔀野處、以率庶役、

罔弗受命、魯橋之南、至於徐沛、百廢咸作焉、乃謂主事段子承恩曰、汝其築汶之東隄、承恩受命而築焉、乃謂主事顧子翀曰、汝其築汶之西隄、翀受命而築焉、隄各爲減水閘、滚水壩者凡二、視水盈縮蓄洩焉、乃謂主事邵子元吉曰、汝其築南旺馬場二湖之隄、元吉受命而築焉、會水部楊子且至、公復以命之、且復受命而協築焉、隄各爲減水閘、南旺者凡十有八、馬場者凡五、視水盈縮蓄洩焉、既成、千里之內、隆岸平流、餉艘時繼、輓卒愉愉、若纜而嬉也、乃報命於朝、晉公爲工部侍郎、未幾改兵部侍郎、總制西北邊事、楊子且于治丐記焉、治曰、國之大事、惟賦與戎、河之與漕、猶虜之於邊也、治河者弗與爭利也、順之而已

矣治虜者不爭其利也備之而已矣是故謹隄防時疏濬廣泉源則治漕之善也足儲會詰戎兵明賞罰則治邊之善也冒無窮之害而徼夫難得之利敝所恃之險而貪其不貞之功國是以無甯民矣然惟忠者能任之知者能謀之惟君相之明者能知而用也否則厚身圖者薄公計闇大機者喜新功惑浮議者亂成謀幾何而能有濟耶予方喜劉公之既忠且知而樂吾君相之能知而用也故併論之俾觀者知君子經世之志有餘憂也越若治漕之費及工役則存乎有司之籍弗詳焉

尚寶司題名記

張治

尚寶司掌璽牌符之事國初建符璽郎後改曰尚寶司秩正三品洪武元年乃置卿一人正五品少卿一人從五品司丞二人正六品其後大臣子弟以蔭補丞者無常員例署在左右掖之內其地至禁密也寶璽之大者曰奉天之寶爲唐宋傳璽惟祀天地用之凡詔若赦則用皇帝之寶立封及錫勞則用行寶詔親王大臣調兵則用信寶冊上尊號則用尊親之寶敕諭親王則用親親之寶祀山川鬼神則用天子之寶封外夷及賜勞則用天子行寶詔外夷調兵則用天子信寶曰誥則用誥命之寶曰敕則用敕命之寶敕獎臣工則用廣運之寶敕諭來朝官員

則用敬天勤民之寶凡寶之用必請命而後發焉天子饗祀郊廟若視學籍田勳衛扈從及公侯駙馬都督曰衛錦衣當直則給金牌牌之制有龍者虎者麒麟者獅者雲者以其官爲差皇城金吾禁夜五城夜巡則給令牌虎賁巡城則給銅符九門守衛則給銅牌錦衣校尉入直則給雙魚銅牌京官之朝參者則給牙牌勳臣以勳字親臣以親字文臣以文字武臣以武字文武官之與陪祀郊廟及執事人亦給牙牌有圓花長花長素之別凡諸得給牌者有故則檢籍而納之親王之國及文武大臣出撫鎮則給符驗御史出巡察則給印事竣則納之稽出入之令而辨其數其事至重也每大朝會則二人以寶導駕先立侍

殿中駕出奉則二人以騎從寶行其爲侍從至親近國初類以文學儒臣領其職或兼秩焉尙書郞而下非有才名者不得謁動輔大臣子弟奉特旨乃得補丞他流所弗與焉其選至愼也故事曹省皆有題名而符司缺焉嘉靖丁未分宜東樓嚴君以太常少卿領司事乃蒐諸故牘自洪武而下迄於今得若干人刻其姓名爵里立石於西長安之直廬以稽往而昭來也丐張生記之治曰寶者人君所以信其令於天下者也名者君子所以信其行於後世者也人君之於寶則設官以守之者愼其令也然則君子之於名其賢不肖關於勸懲者至遠也顧可以弗思愼乎哉夫德者所以愼名之具也是故人君有愼令而後天

下無邪政是謂治法君子有愼名而後終身無邪行是謂治人以治人而守治法則身安而國家可長保也烏乎豈獨尙寶然哉此東樓所爲題名意也

涿州北河胡良渡舟記　張治

嘉靖丁酉御史梅濱楊子奉上命按畿輔興能振弱庸和惠生樊百感新也歷於涿進涿之衆而語曰涿郡當京國之衝四方所萃集肩轂相踵也北河胡良之水環郡南北冬春水涸可木而梁也夏秋水淫漲流瀰瀰行者力不能絕衝濤悍夫乘時操舟索重利人莫不病焉予欲令有司庀官舟櫂以渡其可否惟爾民衆曰民惟依仁之所興民所利也其誰弗嘉楊子乃以謀諸副使壘川於子於子曰唯唯是予之志也而未之能行矣以謀諸知州陳子陳子曰唯唯是予之職也而未之能盡矣咸謀乃鳩材命工剩贖鍰佐厥費檄吏目徐志高董之北河爲巨

舟二舟篙工三人爲步舟四舟篙工二人胡良視北河半之既竣事陳子曰仁之所興利所程也弗有以記之其後曷繼於永哉乃以書來屬宮宋氏治記焉治曰推涿之政可以仁天下矣夫行路之人猶涿之人也涿之人猶天下之人也予嘗道燕趙之墟歷漳易滹沱諸水而深有慨於斯民之多溺也以涿言之土壤塿而善崩水淫決衝流百里民沮洳而居室塗弗完水下砂礫堨衍杳陸爲阜蒿棘弗植無論禾黍也然則水之溺於涿者獨行路之人也哉王程所歷使命相繼車百輛馬四匹驢騾千蹄驛夫馳肩卒重繭費日萬錢月無算也中人十家之產歲不能備一役官莊宦第官芻公牧百賦萃之凡編戶之民童丁

而犢祝弗充焉。然則涿之溺於民者，獨水也哉。又嘗因是泛觀四方之民，宏治而上，家餘藏，絫餘積，山林川澤餘利也，邊卒嬉武，吏不宿道。至於今上下佪佪然稱匱乏，誅賦日繁，重力役弗已，君子或懼其陸而魚也。然則民之病於溺者，獨涿也哉。昔者高宗謂傅說曰：若濟大川，用汝作舟楫。夫舟楫，傅說也，斯民無溺之患矣。鄭子產以乘輿濟人，孔子曰惠也。禹思天下之溺者由己溺之，孟子以爲仁。夫二者皆務爲治者也，直所從施異地耳。故爲政者近之以乘輿之惠，遠之以己溺之仁，斯舟楫而傅說也已。以予觀於楊子之仁，蓋託始於舟也，究其施，其濟大川也哉。故曰推涿之政，可以仁天下矣。楊子名紹芳，楚通城人。於予名敖，秦岷州人。陳子名邦治，亦楚人。皆有事於舟者，故備書俾後之人觀覽焉。

修倉廒題名記　張治

司空繕部郎僊居蔣子巨化，董修倉事，聞語諸治曰：子未知是役之重乎？治曰：願竟焉。蔣子曰：國備惟戎，戎備惟倉。國家之制，歲令民出粟四百萬石，漕以入，日要月成歲會，角斠贏縮度數多寡，司徒主之。漕卒百萬，漕士十千，海漕之總一，河漕之總什一，內督一，外督三，稱賢比能，司馬主之。邑會則上之郡，郡會則上之省，省會則上之部，逋慢維績，廉事以最，天官主之。邦畿之內，泰庾十一，庾劉而爲廒，廒凡千四百二十有四，廒比而爲楹，楹凡七千一百，鳩財眡費，飭壞振毀，司空主之。司空上卿歲覵，大夫月視，監工日號，匠人斲，陶人塼埴，圬人塗板幹，時裁風雨，與覆宇謀；鳥鼠，與封塞謀；燥濕，與爽塏謀；虞戒，與扃鐍謀，罔或不亘。凡此以重民也。予嘗聞之，粟之入也，石費五倍，歲足靡盈，歲歉貸之，漕卒百繡，歲月而後逢，民力之艱，曷可說矣。而復委諸風雨鳥鼠焉，不旣幾乎？幾民實瘁，國其如何？予是以爲茲役之重也，不可不愼也。治曰：允如子之言矣。然子之所虞者，風雨鳥鼠也，又有甚焉。宂靡食，貪濟貨，奸牟澳，侈不藝，四者之行，民病久矣。孱力不滋，無能谿壑，風雨鳥鼠何以加之。是故古之爲國者，倉不足則修宂政，不足則修貪度，不足則修奸用，不足則修侈治，不足則修德。國其無以踰此矣。蔣子曰：予知予職焉耳，若子之言，非予所職也。雖然，子言遠矣。他日蔣子於廳事得故礎礲而可碑復語治曰君子之政思師人也思師言也咨之與是役者衆矣令行鑿鑿子欲考其人與吾子之言義將竝勒之以朝夕觀取訓焉且俾後之人知所感而起也何如治曰子善矣盡衷事事報國之忠也語事及民惠物之仁也因往以樹取善之知也大慮首物伻率之教也四者善莫大焉蔣子以告之少司空董公中貴梁公具曰由蔣子之言可以知忠由張子之言可以知固忠固之道可以久矣命蔣子立石

青雲菴記　張治

青雲菴公城西郭里許宋旌忠祠故址也南渡寇曹成比衆萬人煽禍江湖詔岳忠武討之師至茶成據賀州忠武會勦之成遂就俘縛回蘗震奔忠武用者士之從戎行而沒者以其骨函之西郭殯焉奏建祠祀之額曰旌忠嘉死士也歷宋而元兵燹代劫礎礫咸蕪人弗知忠武也況旌忠乎宏治癸亥王參戎君錫始圖復之奉忠武主祀焉郡之人自是欣欣然仰止矣然晝宮以域陳蔀以居正德庚午子表復踵成之棟閣乃備秩節聿興丹碧鐘鼓甲乙乎叢林也子丙子讀書其中至之夕夢雲覆其宅光氣燭天是歲予旣舉鄉錄僉以爲兆也改題曰青雲焉

乎地道之勝恒因乎人而人道之久者則存乎天理之極也忠武之身不能一日安於其國百世之下車輪馬足之地人咸憂焉不天理之極能然乎是故君子之道思其久焉已夫天下之事其興而廢廢而復者常相尋也自是而往循名索實茲地之枉他日或以青雲復焉亦猶今之於旌忠者不可知也佛氏之教根蔓流衍弗可薙矣孟子有言君子正經而已矣經正則庶民興庶民興斯無邪慝矣天下飯佛之地其興復誠若是也則人皆知天理之可久而趨向之心生焉斯正經之漸也子產之治鄭也曰從政有所反之以取媚也不媚不信不信民不從也可謂能悅民矣蘵而敵之其蘵愈固韓子曰人其人廬其居火

其書是敵之也嘉靖乙酉閏月甲戌書

北堂玩適記

張治

梅巖思悅其母雜花草禽蟲人物繪爲圖時奉披覽焉題曰北堂玩適君子以爲能養情矣花之族凡三十有一紅者白者紅白間者數本開者半開者落者菡者實纍纍者數本風坐者露浥者數本蔓相樛者枝相倚者數本玩之無弗可適焉禽之族凡二十有一飛者鳴者啄者飲者鳴相和者飛相逐者雌者羣雛者飛欲止者棲者浴者交頸立者怒相攫者大小爲鳥凡七十有一玩之無弗可適焉草之水面浮者岸附者陸而蔓者陸蒙茸者渚生者生下田者凡六事蟲之族爲莫貐爲虰蛵爲輕爲阜螽爲蟿爲蠽爲螢蟆爲蜓蛛爲螽凡九種玩之無弗可適

焉龍而躍者虎而嘯者兔樸樕者牛癢摩樹者鹿牝牡戲者凡五事舟漁者一人讀者一人坐披閱而有所思者一人玩之無弗可適焉龍湖子曰圖以度衷也梅巖子其知孝矣夫花華也華以昭質見其華則思敬身之儀乎禽勤也勤以敏功見其勤則思克物之慮乎草藻也藻以潔德見其藻則思中樞之維乎獸受也受以廣道見其受則思全歸之安乎蟲窮也窮以盡物見其窮則思究變之知乎人仁也仁以長世見其仁則思敦土之愛乎夫六者悅親之大也衷有焉圖以度之梅巖子其知孝矣

耕讀軒記　　尹尚賓

黃石外王父義寧譚公闢山爲基構軒以居濃書耕讀榜於其楣尚賓嘗侍几杖從容問曰裕家在耕振家在讀翁以倜儻之姿德立而福同善積而名顯天與之富而門戶肥潤天畀之貴而冠帶崢嶸奚待於耕奚待於讀軒茲名茲其若之何公笑曰然不曰耕乎耕而不穫不曰讀乎讀而不覬穫則物爲之化而心有所繫覬則欲爲之累而志有弗舒是以君子耕也而不必富也讀也而不必貴也適焉耳矣栗里元亮谷口子眞既耕且讀水雲之與居也芸蟫之與處也囂囂然於事物之外是故一畝之間有餘地焉一卷之中有餘樂焉適也若夫皇皇求之孳孳爲之祟墉比櫛以盈其室遺秉滯穗以利其利斗筲爲鼓錐刀必競則耕而穫者也齊岷以之佔畢數誦日有其程絺章藻思月有其課苟或得之躍躍以喜苟或失之戚戚以悲則讀而覬者也齊士以之君子固如是乎黃石陶之栗里平水鄭之谷口廉也買田而耕耕不必穫購書而讀讀無所覬耕讀之暇一觴一豆斟糟歠醨歌詠勤苦江山風月與化往來竹徑花塢恣爾游衍張弛勞逸卒以卒歲非敢擬蹟陶鄭亦於其適焉則名軒耕讀夫何侈之有尚賓躝然而起曰適哉其翁之志乎鳳凰翔於高岡之上而鵞雁營於稻粱黃鵠一舉萬里之遠而鳩雀役於樊籠詩美考槃易嘉肥遯茲翁之志與

修建郡城記　　王世隆

辰川據楚上游當西南孔道外扼苗順保靖谿洞內爲武陵荊襄障蔽山多地險形勢阨塞捍阻外內視諸郡爲最要郡城舊制卑隘上覆以屋數燬於火延燒官民廬舍常數千家自宏治戊申以及嘉靖丁未數數而然蓋城枌於勝國入煙疏少因陋就簡外甃浮石中實以土屋覆之歲久疏陋風雨浸之以故善崩且覆屋材久既朽且燥遇火輒燬及內外煨燼無遺頻季修理貴費不足卒不能議更也歲戊申守道麓泉王公崇始毅然修之又以大樓飛甸必致火乃四面俱用瓴甓壘成而公以憂去時兇苗寇石阡聲搖辰沅郡人洶洶震恐分守道鏡峯陶公欽夔在沅聞變倍道趨辰偕郡守吾溪徐公楚晝夜臨城躬率士卒具畚揭庀工伀凡三月而城成居民特以無恐奸宄聞之亦寢其謀而徐公又以城北之東西二隅未備非萬全計恐民弗堪乃白於大吏估計丈尺擬以三歲漸次修理民不勞而事集眞易所謂設險守國記所謂城郭溝池禦大災而捍大患者也當是時大中丞竹墟屠公貞所馮公相繼總制楚南皆能處置經略動中機宜招徠撫綏表用材俊察納雅言簡節疏目以治於上而陶徐諸公復相繼稱於其職以培辰沅之勢道德爲藩籬禮義爲干盾卽無城亦自保其無虞況又建城以爲備宜辰人之交慶也是役也郡二守雲川高公爵通守東浦陳公是

柳溪呂公孟信崇德呂公煥沅陵邑侯湖濆高公昇皆通敏幹濟夙夜匪懈與有勞焉不可泯也若守備何君濤王君夢麟指揮杜君繼相千戶鍾艮等先後左右茲役以觀其成法得書焉

嘉靖三十季辛亥月日記

重修伏波祠記

王世隆

伏波將軍辰郡故有祠在壺頭山蓋昔將軍南征屯兵處也將軍卒於軍後人祀之壺頭山禮也本朝主簿傅翔以水潦不時議改今祠從民便也嘉靖丁酉廟燬於火戊戌沅陵縣尹胡侯晨出鍰金百兩修堂既成旋圮己亥郡守吳侯嘉祥始下車覽觀庭廡悵然興思將復興焉會天子南狩歲連大祲侯曰夫神依人而立者也故聖王先成民而後致力於神其道一也今歲荒民貧且大工方興征役未息吾率先為此其無乃非神意乎乃與民休息減賦十之二三期季而歲大稔民有以芝草白鼠之祥上者侯曰歲豐民安神之力歟於是拓地址庀工鳩材屬

父老董其役若堂若廡若庭若垣宇靚昔有加以十月初三日落成適郡丞蔣侯詔始至爲相厥後吳侯乃偕寮佐及鄉士大夫樂觀厥成世隆亦與觴其中神人胥悅樂融融也夫鬼神非人實親惟德是依假如野荒民散刑政頗偏雖祝史誣詞以薦神將吐之矣今侯政成於民德孚於神人謀叶從歲聿滋豐其興茲役固宜而況伏波大節載在信史足以風厲萬世者乎侯嘗言辰郡僻在萬山民無平田沃壤以爲業歲厄於水旱而近時議者乃令照江南以田糧起差辰之田果足與江南比乎且地近溪洞羣蠻蠶食浸淫乎將剝膚矣鄰郡諸宗藩民校糧賦皆取給而無厭者更覬覦分封茲地辰之民有不欸且徙者幾

希旨故國初不以封建百凡征徭皆從寬省以休息其民郡雖僻隱然西南長城也侯之言誠仁矣而議者欲以比內地將人號於神而神弗享矣雖事體重大有司不能專非聞於朝不可然辰之民終不能不厚望於侯也是役也一切經費用緡錢若干兩役工若干人爲日幾何皆侯節縮公餘絲髮不擾於民侯持身儉約且富文學而嫺吏事人不能欺治民有恩遇士大夫有禮嘗以地官郎出守姚安人至今思之其在辰不啻在姚安蓋良吏也

重修武安王廟記

王世隆

辰州衛演武場舊有漢前將軍義勇武安王廟故事每歲孟春則主帥偕寮屬以特牲祀於廟始閱武焉至仲夏十有三日則自將吏以下至於士庶皆醵錢爲會以祀王蓋俗相傳爲王誕辰云王嘗以先主命督荊州諸軍事辰沅武陵地固所治邑餘波實霑濡之夫王之精忠大節貫日月塞天地爲萬古所僅有遐陬荒壤罔不敬畏況辰人舊在霑濡中者乎祀之宜也廟建在國初歲久傾圮嘉靖丁未今僉憲明巖張公以鎭筸之役視師於辰大閱武焉先是公夢神人有介而謁者至是謁王廟覩其像與夢中所見不姝乃命邑侯潘君璋修葺之指揮馬君天

祥實董其役公乃出師躬擐甲冑跋履山川在蠻地幾一季經略處置動中機宜直抵賊巢斬首千級餘黨奔北乞降乃始撫綏分比地方以甯迄班師則廟工完矣乃大饗祀於堂屬余誌其事於石公名景賢字勉之號明巖四川眉州人舉嘉靖戊午進士以江防僉臬攝湖北道

益陽修儒學記

夏寶

益掌敎桂山李子時暘。司訓秦子漢語。為齋夏子寶曰。我長沙郡伯海樓李公。惠懷學校。憫學宮宋寥。無以妥聖賢。屋師徒。闕典大焉。迺出俸金鳩材。命建啓聖祠三開。葺進德修業二齋。飭飾牆垣數仞。又將以所餘畢力於敬一亭。惟子記之以俾不朽。寶曰。學宮與道同一廣大。啟聖一祠爾。記也何為。桂山子曰。我明篤孝思。追王先王。祠啟聖者。由追王之制廣之。是不可記耶。寶曰。二齋理舊爾。記也何為。桂山子曰。我明陋俗學。欲進德以齊其體。修業以齊其用。匪新其齋。則人莫知所因。將欲凡肄所學者。德以居心。業以居身。不可記耶。寶曰。牆垣外望爾。遺且多矣。記也何為。桂山子曰。我明闢異端。衛以宮牆。惟時無佛老。無楊墨。罔敢逃踰。坐事毀畫。則人莫於閑。乃今面厥牆者。如對宗廟。如奉百官。且將有懿好集成。如吾君子之於朱公洞者矣。不可記耶。寶曰。將攻敬一。亦亭焉旨。且未定辭。記也何為。桂山子曰。我明統賢聖。欲丞厥中。安灑宸翰。以箴天下。惟時無內外。無小大。罔敢昏渝。匪亭焉。則人莫之識。迺今即厥亭者。如聆王言。如見王心。時暘也漢也。敢不策駑以前。厥美不可記耶。寶曰。鼎建啟聖祠。先至孝達宗祀也。而益陽之有孝子自此始。佮益孝先孝可朽乎。畢力敬一亭。廣廟讀大君師也。而益陽之有忠臣自此始。佮益忠先忠可朽乎。葺二齋。熙帝王被韋布也。而益陽

之有聖學自此始。佮益聖先聖可朽乎。飭飾牆垣。集諸家大一統也。而益陽之有貞儒自此始。佮益儒先儒可朽乎。桂山子曰。事關世教。天出禎祥以兆之。益先師廟側。適有野鴨九雛之異。夫鴨者甲也。有飛鳴之象。而野又有於朝之象。益嗣此宜有沖風健融。而孝而忠而聖而儒。如其數甲於宇內者矣。寶曰。是可象也。不可數也。何者。陽數起於一而極於九。一而三之。三而九之。九而又九。衍也無算。鴨一而雛九者。得非象中之妙。數外之理耶。既此迺知土木自瑩。臺沼何靈。靈固有在也。桂山子曰。捐金以集事。集事以集道也。且其休徵嘉兆。得無尊乎。噫。大人一舉事。利溥也哉。願即領此以記諸后。

甘泉精舍記

蔣信

由南嶽廟西北行可二里許為宋胡康侯祠即其隱居著書之所由祠西北行數百步許有峯翺然伏而下垂曰紫雲峯其麓為古衡嶽觀址鞠為草莽幾石僅存其山脈發自祝融天柱歷南臺蜿蜒而來其左右支山各若為龍虎蟠伏不厺右支即康侯祠坐山也後峯當其左後為芙蓉峯者勢益聳拔若將藏護之者前峯環遶望之如展案其左脇有泉涓涓流而為㵎遶石而前紆曲可愛其右則奇石峭立泉瀉其下此紫雲洞之大概而衡嶽之最勝者也先生始改南京參贊歸途即謀徑赴衡嶽不果後謀別門人洪侍御覺山垣於韶因即至衡亦不果頃感

信南游之請遂自羅浮攜門人樂昌駱君堯知順德周君榮朱宜興黃君雲淡由西樵山挐舟微服而行不過其家亦不以謀諸家人所過自儆民舟不令官府知之踰樂昌而郴舟僅容身從者多病居之裕如也將觀祝融之朝一望紫雲即指之曰鍾秀之區無過於此不可以終吾老乎訊之道士始知為無主廢觀址約十餘畝遂計其直買諸官乃募乃闢乃構乃築堂舍門墉踰月而次第告成講堂凡五間寢室三間外大門一開二門三間牆墉周遭餘二百丈右脇之岑巒豁然中有大石如人坐題曰甘泉坐石其旁有方石曰端默石洞曰甘泉洞其後奧曰甘泉上洞皆刻識崖石以寓鄉之泉石於目前示不忘也遂買舍左沖蔣世興易冕等田二十二畝與道士蔣明鼎為贍修之供立籍載焉先生早承江門陳白沙公之學公嘗寤寐衡嶽竟弗果而卒先生有懷茲游瀀五十秊於茲堂成又於其上築臺別構以祠白沙公其中蓋先生與白沙公之志於是竝酬矣若觀山之形勝康侯祠適居右支說者謂時當故觀未廢康侯惡得有焉然則茲山之靈顧不先有待與先生嘗為詩遺門人李璽託尋胡氏父子隱居之處而卜鄰焉驗之今又已先符於二三十秊之前矣或問曰先生春秋已躋八十南海之陬羅浮黃龍青霞蓮洞西樵諸勝何適非樂而奚必於衡嶽眷眷爾也信應之曰非先生誰冐有此乎何居曰先生之道以六合為其戶

闥以泰華衡盧為其顱脊以溟渤河漢為其榮衛以飛潛動植為其膚髮百體以寒暑晝夜為其往來以一元闔闢為其終始是故自其為翰讀歷司成以陟卿座總留都忠懇謀猷亹亹不已進退之際亦或舉世非之而不顧眞猶孝子之於嚴君曷能一日而厺諸而忘諸退而龍蛇蟄藏忘著述於言語寄至樂於山水飄乎若苞鳳之適意千仞而不知其身之老與其地之遠蓋邵康節所謂眞樂攻心不自由者豈可以語諸人哉昔明道先生兄弟倡道河洛開得一龜山道遂以南而傳之未有已焉先生不獲究志於時因思得四方嚮道之士而裁之三晉之傑先已有願移家而來依者此又非先生之微志乎問者曰然則

何以能是曰先生不云乎求之勿忘勿助之閒至矣乎忘助泯則一矣無物之至也心之本體也是故明覺而自然大公而順應語克復而不違乎此惡可與幾語參前倚衡而不違乎此惡可與神故苟無得乎先生之學則曷可與語先生之心之樂與其出處哉雖然先生得之白沙白沙得之明道明道得之周子今世之士類知尊明道顧於此忽焉而莫信豈其有蔽之者與夫明夫聖學斯可以與語乎天德而王道至治胥從之矣然則世移而論定先生茲堂安知不與衡嶽并重嘉慕而愼守之者將無已哉於是礱石爲記垂諸永久云

益陽龍洲書院記

蔣信

教興而後六經之道明六經之道明而後天下之異端熄甚矣教之不可已也夫六經之道何道也堯舜禹湯文武周公孔子之道也由此者謂之眞儒假此者謂之霸術異此者謂之異端尹益陽劉君瑞亭潡始下車即訪求民瘼已覽學舍卑隘未足以容多士思有以拓之視古書院故址皆不可乃度地於郭門之外遠近之閒顧江南有會龍峯自浮邱蜿蜒而來舒爲龜臺捍地抱郭勢如扼江之吭而十洲者連絡縈帶吞吐江心其爲邑左下流鎖鑰曰天作地藏鍾秀之區其在是矣卜書院於茲羣士聚於茲庶其有當之者乎以白諸郡太守鄭公少潭維城

公曰吾方以士鮮知學爲憂宜亟圖之毋後惟時太史趙大洲貞士適過而登焉曰龍峯蟠如羣洲繚如曷題曰龍洲書院君喜諏日往規畫焉外爲大門四楹內爲講堂六楹堂東西爲號舍相對各若干楹堂背爲尊經閣凡三層高可五丈深廣各以其度最後爲五賢祠名宦鄉賢祠附焉蓋自郭中徙而祀於此也亭榭廚舍各規所宜爲之繚以垣墉若干丈距郭雖近數百步許而負山面江高明爽豁加之巨材良甃翬如煥如規模之勝蓋侵軼石鼓嶽麓矣其費則自捐俸外區處良裕舊五賢祠居學旁其隙地久沒侵併君廉知之貰其罪第令抵修祠閣令下遂不督而集又覛民所犯情甚輕力能贖者聽其以瓦木諸

料抵贖人亦稱便是役也始於嘉靖辛亥之夏落成於兹歲壬子之冬據山川之勝則若鬼神啟其謀承雨暘之若則若造化成其美感上下之孚協則徵夫曠典有待於豪才初學諭梁君樂君兹績謂不可無記以懇諸大洲公公曰宜歸道林子仍偕其徒郭生世畯等以其狀來謁道林子義不得辭唯焉夫君旅居京邸博友四方凡若干季其急於兹舉也將無大有感於中者乎夫吾前之云者固千萬世聖學的也學而不準諸是則外之而遺其內內之而遺其外其爲迷於中路一旦豈不枉多士淡察而愼守之哉

游靈田洞記

李樂

庚戌之春余偕諸子弟浮舟自鹿泉洞而下過辛女巖數里許見石門隱隱懸列山半勃然心動訊之舟人云未有游者余遂泊舟披荆剪棘迤邐盤旋始克入洞洞中虛曠可容數百人憩坐其間仰觀洞上石光澤如鏡五色燦爛懸崖倚壁如蓮花如巨人如童子如鐘如磬參錯雜陳獅蹲象立龜息蛇藏妍姿奇態不可窮盡石隙流泉迸出細如髮覗之不見凝注良久始見其淵淵不竆掬而酌之甘香可人入洞漸深乃命從者張炬石圓聳盎清奇可愛徑入有二石門並峙門外有石柱插天而立刻削智巧良工莫施葢亦天下奇觀也噫自吾之生五十二季

矣凡山經所載崖石洞府之奇過者必游聞者必慕此洞出吾邑數舍地且顧秘而不揚久而無有知者遲之至今而乃得之使吾春不游游矣祇信舟人之指顧而不及此則負此洞不其多哉則天下名山人蹟所以不到奇峯靈壑其等於培塿者又豈少乎哉相與歎息久之日入高舂瞻囘依戀不忍舍厺厺洞不數丈爲千邱田人所知者此洞底平垣高下相次亦若田然子因名其洞爲靈田洞而千邱田爲下洞云

重修惜陰書院記

李棠

郡舊有惜陰書院祀晉陶公侃公都督荆湘等州封長沙郡公
有大功於民史稱公朝夕運甓語人曰大禹聖人猶惜寸陰吾
人當惜分陰惜陰之名以此嘉靖甲子夏節推震川瞿公以名
進士來茲理學淵深儒飭吏治諸生爭請講學於嶽麓書院顧
隔於大江之西每有風濤阻於往來迺於郡城外尋書院遺址
背陰向陽麓山相望近城而便於諸生游從欣然鳩工拓而新
之而郡守少溪蔣公適至道同志合共謀協舉期季落成爲舍
五十間前爲明道堂中祀陶公後搆聚英樓門廡池亭翼然輪
奐立會長置學田屬棠爲記惟昔晦菴南軒講學於嶽麓城南
兩書院闢士子振振向往以千數時稱潭州爲鄒魯敎化大行
四方則之人材輩出出爲名臣處者表式鄉閭士至今尙節義
重名檢有以風動之也而南軒爲記指示人心擴充之端所以
爲學之方昭然具在茲吾郡二公之爲是舉也夫豈使諸生羣
居佚談剽竊章句便游觀爲燕安之地而已誠欲成就人材明
乎聖賢大學之道以求晦菴南軒之所以敎學者之所以學繼
承往哲鄒魯之懿範所以一道德而同風俗蓋藉是以風動之
甚盛心也不然庠序學校之設徧天下士游於庠序學校獨非
可學與說者謂士方攻科舉文字之業以應上之求從事於學
校之敎不暇及於書院之講以彼視此判然兩事抑知聖賢大

學之道豈出於科舉文字之外學校之敎非書院之所講與書
院之所講而學之者又何妨於科舉文字之業科舉文字之業
固皆孔孟之道也非朱張之所講論而詳說之者乎惟誦其言
無體驗擴充之力而不知所以爲學之力專攻於科舉之業而
無博文約禮深造自得之實一獲進取遂盡棄之視昔所攻又
了不相涉矣是雖惜陰汗漫馳逐之旨況未之惜乎無惑乎人
才之難也此學之不可不講也學必講而後明旣明矣而知大
禹惜陰之所以聖必有事焉陶公惜陰之所以忠不徒朝夕百
甓之運所以地平天成者在是所以匡扶社稷者在是皆惜陰
之學爲之本也夫子魯論首曰學而時習之又曰學如不及猶
恐失之孟子曰操則存舍則亡又曰苟得其養無物不長苟失
其養無物不消知乎此則知惜陰之義矣蓋嘗因時習恐失之
訓而察識於存養消長之際究觀乎天人之微玩易辭而有警
焉人心之本體其象乾乎乾其純陽之卦也天之道也渾然全
體固大通而至正一有陰以雜乎其閒匪純矣匪純邪也邪暗
塞也故周公繫乾之三爻曰君子終日乾乾夕惕若乾自初而
三陽進而長矣乾乾夕惕是時習而存養之也否則消之爲陰
矣夫子之大象亦曰天行健君子以自彊不息則可以同天矣
天不息道亦不息則學亦不息所以惜陰者其至乎學者思禹
之聖有感於陶公之忠晉亦必由惜陰而進之審消息之機致

擴充之力，知所以爲學之方，以復其虛靈不昧之本體，曰新又新焉。聖賢大學之道，不遠於科舉文字之業，以是聚於斯，樂於斯，相觀而切劘，優入乎高明廣大之域，無負乎慆陰矣。夫然中有主而守之固，知至而行之利，耆演而應不窮，言之爲德言，行之爲德行，異說不足以亂之，勢利不足以奪之，有得於己，無待於外，外之所遇，不足以動其中，曉然分析於善惡義利之辨，必爲君子而不爲小人，得志與民由之，不得志獨行其道，此之謂大丈夫，顧不偉與。是二公所以修飭書院之意也。蔣公名宏德，號少溪，四川重慶府巴縣人，丙辰進士。瞿公名臺，號震川，南直隸甯國府涇縣人，己未進士。

重建護國水府廟記　袁鳳鳴

護國之廟享於吾辰，其神爲黃元仙瞿夫人夫婦也，神以孝稱，自隋末及唐宋元，蓋已有之，事見一統志，累代褒敕，我朝因而祀焉。舊廟在城西里許，臨流雜市，正德六季，太守戴公敏厭其諠譁，與同知鄧公琦等謀欲徙焉，命知縣賈公文翰卜地於虎谿山之陽，戴公偕僚屬與鄉宦黃門潘公、員外董公、僉憲賈公、翰林史公成之，安神祀像，令居民時奠焉。凡水旱疾疫，有求必應，任民便也。經今三十餘季矣，今春三月朔，郡守吳公嘉祥偕僚屬往謁，既而歎曰：廟古矣，瓦楹危朽，安可弗修。遂捐金爲倡，命耆民劉仕富、吳經等重修焉，民有樂助者聽。於是百工趨事，

庶民子來，暨端陽而廟煥然新矣。鄉大夫都憲侯公、少參周公、僉憲董公、副憲王公、御史胡公、武陟尹晉公、衞指揮使馬公、王公、吳公、都閫潘公、芮公、尤公、傅公、楊公，翚至其地，而鳳鳴亦叅其間，相與祀神落成，而舉觴以屬太守曰：護國之廟，可以旌孝子也；伏波之廟，足以著忠臣也。地近諸夷，而忠孝二廟備焉，足以勵風化也，民其有不興者乎，是不可不記也。鳳鳴於是乎記。時嘉靖十九季。

慈利縣治記

李槃

按輿圖驗方志慈亦形勝地也山有騎龍道人之峯崔川有漊江澧水之浩瀚洲有芙蓉鸞鶩之佳麗其迢遞縣志者則難於歷舉矣大都天地發育於東萬物秋成於西故西隅名山大川居多稽瑤池崑崙咸在流沙弱水之外其扶輿英淑之氣渙而他之雖一岩壑大半延庚揭辛賓夕陽而道初月者也慈爲楚之西極亦足以當之矣勝國前固名郡也距我明始縣而隸澧夫自古建都邑者率臨江滋在詩秩秩斯干之詠維王築室而國都有不在其中乎顧其瀰辨方位者不侔慈乃背水面山焉竊聞堪輿之說自郭璞昉凡奧區神皐必無風以散之有水以界之者顧水爲明堂朱晦翁亦取是說焉而不之非今向背惟慈若此散則有之矣界則未焉且秩秩之干胡自失其良規焉誠可慮也是故士乏科甲率此焉咎且地勢無溪澗坑塹弗可墉壑夫以簡陋不備之邑而逼近獠峝其人睚眦則挺劍喑啞則彎弓變生叵測民以之荼嗚呼危矣哉漢置縣有蠻貊曰道每道要者置二千石餘則次之至今觀之正慈之謂也而可忽耶士庶樹廬閭以避燥溼寒暑猶加慎焉爲輿隆永久計矧百里元元所共瞻仰朝宗之地而又爲蠻貊之咽喉者哉故春秋雖重役民之義大易亦垂改邑之文是所當改者亦不可弛而自貽伊戚也嗟乎因陋就簡二百禩於茲矣士若民引領豐鎬

之望久矣隆慶戊辰春閩中梁侯以科甲英髦來尹慈邑潔齊冬冰恩湛春露威立惠孚百墜俱舉甫期鄉士壯其才之巨可以膺巨任相率以向背之拚請且曰今之縣令古之子男也於吏有君臣之道于人有父母之道父母字子必伈伈焉思爲之所君以義令臣臣曷敢有不臣乎繄侯鋭然有卜遷之意遂循行郊坰渡河北二里許見所謂官塔坪者矔然而笑曰是所謂天造地設之域以待夫人者耶胡獲之晚而不爲千百季之盛域也哉諸所謂山川之秀者猶夫舊曰第昔背者面今面者背舉目而川流可揭重之以爽塏砥曠可墉可壑一轉移閒視舊邑不啻培塿之於方壺矣上應天時下乘地勢中順人情此其時也邑不遷吾不能一日而食於慈雖然侯意誠淺矣但今之守令與古制弗侔兩漢唐宋皆得專制以樹其職諸凡興作輒取給廩登積之資者而操出從入納之才得以展之今則即錙銖之末升斗之微輒關于文字之拘否則監司部寺訾之以殿厥課侯才甚巨譬如湛盧豪曹之器柄不在握即欲剸犀斷蛟將安施諸因迴避者久之旣而愕然曰予誠興所不當興於義弗協即上之人而最之悔也予誠協於義所當興即我訾而殿之夫何憂況計小者害大過謀者寡成乃躬撰顛末徧請於上時分守馮公按邊至慈同所見允所請湊喜力勸之命遣厥役僉曰巽哉始天數胡相値之不偶也侯乃卜己巳冬十月甲子

偕士若民共履其地量徑輪考廣袤淨薙秡而畚築如雲矣越十二月甲寅日大舉興繕傭值餼給勼工庀材捐俸以爲士民倡已運木於山出鏹於囊輸粟于庾者率侁侁焉集而財靡帑費矣揀于衆得樸實者有幹能者分爻董役是月辰角天根相繼以見役匪農妨矣矦時省之祇以誠悃感雖不事祟壇傑搆藻井雕采之麗而蓽路藍縷之陋一變其舊有縣治以涖民而上及公署有學宮以訓士而兼及書院凡神明倉院局鄉之類咸如制視故叟塿砥哮谿焉一所既一所繼諸暨闤闠墉壑繼至於盤山路石呀呀嘶嘶窟虎豹而宅魑魅者亦坦然孔逵矣匪棘匪紓行之有序越明年庚午首夏浹七月而役竣矣

成何駿也越五月戊寅日矦躋堂布順宣之令已而各所其所上下歡然欣然有出谷遷喬之狀粵自盤庚遷殷民日嘵嘵焉至煩告諭於渡河之日而始定慈邑於河北官塔坪嗣是士則揚揚濟濟民則林林總總蓋自國朝以來數十易而梁矦今日獨膺百季屬望之巨任以義倡於上而下和之旦嚴於堂暮逵於野義之風動不驅者有如是夫斯役也慈人慰鎬京之望當路旌卓異之才靡不曰令哉我梁矦也轉聞天子必大庸矦以樹績天下於大書特書不一書又將昭煌青史矣予營菟裘太清之野交游甚寡慵開口世務顧稔旨厥事竊爲鄰邦得賢令慶慈士大夫及父老輩來請記於予予特記之

京都茝陽會館記

方鈍

茝陽會館何由建也粵自國初永樂間成祖文皇帝肇造京師於北平當時從遷者大率多楚材累朝以來楚之官於京者惟吾茝最盛天順中黎公文僖成化中鄧公襄敏宏治中劉公忠宣正德中顔公梅田慮其盛而無所聯屬也始立會於燕以洽羣情繼立鄉約以端士習第踵行雖久舍館未定往往借會於民居嘉靖戊午秋予領天下義支事首倡義舉一時同鄉搢紳與衆椽吏共捐金三百餘兩買民吳佐宅以中爲廳以前爲門廚重建香火神祠於廳後每歲擇公勤者三人輪治館務隆慶五年少司馬姜公蒙泉率其鄉衆又捐金七十餘兩置館後徐

文通宅基自是東西皆通官衢翼翼然爲都下之大觀矣前後基地在今簫公坊長巷四條之南隅橫闊三丈八尺深長十丈八尺有奇共計百有十楹周四圍而環之因題其扁曰茝陽會館蓋不忘故里名也萬歷五年余謝事久矣適蔡生子功自京還述衆椽吏意謂會館之設託始於予懇一言記之予行年九十何能文姑序其顛末之梗概使人知所自耳夫觀斯館而世加修葺之功則將來居仕者責也履斯館而世篤桑梓之誼則諸先達之鄉約在也協恭和衷各勵官箴助國家億萬年無疆之休爲會館榮而毋貽鄉曲羞則又爲自有之忠貞也予復何言賜進士第太子少保戶部尚書兩朝存問方鈍譔

東泉肥遯記

周南

隱君子何先生燕泉先生之堂弟，字子輝，諱孟昭，年六十有四，家於東泉，因號東泉居士。塞而不諂，廉而不戾，儲無擔石，宅僅數畝，其中恔若自得焉，其外益如也。君子曰：肥遯哉！夫泉之道爲諠四，爲損四。冽而不和，其味也；清而不溷，其色也；鏗而不寂，其聲也；直而不回，其性也。不和故無以美口，不溷故無以匿媸，不寂故無以娛耳，不回故無以黨邪，是謂損。庶民恔違焉。冽故飲之而神爽，清故目之而心虛，鏗故耳之而志雅，直故則之而氣沛，是謂諠。君子恔適焉。吾觀於庶民，肥於貌者有矣，然其中危，雖日肉食焉，其烏得不臞？吾又觀於君子，臞於貌者有矣，然

其中裕，雖日水飲焉，其烏得不肥？臞矣，則於水得不憎；肥矣，則雖水皆可樂。憎故違之，樂故適之，故泉之爲諠，以語君子也，非以語庶民也。詩曰：泌之洋洋，可以樂饑，語諠味也。孺子之歌曰：滄浪之水清兮，可以濯我纓，語諠色也。記曰：流而不息，合同而化，而樂興焉，語諠聲也。易曰：山下出泉，蒙，君子以果行育德，語諠性也。以沓此東泉子之遯之所由以肥也。而庶民顧惟口耳之役，邪媸之安，則其肥不肥而臞，諠臞也固宜。嘻！其兄溥燕泉之潤，以造王明之福，天下之肥也；其弟甘東泉之澹，以遯吾性之眞，一身之肥也。二泉固一道哉！然東泉子少從燕泉先生遊，則其家學有自矣，東泉其源於燕泉乎！因歌之曰：東泉之冽兮，渴可歠兮；東泉之清兮，垢可明兮；東泉之鏗兮，天假爾以聲兮；東泉之直兮，坤示爾以極兮。厥流孰源兮，繄燕泉之泫兮。嗟舉世之臞兮，豈無餔兮；猗東泉之義勝兮，凝其如嵊兮。嘉靖丙申兩川周南著

嶽麓書院石壁禹碑記　熊宇

夏禹治水成績載於書可覩見矣衡嶽岣嶁山舊有神禹碑唐昌黎韓子形於詩宋嘉定壬申賢良何子一訪獲覩焉摹刻嶽麓書院後巨石蘊閟零露幾四百季大明嘉靖癸巳乃時出焉郡守疊峯潘子實爲明證摹寄宮諭龍湖張子評石鼓未敢專奇良史大識確然明允郡志適成體篆梓行在朝在野始獲其覩虞夏之書矣仲冬宇自松江歸耕麓野閒攬六藝得宋張光叔游宦紀聞闡載子一摹刻季代序略傳示同好奇欲附鐫乃紀焉正有待也迨我郡守彭山李子師廣九京帥從一正載贍侍御思齊朱子心一道同口獲聞至教焉二先生徵文經世始

相得敍疇咨之心誠乎夫文必阜安民物敦植綱常經緯天地斯爲至矣大禹行水無事三過不入誠以救民爲心而豈徒文哉孔子急稱大禹吾無閒然謂公正純直與天地同流固不胥鑿私智務驩虞又安忍厚自奉而或薄人也水土既平民居乂安稷播百穀契敷五教伯夷后夔禮治樂和放勳重華巍巍蕩蕩仁普萬物而不知功載萬世而愈烈禹之心誠而已矣猶自孜孜不自足昌言滋集豐碑獨存非禹之誠爲之乎篆畫不槩見世多博雅漸有參定尚幸來者默識同道經世之志推達神禹安民之誼懋昭文明之化期使天下萬世頌我帝德如天如堯巡狩禮成奎章炳煥靈符協氣宛在唐虞可與龍圖龜書並昊日月承正乾坤惟無畫於蹟而思誠於中乎其尚有光於天德庶爲斯文之至哉子一名致光叔名世南碑刻序略刋書左方篆約碑額如冊書刻寘近道林經正閣廣至教開來學云

湖湘後學

記五　明

忠愛祠記

李珊

忠愛祠者郴人爲習齋程公韶巖朱公建也公奉簡書巡守南楚而郴其按臨地郴有地曰葛藤坪者宋嘗置冶場然所產類多鐵錫得不償費矧其地密邇諸峒苗猺不時竊發而流徙嘯聚因此亂階是以冶之開否而郴之安危係焉景定閒郡守王君橚抗疏奏閉民到於今稱之我明嘉靖丁巳屬司空皋大工部議開采礦金乃下檄於二公甫欲從事而亾命者聞風四起

習齋翁深切隱憂乃與韶巖翁親臨治所采其砂面覈之果多鐵錫閒有錙銖白金然工料之費且倍之矣矧徵之記載民情其爲不可之狀歷歷具見程公毅然曰此於國課何補而使百姓罹此無窮極之禍也韶巖相與請撫按俱報可公於是封其冶穴申嚴禁也治犯者罪昭明法也而後亾命者解郴始帖以安公又刻爲存鑒一條以示萬世烱戒其爲郴人弭患之心良懇切矣郴人感懷建祠於儒學之東像二公而祀之於前堂因追宋王公之澤而祔之後寢因匾其門曰忠愛州守林大夫恕深嘉士民之情復爲捐俸買田以供永祀令州判楊君宦甫率其庠生劉赤王大有陳金來請爲之書石余辭謝曰二公之功蔑以尚矣郴人感而思之誠是也書石可乎三生曰民心懷感而無以自見故建之祠凡以申其情也有司不能阻抑之而使之遂已也故祖而成之先生得無以垂示遠乎余謂開礦利以佐國用二公之心也卒之不獲開者勢也吾知二公且大有歉於斯矣而可書乎三生再請曰以下奉上臣子之分也使果利而無害民且效力二公何憚而不爲惟其無利也而害有大於此者是以二公權利害洞時宜以身任之而弗辭卒之厲階杜而民用安是其忠君孰有大於愛民者茲故郴人名祠之義也余曰信如子言具見二公之心在社稷計在安民惟其忠愛之實孚於人心是以人心感報自不容已在二公則爲忠於王事

在林君則爲順於民情誠可書矣習齋翁諱秀民淛之西安人嘉靖壬辰進士按察司副使奉敕飭衡永郴桂兵備振揚風紀才敏而識練文事武備眞可爲百司之憲焉韶巖翁諱廷表廣之桂林人丁未進士布政司參議督催糧儲仁聲惠政久已洽協民心共祀於一堂也固宜而王君橚不得與二公爲一堂者則以時有先後位有崇卑故自祠始事於戊午長至前一日落成於己未之季夏日也賜進士通議大夫應天府府尹衡陽慎菴李珊撰

縣令題名記　　劉官

劉子曰論官之道談不如見見不如歷不見而談者罔也不歷而億者紾也余讀漢循吏傳且自筮仕郎宰莆陽未嘗不慨然歎曰吏道之難若斯之確也漢有天下四百季廩廩乎谷應碁出剄循吏之林者幾人哉今宇內吏親民惟令權壹而司顧總之不詭于學道然綜厥著施峻潔炳烜者不可夥述明興勸忠章典吏治蒸蒸其諸矢身焦思省使節夔以蕲振濯表見者猶僅僅也嗟乎難哉難哉耒陽古鶩山地也距郡治百五十里士就學尚禮岷習漸遂末馳鶩于侈靡睢盱閧或牧以涼拗鮮繇昏理靈采㛛結此何以名焉蜀馬侯以選貢來令茲邑期而政成以謂顯名攷鏡遺風某也卓犖倜儻某也棻賚而滯某也豐脂厚庇某也速化而遷書而覽胥而思建德章號型光笵盛蓋釀治之纂而策世之權也人亦有言臨淄水而自知醜惡豈能掩卷可比節乎哉馬侯之亟是也此蓋有所感焉夫古者今之鑑也往者來之轍也語曰不習爲吏視已成事其成事蓋足視也公署之有題名古以旌淑警忒引揚明休弗墮儆也此豈崇侈哉馬侯之亟是也其行古之道邪今所當記以告諸縣者二曰懼曰夔懼斯戒戒斯不爲有所不爲雖欲如其人焉寡矣夔斯敩敩斯爲有所爲雖欲不如其人焉寡矣蒙不潔而之市人避之懼其及己也記不有蒙不潔哉夲懼焉目襲芬芳而之市

人親之夔其近己也記不有襲芬芳哉夲夔焉目懼於彼而克其不如彼夔於此而克其必如此吾告嗣牧蓋言此矣此名所繇顯而記之所起也彰往以詔來規今以準古後有睹是記者蕲以純乎夔而敩焉榮哉人不爾釋也藉令懼而戒者斯辱矣人亦不爾釋也雖有孝子慈孫又烏可改哉人心之公誰毀誰譽雖百世可知也今將以論世繹化懸涇渭之度考騁鶩之塗上不諱之朝覩太平之業匝寰闔澤郅隆樹勳可以記矣爰勒之石俾嗣牧者覽擇焉

申明亭記

劉鋭

亭以申明名志治之貴申而明之也建置於治東僅數武以地密邇民情可隨時隨事裁決且必擇年高行端足語事體者居焉欲得其人耳嘗伏思太祖高皇帝下詢民瘼意謂邑有興賢養老勞農讀法陳風選材治賦斂諸政因屬長官而凡田土戶婚一切細務俱責之亭老非故不欲躬親小節其閒淑慝是非利病休戚沿革損益類多不一而董厥治者則有賢否異材廉貪異志寬猛異宜正詭異道能拙異性勤惰異習俱未可以槩論故必申而明之於以宣上之德達下之情然後不失為治此亭之不可已也倘上或才智自任猥劣自安則下必有罔上行私掩義隱慝者將焉用是亭為我醴亭圮廢近二十餘年凡以設亭之意不明於上而居斯亭者亦不能以自申尙安望其治安而民裕也青川雷菴南侯來治醴至今春凡興賢養老勞農讀法陳風選材治賦斂之政俱鑿鑿然百廢具興乃於茲亭鳩工庀材費不傷民成不逾月前此屋止三閒甚淺隘今悉撤其舊而新之門堂牆壁俱非故襲且偏於門固欲使人昭昭而亭左額曰旌善亦感發振作意也亭成耆老袁慶等索予文以永其意予觀治民猶治亭也大而為棟小而為桷欂櫨侏儒根闑居楔一有不備非亭也而匠氏之屬又不徒督繩戒墨已爾雖陶氏黝堊一有所遺亦未可以言落成故治者必鉅細畢

舉斯無愧於善政而其屬若里老則如陶氏黝堊之不可遺者尤必列之於亭庶幾其成其美況亭由政立而政以亭名者乎南侯心太祖之心而視廟貌則思敬視第宅則思安諸耆老之視此亭也甯無以南侯之心為心乎故凡田土戶婚之務必思其當可而淑慝是非利病休戚沿革損益之類必思其不愆至於賢否貪廉寬猛正詭能拙勤惰之異必思其補過則於是亭也非虛器矣諸耆老然予言遂以鐫於石

重修臨武縣城記　劉堯誨

楚之邑百有奇環封而居者江黄以東援舒皖襄鄧以北援中原荆援巴蜀長沙而下界於豫章皆中州善地恒鄰修睦鮮有外變自我國家疆理以來諸藩錯衞惟謹乃以南援西粤衡以南援東粤我邑屬之衡去東粤百里而近去西粤五百里而遠其地東南若始興若曲江若含洭英連皆古郡邑同風於上國而始安蒙賀連乳郎所謂五嶺之間也山谿遮絕中藏有異族人百十種曰獠曰猺曰獞而猺人最盛自漢以來惟以法制羈縻馭馴擾而止不敢苛也然叛服不常因險設防其備在漢爲桂陽郡支邑自后晉省入桂陽監周宋因之南渡後始復今治

我朝正統間前尹陳公鎰新作土城正德間桂林葺公灊始用甎石橫槎踏公寬實終其事迄今五十餘季矣狐狸之所穴蛇蟃之所蟠舊茨編棘蔽薈惡蔓之所虧薉山漲積溜之所淘洗危者剝厚者齧塞者窪淖者突嘉靖己未冬我費侯望湖公始涖任行城嗟曰惡甚其何以禦吾民也顧以近例初任不得動大役辛酉入覲壬戌秋七月有賊自廣東來曰苗而猺獞入偕來其族類不下千人游民逋卒亂之於其中助虐號乃踰嶺淡入不戰及我城下凡三四晝夜逞所攻具不克而我望湖公捧檄將入境矣賊遁去侯至曰幸哉倘藉數板之力以免民於魚肉顧今茲所以修濬者值時匱竭計將安出乃謀之於鄉士大夫及邑人得舊壘館於城南五里外且皷矣欿有垣塹可二十餘萬西北有官道二里許傍鑿以山石侯曰四甎於廢館貸石於近道計無有便於此者卽具白於臺省臬府不待報而倡諸民曰我得良民有力者與董斯役則勞民非所憂也於是邑中好義者咸投袂而起惟恐後侯約之得四十人計所修城廣圍幾百丈人得幾丈尺程其工匠土物籍邑中之民得若干而屬役之八月甲子始度土越九月而城之西北隅成十月而迤東成厚加舊墉三尺增其高得五尺總之高二丈五尺有奇其廬堞樓櫓稱此下有塹斬山而北東以合於武溪伐石防溪爲隄而南以合於塹旣訖工而諜報至寇復來且衆四鄰皆震我臨

民則曰嘻來亦何能爲吾且援之以梯蒸恃城之固也侯曰如四境何乃請於臺部募得鄉勇者若干人屯重軍於外以守而諸崗苗民避迹遠遁去不敢緣嶺而穴楚南平堯誨曰是大役也又當欃槍烈燼之後外兵壓境而內備未儲此正智者屈謀勇者屈力也不三月而城此敝邑且固將使民不及勞上不及議不有目睹後雖得辨言百口以傳其盛固弗信也或侯德及民而信於民民信則政和和則達故於事也易舉由此言之在德不在智力然予又有說焉夫從民所好而先之雖撻而求民之後繄其足則民之趨也謚力民之所好獨安全云乎好富好朋好合好和睦侯皆從之尤有神於此者則於域民固國何有

維時藩參張水菴公來行縣覈功罪大府金惺菴公初涖任聞變亦即來諸所存慰士民爲至又從民間請得毀浮屠甎若干萬來助工費矦名懋文字民煥別號望湖世出江西廣信府鉛山費氏季子堯年以是季登進士第或謂得爲善之報董役四十人有成勞例得鐫石名於碑之陰

韓張亭記

劉堯誨

韓張亭爲臨武舊令張公署及陽山令韓公愈構也二公在唐德宗朝俱歷官監察御史因上封事語侵執政者惡之被謫出爲縣令南方二公舊同官且同志其言事也同而左遷之地同於一隅方其出都門偕佗而南也指朱明於五千里外念江嶺之氛惡雖二公毅然自信而迴望春明登陟畏途一時感慨宜亦無不同也陽山道出於武邑張公之任韓公與俱瀕死投荒得遂至官所韓亦望陽山於境上矣且將爲三秋之別則於故舊梓里之情有不能遽然釋者而況患難與同爲道義莫逆者乎故執袂留連登高選勝於以舒戀闕之懷寄關河之想則溪山名秀如官山者宜爲二公之所也二公當日振衣濯足酌酒賦詩豈惟士民記之往來傳之雖山靈亦夙睹而志之也後人既以二公名其山又因山以建亭亭久而敝敝而改爲至再至三由唐至宋而及於今未已也二公何所期於千百世之人而要之固耶按唐書二公以貞元十九季冬去國又明季春順宗即位大赦遷謫人而追之還韓公出陽山與張公俟命於郴是年憲宗即位二公乃量移江陵張功曹韓公法曹如此者又幾一季而張公始以邕管表奏去江陵與韓公別以後張公於內韓即外補韓得內張又改外疑若參商然則二公生平相與旅游最久且親洽者惟郴地又魚見招邀月相屬郴爲山水奧區

洎涉倚石於二公必有合也乃今郴𢀖不爲二公亭豈非以張公父母我其遺愛之深因以波及韓公彼爲遷客郴下者姝矣在江陵則固同事於境內也二公理政之暇出游憶昨倘有詩於盞底之深筆鋒之勁則興亦不減於郴也而習池宋宅勝槩所存雖爲二公標一亭於上以爲嚮志無所不可豈以曹官縣主所得於民自有深淺久近耶載觀二公在縣齋時情況頗不豫然踐蛇茹蠱畏蟄苦炎鳥音懷我而煩其鉤輈海氣舒空而惡其腥臊鼉飛得所而厭其蟲蝨雷電常威而詫其光怪雖再期界上枕石歆眠然徵寅虔禱情亦急矣一出郴口便以生還自慶乃今詠張公之終日思歸之句則二公之於我邑惟恐去

之不速豈知千載後尙爲斯民留而永其蹟也官山之麓臨武之瀦蘋蘩蘊藻瀰水溪乇□於以羞二公而薦歲事其亦歆而嘗之耶曲檻華軒水竹之區亦其俯而臨之耶或曰二公懷國之思與憂民之政竝存故一時情景所遭因以攄發其所爲播遷者若大不然乃於其土實無不安也張公雖終日思歸亦豈能遽舍民哉且公之忠愛見於憂旱陳言者具見悃切則所以子民者可知去之日斯民遮道攀泣恐韓公亦當爲之遲遲也然則二公所以感召於千百世之後者有道哉往矣吾知其尙能竝臨我亭而歆我祀事也攷舊亭在官山巔繼遷於半山俱地欹隘今且就傾圮我邑侯望湖公力追先軌聞二公之風而以其恍惚與交者屢矣邇因廟學攷成徒步官山憮然於名勝之久堙也乃改卜山麓之吉特爲二公續舊亭經度甫三月而突然在望鳩工市材取諸節宂民不知役

重修濂溪先生祠記

劉堯誨

先生在宋康定閒以洪州分甯簿被臺檄來攝盧溪鎮市故袁人世祀先生祠在盧溪道旁雜於闤闠而垣堵不備地且湫隘又當江楚孔道也驛吏往往因之以館上官使客其或盡室行者則假寢處焉殊不稱尊安萬歷丁丑春予自閩罷歸而道於袁驛吏具午飧祠中往謁先生遺像則若厭苦此爲默有所禱者歎曰予力不能爲先生更諸爽塏而衞以垣堵也且終不忍以先生遺像而代館人惡囂家居數月有命撫江西再過先生祠竊自許事下袁州守鄭惇典議徙建乃卜地得盧溪市北曰聖岡山麓故士人周氏廢宅也報可將擇日舉事予出公帑贖鍰若干金來佐費屬同知陶之肖尚董其事自戊寅夏五月至冬十一月而祠成適兩廣命下明年己卯春正月予得代過袁渡盧溪敬謁先生祠命有司具牲帛而告落成於先生時在同有事者則按察司副使吳從憲袁州府知府鄭惇典同知陶之肖萍鄉縣知縣常自新暨學官諸弟子員若干人祭畢而飲落於寢懽甚按先生以宋淳祐元年詔封汝南伯從祀孔子廟庭迄今廟堂徧宇內而宦游如楚蜀江粤每專祠祀之蓋地以先生重而後人不能忘如是夫定崇尚以表俗顯聖哲以章志而祀事秩焉懿典修焉良二千石所由導民率屬而能其官固非所以爲先生重而予因是藉手報先生亦豈能重先生邪

旌忠菴記

劉應峯

茶陵舊有旌忠祠去城西百步許蓋宋苗忠武公廟倉之故址也時忠武公討賀賊曹成道經茶陵後之人追其忠烈遂建祠設像以祀之歲久傾圮日致湮沒有司不議修復即奉主於名宦祠未有專祀故旌忠遂爲頹垣荒區矣至於正德丁丑僧曰圓證出衷鄉李氏舊家欲尋故址構菴以居先具白於郡守張公許之乃命地主上舍羅爀義官羅煇鳩衆捐財以助修焉院宇佛像俱次第就緒嘉靖丙午吉水念菴羅太史雲游於斯雙谿曾侯往訪之喜州城之近得此足以遂游憩之娛而惜其規制未宏復命僧更拓之自是佛殿之後有觀音堂堂之右有經院堂之左置塔一座仍棲忠武之主於殿之前以示不泯完舊益新規制視前增美焉鄉民罔察訛呼爲金鐘菴蓋音之相近然也州志仍舊書之予性喜靜每往來游息於斯雖非寬閒寂寞之野而寺宇窈然深藏其中竹木陰翳禽鳥時鳴亦可以遠囂突而暢逸興者然俯仰之間忠武之陳蹟在目觸景興懷未始不惻然有感於心也蓋公之精誠徹著如日月之運於天光不可掩如江河之行於地浩不可禦蓋無所往而不在也則其隆廟貌秩祀典煜煜然徧於薄海之內何僅吾茶一郡而已哉但官守之敷教茲邦也示人以言者不若示人以蹟之切感於所聞者不若感於所見之深故祠之修廢於公初無加損而

世敎之攸關居多矣向使旌忠故祠恢復如往日事巍然炳然恍若神明之存著則郡之士大夫望而瞻之臨而炙之孰無豪傑之思忠義之氣沛然興起者乎茍有邪衷異志之徒趨而過其祠者益將恐恐消阻之弗遑矣此鼓舞人心之術㝠有係於此焉故宋趙清獻公出守杭州慨錢王之墳廟蕪穢奏改妙音院爲表忠觀祠事卽付僧道徵世掌之此奬勸忠臣振厲士風之義也至今傳爲美談乃若忠武之精忠凜凜光貫後世又不啻錢氏效臣順之忠而已也今因祠宇之堙廢而遽爲浮屠氏居則前後守茲土不知其幾人甯無有愧於清獻公爲乎然旌忠之名猶卒其未盡泯滅者或於浮屠氏與有賴焉益廟祀之

廢墜殆非一日矣使不爲佛氏之徒所據吾意巨室窺其荒穨鮮不利之爲己有或坎其窪以爲池或築其垣以爲場旌忠之遺址泯乎其無聞矣故地以菴而尙存祠以菴而有棲名以菴而未泯使後之人猶知此爲忠武公過化之地者圓證刱復之力亦豈可盡誣也哉

雲陽山寺記

劉應峯

州之西十里許有山曰雲陽丹巖翠壁列爲屛障古幽人奇士多潛蹟於茲而名姓未從考也故郡志稱其形勝可避世隱居云峯連七十一亞於衡嶽最高而中峙者爲紫微峯淩光景而薄星辰峯之下舊有紫微書院荒沒歲久意今之僧寺卽故址也山多奇石砢磊懸如鐘鏞泉流石壁間匯而爲池不盈不竭藤蘿蒙密陰翳泉聲澎湃若雷疑有神龍潛伏於中者故池以五雷名而郡人祈禱從焉余少也貧讀書山中晨夕其僧人饘粥朋類罕知者然俗物不侵襟抱清曠灑然出人境而立乎塵氛之表暇或登山之巓眺之則環郡城遠近高下景象萬狀畢

不逾履舃下可歷歷睹也每自與心較曰士君子能不遷於物自適其所適卽終身山澤卒矣視區區浮雲何足羨耶及丙辰濫入仕籍歷三季所宦而舊時几榻書篋尙留僧室中會郡侯秋門徐公登山見之知予於茲山有故淵舊林之思也乃爲予上値出帑請於臺省以茲山屬予主之余忻然受而謝曰昔人志欲高尙者每不得已從計升斗爲買山之資今遇賢郡侯默識予意樂助成之則無用升斗計矣況山鮮生殖之利人無我取之嫌故重違徐侯意不敢矯情辭也昔晉郗超慕戴安道之高軏爲辦百萬錢置宅舍於剡中當時傳爲美談顧余之鄙俗庸穢愧非安道儔也而謬承徐侯之愛固若斯能不思所以報

稱之哉使他日得返初服管領兹山將挈里黨士居游於中循朱張之軌遡孔孟之源冀兹山與嶽麓石鼓共稱名勝庶不虛徐侯意矣若嘯傲山谷放浪形骸徒竊高蹈之名則余志所不存也而抑豈徐侯屬望意哉故予自得爲兹山主人卽寤寐山之水雲竹樹間矣而恨其奪於事勢歸志未卽諧也癸亥冬予改官南部歸省庭闈迺與兹山訂歸以秊餘期且出俸金屬僧海訓修葺室宇以俟予歸至甲子冬僧人具書報予工已落成且索予爲記將鑱諸石時予以上章告養還山有日矣故書此先報山靈倂記其歲月云

湖頭祖塋記　周之屏

維我周氏上世莫可考知不敢傳引已可知者其泉湖隱君乎國初占籍湘潭自隱君始故祖始隱君一傳五郎府君倂與昆仲世居上民鄉之方上力農克家而周氏寖大再傳則兹經歷公公之孫也衮然不與農之子挈里長老業奇之會憲廟令郡國舉茂才長老强署隷學宮公乃入就城居今文星東門外濱江遺址固在公生四男子長溥次我曾祖諱淦次濟淵周氏居城外內者皆公四男子之屬也公入廟時徵詣公車拜通州衞經歷無何致其事以歸今讀部牒則公雅志完名仰荷育才優老之典卽微逖不遺世澤如新云公逮老卜壽藏於兹城東湖頭旣卒且葬者七十餘秊先主祀事者我祖柏莊府君也我家君繼之歲謚崇毖如初今上萬歷之五載家君以秊已七十餘一日告之祠堂委一二家政於之屛且諗於宗屬曰烏乎家之祀事故惟我將今老矣女嗣子其祇承之所不忘者維祖宗耶墓轍在鄉遂都鄙闕悲世遠而族日繁後安所託焉予將墓立一石書諱書葬令子孫世世備觀省則如何之屛唯唯謹宗屬咸唯唯惟謹逾月而石人告工竣之屛謹稽首拜手曰噫嘻我周氏累世誠樸德積弗耀施及經歷公以材被徵蒙國異恩間於士紳可不謂亢厥宗邪今子孫多用經術起被儒服肩摩踵接悉自公詒也支屬蕃衍至二百餘人族不謂大乎墓今在

湖頭子孫田廬比次履踐滿塋域開日夕睹記熟甚也不第稱密邇矣往不肖犇奔四方閒隣有大猾者計侵其塋疆支屋若干楹將盡有其地向非我家君率仲叔子力訟於官幾失故疆嗟乎夫子孫稱克肖者謂上之能立身揚名爲門閥表樹其次謹守故耶念弗隤家聲也今墓至密邇者且然矧曰其遐僻耶此猶近代爾親盡而後將若之何又安論門閥表樹爲也室家君重有懼焉抑語曰樹大則枝皺源遠則流涸今支屬繁矣習尚弗齊亦勢也乃若先人名實弗傳子孫罔攸鑒則不肖又何辭焉於是具述本指一二要之弗離於情實令人思吾身所自出與祖宗精魄所安各檢其身自督約其子弟則知親親親親

則敬宗敬宗則收族是曰克肖謂斯石爲磨礪之具惇敍之助非邪有志收族者烏得而廢諸此固我家君意也我周氏子孫其敬念之哉

谷口草堂記

艾穆

谷口稱關中以漢鄭子眞谷口在涇陽縣西北仲山西九嵕山涇水出兩山之谷故名谷口六國秦從口下鑿渠引涇灌田迄今仍焉又渠前築堰障水故又名洪堰渠左二廟一龍王廟一功臣祠龍山呂都諫公嘗讀書二廟後之石洞中攜冢子槐軒君與門人郭蒙泉君授經四方負笈之士駢駢集都諫公曰洞中故不足容多士因鞠覽二廟之西得隙地背仲山面祟岡涇水環之如帶則喜且歎曰佳哉地也可以萃俊而講業矣吾將築草堂居焉嘉靖己亥都諫公以直言罷歸見四方士從槐軒君游者又復駢駢集遂令卽其地搆堂繚以高垣南北長若

干東西闊若干窟山爲洞類蜂房前爲書樓六楹講堂六楹堂名仰鄭鄭蓋謂子眞云東西爲齋房各四楹以居來學者又前爲大門顏其門曰谷口草堂故人遂呼爲谷口草堂由是谷口草堂之名聞關中矣槐軒君與余同官國子屬余記之余惟逢人奇尙輪奐蓬茅故草堂風格之高又在瓊宮玉宇上都諫公自讀書洞中以至登諫院屹屹嶽峙用能屣脫高勢而歸歸而當路薦章數十上不起惟搆草堂收訓四方士於其中此其奇尙已儵然物表且大都草堂主在盟結麋鹿烟霞而都諫公復以之居其鄉子弟若不徒癖志於名高者大隱天游大寂鬻寓公之謂矣關中稱谷口有兩子眞余於都諫公益信嘗觀古反

今文繡土木者，曾未轉盼而弔，即所爲草堂者何限，亦泯泯無聞。獨考槃邑壘至今高之，則以其人也。矧復如都諫公者哉。槐軒君成都諫公志者也。嘗爲余抆淚誦都諫公語曰：吾進叨近侍，不能爲君補闕拾遺，以裨明盛之理，退而治山房，聚族鄉人施訓而善其俗，亦吾里居事也。嗟嗟，都諫公之志蓋如此。堂成於某季日月，槐軒君鑱石草堂而碑之。

新建三鄉社學記

鄒廷望

鄉社學者，古黨庠術序之遺，世俗以爲緩，惟考鏡治本遡觀化原者，慨然有思曰：此牧道首務乎。蓋古族長閭師所書，自德行道藝之外無長物，斯民含醇飲和，從欲以治，有由然哉。世變風漓，上無禮，下無學，則子輿深歎之。學之不可已也如是，學之宜修也如是，鄉學之宜建也如是。國初詔天下立郡縣學矣，旋令有司更置社學，以教民間子弟，環城中有存其制者，歲久寖廢，名存實亾，俗流失化，陵夷恬不知怪，可慨也已。我邑大夫林公自丁亥夏來令吾邑，惇大體，崇禮教，甫下車，値歲大歉，道殣相望，民不暇治禮義之時，公急舉荒政，冊立各鄉社倉，倣咎賢斂

散之法，溥於邑里，耄倪覩公庾不啻若私藏。越歲，公知吾民可驅而之善，修城西社學，選教讀以端蒙師，每於朔望躬詣其中，集鄉耆帥其子若弟，申解祖訓，誦孝順章，又於學東隅修射圃，每遇三射樂節，命前社學子弟歌采蘩詩，童蒙顒野，一旦比於禮樂，圜牆觀聽者嘖嘖稱歎，以爲道化感人之深若是，復私相謂曰：我公盍聯三鄉而一視之乎。乃治理有漸，而公以辛卯冬入修覲典，今壬辰初夏還任，喜歲稔人和，議建三鄉社學，聞於兵巡徐公、都察李公，俱報可，然未敢議及公帑，遂捐俸經始，徐佐以贖鍰之餘，召里人度地鳩工，鄉民有好義者竝許助修。於是三鄉社學一時鼎新，斑白之老扶杖往觀，其子弟莫不肅容

易慮喁喁然嚮化、聲名文物逮於蔀屋、惟時邑博士熊君養純、鄺君祖舜、其嘉文教聿新、命庠生鄒思旦等請余紀學事、余惟昔文翁化蜀、史載其修起學宮招致子弟從學、程伯子令晉城鄉民爲社會、與立科條、俾有勸有恥而已、以公所隆施旣富方穀、篤近舉遠、役不違時、民不言勞、是爲可書者、昔賢罔專美矣、爰勒其事於石、以垂永久、以風來者、邑爲鄉三、曰大陽、曰永甯、曰石馬、隸二十一里、里各建社學、舉洋溪一處以槩其餘、統曰三鄉社學記、其訖工月日、與堂楹地置、具載碑陰云、公諱培、字培之、鄉進士、廣之東莞人

新修橋記　龍應濱

昔時長吏能勤民者、常得用其力於文法之外、一切督責毀譽勿以爲慮、而措意久遠、規爲優暇、所謂興造之役、出於費民之財與力、尤冒然爲之、悉意經營、於其所當興舉而不以爲難、不獨壟邑之制佺關於有司者爲具備、其餘亦曲爲之制、而利每有以及民、何昔時之吏之得以自盡若此哉、近世文密法詳、郡邑之羨豪髮籍上大府、歲有監司以稽出入、即有建明、非得請於上不敢輒有所爲、於是長吏始有不自得之心、而恆以避事爲良、則關於有司之制、或有弛廢、猶尠能興、其視橋梁諸役、鮮不爲緩而忽之、不至於頹廢就圮不已也、是故上無以趣當興之利、而斯民之病於涉者固紛然衆矣、湘鄉爲邑、介在川谷間、而舟梁之所賴者居半、邑治東北里許、有支河灤流橫繞城闉、道當長寶之衝、而使軺之所必經也、舊有迎恩橋、橋故有亭、肇建於國初、嗣修於宏治、再修於嘉靖丁酉、葢遞廢遞興、載諸前記可考也、萬曆戊子夏、淫雨彌旬、河潦泛溢爲害、橋爲所傾潰、而亭榭亦無復存矣、行者病焉、維時邑父母揭侯蒞事二季、所矣、恩洽政孚、値興廢起敝之會、一日徘徊圮橋、顧少尹胡君諸僚而歎曰、河梁之用急矣、矧是橋也、尤爲郊關之孔道乎、造梁之利宏矣、矧橋以迎恩也、又爲冠裳之華止乎、固修之烏可緩也、第値今巨浸、民方阻饑、上焉者未可以請、而民之財吾弗問

也民之力吾弗勞也乃捐俸錢鳩工徒董木石結構爲新擇人任事而尉勞時至矣日坐堂上治文書眡事如他日不旬月而以工畢來告基堅址隆有加於昝且翼以連楹覆以飛甍秩秩將將如實新作肩摩踵屬往來不絕於其上民得所濟以爲矦功矦往落之以功與民不肎自有邑人悅是舉也以爲宜書而俾余記之余惟矦之功德在湘種種鉅麗豈搦管所能殫述嘗新文廟矣廓縣治矣修公含矣繼倡義以新刱城江橋矣諸所建畫於空匱之秋而費不緐於上利日興於下自非實心勤民何以急當務如此孰謂文密法詳吏不得與民有爲如今日者眡吾邑偉然橋觀始竊異之有追慕昝時寬簡之風長吏得以

自盡想見而苦不得者眡矦所爲可以灑然而喜毋徒羨於昝而忽於今也橋經始於是秊八月初十日訖工於十一月二十日其可得而紀者成功之蹟也若夫矦之仁心仁政見之綱紀文章爲生民造福無竆此則怙戴在人心有不可明言者在矣余姑次其略俾歸刻石於橋亭以爲將來者告焉

新造橋記

賀幼姝

湘鄉潭屬邑也距邑南三十里曰城江江之名肙詰其所自始其水發源牛下嶺而來竇通寶辰雲貴神京覲貢胥此經焉橋之用爲最急顧流沙夾岸勢不可橋故自昝未有建造者病葢久之上里陳君良義性素樂施行每涉此輒欲橋之會無因且止迨萬歷丙戌秋邑父母揭矦以濟川材奉命涖湘凡所拯溺救濡靡不殫竭不期秊惠澤洽遂興念此橋偕少尹胡君諸僚捐俸首倡仍以義勸民陳君聞而欣然曰良義此願非旦夕矣今秊有主敢不悉力從事乃卽沿江度基適循而下二里許得石磧可橋於是鳩工匠揆財費環其圍而石面之闊一丈四尺

長八丈累二百餘金並捐俸衆助共百十金佐之經始於丁亥十一月廿一日以今己丑十二月二十日落成基址堅固規椑宏麗矦嘉其功語余曰茲亦一邑盛美也子可無言以俾託諸不朽余嘗聞昝人有言天地之雷電草木人不能爲之人之陶冶舟車天亦不能爲之若橋梁之利補助化工所不及尤爲不動而及物一成而永賴者惡容使其泯泯哉第伏憶今上御極元秊是爲癸酉余治官都水奉敕往建涿州河橋時出帑金七萬兩集中外官匠畢力結構猶踰秊而始成費浩工巨其難葢亦至此況於遐村野渡以一人之力爲之竟底厥成是遵何德致然大都上者下之倡仁者義之統未有上好仁下不好義者

未有好義其事不終者惟侯平政以仁倡於上陳君徯志以義應於下上下閒精神流貫志意數賜貨自不必藏於身力自惡其不出於己橋之成也何有焉不然使非各致其情或有一豪勉強逼迫於其內則極今人所難不足以進古人所易而充古人所易不能爲今人所難葉水心嘗以記橋黃巖矣安所望於陳君雖然陳君之義未盡是也頃歲水旱頻仍饑饉日甚侯復賑救不遑儲穀發廩以仁倡之諸未見有響應者獨陳君輸穀即邁欽命八百石數爰因冠服豎坊表風動一邑斯義也不與斯橋並光哉且厥兄艮芳者其所輸穀亦同時如之先是建橋梓門以制以費俱視城江埒斯義也又何惟陳氏伯仲閒見哉

是故侯之仁藹於百里陳之義聚於一堂誠哉一邑盛美也庸並書之以垂永勸

王陸二公祠記　孫斯億

邑屆江湖澧沅閒號水國宋時令黃公奭徙邑築防僅障官署隍之外滔滔洞庭民居昏墊五穀不登本朝正統九季令楊公鐩以爲請乃命工部員外郎王公士夔行水駐邑九載相地量財築四十八防防之內畫爲井疆畝畝起廬舍均賦斂國計用裕境壤帖然然猶憚蘊爓也父老傳聞災無踰宏治之戊申嘉靖之癸未甲辰者戊申以前令梁公澤儲粟十萬餘斛而東山三神社倉亦如之民弗告饑癸未則僵殍徧野矣甲辰自春不雨迄季秋飛廉行天人神喁喁守嘉善陸公琊軫念民隱殫討破心發郡藏請藩帑盡出丁口懋區種牛通商平糴卽善預畜

所全活數千萬人免額稅復以餘賑貸償已燬簡籍懼後之按名編徭蓋自富韓公後語善救荒無逮公者吾邑民有今日咸二公力也故道及二公罔不歔欷或書二公銜諱私祀於家而國祀未列名宦止祠令丞勢不上及黃楊梁得預血食而王陸二公報酬闕焉民何以慰萬歷己亥蜀田公召諸生議於是輸俸易民地屬主簿越陳君子塈鳩材攻祠書二公名姓以便瞻依朝夕嚴拜贊曰猗歟二公篤生自越縮命於楚厥有成績增飾提閼賑施蘊爓捍患禦災陽休陰隙雲漢詩賡芍陂頌起民風雖饒國祀未擬曷慰哀思孰酬隆祉百季於斯庶其仰止後賢仰德廟食皇皇殷禮既稱新祠在疆醉學俎豆駿奔繼踣考之不謬於今有光

荷擔僧記

何銳

北厺三十里許有寺名佛崖四壁皆丹崖一峭石仞立刻一僧擔父母於上世指曰荷擔僧予乘暇尋幽於此見其形若勞疲朝夕不得一息肩歎曰苦哉僧之爲孝也因命伔苦孝亭以彰之咸請予記予聞金剛經中有荷擔名不知何時人稽之乃生於吾楚茶陵自幼俐髮披緇衣居雲頂山中嚴戒行有慧覺風一日下山見猴負一老獮驚以爲怪問之伧人語曰老獮吾母也僧聞之悵然曰猴且知有母吾無母乎遂歸家以厥父擔於肩左厥母擔於肩右父母一肩徧游名山且持鉢乞食以供養之茲荷擔僧之所由名也昔者孟子當邪說橫流之時乃以身當其衝詆楊子爲我墨子兼愛兼愛是無父也無父是禽獸也猴獸也尚知老獮爲母而負之僧雖絕倫亦人耳人靈於獸反不知有母邪是僧之荷擔父母者蓋亦有感於斯也夫僧已出家者且然矧在家有父母而不思所以憂慕之不惟有愧於僧而且有愧於猴矣觀荷擔之像而不動孝思者必無人心者也是故恕其墨名而錄其孝行

懷遠樓記

石珮

瀘溪當辰州西徼而朧爾悍苗又當瀘溪之西語險要者莫不以西爲最而邑無城郭相傳舊有樓當其西自嘉靖中義旗搗穴銷鋒灌燧迄今無事蓋恃有此也然梟獍不鳴豺狼不噬詎能保其常然乎則父母斯民者其能無意於懷來邪萬歷庚辰南谿敬菴吳公一本由南省進士來宰吾邑甫視事問俗於父老知西爲要而舊樓基已壞懼驟伔而妨吾民故緩之迨壬午孟冬政成時暇始捐俸儲材復樓於西北之隅越五月而落成是樓也非有風檽月牖之麗非爲游雲芳草之嬉制度嚴密足以固關鍵而鎮撫蠻猺遂顏爲懷遠云夫有遠人之患而無其防有防遠之具而無其本此世之所以難於治也今公之所謂懷遠則未嘗離近以爲懷也懷在士類而學校先與興之懷在里役而浮糧先與清之懷在孤苦而戶口先與營之恕己量物不忽微細如良醫視疾五臟之癥結已解民固帖帖在公懷保中久矣然後率既懷之眾爲遠人之圖民亦諒公之心爲安民也故子來趨事而莫知其勞昔者良牧化行即虎可渡雉可馴況遠人血氣心知之欲與吾人不殊獨不可以懷綏邪公其大有造於茲邑也今公政已報最聲聞湖楚之濱久且將以懷遠者爲天下社稷蒼生懷時珮制方踰禫公謂其可與言也故董事大使錢君舜津相與謀而屬之以記將書之樓隅而告之後人焉

熊公眞清祠田記　謝錫賢

先是郡伯熊如承先生守郡之二季。以覲旋復視政事。未幾以藩封愆期罣累。奉旨改調。五屬邑士民咸惶惶如失怙恃。相與扳臥畱車下。公轍未得前。且卒牽卽闔以畱。然業已無及矣。當公因事解組。若不可一日須者。而士民之情亦似不可一日無。因生祀於東郊之外。陶氏匠植。不期而赴。祠成以眞清名。士民式歌且舞。繼之以泣。每過其前者。以瓣香頂禮爲稽顙狀。致敬若神明。至今已四載。咸如一日。偶郡邑鄉紳孝廉庠士子民等。相與登其堂。謂公廟貌已極尊崇矣。然所以永其祠者田也。無田不可以祭。且今奉祀者。廩餼無由出。而祠不可以久。則酬德

之謂何。於是醵貲三十一兩。公議召買地名富陽二都長嶺衡楊仲書再營民田五畝八分。大小共八坵。載糧九升六合。又生員葛一登輸田三畝。約價二十五兩。坐落萬安一都新塘衡大塘下。一連三坵。大塘上山邊接連三坵。大小共六坵。載秋糧三升九合。竝房場柴山花土松樹各一分。外給銀四兩五錢。置扁冠帶給本生。託紀載且悉。祠有田矣。而又思所以永其田者。咸謂不可無記。錫賢成進士。觀政乞假還里。晤諸鄉紳孝廉士民激切狀。乃不辭授簡。而因歎曰。此眞古之遺愛也歟。往聞公治郡政事。獨總持大體。而不事苛細。然摘伏每出人意表。亦茸敵以身嘗試。其御胥役也惟謹。訖公任無舞文一字者。以是民受其賜。嘗朝暨而下偏獄用稀。開以蒲鞭示懲。且公之本性貞廉。而又絕太城府。室有懸磬。而恥以拔葵見。庭無饋遺。而恥以布被聞。當其時也。郡風俗一變矣。公至期季。孜孜訪治。常若不足。卽其詞賦所優爲者。尚未聞其啟口。而獨於蠹民一二事。根剔無遺。繫先驅墨尉。五邑向風。向令公任且久。其屹屹如山之概。亦何慮有未革之害與未興之利哉。而惜也其治止此也。往漢樂安太守能致周繆高潔之士。故下榻爲美談。公喜接逢掖。評文必極其詳。論理必持其要。門無雜士。而進謁者葺干以私問奇者。悉意得而返。季來科目得人爲盛。則皆公素所拔者也。傳有之。欒武子之德在人。如周人之思召公。愛其棠樹。而漢張奐

爲武威。任延爲九眞。均立生祠。獨未聞有久而見思。亦如今日之置田以供伏臘者。豈楚俗質。邵之人情尚爲近古耶。則願以風來者矣。諸捐價佃田姓名。冽均得書。庶以期可久云。公諱茂松。字如承。江西高安人。以比部郎歷任至太守。詩有餘清館集。及諸政績。他載甚詳。不及冽。是爲生祠置田碑記。

瑞春堂記 堂在京師爲湖南會館

曾朝節

自吾里人之上會館垂八秊矣今秊春始於此協上而闢斯堂
堂之前有嘉植焉初至紅芳爛然若朝霞之散布於簷端也又
如綺綉紛敷雜赤玉之綴飾而靚妝陸離也左右曰美哉此桃
之豔也踰旬而與德玉盧君洞陽歐君會里人爲落成宴時仲
春月念三日也樹間數株綻有白朵旨見而疑之豈六出之英
飄著於暮春之日乎倏紅倏白變幻莫測何以有是奇觀耶左
右曰異哉此又郁李之榮也余聞而愈喜焉一植而兩花殆人
爲之巧奪天工乎昔人以賢才比之桃李其舉進士亦同春官
桃李也然則里之多賢才也舉進士者之聯翩也不已徵瑞於

此乎左右復進曰茲樹之實味甘美可食不與他植同蓋珍品
也余聞而愈喜焉人之評桃李者第曰芳葩悅目已耳今其實
有餘味使聽者若欲遽接於口焉此何異士人之能文章負時
名者而發爲貞操樹爲勳業炳乎爲天下所甚重庶不虛獵聲
聞亦猶桃李之甘實可啖也然則里之賢才皆偉人眞士也舉
進士而聯翩者皆名臣碩也不已徵瑞於此乎因額其堂曰
瑞春吾里人之聚此者或以明經赴廷試或以孝廉上春官至
皆於春桃李之花時春也里人以春來而桃李以春爲里人之
瑞里人相與久居此而見桃李之花食桃李之實樽酒相屬當
莫不撫掌而賞其瑞是桃李以其花實而效瑞於人而人亦以
其花實而效瑞於國也詎非同德相慶爲斯堂志喜哉此余瑞
春之所繇名也雖然余復有告焉樹之始植也擇其種移之名
圃壅其根而培之日灌溉焉而不輟也至於冬夏加愛護焉日
滋月茂以迄於今而後悅其花食其實也吾黨之聚於此堂者
既彬彬稱楚材矣亦知夫心者吾人之靈根從此培植之粹然
而成明德逮夫建立殊異銘於鍾鼎而聲實並樹蔚爲國華焉
謂果何以灌溉之何以愛護之乎則務學亟矣學則不僅以文
章顯也進之而爲偉人眞士爲名臣碩彥咸於是乎出固知天
下未有不種而思食其實者可以悟矣節不佞既爲紀其實因
敷忠告之思以相勸於學同余志者豈以鄙言爲無當哉衡永

留守者各一凡衡永郴士大夫至者皆令候事無敢曠焉且囑曰
凡吾里人其相與謹視嘉植與此堂並煥庶幾永爲湖湘之瑞
乎

記六 明

北塔記

車大任

邵陵故楚地按舊志云介長沙零陵之間有沃饒完萃之美夙稱樂土葢不誣矣第往往人苦耕誦而家鮮厚積科乏彙征者則風氣之謂何反檢閱圖經知邵城東二里許資邵二水匯流其間一折而北獨䇲表未振任從爲兒時傳聞鄉父老言謂宜鼎建一塔亭亭直上未遑也迨隆慶庚午歲參藩吳公分守是郡撫景觀風指示方脈正與諸父老議合而郡人高剌史氏及

士民數百輩證據斯言忻然議浹矣適吳公遷去僉具呈守道舒公兵巡卜公郡伯蔚公邑侯孫公咸報可嗣後郡伯李公邑侯陳公捐金有差以及郡中士民募助各若干可謂上下前後一新矣而聚石伐木甃砌頗藉比及數載不易就緒豈山川靈淑亦必待人而後奏有終之績與越萬歷壬午夏月朔我郡伯胡公來政通人和百廢具舉覩塔未竣事慨然下令於衆曰速鳩我工繕我器具我將告厥成功焉爰出俸金若干不兩月塔成而落之別駕楊公水公司理黎公相與賀於堂郡士民相與慶於野謂我邵萬季形勢公以一旦有成也邑侯趙公贊襄德意謀泐石以志不朽公謹辭曰剏始者誰予何功之有葢予淡思天下事善始而不善其終猶無始也乃胡公一成斯塔而善始善終矣記何能辭今計浮屠七級高若干丈石基插地湥若干丈誠可垒億萬季不拔者乃其中可容百人四面旋拱八窗玲瓏樓檐江山悉來獻肰固茲塔之形勢矣及乎振衣而上東眺洞庭南擷瀟湘西引都梁北指荊門人不知其爲天之高地之廣也四時遊人流連杯爵登雙淸先過其間花鳥在麓聱響遙聞因以縱發其騷人之興而砥柱懸崖樓閣聳峙若與之主賓對立焉繼自今二物效靈江流鎮鎖文運益昌隆則塔之功效眞大有補於風氣矣雖然此堪輿家論耳語有曰善建者不拔郡人士乘茲塔之建各務增修於德益鎮之以無名之樸則

庶幾不負良有司善終之雅意焉夫胡公是舉捐貲於俸其廉也不傜民力其惠也圖功攸終其智也功成不居而前人是讓其禮也一舉而數善備焉可以不書余因因趙侯之命而輒記之以誌不朽云吳公名兌卜公名相浙江人舒公名應龍廣西人胡公名樫滁州人蔚公名元康開封人李公名大吉仁和人楊公名浙四川人水公名之東浙江人黎公名可籽廣西人趙侯名維紳羅山人孫侯名樾陳侯名一理皆江西人例得備書云

賓日樓記

車大任

余少讀尚書堯典首命羲和氏曰寅賓出日蓋於方爲東於官爲春春分之日欽若無違而四時百度受成於此日其可忽諸故嚴之曰寅賓賓日卽所以敬天勤民卽所以賓日厥旨深矣按寶郡墉山爲城自西徂東約數里許出朝天門又稍距一里許舊故有樓鎖鑰郡城憑高眺遠一方稱勝概焉第屢興屢壞父老相傳樓名屢易一云箭樓者爲姜伯約樹的以射而調弓矢於此也一云更漏遠及以上助譙樓故名乃或云餞以送行爲義者實非箭也雖其後改爲迎恩箭樓俗稱之不易其後分守金公乃改爲賓日云是則臣子忠君愛國之心舉目常在不

但爲一春分之日及一東方云爾矣顧名雖定而樓竟未修父老以爲關係頗鉅去年夏月分守王公至過其遺址徘徊顧盼亦若其有待焉亾何郡守丁公至慨議捐金圖復其舊而郡中士民靡不響應矣乃邑侯張公聞之蹙然起曰吾邑忝附郭郭樓之修是誠在我爰屬三尹顧君協力鳩工不煩公帑民力及功成而落之當其登斯樓也長江逶蜒而嘉樹鬱蒼雲氣冉冉直墮几席中而命名仍賓日之義蓋余以茲樓之有是名也因始升而勵志於初因容光而悟道有本因照鑒而嚴幾於獨因中昃而持盈以謙因代明而恒一其德是固有然者矣不但其方去之日爲不可忽也矧自邑而郡而監司凡受一命之寄者宣上逹下于茄索綯省耕省斂期以利濟元元所謂化國之日舒以長者其在斯乎其在斯乎而或有質於予者曰日出於暘谷浴於咸池升於扶桑新故相代乎前而無窮者也以至分陰寸晷曾不能增減其豪釐而子欲賓之豈能以增度數而移漏刻乎又豈能如後世魯陽公之揮戈回曜乎予應曰否否不然今天子敬天勤民之心昭布於上下而監司郡邑具有司相與竭蹷不遑退食是故夏禹聖王也惜陰是急周文聖臣也雖日昃不甯苟能以日爲賓以我爲主傾葵拱極忠愛油然雖日有可得而我主之者嘗觀易曰明出地上晉君子以自昭明德而詩曰夙夜匪懈以事一人二經者互相符合乃古者諸侯朝而

辨色晝而考職夕省典訓而後卽安卿大夫朝稽其政晝量其會夕聚其業而後卽安以及於士朝而受業晝而講貫夕而習復而後卽安此孰非以日爲賓者乎惟是予郡徼天之幸上下同心興舉廢墜而張令君經營注厝任費任勞者爲獨多且皆能祗承上者之意而推廣之以俾勿壞若不佞及郡中士庶猶然在趨衰燮日中也故曰東方未晞下土是冒而古之太平當會不蝕必有所繇致而然監司郡邑大夫所稱卿尹惟日不足者任不佞敢因是樓之成不以頌而以箴獻其又誰以爲諛矣

城隍廟石坊記　車大任

或有問於予者曰城隍之祀經籍無聞焉今徧海宇無一郡邑不廟城隍者何也予應之曰所以報其保障之功也是固有仰承帝典宏贊吏治而所關係於世風者不淺鮮矣昔在元季黷祀不經我高皇帝首正人心修明祀典敕封天下城隍神自在京暨在外凡爵級品秩各有差而俎豆無閒若曰是所爲司鑒察於幽冥者也至於都邑設官分職假以南面慶賞之權亦足儼然臨之者矣而又欽定誓詞頒降儀注著爲令甲俾各有事於茲廟新任有謁朔望有謁昭乎表裏之協贊焉若曰陰陽互爲其用而善惡速於勸懲洋洋聖謨其意固已遠矣今夫明

詳禮樂幽贊鬼神此兩者人人能譚之然禮樂之用顯而易窮尤不若鬼神之感人有至難測而至不爽者今有人於此或告之曰某也善其宗族鄉黨慶之甚則有司之旌賞加焉容有不盡勸者以神之福歆之有不勸焉者寡矣或告之曰某也不善其宗族鄉黨惡之甚則有司之刑戮加焉容有不盡懲者以神之禍惕之有不懲焉者寡矣識治君子明則詳於禮樂幽尤資於鬼神斯非一時良二千石之選哉我郡伯胡公涖邵凡三季勸善有錄禮樂率先嘗見其因地置鋪因江爲泮則庠序佩德矣劇賊必捡甘霖應禱則羣黎安堵矣而猶惓惓飭廢剔侈抑浮顧茲所爲於城隍者煥然一新是故樹石於門表有敬也坊取諸石期可久也顏其坊曰顯應蓋取昭示夫善惡勸懲之機也且也堂寢廡壁宏壯軒豁大都視昔有加焉公之用心若是豈徒對越夫神靈其眞善承高皇帝優崇之典也已自是我邵之人無小無大相與勸善懲惡祈爲神之所福而不爲神之所禍謂非得公是舉以感激風厲之不可矧公以彰善癉惡爲政邵多善人神必福善將見雨暘時若災沴不生舉吾邵盡在禮樂敎化中而神之顯應於是爲至胡公保障之仁亦於是乎大哉邑矦趙君善承德意工竣問記於予予生也晚頃叨役豫章聞公之伯兄莊肅公開府厥邦恩威保釐有功德於豫章甚大今所在郡邑無不尸而祝之俎而豆之予每過於祠下輒欲獻

豔羨焉今公旣踵家學以撫輯我邦人異日者安知我邵人有不如豫章之尸祝俎豆於我公也乎任爲郡人宜先閭巷佁爲謳頌以報公茲特著論以復於趙矦者如此

綸嶼記

龍膺

海中洲上有石山曰嶼漁仙諸山皆列水上且皆石故名吾園曰綸嶼嶼以洞勝洞以巖勝巖百計而洞十於百十中拔之得巖壑天巧神奇可稱洞天者五自南面始爲臥龍山左鳳翥峯又左爲龍池其下爲龍湫洞高廣數仞以吾姓氏同也因題曰灊公洞右爲虎拜石下一洞如壺曰玉壺洞由虎石而西有石如梁橫亙百尺吾負梁而閣爲懸礿以達踰梁爲雲根函丈三楹石旁爲棧道爲鉤梯爲庖廚爲石井則藏書燕息處也後有三峯曰玉柱曰蕐蓋曰雙輪以障於臥龍山上築一臺曰萬壑是爲南極洞天由石梁而西北折歷莎蘿庵而東絕壁千仞下

有洞二曰伏波賓南征避暑室至今祠貌焉一曰欽山子午洞則禪定居之由洞北折而上兩峯夾束如扃一水濺濺不絕曰紫竹澗鐵壁如圍環壁皆秋海棠夏四月輒花俗名甕城更名曰小金剛輪圍山而築藥香幢半閣於其上是爲北眞洞天歷紫竹澗而下折東北懸壁數千仞如障色赤紫如雲綺曰紫霞巖上有石如飛甍曰飛霞洞下築方丈曰赤城標北嶺縈紆如規頂團團如蓋是謂西靈洞天由嶺北折而東歷磴詰曲上爲霽峯巖四時綻苔蘚如霽旁一石如筍蔥翠欲流倚石筍爲亭曰攀龍阿由筍石入兩石對峙如門堊赤樹青莎古藤弱蔓迤邐而下爲霽山洞洞有二前有方石如笏如屏負洞壁而閣三

楹曰趺霽閣環帀芳樹以竹楹界之由屏右取徑西上爲赤石丁窩築方丈曰霽山樵供文佛面一圓峯高數千仞爲丈人巍然逼層漢壁色如渥丹蘭蕙檉柟倒挂巖際巖椒有霽池池水下流爲芙蓉澗元鹿玉屏諸峯當左掖而卻是爲東蕐洞天歷澗而下有獅子峯與象崖相向崖際卓香象亭下有獅象澗歷亭而上爲巖頭山巖空洞如廬可容百人獅子座是曰聖珠洞右掖一泓注功德水前有點頭石中立洞圓明清淨妙如摩尼因跨兩石而閣其上曰摩尼面麒麟峯峯之西爲虎谿灣虎時往來守役爲大空小空侍者四山輻輳如城郭而洞宅其中是爲中黃洞天也中閒薜荔陰森篔簹婀娜奇畜珍卉四時如春

則山山皆是瀑泉鳴澗逐地移形毛骨神情有兼勝而無偏枯是山也大者如化工鎔笵爲洪鑪小者如繪工點染爲單幅谿谺歷落谽磜巉巖有非巨靈所能擘五丁所能開者其在方內宛置五嶽如一區第山有虎豹樵徑久蕪蒙翳千餘年鞠爲林莽故巖頭欽山諸古蹟靈蹤悉薶沒不可攷僅於子午洞見正德閒分藩使者鐫巖一詩有洞號欽山之句又於隤壁榛莽中得宋嘉定閒銘云從巖頭招提游聖珠洞數語而銘左復遭匠氏之戹損其半予忝爲茲洞山主又得謝少連克慈孝超及杜越凡諸子皆邱壑中解人爲之擘畫疆理始亦有人助焉將藉此闡跡發光辭翕學道

桃源至漁仙洞紀程記

龍膺

由桃源西發爲綠蘿溪南岸峯巒繚繞蔥蒨如屛黛綠空靑隆人眉睫是爲綠蘿山歷伏波灘行十里爲綠蘿鋪岸北浪花如沸漲則勢諠洶湧如卷雪然是曰雪濤又有大小月汊在中洲南北已歷洞灘行十里爲白馬渡怪石臨江蒼松拂澗浸尋靈境矣由渡入桃花洞僅五里許爲水溪洞中巖壑幽深泉林窈窕緋桃翠栁方竹虯松嶮峭嶔崎別一天地歷石磴數百級臻其巓劈巖如扃白雲封之鳴瀨琮琤瀦爲方沼中突兀一峯卓犖供大士巋然尊秀腋擁兩山俯瞰諸峯攢列如星江流如帶是其最勝處也逾水溪五里許由水行爲白林洲山漸卻又十

里爲囦鄉則川原曠衍阡陌連延溪流亦平澗帶駛又十里爲沙羅村沿溪中流多奐梁爲舟楫患紆岸而南望見衆山騰躍出其一峯欹溪岸而末銳如甕遍視之又如雞鶩草樹鬖鬖如毛是爲甕子峯俗名毛甕云峯北岸皆石蟠亙水底噴沫盤渦浪勢澎湃如廣陵之濤舟非羣力牽挽不能上羣石或臥或立潛洑下流皆前溪諸巖根爾踰甕灘而上歷倒水巖十二峯爲漁仙洞東距沙羅亦十里

倒水巖漁仙洞記

龍膺

倒水巖在甕子灘上龍家溪自北出截其流而巖有十二峯列馬石溪左第一巖爲龜山首臨水而卬峯背青綠偃臥如伏覗諸峯獨橫亙捍流而前衷豁之半西距五十尺小卻爲赤霞嶂嶂壁立如削上多五色花下赤赫如霞綺龍蓋林嶺如丹下有釣磯石又小卻爲鐵壁崖壁與霞嶂等顧其色黧如鐵薜蘿蘭茝瀅翠欲流又小卻爲仙蜺崖崖勢叜高廣透迤上鑿石室者十內一室藏黃腸者五舊傳爲沈香棺季遠而朽白骨頭顱隱隱在望舟人有以竿攫其上者雷颿震怒綦靈巽云巖麓一峯空洞坙雙孔如象鼻名象鼻崖又小卻爲龍池峯峯左懸一道

如鐵如劍草木不生爲龍挂鱗甲處俗名龍膺石峯頂有池注泉四時不涸上聯峙一峯圓頂而秀亭亭蔥蔚直干雲霄下環臥一石如尾伸足翱翼宛聯翩鳳翥狀合名曰鳳翥峯峯脊橫峙一巒中出蜿蜒下垂如乳又如蓮房凹處形如卻月乘以三臺恍畫棱相次予闢一徑巍峨道蔕築讀書臺其上山曰臥龍臺曰萬壑兩腋下各一洞左飛瀑淙瀲不斷名曰龍湫是爲漉公洞右洞如壺名玉壺洞洞之上一峯與鳳翥龍池對峙而蹲伏其股狀若稽首然名虎拜石石上三峯共一枝榦宛若具體實以中亙爲心腹左右竦爲肩臂云虎拜下西折有石如梁又如馬俗名馬石下環谿水卽以此名由馬石西折而北行篠簜

中歷菴而東長崖橫亙千尺有石室者三中爲伏波洞左爲欽山洞又東折兩峯峽束清泉濺濺下流石徑一綫歷層磴坎壈而上爲紫竹彎環石壁如鐵四時坐異花種種爭妍莫可辨識陟其高阜處壁愈盤紆詰曲如圍雲構自然豈假匠石俗名甕城予更名曰小金剛輪圍山而閣其上曰蕋香幢閣歷閣而上爲方臺由臺陟而上沿石壁行得東西崖相望各闢方丈恍絕塵世由輪山出東折而北爲紫霞崖由崖歷嶺而上爲霽峯崖崖花如霽坐紅蘭赤荔如畫下有洞二洞右一石如筍名玉筍石左一峯崒嵂千霄勢甚奇秀下有霽池池下爲芙蓉澗由澗西折而上爲象崖與獅子峯對峙歷象崖而上爲崖頭山下有

洞圓明宏曠四山湊合如刿屛曰聖珠洞宅衆山之中靈勝爲最登高四眺則嵲然如蓊蓋而特者爲天柱巍然如峩冠而挺者爲丈人巃然如負扆而拱者爲玉屛橥然如戴冔而頫者爲元鹿皆踞其北溪以南肅然如刿鼎而指者爲玉案煜然如鏤彩而插者爲金彝崿然如畫奎而聳者爲卓筆其他前後扈從如車如馬如璋如珪如劍如戟如幢如旆如金牖銀牓者不可勝紀總命曰百子峯以諸峯環侍天柱丈人儼若兒孫遙拱羅拜其下森森如也翼翼如也由伏波洞南下爲莎羅菴門西向入北折爲韋馱殿歷階而上爲大士閣閣背爲僧寮爲靜室又東折攀崖而上倚石洞爲閣供元帝賓於睢陽公栅之洞有睢陽遺像焉門額源陽仙隱諸書先計部元扈公手澤也茲山神奇靈秀不知闢之何代何人第傳漢時馬文淵南征曾避暑於此故石室祠貌焉而仙蛻長留靈霆呵護此尤其異者溯馬石而上水涯浮一石如舟如柱已爲穹石崖又溯而上爲青湘爲仙人兩溪已爲水心崖下爲漁網谿絕幽勝夫谿與洞皆以漁以仙名當世所稱避世漁郎皆神仙流且後乃譌漁爲餘不亦舛乎釋家指十仙爲外道猥以仙名寺尤舛村故名莎羅今以莎羅名菴取其近似且從佛也予足跡半宇內名山恒謂太華峭削雁宕幻巧崆峒幽崛黃山靈峻白岳奇詭太和雄麗九華葱蒨金山孤絕然皆以石勝而皆病無水惟金山扼長江注南

泠爲勝復孤立無侶遊覽易窮郭與茲山以青瑤翠珉爲骨以丹霞蒼靄爲姿以琪花珠樹爲裾以沅流溪水爲帶俯仰顧眺騈矚不能周蒐獮躋攀繭足不能竟而又雲根拔地罔所依憑砥柱狂瀾曾不譎靡其石之溫潤光澤苔蘚茀生處如墨如鏡可鐫可劘錯刿如星可綸可席泉流清瀏如白玉漿可飲可濯溪與朗渚接可往可來山靈儲以待我往予拮据塞上濫竊逐虜功數蒙上賚今秊歸老爲出買山貲以志國恩於世世俾子子孫孫藏之與茲山幷遠吾友江伯通作買山說爲予愜幷爲山靈得予愜予亦自愜甚谿曰龍家屬吾故里烟霞舊好如獲衣珠泉石溪山悉是吾籬落下物時坐芳餌坐狎滄波時鼓木

蘭臥看朗月掃除諸障永保長齡羣眞與鄰千秋是宅此亦人外至樂也浮雲鐘鼎於我何有哉客有問灊公者曰聞公負郭有灊園具湖山勝亦足自適何復爾爾予笑曰入林惟恐不深耳吾園曰灊吾洞曰漁吾以一艇一竿逍遙放浪卽不能杖窮五嶽亦何必塊處一邨爲因爲之記

王邑侯祠記

孫羽侯

芙蓉濱湖而邑野擅萸廣之日舊矣蘧廬者管若民而民始困媮窳者越視水維維以緩民諠困武健者理繭絲以創艾民輕以祖亾而邑與民俱盬維昔西蜀田侯以高第淹此吏治蒸蒸最六期晉夕郎以去民以享其利去而奉嘗者如一日邑之桐鄉其令自田侯始越二十餘季而又得我王侯王侯以辛丑至先是庚子歲大浸[illegible][illegible]如山井邑爲沼田野甌脫而又以朗州槃瓠之役徵發顧山錢斂丁壯以服輓輅無所牟衣食民始囂然侯甫至馳之野環視皆水也拊循孑遺招來轉徙星而視事步而雩出舍離鄉亭稀有甯居部使者督課劇米粟不夙備課

幾殿侯諠緩敲朴令民得自便斯易以集事而民諠略略相讓曰負負也牛車負擔纍屬不絕而俔寬之課叜最寺人鍾官飛而食人摧開架不登侯卽捐祿入爲民請緩旦夕郡大夫惻然爲請去其籍及隣近邑咸被之矣會且料民按籍敕戶口不得匿奇羨射隱者無所寄且日集父老而諗之吾不忍而圯而瀦而處維而後有田不維何以果腹不維何以亟公家爲之維嘗密矣不時時捉闕則圮則亟謁諸郡百拜爲民請命上書直指監司不時行下邑得還視汙萊郡大夫洎監司直指雅信侯而哀民之保抱流徙不能一日留也若不能朝食會議發廩粟移旁郡邑羨㮰至民得受食力其所自有而因以寓饑者藉其力

供事民忻然荷畚鍤往以簣程土日程食嬾惰者無所牟中而百堵興矣好爲民開說利害見上官無婾婀態邑有所利建直肩之不少遜始若落落而竟成就無不中所計畫邑人士亦不忍有所刺戾何者誠一之所格也侯居常都布俴衣蒜果一筒意於於焉不以一卮豆賦民時日暴露貝糲醪從民以半菽進御之瞿然若不忍咽者亦不喜飾廚傳輶軒使洎臺吏至尋常折俎外無所加享他邑則食方丈品嘗不能別矣侯曰吾稱吾邑不忍以民力徼善事譽也方田侯之涖此也治常勤敏偵空食中少年語鳥攫其肉庭鶴不驚民頌之爲神君而侯一易之以寬以廉智自將居六年蒲鞭集事未嘗輕譴訶人小民以利

害告當食吐哺介馬而馳沮洳緩征省役與民平衡凡侯所爲民計不啻其家則釜魚塵甑其漢史雲之遺乎夫有萊蕪之操而後可責以潁川之治侯直古廉平吏非今人儔也今之夏六月霪雨浹旬不休陽侯介焉覗庚子加虢城中外蕩爲壑瀰中之瘠可掬也侯爲之不舉日坐涕而濡沫之民亦忍須臾以爲有慈母在無何而京兆之命下矣此時閭井蕭條民坊盡浸而不能使侯以終此志也則何武之思深矣惟是邑父老搢紳弟子暨閭右鄉廛無小大咸相顧不謀而同計以侯之治行勒之貞珉而建屋於里亭之旁所以奉嘗者如田侯

擬進講記

李騰芳

吾師琢菴馮公少負異才好學能文通於當時之故年十九歲入爲翰林郎隱然以天下自任連爲講官者十餘年其侍上最久啟沃最多忠愛肫切上顧而眷之其所進講章有通鑑若干卷講章之義舊取於明白簡近便上省聽自本旨字句之外不敢旁引更端以自爲說有之自公始蓋借古人臧惡得失之端爲今日藥石攻療之論此公之用心微曲堅苦非人之所能知也予讀其書竊有感焉夫世之君子愛其君盡言而不諱者多矣然幸而得聽者十一不見聽者十九何也夫人與人相與直言其人之善言之而過其實雖好諛者亦必內慚而不肎當至

與言昔人之善未有不羨者也直言其人之不善而至於甚雖樂受者亦必外忿而不能容至與言昔人之不善未有不笑者也豈惟羨之而已自顧其行有不類是其能已乎豈惟笑之而已自顧其行有類是其能安乎然則吾雖十言而十見聽可矣由是論之世之君子欲告其君以言者孰有善於公者哉今觀公之論漢武帝也有曰武帝待衞青公孫宏親之不重待汲黯重之不親然總之冠亦見不冠亦見踞廁亦見可見古之君臣相親無少間隔故其下易事其主而上易知其臣也夫天下之患莫大於君輕其臣而相隔尤甚蓋有所親則尤有所重若一相隔則無復有親者矣又曰武帝之臣惟宏最稱上意而最寵

任驕愎忤上意而屢賜告外補然淮南之謀不畏寵任之宏而畏賜告外補之驕何也見惟魯戇直之人一味忠鯁在人主面前尙且執德不回觸忤不顧更有何利可以牽動何人可以搖惑若阿諛遷就之人委曲多端在人主面前尙且支吾變轉後見大利大害豈有不趨避之理此宏之所以見輕而黯之所以見重也人臣觀此則知所以自處人君觀此則知所以任人矣其論和帝也有曰帝與鄭衆決策而誅竇憲豈非英斷然外戚之禍除而內官之權重原內權所由起始於有功有功始於決策蓋帝之所以不與股肱大臣謀者以素不與外臣親接耳人主常延見大臣無事則諮訪得失有事則參決謀議若常不相

親卽有事亦難獨召召之則機露而事敗勢不得不謀之於內謀之於內無論未能成功卽成功亦有後患豈非後世之永鑒哉其論宣帝也有曰人臣言有不當只合置之而不必加以罪卽眞有罪亦宜使廷臣評其得失法官定其輕重豈有獨付執金吾之理自此端一開而後世凡有觸迕輒下詔獄往往以笞掠殺之則宣帝之殺蓋寬饒爲之作俑也其論靈帝有曰帝作列肆於後宮釋袞冕而衣商賈之服舍大輅而操四驢之轡不過一時爲戲而書之史冊遂爲千古笑端甚矣舉動不可不愼也蓋人君常御大廷禮法嚴重身心自然收斂言動自然端莊故非僻之干無自而入若身居大內不接羣臣所居皆燕閒之地所與皆狎昵之人故非禮之動乘是而起宮闈渫瀆見謂無傷而不知天下傳之史臣書之矣齊桓公好紫而紫遂勝朱漢靈好驢而驢遂勝馬若遺其好以圖天下之政務收天下之賢才則何才不得何事不理乎又曰天下財利名爲泉貨原當流通必無聚而不散之理布之人間則上下流通爲天下之用收之府庫則緩急有賴爲軍國之用若藏之內帑積之不用則始爲私藏終爲禍端財聚者民散多藏者厚亡聚乃所以爲散利乃所以爲害耳靈帝私藏於西園未幾而散德宗私積於瓊林大盈未幾而散自古明王以不蓄爲富以不貪爲寶眞有見哉其論元帝有曰恭顯所以權傾中外者以帝委以政事羣臣因

以關決而宦官得政之由實始於武帝游宴後庭不見羣臣大凡人主不見羣臣則中外隔絕而權必旁落雖以武帝之英明僅不當其身而於子孫見之其爲監豈不甚著又曰在周禮內官統於冢宰故多治自秦以後大臣制於內官故多亂大臣以中貴喜不喜爲去留中貴囑以託行不行爲喜怒則未見其可以爲治也其言精彩切愕有爲而發悉中於當時之故如此然自公言之託事造端微見指歸而未嘗以言爲名自吾君聽之隨類相求往往而解而未嘗有聽之迹嗚乎此世之君子以言告其君者未有善於君者也昔歐陽修有言天下之得失民生之利害社稷之大計惟所見聞而不繫職司者獨宰相可行之諫

官可言之故士學古懷道者仕於時不得爲宰相必爲諫官蓋謂士之欲有言者非諫官莫能耳嗚乎孰知夫今之言不在諫官而在講官乎然愚推歐子之意以謂人臣事主苟得言以爲幸焉況乎吾言之而又能行之其幸尤何如也昔唐宋之制士由諫官爲宰相十常六七則夫能言而又能行者亦已多矣本朝宰相惟翰林得爲之而諫官不與焉其言而行之者其誰邪今公之書凡天下之得失民生之利害社稷之大計見於所講說者豈止於諫官之所能言者乎公之位旦暮得爲宰相然則能言之而又能行之者其惟公邪愚小子請卽以公前日之所言還以責公後日之所行耳

萬樓記

李騰芳

邑之形如展幅綃上下兩出如左右手上出者巨石百餘尺巉巉江波開若駱若軏邑人所謂馬蹄石也下出者穨然而已穨然者正水之所去也邑人以爲弗善也民歲饑皴貲業鮮畜積或是之以告于令包公謀築石爲臺塹沙截波覆之以樓極其壯爲閈捍相其址旣樹之表矣一日予過其處循表而下數十百步得斷岸屴隆起有脊高逾于前伏沙隱于岸下垂尾於江中下有沙爲之翼前山援迎江流抱轉羣形之情畢聚私謂莫宜于此然懼先表者譁默而不敢言明日包公一覽而定正其處也則以屬其事于太學謝選貢人熊廷祥而謗者不休二君則私以絲度江得狹四之一又以絲度至馬蹄石折而于邑之中適中其中又以盛夏江漲縻舟上下覘水之所及高尋有幾二君可謂勤且精矣然後不疑于其志而戮力以就工至日予與包公登臺而周觀之地之隆者益出沙之伏者益偃山之迎者益近江之轉者益洄少焉躡級而上身縱于樓之端千里之風拂檻而來萬嫋之烟縷波而起林暝江動水叫石激山川之精呈巧獻工氣象變怪宜其如此視之旣久城邑漸明原隰映帶屋瓦草木皆可指數而水之欲往者有以爲之留山之來賓者有以爲之主于是公仳而嘆曰兹眞邑之閈捍乎造物者之設是久矣吾與子不謀而得之豈人力也喜題其臺曰傑靈臺

而命予以樓之字·字之曰萬萬數之大也·邑從此而大也·公曰善·呼謝生書而揭之·而予竊有感于生以絲度江之勞也·夫地起而沙伏·山近而江轉·此事之可以目睹而知者也·而生必待夫以絲度之而後信焉·則夫有不可以目睹者當何如也·旣卒其有以度之而信之矣·而有不可以度者又何如也·推數廣之·天下之治亂萬物之是非·苟有人焉雖魁壘有名·而淆之以眾言·抹之以我見·則有目而不能視·縱視而不能見者往往矣·然則何尤於生·若夫有以度之而又不信·曰是謬爲之·則其人雖起聖人而與之語亦不可得而明矣·予之言非以誇于先表者也·以慨夫天下之治亂萬物之是非莫不然而云然也·臺高三

十尺·樓高四十尺·眠波之面已七十尺矣·用石三十萬尺·用木三千箇·其仡而成之歲月與南山之塔同·而費之數亦如孝廉謝生記之·

半邊街砌石記

李騰芳

縣治之迤西臨河者曰半邊街·街之上流爲大步橋·縣後田澗之水出焉·下流爲流水橋·城中之水出焉·其波漫衍洄伏·歲以城潄·往予爲諸生時·見城尙去水有土若干尺·今無有矣·每歲雨淫河溢·居人編竹以爲城衞·援竹以行者彳彳亍亍·卒臨波中或浮或沒·二季閒水溢大河破城而入之·舟航于城中·城之人震悼涕泗·聚而憂之曰將無城矣·無室廬矣·及謀出貨力登后以捍患·則無有應之者·予不覺嘆曰·世之人慳焉·甯有如吾邑人者哉·所居之堂奧·且以爲宅·所寢之室蝦·且以爲穴·世之人癡焉·甯有如吾邑人者哉·明日有告予以王相捐銀千有二

百兩·請于官以事此者·予不覺又嘆曰·世之人喜搶不惔·甯有如吾邑相者哉·盡城之人之堂以奧·而相無與也·盡城之人之室以蝦·而相無與也·世之人甯有慈仁利物如吾邑相者哉·而嚮之慳且癡者方相與以譏相曰·是有貨鹽若干將沒于水·誓之神以免而不得·不以者也·予曰汝不見夫賈萬斛者乎·方其汨于重淵·墨于蛟身·指妻子珍寶以求援己者而惟恐其不濟·旣濟則持一儆枹且予且惜·以方之相·然則相爲何如也·譏之者語塞·則曰是未必信·旣而見相之沈石壅流·信矣·則曰是未必成·旣而見相之工舉事集成矣·石之巀然者如堵·隆然者如邱·橫然者如舟·黝然者如雲·登其上平然者如砥·其長四百尺

高三十尺闊之數如高夕照西積山月穿江行者旣倦遊者思息相與拂石而坐扣牆而歌歌曰石硌硌兮水喪其威城矗矗兮河循其規居者以安兮行者以夷緊誰之力兮老子東溪東溪者相之字歌者樂之故字之也歌未闋向之慳且癡者且譏之者過而聽焉俛焉以思赧焉以慙嗚呼夫見人之善則莫不喜而思以企之民之良心也恥不能而加詘焉豈其心哉至于俛焉以思赧焉以慙則諠以見其良而向之良暫閉且予觀古之英扁才人動欲以匡世濟物不幸爲人所譏嫉沮敗以至于無成者往往而是卽成矣嫉之愈力求其俛焉以思赧焉以慙者絕罕然則相何幸而邑之人心又何以暫閉遂開其良有如

是哉然相亦知所以幸之故否乎爲之遭其時主之有其人則害公而功成毁止而譽來主之無其人爲之非其時則釁生而業敗譽往而毁卽相之事實賴大夫包公之至仁摩之使厲鼓之使跂燭之使耀衞之使不仆蔽之使無畏故害公而功成毁止而譽來者以此相之子生員某丐予文以鑱之石予懼其猶于幸而不知其由故書以告之且以示于後使知大夫之德而相之遭也

長沙縣新遷縣治記　李騰芳

邑之在湖以南者惟長沙壤地大而賦入爲最貧戶口多而民力爲最罷地大賦貧以其土瘠戶多力罷以其俗惰故吏于斯者薄斂緩徵挪東補西而猶不足于財簡徭省事覆上貸下而猶不足于力雖然使得宅幽阻靜自爲城郭人民則財雖貧而以自奉其邑尙不至于病力雖罷而以自治其邑尙不至于急也而是邑又爲麗郡之首邑自監司郡守以外驛道之使如織期會伏謁必先至鉤索誅責必先償廚傳廩餼必先供其次爲善化善化邑小以十計者長沙取六焉然使邑與善化並城而居凡所至所償所供者長沙先而善化從之則邑雖貧而病罷

而急亦不過與善化等耳而邑治又偏郡城東十有餘里以外曠空杌郊無城郭市區凡吏舍筦庫狴犴之屬皆積然于蘄垣榛棘之間長吏歲時之劇十九在郡十一在邑所至所償所供者善化以小邑名以四取之而無不給有不給則以長沙解長沙以大邑名以六取之而有不給有不給則不得以善化解故長沙之貧而病罷而急實倍于善化而吏之來令二邑者善化每以最聞而長沙則否自予爲童子時聞是邑欲遷于內者屢矣而卒不果遷也郡守汪公一旦憫其艱揆其便相厥土宜檄趙令亟遷之而令勇于受命爲之有方閱暮月縣遂以成其始伀也守捐俸令捐薪縣人復率其糧米以助自斗及升而人不

以爲費·梁桷瓦甓擇其舊縣之可用者使踐更移輓城旦治地·而人不以爲勞·外則自屛以達于堂·內則自燕閣以達于室·芴則自椽吏之舍以達于丞尉之治所·秩秩翼翼高廣爽麗·而人不以爲侈·予頃從京師歸·將以明日懷刺謁令于舊治·而僕人以新遷告·予喜而忭·令因爲予道其所以遷之始末·使予記之·且曰此邑百世之大利也·不可以無詞·嗚呼夫古今有大利大害而弗克爲者多矣·非慫則怯·慫者惜其費之出于己·怯者逃其責之來于人·苟可以惜焉·苟可以逃焉·而烏用爲之·故是邑之欲遷者屢矣·而弗果遷也·訖今乃克遷焉·若守與令非所謂不慫不怯者與·不慫是其廉也·不怯是其勇也·當今世而予及見夫廉與勇者·以爲郡邑棡無窮之規·眞不可以無詞·

天津新造海舡記 館課

李騰芳

先是倭遽告急·天子下公卿大夫議所以戰守備禦之者·甚具而有法·已又言者謂倭脫乘帆從海上來·易亘南指淮揚·北指天津·倭絕慮無還·而我師卽選練束手沙渚·閒度不能與之爭舟檝之利·其議造海艦集舟師·殲之海門·便·復下羣臣議·議如言者旨·制曰可·遂興役無後期·於時費水衡金錢若干·得舟若干·望之如千檣列·雖然·備矣·而言者猶孜孜有后計也·曰夫亂不以備亂·興乎備生擾·擾生困·比軍興者實受其騷·一之甚矣·就是民也·不魚肉倭·故魚肉是役亘·又庇財·則胞者半·浚事則敗者半·覩虜則惰者半·洋洋大海·一鼓而馳之·誠未知得水之曲折與舟之便利否也·今度舟一艘·受兵數十人·用舟師數人·治舟百艘·當兵數千·舟師千人·海岸數千里·海口數百處·以少則不足·以多則不能·國家顧安所得數萬樓舡下瀨之師而用之·噫·是不然·夫事無十利者也·法立而有難·權其難而事成·則爲之·事成而有害·權其害而功多·則爲之·經國者常患事之無成·而不患費之無用·以無用之費·成可恃之功·亦何憚不爲·今國家費數十百萬亘·治數十無用之舟·則數十舟亘事之不成·則此數十百萬者能橐而藏之乎·度民之必擾·與其出於倭·甯出於我·度水軍之必不可已·與其取於臨時·甯訓於今日·倭之不來·備之何害·若其能來·備之爲瘳·我君大夫無亦虞其來

而備其卒也且向以其必來也爲之而咎其不來也以其可用也作之而悔其無用也此謀欲先定必且觀於後利欲先設必且怯於害夫未用吾安知其不可用也不用吾安知其終不用也信其可用而時葺之亦必徐得其用悔其無用而終棄之又將自喪其實凡事皆然獨治身哉吾故弁次其論列記以告當事者

吐秀巖記

何太謙

余家世卜居於水濱咿唔之餘每棹舟泛月於巉巖峻壁之下一夕睹石竇閒燐燐若火起予心異之越日而披荆棘尋溪介忽見一石如拳門甃洞闢裹衣入門而中區平衍可坐十人傍有廚竈內有臥窩就石架木之痕宛然在前一方牖下瞰清流可以垂汲正面依石成匾署曰吐秀巖字畫蒼雅殆非凡筆末端有細字形影依稀斑駁不可讀予愛其幽邃讀書其中時有波光浮金以悅目鳥語奏笙以清耳久習其間恍若有得一日有白鳥爰止樹顛羽毛異常說者謂鳳類也因刻一編曰白鳳鳴嗣是舉孝廉搆別墅攜子姓鋤經藝與錢塘金學憲錫之額曰吐秀堂迨戊戌領南宮刻行卷遂題曰吐秀堂草一行作吏田園荒蕪然心神無日不往還其所予與清江令張君增修廣輿考已揭吐秀之名載之名勝異日解組歸來洞壑相知足以考矣夫靈秀發於山川吐秀會有昌期猥瑣如余奚足語此凡我子姓豈宜負此山靈但欲以比之避秦桃源似非其偶卽謂予而誤入天台也而予則已賓臨矣公餘退食游神故園遂援筆記之

何侯去思碑祠記　周之龍

何侯令潭之七年·以治行卓異召入備掖垣·先是上意欲特召·旨屢·不下·年茲獲請稱殊數·而在我潭有今日·則二百餘年所創睹焉·侯言發·潭父老實重去侯·業繫之思而鐫之后矣·既又聚族構爲祠·肖侯之須髯奉之·乃語余孺弟之某屬記·不佞·不佞倦游·請告且近髦·何能爲役·第惟弩胥穆湯之世·耕鑿自如·渾忘智故·鳥睹思哉·思之起則南國之於棠也·鄭人之於僑也·畏壘之於庚桑也·峴山之於羊叔也·要以是非衺斧人心·故自不磨·孔子曰斯民也·三代所以直道而行也·諗矣·始侯之至潭也·皭然孤貞·丕釐百度·諸所張翕率正直蕩平·不赫赫見奇而亦不沾沾市德·里中父老類能道之·不具論·論其最著者·曲悉民嵒·諄諄如拊摩其子·焦勞靡倦·皇皇如拮据其家·而會邑有改剏之宂·凶災之値·以試侯之閎經偉筴·乃侯應猝若常·修赦若納·卒與吾潭慮始而歲不爲憂·至其譎苛繁持·體要申約束·節徵輸·中罰刑·甦物力·佐新髦士·敎化躳先·其所斧藻而馳驟者·道德之精英·非才謂之矯飾·猷業之軌蹟·非伎倆之徧長·則潭之民日由其藩而難使知者也·余稽吏傳·若文翁朱邑龔黃召杜諸循吏·爲民勞苦不怠·以故所居富·所去思·至今見德之鄉·春秋祠祭勿絕·夫潭獸異民哉·燮其樹猶然勿翦·里有井百家·取薔而甘·以此思民·民所意遠·卽以主權不得要匹夫民所

意向·乃以萛強惟猷柔一令·故孔子曰直也·令於民·奈何無懼·懼則燮·既以生聚·尤復燠休之·化誨之·是謂民有其令·上下交有以示休嘉·卽邈哉·弩胥·亦庶幾南國畏壘之遺矣·百世而下知祠不知侯乎·祠在縣治東南隅·規方四丈·延袤六丈·侯故迎迓往復所也·中爲堂三楹·外爲棨門三開·環以繚垣·經始於萬歷己亥春·不日落成·侯名起升·字旭如·別號本江·蜀富順世家·登萬歷壬辰進士·侯之行也·閩中鄭侯賓繼之·樂與侯僚屬馮君郁·君王君觀·厥成·其董斯役而捐之貲者·鄉父老·暨博士弟子若而人·俱得備書·不佞邑人也·不能爲潭再借侯·第爲之志歲月·又繫之辭·使童叟歌之以祀侯·世世云·辭曰·潭之山兮秀而峙·潭之水兮清以駛·飄移我山兮·亦激我水·我民之仰兮曉霞·高我民之思兮其此滔滔·飄扢而挽兮回遹砥柱遙盱衡弗反兮我心忉忉·

神鼎記　楊嗣昌

自武陵縣神鼎門目至延溪·雖逆水而上不過一日程目·然不能一日恆得利風不十里而落落十餘里復帆·余始姝怪曰楊人者之無恆若是·乃今盡得之·吾郡形如鼎·往者從郡望江南以爲是鼎不知其一足目·自江南至大溪北望丹洲·則又其一足·過大溪至武山南望木塘·而三足具焉·微木塘則延溪之至大溪·善躍者可過也·微丹洲與江南地·則自武溪之縣門·與自龍灣而之於德山者·呼者可以聞·而善遊者可以逶·延溪不直下折而西·故木塘爲突·武山爲兀·武溪不直下折而南·故龍灣爲肉·丹洲爲好·大溪不直下折而北·故江南爲環·郡治爲玹·分

之各具一鼎形·而合之爲一·宋世有鼎州之名·酈生有鼎口之說·以今觀之·皆引而未發者也·鼎以梁山爲蓋·柱山綠羅爲耳·穿后爲鉉·城邑爲實·金牛爲案·紫苑白沙爲豆·秦人之桃·李氏之橘·廖氏之丹·崔婆之酒·爲薦·有過而問焉者·襄陽之句·離騷之字·以爲款·蓋嘗有言武陵之鼎者矣·鼎在澤中而耳見於外·其間可過六七歲小兒·彼其贋鼎耶·如吾鼎者·舳艫舭艋十百相銜·順往逆來·分風晝水者·皆從鼎之腹臍間而過者也·無惑乎楊人之不恆其事也·

河洑山記　楊嗣昌

河洑山者·山下出泉伏流而入於河·故相傳謂河洑山也·一名武山·水即武溪·孟浩然詩水迴青嶂合雲度綠溪陰即此地·余讀水經注·沅水自綠羅而下·東逕平山西南臨沅水·寒松上蔭·清水下注·棲託者不能自絕於其側·則又有意乎茲山·以爲是平山也·或以爲不然·曰平山者將臨而不邶·衍而不嵬也·是山然乎哉·余又疑之·夫綠羅以下無山·非無山也·童而不樹·涸而不泉·遠而不臨沅·臨而不西南者·余皆不敢以爲平山也·是尚安在耶·噫茲山近之矣·山形照水者東西南三面·而東之趾爲田·不及水數百步·西南兩足濯水中·南與東伀勢起爲峯·而西

則突而展其脃·自西東皆有術以綠其頂·而西爲斗·東少遲·南之腹有細路·傾曲而上·之遊人不徑也·自山外望山·未至三十里·輒見之·狀如老龍·鱗甲怒張·憑高下飲·而其色如異霞一道·風雨從之·漸逼山前·則草樹離離·色狀俱改·了不知向所見爲橫嶺爲側峯也·山雖削出·逵其上則夷·道旁宮舍地皆如掌·而無精構可以憑臨·惟東一郭·俊瞰郡城·田廬井邑分明在眼·而與善卷一峯·尤巧相值·天日晴霽·浮翠之色若可以呼吸而得之·風烟雨露苟未甚至於晦冥·則皆不足以隱蔽·而此山膚千峯挺立·葉皆抱樹而生·秋霜所過·一赤如火·此東一方之觀·而西南觀則出山門乃可盡之·門之右遙見沅水自綠羅而東·三

折乃至山之麓。自山麓而下叓三折乃厺之。方其絕緣羅至延溪。駸駸乎來矣。怒而會之。若有所望而避之。以爲其遠而不可狎也。已而犇騰迅瀉。濟出汨入。突而至乎前。凡撼山者三。初撼而后外禦。再撼而后內拒。兩后相與銜而吐。復茹茹復吐。力且盡。遂畢。以撼山之根不爲動。則徐而厺。若猶有戀焉。有闕志焉。已東而西。既往而復。擣大溪之口。如旋軍也。延溪與大溪當兩折之中。故相望不數里。而木塘一㕣地。如懸瓠。如大腰。特出其閒。溝壑聚落。草樹陂塘。佳麥良苗。黃牛細犢。皆爲圖畫。種種烟霞不借工於筆札矣。自山下皆沈潭。負鼈尤所潛泳。完蘖敗笠斷艇橫楂。方厺方來。無夜無旦。歌呼欸乃。恒不絕聲。江湖賈人

語言淆亂。衣裳詭製。樓櫓能勞。嘔其土風亦嘤嘤不已。冠蓋驛使相望於道途。車馬輪聲時吼於澗谷。童子之洞簫。道人之山磬。林禽之夜唳。水鳥之朝嘲。咸滿幽人之耳。噫。其至矣哉。猶未也。規者爲井。井吾不知其鑿也。澡者爲泉。泉吾不知其源也。自日而夜。濺濺然。自春而冬。湲湲然。揚之而不殷。抑之而不齒。不腐於其止。不溢於其閑。嘗之一滴。而味踰乎金錫之甘。吾故不能自絕於其側。而彷彿之爲平山也。

梁山游記

楊嗣昌

梁山者吾郡北鎮山也。厺郡三十里。考郡志曰昰陽山也。先時祀陽山神以梁松配。而後因名曰梁山。梁山之碑。言伯孫以征南將軍卒此土而民尸祝之。按伏波傳。帝使虎賁中郎將梁松乘驛責問援。因代監軍。無征南字。而松本傳永平四秊懸飛書誹謗下獄死。其不于此土明甚。至劉禹錫爲詩亦弗審。曰漢家都尉舊征蠻誤矣。漢制天子以列侯尚主。初不爲都尉。都尉者駙馬也。漢置駙馬掌御馬。秩比二千石。亦不以官主壻。梁統傳於松嗣陵鄉侯尚舞陰公主。三遷未嘗爲駙馬。宜不受都尉之稱也。而舊志直謂伯孫無傳。則尤可笑。然則梁名安昉乎。余觀

前漢書地理注。義陵縣有鄜梁山。後漢注有松梁山。水經注武陵郡有嵩梁山。漢壽縣西有楊山。義陵者武陵也。今之漢壽鄉厺山不十里。疑諸山有一昰要之梁山名字遠矣。

山有衕焉。如顯而且徑。至則翳翳然迂迴而上之。達廟門始夷。廟門左行而南下。則觀音橋白龍澗韓婆嶺松毛塔至鼓觀音寺十里而崎。左行而東下。則金鳳鼇鼓響坡風門洞至玄眞之觀十里而曲。右行而西北下。則兩盌泉十二嶺至靈泉寺二十里而遙。不左不右直南歷階而上。廟前之一峯里許而平。改由廟後捫蘿挽葛而上。直北之一峯三里而峻。前一峯故無名。土人謂之面山。後一峯以其形似謂之髻子峯。由面山南行而西

下。爲馬鬃嶺約數百舉武。由善子北行而東下爲虎目巖。又數百舉武而術始盡。不復可游。游梁山者大都不至於是而止矣。梁山雖非往牒所稱。而其寵嵸旁薄之氣。固自杰然一方。高者下者。嶮者夷者。正者倒者。跟蹌奔走而來。藥山則首東方諸山而峙於左。浮山則率西方諸山而立於右。兩山相去各百里。雙撐如左右手。自面山望之。地醜力敵。無分毫相負。前亂山無數如羣羊觸藩。走倉皇未有所之。鼓響坡而上。至大龍山。翠屛千仞連手相縈。數十里雲嵐與陽春三月水草一色。馬鬃嶺形如昂首而萬木森森。酷有風鬃霧鬣之狀。虎目巖斜出峯端。下臨虛壁寒苔萬點。側峯千罅。自非牽蘿直上。躡涉其間。幾與頑石

同棄矣。而天井巖泉味清瀏。松杉老矣。豺虎攀之。時見爪痕。惡竹漫山。高纔三尺許。千鎗萬劍。林中深不可測。游者往往畏而不盡。

山孤撐無以爲蔽。俯瞰四周都無纖翳。南面郡城如帶。城中樓閣隱隱如卓錐。沅流九曲而過其前。每一曲開首尾幾欲相就。蓋如環者三焉。菁德峯靑臨水次。遙天斷岫。遠水寒波。明滅有無。莫得悉數。山中之地。半入藩封。開國以來。園陵相望。朱門掩映。碧瓦參差。檜柏梧楸。蒼然闕色。自馳道入山凡十餘里。長松落落。夾路垂陰。行者如度幽谷。飄風所過。不減十萬軍聲。半夜潮也。

余既疑梁山之名不自陵鄉侯始。而舊志亦謂陵鄉無血食此土之事。然其著於碣者。一在西晉時。次在五代時。最後南渡時言鑿鑿。余謹因其本事而寫之。先是妙音之時。陵鄉形見曰。某奉上帝敕主斯土。而廟容不稱。願徙峯巓。因忽不見。一夕大風雷雨。廟騰峯頂。明旦視之。椽瓦自如。其後雷氏搆逆。阻兵城南雷家洲。而馬湖南討之。亦請於神。有功。敕封神爲義安王。神欲爲表文謝上帝。乃遣朱衣吏夜攝史生松於夢中爲之。又追僧彥修佐之書。史生者洛陽人。時寓州城。夢中如有人牽馬召之掖以升。馳而歷山若飛。至則見冕服而王者端居。遣爲文。初辭不敏。王者曰無讓。而名在科目。故以相煩。顧左右取東漢傳來

曰此吾事也。君名與吾同。宜改曰扈。即應科目。史生即謝易名而爲表文奏之。王者稱善。乃令彥修書。書畢置酒殿中。史生則爲詩以獻王者。云南國賢王夜宴時。殿前高下甚威儀。鳳笙清應歌喉滑。鼉鼓輕敲舞袖垂。風散金爐香旖旎。紗籠銀燭影參差。今宵得遇希奇事。深媿全無絕妙詞。又歌贈彥修。有醉筆頻揮彪虎走。須臾數字大如斗之句。已而引滿數白。起行。忽驚覺酒氣拂拂猶在枕中也。因盡憶所爲文筆之。比明訪僧彥修得之開元寺。已錄文在案。相與詫其事而傳之。建炎四年。郡有草寇圍城。太守焦煥炎北望叩神。頃之若兵數千自北來。金鼓有聲。旗幟皆大書梁字。賊望見大驚解去。兵亦旋沒不見。蓋其靈

昭昭有如此者山中之碣有三植者二偃者一讀其刻無異詞皆承載斯事按五代史馬殷遣秦彥暉攻朗州事平在梁太祖時而闕中石刻乾化中有僧彥修以能書聞乾化則太祖之年號也武陵舊志梵寺中無開元之目而古蹟春申君宅注有府北開元寺今入藩邸之語推此知其不謬至建炎四年鼎州民鍾相作亂爲孔彥舟所捻餘黨楊華舉兵復爲程昌寓所破見於高宗本紀則草寇之明驗也語曰人道邇神道遠其然乎

案舊省志載此文惟有首段不知據何本茲從括蒼何氏名山記錄出凡四段然名山記又經朱氏删節裁割而改爲臥游集者不盡爲原本之舊朱氏有自序中多草書其名不可辨識余疑是啟字其書則道州何子貞山長藏本也汝懷附記

觀岳陽樓記

楊嗣昌

歲在乙丑三月庚子予觀乎岳陽之樓岳陽樓岳州郡城之西樓也其面正西臨視洞庭漭漭滔滔初未有際惟若遠天落於湖外無復尺寸之地而止耳夫湖南有長沙西有武陵北有荊蜀彼豈無一巒片石杰然高出於湖表者乎何眼瞀精絕睹湖之狀若大圜際天而外無一物也語占氣者仰望三四百里平望在桑榆間餘二千里登高而望下屬地者三千里然則三千里外有物皆可見也而湖之外遂三千里乎途行者之見遠山若一螺子一蟻甲或數日而後至焉今航湖者一日亦達數日亦達乃其視數日外若鴻蒙未開而希一螺甲之觀不可得也則異甚也瞿曇氏謂眼爲八百功德彼以十方言之方得二百若一百今極吾之目視一方不數十里外而遂許以二百功德不已多乎俗謂洞庭爲八百里湖以八百功德視八百里湖至相等也而何其不相及大懸殊也若謂眼不如耳功德則尤惑焉今使吾耳洞庭雖得其風水澎湃歌呼欸乃之聲不過里許而已絕不能遠有所聞出眼功之所不及也而又何德以過之無已其神遊乎夫神遊者不知其遊也不知其遊而遊所以神吾目不知所以視而視至吾耳不知所以聞而聞生吾情不知所以暢而已與萬里煙波相爲浩渺而無終極也又豈詞喩之所可至哉予觀之是日也風去雨還雲馳霧驟鮫人龍伯與蛟

女舜妃爭爲恍惚奇詭以眩人於不可測憑軒久之疑將折而入於洪瀾之中焉念昔秋夜幾半浮一葉中流求棲不得幾不知有性命迄今而膽爲之慄欲哦詩自慰未能也仰視簷端有押杜韻作詩者乃嘆曰人固不同量若此酒有別腸詩又有別膽耶因咋指吐舌而去

夷望山考誤記

楊嗣昌

余觀海內水中之山無不名者龍門底柱小孤大孤金山君山之屬以大特聞至灩澦堆片石亘而沈牛戒馬瞀雄自詒吾郡之有水心巖奇險相敵而膚色神理不啻過之韓退之詩江作青羅帶山爲碧玉簪蓋玆山實有之矣余每恨其無佳名但曰巖曰巖亘殊爲俗目偶讀水經注沅南縣西有夷望山孤竦中流浮嶮四絕意此八字非此巖不足以當之然尚不敢的指以爲是及讀其下又云南有夷望溪水南出重山遠注沅乃始躍然知吾前日青巾赤腳扞舟而入游泳貪往而不返者乃夷望溪非漁綱溪夷譌爲漁望譌爲綱此音之最近無可疑者使吾郡人一至此巖歸而讀注皆能辯之

游桃源記　　楊嗣昌

武陵去桃源一舍陬溪半之余生二十六年足不過陬溪一步安知彼土山水之夭絕也今年癸丑公安袁先生再爲此游余始媿爲武陵人打兩槳尾其後而是時李工部以使至郡與袁先生二十年舊交因路寄載信宿而返余獨從袁磬邸鍪之美後十日乃還從游四人公安崔謙光晦之當陽陳伯耀仲敬新安賀人龍景明吳興沈季璋仲敏皆拔俗之士崔則袁侶沈爲李客袁先生名中道字小修余父執李工部名純元字長叔余同年友也桃源而下諸山未放腳不能記記綦蘿而上

舟上看山異山上看山遠甚迎見若撲若刺者勢也逼見若繪若刻者容也轉見若送妍若傷別者情也勢不至則雌容不至則萎情不至則盡是竝於舟上得之然余放船蜀江頃刻數百里蟻在旋磨目眩神悅亦安能得此惟逆水看山長風不颿孤纖徐引稍足盡興綦蘿而上特多鳴灘至白馬江所謂雪濤者一江皆起舞逆船而戰漁梁乘勢佐之如田單鼓譟城中聲動天地船逗不得上挽人皆患其遲不知余之患已疾也過灘至白馬渡一石甃垂江上側枕青林色理如畫余杖而上坐皺摺閒躍波點點噀余面長叔命童子歌吳音沈郎吹尺八和之幽嗚咽咽有一翁倚舴艋聽久之度橋入溪蹟覘不見獨舴艋存焉白馬渡

甕子一峯躍出江上斜對倒水巖十里而遙巖壁棨立者八九參差向背各作一態女蘿覆頟如髮石穴方幅如張脣最後一脣函數棺如板齒石腳插江而下其前後碑石規如盤平如几纍纍如鐘鼓鼎彝者列浸盆水中抵漁仙寺寺門多竹負石一卷高纔丈許而蜿蜒修潔米仲詔所藏海嶽一石鐫三十二芙蓉者意態絕與此類寺後石室一刻於信夫像信夫解睢州歸嘯歌此室三十餘年精靈所留道貌如在前道睢見州西石闕猶存名字云其旁有二石一爲馬文淵避暑地在山之腹亦三四枚沿山左行向後如欲活忽有滲泉從後湧出蝸旋而上數息得甕城周遭皆鐵嶺奮策躋其巔直見江水一勺乃止穿石

鋒棱岞崿突兀當人寒毛颯颯舟過其下仰視疑壓捩柂遠之卻望古苔深碧絕岸殷紅徘徊不忍舍去維舟坐視覿面諸山巒頭隱起無數如在鏡中行也由倒水巖至穿石發桃源縣三十里以前山之佳者在南四十里以後山之佳者在北南北岸佳者獨青湘溪溪在穿石水心之間林巒細潤百媚橫生譬之長人千仞中有綠窗嬌稚女兒斯爲豔絕北爲仙掌巖舉體生動丰鍔棱棱矣水心兩巖嶽立衝波如菡萏竝蔕飄紅引綠砂點斑斑入骨空青水逼側成四方袁先生謂環石皆水環水皆山週遭映帶以相逼而奇信然也自巖足至巔直上三四百舉武石級三百四十堅好可行細玩諸山穿石態具

而色不足水心色具而態不足青湘色態雙美是范寬得意時作也青湘溪

泊舟水心巖望漁網溪異綠深入雖荷田柳汁不足以寫其殊豔移船入溪溪北面青壁數十尋斑駁爛然溪綠如篘揚之更白如練行二里許石骨橫擋船不可進乃倩艓子御綠煙而往行數里林谷窈冥如欲晦已忽聞奔雷謦雨點打頭坐船頭始欲愁乃上岸行轉面亟覩長灘鼓怒飛沫濺空向之雷雨皆是物也灘石玲瓏多竅悉不減太湖數片獨出迅湍中昂首如欲去杖策徒步又里許灘益號細石皆成五朵有大石依山塞道跣行水中數十步過去一山五六峯皆峭立一壁表裏雙削如

掌與此山活脫截然不相麗熟觀其意殆欲何時飛去也過此更緣石度水前行得一小溪闊僅如履兩山逼窄不得入出沿大溪行道絕有一艟艚順流下招渡北岸仍溯灘上尚不足里許見一山嵬然林木蓊鬱根附巨石土人曰栯木山也山下臨溪石如太湖者布滿溪中人言此中有洞入水數丈許歲旱迎神洞中用作霖雨洞有歧恐迷失道悉以白石曲屈砌之今沙泥滿穴蓋歲久不旱故也緣巨石行入山之右杖而登其上有荒祠額曰龍角仙殿殿前望未諳諸山以螺髻鋒鋩劃人眼勃勃欲往尋之前山燒發道不通乃止龍角山

余於洞壑游者絕少閩中所見諸洞率皆穴壁以居粉泥帷樊川牛頭寺土石數重沉靜多古意然爾於藍水太白武功民居比比然矣去歲於杭見飛來一峯便是眼中奇物佛手煙霞水樂石屋不能佳然往往有名人題字於蜀見萬縣名岑公者高廣如數間屋石乳淙淙下為芝一本大可如車巴縣名洪巖者竇穴城腰城中懸水十丈許幕其前日夜噴壑去意謂觀止此不圖有靈巖之奇扛吾戶限而相見特晚靈巖為洞者三沿寺左行逆泉而上得峭壁為前洞洞門巨石欹立如醉截而三如累碁已飛落其一餘搖搖欲從風靡矣洞南北穿五百餘尺豁然空明其下流水潺潺如一衣帶出洞數里溢而為溪其上絡乳垂珠頒形賦象或如編貝或如刻鹽或片片折如壞雲或壘

疊如竿上衲或如青蓮含豔而未吐或如竹萌解籜而斜出或脫落如齒蛻而齦見或窈深如蝸出而懿懸或鑿鑿如龍鱗或格格如馬齒要之山河大地無所不有而不可名言其溜雨則滴瀝如殘雪墜簷清泠如寒風入磬又或如鐘鼓閒作繁響鏗然出茲洞後踰脊骨而下入其坳為後洞洞額殊廣巖紋如細浪層層然修藤倒挂如細篆洞腹高視前洞加半而不能隙日月光持炬燭之左脇乳成自然佛像舊目為白衣大士浮海者石瑩如定州磁古色可愛相去丈許復得一像頭足粘壁間軀透脫余目為普賢乘象物態宛然因疑有三大士已見其二矣過是炬火不復能然煙鬱如爨室濃脂蕩蕩不留足或脫則

墮水中。懼不敢入。復尋故道出。洞之右翱行二十步有坎焉。擲而下行陰溝中。十步一折。入於穴爲桃花洞。洞門扉闢無所有。惟石貌鏤刻如靈碧英州之流。再折復有一穴庳甚。不可測。泉咽咽出其閒。如建高瓴如吐神漕。入後洞之腹。出前洞之尻。遂自爲溪。拂石觸岸而去。是皆洞中點水爲之也。此洞絕少人知。山中僧亦不到。游者但以後洞爲桃花。余輩始拈出。亘前後洞可爲短筏汎其中。秉燭窮覽石乳皆爲諸佛。必無毒龍潛怪可知。淒風習習冷徹肝脾。非三斗壯膽亦不能入也。前洞左側方輒刻詩一絕。落句分明便是桃源洞不見溪中流落花。後書政和某年月日郡倅零陵唐續額篆唐朝奉題靈巖字極了了。郡

志訛爲洛浦師不知何據。壁刻元豐庚申五月康奎文叔蔣某子微同游。洞門刻子微詩細書兩字爲一行。有可惜秦人不曾到之句。三洞奇花爛漫。爲前洞刻露。始盡後洞高寒涵古意態清眞雖神工鬼斧不敢犯。品在前洞之上。至桃花洞。窅然如混沌未分。不知包絡何等世界。余向所見牛頭以下。彼見前洞且羞死。又安敢與後洞桃花角奇競古耶。一日之游。正如窮子歸來。珊瑚琥珀悉皆盈溢。不能復向貧里求食。作五十年竛竮辛苦事矣。